KURT TUCHOLSKY

GESAMMELTE WERKE

IN 10 BÄNDEN

HERAUSGEGEBEN VON

MARY GEROLD-TUCHOLSKY

FRITZ J. RADDATZ

KURT TUCHOLSKY

GESAMMELTE WERKE

BAND 1

1907–1918

ROWOHLT

Die Veröffentlichung des Vorwortes
erfolgt mit freundlicher Genehmigung des Carl Hanser Verlages aus:
F. J. Raddatz «Erfolg oder Wirkung – Schicksale politischer
Publizisten in Deutschland»

Umschlagentwurf Werner Rebhuhn

70.–119. Tausend April 1985

Veröffentlicht im Rowohlt Taschenbuch Verlag GmbH,
Reinbek bei Hamburg, September 1975

Die Veröffentlichung von «Rheinsberg» erfolgt mit
freundlicher Genehmigung des Atrium Verlages AG Zürich
Gesamtherstellung Clausen & Bosse, Leck
Printed in Germany
ISBN 3 499 29001 4

ZU UNSERER AUSGABE

Diese zehnbändige Taschenbuchausgabe von Kurt Tucholskys ‹*Gesammelten Werken*› erscheint zu einem Zeitpunkt, zu dem es Tucholsky aus zweifachem Anlaß zu gedenken gilt: er wäre am 9. Januar 1975 85 Jahre alt geworden; und sein Todestag jährt sich am 21. Dezember 1975 zum 40. Male. Die Ausgabe folgt im wesentlichen dem Editionsprinzip der dreibändigen Dünndruckausgabe, die 1960 (und inzwischen in der 3. Auflage) erschien; die Herausgeber erläuterten es damals folgendermaßen:

«Die vorliegende Ausgabe von Kurt Tucholskys ‹*Gesammelten Werken*› stellt die bisher umfassendste Sammlung seiner Schriften dar. Von etwa 2500 erhaltenen Arbeiten wurden diejenigen aufgenommen, von denen die Herausgeber der Ansicht waren, daß ihr Inhalt und ihre Form würdig das Schaffen Kurt Tucholskys repräsentieren. Allzusehr an den Tag gebundene, unwesentliche Beiträge wurden fortgelassen; unsere Ausgabe enthält 1800 Arbeiten.

Alle diese Aufsätze, Polemiken, Rezensionen und Gedichte sind chronologisch geordnet: die ‹*Gesammelten Werke*› beginnen mit Kurt Tucholskys erster gedruckter Arbeit aus dem Jahre 1907, ‹*Märchen*›, und enden mit der letzten handschriftlichen Eintragung in sein ‹*Sudelbuch*› vom Dezember 1935.

Die Herausgeber haben sich zu dieser chronologischen Anordnung entschlossen, weil sie glaubten, damit dem spezifischen Charakter von Kurt Tucholskys Werk am besten gerecht zu werden. Wenn man die einzelnen Arbeiten in der Reihenfolge ihrer Entstehung liest, werden viele Zusammenhänge deutlich. Das ergibt sich am schärfsten bei den politischen Aufsätzen, die in der Chronologie eine erschreckend exakte Prophetie historischer Ereignisse aufweisen: die Warnung vor den politischen Morden am 22. Juni 1922 in ‹*Was wäre, wenn*› – zwei Tage vor Rathenaus Ermordung; die Voraussage des Hitler-Putsches, und schließlich die Machtübernahme.

Diese Chronologie ist aber nicht nur Beleg für die künstlerische Entwicklung und politische Moral Kurt Tucholskys, sondern sie gibt auch ein Panorama von den ersten drei Jahrzehnten unseres Jahrhunderts. Tucholsky, der als Theater-Kritiker begann, spiegelt in allen seinen Arbeiten eine chaotisch unruhige Zeit, ihr Theater und ihre Literatur, ihre Sprache und ihre soziologische Veränderung. Aufschluß über diesen Abschnitt unserer jüngsten Vergangenheit gibt ebenso der Hymnus auf Rosa Bertens' Schauspielkunst, wie eine Betrachtung über den ‹Inneren Monolog› bei Edouard Dujardin oder eine Kritik von Lenins berühmten Aufsätzen ‹*Gegen den Strom*›.

Von wenigen Umstellungen abgesehen, die die Häufung von Gedichten vermeiden sollten, ist die Chronologie nur an einer Stelle durchbrochen: die am Ende unserer Ausgabe zusammengefaßten ‹*Nachher*›-Skizzen sind zwischen 1925 und 1928 entstanden. Nach den aphoristischen *‹Schnipseln›*, die Kurt Tucholskys Gedankenreichtum zeigen – er sah, krank und zerquält, zum Ende seines Lebens nur noch wenig Sinn im gestalteten Wort –, schienen diese Betrachtungen besonders geeignet, die Ausgabe zu beschließen.

Alle Datierungen beziehen sich auf die Erstveröffentlichung. Tucholskys Arbeiten sind in den verschiedensten Zeitungen und Zeitschriften nachgedruckt worden, einige sogar in der *‹Weltbühne›*. Eine große Zahl ist später in die von ihm herausgegebenen Sammelbände aufgenommen worden: *‹Der Zeitsparer›*, *‹Fromme Gesänge›*, *‹Träumereien an preußischen Kaminen›*, *‹Mit fünf PS›*, *‹Das Lächeln der Mona Lisa›*, *‹Deutschland, Deutschland über alles›*, *‹Lerne lachen ohne zu weinen›*.

Die Beiträge aus allen diesen Bänden sind selbstverständlich in unserer Ausgabe enthalten, aber jeweils unter ihrem Entstehungs-, bzw. Erstveröffentlichungsdatum. Außer dem *‹Zeitsparer›* wurden als geschlossene Bände lediglich *‹Rheinsberg›*, *‹Ein Pyrenäenbuch›* und *‹Schloß Gripsholm›* aufgenommen. *‹Deutschland, Deutschland über alles›* bildet einen Sonderfall. Zahlreiche Arbeiten in diesem Band waren als Bildtexte verfaßt und sind ohne die entsprechende Fotografie nicht verständlich; auf ihre Aufnahme mußte verzichtet werden.

Die Orthographie wurde im Sinne der modernen Schreibweise vereinheitlicht, soweit es sich um Tucholskys Texte, nicht um Zitate handelte. Trotzdem wurden Eigenheiten seiner Rechtschreibung beibehalten, auch da, wo sie von den heute gültigen Regeln abweichen. Tucholskys Schreibweise ist im Laufe der fünfundzwanzig Jahre seines Schaffens nicht einheitlich gewesen. In Zweifelsfällen nahmen die Herausgeber die zuletzt von ihm benutzte Orthographie als verbindlich. Außerdem sind die ursprünglichen Fassungen von Gedichten und Prosastücken manchmal in den von ihm herausgegebenen Sammelbänden verändert worden.»

Im Index in Band 10 wurden bei einigen Namen kurze Erläuterungen beigefügt. Meistens stellt sich der Sinnzusammenhang allerdings durch die Beiträge Kurt Tucholskys selbst her; es wurden also Anmerkungen nur zu Namen gegeben, deren Kenntnis heute nicht immer vorausgesetzt werden kann. Selbstverständlich konnten in den Index überhaupt nur Namen von Personen aufgenommen werden, die im gegebenen Text wichtig waren.

Ebenfalls in Band 10 wird zur leichteren Orientierung des Lesers ein alphabetisch geordnetes Verzeichnis des Gesamtwerks von Kurt Tucholsky aufgenommen; es wird damit eine vollständige Bibliographie seiner Schriften veröffentlicht. (Eine wissenschaftliche Primär- und Sekundärbibliographie wird vom Deutschen Literaturarchiv in Marbach erarbeitet.) Ein weiteres Verzeichnis in Band 10 wird sämtliche Bücher aufführen, die von Kurt Tucholsky besprochen wurden.

Es erscheinen in dieser Liste nicht nur die großen Rezensionen über Kafka, Joyce, Arnold Zweig, sondern auch die vielen kleinen Kritiken über Randerscheinungen des literarischen Lebens, die Tucholsky in seiner Weltbühnenspalte, ‹*Auf dem Nachttisch*›, publizierte. Mit der Aufnahme dieser Liste entsprechen die Herausgeber vornehmlich dem Wunsch von Literatur-Studenten.

Als wesentliches Novum gegenüber der Buchausgabe kann gelten, daß die Taschenbuchausgabe in Buchform unveröffentlichte Texte enthält; es handelt sich vor allem um solche Arbeiten Tucholskys, die vor 15 Jahren noch nicht aufgefunden waren und inzwischen vom Kurt-Tucholsky-Archiv in Rottach-Egern gesammelt werden konnten. Diese Texte sind zu einer eigenen «Leseeinheit» in Band 10, S. 149, zusammengefaßt. Um dem Charakter einer Taschenbuchausgabe und ihrem breiten Publikum zu entsprechen wurde außerdem eine einleitende Interpretation von Werk und Person Kurt Tucholskys vorangestellt.

Rottach-Egern, März 1975 Die Herausgeber

VORWORT

Das Jahr 1890 war der Spätherbst, war die fünfte Jahreszeit des 19. Jahrhunderts. In diesem Jahrhundert-Herbst ist der Mann geboren, der sich voller Besessenheit, Kampflust und auch bitterer Melancholie in das 20. Jahrhundert stürzte, sich ihm sogar entgegenstellte, da, wo er es als böse und gefährlich erkannte. Über sein Leben kann man als Motiv stellen, was er selbst einmal so formulierte:

«Im Grünen fings an und endete blutigrot. Und wenn sich der Verfasser mit offenen Armen in die Zeit gestürzt hat, so sah er nicht, wie der Historiker in hundert Jahren sehen wird, und wollte auch nicht so sehen. Er war den Dingen so nahe, daß sie ihn schnitten, und er sie schlagen konnte. Und sie rissen ihm die Hände auf und er blutete, und einige sprachen zu ihm: ‹Bist Du gerecht?›, und er hob die blutigen Hände – blutig von seinem Blute – und zuckte die Achseln und lächelte. Denn man kann über alles lächeln . . .»

Inmitten des Fontaneschen Berlin, in der Lübecker Straße 13 von Berlin-Moabit, wurde Kurt Tucholsky am 9. Januar 1890 geboren. Seine Eltern gehörten jenem jüdischen Bürgerstand an, der lange Zeit hindurch den Charakter Berlins mitbestimmte. Der Vater, 35 Jahre alt bei der Geburt seines ersten Sohnes, stammte aus Greifswald und heiratete seine Cousine Doris Tucholski. Der Wohlstand der Familie ist auf die Tüchtigkeit des Vaters zurückzuführen. In den ersten Jahren nach der Geburt des Sohnes wechselt die Berliner Adresse der Familie ständig, bis man 1893 nach Stettin zieht.

Dort kommt der sechsjährige Kurt zur Schule. Obwohl aus dieser Zeit wenig überliefert ist, müssen die ersten Kindheitseindrücke stark und dauerhaft gewesen sein. Bis hin zu seinem Bekenntnis «Heimat» im Jahr 1929 zieht sich durch Kurt Tucholskys Denken und Fühlen die Beziehung zur Ostseelandschaft. Wir werden sehen, wie Landschaft und Natur eine wesentliche Rolle bei dem «Berliner Literaten» spielten; es ist festzuhalten, wie sehr die spröde, gegen zu rasche Annäherung und Vertrautheit sich eigenartig wehrende Ostseeküste seiner Sensibilität entsprach. Der animalischen Buntheit und unmittelbaren Lebensfreude der südlichen Sonne galt seine Sehnsucht nie.

Das 20. Jahrhundert begann für die Familie Tucholsky mit der Rückkehr nach Berlin. Der Vater, inzwischen Direktor der bedeutenden Bank «Berliner Handelsgesellschaft» und damit höchst achtbares Glied des Kaufmannsstandes, war wenig zu Hause. Reisen und gesellschaftliche Verpflichtungen beanspruchten seine Zeit. Zu ihm hatte der Sohn Kurt eine tiefe Zuneigung, die auch in ersten kindlichen Epigrammen an «Lieb Väterchen» Ausdruck fand, etwa mit der grotesken Zeile: «Ich denk an deine Jugendzeit wohl oft noch recht zurück.»

Der Vater, dessen schönes Klavierspiel Kurt Tucholsky besonders verehrte, hat wohl auch eine besondere Beziehung zu seinem Ältesten gehabt, dem er zärtlich-humorvolle Karten von seinen Reisen schickte.

Indessen war die Mutter der eigentliche Familienvorstand, geistvoll, souverän, ohne besondere Beziehung zu den Kindern. Es ist eigenartigerweise kein Foto von Kurt Tucholsky mit seiner Mutter erhalten, keines jener so obligaten Mutterglück-Bildnisse. Und auf allen Familienaufnahmen sehen wir den jungen Kurt mit ungewöhnlich ernstem, abwesendem Blick; er sitzt mehr zufällig dabei, nicht zugehörig.

Später sollte er sich mit Elan gegen die Familienbande wenden; ein Wort, dessen Doppelsinn er besonders gern hervorhob – Nietzsche hatte erstmals darauf hingewiesen.

Wir wissen aus Briefen an seine zweite Frau, daß Kurt Tucholsky mit seiner 1914 in der *‹Weltbühne›* erschienenen Kritik über Rosa Bertens auch seine Mutter charakterisieren wollte:

«Sie hockte auf ihren geretteten Scheiten Holz, die sie, vor Herrschsucht keuchend, aus dem Kamin gezogen hatte; sie stopfte sie unter das Sofa und saß knurrend da, wie ein Hund über dem Knochen. Es handelte sich gar nicht um das Holz; sie hatte ihren Willen, ihren verfluchten Willen ... Es war die unbändige Herrschsucht der Familienglucke, die auf Küken und Hahn gleichmäßig hackte. Früher hatte die Geliebte dem Mann die Augen zugeküßt, ... nun errichtete sie Schranken der heimatlichen Hütte, worin sie regierte. Hier war ihr Reich ... hier herrschte sie, mit allen Mitteln. Mit Gewalt, mit Schlägen, mit der Lüge ...»

Die Schulzeit nahm ein beinahe anekdotenhaft merkwürdiges Ende: Er ging vom Französischen Gymnasium ab, besuchte das Königliche Wilhelm Gymnasium zu Berlin, wurde von der Mutter aus der Schule genommen und als Externer schließlich zum Abitur 1907 vorbereitet.

Er war allerdings kein üblicher Schüler mehr, der seinen zufriedenen Eltern das wichtige Zertifikat brachte. 1907 bereits war seine erste eigene Arbeit gedruckt worden, das *‹Märchen›* im *‹Ulk›*, der satirischen Beilage des *‹Berliner Tageblatts›*.

Endlich ist Tucholsky ungebunden. Nach den leeren Schuljahren wird er Student; am 7. Oktober 1909 läßt er sich an der Universität Berlin immatrikulieren.

Der sorglos unternommene erste Versuch, zu einem Abschluß zu kommen, gelingt aber nicht: Seine Dissertation *‹Die Vormerkung aus § 1179 BGB und ihre Wirkungen›* wird von der Universität Jena 1914 zurückgewiesen.

Eine nahezu willkürlich wirkende Parallelität fällt auf:

Während der Vorbereitung auf die bürgerliche Doktorwürde erscheint 1912 Kurt Tucholskys erste größere Arbeit, *‹Rheinsberg, ein Bilderbuch für Verliebte›*. Ein Märchen? Ein Ulk?

Diese heitere Sommergeschichte, nach der spätere «Generationen vom Blatt geliebt» haben und die sich im närrischen Glück von Wolfgang und Claire zu verlieren scheint, ist die erste von Kurt Tucholskys aufschlußreichen und kunstvollen Idyllen. Vieles, was wir später und immer wieder bei dem reifen Schriftsteller Tucholsky finden werden, ist schon in dieser Laune eines Nichtverliebten; denn es ist keine autobiographische Skizze eines vergnügten Studenten, die Berlin so amüsiert.

Kurt Tucholsky, seit 1912 mit Kitty Frankfurther verlobt, hat sein Büchlein zwei Frauen gewidmet, also keiner. Das Spiel der Vielfächrigkeit und der Irreführung hat begonnen. Ein Spiel, hinter dem der Spieler sich verbergen kann. Und die so gar nicht stürmischen, eher herbstlich-zögernden Sätze sind in dem heiteren Gespinst wohl ein echtes Zeugnis: «Glücklich sein, aber nie zufrieden ... Und es gibt keine tiefere Sehnsucht als diese: die Sehnsucht nach der Erfüllung. Sie kann nicht befriedigt werden ...»

Binnen kurzem wurden 50 000 Exemplare verkauft, das Lob der Presse war einhellig.

Kurt Tucholsky und Kurt Szafranski, der die Zeichnungen zum Bilderbuch gemacht hatte, verbanden einen besonderen Ulk mit diesem Buch: Sie eröffneten am Kurfürstendamm eine Bücherbar. Jeder Buchkäufer erhielt einen Schnaps, eine schließlich zu aufwendige Verkaufsmethode, und, «weil ein guter Ulk immer ephemer ist», ging das Unternehmen bald wieder ein.

Aus dieser Zeit gibt es eine Charakteristik Tucholskys in Kafkas Tagebüchern, die deutlich zeigt: Kurt Tucholsky war, auch mit einundzwanzig Jahren, nicht eigentlich jung. Kafka, den Tucholsky auf einer Fahrt zu Max Brod nach Prag kennenlernte, empfand ihn als «ganz einheitlichen Menschen», dessen «Mißachten seiner eigenen schriftstellerischen Arbeiten» und «Angst vor einer Verwandlung ins Weltschmerzliche» ihn besonders beeindruckte. Wir lernen aus dieser Notiz auch, daß es Kurt Tucholsky tatsächlich damals ernst war mit dem Brotstudium; er hatte vor, Verteidiger zu werden.

Nachdem eine veränderte Fassung der Dissertation angenommen worden war und er als Externer die mündliche Prüfung im November 1914 abgelegt hatte, wurde Kurt Tucholsky am 12. Februar 1915 von der Universität Jena zum Dr. jur. promoviert.

Inzwischen hatte er schon seit 1911 verschiedene Arbeiten im sozialdemokratischen ‹*Vorwärts*› unter Tu., K. T. oder Kurt, manchmal auch als «von einem Berliner» veröffentlicht.

Auf eigenartige Weise sind diese ersten Artikel Tucholskys Vorwegnahmen seiner späteren großen journalistischen Arbeiten. Schon damals, Jahre vor dem Ersten Weltkrieg, Proteste gegen die Todesstrafe, gegen Zensur und gegen die Generalanzeiger-Prozesse, gegen Bethmann, Jagow und Wilhelm II. Es ist deutlich, daß nicht erst der

Krieg Tucholsky zu dem streitbaren, demokratischen Publizisten gemacht hat, als der er vor allem in die deutsche Literatur eingehen wird. Er hatte jemanden gefunden, der dieselben Nerven, dieselbe Kultur hatte, denselben Witz kannte, «der beste Brotherr», wie er selber auf eine Fotografie für seinen «schlechtesten Mitarbeiter» schrieb: als Kurt Tucholsky 1912 auf Grund eines eingesandten Beitrags zu Siegfried Jacobsohn kommen durfte, war es eine Begegnung, nicht bloß der Besuch in einer Redaktion. Die erste Nummer der ‹*Schaubühne*› war am 7. September 1905 erschienen, die erste Kritik von Siegfried Jacobsohn hatte mit den Worten begonnen: «Medias in res.» Dieser kleine pedantische Mann jedenfalls, der voller Eigensinn und Beharrlichkeit seine Zeitschrift publizierte, war nicht umsonst ein Theaterkenner. Jedes seiner Hefte war eine eigene Jacobsohn-Inszenierung, in der er Töne und Halbtöne, Gestalten und Probleme sorgfältig gegeneinander abwog. Schon damals war es eine Versammlung der geistigen Elite, die sich in den wöchentlichen Heften der ‹*Schaubühne*› traf.

An Kurt Tucholskys dreiundzwanzigstem Geburtstag, am 9.1.1913, erschien sein erster Beitrag in der ‹*Schaubühne*›: ‹*Die beiden Brüder H.*›, eine Theaterkritik. Sehr bald war Tucholsky Hauptmitarbeiter. Von den 74 Beiträgen seines ersten Jahres sind über sechzig Theater-, Revue- oder Kabarettkritiken bzw. Glossen, die Theater oder Filme betreffen. Auch in der folgenden Zeit – bis Juni 1914 sind es 113 Beiträge – dominiert die Theaterkritik.

In diesen Arbeiten ist zweierlei zu spüren: Tucholsky reift unter der klugen Führung seines Redakteurs, und – es ist im Grunde Tucholskys Sache nicht, bloße Kritiken fremder Kunstleistungen zu geben. Bei aller Brillanz und analytischen Sicherheit seiner Kritiken: Kurt Tucholsky ist Schriftsteller. Seine essayistischen Theaterbesprechungen sind bereits ein Schritt über die geforderte Kunstrichterei hinaus; er gestaltet eigene Probleme und Menschen, indem er von Bühnenaufführungen oder Büchern berichtet. Er hat den Typ im tiefsten Sinne «erkannt», den seine favorisierten Schauspieler oder Autoren zeichnen, er «begegnet» dieser Darstellung und berichtet davon. Er wollte «nicht nur eine Figur sehen, wie sie ist, sondern eine ganze Figur, wie sie geworden ist, ihren Lebensaspekt mit der langen, langen Zeit des Wachstums dahinter». Und er schreibt eben nicht nur über Aufführungen, über Stil und Unsitte einer Inszenierung, sondern er schreibt auch gleichzeitig über Ibsen und über Büchner, den er besonders liebte.

Ein eigenartiges Spiel hatte Tucholsky sich ausgedacht, das anfangs sogar den Reiz, wenn auch nicht des Verbotenen, so doch des Heimlichen hatte: seine Pseudonyme. Schon in der Nummer vom 20. Februar 1913 der ‹*Schaubühne*› finden wir den später zum Bösewicht abkommandierten Ignaz Wrobel, dann Peter Panter, wenige Monate darauf Theobald Tiger. Über Sinn oder gar Notwendigkeit dieser Pseudonyme hat Tucholsky später geschrieben, auch über ihre Entstehung:

«Eine kleine Wochenschrift mag nicht viermal denselben Mann in einer Nummer haben, und so entstanden aus Spaß diese homunculi. Und was als Spielerei begonnen, endete als heitere Schizophrenie. Und es war auch nützlich, fünfmal vorhanden zu sein – denn wer glaubt in Deutschland einem politischen Schriftsteller Humor? Dem Satiriker Ernst? Dem Verspielten Kenntnis des Strafgesetzbuches, dem Städteschilderer lustige Verse? Humor diskreditiert.»

Die beiden Tiernamen hatte er von seinem anscheinend alliterationswütigen juristischen Repetitor – übrigens einem gelegentlichen Mitarbeiter der *‹Weltbühne›* namens Martin Friedländer, der zum Beispiel unter dem Pseudonym Vindex 1913 eine erste wirtschaftspolitische Analyse in der damaligen *‹Schaubühne›* publiziert hatte – übernommen, der seine Beispiel-Verbrecher so benannte; Peter Panter etwa mußte «durch Drohungen mit gegenwärtiger Gefahr für Leib und Leben Frauenspersonen zur Duldung des außerehelichen Beischlafs nötigen». Besonders interessant ist, daß Tucholsky den Wrobel – nach einem Rechenbuch benannt – selbst als «einen Akt der Selbstzerstörung» bezeichnete. Das alles war auf sonderbare Weise vergnüglich und entsprach durchaus Tucholskys Humor. Kaspar Hauser entstand erst viel später, als Tucholsky 1918 die Chefredaktion des *‹Ulk›* übernommen hatte und dort den Tiger für das allwöchentliche Leitgedicht vermieten mußte. Als Kaspar Hauser mit Aplomb aus der Taufe gehoben wurde, war noch nicht klar, daß unter diesem Namen später die literarisch wertvollsten und zartesten Arbeiten Tucholskys erscheinen sollten.

Aber es bleibt ein Rest, ein mehr psychologisches als biographisches Detail; denn schließlich, als Kurt Tucholsky der berühmte und vielgedruckte *‹Weltbühnen›*-Star war, kannte jedermann den eigentlichen Verfasser, und er spielte selbst oft genug darauf an. Dieses Versteckspiel war ein Teil von Kurt Tucholskys Persönlichkeit. Tucholsky entspricht ja überhaupt nicht der Vorstellung, die gemeinhin von dem Autor der schnoddrigen Lottchen-Abenteuer oder der *‹Igel in der Abendstunde›* herrscht. Er war kein blaurasierter hagerer Intellektueller, er saß weder im berühmten Romanischen noch in irgendeinem anderen germanischen Café oder spielte im Kreise literarischer Freunde den Poeten mit der Samtjacke. Tucholsky war nicht nur im Äußeren ein soignierter Herr, früh bereits mit Embonpoint und immer überkorrekt gekleidet, er war auch ein Mensch der Stille und Zurückgezogenheit. Es war ihm verhaßt, seine Person in den Vordergrund gerückt zu sehen, von sich selbst, seinen Stimmungen oder Zuständen zu sprechen. Er hat, wie selten ein Autor, seine feinsten Nervenschwingungen beobachtet, analysiert; er war sich selbst ununterbrochen Subjekt und Objekt zugleich. Aber er hat sich im Grunde nie mitgeteilt. Die heitersten, die mitteilsamsten seiner Prosastücke oder Gedichte sind bestenfalls Bruchstücke einer großen Konfession. Es war seine Kunst, hinter einem vorgespielten Ich sich zu verbergen. Wie sehr Mitteilung ihm aber Bedürfnis war, zeigen seine Briefe. Doch gerade in den Briefen spürt man einen ganz anderen, weicheren Menschen, selten nur witzig, meist besorgt und leise; und die Briefe zeigen auch bereits, wie sehr er voller Vorbehalte war gegen viele seiner literarischen Zeitgenossen, deren Begrenzungen öffentlich abzuzeichnen ihm Takt und manchmal auch Solidarität verboten.

Fast alles, was Kurt Tucholsky je in der Ich-Form geschrieben hat, unter welchem Namen auch immer – es ist Versteck, nie Preisgabe seines Ich. Wir sahen das bereits bei *‹Rheinsberg›*, wir können es bei *‹Schloß Gripsholm›* sehen, der Sommergeschichte, die noch vor der Zeit, in der er selber in der Nähe von Gripsholm lebte, entstanden war.

Er «verarbeitete» viele seiner Freunde und Bekannten. Mehring oder Hasenclever begegnen uns ebenso wie Claire und Lottchen. Doch der Leser traue diesen Offenbarungen nicht – sie sind keine. Nie ist aus diesen Anspielungen der Grad einer persönlichen Beziehung abzulesen.

Dieses Versteckspiel durch vorgeblich heitere Mitteilsamkeit ist eine nervliche und psychische Konstitution. Wir werden mit diesem Problem bei Kurt Tucholsky immer und immer zu tun haben, bei seinen menschlichen Bindungen wie bei seinen Versuchungen zu politischen Verpflichtungen.

Die unveröffentlichten Tagebuchnotizen und Briefe geben den einzig zuverlässigen Einblick in seine Persönlichkeit, sie sind die notwendige Ergänzung zum publizierten Wort. Dieses ist Peter Panter, Theobald Tiger, Ignaz Wrobel, Kaspar Hauser. Jene sind Kurt Tucholsky.

Der August 1914, in dem Wilhelm II. keine Parteien, nur noch Deutsche kannte und Deutschland – nach Karl Kraus – begann, die verfolgende Unschuld zu sein, war auch für Kurt Tucholsky mehr als eine Zäsur. Gemäß der menschlichen Bestimmung, grölend hinter Fahnen einherzuziehen und «durch den Heldentod Petroleumaktien in die Höhe zu treiben», wurde auch Kurt Tucholsky eingezogen. Da sein ausgedehntes Studium keine militärische Ausbildung zugelassen hatte, kam er im April 1915 zu den Schippern.

Im folgenden Jahr ist er «beleidigter Clown». In der *‹Weltbühne›* findet man ihn nur noch selten, 1915 ist er nicht mit einem einzigen Beitrag vertreten, 1916 mit zwölf und 1917 mit nur elf Artikeln. Er hat wenig publiziert in diesen Jahren und das später in einer öffentlichen Polemik zwischen seinen Pseudonymen Peter Panter und Theobald Tiger auch begründet; die große Zeit besingen, sein «eigenes Gut auf fremdes Blut reimen – was einen besonders schönen Klang gibt», das mochte er nicht. Und Attacken reiten, im Krieg, während der Zensur, als Soldat – das ging nicht.

Die Zeit im baltischen Osten bringt für Kurt Tucholsky die große und einzige Begegnung mit einem Menschen, die zur tragenden Beziehung werden sollte, ein Leben hindurch. Er lernt Mary Gerold kennen, seine spätere Frau. Vom ersten Brief an sie, vom November 1917, bis zu seinem tragischen Abschiedsbrief vom Dezember 1935, durch alle Jahre der Wirrnis und Bedrängtheit, ist dies wohl der einzige Mensch, dem sich Tucholsky je völlig eröffnet hat. Es gab viele Frauen in seinem Leben, denen er Zärtlichkeit und Begehren entgegenbrachte, Respekt und Zuneigung, aber es gab nur diesen Menschen, den er liebte, den er brauchte und in dem er fand, was zu finden er kaum gehofft hatte:

«. . . weil ich froh bin, einen Partner gefunden zu haben, der mitspielt. Der Nuancen empfindet, der halbe, viertel Töne hört. Der Nerven hat.

Es ist so selten, so ganz selten, daß eine Frau einmal beides zugleich ist: Gefährtin und Geliebte. Die Geliebten können keinen Kaffee kochen, und die Gefährtinnen vernachlässigen sich nach dem ersten Kind . . .»

In Rumänien, wo er schließlich, gemeinsam mit «Karlchen», im Offiziersrang eines Polizeikommissars das Kriegsende erlebte, erreichte ihn im September 1918 das Angebot Theodor Wolffs, Herausgeber des *‹Berliner Tageblatts›*, die Chefredaktion des *‹Ulk›* im Mosse-Verlag zu übernehmen.

Bereits im letzten Jahr hatten die Beiträge Kurt Tucholskys die *‹Schaubühne›* entscheidend mitgeprägt; nach seiner Rückkehr nach Berlin veränderte die Zeitschrift nahezu ihren Charakter. Mit auf sein Anraten hin wurde sie schon vom 4. April 1918 ab *‹Weltbühne›* genannt. Doch sein Begrüßungsgedicht *‹Auf die Weltbühne›* in der Nummer vom 4. April 1918 ist ein wenig melancholisch.

Nachdem das «erdolchte Heer», dem die fixen Offiziere rasch das Attribut «im Felde unbesiegt» gaben, durchaus besiegt und durchaus unerdolcht in die Heimat zurückflutete, nachdem Wilhelm II. nach Doorn geflüchtet war, nun also auch keine Deutschen mehr kennend, geschweige denn Parteien, und Ludendorff mit seiner blauen Brille nach Schweden floh, war ein Streifen Hoffnung zu sehen.

Tucholskys Reaktionen auf diesen Versuch einer Republik sind von Beginn an skeptisch. Er hat vorläufig überhaupt keine Beziehung zum Marxismus, stellt also auch keine grundsätzlichen Forderungen. Die deutsche Revolution starb bereits am Abend des 9. November, als Ebert sich mit Spaa verbinden ließ, um mit Hindenburg zu verhandeln. Von diesem ersten Rechtsbruch bis zu den Schüssen auf Demonstranten und Spartakisten war es kein weiter Schritt. Die Revolution war geschlossen, denn: Ruhe ist die erste Bürgerpflicht.

Noch bevor die Verfassung zu Weimar fertig ist, gibt Kurt Tucholsky Rechenschaft über seine Attacken und das ewige Nein seiner Freunde. *‹Wir Negativen›* heißt ein programmatischer Aufsatz vom 13. März 1919 – es ist die «Verfassung» der *‹Weltbühne›*. «Wenn Revolution nur Zusammenbruch bedeutet, dann war das eine», heißt es schon hier, und: «Wir wollen kämpfen mit Haß aus Liebe.» Dieses Programm, nicht mit Pseudonym gezeichnet, wird lange Jahre die Richtung angeben.

Kurt Tucholsky hatte keine politischen Ambitionen, war eigentlich kein politischer Mensch. Er kehrte aus dem Krieg zurück, nicht, um «in die Politik einzusteigen»; er glaubte an die Veränderlichkeit des Menschen, glaubte an die Wirkung des Wortes. Sein Aufsatz *‹Dämmerung›* zeigt diese Auseinandersetzung, auch mit sich selber.

Ist des Bürgers Herz ein Lederportefeuille? Ist sein Hirn ein versteinerter Schwamm? Wohin werden Kulturen und Nationen treiben, die die Strömung nicht sehen? Und wohin werden vor allem die treiben, die sie sehen? Denn Tucholsky begreift sich mit unter dieser Bürgerwelt, aus deren Gedichten andere Welten einst Tüten kleben werden. Steht sie schon vor der Tür, diese andere Welt, will man sie, fürchtet man sie? Er wußte, daß man Bürger aus Anlage, nicht durch Geburt ist.

«Was es ist, weiß ich nicht . . . ich fühle nur dumpf, daß da etwas herankriecht, das uns alle zu vernichten droht. Uns: das ist unser altes Leben, das sind die grünen Inseln, die wir uns im Strom des lächerlich lauten Getriebes noch zu bauen verstanden haben – uns: das ist unsere alte Welt, an der wir – trotz allem – so gehangen haben. Wohin treiben wir . . . Was wissen wir von der Zeit? Wir stehen davor wie der Wanderer vor der roten Felswand, viel zu nah, um ihre Struktur, geschweige denn ihre Schönheit zu sehen.

Was wissen wir von unserer Zeit: Wir sind ihre Instrumente, und ich glaube, daß der noch ihr bestes ist, der sich ihr nicht entgegenstemmt.»

Die alte Welt wird also vergehen, und er wird das Seine dazutun, daß sie vergeht. Eine große Artikelserie, die sich über Monate erstreckt, *‹Militaria›*, rechnet mit dem deutschen Militarismus ab. Es ist das erste Mal, daß jemand zu sagen wagt: Offiziere haben gestohlen, Soldaten sind für einen Dreck gefallen, Wilhelm II. ist ein Deserteur.

Die nationalistische Presse, also fast die gesamte Reichspresse, schäumt vor Wut. Tucholsky setzt seine Serie fort. Es ist wohl die böseste Abrechnung mit einer Kaste, die dumm und brutal sich immer den Herrschenden feilbot, Landsknechte mit Monokel. Wenn Tucholskys Haß je beißend war, ohne Liebe, dann gegen das Militär und die Offiziere. Und wenn sein Haß, ohne Vorbehalt, je berechtigt war, dann gegen sie. Tucholsky wurde Sozialist. Er trat der USPD bei und war nach deren Verschmelzung mit der Sozialdemokratischen Partei im Jahre 1922 Mitglied der SPD.

Er sah im allmählich sich erholenden Deutschland die Schärfe der Klassenunterschiede, die hemmungslose Profitgier der Unternehmer. Unter der Oberfläche der Republik wimmelte es madenhaft: Nationalisten, revanchelüsterne Offiziere, machtspekulierende Gefreite. Die Justiz war reaktionär und willfährig – verurteilt wurden auf jeden Fall die Linken. Ignaz Wrobel veröffentlichte Statistiken, die das verbogene Recht demonstrierten – «gegen die Arbeiter allemal». Im September 1921 stellt er zum Beispiel fest: 314 Morde an Linksgerichteten, die Mörder erhielten 31 Jahre, 3 Monate Freiheitsstrafe, eine lebenslängliche Festungshaft; für dreizehn Morde, die von Linksgerichteten verübt wurden: 8 Todesurteile, 176 Jahre und zehn Monate Freiheitsstrafe.

Die kurzen Tage der Münchner Räterepublik hatten vierzehn Menschenleben gekostet – die Gegenrevolution 184; und der Maschinenstürmer Ernst Toller wie der dichtende Bohemien Erich Mühsam saßen in Festungshaft.

Mord wurde die legitime politische Waffe: am 15. Januar 1919 Karl Liebknecht und Rosa Luxemburg, am 21. Februar 1919 Kurt Eisner, am 2. Mai 1919 Landauer, am 8. Oktober 1919 Hugo Haase, am 26. August 1921 Matthias Erzberger, am 24. Juni 1922 Walter Rathenau. Mordversuche an Maximilian Harden und Philipp Scheidemann. Die Freikorps, Landsknechtsbanden gleich, würgten das Land wie gierige Kraken. Hunderte von Arbeitern wurden «auf der Flucht» erschossen, schon damals. Tucholsky beginnt, nicht nur Analysen des Vergangenen zu geben, sondern auch mit erschreckender Klarsicht zu warnen und zu prophezeien.

Am 22. Juni 1922 erscheint in der *‹Weltbühne›* eine böse Vision *‹Was wäre, wenn ...›*, der niedergeschriebene Alptraum eines neuen nationalistischen Putsches. Darin hieß es: «Ohne Blutvergießen war es nicht abgegangen.» – Am 24. Juni 1922 wurde Rathenau ermordet. Am 11. März 1920 erschien der Aufsatz *‹Ignaz Wrobels Dämmerung›*: «Wohin treiben wir? Es dämmert, und wir wissen nicht, was das ist: eine Abenddämmerung oder eine Morgendämmerung.» – Am 13. März 1920 begann der Kapp-Putsch.

Am 23. Februar 1922 erschien der Artikel *‹Die Reichswehr›*, dessen Klarsicht uns noch heute entsetzen kann:

«Dies soll hier nur stehen, um in acht Jahren einmal zitiert zu werden. Und auf daß Ihr dann sagt: das konnte eben keiner voraussehen

... Einst wird kommen der Tag, wo wir hier etwas erleben werden. Welche Rolle die Reichswehr bei diesem Erlebnis spielen wird, beschreiben alle Kenner auf gleiche Weise. Der Kapp-Putsch war eine mißglückte Generalprobe ... bedankt Euch in acht Jahren bei dieser Regierung, diesem Staatsrat, diesem Reichstag.»

Sieben Jahre später – 1929 – zog Hitler mit hundertsechs Abgeordneten in den Reichstag, und der General von Schleicher war deutscher Reichskanzler.

Kaum ein Heft der *‹Weltbühne›*, in dem Tucholsky nicht drei- bis vier-, manchmal fünfmal vertreten ist. Woche für Woche. Polemiken, Betrachtungen, Chansons, Buchkritiken. In den Berliner Kabaretts singt man seine Chansons, in zahllosen Zeitungen und Zeitschriften erscheinen Gedichte, Feuilletons, Humoresken. Mit schier manischer Arbeitswut bewältigen Kurt Tucholsky und seine vier homunculi diese Last. Die *‹Frommen Gesänge›* sind erschienen, die *‹Träumereien an preußischen Kaminen›*, das fünfzigste Tausend von *‹Rheinsberg›* ist lange verkauft. Jetzt entstehen viele der noch heute so populären Chansons und Gedichte: *‹Rote Melodie›*, *‹Drei Minuten Gehör›*, *‹An die Berlinerin›*, *‹Die Dame mit dem Avec›*.

Trotzdem – es waren keine glücklichen Jahre. Die erste Begegnung im Nachkriegs-Berlin mit jener Frau, die der Armierungssoldat im Baltikum kennengelernt hatte, verlief unselig. Die Verlobung mit Kitty Frankfurther hatte er noch in der Militärzeit gelöst. Er heiratete die Berliner Ärztin Dr. Else Weil, mit der er seit seiner Studienzeit befreundet war.

Die Inflation ließ sein kleines Vermögen zerrinnen. Die Arbeit am *‹Ulk›* hatte sich doch bald als untragbar erwiesen; er gab schon 1920 die Stellung auf. Theodor Wolff teilte er mit, daß er «über Satire und Angriff anders denke». Auch die Bitte, doch wenigstens das wöchentliche Leitgedicht weiter zu schreiben, schlug er aus. Er mochte nicht bei einem Blatt, von dem er sich schließlich aus politischen Gründen distanziert hatte, weiter quasi den politischen Leitartikel schreiben; anders war es mit der Mitarbeit im redaktionellen Teil, der verschiedene Töne gestattete.

Er entschloß sich, noch einmal von vorn anzufangen, einen üblichen, bürgerlichen Beruf zu ergreifen, statt mit der Schriftstellerei sein Leben zu verdienen. «Pour refaire sa vie.»

Tucholsky kam mit 34 Jahren als Privatsekretär des früheren Finanzministers Hugo Simon in das Bankhaus Bett, Simon & Co. Geblieben ist aus dieser Zeit nichts als ein köstlicher Erfahrungsschatz Tucholskys. Nicht nur die wendige Betriebsamkeit des mäkelnden Herrn Wendriner lernte er dort kennen. Auch die so wichtigen Instanzen «der Portier», «die Privatsekretärin», «die Stenotypistin». Wir begegnen ihnen allen in späteren Arbeiten Tucholskys wieder.

Als einer der wenigen Schriftsteller seiner Zeit kannte er den «Betrieb» und konnte ihn richtig darstellen. Nach etwa einem Jahr verließ Kurt Tucholsky das bürgerlich-normale Leben bei Bett, Simon & Co, gab eine Tätigkeit auf, in der er sich todunglücklich und deklassiert gefühlt hatte.

Endlich kann Tucholsky dem wirrseligen Muff Deutschlands entfliehen, endlich aber kann er sich auch der privaten Misere entziehen: Die Scheidung von seiner ersten Frau läuft, und am 30. August 1924 wird er Mary Gerold heiraten.

Paris überfällt ihn wie ein Rausch. Er ist nicht der erste Deutsche, dem die Luft dieser Stadt weicher, die Menschen leichter und die Natur weniger starr vorkommt. Das erste Gedicht aus Paris ist das berühmte *‹Parc Monceau›*: «... ich sitze still und lasse mich bescheinen und ruh von meinem Vaterlande aus.»

Kurt Tucholsky war 1924 aus Deutschland weggezogen – für immer. Es sollte ein ewiger Umzug bleiben, die ersehnte Ruhe kam nicht. Als er gefunden hatte, was er suchte, einen alten Kardinalssitz mit sechzehn Zimmern in einem riesigen Park nahe Fontainebleau, hieß es: «Der letzte Lampenschirm ist angeschraubt, der Tisch wackelt nicht mehr, der letzte Nagel ist eingeschlagen. Wohlan! Von hier aus ist fröhlich Wohnungsuchen.»

In diesen Monaten stellt auch Kaspar Hauser seine poetischen Grübeleien an, was *‹Nachher›* sein wird. Auch dies ein eigentümliches Phänomen: In einer Zeit, in der es ihm gut geht, am besten eigentlich, beginnt Tucholsky über den Tod zu grübeln. Und über sich selbst. Er schreibt *‹Mein Nachruf›*, die *‹Drei Biographien›* und *‹Die fünf Sinne›*, später *‹Der Mann am Spiegel›*. Die *‹Nachher›*-Szenen sind mehr als ein verspieltes Feuilleton. Sie begleiten Tucholsky über zwei Jahre als ein Mittel der Selbstverständigung; sicherlich kein Zufall, daß das Regulativ dieses Menschen sich *‹Nachher›* nannte.

So wenig wie der Umstand, daß die drei in sich geschlossenen Bücher, die Kurt Tucholsky je schrieb, den Ausnahmezustand Reise-Idylle gestalten; sein Glück und seine Innigkeit, seine Menschlichkeit und sein zärtlicher Verstand waren da strahlend und nahezu vollkommen, wo er sie aus der Welt des Alltags hinausprojizieren konnte. Er hatte schon früher einmal gesagt: «Erotik und Reisen weisen Zusammenhänge auf, die wir nur noch nicht kennen.»

Tucholsky lebte vornehmlich in der fünften Jahreszeit, dem späten Herbst, der schon müde ist, ohne schlapp zu sein, aber nicht stürmisch und frech wie der Frühling. Es ist jene Jahreszeit, der die Literatur der deutschen Romantik ihre schönsten Gedichte verdankt.

Die gleiche innere Notwendigkeit zwang Tucholsky immer wieder, «in Dichters Lande» zu gehen. Obwohl er oft betont, wie mühselig es ihm ist, den Wegen fremder Gedanken und fremden Erlebens zu folgen – er hat doch mit Verständnis die Literatur seiner Zeit verfolgt.

Lesen – das heißt bei Kurt Tucholsky immer: Versuch, sich selber zu finden. Seine über fünfhundert Buchkritiken sind eigenartiges Amalgam aus Begegnung mit fremder Artikulation und der Frage: was antwortet hier bei dir? Das Bild des Bänkelsängers oder Militärhassers Kurt Tucholsky hat sich so in den Vordergrund geschoben, daß nahezu unbemerkt blieb, daß Tucholsky einer der wichtigsten, intelligentesten Literaturkritiker seiner Zeit war. Nur unterscheidet der Ton seiner Kritiken sich wesentlich von dem der «professionellen» Kritik; es spricht kein «Kunstrichter», der dem anderen Regeln gibt oder Regelverstöße vorhält – es spricht ein Schriftsteller, der gleichsam «laut denkt»: die Produktionsweise interessiert ihn, der schöpferische Vorgang. Tucholsky «schmeckt ab», wenn er Worte, Sätze, Bücher liest, er tastet und horcht – ein Bildhauer, der das Material, den Guß, die Polierqualität einer fremden Plastik berührt; ein Maler, der dem Pinseldruck eines Bildes mit Auge und Finger folgt. Ganz deutlich bei Aufsätzen zu Chanson oder Lyrik – die Einwände zu Kästner oder Mehring kommen nicht von einem Besserwisser, sondern von einem Besserkönner. Das Wahrnehmen selbst einer schmalen Grenzüberschreitung ist typisch für diese mit nahezu musikalischer Delikatesse wägende Kritik an fremder Wortsetzerkunst – ob es die Feststellung des prinzipiellen Konstruktionsfehlers in Arnold Zweigs *‹Grischa›*-Roman ist oder das Abweisen des kapriziösen «ungeheuer oben» in einer Brecht-Ballade. Das ist das Handwerkliche, sozusagen.

Aber da ist eben noch ein Element in Tucholskys Beschäftigung mit Literatur verborgen, schwer zu definieren. Er horcht nicht nur auf die fremden Töne – er horcht in sich hinein. Er «antwortet» auf bestimmte Herztöne, auf Frequenzen, die Sender und Empfänger gemeinsam sind. Ein winziges Wort zur Charakterisierung der eigenen schriftstellerischen Arbeit – es klingt wie «entschlüpft» in einem Brief an Walter Hasenclever – bezeichnet, was gemeint ist: Güte. Die degeneriert in manchen seiner Arbeiten zu Sentimentalität, in mancher politischen Betrachtung zu Schwäche, in mancherlei privatem Lebensdetail zu Hilflosigkeit – sie ist aber innerster Kern von Tucholskys Begriff vom «Worte machen». Es mag hier das Geheimnis von Tucholskys Erfolg liegen; jedenfalls liegt hier der Schlüssel zu seinem ganz und gar unorthodoxen, ja privatistischem Literaturkonzept; denn neben seinen «großen» Entdeckungen Kafka, Joyce, Brecht – weit der Zeit voraus – gibt es eine Art Tucholskysche «Privatliteratur»: den Bauerndichter Christian Wagner, Hamsun natürlich, Wilhelm Schäfer. Eine Kritik an dessen *‹Unterbrochener Rheinfahrt›* liest sich wie ein Auszirkeln seines magischen Dreiecks: Suche nach Wärme und Bindung; Erotik als Begegnung mit etwas Fremdem, Unbekanntem, fast Feindlichem – die Frau jedenfalls als so «unten», daß gelegentlich der

Ton ins Kasinohafte rutscht; Abenteuer und Reise als Flucht, deren Ausweglosigkeit bereits erkannt ist. Privatistisch auch dies: Der Kritiker Tucholsky sieht sich in keinerlei Diskussionszusammenhang, er schreibt seine literarischen Aufsätze, als habe niemand anderes diese Bücher beurteilt, gar verurteilt. An der großen Debatte über Arnold Zweigs *‹Grischa›* nimmt er nicht teil; daß auch Kisch sich zu Max Hölz' *‹Vom weißen Kreuz zur roten Fahne›* äußerte, ist scheinbar unbekannt; die Fehden zwischen Karl Kraus und seinen erbitterten Gegnern – ob Hofmannsthal, Kisch oder Harden – werden nicht zur Kenntnis genommen; seine Kritik über Ernst Ottwalts Justizroman *‹Denn sie wissen, was sie tun›* erscheint zwar zwei Monate vor Lukács' aggressivem Essay zu dem Buch in der *‹Linkskurve›* – aber ein Echo darauf findet sich nirgends bei Tucholsky. Namen wie Lukács, Benjamin, Bloch tauchen bei ihm nicht auf. Tucholsky sah sich offenbar nicht im Chorus einer Disziplin, gar einer entstehenden materialistischen Literaturtradition. Er war Einzelgänger, auch hier.

Kennzeichnend ist dies: Die meisten Kritiken, die den heimlichen Idylliker Kurt Tucholsky zeigen, stammen aus sehr frühen Jahren. Seine Bewunderung einer «heilen» Literatur – Morgenstern, Raabe, Fontane – ist deutlich vermittelter Ausdruck einer Sehnsucht nach einer heilen Welt.

Bald entsteht aus dieser enttäuschten Liebe jener «Haß aus Liebe», der zum Motor von Tucholskys Satire wird. Bezeichnend noch der ein Jahr später zu Heinrich Mann formulierte Satz «Nun kann nur nein sagen, wer das ja tief in sich fühlt, und dieser weiß, was das ist: Demokratie». Die Demokratie also als Harmonieersatz einer heillos gewordenen bürgerlichen Welt – Tucholskys politisches Konzept hängt ursächlich mit seinem literarischen zusammen und vice versa.

Sehr früh beginnt der Verzerrungsprozeß, der Tucholskys Leben schließlich zerstörte; was Resignation im politischen Kampf, Sichaufgeben im persönlichen Leben genannt werden kann, heißt Melancholie im Rezipieren von Literatur und Philosophie. Schopenhauers Agnostizismus spielt beim reifen Tucholsky eine große Rolle. Jene «Antwort», aus der seine Beschäftigung mit Literatur besteht, sucht sich nun einen spezifischen Resonanzboden: In seiner Kritik zu Kafkas *‹Amerika›*-Buch heißt es:

«Am schönsten an diesem großen Werk ist die tiefe Melancholie, die es durchzieht. Hier ist der ganz seltene Fall, daß einer ‹das Leben nicht versteht› und recht hat. Niemals ist das, was da geschieht, ganz auszudeuten; schicksalhaft, wie im Traum, fallen die Bestimmungen, die Gesetze, die Gebräuche auf den Leidenden herunter, der auch nicht fragt; das machen die andren eben so – er also auch.»

In den späten Jahren hat Tucholsky sich wohl am intensivsten mit Philosophie beschäftigt, mit Religion; führte Gespräche mit dem Züricher Theologen Ragaz, Haupt der religiösen Sozialisten. Vornehmlich Kierkegaard beeindruckte ihn stark; er begegnete hier einer Denkweise in einem Augenblick, in dem er ihr am nächsten war:

«Bei Kierkegaard steht eine unsterbliche Seite über den Dichter, der über sich selbst hinaus möchte und der es nur zur religiösen Sehnsucht, nicht zur Frömmigkeit selber bringt ... Ich fühle das genauso: Noch nicht und nicht mehr. Das ist nicht der Augenblick zu schreiben.»

Nicht allzulange währten Glück und Stille in Paris. Am 25. April 1925 wird, als Nachfolger des verstorbenen Friedrich Ebert, Hindenburg zum Reichspräsidenten gewählt. Ignaz Wrobels schon lästiger Prophetensinn meldet sich: «Dem der Krieg wie eine Badekur bekommen ist, der wird Präsident der deutschen Republik, die es nun wohl nicht mehr lange sein wird.»

Wir erleben das seltsame Spiel, daß Kurt Tucholsky, der aus Deutschland auszog, um die Distanz zu lernen, sich mehr und verbissener denn je um die deutsche Politik kümmert. Er blieb absorbiert von Deutschland, dessen Gang er noch immer beeinflussen wollte. Seiner Erkenntnis, daß nun bald nichts mehr zu ändern sein wird, stand der Zweifel entgegen, ob Menschen so gänzlich bereitwillig auf den Gebrauch ihres Verstandes verzichten wollten. So ist für den Außenstehenden, der Tucholskys Aufenthaltsort nicht kennt, kaum merkbar, daß dieser Schriftsteller nicht in Deutschland lebt.

Kurt Tucholsky ist noch immer zur Mitarbeit bereit, wenn er sie auch als kritische Regulation versteht. Es gibt in Tucholskys Auseinandersetzung mit der Politik eigentlich keine feste Linie. Resignation und Hoffnung, Bereitwilligkeit und Skepsis wechseln ständig. 1914 hatte er sich noch energisch gegen Auburtins Satz gewandt, daß «es in Deutschland nie etwas Rechtes werden wird». Aber 1919 schon schreibt er, verzagt nahezu, «dieser Kampf scheint aussichtslos». Im selben Jahr, noch immer im Streit um seine *‹Militaria›*-Serie, glaubt er aber auch: «Mit dem wahren Deutschen hat der Preußische Offizier so wenig zu tun wie Ludendorff und Wilhelm II.» Gerade diese Theorie vom anderen, wahren Deutschland bekämpfte er später, vor allem ab 1930 energisch.

Jetzt schreibt er oft, daß «weite Kreise, die so denken wie wir», bereits seine Erkenntnisse teilten. Aber es war wohl ein Wunschdenken. Vielleicht wollte er auf diese Weise die weiten Kreise erst gewinnen. Und er sah, zur selben Zeit, genau, daß diese Unterscheidung doch zu liebenswürdig war; denn schon 1919 schreibt er bitter über Oskar Panizza: «Das hat ihn so maßlos gewurmt und bohrend und quälend an ihm gefressen, daß das Volk seiner Fürsten wert war.» Doch sogar 1922 sagt er von der Republik: «Warum ruft sie uns nicht? Wir alle, ohne Unterschied der Parteifärbung, stehen ihr zur Verfügung.»

Kurt Tucholsky ruht nicht von seinem Vaterland aus. 56 Aufsätze im Jahr 1926 sind mit Ignaz Wrobel gezeichnet, von insgesamt 213. Es entstehen die berühmt gewordenen Gedichte *‹Der Graben›*, *‹Feldfrüchte›*, *‹Gut Mord›* – es entsteht der *‹Gruß nach vorn›*.

Am 3. Dezember 1926 stirbt Siegfried Jacobsohn. Noch am selben Abend fährt Tucholsky nach Berlin. Der Tod seines Mentors heißt nicht nur: Der geistige Verwandte, der Partner und Freund ist gestorben; es heißt auch, «das Blättchen», inzwischen Sammelpunkt der geistigen Elite Deutschlands, ist verwaist.

Er soll die Nachfolge Jacobsohns übernehmen. Die *‹Weltbühne›* ist ja ein kleines Unternehmen. Keiner der großen Zeitungskonzerne steht hinter ihr. Sie hat sich absichtlich frei vom Anzeigengeschäft gehalten. Die Auflage betrug etwa 15 000 pro Woche, gerade genug, um Honorare, Druck und Papier zu decken. Dieses Familienunternehmen, das ausschließlich Siegfried Jacobsohn und seiner Frau gehörte, war auch wirtschaftlich peinlichst in Ordnung zu halten.

Am 7. Dezember 1926 erscheint das erste Blatt der *‹Weltbühne›* mit Kurt Tucholsky als Herausgeber im Impressum. Aber im Grunde seines Herzens war es seine Sache nicht. Neben der Flut von toter Arbeit, Verhandlungen, Korrespondenzen, Besprechungen, kam nun das Einrichten des Blattes, Redigieren fremder Texte, die ihn nicht berührten. Es hatte sich schon während der Zeit beim *‹Ulk›* gezeigt, wie wenig ihm das Verarbeiten, das Dirigieren lag. Diese Arbeit fraß ihn auf, der Herausgeber Tucholsky überwucherte den Schriftsteller. Tucholsky war nicht Regisseur, er war Solist. Schon Mitte des Jahres 1927, nach wenigen Monaten übergab Tucholsky die Chefredaktion an Carl von Ossietzky.

Vom 11. Oktober 1927 an erscheint die *‹Weltbühne›* mit dem Impressum «Unter Mitarbeit von Kurt Tucholsky, geleitet von Carl von Ossietzky». Diese Verwendung von Tucholskys Namen auf der Titelseite der Zeitschrift läßt eher auf die Publizität von Tucholskys Namen als auf eine tatsächlich gemeinsame Redaktion schließen. Daß Tucholsky den Journalisten Ossietzky schätzte, bedarf nach diesem Vertrauensbeweis keiner weiteren Erläuterung; menschlich sind sich beide fremd geblieben.

Wenn auch nach außen nicht spürbar – mit Jacobsohns Tod ist für Tucholsky eine Ära zu Ende. «Unsere Beiträge waren eigentlich alle nur Briefe an ihn» – das ist nun vorbei. Natürlich, Carl von Ossietzky druckte, was Tucholsky schickte, nicht nur, weil dieser vielleicht das Recht des Älteren hatte. Aber eine gemeinsame Arbeit gab es nicht mehr. Für Tucholsky war die Arbeit stets – neben aller anderen Bedeutung – auch Spiel gewesen. Es ist ein erotischer Vorgang. Die sachliche Beziehung mit dem Briefe nie beantwortenden Carl von Ossietzky konnte diesen engen Kontakt zu Siegfried Jacobsohn nicht ersetzen, von dem Hunderte von Briefen und Karten an Kurt Tucholsky erhalten sind.

Kurt Tucholsky flieht wieder Berlin. Der Kardinalssitz aber ist inzwischen aufgegeben, denn die Dauer des Aufenthalts in Deutschland war nicht abzusehen gewesen. Es folgen nun Monate des Umherziehens. Aus dieser Zeit des inneren Chaos erfährt der Leser nichts. Tucholsky teilt sich nicht mit. Von diesen ausgiebigen Reisen kennen wir die vergnüglichsten Skizzen aus Dänemark, die sanfte Besoffenheit der Fußwanderung durch den Spessart mit den Freunden Karlchen und Jacopp.

1928 ist die Verbindung mit seiner zweiten Frau auseinandergegangen. Und die Leser der ‹*Voss*› schmunzeln über des kessen Lottchens schnoddrig-schnelles Mundwerk, dem lebenden Original getreulich nachgebildet. Eines von Tucholskys schönsten Gedichten, ‹*Aus*›, das erst 1930 erschien, gibt ein wenig Auskunft über seinen Schmerz.

Wir wissen, daß er Äußerungen, die tatsächlich einen persönlichen Befund zulassen, lange zurückhielt. So zögerte er zum Beispiel drei Jahre, bis er 1920 das Gedicht ‹*Auf ein Kind*› veröffentlichte, außer ‹*Mutterns Hände*› das einzige Gedicht, das er je mit seinem Namen zeichnete.

Dieser Mann, der in steter Selbstauseinandersetzung, Selbstreflektion begriffen war, dessen Nerven und Verstand nie ruhten in der Beobachtung – er hatte sein stärkstes Lebensgefühl immer allein. Lebensgefühl heißt ja in sich hineinlauschen, Sehnsüchte, Maßstäbe, Verirrungen behorchen – Ziele. Sind sie erreicht, ist ihre Konkretheit bereits ernüchternd, ist es der vorgestellte Wert oft nicht. Der Weg ist das Ziel. Mit beinahe Strindbergscher Schärfe hat er einmal die Gratwanderung der Neigungen formuliert: «Ich hasse Dich. Doch mußt Du bei mir sein.» Und aus diesem Gefühl heraus hat er auch einmal Christian Wagners Verse gefeiert, die sich gegen die Schöpfung empörten, dagegen, die Menschen «in zwei blutige Hälften zu zerreißen, eine Mann, die andere Weib zu heißen . . . Selige Blume, die nichts weiß vom Fluche, lebenslanger und vergeblicher Suche.»

Es beginnt eine düstere und zugleich groteske Zeit für Kurt Tucholsky. Düster, weil er nun völlig einsam ist – wenn auch nicht immer allein –, ohne die beiden Menschen, die für sein Leben wichtig waren; weil die politische Misere sich mehr und mehr zusammenballt, weil der Dunst von Verbohrtheit und bösem Willen kaum mehr zu durchdringen ist. Und grotesk, weil Tucholskys große Erfolge jetzt gerade beginnen. 1927 erscheint ‹*Ein Pyrenäenbuch*› im Verlag «Die Schmiede», der allerdings bald falliert und das Buch nur bis zum 6. Tausend bringt. Rowohlt veröffentlicht 1928 den ersten Sammelband ‹*Mit 5 PS*›, der bereits 1929 das 25. Tausend erreicht. 1929 erscheint außerdem der zweite Sammelband seiner ‹*Weltbühnen*›-Arbeiten ‹*Das*

Lächeln der Mona Lisa›, von dem noch im selben Jahr 26 000 Exemplare verkauft werden. Willi Münzenbergs «Neuer Deutscher Verlag» gibt, ebenfalls 1929, den von John Heartfield montierten Band *‹Deutschland, Deutschland über alles›* heraus und verkauft innerhalb des ersten Jahres 50 000 Exemplare. Aus einer schon 1926 von Max Reinhardt bestellten Revue, die Tucholsky mit Polgar gemeinsam schreiben sollte, wird allerdings nichts.

In zahlreichen Zeitungen und Zeitschriften erscheinen Tucholskys Feuilletons und Betrachtungen. Kurt Tucholsky, «ein kleiner, dicker Berliner, wollte mit der Schreibmaschine eine Katastrophe aufhalten», wie Erich Kästner sagte. Hatte es eine Wirkung?

Er hat oft über dieses Problem nachgedacht. Mehr und mehr verzichtet er auf Scherz, Satire, Ironie – und entscheidet sich für die tiefere Bedeutung. Gewiß, seine schriftstellerischen Arbeiten, seine Feuilletons bleiben die des Satirikers, des lachenden Spötters. Aber sein Kampf für die Reinhaltung der politischen Bühne, für den letzten Rest an Anstand in dieser zerbröckelnden Republik wird sehr direkt geführt.

Hauptfeind Nr. 1 ist die deutsche Justiz. Immer und immer wieder hämmert Tucholsky seinen Lesern ein: Diese Richter sprechen doppeltes Recht, diese Richter beugen das Recht, versagen als soziales Instrument, als Kaste, als Menschen. In seinem Gedicht *‹Deutsche Richter 1940›*, in der *‹AIZ›* zu einer Fotografie von Studenten bei der Mensur geschrieben, heißt es: «Dies werden eure Richter 1940 sein.» Es war fürchterlich wahr.

Er versucht also, nicht nur bloß ironisch kommentierender Begleiter seiner Zeit zu sein – er versucht eine eigene, politische Wirkung zu haben. Er – Kurt Tucholsky – im Alleingang. Ein Brief an den Kritiker des *‹Berliner Börsen-Courier›*, Herbert Ihering, den Gegenspieler Kerrs, der *‹Deutschland, Deutschland über alles›* abgelehnt hatte, gibt Auskunft über Tucholskys Standort:

«... Immer wenn ich schreibe, denke ich an das Leid der Anonymen, an den Proletarier, den Angestellten, den Arbeiter, an ein Leid, von dem ich durch Stichproben weiß ... Und ich will lieber den Vorwurf auf mir sitzen lassen, künstlerisch nicht befriedigt oder aus Empörung über das Ziel hinausgeschossen zu haben, als ein Indolenter zu sein ... Es ist vielleicht langweilig, Jahr um Jahr Salvarsankuren zu machen; Kamillentee wäre vielleicht abwechslungsreicher – aber man muß das wohl. Auch die Spirochäten bleiben ewig dieselben.»

Tucholsky unterschied scharf zwischen Erfolg und Wirkung. Und er fragte sich immer wieder, ob alles, was er tat, nicht entsetzlich wirkungslos bliebe. Ob er mit seinem publizistischen Kampf auch nur einen einzigen Beamten in der Verwaltung von seinem Posten entfernen konnte.

«Bekommt man diese üblen und verquälten, quälenden invertierten Anstaltsweiber fort? Gehen die Sadisten? Werden die Bürokraten entlassen? Das bedrückt mich mitunter.»

Der Feind steht rechts, das wurde Tucholskys Devise. In diesen Jahren auch vollzog sich seine Annäherung an die Kommunisten. Tucholsky sah, daß die SPD, «außen rot und innen weiß», zu jedem Kompromiß bereit, kaum mehr ein ernst zu nehmender Partner war. Sein Pazifismus, der mehr und mehr militant wurde – «Schlagt zurück, wenn man Euch schlägt» –, suchte nach einer Organisation, die in der Lage war, diese Gedanken zu tragen, zu verbreiten. Auch dies ein Zeichen, daß er über den glossierenden Kommentar hinauswollte. Die Macht zu haben, das Gesagte auch in Realität umzusetzen – das war jetzt das Entscheidende. Auf die Umfrage der *‹Literarischen Welt›* – «Was täten Sie, wenn Sie die Macht hätten?» – antwortete er 1928:

«Sozialisierung der Bergwerke, Sozialisierung der Schwerindustrie, Abschaffung der Reichswehr, radikale Personalreform in der Justizverwaltung.»

Das ist einer der wenigen Versuche konkret-politischer Konstruktion, der sich bei Kurt Tucholsky findet. Er hat sich mit dem Marxismus beschäftigt, sieht hier eine Chance, dem Ruck nach rechts zu begegnen. Ebenfalls 1928 nimmt er in einer Grußadresse an den Bund Revolutionärer Pazifisten noch einmal zur Revolution von 1918 Stellung:

«Folgende Möglichkeiten sind damals ausgelassen worden: Aufteilung des Großgrundbesitzes; revolutionäre Sozialisierung der Industrie; Personalreform der Verwaltung und der Justiz.»

Nicht zufällig ist auch sein schärfstes Buch gegen diese Republik, für die Republik, *‹Deutschland, Deutschland über alles›*, bei Willi Münzenberg verlegt worden. Seit 1928 erscheinen Tucholskys Arbeiten auch in der hervorragend redigierten, ebenfalls von Willi Münzenberg verlegten kommunistischen *‹Arbeiter Illustrierten Zeitung›*.

Und zur selben Zeit bereits spürt er, daß es nicht geht. Nicht so. Wie immer bei Tucholsky ist seine Sprache sicherstes Auskunftsmittel. Was er an direkt-politischen, dem Kommunismus nahestehenden Gedichten schreibt, ist dürr. Auch hier gilt sein Lebensgesetz: Der Versuch einer Bindung wird sofort durch Skepsis, durch Furcht vor Gebundenheit erstickt. Tucholsky ist nie Mitglied der KPD gewesen, obwohl er sich mit deren Problemen herumschlug. Waren es seine Probleme?

«Wir sitzen zwischen zwei Stühlen und haben erkannt: ...

Wir haben es sehr schwer, uns von der Grundlage unserer Erziehung, unserer Ausbildung, unserer Arbeit loszulösen. Man schilt uns von der Bürgerseite her: Bolschewisten. Man mißtraut uns von der

Funktionärsseite der Arbeiterparteien ... Ihr laßt uns nicht heran. Ihr wißt es alles besser ... Wir sind weit voneinander. Wir sollten zueinander.»

Immer wieder nennt er die Sowjetunion eine Hoffnung, will sie nicht angreifen, sich nicht in den Chor der Attackierenden reihen, er glaubt aber nicht daran, daß der Zweck die Mittel heilige, daß die Menschen zu ihrem Heil und Wohl terrorisiert werden müssen. «Der Klassenkampf ist notwendig. Aber das Paradies auf Erden – das wird er uns nicht bringen.»

In seinem berühmten Brief an Arnold Zweig vom 15. Dezember 1935 heißt es: «Man muß ganz von vorn anfangen... Nicht auf diesen lächerlichen Stalin hören, der seine Leute verrät.»

Und in einem Brief vom selben Datum an seinen Bruder Fritz schreibt er über die nazifreundliche Geschäftstüchtigkeit der Sowjets:

«... und wenn sie einen wieder zu einem Kongreß einladen, müßte man erwidern: Offenbar ein Mißverständnis. Ich bin Antifaschist. Und ich muß befürchten, auf dem Kongreß ihre Geschäftsfreunde zu finden.»

Ja, er bedauert sogar, so oft und so lange aus Fairness geschwiegen zu haben. In einem Brief an Heinz Pol vom 20. April 1933 schreibt er:

«Die Rücksicht ... Das habe ich mir seit langen Jahren gesagt, und ich bereue es heute. Die KPD hat in Deutschland von vorn bis hinten dummes Zeug gemacht, sie hat ihre Leute auf der Straße nicht begriffen, sie hat die Massen eben nicht hinter sich gehabt ... Ich rate keinem KPD-Funktionär, mir etwas davon zu erzählen, daß ich nur ein Intellektueller sei. Meine Voraussagen sind eingetroffen, die der ‹*Roten Fahne*› aber samt und sonders nicht.»

Resignation und Wehmut beginnen, den Menschen Kurt Tucholsky zu überschatten. Sein Werk zerflattert, der Impetus fehlt. Zwar erscheint 1931 noch ‹*Schloß Gripsholm*›, jene pikante Urlaubserzählung, die manche Leser für die wörtliche Chronik eines Sommerabenteuers halten. In nicht unbedingt liebenswürdiger Weise hat er sie einer Autonummer gewidmet: IA 47 407.

Danach kommt nichts Größeres mehr. In der ‹*Weltbühne*› erscheinen die ‹*Schnipsel*›, jene Aphorismen, mit denen Tucholsky die Mosaiksteine seiner Lebenserfahrung gab. Diese Ideensplitter sind oft poetische Einfälle – aber sie sind nicht mehr zu Mosaiken zusammengefügt worden. Ende 1931, zu spät schon, um sich in kurzen zwölf Monaten mehr als mit der zweiten Auflage durchzusetzen, erscheint sein letzter Sammelband ‹*Lerne lachen, ohne zu weinen*›. Ein letztes Mal hören wir den Ton der Empörung und der streitbaren ratio in Tucholskys Gedenkartikel für Carl von Ossietzky. Dieses war Tucholskys letzte große politische Stellungnahme in der ‹*Weltbühne*›. Was folgt, ist Schweigen.

Er schwieg die letzten drei Jahre seines Lebens. Diese letzten Jahre waren ein einziger Lösungsprozeß von allem, was sein Leben bisher bestimmt hatte. Von Deutschland vor allem. Das Land war ihm tatsächlich widerlich geworden, auch, weil der Abschaum nun endgültig herrschte. Aber vor allem, weil diese 64 Millionen sich mehr oder weniger willig vom Abschaum beherrschen ließen. 1930 hatte er Herrn Wendriner unter der Diktatur sagen lassen, «daß dieses System auch seine guten Seiten hat. Haben wir nötig, naß zu werden?» Dieser Satz war anscheinend zur Schwurformel für 64 Millionen Babbitts geworden. Was Tucholsky 1934 in einem Brief schreiben wird, ist schon lange Realität:

«... das, was dort in Deutschland geschieht, entspricht zum Teil den tiefsten Instinkten des deutschen Volkes.»

Warum und wo sollte er noch schreiben? Und was? Nachdrucke all dessen, was er 25 Jahre lang geschrieben hatte, mahnend, bittend, warnend –? Es ist nicht gehört worden. Jetzt ist es endgültig zu spät. Vierundzwanzig Stunden nach dem Reichstagsbrand schreibt er an Walter Hasenclever:

«Ich freue mich sehr für Sie ..., daß Sie noch beizeiten aus dem Affenstall herausgekommen sind ... Sie wissen ja selbst, was los ist. Die in Deutschland wissen's zum Teil noch nicht. Noch am Laternenpfahl zappelnd, sind alle stinknational ... Und dann wird das Schlimmste vom Schlimmen kommen. ‹Ich weiß gar nicht, was Sie wollen, so schlimm ist es doch gar nicht.›»

Es ging ihn immer noch an – kein Brief, der nicht um die Geschehnisse in Deutschland kreist. Aber es rückte immer ferner und ferner, dieses Land: Es betraf ihn noch, mit Schmerz auch, das schon. Aber es betraf ihn auch, wie ein Beweis eine Behauptung betrifft, ein Resultat eine Analyse: Behauptung und Analyse existieren auch allein. Er versuchte selber, sich von allem Deutschen mehr und mehr abzuschneiden. Er spricht kein Deutsch mehr, liest kaum noch deutsche Zeitungen, überhaupt keine deutschen Bücher, kauft keine deutschen Waren. Natürlich weiß er, daß mit solchem Klein-Boykott ein Land nicht geschädigt wird; aber Ekel und Stolz zwingen ihn:

«... ich für meinen Teil also lehne jeden, aber auch jeden ohne Ausnahme radikal ab, der das bejaht, der dort mitmacht, ja, schon den, der dort leben kann ... ‹Sehn Se mal, wir haben bei uns nämlich ... Sie müssen das richtig verstehen ...› Ich muß gar nichts verstehen. Es ist ja bedauerlich, wenn einer seinen eigenen Dreck frißt ... Aber eines kann man nun wirklich nicht verlangen: Daß ich die Kompromisse der anderen mitmache.»

Und so empfand es Tucholsky auch als nur folgerichtig, daß er auf der ersten Ausbürgerungsliste dieses neuen Reiches stand, die am 23. August 1933 veröffentlicht wurde:

«Schadensersatzforderungen haben keine Aussicht. Übrigens fände ich es leicht komisch, wenn z. B. ich das täte. Ist mir denn Unrecht geschehen? Krieg ist Krieg – ich halte alle Maßnahmen, die gegen mich gerichtet sind, für revolutionär erlaubt. Es ist nur schade, daß wir sie nicht angewandt haben.»

Es ist viel Würde in diesen Worten – und auch ein ganz tiefes Nichtverstehen. Im Grunde trafen nämlich diese Wellen, die das neugeborene Dritte Reich ausstrahlte, Tucholsky nicht. Es brachte in ihm keinen Ton zum Klingen, seine Aufnahmeapparaturen nahmen das da nicht mehr auf.

Eine eigenartige Situation: Der vor Machtmißbrauch, Terror und Diktatur gewarnt hatte, stand dem System der perfekten Gewalt nahezu hilflos gegenüber.

Die deutsche Literatur war emigriert. Was Rang und Namen hatte, politischen Anstand und menschliche Würde, lebte nicht mehr in Deutschland. Heinrich Mann empörte sich selbst, ein wenig mit Spott, über das zugemutete Leben:

«Der steile Bergpfad, den es zu erklimmen galt, war eigentlich für Ziegen gedacht, nicht für einen Schriftsteller reiferen Alters. Und überhaupt, wie kommt man dazu? Man ist schließlich kein Verbrecher.»

Sich auf solche Weise über irgendwelche Gebirge zu retten, vermochte Tucholsky nicht. Sein Leben verlor den Sinn. «Leben ist Aussuchen», sagte er einst – aber nun war nichts mehr auszusuchen.

Es ist sehr schwer zu sagen, warum ein Schriftsteller schreibt. Sich mitteilen? Selbstverständigung? Erziehung? «Sein Herz waschen», wie Thomas Mann es einmal nannte? Für Tucholsky gab es keinen Sinn mehr.

Wie früh stirbt ein Mensch? Immer wieder wird die törichte Frage ‹warum› gestellt – warum hat Kurt Tucholsky sich umgebracht. Als hätte einer die Antwort, außer ihm.

Aber Tod ist ein Bazillus, man trägt ihn in sich, und schreiben heißt nicht nur sein Herz waschen, es heißt auch: sein Röntgenbild zeigen. Kurt Tucholsky war ein einsamer Mensch.

Einsamkeit ist ein bißchen Sterben. Ist die Krankheit zum Tode hin. Einsam sein heißt nicht immer, allein sein. Der Rotweinkenner und witzige Tischgast, der höflich-soignierte Besucher und der erotisch leicht irritierte Damenmann ist kein ‹Gegenbeweis›. Man muß nicht dabei sein, wenn man dabei ist – Tucholsky scheint oft neben sich gesessen und gegangen zu sein, der Beobachter. Der aber, wie man weiß, ist ein Stück entfernt, nimmt auf mit Kamera, Fernglas, Gehirn – oder Nerven. Kurt Tucholskys verläßlichstes und verletztlichstes Aufnahmegerät waren Nerven; seine Moral war die der Nervosität. Ein Seismograph, der auch die eigenen Erschütterungen haarfein registrierte.

Sein großes Prosagedicht ‹*Die fünf Sinne*› aus dem Jahre 1925 endet:

«Mit allen fünf Sinnen nehme
ich auf, sie können nichts dafür:
Meist
ist es
Schmerz.»

Dieses Element durchzieht, in unendlicher Variation zwischen Aufbegehren und Stille Tucholskys Werk, ist gleichsam das literarische Mark, die innere, unveränderbare Substanz. Sich nahe sein, das sind regenschwere Pausen, Momente der Irrealität fast. Das stärkste Lebensgefühl für Kurt Tucholsky aber ist immer allein. Und, eigenartigerweise für diesen von Musikalität so abhängigen Schriftsteller, immer sind es Prosatexte, Prosagedichte vornehmlich, die das artikulieren.

Das große politische Gedicht ‹*Hej*› aus dem Jahre 1929 – «Auf einem leeren Marktplatz stehst Du – ganz allein.» – spielt alle Möglichkeiten durch, einen anderen als den bloß eigenen Weg zu finden, aber «es bleibt jeder allein, wie Du. Trost? Nein: Schicksal.» Noch extremer, konsequenter, monologisch, ist schließlich das Prosagedicht ‹*Der Mann am Spiegel*›, das sogar den Versuch denunziert, mit sich selber ins Gespräch zu kommen; es formuliert die tiefste Einsamkeit, aus der kein Weg führt – die der Angst. Tucholskys beste Arbeiten sind Monologe. Die Literatur, die er liebte, ist Erinnerung oder monomanische Einkreisung – Brechts ‹*Ballade von der Marie A.*› und Kafkas frühe Bücher. All das ist in den Briefen zu finden; das Phänomen dieser Briefe selber ist bereits interpretierbar – Hunderte allein an die Frau, die er liebte.

Tucholsky rief eher, als daß er wirklich mit jemandem kommunizierte. Briefe sind ja auch dies: Notrufe, Selbstgespräch. Kurt Tucholskys Briefe sind ein nur notdürftig dialogisiertes Tagebuch. Schon 1924 heißt es: «Ich komme immer mehr dahinter, daß es falsch ist, nicht *sein* Leben zu leben» – aber gerade die Briefe zeigen, daß er nicht genau wußte, was das ist (oder sein kann) – *sein* Leben. Ruhelosigkeit selbst im Suchen nach Ruhe, Abgleiten in tiefe Skepsis und Resignation selbst noch beim Ausstrecken der Hand – die Briefe zeigen einen Menschen, der in einem tiefen Selbstzerstörungsprozeß steckt. 1927 heißt es selbstkritisch:

«Die Zusammenstellung des Buches für Rowohlt ist eine ziemlich traurige Sache. Man lebt das alles noch einmal durch, und ich erkenne deutlich den Knax, der da anhebt, als nach Vésinet die Reiserei anfing. Da kommt dann nicht mehr viel. Es ist widerlich, ich komme wohl nicht mehr zur Ruhe.»

Und von da an ‹kam› wirklich nicht mehr viel. Wörter wie

«Schweigeeinöde» und «Manneskrise» und Sätze wie «Ich glaube, es ist alles falsch» häufen sich, und der Wunsch, schweigen zu können («aber wer zahlt mir das?») überwuchert bald alles. Schweigen für einen Schriftsteller – das ist der Wunsch nach Tod.

Die Leiter-Skizze aus dem *‹Sudelbuch›* Sprechen – Schreiben – Schweigen ist Chiffre eines heimlich sich vollziehenden Suizids. Tatsächlich hat sich Tucholsky schon in sehr jungen Jahren mit der Absicht zum Selbstmord getragen. Und von allerlei lustig vorweggenommenen «Nachrufen» bis zu dem Bändchen *‹Nachher›* durchziehen Gedanke und Metapher Tod, Sterben, Schweigen, Ruhe aufs genaueste sein Werk. Auch Grauen und Angst.

Jedes Menschen Leben hat eine Grundmusik, verborgen meist, verstellt fast immer vor den Augen und Ohren der anderen durch mehr oder weniger raffinierte Mimikri. Tucholskys Grundton ist der der Trauer, ein Moll, durchdrungen und getragen von der wachsenden Erkenntnis: vergebens. Nicht nur im Denunzieren der eigenen Schreiberei, sondern auch im Fragwürdigmachen der ganzen Person. Wer erlaubt, daß dieser Prozeß sich in ihm entzündet, ein schwelendes, glimmendes, aushöhlendes Feuer, der verliert, was einen Menschen hält: die raison d'être. Es ist ein von der Psychosomatik noch nicht genügend geklärtes Problem, was dann zuerst und auslösend da ist: physische Krankheit oder das innere Aufgeben, damit die innere Disponibilität für Krankheit. Hanno Buddenbrook, letzte dekadente Entwicklungsmöglichkeit bürgerlicher Kulturtradition, spielte nicht den Fiebrigen, wenn er nicht zur Schule wollte – er *war* krank.

Tucholsky hat in den letzten Jahren seines Lebens an einer qualvollen Krankheit gelitten, machte zwischen 1933 und 1935 sieben schwere Operationen des Siebbeins und der Keilbeinhöhle durch und konnte, wenn überhaupt, nur noch mit schwersten Mitteln schlafen. Schon seit 1932 versuchte er, den Ärzten klarzumachen, daß er *keinen* Nervenarzt brauche, sondern einen Nasen- und Kiefer-Spezialisten (er hat auch nie einen Nervenarzt in Anspruch genommen). Doch diese Krankheit und all die überlieferten Schilderungen der Heilversuche in französischen Schwefelbädern oder auf Gotland scheinen nur eine Art Konsequenz, wirken wie etwas, das gleichsam den inneren Zustand klinisch signalisiert. Der Literaturkenner Tucholsky erwähnt im Abschiedsbrief an seine Frau den des Heinrich von Kleist an die Schwester Ulrike, in dem es bekanntlich heißt: «Die Wahrheit ist, daß mir auf Erden nicht zu helfen war.» Tucholskys Tod war auch ein Entgesellschaftlichungsprozeß. Das ‹Aussteigen› aus der eigenen Sprache, die immer häufiger werdende, ritualhaft autosuggestive Beteuerung – «ich spreche nicht mehr deutsch, lese keine deutschen Zeitungen, keine deutschen Bücher» –, auch das ist, für den Wortsetzer, Selbsttötung.

Hegels Forderung, derzufolge das Individuum nur Bedeutung habe, insofern es sich in der menschlichen Gesellschaft sammle, wird hier denunziert; die gräßlich-gläserne Klarheit der Nicht-Utopie verweigerte Sinnzusammenhang und damit Leben. Engels sagte am Todestag von Jenny Marx: Mohr ist schon tot. So kann man, das Jahr 1930 meinend, sagen: Tucholsky ist schon tot.

Das Spiel ist aus. «Wenn ich jetzt sterben müßte, würde ich sagen: Das war alles? – Und: Ich habe es nicht so richtig verstanden. Und: Es war ein bißchen laut.» Als er schon wußte, daß er sterben wird, schrieb er diese Zeilen in sein *‹Sudelbuch›*. Am 19. Dezember 1935 nahm er das Gift, das er seit langem bei sich trug.

F. J. R.

1907–1911

[1907]

MÄRCHEN

Es war einmal ein Kaiser, der über ein unermeßlich großes, reiches und schönes Land herrschte. Und er besaß wie jeder andere Kaiser auch eine Schatzkammer, in der inmitten all der glänzenden und glitzernden Juwelen auch eine Flöte lag. Das war aber ein merkwürdiges Instrument. Wenn man nämlich durch eins der vier Löcher in die Flöte hineinsah – oh! was gab es da alles zu sehen! Da war eine Landschaft darin, klein, aber voll Leben: Eine Thomasche Landschaft mit Böcklinschen Wolken und Leistikowschen Seen. Reznicieksche Dämchen rümpften die Nasen über Zillesche Gestalten, und eine Bauerndirne Meuniers trug einen Arm voll Blumen Orliks – kurz, die ganze moderne Richtung war in der Flöte.

Und was machte der Kaiser damit? Er pfiff drauf.

VORSÄTZE

Ich will den Gänsekiel in die schwarze Flut tauchen. Ich will einen Roman schreiben. Schöne, wahre Menschen sollen auf den Höhen des Lebens wandeln, auf ihrem offenen Antlitz soll sich die Freiheit widerspiegeln ...

Nein. Ich will ein lyrisches Gedicht schreiben. Meine Seele werde ich auf sammetgrünem Flanell betten, und meine Sorgen werden kreischend von dannen ziehen ...

Nein. Ich will eine Ballade schreiben. Der Held soll auf blumiger Au mit den Riesen kämpfen, und wenn die Strahlen des Mondes auf seine schöne Prinzessin fallen, dann ...

Ich will den Gänsekiel in die schwarze Flut tauchen. Ich werde meinem Onkel schreiben, daß ich Geld brauche.

STIRBT DIE KUNST?

«Stirbt die Kunst?» –

Diese seltsame Frage ist jetzt zum zweiten Male aufgetaucht. Schon vor Jahresfrist hatte Moszkowski, der Chefredakteur der ‹*Lustigen Blätter*›, die Frage gestellt, in etwas unklarer Weise behandelt und schließlich bejaht. Jetzt kommt ein Berufener, um sie abermals zu stellen und abermals zu bejahen: Victor Auburtin. Auburtin, der Schöpfer eines der feinsten deutschen Prosastücke: ‹*Der Ambassadeur*›, veröffentlicht in einem kleinen Hefte bei A. Langen-München Ansichten, die nicht nur die kleine Gruppe der Literaten angehen. Hier wird ein Problem der Massen behandelt! Und weil er mit seinem blitzenden Schwertlein so unvorsichtig herumgefuchtelt hat – getan hat er keinem etwas – darum wollen wir die Marionette des Kritikers Auburtin (nicht des Künstlers!) auf eine kleine Bühne stellen und ihn sprechen lassen. Hoppla!

Aber sachte! sachte! Immer ausreden lassen und nicht unterbrechen! Erst soll er uns erheitern und dann werden wir sehen. –

Und er spricht: «Kunst ist Verzückung, Raserei, Träumerei, Schwärmerei, Delirium ... Kunst wuchs empor aus den dämmernden Kirchen, in denen (verlogene) Pfaffen beteten ... Kunst entstand aus der Vagabondage und dem Elend des Schauspielers, aus den kleinen, eckigen Kleinstädten, die noch keine Kanalisation hatten, aber Idylle, – die Voraussetzungen der Kunst sind der Krieg, große Epidemien, Raubrittertum, regellose Unordnung! – (spricht er.) Die Ordnung kommt, die soziale Organisation, die wenigstens das aller-, allerschlimmste zu beseitigen versucht ... und nun stirbt die Kunst! –»

Vorhang.

Allseitiges Staunen. Also – wie? ... Die Masse (wer ist das übrigens?) ist schuld am Untergang der Kunst. Hm. Welche Masse? An welcher Kunst? Das wollen wir sehen?

Zunächst: Kunst ist gar nicht «Delirium, Schwärmen, Träumerei»! – Das kann sie auch sein. Aber wo bliebe, wenn sie es nur wäre, die edle Klarheit Goethes. «Ja!» spricht die Marionette, «der könnte heute auch nicht mehr durchdringen, die Masse hat ja nicht die Geduld mehr, zu lesen.» – ‹Durchdringen›? Ist denn Goethe ‹durchgedrungen›? – Keine Spur; es existieren eine Unzahl ungünstiger Kritiken, die ihn nicht begriffen, und, wie er sich einst zu Eckermann beklagte, «im eigentlichen Volke bleibe alles still». – Für solche Erscheinungen hat nun Auburtin zwei Schemen: erstens: die Masse kümmert sich nicht um die Kunst. Natürlich, sagt er dann, wie sollte sie auch, diese – Masse! Zweitens: sie kümmert sich um die Kunst. Dann schreit er: «Die Kunst stirbt an der Verpöbelung. Die Masse herrscht, und vor ihr hat alles zu kuschen. Sie verlangt billige Kunst und eine handfeste, deutliche Kunst, von der man doch etwas hat.» — Ja! Aber das hat sie immer getan. Und doch ist die ganze subtile Kunst weiter gediehen, unbekümmert um die . . . die . . . Masse. Ja, wer war denn das eigentlich?

Hören wir: «Daß in einem wohlorganisierten Bürgerstaate die Kunst sterben muß, das lehrt uns die Kunstgeschichte Hollands.» — Aha! Das glaube ich, daß die dicken Mynheers für die Kunst nichts übrig gehabt haben. — In einem Bürgerstaate, sagt er — ist das unsere Zukunft? Sicher nicht. Sondern —? Ach, die Marionette stimmt ein Klagelied an: «Unsere Spezies geht einer Verameisung entgegen. Wie bei den Ameisen und Bienen der Staat alles, die Persönlichkeit nichts ist, wie bei ihnen die Freß- und Greiforgane auf Kosten des verkümmerten Gehirns sich entwickelten, so wird es auch bei uns geschehen, die wir unser Heil auf das Dümmste und Gemeinste gestellt haben, auf die Arbeit. All das Feine und Leise, das der Muße und dem Eigensinn des Individuums entblühte, das wird verkümmern; schon in der Schule den Rotznasen die Nützlichkeit als das Höchste gepriesen; das ganze Leben darauf eingerichtet, ja keine Minute zu verträumen, ja die Zeit fleißig zu verhämmern und verpochen, ja immer mitten im wimmelnden Haufen zu bleiben ... In 250 Jahren, wenn die soziale Organisation glänzend durchgeführt worden ist, dann wird man den Dämon des Künstlers schon auf den Schulbänken gedusselt haben ... Ich glaube, daß die menschliche Rasse einer gewaltigen Zukunft entgegengeht. Ich glaube an das Kommen friedlicher Demokratien, immenser, geeinter Arbeiterschaften, die das Höchste wollen, und das Höchste erreichen werden. — Aber ich weiß, daß aus dem anonymen Gewimmel nie die reißend schmerzliche Strophe eines Liedes tönen wird, und sollte sie dennoch wieder einmal tönen, so wird sie nicht verstanden werden.» —

Er weiß das. Aber nun genug der Ironie, denn wir wissen etwas anderes: Daß jede Zeit den Ausdruck ihrer Gefühle selbst findet und die «Anemonen auch im April des Jahres 2361 nicht versäumen werden, zu blühen». Auf derartige Einwendungen, sagt Auburtin, pfeife er. Nun, so wollen wir ihm eins trommeln. — So lange bis selbst er begriffen hat, daß die Massen sich nach der Kunst sehnen und für sie reif werden, und wenn der Pfeifer erklärt, «es gäbe nichts greulicheres als Schillertheaterei und jene Volksbühnen, wo die Kunst braven Arbeitern zu Aschingerpreisen serviert werde» — so muß ihm getrommelt werden, daß die undisziplinierten Grinser im *‹Faust›*, die er gesehen hat, schon längst zu den Ausnahmen zählen. Schon. Dank den Bemühungen der Volksbühnen.

Das Spiel ist aus. Wir hängen die Puppe samt Schwert und Tragik wieder an die Wand und verlassen das Bühnchen mit einer Frage im Ohr, die so recht zeigt, wie Auburtin der Kleine — denkt. «Damals», sagt er, «zur Zeit Neros, da hat man schon das Ende der Kunst für gekommen gehalten, weil alles ausgeschöpft schien. Sie ahnten noch nicht die ungeheueren Barbarenmassen, die jenseits der Grenzen lauerten, und in denen die Keime zu Rembrandts und Goethes Naturen schon vorhanden waren. Wo aber sind heute die Barbaren, aus denen wir uns erneuern können? Wo sind die Reserven?» –

Ich erlaube mir, Herrn Victor Auburtin auf die Existenz eines Proletariats aufmerksam zu machen.

1912

HINRICHTUNG

Sachsen, das sich in Dingen der Verwaltung und Justiz durch ein Unmaß von Gemüt auszeichnet, ist für jede Opposition von nicht zu unterschätzender agitatorischer Bedeutung. So hat es jüngst wieder bei einer Hinrichtung eines Raubmörders wertvolles Material zur Abschaffung der Todesstrafe geliefert.

Um sich die Szene zu vergegenwärtigen, muß man sich abgewöhnen, bei dem Wort ‹Gefängnishof› an etwas Außerordentliches zu denken. Ein Gefängnishof ist schließlich ein Hof wie jeder andere, nur fehlt die Teppichklopfstange, und er wirkt vielleicht ein bißchen grau und trübselig durch die Gitter, mit denen die Hoffenster der umliegenden Gebäude versehen sind. Aber er ist doch ein Hof, mit Steinen gepflastert, er steht auf ebenderselben Erde wie wir ...

Nun denke man sich, eine Tür öffnet sich und sie zerren einen Menschen heraus, der soll sterben und will nicht. (Sein Opfer wollte es auch nicht – also wozu die Scheußlichkeit wiederholen? –) Der Staatsanwalt, Beamter bis in die Schnurrbartspitzen, liest dem Halbirren, vor Angst Vertierten, etwas vor, «... von seinem Begnadigungsrecht keinen Gebrauch gemacht» ... er wird überbrüllt, überkreischt von dem Tollen, der sich abquält und sich windet unter den Fäusten der Scharfrichterknechte. Dieser hier (Göhlert hieß er wohl) rief zum Beispiel, man habe ihn unschuldig verurteilt, die Justiz solle sich das merken, er habe das auch an seine Frau geschrieben, irres Zeug, hervorgesprudelt von einem Tier, einem Tier.

Unter den Zuschauern befanden sich drei Söhne und ein Schwiegersohn der Ermordeten! – Ich bin überzeugt, es war auch ein Pfaffe da mit der Bibel: Richtet nicht, auf daß ihr nicht gerichtet werdet! – Was die Söhne wohl bei dieser Scheußlichkeit gedacht haben? – Rache? Befriedigung? –

Im ganzen waren es diesmal nur 60 (sechzig) Zuschauer. Bei Grete Beier fand ja ein kleines Volksfest statt: damals zierten 200 den Hof.

Diesmal war es ein kleines, aber gewähltes Publikum, das den spannenden Vorgängen auf der Bühne mit Interesse folgte und nach Schluß der Aufforderung der Beamten Folge leistend, sogleich den Hof verließ.

Also: eine mäßige Vorstellung.

ROTUNDENZENSUR IN KÖNIGSBERG

Die hiesige Garnisonverwaltung –
(wir sind schon weit in der Kultur)
die brauchte zwecks Toilettegestaltung
Papier – und zwar Makulatur.

Doch darf kein Blatt von jener Sorte,
so roh, so rot und so verderbt
darunter sein –
An solchem Orte
kann man nie wissen, ob das färbt.

Ertappt man etwa die Rekruten,
und lesen sie solch ein Traktat,
und grad, wenn sie – Reveille tuten:
das wäre glatter Hochverrat!

Wir dürfen dieses nicht beklagen! –
. . . *‹Kreuzzeitung›* . . . *‹Post›* – nun – weg ist weg!
Und sie erreichen sozusagen
den eigentlichen Bestimmungszweck.

STREIKJUSTIZ

Du siehst sie durchs Gefilde hupfen:
die Wangen angenehm verpudert,
frech, nicht mehr jung, und auch verludert,
verschminkt . . . zwei rosarote Tupfen . . .

Die Waage wackelt hin und her.
Das Schwert – mein Gott – es ist aus Pappe,
sie trägt es scherzhaft als Attrappe,
ein eisernes ist ihr zu schwer.

Sie richtet so! O ja – man siehts!
die schwarzen, hohen Stöckelschuhe
zertrampeln alles – schaffen Ruhe.
So tänzelt Fräulein Streikjustiz.

Es raschelt des Talars Frou-Frou . . .
– «Du trugst doch früher eine Binde?»
– «Die hab ich noch! Dem, den ich finde,
schnür ich damit die Kehle zu!» –

MEHR FOTOGRAFIEN!

Im berliner Gewerkschaftshaus hängen an den Wänden Fotografien verstümmelter Hände. Betriebsunfälle der Holzarbeiter. Sie wirken: das rüttelt die Gleichgültigsten auf, bis weit nach rechts setzt es schmierige Feuilletons.

So etwas verdient Nachahmung. So ein Blatt mit den halbierten Fingern redet (agitatorisch) mehr als Statistik, Berichte, als die aufreizendsten Reden. Mehr Fotografien! –

Es gibt schon welche. In der Wohnungsenquete der Ortskrankenkasse für den Gewerbebetrieb der Kaufleute sind einige Wohnungsaufnahmen, die den Unkundigen erblassen machen – sie sind noch zu mild, zu abgetönt, in Wirklichkeit ist es schlimmer. Aber sie wirken. Da ist eins – 1911 –: ich überlege mir immer, wenn ich es sehe, warum man es nicht längst verwertet hat: In einer Küche – 4,00 m, 2,75 m, 2,60 m – arbeiten vier Personen, darunter zwei schulpflichtige Kinder – an der Herstellung von Knallbonbons . . . Dreck, Unordnung, schlechte Luft . . . Warum nimmt man dies Bild nicht, fotografiert eine bürgerliche Hochzeitsgesellschaft, einen Tanz – und setzt beide nebeneinander? – Ganz ohne Text, oder vielleicht nur: Hier muß jeder nach seiner Façon selig werden! –

Wir brauchen viel mehr Fotografien. Eine Agitation kann gar nicht schlagfertiger geführt werden. Da gibt es keine Ausreden – so war es, und damit basta.

Wie wäre es mit einer Aufnahme von Sistierungen in Berlin? – Oder: Streikposten und Polizei. Oder: Der Feldwebel Kornischke bei der Rekrutenausbildung. Oder eine Hinrichtung . . .?

Nichts beweist mehr, nichts peitscht mehr auf als diese Bilder. Es gibt so wenige, zerstreut, durch Zufall entstanden. Das ist nichts. Systematisch muß gezeigt werden: so wird geprügelt, und so wird erzogen, so werdet ihr behandelt, und so werdet ihr bestraft. Mit Gegensätzen und Gegenüberstellungen. Und mit wenig Text. Etwa eine Serie: Illustrierte Kaiserworte . . .

Ungeahnte Möglichkeiten eröffnen sich: Bethmann, das Deutsche Reich regierend. Oder: Wilhelm II., ein Todesurteil unterschreibend. Oder noch höher: Jagow, einen vernünftigen Erlaß diktierend. Aber freilich: Das Unmögliche kann man nicht fotografieren . . .

AMERIKA HEUTE UND MORGEN

Arthur Holitscher, den Thomas Mann in einem wundervollen Prosastück zu einem sich selbst genügenden Ästheten namens Spinell verarbeitet hat, hat eine amerikanische Reise gemacht und darüber berichtet. (S. Fischer, Verlag.) Und wie hat er berichtet! – Spinell ist tot, es lebe Arthur Holitscher! –

Was ist es mit diesem Amerika? – Lies hundert Bücher über der Deutschen Verwaltung, Sitten, Gebräuche, Wirtschaftsformen, höre Kollegs, sieh dir Fotografien an, und du wirst doch nicht, hast du deinen Wohnsitz anderswo, die Luft riechen, das spezifisch Deutsche erfassen.

Was wußte Holitscher, als er, der Fremde, das ungeheure Land Amerika aufsuchte. Und es kommt auch gar nicht darauf an, ob er in der subtilsten Frage, die es drüben gibt, der Rassenfrage, recht hat oder nicht, ob Ellis-Eiland, die Burg gegen die Einwandererströme, wirklich eine Notwendigkeit ist, ob die Kinderrepublik in Freeville eine Farce ist oder eine Wohltat, – darüber mag man in Spezialwerken nachlesen.

Aber daß endlich mal einer uns diesen Begriff ‹Amerika› auflöst in hundert kleine menschliche Einzelzüge – das ist es. Wie wir nun nach zwanzig, dreißig Bildern, Impressionen merken, wie drüben auch mit Wasser gekocht wird, wie sie dort arbeiten und fröhlich sind und zerwalkt werden und in ihrem rasenden Tempo nicht einhalten, bis – zu Ende. Wie alles so anders ist als bei uns. Und das ist das Gute an diesem Buch: daß Holitscher nicht in unserem Maßstabe mißt, weil er weiß, daß Psychologie und Wirtschaftsform sich gegenseitig bedingen, weil er mit etwas völlig Neuem das völlig Neue, Andersgeartete mißt.

Der Absatz *‹Chicago›* war ja hier abgedruckt und zeigte schon die ganze Kunst, ohne ermüdende Einzelheiten den Kern zu geben, aber nicht mit der unverschämten Sicherheit des Zugereisten, sondern zweifelnd, vorsichtig, voll Skepsis.

Wie lebt alles, was er schrieb! Die Schulen, die großen Volksbildungsanstalten, die Sporthallen (die übrigens nie von Holitscher beweihräuchert werden, sondern immer als das betrachtet werden, was sie sind: als Tropfen auf den heißen Stein Kapitalismus).

Dieses Buch ist anders als alle anderen: J. V. Jensen war drüben und hat mit scharfen Augen gesehen und – nicht gesehen und hat mit seiner Stahlhand ein Amerika geformt, das es nicht gibt –, auch er hat begriffen, aber hinzugefügt (*‹Die neue Welt›*. Essays. S. Fischer, Verlag). Wolzogen war drüben und hat geschwätzig über Äußerlichkeiten berichtet – niemand, niemand fand diesen Ton.

New York, die Wolkenkratzer, und das Essen da und die Schutzleute und Wahltage in kleinen Nestern, Kanada, dies ungeheure Landreservoir, die Landstreicher . . .

Und all das untermischt mit fabelhaft geschickten Fotografien, Gegenüberstellungen, wie sie bei uns viel zu wenig gemacht werden; z. B. *‹Arbeitswillig›* und *‹Verbraucht›*, und Gruppenaufnahmen: *‹Solche Leute braucht der Westen›*, Männer voll unheimlicher Kraft und Energie, die noch in den Überschüssen, in der maßlosen Korruption erkennen lassen, wie wertvoll die richtiggeleiteten Kräfte sein würden.

Lest dies Buch: so sieht es drüben aus. Lest dies Buch: so sieht einer die Welt.

RHEINSBERG

ein Bilderbuch für Verliebte

Unsern lieben Frauen
M. W.
K. F.
C. P.

... das beginnt nach der Liebeserfüllung; nicht vorher. Da entfalten die Seelen ihre volle Stärke, nicht vorher. Da geht der Kampf in voller Rüstung, nicht vorher. Da stehen die Charaktere auf gleichem Feld, nicht vorher. Da sind die Schranken zwischen zwei Menschen dahin, da erst, nicht vorher.
Alfred Kerr

Müde und bekränzt streckt sich der Sommer ins Gras. Heinrich Mann

Seinen eigentlichen Anfang nahm das Abenteuer erst, als sie in Löwenberg ausstiegen. Der D-Zug ruhte lang und dunkel in der Halle unter dem Holzdach – sie durchschritten einen Tunnel, oben, in hellem Sonnenlicht, stand die Kleinbahn, wie aus Holz gefügt, steif und verspielt.

Sie stiegen ein.

«Claire?»

«Wolfgang?»

«Diese Bahn scheint noch lange hier zu stehen ... machen wir einen kleinen Spaziergang?»

«Setz dich hin und falte die Hände! Sie geht gleich ab.»

Der Zug ruckte und ruckelte sich gemächlich durch Salatgärten, Hofmauern. Der Horizont flimmerte blendend weiß ... War es eine Schönheit, diese Landschaft? – Nein: da standen Baumgruppen, durch nichts ausgezeichnet, das Land wurde wellig in der Ferne, versteckte ein Wäldchen und zeigte ein anderes – man freute sich im Grunde, daß alles da war ... Das Maschinchen schnob und klingelte zornig, durch den staubigen Rauch hindurch klingelte es melodisch, wie eine läutende Kirchturmsglocke bei Sturm.

«Wolf, den Reiseführer!»

Sie hatten ihn im D-Zug liegen lassen – er hatte ihn im D-Zug liegen lassen.

Sie hielten, mitten im Walde, auf der Strecke. Die Köpfe heraus; die Beamten waren zurückgelaufen, hatten Schaufeln mitgenommen: die

Lokomotive mußte Funken ausgeworfen haben, ein kleiner Brand war entstanden ...

«Ich will mitlöschen!»

Er kugelte den sandigen Abhang herunter; die Reisenden lachten. Oben stand Claire und verdrehte die Augen.

«Du mußt ja ...!»

Er kam zurück, ganz bestaubt, lächelnd, glücklich. Er hatte sich wieder einmal betätigt. Die Beamten kamen, stiegen auf, der Zug ruckte an ...

«Eigentlich ...»

«Na?»

«Ich finde es heiter. Denk mal, mein Papa und mein Mama sitzen jetzt im Kontor, fahren in der Stadt herum und glauben ihr Töchterchen wohlgeborgen im Schoße der treusorgenden Freundin. Hingegen ...»

«Hingegen ...?»

«Na, ja, treusorgen sorgst du ja für mich ...»

Der Jäger nebenan hatte schon lange in sich hineingelacht. Er saß da, grün, bepackt, schwer und braungebrannt. Man hatte, wenn man ihn sah, die Empfindung von ganz frühen, feuchten Morgen, ein Mann tappt durch den halbdunklen Wald, es riecht kräftig und gut ... Das kleine, runde Loch der Büchse guckte unheilverkündend, schwarz und dunkel in die Luft: kleine Kugeln werden herausfliegen, das Reh, auf das es morgen gerichtet wird, lief vielleicht jetzt gerade mit seinen Gefährten zur Quelle, trank und war zierlich im Walde verschwunden ... Der Jäger stand auf, stopfte sich eine Pfeife und sagte beim Herausgehen: «Schonzeit, junger Mann, Schonzeit!» – und trampfte lachend davon.

Das Coupé war erfüllt von ihrem Schreien, das die rumpelnden und klirrenden Geräusche übertönen sollte.

Man verständigte sich nur schwer:

«... Sonne weit über das Land ...»

«... wie? Sonne reit über das Land? ...»

«... nein ... Sonne weeiit ... Land ... Seh mal: 'ne Akazie! 'ne blühende Akazie, lauter blühende Akazien!»

«Is gar keine, is 'ne Magnolie!»

«Hach! Also wer weiß denn von uns beiden in der Botanik Bescheid? Ich oder ich?»

«'ne Magnolie is es.»

«Meine Liebe, ich müßte bedauern, es mit einem kräftig geführten Schlag gegen Sie nicht bewenden lassen zu können. Alle Wesensmerkmale der Akazie deuten auch bei diesen Bäumen auf eine solche hin.»

«Is aber 'ne Magnolie.»

«Herr Gott, Claire! Siehst du denn nicht diese typisch ovalen Blätter, die weißen, kleinen, traubenförmigen Blütenstiele! – Mädchen!»

«Aber ... Wölfchen ... wo es doch 'ne Magnolie is ...»

Sie erstickte in Küssen.

Dann galt es noch eine Bauersfrau nachzuahmen, die auf der letzten Station hochgeschürzt und breitbeinig stehengeblieben war, um sich vermittels ihres zweiten Unterrocks zu schneuzen. Claire erwies sich hierbei als geschickt und brauchbar.

Endlich kamen sie aber doch an.

Es zeigte sich, daß das Hotel, das sich schon durch einen Anschlag im Zuge als altbekannt und mit einer gepflegten Küche versehen angepriesen hatte, durch einen Wagen, zwei Pferde und einen Bediensteten vertreten war. Dieser Mann mußte die Gepäckstücke holen, die man in Berlin sorgfältig aufgegeben hatte: zwei winzig kleine Köfferchen. Sie wurden verladen; die Reisenden stiegen ein. Sie rutschten auf den schwarzen, hier und da ein wenig aufgeplatzten Wachstuchkissen der Sitze herum; die Fenster klirrten, die beiden machten sich durch weitausladende Handbewegungen verständlich. Der Wagen war leer, die Chaussee staubig und öde. Einige hundert Meter saßen sie manierlich, aber schon an der Ecke, die das Anwesen des Gütlers Johannes Lauterbach und das der Post bilden, lagen sie in lautem Hader, wessen Koffer durch seine Kleinheit am meisten Verdacht erregen werde. Sie nannten diese Reisegegenstände ‹Segelschweine›, und die Claire rang die Hände, Wolf sei ein Schandfleck. Sie, ihrerseits, wahre das Dekorum. Sie schwatzten fortwährend, die Claire am heftigsten. Ihr Deutsch war ein wenig aus der Art geschlagen. Sie hatte sich da eine Sprache zurechtgemacht, die im Prinzip an das Idiom erinnerte, in dem kleine Kinder ihre ersten lautlichen Verbindungen mit der Außenwelt herzustellen suchen; sie wirbelte die Worte so lange herum, bis sie halb unkenntlich geworden waren, ließ hier ein ‹T› aus, fügte da ein ‹S› ein, vertauschte alle Artikel, und man wußte nie, ob es ihr beliebte, sich über die Unzulänglichkeit einer Phrase oder über die andern lustig zu machen. Daß sie Medizinerin war, wie sie zu sein vorgab, war kaum glaubhaft, jedoch mit der Wahrheit übereinstimmend. Sie spielte immer, gab stets irgendeiner lebenden oder erdachten Gestalt für einige Augenblicke Wirklichkeit ...

Der Wagen hielt. Während sie ausstiegen:

«Paß auf, Frauchen, wo ist der Koffer mit dem falschen Geld? – Ah da ...»

Der Hausknecht ließ den Mund weit offen stehen, sperrte die Augen auf ...

Freundlich geleitete sie der alte Wirt in ein Zimmer des ersten Stockwerks. Es war kahl, einfach, blumig tapeziert. Holzbetten standen darin, ein großer Waschtisch, eine Vase mit einem künstlichen Blumenstrauß – an der Wand hingen zwei Pendants: ‹Eroberung Englands durch die Normannen›, und in gleichartigem Rahmen und symmetrisch aufgehängt ‹Großpapachens 70. Geburtstag›. Die Tür schloß sich, sie waren allein.

«Claire?»

«Wolfgang?»

«Jetzt weiß ich nicht, sollte ich den Kofferschlüssel zu Hause vergessen haben ...?»

«My honey-suckle», und sie drückte ihm einen heftigen Kuß auf den Mund, während ihr Gesicht rachsüchtig und boshaft erglänzte, und stieß ihn von sich:

«Och, der kleine Jungchen muß ja alles vergess — psch, psch, psch ...» Und man wußte nicht, ob diese Töne eine wiegende Mutter nachahmten oder ganz etwas anderes.

«Pack aus, mein Hulle-Pulle!» —

Schwer seufzend packten sie aus, räumten ein.

«Ja, ich bin nu so weit. Jetzt frisiere ich mich, un denn gehe ich spaziers. Un du?»

«Das überlasse du nur mir; es wird dir dann seinerzeit das Nötige mitgeteilt werden.»

Der Stil war im großen und ganzen einheitlich verzerrt. Sie sagten sich häufig Dinge, die nicht recht zueinander paßten, nur um diese oder jene Redewendung anbringen zu können, den andern zu irritieren, sein Gleichgewicht zu erschüttern ... Sie gingen herunter ...

Da war der Marktplatz, der mit alten, sehr niedrigen Bäumen bepflanzt war, schattig und still lag er da. Sie schritten durch ein schmiedeeisernes Tor in den Park. Hier war es ruhig. In dem einfachen weißen Bau des Schlosses klopfte ein Handwerker. Sie gingen durch den Hof wieder in den Park, wieder in die Stille ...

Noch brausten und dröhnten in ihnen die Geräusche der großen Stadt, der Straßenbahnen, Gespräche waren noch nicht verhallt, der Lärm der Herfahrt ... der Lärm ihres täglichen Lebens, den sie nicht mehr hörten, den die Nerven aber doch zu überwinden hatten, der eine bestimmte Menge Lebensenergie wegnahm, ohne daß man es merkte ... Aber hier war es nun still, die Ruhe wirkte lähmend, wie wenn ein regelmäßiges, langgewohntes Geräusch plötzlich abgestellt wird. Lange sprachen sie nicht, ließen sich beruhigen von den schattigen Wegen, der stillen Fläche des Sees, den Bäumen ... Wie alle Großstädter bewunderten sie maßlos einen einfachen Strauch, überschätzten seine Schönheit und ohne das Praktische aller sie umgebenden ländlichen Verhältnisse zu ahnen, sahen sie die Dinge vielleicht ebenso einseitig an, wie der Bauer — nur von der andern Seite. Nun, hier in Rheinsberg erforderten die Gegenstände nicht allzuviel praktische Kenntnis, man war ja nicht auf einem Gut, das bewirtschaftet werden sollte. — Sie kamen an den Rand eines zweiten Sees, an eine Bank. Stille ...

«Wolfgang?»

«Claire?»

«Glaubssu, daß es hier Bärens gibs? Eine alte Tante von mir is beinah mal von einem . . .»

«. . . von einem Bären zerrissen worden?»

«Nein.» Sie war ganz empört. «Habe ich das gesagt? – Ich meinte nur . . . Aber, du – beschützs mich doch, ja?»

«Ich schwöre dir . . .»

«Hm.»

Wieder war es sehr still. Die Claire saß da und sah sehr bestimmt in das schmutzig-grüne Wasser.

«Also paß mal auf. Warum ist hier nicht überall der zweite Friedrich? So wie er in Sanssouci überall ist. Auf jedem geharkten Weg, an jedem Boskett, hinter jeder Statue? – Hier hat er gelebt. Gut. Wüßtest du es nicht, würdest du es merken?»

«Nein. Vielleicht muß man älter, machtvoller sein, um die Welt um sich zu formen nach seinem Ebenbilde . . . Wer ist heute so wie der Alte war? Sehen unsere Wohnungen aus, wie wenn sie nur und ausschließlich dem Besitzer gehören könnten? . . . Ein Specht, siehst du ein Specht!»

«Wölfchen, es ist kein Specht. Es ist eine Schleiereule.»

Er stand auf. Mit Betonung:

«Ich habe ein außerordentlich feines Empfinden dafür, ich vermute, du bist gewillt, dich über mich lustig zu machen. Wird diese Vermutung zur Gewißheit, so schlage ich dich nieder.»

Ihr Gelächter klang weit durch die Fichten.

Das Schloß! – Das Schloß mußte besichtigt werden. Man schritt hallend in den Hof und zog an einer Messingstange mit weißem Porzellangriff. Eine kleine Glocke schepperte. Ein Fenster klappte: «Gleich!» – Eine Tür oberhalb der kleinen Stiege öffnete sich, und es kam nichts, und dann tappte es, und dann schob sich der massige Kastellan in den Hof. Als er der Herrschaften ansichtig wurde, tat er etwas Überraschendes. Er stellte sich vor. «Mein Name ist Herr Adler. Ich bin hier der Kastellan.» Man dankte geehrt und präsentierte sich als Ehepaar Gambetta aus Lindenau. Historische Erinnerungen schienen den dicken Mann zu bewegen, seine Lippen zuckten, aber er schwieg. Dann:

«Nu kommen Sie man hier hinten rum, – da ist es am nächsten.» –

Und schloß eine bohlene Tür auf, die in einen dunklen Steinaufgang hineinführte. Sie kletterten eine steile Treppe mühsam herauf. Oben, in einem ehemaligen Vorzimmer, lagen braune Filzschuhe auf dem Boden, verstreut, in allen Größen für Groß und Klein, zwanzig, dreißig – man mochte an irgendein Märchen denken, vielleicht hatte sie eine Fee hierher verschüttet, oder ein Wunschtopf hatte wieder einmal versagt und war übergelaufen . . .

Die Claire behauptete: *So* kleine gäbe es gar nicht. –

«Ih», sagte Herr Adler, «immer da rein; wenn sie auch ein bißchen kippeln, des tut nichts.»

Er aber war nicht genötigt, solche Schuhe anzuziehen, weil er von Natur Filzpantoffeln trug.

Die Zimmer, durch die er sie führte, waren karg und enthaltsam eingerichtet. Steif und ausgerichtet standen Stühle an den Wänden aufgebaut. Es fehlte jene leise Unregelmäßigkeit, die einen Raum erst wohnlich erscheinen läßt, hier stand alles in rechtem Winkel zueinander ... Herr Adler erklärte:

«... und düs hier sei das sogenannte Prinzenzimmer, und in diesem Korbe habe das Windspiel geschlafen. Das Windspiel – man wisse doch hoffentlich ...?»

«Zu denken, Claire, daß auch durch deine Räume einst Liebende der Führer mit beredtem Munde leitet ...»

«Gott sei Dank! Konnt er ja! Bei uns war es piekfein.»

Und dann sagte Herr Adler, dies seien chinesische Vasen, und dieselben hätte der junge Graf Schleuben von seiner Asienreise mitgebracht.

Aber hier – man trat in ein anderes höheres Zimmer – hier sei der Gemäldesaal. Die Bilder habe der berühmte Kunstmaler Pesne gemalen, und die Bilder seien so vorzüglich gemalen, daß sie den geehrten Besuchern überallhin mit den Augen folgten. Man solle nur einmal die Probe machen! Herr Adler gab diese Fakten stückweis, wie ein Geheimnis, preis. Es war, als wundere er sich immer, daß seine Worte auf die Besucher keine größere Wirkung machten. – Herrgott, die Claire! – Sie begann den Kastellan zu fragen. Wolfgang wollte sie hindern, aber es war schon zu spät. –

«Sagen Sie mal, Herr Adler, woher wissen Sie denn das alles, das mit dem Schloß und so?»

Herr Adler leitete sein Wissen von seinem Vorgänger, dem Herrn Breitriese, her, der es seinerseits wieder von dem damaligen Archivar Brackrock habe. –

«Und dann, was ich noch fragen wollte, Herr Adler, hat es hier wohl früher ein Badezimmer gegeben?»

«Nein, aber *wir* haben eins unten, wenn es Sie interessiert ...»

Sie dankten. Herr Adler, der noch zum Schluß auf eine Miniatur, ein Geschenk der Großfürstin Sofie von Rußland, hingewiesen hatte, verfiel plötzlich in abruptes Schweigen. Und erst nachdem das Trinkgeld in seiner Hand klingelte, blickte er zum Fenster hinaus und sagte, ein wenig geistesabwesend: «Dies ist ein ehrwürdiges Schloß. Sie werden die Erinnerung daran Ihr ganzes Leben bewahren. Im Garten ist auch noch die Sonnenuhr sehenswert.»

Claire unterließ es nicht, Wolf ein wenig zu kneifen, und an der blumenkohlduftenden Kastellanswohnung vorbei schritten sie hinaus, ins Freie.

Am Nachmittag fuhren sie auf dem See herum. Er ruderte, und sie saß am Steuer, während sie dann und wann drohte, sie werde ihre graue, alte Familie unglücklich machen, sie habe es nunmehr satt und stürze sich ins Wasser. Er werde sowieso bald umwerfen. Nein – sie landeten an einer kleinen Insel. Ein paar Bäume standen darauf. Sie lagerten sich ins Gras ... Ein kühler Wind strich vom See herüber. Die Uferlinien waren unendlich fein geschwungen, die hellblaue Fläche glänzte matt ...

«Sehssu, mein Affgen, das is nu deine Heimat. Sag mal: würdest du für dieselbe in den Tod gehen?»

«Du hast es schriftlich, liebes Weib, daß ich nur für dich in den Tod gehe. Verwirre die Begriffe nicht. Amor patriae ist nicht gleichzusetzen mit der ‹amor› als solcher. Die Gefühle sind andere.»

«Nun, ich bescheide mich.»

Und, nach einem langen Träumen in den hellen Himmel, – er war so hell, so hell, daß die blitzenden Funken vor den Augen tanzten, sah man lange hinein –:

«Wölfchen, du hast doch niemalen eine andere geliebt, vor mir?»

«Nie!»

Es prickelte, so über die Sehnsucht der Bürger zu spotten, über das, was sie Liebe nannten, über ihre Gier, stets der erste zu sein ... Sie waren beide nicht unerfahren.

Stimmen kamen, Ruderboote, Familien, die hier zu einem Picknick landen wollten. Riesige, blecherne Vorratskörbe bedrohten wie Geschütze das Lager der Friedlichen ... Auf und davon! –

Mitten im See: «Söh mal, du muß mir auch ma rudern gelaß gehabt haben –! Mich möcht diß auch mal – buh.»

«Bitte, rudere!»

Sie wechselten, das Boot schwankte.

Die Claire ruderte. Es war eine Freude. Einmal verlor sie beide Ruder. Er mußte mit dem Stock rudern. Endlich fingen sie die Hölzer wieder, die weitab auf dem Wasser getrieben hatten.

«Ich kann es sehr schön. Ich konnt ja auch mal ohne Ruder – ja, konnt ich! Lach nich, du Limmel! Hab ich fürleichs nicht recht, na!»

Und ruderte, daß sie prusten und keuchen mußte, wie eine kleine asthmatische Dampfmaschine. Die Sonne ging schon unter, als sie anlegten.

Er bezahlte. Die Claire schwätzte mit der Bootsverleiherin. Er hörte gerade: «So – also ein kräftiger Menschenschlag ist hier, wie?»

«Tje Fröln, *wir* vertobaken uns Jungen ja nich schlecht!»

Sie lachten noch, als sie am Hotel waren.

Wie friedlich dieser Abend war; sie saßen unter den niedrigen dunklen Bäumen und warteten auf das Essen.

«Claire?»

«Wolfgang?»

«Mir ist so . . .»

«Gut so, mein Junge.»

«Nein! Spaß beiseite, mir ist mit dem Magen nicht recht.»

«Das ist Cholera. Wart, bis du was zu essen bekommst.»

«Nein, hör doch, ich hab so ein Gefühl, so leer, so . . .»

«Typisch. Das ist geradezu – bezeichnend ist das. Du stirbs, Wölfchen.»

«Die richtige Liebe deinerseits ist das auch nicht! Erst lasse ich dich auf Medizin studieren, und jetzt willst du nich mal durch dein Hörrohr kucken.»

«Ach Gott, nicht wahr, was heißt denn hier überhaupt! – Nicht wahr? – Wer denn schließlich . . .»

Aber sie ging doch mit zur Apotheke, die hellbraun und ganz modern sachlich eingerichtet war; weiße Büchsen und Töpfe aus Porzellan reihten sich auf Borden, ein leichter Baldriangeruch durchzog die Räumlichkeiten. Hier händigte man dem Kranken nach eingehender Rücksprache und leutseligem Reden an den Provisor eine kleine Flasche mit einer dunkelbraunen Flüssigkeit ein. Sie half. Gott sei Dank.

Dann aßen sie, und nach Tisch rauchte die Claire. Drüben am Haus saßen die Herren, die jeder Zugereiste als Honoratioren zu bezeichnen pflegt. Juristen, Beamte, der Apotheker, der durch Bruch des Berufsgeheimnisses mit Hinweis auf die beiden der kleinen Runde fettes Gelächter entlockte.

«Prost, Wolf, auf die Alten!»

«Auf die Alten!»

Die Gläser klangen, und drüben die Gäste, die in langer Tischreihe am beleuchteten Haus speisten, blickten herüber. Die Claire blies Ringe.

«Es ist eine maßlose Frechheit», entschied sie.

«Hm?»

«Hierher zu fahren. Wenn das niemand merkt! Aber es merks niemands – paß mal auf, es merks niemand.»

«Ne quis animadvertat! Prost.»

«Weißt du, lieber reise ich mit einem Flohzirkus wie mit dir.»

«Als, Claire, als mit dir.»

«Ach Gott, konnste auch besser mir nicht zu bekorrigieren zu gebrauchs gehabs habs! Ich spreche dir das schiere Hochdeutsch!»

«Hm. – Eingeweihte wissen davon Kantaten zu singen. Trinkst du noch was?»

«Ob ich noch wen trinke? – Nö.»

«Ich finde, wir gehen noch ein bißchen, hä?»

Sie schlenderten durch den dunklen Ort. Nach langen, schwarzen Häuserstrecken kam eine Bogenlampe, umschwirrt von surrenden braunen Flecken. Insekten, die durchaus in das Licht gelangen wollten.

«Claire?»

«Wölfchen?»

«Die Tiere da oben, siehst du?»

«Ja.»

«So auch der Mensch.»

Sie blieb stehen.

«Wieso ... bitte?»

«Wie jene Lebewes ...»

«Bitte — was hier zu symbolisieren is, symbolisier ich mir alleine. Überhaupt mußt du schlafen gehen. Du sprichst ja schon ganz ... anders. Soll ich dir aufs Aam nehmen?»

«Buhle!»

An dunklen Fensterläden kamen sie vorbei und an langen Mauern; hinter rötlich beleuchteten Gardinen saßen Familien und spielten Karten ... Einmal traten sie in einen Hof, stolperten über Pflastersteine und blickten durch ein Fenster in einen Saal.

Drinnen spielten sie Theater.

Von der Bühne sah man nur einen kleinen, gelben, hellen Winkel; aber man hörte alles. «Hoho», sagte eine überlaute Frauenstimme im Alt, «da werden wir meinen Schwager fragen müssen. Ah, da kommt er ja ...»

Das Publikum schnaufte und zuckte wie eine vielköpfige Bestie im Dunkel. Man sah Schultern sich bewegen, Köpfe sich hin- und herwenden ...

«Himmel, der Fritz», kreischte jemand auf der Bühne, und die Menge der Theaterbesucher lachte, ihre Körper tauchten auf und nieder, man murmelte ...

«Wie merkwürdig», sagte Wolfgang, «draußen ist es totenstill, der Mond scheint, und hier drinnen spielen sie ein Scheinleben. Und wir kommen hinzu, wissen nichts von den Voraussetzungen des ersten Akts und bleiben ernst.»

Es war still, der hell erleuchtete Winkel der Bühne blieb leer; einer mußte wohl eine zum Lachen reizende Geste gemacht haben, denn jetzt lachten die Frauen hell kreischend, während die Männer beifällig grunzten. Sie beugten sich weiter vor, man konnte undeutlich und durch das Fensterglas verschoben den übrigen Teil der Bühne erkennen, der eine Zimmereinrichtung mit gelber Tapete und gemalten Einrichtungsgegenständen darstellte; ein Mann in grüner Schürze hielt dort oben Zwiesprache mit einer robusten Weibsperson in den Vierzigern. Als Soufleurkasten diente ein alter Strandkorb. Sie hörten die beiden sagen:

«So, Er soll hier reinemachen (in der Tat hielt der Mann einen Besen in der Hand), und statt dessen scharwenzt Er mit den Mädels! Paß Er nur auf, Er Liederjan.» – Hier kicherte das Publikum. – «Ich werde Ihm die Suppe schon versalzen. Hier und hier und da und da!»

Das Publikum lachte: «Hoho!» und oben bekam der Mann, der bis dahin mit gutgespielter Teppenhaftigkeit den Kopf beflissen-horchend geneigt hielt, einige patschende Schläge ins Gesicht ... In diesem Augenblick trat ein junges Mädchen auf die Bühne, und hier nahm die Heiterkeit des Publikums einen so beängstigenden Grad an, daß die beiden unwillkürlich vom Fenster zurückfuhren.

«Der erste Akt!» seufzte er. «Uns fehlt der erste Akt!»

«So ein kleiner Junge, will sich das Theater besehens! Marsch zu Bett!»

Und sie gingen.

Als sie die Treppe hinaufkletterten, hörten sie noch das lachende Lärmen der angeregten Honoratioren.

«Claire, belustigen sich die ackerbautreibenden Bürger über uns? – Ich bin fürchterlich in meiner Wut.»

«Ja, mein Jungchen. Nu geh man zu Bett.»

Ihre großen, breitschultrigen Schatten tanzten an der Wand, weil die Kerzenflamme tanzte ... Die Claire stand vor dem Spiegel und löste ihre Haare auf.

«Wölfchen, paß ma auf; da war ich noch 'n kleiner Mädchen, un da bin ich bei meine Freundin, die Alice gegangen – heb mir doch mal die Nadel auf! – und da war ein Herr, wie er hieß, weiß ich nicht mehr, und der hat gesagt, mein Haar ist wie aus Seide gesponnen. Ja.»

«Na – und –?»

«Nüchs.»

Die Claire liebte es, Geschichten zu erzählen, die, ohne Pointe, kleine, anspruchslose Begebenheiten ihrer Kindheit enthielten. Sie verlangte, daß man sie sich oft anhöre, und wurde zornig erregt bei dem Einwand, man kenne dies.

«Du bist gar nicht freundlich zu mir. Du liebst mich nicht mehr.»

Einem seelischen Chamäleon gleich, bot sie nun den Anblick einer Liebeskranken. Der Mund war schmerzlich verschoben, der Oberkörper leicht geneigt, die Hände krampften sich.

«Ich meinerseits liege im Bett», sagte er. Die Kerzenflamme verlosch ...

Unten schwatzte das Wirtshauspublikum. Man hörte, wie der Wirt seinen Rundgang bei den Tischen veranstaltete:

«Nun, auch die Frau Schwester wieder gesund? – Ja, ja, so gehts. Hat es den Herrschaften geschmeckt? Ja ...»

Oben aber sagte die Claire gedankenvoll, langsam:

«Ich möchts dir nu nehmen und einem in sein Gulasch werfen. Seh mal, er wundert sich bestimmt. Wie –?»

Aber dann schwieg sie.

In der Nacht wachte er auf. Vorsichtig bauschte er den Vorhang, der weiß und faltig am Fenster leise vom Nachtwind bewegt war. Der Mond gespensterte in den Bäumen, ein Obelisk stand seitwärts drohend da und warf einen scharfen Schatten. Das Laub rauschte auf. Warum reagieren wir darauf wie auf etwas Schönes, fühlte er. Es ist doch nur ein durch Schallwellen fortgepflanztes Geräusch ... Und überließ sich gleich darauf willenlos diesem ruhigen Rauschen, das ein wenig traurig war, aber Hohes ahnen ließ und die Brust weiter machte ... Er fuhr herum. Eine ganz verschlafene Kinderstimme sagte unter einem Wasserfall von Haaren:

«Is niemand in mein klein Bettchen, und soll aber jemand da sein, und Klein-Clärchen is ganz allein ...»

Er trug sie zurück.

Als er früh am Morgen vom Friseur zurückkam, war die Claire am Aufstehen. Es war das so eine Sache: die erste Viertelstunde pflegte sie mit feiner Stimme ein entzückend klingendes Gemurmel zu stammeln, unzusammenhängende Silben hervorzubringen und in den verschiedensten Nachahmungen von Tierstimmen zu paradieren. Kaum hatte er die Tür hinter sich zugezogen, so begrüßte ihn das Winseln und Mauen einer neugeborenen Katze.

«Aufstehen! Claire! Aufstehen! Alle Leute sind schon nach Tisch.»

Man mußte ein wenig übertreiben – es half sonst nichts.

«Buh!»

«Ja, ich weiß. Komm!»

Und zog ihr die Bettdecke fort.

Später:

«Wölfchen, zieh ich nu das Grüne oder das Weiße an?»

«Hm, welches möchtest du denn gerne anziehen?»

«Das ... das weiß ich nicht. C'est pourquoi ich dich frage.»

«So zieh denn das Weiße an.»

«Schön. Was *dieser* Junge mich tyrannisiert, das ist nicht zu sagen. Haach!»

Pause.

«Wolfgang?»

«Claire?»

«Meinst du würklich, daß ich das Weiße anziehen soll? Seh mal ... ich meine, mit den Fleckens un so ...»

«Also: das Grüne.»

«Schön.»

Nach einer kleinen Weile:

«Ja, haber – ich möcht doch aber gern ...»

«Was möchst du gern?»

«Das Grüne –»

«Aber ich sage dir ja, ziehs an!»

«Ja ... aber ... wenn dus mir sagst, machts mir gar keinen Spaß. Du mußt sagen: Ziehs nich an, mußt du sagen, oder: zieh das Weiße an, tja.»

Und bevor er sich noch erholt hatte, fing sie an, ein wundervolles Gezänk von sich zu geben, nach Art gewisser Frauen, die sich beleidigt glauben und aus ihren Gefühlen auch dem Dienstmädchen gegenüber kein Hehl zu machen pflegen. Das Ganze paßte nicht recht her, aber sie war im Zuge, da war nichts zu machen.

«So? – Also in *meinem* Hause lasse ich mir das nicht sagen, ich nicht! Sie stauben meine kostbaren Seidenmöbel nicht ab, Sie ... Geschöpf! – Aber mein Mann, der Bergassessor ...»

Er floh. Noch auf dem Korridor hörte er sie wie einen Schusterjungen pfeifen.

Auf den Kaffeetisch schien die Sonne; hier roch es stark und ländlich nach Milch, Butter und einer frischgewaschenen Decke. Bienen und dicke Fliegen schwammen in einem alten Honigglas, das der vorsorgliche Wirt mit Zuckerwasser gefüllt hatte.

Sie kam herunter, eine Weile sprachen sie nicht. Sie aß ... mein Gott, sie aß und hatte Hunger, den richtigen Morgenhunger des Langschläfers.

«Claire?»

«Wolf?»

«Ich denke, wir fahren heute morgen ein wenig spazieren.»

«So, und ich? – Mich nimmt er gar nicht mit! – Ich will auch mit!»

«Ich sagte: wir.»

«Buh, buh!»

«Ja, du kannst auch mit. Nu weine man nich und eß.»

«Wolfgang, ein so wunderschönes Deutsch sprichst du ja auch nicht, nein, das kann man nicht sagen. Aber keine Sorge: Meine Bemühungen werden mich das Ziel schon erreichen lassen.»

Sie konnte ganz gewählt sprechen, wie es wohl alte Erzieherinnen manchmal tun, mit übermäßig stark betonten Endsilben und weit nach hinten gerutschten Gaumen-‹R›s.

«Mein Papa sagt immer, Wölfschen, ich spräche keinen guten Deutsch. Wie? – Ja, er ist ein erfahrener Greis, aber wie steht es ihm an zu sprechen ‹Stoße nicht in das Horn des Leichtsinns, mein Kind, und witzele nicht über so schwerwiegende Dinge!› Ich frage dich: Hat er unrecht oder hat er unrecht? Zwei Möglichkeiten kommen nur in Betracht.»

«Er hat recht. Da kommt der Wagen.»

Es war sein Glück. Denn schon hatte sie sich hochaufgerichtet und stand da, die Hände fest auf Tisch gedrückt und schielte ...

Leicht und schnell rollte der Wagen durch die grüne Allee.

«Wolfgang?»

«Claire?»

«Merks du nichs?»

«Wie bitte?»

«Obs du nichs merks?»

«Nein.»

«Na, aber süh mir mal an!»

«Bei Gott, nichts. Zuckt die Achseln.»

«Du mußt das nicht mitsprechen, was in Klammern steht. Zuckt die Achseln, das steht in Klammern, weißt du? – Aber merkst du nichts?»

«Du hast dich gewaschen.»

«P! – Aber . . . ein blaues Band hatt ich gestern durch mein Hemd gezogs, un nu nich mehr. Du erlaubs mirs ja nich. Du ja nich.»

Bot sie nicht das Aussehen einer sichtlich Gekränkten, die schmollend die bessern Gefühle des Geliebten anrief?

«Du hast ja 'n Freund, der wo sagt, bunte Bänders in der Wäsche tragen nur Kellnerinnen! Konnst deinem Freund gesagt haben, er konnt bei mir gegangen gewesen sein, ob ich vielleicht 'ne Kellnerin war.»

Ja, er wolle das bestellen.

Aber nun mußten sie in das Grüne sehen, das sich an ihnen vorüberbewegte. Nicht, als ob dieser Wald jene gerühmte Schönheit besessen hätte, wie wir sie auf Bildern und Postkarten zu sehen Gelegenheit haben. Er wies keine ‹Partien› auf, keine Durchblicke. Aber er machte sie froh. Es war wohl mehr ihre allgemeine Freude, am Leben zu sein. Zwischen den Vergangenen und denen, die noch kommen würden – jetzt waren *sie* an der Reihe – hurra! –

An einer Biegung der Chaussee machte der Kutscher halt, murmelte und verschwand im Gebüsch. Die Claire begleitete seinen Weggang mit frommen Reden . . . Und dann fuhren sie weiter, und an einem Wirtshaus am See wurde Rast gemacht, und dort gab es zu essen.

Und dann fuhren sie wieder auf langen Umwegen nach Hause, nach Rheinsberg. Fußgänger begegneten ihnen, schwitzende Familienväter, die ihre Spazierstöcke mit den baumelnden Jacken am Ende Gewehr über trugen und schweigend der nächsten Bierquelle zustrebten, Verliebte, die mit verkrampften Händen selig daherstolperten, einmal hörten sie das Bruchstück eines Gespräches zweier spitzmäuliger Damen.

«Ja», sagte die eine, «und denken Sie, sie ist eine Berlinerin, aber wissen Sie, im guten Sinne des Wortes . . .»

Der Wagen juckelte und knarrte, bald gehen die Pferde im Trab, bald trotten sie langsam mit gesenkten, nickenden Köpfen . . . Und immer konnte man, wenn es einem beliebte, den Kopf nach hinten legen, «auf den Verdeck», wie Claire das nannte, und dann sah man in die Wolken, immer in die Wolken, während der Körper im Rhythmus des Fahrens angenehm bewegt wurde ...

Am Spätnachmittag kamen sie an; es war heiß, vielleicht würde es abends ein Gewitter geben, sagte der Wirt. Sie gingen in den Park. An einem kleinen Rondell schimmerten weiße Figuren aus dem Blätterwerk. Ein Satyr lehnte an einem Baumstumpf, mit gesenkter Flöte, ein Faun stach eine fliehende Nymphe ... Das Schloß leuchtete weiß, violett funkelten die Fensterscheiben in hellen Rahmen, von staubigen Lichtern rosig betupft, alles spiegelte sich im glatten Wasser. Baumgruppen standen da, rötlich-gelb beschienen mit schwärzlichen Schatten, sie warfen lange, dunkle Flächen auf den Rasen. Träge schob sich der See in kleinen Wellchen an die schilfigen Ufer ...

«Brühheiß. Kann man eigentlich so den Hitzschlag bekommen, Claire?»

Sie lag am Boden und kaute einen Halm, der schwankend ihrem Munde entwuchs.

«Das kommt ganz auf die Innentemperatur an, mein Junge. Du – bei deiner Hitze – ja, du kannst wohl einen kriegen! Zeig mal die Zunge – hm ...»

«Du tätest auch besser daran, mehr in den Kollegs aufzupassen, anstatt Herzen mit meinen Initialen in die Bänke zu schneiden. Überhaupt das Frauenstudium ...»

«Bitte, nehmen Sie Platz.» Sie war ganz Würde, und obgleich sie im Gras saß, konnte man glauben, was den Ausdruck ihres Gesichts anbetraf, einen vielbeschäftigten, an seinen Patienten interessierten Arzt vor sich zu sehen.

«Einen Weg zur Heilung werden wir schon finden ... schon finden ...»

Sie kraute sich einen imaginären Bart. «Wissen Sie, ob Ihr Herr Großpapa jemals an einem icterus katarrhalis litt? Oder an einer angina vincentis? Nun, wir werden das Übel schon beheben. Darf ich bitten, den Mund zu öffnen, weiter, weiter – so ...» Und sie warf den Aufhorchenden mit einem starken Stoß nach hinten, ins Gras ...

Die Luft lag unbeweglich, drückend, sie schritten über eine Brücke, darunter das Wasser grün und schleimig abfloß. Sie blickten hinunter. Blätter schwammen vorbei, kleine Zweige, Hölzchen ...

«Wolfgang?»

«Claire?»

«Erlaubsus mir? Ja? Nur einmal! Bitte! Bitte!»

Sie drängte sich an ihn, umkoste ihn, ging ihm um den Bart, sozusagen ...

«Was denn, was denn, Kind?» Er machte sich frei.

«Erlaubs mir doch! Nie nich erlaubsu mir wen! Ich möcht doch soo gern ...»

«Aber was denn?»

Sie schwieg. Sie sahen wieder von der Brücke in das dahinschleichende Wasser.

«Wolfgang», sagte die Claire träumerisch, «ich möcht *einmal* in das Wasser spucken ...» Und in den höchsten Tönen: «Erlaubs du mir?» Und piepsend: «Ja?»

Er erlaubte es ihr.

Sie gingen durch die Straßen der Stadt. Schaufenster boten lockend ihre Einlagen an, kunstreich geordnet. Oh, man war hier durchaus auf der Höhe, wie man mit Stolz sagen durfte, und hatte sich die Errungenschaften der neuen Zeit zunutze gemacht: ein moderner Wind wehte auch hier. Nach künstlerischen Prinzipien hatte z. B. Herr Krummhaar, der Kolonialwarenhändler an der Ecke des Marktes, sein Schaufenster arrangiert. Blickte man durch die blankpolierten Scheiben, so tat sich dem Beschauer eine schlaraffenhafte Landschaft auf: auf einem Hügel von Paniermehl stand ein Zuckerhut mit einem roten Gelatinekreuz, und sah man näher hin, war es eine Windmühle, Pflaumenwege führten an mit Preisen versehenen Korinthenbeeten vorbei, und auf einem Spiegelglas schwamm eine Brigg, die Herrn Krummhaar aus dem fernen Indien bauchige Flaschen Danziger Goldwassers und Salzbrezeln heranschleppte ... Vor der Ladentür waren Fässer aufgebaut, die bis oben hin mit köstlichen Erbsen und allerhand getrocknetem, nun aber längst verstaubtem Obst gefüllt zu sein schienen; nur der Kundige konnte ahnen, daß es sich um eine geschickte Täuschung handle. Lange stand die Claire vor der bunten Pracht, dann zitierte sie mit Ausdruck:

«Und einen Ochsen, ganz bepackt,
Mit Fleischextrakt ...»

Überall blieb sie stehen, alles wollte sie kaufen, und sie wirbelte herum, schwatzte, lachte, und war nacheinander: ein Frauchen, das ihren Mann zu Einkäufen bewegen will, ein unfolgsames Kind, das sich meckernd von der Hand der Bonne durch die Straßen schleppen läßt, ein kleiner Hund, — und zehn Schritte lang bot sie sogar die Kopie eines durchaus nicht einwandfreien Geschöpfes ...

Vor der Tür eines kleinen Lädchens, dessen Schaufenster dem Käufer Posamentier- und Weißwaren versprachen, standen die Fräulein Luft, zwei gutmütige ältliche Wesen, die ein wenig muffig rochen ...

Sie schöpften die Abendluft, einen Käufer gab es jetzt nicht. Die beiden drängten sie in ihren Laden.

«Ich möchte, bitte, Wäscheknöpfe.» Die Claire war geschäftig, ganz bei der Sache.

«Tje ...»

«Aber bitte, geben Sie mir doch, bitte, weiße Wäscheknöpfe ... zum Annähen ...»

«Tje ... Gewiß.»

Aber die Fräulein Luft rührten sich nicht, sondern sahen sich und die beiden Besucher, die ihren Laden nahezu ausfüllten, ratlos, verlegen an. Eine von ihnen holte tief Atem ...

«Mochte der schunge Härr nicht so lang rausgehen ...»

‹Welch treue Seele›, dachte er. Und ging heraus.

«Ein Kinematograph? Hier in Rheinsberg? Wölfchen, nach dem Souper? Ja?»

Wirklich, es gab einen, und sie gingen hin.

Auf dem Wege schon murrte es in den Wolken, die langsam aufzogen. Wind schüttelte Laub von den rauschenden Bäumen, Staub wirbelte auf ...

Aber noch trocken kamen sie in dem Saal des Wirtshauses an. Richtig, ein kleines Orchester war da, es verdunkelte sich der Saal ...

NATUR! MALERISCHE FLUSS-
FAHRT DURCH DIE BRETAGNE.
KOLORIERT.

Der Apparat schnatterte und warf einen rauchigen Lichtkegel durch den Saal. Eine bunte Landschaft erschien, bunt, farbenprächtig, heiter. Die Kolorierung war der Natur getreulich nachgebildet: Die Bäume waren spinatgrün, der Himmel, wie in einem ewigen Sonnenuntergang, in Rosa und Blau schwimmend ... Während die Flußlandschaft hell vorbeizog, schwankte dauernd ein schwarzer Schatten, in Form einer Stange, durch das Bild, was vermuten ließ, daß die Aufnahme von einem Dampfboot aus gemacht worden war. Dies bestätigte sich; denn nach einer kleinen Weile drehte sich der hellbraun gebohlte Teil eines Schiffes in das Bild, das nun das Nahe und das Ferne zugleich erkennen ließ: eine rosagekleidete Dame, mit weißem Spitzenschirm, anscheinend zu diesem Zwecke hinbeordert, erzeugte vermittels freundlichen Lächelns, Winkens und eifrigen Auf- und Abspazierens geschickt den Eindruck sommerlichen Glückes; hinten glitten die kolorierten Bestandteile der Bretagne vorbei, Trauerweiden, die Zweige in das Wasser hängen ließen, kleine ockergelbe Häuschen, die anscheinend auf ihre Umgebung abgefärbt hatten, ein vorüberziehender Fischdampfer ...

Die Claire saß erschüttert.

«Wolfgang, es ist zu traurig! Glaubsu, daß der sterbende Krieger seine Heimat erreicht?»

Er glaubte es nicht. Um so weniger, als jetzt der eben eingetretene Klavierspieler geräuschvoll drei kräftige Akkorde erschallen ließ, sein Bierglas herunterwarf, aber hierdurch unbeirrt sich anschickte, den nunmehr folgenden Film: *‹Moritz lernt kochen›* in angemessener Weise zu begleiten. Die Musik tobte: der Nachbar steckt den Kopf zur

Tür herein, Moritz steht am Kochherd, packt den andern, wirft ihn in den Topf, daß die Beine heraussehen. Schwanken, Fallen, Töpfe kippen, Sintflut, man schwimmt gemeinschaftlich die Treppe herunter, schüttelt sich unten die Hände, nimmt das triefende Mobiliar unter den Arm und verschwindet...

Die Claire konnte sich nicht beruhigen: sie fragte, wollte alles wissen. Ob er denn nun kochen könne, ob der Nachbar gut durchgekocht sei, sie könne übrigens kochen, perfekt, möchte sie nur sagen...

Und schwieg erst, als helle Buchstaben auf dunklem Grund ankündigten:

‹Das rettende Lichtsignal›.
In der Titelrolle Herr Violo.
Von der Greizer Hofoper.

Auf Grund einer freundlichen, stillen Übereinkunft zwischen Filmfabrik und Publikum bedeutet die blaue Farbe Nacht, während die rote die Katastrophe einer Feuersbrunst anzeigt, so daß es allen klar wurde, wie man in solch gefährlichen Stunden eines rettenden Lichtsignales des Bräutigams bedurfte. Mochte die Handlung durchsichtig sein, hier war das Leben, aber konzentriert. Wenn das Meer, wenn die Brandung an Felsen schlug, wenn der Vorplatz eines Hauses einen Augenblick frei blieb und man an den Zweigen sehen konnte, wie der Wind geweht hatte, *der* Augenblick war dahin, unwiederbringlich dahin ... Wie beängstigend schön war es, wenn Eisenbahnzüge, lautlos, wie große Schatten erschienen, immer näher, größer – ein Kopf sah aus dem Fenster...

Aber als die leuchtenden Lichtgestalten zu weinen begannen und ein Harmonium in Aktion gesetzt wurde, schnupfte die Claire tief auf und äußerte schluchzend den Wunsch, nach Hause zu gehen...

Sie kämpften sich durch Wind und Regen ins Hotel.

Am Morgen gingen sie in die Felder. Das Gewitter von gestern hatte abgekühlt, die ersten herbstlichen Tage kamen. Der Wind wehte stark. Als sie gegen ihn angingen, sang er wie klagend ... An den Wegen schäumten die Laubmassen. Milchigweißes Licht beglänzte gleichmäßig die Felder. Die Sonne steckte hinter den stürmenden Wolken; manchmal kam sie hervor, dann war sie rot und fror in der rauhen, kräftigen Herbstluft. Ein leerer Pfad lag vor ihnen, reingefegt vom Wind, – und es war Seligkeit, darüber hinwegzuschreiten; junge Linden reihten sich endlos, und es war Glück, immer wieder den ächzenden Stamm zur Seite zu haben. Tief ging der Atem, und die Schultern hoben sich. Sie gingen im Gleichschritt.

Sehnsucht – Sehnsucht nach der Erfüllung! Hier war alles (fühlte er), Herbst, der klärende, klare Herbst, Claire, alles – und doch zog es weiter, der Fuß strebte vorwärts, irgendwo lag ein Ziel, nie zu erreichen!

Viel, fast alles auf der Welt war zu befriedigen, beinahe jede Sehnsucht war zu erfüllen – nur diese nicht. Was war, von oben betrachtet, ein Liebender? – Ein Narr. Wenn sich ihm das geliebte Herz eröffnete, schwieg er, satt und zufrieden. Ganze Literaturen wären nicht, riegelten die Mädchen ihre Türen auf ... Ein Amoroso war zu befriedigen, gebt ihm das Weib, das er begehrt, und der tönende Mund schweigt. Was gibt es, *uns* zum Schweigen zu bringen? Wir haben nichts mehr zu verschleiern, wir wissen um alle Heimlichkeiten der Körper ... Auch um alle der Seele? – Es gibt Worte, die nie gesagt werden dürfen, sonst sterben sie ... Aber wir wollen nicht in diese Tiefen der Schatzkammern, wir haben einander ganz und doch sehnen wir uns. Was ist das, das uns forttreibt, weiter, höher, vorwärts? – Der Frühling ist es nicht; denn es ist da zu allen Jahreszeiten, die Jugendzeit ist es nicht; denn wir spüren es in allen Altern, die Claire ist es nicht, wir fühlen es ohnehin.

Jetzt kamen sie durch einen windstillen Hain junger Birken.

Glücklich sein, aber nie zufrieden. Das Feuer nicht auslöschen lassen, nie, nie! In einem runden Loch kreiste träge schwarzes, fauliges Wasser. Alles andere ist ein Vorspiel: die Werbung, die Gewährung, das Genießen. Dann fängt es an und höret nimmer auf. Was kann vorher sein? Beschäftigt mit der simplen Frage: Ja? – Nein? – sehen sie nicht das Wesentliche, nicht das Eigentliche. Entkleide die deinige von deinen Begierden, sie zu besitzen, setze sie in dein Zimmer, wunschlos, allein, denk, du habest alles, was du wolltest ... Bliebe sie? Kann sie mehr als locken, versprechen? – Kann sie *geben?* Nicht jede hält die Belastungsprobe aus. Man behütet nicht umsonst ängstlich das Letzte, wenn man nicht weiß, daß es das Kostbarste ist, was man zu geben hat. Eroberungen, bei denen der Reiz nur im Erobern besteht. Wir aber wollen besitzen.

Und es gibt keine tiefere Sehnsucht als diese: die Sehnsucht nach der Erfüllung. Sie kann nicht befriedigt werden ...

«Wölfchen! Hallo!» Sie war weit voraufgelaufen und pflückte im Gebüsch weiße Eisbeeren, legte sie im Kreis auf den Boden und knackte sie mit dem Fuß entzwei.

«Warum tust du es?»

«Hast du keinen Sinn für Schönheit? *Fühlst* du nicht, daß das befriedigt, erlöst, wie von einem Druck befreit, wenn die Beere – endlich – aufknackt? – Banause!»

Die Gräser glänzten im Licht, ein dicker Käfer zog über die Chaussee, flog auf, ein Wind strich über den Weg, führte ihn mit sich fort, wollte er dorthin? – Nun, er würde auch da glücklich sein ...

Eine Schafherde trappelte durch die gestoppelten Felder; sie wollten ausweichen, aber es war zu spät, der Schäferhund hatte eine lange Reihe zurechtgebellt, sie waren mitten unter ihnen, die Schafe umwogten sie, die Claire schwankte lachend in dem Meer her und hin.

«Wölfchen, wenn mir die Tieren nu fressens?»

«Ihnen nicht, Fräulein, es dürfte sich nicht lohnen.»

Endlich krochen sie heraus, staubbedeckt, lachend.

«Daß du dir da rausgefunden hast, Wölfchen!»

Sie waren auf freiem Feld, glänzend wehten grüne Gräser im Wind, die Luft war in starker Bewegung, aber das Land lag ruhig, mochte es wehen und darüber hinfahren, die Erde blieb fest.

Sie standen auf einem kleinen Hügel, das Land wellte sich weit fort, spielend riß die starke Luft an den Haaren. Dies alles umarmen können, nicht, weil es gut oder schön ist, sondern weil es da ist, weil sich die Wolkenbänke weiß und wattig lagern, weil wir leben! Kraft! Kraft der Jugend! ...

«Claire?»

«Na?»

Und wurde gepackt und wie ein Wickelkind davongetragen, den Abhang herunter bis tief in die blumige Mulde.

Und wieder kamen sie nach Rheinsberg, und weil es der letzte Tag war, verschwand Wolf und kam kurz vor dem Mittagessen mit einem großen weißen Paket wieder. Oben angelangt, legte er es auf den Tisch. Die Claire zupfte vor dem Spiegel an ihrem Haar. Wandte sich um.

«Wolfgang?»

«Claire?»

«Was isn diss?»

«Nüchs, wie du dich auszudrücken beliebst.»

«Na, haber ...»

«Um allen so gearteten Debatten aus dem Wege zu gehen, mein liebes Weib, erkläre ich hiermit, daß in dem Paket mit erhobener Stimme zwar etwas darin ist, aber du dasselbe mit Bedeutung nicht vor dem Abend öffnen darfst. Um zehn geht der Zug, um dreiviertel zehn darfst du, Punkt.»

«Hm.»

Pause.

«Wolfgang?»

«Claire?»

«Sagssu mir, was da drün is? Seh mal ...»

«Schweig. Ich habe gesprochen.»

«Aba, Wölfchen, ich fand, du konnst mir doch den Anfangsbuchstaben sagen und den hintern auch, ich meine den Endbuchstaben, ja?»

«Ich zertrümmere dich. Nein.»

«Nur den Anfang, tje? – Bitte, bitte! ...»

«Schluß. Wir essen!»

Es gab ‹schöne Sachens› — «Suppens gibs», erörterte Claire, die alles wußte, «un Hühnegens mit Gemüsen und Hops (Hops? — Obst, Wölfchen, Obst) un denn gübs . . . Willstu das gern wissen, Wölfchen?»

«Ja.»

«Hm, ich sag dirs auch. Aber du mußt mir sagen, was in dem Paket . . .»

«Ich wills nicht wissen.»

«Buh!»

Sie ‹muckschte› wie ein kleines Kind und ließ eine habsburgische Unterlippe hängen, bis das Essen kam.

«Wölfchen, eß man Suppens mitm Messer?»

«Wa —?»

«Na, ich hab mal einen gesehen, der hat mitm Messer geessen.»

«Suppe?»

«Neieinn . . .»

Aber da kam eine alte Dame an ihrem Tisch vorübergeschlurcht, schielte krumm und murmelte etwas von «unerhört» und «Person» und so.

«Wölfchen, die meint mir. Konnste ihr nicht gefordert gehabt habs? — Söh mal, ich bin doch 'ne Feine, nich wahr? oder glaubsu, ich bin eine Prostitierte? Nei—n. Ich ja nich. Ich nich. Hä?»

«Laß das Alter gewähren, mein Kind. Vielleicht hat sie nicht so hübsche Jugenderinnerungen . . . Wie schrieb der große Friedrich an den Rand seiner Akten? — ‹Mein lieber Geheimrat›, schrieb er, ‹wir sind alt und können nicht mehr, wir wollen uns über die freuen, die noch können.›»

Und dann aßen sie, und als es zu Ende war:

«Wölfchen, die Sonne scheint gerade so schön, wir wollen fotografieren!»

Sie holte den Apparat, den sie umständlich herrichtete. Eine Zeitaufnahme war beabsichtigt, unter dem Blätterdach der alten Bäume, die gesprenkeltes Licht zum Boden durchließen.

«Stell dir man hin, Wölfchen. Nun paß auf: wir machens einen langen Aufnahmen. Du mußt nu ümmessu ruhig stehen, weißtu, ganz stille, ich geh solange fort, auf daß es dir nicht lächere . . .»

Er stand regungslos, nur gegen die Sonne anblinzelnd, fühlte sein Herz klopfen, der Atem ging taktmäßig ein und aus. Wie lange es dauerte? Die Claire wandelte unter den Linden, weiter hinten. Es sah aus, als hätte sie vergessen . . .

Ohne die Lippen weit zu öffnen:

«Claire!»

Immer noch erging sie sich unter den schattigen Bäumen, aber sie antwortete:

«Ja?»

«Noch lange?»

«Nein.»

Wieder Schweigen. Wieder summten die Insekten. Teller klapperten im Haus.

«. . . lange?»

«Wolfgang?»

«Hm?»

Und von ganz fern: «Du kannst kommen! – Ich habe gar nicht eingestellt!» Und helles Lachen.

«So ein –»

«Aber schön still hast du gehalts!»

Hoho! Wie aus einem Schallbecken platzte Lachen aus ihrem Mund, heftig, lärmend.

Aber er fing sie.

Nach dem Essen mußte die Claire schlafen gelegt werden. Sie waren im Sonnenglast hingestreckt, auf einer Wiese, über der die Luft in der Mittagswärme zittrig schwebte. Schweigen . . .

«Wölfchen?»

«Claire?»

«Sagssus mirs?»

«Was denn?»

«Was in den Paket . . .?»

«Schlaf!»

Sie schnarchte, daß die Grillen vor Schreck verstummten.

«Pst!»

«Du sagst ja, ich soll. Nie nich is es richtig. Buh!»

Wieder Schweigen.

Wie im Selbstgespräch: «Ich fand, wenn dus mir sagtest, gefiels mir hier besser. Wie? Ich bin neugierig, alle Frauen sind . . .? Ich will dir mal was sagen, ich wills gar nicht wissen, überhaupt ist es mir egal, es läßt mich kalt.»

«Das kannst du brauchen.»

«Wie?»

«Ich meinte nur.»

«Wölfchen?»

«Claire?»

«Is'n zu essens drin oder . . .?»

Aber er antwortete nun nicht mehr. Sie schliefen. Und als sie aufwachten – sie hatte ihn wachgekitzelt –, stand die Claire auf, strich sich den Rock glatt, und ihre ersten Worte waren: «Neugierig bün ich ga–nich. Aber wissen möcht ich *bloß*, was da in is», und dachte heftig nach, ohne es herauszubekommen. (Sie hat es nie erfahren, das Paket wurde im Hotel vergessen.)

Nachmittags lagen sie im Boot. Der Himmel war klar, noch einmal gab der Sommer seine Wärme.

Dies ist der letzte der drei Tage! Aber ich bin so froh wie am ersten. Jung sein, voller Kraft sein, eine Reihe leuchtender Tage – das kommt nie wieder! Heiter Glück verbreiten! – Wir wollen uns Erinnerungen machen, die Funken sprühen! Wir haben alles voraus – heute! Mögen die in den Gräbern die Fäuste schütteln, mögen die Ungeborenen lächeln – wir *sind!* Alle sollen freudig sein! Kämpfen – aber mit Freuden! – Dreinhauen – aber mit Lachen! Mädchen, was zieht ihr mit Ketten schwer beladen einher? – Schüttelt sie ab. Sie sind leicht! – Sie sind hohl! – Tanzt, tanzt! –

Vom Ufer her rief sie jemand an, ein Mädchen mit einer Schneckenfrisur und ernsten, schwarzen Augen. Sie trug sich irgendwie in Blau und Grau. Sie ruderten heran. Wo es hier nach dem Forsthaus ginge? Ob es noch weit sei? – Sie beabsichtigten, dorthin zu fahren, wenn sie wolle . . .? Sie dankte, nahm an.

Es ergab sich, daß sie gleichfalls die Heilwissenschaft studiere und sich auch sonst geistig fleißig rege. Sie lud arme Kinder zu sich zu Tisch, um an abgemessenen Gewichtsportionen die Wirkungen gewisser Hydrate festzustellen, auch in andern Beziehungen nahm sie sich dieser Opfer der kapitalistischen Wirtschaftsordnung an und förderte sie durch gute Ratschläge. Das brachte sie ruhig und selbstverständlich vor, bescheiden, aber fest. Das Gespräch glitt weiter. Nein – heiraten wollte sie vorläufig nicht; sie habe noch keinen gefunden, der Mann gewesen wäre, ohne ein Sexualtier zu sein. Sie hatte einen schlechten Teint, und es sah aus, als bade sie selten. – Ob sie denn nie verliebt gewesen sei? – Oh, sie besäße, wie sie, ohne unbescheiden zu sein, mitteilen könne, Temperaments genug. So habe sie neulich auf einem Vereinsfest sogar etwas getrunken, was dem Geschmacke nach schwedischer Punsch gewesen sein mochte. Aber das seien doch Nebendinge. Für sie – hier schaukelte das Boot ein wenig – für sie gäbe es nur die Pflicht. Die Pflicht, ihrem Berufe als Wissenschaftlerin und soziales Glied voll und ganz Genüge zu tun.

Dies, was sie anginge. Und die Herrschaften? Mit wem habe sie das Vergnügen? Sie sei stud. med. Aachner, Lissy Aachner. Und die Freundlichen, die sie hier mitnähmen? – Claire ergriff das Wort (Wolfgang graute): – Nun, sie hätten hier ein kleines Besitztum in der Nähe, nicht sehr bedeutend, 300 Morgen etwa, ja, und das sei ihr Bruder, sie seien noch nie in einer großen Stadt gewesen, die Eltern erlaubten es nicht, nein – wie es denn so in Berlin aussähe? – Sie hätten so bunte Vorstellungen davon, aber, nicht wahr? – aus den Büchern könne man das nicht so . . .

Die Studentin Aachner bestätigte dies. Nein, aus den Büchern könne man dies nicht so. – Man müsse wirklich einmal . . . Sie könne das den Herrschaften nur empfehlen! – Diese verschiedenartigen Kreise, diese Anregungen, man müsse ordentlich auf dem Posten sein, um all den Anforderungen Genüge zu tun! Nun – sie, Lissy Aachner, sei auf dem Posten, das könne sie wohl sagen. Und es erwies sich, daß dieses begabte Mädchen über alles, so die Liebe und das Leben, ihre klaren festen Begriffe hatte, an denen nicht zu rütteln war. Sie sei Monistin. Was das sei? Gesellschaftliche Artigkeit trug über ein leichtes Lächeln den Sieg davon. Sie sei erfüllt von dem Glauben, daß alles sich auf natürlicher Grundlage nach Maßgabe der betreffenden Umstände aufbaue. Auf die Umstände lege sie besonderes Gewicht, auf die käme es an... Aus ihnen ließe sich *alles* herleiten. Sie, Lissy Aachner, wäre nimmermehr das geworden, was sie sei, wenn nicht die Umstände und das, was man wohl Milieu nenne, sie zu einem Produkt der neuen Zeit gemacht hätten. Und diese Umstände zu erkennen, das sei es, fuhr stud. med. Aachner fort, worauf es ankäme... *Erkenntnis*, das sei das Wort! – Wohin sollte es führen, wenn wir auf der Stufe alter Barbarenvölker ständen und den Regen z. B. noch als etwas Göttliches empfänden? Der Regen sei einfach ein Niederschlag atmosphärischen Wassers in Form von Tropfen oder Wasserstrahlen. Dagegen war nichts zu sagen. Der Regen war in der Tat ein Niederschlag atmosphärischen Wassers in Form von Tropfen oder Wasserstrahlen. Und habe es nicht mit den geistigen Dingen eine ebensolche Bewandtnis? – Sei nicht auch hier Erkenntnis das Element alles Lebens? – Wie wolle man sich denn vor Liebesschmerz hüten, ohne die Elemente dieses Affekts, die Liebe und den Schmerz, analysieren zu können? – Sie gäbe ja Ausnahmen zu, bemerkte die Sprecherin, aber wenn wir auch heute noch nicht so weit wären, alles zu erkennen, so läge dies eben an einer Mangelhaftigkeit unserer Apparate bzw. Organe. Es würde schon noch werden. Seien nicht auch die Religion, die Kunst Dinge, die restlos in ihre Bestandteile aufzulösen nur einem Orthodoxen als kühn erscheinen könne? – Ja, das gesamte Leben als solches... Aber hier lief der Kahn auf den Sand, daß es knirschte. Man war angelangt. Die stud. med. Aachner bedankte sich und schritt durch das Grün auf das Forsthaus zu, männlichen Schrittes, geradeaus, und irgendwie in Blau und Grau gekleidet...

Die beiden trieben ab, das Boot schwankte, bewegt durch das Schaukeln der Lachenden. Und wieder trug sie die Strömung dahin, der fächelnde Wind kräuselte das Wasser, brachte frischere Lüfte... Einmal legte die Claire die Hand auf den Bootsrand: diese ein wenig knochige und männliche Hand, auf deren Rücken blaßblaue Adern sich straffften; sah man aber die holzgeschnitzten, langen Finger, so ahnte man, es war eine erfahrene Hand. Diese Fingerspitzen wußten um die Wirkung ihrer Zärtlichkeiten, kräftig und sicher spielten die Gelenke... Die Hand hing im Wasser und zog einen quirlenden Streif. Dunkelgrün und klar lagen die Ufer weit zurück.

Leuchtender, leuchtender Tag! – Da-sein, voraussetzungsloses Dasein und immerfort wissen, daß eine ist, die gleich fühlt, gleich denkt ... (Denkt, fühlt sie wirklich? Aber ist das nicht einerlei, wenn wir nur glauben?) Nun, wir *glauben* eben einmal, daß wir uns nur deshalb nicht begegnen, weil wir nebeneinander demselben Ziele zulaufen, gleich strebend, parallel – ... Dies zu wissen – das ist Glück. Ein Seitenblick genügt: all deine Empfindungen sind hier noch einmal, aber umkleidet mit dem Reiz des Fremden. Wozu noch sprechen? – Wir wissen ohnehin. Wozu versichern, betonen? – Wir wissen, wir wissen. Und das Erlebnis und ich und sie – das gibt einen Klang, einen guten Dreiklang.

Aber nun waren nur noch zwei Stunden bis zur Abfahrt.

«Wolfgang?»

«Claire?»

«Gehen wir noch ein bißchen spazieren? Komm, in die böhmischen Wälder!»

Und sie gingen durch den dämmerigen Park, in dem die Baumgruppen erdunkelten, sich schwärzlich auseinanderschoben ... Der Himmel war am Nachmittag schimmernd klar gewesen, – noch spannte er sich wie ein ungeheurer Bogen von Osten nach Westen, aber nun hatte er eine dunkle Färbung angenommen, er war fast schwarz, und weiße Wolkenflecken zogen rasch unter ihm dahin.

Gewiß blies hier der Wind immer so in die Baumwipfel, daß sie aufrauschten, strich durch die Stämme, raschelte schleifend im Laub ... *Sie* empfanden: Abschied. *Sie* mußten fort. Leises Trauern ... noch einmal zogen sie die reine Luft ein. Abschied. Eine neue Etappe. Aber diese haben wir gelebt.

Der Weg führte auf einen Hügel, durch Wiesen und an schwärzlichen Sträuchern vorbei. Sie sprachen nichts. In der Höhe glänzten helle Fenster einer Villa. Töne? ... Da oben gab es Musik. Sie schritten aufwärts. Blieben im Dunkel stehen. Das gelbe Licht traf sie nicht: es bestrahlte einige Zweige der Linden, die am Haus gepflanzt waren. War es ein Ball? –

Ein Walzer kam. – Die Geigen – es mußte eine starkbesetzte Kapelle sein – zogen süß dahin, sie sangen das Thema, ein einfaches, liebliches, in langen Bogenstrichen. Verstummten. Aber nun nahmen es alle Instrumente auf, forte, und es war, wie wenn zarte Heimlichkeiten ans Licht gezogen würden. Mit Wehmut dachte man an die Pianopassagen. Aber auch so machte es einen schweben, und der Rhythmus, dieser wiegende, schleifende Rhythmus zuckte und warb. Sie standen unruhig, hatten sich bei den Händen gefaßt, reckten sich ... Und da brach die Lustigkeit prasselnd durch: in tausend kleinen Achteln, die klirrten, wie wenn glitzernde Glasstückchen auf Metall fielen, brach sie durch, die Geigen jubelten und kicherten, die Bässe rummelten fett und amüsiert in der Tiefe, und auch der Zinkenist machte kein Hehl daraus, daß ihn das Ganze aufs höchste erfreute. Der Teil wiederholte sich, wieder kletterten die Geigen in die schwindelnde Höhe, guckten von ihrem hohen Sopran in die Welt, und schließlich lösten sich die Töne auf zierliche, spielerische Weise in nichts auf. Dröhnten nicht drei Paukenschläge? – Ein Dominantakkord erklang: ein Lauf, von der Flöte gepfiffen, machte neugierig, gespannt ... Und wieder ein Lauf, die Geigen folgten, die Melodie blieb auf einem neuen Dominantakkord stehen ... Pause ... Und das alte, süße Thema kehrte in den Geigen wieder, hier war Erinnerung, heimliche Freuden und alles verliebte Flüstern der Welt! – Und da packte es die zwei, und sie drehten sich langsam, schwebend, und sie tanzten auf dem struppigen Rasen, schweigend, ruhig anfangs, dann schneller und schneller ... Noch einmal bliesen Fanfaren königlich und stolz, kaum wiederzuerkennen, das Thema, dann wirbelten die beiden tanzend den Abhang herunter.

Und kehrten zurück und packten ein, fuhren in dem rumpligen Hotelwagen zur Bahn, bestiegen in Löwenberg den D-Zug und fuhren durch die Nacht, brausend, aufgewühlt, nach Berlin.

In die große Stadt, in der es wieder Mühen für sie gab, graue Tage und sehnsüchtige Telefongespräche, verschwiegene Nachmittage, Arbeit und das ganze Glück ihrer großen Liebe.

1913

DIE BEIDEN BRÜDER H.

Was sind schließlich Nebendinge? Unsre Lehrer nannten Münzen oder fremde Bücher so oder den Kipling, den wir unter der Bank lasen, und niemand wird sagen wollen, daß diese Dinge wirklich nur nebensächlicher Natur waren. Relativ, für die Unterrichtsstunde genommen, waren sie es. ‹Draußen› nicht. Steht nicht im Grunde alles in einer Reihe? Sehen wir nicht vielmehr nach Graden gestaffelt? Was wir sehen, ist. Jede wahre Objektivität ist grotesk. Sieh zugleich das Nahe und das Ferne, und du lachst. (Chesterton: «Die Überreste eines klardenkenden Menschen liegen im Küchengarten.»)

Also in praxi: es geht natürlich nicht. Geburt, Leben, Tod, Liebe, Geld – immer hübsch der Reihe nach. Aber vielleicht ist das nur bei uns so. Vielleicht gibt es auch eine umgekehrte Reihenfolge.

Und es ist lehrreich, darauf hinzuweisen: auf die Gleichberechtigung der ‹Nebendinge›. Zwei Komiker in Berlin tun dies.

Sie haben ein eigenes kleines Theaterchen, und sie spielen seit einundzwanzig Jahren, stets zusammen. Der eine spricht das Deutsch in fremder Klangfärbung, hart, holzig, stotternd. «I . . . i . . . i glaub», sagt er, «i glaub, i krieg an Krupf . . .» Der andre bewältigt seine Rollen in Tönen einer Rasse, die wie keine zweite befähigt ist, Brücken zu schlagen von Menscheneinsamkeit zu Menscheneinsamkeit. Und alles, was sie – vielleicht ungewollt, nur im Hinblick auf die Kassenrapporte und das Lachen eines vollen Hauses – geben, ist dies Sicheinbohren und das Nie-auf-den-Grund-kommen und das wundervolle Aneinanderreihen der Haupt- und Nebensachen. Alles andre ist unwesentlich: die Ausstattung ist schlecht angemalte Leinwand, die übrigen Darsteller taugen nichts. Nur die beiden lassen einen aufhorchen, wenn sie sich unterhalten. Ihre Situationen sind dumm, sie haben beide ein traditionelles Schlenkern der Füße und Hände, eine Art Veitstanz, wenn sie, die ungetreuen Ehemänner, unvermutet die Gattinnen erblicken – aber das ist nichts. Ihre wahre Größe entfalten sie in den Konversationen.

Vorauszuschicken ist: sie stellen niemand dar. Sie geben keinen ‹Typ›, keinen dicken Rentner und keinen Geizhals, keinen Schulmeister. Sie spielen etwas, was es überhaupt nicht gibt. So bewegt sich niemand, so spricht kein Mensch, so etwas existiert nicht. Der mit dem fremdartigen Deutsch: wie vom Mars heruntergefallen ist er. Ein Phänomen, ein unmögliches Lebewesen, ein Widerspruch zu allem, was atmet. Ist das eine Art, die Beine zu setzen? Den Oberkörper so einzuziehen? So dazustehen, als seien Rumpf und Gestell etwas durchaus Verschiedenes. Was ist das mit diesem rosigen Gesicht? Die Nasenflügel sind angeklemmt, der halboffene Mund ist schief verzogen, die Zähne sind ein wenig schadhaft, und oben durch den Nasenansatz sind wahrhaftig drei tiefe waagerechte Falten gezogen. Wie mißvergnügt dieses Wesen aussehen kann! Das ist der Dominantakkord, der sich auflösen kann in ein seliges, listiges Lächeln: der Mund kaut die harten Worte und über den prekärsten Lagen dieses Menschen strahlen die kleinen schwarzen Augen wie zwei freundliche Sterne. Nein, es gibt ihn gar nicht, aber sofort, wenn er die Bühne betritt und gleichgültig, fast formelhaft äußert: «Kumm här! schlagg di glei tott!», fühlen wir uns heimisch. Schon nehmen wir keinen Anstoß mehr daran, daß einer erst noch zu ihm kommen soll, um sich darauf ermorden zu lassen. Angenehm läßt man sich treiben: der eine kommt nicht, und der andre schlägt nicht tot, und das Ganze ist nur ein Spaß.

So etwas gibt es nicht, aber es könnte es doch geben, jeden Tag, jede Minute. Stets ist es denkbar, daß einer bei einer kritischen Geschäftsbesprechung wenigstens fühlt: «Wenn ich bloß wüßte, wo er sich frisieren läßt! – aber er sagt mers nischt!» Hier und da empfindet man wohl so etwas, schämt sich und steckt es weg. Diese sprechen es aus. Es handelt sich etwa um die eine schwierige Aufgabe, die Gattin, die teure, nichts merken zu lassen. Alles Wohl und Wehe hängt von der Viertelstunde ab. «Was tun mer schon?» fragt der eine den andern. Und der: «Laß der'n Zylinder färben!» So. Er hat ja recht, denkt man, aber doch nicht jetzt! Man brüllt. Über deplacierte Wahrheiten.

Und wieviel ist in dem allen! Einer hat unrecht, und er schreit unmotiviert und siehe – er hat recht. «Das habe ich Ihnen doch gleich gesagt!» Crescendo. Er denkt gar nicht daran – aber wer kann gegen diese Stimmkraft! (Politische Analogien tauchen auf: unsre Agrarier.) Innen aber sitzt die Furcht und weint. Eine defensive Offensive ...

Oder das breite Gesicht strahlt in Höflichkeit: «Bitte, nehmen Sie Platz, mein Lieber!» – und dahinter, geknirscht, gepreßt: «der Schlack (scilicet: soll ihn treffen)!» Gefühltes gesagt. Man krümmt sich.

Tausend Züge müßte man erzählen. Wie sich Dobrovice Wischek Poposchek vorstellt, weil er mit den Herren Karten spielen möchte. «Reden Se nischt und setze Se sich scho hin. Zewos stelln Se sich vor?» Antwort (belehrend): «Oho! das ise Anstand!» Wo ist eine prachtvollere Hohlheit?

Oder die sophistische Geschichte, wie sie beide in einem Boudoir zusammentreffen: «Du hier?» – «Nein du hier! Ich seh dich doch.»

So hundert Mal.

Früher, in den neunziger Jahren, war es wie eine Synagoge. Zum Abendgottesdienst, gewissermaßen als Fortsetzung des Geschäfts, kamen die Lehrlinge der umliegenden Weißwarengeschäfte mit ihren Brautens hierher und hörten: ‹Eine Partie Klabrias›, die sie tagsüber im Kontor auswendig spielten. Es war eine gewichtige Sache, und wie man sagte: Ein guter Beckmesser, so durfte man sagen: Ein feiner Dovidl.

Sie sind mit der Zeit mitgegangen.

Und wie sie damals, in ihrem berühmten Stück, vor einer Schale Haut, Tiefstes, Menschlichstes erkennen ließen, so haben sie heute noch ein Wort gefunden, das unsre Stadt besser zeichnet, als viele andre. «I bin», sagt der eine Bruder, «i bin ein Schintelemenn.» – «Was bist du?» – «I bin ein Schintelemenn.» – «Ein Gentleman? Wo hast du das Wort her? Weißt du denn, was das ist?» – «Jawull! Steht drin in mein Kragn!»

Und reibt sich scheuernd mit den Fingern den Hals entlang und steht da auf zwei abwesenden Beinen, mit lächelndem Mund und schadhaften Zähnen, und in dem rosigen Gesicht strahlen die kleinen, schwarzen, zusammengekniffenen Augen listig, selig, vergnügt, blank – wie zwei freundliche Sterne . . .

KINDERTHEATER

Geschrieben für Franz Werfel

Wie war das doch? –

Schon der Nachmittag war unruhig und bewegt – Theater! Und wir gingen von zu Hause fort, durch die noch hellen Straßen, blind für alles Licht, vorwärtsstrebend, stumm. Das große Gebäude, die Kasse, die vielen Menschen, – drängte sich nicht ein Mädchen mit blauschimmernden Flügeln am Rücken durch sie alle? – die Garderobe – das wurde ungeduldig und schnell, hastig erledigt.

Wir traten in den riesigen Raum voll Lichtern, heißer Luft und summenden Gesprächen. Wir kamen stets spät; der Saal verdunkelte sich, und unten im Orchester klopfte ein Stäbchen aus Holz. Und Töne, die bis dahin gebrummt und quinkiliert hatten, verstummten, und der Strich von zwanzig Geigen setzte ein. O süßer Moment, wenn die Ouvertüre beginnt, im Halbdunkel der wenigen Lämpchen schwimmen Gesichter, helle Schöße der Frauen, oben bauscht sich der Vorhang ein wenig . . . Musik! Die Musik spielte – und die Backen wurden heiß und die Hände, Musik, immer noch Musik, und jetzt erhob sich der Vorhang.

Das Stück begann.

Und für uns war es immer dasselbe: mochte es der Wallenstein sein, oder die gute Fee Roswitha, oder Zwerg-Nase, oder Tell – immer war da eine junge Schauspielerin, – vielleicht immer eine andere, – die, in die schlanken Hosenbeine eines Jungenanzugs gesteckt, ihr Geschlecht auf ebenso reizende wie unvollkommene Art verleugnete . . .

Wie tat sie das! – Gleich in der zweiten Szene lief sie durch die Mitteltür, die Bühne durchkreuzend, zum Vordergrund, verbeugte sich schelmisch und sagte in einem hohen Alt zur Heldin des Stückes eine zwitschernde Ungezogenheit – und Frohsinn und Übermut – hieß sie nicht auch so? Prinz Übermut? – war auf der Bühne. Sie tollte herum, teilte Klapse aus, pufft, schnitt Gesichter, drehte sie nicht der ehrwürdigen Königin Mama hinter ihrem Rücken eine lange Nase? Und als die kleine Häußler, ein begabtes Kind von acht Jahren, mit der Stimme einer Fünfjährigen ein Gedicht aufzusagen begann, und ein Rauschen der Bewunderung durch das entzückte dunkle Haus ging, da vermochte sie es, als die einzige, dieser kleinen, uns affig erscheinenden Person keine Beachtung zu schenken, sondern sie heftete während der ganzen Zeit – selige fünf Minuten! – ihre dunkelbraunen Augen nachdenklich auf den zitternden Kopfputz der Königin. Und wir vermißten sie schmerzlich, als die Bühne sich mit den Figuren des Balletts füllte, mit jungen, nicht allzu hübschen Mädchen, die an diesem Abend die Aufgabe hatten, die Geräte einer Küche etwa, vielerlei Arten von Gemüsen oder die weißbemützten Lehrlinge eines Kochs darzustellen ... Und wenn wir auch lachen mußten, als der berühmte kleine Franzose, Herr Petit Petit, sich über die Bühne kugelte und sich dem begeisterten Publikum als ein nettes, hübsch gewachsenes Kerlchen präsentierte, so vermißten wir doch sie, und immer nur sie, und Helle und Heiterkeit und freudige Erregung war erst wieder um uns, als ein Jemand durch die Seitenkulisse in die dunkle, blaugrüne Waldszene marschierte und mit halblauter Stimme vor sich hinsagte:

«Hat da jemand geweint? Hat da jemand gelacht?
Ist es am Tag, oder ist es Nacht?
Bin ich im Wald oder bin ich an der See?
Bin ich ein Waldvögelein oder bin ich eine Fee?»

So ging sie und war ein Prinz und doch bettelarm, trug sich in Lumpen und hatte kein Bettchen, darin sie schlafen konnte, weil ein mächtiger Zauberer es so wollte.

Aber das eigentümlichste und reizvollste war doch, daß hinter diesem verkleideten Prinzen oder dem drolligen Straßenjungen die bürgerliche Existenz der jungen Schauspielerin nie völlig verschwand. Was war es doch für ein Wesen, das da oben in Glanz und Licht und fröhlichem Lärm uns beglückte? – Es war im Grunde doch das Fräulein Macdonald, eine junge Dame, die einen schlanken Körper und gepuderte Hände besaß, einige matt blitzende Ringe, ein ausgelassenes Knabenlachen und unsere ganze Sehnsucht. Wenn ihre braunen Augen fröhlich glänzten, wurden wir unten, im halbdunklen Parkett, fröhlich und traurig zugleich. Würden wir sie jemals anders wiedersehen, als hier im Theater, in einem albernen, aber ach! so reizenden Kostüm? – Besaß nicht vielmehr sie, Ly Macdonald, in der Stadt irgendwo in einer blumigen, schnurgeraden Straße eine kleine, dreizimmerige Wohnung, die zu betreten unser ganzes Glück ausgemacht hätte? – Einmal bei ihr zu sitzen und zu sagen: Ly! und leise diese kleine, gepuderte Knabenhand zu streicheln ... War sie nicht die allererste? – Mochten die andern da oben sich noch so blähen, mochte die Königin des Stückes noch so verführerisch gleißen, Blicke wie Pfeile versenden, mochten sich alle um sie scharen, nur um ihr zu dienen, – die da in einer Ecke gleichmütig mit einem Statisten plaudert – Ly! Ly! Macdonald! – Der Jungenanzug saß auf ihr, als sei sie darin aufgewachsen. Wir mochten sie uns nicht in Kleidern vorstellen, und wie tollte sie herum! – Sie antwortete der gütigen Fee so keck, daß diese machtvolle Dame alles aufbieten mußte, um ihre Autorität zu wahren, sie zupfte ältere Herren, wie beispielsweise den Weihnachtsmann, auf das übermütigste am Bart – und sie war die einzige, die unverheiratet aus dem Stück hervorging! –

Wie liebten wir sie! – Wie war sie anders als alle die Mädchen, die wir kannten und nicht verstanden, schon um ihrer Kleidung willen nicht verstanden. Was war das für eine Manier, Kleider zu tragen, die auf rätselhafte Weise geöffnet und geschlossen wurden? – Nicht zu sprechen von den geheimnisvollen Mechanismen, die diese Wesen an sich hatten, und deren Unkenntnis von unserer Seite stets ein beschämendes Gelächter bei ihnen weckte! – Diese hier liebten wir, den kleinen Kameraden, – trug sie nicht dieselben Dinge wie wir am Körper –? Aber sie tat es wohl nicht immer, jedenfalls nur hier, nur abends. Wie süß, wie unheimlich das war! – Jetzt, in der Pause, stand sie bestimmt in ihrer Garderobe und dachte an ganz andere Dinge, Ereignisse, die wir nicht einmal zu ahnen vermochten, und die mit der Fee Anastasia nicht das geringste zu tun hatten! – Bestimmt war einer da, der zu ihr du sagen durfte und den sie küßte. Aber hier machten unsere Gedanken halt ... Von ihrem Körper wußten wir nicht zuviel und wollten wir nichts wissen – und nur zagend tauchte im Wirbel der bunten Ereignisse wohl einmal der Gedanke auf: wenn diese Kleider sich öffneten! ... Immer wieder mußten wir an den verwirrenden Zwiespalt denken, einer ist ein Junge und ein Mädchen, gehört zu uns und nicht zu uns! –

Nie, nie würden wir dieses Zauberding voll erfassen können! –

Und wenn dann zum Schluß sich die Bühne mit allen füllte, die in dem Stück vorgekommen waren, – in der Mitte stand der brennende Weihnachtsbaum, und der Weihnachtsmann war da, und der liebe Gott, und die Fee, und der König, und die Königin und alle, alle, dann sahen wir in dem beunruhigenden Lichtermeer und den schwankenden Farben und dem Leuchten der Glaskugeln nur dieses rosige, leicht gepuderte Gesicht, das auch im Lächeln etwas Trauriges hatte ... Bis der Vorhang fiel ...

Und noch drei volle Tage nach der Vorstellung begaben wir uns häufig, voll von Abneigung gegen die sparende Mutter und gegen den ruhigen, ordentlichen Vater und gegen diese ganze gräßliche Regelmäßigkeit des Hauses, ohne innere Veranlassung in einen abgeschlossenen Raum, um daselbst ein wenig zu weinen ...

PALLENBERG

In der Bahnhofshalle, nicht für es gebaut,
geht ein Huhn hin und her ...
Christian Morgenstern

Da ist ein unterirdischer länglicher Raum, rötlich-gelb erhellt durch japanische Lacklampions, rot und gelb schreien die Farben, und dunkel schließt eine kleine Bühne die Schmalseite ab. Erhitzte Gesichter schwimmen auf dem Meer bewegter Schultern, Arme heben sich, Getöse, Lärm ... Und dazwischen quäkt und zimpert eine kleine Kapelle immer dasselbe Thema: Pum, pum, pum – pum, pum, pum ... und dann mit Beckenschlägen einen quietschenden Lauf, der den Magen erzittern macht.

Wenn sich aber nun der Vorhang hebt, so wird da ein rothaariges, zwergenhaftes Scheusal stehen und das so hübsch ausgedachte Festspiel zerstören. Es hüpft und quäkt mit der Musik, gegen sie – es ist unausstehlich, es wird aufmerksam ein schönes rührendes Lied der gefangenen Mutter anhören, aber statt ihr beizustehen, sie anfahren: «Mehr vornä mußt du das singän!» – und als Schlußapotheose wird es butterig lächelnd sich um eine alte zerborstene Säule winden, die Inkarnation der Häßlichkeit, und auf der Säule wird in zittrigen Buchstaben stehen:

PALLENBERG

In einer pompösen Villa zu Essen (im Hause Krawehl) gibt es diesen ‹Raum für improvisierte Feste› – auch Pallenberg gibt es – man hat sie nur noch nicht zusammengebracht.

Wahrlich, diesen hat die Hölle ausgespien, aber Gott Vater gab ihm den kindlichen Sinn und die fröhliche Unachtsamkeit des Blödrians.

Dieser Einzige ist imstande, wahrhaft grotesk zu sein: bis zu der Grenze, an der die Komik in Grauen umkippt. Er ist nacheinander rührend und grausam und beschränkt und giftig und von einer fast schmerzlichen Lustigkeit.

Dreimal sah ich ihn, und dreimal begriff ich, welche Schande dies ist: ein Mensch zu sein, da dieser ein Mensch ist.

Das erste Mal geschah es in einer kleinen dummen Posse, deren Titel und Verfasser ich längst vergessen habe. Damals kannte ihn noch keiner in Berlin, er war zu einem Sommergastspiel herübergekommen. Welch ein Mensch! Wie kroch er nicht feuerhaarig und widerborstig über die Bühne, ein kleiner Haustyrann, ein wahrhaftig Abbild eines Großen. Seine Stimme klang wie eine Kindertrompete. Er befahl, widerrief, quälte – drei Grade zurückgeschraubt, und man hatte einen, Hunderte kleiner Familienkönige. (Ich weiß nicht, ob es das Wort ‹Boosnigel› gibt – so war er.) Aber rührend war doch, wenn er allein gelassen wurde, wenn weichere Gefühle ihn überkamen, wenn er seine Härten, seine Kanten vor sich selbst wie mit göttlicher Mission entschuldigte, wenn die böhmisch holprige Stimme brüchig, heiser durch eine Tür rief: «Ssagen Ssie ühr, ssie kann mich ...» und dann mild, engelsgleich, in einem verstockten piano: «Haben Sie keine Angst, ich sags nicht.» Man ging damals schon aus dem Theater, im Innersten angerührt, ein leichtes Grausen wehte von ihm her – schon damals zeigte er, daß sich letzten Endes Tragik und Humor berühren, eins werden.

Das zweite und dritte Mal war er Jupiter und Menelaus. Eigentlich beide Mal derselbe (als Zeus gewaltiger): ein gekränkter, schwacher, jämmerlicher, zerrupfter Hahn. Aber was war aus diesem Menschen geworden!

Welcher Teufel soufflierte ihm, was tat er mit der Sprache! Rasend schnell hatte er begriffen, daß es gar nicht darauf ankam, mit welchen Lauten man ‹Eifersucht› oder ‹Hunger› ausdrückte. Er wirbelte die Buchstaben herum, die Gedanken schlugen, noch unausgesprochen, Kobolz, und es hagelte Worte wie: «Bittä, Amt Steinpilz», oder: «Sie waren splitterallein». Fremdworte wurden unbewältigt angefressen, liegen gelassen und verfaulten, irgend welche Silben schlängelten sich in die wohlgefaßten Sätze und erdrosselten sie ... So ausgestattet zog die arme Kreatur aus, um die Götter zu beherrschen, um Sparta zu regieren.

Den Humor haben viele, keiner – das andre. Man möchte sich einen alten Affen denken, den noch eine dünne Schicht vom Urmenschen trennt, eine schmale Kluft, aber er wird es nie erreichen; und es gibt fürchterliche Momente, wo er kurz vor der Erkenntnis steht. Und es ist ein Beweis für die Größe dieses Künstlers, daß er die stockenden Sekunden wegwischt mit einem selbstgenügsamen blöden Lächeln: Weiter, ich bin Objekt – was ist da zu tun? Ach, und wie abhängig ist dieser Armselige! Ein Gewitter geht vor sich, und er kriecht eine Wand herauf, in der ungewissen Angst des hin- und hergeschleuderten Menschen; alle hüpfen, auch er hüpft, aber seine Beine sind die hilflosesten, die traurigsten; auch sie hüpfen, nun, man hüpft, warum nicht? Und noch lange, als schon alles verstummt ist, bewegt er sich in angelerntem Rhythmus, glückselig, einen Konnex mit der Außenwelt gefunden zu haben. Er wechselt, er irritiert, er flimmert: er tritt auf, an einem Apfel kauend, sich stets entschuldigend, daß er da ist, seine runden

Tieraugen blicken gänzlich verständnislos in eine lachende Welt, und man versteht das, man begreift die Schwere seines Daseins und gönnt ihm sein bißchen Futter. Die erste Sängerin hat etwas zu tremolieren, und auch er kugelt gluckernd, verachtungsvoll ein paar hohe Triller heraus, wie ein Kastrat, so nebenbei ... Er muß im allerhöchsten quäkenden Falsett fragen: «Was sind denn das für Nymphen?» und gleich darauf, plappernd, glücklich, reden zu können: «Kennen Sie schon den neusten Witz? Zwei Juden sitzen in der Eisenbahn, da sagt der eine ...» Er wird das nie zu Ende erzählen, er weiß es auch gar nicht fertig zu bringen, aber er hat es so gehört, so macht er es nach. Er ist plastisch bis zur Unkenntlichkeit. Er sagt nicht: Ich bin ein Trottel. Er sagt: «Also, wenn mich ein Spartaner da gehen sehen mecht, so wird er sagen, wenn er mich da wird gehen sehen, da, da! Also, was siehst du dorthin, wenn ich da zeige?! – aber, ich kann es ja auch dort zeigen. Also, wenn mich dort ein Spartaner ...» In infinitum. Er kraucht auf seinen Königsthron wie ein alt Weiblein auf eine Hutsche, flimmernd wackelt die Glorie um sein Haupt wie ein verwelkter Hahnenkamm, und Gnade Gott, wenn er gereizt wird! Dann spricht er exakt, mit langausgedehnten Endsilben und fein und deutlich wie ein Grammophon oder eine Kokotte vor Gericht.

Wenn es eine menschliche Würde gibt – Pallenberg tritt sie mit Füßen. Es macht ihm Behagen, leere Gesten bloßzulegen, Inhalte als luftig abzustreifen, Hohlheiten aufzuzeigen: So seid ihr – seht! so sind wir!

Einmal packte ihn – außerhalb des Rollentextes – das Lachen, er kugelte sich auf seinem Thron, konnte seine Rede nicht beenden, kreischte und spuckte, und eine Wolke von Mißbehagen blies das vergnügte Scheusal um sich herum ... Aber wenn er litt, lachten die andern. Und dies war nur eine kleine Vergeltung für die Tücke und Bosheit, mit der er gegen sie wütete, wann er nur konnte. Aber er kann nicht! Er kann nicht! Und so verbirgt er Haß, Neid, Wut, Impotenz hinter seiner holden Blödheit, die ihn grinsend selbst die Krone zum Gruß lüften läßt. Hier und da spuckt er und bricht heraus, und man ist erstaunt über so viel Gift und so viel Galle!

Er ist ein Teufel, ein entgleister Gott, ein großer Künstler.

DIE THEATERKRITIK, WIE SIE SEIN SOLL

Wenn man so sieht, wie die geängstigten Theaterdirektoren furchtsam die Straßen der Stadt durcheilen müssen, um nicht von den bissigen Kritikerhunden in die Hosen geschnappt zu werden – so überkömmt einen das Mitleid. Doch gibt es auch noch wohlwollende Mitmenschen, denen die Nächstenliebe nur so zum Maule heraustrieft.

Wissen Sie, was ein Theaterverein ist? Diesen hat man sich so zu denken: eine Anzahl Gewerbetreibender, Subalternbeamter, junger Kaufleute – auch junge Damen gibt es da, mit leis dahinblühenden Seelen – tun sich zusammen, um Theater zu spielen.

Man trifft sich alle vierzehn Tage etwa in einem Restaurationszimmer mittlerer Größe, hüllt sich in gemietete bunte Gewänder und stellt erschütternde oder auch belustigende Begebenheiten der Gegenwart und der Vergangenheit dar ... Sie lächeln.

Tun Sie das nicht! Wissen Sie denn, wieviele solcher Vereine es gibt, wieviele Verbände, Genossenschaften – Thaliien, Hilaritasse, Erholung, Olympias?

Ihr eigentlicher Geburtsort ist bestimmt Sachsen. Jedenfalls gibt es da die meisten. Dort blühen sie, dort gedeihen sie, nur dort gibt es die ‹Echten Oberbayerischen Gebirgstrachten in zwei Garnituren von jeder Größe auf Lager. Erste Garnitur mit echten Hirschhornkronen-Knöpfen, fünf Zentimeter im Durchmesser, letztere einzig und allein in Chemnitz.› Glaubs wohl.

Wo aber ein Theater ist, da ist auch Kritik. Und sie haben ihre Kritiker, ihre Zeitschriften – wie die Erwachsenen.

Da gibt es Bühnenwettstreite wie den großen «Reform-Humoristen-Wettstreit zu Neuß am dritten November 1912»; oder den «Couplet- und Duettwettstreit des Theater-Vereins Germania, Nachrodt-Einsal i. W. (neunten und zehnten Oktober)». Und einer, der in einem Dorf bei Lethmathe wohnt, empfiehlt sich zur «Übernahme des Preisrichteramtes für Bühnenwettstreite. Stellung ganzer Preisrichterkollegien auch ohne persönliche Mitwirkung unter strengster Diskretion. Bewertung nach allen Systemen.» Nach allen ...! Aber der Mann hätte ja in Berlin sein gutes Auskommen – gerade das fehlt uns so!

Wie klappt das aber auch! Hier ein paar Proben:

«Zur Aufführung gelangte zuerst der humoristische Einakter *‹Es spukt›*, der die Anwesenden in andauerndes Gelächter versetzte. Hieran schloß sich das herrliche Schauspiel *‹Am Grabe der Mutter›*. Hierbei zeigten die Spieler so recht ihr ganzes Können. Die Aufführung bot recht schöne und ergreifende Momente.» Dies, was den Theaterverein Fidelia in Wattenscheid angeht. Und Fidelio in Cöln-Raderberg? Nicht minder. Und es ist gar nicht so leicht! Man höre:

«Bühnen-Wettstreit des Theater-Vereins Unitas. Couplet-Klasse. Erster Preis Erholung-Steele: *‹Das Leben›*, 64 Punkte. Zweiter Preis Unter uns-Styrum: *‹Urgroßväterchens Geburtstag›*, 62 Punkte ...» und so fort bis zum «Achten Preis unser Fritz M.-Styrum: *‹Die letzten Momente›*, 51 Punkte». Nicht, als ob ich dies alles verstanden hätte – wer wüßte auch in solchen Fachausdrücken Bescheid! Die Kritik weiß Bescheid.

Sie ist gerecht, sie erkennt an, sie belobt – Ave, Ave! Ein bißchen

Kaufmannsstil, aber immerhin. «Die Regie und Szenerie — ich erinnere an das prächtige Bauernhaus — ließ nichts zu wünschen übrig und gehört derselben ungeteiltes Lob.» Das war in Lugau. Aber in Thum ist es auch nicht so ohne, Theater zu spielen. «Sudermanns Meisterstück ‹*Die Heimat*› gelangte im Dramatischen Verein Montag, am sechsten Oktober, im Saale des Hotel Thierfelder zur Aufführung. Es wurden hohe Anforderungen an unsre Dilettanten gestellt.» Das kann man wohl sagen! Aber: «Aber sie haben den Anforderungen vollständig entsprochen.» Und es ist noch gar nicht so ausgeschlossen, daß diese Inhaltsangabe auch einem Sudermannschen Stück entstammt: «... Der Landeshauptmann nimmt dieses sein Todesurteil gefaßt entgegen. Assessor von Salberg kommt mit der Vorladung vor das Vormundsgericht in der Unterschlagungsanzeige schon zu spät, aber zur rechten Zeit, um Juliane, welche die Mörder ihres Vaters verflucht und sich für immer von ihnen lossagt, ein treuer Gefährte zu sein auf dem weiten Wege, welcher einem neuen Leben, einem süßen Glück im Winkel entgegenführen wird.» Na? Ist das gehässig? Geht es nicht auch so? Es geht. Gewiß, man ist auch einmal streng — aber nur gegen das Publikum. «Daß der neue Hut eines Herrn aus dem Saal verschwand, und sich gar nicht wiederfinden ließ, ferner, daß während der Aufführung der ‹*Söhne*› sich ein Herr in der Bauchredekunst übte und ein Mitglied des festgebenden Vereins sich weigerte, denselben aus dem Saal zu weisen, sei nur nebenbei bemerkt.» Benebst einer Erwiderung: «Armer Theater-Verein Orpheus, Bonn-Endenich! Du wirst auch überall betrogen, wo du nicht an erster Stelle stehst! Es ist ja kein Wunder, wenn das Publikum versucht, Bauchrednerübungen zu veranstalten, wenn dasselbe verurteilt ist, eine halbe Stunde solch ein Gegrunze in den tiefsten Gutturallauten eines Indianers anzuhören ... Was zum Schluß den gestohlenen Hut anbetrifft, so war besagter Hut sicher betrunken, da er seinen Herrn nicht erkannte, denn noch heute träumt er in unserm Stammlokal von einem fröhlichen Wiedersehen mit seinem Herrn.» So die milde Kritik.

Und wer dächte nicht an berühmte Muster, dies lesend: «... Das konnte sich Lorenz sowie unser Verband auf keinen Fall bieten lassen, und strengte Lorenz im Auftrage des Verbandes Klage an gegen den Theaterdirektor G. Daß nun diese frivole Behauptung bloß Flunkerei war, ersehen wir aus diesem Vergleich, dem wir wohlwollend zugestimmt haben, um Herrn G., welcher doch auch Familienvater ist, keine weiteren Kosten zu machen.»

Hier wird positive Arbeit geleistet, hier wird nicht nur bekrittelt, was fleißige Künstler geschaffen haben — nein, der Kritiker selbst zeigt, weist an, unterrichtet:

Zu Dionys, dem Tyrannen, schlich
Damon, den Dolch im Gewande;

Wie eine wichtige Mitteilung:

Ihn schlugen die Häscher in Bande.

Laut, mit tiefer, herausfordernder Stimme:

«Was wolltest du mit dem Dolche, sprich!»

Ruhig:

Entgegnet ihm finster der Wüterich.

Kalt und fest:

«Die Stadt vom Tyrannen befreien!»

Pause. Erregt auffahrend:

«Das sollst du am Kreuze bereuen.»

Das ist es.

Und wenn Sie im gespannten Parkett sitzen und die Waldeslandschaft wackelt, weil durch die Seitenkulisse der Metzgerseppl gelaufen kommt, in dem echten Oberbayerischen Gebirgskostüm, und ruft: «Ich chotle eejalwech juhuu!» – dann rufen Sie mit uns:

. . .'s ist das blanke Schwert des Geistes,
Längst in Thalias Kampf bewährt.

Thaaljas – Paroxytonon – mit dem Ton auf der ersten Silbe.

BERLINER CABARETS

Am Klavier: Rudolf Nelson. Die wippenden, gleitenden, koketten Refrains dieser Lieder ‹perlen› über die Tasten, kaum bewegen sich seine Finger, aber da, wo der Kehrreim einzusetzen hat (Ritardando . . . im Druck steht eine Fermate), fühlt man seine Freude an dem Schlager, an seinem gefälligen leichten Rhythmus. Er sitzt am Klavier, und man begreift die Bedeutung und die Wichtigkeit eines Chanson-Refrains. Oben auf dem Podium: die Erlholz. Sie ist eine der vier Leute in den berliner Cabarets, die, losgelöst aus dem üblen Rahmen ihrer Tätigkeit, schon etwas wert sind. Die ‹Feunheit› einer Portierstochter, die in Berlin die Aufgabe hat, mondänes Leben zur markieren, die kalte Gelassenheit eben derselben einem nichtzahlenden Freier gegenüber und das ganze schnoddrige Hin und Her einer Nachtunterhaltung – das wird leise und gut angedeutet (nicht durchgeführt, nicht gesteigert, nicht zur monierenden Karikatur gestaltet).

Oder oben auf dem Podium: ein kleiner schwarzer Kerl mit kirschrot geschminkten Lippen, behend wie eine Tänzerin und kokett wie ein Stieglitz. Aber dieses gleich-geschlechtliche Konfektionslaster ist auf deutsch unerträglich: was Vadasz einmal in einer Nummer der *‹Assiette au beurre› (‹Les petit' jeunes hommes›)* gab, biegsame romanische Kerlchen, bei denen Begriffe wie Sünde, Perversität und Abkehr vom Philistertum nicht existieren, weil sie abstrakt kokottenhafte Schweinchen sind – das ginge noch allenfalls. Aber dieser hier . . . Gewiß, er macht seine Sache recht gut, er legt so einen Refrain punktiert, zierlich, pizzicato hin, trällert einen Tanz, und es gibt auch Momente, in denen er ein Aufstöhnen witzig parodiert (wenn er das Wort ‹Parfum› von sich gibt, so feiert er Orgien) – aber ist er von der Bühne herunter, so bleibt eine leicht schmalzige Empfindung zurück, irgend etwas Übles, etwas Steckengebliebenes, nicht ganz Vollendetes. Franz Blei bei Gelegenheit Aubrey Beardsleys: «Da wird die Sünde schön und eine Tugend, weil sie groß und herrschend ist, da wird die kleine Sünde, die sich mit der kleinen Tugend um den Vorrang in einem Individuum streitet, zur widerlichen Häßlichkeit.»

Das sind so einige. Der Rest schiebt sich halb begabt, lärmend, zum Teil humoristisch, aber jeder Idee und Persönlichkeit bar, über die Bretter. Keiner, der nicht vor dem Publikum kriecht, keine Direktion, die es nicht als ihre Aufgabe erachtet, die Bauschieber und die beurlaubten Unteroffiziere durch Zoten zu einer Steigerung des Sektkonsums zu reizen. Zoten ... das ist so eine Sache bei uns: wir hören da auf, wo der Franzose anfängt. Analysiert man diese Cabaretlieder, so ergibt sich als Fazit die Konstatierung der Existenz des außerehelichen Geschlechtsverkehrs. Ein Eingehen auf diese witzigen Probleme da, auf die Feinde Mann und Frau und Weib und Weib, das gibt es nicht – «und was dann weiter geschah ...». Der Vortragende zwinkert, das Publikum versteht und brüllt und bereitet sich würdig vor ... mehr nicht.

Die Waldoff. Wenn sie nicht dick wird, die Vollendung des berliner Gamins, des Schusterjungen, der über blasierte Ladenjünglingslebemänner sich jetzt in die jungen Damen zu flüchten pflegt. Der Typ wird häufiger ... Jene steht da, mit hängenden Armen (das hat sie gelernt), mit stillvergnügtem Gesicht (das hat sie auch gelernt), und singt (das hat sie nicht gelernt). Ihre Technik ist unmöglich und unübertragbar, es ist ähnlich wie beim Girardi: Hunderte machen das nach, und man kann vielleicht sagen, daß so ein neuer Stil entstanden ist. Aber erreicht wird es von niemand. Wer steht so wie sie, den Kopf leicht und schief nach hinten über, die eine Augenbraue hochgerutscht, der linke Mundwinkel nach unten verzogen: «'ne duufte Stadt is mein Berlin!» Sprichts, angetan mit glattem schwarzen Kleid und weißem Klappkragen, und macht eine ungezogene Verbeugung wie ein Junge. Vielleicht ist es das höchste an Humor, der so gelassen und unberührt an allen Dingen vorüberschreitet und sie alle gleich verächtlich als Inkarnationen gleichgültiger Ideen abtut. Man muß sie das Wort ‹Frühling› sagen hören: ein kleiner Seitenblick nach unten, und Hunderte von Sentiments gehen dabei flöten. Sie bemüht sich gar nicht, sie nennt ihre Anbeter objektiv ‹farickt›, aber man glaubt es ihr; in keinem Unterton ist eine geheime Freude, doch so viel Wirkung auf die Männer auszuüben. Wir vergessen bei dieser ein wenig spöttischen Darstellung, daß es sich um eine der beiden großen Quadern handelt, auf denen, nach Schiller, die Welt ruht ... Humor ist eine Kontrastwirkung. Sie geht gleichmütig mit den Angelegenheiten um, die andern die Köpfe und die Beine und die Portemonnaies verdrehen, sie registriert kopfschüttelnd wie der liebe Herrgott auf seinem Thron: «Wenn dea Bräutjam mit dea Braut ...» Sie ist so sehr Berlin: man weiß nicht recht, ob sie in den allerletzten Tiefen nicht doch noch schüchtern ist und sich durch Keckheit eine Überlegenheit verschafft; die Refrains rutschen ihr über die Flabberlippe und mit verachtungsvoll herabgelassenen Schultern gibt sie das Groteskbild einer flapsigen Jungfräulichkeit: «Mit meene Beene machen Sie die Zicken nich ...» Darin besteht ihre Hauptwirkung. Witze, zugespitzte Bonmots verpuffen. Wortspiele, Geistreicheleien ... alles unmöglich. Einmal handelte es sich um eine Jungfrau, die sich auf dem Potsdamer Platz vermittels Starkstroms zu töten beabsichtigte. Es gab da eine etwas merkwürdige Situation, sie strichen ihr damals die Schlußpointe. Ich sehe noch, wie sie statt ihrer irgend einen harmlosen Unsinn sang, die Augen frech nach oben verdreht, sodaß man das Bläulich-weiße sah, schadenfroh grinste sie ins Publikum, ihre Unschuld war gedeckt, was sie anginge, so sei sie ein unbeschriebenes Blatt, und für Pointelosigkeit käme sie nicht auf. Aber es war doch so viel frecher als das erste Mal. Und es bleibt die Erinnerung an ein dunkelgefärbtes U, an einen Konsonanten, der aus den Tiefen eines zusammengezogenen Halses herausquoll, gedrückt, gequetscht, und die spottende Schadenfreude, mit der sie den kleinen Kadetten, die Braut, Herrn Lehmann und uns alle abtut:

«... und hat es doch nicht errei–icht,
Ja, llieben ist nicht so llleicht!»

Aber es gibt Textausgaben der Lieder Mayols: auf dem Titelblatt der frech lächelnde Chansonnier mit hochgedrehter Haarlocke, eine Hand sieht man noch, die begleitend auf den Tasten liegt: Hou! les femmes!

Und das kann in Berlin keiner.

BAYREUTH

heißt ein Büchelchen, das Hermann und Anna Bahr geschrieben haben. Drei Aufsätze von ihr, sechs von ihm. Ihnen gemeinsam: die völlige Verkennung des Zusammenhangs zwischen Kultur und Musik, gemeinsam eine maßlose Überschätzung der Musik (nicht nur Wagners); über ihnen gemeinsam schwebt segnend der Feuilletonstrich, der sie vom realen Leben trennt.

Die Aufsätze der Frau sind zu entschuldigen. Wer wollte es ihr verübeln, daß sie in Bayreuth eine Welt, ihre Welt sieht und diesen Empfindungen auf des Gatten Weise Ausdruck gibt!

Seine Verlogenheit sitzt tief. Er hat so eine Art, über die Ausgabe der Karten zu den Festspielen, über den Gang eines Kapellmeisters oder über eine Handbewegung der Frau Cosima zu plaudern – eine Art, der man anmerkt, daß er sich bemüht, außer dem Stolz, dies alles selbst miterlebt zu haben, auch noch das Element des Übersinnlichen diskret durchblicken zu lassen. Aber es ist ja alles gar nicht wahr. Muck hat gar kein teuflisch gescheites Gesicht, dieser keinen trotzigen Knabenkopf und jener keine bedächtige Verträumtheit. Aber «alle werden gern bestaunt». Worauf es ankommt.

Eigentlich, Emil Ludwig, dürfen Sie ihm dankbar sein. Was Sie noch übrig lassen – ER wird es schon machen. Von ihm ist das Wort vom «Nebel der Verzückung», er weist in Bayreuth nach, daß «dies den Deutschen ausmacht, daß er in seinem Kopf für alles Platz hat ... und daß er sich nicht verschließen kann ... Ihr aber, die ihr glaubt, daß einer nur in der kleinen Provinz seiner eigenen Meinung selig werden kann ...»

Sein Negativ: ein unbegründetes Anrempeln aller, die nicht in Bayreuth den Veitstanz bekommen; sein Positiv: eine wolkige Allerweltshimmelei, die zu nichts verpflichtet. Ullstein fotografiert, Cook verkauft Billetts, jeder Tragbalken des Gerüsts eine Firma – oben steht jener, den Kopf in den Wolken.

Da haben Sie Bahr, da haben Sie Wagner: es verpflichtet zu nichts.

METROPOLTHEATER

Kinder, auch das ist ja alles nicht wahr. Das assyrisch eingerichtete Hotel nicht, und nicht die ganze Millionärskiste mit Dienern und Fräcken und der so feinen Benehme. Wahr ist nur, daß das Publikum in richtigem Instinkt von Herzensgrund mit dem einen sympathisiert, der sich mit einer schnoddrigen berliner Redensart über all die Fatzkes lustig macht: mit Thielscher. Auch, weil er ulkig ist, weil er sich in seine Hühnerbrust wirft – aber hauptsächlich, weil bei ihm noch die gute alte berliner Posse durchschimmert, der alte Typ des Bürgers, der mit festgefügten Anschauungen andersgeartetes abweist. Hier spiegelt sich unsre Stadt: man ginge am liebsten in Hemdsärmeln, aber man muß doch nun mal; und so macht man seufzend mit – wie der Berliner in Weinlokäler geht, in denen er sich nicht wohl fühlt, aber die er für fein hält; wie die ganze Stadt zu weite Kleider anhat und noch nicht nachgewachsen ist.

Das Stück hat ein Libretto und eine Musik (die nur an einer Stelle aufhorchen macht, da, wo ein Lauf die Harfe herauftrudelt); und um Giampietro ist es nach wie vor schade, weil er lieber Wedekind spielen sollte.

DER BÜRGERGENERAL

Der Redner (Haeusler, General): Unsere Dienstzeit ist zu lang. Wenn auch Frankreich die seine hinaufsetzt, wir können die unsere geruhig beibehalten, ja, wir können sie sogar *heruntersetzen!!* –

Das Zentrum (murmelnd): Wat denn?! Wat denn??! –

Der Redner: Wozu sollen die Leute so lange gedrillt werden? Da wird so viel überflüssige Arbeit getan ... Da ist die Kavallerie: Drei Jahre machen sie da Dienst, das kann man auch in zweien leisten ...

Das Zentrum (murmelnd): Wat'n? Wat'n??!! –

Der Redner: Und Urlaub müssen die Leute haben! Viel mehr Urlaub! Und da ist die Ersatzreserve: auch hier genügt eine dreimonatige Ausbildung!! Es ist in kei ...

(Oben auf der Journalistentribüne hat sich

Der Korrespondent der *‹Täglichen Rundschau›* erhoben und brüllt in den Saal): Was fällt Ihnen denn ein? Das gibt es hier nicht!! Was hier an vernünftigen Kritiken gesagt werden muß, was hier überhaupt an Kritiken vorgebracht wird, das haben die Sozialdemokraten zu tun. Da findet sich ja kein Mensch mehr heraus ... Ich finde mich nicht heraus. Meine Leser finden sich nicht mehr heraus. Sie als Zentrumsmann haben in militärischen Dingen zuzustimmen. Das ist immer so gewesen, Himmelherrgottdonnerwettermohrenundmarkgrafenstraßeecke!!

Der bayerische Bevollmächtigte: Reecht hat er! Dees wern mir ihm schon zeign, dem Heerrn Abgeordneten! Wer klatscht ihm denn nacha zue??! Nadirlich die Roten. Aber dees gibts fei net. Was ein Militär is, läßt sich von der Bagasch net beapplaudieren ...

Der Redner (vertattert): Ich war General, bin es noch ...

Der Bevollmächtigte: In Arrest fliagns, mein Liaber, bals net stad sind ...!

Der Journalist: So, nun fahren Sie fort. Aber immer hübsch dem Schema nach. Sie für, die Roten gegen – so war das hier immer, und so wird es auch weiterhin sein, so Gott will, denn sonst müßte ich umlernen – und ich bin aus der Übung ...

AN ARNO HOLZ

Ferdinand Avenarius schreibt in seinem Blatt: «Ich bitte diejenigen unsrer Leser, die Arno Holz nützen, und die Arno Holz für uns nutzbar halten wollen, an den Kunstwart-Verlag (München, Georg D. W. Callwey, Finkenstr. 2) eine freundlich bemessene Spende mit der Beifügung: ‹Für Arno Holz› zu senden.» Dorthin seien auch die Leser der ‹*Schaubühne*› gewiesen.

Wie die Dinge nun liegen, werden an diesem Tage, da Sie, lieber Herr Holz, fünfzig Jahr alt werden, alle die alten Kampfgenossen antreten, mit und ohne Torte, und ihr Sprüchlein aufsagen. Vom Erinnern und schöner Zeit und heißer Bataille und so. Und Sie werden ein bißchen lächeln, aber doch stolz sein, daß man Sie noch nicht vergessen hat, und daß die, die damals um Sie waren, auch heute noch wissen, was sie an Ihnen haben. So die Alten.

Wir Jungen gratulieren doch ein bißchen anders. Wir haben die Resultate Ihrer Kämpfe fertig vorgefunden, wir wissen nicht mehr aus eigener Erfahrung, sondern haben es nur nachträglich gelernt, wieviel Mühe, wieviel Arbeit, ein wie breiter Rücken dazu gehört hat, die selbstverständliche Freiheit zu schaffen, mit der wir Nachkommen heute ohne Scheu eine Dirne eine Dirne nennen dürfen. Wir haben das nur gelesen. ‹*Familie Selicke*›, ‹*Papa Hamlet*› – und in Poseidons Fichtenhain tritt man mit frommem Schauder ein.

Wieviel wir Ihnen verdanken – gut. Aber Kanonen sehen im Frieden immer ein bißchen plump aus, und ein alter Musketier, wenn er klug ist, beklagt sich nicht im Frieden, daß ihn die Leute nicht immerfort anstarren. «Diese Saaten, diese friedlich rauchenden Hütten, wo wären sie ohne mich?» Gewiß, gewiß.

Aber der Frieden ist undankbar, und weiß nie, daß er seinen Bestand nur dem Krieg dankt. Das ist nun einmal so, da darf man nicht murren.

Und so hätten Sie nie für den Frieden gearbeitet? Hätten immer nur Waffen geschmiedet, Kugeln gegossen, dem lieben Nächsten den ... Schlaf geraubt?

Einmal nicht. Einmal haben auch Sie im Gras gelegen und in den Himmel gesehen und vergessen, daß man zu kämpfen hat und das Leben doch eigentlich viel zu kurz für all den Spektakel ist. Einmal.

Und obgleich doch schon im ‹*Phantasus*› solche Ansätze waren, und auch späterhin, kleine Städtchen der Mark, traumverloren (der feine, alte Fontane mußte sich im Innersten angerührt finden) – diesmal kleideten Sie Ihre sanfteren Regungen, als schämten Sie sich, in eine alte verspielte Sprache, verlegten das in ein utopisches Zeitalter und nannten es: *‹Des Dafnis Freß-, Sauff- und Venuslieder›*.

Ich weiß alles. Daß Sie Ihrer Ansicht nach da auf ein Buch festgenagelt werden, das für Sie am wenigsten charakteristisch ist, daß es ein Publikumserfolg war, daß Sie heute darauf pfeifen, und was man so sagt, wenn man, wie Sie, in zwei Abteilungen zerfällt: in eine, die kann und nicht viel von sich hält, und in die andere, die gern möchte und nicht kann.

Ich schenke Ihnen alles dafür: die Richtlinien für die Kunst, die Sie aufstellten, obgleich man doch bestenfalls nur zu erkennen vermag, welchen Weg sie, die Göttin, einschlagen wird; die Gesetze; den von Ihnen erfundenen Naturalismus; alles, alles – für dieses eine Buch.

Nicht, weil es eine der witzigsten Stilspielereien ist. Nicht, weil Sie ulkige Worte gebildet haben. (Wenn Franz Blei tadelnd bemerkt, daß es diese Sprache nie gegeben habe – tant mieux!) Aber weil das wahrhafte Lyrik ist, weil ein großes, starkes Lebensgefühl mit Ihnen durchgegangen ist, weil das singt, weil das auch in dieser fingierten Welt nur die eine Freude am Leben gibt. Sie durften das. Sie, der Sie sich mit Gott und der Welt herumgeschlagen hatten, Sie durften auch einmal ausruhen und – «Kleine Blumen wie aus Glahs seh ich gar zu gerne / durch das tunckel-grüne Gras kukken sie wie Sterne . . .»

Und immer wieder, auf jeder Seite, inmitten den Dorillgens, Grittgens und Elhs-Mareien: das Gedenken an den schwarzen Fleggetohn und an das Ende.

Lassen Sie mich noch von der Sprache schwärmen: nein, so hat nie ein Mensch gesprochen – aber welche Laute, welche Töne! Wie von einem Wirtshaustisch heruntergefallen, welch versoffne, blankpolierte Courtoisie! Wieviel Witz, wieviel Melodie, welch Rhythmus! Arbeit, aber keine Mathematik; Bewegung, aber kein Prusten des arbeitenden Motors; Kunst, aber keine Berechnung.

Wie gesagt: ich weiß schon. Gerade umgekehrt. Kultur, Kampf, -ismus, Polemik, die Kunst und ihre Gesetze . . . und dann?

Derweil so summbt den Feldrain lang
der Bihngens leiser Sommer-Sang!

Und nun lassen Sie sich auch von uns, den Jungen, herzlichst gratulieren: von den Mädeln, denen ihre Liebsten den Dafnis schenkten, von der kleinen Mucki, die von Kunst einen Deubel verstand, und die alle Seligkeiten in diesen Liedern fand.

Sie werden protestieren. Dann lesen Sie sich den Schlußgesang: *‹Er spricht noch auhs dem Grabe›* laut vor – bis zu den unvergeßlichen Schlußworten:

Horch drümb / wahs mein Staub dir spricht:
So vihl Gold hat Ophir nicht /

alhs in ihrem Munde
die flüchtige Secunde.
O Adame / o Eve /
Vita somnium breve!

DER DREISCHICHTEDICHTER

In dem entzückenden Buch von Robert Walser: ‹*Fritz Kochers Aufsätze*› ist ein Bild vom Bruder Karl drin: ‹*Der Dichter*›. Da sitzt ein elegisch angezogener Jüngling auf einem dünnen Stuhl am Fenster und sieht in den Regen, der aus vierzehn Strichen besteht. Draußen ist ein bißchen Garten, die Gardine ist artig gemustert, und an der Wand hängt die Hälfte eines ovalen Bildes. Das ist alles.

Und ich glaube, das ist ein Sinnbild von Robert Walser. Der Dichter, in das Wetter starrend, den Kopf schwer aufgestützt: das ist ein Klischee. Darunter die Ironie: etsch! so ist es ja gar nicht. Darunter: sondern ich werde euch einmal zeigen, wie es ist. «Ein Mann mit drei Schichten.» So definiert ihn am glücklichsten Max Brod, der ihn am tiefsten begriffen hat.

Nun ist von Robert Walser eine Sammlung der ‹*Aufsätze*› erschienen – bei Kurt Wolff in Leipzig – jener Aufsätze, die fast alle in der ‹*Schaubühne*› gestanden haben. Und wenn man sie jetzt noch einmal so alle zusammen sieht, die ‹*Birch-Pfeiffer*› und ‹*Kotzebue*› und ‹*Kino*› und ‹*Büchners Flucht*› und ‹*Lenz*› – dann freut man sich, daß in dem Buch auch andre stehen, die man noch nicht kennt.

Er ist ein Klischeebeleber bis ins dritte und vierte Glied. Wer erinnerte sich nicht an den alten Goethe bei diesen Worten: «Auch Schauspieler Kayssler will wegmachen . . .»? Wie sind alle Floskeln, die wir längst tot geglaubt hatten, noch einmal blühend da, schlagen die Augen auf und lächeln uns an! Walser würde hier sagen: «Dieses Bild darf man eigentlich nicht gebrauchen, aber ich schreibe einen erbärmlichen Stil, in Stil habe ich immer mangelhaft gehabt.» Nein, das ist keine romantische Ironie. Es ist vielmehr Liebe, eine unendlich feine Liebe – dieselbe, die auf jeder Seite seiner Romane übersehene Dinge verklärt.

Karl Walser hat in das Buch viel Kompott hineingezeichnet; aber das schadet nichts. Schaubühnenleser! Dies Buch ist Euer!

SÄCKSCHE FESTSPIELE

In jeder Stadt streicht ein Nabolium sich die schwarze Locke
aus seiner Stirn –

jedweder Bürger prangt in prallem Waffenrocke
und einem blanken Pappmaché-Theaterhirn.

Zweihundert Pferde machen Staub und andre Sachen –
ein Böller kracht ...
Handlungsgehilfen, Handwerksmeister wachen
lang hingestreckt, auf Posten, in der Sommernacht.

Ein Orden winkt; laut klopfen aller Herzen –
bengalisch Feuer flammt ...
Ein Sängerchor greift tief erregt in falsche Terzen,
Nabolium schwitzt, und Yorckn rutscht die Hose – au verdammt!

Die Brücke fliegt! Gehulter und Gepulter ...
Ein lebend Bild – wer hätte das gedacht!
Und nachher kloppt der Zar dem Friedrich Wilhelm auf die Schulter:
«Das hammer ganz fermost gemacht!»

DER SELIGE ALEXANDER

Richard Alexander lebt. Aber ein Schauspieler, der nicht spielt, der so selten spielt, ist wie ein schweigender Erzberger, wie ein Stück, das gut ist und gut geht, wie ein Fischessen ohne Familienskandal – so etwas gibt es eben nicht.

Er lebt. Vor allem: er lebte. Er spielte. Er war der einzige, der in Berlin so etwas wie eine Tradition begründet hat. Er hatte in hundertundeiner Ehebruchsposse gespielt: in der hundertzweiten, in der hundertdritten wurde er immer besser – er hatte die Sache raus. Aber wie machte er so etwas auch!

Folgerichtig spielte er diese unmöglichen Figuren unmöglich. Menschen waren das nicht, sondern Puppen der Schwankfabrikanten. Aber er brachte ihnen tausend Züge bei, die, einzeln betrachtet, erschütterten.

Er war immer in Verlegenheit, aber immer auf schleichende Auswege bedacht, immer in Furcht vor den Frauen, denen er alles Schöne und Schlimme in seinem Leben verdankte. Und so spielte er diese Fuge der Verlegenheit bis zu den gloriosen Höhepunkten im zweiten Akt, da er, mit merkwürdigen Kehllauten, jenes Wort von sich gab, das neben seiner Unterwäsche und dem nie fehlenden Bett den Erfolg jener Possen machte: «Himmel, meine Frau ... ! ch ... ch ... ch!»

Das Publikum brüllte. Rot- und weißköpfige Junggesellen, meckernde Ehemänner, Kokotten und verheiratete Frauen, die scheu – und häufig jeder Erklärung bar – ebenso mitlachten.

Abgesehen vom ‹Stoff›, der ja immer allgemein interessierte: es war eine Freude. Wie fein, wie unendlich geschmackvoll er diese mitunter reichlich schweißigen Späße herausbrachte, wie er so einem Ding, sagen wir: einem Schlafzimmer, immer etwas Neues abgewann – das war eine Freude. Er durfte alles sagen: er hatte dann schon das einzig mögliche Piano, in dem das noch zu ertragen war.

Ich habe ihn in seinen alten Glanzrollen nie gesehen. Ich weiß nur, daß er ein paar Wochen bei Gerson studiert hat, wie man einer Dame bei der Anprobe den Stoff zurechtzupft – und er hat es gelernt. Mit ein wenig outrierten Handbewegungen machte er das, kollernd und jenes: «Ch . . . ch» fortwährend im Halse.

Nun ist er dahin gegangen. Er hat uns hienieden manche schöne Stunde geschenkt, manchen Abend versüßt. Friede seiner Seele! AMEN.

SAISONBESCHLUSS

Nun reibt der Heldenvater sich mit Margarine
die Schminke aus dem fetten Doppelkinn,
und auch im Silberhaar die Heroine
legt alles ab und hin.

Verstaubt und leer steht nun der Kassenschalter;
sie schieben alle nacheinander ab:
das Personal und der Konkursverwalter
und Herr von Glasenapp.

Und es erheben sich so manche Fragen:
Da Hollaender nicht immer schweigen kann,
– der Speichel rinnt auch in den warmen Tagen –
wo läßt es dieser Mann?

Wovon soll der Gerichtsvollzieher leben?
Es bleibt nicht immer, wie es einstens war . . .
und wohin soll er nun den Kuckuck kleben?
O einziger Lothar!

Und kurz und gut: Nicht immer gings dem süßen Kinde
Thaliens gut, und meistens nur so so . . .
Nun aber kommen Wiesen und die Sommerwinde –
Rideau!
Rideau!

KRITIK

Da oben spielen sie ein schweres Drama
mit Weltanschauung, Kampf von Herz und Pflicht:
Susannen attackiert ein ganz infama
Patron und läßt sie nicht.

Ich sitze im Parkett und zück den Faber
und schreibe auf, ob alles richtig sei;
Exposition, geschürzter Knoten – aber
ich denk mir nichts dabei.

Mein Herz weilt fromm bei jenem lieben Kinde,
das lächelnd eine Kindermagd agiert:
ich streichle ihr im Geiste sehr gelinde,
was sie so lieblich ziert.

Nun sieh mal einer diese süßen Pfoten,
dies Seidenhaar mit einem Häubchen drauf –
es gibt da sicher manch geschürzten Knoten:
ich löst ihn gerne auf.

Wer sagte da, daß ich nicht sachlich bliebe?
(Nu sieh mal einer dieses schlanke Bein!)
Begeisterung, Freude am Beruf und ‹Liebe› –:
So soll es sein!

GUSSY HOLL

Hier lasse ich als Rezensent die geforderte Objektivität völlig vermissen. Ich bin verliebt (darf es, weil ich ein Pseudonym bin), der zitternde Kohinoor entgleitet der Hand, ich liebe alles an ihr: ihr Kleid, ihre dünnen Arme, das Fräulein Holl und die Gussy.

Sie tritt blinzelnd in den kitschigen Scheinwerfer, der sie zitronengelb überschüttet. Wundervoll sieht sie aus, momentan also gelb. Sie singt ein Niggerlied, so einen recht dämlichen song – dabei steht ihr ein höchst mäßiges Englisch zur Verfügung; aber sie hat weg, wie man das macht. Sie betont maßlos, sie ruht endlos im tiefsten Alt aus – und dann im jauchzenden Sopran los! Sie zeigt eine diebische Freude, wenn das Lied so recht kitschig wird, sie freut sich verständig über diese ihr fremde und doch vertraut gewordene Art. Das ist eine! Chansons singt sie, geschickt, intelligent, klug, geschmackvoll – aber das können schließlich andre auch. Da muß ich nun also rühmen, daß sie (vergleichsweise gesprochen) wie ein Zerrspiegel ist im benachbarten Panoptikum: gewiß sehen die karikierten Opfer nicht so aus, aber etwas ist immer schon daran, und entgehen kann keiner. Sie ist der Spiegel. Sie kann Fritze Grünbaum nachmachen und Schneider-Dunker und die Waldoff'n. Und die Hanako. Dann kneift sie die Augen zusammen, und sagt so lange: «... Give me money ...», bis man denkt, sie spräche wirklich japanisch. Und die Bernhardt. Endlose, weithinhallende Tiraden entströmen dem prachtvollen Munde. Aber die Höhe ist doch: die Imitation eines Damenimitators. Die Frau fühlt, wie unendlich weit es immer noch ist von jedem Mann, und sei er der weibischste, bis zu ihr. Wie diese Kluft doch nicht zu überspringen ist. Und so macht sie sich über die vergeblichen Anstrengungen eines Gegners lustig, den sie ja allerdings nicht mehr als Mann anerkennt, aber der doch nur ein amüsantes Zwischending ist, beileibe keine Frau. Und stellt sich in Positur, drückt die Arme mit den spitzen Ellbogen nach vorn und flüstert wie ein Stieglitz: «Hopst du mich liepst ... Hap ich ten Wint gefrakt ... ta ta ta ta ... Und hat mirs nicht gesagt ...» Mit ganz ßppitzen S-Lauten und einer Fraulichkeit, wie sie sich eben in den Augen eines Dummkopfs darstellt. Sie zeigt erst, daß wir sie beim Imitator vergeblich suchen. Dazwischen ein dunkler Alt, der zeigt, daß man doch auch schließlich Mann und Künstler ist. Aber dann erinnert wieder das getrillerte Wort: ‹Silberquell› daran, daß zwei Seelen, ach, in seinen Brüsten wohnen. Am Schluß ein herrlicher Zug: sie reißt sich anstatt der Perücke triumphierend den ‹Schinjong› aus und hält jubelnd die Trophäe ihrer Mannheit hoch.

Abgesehen von meiner Verliebtheit: sie ist wirklich so. Und ihr werdet mir doch die Freude nicht verübeln, mich, wie in meinen Kindertagen, in die ‹Schauspielerin› zu verlieben: nicht in eine Frau — denn ist es auszudenken, daß sie einen je küßte? — sondern in ein Zauberwesen, das nicht ißt, nicht schläft, nicht lebt, sondern das nur singt, Kußhände wirft und vom lieben Gott eigens dazu geschaffen ist, uns armen jungen Leuten Trost einzuflößen, den wir durch unsre Familie wohl verdient haben.

DIE KARTOFFELN

Ich las eines dieser patriotischen Bücher, die das deutsche Heer einer genauern Betrachtung unterziehen. Da stand auch eine historische Erinnerung, die es wert ist, daß wir sie uns aus der Nähe ansehn.

Bei der Belagerung von Paris im Jahre 1870, erzählt der Autor, haben sich die feindlichen Vorposten ganz gut gestanden. Man schoß durchaus nicht immer aufeinander, o nein! Es kam zum Beispiel vor, daß man sich mit Kartoffeln aushalf. Meistens werden es ja die Deutschen gewesen sein, die den Retter in der Not gemacht haben. Aber einmal näherte sich ein französischer Trupp von ein paar Mann, die Deutschen nahmen die Gewehre hoch, da sagte jemand auf deutsch: «Nicht schießen! Wir schießen auch nicht!» und man begann sich wegen auszutauschender Getränke zu verständigen.

Man könnte da von ‹Landesverrat› sprechen, und tatsächlich untersagte nachher ein Armeebefehl diese Annäherungen aufs schärfste. Aber was ging hier Wichtigeres vor sich?

Doch offenbar eine Diskreditierung des Krieges. Denn es ist nicht anzunehmen, daß Pflichtvergessene beider Parteien hier böse Dinge inszenierten. Es waren sicher Familienväter, Arbeiter, Landleute, die man in einen farbigen Rock gesteckt hatte, mit der Weisung, auf andersfarbige zu schießen.

Warum schossen sie nicht? Offenbar waren doch der Nationalhaß, der Zorn, der angeblich das ganze deutsche Volk auf die Beine rief, nicht mehr so groß, wie damals Unter den Linden, als es noch nicht galt, auf seine Mitmenschen zu schießen. Damals hatte mancher mitgebrüllt, weil alle brüllten, und das verpflichtete zu nichts. Aber hier waren Leute, die einen Sommer und einen Winter lang an den eigenen Leibern erfahren hatten, was das heißt: Töten, und was das heißt: Hungern. Und da verschwand der ‹tief eingewurzelte Haß›, und man aß gemeinsam Kartoffeln ... Dieselben Kartoffeln; dieselben Kapitalisten. Aber andere Röcke. Das ist der Krieg.

LEONCE UND LENA

Unsereins hat so seine kleinen Vergnügungen. Wenn ich den großen gelben Band vor mir sehe – der Text, liebe Leserin, die du aber auch gar nichts weißt, ist von Georg Büchner, und die himmlischen Bilder sind von Karl Walser – jedesmal also, wenn ich diesen gelben Band vor mir habe, genieße ich das heitere Lustspiel in einer Inszenierung von Reinhardt. Wir Berliner beten ja immer, so oft wir nicht ein noch aus wissen, zu diesem lieben Gott – und wenn es auch nicht immer hilft, man versucht es doch.

Besetzt habe ich es schon. Leonce ist natürlich Moissi. Ich sehe, wie sich der Vorhang hebt, wie Leonce, der süße Prinz, sich auf einer Bank lümmelt und zu dem aufhorchenden Arnold sagt: «Mein Herr, was wollen Sie von mir? Mich auf meinen Beruf vorbereiten? Ich habe alle Hände voll zu tun. Ich weiß mir vor Arbeit nicht zu helfen. Sehen Sie, erst habe ich auf den Stein hier dreihundertundfünfundsechzigmal zu spucken. Haben Sie das noch nicht probiert? Tun Sie es, es gewährt eine ganz eigene Unterhaltung ...» Und dann torkelt Valerio Waßmann auf die Bühne, und man sieht König Peter, und obgleich für mein Gefühl Lena eigentlich brünett ist, weiß ich mir doch keine andre für die Rolle als die Höflich, und wenn ich denke, daß ihre Stimme spricht:

O meine müden Füße, ihr müßt tanzen
in bunten Schuhen,
und möchtet lieber tief
im Boden ruhen.

– dann ist mirs doch am Weinen. Und das andre ist ja alles in diesen herrlichen Bildern vorgezeichnet, und nur ER, Karl Walser, darf die Ausstattung zeichnen, weil er sie eben schon gezeichnet hat: hellgrün, hellgelb und als Schönstes die Mondnacht. Da sagt Leonce: «Steh auf in deinem weißen Kleid und wandle hinter der Leiche durch die Nacht und singe ihr das Sterbelied.» Und Lena, die ihn nicht sieht, weil er hinter einem Busch steht, antwortet: «Wer spricht da?» – «Ein Traum», sagt Leonce. Und dann respondieren sie sich wie in einer Arie: «Träume sind selig.» – «So träume dich selig und laß mich dein seliger Traum sein. Der Tod ist der seligste Traum.»

Und mit nassen Augen blättere ich das Buch zu Ende, bis zum großen Finale, wo alles sich enthüllt, alle vor dem Thron des Königs stehen, maskiert vor der Demaskierung, die Ketten des Kronleuchters klirren gewiß leise, ein Baldachin rauscht nieder, und der Hintergrund ist voller Ehrenjungfrauen, mit langen Gänsehälsen und Blumen im Haar, Blumen im Kleid.

DIE ROMANTIK DES GESCHMACKLOSEN

Das Essaybuch von Max Brod *‹Die Schönheit der häßlichen Bilder›* (das von Kurt Wolff in Leipzig verlegt ist) erscheint mir als das beste seiner letzten Bücher. Da sind alle die Arbeiten gesammelt, die zerstreut herauskamen und unser Entzücken erregten. (Viele haben in der *‹Schaubühne›* gestanden.)

Den Titel hat das Buch, weil die meisten Aufsätze sich liebevoll damit befassen, die untergehende Geschmacklosigkeit als romantisch, als abwegig, als etwas nicht Alltägliches hinzustellen. Es gibt von Max Brod ein wundervolles Gedicht in dem schönen Bande *‹Der Weg des Verliebten›*. Da steht drin, daß in einem Lande, wo Wunder, Helden und Fehden, Satansmessen und Vampyre an der Tagesordnung sind, die Romantiker einsam im Gebirge wohnen und ihrerseits ein Land erfunden haben, «von dem sie schwärmen. Dort gibts saure Weine, Hausbälle, Ehen, sogar Singvereine.» Das ist es. Wie hat er das rührende sterbende Kaiserpanorama besungen! Es muß wohl mit allen Einzelheiten auf der ganzen Welt gleich sein – denn so, wie es in Prag ist, so ist es in Berlin, und so wird es wohl auch in Paris sein und sonstwo. Sorgfältig hat er die Kleinigkeiten, die Environs, unter denen eine Sache vor sich geht, gesammelt, untersucht, analysiert. Er hat eine wundervolle Art, den Kitsch ernst zu nehmen, ihn für alles verantwortlich zu machen. Da heißt es in ‹*Vorstadtbühne*›: «Dann brach eine Dämmerung ein, die ruckweise fortschritt, so, als vergäße der liebe Gott immer eine Weile, es dunkeln zu lassen, besänne sich jedesmal und hole es dann plötzlich mit Energie ein . . .» In der Art. Es reizt ihn, die zusammengeballten Klischees unsrer Umgebung wieder aufzulösen, zu zeigen, woher sie kommen. Verstaubt, aber unversehrt, entsteigen herrliche Gebilde dem Orkus. Hier scheint mir der Reiz zu liegen. Varieté, Kunst, Literatur – das schöne Buch verdient, daß viele sich daran erfreuen.

KINO

Wird Gustav, der Kommis, entlassen?
Seit einer halben Stunde weiß ichs nicht . . .
Die greise Mutter löffelt, was sie kriegt,
aus dicken Untertassen.

Nun kommt der Chef! Mit schüttern Bartkoteletten
und einem Mimenmund und uhrgeschmücktem Bauch . . .
Dumpf buchstabiert das Publikum: «Nee–ü-ber–Ihnen–a-ber–auch...»
Da gibt es nichts zu retten.

Hier stehen Mutter, Tochter, Hund und Chef und seine Leiche!
Nun aber steigt auf einer Geige jählings himmelan
ein Lauf, der seinerseits im Baß begann . . .
Die nächste Nummer: «Jacob auf der Eiche.»

Humor! Man lacht! Wes Auge blieb da trocken?!
Die Hose – denken Sie – zer–hi–zerriß!
Vergessen ist die Tränenkümmernis
und jene Totenglocken . . .

Doch jetzt erblick ich einen Fürsten oben,
der weiht mit seinem Helmbusch etwas ein –
ja, sollt dies wirklich Herzog Albrecht sein?
Und kurz und gut: Hier fühl ich mich erhoben!

SCHREIE AUF DEM BOULEVARD

Man sollte doch aufwachen. Man sollte doch nicht dasitzen und sich übertölpeln lassen: nicht von den Jüngern, die, in hagern Armen die heilige Schale, das große Nichts umtanzen und uns einreden, sie ließen uns nur deshalb nicht heran, weil es tabu sei — so die um George; nicht von Gruppen und Grüppchen, die vermeinen, die Entwicklung aufhalten zu können, wenn sie sie ignorieren — so andre ...

Wachet auf! ruft eine Stimme. Die des Herrn Schickele, der sein Paris, soweit es nicht in der ‹*Freundin Lo*› enthalten war, in diesen ‹*Schreien auf dem Boulevard*› niedergelegt hat. Ich möchte hier nicht das große Können loben, nicht das Artistische, das vielleicht auch noch andre treffen. Aber daß er dergleichen überhaupt sieht, ist Grund zur Freude. Streiks, Wahlen, ein Mord, Jaurès — alles Dinge, die die Journalisten nur sehen, wenn sie gerade aktuell sind. Aber sie sind immer aktuell — weil wir unter ihnen leben. Weil sie auf uns wirken, auch, wenn wir sie nicht sehen. Aber er sieht sie.

Und wie —! So ohne Verallgemeinerungen. Da ist, zum Beispiel, eine Skandalaffäre, über die die Blätter berichten. Wie fein ist da als Motiv aller Nachrichten nicht das Streben nach — sagen wir: Wahrheit erkannt, sondern die Sucht, die Konkurrenz zu schlagen. Eigentlich ohne Ironie. So en passant wird das konstatiert, durchaus in der Ordnung befunden ... weiter!

‹*Die Hochzeitsglocken der Liane de Pougy*› standen damals in der ‹*Schaubühne*›, wie manche dieser Aufsätze. In allen ist das Gefühl für die große Stadt, für den Asphalt, der von Arbeitern getreten wird und von Bürgern und von uns.

Das Buch gehört in die neue Linie, die langsam wächst: Jensen, Holitscher, nun Schickele. Es wird. Es wird.

DAS RECHT IN GOETHES FAUST

Dem Freirechtler Emil Fuchs

‹*Das Recht in Goethes Faust. Juristische Streifzüge durch das Land der Dichtung.*› Der Verfasser ist Oberlandesgerichtsrat in Naumburg, heißt Müller und ist auch so. 372 Seiten, 657 Anmerkungen. Kapitelüberschriften: ‹*Rechtliche Höhepunkte und Wendepunkte des Dramas*›, ‹*Der Teufelspakt*›, ‹*Das Recht in Geisterreich und Menschheit*›. In dieser Art. Wie ist das mit dem Mephisto? «Der Hauptinhalt des Abkommens bildet demnach auf des Teufels Seite alsbaldiger Dienst für bestimmte Zeit, auf des Menschen Seite eine betagte Gegengabe: Übereignung seiner selbst nach Ablauf jener Zeit.» Nun weiß mans. Und die Tötung

Valentins? Kein Zweikampf, sondern ein Tötungsverbrechen, und zwar ein vorsätzliches, vergleiche hierzu Bindings Lehrbuch des gemeinen Strafrechts, Besonderer Teil I 71 § 18, IV 2; von Liszts Strafrecht § 93 II.

Mephistopheles (erscheint draußen):

Auf! oder ihr seid verloren.
Unnützes Zagen! Zaudern und Plaudern!
Meine Pferde schaudern, der Morgen dämmert auf.

«Betrachten wir den Tatbestand: Gretchen befindet sich, zum Tode verurteilt, in Untersuchungshaft, damit sie sich nicht der Vollstrekkung der Strafe durch Flucht entziehe. Nach dem Rechte, wie es unter Herrschaft und Einfluß der Heimlichen Gerichtsordnung Heinrichs V. (1532) gestaltet war, setzte sich Faust durch diesen Versuch der Gefangenenbefreiung in Widerspruch zum Gesetze.»

Ja, gute Frau, durch zweier Zeugen Mund
Wird allewegs die Wahrheit kund ...

«Dem Juristen kann hier die Frage nicht verwehrt werden, welch ein Verfahren dem Dichter vorschwebte.»

Keinen Blumenflor beneid ich,
Allen Widerstreit vermeid ich;
Mir ists gegen die Natur:
Bin ich doch das Mark vom Lande
Und zum sicheren Unterpfande
Friedenszeichen jeder Flur.

Den Juristen erinnert das an die Vorschriften des Römischen Rechts über Grenzstreitigkeiten, über Prozesse de fine (bei Streifen von höchstens fünf Fußbreiten) und de loco (bei Streitflächen größeren Umfangs) – ein in vielen Fragen unaufgeklärtes Gebiet ...

Scherz beiseite. Die mißlungene Arbeit eines trockenen Schleichers könnte uns in keinem andern Falle die Zunft verekeln. Hier tut sie es. Hier offenbart sich die kurzstirnige und begrenzte Arbeitsweise dieses schwerfälligen Apparats, der zwischen Tritt und Schritt mit staubigen Wälzern operiert, um zu beweisen, daß er überhaupt geht, hier ist in Reinkultur der Typus einer Sorte, die, belastet durch einen Wust von Einzelheiten und historischem Wissen, nichts als gegeben hinnimmt, nicht heilt, wenn man sie zu Hilfe ruft, nie aktiv ist, sondern – in der Nase bohrend – geruhig meditiert, einhertrottelt. Jurisprudenz.

Der juristische Philologe entschuldigt sein Buch mit den Beziehungen zwischen Recht und Dichtung im ‹*Biberpelz*›, in der ‹*Nora*›, in den ‹*Räubern*›, in ‹*Soll und Haben*›, im ‹*Zerbrochenen Krug*›. Moser hat er nicht zitiert.

Daß es Schwärmer (und auch leider einen vernünftigen Staatsanwalt, Herrn Wulffen) gibt, die diesen Unfug mitmachen, beweist nichts für Herrn Müller, aber alles gegen die erdrückende Kraft eines Schemas, das erst unsre besten Köpfe mit einer Staubkruste überzogen und sich dann nach innen geschlagen hat. Da sitzen sie und klatschen sich dicke Bücher um die Ohren, ob die alten Römer bei der Klageerhebung ihren Prozeß in ein privates Rechtsverhältnis umwandelten oder sonst etwas. Oder ob man vor zweitausenddreihundert Jahren den Besitz einer bloßen detentio gleichstellte, und inwieso man sie gleichstellte. Und während noch alle diese kahlen Schädel aneinanderstoßen, und sich ein unendliches Gesumm erhebt, und die Papiere rascheln, werden draußen im Reich Tausende und Tausende zu hart bestraft, zu milde bestraft, die Verwaltung greift in die Justiz über, und ein Schöffengerichtssaal ist wie eine Gute Stube: hier drinnen geht es ja noch einigermaßen anständig zu, aber vorher und nachher, da draußen, ist es doch mehr der Gendarm, der die Waage der Gerechtigkeit in der Hand hält. Und daß der die Augen nicht schließt, darauf kann man sich verlassen.

Diese deutschen Männer der Wissenschaft werden es nie lernen. Es ist ja nicht, weil hier einer einen Einbruch – siehe: Strafgesetzbuch § 243 – in ein Gebiet riskiert hat, von dem er nichts begriff; der juristische Verstand stand Schmiere, und so wurde er leicht erwischt: es dreht sich um die Männer der Wissenschaft, die den Praktikern ihren ohnehin nicht graden Kopf verdrehen. Hier liegt die Kinderei offensichtlich: alle lachen, wenn einer untersucht, ob der Amtsvorsteher Wehrhahn der Wulffen gegenüber nach Maßgabe des § 839 BGB. schadensersatzpflichtig ist oder nicht. Wie aber, wenn ihr, Schauspieler, Direktoren, Konkursverwalter – kurz, was so am Theater beschäftigt ist –, wenn ihr hinlauft, weil ihr nicht ein noch aus wißt in wirtschaftlichen Nöten, und eine Perücke wackelt euch einen Bescheid zu, an dem ihr jahrelang zu knabbern habt, sie aber wendet sich wieder – zu wem? Genau zu denselben Dummheiten, über die wir eben gelächelt haben – aber sie heißen anders. Was der Laie mit Hilfe seines gesunden Menschenverstandes, der erfahrene Kaufmann mit den Lehren der Praxis schnell und sauber entscheidet, das wird hier aus Enzyklopädien mühsam herausgegraben – und siehe: es ist ein Schmarrn. Das ‹Wesen des Dienstvertrages› ist keine wissenschaftliche Vorstellung: entweder sie gleicht dem, was der Laie darunter versteht, dann ist sie überflüssig, oder sie weicht ab, dann ist sie falsch.

Diebstahl ist das, was wir darunter verstehen. Juristerei ist keine Wissenschaft. Sie ist bestenfalls ein Handwerk. Aber Richten und Entscheiden ist oft mehr: das ist eine Kunst.

Die ganze Unzulänglichkeit, die jämmerliche Kleinheit dieser Pseudowissenschaft könnte nicht klarer zum Ausdruck kommen, wenn sie sich nicht schon im Leben täglich blamierte. Wenn ein Mediziner (ausgenommen ein Psychiater) eine klinische Untersuchung über die Tötung

Valentins von sich gäbe, so würde man mit Recht sagen, daß man seine Verbandsstoffe hier nicht benötige – aber er würde doch sachlich immer einwandfrei bleiben. Der Jurist – du lieber Himmel! Das greift täppisch daneben, weil es nicht weiß, was ein Degen und ein Mädel und eine Mutter ist. Vielmehr sehen sie nur die bewegliche Sache und die Frauensperson und eine Aszendentin im ersten Grad.

Ich empfehle allen, sich die fleißige Arbeit des Juristen Müller näher anzusehen. Sie ist in Berlin bei Carl Heymann erschienen.

WENN IBSEN WIEDERKÄME ...

Er kommt ja natürlich nicht wieder. Und käme einer mit seinen Kräften, seiner Blutmischung, seinen Gehirnzellen – er würde heute anders schreiben. Andre Kämpfe würde er gestalten, andre Menschen, andre Zwiespalte ...

Aber nehmen wir einmal an, so einer käme wieder. Meinethalben auch wieder aus dem Norden. Käme wieder und versuchte, auch in Deutschland durchzusetzen, was im Norden geboren wurde.

Was würde geschehen?

Ich glaube: nichts. Ich glaube, daß Ibsen der Zweite ein lebender Leichnam sein würde – nur würde man ihn nicht bei Reinhardt aufführen. Zu denken, so einer käme wieder: in diese Zeit des Raffens, des übereilten Tempos, des Spektakels käme einer und verlangte stilles Zuhören und Meditationen, die sich nicht darauf bezögen, wie einer Baisse in Kanada abzuhelfen sei. (Zwischenbemerkung des Lesers: «Übrigens, Scherz beiseite – das ist wirklich eine Sache mit Kanada!»)

Letzten Endes mögen es ja immer die Fuggers gewesen sein, die die Welt regierten. Man müßte ein Goethe-Philologe sein, um anzunehmen, daß in der Zeit der ‹Zweiten Blüteperiode der deutschen Dichtkunst› das Städtchen Weimar in einem Glanz gestrahlt hätte. Natürlich nicht. «Im eigentlichen Volk blieb alles still.» Natürlich. Aber:

Nie hat Industrie und Kapital so frech behauptet, Kultur zu spenden, wie heute; nie ist ihnen das so geglaubt worden, wie heute. Das Kino ist nur eine Figur auf diesem Schacherbrett, wo jeder matt gesetzt wird, der nicht den König dem Bauer vorzieht.

Nehmen wir an, so ein Stück wie die ‹*Nora*› käme herunter zu uns. Wie schon gesagt: anders. Zeitgemäßer. Mit irgend einer Frage, die uns bewegt, die über Rücksichten, Kontobücher, Prinzipien hinweggeht, wie man über totes Laub geht. Denken wir an den Zusammenstoß des Einzelnen mit dem Portemonnaie der Gesamtheit. Oder an die böse Geschichte mit der Kindesliebe, die zu fordern niemand berechtigt ist ... Was würde geschehen? (Ich sehe hier ganz von den kunstkritischen Fragen ab.) Was würden die ‹Leute› sagen?

Pfeifen würden sie. Wir sind zurückgegangen. Früher wehte ein kräftiger Wind, und wenn einer kämpfen wollte, so wurde ihm das nur vom Gegner übel genommen. Heute? «Ach, gehen Sie mir damit...» Sie wissen alles. Sie haben alles gelesen. Sie sind über alles orientiert und lieben die Stille, unangenehm berührt, wenn einer vor Hunger ächzt. Man ächzt nicht. Und wir fragen uns vergebens, für wen dieser Riese gearbeitet hat, für wen alle die von 1880 gearbeitet haben, gelitten und gekämpft. Dafür?

Daß heute der kleinste Kommis wohl unterrichtet die Achseln zuckt, wenn man ihm zumutet, zu kämpfen? Er hat die Phrase von der ‹positiven Mitarbeit› erfunden und nimmt es Vorwärtsstrebenden persönlich übel, wenn sie nicht auf Schutt bauen wollen, sondern niederreißen und aufräumen.

Gewiß: sie haben Interessen. Sie scharen sich um die Theosophen und beschäftigen sich in guter alter deutscher Weise mit Definitionen der letzten Seelenprobleme. Und ihre großen Füße stehen nicht mehr auf dieser Erde. Oder sie erkennen durch Vereinsbeschluß dem Menschen die Seele ab und teilen dem lieben Gott mit, daß sie vom ersten dieses Monats bedauern, seine Dienste weiterhin nicht in Anspruch nehmen zu können.

Und zu diesen Menschen sollte Ibsen sprechen? Zu den einen, die überhaupt kein Kunstwerk mehr hören und sehen wollen, und zu den andern, die es nicht voraussetzungslos tun können?

Und es bliebe nicht beim Pfeifen. Sie würden ihn heruntertrampeln, sie würden nicht ruhen, bis sie ihn tot gemacht hätten, bis er sich nicht mehr rührte. Oder sollten sie nicht einmal dazu die Kraft haben? Würde auch hier dieses faule und flaue Schauspiel einsetzen, daß man eine Begabung nicht anerkennt, nicht bekämpft, sondern mit einem müden Kopfnicken gewähren läßt, bis sie in Gleichgültigkeit erstickt ist? Wenn der Bürger auch sonst stets der Meinung ist, ein ihm vorgehaltenes Spiegelbild sei ein fremdes Porträt – bei einem Ibsen von 1913 würde er sich wiedererkennen. Oder doch fühlen, daß hier sein Heiligstes auf den richtigen Stand gebracht, also heruntergesetzt wird. Er wird das nie zugeben. Er wird sich rächen und sagen, die Situationen seien unmöglich und die Charaktere entsprächen nicht der Wirklichkeit – denn das hat er gelernt, sein realistisches oder neuromantisches Sprüchlein aufzusagen.

Berlin ist kein Maßstab, ich weiß. Denn was diese Stadt an eigener Geistigkeit produziert, geht auf die Haut einer Kuh des Paläh de danx.

Aber auch das Reich ist matt. Der Osten ist versulzt, und nur im Westen sind sie freier. Merkwürdig: dort ist die Industrie stärker, aber sie erdrückt nicht die Geistigkeit. Auch scheint mir drüben am Rhein und am Main das Gefühl für die herrschenden Faktoren des Wirtschaftslebens subtiler zu sein; man weiß immer, daß es letzten

Endes die Großbanken sind (als eine Institution, bei der Konsumenten und Produzenten zusammenlaufen und so deutlich den Stand der Dinge angeben), die die Voraussetzungen eines Familienlebens, einer Stellung, eines kleinen Glücks schaffen. Sie beherrschen all die Dinge, die ja artistisch nicht kompliziert sein mögen, die aber, wie wir immer mehr erkennen, nötig sind. Denn die Kunst setzt eine gewisse Sicherheit der pekuniären Existenz voraus. Ausnahmen bestätigen die Regel.

Der Osten und seine Zentrale, Berlin, ist anders. Hier würde man nie dulden, daß jemand das Geschäft nicht in den Mittelpunkt setzt. Wir sind keine Amerikaner: drüben schätzt man den Dollar um seiner selbst willen und hat ihm niemals einen Geist beigelegt. Unser Kapital aber hat sich die Köpfe gekauft, und der gilt als rückständig, der nicht in einem Bankenkonzern eine Idee sieht. Die Schriftsteller beginnen, von der Romantik des Geschäftslebens zu erzählen; und was die Geste betrifft, so haben sie recht. Wir sind schlimmer als Amerika: sie beten den Dollar an – wir den Mann, der ihn hat.

Nun stelle man sich vor, der alte Ibsen kümmerte sich auch um diese Dinge. Über die tiefen Rätsel unsres Lebens haben sie ihn schreiben lassen, denn das störte keinen, und das hinderte auch nicht – wenigstens nicht unmittelbar – das Geschäft. Aber es sollte einmal gewagt werden, direkt die Beherrschung (oder wenigstens den Versuch dazu) der Börse über den Geist in den Mittelpunkt einer Handlung zu setzen!

Es ist doch kein Zufall, daß der Ibsen von damals mit offenen Armen empfangen wurde. Die es mitgemacht haben, schreiben heute noch immer und immer wieder: es sei eine kampfesfrohe Gesellschaft gewesen; sie genierten sich nicht, und wohin sie hieben, da wuchs nichts mehr – am allerwenigsten dieses grüne, dichte, feine Gras, das heute bei uns über alle nicht unbedingt lieblich anzusehenden Dinge wächst. Nur Ruhe! Nur nicht immer mäkeln! Nur endlich einmal Ruhe! Man könnte das Streben jener alten Jahre in die Worte fassen: «Laß nicht!» und das der unsern: «Laß schon!»

Mau. Flau. Wenn Ibsen wiederkäme ... Wenn doch einer käme! Aber gleich darauf möcht man den Wunsch im Busen gern bewahren. Was nützte es uns? Was nützte es, wenn ein Gigant allein gegen alle stünde? Wenn keiner, keiner ihm beispränge? Die Alten sind müde. Die Jungen haben wichtigere Sorgen: sie müssen sich bespeien wegen eines falsch gesetzten Adjektivs und einer nicht korrekt adhibierten Weltanschauung; oder sie haben Vereine gegründet, Lobesversicherungsgesellschaften A.G. (auf Gegenseitigkeit), die darüber wachen, daß einer den andern und der andre den einen fördert, druckt und belobt.

Ibsen aber ist am dreiundzwanzigsten Mai 1906 in Christiania gestorben und wird nie mehr auferstehen.

AUFTAKT

Thalia stürzt sich in die Winterrobe
und macht sich bis zum Rückenwirbel bloß . . .
Ab wirft sie ihren Schmoddergown – ick jloobe,
jetzt geht es los.

Das Winterfieber packt die kleinsten Schmieren,
der Mime schwärzt den alten Schappohklapp,
der Direktöhr läßt das Theater renovieren
und staubt die Hypotheken ab.

Der Spielplan steigt: man wird Modernes geben,
Bongs Klassiker, Band eins bis hundertzehn,
und Ibsen, Shakespeare und Herrn Schönherrleben –
ihr werdets sehn!

Man ist erregt bis in die tiefsten Tiefen –
selbst nachts brennt Licht im Direktionsbüro.
Schon hört man unsern Holzbock interwiefen . . .
Rideau!
Rideau!

DIE ÄGYPTISCHE KÖNIGSTOCHTER

Mechtild Lichnowsky war in Ägypten. Lassen wir einmal die Dame beiseite, und sehen wir, was sie schrieb. Sich. Allemal sich.

Denn das ist bei allen Reisebüchern so, die jetzt in Massen geschrieben werden: der Schreiber sieht nicht das Land, nicht die Leute – er sieht nur sich. Nicht so, wie der Schmock, der Indien mit seinen uninteressanten Augen bereist – sondern instinktiv sieht wohl jeder von uns doch immer nur mit seinen Augen; und wenn man das nicht übermäßig betont, sondern nur ab und zu die Subjektivität aller Beobachtung zugesteht, dann kommt schon das Richtige heraus. So war es ja auch bei den Büchern, die Fischer schreiben ließ.

Die Lichnowsky sieht – ein Ägypten, zwei Ägypten, viele Ägypten. Erstens das Cook-Ägypten, zweitens das erlernte Ägypten, drittens . . . und so fort, und so jeden Tag ein neues Land, für das sie ihrem Schöpfer immer wieder aufs neue dankt.

Außerdem aber kann sie schreiben. Und denken. Und sehen. Kurz: keine Frau. Sie erinnert sich an ihre Jugendzeit – vermutlich in Arco-Zinneberg, Tirol, am Inn. «Mein persönlicher Mond, der sich im Inn gespiegelt hat . . .» Es ist die rührendste Stelle des Buches, für mich – und ihr werdet gewiß jeder eure rührendste Stelle herausfinden.

Sie hat ein eigenes Verhältnis zu all den Dingen, sie überläßt die andre Welt den Kellnern und schließt doch einmal im Tempel die Augen und sagt: Liebe, liebe Menschen . . .! Und liebt das Leben und ihre alten Geschichtszahlen und die Käfer und ist doch keinen Augenblick sentimental. Sondern sehr klug und liebenswürdig, und läßt immer soviel ungesagt, wie nötig ist, um einen Kulturmenschen noch interessiert zu erhalten.

Und ob es nun Assuan ist oder die Antiquare in Kairo oder der Abschied: wir sehen doch, daß einer nur Kultur hat, wenn er irgendwo wurzelt, nicht klebt; wenn er jederzeit fühlt, nicht gefühlvoll ist; wenn er immer bewundert, nicht sich wundert; wenn er ein Mensch ist mit einer Krone, ohne sich als die Krone der Schöpfung zu fühlen.

Lichnowsky – Frauennamen ohne Artikel klingen so schön männlich – würde nun sagen: Also ein Grund, mein Buch, das bei Rowohlt in Leipzig erschienen ist, zu kaufen. Und damit hätte sie recht.

PARKETT

Das Stück hat Weltanschauung. Neben mir Ottilchen
hat weit die grauen Augen aufgemacht:
Der, nach dem Spiel, erhofft ein Kartenspielchen,
der eine Nacht . . .

Der Diener meldet die Kommerzienräte,
die Gnädige empfängt, ein Sektglas klirrt.
Ich streichle ihre Hand, die sonst die Hüte nähte . . .
Ob das was wird?

Da oben gibt es Liebe und Entsetzen,
doch so gemäßigt, wie sichs eben schickt.
«Ottilie», flüstre ich, «vermagst du mich zu schätzen?!»
Sieh da: sie nickt.

Nun läßt mich alles kalt: die ganze Tragik
ist jetzt für mich verhältnismäßig gleich.
Und nimmt Madameken ihr Gift, dann sag ick:
«Ich bin so reich . . .»

Was kümmern mich die blöden Bühnenränke!
Nu sieh mal, wie sie um die Leiche stehn!
Genug –
. . . «Ottilie», spreche ich, «ich denke –
wir wollen gehn . . .»

DAS THEATERKIND

Es ist weiblichen Geschlechts, hat goldblonde Locken, ein ‹kl.› vor dem Namen, der Häußler oder Berg oder anders lautet, und ist das Entzücken des Hauses.

Ist es nicht aber auch goldig, wenn es aus den Kulissen hervortollt, in Spitzenhöschen und hellblauem Kleidchen, nichts ahnend von der erschütternden Tragik, was hier vorgeht? Eben hat Madame zum Gemahl gesagt: «Nimmermehr!! Hörst du, Gaston, nimmermehr!» Und Monsieur war gerade damit befaßt, eine seiner schon aus dem ersten Akt bekannten Roheiten zu verüben – da kam ‹es›. Das Kind . . .

«Unser Kind . . .» sagt Madame. Und weint. Das Goldchen ahnt nichts.

«Mutti», spricht es mit herziger Stimme, «Mutti – Fräulein erlaubt mir nicht, das Weiße anzuziehen –! Nicht wahr, ich darf es aber doch anziehen . . .?»

Da beugt sich Madame zu ‹ihm› herunter und sagt: «Ja, du darfst . . . Heute darfst du noch . . . Wer weiß» – und hier fügt sie einen bezeichnenden Blick ein – «wer weiß, ob du einmal später wirst dürfen, mein Herzchen . . .»

Und während das heitere Lachen des Kindes in den Kulissen verhallt, weint Madame von neuem und mit ihr der größte Teil der Zuschauer.

Oder ‹es› tritt – wiederum von einer geradezu erschreckenden Nichtahnung erfüllt – zu irgend einem gefesselten Riesen, der sonst alle in dem Stück vorkommenden Personen aufzuessen pflegt. «Du, Onkel!» sagt es dann, «du – was hast du denn für garstige Stiefel . . . Sieh mal, ich hab viel feinere – ich hab auch einen Hund zu Hause und einen Papa . . .» Und schwätzt arglos.

Dann fallen dem Riesen wohl die Tage der Kindheit ein, er sehnt sich zurücke, seine Tränen schmelzen das harte Herz. Und segnend legt er die schwere Tatze dem Theaterkind auf den goldblonden Scheitel.

Das aber kokettiert bereits in der Gefühlspause mit den Logen, senkt die Stiefelspitze zur Souffleuse und streift das gerutschte Armband nach oben.

Schauspielerin, Mädel, Weibchen – kurz: Theaterkind.

EROTISCHE FILME

Die Wand wurde weiß. Ein an vielen Stellen brüchiges, fahriges Silberweiß leuchtete zittrig auf. Es begann.

Aber alle lachten. Auch ich lachte. Hatten wir etwas Unerhörtes, Maßloses erhofft, so balgten sich jetzt auf der Leinewand spielend ein Miau-Kätzchen und ein Wauwau-Hundchen. Vielleicht hatte der Exporteur das vorgeklebt, um die Polizei zu täuschen – wer weiß. Der Film lief eintönig klappernd, ohne Musik; das war unheimlich und nicht sehr angenehm.

Aber ganz unvermittelt erschien ein Satyr auf der Bildfläche und erschreckte in einem Waldgewässer kreischende und planschende Mädchen. Nun, ich war enttäuscht, immerhin ... Ich war hierher gekommen, um etwas recht Unanständiges zu sehen, ein dicker Freund hatte mich mitgenommen; Gott mochte wissen, woher er es hatte. Sah ich ihn, so senkte sich bewundernder Neid auf mich herab: er hatte die Fähigkeit, auch diese Dinge – neben verschiedenen andern – bis auf den Grund auszukosten.

Hoh, aber jetzt gab es: *‹Szene im Harem›*. Man hatte sich den Schauplatz der Handlung etwa am Schlesischen Tor vorzustellen, denn das Tapetenmuster des ausgeräumten kleinen Zimmers war ganz so, und auch die Gardinen und der Teppich. Fatinga tanzt. Das lasterhafte Mädchen entkleidete sich aus pompöser Wäsche und tanzte; das heißt: sie drehte sich bequem um sich selbst, und jeder konnte sie bewundern – und sie tanzte vor ihrem Sultan, der sich faul und lässig in den Schößen der andern Haremsmitglieder lümmelte. Er war ein Genießer. Sie bewedelten ihn mit großen japanischen Papierschirmen, und vorn auf einem Tisch stand ein Weißbierglas. Die Szene fand nicht den Beifall des Auditoriums. Ermunternde Zurufe wurden laut. Man hätte sich den Herrscher wohl etwas agiler gewünscht, aber er blieb ruhig liegen – wozu war er auch Sultan!

Und dann kam *‹Klostergeheimnisse›* und *‹Annas Nebenberuf›*, und zwei ‹perverse Schönheiten› wälzten sich auf einem Läufer herum. Die eine von ihnen war eine gewisse Emmy Raschke, die fortwährend lachte, weil es ihr wohl selbst ein bißchen komisch vorkam. Nun, sie waren alle engagiert, um eiskalt, mit einem Unmaß von Geschäftlichkeit, unter den scheltenden Zurufen des Fotografen, Dinge darzustellen, die, wenn man den Beschauern glauben wollte, doch wohl an das Himmlischste grenzten. Sie glaubten alle, daß Emmy Raschke für sie und ganz speziell für sie erschaffen war – vorgebildet allerdings durch eine Reihe von nunmehr vergangenen Handlungen ähnlicher Art. Es war nicht ganz klar, was sie eigentlich von den Frauen wollten, wenn diese mit ihnen geschlafen hatten – sicher war, daß sie allesamt nicht zögerten, sich als die Gnadenspender des weiblichen Geschlechts anzusehen.

Es folgten nunmehr zwei längere Stücke, und es war nicht zu sagen, wie lasterhaft sie waren. Eine schwüle Sinnlichkeit wehte von den verdorbenen, also üppigen Gestalten herüber, sie gaben sich den unerhörtesten Genüssen hin — und währenddessen bot eine Kellnerstimme gefällig Bier an. Worauf mit Recht aus dem Dunkel ein tiefer Raucherbaß ertönte: «Ach, wer braucht denn hier jetzt Bier —!» Das wurde lebhaft applaudiert, und von nun an beteiligte sich das Publikum intensiver an den Darbietungen: Rufe, ratende Stimmen, Grunzen, Beifall und anfeuernde Aufschreie wurden laut, einer gab Privatfreuden vergleichend zum besten, viele lärmten und schrien.

Oben spielten sie: ‹*Die Frau des Hauptmanns*›. Während der würdige Militär seine Gemahlin mit der Leutnantsfrau betrog, nutzte jene — die Gemahlin — die Zeit nicht schlecht aus, denn der Hauptmann hatte einen Burschen. Sie wurden überrascht, und es setzte Ohrfeigen. Mochte man übrigens sagen, was man wollte: ehrlich war der Film. Ein bißchen merkwürdig schien es allerdings im französischen Soldatenleben zuzugehen: es gab da Situationen, die sich so unheimlich rasch abwickelten, daß man nur wünschen konnte, ein piou-piou zu sein. Immerhin gab es doch einige Augenblicke, in denen sich die Spielenden ihrer Rollen mit hingebendem Eifer annahmen. Und selbst der war gespielt.

Im Parkett blieb es gemütlich. Man faßte da die Dinge nicht so gefährlich auf, sah nicht, daß auch Tristan und Isolde hier einen lächerlichen Aspekt darbieten würden, und daß Romeo und Julia, von einem andern Stern, objektiv und nüchtern, also unabhängig betrachtet, ein ulkiges und verkrampftes Paar darstellten.

Nein, davon war im Parkett keine Rede. Wenn sie nicht Skat spielten, so lag das nur daran, daß es zu dunkel war, und im übrigen herrschte eine recht feiste und massive Freude. Das mußte man selbst sagen: immer diese verlogenen Sachen — hier wußte man doch . . .

Als es dann aus war — so ein trüber Schluß, wo jeder denkt, daß noch was kommt — da zeigte sich, daß es mit der Sexualität so eine Sache ist. Die Männer standen herum und genierten sich voreinander, wobei sie den Mangel an Höherem betonten . . . Und dann schoben wir uns durch schmale Gänge in das benachbarte Lokal, und die Musik spielte laut und grell, und da waren alle so merkwürdig still und erregt. Ich hörte später, der Wirt habe zwanzig Mädchen dorthin bestellt.

Ich weiß es nicht, denn ich bin fortgegangen und habe mir so gedacht, wie doch die Worte ‹Laster› und ‹Unzucht› hohle Bezeichnungen für Dinge sind, die jeder mit sich selbst abzumachen hat.

‹Der Lasterpfuhl› — du lieber Gott! Auch dort wird man zu Neujahr Pfannkuchen essen und die Gebräuche halten, wie es der kleine Bürger liebt. Denn das Laster ist kein Gewerbe — und ein Augenzwinkern und ein tiefes Frauenlachen können lasterhafter sein als das ganze Hafenviertel Port Saids.

PALMSTRÖM DER VERMEHRTE

Daß Morgensterns ‹*Galgenlieder*› in achter und sein ‹*Palmström*› nun in sechster Auflage vorliegen, freut einen doch. Denn das heißt immerhin, daß es in Deutschland zwanzigtausend Leute gibt – Käufer und Leser – die an derlei Dingen Vergnügen empfinden. Woran?

Sicher nicht nur an der unheimlichen Kunst, so Kompliziertes in fabelhafte Verse zu fassen. Denn das gehört ja doch dazu: es genügt nicht, solche Ideen einmal in einer närrischen Stunde zu haben – dazu gehört nun noch die andre ruhige, seriöse Stunde, den Rauch in Klumpen zu ballen. Krischan kanns.

Und ist es denn wirklich nur Rauch? Nebel? Wolken?

Es ist viel, viel mehr. Mir scheint, abgesehen von den sprachlichen Witzen, von der großen technischen Fähigkeit, Sinnloses in Goetheschem Ton vorzutragen, eine Art Aufhebung der Kausalität das beste an den Bändchen zu sein. Das ist ein schmerzliches Ding: wir wissen doch alle, daß wir darunter stehen, daß nun mal leider ein Federhalter nicht in der Luft hängen bleibt, sondern zu Boden fällt, fallen muß, mag ihn Napoleon oder Bethmann Hollweg loslassen. Vor der Kausalität sind wir alle gleich. Wir wollen aber nicht gleich sein. Nichts ist uns verhaßter, als eingereiht zu werden, nichts widerlicher als der Zustand, das äußere Gebaren, woran der Bürger sehen kann, was wir vorhaben. (Daher unsre Scheu vorm Reisegepäck auf der Straße. «Aha, der verreist auch!») Aber wir können nicht los.

Und deswegen lassen wir uns von den ganz großen Exzentriks vortäuschen, wir könnten los. Sie heben scheinbar die Kausalität auf: sie zeigen, daß es einen Kausalzusammenhang nicht gebe. Und wir glauben ja so gern.

So ist Morgenstern. Die schöne Sinnlosigkeit! Da ist eine Geschichte in der neuen vermehrten Auflage, die heißt ‹*Die Mausefalle*› und fängt so an: «Palmström hat nicht Speck im Haus dahingegen eine Maus.»

Abgesehen von dem herrlichen ‹Dahingegen› – diese Geschichte scheint mir das darzutun, was ich eben auseinandersetzte. «Korf, bewegt von seinem Jammer, baut ihm eine Gitterkammer.» Aber nicht etwa eine Mausefalle im realen Sinn. In Korfs Gebäude muß sich Palmström hineinsetzen – des Nachts – und muß geigen. Und als er so konzertiert – richtig: fällt die Maus auf ihn herein. Da sitzen nun beide in der geschlossenen Falle. Wenn das Gedicht hier aufhörte: dieses Schweigen von Mensch und Tier in der Nacht hat etwas so Erschütterndes, daß man kaum noch lachen kann. Aber nein: römisch II. Korf lädt sie alle drei – die Falle, Palmström und die Maus – auf einen Möbelwagen und fährt sie in den Wald. Hier wird ausgeladen: «Erst spaziert die Maus heraus, und dann Palmström, nach der Maus.» Die Maus? Nun, sie genießt die Freiheit. Palmström aber fährt glücklich heim.

Dieser Aufwand, der hier vertan wird, sei gesegnet. Denn wer ihn zu vertun hat, ist besser daran als der Arme.

Dies und *‹Die Zeit›* scheinen mir die besten der hinzugekommenen Gedichte. Die Zeit, die, beobachtet man sie, langsam daherschleicht, kaum aber fühlt sie sich unbelauscht, so tobt sie davon, geht durch. Ein Menschenblick und – «Unschuldig lächelnd macht sie wieder die zierlichsten Sekunden-Pas».

Aber da sehe ich noch die *‹Lämmerwolke›* und den *‹Folianten›* und *‹Unverbürgtes Gerücht›* und muß doch sagen, daß jedes das beste ist.

DER KONTROLLIERTE

Da ist die berliner Straßenbahn . . . Aber es wird ja auf den anderen Bahnen nicht viel anders sein . . . Also da sitzen nun die Leute da und träumen und glotzen und unterhalten sich und manche lesen ––. Auf einmal betritt ein uniformierter Mann den Wagen und sagt: «Die Fahrscheine bitte!» – Das ist ein Beamter, der hauptsächlich zur Kontrolle der Schaffner angestellt ist.

Pflichtschuldig wühlt alles in den Taschen. Alle reichen das Stückchen Papier dem Beamten hin. Nur einer hat seinen Fahrschein verloren.

Es ist doch ein Bedientenvolk, das deutsche. Denn nun sehen alle den Mann an, als ob er ein Verbrechen begangen habe. Denn sie bilden sich ein, der Beamte kontrolliere sie. Dabei ist der Beamte höflich und tut eigentlich nichts, was diesen Aberglauben bestärken könnte. Aber sie denken sich das so und sind voller Ehrfurcht und verabscheuen alle den Mann, der seinen Fahrschein verloren hat. Einen Augenblick hat er den ganzen Wagen gegen sich. Manche mögen ja ein bißchen teilnahmsvoll zusehen, wie er sich abmüht, und sie denken sich schaudernd in seine entsetzliche Lage . . .

Sie ducken sich. Sie bekommen einen roten Kopf. Der Verlierer einen dunkelroten. Er entschuldigt sich. Er sagt nicht: «Ich hab ihn verlegt, ich werde meinethalben nachbezahlen . . .» Er fühlt sich ertappt. Man sollte nicht denken, einen Erwachsenen vor sich zu haben, der vielleicht eine Frau hat, Kinder, die er erziehen soll, Angestellte, die er anschnauzt . . . Hier ist er ganz klein. Denn hier ist das Heiligste an einen Deutschen herangetreten: die Uniform. Und da hört der Spaß auf.

Eine Kleinigkeit, eine Belanglosigkeit, gewiß. Aber doch wieder eine einfache Beobachtung des täglichen Lebens, die zeigt, wie hier der einzelne gar nicht erst wagt, zu sagen: «Hallo! Hier bin ich!» – Sondern er bekommt einen roten Kopf, duckt sich und sucht den Fahrschein.

Und das ist eine Misere des deutschen Lebens.

VERBOTENE FILME

Herrn Professor Karl Brunner

O du gesegnetes Allgemeines Landrecht für die Preußischen Staaten! O du sein gesegneter § 10 II 17: «Die nötigen Anstalten zur Erhaltung der öffentlichen Ruhe, Sicherheit und Ordnung und zur Abwendung der dem Publiko oder einzelnen Mitgliedern desselben bevorstehenden Gefahr zu treffen, ist das Amt der Polizei.» Das ist ein Sätzchen! Jeden Bürger, der mit dem Kasernenton kollidiert, jeden verprügelten Streiker, jedes Opfer stiller Polizeiwachtstuben – sie alle weist ein dicker Zeigefinger auf jene Vorschrift. Die ist aus Gummi und umfaßt wie eine Zelle die Gehirne unterer und oberer Subalterner. Versammlungsverbote, Polizeischikanen gegen alte Zeitungsfrauen, Theaterzensur –: § 10 II 17.

Aber einmal müssen wir ihn segnen und lobpreisen, den Kautschukparagraphen, auf daß er lange lebe auf Erden. Denn siehe, ER zeugte die Filmzensur.

Wenn eine Filmfabrik einen Film fertiggestellt hat, oder eine Vertriebsstelle einen englischen oder französischen Film einführen will, dann schickt sie einen Vertreter mit der Zelluloidrolle ins Berliner Polizeipräsidium, und dort wird zensiert. (Das beruht auf einem Abkommen zwischen Filmindustrie und Verwaltung, die sich eigentlich nur an die Theater halten darf, aber allen Beteiligten den langweiligen Regreßweg: Kinotheater – Verleiher – Fabrikant erspart.) Die Kompetenz dieser Zensurbehörde erstreckt sich nur über Preußen; die einzelne Ortspolizeibehörde darf aber entgegengesetzte Entscheidungen fällen.

Hier also – in den beiden Vorführungsräumen, die bald nicht mehr ausreichen – wird werktäglich von zehn bis drei Uhr von einer preußischen Verwaltungsbehörde eine Tätigkeit ausgeübt, die man ihr sonst nicht nachsagen kann: Kulturarbeit. Fehlte diese Zensur – nicht auszudenken wäre es.

Also von zehn bis drei sitzen die armen Polizeiräte da, und lassen ununterbrochen an sich vorüberziehen: ‹*Aus Liebe zum Mordbrenner*›,

‹In den Tagen Napoleons› (aktuell), *‹Das letzte Blockhaus›*, *‹Nat Pinkerton oder Die schwarze Kaste›* — Kiste vermutlich, diese Aufschriften sind stets verdruckt. Von zehn bis drei. Der Raum ist mittelgroß, nur erhellt von der kleinen grünbeschirmten Lampe am Aktentisch. Die Beamten, deren Augen nicht besser werden, halten sich mühsam wach und fluchen ihrem Geschick, der Apparat surrt — zehntausend Meter täglich — und hier wird klarer als je, wie dies ganze Gezappel auf der Leinwand mit Kunst nichts zu tun hat. Wie mit altem Plunder und minderwertigem Menschenmaterial etwas vorgetäuscht wird, das selbst bei guter Darstellung kalt läßt. Wie dreißig Filmmeter lang eine Kiste zugenagelt wird, Leute ein Mittagsmahl einnehmen. Wie man geht. Wie man läuft. Aber das wäre nur zu ertragen, wenn die Gesten dieser Tätigkeit parodiert würden (was eigentlich nur Prince und Linder können), wenn gezeigt würde: Seht, so ulkig seid ihr, wenn ihr euerm Tagwerk nachgeht! Nichts davon. Statt dessen: Dramas. Ein säckscher Erklärer, den eine Firma hierhersandte, liest die Texte vor, die der Beamte mit den eingereichten Akten vergleicht. Das zerschtörte Lähmsglick; Lort Därbi fordert die Duellisten auf, nachzugähm; Ein Fest in den Tulljérjen — «Tülriin», verbessert der Polizeirat, und wie sie sich so gegenseitig das Zeug vorlesen, denkt man an ein lateinisches Pensum, das mühselig und stöhnend zu Ende gebracht werden muß. Bei dem großen Hindianermassacka wird der Sachse gesprächig. Er taut auf. Er mag sich nicht gern aus dem Film etwas herausschneiden lassen und erzählt allerlei. Schon, damit der Herr Rat nicht so aufpassen. «Nämlich, diese Hintianer, die gehen nu ein. Ja. Sie können die moderne Modernisierung nich so vertragen. Sie . . .» — «Nanu, nanu», sagt der Rat, «was ist denn das?» Auf der Leinwand ist gerade die ‹schleichende Hand› dabei, ihre Streitaxt wirbelnd im Schädel eines Weißen zu begraben. «Ja», begütigt der Sachse, «'s is äm en unguldiwiertes Volk.» Aber es hilft ihm nichts; auf der gelben Kontrollkarte, die jedem Film beiliegen muß, wird diese Stelle beanstandet. Schneidet sie die Firma nicht freiwillig heraus, wird der ganze Film verboten. (Dagegen gibt es Klage im Verwaltungsstreitverfahren oder die Beschwerde, die beide im Oberverwaltungsgericht als der letzten Instanz münden.) Gar nicht beleidigt schiebt der Mann ab; denn was er hier ausschneidet, wird er (mit Gott!) zu Hause wieder zusammenfügen. Deswegen sitzen hier zwei dicke, kurzstirnige Herren, Kriminalbeamte, die zur Anzeige bringen, was sie an Verbotenem sehen. Und so jagt ein Film den andern. In der Ecke steht ein bescheidener Mann, ein Schauspieler, der sich hier noch einmal bespiegeln will, und es ist auch alles so langweilig, daß sie ihm nichts streichen. Ein kleiner Herr kommt herein: er wünscht eine Titeländerung. *‹Hujo, der Bandit›* ist ihm nicht genug — *‹Im Sinnestaumel›* will er dafür haben. Genehmigt. Ach, wenn es doch wenigstens ein Sinnestaumel wäre! Aber es ist keiner.

Der Polizeirat mit der (symbolischen) Schere sitzt am Tisch und muß aufpassen. Er macht wundervolle Bemerkungen. Er ist klug und vernünftig (wie denn überhaupt bei uns die Geheimräte ebenso liberal und tolerant sind, wie die Subalternen grob und unfähig). Breit und gemütlich ruft er so allerhand dazwischen, Glossen, die noch beim übelsten Theaterpathos zu verwerfen wären — hier sind sie richtig. Vor diesen Kindern, die pausbäckig und langwimperig aussehen wie eine Reklame von Sunlight-Seife; vor diesen Automobilschiebern, die vorgeben, Detektive zu sein; vor diesen Sioux' — id est: der Naturmensch Voigt und Käsewillem mit die Locken . . . hier muß man kapitulieren, sich übergeben. Diese Beamten kennen die Struktur jedes Films — ihnen kann man nichts mehr vormachen.

Und hier, aber nur hier, sind die Maximen am Platz, wonach zensiert wird. Wollte man in der Literatur keine strafbare Handlung, keine offene Gewalttätigkeit durchlassen, so müßte man mit Ausnahme der Heimburg alles verbieten.

Hier ist klare Berechnung auf Sensation. Diese Menschen haben Filme herstellen lassen, von denen wir dank der Zensur nichts ahnen. Alle in den landläufigen Filmen angedeuteten Grausamkeiten existieren ausgeführt. Sie werden gestrichen — aber hier wird jeder Mord, jeder Überfall langwierig und exakt vorgeführt. Es gibt einen (gestellten) Fliegerabsturz, dessen Ekelhaftigkeit seinesgleichen sucht. In brennenden Sparren wälzt sich ein blutender Klumpen — das Ding ist vorzüglich gemacht — eine Frau wirft sich verzweifelt über den Sterbenden, schreit, sie kommen mit der Tragbahre. Und das mit einer pedantischen Genauigkeit, die durch nichts gerechtfertigt ist als durch die Sucht, Geld zu machen, auf Kosten gequälter oder angeregter Nerven, je nachdem es sich um den Westen oder Osten einer Stadt handelt. (Als wieder einmal die Leichen dutzendweise herumlagen, und der Beamte murrte, sagte einer der anwesenden Filmisten: «Geschäft ist Geschäft.» Gewiß, und Schweinerei ist Schweinerei.) Nervenkitzel, auf Hintertreppenart — es ist ihnen alles gleich. Ein Mann liegt auf einer Säge, festgebunden auf Baumstämmen, immer näher rutscht er an die Zähne, immer näher; das dauert wenigstens zwei Minuten. Da sind die Krankenhausfilme mit Vivisektion, Serumseinspritzungen und Elendsgestalten im Bett. Da gibt es eine Augenoperation: der Kranke wird in ein weißes Tuch gehüllt, das nur ein Auge frei läßt; dann erscheint das Auge, riesengroß, die Lider von zwei Klammern auseinandergezerrt, und eine Spritze pikt langsam in das Weiße. So.

Hier ist der bürgerlich abwägende Normalbeamte am Platz. Hier kann kunstwidrig und trocken die Handlung des Intriganten gestrichen werden, «weil er ein gemeiner Kerl ist». Hier ja. Weil das Pack vor nichts zurückschreckt. Weil sie bei dem Sturz des Fliegers von der Siegessäule behaglich kurbelten und nicht ruhten, als bis sie auch die widerliche Bergung der Leiche hatten. (Der Film liegt noch auf dem Präsidium.) Weil ihnen alles gleich ist, wenn es ums Geld geht; weil sie im Dreck wühlen, damit das zittrig-neugierige Publikum Einblick in wohlverhüllte Dinge bekomme. Sie haben «an Ort und Stelle» das Leben Jesu gefilmt, und sie würden auch heute noch eine Hinrichtung aufnehmen.

Daß da manches zum Opfer fällt, was ganz lustig ist – macht nichts. Ein reizender amerikanischer Damendarsteller, der noch im Korsett Zigarren rauchte, fiel – weil er ‹auf perverser Grundlage› beruhe. Nun, diese Art Filme haben selten den Schick, den dieser Jüngling entwickelte, als er seine Röcke hochnahm, und trippelnd zu laufen begann, wie ein Weib. Meist haben wir nicht viel verloren. Und die andern, beschlagnahmten, die ich sah, waren wie üblich. Zum Abgewöhnen. Gewiß: Mißgriffe kommen vor. Ein Boxerfilm ging durch, auf dem die Kämpfer sportswidrig mit bloßen Fäusten, ohne Handschuhe aufeinander losprügelten – von derselben Verwaltung werden dem berliner Boxmeister Edwards die größten Schwierigkeiten in den Weg gelegt. Immerhin: im großen ganzen ist es gut, daß in Zweifelsfällen gestrichen wird.

Aber ein andres ist eine Gefahr. Im selben Gebäude, ein paar Stockwerke höher, wohnt die Theaterzensur. Hier werden, immer noch, aus politischen, verwaltungstechnischen, unkünstlerischen Gründen, Kunstwerke umgebracht. Die Filmisten rennen gegen ihre Zensur mit unsern Gründen Sturm. Dieser Kampf schadet uns. Das will freie Hand haben, um Geld zu scheffeln, das kreischt aufgeregt von der Freiheit der Kunst und rempelt alle paar Nummern seiner Fachpresse Beamte an, die mehr Geschmack, Verstand und Anstandsgefühl haben, als die ganze Gesellschaft.

Die Filmzensur ist nötig. Weil Kinder eine starke Hand nötig haben. Und weil für eine Schulklasse von Rüpeln der Stock gerade gut genug ist.

Die Erwachsenen aber täten gut, die Kinder immer mehr von sich abzuschütteln und jede Zusammengehörigkeit auch im Schein zu vermeiden. Hier gibt es keinen Kompromiß. Hie Kunst! Hie Kino!

SEHNSUCHT NACH DER BAKERSTREET

Der Kriminalroman ist dahin. Wir haben jetzt Kriminalfilme, und Kriminalschauspiele waren schon immer da. Aber der gute alte Holmes zieht nicht mehr. Und er fehlt uns, ach, so sehr.

Brüder in Apoll! Sagt doch ehrlich: saßet ihr nicht gleich mir vor Gemütlichkeit zusammenschaudernd in der Bakerstreet beim Holmes, wo alsbald durch das Unwetter das Rollen einer Droschke hörbar wurde oder der Klingelzug eines Hilfsbedürftigen? «Watson», sagte Holmes dann jedesmal, «wenn mich nicht alles täuscht, so kommt dort ein junger lungenkranker Matrose vom dritten Regiment in Davonshire und hat uns etwas zu sagen.» Und richtig — er kam.

Ihr wißt alle, wie es weiterging. Der ‹Fall›; die Vorgeschichte, die langsam heraussickerte; die ersten Anzeichen der Entdeckung — war es nicht schön, wenn Holmes morgens zum Frühstück nicht erschien, sondern uns erst gegen elf Uhr in einem Matrosenanzug erschreckte, aber dafür auch einen kleinen Pfeifenstummel gefunden hatte, der seinesgleichen suchte?

Es war schön.

Auch das hat nun der Film gemordet. Da sehen die Wohnungen der Detektive immer anders aus; wir kommen nicht dazu, uns auch nur in einer wohlzufühlen. Bei Holmes kannten wir jedes Eckchen, wußten, daß er es liebte, ein wenig unordentlich zu sein, und kannten seine gefährliche Kokainleidenschaft.

Dahin, dahin. Und statt abends bei der Bettlampe den anspruchslosen Sherlock zu lesen, der bereits anfing, Tradition anzunehmen, muß ich mich mit prätentiösem Kitsch abplagen, der mir noch einreden will, er sei etwas — mit ... Aber ich sehe keinen an.

‹DIENSTLICH›

In Diedenhofen hat ein Leutnant einen Fähnrich erschossen. Bei einer nächtlichen Sauferei: der Leutnant erklärte schlucksend, er wolle sich nunmehr das Leben nehmen. Nun, das sagt man schon so des Nachts um halber zwölf. Aber dem da schien es ernst zu sein, denn er zog einen Revolver und fuchtelte damit herum. Der Fähnrich, der das Unheil kommen sah, nahm seinem betrunkenen Vorgesetzten das Schießgewehr weg. Darauf wurde der nüchtern und «befahl wiederholt dem Fähnrich dienstlich», ihm den Revolver zurückzugeben. Was dieser auch tat, — der Leutnant holte sich von seinem Burschen Patronen und schoß den Fähnrich tot.

Es wird Sache der Gerichte sein, sich mit diesem Tatbestand näher zu befassen. Wir haben uns bloß mit dem Wort ‹dienstlich› zu beschäftigen. Es steht immer in diesen Berichten, die wir zur Genüge kennen. Wenn ein Offizier eine Weibergeschichte hat, einen Zusammenstoß mit Vorgesetzten aus privaten Gründen, — immer wird die Sache irgendwo dienstlich. Bis dahin stand man sich als Mitmensch und Gegner gegenüber, — wenn man aber nicht mehr weiter kann, befiehlt man ‹dienstlich›. Praktisch: die Kommandogewalt gilt immer. Das ist eine gefährliche Waffe in Händen von Leuten, die noch nicht weit genug sind, um zwischen Privatverhältnissen und dem Dienst zu unterscheiden. Im Gegenteil: nachts um zwei, wenn man nicht mehr gerade stehen kann, hört die Gemütlichkeit, aber auch der Dienst auf.

Das Wort imponiert. Niemand nimmt mehr Anstoß daran, wenn so ein junger Leutnant nachher im Gerichtssaal erklärt: «Ich befahl dem Angeklagten dienstlich ...» Und wenn man näher hinhört, saßen sie alle zusammen beim Jeu und waren alle zusammen heillos betrunken. Das ist eine Farce, die abgetan werden muß. Sie bilden einen Staat im Staate – denn wenn jemand bei einer Rauferei sich auf den Postassistenten ausspielt, wird er ausgelacht. Hier fliegt der andere in den Kasten, wenn er nicht noch im Rinnstein mit den Händen an der Hosennaht salutiert: «Zu Befehl, Herr Leutnant!» – Der Dienst gehört in die Kaserne. Beim Sekt hat er nichts zu suchen.

DIE MUSIK KOMMT

Nun zwängt, die sonst Musik die Töchter lehrte,
sich ins Schwarzseidene mit dem Krachkorsett;
und daß man Haydn, Bach und Koschat ehrte,
beweist man durch Gesang und am Spinett.

Nun schlagen wieder löwenmähnige Meister
mit ihren Pranken auf die Flügel ein,
und fiedelt jemand Violin, dann heißt er
Mischka und soll erst sieben Jahre sein.

Du siehst mich lächelnd an, Eleonore –
auch du, Geliebte, seist ein Singtalent?
Doch jach entfleucht durch meinem rechten Ohre,
was dein Sopran mir in das linke flennt.

Ach ja, der Herbst! Die Blätter werden gelber,
und jedes Mädchen kriegt ein hohes C,
und auch der Muhsikpädagoge selber
stund auf und tremolieretee ...

Du Stadt der Lieder, bist du nicht verwundert?
So jedes Jahr hast du um den Advent
Musikkonzerte Stücker achtzehnhundert –
doch mit Gewinn: nur sechseinhalb Prozent.

BÜCHNER

Der Tonfall von ‹*Wozzek*›, die Melodie von ‹*Leonce und Lena*› ist mir im Fleisch und Blut. Diese starke Wirkung beruht, glaube ich, nicht so sehr auf einer Technik, die zum Teil die Shakespearesche ist, wie auf einer Betrachtungsweise. Der Welt und des Theaters. Das Theater ist bei Büchner, der ein Dramatiker war von Geburt, ein buntes erleuchtetes Loch, vor dem die Zuschauer mit weit aufgerissenen Augen sitzen, die lieben Leute, denen man es doch ein bißchen deutlich machen muß, wie es so im Leben zugeht. Im Leben? Nun, jedenfalls in dem, das Büchner sich zurechtgelegt hatte. Der Rahmen war immer der gleiche: mochten das zarte Pastellprinzessinnen sein oder besoffene Hofmeister, arme Soldaten oder gelehrte Ärzte mit Knopfstock und lateinischen Floskeln – immer wurde das Typische gegeben. Und mehr als das: ein bißchen Ironie. Ein bißchen – eben ein bißchen Theater. Die Rede allein macht es nicht, wenn nicht die Gegenrede dazu kommt. Der erste weiß schon immer, was der andere sagen wird: sie reichen sich gegenseitig das Stichwort zu, werfen es hin und her und spielen mehr mit der Sprache, als daß sie sie sprechen. Von den Wortspielen wissen alle Beteiligten, daß sie eigentlich nur zum Spaß angebracht sind – so, damit sich die Spieler und das Publikum unterhalten.

Aber manchmal, da geht dann doch das Blut und das Tempo mit ihm durch. Im ‹*Wozzek*› sind so ein paar Stellen, etwa: wie sie dem Kind mitteilen, daß sein Vater ermordet worden, und ‹*Leonce und Lena*› besteht zur Hälfte aus diesen Passagen, die singen und tönen und nie mehr loslassen. Und so ist auch der Anfang der einzigen Novelle, die wir von ihm besitzen: ‹*Lenz*›. «Den zwanzigsten ging Lenz durchs Gebirg.» Maestoso. Wie Paukenschläge am Anfang einer großen Symphonie.

Ist dies das Forte, so gibt es zwei Pianostellen: die zwei Gedichte. Die – denn außer unerheblichen Jugendgedichten sind sie die einzigen. Eins im ‹*Wozzek*›, eins in ‹*Leonce und Lena*›. Das zweite pianissimo, das erste von einer so zerrissenen, fürchterlichen Verzweiflung, daß es sich lohnt, nur dieses schrecklichen Wiegenliedes wegen das Stück zu lesen. Wie das aufhört:

> Lauter kühle Wein muß es sein, juchhe!
> Lauter kühle Wein muß es sein!

Mit dem Ton auf ‹lauter› – und wem sich bei dem ‹Juchhe› das Herz nicht zusammenkrampft, der ist kein Mensch.

Hundert Jahre – man sollte meinen, er würde nun auf den Schulen gelesen. Als Klassiker. Ach nein! Die Familie, der er angehört, hat nie großes Glück gehabt bis auf den heutigen Tag: der junge Schiller wird auf eben den Schulen nur wegen seiner körperlichen Identität mit dem alten geduldet, Panizza ist unbekannt im Irrenhaus gestorben – wir werden ihm nächstens einen Kranz aufs Grab legen, nicht wahr? – und Wedekind ... Nun, man weiß ja, warum der ‹zieht›.

Lieber S. J., sagen Sie doch den Theaterdirektoren, sie möchten Georg Büchner aufführen. Hundert Jahre sind eine lange Zeit, und wenn einer so lange gewartet hat, dann will er sich im Grab auch einmal auf die andre Seite drehen. Gewiß: «Ein guter Mensch, der sein gutes Gewissen hat, tut alles langsam», sagt der Hauptmann zu Wozzek. Ein gutes Gewissen haben doch die Theaterleute, und nun ists Zeit.

DER GERICHTSDIENER

Die Verhandlungen vor den Strafgerichten sind in Deutschland öffentlich. So? Da gehen Sie einmal nach Moabit und versuchen Sie die Probe aufs Exempel. Da sitzt vor jeder Tür ein bissiger Höllenhund und belfert. Und im Gerichtssaale wirft er Sie zwar nicht heraus, aber er gibt doch deutlich zu erkennen, daß eigentlich ER hier Recht spricht ...

Natürlich sind es kleine Unteroffiziere mit einem dreckigen Gehalt. Aber statt etwas dafür zu tun, daß es besser wird, schlagen sie sich auf die Seite ihrer Brotgeber – die übrigens so viel Kulanz gar nicht verlangen – und behandeln die Zuhörer, wie sich nur Deutsche behandeln lassen.

Einer steht im Zuschauerraum auf, weil ihm vermutlich die Beine eingeschlafen sind – schon ist jener da und befiehlt: «Setzen!» Was sind das alles für Dummheiten! Er soll lieber aufpassen, daß nicht so oft das Schild: ‹Zuschauerraum ist überfüllt!› an den Türen klebt, auch wenns leer ist, statt sich Übergriffe zu erlauben, die man nicht nur wörtlich beantworten sollte.

Eine Kleinigkeit – gewiß. Aber die ganze Indolenz, der ganze Stumpfsinn des Publikums zeigt sich hier, wo ein paar gehörige Zurückweisungen gegen einen genügen würden, um die ganze Gattung in Räson zu bekommen.

Jedes Volk hat die Subalternen, die es verdient. Diese hier verdienten – sagen wir ... ein andres Volk.

SEXUELLE AUFKLÄRUNG

Tritt ein, mein Sohn, in dieses Varieté!
Die heiligen Hallen füllt ein lieblich Odium
von Rauchtabak, Parfums und Eßbüffé.
Die blonde Emmy tänzelt auf das Podium,
der erste und der einzige Geiger schmiert ‹Kollodium›
auf seine Fiedel für das hohe C ...

So blieb es, und so ists seit dreißig Jahren –
drum ist dein alter Vater mit dir hergefahren.

Sieh jenes Mädchen! Erster Jugendblüte
leichtrosa Schimmer ziert das reizende Gesicht.
So war sie schon, als ich mich noch um sie bemühte,
und wahrlich: ich blamiert mich nicht!
Siehst du sie jetzt, wie sie voll Scham erglühte?
Was flüstert sie? «Det die de Motten kricht . . .!»
Wie klingt mir dieser Wahlspruch doch vertraut
aus jener Zeit, da ich den Referendar gebaut!

Sei mir gegrüßt, du meine Tugendlilie,
du altes Flitterkleid, du Tamburin!
Nimm du sie hin, mein Sohn – es bleibt in der Familie –
und lern bei ihr: es gibt nur ein Berlin!
Nun aber spitz die Ohren, denn gleich singt Ottilie
ihr Lieblingslied vom kleinen Zeppeliihn . . .
Kriegst du sie nicht, soll dich der Teufel holen!
Verhalt dich brav – und damit Gott befohlen!

DAS BARREAU

Im Verlag von Erich Baron ist eine Mappe mit vierzig Steindrucken erschienen: ‹*Recht und Gericht*›. Es sind Reproduktionen von vierzig Zeichnungen des großen Daumier, aus Philipons ‹*Charivari*›.

So einen gibt es heute nicht mehr. Thomas Theodor Heines Zeichnungen werden in fünfzig Jahren nicht mehr diese Frische haben, weil er zu stark aufbläst. Dieser hier gibt viel mehr als das karikierte Gericht: stets geht er über den Einzelfall hinaus. Er gibt, was es schon zu des Aristides Zeiten gegeben hat: die menschlichen Grimassen, die Geste, das Gehaben bei feierlichsten Anlässen – alles.

Am besten die rhetorischen Gebärden der forensischen Redner, die bei einem romanischen Volk noch kurioser anmuten mögen als bei uns, wo schon das Gesprudel eines berliner Rechtsanwalts in ernsten Strafsachen häufig genug außer der Langenweile auch ein kleines Lächeln am Richtertisch bewirkt.

Daumier hat den sinnlosen Selbstzweck erkannt, zu dem eine nützliche Institution wie die Verteidigung vor Gericht geworden ist. Wie die Redner zu weiten, vielversprechenden Gesten ausholen, die dann plötzlich in der Luft stehen bleiben – ein Talar flattert noch im Schwunge, eine Hand dreht sich nach außen, und mit hochgezogenen Nasen siehts die Konkurrenz der Anwälte. Diese Gesten sind wohl das beste in der Mappe: weitgeöffnete Münder von Angeklagten, entrüstet hochgezogene Schultern derer, die sich für unschuldig halten, eindringlich gespreizte Finger, und hinter allem ein gewisses Augurenlächeln – Kinder! es ist ja alles nicht so schlimm!

Ein Staatsanwalt ist da, der sieht so scheinheilig auf zum lieben Gott, daß der Himmel erröten müßte, weil es solch einen Schwindler gibt. Einer brüllt einem Kollegium etwas vor, aber das schläft, nuckelt und schnarcht. Einer läßt sich nach dem zweiten Frühstück einen Schwerverbrecher vorführen, und der steht nun grinsend und frech vor dem Richter, der gemütlich die gedrehten Daumen auf den verdauenden Bauch gelegt hat – und zwischen beiden ist weit mehr als der Aktentisch.

Ein Blatt aber verläßt uns nicht mehr. Der Advokat umarmt das angeklagte Täubchen, auf daß die staunenden Geschworenen sehen sollen, welch ein reiner Prachtmensch das sei. Und während er ihn küßt, daß die Brille gerührt von der bewegten Nase rutscht, zieht der andre ganz leise, ganz vorsichtig dem Verteidiger der Unschuld die Börse aus der Tasche – und die grauen Habichtsaugen sind in träumende Weiten gerichtet.

Die Reproduktionen sind gut – und weil unsere Zeit arm ist an greifbaren Symbolen, sollten sich die Rechtsgelehrten einen Wechselrahmen anschaffen, diese Mappe kaufen und Daumier aushängen. Die Äußerlichkeiten haben sich geändert – der Urgrund ist geblieben.

CABARET

Im Linden-Cabaret ist der Aufenthalt nach wie vor ungemütlich. Wenn nicht gerade eine Nummer auf dem Podium steht, geht ein stilles Neppen durch den Raum. Die Provinz verdirbt Berlin. Dabei sind einzelne Leute nicht übel. Nur möchte man sie nicht in dieser Umgebung hören. Nicht den netten Lautenspieler Bulmans, der so hübsch seine Sachen bringt, so harmlos angenehm; nicht Käte Hyan, von der der Maler Söderström behauptet, sie schnurre wie ein Backpfläumlein; nicht den geschickten Musiker Scherber, dessen feine kleine Sachen viel zu schade sind für das konsumierende Publikum.

Zweimal aber horcht man richtig auf. Erstens ist da mal die Söneland, die mit der Fassade frecher Zähne und dem famosen Lied: *‹Moi-je-icke!›* Sie hat wahrhaft berliner Blut und ein kicherndes Lachen voller Schadenfreude, wenn sie wieder was jedreht hat.

Aber dann: Klea Waldoff. Was Deutschland an der besitzt, wußten wir. Aber diesmal hat ihr Ludwig Mendelssohn ein Lied gedichtet und unter Musik gesetzt – das scheint das Letzte zu sein. Buttrig, quäkend und tugendsam singt sie erst eine Menge Dinge von ihrem Liebsten, ob und wie und wo – und auf einmal, über die bewegten Köpfe der lachenden Zuschauer und durch den Zigarrenrauch und den Lärm brüllt ihre Stimme andante: «Hermann heeest a...» Und noch einmal, leiser: «Hermann – heeest – a...» Und verhallend: «Hermann – heest – a...» Und gleich wieder weiter, wie er tanzt und schnarcht und: «...selbst noch im Traume nach mir quäst er... Hermann heeest a...!» Und dieses Piano ist so ulkig angelernt, so wenig adäquat der Brüllstimme, daß man fassungslos ist. Wie ringt sie sich dieses Piano, jenen Sopran ab? Einen Sopran, der so hoch ist, daß sie gleich kippeln wird, g, gis, a, b... Gottseidank, gerettet! Sie singet, wie der berliner Spatz singt, unbekümmert, frech – und dann (Stimme, von innen, verhallend): «Hermann heeest a...»

PECCAVI

In Nummer 43 hatte ich bei der Besprechung des Linden-Cabarets eine Wendung gebraucht, durch die sich die Inhaberin des Lokals beleidigt fühlt. Aber, aber: wer wird denn gleich so böse sein! Ich hatte einen subjektiven Eindruck wiedergegeben, und wenns nicht stimmt, so solls mich doppelt freuen. Von ‹verleumderischer Beleidigung› kann natürlich keine Rede sein. «Wider bessres Wissen ... denselben verächtlich zu machen oder in der öffentlichen Meinung herabzuwürdigen geeignet ist ...» – keine Spur.

Mir zwa wern doch kan Richter net brauchen – denn Impressionen sind prozessual meist unerheblich, und ich bestehe keineswegs darauf, die inkrimierte Wendung auf Seite 1044 des neunten Jahrgangs der ‹*Schaubühne*› aufrechtzuerhalten. Peccavi, mater, et mea culpa, mea maxima culpa! Es geht bei euch kein stilles Neppen durch den Raum. Zufrieden?

SCHÖNER HERBST

Das ist ein sündhaft blauer Tag!
Die Luft ist klar und kalt und windig,
weiß Gott: ein Vormittag, so find ich,
wie man ihn oft erleben mag.

Das ist ein sündhaft blauer Tag!
Jetzt schlägt das Meer mit voller Welle
gewiß an eben diese Stelle,
wo dunnemals der Kurgast lag.

Ich hocke in der großen Stadt:
und siehe, durchs Mansardenfenster
bedräuen mich die Luftgespenster ...
Und ich bin müde, satt und matt.

Dumpf stöhnend lieg ich auf dem Bett.
Am Strand wär es im Herbst viel schöner ...
Ein Stimmungsbild, zwei Fölljetöner
und eine alte Operett!

Wenn ich nun aber nicht mehr mag!
Schon kratzt die Feder auf dem Bogen –
das Geld hat manches schon verbogen ...
Das ist ein sündhaft blauer Tag!

MASSARY

«Hoho! P! Du mir? Nich wahr . . . ?!»
C. P.

Die Bachstelze – Motacilla alba, auch Wippsterz genannt – tänzelt auf dem keimenden Acker herum. Sie läßt sich nieder, setzt sich, fliegt auf. Oh! sie weiß ganz genau, daß das Männchen jede ihrer Bewegungen verfolgt, weiß ganz genau, was jetzt kommen wird: aber sie merkt nichts. Sie piepst, wippt kokett mit dem Federschwänzchen und ist schrecklich beschäftigt, den Kragen, der sich aufgeplustert hat, zu putzen. Das Männchen wartet. Ein doppelter Vogelschrei ...

Die Massary ist die einzige Darstellerin der grande cocotte, die unser Theater zur Zeit besitzt. Das ist eine Schmeichelei in Deutschland, wo die Schauspielerinnen jedesmal eine Art Krampf bekommen, wenn sie bürgerliche Unzuverlässigkeit zu markieren haben, und wo die frivolités meist im Ausschnitt der Kleider, manchmal im Kopf, aber nie im Blut sitzen. Das gackert, stelzt und hopst über die Bühne – keine, die nicht merken ließe: Ich verstelle mich nur, ich bin eine anständige Frau! – alle, die merken lassen: Ich verstelle mich gar nicht, ich bin übrigens auch im Privatleben so! Sie geben weder den Typ in der Vollendung, noch einen ulkigen Einzelfall – sie kriechen mit schwerem Huch! unter die rosa Bettdecke, halten sich unten die Röcke zu, sehen durch die gespreizten Finger und gleichen im ganzen der Kuhmagd Alwine, die sich vor dem Viehtreiber im dunkeln Wald fürchtet, obgleich er mit seinem Bullen beschäftigt ist, und die spricht: «Du kannst em ja anbinnen!»

Die Massary macht das so anders.

Sie tritt ein, ihr Anbeter sitzt auf einem Stuhl, den geängstigten Zylinder auf dem Boden, die Hände Gott weiß wo ... «Gnädige Frau, Sie glauben nicht, wie ich mich freue!» – «Ah! Sie freuen sich.» (Das spricht sie ganz durch die Nase, mit Kopfstimme.) «Sie sollten sich nicht freuen, mein Freund! Man soll sich nie freuen. Ich hatte zwei Freunde, jeder freute sich, wenn ich zu ihm kam. Nun, ich machte, daß sie sich beide freuten. Doch merkwürdigerweise freute sich dann keiner mehr. Die Männer wissen nicht, was sie wollen. Sie wissen nur, was wir wollen. Aber das wissen wir wieder nicht genau. Freuen Sie sich nicht, mein Freund, solange an Ihrem linken Stiefel ein Knopf abgeplatzt ist. Es ist ziemlich ungalant, grade den linken Stiefel offen zu lassen, wenn man eine Dame besucht, die einen erfreuen soll.»

Diesen Dialog gibt es nicht, weil die Massary fast stets in konfektioniertem Kitsch auftritt. Aber gäbe es ihn: der Anbeter und das Parkett wären sprachlos. Sie erhofften sich die Unanständigkeit einer Kokotte – und was erhielten sie? Eine allgemein gültige Abhandlung über das Wesen irgendeines abstrakten Gegenstandes, vorgetragen in demselben leichten Ton wie: «Ewald, werfen Sie diesen Herrn hinaus!» oder: «Ich werde dir ewig treu sein!» Und nun schimpfen sie die Massary kalt. Witze soll sie sagen, Zweideutigkeiten, Eindeutigkeiten, Einhalbdeutlichkeiten! Aber sie läßt *leger* fallen, was andre Huckepack nehmen, und ist von einer unergründlichen Obszönität. Die zeigt sie nie, läßt sie erraten, wie ein Spitzenhemd nur erraten läßt, und schwebt auf den fulminantesten Pointen einer Diwansituation mit virtuoser Leichtigkeit. Nur manchmal – dieser berühmte Augenblick ist in allen ihren Rollen – sickert etwas durch, sie gebraucht ein Wort, eine Geste, die zeigen: Ah! ich weiß wohl ...! Aber das geht so schnell vorüber, daß man sich erstaunt die Augen reibt und fragen möchte: «Wie bitte?» Sie ist schon längst wieder in Sangershausen, während wir sie noch in Paris wähnen, adhibiert hochherrschaftliche Bewegungen und ist vom Kopf bis zu den Füßen Adel. Einmal: «Am Champagner hat sich noch keiner die Schnauze verbrannt.» Und das Wort ‹Schnauze› mit einer Genugtuung, einer Freude am Unterirdischen, daß man prompt neugierig wurde: Woher weiß sie das? Sie ist doch eine feine Frau? Ist sie auch, aber after, nie before. Wenn ich nicht irre, ist es Prévost, der einmal gesagt hat, der Reiz, einen unanständigen Ausdruck im Mund einer anständigen Frau zu hören, beruhe darauf, daß man unwillkürlich meditiere, wo und wie sie ihn erlernt habe. Die Massary spielt nie heute abend. Sie spielt heute abend, aber ihr ganzes Vorleben zieht sie nach sich.

Denn diese Leichtigkeit ihrer Damen ist einmal mühsam erworben. Kaskaden von Gelächter, niederträchtige Augenaufschläge im Zigarettenrauch, naschende Lüsternheit beim Sekt: im Untergrund wimmeln amüsante Bettabenteuer, kleine Schreie und ein Kitzel nach mehr. Wehe aber, wenn sich der Deutsche da täuschen läßt! Täppisch greifen seine Hände zu. «Oho! Mein Herr!» (Der Ton wechselt: für diesen Moment steht ihr ein wundervoller ethischer Baß zur Verfügung.) «Was denken Sie von mir? Ich bin eine anst ...» Und ist das heraus, ein spöttisches Gelächter. Sie sieht den Kavalier, der an geschäftsmäßige

Konsequenz gewöhnt ist («Aber Sie sagten doch eben ...?») erstaunt an: «Das erste verpflichtet nicht zum zweiten, nicht zum dritten ... das erste verpflichtet zu nichts! Ich verpflichte mich überhaupt zu nichts! Ich bin leicht, bin eine Flaumfeder – blast nur, là-bas, ich fliege so, wie es mir gefällt.» An die strenge Kette des Bürgers, in der auf drei Voraussetzungen eine Pointe folgt, ist sie nicht gebunden.

Sie hat die leichte Hand. Sie darf dies und alles: sie darf kippen, noch einen Zentimeter, noch einen; aber wir ängstigen uns nicht. Eine unfehlbare Sicherheit des Geschmacks, eine lächelnde, gleitende Überlegenheit machen uns vibrieren; aber wir fürchten uns nicht. Sie hat alles schon einmal gesehen, gehört, geschmeckt, erfahren. Was auf dieser Linie nur noch die Holl kann: psychisch als Frau interessieren, ohne unterleiblich zu wirken – hier ist es in der höchsten Vollendung. «Ich will ja gar nichts von Ihnen, gnädige Frau!» – «Umso besser, mein Herr! Man muß auch nicht immer etwas wollen. Also nehmen Sie, bitte, Platz!» Aber bevor er an sein ‹eigentlich› gekommen ist, lächelt sie schon. Sie weiß, daß er weiß, daß sie weiß. Sie wissen beide – nur sie immer ein Lot mehr als er, und auch dies Mehrwissen weiß sie, also zwei. Und mit diesen zwei Lot operiert sie. Sie peitscht ihn auf, schon rutscht er den schrägen Abhang hinunter – da bremst sie, kühl, gelassen, uninteressiert. Sagte er: «Das ist aber ein hübscher Bilderrahmen, gnädige Frau!» – sie lachte. Wenn es ihr beliebte, könnte sie ihm jetzt antworten: «Alter Kamerad, ich weiß ganz genau, was dich bedrückt. Geh ein Haus weiter ... Ich ... Kurz: es sagt mir nicht zu!» Und uns plagt die infame Neugier, sie einmal schrankenlos zu sehen. Aber sie wird sich hüten: sie weiß sehr gut, daß die Grenzen das Schönste an der Heimat sind.

Das ist die Massary, die wir lieben.

Dann gibt es noch die singende, ganz vorn an der Rampe. Da machts die Rasse allein nicht. Das ist Technik, aber von der feinsten. Jeder Gestus wird als Gestus produziert, weil Madame parodieren wollen und keinen heilen Faden an der Rolle lassen. Oder sie nimmt sich wirklich eines Couplets an, trippelt am Souffleurkasten vorbei, und dann ziehen die Geiger noch einmal so straff ihre Bogen über die Saiten, der Cellist schlägt gradezu Takt, und das Ganze hat einen Schmiß, einen Elan, daß sich der Komponist gratulieren kann. Er hats, heißt er nicht Offenbach, selten bewirkt. Ihr Blut singt mit, wenn man diese Mischung noch Blut nennen kann. Ich bin nach wie vor der Meinung, daß es irgendetwas mit goût américain ist.

So geht sie über unsre Bühnen, als Toilettenträgerin angestaunt, als Soubrette belacht, als Künstlerin lange nicht genug bewundert. Denn bei aller ‹Rasse› – worunter wir in Norddeutschland immer etwas Romanisches verstehen – gehört sie irgendwie zu uns.

Ein schnoddriges Berlinertum, Bachstelze, Erotik hinter tausend Vorhängen, Seidenkissen mit einem hitzigen Parfum, einen Eiskübel über den Kopf, ein helles Frauenlachen: Massary.

SCHALL UND RAUCH

Der Name ists, der Menschen zieret,
weil er das Erdenpack sortieret –
bist du auch dämlich, schief und krumm:
Du bist ein Individuum.

Hier sieht man nun den Dichter walten.
Er schafft nicht nur die Dichtgestalten,
nein, er benamset auch sein Kind –
und nennt es Borkman oder Gynt.

Wie aber, wenn er in den Dramen
gediegne bürgerliche Namen
benutzt und jener Bürger klagt,
damits der Richter untersagt?

«Du wirst dich von dem Namen trennen!
Mußt du ihn grade Barnhelm nennen?»
Der Richter schüttelt das Barett:
«Der Name macht den Kohl nicht fett!»

Und kurz: Wir werden was ertragen!
Schon sieht man Doktor Tassow klagen,
mit ihm in trautestem Verein
den Grünkramhändler Wallenstein.

Dem Dichter fällt in seine Leier
auch der Ap'theker Florian Geyer –
dem Dichter grausts mit einem Mal:
Er numeriert sein Personal.

Wie nennt man nun die Rechtsgelehrten,
die uns mit diesem Spruch beehrten?
Wie nennt man also dies Gericht?
Hier weiß ich keinen Namen nicht.

ALTE VERSE

Es gibt von Hermann Hesse, dessen Prosabücher in über hundert Auflagen verbreitet sind, ein Gedichtbuch, das sehr unbekannt ist. Es ist bei Grote erschienen, und von den hundertneunzig Seiten Gedichte sind vielleicht nur zwei oder drei wirklich schön. Eins davon ist auch in der *‹Herbstwanderung›* (des Bandes *‹Diesseits›*). Es heißt: *‹Im Nebel›*. Aber sonst ...

Die Gedichte sind rührend schlecht. Sie stammen aus der Zeit, da Hesse noch Hermann Lauscher hieß und sehr jung war. Heute hat man leicht lächeln. Aber was hätte man damals gesagt, wenn einem das Manuskript vorgelegen hätte? Es ist viel schwerer (Goethe zu Eckermann), aus einer mittelmäßigen und nicht ganz gelungenen Sache sich das Richtige herauszuschälen, als einen Diamanten zu agnoszieren. Dies ist so eine halbe Angelegenheit: vieles ist nicht gekonnt, manches schief, und doch bricht hier und da eine Flut Licht durch die unbeholfenen Verse ...

Kein Wort gegen Hesse. Die alten Verse mußten so sein, und es liegt kein Grund vor, heute großmütig dem Dichter auf die Schulter zu klopfen. Der Brunnen, der Mondschein auf glitzernden Giebeln der Kleinstadt, der Wind – vor allem der Wind, nachts, und der leise Hauch am Mittag und alle Winde der Jahreszeiten ... Man kennt das. Und glaubt ihm nun, da er mehr und besseres gegeben hat, die Echtheit und Tiefe der alten Verse. Aber damals! Man soll vorsichtig sein, wenn einer kommt und einem solche Verse zeigt. Daß zu viele geschrieben werden, ist sicher. Daß nicht so leicht einer auf die Dauer verkannt wird, auch. Aber manchem jungen Menschen mag der Weg erleichtert werden, wenn sich die Rezensenten der Mühe unterziehen wollten, diese Verse sorgfältiger zu lesen, Klischee von Inhalt, Phrase vom Wort zu trennen. Denn immer wieder bricht ‹es› durch: das Ingenium.

ALTES THEATERGLAS

Da liegst du nun, und durch dein linkes kugeliges Eulenauge geht ein scharfer Sprung. Ruiniert. Jemand hat dich fallen lassen, oder vielleicht habe ich selbst dich zerbrochen – ich weiß es nicht. Liebevoll streichle ich deine schwarze, blankgescheuerte Lederumkleidung. Weißt du noch?

Weißt du noch, wen ich alles durch dich gesehen habe? Das waren schöne Abende, als wir beide Giampietro sahen als Riccaut und Reinhardt selbst als Just – weißt du noch? Ach ja, ich wenigstens erinnere mich sehr gut. Walden sah ich, Harry Walden, den verfluchten Kerl, als Struwwelpeter, aber er war ein eleganter Struwwelpeter, ein verteufelt feiner Struwwelpeter. Und jetzt kommt mir die Erinnerung an viele Theaterabende.

Das Glas lag auf meinem Schoß, eilends hatte ich danach zu greifen, wenn Arnold wieder einmal eine besonders traurige Grimasse schnitt. Rasch, das Glas! An die Augen und eingestellt! Erst verschwamm alles in bunten, matten Farben, dann klärte sich das Bühnenbild, dann erschien das Bein eines Statisten – und wenn ich Arnolds Kopf erwischt hatte, war er längst wieder totenernst, bewegungslos und andächtig blöd. Mit dem Glas konnte man durch den Schauspieler hindurchsehen. Es sah ihm die Seele aus dem Leib: wann er log, wann er sich einen falschen Ton lieh, wann er ein kleines privates Lächeln nicht zu unterdrücken vermochte – alles zeigte dies Zauberglas an. Es brachte die Luft näher, es machte einen auf der Bühne stehen, und ich fing an, jedes Gesichtsfältchen meiner Lieblinge zu begrüßen: ich kannte die Schnurrbarthaare, die Gebisse der Männer, die gemalten und auch vorhandenen Augenbrauen der Damen – alles ließ dieses Glas erkennen. Manchmal benutzte ich es auch, wenn ich ganz vorn saß: dann durfte ich die mehlige Puderschicht auf den Gesichtern der Girls sehen, durfte mich in einen Fingernagel des Fräulein Holl vertiefen – liebes Glas!

Hin. Ich werde mir ein neues kaufen. Aber die Seligkeiten, diese Verzückungen, diese Adorationen vor den Altären meiner Götter und Göttinnen – die kommen nie wieder.

SALUT AU MONDE!

Frei nach Walt Whitman

O nimm meine Hand, Walt Wrobel!
All das Gleiten solcher Wunder! All solche Gesichte und Töne!
All solche Verknüpfung unendlicher Glieder, ein jedes an das nächste gekettet;
Jedes allen andern entsprechend; jedes die Erde mit allen andern teilend!

Was hörst du, Walt Wrobel?
Ich höre den Mimen vor seinem Auftritt leise flöten, während er sich in die historischen Beinkleider stopft.
Ich höre die Hypothekenzinsen des Theaterdirektors auf den Tisch rollen und dazu den Gläubiger seufzen und sagen: «Sechzig Prozent – da sind Sie wieder billig weggekommen!»
Ich höre, wie in den Kammerspielen alle durcheinanderschreien und behaupten, es sei eine Generalprobe.
Ich höre, wie der gute alte Pariser vor Gericht vorwurfsvoll kreischt: «Herr Staatsanwalt, was fallt Ihnen ein? Bin ich vielleicht ein Wucherer?»

Ich höre, wie der Geisteskranke in seiner Zelle tobt, er wolle partout ins Deutsche Schauspielhaus gehen.
Ich höre, wie die alten Meistersinger-Dekorationen im Opernhaus knistern, und das ist ihr gutes Recht.
Ich höre in der ‹*Jungfrau von Orleans*›, wie die Dürjöh mit den Füßchen aufstampft, weil sie nicht alle Rollen zugleich spielen kann.

Was siehst du, Walt Wrobel? Wer sind die, die du grüßt?
Ich sehe, wie die Leute in den Kinos sehen, daß sie nichts sehen, was sie nicht schon anderswo gesehen hätten.
Ich sehe, wie die Telefondamen auf dem Amt Norden zittern und flüstern: «Der Hollaender kommt wieder!»
Ich sehe, daß er wiederkommt.
Wo sehe ich schon, daß er wiederkommt?
Wenn ich schon sehe, daß er wiederkommt!
Ich sehe noch immer viele auf den Zetteln des Deutschen Theaters, die gar nicht spielen.
Ich sehe, wie Reicher die Rolle von den Lippen der Souffleuse abliest, und das ist nicht so einfach.
Ich sehe, wie Holzbock'n drei Haare aus dem Kopfe herauswachsen.
Ich sehe die Reporter, die Philologen, die Nigger in den Goldminen und alle Sklaven der Erde.
Ich sehe, wie ein Theaterkassierer das Geld des Besuchers in der Hand hin- und herwendet und fragt: «Ist das Ihr Ernst?»
Ich sehe, wie aus dem Verlag Georg Müller die Biichers herausgespieen werden – den Verleger selbst gibt es gar nicht mehr, aber noch ist da kein Ende.

Salut au monde!
Ein jeder von uns unvermeidlich!
Ein jeder von uns, seis Mann oder sonst ein Weib, mit seinem Recht an die Erde!
Ein jeder von uns mit seinem Teil hier ebenso göttlich wie irgend einer!
Salut au monde!

HOLZAPFEL UND SCHLEHWEIN

‹Einfältige Gerichtsdiener› nennt sie der Zettel von ‹*Viel Lärm um Nichts*›. Nun, das sind sie immerhin. Den Holzapfel macht Waßmann. Er sieht so dumm aus wie ein Huhn; die blauen Knopfaugen glotzen in die Welt; in dieses Hirn geht nichts mehr hinein – das ist gewiß. Er steht auf zwei entzückend krummen, ausgestopften Damenbeinen, filzbeschuht, gar nicht elegant. Aber er hat nicht nur zwei Schuhe: er hat auch eine Stimme. Eine Stimme! Die brüllt Heyses Fremdwörterbuch, für Gerichtsdiener bearbeitet, in die Lüfte, knarrt, säuselt und verhaucht. Er schnappt die entferntesten Komplimente auf, die gemacht werden – denn wer anders kann gemeint sein als er, Seiner Hoheit prostituiertester Gerichtsdiener? Oder war es cin andres dieser vermaledeiten Fremdwörter? Sie hören sich aber reizend an. «Du Autodidakt!» – wenn das kein Schimpfwort ist! Bei aller Gelehrsamkeit ist er bescheiden. Flatterien verbittet er sich mit einem entzückten Aufblick zum lieben Gott, dem er diese Gaben schließlich verdankt, und vor lauter Humilität ist er sich nie bewußt, daß die blumigen Floskeln seine Reden stets in das Gegenteil verkehren. Das System des Lebens ist nicht schwer: die Klingel ist zum Klingeln da, die Wache muß rechtlich belehrt werden, die Malefikanten brüllt man an, und im Protokoll wird nachher schon alles stehen. Dafür sorgt der Schreiber: Herr Holzapfel geben sich mit dergleichen nicht ab. Er ist rein repräsentativ. Und nur ab und zu, in Momenten der Rührung, streicht er seinem Trabanten, dem guten alten Schlehwein, über das schüttere weiße Haar. «Der gute alte Schlehwein» sagt er aufschnupfend und in einer Silbe, und freut sich triumphabilim, daß er noch nicht so alt ist wie der, sondern ein respektabler Bursch mit eiergelben Borsten, weltgewandt, forsch und überhaupt ein Kerl.

Der gute alte Schlehwein ... Arnold ist von jeher rührend, wenn er komisch ist – so komisch, so rührend war er noch nie. (Das sagt man immer, wenn man ihn gesehen hat.) Diesmal hat er eine große, schwarze Hornbrille auf, zwei mächtige Greisenschuhe an, und er ist wirklich der gute alte Schlehwein. Aber was bedeutet er ohne ihn, den maulgewandten Holzapfel? Ein Stückchen Malheur. Er spielt die zweite Stimme, die sonst stets verschwindet – und diesmal eine rührend weiche Cellostimme ist. Der Mund arbeitet unaufhörlich, die Hände zittern, und wir atmen auf, wenn das ganze brüchige Schifflein im Hafen, in den sorgsamen Armen des Holzapfel verstaut ist. Aber wenn der nun im Drang der Geschäfte abhanden gekommen ist? Ach Gottchen! Die Welt ist ein Henkeltopf. Hak dich ein, alter Schlehwein, hak dich ein! Und er hakt sich ein, bei Grafen und Prinzen, bei Kellermeistern, Dienern und allem, was herumsteht. Gebe der Himmel, daß Holzapfel darunter ist! Aber der hat zu tun, muß Leute anbrüllen und sich an der Sonne wärmen. Und derweil wankt der Alte umher, tappt, fällt allen lästig. Ist denn keiner Holzapfel? Keiner ists, und mit suchend ausgebreiteten Armen, verloren, alleinechen, unglücklich wackelt er ab durch die leeren Gassen Messinas – der gute alte Schlehwein.

DIE DISKREDITIERTE LITERATUR

Das deutsche Lesepublikum scheint mit einem großen Wurstkessel verglichen werden zu dürfen. Oben stehen die Köche – das sind die Herren Verleger – und schütten und schütten Würste hinein. Wie lange noch, und der Kessel ist voll.

Wie soll das werden? Früher, das war eine schöne Zeit. Gewiß, die Bücher waren nicht so billig wie heute, und auch die Drucktechnik ließ noch zu wünschen übrig. Aber wie liebte man so ein schmales Bändchen, wie kannte man jeden Buchstaben auf dem Einband, wie zärtlich streichelte man das oft gelesene Buch! Heute hat sich der Druck verbessert, die Ausstattung ist fast durchweg gut – aber die Bücher sind wohlfeil geworden und die Liebe zu ihnen auch. Die billigen Bücher waren anfangs eine angenehme Zugabe zu den gewichtigen Dingen, die der Markt bot – heute sind sie ein Fliegengeschmeiß, und eines Tages werden sie nicht nur den ganzen Sortimenterverdienst, sondern auch das große Interesse für Bücher aufgefressen haben. Luxusausgaben mochten wir kaum noch sehen, seit Frieda Schanz für sechs Mark eine Leinenausgabe ihrer Balladen veranstaltet und ihren Namen vorne hineinsigniert hatte. Da saßen die Verleger, und ob sie die Auflage noch so begrenzten: niemand war da, der ihnen die Exemplare, nur für Liebhaber und Liebhaberinnen hergestellt, abkaufte. Da saßen sie und weinten. Und erfanden – das billige Buch.

«Auch die große Masse soll . . . Selbst der gemeine Mann . . . Das Volk . . .» klingelten die Schlagworte. Gut. Aber was Mittel war, wurde Selbstzweck, und was heute ein besseres Buch sein will, darf nicht mehr als eine Mark kosten. Warum soll ich heute noch fünf oder gar sechs Mark für ein Werk ausgeben, das ich nächstens doch in der billigen Ausgabe erwischen werde? Die Herren Dichter mögen gewiß nicht gut dabei wegkommen – und der Verleger? Die Masse macht es. Bald wird sie es nicht mehr machen. Noch sind sie nicht übersättigt, die Bücherkäufer – obgleich leise Anzeichen schon vorhanden sind – noch kaufen sie, wie es ihre Pflicht ist. Aber über ein kurzes, und sie haben es satt. Der Zeitpunkt scheint nicht mehr fern. Der Insel-Verlag hat die Fünfzig-Pfennig-Wiese abgegrast, Fischer, der es auch nicht nötig hatte, folgte, und heute gibt es überall für sechzig Pfennige ein Buch oder viele Bücher, die soviel gute Literatur enthalten, daß sie nicht anregen, sondern sättigen. Ein Insel-Almanach im Jahr ist schön; aber die Buchhändler werden merken, daß tausend solche billigen Bücher das teurere Buch nicht einführen, sondern diskreditieren. Viel Glück! Heruntcrzugehen, war nicht schwer. Jetzt heißt es: wieder heraufkommen.

BÜHNENLUFT

Das ist beileibe kein Romantitel. (Aber man sieht ordentlich die Umschlagzeichnung: ein eleganter Herr mit kleinem Bärtchen begutachtet aus der Loge die Primadonna, die sich gerade produziert . . .)

Nein, ich meine wirklich die Luft, die einem entgegenweht, wenn der Vorhang eine Minute oben ist. Dann haucht das große Bühnenloch eine kühle Wolke von Staub, Leim und Holzgeruch aus, die ein empfindsames Parkett in schauerndes Entzücken versetzt. Bühnenluft . . . Dann mag man sich wohl ausdenken, wie es hinter der Szene gerade zugeht, wie der Regisseur gehetzt herumläuft, der Held auf sein Stichwort wartet, alle ein bißchen erregt sind. Puh — macht man, und atmet beseligt die vertraute Luft ein, den nicht sehr gesunden Brodem aus Staub, Leim und Holzgeruch. Mag es sich um eine Waldlandschaft, um eine Straße handeln, mag der Regisseur bemüht sein, uns einen Palastkorridor vorzutäuschen: immer ist der Geruch der gleiche.

Wir rücken uns in den Sesseln zurecht, die erste Unruhe hat sich gelegt, die Akteure sind jetzt klar verständlich —. Das Spiel beginnt.

LASTER UND LIEBE

Als neulich die Duncan wieder einmal irgendwo auftreten wollte, machten sie ihr Schwierigkeiten. Sie: die verbündeten Männervereine zur Bekämpfung der öffentlichen Unsittlichkeit. Der Zusammenstoß ist nicht neu; seit Jahrzehnten toben (von uns betrachtet) auf der andern Seite Gymnasialdirektoren, Regierungsräte a. D., allerhand Menschen herum und schnüffeln. Was geht hier vor?

Wir sind in Norddeutschland toleranter geworden. Keine Vendetta bedroht den Verführer eines Bürgermädchens, höchstens der § 1300 des Bürgerlichen Gesetzbuches, und auch der selten genug. Bei den großen Sensationsprozessen schüttelt man in konservativen Parteiblättern bewegt die Häupter: das ‹Verhältnis› wird dort mit biblischen Schimpfnamen belegt und gilt als etwas Außergewöhnliches, als eine Sumpfblume, die dem Pfuhl der Großstadt entsprossen. Lacht nicht! Hierin ist der Großstädter wie der Provinzler: er kann sich kaum noch denken, daß es andre Ansichten gibt als seine, und hat es bitter nötig, über die Anschauungen der Mehrzahl seiner Volksgenossen belehrt zu werden.

Denn die Unterschiede sind fundamental. In Berlin eine leicht schmunzelnde Duldsamkeit in sexuellen Dingen, wie sie Angebot, Nachfrage, wirtschaftliche Notwendigkeit und ein für diese Dinge empfänglicheres Judentum hervorgerufen haben. (Das ist beileibe kein Vorwurf; wir wollen weder drüben noch hüben stehen, sondern uns die Sache einmal aus der ersten Etage besehen.) Draußen, auf dem Land, und in den kleinen, größern und großen Provinzstädten, ist der Bürger von einer verblüffenden Intoleranz. Er ist durchaus nicht sittlich: Kenner versichern, daß man sich noch heute sein Klein-Paris loben könne und andre Provinzstädte nicht nachstünden. Mag sein: die Gegensätze prallen dort schärfer aufeinander, man gibt mehr auf einander acht, man boykottiert, man verweist den nötigen Auspuff der Leidenschaften in schlecht möblierte Zimmer, die Angst vor dem Skandal ist prophylaktisch tätig. Was das Milieu angeht, so lese man Grete Beier: nicht der Mord am Schluß hat diese Atmosphäre von Dumpfheit, schlechter Luft und schmierigem Eßgeschirr geschaffen. «Während des Kaffeetrinkens fing er davon an, wie schade es sei, daß die Hochzeit noch immer nicht stattfinden könne. Er könne nicht ewig mit der Hochzeit warten. Nun begann er, zärtlich zu werden. Er bot ihr Eierkognak an, sie danke, sie trinke keinen. So solle sie ihm wenigstens ein Gläschen einschenken. Damit ging er hinaus, um das Klosett aufzusuchen.» Liebst sie, liebst sie! So wirds gemacht, und wenn nicht grade eine Gerichtsverhandlung oder ein falsch adressierter Brief ein Zipfelchen vom Vorhang hochhebt – wir wüßtens nicht. Aber die andern wissens, die andern, die der Widerpart sind. Sie nennen sich, zum Beispiel: Verband der Männervereine zur Bekämpfung der öffentlichen Unsittlichkeit, haben auch ein Blättchen ‹*Volkswart*›, und wenn man das liest, möchte man glauben, die Liebe sei zum Teufel gegangen und nur noch der außereheliche Beischlaf übrig geblieben. Die ‹Ausübung desselben› soll unterdrückt werden, jeder Tischler, der Betten verkauft, soll unter den Kuppeleiparagraphen fallen, Nackttänzerinnen werden beschrien, sittenreine Opern gesucht, in jedem Schundplakat, in jeder Animierkneipe, in jedem scherzhaften Aschbecher für Tuchwaren-Reisende wird die Hölle gesehen, Masseusen, weibliche Homosexuelle, Unzüchtigkeit, Unzucht, unzüchtige, unsittliche Akte – der Mensch hats schwer! Von der düsseldorfer Kunstausstellung wird eine Liste der verfemten Bilder hergestellt, die Integrität der Studentenbude ist zum Dogma geworden, und nun gehts los: auf der einen Seite Keuschheit, dann Prüderie, dann Fanatismus, auf der andern Spott, Hohn, Satire – und beide Male übertrieben.

Ich glaube, sie können nicht zueinander kommen, obgleich in den Kerntruppen beider Lager nicht solche Kerle zu sitzen brauchen, wie sie die andern sehen. Drüben sinds beispielsweise Sanitätsräte, Lehrer, Gutsbesitzer («ein für die Ehre und das Wohl des deutschen Volkes glühender Gymnasiallehrer»); hüben mags im allgemeinen besser sein – im allgemeinen! denn die natürliche Freude am Akt und die andre an den Strumpfbändern sollten nur hingehen, wenn sie offen zugestanden werden. Sie werden das nicht immer, und ein Kampf um die Freiheit der Kunst wird hier oft mit Geschäftsinteressen geschickter Verleger vermischt. Das Geschrei steigt zum Himmel. Drüben wird der Sexualakt zum Delikt, der Frauenleib ist der Anstiftung dringend verdächtig, und Polizei, Obrigkeit und Behörde werden in Bewegung gesetzt gegen Schiebetänze, gegen Wohnungsvermieterinnen, gegen Postkarten, gegen Turnkostüme. Hüben ist die Sexualität ein bißchen zu sehr Religion geworden: Frauen mit einer Reformseele sind für obligatorischen Gottesdienst, und Philosophie, Literatur und Kunst werden bemüht, das ihrige zu tun. Hüben und drüben – sie können zusammen nicht kommen. Ganz ausgeschöpft hat die Sachlage wohl Walther Rathenau in einer kleinen Glosse: *‹Das Mißverständnis der Prüderie›*. Er sagt: «Zwei Gruppen ehrlicher Menschen stehen sich gegenüber und halten einander wechselseitig für Heuchler oder Wüstlinge. Man muß wissen, daß eine große Gattung Menschen von starker und zurückgedrängter Sexualität vor jeder Nacktheit oder Laszivität heimgesucht werden von Reizen und Erregungen, die sie nicht zu bändigen wissen. Sie können nicht anders denken, als daß alle übrigen ihnen gleichgeartet sind. Allein die andre Gruppe, mehr ästhetisch-sinnlich als sexual veranlagt, weiß von diesen Vorgängen nichts und kann sie nicht erraten. Sie hält den Unmut ihrer Brüder für Heuchelei und Lüge.» So ists. Man lese einmal nach, wie vernünftig der alte Hufeland über diese Dinge geschrieben hat, und unter welchen Tobsuchtsanfällen heute eine Diskussion geführt wird, deren Thema seiner ganzen Natur nach überhaupt nicht diskutiert werden kann. Ich habe blonde Haare, du schwarze – soll jeder von uns einen Verein gründen? Hier hat nur die Ökonomie und die Medizin ein Wort zu reden, nur diese. Drüben bei den Männerbünden werden sie oft übersehen: man sollte da ein wenig mehr Physiologie und Soziologie betreiben. Hüben bei den freien Kunstmenschen ist man nicht so nackt wie die perhorreszierten Akte. Man ist feierlich aufgeregt und niemals so gleichmütig wie jener Polizeimann, der mir einst sagte: «Sehen Sie, eine Zentralstelle gegen den Schmutz in Wort und Bild – Gott, das müssen wir schon haben, damit das Zeug nicht überhand nimmt!»

Wir leiden an einer Überschätzung der Sexualität. Wir verwechseln immer noch Analyse mit Darstellung und okjektive Begründungen mit Plädoyers. Vor allem: mulier taceat in ecclesia! (Wir lassen ja auch den Angeklagten nicht schwören.) Der Schauplatz sei nicht eine grande opéra der Öffentlichkeit, wo man sich mit schwer unterdrücktem stofflichem Interesse an Arien über Abtreibung, Homosexualität und frigiden Frauen entzückt, sondern das Schlafzimmer. Aber auch hier empfiehlt es sich, ohne Textbuch zu agieren. Über den Bodensee der Sexualität kommt man nur, wenn er zugefroren ist und der Reiter nicht weiß, daß das Feld eigentlich eine Eisdecke ist. Wer sich zuviel auf sich selbst besinnt, ist schwach. Und ich glaube, dieses ganze Geschrei über Sexualität, Erotik, Unsittlichkeit entspringt einem einzigen: dem Mangel an Kraft.

DIE SCHÖNE SCHUTZMANNSFRAU

Gott weiß, wer sich den Spaß erlaubt hatte: sie träufelten dem Schuhuh Hennessy ein, während er grade schlief, und als das verehrungswürdige und weise Tier erwachte, klapperte es mit den rostigen Augendeckeln, flog in Zickzackflügen über die Erde und bildete sich ein, ein Aeroplan zu sein. Zum Schluß stürzte er ab, besah die Unglücksstätte und sprach sich krächzend das tiefste Beileid aus.

Der Dichter Mynona hat seine entzückenden kleinen Prosa-Arbeiten, die bisher in obskuren Blättern verstreut waren, gesammelt und im Verlag der Weißen Bücher zu Leipzig unter dem Titel: *‹Rosa, die schöne Schutzmannsfrau›* herausgegeben. Aaah! kann man da nur sagen. Zuerst sieht man, wofern man Mynona bereits kennt, gierig das ganze Buch durch, ob noch alles da ist. Ja, da ist: *‹Von der Wolke, welche so gern geregnet hätte›*, und *‹Der zarte Riese›*, und *‹Zur Tödlichkeit des Sächselns›* und vor allem: *‹Verstellung›*. Es ist im großen und ganzen eine anmutige Mischung der schärfsten Logik mit der ansprechendsten Art von Verrücktheit. Entweder die Dinge sind bis zum definitiven Ende gedacht – und das vertragen sie nicht alle; oder sie sind aus der Froschperspektive betrachtet – und das ist manchmal auch ganz schön. Warum soll man nicht Weihnachten einmal in den Hundstagen feiern? Nesselgrün, der Schauspieler, steckte mit dieser Idee den ganzen kleinen Ort an: «Bald flammten Lichterbäume an allen Fenstern, man sang heilige Lieder . . .» Wer wird daran Anstoß nehmen? Höchstens die möblierte Zimmerwirtin des Herrn Nesselgrün. Es ist so eine Art listiger Ironie, die heftig grinsend aber auch gar nichts Heiliges mehr anerkennt. Nicht nur Rosegger – nein, auch die immerhin sich gut bewährt habende Einrichtung des Todes beulkt Mynona. Die menschlichen Gesetze gelten nicht mehr, die Adjektiva sind keine, sondern kugelige Igel, die Stacheln haben und das Substantiv stechen, und noch ein bürgerliches Komma kann sich in einen spitzigen Haken verwandeln. Wenn ihr den Papagei überlebt auf Seite 105 – «Im Bett zur rechten Hand regte sich etwas mit einer Schlafhaube. Das war Papchen, der Frau Ohnemanns (selig) Schlafhaube um den Kopf gewickelt trug und ihr Hemd anhatte. Als Blaffke ihn von diesen ihm nicht anstehenden Wäschestücken befreit hatte, rief der Papagei mit einer Energie, die gar nicht schlecht war: ‹Willi! Wach auf! 's ist Zeit!›» – Silentium für den Anakoluth! Wenn ihr also, sagt ich, hierüber hinwegkommt, dann wünsch ich euch ein fröhliches Lesen unter der grünenden Weihnachtstanne. Das walte Gott!

GROSS-STADT – WEIHNACHTEN

Nun senkt sich wieder auf die heim'schen Fluren
die Weihenacht! die Weihenacht!
Was die Mamas bepackt nach Hause fuhren,
wir kriegens jetzo freundlich dargebracht.

Der Asphalt glitscht. Kann Emil das gebrauchen?
Die Braut kramt schämig in dem Portemonnaie.
Sie schenkt ihm, teils zum Schmuck und teils zum Rauchen,
den Aschenbecher aus Emalch glasé.

Das Christkind kommt! Wir jungen Leute lauschen
auf einen stillen heiligen Grammophon.
Das Christkind kommt und ist bereit zu tauschen
den Schlips, die Puppe und das Lexikohn.

Und sitzt der wackre Bürger bei den Seinen,
voll Karpfen, still im Stuhl, um halber zehn,
dann ist er mit sich selbst zufrieden und im reinen:
«Ach ja, son Christfest is doch ooch janz scheen!»

Und frohgelaunt spricht er vom ‹Weihnachtswetter›,
mag es nun regnen oder mag es schnein.
Jovial und schmauchend liest er seine Morgenblätter,
die trächtig sind von süßen Plauderein.

So trifft denn nur auf eitel Glück hienieden
in dieser Residenz Christkindleins Flug?
Mein Gott, sie mimen eben Weihnachtsfrieden . . .
«Wir spielen alle. Wer es weiß, ist klug.»

«Heut kann ich einmal mit Recht sagen: ...

... Morgenstund' tragt Gold im Mund'. Hat mir die Sängerin, die neulich bei unserm Konzert eine chinesische Arie gesungen hat, für das Honorar, was ich ihr von dem gnäd'gen Herrn überbracht hab', zwei blanke Dukaten g'schenkt! Der gnäd'ge Herr hat ihr aber auch für eine einzige Arie fünfzig Dukaten bezahlen müssen. Das ist ein schönes Geld. Aber das ist doch nichts gegen England! In London, da singen's gar nach dem G'wicht. Da kommt eine von den großen Noten auf ein ganzes Pfund, drum heißt man's auch die Pfundnoten. Da verdient sich eine an einem einzigen Abend einige Zenten. Die müssen immer ein paar Pferd' halten, daß sie ihnen das Honorar nachführen.»

Das ist wohl, was man «schweres Geld verdienen» nennt. Aber, lieber Valentin aus dem «Verschwender»: Das englische Pfund wiegt 454 Gramm. Die singen dort mit zehn Prozent Rabatt.

Wenige verdienen mit Noten Zenten (Zentner) an Geld, viele aber mit Banknoten Zinsen. Und man kann ein Adagio schätzen und gleichermaßen das Disagio.

Summa summarum: In Büchern und Briefen kommen viele zu Geld, wenige aber durch Bücher und Briefe, es seien denn Sparbücher und Pfandbriefe.

1914

START

Das Auge hinterwärts gedreht: so sitzt der Weise
und überdenkt sich still-bewegt die Jahreskreise,
und wie sie so, und daß sie ohne Schluß . . .
wo unsereins bestimmt mal abgehn muß.

Hier überkommen ihn die trüben Sentimenter:
er greift zum grünen Curaçao (denn den kennt er)
und schlürft das Gift und sieht das alte Jahr,
und wie es gar nicht allzu fröhlich war.

Da ist zum ersten immerhin die Balkanmesse,
zum zweiten – heu nos miseros! – die Börsenbaisse,
zum dritten, vierten . . . Doch stets trostbereit
in aller Trübsal blieb der Gattin Zärtlichkeit.

Und du, mein Blatt, jährst dich zum zehnten Mal auf Erden!
Du brauchst nicht (auf dem Umschlag) dunkelrot zu werden!
Wir alle altern – du allein bleibst jung!
Begleite uns auf unsrer Wanderung!

Prost Neu . . . ja, ja! Der Curaçao und Silvester
bedrücken dich, mein Sohn – zieh dir den Leibgurt fester!
Verlaß Mama Philosophias Schoß:
Eins, zwei – und los!

GRATULATION

«Hee–hopp!» ruft der Bändiger, zieht die kurze Lederpeitsche aus dem Stulpenstiefel und pfeift. Raschelts im Sand? Peter, der Panter steht vor ihm und blinzelt zärtlich zu ihm empor. Dem rauhen Mann steigen die Tränen hoch, rinnen und kullern in den glänzend schwarzen Bart. «Mein Pantervieh» – so kraut er das Tierchen.

So stell ich mich denn schnurrend auf die Hinterbeine und richte mich zu Ihnen auf, der Sie mich so oft auf Bühnen, Bücher und Büldung gehetzt haben. Tat ich je einem was? Und wenn ich ihm was tat, biß ich je? Und wenn ich biß, leckte ich nicht stets die Wunde sauber aus? Kurz: ein Musterpanter. Der sich aber doch für den schönen Käfig bedanken möchte, weil er sich darin so wohl fühlt.

Gratulieren? Wär ich ein Mensch, ich brüllte: Der Herr Obermenageriemeister hurra! hurra! hurr . . . Aber ich bin ja man ein stummes Vieh. Und so mache ich denn, wie gesagt, Männchen, reiße die Kinnbacken weit, erschrecklich weit auseinander, bekomme Zuckerchen und schiebe ab. Hinten, bei den Ställen, verschwindet um eine Ecke die letzte Schwanzspitze Ihres sehr ergebenen Peter Panter

DER ZEITSPARER
Grotesken

Kleine Vorrede

Mein lieber Ignaz Wrobel,
ich widme Dir dieses Büchlein, weil Du es brauchen kannst. Du bist ein ernster Mann, nicht wahr, und stehst unter Deinen Mitmenschen geachtet da, als ... sagen wir ... Pädagoge, Fotograf oder als Redakteur oder Buchhändler ... Du bist ernst. Denn daß das Leben eine ernste Sache sei, haben sie Dir schon auf der Schule bei Gelegenheit des kleinen deutschen i beigebracht. Du hast es geglaubt.

Dem ist aber nicht so. Glaubs nicht, mein Ignaz, glaubs nicht! Daß jede Wirkung auch eine Ursache haben muß, daß in allem eine Kausalität versteckt liegt, glaubs nicht! – Kausalität, mein Junge, ist, wenn man dran glaubt.

Lerne von den englischen Exzentriks, daß man sich vom Schwergewicht, vom Satz vom Grunde und wie all die dummen Sachen heißen, sehr wohl befreien kann, wenn man nur den Mut hat. Denn das, was danach kommt, ist das Himmelreich. Wer sagt, daß Weinen der Ausdruck einer Gemütsempfindung sei? Oder ein physiologischer Vorgang? – Glaubs nicht! Weinen ist eine Tätigkeit, die nicht motiviert werden kann.

Bleib äußerlich der ernste reputierliche Mann mit dem Bart, als den sie Dich kennen und schätzen. Innerlich aber, mein Junge, innerlich: Lache! – Stets der Deine Ignaz Wrobel

Der Zeitsparer

Am 27. Februar 1926 war es so weit. –

Die Herren in weißen Laboratoriumsmänteln erfüllten den großen Raum, bewegten sich unruhig, lachten, gestikulierten und sprachen aufgeregt durcheinander. Denn sie hatten zwei Stunden regungslos gehorcht, abwechselnd auf den ungefügen Apparat gestiert, der in der Mitte des Hörsaales stand, und auf den kleinen Mann, der leichenblaß auf einem Stühlchen saß und mit leiser Stimme Erläuterungen gab ...

Der deutsche Professor Gottlieb Friedrich Waltzemüller hatte den Zeitsparer erfunden.

Der Apparat hob die Zeit auf. Er war gar nicht so kompliziert, und wenn Sie Ihrerseits aufs Patentamt gehen, werden Sie sehen, daß ich recht habe: denn da bekommen Sie die Erklärung zu dem Ding, das aussah, – damals, heute sind sie ja anders, – wie ein zugedecktes Bett aus Stahl. Man legte sich hinein, und was man da an Zeit ersparte – denn drinnen liefen ja die Uhren nicht, nicht die elektrischen und nicht die Sanduhren, — das konnte man beliebig irgendwo in seinem Leben wieder ankleben und einfügen, — wo man es gerade brauchte ...

Das gab einen Hallo! Mit dem Herumtrödeln auf der Erde war es auf einmal vorbei. Niemand hatte mehr Zeit zu verlieren. Die Redensart: «Ich habe keine Zeit» wurde Formel für den Offenbarungseid, — und es war ganz erstaunlich, wie sich die Menschen beeilten, um mit den nötigsten Obliegenheiten fertig zu werden. Sie sparten! Keiner tat noch etwas anderes, als im Eiltempo die wenige Nahrung zu sich zu nehmen und sich dann befriedigt in den Apparat zu packen. Da drinnen sparte er nun Zeit und legte sie auf die hohe Kante. Wer ging noch spazieren? Wer hatte noch Augen zu sehen, was auf der Welt vor sich ging? Sie lasen nicht, sie liebten nicht, sie freuten sich nicht mehr — sie sparten.

Carnegie hatte zu allem Zeit. Er aaste geradezu mit der Zeit, als ob er sie später nicht noch einmal brauchen könnte. Aber dafür war vorgesorgt: er kaufte Zeit auf. Und tausend arme Teufel legten sich krumm, damit der kleine weißhaarige Herr sich so recht gemütlich eine Birne schälen oder gar ein Stückchen zu Fuß gehen konnte.

Es gab eine Zeitbörse. Da wurde die Zeit gehandelt, — und weil sie sehr gut bezahlt wurde, so legten sich ganze Dörfer industriemäßig in den Kasten aus Stahl, sparten und verkauften meistbietend. Darauf fielen die Preise — aber durch einen Trust gelang es, eine kräftige Hausse zu erzielen.

—... Einmal gab es einen Corner: Mister Woolf aus New York, der infolge eines tödlich verlaufenen Unterhaltungsromans einen schrecklichen Tod gefunden hatte, lebte wieder auf, weil er fühlte, daß hier ein Geschäft zu machen sei, kaufte auf, — ich glaube, er hat damals im ganzen zirka 70 000 Jahre gehabt — wurde eingekreist und mußte losschlagen. Man konnte darauf den Tag schon für 5 Cents haben, und die Leute bummelten, daß es eine Schande war. Die Theater machten weit auf, ganz reiche Herrschaften begannen Fußball zu spielen, und man sah bereits wieder Angehörige des mittleren Bürgerstandes, die im Schein der untergehenden Sonne lässig vor der Schwelle ihres Häuschens stehend träumerisch in der Nase bohrten ...

Aber das ging vorüber: der Monat Zeit kostete wieder seine achtzig Dollar, und alles war wie früher.

So lagen die Dinge, als sich eine seltsame Nachricht auf der Erde verbreitete. Bei München, hieß es, lebe ein Mann, der spare überhaupt keine Zeit! Hat man je so etwas gehört? Er sei Menschendoktor und heiße Bruck. Dr. Bruck ...

Einige reiche Leute — denn die andern hatten ja keine Zeit — machten sich auf, diesen Unmenschen zu sehen. Wahrhaftig: als sie sich dem kleinen Anwesen näherten, rauchte da ein Mann mit einem Spitzbart eine Pfeife, eine lange Pfeife, und auf dem Porzellankopf — das sah man deutlich – war ein buntes Blumengewinde gemalt, mit Engeln, die die Girlandenenden angepackt hielten ... Der Mann paffte behaglich und stieß die Rauchwölkchen in die warme Sommerluft, in der sie, hellblauen Gazeschleiern vergleichbar, langsam nach oben entschwebten ... Und dieser Mensch verfolgte ihren Aufstieg zufrieden, und wenn eins verflogen war, schickte er ein anderes nach und mochte sich so an diesem Wolkenspiel schon eine ganze Weile erfreut haben. Und nicht genug damit: er zündete sich die Pfeife, als sie ausging und nicht gleich brennen wollte, dreimal hintereinander an. Da brannte sie. Ja, war er denn toll ...? Es schien so.

Denn als der reiche münchner Engrosschlächter Mauermeier sich dem Manne eilig prustend, um nicht zu viel Zeit zu verlieren, in das Gesichtsfeld schob, da sagte der: «Grüß Gott!» sagte er und dann mummelte er so recht behaglich an seiner glimmenden Pfeife. Und ehe der Mauermeier sich noch recht erholt hatte, fuhr der Doktor fort: «Ja, wollen wir nicht ein kleines Spaziergängchen machen? – Da seht doch nur, wie hübsch grün schon das wellige Gras ist, über das der Wind läuft, und da drüben die Höhen, auf die ich jetzt zuschreiten will, sind schon durchsichtig bläulich, und das ist ein gutes Zeichen fürs Wetter.»

Da nahm sich der Mauermeier die Zeit – denn er hatte es dazu und konnte es sich leisten, Gott sei Dank! –, da nahm er sich die Zeit, ganz schnell einmal zu sagen: «Einsperren sollt man Eahna, Heer Nachbar, z'wegen Verschwendung!» –

Und schob eilig laufend, in der Richtung zum Bahnhof, ab, um den Zug nach München nicht zu verpassen, damit er gleich wieder weiter sparen könne ...

Der Doktor aber stand fröhlich lächelnd auf, ergriff das Stöckchen, das ihn auf allen Wegen begleitete, und durchschritt den sauberen, stillen Ort, darinnen er wohnte, besah sich voll guten Mutes die breiten Straßen und die niedrigen Häuser und das achteckige Türmchen auf dem Wirtshaus. Da oben, in dem achteckigen Zimmerchen, mit der Aussicht auf das Dorf und die Berge, habe eine verrückte Gräfin gewohnt, raunten die Leute, und wenn die Nebelschwaden dicht durch die regenschwere Luft zogen, dann schoben sie sich wohl an den acht Fensterchen vorbei, der Ofen knasterte, und eine weißhaarige Dame kroch murmelnd die gewundene Treppe herauf, um hier ein verlorenes Leben zu beschließen ... Das überdachte der Doktor, und dann guckte er, ob das Krankenhaus noch an seinem Platz sei, und sah nach der Post, vor der eine alte Rumpelchaise ohne die Gäule aufgestellt war, und nach dem Rathaus, – und stand schließlich nicht ab, unterwegens im besten Schmauchen ein kleines Poem zu verfertigen, indem alles darinnen stand: Wie schön doch das bißchen Leben sei, und wie man nur einmal auf die Welt gesetzt werde, und wie er für seine Person auf alle Mauermeiers und Zeitsparer pfeife ...

Das Paradigma

Walter Jarotschiner, die illegitime Amme der Rechtsbeflissenen, die an den Brüsten der alma mater vorschriftsmäßig zu saugen hatten, der juristische Repetitor Walter Jarotschiner rutschte mit einem matten Seufzer ins Bett; seine pinselblonden Haare, die im Kranze die ehrfurchtgebietende Tonsur umstanden, bauschten sich. Der Dienstag war ein böser Tag: neun Stunden saß Rabbi Ben Jarotschiner im Kreise seiner Schüler und lehrte: von den Verhältnissen der Germanen und den Schuldverhältnissen insbesondere und von den Geschäftsbüchern der römischen Familienväter und von den Käufen nach, auf und zur Probe ... Und sein Mund troff von Weisheiten, und seine irrenden Äuglein sahen alles andere als die aufhorchenden Jünglinge: die waren seit Generationen an ihm vorbeigezogen, und er glaubte nicht mehr daran, daß jeder von ihnen einen eigenen Namen besäße, – er hatte ein eigenes topographisches System erfunden, um sie zu bezeichnen: da gab es einen ‹Tür-Präsidenten› und einen ‹Umgedrehten› und einen ‹Nebenmann› und einen ‹Blätterer› –, das paßte auf alle und ließ außerdem eine objektive Distanz des Lehrenden zu den Hörern erkennen ...

Jarotschiner kuschelte zusammengesunken im Bett. Der zu schwere, birnenförmige Kopf war wie immer nach vorn gekippt, und nur der Bauch lag ruhig und ein bißchen gebläht da, still bewegt von dem taktmäßigen Atmen des Einschlafenden ...

Öffnete sich die Tür? – Sie öffnete sich. Und herein trat – mein Gott! – welch ein Wesen! – Es war grau, unscheinbar, ein Mann offenbar, wie? und statt der Hände und Arme wie wir, die ‹normalen Durchschnittsmenschen›[1] sie haben, trug es längliche Klumpen, Keulen, schien es, und auch sie grau, glibberig, durchscheinend wie eine Kinovision ... Jarotschiner unterschied deutlich dahinter die Wand, ein Stückchen gemusterte Tapete und das Bild des Rechtsgelehrten Kohler, der aufgerichtet und würdig in einem Rahmen stand, Professor, Dichter und Musiker, der er war ...

Der Jugendbildner rührte sich nicht. Das Phantom, denn was anders konnte es sein? – das Phantom klappte ein paar Mal die gewaltigen Kiefern probeweise auf, zu, auf ... und begann zu sprechen; flüsternd, heiser, aber man konnte jedes verdammte Wort hören:

«Oh, Walter Jarotschiner! – Du überhäufst mich mit Schande! – oder besser: Du behaftest mich in solchem Maße damit, daß ich nicht umhin kann, mich an dir zu rächen.»

Hatte die trockene Stimme aufgehört zu knarren? Der im Bett wurde völlig wach. Sein Denken glitschte aus. Wer war das? War es eine

---

1 Siehe auch *‹Juristische Wochenschrift›* XXXIII, Seite 384, Z. 6

Inkarnation seiner verpfuschten Latein-Extemporalia der Schulzeit? – Es sprach so. Himmlischer ...

«Gibt es denn noch ein Verbrechen», redete das Ding weiter, «das du mir nicht schon angedichtet hast? – Du hast mich geschaffen, hast mich aus dem Nichts geholt – aahaach! hättest du mich doch darinnen belassen!» –

Setzte sich auf des Bettes Rand und weinte bittere Tränen. Jarotschiner staunte: gefährlich war es anscheinend nicht, das leuchtete ein. Aber wer war das, und was in aller Welt mochte es wollen? – Es schluchzte noch immer, seine Nase war voll, es rutschte mit dem Ärmel darüber hin ...

«Ich – e-ä-iche ... Mit wem habe ich das Vergnügen?» fragte Herr Jarotschiner.

Das Ding fuhr auf. Donnernd: «Ich bin das Paradigma, an dem du deine scheußliche Wissenschaft übst, ich bin das wehrlose Opfer all deiner bubenhaften Schüler, schülerhaften Buben ... Buben ... Schüler ... ich bin geschändet! denn es gibt nichts, aber auch nichts, was ich noch nicht begangen hätte: vom einfachen Rechtsgeschäft mit obligater Schieberei bis zur Majestätsbeleidigung! Du hast mich auf deinem sonst so blonden Gewissen!! Erkenne mich: ich heiße und bin PETER PANTER!» –

In der Tat. Daran hatte er nicht gedacht. Er, Jarotschiner, hatte diesem Unding das Leben gegeben – er hatte es wirklich erschaffen, aus dem Nichts, wie es sich richtig ausgedrückt hatte, er hatte es abgerichtet, alle nur denkbaren Verbrechen zu begehen, damit seine Schüler daran lernten, es war gewissermaßen sein kriminalistisches Versuchskaninchen gewesen ... und nun stand es da und hielt Abrechnung ...

«Du schufest mich als einen armen Wandersmann, der ehrsam mit Waren, – mit welchen, sagtest du nie, – handeln ging, und so ließ es sich eine Weile auch ganz schön an. Aber wie durftest du es dir in den Sinn kommen lassen, mich zu den fürchterlichsten Verbrechen anzustacheln, die du ersinnen konntest?! – Ich raubte, ich mußte mich auf dein Geheiß an fremden beweglichen Sachen bereichern in der Absicht, mir dieselben rechtswidrig zuzueignen, ich mußte in das befriedete Besitztum eines andern widerrechtlich eindringen, ich mußte durch Drohungen mit gegenwärtiger Gefahr für Leib und Leben Frauenspersonen zur Duldung des außerehelichen Beischlafs nötigen; übel nachreden mußte ich und Münzen verringern und viele Totschläge mit der Sorgfalt eines ordentlichen Hausvaters und unter mildernden Umständen begehen ...»

Da war nichts zu machen. Jedes Wort eine Anklage, jedes Wort eine Wahrheit, jedes Wort eine Verurteilung. Aber wie sollte man es den jungen Herren beibringen, die die ganze Schönheit der Vorschriften über den Rücktritt vom Versuch theoretisch zu begreifen nicht imstande waren? Ein Hülfsmittel, nicht wahr, eine harmlose Eselsbrücke, sozusagen ... Kinder werden nicht immer um ihrer selbst willen gezeugt ... Wenn der jetzt böse wurde – Jarotschiner versuchte, mit seinem ledernen Herzen ein bißchen schneller zu klopfen ...

Aber siehe: Peter Panter weinte ... Er weinte, unter vielem Blasen und Ziehen, so wie die gewöhnlichen Leute ihrem inneren Schmerze Ausdruck zu verleihen pflegen. Ein Taschentuch hatte er auch nicht ...

«Ich bin erledigt, ich, Peter Panter; nirgends kann ich mich mehr blicken lassen! Niemand achtet mich mehr. Nicht der Hochstapler Othmar Gubatta, dem ich die goldene Uhr seines verstorbenen Vaters unter Vorspiegelung falscher Tatsachen – aber auf dein Geheiß, Jarotschiner! – aus der Tasche holen mußte, nicht die Prostituierte Berta Stocklossa, der ich ihren bewegten Lebenswandel vorhielt, tückisch darauf bauend, nachher einen Wahrheitsbeweis erbringen zu können; nicht der Feldwebel Senf und die Oberin Trinius und Herr Puschnus und Frau Tumuscheit und nicht Direktor Sporckhorst und nicht der Kriminalschutzmann August Seegebarth ... Sie alle speien nunmehr auf Peter Pantern ... chp! ... chp! ...»

Und nun weinte er so schaudervoll, daß es dem Jarotschiner das Herz zerschnitt. Er wollte ihn aufrichten, trösten – zu spät!

Herr Panter war auf das Fenster zugewankt, hatte es geöffnet und kullerte sich sanft heraus, ein müdes Lebewohl seinem Schöpfer und Mörder zuhauchend ...

Jarotschiner auf – und an das Fenster. Er beugte sich weit hinaus. Die kühle Nachtluft strich ihm traditionell um die heißen Schläfen. Nichts. Der Hof war leer. Oben auf dem Dach maute ein Kater, er stand im Vollmond, sein emporgereckter Schwanz verdeckte das Mare procellarum, eine wenig gebirgige Stelle des Erdtrabanten ...

Sein schönstes Paradigma! Sein eines, einziges, allereinzigstes Paradigma! Sein Herz hämmerte: Wie sollte er morgen die atmende Gemeine lehren, wenn jener fehlte? Wie den jungen Herren beibringen, daß das Standesamtsregister und das Grundbuch nicht ganz dasselbe sei?

Diese Nacht schlief Walter Jarotschiner nicht.

Aber am Morgen – es mochte auf ein Viertel sieben gehen, und draußen begann es schon zu grauen und zu blauen, – erschuf er:

THEOBALD TIGER.

Von dem Manne, der keine Zeitungen mehr las

Andreas Grillruhm, ein reputierlicher junger Mann von behaglichem Äußeren, war lesender Abonnent dieser Blätter:

‹Das tägliche Morgengebet›. – ‹Der Händehoch›. – ‹Allgemeiner Hinkender Politischer Bote für die Umgegend›. – ‹Die Türklinke. Organ für die Interessenvertretung der Türklinkenfabrikanten›. –

Morgens, mit der Rechten die Lasche des linken Zugstiefels emporzerrend, mit der Linken auf dem Tisch das *‹Tägliche Morgengebet›* ausbreitend, ließ er gierig alle Nachrichten in sich hinunterlaufen, die eine betriebsame Zeitung ihren Abonnenten zu vermelden hat: er las von den Auseinandersetzungen über die Schul- und Kirchenfrage in Budapest – er war nie in Budapest gewesen, kannte keinen Ungarn, auch ging ihn dieses Land nicht im geringsten an, – er las von der Weigerung des amerikanischen Leutnants Murphy, den Union-Jack an der Küste von Guatemala niederholen zu lassen, und er las vom dritten Friedensvertragsentwurf auf dem Balkan. Die Rechte ließ die Lasche los, der Stiefel saß. Auf dem rechten Stiefel folgte ein fesselnder Aufsatz des nationalliberalen Abgeordneten Mümmelmann über die Zukunft dieser Partei und eine kleine Plauderei über das Teppichklopfen. Die Krawatte machte die Sache schon schwieriger: aber bei einiger Übung konnte man ihre Bindung ganz gut im Spiegel mit dem einen Auge kontrollieren, während das andere wachsam den siegreichen Jüanschikai verfolgte und zugleich einen Streik in Spanien, den Einsturz eines Irrenhauses in Timbuktu und das fünfundzwanzigste Auftreten der Hofopernsängerin Metzger-Heink-Lattermann-Schumann-Ungibauer mit Befriedigung konstatierte.

Es folgte eine hellbraune schülprige Flüssigkeit, die man als Kaffee anzusehen hatte, und ein Chor aufgeregter Stimmen umbrauste den Jüngling: war es nicht wissenswert, die näheren Einzelheiten der präsumptiven Geburt des Thronfolgers zu erfahren? Und wie das noch werden sollte, wenn der Unmut der russischen Diplomatie über die französische, gemischt mit einer gewissen Entfremdung der Portugiesen und Dänen weiterhin anhielt, – das mochte der Teufel wissen. Ganz zu schweigen von den drei Raubmorden, dem Massenunglücksfall, den einzelnen Unglücksfällen, dem sportlichen Teil und der Plauderei über das Teppichklopfen, die man schon einmal gelesen hatte. Die Familiennachrichten kamen in der Fahrt zur Fabrik – einer Türklinkenfabrik, wie man bemerkt haben wird – an die Reihe und wollten gleichfalls bewältigt sein.

Kurz: ein aufgeregter Morgen.

Aber was geschieht? Dem Grillruhm brennt seine Türklinkenfabrik herunter. Ihm – ist eigentlich nicht richtig gesagt, seiner Versicherungsgesellschaft herunter.

Das *‹Tägliche Morgengebet›* brachte eine detaillierte Schilderung des Brandes mit vierzehn Zeilen Impression. Der *‹Allgemeine Hinkende Politische Bote für die Umgegend›* beschuldigte bei dieser Gelegenheit die herrschende politische Partei im Lande (war es die Linke? ich glaube, es war die Linke), daß nur unter ihrer Führung die Feuerwehren . . . und so. Der *‹Händehoch›* hatte gleich angeklingelt: er möchte bei dieser Gelegenheit nicht versäumen, seine Teilnahme auszusprechen, Teilnahme auszusprechen ... eh — und anzufragen, ob es vielleicht Herrn Andreas Grillruhm sehr erwünscht wäre, wenn bei Gelegenheit der Aktualität seiner Person eine etwas genauere Darstellung seiner kaufmännischen Laufbahn ... Grillruhm inserierte. — Das Blatt druckte daraufhin die morgengebetliche Schilderung ab, und die Sache war beigelegt. Was *‹Die Türklinke›* anbetraf, so wußte dieses Organ, was es seinen beiden Abonnenten schuldete, umsomehr, als der eine tot war ... Schön.

Aber gab es da nicht noch ein Blatt, ein pfui! ein Blatt, dessen man sich zu schämen hatte? Allerdings. Es war dies *‹Die Arbeiterfahne›*, ein durchaus oppositionelles Papier, das bei keiner Gelegenheit außer acht ließ, die Autorität der herrschenden Kaste insofern als etwas Verdammenswertes hinzustellen, als blutiger Arbeiterschweiß doch nicht der geeignete Boden sei, auf dem die edle Blume der höheren Menschlichkeit erblühen könne ... Diese Zeitung unterschlug ihren Lesern den Grillruhmschen Fabrikbrand.

Grillruhm meditierte: Da die Angehörigen der arbeitenden Klassen nur ein einziges Blatt zu lesen pflegten, ihnen dieses Blatt aber den Feuerbrand nicht mitgeteilt hatte, so wußten auch die Angehörigen der arbeitenden Klassen nichts davon. Anzunehmen war aber, daß viele Angehörige der arbeitenden Klassen die Grillruhmsche Türklinkenfabrik dem Renommee oder dem Ansehen nach kannten. Sie wußten also von ihrer Existenz. Da ihnen nun niemand das plötzliche Aufhören dieser Existenz vermeldet hatte, so bestand doch die Fabrik — in der Vorstellung der Angehörigen der arbeitenden Klassen — ruhig weiter. Die Fabrik war mithin nicht abgebrannt.

Sie war aber doch abgebrannt.

Grillruhm (Andreas) hatte keine ruhige Stunde mehr. Was war das mit den Zeitungen? Er begann sich mit dieser Institution näher zu befassen. Er betrachtete liebevoll Einzelheiten. Er guckte schärfer hin und sah, was er früher nie bemerkt hatte.

Er stellte fest, daß sich die Zeitungen geheimnisvoller Einrichtungen bedienen müßten, wiederum Zeitungen, die nur von Zeitungen gelesen wurden, also Oberzeitungen, — denn wenn ein findiger Kopf herausgefunden hatte, daß unser Publikum eine gewisse Kinomüdigkeit befallen habe, und hinzugefügt hatte, daß trotzdem die Hydra des Kino überall ihr Haupt erhebe, so konnte man darauf wetten, daß man gleichmäßig im *‹Morgengebet›*, im *‹Hinkenden Politischen Boten›* und beim Aufrollen der *‹Arbeiterfahne›*, der von Bildung zeugenden Bemerkung mit der Hydra begegnen würde. Und so war es oft: glaubte man, daß dem Reporter an dieser Stelle sein Beruf solche Freude gemacht habe, daß er in überströmendem Gefühl seiner Schreibkunst das Großherzogliche Hofopernhaus einen Thespiskarren nannte, so mußte man mit Betrübnis wahrnehmen, daß alle Zeitungen in der Runde den Karren aufwiesen, und daß es mit dem Impromptu wieder einmal nichts gewesen war ...

Grillruhm meditierte weiter. Er begann allmählich die Nachrichten, mit denen man ihn täglich zweimal überschüttete, auf sich zu beziehen. Er fing an sich gelassen zu fragen, was ihm ein Stückchen abgehackte Notiz über die politischen Verhältnisse in Liberia nützen könne. Eine Notiz, die vermutlich wegen der hohen Kabelpreise da aufhörte, wo man seinen Wissensdurst erregt hatte. «Der Präsident ist nach der Hauptstadt abgefahren.» Nun – und was weiter? Ist er angekommen? Wird es ihm gelingen, die Rebellen zur Vernunft zu bringen? Kein Wort. Am nächsten Tag, am übernächsten Tag – kein Wort. Und so ging es so häufig ... Eine aufsehenerregende Erfindung wurde bekannt gegeben. In Le Havre habe der italienische Ingenieur Ulivi an Bord der Jacht «Henriette» Versuche mit radioballistischen Apparaten angestellt, mit denen er imstande sein wolle, auf dem Lande und unter Wasser auf große Entfernungen Metalladern zu entdecken, die er sogar nach Mächtigkeit und Art bestimmen könne ...

Paulus Grillruhm hätte früher offenen Mundes gläubig gehorcht: Saulus Grillruhm lächelte schmerzlich und voller Erfahrung; denn er wußte, daß er nie wieder etwas davon zu hören bekommen würde.

Die Zeitungen beunruhigten ihn. Er hatte schreckliche Träume. Einmal sah er sich oben an der Decke seines Zimmers hocken, das angefüllt war mit Zeitungen, er saß auf einem riesigen Stoß *‹Täglicher Morgengebete›*, ließ die Beine baumeln und war verurteilt, eine Sonntagsnummer dieses Blattes auswendig zu lernen ... oder es kam ihm in schlaflosen Nächten der Gedanke, ob nicht eigentlich die Ereignisse ihrerseits verpflichtet wären, sich nach der Zeitung zu richten. Denn jede baute schließlich ihre eigene Welt. Und das wäre ja noch angegangen, wenn diese Welt der Anschauung der Leser entsprochen hätte. Aber keineswegs: sie war feierlicher, abstrakter, und während die einen das Theater und andere zionistische Fragen in den Vordergrund ihres Weltbildes stellten, sorgten sich wieder andere um die Konstellationen am politischen Horizont (wie sie den nationalliberalen Stammtisch in Jägers Lokal zu nennen pflegten).

Grillruhm fühlte, daß das nicht mehr so weiter ginge. Er mußte jeden Tag ein Buch von zirka 200 Seiten und mehr durchfliegen – Himmelherrgott! man war doch schließlich kein Literat! –

Grillruhm bestellte seine Zeitungen ab.

Von da an wurde es stille und ruhig um A. G. Er hörte wohl noch ab und zu, daß jetzt wieder ein schreckliches Eisenbahnunglück in Jütland sich zugetragen habe, und daß in Cincinnati die reiche Frau des Mister E. H. Crocker sich scheiden lassen wolle, weil man ihr nicht die dreihundert Hüte jährlich bewilligte, die sie nötig zu haben meinte, um überhaupt atmen zu können. Auch erzählte ihm vielleicht einer seiner Bekannten, der noch ein Zeitungsabonnement und einen weiteren Gesichtskreis hatte, etwas von den Kongressen, auf denen alljährlich mit zwei Drittel Majorität beschlossen wird, daß der Mensch von nun ab keine unsterbliche Seele mehr aufzuweisen habe ... In diesen Beziehungen war Grillruhm auf seine fleißig lesenden Bekannten angewiesen.

Aber dafür hatte der Grillruhm einen riesigen Vorteil.

Morgens, wenn die Sonne so recht butterweich ins Fenster schien, war es nun still um ihn. Sehr ruhig, ganz ruhig. Früher hatte es gebrüllt: 400 Verletzte! Neu-Einstudierung von Wielands ‹*Oberon*›!! Zu der Frage über die elektrischen Bahnen unserer Stadt wird uns noch geschrieben ...

Jetzt nichts mehr von alledem. Grillruhm sah zum Fenster heraus, betrachtete die Vögel auf der stillen Straße, beobachtete, wie die Morgensonne in hellgrünen Baumblättchen glitzerte, und ließ sich den frischen Morgenwind um die Nase wehen. Die Stadt erwachte, der Himmel war zart pastellblau, die Luft frisch. Der Grillruhm freute sich dessen, und viele gute Gedanken kamen ihm nun, da er erlöst war.

Kurz: ein ruhiger Morgen.

Einmal hat er aber doch noch Zeitungen gelesen. Das war damals, als er tot war.

Man hatte den verstorbenen Grillruhm aufgebahrt, wie es sich ziemte, und da lag er nun ... Aber er hatte keine Ruhe. Denn noch wußte er nicht, ob er auch wahrhaftig tot sei. Dazu gehörte als Hauptmerkmal, daß die Presse seinen Tod anerkannte, ihn erst zu einem legitimen Tod machte ... Hatte sie ...?

Der Selige erhob sich. Leise, um niemanden zu erschrecken. Es war immerhin zwölf Uhr nachts, nicht wahr? – Schlich an den sonst verwaisten Zeitungsständer. Da lagen die Blätter, neu angeschafft, denn dieser Grillruhm, der Sonderling, hatte ja keine Zeitungen gelesen ... Hastig raschelte er in den Papieren ... ‹*Tägliches Morgengebet*› ... ‹*Händehoch*› ... ‹*Die Arbeiterfahne*› ... ‹*Hinkender Bote*› ...

Gottseidank! – Alle vier! –

Und die erschreckten Verwandten fanden den Seligen am nächsten Morgen daliegend, die schlummernden Augen auf ein zerknittertes Papier gerichtet, das die friedlich gefalteten Hände hielten. Auf dem stand:

Als Toter empfiehlt sich
A. Grillruhm
Nickelkulk 13
Unsere ff. vernickelten Türbeschläge sind nach wie vor erhältlich.
R. J. P.

Der Papagei

Da hatten wir einen Kerl im Sanatorium, das war eine putzige Kruke! — Er war ja soweit ganz vernünftig und er hatte sich auch freiwillig zu uns begeben, weil er selbst eingesehen hatte, daß es da draußen nicht so weiter ging. Ja, er hatte Geld. Er kam zu uns wegen Jonathans. Wegen seines Papageis Jonathan.

Dieser Papagei war grün an Farbe und sah ein bißchen jüdisch aus, wie alle diese Tiere. Und wenn er so schief über seinen krummen Schnabel guckte, mußten wir alle lachen, was uns Peter Stör — ja, so hieß er, Peter Stör — sehr übel nahm.

Also um dieses Papageis willen hatte Peter Stör schon die unmöglichsten Scherereien gehabt. Bis zum Totschlag war es noch nicht gekommen, aber einmal beinahe so weit: Herr Stör hatte der Dienstmagd das Konversationslexikon — wenn er uns das vortrug, so vergaß er nie, den Band anzugeben: es war die Nummer 9: Lesbisch bis Offenbarungseid, — an den Kopf geworfen; das kostete ihn eine schwere Menge Geld, und dann kam er zu uns.

Nun, er bewohnte seine zwei Zimmer — wie gesagt, er konnte es — und lebte nur für Jonathan. Gott, wissen Sie, wir haben ja schon viele unter den Händen gehabt, die sich über den Zweck ihres Erdendaseins nicht so recht klar waren, — aber so einer war uns doch noch nicht vorgekommen. Der Mensch saß stundenlang da und unterhielt sich mit dem ungebildeten Tier. Jonathan konnte so allerhand reden — ich weiß nicht, wer ihm das beigebracht hatte —, aber sein Herr war sehr stolz darauf. Dabei paßte es nie so recht, und es konnte geschehen, daß, wenn man ihn fragte: «Nun, Jonathan, wie macht denn das Miesekätzchen?» dieser leichtsinnige Vogel mir nichts dir nichts antwortete: «Wau wau!» Mit dem Satz vom Grunde stand er nicht so recht . . .

Bis um 9 Uhr morgens war sich Jonathan im Käfig selbst überlassen. Dann pfiff er. Das ist ja schon immer ein bißchen merkwürdig, wenn sich so ein Tier die Zeit vertreibt und pfeift, so recht stumpfsinnig und kreuzvergnügt. Und da gab es eine Passage, die konnte kein Mensch anhören, ohne sich zu schütteln. Pu-hu-hu! ich bin nicht musikalisch und kann es nicht getreu wiedergeben. Aber es war schön, das kann man wohl sagen.

Um 9 Uhr kam Herr Stör und begann, den Kaffee einzunehmen, wobei er den Judenvogel angelegentlich begrüßte. Der ihn auch. Wenigstens schien es, daß er sein Blinzeln und die gestuckerten Worte: «Was wissen Sie von der Liebe, — mein Herr!» so aufgefaßt wissen wollte. Aber so war es immer. Das Tier schwätzte so allerhand, Sie wissen ja, was so ein Vogel eben aufschnappt . . . ach, gehen Sie mir mit der Psychologie! . . . und Peter Stör fragte und antwortete. Nun gebe ich ja zu, Jonathan hatte ein riesiges Repertoire. Er mußte weit herumgekommen sein, denn er redete in allen Dialekten und vielen Sprachen. «Jonathan», sagte Herr Stör, «das deutsche Volk sollte sich gegen seine Erbfeinde besser rüsten!» — «Smitt di man kin Ool upp!» antwortete Jonathan. Ich habe keine Ahnung, was das heißt, und Herr Stör wußte es wahrscheinlich auch nicht; aber es beruhigte doch, so etwas angenehm Indifferentes in seiner Nähe zu haben, dessen Aussprüche man auslegen konnte, wie es einem beliebte ... Oder Peter Stör las ihm aus dem Journal etwas vor, sagen wir den lokalen Teil. «Mesdames! Messieurs!» warf Jonathan ein, «fichez-moi ...» Aber wenn er das sagte, brüllte ihn Herr Stör an: «Das sollst du doch nie, hörst du, nie sagen!» — Und dann guckte ihn das Biest so recht verschmitzt an und äußerte selbstgefällig: «Da bin ick een annern Kirl, wat Luising?» — War denn dieser Vogel einmal mit Portugiesen zusammengewesen? Jedenfalls; denn wenn es recht laut im Zimmer wurde, begann er zu kreischen, und man konnte aus einem Wust unverständlicher Brocken das Wort ‹Pedro› heraushören. — Wenn Herr Stör aber sehr guter Laune war, und man ihn lange genug darum gebeten hatte, dann nahm er einen Federhalter oder einen Spazierstock und strich damit am Rohrgeflecht der Stühle entlang. Die Wirkung war frappant: der Vogel, der eben noch dagesessen und aus seiner Klaue zäh und eifrig an einem Stück Holz geknabbert hatte, erhob sich unruhig, warf das Holz von sich, schob die Schulterknochen hoch und fing an, einen besoffenen Tanz zu exekutieren. Er wiegte sich, er wackelte mit dem Kopf, er mauschelte mit dem Körper, duckte sich und kroch aufgeregt im Käfig hin und her ... Hörte das Kratzen am Rohr auf, so dankte der Vogel bewegt, indem er vielleicht sagte: «Das gute Ribeck-Bier» und an seinem Holz weiter kaute ...

So ging das monatelang. Kam man an den Störschen Gemächern vorbei, so konnte man schon auf dem Gang hören: «Jonathan, Jonathan! Weißt du um die ungeheuern Wunder der Gleichzeitigkeit? Nichts weißt du! ... Oder ...?» — Und darauf Jonathan: «In rauhes Erz will ich die Glieder schnüren!» — «Siehst du», sagte Herr Stör, «siehst du!» — Und dann: «Papagei Jonathan! Auf Ehre und Gewissen! Erinnerst du dich noch an die blonde Liane ...?» — Und der Vogel, im versoffensten Diskant: «Karoline Lembke! Böhr mal upp din Hemke!» — Worauf Peter Stör indigniert abbrach.

Wer mochte diesem Tier seine seltsamen Ideenassoziationen suggeriert haben? Ließ man die Wasserleitung laufen, so sang er Koloratur, und räusperte man sich, so gebärdete er sich, als habe er eine volle Nase und kein Taschentuch ...

Wie lange war der Mensch denn bei uns? Zwei Jahre, glaube ich, ja, zwei Jahre. Dann wurde die Sache tragisch. Der Vogel Jonathan machte nicht mehr mit. Er hatte in letzter Zeit immer so melancholische Lieder gesungen: «Den einz'gen Platz, den ich auf Erden hab, das ist die

Rasenbank am Elterngrab . . .» sang er, und in Moll: «Wenn andere Mädchen tanzen gehn, – muß ich bei der Wiege stehn!» – und so. Das fiel uns schon auf. Und dann begann Jonathan, das Fressen aufzugeben. Vier Tage nahm das Tier nichts zu sich, und am fünften starb er. Das heißt, er starb nachts, denn als Herr Stör am Morgen herauskam und dem Vogel einen guten Morgen bot, antwortete der nicht, sondern war tot. Wir hatten eine Höllenangst, und ich stellte einen Wärter im Gang auf, wenn etwas passieren sollte. Aber wider Erwarten blieb Herr Stör ganz ruhig. Er schnupfte nur einmal tief auf und sagte: «Und es war doch so ein herzliches Verhältnis!» – Wir verscharrten das Tier im Park – Sie waren ja mal bei uns, und kennen doch unsern schönen Park! – und Peter Stör tat so, als sei Jonathan nie dagewesen. Nur der große Käfig erinnerte noch daran, den wollte er nicht aus dem Zimmer haben. Ja.

Es verging eine Woche. Kurz und gut: es war nicht sehr schön, was dann kam. Ich sitze so morgens vor den Besuchen am Kaffeetisch und sehe die Post durch, da höre ich ein gräßliches Kreischen von Stimmen, und das Personal – ich glaube, es hat keiner gefehlt – stürmt zu mir auf die Veranda. Ich frage. Keiner antwortet, aber alle hatten solche Augen, so schreckhaft weit aufgerissen, daß mir die schlimmsten Ahnungen kamen. «Die Fürstin Trotzky?» fragte ich. Denn die war damals unsere größte Sorge, der Gatte hatte sie uns überantwortet; es war eine Hysterika, und wenn mit der etwas passierte, dann war unser Ruf dahin. Sie schüttelten die Köpfe. «Was ist es denn?» Sie zogen mich fort, durch den Garten, zum Haus IV, da liegen die Leichteren. Auf den Gang drängten sie mich und dann ließen sie mich allein. Keiner ging mit. Ich machte alle Türen auf, wieder zu . . . die Zimmer waren leer. Die Kranken mußten sämtlich geflüchtet sein. Nr. 24 . . . Stör . . .?

Sie wissen doch: Die alten Griechen verlegten den Sitz der Gefühle ins Zwerchfell – nicht zu unrecht, sage ich Ihnen, – das habe ich damals gefühlt. Mir ging die Luft aus, weil etwas meinen Magen nach oben drückte . . . Dieser Stör hatte des Nachts seinen Kopf in den großen Käfig gezwängt und sich dann den Hals abgeschnitten. Der Körper war heruntergeglitten, und im Käfig lag der Kopf, die Zähne hatten sich in die Stange geklemmt, auf der Jonathan gesessen hatte, und die Augen schienen noch zu blinzeln, als wollten sie den Ersatz wenigstens in dieser Beziehung glaubhaft machen . . .

HARDENS PROZESSE

Und sprecht nicht immer vom Popo!
Versucht es nur, es geht auch so.
Ludwig Thoma

«Jetzt, nachdem meine Wochenwanderungen durch die *‹Gegenwart›* beendet sind, werde ich in einem eigenen Blatte jedem Sklaven die Möglichkeit bieten, für eine Stunde wenigstens sich als ein Freier zu fühlen; wer in eigenen Lauten Eigenes zu sagen hat, der wird eine Unterstatt finden, mag er dem Kampfe auch, den bis zum letzten Wank fortzusetzen ich fröhlich entschlossen bin, und dem Kämpfer selbst bitterste Fehde künden. Auch in dem freien Blatte aber, das für freie und frohe Europäer von Nichthörigen geschrieben sein soll, wird mein bester Stolz sein, den zu ödem Stallknechtdienst bei Annoncenverlegern jetzt oft erniederten Rittern vom Geiste genugzutun, deren öffentliche oder gezwungen private Zustimmung mir frohestes Labsal war, vom Herbst durch den Winter in den sprossenden Frühling hinein.»

So wurde am 14. Juni 1892 die *‹Zukunft›* angekündigt.

1913 liegt ein Band gesammelter Beiträge dieser Zeitschrift vor: *‹Prozesse›*. Der Band enthält die unangenehmen und zum Teil nur wenig symptomatischen Gerichtsskandale der letzten Jahrzehnte: von der Humbert an über Dippold, Anna Rothe, Konitz bis in die seligen Gefilde Eulenburgs. Man braucht ein paar Sekunden dazu, um sich jedesmal den Komplex wieder wachzurufen, den diese Schlagworte enthalten, und mit einem ziemlich enttäuschten: «Ach ja, so war es . . .!» macht man sich an die Lektüre.

Dieses Buch ist im tiefsten Sinne unanständig. Nicht weil man den Schriftsteller Harden nicht mehr mag, weil man sich schon im Jahre 1892 darüber einig war, daß es kein Verdienst ist, statt ‹erniedrigt› ‹erniedert› zu schreiben. Auch nicht, weil man daran zweifeln könnte, ob diese aufgerührten Prozesse nun wirklich gerade eine so symptomatische Bedeutung haben, wie sie Harden ihnen zumißt. Er sagt ‹ja›, ich sage, daß vielfach nur die erotische Materie ein Spectaculum erzeugte, das keins war: aber darüber läßt sich reden.

Das Buch ist unanständig, weil es ohne Scham aus einer bitterernsten Sache, wie es eine Gerichtsverhandlung ist, nur das Theatralische, herausholt, das, was der Spezialzeichner für die *‹Woche›* erwischt, was man mit dem Opernglas betrachten kann. Der ‹Fall Christus› ist keine Affäre, und man stelle einmal die edle, sachliche Behandlung dieser Gerichtsverhandlung in den Evangelien dem Essay Hardens *‹Richter Pontius›* gegenüber. Die Darstellung bringt kaum etwas Neues; tut sie es aber, dann ist es Schmutz. Klischeebesprechungen über die *‹Prozesse›* behaupteten, das deutsche Volk habe längst in diesen Skandalen für Harden entschieden. Aber wir wehren uns dagegen, für einen Menschen zu entscheiden, der genau ausrechnete, wie oft Eulenburg ... und es sich in Klammern beantwortet (ungefähr zweihundert Mal). Auch diese ... drei Punkte sind von ihm (Seite 221). Sie erinnern an die übelsten Pornographien Budapests: auch hier nie ein nackter Körper, sondern immer Strümpfe und ein aufgetakelter Hut. «Er suchte mirs auf alle Weise bequem zu machen (unwiederholbare Details).» Aber den möchte ich sehen, der nicht glänzenden Auges diese Details nachzumalen vermochte, nachdem es ihm Harden auf alle Weise bequem gemacht hatte.

Er hat den Standpunkt verschoben. Er hat längst eine vernünftige Diskussion darüber, ob Homosexuelle schädlich sind oder nicht, in eine geschwollene und unanständige Schilderung ihrer Freuden verwandelt. Diesen lauten und unersprießlichen Angelegenheiten Hardens verdanken wir ein gut Teil der üblichen oberflächlichen Behandlung forensischer Dinge. Die Oper im Landgericht oder die Arie der Themis. «Ein Schaudern war durch den Saal gegangen; durch abgehärtete Männerherzen ein Beben vor solchem Greuel.» Ist gar nicht wahr. Es ist gar kein Schaudern durch den Saal gegangen, auch kein Beben. Aber damit hüllt man die Verbrechen, hüllt man alles Kriminalistische in den düsteren Schleier ein, aus dem wir es glücklich seit einigen Jahrzehnten herauszureißen uns bemühen. Diese Tenorkriminalistik sieht nicht tief. Bei Hau war ihm die Hauptsache das eingemachte Herz der Erschossenen: «In dem gefurchten, ausgespülten Beutelchen regt sich nichts mehr.»[1] Jede Gelassenheit ist ihm fremd. Er rast in Abstrakten. Er wühlt sich und andere in Phrasen ein. «Keiner von uns kann beschwören, daß Karl Hau seine Schwiegermutter gemordet hat. Doch ungemein starke Indizien weisen auf seine Schuld. Geldmangel, Prahlsucht, Hang zur Lüge und zu üppigem Leben; heimliche Reise, falsche Depesche, falscher Bart, falscher Telefonruf; er ist an der Stätte und in der Stunde des Mordes gesehen worden, war vermummt ...» Diese Psychologie, die der letzte Amtsrichter in Klein Piepen-Eichen sich Gottseidank abgewöhnt hat, weil ihn schon der Professor im Seminar lehrte, er habe keine Sittenzeugnisse zu erteilen, sondern zu richten, – diese Psychologie spricht hier über Schuld und Sühne ...

Das Buch ist nach dem Erscheinen nicht der buchhändlerische Erfolg geworden, der es vorher zu werden versprach. Kein Wunder, – ‹man›

---

1 Man vergleiche damit Fritz Friedmanns treffende Folgerungen aus diesem Prozeß. «Hau ist kein verstockter Mörder!» Pulvermacher, Berlin, behandelt die üble Stellung des deutschen Verteidigers vor Gericht.

ist enttäuscht. Man hatte neue Enthüllungen erhofft und mußte sehen, daß es kein Fleckchen mehr gebe, das man nicht schon besichtigt hätte. Schal. Abgestanden. Mehr! rufen sie, mehr! – Und gnade Gott, dem nächsten, der dran kommt! Das wird ein Schlachten! – Denn er hat ins Volk gewirkt. Das kleinste Montagsblättchen tuts ihm gleich. Der Meister hats gelehrt: es gibt nur eine Hemdwäsche, und die ‹*Zukunft*› ist ihr Prophet. Das wühlt in den Betten der Angeklagten, zerrt ans Licht, was vielleicht nur die Richter wissen müssen, und schont nicht das Kind im Mutterleib. Das erst recht nicht. Und findet 176 000 Trüffelsucher, wenn er die ‹Schönebecks› aus dem psychiatrischen Gutachten ins Chaldäische übersetzt.

All das Feuilletonistische (in österreichischem Sinn), das Fettgedruckte, das Schlagwortmäßige der öffentlichen Betrachtungsweise alles Kriminalistischen in Deutschland, – hier ist sein trüber Quell. Daß im Gerichtssaal vor den Richtern eine Bierprobe veranstaltet wird, ist Anlaß zu einer längeren Notiz im ‹Lokalen Teil›, und stets interessiert die Unterwäsche der Angeklagten mehr als die Schuldfrage, ihre ‹Beziehungen› mehr als ihre Tat und die geschlechtliche Betätigung mehr als die strafrechtliche.

Dieses Urteil hier hat nichts mit literarischen Wertungen zu tun: mag er gut schreiben, mag er schlecht schreiben, ein anständiger Kerl soll er sein. Und wir sagen das aus Sehnsucht nach Reinlichkeit und zum Schutz privater Verhältnisse vor Gericht.

DER DEUTSCHE BUCHHÄNDLER

Als vor einiger Zeit Ferdinand Avenarius versuchte, durch Einführung eines Dürerbund-Stempels Bücher erster und zweiter Klasse zu schaffen, wehrten sich die deutschen Buchhändler empört dagegen. Sie wollten nicht bevormundet sein. Sie wollten allein dem Käufer empfehlen und raten. Überhaupt seien sie es, denen die Kulturförderung obliege.

Sie liegt ihnen ob. Erfüllen sie ihre Obliegenheit? Nein.

Es klafft der Zwiespalt, Geld verdienen zu müssen und Kultur fördern zu wollen. Das Geldverdienen erschweren sie sich – das ist ihre Sache; die Kultur auf dem Büchermarkt wird durchaus nicht gefördert – das ist unsre Sache.

Was liegt denn hier vor? Doch wohl ein Geschäft, eine kapitalistische Institution, ein Gewerbe. Das Buch ist Ware. Gegen diesen Satz sträuben sie sich alle noch immer. Das Buch ist Ware, und wer sie verkauft, muß warenkundig sein, so wie der Rayonchef der Strumpf-Abteilung des ganz unpersönlichen Warenhauses viel von Strümpfen wissen muß. Das Buch ist Ware: ein Geisteswerk ist weder broschiert noch gebunden für sieben Mark zu haben. Aber eine gewisse mittelalterliche apothekerhafte Schwerfälligkeit hat bis jetzt zu verhindern vermocht, daß alle die Einrichtungen eines modernen Kaufmannsbetriebes die Arbeit der Buchhändler erleichtern; ihre Abrechnungen sind kompliziert, unerhört verwickelt, und nicht einmal die Prozentberechnung ist überall durchgeführt. Der Verleger liefert dem Sortiment sechs Exemplare gegen Bezahlung und ein siebentes umsonst; das nennt man: 7/6, und da daneben die Prozentrechnung herläuft, so kann man sich einen Begriff machen, wie schwierig Gewinne auszukalkulieren sind. Die Buchhändlerkonten sind eine Kabbala, die jährliche Abrechnung eine sakrale Feierlichkeit, die nur erfahrene und würdige Greise nach den Regeln des Ritus zu verrichten vermögen. Ganz große Betriebe haben sich von diesen alten Gebräuchen losgemacht und arbeiten nach vernünftigen, rein kaufmännischen Prinzipien, unterscheiden sich in der Buchführung durch nichts von ihrem Nachbargeschäft, das mit Gasstrümpfen oder Papierkörben handelt. Und so soll es sein. Das Buch ist eine Ware.

Das sind Interna, aber ihr bekommt sie genugsam zu fühlen. So wie hinter den Kulissen die rege Betriebsamkeit fehlt, die das neue Gute erfaßt, wo sie es erwischen kann, so arbeitet vorn im Laden die Schläfrigkeit ungeschickter Sortimenter. Bevor ich fortfahre, möchte ich mich salvieren: es geht nicht gegen die einzelnen Buchhändler, die ehrenhaft und in bestem Glauben handeln – es geht gegen einen gewissermaßen sektiererischen Zug, der nicht in ihrem, nicht in unserm Interesse liegen kann. Sie wehren sich mit Händen und Füßen: sie sind doch stehen geblieben. Hört! Ich brauche einen Zylinderhut. Ich gehe also in das Hutgeschäft, äußere dem Verkäufer meinen Wunsch, und er legt mir Zylinderhüte vor. Nun wird er mir genau sagen können, wie sich dieser trägt und jener, welche Nachteile dieser hat und welche Vorteile der andre. Wenn er ein guter Verkäufer ist, wird er mir sogar einen kleinen Rat geben können, ob mich der hohe besser kleidet oder der niedrige. Den Preis wird er auch wissen, denn der steht ja im Hut vermerkt. Ich möchte mir eine Literaturgeschichte kaufen. Aber wehe mir Armem, der ich nun in die Buchhandlung gehe. Dort weiß man nur den Preis der zwei dicken Bücher, die man auf Lager hat und dreier andrer, die im Katalog verzeichnet stehen. Man weiß auch (aber das geht mich nichts an), wie alle fünf Werke rabattiert werden. Und man wird mir sogar freundlich den Namen des Verlegers und des Verlagsortes mitteilen. Aus. Kein Wort über den Wert, über die innere Art des Buches. «Dieses Werk wird sehr viel gekauft.» Allenfalls dies noch oder ein paar allgemeine Redensarten.

Sollen also die Sortimenter alle Bücher lesen, die sie verkaufen? Alle gewiß nicht; aber sie sollen die Waren- und Fachkenntnis haben, in der ihnen jetzt jeder einigermaßen gebildete Literat über ist. Und wenn sie nicht jeder Verkäufer haben kann, weil dazu die Gehälter zu niedrig sind, so soll sie wenigstens einer im Laden haben, und es ist nicht einzusehen, warum man nicht die Fächer unter die Verkäufer teilt und so, wie man heute schon einen Antiquar im Laden hat, auch einen Spezialisten für Belletristik, einen für Jura und einen für Kunst beschäftigt. Sie können das nicht bezahlen? Sie können es allerdings nicht, wenn das Sortimentergeschäft so wenig Gewinn abwirft wie jetzt. Und warum tut es das?

Eben wieder aus diesen Gründen: wir werden nicht angelockt, durch nichts gereizt. Unser zweifellos vorhandenes Bedürfnis nach Büchern wird nicht ausgenutzt. Man hat uns in den letzten Jahren sinn- und wahllos mit Büchern vollgestopft und wird uns vielleicht die Freude an schönen Büchern einmal stark vermindern. Aber man hat sich nie die Mühe gegeben, der jedes Spezialgeschäft andrer Gewerbe sich sorgfältig unterzieht: uns individuell und auf Grund einer großen Fachkenntnis mit dem bekannt zu machen, was der so reiche deutsche Büchermarkt jedem von uns zu bieten hat. Die deutschen Buchhändler sträuben sich – vielleicht mit Recht – gegen eine öffentliche Ausgabe ihres *‹Buchhändler-Börsenblattes›* (bei der man ja die Nettopreise fortlassen könnte). Es ist kein gutes Zeichen, daß wir alle neugierig nach diesem offiziellen Anzeiger greifen, wo wir ihn zu fassen bekommen: er zeigt uns stets zehn bis zwanzig interessante Neuheiten an, von denen uns niemand unterrichtet hat. Die Auslagen unsrer Sortimenter werden viel zu wenig ausgewechselt und enthalten ohne jede höhere Auswahl gut rabattierte Prachtwerke, das Sensationsbuch und Langweiliges durcheinander. In den Spezial-Buchhandlungen ist es schon besser: die Juristen und Mediziner wollen sehr gut bedient sein und verlangen von ihrem Buchhändler eine genaue Beherrschung seines engern Kreises, die wohl im allgemeinen vorzufinden ist. Die andern legen aus, was ihnen in die Hand kommt. Von einer systematischen Propagierung irgendwelcher Bücher – guter oder schlechter – ist nichts zu merken. Man hat sich erst in letzter Zeit dazu aufgeschwungen, den Kaufzwang in Buchhandlungen durch Einrichtung kleiner Lesezimmer aufzuheben, aber auch hier ist der Besucher meist auf sich selbst angewiesen und irrt ratlos im Labyrinth der Bücher.

Die deutschen Buchhändler dürfen sich in keiner Weise beklagen, daß Tausende und Tausende von Büchern, von wertvollen Büchern, einfach untergehen, denn sie wissen fast alle noch nicht einmal, an welches Publikum sie sich damit zu wenden haben, wie sie auf dieses Publikum einwirken müssen, was dieses Publikum eigentlich will. Aber die Autoren können jammern. Gewiß: es gehört ein Unmaß von Arbeit, es gehören sehr fein ausgebildete Registraturen und Kartotheken und es gehört, vor allem, eine ganz genaue literarische Fachkenntnis dazu, zwischen Buch und Käufer zu vermitteln. Aber schließlich verlangen wir auch von jedem Schlosser, daß er sein Gewerbe kennt. Dieser langweilige und wenig erträgliche Zustand ist soweit gediehen, daß man, zum Beispiel, in der Buchabteilung eines großen berliner Warenhauses besser und sachgemäßer bedient wird als in mancher Sortimentsbuchhandlung.

Das darf nicht so weitergehen. Wenn die Buchhändler wirklich sich berechtigt glauben, gegen jede Bevormundung eines Dritten Protest einzulegen, dann müssen sie selbst aus einem Winterschlaf erwachen, der sie schon lange gefangen hält, und dem hoffentlich bald ein neuer Bücherfrühling folgen wird.

GIAMPIETRO

Der riesige, lange Schädel mit der pergamentenen Haut schob sich durch die Tür: «Mein Fräulein!» – «Huch, aber Herr Baron!» kreischte sie aus einem Wäscheballen. «Mein Kind», lehrte der an der Tür, «ich stehe dir hier als Mensch gegenüber. Nenne mich Raoul!» Und grinsend trat der ganze Kerl ins Zimmer: ein Winkelhaken, ein langes Laster, ein Kavallerist mit hängenden Armen und gebeugtem Rücken. Eine hagere Tatze trug Stock und Zylinder, auch die Handschuhe. Die wasserhellen Augen glänzten, der Unterkiefer wurde leicht vorgeschoben: ein lion, in dessen Höhle jemand gefallen war. Wehe ihr! Man ißt das Fleisch und wirft die Steine fort – so war es stets. Er würde es bestimmt nicht anders machen. Aber noch hielt man beim ersten Akt, noch lächelte dieser lange Mund, während es im Kopf geruhig meditierte: Wie faß ich sie? Und er faßte sie immer.

Aber das haben wir nie zu sehen bekommen. Früher ist er ja einer der Nachtmenschen bei Gorki gewesen; die Zuschauer versichern, daß er durch den dünnen Theaterboden des Asyls hindurchgebrochen sei, direkt in die Hölle. Und er war der Kammersänger: untergründig, verbogen, der Mann der höflichen Grobheiten. Und war Riccaut (vielleicht hat es nie einen andern Riccaut gegeben). Die helle Sauberkeit der Sorma schrak damals mit Recht zurück: dieser ausgekochte Hund stammte noch von den Chevaliers ab, die alles korrigieren – Fortuna, fremde Ehen und den Lauf der Welt. Ohne viel Vorteil, nur, weil es ihnen Spaß machte, sich durchzuschlängeln, wenn andre vergebens sich an den Türen die Fäuste wund klopften. Sie hatten geschmeidige Schultern, und schließlich: tous les gens d'esprit aiment le jeu à la fureur. Das durften wir noch erleben. Und dann ...

Dann haben wir über ein Jahrzehnt hindurch bewundert, wie Daumier im Varieté den Schnellzeichner machte. Daß er es konnte, hat keinen verblüfft; daß er es so lange konnte, jeden. Zwischen kugeligen Komikern – wenn auch vom Range Thielschers – und geschnürten, hochblonden Personen agierte er, und man sah nur ihn, hörte immer nur diese knarrende, bedächtige Stimme, die durch alle Skalen der

Heiserkeit so arrogant sein konnte. Die Technik – Gott, wer hat die heute nicht! Obgleich selbst dergleichen bei ihm eigentümlich ausgebildet war: wie er den Oberkörper vorschnellte, den Refrain zusammenballte und die Takte dem Parkett ins Gesicht warf. Er holte mit allen Gliedmaßen zugleich aus und dann: los! Aber er konnte mehr. Man mochte in der ersten Reihe sitzen, schon das Gewebe seines Anzugstoffs erkennen, man mochte oft einsehen: so macht er dies, so jenes – es kamen doch immer Momente, wo sein dunkles Blut zu toben anfing. Jeder im ganzen Haus hat dann aufgehorcht, trotzdem kaum dreie wußten, was vorging. Was war das? Ein Tonfall vielleicht nur, ein drohendes Aufblitzen der sonst gleichgültigen Augen, ein Krampfen der Hand – und man fühlte im Rücken etwas Unbehagliches. Dabei hatte der da oben nichts gesagt, aber alles ahnen lassen.

Der Berliner – und vielleicht ists überall so – wandelt seine Genies gern in Talente um, weil die leichter zu begreifen sind. Hat das Genie noch irgendein Talent – schön. (Pallenberg hats kaum, und deswegen kann er sich bei uns so schwer einbürgern.) Giampietro war gut zu gebrauchen, weil er annähernd so aussah wie ein Gardeleutnant – und doch, wenn man ihrer hundert übereinanderfotografiert, bekommt man diesen Schädel nicht heraus, nicht diese Rasse noch dies Vollblut.

Er stieß stets mit dem Kopf an die niedrige Decke. Kein Witzwort jener Stücke vertrug seine Kraft, keine Situation seine Souveränität, keine Rolle seine Person. Die Leute lachten, weil er so lang war, und weil man ihn gleich wiedererkannte, und weil er ab und zu Cochonnerien zu sagen hatte. Er sagte sie in die Luft. Er hat nur einmal ein Widerspiel gehabt: die Massary. Das war die einzige, die ihn verstand und nicht sofort kapitulierte: sie waren aus derselben Familie. Er war ihr überlegen, aber das will etwas heißen. Er war ein Mann, kein Kommis; ein eleganter Abenteurer, kein Sumpfhuhn; und schließlich ein Mensch mit einem ganz feinen, fast unmerkbaren Duft: haut goût.

... Ich sitze traurig vor dem Flügel und greife leise einen Akkord: g, b, es ... Das waren die Anfangstöne eines albernen Schmarrens, den er im vorigen Winter auf seine Weise vertieft hatte. In den Bars wimmertens die Geigen, die Phonographen schrieens in die Welt – man sah aber nur ihn, wie er noch dastand: den Zylinder in der Hand, den Kopf vorgebeugt, die ganze Gestalt wie immer ein wenig zusammengeknickt und die Arme federnd zur Seite gestreckt. Und wenn der dumme Refrain kam, mußte man wieder an Wedekind denken, den dieser Mensch hätte spielen sollen, an unerhörte Instinkte, an die gefährliche Summe von Trieb und Intelligenz – so dämonisch holte er wuchtige Wirkungen ganz von unten herauf, er winkte mit der Hand, die Lichter erloschen, es war nicht nur auf der Bühne dunkel, er suggerierte: Nacht!

G, b, es! G, b, es! Es hat nicht zu Ende klingen dürfen.

EIN NEUER KLASSIKER

Wer hätte das gedacht! Meyrink, unser Gustav Meyrink in drei Bänden. Richtig in einer hübschen Kassette und: ‹*Gesammelte Schriften*›. Man wird alt.

Ja, nun werden ihn die Schulbuben in den Lesebüchern studieren müssen, und ich höre schon, wie mein kleines Enkelmädchen mühsam und ausdrucksvoll buchstabiert: «Bitt — Sie — was ist — das — — eigent—lich . . . Bus — — hi — — do — —? fragte der — Pan—ter — und — spielte — Ei — chel — ass — aus . . .» Und ihr fettes Fingerchen wird die Seiten herunter- und herauffahren müssen, und sie wird die Geschichte lesen von der Urne in Sankt Gingolph und die gemütvolle Legende vom Löwen Alois — und kurz und gut: da haben wir nun die ganze Teufelsbibel in drei Bänden wohlgeordnet vor uns liegen. Man wird alt.

Und liebevoll, nicht wie zum ersten Mal, aber schwelgend in Erinnerungen, lesen wir noch einmal alles, was uns damals aufrührte. Jeder hatte seinen eigenen Meyrink, jeder wußte neue Schönheiten zu berichten, die der andre noch gar nicht entdeckt hatte, und wenn wir uns abends nach Hause standen, brachen wir an jeder Straßenecke in ein Geheul aus (darob die Bürger erwachten), weil uns wieder etwas Neues eingefallen war von diesem Teufelskerl.

Wir kennen ja nun die hundert Meyrinks: den lyrischen und den hassenden und den lächelnden und den traurigen und den grinsenden und den schlagenden und den tötenden. Und beim Durchblättern ist uns manches wirklich neu, was wir vorher in alten Heften des ‹*März*› und des ‹*Simplicissimus*› uns zusammensuchen mußten, dürfen wir uns nunmehr auf der Zunge zergehen lassen: ‹*Die Belagerung von Serajewo*› und ‹*Prag*› und gar ‹*Montreux*› — sehen Sie, das kannten Sie auch nicht! Und wenn man dann noch am Leben ist, darf man sich an dem bisher gänzlich unbekannten ‹*Wahrheitstropfen*› erfreuen, an der Geschichte des Herrn Ohrringle. Und an ‹*Veronika, dem Heimatsschwein*› und am ‹*Automobil*›.

Das Schönste aber an diesen reizenden Bändchen ist der Titel. Er ist sinnig, anheimelnd, und der Gebissene merkt erst etwas von seinem zerrissenen Hosenboden, wenn der trauliche Autor schon in weiter Ferne ist, das Hütel auf dem linken Ohr und leise pfeifend: «Drei Lihilien, dreihei Lihilien — die pflanzt ich auf mein Grab . . .»

Der Titel: ‹*Des deutschen Spießers Wunderhorn*›.

LANDFAHRER UND ABENTEURER

Franz Blei hat (bei Georg Müller in München) ein reizendes kleines Buch erscheinen lassen – *‹Landfahrer und Abenteurer›* heißt es. Herr Blei hat sich da so über alten Büchern und Memoiren kleine Geschichten ausgedacht und ein bißchen la fortune korrigiert, denn die Wirklichkeit mochte ihm nicht immer gefallen. «So wirds schon nicht gewesen sein», sprach er, wenn es dem Helden nicht eingefallen war, so pointenreich oder auch pointenlos zu leben, wie es der Herr Doktor Blei gern gewollt hätte. Im Interesse einer feinen Literatur. Und er verbesserte, feilte, korrigierte – und es entstanden so allerliebste Dinge wie der *‹Herzog von Praslin›* oder *‹Buck Whaley›* oder *‹Nikodem von Nifen›*. Alles Leute, die bestimmt nie gelebt haben, deren Lebensgeschichte Blei aber mit bewundernswertem Ernst zu erzählen sich hinsetzt. Oder haben sie gelebt? Ganz gleich; wenn sichs nur hübsch anhört. Und das tut es.

Er hat den Typ des Abenteurers eigentlich sehr klar gesehen. Ohne die Fahne der Romantik, in die sonst die Erzähler ihre Männer einzuwickeln lieben. Ah, da ist einer, zum Beispiel, der abenteuert, wie andre schneidern oder sonst ein Handwerk treiben. Was sind Sie? Ich? Ich bin Abenteurer. Solche Leute sind das. Oder andre sind da, die wissen kaum etwas von sich, aber alles von der wilden Welt, in der sie herumrackern, daß es eine Art hat. Sehr kluge Bemerkungen fallen so nebenbei, und das Ganze ist in einem untadeligen Deutsch verfaßt. Der *‹Herzog von Praslin›* etwa (zuerst hier erschienen) ist ein resignierter Kriminalroman, aber so menschlich gesehen, so pathoslos, so vernünftig, daß mans fast glauben möchte – wenn der Autor nicht Blei hieße. Der kann große Menschen im Marionettenstil schön erkenntlich machen: er baut ein kleines Theaterchen auf, bewegt selbst die Drähte, spricht alle Rollen persönlich und versteht es gut, grade die weiblichen Puppen zu bewegen.

So lächelt man, ist angenehm unterhalten und klappt das Buch bekümmert zu, weil es nicht länger ist.

DIE UNTERBROCHENE RHEINFAHRT

Wilhelm Schäfer hat es in Norddeutschland nicht leicht. Der hysterische Haß, womit ihn Literaten verfolgen, reicht nicht bis zum Rhein, wo ein ruhiger Mann eine schöne Zeitschrift herausgibt – *‹Deutsche Monatshefte›* – und uns ein gutes Buch nach dem andern beschert. In den dreiunddreißig Anekdoten waren schon Meisterstücke (wie *‹Das fremde Fräulein›*), und *‹Die Mißgeschickten›* erreichten eine hohe Stufe sprachlicher Kunst. Man packt Schäfer nämlich immer an der Sprache, die ja manchmal ein bißchen altertümelnd sein mag, wo wir den modernen, ebenso guten Ausdruck vorziehen. Man vergißt, daß er doch viel mehr ist als ein sauberer Schreiber. Dieses starke Lebensgefühl, das durchaus nicht einem philiströsen Optimismus entsprungen ist, bejaht die Welt – und das ist hier an der Spree allerdings ein Vorwurf. Gott, man kann nicht immer alle Vorbehalte machen, wenn man sich am Sonnenschein freut. Aber manchmal macht auch Schäfer sie, und dann entstehen so wundervolle Sachen wie eben ‹*Das fremde Fräulein*›: dunkel, schwer, golden.

Diesmal – in dem neuen Buch ‹*Die unterbrochene Rheinfahrt*›, das bei Georg Müller erschien – ist es nun etwas geworden, das Hofmannsthal für mein Gefühl im ‹*Märchen der Sechshundertzweiundsiebzigsten Nacht*› versucht und nicht erreicht hat. Dort ist die Romantik ein bißchen gekünstelt, und man vermag nicht ohne weiteres von diesen ein wenig arrangierten Wunderlichkeiten auf unsre Zeit, unser Haustor, unsre Frauen zu schließen. Hier, bei Schäfer, sind wir, ist unser Blut, unsre Wärme.

Es ist nichts weiter, als daß ein junger Mensch seine Rheinfahrt – ein Durchbrennerstückchen – unterbricht, einer wildfremden Frau zuliebe, und in ein fremdes Nest kommt und diese Frau wirklich in Besitz nimmt. Eine Nacht. Dann entschwindet sie ihm. Und das ist gemischt mit Abenteuern, mit wilden Zufällen, mit Geschehnissen, die keiner früher übersieht, als bis sie ihm über den Kopf gewachsen sind.

Dieser junge Mann, der eine Frau erobert, ist schon so oft dagewesen, daß man auf den ersten Seiten des Buches ängstlich ist, ob es dem Autor gelingen wird, dies alte Thema auf eine neue Weise durchzuspielen.

Er hat ein völlig neues Thema daraus gemacht. Er hat soviel eingefangen: den Wind über einem verlassenen Vorplatz der Gasthäuser und ein Haustor, das fremd und unheimlich sich neben uns öffnet, die Sterne und den Himmel einer andern Stadt – und alles so natürlich, so einfach, daß die Seltsamkeiten der Romantik doppelt scharf ins Auge springen. Man hat Schäfer gescholten, er sei bürgerlich – hier hat es seinen Nutzen; weil alles Bunte, alles ‹andre› herausfällt aus dem gewohnten Trott des Bürgers.

Da ist ein Vergleich einer impotenten Gewohnheit mit den alten dicken Winterfliegen (auf Seite 56), den man lesen muß; und immer hat er eine sorgfältige Ausmalung aller Einzelheiten und menschlichen Beziehungen angewandt, die schon seit Hebel am Rhein zu Hause sein mag. Mehr als das. Da steht etwas von den Frauen – das hört an: «Gerade, daß sie ihm so fremd war, daß sie, durch alle Dinge der sogenannten Bildung von ihm getrennt, seine Fragen kaum verstand und also mehr ein gezähmtes Tier als einen Menschen für ihn vorstellte, das löste ihm die Sprache: wie das überhaupt von allen Geheimnissen der Frau das tiefste und für den Mann erlösende ist, ihn auf den Sinnengrund des Lebens zurückzuführen, oder – wie Johannes es später in Worte brachte – aus einem denkenden Menschen für Minuten seliger Vergessenheit ein fühlendes Tier zu machen . . .»

Ein fühlendes Tier – kann man das besser sagen?

Und was ersehnen wir denn weiter als dieses? Nur noch diesen Schuß Abenteuerlichkeit, der in dem Buch enthalten ist. Erotik und Reisen weisen Zusammenhänge auf, die wir nur noch nicht kennen.

Da hatte ich einen Freund, einen dicken Jungen, der fuhr eines Tages nach Brünn. Und als er da so durch die Gassen ging, begegnete er einem Mädchen, das zog ihn, als sie sich zugenickt hatten, ins Haus.

Er weiß heute noch nicht ihren Namen, weiß nichts von ihr, als daß sie einen süßen Leib hatte, und hat sie nie wieder gesehen. Wenn ich den Dicken um nichts beneide – hierum beneide ich ihn.

Und dies Abenteuer, das wir alle gern erleben möchten, als Jünglinge, als Männer und wenn wir alt geworden, ist: daß eine kommt und uns küßt und nicht spricht, sondern nur lächelt – das steht in der ‹*Unterbrochenen Rheinfahrt*›.

PARODIEN?

Richard M Punkt Meyer hat (im Verlag von Müller & Rentsch) ein Büchelchen herausgegeben: ‹*Deutsche Parodien*›. O wären es doch welche! Aber man ist enttäuscht, weil er nach der Deutschen Art und Sitte unterscheidet: «Entweder können wir die Parodie als eine eigene Gattung betrachten und prüfen, wie sich die Fähigkeit entwickelt hat, die Schwächen bekannter Schriftsteller zu erfassen und übertreibend, aber doch kenntlich darzustellen. Oder wir können sie als Helferin bei der literarhistorischen Würdigung benützen. Denn sie zeigt, was jede Periode als auffallend empfand . . .» Gewiß. Aber die zweite Gattung wird in den meisten Fällen eine Travestie sein oder ein literarisches Spottlied auf einen Künstler – und das ist keine Parodie. Die ist nur in der ersten Gattung, doch nicht grade in diesem Buch enthalten, das mehr literarische Polemiken bietet als Parodien – bereits muß man sagen: im ‹eigentlichen› Sinne. Isti professores!

Schon die Anti-Xenien gehören kaum in ein Parodienbuch, wenn es auch an sich interessant ist, zu erfahren, daß es Gleim war, dem der schöne Reim gelang: «Ha, welch ein weiter Weg von Iphigenien – Zu diesen Xenien!» Aber gewiß haben «zeitlose Invektiven» Goethes, wie Meyer das nennt, mit Parodien nichts zu tun. Politische Tendenzpoesie, Herwegh, Morgenstern – es geht ein bißchen bunt zu in dem fesselnden Bändchen. Allerdings muß sich ein Parodienbuch immer wieder mit Mauthnern und dem einzigen Gumppenberg befassen – aber wo nichts ist, hat auch der Professor sein Recht verloren, statt Parodien Heine auszuschlachten. Wirklich hübsch ist am Schluß ein immer wieder reizvolles Spiel *‹Variationen über das Thema: Laura am Klavier›*. Die Kostüme hat ein Ungenannter 1883 gefertigt, und stellenweis sitzen sie wie angegossen. Freiligrath: «Das ist mein Wildling, horch, so stampft nur sein Gewüte! Ist Laura, sie, das Weib, mit eines Leus Geblüte — Und seiner Mähnenzier!» Und Scheffel: «Das war im Hai zu Heidelberg — Da saß ein stiller Mann: Er fragte nichts, sie sagte nichts — Und seine Träne rann. Das war im Hai zu Heidelberg — Da schenkt die Laura Bier: Da trink davon! Sie ging davon — Und setzt sich ans Klavier.»

Davon ein Buch voll — und es hätte *‹Parodien›* heißen dürfen. Dies aber ist höchst fesselnde Literaturhistorie und bis auf den Titel wohl zu billigen.

Bei dieser Gelegenheit, Herr Professor: Macht doch einmal ein Buch *‹Goethe im Urteil von . . .›* Baumgarten, der Jesuit, müßte drinstehen, Otto Ernst und alles, was unser Herz erhebt. Machts, Herr Professor, machts!

OPERETTEN

> Ein Rudolf Wilkescher Strolch hinter dem Bretterzaun: «In dem Roman jibt es nur Jrafens und Barone. Das jefällt mir. Man amüsiert sich und ist doch in juter Jesellschaft.»

Bei Millionärs ist Schuhr: es sind viele Gäste da; die Herren haben Pfannkuchengesichter und die Augen der Damen sind schwarz unterstrichen, damit man sie besser sieht. Alle stehen in lieblich geöffnetem Halbkreis um den Souffleurkasten, schwingen Sektgläser und singen ein Lied mit untergelegtem Text, den man aber nicht genau versteht, weil noch viele Leute zu spät kommen und mit den Sesseln klappen. Endlich hat sich das Parkett ausgeräuspert, -gescharrt, zurechtgesetzt, oben verlaufen sich die Damen und Herren der Gesellschaft, nur Lizzie und Fred bleiben zurück. Im Sprechton: «Gestatten Sie, mein sehr verehrtes gnädiges Fräulein, daß ich Ihnen mein Kompliment für Ihr außerordentlich poesiereiches und romantisches und gelungenes und wahrhaft vornehmes Fest mir zu machen erlaube.» Sie, flötend, gespitzten Mundes: «Ich weiß nicht, Herr Baron, welche Ursache Sie hätten, gerade mir diese zarte Liebenswürdigkeit entgegenzubringen, denn ich habe Ihnen doch wahrhaftig (Blick in die Logen) keine Veranlassung gegeben . . .» Das geht eine ganze Weile so, bis sich der Kapellmeister zurechtrückt, das Fagott aufwacht und die komische Figur auf die

Bühne torkelt: ein stotternder Verehrer, eine umfangreiche Schwiegermama, ein lockiger Bösewicht. Auftrittslied, das Publikum lacht. Während sie nun vorne noch Wortspiele deichseln, schiebt der Regisseur von hinten die dämonische Ehefrau eines andern herein. Das wird böse Verwicklungen geben! Auch der Millionärpapa erscheint. Die Ehefrau-Schlange zischt, der Millionärpapa erlaubt irgendetwas nicht, weil . . . weil die Familientradition dawider ist, oder weil er schlecht gefrühstückt hat oder weil ihm Fred überhaupt nicht paßt. Die Vereinigung der Liebenden ist aufs höchste bedroht. Die Gäste kommen dazu, Fred (ab). Geschrei, Verzweiflung, Finale. Zweiter Akt. Dieser zweite Aufzug atmet stets Leidenschaft, immerhin gemessen, verhalten, Liebe mit dem Monokel, Seelenemotion mit zwei Dienern und einem Haushofmeister. Man weiß, was sich schickt, man ist upper ten schließlich. Das Liebespaar heult sich an: der Komponist gibt hier sein Feinstes, wie es nachher in den Kritiken heißt, und wenn man es noch nicht gewußt hat, daß er früher Militärkapellmeister oder Klavierspieler in einem Vorstadt-Varieté war: jetzt weiß man es. Ein Rezitativ ertönt: «Liebst du mich?» — «Ich liebe dich.» — «Wir lieben uns.» — «Ach ja, die Liebe» . . . und da steht, bei Gott, der Kapellmeister auf, breitet die Arme wie ein Flügelpaar auseinander, schüttelt die Mähne, hebt ermuntert den Kopf und was kommt nun? Der Schlager kommt nun. Der Schlager, das sind vier Zeilen, bei unerschöpflicher Phantasie acht, die im Lieben auf und ab und unter Zuhilfenahme eines kitzelnden Septimenakkordes dem Hörer mit Pauken und Trompeten suggeriert wird. Die Geigen wimmern, der Cellist maut wie ein Kater und wenn oben die Wogen der Gefühle über dem gut angezogenen Paar zusammenschlagen, quetschen sich die Posaunen laute Töne der Verzweiflung und noch einmal den Schlager fortissimo ab. Das Finale des zweiten Aktes ist immer schrecklich laut (manche sagen, das sei Instrumentation, aber das ist nicht wahr). Während der Pause ißt man Butterbrote und weiß gar nicht, wie es ausgehen wird. Es geht aber aus, im dritten Akt nämlich. Da erscheint noch einmal die komische Figur, noch einmal Herren und Damen in der Gesellschaft in einem herzbrechend vornehmen Miljöh, wieder tritt niemand ein, ohne vorher ein Stück Pappe vom Diener auf einer Silberplatte haben hereintragen zu lassen, noch einmal läutet man dem Stubenmädchen, läßt hinter der Szene eine Automobilhupe ertönen und hat überhaupt bereits in den Windeln im Frack gelegen. Das Ganze spielt etwa in einer Schiffskabine erster Klasse oder in einem Millionenpark oder (sehr beliebt) auf einer Gartenterrasse, Ausblick auf das unendliche Meer oder so. Die Monokel blitzen, die Paukenschlegel hüpfen im Zweivierteltakt, sie kriegen sich, Gruppe, Trauung, Segen, Schlußgeschrei.

Warum sehen sich das die Leute an? Warum halten dabei Tausende aus, ohne mit der Wimper, geschweige denn mit den Händen zu zucken? Sie zucken nur, um zu klatschen.

Weil sie ihre Ideale in strahlenloser Reinheit lebend bewundern dürfen. Weil sie sich selbst gesteigert sehen. Denn diese Jrafens und Barone sind keine Adligen, sondern es sind vornehme Leute, wie sie in der Vorstellung kleiner Nähmädchen leben. Darum halten sie auch so auf Vornehmheit, betonen stets ihr hohes Niveau und sind natürlich ein Opfer ihrer reichen Umgebung. Ich werde nie vergessen, wie eine solche adlige Mama einmal zu ihrem Kind sagte: «Aber ich bitte dich, Elvira! Wo bleibt da der Noblessoblisch?» — Die Operette hat recht, weil sie in innigem Kontakt mit dem Parkett steht, nur ist sie drei Stufen höher. Die Technik hat sich entwickelt, die Industrie ist da. Bis auf die Silbenzahl des Titels haben diese österreichischen Musikmacher ihre eigenen Gesetze: und was den Schlager angeht, so muß sein Text harmlos blöd sein, aber immer irgendeine erotische Ausdeutung zulassen. Um diesen Schlager wird die Operette gebaut, wölbt sie sich, wie die Glasglocke um den Kuhkäse.

Und das geht nun schon zehn Jahre so, und es ist nur ein Abflauen, aber kein Ende zu sehen. Kommt schon einmal einer wie Claude Terrasse, der witzige belgische Musiker, der den ‹*Franc Rohain*› komponiert hat, mit dem ‹*Kongreß von Sevilla*›, dann zieht das nicht mehr, weil sich die Leute an das aufgeblasene Gehudel wiener commis voyageurs gewöhnt haben. Offenbach? Du lieber Gott, man ist schon zufrieden, wenn uns eine grazile, leichte Musik, sauber gemacht und hübsch gesetzt, nur einen Abend unterhalten würde, wenn uns nette Liederchen und auch einmal ein schmiegsamer Tanz das Blut schneller pulsieren machte: jawohl! Der Herr Lehár wird dir was! Und die ganz widerliche berliner Manier, am Anfang der Wintersaison der Einwohnerschaft drei, vier Gassenlieder aufzuoktroyieren, die sie zu singen, zu pfeifen, zu leiern, zu trommeln haben, greift über auf das Reich: das Niederwalddenkmal streckt segnend seine Hand aus über die grölenden Opfer fetter Operettenagenten, über ein Volk, das keine lustigen Musikpossen, keine kleinen Spielopern, keine Operchen, keine Operetten mehr hat, sondern nur noch Grammophonwalzen, musikalische Apfelstrudel, ‹Schlager›, und das von Eros und den drei Grazien und den neun Musen nichts mehr wissen will, weil Dreizehn eine Unglückszahl ist.

VORFRÜHLING

Sieh da: nun ist der fette Dichter wieder
von seinem Winterschläfchen aufgewacht,
und er entlockt der Harfe heitre Lieder,
ti püng – die Winde wehn, der Himmel lacht.

Er schauet sanft verklärt, und eine Putte
hält über seinem Kopf den Lorbeerkranz.
Vorfrühling nähert sich, die junge Nutte,
und probt, noch schüchtern, einen kleinen Tanz.

Das Barometer droht mit seinem Zeiger:
«Nicht immer feste druff! Ich falle bald.»
Selbst Barometer schwätzen. Große Schweiger
sind selten in dem Land des Theobald.

Noch immer Zabern und Theaterpleiten,
und wie man wieder auf den Fasching geht,
Protestbeschlüsse, andre Lustbarkeiten –
und alles red't und alles red't.

Und wenn man dieses Deutschland sieht und diese
mit Parsifalleri – und -fallerein
von Hammeln abgegraste Geisteswiese –
ah Frühling! Hier soll immer Winter sein!

DER SCHMOCK

Wenn ich von hinten anfange, so muß gesagt werden, daß irgend jemand von Hofe der Vorstellung beiwohnte. Aus dem Maul einer Proszeniumsloge hing ein rotes königliches Tuch heraus. Das Publikum salutierte mit den Operngläsern. Das Orchester war ausverkauft.

Die Operette, die das Theater am Nollendorfplatz, allen zur Freude, keinem zum Leide, sondern zu Steuerpreisen vorführte, war in jeder Beziehung aus Wien. Jeder Gegenstand auf der Bühne wurde durch ein Kuhpleh beschmutzt, die Rosenlaube kam richtig im Refrain vor, die Beleuchtungsstärke und die Personenzahl standen in gradem Verhältnis zur Nähe der Aktschlüsse – es war alles in Ordnung.

Und in diesem Unfug, in diesem Wirrwarr von Dilettanten, Routiniers, Toiletten – stand Pallenberg nicht einen Moment still. Er gab etwas völlig Sinnwidriges: einen jüdischen Corpsier. Er kümmerte sich denn auch kaum um die Rolle, die ihm vorschrieb, eine Mensur zu kommandieren: er gab Kattowitz, Posen und alle Schmöcke der Welt.

Es ist wirklich unglaublich, woher er das alles hat. Er sah ein bißchen ungepflegt aus; wenn er seinen Kneifer abnahm, konnte er wohl nur schlecht sehen, denn dann kniff er die ohnehin kleinen Augen faltig zusammen; er hampelte, wußte nie, wo er die Hände unterbringen sollte, und bot im ganzen das lustige Bild eines Mannes, der zwar alle Gesten seiner Umgebung mitmacht, aber in Wahrheit ganz wo anders steht. Er gemahnte an einen Reporter, der einer bequemern Berichterstattung halber das Kostüm des Landes angelegt hat und sich ziemlich echt vorkommt. Aber er ist doch aus Kattowitz: wenn er die Augen sanft schließt, weil ihm ein Walzer ans Herz greift, wenn er Takte und Rhythmen so mitjuckelt, in stillem Oioioi den Kopf schüttelnd; wenn er – und dies vor allem – immer vorneweg ist. Hätte einer gesungen: «Wer hat dich, du schöner Wald . . . ?» – dieser hier wäre der Mann, der vorträte, bescheiden, aber doch geschmeichelt, und spräche: «Ich! bitte schön.» Er hatte auf einmal Plattfüße und eine ganz flache Hand, die sich fragend und anklagend in die Lüfte strecken konnte. Er war so kümmerlich anzusehen, in seiner erbärmlichen Lustigkeit, in seiner übertriebenen Galanterie, die ihn kurze Verbeugungen machen ließ, aber nicht hinderte, wohl einmal dem Landesfürsten gutmütig vertraulich die Hand auf die Schulter zu legen. Und doch vergaß er nie sein Kattowitz: dankbar schrieb er noch im erhebendsten Augenblick eine Ansichtskarte nach Hause, versehen mit der Unterschrift einer richtigen Hoheit. Er drängelte sich an alle und alles heran, machte alles mit, rieb Salamander, oder wie diese Tiere heißen, steckte seine Nasenlöcher und Kneifergläser in alle Vorkommnisse und war schließlich bei der Mensur der typische Familienpapa, der herumtobt, ohne je zur Sache zu kommen. «Er wird mir sagen . . . !»

Im ganzen: ein Symbol der Presse. Er legte die Stirn in Falten – und wir hatten den Leitartikel; er wußte alles – das war der lokale Teil; er tanzte auf einem platten Fuß und ruderte mit den Händen herum – Feuilleton; er machte alle Geschäfte im Umkreis – Inseratenteil. Er war unheimlich echt, wir schmolzen dahin, Herzen wie Wachs, wie Wachs, wie Wachs. Und es tut einem immer wieder leid, daß dieses Prachtexemplar sich in einem solchen Zeugs abzappeln muß. Es ist, als wenn man von Meyrink eine Schreibübung in großen lateinischen Buchstaben verlangte. Wir wissen, daß er das kann, und sehnen uns nach den Gesammelten Werken.

TILLA DURIEUX

«Mein lieber Gerald», antwortete ich, «Lady Alroy war eine Dame mit der Manie des Geheimnisses. Sie nahm dieses Zimmer aus Vergnügen, um mit gesenktem Schleier hingehen zu dürfen und sich einzubilden, daß sie eine Romanheldin sei. Sie hatte die Leidenschaft des Geheimnisvolltuns; aber sie selbst war bloß eine Sphinx ohne Rätsel.»

Oscar Wilde

Zwei Augen phosphoreszieren in der Dämmerung. Eine müde Frauenstimme sagt: «Und nun sitze ich hier seit fünf Jahren in diesem Nest und sehe keinen Menschen, sondern nur Schatten. Ah, Sie wissen nicht, was das heißt.» Und er, feurig, heiß, erregt: «Doch, doch! Ich begreife es! Ich bemitleide Sie unendlich! Was müssen Sie gelitten haben!» Pause. Es ist ganz finster geworden, der Abendwind klappt ein Fenster zu. «Katja!» Eine Hand zuckt, ein Stuhl fällt, er bricht vor ihr zusammen. Sie lächelt durch die Dunkelheit. Er ist eingeschnappt.

Sie war bei der Modistin. Und kam zurück mit wundervollen Toiletten, schritt auf die Bühne und repräsentierte als Tilla Durieux eine ganze Schicht unverstandener Frauen (was viel ist) und sich selbst (was nicht allzuviel besagt); auch stellte sie so allerhand dar, was ihr Dichter und Souffleur vorschrieben.

«Ein durch Klugheit, Gleichmut, Selbstbewußtsein erhöhtes Menschentum, ein wesentlicher und wertvoller Teil der modernen Kultur», sagt der Prospekt. Nun, wollen sehen.

Judith; die Dame in Heinrich Manns ‹*Großer Liebe*›; Hedda Gabler – aber wie kann ich Rollen aufzählen, da sie nie variiert, sondern brüsk und unbedenklich stets sich an die Rampe geschoben und nur, jenachdem, an dieser oder jener Stelle unterstrichen, betont, überdeutlich markiert hat? Denn verstehen, verstehen sollte jeder sie um jeden Preis. Sie spielte noch für die Droschkenkutscher mit, die vorn am Theater warteten. Eine Duse (des) dritten Rangs, eine dramatische Primadonna nicht ohne Gänsefüße: aber mit vielen Registern. ‹Haß› war, zum Beispiel, wenn man bitterböse, unter halb gesenkten Lidern dem Partner nachsah und mit den Augendeckeln knirschte; als ‹lässige Müdigkeit› waren die Draperien aufzufassen, mit denen man leere Mauern bekleidete, und an die man Profil, Arme und Oberkörper weich nach hinten lehnte; ‹Hingebung› war wieder eine ganz eigene Sache mit völlig geschlossenen Augen und krampfigen Umarmungen – nur Liebe, Liebe gab es hier nicht. Als Schauspielerin also kaum allzu ertragreich, will man hierher nicht eine gewisse Portion deplacierten Unnaturburschentums rechnen, womit ihre Gestalten die andern Personen der Stücke drangsalierten.

Ich schiebe die Schauspielerin bei Seite – sie interessiert mich nicht. Aber hinter ihr erblicke ich die unendliche Schar derer, die es ihr gleichtun und gleichtun wollen: kleine bürgerliche Katharinen die Zweiten, Salonschlangen, dämonische Dummchen, Kleopatras ohne einen Antonius, nach dem sie sich so sehnen; haben sie ihn aber, und haben sie den richtigen, dann gnade ihm Gott!

Wir haben diesen Typ, den die Durieux am reinsten darstellt, vielleicht aus dem Slawischen übernommen. Diese teuflischen Friseur-Circen können keinen Verehrer verrückt machen, ders nicht schon ist, und es ist immer wieder unglaublich, wie auch nur ein Mann glauben kann, sie hielten je, was sie versprachen. «Wir werden uns unerhört lieben», sagen sie. Aber das erinnert lebhaft an die Verheißungen niederer Damen, es dem Kavalier recht gemütlich zu machen und ihm den Kaffee ans Bett zu bringen. Nur ist das handgreiflich und vielleicht auch wahr, während hier ein übles Anreißertum sich eine Summe aufs Debet schreiben läßt, die nie mehr einzubringen ist.

Wenn eine Dekadenz vorliegt, dann ists die des Mannes, der nicht sofort hinter das spiegelnde Schaufensterglas sieht, um zu konstatieren, daß da nichts ist. Es verlohnt nicht einmal die Knute, unter der diese Frauen allenfalls erträglich sind – es genügt ein Achselzucken, das sie augenblicklich versagen macht. Auch taube Nüsse wollen geknackt sein. Keiner hat das vielleicht so stark empfunden wie der viel zu wenig gekannte Krieglstein in seinem Reisebuch ‹*Zwischen Weiß und Gelb*›. Da traf er in der Mongolei mit einer solchen zusammen, und Madame Hélène stand im Schlafzimmer vor ihrem Spiegel. «Sie kramte auf ihrem Toilettentisch, es schien mir, als suche sie ein Parfum ... aber es lag etwas Herausforderndes in ihren Bewegungen – ihre vollen Hüften vibrierten wie in Erwartung einer Umarmung – ihre Schultern sanken in einem langen, weichen Seufzer herab ... sie stand ganz nahe an ihrem, reich mit Spitzen verzierten Bett – es lag in der ganzen Situation eine nicht mißzuverstehende Aufforderung, jetzt den Mann zu zeigen, und wenige Sekunden war ich auch entschlossen, das Weib zu nehmen. Sie wartete, sie rührte sich nicht mehr – wir hielten beide den Atem an, und die Spannung begann, unerträglich zu werden – da traf mich aus dem Spiegel wiederum ihr harter, forschender Blick, wie ich nun schon zweimal beobachtet hatte – im Glase begegneten sich unsre Augen – so kurz, zeitlich kaum meßbar ... ‹Sehen Sie her! ... Wenn Sie mich berührt hätten, wäre Ihnen eine Kugel in den Kopf geflogen – so rasch – Sie hätten gar keine Zeit gehabt, zur Besinnung zu kommen, und wären auch schon drüben gewesen ...› – ‹Wozu diese Komödien, Hélène ... Sie hätten nicht geschossen—wir führen doch hier kein Schauspiel auf...›—‹Aber ich hätte geschossen ... Bestimmt hätte ich geschossen ... !›» Und später: «Sie hatte mich in den vierundzwanzig Stunden, die wir uns kannten, alle Stadien einer tiefen Leidenschaft durchkosten lassen — sie hatte mich gerührt, verstimmt, entflammt — abgekühlt, vertraulich und verächtlich behandelt — mir den ehrbarsten und gemeinsten Charakter in sich gezeigt — und als sie glaubte, das Objekt genügend präpariert zu haben, um das große Spiel zu spielen, — da hatte ihre Erfahrung versagt — denn ich war weder heroisch noch feige gewesen, sondern hatte sie als dumme Gans behandelt.»

Aber solche Kerle gibts kaum bei uns, wo dies Geflügel mehr Futter findet, als es vertilgen kann. Eine Gans! «Sie müßten ihre Augen sehen, und Sie würden das nicht sagen! Glasgrün und undurchdringlich, und ihre vibrierenden Nasenflügel! Das Weib macht mich toll!»

Was haben diese schon für Unheil angerichtet! (Muß ich erst sagen, daß auch Ungebrannte über das Feuer sprechen können?) Wie haben sie gehetzt, geschürt, gestört — wozu? Um zu herrschen. Sie haben die feinste Witterung für den Mann, den wirklichen Mann — und gehen ihm ängstlich aus dem Weg. Sie wollen herrschen, sie sind *des reines*, aber einäugige unter blinden Untertanen.

Nun sei ja Gott vor der korrekten Bravheit — aber sollte es denn dazwischen nichts geben? Hätten wir nur die Wahl zwischen blonden Pastorstöchtern und diesen falschen Interessanten? Nichts ist ihnen so verhaßt wie Klarheit — sie brauchen verschwimmende Nebelschwaden; nichts so zuwider wie Licht und Luft — sie brauchen Beleuchtung und Parfums, um überhaupt zu wirken. Diese Requisiten sind bei ihnen nicht Zugaben einer Persönlichkeit, sondern hauptsächliche, sogar einzige Mittel der Suggestion. Sie sind das andre Ende einer wahnsinnig gewordenen Frauenkette, die regieren will. Nur sind sie viel klüger als Lyzeumslehrerinnen, die den Mann dabei außer acht lassen. Sie herrschen durch den Mann und sind so gefährlicher.

Einmal aber hat die Durieux auf der Bühne eine Gestalt nicht verkleinert, nicht veräußerlicht, nicht umgemodelt, nicht sich angeähnelt, sondern wirklich verkörpert: das war die Hanna Elias in *‹Gabriel Schillings Flucht›*. Hier hatte sie nichts zu tun, als einfach da zu sein und den Text zu sprechen — die Rechnung stimmte. Wie sie noch in der Fröhlichkeit gezwungen war; wie sie noch im Skandal ‹Liebling› sagte; wie kein Gefühl ungebrochen, klar, eindeutig zum Ausdruck kam, sondern phonographisch herausgeschrien wurde; wie man immer die Empfindung hatte: sie kann auch ganz anders — nimm ihr das Prisma der ‹interessanten Frau›, und du hast eine belanglose Person, der ihre Zweckpolitik so über den Kopf gewachsen ist, daß sie selbst nicht mehr zwischen Wahrheit und Lüge unterscheidet! Man hätte sie bitten mögen, einmal, nur ein einziges Mal der Kuriosität halber wahr zu sein – sie hätts nicht mehr gekonnt. Sie hat es längst vergessen: sie ist Monomanin, deren ganzes Fühlen sich darauf konzentriert hat, zu herrschen, zu herrschen in jedem Fall. Auf der Orgel dieses Ehrgeizes spielt sie alle Register: sie kann jammern, bitten, flehen, höhnen und so unendlich gemein sein. Und wenn alles umsonst zu sein scheint, müde sagen: «Gut, ich gehe. Wohin du willst, gehe ich.» (Bricht an der Tür zusammen.) Und dann, halblaut: «Nicht wahr, du kommst wieder zu mir?» Und dann beugt er sich über sie. Es ist stickig in ihrer Nähe, heiß und drückend. Man sehnt sich nach frischem Wind, nach einem lustigen, vernünftigen Mädel, das nicht mehr Frau ist, als eben dazu gehört, und das einem die Hand drückt wie ein guter Freund. Da unten aber ists fürchterlich: sie jonglieren mit Gefühlen, die jederzeit abschnappen können, und ihr Haus hat tausend Zimmer, eins an dem andern, und in dem letzten ist nichts.

Oder doch sehr wenig. In diesem Stadium mag das Wörtchen ‹Geschlechtsakt› abkühlen. Es wirkt so, wie wenn man die Hostie ein Stückchen Teig nennt: Sakrileg. Aber ein notwendiges; denn es erscheint angebracht, diesem Typ (von Jüdinnen und Polinnen) das zu nehmen, was ihn mächtig macht: den Glauben der andern. Was sind diese ohne den Mann? Langweilige und faule Haremstiere, die keine Interessen haben, die in der Natur, in den Büchern, in der Kunst, bei andern Menschen nichts finden. Daher ist das, was sie zum Schluß zu geben haben, das wenigste. Und sie unterbrechen ihr Geben fortwährend – sie wissen warum. Auf eine kleine Flasche gehört ein Tropfenzähler. Auch wäre der grade Weg so verdammt kurz; nun, so gehen sie den gekrümmten, und ihre Dummen kriechen ihn nach, statt einen dicken Strich durch die verpfuschte Zeichnung zu ziehen. Und was sind sie mit dem Mann? Herrscherinnen über gebeugte Rücken, denen die Köpfe verloren gegangen sind; sie schwingen das Zepter und, wenns sein muß, über ganz Verrottete die Peitsche. Aber man benötigt nicht einmal diesen körperlichen Ausnahmefall zur Illustration. Sie werden nicht genommen: sie geben sich; man packt sie nicht: sie gewähren – und am Schiff mit dem Zickzackkurs halten sie das Steuer. Was ein rechter Kerl ist, wird sich nicht bei dieser Station aufhalten, wo vielen schon aus einer Viertelstunde Aufenthalt ein verpfuschtes Leben geworden ist. Seht endlich ein, daß sie nichts zu verstecken haben, seht ein, daß sie sich selbst hinter halbgeschlossenen Augenlidern, dicken Portieren, seelenvollen Worten verbergen müssen. Stünden sie in freier Luft – an ihnen reizte nichts. Arme, frierende Seelchen. Aber so: Venus im Pelz, unsichtbare Königinnen unsichtbarer Reiche, belastet mit einer immensen Staatsschuld, aufgenommen bei jedem Tölpel von Mann.

Ein Kriegsruf? Eine Warnung? Nur ein Stück Naturgeschichte der Oberart, der Bühnen-Inkarnation, des sehnsuchtsvoll angestarrten und hitzig kopierten Musterexemplars jener femme incomprise up to date.

BERLINER FASCHING

Nun spuckt sich der Berliner in die Hände
und macht sich an das Werk der Fröhlichkeit.
Er schuftet sich von Anfang bis zu Ende
durch diese Faschingszeit.

Da hört man plötzlich von den höchsten Stufen
der eleganten Weltgesellschaft längs
der Spree und den Kanälen lockend rufen:
«Rin in die Eskarpins!»

Und diese Laune, diese Grazie, weißte,
die hat natürlich alle angesteckt;
die Hand, die tagshindurch Satin verschleißte,
winkt ganz leschehr nach Sekt.

Die Dame faschingt so auf ihre Weise:
gibt man ihr einmal schon im Jahr Lizenz,
dann knutscht sie sich in streng geschlossnem Kreise,
fern jeder Konkurrenz.

Und auch der Mittelstand fühlts im Gemüte:
er macht den Bockbierfaßhahn nicht mehr zu,
umspannt das Haupt mit einer bunten Tüte
und rufet froh: «Juhu!»

Ja, selbst der Weise schätzt nicht nur die hehre
Philosophie: auch er bedarf des Weins!
Leicht angefüllt geht er bei seine Claire,
Berlin radaut, er lächelt . . .
Jeder seins.

DER BELEIDIGTE KORRESPONDENT

Wenn man Herrn Victor Auburtin, den pariser Korrespondenten des *‹Berliner Tageblatts›*, in Frieden ließe, wenn man ihm eine der ägäischen Inseln zum Wohnsitz anwiese – wer weiß, ob er eine Zeile schriebe. Ich glaube, er würde, wie einer seiner Helden, langsam und wollüstiglich durch die Bosketts wandeln, wobei er hier und da an einer Blume röche, und dann würde er vor der klagenden Niobe stehen bleiben, um sie in aller Gelassenheit zu betrachten. Schreiben würde er nicht.

Am allerwenigsten so entzückend sehnsüchtige Angelegenheiten, wie in den beiden Bändchen ‹*Die goldene Kette*› und ‹*Die Onyxschale*› (die bei Albert Langen in München erschienen sind). Es ist wirklich erstaunlich, zu welch aufreizend hübschen Dingen einen das Mißbehagen treiben kann. Denn das ist der Grundzug, der die zwei Büchelchen durchzieht: traurige Unzufriedenheit. Er mag nicht: erstens dies nicht, zweitens Berlin nicht, drittens Deutschland schon gar nicht, und viertens überhaupt nicht. Doch: Jonien, Bithynien, Italien, Griechenland. Aber in allem übrigen ist er beleidigt.

Und der Haß schärft die Augen und läßt manches sehen, was die Gemütlichkeit und das Behagen nicht erblicken. Die Kontemplation grenzt oft an Passivität; aber in der ‹*Goldenen Kette*› guckt Auburtin so nett und unbeteiligt auf das Gehudel unter ihm, daß mans fast vergißt. Diese kleinen Geschichten sind in einem merkwürdigen Stil verfaßt, der manchmal ein wenig an Thomas Mann erinnert. Dieser Stil ist am besten dann, wenn Auburtin es nicht mit dem Humor hat, sondern wenn er in Moll feststellt, wie es auf der Welt zugeht. Etwa, wenn er das Wesen eines berliner Verhältnisses beschreibt. Und es sind lustige Geschichten in dem Buch – das übrigens nur eine Mark kostet und einem über mehr hinweghilft als nur über langweilige Bahnstunden – und ernste und auch leicht unanständige. Was bei Auburtin so ‹unanständig› heißt: er weiß Bescheid und sagt das ziemlich offen. Und so entstehen denn Erzählungen wie ‹*Die Dame mit dem Augenaufschlag*›.

‹*Die Onyxschale*› ist eigentlich noch schöner. Es sind da doch Stücke, die nicht der Korrespondent, sondern der Dichter geschrieben hat, ganz feine Sachen, mit einem wiegenden, ziehenden Rhythmus. Sie sind oft auf einer feuilletonistischen Idee aufgebaut, etwa, daß man sich als Knabe sehnt, die Villa mit den weißen Säulen zu besitzen und sie dann nachher nicht mehr zu genießen vermag, oder daß Berlin nicht so schön ist wie der Süden; aber dann geht etwas mit Herrn Auburtin durch, er vergißt ganz die dumme Idee und schwärmt.

Lest diese ‹*Onyxschale*›, und ihr werdet ein paar schöne Stunden haben und das dünne kleine Buch immer wieder vornehmen. Ihr werdet ihn dann ordentlich vor euch sehen, Herrn Victor Auburtin, wie er – mit der Abneigung gegen große Gesten – an der Seite einer Geliebten durchs Bois geht, sehr sanft, sehr bewußt, sehr still. Nur eben kommt man mit der Stille nicht allzuweit, in Deutschland. Und wenn er auch hundertmal sagt: «Der Schritt ist mehr als das Ziel», so wollen wir andern doch jung genug sein, uns ja nicht diese Moral anzueignen, die aus dem Stück ‹*Canes familiares*› spricht: «Wenn du diesen Blick kennst», (mit dem der Bürgersmann den Offizier scheu und unterwürfig ansieht) «so weißt du, daß es in Deutschland nie etwas Rechtes werden wird. Und dann läßt du die Dinge laufen, wie sie wollen, und holst dir vom Regale den alten Lederband her und liest die Strophen des Horatius Flaccus, der in Venusia geboren wurde.» Ja nicht, ja nicht!

Aber schließlich muß es auch solche geben, und wir haben doch unsre Freude an ihnen.

BUND DER LANDWIRTE

Des Morgens speit er auf die Berolina,
des Abends macht er sichs bei ihr bequem;
auf seiner Klitsche geht er mit die Hihna
zu Bett – und hier mit anderswem.

Und in den Sektlokälern stellen
sie sich wie Eichen auf, so fest und stark:
«Wat, Kuhlow, det sinn hier Marjellen?
Und Rasse ham se . . .!» (Zwanzig Mark.)

Am nächsten Morgen sitzt er, stramm gerötet
und gut rasiert (die Äuglein noch verklebt),
im Zirkus, wo man seine Feinde tötet –
«Die roten Juden!» – und die Sitzbank bebt.

Der ganze Stall scharrt stürmisch mit den Hufen,
es schnaubt und wiehert jeder dicke Gaul,
und alles glotzt von jenen Zirkusstufen
dem alten Schimmel Oldenburg ins Maul.

. . . Des Morgens speit er auf die Berolina,
des Abends greift er ihr ans volle Bein.
Und das sind unsre Herrscher und Verdiener . . .
Ich bin ein Preuße, will ein Preuße sein!

AMERIKANISCHER ABEND

Oder hieß es: Abend in einem amerikanischen Tingeltangel?

Wenn das Programm so weit gediehen ist, dann zeigt sich auf der Bühne eine Bühne. Vier kleine Proszeniumslogen, zwei im Parterre, zwei im ersten Rang, und zwischen ihnen ein roter Vorhang. Links betritt mit einem Freunde ein süßer kleiner Mann die Loge. Das ist eine Nummer! Zuerst zieht er aus der Tasche seinen Eßvorrat, den man schließlich zu einem Theaterbesuch benötigt: viele, viele Schrippen. Er reiht sie zärtlich auf, er zählt das braune Gebäck, er beißt alle ein bißchen an und legt alle wieder hin. Von nun an hat er das Maul beständig voller Semmelkrumen, und wenn man spricht oder lacht, sprützen sie. Und muß man nicht lachen, wenn in der gegenüberliegenden Loge ein langer, aber besoffener Kerl im Smoking sitzt? Kaum hat der Kleine ihn gesehen, so gehts los, in einem kreischenden Sopran: «Siiih maaah – ein betrunkener Mann! O Gottogottogott! Ein Betrunkener!» Und gackert und schreit und kreischt, daß das Brot nur so fliegt, bis er merkt, daß der Lange ihn ernst und gemessen anstarrt. Dann bricht sein Gebrüll wie gehackt ab. Wupp – still. Schweigend stopft er Schrippen...

Die Vorstellung nimmt ihren Anfang. Die Logen wirken wacker mit. Der Kleine kann überhaupt nicht still sitzen, weil sie wohl seinen Sitz geheizt haben, und der Lange hat sich für diesen Abend einen Spaß ausgedacht, jeder Betrunkene hat doch immer nur einen, seinen Spaß: die Nummern, die die Auftretenden ankündigen, aus dem Holzrahmen zu schieben, zu stoßen, zu schlagen. Vielleicht ist das ein Mißtrauensvotum, sicher aber eine liebe Gewohnheit. Und nun fällt das und purzelt und tobt und rast auf der kleinen Bühne umher, bis sich zwei Augenpaare kreuzen, ein Blick hinüber und herüber – und jeder nimmt wieder steif und dumm die gesellschaftliche Attitüde an, die ihm Gott verliehen hat.

Der Lange stößt hie und da sanft auf, fällt auch wohl mit Geprassel in den Logenuntergrund und kommt wieder hoch: ruhig, als ob gar nichts geschehen sei. Der Kleine hingegen ahmt alle Auftretenden nach, imitiert gehässig den sonoren Baß der Manager und hat den Mund voller Krumen. Übrigens treibt er mit der lieben Gottesgabe einen schändlichen Mißbrauch: er dreht sich Operngucker aus den Schrippen, er schießt damit und vergeudet sie überhaupt. Die Vorstellung rollt sich ab wie ein Rad, der Betrunkene ärgert sich über eine Vorhangstroddel, der Kleine kämpft mit dem Ringkämpfer ring, wobei er nicht versäumt, sich auch so ein schönes Leopardenfell über die Hosen zu ziehen – und dabei kreischt er wie ein Vogel, lacht, daß man nicht stille sitzen kann und spuckt Brot.

Zum Schluß torkelt alles durcheinander: Logen, Bühne, Publikum und Akteure. Und wenn wir uns die Tränen abgewischt haben, müssen wir uns immer wieder verwundern, wie der liebe Gott dem einen Volk spendiert hat, sich seine Komik aus dem Nichts zu schaffen, voraussetzungslos, absolut – und dem andern leider nicht; wie er dem einen solche Kerle gab – und dem andern traute Lustspielhäuser.

DIE ÜBERSCHRIFT

Das haben wir eigentlich aus Amerika gelernt, nicht auf die Suppe, sondern auf den Topf zu gucken. Früher fragte man, wie eine Medizin wirke, heute, wie sie verpackt sei. Ein Königreich für einen Titel!

Die Zeitungen habens verschuldet, deren geschickteste Angestellte sich den Kopf zerbrechen müssen, um einen Titel, ein lockendes, fettgedrucktes Wort zu erfinden ... Es ist nicht zu tadeln, wenn eine gute typographische Druckanordnung die Orientierung des Lesers erleichtert, – aber das geschieht bei uns auf Kosten des Inhalts. Die Überschrift macht den Kohl fett, der sonst so fad wäre, daß ihn niemand schlucken möchte.

Wenn die Überschrift noch den Extrakt der Nachricht, des Artikels enthielte: keine Spur! Anreizen soll sie, und die Folge ist, daß der ewig überhungrige Leser die dünne Kaviarschicht durchbeißt, auf den pappigen Teig stößt und dann das Ganze überdrüssig wegwirft. So werden viele guten Dinge diskreditiert: nur durch die Überschrift. Es gibt gerade in Berlin Zeitungen, die es darin zu einer beängstigenden Fertigkeit gebracht haben. Es kann kommen, was da will: eine Überschrift muß es haben, die den Leser vor den Kopf stößt. Wie? ‹Der Glaszauber›? – Und nachher ist es ein Flaschenfabrikant, der allerlei Triviales über sein Geschäft erzählt. ‹Der Schrei in der Nacht›? Und das wird wohl das Pfeifen einer Lokomotive bedeuten, und daran anschließend macht es sich sehr hübsch, wenn man ein wenig über die Lohnforderungen der Eisenbahnarbeiter schwätzt. In dieser Art: weil man erstens in der Regel nur Triviales zu bieten hat und zweitens der verhätschelte Leser für ernste und anstrengende Dinge nicht zu haben ist, verputzt man einen an sich gleichgültigen Aufsatz mit glitzernden Mätzchen und krönt ihn mit der Krone des Kolportageromans, mit einem wilden Titel.

Darunter leiden vor allem die Berichte aus den Gerichtsverhandlungen. ‹Ein trübes Sittenbild aus dem dunkeln Berlin.› ‹Der geheimnisvolle Juwelendiebstahl.› ‹Der Mord im Pantinenkeller›, und der Unterschied zwischen einem Schundroman und einer parodistischen Operette wird nicht immer gewahrt.

Der Brauch, Flaschen abgestandener Flüssigkeiten mit aufreizenden Etiketts zu bekleben, hat seine Gefahr, weil der Leser gern seine wirklichen Erlebnisse etikettiert. Es gibt schon eine Menge Leute, die nicht deutsch, sondern Zeitungsdeutsch sprechen und die, statt einen komplizierten Seelenvorgang zu untersuchen, das Wort ‹Lebenswandel› vorziehen.

Die Aufmerksamkeit des bürgerlichen Zeitungslesers auf soziale und wirtschaftliche Kämpfe hinzulenken, ist fast nur noch möglich, wenn man mit einer Dosis ranziger Sentimentalität aufkocht. Ehrliche, sachliche Zahlen, trockenes Material wirken längst nicht mehr. Die Überschrift wirkt, die Überschrift, das Etikett, die Schablone, das Schema: mit ihnen amerikanisiert diese aufkommende Presse die Köpfe und die Geister.

HOME, SWEET HOME

Berliner Muse mit den runden Hüften,
den Tuchgamaschen und dem Samtbarett,
umgaukle du mich in den staubigen Lüften:
Komm, Göttin, sei mal nett!

Hier auf dem Rathausturm ists windig, Muse,
der kalte Zug reißt mir die Leier weg –
begleite mich, mein süßes Kind, halt du se:
Ich singe so freiweg.

Da liegt die Stadt – nur schön bei Regenstürmen –
teils an der Panke und teils an der Spree,
mit Synagogenkuppeln, Kirchentürmen
und einem Tanzpaleeh.

Und was da längs des grünen Bäumewalles
so gülden gleißt (ich weiß nicht, ob dus kennst):
das ist der Reichstag – doch es ist nicht alles
hienieden Gold, was glänzt.

In jener Gegend wohnt die große Presse –
sie macht erst unsre Zeit in Wort und Bild:
dort sättigt der Berliner sein Interesse,
nervös und injebildt.

Da hinten rechts, in jener dunstigen Weite,
liegt der Komödienhäuser dichter Hauf –
und gehn sie alle, alle langsam pleite:
dann macht man neue auf.

Und, siehst du, hier verbringt man so sein Leben.
Da draußen rauschen Wälder, Wolken ziehn –
Wir passen auf, was sie für Possen geben,
und wie sie vor den Uniformen beben! –
O du mein Heimatland, du mein Berlin!

RODA RODA

Es gilt ja vielleicht nicht für fein, ihn ernsthaft literarisch zu werten. Seine Schuld. Er begeht die Unklugheit, überall mitzutun: mit den ‹*Fliegenden*› harmlos blöd zu sein, mit den ‹*Lustigen*› lustig, mit noch andern witzig, mit dem ‹*Simplicissimus*› bissig. Das Bild verwischt sich, und der Künstler kommt nicht allzu gut weg dabei. Mit Recht hat Fritz Mauthner geklagt, daß zuviel geschrieben wird, daß vielleicht der einzelne gar nicht so viel schreiben will, daß er aber muß: die Redaktionen verlangens, und Geld bringts auch.

Und wenn man nun das wirklich Gute, das Roda Roda – der (entschuldigt!) ein Künstler ist – geschaffen hat, von dem sondert, was er so produziert, dann bleibt noch genug übrig. Vor allem in den zwei unübertrefflichen Bänden: ‹*Der Schnaps, der Rauchtabak und die verfluchte Liebe*› und ‹*Von Bienen, Drohnen und Baronen*›. Da sind Stücke drin, die man nicht wieder vergißt. Es hat keinen Zweck, sie euch aufzuzählen: lest sie selbst, wie lieb er seinen alten Oberst gehabt hat; wie ihm einmal ein famoses Lied geglückt ist vom ‹*Kürassier*›; wie er überhaupt in seinen Erzählungen ein scharfes Gefühl für die Lieder – man möchte sagen: des praktischen Lebens hat, für die Soldatenlieder und die Lieder der Besoffenen und all das. Und man hat die Empfindung: nun ist der Onkel Roda wieder zu Besuch, und nun wollen wir uns hinsetzen, und er soll an seiner Zigarre ziehen, daß sie durch die Dämmerung aufleuchtet, und dann soll er erzählen, erzählen! Und Onkelchen erzählt: seine Kunst ist nicht, mit besonderer Kunstfertigkeit zu erzählen, aber immer das richtige Tempo zu treffen, nicht zu hetzen und nicht zu öden. Und er erzählt: nachdenkliche Geschichten, bei denen man sorgsam und sich räuspernd seine Pfeife ausklopfen kann, lustige und hinterhältig witzige, sehr ernste – und eine davon: die ‹*Arbeit an der Wuka*› soll ihm nie vergessen werden – Geschichten mit einer schönen Moral, wie das ‹*Bewußtsein*›, und andre, die ganz voll sind von Erinnerung und vergangenem Leben. Und wir hören stundenlang zu und rühren uns nicht und verlangen noch immer mehr. Wie er aber auch alle Stimmen und Stile nachahmen kann: den Juden und den Pedanten und den Kaufmann und den Oberst und die Dirne und alle! Ja, der hat was erlebt.

‹Fluch seinem Dudelsack›? So schlimm ists wieder nicht. Er ist ja kein weinender Pierrot mit der lustigen Außenseite. Er ist ein Künstler, dem die Vielschreiberei die guten Qualitäten nicht raubt, jedoch hier und da verdeckt.

Aber Onkelchen braucht Geld! Das ist das Los des Schönen auf der Erde, daß es fortzeugend Schönes muß gebären. Wir sinds schließlich zufrieden und bitten nur: Erzähle, Onkelchen, erzähle!

VICTOR ARNOLD

Der Räuberpapa sitzt auf dem grünen Plüschsofa mit den Antimakassars und liest die *‹Allgemeine Deutsche Räuberzeitung›*. Seine zu kurzen Beinchen baumeln unterm Tisch. Er hat eine gestrickte Pudelmütze auf und lutscht Kaffee aus einer großen Barttasse. Gold auf weißem Grunde: ‹Dem großen Räuber›. Und darunter:

Dem deutschen Mann mit starkem Bart
Ziemt diese Tasse eigner Art,
Damit zu Hausfraus Wohlgefallen
Nicht Tropfen auf das Vorhemd fallen.

Von der Wand grüßt ernst der Öldruck des Ahnherrn. Auch Räuber. Papa raucht die lange Pfeife und nuckelt mit dem Kopf. «Sapristi, sie haben richtig die Knebelpreise erhöht – sieh mal an!» Und schnauft und ist so glücklich und zufrieden, daß man ihm seine Ruhe läßt.

Aber nun ist die Tasse leer. Die Flinte aus dem Eck, die Mütze herunter, hinaus in den grünen, grünen Wald: die Pflicht ruft! Wir sehen ihn sorglos scheiden. Denn wenn er nachher (bei Gott!) die mächtige Donnerbüchse explodieren läßt: baum! – dann wird er nicht versäumen, aus einer alten gelblichen Hornbüchse eine Prise zu nehmen, und in den dicken Pulverrauchschwaden wird man seine zittrige, fistelnde Stimme hören: «Ach, verzeihen Sie, bitte! Sind Sie vielleicht tot?»

Die Güte selbst. Aber versehen mit einem Gran von Lächerlichkeit, umkleidet mit einer Aura, die unwiderstehlich zum Lachen reizt. Er kann ja nichts dafür: er klettert zwischen Himmel und Erde einher, ohne den Philosophen zu schaffen zu machen, er lebt sein bescheidenes Leben, hat seine kleinen Freuden und überzeugt doch ergreifend von der Jämmerlichkeit alles Irdischen. Er tut stets so, als sei er allein, zieht selige Falten durchs Gesicht und zeigt nun erst, wie klein er ist. Alle Bürger Carl Sternheims, die Maskes und die Wolkes, sind sein: diese immer ein wenig gereizte, quälige Stimme, diese schneidenden Freudentöne, ein besoffenes Bein, juhu! –: hier ist sein Feld. Was Willi Handl einst auf den wiener Maran sagte, mag auch für Arnold gelten: «Das ist seine große komische Kunst, daß er so packende und so viele Mittel weiß, das Verhältnis zwischen jedem Wunsch oder Impuls, den seine Figuren äußern sollen, und ihrer tatsächlichen Kraft ... unmöglich zu machen.» Ich habe das Wort ‹ungeheuerlich› gestrichen. Ungeheuerlich ist Arnold nicht. Er ist ein guter, hausbackener Alter, und es bleibt eigentlich erstaunlich, woher er, der Jude, diese germanisch-christlichen Oberförsterallüren hat; wie er die Knöpfmanschetten mit mächtigem Armschwung in das Futter zurückschnellt, wie er die Hände auf dem Rücken kreuzt, die Brust bläht und wie ein Puter herumstelzt, wie er vor dem Krach auf den Tisch trommelt und dann wie eine kleine dicke Kugel losschießt – woher hat er das? Woher die so seltene Fähigkeit, alle Dinge, die er am Körper oder in den Fingern trägt, sich anzupassen? Die Zigarre wird komisch, weil er sie raucht, und der Aktendeckel und die Lampe und der Hut – alle fangen an, ein bißchen lächerlich zu werden. Es ist manchmal, als wenn sich eine Tür öffnete, und kühl weht all die Nichtigkeit und der aufgeblasene Stolz der Erde herauf. Kinder, es ist ja alles nicht so schlimm! Aber bis zur Reflexion gedeihts nicht, denn gelobt sei der Herr: dieser weiß nicht, was er tut. Seine vorgesetzte Behörde ließ ihn zwar nicht schuldig werden, hat ihn aber der Pein überlassen: der Pein der leisen Lächerlichkeit. Wie eine dünne Gasschicht bibberts um ihn: eine Furche von Mund zu Nase, eine etwas zu hastige, abrupte Bewegung des kurzen Arms, ein schnelles Purzeln der Beinchen, und aus ists. Wir lachen. Er ist nicht beleidigt; er kommt keinen Augenblick auf den Gedanken, daß man etwa über ihn lachen könnte. Er ist doch ein reifer Mann, Teufel nicht noch einmal! Und fährt fort, dir – an seiner Zigarre saugend – die Maximen des menschlichen Lebens zu entwickeln.

Vor allem: Ordnung muß sein. Da hat man so seine festgesetzten Begriffe: Amt, Würden, die gesellschaftliche Stufenleiter handgreiflicher Erfolge – denn auf die kommts an! – und schließlich seinen gesunden Menschenverstand. Gewachsen zu Dobrilugk-Kirchheim, aber immerhin. Und prallt das nun mit einer rohen, draufgängerischen Außenwelt zusammen, so ists ein köstliches spectaculum. Zuerst merkt er nichts. Er wirtschaftet so umher, bis sich die Nadeln hümpelweise schmerzhaft ins Gesäß bohren. Setzt er sich drauf, so schreit er – zwiefach empört: als corpus und als Mensch. Wenn dann dieser kleine, wutschnaubende Mann herumturnt, schüttelt sich das Parkett, dem die Diskrepanz zwischen Wollen und Können ans Herz greift. Und schließlich unterliegt er und gibt dann das Reichste, das Größte, das Rührendste, was er zu geben hat.

George Dandin, der Hund bei Maeterlinck, Androklus, der liebe gute alte Schlehwein – es ist ja immer dasselbe. Da steht er, er kann nicht anders, Gott helfe ihm, Amen. Er wird ganz schrumpelig, seine Hände zittern ein bißchen, die Brille rutscht nach vorn, die Augendeckel sind schwer, sogar seine Kleidung bekommt einen trübseligen, traurigen Aspekt. Aus. Und hier steckt die große Kunst Arnolds: das Licht erlosch, und er macht uns darüber weinen und schmunzeln. Er tut einem ja schrecklich leid, aber zum Helfen kommt man nie. Man muß zu sehr lachen. Ob er vorn an der Rampe hockt, ob er hinten im Lehnstuhl vergraben ruht – man fühlt, daß hier einer am Ende angelangt ist. Aber man empfindet zugleich, wie lächerlich das ist. Ich habe in den Kammerspielen gehört, wie mein Nachbar in einem solchen Augenblick ganz laut sagte: «Och Gottchen!» und dann weiter lachte. Wir sind ja nicht beteiligt und haben es leicht, über ihn zu lächeln. Dieser ewige

Zigarrenstummel, der ganze Skatkerl, diese ulkige Beziehung zu den Frauen, die ganz unerotisch ist: uns wird behaglich und warm zu Mute. Und er schreckt vor nichts zurück. Er kann sogar die Trauer kompromittieren. Er wäre imstande, bei ganz Vorurteilslosen als ‹Selig Entschlafener› mit einem Palmenwedel auf dem Bauch oder als trauernder Zylinder beim Begräbnis ein befreiendes Lachen zu erwecken. Er ist der Mensch aus der Himmelsperspektive. Solche Wesen, muß sich der liebe Gott sagen, gibts also. Das ist Trauer. So sehen sie aus, wenn sie von heftigen Emotionen geplagt sind: kurz, dick, jämmerlich, Mitleid erregend. Und jedes Parkett übernimmt die Rolle des Olympiers. Wir alle sehen: also so sieht man aus. Und wir freuen uns, wie ‹die Sklaven am Saturnalienfeste›.

Und wenn Gott einmal Besuch hat, dann wird er den fremden Herrn vor einen Garten führen, und drinnen sind Hunderte eingesperrt. Männer, aus verschiedenen Epochen, aber alle kurz, klein, kugelig. Manche geben sich quick, manche jämmerlich, einige kreischend lustig. Es sind die Gestalten Victor Arnolds. Und sieht sie der Fremde da drinnen zappeln und disputieren und herumwanken, im ganzen aber unendliches Mitleid verbreiten, dann wird ihm Gott, der Herr, lächelnd auf die Schulter klopfen und sagen: «Siehe, auch dies sind Menschen!»

SCHÖNER MOMENT

Das war damals, als sie bei Reinhardt noch *‹Was ihr wollt›* spielten. Aus diesem Stück ist mir ein Augenblick in der Erinnerung geblieben und wird wohl nie mehr daraus verschwinden.

Die Sache lag so, daß der ganze Keller sternhagelvoll war. Die Wangel spielte, Diegelmann schnarchte irgendwo unter einer Tischplatte, auch Waßmann stand nicht mehr fest auf seinen dünnen und jämmerlichen Junkerbeinen, und der Narr Moissi klimperte in dieser versoffenen Morgenstimmung auf der Gitarre. Es war in jeder Beziehung vier Uhr: das Fest vorm Erlöschen, der Alkohol vorm Verdunsten. Draußen hingen grau und weinerlich trübe Morgenwolken — und ob sich das nun in meinem Gedächtnis verwischt hat, ob wirklich diese Worte jetzt oder ein bißchen später gesprochen wurden —: jedenfalls rissen sich alle erwachend zusammen, torkelten unfroh durch einander und brachen auf. Vorher, irgendwann am Abend, hatten sie auch von der Liebe gesprochen, und Teddy Waßmann hielt noch bei dieser Station. «Seine Gedanken begreiflicherweise / Dämmern so weiter im alten Geleise.» Und wie der dicke Diegelmann ihn fortziehen will: «Kommt, Junker! Kommt! Wir wollen gehen!» — da ist es aus, die Rührung fällt ihn an, die blauen Augen füllen sich mit Wasser, sein Blick hängt verloren an der Rampe, und er sagt ganz leise, ganz gerührt, ganz in die Erinnerung versunken: «Mich ... mich hat auch einmal eine geliebt ...!» Der Chor der Lärmer fiel darüber her, das Spiel ging weiter, aber er stand noch immer da, noch immer mit dem Kopfe wackelnd: kaum glaublich, und doch wie wahr! doch wie schön! Ihn – ihn hat auch einmal eine ...

Nachher kam noch sehr viel Hübsches, das man gern sah und doch wieder vergaß. Dies aber ist geblieben. Das freundliche Angedenken an einen armen, vom Leben ausgestoßenen Mann, der immer mit den andern, den Glücklichen, kontrastierte, der sich nicht zu halten wußte, und dem das Wasser in die Augen schoß, weil ihn auch einmal eine geliebt hatte.

DIE AUFPASSER

Wenn ich aus meinem Fenster sehe, so erblicke ich drüben auf der anderen Straßenseite die ziegelrote Front einer berliner Gemeindeschule. Im Sommer, und wenn es warm ist, auch im Frühling – dann machen wir beide, die Gemeindeschule und ich, unsere Fenster auf. Ich höre dann so, wie dreiundfünfzig Kinderkehlen versichern, daß sie preußisch seien und auch preußisch sein wollten, und ich höre, wie man den ganzen Tag ununterbrochen zum lieben Gott Choräle hinaufschickt, so daß der alte Mann beinahe glauben muß, Preußen sei wirklich eine große Kinderstube.

Aber am ergötzlichsten ist es doch um 10 Uhr und um 11 Uhr, kurz, immer dann, wenn drüben gerade die Pause zu Ende gegangen ist. Dann warten die Klassen auf den Eintritt der Lehrer und Lehrerinnen, und wenn fünfzig Kinder in einer Stube sitzen, dann geht es natürlich nicht leise zu. Und da ist eine Klasse, sie wohnt gleich hinter den ersten Fenstern links in der zweiten Etage. Da sitzen lauter kleine Mädchen drin und machen einen Heidenspektakel, bis der Herr Lehrer hereinkommt oder das Fräulein Lehrerin, um ihnen das große Einmaleins und die kleinen Näharbeiten beizubringen. Und weil doch nun alles auf der Welt seine Ordnung haben muß, so hat man über das unruhige Gewimmel ein paar Aufpasser gesetzt, vielleicht sind es die Ersten der Klasse, und die müssen nun vorn auf dem Podium stehen und müssen aufpassen, daß niemand laut ist.

Und es ist nun ganz merkwürdig, aber um diese Zeit, um 10 Uhr oder um 11 Uhr, höre ich kaum etwas von der unruhigen Klasse, sondern immer nur zwei helle, kreischende Stimmen, es sind immer dieselben, und ich kenne sie schon, und sie schreien: «Ruhig! Wollt ihr wohl ruhig sein! Ihr sollt stille sein! Stille! Ruhig!» Und von der ganzen Klasse höre ich nichts als dies: Ruhe! Stille! Die anderen sind wirklich stumm und rühren sich nicht mehr, und nur die Aufpasserinnen wittern immer noch Rebellen und ersuchen im höchsten Sopran um anständiges Benehmen . . .

Was aber die deutsche Politik angeht, so will ich nichts gesagt haben.

AN DIE MEINIGE

Legt man die Hand jetzt auf die Gummiwaren?
Erinnre, Claire, dich an deine Pflicht!
Das geht nicht so wie in den letzten Jahren:
Du bist steril, und du vermehrst dich nicht!

Wohlauf! Wohlan! Zu Deutschlands Ruhm und Ehren!
Vorbei ist nun der Liebe grüner Mai –
da hilft nun nichts: du mußt etwas gebären,
einmal, vielleicht auch zweimal oder drei!

Wir Deutschen sind die Allerallerersten,
voran der Kronprinz als Eins-A-Papa.
Der Gallier faucht – wir haben doch die mehrsten,
und hungern sie, mein Gott, sie sind doch da!

Denn sieh: die Babys brauchen Medizinen
und manchmal auch ein weiß Getöpf aus Ton,
Gebäck, das Milchgetränk – man kauft es ihnen,
und dann vor allem, Kind, die Konfektion!

Und wer soll in des Kaisers Röcken dienen,
umbrüllt vom Leutnant und vom General?
Stell du das her: es muß nur maskulinen
Geschlechtes sein – der Schädel ist egal.

Ins Bett! Hier hast du deine Wickelbinden!
Schenk mir den Leo nebst der Annmarei!
Und zählt man nach, wird man voll Freude finden
sechzig Millionen, und von uns
die zwei!

RUSSISCHES BALLETT

Ach, Nijinsky, wo bist du? Jedenfalls nicht bei dieser gottverlassenen Truppe. Die schöne Dekoration im ‹*Geist der Rose*› erinnert noch an dich, und die Kostüme des ‹*Karneval*›, den die Slawen damals so deutsch herausbrachten, daß man das Land, das Schumann mit Seele und Musik ersehnte, noch mehr liebte denn je. Damals sprangst du noch herum; du tanztest nicht, obgleich du das konntest. Du tatest irgend etwas andres – man begriff auf einmal, was dieses Springen und Hüpfen zu bedeuten hatte. Und letzten Endes gibt es ja nur ein Kriterium in allen Künsten: die Gänsehaut.

Das ist lange her. Heute vermißt man dich umso schmerzlicher, als Fokin dich ersetzen möchte. Fokin, der immer aussieht wie der Märchenprinz der kleinen Matzke aus dem ‹*Schlaraffenland*›! Nein, damit ist es nichts. Das Theater (am Nollendorfplatz) allein war nicht schuld. Obgleich in der einen Loge die Harfe saß (nicht etwa die Pauke); obgleich der Kapellmeisterbart die Szenerie verdeckte, obgleich alles so kümmerlich aussah. Was ist aus euch geworden? Das war doch früher nicht. Nicht diese süßlichen Posen, diese Attitüden des Zirkusballetts: «Kommt, Mädchen, laßt uns eine Gruppe bilden!»; nicht diese gezwungenen Stellungen mit neckisch geneigten Köpfchen; nicht diese Finales, die aufgehen wie eine Regeldetri. Was ist euch die Musik? Ihr tanzt doch zuckrig und kümmert euch nicht darum, obs Chopin oder Weber oder Arensky ist. Wo habt ihr das früher getan: malerische Trachten, wie sie das schlechte Varieté liebt, zur Schau zu tragen? Wo hättet ihr früher so unbedenklich gekitscht? Gewiß, ihr könnt noch alle tanzen. Einmal sogar, in einem Narrentanz, sehr gut: wie da alle bei einem dumpfen Celloton in der Luft schwebten! Und doch ...

Wo bist du, Nijinsky! Komm, lege noch einmal deinen Schleier nieder, und siehe: er wurde zum Weib, weil du es wolltest. Fahre noch einmal wie ein buntes Rad unter die Tanzenden! Ach, Nijinsky, wo bist du?

DER KONSUMVEREINSTEUFEL

Dies Wort, auf Wedekind gemünzt, stammt von Hofmiller. Stimmts am Ende? Sollte der strengste Kritiker dieses Dichters Recht behalten? Er, der einmal von «sauer gewordener Romantik» gesprochen hat? Damals, anno Dominae Lulu, hatte er sicherlich Unrecht. Wer aber am Sonntag im Hotel Esplanade zu Berlin auf der Wedekind-Matinee ‹seinen Tee à discrétion schlürfte› – der durfte anfangen, zu zweifeln.

Der Weg von Zürich, von wo die nicht eben schön gedruckten

Bändchen von ‹*Frühlings Erwachen*› in die Welt geschickt wurden, bis in die Bellevue-Straße ist lang und führt abwärts. Der Krater scheint erloschen. Oben stehen die respektvollen Touristen herum, sehen mit stillem Grauen in die tiefe Öffnung und glauben dem Baedeker: Hier hats einmal Lava gespien. Aber das ist lange her.

Nie haben wir Schwächeres gegen die Zensur gehört als von Wedekind. Es ist eine fixe Idee von ihm, die er sehr langsam vor sich herwälzt. Denn er hat noch mit der zweiten zu tun, die ihm irgend ein fixer Literat in den Kopf gesetzt hat: Kleist und Er. Er und Kleist. Also sagen wir schon: «Ich, der Kleist von 1914. Soll ich vielleicht auch noch an den Wannsee gehen?» Und der diable bourgeois setzt sich hin und weint, daß dem Schutzmann seine Werke nicht gefallen. «Er ist entsetzlich deutsch», hat Hofmiller gesagt.

Dann hielt ein zukünftiger Literaturprofessor ein Kolleg über den Dämon. Der junge Doktor Lewin, dessen Langweiligkeit zu den schönsten Hoffnungen berechtigt, vermied sorgfältig, den alten stürmischen Wedekind wieder lebendig zu machen. Es hätte vielleicht den neuen blamiert; aber es wäre nicht so stumpfsinnig gewesen. Leider konnte man in die Tische, weil sie gedeckt waren, keine Herzen schneiden, wie in die traulichen Kollegbänke bei Roethe.

Das wundervolle Duo Kayssler-Eysoldt machte das Finale. Hier kann sich doch Wedekind nicht beklagen. Aber trotz diesen beiden hatte man das Gefühl, daß er sich einen tiefen Gang in die Erde gräbt, durch die verzwicktesten Stollen läuft und, wenn er wieder ans Tageslicht kommt, doch nur auf dem Potsdamer Platz, mitten in der dicksten Bürgerlichkeit steht. Es ist alles nicht mehr so schlimm.

Noch einen Schritt, noch diesen letzten — und wir haben auch Wedekind apud Unam sanctam ecclesiam catholicam.

DIE KRONPRINZENBÜHNE

Sieh da, sieh da: am preuß'schen Hof
erblickt man einen Musenschwof.
Man spielt beim Sohn vom Vater
Theater.

Die kleine Zote, lieb und nett,
wird blank poliert für das Parkett —
und, was der Gallier schildert,
gemildert.

Auch fühlt man sich beträchtlich wohl
im reinlichen Salontirol.

Der Dichter schwingt im Gmüatl
's Hüatl.

Und auch die Tonkunst ist allhier:
da hinten trommelt am Klavier
für viele Pinke-Pinke
Paul Lincke.

Und alles ist im Ordensfrack . . .
Nur leider fehlt der Kunstgeschmack.
Nun, man behilft sich ohne
beim Sohne, Sohne, Sohne –
beim Sohne.

DER LENZ IST DA!

Das Lenzsymptom zeigt sich zuerst beim Hunde,
dann im Kalender und dann in der Luft,
und endlich hüllt auch Fräulein Adelgunde
sich in die frischgewaschene Frühlingskluft.

Ach ja, der Mensch! Was will er nur vom Lenze?
Ist er denn nicht das ganze Jahr in Brunst?
Doch seine Triebe kennen keine Grenze –
dies Uhrwerk hat der liebe Gott verhunzt.

Der Vorgang ist in jedem Jahr derselbe:
man schwelgt, wo man nur züchtig beten sollt,
und man zerdrückt dem Heiligtum das gelbe
geblümte Kleid – ja, hat das Gott gewollt?

Die ganze Fauna treibt es immer wieder:
Da ist ein Spitz und eine Pudelmaid –
die feine Dame senkt die Augenlider,
der Arbeitsmann hingegen scheint voll Neid.

Durch rauh Gebrüll läßt sich das Paar nicht stören,
ein Fußtritt trifft den armen Romeo –
mich deucht, hier sollten zwei sich nicht gehören . . .
Und das geht alle, alle Jahre so.

Komm, Mutter, reich mir meine Mandoline,
stell mir den Kaffee auf den Küchentritt. –

Schon dröhnt mein Baß: Sabine, bine, bine ...
Was will man tun? Man macht es schließlich mit.

VORMÄRZ

Anmerkung in ‹*Weltbühne*› 23. 11. 1926:
Der ehemalige Kronprinz, den Stresemann und die deutschen Sozialdemokraten wieder ins Land gelassen haben, und der sein Versprechen, sich nicht mit Politik zu befassen, selbstverständlich gebrochen hat, ist auf dem berliner Sechstagerennen ausgepfiffen worden. Der ewige junge Mann liebt den Sport, wovon ja jene als Soldaten verkleideten Arbeiter etwas wissen, denen er vor Verdun – weit vor Verdun – mit einem Tennisracket zuwinkte, als sie an ihm vorbeizogen, um sich schlachten zu lassen.

Im März 1914 war ein sozialdemokratischer Redakteur wegen Beleidigung des Sportsmannes zu Gefängnis verurteilt worden. Rosa Luxemburg lebte und wirkte, es war dicke Luft – und Wilhelm III. lächelte in der Loge des Sportpalastes, wo ihn zu sehen sich niemand verwunderte.

Davon geht der folgende Aufsatz aus, der hier am 2. April 1914 erschienen ist.

Der Beleidigte sitzt leicht vorgebeugt in der Loge und spendiert braven Schlossergesellen, die hier sechs Tage Rad treten müssen, goldene Zigarettenetuis. Es klingelt: los! Die Amerikaner ergatterns, die Germans liegen durchaus nicht in der Front, die Galerie heult. Dummes Volk hockt in dem Riesenraum, Jahrtausende Zuchthaus schauen herab, hier belustigt sich der Untertan, scharf eingezwängt von warnenden Plakaten und schnauzigen Aufpassern. Der Beleidigte nützt dem Sechstagerennen und sich selbst: wenn der Kronprinz sein Erscheinen zugesagt hat, wirds noch einmal so voll, und zugleich fließt ein Teil der Popularität vom Sport hinüber auf ihn. Er sitzt in der Loge und lächelt, die Bevölkerung hängt über der Rangbrüstung und johlt: sie sind sich einig.

Am Vormittag desselben Tages haben sie Herrn Meyer, Redakteur des ‹*Vorwärts*› auf drei Monate ins Gefängnis geschickt. Nun war der ‹*Abschied vom Regiment*›, den er geschrieben und jedenfalls zum Druck befördert hat, schlecht. Der Erfolg lehrt, daß er schlecht war. Denn wer die deutsche Sprache beherrscht, wird einen Schimmel beschreiben und dabei doch das Wort ‹weiß› vermeiden können. Eine Satire sei keine strafbare Handlung: man konnte über den schwarzweißrot geschminkten Regimentsbefehl des Obersten vo

Langfuhr lächeln, ohne absichtlich, böswillig und mit Überlegung zu verletzen.

Aber was waren das für giftige Früchte — so der Urteilsbegründungsfilm —, die der Meyersche Baum der Erkenntnis, weite Kreise gefährdend, trug?

Was hatte Hans Leuß getan, daß sie ihm sechs Monate zudiktierten?

Was Rosa Luxemburg, die auf ein Jahr dran glauben muß?

Sie sind alle drei Vorposten eines imaginären Heeres. Sie schossen zu laut und zu hastig altmodische Schießgewehre ab, fehlten, und als sie sich nach Hilfe umwandten, war es öde und leer. Sie standen allein.

Wo sind wir? Was ist das alles? Wo gleiten wir hin?

Thomas Buddenbrook tituliert einmal in einer Zornesaufwallung seinen Herrn Bruder einen Esel. Jeder andre wäre aufgefahren, hätte erwidert, vielleicht geschlagen. «Na . . . Esel . . .» sagte Christian und machte ein verlegenes und unruhiges Gesicht. Schließlich ist alles auf der Welt relativ, und Hinz ist zu gründlich, als daß er sich einfach wehrt, wenn ihn einer angreift. «Es ekelt ihn, zu handeln» — aber er steht nicht, wie Hamlet, jenseits der erkennenden Reflexion, sondern er steckt noch mitten drin.

Auf der andern Seite ist man nicht so bedenklich. In massiver Geschlossenheit repräsentiert sich eine herrschende Kaste, wie sie der Deutsche verdient: nicht allzu gewandt, von ziemlich schwachem Intellekt, aber einigem Mut. Wenn man es mutig nennen darf, auf einen Kautschukamboß zu hämmern.

Die germanischen Untertanen sind eine merkwürdige Mischung aus Subjekt und Sujet. Was den Juden angeht, so ist sein Respekt zwar nicht so ungeheuer, aber er muß erst die Zusammenhänge begreifen, aufspüren, nachgraben und kann sich doch niemals zur simpeln Eindeutigkeit des Handelns aufschwingen.

Die Luxemburg, Leuß, Meyer, sie sind alle wegen (schlecht stilisierter) Gotteslästerungen verurteilt worden. Man spricht: Halts Maul!

«Na . . .Maul . . .» sagt der Bürger. «Wir waren gestern erschreckt, daß die so moderne Marineverwaltung das Anbinden der Hände beim strengen Arrest für eine ganz natürliche Strafe erklärte. Es müßte . . .» Sie waren erschreckt. Wenn man guter Laune ist, wird man ihnen eine kalte Kompresse auf den Magen legen, aber es kann auch sein, daß man sie einfach ignoriert. Eheu! Dieses Parlament liegt an des Königs Platz und wird da wohl ewig liegen bleiben.

Einsichtigen ist längst klar, daß unsre Politik anderswo gemacht wird, und keineswegs von diesen ausgewählten Bürgern, auch nicht von den Leitartiklern, überhaupt nicht in der Öffentlichkeit. Die entscheidenden Einflüsse sind nur zu spüren, aber nicht zu fassen; man hat so seine kleinen Besprechungen in den Büros, unverbindliche Zusammenkünfte, Korrespondenzen, und dann mögen wir das fertige Resultat bejubeln oder bespeien. Geändert wird nichts mehr.

Man tröstet: wenigstens das Kapital tendiere nach links. Und wenn dem so wäre. Wir blicken doch nicht zum Vereinsvorsitzenden Haeckel auf und wissen sehr gut, daß es auch noch andre treibende Kräfte als die materiellen gibt. Aber was den Geist betrifft, so ist es damit jämmerlich bestellt.

Man muß die ‹Rote Woche›, diesen Ausverkauf in Rebellion miterlebt haben, um zu sehen, wie so etwas in Deutschland gehandhabt wird. Denn dadurch unterscheiden sich die Phrasen von rechts so sehr von den Phrasen von links: Ostelbien ist immerhin ein Fundus, auf dem man seinen breitbeinigen Standpunkt haben kann. Die Arme solcher Kerle haben Bewegungsfreiheit. Der Bürger und der Arbeiter aber sehen gespannt zu, wie sich die, so seine Vertreter heißen, mit den Feinden herumschlagen. Der Justizmotor knattert: der Zuschauer bleibt passiv. Sua res wird hier nicht agiert.

Die politische Opposition, die Demokratie und vor allem die Sozialdemokratie haben sich gründlich diskreditiert. Unangenehm, dergleichen auszusprechen; denn flugs ist man in konservativen und nationalliberalen Redaktionsstuben bereit, dies als eine Abkehr von links und ein Kompliment nach rechts auszulegen. Aber unsre Radikalen mögen wir ja nur deshalb nicht, weil sie keine sind. Man kann es den Besten nicht verdenken, wenn sie sich nicht als Volksgenossen, sondern als Privatleute fühlen und im Wald und auf der Heide ihren Privatfreuden obliegen. Es gehört Selbstüberwindung dazu, im Wässerchen dieser Banalitäten mitzuplätschern.

Die Folgen sind bös. Langsam, aber gründlich ist man in den Ministerien dahinter gekommen, daß vorhandene Energien nicht zu dämpfen, sondern nur richtig auszunutzen sind. Der turnenden und wandernden Jugend ist ein konservativ-chauvinistisches Programm längst keine Politik mehr, sondern eine Selbstverständlichkeit. Ein Blick auf die jungen Leute, die – standes- und ordnungsgemäß getrennt – im Stadion an der Kaiserloge vorbeidefilieren, zeigt, was hier für Männer aufwachsen. Jede Bauchwelle ein Treugelöbnis. Jeder Hechtsprung ein Fahneneid. Und der Rottenführer darf bewegten Herzens melden: ein Oberst a. D. und zwölf Mann am Reck zur Stärkung des monarchistischen Gefühls.

Es geht uns nicht gut. Wir haben hundert Dogmen der Reflexion, aber kaum eins des Handelns. Wir gleichen dem Tausendfüßler, der vor lauter Überlegung nicht mehr weiß, welches Bein er zuerst heben soll, und demgemäß stehen bleibt. Macht und Geist sind zwei Faktoren, die einander heute ferner sind denn je.

Vom Vormärz haben wir die Idylle verloren, aber die Reaktion behalten. Politik ist zum Gezänk geworden. Opposition zum einflußlosen Krakeelertum. Und Gott gebe uns ein paar rechte Kerle, damit wir über diesen faulen Vormärz hinüberkommen, in einen richtigen Frühling hinein.

Anmerkung in *‹Weltbühne›* 23. 11. 1926:
In einen richtigen Frühling?

Sie haben einen Krieg und wir haben eine Revolution verloren, wir haben sie nicht einmal angefangen. Die Rechtsbrüche der Verwaltung und, was auf dasselbe hinauskommt, der Justiz haben einen Umfang angenommen, wie er unter dem Seligen niemals möglich gewesen wäre. Der Mann aus der Sechstageloge fährt im Auto durch Berlin, republikanische Schutzleute wehren mit der weiß behandschuhten Rechten das Volk ab, das ihm den Wagen für Desertion und sportliche Betätigung im Kriege bezahlt hat. Papa hat schwer zu tun, alle Quittungen für die Millionen zu unterschreiben, die man ihm über die Grenze nachschickt, und bald wird er sie ja wohl zu Hause verzehren dürfen.

Aus der Opposition von damals ist ‹realpolitisches Wirken› geworden – und durch die Schuld eben dieser Realpolitiker sind wir dahin gekommen, wo wir heute sind.

In einen richtigen Frühling hinein? Vom Regen unter Umgehung der Traufe in diese Republik.

DEUTSCHER ABEND

Nun gönnt die Firma stillen Abendfrieden
dem Arbeitsmann, den Mädels, dem Kommis –
nun sitzt ganz Deutschland um den runden, lieben
gedeckten Tisch und sieht aufs Visavis.

Da liegt das Land: ganz schwarz und blau und dunkel.
Es klirrt der Wind im Telegrafendraht.
Ein gelbes Fenster grüßt dich mit Gefunkel:
hier spielt der Förster seinen Dauerskat.

Man hebt die Zeitung, läßt sie wieder sinken,
die Welt, ihr Lieben, geht den alten Lauf –
hieraufbezüglich kann man einen trinken,
die Pfeife qualmt, nun steigt der Mond herauf.

Und hundert Mimen spreizen ihre Glieder,
und hundert Bürger füllen sich mit Bier ...
Und hundert Mädchen summen kleine Lieder,
denn morgen, morgen muß er fort von hier.

O Herr, so wie wir hienieden krauchen,
so segne Land und Leute und Kompott.
Verlaß dich drauf: wir könnens brauchen,
wir könnens brauchen, lieber Gott!

MEDITATION, ZUM COUPÉFENSTER HINAUS

Wie die langen Telegrafenstangen
jene schwarzen, dünnen Drähte, die
grad sich zu erheben angefangen,
immer wieder niedergehen, wie

diese dunkeln regelmäßigen Stäbe,
die das Auf und Ab und Auf und Ab
stetig kontrollierend in der Schwebe
halten —:
also von der Wiege bis zum Grab

drückt auch dich, o Mensch, bei allem Streben
(seist du Amme, Kanzler, Redakteur),
drückt auch dich, o Mensch, im ganzen Leben,
nieder, nieder, nieder —
das Malheur.

FRÖHLICHE OSTERN

Da seht aufs neue dieses alte Wunder:
Der Osterhase kakelt wie ein Huhn
und fabriziert dort unter dem Holunder
ein Ei und noch ein Ei und hat zu tun.

Und auch der Mensch reckt frohbewegt die Glieder —
er zählt die Kinderchens: eins, zwei und drei ...
Ja, was errötet denn die Gattin wieder?
Ei, ei, ei
ei, ei
ei!

Der fleißige Kaufherr aber packt die Ware
ins pappne Ei zum besseren Konsum:
Ein seidnes Schnupftuch, Nadeln für die Haare,
die Glitzerbrosche und das Riechparfuhm.

Das junge Volk, so Mädchen wie die Knaben,
sucht die voll Sinn versteckte Leckerei.
Man ruft beglückt, wenn sies gefunden haben:
Ei, ei, ei
ei, ei
ei!

Und Hans und Lene steckens in die Jacke,
das liebe Osterei — wen freut es nicht?
Glatt, wohlfeil, etwas süßlich im Geschmacke,
und ohne jedes innre Gleichgewicht.

Die deutsche Politik . . . Was wollt ich sagen?
Bei uns zu Lande ist das einerlei —
und kurz und gut: Verderbt euch nicht den Magen!
Vergnügtes Fest! Vergnügtes Osterei!

DIE BEIDEN HÖFLICHS

Das ist in Amsterdam, zwischen dem westlichen Dock und dem Holzhafen — da liegt in einer hohlen Twiete eine Matrosenkneipe, deren unübersetzbarer Name so etwas wie ‹Zur lütten Laus› bedeutet. Wenn der wiegende Schritt urlaubernder Seeleute unregelmäßig wird, wenn die wilde Kraft, alles, alles bis aufs Hemd zu versaufen, hurra! im besten Brausen ist, dann wogt in den zwei niedrigen Stuben ein Meer von Betrunkenheit. Der Wirt, ein Witwer, ist so dick, daß ihn noch niemand vom Schanktisch hat weggehen sehen. Er gießt bedächtig ein, kassiert und wirft dem Getümmel ab und zu ein fettes Witzwort hin, das brüllend akzeptiert wird.

Aber wer bedient die Gäste? Wer stellt vor jeden sein Glas, läßt sich von den Maats in die Backen kneifen, wird, hochrot und blond, auf den Tisch gehoben, kreischend wie ein Huhn? Wer? Matje Fehrs. Vom Wirt das Schwesterkind: flink, anstellig, und bei den Mannsleuten gut angeschrieben.

Man hört sein eigenes Wort nicht. Das tost und spektakelt und grölt, und Matje muß springen, daß auch alle ihren Grog haben. Da öffnet sich die Tür, und unisono brüllt der Chor: «Der Elefant! Muuh!» Ein Koloß nähert sich gleichmütig dem Schanktisch, reicht dem dicken Wirt mitfühlend die Hand und kracht auf einen Stuhl. Es ist der dickste Kapitän der Welt. Er blinzelt träge vor sich hin und kriegt seine Mischung. Matjes Lachen dringt von der anderen Stube herüber. Sie haben die Köpfe zusammengesteckt, die Gäste und Matje: eine Dummheit ist auszuhecken – und plötzlich fällt Matje wie eine Bombe auf eine Bank und lacht und lacht. Sie ist am Ersticken, sie piept, sie japst nach Luft, ihre Augen tränen, und sie zieht den Atem in einem hohen Ton singend ein. Die Arme sinken, sie kann nicht mehr, der Kopf fällt vornüber auf die Tischplatte. Dann steht sie auf, und während die beiden Dicken sich anschweigen, pirscht Matje den Elefanten an und pickt ihm ein kleines Täfelchen auf den Rücken. ‹Hier ist hinten› steht drauf. Ihr Gesicht ist knallrot, sie bläst die Backen auf, um nicht loszuplatzen, das wundervoll blonde Haar hängt büschlig in die heiße Stirn. Da – der Wirt ruft sie an! Das ganze Lokal sieht gespannt hin, wie sich Matje aus der Affäre ziehen wird. Sie würgt das Lachen herunter, kneift links einen Matrosen ins Bein, nur um etwas zu tun, und dann spricht sie. Die einzige Stimmlage, die ihr noch zur Verfügung steht, ist ein quietschiger Sopran. «W ... wa ... was soll ich?» Ob ihr etwas fehle? «N–nichts!» Und dann ist es aus, und sie explodiert aufs neue und mit ihr die ganze Kneipe, und man reicht sie herum, und sie muß Püffe austeilen, weil jeder sie küssen will, und muß doch lachen, lachen. Und einer von den Seeleuten, ein schmaler, braungebrannter junger Mann, der gerade aus der Südsee gekommen ist, sieht ihr bewundernd nach, als sich das Nebenzimmer ihrer bemächtigt, und sagt langsam: «Da möchte man die Zähne hineinschlagen, in dieses blonde Stück Fleisch –.»

Und nachher ist Nacht, und nur die Unentwegten druseln noch an den Wänden, auf den Bänken, schnarchen und gähnen und rauchen verglimmende Pfeifen. Der Elefant ist fort, der Wirt macht ein Nikkerchen. Die Lampen flackern und blaken. Wo ist Matje?

Sie steht hinten an der offenen Hoftür und sieht zum Nachthimmel auf. Ein durch hohe Mauern ausgeschnittenes dunkelblaues Viereck, mit ein paar Sternen. Aus dem geöffneten Flur fällt gelbes Licht. Sie ist still und erschreckend bleich. Schritte. Sie rührt sich kaum. Die Hände umklammern hart eine mörtelige Kante. Sie dreht sich nicht herum: sie fühlt, wer kommt. Und sie läßt ganz, ganz langsam den blonden Kopf nach hinten sinken, damit ihn der da in seine Hände nehme, und beißt sich die Lippen blutig. Und empfängt unter Schauern einen Kuß, von dem sie bestimmt weiß, daß er das Ende ist, das Unglück, das Verderben. Tut nichts: sie schließt die Augen und atmet sehr tief. Matje! Matje Fehrs.

Das sind die beiden Höflichs: die eine ist neuern Datums, und wir konnten in ‹*Was ihr wollt*› bewundern, was da im Entstehen ist. Sie spielt alle Skalen des Gelächters, vom ersten Jubelschrei bis zur völligen Erschöpfung. Es war ein Genuß, diese wundervolle Frau lachen zu hören. Und man durfte es schon mit dem jungen Seemann halten, der gerade aus der Südsee kam.

Die andre ist deutsch, deutsch bis in die Knochen. Nicht Thumann – sondern Schumann, und vielleicht noch Brahms. Und wenn das deutsch ist: der verbissene Trotz – nicht weinen, und ob ich draufgehe, nicht weinen! – wenn das deutsch ist, dieser leicht verzogene Mund, die Innerlichkeit, die Stille und das tiefbewegte Meer: dann ist die Höflich ein Stück Deutschland, wo es am besten ist.

Coda: Die Stimme der Höflich

Wenn einem das Einteilen Vergnügen macht, kann man die Schauspieler in zwei Gruppen teilen: die einen sind immer dann gut, wenn sie siegen und die Oberhand haben – die andern dann, wenn sie unterliegen. Jene sind die Komiker, dieses ist die Höflich.

Sie konnte einen so traurig machen. Daß es einmal schief gehen würde, war sicher – es fragte sich nur, wann. Und kam das Unglück: sie schrie nicht. Sie nahm das geduldig hin; aber es wurde nie wieder etwas Rechtes mit ihr. Sie konnte schwach die Hände heben – und eine war abgestorben für ihr ganzes Leben; sie konnte lächeln, lächeln in all der Schmerzlichkeit – und das Herz zog sich dir zusammen; es war viel, viel schlimmer, als wenn sie laut geklagt hätte.

Selbst wenn sie einmal fröhlich ist, ein stilles Glück hat, wenn sie strahlt – immer ist ein unterdrücktes Weinen in ihrer Stimme. Ist es die Vorstellung ihres Haares, daß ich ihre Stimme gelb empfinde? Ich weiß nicht. Aber die Stimme kann klagen, ein heller Ton der Trauer, und sie kann so weinen, daß man versteht, was das heißt: ‹Weinen ist mehr als Sterben›.

Und sie scheint mir am rührendsten zu sein, wenn sie vor der Katastrophe steht, wenn sie noch das Glück in Händen hält – aber schon naht etwas. Dann ist die Stimme sanft und furchtsam und verklingt.

Da war im *‹Bürger Schippel›* eine Stelle, da hatte sie zum Fürsten zu sagen, der sie aus dem Dunkel eines Liebeswinkels hervorholen wollte: «Ich scheue Gegend, Licht und Atmosphäre. Daß diese Nacht nie endigte!» In diesem Augenblick war der Satz von Shakespeare. Da sie ihn sprach.

Als Junge sah ich sie in einer der ersten Vorstellungen der *‹Minna von Barnhelm›*, in der Soubrettenrolle der Franziska.

‹Minna von Barnhelm› ist ein Lustspiel. Ich heulte wie ein Kind, das seine Milch nicht bekommen hat, die ganze Nacht.

NICHT! NOCH NICHT!

Ein leichter Suff umnebelt die Gedanken.
Verdammt! Der Frühling kommt zu früh.
Der Parapluie
steht tief im Schrank – die Zeitbegriffe schwanken.

Was wehen jetzt die warmen Frühlingslüfte?
Ein lauer Wind umsäuselt still
mich im April –
die Nase schnuppert ungewohnte Düfte.

Du lieber Gott, da ist doch nichts dahinter!
Und wie ein dicker Bär sich murrend schleckt,
zu früh geweckt,
so zieh ich mich zurück und träume Winter.

Ich bin zu schwach. Ich will am Ofen hocken –
die Animalität ist noch nicht wach.
Ich bin zu schwach.
Laternenschimmer will ich, trübe Dämmerung und dichte Flocken.

BUSCH-BRIEFE

Wenn ein gutes Buch von dreihunderttausend Leuten gelesen wird, so kann man darauf schwören, daß zweihundertachtzigtausend gar nicht das Kunstwerk lesen (und kaufen), sondern irgend etwas andres, irgend ein Ding, das sie sich zurechtgemacht haben. Sie lesen aus dem guten Werk für sich ein schlechtes heraus; sie hören bei Sternheim Kadelburgwitze, loben bei den ‹*Buddenbrooks*› das Milieu, das sie bei ‹*Jettchen Gebert*› und bei den ‹*Wiskottens*› gleichmäßig entzückte, und haben so auch von je einen Publikums-Busch gehabt.

Es geht die dumpfe Sage, dieser Busch sei ein Philosoph gewesen. Aber die Leute lachen ruhig weiter über seine Bildchen und sagen: Es wird schon nicht so schlimm gewesen sein. Durch seine Biographen ists nicht besser geworden, und ganz und gar verstanden haben ihn nur Hofmiller und die ‹*Simplicissimus*›-Gruppe mit Doktor Owlglaß an der Spitze. Und grade dieser schwäbische Medikus, dem großen Niederdeutschen merkwürdig verwandt, hat schon oft auf diesen Wilhelm Busch hingewiesen, den die Leute so gar nicht kennen, und der nie großen Erfolg gehabt hat und haben wird. Von diesem andern Busch ist ‹*Eduards Traum*›, ein bilderloses, schmales Büchelchen, und von diesem andern Busch sind die wunderschönen Briefe an die Freundin Multatulis, an Maria Anderson. Hofmiller: «Jeder, der Busch liebt, sollte sie besitzen.»

Busch ist der Reiter über den Bodensee, der sehr gut weiß, daß er auf einer gefrorenen Eisdecke galoppiert. Und wie dieser kräftige Mann den brüchigen Untergrund fatal lächelnd aufzeigt und dann immer wieder zu dem starken Lebensgefühl zurückkehrt, das es ihm ermöglicht, trotz alledem weiter zu atmen: das findet sich auch hier in den nachdenklichen Briefen. «Wer die nackte Wahrheit will, der mahle $a^2 + 2\,ab + b^1$ auf der Wind- und Klappermühle, deren Wichtigkeit ich sonst nicht verkenne. Wir aber, wir reden den hübschen ‹blühenden› Unsinn. Wir sagen: Die Sonne geht unter; der Mond geht auf. Hier ist der See. Der entschlummerte Tag haucht leise darüber hin. Die Wellen zittern und blinken. Sanft schaukelt der Kahn. Die Laute klingt. Aber tief unten im Grund liegt der Hort und Schatz der Wahrheit.» Er weiß alles. Wie wenig Worte taugen, und wie man das ganze Spiel in kein System und in keine Schablone bringen kann. Und wie man nicht sagen muß: ich bin, aber es ist nichts – sondern: es ist nichts, aber ich bin.

Mit allen Vorbehalten. Busch hat seine Bedenken gehabt. Er hat das Ganze hienieden aus der Vogelperspektive gesehen, und wer diese schönen Briefe liest, wird auch auf den vom siebenten Februar 1876 stoßen, und dann wird er gewiß zu lesen aufhören und ein Weilchen schmunzelnd knastern. Da steht: «Obgleich der Floh, wie Mann und Weib bekannt, gar pfiffig ist, besonders wenn es sich darum handelt, den ihm dräuenden Gefahren zu entschlüpfen, so scheint mir seine Intelligenz doch etwas einseitig zu sein. Winzig, unbändig, freiheitsdurstig, egoistisch, schnellvergänglich, wie er ist, dürfte es der plumpen Menschenhand wohl schwerlich gelingen einen bildenden Einfluß auf ihn auszuüben . . . Ehe nun die Vorstellung beginnt, lockt er (der Flohzirkusdirektor) seinen Hund, langt aus dem haarigen Urwald einige stachlige Wildfänge hervor, ‹dressiert› ihnen mit einer kleinen Schere die Achterbeene, tupft ihnen etwas Gummi auf den Rücken – das Stück beginnt – und was sonst gehupft, das krabbelt nun. Nach Schluß des Theaters können die Künstler gehen, wohin sie wollen.» Der Leser wird hier ein wenig nachdenklich in die Luft sehen und sich der Verse des Doktor Owlglaß erinnern: «Zwackt mich die Angst als wie ein Hummer Kalt ins Genack, So blas' ich meinen Schreck und Kummer In einen Dudelsack.»

Und hier müssen wir unsern Schopenhauer wiederfinden: im Flohzirkus.

IN DES WALDES TIEFSTEN GRÜNDEN

Seinem lieben Offenbach gewidmet

«Ich geh jetzt morden», sagte der Räuberhauptmann Nickel Kernbeißer und zog den Lederkoller fester. Warf das gute, alte Schießgewehr über die Schulter, steckte die Trichterpistolen in den Gürtel, den Räubererlaubnisschein ins Wams – «Velleda, mein Weib, leb wohl! Mich siehst nimmer!» – «Aber zum Nachmittagskaffee bist du doch wieder da?» entgegnete die Hausfrau treuherzig, indem sie sich mit einem kräftigen Armschwung die Nase putzte. «Stell ihn warm, wenn ich nicht zur Zeit zurück bin», sprach Nickel düster. Und schritt fürbaß.

Die Männer des Dorfes hatten sich schon an der großen Eiche versammelt. Als Nickel sich näherte, standen sie stramm. «Guten Morgen, meine Herren!» sagte der Hauptmann, «heute gilts! Die Post kömmt um 4 Uhr 40 durch den Auchenauer Wald; mein Brudersohn, der Postillon, berichtet von drei gutsituierten Fahrgästen. Meine Herren! Das vorige Mal sind leider Ausschreitungen vorgekommen, die doch im Interesse unseres Standesansehens besser vermieden werden, nicht wahr? Ich bitte also, alles unnötige Lärmen zu unterlassen. Das wird ein heißer Nachmittag! Munition nehmts mit und ein Kartenspiel für den Waldesschatten.» Und unter Absingung des Liedes: *‹Zieh hinab ins stille, stille Tal›* setzten sie sich in Bewegung, in den Wald hinein.

Die Zweige schlagen über ihnen zusammen. Es ist ein sehr dichter Wald, und man sieht nur hier und da durch die Bäume ein kleines Stückchen blauen Himmels. Viele moosige Wege laufen an Gestrüpp und Baumstrünken vorbei, auf das Räuberdorf zu. Dort ist man unterdessen nicht müßig. «Julchen», sagt die Gattin des Räuberhauptmanns, «geh üben, mein Kind! Du kannst deinen Kullack noch nicht. Wenn der Herr Mellini zur Stunde kommt, wird er schelten!» Und Julchen geht üben, und durch den Frieden des stillen Dorfes perlen die süßen Töne der F-Dur-Sonatine Satz 1–4, Opus 63.

Derweilen schafft die Frau im Haus: sie putzt die Türschlösser, sie besprengt die Topfblumen am Fenster, sie staubt die Mordwaffen ab, sie frischt die grauslichen Blutflecken auf der Schwelle ein bißchen auf, daß sie nur so blinken. Sie ist tätig. Eine gute Frau und Mutter! «Adelgunde», spricht sie zur Jüngsten, «lauf einmal hinüber zu Frau Räuber Voß und frag, ob sie uns ein wenig Milch ausleihen kann! Der Milchmann ist heut ausgeblieben.» Das folgsame Kind geht durch das Dorf, den schweren irdenen Topf in Händen haltend, und seine Augen sind überall. Es plaudert mit den Frauen, die auf den Bänken vor ihren Häuschen sitzen, es grüßt den alten Räubervater, der heute seinen längsten Umhängebart angelegt hat und brummelnd dankt. Und holt schließlich bei Vossens seine Milch und macht sich auf den Heimweg. Unterwegs bleibts ein bißchen vor der Schule stehen und hört zu, wie die Klassen im Chor Gedichte aufsagen. Jede Silbe ist deutlich zu hören.

«Mor-den – und – Steh-len
ist – un-se-re – Lust ...»

Dann hüpfts nach Haus.

Aber nun ist Mittag, und die schwere brütende Hitze lagert über dem Walddorf. Stille. Da rascheln Schritte im sandigen Laub des Weges. Es ist der Geldbriefträger. Er will zu Mausche Maynzer & Feibisch Pollack Räuber en gros. Haben sich selbständig gemacht; ein feines Haus! Der Briefbote geht durch den niedrigen Flur zum Büro, gleich rechter Hand. Er klopft. «Herein! In Gottes Namen!» sagt jemand. Er tritt ein. Niemand ist im Zimmer. «Hier ist», sagt er in die leere Stube, «ein Lösegeldbrief für Herrn Pollack, genannt der edle Jude!» – Nichts. Nur die alte Küchenuhr tickt pick, pack, pick, pack ... «Heda!» Dem Boten wirds unheimlich. Da rührt sich wer hinterm Ofen. «Mei Sohn is nischt do», sagt eine ganz, ganz alte Stimme, verrostet und brüchig, – so alt ist sie. «Legts derweil aufn Tisch!» – «Oha!» sagt der Briefträger, «persönlich soll es sein, persönlich!» – «Nu, ich bin so gut wie persönlich», sagt die alte Stimme wieder. «Ich bin der Vater von den edeln Juden!» – «Nein, nein!» Der Pflichttreue weigert sich. Persönlich muß es sein, sonst gibt er ihn nicht her. «Dann sagt mir wenigstens», bittet der unsichtbare Greis, «von wemmenen er kümmt!» Der Beamte sagts. Von Petersen aus Hamburg. «Zahlt der auch einmal wieder, sieh! sieh!» brummelt die Stimme am Ofen befriedigt. «Kommt am Abend noch einmal, da werd der edle Pollack junior schon do sein!» Der andere stapft schwer hinaus, und wieder pickt die Küchenuhr die Stille auf, und der Alte druselt langsam wieder ein ...

Um sechs Uhr nahen die Männer. Sie haben mitgebracht: Herrn Oberlehrer Kurlbaum aus Bielefeld, Herrn J. J. Steenstrop aus Stockholm, einen himmellangen blonden Schweden, und Miss Lapsley aus London W. Die Gefangenen sind gefesselt. Miss Lapsley weint. Das Dorf tobt. Die Kinder bilden Spalier und machen einen Heidenspektakel. Da dreht sich Oberlehrer Kurlbaum um und spricht vernehmlich: «Was gibt es hier zu lachen?» – Crescendo. Die Frauen nehmen den rauhen Männern Rüstzeug und Waffen ab, laben sie und heißen sie sich waschen.

Hauptmann Kernbeißer führt die Gefangenen ins ‹Verließ›. Das ist ein dicker runder Turm im Salatgarten, der an der Dienstwohnung Nickels liegt. Unten am Eingang ein kleines Porzellanschild:

VERLIESS
Dieser Ort darf nicht verunreinigt werden.

Und ein messingener Klingelgriff. An dem zieht Nickel. Pantoffeln schlurfen im Innern, ein Wärter nimmt den Zug in Empfang. Oben, auf dem Turm, krächzen die Raben, wie sichs gehört. Man klettert eine knarrende Wendeltreppe empor. Eine schwere Bohlentür öffnet sich. Die drei taumeln in einen hellen, freundlichen Raum mit weißen Gardinen und Blumen am Fenster. «Wenn wer was will, mag er rufen», sagt Nickel. Der Schwede bleibt stumm. Miss Lapsley hebt beschwörend die Hände: «Hier allein mit zwei Männern!» Und nur der Herr Oberlehrer Kurlbaum sagt: «Zuvörderst, guter Mann, scheint es mir doch nötig zu sein, daß Ihr unsere Personalien . . .» — «Halts Maul!» sagt der Räuber und zieht die Tür zu. Dann geht er Kaffee trinken.

In zweiundvierzig Hütten erzählen vierundachtzig bärtige Lippen aufhorchenden Weibern und Kindern dasselbe Abenteuer: wie sie der Post aufgelauert haben, wie die dröhnende Stimme des Hauptmanns «Halt!» rief, wie sich dann die Pferde gebäumt haben, die der Postillon erschreckt zurückriß, wie die zitternden Reisenden dem Wagen entstiegen . . . Und sie berichten und knastern, und der Pfeifenrauch des guten Räubertabaks 002 von J. A. Rebenstock (Erfurt, Räuberbedarfsartikel en détail, Lieferung im verschlossenen Kuvert ohne Firmenaufdruck) hängt wolkig in den niedrigen Zimmern, daß die Hausfrauen scheltend die Fenster öffnen müssen... Und dann ist es Abend, und die Räuber versammeln sich in der Alten Räuberhöhle (Besitzer Hannes Heckmann) zur Singprobe. Und aus vierzig Kehlen schallt:

«Ein freies Leben führen wir,
ein Leben voller Wonne!»

Da öffnet sich die Tür: es ist Fetzer, der sich verspätet hat. Der Dirigent klopft ab: «Herr Fetzer, wenn Sie noch einmal zu spät kommen, zahlen Sie fünfzig Pfennig in die Kasse!» — Und wieder erdröhnt der Chorus der kräftigen Bässe und Räubertenöre.

Einer fehlt: Nickel Kernbeißer. Er hat sich entschuldigen lassen. In seiner Wohnung, auf dem Gang, lärmen die Kinder. «Pscht!» tadelt Mama Kernbeißer, «wollt ihr wohl stille sein! Vater erpreßt Lösegeld!» Der Hauptmann schreitet im Büro auf und ab und diktiert seiner Sekretärin die nötigen Briefe an die Angehörigen der Gefangenen. Man hat Adressen bei ihnen gefunden; Oberlehrer Kurlbaum hat freiwillig sein Nationale hergesagt . . . «und werden wir gegebenenfalls nicht davor zurückscheuen, Hand an Ihren Herrn Sohn zu legen — haben Sie ‹legen›?» Und die Maschine schnattert, und der Räuber Kernbeißer droht der alten Frau Kurlbaum, ihr Sprößling werde gerädert, wofern sie nicht . . . «Wofern Sie nicht, sehr verehrte gnädige

Frau, bis zum 14. ds. Mk 450,– (in Worten vierhundertundfünfzig Mark) benebst 3% Provision in der hohlen Linde unweit der Chaussee am Kaiserquell niederlegen lassen!» Und nachdem er unter die Briefe den Stempel mit dem Totenkopf abgedrückt hat, begibt er sich zu den Gefangenen.

Auf dem Gang zieht er die Schuhe aus. Schleicht an die Tür und lauscht. «Es tut mir leid, verehrtes Fräulein», hört er den Oberlehrer sagen, «daß unser junger Kollege Matthießen nicht hier ist. Er beherrscht die englische Sprache in weit vollendeterem Maße als ich. Schade! schade!» – Dann hört er die Miss seufzen, und dann sagt der Oberlehrer wieder: «Riechen Sie nur, mein Fräulein, und auch Sie, Herr Steenstrop, die herrlich würzige Waldluft. Ich denke, der Aufenthalt hier wird uns guttun.» Und jemand holt tief Atem. Da tritt Kernbeißer ein. «Wie ist das mit dem Lösegeld?» Betretenes Schweigen. «Wers nicht zahlt», sagt der Hauptmann, «wird gehängt, gerädert, was weiß ich!» Die Miss fällt auf einen Stuhl und in Ohnmacht; der Schwede tut zum zweiten Mal im Gang der Ereignisse den Mund auf. Er sagt ein kurzes, knarrendes Wort, das niemand versteht; er hats schon einmal gesagt, vorhin, als man ihn aus der Kutsche holte. Hingegen Kurlbaum: «Ich kann nicht umhin, sagen zu müssen, daß meine vorgesetzte Behörde wohl die nötigen Schritte zu meiner Befreiung ergreifen wird. Es dürfte sich empfehlen, sich vielleicht diesbezüglich an dieselbe zu wenden.» Der Räuberhauptmann lacht höhnisch. Er weiß, wenns nach denen ginge, säßen noch alle Oberlehrer hier, die er je gefangen. Nein, da werden die alten Mütterchen benachrichtigt, das hat noch immer gezogen. Oh, er kennt sein Metier, der Hauptmann Kernbeißer! Nicht umsonst grüßt von der Wand das Räuberdiplom von der großen Ausstellung zu Bern 1829. «Für Räuberei und verwandte Tätigkeiten dem hochverdienten N. Kernbeißer.» Er warf noch einen finstern Blick auf die Opfer und ging. Und kaum war er heraus, so stellte sich Kurlbaum hinter einen Stuhl und begann: «Aufgemerkt, nun eben also . . . Die Räuber zerfallen in drei Klassen. Erstens in die . . .» Im Salatgarten steht groß und gelblich der Mond; aus dem blauen Dunkel ertönen Stimmen; «Eichel sticht», sagt einer; Karten klatschen, und die Grillen zirpen, als seien sie allein auf der Welt. Gitarren erwachen, weit im Dorf singt eine kleine Frauenstimme ein Lied, und der Herr Oberlehrer zitiert die ‹*Räuber*› und den gesamten Schiller. Miss Lapsley spricht in der Ecke ihr Abendchorälchen. Der Schwede sitzt auf einem Stuhl, läßt die langen Arme hängen und schläft.

Abends um halb elf saßen die Räuber um den Stammtisch. Die Briefe waren auf der Post; man schien keinen üblen Fang gemacht zu haben. Sie sangen und lachten. Da aber nahte das Unheil.

Durch die Tür dröhnte der Herr Gendarm herein. Ein kleiner dicker

Mann in grüner Uniform, mit einem mächtigen weißen Lederband. Mit barscher Stimme verlangte er am Schanktisch einen Korn. Dann lehnte er sich behaglich an den Schanktisch und sagte: «Meine Herren: die Scheine!» – Herrgott: die Räubererlaubnisscheine! Alle kramten gehorsam in ihren Brieftaschen. Sie wiesen die gestempelten Papiere vor, kraft deren sie im ganzen Herzogtum (bis auf Widerruf) räubern durften. Der Herr Gendarm sah gar nicht hin. Er kippte einen zweiten Korn, stöhnte befriedigt und wischte sich den Schnauzbart. Und merkte erst auf, als der Zundelfrieder, feuerrot im Gesicht, aufstand und stotterte: «Ich . . . ich habe keinen Schein!» – «Ih, sieh mal an!» sagte der Herr Gendarm, «keinen Schein! Und das räubert hier so unbefugt herum! Drei Mark Strafe, mein Lieber! Ohne Schein, es ist ja kaum zu glauben ist es ja kaum –!» Und wandte sich zum Gehen. An der Tür drehte er sich noch einmal zurück. «Die drei Gefangenen von heute nachmittag gelten natürlich nicht. Das war wieder am Buchenplatz. Könnt ihr denn nicht lesen? Da steht groß und breit auf der Tafel: ‹An dieser Stelle ist das Räubern verboten.› Die Leute sind freizulassen.» Klapp – die Tür war zu.

Die ganze Freude war zum Teufel. Sie wußten es ja alle, daß der Buchenplatz eine richtige Räuberfalle war. Immer stand da so ein verdammter Kerl und paßte einem auf, wenn man mal über die erlaubten Grenzen räuberte. Und die beiden Korns hatte er auch nicht bezahlt.

Gut: man ließ die Gefangenen los. Nickel ging herauf und sagte es ihnen. Und weil schließlich nun doch wieder alle vergnügt wurden – denn der Schwede gab Freipunsch, und die Miss stiftete zwanzig Pfund in die Räuberpensionskasse –, beschloß man, sich fotografieren zu lassen. Kurlbaum war begeistert: er wollte die hoffentlich wohlgelingende Daguerreotypie über sein Bett hängen. Man bildete eine Gruppe. In der Mitte Kernbeißer: die Rechte zierlich und doch kraftvoll auf einen Tisch gestützt, die Linke in der Hüfte, stand er da. Rechts und links um ihn die Räuber. Die vordere Reihe gelagert; einer hielt eine Tafel: «Zur Erinnerung an die mißglückte Räuberei im Juli 1835.» Einer ritt auf einer Tonne. «§ 11» stand darauf. Der Fotograf richtete noch die Köpfe und die Flinten, die etwa über den Rand des Bildes guckten; die Gefangenen wurden im Vordergrund placiert und das bengalische Licht entzündet. Der Oberlehrer räusperte sich und zog die Röllchen fester; der Schwede sagte sein kurzes, knarrendes Wort; als das Blitzlicht aufflammte, sank Miss Lapsley dem Schweden schämig an die Brust, indes sie neckisch zu Nickel herüberfächelte; die Nachtigallen schluchzten, der Mond stand jetzt weiß und klar zwischen den Bäumen, und die grünen und roten Flammen der Streichhölzer färbten die schöne Gruppe zu einem rührenden, deutschen Finale.

KLEINES GESPRÄCH MIT UNERWARTETEM AUSGANG

Der Herrgott saß auf Wolkenkissen
und sah sich seine Erde an.
Was braust herauf? Sieh da, das is 'n
Aeroplan.

Ein Offizier grüßt freundlich lächelnd.
«Gestatten! Schwaben Nummer Vier!»
– und die Propeller surren fächelnd –
«Wir sind nu hier! –

Was sagen Sie zu unserm Siege?
Wir brachen spielend den Rekord.
Wozu? Wir brauchen das zum Kriege . . .»
«Zum Krieg? Zum Mord!»

«Erlauben Sie, Sie sind zu schwächlich . . .»
«Und wer gab euch das viele Geld – ?»
«Das Volk! Das Volk war es hauptsächlich
vom Rhein zum Belt.»

«Das Volk? Hat es so krumme Nacken?
Ist denn bei euch das Volk so dumm?»
Hier lachte Gott aus vollen Backen.
Man kippte um.

ROSSHALDE

Wer Hermann Hesse lieb hat, den wird dieses Buch (aus dem Verlag S. Fischer) sehr interessieren. Hesse ist jetzt siebenunddreißig Jahre alt und der *‹Camenzind›* lange her. Hesse hat die Welt seines erfolgreichsten Buches noch ein paar Mal gestaltet, und jedes Mal stärker, bewußter; am schönsten wohl im *‹Diesseits›*, im *‹Heumond›*.

Nun hat er sich gewandelt: er ist älter geworden, und es bereitet sich da irgend etwas vor. Wenn nicht vorn auf dem Titelblatt der Name Hesse stünde, so wüßten wir nicht, daß er es geschrieben hat. Das ist nicht unser lieber, guter, alter Hesse: das ist jemand anders. Eine Puppe liegt in der Larve, und was das für ein Schmetterling werden wird, vermag niemand zu sagen. Es ist schön, daß jemand im besten Mannesalter noch einmal frische Triebe ansetzt und wieder neue Blüten entfalten läßt.

Noch ist nichts fertig. Noch sind, was wir bei Hesse kaum gewohnt waren, manche Gestalten ein wenig schemenhaft und blaß. So das ganze Lager der Frau Veraguth und sie selbst, zu der nicht die Sympathie des Autors neigte. Diese Ehe zerfällt in zwei ungleiche Teile: auf der einen Seite eine schwerlebige Frau und ein Sohn, die nur auf dem Papier stehen; auf der andern ein prachtvoller Mann und der Freund dieses Mannes. Als ich das Buch, das den Zerfall dieser Ehe schildert, zu Ende gelesen hatte, empfand ich das Ganze als ein Einleitungskapitel zu einem großen Werk. Wie Veraguth nach dem Tode seines geliebten jüngern Sohnes in die Fremde geht, zu seinem Freunde nach Indien, was nun folgt – das will ich wissen. Und Hesse ist wie dieser Veraguth: er hat die heimatlichen Zelte abgebrochen und geht – wohin?

Die Hand ist noch die des Meisters. Was wir von je an ihm so liebten und bewunderten: die starke Kraft und Sinnlichkeit seiner Sätze – das ist wieder da. Er kann, was nur wenige können. Er kann einen Sommerabend und ein erfrischendes Schwimmbad und die schlaffe Müdigkeit nach körperlicher Anstrengung nicht nur schildern – das wäre nicht schwer. Aber er kann machen, daß uns heiß und kühl und müde ums Herz ist.

Und noch eins: es freut einen so sehr, daß in diesem Buch, nachdem man uns über Gebühr mit läppischen Liebesgeschichten gelangweilt hat, einmal wieder der Wert einer rechten Männerfreundschaft aufgezeigt wird. Es ist ja in den großen Städten fast nicht mehr möglich, von solchen Dingen zu sprechen, ohne häßliche Nebengeräusche zu veranlassen. Da möchte man Hermann Hesse danken, daß ers uns wieder einmal geschrieben hat, wie fest dieses Band zwischen zwei Männern sein kann, gesponnen ohne hinterhältige Absichten, ohne Herrschsucht, geknüpft von Individualität zu Individualität, von Mensch zu Mensch.

LIEBER ARNOLD ZWEIG

Sie haben hier neulich etwas sehr Hübsches gesagt. Sie sprachen von München. «Und das einzige Mittel, in dieser Stadt bemerkt zu werden, ist für wirklich echte Begabung, daß man etwas Kitschigem ähnlich sieht, verwechselt wird und damit Erfolg hat.» Aber das ist durchaus nicht nur in München so. Verlassen Sie sich drauf: hierin sind die Deutschen ein einig Volk von Brüdern. Sie haben ihren Publikums-Beethoven, sie haben ihren Publikums-Busch, und es ist erstaunlich, mit welcher Gewandtheit sich jedes Parkett aus dem Sternheim seinen Kadelburg herausklaubt. Die Instinkte für den Kitsch müssen erstaunlich tief sitzen. Und das ist kein Wunder, denn diese Art Kunstauffassung ist so simpel wie möglich. Die Worte ‹Vater und Mutter› gehören in das Fach ‹Rührung›; daß jemand zu einem andern spricht, der sich aus dem Zimmer geschlichen hat, ist Humor; und trippelnde Dreikäsehochs in Kinderhemdchen sind der sicherste ‹Weg zum Erfolg›. Diese Erfolge lassen sich von gewissenlosen Spekulanten mühelos herauskitzeln; peinlich ist nur, daß die Künstler davon den Schaden haben, ja, daß, wie Sie richtig gesagt haben, neun Zehntel aller Erfolge auf einem Kitsch basieren, der gar nicht da ist, sondern den sich das Publikum erst zurechtmacht.

Erst wenn ein Kunstwerk zufällig (oder auch vielleicht, weil sein geschickter Autor es so gewollt hat) nebenbei diese Publikumspostulate erfüllt: dann hat es Erfolg, unbeschadet seiner guten Qualitäten. Gehen Sie in den *‹Michael Kramer›*, gehen Sie in den *‹Totentanz›*, gehen Sie zu Shakespeare – Sie werden immer aus den Foyergesprächen einen grauenhaften Tiefstand heraushören. Letzten Endes (Hand aufs Herz!) ist es den meisten doch noch um die alten, guten Regeln zu tun: Sie kriegen sich oder kriegen sich nicht; die Schadenfreude ist die beste aller Freuden; und die Tränendrüsen sind die besten aller Drüsen.

Wenn Sie also, lieber Arnold Zweig, einmal einen großen Kuh (sprich: coup) machen wollen, dann denken Sie daran, daß um die Wende des achtzehnten Jahrhunderts die beiden Mentoren gelebt haben, nach denen Sie sich richten müssen: Goethe und Kotzebue.

Mit diesem Rezept wünscht Ihnen den besten Erfolg Ihr

Peter Panter

EINE FEILE DIRNE?

In der charlottenburger Stadtverordnetenversammlung hat ein Redner in der Hitze des Gefechts die bürgerliche Presse «eine feile Dirne» genannt. Darob gab es ein Hallo, und die angegriffenen Blätter durften feststellen, daß sich eine solche Rempelei von selber richte.

Ich weiß doch nicht recht. Ist die bürgerliche Presse wirklich mit einem Straßenmädchen zu vergleichen? Nein. Leider nein. Die deutsche Bürgerpresse ist nicht in dieser Weise korrupt. Ihr Wesen ist nicht zu treffen durch den Hinweis auf kleine Bestechungen und Käuflichkeiten, die mit dem Inseratengeschäft und der Kunstkritik zusammenhängen. Sie ist keine feile Dirne, die man sich für ein paar Mark kaufen kann. Sie ist etwas viel Gefährlicheres. Verglichen kann sie vielleicht werden mit einer großen Kokotte, die ein gutes Herz hat und, wenn sie nicht gerade Grafen und Barone rupft, wohl auch einmal einen Tee für Minderbemittelte einlegt. Sie ist unberechenbar: sie schenkt heute diesem ihre Gunst und morgen jenem, verlangt von einem viel, vom anderen alles, vom dritten nichts. Sie hat ihre Lieblinge, und sie hat ihre Feinde, und in ihrem Frauengehirn spiegelt sich die Welt auf wunderbare Weise. Sie hat viel zu tun, um alle die komplizierten Verknüpfungen auseinanderzuhalten, die feinen Fäden, die vom einen zum anderen gehen, die Beziehungen, die kleinen Abneigungen, die kleinen Freundschaften. Es kann vorkommen, daß der Liebhaber — und sie hat eine Menge, die um sie buhlen — durch den Vordereingang stelzt und von einem höhnischen Lakaien heruntergeworfen wird, und es kann passieren, daß einer über die Hintertreppe kommt und die Tür zum Boudoir offen findet.

Es ist irgendwo Geld im Spiel, aber leider nicht offen und eindeutig. Man weiß meist nicht, wo und wie, und sie küßt heute, dem sie gestern die Augen ausgekratzt hat. Sie ist viel zu fein, um sich bloß Geld auf den Nachttisch legen zu lassen, sie nimmt mehr, viel mehr, sie nimmt alles. Also kein Straßenmädchen, sondern das, was der Franzose eine ‹grande cocotte› zu nennen pflegt.

DAS VARIETÉ VON DER ANDERN SEITE

Neulich haben wir im Wintergarten hinter die Kulissen geguckt. Eigentlich möchte man ja den Dingen ganz auf den Grund sehen, möchte dabei sein, wie auf den Probebühnen der Artisten die Nummern zustande kommen, möchte sehen, wer wen wie engagiert — aber man sah auch so schon einiges.

Die Kehrseite dieses ersten und einzigen berliner Varietés steht in gradezu groteskem Gegensatz zu dem, was sich da vorne abspielt. Es ist da hinten kein leichtes Arbeiten: die Bühne ist nicht sehr tief, und man muß mit den Requisiten vor und zurück und wieder zurück und wieder vor. Aber das besorgen die paar Arbeiter in schlurchenden Filzpantinen sehr gut, und das Ganze klappt wie geölt. Oben auf dem Schnürboden lümmeln ein paar, und da hinten hat alles ein sehr gemächliches Tempo.

Die Hauskapelle schmettert die Ouvertüre, ein Potpourri aus Offenbach, und während vorn der Cancan hüpft und das Publikum murmelt, stehen hinter einer straffen, groben Sackleinewand — so sieht der Vorhang von hinten aus — die Exzentriks mit roten Nasen und blauen Backen und treten sich zum Zeitvertreib auf den Bäuchen herum. Dann klingelt jemand sehr scharf, der Regisseur (im Smoking) geht langsam von der Bühne, sagt mit Schwung: «Auf!» — und die Arbeiter oben drehen den Vorhang in die Höhe. Der Kunstmaler Söderström und ich, wir dürfen an den Bühnenausguck des Feuerwehrmanns treten. «Aoh! Isch wärde Sie zeigen eine kleine Kunststuck . . .» Und schon kugeln sie schreiend übereinander her. Sie schwitzen unter der Schminke, und ihre Augen sind durchaus nicht so fröhlich wie ihr Gebrüll. Im übrigen hatten wir grade Karwoche, und die Regierungsräte liefen herum und paßten auf, daß auch alle hübsch fromm seien, und daß niemand mehr lachte, als es in Gemäßheit Lukas 23, 46 angemessen war. Nun gut, das Programm war denn auch entsprechend traurig, und bis auf ein paar Ausnahmen mußte der Regisseur den Humor bestreiten. Das tat er denn redlich. Man denke sich einen mäßig großen Raum von allerhand Gerümpel erfüllt; aber das Gerümpel entpuppt sich bei Rampenlicht als strahlende Requisiten, und Stühle, Tische, Holzkeulen, Papageienkäfige sind nach einem wohlerwogenen Plan aufgebaut. Aus irgend einem Grunde ist das alles entsetzlich traurig: die aufgespannten Rückwandprospekte, die gewöhnlich einen feenhaften Saal oder irgend eine romantische Landschaft darstellen, zeigen sich hier als trübes Segeltuch, auf dem in dicken schwarzen Buchstaben ‹Imprägniert› steht. Dahinter quäkt einer. Das ist der Mann, der vorhin mit seiner kleinen Puppe und seinem redenden Bauch nach vorne gegangen ist. Sie sind beide wachsgelb geschminkt, und nun singen sie sich eins. Ab und zu lachen die Leute, und das Ganze tut einem sehr leid. Die Arbeiter unterhalten sich flüsternd, der Clown geht ernst in der Kniebeuge spazieren, niemand achtet auf ihn. Die Sache draußen ist so weit gediehen, daß der Vorhang fallen kann und sich wieder und wieder über dem dankenden Künstler hebt. Ich dachte mir immer: in solchem Augenblick ist der Mann von der ‹Stallwache› sprungbereit am Ausguck, um genau abzuschätzen, wie oft man noch heben und senken dürfe. Der Herr Regisseur setzten aber in diesem Moment dem Kunstmaler und mir auseinander, wie sich der große Baggesen im Leben benehme, und er war grade dabei, die Frau auf das trefflichste zu kopieren, als er sich plötzlich unterbrach und nachlässig das Wort «Schllllluß!» in die Luft sprach. Und dann hörten die Arbeiter auf, den Vorhang hochzuziehen. Wir waren starr. «Aber woher wissen Sie . . .?» Er höre das. Er ahne schon immer, wann die Leute genug hätten. Und dann ging er dazu über, einen deutschen Ringer nachzumachen, der Maxe hieß und einen kolossalen Bizeps aufzuweisen hatte.

Das Programm wickelte sich ab. Wir standen zwischen den Kulissen. Ab und zu lief uns jemand eine Kulisse in den Leib, und wir spähten aufmerksam durch alle Ritzen. Wir sahen den Weltmeisterschaftsspringer und den Mimiker, der, funkelnd vom Erfolg, abtrat und sich dann erweichen ließ, noch einen oder den andern deutschen Bundesfürsten zuzugeben. Und wir sahen die weitaus beste Nummer dieses Programms: Argentina, eine famose Tänzerin, die sich mit einem süßlich bewußten Lächeln an das Publikum festsaugte, es nicht mehr los ließ und mit den Kastagnetten lockte und anstachelte. Sie stampfte auf ihren kleinen festen Füßen an der Rampe entlang, durch die Erschütterung stieg der Staub hoch, vermischte sich mit dem Zigarettenrauch und umhüllte alles mit einem feinen gelben Dunst. Die Argentina schob die Schulterknochen auf eine unerhörte Weise zusammen, sie war nicht sehr stark dekolletiert, aber sie züngelte leicht und war nackter als nackt. Erschöpft und ein wenig atemlos ging sie zierlich unter donnerndem Applaus in die Kulisse, wo ihr eine alte Frau einen dicken Theatermantel umlegte. Und wir begriffen plötzlich, warum die alten Herren in der Oper von Paris immer in den Ballettgarderoben herumkriechen.

Dann sahen wir ein Stück Programm von vorn. Die Desmond trat auf, und ihr Tanz sagte ununterbrochen: «Seht einmal, wie wenig ich anhabe! Nur ein weißes Höschen, einen Büstenhalter aus Stoff und einen leichten Gazeschleier, durch den ihr hindurchsehen könnt. Herrgott, was bin ich nackend!» Aber wir waren dafür gar nicht zu haben, und auch die Männer, die bei ihrem Tanz geschnauft hatten, wagten nachher nicht zu klatschen. Einige zischten sogar. Und als wir dieses zimperliche Genrebild überstanden hatten, und noch ein paar mäßige Nummern dazu, gingen wir wieder nach hinten, um das Schönste zu sehen, was dieser Wintergarten bieten kann: die Girls.

Vorn auf der Bühne sang Papagei Lora das schöne Lied von unsres alten Kaisers Lieblingsblume, und die Tränen liefen einem nur so herunter vor Lachen. «Wollen wir das noch mal singen?» hörte man den Dresseur fragen. Und sie sangen es noch mal. Aber dann kamen aus ihren Garderoben die zwölf Sunshine Girls, und sie schwatzten und lachten leise, und es war wie in einem Vogelkäfig. Sie sahen alle aus wie dicke, kleine, gelbe Luftballons, und sie schleppten gleichmütig das sinnlose Zeug zusammen – diesmal waren es Golfschläger – womit sie nachher Wunder verrichten würden. Sie fletschten den Regisseur freundlich an, die Verständigung war mangelhaft, man stand sich also gut. Sie waren einander völlig ähnlich: es war Blasphemie, die eine auf dem Stuhl heimlich für hübscher zu halten als die andern. Und dann rauschte draußen der Beifall, der Vorhang auf und wieder herunter, der Regisseur sagte: «Schlllllluß!» und man trug Lora heraus, der noch der Bauch bibberte. Und dann stieß mich Söderström an das Guckloch, und auf einmal waren die zwölf englischen Sonnenschein-Mädchen auf der Bühne und standen in zierlichen Gruppen umher. Und dann trieb das Orchester sie an, und sie trieben das Orchester an, und sie schleuderten ihre Golfschläger und ihre Rackets in die Luft. Und dann, ja, dann sangen sie. Sie sangen mit ihren kleinen Vogelstimmen ein dummes Lied, der Reflektor überschüttete sie mit gelbem und weißem Licht, und ihre Augen waren puppenhaft starr und sahen aus wie kugeliges Glas. Sie taten noch allerhand, der Puder stäubte, und die Gesichter, die mitunter geschminkt und bewegungslos vor unsern Gucklöchern standen, waren bester Toulouse-Lautrec. Und schließlich formierten sie sich in eine einzige Reihe, die wir grade herunter sehen konnten, und dann stürmten sie vor, sodaß wir dachten, sie würden ins Orchester fallen, aber ein Trommelwirbel kommandierte ihnen Halt, und da standen sie nun in ihrer schmachtenden Schlußpose: kalkig, geschminkt, gepudert, bunt, flirrend, ein anbetungswürdiges Stück Unnatur.

Und während der Biograph schnatterte, sagte ich zu Söderströmen: «Ist das hier nun nicht ein Stück Zaubermärchen? Wo setzt sich nur der ganze technische Apparat in Geist um? Vorn an den Rampenlichtern? In den Herzen der Zuschauer? Ist das nicht viel mehr wert als die dummen deutschen Possen und Schwänke? Und wie du weißt, ist diese lächerliche Lustbarkeitssteuer drauf und dran, dem ganzen die Gurgel herumzudrehen. Pausback, was sagst du zu der Lustbarkeitssteuer?» – «Schlllllllluß!» sagte er.

DER JÜDISCHE UNTERTAN

Zu dem Fall Berliner stellt die ‹*Kreuz-Zeitung*› fest, daß Herr Berliner nicht der jüdischen Religion angehört, wie sie zuerst angenommen hatte und wie auch sonst allgemein angenommen worden war.

Also lohnt es sich vielleicht doch, für den Mann, der da ein Vierteljahr in Rußland festgehalten wird, etwas zu tun. Sieh mal an: der Mensch ist ja gar kein Jude! Denn wenn er einer wäre, käme er überhaupt nicht in Betracht, bekanntlich werden die Juden nur als Steuerzahler unter die Rubrik ‹Deutsche› gebucht, und wenn draußen einer gefangen wird, dann haben wir drinnen einen weniger.

Was aber das Ansehen der deutschen Nation vor dem Auslande angeht, so ists noch ein ganzes Stück bis zu den Engländern, die um irgend einer Gouvernante willen keine Flottendemonstration scheuen; sie haben sehr gut erkannt, daß es gar nicht auf die Gouvernante, sondern auf sie selbst dabei ankommt, und daß sich ein Volk schmutzig blamiert, das im Lande den Gegensatz von Untertanen und Beamten (den es verfassungsrechtlich nicht mehr gibt) durch viele große Mäuler proklamieren läßt und das außerhalb kriechend klein beigibt, weil es keine Autorität mehr hat.

Die Jämmerlichkeit dieser Geschickelenker wird erschreckend deutlich: es ist kein Kunststück, wehrlose Streikende mit Polizeifäusten zu regalieren, es ist aber wohl eins, einer schikanierenden fremden Bürokratie den Standpunkt klarzumachen. Ein Zehntel der Energie, mit der man hierzulande die Opposition der Regierung bekämpft, wäre hinreichend genügend.

Warum tut mans nicht? Weil der Berliner ein Jude sein soll. Nein, er ist kein Jude? Na, man wird wegen irgend eines Koofmichs nicht gleich mobil machen. Er ist Ingenieur? Also kurz und gut: er ist deutscher Untertan und zwar nur ein Stück, und es verlohnt sich eben nicht. Moralische Werte kommen nicht in Betracht, eine energische Sprache führen diese Beamten nur ihren eigenen Landsleuten gegenüber, die sich Grobheiten und Ungezogenheiten gern gefallen lassen. Der russische Autokrat ist immerhin ein Kerl und verbittet sich jede Einmischung.

Und sind sie nicht trotz aller Gegensätze Brüderchen? Schädigen sie nicht beide den Oppositionsmann, wo sie können? Nur hat der eine sein Sibirien und der andere leider nicht, aber die Verwandtschaft ist unverkennbar.

Wenn Herr Ingenieur Berliner einmal aus Rußland zurückkommt – Gott weiß, wann, Gott weiß, wie, – dann wird er an der deutschen Grenze niederknieen und beten: «Lieber Gott! Erleuchte meine Landsleute, damit sie wissen, wer über ihnen sitzt. Mache meinen Mund beredt und meine Zunge beweglich, auf daß ich laut ausspreche, was ist. Laß mich sagen, daß der ein Feigling ist, der zu Hause mit der Faust auf den Tisch schlägt und draußen katzbuckelt, der uns zu Hause schikaniert und einzwängt und sich vor Besorgtheit nicht lassen kann, und der uns niemals aus einem Elend herausholt, in das uns der Fremde gesteckt hat. Laß mich sagen, daß der ein Schuft ist, der einen, und wäre es auch nur ein einziger, Landsmann nicht heraushaut. Lieber Gott, verleihe mir die Kraft der Rede! Amen.»

Aber er wird sich was.

ROSA BERTENS

Eine Dame geht hinter die Kulissen, in ihre Garderobe, schminkt sich ein wenig und kommt heraus, auf die Bühne. Ihre bürgerliche Person tritt in den Hintergrund und geht uns nichts mehr an – die Künstlerin ist imstande, uns alles und alle vorzutäuschen: die Schwatzende und die Weinende und die Hassende und die Leidende. Sie ist, wie Julius Bab vor Jahren hier sagte: der Gipfel einer distanzierenden Schauspielkunst. Sie identifiziert sich nicht mit ihren Gestalten: «Sie gibt statt eines lebendigen Menschen den Sinn eines Menschenlebens – seinen letzten Gehalt.»

Sie spielte bunte Papageien in Konversationsstücken, Frauen, die sie lächerlich zu machen hatte, und das Publikum lachte denn auch, weil sie zu hastig oder durch die Nase sprach – aber sie ließ doch tiefer sehen. Durch eine Schicht von Kosmetika, die Jugend vortäuschen sollte, grinste das Alter, diese schrecklichen dreißig Jahre, die nach den ersten dreißig Jahren kommen. Sie stand da, mit einem schiefen Federhut, sie plapperte, sie lorgnettierte, sie neigte schelmisch den wohltoupierten Kopf — und konnte mit einer kleinen Senkung der Stimme zu verstehen geben, daß sie sehr wohl wußte: es half alles nichts. Tick-tack, tick-tack — da war nichts zu machen.

Letzten Endes war es ja gleichgültig, ob das bewußtes Können war: ihre Kraft der Suggestion — und was andres ist Schauspielkunst? — zwang uns, zu glauben, was sie wollte. Als in ‹*Gabriel Schillings Flucht*› die Weiber aufeinanderplatzten, stand die Bertens ganz allein und hatte wenig zu sprechen. Und als alle durcheinanderschrieen und riefen und tobten, da sah sie leer in die Luft. Und dann weinte sie. Man hörte keinen Laut, aber ein Strom von Schmerz ging von ihr aus, wie sie so grau und unansehnlich dastand; sie bildete in diesem Augenblick das Symbol der Trauer. Sie verhüllte eigentlich nur das Gesicht, und doch war das mehr als alle Tränen und alles Geschrei.

Und in eine Untersuchung über den distanzierenden Stil in der Schauspielkunst drängt sich ein grandioses Bild, eine Rolle, in der diese Frau noch einmal alles, alles zusammenfassen konnte: den Schmerz und den Geifer und die Tränen und — wer weiß? — vielleicht auch die Liebe. Das ist die Mutter in ‹*Scheiterhaufen*›.

Wind und Musik, Wind und Musik! Der Wind streicht durch das hohe Zimmer, wellt die lange Gardine vom Fenster, er klagt draußen um die Ecken mit menschlichen Tönen, und im Wind spielt jemand Klavier. Und dann ihre unvergeßliche Stimme: «Schließ die Tür, bitte!» Was war das? Sie fürchtete sich, sie erschauerte vor Furcht und Grauen. Sie saß auf einem gepolsterten Sessel und hielt sich an den Armlehnen fest. Herrschte sie noch? Sie hatte geherrscht, fünfzehn Jahre, zwanzig, vielleicht länger, und es waren bittere Jahre gewesen. Sie hatte die ganze Zeit hindurch ihre Augen offen gehabt, sie, die ungekrönte Königin einer Fünfzimmerwohnung. Da war kein Scheit Holz, kein Stück Zucker, keine Scheibe Wurst, die nicht durch ihre Hände gegangen wären. Und so gehört es sich ja wohl. «Schließ die Tür, bitte!» Wimmerte sie jetzt? Sollte sie zetern, würdevoll gebieten, flehen? Sie wußte es nicht — die Lage war zweifelhaft. Sie zitterte vor Herrschsucht, bebte vor Angst, gestürzt zu werden. Noch war sie Gebieterin. «Schließ die Tür, bitte!» Die Eysoldt hätte sich eine gefährliche Schlange zurechtgezischt und damit einen Fehler gemacht. Die Bertens ignorierte den unendlich seltenen Sonderfall und dozierte uns kühl und scharf das Paradigma der Mutter. Dies war durchaus kein Monstrum. Dies existierte zwar nicht, aber es war ein entsetzliches Mosaikbild aller Mütter. Keine hatte Milch unterschlagen, Kinder hungern lassen, Holz gestohlen. Keine hatte kriminell Strafbares begangen. Aber die Wahrheiten müssen sich aufplustern, damit wir sie recht erkennen. Hier war die ‹Humbugmutter

Medea›, von der jede im Parkett ein Stückchen hatte. Das war kein Einzelwesen mehr – das war etwas viel Schrecklicheres: das war die Hölle, aber eine sehr menschliche Hölle.

Und da gab es einen toten Mann, der nicht auf dem Personenzettel stand – aber sie machte ihn leben. Ihre Augen weiteten sich vor Grauen, er könne wieder auferstehen, also war er da, spielte stumm und unsichtbar mit, schaukelte auf dem leeren Schaukelstuhl und geisterte im Zimmer umher. Sie ließ sein Bild von der Wand reißen, sie wirbelte mit dem Zugwind herum, klapperte und wühlte in allen Schubläden zugleich – er war da! er war da!

Sie sprach nicht sehr ausführlich von ihm, und doch hatten wir da die ganze Ehe. «Es gibt höllische Ehen in der Welt zwischen Ehegatten, welche inwendig die bittersten Feinde, äußerlich aber die herzlichsten Freunde sind», sagt Swedenborg und zählt die Gründe für diese «ehelichen Verstellungen auf», die ihm lobenswert scheinen: die Erhaltung der Ordnung im Hauswesen, einmütige Sorge für die Kinder, der häusliche Frieden, der gute Ruf, allerhand pekuniäre Vorteile. So mochte es anfangs um sie gestanden haben. Aber dann kam doch der Krieg, der niederträchtige Kleinkrieg.

«Der eigentliche Grund, weshalb die Frauen zur Herrschaft gelangen, liegt darin, daß der Mann aus dem Verstande handelt und das Weib aus dem Willen, und daß der Wille sich verhärten kann, nicht aber der Verstand.» Oh, er verhärtete sich! «Es wurde mir gesagt», fährt Swedenborg fort, «daß die schlimmsten dieser Sorte, welche vom Streben nach Herrschaft ganz durchdrungen sind, an ihren eigensinnigen Forderungen bis zum letzten Atemzuge festhalten können.» Bis zum letzten Atemzuge. (Der Germane scherzte hierüber wohl noch gutmütig in seinen Volksschwänken; der Jude hatte einen schmachvollen Frieden geschlossen, denn sein Autoritätsgefühl der Frau gegenüber ist größer, groß bis zur Furcht.)

War das die Notwehr der Frauen? Die Angst vor dem Mann, dessen Überlegenheit sie erkannten, und dem sie sich doch nicht unterordnen mochten? Die Bertens legte mit grausamen Fingern dar, daß es ganz etwas andres war. Sie hockte auf ihren geretteten Scheiten Holz, die sie, vor Herrschsucht keuchend, aus dem Kamin gezogen hatte; sie stopfte sie unter das Sofa und saß knurrend da, wie ein Hund über dem Knochen. Es handelte sich gar nicht um das Holz: sie hatte ihren Willen, ihren verfluchten Willen.

Und es war nicht das Mogeln, die Nachlässigkeit in der Erziehung und der Geiz – es war nicht das. Es war die unbändige Herrschsucht der Familienglucke, die auf Küken und Hahn gleichmäßig hackte. Früher hatte die Geliebte dem Mann die Augen zugeküßt, sodaß er nichts mehr zu sehen vermochte – nun errichtete sie die heiligen Schranken der heimatlichen Hütte, worin sie regierte. Hier war ihr

Reich; und der weite Horizont war verbaut. Hier herrschte sie, herrschte mit allen Mitteln. Mit Gewalt, mit Schlägen, mit der Lüge, «wenn man das Wort Lügen von jemand benutzen kann, der nicht weiß, was Wahrheit ist». Der Familienversorger war da – Rechte hatte er nicht. (Weil er nicht die Kraft hatte, sie sich zu nehmen.) «Da waren schreibende Damen, kranke Damen, faule Damen, junge Damen, schöne Damen», schrieb Strindberg 1886 von der Schweiz. Die Bertens spielte alle auf einmal. Sie gab einen Extrakt. «Wenn er deren Müßiggang sah, der keine Sorgen, keine Arbeit zu kennen schien, so fragte er sich: wovon leben diese Parasiten?» Und: wovon leben sie? fragen wir uns, wenn wir zänkische Weiber das Portemonnaie ziehen sehen. Seht dahinter den Mann! Den Mann auf dem Kontorbock, auf dem Kasernenhof, im muffigen Laden; und denkt an ihn!

Das Phantom, das die Bertens für ein paar Stunden leben ließ, dachte an ihn. Wie sie ihn haßte! Sie hatte ihn nötig, und es gab kein besseres Mittel, diese Abhängigkeit zu verstecken als dadurch, daß man sie negierte. Der Tölpel, die Tölpel merkten nichts.

Da war der Familientisch mit der gemütlichen Lampe. Ein Flug in die Sonne? Flieg du, wenn die Bleiklumpen der Frauen dich zur Erde ziehen. Nieder! nieder! nieder! Du sollst nicht zu den Wolken, du sollst nicht höher steigen, als wir sehen können, und wir sind kurzsichtig, das ist wahr, aber bleibe bei uns! Lache, schluchze, murre, aber unter unsrer Kontrolle; wir wollen im Nebenzimmer sitzen, wenn du lachst, schluchzt, murrst, damit wir immer wissen, was du grade treibst. Du sollst nicht allein sein, nie! Du könntest auf schlimme Gedanken kommen, am Ende gar auf die Freiheit! Wir sind die Hennen – schlupf unter!

Die Kinder? Wir lieben unsre Kinder. Wie wir sie lieben! Die Bertens hatte diesen empfindlichsten Punkt ihrer Rolle begriffen. Sie haßte ihre Kinder nicht. Sie würde sie wahrscheinlich gegen Fremde verteidigt haben. Das Muttertier liebt seine Jungen; und wenns ein Wechselbalg wird, auch den. Doch Liebe, steht geschrieben, ist nur möglich von Individualität zu Individualität. Dies aber ist eine reflexartige Verbindung, ein geistiges Verhältnis, das auf dem körperlichen basiert – alles, alles, nur keine Liebe.

Und die Resultate? Die Kinder wurden nicht für den Staat und für die Gemeinschaft, sondern immer nur für eine neue Familie erzogen, und die meisten Utopisten, wie auch Cabet, den Strindberg bejahte, bemühten sich, in ihren Mond- und Sonnenreichen den engen Kreis der Familie auszudehnen. Doch das stand auf dem Papier. Die Bertens war greifbarste Wirklichkeit. Und in all dem Brodem, in all den heißen Schlachten mochte vor dem gequälten Mann wie eine Lufterscheinung das friedliche Bild jener andern so seltenen Frau auftauchen, die nicht brauchte, was seiner so bitter nötig tat: eine harte

Faust und einen eisernen Willen. Diese andre gab sich so zufrieden, sie strich mit ihren schlanken Fingern dir durch das Haar, verachtete es, sich einen Sklaven zu halten, und liebte den Starken auch ohne die schimmernde Rüstung. Vielleicht war das gar keine Frau mehr? Umso besser: dann war es der beste Lebenskamerad. Und wohl dem, der eine solche Hand halten darf! Er halte sie ganz fest, denn sie ist ein Schatz, den nicht jeder findet.

Hatte er so geträumt? Vielleicht. Aber nun war er tot. Was würde geschehen? Bis dahin waren die Fenster sorgfältig verriegelt gewesen: jetzt wehte scharfe Luft von draußen herein. Es zog; aber es war immerhin keine Stubenluft. Sie hatte ihre Zeit geherrscht – sollte jetzt alles zusammenstürzen? Denn das war das Schlimmste: Magd sein, dienen müssen, einem fremden Willen gehorchen. Niemals. Und sie duckt sich und sucht durch alle Löcher zu entwischen. Noch einmal: Gewalt. Aber der Schwiegersohn ist ein Fleischhacker an Brutalität. Nun denn: Mitleid. Und wie hier die Bertens ein Leierkastenlied auf ihre Jugend, auf ihre bösen Eltern sang: das war hinreißend. Die Sympathie kippte auf ihre Seite. Der Sohn schluchzt. Sie stellt sorgfältig fest: «Hast du Mitleid mit mir?» Ja, er hats. Dann ist es gut. Und als dann die Vorwürfe der Tochter kommen, trommelt sie vergnügt, ruhig, heiter mit den Fingern auf der Stuhllehne. «Ich kann nichts dafür! Ich kann nichts dafür!» Sie hat gebeichtet, Schwächen zugegeben, Entschuldigungen gefunden – sie ist gesichert, ihr kann nichts geschehen. Und da vergißt sie sich, nunmehr ein Stück Natur im Urzustand, vergißt sich und wie alt sie ist, und wird wieder jung und singt. «Der Walzer: ‹Er sagte mir› wird gespielt.» Und aus ihrem alten Gesicht springt das junge heraus, sie wiegt einen schwerfälligen, fetten Körper im Takt und girrt in hohen Kopftönen. Der Ekel packt einen vor dem alternden Weibchen – es ist derselbe Ekel, den man empfindet, wenn die Natur eine Achtjährige verdorben sein läßt.

Und dann zieht sich die Spirale enger und enger; sie sieht, daß es kein Entrinnen mehr gibt, und sie brüllt vor Wut wie ein gefangenes Tier. Lieber sterben als nachgeben! Sie rast ans Fenster, kauert sich zum Sprung und stürzt hinaus. Wind und Musik! Wind und Musik! Und ihr letzter Gedanke ist: «Macht! Macht!» und: «Ich! Ich!»

Ein Spiel? Gewiß. Wenn aber der Vorhang gefallen ist, blinzeln wir ins Licht, taumeln, sammeln uns und küssen der großen Spielerin ehrfurchtsvoll die Hände.

VATERLÄNDISCHE RITORNELLE

Wer nimmt es mit mir auf in Ritornellen?
Im Vorrat hab ich noch sechs Pferdelasten.
Wer schönere weiß als ich, der mag sich stellen.
Ligurisch

Du bunter Blumenstrauß!
Hier, Leser, steck die Nase in die Pflanzen,
beriech sie, und die schönsten such heraus!

Blühende Geranien!
Ihr seid wohlfeil und ein billiger Schmuck
wie Königsthrone in dem Land Albanien.

Bescheidenes Veilchen!
Und wenn du denkst, ein neues Wahlrecht kommt –
wir sind in Preußen . . . warte noch ein Weilchen!

Jelängerjelieber!
Ja, über unsern Kanzler und den Gardeflügelmann –
da geht nichts drieber.

Ihr Rosen, Tulpen und Narzissen!
Die Hitze ließ uns auf der Wiese rasten . . .
Dort üben die Soldaten . . . Horch, wer ruft?
«Einjähriger Rosenbaum, drei Tage Kasten!»

Du welkes Blatt!
Wenn du im trocknen Laube raschelst, muß ich denken,
daß unser Kanzler was geredet hat.

Süß duftende Banane!
Der Säugling heult. Die Misses legt ihn trocken.
Als Windel dient die Votes-for-womens-Fahne.

Vaterländisches Gartenland!
Ein fetter Humus, doch was wächst, ist ohne Reiz.
Fehlt wohl des guten Gärtners leichte Hand?
Da lohnte sich, es besser zu begießen
(mit Spucke nicht, mit Wasser!) – dann gedeihts.
Und tausend schönre Blumen werden darauf sprießen!

DAS GEBET FÜR DIE LUFTSCHIFFER

Der liebe Gott wird sich schön wundern. Bis jetzt hat es jeden Sonntagmorgen antelefoniert, und eine Stimme hat gesagt: «Beschütze das königliche Kriegsheer und die gesamte deutsche Kriegsmacht zu Lande und zu Wasser.» – «Ach so, Preußen!» hat dann der liebe Gott gesagt und hat abgehängt. Aber nachdem nunmehr der Generalsynodalvorstand die Dringlichkeit einer königlichen Verordnung anerkannt hat, wird der liebe Gott wieder aufhorchen. Denn nun heißt es: «. . . gesamte deutsche Kriegsmacht zu Lande und zu Wasser, insonderheit die Schiffe und die Luftfahrzeuge, welche auf der Fahrt sind.» – «Insonderheit», wird der liebe Gott sagen, «ist kein deutsches Wort. So was schreibt man nicht einmal, geschweige denn betet man es. Aber meine lieben Preußen da unten haben so bürokratische Vorbeter, da bin ich dergleichen gewohnt.» Und wird wieder abhängen.

In der Tat: die Religion schreitet doch vorwärts. Man kann ja nicht gerade sagen, daß dieser verwaschene Protestantismus die sozialen Probleme der Gegenwart aufgegriffen und fortentwickelt habe, man kann gerade nicht behaupten, daß sich die Diener am Wort Christi mit den Armen, für die sie doch laut Bibeltext in erster Linie da sein sollen, besonders gut stehen. Das ist es eigentlich alles nicht. Aber die Religion geht doch mit der Technik mit, und das ist auch schon eine ganze Menge. Die Macht des Gebetes ist nie lächerlicher und grotesker illustriert worden als hier, da vom Sonntag den soundsovielten ab nun auch die Luftschiffer der göttlichen Gnade und des himmlischen Schutzes teilhaftig werden. Es geht ihnen bestimmt vorher genau so schlecht und so gut wie nachher, aber das macht nichts. Man konnte nunmehr die Luftschiffahrt vor dem lieben Gott nicht mehr verheimlichen, denn der hat schon längst danach gefragt, was da immer explodiert, und hat sich nur gewundert, wenns einmal kein Zeppelin war. Nunmehr hat er auch amtlich von der neuen Erfindung Kenntnis, und man kann wohl den deutschen Luftschiffern herzlich kondolieren.

Für uns betet eigentlich niemand beim lieben Gott. Und ich kann mir nicht helfen: ich habe das leise Gefühl, als obs uns gerade deshalb so gut ginge.

BLAISE, DER GYMNASIAST

Josef Hofmiller hat einmal gefragt, ob man Genf so lieben müsse wie er, um dieses Buch von Monnier so gern zu haben wie er. Nein, das muß man nicht. Es ist kein lokalpatriotisches Werk: es ist von einer internationalen Menschlichkeit. Ich, zum Beispiel, kenne Genf.

Das Semester, das ich dort verlebte, wird immer schöner, je weiter es fortrückt. Der rothaarige Puck, der in seinem zerkauten Deutsch sagte: «Isch werden nie Schunge bekommen»; die vermaledeite Russin; die Polin, die mich vor dem Seziersaal, wo sie ein Kolleg hören sollte, fragte: «Est-ce qu'il y a des morts dedans?» (und sie war ganz grün vor Angst); die Treppen, die wir an warmen Sommernachmittagen herunterschlenderten, die großen Freitreppen an der Universität; der See; das wunderschön teure Essen im Hotel; die alte Stadt, hügelig, mit kleinen Gassen; und immer wieder die Rhônebrücke!

Aber selbst, wenn ich dies alles nicht kennte: das Buch würde mich rühren, und euch wirds genau so packen. Es erinnert ein bißchen an Daudet und gibt die bei uns nahezu verlorene Romantik einer glücklichen, altmodischen Gymnasialzeit. Hier ist nichts von den ‹Jugendnöten›, (von denen wir, unter uns gesagt, allmählich genug haben), hier ist allerdings auch nicht – und das mag am Süden liegen – die straffe preußische Quälerei des Drills. Alles ist behaglich, nett, ein wenig verschnörkelt, und schließlich ist es unser aller Jugend, die in diesem Buche steckt, wenn sie auch leider nicht bei allen so warm, so schön, so still gewesen sein mag. Monnier, von dem ich sonst nichts kenne, hat die muffige Schulluft, die Atmosphäre der Klassen, die Gespräche der Jungens genau wiedergegeben, und fast ohne jeden andern Wunsch, als sich noch einmal an all das zu erinnern, was ihm in seiner Jugend teuer war. Da ist Rosa, die Rose, ein kleines Kapitel, das man mit Recht als ein hohes Lied des Gymnasiums bezeichnen kann, aber eben nicht einer humanistischen Anstalt, sondern das ist ein Lied in memoriam eines großen Hauses, in dem man als Junge ‹die› Erlebnisse hatte. Es gab kaum andre, oder sie gingen doch alle von hier aus. Da ist ein Kapitel: die Typen der Klasse – das ist gradezu vollendet. Man sieht sie alle vor sich, und so waren sie bei jedem von uns, nur hat eben der Berliner, der die Schule häufig wechselt und sie frühzeitig verachten lernt, keine Zeit, sich diese Typen anzusehen. Da sind sie alle, und genau so, wie sie später einmal sein werden, denn schon die Klasse ist ja ein kleines Lebensfeld, auf dem Zaghafte wachsen und Trotzige und Hinterhältige und ‹feine Kerle›. Man hat ja als Junge ein sehr scharfes Empfinden und eine große Menschenkenntnis. Und von manchen ist nur noch eine oder die andre Äußerlichkeit in der Erinnerung geblieben: «Miville hat ein besonderes Geschick, gute Schleudern zu verfertigen. Es gibt kein größres Schaf als Tissot. Lévêque ist katholisch!» Lévêque ist katholisch! Hatten wir nicht alle in der Klasse einen oder mehrere, von denen wir nur so etwas wußten! Welch ein Jungensbuch! Da ist «dieser Mordskerl von einem Berton»! So einer bringts im Leben zu etwas. Denn es kommt zwar nicht darauf an, was einer im Latein leistet, obgleich auch dies nicht so ohne Wichtigkeit ist – wohl aber, welchen Ruf er in der Klasse hat. Die Stimme des kleinen Volkes ist Gottes Stimme! Und dann ist da eine Nachmittagsszene auf der Promenade, die man nur laut lesend genießen kann. Wie sie die Bürger ein bißchen ärgern, Murmeln spielen, wie eine kleine Rempelei entsteht, es klingelt, alle laufen fort, und ein Großer hebt eine Achatkugel auf, die die Kämpfer haben liegen lassen, mit den Worten: «Hab ich ein Schwein!» Da ist ein süßes Kapitel: *‹Berton weiß nicht, daß cura das Subjekt ist›* – schließt die Augen, und ihr habt die heißeste, lieblich dösigste Stunde eurer Jugend wieder vor euch! Und wie sie sich amüsieren, wenn Guillaumets Mama in die Schule kommt, sich zu beklagen! Da ist in ein paar Sätzen das Naturgesetz erläutert, daß ein richtiger Schüler keine sichtbare Mutter haben darf, ohne der Lächerlichkeit anheimzufallen. (Hans Olden hat das einmal sehr hübsch formuliert.) Und dann, wohl mit das Schönste: *‹Blaise und Lavanchy sind nackt auf dem Sprunggerüste›*. Die Sonne brennt. Was mag es wohl geben? Lavanchy vertraut Blaise an, er habe in seiner Bank ein ‹Grab› gemacht, das ist eine kleine Vertiefung, sorgfältig ausgehöhlt, und darin ist ein Papier mit dem Namen der Lehrer und dem Datum und der Windrichtung und dem Barometerstand. Dann wird das Ganze mit Zement zugedeckt. Und nun soll Blaise das große Ehrenwort geben, nichts weiter zu sagen, mit Spucken auf die gekreuzten Zeigefinger, denn . . . nämlich . . . also Lavanchy hat den Namen seiner Flamme auch auf das Papier geschrieben! Mit sympathetischer Tinte! Aber keinen Augenblick hält ers länger aus, er schämt sich und schwupp, ist er im Wasser. «Ein Stückchen weiter sah ich ihn wieder erscheinen; seine Haare klebten an den Schläfen.» Und das dünne Eis der sexuellen Aufklärung ist in diesem Werkchen auf eine so feine, so zarte Weise überschritten, daß man nur wünschen könnte, man nähme sich in Deutschland ein Beispiel.

Denn das ist das Ernste, woran uns dies Buch erinnert: wir hier fangen an, zu viel mit den Kindern anzugeben. Statt ihnen durch eine starke und kräftige Persönlichkeit über die Jugendjahre hinwegzuhelfen, statt sie herüberzuziehen, statt sie Reiter über den Bodensee sein zu lassen, machen wir ihnen klar, daß jeder Schritt, den sie tun, entsetzliche Gefahren bringt, daß man nie wissen könne, was folgt – und so kommen diese neumodischen Kinder der großen Städte aus der Angst und der Unselbständigkeit nicht mehr heraus. Laisser faire, laisser passer! Strenge am rechten Ort, Milde am rechten Ort und eine recht lange Leine, an der die jungen Hundchen herumlaufen können. Dann werden sie an ihre Jugend auch einmal eine solche Erinnerung haben wie Blaise, der Gymnasiast.

DER ALTE MUSTAPHA SINGT

Ich bin Eunuch und will es ewig bleiben!
Auch meine Enkel sollens grad so treiben.
    Ich bin ein Ha- Ha- Haremskind,
    Wie so Eunuchen sind,
    Wie so Eunuchen sind.
Die Jung-Türkei wird hier nicht reüssieren:
Ich bin bestimmt nicht mehr zu reformieren.
    Ich sage vornehm, daß als Oberbey
    Ich bei der Harems-Wach- und Schließgesellschaft sei.
            Bum bum!
Ich bin ein Eunuch
Und hier zu Besuch.
    Zu Hause, da sang ich Sopran.
Hier klingts wie Tenor –
Wie kommt mir das vor!
    Was ist das? Wer hat das getan?
        Ich fühl mich verwandelt!
        Ich fühl mich verschandelt!
    Was ist das? Wer hat das getan?

Vor kurzer Zeit kam ich auf den Gedanken:
Sieh dich mal um im Vaterland der Franken.
    Ich las im Zei- Zei- Zeitungsblatt,
    Was man in Preußen hat,
    Was man in Preußen hat.
Zum Abschied sang ich meinen höchsten Triller
Und ließ im Stich die große Sultansvilla,
    Wo es die schönen, dicken Frauen gibt:
    Ich war zwar ungefährlich, aber doch beliebt.
            Bum bum!
Ich bin ein Eunuch
Und hier zu Besuch.
    Zu Hause, da sang ich Sopran.
Hier klingts wie Tenor –
Wie kommt mir das vor!
    Was ist das? Wer hat das getan?
        Ich fühl mich verwandelt!
        Ich fühl mich verschandelt!
    Was ist das? Wer hat das getan?

Ich habs entdeckt: im Land der Klassenwähler
Fall ich nicht auf durch meinen kleinen Fehler.
Der Mann der Po- Po- Politik
Macht hier Sopranmusik,
Macht hier Sopranmusik.
Jedweden Bürger könnt der Harem hegen:
Er ist genau so sanft wie die Kollegen.
Wer merkt denn hier zu Lande mein Falsett?
Ich mach mich wirkungsvoll und wieder ganz komplett.
Bum bum!
Ich bin ein Eunuch
Und hier zu Besuch.
Zu Hause, da sang ich Sopran
Hier klingts wie Tenor –
Wie kommt mir das vor!
Ich fühl mich noch einmal als Mann!
Eunuchen, Eunuchen,
Hier sollt ihr mich suchen!
Ich fühl mich noch einmal als Mann!

FERDINAND BONNS GESAMMELTE WERKE

Et hoc meminisse iuvabit

Darf ich voranschicken, daß dies um Himmelswillen keine Polemik ist (die Leichenschändung wäre), und daß hier kein Feldzug gegen einen völlig ungefährlichen Mann geführt werden soll? Ich bitte, mich als Naturforscher ansehen zu wollen, als einen Ausgraber merkwürdiger Dinge, der streng objektiv seine Schmetterlinge, Käfer und Schlangen einregistriert. Und wenn er einmal ein Tier mit sieben Beinen erwischt, so sei es ferne von ihm, Gott zu lästern. Er lächelt nur freundlich und spricht leise das kurze, aber innige Gebet, welches so weise ist und einem über so viele Dinge hinweghilft: «Das gibts!»

Also daß ich zufällig erst in diesen Tagen hinter die Existenz der vier entzückenden roten Leinenbände – Ferdinand Bonn: *‹Gesammelte Werke›* (im Xenien-Verlag zu Leipzig) – gekommen bin, ist kein Grund, nicht auch andre an meiner Freude teilnehmen zu lassen. Ich habe die schönen Tage der Regentschaft Ferdinands des Ersten (1905–1907 post Christum natum) nicht miterlebt. Wie immer es war: diese vier Bände sind zum humoristischen Hausschatz des deutschen Volkes zu rechnen. Ein so inniges und restloses Vergnügen kann nur noch Wilhelm Busch gewähren.

Das Ganze ist gewissermaßen die Lebensgeschichte des großen Mannes in Werken und autobiographischen Notizen. Es fängt an mit einem Band Soldatengeschichten, der, sagen wir, illustriert ist, und den man besser unaufgeschnitten liest. Band zwei: ein Clou. Vorn die Reproduktion eines Ölgemäldes, das wunderschön bunt gemalt ist, und in dem Buch zahllose Fotografien von Zivilbildern, Theaterporträts, Ferdinand Bonn als ... und jedesmal sieht er ganz anders aus, aber immer gleich süßlich, und hier und da eine Mama oder eine Geliebte. Die Mamas sehen aus, wie man eben 1860 ausgesehen hat, die Geliebten — die eine, zum Beispiel, wie ein Riesenbaby aus dem Panoptikum, und es ist schon begreiflich, wie schöne Dramen man auf sie schreiben mußte. Und ein Drama jagt das andre. Band drei ist weitaus der stärkste von allen, weil darin die berliner Theaterzeit erzählt wird. «Zwei Jahre Theaterdirektor in Berlin. Ein Beitrag zur deutschen Kulturgeschichte. Tagebuchblätter.» Junge, Junge! Es sind richtige Tagebuch-Notizen, von denen man nur nicht weiß, ob sie alle hinterher geschrieben worden sind, und wer ein bißchen Sinn für Kuriositäten und kleine Menschlichkeiten hat, der muß diese Blätter lieben. Bekanntlich ist einem zu Hause am wohlsten, wenn der Regen rauscht, und der Reiz dieses großen Humoristen wird wohl auch darin bestehen, daß man vorsichtig den Fuß auf seinen Boden setzt, im Morast versinkt, sich herausarbeitet und sich schleunigst davon machte — wenn das alles Wirklichkeit wäre. Aber, Gott sei Dank, ist es keine, und so schmunzelt man bei der Lektüre immer mehr und kommt schließlich aus dem freudigen Lächeln überhaupt nicht mehr heraus. Wie alle über einander herfallen! Wie einer nach dem andern zum Verräter wird! Wie ohne jedes Bedenken Anhängerinnen, Freunde, Bundesgenossen über Bord geworfen werden, wenns nötig ist, und manchmal auch, wenns nicht nötig ist! Wie in diesem brodelnden Hexenkessel von Eitelkeit, Mimenwahnsinn, Presselärm, Theaterkrachs sich todestraurig gleich einem amerikanischen Clown Ferdinand erhebt, in die Ebene ragt und überhaupt da ist! Man heult. Ein paar Proben: «Reinhold Begas im Zoologischen begegnet. Ich sage ihm, daß ich die *‹Europa›* für sein schönstes Werk halte, homerisch. Er freut sich und revanchiert sich, indem er Maria für die schönste Frau in Berlin erklärt. — Ich habe ihr einen dreijährigen Vertrag gegeben. Diese Dankbarkeit! Ich muß sie herrichten, sie scheint Temperament zu besitzen, dieses Fräulein Sobieska. — Heute hat man den dritten Akt im Rohen aufgestellt, ich habe Herzklopfen gekriegt. Für mein Werk das alles — für mein Werk diese Pracht!» Und dann fängt das Theater an, sich langsam zu drehen. Die Gesetze der Schwerkraft machen nicht mehr mit: «fast täglich fallende Eisenstücke, durchschnittene Kabel, fremde Leute mit Notizbüchern auf dem Schnürboden, Panik der Komparserie, Streik der Elektrizitätsarbeiter. Das Gemeinste ist, die Bande von Logenschließern hat den sämtlichen Wein ausgesoffen, im ganzen Haus stolpert man über Betrunkene. Scheußlich!» Und von der Eröffnungsvorstellung an fehlt dann nicht das übliche Stückchen Verfolgungswahnsinn: er ist drauf und dran ... «Maria hält mich fest mit beiden Armen, denn ich setze an zum Sprung ins Parkett, das blanke Schwert in der Hand. Ich hätte ihn niedergestochen, bei Gott, ich hätte es getan, und nie würde es mich gereut haben!» Bei Gott: wen? Bei Gott: womit? Die zweite Aufführung von ‹*Andalosia*› bringt zweihundertvierzig Mark. «Die Ärmel aufkrempeln und arbeiten wie ein Riese!» Dazwischen Gedichte, Fotografien Ferdinands, von vorn, von hinten, von der Seite, beim Sport, mit Hund, ohne Hund, mit Frau, ohne Frau in infinitum. Und alle tun ihm was.

Und wieder Verse und auf einmal: «Hausgesetz für mein Berliner Theater.» Und da kann man sich immer nur die Augen wischen und so lange lachen, bis man keine Luft mehr im Leibe hat und lesen und lachen und lachen und lesen. § 14 regelt das Hervortreten beim Applaus, subtil, ängstlich; denn «der Stand Shakespeares ist ein Stand der Ehre». § 2: «Im Theater ist der Darsteller die Hauptsache.» § 4 (Busch, lieber Wilhelm Busch!): «Es liegt nahe, daß in einem Berufe, der sich aus temperamentvollen Menschen beider Geschlechter rekrutiert, sich freiere Sitten einbürgern; grade darum haben wir Künstler strengere Charaktereigenschaften notwendig, wenn wir die soziale Position, die uns als Träger der Kultur wirklich zukommt, endlich erreichen wollen. Wer im Geheimen lüderlich ist, schadet sich nur selbst und verwirkt ein ruhmloses, frühes Sterben; wer öffentlich unsittlich ist, schädigt den ganzen Beruf. Verhältnisse, die nicht auf eine Ehe abzielen, werden nicht geduldet. Herumkriechen und Poussieren hinter den Kulissen wird unnachsichtlich bestraft; von zehn Mark aufwärts bis ...» Und wer weiß, wie bei Reinhardt gearbeitet wird, der wird seine Freude an § 6 haben: «Lange Proben sind zwecklos und gesundheitsschädlich. Die Probe beginnt Punkt zehn Uhr und endet mit dem Schlag zwei Uhr.» Und weil es ja überhaupt Spaß macht, in Schriftstücken für den täglichen Gebrauch, die also das äußerste an Sachlichkeit darzustellen haben, ein Temperament und dann noch ein solches durch alle Löcher gucken zu sehen, so hört — nein, ihr müßt wirklich alle vier Bände lesen, unbedingt aber mindestens den dritten.

So ist es denn kein Wunder: «Wenn nur der Kaiser käme!» Und in der Tat: zwischen Kämpfen mit ehemaligen Vertrauten, die ihn in guten Zeiten mit nassen Augen ‹Meister› anzureden pflegten, zwischen Entlassungen der Nachtwächter und der Witwen der Nachtwächter und Kämpfen mit Staatsanwälten und Vollstreckungsinstanzen und Gerichtsvollziehern und Revierpolizisten — zwischen all dem kommen Kaisers. Erscheinen wie die Kometen, mit einem Schweif respektvoller Nachbesucher. «Der Kaiser war bei Bonn!» Das zieht. Und wie dann schließlich alles in immer engerer Spirale umherwirbelt; wie auch noch unter all der Schminke etwas klopft – aber es ist kein Herz, sondern die neue Direktion Meinhard und Bernauer, und Bonn sagt: «Herein!» – wenn man das alles bis zum Abmarsch mit fliegenden Fahnen bewältigt hat: dann ist man schwach und krank und halbtot vor Lachen. Umsomehr, wenn man nachher wirklich die Detektiv-Komödien liest – das geht zwar nur bruchstückweise – und dann auf einmal entdeckt, wie so ein richtiges Mimenstück aussehen tut: mit Schlußeffekten und Knalleffekten und Bombeneffekten und überhaupt wie ein Großgeschäft mit Effekten.

Er ist der ulkigste Michael Kohlhaas, der je dagewesen. Er exekutiert den exzentrischen Ringkampf des Einzelnen gegen die unschuldige Welt auf eine so lustige Weise, daß auch seine Niederlage rein scherzhaft bleibt. Er steht im Mittelpunkt aller Welten und boxt sich mit der Sonne, der Mond scheint nur für ihn, ihm rauscht das Laub im Wald, ihm zwinkern die Sterne zu, ihm quillt der Rhein und alle Flüsse. Wenn man atemlos, von Lachen geschüttelt, mit der Lektüre der ‹*Gesammelten Werke*› Ferdinands des Ersten fertig ist, dann mag man sich vielleicht fragen: Was will er eigentlich? Was wollen alle diese, die so tobend um Anerkennung ringen und nie allein, nie unbeobachtet schaffen? Der Ehrgeiz dieser Leute ist doch nie zu befriedigen, denn solange die Fidschi-Insulaner auf ihren Kanus nicht erstaunt mit dem Fischen innehalten, um jenen zu lauschen – solange geben sie keine Ruhe. Aber das ist schon die ernste Seite der Sache, und wir wolltens doch beim Lachen bewenden lassen.

NAPOLEON DER ZWEITE

Für Pallenberg

Gestern fand hier im Olympia-Theater die Uraufführung einer Komödie ‹*Napoleon der Zweite*› von Adalbert Cynthius statt. Max Pallenberg spielte die Titelrolle.

Das war im Dezember 1808, da stand Napoleon mit Soult in Huesca, einer mittleren Provinzialstadt Nordspaniens. Er kam von Madrid und wollte nach Paris zurück. Und das eiligst, denn in Preußen gingen allerhand Dinge vor, die man aus nächster Nähe zu betrachten hatte. Andrerseits aber lagen die Verhältnisse in Spanien nicht so, daß die Gegenwart des Kaisers ohne weiteres entbehrt werden konnte. Die Bevölkerung gab nur Ruhe, wenn sie IHN in der Nähe wußte, und auch die Engländer wurden bei seiner Anwesenheit, die sie ja durch ihre Spione feststellen konnten, wenigstens einigermaßen in Schach gehalten. Aber Paris rief.

Das hat man erfahren, wenn der Vorhang ein paar Minuten oben ist. Die Hofleute erzählen sichs im Vorsaal, und immer so, daß stets der eine Part der Unterhaltung noch nicht von dem unterrichtet ist, was ihm der andre sagen wird. Sie rekapitulieren keine notwendige Exposition, sie teilen sich wichtige Neuigkeiten mit. Geffroy erscheint, ein kleiner rothaariger Kammerdiener Napoleons. Er ist feige, wie sich zeigt, häßlich und ein bescheidener Kriecher. Kleine Liebesszene zwischen ihm und der Zofe Marguerite. Die Zofe will ihn nicht. Rote Haare – pfui! Er wird zudringlich, sie wehrt sich. Plötzlich fahren sie auseinander. Aus dem Nebenzimmer hört man die erregte Stimme des Kaisers aus der Beratung. «Aber was tun?» Eine scharfe, durchdringende Stimme. Vielleicht der eindringlichste Napoleon, der je auf einer Bühne stand, weil man ihn nicht sieht. Es ist mäuschenstill, der kleine Rotkopf lauscht mit offenem Mund. «Aber was tun?» sagt der Kaiser. «Man braucht mich hier, man braucht mich in Paris. Hier dringend, in Paris dringender.» Die Herren machen mit gedämpfter Stimme Vorschläge. «Ah bah!» – er verwirft alle. «Nein, nein, wir müssen einen Ersatzmann haben. Einen fürs Volk, eine Puppe! Einen Fetisch für die Truppen, für die Ausfahrten!» Drin ists still. Der Rothaarige feixt. «Wenn er nur meine Gestalt hat – das andre wird schon François besorgen.» François ist der Hoffriseur. Stimmengewirr klingt herüber, man scheint einverstanden, einer ruft: «Aber wen?» – «Aber wen?» rufen jetzt alle. Und da geht wahrhaftig die Tür auf, einer der Marschälle will wohl die Beratung für eine Minute verlassen, sein Blick fällt auf den Kleinen, der sich eifrig an den Möbeln zu schaffen macht. «Aber meine Herren!» ruft er wohlgelaunt, «Sire! hier bringe ich Ihnen den andren Napoleon, Napoleon den Zweiten!» Und schleppt Geffroy herein. Die Bühne ist jetzt leer, ein dröhnendes Lachen wird aus dem Nebenzimmer hörbar. Das ist ein Witz! Selbst der Kaiser lacht. Dann sagt er ungeduldig: «François soll kommen! Und Sie, Soult, geben dem kleinen Mann hier die nötigen Instruktionen. Sie kennen mich ja. Guten Morgen, meine Herren!» – «Guten Morgen, Sire!» Und in die Stille, die beim Fortgang des Kaisers entsteht, ertönt die meckernde Stimme des Kleinen: «Wird es bezahlt, meine Herren, wird es bezahlt?»

Was dann folgt, ist eine ungeheuerliche Verhöhnung jedes Königtums, ein Witz auf den Selbstherrscher, eine Karikatur auf alle Throne der Welt.

Der Kaiser ist heimlich abgereist und hat Geffroy an seiner Stelle zurückgelassen. Und man kann nicht sagen, daß er seine Rolle schlecht spiele. Oh nein, er mimt sie sogar sehr exakt, vielleicht ein bißchen zu genau. Denn in dieses Vogelhirn ist alles Äußerliche erschreckend eingegangen – er hat dem großen Vormann das Erforderliche abgeguckt; er geht wie er mit gekreuzten Armen im Zimmer auf und ab; wie er läutet er dem Diener, zornig, schrill, nervös; wie er streicht er sich müde die schwarze Perückenlocke aus der Stirn.

Er machts gut, und für die Volksstaffage reichts auch. Im Schloß ists schon beschwerlicher: hier ist der Schwindel doch zu plump, als daß er nicht herauskäme. Man darf ihm also nicht auf den Leib rücken: der Kaiser ist unpäßlich, empfängt nicht oder nur die Intimen. So gehts schon.

In das noch leere Sitzungszimmer mit den hochlehnigen, ledergepreßten Stühlen wankt das Stückchen Unglück. Eine Scheuche in einem Panzer: der große Napoleon schlottert um den kleinen Geffroy. Dabei sitzt der dunkelgrüne Frack wie angegossen, die weißen Hosen sind prall gespannt, die Stiefel blitzen. Ach, und er ist so durchdrungen von seiner Würde! Es ist ihm richtig nach innen geschlagen: er glaubt sich das Abenteuer und hält sich wahrhaftig für den Kaiser in Person. Generale kommen, gehen zum Schein in das Beratungszimmer, damit die Dienerschaft sie hereingehen sehe, räkeln sich müßig auf den Sitzen, lesen sich halblaut Briefe vor und plaudern, denn man muß auf die Lauscher an der Wand Rücksicht nehmen. Das Schweigen könnte auffallen. Aber schließlich genüge es doch, meinen sie, wenn man das Spiel so weit treibt: weiter gehts nicht, und sie unterhalten sich ganz ungeniert über das Wetter und die spanischen Frauen und die Fertigkeiten des zweiten Kochs. Nicht so Max Pallenberg. Der ist überzeugt, wirklich die Geschicke zu lenken, wenn er in seinem geliehenen Frack herumspaziert. Und wie stelzt er einher! Welch ein Tyrann aus zweiter Hand! Wie kann er die Augenbrauen bis zur Unwahrscheinlichkeit hochziehen, wie kann er blitzende Blicke um sich streuen! Welch eine Geschäftigkeit im Unterzeichnen von Todesurteilen: wie ein Affe setzt der kleine Mann auf Bogen und Bogen des riesigen Aktenstapels seinen Namen und starrt die gloriose Unterschrift zärtlich an. Er gibt Befehle, er geht zum Tisch, blättert in den Karten, deren Sprache er gar nicht versteht – niemand kümmert sich um ihn. Köstlicher Moment: er sieht sich rings im Kreise um. «Meine Herren», spricht er – der Tonfall ist täuschend echt – «meine Herren, dann werden wir eben den Weg über Torrelapaja nehmen!» Man zuckt die Achseln, liest und plaudert weiter. Geffroy Bonaparte stellt sich vor einen General hin und berät mit ihm, der sich die Nägel reinigt und gar nicht zuhört, die Sicherung der Vorposten. «Wird geändert. Eben neue Kette aufziehen. Esel.» Dann stürmt er zur Klingel und schellt. Im Nu ist das Bild verwandelt: vor den Dienern muß die Komödie aufrecht erhalten werden. Alle drängen sich um den Sitz des Kleinen, einer schiebt ihm das Schachbrett vor, und er spielt, spielt die ganze Partie mit sich selbst und führt wilde Reden. Der Diener mit den Karaffen verschwindet wieder, und Napoleon der Zweite stößt mit einer emphatischen Bewegung, wie er sie oft bei dem Ersten gesehen hat, das

Spielbrett vom Tisch. Und alle wenden sich wieder ihren früheren Beschäftigungen zu und ignorieren den Kaiser vollständig.

Und am Schluß dieses Aktes, wenn man sein Mitleid mit dieser armseligen Kreatur kaum noch verbergen kann, eine gute Steigerung. Volksgemurmel hinter der Szene: die Soldaten glauben nicht, daß der Kaiser noch da ist – die Soldaten wollen ihn sehen. Eine Ansprache! eine Ansprache! Und der Kleine wird vorgeschoben auf den Altan, hinter ihn tritt einer mit dem Manuskript, und er redet eine Rede. Durch einen Schleier von Lach- und Rührungstränen sieht man ihn gestikulieren, man hört große und bombastische Worte, er versteht den Souffleur nicht ordentlich, beugt sich weit vor und ist doch so stolz! Und die Soldaten scheinen halbwegs befriedigt, sie ziehen ab, auch der Vorsager, und die andern sind längst weggegangen, aber er steht noch immer oben und winkt leutselig, herablassend ins Freie. Und kommt ins Zimmer zurück und sagt erschüttert: «Wie sie mich lieben!»

Aber einen Vorteil greifbarer Art hat ihm sein Kaisertum doch eingebracht; das ist die Zofe Marguerite. Sie ist ihm – im dritten Akt – aufs Feld nachgelaufen, wo er (um Gotteswillen!) zu Pferde eine Truppenparade abhalten soll. Noch ist er allein – sie schlich ihm nach – er imponiert ihr. Wenn sie auch nie geglaubt hat, daß dies der Kaiser sei: es reizt sie doch, daß der Kleine so keck ist, ihn zu markieren. Und sie küßt ihn richtig, denn er ist doch vor der Welt Napoleon, und er ist schon so übergeschnappt, daß er sie nur noch mit «Meine liebe Tochter» haranguiert. Dazwischen ein süßer Anachronismus; er summt piano das letzte Lied des erschossenen Fragson: «Si tu veux mon bonheur, Marguerite . . .!» Und dann verschwindet er, und die Truppen ziehen auf, Trommeln wirbeln und das «Vive l'empereur!» hat nie ironischer geklungen als hier, da es einem Schemen dargebracht wurde.

Durch das Gewühl bahnt sich ein Bote den Weg: ein Brief des Kaisers entthront seinen Kollegen! Man bedarf seiner nicht mehr, Soult solle nach Oporto gehen, den Ersatzmann möge man ein bißchen aufs Feld herausfahren und ihn – in jeder Beziehung – absetzen. Es ist aus!

Und das tut man denn auch; und wie in diesem Nachspiel Pallenberg ganz allein auf dem kalten Feld hockt, wie er immer noch nicht begreift, daß der schöne Traum nur ein Traum war, daß er nun nie, nie, nie wieder dem Diener läuten, seine treuen Soldaten begrüßen, die Völker lenken dürfe: das greift einem ans Herz. Die Zofe huscht spottend vorbei, er streckt die Arme nach ihr aus, aber sie höhnt ihn, und durch den Abendwind klingt ihr Lachen: «Petit caporal! petit caporal!» Und er sitzt da, den riesigen Mantel fast bis übers Gesicht gezogen, in der Hand eine kleine Bonbondose, aus der er als Napoleon so oft Süßigkeiten genascht hat, tastend fühlt er sie ab, sie ist leer, er läßt sie zu Boden fallen und sagt ganz leise, wimmernd, traurig: «Aber ich war doch ein Kaiser! Ich war doch ein Kaiser!»

Jawohl! Olympia-Theater, Cynthius, Bonaparte in Duodez, Berlin! Das Theater gibts nicht. Existierte es, wäre es längst wieder im Konkurs. So ein lustiges Stück muß erst geschrieben werden. Und Pallenberg torkelt in Machwerken übelster Beschaffenheit umher, verspritzt sich und seine große Begabung und wirft die Perlen vors Parkett.

PAGANINI
oder
Der Teufel auf der Tournee

> Archibald kam auf Schnallenschuhen, sah niemand an, dachte an nichts als an seine Wirkung, lehnte sich gegen den Schreibtisch, kreuzte die Beine in ihren seidenen Strümpfen, und zog den Hals ein. Heinrich Mann

Man hat uns auf Schulen und Universitäten die Vergangenheit verkleistert. Reformation, die Romantiker, Manchestertum, punische Kriege . . . aber die Menschlichkeiten sind dahin, die kleinen lieben Züge, die uns ungläubig Aufhorchenden beweisen würden, daß auch jene einmal gelebt haben. Diese andern, die vor uns waren, und die einmal auf der Höhe ihrer Zeit standen, die einmal stolz sagen durften: wir sind! Dieses Wort, das so viel Zweifel niederschlägt . . . Nun hat sich das Präsens in ein Präteritum verwandelt, und wir wollens nie recht glauben, daß auch sie gesungen, gelacht, gesorgt haben wie wir, und daß ihnen die großen Zeitprobleme sehr gleichgültig waren, wenn es galt, einen Ausflug ins Grüne zu machen. Was haben wir ihnen nicht alles nachträglich angepappt! Sie lebten, und das war viel, war alles wert.

Paganini? Ein Name. Ideenassoziationen kommen: Paganini, ein Geiger, ein langer, schwarzer Kerl, spielte fabelhaft die Violine – ah, und warten Sie! – dämonisch, E. Th. A. Hoffmann . . . Aus.

Und war doch das Fanal, das Feuerzeichen einer ganzen Generation, mochte man jubeln, blasiert sein, pfeifen – er war da und man mußte ihn beachten.

Aber was wissen wir davon? Der Mann hat nicht allzuviel Geschriebenes hinterlassen, ein paar Kompositionen – knapp hundert –, keine Korrespondenz liegt da – – aber er hat gelebt. Er ist ausgelöscht, wie ein großer Schauspieler endgültig tot ist, wenn er tot ist (weshalb auch diese Leute mit verständlicher Gier ihre Kunst ausüben). Schriftsteller leben, Maler, Bildhauer, Philosophen. Paganini ist tot. Lebendig machen? Es wird kaum gelingen – aber ich wills versuchen.

Prélude. Wie mans bestimmt nicht machen soll, zeigt eine (sehr inhaltsreiche) Monographie von Julius Kapp (Schuster & Loeffler, 1913). Sie geht den philologischen Weg, also den denkbar ungeeignetsten und langweiligsten. Wo Kapp aus eigenem darstellt, ist er trocken –, bei fremdem ist die Auswahl mäßig. Am besten und eindringlichsten sind die entzückenden 60 Bilder. Davon später. Am Schluß des (trotzdem empfehlenswerten, weil stofflich guten) Buches eine vorzügliche Bibliographie. Ich gehe hier auf Zeitdokumente zurück.

Am 16. März 1828 kam Paganini nach Wien. Hier stock ich schon. Wie kam er an? In der Post: gewiß. Aber wie war das Wetter? War er allein? Wie fühlte er sich? Wo stieg er ab? Er wusch sich gewiß zuerst, packte ein bißchen aus, kümmerte sich sogleich um den Reklame-Tamtam. Das ist doch für uns an derartigen Dingen das Interessanteste: die Environs, die Luft, das Ganze. Nichts. Ein Bändchen, das ich nicht auftreiben konnte: *‹Paganini im Reisewagen›*, das in extenso überall zitiert wird und auch nur einiges gibt. Also: am 16. März kam er an. Dreizehn Tage Reklameraunen, Propagandagerüchte, wilde Ankündigungen. Und am 29. das Konzert. Das war noch eine Presse! Sie tobten. Sie gaben es auf, mit Worten zu beschreiben, was man gesehen haben müsse ... Vielleicht hat wirklich Wien den Mann erst ‹gemacht› – soweit er sich nicht selbst in Szene setzte. Die Marke ‹Paganini› wurde in Italien hergestellt und in Wien auf Flaschen gezogen, etikettiert, fertig zum Versand.

Nun gings los: die Stadt stand unter dem Zeichen, in dem alles siegte: ‹à la Paganini›. Handschuhe, Torten, Saucen, Hüte ... Paganini! Paganini! Nachahmungen kamen auf, Possen, Konzerte – Thalia turnte an der G-Saite Reck. Ein Rausch hatte alle erfaßt. Sie waren prädisponiert: schon eine Generation später urteilte man ziemlich nüchtern darüber. Metternich, die politisch niedrige Stubendecke, die Reaktion hatten das ihre getan, weil das Konzertpodium und die Bühne die einzigen Orte waren, wo sich die Leidenschaften austoben konnten. Die Bühne mochte noch in politicis verdächtig sein. Der Konzertsaal war es nie und nimmer, und was an verhaltenen Energien in der Jugend und in den Frauen, im Publikum schlummerte, hier konnte es auspuffen. Der Reiz des Romanen kam dazu. Die Porträts variieren: ihnen gemeinsam sind die lebendigen Augen des Südländers, die Locken und eine gewisse undurchdringliche Maske, die sich als Schwermut oder Dämonie geben konnte. Er war ein richtiger Publikums-Paganini, ein Kerl, wie ihn das Parkett wollte. Ein Fetisch, ein Konzertschreck, ein Vitzliputzli der zahlenden Bourgeoisie. So nach außen, – hinter den Kulissen ein kleiner Amerikaner, der erste, der mit einem Impresario reiste, was ihm feste Bezüge und sehr viele Tadel einbrachte, ein großer Rechenkünstler und ein sehr tüchtiger

Geschäftsmann. Was wollen Sie? Er handelte eben mit Dämonie. Wenn er auch morgens mit seinem arg verzogenen Söhnchen, das übrigens Achille hieß, auf dem Boden des unaufgeräumten Zimmers herumspielte, so wird der Wechsel ja nicht so schroff gewesen sein, daß um sieben Uhr abends die Maske ganz glatt herunterfiel. Jedenfalls betrat er um acht das Podium: in einem schlotternden Frack, altmodisch, gebeugt, immer etwas zu spät und im ganzen von einer entzückenden Pose, die diskret ein etwa vorhandenes Höllenreich andeutete. Das Publikum raste wie ein Meer, sie schäumten, sie waren außer sich und, was mehr ist: sie zahlten. Und zwar am Anfang gehörig. Er durfte sich überall erlauben, die Preise in ungeahnte Höhen hinaufzuschrauben. Er war ein Teufel, aber ein Teufel auf der Tournee.

Denn nun klapperte er den Markt ab. Prag, Dresden, Leipzig, Berlin, Warschau, Breslau, Frankfurt am Main, Dessau, Halberstadt, Erfurt, Weimar, Regensburg, Nürnberg, München, Augsburg, Stuttgart und dann Paris und London, London und Paris. Aber die nordische Kälte behagte ihm nicht. Er fuhr in einer dicht verschlossenen Kutsche, auch bei Hochsommer im Pelz, schlief oder rechnete. Bei sich hatte er immer den großen, abgeschabten Geigenkasten, in dem die Wäsche und das Geld lagen und auch eine Violine, – eine Handtasche und eine Hutschachtel. Das Hauptbuch war von roter Farbe, wurde mit Bindfaden zugebunden und war berüchtigt wegen seiner Unlesbarkeit. Der mißtrauische Mann hatte sich da ein ganz eigenes System gemacht, Notizen und Geldposten einzutragen (er überschlug immer mehrere Seiten), und wenn nun wirklich ein Uneingeweihter in das Buch Einblick nahm, dann mochte er es für das Journal eines Irrsinnigen halten. Er aß und trank nicht viel, war geizig und wohnte höchst mittelmäßig. Dabei muß man nicht vergessen, daß er seiner Frau entlaufen war. In der Biographie von Schottky mag man unter dem Kapitel: ‹*Paganini als Mensch*› auf den Seiten 12, 257, 342 einiges nachlesen. Auch Kapp stellt das Verhältnis dar: Paganini war erst mit der Bianchi eine Weile in Italien herumgezogen, in Wien gab es einen Krach. Sie erhielt eine Abstandssumme von 10593,10 Lire, der Sohn blieb beim Vater, der in seinen Briefen infernalisch auf sie schimpfte. Sie mochte wohl mehr Temperament als Manieren gehabt haben, denn als er einmal spazieren gegangen war, holte sie sich eine seiner Cremoneser Violinen und schlug sie auf die Erde. Die Mietspartei von unten kam herauf und rettete die Geige für Paganini, was mit der Frau nicht mehr zu machen war. Mit ‹der Frau› war es also nichts. Desto mehr mit den Frauen. Selbst wenn einem nicht das Parfum des Don Juan anhaftet, genügt der Name Pégoud oder Caruso oder Paganini, um das Nötige zu veranlassen. Die Frau saugt ein Stückchen der Berühmtheit im Kusse zu sich herüber und hat es noch allemal geliebt, den zu lieben, auf den alle mit Bewunderung schauen. Und dann (Schnitzler): «Wer weiß, wie viele Fenster in der Stadt allnächtlich offen stehen für einen, der nicht kommt». Aber auch für einen, der den nächsten Tag bestimmt weiter zog und der von den Frauen der ersten Gesellschaft geküßt worden war. Das gab den Ausschlag. Er kam, spielte und siegte. Selbst die Geschichte mit der G-Saite wird auf das Konto der Frauen gesetzt. Herr Kapellmeister Guhr, der über *‹Paganinis Kunst, die Violine zu spielen›*, ein kleines Notenwerk geschrieben hat, sagt darin: «Paganini verliebte sich zu Toskana, wo er angestellt war, in eine Dame vom Hofe. Durch einen musikalischen Scherz suchte er derselben seine Leidenschaft zu erkennen zu geben, indem er eine Sonate für die G- und E-Saite komponierte, welche das Gespräch zweier Liebenden ausdrücken sollte. Das tiefere G war der Mann, die hohe E-Saite die Geliebte. Die musikalische Unterredung fand bey der Auserwählten, sowie bey Hofe großen Beifall, und die Prinzessin Elise forderte Paganini auf, nun einmal auch als Mann allein und in kräftigeren Tönen zu sprechen. Sein Genie ergriff diese Idee mächtig, und von nun an ...» spielte er eben auf der G-Saite. Sowohl in Toskana als auch später in den Konzerten auf der Violine.

London und Paris setzten rauschend ein. Aber sie waren wohl nur der äußerliche Höhepunkt, denn dann ging es abwärts. Es kamen widerwärtige Skandale: man muß den Leuten nie mehr Geld aus der Tasche ziehen wollen, als wirklich drin ist, denn sonst merken sies, und Paganini war unklug genug, dies zu versuchen. Er weigerte sich ein paarmal in konstanter Dummheit, bei Wohltätigkeitsveranstaltungen mitzuwirken, und das verdarb ihm die Sympathie aller derer, die ein warmes Herz für die Armen hatten und die hofften, den großen Mann einmal billiger zu hören als in seinen Konzerten. Es setzte Polemiken, Erklärungen, Gegenerklärungen, offene Briefe und eins jener anmutigen Duelle, bei denen Sieger und Besiegter nicht zu unterscheiden sind, weil sie ein und dieselbe Schmutzkruste einhüllt. Das war der Dämonie nicht gerade förderlich, die überhaupt allmählich zu verblassen anfing. Man war sich nachgerade klar darüber geworden, daß auch der Höllenfürst ein gehöriges Konto auf den Banken hatte, und man wußte nun, mit welchen Kohlen diese unterirdischen Flammen hergestellt wurden. Brüssel pfiff ihn einfach aus. Dazu kamen allerhand abenteuerliche Geschichten, die zu seinem großen Leidwesen immer wieder durch die Presse, die Mäuler und die Schaufenster liefen. Da ist vor allem jene, die ihn sein ganzes Leben lang schrecklich geärgert hat, nämlich die Fama, er habe seine enorme Fingerfertigkeit auf der Violine im Gefängnis erlernt. Warum er da gesessen habe? Ehebruch, Freundesmord, — es gab kein Delikt, das man ihm nicht angeheftet hatte. Entzückend sind die Erklärungen, die der beleidigte Teufel in den Gazetten erließ: er sei ein ehrlicher Violinspieler und habe sich lange genug plagen müssen, ehe er ein

Meister in seinem Handwerk geworden. Da war gar nichts mehr von Proserpina und Orkus und Mephisto: das war der gekränkte Maurermeister, dem man sein Innungspatent streitig macht.

Ach, das gab so allerhand Sachen, und der Schluß war kein Schweigen, sondern ein läppisches Gezänk und ein Wust von unerquicklichen Dingen. Er hatte damals in Paris Berlioz, dem es sehr schlecht ging, 20000 Franken geschenkt. Hat er sie ihm geschenkt? Warum hat er sie ihm geschenkt? Oder hat ein anderer sie ihm geschenkt? Und wieder erhob sich ein Geschrei wie in einem Vogelhaus, und es war weniger der Klang seiner Violine, der die Gemüter erregte, als der seines Geldes. Dann starb er, 56jährig, an irgend etwas, das jeder seiner Biographen anders nennt, und dann wollte ihn die Geistlichkeit nicht ordentlich beisetzen, weil ... sie ihn eben nicht beisetzte. Neues Geschrei, Gerichtsentscheidungen, der Leichnam blieb vier Jahre lang in einem Zimmer des Spitals von Nizza liegen, und erst 1845 wurde er in einem Dorf bei Parma begraben. Er hat zwei Millionen Franken hinterlassen.

Ein Künstler? Ein Affe? Ein Virtuose? «Es leckert nach Musik», hatte Goethe an Zelter geschrieben, «wie eine nachgemachte Auster gepfeffert und gesäuert verschluckt wird.» Und schalt ihn manieriert. Alle Stimmen sind in dem Taumel vertreten: Schumann, der ihn in Frankfurt am Main hörte: «Abends in Frankfurt Paganini. Entzükkung — wars nicht so? ferne Musik und Seligkeit im Bette.» Heine, der ein Feuilleton aus ihm machte, Meyerbeer hob ihn in den Himmel, das will ich glauben! Liszt hatte alle Ursache, einen Nekrolog auf ihn zu schreiben mit dem Schluß: «Génie oblige ...» Man sieht, es ist nicht leicht, sich ein Bild zu machen. War er nur ein Virtuos? Einer, der zur Abwechslung die Geige mit einem kleinen Rohrstöckchen spielte, der zum Ärger eines ganzen Parketts den Eselsschrei nachahmte, und überhaupt auf der Violine alles das vollführte, was man eigentlich gar nicht vollführen kann? Manche mochten das gemerkt haben, und es waren meist die Deutschen, wie Spohr und Hummel, die gerunzelter Stirn tiefsinnig dafür votierten, daß er doch kein Künstler im eigentlichen Sinne sei. Es steht zu befürchten, daß auch der Ritter Niccolo von Paganini das Flageolett nicht als einen musikalischen Ausdruck, sondern als Beweis seiner fulminanten Technik verwandte. Das trillert in seinen Noten und tobt, von oben nach unten rutschend, daß uns angst und bange wird, — aber er konnte es eben. Irgendwie konnte er das, seine Hand muß aus Gummi gewesen sein. Es war eine lange, hagere Klaue, mit der er die Welt in Aufregung setzte.

Er bleibt, scheints, doch der Gaukler, der seine ganze Energie, das ganze Wollen seiner Existenz auf die eine halbe Stunde am Abend konzentrierte. Er soll, und das ist sehr wahrscheinlich, gegen den einzelnen Mann, der ja nicht mehr Publikum war, hochmütig und wegwerfend gewesen sein, und es wird ein entzückendes Wort von ihm kolportiert, das er solchen gegenüber anzuwenden pflegte: «Que me veut cet animal!» Am Tag auf der Tournee, abends der Teufel. Wenn vormittags Probe war und sein Solo einsetzte, stand die ganze Kapelle neugierig auf den Zehenspitzen, um zu sehen, wies der große Mann machte. Aber er warf ihnen nur leichthin ein paar Töne vor, sagte: «Et cetera, messieurs!» und fuhr lächelnd fort, die Orchesterstellen zu probieren. Ein Kerl, der mit allem geizte, wenn es ihm nicht hundertfach bezahlt wurde, ein Frauenjäger aus Beruf, ein Geldsammler aus Neigung, ein teuflischer Geschäftsmann und ein geschäftstüchtiger Teufel.

Vielleicht war er so. Was wissen wir? Es ist so schwer, alte Wahrheiten zu rekonstruieren, schon weil sie damals keine mehr gewesen sind. Einiges steht aber fest und gibt zu denken. Nämlich, daß es die Musik war, zu der ein gedrücktes Bürgertum seine Zuflucht nahm, daß es die Musik war, die in wirren Köpfen wirren Freiheitsdusel wachrief, daß man nicht mucken durfte, daß hundert dunkle Wege in Gefängnissen endigten, aber Musik! Musik! nichts als Musik! Was ist diese Kunst? Ein Kulturfaktor? Wie bitte? Dann sehen Sie sich diese Zeit von 1830 an: in den Köpfen dröhnte die verhaltene Erregung, die Hände auf dem Rücken gebunden, die Füße geknebelt, die Mäuler zugeschnürt, so lauschten jene unterdrückten Millionen der einzigen Göttin Musica, die sie einschläferte, ihnen die Freiheit vortäuschte, die Aktivität nahm, sie narkotisierte! Und oben auf dem Podium über allen stand ein schlauer Gott, ein geschickter asozialer Macher, ein Teufel auf der Tournee: Niccolo Paganini!

DER SADIST DER LANDWEHR

Wenn die alten Herren kriegswütig werden, das ist von je eine possierliche Sache gewesen. Der Bart sträubt sich, die Äuglein blitzen, und da soll doch auf den Erbfeind gleich ein Hämorrhidonnerwetter herunterfahren! ‹*Weil wir nicht kriegsbereit sind!*›

So heißt eine kleine Broschüre, die ein Medizinalrat und Stabsarzt der Landwehr außer Diensten geschrieben hat. Ich denke, daß Namen und Verlag nichts zur Sache tun, denn ich möchte nicht, daß jemand für das Heftchen Geld ausgibt. Wenn der kleine Aufsatz wirklich, wie der Verfasser es nennt, ein Beitrag «zur Psychologie des Imperialismus» ist, dann kann einem diese Geistesrichtung allerdings leid tun.

Dieser Stabsarzt hat wohl nie in seinem Leben den mordenden Säbel, sondern immer nur das Hörrohr gezückt und hat wohl nie geschossen, es sei denn daneben. Und nun greift er auf das Jahr 1813 zurück und beschreibt die Grausamkeiten und Schlächtereien dieser Zeit mit so intensivem Vergnügen, daß man ihm den Titel Medizinalsadist nicht mehr verweigern darf. Er spricht von der «Halalischlacht» von Waterloo und wälzt sich noch einmal freudig stöhnend im Blute der Gefallenen. Nach diesem Akt, in dem Blücher ein «titanischer Prolet» genannt wird, hat er genug. «Verschonen wir uns mit ferneren Details! Ich — es muß endlich heraus — ich kann diesen Leuten nicht böse sein! Im Gegenteil! Im allerschärfsten Gegenteil!» Und dann teilt er jedes Volk in zwei Klassen, in die geborenen Krieger und in die andern «Menschen, denen es mehr oder weniger Mühe macht, Courage aufzubringen.» Früher, in der schönen alten Zeit, hätten bei den Söldnertruppen wohl nur die geborenen Krieger gekämpft. «Heutzutage aber haben wir es mit der Majorität der Friedlichen, der Temperamentarmen zu tun. Leider kann man auf sie nicht verzichten der Übermacht wegen, die man braucht. Was soll man also im Ernstfall mit all diesen Phlegmatikern, verwöhnten Schlemmern, Muttersöhnchen, Interesselosen, Dickbäuchen, Gewohnheitsspießern, Bangbüxen und sanften Antönchen anfangen? Wir haben es nicht nötig, uns lange den Kopf zu zerbrechen, denn wir wissen sowieso, daß diesen Leuten sofort geholfen ist, wenn ihnen eine Leidenschaft eingeflößt wird. Diese Leidenschaft kann in unserem Falle nur der Haß sein.»

Und dann folgt auf den nächsten Seiten eine Verherrlichung der Nationalbesoffenheit, der niedrigsten Stufe aller Leidenschaften, die man denn doch bei einem Christen nicht für möglich gehalten hätte. Der Mann, der bestimmt ein friedlicher Bürger ist, läßt hier wie aus einem Ventil seine gefährlichen Emotionen auspuffen, die er anderswo nicht ungestraft entladen dürfte. Solche Menschen finden wir gewöhnlich sonst nur als Erzieher in den Mädchenstiften: von Dippold bis zu den peitschenden Fürsorgeerziehern ist uns die Sorte wohl bekannt. Der Medizinalsadist der Landwehr außer Diensten bringt zum Belege Kriegslieder, die von Haß triefen, und er ist der festen Überzeugung, der habe den Erfolg für sich, der am meisten Haß aufzuweisen hätte. «Jener herrliche, niederrasende Haß ist der Beginn, die Hauptsache, der echte und erste Götterfunke. Wir heutigen Deutschen müßten wahrhaftig ganz von Gott verlassen sein, wenn wir aus alledem nicht die Nutzanwendung zögen!» Die ganze Innenpolitik paßt dem Landwehrsadisten nicht, das ist ihm alles zu weich und zu läppisch: «Erziehung zum Haß! Erziehung zur Liebe zum Haß! Organisation des Hasses! Fort mit der unreifen Scheu mit der falschen Scham vor Brutalität und Fanatismus! Auch politisch gelte das Wort: Mehr Backpfeifen, weniger Küsse!»

In einem Verzeichnis der in der Zeit von 1903—1913 in Preußen verbotenen Bücher finde ich auch zwei, deren Lektüre dem Medizinalrat bestens empfohlen sei. Rombach, Kurt. *‹Meine grausame, süße Reitpeitsche›*. Preßburg, Hermann Hartleb — und: *‹Das Tagebuch einer Masseuse›*. Deutsch von Klara M. Budapest, Grimm. Sagte ich Lektüre?

Aber er soll selbst solche Bücher schreiben und nicht Patriotismus nennen, was eine krankhafte Gemütsart ist!

Wir alle wissen, daß ein gesunder Haß keine Schande ist, aber wir alle wissen auch, daß es das Streben jeder Zivilisation ist, tierische Instinkte im Interesse der Allgemeinheit möglichst einzudämmen. Ob das ganz und gar möglich sein wird, steht in Frage, aber versuchen soll man es doch. Auch daß einmal ein ganzes Volk in berechtigtem Haß gegen ein andres aufflammt und zu den Waffen greift, ist richtig und erklärlich, aber man muß nicht vergessen, daß moderne Kriege wesentlich auf kapitalistischen Gründen beruhen und daß alles andre ein wohl angelegter Schwindel ist: die Volksbegeisterung und die flatternden Fahnen und die Orden und alles das.

In der altgermanischen Volkssage wird der edle Hödur von dem hinterhältigen Loki tückisch ermordet. Der Medizinalrat ist auf seiten Lokis, weil der zwar weniger Geist, aber doch mehr Körperkräfte hatte, und fragt höhnisch: «Ist Hödur inoperabel?» Ich weiß das nicht. Daß aber der Medizinalrat operabel ist, steht fest. Er soll sich kastrieren lassen.

DAS REIMLEXIKON

Genie ist Fleiß

Merkwürdig: wir wissen alle, daß es so etwas gibt. Wir wissen auch alle, daß es bei Reclam erschienen ist. Aber dann ist es aus, denn in der Hand hats selten jemand gehabt, und wenn ich nur den erwischen könnte, ders schon einmal angewendet hat!

Der erste Eindruck ist überwältigend. Ein ganzes Buch mit Reimen! Und richtig geordnet, so wie sich das gehört: die auf -afer stehen zusammen und die auf -obeln und die auf -under. Nun Dichter, auf den Plan! Der Verfasser, ein Regierungsrat und Doktor juris, hats ganz ernsthaft gemeint, als er sich diese Höllenarbeit machte. Er belehrt uns in der Vorrede über die Historie der Reimlexika, und erzählt uns auch von einem bösen Vorgänger, der sich den Ruhm, das dickste Reimlexikon geschrieben zu haben, damit erschlich, daß er zum Beispiel bei den Reimen auf -aut sechshundertundfünfzig Krautarten aufzählt. Pfui! Wir hingegen arbeiten ehrlich, und los gehts. Was eigentlich losgehen soll, ist nicht ganz klar. Das Dichten? Jedenfalls, denn zum handlichen Gebrauch ist das Büchlein hergestellt. Es ist ja nun billig, sich darüber lustig zu machen – und wir sind uns genugsam klar, daß es so nicht geht. Schön. Aber man kann darin lesen. Ganz ernsthaft lesen, so, wie man übrigens im Büchmann lesen kann oder im Brockhaus oder in dergleichen Institutionen, die sehr zu Unrecht immer nur für die trockene Praxis aus den Regalen geholt werden.

Es fällt einem schon so allerhand ein, wenn man im Reimlexikon liest. Der Reim – was das für eine ulkige Sache ist! Wie so ein Gleichklang am Schluß dem Ding gleich einen andern Aspekt gibt! «Der Segen, der Degen, allerwegen, wogegen.» Nun bloß noch ein bißchen Sinn: und das Gedicht ist fertig. Doch – es ist fertig. Man lese einmal so einen Abschiedsbrief eines Mannes an seine Geliebte (die er nachher erschoß).

Vergißmeinnicht

Behüt Dich Gott, geliebtes Kind,
In Deinen Locken spielt der Wind,
Das Hündlein wedelt, springt und bellt,
Dein Mut ist frisch und schön die Welt,
Behüt Dich Gott!
Behüt Dich Gott in Freud und Leid,
Behüt Dich Gott in Ewigkeit!

Na? Dem und ihr mochte doch sicher gleich sein, was da drin stand – aber daß man die Zeilen so schön absetzen mußte und der geliebte Gleichklang: das wars, was das Herz bewegte! Immer klappts aber nicht im Lexikon, das muß ich schon sagen. Oder sind das vielleicht Reime, die ich doch für meine vierzig Pfennige verlangen kann? Die Proklamation, Die Aktion, Die Insurrektion: das reimt sich – aber Reime sinds doch nicht. Und was die Wörter mit der Endsilbe -ung angeht, nein, da tu ich nicht mit. Der Rösselsprung und Die Begüterung und Die Einigung und Die Beglaubigung – mein Geld möcht ich wiederhaben, mein Geld!

Und beim Blättern stoß ich auch auf den lieben alten Operettenreim -ieren. Ach, welche Couplets tauchen auf, wenn ich so lese: Ich erfriere, ich geniere, ich dressiere – amüsieren, animieren, kommandieren ...! Offenbach, Cancan, -ieren -ieren -ieren -ieren ...!

Manchmal reimt das Lexikon auch allein: In betreff – der Chef – das Reff. Oder: Der Floh – froh – inkognito – irgendwo – oh! – roh – schadenfroh – so – das Stroh – der Studio – ein Trikot – wo? Das ist der Liebig-Extrakt, und jeder kann sich seine Bouillon davon kochen.

ERPRESSUNG

Wenn wieder einmal eine Kette jahrelanger Erpressungen – es muß nicht grade der Paragraph sein, den der Staat eigens für die Erpresser gemacht hat – durch einen Revolverschuß oder ein Gerichtsurteil abgeschnitten worden ist, dann fragt sich männiglich, warum das Opfer nicht zur Polizei gelaufen ist. Statt dessen hat man ihm sein Vermögen aus der Tasche geräubert – oder es hat, in den Tod gehetzt, ein weiteres Verfahren überflüssig gemacht. Ich möchte nicht wissen, wieviel von den vierzehntausend Selbstmorden jedes Jahres auf dieses Konto zu schreiben sind.

Also warum Tod, warum Ruin, warum Gerichtsverhandlungen erst nach jahrzehntelangen Qualen? Warum nicht gleich, beim ersten Erpressungsversuch?

Der Skandal. Was ist das? Das ist die schmutzigste Sensationsgier der Reporterpresse, der man nur mit den feinsten Tricks den vollen Namen der Opfer abjagen kann. Bei hochgestellten Persönlichkeiten, vom Fabrikbesitzer aufwärts, begnügt man sich mit dem Anfangsbuchstaben. Sonst wird das ganze Signalement durch den Schmutz der Gerichtsberichte gezogen, und diese Kriminalreportage scheint mir der weitaus schlimmste Teil eines deutschen Kriminalverfahrens zu sein. Verhör, Urteil, Strafe, alles, alles – nur nicht diese dummen, hämischen, schadenfrohen Glossen verschmockter Ignoranten.

Der Erpresser mag mit Enthüllung einer längst verjährten kleinen Haftstrafe drohen – man versteht, daß der Geängstigte Geld hergibt, um nicht als vorbestrafter Mann aus der Stellung zu fliegen. Der Erpresser mag das Liebesleben seines Mitmenschen auf die Kehrseite der Medaille untersuchen – man versteht, daß der Geschreckte alles, alles opfert, nur um nicht ausgestoßen zu werden, in eine widrige Kloake der Schande. Aber man versteht ganz und gar nicht, wie jeder beliebige Schuft mit dem Tiefstand einer neuigkeitslüsternen Presse operieren darf. Was heißt denn das: das Opfer fürchtet den Skandal? Einen Brief an den Vorgesetzten? Eine anonyme Schmähung an die Gemahlin? Ein paar Worte können den Sachverhalt aufklären, und das Ganze ist nicht gefährlicher als jede andre anonyme Lumperei.

Das, was die Leute vor dem leeren Geldschrank zum Revolver treibt, ist die wahnsinnige Angst: ob schuldlos oder nicht, von der Presse angefallen zu werden. Der Erpresser weiß genau, was er tut: natürlich wird ihm keine Zeitung glauben, wenn er den Kommerzienrat F. oder G. oder H. einer Schmutzerei beschuldigt. Also woraufhin wagt er es, zu erpressen? Feixend und seiner Sache sehr gewiß? Er wagts, weil er die ungeheuerliche Indiskretion einer schlechten Gerichtssaalberichterstattung kennt. Und wenn der Kommerzienrat F. tausendmal ohne Schuld und Fehler aus so einem Prozeß hervorgeht: ungenannt geht er nicht hervor. Der Erpresser ist bestraft worden und hat doch erreicht, was er wollte.

Wir wünschen um Gotteswillen keine Dunkelheit der Inquisition in unsern Strafkammern. Aber wir wollen ein selbstverständliches Taktgefühl, das einzusetzen hat beim Grünkramhändler und beim Major, bei einer kleinen Näherin und bei der Komtesse.

Wenn der Angeklagte in einem deutschen Gerichtssaal vorgeführt wird, dann mag er sich sagen, daß eine Hauptgefahr nicht der gefürchtete Staatsanwalt ist, nicht der Vorsitzende, nicht die Richter. Die Meute lauert anderswo. Sie hockt an langen Bänken, läßt die zitternden Federn spielen und wartet, wen sie zerreiße. Wehe dir: hier wird nichts geschont. Du wirst gesperrt gedruckt, du wirst fett gedruckt, und du wirst mit einem brühwarmen Schmutz übergossen. Der Gerichtssaalreporter ist kaum korrupt; er nimmt kein Geld, damit er schweige, oder damit er nenne. Korrupt ist die Presse, die den niedrigsten und schmierigsten Instinkten ihrer Leser so weit entgegenkommt, daß sie ihre Hunde auf die Jagd schickt. Und sogar die Etymologie wirds bestätigen: der Hauptbestandteil eines Erpressers ist die Presse.

GOTTES BLASBALG

Da merkt' ich tief betroffen:
Wer friedlich nur sich selbst bezweckt,
Macht sich bei aller Welt suspekt.
– Und bin nach Haus geloffen.

Dr. Owlglaß

1860. Durch die bläuliche Mondlandschaft wallt der Dichter. Seine strohblonden Haare ringeln sich zu Locken, in den Händen hält er die Leier und schlägt sie, tüm tüm. Sein sanfter Blick ist gen Himmel gerichtet, und seine in weite Samthosen gehüllten Beine stolpern über die Chaussee. Milchiges Licht ergießt sich über die weithingestreckte Landschaft. Horch, da tönt des Dichters Falsett: «Feinsliebchen, was bist du so stille, Feinsliebchen, was bist du so bloond, es ist doch Gottes Wille, da oben scheinet der Mond . . .» Aber nicht immer stehet des Menschen Phantasie im Gleichklang mit jener Realität, wie sie sich zum Beispiel in dem Corpus eines besoffenen Bauern darstellt. Der Dichter achtet nicht des Wegs und fällt richtig über unsern Krischan, der einen Kriegervereinsrausch lieber im Felde als an der Seite seiner schmälenden Gattin ausschnarcht. Nun erhebt er sich grunzend und torkelt auf den Dichtersmann zu, dessen feucht-bläuliche Augen noch immer an der vollen Selene hängen. «Du büs woll'n büschen duhn, wat?» Tüm! macht die Laute, und der Dichter will die zweite Strophe beginnen. «Feinsliebchen . . ?» — «Hup», sagt der Bauer, «da schall doch glik —», und sie kugeln alle drei miteinander in den Graben: die Laute mit einem Wehklang, Krischan mit einem kommunen Fluch, und der Dichter Wunibald mit dem letzten Reim auf den Lippen. Dichter sind eben zu gut für diese Erde.

Aber dann taugen sie nichts. Hart im Raume stoßen sich die Sachen, und wers nicht vertragen kann, der soll seinen Laden schließen. Bei dem heyseren Pathos einer vergangenen Zeit stört uns nichts mehr als dies: die unentwegt gefühlvolle Empfindlichkeit, und kitzelt uns nichts mehr als dies: so einem glibberigen Sänger einen Knüppel zwischen die Beine zu werfen. Die Natur darf diesen Kronen der Schöpfung als Hintergrund dienen, Mond, Sonne, Schilfgeflüster, Waldesrauschen – all das hat der liebe Gott nur des Reimes wegen geschaffen, und das egozentrische Gebrüll manches Barden störte die Stille der sommerlichen Nacht. Später, als man die gute, beliebte décadence kistenweise aus Frankreich importierte, schlug die Lyrik nach innen, und man suchte vom Zwerchfell auf- und abwärts sorgsam jedes Plätzchen ab.

Hier darf ich nun einen Menschen präsentieren, keinen Dichterling und keinen Reimer und keinen Gefühlsfabrikanten, sondern einen Menschen, einen wahrhaftigen Menschen.

An der Lyrik des Herrn Dr. Owlglaß, der übrigens nicht so heißt, scheint mir bemerkenswert zu sein, daß sie so vorsichtig und zurückhaltend ist. Dieser Doktor ist viel zu klug, um alle Welt mit seinem Pathos zu belästigen. Und wie Hofmiller einmal Stellen aus Wilhelm Busch solchen aus Schopenhauer gegenübergestellt hat, so ließe sich mit Leichtigkeit eine bittersüße Lebensphilosophie aus den Versen des schwäbischen Medikus herauskochen. «Jedenfalls», hat er einmal von sich selbst gesagt, «ist er seit Jahren als praktischer Arzt tätig, lernte den Tod in mancherlei Gestalt kennen und das Leben – reservatis reservandis – lieb gewinnen.» Er hat das Leben lieb und hat es oft gestaltet. Was ihn nicht hinderte, eine neue Art von sozusagen intellektueller Lyrik zu schaffen, ein Kasperletheater des Denkvermögens, worin der Verstand als Hanswurst viele merkwürdige Rollen zu agieren hatte. Man wird das in den beiden Bändchen finden: *‹Der saure Apfel›* und *‹Gottes Blasbalg›* (bei Albert Langen). In diesen Titeln ist der ganze Owlglaß: er weiß, daß er nur ein «hölzernes Gestell ist, das ein Herre befingert».

Konkreta und Abstrakta
Zaust mir der Alte aus dem Leib.
Und hat er satt den Zeitvertreib,
Dann legt er mich ad acta.

Und er weiß, daß er, wie es bei Grimm heißt, immer lustige Streiche machen soll, damit die Leute lachen; «und wenn sie mir einen Apfel reichen, und ich beiße hinein, so ist er sauer». Muß einer erst Arzt sein, um diesen Zwiespalt von Körper und Seele ganz zu empfinden, die ewige Lächerlichkeit des Daseins, das Duo von Stoff und Geist?

Und nachdem er das alles gesagt hat, wie das so hienieden bestellt ist, und wie bitter es sich rächt, wenn man sich unabhängig glaubt –

Fliegst du mal so zehn Minuten
Quasi ungebunden,
Mußt du nachher kleben, bluten
Dreiundzwanzig Stunden!

— nachdem er das alles gesagt hat, darf er sich erlauben, uns auch einmal eindeutig und lyrisch zu kommen. Das Beste davon steht gleichfalls in ‹*Gottes Blasbalg*› und in dem großen Band: ‹*Von Lichtmeß bis Dreikönig*›, den Rudolf Sieck wunderschön illustriert hat (bei Albert Langen).

Hier ist die Natur keine Kulisse, hier fühlt man wirklich, wie ein Mensch am See entlang schlendert oder durch eine blühende Wiese, und er hat gar keine Leier in der Hand, sondern er raucht eine Zigarre und pafft und sieht liebevoll jede junge Birke an — bedenkt es bei sich und erinnert sich . . .

Das Jetzt zerfließt wie Flocken auf der Hand
und sickert in den nimmersatten Sand.
Dein Hämmerlein fügt zierlich Glied an Glied,
Erinnerung, du Gold- und Silberschmied.

Solche Gedichte wie den ‹*Vorfrühling*› und ‹*Altes Nest am Morgen*› kann man nicht machen. Die müssen wachsen. So etwas entsteht langsam, und eines Tages ist dann zufällig der letzte Ausdruck dafür da. Und es ist ein Lied, und man möchte es gesungen hören.

Und hab' ich denn nicht Haus noch Rast
Noch Ruh des Herzens,
So leg ich mich nieder am Waldesrand,
So streck' ich mich aus im Ufersand.

Wenn man verurteilt ist, die schmalen Bände in der großen Stadt zu lesen, dann mag man tiefer atmen und an Mörike denken. Aber der lebt nicht mehr; auch ist Owlglaß noch etwas anders. Es hat keiner so nachdenklich die Sehnsucht geschildert und sie mit leiser Selbstpersiflage verspottet, und es hat keiner so beruhigend und so voll und warmblütig von der endlichen Erfüllung gesprochen. Die Stelle ist ein Höhepunkt seines Werkes. Ein schönes Bild von Sieck steht dabei, grau und blau, in matten Farben — die Worte aber heißen so:

Ihr habt euch still und heimlich weggemacht.
Nun glänzt um euer Glück die helle Nacht
und süße Ruh.
Der Fluß rauscht fort und fort in eurem Traum.
Leis fällt ins Gras die reife Frucht vom Baum
und rollt euch zu.

Und ich möchte euch bitten, mit mir einen stillen Gruß hinüberzuschicken nach Fürstenfeldbruck bei München.

1916

MEMENTO

Uns Junge hat es umgerissen –
wir stehen draußen so im Feld,
wir glaubten schon, zu halten und zu wissen –
und da versank die ganze Welt.

«Die Welt ist falsch!» Sie ist doch kein Exempel,
wozu der Lehrer seine Lösung hat –
sie ist real und warf uns alle Tempel
und, was wir lieb gehabt, um – wie ein Kartenblatt.

Ihr mahnt den Jüngling, tapfer durchzuhalten.
Gewiß, das scheint ja seine Pflicht –
doch was da in ihm war vom guten, alten,
das gibts in Zukunft alles nicht?

Der neue Wert, die neue Stufenleiter,
der oben und der unten – seltsam Spiel:
Hier gilt die Faust, der Säbel und der Reiter –
das was wir ehren, gilt nicht viel.

Muß das so sein? So darfs nicht bis zur Neige,
nicht bis zum Ende gehn. Wir bleiben rein.
Wir halten durch – es scheint mir gar nicht feige:
Soldat und doch ein Bürger sein!

Sprecht euerm Jungen von der Kriegertugend,
doch davon auch, wenn hart der Panzer klirrt:
Daß er den Träumen seiner Jugend
soll Achtung tragen, wenn er Mann sein wird!

DAS GRAMMOPHON

Wenn die Musik der Liebe Nahrung ist,
Gebt volles Maß! –

Wir haben jetzt im Unterstand auch ein Grammophon. Am Tage geht es hier, im Geschäftszimmer der Kompanie, ernst und sachlich zu. Aber abends, wenn die Meldungen erstattet sind, wenn das Telefon nicht mehr summt, wenn der ganze Hallo vorbei und verrauscht ist, dann setzt einer die Membrane auf, das Ding räuspert sich, krächzt . . . und los gehts.

Das Programm ist schon ganz respektabel. Was die leichtgeschürzte Muse angeht, so brillieren da zunächst die Männerquartette, solche, die sonntags nachmittags viere lang mit üppigen Zylinderhüten und weißen Glacisten vor die erstaunte Zuhörerschaft treten, der Tenor knufft den Bariton in die Seite und sagt: «I muaß dir was sag'n!» – und dann sagt ers, aber auf tenorisch: «I hab amal an Rausch g'habt . . .» Der Flügelmann von rechts ist ein schwitzender Dicker, er bläst sich ganz auf, und in der Tiefe kocht ihm ein mächtiger Baß.

Man sieht das nicht? Wir rauchen, und wir sehen das. Instrumentalsoli sind da, weinende Celli, klappernde Xylophone und ein Mann, der die Vöglein im Walde gar lieblich nachahmt. Wir haben Potpourris: wenn ein Lied zu Ende ist, schlägt der Mann am Klavier einfach den Septimenakkord der nächsthöheren Tonart an, und die Überleitung ist fertig. Und wir haben die Märsche –! Die Märsche mit dem ganzen Kling, klang, gloria und dem zuckenden Rhythmus des Viervierteltaktes. Das Schönste aber an ihnen sind die Trios: wie da in einer scheinbar weichen Melodie die verhaltene Kraft liegt, die nur einmal einen Augenblick nachläßt, sich entspannt – aber sie ist doch da – es ist, wie wenn jemand nach Monaten wieder in einem Federbett sich wohlig streckt . . .

Aber wir haben auch ernste Musik. Mächtige Gesänge von Wagner: wir stoben auseinander, als das erste Mal eine ungeheure Stimme aus dem kleinen Kasten herausbrüllte: «Ach, Elsa, nur ein Jahr –!» Und auch der Abendstern erglänzt uns weit hinaus. Einer ist da, der ist unmusikalisch wie ein Roß; ich habe nie geglaubt, daß Musik ihn überhaupt berühren könnte – aber er legte die Hände wohlig über den Bauch bei Zugehörbringung obgenannten Abendsterns. Ja, ja . . . der Wagner . . . Und wenn der Sänger seine Tränen aus der Kehle hat rinnen lassen, dann singt die fette Primadonna mit dem hochbezahlten Sopran. «Draußen am Wall bei Sevilla» – es ist geradezu ketzerisch, wie frech dieses Weib die Töne heraustrillert. Sieh, und vor den dunkelroten Samtvorhang tritt ein blasser Mensch – ‹Bajatscho›, wie der Feldwebel, wohl in Anlehnung an seine italienische Hochzeitsreise, zu sagen pflegt – und tut uns kund, daß er mit dem Gesichte zwar lache, innen aber sei er ein Meer von Blut und Tränen. Und so wirbelt das durcheinander – Polkas, mit einer belfernden Klarinette – Hochzeitsmärsche ziehn vorüber, kleine Chöre singen Braut-, beziehungsweise Trauermärsche, und auf blaßblauem Hintergrund wiegt sich eine bonbonrosa Blüte: der Faustwalzer. Sicher ist auch sonst noch allerhand Erzfeindliches unter den Platten – aber hier draußen ist man damit nicht so ängstlich.

Wenn es aber ganz spät geworden ist, dann hole ich meine Privatplatte heraus. Sie ist doppelseitig bespielt: auf der einen Seite trägt sie einen nun schon leicht angejahrten Modewalzer. Er hat den Gegentakt, ist sehr schwer zu tanzen und wird von einem kleinen Orchesterchen gespielt, mit feiner diskreter Besetzung. Das ist meist so gegen zwölf Uhr, der Rauch beißt in die Augen. – Es ist alles so leicht und angenehm und mühelos, wie wenn man in einem schönen weißen Dampfer flußab fährt. Und die Kapelle spielt, nur für mich allein, in memoriam.

Und auf der anderen Seite – es ist eigentlich gar nichts weiter zu erzählen. In dem Vorstadttheater spielten sie damals ein ergreifendes Stück mit Gesang und Tanz. Weil der Raum so groß war wie ein Reitstall, hatte der Herr Regisseur die Schauspieler sicherlich auf der Probe angewiesen, auch den Fünfzig-Pfennig-Plätzen das ihrige zukommen zu lassen. Und ob sie ließen! – Der Fürst brüllte, daß wir in unserer Zwei-Mark-fünfunddreißig-Pfennig-Loge fast von den Stühlen fielen. Und es brüllte die Prinzessin, und der alte Graf schrie, bis er fast platzte, und es brüllte der Intrigant und das junge Liebespaar und alle, alle. Und im Laufe der traurigen Begebenheiten sang Miss Elvira auch dieses Lied, das der Kasten nun spielt. Horch –!

Ich stehe hier ganz alleine,
ich bin eine Bettlerin – – –

Sie hatte ein Armband um das schlanke Bein und war sicher ein gefälliges Mädchen. Und neben mir saß die Claire, voll Übermut, wie wir damals waren, und brachte durch ihre Existenz beinahe die ganze Kapelle aus dem Takt. Durch die Türen des gräflichen Zimmers hindurch sahen wir die Kulissenschieber ihr Bier trinken – und wir waren so glücklich damals und so vergnügt, wie heute nur noch in der Erinnerung, und das will etwas heißen.

Der Kasten hat geendigt. Wir rauchen noch immer. Jeder sieht in die Kerzen.

Sie schreiben jetzt so viel von nationaler Wiedergeburt. Es war sicherlich nicht alles so, wie es sein sollte. Aber was sie jetzt zu Hause aus uns herausdestillieren wollen – – – Also so sollen wir werden? So völkisch, so schauerlich begeistert, so voll zager Fröhlichkeit, wie man es allenfalls Schülern in der Freiviertelstunde gestattet? Ich glaube, hier draußen tut jeder, was er kann. Und freut sich, wenn er eine kleine Abwechslung hat, die ihn an seinen Platz zu Hause erinnert und an sein Wesen und sein Wirken, seine Heimat und seine Welt. Und er denkt sich wohl so, wie er dies und jenes besser machen könnte, wenn er wieder nach Hause kommt.

Aber die nationale Wiedergeburt – – – Da können wir doch nichts Festes versprechen.

DER ALTE POJAZ SPRICHT

Mein Kind, ich bin schon lange fern der Schminke,
gern denk ich dran, das war die bunte Zeit!
Ich gab dem Personal die letzten Winke,
dann trat ich auf: zwei Meter zwanzig breit,
auf meinem Hut sang ein Kanaripärchen,
auf Rollen zog ich nach ein kleines Licht . . .
Und doch: betracht ich mir die letzten Jährchen —
Nein! solche Purzelbäume schlug ich nicht!

Ich war gewiß mal eine dolle Nummer,
trieb meinen besten Freunden Nägel in den Bauch
und sang mir häufig meinen Liebeskummer
in einen präparierten Gartenschlauch.
Nun bin ich alt und bürgerlich geworden,
ich seh mich um, was hier zu Hause ficht,
seh mir die Leute an mit Titeln und mit Orden —
Nein! solche Purzelbäume schlug ich nicht!

Wenn ich die Ausschußpolitik betrachte,
dies Reklamiertenmundwerk — bin ich starr.
Denn, was ich auch in meiner Jugend machte:
ich war ein Clown, doch war ich niemals Narr.
Ich ließ die Pritsche und Pistole krachen,
ich tanzte manchen Wackelpolkaschritt . . .
Doch was die neuen Clowns für Sprünge machen:
Grüß Gott, mein Kind, da kann ich nicht mehr mit!

AN EINE MARIE VOM LANDE

Marie — Du ringst die derben Hände:
«Du Sündenbabul! Pfui Berlin!»
So streust Du über das Gelände
den Dung und die Entrüstung hin.
So geußest Du ob dem gewellten
Asphaltreich den Kritikbericht . . .
Marie — es dürfen viele schelten!
Du nicht!

Bedenk, wir könnten Dir erschließen,
wie bei Dir draußen auf dem Land

— dem rechts der Elbe — Preise sprießen,
die vormals dort kein Mensch gekannt.
Wir könnten Dir so manches zeigen
von Polenarbeit, Menschenpflicht ...
Es ist jetzt Krieg — und wir, wir schweigen.
Du nicht.

Wir sind durchaus nicht so begeistert,
von allem, was die Panke beut:
der Schieber, der die Wechsel meistert,
die Dame, die den Schieber freut;
das Kino-Café gegenüber,
der Händler, den der Hafer sticht ...
Es gibt ja manche, die stehn drüber.
Du nicht.

Hör auf, uns sauer anzumucken —
bei uns hast Du damit kein Glück.
Man kann zwar leicht nach unten spucken,
nach oben nicht — das fällt zurück.
Hier ziehts! Du kannst Dich leicht erkälten —
und Du stehst selber vor Gericht.
Marie — es dürfen viele schelten!
Du nicht!

BERLINER GERÜCHTE

Herr Meyer, Herr Meyer — und hörst du es nicht,
das wilde, das grause, das dumpfe Gerücht:
Ein Licht!
  Ein Licht in der russischen Botschaft!

Und da, wo ein Licht, da ist auch ein Mann,
und der sitzt an einem Vertrage dran,
  beim Licht in der russischen Botschaft.

Und das Licht geht manchem Politiker auf;
es strömet das Volk, es rennet zuhauf
  zum Licht in der russischen Botschaft.

Und einer zum andern geheimnisvoll spricht:
«Da ist was im Gange — ja, sehn Sies denn nicht,
  das Licht in der russischen Botschaft?»

Es erbrausen die Linden! «Berennet die Tür!»
Ein Schutzmann hält seinen Bauch dafür
vor das Licht,
    das Licht in der russischen Botschaft.

Sogar ein Geheimer Studienrat
sagt die Information, die er bei sich hat,
    vom Licht in der russischen Botschaft.

Und drin spricht der Klempner im öden Saal:
«Du hör mal, Maxe, du kannst mir mal
    die Ölkanne ribajehm!»

Dann gehen die beiden geruhig nach Haus,
nach dem Stralauer Tor – und das Licht löscht aus,
    das Licht in der russischen Botschaft.

DIE KATZE SPIELT MIT DER MAUS

Sie stehen alle im Kreis, die Soldaten, und blicken alle auf einen Punkt. Ich trete hinzu.

Die schwarz-weiße Katze hat eine Maus gefangen. Die schwarz-weiße Katze, unser Kompanie-Peter (eine Dame, allerdings), Peter der Erste; ein junges Tier, noch nicht völlig ausgewachsen, aber auch nicht mehr niedlich genug, um in die Hand genommen zu werden. Die Maus ist noch springlebendig – Peter muß sie eben erst gefangen haben. Peter ist tagelang auf dem Kriegsschauplatz herumgelaufen, Peter hat sich eigenmächtig von der Truppe entfernt, also hat sie Hunger, also wird sie die Maus gleich fressen.

Die Katze läßt die Maus laufen. Die Maus flitzt, wie an einer Schnur gezogen, davon – die Katze mit einem genau abgeschätzten Sprung nach. Mit der letzten Spitze der ausgestreckten Pfote hält sie die Maus. Die Maus zappelt. Die Pfote schiebt sich langsam hin und her; die Pfote prüft die Maus. Die Katze liegt dahinter und dirigiert das Ganze. Aber das ist nicht mehr ihre Pfote – das ist ein neues Tier, das nur für den Zweck erschaffen ist, ein wenig, so grausam wenig schneller als die Maus zu sein. Die Pfote hebt sich, die Maus stürzt davon – sie darf stürzen, ja, das ist gradezu vorgesehen. Die Pfote waltet ihr zu Häupten und schlägt sie im letzten Augenblick nieder. Die Maus quiekt. Jetzt wird das Tempo lebhafter.

Hurr – die Maus läuft, ein weites Stück. Satz. Hat. Und wieder – und wieder. Manchmal sieht die Katze mit ihren grünen, regungslosen Augen erschreckt ins Weite, als habe sie ein böses Gewissen und befürchte, daß jemand kommt. Jemand — wer sollte kommen? Jetzt läuft die Maus langsamer. Wie eine ‹laufende Maus›, die man kaufen kann; sie wackelt etwas, als ob das Uhrwerk da drinnen schon ein bißchen klapprig wäre. Und wieder hat sie die Katze. Diesmal läßt sie sie nicht los. Sie streichelt sie mit der steifen Pfote; sie streckt sich wohlig aus und schnurrt. Du meine kleine Gefährtin! Es ist fast, als bedaure sie, daß die dumme Maus nicht auch mitspielt. Sie soll irgendetwas tun, die Maus. Die Katze dehnt sich ... Ich habe sie! ich habe sie! Ach — das ist schön — die Macht, die süße, starke Macht! Ich habe die Oberhand — und sie wird ganz lang vor Behagen, so lang, daß vorn die Kralle abrutscht und Maus entwischt. Es ist nicht mehr viel mit ihr — sie humpelt, fällt auf die Seite, quietscht leise. Wieder hat sie die Katze, aber als sie jetzt losgelassen wird, regt sie sich nicht. Sie ist tot.

Das bringt die Katze außer sich. Wie? Die Maus will nicht mehr? Sie ist nicht mehr lebendig, nicht mehr bei der Sache, kein halb widerwilliges Spielzeug, bei dem der Hauptreiz darin bestand, daß es sich sträubte? Hopp — dann machen wir sie lebendig! Hopp — der Tod hat mir in mein Spiel nichts hereinzuspielen, das sage ich, die Katze! Und packt die Maus mit den Zähnen, schüttelt sie und wirft sie sich über den Kopf und springt hoch in die Luft und fängt sie wieder auf. Die Katze ist toll. Sie rast, sie tobt mit dem kleinen grauen Bündel herum, das sich nicht mehr bewegt, sie tanzt und wälzt sich über die Maus. Dann gibt es einen kleinen Knack; der Höhepunkt ist überschritten, die Katze beginnt erregt, doch schon gedämpft, zu knabbern. Knochen knistern — die Maus wird im Querschnitt dunkelrot — — —.

Aber das ist keine Allegorie. Eine Allegorie ist ein Sinnbild, eine rednerische Form des Vergleichs, ein, wie es heißt, veraltetes Hilfsmittel. Das aber ist Leben — ist nichts andres als unser menschliches Tun auch. Es ist kein Unterschied: das war eine Katze, und wir sind Menschen — aber es war doch dasselbe.

Die arme Maus! Vielleicht hätte sie fleißig turnen sollen und allerhand Sport treiben — dann wäre das wohl nicht so schlimm für sie abgelaufen. Oder vielleicht haben ihre Vorfahren gesündigt, die auch einmal Katzen waren und sich dann in Nachdenklichkeit und Milde so langsam zur Maus herunter degenerierten. Wer weiß —.

Die Katze ist eine Sadistin. Aber das ist ein dummes Wort; man denkt dann gleich an eine rothaarige Zirkusgräfin mit hohen Juchtenstiefeln und an verwelkte Mummelgreise im Frack, die ihr die Füße küssen und blödsinnige Komplimente lallen. Nein, so war das gar nicht; das mit der Zirkusgräfin ist nur der letzte Grenzfall.

Natürlich ist die Katze ein Tier wie andre auch. Und sie ist stärker als die Maus, und das hat sie ausgenutzt weit über die Nahrungsfrage hinaus. Sie hatte die Kraft. Und die Maus litt.

Und dieser Schnitt klafft durch alles, dieser Riß spaltet alles – da gibt es keine Brücke. Immer werden sich die zwei gegenüberstehen: die Katze und die Maus.

WENN ERST...

«Mein Sohn, was hör ich nur für Sachen?
Was schreibt mir Mutter da ins Feld?
Du willst die Schularbeit nicht machen,
du brauchst jetzt so viel Taschengeld?
Du sitzt jetzt manchmal schon beim Weine
(und warst doch sonst so brav und fromm!) –
Mein Sohn, ich sag dir nur das eine:
Laß Vatern bloß nach Hause komm'!»

Nachdem ich Fritzchen dies geschrieben,
hab ich mir manches überdacht.
Bei denen, die zu Hause blieben,
sind Furcht und Hoffnung aufgewacht.
Der Friede kommt auf Glücksgaloschen,
das Feuer sank, das Feuer glomm,
und einmal ist es ganz erloschen . . .
Laß Vatern bloß nach Hause komm'!

Zum Beispiel Minchen spürt ein lindes
Gefühl in ihrem zart Gemüt.
Sie steht jetzt im Jahrzehnt des Kindes
und ist auch häufig drum bemüht.
Mama hat die und jene Sorgen,
manch Fellchen ihr von dannen schwomm –
der wuchert, und der will nicht borgen . . .
Laß Vatern bloß nach Hause komm'!

Und auch mit unsrer Politike – –
da langt der Zensor nach dem Stift,
und aus ists mit der Versmusike.
Wir beten still: O Vater Swift!
Begrüßten doch nicht gar so späte
die an der Düna und der Somme
den Reichstag, die Geheimbderäte . . .
Laßt Vatern bloß nach Hause komm'!

DIE LETZTE SEITE

Mein Beruf – ich bin Zweiter Leuchtturmwächter auf der kleinen Ostseeinsel Achnoe, und die Nächte sind lang – mein Beruf zwingt mich, viel und ausgiebig zu lesen. Um neue Bücher ist mir nicht bange – die bekomme ich von meinem Freund, Herrn Andreas Portrykus, dem Nachtredakteur des ‹*Strahlförder Generalanzeigers*› (mit Unfallversicherung). Er schenkt mir alle Rezensionsexemplare, und so lese ich Nacht für Nacht, alles durcheinander: Romane und Reisebeschreibungen und zarte, sinnige Geschichten aus edler Frauenhand, und was man eben so liest.

Und wenn der Wind an die dicken Scheiben stößt, wenn mein Burgunderpunsch auf dem Tisch dampft, der bräunliche Tabak knastert und ich alter Mann wieder einmal froh bin, diesen Posten ergattert zu haben –: dann kommt es wohl vor, daß ich aus Zerstreutheit und guter Laune die Bücher von hinten zu lesen beginne, so, wie man aus einem Kuchen sich zuerst die Rosinen herausknabbert. Und da bin ich zu der Entdeckung gekommen, daß die Schlüsse all der vielen Bücher sich deutlich nach verschiedenen Arten gruppieren lassen. Es gibt Normalschlüsse, die immer wiederkehren: der Autor mag vom Mond heruntergefallen sein, am Schlusse besinnt er sich doch auf sein edles Menschentum und redet deutsch.

Heute nacht habe ich wieder vier Pfund Bücher gelesen – mir ist noch manches im Gedächtnis. Ich will es einmal versuchen.

Der Unterhaltungsroman, der Erfolg hat

«. . . Gefühlt habe ich es schon lange», flüsterte Helene. «Aber du hast es mir erst ins Bewußtsein gebracht. Jetzt beginne ich erst wirklich zu leben.» – Edgar zog sie an sich . . .

So verrannen ihnen die Stunden, ohne daß sie es merkten. Dann schritten sie miteinander über das abendlich dämmernde Feld, auf dem sich der würzige Geruch der jungen Kartoffeln mit dem süßen Duft der Rosen mischte.

Edgar Helmenberg führte seine junge Braut in das Haus auf dem Hügel. Der Mond ging auf. Er ergriff ihre Hand. «Siehst du den Mond?» sagte er stark. «Ich aber will dir die Sonne geben!» – Und gebannt flüsterte sie: «Die Sonne!» –

Der Unterhaltungsroman, der keinen Erfolg hat

Es war alles aus. Kuno stand an den Scherben seines bescheidenen Glücks. Warum ihm das Unglück? Warum gerade ihm? Und die anderen? Ingrimmig ballte er die Fäuste – und ließ dann doch die Hände wieder sinken.

Da zogen sie hin; wie sie gelacht hatte, seine – ja seine! – Gertrud.

Herr Doktor Holtzenheimer aber hatte Geld und war ein flotter Kerl ...

Die lange Liebe, die Werbungen so vieler Jahre – alles vergebens. Da brach er weinend zusammen und zerknickte die Rose in seiner Tasche ...

Professorale Reisebeschreibung

So endet diese meine schöne und lehrreiche Reise in das Sonnenland Ägypten. Sie hat mir viel Neues gezeigt und meinen Wissenskreis erweitert. Sie hat mir aber auch bewiesen, wie heutzutage der Deutsche überall wohlgelitten ist, wenn er nur seinen Platz an der Sonne verteidigt. Möge das Büchlein seinen Lesern Unterhaltung und anregende Belehrung gewähren, damit auch sie dereinst hinausziehen in das altehrwürdige Land des Nils und der Könige Ramses und Ramsenit!

Bemerkt mag noch werden, daß der auf Seite 154 erwähnte mittlere Fliegenpilz auch in Deutschland beobachtet worden ist. So hat nach einer Mitteilung Schaedlers im ‹*Geographischen Wochenblatt*› ein Lehrer in Meißen einen solchen gefunden und auch bestimmt.

Die Moderne um 1900

«Seele», flüsterte er. Dann knallte ein Schuß. Die aufgeschreckten Hausbewohner liefen durcheinander — — Schutzleute bahnten sich einen Weg durch die Menge. Der Mann im Hausflur war tot. Sein Blut sickerte durch den linken Ärmel auf den hellblau und grünlich karierten Steinfliesboden und verrann in Rinnseln in den staubigen Fugen. . .

Altes Buch

«Möge euch», so schloß der Geistliche seine alle Anwesenden aufs tiefste ergreifende Rede, «der liebe Gott den Bund segnen, den zwei so mächtige Familien miteinander durch ihre Kinder geschlossen haben!» –

Was soll ich noch viel erzählen? – Eduard und Kunigunde wurden ein glückliches, aber kinderreiches Paar; der alte Hader war begraben und vergessen. Draußen aber pfeift der Wächter schon die zwölfte Stunde, laß mich das Licht löschen, geneigter Leser! Gute Nacht! –

Das richtige Jungensbuch
(‹Die Lagerfeuer in Kalifornien›)

«Schurke!» knirschte der Mestize. Ein Messer blitzte in seiner Hand – aber mit einem gewaltigen Schlage streckte ihn der alte Trapper nieder. Ein kurzes Röcheln – dann war alles vorbei.

Der alte Trapper geleitete die Karawane noch in die nächste große Stadt S., dann begab er sich wieder in seine Einöde zurück. «Einen Dank brauche ich nicht», sagte er. «Ich habe nur getan, was rechtens war.»

Franz und Fräulein Armstrong, die Erbin des Goldfundes, wurden ein Paar und lebten glücklich und zufrieden.

Der Kellner Fritz bekam eine zuträgliche Stellung in San Francisco, die er heute noch innehat.

Von dem hinterhältigen Don Pedro hat kein Mensch mehr etwas gehört. Er blieb verschollen.

Der alte Indianer Hefrakorn aber erhielt das Gnadenbrot bei Krafts. Franz Kraft ist ein alter Mann geworden, und Kinder und Enkel umspielen seine Knie. Wenn er aber mit seiner immer noch schönen Frau, seinen Kindern und dem alten Indianer um den runden Tisch zusammensitzt, dann gedenken sie wohl noch oft der

‹Lagerfeuer in Kalifornien›.

Ja, wird stets der geneigte Leser nun sagen: Das ist ja alles sehr schön und nett – aber wie soll denn ein Buchschluß nun sein? Diese gefallen doch dem Herrn Leuchtturmwächter alle nicht . . .

Ich muß sagen, daß ich in meiner jetzt zwanzigjährigen Dienstzeit nur einmal einen wirklich guten, ehrlichen und motivierten Buchschluß gefunden habe. Er fand sich in einem Gedichtbüchlein *‹Frühlingsstimmen›* von Herrn Hugo Taubensee. Der Mann war – wie man aus dem beigehefteten Porträt sehen konnte – Postschaffner, aber auch Dichter, eine der so häufigen Verbindungen von Geschäftsmann und Romantiker. Der Verleger war nur Geschäftsmann.

Diese *‹Frühlingsstimmen›* klangen folgendermaßen aus:

«Mitteilung an den Leser!

Die gesammelten Gedichte des Verfassers gehen in Wirklichkeit noch weiter. Weil ich aber nicht in der bemittelten Lage bin, weiteres Papier und auch die Druckkosten anzuschaffen, so sehe ich mich gezwungen, die Gedichte hier abzubrechen. Ich will aber, wenn der Absatz dieses Büchleins ein entsprechender ist, die *‹Frühlingsstimmen›* gern fortsetzen. Die Leser handeln also im eigenen Interesse, wenn sie das Buch fleißig kaufen und weiter empfehlen!»

Das heiß ich einen Schluß! Von jetzt an werde ich mich mehr den Anfängen zuwenden.

WETTERHÄUSCHEN

Mal gehts uns gut. Dann brüllt der Chor der Rache.
Die Weltenunterjocher werden wild.
Der Bizeps steigt. Der Kluge ist der Schwache.
Nur Macht ist Recht, die Mannessehne schwillt –
Mal gehts uns gut.

Mal klappts nicht so. Sieh da: die Idealen
zitieren Luther, Goethe und von Kleist.
Ein Krämervolk nur pocht auf seine Zahlen,
und man besinnt sich plötzlich auf den Geist –
Mal klappts nicht so.

Und jenachdem der Stand schlecht oder bene,
drehn sich aus ihrem kleinen Haus von Holz
Mars aus Papiermaché, Pallas Athene,
ein jedes unumschränkt und stolz –
Ganz jenachdem.

Sieh ohne Ehrfurcht auf die bunte Puppe;
sie ist beweglich, drum erkenn daraus:
Wer vorne steht, ist ja wohl gänzlich schnuppe –
der Himmel machts . . . und nicht das Wetterhaus!

NEBENAN

Nebenan sitzen die Leutnants hinter der dünnen weißlackierten Tür. 's geht ja hoch her, dideldumdei! Aber unsereiner ist nicht dabei. Wir – die so Gemeinen – stehen im Nebenzimmer um einen Tisch und vervielfältigen irgend etwas auf einer rätselhaften komplizierten Druckmaschine.

Der kleine Leutnant hat den Deckel des Flügels zurückgeklappt. Jetzt –. Er spielt doch sehr hübsch. Er versteht es, so die Töne im Sopran perlen zu lassen, ein bißchen zu zögern und dann unten im Baß loszulegen. Was der Junge alles mit dem einfachen Walzerrhythmus anstellt! Wie wenn jemand auf eine Trampoline aus Gummi springt, so schnellt und federt das. Wie dumpf die Resonanz klingt!

Alle rufen den Namen eines Liedes, das jedes Grammophon auswendig weiß. Er klingelt es ihnen vor. Nach den ersten belanglosen Passagen, in denen der merkwürdige Ton b in A-Dur dem Tondichter das Gefühl höher schwellen ließ, es mit den polyphonsten Modernen aufnehmen zu können, kommen jene berühmten sechzehn Takte, die eigentlich nur ein großes Atemholen sind, die Pause vor dem Schlag. Schlag zu –!

«Flieg, du kleine Rumplertaube . . .»

Der ganze Laden singt mit! Wenn man den ganzen Tag über geflogen ist, dann hat man schließlich das gute Recht, abends davon zu singen. Und sie singen! Einer hat eine Stimme wie ein Hahnenimitator, ein andrer mutiert grade, dazu ein oller, ehrlicher Baß – Symposion.

Meine Mitgemeinen sind schon lange fort. Der Leutnant spielt noch immer. Er spielt mir — der Teufel hole die Assoziationen, und Gott segne sie! — alle Erinnerungen des ‹Voraugust› wach. Das war eine sündhafte Zeit: die ganze Nacht tanzten wir Tango, verjubelten unser Geld durch den Besuch der (Karl, zieh den Atem ein) Lichtspielhäuser und schwelgten in Kunstgenüssen, die uns im wesentlichen das Ausland vermittelte. So war es doch, nicht wahr? Denn so steht es auch in meiner Zeitung, und da muß es wohl richtig sein. Der Leutnant spielt. Er spielt alles hintereinander, was ihm grade einfällt: da — nun macht er im Walzer eine kleine niederträchtige Pause, unter der man sich allerlei vorstellen kann ...

Die Lampe ist fort. Auf dem Tisch schimmert matt die geheimnisvolle Maschine. Es ist ganz dunkel. Und in dem Dunkel ist nur ein helles Ding; es blinzelt mich an, leuchtend, glänzend, unverschämt blitzend: das Schlüsselloch.

DER KRIEGSLIEFERANT

Du wohntest irgendwo am Friedrichshaine.
Auf deiner Ehe ruhte Gottes Segen
(sechs Kinder). Deine säuerlichen Weine
ernährten nebst Versicherungsverträgen,
den Renntips, auch wohl einem Spielchen ‹Meine
und deine Tante› dich noch allerwegen.
Bald hattst du nichts, bald hattst du blaue Scheine.
Oft sah man deine Frau die Treppen fegen.

Doch als der Welt vor Angst die Pulse stocken,
wirfst du dich auf die Marke ‹Suppenkraft› —
da stieg dein Stern! In der Gemahlin Locken
blitzt die Agraffe auf im Band von Taft.
Von Paulchen Thumann, Stöwer und Van Gocken
hast du dir schnell das Nötigste errafft.
Und läuten einmal uns die Friedensglocken:
Was kost't Berlin? Du hast das Ding geschafft!

SELBSTBESINNUNG

Fort mit der sonst so aktuellen Harfe!
Heut pfeif ich mir nach eigenem Bedarfe
auf meiner Flöte einen in Cis-Moll
von dem, was ist; von dem, was werden soll.

Von dem, was ist . . . Kaum kann uns etwas schrecken.
Mars schlägt mit Wucht auf sein verzinktes Becken –
 laß bluten, was da bluten mag –
 und er regiert die Stunde und den Tag.

Und er regiert die Stunde und das Jahr –
bedenk, wer damals noch am Leben war!
 Und leise spielt – wie waren wir doch jung! –
 der Leierkasten der Erinnerung.

Wie kannst du dich in all dem wiederfinden?
Du magst dich mühsam durch Systeme winden,
 durch Pflichten, die es geben muß und gibt –
 du siehst dahinter und wirst unbeliebt.

Laß dich von keinem Schlagwort kirren!
Von keinem Vollbart dich beirren!
 Es schenkt dir niemand was dazu –
 bleib, was du warst; bleib immer: Du!

Geheimrat Goethe sang nicht minder
vom höchsten Glück der Erdenkinder –
 er war Ministerpräsident
 und also sicher kompetent.

Man kehrt nach aller Schicksalstücke
doch immer auf sich selbst zurücke.
 Drum wünsch ich dir nach dem Gebraus
 dein altes, starkes, eignes Haus!

1917

DIE SEKT-EULE

Der Vogel denkt: «Weil dem so ist,
Und weil mich doch der Kater frißt,
So will ich mich denn auch nicht zieren,
Will noch ein wenig quinquilieren.»
Und pfeift sich wirklich etwas vor.
Der Vogel, scheint mir, hat Humor.

Busch

Als aber der Heilige Grotescus, der gerissene Gott, der alten Eule Champagner eingefüllt hatte, da begannen ihre Augen unheimlich zu glühen. Und es währte nicht lange – siehe, da begann der altehrwürdige Vogel auf einem Bein zu hüpfen und unaufhörlich zu lachen. Und er lachte mit gackernder Stimme und kniff abwechselnd das rechte und dann das linke Auge zu, und der schlaue Heilige freute sich diebisch in seinem Gemüte: denn die sonst so schweigsame Matrone plauderte alles aus, was sie wußte. So wurde das Geheimnis der alten Eule verraten.

Abgesehen davon hat Mynona im Verlage Kurt Wolff ein schmales Bändchen Grotesken: ‹*Schwarz-Weiß-Rot*› erscheinen lassen – und das Heft bewirkt etwas, was dicke Wälzer an Humor nicht fertig bekommen haben: Man lacht. Man rollt sich. Man trudelt über alle Treppengänge des stolzen Weltenbaus.

Seine Komik ist sehr schwer zu fassen, sie ist ganz unterirdisch. Zunächst fallen einmal alle Hemmungen weg, der Himmel öffnet sich, der liebe Gott selbst streicht sich seinen weißen Bart, aber er und der Bart sind aus Glas, man sieht durch sie hindurch, in den zweiten Himmel, da sitzt Haeckel und liest in einem dicken Buch ‹*Welträtsel für artige Kinder*›, aber auch er ist gläsern, man sieht weiter, weiter. Und ein himmlisches Feixen durchzieht den Raum.

Daß unsre Erde bei einer solchen Betrachtungsweise nicht immer gut wegkommt, läßt sich wohl denken. Sie wird es verwinden. Aber der Schreck, wenn auch dieses Verwinden schon wieder bespöttelt ist!

Mynona möge mich keines Vollbartes zeihen, wenn ich sage, daß nicht alles künstlerisch geglückt ist. Technisch ist vieles ganz abstrus – viel zu lang, besonders gegen den Schluß der kleinen Geschichten macht sich häufig eine trunkene Schläfrigkeit bemerkbar. Dafür sind viele Passagen, besonders im Andante der Sonaten, hinreißend. So das: «... nach dem lieben alten Weimar, nebenbei gesagt, saß dort im Wartesaal erster Klasse die stadtbekannte Schwester des weltbekannten Bruders im anmutigen Gespräch mit einer alten Durchlaucht von Rudolstadt; Abnossah hörte grade die Worte: ‹Unser Fritz hatte stets eine militärische Haltung, und doch war er sanft, er war mit andern von echt christlicher Sanftmut – wie würde er sich über diesen Krieg gefreut haben! und über das herrliche, ja heilige Buch von Max Scheler!› Abnossah schlug vor Schrecken längelang hin.» Bautsch! Und so kommt man in dieser Goetheschen Liebesgeschichte aus dem Schmunzeln (der schönsten Form des Lachens) gar nicht heraus. Es ist gewissermaßen eine Welt in Anführungszeichen; nur je vorn und hinten ein «» und noch ein «» – und sie glänzt ganz und gar in buttriger Heiterkeit.

Und es ist alles da: Herr Boboll, der das Nötigste bei sich hat und der Mitwelt damit aushilft (Thermometer, Barometer, die vielen kleinen Bedürfnisse des Lebens...), Herr Boboll, den man auch deklinieren kann: Boboll, Bobolls, Bobolln, Bobolln – und eine wehmütige Erinnerung an Paulum Scheerbart (‹*Das vertikale Gewerbe*› – befürchten Sie nichts, Leserin!) und der dativus disputationis ist Ihnen auch da – kurz: nur hereingetreten, meine Allerwertesten!

Das Bändchen kostet achtzig Pfennige. Vielleicht reizt es manchen, sich ‹*Rosan, der schönen Schutzmannsfrau*› (auch bei Kurt Wolff) zu verbinden. Sie wird ihm helfen, die große Zeit zu vertreiben.

MEINEN FREUNDEN DEN IDEALISTEN

Man sollte sie in Gänsefüßchen setzen, bevor man sie schilt. Denn es gibt solche und solche. Solche: die sagen, die Erde sei noch gar nichts, man müsse erst einmal die Erde in der Vollendung ihrer Idee sehen... Da ist es nun merkwürdig zu beobachten, wie sich die übelsten Kerls auf Vater Hegel und seine sieben Söhne berufen, wie der größte Schweinehund das Wort Wilhelm von Humboldt auf der Zunge zergehen läßt, daß es eine Lust ist. Nun steht uns im Lärm dieser Tage nicht an, zu untersuchen, ob Hegel wirklich – oder ob Fichte... Aber es ist doch merkwürdig: auf den so optimistischen Idealisten Schopenhauer, der ganz unbekümmert im Glauben die Erde durchmaß, schnappt keiner ein. Er verpflichtet.

Musik und die schleimige Philosophie verpflichten zu nichts. Die Begriffe sind freilich groß und weit – es geht alles hinein, aber es ist nichts drin. Gott – Staat – All – wie das hallt! Eben wie ein hohles Faß. Man kann alles hineinpacken, aber man muß nicht. Und unter der weiten Kuppel der erhabenen Worte finden sich alle, alle: Müde und Gesunde und Leute mit dem bösen Gewissen und schöne Seelen und Frauen. Hier haben Sie die Universalweltanschauung; weil sie für keinen unmittelbar paßt, ist sie jedem auf den Leib geschnitten.

Aber tun wir doch das Prachtgewand ab –! Dann kommt der Alltag und der Ernst des Lebens. Ertüchtigung – Durchsetzen der

Persönlichkeit – gut, gut. Wir werden die Welt nicht ändern, nicht einmal, wenn wir einen Verein gründen. Aber gehört das mit dazu, den mächtigen kitzelnden Willen mit Draperien zu verkleiden? Ist das auch ein Bestandteil der germanischen Philosophie, die jetzt so sehr in die Mode gekommen ist? Langbehnig taucht der Schatten des Rembrandt-Deutschen auf – lieber nicht. «Die Welt ist viel trivialer oder, wenn du es auf deutsch willst, viel nichtsbedeutender, als sie sich einbildet. Es ist in Wahrheit die größte Seltenheit auf Erden, daß ein Mensch aus wahrhaft pathetischen Gründen etwas Rechtes im Guten oder Schlimmen, nach der Licht- oder nach der Schattenseite hin, wird oder zu Stande bringt. Wir werden meistens durch Kleinigkeiten zu Helden, Narren, Verbrechern oder Parakleten gemacht. Bonaparte kann seine Schneiderrechnung nicht bezahlen, geht hin, heiratet die Mätresse Barras' und marschiert zur italienischen Armee. An Schiller schreibt Körner: ‹Schneider Müller fragt auch an, wann du zurückkommst›, und Schiller geht hin und schreibt den *‹Don Carlos›*. Verlaß dich drauf, Kind, und glaube nicht sofort daran, wenn sie dir mit dem Pathos kommen. Kleinigkeiten sinds –». Also spricht der alte heilige Raabe, und der war auch ein Deutscher.

Die Idealisten aber spielen auf dem Pianoforte ihrer Begriffe – ach, wären es doch schwarze Bösewichter! Der Sonntag ist abstrakt, die Woche aber konkret und nahrhaft, und gerührt blickt Vater Hegel und Mama Fichte, das Elternpaar, auf die so vorzüglich geratene Nachkommenschaft.

DAS GRÜNE GESICHT

Damals, als die kleinen Geschichten Gustav Meyrinks (jetzt gesammelt in *‹Des deutschen Spießers Wunderhorn›* bei Albert Langen) erschienen, hätten wir es uns nicht träumen lassen, daß dieser große Verneiner (also auch große Bejaher) einmal unter keinem deutschen Tannenbaum würde fehlen dürfen. Es war die junge Generation, die ihn lachend verehrte – und von den Ältern *die*, die jung geblieben und weise geworden waren im langen Laufe der Zeit.

Heute haben *‹Der Golem›* und *‹Das grüne Gesicht›* zusammen einhundertundvierzig Auflagen erreicht – und damals die kleinen Geschichten zusammen noch keine zehn. Was ist da vorgegangen? Abgesehen von einer mutigen und mustergültigen Reklame.

Zweierlei: Meyrink hat auf die Form, die er meisterhaft beherrschte, nicht mehr acht gegeben, und spricht das Idiom der Masse – und zum zweiten hat er den engen Mantel mit dem weiten vertauscht. Er trug den engen: wem er nicht wie angegossen paßte, der zog ihn nicht an. Haarscharf stand sich Plus und Minus gegenüber, da gab es nichts Verwaschenes, Böcke und Schafe waren genau getrennt.

Da waren auf der einen Seite die Materialisten, die alles erklären und alles mit dem Verstand greifen; die überorganisierte Menschheit, die ihre eigenen Mittel, das tägliche Leben zu bewältigen, als Selbstzweck verehrt; da war das ganze Pack, das seine Kulissen als Erde und Ende aller Dinge begeistert anglotzt – und auf der andern Seite standen stille und weise Menschen, Gütige, die endlich begriffen hatten, daß es hienieden sicher nichts ist, und daß das Jenseits fraglich und vielleicht eine Erfindung ist. Das war in eine scheinbar spielende Form gekleidet, der Extrakt jahrelanger Erfahrungen und wahrscheinlich mit dem allergrößten Fleiß und den herbsten Mühen errungen; der *‹Bal macabre›* ist ein Meisterstück solcher Form. Die Prosa war, lange vor Rilkes Zeit, musikalisch, ohne im Gegensatz zu diesem, auch nur einen Augenblick unklar zu sein – die Sprache sang sich ein Lied.

Wie schön, zum Beispiel, der Satz in der *‹Königin unter den Brägen›*, den der Doktor Jorre träumt: «Die einst deines Herzens Königin war, ist Königin jetzt hier unter den Brägen –». Das las man wieder und immer wieder. Es hat sicher mutigere Groteskclowns gegeben, aber keinen, bei dem – damals – Erkenntnis und künstlerische Kraft sich so genau die Waage hielten.

Das ist heute anders. *‹Der Golem›* und *‹Das grüne Gesicht›* sind ein Abstieg. Nicht etwa wird dies Urteil ihres Erfolges wegen gefällt – obgleich Erfolg immer eine faule Sache ist. Sie sind ein Abstieg, weil die Erkenntnis des Weisen die Kraft des Schaffenden weit übersteigt. Früher saß Satz an Satz wie gegossen: heute wird in Fettdruck gesperrt. Früher hatten alle Figuren scharfe Ränder: heute schwimmt alles. Früher wurde ‹an Hand› einer kleinen Fabel das große Wissen eines erkenntnisreichen Menschen dem Leser eingepflanzt: heute ahnt man wohl dergleichen, aber man sieht es nicht. An einzelnen Stellen flackert es auf, zum Beispiel im *‹Grünen Gesicht›* am Anfang des zweiten Kapitels, wo die Welt nach dem Kriege witzig und treffend gezeichnet wird, und am Anfang des vierzehnten Kapitels, das an den alten Meyrink gemahnt. Der Rest ist – leider – Mathematik.

Ich zweifle nicht, daß Meyrink zu den einsichtsreichsten Menschen gehört, die unter uns leben. Er weiß ungeheuer viel – nicht Positiva, sondern eben das, was man nicht lernen kann –, er hat tief hinunter gesehen, und man muß ihn stets hochachten, eben um dieser Erkenntnis willen. Ich möchte gern einmal wissen, was wohl Professor Deußen in Kiel zu diesem Priester der Weisheit sagt.

Es liegt also nicht etwa vor: Suchen der Gunst des Publikums. Es liegt aber wohl vor: Bewußtes oder unbewußtes Nachlassen der künstlerischen Kraft. Es ist schade, daß ein großer Erkenner uns einen großen Künstler kostet. Rechnet man dazu, daß sich heute alles, was sonst unterdrückt wird, unter dieses allumfassende Dach der Theosophie flüchtet, weil es sich in den unscharfen und verschwommenen Thesen wiedererkennt und bestätigt zu finden glaubt, so wird man die große Gefolgschaft dieser Bücher verstehen.

Es ist aber noch nie ein gutes Zeichen gewesen, wenn wertvolle Kräfte eines Landes sich diesen — stets falsch verstandenen — Mysterien hingeben. Dann stimmt etwas nicht.

Der Meister zaubert wirklich — stellungslose Kommis und gelangweilte Damen hören zu, freuen sich an den bunten Glaskugeln und sehen den Gott nicht. Der bleibt im Tempel und lächelt. Und so ist in Wahrheit keinem geholfen. Der Meister selbst hat kein Publikum, und das Parkett bestaunt, im Grunde genommen, Kulissen.

Der freigeistige Schmock schwenkt mit vollen Fahnen ins Lager dieser so poetischen Kirche. Hoffentlich ist sich Gustav Meyrink bewußt, daß der Applaus nicht ihm gilt. Wer ihn, den Künstler von 1910 und den tiefen Denker von heute, liebt, das sind nicht hundertvierzigtausend, nicht so viele. Es sind wenige und wertvolle. Aber die lieben ihn wirklich und von Herzen.

DAS GEHEIMNIS DES GELBEN ZIMMERS

Ich befinde mich augenblicklich ‹im Felde›, wie man zu sagen pflegt, und versehe meinen Dienst zur Zufriedenheit meiner Vorgesetzten und zu meiner eigenen, wie ich wohl behaupten darf. Und ich bin immer zu Diensten, immer dabei und bereit, zu tun, was man von mir verlangt. Aber heute vormittag habe ich in einem kleinen rostroten Büchelchen gelesen, den ganzen Vormittag lang, und ich habe nichts gehört, nichts gesehen, nichts gespürt. Ich war durchaus nicht in Kurland. Ich war anderswo, ganz und gar anderswo.

Gaston Leroux ... ! Das ist ein Banditenname, aber der Träger dieses Namens ist kein Bandit, sondern ein französischer Schriftsteller, ein Geschichtenschreiber, der mit Vorliebe verbrecherische Handlungen und deren Aufdeckung beschrieben hat, etwas, was man heutzutage Kriminalnovellen nennt. Dieser Gaston Leroux hat nun auch eine Geschichte geschrieben, die *‹Das Geheimnis des gelben Zimmers›* heißt, ins Deutsche ebenso steif wie unbeholfen übersetzt worden ist, und diese Geschichte ist es, die ich heute vormittag gelesen habe.

Es war furchtbar aufregend. «Am fünfundzwanzigsten Oktober 1892 erschien unter den ‹Letzten Nachrichten› die folgende Notiz im *‹Temps›*: Ein entsetzliches Verbrechen . . .» Hier ließ ich schon das

Buch sinken und versank in Träumereien. 1892 ... Meine geliebte Zeit! Zeit, die ich so geliebt habe, obgleich ich sie doch als denkender Mann gar nicht erlebte! Zeit der Puffärmel, der flotten Kohlezeichnungen, der ‹Skandale›, der kosmopolitischen Atmosphäre in Literatur, Kunst und kleiner Krämereipolitik, Zeit der Schleier, die halb übers Gesicht gezogen wurden, was besonders hochzeitsreisenden jungen Frauen gut stand ... 1892! Da war noch aufgärende Jugend und Begeisterung und Wut auf den Spießer, der noch nicht so gut verkleidet war wie heute und viel leichter zu erkennen ... da gab es noch so etwas wie eine richtige Bohème, nicht wie heute in der Oper, nein, richtig, auf dem spiegelnden Asphalt der großen Städte – aber das ist dahin.

«... ein furchtbares Verbrechen ist im Glandier, an der Grenze des Sainte-Geneviève-Waldes ...» Und hier gings los.

Es handelte sich um einen Mordversuch an einer jungen Dame, Fräulein Stangerson, der Tochter des berühmten Professors Stangerson, weißt du? und es war ganz unerklärlich, wie der Täter aus dem gelben Zimmer des kleinen Pavillons herausgekommen war ... Der Untersuchungsrichter wußte es nicht, der alte Herr Stangerson wußte es nicht, der große Detektiv Frédéric Larsan wußte es auch nicht, niemand wußte es. Aber der kleine Reporter und Journalist Joseph Joséphin, genannt ‹Rollkugel› (französisch: ‹Rouletabille›), genannt so wegen seines kugelrunden Kopfes, der kriegte es heraus. Der kriegte überhaupt alles heraus, und was und wie, das steht in dem Buche.

Die holzschnittartige Dämonie sitzt. Ich tue jetzt furchtbar überlegen; aber ich bin augenblicklich gar nicht imstande (Schach spiele ich nicht), mir über alle Einzelheiten Rechenschaft abzulegen; ich könnte gar nicht all die komplizierten Einzelheiten und Situationspläne nachprüfen oder mich unter der ungeheuern Masse der Andeutungen, Tatsachen, Nebenumstände, Pläne herausfinden. Das würde auch viel zu viel Mühe machen. Es handelt sich nur um das einzigartige Vergnügen, so eine gemütliche Teufelshetze mitzumachen, alles hat seine Zeit, am meisten der Autor. Vor Seite 200 sagt ers nicht. Hier ist kein Verantwortlichkeitsgefühl, hier ist keine Lebensanschauung, hier wird nichts von mir verlangt, als daß ich zuhören soll. Aber gerne! Aber herzlich gerne!

Und ich höre zu. Ich bin im Vierzigpfennigfieber. Ich laufe wohl einmal mit ganz irren und leeren Augen vors Haus, wo die Wagen Holz abladen, aber in Wirklichkeit bin ich da, wo Joseph Rouletabille ist: im Glandier. Ach, wir haben es so schwer!

Denk einmal: es handelt sich um einen dieser Fälle, die durchaus nicht mit der Begehung der strafbaren Handlung abgeschlossen sind, sondern die Verbrecher pfuschen immer noch herum, noch während der Untersuchung haben sie die Kühnheit, ihren strafbaren Versuch zu wiederholen, die Untersuchung zu erschweren und der Arbeit der Polizei überhaupt die größten Schwierigkeiten in den Weg zu legen! Sie tauchen auf, verschwinden, sind wieder da, Unschuldige werden schuldig, Schurken entpuppen sich als Engel, ein Erdolchter wird erschossen ... um Gotteswillen! ich hetze von Seite zu Seite, und es kommt gar nichts heraus, keine neue Person, keine Spur – nichts.

Und wer ist der Täter?

Ja, das hättest du nicht gedacht: aber Joseph Joséphin, der schon damals «zur Zeit der Affäre der zerstückelten Frau in der rue Oberkampf – auch eine langvergessene Geschichte – dem Chefredakteur der ‹*Epoque*› den noch fehlenden linken Fuß der Leiche gebracht hatte», Joseph Rouletabille hatte es herausgebracht: Frédéric Larsan, der Detektiv, war der Täter. Frédéric Larsan war überhaupt nicht Frédéric Larsan, sondern – aber nun erschrick nicht! – er war Ballmeyer!! Ballmeyer ... «brauche ich hier an die großen Taten Ballmeyers zu erinnern?» sagt das Buch. Natürlich nicht. Aber es führt sie doch an. Die ganze Seite 179 ist angefüllt mit den Betätigungen des p. Ballmeyer, die für die menschliche Gesellschaft nicht viel Anziehendes gehabt hatten, am wenigsten für die, die er ermordet hatte. Aber er konnte nicht nur töten. Er konnte auch Leben spenden ...

Das ist eine diffizile Geschichte. Du solltest es nicht glauben, aber vor zehn langen Jahren hat er dem schönen Fräulein Stangerson, die ins Elysée zum Empfang ging, grade der hatte er einen Sohn verursacht! Er hatte sie in Amerika geheiratet, der Schuft, unter einem gänzlich falschen Namen, und sie waren in einem Pfarrhaus zu Louisville sehr glücklich gewesen ... Und dann gab es einen Krach, die Geschichte flog auf, die Ehe auch, alles war zu Ende. Der Papa sollte und durfte von der Schande nichts wissen. Und erfuhr auch nichts.

Und da, nach zehn langen Jahren, kommt er wieder und begehrt dieselben Rechte wie früher! Er erhält sie nicht, denn man steht vor einer richtigen Heirat, weißt du? Und dann folgen eben die Straftaten.

Nun ja, die menschlichen Sympathien sind in diesem Buch sehr weise verteilt. Man möchte alle, Verbrecher, Publikum, Detektive, Autor und Verleger (nicht zuletzt das schöne Fräulein Stangerson) umarmen und ihnen danken, daß sie überhaupt da sind. Es ist so gemütlich.

Alles mögliche fällt mir noch ein: das kokette Zieren des Monsieur Leroux, die Geschichte zu erzählen (Joseph Rouletabille wollte es nicht), die hochdramatische Gerichtsverhandlung, das Liebespaar; sie, die Ehebrecherin, er, der Beau, nachts in einem alten Wachtturm ... «Als die beiden sich nichts mehr zu sagen hatten, verließen sie gemeinsam den Turm ...» Und die Geschichte mit dem Kneifer – mir wird noch jetzt ganz kalt, wenn ich daran denke. Und wie der Kerl, der alias Ballmeyer, die einstige Geliebte an die alte Zeit erinnert:

«Das Pfarrhaus hat nichts von seinem Reize verloren, der Garten blüht in seiner alten Pracht!» schreibt er. Es tut einem sehr leid, daß das zu Ende ist – und man blickt in dunkle Gänge und halb geöffnete, nur angelehnte Türen – «da sahen wir deutlich, wie Fräulein Stangerson, während ihr Vater sich einen Augenblick bückte, um einen heruntergefallenen Gegenstand aufzuheben, den Inhalt eines Fläschchens in das Glas Herrn Stangersons goß». Aha!

Und grade daß das Buch nicht so aufhört, wie Werke seiner Art sonst wohl – nein, so hört es gar nicht auf. Sondern ganz blümerant: der kleine Rouletabille hat da noch eine Geschichte auf der Pfanne, die Geschichte von dem ‹Parfum der Dame in Schwarz› – aber er will nicht so recht damit heraus ... vielleicht ein neuer Band? Das wäre schön.

Bis dahin aber bin ich rettungslos verkitscht. Durch meine Träume singt es, und ich schnitt es gern in alle Rinden ein, und immer, immer hab ich es im Sinn. Das Geheimnis und die paar Zeilen, durch die der Schuft Mathilden an das einstige Glück erinnerte, die er ihr schickte und die der Anfang waren von so viel Elend und Verbrechen und Tränen und Blut:

«... Das Pfarrhaus winkt mit allem seinem Zauber,
Der Garten blüht in seiner alten Pracht!»
(Drehorgel ad libitum.)

AN EINEN GARNISONDIENSTFÄHIGEN DICHTER

Du schlägst die kriegerisch-verstimmte Leier,
du singst von Haß und Blut und Pulverrauch –
und heißt vielleicht nur Gottlob Emil Meier,
sanft wölbt sich dir der Zwei-Terrassen-Bauch ...
Du singst vom Sturmangriff, von roten Hosen,
von England-Haß, von Not und Schlachtengraus,
vom Panjefeind und von den Erzfranzosen –
Komm raus!

Komm einmal raus! Besieh dir das persönlich –
gewiß: es ist nicht immer ideal,
mitunter gehts im Kriege ganz gewöhnlich
und schmutzig zu – besiehs dir nur einmal.
Nein! das genügt noch nicht: du mußt es auch erleben,
zieh an die schlichte Farbe unsres Graus.
Mach mit! Wir wolln dir fünf Mark dreißig geben –
Komm raus!

Vielleicht wirst du dann endlich, endlich lernen:
Wer seine Pflicht tut, kämpft und steht und schweigt.
Steigt auch der Ruhm der Kameraden zu den Sternen –
sieh nur, wie lautlos und wie still das steigt!
Doch ziehn wir später einmal (Gott mag wissen,
wann das geschieht), zurück, sind Leid und Wirrsal aus:
dann, Meier, wollen wir dich gerne missen!
    Dann bleib zu Haus!

AUF URLAUB

Die Residenz!
        Gu'n Tag, du Metropole!
Da ist auch schon der Alexanderplatz ...
Verstatte, daß ich mich das Schneuztuch hole,
das Herz schlägt stürmisch unterm Busenlatz.
Du gute Spree mit dem geduldigen Rücken,
der Ruderklubs und der Mamsells Entzücken –
ich seh dich still und mächtig dreckig ziehn ...
    Berlin!

Die Weiche knackt. Der Zug zischt an den Hallen
der Stadtbahn lang. Da liegt der dicke Dom.
Die pfui! die Friedrichstraße will mir recht gefallen,
am Charitéhaus grünt ein Appelboom.
Die Völker auf den Straßen sind nicht ohne:
dem Gang nach lauter Jrafens und Barone.
Es riecht nach Geld. Prozente, Mensch, verdien!
    Berlin!

Charlottenburg. Da steht die lange Claire,
den Bastard meiner Liebe an der Hand.
Ob auch die Rationierung an uns zehre –
der Knochenbau hält allen Feinden stand.
Das wird die rechte Wiedersehensfeier!
Ich hab (im Rucksack) fünfundsiebzig Eier –
Da hält der Zug! Die Kümmernisse fliehn ...
    Berlin! Berlin!

PAPIERNOT

Gewiß – es ist nicht immer schön gewesen
das aberwitzige Echo unsrer Zeit:
man konnte rechtsrum, konnte linksrum lesen
und war zum Schluß meist ebenso gescheit.
Die Presse schmückte stets mit neuen Funkelthesen
ihr Morgen-, Mittags- und ihr Abendkleid …
Und doch: ein Quentchen blieb – es war nicht viel,
ein Stückchen Bürgerfreiheit – kurz: ein Dampfventil.

Doch jetzt, im Krieg, schwillt des Geheimrats Weste,
er liebt die Einfachheit für die Nation,
und hilflos spricht er: «Es ist wohl das beste:
Ein Volk, Ein Heer, Ein Fölljetohn.
Spart nur Papier!» Doch mit empörter Geste
erhebt sich brüsk die Zeitungskonfektion:
«Der Fortschritt ist bedroht! das Volk! der Staat!»
Dahinter, riesengroß: das Inserat!

Das ist der deutsche Zustand. Und du, Zeitung,
du kleener Freiheitshut, wie stehst du da?
Noch hast du Platz – zum Beispiel zur Verbreitung
von Kintopschwatz für ganz Christiania.
Es strömt bei Arras. Die Annoncen-Leitung
pflegt eifrig Gasthaus-Personalia …
Ob ihr genug Papier habt oder keins:
Ihr helft dem Land nicht!
Es ist alles eins.

VORHER!

Bei Albert Langen ist im Jahre 1910 ein Buch erschienen, das bereits hundertmal vorher geschrieben worden ist und noch Hunderte von Malen nachher geschrieben werden wird. Es heißt *‹Hinter Schloß und Riegel›* und schildert mit unerbittlicher Genauigkeit die deutsche Art der Strafverbüßung in einem Zuchthaus. Es ist jetzt nicht die Zeit, die längst erkannten Fehler dieser Sühne aufzuzählen – genug, so wie es Tausende getroffen hat, so traf es in diesem Buche, das sich in nichts von seinen Brüdern unterscheidet, einen Juristen. Der sah nun seine Welt von unten, wunderte sich und schrieb das Werk.

Aber er hätte es vorher schreiben sollen! Da hätte ers nicht gekonnt? Dann hat er keine Augen gehabt.

In dem Buche *‹Hinter Schloß und Riegel›* zählt der so deutsche Verfasser minutiös die Quälereien seines wasserpolackischen Wärters auf, schildert seine widerlichen Roheiten an den wehrlosen Gefangenen, die er nicht etwa schlug, sondern mit Nadelstichen peinigte – man kennt das; die Schilderung langweilt den, der die Augen in seinem Leben aufgemacht hat. Sehen wir das nicht alle Tage? Dem Deutschen hat einmal einer mangelnden Sinn für Wirklichkeit vorgeworfen: hier offenbart er sich aufs herrlichste.

Oben stelzt unantastbar, sauber, und hinter sich im wesenlosen Scheine das, was uns alle bändigt: oben stelzt – nun, sagen wir, dieser und jener. Das Podium wird gehalten und getragen von Kaschuben, von dickköpfigen, meist minderwertigen Menschen, für die es keine nähere Bezeichnung gibt, die man kennen und lieben gelernt haben muß.

Diese Burschen – es ist eine ganze breite Klasse, und jeder von uns kennt sie; wer im Kriege ist, doppelt und dreifach – diese Burschen vertreten nach unten hin die Macht. In ihnen ist der jeweils Regierende personifiziert – aber welch ein Zerrbild! Man müßte die Gattung konfiszieren, weil sie das tut, was der *‹Charivari›* in seinen besten Zeiten nicht besser gekonnt hat: weil sie die Macht in einem Lachspiegel höhnen.

Aber sie werden gehalten. Vielleicht weiß es der Herr aus dem obern Stockwerk, daß der Pförtner die Leute peinigt, daß er seine Vorteile und Vorteilchen aus seinem Amt schlägt, aber vor allem: daß er den König macht. Er macht ihn, wie ihn der Gockel macht, der sich auf dem Hühnerhof aufbläht – aber dieser ist so unendlich gefährlich, weil er schaden kann, weil er eine kleine oder große Macht geliehen bekommen hat, die er benutzt, als wäre es seine eigene. Das war die Absicht der Herrschaft nicht? Aber dann möge sie aufpassen, dann soll sie wissen, daß der da unten, alles, aber alles verdirbt, was sie in gutem deutschen Idealismus plante. «In Preußen», heißt ein altes Wort, «sind die Geheimräte liberal.» Nun, das Wort stammt aus dem Frieden und stimmt heute nicht mehr ganz – aber der bewußte Gegensatz, in den man die Geheimräte zu jemand anderm setzen wollte, ist richtig.

Wir verdanken unsre Unbeliebtheit, die Schwierigkeiten, die man uns heute noch überall macht, nicht den höhern Beamten und ihren meist verständigen Anordnungen. Wer aber einmal die Wandlungen gesehen hat, die ein guter und von gutem Geist diktierter Befehl, ein Erlaß, eine Verfügung gemacht hat, ehe er unten ankommt, wer einmal gesehen hat, wie das Zehnpfennigstück, das als Geschenk gedacht war, auf dem Hofe aufschlägt, der weiß, daß es nicht genug getan ist, wenn der Geist erfindet und sich etwas ausdenkt – er muß auch überwachen und ständig auf der Lauer sein, daß nicht umgefälscht wird, was aus einem reinen Herzen kam. Vorher! vorher müssen wir das tun, nicht nachher in schmerzlicher Erkenntnis, daß es nun zu spät ist. Auf deutsch erfunden, auf kaschubisch verdorben – das Ergebnis haben wir auszukosten.

Wem eine Macht gegeben ist, der muß ihr Siegelbewahrer sein. Der muß – ausgekocht und argwöhnisch – wissen, daß es ein viel schlimmeres Geschwür am Körper des deutschen Volkes gibt als die vielberufene décadence, von der viele knapp den accent aigu kennen. Das ist der kleine Mann, der seinesgleichen peinigt, weil das das einzige ist, was ihm das Leben gab. Den schlagt auf die Finger, bis sie bluten. Denn er hat viele Herzen bluten gemacht.

Aber vorher! nicht nachher!

UNTERWEGS 1915

Erst gibt es noch einen kleinen Streit, an welchen Wagen wir kommen sollen: also gut, an den Bataillonswagen. Zwei Mann mit Gewehr, zwei ohne – ein langer Zug. Und immer durch den abschüssigen, schwer fahrbaren Sandweg und dann wieder bergauf ... Stab und Stütze meines Alters ist der Kutscher Wenzel. Man muß sehen, wie dieser dufte Knabe die Schnauze vorzieht, wie er spricht und raucht und schimpft. Schon auf dem Kasernenhof in Suwalki, allwo er noch in seiner Arbeitsschale mit Halsbinde und Mützchen antrat, hatte er gesagt: «Ick will jahnich wieder nach Hause – mir suchen se –!» Und jetzt setzte er den Pferden auseinander, wenn sie nicht besser zögen, dann würde er ... Aber er tuts nicht. Er ist ein feiner Mann.

Wir machen uns die Sache bequem. Ich lasse mich fahren, sein Gepäck trägt keiner.

Ankunft auf dem Bahnhof. Stundenlanger Aufenthalt. Wir werden verladen. Wir sitzen auf unserm alten Wagen, und der sitzt auf einer Lore, einem offenen Eisenbahnwagen. Ich klettre herum und lande auf einem kleinen Kutschwägelchen. Der Wind weht, aber es ist kein Wind, die schönen Wolken sind keine Wolken, der Regen kein Regen.

Tilsit. Marsch durch die Stadt, ans Bollwerk. Unter Leitung eines kleinen (reklamierten) Assessors werden wir alle, Pferde, Wagen, Leute auf Kähne verladen. Ich werde als Requisit verwendet und muß eine Kienfackel halten, bei deren Schein das Ganze vor sich geht. Die Fackel geht aus. Schließlich ist alles oben. Das ganze Kahndeck steht voller Wagen, die Leute sollen noch kommen. Was nun? Ich steige mit dem Melonenkopf in die Schifferkabuse herunter – und bekomme einen furchtbaren Schreck. Auf dem Sofa in dem winzigen Raum sitzt ein wunderschöner Junge. Er ist so schön, daß ich ihn immerzu ansehen muß. Er ist eine Mischung von Kind und englischem Chormädchen. Er hat ganz weiche Bewegungen und lange Augenbrauen und kann lächeln ... ! Wie er den Mund aufmacht, ist es beinahe aus: ein widerliches, gezogenes, ostpreußisches Platt. Aber dann schweigt er wieder und schläft – himmlisch! Wie kommt er hierher? Die sozusagen Mutter ist eine entsetzliche knochige und hagere Person, die für uns kochen will. Auch wollen wir da schlafen: beide in einem Bett. Nebenan? Nein, nebenan könne sie es uns nicht empfehlen. Wir sehen uns das an: ein dunkler niedriger Raum – plötzlich ist eine große, weiße Gans und eine Ziege da. Das ist nichts. Wir sitzen an dem kleinen Tisch unter der Lampe. In dem Quadratmeter Küche klappert die Hagere mit den Töpfen. Ich hole mir von der Kommode die Bibel und das Gesangbuch. Der Melonenschädel fragt: «Ist das was Interessantes?» und gähnt. Aber nun – Herrgott! «Das», sagt die Frau von nebenan, die alles gesehen hat, «ist das Interessanteste, was es gibt. Wenn Sie das nur Zeit Ihres Lebens lesen –!» Au backe. Und dann gehts los. Der lebende Traktat. «Als ich noch in Berlin Schneiderin war ...» Aha, denke ich. Und muß immer wieder den Jungen ansehen. Er seufzt und schlägt die großen Augen auf. Mit einem wunderbar verträumten Ausdruck beginnt er, sich in der Nase zu bohren. «Kuno!» sagt die Hagere. Kuno! spricht die Frau Mama. Und wie ich den schönsten Psalm lese, Nummer neunzig, liegt in der frommen Bibel ein Brief. Heimlich lese ich: «In Sachen Bickereit gegen Schalmofsky teile ich Ihnen mit, daß Ihre Berufung vollen Erfolg gehabt hat. Ihr Schwager ist verurteilt, 286 Mark und 34 Pfennige benebst sechs Prozent Zinsen vom zwölften August dieses Jahres ab zu zahlen. Rechtsanwalt Martin.» Ja, ja, die Frommen. So dir einer gibt einen Streich auf die linke Backen. Und zweimal wache ich nachts auf, weil sie einem Soldaten auseinandersetzt, daß dieser Krieg durch den Zorn Gottes verursacht sei.

Fährt das Schiff? Wahrscheinlich; im Bett ist nichts zu merken. Morgens sieht man an den Sonnenflecken, daß es sanft dahingleitet.

Auf ‹Deck›! Wir fahren als zweiter Kahn mit vier andern im Schlepptau eines kleinen Dampfers. Das Volk liegt verdreckt und verschlafen auf den Wagen. Das Ganze sieht aus wie eine Blumenfahrt junger Venetianer. Ohne Mädchen, sozusagen. Es gibt warmen Kaffee, und manche saufen Schnaps. Kuno hopst herum und beklagt in langgezogenen, nasalen Tönen – wie parodistisch – einen verlorenen Hund. Er hat gebräunte, ganz schlanke Beine. Er ist, glaube ich, ein Mädchen. Wir steigen auf dem Schiff herum, oben und unten. Die andern Brüder vom gleichen Kreis sitzen natürlich auf dem Dämpferlein beim Stab, das haben wir verpatzt, und jetzt ist bald nichts mehr zu essen da, und dann kommen wir schließlich an.

Da gibt es auch eine Kantine, und der kleine dicke Schuster, der mit den Plattfüßen, schwärmt anzüglich von einem wundervollen Rotwein, den er getrunken habe: «Denk mal, das Glas zu fünfundzwanzig Fennje! Aber fein!» Ich kaufe uns demgemäß zweie, schmecke – und spreche den Tarragona für Portwein an. Die Begeisterung des Schusters ist zügellos. «Donnerwetter – Portwein! Da habe ich ja in meinem Leben auch mal Portwein getrunken ...» Und strahlt. Selig macht der Glaube.

Nachts im Freien auf einem Heuwagen. Als ich erwache, ist der Himmel blutigrot. Aber es ist nur ein kleines Wärmfeuer, das sich die Leute angezündet haben.

Morgens Marsch. Nichts von Belang. Später Quartier, Rast, Baden und morgens wieder Abmarsch.

Am Mittag steht die schlangenlange Kolonne Wagen mit den schweifschlagenden Rössern vor Rossienie. Stundenlang auf der Chaussee. Kleine Judenmädchen verkaufen Tschakalade, bester Herr, und als wir mit einer ungeschäftliche Witze machen, ohne etwas abzunehmen, bekommt sie von befreundeter, auch in Hausse spekulierender Seite den Rat, wegzugehen. Formuliert: «Mach enem Abtritt von em!» – «Hoho!» Und grinsend, schwitzend, lärmend ziehen wir ein.

Das Quartier – ich wohne bei den Obrigkeiten – ist mäßig. Jüdische Bäckersleute. Hier sind die Juden noch nicht vertrieben, wie weiterhin im Gouvernement. Hier gibt es also noch zu kaufen. Auffällig, wie kramhaft, trödlerisch alles ist. Keiner hat Liebe oder Interesse für seine Waren – nur Prozente. Bei den Bäckers ist ein kleines nettes Mädelchen, die sich willig begreifen läßt, aber immerfort ihre kalten, blanken Augen spielen läßt, ob und wo es etwas zu verkaufen gibt. Eine brummige Mama, allerhand Mädchen, auch halbverheiratete (aber nur mit ihrem richtigen). Nachts Wanzen. Viel Wanzen.

Auf dem morgendlichen Hof sitzen der Herr Feldwebel und lassen sich rasieren. Ich höre, wie er in der aufquellenden Lebensfreude seines Herzens alles anruft, doch ein bißchen zu ihm zu kommen. Mädchen, Soldaten, Hunde – alles. «Gitta! Rosa! Rachel! Molle, Molle, Molle! Schulz!» Je lauter er schreit, je niemander kommt. Aber das trübt keineswegs seine Morgenfreude – er will ja auch nur brüllen. «Molle – Molle – Molle!»

Im Zimmer sind Myriaden Fliegen. Dann laufen wir in die Stadt, stöbern in einem trivialen Kloster herum, die Bücher taugen nichts – und essen und sehen uns Gefangene an und sprechen mit den vorhandenen Jüdinnen, die – wie immer – äußerlich alles versprechen und nichts halten. Abends wollen wir saufen.

Aber es gibt nichts. (Wenigstens nichts für uns.) Und ein fröhlicher Abend ist nun einmal nichts ohne Alkohol, der Härten dämpft und einen leisen Rausch erzeugt, durch den gesehen alles milder erscheint.

Es wird aber noch ganz freundlich. Ich klimpere auf der Gitarre, die Judenmädchen sitzen an den Wänden, mit den Kerls, und summen im Jargon einen hübschen russischen Walzer. Das hat alles der Feldwebel organisiert. Er bringt Leben in die Bude, er schmeißt das Ding, er machts. Mal los! Ran hier –! Und ohne durch Spiritus gesteigert zu sein, versteigt sich die Fröhlichkeit um elf Uhr zu merkwürdigen Dingen. Der stellvertretende Kompanieführer und der Webel tanzen selbander einen schönen Krakowiak. Wir pfeifen, bis uns der Atem ausgeht. Die Gitarre zimpert. Und weil der Webel grade nur noch unterwärtig bekleidet ist, muß er sich betätigen. Er muß ringen. Der Melonenkopp tritt an. Wir spielen, die Hauskapelle spielt den Gladiatorenmarsch, und der Leutnant pfeift als Schiedsrichter mörderisch auf einer Trillerpfeife. Die beiden ringen. Natürlich siegt der Weibel und freut sich dessen mit immensem Gebrüll. Und weiß der Teufel, wer mich reitet, dieser oder jener, ich biete ihm einen Gang an, zu boxen. Hach – das ist was für ihn! Und ehe ich zum Schlag komme – ins Gesicht darf ich ohnehin nicht schlagen – hat er mich derartig zugedeckt, daß meine sterblichen Überreste auf dem Boden verzappeln. Unauslöschliches Gelächter der reisigen Helden durchbraust die Halle. Auch die Jungfrauen freuen sich. Am meisten der Feldwebel. Das ist ein Abend! Er nennt die vorhandenen Judenjungens durchweg ‹Janko›, numeriert sie der Ordnung halber, und versucht mit Berserkergebrüll, Janko Nummer vier durchs Fenster zu neuem Match und neuen Siegen zu ziehen. Der kann sich beherrschen, und grade, als ein diesbezüglicher Kampf um einen Kampf im Zenit steht – erscheint der Etappenkommandant. Der behoste Feldwebel steht frappiert stramm, der hohe Vorgesetzte richtet einige leutselige Worte an ihn, wird leicht angelogen und verschwindet in der Nacht. Dann singen wir das Lied von den zehn Nonnen, bei Strophe drei schiebt die brummige Mama alles heraus, bleibt aber von vier bis zehn drin, mit anscheinend intensivstem Genuß. Ich singe alles mit. Dann stimmt der siegreiche Weibel ein Lied an, eines von denen, die immer länger werden. «. . . und die Brust – voller Lust – und das Knie – wie noch nie – und die Hacke – macht Attacke – und das Bein tut mir so weh – (Chorus) wenn ich aus der Kneipe geh!» Geist nicht grade, aber schön laut. Um eins gehen alle zu Bett. Ich rauche noch mit dem Melonenkopf je eine Zigarette auf dem dunkeln Hof. Nachts Wanzen. Siehe oben.

Der nächste Tag vergeht. Wir suchen uns was, finden aber nichts, sondern nur Teestuben mit unzweifelhafter Bedienung: vom Sergeanten geliebkoste Mädchen. Der Tag vergeht. Und vergeht doch nicht, ohne mir das einzige Erlebnis mit einem Mädchen zu bringen.

Abends um sechs Uhr wird noch einmal angetreten. Man könne doch nicht wissen, und es kämen doch immerhin Überfälle vor. Instruktion über das Verhalten beim Alarm auf dem Marsch. Alles in den Chausseegraben. Als die Gewehrhähne probeweise im Stroh auf der Wiese knacken, läuft die aus zwei Köpfen bestehende Landbevölkerung erschreckt davon. Dann rücken wir ein. Ich gehe aufs Etappenmagazin, um Alkohol zu kaufen, bekomme aber keinen. Wir machen Besorgungen. Und dann kommt Mina Rëus.

In einem Drogeriegeschäft (ich weiß nicht, wie das jetzt auf neudeutsch heißt) war uns schon am Vormittag ein ganz in Schwarz gekleidetes Mädchen aufgefallen. Tanner, dem sie gefiel, hatte versucht, mit ihr spazierenzugehen – sie wollte aber nicht. Am Abend kam ich hin.

Ich bin ja ein alter Narr, aber feine Nasenflügel hatte sie doch. Und ganz schlanke Hände (keine sehr schönen Finger), sehr hübsche Füße und eine gute Figur. Sie sprach nett und hatte so freundliche Augen. Nach einer Viertelstunde hatte ich zwar nicht ihr Bild – das wollte ich, aber es war keins da – immerhin jedoch die Erlaubnis (auch von der Tante), mit ihr zu lustwandeln.

Es war nur eine halbe Stunde, und es war gar nichts, und ich habe ihr nur einmal die Hand geküßt. Sie war nicht besonders klug, aber so freundlich und sanft und weich, daß man ihr immer übers Haar hätte streicheln mögen. Sie prätendierte gar nichts, und selbst wenn man die Monate abstreicht, die ich ohne dergleichen zugebracht hatte, bleibt noch immer ein rassiges, nettes Mädel. Frech wäre sie mir lieber gewesen – aber auch so hatte ich sie bis auf ihren Vornamen lieb. Wir gingen langsam durch die Straßen, sie mochte nicht gern mit einem Soldaten gesehen werden – dazu hatte ich nichts zu sagen. Sie erzählte von ihrer Familie, stellte rührende Fragen, und die Zeit lief, und ich sah sie immerzu an, und hörte meine Uhr ticken. Ich versprach, ihr zu schreiben. Sie freute sich. Sie hatte einen feinen, dünnen Hals.

Als wir wieder zurückkamen, lud mich die Tante, bei der ich viel gekauft hatte, zum Abendbrot ein. Es war Freitag abend, die Straßen leer, die Fenster erleuchtet. Wenn ich alles aus dieser üblen Zeit vergesse: von diesem Abend weiß ich noch jede Einzelheit, jedes Wort. Sie führten mich vor ein Haus, das ziemlich traurig aussah. «Wie es armen Jüden sich anschickt», sagte die Tante. (Die Mutter war tot, der Vater siebzig Jahre, «ein alter Mensch», er war nicht da.) Der Onkel erschien, noch ein junger Mann, noch ein Kerl, dazu ein Mann Einquartierung, Katze und Hund. Es gab unendlich viel und fett zu essen. Suppe und Fleisch und Fisch und Gurke und Kirschen und Met und Gott weiß was alles. Der Hund bekam seins unmittelbar von der Gabel; er war ganz dick. Ich konnte fast nichts essen. Sie saß neben mir auf einem schweren Ledersofa, beleuchtet von der Lampe. Wir sprachen fast gar nicht mehr zusammen. Aber ich weiß doch, was andre Leute denken. Laut und gebildet unterhielt ich mich mit dem Onkel, über die Russen und über die Juden und über sehr feine Sachen. Sie sagte nichts. Ich sah ab und zu herüber: ich bilde mir das nicht ein, daß sie ein hilfloses Gesicht gemacht hat. Viertel neun, halb neun, drei Viertel neun – und dann bin ich weggegangen. Die Tante brachte mich auf die Straße, um mich zu fragen, wie mir denn ihre

Nichte gefallen habe. (Der süße Kuppelpelz!) Ich konnte nichts sagen. Ich wußte nur: morgen um fünf ist Abmarsch.

Ich werde sie natürlich nicht wiedersehen. Und auch schreiben kann ich nicht, wenigstens das nicht, was zu schreiben wäre: wie lieb ich sie gehabt habe. Denn der Brief geht durch die Etappenkommandantur, und er wird geöffnet, und ich werde mit Recht in contumaciam ausgelacht. Ich glaube, du hast keinen Grund zur Eifersucht. Vielleicht habe ich in ein schönes Gefäß etwas hineingelegt, was nicht drin war. Und ich weiß ja alles: wie dick diese Weiber werden, wie träge und fett und schlampig, und wie sie all das, was sie ziert, instinktiv herausstecken, um geheiratet zu werden. Und doch.

Morgens war wirklich Abmarsch und der scheußlichste Tag des gesamten Umzuges. Viele Kilometer ohne Pause, halbtote Pferde und fluchende Kutscher – es war nicht schön. Aber als wir abends verärgert, erschöpft, verschmutzt ankamen, genügte das Lied von den zehn Nonnen, ein Viertel Bier und die riesige Lebenskraft des Feldwebels, alles vergessen zu machen: den Marsch und die Anstrengungen und alles. Das Quartier war gut, das Bier auch.

Dann kam wieder ein Marschtag mit gelehrten Unterhaltungen. Dann ein Rastort, an dem scharf gekämpft worden war. Es stank daselbst heftig. Abends prügelte ich mich mit dem Koch des Kompanieführers: ich haue ihm ein paar hinter die Ohren, und er gießt mir etwas warmen, aromatischen Tee auf den Kopf. Und dann gehen wir schlafen.

Wieder weiter. Auf dem Hinterkopf habe ich eine Beule von gestern abend. Der Koch ist ein kleiner verwunschener Zwerg aus Tausendundeine Nacht, mit gackerndem Gelächter, kleinen listigen Äuglein und ein bißchen diebisch veranlagt. Wir haben uns schon wieder vertragen.

Wir haben auf einer Bahnhofsstation geschlafen. Räume, die nie abgeschlossene Stuben waren, weil es durch sie ‹zog›, sind nun unsre Zimmer mit Stroh und geschlossenen Türen. Ich stehe auf dem leeren Bahnsteig und erwarte trotz allem Besserwissen den Zug.

Hier ist jetzt ein kleines Nest, vom Bahnhof eine Viertelstunde entfernt. Gestern haben wir reichlich und gut gegessen. Jemand aus Berlin hat gute Zigaretten geschickt. Den Rauch blies ich durch die Nase wie ein Groß-Sultan; wir tranken Kognak. Der Himmel war halbbedeckt. Durch die Sterne zogen fortwährend Sternschnuppen. Drei, vier, fünf. Und wenn ich eine sah, hatte ich immer nur denselben, einen Wunsch. Den Wunsch.

DIE EINSIEDLERSCHULE

In das Graß / so lang ich bin
Einsamb sträkke ich mich hin.
Dafnis

«Mein Sohn lernt einsiedeln», sagte Herr von Kügelgen zu mir, «weil er menschenscheu ist und die Welt verachtet. Er lebt jetzt auf ‹Solitaire›. Sie sollten sich das ansehen.»

Wirklich: ich sollte mir das ansehen. Und ich setzte mich in Herrn von Kügelgens Landauer, die Dorfhunde kläfften, und wir fuhren über Berg und Tal – zum ‹Solitaire›.

Es öffneten sich die großen Parktore; von selbst öffneten sie sich, als der Kutscher nur ungeduldig davor mit der Zunge schnalzte, und über den steinigen Sand knirschte die Karosse. Wir fuhren ein. Ernst und still standen die Bäume da, aber kein Mensch war zu sehen. Noch ein Weilchen – und da war das Gebäude. Ich stieg aus.

Ein riesiger, würdevoller Portier begrüßte mich mit strafendem Blick; er hatte einen langen Stock mit rötlich goldenem Knopf und ebensolche Nase: ein Trinkgelderpatriarch von hieratisch königlichem Gestus. Er geleitete mich in die innern Räume, mit fürstlicher Herablassung half er mir aus meinem Überzieher, noch immer sprach er nicht – dann meldete er mich beim Direktor Poestbein an.

«Herein!» sagte der Direktor Poestbein. «Guten Tag», sagte ich.

«Wir haben hier», sagte der Direktor, «ein Institut, wie es die Welt noch nicht gesehen hat. Die Weltenflucht ist immer mehr in Mode gekommen, aber niemand flüchtet richtig. Das dilettantenhafte Herumwirtschaften in der Einsiedlerei ist ein Greuel, und haben wir es uns zur Aufgabe gemacht, demselben zu steuern. Nach den Vorschriften der Kirchenväter und ff. Rezepten des Original-Gautama-Buddha lehren wir die allein richtige Methode, einzusiedeln. Das Amateurtum hört auf. Es verschwinden die Sonntags-Eremiten, denen man in jedem Hain, beziehungsweise Flur begegnet, die nicht einmal die einfachsten Grundregeln des Einsiedelns beherrschen – und es treten an ihre Stelle ehrliche, wackre Professionisten unsrer schwierigen Kunst. Das Honorar für den Gesamtkursus stellt sich auf 300 Mark, inklusive voller Verpflegung und Trinkgeldern. Bitte, folgen Sie mir!»

Durch lange, graue Korridore führte mich der Direktor Poestbein; das helle Licht des Sommertages fiel gedämpft durch trübe Butzenfenster. Vor einer Tür machte er halt. «Treten Sie ein», sagte er. Ich trat ein. Die Schulklasse erhob sich – es waren Jünglinge aller Alter. Dem Lehrer auf dem Katheder, einem zerschrumpelten Greise, machten wir eine Verbeugung. Der Direktor stellte vor: «Herr Doktor – wie war doch der werte Name? ein Besucher der Anstalt – dort der Lehrer, ein Menschenfeind Doktor Schütte.» Dann nahm der Unterricht seinen Fortgang. Der Menschenfeind netzte bedächtig den Zeigefinger, fuhr in einem dicken Folianten die Seiten auf und ab und las mit monotoner Stimme den schwierigen Traktat des jüngeren Polybius Pharo über den Genuß der Einsamkeit und darüber, inwiefern der Mensch, allein seiend, erst wahrhaft glücklich genannt werden könne. Die Schüler schrieben eifrig mit. «Im Zusammenleben mit andern», übersetzte der Lehrer, «verliert er viel (oder vieles) von seiner eigenen Aura und wird allgemein oder gradezu: gemein.» Sie schrieben – und auf Zehenspitzen verließen wir das Zimmer.

«Der Kursus ist überfüllt», sprach draußen der Direktor. «Der Ekel an der Menschheit ist in Wahrheit übergroß. Wir werden das Honorar erhöhen müssen. Und hier», fuhr er fort, indem er eine andre Tür öffnete, «sehen Sie das Laboratorium. Denn was wäre ein Einsiedeln, wenn der Eremit sich nicht ein Schnäpschen zu brauen in der Lage wäre?» In dem düstern Saal hockten an vielen kleinen Tischen die Schüler, darunter schon ernste Männer; sie destillierten, kochten, mischten und brodelten. Oben von der Wand sah ein Porträt des alten Mampe geruhig auf die Arbeitsstätte. Der Lehrer – ein auffallend junger Mann von ganz blasser Gesichtsfarbe und flackernden Augen – legte bei unserm Kommen ein helles Stäbchen aus der Hand und griff mit weißen, langen Fingern in einen wallenden Kessel. «Der Butterlikör, mein Herr», sagte er zu mir mit einer sopranhellen Stimme, «da sehen Sie selbst!» An seinen Händen hing eine ölige, zitternde Masse – flaschengrün und fast durchsichtig. Ein wunderbar aromatischer Geruch zog durch den Saal. Sämtliche Schüler hörten im Augenblick mit ihrer Arbeit auf und sahen glänzenden Auges auf ihren verehrten Lehrer, dem so Herrliches gelungen war: den edlen Benediktiner derart zu verdichten, daß der Extrakt, durch Zusätze verdünnt, jahrhundertelang reichte. Bewegt begaben wir uns hinaus.

«Das war der Professor Piepgras», sagte der Direktor. «Ein fabelhafter Mann – die heiligen Brüder in Frankreich haben ihn schon oft in feste Kondition haben wollen zur Bereitung ihrer Liköre. Aber er ist ein Patriot und geht nicht. Außerdem bekommt er bei mir mehr.»

«Und was ist dieses hier?» fragte ich, als wir zu einer hohen Eisentür kamen. «Dies ist», sagte der Direktor, «eine wichtige Abteilung der Schule: hier werden die künftigen Eremiten versucht!»

Sie werden versucht? dachte ich. Was mag das heißen? Versucht... Natürlich werden sie versucht! Die Versuchung, die Versuchung des heiligen Antonius! Das war es.

«Die erste Station kann ich Ihnen zur Zeit nicht vorführen», sagte der Herr Direktor. «Die Novizen versucht meine Frau, und da bleiben sie alle standhaft. Aber hier – was sagen Sie dazu?» und er schob einen Vorhang in der Mauer beiseite.

I, sieh mal an, in der Tat! – «Was?» Er schmunzelte, seiner Anerkennung gewiß.

Die Einsiedler saßen auf Bänken im Halbkreis – halblaute, unsichtbare Musik ertönte: kleine Mandolinen klimperten, und eine Baßgitarre brummte, leicht angeschlagen, den Takt. Vor den Schülern aber stand auf einem Bein, nur mit einem Armband bekleidet, die – wie das Lehrprogramm mir später verkündete – erste Ballettänzerin vom Stadttheater zu Fürstenfeldbruck, eine zierliche Vierzigerin. Sie tat ihr Möglichstes. Sie warf die heißesten Blicke nach rechts und nach links, sie pirouettierte und vollführte dann sogar etwas sehr, aber sehr Gewagtes – es half ihr alles nichts: die Einsiedler blieben ruhig wie die Eisblöcke, ihre Augen blickten glanzlos ins Leere – apage Satanas, o nein, mein Fräulein! – Es war eine respektable Leistung.

«Wo ist der Hörsaal B?» fragte der Direktor die Tänzerin. Die schöne Sünde, die leicht nach Schwefel roch, brach ab. «Die Herren von B sind nebenan, im Versuchsraum», sagte sie schnippisch. Wir gingen durch den Saal auf die hintere Tür zu – wieder perlten die Mandolinen, die verborgene Gitarre nahm den Takt auf, lockend sang eine kleine weiche Melodie hinter uns her . . .

«Die Herren Einsiedler vom Coetus B!» rief der Herr Direktor. Sie kamen aus dem Nebenraum, der im ‹Solitaire› das darstellte, was in der großen Bibliothek der Stadt Paris ‹l'enfer› genannt wird, ‹die Hölle›, wo Satan selbst seine Laszivitäten ausgespien hat; aus diesem Raum, den nur die Adoranten betreten durften, also nicht einmal ich, kamen sie heraus. Der Instruktor geleitete sie, ein fetter Mann mit blanken Jettäugelchen, der wie ausgestopft aussah: der berühmte Pornograph Peter Panter. «Darf ich die Herren Einsiedler zum Essen bitten», sagte der Direktor.

Es war ein heiteres Mahl. Der Coetus bestand aus den Vorgeschrittneren – Menschenfeindlichkeit und gediegene Fachkenntnis hielten sich die Waage. Viele trugen bereits das kleine Einsiedlerabzeichen auf der rechten Brust. Wir aßen sehr gut, wir tranken stille Weine, die genossen werden wollten, ich lernte den jungen Herrn von Kügelgen kennen, einen tief veranlagten jungen Mann mit Idealen und einer schönen Weltanschauung. «Die Menschen», sagte er mit schmerzlicher Betonung, «die Menschen . . .» Die Herren sprachen von dem ‹Einsiedlerskat›, der Erfindung eines ehemaligen Schülers der Anstalt – denn sein Solo muß der Eremit haben. Und wir waren fröhlich und guter Dinge, wir sangen schöne Lieder wie:

«Die Welt, die ist ein Jammertal»

und

«Einsiedelmann ist nicht zu Haus,
Dieweil es Zeit zu mähen.
Ich sah ihn bei der Halde drauß,
Bei einer Schnittrin —»

«Sagen Sie mal», fragte ich meinen Nachbarn, «studieren denn hier bei Ihnen keine Frauen?» — «Nein!» antwortete er. «Haben Sie schon einmal eine Einsiedlerin gesehen?» Ich schwieg betroffen.

Nun war es schon spät am Nachmittag geworden — der Direktor war unermüdlich. Er zeigte mir noch so vieles: praktische Übungen im Bau von Eremitagen und Felshöhlen, die Handhabung der Einsiedlerwerkzeuge, als da sind: der Ring mit dem Amethyst, das Glöcklein und der Umhängebart, weise Sprüche für den Alltagsgebrauch, die Kurse über Einklagbarkeit der milden Gaben und andres mehr.

Er zeigte mir die Übungsklause im zweiten Stock; sie wurde grade benutzt: ein frommer Mann stand gebeugten Knies mit der Geige am Kinn darinnen, und seine Lippen murmelten. Durchs Fensterlein lugte auf den Zehenspitzen der jüngere Poestbein als Engel verkleidet, ein süßes Tönen durchzog den Raum, und wir waren alle sehr zufrieden.

Und er zeigte mir vom Söller aus den weiten Blick über das gewellte Land — da und dort lagen die Einsiedlerklausen der Schule, wie kleine Tempelchen verstreut. Rauch stieg aus manchen von ihnen auf, friedlich senkte sich die Dämmerung hernieder, dort arbeiteten die Adepten an ihrer letzten Ausbildung für die große Einsiedlerprüfung. Wir stiegen hinunter.

Der Wagen fuhr vor. Ich drückte dem Pförtner die Hand, er räusperte sich befriedigt in tiefstem Baß. Der Direktor verabschiedete sich warm und herzlich. Ich dankte ihm für alles. «Nichts zu danken, mein Herr», sagte er. «Kommen Sie einmal selbst, wenn Sie dessen da draußen überdrüssig geworden sind. Die Welt ist schal, verlassen Sie sich drauf! Und empfehlen Sie mich in Ihrem respektiven Bekanntenkreise!»

Die Pferde ruckten an, die Riemen knarrten. Durch die warme Sommernacht zogen noch einmal leise die Töne aus dem erleuchteten Haus:

«14-, 15-, 16-, 17-, 18- Siedelmann,
19- Siedelmann, 20 Seidel!»

Dann verhallten sie, und wir fuhren wieder durch den grünen Wald, nach Haus, in die böse, böse Welt.

DIE TRÄUME

Die Uhr schlug vier. Vertattert fuhr der Herr Hoftraumhändler Symander vom Sofa auf. Was – vier Uhr? – «Anastasia», sagte er in die Luft hinein. Er schlief noch halb. Mit kräftigem Schwung klopfte er sich auf den Bauch – das half immer und machte ihn ganz wach. «Anastasia», rief er lauter. «Adalbertchen!» antwortete eine Stimme aus dem Nebenzimmer. «Es ist vier Uhr», sagte Herr Symander gereizt, «fang an!» – Das Nebenzimmer kramte, rumpelte, schlug Türen auf und zu. Auch Herr Symander schritt nun hinaus, und das Ehepaar begab sich in die unterirdische Werkstatt.

«Was sagst du», fragte er schon im Fahrstuhl, «zu dieser lächerlichen Gründung von meinem alten Sozius Gradnitzer: Träume-, Schäume- und Fata-Morganen-Aktiengesellschaft! Niemals bekommt er die Konzession! Außerdem ist das ein Unfug, den alten Fachmann mit seinem tüchtigen, eingearbeiteten Personal durch so einen modernen Kram zu ersetzen. Was sagst du?» – Anastasia sagte dasselbe.

Die Symanders hatten die Traumlieferung (Monopol) für den Bezirk Kösen–Naumburg–Halle. Industrie, Ackerbau, die Universität – es war immerhin eine ganze Menge zu tun. Im allgemeinen erledigte Herr Provisor Nikodemus van der Grachten die laufenden Aufträge; daß das Ehepaar die Arbeit heute selbst besorgte, hatte seinen Grund darin, daß Sonnabend war – die Leute trinken da allerhand, sie können ausschlafen – da muß der Chef schon selbst am Werke sein, wenns klappen soll. Sie gingen in die Werkstatt.

Die Werkstatt war ein ungeheurer, weiter und langer Raum mit vielem Gefach und Kisten und Kasten. Man durchschritt ihn aber nicht – sondern man stieg auf ein hohes Gerüst, auf dem eine große Kurbel angebracht war. Die Treppe hing ein wenig über dem Boden. Von da wurde einem der Raum unter den Füßen weggedreht; kam die gewünschte Stelle – sagen wir ‹Mädchenträume› –, dann stellte man ab und stieg hinunter.

Augenblicklich stand das Ehepaar Symander oben und drehte die Kurbel – er im behäbigen schneeweißen Operationsmantel, sie – trotz ihrer Fülle ein wenig kokett – in einem knallgelben, schlafrockartigen Gewand mit großen schwarzen Punkten. «Halt!» sagte Herr Symander und hörte auf zu drehen. Dann kletterten sie nach unten.

Der Herr Hoftraumhändler nahm die Liste zur Hand. «Da hätten wir also zunächst den Traum für Amtsanwalt Schückebier», sagte er. «Was nehmen wir denn da – nehmen wir denn da – –» Er suchte in den Kisten. «Wie wäre es denn», fragte seine Frau Anastasia, «mit einem schönen verwickelten Rechtsfall?» – «Nein», entschied Herr Symander, «das hat er schon vorigen Sonnabend gehabt. – Aber hier – sieh mal –!» Er entnahm einer Kiste einen zitternden, farblosen Gegenstand aus Gelee. (Träume färben sich erst des Nachts.) Es war ein lebensgroßer ‹Grand mit Vieren›, aus der Hand zu spielen. «Ich denke, das ist etwas für den Anfang», sagte er. «Nachher vielleicht aus der Abteilung ‹Schadenfreude› einen blamierten Kollegen und dazu eine kleine Gehaltszulage.» – «Gut», sagte Frau Anastasia. «Weiter!» – Sie kurbelten eine ganze Weile.

Als die Abteilung ‹Damenkonfektion und Verwandtes› herankam, machte Herr Symander halt. «Jetzt kommt», sagte er, «etwas für Fräulein Adelaine Knöpfchen.» – «Der müssen wir etwas besonders Hübsches aussuchen», sagte Frau Anastasia. «Sie hat sich voriges Mal bei der Traummaus so geängstigt!» – «Dann geh nur hin und such aus», sagte Herr Symander. Und Frau Anastasia suchte aus. Ein wunderbares Kleid mit Handstickerei (von oben bis unten Handstickerei!) – wie ein duftiges Gewebe breitete sich die Pracht aus; durch das Muster schimmerte undeutlich ein feiner Kavalier mit hochgebürstetem Schnurrbart; er trug in leiser Ähnlichkeit die Züge des Herrn Kapellmeisters Diederich, – eines schönen Mannes. «Hast du nun bald genug für dein Teekind zusammengepackt?» sagte der Gatte oben ungeduldig. «Gemach – gemach», beruhigte Frau Anastasia, «gleich bin ich fertig.» Und fügte noch eine extra süße Tanzweise und eine Handvoll Kerzenflimmer im Ballsaal dazu, und – ohne daß ihr Mann es merkte – einen schmalen goldenen Ring. «E. D.» stand darin. Und: «18. 4. 19.» So – das wäre das. «Weiter!» sagte Frau Anastasia. Und sie kurbelten.

«Halt an!» sagte der Gatte. «Diesmal laß mich herunter. Ich habe es einem zu besorgen.» – «Wem?» fragte die Gemahlin. «Dem cand. theol. Semmelmayer», sagte Herr Symander. «Der Kerl kommt regelmäßig früh um vier Uhr nach Hause. Was ihm da bis zum Halse steht, weiß ich nicht – aber Wasser kann es nicht sein. Na, warte –!» Und wie auch die gutmütige Frau Symander bat, er klaubte und klebte und bastelte, und so schön es war, so schreckeinflößend war es. Der Träumer selbst, cand. theol. Semmelmayer, stand da und sollte die Leichenrede halten. Und voll des süßen Weines, wie er war, passierte es ihm, daß er also stecken blieb: «Wir stehen allhier an dem Grabe unseres geliebten– – –» und dann beugte er sich herunter und fragte: «Wie war doch der werte Name?» – Das fiel allgemein auf, und beschämt sollte er erwachen. Herr Symander ließ sich nichts abhandeln; es sei roh, sagte er, aber eine gute Lektion. «Weiter!» sagte Frau Anastasia. Und sie kurbelten.

Herr Symander sah in die Liste. «Was machen wir», fragte er, «mit Egon Hagelheinrich, dem jugendlichen Dichter? – Eine hohe Honorarquittung? Ein ausverkauftes Haus, seiner jambischen *‹Polytrapa, Königin von Ägypten›* lauschend?» – «Du hast keine Einfälle, mein Lieber», sagte Frau Symander. «Laß mich nur bauen!» – «Bau», murrte er. Und sie baute. Und als sie fertig war, mußte sogar ihr erfahrener Gatte zugeben, daß es etwas sehr Schönes geworden war. Die mangelhaft in Rosa gehüllte Muse hielt einen vergüldeten Lorbeerkranz über Egons blanken Dichterscheitel, schwebend freihändig hielt sie ihn; aufgeschlagene Schullesebücher und eine gut getroffene Gipsbüste deuteten auf unvergänglichen Ruhm. Außerdem war die Muse, das gute, dicke Mädchen, eingerichtet, von Zeit zu Zeit zu sagen: «Du Götterliebling!» – Es war ein besserer Traum. «Weiter!» sagte Frau Anastasia. Und sie kurbelten.

«Der Feldwebel Hemdenscheier – ich hätte schon etwas –», sagte Herr Symander und ließ die Abteilung ‹Militaria› herangleiten. «Das heißt, so wie die Soldaten da alle sind, können wir sie ihm unmöglich schicken. Einer hat kein Koppel, der andere hat schmutzige Ohren. – Er sperrt sie alle ein. Ordnung muß sein, und wenns im Traum ist! Hm – – wir werden ihm einen Auszug aus seinen Personalpapieren liefern und unter ‹Führung› – warte mal – so: ‹Über alles Lob erhaben. Mit Genehmigung des Soldatenrats (gez.) Kaiser Wilhelm.›» – «Weiter!» sagte Frau Anastasia. Und sie kurbelten.

«Für Wrobeln», sprach Herr Symander, «kann ich kaum noch etwas finden. Der Mensch hat eine geradezu ausschweifende Phantasie. Und zu allem Unglück bekommen wir jetzt nichts mehr aus Bukarest – Madame Hélène hatte sonst immer noch einige Bilder aus dem rumänischen Familienleben, das sich so in ihrem Haus abspielte. Tja – was machen wir denn da –? Anastasia», sagte er, «geh einmal aufs Podium. Du brauchst nicht grade dabei zu sein!» – «Ich dächte, wir sind verheiratet, Adalbert», sagte sie gekränkt. «Sind wir», antwortete er. «Aber bei Wrobeln hört schließlich die Gemütlichkeit auf. Wenn der nicht nach Professor Freud in Wien träumt, er sei seinen Blutsverwandten in unzulässiger Weise nahegetreten, dann machts ihm keinen Spaß.» (Auf die neuen Traumdeuter war Herr Symander nicht gut zu sprechen. Er schickte ihnen nachts Figuren braver Bürgerkomödien auf den Hals, aber völlig entkleidet und freute sich königlich, wenn sie, überwältigt von der Fülle der Eindrücke, am nächsten Tage orakelten, daß es eine Lust war.) «Geh», sagte er, «ich bitte dich!» – Sie ging. Emsig packte er ein Szenarium zusammen – sie konnte es sich nicht versagen, ein wenig über das Geländer nach unten zu gucken. Was – machte er denn – pfui! «Adalbert!» sagte sie streng. «Bitte – ich habe schon gesehen, was du da in der Schachtel hast, du brauchst gar nicht die Hand darüber zu halten! Woher weißt du denn so etwas, wie?» – Sie fragte mit seltsamer Betonung, die nichts Gutes verhieß. «Aus den Büchern, mein Kind – nur aus den Büchern!» beruhigte er. «So – nun noch eine kleine Spezialnudität – und fertig ist.» Liebevoll trat er einen Schritt zurück und kniff das rechte Auge zu. Aber sein Gesicht blieb tiefernst, denn seine Gattin beobachtete ihn aufmerksam. «Adalbert», sagte Frau Anastasia, «du bist ein – na, weiter!» – Und sie kurbelten.

«Ach – wie riecht das hier!» sagte Frau Symander, als sie in die nächste Abteilung herunterkletterten. «Das verstehst du nicht, mein Kind», sagte er. «Das wird der Traum eines Politikers, und ohne Schwefelwasserstoff gehts da nicht. Puh – ja, Geschäft ist Geschäft!» Das Traumbild wurde in Eile erledigt, schön wurde es, roch aber nicht gut. Ein Aufruf an das deutsche Volk, in dem – – «Weiter!» sagte Frau Anastasia. Und sie kurbelten.

«Und für wen ist das?» fragte sie, als sich Herr Symander erneut an die Arbeit machte. «Ich weiß nicht, wie er heißt», sagte der Hoftraumhändler, «ich muß die eine Liste vorhin liegen gelassen haben, es war ein Kerl mit einem so komischen Namen – –.»

Und dieser Traum war ganz neu, und also mußte er probiert werden.

Frau Anastasia löschte die Lampen aus – es wurde pechschwarz. Die graue Traumwelle breitete sich in der Finsternis aus – dann ward es licht: eine weite Landschaft. Es war Herbst, die Farben leuchteten kräftig und klar. Ein frischer Wind rauschte in den Kronen der Bäume – sonst war es ganz still. Und eine schöne Altstimme sagte: «Gib mir deine Hand. Denn was so lange gewesen ist, das ist wahr und gräbt sich tief ein. Wenn wir aber als Alte im Lehnstuhl sitzen – dann wollen wir immer noch glauben, vier Jahreszeiten wären besser gewesen als die eine: unser Herbst.» – Das Ganze verschwand, und ein glockentiefer Ton hallte und klang in der Finsternis.

Licht flammte auf. «Alterchen», sagte Frau Anastasia, «Alterchen – für wen war das?» – «Ihr Frauen», sagte er, «seid immer auf Personen begierig; als ob das nicht gleich wäre. Es ist eben für irgend jemanden . . .»

Dann wurden die anderen Träume fertiggestellt. Träume mit allem Komfort: Träume mit Albdrücken, fliegende Träume, Zahlenträume – und schließlich die Serienträume, die von Haus zu Haus ziehen – denn man kann nicht jedem Menschen jede Nacht einen besonderen Traum liefern – das alles war fertige Ware, die nicht viel Mühe machte. Unterdessen war es sechs Uhr geworden. Sie fuhren hinauf in die Expedition.

Der Kalfaktor und Expedient Fritz Bumke lehnte an einer Schrankkante und rieb sich wohlig den Rücken. «Wenn ick mir det so bedenke», sagte er, «wat hast du eijentlich vom Lehm? Nischt hast du dervon. Du lebst, newa, keiner jibt dir was davor, und du hast bloß die Unkosten. Diß mit die Weiber – ick habe imma jefunden, am Tage is es nischt mit sie. Bleibt – – na prost!» – Und sah auf zu den Sternen. Die kleine Flasche ließ den Stöpsel nicht wieder hinein. Fritze betrachtete dies als eine Schicksalsfügung und tat ihr den Gefallen. Die Tür ging auf.

«Bumke», sagte Herr Symander eilig, «das muß hier gleich weg. Die Kisten sind fertig gepackt, Sie wissen ja, alles wie gewöhnlich. Also los —!» — «Jawoll, Herr Hoflieferant —!» sagte Fritze. Der Tonfall —? Herr Symander sah seinen Expedienten an. «Ich möchte nur wissen», sagte er zu seiner Frau auf portugiesisch, «woher der Kerl den vielen Fusel hat! Hier in der Nähe ist doch keine Kneipe?» — «Wat heißt hier franzeesisch», murrte Herr Bumke. «Det ick besoffen bin, weiß ick alleene!» — «Sagten Sie was, Bumke?» erkundigte sich Herr Symander. — «Also die Tuhre wie jewöhnlich — jawoll, Herr Hoflieferant!» — Und machte seinen Kratzfuß, auch vor der Frau Hoflieferantin, nahm seine beiden Kisten unter den Arm, und die Mütze keck auf einem Ohr und heftig schluckend — so schaukelte Fritz Bumke hinaus.

Das war Sonnabend abend. Am Sonntag früh gegen zehn war im Büro des Herrn Symander ein derartiger Spektakel, daß die Wände wackelten. «Ich schlage den Kerl tot!» schrie Herr Symander. — «Aber Herr Hoftraumhändler!» sagte der lange Provisor van der Grachten und ließ geruhig seinen kalten Rauch aus der langen, langen Tonpfeife in die Luft klettern. «Aber Adalbert!» sagte seine Gattin. «Du wirst doch nicht!» — «Ich schlage ihn in lauter einzelne Stücke, den Haderlump, den versoffenen! Alle Träume hat er mir vertauscht — die Jungfrau träumt von Politik, der Dichter vom Skat und der Kompaniefeldwebel von Spitzenkleidern — ja, ist denn die Welt aus den Fugen? Wo kämen wir denn da hin? — Hier — Beschwerden über Beschwerden: ‹Ach — was habe ich heute für dummes Zeug geträumt!› Und: ‹Mein Kopf, mein Kopf!› — Und: ‹. . . sehen wir uns genötigt, nun doch in Zukunft für die Errichtung der Träume-, Schäume- und Fata-Morganen-Aktiengesellschaft einzutreten.› — Die ernsten Träume sind richtig angekommen, — aber was ein bißchen bewegt war — das hat das Luder alles falsch abgegeben! Und die Rechnung stimmt überhaupt nicht! Ich zähle und zähle — da fehlt ein Traum! — Ich schlage ihn tot, den Berliner, den verdammten —! Wenn ich ihn finde — —!»

Keine Sorge, Leser, er findet ihn noch nicht. Er findet ihn wahrscheinlich erst abends, wenn er wieder den Fahrstuhl benutzen muß, um in die Werkstatt zu gelangen. Denn in eben diesem Elevator liegt Fritze Bumke — den Geräuschen in seinem Innern lauschend und selig lächelnd. Vor die Tür hat er seine Stiefel gestellt, wie sich das für einen ordentlichen Mann gehört. Seine rechte Hand tastet in der Luft streichelnd eine kugelige Rundung ab . . . Still — er spricht! —

«Blau wien Ritter!» spricht er. «Aber wat mir heute nacht jeträumt hat — vafluch juchhe —! Ein paar janz dolle Nummern warn det — — Und ein Weib —! Junge . . . Junge . . .! Ein Weib, sage ick dir — prost!» —

1918

WALPURGISNACHT

Der Dovre-Alte:
«Du meinst, wir hätten nicht auch unsre Zeitung?
Hier, bitte, hier schwärmt von dir, rot auf schwarz,
die *‹Blocksbergpost›*, ein Blatt von Verbreitung –»
‹Peer Gynt›

Der Hexenweibel Sengespeck schnaufte alle Luft ein, die um ihn war. «Antreten!» brüllte er. Die Schwadron trat an.

Hundertundsechzig Hexen, in zwei Reihen sauber ausgerichtet. Am rechten Flügel die Oberhexe Feodorowna Hippenkranz, danach Frau Hexe Deppe, danach Fräulein Mohrchen (aus Sachsen) und alle die andern. «Stillstann!» dröhnte Herr Sengespeck. Sie standen wie die Mauern. Der Weibel verlas den Dienst:

«Heute abend steht die Eskadron geschlossen vor dem Blocksberg am Südhang. Abrücken dazu um 10 Uhr. 11.40 Besichtigung durch Seine Exzellenz den †††. (Ein ganz unmilitärischer Schauer ging durch die Reihen.) 12 Uhr bis 4.30 Orgie, mit anschließender Parade vor Höchstebendemselben. 5 Uhr Abreiten. Es tritt alles ein.» Sengespeck ließ das Blatt sinken. «Also heute ist der große Tag. Daß mir der Anzug in Ordnung ist! Der Donner holt euch! Die Besenstiele gut gestriegelt, die Lumpen vorschriftmäßig, Haare in die Stirn gekämmt. Stiefel: keine. Weggetreten!» Hurr – weg waren sie. Und putzten.

Die Zweite Schwadron des Zehnten Teuflischen Hexenregiments war zur Zeit in einer kleinen Häusergruppe im Thüringischen, in der Nähe von Elend, einquartiert. Der Flecken galt für verlassen und unbewohnt, war es aber nicht. Der Flecken war belegt, völlig belegt, nicht ein Plätzchen mehr war frei. Hier wurden für das große Blocksbergmanöver alle Hexen der Umgegend ausgebildet; nur wenige waren abkommandiert, weiter ihren friedlichen Beschäftigungen nachzugehen, das Vieh zu behexen, böse Winde zu bannen und den Kindern Angst und Schrecken einzujagen. Hier aber herrschte der rauhe Ernst des Lebens. Hier wurde gearbeitet und exerziert, gedrillt und gewettert, daß es eine Lust war. Wochen und Wochen und Monate – und das alles für den einen Freitag, den dreizehnten November, für diese eine Nacht ...

Frau Oberhexe Hippenkranz gab den grünen Likör aus. «Trinkt, Kinder, trinkt!» sagte sie zu den Novizen, die noch keinen Blocksberg mitgemacht hatten, «ihr werdets brauchen, die Nacht ist lang!» Das wimmelte und krabbelte in der Stube des Achten Beritts: die Carmagnac (eine Emigrantenhexe) legte Rouge und Hexenfett auf; die Schulzen, ein ausgekochter, alter Jahrgang, versteckte ihre riesigen grünen Ballschuhe an ihrer Büste; das rothaarige Fräulein Mohrchen aus Sachsen band die Korsettschnüre ans Bett und ging mit zusammengepreßten Lippen ein Stück ins Zimmer hinein, bis sie schlank war wie eine Stopfnadel; die kleine mollige ‹Perle› hingegen (eigentlich hieß sie Lieschen Peiermann und war die entartete Tochter einer sonst feinen Familie) hatte schon einen kleinen Schwips und kitzelte unaufhörlich lachend ihren schwarzen Kater, der auf ihren weißen Schultern buckelte. Und sie putzten und lärmten und stießen sich von den Spiegeln fort, alte und junge, braune und schwarze, schlanke und fette und verhutzelte.

Der Novemberregen klatschte gegen die Scheiben – in bösen Stößen rannte der Wind gegen das Haus an. Oben die Schuhus – alte kastilianische Fledermäuse – klappten mit den großen Flügeln und sahen mit ihren glühenden Augen in die Schornsteine, wann die Madamen fertig wären. Es war heute Freitag – die klugen Tiere ahnten, was in der kalten Luft lag. Nur der alte Wach-Uhu war in seinem Verschlage und hatte sich ganz dick aufgeblasen. Er saß, satt und faul, auf einem toten Eichhörnchen, seinem Abendbrot – fressen mochte er noch nicht, aber er saß zunächst einmal drauf. –

Aus der Weibelstube erklang gewichtiges Räuspern. Herr Sengespeck trank den letzten Schluck Burgunderpunsch aus seinem kugeligen Glase und setzte es seufzend auf den Tisch. «Buah!» sagte er, «das ist ein Wetterchen! Dienst ist Dienst, aber es wäre doch ein gemütlicher Abend gewesen, sozusagen, bei den warmen Kacheln da und dem Knaster hier . . . Pfui, Rudolf, wer wird so etwas denken! Heute, am Ehrentage deines Herrn! Na, dann los!» Auf dem Tisch lag aufgeschlagen der Malleus maleficarum, eine Prachtausgabe des altehrwürdigen *‹Hexenhammers›*, aufgeschlagen bei Kapitul XXVII: «So die widerspänstige Hexe im casu incubi beim Inquirieren leugnet und was darauff zu geschehen», und daneben stand die dunkelgrün bauchige Flasche mit Stobbes Machandel 00. Ach –! Und mit einem wehmütigen Blick auf alle diese Herrlichkeiten machte er sich ans Umkleiden und tat die Galauniform an: dunkelgrüner Rock mit gelben Aufschlägen und goldenem Kragen. Auf den Achselstücken brodelten die kleinen Fegefeuer mit gekreuzten Ofengabeln darüber: die Weibelabzeichen. Stöhnend zog der beleibte Mann das Koller fester. 's war nicht der erste Blocksbergdienst, den er machte; wer seit 1897 Jahr für Jahr die kalt-heißen Nächte durchbraust hat, der weiß, was das heißt. Wie die Zeit vergangen war! Wo waren alle die andern –? Der rote Ignaz und Sergeant Presel (genannt der Kreuz-Junge) und der alte Wachtmeister Herrmann von der Zweiten Reitenden Wilden-Jäger-Brigade – wo waren sie alle? Dahin, dahin! Tot oder pensioniert oder Lotteriekollekteure – dahin, dahin! Noch einmal sah Sengespeck auf den braven Ofen in der warmen Ecke – dann riß er entschlossen die Tür auf. «Antreten!» donnerte er.

Ein wildes Getrappel und Gelaufe entstand in der Hütte, in den Häusern, draußen auf dem Platz. Hier saß einer der Gürtel noch nicht, der war das samtene Halstuch verrutscht und der das Strumpfband gerissen – die eine vermißte ihren Besenstiel, die andre goß ihr Riechfläschchen über den Tisch – hallo! Aber dann standen sie doch.

Durch die rissigen Wolken schien der Mond. Der Weibel musterte grimmig seine Garde. «Achtung! Stillgestanden! – Hexe Fellinger, etwas zurück! – Der linke Flügel weiter nach vorn! – Die kleine Hexe da den Kopf nicht so hoch! – Also: immer, wenn was nicht klappt, mir ansehen! – Wenn Seine Exzellenz fragt, klipp und klare Antworten! – Und bei der Orgie muß das gehen wie das Donnerwetter!» Er holte Atem. «Zum Aufsitzen fertig! Aufgesessen! Eskadron – Terrrab!» Hui! Durch den Hausflur, durch die Esse brauste es hinaus in die kalte, kalte Nacht!

Die Schuhus hielten die Spitze. Dann hoch zu Besen, Sengespeck und die Schwadron. Es ging über schweigende Dörfer, über rauschende, schäumende Wälder, Laub wirbelte in der Luft, und wenn der Mond einmal durch die Wolkenfetzen strahlte, fiel sein verschleiertes Licht auf den hastig galoppierenden Zug. Ein Besenstiel scheute – fluchend riß ihn die Reiterin zurecht. Mit hellem Pfeifen flog ihnen der Wind an den Ohren vorbei. Einmal spähte Sengespeck scharf nach unten – was gab es da? Der Mond leuchtete grade auf; ein Bauernweib kämpfte sich, die Röcke über den Kopf geschlagen, ihren Weg nach Hause . . . man sah mehr von ihr, als gut war. Jetzt wurden auch die Hexen aufmerksam – ein kreischendes Geschrei durchtönte die ziehende Luft. Erschrocken rannte unten das Weib, von Grauen gepackt – hohnlachend sauste oben die Schar weiter, hinein in das windige Dunkel.

«Tete links!» kommandierte Herr Sengespeck mit mächtiger Stimme. Da schwenkten sie ab, die Schuhus gaben Laut, andre antworteten aus der Ferne – und schwer atmend hielt die ganze Schwadron im Windschutz eines hohen Hügels. «Parole!» rief eine Stimme aus der Nacht. «Hie gut Luzifer allewege!» sagte der Weibel würdevoll. Da hielt das Regiment.

Sie ordneten sich. Keine einfache Sache in der jetzt stockdunkeln Nacht, aber das war oft geübt, und es klappte. Mit halblauter Stimme gab Hexe auf Hexe die Befehle weiter – sie schaukelten, sie stießen einander an und bewegten sich hin und her: da standen sie, ein geschlossenes Ganzes. Fahl leuchteten die weißen Nachtjacken der Oberhexen durch das Halbdunkel. Der Mond flackte, dunkel und hell, wie der Wind die Wolken über ihn trieb . . . Pause. Und dann kam es.

Ein Pfiff durchschnitt die Luft, es sauste, ein roter Schein leuchtete auf, eine geborstene Glocke klang, und vier Wölfe heulten lange. Die Hexen zitterten. Das war ER! Der Weibel riß das Kinn an die Binde – es gab ihm doch immer wieder einen Ruck, alle Jahre: es war ein großer Augenblick! Er trat vor.

Da dampfte dunkelrot der ewige, unvergeßliche Wagen, da klang die Glocke, da saß der alte höllische Kutscher auf dem Bock, der die purpurne Leine fest in der Faust hielt. Die Wölfe ließen die langen Zungen hängen und jappten nach Luft. Ihre Flanken flogen. Sie strömten vor Schweiß. Im Fond, hinter dem schwefelgelben Schlage: die Exzellenz.

Der Weibel war stolz auf seinen Herrn, wie alle Jahre. Bei den drei Kreuzen! welch ein Mann! Gar nicht der geschniegelte Spanier, wie ihn sich die Büchermacher abbildeten, die ihn nie gesehen hatten: ein einziger Wille, eine einzige Energie, ein Block von Stahl! Der Unterkiefer schob sich weiter vor, die Backenknochen strebten auseinander, die schrägliegenden Augen funkelten. Der ††† sah den Weibel an.

Sengespeck zog die Luft ein. Er war der älteste Weibel im Regiment – er kannte das Handwerk: jetzt galts! «Stillgesessen! Die Augen – licks!» Und, mit der Hand an der Mütze: «Zehntes Teuflisches Hexenregiment zur Orgie angetreten!»

Der Satanas zuckte mit keiner Muskel. Ein kurzes Kopfnicken – dann stieg er massig und schwer aus. Er war beleibt, aber nicht zu sehr – er meisterte seinen Körper, das sah man. Heute abend trug er die sparsam mit Gold abgesetzte, nachtblaue Uniform des Höchstkommandierenden. Auf dem Kopf saß ihm ein schwerer funkelnder Goldhelm mit getriebener Arbeit. Er klappte den Mund auf, ein riesiges Gebiß wurde sichtbar. «Augen – gerrradeee – haus!» bellte seine tiefe, metallene Stimme. Er reckte den rechten Arm in die Höhe – in seiner Faust flatterte die Flamme einer Fackel. (Es war Könnemanns Höllenfackel ‹Lux›, ein altbewährtes Fabrikat.) Vor ihm die Hexengesichter strahlten grünlich, sein Auge fiel auf eine Rothaarige in der zweiten Reihe, die regungslos saß, die Schenkel fest an den Stiel geklemmt, ihre Nasenflügel bebten. Sein Flammenblick überlief sie alle.

«Hexen!» sagte er. «Ich freue mich, euch hier begrüßen zu können. Ich hoffe, daß die zwölfhundertachtundachtzigste Walpurgisnacht so verläuft wie alle andern! Das Zehnte Regiment hat eine ruhmreiche Vergangenheit: die Bernsteinhexe hat ihm angehört; Maria Schwandnerin, die Mutter meiner Mutter, Unsre allverehrte Großmutter, hat dem Regiment jahrelang vorgestanden! Hexen! Machts gut heute nacht! Und nun auf zum Blocksberg! Hoi-ho-to-ho!» Und: «Hoi-ho-to-ho!» antwortete ihm der jauchzende Chorus. Der Weibel riß den Schlag auf, die Wölfe zogen an, und das ganze Regiment folgte der Fackel des Führers, durch die Luft, über ein Tal, hinauf, hinab – zum Blocksberg.

Da zeigte sichs, was es mit alter Tradition auf sich hat: da stand das Hexenheer, die Fackel zog einen Strahl durch das Dunkel, und nun gab es kein Halten mehr. Das strudelte und raste durcheinander, scheinbar wirr und wild tobten die Formationen darauflos, kopfüber, kopfunter, rund um den Galgen auf der Kuppe, durch die Wolken, durch die Täler – aber keiner rutschte der Leitung aus der Hand, da war alles auf seinem Platz: Mann, Führer und Unterführer. Die Arbeit eines langen Jahres war nicht umsonst gewesen.

Unter dem Galgen auf der Höhe stand der Herr der Hölle und sah gefalteten Mundes auf das Gewühl. Da waren die ruhmreichen Bataillone, da waren sie alle, alle: das Siebente Preußische und das Erste Kurhessische und die Thurn- und Taxis-Hexen und die Schwyzer Mahre und, auf Eisenstangen reitend, die Essener Feuerhexen; sogar holsteinische Nixen schwebten dahin. Kobolde waren da, an ihrer Spitze der Geheime Oberstaatskobold des Innern und die Wilden Jäger und die Freischützen; Gespenster fremder Höfe – das Kaiserlich Türkische Hofgespenst war persönlich anwesend und schnitt der Weißen Frau die Kur – und dazwischen immer wieder Hexen, Hexen! Alte verschrumpelte und junge schwellende, fliegende und kriechende, Ginsterhexen, Moorhexen und die Fliegerhexen. Der Fürst wandte sich jäh. «Wo ist die Verehrungswürdige aus Hänsel und Gretel?» fragte er seinen Adjutanten. Der Graf schnellte verbindlich nach vorn: «Sie ist schon zu gebrechlich, Exzellenz – man hat den lächerlichen Triumph der Kinder so oft beklatscht und die alte Dame dabei ausgelacht . . .!» – «Das Pack», knirschte der Fürst. «Ich danke.» Oben auf dem Gestänge des Galgens sangen die fünf Vokalvögel ihr schauerliches Lied: Der Aha, Ehé, Ihi, Oho, Uhu! Dahinter fiel der Fels steil ab. Unten kochte der rauschende Wildbach. Der Sturm hatte nachgelassen; man konnte es fast lind nennen, was da wehte; und auch der Mond traute sich nun ganz heraus, Vollmond, der er war, bleich und bläulich-hell. Da spielten die Kobolde zum Tanz auf, ihre ungefügen Dudelsäcke wackelten im Luftzuge – da kletterten kleine Marketenderteufel total betrunken aus rollenden Spritfässern, etwelche schoben Kegel – welche Kegel! welche Kugeln! – und die Hexen schrien und ritten und küßten sich satt für ein ganzes Jahr. Manche äfften ein Hexengericht, mit den peinlichen Fragen. «Willtu leugnen, daß dir der Teufel beigewohnet? – Willtu – hast du – willtu –», und jeder neue Unflat wurde mit unauslöschlichem Gelächter begrüßt. Dann schleppten sie die fröhliche arme Sünderin zu einem künstlichen Feuer, und jauchzend tanzten sie in den lohenden Flammen.

Ah – die schlanke Rothaarige! Eine Gefreitin von den Zehner Hexen! Der Fürst machte einen Schritt nach vorn. Sie hatte ihn gesehen und erbleichte. Diskret wandte sich der Adjutant ab. –

– – –

Der Weidenbusch schwankte, vom Wind geschüttelt. Was schweigt sie? dachte die Exzellenz. Wenn sie doch spräche. Da sprach sie. «Sei brudal, du sießer Schdirmer!» sagte die junge Hexe und schloß die Augen. Mein Leipzig lob ich mir –! und gerührt schloß sie der Teufel in seine Arme.

— — —

Die Orgie nahm ihren Verlauf; und immer lockender und weicher spielten und klangen die Aeolsharfen der Tübinger Hexenkapelle unter Herrn Musikleiter Justinus Kerner, und immer schmelzender sang der Sirenenchor.

In den Nebentälern geht es gemütlicher zu. Da machen die ältern Herrschaften ein ehrbares Tänzchen, da dreht sich die Salinenhexe mit einem alten Sergeanten im Rheinländer, es walzen die Mitglieder des ‹Vereins ehemaliger Fünfer› mit Frau und Base – da wurde manch Feuerlein angefacht, an dem schnauzbärtige Korporale ernst und maßvoll tarockten. Auch der Wilde Sonntagsjäger war da – des gefürchteten Wilden Jägers gutmütiger Vetter vom Lande, ein behäbiger Koloß in bequemer Lodenjoppe. Das gute Blocksbier hatte es ihm angetan, Lieder seiner Jugend stiegen gleich Blasen in ihm auf, und längst verklungene Zeiten wurden noch einmal wach. Und schlurfend und schaukelnd wackelte er durch die Luft, im Arm lag ihm ein Besenstiel, den eine trunkene Hexe verloren haben mochte, und während die Musik einen neumodischen Wackler intonierte, sang er unentwegt und stillvergnügt vor sich hin:

«Sie spielt auf ihrem Tingelingeling
Von sieben bis um eins –
Und hat mit ihrem Tingelingeling ...»

«Aber Adolf!» flüsterte seine Frau und zupfte ihn am Ärmel. «Was sollen die Leute dazu sagen!»

Draußen rast das Fest. Schneller und schneller wirbeln die Massen durcheinander. Ein bacchantischer Zug tobt durch die Luft, voran ein alter Hexenmeister auf einem grauhaarigen Ziegenbock, hinter sich schleift er, einem Kometenschweife gleich, die Hexen von Harvestehude. Sie liegen lässig auf den Besenstielen, ihren Kopf haben sie hintenübergelegt, die Haare flattern ... Und sie singen! Das Hexenlied – horch!

«Soon ... Topp ...
Voll Snuten und Poten,
Gefüllt bis an den Rand.
Swattsur mit Klüten,
Das schmeckt uns ganz charmant!
Erbsen und Bohnen
Mit Swinfleesch nicht so knapp ...»

Das Gewühl schließt sich hinter ihnen, sie müssen schon weit fort sein, denn nur im Hall des Windes tönt es noch:

«Nach son Gericht
Da leckt man sich
Bestimmt die Finger ab!»

Und zuckend umschlingen die Landhexen die Nickelmänner, die

Kobolde, die Freischützen – ihre Lippen sind durstig, denn es ist nur einmal dreizehnter November im Jahr –!

Der Fürst stand wieder unter dem Galgen; der Adjutant, unmerklich lächelnd (eine besondere Kunst aller Adjutanten) hinter ihm. Regungslos verharrte der Teufel, den Blick starr auf den Horizont gerichtet. War das ein heller Schein –? Er sah auf den prachtvollen Chronometer, das Geschenk eines bekannten berliner Blumenmediums. Fünf Minuten vor halb fünf. «Lassen Sie abblasen, Graf!» sagte er.

Ein grauenhafter Ton übertönte das Ganze. Der Hornistenkobold setzte, zitternd vor Anstrengung, das mißgestaltete Instrument ab – da stand alles. Wieder hob er es, wieder hallte das Horn, als ob ein Ochse abgestochen würde – da ordnete sich das Heer. Gleich trat zu Gleich, Zug zu Zug, Bataillon zu Bataillon – die Feuer erloschen, das Getümmel nahm ab.

Und das Horn erklang zum dritten Mal! Einen nie geahnten, fürchterlich gequetschten Ton gab es von sich – und da zog durch die Luft noch einmal alles am Galgen vorbei: die Gäste, die Führer, die Hexen – alle! In zwei Gliedern, stramm ausgerichtet, im gleichen Trab, die Besenköpfe in einer Reihe – ein Wunder der Disziplin! Und dann erst hielten sie, machten Front und standen fest. Das Ganze halt! Stille.

«Hexen!» rief der Fürst mit weithinhallender Stimme. «Ich war mit euch zufrieden! Ihr habt – jede für sich – Ehre eingelegt! Ganz besonders von den Zehnern nehme ich die besten Eindrücke mit nach Haus! Ich verleihe dem Führer der Zweiten Eskadron, Hexenweibel Sengespeck, den silbernen Hexenhammer am Bande zu tragen! Mich sehr gefreut, mein lieber Sengespeck! Und auch ihr andern, lebt wohl! Bis zum nächsten Mal!» – «Bis zum nächsten Mal, Exzellenz!» donnerte das Heer. Die Glocke klang, die Wölfe heulten, durch seinen roten Dampf fuhr Satan davon. Und davon raste das Heer, in alle Richtungen der Windrose. Die Dorfkirchtürme sandten den Davonziehenden fünf zitternde Glockenschläge nach. Sieh – im Osten der erste graue Streif! Katrig zog der Tag auf. Der Blocksberg war leer.

Da lagen die Hexen der Zweiten Zehner-Schwadron wieder in der Hütte auf ihren Betten, kaum entkleidet – da lagen sie und schliefen einen totenähnlichen Schlaf. Nur die schlanke Rothaarige saß noch wach (ihr Schnürpanzer hing über einem Stuhl), dehnte sich befreit und lächelte satt. «Weeß Gneppchen», flüsterte sie, «weeß Gneppchen!»

Drin aber in seinem Stübchen stand Weibel Sengespeck und betrachtete wieder und immer wieder in dem großen blanken Spiegel den blitzenden Hammer, der ihm so herrlich die Brust zierte. Er räusperte sich befriedigt. «Die wahre Tüchtigkeit», sagte er zu seinem Konterfei, «wird doch stets anerkannt. Wie habe ich sie aber auch ausgebildet, ich, der Hexenweibel Sengespeck!» Er trat ganz nahe an das

Glas heran. «Rudolf, das mußt du selbst zugeben: den Hammer hast du dir ehrlich verdient! Aber ich hab es ja immer gesagt: Es geht nichts über einen alten tüchtigen Korporal! Du Ritter des silbernen Hammers! Gute Nacht –!»

AUF DIE WELTBÜHNE

Mein gutes Blatt! Wie hast du dich verändert!
Den Musentempel schließt du beinah zu;
mit Politik, Kunst, Wirtschaft dicht bebändert,
so geht dein Vorhang auf: auch du, mein Kind, auch du?
Du willst dich gleichfalls in den Strudel stürzen?
Randstaaten? Westfront? Die Veränderungswahl?
Nur eines kann mir meinen Kummer würzen:
Es war einmal ...

Es war einmal ... da glaubten wir noch beide
an Kunst und an Kultur, an Menschentum –
an deine ziegelrote Wand schrieb ich mit Kreide
die Namen meiner Lieben an zum Ruhm.
Wir dachten: essen und organisieren
sind Selbstverständlichkeiten, tief im Tal –
und auf den Bergen gehen wir spazieren ...
Es war einmal ...

Du lieber Gott, wie hat sich das gewandelt!
Wir schuften, bis dem Land die Schwarte knackt.
Und kein Professor, der nicht gerne handelt
mit weichem Klitschebrot, das er sich backt.
Es war einmal ... Glück auf zur neuen Reise!
Eng wars einmal – heut bist du bunt und weit.
Doch kehr noch manchmal dich zurück im Kreise
zur alten Zeit!

TAGEBUCH DES URLAUBERS

‹Die Rose von Stambul›

«Ach, warum ist nicht alles operettenhaft! Warum bewegt sich nicht alles im Takte dieses englischen Walzers Myosotis!» Das hätte Laforgue nicht gesagt, wenn er unsre Operetten gekannt hätte. Gott soll uns bewahren! Das Leben ist schon traurig genug.

Es ist schon so, daß dieses Leben aber noch ein Cancan ist im Vergleich zu der tristen Öde der obbenannten Kunstgattung. Ich will ja gern leichte Musik hören, aber ich bin doch kein geistesschwaches Kind. Es ist wie in der Schule. Witze auf dem Katheder und in der Operette sind keine; sie sterben an der Luft. So ein Operettenwitz ist ernst, sachlich, dumm und gewissermaßen mit der Geste gemacht: nun aber hier keine Allotria, das ist eine wichtige Sache, sein Publikum zu unterhalten! Ach ja.

‹Die Rose von Stambul› – das Gericht war nicht mehr ganz neu. Viele hatten schon an dieser Tafel gesessen, und es war zu befürchten, daß sie sich am Tischtuch den Mund abgewischt hatten. Oder waren die Flecke künstlich eingewebt, damit sich die Kundschaft wohler fühle? Der Zuckerguß der Torte aber glänzte hellweiß wie am ersten Tag. Auf der Bühne steht SIE: die Massary – und alles ist vergeben und vergessen. Wie wohl das tut, wieder einmal eine Frau zu sehen, bei der jede Bewegung bewußt und graziös ist und die so überlegen ist, so unendlich überlegen. («Unerbittlich?» fragt sie einmal ihr Partner. «Ja», sagt sie. Du Dummkopf, solche fragt man nicht.) Sie tanzt einen Walzer im Sitzen, nur, weil sie die Dreiviertel scharf akzentuiert, und es ist nicht ein, es ist: der Walzer. Sie setzt sich zum Essen; bevor sie auf ihrem Stuhl zur Ruhe kommt, ruckelt sie noch einmal ein bißchen hin und her, so wie ein Gummiball auf der Erde noch einmal federt, jetzt hat sie den bequemsten Sitz, so, es kann losgehen. Nun, mein Herr, was haben Sie mir vorzuführen? Liebe? oder zarte Zuneigung? oder vielleicht stehen Sie ein bißchen auf dem Kopf? Sie ist beim Mann immer wie im Theater. Und piekt ihn nicht nur mit der Gabel (die sie übrigens sorgfältig jedesmal abwischt) und prüft zwischendurch das Essen, denn soviel Zeit ist immer noch für das Wichtigere, und ganz kurz vor dem Trinken fällt ihr ein, daß der andre ja auch noch da ist, und dann bekommt er ein kleines flüchtiges Prost –!

Sie ist so ganz und gar unberlinisch, so gar nicht aus dieser Stadt, in der man mit den Frauen einen faulen Frieden geschlossen hat, bevor man seinen kleinen Kakelkrieg führt. Sie ist Urwald mit asphaltierten Hauptwegen.

Und bevor sie mit ihm ihren Walzer tanzt, wippt sie so zehn oder zwölf Takte leise gehend durch den Raum. Andante – der Körper ganz ruhig, die Füße bewegen sich kaum, wo, in aller Welt, liegt das, was diesen Walzer zusammenreißt, daß die Muskeln zucken? In ihr. Und dann tanzt sie, schwebend, federleicht. Und ich gebe für diese zwölf Takte langsamen Walzer gut und gern – sagen wir: ein halbes Jahr Krieg.

Operetten, Theater, Berlin, Unterhaltungsmusik, Kultur – das sind wohl sehr schwierige Probleme. Sie aber lacht, umarmt den Mann und reißt mit einer krampfigen Hand leise lachend Kalenderblätter von einem Block, weil sie will, daß heute nicht der dreißigste, sondern der neunzehnte ist. Und es ist der neunzehnte – es ist jeder Tag, den sie will. Denn sie ist eine Zauberin.

‹Drei alte Schachteln›

Es hat den Schlachtenlärm überdauert. Noch immer ziehen die Geigen pflaumig dahin, und der Liebeskummer wird im ersten Akt gepflanzt und trägt im letzten gar herrliche Früchte; es schneit, es walzert, es klingelt – aber eigentlich glaubt niemand so recht daran. Die Autoren nicht: die wollen publikums-kühl und tantiemen-heiß Geld verdienen; die Darsteller nur, soweit sie Tenöre sind: dann schreien sie allerdings schrecklich und bilden sich zeitweise ein, es sei schließlich – alles in allem, sei dem, wie ihm wolle – hohe Kunst, die ihrem Munde entströmt; und das Publikum schon gar nicht. Es nimmt die tragischen Konflikte des deutschen Schwankes mit Musik hin und freut sich, wenn es spaßig zu werden verspricht – so, wie man ja auch nach Zucker anstehen muß, bevor man ihn bekommt.

Ja, es war sehr schön. Ich sah mein Geld ordentlich ab, mit meinem Theaterglas: ich sah bei dem schwarzen Liebhaber das Zäpfchen hinten im Gaumen beim hohen G zittern, welch eine Mundhöhle! welch ein gutturaler Ton! – und ich sah die Waldoffn. Und da mußte ich das Glas absetzen.

Noch immer, noch immer. Neben all den schönen Tönen, unmittelbar aus dem Wasser der Panke hervorgegurgelt, zwei kleine Höhepunkte: einmal weich und dick hingelehnt auf ein Sofa, eine berliner Récamier; und einmal mit der Petroleumlampe vor dem Spiegel, mits neue Kleid . . . «Wenn ick mir so in den Trimoh bekiecke – ick weeß nich recht: ick seh so komisch aus . . » Spielen kann sie gar nicht; die Komik ihres Körpers ist nicht da, sie tut nur so – aber ihre Stimme hallt noch wie einst über die Gefilde. Sie brauchte gar nicht so zu brüllen – viel komischer ist sie, wenn sie im piano verzittert. Und obgleich sie nur schnoddrig ist, so ist sie dies als Spezalistin vollkommen. Ich möchte nicht der Engel sein, der dieses arme Seelchen einst am Auferstehungstag aus dem Grab holt. Es möchte mich nicht sehr fein begrüßen . . .

Bei uns in Berlin ist die Struktur dieser Dinge nur immer so überdeutlich. Das Rätsel und der Zauber ‹Theater› – sie sind fast dahin. Früher zitterten wir, wenn sich der Vorhang bei der Ouvertüre wehend bewegte. Nur weil wir jünger waren? Aber dann laß mich das Ganze: diesen Kulissenkram und das Drum und Dran und das Drängen in den Gängen vorher und nachher und die Rampe und die Souffleurmuschel – laß es mich noch einmal genießen. Du sollst dasitzen und Deine erstauntesten Kinderaugen machen (die alles so rasch durchschauen) und lachen und bewundern und die Achseln zucken und auch klatschen, jenachdem. Wenn ich zurückkomme, laß mich noch einmal jung werden. Und dann will ich Dir alles zeigen: die Waldoffn und die großen Nummern und die kleinen Chargen und die Parkettgäste und einen uralten Logenschließer mit einer entsetzlich langen Nase und – wenn Du durchaus willst – auch Alfred Holzbock. *‹Drei alte Schachteln›* wird es dann freilich nicht mehr geben, aber sei ohne Angst: das stirbt nicht aus; der unerschöpflichen Phantasie unsrer Herrn Autoren wird dann schon etwas Neues entsprungen sein. Kommst Du –?

IM KÄFIG

Hinter den dicken Stäben meiner Ideale
lauf ich von einer Wand zur andern Wand.
Da draußen gehen Kindermädchen, Generale,
Frau Lederhändlerswitwe mit dem Herrn Amant ...

Manchmal sieht einer her. Mit leeren Blicken:
Ah so! ein Tiger – ja, das arme Tier ...
Dann sprechen sie von «Tantchen auch was schicken
in Pergamentpapier».

Ich möcht so gern hinaus. Ich streck und dehn mich –
die habens gut, mit ihrer großen Zeit!
Sie sind gewiß nicht rein, und doch: ich sehn mich
nach der Gemeinsamkeit.

Der Tiger gähnt. Er käm so gern geloffen ...
Doch seines Käfigs Stäbe halten dicht.
Und ließ der Wärter selbst die Türe offen:
Man geht ja nicht.

BRIEFBEILAGEN

Mit der Kunst des Briefschreibens ist es ja ziemlich vorbei. So wie keiner mehr zuhören kann, sondern den andern nur noch als Wand benutzt, gegen die er monologisiert, so schreiben sich die meisten Leute unsrer Zeit Briefe, die schlechter und unordentlicher sind als Geschäftsbriefe, aber ebenso sachlich. Die Geschichte von dem Aktuar, der seiner Hulda zu wissen tat: «Ich liebe dich leidenschaftlich» und dann das letzte Wort mit dem Lineal unterstrich, ist nur ein spaßiger Einzelfall einer ganzen Epoche des Verfalls der Briefschreibekunst und ihrer völligen Verkennung. Ein Brief soll doch kein Tatsachendokument sein, sondern ein Luftzug, der mich in die Atmosphäre des andern versetzt. Ja, Kuchen! Und was die heutigen Liebesbriefe angeht, so ist das ein eigenes Lachkapitel für sich.

Was an mir des Tages vorbeiläuft, was ich aufnehme – das schreibe ich in die Briefe. Nun gibt es aber manches, das wächst aus dem Brief hinaus, ist ein kleines Ding für sich, ein Geschichtchen oder ein Meditatiönchen, ohne doch etwa ein Kunstwerk zu sein. Und so, zum Beispiel, wie Maler aus ihrem Skizzenbuch manches Blatt herausreißen und in den Brief legen, den sie ihrer Freundin schreiben, so will ich, was ich Dir aufschrieb, Blonde, und was zwischen Brief und Literatur angenehm die Mitte hält, hier aufbewahren. Es ist kein Zufall, daß ich es grade Dir schrieb: denn als ich es erlebte, in all den Tagen, warst Du bei mir.

Im Hinterzimmer

Im Hinterzimmer in der Wohnung des Rumäners, bei dem ich grade wohnte (man sagt nicht ‹Rumäne›, alte Balkanisten sagen Rumäner, femininum die Rumänerin) – im Hinterzimmer also lagen rumänische und französische Bücher, unordentlich in Kästen gepfropft und wild durcheinander. Juristerei und Zeitschriften und Kriminalabenteuer für sechzig Centimes und *‹L'Illustration›*, die man hier in vielen Häusern findet und *‹Die Kunst, gut zu lieben›* mit vielen, aber leider sehr harmlosen Bildern (daraus konnte man sie jedenfalls nicht lernen) und vieles andre.

Ich fraß die Bücher. Zuerst meinen geliebten Courteline, den französischen Wied. Etwas habe ich übersetzt, aber die schönsten Sachen kann man ja nicht übertragen. Es geht alles verloren. Wie der Jüngling unten in der Droschke stundenlang von Mama instruiert wird, nun aber ja beim Empfang den feinen Mann zu machen, denn bei diesem Empfang käme es darauf an, und er werde die Auserwählte seines Herzens kennen lernen, das heißt: die von Mama Auserwählte, und die Augen der ganzen Gesellschaft seien auf ihn gerichtet ... Aber als er in die gute Stube hereintritt, da fällt er der Länge lang über eine Teppichfalte und sagt etwas, was man aber wirklich nicht übersetzen kann, so wenig fein ist es. Und ich blätterte in den dummen Heften mit den glatten Frauenakten und in den Romanen mit dem ganzen umständlichen Hin und Her der Liebesleidenschaft auf sehr elendem Papier. Und ich las die Kriegszeitschriften.

Ach! wie ist dieser Mist aufgemacht! Tiefdruck, famoses satiniertes Papier, alles hat eine Art splendider Großzügigkeit ... Es bereitet eine wohltuende Freude, einmal alles andersherum zu sehen: die französischen Flieger mit den kreisrunden Abzeichen fliegen stolz am Himmel einher, während der Deutsche tief unten entweicht; französische poilus knien auf deutschen Soldaten; Russen stürmen lanzenschwingend auf die Preußen, die die Hände hochheben – das kam mir alles, bis auf die Besetzung, sehr bekannt vor. Und das gleiche empfindsame Mitleiden mit denen, die draußen sind, gespendet von denen, die durch die Spende drinnen sind, und diese bombastischen Worte (einmal, zum Kullern, unter einer Gruppe griechischer Herren aus der Fremdenlegion, also doch wirklich von Leuten, die nur wegen zu schlechten Falschspiels in den Verein gegangen sind: ce sont des héros, qui Homère eût chanté? Siehst Du wohl!).

Aber ich muß doch sagen: mein erster Gedanke war der des Bedauerns. Warum haben wir das nicht? Sie sind so geschickt, und so gemein. Und so wirksam. Sie verkennen allerdings fast den gesamten Tatbestand. Sicherlich läßt sich über deutsches Wesen, an dem einmal die Welt genesen soll, allerhand – wenn auch jetzt nicht – sagen; aber das sind keine Deutschen, diese Bilderbogenboches der französischen Kriegsliteratur, das sind allenfalls Schützenscheiben. Sie sind nicht einmal fähig, einen richtigen deutschen Namen zu erfinden, oder heißen vielleicht unsre Professoren Ferdinand Schmitzmolle? Aber, weißt Du, ich kann mir sehr gut denken, daß von diesen Weisheiten etwas hängen bleibt – wenn sie einem jahrelang so eindringlich eingehämmert werden. Fälschungen (Maurice Barrès gibt angebliche Schwätzereien eines Soldaten mit einer französischen Schwester als ein Dokument aus), Lügen (Zeichnungen werden unter Fotografien geschmuggelt und bilden ein einziges Bildmaterial), Geschmacklosigkeiten (die Karikaturen des Kaisers und des Kronprinzen sind unterhalb jeder Linie) – das ist zwar alles nichts. Aber es wirkt. Aber es ist infam geschickt und gewandt hergestellt. Aber es zieht.

Warum machen wir das nicht? Sie schrecken vor nichts zurück, wenn sie damit irgend einer These, einem moralischen Satz zur Wirkung verhelfen können. Sie haben seit langem erkannt, was bei uns in Deutschland kaum einer weiß und gar keine illustrierte Zeitung: daß man Fotografien nicht mehr ertragen kann, die einfach berichten. Man will Moral in den Bildern. Das Rezept ist so: gegeben ist eine Tendenz, die offensichtlich werden soll. Sagen wir: die Deutschen sind gemeine Mörder. Dann wird dieser Satz an einer scheinbar harmlosen Fotografie demonstriert, an der Hausruine einer pariser Vorstadt, in die eine Bombe fiel – und unter dem Bildchen steht dann: ce que leur ‹héros› ont fait dans la ‹forteresse› Paris. Und das vergißt kein Leser. Oder rührsame Zeichnungen von toten Müttern und Kindern in Verbindung mit den deutschen Barbaren (das ist kein Wort von 1914, das lebt heute noch!) – und deutsche Gefangene ... Aber hier können wir allerdings nicht mit. Eine solche viehische Roheit, noch mit Zerschossenen und Verwundeten und halbtoten Gefangenen Propaganda für den Kikeriki der Marianne zu treiben, ist leider romanische Politik. Sie sind wie die Weiber, wenn sie hassen. Ich weiß sehr wohl, daß es Zeitungsschreiber und nicht die Soldaten im Graben sind, die das machen – aber wer liest es denn? Hachette wird sein Publikum kennen. Und die andern, die Leute aus dem *‹Feuer›* des kriegerischen Friedensbuches von Barbusse, sind wohl noch dünn gesät.

Sie schrecken vor nichts, aber auch vor nichts zurück. Bis auf die schmierigen Sudeleien: warum wir nicht auch? Warum arbeitet unser Nachrichtendienst nicht im großen Stil mit der Tendenzfotografie wie sie? Warum bearbeiten wir nicht das Ausland wie sie. Warum zeigen wir nicht Ähnliches in unsern eigenen Blättern wie sie? Tausend Beispiele: ein französisches und ein deutsches Badezimmer einer Bürgerwohnung (denn sie verspotten dauernd unsere Zivilisation, nicht nur die Kultur) – der Südfranzose und sein Haustier – der Gegensatz zwischen Hui und Pfui im Leben des romanischen Schiebers ... aber dafür gibt es Belege! Hier kann man aggressiv arbeiten. Wir verteidigen uns brav: wir veröffentlichen saubere Statistiken, wie gut unsre Schulen arbeiten, und wieviel Kriegsanleihe wir gezeichnet haben – *eine* Zeichnung Raemaekers wirft das alles um. So kann man dem Betrachter nicht kommen. Man muß ihn unterhalten, einfangen, packen.

Aber noch schöner wäre es freilich, man hätte das alles nicht nötig, und im Hinterzimmer lägen Bücher, die dem Rumäner förderlicher gewesen wären als dieser Schund. Und das hat wohl noch gute Weile.

Auburtin

Das ist eine Wohltat und eine Erfrischung: *‹Was ich in Frankreich erlebte›* von Victor Auburtin. Nach all den großmäuligen Berichten neuartiger Helden, die die Wirkung von Technik, Organisation, Krafthuberei und einem kleinen Teil wirklichen Muts zusammenrafften; nach all den Bilderbüchern dieser Lokomotivführer der Kriegsmaschine, die Hans von Weber einmal mit Hektor verglichen hat (als ob das Heldentum Hektors in der Leistung und nicht in der heldenhaften Gesinnung ruhte); nach all diesen Bändchen von Männern, die, wie einmal Thomas Mann von einer Figur sagt, keine Ereignisse, sondern Zeitungsberichte über das Ereignis erlebt hatten: nach all diesem Schund endlich wieder einmal ein menschliches Zeugnis aus dem Kriege.

Auburtin, der deutscher Korrespondent in Paris war, wurde dort verhaftet, eingesperrt, der Spionage angeklagt, das Verfahren wurde eingestellt, man schaffte ihn nach Korsika, und als er dann von dort entlassen und ausgetauscht wurde, schrieb er aus seinen geretteten Notizen und aus dem Gedächtnis dieses Büchelchen (erschienen im Buchverlag von Rudolf Mosse).

Das *was* ist ja nichts Sonderliches, für frühere Zeiten eine kleine Odyssee, heute ein Alltagsschicksal mit einem Sonntagsschluß – aber das *wie* ist himmlisch. In den Aufzeichnungen steckt die herrliche Überlegenheit des Unterlegenen. Das ist so konsequent: wie er immer wieder sagt: ‹Diese Zeit ist nichts für mich› (die Worte finden sich nicht in dem Buch), und wie er auf jeden Kompromiß zwischen Macht und Geist verzichtet. Denn, liebe Umgefallene: es gibt keinen.

Entzückende Einzelheiten sind in dem Heftchen. «Sie haben von den historischen Tagen der Väter gehört und wollen nun auch ihre große Zeit erleben.» Das ist ein Motto, und nicht nur für dieses Buch. Es ist jammerschade, daß sie Herrn Auburtin damals nach Korsika abtransportiert haben; wir hätten alle mehr davon gehabt, wenn er zufällig portugiesischer Staatsangehöriger wäre, und er hätte nun, Victor Auburtin, der er ist, dieses Spektakel in Frankreich miterleben dürfen. Er hat ja im wesentlichen das Schicksal von Annette Kolb: er schwankt zwischen den Rassen, liebt beide und wird deshalb von beiden beschimpft. «Selig der Mann», sagt Auburtin einmal, «der Krause heißt und aus Tilsit gebürtig ist. Er steht auf Felsengrund.» Aber da wollen wir ihn stehen lassen und uns hübschern Dingen zuwenden, zum Beispiel, wie die französische Geheimpolizei eine Auskunft über den p. Auburtin gibt: «Er ist überzeugter Alldeutscher, Mitarbeiter des pangermanistischen *‹Berliner Tageblatts›* und durchaus fähig...» Aber das wundert mich nun wieder gar nicht – denn das Kapitel der Spionage ist (bei den Franzosen) ein sehr dunkles Kapitel ...

Einige Kraßheiten, Verdauungsangelegenheiten betreffend, sind leider in dem Buch. Nicht, als ob man nicht von diesen Dingen sprechen sollte, aber es gehört eine Bullenkraft dazu, um davon zu sprechen; bei Auburtin wirkt dergleichen ein wenig ... im Vorwort steht das Wort ‹forsch›. Es paßt nicht zu ihm.

Ich bin beim Lesen, obgleich doch auch traurige Seiten da sind, kaum aus dem Schmunzeln herausgekommen. Und Schmunzeln ist ja die schönste Art Lachen. Er sagt, die Deutschen seien den Franzosen unentbehrlich. «Wer soll ihnen ihre elektrischen Klingeln instandsetzen, was sie nie herausbekommen werden.» Oder von dem Interniertenlager: «Wir machten den Eindruck eines mittelkräftigen Irrenhauses.» (Was wahrscheinlich auf alle Leute zutrifft, die so eng miteinander leben müssen.)

Aber viel schöner ist der eigentliche Auburtin, der mit der ‹Inselsehnsucht›, wie er die Sehnsucht der Deutschen, nein, der Menschen nennt, allein zu sein. Es ist ein schmerzlich-lustiges Schauspiel, einen Menschen mit dünnem Trommelfell in einem Sousaschen Orchester neben dem Trompeter sitzen zu sehen und grade vor der Pauke. Und er kann die Stille singen machen, und weil er weiß, daß der Weg das Ziel ist, deshalb zerläuft ihm sein Leben auch nicht wie so vielen, sondern es rollt sich langsam und leise ab, und jede Minute ist ein volles Glas mit herbem oder süßem Wein.

Menschlich am anständigsten ist, wie der Schluß nicht der in diesen Büchern sonst so beliebte Schluß ist, so mit Bumtrara auf die Heimat – sondern ein inniges Gedenken an die Gefangenen in Korsika und der Wunsch, man möge sie bald befreien. Worauf sie wohl noch lange zu warten haben werden.

«All das», sagt er an einer Stelle, «ist natürlich nur ein Traum. Ich werde jetzt gleich erwachen, nach links greifen und ihre Hand finden.» Und weil man so – so selbstverständlich, so zusammengehörig, so einfach – nur von einer Frau sprechen kann, die man sehr liebt, deswegen habe ich Dir heute seine ‹*Onyxschale*› mit der Post geschickt, und ich hoffe, Du wirst sie bald in Händen haben.

ZENSURDEBATTE

Im Reichstag haben sie über Zensur gesprochen
und alle Mißgriffe derselben fürchterlich gerochen.

Herr Gothein hat es ausführlich in den Saal hineingeredet,
groß sei das Debet derselben, aber klein ihr Kredit.

Und auch Herr Müller-Meiningen hat sich dahin ausgelassen:
neben England müsse man dieselbe am meisten hassen.

Dann haben sich aber die Vertreter der Regierung erhoben
und sagten: man müsse dieselbe ertragen, aber nicht loben.

Und wenn die Offiziersburschen mit den Dienstmädchen gingen,
so sei das geheim; über Truppenbewegungen dürfe man nichts bringen.

Und auch Herr von Tirpitz gehöre wie die Papierverteilung zu denjenigen Sachen,
deren diskrete Geheimhaltung vor den Feinden uns viele Sorgen machen.

Und so wurde noch allerhand hin-, beziehungsweise herverhandelt.
Es steht aber nicht zu befürchten, daß sich in nächster Zeit etwas wandelt.

Und wie in alten Schultagen fühl ich beklommen:
Wir haben eine miserable Zensur bekommen!

BRIEFBEILAGEN

Witze

Witze gut zu erzählen: das ist eine große Kunst. Als Roda Roda noch nicht Kriegsberichterstatter war, da hatte er dies im Druck wohl am besten von allen heraus; auch wenn man schon wußte, wann der Pfeil abschnellen würde, war es eine Freude, das elegante Spiel mit dem Bogen zu bewundern. In der Unterhaltung ist es noch schwerer; da gehört schon die ganze Behäbigkeit und saftige Lebenskraft eines guten Westdeutschen – links der Elbe – dazu, um ein Gespräch nicht unter die letzte Linie zu bringen.

Was hingegen unsere Witzpresse angeht, so überkömmt mich eine sanft elegische Stimmung, wenn ich Dir davon erzählen soll. Ach Gott, damit ist es ja so traurig.

Da ist zunächst der ‹*Simplicissimus*›. Nein: da war der ‹*Simplicissimus*›.

Der Hort des gut bürgerlichen deutschen Witzes ist die ‹*Jugend*›. Die ‹*Jugend*›-Witze sind vorher so genau zu berechnen wie eine Algebra-Aufgabe. Da haben wir den Witz, der gutmütig-holperig über die Dummheit eines Bäuerleins oder eines Soldaten spottet, der irgendeine neue Verfügung nicht kennt, der Rammel. Diese Witze fangen meistens so an: «Geht da neulich ein biederes Bäuerlein –», oder: «Komme ich da jüngst –». Spaßig ist in diesen Geschichten immer die selbstverständliche Würde des Erzählers, der doch alles viel besser weiß als der ‹brave Landstürmer›, und der unnennbare Stumpfsinn, wie so eine Spitze (früher: Pointe) herausgedreht wird. Dann ist da – ein unerschöpfliches Thema – der Witz, in dem festgestellt wird, daß die kleinen Kinder, trotz jahrelangen Anstrengungen der ‹*Jugend*›, immer noch nicht wissen, woher Frau Bartel den Most und die Menschheit die Rekruten und Rekrutenmütter holt. Ich glaube, man nennt das drollig. Man sollte der alten ‹*Jugend*› endlich einmal den Kindermund stopfen.

Und dann ist da der erotische Witz. Damit ist es bei uns ganz elend bestellt. All dieses Zeugs bleibt am Stoff hängen, was begreiflich ist, da er für nicht gewandte Läufer klebrig erscheint. Es hat natürlich mit Prüderie nichts zu tun, wenn man einfach müde ist, sich immer wieder versichern zu lassen, daß eins und eins zwei sind. Das wissen wir allmählich.

Der ‹*Kladderadatsch*› lebt davon, daß es im Deutschen viele Worte gibt, die verschiedene Bedeutung haben, woraus sich dann die erheiterndsten Folgen ergeben.

Die ‹*Lustigen Blätter*› haben den Vorzug der Originalität: sie lassen vollkommen salzlose Geschichten im Ton des Witzes erzählen. (Der unvergessene Fritz Müller Klammer auf Zürich Klammer zu war darin Meister.)

Du meinst, es käme heute – 1918 – wirklich nicht darauf an, ob unsre Witzpresse gut ist oder nicht. Wie Du willst. Sie ist ein Spiegel, weißt Du?

Aber einer, bei dem hinten das Quecksilber an vielen Stellen abgeschabt ist. Wir haben den geduckten, gesinnungstreuen Witz; hinter dem Schreiber steht nicht Satyr mit der Pritsche, sondern etwas andres mit einer Art Gestellungsbefehl ...

Richtig! Ich habe ja beinahe vergessen, Dir die *‹Fliegenden Blätter›* zu nennen. Ja, denke Dir, die gibts immer noch. Neulich hörte ich einmal einen Leutnant aus diesem Organ einen Witz vorlesen, und ich dachte, er wollte damit einen machen. Aber es war ihm blutiger Ernst.

Ableger dieses klassischen Stamms mit den fliegenden Blättern gibt es eine ganze Menge, aber das kann man nicht. «Gut gegeben» und «Durch die Blume» und «Ein ganz Schlauer»: das steht so über den Witzen. Es gibt eine Zeitschrift, die heißt *‹Nagels Lustige Welt›*. Ich habe den Mann immer um seinen Optimismus beneidet.

Die französischen Witzblätter im Kriege sind nicht viel heiterer; die englischen und amerikanischen häufig roh, und fast immer maßlos komisch. Sie haben – ich weiß nicht, warum man ihnen diese Überlegenheit nicht zugestehen soll – so einen stillen, unterirdischen Witz, den man erst erraten muß, und der dann doppelt dröhnend einschlägt.

Das Grab des Witzes ist gewiß seine gewerbliche Anfertigung, wie sie heute betrieben wird. In der *‹Schaubühne›* stand einmal ein bis dahin unveröffentlichter Brief Gottfried Kellers, worin er sagte, das Zünftige verderbe allen Dingen ihr Bestes; er sprach von den ‹Humoristen›. Witze, über die man schmunzelt – die schönste Form des Lachens – haben wir fast gar nicht mehr.

Frage nicht, welche alten Witzblätter Du nun lesen solltest. Die *‹Assiette au beurre›* bekommst Du doch nicht; aber wenn Du ganz artig bist, leihe ich Dir ein paar Bände – nur: man soll Frauen keine Witze erzählen. Man muß sie ihnen immer erklären, und dann sind sie enttäuscht.

Also dreh Dich um, halt Dir die Ohren zu und höre, wie vor zweihundert Jahren eine Dame zur anderen sagt: «Denken Sie, Frau von Reveillac will zur Zeit dauernd mit ihrem Mann schlafen gehen!» Und darauf die andre: «Wahrscheinlich ein Schwangerengelüste.» Aber dieser Witz hat wirklich Witz, und ich wollte Dir ja nur von den Scherzen meiner Zeitgenossen erzählen.

Was wäre, wenn ...?

Im Mai 1914 kritzelte ich diesen Titel in mein Notizbuch – ich wollte eine Phantasie schreiben, wie es aussähe, wenn ein Krieg ausbräche. Das glaubst Du wohl nicht, aber es ist doch gewißlich wahr; es war Zufall (wenn Du willst, kannst Dus auch Ahnung nennen), ich hatte keinen Schimmer von politischem Instinkt und wußte auch gar nichts; es war ein Einfall, aber schade, man hätte davon hinterher viel Freude gehabt.

Nun, heute ist es schon wesentlich leichter, den Titel da oben auf den Frieden anzuwenden; wir haben ja bereits einen Kommissar für Übergangswirtschaft und Demobilisationsoffiziere, und was so in jedem Lande der Kriegführenden getan wird, der Vorsicht halber. Aber wie wird das, zum Beispiel, literarisch enden? Was wäre, wenn ...?

Auf Frieden reimt sich viel. (Siehe Steputats ‹*Reimlexikon*›, Seite – ich habe meines noch nicht aufgeschnitten, aber dann wirds wohl sein müssen.) Und man wird sehr viel darauf reimen. Alle werden darauf reimen. (Leider auch Gerhart Hauptmann.) Rudolf Herzog in der ‹*Woche*› mit einer unsagbaren Zeichnung, Ludwig Thoma im ‹*Simplicissimus*› mit einer sehr hübschen Zeichnung (und wenn das letzte Jahr nicht gewesen wäre, hätte man das gerne gesehen); wem Ullstein die zweihundert Mark zukommen lassen wird, ist noch nicht heraus. Aus Prag her wird der dortige liebe Gott, dieses Weltenwunder an weicher Güte, die Hände segnend über die reklamierte Erde strecken und sprechen: «Habe ichs nicht gleich gesagt? Ja, es ist schon ein Paradeis hienieden, und alles, alles ist gut!» Und die ältesten Chefredakteure werden die jungen Dichter zur Verzweiflung bringen, weil sie – lächelnd, schmunzelnd, und in freundlicher Erinnerung an dunnemals, als sie noch jung waren oder doch wenigstens so taten – weil sie diesmal denn doch selbst zur Feder greifen werden, um dem Frieden aber mal ordentlich eins auszuwischen. Und alle Leitartikel an jenem Tage werden mit einem ganz kurzen Satz anfangen: «Wir stehen am Ende.» Es wird Allegorien und Symbole regnen: ich denke nur an Palmen, Täubchen, die Pflugschar (ich glaube, dieses Wort ist nur für diese Gelegenheit erfunden), eine hehre Frau in weißem Gewande – es wird sehr fein zugehen. Und jeder wird sich mit der gepumpten Größe des geschichtlichen Ereignisses nach der Melodie schmücken: Wißt ihr noch, wie lange ihr an den Friedensschlüssen der drei peloponnesischen Kriege gepaukt habt? An so einem komplizierten Ding dürft ihr nun selbst teilnehmen, und ich verkünde es euch. «Ja», werden dann die Leute sagen, «Friede ist, der Mann hat recht, noch ein Gedicht!»

Und man wird die neu entdeckten feldgrauen Lyriker hören, weil die's doch wissen müssen, und Mäxchen Jungnickel – den kennst Du nicht, das ist auch nicht nötig; hast Du mal das Zeug gegessen, das man so in alten Zeiten an den Weihnachtsbaum hängte? ja, das ganz süße – Jungnickel wird ein Lebkuchenmärchen auf den Frieden dichten, und die andern werden in markigen Rhythmen ihrer Muse kommandieren: «Das Gewehr – ab!» Und es wird ein ganz gemeiner Griff werden . . .

Und die *‹Illustrierte Zeitung›* wird auf der ersten Seite den Einzug der Truppen durchs Brandenburger Tor abgebildet bringen, und ich habe die Schriftleitungen – mußt Du bei dem Wort auch immer an ‹Wasserleitung› denken? ich auch – heimlich im Verdacht, daß alle Lokalberichte und Gedichte bereits fix und fertig vorliegen, und kaum ist der Friede da – wupp, heraus mit euerm Flederwisch!

Und Ganghofer – schrieb ich schon von Ganghofer? Also daß der *‹Lokalanzeiger›* den Frieden interviewen läßt und beim Nachschreiben kleine Fehler unterlaufen, und daß die Tante *‹Voß›* eine Beilage bauen wird: Was wünschen wir dem jungen Frieden? (wenn ich Friede wäre, ich kehrte glatt um) – das ist ja selbstverständlich . . . aber Ganghofer!

Stell Dir vor, sie graben Dir das Wasser ab. Nun, Du bist ein Mädchen, Du kannst Dir das vielleicht nicht so vorstellen; also dann denk Dir, alle Deine Felle seien weggeschwommen. Auch nicht? Na, dann imaginier Dir, wie das ist, wenn Ganghofer keine Kriegsberichterstatterartikel mehr schreiben kann, die Zeile um achtzig Batzen – stell Dir vor, wie er dann – noch einmal sattelt mir den Hieroglyphen! – noch einmal, noch einmal alle Kraft und auch den Schmerz zusammennimmt und ein Gedicht veröffentlicht, ein Gedicht –! Es wird anfangen: «Nun, Deutschland, stoß die Scheide ins Schwert –!»

In der Ecke aber sitzt ein gebrochener Mann, Ernst Lissauer, und weint. Heile, heile, Segen! auch deine Konjunktur wird wiederkommen.

WÜNSCHE

Die gnädige Frau ist hell und blond,
von sommerlichem Licht durchsonnt –
sie scheint sich schlechtgeraten.
Braun will sie sein, das dumme Kind,
braun, wie Zigeunerweiber sind –
und läßt am Strand sich braten.

Jung-Deutschlands Dichter gehn zur Zeit
in Fritz von Schillers Schülerkleid –
(der war nicht so behende).

Vom Recken wird man noch nicht groß;
bleibt ruhig noch auf Mutterns Schoß:
sie hat die klügern Hände.

Alt-Deutschland macht in Politik
und zieht Bilanz aus diesem Krieg:
Indien muß badisch werden!
Ägypten her! die Ostsee auch!
Wir treten alle vor den Bauch
mit sieghaften Gebärden!

Und so hat jeder was zu schrein.
Der Neger will ein Weißer sein,
der Fußfantrist ein Reiter . . .
Wir wollen aufrecht stehn, mein Kind,
und bleiben, was wir selber sind!
Ich glaub, das ist gescheiter.

AN PETER PANTER

Peter Panter, Mitarbeiter!
Steig doch auf die hohe Leiter!
Singe doch von aktuellen
Zeitgenossenzwischenfällen!

Laß die Liebe, laß die Damen
mit den freundlich blonden Namen;
laß die bunten Busentücher –
und vor allem: laß die Bücher!

Laß sie Bücher schreiben, drucken –
wozu da hinuntergucken!
Frisch! hinein ins volle Leben!
Aktuell mußt du dich geben!

Sieh mich an! Fast jede Woche
pfeif ich auf dem Flötenloche:
Reichstag, Wahlrecht, Osten, Westen,
Presse, Orden, Schweinemästen –!

Tanz die nationale Runde!
Kennst du das Gebot der Stunde?

Höcker macht das viel gewandter,
Peter Panter, Peter Panter!

Du mußt aktueller schwätzen,
und man wird dich höher schätzen!
Lerne du im Hurraschrein:
man darf nicht beschaulich sein.

AN THEOBALD TIGER

Lieber Herr Tiger, ich danke Ihnen vielmals für Ihren freundlichen Gesang. Sie haben, wie ich, den Vorzug, ein Pseudonym zu sein, aber Sie haben den noch weitaus größern Vorzug, das Ihrige in kurzen oder langen Zeilen, die am Schluß einen Gleichklang aufweisen, schreiben zu können. Das kann ich nun nicht, und der richtig gedichtete Dichter hats doch besser als der, der das tut, was alle können: ganz einfach deutsch schreiben, nicht wahr?

Sie sagen nun, halb im Scherz, ich solle von meinen kleinen Liebhabereien lassen und mich dem ‹Leben›, der Politik, dem lauten Ganzen zuwenden. Ja, aber wem? Der letzten Verhandlung über unsre Kunst im Abgeordnetenhaus? Was soll ich da? Späße machen? Und zum hundertundelften Male feststellen, daß alle Jahre wieder irgendein Beauftragter irgendeiner Partei etwas daherredet . . . man würde den Mann keinen Augenblick länger bei den Seinigen dulden, wenn er so schlecht über Wegebau oder Eisenbahnen unterrichtet wäre. Und der Krieg?

Lieber Herr, zum Märtyrer habe ich nicht das Zeug. Ich kann mir denken, daß jemand auf den Sandhaufen tritt, aber dann muß er wissen, wozu, und – nebenbei gesagt – es muß ihm stehn. Ich habe einen dicken Bauch und bringe das Pathos nicht auf, das nötig ist. Und, sehen Sie, es gibt doch für einen anständigen Kerl nur ein Entweder-Oder bei diesen Dingen: entweder er widersetzt sich, das kann man auch schweigend; oder er macht mit, er, der sich vorher niemals um den Staat bekümmert hat, fällt mit rhythmischem oder epischem Geprassel um, reimt das Blut der andern auf sein eigenes Gut – was einen sehr schönen Klang gibt – und begründet die Notwendigkeit dieses Krieges kosmogenetisch . . . Und das Blut fließt, fließt . . .

Die ersten Kriegsjahre war ich verstummt. Ich glaube heute, daß es erlaubt ist, – aber immer mit diesem stillschweigenden Vorbehalt – über Nebensachen zu sprechen. Über die Hauptsache kann ich nichts sagen, weil es mir nicht folgerichtig erscheint, sich aus der Front zur Premiere eines Menschlichkeitsdramas beurlauben zu lassen. Entweder Christus oder der Bezirksfeldwebel, aber nicht diese mittlere Proportionale.

Sie werden begreifen, lieber Herr Tiger, daß es von mir nicht Weltabgewandtheit oder Snobismus war, im Kriege dauernd von allem zu ‹plaudern›, nur von dem einen nicht.

Ich bin Ihr sehr ergebener Peter Panter

SPANISCHE KRANKHEIT?

Was schleicht durch alle kriegführenden Länder?
Welches Ding schleift die infizierten Gewänder
vom Schützengraben zur Residenz?
Wer hat es gesehn? Wer nennts? Wer erkennts?
Schmerzen im Hals, Schmerzen im Ohr –
die Sache kommt mir spanisch vor.

Aber wenn ichs genau betrachte
und hübsch auf alle Symptome achte,
bemerke ich es mit einem Mal:
das ist nicht international.
Und seh ich das ganze Krankenkorps:
kommts mir gar nicht mehr spanisch vor.

Ein bißchen Gefieber, ein bißchen Beschwerden,
Onkel Doktor sagt: «Morgen wirds besser werden!»
Nachts im Dunkel Transpirieren,
Herzangst, Schwindel und Phantasieren,
mittags Erhitzen, abends Erkalten,
morgen ist alles wieder beim Alten –
Das ist keine Grippe, kein Frost, keine Phtisis –
das ist eine deutsche politische Krisis.

REVUE

Die Weiblichkeit laß ich vorüberrauschen,
Hilfsdienstmutwillige, Mädchen aus dem Land –
dem Schlagen eines Herzens will ich lauschen –
gib mir die Hand!

Ja, aber wer? In diesen Menschenwogen
schwimmt Tinchen, klein und blond, hin und zurück;
zwei linke Beine, zart und sanft gebogen –
ist das das Glück?

Wie ists mit der? Gott Eros schwingt die Fackel,
die Stangen des Korsettes krachen leis,
die kurzen Finger ziehn an einem Dackel –
ein Traum in Weiß.

Und du? in schwärzlich finstrer Reife,
die Schatten dunkler Stunden im Gesicht?
Es gibt noch Menschen, die besitzen Seife –
du hamsterst nicht.

Ich denk an die gnädige Frau.
                                        In Terzen
pfeif ich vergnügt: Mimi! von diesen Kindern keins.
Mein Wappenspruch, du Wort nach meinem Herzen:
    Jeder seins!

BRIEFBEILAGEN

Die Schimeckische

Den ganzen Tag über habe ich schon furchtbar wichtig getan, und wenn Du gefragt hast, wohin wir abends gehen, habe ich es nicht gesagt, sondern mich in Schweigen gehüllt oder dunkle Andeutungen von unerhörten Späßen zum besten gegeben. Du hast sogar schon einmal mit dem Fuß aufgestampft (was Du doch nie tun sollst!) – aber Du hast es doch nicht erfahren. Auch noch nicht, als ich Dir im Hotel den Theatermantel um die Schultern lege. Auch noch nicht in der Droschke. Und erst, als wir im Parkett sitzen und Du guckst und guckst – den Theaterzettel halte ich fest in der Hand –, und als ich sage: «Nu wenn schon, bittä!», da weißt Du, daß es Pallenberg wird und seine Schimeckische.

Es beginnt. Du machst Deine Theateraugen: ganz blau und ganz groß. Aber noch ist gar nichts. Die da oben reden und agieren und nennen sich mit Namen, daß man weiß, wer sie sind, einer im Publikum lacht, ich sitze unbeweglich. Du siehst durchs Glas und sagst nichts. Und auf einmal geht die Bühnentür auf und herein kommt – der kleine Stubs, den ich Dir gebe, ist ganz überflüssig. Das gibt es in ganz Europa und Slavonien nicht noch einmal. Eine Mischung von beleidigtem Seehund und Hintertreppennapoleon, ein kleiner König auf Rädern, die geliebten Goldplomben blinken ...

Diese quäkende Trompetenstimme beherrscht sofort das ganze Theater. Es wird unruhig und wieder atemlos still. Und es geht da oben los, daß einem Hören und Sehen vergeht. Alle Minute ist er etwas andres. Gott bewahre, gibt es das. Aber das steht hier gar nicht zur Behandlung ... Die Sprache kobolzt. Ungeahnte Assimilationen tauchen auf (so nach der Melodie: Was ist Epistel? Die Frau von Apostel). Ich habe dieses Meisterwerk feinen deutschen Komödienspiels schon so oft gehört, aber nun komme ich auch unrettbar ins Lachen, rutsche von meinem mühsam bewahrten Ernst sachteken herunter und plansche munter in dem allgemeinen Meer von Fröhlichkeit. Er rast und tobt. Es kommt vor, daß er schnell einen ganzen langen Satz noch einmal rückwärts läuft, weil er vorn auf dem ersten Wort einen I-Punkt nicht mitgesprochen hat. Ordnung muß sein. Und diese Würde! Diese Vorstadtgrandezza! Dieser schneidende Hohn! «Das tät Ihnen so gfallen, Frau Schimäkischä!» Das e ist ausgelöscht aus der Sprache: man hat dafür das weitaus hellere und feinere i (wie in ‹Knabi›) oder das nasale a mit den beiden Tippeln: eine Orgie des ä. Noch in der Pause hast Du nasse Augen.

Und bevor ich fragen kann, ob ich vielleicht zu viel erzählt habe, fängt es wieder an, und ich hänge mit gekreuzten Beinen an den Lippen des geliebten Lehrers und schlichten Menschendarstellers ... man kann nicht mehr jappen. Ich kneife Dich fortgesetzt ins, sagen wir: Bein – das würde sonst unfehlbar eine Palastrevolution setzen, diesmal ruckelst Du nur ein bißchen empört auf Deinem teuren Parkettsitz, und gleich lachst Du wieder, und lachst, lachst und lachst –

«Ich habe das mit meine beiden Ohräpfeln gihört!» kreischt der da oben. Und er ist «von Freude umfangän», und «sie tänzelt im Opernhäusel», und der alte Plötz wird lebendig: «Wohin eilest du, mein Kind?» spricht er in schierem Hochdeutsch – und so geht das, bis Du mit dem Operngucker wackelst, und bis zu jenem unsterblich idiotischen Moment, wo Mäxchän den Hut zu spät, doch nicht zu spät, doch zu spät im Zimmer abnimmt; man macht ihn darauf tadelnd aufmerksam, und Fürst Max der Verstopfte, mit Eiseskühle auf den Hut deutend: «Vormals oben, jetzt unten!» (in Firma Hut selige Erben, wahrscheinlich).

Und dann fällt der Vorhang, und Du holst ganz tief Atem, und ich freue mich zweimal über Pallenberg: einmal allein und einmal mit Dir, Du lachst noch in der Garderobe. Und dann zeige ich Dir, junge Frauen haben das gerne, Berlin bei Nacht.

ZUM ERSTEN AUGUST

Herr Krieg, du bist unsre Zuflucht für und für.

Ehe die Berge wurden und die Länder und die Welt geschaffen wurden, warst du, Krieg, von Ewigkeit zu Ewigkeit.

Der du die andern Menschen lässest sterben und sprichst: Hinweg, Menschenkinder!

Denn vier Jahre sind vor dir wie der Tag, der gestern vergangen ist, und wie eine Nachtwache.

Du lässest sie dahinfahren wie einen Strom, und sie sind zum Glück wie ein Schlaf; gleichwie ein Gras, das doch bald welk wird.

Das machet dein Zorn, daß sie so vergehen, und dein Grimm, daß sie, sie, sie so dahin müssen.

Denn ihre Missetaten stellest du vor dich, ihre Sünden ins Licht vor deinem Angesichte.

Ihr Leben währet zwanzig Jahre, und wenns hochkommt, so sinds fünfundzwanzig, und wenns köstlich gewesen ist, so ist es schnell dahingefahren, als flögen sie davon.

Wer glaubts noch nicht, daß du so sehr zürnest? und wer fürchtet sich noch nicht vor solchem deinem Grimm?

Lehre sie bedenken, daß sie sterben müssen, auf daß wir klug werden.

Zeige deinen Knechten deine Werke und deine Ehre ihren Kindern.

Und der KRIEG, unser Gott, sei uns freundlich und fördere das Werk unsrer Hände; ja, das Werk unsrer Hände wolle er fördern!

PROFESSOREN

Er ging durch alte Winkelgäßchen,
im schlappen Hut, in faltigem Rock.
Ein kleines Bäuchlein wie ein Fäßchen
... nicht jung mehr ... graues Stirngelock ...
    Vergaß er auch sein Regendach,
    man raunte: «Der versteht sein Fach!»
Ein stilles, manchmal tiefes Gewässer:
    der alte Professor.

Und heut? Im lauten Weltgebrause
bewegt sich der Privatdozent.
Er redet in und außerm Hause
von Politik mit viel Talent.
    Beziehungen zur Industrie
    sind sehr beliebt, drum hat man sie.
Wild fuchtelnd fordert den Krieg bis aufs Messer
    der neue Professor.

Man sagt, weltfremd sei er gewesen.
Wie sind sie heute so gewandt!
Man sagt: er konnte nichts als lesen.
Wie wäscht sich heute Hand und Hand!

Der lehrt nicht mehr. Der propagiert.
Und wer erzieht den, der studiert?
Ich kann mir nicht helfen, er war doch viel besser:
der alte, deutsche, zerstreute Professor.

NETTE BÜCHER

Heute wollen wir uns einmal ganz leicht und locker anziehen – damals, als man sich noch nicht darüber freute, wenn einer eine ganze Warenladung ins Meer gesenkt hatte, nahm man dazu weißen Flanell – und weit, weit von dieser entsetzlichen Erzieherhaftigkeit teutscher Wochenschriften wollen wir ein bißchen in ein paar Büchern blättern, in ein paar netten Büchern.

Im Jahre 1909 ist von Paul Busson ein kleiner Band ‹*Arme Gespenster*› erschienen, und es gibt heute noch die Exemplare der ersten Auflage, mit ihrem anständigen Papier, in gutem Leinenband, in der saubern Ausstattung, in der der Verlag Albert Langen die meisten seiner Bücher herausgebracht hat. Laßt einmal den ganzen Kram mit den Lehrsätzen beiseite: solch ein Buch macht Spaß. Es enthält an die zehn Geschichten, reizend erzählt, knapp und fettfrei. Sie spielen in verschollenen Jahrhunderten, und es ist Kraft darin, etwas von jener Kraft, mit der der Student Busson einmal auf dem Paukboden gestanden haben mag – und das bunte Abenteurertum ist nicht aus blassen Tintenfässern gesaugt, sondern wirklich ausgefüllt. Herr Busson wird wahrscheinlich nachts nur selten unter den Galgen seiner Heimatstadt gehen und da die armen Gehenkten abschneiden, aber es ist zu fühlen, wie er solche Kerls bejaht, die's tun. Und lange, bevor Edschmid (von dem ich immer annehme, daß er eigentlich Kasimir Eduard Schmid geheißen hat, einfach Schmid) in gewundener Qual mit der imaginären Kraft andrer protzte, lange, bevor es Mode war, seine Helden mit verächtlich geschürzten Lippen einen ganzen Harem ausschlagen zu lassen («Sie würden das nicht können!») – lange vor dieser schönen Zeit lag in diesen Geschichten so eine Art Romantik spielender Kraft. Ob man dazu nun ja oder nein sagt, das ist Geschmackssache; ich mag den Band immer wieder lesen: die hübsche kleine Erzählung von dem erstochenen Dichter mit den Versen:

Je suis mort de l'amour, entrepris
entre les jambes d'une dame;
bienheureux, d'avoir rendu l'âme
au même lieu, où je l'ai pris.

Oder – und die gefiel mir immer am besten – die famose Geschichte vom ‹*Probestück*›, das der künftig anzustellende Henkersknecht an einem armen Jüden in der Folterkammer ausüben soll. Wie da die scheußliche Roheit – golden leuchtet der alte Satz: confessio regina probatorum – von der simpel bürgerlichen Seite angesehen ist, wie still und sachlich die Marterung beschrieben und betrieben wird, denn sie wird bezahlt und ist schließlich ein Gewerbe gewesen wie andres auch: das ist meisterhaft. Nicht ein Flocken Mitleid ist darin, aber doch schreit einer zum Himmel aus dem finstern Turm: Adonai – Adonai! Der alte Henker und sein fröhlicher Nachfolger aber gehen nachher einen Schoppen trinken ‹auf den schönen Tag›.

Man gewinnt ja gemeinhin, wenn man die Dinge so bürgerlich pathosfrei wie der alte Fontane ansieht, dem nach seinem eigenen Geständnis nichts so sehr fehlte als der Sinn für Feierlichkeit. Wohl ihm und uns! Und es ist nur zu wünschen, daß recht viele lernten, die Große Zeit auch einmal von hinten zu sehen, aus dem Kulissenloch, hinter dem sonst der Feuerwehrmann steht. So sah der junge Gustave Doré die Weltgeschichte; Peter Scheer hat seine illustrierte historische Abhandlung über Rußland in 477 Bildern herausgegeben. (*‹Das heilige Rußland›*, gleichfalls bei Albert Langen.) Es sind unendlich komische Bildchen in dem Buch. Gewiß, man darf nicht an die Hunderte seiner (Dorés) kleinen Bilderchen zu Balzacs *‹Contes drôlatiques›* denken; da überkugelt sich sein Witz, in denen steckt aufgeplustertes Mittelalter mit Offenbachschen Ritterrüstungen, fabelhaften Schleppen, dicken, angesoffenen Mönchen mit vier Nasen im Gesicht, und in denen steckt die restlose Bewältigung des winzigen Formats. Gewiß, man darf nicht an Daumier denken; hier wird nicht getötet, sondern nur gekitzelt und geneckt, aber wie lustig und spaßig wird das gemacht! Doré hatte Zeit, obgleich er so viel in seinem Leben gezeichnet hat; ich glaube, das ist sein großes Geheimnis. In unsern trostlosen Witzblättern erschöpft sich der Witz des Zeichners meist in einem einzigen Einfall: Doré zeichnete noch richtige Bilder zum Anbegucken; man kann mit dem Zeigefinger darauf herumfahren, und man wird immer noch eine lustige Einzelheit entdecken. Am lustigsten ist seine Technik, in ganz kleinen Bildern furchtbar viele Menschen anzuhäufen: kolossale Reiterscharen, von denen man meist nur ein dickes Gewoge und die Lanzen sieht; besonders amüsant ist es, wie der König Wladimir wehenden Mantels und wehenden Bartes vor einer drei Kilometer langen Front junger Damen sich eine Gattingemahlin aussuchen will, bis zum Horizont läuft die Linie der jugendlichen Schönen. Und Doré kommt immer auf neue zeichnerische Ideen, die meist mit dem darunter gesetzten Text auf das Lustigste kontrastieren; es ist leider etwas aktuelle Allegorie in den Blättern, auf denen unter einem wilden Tohuwabohu von Reiterkämpfen jedesmal etwas andres politisch Wichtiges druntersteht. «Stimmen erheben sich: ‹Sind wir denn Barbaren, daß wir uns so zerfleischen?› – ‹Ihr seid Barbaren!› brüllen andre, ‹wir dagegen sind zivilisierte Völker!›» Und dann immer dasselbe zeichnerische Durcheinander. Wie witzig das Problem gelöst ist, die nächtliche und tägliche Regierungstätigkeit Katharinas zu schildern, möge jeder selbst nachsehen. Man staunt über diese Fülle graphischen Witzes, der über die Worte «Die Regierung Peters des Zweiten» und «Die Regierung Peters des Dritten» einfach je eine dicke Null setzt, und der unerschöpflich Metzeleien abbildet, denen der Stachel des Ernstes ausgezogen ist; man muß über diese maßlosen und unmenschlichen Übertreibungen immer wieder lachen: Menschen werden zersägt, in vierzehn sorgfältig abgewogene Teile zerlegt, und was vor den Toren Konstantinopels vor sich geht, ist mit Worten gar nicht zu sagen. Das Ganze ist ein sauberer und freundlicher Spaß.

Von dem letzten Buch, das vor mir liegt, traue ich mich gar nichts zu sagen. Lest ihr gern Kriminalromane? Ich ja. Das heißt, wenn sie gut sind – und sie sind gut, wenn sie sich nicht ganz ernst nehmen, sondern noch so viel Gemächlichkeit und Behaglichkeit haben, auch die Nebenumstände, das Drum und Dran sorgfältig zu schildern. Doyle hatte das (Panter! verkriech dich in die Tabaksbuchenwaldungen der Ostsee! Wenn dich die Teutschen erwischen, schießen sie zwanzig Treiber an!), und in dem dicken Wälzer von Gaston Leroux ‹*Das Phantom der Oper*› geht es bei aller Furchtbarkeit gemütlich zu. Das Buch ist lange nicht so spaßig wie von dem gleichen Verfasser ‹*Das Geheimnis des gelben Zimmers*› (also, ich muß schon selbst lachen, mit welchem Ernst ich diese Hintertreppentitel aufschreibe, aber ich glaube, jeder Mensch hat einmal Stunden, wo er auch solchen Kram lesen mag). Die erste Hälfte des ‹*Phantoms*› ist spannend, «es liest sich schön», sagt man in solchen Fällen, und entzückend ist vor allem dieser heilige Ernst, mit dem das alles erzählt ist, und durch den noch manchmal ganz leise die Ironie zwinkert, wie das Auge des Regisseurs durch das Guckloch im Vorhang ... Der Schluß ist ein wenig zu sehr Jules Verne.

Wir Deutschen sind merkwürdige Leute. Nicht etwa, daß wir uns ruhig gestehen: auch wir wollen uns einmal ausruhen und leichte Bücher lesen, auch wohl ruhig einmal einen richtigen Quark – das ist kein Mann, der nicht aus vollen Kräften banal sein kann – nein, wenn wirs schon tun, dann lügen wir uns irgend ein Brimborium darum herummer. Es gibt Leute, denen dieser Karl May – mir ist der Bursche immer als Ausbund der Fadheit vorgekommen – lieb und teuer ist. Aber sie sagens nicht. Sie malen ihm eine Glorie an: ihr meint, das sei einfach ein Unterhaltungsschriftsteller für die reifere Jugend gewesen? Gott bewahre, ein Philosoph war das, ein Mann mit den allegorischsten Hintergedanken, ein schwerer, vollbärtiger, sächsischer Denker, weiland zu Radebeul, jetzt in der Unsterblichkeit.

In diesen Blättern wird rechtens dauernd und ausgiebig auf gute Literatur hingewiesen. Ich halte es für kein Zeichen mangelnder Lebenskraft, wenn man auch einmal beherzt und klar sagt: heute, Sonntag nachmittag, habe ich mich auf ein Sofa hingelümmelt und geschmökert. Was? Allerhand. Aber es waren nette Bücher.

DER ALTE FONTANE

Damals, so in den achtziger Jahren,
ist man noch nicht mit dem Auto gefahren;
alles ging seinen ruhigen Schritt,
und der alte Fontane ging ihn mit.
Ein stilles Antlitz hatten die Tage:
Frühmorgens bei Kroll, auf der Brunnenwaage
dann die Tiergartenpromenade
(«Kannten Sie Strousberg? Schade, schade!»),
dann ins Geschäft oder ins Büro,
und das ging alle Vormittage so.
Mittag zu Hause, friedliche Zeiten,
die Kinder machen Schularbeiten,
ein kleines Nickerchen mit der Zigarre,
und dann wieder in die geschäftliche Karre.
Und war der Tag besonders schön,
hieß es: «Ich habe den Kaiser gesehn!» –
Alles so sauber und preußisch und karg:
der alte Fontane und seine Mark.
Aber Fontane und alle die Alten
konnten sich auch nicht ewig halten.
Wollten noch so vieles erleben,
mußten doch gen Walhalla schweben.
Bis hin vor die Weltenesche sie ziehn,
da lagern sie sich um Vater Odin.

Tick, tick,
dreißig Jahre sind ein Augenblick.

Und als nun Michaelis den Abschied nahm,
eine Sehnsucht über Fontane kam,
und er sprach: «Herr, laß mich auf Urlaub gehn,
ich möchte die Spree noch einmal sehn.
Die Spree, die Havel, die Nette, die Nuthe,
den Schlachtensee und die Räuberkuthe;
ich kenne mich aus, und habe ich Glück,
bis Donnerstag bin ich wieder zurück.»
Odin hat huldvoll sich verneigt –
der Alte zur Erde niedersteigt.

Und zunächst in der Neumark, in der Nähe von Bentschen,
landet er. «Himmel, was sind das für Menschen!»
Und er spricht hinter Schwiebus und hinter Zielenzig:
«Dickköpfe, Hamster! und so was nennt sich
nun Märker – wir wollen westwärts ziehn!»
Und so westwärts kommt er nach Berlin.
Da ist ein Schleichen und Drehen und Schieben,
wo ist das alte Berlin geblieben?
Einer drängt immer den andern weg:
«Ham Se nich greifbaren Schweinespeck?»
Und ein Dicker steht mitten auf dem Damm
und philosophiert über Pökelkamm.
Sie treten sich an die Schienenbeine,
die jüngeren Herren spielen ‹Meine – Deine›,
sie verkaufen Frauen und Gold und Eier
und alles um die paar lumpigen Dreier.
Golden leuchtet ein Kirchturmknopf – –

Und der Alte schüttelt schweigend den Kopf,
freiwillig kürzt er den Urlaub ab,
in wilde Karriere fällt sein Rückzugstrab.
Sein Rückmarsch ist ein verzweifeltes Fliehn.
«Wie war es?» fragt teilnahmsvoll Odin.
Und der alte Fontane stottert beklommen:
«Gott, ist die Gegend runtergekommen!»

DENKMALSSCHMELZE

Da steht nun Gustav der Verstopfte,
aus Eisenguß, die Hand am Knauf.
Jedwedes brave Herze klopfte
und schlug zu jenem Standbild auf.

Und da –? Er wackelt auf dem Sockel,
man gab ihm einen kräftigen Schub.
Die Adler, seine Ruhmesgockel,
das kommt nun alles hin zu Krupp.

Ein kleiner Hund ist der Entennte
vermutlich brüderlich gesinnt.
Er schnuppert an dem Postamente
und hebt das Bein. Die Träne rinnt.

Doch plötzlich sieht sein Aug nach oben.
Der Fürst ist weg! Wer weiß da Rat?
Sein Hinterbein bleibt zwar erhoben,
doch tut er nicht mehr, was er tat.

Du kleiner Hund, sei nicht verwundert.
Man kanns verstehn. Du bist verdutzt.
Denn seit dem Jahre Siebzehnhundert
hat ER zum ersten Mal genutzt.

WORTE

«So zum Beispiel diese Balten.
Deutsch der Adel, deutsch das Land.
Also laßt uns sie behalten,
Stammesbrüder, Hand in Hand.
    Denn es muß an deutschem Wesen
    einmal noch die Welt genesen.
Deutsch sei Eskimo und Mohr!»
    Goldene Worte, Herr Pastor.

«Mann und Weib sind nur zwei Äste,
Äste von demselben Baum.
Zweiheit ist für sie das beste:
gleicher Schlaf und gleicher Traum.
    Wenn sie auch zerrissen wandern,
    sie zu Hause, er in Flandern –
Halt ihn fest, der dich erkor!»
    Goldene Worte, Herr Pastor.

«Friede! Friede sei auf Erden!
Sieh, auch drüben schießt ein Christ.
Zwar, man wird schon selig werden,
  wenn man nur gehorsam ist.
    Christi Worte gelten immer,
    selbst in Blut und Schmerzgewimmer,
gelten bis zum Himmelstor!»
    Goldene Worte – goldene Worte …
    Und die Taten, Herr Pastor?

KRETHI UND PLETHI

Vater Liebert hat eine Rede vom Stapel gelassen,
in der er sagte, der Reichstag täte ihm nicht mehr passen.

Denn in diesen durchaus traurigen Verein
kämen ja sogar Krethi und Plethi hinein.

Ich weiß nun nicht genau, wer Krethi und Plethi sind;
vielleicht meint er damit meinen Vater oder dein Enkelkind.

Aber das weiß ich: die Schlacht bei Warschau und in den Argonnen,
die haben Deutschlands Krethi und Plethi gewonnen.

Vielleicht hat Vater Liebert in Hannover großen Applaus.
Ihm hängt aber nicht nur der Reichstag zum Halse heraus.

Da hängt auch ein hoher, preußischer, bunter Orden.
Der ist ihm für viel Blut deutscher Krethis und Plethis verliehen worden.

Und der eine Krethi ist Krüppel, und der andere Plethi ist krank.
Tausend blasse Lippen flüstern: «Dank, Herr General! Dank!»

FREUNDLICHE AUFFORDERUNG

Ich bin ein dicker, aber reiner Knabe,
von treuer, braver, biederer Ehrlichkeit;
ich freu mich an dem bißchen, das ich habe,
und geh in schmucklos grauem Bürgerkleid.
Doch würd auch ich das goldne Kalb umhuppen,
nennt mir ein Schieber eine große Zahl
und deutet auf den Kaffee tief im Schuppen:
«Na, wollen wir mal?»

Michel steht auswärts. Sei es in Rumänien,
sei es in Belgien, seis in der Türkei –
und in der Heimat sitzen nur die wenigen,
die gründen eine Vaterlandspartei.
Der Kammerherr reicht zierlich wie zum Tanze
die Fingerspitzen einem General;
stehn sie parat, dann fragt der Chef vons Ganze:
«Na, wollen wir mal?»

Der Friede ist ein junger, eleganter
Flaneur auf jenem Boulevard der Welt.
Von Tag zu Tag wird er nur noch charmanter,
doch scheints, daß er den Damen nicht gefällt.
Da gehn nun so viel, mit und ohne Schleier,
in Poirets Stoff, in Schottlands buntem Schal –
und keine, keine spricht zu ihm als Freier:
«Na, Kleiner? wollen wir mal?»

ERSTERBENDES GEMURMEL

Allherbstlich, wenn die braunen Blätter fallen,
fällt auch dem Dichter dies und jenes ein.
Er sieht, wie Wolken sich zusammenballen,
er hört der Völker wilde Streiterein ...
Der deutsche Dichter kratzt sich an den Waden
und fängt sich still den letzten Sommerfloh;
und denkt: du könntst dich auch mal wieder baden
und überhaupt und so ...

Ich bin ein Preuße. Pfui auf die Verneinung!
Ich lob die positive Position.
Und ich besitz das Recht der freien Meinung
in Wort und Bild und auch im Grammophon.
Ich sage, was ich will, und sag es feste,
am Stammtisch sag ichs und im Wahlbüro.
Stolz sag ichs und mit einer weiten Geste:
«... und überhaupt und so ...»

Ich wohnte schon in vielen, vielen Zimmern,
am Meer, in Bukarest, in Großenhain;
und immer hört ich eine Jöhre wimmern,
ein Schreihals muß in jeder Straße sein.
Dann mach ich mir so allerhand Gedanken,
zum Beispiel über unsern Reventlow –
Die kleinen Kinder haut man auf den blanken
und überhaupt und so ...

BEI STADTZAUBERERS

Der Herr Städtische Oberzauberer Jakob Gischtschiner nahm seinen Frühkaffee ein. Er war sichtlich guter Laune — aus dem dicken Tabaksqualm, der sein Haupt umwölkte, klang melodisches Pfeifen. Denn erstens hatte er von der Stadt eine Gehaltszulage von einhundertfünfundzwanzig Talern bekommen, und zweitens sah ihm das eigene Antlitz aus der illustrierten Beilage seines Leibblattes entgegen, und das freut einen braven Mann immer. Ja, wahrhaftig — so sah er aus, wie er da als ‹Unsre Zeitgenossen XXVII› im *‹Berliner Guckkasten›* abgebildet war: er saß am Tisch in seinem Labor; ungezwungen und doch ernst hielt er wägend ein weißes Büchschen in der Hand. Im Hintergrund spiegelte sich Flasche an Flasche, vor ihm auf schwarzem Sammet lagen fein säuberlich eine Reihe Zauberstöcke, darunter auch der, den er vom Schah von Persien bekommen hatte. Es war eine herrliche Aufnahme. Jakob Gischtschiner schmunzelte. Immer und immer wieder las er den darunterstehenden Text:

«Der Mann auf diesem Bilde ist der Städtische Oberzauberer Gischtschiner, der seit 1912 im Dienste der Stadt Berlin steht. Von 1899 bis 1911 bekleidete er die Stelle eines Stadtzauberers in Gnesen; vorher war er Famulus bei einem der sieben päpstlichen Feuerteufel. Herr Städtischer Oberzauberer Gischtschiner steht im Alter von achtundvierzig Jahren; er ist im Besitz von einem Sohn, einer Tochter und zur Zeit vierzehn künstlichen Kindern, davon sieben mit Wasserspülung.»

Es stimmte auf den Punkt. Wie würde sich Aurora freuen ... Hier lief ein Schatten über das bärtige Gesicht des Meisters. Heute war Sonntag — das bedeutete Familie, Kaffeekranz, Lärm und zu all dem Spektakel noch um sechs Uhr die Ausschußsitzung im Rathaus. Herrgott! laß Abend werden — aber bald.

«Herein!» sagte der Herr Städtische Oberzauberer. Niemand kam. «Das ist sicher wieder Zebedäus», dachte er. «Aurora hat ganz recht; ich muß wirklich einmal Ordnung machen, es treibt sich zu viel Kruppzeug in der Wohnung herum!»

Die Sache war die, daß Jakob Gischtschiner ein sehr zerstreuter Mann war. Er vergaß häufig, sein Gezaubertes wieder wegzublasen, was doch für ihn eine Kleinigkeit gewesen wäre — es sammelte sich alles an, und so kam es, daß sich in der Gischtschinerschen Wohnung augenblicklich ein zahlreiches Gesindel aufhielt, erschaffen von einer Laune des Hausherrn und fest entschlossen, die schöne Zeit nicht mit Nichtstun zu vertrödeln. Allen voran tat es Zebedäus, genannt Zippi, ein kleiner sächsischer Teufel mit einem Holzkopf, den Gischtschiner vor ungefähr acht Tagen zum Spaß für die Kinder gemacht hatte ... ja, es war auch Sonntag gewesen, und man hatte gut und reichlich gegessen ... Und nun lief er immer noch herum.

«Herein!» sagte er noch einmal lauter. Ein leiser Sphärenklang durchzitterte das Zimmer. Wenn man nämlich bei Gischtschiners die Türen aufmachte, streifte an der oberen Kante ein Haken eine hängende Zither und entlockte ihr einen lieblichen Klang. So trat der Fremde immer etwas befangen ein, harmonisch, sanft, wie auf Engelsflügeln. Es gehörte eine starke Energie dazu, hier laute Töne anzuschlagen. «Na – nun!» Es kam herein. Vorneweg die ‹Milchkuh›, ein sonderbar melancholisches Geschöpf auf zwei Beinen, gelb und dünn und unglaublich lang, mit Hörnern und einem Tiergesicht, knapp ansitzendem Fell und Rollen unter den Füßen. Danach ‹Anton, der Feuerriese›, der aber noch nicht illuminiert hatte; in seinem offenen Kopf rauchten und glimmten ein paar Scheite. Dann kamen die sieben hygienischen Kinder, es waren meist Mädchen, und man sah ihnen äußerlich nichts an. Dann kam eine laufende Lampe, dann folgten merkwürdige wibbelnde und kribbelnde Dinger, wie sie Herr Gischtschiner zu erschaffen pflegte, wenn er zuviel Knödel gegessen hatte – und dann, ganz zuletzt, bescheiden und festtäglich gekleidet: Zippi.

Es war ein ganz niederträchtiger Lümmel. Er war nur einen Meter hoch, aber wohlproportioniert. Augenblicklich befaßte er sich damit, seine Krawatte zurechtzuzupfen. Er trug einen Smoking; ein blütenweißes Vorhemdchen hatte er, eine strahlende Uhrkette, schwarzen Schlips, nur leider das alles hinterwärts gedreht – man wurde schwindlig, wenn man ihn ansah. Wo vorn und hinten war, hatte er in einer infamen Weise kaschiert. Er sah aus, als ob ihm eine himmlische Faust den Kopf ins Genick gedreht hätte. Dabei hatte er eine Art, diesen Kopf hinten- beziehungsweise vornüberzuwerfen, daß alles darin klapperte, das linke Auge zuzukneifen und zu kreischen: «Fräulein! Pst! Sie – Fräulein!» Das hatte er sich übrigens allein beigebracht; Herr Gischtschiner war ein feiner Mann, von dem hatte er es nicht.

Er begrüßte seinen Herrn und Meister mit dem Spruch, der ihm bei seiner Erschaffung in den Mund gelegt worden war: «Es ist die häckschtä Eisenbahn!» Sein Geschrei hatte schon einmal den Hauswirt alarmiert. Herr Gischtschiner stand auf und machte entschlossen: «Rehem!» Aber es war schon zu spät.

Die Tür tat sich abermals auf, der Himmelsdreiklang sang und verhallte klagend, und im Rahmen stand, in schlichtem Morgenrock für die praktische Hausarbeit eingebunden, Aurora. Aurora Gischtschiner, geborene Bellachini.

«Köbes!» sagte Frau Aurora. Weiter nichts. Nur: «Köbes!» Es klang wie Gewitterrollen. Ängstlich drängten sich der Meister und das gesamte Geziefer in einer Ecke zusammen. Der Platzregen begann.

«Wie oft habe ich dir schon gesagt, du sollst nicht alles stehen- und liegenlassen! Habe ich einen Mann, oder habe ich keinen Mann? Nirgends mehr kann man hingehen, ohne über deine Albernheiten zu fallen! Dazu sollte sich ein ernster Beamter doch zu gut sein! Aber ich werde es den Herren im Rat schon sagen – ganz bestimmt sage ich es! Einen feinen Chef habt ihr euch da ausgesucht – werde ich sagen!»

Flehend näherte sich der Herr Oberzauberer seinem Weib. «Nichts da!» rief sie. «Du fauler Kerl! Du Nichtsnutz! Du Firlefanz und Hallodri!» – «Ich blase sie auf der Stelle aus», sagte der Herr Oberzauberer. «Huch!» schrie Frau Aurora. Denn kaum hatte er das vom Ausblasen gesagt, da witschte Zebedäus durch Frau Aurora unten durch, nicht drüber weg, und zur Tür hinaus. Aber nun gings los.

«Du wirst sie ausblasen, du Schlappschwanz!» höhnte sie. «Da – der Hauptkerl ist weg, und das hier sind nicht einmal alle. Der Lange, der immer mit den Glasaugen jongliert, und das lebende Reimlexikon sind in der Speisekammer bei den eingemachten Äpfeln, Minna hat ihre liebe Not. Das Mädchen ist neu und muß angelernt werden – nichts nimmst du einem ab! Dann blas wenigstens die hier aus! Marsch!»

Herr Gischtschiner ergriff einen dunkelblauen Zauberstock mit einem silbernen Alpha privativum. «P–hütt!» machte Herr Gischtschiner. Und sieh – und sieh – das Geziefer schrumpfte zusammen, wurde farblos, versank. «Pütt!» machte er noch einmal. Sie waren nicht mehr da. Seufzend krachte Frau Aurora auf einen Stuhl. «Dieser Mann – ach! ich unglückliches Weib!» Aufgelöste Haarsträhnen legten sich einem Schleier gleich um ihren Schmerz ...

Gischtschinern war nicht wohl. Vorsichtig wollte er auf den Zehenspitzen hinaus zur Tür, wie vorhin Zebedäus –

Sie wischte sich energisch die Nase. «Köbes!» sagte sie. «Jetzt gehst du überall herum und räumst auf! Zu Mittag ist Mama da, dann kommen Merlins, Herr Dalailamaaspirant Obermeier und Frau, und den jungen Pfefferström habe ich auch gebeten, du weißt, er interessiert sich für Käthe. Und er ist trotz seiner Pickel ein lieber und reicher Mensch. Herrgott, der Kalbsbraten – du besorgst alles, gelt, Köbes?»

Sie war schon wieder ganz im Bilde. So war sie: zürnen, aber auch wieder bereit zur Versöhnung – man konnte ihr nicht böse sein.

Ahnungsvoll machte sich Herr Gischtschiner ans Werk. Zunächst begab er sich ins Badezimmer, wo er das Wasser laufen hörte und dazu ein unterdrücktes Stöhnen. Ach, du lieber Gott –! Da lag Karl der Dicke, ein historischer Spaß: im Lexikon war kein Bild dieses Herrschers, und der Hauslehrer von Franz brauchte ihn zum Anschauungsunterricht ... da lag Karl der Dicke in der Badewanne und mußte sich einen Wasserstrahl in den Mund laufen lassen. Zepter und Krone schwammen auf den Wellen. Gischtschiner stellte den Hahn ab und wollte schon den Fürsten aus der Wanne heben – schade! er hätte früher kommen sollen. Das Wasser spritzte nur so – die Haut hatte nicht länger gehalten, und nun konnte er sich das Wegblasen sparen. Der war hin. Aber wer hatte das gemacht? Das kleine, mit Gras besäte Schweinchen, das langsam die Wand hinaufkletterte, und das er ärgerlich wegblies, konnte es nicht gewesen sein. Die Spiegelwanzen auch nicht. Das war Zebedäus. Na warte!

Er fand ihn nicht. Er fand alles mögliche — denn er räumte gründlich auf. Bis auf den Boden kletterte er hinauf. Er fand Dinge, die er gesucht hatte wie eine Stecknadel, so zum Beispiel den wandelnden Zopf; er fand ein hohes C für Kehlkopfgröße 4, in einer stillen Ecke stiegen rote und grüne Kugeln auf und ab — nur Zebedäus fand er nicht. Er stieß auf Wesen, deren er sich kaum mehr entsann — beim Wegblasen überkam ihn die Erinnerung, und er mußte nachdenken, wann und unter welchen Umständen er sie geschaffen hatte. «Ja, ja — das war damals, richtig —» sagte er versonnen und zerblies das Fotografiealbum mit Musik, zu dem er den Schlüssel an der Uhrkette trug. Es stammte noch von einem vergnügten Herrenabend — Frau Aurora brauchte nicht gerade hineinzusehen ... Auch ‹Alle Neune› fand sich bei dieser Gelegenheit vor, ein Ding mit vielen Kegelbeinen, das man gut als Briefbeschwerer gebrauchen konnte. Und da lagen noch alte Zauberhefte aus seiner Schulzeit auf dem Boden herum — es ist ein seltsames Gefühl für einen alten Mann, die Zeugen seiner Jugend unverändert wiederzufinden. Wehmütig sah er die ungelenke Kinderhandschrift: «Abra — ca — dabra —» buchstabierte er — und dann ein schiefes Pentagramm. Er konnte sich nicht entschließen, zu blasen; liebevoll strich er über die blauen, fleckigen Pappdeckel und steckte dann die Hefte sorgsam in die Tasche.

Zippi war ganz und gar verschwunden. Spuren waren allerdings vorhanden; das geübte Zauberauge entdeckte sofort, daß hier und da jemand Allotria getrieben hatte. In einem Zimmer waren alle Fliegen gelb angestrichen, in einem andern funktionierten die Spiegel nicht mehr — von dem Übeltäter war nichts zu sehen. Nun, sonst war jedenfalls Ordnung gemacht, und Herr Jakob Gischtschiner war ganz gehobener Stimmung, als er sich den schwarzen Rock für das Mittagessen anzog. Aurora würde mit ihm zufrieden sein — die Gäste konnten kommen.

Und sie kamen. Frau Merlin in einem wundervollen Chamäleonkleid, das in allen Farben spielte, je nach dem Hintergrund, vor dem sie gerade saß; Herr Merlin im Gehrock und spitzer Magiermütze mit gelb eingewirkten Schlangen. Frau Obermeier, die sich bürgerlich gekleidet hatte, war dem Platzen nahe.

Sie kamen, begrüßten einander zuckersüß und waren bald im angeregtesten Gespräch — die Männer beim Fachsimpeln, die Damen beim Klatsch. Nur zwei sprachen nicht von den neuen indischen Zaubersprüchen, die die Stadt Berlin ankaufen wollte, und auch nicht von dem dritten ‹Kammermädchen›, das sich der alte Rübezahl bereits zugelegt hatte (es war übrigens wirklich ein Skandal! ein Mann in seinen Jahren!) – sondern diese beiden sahen sich häufiger in die Augen, als daß sie sich unterhielten.

Die Tochter des Herrn Städtischen Oberzauberers war nicht nur eine gute Partie – sie war auch ein hübsches Kind. Sie hatte ein wenig geschlitzte Augen mit kugeligen Deckeln, sie sah fast aus wie eine Japanerin – aber hübsch war sie doch, und so gebildet! Herr Unterzauberer Pfefferström hinwiederum, der jüngste Assistent im Städtischen Dezernat für Zauberei und Verwaltungsmagie, war ein dicker, beweglicher junger Herr, der alle Leute alles fragte, alles sagte und alles wußte. Nur eines wußte er nicht. Die Damen waren für ihn ein süßes Geheimnis. Es war schon einmal vorgekommen, daß er eine junge Frau, die ihrer Stunde entgegensah, gefragt hatte, wann sie denn zu heiraten gedächte – und auch der herrliche Jaspisstrauß, den er ihr am Geburtstage ihres Söhnchens mit einem artigen Schreiben gezaubert hatte, hatte nichts an der Blamage zu ändern vermocht. Jetzt saß er Käthen an einem kleinen Ziertischchen gegenüber und sah hold und dämlich vor sich nieder.

Man setzte sich zu Tisch. Es ging sehr festlich zu – die Suppe war heiß, und kleine beflügelte Putten bliesen aus vollen Backen in die ölige, schwere Flüssigkeit. Stolpernd kroch der Brotkorb zwischen den Tellern einher und bot jedem seine Last an, der davon wollte. Oben, auf dem Kronleuchter, saß eine Maikäferkapelle und fiedelte munter eine kleine Tischmusik.

Das zweite Gericht, nahrhafter Sauerampfer, mundete trefflich und wurde von allen Seiten gelobt. Die Damen besprachen das Rezept, man aß einen milden Fisch, und gerade wollte Frau Gischtschiner den saftigen Kalbsbraten anschneiden: da stürzte Minna zur Tür herein, mit hochrotem Kopf, die Augen voller Tränen, und an ihren Röcken hing – wer? Zippi.

Er kniff das linke Auge zu und warf den Holzkopf hintenüber, daß es schepperte. «Pst! Sie! Fräulein!» schrie er. «Pfui!» sagten die anwesenden Damen. Frau Aurora sah mit einem schnellen Blick auf den Städtischen Oberzauberer, der auf seinem Stuhl zusammenkroch. «Gneh Herr», heulte Minna, «der Lümmel setzt mir andauernd zu. Zwei Omeléhs habe ich schon verbrannt! Er stört mich und sagt einem ganz gemeine Sachen. Kusch!» machte sie zu dem Kleinen. Zebedäus war auf ein Stühlchen geklettert, stand da und sang:

«Wer ein wenig mich kennt,
Weiß, ich bin abstinent,
Von frühmorgens bis abends um neun!
Nicht ein Weib existiert,
Das mich –»

«Sehen Sie? Hören Sie? Nein – in so einem Hause bleibe ich nicht eine Minute länger!» rief Minna entrüstet.

Der Oberzauberer wollte aufstehen, an seinen Arbeitsschrank... aber ehe er soweit war, hatte der dicke Pfefferström aus seiner Brusttasche einen zusammenklappbaren Zauberstock herausgeholt, denn er trug stets alles zusammenklappbar bei sich, und zielte damit auf Zippi. Der kreischte gerade:

«Es ist die häckschtä Ei —»

Wupp — war er weg.

Und da geschah etwas Seltsames. Denn als sich Pfefferström wieder auf seinen Platz, auf dem so viel zu essen für ihn stand, zurückbegeben wollte, als sich alle um ihn drängten, um ihm für seine Geistesgegenwart zu danken, fiel ihm Käthe, ehe er es sich versah, um den Hals und küßte ihn. «Papa — Mama —» sagte sie, «ihr müßt uns Mann und Frau werden lassen!»

Die Überraschung war grenzenlos. Frau Aurora war sehr stolz auf ihre Tochter, Herr Gischtschiner, froh, eine Ablenkung gefunden zu haben, schickte eine kleine Eisenbahn in den Keller, die Sekt herauffahren sollte, Obermeiers freuten sich über die Verlobung und den Sekt, und Merlins freuten sich über die Verlobung, den Sekt und Obermeiers. Auch Minna trocknete ihre Tränen und brachte die Eierkuchen und den Kaffee.

Es wurde urgemütlich. Die Damen nippten den süßen Likör. Irrlichter hüpften, ohne den guten Teppich anzubrennen, herum und zündeten den Herren die Zigarren an, die kleine Eisenbahn schnaufte und apportierte der Hausfrau den Schlüsselkorb. Die alte Mama Bellachini erzählte aus ihrer Jugendzeit, wie sie im Feenpensionat war, sie erzählte von ihrem Großvater, der noch unter dem Alten Fritzen gezaubert hatte, und alle hörten ehrfurchtsvoll zu. Dann wurde der jüngste Merlin von seiner Mutter in den Mittelpunkt geschoben. «Na, Traugottchen», sagte sie, «nun zeig mal dem Onkel und der Tante das mit den Bällen! Na?» Das Kind machte unendlich langsam den Mund auf, gab sich einen leichten Klaps auf den Hinterkopf und ließ eine rote Billardkugel aus sich herauskullern und dann noch eine und noch eine. Lauter Beifall brach los. «So ein begabtes, artiges Kind!» Papa Merlin lächelte geschmeichelt in seinen grauen Seidenbart, Mama Merlin strahlte, und auch das Brautpaar bezeigte seine Freude. «Nimm dir ein Beispiel daran, Franz!» sagte Frau Aurora zu ihrem Sohn, der noch nichts weiter zaubern konnte als seinen unglücklichen Hauslehrer an den Stuhl festkleben. Franz zog eine dicke Schnute.

Die Herren rauchten, die Damen schwatzten, das Brautpaar lächelte und drückte sich die Hände — die Zeit verging. «Ich bin fünf Uhr», sagte der Nußbaumregulator und räusperte sich.

«Meine Herrschaften» — der Herr Städtische Oberzauberer erhob sich —, «es tut mir leid, aber die Pflicht ruft. Lassen Sie sich nicht stören. Ich gehe jetzt aufs Rathaus, Steuern zaubern!» Sprachs und stülpte sich den Zylinder auf den Kopf. Ein fröhliches Abschiednehmen hub an, mit Händeschütteln und erneuten Glück- und Segenswünschen.

Draußen in der Küche saß Minna. Sie blickte träumend ins Herdfeuer. «Eigentlich», sagte sie, «tuts mir leid. Er hatte ja eine mächtig große Schnauze und einen Holzkopf – aber er war doch ein *Mann* –!»

FROHE ERWARTUNG

Vater Wrangel, jener alte gute
General von Anno dazumal,
zog beim Klange einer Aufstands-Tute
aus Berlin, weil man es so befahl.
  Und sie drohten ihm sein Haus zu sengen,
  seine Frau Gemahlin zu erhängen,
  bis er dann zu großem Gram
  der Rebellen wiederkam.
Heftig blasend ritt man durch die Linden,
voller Sehnsucht, seine Frau zu finden.
Weich und lind entfuhrs dem alten Knaben:
  «Ob sie ihr wohl uffjehangen haben?»

Nimmer will mich dieses Wort verlassen.
Heut noch lebt die alte Reaktion.
Heute noch ist sie so schwer zu fassen –
Brennglas, der versuchte es ja schon.
  So viel Jahre steck ich schon im Kriege,
  denke an die Panke meiner Wiege,
  an mein Preußen, an Berlin
  und die Junker von Malchin.
Nie vergeß ich in dem fremden Lande
Mutter Reaktion und ihre Schande.
Voller Hoffnung sinn ich oft im Graben:
  «Ob sie ihr wohl uffjehangen haben?»

Da zu Haus, bei Vatern auf dem Boden,
liegt ein großes buntes Fahnentuch,
mitten im Gerümpel der Kommoden,
in dem Schummer voller Staubgeruch ...
  Und beim Urlaub sagte mir der Alte,
  oben hängt er durch die Bodenspalte
  seine Fahne in den Wind,
  wenn wir erst zu Hause sind.

Das war Fünfzehn. Und bei jedem frischen
Wechsel an den deutschen grünen Tischen
bitt ich um die schönste aller Gaben:
«Ob sie ihr wohl uffjehangen haben?»

KOLONNE

Hochrädrige, überdachte Wagen,
Immer einer hinter dem andern.
Der Regen rieselt. Sie fahren seit Tagen,
Seit Wochen, im Schritt, ein endloses Wandern.
Die Fahrer döseln auf ihren Böcken,
Vorne im Halbschlaf der Herr Sergeant;
Das Wasser rinnt an den schweren Röcken
Herunter – grau und glatt liegt das Land – –
Der Fahrer träumt auf seinem Sitze,
Nur manchmal schreckt ein Rufen den Mann.
Ein Ruf pflanzt sich fort von hinten zur Spitze:
«Rechts ran!»

Ein Auto braust. Vorbei. Sie sinnen
Und träumen wieder im gleichen Trott.
Wie wird das draußen? Wie wird das drinnen?
Friede? Wandlung? Du lieber Gott!
So lange geschmäht – jetzt steht es kritisch –
Der Rote war stets ein schwarzer Mann –
Jäh fährt er auf. Wie klingt das politisch:
«Rechts ran!»

Wird sich das ändern? In neuen Bahnen?
Es wäre die allerhöchste Zeit.
Nicht mehr: Obrigkeit, Untertanen,
Nur noch Deutsche – im gleichen Leid.
Die Pferde poltern ein wenig geschwinder,
Sein nasses Gesicht zieht sich lustig in Falten:
Nur noch Landsleute – und die Kinder
Habens besser als die Alten.
Neue Zeiten und neue Besen –
Besser, als er es je haben kann ...
So ist es denn nicht umsonst gewesen:
«Links ran!»

MACCHIAVELLI

Als 1914 England dem Deutschen Reich den Krieg erklärte, warf das urplötzlich politisierte, bis dahin literarische Deutschland sämtliche ethischen Vokabeln, deren es habhaft werden konnte, über den Kanal. Es war die Zeit, als das ‹perfide Albion› ‹Krämerseelen› beherbergte, die nichts von der Tiefe des deutschen Gemütes ahnten. Das zog nicht, und man schickte sich an – um auf keinen Fall den Ereignissen nachzuhinken –, die aus der Mode gekommene Ethik unter den Ladentisch zu legen und dafür zu sagen: Nur die Kraft machts. Die Kraft, das war: ethoslose Politik, Nützlichkeitsprinzip, Macchiavelli.

Die Bestrebungen, den Deutschen klar zu machen, daß in der Politik nicht Treu und Glauben, sondern nur und allein das Interesse des Landes mitzusprechen habe, mußten notwendigerweise zu einer Ausgrabung führen, die Josef Hofmiller jetzt (im Verlag von Philipp Reclam junior) besorgt hat: Fichtes Schrift *‹Inwiefern Macchiavellis Politik auch noch auf unsre Zeiten Anwendung habe›*.

Die Grundsätze dieser uralten Lehre sind bekannt: «daß, seit die Welt steht und solange sie stehen wird, seit es Reiche gibt, und solange Reiche sein werden, es auch nur eine einzige große Politik gegeben hat, die man die Politik Bismarcks nennen mag oder die Politik Friedrichs des Zweiten, römische oder englische: die Politik Macchiavellis. Daß es unmöglich, daß es Selbstmord ist, diese Politik durch ‹Humanität, Liberalität, Popularität› abwehren zu wollen, zu glauben, man könne ihrer durch Kultur Herr werden oder durch Ethik oder andre schöne Gegenstände aus dem Vorlesungsverzeichnis der philosophischen Fakultät.»

Es steht dahin, ob man das kann. Nicht aber darf man: Politik mit Ethik versalzen. Nicht darf man, was uns so starke Feindschaft eingetragen hat: einen Nützlichkeitsstandpunkt je nach Bedarf mit hohen Phrasen der so verachteten Ethik bemänteln. Seinen graden Weg für sein Land gehen, über Leichen, über zerstörtes Glück, über Menschen ist eines; und nach der Lehre seines Gottes leben und dabei kümmerlich leben, ist ein andres. Die Ethik aber vorschieben, wenn es mit der Gewalt nicht geht; und die Wolfsklaue aus dem Schafspelz stecken: das zu tun sei uns versagt.

Es ist eine Unsauberkeit, kleine praktische Büchelchen, wie *‹Der sicherste Weg zum Erfolg›* oder *‹Wie werde ich energisch?›*, mit der Sittenlehre zu vermengen. Sehen wir aber näher zu, so geschieht dies in der quälenden Angst, nur ja nicht hinter der Zeit zurückzubleiben. Als die Ethik noch billig zu haben war, als es noch nichts kostete, von seinen Mitmenschen Transzendentales zu fordern, waren sie alle eifrig dabei, es zu tun. Aber ausgelacht werden? Aber sich sagen lassen müssen: Wie denn? Deine Lehre stimmt nicht! Sieh auf den Krieg! – dazu hatten die Brachialethiker keinen Mut. Denn es hätte Mut dazu gehört, zu sagen: Meine Lehre ist schon richtig. Aber die Welt geht falsch. Welch Pathos gehört dazu, dergleichen zu sagen! Und wie wenig bringt es ein!

Es war also viel bequemer, den Macchiavelli hervorzuholen, gestärkt durch Fichte, einen Philosophen, der sein eigenes Nest gut kennen mußte, wenn er von seiner Morallehre sagt: Alles schön und gut. Aber wenns ernst wird, hört sie auf! – Ach, dann fängt sie grade an.

Das ist keine Ethik, der eine höhere Idee – die des Staates – übergeordnet ist. Das ist keine Ethik, die sich mit den Landesfarben anstreichen läßt.

Das ist keine Politik, die nicht den Mut hat, frisch und frank zur Gewalt und nur zur Gewalt zu greifen, sondern die die Ethik wieder braucht, sie mißbraucht. «Entweder will das Volk sich die Herrschaft des Gesetzes überhaupt noch nicht gefallen lassen ... so ist in diesem Fall Krieg zwischen dem Fürsten selbst und dem Volke ... und der Fürst erhält, da ja schlechthin, und ob es dem Volke gefalle oder nicht, Gesetzmäßigkeit und Friede sein soll, in diesem Falle das göttliche Recht des Krieges gegen ein solches Volk ...» Schlechthin? Und das göttliche Recht? Also doch Kultur und Christentum und Gott und Recht? Nicht doch, laßt das Recht aus dem Falschspiel. Politik ist eine Sache, und Recht ist eine – aber noch schließen sie einander aus.

Es muß zu einer Verschmutzung unsrer Sitten führen, wenn dergleichen öffentlich gelehrt wird. Habt ihr nicht mehr den Mut, das Ideal zu fordern, als sei es erreichbar? Sagt ihr gleich der Menge: Wir fehlen doch, wozu noch streben? Laßt uns schon am ersten Tage sündige Menschen sein. Es ist in diesem Kriege das bittere Wort von dem Moratorium der Bergpredigt gefallen; wir können sie aber nicht außer Kraft setzen, mit rückwirkender Kraft vom ersten August 1914. Man glaubt, oder man glaubt nicht. Und es ist diese fromme Unbedingtheit, die bisher alles geschaffen hat, was man Zivilisation und Kultur zu nennen gewöhnt war; wer aber kuhhandelt, der ist kein Priester der Wahrheit.

Er ist nicht einmal ein Politiker. Glaubt denn Hofmiller, daß auch nur einmal in diesem Kriege ein Deutscher durch ethische Motive gehindert gewesen ist, etwas zu tun, was uns hätte nützen können? Wer einmal in der Etappe gearbeitet hat, weiß, warum der deutsche Verwaltungsoffizier manchmal unbegreiflicherweise zögert, zuzupakken. Die Bibel? Die Ethik? Kompetenzstreitigkeit und Scheu vor vermehrter Arbeit und Furcht, sich mit der vorgesetzten Dienststelle zu entzweien, alles, alles – nur keine moralischen Bedenken. Gegen wen oder an wen richtet sich also die Mahnung, nur ja nicht dem Irrlicht der Sittenlehre zu folgen?

Die Mahnung vergiftet uns, wenn es so fortgeht, wenn es den Neudeutschen gelingt, «Imponderabilien der öffentlichen Meinung langsam zu schaffen und sie so lange geduldig und unermüdlich zu verstärken, bis das erhoffte und herbeigerufene günstige Geschick sie mit voller Wucht als Ponderabilien in die Waagschale der Entscheidung wirft» – wenn das gelingt, welchem Verbrecher ist es verwehrt, sich auf diese eigenartige moralische Lehre zu berufen?

Wir verdammen diese Politik nicht, weil sie unsittlich ist. Mag sie unsittlich sein, mag sie angewandt werden, weil sie zum Erfolge führt – aber sie ist Politik und nur Politik. Hell leuchtet gegen diesen dunkeln Fleck ein strahlender Stern. Kein ‹schöner Gegenstand aus dem Vorlesungsverzeichnis der philosophischen Fakultät›, der Schopenhauer das ihrige besorgt hat. Einer leuchtet dagegen, der unbedingt war, so unbedingt, daß die Pharisäer vor ihm erschraken, einer, für den Erfolg nicht in Frage kam und nicht Geltung und nicht Macht. «... Indem ein Mann, der in allen Umständen gut sein wollte, unter der Menge derer, die nicht gut sind, notwendig zugrunde gehen müßte.» Und Christus hing am Kreuz. Warum hatte er auch den Macchiavelli nicht gelesen!

KÜMMERNIS

Frühmorgens beim Kaffee – mein faltiger Bauch,
wie baumelst du trübe und leer!
Gewiß, ohne Zucker und Milch geht es auch,
so reicht mir die Kanne nur her.
  Kein Fleisch und kein Honig, kein Fett und kein Ei,
  wie öd ist das Frühstücksgedeck!
  Doch eines, mein Bauch, stört am meisten uns zwei:
    Die Sahne ...
    die Sahne ist weg!

Und nicht nur beim Kaffee – o Allegorie!
komm mit in den Musenhain.
Wie sehr auch der Kunstmarkt lärmte und schrie:
wer reich ist, der braucht nicht zu schrein.
  Die Expressionisten im Kinderkleid
  und die Kunst mit dem fünfstelligen Scheck –
  und ich denke an Brahm und die alte Zeit –
    Die Sahne ...
    die Sahne ist weg!

So schau in die Zukunft! – Was kommt denn danach,
wenn die Große Zeit einst vorbei?
Was kommt nach den Tränen, dem Blut und der Schmach
und all dem Nationengeschrei?

Was kommt für die Kinder? die Generation
der Hoffnung?
Ich sehe da black –
Mein Jugendlicher, o Ludolf, mein Sohn:
Die Sahne ...
die Sahne ist weg!

DER APPARAT

«Wohin reitest du?» – «Frags Pferd!»

Es ist gesagt worden, die Maschine habe die Menschen unter das Joch gebeugt; sie diene ihnen nicht, jene dienten ihr. Aber es ist nicht nur die Maschine, die wie ein Polyp auf dem Menschheitskörper hockt und saugt – da ist noch etwas anderes.

Der Werdegang war so: wir alle konnten uns nicht damit befassen, die Straßen unseres Gemeinwesens zu reinigen. Es wurde also ein Mann von uns allen, von Gemeinde wegen, bestellt, der bekam Geld und Leute und hatte für Besen und Eimer und Wagen zu sorgen und die Straßen sauber zu halten. Weiter sollte er nichts. Was aber machte der Mann, der aus Deutschland stammte, zu allererst? Er machte sich wichtig.

Und wir nahmen ihn wichtig. Und wir nehmen sie alle wichtig, die ein Amt haben. Amt! du Zauberwort unter den Deutschen! Du bist der Inbegriff, bist das Ding an sich, das Tabu, du beherrschest die Kausalgesetze, und es ist kein Gott außer dir. Es ist nicht nur die Hochachtung vor der Behörde – denn die im Staub verharrende Demut ist genau so groß vor der privaten Organisation, vor allem, was ich den ‹Apparat› nennen möchte.

Nicht die Deutschen beherrschen die selbstgeschaffenen Apparate zur Vervollkommnung des Lebens – die Apparate beherrschen die Deutschen.

Daß überhaupt organisiert wird, flößt uns viel mehr Hochachtung ein als was und wie eigentlich organisiert werde. Und der, der den Apparat bedient, braucht nicht einmal eine bunte Mütze zu tragen – er ist uns Herold und König und Priester in einem.

Nun ist die Hochachtung für den Apparat meist sehr unangebracht, denn die meisten deutschen Apparate sind Monopole, und wenn ich das ganze bisher freie Gebiet, sagen wir, der Paukenfabrikation als erster bewirtschafte, so werde ich immer, ganz gleich, wie ichs anfange, am Ende des Jahres große Zahlen und Tausende von Pauken vorzuweisen haben. Sie waren ja da. Und der Laie staunt ...

Der Apparat ist bei uns das, was beim Auto das tote Gewicht ist. Aber das darf nicht zu groß sein – eine Kindereisenbahn braucht keinen

Hundertundachtzigpferdigen, und ein Motor kann nicht nur treiben, er kann auch lasten. Dies ist eine Last: daß jede deutsche Organisation zunächst einmal überall für sich und ihre Leute die Sahne abschöpft – und es braucht nicht immer die Unterschlagung zu sein, das ist so ein altmodisches Wort – es ist eine Last, daß der Apparat zuerst und vor allem für seine Leute, seine Freunde, seine Anhanger da ist, der Rest aber mürrisch denen zugeschoben wird, denen er eigentlich gehört; das alles ist eine Last, aber eine tote Last. Denn die meisten deutschen Apparate kosten mehr, als sie wirklich leisten, – sie arbeiten alle, aber sie lassen sich alle überzahlen.

Die Seele des Apparates ist die Verfügung. Und hier wirds sehr ernst.

Der Deutsche hat tatsächlich in jahrhundertelanger Lehrzeit bei den Büromenschen gelernt, erst die Verfügung, die Bestimmung, den Apparat zu sehen und dann das Resultat. Er wird sich also allemal beruhigen, wenn ihm der Mann am Apparat sagt: «Ja, aber ich habe hier meine Belege, und da meine Vorschriften – und, siehst du, es stimmt alles!» Nun, dann stimmt doch alles!

Aber es stimmt nach außen nicht. Und der Deutsche hat immer noch nicht – auch nach vier Kriegsjahren nicht – begriffen, daß der Apparat jeglicher Art doch nur ein Hilfsmittel ist, eine Maschine, die den Fortgang erleichtern soll, ein Mittel, aber kein Zweck. Der Apparat ist Selbstzweck geworden.

Und das ist nach innen eine Lächerlichkeit, nach außen ein unberechenbarer Schade. Der Außenstehende – selbst Deutscher oder Ausländer – hält sich nur und ausschließlich an den sichtbaren, greifbaren Erfolg. Und das von Rechts wegen. Er kennt die Verfügung nicht, er will sie gar nicht kennen, er braucht sie auch nicht zu kennen. «Oho!» sagt der Bürokrat, also jeder zweite Deutsche. Aber er verkennt seine Macht: er hat keine eigene; er ist nur eingesetzt. Er ist nur für den andern da. Und der andere will Äpfel oder eine Tanzerlaubnis oder eine Wahlreform – und bekommt er sie nicht, so hält er sich – tausendmal mit Recht! – lediglich an dieses negative Ergebnis. Wie es zustande gekommen ist, kümmert ihn nicht.

Der ‹gelernte Deutsche› – um ein Spitzersches Wort zu variieren – aber urteilt anders. Für ihn ist umgekehrt die Sache abgetan, wenn den Bestimmungen Genüge getan ist. Der Apparat ist ein Automat: innen ist ein Räderwerk von Verfügungen, oben wirft man bescheidentlich ein Gesuch hinein, und unten fällt etwas heraus: in der Regel eine Dummheit.

Wir erleben so oft das kindliche Schauspiel, daß eine Behörde, die etwas verbockt hat, hinterher eine weitschweifige Erklärung losläßt: in Gemäßheit der Paragraphen sei sie berechtigt gewesen ... Und einer hat nach wie vor ungenügend zu essen, eine Mutter weint, einer sitzt im Gefängnis ... aber die Katz, die Katz ist gerettet.

Niemals reicht die starre Verfügung zu den feinen Wechselfällen des Lebens herunter; die Behörde, die Organisation, das Amt – sie sollen nicht stumpfsinnige Handlanger für die Anwendung einiger allgemein ausgesonnener Regeln sein. Der Apparat soll nicht herrschen. Der Apparat soll dienen.

Der Apparat und seine Leute aber waren dabei – in Kriegs- und Friedenszeiten –, den Deutschen ihre Wichtigkeit durch eitle Betonung ihres Wesens und Wirkens ins Gehirn zu hämmern. Nebenbei wird dabei gelogen: der Schildernde läßt immer alle anderen Glieder der unendlichen Kette weg. Der Intendant eines Armeekorps liebt es, wenn der lauschende Familienkreis ihn sich vorstellt: ein Bein markig auf einen Mehlsack gestützt, das Auge sinnend ins Weite gerichtet, im Hintergrunde aber zieht Division auf Division vorbei, die alle, alle Onkel Karl verpflegen muß ...

Kommt aber der Deutsche in eine Stube, in der irgendein Apparat wirtschaftet, so fühlt er sich im Tempel, scheu und ehrfürchtig naht er den hierarchischen Gewalten. Es braucht einer nur hinter einem Schalter zu sitzen, um ein durchaus höheres Wesen darzustellen.

Die Süßigkeit dieser angemaßten Macht, die in Wirklichkeit gar nicht vorhanden ist – sie besteht nur in der Einbildung der Landsleute – wird im ganzen Reiche ausgekostet, und keiner will von ihr lassen. Sie schelten alle ‹Tyrann!› – aber wird einer aus dem schimpfenden Publikum Beamter, dann ist er grad so.

Wenn aber heute bei den Neutralen, bei den Feinden, bei den Leuten des besetzten Gebietes so viele den Kopf schütteln und den Deutschen nicht begreifen, der abwechselnd weich und hart ist, anscheinend ohne erkennbaren Grund, dann ist der Apparat daran schuld. Der deutsche Apparat, der sein Volk gezüchtigt hat, das ihn liebte. Es soll aber sogar auch einige Deutsche geben, die mit ihrem eigenen Landsmann nicht einverstanden sind, und die glauben, es käme mehr auf die Wirkung als auf die Handgriffe zu ihrer Erzeugung an.

SÜDLICHE NACHT

«Ernste, milde, träumerische – unergründlich süße Nacht!» ...

Die rumänischen Hähne sind eine ganz blödsinnige Gesellschaft. Was ein ordentlicher Hahn ist, so kräht derselbe morgens um fünf seine Hennen aus dem Bett und geht dann an sein Tagewerk. Diese Tiere hier gehen vor. Abends um zehn Uhr krähen sie, und die ganze Nacht krähen sie, und dabei krächzen sie so unangenehm und kreischen; keine Spur jenes ehrlichen deutschen ‹Kikeriki›. Dann sind da die Hunde. Heute nacht ist Vollmond. Wie ein wildes Geläute geht es über das Land, Hunderte und Hunderte blaffender Kehlen und unermüdlich rufender Wauwaus. Dann sind da die Heimchen. Kennst Du Heimchen? Gott allein weiß, wozu diese Tiere, die ihr freundliches Diminutiv wirklich nicht verdient haben, auf der Welt sind: sie sitzen in Mauerritzen und schaben sich mit den Hinterbeinen einen lieblichen Gesang ab, ratsch-ratsch-ratsch machen sie, und wenn sie vierzigtausendmal ratsch gemacht haben, ist der Morgen da. Dann sind da die Katzen. Der Wind rauscht in den Akazien. Ein Fensterladen klappert. «... unergründlich süße Nacht!»

Es ist schwül und heiß. Ich kann nicht schlafen. Allerhand geht mir durch den Kopf. Gedachtes, Gelebtes und Geliebtes. Ich bin fern. Was machen sie zu Hause, in der lieben Brotkartenheimat? Sie organisieren. Ach, sie sollten lieber nicht so viel organisieren! Wir werden das niemals begreifen, daß nicht alles auf der Welt geregelt sein kann, daß es auch gar nicht nötig ist, daß allgemeine Richtlinien vollauf genügen, und daß alles Übrige sich durch den gesunden Menschenverstand und durch einen gewissen natürlichen Ausgleich allein regeln muß.

Puch-kchch – rrrums! Draußen kollern die Katzen. Ein eigentümliches Familienleben. Zwei Kater haben sich offenbar überfallen, sie pusten und maunzen und schnauben. Dann schreit einer, bäää – wie ein kleines, unartiges Kind. Etwas fegt um die Ecke. Dann ists still. Gott segne auch diese Liebe.

Was hat unsre Überorganisation schon alles angerichtet! «Der Organisator will für alle», sagt die Huch in einem ihrer schönen Lutherbriefe. Gewiß, und es ist ja so schön, selbst zu wollen, immer zu wollen, einzuteilen, anzuordnen, und die andern wie leblose Faktoren in seine Rechnung einzusetzen. Sich einsetzen zu lassen, ist weniger heiter. Und es ist noch schöner, ein Büro zu haben und ein Journal und Angestellte, und es ist am allerschönsten, Verfügungen zu treffen, jene berühmten und berüchtigten Verfügungen, die ja letzten Endes doch nicht *das* erfassen, worauf es eigentlich ankommt. Und unter der Überorganisation regt sich heimlich und leise das wahre Leben, geheimnisvoll und versteckt, und schlägt die Augen auf. Mit Polypenarmen wirkt drunten der Schieber und tut, was er will. Der Herr oben will und mags nicht sehen.

Tausend Heimchen sägen durch die Nacht. Warum heißt es ‹Das Heimchen am Herd›, wenn sie hier in der freien Natur ihren Spektakel machen dürfen? Ist das schön? Nein, das ist gar nicht schön. Und heiß ists –

Da haben sie jetzt zu Hause den Kriegsgewinnler vor. Aber dem wirds gegeben! Hei! Da kann sich die beißende Satire und der gallenbittere Spott des Herrn Journalisten aber mal ordentlich auslassen! Der Kriegsgewinnler wird sich hüten, sich jemals als getroffen zu beschweren und nicht mehr zu inserieren. Er wird wüst angegriffen. Das trübe Neidgefühl derer, die nicht verdienen, findet in den ziemlich jämmerlichen Karikatürchen und Pätschchen der Feuilletonisten seinen mit Behagen begrüßten Niederschlag. Und Herr Piesecke (arm) sagt dann von Herrn Piesecke (reich): «Jeld hat er ja – meinetwejen – aber er hat nich die richtige Kultur!» Kinder, macht euch nur nichts vor. Jeder, aber ausnahmslos jeder hätte zugegriffen, wenn ihm die Konjunktur solche Riesenverdienste in den Rachen geschleudert hätte. Der Mann ist nicht zu verurteilen, wohl aber etwas andres. Der Mann nicht. Und so, wie er heute schon, plump und des neuen Reichtums noch ungewohnt, seine dicke Haut kaum bei dem Peitschenknallen seiner Angreifer verzieht, so wird er sich rasch trösten. Es verwächst ja so schnell. Schon in der zweiten, bestimmt in der dritten Generation wird nichts mehr zu merken sein; man wird dann wohl einmal dem einheiratenden Schwiegersohn sagen: «Großvater hat damals im Weltkrieg Heereslieferungen gehabt» – aber das ist auch alles. Und die jungen Enkelkinder werden mit hochmütig herabgezogenen Mundwinkeln (oder mit was für einem Gesicht man dann grade herumlaufen muß) zu den großen berliner Buchhändlern gehen, und die berliner Buchhändler werden sich verbeugen (so, wie man sich eben vor geschmackvollen und reichen Menschen verbeugt) und werden leise sagen: «Da habe ich für Sie noch einen sehr schönen Rilke. Ganzleder, Maroquin mit Goldpressung und Seidenvorsatz. Kassiert. Nicht mehr im Handel. Direkt vom Autor abgezogen. In prima Einsamkeit entstanden, wie ...?» In fünfzig Jahren.

Jetzt musizieren sie alle mit einem Mal. Hunde und Hähne und Kater und die Heimchenlein und das ganze Heer der Krawallmacher. Die Hitze drückt. Kein Schlaf kommt in meine Augen. Es gibt ein Gedicht von Liliencron: ‹*Stammelverse nach durchwachter Nacht*›, da sind die Stunden der Liebe geschildert, wie sie nicht gewesen sind. «Warum bist du nicht da? – Warum lehnt dein Kopf nicht an meiner Schulter?» Nicht, nicht, nicht ... Ich weiß die Worte nicht mehr. Blonde –

Ist das ein grauer Schein am Fenstervorhang? Das ist der Tag. Was wird er bringen? Arbeit und Dienst und Kummer und Herumlaufen und Berichte und Gespräche – und wenn es ganz gut geht, einen Brief von Dir. Guten Morgen!

NATIONALE VERTEIDIGUNG

Das paßt euch so. Ihr grölt und brüllt
von Friedensdemokraten;
in dicken Phrasenrauch gehüllt
ruft ihr nach mehr Soldaten.

Obristenfrauen schrein und krähn
mit euch: «Marsch-Marsch! nach Flandern!»
Es sollen dorthin sterben gehn
die andern, die andern!

Die Todespein der andern schwand
in Urlaubstag und -nächten.
Ihr liebt nicht euer Vaterland!
Ihr hängt an Vorzugsrechten!
Das hamstert, schickt und schwatzt so nett
bei braungebratenen Zandern.
Die zwanzig Gramm vom Pflanzenfett
den andern, den andern!

Die Zeit ist aus. Die andern stehn
und recken ihre Glieder.
So lang geduckt, und nunmehr sehn
sie sich als Menschen wieder.
Der Friede kommt. Und ist er hier,
dann kommt das Heimwärtswandern.
Die Zeit ist aus. Jetzt kommen wir:
Die andern! Die andern!

NEUDEUTSCH

Das Wort Neudeutsch ist nicht mit dem gleichnamigen Grünkohl zu verwechseln, obgleich ja beide aus der Zusammenziehung eines Adjektivs und eines Substantivs zu neuem Hauptwort und Begriff entstanden sind. Dieses Neudeutsch ist etwas ganz Furchtbares.

Wir wollen einmal zum guten Alten zurückgreifen und im Wustmann nachlesen, was denn da steht. Der gute alte Wustmann! Er hat sich wahrscheinlich eine Walze im Grab anbringen lassen, und da dreht er sich nun ununterbrochen herum, wenn er das hören muß, was man heutzutage so Sprache nennt. Er hat gesagt: «... die schönen neumodischen Zusammensetzungen, mit denen man sich jetzt spreizt, wie: Fremdsprache, Neuerkrankung, Erstdruck, Höchststundenzahl! Hier leimt man also einen Adjektivstamm vor das Hauptwort, statt einfach zu sagen: höchste Stundenzahl undsoweiter.» Und er fragt, worin denn das Abgeschmackte solcher Zusammensetzungen liege. Es gebe doch deren eine ganze Menge, wie Sauerkraut und Süßwasser, Hochverrat, Vollmacht und dergleichen mehr. Und er fährt zu rechten fort – hör zu, o Neuzeit! «Nun stecken dem Deutschen zwei Narrheiten tief im Blute: erstens, sich womöglich immer auf irgendein Fach hinauszuspielen, mit

Fachausdrücken um sich zu werfen, jeden Quark anscheinend zum Fachausdruck zu stempeln; zweitens, sich immer den Anschein zu geben, als ob man die Fachausdrücke aller Fächer und folglich die Fächer auch selbst verstünde. Wenn es ein paar Buchhändlern beliebt, plötzlich von Neuauflagen zu reden, so denkt der junge Privatdozent: Aha! Neuauflage – schöner neuer Terminus des Buchhandels, will ich mir merken und bei der nächsten Gelegenheit anbringen. Der gewöhnliche Mensch sehnt sich nach frischer Luft. Wenn aber ein Techniker eine Ventilationsanlage macht, so beseitigt er die Abluft und sorgt für Frischluft. Im gewöhnlichen Leben spricht man von einem großen Feuer. Das kann aber die Feuerwehr doch nicht tun; so gut sie ihre Spritzen und ihre Helme hat, muß sie auch ihre Wörter haben. Der Branddirektor kennt also nur Großfeuer.»

Hörst du, wie er sich dreht? Und das täte auch ich im Grabe, wenn ich das mitanhören müßte, was sich heute begibt. Da gibt es einen Großkampftag und eine Großpatrouille und einen Feindangriff und Altkleider und Frischwasser und Frischgemüse und alles Mögliche gibt es, nur keine anständigen richtigen deutschen Wörter. Sondern ein lallendes Gestammel wichtigtuerischer Journalisten und aufgeblähter Bürokraten. Man hört ordentlich, wie der, der so ein scheußliches Wort sagt, mit der göttlichen, ‹beziehungsweise› deutschen Weltordnung im reinen ist und artig die Wörter nachplappert, die eine vorgesetzte Dienststelle zuerst gebraucht hat. Und dieses Zeugs sickert von den politischen Aufsätzen langsam in die Sprache ein, und nächstens wird einer noch etwas darauf reimen.

Nichts aber, Wustmann, der du dich noch immer drehst, geht über das schöne teutsche Wort Belange. Das habe ich mir nicht ausgedacht; das ist neudeutsch und heißt: Interessen. Nun hat mein kleines Fremdwörterlexikon von Lohmeyer, das der Deutsche Sprachverein herausgegeben hat, für Interesse allerhand Verdeutschungen, aber um sich jeweils eine herauszusuchen, die paßt, muß man Sprachgefühl haben, und das haben sie nicht. Dafür schreiben sie (die *‹Süddeutschen Monatshefte›*) so: «Abwägung einander entgegenstehender Belange und dementsprechend Hintansetzung eines an sich zweifellos bestehenden aber in dem vorliegenden Widerstreit als minderwichtig erfundenen Rechts lassen ja selbst bürgerliche Rechtsordnungen wie die unsre in gewissen Fällen, besonders im Notstand, zu.»

Es wäre nun viel belangerer gewesen, wenn der Verfasser dieses Sätzchens ruhig Interessen geschrieben hätte, aber dafür alles andre deutsch; leider hat ers umgekehrt gemacht. (‹Zulassen› ist viel zu weit auseinandergerissen, ‹zu› klappt hinten nach; der Genetiv ‹Rechts› ist mit Partizipien überlastet; in den dicken Blöcken der langweiligen Substantive liegt ein kleines Rinnsal eingebettet: das Verbchen ‹lassen›. Chinese.)

Sie lernens nicht. Und es ist schon das Gescheiteste, sie mit all ihren schönen neudeutschen Telegramm-Wörtern, ihrem Übersetzungsdrehwurm und ihrem Fachwörterkram stehen und liegen zu lassen und sich ‹seinerseits› einer anständigen und saubern Ausdrucksweise zu befleißigen. Das Neudeutsch aber soll der Teufel holen. Und der wird sich schwer hüten: denn der Teufel ist ein Mann von Jahrhunderte altem Geschmack.

BRIEFMARKEN

Germania, die was auf den bunten Marken
der Reichspost prangt, hat längst die Nase voll.
Sie ist ein Weib. Wir brauchen einen starken
und kräftigen Mann, der künftig prangen soll.
So leg ich denn den Finger an die Nase
und denke nach: Wer ist der Ehre wert?
Herr Chamberlain? Herr Oldenburg? Herr Haase?
auf einem Hoppe-Hoppe-Reiter-Pferd?

Doch nehmen wir die Götter aus den Tempeln
– zum Beispiel Herrn von Heydebrands Gesicht –,
dann traut sich der Beamte nicht zu stempeln;
so geht das also nicht.
Dieweil man aber jene kleinen Blättchen
mit zähem, weichem Klebestoff bestrich:
wie wäre es, samt seinen Ordenskettchen,
mit Helfferich?

Doch einer noch. Alldeutschlands Schafe bähen,
der Schäfer vorneweg: «Ein Bismarck fehlt!»
Wer weiß, wenn sie ihn heut regieren sähen . . .
Nun gut. Wenn den die Reichspost wählt?

Der Kopf spricht. Horch! Wie sich die Brauen heben!
– «Ihr könnt mich alle auf die Briefe kleben!»

DIE REIHENFOLGE

Wie war das neulich eigentümlich!
Ich ging im Wald so für mich hin,
und alles, was durchaus nicht ziemlich,
drängt sich mir dauernd in den Sinn.

Da liegt, in heiterm Flug geboren,
ganz weiß, gekrümmt und weich wie Wachs
– das hat gewiß ein Spatz verloren –
ein kleiner Klacks.

Und tiefer in des Waldes Hallen
liegt hingerollt, soweit ich seh,
– das ließ wohl eine Ziege fallen –
ein halbes Pfund Kaffee.

Und wie sich das so weiter machte,
besah ich einen neuen Fund:
– hier stand einst eine Kuh und dachte –
ein Fladen, groß und rund.

Und hat denn alles sich verschworen?
Da liegt im Tümpel, dran ich ging,
– das hat gewiß ein Ochs verloren –
ein Buch von Keyserling.

DIE ARME FRAU

Mein Mann? mein dicker Mann, der Dichter?
Du lieber Gott, da seid mir still!
Ein Don Juan? Ein braver, schlichter
Bourgeois – wie Gott ihn haben will.

Da steht in seinen schmalen Büchern,
wieviele Frauen er geküßt;
von seidenen Haaren, seidenen Tüchern,
Begehren, Kitzel, Brunst, Gelüst . . .

Liebwerte Schwestern, laßt die Briefe,
den anonymen Veilchenstrauß!
Es könnt ihn stören, wenn er schliefe.
Denn meist ruht sich der Dicke aus.

Und faul und fett und so gefräßig
ist er und immer indigniert.
Und dabei gluckert er unmäßig
vom Rotwein, den er temperiert.

Ich sah euch wilder und erpichter
von Tag zu Tag – ach! laßt das sein!
Mein Mann? mein dicker Mann, der Dichter?
In Büchern: ja.
Im Leben: nein.

ANTWORT

Der Verfasser von ‹*Neudeutsch*› (in Nummer 45) wird sich über den Kronzeugen Schopenhauer freuen. «Ohne Umstände zieht jeder Skribler Substantiv und Adjektiv zu Einem Wort zusammen und sieht dabei triumphierend auf seine verblüfften Leser. Statt ‹dunkles Zimmer› Dunkelzimmer; statt die ‹ganze Länge› die Gesamtlänge – und so in hundert Fällen aus Adjektiv und Substantiv Ein Wort gemacht! wozu, wozu! – aus der schmutzigsten Raumersparnis Eines Buchstabens und des Interstitiums zwischen zwei Worten. Und bei solchen niederträchtigen Schlichen ist noch dazu eine gewisse Selbstgefälligkeit unverkennbar; triumphierend bringt jeder, als Probe seines Witzes, eine neue Sprachverhunzung zu Markte. Olympische Götter! gibt es einen peinlicheren Anblick als den des exultierenden, zufriedenen Unverstandes? Übertrifft er nicht sogar den der kokettierenden Häßlichkeiten?» Es ist Ehrenpflicht jedes deutschen Redakteurs, diesen Unfug aus seinem Gebiet auszumerzen. Fege jeder vor seiner Tür! Wir wollen kein Neudeutsch, sondern ein gutes Deutsch!

HELM AB –!

Da liegt die große Pickelhaube
im schwarzen, dunkeln Grabesloch.
Sie ruhe sanft . . . Sieh da, ich glaube,
sie wackelt noch.

Ein Landrat fletscht die großen Zähne:
«Am Grabe noch ein Spottgedicht?
De mortuis nil nisi bene!»
Ich weiß doch nicht.

Steigt unser Leid heut zu den Sternen
nach blutigem Kling-Klang-Gloria –
vergeßt es nicht: ihr sollt das lernen,
wie es geschah.

Vergeßt sie nicht: die Ordensritter,
den Heimatkistenoffizier,
die Jungs der Reklamiertenzither –
all das Getier.

Helm ab!
Voll Pietät? Ja, Kuchen!
Er liegt auf wohlverdientem Mist.
Wir müssen erst dem Alten fluchen
und dann nach gutem Neuen suchen –
bis er vermodert ist.

IN ZIVIL

Du gehst auf ein Amt, auf ein militärisches Amt, da üben die Offiziere ihren Dienst in Zivil aus. Ei! was kommen da für Gesichter zum Vorschein! Wie sehen die Leute auf einmal so anders aus! So – bedeutungslos; langweilige, nichtssagende, geistlose Gesichter. Zerblasen ist die Gottähnlichkeit, dies absolut sichere Gefühl, zu den ‹Kerls› jederzeit grob werden zu können; verschwunden die olympische Würde, die lächerliche Gockelanmaßung, die hohe Nase. Hier siehst du noch die Trümmer rauchen ...

War das alles? Ist mit den Achselstücken der ganze Nimbus hin? Von solchen Knaben haben sich Deutsche, Landsleute, Männer beherrschen und ducken lassen? Denn ein Tyrann ist nicht, wenn die Masse nicht geduldig stillhält.

Und wie hat sie still gehalten! Das Herz blutete einem im Leibe, wenn man die vier Jahre das mitansah: junge Herren, kaum der Schulbank entwachsen, hatten eine Art, zu ihren deutschen Kameraden zu sprechen ... Kameraden? Es waren ja nur Soldaten. Ältere Herrschaften bevorzugten wieder mehr das Nerohafte: furchtbar wie ein Gewittersturm durchbrauste der Hauptmann die Kompanie. (Und es waren meist die Herren der Reserve, die sich so schändlich aufführten, wir haben alle lieber unter aktiven Offizieren gestanden.)

Dahin, dahin. Jetzt sitzen sie in Zivil trübsinnig da und verrichten trübsinnig ihre Arbeit; sie können nicht mehr brüllen, nicht mehr rasen, nicht mehr wüten: es macht ihnen keinen Spaß. Kleider haben Leute gemacht, aber keine Männer.

Soll das besser werden? Wollen wir anders werden?

An der Wand, im Amt, wo sie in Zivil hocken, hängt ein Bild: eine scheußliche Zeichnung aus den wogenden Tagen des vierzehnten Augusts. Soldaten ziehen in die Schlacht, Frauen, Girlanden ... und darunter ein Text mit Musiknoten, wahrscheinlich ein Marschlied, gedichtet von einem Reklamierten für die da draußen. Und einer im Büro hat seinen Stempel auf dem Blatt probiert, und nun steht oben in der Ecke, groß und rot und deutlich:

Erledigt.

NAMENSÄNDERUNG

Ich muß mir einen neuen Namen geben.
Mein Gott, wer ändert nicht in großer Zeit!
Man kann ja auch als Kaspar Hauser leben,
wie er war ich von aller Welt so weit.

Ich Menschenfremdling dacht in meiner Klause:
Ist ein Professor einmal Monarchist,
weht einmal Schwarz-Weiß-Rot von seinem Hause,
dann, dacht ich, bleibt er eben, was er ist.

Ich Kind! Da lebt ich so im frommen Wahne.
Der hat ja gar nicht jenen Thron gemeint!
Sein Banner ist die kleine Wetterfahne:
Zahlst du Pension? Wenn nicht, bist du der Feind.

Und flugs und flink hat er sich umgewandelt.
Man ändert seinen Namen, nicht das Herz.
Man lernt die neuen Worte, und man handelt
die Überzeugung nunmehr anderwärts.

So zeigt sich denn beim Leben und beim Schreiben:
die Reaktion ist alt – die Phrase neu.
Ich aber will gern euer Alter bleiben,
als Kaspar Hauser.
Bleibt mir weiter treu!

AN LUCIANOS

Freund! Vetter! Bruder! Kampfgenosse!
Zweitausend Jahre – welche Zeit!
Du wandeltest im Fürstentrosse,
du kanntest die Athenergosse
und pfiffst auf alle Ehrbarkeit.
Du strichst beschwingt, graziös und eilig
durch euern kleinen Erdenrund –

Und Gott sei Dank: nichts war dir heilig,
du frecher Hund!

Du lebst, Lucian! Was da: Kulissen!
Wir haben zwar die Schwebebahn –
doch auch dieselben Hurenkissen,
dieselbe Seele, jäh zerrissen
von Geld und Geist – du lebst, Lucian!
Noch heut: das Pathos als Gewerbe
verdeckt die Flecke auf dem Kleid.
Wir brauchen dich. Und ist dein Erbe
noch frei, wirfs in die große Zeit.

Du warst nicht von den sanften Schreibern.
Du zogst sie splitternackend aus
und zeigtest flink an ihren Leibern:
es sieht bei Göttern und bei Weibern
noch allemal der Bürger raus.
Weil der, Lucian, weil der sie machte.
So schenk mir deinen Spöttermund!
Die Flamme gib, die sturmentfachte!
Heiß ich auch, weil ich immer lachte,
ein frecher Hund!

BRUCH

Was aber wird nun aus der Siegsallee?
Wird man dieselbe, weil zu royalistisch,
zu autokratisch und zu monarchistisch,
abfahren in den Neuen See?

Läßt man bei jedem Denkmal die Statur?
und setzt nur neue Köpfe auf die Hälse?
Nun, sagen wir mal, den von Lüders Else
und Brutus Molkenbuhr?

Weckt man den schönen, weißen Marmor ein?
Vor langen Jahren, damals, im Examen,
wußt ich, wie alle nach der Reihe kamen ...
Soll das umsonst gewesen sein?

Und sie ist schön! – Laß uns vorübergehen
und lächeln – denn wir wissen ja Bescheid.

Ich glaub, wir lassen still die Puppen stehen
als Dokumente einer großen Zeit.

WEIHNACHTEN

So steh ich nun vor deutschen Trümmern
und sing mir still mein Weihnachtslied.
Ich brauch mich nicht mehr drum zu kümmern,
was weit in aller Welt geschieht.
Die ist den andern. Uns die Klage.
Ich summe leis, ich merk es kaum,
die Weise meiner Jugendtage:
O Tannebaum!

Wenn ich so der Knecht Ruprecht wäre
und käm in dies Brimborium
— bei Deutschen fruchtet keine Lehre —
weiß Gott! ich kehrte wieder um.
Das letzte Brotkorn geht zur Neige.
Die Gasse grölt. Sie schlagen Schaum.
Ich hing sie gern in deine Zweige,
o Tannebaum!

Ich starre in die Knisterkerzen:
Wer ist an all dem Jammer schuld?
Wer warf uns so in Blut und Schmerzen?
Uns Deutsche mit der Lammsgeduld?
Die leiden nicht. Die warten bieder.
Ich träume meinen alten Traum:
Schlag, Volk, den Kastendünkel nieder!
Glaub diesen Burschen nie, nie wieder!
Dann sing du frei die Weihnachtslieder:
O Tannebaum! O Tannebaum!

SILVESTER

Im niedern Zimmer
zieht sich der Pfeifenrauch in dicken, blauen Schwaden.
Der Nachtsturm rüttelt an den Fensterladen;
die brave Lampe leuchtet mir wie immer.

Wie stets glüht mir der rote Wein
im festen Glase mit dem Kaiserbilde;
ein stiller Wein — er mundet mir so milde —
ich träum ins Glas — was spiegelt sich darein?

Vier lange Jahre.
Es hieß sich immer wieder, wieder ducken
und schweigen und herunterschlucken.
Der Mensch war Material und Heeresware.

Das ist vorbei.
Was ist uns nun geblieben?
Wo ist das Deutschland, das wir ewig lieben?
Wofür die Plackerei?

Für nichts.
Ich tue einen Zug — die Pfeife knastert —
Was hat man uns gebetet und gepastert —
Tag des Gerichts!

Und wißt ihr, wer uns also traf?
Der Koksbaron und der Monokelträger,
das Bürgerlamm und der Karrierejäger —
ihr lagt im Schlaf.

So wacht heut auf!
Wir trugen unser Kreuz und jene ihre Orden —
wir sind gestoßen und getreten worden:
Muschkot, versauf!

Vergeßt ihr das?
Denkt stets daran, wie jene Alten sungen!
Ich aber komm euch in Erinnerungen
ein volles Glas —!

INHALT

INHALT

Kurt Tucholsky

Das Kurt-Tucholsky-Chanson-Buch
Texte und Noten.
368 Seiten. Kartoniert

Gesammelte Gedichte
Sonderausgabe.
832 Seiten. Gebunden

Als Taschenbücher liegen vor:

Gesammelte Werke
10 Bände in Geschenkkassette

Zwischen Gestern und Morgen
Eine Auswahl (50)

Panter, Tiger & Co.
Eine Auswahl (131)

Ein Pyrenäenbuch
Bericht einer Reise (474)

Politische Briefe
(1183)

Politische Justiz
(1336)

Politische Texte
(1444)

Schnipsel
Aphorismen (1669)

Kurt Tucholsky
dargestellt von Klaus-Peter Schulz (rm 31)

rororo

C 143/30b

Rolf Hochhuth

Ärztinnen
5 Akte. 200 Seiten. Broschiert

Juristen
Drei Akte für sieben Spieler.
206 Seiten. Broschiert und als
rororo 5192

Tod eines Jägers
das neue buch Band 68

Eine Liebe in Deutschland
Sonderausgabe.
320 Seiten. Gebunden und als
rororo 5090

Die Hebamme
Komödie. Erzählungen. Gedichte. Essays.
Sonderausgabe.
494 Seiten. Gebunden und als
rororo 1670

Guerillas
Tragödie in 5 Akten.
220 Seiten. Broschiert und als
rororo 1588

Soldaten
Nekrolog auf Genf. Tragödie in 5 Akten.
rororo 1323

Der Stellvertreter
Ein christliches Trauerspiel. Mit Essays von
Sabine Lietzmann, Karl Jaspers, Walter
Muschg, Erwin Piscator und Golo Mann.
Erweiterte Taschenbuchausgabe mit einer
Variante zum 5. Akt. rororo 997

Judith
Trauerspiel. 240 Seiten. Broschiert

ro
ro
ro

C 967/8

Rolf Hochhuth

Räuberrede
Drei deutsche Vorwürfe
Schiller/Lessing/Geschwister Scholl
224 Seiten. Broschiert

Spitze des Eisbergs
Ein Reader.
Herausgegeben von Dietrich Simon
334 Seiten. Broschiert

Tell 38
Dankrede für den Basler Kunstpreis 1976
Anmerkungen und Dokumente
160 Seiten. Broschiert

Die Berliner Antigone
Prosa und Verse. Einführung von
Nino Erné. rororo 1842

Rolf Hochhuth –
Eingriffe in die Zeitgeschichte
Essays zum Werk.
Herausgegeben von Walter Hinck.
286 Seiten. Kartoniert

rororo

C 967/8a

Hans Fallada

Hans Fallada
dargestellt in Selbstzeugnissen und Bilddokumenten von Jürgen Manthey (rm 78)

Kleiner Mann – was nun?
Roman (1)

Wer einmal aus dem Blechnapf frißt
Roman (54)

Damals bei uns daheim
Erlebtes, Erfahrenes u. Erfundenes (136)

Heute bei uns zu Haus
Ein anderes Buch. Erfahrenes und Erfundenes (232)

Der Trinker
Roman (333)

Bauern, Bonzen und Bomben
Roman (651)

Jeder stirbt für sich allein
Roman (671)

Wolf unter Wölfen
Roman (1057)

Kleiner Mann, Großer Mann – alles vertauscht
Roman (1244)

Ein Mann will nach oben
Die Frauen und der Träumer
Roman (1316)

Lieschens Sieg
und andere Erzählungen (1584)

ro ro ro

C 46/21

Bertolt Brecht

Kalendergeschichten
rororo 77

Drei Groschen Roman
rororo 263

Die Geschäfte des
Herrn Julius Caesar
Romanfragment. rororo 639

Ferner erschien

Bertolt Brecht
mit Selbstzeugnissen und Bild-
dokumenten dargestellt von
Marianne Kesting
rowohlts monographien Band 37

ro
ro
ro

C 12/21

KURT TUCHOLSKY

GESAMMELTE WERKE

IN 10 BÄNDEN

HERAUSGEGEBEN VON

MARY GEROLD-TUCHOLSKY

FRITZ J. RADDATZ

KURT TUCHOLSKY

GESAMMELTE WERKE

BAND 2

1919–1920

ROWOHLT

Umschlagentwurf Werner Rebhuhn

70.–119. Tausend April 1985

Veröffentlicht im Rowohlt Taschenbuch Verlag GmbH,
Reinbek bei Hamburg, September 1975

Gesamtherstellung Clausen & Bosse, Leck
Printed in Germany
ISBN 3 499 29002 2

1919

EIN DEUTSCHLAND!

Feierlich treten wir nunmehr in das Jahr 1919,
und es freut uns, daß wir allhier versammelt Feind und Freund sehn;
unserm tierischen Gehaben entsprechend wollen wir sie beschnuppern
und betrachten,
und, je nachdem, beißen oder auf den Popo klapsen oder schweigend
achten.

Wie ist das zunächst mit Oberschlesien?
Sind da die Herren Schwarzröcke im Spiel gewesien?
Oder markieren alldort die lieben Polen
den Teufel, der die Deutschen will holen?

Es knistert aber nicht nur an dieser Stelle im Reiche;
im Rheinland beobachten wir ganz das gleiche:
auch hier möchte man sich selbständig machen, und nicht minder
partikularistisch erglänzt der Vereinszylinder.

Und es ertönt die alte deutsche Musike:
Wir wollen unsere eigene kleine Republike!
Zweitausend Jahre alt ist diese Melodie –
und es scheint fast so, als lernten die Deutschen es nie.

Haben sie denn nicht begriffen, was vor sich gegangen?
Fühlen sie nicht im Osten und Westen die klemmenden Zangen?
Müssen sich denn die Deutschen immer untereinander zanken
und von Kürassierstiefel zum Schlafrock hin und wider wanken?

Ein Deutschland! Soll das niemals anders werden?
Ein Deutschland ohne diese lächerlichen Bürgergebärden –
Ein Deutschland! Freunde, seid klug und gebt euch die Hand!
Wir pfeifen auf schrilles Hurrageschrei. Wir brauchen
ein Vaterland!

ACHTUNDVIERZIG

Siebzig Jahre ist das nun her.
Siebzig Jahre wiegen so schwer.
Schwarz-rot-goldene Fahnen flatterten,
Vater Wrangels Musketen knatterten –
Wofür?

Wie glühten die Herzen! wie glühten die Köpfe!
Kampf! Kampf gegen die Bürgertröpfe,
gegen die nickenden Zipfelmützen –
Klatschen in trübe Fürstenpfützen –
Und dann?

Der große Sieg in den siebziger Jahren
ist uns verdammt in die Krone gefahren.
Die Krone gleißte. Die Bürger krochen.
Die treusten deutschen Herzen pochen
im Proletariat.

Und dann? Die versprochenen herrlichen Zeiten!
Und dann? Wir wollen gen Frankreich reiten!
Und dann? Wir kämpfen gegen zwei Welten,
Herz und Hirn haben den Deubel zu gelten –
Jetzt sitzt er in Holland.

Wofür, mein Gott, hat die Freiheit geblutet?
Wofür wurden Männer und Mädchen geknutet?
Spartakus! Deutsche! So öffnet die Augen!
Sie warten, euch Blut aus den Adern zu saugen –
Der Feind steht rechts!

Zerfleischt euch nicht das eigene Herz!
Denkt an die Barrikaden im März –!
Wir litten so viel.
Wollen wir nicht endlich Weltbürger werden?
Wir haben nur einen Feind auf Erden:
den deutschen Schlemihl!

MILITARIA

Offizier und Mann

Das Verhältnis des deutschen Offiziers zum Mann war schlecht. Der Offizier lebte in einer ganz andern Welt und sah den Mann nicht nur von oben herab, sondern außerdienstlich am liebsten gar nicht an. Die Lebenshaltung beider war vollkommen verschieden, und bis zur Lächerlichkeit ungerecht verschieden: der Mann bekam zu Anfang des Krieges dreiunddreißig Pfennige täglich, später etwas mehr – der Offizier, besonders die höhern Dienstgrade, konnten zum großen Teil von ihren Gehältern sparen. Bezeichnend ist, daß – aus Gründen dessen, was man seinerzeit die Disziplin nannte — niemals eine Gebührenordnung der höhern Dienstgrade veröffentlicht wurde oder irgendwo zu haben war. Diese Gehaltsregelung war geheim und hatte auch allen Grund, es zu sein.

Von einem kameradschaftlichen Zusammenarbeiten der Truppe mit ihren Offizieren war nur in den Augenblicken äußerster Anspannung und Gefahr die Rede. In allen andern Fällen stelzte der Offizier mit gelangweiltem Blick vor der Front herum, grüßte nachlässig oder gar nicht, wenn er einem ‹Kerl› begegnete, und befleißigte sich grundsätzlich derjenigen Verachtung, die einem deutschen Soldaten nun einmal von seinen Vorgesetzten zukam. Es gab, selbstverständlich, viele Ausnahmen — betrachtet wird hier der Geist, der das deutsche Offizierkorps beherrscht hat, und der war schlecht. Es kam dem Offizier niemals in den Sinn, daß er doch grade so gut wie jeder Mann die Lasten des Krieges zu tragen habe — er beanspruchte und erhielt ohne weiteres das Zwanzigfache an Lohn und Verpflegung, und seine Quartiere standen in keinem Verhältnis zu den meist jämmerlichen der Mannschaften.

In dem Abschnitt *‹Verpflegung›* wird darüber mehr zu sagen sein.

Die sittliche Haltung des deutschen Offizierkorps im Kriege ist im ganzen als mangelhaft zu bezeichnen. Nicht, weil scharf getrunken wurde — der Mann, und besonders der Mann im Felde, muß trinken —, und es mögen darum Alkoholgegner und deren Gegner miteinander raufen. Die sittliche Haltung der deutschen Offiziere war deshalb so mangelhaft, weil sie in frechem Hochmut den eigenen Landsleuten *das* wegnahmen, was denen zukam, und weil sie das (dienstlich absolut notwendige) Vorgesetztenverhältnis auch stillschweigend auf die Verteilung der Speisen und Getränke übertrugen. Daß es in den meisten Kasinos bei der Fidelitas nicht nur unfein, sondern als Gegengewicht gegen die offiziell immer noch anerkannte Steifheit geisttötend zuging, nebenbei. Beim Wein entpuppt sich der Mensch — und was da zum Vorschein kam, war nicht immer menschlich. Die Kommandeure hielten selten auf reinen Tisch — teils, weil dann den Herren der ganze Weltkrieg keinen Spaß mehr gemacht hätte, teils, weil sie selbst keine saubern Finger hatten. Mackensen sah sich, zum Beispiel, in Rumänien genötigt, noch zum Schluß der unseligen Besetzungszeit einen Geheimerlaß an die Offiziere zu richten: in Bukarest nur anständige Lokale aufzusuchen und sich nicht öffentlich mit Huren abzugeben. «Es soll sogar», stand ungefähr in dem Erlaß, «vorgekommen sein, daß Offiziere mit nicht einwandfreien Damen in Wagen . . .» Ganz Bukarest lachte; denn ganz Bukarest war voll von Pärchen und wilden Ehen. Dabei muß gesagt werden, daß der deutsche Offizier nicht etwa Roheiten, wie sie ihm der Propagandadienst der Entente andichtete, verübt hat — sind sie vorgekommen, so waren es bedauerliche Ausnahmen, für die der Stand und das Heer nicht verantwortlich zu machen sind. Es war vielmehr eine schleichende und stillschweigend vereinbarte und anerkannte Korruption auf sittlichem Gebiet: man hatte Weiber, Heimatkisten, Beziehungen für Orden und den Hochmutsteufel. Darin taten sich besonders die Fliegeroffiziere hervor: ein Erlaß vom Kommandierenden General der Luftstreitkräfte aus dem Jahr 1917 tadelt das Auftreten der jungen Fliegeroffiziere, die ältere Kameraden nicht grüßten, ihre Automobile für Privatzwecke benutzten und sich in den französischen und belgischen Etappenstädten schlecht benähmen.

Am schlimmsten trieben es die Offiziere in der Etappe. Dabei darf uns nicht der deutsche Fehler unterlaufen, nur in Kollektiven zu denken und nun die Sache damit abzutun: «Ja, die Etappe —!» Der Offizier in der Etappe — und sie war recht groß geworden, die Etappe — war nichts weiter als ein gutgestellter Deutscher, und er nahm sich, weiß Gott, nicht gut aus. Wenn man unsre alten Landsturmleute so herumlaufen sah: schmutzig, alt, grau, schlecht genährt, schlecht gekleidet, krumm und gebeugt — und dann daneben den jungen Herrn, der, seit er Offizier geworden war, sich aller Pflichten ledig erachtete, so stieg es bitter in einem auf. Wunderbarerweise war die rührende Unterordnung ebenso groß wie die allgemeine Erbitterung gegen den schlechten Geist der Offiziere. Ausschreitungen der Mannschaften gegen die Offiziere sind selten vorgekommen.

Der üble Geist des deutschen Offizierkorps färbte natürlich nach unten ab. Nur im vordersten Graben funktionierte der Unteroffiziersston nicht — kam das Regiment in Ruhestellung, so wuchs der Vizefeldwebel zum kleinen König empor, und der Etatsmäßige schwoll zum Gott an. Die Feldwebelswirtschaft war allgemein: der meist jugendliche Kompanieführer — Kriegsware — übertrug seinem Feldwebel viele wichtige Geschäfte, die er selbst hätte erledigen sollen, und der mißbrauchte seine Stellung: entweder er nahm Geld, oder, was schlimmer war, er bekam nerohafte Neigungen und tyrannisierte die paar hundert Menschen, die ihm unterstellt waren. Der Geist ging von oben nach unten: taugte der Kommandeur einer Formation nichts, dann spielten sich die Gefreiten noch als die Vorgesetzten auf, und ein Deutscher hackte dem andern Herz und Augen aus.

Besonders widerlich wirkte, wie die größten Schreier still wurden, wenn man sie beförderte: dann war auf einmal alles gut. Ich habe häufig genug beobachtet, wie diese Leute gewissermaßen vor sich selber stramm standen und am Tage ihrer Beförderung mit einem geheimen Schauder herumliefen: Was bist du doch für ein Kerl!

Die Befehlsgewalt, die ein Vorgesetzter dem Untergebenen gegenüber hatte, war aber auch groß, zu groß. Sie erstreckte sich nicht nur — und das war das Gefährliche — auf den Dienst — nur dahin hätte sie gehört —, sondern sie umfaßte alle persönlichen Beziehungen, der Mann war seinen Vorgesetzten mit Haut und Haaren ausgeliefert. Die wenigsten Offiziere hatten die nötige innerliche Reife, um befehlen zu können (was bekanntlich schwerer ist als gehorchen). Es empörte immer wieder, zu sehen, mit welch loyaler Geringschätzung sie dem Manne günstigstenfalls auf die Schulter klopften oder ihn gar nicht ansahen. Die höhern Dienstgrade hatten meist überhaupt jeden Zusammenhang mit der Erde verloren und standen da, den Kopf in den Wolken verhüllt, auf ihren Vorteil bedacht und rücksichtslos ihr eigenes Wohl in den Vordergrund schiebend. Es mag eine Ausnahme sein, daß ein Divisionär in Rumänien — der Mann hieß Gentner — seinen Urlaub damit antrat, daß er einen Engpaß, durch den Munition, Nachschub, Post und Kranke gefahren wurden, auf zwei Tage sperren ließ, und dann kam er: flankiert von einer halben Schwadron und einer halben Kompanie, auf einem achtspännigen Ochsenwagen; es mag eine Ausnahme sein, daß ein Fliegerhauptmann, in einem französischen Schloß einquartiert, morgens um halb fünf von zwei Burschen die Singvögel aus den Bäumen scheuchen ließ, weil sie ihn störten: Caligula — es mögen das Ausnahmen sein, aber sie scheinen bezeichnend.

Ich glaube nicht, daß die Zahl der gefallenen Offiziere ein Argument gegen die Behauptung ist, daß ihr Geist nichts taugte. Tausende haben ihre Pflicht getan, und fast alle haben sie sie dem Mann gegenüber vernachlässigt. Die ungeheure Wut der Soldaten auf die Offiziere, die jetzt überall mit Recht zutage tritt, ist sonst gar nicht erklärlich. Was der deutsche Offizier taktisch in dem Kriege geleistet hat, steht dahin — zum Volkserzieher ist sein bisheriger Typ nicht berufen.

Bevor die Artikelreihe fortfährt, Militärisches zu beleuchten, möchte ich eines sagen. Es wird mir vorgeworfen, ich schmähte mein eignes Land. Das ist nicht mein Land. Das ist nicht unser Deutschland, in dem diese Köpfe, diese Hirne herrschen durften. Der Hinweis: «Pst! Nicht so laut! Was soll das Ausland von uns denken!» ist nun so oft erklungen, besonders dann, wenn die Wäsche wirklich schmutzig war, daß ich keinen andern Weg, das Übel auszurotten, sehe, als den der rücksichtslosen, gründlichen Ausbrennung. Ich habe neulich in einer großen Tageszeitung das Präludium zu diesem Thema angeschlagen: eine Flut von Beschimpfungen hat sich über mich ergossen. Mir ist das gleichgültig, schon deshalb, weil sie alle («Du bist nie draußen gewesen! Du bist nur nicht befördert!») auch sachlich Unrecht haben.

Worauf es uns ankommt, ist dies: den Deutschen, unsern Landsleuten, den Knechtsgeist auszutreiben, der nicht gehorchen kennt, ohne zu kuschen — der keine sachliche Unterordnung will, sondern nur blinde Unterwerfung. Unser Offizier hat schlecht und recht seinen Dienst getan, und auch den teilweise mäßig genug — aber er hat sich überzahlen lassen, und wir haben auszufressen, was ein entarteter Militarismus uns eingebrockt hat.

Nur durch völlige Abkehrung von dieser schmählichen Epoche kommen wir wieder zur Ordnung. Spartakus ist es nicht; der Offizier, der sein eigenes Volk als Mittel zum Zweck ansah, ist es auch nicht – was wird es denn sein am Ende?

Der aufrechte Deutsche.

Verpflegung

Wenn der deutsche Soldat *das* bekommen hätte, was ihm zustand, so hätte er ausgiebig zu essen gehabt. Die Portionssätze waren so berechnet, daß jeder gut damit hätte auskommen können. Der deutsche Soldat bekam aber nur einen Teil seiner Verpflegung – der Rest wurde unterschlagen.

Die Unehrlichkeit begann oben. Jedes Amt, durch das Lebensmittel gingen, behielt sich eine kleine Provision zurück, und schwer lastete auf dem ganzen System die Versorgung der Stäbe. Auf dem Papier stand dem ‹Selbstverpfleger›, dem Offizier, genau so viel zu wie jedem Soldaten, und es gab Offiziere, die die Kühnheit hatten, sich auf diesen nie befolgten Satz zu berufen – in Wirklichkeit war es eine Ausnahme, wenn die Stäbe, beim Bataillon angefangen, fleischlose Tage innehielten. Es galt als selbstverständlich, daß beim Lebensmittelempfang alle seltenern und bessern Nahrungsmittel nicht etwa den kranken Soldaten in den Lazaretten zugeführt wurden, sondern den gesunden Offizieren in den höhern Kommandostellen. Die Lebensmittel fielen von oben wie durch ein Sieb herunter und durch noch ein Sieb und viele – unten blieben als Bodensatz Marmelade und Brot, und das bekam der gemeine Mann. Noch der Kompanieführer betrachtete es als sein gutes Recht, für sich zu empfangen; der Küchenunteroffizier war sein Untergebener und tat das seine.

Es wäre falsch, zu behaupten, daß nur die Offiziere sich der Unterschlagung von Nahrungsmitteln zum Schaden ihrer Leute schuldig gemacht haben – der Küchen-Unteroffizier, der Fourage-Unteroffizier, der Proviantamtsinspektor, sie alle, die Lebensmittel zu verwalten oder zu verausgaben hatten, eigneten sich in großem Umfange davon an. Nun soll man dem Ochsen, der da drischet, nicht das Maul verbinden; aber diese Bullen droschen nicht und nahmen das Maul überreichlich voll. Nie hat ein Soldat seinem Kameraden, der da kochte, verübelt, wenn er ein Stückchen Fleisch für sich briet – aber sie schickten kistenweise die Lebensmittel nach Hause, und kein Offizier hinderte sie daran. Besonders zum Schluß des Krieges, als die Lebensmittelnot in Deutschland immer größer wurde, nahm die Korruption überhand.

Die Mehrzahl der Offiziere bis zum Hauptmann und alle höhern

Chargen lebten über Gebühr gut und saturiert. Es fiel ihnen nicht im Traum ein, ihre Lebenshaltung mit der des Soldaten zu vergleichen. Viele Offiziere versorgten ihre Familien völlig aus Heeresbeständen oder mit Lebensmitteln, die sie sich vermöge ihrer militärischen Stellung leicht und billig verschaffen konnten. Dem Mann blieb das meist versagt. Ein mir bekannter Hauptmann schaffte 1917 einen jener großen Auto-Omnibusse, die bei der Truppe verwendet wurden, vollständig bepackt mit Lebensmitteln nach Hause — kurz vorher hatte er einen Werkmeister einsperren lassen, weil der sich bei einem Bauern ein Viertel Pfund Butter zu erstehen versucht hatte. Die höhern Kommandostellen mißbrauchten fast alle die ihnen dienstlich zur Verfügung stehenden Transportmittel, um Lebensmittel in die Heimat zu schaffen.

Auf einem solchen Grund gedeiht der Patriotismus. Am ersten September 1917, als der erste Aufruf zur Gründung einer deutschen Vaterlandspartei erschien, weilte der Herzog von Mecklenburg-Schwerin Adolf Friedrich bei einer Etappen-Formation im Osten. Er speiste an diesem Tag im Kasino, und es gab: Klare Bouillon mit Fleischklößchen, Karpfen blau mit Meerrettich und Salzkartoffeln, Geflügel, Rindfleisch mit Kompott, süße Speise, Kaffee und Kuchen, Zigarren und Liköre. Unter der Vaterlandskundgebung stand: Adolf Friedrich, im Felde.

Die Korruption und die Verkennung der Lage fraß nach unten weiter. Es brauchte gar nicht ein sehr bekannter berliner Kommerzienrat zu sein, der im Hauptquartier für die Mitglieder des Kaiserlichen Automobilklubs aus Steinberger Cabinet Bowle ansetzte: jeder gewöhnliche Landgendarm in den besetzten Gebieten nutzte Zeit, Kraft und Dienstwerkzeuge aller Art ausschließlich für sich aus. Dem Ansehen unsres Volkes hat das unendlich genützt.

Das Eigentumsgefühl für Lebensmittel, die dem Staate gehörten, war im Heer vollkommen verloren gegangen. Es hat wohl kaum einen Zahlmeister oder Feldwebel gegeben, der die Löhnung der Soldaten unterschlug und für sich verwendete; tat ers doch, so war das eine schimpfliche Ausnahme, der man bald auf die Sprünge kam, und die man erbarmungslos verabschiedete und bestrafte. Sobald es sich um Genußmittel handelte, schwanden alle Bedenken. Es fand auch niemand mehr etwas dabei: man bedauerte nur, nicht selber an der einträglichen Stelle zu sitzen; man schimpfte aus alter, lieber Gewohnheit, machte es aber grade so, wenn man nur konnte. Der ‹Küchenbulle› stahl, es stahlen der Feldwebel und der Kompanieführer, und es unterschlugen wissentlich auch die höhern Offiziere. Denn sie wußten ja alle, woher diese ganze Herrlichkeit rührte, und man muß sich nun nicht den Offizier, der seinen Leuten das bißchen Essen wegnahm, so vorstellen wie den Russen in der Posse: nachts heimlich mit der Kerze in der Hand an den Wurstschrank der Kompanie schleichend — das wickelte sich alles viel einfacher und vor allem viel vornehmer ab. Der Bursche empfing. Der Herr aß und schickte nach Haus. Der Mann hungerte.

Wie schlecht der Geist im Heer gewesen ist, zeigte sich vor allem bei den kleinen wirtschaftlichen Unternehmungen, die jede Truppe, im Stellungskrieg und in der Etappe, angefangen hatte. Da gab es Schlächtereien und Selterswasserfabriken, landwirtschaftliche Betriebe und – die Kantine. Ach ja, die Kantine! Warum sie überhaupt etwas über den Bruchschaden hinaus verdiente, blieb unerklärlich. Der Kantinenfonds sollte dazu dienen, auf Kosten begüterter Soldaten den ärmern und der Allgemeinheit etwas zugute kommen zu lassen. Meine Formation hatte einen Kantinenfonds von annähernd hunderttausend Mark. Ich habe nie einen Pfennig davon zu sehen gekriegt. Die meisten Fonds sind überhaupt nicht aufgeteilt worden, die leitenden Offiziere oder untern Chargen haben die Beträge in die eigene Tasche gesteckt. Eine Rechenschaft wurde den Leuten über ihr Geld nicht abgelegt; das verstoße gegen die Disziplin, sagte einmal ein Offizier. Es verstieß aber nicht gegen die Disziplin, daß die Gelder in dunkeln Händen waren, daß Ein- und Verkäufe vorgenommen wurden, die das Tageslicht zu scheuen hatten. «Mit Soldaten bin ich nach Rumänien gezogen; mit schachernden Handelsleuten ziehe ich wieder hinaus», soll der alte Mackensen gesagt haben. Ich traue ihm diese Kenntnis seiner Leute nicht zu.

Wir haben gesehen, daß in dem großen Organismus des deutschen Heeres für Ehrlichkeit und saubere Wirtschaft wenig Platz war. Es ist das kein Wunder: wenn der Staat im Staate, den das Militär darstellte, für anständige Gesinnung nichts übrig hatte, aber desto mehr für zuverlässige, wenn das Vorgesetztenverhältnis nicht nur über Menschen, sondern auch über Würste und Butterfässer ausgedehnt wurde – wohin sollte das führen! Ich weiß nicht, ob es bei den andern Nationen ebenso schlecht bestellt gewesen ist: verlogener kann es nicht zugegangen sein. Bei feierlichen Anlässen trat das Offizierkorps zusammen, trat die Truppe zusammen; jeder wußte vom andern, wie viel Geld und wie viel Schmutz an seinen Fingern klebte: aber doch donnerten die Reden von preußischer Sauberkeit und von der Unantastbarkeit unsres Offizierkorps. Die Zensur zu Hause tat das ihrige, um aufbrechende Beulen zu überkleben.

Es ist doch nun vorbei, nicht wahr? Warum noch einmal das Alte aufrühren? Warum noch einmal von alledem sprechen, obgleich vielleicht das Ausland diese Arbeit übersetzen wird?

Weil wir aus der Lüge heraus wollen. Weil wir es nicht mehr ertragen können, in einer Fibelwelt zu leben, die den andern für viel dümmer hält, als ein Mensch nur sein kann. Wir alle wissen, daß unser Heer, daß unser Volk im Kriege moralisch nicht intakt geblieben ist, nicht sauber bleiben konnte. Es wird bei vierzehn Millionen Kriegern immer Schweinehunde zu Hunderttausenden geben – aber man soll das empfinden und soll sie bestrafen. Darum ist das hier alles gesagt.

Und die Diebstähle andrer Güter? Und die kleinen Mädchen? Und die großen Requisitionen? Davon das nächste Mal.

Von großen Requisitionen

Als in Deutschland die ersten französischen Kriegskarikaturen bekannt wurden, die den deutschen Soldaten mit der seit 1870 traditionellen pendule darstellten, tobte ein Entrüstungssturm durch das Land. «Frechheit! Übertreibung! Der deutsche Soldat, der deutsche Offizier stiehlt nicht!»

Wollen sehen.

Es scheint mir ein unbestrittenes Soldatenrecht zu sein, alles zu nehmen, was der kämpfende Mann und die kämpfende Truppe für die Kriegführung und für des Leibes Notdurft gebrauchen. Es ist also nichts dagegen zu sagen, daß durchmarschierende Soldaten Lebensmittel und Seife, Decken und Wagen, Pferde und Verbandsstoffe requirieren. Die Wegnahme wird durch den Requisitionszettel nicht versüßt, aber es bleibt doch wenigstens der Schein eines Rechts übrig.

Bei den erfolgten deutschen Requisitionen ist sorgfältig zu unterscheiden zwischen den raschen Wegnahmen auf dem Marsch und den wohlüberlegten Eigentumsentziehungen während der Besetzung.

Was auf den Vormärschen geschehen ist, entzieht sich meist der strengen Beurteilung, und ich glaube, daß besonders in Belgien die deutschen Soldaten nicht mehr und nicht weniger gehaust haben, als andre Völkerschaften das in früheren Jahrhunderten taten. Die kindischen Versuche des berüchtigten Kriegspresseamts, die Armee von aller Schuld reinzuwaschen, gehören in das Kapitel *‹Vaterländischer Unterricht›*: die deutsche Klasse hat vollendet aufgemerkt, und ihre Leistungen waren – leider Gottes! – zufriedenstellend. Man hätte den Lehrer früher vom Katheder herunterschlagen sollen.

Ob es auf dem Vormarsch im Westen wirklich gar so bunt hergegangen ist, wie die Franzosen darstellen, weiß ich nicht. Ein alter Generalstabsoffizier bat den Privatsekretär einer französischen Baronin um Einzelheiten; der Mann, ein Holländer, gab sie ihm. Der Sekretär erzählte später nicht ohne Bewegung, wie der Offizier geweint habe. Und ich weiß, wie nach einem Vortrag vor Soldaten, der sich gegen gar zu haarsträubende Tendenzberichte des französischen Imperialismus richtete, ein Zahlmeister dem Redner auf die Schulter klopfte und sagte: «Das war ja sehr nett, was Sie da gesagt haben. Aber Sie hätten mal dabei sein sollen, wie wir in Belgien gewirtschaftet haben!» Und dann erzählte er einige Einzelheiten, die wir uns lieber sparen wollen.

Ich kann aber, selbst wenn die Deutschen auf ihren Vormärschen mit Requisitionen weit über das Ziel hinausgegangen sind, nicht gar so viel davon hermachen. Der Krieg ist eine üble Angelegenheit, und es wird nicht leicht fallen, dem Soldaten klar zu machen, Mord sei erlaubt, ja Pflicht, und das viel geringere Delikt des Diebstahls sei Verbrechen.

Verbrecherisch aber waren die Requisitionen, die die Verwaltungsoffiziere auf eigene Faust in allen besetzten Gebieten unternahmen. Wir kommen hier wieder an eine Art deutscher Korruption, die wegen ihres schleichenden Charakters weit gefährlicher ist als jede offene. Sie ist praktisch niemals nachzuweisen, bewegt sich meist in den anständigsten Formen und hat uns maßlos verhaßt gemacht. Denn das ist Mentalität: gut scheinen wollen und schlecht tun.

Aus dem Bericht eines deutschen Verwaltungsbeamten in Rumänien:

> «Es kann keinem Zweifel unterliegen, daß es vor allem die Art und Weise der Durchführung der Requisitions-Maßnahmen ist, durch die Verbitterung und Haß in der Bevölkerung entfacht worden sind. Immer wieder hört man von rumänischer Seite den Ausspruch: ‹Wie kommen die Deutschen dazu, sich besser und mehr zu dünken als wir? Es ist bei ihnen ganz genau wie bei uns: Wer die Macht hat, stiehlt und bedrückt und füllt seine Taschen!› Der Soldat, der in ein Haus kommt, um nach beschlagnahmten Lebensmitteln zu suchen, bekundet ein lebhaftes Interesse auch für alles andre, was zwar nicht der Beschlagnahme unterliegt, was er aber für sich auch gut brauchen kann. Um sich besser verständigen zu können, bringen solche Kommandos vielfach ihren Dolmetscher mit, der meistens der Bestechung recht zugänglich ist. Hierdurch kommt es, daß die Durchführung von Beschlagnahmen in vielen Fällen höchst ungleichmäßig und ungerecht ist. Der davon Betroffene hat kein Mittel, sich zu schützen. Wenn auch jeder weiß, daß mal wieder ‹Schiebung› am Werke war, so wagen die Leute doch nicht, auf dem Beschwerdewege dagegen vorzugehen, denn damit hat schon mancher recht schlechte Erfahrungen gemacht! Sie stecken also das Unrecht ein und sind wieder in ihrer Ansicht über die Deutschen bestärkt: ‹Sunt ca si noi!› (Sie sind wie wir!)»

Der überall gefürchtete Kommandanturlandwirt war eine Zentrale aller Schieber, wie ja jeder, der mit Lebensmitteln beim Militär zu tun hatte, mehr oder weniger anrüchig war. Was diese Verwaltungsstellen an Einrichtungen, an Vieh, an Stoffen und Dingen requirierten, die gar nichts mehr mit der Kriegführung zu schaffen hatten: das geht weit über Menschliches hinaus. Der Kernpunkt in der Verderbnis war der, daß jede Abrechnung zugleich Disziplinsache war; außerdem steckten Unterchargen und die höhern Offiziere meist unter derselben schmutzigen Decke. Hier braucht man gar keine Akten aufzumachen:

keinem, der die deutsche Etappe kennt, sind dies unbewiesene Behauptungen.

Einmal beschuldigte ein anonymer Brief alle Angehörigen einer Viehsammelstelle der Unterschlagung und des Mißbrauchs der Dienstgewalt unter sehr genauen Angaben. Die Beschuldigten selbst — darunter mehrere Offiziere und ein Feldwebel, von dem die ganze Gegend wußte, er habe sich während des Krieges zum reichen Mann gemacht — wurden vernommen, bestritten natürlich alles und — und? Der anonyme Briefschreiber wurde gesucht, damit man ihm den Prozeß machen könnte.

In Riga war ein Requisitionsoffizier, der brach die leerstehenden Wohnungen auf und nahm die Möbel weg; es blieb unberücksichtigt, ob das geflohene Deutsche oder Russen, russophile oder germanophile Letten waren: er brach auf und nahm weg. Er selber bewohnte eine herrlich eingerichtete Wohnung in Riga, die requirierten Möbel wurden aus Riga fortgeschafft, die bestohlenen Familien bekamen niemals Ersatz.

In Rumänien wurde in der ersten Zeit, besonders in Bukarest und besonders durch Organe der Politischen Polizei, unsagbar gestohlen. Einer der Chefs reiste mit einer großen Zahl von vollgepackten Lederkoffern ab, auch die Koffer waren, wie der terminus lautet, ‹gekauft›.

Offiziere stahlen auf dem Balkan dem Hauswirt die Badewäsche. Er wandte sich an mich, und ich vermittelte. Dabei sagte ich: «Vielleicht bekommen Sie die Wäsche wieder! Und schließlich: es ist Krieg! Denken Sie, wie die Rumänen handeln würden, wenn sie in einem feindlichen Lande wären!» — «Ja», erwiderte mir der Mann, «die Rumänen! Das dürfen Sie nicht sagen! Sie sind keine Rumänen, Sie sind doch Deutsche!» Ach ja.

Was hier wie überall so deprimierte, war der völlige Mangel an Bedenken. Der deutsche Offizier — und er besonders, weil er ja an den maßgebendsten Plätzen saß — stahl ohne Bedenken, allerdings fast nur im großen Stil. Es fing mit ‹Erinnerungen› an (manche Offiziersfrauen tragen diese Souvenirs noch heute), und es hörte mit Waggonladungen auf. Der gemeine Mann, ein getreuer Diener seines Herrn, hätte es anstandslos ebenso gemacht, wenn er nur gekonnt hätte. Angewidert wurde man durch die große Geste der Reinheit, die der deutsche Nachrichtendienst bei den Engländern gerne ‹cant› nannte: kühl, herausfordernd unliebenswürdig, pochend auf Reinheit — und dann doch korrumpiert. Als die Russen aus Warschau abgerückt waren, schwebte ein kleiner jüdischer Apotheker in tausend Ängsten. Er verließ seine Familie, als die Deutschen kamen, um Fühlung zu nehmen. Und kam nach einer halben Stunde wieder, triumphierend, auf beiden Beinen hüpfend und heiter bewegt. Und rief: «Sie nemmen! Sie nemmen!» Sie haben überall genommen.

Von kleinen Mädchen

Nach Merkur wollen wir Aphroditen die Ehre geben.

Wie bekannt, schickte die Heimat, als es mit dem ‹Menschenmaterial› bereits haperte, Mädchen und Frauen ins Heer. Diese weiblichen Hilfskräfte machten bitterböses Blut unter den Soldaten, weil sie wesentlich höher entlohnt wurden, also von der allgemeinen Wehr- und Arbeitspflicht befreit waren, und weil . . . erröte, Leserin.

Wir wollen uns hier richtig verstehen: es ist selbstverständlich, daß Mädchen unter Männern nicht immer unberührt bleiben, und es wäre doppelt töricht, das zu leugnen, weil wir ja alle wissen, daß neben der Ehe die nicht sanktionierte Liebe eine Selbstverständlichkeit ist. Nicht also darum handelt es sich, daß die jungen Damen mit zarteren Banden als durch die des Vertrages ans Heer geknüpft waren, nicht darum, daß sich so eine Art Weibertroß herausbildete: bezeichnend für die Moral und den Geist der deutschen ehemaligen Armee war nur, wie das geschah.

Die weibliche Hilfskraft war reserviert und trug ein Schild. Nur für Offiziere. Dieses Prinzip wurde häufig durchbrochen, denn auch der Feldwebel war ein Mann. Bezeichnend aber war eben dies, wie auch hier wieder Offiziere, Unteroffiziere und der Mann auf Druckposten ganz unbedenklich Mittel und Gegenstände ihres Dienstes für die Mädchen, also für sich, gebrauchten. Miles, einer der unantastbar anständigen Offiziere, fragte neulich, ob es denn so schlimm sei, wenn der Mann, der vorne Tag und Nacht im Schützengraben gehockt habe, nun wirklich einmal auf Ruhe in Brüssel die Nacht mit einer Tochter der Freude verbracht habe. Aber gar nicht. Aber viel Vergnügen! Schlimm ist nur, daß erstens einmal der Etapperich das bedeutend schlimmer trieb (und auch der war deutscher Offizier!), und daß sich zweitens auch hier das Achselstück breit machte. Wie oft haben die vielgehaßten Reservebolzen unter den Offizieren vor weiblichen Landeseinwohnern die eigenen Leute heruntergeschimpft, nur um sich zu zeigen. Ein Pfau schlägt zu diesem Behufe ein Rad.

Im Osten stellte sich ein Rittmeister vor die (nicht einmal reichsdeutschen, sondern aus Riga geholten) Helferinnen und machte ihnen klar, daß die Kluft im deutschen Heere zwischen Offizier und Mann größer sei als im russischen, und sie sollten nicht mit den Kerls und mit den Unteroffizieren verkehren. «Sie gehören zu uns Offizieren!»

Das Verhältnis der Offiziere zu den Landeseinwohnerinnen war entsprechend. Entweder brutal oder zuckrig-galant. Aus dem voriges Mal angezogenen rumänischen Bericht:

«Mit den Mißständen, die bei der Durchführung der wirtschaftlichen Zwangsmaßnahmen grassieren, hängt eng zusammen das Kapitel ‹Frauen›. Der kleine Bürgersmann sieht mit Ingrimm und

Neid, wie gut es manche Familie hat, bei der Offiziere der Besetzungsmächte ein- und ausgehen! Da werden noch Kuchen gebacken; da wird noch guter Wein getrunken; da gibt es Fleisch und Gemüse und andre Dinge, die längst vom Tische derer verschwunden sind, die nicht in der Lage oder nicht gesonnen waren, ihr patriotisches Empfinden und Gebaren solchen materiellen Annehmlichkeiten zum Opfer zu bringen. Überhaupt zieht sich durch alles, was hier schlecht und faul ist, was die Deutschen unter das Sammelwort ‹Schiebung› registrieren und was uns Rumänen von ihnen sagen läßt ‹Sunt ca si noi›, wie ein roter Faden das Thema ‹Weib›.»

Der Einfluß des schlechten Offiziersgeistes auf die deutschen Helferinnen war, um ein beliebtes Leutnantswort zu gebrauchen, ‹verheerend›. Ein großer Teil der jungen Damen ist in Grund und Boden verdorben nach Hause gekommen. Nicht etwa, weil sie geliebt haben. Sondern weil sie gesehen haben, daß der Mann ihnen — ohne viel Arbeit — alles bot, daß Deutscher auf Deutschem herumhackte, weil der Offizier ihnen in besetzten Schlössern, mit unterschlagenen Lebensmitteln, mit widerrechtlich erzwungenen Arbeitskräften, in widerrechtlich angeeigneten Wagen und Equipagen ein Leben vortäuschte, das zu Hause die Eltern ihnen niemals bieten können. Der deutsche Offizier, und mit ihm die Chargen, haben es meisterhaft verstanden, Huren wie Damen und Damen wie Huren zu behandeln.

Und das alles drang nicht ins Volk? Und das war nicht schon in Kriegszeiten bekannt? Denn der Kompost stank doch zum Himmel, jeder wußte allenthalben, was ausgefressen wurde — viel, viel mehr, als hier dünn skizziert ist ... Und die Heimat?

Sie ertrank rettungslos, hoffnungslos in dem Phrasen- und Hurra-Nebel des Vaterländischen Unterrichts, den der Soldat erst in den letzten Kriegsjahren, der Zivilist eigentlich sein ganzes Leben lang genossen hatte. Ihn, den Vaterländischen Unterricht, wollen wir nun näher betrachten.

Vaterländischer Unterricht

Wir haben gesehen, daß bei der alten deutschen Armee in der Verpflegung, in der Behandlung der Mannschaften durch die Offiziere, in Verwaltungsangelegenheiten die schlimmsten Mißstände geherrscht haben. Es bleibt nach wie vor verwunderlich, daß die deutsche Öffentlichkeit nicht vor dem Zusammenbruch darein Einsicht bekam, umso mehr, als doch viele Soldaten ganz offen die allgemeine Verrottung erörterten.

Die vergiftende Arbeit des berüchtigten Kriegspresseamts hat hier das ihre getan. Wie diese traurige Behörde (übrigens ein Dorado aller reklamierten Reichen) die Zeitungen und die Landsleute in der Heimat behandelt und belogen hat, haben andre aufgezeigt. Der Laden der Luisenstraße wirkte aber auch vor allem ins Heer; wer zuerst Ludendorff den Gedanken eingegeben hat, die Soldaten über das Elend und den Jammer mit Flugschriften und Phrasen, mit Feldzeitungen und Reden hinwegzutäuschen, steht dahin: nach den ersten Kriegsanleihen begann jedenfalls ein prasselndes Agitationsfeuer über das Heer hereinzubrechen.

Die Taktik des Vaterländischen Unterrichts war wie die alte deutsche Regierung: hinterhältig, von oben herab und durchtränkt von der Unterschätzung aller Menschen, die nicht Offiziere und Regierungsassessoren waren. Daß man den armen Soldaten, die froh waren, wenn sie etwas zu essen hatten, ihren Urlaub bekamen und einmal aus dem allgemeinen Tanz heraus waren, falsche Zahlen über den U-Boot-Krieg und über Amerika auftischte, mochte hingehen – das tat man mit der Heimat auch nicht anders, und das Klappern gehörte schließlich zum schmutzigen Handwerk.

Widerwärtig war nur, wie man versuchte, mit Gewalt und mit albernen Darlegungen dem Soldaten einzureden, das sei eine herrliche deutsche Weltordnung, die da dem einen alle Mühe und dem andern allen Lohn zuwies.

Es gaben sich zu dieser schändlichen Tätigkeit fast alle deutschen Professoren – besonders die Philosophen – und fast alle bekannten Schriftsteller her. Die sogenannten ‹Literaten› hielten sich von diesem Gewerbe meist fern, was zu ihrer Ehre gesagt werden muß. Der große Teil der Publikumslieblinge aber tat – reklamiert oder aus freier Neigung oder des Geldes wegen – mit und log das Blaue vom Himmel herunter über die Minderwertigkeit der Feinde und über die gottgefällige Verfassung des deutschen Heeres.

Der Vaterländische Unterricht bediente sich mannigfacher Kanäle, durch die er in das Heer sickerte.

Da waren zunächst die Feldzeitungen. Die ersten deutschen Feldzeitungen sind hübsche, nette Publikationen gewesen, mit nicht mehr Patriotismus, als eben grade notwendig war, mit viel Ulk und wenig Roheit, mit wenig Phrasen und viel gesundem Humor. Als die Feldprediger und die philologischen Reserve-Offiziere und die politisierenden Generalitäten aber das Ding in die Hand nahmen, stieg aus diesen Blättern – es gab annähernd fünfzig – eine unsagbare Scheußlichkeit auf. Nur wenige hielten sich von der allgemeinen Schlammflut frei: die Feldzeitung der vierten Armee tat ihr Mögliches, der *‹Champagne-Kamerad›* war eine literarische Ehrentat, und so gab es noch hier und da weiße Raben. Aber auch sie waren gezwungen, die Lügen und Verdrehungen des offiziellen Nachrichtendienstes abzudrucken, sonst hätte man sie verboten. Man war gradezu darauf aus, die Tendenz überall ins Alldeutsche zu kehren: ein Zeichner der großen Zeitung der zehnten Armee, eines Blattes von schwer alldeutscher Prägung, das zu Wilna erschien, wurde, wenn er Wilson porträtierte, stets angewiesen, ihn recht jüdisch aussehend zu zeichnen. Dabei waren die Militärs, wie immer, wenn sie politisieren, feige: im Februar 1918 fand in Kowno eine Pressekonferenz statt, deren Protokolle nachträglich nicht mehr aufzutreiben waren. Es war eine große Sache gewesen, man hatte sich sogar zum Empfang der Pressevertreter aller östlichen Feldzeitungen einen Generalleutnant verschrieben. Ich erfuhr später von einem Kameraden, der teilgenommen hatte, was der langen Rede kurzer Sinn gewesen war: die Feldzeitungen sollten sich die Sätze der Vaterlandspartei gesagt sein lassen, nicht etwa als offizielle Richtlinien, aber man verstünde doch hoffentlich ... Man verstand.

Die Bearbeitung der Leute, hieß es im Reichstag, sei streng unpolitisch. Wer alles da die Kühnheit gehabt hat, so frech zu lügen, lohnt sich kaum aufzuzählen. Es kann keinen preußischen Kriegsminister gegeben haben, der nicht wußte, wie die Offiziere gegen den Reichstag hetzten, als dieser das Schlimmste wollte, was es für sie gab: den Frieden. Ich habe einmal mitangehört, wie ein kleiner rabiater Leutnant, ein Koksreisender aus Ostpreußen, vor der Front auseinandersetzte – es war aber in der tiefsten Etappe –: «Der Reichstag will den Frieden, und da lassen wir uns hier die Kugeln um die Ohren pfeifen – –.»

Was den vaterländischen Vorträgen jede Wirkung nahm, war, daß auch der letzte Mann fühlte, wie wenig der Offizier mit dem Herzen bei dem war, was er da vortrug. Es war ihm ja sichtlich gleichgültig, und die schneidig herausgekrähte Drohung, Amerika zu zerschmettern, und die hingenäselten großen Worte von deutscher Treue werden auch nicht immer die gewollte Wirkung gehabt haben. Einmal stand die Kompanie auf dem Hof zur Empfangnahme des Vaterländischen Unterrichts, und der Kompanieführer hielt eine einleitende Rede, in der er ungefähr sagte: «Und wenn ihr nicht pariert, dann gibt es ja noch Zuchthäuser in Deutschland! In Gruppen rechts schwenkt, ohne Tritt, marsch!»

Den Offizieren fehlte eben jede Verbindung mit dem Mann. Als Mudra in der achten Armee – es war im Herbst 1917, und die Lebensmittelknappheit hatte grade begonnen – den Ausfall zweier Abendportionen in der Woche angeordnet hatte, stellte sich ein junger Oberleutnant vor die Kompanie und setzte den Leuten diese Maßnahme sehr verständig und klar auseinander. Er sagte, die ersparten Portionen kämen den Schwerarbeitern in der Heimat zugute, und wir müßten alle zusammenhalten. Das machte Eindruck. Aber es war alles zerblasen, als wir erfuhren, wohin der junge Herr nach der Rede gegangen war: in das Schloß, in dem die ‹Herren› lagen; dort aß er ein Abendbrot aus reichlichen Gängen. Und es wurde gut gekocht, im Schloß ...

Was sich der deutsche Offizier eigentlich vom Mann gedacht hat, daß er ihn so sinnlos unterschätzte und ihn für so unmenschlich dumm und blind hielt, habe ich nie ergründen können. Auch diejenigen, die die ganze Stufenleiter vom Mann bis zum Leutnant durchgedient hatten, sahen den ‹Kerl› als ein Wesen niederer Art an; die Zeit, die sie dem Mannschaftsstande angehört hatten, rechnete nicht, es war eine Übergangszeit gewesen. Für den Mann hatten sie Phrasen oder Gewalt übrig, von Herz zu Herz sprach kaum einer. Was ist das für eine Sprachmelodie:

> «Was uns auch das vierte Kriegsjahr bringen möge, eins steht bombenfest: wir lassen die Hunde von Negern, Englishmens, Franzosen, Zulukaffern und Kosaken nicht in die deutschen Gaue rein, solange wir noch eine schwere Artillerie und Flieger haben. An dem Tage, wo uns unser Kaiser und oberster Kriegsherr und Vater Hindenburg zurufen sollten: ‹Auf nach Petersburg, nach Paris oder London und die Nester zusammengeschossen und ausgeräuchert, damit der Feind endlich Ruhe gibt und Frieden macht!›, möchte ich grade bei euch sein und mit euch das erlösende Hurra schreien, und ich wüßte mir nichts Lieberes, als dem Fußartillerie-Bataillon als Flieger voran zu fliegen und ihm Weg und Ziele zu zeigen.»

Es ist ja nicht wahr, daß der deutsche Soldat ‹das haben will›, daß er ‹das braucht›. Vielleicht war das 1870 so, als verhältnismäßig wenig gebildete Leute unter den Mannschaften waren. Diesmal aber ist die ganze Intelligenz, und meist in den niedersten Chargen, mit zu Felde gezogen, und daher wird es auch wohl kommen, daß dieser glorreiche Krieg einen so kleinen Heiligenschein trägt ...

Im schlechten Sinne deutsch war das Ganze, der Vaterländische Unterricht und der uralte verderbliche Aberglaube, man könne mit Verfügungen, (die immer einer dem andern weitergab und die keiner ausführte) irgend etwas, die Gesinnung betreffend, erreichen. Es fiel manchen Offizieren auf, daß nicht alles in Ordnung war. Aus einem Befehl:

> «Wie stumpfsinnig und gleichgültig eine Truppe werden kann, habe ich heute morgen auf dem Marktplatz beobachtet, wo zahlreiche Leute, die nichts zu tun hatten, umherstanden und in einem Augenblick, in dem ein Flugzeug in sehr geringer Höhe stark schwankend und immer wieder von neuem Gas gebend den Marktplatz überflog, zu faul waren, diesem auch für jeden Laien interessanten Vorgang mit den Augen zu folgen. Nicht ein einziger zeigte, daß in seinem Verstand oder in seiner Seele auch nur eine Spur von Teilnahme an auffälligen und in nächster Umgebung sich abspielenden Vorgängen vorhanden war. Jeder blickte stumpfsinnig wie eine Kuh oder wie ein Ochse in irgendeine Ecke und das stundenlang. Das sind Anzeichen, die jedem Vorgesetzten unter

allen Umständen erneut zu denken geben müssen, und die ihn dazu veranlassen müssen, sich sofort auf das Büro zu begeben und dort ein gründliches Programm zu entwerfen, welches geeignet ist, energisch Wandel und Abhilfe zu schaffen.»

Vom Büro aus führt man keine Soldaten. Es hieß zwar dann weiter, man müsse mit den Leuten reden, ihnen ins Auge sehen ... Du lieber Gott! wer hatte von den Offizieren Zeit oder Lust dazu? Das Offiziersleben und das Mannschaftsleben waren zwei ganz verschiedene Sachen.

Ich habe in den vorstehenden Kapiteln einige Einzelzüge aus den Hauptgebieten des soldatischen Lebens gestreift, von denen ich glaube, daß sie nicht zum wenigsten an dem allgemeinen Zusammenbruch, der so überraschend schnell gekommen ist, schuld sind. Die Frucht war reif und fiel vom Baum.

Was aber immer wieder nachwachsen kann, was in all diesen elenden Jahren bezeichnend für das deutsche Unwesen war, was heute noch keimt und doch nie wieder zur Blüte kommen soll, das sei mir erlaubt in dem Schlußwort zu sagen, in dem gezeigt werden soll, warum die Deutschen auf ihre Armee auch im Frieden so übermäßig stolz waren, und warum sich noch der letzte Bezirksvereinsvorstand in die Brust warf und schmetterte: «Unser Militär!»

‹Unser Militär›

Das rekelt sich und gähnt und sauft und hurt
und tut (versteht sich) Dienst voll Zucht und Strenge.
Ein Lustspiel von der Menge für die Menge.
So sieht Welt aus vor der Person Geburt.

Christian Morgenstern

Die Offiziere tragen immer Handschuhe, wenn sie auch schmutzig sind.

Regiebemerkung zu einem Theaterstück

Wir haben in den vorigen Heften der *‹Weltbühne›* betrachtet, wie es in der deutschen Armee zugegangen ist: ein trüber Haufe voller Qual und Greuel, Weltenklüfte zwischen Offizier und Mann, Unterschlagung und Diebstähle von Lebensmitteln zugunsten der höhern Ränge, Requisitionen ohne Ziel und Maß, falsche Schwäche und falsche Härte den fremden Landeseinwohnern gegenüber, Vaterländischer Unterricht, Mantel der Lüge über all den Jammer und alle Verbrechen: ‹Unser Militär›. Aber unbeirrbar steht der deutsche Spießer, nein, der deutsche Bürger da, der Patriot *quand-même* er wirft sich in die Brust,

Abner der Deutsche, der nichts gesehen hat, und als seien Krieg und Zusammenbruch nicht gewesen, ruft er stolz tönend in die Lüfte: «Unser Militär!»

Wie ist das zu erklären? Wie kann ein Volk gedeutet werden, das nach allem, was geschehen ist, nach allem, was es erfahren und gelitten hat, den verlorenen Krieg als einen kleinen Betriebsunfall ansieht — «Reden wir nicht weiter darüber!» —, und das heute, heute am liebsten das alte böse Spiel von damals wieder aufnehmen möchte: die Unterdrückung durch aufgeblasene Vorgesetzte, ein Deutscher tritt den andern und ist stolz, ihn zu treten, die schimmernden vergötterten Abzeichen, der Götze Leutnant — «unser Militär!» Wie ist *das* zu erklären?

Die militaristische Schande Deutschlands ist nur möglich gewesen, weil sie die tiefsten und schlechtesten Instinkte des Volkes befriedigt hat.

Der Deutsche läßt sich für jede Arbeit, die er gewissenhaft und gut verrichten soll, mit Respekt überzahlen. Er arbeitet, aber er will dafür ästimiert werden. Ich sage absichtlich nicht ‹geachtet› — daran liegt ihm gar nichts. Er will ästimiert werden; das Schartekenwort besagt: man soll den Hut vor ihm ziehen und das Maul ehrfurchtsvoll aufsperren. Er tritt dann aus seinem kleinen Bürgerdasein heraus, wie Heinrich Mann das in der Bibel des Wilhelminischen Zeitalters, im ‹*Untertan*›, formuliert hat: «Er genoß einen der Augenblicke, in denen er mehr bedeutete als sich selbst und im Geiste eines Höheren handelte.»

Der Soldat hat dafür das Wort: «Dienst ist Dienst, und Schnaps ist Schnaps» erfunden — aber es war doch Schnapsdienst, der da herauskam.

Der Wurm, der an aller Herzen fraß, war eine ungeheure, lächerliche Selbstüberschätzung in der Arbeit. Ob Architekt oder Bürovorsteher, Eisenbahnassistent oder Apotheker, Oberlehrer oder Prinzipal — sie alle waren beseligt, einmal, ach, nur ein einziges Mal, auf einen andern heruntersehen zu können, und wär es auch nur ein Laufbursche gewesen.

Dieser unselige Drang feierte Orgien im deutschen Heer. Da wurde einem kein neues Amt übertragen — da wurde einer ‹befördert›: Gottlieb Schulze wachte eines Tages auf und war Oberschulze und Herr und Gebieter über die Seelen seiner Mitschulzen. Da blühten die giftigsten Früchte. Da konnte der Vizefeldwebel dem Unteroffizier, der Major dem Hauptmann eins auswischen, ohne daß der Gescholtene muckste: der Dienst! der Dienst! Rangerhöhung färbte noch auf die Familie ab; welcher Stolz, wenn ein Medizinmann der Gattin zeigte: «Der Mann da drüben ist mein Unterarzt!» Seiner . . . Und diese Wallenstein-Pose behielten alle bei, davon lebten sie; sie taten, als hätten sie ‹ihre Leute› angeworben, als folgten die freiwillig dem erkorenen Führer. Und hinter den alten Ritterkulissen schacherten und betrogen wildgewordene Kaufleute und Beamte.

Muß das sein? Werden wir ewig Vaterlandsliebe mit Patriotismus, Ordnung mit Kadavergehorsam, Pünktlichkeit mit Sklaverei, jedes Ding mit seiner Karikatur überzahlen müssen? Gibt es zwischen Schludrigkeit und dem berüchtigten preußischen Unteroffizier kein Mittelding?

Es gibt eines, und in ihm liegt das Heil der Welt und die Genesung dieses unglücklichen, verblendeten Landes. Und es heißt: Sachlichkeit.

Der Sturm ist vorübergebraust — der deutsche Spitzweg-Bürger steckt die Nase zum Fenster heraus, dann den ganzen Kopf und spricht frohbewegt: «Aber es regnet ja gar nicht mehr!» Und nimmt den alten Stock und den alten Hut...

Schlagt sie ihm herunter! Laßt nie, nie wieder diese Burschen aufkommen, die euch gemartert haben und gequält und gedemütigt und kujoniert!

Sie zittern und gieren auf den Augenblick, da eine neue Kompromißregierung das neue Volksheer errichtet — ‹natürlich nur ein geordnetes Heerwesen mit festen Befehlsverhältnissen›. Selbstverständlich. Sie pfeifen auf alle Prinzipien. Sie stehen auf dem Boden des neuen Staates. Und der Unteroffizier wird wieder den Rekruten ins Kreuz treten — natürlich auf demokratischer Grundlage. Aber diesmal treten wir wieder.

Wir erwarten gar nicht, daß eine Generation, die nur leben konnte, wenn sie sich maßlos eitel und aufgebläht in ihrer Arbeit überschätzen und vergöttern ließ, den alten Schleppsäbel abtut und vernünftig und menschlich wird. Sie ist unheilbar. Wir wollen ihr die Untertanen entziehen. Wir wollen, daß es keine Menschen mehr gibt, die sich gefallen lassen, was jene mit der Miene der Gottähnlichkeit verhängten. Wir sind frei.

Wir warens nicht. Wie jämmerlich die Einwände, wie spießig der läppischste von allen: «Man darf nicht verallgemeinern.» Und doch war alles so gemein...

Freilich: dem ist nicht mit Gerichtsverhandlungen beizukommen. Als damals Rosa Luxemburg von den Soldatenmißhandlungen schrieb, da sperrten sie sie ein, weil sie nicht gerichtsnotorisch machen konnte, was sich in abgesperrten Kasernenhöfen an Bestialitäten abgespielt hatte. Aber nie wird sonnenklar zu beweisen sein, was mit so viel Feigheit, mit so viel raffinierter Brutalität, mit so viel Macht ausgefressen wurde. Ich habe in meinen Skizzen absichtlich keine Namen genannt, was kommt es auf Namen an! Der Feldwebel Nowotnik und der Leutnant Peters und der Hauptmann Dorbritz — wer kümmert sich denn hier um die! Um was hier gekämpft wird, das ist die Freiheit des Deutschen, das ist der unerschütterliche Glaube, daß es — auch beim Militär — keine Vorgesetzten außer Dienst gibt. «Disziplin ohne moralische Einsicht ist eine Absurdität», hat Jakob Wassermann einmal gesagt. Nun, das deutsche Heer war absurd.

Schon regt sich allerorten die Erkenntnis, schüchtern keimen junge Knospen.

Im *‹Tag›* — man denke: im *‹Tag›*! — erzählt am neunundzwanzigsten Januar Hauptmann z. D. Paschke vom Leben der höhern Stäbe im Felde, wie sie doch nicht immer so einfach und bescheiden gelebt hätten, wie sie an sich und nur an sich auf Kosten der kämpfenden Truppe gedacht hätten; im *‹Militärwochenblatt›* berichtet in der Nummer 28 vom dreißigsten Januar ein General — er zeichnet K. —, wieviel unsaubere Elemente im deutschen Offizierkorps gewesen seien; in der *‹Hilfe›* spricht am sechzehnten Januar Miles — ein wegen seines Freimuts im Kriege verfolgter Offizier — von den Flecken, die die militärische Sonne verunzierten; in einer Flugschrift: *‹Warum erfolgte der Zusammenbruch an der Westfront?›* registriert Otto Lehmann-Rußbüldt die Leiden und Qualen der gemeinen Soldaten; im Dezemberheft der *‹Süddeutschen Monatshefte›* gibt ein Oberarzt, der vierzig Monate an der Westfront gestanden hat, seine trüben Erlebnisse über die Verpflegung der Offiziere und die der Mannschaften zum besten. Dämmert es?

Es sind nicht nur ‹Fälle› vorgekommen. Es sind beileibe nicht nur die Offiziere gewesen. Die Unteroffiziere habens nicht besser getrieben, der abkommandierte Mann nicht, wenn sie nur gekonnt haben.

Es war also nicht diese Schule der sittlichen Erziehung, von der die Fibeln und Schullesebücher und Reichstagsreden uns berichtet haben. Es war also nicht die Blüte der Nation, die da als Erzieher und Erzogene herumliefen: diese alten Unteroffiziere, die vom Leben außerhalb der Kaserne nur etwas Unterrock kannten, die aktiven Offiziere, die die Welt — auch die außerdeutsche — in ‹Re'ment› und ‹Zivil› einteilten, diese Reserve-Offiziere, die auf einmal zu fühlen begannen, wie doch auch sie zur Herrlichkeit geboren seien, und die ihr eigenes deutsches Nest beschmutzten, indem sie auf frühere Kollegen und Kameraden des Geistes traten.

Der lügt, der sagt, *das* müsse so sein. Man hat viel in der letzten Zeit um den Erlaß über die Kommandogewalt debattiert — man spricht von Neuordnung und vom deutschen Volksheer. Hier hat eure Weisheit ein Ende, denn mit Verordnungen ist hier nichts getan.

«Aber wir brauchen das!» — «Aber es wird stets Offiziere geben!» Gewiß — nur, wenn die Deutschen wollen, nie mehr solche. Wer wehrt sich denn gegen sachliche Befehle und ihre Ausführung? Wer will denn nicht einem Führer folgen, wenn der nur einer ist? Deutschland baue sich eine Armee — aber in aller Zukunft wird keiner von uns bereit sein, sich von einem andern Deutschen — und trage er am

Leibe allen Farbenschmuck eines Papageis — mit Füßen treten zu lassen; keiner wird andern als sachlichen Befehlen folgen, und jeder wird von dem Vorgesetzten verlangen, daß er die gleichen Mühen ertrage und den gleichen guten Willen zur Arbeit zeige wie der, von dem er sie fordert.

Mögen sich die Korps an der Ostgrenze zunächst ihre Satzungen nach eigenem Willen aufstellen. Das neue Heer, das mit jenen nichts gemein habe, sei die Schule des freien Mannes, eine lebende Einheit von Offizieren und Mannschaften. Ein Bruch mit der alten Armee — das sei die neue. Der lächerliche Gruß-Erlaß ist kein froher Anfang. Der Offizier sei ein befehlender Kamerad. Das geht nicht? Dann lernts. Rücksichtslose Ausmerzung aller Früchte vom alten Stamm, gänzliche Abschaffung der alten Kommandogewalt, ein Wirbelwind fege die ‹Herren› hinweg und setze Männer an ihre Stelle.

Und alle die Sprüche vom Vogel, der sein eigenes Nest beschmutzt, vom geschlagenen Riesen, der am Boden liegt, können uns nicht darüber hinwegtäuschen, daß *das*, was hier geschehen ist, eine schmerzhafte, aber heilsame Operation am deutschen Volkskörper gewesen ist. Es mußte gesagt werden, und es mußte jetzt gesagt werden. Die Gesinnung des deutschen Offiziers hat nichts getaugt, der Geist des deutschen Militärs hat nichts getaugt. Wir reißen sie aus unserm Herzen — wir spielen das Spiel nicht mehr mit.

Ein Scherbengericht? Anklage und Urteil?

Die Vorrangstellung des Offiziers im deutschen Leben ist dahin. Die viereinhalb Jahre sind dagewesen — darüber kommt kein Mann hinweg.

Es geht ja letzten Endes nicht um Paragraphen und Soldatenräte und um Verfügungen und Erlasse und Kompromisse und Vermittlungen. Es geht um die Wurst.

Wir Deutsche zerfallen in drei Klassen: die Untertanen — die haben bisher geherrscht; die Geistigen — die haben sich bisher beherrschen lassen; die Indifferenten — die haben gar nichts getan und sind an allem Elend schuld.

Und mit derselben Macht und mit derselben Faust wie die bunten Burschen, aber getrieben von strömendem Herzblut, ringen wir um die schlafenden Seelen Deutschlands. Land! es gibt Höheres, als vor der Geliebten mit einem Rang zu prunken! Land! wir Deutsche sind Brüder, und ein Knopf ist ein Knopf und ein Achselstück ein Achselstück. Kein Gott wohnt dahinter, keine himmlische Macht ist Menschen gegeben. Doch: eine. Die Menschen zu lieben, aber nicht, sie mit Füßen zu treten.

Wir speien auf das Militär — aber wir lieben die neue, uralte Menschlichkeit!

Zur Erinnerung an den ersten August 1914

Die Ausführungen, die unter dem Titel *‹Militaria›* in den Nummern 2 und 4 bis 9 dieses Jahrgangs der *‹Weltbühne›* erschienen sind, haben in der deutschnationalen Presse keine ernsthafte Kritik, wohl aber Beschimpfungen hervorgerufen. Der deutsche Offiziersbund zu Berlin hat an den preußischen Kriegsminister die Anfrage gerichtet, ob es nicht möglich sei, gegen mich wegen dieser Ausführungen Strafantrag zu stellen.

Die Aufsätze enthielten folgende Behauptungen:

Die Stellung des deutschen Offiziers zum Mann war etwa die eines Dresseurs zu einem verprügelten Hund. Das Offizierkorps hat sich im Kriege auf dem Dienstwege Verbesserungen in der Verpflegung verschafft, die ihm nicht zukamen. Das Offizierkorps hat von unrechtmäßigen Requisitionen seiner Angehörigen gewußt und hat sie stillschweigend geduldet. Der deutsche Offizier hat in sittlicher Beziehung im Kriege versagt. Der Geist des deutschen Offizierkorps war schlecht.

Meine Gegner wiederholen nun bis zur Erschöpfung ihren einzigen Einwand, aus dem hervorgeht, daß wir uns nicht verstehen: Man dürfe nicht generalisieren, sagen sie. In den vielen entrüsteten Briefen, die der Herausgeber und ich erhalten haben, kehrt das immer wieder. Wenn wirklich, heißt es dort, einige oder selbst viele Offiziere – wie zugegeben sein mag – solche Dinge begangen haben, so ist damit noch lange nicht gesagt, daß das gesamte deutsche Offizierkorps solche Vorwürfe verdient, wie sie hier erhoben worden sind.

Den Deutschen ist besonders seit dem Jahre 1870 systematisch eine Hochachtung vor dem Offizier eingebleut worden, die dem schlecht bezahlten Soldatenführer über seinen pekuniären Kummer hinweghelfen sollte, und die an Ehren gab, was der Staat an Geld zu geben nicht imstande war. Der preußische Leutnant wurde wohl angewitzelt, im Grunde aber heimlich bewundert. Seine sogenannten Ehrbegriffe galten Studenten, Beamten und höhern Handlungsbeflissenen als vorbildlich. Kamen Verfehlungen von Offizieren vor, so wurden sie vertuscht; mußte jemand wirklich einmal aus dem Offizierkorps hinausgetan werden, so geschah das in aller Heimlichkeit.

Der Geist des deutschen Offizierkorps war auch vor dem Kriege nicht gut. Um alle die seit Generationen geltenden Vorurteile seiner Kaste aufrecht zu erhalten, wurde der Offizier in künstlicher Isoliertheit gehalten und nahm am tätigen Leben so gut wie gar nicht teil, wenn man von Pferderennen und der Verbindung mit Wucherern absieht. Man glaubte, die Disziplin auf dem Kasernenhof und den Truppenübungsplätzen nur mit der Fiktion aufrecht erhalten zu können, daß man den Offizier für ein höheres Wesen in und außer

Dienst, ganz besonders außer Dienst, anzusehen befahl. Der deutsche Offizier war gewöhnt, in dem ‹Kerl› – anders wurde der Deutsche, der seiner Wehrpflicht genügte, von seinen militärischen Vorgesetzten kaum genannt – ein Wesen minderer Art zu sehen.

Dieser schlechte Geist zog sich bis tief in das Bürgertum hinein und verdrehte auch hier die Köpfe. Er erzog die Leute, nur auf den äußern Erfolg zu sehen, und eine Beförderung galt in diesen Kreisen so viel wie ein Gottesurteil. Sie wußten alle, wie sie zustande kam, kannten den Strebergeist, der seit Wilhelm dem Zweiten das Heer korrumpierte, und kannten die Schleichwege der Schiebung und der guten Beziehungen, auf denen der Erfolg zu erreichen war. All das war aber vergessen, wenn er sich eingestellt hatte, und es wurde *das* ernst genommen, was man mit unlautern Mitteln jeden Tag erlangt sehen konnte. Es bestand die große kulturelle Gefahr, daß ein schlecht erzogener Soldat seine ganze Familie verdarb. Die Braut stolzierte doppelt stolz am Sonntag mit ihm einher, weil ‹Ihrer› seine Untergebenen anschnauzen und nachlässig grüßen durfte, die Frau Feldwebel sah wohlwollend auf die Frau Unteroffizier herunter – und dieser ganze kindliche Kasperlkram ragte bis hoch hinauf in die Kreise der Stabsoffiziere.

Die Reserve-Offiziere standen dem nicht nach. Durchdrungen von der erheblichen moralischen Minderwertigkeit ihrer selbst gegenüber den ‹richtigen› Offizieren, bemühten sie sich wenigstens, ihren unerreichbaren Vorbildern so nahe wie möglich zu kommen, und parodierten und karikierten mit mehr oder weniger Ungeschick den schneidigen Leutnant. Sie erstarrten gleichsam zu Salzsäulen, wenn sie, Oberlehrer oder Juristen, ins Kasino kamen – sie wurden offiziell, und etwas blieb für ihr bürgerliches Leben auf immer haften.

Die Deutschen fühlten sich nicht allzu unwohl dabei. Sie empfanden kaum die unerhörte Erniedrigung, die darin lag, daß ein Kreis mäßig begabter Landsleute, durch den Ring des Standesbewußtseins fest von der Welt abgeschlossen, es unternahm, sie derart zu verachten. Die Gebildeteren unter den Dienenden – die Einjährigen – halfen sich mit Spaß und guten Mienen über das böse Spiel hinweg bis zu dem Zeitpunkt, wo sie selbst die Achselstücke erhielten, und bemühten sich dann, es den aktiven Offizieren in Verachtung ihrer eignen bürgerlichen Standesgenossen gleichzutun.

Das geistige Niveau des deutschen Offiziers aus der Zeit vor dem Kriege ist als kläglich zu bezeichnen. Der Verteidiger der Kaste zieht hier gern den Generalstab und die militärischen Akademien heran. Das ist irreführend. Die Angehörigen dieser Anstalten machten nur einen winzig kleinen Bruchteil des ganzen Offizierkorps aus, und es steht noch dahin, ob auch sie in ihrer Gesamtheit die Ansprüche erfüllten, die man an einen Menschen von universeller Bildung zu stellen gewohnt ist. Vor allem ist der Durchschnitt – also der Linien-Offizier – für den Beurteiler in Betracht zu ziehen.

Vor mir liegt ein Wettbuch aus dem Kasino einer Dragonerkaserne in einer kleinen Stadt Ostpreußens. Es ist im Jahre 1907 angelegt worden und wurde bis zum Jahre 1914 fortgeführt. Die Personennamen im folgenden sind fingiert. Da heißt es:

«Oben stehende Zuckerdose (Zeichnung) steht bei Schackelmann, Mißhusen behauptet: Wenn bei dieser Dose die Stange A grade ist, geht der Deckel genau ebenso weit aufzumachen, als wie es jetzt der Fall ist. Leutnant Wientoch bestreitet dieses. Gegenstand: 25 Flaschen Biesinger.

Mißhusen behauptet, er könne während der Dauer einer Schleppjagd das Monokel im Auge behalten, Schlitz wettet dagegen. Hintertüren sind abgeschlossen, kontrollieren darf jeder Mitreitende. Gegenstand: eine Pulle Biesinger. – Mißhusen gewinnt.

Schempin behauptet, daß Müller Ostermann keinen Kuß geben würde, Müller tut es trotzdem vor Zeugen und gewinnt einen Schnaps.

Wippermann, Hente und Hietschler sitzen im Café. Keine kleinen Mädchen. Musik à la Stadtmusikanten von Bremen. Man zählt die Fensterscheiben der Boxwände. Wippermann behauptet, daß in einer Wand höchstens 80 Scheiben sind. Hente meint: mehr. Gegenstand: eine Drokner. Hente gewinnt, da 82 Scheiben.»

Nimmt man die Zote aus der Gegend des Wirtshauses an der Lahn hinzu, so hat man das Bild einer Kasino-Unterhaltung und hat die geistigen Interessen der Edelsten der Nation.

So wenig es möglich ist, über eine Rasse ein abschließendes gerechtes Urteil zu fällen, weil zu viele Vermischungen, Abschwächungen und Abweichungen vom Typus vorkommen, so leicht ist es, eine soziale Institution sauber zu rubrizieren. Der preußische Offizier stellte als Ideal eine ganz bestimmte Erscheinung auf, und mit dieser Erscheinung gilt es sich zu beschäftigen.

Eben das, was man gemeinhin unter einem deutschen Offizier verstand, taugte nichts.

Es wird eingewandt, der deutsche Offizier habe seine Tüchtigkeit genugsam dadurch gezeigt, daß so viele seiner Kameraden im Felde getötet worden sind. Es hat ihm niemand Feigheit vorgeworfen. Kamen Fälle von Feigheit und schlechter Haltung im Feuer vor, so sind sie nicht auf die Erziehung im Korps zu schieben, das in dieser Beziehung auf strengste Pflichterfüllung hielt und sie besonders in den untern Chargen durchsetzte. Der aktive Offizier hat sich einen Beruf erwählt, dessen ganze Erfüllung erst im Kriegszustand möglich war, und der Stand hat nun keinen Grund, sich die letzte Aufgabe des selbst gewählten Berufes als besondere Heldentat ankreiden zu lassen. Mit seinen übrigen Charaktereigenschaften hat das nichts zu tun. Wie es auch nicht der Versicherung bedarf, da es zu selbstverständlich ist, daß eine große Menge Offiziere sich vom ersten bis zum letzten Tage des Krieges untadelig geführt haben. Ich wiederhole immer und immer wieder, daß hier nicht der einzelne Offizier angegriffen wird, nicht einmal achtzig oder hundert Fälle, sondern der Geist des deutschen Offizierkorps.

Es ist nicht richtig, die Gründe des allgemeinen Offiziershasses in einer sogenannten Verhetzung zu suchen.

Die Angriffe gegen den deutschen Offiziersstand, die in so großem Maße eingesetzt haben und nicht verstummen wollen, rühren daher, daß in diesem Kriege zu viel Geistige hinter die Kulissen gesehen haben.

Die ungeheuerliche Machtfülle, die der einzelne Offizier grade im Kriege über Leib und Leben und Gut und Geist seiner Landsleute und der Einwohner okkupierter Gebiete in die Hand bekam, hätte wahrscheinlich auch eine sittlich gereiftere Kaste, als sie der Offiziersstand darstellte, zu Fall bringen müssen. Auch nicht ein Tausendstel der vorgekommenen Ungeheuerlichkeiten ist in die Zeitungen gelangt, aber dieses Tausendstel hätte genügen müssen, um den deutschen Offizier vor gerecht und anständig denkenden Menschen auf das Tiefste bloßzustellen. Ein Regimentskommandeur und Oberstleutnant Bode zu Insterburg gibt in einer Preßberichtigung als ordnungsmäßig und selbstverständlich zu, daß der Silberschatz des Königs Peter von Serbien als Andenken unter die achtundfünfzig Offiziere des Infanterie-Regiments 45 verteilt worden ist. Der General v. d. Borne unterschlug, laut *‹Vorwärts›*, mit seinem Stab den ihm unterstellten Erdarbeitern Fleisch und Bier und ließ Hunderte von Leuten monatelang an seinem Privatquartier bauen, dessen elektrische Anlage nach Fertigstellung schließlich den Wert von vierzigtausend Mark erreichte. Was den Offiziersstand so schwer bemakelt, ist nicht die Tatsache, daß sich viele seiner Angehörigen zu solchem Mißbrauch ihrer Dienstgewalt hinreißen ließen, sondern die Indolenz ihrer Kameraden, die jede Verfehlung gegen berechtigte Angriffe von außen deckten. Der Offiziersstand trägt insofern für jede Verfehlung seiner Angehörigen die volle Verantwortung, als er sie nicht geahndet hat. Es ist auch nicht richtig, wie die bürgerliche Presse behauptet, daß nur konservative Offiziere an diesen Ausschreitungen gegen die eignen Leute und gegen die Einwohner der okkupierten Gebiete beteiligt gewesen sind; es waren vielmehr Offiziere aller Parteirichtungen, und mit am schlimmsten haben sich diejenigen Reserve-Offiziere aufgeführt, die aus kümmerlichen Zivilstellungen plötzlich zu ungeahnter Macht emporrückten, unter ihnen besonders die Volksschullehrer. (Es ist in solchen Fällen bei uns üblich, daß die Kollektivität des Standes derartige Angriffe mit Entrüstung zurückweist, statt die Unheiltäter aus ihren Reihen zur Verantwortung zu ziehen: durch diese Ausübung einer falsch verstandenen Ehre macht sich der gesamte Stand mit verantwortlich.)

Wie sehr der sittliche Fonds des Offizierkorps und des Unteroffizierkorps im Kriege versagt hat, gestehen die Verteidiger dadurch ein, daß sie sagen, die lange Dauer des Krieges habe das Offizierkorps verdorben. Das heißt: Es hat dem Ernstfall, für den es da ist, nicht standgehalten. Die gegenseitigen Schuldvorwürfe helfen nichts. Der aktive Offizier schiebt die Schuld auf den Reserve-Offizier, der Reserve-Offizier beschimpft den Aktiven, beide den Unterführer, der die Stabsoffiziere — und so dreht sich der ganze Apparat kreiselnd um sich selbst. Die aber, die unter ihm gelitten haben, kehren sich nicht daran, sondern fassen zusammen:

Es ist im Kriege gestohlen worden — und ihr habt keinen belangt. Es ist im Kriege Unrecht getan worden — und ihr habt kaum einen zur Rechenschaft gezogen. Es ist im Kriege geschoben und gelogen und betrogen worden — und ihr habt bis auf den heutigen Tag aus alter Hochachtung vor dem Idol Offizier nichts getan, um Schuldige zu ermitteln. Um der Disziplin willen? Was ist das für eine Disziplin, die solchen Schutz nötig hat!

Es mag für nationalistisch gesinnte Deutsche eine Schmach bedeuten, wenn Heerführer und Fürstlichkeiten dem Feind ausgeliefert werden sollen. Es stellt aber eine ungleich größere Schmach dar, daß die Deutschen in acht Monaten keine Zeit gefunden haben, Etappenräuber und Offiziersrohlinge so bestrafen zu lassen, daß vor der Welt und vor dem Volk dokumentiert wird, wie wenig Raubritter und Deutsche mit einander zu tun haben. Das ist nicht geschehen, und man kann der feindlichen Welt eine Identifikation leider nicht verdenken. Der Haß gegen das Deutschtum, ein Haß, von dessen Größe die wenigsten bei uns zulande etwas wissen, und von dessen berechtigten Gründen fast niemand, ist ins Maßlose gewachsen.

Was wir hier betrachten, angreifen, bewerten und für ethisch hoffnungslos halten, ist das Treiben, das sich Tag für Tag draußen abgespielt hat, und über das sich kaum einer mehr — bis auf die Leidenden — aufhielt. Nicht die großen Skandale sind es, nicht die Sonderfälle, die sich überall einmal ereignen, sondern der tägliche Wust von Unehrlichkeit, Diebstahl an Nahrungsmitteln, den niemand mehr als Diebstahl empfand, Mißbrauch der Dienstgewalt und brutaler Unterdrückung der fremden Nationen. (Übrigens wurde durch diese Roheit nichts erreicht; die Einwohner der okkupierten Gebiete wurden schikaniert und malträtiert und tanzten den deutschen Behörden, wenns zum Klappen kam, auf der Nase herum.) Der deutsche

Offizier wirkte bei diesen Übeltaten mit, war stets durch Befehl gedeckt und sah bestenfalls untätig zu.

Das ist der Grund für den gerechten Haß gegen den deutschen Offizier.

Artur Zickler hat (im Firn-Verlag zu Berlin) die Erinnerungen eines Feldwebels herausgegeben, der jahrelang in einem Feldlazarett tätig war. Jeder, der das preußische Militär kennengelernt hat, wird sie als glaublich bezeichnen. Das Buch trägt den Titel: ‹*Anklage der Gepeinigten*›.

«Im August 1914 wurde das Feldlazarett vom Chefarzt Wacker zusammengestellt. Schon tagelang haben wir an Verpflegung nichts weiter als Brot erhalten. Die Herren nehmen für sich Büchsenfleisch.

Die Kranken verhungern uns, einige laufen uns fort. Jannecki (der Lazarett-Inspektor) sorgt nur dafür, daß der Offizierstisch im Garten reichlich gedeckt ist. Die Verwundeten und Kranken bekommen durch Fahrer zusammengekochten Dreck und sehen von den Fenstern aus auf die reich gedeckte Mittagstafel im Garten.

Die wenige Milch kam fast ausschließlich den Sanitätsoffizieren zugute. Trotzdem Jannecki genügend Spirituosen hat, gibt er nichts heraus, obwohl das Leben der Kranken oft davon abhängt. Nur weil der Chefarzt wörtlich erklärt hat: ‹Tee ohne Rum saufe ich nicht!›

Die Pferde haben denselben guten Tag wie wir, da den armen Tieren alles Futter gestohlen wird. Wenn das elektrische Licht im Orte aussetzt, was oft vorkommt, brennen im Offizierskasino mehr als ein halbes Dutzend Kerzen, aber in den Stallungen ist kein Licht, und die Pferde schlagen sich die Knochen kaputt. Ich mußte gestern deswegen ein Pferd erschießen.

Im Schloß liegt ein Offizier, der sich eines Tages durch Militärkrankenwärter Wolf rasieren läßt und sich dabei über Wolfs schlechtes Aussehen wundert. Da sagt ihm Wolf offen, das käme davon, daß die Herren uns alles unterschlagen; wenn wir das Empfangene alles bekämen, würden wir schon satt werden und nicht so schlecht aussehen. Abends im Kasino trägt der Leutnant unserm Spitzbuben den Fall vor. Der stellvertretende Chefarzt erwidert darauf: ‹Diesem Mann dürfen Sie nichts glauben, der ist zu belesen, der schmökert zu viel in den Büchern herum.›

Ich frage mich wieder und immer wieder, wie lange dieser Schwindel, dieser niederträchtige Betrug noch andauern soll. Wir empfangen täglich 80 bis 100 Liter Milch von der Ortskommandantur, darunter 14 Liter Vollmilch für Schwerkranke (Nierenentzündung, Gasvergiftung), das übrige ist Magermilch. Die Vollmilch wandert sofort in zwei Eimern ins Kasino. Hier werden für die notleidenden Sanitäts-Offiziere Streuselkuchen gebacken, desgleichen Torten. Das geschieht täglich ohne Ausnahme. Unsern Schwerkranken, die mit dickgeschwollenen, aus den Höhlen tretenden Augen liegen und sich vor Schmerzen winden, für die die Vollmilch bestimmt ist, weil sie keine feste Nahrung zu sich nehmen können, gibt man für den ganzen Tag zwei Becher blaues Wasser, genannt Magermilch, davon sollen sie leben und wieder gesund werden.

Wilke fährt heute auf Urlaub. Er nimmt für die Herren Oberapotheker Frühling, den Chefarzt, Jannecki und Rudolf große Pakete nach der Heimat mit. Im Gepäck des Chefarztes ist gestohlenes Fett. Für die Verwundeten empfängt Unteroffizier Schüler, abgesehen von den Liebesgaben, 118 Flaschen Wein und 75 Flaschen Bier. Sie wurden nicht verteilt, weil sich der Chef und der Inspektor darüber einig geworden waren, daß die Verwundeten schon genug hätten. Der Chef sagte: ‹Wir wollen hier keine Mastkur aufmachen.›

In der Offiziersküche hat man den Pudding versaut. Er will nicht fest werden. Unsre Apotheke muß schnellstens sterilisierte Gelatine herausgeben, die man sonst nur Schwerkranken bei Lungenbluten gibt. Auch das so dringend notwendige Olivenöl aus der Apotheke wandert ausnahmslos ins Kasino.

Der uns zugeteilte evangelische Pfarrer Möller fährt den ganzen Tag in der Umgebung herum, um für seine Familie einzukaufen. Heute bringt er aus Etre Opon für 100 Mark Käse an. Wir können keinen Käse kaufen, weil er uns durch die aufkaufenden Offiziere verteuert wird. Die Herren machen den ganzen Tag Postpakete, der Dienst bleibt liegen. Auch der Pfarrer belastet unsere Urlauber stets mit Paketen. Von der Kanzel sprach er vorigen Sonntag: ‹Sorget nicht, was ihr essen und trinken werdet . . . sehet die Lilien an auf dem Felde . . . Herr, wie Du willst, so Dein Wille geschehe!› Besteht die Aufgabe eines Pfarrers darin, den Soldaten die Lebensmittel wegzukaufen und obendrein die Soldaten und die Religion zu verhöhnen?»

Wer da sagt, der Feldwebel hätte sich beschweren sollen, der ist ein Heuchler.

Richard Dehmel urteilt in seinem Kriegstagebuch ‹*Zwischen Volk und Menschheit*› (bei S. Fischer) sehr hart über die Offiziere und Unteroffiziere. Der Dichter ist im einundfünfzigsten Lebensjahre als Freiwilliger ins Feld gegangen und ist heute noch übervoll von Begeisterung für ein Deutschtum, das es gar nicht mehr gibt. Er sagt:

«1914 war es so bei uns, daß der Offizier, solange wir im Felde lagen, grundsätzlich kein andres Menü speiste als die übrigen

Soldaten. Später hat sich leider im ganzen Heer mit sehr wenigen Ausnahmen die Oberschicht immer rücksichtsloser auf besondre Küche verlegt. Die Vorgesetzten wußten recht gut, wie das den einfachen Mann verbittern mußte, versteiften sich aber umso grundsätzlicher auf ihren bequemen Standesdünkel.

Besonders die aktiven Feldwebel und Sergeanten, die mit der Verwaltung und Verpflegung zu tun haben, sind fast durchweg ein übles Pack. Da ich mehrmals mit ihnen zusammenlag, konnte ich sie beobachten und war erstaunt, wie ungeniert sie ihre Durchstechereien betreiben; und aus ihren renommistischen Gesprächen zu schließen, ist es bei den anderen Bataillonen nicht anders. Es hält schwer, sich bei solchen Erfahrungen sein Vertrauen zur deutschen Zukunft zu wahren; diese Leute bilden doch schließlich den Durchschnitt unsres ‹kleinen› Beamtenstandes. Die Sache wird nicht besser dadurch, daß man sich sagt: der Krieg verwildert die Sitten. Diese Kerls sind doch dazu da, die Entsittlichung zu verhüten. Statt dessen sorgen sie jetzt dafür, daß bei den vielen Beförderungen, die der Krieg grade im Unteroffiziersstand verursacht, möglichst nur Gelichter ihresgleichen aufrückt, der alte biedere Sergeant und Feldwebel, saugrob von wegen des Amtstones, aber im Grunde ein Fridolin, scheint auszusterben; der neue ist ein entsetzlicher Streber, scharwenzelnder Rohling mit einem schleimigen Anstrich von sogenanntem deutschen Gemüt. Und diese Troßknechte werden später ausführende Stellvertreter der Obrigkeit mit einer in ihrem kleinen Amtskreis fast unbeschränkten Machtbefugnis. Aber mögen sie noch so klein sein, alle diese Kreise greifen ineinander und schnüren wie ein großes Netz von eisernen Ringen den Volkskörper ein. Wenn unsre Regierung nicht dafür sorgt, solchen Wachthunden der öffentlichen Ordnung, die in Wahrheit Hetzköter sind, den gebührenden Maulkorb anzulegen, dann sind wir in zehn bis fünfzehn Jahren wieder genau so verbiestert, wie vor dem Kriege.

Sehr bezeichnend die Klage des durchaus nicht rigorosen Majors G., dem das Einquartierungsbüro unterstellt ist, daß fast niemand mehr mit seinem Quartier zufrieden sei; man wolle es womöglich noch komfortabler haben als auf einer Badereise im Frieden. Dabei sind den mehr als 500 Offizieren, die hier in der Stadt beisammen hocken, selbstverständlich die besten Zimmer der wohlhabenden Bevölkerung eingeräumt. Man sollte jeden solchen Querulanten auf ein paar Monate in den Schützengraben schicken, denn die meisten dieser Kanzlei-Offiziere würden das nicht als Ehre empfinden, sondern lediglich als Strafe; man merkt das aus der hundsschnäuzigen Art, wie sie selber mißliebige Mannschaften in die vordere Linie spedieren.

Der neue Kommandant Oberstleutnant Bl. hat sein Amt gleich damit eröffnet, zur Verpflegung der Offiziere von der Einwohnerschaft allerlei Extralieferungen gegen Gutscheine zu erheben, die unter dem vorigen Kommandanten jeder Offizier aus eigner Tasche bezahlen mußte. Und an einem der nächsten Tage veranstaltete er im Rathaushof eine Versammlung der Jagdhunde des Bezirks, um sich den besten auszusuchen. Natürlich gleichfalls gegen ‹Bon›.

Noch schädlicher für den militärischen und kameradschaftlichen Geist sind die Rivalitäten im Offizierkorps, weil sie unter ‹Gebildeten› nicht mit rascher Handgreiflichkeit, sondern mit dem schleichenden Giftdunst der schlimmen Nachrede ausgekämpft werden.»

Ähnliches findet man in Karl Vetters ausgezeichneter Broschüre: *‹Ludendorff ist schuld›* (im Verlag für Volksaufklärung zu Berlin, Burgstraße 29). Sie behandelt hauptsächlich die letzten Tage vor dem Zusammenbruch, den die Militärkaste verschuldet hat.

Die Fälle lassen sich ins beliebige vermehren. Korrupt war alles: korrupt das Leben eines Standes, der gar nicht mehr empfand, daß schon eine kleinbürgerliche Behaglichkeit im Felde unerhörten Luxus bedeutete; korrupt die Gehaltsempfänger, die Geld sparen konnten, während man den Mann mit einem sogenannten Ehrensold abfand; korrupt der selbstverständliche Brauch, daß jeder, der Materialien zu verwalten hatte, von diesen Dingen in großen Quantitäten unterschlug. Ich habe oft genug im Felde die Redensart gehört: «Er wäre ja dumm, wenn er nicht . . .» Korrupt war auch der Ärztestand; zum Teil ließen hier üble Elemente ihrer Roheit und Habsucht freien Lauf. Anzeigen hätten nichts geholfen.

Der Einwand, daß alle diese Übelstände nur in der Etappe zu finden waren, besagt nichts. Auch der Etappen-Offizier war ein Offizier, den die Erziehung seines Korps gegen Laster hätte widerstandsfähig machen sollen. Auch der Etappen-Offizier kam oft genug von vorn und verfiel sofort der allgemeinen Verderbnis, ein Zeichen, daß er sich im Graben nur notgedrungen anständig benommen hatte. Dort konnte er nichts unterschlagen: denn es war nichts da.

Das deutsche Offizierkorps hat seine Rolle bei den denkenden Deutschen, wenn das vielleicht auch wenige sind, ausgespielt. Was so erbittert hat, war der Geist, der durch starre Erziehung dort eingeimpft war: der Geist, der die eignen Landsleute verneinte und verachtete. Der einzelne hatte kein Verantwortungsgefühl mehr: die Kollektivität hatte es ihm abgenommen und schützte ihn.

Die Kollektivität ist aber nun auch schuld an den maßlosen Übergriffen einzelner, die unsre Friedensbedingungen zweifellos verschlimmert haben. Keine Ärzte-Organisation, kein Offizierkorps hat Kollegen und Kameraden öffentlich zur Verantwortung gezogen. Die Straftaten wurden sehr leicht inszeniert und ausgeführt. Ehe aber einer dafür abgestraft wird, stellen sie eine sehr sorgfältige Untersuchung an, die dem publizistischen Ankläger Gefängnis und dem Angeschuldigten in den seltensten Fällen etwas einbringen wird. So subtil kann Justitia manchmal sein.

Die Entwicklung des deutschen Militarismus ist nicht als abgeschlossen zu betrachten.

Es handelt sich hier um eine wesentlich kulturelle Frage, und es zeigt sich immer mehr, daß in diesem Kampf zwei Welten aufeinander stoßen, die nicht dieselbe Sprache sprechen. Als auf meine erste Artikelreihe ein pensionierter Oberstleutnant aus Magdeburg an den Herausgeber schrieb, ich solle Material mit vollen Namen veröffentlichen, schlug ich diese Bitte ab. Der Oberstleutnant publizierte meinen Brief in der *‹Deutschen Tageszeitung›*, und es hieß dort, ich sei ein Buschklepper und feiger Verleumder. Ich hatte geschrieben, daß es gar nicht auf die acht oder zehn Fälle ankäme, die ich damals herangezogen hatte, sondern auf den Offizier schlechthin, und daß sein Typ zum Wohl unsres Volkes auszurotten wäre. Es stehen in der Tat nicht die einzelnen Fälle zur Diskussion. Die lassen sich heute, wo die Beteiligten in alle Winde zerstreut sind, sehr schwer beweisen, und wenn sie sich wirklich beweisen lassen, und wenn wirklich einer oder der andre – was nicht anzunehmen ist – bestraft wird, so rechtfertigt das in den Augen der Offiziersanhänger immer noch nicht unser scharfes Urteil.

Sie ruhen nicht. Als der Kaiser ausgeliefert werden sollte, hätte man von einem aufrechten Offizierkorps die Abdankung erwartet. Kaum einer ging. Ich will die Beweggründe, aus denen die Herren blieben, unerörtert lassen.

Bezeichnend für die ungeheure Lebenskraft dieser Kreise und für ihre Ungeistigkeit ist das maßlose Erstaunen darüber, daß die kleinen Fortschritte der Republik für sie persönlich etwa Nachteile im Gefolge haben sollten. Sie hielten ihre militärischen Dienststellen aufrecht, und ein Spiel mit Ämtern hub an ganz wie im Kriege. Da gibt es Staffelstäbe und Brigade-Stabsquartiere und Detachements und Korps und Oberkommandos Süd und Nord ... Die zerrüttete Finanzlage des Reiches ist für diese nutzlose Arbeit offenbar kein Hinderungsgrund. Man meinte: Erholungsurlaub – und sagte: Inspektionsreise; man sagt: Verteidigung der Heimat gegen die Bolschewisten – und meint: Stellenversorgung.

Noch arbeitet alles im alten Trott, kein militärisches Amt wird aufgelöst, nichts hat sich geändert. Zu einer Reise in die Schweiz läßt sich das Berliner Polizeipräsidium vom Bezirkskommando die militärische Abkömmlichkeit des Reisenden bescheinigen.

Die Dienstpflicht ‹ruht›. Kein Parlament hat bisher gewagt, sie abzuschaffen, jedes sieht den jetzigen Zustand als ungewöhnlich und nur vorläufig an, von der Voraussetzung ausgehend, daß die allgemeine Dienstpflicht das Ursprüngliche und ihre Nichterfüllung eine Ausnahme sei. Es ist aber umgekehrt. Und es muß um jeden Preis mit dem Grundsatz gebrochen werden, daß im Ernstfall die Machtkompetenzen einer geistig fossilen Kaste ins Maßlose schwellen.

Grade im Ernstfall dürfen sies nicht.

Der letzte Akt des Kriegsspiels, das man im Osten krampfhaft fortzusetzen bemüht war, ist aus. Wir werden dafür zu sorgen haben, daß ohne zerschlagene Fensterscheiben und ohne politische Morde in den Köpfen unsrer Volksgenossen eine geistige Revolution entsteht, wie sie bisher gefehlt hat.

Mit Argumenten kommen wir nicht weiter. Hier steht Wille gegen Wille: alles, was zum Nachteil des deutschen Offiziers gesagt wird, trifft den Deutschen von heute ins zusammenzuckende Herz. Er will das nicht hören. Sein Wille verdunkelt die Erkenntnis, und merkt er, wo der Befreier hinaus will, wendet er sich empört ab.

Es führt zu nichts, dem Offizier seine überlebte und menschenfeindliche Sendung klar zu machen und etwa zu versuchen, sie durch einen Kompromiß zu mildern. Wir sprechen nicht zu ihm.

Wir sprechen zu unsern Landsleuten, zu dem Deutschland, das wir lieben, und wir wollen, daß es immer und unter allen Umständen denen den Gehorsam verweigert, die Menschenunwürdiges von ihm verlangen. Menschenunwürdig aber ist eine Disziplin ohne moralische Einsicht, ist die Annahme, einer stehe vermöge seines Amtes auch menschlich über dem andern; menschenunwürdig ist die Unterdrükkung sogar innerhalb der eignen Nation.

Wir bekämpfen nicht den einzelnen Offizier. Wir bekämpfen sein Ideal und seine Welt und bitten alle Gleichgesinnten, an ihrer Zerstörung mitzuhelfen. Nur sie kann uns eine neue, reinere Heimat geben.

RELIGIONSUNTERRICHT

Berliner Pastöre und Zentrumsherren
durchziehen die Straßen und plärren
Choräle.

Denn die revolutionären Affen
wollen die Schulreligion abschaffen.

Wer garantiert nun der gutgläubigen Jugend
die garantiert echte christliche Tugend?

Denn was da geht in ein christlich Ohr,
fürs ganze Leben hält das vor.

Wer lehrt nun die Kleinen nach diesem Krieg
die Sätze der praktischen Metaphysik?

Als da sind: Du sollst nicht töten!
Außer, wenn die Fahne in Nöten.

Diese weisen Lehren – wie Paulus uralt . . .
Und was macht, nebenbei, das Pastorengehalt?

Das Pastorengehalt – Herr Gott in Gnaden!
wolle doch die Sünder zur Hölle laden!

Sieh, der Bürger zieht ein Gesicht.
Gegen den Priester? Er traut sich nicht.

Er gedenkt seiner Jugend und wird wieder kindlich.
Gegen den Priester? Er ist plötzlich empfindlich.

Kluge Gesichter lächeln in Rom:
Deutschland war stets ein einziger Dom.

Die Herren von der Konkurrenzfakultät
tun mit, weils um dem Gelde geht.

Friede, ihr Fakultäten, auf Erden!
Es wird mit dem Umsturz so schlimm nicht werden.

Man kann sich ja euer gar nicht entwöhnen!
Und paßt mal auf: meinen Herren Söhnen
werden im Schulunterricht wieder ertönen
    Choräle!

BERLINER KÄMPFE

Revolution? Aber kein Gedanke!
Es brodelt im Hexenkessel der Panke,
es hupen die Autos, es knattern die Flinten,
Demonstrationen vorne und hinten –
Tun sie auch so wie die Menschenfresser:
die Panke war stets ein stilles Gewässer.

Jahrelang – bängliches Zögern und Drehen.
Jahrelang – wir werden ja sehen!
Jahrelang – Krupp und Tirpitz sollen leben!
Jahrelang – rin in die Schützengräben!
Jahrelang – Reklamiertenschiß.
Kompromiß ... und Kompromiß ...
Jahrelang – Ausverkäufe an Sieg ...
Sozialisierung? Krieg ist Krieg.

Und nun ist auf einmal Friede auf Erden.
Und nun soll das alles anders werden.
Wir hassen den bauchigen Kassenschrein.
Wir wollen alle glücklich sein!

Man kann sich über das Tempo zanken.
Nicht so bei uns an der blauen Panken.

Wenn die Regierung einen wie Liebknecht hätt!
Die Regierung aber sitzt auf dem Klosett
und berät wie früher in der Reichskanzlei,
was nunmehr und ob es zu tun sei.
Es erinnert an schlechteste alte Zeiten:
das Gesellschaftsspiel der Verantwortlichkeiten,
der deutsche Streit um die Kompetenz –
der alte politische Zirkus Renz.
Unterdessen schwillt der Spartakus
zur Macht empor, weil er will und muß.

Und der Bürger? Du liebe Güte!
Es wackeln im Wind die Zylinderhüte.
Er ist gegen jede Volksempörung.
Politik ist geschäftliche Störung.
Spartakus will seine Kasse bedrohn?
Das geht zu weit mit der Revolution.
Und wenn der Bürger noch zuschlagen wollte!
Es schläft Tante Minchen, es schläft Onkel Nolte ...
Spartakus packt die Geschichte beim Schopf.
Der Bürger wackelt empört mit dem Kopf.

Und so stehn wir am Anfang und stehn am Ende.
Deutsches Blut floß über deutsche Hände.
«Lumpen! Deserteure! Proleten!»
So kann man dem Ding nicht entgegentreten.

Ist Ruhe die erste Bürgerpflicht,
die von Empörern ist es nicht.
Gewalt gegen Gewalt, Kraft gegen Kraft:
das ist die alte Wissenschaft.
Weißt du, Deutscher, wie die neue heißt?
    Gegen Gewalt den Geist!
Nur der Geist kann die Streitaxt begraben!

Aber freilich: man muß einen haben.

ZWEI ERSCHLAGENE

(Liebknecht und Rosa Luxemburg)

Der Garde-Kavallerie-Schützen-Division
zu Berlin in Liebe und Verehrung

Märtyrer . . . ? Nein.
                Aber Pöbelsbeute.
Sie wagtens. Wie selten ist das heute.
Sie packten zu, und sie setzten sich ein:
sie wollten nicht nur Theoretiker sein.

Er: ein Wirrkopf von mittleren Maßen,
er suchte das Menschenheil in den Straßen.
Armer Kerl: es liegt nicht da.
Er tat das Seine, wie er es sah.
Er wollte die Unterdrückten heben,
er wollte für sie ein menschliches Leben.
Sie haben den Idealisten betrogen,
den Meergott verschlangen die eigenen Wogen.
Sie knackten die Kassen, der Aufruhr tollt –
Armer Kerl, hast du das gewollt?

Sie: der Mann von den zwei beiden.
Ein Leben voll Hatz und Gefängnisleiden.
Hohn und Spott und schwarz-weiße Schikane
und dennoch treu der Fahne, der Fahne!
Und immer wieder: Haft und Gefängnis
und Spitzeljagd und Landratsbedrängnis.
Und immer wieder: Gefängnis und Haft –
Sie hatte die stärkste Manneskraft.

Die Parze des Rinnsteins zerschnitt die Fäden.
Da liegen die beiden am Hotel Eden.
Bestellte Arbeit? Die Bourgeoisie?
So tatkräftig war die gute doch nie ...
Wehrlos wurden zwei Menschen erschlagen.

Und es kreischen Geier die Totenklagen:
Gott sei Dank! Vorbei ist die Not!
«Man schlug», schreibt einer, «die Galizierin tot.»
Wir atmen auf! Hurra Bourgeoisie!
Jetzt spiele dein Spielchen ohne die!

Nicht ohne! Man kann die Körper zerschneiden.
Aber das eine bleibt von den beiden:

Wie man sich selber die Treue hält,
wie man gegen eine feindliche Welt
mit reinem Schilde streiten kann,
das vergißt den beiden kein ehrlicher Mann!

Wir sind, weiß Gott, keine Spartakiden.
Ehre zwei Kämpfern!
Sie ruhen in Frieden!

WAS DARF DIE SATIRE?

> Frau Vockerat: «Aber man muß doch seine Freude haben können an der Kunst.»
> Johannes: «Man kann viel mehr haben an der Kunst als seine Freude.»
> Gerhart Hauptmann

Wenn einer bei uns einen guten politischen Witz macht, dann sitzt halb Deutschland auf dem Sofa und nimmt übel.

Satire scheint eine durchaus negative Sache. Sie sagt: «Nein!» Eine Satire, die zur Zeichnung einer Kriegsanleihe auffordert, ist keine. Die Satire beißt, lacht, pfeift und trommelt die große, bunte Landsknechtstrommel gegen alles, was stockt und träge ist.

Satire ist eine durchaus positive Sache. Nirgends verrät sich der Charakterlose schneller als hier, nirgends zeigt sich fixer, was ein gewissenloser Hanswurst ist, einer, der heute den angreift und morgen den.

Der Satiriker ist ein gekränkter Idealist: er will die Welt gut haben, sie ist schlecht, und nun rennt er gegen das Schlechte an.

Die Satire eines charaktervollen Künstlers, der um des Guten willen kämpft, verdient also nicht diese bürgerliche Nichtachtung und das empörte Fauchen, mit dem hierzulande diese Kunst abgetan wird.

Vor allem macht der Deutsche einen Fehler: er verwechselt das Dargestellte mit dem Darstellenden. Wenn ich die Folgen der Trunksucht aufzeigen will, also dieses Laster bekämpfe, so kann ich das nicht mit frommen Bibelsprüchen, sondern ich werde es am wirksamsten durch die packende Darstellung eines Mannes tun, der hoffnungslos betrunken ist. Ich hebe den Vorhang auf, der schonend über die Fäulnis gebreitet war, und sage: «Seht!» – In Deutschland nennt man dergleichen ‹Kraßheit›. Aber Trunksucht ist ein böses Ding, sie schädigt das Volk, und nur schonungslose Wahrheit kann da helfen. Und so ist das damals mit dem Weberelend gewesen, und mit der Prostitution ist es noch heute so.

Der Einfluß Krähwinkels hat die deutsche Satire in ihren so dürftigen Grenzen gehalten. Große Themen scheiden nahezu völlig aus. Der einzige *‹Simplicissimus›* hat damals, als er noch die große, rote Bulldogge rechtens im Wappen führte, an all die deutschen Heiligtümer zu rühren gewagt: an den prügelnden Unteroffizier, an den stockfleckigen Bürokraten, an den Rohrstockpauker und an das Straßenmädchen, an den fettherzigen Unternehmer und an den näselnden Offizier. Nun kann man gewiß über all diese Themen denken wie man mag, und es ist jedem unbenommen, einen Angriff für ungerechtfertigt und einen anderen für übertrieben zu halten, aber die Berechtigung eines ehrlichen Mannes, die Zeit zu peitschen, darf nicht mit dicken Worten zunichte gemacht werden.

Übertreibt die Satire? Die Satire muß übertreiben und ist ihrem tiefsten Wesen nach ungerecht. Sie bläst die Wahrheit auf, damit sie deutlicher wird, und sie kann gar nicht anders arbeiten als nach dem Bibelwort: Es leiden die Gerechten mit den Ungerechten.

Aber nun sitzt zutiefst im Deutschen die leidige Angewohnheit, nicht in Individuen, sondern in Ständen, in Korporationen zu denken und aufzutreten, und wehe, wenn du einer dieser zu nahe trittst. Warum sind unsere Witzblätter, unsere Lustspiele, unsere Komödien und unsere Filme so mager? Weil keiner wagt, dem dicken Kraken an den Leib zu gehen, der das ganze Land bedrückt und dahockt: fett, faul und lebenstötend.

Nicht einmal dem Landesfeind gegenüber hat sich die deutsche Satire herausgetraut. Wir sollten gewiß nicht den scheußlichen unter den französischen Kriegskarikaturen nacheifern, aber welche Kraft lag in denen, welch elementare Wut, welcher Wurf und welche Wirkung! Freilich: sie scheuten vor gar nichts zurück. Daneben hingen unsere bescheidenen Rechentafeln über U-Boot-Zahlen, taten niemandem etwas zuleide und wurden von keinem Menschen gelesen.

Wir sollten nicht so kleinlich sein. Wir alle – Volksschullehrer und Kaufleute und Professoren und Redakteure und Musiker und Ärzte und Beamte und Frauen und Volksbeauftragte – wir alle haben Fehler und komische Seiten und kleine und große Schwächen. Und wir müssen nun nicht immer gleich aufbegehren (‹Schlächtermeister, wahret eure heiligsten Güter!›), wenn einer wirklich einmal einen guten Witz über uns reißt. Boshaft kann er sein, aber ehrlich soll er sein. Das ist kein rechter Mann und kein rechter Stand, der nicht einen ordentlichen Puff vertragen kann. Er mag sich mit denselben Mitteln dagegen wehren, er mag widerschlagen – aber er wende nicht verletzt, empört, gekränkt das Haupt. Es wehte bei uns im öffentlichen Leben ein reinerer Wind, wenn nicht alle übel nähmen.

So aber schwillt ständischer Dünkel zum Größenwahn an. Der deutsche Satiriker tanzt zwischen Berufsständen, Klassen, Konfessionen und Lokaleinrichtungen einen ständigen Eiertanz. Das ist gewiß recht graziös, aber auf die Dauer etwas ermüdend. Die echte Satire ist blutreinigend: und wer gesundes Blut hat, der hat auch einen reinen Teint.

Was darf die Satire?

Alles.

ZWISCHEN DEN SCHLACHTEN

Leidige Politika!
Clementine, süßer Fetzen!
Laß mich mich an dir ergetzen –
bin so wild, seit ich dich sah,
Venus Amathusia!

Mädchen mit dem kleinen Ohr,
mit den maßvoll fetten Beinen,
sieh vor Lust mich leise weinen,
ein verliebter heißer Tor ...
Hogarth nennt dies Bild: Before.

Aber eine Nacht darauf?
Schweigt dein Troubadour und schlaft er?
Hogarth nennt dies Bildchen: After.
Sieh, das ist der Welten Lauf –
hebst du die Gefühle auf?

Bald bin ich dir wieder nah.
Schau, ich kann nur manchmal lügen.
Du tusts stets in vollen Zügen.
Laß dir nur an mir genügen
zwischen Noske, Kahl und Spa –
Venus Amathusia!

GUTE NACHT!

Ich geh mit meinen Wanzen schlafen,
rotbraun und platt.
Quartiert bin ich bei einem Grafen,
der viele hat.

Des Nachts, wenn alle Sterne funkeln,
dann ziehen still
die fleißigen Scharen hin im Dunkeln,
wie Gott es will.

Sie kommen aus den schmalen Ritzen,
aus dem Parkett;
die feinern aber fastend sitzen
des Tags im Bett.

Sie pieken mich. Es schwillt zu riesigen
Fleischklümpchen an, was sie gepackt;
das macht die Beißekunst der Hiesigen –
die sind exakt.

Sie pieken mich. Es juckt. Zum Glücke
ist morgen alles wieder rein.
Und wenn ich eine sanft zerdrücke,
gedenk ich dein.

OLLE KAMELLEN

Vor der Front ein junger Bengel.
Er moniert die Fehler, die Schlappheit, die Mängel.
Im Gliede lauter alte Leute.
... Schlechter Laune der Leutnant heute ...

«Das kann ich der Kompanie erklären:
Ich werde euch Kerls das Strammstehen schon lehren!
Nehmen Sie die Knochen zusammen, Sie Schwein!»
Und das soll alles vergessen sein?

Drin im Kasino ist großer Trubel.
Gläserklingen. Hurragejubel.
Sieben Gänge, dreierlei Weine.
Der Posten draußen hat kalte Beine.
Er denkt an Muttern, an zu Haus;
die Kinder, schreibt sie, sehn elend aus.
Drin sind sie lustig und krähen und schrein –
Und das soll alles vergessen sein?

Und das sei alles vergeben, vergessen?
Die Tritte nach unten? der Diebstahl am Essen?
Bei Gott! das sind keine alten Kamellen!
Es wimmelt noch heute von solchen Gesellen!
Eingedrillter Kadaverrespekt –
wie tief der noch heut in den Köpfen steckt!
Er riß uns in jenen Krieg hinein –
Und das soll alles vergessen sein?

Nicht vergessen. Wir wollen das ändern.
Ein freies Land unter freien Ländern
sei Deutschland – mit freien Bewohnern drin,
ohne den knechtischen Dienersinn.
Wir wollen nicht Rache an Offizieren.
Wir wollen den deutschen Sinn reformieren.
Sei ein freier Deutscher – Bruder, schlag ein!
Und dann soll alles vergessen sein!

CHRISTIAN WAGNER

Der Dreiundachtzigjährige ist im vorigen Jahre gestorben; und wenn Hermann Hesse nicht seine Gedichte (bei Georg Müller) herausgegeben hätte, wüßten wir gar nichts von ihm. So aber wissen wir alles. Nur: die Deutschen lesen solche deutschen Gedichte nicht.

Kurt Hiller hat einmal von der Lyrik gesagt, es sei unausstehlich, wenn ein Mann, der Husserl studiere, sich in seinen Gedichten künstlich zurückschraube und den naiven Toren spiele. Das ist ganz richtig. Aber wie, wenn ein Mann, der nie Husserl gelesen hat, intuitiv weit über Forschungsergebnisse hinausgeht und tastend und ahnend das berührt, was der Psychologe — der schon gar nicht — niemals erreicht? Denn das scheint mir das Wesen der Lyrik zu sein: nicht Erkenntnisse zu vermitteln, überhaupt nicht in der zufällig gewählten Form eines Gedichts ein Resultat zu liefern, das man ebenso gut oder noch besser in einem Essay hätte niederlegen können — sondern eben in dieser einzig möglichen Form etwas zu geben, das keine andre Form und keine andre Wortfolge zu geben vermag: Erkenntnis und, fußend auf dieser Erkenntnis, die Schwankungen der Seele, die man Gefühle nennt.

Das hat Christian Wagner getan. Aus seinen Büchern, die höchst ungleich sind — das Große steht unmittelbar neben dem fast Dilettantischen —, hat Hesse die schönsten Gedichte herausgesucht. Es fehlt wohl keines. Gleich, wenn man das Buch aufschlägt, hallen wie drei tiefe Töne machtvoll die ersten Versfolgen auf einen ein: ‹*Spätes Erwachen*›, ‹*Freudenglaube*› und ‹*Im Walde*›. Das sind keine Töne, die wir zu hören gewohnt sind. Es handelt sich natürlich nicht in einem Gedichtband um die Verschen — jeder kann das mehr oder weniger, und außerdem ist damit gar nichts getan —, aber: Was weiß dieser Mann? Was fühlte er?

Er fühlte: das All. Nicht diesen verschwommenen Pantheismus, von dem schon Schopenhauer gesagt hat, daß er gar nichts sei, denn ob ich Gott leugne oder in jedem Lokalanzeigerblatt finde, kommt auf dieselbe Trivialität heraus — er fühlte die tiefe Zusammengehörigkeit zwischen Tier, Mensch und Pflanze, Stein und Stern. Und er liebte das alles. Aber wiederum nicht mit dieser verzückten Krampfigkeit, die man uns aus Prag her zu importieren versucht hat, und die zu nichts verpflichtet, sondern er liebte das alles ernst und nicht unterschiedslos und im Einzelnen das Ganze, er ahnte, daß die Erscheinung nicht das Ding ist, und daß nie und nimmer der Mensch etwa im Mittelpunkt dieses Treibens stehen könnte. Er war — dogmenlos — fromm.

Und weil er ein Deutscher war und die ewige Musik in sich hatte, sind ihm herrliche Verse geglückt — das ist ja erst ein Zweites —, und wenn sich Erkenntnis und Form vereinigten, dann entstand ein Kostbarkeit, die, hebbelsch grübelnd und voller Liebe die Welt umfassend, uns jäh erschüttert wie ‹*Die Geschlechter*›:

Ist dies nicht ein frevles Schicksalswalten,
Menschtum in zwei Teile zu zerspalten?

In zwei blutige Hälften zu zerreißen,
Eine Mann, die andre Weib zu heißen?

Beide voll von heißem Sehnsuchtsdrange,
Sich zu finden auf des Lebens Gange,

Ich dem Ich zur Opfergab zu bringen?
Ach wie wenigen, wenigen mags gelingen,

Ohne Losung, Fährten oder Spuren
Sich zu finden auf des Lebens Fluren!

Selige Kindheit, die nicht kennt die Wirren,
Nicht der Liebe grausam töricht Irren!

Selige Blume, die nichts weiß vom Fluche
Lebenslanger und vergebner Suche!

Er erkannte den tiefen Riß, der durch die Menschheit geht, er erkannte den Schmerz dieser Amphibien, die keine Tiere mehr und noch keine Götter sind – und er liebte es doch, immer wiederzukehren. Denn unerschütterlich war sein Glaube an die Wiedergeburt. Man mag das nun für belanglos halten oder nicht: dichterisch schön ist jeder tiefe Glaube, wenn er fest im Manne wurzelt, und wenn der so tief glaubt, daß man – um diesen Glauben auszurotten – ihn töten müßte. Er hat eine ‹*Totenfeier*› gedichtet, in der die Kinder durch Willenskonzentration den Geist der abgeschiedenen Mutter beschwören, der sich noch einmal an ihren Tisch setzt und von ihrem Weine nippt – der schönste Ausdruck einer herzlichen Liebe über den Leib hinaus. Er hat eine ‹*Geburtsweihe*› gedichtet, den kleinen Sohn zu begrüßen, der wiederkommt «nach der frommen, süßen Rast» – so fest wurzelt in ihm der Glaube, daß es nur ein Aufenthalt ist, den das Kind hienieden nimmt. Und diese Verse sind so schlicht und doch sicher und tönend wie ein Lied. «Herbstwiese meiner Seele» fängt ein Gedicht an. Der Strauß, der neben dem Krankenbett steht, ist ein Symbol von Lebensfreude und Lebenskraft. Es strotzt von Leben. Er war kein Mönch.

Viele Gedichte sind in langen, seltsamen Zweizeilern gereimt, kaum sind die Nähte zu sehen, und wenn ein Gedicht geglückt ist, ist es ganz geglückt.

Ich habe aber bis zum Schluß dieses Gedenkens nicht sagen wollen, daß der Dichter ein Bauer war, weil falsche Assoziationen entstehen könnten. Er war allerdings ein Landmann; er hat die Natur gekannt, aber das Hälmchen war ihm kein Anlaß, «Duliöh!» zu schreien oder ein knallig angestrichenes Gemüt leuchten zu lassen. Er war ein in sich gekehrter Künstler und wohl wert, daß wir ihn alle läsen und verehrten.

SPAZIERGÄNGE EINES BERLINERS

Aujuste tanzt. Ihr Kavalier hat heute
verschoben zwei Waggons voll Sacharin.
Man ist bemüht, ihm seine fette Beute
so langsam aus dem Portemonnaie zu ziehn.
Er schmeißt Champagner für die lieben Bräute,
den Hut schief in der Stirn: «Wat kost Berlin?»
«Zahl mir ein Beffstück!» haucht sie, «weil dus kannst!» –
Aujuste tanzt.

Im Ballsaal schlängeln sich befrackte Schieber.
Der Lackschuh glänzt. (Ist er auch schon bezahlt?)
Die Weiblichkeit erglänzt in Nerz und Biber
und ist im ganzen Rosa angemalt.
Nur wenn sie sprechen . . . «Emmi! Komm ma riba!»
Der Piefke protzt, die kleine Nutte prahlt.
Ist auch – wer siehts? – der Unterrock zerfranst –
Aujuste tanzt.

Man tut wie lauter Jrafens und Barone.
Der Saal erstrahlt in goldlackiertem Stuck.
Die Preise für den Mosel sind nicht ohne –
es lebe hoch der heilige Neppomuck!
«Ich müde? Aber, Junge, nich die Bohne!»
Der Morgen graut. Sie kriegen nie genug.
Ein Dicker hält vor Lachen sich den Wanst. –
Aujuste tanzt.

Aujuste tanzt. Wer ist denn die Aujuste?
Wer ist die Holde, die voll Heiterkeit
im Kriege und auch später tanzen mußte?
Kanonen gibt es, die sind wie gefeit.
Da war die Schicht, die stets von gar nichts wußte,
sie machen sich in Nachtlokälern breit . . .
Wer war sie wohl, die du dort nächtlich fandst?
Aujuste tanzt.

SPARTAKUS IN MOABIT

Sieh da: Justitia!
Voll mit Paragraphen
behängt, so steht wie ehedem sie da.
Sie hat natürlich alles ganz verschlafen
und weiß nicht, was im Lande jetzt geschah.
«Was ist denn uns», so spricht ein weiser Richter,
«die Politik und die Revolution!
Die Kerle sind Banditen und Gelichter,
Paßt auf, und wir besorgens ihnen schon!»

Ihr weisen und gerechten Richter fauchtet
auf die Empörer – nach mißlungener Tat.
Das Wahlrecht aber, das ihr eben brauchtet,
verdanktet ihr dem gleichen Hochverrat.
Justitia, Trauerweib, du hast geschlafen,
wie stets, wenn wir vom Fleck gekommen sind.
Wir pfeifen auf den Spruch und auf die Strafen!
Reiß deine Binde ab! Du bist ja blind!

Du armes Hascherl kannst nicht unterscheiden,
wer Räuber war und wer Idealist –
Du knobelst ernst und strafst gleich hart die beiden,
weil du zu faul zum Präzisieren bist.
«Noch gilt das Recht! Sie müssen eben hangen!»
Geschichte gilt – und nicht dein Tintenquark.
Willst du dir wegen Ruhestörung langen
die junge Mannschaft da von Langemarck?

Das sei was andres?
Ei, denkst du der Zeiten,
wo du die Adelsfrau im Schwesternkleid,
die stahl, wo du des Schutzmanns Grausamkeiten
fein legtest still bei Seiten –
sie wüßten nichts von der Rechtswidrigkeit?
Straf du die Lumpe bei den Spartakisten.
Steck die ins Zuchthaus, die beim Kampf geklaut.
Vergreif dich nicht an den Idealisten!
Wir kennen deine Paragraphenkisten!
Nimm dich in acht, du alte, falsche Haut!

SCHÄFERLIEDCHEN

Der Kaiser ist ein braver Mann,
doch leider nicht zu Haus,
und mancher gute Bürgersmann
zieht still sein Schnupftuch raus.
Und er beweint so tränennaß
den kaiserlichen Bann –
und sonst noch was und sonst noch was,
was ich nicht sagen kann.

Wie war sie schön, die große Zeit!
Man fühlte sich als Gott.
Man nutzte die Gelegenheit
ganz aus, bis zum Bankrott.
Der Orden reiches Übermaß
in manche Hände rann
und sonst noch was und sonst noch was,
was ich nicht sagen kann.

Sie standen tief im Flamenland
und tief im Russenreich.
Es herrschte dort die starke Hand;
bei Panjes galt das gleich.
Sie nahmen mit den tiefen Haß
von Weib und Kind und Mann
und sonst noch was und sonst noch was,
was ich nicht sagen kann.

Und das ist alles nun dahin.
Was Wunder, daß es klagt:
«Weh, daß ich ohne Kaiser bin!
Wie hat mir der behagt!»
Sie machen sich die Äuglein naß,
die Herren um Stresemann,
und sonst noch was und sonst noch was,
was ich nicht sagen kann.

WIR NEGATIVEN

> Wie ist er hier so sanft und zärtlich! Wohlseyn will er, und ruhigen Genuß und sanfte Freuden, für sich, für andere. Es ist das Thema des Anakreon. So lockt und schmeichelt er sich selbst ins Leben hinein. Ist er aber darin, dann zieht die Qual das Verbrechen und das Verbrechen die Qual herbei: Greuel und Verwüstung füllen den Schauplatz. Es ist das Thema des Aischylos.
>
> Schopenhauer

Es wird uns Mitarbeitern der ‹*Weltbühne*› der Vorwurf gemacht, wir sagten zu allem Nein und seien nicht positiv genug. Wir lehnten ab und kritisierten nur und beschmutzten gar das eigene deutsche Nest. Und bekämpften – und das sei das Schlimmste – Haß mit Haß, Gewalt mit Gewalt, Faust mit Faust.

Es sind eigentlich immer dieselben Leute, die in diesem Blatt zu Worte kommen, und es mag einmal gesagt werden, wie sehr wir alle innerlich zusammenstimmen, obwohl wir uns kaum kennen. Es existieren Nummern dieser Zeitschrift, die in einer langen Redaktionssitzung entstanden zu sein scheinen, und doch hat der Herausgeber mutterseelenallein gewaltet. Es scheint mir also der Vorwurf, wir seien negativ, geistig unabhängige und von einander nicht beeinflußte Männer zu treffen. Aber sind wirs? Sind wirs denn wirklich?

Ich will einmal die Schubladen unsres deutschen Schrankes aufmachen und sehen, was darinnen liegt.

Die Revolution. Wenn Revolution nur Zusammenbruch bedeutet, dann war es eine; aber man darf nicht erwarten, daß die Trümmer anders aussehen als das alte Gebäude. Wir haben Mißerfolg gehabt und Hunger, und die Verantwortlichen sind davongelaufen. Und da stand das Volk: die alten Fahnen hatten sie ihm heruntergerissen, aber es hatte keine neue.

Der Bürger. Das ist – wie oft wurde das mißverstanden! – eine geistige Klassifizierung, man ist Bürger durch Anlage, nicht durch Geburt und am allerwenigsten durch Beruf. Dieses deutsche Bürgertum ist ganz und gar antidemokratisch, dergleichen gibt es wohl kaum in einem andern Lande, und das ist der Kernpunkt alles Elends. Es ist ja nicht wahr, daß sie in der Zeit vor dem Kriege unterdrückt worden sind, es war ihnen tiefstes Bedürfnis, emporzublicken, mit treuen Hundeaugen, sich zurechtstoßen zu lassen und die starke Hand des göttlichen Vormunds zu fühlen! Heute ist er nicht mehr da, und fröstelnd vermissen sie etwas. Die Zensur ist in Fortfall gekommen, brav beten sie die alten Sprüchlein weiter, ängstlich plappernd, als ob nichts geschehen sei. Sie kennen zwischen patriarchalischer Herrschaft und einem ins Räuberhafte entarteten Bolschewismus keine Mitte, denn sie sind unfrei. Sie nehmen alles hin, wenn man sie nur verdienen läßt. Und dazu sollen wir Ja sagen?

Der Offizier. Wir haben hier nachgewiesen, warum und inwiefern der deutsche Offizier im Kriege versagt hat, und was er an seinen Leuten gesündigt. Es geht ja nicht um den Stand – Angriffe gegen eine Kollektivität sind immer ungerecht –: es geht um den schlechten Geist, der den Stand beseelte und der sich tief in das Bürgertum hineingefressen hatte. Der Leutnant und seine – sagen wir immerhin: Geistigkeit war ein deutsches Ideal, und der Reserve-Offizier brauchte keine lange Zeit, in die Uniform hineinzuwachsen. Es war die infernalische Lust, den Nebenmenschen ungestraft zu treten, es war die deutsche Lust, im Dienst mehr zu scheinen, als man im Privatleben ist, das Vergnügen, sich vor seiner Frau, vor seiner Geliebten aufzuspielen, und unten krümmte sich ein Mensch. Eine gewisse Pflichterfüllung des Offiziers (und sein Geist saß auch in vielen untern Chargen) soll nicht geleugnet werden, aber sie geschah oft nur auf der Basis der Übersättigung und der übelsten Raffgier. Die jungen Herren, denen ich im Kriege hinter die Karten gucken konnte, machten keinen hervorragenden Eindruck. Aber es geht ja nicht um die einzelnen, und wie soll je eine Besserung kommen, wenn wir es jetzt nicht sagen! Jetzt, denn später hat es keinen Sinn mehr; jetzt, denn später, wenn das neue Heer aufgebaut ist, wäre es überflüssig, noch einmal die Sünden des alten Regimes aufzublättern. Und es muß den Deutschen eingehämmert werden, daß das niemals wiederkommen darf, und es muß allen gesagt werden, denn es waren ja nicht die Sünden gewisser reaktionärer Kreise, sondern alle, alle taten mit! Das Soldatenelend – und mit ihm das Elend aller ‹Untergebenen› in Deutschland – war keine Angelegenheit der politischen Überzeugung: es war eine der mangelnden Kultur. Die übelsten Instinkte wurden in entfesselten Bürgern wachgerufen, gab ihnen der Staat die Machtfülle eines ‹Vorgesetzten› in die Hand. Sie hat ihnen nicht gebührt. Und dazu sollen wir Ja sagen?

Der Beamte. Was haltet ihr von einer Verwaltung, bei der der Angestellte wichtiger ist als die Maßnahmen, und die Maßnahme wichtiger als die Sache? Wie knarrte der Apparat und machte sich imponierend breit! Was war das für ein Gespreize mit den Ämtern und den Ämtchen! Welche Wonne, wenn einer verfügen konnte! Von allen andern Dienststellen – und es gab ja so viele – wurde er unterdrückt: jetzt durfte er auch einmal! Und die Sache selbst ersoff in Verordnungen und Erlassen, die kleinen Kabalen und Reibereien in den Ämtern füllten Menschenleben aus, und der Steuerzahler war wehrlos gegen sein eigenes Werk. Und dazu sollen wir Ja sagen?

Der Politiker. Politik kann man in diesem Lande definieren als die Durchsetzung wirtschaftlicher Zwecke mit Hilfe der Gesetzgebung. Die Politik war bei uns eine Sache des Sitzfleisches, nicht des Geistes. Sie wurde in Bezirksvereinen abgehaspelt und durchgehechelt, und gegen den Arbeiter standen alle andern zusammen. Vergessen war der Geist, auf dessen Grundlage man zu Vorschlägen und Gesetzen kam, vergessen die Gesinnung, die, Antrieb und Motiv in einem, erst verständlich und erklärbar machte, was man wollte. Der Diplomat alter Schule hatte abgewirtschaftet, «er besitzt keinen modernen Geist», sagten die Leute; nun sollte der Kaufmann an seine Stelle treten. Aber der besitzt ihn auch nicht. Eine wilde Überschätzung des Wirtschaftlichen hob an. Feudale und Händler raufen sich um den Einfluß im Staat, der in Wirklichkeit ihnen beiden unter der Führung der Geistigen zukommen sollte. Und dazu sollen wir Ja sagen?

Daß der Bürger zetert, dem anständige Politik nichts ist als Geschäftsstörung, nimmt uns nicht wunder. Daß Geistige gegen uns eifern, schon mehr. Wozu führen denn letzten Endes die Erkenntnisse des Geistes, wenn man nicht ein Mal von den Höhen der Weisheit herunterklettert, ihre Ergebnisse auf das tägliche Leben anwendet und das zu formen versucht nach ihrem Ebenbilde? Nichts ist bei uns peinlicher und verhaßter als konkret gewordene Geistigkeit. Alles darfst du: die gefährlichsten Forderungen aufstellen, in abstracto, Bücherrevolutionen machen, den lieben Gott absetzen – aber die Steuergesetzgebung, die machen sie doch lieber allein. Sie haben eine unendlich feine Witterung und den zuverlässigsten Instinkt gegen alles, was ihre trübe Geschäftigkeit stören kann, ihr Mißtrauen ist unsäglich, ihre Abneigung unüberwindbar. Sie riechen förmlich, ob sich deine Liebe und dein Haß mit ihrem Kolonialwarenladen verträgt, und tun sies nicht: dann gnade dir Gott!

Hier steht Wille gegen Willen. Kein Resultat, kein Ziel auf dieser Erde wird nach dem logisch geführten Beweis ex argumentis gewonnen. Überall steht das Ziel, gefühlsmäßig geliebt, vorher fest, die Argumente folgen, als Entschuldigung für den Geist, als Gesellschaftsspiel für den Intellekt. Noch niemals hat einer den andern mit Gründen überzeugt. Hier steht Wille gegen Willen: wir sind uns über die Ziele mit allen anständig Gesinnten einig – ich glaube, was an uns bekämpft wird, ist nicht der Kampf: es ist die Taktik.

Aber wie sollen wir gegen kurzstirnige Tölpel und eisenharte Bauernknechte anders aufkommen als mit Knüppeln? Das ist seit Jahrhunderten das große Elend und der Jammer dieses Landes gewesen: daß man vermeint hat, der eindeutigen Kraft mit der bohrenden Geistigkeit beikommen zu können. Wenn wir andern – die wir hinter die Dinge gesehen haben, die wir glauben, daß die Welt, so wie sie ist, nicht das letzte Ziel für Menschen sein kann – keinen Exekutor unsrer geistigen Gesinnung haben, so sind wir verdammt, ewig und auch fürderhin unter Fleischergesellen zu leben, und uns bleiben die Bücher und die Tinte und das Papier, worauf wir uns ergehen dürfen. Das ist so unendlich unfruchtbar, zu glauben, man könne die negative Tätigkeit des Niederreißens entbehren, wenn man aufbauen will. Seien wir konkret. Eine Naumannsche Rede in Weimar verpflichtet zu gar nichts: der Beschluß irgendeines Gemeindekollegiums zeigt uns den Bürger in seiner Nacktheit.

Der unbedingten Solidarität aller Geldverdiener muß die ebenso unbedingte Solidarität der Geistigen gegenüberstehen. Es geht nicht an, daß man feixenden Bürgern das Schauspiel eines Kampfes liefert, aus dem sie nur und ausschließlich heraushören: dürfen wir weiter schachern, oder dürfen wir es nicht? Dürfen wir weiter in Cliquen und Klüngeln schieben, oder dürfen wir es nicht? Nur das wird gehört, und keine metaphysische Wahrheit und kein kritizistischer Irrtum.

Ist schon alles vergessen? Gleiten wir schon wieder in den behaglichen Trott hinüber, in dem Ruhe die erste und letzte Pflicht ist? Schon regt sich allerorten der fade Spruch: «Es wird nicht so schlimm gewesen sein.» — «Ihr Herr Gemahl ist an Lungenentzündung gestorben?» sagte jener Mann, «na, es wird nicht so schlimm gewesen sein!»

Es ist so schlimm gewesen. Und man mache ja nicht wieder den Versuch, zu behaupten, die ‹Pionierarbeit des deutschen Kaufmanns› werde uns ‹schon herausreißen›! Wir sind in der ganzen Welt blamiert, weil wir unsre besten Kräfte tief im Land versteckt und unsre minderwertigen hinausgeschickt haben. Aber schon regen sich die Stimmen, die dem Deutschen einzureden versuchen, es werde, wenn er nur billige Ware liefere, sich alles einrenken lassen. Das wollen wir nicht! Wir wollen nicht mehr benutzt sein, weil unsre jungen Leute im Ausland alle andern unterboten haben, und weil man bei uns schuftete, aber nicht arbeitete. Wir wollen geachtet werden um unsrer selbst willen.

Und damit wir in der Welt geachtet werden, müssen wir zunächst zu Haus gründlich rein machen. Beschmutzen wir unser eigenes Nest? Aber einen Augiasstall kann man nicht beschmutzen, und es ist widersinnig, sich auf das zerfallene Dach einer alten Scheune zu stellen und da oben die Nationalhymne ertönen zu lassen.

Wir sollen positive Vorschläge machen. Aber alle positiven Vorschläge nützen nichts, wenn nicht die rechte Redlichkeit das Land durchzieht. Die Reformen, die wir meinen, sind nicht mit Vorschriften zu erfüllen, und auch nicht mit neuen Reichsämtern, von denen sich heute jeder für sein Fach das Heil erhofft. Wir glauben nicht, daß es genügt, eine große Kartothek und ein vielköpfiges Personal aufzubauen und damit sein Gebiet zu bearbeiten. Wir glauben, daß das Wesentliche auf der Welt hinter den Dingen sitzt, und daß eine anständige Gesinnung mit jeder, auch mit der schlechtesten, Vorschrift fertig wird und sie gut handhabt. Ohne sie aber ist nichts getan.

Was wir brauchen, ist diese anständige Gesinnung.

Wir können noch nicht Ja sagen. Wir können nicht einen Sinn stärken, der über den Menschen die Menschlichkeit vergißt. Wir können nicht ein Volk darin bestärken, seine Pflicht nur dann zu tun, wenn jedem Arbeitenden ein Popanz von Ehre aufgebaut wird, der sachlicher Arbeit nur im Wege ist. Wir können nicht zu einem Volk Ja sagen, das, noch heute, in einer Verfassung ist, die, wäre der Krieg zufälligerweise glücklich ausgegangen, das Schlimmste hätte befürchten lassen. Wir können nicht zu einem Land Ja sagen, das von Kollektivitäten besessen ist, und dem die Korporation weit über dem Individuum steht. Kollektivitäten sind nur ein Hilfsmittel für die einzelnen. Wir können nicht Ja zu denen sagen, deren Früchte die junge Generation darstellt: ein laues und flaues Geschlecht, angesteckt von dem kindischen Machthunger nach innen und der Gleichgültigkeit nach außen, den Bars mehr zugetan als der Bravour, von unsäglicher Verachtung für allen Sturm und Drang, den man zur Zeit nicht mehr trägt, ohne Flamme und ohne Schwung, ohne Haß und ohne Liebe. Wir sollen laufen, aber unsre Schenkel sind mit Schnüren gefesselt. Wir können noch nicht Ja sagen.

Leute, bar jedes Verständnisses für den Willen, der über die Tagesinteressen hinausheben will – man nennt das hierzulande: Realpolitiker – bekämpfen uns, weil wir im Kompromiß kein Heil sehen, weil wir in neuen Abzeichen und neuen Aktenstücken kein Heil sehen. Wir wissen wohl, daß man Ideale nicht verwirklichen kann, aber wir wissen auch, daß nichts auf der Welt ohne die Flamme des Ideals geschehen ist, geändert ist, gewirkt wurde. Und – das eben scheint unsern Gegnern eine Gefahr und ist auch eine – wir glauben nicht, daß die Flamme des Ideals nur dekorativ am Sternenhimmel zu leuchten hat, sondern sie muß hienieden brennen: brennen in den Kellerwinkeln, wo die Asseln hausen, und brennen auf den Palastdächern der Reichen, brennen in den Kirchen, wo man die alten Wunder rationalistisch verrät, und brennen bei den Wechslern, die aus ihrer Bude einen Tempel gemacht haben.

Wir können noch nicht Ja sagen. Wir wissen nur das eine: es soll mit eisernem Besen jetzt, grade jetzt und heute ausgekehrt werden, was in Deutschland faul und vom Übel war und ist. Wir kommen nicht damit weiter, daß wir den Kopf in ein schwarz-weiß-rotes Tuch stecken und ängstlich flüstern: Später, mein Bester, später! nur jetzt kein Aufsehen!

Jetzt.

Es ist lächerlich, einer jungen Bewegung von vier Monaten vorzuwerfen, sie habe nicht dasselbe Positive geleistet wie eine Tradition von dreihundert Jahren. Das wissen wir.

Wir stehen vor einem Deutschland voll unerhörter Korruption, voll Schiebern und Schleichern, voll dreimalhunderttausend Teufeln, von denen jeder das Recht in Anspruch nimmt, für seine schwarze Person von der Revolution unangetastet zu bleiben. Wir meinen aber ihn und grade ihn und nur ihn.

Und wir haben die Möglichkeit, zu wählen: bekämpfen wir ihn mit der Liebe, bekämpfen wir ihn mit Haß? Wir wollen kämpfen mit Haß aus Liebe. Mit Haß gegen jeden Burschen, der sich erkühnt hat, das Blut seiner Landsleute zu trinken, wie man Wein trinkt, um damit auf seine Gesundheit und die seiner Freunde anzustoßen. Mit Haß gegen einen Klüngel, dem übermäßig erraffter Besitz und das Elend der Heimarbeiter gottgewollt erscheint, der von erkauften Professoren beweisen läßt, daß dem so sein muß, und der auf gebeugten Rücken vegetierender Menschen freundliche Idyllen feiert. Wir kämpfen allerdings mit Haß. Aber wir kämpfen aus Liebe für die Unterdrückten, die nicht immer notwendigerweise Proletarier sein müssen, und wir lieben in den Menschen den Gedanken an die Menschheit.

Negativ? Viereinhalb Jahre haben wir das fürchterliche Ja gehört, das alles gut hieß, was frecher Dünkel auszuführen befahl. Wie war die Welt so lieblich! Wie klappte alles, wie waren alle d'accord, ein Herz und keine Seele, wie bewegte sich die künstlich hergerichtete Landschaft mit den uniformierten Puppen darin zum Preise unsrer Herren! Es war das Thema des Anakreon. Und mit donnerndem Krachen ist das zusammengebrochen, was man früher für eisern gehalten hatte, und was nicht einmal Gußeisen war, die Generale fangen an, sich zu rechtfertigen, obgleich sie es gar nicht nötig hätten, keiner will es gewesen sein, und die Revolutionäre, die zu spät kamen und zu früh gebremst wurden, werden beschuldigt, das Elend herbeigeführt zu haben, an dem doch Generationen gewirkt hatten. Negativ? Blut und Elend und Wunden und zertretenes Menschentum – es soll wenigstens nicht umsonst gewesen sein. Laßt uns auch weiterhin Nein sagen, wenn es not tut! Es ist das Thema des Aischylos.

DAS LIED VOM KOMPROMISS

Manche tanzen manchmal wohl ein Tänzchen
immer um den heißen Brei herum,
kleine Schweine mit dem Ringelschwänzchen,
Bullen mit erschrecklichem Gebrumm.
  Freundlich schaun die Schwarzen und die Roten,
  die sich früher feindlich oft bedrohten.
  Jeder wartet, wer zuerst es wagt,
  bis der eine zu dem andern sagt:

(Volles Orchester)
«Schließen wir nen kleinen Kompromiß!
Davon hat man keine Kümmernis.
Einerseits – und andrerseits –
so ein Ding hat manchen Reiz ...
Sein Erfolg in Deutschland ist gewiß:
Schließen wir nen kleinen Kompromiß!»

Seit November klingt nun dies Gavottchen.
Früher tanzte man die Carmagnole.
Doch Germania, das Erzkokottchen,
wünscht, daß diesen Tanz der Teufel hol.
Rechts wird ganz wie früher lang gefackelt,
links kommt Papa Ebert angewackelt.
Wasch den Pelz, doch mache mich nicht naß!
Und man sagt: «Du, Ebert, weißt du was:
Schließen wir nen kleinen Kompromiß!
Davon hat man keine Kümmernis.
Einerseits – und andrerseits –
so ein Ding hat manchen Reiz ...
Sein Erfolg in Deutschland ist gewiß:
Schließen wir nen kleinen Kompromiß!»

Seit November tanzt man Menuettchen,
wo man schlagen, brennen, stürzen sollt.
Heiter liegt der Bürger in dem Bettchen,
die Regierung säuselt gar zu hold.
Sind die alten Herrn auch rot bebändert,
deshalb hat sich nichts bei uns geändert.
Kommts, daß Ebert hin nach Holland geht,
spricht er dort zu einer Majestät:
«Schließen wir nen kleinen Kompromiß!
Davon hat man keine Kümmernis.
Einerseits – und andrerseits –
So ein Ding hat manchen Reiz ...»

Und durch Deutschland geht ein tiefer Riß.
Dafür gibt es keinen Kompromiß!

EISNER

Da war ein Mann, der noch an Ideale glaubte
und tatkräftig war.
In Deutschland ist das tödlich. Denn wir haben
entweder rohe Kraft, die wir mißbrauchen,
die Gattung nennt man Patrioten – oder aber
wir haben feine Sinne und ein zart Gewissen
und richten gar nichts aus. Der aber, tatenfroh beflügelt,
hieb fest dazwischen – und daneben, freilich!
Jedoch er hieb, daß faule Späne flogen.
Welch eine Wohltat war das, zu erleben,
daß einer überhaupt den Degen zog,
ein Tapferer war und doch kein General.

Ein Lümmel, irgendeiner von den Schwarz-Weiß-Roten
(der letzte Zulukaffer steht uns andern näher),
schoß ihn von hinten übern Haufen.
Kurt Eisner starb – und lebt in unser aller Herzen!

Was aber Trauer bitter macht und schmerzlicher den Schmerz,
was über einer Gruft die Fäuste ballen läßt,
ist dies:
Die Bürger nicken.
Es starb Jaurès, Karl Liebknecht, Luxemburg,
Kurt Eisner –.
Wir wissen wohl, wie jener groß war, dieser kleiner –
wer feilscht hier um Formate! Eine Reinheit
ging von den vieren aus,
die leuchtete auf ihren Stirnen und den Händen.
Und ihre Stimme sprach: Ihr sollt nicht leiden!
Vier Schüsse und vier Särge und vier Gräber.
Wir strecken unsre Arme in die Runde
und klagen: «Welt! schlägst du noch immer an die Kreuze
die, die dich lieben?»
Und die Bürger nicken.
Behaglich nicken sie, zufrieden, daß sie leben,
und froh, die Störenfriede los zu sein,
die Störenfriede ihrer Kontokasse.
Wo braust Empörung auf? Wo lodern Flammen,
die Unrat zehren, und sie heilsam brennen?
Die Bürger nicken. Schlecht verhohlne Freude.
Sie wollen Ordnung – das heißt: Unterordnung.
Sie wollen Ruhe – das heißt: Kirchhofsstille.

Sie wollen Brot – das karge Brot der andern.
Und satt und schleimig – fett und vollgesogen
hockt über diesem Lande eine Spinne:
gelähmtes Leid, gelähmte deutsche Seelen.

Und doch: nach allem, was bergab gegangen,
nach dem, was uns enttäuscht und auch betrogen,
nach Kompromiß und braven Leisetretern – –
wir wissen ihre Werke, daß sie weder kalt noch warm
gewesen sind. Ach, wärt ihr kalt! Ach, wärt ihr warm!
Doch sie sind lau –
Und dennoch, dennoch:
Wir glauben weiter unter grauem Himmel!
Wir warten deiner unter grauem Himmel!
Wir wissen, daß du kommst –
Du sollst nicht rächen.
Doch du sollst flammen, schüren, leuchten, brennen.
Luft! Gib uns Luft, darin wir atmen können!
Wühl unsre Seelen auf, pflüg um die Herzen
und löse uns von unserm deutschen Elend
und nimm von uns das niederste der Leiden.
Die beiden mach gesund vor allen Dingen:
gelähmtes Land und die gelähmten Schwingen!

DAS ELTERNHAUS

«Ich habe Ihnen das Giraffenhaus gezeigt», sagte unser Führer, «und das Raubtierhaus und das Vogelhaus – wir kommen nun zu dem Elternhaus!»

Lärm empfing uns. Wir traten an das erste Gitter.

«Sie sehen hier», sagte der Führer, «die gemeinen Hauseltern (parentes communes domestici). Sie sind weit verbreitet, harmlos und vererben alle ihre Eigenschaften.»

Hinter dem Gitter saßen an einem Tisch Vater und Mutter, er trug eine hohe, steife Hausmütze mit einer Quaste, er rauchte eine lange Tabakspfeife und las im Zeitungsblättchen. Die Mutter stopfte Strümpfe, daß die Nadeln klapperten. Kinder von vielerlei Altern krabbelten im Zimmer herum: das älteste hatte eine Brille auf der Nase und lernte aus einem Buch, zwei Mädchen nähten Puppenkleider, ein Junge baute unter dem Tisch eine Steinbaukastenburg, und das Jüngste steckte einen standhaften Zinnsoldaten in den weitgeöffneten Mund. Von Zeit zu Zeit erhob der Vater den Kopf und sagte, ohne hinzusehen: «Eduard! Tu das nicht!» und las weiter. Und die Mutter sagte dann: «Aber, Papa, laß doch die Kinder!» Worauf alles seinen ungestörten Fortgang nahm. Wir schritten zum nächsten Gitter.

«Dies», erklärte der Führer, «sind die Eltern mit der Affenliebe (parentes simiarum modo amantes).»

Zunächst sahen wir nur die Eltern – sie standen um irgendetwas herum, was zunächst verborgen blieb, und schützten es mit ihren Armen und drückten daran umher. Dann traten sie auseinander: und es zeigte sich ein dickes, kugelrundes Kind von vielleicht acht Jahren, das, kaum war es frei, an den Tisch ging und dort alles Geschirr mit einer jähen Handbewegung herunterfegte. Krach! Aber schon stürmten die besorgten Eltern herbei und schlossen das Kind unter Jubelrufen erneut in ihre gerührten Arme. «Nein, wie selbständig es schon ist!» sagte der Vater. «Hast du gesehen, wie flink es zupackt?» sagte die Mutter. Das Kind prustete, ob vor Lachen oder weil es husten mußte, wußten wir nicht. «Ach!» machten die Eltern und packten es in ein Bett. Aber da stand es auf und lief durch die Tür in einen hinteren Raum. Die Eltern lockten. «Kunochen! Na, Kunochen! Kuno! Komm doch! Du kriegst Schokolade!» Kuno blies ihnen etwas, und wir gingen weiter.

«Wir kommen nunmehr», sagte unser freundlicher Führer, «zu den Nationaleltern (parente furore teutonico affecti). Aber treten Sie nicht so nahe heran, Sie könnten sich verletzen!»

Eine Kugel kam geflogen – hoch über unsere Köpfe hinweg. Sie kam aus einem schwarzweißrot angestrichenen Blasrohr, das ein feldgrau gekleideter Junge mit Brille eben absetzte. «Friedrich Wilhelm!» donnerte eine Männerstimme. «Adalbert! Hans Oskar!» Rrrums – machte es in der Stube, und schnurgerade ausgerichtet standen drei Jungen wie die Orgelpfeifen da. Der Vater betrat die Szene, ein Greis von mächtigen Dimensionen, furchtbar anzuschauen. Er nagte an einem ungeheueren Speckbrot. Als er es verschluckt hatte, war er wie steinerner Grimm anzuschauen. Er schrie: «Disziplin! Nur der Kadavergehorsam kanns machen!» – «Nieder mit allen Nichtdeutschen!» piepste der Jüngste. «Schweig! Bevor ich dich frage!» rief der Vater in erschrecklichem Baß. «Aber hasts brav gemacht!» Und dann, die Hände in den Hüften: «Ich habe gestern wieder ein Buch in der Kinderstube gefunden! Wenn mir das noch einmal vorkommt! Bleisoldaten spielen sollt ihr! Griffe kloppen! Felddienstübungen machen zur Ertüchtigung der Jugend. Mama geht als Krankenschwester mit! Ein Buch –! Rasselbande! Potz Schwerebrett! Höllendunner ...» Wir konnten ihn noch hören, während wir schon weitergingen.

«Jetzt kommen wir», erklärte der Führer, «zu den modernen Reformeltern (parentes principiis onerati).»

In sackähnliche Reformgewänder gehüllt, saß hinter diesem Gitter ein sonderbarer Verein. Geschlechter waren nicht zu unterscheiden, nur an den etwas helleren Fingern konnte man die weiblichen Familienangehörigen vage ahnen. Aber auch dies schien zu täuschen... «Charlotte-Elisabeth!» säuselte ein Mitglied, anscheinend die Mutter, «du hast heute wieder Äpfel aus der Speisekammer entwendet. Das Eigentum ist heilig, weil wir es uns erarbeitet haben. Willst du dein Unrecht mit mir betrachten?» — «Ja, Mama», sagte Charlotte-Elisabeth. «Charlotte-Elisabeth! Siehst du dein Unrecht ein?» — «Ja, Mama», sagte Charlotte-Elisabeth. «Charlotte-Elisabeth! Wer sein Unrecht einsieht, der bereut es schon. Bereust du dein Unrecht?» — «Jaaa, Mama», sagte die Äpfel-Charlotte. «Ich entsühne dich, mein Kind — — Paul!» schrie die Mama. Paul hatte dem Schaukelpferd den Schwanz ausgezogen und war damit beschäftigt, ihn sich zum Skalp aufzuputzen. «Paul!» sagte die schon wieder gefaßte Mutter, «auch Schaukelpferde fühlen wie du den Schmerz!» Da aber war es mit unserer Fassung zu Ende, und froh wallfahrten wir weiter.

«Hier sehen Sie», sagte unser Führer, «die alleinstehende Hausmegäre (mater terribilis).»

Hurr — wie sauste da hinter dem Gitter jemand durch die Stube! Laut knallten die Türen, und wir hörten einen schrillen Sopran. «Marie! Marie! Habe ich Ihnen nicht schon tausendmal gesagt, daß die Staublappen nicht in die rechte Schublade gehören? Marie! Wo ist mein Schlüsselkorb? Marie! Der Korb! Wo ist Bubi? Marie! Wo ist das Kind? Das Kind! Der Korb! —» Und aus einer Ecke kroch, mit totentraurigen Augen, ein kleines, verwahrlost aussehendes Geschöpf: ein Kind. Nein, ein Opfer.

Wir gingen weiter. «Hier», sagte der Führer lächelnd, «muß ich die Herrschaften bitten, den Mann nicht zu necken. Es ist das der kleine Haustyrann (pater tyrannicus).»

Nein, wir neckten nicht. Schade — einem Gockel gleich stelzte dort ein Herr der Schöpfung herum und warf von Zeit zu Zeit wütende Blicke auf ein kleines Mädchen, das verschüchtert am Tisch saß. «Papa ist heute wieder so schlechter Laune», flüsterte die Kleine. «Wer spricht, wenn ich im Zimmer bin!» grollte der väterliche Fürst. Sie verstummte. Und er stapfte weiter umher und war sieghaft anzuschauen, wenngleichen er Filzpantoffeln trug.

«Zum Schluß gelangen wir», sagte der Führer vor dem nächsten Gitter, «zu der Syndetikonfamilie. Sie kommt nur in Rudeln vor und kann auch bei Todesgefahr nicht auseinandergerissen werden. Man erzählt sich wunderbare Geschichten von ihrer Anhänglichkeit. Ihre Angehörigen schätzen einander wenig, hocken aber dessenungeachtet stets zusammen. Sehen Sie —!»

Wir sahen. Hinter dem Gitter saßen ungefähr acht Personen und gähnten. «Die kleine Ellen erwartet mich um zehn», sagte der Älteste und zog ungeduldig, aber heimlich seine Taschenuhr. «Wie gern ginge ich heute ins Theater!» flüsterte die erwachsene Tochter. «Huach!» machte die Fünfzehnjährige, «ist das bei euch langweilig!» Dabei gehörte sie doch mit dazu! «Auf der Straße ist heute große Schlacht zwischen den Blauen und den Schwarzen!» sagte der Gymnasiast. Und als alle etwas gesagt hatten, sah sich der Vater im Kreise um und sprach: «Ich weiß mir nichts Schöneres, als wenn ich so alle meine lieben Kinder um mich versammelt habe. Nicht wahr, Kinderchen?» – «Hujaja!» gähnten alle.

Und dann gingen wir. «Sagen Sie», fragte ich, während wir hinausschritten, den Führer, «Sie haben uns da nun so viel gezeigt – aber ... wie soll ich mich ausdrücken ...» – «Sie meinen, ob es nicht auch vernünftige Eltern gibt?» – «So etwas Ähnliches wollte ich allerdings sagen.» – «Kommen Sie!» sagte er ruhig. Und zog mich an der Hand aus dem Elternhaus fort, in den Park. Der Abend dämmerte, die Bäume rauschten im Winde. «Kommen Sie!» sagte er. Und wir gingen, bis wir an ein kleines weißes Häuschen kamen. Wir schlichen uns heran und wurden nicht gesehen und nicht gehört.

Vor dem Haus saß ein blondes, junges Weib mit ungemein lustigen Augen. Vor ihr im Sande raffte ein kleiner Junge seine Spielsachen zusammen; er hatte einen frech gedrehten Haarbusch auf dem Kopf und einen kleinen dicken Bauch. Er schnaufte erschrecklich, weil er so viel zu tun hatte. Die junge Frau ging ins Haus. «Peter!» rief sie. «Peter!» und Peter wackelte aufjauchzend hinterdrein.

Ich sah den Führer an. Er nickte. «Das sind meine», sagte er leise. «Die werden nicht eingesperrt!»

DER UNTERTAN

> Aber es wäre unnütz, euch zu raten. Die Geschlechter müssen vorübergehen, der Typus, den ihr darstellt, muß sich abnutzen: dieser widerwärtig interessante Typus des imperialistischen Untertanen, des Chauvinisten ohne Mitverantwortung, des in der Masse verschwindenden Machtanbeters, des Autoritätsgläubigen wider besseres Wissen und politischen Selbstkasteiers. Noch ist er nicht abgenutzt. Nach den Vätern, die sich zerrackerten und Hurra schrien, kommen Söhne mit Armbändern und Monokeln, ein Stand von formvollen Freigelassenen, der sehnsüchtig im Schatten des Adels lebt ...
>
> Heinrich Mann 1911

Dieses Buch Heinrich Manns, heute, gottseidank, in aller Hände, ist das Herbarium des deutschen Mannes. Hier ist er ganz: in seiner Sucht, zu befehlen und zu gehorchen, in seiner Roheit und in seiner

Religiosität, in seiner Erfolganbeterei und in seiner namenlosen Zivilfeigheit. Leider: es ist der deutsche Mann schlechthin gewesen; wer anders war, hatte nichts zu sagen, hieß Vaterlandsverräter und war kaiserlicherseits angewiesen, den Staub des Landes von den Pantoffeln zu schütteln.

Das erstaunlichste an dem Buch ist sicherlich die Vorbemerkung: «Der Roman wurde abgeschlossen Anfang Juli 1914.» Wenn ein Künstler dieses Ranges das schreibt, ist es wahr: bei jedem andern würde man an Mystifikation denken, so überraschend ist die Sehergabe, so haarscharf ist das Urteil, bestätigt von der Geschichte, bestätigt von dem, was die Untertanen als allein maßgebend betrachten: vom Erfolg. Und es muß immerhin bemerkt werden, daß die alten Machthaber – ach, wären sie alt! – dieses Buch von ihrem Standpunkt aus mit Recht verboten haben: denn es ist ein gefährliches Buch.

Ein Stück Lebensgeschichte eines Deutschen wird aufgerollt: Diederich Heßling, Sohn eines kleinen Papierfabrikanten, wächst auf, studiert und geht zu den Korpsstudenten, dient und geht zu den Drückebergern, macht seinen Doktor, übernimmt die väterliche Fabrik, heiratet reich und zeugt Kinder. Aber das ist nicht nur Diederich Heßling oder ein Typ.

Das ist der Kaiser, wie er leibte und lebte. Das ist die Inkarnation des deutschen Machtgedankens, das ist einer der kleinen Könige, wie sie zu Hunderten und Tausenden in Deutschland lebten und leben, getreu dem kaiserlichen Vorbild, ganze Herrscherchen und ganze Untertanen.

Diese Parallele mit dem Staatsoberhaupt ist erstaunlich durchgearbeitet. Diederich Heßling gebraucht nicht nur dieselben Tropen und Ausdrücke, wenn er redet wie sein kaiserliches Vorbild – am lustigsten einmal in der Antrittsrede zu den Arbeitern («Leute! Da ihr meine Untergebenen seid, will ich euch nur sagen, daß hier künftig forsch gearbeitet wird.» Und: «Mein Kurs ist der richtige, ich führe euch herrlichen Tagen entgegen.») – er handelt auch im Sinne des Gewaltigen, er beugt sich nach oben, wie der seinem Gotte, so er seinem Regierungspräsidenten, und tritt nach unten.

Denn diese beiden Charaktereigenschaften sind an Heßling, sind am Deutschen auf das subtilste ausgebildet: sklavisches Unterordnungsgefühl und sklavisches Herrschaftsgelüst. Er braucht Gewalten, Gewalten, denen er sich beugt, wie der Naturmensch vor dem Gewitter, Gewalten, die er selbst zu erringen sucht, um andere zu ducken. Er weiß: sie ducken sich, hat er erst einmal das ‹Amt› verliehen bekommen und den Erfolg für sich. Nichts wird so respektiert wie der Erfolg; einmal heißt es gradezu: «Er behandelte Magda mit Achtung, denn sie hatte Erfolg gehabt.» Aber wie wird dieser Erfolg geachtet! Würde er es mit nüchternem Tatsachensinn, so hätten wir den Amerikanismus, und das wäre nicht schön. Aber er wird geachtet auf ganz verlogne Art: man schämt sich der alten Vergangenheit und beschwört die alten Götter, die den wirklichen Dichtern und Denkern von einst noch etwas bedeuteten, zitiert sie, legt Metaphysik in den Erfolg und donnert voll Überzeugung: «Die Weltgeschichte ist das Weltgericht!» Und appelliert an keine höhere Instanz, weil man keine andre kennt.

Das ganze bombastische und doch so kleine Wesen des kaiserlichen Deutschland wird schonungslos in diesem Buch aufgerollt. Seine Sucht, Amüsiervergnügen an Stelle der Freude zu setzen, seine Unfähigkeit, in der Gegenwart zu leben, ohne auf die Lesebücher der Zukunft hinzuweisen, und seine Unfähigkeit, anders als nur in der Gegenwart zu leben, seine Lust am rauschenden Gepränge – tiefer ist nie die Popularität Wagners enthüllt worden als hier an einer *‹Lohengrin›*-Aufführung, die voll witziger Beziehungen zur deutschen Politik strotzt («denn hier erscheinen ihm, in Text und Musik, alle nationalen Forderungen erfüllt. Empörung war hier dasselbe wie Verbrechen, das Bestehende, Legitime ward glanzvoll gefeiert, auf Adel und Gottesgnadentum höchster Wert gelegt, und das Volk, ein von den Ereignissen ewig überraschter Chor, schlug sich willig gegen die Feinde seiner Herren») –, und vor allem zeigt Heinrich Mann, wonach eben das Buch seinen Namen führt: die Unfreiheit des Deutschen.

Die alte Ordnung, die heute noch genau so besteht wie damals, nahm und gab dem Deutschen: sie nahm ihm die persönliche Freiheit, und sie gab ihm Gewalt über andere. Und sie ließen sich alle so willig beherrschen, wenn sie nur herrschen durften! Sie durften. Der Schutzmann über den Passanten, der Unteroffizier über den Rekruten, der Landrat über den Dörfler, der Gutsverwalter über den Bauern, der Beamte über Leute, die sachlich mit ihm zu tun hatten. Und jeder strebte nur immer danach, so ein Amt, so eine Stellung zu bekommen – hatte er die, ergab sich das Übrige von selbst. Das Übrige war: sich ducken und regieren und herrschen und befehlen.

Die vollkommene Unfähigkeit, anders zu denken als in solchem Apparat, der weit wichtiger war denn alles Leben, die Stupidität, zwischen Beamtenmißwirtschaft und Anarchie nicht die einzig mögliche dritte Verfassung zu sehen, die es für anständige Menschen gibt: sie bildet den Grundbaß des Buches. (Und offenbart sie sich nicht heute wieder aufs herrlichste?) Sie können alle nur ihre Pflicht tun, wenn man sie ducken und geduckt werden läßt; unzertrennlich erscheint Bildung und Sklaventum, Besitz und Duodezregierung, bürgerliches Leben und Untergebene und Vorgesetzte. Sie fassen es nicht, daß es wohl Leute geben mag, die sachlich Weisungen erteilen, aber nimmermehr: Vorgesetzte; wohl Menschen, die für Geld ausführen, was andre haben wollen, aber nimmermehr: Untergebene. Das Land war – war ... – ein einziger Kasernenhof.

Und noch eins scheint mir in diesem Werk, das auch noch die kleinen und kleinsten Züge der Hurramiene mit dem aufgebürsteten Katerschnurrbart eingefangen hat, auf das glücklichste dargestellt zu sein: das Rätsel der Kollektivität. Was der Jurist Otto Gierke einst die reale Verbandspersönlichkeit benannte, diese Erscheinung, daß ein Verein nicht die Summe seiner Mitglieder ist, sondern mehr, sondern etwas andres, über ihnen Schwebendes: das ist hier in nuce aufgemalt und dargetan. Neuteutonen und Soldaten und Juristen und schließlich Deutsche – es sind alles Kollektivitäten, die den einzelnen von jeder Verantwortung frei machen, und denen anzugehören Ruhm und Ehre einbringt, Achtung erheischt und kein Verdienst beansprucht. Man ist es eben, und damit fertig. Der Musketier Lyck, der den Arbeiter erschießt – historisch – und dafür Gefreiter wird; der Bürger Heßling, der – nicht historisch, aber mehr als das: typisch – alle andersgearteten wie Wilde ansieht: sie sind Sklaven der rätselvollen Kollektivität, die diesem Lande und dieser Zeit so unendlich Schmachvolles aufgebürdet hat. «Dem Europäer ist nicht wohl, wenn ihm nicht etwas voranweht», hat Meyrink mal gesagt. Es wehte ihnen allen etwas voran, und sie schwören auf die Fahne.

Kleine und kleinste Züge belustigen, böse Blinkfeuer der Erotik blitzen auf, der Kampf der Geschlechter in Flanell und möblierten Zimmern ist hier ein Guerillakrieg, es wird mit vergifteten Pfeilen geschossen, und es ist bitterlich spaßig, wie Liebe schließlich zum legitimen Geschlechtsgenuß wird. Eine bunte Fülle Leben zieht vorbei, und alles ist auf die letzte Formulierung gebracht, und alles ist typisch, alles ein für alle Mal. Die alte Forderung ist ganz erfüllt: «Wenn nun gleich der Dichter uns immer nur das einzelne, individuelle vorführt, so ist, was er erkannte und uns dadurch erkennen lassen will, doch die Idee, die ganze Gattung.» Leider: so ist die ganze Gattung.

Aus kleinen Ereignissen wird die letzte Enthüllung des deutschen Seelenzustandes: am fünfundzwanzigsten Februar 1892 demonstrierten die Arbeitslosen vor dem Königlichen Schloß in Berlin, und daraus wird in dem Buch eine grandiose Szene mit dem opernhaften Kaiser als Mittelstaffage, einer begeisterten Menge Volks und in ihnen, unter ihnen und ganz mit ihnen: Heßling, der Deutsche, der Claqueur, der junge Mann, der das Staatserhaltende liebt, der Untertan.

Und aus all dem Tohuwabohu, aus dem Gewirr der spießigen Kleinstadt, aus den Klatschprozessen und aus den Schiebungen – man sagt: Verordnungen; und meint: Grundstücksspekulation –, aus lächerlichen Ehrenkodexen und simpeln Gaunereien strahlt die Figur des alten Buck. Man muß so hassen können wie Mann, um so lieben zu können. Der alte Buck ist ein alter Achtundvierziger, ein Mann von damals, wo man die heute geschmähten Ideale hatte, sie zwar nicht verwirklichte, schlecht verwirklichte, verworren war – gewiß, aber es waren doch Ideale. Wie schön ist das, wenn der alte Mann dem neuen Heßling sein altes Gedichtbuch in die Hand drückt: «Da, nehmen Sie! Es sind meine ‹*Sturmglocken*›! Man war auch Dichter – damals!» Die von heute sinds nicht mehr. Sie sind Realpolitiker, verlachen den Idealisten, weil er – scheinbar – nichts erreicht, und wissen nicht, daß sie ihre kümmerlichen kleinen Erfolge neben den charakterlosen Pakten jenen verdanken, die einst wahr gewesen sind und unerschütterlich.

Und das Buch ‹*Der Untertan*› (erschienen bei Kurt Wolff in Leipzig) zeigt uns wieder, daß wir auf dem rechten Wege sind, und bestätigt uns, daß Liebe, die nach außen in Haß umschlagen kann, das einzige ist, um in diesem Volke durchzudringen, um diesem Volke zu helfen, um endlich, endlich einmal die Farben Schwarz-Weiß-Rot, in die sie sich verrannt haben wie die Stiere, von dem Deutschland abzutrennen, das wir lieben, und das die Besten aller Alter geliebt haben. Es ist ja nicht wahr, daß versipptes Cliquentum und gehorsame Lügner ewig und untrennbar mit unserm Lande verknüpft sein müssen. Beschimpfen wir die, loben wir doch das andre Deutschland; lästern wir die, beseelt uns doch die Liebe zum Deutschen. Allerdings: nicht zu diesem Deutschen da. Nicht zu dem Burschen, der untertänig und respektvoll nach oben himmelt und niederträchtig und geschwollen nach unten tritt, der Radfahrer des lieben Gottes, eine entartete species der gens humana.

Weil aber Heinrich Mann der erste deutsche Literat ist, der dem Geist eine entscheidende und mitbestimmende Stellung fern aller Literatur eingeräumt hat, grüßen wir ihn. Und wissen wohl, daß diese wenigen Zeilen seine künstlerische Größe nicht ausgeschöpft haben, nicht die Kraft seiner Darstellung und nicht das seltsame Rätsel seines gemischten Blutes.

So wollen wir kämpfen. Nicht gegen die Herrscher, die es immer geben wird, nicht gegen Menschen, die Verordnungen für andre machen, Lasten den andern aufbürden und Arbeit den andern. Wir wollen ihnen *die* entziehen, auf deren Rücken sie tanzten, *die,* die stumpfsinnig und immer zufrieden das Unheil dieses Landes verschuldet haben, *die,* die wir den Staub der Heimat von den beblümten Pantoffeln gerne schütteln sähen: die Untertanen!

SCHWERE ZEIT

Die Jungfrau in der Nebenstuben –
ich frage mich, was tut sie nur?
Ich hör die Stimme eines Buben –
so spät am Abend? Um elf Uhr?

Wie er mutiert! Und ihre Stimmen
verklingen sacht – sie murmeln leis.
Bin ich der Zeuge einer schlimmen
Verbrechertat? Wer weiß! wer weiß!

Sie spricht ihm gütig zu. Belehrend
ertönt ihr lieblicher Sopran.
Er lacht: «Jawohl!» Dies ist erschwerend!
Was wird dem Knaben nur getan?

Sind das nicht halberstickte Küsse?

Ich frag sie später, was sie treibt . . .
Sie sagt: «Die geistigen Genüsse,
sie bringen nichts als Kümmernisse.
Es ist das einzige, was mir bleibt!»

DER MANN MIT DEN SPRITZEN

«Hören Sie mal, Panter», sagte mein alter Freund Klosinski zu mir, «Sie waren noch gar nicht bei mir draußen, im Spritzenhaus. Ich erwarte Sie morgen nachmittag.»

Spritzenhaus –? dachte ich. Hat der Mann eine freiwillige Feuerwehr? Was mag das sein? Aber ich war doch neugierig und ging hin.

Professor Klosinski ist ein sehr gelehrtes Haus und einer der größten Chemotherapeuten der Zunft. Sein Laboratorium liegt weit draußen im Grünen, in der Mark, wo sie am stillsten und wo sie am sandigsten ist. Flach ist das Land, am Horizont immer derselbe braune Kiefernstrich, graue Chausseen und hier und da ein See, stilles Auge der Landschaft – aber was ist es mit Klosinski? Ich hin.

«Guten Tag, Herr Professor!» sagte ich.

«Mensch, Panter!» sagte er. «Endlich sehe ich Sie mal bei mir! Setzen Sie sich da in den Sessel, nein, in den nicht, auf dem hat Edison mal gesessen, der ist geweiht – ja, ich werde Ihnen also meinen Laden vorführen. Passen Sie auf!»

Ich paßte auf.

«Sie haben doch sicher schon von dem guten Grundsatz gehört: Zeit ist Geld!» – Ich konnte es nicht leugnen. «Nun sehen Sie, ich habe mir ausgerechnet, daß die Menschen viel zu viel Zeit mit den Wegen verlieren, um zum Ziel zu gelangen. Ich gebe Ihnen gleich das Ziel.»

«Mit den Wegen?» sagte ich. «Und: gleich das Ziel? Haben Sie ein neues Automobil konstruiert?»

«Papp!» sagte er. «Aber so etwas Ähnliches schon. Ihr verschwendet alle Zeit und Mühe, um einen Effekt zu erreichen – aber der Effekt entspricht meist gar nicht der aufgewendeten Arbeit. Das goldene Gesetz der Mechanik besteht, aber das Produkt von Zeit und Kraft verlohnt oft kaum der Mühe. Hier mußte eingeschritten werden.»

Ich bejahte höflich und nahm mir zur Belohnung eine wundervolle Zigarre.

«Wenn», fuhr der erfindungsreiche Klosinski fort, «wir vergleichen, wie lange und intensiv sich einer abplagen muß, um richtig betrunken zu werden, wieviel Geld, Zeit und Ärger er an dieses Bestreben wendet, so komme ich zu dem Ergebnis, daß es die oberste Aufgabe der therapeutischen Wissenschaft sein muß, hier helfend einzugreifen.»

Ich lauschte gespannt. Das ging auch mich an.

«Ich habe nun zu diesem Behufe», sagte der Professor, «eine Vorrichtung ersonnen, die es möglich macht, jedes gewünschte Ziel, ich will sagen, fast jedes, ohne Mühe und Kummer zu erreichen. Kommen Sie mit!»

Ich kam mit. Wir gingen durch weißgetünchte Gänge in den Park hinaus, unter dem grauen, märkischen Himmel hin, durch Alleen und an Gebüschen vorbei, zu einem kleinen Haus. In das traten wir ein.

«Hier ist Zimmer Nummer eins», sagte der Professor und öffnete eine Tür, «hier werden diejenigen gespritzt, die sich betrinken wollen. Da kommt einer!»

Ein Wärter führte einen Mann herein, der unternehmungslustig den Hut schief in die Stirn gedrückt hatte, er war völlig nüchtern und blinzelte heiter. «Darf ich bitten», sagte der Wärter. Der Mann setzte sich. Der Wärter holte aus einem brodelnden Kessel eine kleine Spritze, die er dem Professor reichte. Sie war mit einer wasserhellen Flüssigkeit gefüllt. Der Professor näherte sich dem Herrn Patienten, streifte dessen Ärmel am Handgelenk zurück und machte die Injektion.

Im Augenblick war der Mann knüppeldicke besoffen. Er grinste freundlich, schloß halb die Augen, lallte etwas von: «Anna – warum liebst du mich nicht mehr?» und entschlummerte sanft in den Armen des bereitstehenden Wärters.

Der Professor strahlte. «Na?» sagte er. «Was sagen Sie nun? – Der Mann braucht nicht in die Kneipe zu gehen, er braucht sich nicht verhaften zu lassen, wenn er randaliert und Fensterscheiben entzweigeschlagen hat, und morgen früh erwacht er glücklich, zufrieden und mit einem Mordskater. Kommen Sie weiter!»

Wir gingen in das nächste Zimmer. «Hier können wir an Ihnen selbst einen Versuch machen», sagte Klosinski. «Geben Sie Ihren Arm her.» – «Um Gottes will . . .» wollte ich sagen. Aber schon verspürte ich einen stechenden Schmerz am Handgelenk, der Professor zog triumphierend die Spritze heraus und sagte: «Nun?»

Ich war pumpssatt. Ich bin schon oft wirklich satt gewesen – als mein Freund Wrobel damals seine Geliebte los geworden war – sie war eine Individuelle und redete den ganzen Tag –, gab er seinen Bekannten ein Festessen –, damals war ich wirklich satt. Auch als ich auf der Auktion die Speisekammervorräte des Naturmenschen Nagel erstand, der laut Prospekt von Pflanzenkost dahinvegetierte – auch da war ich richtig satt. Aber so satt wie jetzt war ich noch nie gewesen. Ich hatte so das angenehme Gefühl, ein richtiges Diner von drei Metern Höhe und vier Metern Breite hinter mir zu haben – es war so l'heure du café – die Stunde, da man aller Welt verzeiht, weil man gar so satt ist. Bei den Chinesen gilt es als besonders fein, nach der Mahlzeit aufzustoßen – wir dummen Europäer tun das nicht. Ich mußte mich auf einen Stuhl setzen und ächzte leise.

«Mahlzeit!» sagte Klosinski. «Wie ist Ihnen?» – «Haben Sie einen Kognak?» fragte ich. Ich bekam ihn und durfte in das nächste Zimmer gehen.

Da gab es Musikspritzen, nach denen einem ganz benebelt im Kopf wurde – man brauchte nicht mehr zu denken, Töne wirbelten durch das innere Gehör, und die Welt versank – so herrlich war das. Und in einem anderen Zimmer wurde ‹Lyrik› verzapft, und in einem ‹Politik› (von dieser Spritze wurde den meisten schwer übel), und ‹Tanz› und ... «Sagen Sie», fragte ich den Professor, «geht denn das Unternehmen gut?» – «Panter», sagte er. «Berlin ist anderthalb Stunden weit weg. Kennen Sie den Berliner? Eine bessere Kundschaft ist nicht denkbar. Er will immer Neues haben. Ihm kann es nie schnell genug gehn. Er braucht Abwechslung ohne Sammlung, neue Ziele ohne Mühsal, Reisen ohne Zeitverlust, er ist ein moderner Mensch!» Wir traten in ein neues Zimmer.

«Ja ...» sagte Klosinski. «Sind Sie verheiratet, Panter?» – «Nein», sagte ich. Dabei bin ich es ein bißchen, aber was ging das ihn an? – «Dann kann ich Ihnen das hier nicht so recht zeigen», sagte er. «Sehen Sie – hier – hier werden ...» – «Ich weiß schon», sagte ich und wurde rot. Und er geleitete mich hinaus.

«Die anderen Zimmer sind noch nicht in Betrieb», erklärte er. «Ich habe noch nicht die Lösung für alle Spritzen gefunden. Es ist eine mühselige Sache. Aber es lohnt sich, es lohnt sich. Wir hatten gestern 156 Patienten, und das steigt mit jedem Tag. Ja, es ist ein herrlicher Erfolg!»

«Herr Professor», sagte ich, «aber eine Spritze fehlt!»

«Welche?» rief er.

«Nun», sagte ich, «warum gebrauchen Sie nicht selbst eine Spritze, die Ihnen das Leben erspart? Eine, die das ganze Leben konzentriert enthält, so daß Sie nur noch zu sterben brauchen?» Ich sah ihn gespannt an.

«Wissen Sie», sagte er gedehnt, «das – ich möchte doch lieber – leben.»

Und da schmunzelte ich mein schönstes Schmunzeln und fuhr heim zu Muttern.

STUFEN

Es war einem Berufenern überlassen worden, das herrliche Buch aus dem Nachlaß Christian Morgensterns: ‹*Stufen*› (bei R. Piper & Cie. in München) eingehender und tiefer zu würdigen, als ich imstande gewesen wäre. Ich möchte nur eines dazu sagen.

Es ist mir und meinen Freunden, die an diesem Blatte mitarbeiten, so oft ‹Frechheit› vorgeworfen worden. Ich weiß sehr gut, daß wir scharf zugepackt haben. Aber ich beiße niemals schärfer, ich bin nie frecher, als wenn ich etwas so Abgeklärtes, etwas so Weises, etwas so Gütiges kennen gelernt habe, wie zum Beispiel Morgensterns Vermächtnis. Wenn man sieht, wie ein Stück Gottestum, solch ein Mann, solange er ernst war, ignoriert wurde; wie man ihn als Schwärmer abtat; wie man ihm dies alles, was er da von der Liebe der Menschen untereinander auf dem Herzen hatte, nur um seiner schnurrigen Galgenlieder willen verzieh – dann darf man schon sagen: Pfui!

Es ist bezeichnend, wie stark die positive Seite dieses tiefen Spaßmachers gewesen ist, die positive Seite, ohne die nun einmal keine Satire, kein Scherz, kein Ulk denkbar ist, und die bei unsern heutigen Herren Humoristen so verdammt schwach geraten ist. Die Satire ist nur die Konkav-Ansicht eines Gemüts; wenn es nach hinten nicht buckelt, klafft vorn keine Höhlung, und das Ganze bleibt platt. In den ‹*Stufen*› ist nur ein einziger Satz, der den Verfasser der Galgenlieder erkennen läßt: «Ich hörte einen Vogel Chi-rur-gie pfeifen.» (Übrigens ein typisch Morgensternscher Spaß, den man nur fühlen, nicht erklären kann: wie der Vogel, wahrscheinlich ein Pirol, auf dem Baum sitzt und unheimlich wie im Märchen und fast spöttisch dieses gelehrte blutige Wort pfeift: Chirurrrgie!)

Weil ich aber weiß, daß die große Mehrzahl der Deutschen den Mann abtut, weil ich weiß, daß er wehrlos war und alle gleichklingenden Seelen wehrlos sind, deshalb glaube ich: es muß ein Tier an der Hofmauer liegen und beißen. Es muß einer da sein – nein, das ist gewiß nicht gütig und nicht vorgeschritten in der Erkenntnis –, einer, der dem räubernden Wanderer in die Hosen fährt. Der nimmt ja auch keine Rücksicht; der schlägt kleine Kinder auf den Kopf, weil ihre Mama nicht getraut war; der höhnt ja auch und knallt mit der Peitsche nach dem Bettler – auch Christus war ein Bettler –; der pfeift sich einen, wenn er satt ist, und fragt den Teufel nach angewandter Ethik.

Sie sollen drinnen im stillen Garten ihre Blumen pflanzen und dem Sumsen der Bienen zuhören. Wir aber wollen am Tor liegen, Landsknechte des Geistes, und mit den langen Hellebarden den satten Krämern den Weg sperren. Gott verzeih uns die Sünde! Aber das haben wir von unsern Feinden gelernt, denen es in der Welt gar nicht macchiavellistisch genug zugehen kann – mit Ausnahme ihres Haushaltes; und wenns denn sein muß, wollen wir dem Teutschen, niemals dem Deutschen, gern klar machen, daß der Stärkere befriedigt nach Hause trollt und der Schwächere sich plötzlich heulend auf die Bibel und alle sieben Nothelfer besinnt.

Still. Der Kies knirscht. Und wenn es wieder ein dicker Bursche ist, der sich noch vor Tirpitz und Ludendorff stellt, weil man unter ihnen wenigstens ungestört Geschäfte machen konnte –: Spring an!

KRIEGSGEFANGEN

Wer hat in Belgiens Etappen regiert?
  Offiziere! Offiziere!
Wer hat da im preußischen Ton kommandiert?
  Offiziere! Offiziere!
Sollen die Belgier die Schuhe putzen:
wir haben den Spaß, wir haben den Nutzen!
  Aktiver Leutnant – Rechnungsrat –
  einmal: Cäsar! Wie wohl das tat!
  «Wer nicht pariert, den stellt an die Wand!
  (gez.) Lehmann, Ortskommandant.»
Und die Belgier waren Menschen wie wir,
warteten ruhig der Jahre vier,
bis sich der fremde Spuk entfernt.
  Wen haben sie gründlich kennen gelernt?
    Offiziere! Offiziere!

Kein Stroh auf dem Boden, kein Wasser, kein Bett,
es schlottern die dünnen Jacken.
«Mutter!» Wer jetzt einen Heimatgruß hätt!
Will der Tod uns noch nicht packen?
«Travaillez! En avant, les boches! Vite! vite!»
Ein Kolbenstoß in den Rücken.
Ein Mann, der vorbeifährt und das sieht,
muß die Tränen unterdrücken.
  Wer frißt es aus, was für uns vergangen? –
    Kriegsgefangen. Kriegsgefangen.

Wer frißt es aus, was scheinbar vorbei?
Die eigenen, unschuldigen Leute!
Deutschland, hörst du den Marterschrei?
Deutschland, tu dies noch heute:
  Stell die Burschen von damals vor ein Gericht!
  Sie sind noch frei. Sie büßen ja nicht!
Sieh, wie sie wohlgeborgen sitzen!
Mit ersparten Gehältern, mit Brüssler Spitzen –
Auge um Auge! Zahn um Zahn!
In die Hölle mit ihrem Cäsarenwahn!
  Deutschland, wo ist der Tag des Gerichts?
  Deutschland, was tust du?
    Nichts. Nichts. Nichts.

DIE WANZEN

Die Wanzen saßen oben an der Tapetenborte und ärgerten sich, daß es Tag war, ein strahlender, heller Tag. Der konnte noch lange dauern, und so berieten sie inzwischen, bis die liebe, dunkle, graue Nacht herankam, was sie nachts zu tun gedachten. Ab und zu kroch eine an den Rand der Borte, hinter der sie saßen, und sah auf das weiße Bett herunter, das da unten stand. Sie wußten, daß ein dickes, also liebes Mädchen in diesem Bette nächtigte. Von ihr sprachen sie jetzt.

«Ich», sagte die älteste Wanze, «krieche ihr auf dem Kopf herum und sauge ihr das Blut aus den Schläfen. Hinter den Schläfen sitzt der Verstand, und ich bin eine gebildete Wanze. Ich glaube, ich werde mit jedem Tag klüger. Das machen die klugen Gedanken der Menschin da unten. Ich bin eine politische Wanze.»

«Ich», sagte die zweite Wanze, «halte mich mehr an die fleischigen Partien. Das macht mich fett, ich bin die fetteste von euch allen. Handel und Wandel müssen sein – ich sauge ihr das Blut aus den Adern, sie hat ja genug. Ich bin eine ökonomische Wanze.»

«Ich», sagte die dritte Wanze, «laufe hierhin und dorthin, wenn ich da unten bin. Ich brauche nicht viel zum Fressen, ich fühle mich wohl, wenn ich da herumkriechen kann, und ich sehe alles und kümmere mich um alles. Ihr schlagt euch die Leiber dick, ich aber bin über alles orientiert, was an diesem Mädchen vor sich geht. Ich bin eine lokale Wanze.»

«Ich», sagte die vierte Wanze, «fresse überhaupt nichts. Ich genieße nur den Anblick der gelösten Mädchenglieder, wie sie so im Schlaf daliegen und herrlich für meine Künstleraugen anzuschauen sind. Ich bin eine ästhetische Wanze.»

«Und wohin kriechst du?» wurde die letzte der Wanzen gefragt.

«Ich . . .» sagte die kleine Wanze . . . «Pfui!» machten die andern Wanzen.

Und so saßen sie und unterhielten sich und rührten die Fühler und bewegten die platten Leiber. Und da sprach die älteste unter ihnen:

«Kinder!» sagte sie, «der Tag ist noch so lang, und wir haben nichts zu tun, aber wir haben jede unser Programm. Gründen wir doch eine Zeitung!»

Und also geschah es, und wenn Wanzen so vom Schriftsteller mißbraucht werden, nennt man das eine Allegorie.

IDYLLE

Das war damals, als General Noske uns das Telefon sperrte. Alle öffentlichen Einrichtungen feierten: die elektrische Straßenbahn und die Stadtbahn und die Omnibusen und jenes Telefon – nur die Wasserspülung verband uns noch mit der übrigen Menschheit. Und doch: es war eine himmlische Zeit!

Frühmorgens stand ich auf, der beblümte Schlafrock schlurchte um meine Beine, die lange Pfeife hielt ich fröhlich paffend waagerecht, und dann begoß ich meinen Gummibaum. Ein liebes Bäumchen, aus Sachsen und sanftmütig wie eine echte Balme. Kein Telefon. Ich aß Brotschnitten mit Schleichhandelsbraten drauf, stocherte etwas im Ofen, steckte die Nase in die Küche und wurde von Adelgunde wieder herausgefegt – kein Telefon. Der Postbote kam nicht – unten ging eine Postbötin und schlenkerte mit den Armen, so nach der Melodie: Der Mensch ist frei geboren, ist frei –! Und kein Telefon. Wenn es klingelte, so war es Frau Nachbar Guhlke, die sich erkundigte, ob wir auch alle Blumenvasen (sie drückte sich wuchtiger aus) voll Wasser gelassen hätten, und kein Telefon! Niemand klingelte an: Claire, das süße, wenngleich alte Mädchen nicht, nicht der Herausgeber, der aber schleu . . . nigst ein prima lyrisches Gedicht auf Ludendorffen erheischte – kein Telefon. Meeresstille und glückliche Fahrt!

Ich lag der Länge nach auf dem Sofa und las. Was muß in diesem gottverlassenen Steinloch geschehen, damit unsereiner Wilhelm Raabe zu sich nehmen kann? Generalstreik. Und ich las von Gedelöcke, den sie dreimal beerdigt haben, und vom ‹*Marsch nach Hause*›, und wie der alte schwedische Sergeant im Brandenburger Moor stecken blieb . . .

Hölle und Teufel –! So fluchte der Sergeant, aber so fluchte auch ich. Was war das? Ein rasselndes, rostiges Geräusch . . . Verdammt! «Hier Panter.» – «Großpapa! Hurra! Man kann wieder telefonieren!» Und los gings.

O schöne Zeit –! O selge Zeit –! Und ich klappte seufzend meinen Raabe zu und wartete, auf den nächsten Generalstreik.

DER ZWANZIGJÄHRIGEN ‹FACKEL›

Du hast zwanzig Jahr ins Land gestrahlt.
Du hast manchen Schatten an die Wand gemalt –
Rauchlos helle Flamme!
Und wir sprachen zu den feinen Röcken,
und wir sprachen zu den kleinen Schmöcken:
«Daß dich Kraus verdamme!»

Gottseidank hast du noch nicht geendet!
Mancher schrie, von deinem Licht geblendet,
manches Equipagenpferd ward scheu.
Viele kippelten im bloßen Gleiten.
Du hingegen – auch in großen Zeiten –
bliebst dir selber treu!

DER FALSCHE SONNTAG

Am Sonntag vormittag gibt es in Berlin – und in allen deutschen Städten – zwischen zehn und zwölf Uhr nichts zu kaufen. Die Läden sind geschlossen, die Postanstalten geben keine größeren Mengen Briefmarken ab – zwischen zehn und zwölf Uhr ist Sonntag. Um drei Viertel zehn Uhr nicht, auch nicht um Viertel eins – aber zwischen zehn und zwölf. Warum?

Einen Tag in der Woche soll der Mensch ruhen. Wäre dies nur ein rein moralisches Gebot, so würde sich bald keiner mehr darum scheren, die Kaufleute und die großen Verbände würden, gepeitscht von der Konkurrenz, den Ruhetag bald illusorisch gemacht haben, und mit dem Sonntag wäre es nichts. Der Staat hat also eingegriffen und Verordnungen erlassen: «Am Sonntag soll nicht gearbeitet werden. Ausnahmen – die nun einmal sein müssen – regle ich.» So sagte der Staat, aber nach welchen Erwägungen regelt er sie denn?

Nach rein kirchlichen. Nun ist der Sonntag ursprünglich von der Kirche eingesetzt worden. Auf dem Dorf ist heute noch der richtige alte Sonntag, wie er einmal überall verlebt wurde: zwischen zehn und zwölf findet Gottesdienst statt, das ganze Dorf sitzt in der Kirche, und infolgedessen ruht die Arbeit. Man brauchte gar nicht anzuordnen, die Läden geschlossen zu halten, denn es wäre gar keiner da, der sie offen hielte. Soweit gut.

Aber wie liegt denn die Sache mit dem Sonntag in der großen Stadt? In der heutigen großen Stadt? Es ist sehr schwer, dergleichen bei uns ruhig zu erörtern, weil man fortwährend von links und rechts unterbrochen wird: da mengen sich die Glaubenseiferer und die Atheisten in den Streit, und beide geht er eigentlich gar nichts an. Denn dies ist eben keine rein kirchliche Frage, heute ist sie das nicht mehr, sondern es ist eine wirtschaftliche, die aus Zweckmäßigkeitsgründen heraus entschieden werden sollte.

Es ist eine Tatsache – die wir hier einmal leidenschaftslos betrachten wollen, daß der Kirchenbesuch in den großen Städten, und ganz besonders in denen mit überwiegend protestantischer Bevölkerung, sehr schwach ist. Welche Gründe das hat, bleibe ganz dahingestellt. Fest steht, daß der Durchschnittsbürger, daß der Arbeiter sonntags nicht in die Kirche geht, sondern sich ausschläft, einen Spaziergang macht, Freunde besucht, ins Grüne fährt. Die große Stadt, die Mittelstadt – sie haben kein charakteristisches kirchliches Sonntagsgepräge mehr, wenn man darunter ein völlig anders geartetes Straßenbild versteht. Man sieht wohl hier und da geputzte Menschen – aber das ist auch alles. Die Lokale sind voller als am Alltag, ebenso wie die Straßenbahnen (wenn das noch möglich ist) – sonst geht alles seinen alten Gang. Wohlverstanden: im Privatleben des einzelnen – denn die Läden sind zu.

Und sie sind geschlossen, weil der Angestellte, weil der Prinzipal sich ausruhen will und muß. Sie sind aber nicht aus metaphysischen Gründen geschlossen, nicht, weil das Seelenheil der in ihnen Beschäftigten das erheischt.

Man hat sich – um jede Konkurrenz auszuschalten – auf eine allgemeine Sonntagsruhe geeinigt. Aber man sah sich genötigt, Ausnahmen zu machen: die Theater spielen, die Feuerwehr ruht nicht, das Telefon auch nicht, die Schutzleute stehen auf ihrem Posten – das mag im einzelnen kleine Einschränkungen erfahren –, diese Betriebe und noch einige andere funktionieren aber doch, trotz des Sonntags.

Wir kennen diesen englischen Sonntag nicht, der das Musizieren und gar das Kartenspielen und alles verbietet, was auch nur von ferne einer Arbeit gleich sieht. Wir sind laxer und ruhen uns aus – jeder nach seiner Art.

Und haben nun allerhand Ausnahmen machen müssen – wir erlauben den Lebensmittelgeschäften und den Blumenläden und einigen anderen, auch am Sonntag den Leuten das Nötigste zu verkaufen. Und zwischen zehn und zwölf –?

Da nicht. Zwischen zehn und zwölf kriegen wir es auf einmal mit der Frömmigkeit, und was uns die ganze Woche und die ganzen anderen Sonntagsstunden nicht einfällt: hier – zwischen zehn und zwölf – fällts uns ein.

Das ist nicht nur eine Überhebung der wenigen Kirchenbesucher über die andern – das ist vor allem in praktischer Beziehung der helle Wahnsinn. Dem Angestellten ist der Sonntag zerrissen, und der Käufer muß sich mit seinen Besorgungen nach einer Regel richten, die gar nicht mehr zu seinen sonstigen Lebensgepflogenheiten paßt, die aus ganz anderen Verhältnissen heraus geboren ist – ärgerlich klopft er an eine geschlossene Tür und wird erst durch sie erinnert – «ja, richtig!» –, daß zwischen zehn und zwölf – – was eigentlich? Daß die Läden geschlossen sind. Warum? Das kümmert ihn nicht.

Es wird hier keiner Mißachtung der Kirche und ihrer Einrichtungen das Wort geredet. Das liegt auf einem ganz anderen Feld. Es scheint mir aber nicht richtig zu sein, die Sonntagsarbeit für zwei Stunden nur deshalb zu verbieten, weil früher einmal bei uns jeder Gewerbetreibende um diese Zeit in die Kirche zu gehen pflegte, und weil das in den kleinen Dörfern noch jetzt so ist. Die Sonntagsarbeit – auch die in den staatlichen Betrieben – ist nach rein zweckmäßigen Erwägungen zu regeln: dringendes Arbeitsgebot im Interesse der Allgemeinheit, Schonung der Arbeitskräfte im Interesse der Angestellten.

Ich halte das Ganze für keine kirchliche Frage mehr und glaube, wir täten gut, sie ohne unnötigen Spektakel und ohne übergroße Empfindsamkeit zu behandeln. Will einer am Sonntag in die Kirche gehen, so sei ihm das unbenommen – er kann aber nicht verlangen, daß seinetwegen einschneidende Pausen in die Sonntagsarbeit gelegt werden, die dem Angestellten und dem großen Publikum nur Kummer machen. Religionsfördernd wirkt das nicht – es ist noch keiner deswegen in die Kirche gegangen, weil er zwischen zehn und zwölf keinen Kuchen zu kaufen bekam. Wir sind keine Kirchenbilderstürmer, aber wir sind auch keine Frömmler. Die Kirche, die sich am gewandtesten den nun einmal bestehenden Verhältnissen anzupassen versteht, wird sich den Dank des Volkes erringen, die aber, die unnötig die Entwicklung zu hemmen versucht, wird selbst den Schaden davontragen.

An der Regierung aber wird es sein, die Sonntagsarbeit in modernem Sinne festzulegen!

MIT EINEM BLAUEN AUGE

Die alten Kegelbrüder seh ich wieder.
Sie überlebten selbst des Krieges Lauf.
Sie schicken revolutionäre Lieder
gleich Taubenschwärmen in das Blau hinauf.
Und locken sie zurück:
nun hängt ein Wenn und Aber im Gefieder
– ein Glück! Ein Glück!

Das Land im Elend. Wer ist schuld am ganzen?
Am Krieg, und daß man ihn so schwer verlor?
Man sieht die Wackern zierlich eiertanzen.

Sie schreiten voller Schwung drei Schritte vor
    und drei zurück.
Man braucht ja doch die blanken Söldnerlanzen
– welch Glück! Welch Glück!

Der Domestik liebt seine Offiziere.
Der gute, brave, liebe Ludendorff!
Das wütete vier Jahre wie die Stiere.
Reißt einer auf den alten Wundenschorf?
    Sanft holt man ihn zurück –
und bleibt hübsch maßvoll bei dem Stammtischbiere
– sein Glück! Sein Glück!

Du bunte Bestie mit den tausend Armen!
Wär dieses Volk politisch stark und reif:
es riß die Fenster auf im stubenwarmen
Gemach – Luft! Luft! und Frühjahrsreif!
    Du kehrtest nie zurück.
Und keiner hätte mit dir Vieh Erbarmen
– dein Glück! Dein Glück!

OSTERSPAZIERGANG

Aus einer aufgefundenen ‹*Faust*›-Handschrift

Faust: Vom Eise befreit sind Strom und Bäche
durch des Frühlings holden, belebenden Blick;
das deutsche Volk zahlt des Krieges Zeche,
und keiner bringt das Verlorene zurück.
Die alten Monarchen, in ihrer Schwäche,
zogen sich in die Versenkung zurück.
Von dorther senden sie, fliehend nur,
ohnmächtige Schauer körniger Reden.
Und sie beschuldigen jeder jeden,
und schütten Memoiren auf die Flur.
Überall regt sich Gärung und Streben.
Alles will sich mit Rot beleben.
Doch an Blumen fehlts im Revier.
Nehmt kompromittierte Führer dafür!
Kehre dich um, von diesen Höhen
auf das Land zurück zu sehen.
Aus dem hohlen, finstern Tor
dringt ein buntes Gewimmel hervor.

Jeder sonnt sich heute so gern:
die Kriegsgesellschaft, der Stahlkonzern,
denn sie sind wieder auferstanden
aus Reklamierungs- und andern Banden,
aus niedriger Häuser dumpfen Gemächern,
aus dem Druck von mitunter beschossenen Dächern,
aus der Straßen quietschender Enge,
aus der Kirchen ehrwürdiger Nacht
sind sie wieder ans Licht gebracht.
Sieh nur, sieh! wie behend sich die Menge
durch die Dörfer zum Hamstern schlägt.
Mancher bezieht manchmal etwas Senge,
weil er zu wenig Geld hinlegt.
Hier fühl ich wahrhaft mich erhoben:
Was kümmert uns ein verlorener Krieg!
Amerikanisches Mehl wird verschoben –
nur der Schieber reitet den Sieg!
Hätten wir nur genug zu essen,
wär das Alte mit Gunst vergessen;
Ludendorffen entbieten wir Huld ...
Keiner ist schuld! Keiner ist schuld!
Ich höre schon des Dorfs Getümmel,
hier ist des Volkes wahrer Himmel.
Zufrieden jauchzt die Reaktion:
Keine Angst! sie vergessen schon!

Wagner: Mit euch, Herr Doktor, zu spazieren
ist ehrenvoll und ist Gewinn;
Doch würd ich nicht allein mich her verlieren,
weil ich ein Feind von allem Rohen bin.
Das Schreien und Sozialisieren
ist mir ein gar verhaßter Klang;
das will ja nur das Volk verführen –
uns Reichen wird ganz angst und bang.
Wir wollen wieder die alten Zeiten,
wir wollen wieder die Menge leiten –
Zufrieden jauchzt dann Groß und Klein:
Ich bin kein Mensch! Ich darfs nicht sein!

WAS WÄRE, WENN ... ?

Posito, gesetzt den Fall – also nehmen wir einmal an, der Krieg wäre glücklich ausgegangen – durch irgendeinen wahnsinnigen Zufall wäre er glücklich ausgegangen, die Soldaten wären heimgezogen, man hätte sie noch monatelang in den Kasernen zurückgehalten (so war das geplant) – und Kaiser Wilhelm II. hätte, nach all dem Rummel, sagen wir im Alter von 65 Jahren, das Zeitliche gesegnet. Und der Kronprinz wäre auf den Thron gekommen – –

Mein Gott, was hätte es da alles gegeben! Kronprinzen sind immer ein unbeschriebenes Blatt, aber dieser wäre nicht schlecht voll geschrieben worden! Die Professoren, die ja alles beweisen können, denn das haben sie gelernt, die Professoren, sage ich, hätten bewiesen, daß Deutschland gar keinen geeigneteren, keinen tüchtigeren, keinen besseren Fürsten hätte haben können als diesen jungen Mann. Die Rätseldeuter wären aufgestanden und hätten gesagt: aus dem Umgang des jungen Herrschers mit den besten Sportsleuten der Gegenwart folgere, daß er alles zur Ertüchtigung der deutschen Jugend zu tun gedenke, und das sei ein großer Vorteil für Deutschland, denn es käme weniger auf Männer als auf Rekruten an; und, hin, her, was gilt die Wette? Der Mann wäre in der allerkürzesten Zeit außerordentlich populär gewesen. Das flotte Leben als Student, das nichtssagende Gesicht eines Tennisspielers der guten Gesellschaft, die gute Figur, ein paar Gerüchte über kleine Mädchengeschichten aus Bonn und aus Charleroi, die vielen Söhne (man bedenke, welch herrlicher Coupletstoff hier verloren gegangen ist) – kurz: er wäre der Mann der Straße gewesen! Sie hätten ihm zugejubelt, man hätte den staunenden Ausländer gefragt: «Nicht wahr, Sie sind kolossal neidisch auf unseren Kaiser? Ja, den macht uns keiner nach!» – und alle Monarchisten hätten gestrahlt, denn sie hatten es ja gleich gesagt ...

Es ist nun um ein weniges anders gekommen. Die wilde Begeisterung, die in gewissen Männerbusen immer bereit wohnet, verkümmert zusehends, weil kein Zollernsproß da ist, den man feiern kann – armer Busen! Aber dazu kommt ein anderes.

Derselbe junge Herr, der sicherlich, wäre er Kaiser geworden, über alle Maßen erhoben worden wäre, ist in eine Lage gekommen, die den ganzen Mann erweist: nämlich ins Unglück. Da konnte einer zeigen, was er wirklich ist, da konnte einer männlich schweigen, konnte dem Schicksal die Stirn bieten und sagen: «Ich gehe unter. Aber in Ehren!»

Statt dessen erleben wir ein unsagbar klägliches Schauspiel. Der Draufgänger, der gegen unbeliebte Zeitungen glorreich Attacken ritt (bei Langemarck starben seinerzeit mehr die Bürgerlichen ...), kraucht heute bei den ausländischen Reportern herum und bittet um gutes Wetter. Er sei es nicht gewesen, er habe Papa gleich ... Papa! Wie herzig das klingt! Ludendorff sei derjenige, welcher ...

Die Wahrheit kommt oft spät. Aber diese *eine* Wahrheit sollte für uns nicht zu spät kommen: der Führer eines Volkes darf nicht vom lächerlichen Zufall spendiert, sondern er muß auserwählt werden. Diesen da hätte uns beinahe Fortuna, die launische Göttin, auf den

Thron gesetzt, behängt mit allem Ornat eines veralteten Berufs. Er hat sich nun splitternackt ausgezogen: ein dünnes, jämmerliches Figürchen. Was wäre gewesen, wenn . . . ? Nicht auszudenken.

Seien wir froh, daß uns wenigstens das erspart geblieben ist, einen Mann auf dem deutschen Kaiserthron gehabt zu haben, der keine Fehler des Charakters aufwies, weil er keinen hatte.

DAS KÖNIGSWORT

Dies ergötzte hoch und niedrig:
Als der edle König Friedrich,
August weiland von ganz Sachsen,
tat zum Hals heraußer wachsen
seinem Volk, das ihn geliebt,
so es billigen Rotwein gibt –
als der König, sag ich, merkte,
wie der innre Feind sich stärkte,
blickt er über die Heiducken,
und man hört ihn leise schlucken . . .
Und er murmelt durch die Zähne:
«Macht euch euern Dreck alleene!»

Welch ein Königswort! Wahrhaftig,
so wie er – so voll und saftig
ist sonst keiner weggegangen.
Wenn doch heute in der langen
langen Reihe unsrer Kleber,
Wichtigmacher, Ämterstreber,
einer in der langen Kette
nur so viel Courage hätte,
trotz der Ehre und Moneten
schnell gebührend abzutreten!
O, wie ich sein Wort ersehne:
«Macht euch euern Dreck alleene!»

Edler König! Du warst weise!
Du verschwandest still und leise
in das nahrhafte Zivil.
Das hat Charme, und das hat Stil.
Aber, aber unsereiner!
Sieh, uns pensioniert ja keiner!
Und wir treten mit Gefühle
Tag für Tag die Tretemühle.

Ach, wie gern, in filzenen Schuhen
wollten wir gemächlich ruhen,
sprechend: «In exilio bene!
Macht euch euern Dreck alleene!»

DAS HEIL VON AUSSEN

Was wir bereits gestorben glaubten,
ist, hols der Teufel, wieder da:
die alten achselstückberaupten
Kommis der Militaria.

Das wandelt wie in alten Tagen,
für alles Neue gänzlich taub:
man trägt nur manches auf dem Kragen
und ist ein Kerl mit Eichenlaub.

Das sind doch alles Kleidermoden:
der Ärmelschmuck und wie das heißt . . .
Man stellt sich einfach auf den Boden
der neuen Welt – im alten Geist.

Und haben wir den Krieg verloren:
die Herren, silberig besternt,
verschließen ihre langen Ohren –
sie haben nichts dazugelernt.

Und nur ein Friede kann uns retten,
ein Friede, der dies Heer zerbricht,
zerbricht die alten Eisenketten –
der Feind befreit uns von den Kletten.
Die Deutschen selber tun es nicht.

DAS BILD ALS NARR

Unter diesem Titel gab Ferdinand Avenarius, von der besten Überzeugung, wie immer, durchdrungen, im Krieg eine Sammlung feindlicher Kriegskarikaturen (bei Callwey in München) heraus.

Nun, da die Zeiten, was die kriegerische Begeisterung anbetrifft, etwas ruhiger geworden sind, sehen wir uns das Büchlein, das übrigens sehr gut ausgestattet ist, mit kühlen Blicken an.

Gleich der Anfang beweist, wie man so eine Karikaturensammlung nicht an- und auffassen soll. Da handelt sichs um eine Serie des himmlisch frechen Hermann Paul in der ‹*Assiette au beurre*›, diesem von keinem deutschen je erreichten französischen Witzblatt. Das Sonderheft ‹*La guerre*› stammt aus dem Jahre 1901 und geht gegen den Krieg, und zwar gegen den Krieg überhaupt, gegen die Soldaten, gegen alle Soldaten. Und weil die romanischen guten Witzblätter nicht, wie unsre lauen, streicheln und spotten und versteckt kichern, sondern mit Keulen schlagen und Pfeilen töten, so hat der Zeichner in wenigen Bildern das Thema restlos bis zu Ende erledigt. Die Heuchelei, die Kraftprotzerei, die Wonne der Frau über ihren tötenden Mann, wenn er nur siegt und nicht von den andern getötet wird – alles ist drin. Und was liest nun Avenarius heraus? «Was man drüben sich selber nachsagt.» Aber das ist ja gar nicht wahr! Paul mußte Franzosen als Vorbilder nehmen, weil die Satire sonst chauvinistisch gedeutet werden konnte. Er wollte aber sagen: cosi fan tutte. Natürlich sind die Franzosen nicht ausgenommen, aber das sind keine französischen tadelnden Glossen gegen die eigenen Soldaten, sondern es geht um die Soldaten der Welt. (Übrigens lohnt es schon wegen dieser Reproduktion aus der bisher in Deutschland verboten gewesenen Zeitschrift, das Buch zu erwerben.)

Der alte Vorwurf gegen Avenarius, er schulmeistere zu viel – hier muß ich ihn unterschreiben. Es geht nicht an, hinter jeder Karikatur mit dem Bakel zu stehen und zu deuten: erstens, zweitens und drittens ... Karikaturen sind der Ausdruck eines Willens – die guten der Ausdruck des künstlerischen, die schlechten der des nationalen Willens –, und man kann ihnen nicht mit Tinte, nur mit dem Herzen begegnen.

Damit steht es nun faul. Natürlich haben wir in Belgien nicht Kinderhände zum Frühstück gegessen und Frauen grundsätzlich nur aufgespießt und gebraten. Dagegen sind die viel geschmähten Zeichnungen Raemaekers nicht übel, und, halten zu Gnaden, nicht einmal ganz falsch. Und was die ‹allerlei Propheten› anbetrifft, so wäre es klug gewesen, mit ihrer Verspottung bis nach Kriegsende zu warten. Und Widersprüche besagen gar nichts, denn die Karikatur ist kein logisches Kolleg ... Was bleibt?

Es bleibt die Konstatierung von wirklichen Geschmacklosigkeiten, die nicht entschuldigt werden können und sollen. (Solche hat der Verlag Curtius in einer sehr verdächtigen Publikation gesammelt; Preis und Inhalt lassen fast befürchten, daß sie für Sadisten und solche, die es werden sollen, berechnet ist.) Es bleiben Lügen und ungeheuerliche Übertreibungen. Aber, Herr Avenarius, erlauben Sie mir eines zu sagen: Lieber noch das als die von Ihnen geschätzte deutsche Karikatur, die zu mau und zu flau – Sie sagen: zu vornehm – ist, um wirklich aufzupeitschen. Man muß hassen, wenn man karikiert, nicht nur reklamiert sein wollen. Mag sich im Haß die Stimme überschlagen, mögen Fratzen ans Licht kommen, Ausgeburten der Hölle — es fließt Herzblut darin, zum mindesten das Herzblut derer, die es bejubeln. Ich wünsche uns solch kräftige Hasser und solch freche Lacher.

Aber als kleine wohlfeile Sammlung feindlicher Karikaturen stellen wir uns das Buch gerne ins Regal.

DIE PROSTITUTION MIT DER MASKE

Der berliner Arzt Magnus Hirschfeld hat seine, wie der Prospekt besagt, wissenschaftliche Unterstützung einigen Filmwerken angedeihen lassen, und weil einer dieser, wie der Prospekt besagt, Aufklärungsfilme jetzt über die Spulen der berliner Lichtspieltheater läuft, wollen wir uns den Fall einmal näher betrachten.

Seit die Filmzensur in Fortfall gekommen ist, wetteifern die großen Filmgesellschaften darin, dem Publikum den gewohnten Kinokitsch mit derjenigen Würze anzurühren, die vorher im Polizeipräsidium sorgfältig aus dem Kochtopf entfernt wurde, bevor die Öffentlichkeit davon essen durfte: und diese Würze ist die Sexualität.

Nicht ungeschickt, wie die Herren Kinoregisseure nun einmal sind, überlegten sie sich: bringen wir unsere Hintertreppenromane nun noch mit dem Zusatz von öffentlichen Häusern, Messerkämpfen zwischen Zuhältern und Dirnen, Verführungen und ähnlichen aufregenden Dingen, dann haben wir bald die öffentliche Meinung gegen uns, die Zetermordio schreien wird und uns irgendwie das Handwerk legt. Was tun? Aber haben wir nicht die Aufklärungsfilme? Haben wir nicht eine Einrichtung, die sich herrlich mißbrauchen läßt? Her mit der Aufklärung! Und nun klären sie auf.

Die außerordentlich schwierige Frage, welche Ursachen die Prostitution hat, wie man sie einschränken oder gar abschaffen könne, wie man sie so erträglich gestalten könne, daß sie dem Volkskörper nicht gar so sehr schadet — all das wird, um ein Beispiel herauszugreifen, etwa so behandelt:

In einer Familie sind zwei Töchter. Der Vater ist ein Säufer, der seine eigenen Töchter verkuppeln läßt und mit einem Mädchenhändler gemeinsames Spiel macht. Bei einer Tochter glückt das, sie gerät in ein öffentliches Haus und verkommt dort — sie endet durch einen Lustmord. (Diese Szene wird im Film dargestellt.) Die andere Tochter wird entführt, betäubt und wacht in demselben Hause auf, wird aber durch ihren Freund befreit. Dazwischen spielen reizende kleine Szenchen: Tanz in dem Haus, diese Szenen schrecken nicht ab, sondern reizen höchstens an — eine Treppe ist nur zu dem Behufe da, damit

Leute herunterkollern, daß es kracht, und eine Schlägerei in dem Zimmer einer Dame vor einem breiten Bett gehört wohl zu dem Ekelhaftesten, was ich seit langem im Kino zu sehen das Vergnügen hatte – und richtig! damit wir die Sozialhygiene nicht vergessen! Man sieht ein paar dumme Statistengesichter, die den Mund auf und zu machen, man sieht einige Glatzen von hinten, die einem Redner lauschen, und das ist, wie der Text sagt, eine wissenschaftliche Versammlung. Die Worte der Redner erscheinen im Text und enthalten einige Plattheiten, die die Prostitution weder erklären, noch entschuldigen, sondern verherrlichen.

Dazu gibt ein Arzt seinen Namen her und spricht vor einer solchen Vorführung von Maria Magdalena und der «taktvoll angebrachten Wahrheit», aber das hat er schließlich mit sich und seinen Kollegen abzumachen. Was uns hier angeht, ist folgendes:

Die großen Filmgesellschaften verfolgen lediglich den Zweck, Geld zu verdienen. Diesen Zweck können sie nur erreichen, wenn sie sich sklavisch an die Bedürfnisse des Publikums halten. Das Publikum verlangt Spannung und Hintertreppe: sie geben ihm Spannung und Hintertreppe. Das Publikum verlangt Rührseligkeit und Sieg der Tugend: sie geben ihm Rührseligkeit und den Sieg der Tugend. Aber, verlangt das Publikum, die Tugend soll zwar siegen, – aber erst, wenn man sich an dem Laster genügend ergötzt hat. Das Stück geht nach der Melodie: Pfui! wie schön! Und der Filmregisseur tut, was er kann.

Diese gesamten Aufklärungsfilme, von denen einige schon in den Vorstellungen für Kinder auftauchten, sind ein öffentlicher Skandal. Sie haben nichts, nichts, nichts mit Aufklärung oder irgendwelchen ethischen Zwecken zu schaffen: sie dienen lediglich dazu, die Leute zu kitzeln. Den angehängten Moralspruch liest kein Mensch, und wenn das arme Opfer der sozialen Verhältnisse unter Harmoniumbegleitung zu Grabe getragen wird, dann schnupft befriedigt das ganze Parkett.

Die Wirkung aber ist diese: Die Sehnsucht unverdorbener junger Mädchen nach ein bißchen Paprika wird hier auf das trübste befriedigt – die anständigen Frauen lernen dies und lernen das, und die Ausgekochten grinsen freudig, denn sie wissen es alles besser und können es nach der Praxis erklären und ergänzen. Das Ganze aber ist eine Anreißerei schlimmster Sorte und jenen Kolportageromanen vergleichbar, die, mit der Flagge des Patriotismus versehen, den üblichen Rinaldo Rinaldini verbreiteten.

Der Film hat mit der Kunst nichts zu tun, und wenn sich das Kino tausendmal gute Schauspieler mietet (was es tut), und wenn es die besten Maler und die besten Fotografen bezahlt (was es nicht tut) – niemals wird eine reine Kunstleistung herauskommen, sondern stets ein trauriger Ersatz für ein gutes Theater.

Diese Filme aber sind Schund. In der ‹*Prostitution*› zum Beispiel hat die, wie der Prospekt besagt, wissenschaftliche Mitarbeit des Doktors Magnus Hirschfeld nicht vermocht, einen orthographisch richtigen Kinobrief herzustellen, und die Inneneinrichtung eines Bordells hätte man schließlich auch ohne diesen berliner Gelehrten gut und sicher getroffen. Was man aber ohne ihn nicht getroffen hätte, das ist diese schmierige Mischung von Sentimentalität und wissenschaftlicher Phrase, von Roheit und ethischen Schlagworten, von Scheinaufklärung und Detektivroman. Mit euch, Herr Doktor, zu spazieren, ist ehrenvoll und bringt Gewinn ...

Gewinn bringt es. Und macht zugleich die guten Aufklärungsarbeiten der Gesellschaft zur Bekämpfung der Geschlechtskrankheiten zuschanden, die mit wuchtigen Tatsachen und vernünftigen Vorträgen und Demonstrationen, die übrigens meist für Männer und Frauen getrennt abgehalten werden, das ihre tut. Sie klärt auf. Diese Filmisten aber werfen nur Steine in den Sumpf, daß er gurgelt, Blasen steigen auf, die Wasserrosen schaukeln träge, die Irrlichter huschen, die falschen Volksfreunde verdienen Geld – es geht die Sage, der Doktor wolle nächstens auch die Homosexualität verfilmen, was uns noch gefehlt hat – und, im ganzen genommen, haben wir ein neues Laster: die Prostitution mit der Maske.

SEHNSUCHT NACH DER SEHNSUCHT

Erst wollte ich mich dir in Keuschheit nahn.
Die Kette schmolz.
Ich bin doch schließlich, schließlich auch ein Mann,
und nicht von Holz.

Der Mai ist da. Der Vogel Pirol pfeift.
Es geht was um.
Und wer sich dies und wer sich das verkneift,
der ist schön dumm.

Denn mit der Seelenfreundschaft – liebste Frau,
hier dies Gedicht
zeigt mir und Ihnen treffend und genau:
es geht ja nicht.

Es geht nicht, wenn die linde Luft weht und
die Amsel singt –
wir brauchen alle einen roten Mund,
der uns beschwingt.

Wir brauchen alle etwas, das das Blut
rasch vorwärtstreibt –
es dichtet sich doch noch einmal so gut,
wenn man beweibt.

Doch heller noch tönt meiner Leier Klang,
wenn du versagst,
was ich entbehrte öde Jahre lang –
wenn du nicht magst.

So süß ist keine Liebesmelodie,
so frisch kein Bad,
so freundlich keine kleine Brust wie die,
die man nicht hat.

Die Wirklichkeit hat es noch nie gekonnt,
weil sie nichts hält.
Und strahlend überschleiert mir dein Blond
die ganze Welt.

PREUSSISCHE STUDENTEN

Wir haben in Deutschland keine Revolution gehabt – aber wir haben eine Gegenrevolution.

Die Technische Hochschule in Charlottenburg stellte sich auch ihrerseits auf den Boden der neuen Regierung, und es bildete sich im November 1918 ein Studenten-Rat, bestehend aus sieben Mann, der sich hauptsächlich um wirtschaftliche Fragen zu kümmern hatte; er vermittelte Wohnungen und trieb ähnlichen fanatischen Umsturz. Im Februar 1919 wurde auf Grund eines komplizierten Wahlrechts eine Studenten-Vertretung gewählt, bestehend aus fünfzehn Mann.

Diese Studenten-Vertretung tat nichts und tut nichts. Denn das ist das Wesen jeder Organisationstätigkeit gebildeter Menschen in Deutschland: sie bleiben alle im Apparat stecken. Die Kommissionen sind ihnen wichtiger als die Sache, die Maschinerie näher als der Zweck ihrer Arbeit. Jeder einigermaßen gewerkschaftlich geschulte Leiter könnte den Herren zeigen, wie man etwas erreicht. Sie aber arbeiten Verfassungsentwürfe aus und Vorschläge und Wahlordnungen und Geschäftsordnungen, und jede Gruppe und jedes Grüppchen arbeitet streng getrennt und gesondert von den andern, und alle zusammen erreichen gar nichts.

Nun sitzt in der Technischen Hochschule ein Verbindungsoffizier der Freikorps. Die Hochschule war früher ein wissenschaftliches Institut:

sie scheint heute so eine Art Soldatenmarkt zu sein, denn der Verbindungsoffizier, der inzwischen in die Studentenvertretung hineingewählt worden ist, wirbt und agitiert für den Eintritt in die Freikorps.

Offenbar doch nicht mit großem Erfolg. Am zwölften April berief der Rektor der Hochschule eine Studentenversammlung ein. In dieser Versammlung berichtete ein jenaer Student, wie er mit einer kleinen Delegation in Kolberg gewesen sei und dort mit Hindenburg und Groener gesprochen habe. Hindenburg habe sich zurückhaltend und sachlich wie immer benommen – Groener habe die Formationen an der Ostgrenze zwar als genügend stark für den Grenzschutz bezeichnet, benötigte aber für den Fall innerer Unruhen Offiziere und Studenten als Stützen, als ‹Korsettstangen› für die Freikorps. Man solle unter den Hochschülern werben: für die nächsten drei oder vier Monate würden Zeitfreiwillige gebraucht.

Nun war die Frage: unterstützten die Hochschulen diese Werbungsaktion, so waren *die* im Nachteil, die dem Ruf zu den Waffen folgten; es mußten also die Drückeberger angetrieben werden. Aber wie? Nun, durch Schließung.

Eine frühere Versammlung im Kaiserhof war für die Schließung gewesen: die Hochschüler von Hannover liegen in Bereitschaft, Erlangen und Leipzig haben geschlossen, Darmstadt hat keine Bedenken, und Berlin will die Studentenschaft befragen. Noske, von der Kaiserhof-Versammlung antelegrafiert, antwortet: er sehe nach dem Vortrag der militärischen Dienststellen nun auch ein, daß die Beteiligung der Studenten am Grenzschutz nötig sei; auf die Frage der Schließung ging er nicht ein. Mit dieser Versammlung hatte es übrigens eine eigne Bewandtnis: sie war zwar von Universitätsbehörden einberufen worden, aber auf den Wunsch des Herrn Lüttwitz von der Knüppel-Garde-Schützen-Kavallerie-Division. Der Soldat winkte, und es erschienen: die Rektoren (oder deren Vertreter) aller Hochschulen sowie Vertreter der Studentenschaft, aber Vertreter, von denen die Studentenschaft nichts wußte.

In der Versammlung der Technischen Hochschule am zwölften April befürwortete ein Sprecher der Korporierten die Schließung nicht.

Dagegen haben die wichtigsten und größten Studenten-Verbände ein Flugblatt herausgegeben, das zum Eintritt in die Korps auffordert; den Freiwilligen werden darin die größten Versprechungen gemacht. «Das Opfer der Studentenschaft muß herrlichen Lohn finden. Wenn sie das feldgraue Kleid wieder anlegt, dann folgen auch andre Stände, die bisher sich zurückgehalten haben, dann haben wir das Heer, nach dem wir rufen.» Es wird gedroht: «Dafür, daß diejenigen Studierenden, welche dem Ruf zu den Freiwilligen-Regimentern nicht folgen oder nicht folgen können, doch in dieser Zeit zum ‹Hilfsdienst› jeder

Art sich stellen, werden wir ... sorgen.» Das heißt: wer nicht Soldat wird, soll durch neue Maßnahmen in seinem Studium geschädigt werden.

Dieses der Tatbestand.

Wir resümieren: Die deutschen Hochschulen stellen sich in ihrer Gesamtheit den Freiwilligen-Formationen zur Verfügung. Die Minderheit, die sich dieser Bewegung nicht anschließt, soll durch Einführung einer neuen, den Reichsgesetzen widersprechenden Dienstpflicht geknebelt werden. Über den Wert der Freiwilligen-Formationen gehen die Ansichten auseinander; wir vertreten hier die Meinung, daß sie nicht nur Unrecht bekämpfen, sondern auch Unrecht verteidigen, und daß man gut täte, sie je eher desto besser aufzulösen. Es zeugt gegen Noske, wer alles ihn lobt. Aber die Studenten?

O alte Burschenherrlichkeit! Der Student von heute ist ein geistiger Kommis, der nicht studiert, sondern zum Examen paukt. Ein paar Idealisten sind darunter, die an der Universität denken lernen wollen, die sich voll Freude mit abstrakten Dingen beschäftigen – der größte Teil schiebt sich gelangweilt und langweilig durch die Semester, paukt und bezahlt seine vorgeschriebenen Kollegs und macht dann das Examen, das die Tür zum Brotstudium öffnet. Stellenanwärter.

Die Politik ist ihnen Hekuba. Das heißt: so ganz doch nicht. Das Wort Sozialismus schreckt auch die Mutigsten, die Vorstellung, die Sitzbank mit einem begabten Volksschüler teilen zu müssen, füllt die Hosen. Sie stehen fest wie ein Mann zum alten System, das ihnen zwar nichts zu essen, aber die Ehre gab, jene Ehre, die uns in der ganzen Welt lächerlich und verhaßt gemacht hat. Dazu kommt der Typ des zurückgekehrten und im Kriege beförderten Reserve-Offiziers: die jungen Herren können sich schwer in das Zivilleben hineinfinden – hier wird nicht gebrüllt, und hier wird nicht mit den ‹Kerls› herumkommandiert; hier werden nicht unkontrolliert Lebensmittel unterschlagen, und hier wird bezahlt, was man braucht. Und ob die Bedienung so ausgezeichnet ist wie damals im Felde, als noch wehrlose Menschen anschwirrten, wenn man pfiff ... o alte Burschenherrlichkeit!

Wer ist schuld an dieser neuen Militarisierung? Niemand weiß es. Einer verkriecht sich hinter den andern.

Wir haben aber dieses alberne Spiel mit der Kompetenz satt.

Wir verlangen von der Regierung: sie möge sich klar entscheiden, ob sie den Bestrebungen betriebsamer Militärs länger ruhig zusehen will, oder ob sie sie gradezu billigt. Wir wollen wissen, woran wir sind. Haben wir eine Dienstpflicht, oder haben wir keine? Soll diese aufwachsende Generation wissenschaftlich noch weiter verludern, oder soll sie arbeiten, was doch den Handarbeitern immerzu vorgepredigt wird? Leben wir in einer Republik oder in einem Kasernenhof?

Und was die Notwendigkeit dieser militärischen Maßnahmen angeht, so liest mans heute so und morgen anders: Noske selbst ist unsicher, schwankt und erklärt bald den Eintritt der Studenten für dringend erforderlich und bald für nur wünschenswert.

Am neunundzwanzigsten April tagte ein zweiter Kongreß der Vertreter der Senate und Studentenschaften von siebenunddreißig Hochschulen und bittet Noske, die politischen Verhältnisse darzulegen. Noske: der Ernst der Stunde mache es zur Pflicht, die Studentenschaft unverzüglich zum Anschluß an die Reichswehrverbände aufzufordern. Die Versammlung befürwortet nun allerdings die Schließung der Hochschulen nicht, will aber im Herbst ein Zwischensemester für das ausgefallene Sommersemester der Freiwilligen einlegen. Wichtig ist ferner, daß «alle Prüfungserleichterungen und Vergünstigungen über (?) Anrechnung des Kriegsdienstes, die bis zur Beendigung des Kriegszustandes in Geltung waren, auch auf die Freiwilligen ausgedehnt werden sollen». Die Folge? Die aufwachsende Generation verludert wissenschaftlich immer weiter.

Noske spricht vom Ernst der Stunde. Wir andern werden alle das Gefühl nicht los, daß die mühsam konstruierten Gründe für diese Aktionen Vorwände sind. Der Kern liegt tiefer.

Traurig genug, daß dieses Volk seinen gottverfluchten Militarismus erst los werden wird, wenn ihm die Sieger das Waffentragen verbieten. Die wollen für sich, und sie wirken für uns. Die Deutschen kommen schon ‹in der Welt voran›; aber sie brauchen immer einen fremden Napoleon.

Wir leben in keiner Republik. Wir leben in einem verhinderten Kaiserreich, in einem Kaisertum, dessen Oberhaupt grade einmal hinausgegangen ist. Die volle Sympathie der sogenannten gebildeten Stände ist auf der Seite des verjagten und geflohenen Monarchen: käme er heute wieder, sie steckten all ihre Flaggen zum Fenster hinaus! Was sind das für Köpfe: sie pappen Bolschewistenplakate an die Mauern, aber als unsre Väter, Brüder und Söhne in den Gräben verdreckten und verlausten, als sie zu Tausenden verreckten – da warben sie für die Kriegsanleihen, und kaum eine Hand rührte sich für die unschuldigen Opfer einer verbrecherischen Politik.

Vom Geiste spürest du keinen Hauch. Das jagt und wimmelt umher – immer auf der Suche nach einer Brotstelle, ohne alle Ideale, ohne den leisesten Schwung einer Idee, die über die Karriere hinausgeht. Und es ist ja nicht bedeutungslos, wie dieser wissenschaftliche Nachwuchs ausfällt: denn das sind unsre künftigen Verwaltungsbeamten und Staatsanwälte und unsre technischen Beiräte und Regierungsbaumeister und Oberlehrer und Theologen.

Diese Kaste ist rettungslos monarchistisch verseucht. Vielleicht kommt eines Tages eine andre Schicht an ihre Stelle, eine andre Jugend, wirklich junge Menschen mit bebendem Pulsschlag, mit heißen Köpfen –

anstatt dieser traurigen, ledernen Gesellen, denen Repräsentation über alles geht, und die heute noch nicht eingesehen haben, daß wir einen großen Krieg heraufbeschworen, verschuldet und durch eigne Schuld verloren haben. Sie halten sich noch für das auserwählte Volk Europas, der Welt – und der Entente werden sies besorgen. Haben wir nicht den Bolschewismus?

Was uns fehlt, ist eine Revolution. Die Gegenrevolution haben wir. Wird unser Volk so viel Kraft haben, diese träge, an ihren alten Vorteilen und Vorurteilen klebende Minderheit wegzufegen und die stickige Atmosphäre wahrhaft zu reinigen?

Das ists, worauf alles ankommt.

DIE FLÖHHATZ

Im Jahre 1573 erschien zu Straßburg: *‹Ein New geläs auff das oberkurtzweiligest zu belachen, wa anders die Flöh mit stechen einem die kurtzweil nicht lang machen›* von Johannes Fischart. Und in unsern Tagen fing sich ein Namensvetter des alten Fischart den ganzen Flohzirkus der deutschen Politik, die muntern Tierchen hüpften auf sein Geheiß über die *‹Weltbühne›*, und nun liegen diese Charakteristiken gesammelt vor: *‹Das alte und das neue System. Die politischen Köpfe Deutschlands›*. (Im Verlage von Österheld & Co. zu Berlin.)

Ich weiß in Deutschland nichts dieser Sammlung Gleichgeartetes. Die Unart, über einen Mann entweder eine große Monographie oder ein kurzatmiges Feuilleton zu schreiben, ist hier erfreulich vermieden. Material und Darstellungskunst gehen ineinander auf und sind so verschmolzen, daß eines ohne die andre nicht denkbar ist. Und das Material ist reichlich, und die Darstellung ist bunt.

Der Reigen schlingt sich vom Freiherrn von Zedlitz bis zu Karl Liebknecht, und da fehlt keiner, der im fünften Akt der alten und im ersten der neuen Zeit eine Rolle gespielt hat. Da sind sie alle, alle: der genius loci Ebert und der fröhliche Erzberger, und, lögenhaft to vertellen, Tirpitz, und Paasche, der Agentenkönig, und Payer, der strenge Demokratenlehrer, und so weiter und so weiter. Ich habe die Arbeiten, wie sie im Buche zu lesen sind, mit ihrer Fassung in der *‹Weltbühne›* verglichen: sie sind außerordentlich sorgfältig überarbeitet, das Tagesgeglitzer ist verschwunden, und an seiner Stelle strahlt ein ruhiges, kräftiges Licht.

Den Lesern der *‹Weltbühne›* ist bekannt, wie Fischart seine Sache zu machen pflegt: in einem zierlichen Rahmen lacht oder grämelt uns das Bild des Helden an; und nicht nur die Data aus der polizeilichen Anmeldung sind alle hübsch beieinander, sondern es ist auch immer gezeigt, wie der Mann und sein Werk in der Zeit wirkten und mit der

Zeit zusammenhingen, wie er so geartet sein mußte und nicht anders: wir lernen seine leiblichen und seine seelischen Eltern kennen, und das ist viel wert.

Nicht, als ob ich mit allem einverstanden wäre, nicht, als ob das jeder mit jedem Charakterbild sein kann. Was mich betrifft, so finde ich die Unabhängigen, Eisner, Liebknecht, Luxemburg, nicht allzu ähnlich; der Herr Fotograf hat retuschiert, aber nicht sehr glücklich. Andres dagegen ist wieder prachtvoll: der Film Ludendorff ist das Witzigste, was über den Mann geschrieben wurde; ausgezeichnet das Kabinettbild Erzbergers; Tirpitz ist (wie immer) täuschend getroffen; und ich lache noch in dankbarer Erinnerung an die entzückende Tagebuchstelle über den dahingegangenen Michaelis: «Als er seiner Frau telefonisch von seiner Ernennung Mitteilung machte, erzählte mir heute einer aus der Reichskanzlei, habe die ganz erschreckt bloß gesagt: ‹Ach, du bist ja verrückt!›» Und Fischart fügt vorsichtig hinzu: «Ob er ein salbungsvolles Amen dazu gesprochen hat, weiß ich nicht.»

Der Flohzirkus ist komplett. Wenn einer einmal in spätern Jahren das seltsame Gelüst verspüren sollte, sich mit dieser großen Zeit und ihren kleinen Menschlein zu befassen, so wird er nach diesem amüsanten und gut fundierten Buch greifen müssen. Uns Mitlebende und Mitleidende aber wird es noch lange belehrend unterhalten – denn die große Geschichte, die einmal über uns geschrieben wird, werden wir vermutlich kaum mehr erleben, und sie wird ja schließlich auch nicht mehr und nicht weniger Unrichtigkeiten bringen als die Geschichtsbücher gemeinhin. So halten wir uns denn an den Historiker des Tages, der nicht weit sieht, aber scharf. Und nur einen wirklichen Fehler weist das Buch auf (für den aber der Verfasser nichts kann), und das ist der Untertitel. *‹Die politischen Köpfe Deutschlands›*. Köpfe? Köpfe? Ich zähl die Häupter meiner Lieben – wo ist nur ihr Gehirn geblieben? Nein, Köpfe waren das, mit wenigen Ausnahmen, wohl kaum.

Flöhe waren es. Wie sie kribbeln und krabbeln! Wie sie alle brav und artig an dem einen Strang ziehen, an dem kleinen Wägelchen, das sie in den Reichtum, in den Ruhm, in das gelobte Land ziehen soll. Fischart hat die Tierchen wohl erfaßt. «Ehe nun die Vorstellung beginnt, lockt er seinen Hund, langt aus dem haarigen Urwalde einige stattliche Wildfänge hervor, ‹dressiert› ihnen mit einer kleinen Schere die Achterbeene, tupft ihnen etwas Gummi auf den Rücken – das Stück beginnt – und was sonst gehupft, krabbelt nun.» Aber es ist gehupft wie gekrabbelt. Wie hieß der Untertitel? Die politischen Köpfe Deutschlands? Das Volk kratzte sich, weil es gar zu sehr juckte, die Insekten sprangen, und es gab: eine Flöhhatz. Und ein hübsches, gutes Buch.

POLITISCHE COUPLETS

Deutschland hat keine großen politischen Coupletdichter hervorgebracht. 1848 nicht und heute nicht und noch niemals. Man müßte denken, daß in einer Zeit wie der jetzigen das politische Lied aus allen Gassen hervorsteigt, aber weit gefehlt. Dieses Volk leitartikelt sich seinen Kummer von der Seele, es reimt nicht, wenns um die Wurst geht. (Gereimt, entsetzlich gereimt hat es nur, als damals der Krieg ausbrach, aber daran wollen wir uns lieber nicht erinnern, so schön war das.) Und heute fehlen uns die politischen Coupletdichter und natürlich auch die Coupletsänger.

Sie fehlen wirklich, aber man kann beide nicht machen: die Dichter nicht und die Sänger erst recht nicht. Sie fehlen, denn das Lied ist ein gutes Ventil, durch das viel Leidenschaft unschädlich verpufft, wenn der Kessel einmal stark geladen ist, und das ist er ja heute. Und künstlich herstellen läßt sich dergleichen nicht.

Das hat sich gezeigt, als das Kriegspresseamt, dessen vergiftende Tätigkeit niemals vergessen sein soll, alle neun Musen (allerdings ohne die Grazien) in den Dienst seiner verderblichen Aufklärungsarbeit stellte: da wurde gedichtet und gemalt, gefilmt und komponiert – und geholfen hat es schließlich doch alles nichts. Denn die Musen sind, alle neun, freundliche und liebreizende Mädchen, aber eines lassen sie sich nicht gefallen: sie schätzen keine Vernunftheirat und wollen um ihrer selbst willen geliebt sein. Will einer eine Reichsanleihe auflegen, dann mag ers sagen – aber deshalb braucht er noch kein Gedicht zu machen. So ein Gedicht muß – in Haß oder Liebe – aus dem Herzen kommen, und es muß von Apollo und nicht von der Furcht diktiert werden, die Reklamation könne eines bösen Tages aufhören. Man riecht das solchen Poemen gleich an, daß sie nur eine Ermahnung in Versen sind, und nun wirken sie nicht. (Das ist auch, beiläufig, der Grund, warum die gesamte Antibolschewistenpropaganda ins Wasser fällt: sie arbeitet mit falschen Mitteln.) Aber haben wir denn keine politischen Coupletsänger?

Wir haben schon. Aber es ist nicht hübsch, was da ans Rampenlicht kommt. Der einzige Otto Reutter hat wenigstens Charme und will schließlich nicht mehr, als die Leute aufheitern und hier und da ein wenig zum Nachdenken bringen. Einer bestimmten politischen Richtung hat er sich nicht verschrieben, denn – –

Die Zensur, nicht wahr? Und die Behörden, die Schwierigkeiten machen, wie? Ach! das war einmal eine bequeme Ausrede, denn heute funktioniert der einst so viel zitierte Rotstift des Herrn v. Glasenapp nicht mehr, und –? Und?

Es ist alles beim alten.

Das liegt daran, daß die härteste und unerbittlichste deutsche Zensur gar nicht in dem Amtszimmer der Behörden sitzt, sondern im Parkett. Mitten im Parkett sitzt sie rund und dick und erlaubt keinem Künstler, der da oben sein Liedel bläst, auch nur einen Finger breit von der herkömmlichen Linie abzuweichen.

Nun ist das eine traurige Angelegenheit: der Mittelstand, der Bürger ist empört und in seinen heiligsten Gefühlen verletzt, wenn einer da oben etwa wagen würde, anderer Meinung als er zu sein – Radikalismus duldet er nicht im Varieté und verzeiht ihn seinem Sänger nie. Der Arbeiter ist vielleicht toleranter, aber er ergötzt sich leider, leider immer und heute noch an Dingen, die ja von seinem Standpunkt aus sehr gesinnungstreu sein mögen, die aber an Stärke des Kitsches einem besseren Kriegervereinskaisergeburtstagstheaterstück nichts nachgeben. So geht es nicht.

Wir müssen endlich, endlich ein politisch reifes und mündiges Volk werden. Wir müssen endlich, endlich – nach so vielen Jahren behördlicher Bevormundung und artiger Haltung – lernen, daß ein Theater der gesamten Öffentlichkeit gehört, und daß ein Coupletsänger das Recht hat, ein monarchistisches Lied vorzusingen, und ein anderer mag ein ultrarevolutionäres bringen – jeder seins. Wems nicht paßt, der braucht nicht hinzuhören und nicht hinzugehen. Aber es ist kindisch, auf die Coupletsänger einen so großen moralischen Druck auszuüben, daß ihnen die Lust und der Wagemut zu einer politischen Stellungnahme überhaupt vergeht, so daß sie nun das dünne und farblose Zeug vortragen, das wir heute anzuhören haben.

Denn wie dürftig ist das alles! Ein lauer und flauer Witz auf Ebert und auf Scheidemann, die Räteregierung, die ‹sich keinen Rat weiß›, eine Anspielung auf die Tatsache, daß die Lebensmittel noch immer teuer und rar sind – das sind so die wesentlichen Themen der Varietépolitik. Und das ist schade, denn der Bühnenboden ist ein guter Boden, auf dem manche Frucht reifen könnte.

Und haben wir denn keinen, keinen, der Temperament und Kraft genug hätte, die Massen hinzureißen? Wir haben einen, und dieser eine ist eine Frau.

Frankfurt hat zwei große Männer hervorgebracht: Goethe und Gussy Holl. Diese seltene und prachtvolle Frau wäre wie keine zweite deutsche Künstlerin befähigt und berufen, die große politische Sängerin zu werden. Sie ist kein Kind des Volkes, es ist nicht seine elementare Kraft, mit der sie fortreißt. Es ist Kunst, aber eine von der stärksten und sieghaftesten Sorte. Sie kann alles: hassen und lieben, streicheln und schlagen, singen und sprechen, – da ist kein Ton, der nicht auf ihrer Leier wäre. Sie kann machen, daß aller Herzen denselben Takt schlagen, – sie singt irgendeine kleine Dummheit, und die Leute bekommen weiche Augen –, sie lacht, und eine unbändige Heiterkeit breitet sich aus. Ich sehe hier ganz ab von ihrer fabelhaften Kunst des Parodierens, von ihrer Fähigkeit, auch die gewagtesten Dinge mit einem graziösen Sprung zu überflitzen, – uns interessiert hier nur die Künstlerin, die einem dichtgefüllten Saal voller politisch denkender Menschen mehr zu sagen hätte, als zehn Leitartikler. Wenn – –

Ja, wenn sie eben Texte hätte. Wer schreibt ihr die? Es ist politisch unklug, einen solchen Schatz ungehoben verkümmern zu lassen. Und es ist, künstlerisch, bedauernswert, diese strahlende Blondheit nicht einmal voll entfaltet sehen zu können: eine seltene Vereinigung von Humor und Geschmack, von Kunst und herrlichem, unbekümmertem Leben, ein Nervenbündel und eine grazile Frau, ein Wille, ein Witz, eine Leidenschaft und ein ganzer Kerl!

DIE LEBENDIGEN TOTEN

Ich bleibe dabei: nur eine gute Kinderstube gibt uns Fonds fürs Leben.

Baron Frimmel, Oberleutnant Berghammer – aber in Zivil – und ich – wir gingen einmal im Prater spazieren. Eigentlich kein Spaziergang, sondern ein Gewaltmarsch zum Zweck des Lokalwechsels – drei Uhr früh – und wir hielten einander um die Schultern gefaßt, um nicht den Anstrengungen des Tages zu erliegen.

Drei Uhr früh. Frimmel hatte eine Dogge mit, Berghammer einen Gummiknüppel und ich etwas Jiu-Jitsu.

Hierauf wurden wir verhaftet, weil der Raseurgehilfe Kamillo Lendecke (ledig, katholisch, Novaragasse 26) mehrfache Verletzungen davongetragen hatte.

Vom Moment der Verhaftung an hatten wir kein Wort miteinander gewechselt.

Trotzdem sagten wir, einzeln befragt, übereinstimmend aus. Lendecke habe sich, unserm gütlichen Zureden zum Trotz, mit dem Kopf in einen Zaun von Stacheldraht gelegt.

Die drei identischen, mit ruhiger Sicherheit vorgetragenen Aussagen bewirkten denn auch unsre Freilassung.

Und wir hatten uns doch gar nicht verabreden können.

War auch nicht nötig. Was ein taktvoller Mensch ist, wird sich in jeder noch so diffizilen Lebenslage richtig zu benehmen wissen.

Roda Roda

Cause fameuse im Großen Schwurgerichtssaal: Mordprozeß in Sachen Liebknecht und Rosa Luxemburg. Die Anklagebank gesteckt voll: acht Offiziere und ein Mann, aber was für einer! Das Bild, das unser frechster und bester Karikaturist George Grosz von dem Husaren Runge gezeichnet hat, ist eine Schmeichelei, der Mann sieht noch viel übler aus: kleine schiefe Augen, eine niedrige Stirn, roh und ungeschlacht. Die Herren daneben – sie befinden sich in der besten Gesellschaft – die üblichen Offiziersgesichter: Köpfe, wie man sie auf Sekt- und Zigarettenplakaten zu sehen pflegt. Die Marineoffiziere meist brav und stumpf, mit Ausnahme von Pflugk-Harttung, der so gescheit aussieht, wie er sich später benimmt. Es geht los.

Die Angeklagten werden vernommen. Runge legt Pathos und bieder vibrierenden Schmerz in seine Stimme: als er der Luxemburg und Liebknechts ansichtig geworden sei, habe ihn eine solche Wut über sein zertretenes Vaterland erfaßt ... Auch habe Liebknecht, ihm, dem Dreher Runge, früher einmal eine Pistole auf die Brust gesetzt, mit der Drohung, wenn er noch weiter arbeiten würde ... Die Offiziere «weisen die Anklage aufs schärfste zurück». Die Pflugk-Harttungs (es sind zwei Brüder) am gewandtesten, Vogel und Weller am ungeschicktesten. Vogel ist eine Katastrophe für jede Monarchie, so dumm benimmt sich der Mann. Er gibt zu, falsche Angaben gemacht zu haben, «um die Division nicht zu kompromittieren». Weller tapst durch die Materie, als sei es ein Kinospaß und kein Mordprozeß. Stolz steht er da im strahlenden Schmucke seiner Orden, versehen mit viel Vaterlandsliebe und einer leeren Revolvertasche ... Die Zeugen fahren auf ...

Aber was wird denn hier gespielt? Eine Tragödie? Rache und Sühne? Kaum, höchstens deren fünfter Akt. Vier Akte, vier lange, dunkle Akte sind vorhergegangen, und man kann nur vage ahnen, was in ihnen geschehen, und vor allem, was nicht geschehen ist.

Geschehen ist dies: Die wilmersdorfer Bürgerwehr, brave Einwohner einer westlichen berliner Gemeinde, die am übelsten und reaktionärsten von allen regiert wird, gründeten in den bewegten Revolutionstagen des Januar einen kleinen Feuerwehrverein zur Aufrechterhaltung gottgewollter Abhängigkeiten und begaben sich – ohne einen Auftrag, ohne einen Befehl, ja ohne das geringste Recht dazu zu haben – in die Wohnung, in der sich damals grade Liebknecht und Rosa Luxemburg aufhielten. Sie verhafteten beide. Das war ungesetzlich. Es ist notwendig, darauf hinzuweisen, weil sich unsre Ordnungshüter, denen Ordnung über die Freiheit geht, nicht genug mit Gesetzeszitaten aufspielen können und sich gar so sehr über den Doktor Kurt Rosenfeld erbosen, der ein Revolutionstribunal für diesen Fall gefordert hat. Die Angeklagten dürften ihrem ordentlichen Richter nicht entzogen werden, sagen die Leute. Aber er soll, meine Geehrten, seinem außerordentlichen Richter entzogen werden! Dies hier ist ein Kriegsgericht, zusammengesetzt aus Kameraden der Angeklagten. Und es tut nicht gut, nun beständig mit den Anschauungen zu wechseln: einmal heißt es, wir hätten eben Revolution gehabt – so muß die ungesetzliche Verhaftung erklärt werden – und einmal heißt es wieder, es müsse alles laufen wie im tiefsten Frieden. Hier klafft ein Widerspruch.

Liebknecht und Rosa Luxemburg also wurden verhaftet, ins Eden-Hotel gebracht, und aus diesem Paradies sollten sie ins Gefängnis transportiert werden. Liebknecht wurde unterwegs erschossen, Rosa Luxemburg kam abhanden und fiel in den Landwehrkanal. Während ich dies schreibe, ist das Verfahren noch nicht abgeschlossen. Die Dinge stehen so, daß im Falle Liebknecht außer den üblichen kleinen Disziplinarvergehen nicht viel herausspringen wird – non liquet. Im Falle Luxemburg hat Vogel den großen Unbekannten eingeführt, der, von hinten auf den Wagen aufspringend, die von Kolbenschlägen Runges Halbtote erschoß – die Herren warfen sie, die ihnen zum Transport übergeben worden war, ins Wasser. Der Fall liegt also wesentlich schwerer, und es besteht die Wahrscheinlichkeit, daß das Gericht hier zu einer Verurteilung gelangen wird.

Denn das Gericht ist des besten Willens voll. Der Verhandlungsleiter ist ein sympathischer jüngerer Mann, der mit viel Takt und Umsicht arbeitet, wenn ihm auch hier und da einige Suggestionsfragen durchrutschen. Aber was nutzt das alles?

Ich bin des trocknen Tones nun satt, und es soll einmal gesagt werden, was zu sagen bitter not tut:

Wir pfeifen auf ein solches Verfahren. Wir kennen nun alle, meist aus eigner Anschauung, die Schliche und armseligen Pfiffe dieses Militarismus, der sich hinter die Maske der tadellos korrekten ‹Meldung› verkriecht, nachdem er seine Schiebungen inszeniert hat. So, wie damals auf die Angaben Vogels hin die gesamte deutsche Presse über den Hergang bei der Ermordung belogen worden ist, so kann es diesmal wieder gehen – wer garantiert uns, daß nicht wieder bei den Angeklagten ‹Zweckmäßigkeitsgründe› maßgebend sind? Wir lassen uns nicht dadurch fangen, daß uns gesagt wird, «zwei gewählte Vertrauensleute der Garde-Kavallerie-Schützen-Division» säßen unter den Richtern. Wer beim Militär gewesen ist, weiß, wie Wahlen zustande kommen – man denke nur an die berüchtigten Küchenkommissionen. Und wenn sie selbst richtig und ordentlich gewählt sind: sind sie nicht befangen? Sind nicht ihre Kameraden, die Angeklagten, tausendmal in der oppositionellen Presse auf das heftigste angegriffen worden? Wer ist denn heute noch Soldat? Die Besten sinds nicht, die da Unterkommen und Arbeitsersatz suchen, und die Idealisten auch nicht. Und die sollen richten? Man nennt das: In eigner Sache.

Die Formation urteilt über sich selbst. Man stelle sich doch nicht das, was wir hier meinen, so ungeheuer plump und simpel vor: gewiß ist der untersuchende Kriegsgerichtsrat nicht nachts beim Schein einer düster qualmenden Lampe zu den Angeklagten in den Kerker geschlichen und hat ihnen dort kleine Zettel zugesteckt! Gewiß hat keiner das

Stubenmädchen bestochen, das gehört haben wollte, wie ein Offizier gesagt hat: «Die Herren werden unten im Tiergarten erwartet, um Liebknecht zu begrüßen» – gewiß hat keiner den Jäger gemeuchelt, der gesehen hat, wie Vogel auf Frau Luxemburg schoß. So einfach ist das nicht. Aber diese unwägbaren Dinge, die da mitsprechen, geben den Ausschlag: die Formulierung eines Protokolls, der Verzicht auf diesen oder jenen Zeugen, die lange Zeit, die verstrich – am 15. Januar wurden die beiden ermordet, am 15. April wurde der Beschluß zur Hauptverhandlung ausgesprochen. Umsonst sind die Mitglieder der USPD, über deren Mitwirkung bei der Voruntersuchung sich der Verteidiger so sehr entrüstete, nicht zurückgetreten. Sie hatten das Gefühl, mit dem großen Krummen zu kämpfen, dem noch jeder unterlegen ist, der ihm nicht mit seinen eigenen Waffen zu Leibe ging: mit schärfster Rücksichtslosigkeit.

Es sind zwei Welten, die da zusammenstoßen, und es gibt keine Brücke. Hüben wir. Drüben die Offiziere alten und ältesten Stils – kein Klang der aufgeregten Zeit drang je in diese Einsamkeit. Von Liebknecht wird nur als dem ‹Feind› gesprochen; einer bedauert, daß er nicht unter der schimpfenden Menge gestanden habe und nur Begleitmann war – sie leben wie in einer Glaskugel.

Der Verhandlungsleiter war – von seinem Standpunkt aus mit Recht – bestrebt, die Politik bei dem Verfahren auszuschalten. Aber es geht nicht. Sie hatten alle, alle den politischen dolus eventualis. Die Luft, die im Gerichtssaal wehte, war für sie und gegen Liebknecht. Und käme heute wieder solche Gelegenheit – sie täten es noch einmal: sie würden schießen und ertränken und verheimlichen und stünden da als die Retter des Vaterlandes. Ihres Vaterlandes, denn unsres ist das nicht.

Ist das nur ein Einzelfall? Nein, es ist keiner. Der Militarismus ist nicht tot, er ist nur verhindert. Die kümmerlichen Reste verkriechen sich in die Noskegarden, die deshalb so unendlich schädlich sind, weil da unter der neuen Flagge die alten Ideale hochgehalten werden. Da ist wieder dieser falsche Kollektivgeist, der ‹die Division›, diesen fabelhaften Begriff, höher stellt als alles Menschliche – da ist die Schiebung, aber immer unter der Tünche der Korrektheit –, da ist die alte, schlechte Gesinnung, die wir nicht mehr wollen. Eben das lehnen wir ab und werden es bekämpfen, bis keine Spur mehr davon vorhanden ist: den Zusammenschluß einer Gruppe von Menschen als Staat im Staate, das Pochen auf den angeblich makellosen Ehrenschild, dessen beschmutzte Kehrseite wir alle kennen, das Über- und Unterordnen von lebenden Menschen, die nicht fähig sind, zusammenzuarbeiten – kurz: Kasernenhof.

Es gibt keine Brücke. Sind es nicht alles nette und ordentliche Menschen? War der Verhandlungsführer nicht sauber? Sind es nicht alle brave, ehrenhafte Männer? Es sind nicht einmal Männer, diese Offiziere, die eine wehrlose Frau und einen verwundeten Mann in maiorem patriae gloriam beseitigen. Ich glaube nicht, daß das unter die Rubrik ‹Tapferkeit› fällt.

Nichts gleichgültiger als das Urteil. Blut kann nicht durch Blut gesühnt werden, das ist ein Wahn. Was wir aber können und was wir tun werden, ist dieses:

Wir wollen bis zum letzten Atemzuge dafür kämpfen, daß diese Brut nicht wieder hochkommt. Wir wollen ebenso konsequent sein wie sie und nicht vergessen: Eulenburg nicht, der nicht im Zuchthaus sitzt, weil er ein Fürst ist, den Grafen Arco nicht, der Eisner erschoß, und diese Herren nicht, die sich nur einmal in ihrem Leben mit einem gewöhnlichen Mann ganz verstanden haben: auf der Anklagebank.

Es ist völlig uninteressant, zu wissen, ob Noske im guten Glauben handelt oder im schlechten. Er ist ein Schädling, denn schlimmer als die exploitierenden Reichen sind ihre Handlanger, schlimmer als der Großbauer ist sein Hund. Der Helm muß und wird heruntergeschlagen werden.

Hetzen wir? Sind wir nicht sachlich genug? Nur einmal noch, nur dieses eine Mal noch erlaubt mir, daß mein Herzblut spricht, und nicht das Gehirn. Das soll euch werden: die kälteste und klarste Sachlichkeit. Aber dieses Mal nicht. Aus ihren Gräbern rufen zwei Tote. Ihr könnt die Schreie nicht hören, denn ihr seid taub. Wir aber hören sie. Und vergessen sie nicht. Was da in dem großen Saal unter dem Bildnis ‹Seines› glorreichen Großvaters, Kaiser Wilhelms des Großen, vor sich gegangen ist, ist in unsre Herzen eingebrannt. Und eben, weil alle feinen Leute noch für den letzten Verbrecher und Rohling eintreten, wenn er nur Liebknecht totschlägt, und eben weil die schlechtesten Deutschen aufatmeten, als zwei Idealisten ermordet wurden, eben deshalb bewahren wir unsre Trauer und unsern Schmerz und vergessen nicht.

Die drüben kleben zusammen wie die Kletten – wir sind aneinander geschmiedet durch das Gedächtnis an Eisner und seine Brüder. An unsre Brüder. Und haben weder Zeit noch Lust, euren dicken Aktenbänden zu folgen, euren Plädoyers und euren Proklamationen. Das Ding liegt so: da steht der Militarismus, da stehen wir. Und weil die Welt nicht in Staaten, wohl aber in Fortstrebende und Zurückzerrende zerfällt, müßt ihr beiseite gehen, in voller Uniform, in Feldbinde, Ordensschmuck und Helm. Und was die Toten rufen, ruft unser Herz: Ecrasez l'infâme!

EIN SAUBERER VOGEL

Fing ein Gericht ein Vögelein –
Hm, hm – So, so –
Und steckt es in nen Käfig 'nein –
Hm, hm – So so!

Man sagt, man weiß es nicht genau –
Hm, hm – So, so –
Er schoß auf eine alte Frau –
Hm, hm – So so!

So ein Kanal ist tief und naß –
Hm, hm – So, so –
Wer tut denn einem Leutnant was –
Hm, hm – So so!

Da flog das Vöglein aus dem Haus –
Hm, hm – So, so –
Und lacht die dummen Deutschen aus –
Hm, hm – So so!

PREUSSISCHE PROFESSOREN

Eigentlich solltet ihr Pallas dienen.
Aber Pallas kippt aus den Pantinen
und flieht,
wenn sie solche Magister sieht.

Damals, Vierzehn, Kanonengebrumm.
Und sie fielen alle, alle um.
Es beteten zum Himmel die Theologen,
daß sich die Kanzelverzierungen bogen.
Es bewiesen klipp und klar die Juristen
die englisch-französisch-belgischen Listen.
Der Generalstab bringt sie auf den Trab:
Philosophen schwören das Fremdländische ab.
Und kraucht auch ein Deutscher noch so mau:
die Mediziner riefen: «Kv.!»
So schreitet jede Fakultät
den Weg, der zum preußischen Himmel geht.

Aber sie waren auch geistig am Werk.
Seis nun Berlin oder Königsberg,
sei es Breslau oder Halle –
dieses nämlich taten sie alle:

Sie verliehen den Doktor, den häufig bezahlten,
den silbern und golden und rötlich bemalten
Generalen –!
Und die brauchten nichts dafür zu bezahlen!
So wurde ohne alle Prämissen
der Doktor vor die Soldaten geschmissen.
Armes Diplom, schwarz-weiß umrändert,
armes Diplom! hast du dich verändert!

Und heute?
                    Heute, wie ehedem.
Reden ist ja so bequem.
Da ist Roethe, der maulfeste Rufer,
ein Thersites im Bart vom Panke-Ufer,
und jener Birnenbauch Wilhelm Kahl –
und allen ist der Zusammenbruch egal.
Sie sehen nur die alten Fahnen,
die schlanken Leutnants von den Ulanen,
sie sehen die Prinzen und die Haubitzen,
sie sehen die preußischen Orden blitzen,
sie sehen die ganze schuldige Schicht –

Die neue Ära sehen sie nicht.

Deutschland, sind das deine geistigen Spitzen?
Sie haben einen Hintern zum Sitzen,
sie haben auch einen servilen Rücken,
um sich vor jeder Macht zu bücken –
Kopf hingegen ist nicht vorhanden.

Arme Jugend in deutschen Landen!
Diese hochgelahrten Nauken
sind gut genug zum Examenpauken.
Brauchst du aber klaren Wein –:
Komm, den kaufen wir anderswo ein!

OFFENER BRIEF

Sehr geehrter Herr!

Siegfried Jacobsohn übergab mir Ihren Brief vom 27. 3.

Wenn Sie die Aufsätze ‹*Militaria*› in der ‹*Weltbühne*› und nicht nur im Auszug gelesen hätten, würden Sie wissen, daß es uns nicht darauf ankam, einzelne Fälle zu enthüllen. Das ist nicht unsere Aufgabe. Was wir angegriffen haben, war nicht der einzelne Offizier, der sich Verfehlungen zuschulden kommen ließ — es war der Geist, der so tief in den Köpfen steckte, daß die meisten Offiziere heute noch nicht wissen und nicht wissen wollen, was da draußen eigentlich vor sich gegangen ist: daß der Mann ein kleiner Haufen Dreck war und der Offizier ein Herr ... Aber beide keineswegs etwa deutsche Männer; daß der eine sehr mäßig und häufig ganz schlecht und unzureichend zu essen bekam und der andere im Kasino immer satt zu essen hatte und in fast allen Fällen weit über den Etat hinaus empfing und empfangen ließ; daß die Erziehung des Offizierkorps sich darauf beschränkte, bei seinen Angehörigen einen Dünkel großzuziehen, den nicht nur die Intellektuellen unter den Mannschaften bemerkten, sondern der alle bis aufs Blut demütigen mußte.

Demgegenüber scheint es mir belanglos, bei den paar Fällen, die ich zur Illustration anführte, den Denunzianten (!) zu machen. Das nutzt nichts. Bringe ich sie Ihnen nicht, so werden Sie in der nächsten Sitzung eines nationalen Vereins aufstehen und sagen: «Meine Herren, der Ignaz Wrobel ist ein Verleumder.» Bringe ich sie Ihnen, so geben Sie sie sicherlich weiter und von dreien winden sich zwei heraus — ich habe das zu oft (!) erlebt — und es bleibt einer. Oder aber, es gelingt der zuständigen Stelle wirklich, die drei oder die acht zu fassen, aber dann werden Sie immer erst sagen: «Gut, das sind acht, aber wo ist erwiesen, daß die Allgemeinheit so war.»

Sehr geehrter Herr, wir sind nicht mehr bei der Beweisaufnahme: wir sind nach dem Urteilsspruch, wenn auch leider nicht bei seiner Vollstreckung. Was uns alle — ich darf der Ordnung halber hinzufügen, daß ich mir im Kriege die Achselstücke erworben habe — so maßlos empört hat, das waren keine Einzelfälle — das war der Geist. Ich habe hier in Berlin, als ich zurückkam, viele Kameraden gesprochen — von allen Kriegsschauplätzen — und sie berichten alle, alle dasselbe.

Ich bedaure Ihren Wunsch nicht erfüllen zu können — diese Verfahren post festum sind so wichtig wie die Frage, ob ein Dreieck in der Geometrie grün oder rot ist. Hier geht es um ganz etwas anderes.

Ich verkenne nicht die Tragik, die darin liegt, daß ein Mann das zusammenbrechen sieht, was er sein ganzes Leben lang mit den besten Kräften hochgehalten hat. Wir haben keine Zeit, uns bei der Tragik

aufzuhalten. Seien Sie überzeugt, daß wir Jungen alles tun werden, um den Offizier künftig unmöglich zu machen.
In ausgezeichneter Hochachtung ergebenst gez. Wrobel

DER SCHNELLMALER

Wenn in Deutschland die Kanalisationsröhren polizeilicherseits erweitert werden, wenn der Kirchenaustritt erschwert oder der Drill erleichtert wird, so schreibt Walther Rathenau dazu ein Buch. Man muß sich darein fügen – es gehört das nun einmal dazu, und wir brauchen nichts zu tun, als das Opus ungelesen still beiseite zu legen.

Wenn wir hier das Heft *‹Der Kaiser›* (erschienen bei S. Fischer) in den Kreis unsrer Betrachtungen ziehen, so geschieht das, um einmal an einem Beispiel den ganzen politischen Jammer dieses Landes aufzuzeigen.

Hätte dieses Heft Amadeus Hugendudel geschrieben – es wäre schließlich wenig einzuwenden gewesen. Der Verfasser hat Heinrich und Thomas Mann nicht ohne Nutzen gelesen, und so enthält es, aus entlehnten Stilen zusammengesetzt, abgesehen von der Charakteristik des Kaisers, unbestreitbare Wahrheiten: da ist die Feststellung von der deutschen Passivität in politicis; die Registrierung der Tatsache, daß das Volk so regiert werden wollte, wie es regiert worden ist, und daß es überhaupt nur regiert werden wollte; die Erwähnung der Würdelosigkeit der Bevölkerung – kurz: alles was man nach Heinrich Manns *‹Untertan›* über diese Dinge sagen konnte, ist gesagt.

Was aber dem Heft den Wert und die Zuverlässigkeit nimmt, ist eben die Angabe, daß Walther Rathenau sein Verfasser ist. Das geht nicht: wir weisen diese schlanke Fingerfertigkeit zurück, diese stete Alarmbereitschaft, heute so und morgen so, auf alle Fälle aber immer schreiben zu können, diese Fixundfertigkeit, dieses geölte Diktaphon und die stets vorhandene Willigkeit, alles über alles zu sagen. Und es nicht einmal gut zu sagen. So erzählt der Meister von der ‹schlechthinnigen› Genialität des Kaisers. «Jeder Sudler», spricht der Weise, «legt, ohne Umstände, seine Tatzen an, die deutsche Sprache zu verbessern.»

Aber außerdem ist die Charakteristik Wilhelms des Zweiten falsch. Woher ich das weiß? Ein Mann, der im Unglück so hemmungslos versagt, ein Mann, der nach der Katastrophe seine Generale auf das Schlimmste bloßstellt, und der seine Würde nicht darin sucht, sich männlich zu benehmen, sondern sie hohl, wie sie ist, attestiert zu haben wünscht, um nicht vor Gericht erscheinen zu müssen – ein solcher Mann kann nicht die Gaben gehabt haben, die Rathenau ihm nachsagt. Johannes Fischart hat an dieser Stelle einige hübsche, von

Augenzeugen belegte Charakterzüge aus dem Leben des Kaisers erzählt, wie er auf der «Hohenzollern» den sich verbeugenden Generalen von der Kommandobrücke den Kaviar heruntergeworfen hat — ein solcher Mann war kein edler und kein rechtschaffener Mensch und kein ganzer Mann. Was Rathenau vom Kaiser aussagt, ist noch im Tadel byzantinisch — dem Herrn Verfasser unbewußt, aber ganz und gar byzantinisch. Noch zittern die beseligenden Stunden nach, da er ‹Gelegenheit hatte›, Seiner Majestät persönlich gegenübertreten zu dürfen. Das ist ganz made in germany: noch in den harmlosen Worten, in denen Rathenau sagt, er habe mit dem Kaiser soundsooft gesprochen, liegt eine Lakaiendemut, die fast unerklärlich ist.

Aber nicht das werfen wir dem Schreiber vor, daß er seinen Fürsten nicht verstanden und nicht gut abkonterfeit hat. Ganz etwas andres werfen wir ihm vor.

Schämt er sich nicht? Wer ist das? «Um diese Schicht» — es ist von dem preußischen Adel die Rede — «lagerte sich das plutokratische Bürgertum, Einlaß fordernd um jeden Preis, und bereit, alles zu verteidigen, für alles einzustehen. Die Theorie zu seinem Willen saugte es von den Kathedern, die von Historismus troffen, die Führungsatteste seiner Gesinnung erschmeichelte es von der Beamtenschaft.» Wer ist das?

Wer hat dauernd die spitzfindige Denktätigkeit über jede positive Reform gestellt, wer hat wolkig und verschwommen in nebligen Idealen herumgefuhrwerkt, und wer hat die Geistigen, die nun endlich zur Tat drängten, mit vornehmen Gesten bedeutet, sie hätten immer noch zu wenig nachgedacht, viel mehr spekuliert müsse werden ..? Übrigens: spekuliert wurde.

Vor dem Kriege voll träumerischer Süße, im Kriege immer hinter dem Erfolg her, immer dem recht gebend, der grade die erste Flöte spielte, kann er gewiß den Vorwurf von sich abweisen, er habe um seines Fürsten Gunst gebuhlt. Er hatte diese Tätigkeit, die für einen gebildeten, wohlhabenden Mann so legendär wie das Wort ist, nicht nötig. Aber diese unbegrenzte Hochachtung vor jedem Erfolg, ganz gleich, mit welchen Mitteln der errungen war, diese stete Bereitschaft, für alles, aber auch für alles einzustehen, und morgen nicht mehr zu wissen, was man gestern predigte, scheint mir doch zu einem gewissen Mißtrauen zu berechtigen. War es nicht Walther Rathenau, der die levée en masse noch an jenem schwarzen Oktobertag anempfahl, da sogar Ludendorff Willen und Waffen streckte? War es nicht Walther Rathenau, der in den langen Kriegsjahren die plumpe Realität des Imperialismus für den ästhetischen Salon metaphysisch umdeutete und verschönernd verfärbte? Ich glaube, er war es. Er prangt unter den schlimmsten Alldeutschen in dem Raemaekerschen Bilderbuche ‹*Devant l'histoire*› (von E. Giran bei Georges Bertrand in Paris)

— dort ist er zitiert, weil er im *‹Berliner Lokalanzeiger›* prophezeit hatte, man werde sich für den nächsten Krieg besser zu rüsten wissen . . . Er war eben immer dabei.

Er war immer dabei. Sie waren alle dabei. Sie sind alle dabei. Und das eben scheint mir der Kernpunkt des Jammers hierzulande zu sein: daß kein deutscher Politiker sich auch nur denken kann, er werde einmal nicht dabei sein. Er werde still in der Ecke sitzen und auf seine Zeit warten, wenn diese hier nicht günstig für ihn ist. Dafür fehlt ihnen das Organ. Überzeugungen haben? und mit festem Sinn warten und warten, jahrelang, wie es Clemenceau getan hat, wie es alle parlamentarisch geschulten Politiker des Auslands tun? Aber nein! Aber gar nicht! Hinein ins volle Menschenleben, wo es am dicksten ist — und mitgeschwommen! «Die Fensterläden knarrten — oho — sie wußten hundert Arten — soso!» Sie wissen alle Arten: sie können oppositionell und patriotisch und annektionistisch und pazifistisch und bolschewistisch und gemäßigt und radikal und liberal und für und gegen und hinten und vorn. Es sind Tausendkünstler. Nicht das ist eine Schande, im Kriege geirrt zu haben und für den Pangermanismus auch noch eingetreten zu sein, wenn er Verbrechen beging. Nicht das. Aber es ist eine Schmach und eine Charakterlosigkeit, nun hinterher, wenn diese Gesinnung nichts mehr trägt — und sei es auch nur Ruhm —, sofort die neue Melodie mitzublasen. Und sie blasen alle, alle mit. Da hat keiner den Mut — wie ihn zum Beispiel der Graf Ernst zu Reventlow hat —, bei der alten Stange zu bleiben. Das ist Wahnsinn, schön, aber es ist anständig und ehrlich. Sie aber wissen hundert Arten. Keiner hat Furcht, man werde in ihren alten Schmökern nachschlagen: 1914 — 1915 — 1916 — 1917 — 1918 — sie verlassen sich auf das schlechte Gedächtnis ihrer Leser, und das ist gut. Diese bedeutenden Köpfe feiern nicht. Sie sind alle, alle da. Naumann und David und die Herren Dichter — das reicht über die Grenzen hin die tintenbefleckte Bruderhand, daß es eine Freude ist — und wenn morgen wieder Krieg ist: Halali! was gilt die Wette, daß sie ihren reklamierten Mann stehen!

Walther Rathenau ist einer von ihnen. Er hat mitgeholfen, die Köpfe zu benebeln, ohne Mitverantwortlichkeit, ohne den ehrlichen Willen, auch für das einzustehen, was er predigte, ohne männliches Rückgrat — ein ganzer Kaiser. Wir lehnen ihn ab. Was uns not tut, sind nicht diese prompt arbeitenden Köpfe, die überall dabei sind, nicht die ewig alte Galerie derselben Leute, die allen Ereignissen fröhlich prostend Pate standen und stehen, nicht die falschen Interessanten, die so klug, gar so klug schnacken.

Neue Anschauungen müssen von neuen Männern vorgetragen werden.

UNSER MILITÄR!

Einstmals, als ich ein kleiner Junge
und mit dem Ranzen zur Schule ging,
schrie ich mächtig, aus voller Lunge,
hört ich von fern das Tschingderingdsching.
Lief wohl mitten über den Damm,
stand vor dem Herrn Hauptmann stramm,
vor den Leutnants, den schlanken und steifen . . .
Und wenn dann die Trommeln und die Pfeifen
übergingen zum Preußenmarsch,
fiel ich vor Freude fast auf den Boden –
die Augen glänzten – zum Himmel stieg
Militärmusik! Militärmusik!

Die Jahre gingen. Was damals ein Kind
bejubelt aus kindlichem Herzen,
sah nun ein Jüngling im russischen Wind
von nahe und unter Schmerzen.
Er sah die Roheit und sah den Betrug.
Ducken! ducken! noch nicht genug!
Tiefer ducken! tiefer bücken!
Treten und stoßen auf krumme Rücken!
Die Leutnants fressen und saufen und huren,
wenn sie nicht grade auf Urlaub fuhren.
Die Leutnants saufen und huren und fressen
das Fleisch und das Weizenbrot wessen? wessen?
Die Leutnants fressen und huren und saufen . . .
Der Mann kann sich kaum das Nötigste kaufen.
Und hungert. Und stürmt. Und schwitzt. Und marschiert.
Bis er krepiert.
Und das sah einer mit brennenden Augen
und glaubte, der Krempel könne nichts taugen.
Und glaubte, das müsse zusammenfallen
zum Heile von Deutschland, zum Heil von uns allen . . .
Aber noch übertönte den Jammer im Krieg
Militärmusik! Militärmusik!

Und heute?
Ach heute! Die Herren oben
tun ihren Pater Noske loben
und brauchen als Stütze für ihr Prinzip
den alten, trostlosen Leutnantstyp.

Das verhaftet, regiert und vertobakt Leute,
damals wie heute, damals wie heute –
und fällt einer wirklich mal herein,
setzt sich ein andrer für ihn ein.
Liebknecht ist tot. Vogel heidi.
Solche Mörder straft Deutschland nie.
Na und –?
Der Haß, der da unten sich sammelt,
hat euch den Weg noch nicht verrammelt.
Aber das kann noch einmal kommen . . .!
Nicht alle Feuer, die tiefrot glommen
unter der Asche, gehen aus.
Achtung! Es ist Zündstoff im Haus!
Wir wollen nicht diese Nationalisten,
diese Ordnungsbolschewisten,
all das Gesindel, das uns geknutet,
unter dem Rosa Luxemburg verblutet.
Nennt ihr es auch Freiwilligenverbände:
es sind die alten, schmutzigen Hände.
Wir kennen die Firma, wir kennen den Geist,
wir wissen, was ein Korpsbefehl heißt . . .
Fort damit –!
Reißt ihre Achselstücke
in Fetzen – die Kultur kriegt keine Lücke,
wenn einmal im Lande der verschwindet,
dessen Druck kein Freier verwindet.
Es gibt zwei Deutschland –: eins ist frei,
das andre knechtisch, wer es auch sei.
Laß endlich schweigen, o Republik,
Militärmusik! Militärmusik–!

PREUSSISCHE PRESSE

Niemand hat eine so große Fresse
wie die preußische Presse.
Und ehe wir wieder mit bunten Aurikeln
die Harfe umschlingen
und leise singen –
laßt uns ein bißchen leitartikeln.

Vor dem Kriege waren sie da,
schrieen täglich zweimal Hurra,
rasselten mit dem glorreichen Säbel,

schimpften auf Auer und schimpften auf Bebel,
beteten Gott an und die Offiziere,
und rollten sich abends in Rudeln zum Biere.

Soweit war das schön und gut.
Aber Vierzehn, da schwoll ihr Mut!
Endlich war ihre Zeit gekommen,
auf die sie so viel Vorschuß genommen,
von der Bernhardi immer geschrieben –
nun hatten sie uns hineingetrieben.
Und von ihren Freunden, den Offizieren,
ließen sich alle reklamieren,
und schrieben dafür die hübschesten Sachen:
Wie weit da hinten die Mörser krachen,
wie die braven, lieben, ordentlichen, guten
Feldgrauen gar so gerne verbluten,
wie sogar manchmal die Herren Obersten schwitzen,
wenn sie beim Trinken im Stabsquartier sitzen,
und wie so freundlich und loyal
zu ihnen gesprochen der Herr General.
Und so ging das ein, zwei, drei, vier lange Jahre – – –

Aber auch diese wunderbare
große und erhabene Zeit
schien uns allen zu groß und weit ...
Und plötzlich wurde die Zeit wieder klein –
Ludendorff fiel mit allem herein
und besuchte plötzlich und eiligst Schweden.
(Übrigens, darüber ist nichts zu reden:
Er tat das nur aus Gesundheitsrücksichten.
Denn als hier zu Hause die tollen Geschichten
sich wieder beruhigt und gelegt,
kam er gleich wieder angefegt;
und jetzt sitzt er an einem Geschreibe dran
und wird zur Belohnung ein reicher Mann.)

Aber die Presse!
Daß ich die nicht vergesse!
Wir dachten doch nun, jetzt seis mit ihr aus!
Das überlebe sie nicht, dies Gebraus.
Denn nun liegt es doch klar am Tage:
Für wen ertönte die Totenklage?
Wer hat die Mannschaft aufs Blut geschunden?
Wer bereicherte sich noch an Todwunden?

Wer klaute in viereinhalb langen Jahren
Kantinenfonds, Marketenderwaren?
Wem verdanken wir diese Niederlage?
Nun, dachten wir, liegt es klar am Tage . . .

Weit gefehlt!
Sie haben sich gar nicht lange gequält
und spotten schon heute voller Hohn
auf die Revolution!
Und wenn wir in Verhandlungen traten,
so geschah das nur wegen der lumpigen Soldaten,
diesen hundsgemeinen Halunken,
und überhaupt: deshalb sei alles gesunken . . .
Die Kerls sind an allem, allem schuld — — —

Deutschland! hast du eine Lammsgeduld!
Läßt dir heute nach diesem allen
Frechheit von Metzgergesellen gefallen?
Lern ihre eiserne Energie!
Die vergessen nie.
Die setzen ihren verdammten Willen
durch — im lauten und im stillen
Kampf, und sie denken nur an sich.
Deutschland! wach auf und besinne dich!

Nur einen Feind hast du deines Geschlechts!
Der Feind steht rechts!

DER OFFIZIER DER ZUKUNFT

Arno Voigt, als *Miles* einer der wenigen deutschen Offiziere, die im Kriege die Wahrheit zu sagen sich nicht gescheut haben, gibt (bei Engelhorn in Stuttgart) ‹*Gedanken eines Unmilitärischen*› heraus: ‹*Der deutsche Offizier der Zukunft*›.

«Vielleicht», heißt es einmal bei Nietzsche, «habe ich niemals etwas gelesen, zu dem ich dermaßen, Satz für Satz, Schluß für Schluß, bei mir Nein gesagt hätte wie zu diesem Buche: doch ganz ohne Verdruß und Ungeduld.»

Der einleitende Rückblick zwar ist ausgezeichnet. Er faßt noch einmal die schweren Sünden des Offizierkorps im Kriege zusammen, in einem Kriege, der den deutschen Offizieren für immer den Ruf der Unbemakeltheit genommen hat, und das von Rechts wegen. Leute, die heute noch an dem alten Idol festhalten, tun dies aus politischen

Gründen – sie wollen nicht erkennen, und verdienen daher nicht, überzeugt zu werden. Wir andern wissen, was auch Voigt bestätigt: «Offiziere – Bürger – Landser: das war die Gliederung.» Und: «Das Charakteristikum des alten Offiziers war seine Isoliertheit.» Und weiter jene Melodie, die heute noch viel zu wenig und viel zu zaghaft bei uns gesungen wird: das Lied vom deutschen Offizier im Kriege – und es ist ein etwas mißtönendes Lied.

Aber das Buch heißt: ‹*Der deutsche Offizier der Zukunft*›. Wie nun ändern? Wie bessern? Und Voigt schlägt vor.

Der deutsche Offizier der Zukunft soll ein geistiger Mensch sein. Das ist in einem Satz das Postulat dieses Offiziers, der selbst sicherlich ein guter Offizier war. Er verlangt von einem Führer mit Recht größere Qualitäten, als sie in den kümmerlichen Offiziersexamen und in der mangelhaften Kasinoerziehung heraussprangen: er verlangt menschliche Qualitäten.

Wozu? Zum Mord. Denn hier ist *das*, was das ganze Buch wertlos und die Vorschläge utopisch macht: es wird sich eben kein geistiger Mensch bereit finden, sein Leben und seine Person für einen solchen Quark, wie es die nationalistischen Interessen eines Staates sind, aufs Spiel zu setzen. Er wird, wenn er ein wertvoller Mensch ist, dieser kümmerlichen Angelegenheit sein Leben eben nicht widmen. Wohl wird er Führer sein wollen – aber niemals Schlächtermeister. Und die Gedankengänge Voigts erinnern an die Schilderungen Hearns, wenn er von den japanischen Geishas spricht: vor lauter Lyrismen vergißt er ganz, daß es sich doch immerhin um Frauen handelt, um Frauen aus Fleisch und Blut, die man sich kaufen kann und die jeden Abend einem andern gehören.

Wenn der Offizier der Zukunft all diese guten Ratschläge Voigts befolgt, so wird er ein Adelsmensch werden, meinetwegen auch vielleicht ein Führer seiner Volksgenossen: aber er wird kein Mann sein, der Blut vergießt um des Staates willen. Denn die Mittel und die Werkzeuge des Geistes lassen sich nicht prostituieren (wie der Militarismus irrtümlich 1914 glaubte, als er die reklamierten Dichter mobil machte) – sie sind um ihrer selbst willen da und gänzlich unpraktisch. Es war klug vom ancien régime, dem Offizier nicht so viel zum Lesen in die Hände zu geben; denn dann hätte er denken gelernt, und das war nicht gut. In den Büchern stand: Du sollst nicht töten!

Wir sehen zu sehr auf die Außenseite. Wir hatten alle vergessen – aber jetzt wissen wir es –, daß ein Mörder ein Mörder ist, auch wenn er hohe Lackstiefel trägt und ein blonder, schlanker, eleganter und amüsanter junger Mann ist. Und wir haben nicht gearbeitet, um dessen Stellung zu befestigen.

So wird also Arno Voigt, der es so gut gemeint hat, fragen: «Ja, aber wie denn? Ungeistig ist es nicht recht – und nun versuche ich es geistig, und da ist es wieder nicht recht...? Welcher Offizier der Zukunft wird denn von dir herbeigewünscht?»

Und wir antworten: Gar keiner.

DIE DRITTE KUGEL

Ludwig Thoma hat einmal auf Wilhelm Raabe das Wort ‹Kachelofenwärme› geprägt, und das gibt auch am besten wieder, was uns an dem Alten so sehr reizt. Die Herren von heute haben weniger Zeit, weniger Behaglichkeit und sind meist so pressiert, daß sie mit ihren atemlosen Geschichten schon immer fertig sind, ehe der Braunschweiger auch nur die Einleitung fertiggestellt hätte. Wo, seit meinen Jugendtagen, habe ich solche Sätze wieder gelesen? «Der Alvarado schrie auf und starrte den Cortez totenbleich und voll Entsetzen an, aber der Cortez hatte jetzt eine Truhe ergriffen und leerte sie aus, daß die goldenen Ringe über den ganzen Damm hin hüpften und tanzten, und mit dem Fuß stieß er eine Tonne um, aus der sogleich goldene und silberne Schüsseln klirrend ins Wasser liefen.» Nirgends habe ich das mehr gelesen, und wenn Leo Perutz nicht *‹Die dritte Kugel›* (im Verlag Albert Langen zu München) geschrieben hätte, auch heute noch nicht.

Das ist ein hübsches Buch. So eins, das man, wenns draußen furchtbar regnet, mit einem Teller Knackmandeln neben sich, tot für die Umwelt, verschlingt, mit der einen Hand blättert man um, mit der zweiten stopft man sich langsam eine Knackmandel nach der andern in den Mund...

Es dreht sich um die Abenteuer eines verschlagenen deutschen Fürsten in der Neuen Welt, und alles Wilde, was geschieht und geschehen ist, hat deshalb einen so wehmütigen Klang, weil es sich nicht vor unsern Augen und Ohren begibt, sondern in der Erinnerung an dem Manne noch einmal vorbeizieht: er hört, wie ein spanischer Reiter neben seinem Zelt den aufhorchenden Musketieren das wirre und krause Zeug erzählt, das die Lebensgeschichte eines alten Mannes, seine Schlußgeschichte, ausmacht.

Der Ton erinnert – wie wohltuend! – ein wenig an manche historische Novellen Raabes, an *‹Gedelöcke›* etwa oder an die *‹Schwarze Galeere›* – das altertümliche Deutsch ist nicht philologisch gerecht, sondern nur andeutend durchgeführt, aber das macht nichts, im Gegenteil! Es ist eine wilde Geschichte, mit vielen wundervollen Einzelheiten, und was daran Literatur ist, das gibt sich so anspruchsvoll und bescheiden, daß man den Dichter über dem Gedichteten vergißt, und das ist schließlich die Hauptsache.

Wer aber wissen will, wie Cortez die Indios wirklich unterworfen und gemordet hat, und wie der große Goldschatz umkam, und wie sie den Teufel beschwörten, ‹und was dann weiter geschah› – der verlustiere sich mit diesem wunderhübschen Büchelchen, das wie ein schöner alter Holzschnitt herübergrüßt aus den Tagen, wo alles noch so simpel war und einfach: aus der Knabenzeit.

KRIEG DEM KRIEGE

Sie lagen vier Jahre im Schützengraben.
Zeit, große Zeit!
Sie froren und waren verlaust und haben
daheim eine Frau und zwei kleine Knaben,
weit, weit – !

Und keiner, der ihnen die Wahrheit sagt.
Und keiner, der aufzubegehren wagt.
Monat um Monat, Jahr um Jahr . . .

Und wenn mal einer auf Urlaub war,
sah er zu Haus die dicken Bäuche.
Und es fraßen dort um sich wie eine Seuche
der Tanz, die Gier, das Schiebergeschäft.
Und die Horde alldeutscher Skribenten kläfft:
«Krieg! Krieg!
Großer Sieg!
Sieg in Albanien und Sieg in Flandern!»
Und es starben die andern, die andern, die andern . . .

Sie sahen die Kameraden fallen.
Das war das Schicksal bei fast allen:
Verwundung, Qual wie ein Tier, und Tod.
Ein kleiner Fleck, schmutzigrot –
und man trug sie fort und scharrte sie ein.
Wer wird wohl der nächste sein?

Und ein Schrei von Millionen stieg auf zu den Sternen.
Werden die Menschen es niemals lernen?
Gibt es ein Ding, um das es sich lohnt?
Wer ist das, der da oben thront,
von oben bis unten bespickt mit Orden,
und nur immer befiehlt: Morden! Morden! –
Blut und zermalmte Knochen und Dreck . . .
Und dann hieß es plötzlich, das Schiff sei leck.

Der Kapitän hat den Abschied genommen
und ist etwas plötzlich von dannen geschwommen.
Ratlos stehen die Feldgrauen da.
Für wen das alles? Pro patria?

Brüder! Brüder! Schließt die Reihn!
Brüder! das darf nicht wieder sein!
Geben sie uns den Vernichtungsfrieden,
ist das gleiche Los beschieden
unsern Söhnen und euern Enkeln.
Sollen die wieder blutrot besprenkeln
die Ackergräben, das grüne Gras?
Brüder! Pfeift den Burschen was!
Es darf und soll so nicht weitergehn.
Wir haben alle, alle gesehn,
wohin ein solcher Wahnsinn führt –

Das Feuer brannte, das sie geschürt.
Löscht es aus! Die Imperialisten,
die da drüben bei jenen nisten,
schenken uns wieder Nationalisten.
Und nach abermals zwanzig Jahren
kommen neue Kanonen gefahren. –
Das wäre kein Friede.
Das wäre Wahn.
Der alte Tanz auf dem alten Vulkan.
Du sollst nicht töten! hat einer gesagt.
Und die Menschheit hörts, und die Menschheit klagt.
Will das niemals anders werden?
Krieg dem Kriege!
Und Friede auf Erden.

ICH DACHTE SCHON ...

Ich dachte schon, als Willi türmte,
nun wärs für unsereinen aus.
Was mich, ich muß es sagen, würmte,
denn gern geht kein Akteur nach Haus.
Ich schnallte schon die Harfe ab
und wankte in ein frühes Grab.

Doch hundert Schritte vorm Portale –
was hört da mein entzündet Ohr?
Aus Phrasenlärm mit einem Male
schallt ein Kommando frisch hervor.
Der Vater Noske ... Ach, zum Speiben ...
Ich dachte mir: Da kannst du bleiben!

Ich blieb, und was ich nun erlebte,
gemahnt mich an die alte Zeit ...
Wenn ich den Herren eine klebte,
geschahs aus liebem Zeitvertreib –
Ich danke fröhlich Gott dem Herrn:
Heut tu ich es noch mal so gern.

Da haben wir den alten Kummer,
den alten Dreh, den alten Wahn –
die beste wilhelminische Nummer
hat mir es nicht so angetan.
Wenn Weimar singt, grins ich erbaut:
Wie ist mir dieses Lied vertraut!

Ich dachte schon, ich sei erledigt ...
Gott nahm mich unter seinen Hut.
So eine fette Fastenpredigt
ist nach wie vor für viele gut.
So lang ihr diesen Schiebern borgt:
Ich bleibe da –
Für mich ist ausgesorgt!

ERINNERUNG

Im Jahre 1908 restaurierte Reinhardt Nestroys *‹Revolution in Krähwinkel›*, und Egon Friedell und Alfred Polgar polierten die Verse ein bißchen auf. Inzwischen ist allerlei vorgefallen, optimistische Leute behaupten sogar, wir hätten in Deutschland eine Revolution gehabt, und vielleicht macht es einem oder dem andern Spaß, eine Strophe aus dem alten Stück zu hören, die heute wie ein Leitartikel anmutet und auf alle Fälle eine famose Prophezeiungsgabe verrät. Der Paragraph über alles! Das Couplet schildert, wie die einzelnen Länder eine Revolution machen würden. Würden – denn damals lag das noch außer aller Möglichkeit. Die Strophe aber heißt so:

In Deutschland hingegen
tuns erst lang überlegen,
dann schreib'n sie sich ein
in ein' Aufruhrverein,
wähln ein' Obmann, wie's Brauch,
zwei Schriftführer auch,
ein' Kontrollor, zwei Kassier,
Ehrenjungfrauen vier,
dann schreib'n 's nach'm Buch
ein Freiheitsgesuch: —
So machen's dort die Revolution,
das liegt im Charakter der Nation!

Charakter? Ich glaube, sie hat keinen.

EIN UNTERGEHENDES LAND

Wenn wir Raabe und Storm und Keller und Fontane lasen, so bemerkten wir, uns umsehend, wie wenig doch das neue Deutschland noch mit diesem vergangenen guten da zu tun hatte: die alten Herren erzählten von Zügen feinster Menschlichkeit, und über den staubigen Asphalt der Gegenwart kullerten wild gewordene Petroleumschieber und solche, die es werden wollen. Stetigkeit? wir haben keine Zeit; Charakter? wenn darunter die Zähigkeit verstanden werden mag, Geld und unter allen Umständen Geld zu verdienen, dann ja — und Boden unter den Beinen? eine Mietswohnung, und alle paar Jahre eine andre. Und das Elend war fertig.

Es ist nun ganz merkwürdig, zu beobachten, wie die Deutschen, die die Geschichte und der Zug der Welt vom Vaterlande abgesplittert hatten, sich im Ausland alles oder nichts bewahrten, sich zu immer bessern Deutschen fortentwickelten oder ganz und gar in den fremden Volksteilen aufgingen. Verloren wir sie, so war das kein Wunder bei einer Politik, die in den Landsleuten nur Untertanen und Objekte zum Regieren sah — behielt sie auch das Land nicht, so zogen sich doch hie und da spinnewebdünne Fäden vom Mutterboden zur fremden Kolonie, die auch die Jahrhunderte nicht zu zerstören vermocht hatten.

Kurland. Was wußten wir von Kurland? Bis zum Kriege nicht eben viel. Daß da, ein paar hundert Meilen von uns fort, Deutsche der edelsten Art lebten und litten, mit hartnäckiger Zähigkeit an einem Deutschland und zu einem Deutschland hielten, das es längst nicht mehr gab — wer wußte das? Sie hätten sich nicht schlecht erschrocken, die deutschen Balten, wenn sie das deutsche Kaiserreich wilhelminischer Prägung in seinen Bund aufgenommen hätte: die Rohen die Feinen, die

Hastigen die Stillen, die Oberflächlichen die Sorgfältigen. Und als der Krieg das Land in den Bereich der Zeitungsleser rückte –

Man braucht sich nur vorzustellen, wie der verstorbene Dichter Eduard Graf Keyserling in einem neupreußischen Offizierskasino gewirkt hätte, so kann man sich diesen Zusammenklang von Preußen und Kurland denken. Ich möchte nun hier einfügen, daß ich mich in diesem Aufsatz ausschließlich mit der kulturellen Seite der baltischen Frage beschäftige: meine Kollegen von der hohen Politik mögen ergründen, was dort politisch vor sich geht. Es ist das nicht ganz einfach. In die zwei großen Strömungen, die im Lande auf- und niederwogen, hat der deutsche Okkupationsoffizier mit harter Hand eingegriffen: er unterstützte natürlich die baltischen Barone, die durchaus nicht immer zweifelsfrei zum Deutschtum gehalten haben, sondern auch ein wenig Opportunisten gewesen sind. Sie sind weder so engelsrein, wie sie das Auswärtige Amt im Kriege hinmalte, noch solche erzreaktionären Ketzer, wie die Unabhängigen von heute in ihnen sehen. Aber freilich: es sind Konservative, oder wir würden sie wenigstens so nennen.

Ja, aber wie ging es nun mit den einrückenden Deutschen in Baltenland?

Wir wurden mit offenen Armen aufgenommen. Aber ich muß doch sagen, daß ich schon anfangs das Gefühl hatte: Flitterwochen. Hier verstanden sich zwei nicht ganz. Wir hatten sie von den Russen ‹befreit› – nun, mit diesen Befreiungen ist das so eine Sache; man begrüßt oft den neuen Mann schon aus lauter Freude über die Abwechslung ... Allerdings, die Russen hatten es, besonders seit dem Jahre 1905, sehr toll im Lande getrieben, sie hatten eine groß angelegte Russifikation mit allen Kräften ihrer verwaltungstechnischen Rücksichtslosigkeit durchgeführt, und die Balten sehnten sich nach ihrer alten Ruhe. Auch nach uns? Das wird sich zeigen.

Als Riga im Jahre 1917 von den Deutschen besetzt wurde, stand die Stadt vor lauter Glückseligkeit auf dem Kopf. Ein Jahr später war sie wieder in ihre normale Lage zurückgekehrt: wir hatten kolonisiert – und mit dem gewohnten Erfolg.

Der Deutsche kanns nicht. Ob ers überhaupt nicht kann, oder ob es nur an der Mustersammlung seiner übelsten Typen lag, die wir da in unserm Offizierkorps den Fremden vorführten: genug, wir waren nach einem Jahr Reglementierens, Paragraphierens, Regierens reichlich unbeliebt, so unbeliebt, daß man die deutsche Okkupationsmacht zwar politischen Zwecken nutzbar zu machen versuchte, sie aber – und das ist natürlich – nur noch grade dem Bolschewismus vorzog.

Diese Dinge muß man wissen, wenn man das kleine Büchlein *‹Baltische Bilder›* von Hans Vorst (erschienen im Verlag Der Neue Geist zu Leipzig) recht verstehen will.

Über Kurland ist viel und vielerlei in diesem Kriege geschrieben worden: es gibt hübsche Bildersammlungen und Feuilletons und dicke Wälzer – aber keines ist so unmittelbar aus dem Herzen geschrieben wie dieses Buch eines Balten. Der ganze Reiz einer unrettbar verlorenen Kultur dieses Grenzvolkes ist in dem Büchelchen eingefangen – es war, als ob sich an einem toten Ast noch einmal eine herrliche Blüte entfaltete. Wie die Siebenbürger Sachsen die besten Seiten des guten alten Deutschtums, das hierzulande längst untergegangen ist, fortentwickelt haben, so gab es in Kurland noch das deutsche Landleben aus dem Anfang des neunzehnten Jahrhunderts. Nur ist der Landbewohner niemals ein ‹Onkel aus der Provinz›, weil er mit den großen Städten, wie Riga und Dorpat, in reger Verbindung stand, und weil er sehr viel las und sehr viel wußte. Das Buch über den großen Chirurgen Ernst von Bergmann, auf das sich auch Vorst bezieht, erzählt mehr von diesem eigenartigen Leben auf dem baltischen Lande. (Es ist von A. Buchholtz verfaßt und bei F. C. W. Vogel in Leipzig erschienen.) Man war ein bißchen spießig, aber sehr solide und in allen Dingen des äußern Lebens von einer erstaunlichen Kultur, wie sie auf dem Lande fast nur noch in England zu finden ist; man war beharrend (ich möchte absichtlich das Wort ‹konservativ› vermeiden), aber doch auch rege und voll Interesse für alles, was Kunst und die Wissenschaften hergaben – man war fromm, dabei frisch und stark und gleich weit entfernt von diesem entsetzlich altjüngferlichen Protestantismus mit den zusammengekniffenen Lippen wie von dem frechen Monismus der großen Städte, in denen der Koofmich ‹uffjeklärt› war und alles besser, viel besser wußte... Mit einem Wort: es waren Menschen. Richtige lebendige Menschen.

Das ist dahin. Die Deutschen, die in den Okkupationsjahren das Land bereisten, sahen es als zukunftsreich an, und es mag ihrem Urteil überlassen bleiben, ob es ein politischer Segen für das Land geworden wäre, wenn die dünne Oberschicht der sechshunderttausend Balten ihren früher aussichtslosen Kampf gegen die bäurischen Letten und gegen die Russen in einen Sieg verwandelt hätte. Ich weiß es nicht. Ich weiß nur, daß der feine Reiz des Landes endgültig dahin ist, wenn die fade Reichssauce sich über Felder und Auen ergießen wird. O, gewiß! da ist ‹noch so viel zu machen›: Kattunreisende und Lokalredakteure, brave Theaterdirektoren und Städtebauer, Organisatoren (solche, die immer und überall ein ‹Amt› gründen müssen) und Truppenlagerkommandanten – sie alle hätten ein bequemes Auskommen in diesem Lande gefunden, das seine Bewohner nicht zur Hälfte ausgenutzt hatten. Was lag da alles brach!

Was aber nun wird, das weiß kein Mensch. Wenn diese Zeilen im Druck erscheinen, ist vielleicht in großen Zügen entschieden, wer einmal da oben sitzen wird. Wir? Die Slawen? Wer weiß es.

Und haben sie auch die Kultur fast entzwei geschlagen: eins können sie nicht morden, und das ist die landschaftliche Schönheit des Landes. Es ist, wie wenn der liebe Gott einmal hätte zeigen wollen, wie man es machen muß: alles ist so klar und sauber und eindeutig und so unsagbar deutsch. Es ist fast, als sei Deutschland eine Skizze, und Kurland, das sei erst das fertiggestellte Werk. So blau der Himmel und grün die großen Wälder und klar die Luft – weit wellt sich das Land, Städte siehst du auf Meilen und Meilen nicht, nur hier und da Gehöfte, kaum Dörfer, und dann und wann eines dieser herrlich einfachen, vornehmen, versonnenen kleinen Schlösser ... Das ist Kurland.

Wieviel sie aber auf der Welt dadurch zerstören, daß sie die Ruhe zerstören, das sieht man aus dem Kapitel ‹*Kinderglück*›. Das Leben, das da bei Hans Vorst vom kleinen Peter geschildert wird, wünschte ich uns allen, aber es ist wohl schon zu spät ... Wie ausgeglichen ist da alles, wie fundiert, wie ein für allemal bestimmt und wie hübsch! Da ist Ostern noch ein richtiges Fest mit bunten Eiern, da ist Mittagessen noch eine bedeutsame Angelegenheit – und schließlich ist es, wie Tantchen zu Mama sagt: «Mathildchen, bei Ihnen ist alles so soigniert!»

Und du? Wo magst du jetzt sein? Damals, als ich dich kennen lernte, wolltest du mit aller Gewalt aus Riga fort und aus diesem Lande, das dir so klein erschien und so eng. Und ich lächelte und sagte, du wüßtest gar nicht, was du da an Kurland hättest. Steck einmal die runde Nase in unser Deutschland, und du wirst erschrocken zurückprallen. Weißt du, was du an deinem Heimatlande gehabt hast, kleine Dame? Komm und laß es dir von dem alten Bauerndichter Christian Wagner sagen, der Kurland nicht gekannt hat, aber wohl den Segen eines stillen Jugendlandes:

Was kündet dir von ihrem Baum Frau Holle?
Das reinste Glück hängt an der Heimatscholle.

Aus diesem Baume sprechen deine Ahnen,
Sie wollen dich zum Bleiben hier gemahnen.

Das Vaterhaus, von Holder übersponnen,
Wird bergen dir den reichsten Liebesbronnen.

Dies niedre Dach, verhängt von Blütendolden,
Gerät dir wohl zu einer Halle golden.

Denn nicht die Arbeit birgt sich drin von heute,
Auch des Vergangenen ferne Siegesbeute.

Es haust ein Ahnherr drin, ein grauer Alter,
Es wohnen Geister drin als Hausverwalter.

Was das Geschlecht zusammen sich gewoben,
Dir, ihrem Enkel, ist es aufgehoben.

Das war einmal, Blonde, und über all das hinweg geht eine neue Zeit.

DIE SCHWEIGENDE

Erst haben wir davon gesprochen
– du hörtest freundlich zu –,
ob unsre alten Männerknochen
sich niemals in den Hörselberg verkrochen ...
Und du?

Er sagte: «Ach, ich bin ein böses Luder!
Die Frauen fehlen mir.
Ich fresse jedes Jahr ein halbes Fuder,
wild tobt mein Herz, stäubt nur ihr weißer Puder ...»
Was klopft denn dir?

Er sagte: «Rausch! Nur Rausch vor allen Dingen!
Vor dem Verstand verblich
schon manche Göttin mit den Strahlenschwingen –
Mich packt es jäh, wenn meine Sinne singen ...»
Und dich?

Ich sagte: «Rausch ist eine schöne Sache,
deckt er uns zu.
Doch geben Sie mir auch die eine wache
Sekunde nur, in der ich rauschlos lache ...»
Und du?

Du sprichst kein Wort. Du siehst nur so auf jeden
von uns – und während alles weit verklingt,
und während wir voll Männerweisheit reden:
blitzt auf in einem dunkeln Garten Eden
dein sieghafter Instinkt.

NA, MEIN SOHN?

Besinnt ihr euch noch auf die Inspektionen eurer Truppenteile bei den Militärsoldaten? Wenn da die hohen und höhern und höchsten und allerhöchsten Offiziere durch die starren Reihen gingen und hier und da ein leutseliges Wort an die Kerls richteten? Erinnert ihr euch daran? «Na, mein Sohn, wo hast du dir denn das Eiserne Kreuz verdient?» Und der also Angeredete nahm die Nase noch steifer gradeaus und gab eine brave und leere Antwort, grade so dumm und leer wie die interesselose Frage, und der Inspizierende ging befriedigt weiter, und alles war gut ...

War wirklich alles gut? War es die Aufgabe und der Lebenszweck der Führer, mit dieser falschen und gemachten Loyalität, die so viel Herablassung mit ebenso viel Menschenverachtung verband, zu dem niedern Volke herunterzusteigen? Es schien so. Denn sie hatten ja allesamt in diesem Kriege nicht begriffen, daß sie nicht mehr, wie in seligen Friedenszeiten, unter ihren Bauernjungens standen, unter denen der Leutnant so eine Art Gott war, weil er fließend lesen und schreiben konnte – (meist das einzige, was er konnte). Diesmal aber stak unter den grauen Kitteln ein gut Teil der Intelligenz des Landes, und wie hat es die berührt, wenn irgendein bunter Popanz ihnen leutselig und ganz von oben herunter die Frage stellte: «Na, mein Sohn?»

Wir verzichten auf diese Soldatenväter. Sie sind nicht ausgestorben. Es gibt immer noch viele unter den bürgerlichen ‹Vorgesetzten›, die annehmen, sie seien so etwas wie der alte Fritz und wir andern seien die braven potsdamer Rekruten, die sich stundenlang über ihren König unterhalten. Vorbei, vorbei –. Wir wollen Sachlichkeit im Betrieb und verzichten gut und gern auf diese kleinen menschlichen Kniffe.

Die Deutschen sind noch lange nicht dazu erzogen, miteinander zu arbeiten. Sie können nur wirken, wenn man sie einen über den andern stellt. Das kommt uns zum Halse heraus. Zusammenarbeiten! ist die Losung, nicht: Unterstellen! Hand in Hand arbeiten heißt es, nicht: Überordnen. Damit ist gar nichts geschafft; das nutzt nichts, sondern schadet nur: diese Kompetenzstreitigkeiten, dieses Raufen, wer nun mehr zu sagen hat, und wer am allermeisten zu sagen hat. Das führt uns nicht weiter, sondern treibt nur von der Arbeit ab. Und vielleicht erleben wir doch noch einmal die Zeit, wo sich kein Deutscher mehr zu dem eigenen Landsmann leutselig und ohne innere Anteilnahme herabläßt, und ihm gutmütig auf die Schulter klopft und kopfnickend zu fragen geruht: «Na, mein Sohn?»

ERZBERGER

Du guter Mond aus Buttenhausen!
Du leuchtest durch den Wolkenflor.
Wenn auch die bösen Stürme brausen –
sanft strahlt dein mildes Rund empor.
Und ob der ganze Schnee verbrennt,
ob uns ein leiser Zephir fächelt –
wie immer auch das Firmament:
Matthias lächelt.

Was hattest du im Krieg zu schuften!
Du reistest in und aus der Schweiz.
Tät wo ein kleines Stänklein duften,
du, Lieber, wußtest es bereits.
Gewiß, du hast den Zimt erkannt,
hast Tirpitz wacker durchgehechelt ...
Ein Trost blieb uns im Weltenbrand:
Matthias lächelt.

Was bist du alles schon gewesen!
Ein wilder Weltannexionist
(man kann es leider heut noch lesen),
dann, als es schief ging, Pazifist ...
Man sah dich stets mit wem paktieren,
du machtest dich dem Reich bezahlt ...
Wir wußten: Uns kann nichts passieren –
Matthias strahlt.

Du sanft Gestirn stehst nun am Himmel
und – leider Gottes! – im Zenit.
Gewiß, du bist in dem Gewimmel
der schlimmste nicht, den man da sieht.
Die Sterne in der hohen Halle,
die übler Kriegsgewinst geeint,
du überstrahlst sie alle, alle – –
Matthias grinst.
Und Deutschland weint.

ORDNUNG MUSS SEIN!

Es ist so warm, daß ich nicht schlafen kann, und ich habe schon Bromuraltabletten genommen, aber sie helfen auch nicht. Ohne poetische Veranlassung wälze ich mich schlaflos auf meinem kärglichen Lager ...

Horch, ein Stimmchen! Und was für eins! Es ist so die Stimme, die ein ausgewachsener Mann nachts um halb zwei Uhr zu haben pflegt, wenn er – aber woher mag der Kerl all die Spirituosen haben, die nötig gewesen sind, um ihn in diesen Zustand zu versetzen? Denn er hat gehörig einen weg. Hört doch nur, wie er rummelt –!

«Alle schlag ich sie zusammen – ich! – ein Revolver – Sie werden den Zaun nicht pinseln, mein Herr, Sie nicht – –» Offenbar sind andre gewichtige Baßstimmen am Werk, den Wütenden zu bändigen, aber es scheint nicht viel zu helfen. «Was – was wollen Sie von mir?» brüllt er.

Wenn er nun haut? Ich bin zu faul aufzustehen. Und jetzt bringen sie ihn überhaupt zu Bett – – das Getöse verzieht sich ...

Klirr! macht es. Und noch einmal: Klirr – bautsch! Der Herr mit den Spirituosen hat offenbar die Fensterscheiben einer Wohnung zerhauen. Großes Palaver. «Der Mann muß weg – der haut ja alles kurz und klein!» (Als ob das in Deutschland ein Grund wäre, weg zu müssen – so ein politisches Kind!) – «Einfach in'ne Droschke – und der Fall ist erledigt!»

Offenbar ist der Fall wirklich erledigt, denn nun ist alles still.

Und da stehen doch nun wahrhaftig die vier biedern Baßstimmen von vorhin unten auf der Straße und tun was –? Sie erörtern die Rechtslage. Sie stellen sorgfältig und genau fest, weswegen dieser Mann verurteilt, belangt und eingespunnt werden könne. Sie sind selbst nicht mehr so ganz fest auf den Beinen – aber juristisch geklärt werden muß der Fall doch noch, bevor sie ins Bett gehen. Einer plädiert für Ruhestörung und öffentlichen Lärm – offenbar ein delictum sui generis – einer ist für Sachbeschädigung, und einer leitet aus dem betrübenden Vorkommnis ein Kündigungsrecht des Hauswirts her. Und da stehen sie nun – aber nun muß ich doch aufstehen – da stehen sie nun im Mondeslicht, schwankend, vier Mann hoch mitten auf dem leeren Damm, durchaus von Spitzweg, und erörtern die Rechtslage. Die Blätter rauschen sanft, und die vier deutschen Männer sind fünferlei Meinung. Gott segne dieses Land –!

Es gibt ein altes Wort: «Wenn der Deutsche hinfällt, steht er nicht auf, sondern sieht sich um, wer ihm schadenersatzpflichtig ist.»

O stünde er doch bald auf! –

ZEHN GEBOTE

Vor mir liegt ein kleines Bändchen, das im Buchhandel ganz vergriffen ist. Es ist nur wenige Seiten stark, das kleine Druckbild ist auf jeder Seite mit einem kräftigen roten Rand umgeben, die Blätter sind einseitig bedruckt. Und es ist wahrscheinlich von Schleiermacher.

Bekanntlich fängt die Weltgeschichte immer zehn Jahre vor der Geburt eines jeden Menschen an: was vorher liegt, lernt er zwar in der Schule, aber es ist ihm gleichgültig. Aber das hat jeder empfunden: den Knack, den es zwischen seiner Generation und der seiner Eltern gegeben hat, den ‹Fortschritt›, die aufbegehrende Opposition, die da sagte: Achtung! Jetzt kommen wir!

Das Spiel ist alt und immer neu. Und weil es manchmal gut tut, sich zu überlegen, wie so sehr recht jener Ben Akiba hatte, und wie das mit dem Fortschritt so seine eigene Bewandtnis hat, hört zu:

Im ‹*Athenäum*›, jener Zeitschrift, die die beiden Schlegel begründet hatten, erschienen zwischen 1796 und 1798 anonyme Fragmente, die zum Teil von den Schlegels, zum Teil von Schleiermacher stammten. Dilthey hat in seinem Werk ‹*Leben Schleiermachers*› (1. Band, Berlin 1870) untersucht, wem die einzelnen Fragmente zuzuschreiben wären, und hat herausgefunden, welchen Anteil Schleiermacher an diesen Dingen hat. Nun findet sich im Anhang zu dem Werk Diltheys etwas so Wunderschönes, daß es einem jetzt eingegangenen Verlag, Ernst Frensdorff zu Berlin, nur allzu richtig dünkte, diese ‹*Idee zu einem Katechismus der Vernunft für edle Frauen*› abzudrucken. Das Büchelchen war bald vergriffen und ist seitdem nicht mehr neu aufgelegt worden.

Kannte Schleiermacher Ibsen? Kannte er Wyneken? Ich glaube nicht. Wußte er etwas von den ‹Menschenrechten der Frau›? Wer hatte ihm das gesagt? Schmachtete die Frau damals nicht noch in den Eisenketten der Tradition, die ihr den Eintritt in das Leben verwehrte? Unsere Modernen behaupten es. Mag sein, daß die unbarmherzige Wirtschaft die Frauen noch nicht in das hinausjagte, was man heute euphemistisch Leben zu nennen beliebt – sicherlich aber hatte schon Schleiermacher eines gewußt: die Frau ist ein Mensch mit vollem Rechte, aber sie ist kein Mann. Sie hat Rechte –: aber ihre eigenen.

Und weil das so gar nicht pastoral ist, was er da sagt, so gar nicht eingedämmt und eingeengt, sondern frei und offen, und weil es auch heute noch – auch heute noch – am Platze ist, Fundamentalwahrheiten zu hören, deswegen sollen diese zehn Gebote hier stehen:

1. Du sollst keinen Geliebten haben neben ihm; aber du sollst Freundin seyn können, ohne in das Kolorit der Liebe zu spielen und zu kokettieren oder anzubeten.

2. Du sollst dir kein Ideal machen, weder eines Engels im Himmel, noch eines Helden aus einem Gedicht oder Roman, noch eines selbst-

geträumten oder fanatisierten; sondern du sollst einen Mann lieben, wie er ist. Denn sie, die Natur, deine Herrin, ist eine strenge Gottheit, welche die Schwärmerey der Mädchen heimsucht an den Frauen bis ins dritte und vierte Zeitalter ihrer Gefühle.

3. Du sollst von den Heiligthümern der Liebe auch nicht das kleinste mißbrauchen: denn die wird ihr zartes Gefühl verlieren, die ihre Gunst entweiht und sich hingiebt für Geschenke und Gaben, oder um nur in Ruhe und Frieden Mutter zu werden.

4. Merke auf den Sabbath deines Herzens, daß du ihn feyerst, und wenn sie dich halten, so mache dich frey oder gehe zu Grunde.

5. Ehre die Eigenthümlichkeit und die Willkühr deiner Kinder, auf daß es ihnen wohlgehe, und sie kräftig leben auf Erden.

6. Du sollst nicht absichtlich lebendig machen.

7. Du sollst keine Ehe schließen, die gebrochen werden müßte.

8. Du sollst nicht geliebt seyn wollen, wo du nicht liebst.

9. Du sollst nicht falsch Zeugniß ablegen für die Männer; du sollst ihre Barbarey nicht beschönigen mit Worten und Werken.

10. Laß dich gelüsten nach der Männer Bildung, Kunst, Weisheit und Ehre!

Denn sie, die Natur, deine Herrin, ist eine strenge Gottheit ...

O Hysterie! O Hedda! Und das um 1797!

Ich glaube aber, daß das vierte Gebot Schleiermachers die knappste und härteste Formulierung dessen darstellt, um das ganze Literaturen gerungen haben: die Liebe.

DIE BLONDE DAME SINGT

Für Gussy Holl

Ich habe mir mein Deutschland angesehen
in seiner großen, in der kleinen Zeit.
Ich sah den Kaiser in die Oper gehen;
der Hermelin war diesem Mann zu weit.
Und dann die Schranzen! und die Generäle!
Grau an Humor, am Rock indianerbunt ...
Und leicht enttäuscht fragt meine liebe Seele:
«Na und ...?»

Das wühlt und wimmelt in den großen Städten.
Der Proletarier schuftet wie ein Tier.
Der deutsche Bürger läßt sich ruhig treten,
er macht Geschäfte und schluckt biedres Bier.
Und Kunst und immer diese selben Jungen,

nur Not und Kummer hält die Brut gesund.
Erfolg? Dann haben sie bald ausgesungen.
Ich frage mich, wenn all der Lärm verklungen:
«Na und ...?»

Dann gab es Krieg und hohe Butterpreise.
Es deliriert das Land. Revolution!
Dem ganzen deutschen Bürgerstand geht leise
der Stuhl mit Grundeis, nun, man kennt das schon.
Es rufen hier und da Idealisten,
man gründet Räte, Gruppen, einen Bund ...
Ich sehe Bolschewiki, Spartakisten –
Na und ...?

Und steh ich einstmals vor dem Weltenrichter,
(der liebe Gott ist schließlich auch ein Mann),
streckt er sein Flammenschwert steil hoch und spricht er:
«Dich böses Mädchen seh ich nicht mehr an!
Hinweg, du sollst ins Fegefeuer pultern!
Werft sie mir in den tiefsten Höllenschlund!»
Dann sag ich leis und hebe müd die Schultern:
«Na und ...?»

DIE ZEITBREMSE

Wenn ich zum Augenblicke sage:
Verweile doch, du bist so schön ...!

... tempus sistere ... die Zeit aufhalten ... Ich bekam eine Stunde Arrest, weil ich sistere damals nicht richtig konjugieren konnte – und ich bekäme sie heute wieder, denn ich kann es noch immer nicht ... tempus sistere ... Wer das könnte –!

Mein Freund Sylvius Antenkogel konnte es. Das war überhaupt ein Kerl –! Gott verzeih mirs, aber dagegen ist der Professor Eucken gar nichts. S. Antenkogel wurde uns dahingerafft – am 29. Februar 1923 – er starb an zu schnell und in maßlosen Quantitäten hinabgeschlungener Hamburger Sülze. Doch das nebenher.

Wenn Antenkogel mir – wie auch diesmal – eine unfrankierte Postkarte schrieb, wußte ich schon immer, was die Glocke geschlagen hatte. Auf der Karte stand nur das eine Wort: «Komm!» – Weiter nichts. In jener undeutlichen, krakeligen Schrift, die erst den wahren Gelehrten ausmacht. Ich wußte genug, ließ meine Roßschlächterei Roßschlächterei sein, packte das Nötigste zusammen und setzte mich auf die Bahn. Antenkogel wohnte in Werneuchen – wie man dahin kommt, ist eine Sache für sich – und ich fuhr hin.

Sein Schlößchen, in dem er experimentierte, lag ein wenig außerhalb der Stadt – ein hübsches Villachen in einem jener Stile, von denen sich manche Leute ihr ganzes Leben lang ernähren. Ich verstehe nichts davon, aber es war ein hübsches Häuschen – ein kleiner, verschwiegener Fuchsbau im Grünen eines majestätisch rauschenden Parks. Die Hausdame ließ mich ablegen – Antenkogel war zur Zeit unverheiratet – und geleitete mich in das Empfangszimmer.

Da saß mein Freund Sylvius Antenkogel am Schreibtisch, dick und fett. «Sylvius!» rief ich. «Wie siehst du aus, Junge? Wo hast du dich so erholt?» Er grinste von einem Ohr bis zum anderen, was seinen feinen Zügen etwas mädchenhaft Schüchternes verlieh. «Ich habe etwas gefunden, Peter», sagte er. «Ich habe etwas gefunden. Komm mit!» – Und ich kam.

Wir gingen durch die ganze Wohnung: durch das Wohnzimmer und das Skatzimmer und das Bridgezimmer und das Pokerzimmer, traten auf den Korridor und kletterten in den Keller. Hier pflegte Sylvius mit seinen Apparaten zu hantieren, tief unter der Erde – der Keller war ausgehöhlt und vertieft worden – und kein Mensch durfte ihn stören. Dröhnend fiel die schwere Tür ins Schloß.

«Peter!» sagte Antenkogel, «ich weiß, du bist ein Trottel.» – «Sylvius», sagte ich, «du darfst nicht verallgemeinern. Manchmal freilich –.» – «Du bist ein Trottel», sagte er fest. «Und doch will ich dir, weil du es bist, meine jüngste Erfindung vorführen. Es ist die statio temporis, die Zeitbremse. Kannst du dir vorstellen, was das ist?» – Ich konnte es nicht.

«Peter», sagte er. «Hast du schon einmal in deinem verruchten Leben einen glücklichen Moment gehabt? Oder mehrere?» – Ich konnte es nicht leugnen und wurde rot. «Nein, nicht nur die», sagte er. «Überhaupt – ist es dir noch nicht vorgekommen, daß du das Gefühl hattest: jetzt müßte die Zeit enden, Sonne, steh still im Tale Gibeon?» – «Ja», sagte ich. – «Nun gut», sagte er. «In diesem Zimmer, kann ich die Sonne, kann ich die Zeit still stehen lassen!»

Ich sah mich um. Wir waren in einem niedrigen, grau getünchten Gemach, nichts Auffälliges war darin zu entdecken. An der Wand hing eine Kuckucksuhr mit großen bleiernen Tannenzapfen als Gewichte. Antenkogel schloß eine Klappe in der Wand auf und machte sich daran zu schaffen. «Paß auf», sagte er.

Und ich fühlte, wie mein Herzschlag zu stocken anfing und hörte, wie die Uhr langsamer tickte. Quälend und träge floß die Zeit dahin, schien es mir. «Wie fühlst – du – dich?» sagte Antenkogel – in endlosen Zeiträumen kamen die Worte aus seinem Munde. «Gut», sagte ich schleppend. Und immer langsamer und langsamer kroch die Zeit daher und auf einmal: blieb sie stehen.

Mein Herz blieb stehen. Jetzt war gar nichts, fühlte ich. Die Welt stand still. Das war die Ewigkeit. Der Kuckuck hatte wohl gerade eine volle Stunde ausrufen wollen, denn er steckte seinen kleinen Holzkopf zum Fensterchen hinaus und guckte in die Gegend. Er rief nicht. Niemand und nichts bewegte sich. Wir saßen wie die Wachsbilder, reglos stumm – Sylvius unbeweglich in seiner Ecke – und sahen uns an ... Wie lange? Das kann ich eben nicht sagen. Es gab kein wie lange ...

Aber dann gab es einen Klapp, der Kuckuck schrie mit beängstigender Schnelligkeit viele Male, die Uhr schnarrte, mein Herz pochte stürmisch, und Antenkogel tat, wie es mir schien, viele Dinge hintereinander mit unglaublicher Fixigkeit.

«So», sagte er. «Jetzt sind wir wieder richtig. Wir haben der Zeit unseren Tribut gezollt, und waren wir erst etwas zurückgeblieben, so gehen wir nun wieder mit der übrigen Menschheit d'accord. Voilà!» – Und er verbeugte sich wie ein Zauberkünstler.

Ein Wunsch durchzuckte mich heiß. «Leih mir das Ding!» bat ich. «Leih mir die Maschine!» – Und er lieh sie mir.

Ich stürzte auf die Bahn. Die geheimnisvolle Maschine hatte ich in meine Reisetasche gepackt – da lag sie, mit dem Griff nach oben, und ich brauchte nur zu ziehen. Ah – würde ich ziehen!

Das Zügelchen der Kleinbahn fuhr ab, und ich dachte und spintisierte und träumte ...

Ich würde an dem Griff ziehen, wenn ich wieder einmal wegen Vergehens gegen § 146 Absatz 2 der republikanischen Verordnung über den Handel mit Pferdefleisch angeklagt war, und stehe vor meinen Richtern: vor mir der Rechtsanwalt Rothspon, bekleidet mit einem koketten Seidenmützchen, und redend, wie einer redet, der ein anständiges Honorar bekommen hat – fassungslos, an allen Gliedern zitternd und gänzlich ermattet, sprechen die Richter mich frei. Ah – ist das ein schöner Moment! Den heißts auskosten. Ich werde am Griff ziehen.

Ich werde ziehen, wenn ich am Traualtar mit Adelgunden stehe, meine Frackbrust ist gestärkt, der Organist spielt eine schöne, fromme Weise, und der Prediger fügt unsere Hände zusammen, und seine Beffchen zittern leise. Und ich weiß noch nichts von den Regentropfen, die in eine junge Ehe fallen können, weiß noch nichts von einem Dienstmädchenkrach, einer angebrannten Mahlzeit und einem verheulten Frauenantlitz ... Alles ist rosig, von jenem zarten, impertinenten Rosa, wie es kein zweites auf der Welt gibt ... Diesen Augenblick werde ich bis ins Endlose verlängern ... Ich werde ziehen.

Am Griff werde ich ziehen, wenn ich leicht angeschwipst zu Füßen meiner angebeteten Auguste sitze. Sie hält eine leere Sektflasche auf dem Schoß, deren Hals sie angelegentlich streichelt, ihre Augen glitzern, und sie erzählt phantastische Geschichten aus Amerika, die alle nicht wahr, aber alle ungeheuer amüsant sind. Morgen ist ein grauer Arbeitstag ... Heute! Heute! Ewig soll das Heute dauern! Ich werde ziehen.

Ich werde am Griff ziehen, wenn beim Roulette vor mir der Papiergeldhaufen groß und immer größer geworden ist, ein dickes, schmutziges Bündel Banknoten liegt aufgeschichtet da, und ich sitze dahinter und atme durch meine Nüstern voller Schadenfreude den Haß und die Angst und den nervenerregenden Kitzel ein, die da über dem grünen Tisch brodeln. Gewonnen habe ich, gewonnen –! Wer weiß, was die nächste Minute bringt! Lange – lange –! Ich werde am Griff ziehen.

Und ich werde ziehen, wenn Hulda, das Mädchen aus guter Familie ...

Aber da wurde mein Gesicht lang und länger. Der Zug stuckerte über die letzten Weichen, wir waren kurz vor Berlin.

Werde ich ziehen? Werde ich wirklich ziehen? Hat es einen Wert, die Zeit anzuhalten? Ist es nicht viel, viel schöner, die Zeit auskosten zu müssen, hastig, gierig, schlürfend – weil man Angst hat, daß sie zerrinnt und verfliegt? Besteht nicht darin der Wert aller großen und kleinen Freuden, daß sie vergänglich sind? Vergänglich die paar glücklichen Wochen in dem kleinen Försterhaus und vergänglich ein Vierundzwanzigstundenglück? Würde ich wirklich ziehen?

Und da hielt der Zug, und ich packte mit entschlossenem Griff meine Reisetasche mit der Zeitbremse, sah noch einmal lange auf das qualmende und neblige Berlin – und fuhr zurück – nach Werneuchen.

Ich gab die Zeitbremse ab und habe sie nie wiedergesehen.

NOCH IMMER ...

Noch immer werden in den deutschen Schulen Schlachten gelehrt und Kriegsberichte der Ludendorffe aller Zeiten, und es wird den Kindern gesagt, daß *das:* Blutvergießen und Generalsanmaßung das Leben und die Geschichte sei.

Noch immer regiert in den Ämterstuben der hochfahrende Ton abgetakelter Militäranwärter, die hier ihre kleine Herrschsucht austoben. Noch immer kollern brave, sonst geduckte Bürger größenwahnsinnig, wenn sie das ‹Regieren› überkommt.

Noch immer blähen sich Dienststellen auf, die keinen andern Beruf haben. Sie machen uns Schwierigkeiten und hemmen das ohnehin nicht leichte Leben bis zum Überdruß mit ihren leeren und machtlosen Verordnungen. Noch immer werden Lappalien reglementiert, und ohne ein Reichsamt für ... gehts nicht.

Noch immer herrschen in den kleinen Kommunen die finstersten Patrone, und kein Hauch einer Änderung, geschweige denn einer Revolution dringt bis nach Klein Piepen-Eichen. Es ist alles beim alten.

Noch immer sind die widerlichsten und übelsten Paragraphen in Geltung: der von der widernatürlichen Unzucht — der ‹*Hexenhammer*› kann ihn nicht scheußlicher ausgebrütet haben — und der von der Kuppelei, der die Mitmenschen die Nasen in fremde Betten stecken heißt — und der von der Gotteslästerung — und der — und der — und der —.

Noch immer beherrschen Sittlichkeitsfanatiker das öffentliche Leben in den kleinen Städten.

Noch immer thronen in den Alumnaten und in den Erziehungsheimen und in den Arbeitshäusern und überall, wo unglückliche junge oder alte Menschen gehorchen müssen, die alten schlechten Häuptlinge: Kerle, die von nichts wissen als von ihrem finstern Drang, zu herrschen, zu befehlen, zu knuten und zu treten.

Noch immer ist der Deutsche in allen kleinen Angelegenheiten des äußern Lebens unfrei, ein harmlos randalierender Tropf, so lange er nicht selbst ein Ämtchen sein eigen nennt, und hat ers: auch er ein Kaiserchen.

Was habt ihr gespielt? Revolution?

Kinder. Politische Kinder.

BERLIN! BERLIN!

Quanquam ridentem dicere verum
Quid vetat?

Über dieser Stadt ist kein Himmel. Ob überhaupt die Sonne scheint, ist fraglich; man sieht sie jedenfalls nur, wenn sie einen blendet, will man über den Damm gehen. Über das Wetter wird zwar geschimpft, aber es ist kein Wetter in Berlin.

Der Berliner hat keine Zeit. Der Berliner ist meist aus Posen oder Breslau und hat keine Zeit. Er hat immer etwas vor, er telefoniert und verabredet sich, kommt abgehetzt zu einer Verabredung und etwas zu spät — und hat sehr viel zu tun.

In dieser Stadt wird nicht gearbeitet —, hier wird geschuftet. (Auch das Vergnügen ist hier eine Arbeit, zu der man sich vorher in die Hände spuckt, und von dem man etwas haben will.) Der Berliner ist nicht fleißig, er ist immer aufgezogen. Er hat leider ganz vergessen, wozu wir eigentlich auf der Welt sind. Er würde auch noch im Himmel — vorausgesetzt, daß der Berliner in den Himmel kommt — um viere ‹was vorhaben›.

Manchmal sieht man Berlinerinnen auf ihren Balkons sitzen. Die sind an die steinernen Schachteln geklebt, die sie hier Häuser nennen, und da sitzen die Berlinerinnen und haben Pause. Sie sind gerade zwischen zwei Telefongesprächen oder warten auf eine Verabredung oder haben sich — was selten vorkommt — mit irgend etwas verfrüht — da sitzen sie und warten. Und schießen dann plötzlich, wie der Pfeil von der Sehne — zum Telefon — zur nächsten Verabredung.

Diese Stadt zieht mit gefurchter Stirne — sit venia verbo! — ihren Karren im ewig selben Gleis. Und merkt nicht, daß sie ihn im Kreise herumzieht und nicht vom Fleck kommt.

Der Berliner kann sich nicht unterhalten. Manchmal sieht man zwei Leute miteinander sprechen, aber sie unterhalten sich nicht, sondern sie sprechen nur ihre Monologe gegeneinander. Die Berliner können auch nicht zuhören. Sie warten nur ganz gespannt, bis der andere aufgehört hat, zu reden, und dann haken sie ein. Auf diese Weise werden viele berliner Konversationen geführt.

Die Berlinerin ist sachlich und klar. Auch in der Liebe. Geheimnisse hat sie nicht. Sie ist ein braves, liebes Mädel, das der galante Ortsliederdichter gern und viel feiert.

Der Berliner hat vom Leben nicht viel, es sei denn, er verdiente Geld. Geselligkeit pflegt er nicht, weil das zu viel Umstände macht — er kommt mit seinen Bekannten zusammen, beklatscht sich ein bißchen und wird um zehn Uhr schläfrig.

Der Berliner ist ein Sklave seines Apparats. Er ist Fahrgast, Theaterbesucher, Gast in den Restaurants und Angestellter. Mensch weniger. Der Apparat zupft und zerrt an seinen Nervenenden, und er gibt hemmungslos nach. Er tut alles, was die Stadt von ihm verlangt — nur leben . . . das leider nicht.

Der Berliner schnurrt seinen Tag herunter, und wenns fertig ist, dann ists Mühe und Arbeit gewesen. Weiter nichts. Man kann siebzig Jahre in dieser Stadt leben, ohne den geringsten Vorteil für seine unsterbliche Seele.

Früher war Berlin einmal ein gut funktionierender Apparat. Eine ausgezeichnet angefertigte Wachspuppe, die selbsttätig Arme und Beine bewegte, wenn man zehn Pfennig oben hineinwarf. Heute kann man viele Zehnpfennigstücke hineinwerfen, die Puppe bewegt sich kaum — der Apparat ist eingerostet und arbeitet nur noch träge und langsam.

Denn gar häufig wird in Berlin gestreikt. Warum —? So genau weiß man das nicht. Manche Leute sind dagegen, und manche Leute sind dafür. Warum —? So genau weiß man das nicht.

Die Berliner sind einander spinnefremd. Wenn sie sich nicht irgendwo vorgestellt sind, knurren sie sich in der Straße und in den Bahnen an, denn sie haben miteinander nicht viel Gemeinsames. Sie wollen voneinander nichts wissen, und jeder lebt ganz für sich.

Berlin vereint die Nachteile einer amerikanischen Großstadt mit denen einer deutschen Provinzstadt. Seine Vorzüge stehen im Baedeker.

In der Sommerfrische sieht der Berliner jedes Jahr, daß man auch auf der Erde leben kann. Er versuchts vier Wochen, es gelingt ihm nicht – denn er hat es nicht gelernt und weiß nicht, was das ist: leben – und wenn er dann wieder glücklich auf dem Anhalter Bahnhof landet, blinzelt er seiner Straßenbahnlinie zu und freut sich, daß er wieder in Berlin ist. Das Leben hat er vergessen.

Die Tage klappern, der Trott des täglichen Getues rollt sich ab – und wenn wir nun hundert Jahre dabei würden, wir in Berlin, was dann –? Hätten wir irgend etwas geschafft? gewirkt? Etwas für unser Leben, für unser eigentliches, inneres, wahres Leben, gehabt? Wären wir gewachsen, hätten wir uns aufgeschlossen, geblüht, hätten wir gelebt –?

Berlin! Berlin!

Als der Redakteur bis hierher gelesen hatte, runzelte er leicht die Stirn, lächelte freundlich und sagte wohlwollend zu dem vor ihm stehenden jungen Mann: «Na, na, na! Ganz so schlimm ist es denn aber doch nicht! Sie vergessen, daß auch Berlin doch immerhin seine Verdienste und Errungenschaften hat! Sachte, sachte! Sie sind noch jung, junger Mann!»

Und weil der junge Mann ein wirklich höflicher junger Mann war, wegen seiner bescheidenen Artigkeit allgemein beliebt und hochgeachtet, im Besitze etwas eigenartiger Tanzstundenmanieren, die er im vertrauten Kreise für gute Formen ausgab, nahm er den Hut ab (den er im Zimmer aufbehalten hatte), blickte gerührt gegen die Decke und sagte fromm und fest: «Gott segne diese Stadt!»

DIE SCHULE

Wer die Schule hat, hat das Land.
Aber wer hat die bei uns in der Hand!

Du hörst schon von weitem die Schüler schnarchen.
Da sitzen noch immer die alten Scholarchen,
die alten Pauker mit blinden Brillen,
sie bändigen und töten den Schülerwillen.
Und lesen noch immer die alte Fibel
und lehren noch immer den alten Stiebel:

Wie in den alten Zeiten die wichtigen Schlachten
die großen Völkerentscheidungen brachten,
wie die Fürsten und die Söldnerlanzen
den großen blutigen Contre tanzen,

und ohne die heilige Monarchie
sei die Hölle auf Erden – und schließlich, wie
die Völker nur eigentlich Statisten seien.
Man müßte ihnen die Dumpfheit verzeihen.
Könnten eben nichts weiter dafür...

Und sie lernen vom Kupfercyanür.
Und von den braven Kohlehydraten.
Und von den beiden Koordinaten.
Und von der Verbindung mit dem Chrome.

Lernen auch allerhand fremde Idiome.
Ut regiert den Konjunktiv.
Polichinelle ist ein Diminutiv.
Und was so dergleichen an Stoff und an Wissen.

Himmelherrgott! ist die Schule beschmissen!
Seelenmord und Seelenraub!
Unter die Kruste von grauem Staub
drang auch kein Luftzug der neuen Zeit.
Der alte Schulrat im alten Kleid.
Wundert euch nicht! Was kommt aus dem Haus
schließlich nach Oberprima heraus?

Ein nationalistischer langer Lümmel.
Gut genug für den Ämterschimmel.
Gut genug für die alten Karrieren –
als ob die heute noch notwendig wären!

Türen auf und Fenster auf!
Lege deine Hand darauf,
lieber Herr Haenisch, und zeige den Jungen,
wie die alten Griechen sungen –
aber ohne die Philologie
und ohne die Kriegervereinsmelodie!

Wer die Jugend hat, hat das Land.
Unsre Kinder wachsen uns aus der Hand.
Und eh wir uns recht umgesehn,
im Handumdrehn,
sind durch die Schulen im Süden und Norden
aus ihnen rechte Spießbürger geworden.

'S IST KRIEG!

Während des Krieges verboten gewesen

Die fetten Hände behaglich verschränkt
vorn über der bauchigen Weste,
steht einer am Lager und lächelt und denkt:
«'s ist Krieg! Das ist doch das beste!
Das Leder geräumt, und der Friede ist weit.
Jetzt mach in anderen Chosen –
Noch ist die blühende, goldene Zeit!
Noch sind die Tage der Rosen!»

Franz von der Vaterlandspartei
klatscht Bravo zu donnernden Reden.
Ein ganzer Held – stets ist er dabei,
wenn sich Sprecher im Saale befehden.
Die Bezüge vom Staat, die Nahrung all right –
laß Stürme donnern und tosen –
Noch ist die blühende, goldene Zeit!
Noch sind die Tage der Rosen!

Tage der Rosen! Regierte sich je
so leicht und bequem wie heute?
Wir haben das Prae und das Portepee
und beherrschen geduckte Leute.
Wir denken an Frieden voll Ängstlichkeit
mit leider gefüllten Hosen –
Noch ...
Noch ist die goldene, die blühende Zeit!
Noch sind die Tage der Rosen!

LEICHENREDEN

Versehn is ooch verspielt!
Berliner Redensart

«Mensch», sagt der Berliner, wenn er beim Skat sitzt und der Gegner klaubt ihm gar zu genau auseinander, wie er hätte spielen sollen und wie er nicht hätte spielen sollen, «nu halt dir nich bei die Leichenreden auf! Spiel!» –

Wir halten jetzt bei der Zeit der Leichenreden – die Hasardeure, die das Spiel verloren haben, setzen dem deutschen Volk ausführlich auseinander, warum es hat verlieren müssen, und wie es hätte gewinnen können. Und wir möchten ihnen so gerne zurufen: Haltet euch nicht bei den Leichenreden auf! – Bessert!

Unter dem Wust von Entschuldigungsschriften der Militärs fische ich ein Heftchen heraus *‹Das Marne-Drama des 15. Juli 1918›* von Kurt Hesse (Berlin 1919 bei Mittler und Sohn). Der Verfasser war Oberleutnant und hat viereinhalb Jahr im Felde gestanden. Das Büchlein scheint mir so typisch für den deutschen Offizier und seine Welt, daß ich es hier näher betrachten will.

Ich zitiere: «Unsre Presse hat unendlichen Schaden angerichtet. Wie weit sie auf ‹Befehl› handelte, weiß ich nicht. Darum erhebe ich auch nur bedingt gegen sie einen Vorwurf. Am Silvestertage schrieb ich nach Haus: ‹Die Zeitungsnachrichten bringen immer nur Siegesnachrichten, wir merken hier tatsächlich wenig vom Siegen. Wir wissen nur das zu sagen, daß wir niemals so schwer zu kämpfen gehabt haben, wie in den letzten Wochen.›»

Wenn ein Pressemann es wagen würde, über militärische Angelegenheiten zu schreiben, ohne zu wissen, daß die Ulanen keine Infanterieformation sind, würde ihn der Offizier mit Recht für unzuständig halten. Daß aber ein deutscher Offizier heute noch nicht weiß, daß wir im Kriege überhaupt keine Presse, sondern nur ein machtloses Druckinstrument hatten, das sich vollkommen in Händen von Militärs, also von Offizieren befand, das ist beschämend. Zugegeben, daß es Zeitungsmänner gab, die der Kriegskoller übermannte – sie sind hier oft genug bekämpft und angeprangert worden. Aber hätte denn die Stimme der besonnenen Anständigkeit und der ruhig überlegenen Vernunft durchdringen können? Wäre nicht die Zeitung sofort verboten worden, die nicht in diesen Siegestaumel mit eingestimmt hätte, ja, sind solche Zeitungen nicht verboten worden? Wir brauchen nicht weit zu gehen, um auf Beispiele zu verweisen ... Davon weiß der Offizier nichts. Von dieser maßlosen Schuld seiner eigenen Kameraden, die in Deutschland etwas machten, was sie Politik nannten, was aber verbrecherischer Unfug war – davon weiß er nichts.

Ich zitiere: «Viel Schuld, daß zwischen Heer und Heimat nicht die Harmonie bestand, die hätte sein müssen – sie war äußerlich sehr innig, aber nicht tief gefestigt, weil eben einer vom anderen die Wahrheit nicht wußte – sehr viel Schuld daran trug die tägliche Heeresberichterstattung. Gewiß, ihre Sprache war zeitweise stolz, klassisch, deutsch. Aber was nützen die besten Worte, wenn sie über die Wirklichkeit hinwegtäuschen. Lügen enthielten sie zwar nie, aber sie sagten vieles nicht.» Folgen eine Reihe schwerwiegender Beispiele, Verschweigungen, Lügen. Lügen über Fliegerei («Wir sind die Herren der Luft»), Lügen über das Sanitätswesen, die Aushungerung des Gegners. Und zwei Seiten später: «Ludendorff ... Da faßten wir fester noch Vertrauen zu ihm, und er täuschte uns nicht.» –

Was uns hier aber besonders angeht, das ist nicht der mangelnde Mut des Verfassers, aus gut beobachteten Einzelheiten nun auch die einzig mögliche Schlußfolgerung zu ziehen, sondern das sechste Kapitel der Schrift ‹*Vom Offizier, Unteroffizier und gemeinen Mann*›. Hier haben wir den preußischen Ungeist in Reinkultur, und ihn wollen wir uns vornehmen.

«Erzogen zum Führer, war der Offizier der Halt im Gefecht. Um ihn scharten sich die Leute. Sie wußten einfach nicht, wo sie ohne ihn bleiben sollten.» Also waren sie schlecht ausgebildet. Also hatte der nicht zum Erzieher getaugt, der sie unterrichtet hatte: denn was sind das für Soldaten, die nur arbeiten können, wenn der Dresseur neben ihnen stand! Und weil ich das Gefühl habe, daß Hesse einer der Ehrlichen ist, die ihre Sache lieben und um der Sache willen vor der bitteren Wahrheit – soweit sie sie erkennen – nicht zurückscheuen, deshalb freue ich mich, meine alten Behauptungen, wegen deren man mich fast gestäupt hätte, auch hier bestätigt zu finden.

«In erster Linie wird dem Offizier jetzt vorgeworfen, er hätte auf Kosten der Mannschaften gelebt. Man soll offen sein: es ist vielfach geschehen. Es ist aber im Felde energisch dagegen angegangen worden, viel mehr von unten als von oben. Es wurde – das muß ich ehrlich sagen – der eiserne Besen vermißt, der mit dem Wohlleben energisch aufräumte; aber da durfte nicht vorn angefangen werden, sondern hinten war das Übel am größten. Auch nicht mit schriftlichen Verboten, sondern mit der Tat.» Die Tat hat gefehlt, mein Herr Oberleutnant. Die Tat war da, wenn es galt, einen unbequemen Soldaten abzutun, der sich darüber aufhielt, daß Heimatkisten, Wein, Annehmlichkeiten nur für die ‹Herren› da war. Die Tat blieb aus, wenn irgend ein Etappenkaiserchen das halbe Dorf für sich requirierte. Die Tat blieb aus.

Es ist eine andre Welt, in der die da lebten (und noch leben). «Ich komme zum gemeinen Mann», steht in der Schrift. «Soll ich noch sagen, daß mein Herz für ihn schlägt?» – Du sollst es nicht sagen. Das Herz soll nicht für ihn schlagen, darauf verzichtet er. Du sollst dazu gehören, als Deutscher zum Deutschen; du sollst dich nicht besser dünken denn er, der den Dreck ausfrißt. Wir pfeifen auf dein Herz. Sei einer von den unsern! Komm heraus aus deiner Kaste!

Denn eine Kaste wars. Eine Kaste, die sich nicht denken konnte, daß gute militärische Erziehung ohne Drill denkbar sei – auch heute noch nicht denken kann. Eben nur durch den Drill kommt keine Disziplin in die Truppe; da kommen wohl jene vielgeliebten strammen Ehrenbezeugungen hinein. Ach! die schlimmen Schieber rissen am knallendsten die Knochen zusammen, und wohlgefällig ruhte das

Auge des Herrn Kommandeurs auf ihnen. Durch den Drill entstand jener widerwärtige preußische Kadavergehorsam, mit dem Friedrich der Große noch seine Kriege gewinnen konnte. Die Welt hat ihn überholt und überflüssig gemacht. Seine Zeit ist vorbei.

Und ihr habt den Krieg gewollt. «Der Wille zum Kriege lag in unserm Blut, das einer Reinigung bedurfte.» Eures vielleicht, unsres nicht. Wir hätten ganz gut leben können, ohne halb Europa mit dem Blut unserer Besten zu düngen. Wir haben ihn nicht gewollt.

Ihn nicht und den Popanz eurer fossilen ‹Ehre› nicht, die ihr noch bei den Unteroffizieren vermißt, die sie weiß Gott nicht hatten.

Wir haben den Krieg nicht gewollt, wie wir eure Welt nicht wollen, die noch heute — 1919 — fest und treu glaubt, ein halbes Jahr Blutvergießen mehr hätte uns genützt, noch weiter, durchhalten, noch zwei Monate, drei, vier ... Und ihr sammelt mühsam Entschuldigungsgründe: die ‹gegnerische Propaganda› — als ob ein innerlich gesundes und zufriedenes Heer solchen Dingen zugänglich wäre; — der fehlende Diktator — hatten wir einen? und was für einen — dies und das, dieses und jenes ...

Und nur das eine seht ihr nicht. Wollt ihr nicht? Könnt ihr nicht?

Daß ein unfreies Volk in gezüchteter Sklaverei gehalten, nimmermehr andre befreien kann, daß Kastenwirtschaft aus dem vierzehnten Jahrhundert nicht den Siegeslauf in der heutigen Welt antreten kann, daß diese Armee, dieser Geist da mit vollem Recht zusammengebrochen sind. Und daß wir uns deutsche Tüchtigkeit, deutschen Stolz, deutsche Geltung ganz, ganz anders denken, als blitzend auf dem Kasernenhof, gleißend emporgereckt auf dem Rücken gebeugter, stummer, wehrloser Tausender! — So nicht.

Das Marnedrama war eine militärische Angelegenheit, über die militärische Sachverständige rechten mögen. Wir sehen weiter als bis über die nächste Nachbarfront.

Der Krieg ist nicht verloren worden, weil der herrschende Ungeist in Deutschland nichts getaugt hat. Der Gründe sind wohl mancherlei. Aber weil er nun einmal verloren ist, laßt uns daran arbeiten, daß dergleichen nicht wiederkehrt.

Das Heftchen ist mir von einem Freund mit dem Bemerken zugeschickt worden: «So ungefähr denke ich mir positive Kritik.» Ich nicht. Salben und Quacksalbereien helfen nichts, wenn das Bein brandig ist. Messer!

Das Spiel ist aus. Die Partner halten aufgeregt Leichenreden und beschuldigen einander des Versehens und der Unterlassungssünden. Sie hätten sich ‹versehen›.

Wir andern zucken die Achseln. «Versehn is ooch verspielt!»

ILKA GRÜNING

«Nein, und was Sie für ein schönes, neues Kleid anhaben, Frau Hummelpummel! Und wie es Ihnen aber auch steht, so helegant, so direkt vornehm! Nur natürlich, es isn bißchen teuer, und wenn man so viel Kinder hat wie Sie — ja — !» Und watschelt, befriedigt, diese kleine Bosheit angebracht zu haben, zu einem ungeheuern Makartstrauß, den sie liebevoll abstaubt...

Wenn es eine Seelenwanderung gibt, so hat diese Frau in ihrer vorigen Existenz jahrelang Zimmer vermietet. Welch ein Horizont! Welch eine Atmosphäre: ein wenig muffig, ein wenig schlecht gelüftet, aber doch bürgerlich, im Aspekt der berühmten ‹bessern Tage› immer auf tenue bedacht und doch ein ganz, ganz kleines bißchen Kuppelmama. Die blanken Jettaugen kugeln aufmerksam und flink im Kreise herum und sehen alles, was auf derselben Etage liegt und sogar noch eine darunter: das neue Kleid der Frau Portier, die Möglichkeit, daß der Zimmerherr mit der Schneidermamsell von nebenan ein kleines Verhältnis anfangen könnte, den Kehricht in Nachbars Garten und die Splitter in aller andern Augen. Und das muß man sagen: ordentlich ist sie. Und schön bedachtsam und ein wenig niederträchtig, denn man will doch im Leben weiterkommen, nicht wahr?

Die Witwe Truelsen, bei der Paul Alfred Abel von *‹Zwei mal Zwei ist Fünf›* zur Miete wohnte, war ein solch kleines Meisterstück, wie diese seltene Frau uns viele geschenkt hat. Wie sie da herumschlurchte, packschierlich gekleidet, einen Schmelzskalp auf dem Kopf und bestimmt am Hals eine Brosche mit dem bunt kolorierten Bild ihres Seligen, eine Henne ohne Küchlein, ohne Eiernest, aber doch eine Henne, eine ewig besorgte, gluckernde, gackernde Henne; wie sie ganz, ganz fein und in der vierten Hinterhand andeutete, daß man doch niemals wissen könne, ob — nun, wer spricht gleich von einer Heirat mit dem Herrn Abel, aber ob man nicht doch — wie? Und wie sie, ganz Bürgerkönigin, die Dame der Straße, ‹so eine mit Haare› verachtete, denn es war ja nicht legitim, und wie sich Nippes, Staub, Zichorienkaffee und ein letzter Rest Sinnlichkeit in ihr balgten! Es gibt da eine Stelle, wo sie Abel, der Lumich, fragt: «Glauben Sie an Mohammed, Frau Truelsen?» Und sie, prustend und kreischend: «Nein, aber Herr Abel —!» Darin lag: ich verstehe es zwar nicht ganz genau, aber es ist was mit... huch! und: Sie sind ein Schlimmer! und: Aber wir zwei beide Erwachsenen dürfen uns schon eine kleine Cochonnerie erlauben. Und nichts davon stand in der Rolle.

Das ist tausendmal belacht worden, in diesem Stück von Wied und in hundert andern. Der Provinzkritiker telegrafierte seinem Blatt: Komische Alte. Aber sie war viel mehr. Sie ist viel mehr.

Was ist das: eine alte Dame? Eine alte Dame ist das angewandte Fazit einer Erinnerung. Die neue Zeit ist da und hat Anschauungen und Grundsätze gewechselt, Tanzarten und Anstandssitten, aber weil eine Frau der Natur näher steht als ein Mann, erkennt sie lächelnd: «Es ist alles noch wie früher, die Hüte sind jetzt ein wenig kleiner, aber das macht nichts, wenn sie nur gefallen.» Und das unterscheidet sie von einem Greis, daß sie niemals nur zusehend meditiert, sondern immer noch, in der letzten Ecke ihres Unbewußtseins, mitmacht, mitmachen möchte, teilnehmen ... und sei es auch nur in leichten, leisen Gedanken. Es steht in einer alten Geschichte, wie jene Junge aufgeregt und weinend ins Zimmer weht, der grauhaarigen Dame zu Füßen: «Wann, sagen Sie mir, wird mich endlich Amor in Frieden lassen!» Und die alte Dame lächelt über den gebeugten Scheitel hinweg, lächelt ganz leise und sagt: «Kindchen, da müssen Sie eine Ältere fragen –.» Der Funke erlischt nicht; und sei sie noch so weise und abgeklärt: ein Quentchen bleibt. Sie begütigt und beruhigt und vermittelt; aber bei all ihrer Objektivität ist immer noch etwas dahinter.

Es ist immer noch etwas dahinter. Das ist es ja, was so wenige unsrer Schauspieler können (und daran wohl zu allererst erkennt man die Großen): nicht nur eine Figur geben, wie sie ist, sondern eine ganze Figur, wie sie geworden ist, ihren Lebensaspekt mit der langen, langen Zeit des Wachstums dahinter. Wer kann das? Sie sind an den Fingern aufzuzählen, und eine davon ist Ilka Grüning.

Sie ist die feine alte Dame – aber so gar nicht diese gluckenhafte Mama des höhern Staatsbeamten, die, ängstlich und beschränkt, päpstlicher ist als ihr Sohn, der Papst – sie ist eine feine alte Dame, die viel gelebt und gesehen hat, die geliebt hat, und die nicht vergessen hat. Sie ist weise, soweit eine Frau weise sein kann. Sie hat sie kommen und gehen sehen, sie hat so viele Schwüre gehört und heiße Worte, und es ist alles verweht. Nein! es ist nicht alles verweht. Die Luft ist geblieben, die weiche, zärtliche Luft, die einem den Kopf benimmt, und es bleibt das tiefe, lächelnde Bewußtsein: Ich weiß zwar, daß es alles nichts war – aber – dennoch –.

Ich möchte sie gern einmal als alte Ninon oder als greisenhafte Camargo sehen; was sie da wohl sagen würde! Das hat sie noch nie gespielt.

Sie hat so viel gespielt: das ein wenig krächzende, gebrochene Organ konnte Milde ausdrücken und Schmerz und Mutterliebe, alles verzeihende und verschönernde, beschönigende Mutterliebe. Und sie starb nicht als Peer Gyntens Mutter: sie erlosch.

Märchen kann sie den Kindern erzählen, daß es einem warm über den Buckel läuft, so, wie die Märchentante aus dem Bilderbuch, mit emporgehobenem Zeigefinger und leise singendem Tonfall: und alle Figuren und Dinge der Welt hingen an diesem Finger.

Und das ist das Letzte aller Schauspielkunst, ist Ingenium. Ich habe ihr einmal in die Augen gesehen: sie sahen gütig und doch durchdringend in die bunte Welt. Und weil sie von unsern Besten ist, laß mich ihr – heute noch – eine Blume geben, die der jugendliche Verliebte sonst wohl seiner Siebzehnjährigen scheu an die Brust heftet: eine dunkle rote Rose.

NACH FÜNF JAHREN

Und Vater tot und Bruder tot
und einer kriegsgefangen;
und Mutter sitzt in Rentennot:
Was essen meine Rangen ...?
So stehn wir da im schäbigen Kleid
und denken an die alte Zeit.
Und hassen.

Und hassen jenen Preußengeist,
der uns geduckt, betrogen.
Und hassen, was von Orden gleißt.
Ihr Aar ist fortgeflogen.
Er hinterließ als armen Rest
uns nur ein ganz beschmutztes Nest
und graue Elendsmassen.
Wir hassen.

Hör, Bruder, standest du nicht stramm
vor Knechten und vor Schiebern?
Du gingst zur Schlacht als Opferlamm.
Wir fiebern, fiebern, fiebern ...
Wach auf! Du warst so lange krank!
Es dauert nicht ein Leben lang!
Mußts nur nicht gehen lassen!
Wir hassen.

Brenn aus! Brenn aus! Mit Stumpf und Stiel!
Greif mutig in den Himmel!
Die Oberschicht – sie zählt nicht viel –
versinkt in dem Gewimmel.
In Dreck und Blut und Schlamm und Schmerz
blieb uns ein warmes Menschenherz.
Schlag zu mit wuchtigen Hieben!
Wir lieben!

SOLNEMAN, DER UNSICHTBARE

Die absunderliche Tatsache, daß einer gerne einmal allein sein wollte, und daß die bösen Nachbarn dieses aber unter gar keinen wie immer gearteten Umständen duldeten, bildet die Basis eines höchst amüsanten Buches von A. M. Frey. ‹*Solneman, der Unsichtbare*› heißt es und ist im Delphin-Verlag zu München erschienen. Noch vor dem Kriege; ja, es gibt sogar eine billige Ausgabe, die für die Feldpost hergestellt worden ist – aber es ist ja falsch, von euch die Kenntnis aller hübschen Bücher vorauszusetzen. Ich denke immer, daß unsre Bücherbesprecher einen großen Fehler machen, wenn sie sich nun grade an die letzte Nummer des ‹*Buchhändler-Börsenblatts*› halten – es gibt so viel alte hübsche Dinge, die kein Mensch kennt, und die ihr Dasein in der ersten Auflage sanft verträumen ... Ich könnte euch immer wieder vorschwärmen, wie schön ‹*Wie wir einst so glücklich waren*› von Willy Speyer ist – dieser ‹*Solneman*› ist so ein Buch, das viele kennen, aber noch lange nicht alle, dies angeht.

Es geht alle an, die Spaß an barockem Humor haben. Ich sage absichtlich nicht: grotesk – das ist dieser Humor auch –, aber da ist doch noch ein Ton, der aufhorchen macht, und der nicht auf der Mohnwiese E. A. Poes gewachsen ist: ein schneidender, eiskalter Ton.

Die Sache ist einfach die, daß Hciebel Solneman (mit einem N, bitte!) eines Tags in die kleine Stadt geschneit kommt und sich den Bürgerpark kauft. Er legitimiert sich mit einem kindskopfgroßen Diamanten, zahlt 75 – in Worten: fünfundsiebzig – Millionen auf den Tisch des Hauses – oder waren es hundertfünfzigtausend? – und macht sichs behaglich in seinem Park.

Und baut eine riesige Mauer um den Park, wie er sich auch ausgemacht hat, daß sich keiner vermessen dürfe, in den Park einzudringen – und das Spiel geht los.

Die ganze Stadt zerbricht sich den Kopf: Was macht dieser Mann? Und wie sieht er aus? Denn als er dort einzog, hat er seine Vermummung, die man bisher an ihm wahrnahm: Zylinder, Perücke, Bart und Brille, vor die Mauer gelegt – und nun weiß niemand, wie er eigentlich aussieht. Und er macht die tollsten Dinge, und dieser ganze quecksilbrige Unfug kontrastiert so lustig mit dem entzückend geschilderten Spießertum der Stadt, daß man sich vor Freude schüttelt. Die Geschichte geht über Leichen, Chansonetten, Bürgermeister und Polizeisekretäre – ja, sie macht auch vor der weiland allerhöchsten Person nicht Halt und überkugelt sich vor Freude, allen eins auswischen zu können. Kaum eine Länge ist drin, kaum einmal schöpft man Atem und meint, nun sei es aber genug – Frey erfindet immer noch spaßigere Kapriolen, schlägt noch einen Kobolz und noch einen (in Kurland nennt man das ‹Kuckerball machen›) – daß man aus dem Lachen nicht herauskommt. Ganz reizend ist ein zu Unzeiten adhibierter Protokollstil – der Einfluß der Brüder Mann ist angenehm erkennbar: in der satanischen Freude, den Spießer zu verhohnepipeln und in der maßvollen, fast abstrakten Komik der Schilderung. Die Figuren sind messerscharf ausgeschnitten, der Dialog von telegrammatischer Knappheit, und wenns pathetisch wird, denken wir an die gesamten opera operata Meister Holzbocks. (Den gibts übrigens, und er lebt immer noch. Ein berliner Filmschauspieler soll neulich, als er ihn sah, gesagt haben: «Hm – gute Maske!»)

Was aber Solnemanen anbetrifft, so überschwemmt er die ganze Stadt, sodaß sich die Bürger genötigt sehen, auf den Straßen in Küchenschränken wie auf den Lagunen Venedigs einherzufahren, und schließlich dringt man doch in den Park ein. Und entdeckt, daß man das Opfer einer bübischen Mystifikation geworden ist, denn Hciebel Solneman ist ein Mann, der sich rückwärts lesen läßt, um unerkannt zu leben. Und der entzückende Schlußsatz, mit dem das Buch schließt, die aufatmende Beruhigung, daß der Leutnant von Eckern-Beckenbruch, der nackt im Affenkäfig sitzt, seine Hosen wiederbekommt, verlohnt allein, daß Sie das Buch an einem stillen Sonntagnachmittag ganz allein auf dem Sofa durchlesen und durchlachen.

ZWEI MANN: GITARRE UND MANDOLINE

Im Waldlager 1917. Der Major steht vor dem Bataillonsunterstand und spiegelt sich in der Sonne. Wir stehen im Stellungskrieg, seit langen Monaten im Stellungskrieg, und jetzt ist August, der Feind ist ruhig, die Marketenderei klappt, die Herren trinken abends ihren Sekt und denken sich am Tage immer etwas Neues aus, um das Leben ein bißchen abwechslungsreicher zu machen. Birkengeländer um die Offiziersunterstände haben wir schon. Es werden zwar die feindlichen Flieger auf uns aufmerksam werden, aber dafür sieht es schön aus. Schön wie eine Ansichtskarte. Schilder an allen Ecken und Kanten haben wir auch. Die Offiziersunterstände sind pompös ausgebaut. Wir haben alles, Verzeihung, die Herren haben alles.

Und nun steht der feiste Kommandeur in der Sonne und glänzt und strahlt und denkt nach, was man jetzt aufführen könnte. Richtig! – «Waren da nicht neulich zwei Kerls, die Musik machen konnten? Jeije oder so was?» – Der Adjutant wippt nach vorn. «Gewiß, Herr Major! Sehr wohl, Herr Major! Zwei Mann aus der dritten Kompanie. Einer spielt Gitarre, der andere Mandoline. Hört sich sehr hübsch an. Vielleicht könnten die heute abend, wenn ich mir den Vorschlag erlauben darf . . .?» – «Kerls sollen heute abend antreten. Um neun Uhr. Kriegen Freibier.»

Und sie treten an, und die kleinen Lampions schaukeln im Winde, das Kasino hat in der Birkenlaube decken lassen, und es gibt schöne Sachen, die so ein Musketier noch nie im Kriege zu sehen bekommen hat: Gänseleberpastete und Gurken und kalten Fisch und Rotwein und Sekt und Weißwein und viele, viele Schnäpse ... Die Spieler stehen schüchtern am Eingang der Laube. Dem einen schluckts im Halse – seine Frau schreibt, sie stehe täglich zwei Stunden nach Kartoffeln an ... «Na, spielt mal was, ihr beiden!» ruft der Major gutgelaunt herüber. Und sie fassen ihre Instrumente fester, verständigen sich durch einen Blick, und durch die lauten und lustigen Gespräche der Offiziere zimpert es – drohend? warnend? – klar und melodisch: «In der Heimat – in der Heimat – da gibts ein Wiedersehn ...»

Staubiger Stadtsommer 1919. Am Ausgang eines berliner Stadtbahnhofs stehen zwei Mann, krüppelig und zerlumpt: Gitarre und Mandoline. Jedesmal, wenn die Fahrgäste eines Zuges auf die Straße herunterströmen, fassen die beiden ihre Instrumente fester, verständigen sich durch einen Blick, und los gehts: «In der Heimat – in der Heimat – da gibts ein Wiedersehn ...»

Wo habe ich die beiden Grauen nur schon einmal gesehn? –

STRAFGERICHT?

Sie sprachen Tage, lange, lange Tage –
und klagten an in bitterböser Klage.

Sie wiesen nach: der Krieg verschluckte brausend
und ohne Nutzen Sechsmalhunderttausend.

Sie wiesen nach: der Ludendorff, der große,
stieß Deutschland in die schmutzigrote Sauce.

Sie wiesen nach: Herr Tirpitz tats nicht minder.
Die Industrie besaß recht artige Kinder.

Sie wiesen nach ... Und nun? Was wird geschehen?
Wir werden sie nach Hause schlurchen sehen.

Und schaut ein General noch so verrucht aus:
Man steckt ihn nie und nimmermehr ins Zuchthaus.

Also zum Tode? – Aber, Kind, mit nichten!
Die Weltgeschichte wird ihn einmal richten –!

Die Weltgeschichte aber richtet keinen.
Stumpf, ungerührt hört sie die Mütter weinen.

Und unterdessen freuen sich die Krieger
des rosigen Lichts – auch heute noch die Sieger.

Wir sind in Deutschland.
Da hat ein Paar Glück:
Die Großbank und ein buntes Achselstück.

DER KRIEG OHNE NAMEN

Frühere große Zeiten hatten so schöne Namen, die wir schwitzend in der Schule lernen mußten. Da gab es einen Siebenjährigen Krieg, und einen Kartoffelkrieg, und einen Bayerischen Erbfolgekrieg – wer dessen Vorgeschichte aufsagen konnte, war bei unserm Geschichtslehrer, dem Rotbart, fein heraus – und einen Spanischen Erbfolgekrieg und einen Freiheitskrieg – und viele schöne andre.

Aber wie heißt nun dieser? Ich muß ‹dieser› sagen – denn er hat noch keinen Namen. Ich weiß ja nun nicht, ob die andern schönen Kriege ihren glorreichen Namen gleich angehängt bekommen haben, während sie noch geführt wurden – bei dem dreißigjährigen ist das zum Beispiel zweifelhaft – aber ‹dieser› hat noch keinen. Bekommt er mal einen?

Vorläufig irrt er noch, blutig und übel, durch das Gedächtnis der Lebenden, und er hat so wenig einen Namen, wie die Sonne einen besondern Vornamen führt. Es gibt nur die eine. Und es gibt nur den einen. ‹Der Krieg› sagen die Leute. Und man weiß schon ...

«Und dann habe ich im Kriege ...» – «Dann kam der Krieg.» (Berühmter Satz in Novellen.) – «Während des Krieges ist dann ...» – Und jeder weiß merkwürdigerweise genau, welcher Krieg gemeint ist, und denkt gar nicht an den Spanischen Erbfolgekrieg und an den zweiten Türkenkrieg – sondern nur an den einen, an diesen einen ...

Aber kann das so weiter gehen? Wird dieser Krieg nicht auch einmal einen Namen bekommen? Wie werden ihn unsere Enkel lernen?

Als ‹Weltkrieg›? – Da habe ich Bedenken. Denn die Propheten, die vom Prophezeien und von den Kriegen leben, weissagen uns einen baldigen schrecklichen Krieg zwischen Amerika und Japan, und ob das nicht auch eine Art Weltkrieg werden wird, steht noch sehr dahin. Also wie denn?

Also wie denn?

Ich schlage vor, wir einigen uns auf das Etikett, das man den vier Jahren angehängt hat, als man noch reklamiert und im Vollbesitze der heimischen Butter war. Als alles noch so glatt war und so einfach: die einen starben, und die anderen machten Haßgesänge. Die einen verkamen im Dreck, und die anderen lobpriesen das ...

Einigen wir uns, wenn wir von diesen Jahren und von diesem Kriege sprechen, freundlich und mit fast unmerklicher Ironie das Ding so zu benamsen, wie man es damals nannte, als noch die Oberste Heeresleitung täglich ihren Kleinen Katechismus drucken ließ:

Die große Zeit.

KRIEG

So heißt eine Mappe mit sieben Blättern von Willibald Krain, die bei Orell Füßli in Zürich erschienen ist.

Wenn die literarischen und illustrierenden Künstler, die heute – scheinbar plötzlich erwacht, in Wirklichkeit von der behördlichen Zensur befreit – gegen den Krieg etwas zu sagen haben, das Gleiche mit gleichen Mitteln für ihn sagten, so würde man sich vieles nicht ansehen. Es reizt in den meisten Fällen – wie bei Latzko – nur das Stoffliche und die anständige Gesinnung.

Die Bilder Krains sind vor allem zu loben, weil sie – mitten im Kriege geschaffen – erklären: Jedes Ding hat zwei Seiten. Auch euer Krieg. Nein – er hat nur eine Seite: diese da! Und dann ist sie dargestellt: vom Einfall ausgehend, vom malerischen oder vom literarischen, man fühlt sich – was die Konzeption angeht – etwas an Kubin erinnert. Nur hat Krain keine Visionen gehabt, sondern nur sehr gute Einfälle.

Das erste Blatt, fast das stärkste: ‹*Die Kabinette*›. Zwischen schwarzen Felsen schiebt sich eine dunkelgraue Menge – – aber über ihren Häuptern glühen rote Drähte, gezogen von einem Felsen zum andern. Und unten gehen sie und wissen nicht, was da über ihnen knistert. ‹*Gerüchte*› heißt das zweite Blatt: in leeren graden Gassen flattern Fledermäuse. ‹*Gebet um Sieg*›. Sie liegen zu Füßen des Gekreuzigten, aber über ihren Köpfen ist eine große graue Wolke, sodaß sie sein Antlitz nicht sehen: einen grinsenden Antichrist. ‹*Blutrausch*› heißt das vierte Blatt – ein Löwe in roten Schwaden, das haben wir schon stärker gesehen. ‹*Die Frauen*› das fünfte – an Grabkreuze gebunden hängen dort die Frauen. Ich halte das Blatt für nicht erschöpfend – die ‹*Weltbühne*› stritt schon einmal in Antworten und Gegenantworten um die Frage: ist die Frau friedensliebend oder ist sie nicht nur seine Frau, die Frau des Mannes, des Siegers? Ich möchte, rückständig, wie ich einmal bin, das zweite annehmen. Das siebente Blatt: ‹*Sieg*› – ein ungeheures Schwert steckt in einem Blutmeer.

Schlagend und kühn ist allein das sechste: ‹*Die Fahnen*›. Da hängen in einer traulichen Bürgergasse, winklige Häuser stehen darin, Blumen an den Fenstern, und der Himmel ist ausgestirnt – da hängen Fahnenstangen an den Häusern. Aber an den Stöcken baumeln keine Fahnen, sondern nackte tote Körper. Das sind die Gefallenen, die jedes Haus verloren hat. Die sagen: Jede Fahne, die ihr aushängt, bedeutet einen Toten. Das Siegesgeschmetter der Schwadron, die durch das Tor einreitet und Lokalredakteure und Frauen gleichmäßig begeistert – weil die immer bei den Siegern sind – ist ein Totenmarsch, und der Rausch in den Blättern und in den Büchern riecht nach Blut. Das ist die andre Seite. Ehre dem Künstler, der 1916 gegen den Blutstrom schwamm! Unsre deutschen Bürger aber laufen herum, ohne Götzen und ohne Hausgötter, kein Krieg und keine sanktionierte Brutalität mehr, kein Ruhm und keine lobende Erwähnung im Wochenblatt. Humanität? Fortschritt? Völkerbund? Es fehlt ihnen etwas.

SCHULDBUCH

Die Reichskanzlei hat im Auftrage des Reichsministeriums amtliche Urkunden herausgegeben: *‹Vorgeschichte des Waffenstillstands›* (bei Reimar Hobbing in Berlin). Dieses Buch sollte auf keinem deutschen Familientisch fehlen.

Es gibt zwei Bücher, bei Eugen Diederichs in Jena erschienen: *‹Der Fenriswolf›* und *‹Das Weltreich und sein Kanzler›*, worin ein namenloser Autor den Versuch gemacht hat, moderne Geschichten aus der Finanzwelt nur durch die Wiedergabe von Aktenstücken, Protokollen, Telegrammen und Briefen zu erzählen. Das geht schließlich auch (obgleich es keine Umwälzung der Epik bedeutet). Aber diese Werke wirken nicht, sind von schläfriger Langsamkeit, gehalten gegen dieses Meisterwerk der Weltgeschichte, gegen eine Kasperliade, die nur deshalb keinen Heiterkeitserfolg haben kann, weil sie mit Blut geschrieben wurde.

Die *‹Vorgeschichte des Waffenstillstands›* ist ein Meisterwerk. Wie plastisch erscheinen alle Gestalten! Wie lebendig sind die Menschen, die Heerführer, die Beamten, der Kaiser, die Staatssekretäre – wie lebendig die Formung der wirbelnden Dinge, die sich hinter der Scheinruhe der trocknen Aktenstücke abrollen! Das alte Gesetz der Kunst hat sich hier einmal erfüllt: leidenschaftliche Aktivität der Ereignisse, objektive Ruhe der Darstellung.

Bevor ich loslege, will ich zur Sprache bemerken, daß sie abgehackt ist – Protokollstil; dadurch ist genau der Jargon des potsdamer Gardeoffiziers erreicht. Generale haben Kram geschmissen – aber leider janze Porzellankiste kaputt.

Am vierzehnten August des gottgesegneten Jahres 1918 wetterleuchtete es zum ersten Mal offiziell. Man gesteht es sich zum ersten Mal im internen Kreise ein — anwesend: der Kaiser, der Kronprinz, der Reichskanzler, Hindenburg, Ludendorff, der Staatssekretär des Äußeren, Generaladjutant, zwei Hofbeamte — man gesteht sich zum ersten Mal ein, daß es nicht so recht klappt. Bis dahin hat man sich wohlig in den Lügen der Militärnachrichtenabteilungen gebadet — jetzt gehts nicht mehr weiter. Es ist dies die einzige Sitzung dieses Buches, in der der Kaiser zu Worte kommt. Man muß sagen: kläglich. Man sieht ordentlich die aufgebürsteten Schnurrbartspitzen. Ganz die Marionette aus Heinrich Manns ‹*Untertan*›, der dergleichen nicht hätte bringen dürfen, ohne den Vorwurf der Übertreibung einzuheimsen. Mehr Ordnung! Besser auskämmen! (Das ist der Ausdruck, dessen sich die Götter bedienten, um anzudeuten, daß man mehr Leute zur Schlachtbank bringen müsse. Die Deutschen scheinen also so eine Art Läuse gewesen zu sein.) «In Berlin laufen noch eine Menge junger Leute frei herum.» (Und seine Söhne? Er ist wahrscheinlich der einzige Deutsche, der sechs kräftige Jungens in dienstpflichtigem Alter nebst einem genau so beschaffenen Schwiegersohn kerngesund aus dem Kriege zurückbekommen hat.) Aber auch vom Feind spricht das kaiserliche Ingenium: es würden ihm eine Menge Menschen totgeschlagen. (Der Mann wußte alles.) Dann sagt er auf, was man ihn gelehrt hat: wie schlecht es England ginge und so. Aber immerhin: Notwendigkeit, sich mit dem Feind zu verständigen. Dann, ganz Wilhelm: «Flammende Reden müßten gehalten werden von angesehenen Privatpersonen (Ballin, Heckscher) oder von Staatsmännern.» Das war es, was der deutsche Kaiser in der Stunde höchster Not seinen Führern zu sagen hatte. Jeder Zoll ein Denkmalstandbild. Und *der* hat Deutschland dreißig Jahre lang regiert.

Aber die andern sind auch nicht ohne. Schon in der ersten Sitzung klingt in Leitmotiven wie in einer Ouvertüre alles an, was nachher das Werk durchbebt: die verlogene Unfähigkeit, die Lage zu erkennen; die Fähigkeit, sie vor sich selbst mit Redensarten zu verschleiern; die kleine Stirn; das große Mundwerk.

An der Spitze Ludendorff.

Grundlegend für die Beurteilung dieses Mannes ist das Telegramm, das der Kaiserliche Legationsrat Lersner am ersten Oktober 1918 an das Auswärtige Amt schickte: «General Ludendorff erklärte mir, daß unser Angebot von Bern aus sofort nach Washington weitergehen müsse. Achtundvierzig Stunden könne die Armee nicht noch warten.» Vier Jahre sind vergangen; vier Jahre hat er Zeit gehabt. Wie nennt man einen Feldherrn, der für die wichtigste letzte Entscheidung achtundvierzig Stunden Frist gibt?

Das war am ersten Oktober. Schon am zweiten aber läßt er durch seinen Abgesandten, den Major Freiherrn von dem Bussche, den Parteiführern des Reichstags sagen: «Noch ist das deutsche Heer stark genug, um den Gegner monatelang aufzuhalten, örtliche Erfolge zu erringen und die Entente vor neue Opfer zu stellen.» Und er selber sagt in der Großen Sitzung vom siebzehnten Oktober: «Wenn die Armee über die nächsten vier Wochen hinüberkommt und es in den Winter geht, so sind wir fein heraus.» Man macht ihn auf seine damalige Eile aufmerksam. «Es ist auch heute so, daß wir jeden Tag eingedrückt und geschlagen werden können. Vorgestern ist es gut gegangen; es kann auch schlecht gehen.» So sind seine Antworten; nach dem Wetter gefragt, antwortet er regelmäßig: «Kräht der Hahn auf dem Mist, ändert sich das Wetter oder es bleibt, wie es ist.» Der Hahn krähte etwas viel, und das Wetter änderte sich.

Habt ihr einmal Quallen in der Hand gehabt? So muß dem armen Prinzen Max zu Mute gewesen sein, als er mit diesem Menschen verhandelte. «Ich habe schon dem Herrn Reichskanzler gesagt, ich halte einen Durchbruch für möglich, aber nicht für wahrscheinlich. Innerlich wahrscheinlich halte ich den Durchbruch nicht. Wenn Sie mich auf mein Gewissen fragen, kann ich nur antworten, ich fürchte ihn nicht.» Hatte er ihn zu fürchten? Im Hauptquartier? Aber die politische Leitung, oder was sich so nannte, fürchtete ihn; denn sie besaß wenigstens ein klein wenig Verantwortlichkeitsgefühl für das Land. Der Reichskanzler: «Und wenn er sie erkämpft hat, wird er uns dann nicht noch schlechtere stellen?» General Ludendorff: «Schlechtere gibt es nicht.» Der Reichskanzler: «O ja, sie brechen in Deutschland ein und verwüsten das Land.» General Ludendorff: «So weit sind wir noch nicht.» Wenn ein Gefreiter seinem Feldwebel solche Antworten gab, bekam er – rechtens – einen Anschnauzer, daß ihm Hören und Sehen verging. Aber so unterrichtete der oberste Heerführer den obersten Staatsbeamten. Und blieb straflos.

Was war das nun für ein Mensch? Hatte er Charakter? Und welchen? Auch darüber gibt das unschätzbare Buch Auskunft.

Die Reichsleitung will nach trüben Erfahrungen ihre Entschlüsse nicht auf Ludendorffs Angaben allein stellen und hat die Absicht, auch noch andre Heerführer zu befragen. Ludendorff erfährt dies. «Der General habe in großer Erregung geantwortet, dann würde er sofort seinen Abschied nehmen und mit ihm General Hindenburg.» Man nennt das eine Erpressung. Und vielleicht vergleichen die hochpatriotischen Herrschaften von heute einmal dieses Verhalten ihres Abgotts mit dem der Eisenbahner. Ich habe den Eindruck: der General hat sich wesentlich unanständiger benommen. Und blieb straflos.

Was ist das für ein Mensch? Und die Antwort lautet: ein ergrauter Kadett. Sein Jargon, seine Weltanschauung: Kadettenhaus. «Noch im Juni glänzender Eindruck der Bulgaren. Sprachunkenntnis erschwert Eindringen in bulgarische Psyche.» Der Protokollführer, gewiß kein Sprachfuturist, hat durch die Abkürzungen den Ton Ludendorffs wundervoll getroffen. Ach! erschwerte nur die Sprachunkenntnis dem

General, in die Psyche fremder Völker einzudringen? Ich habe das Gefühl, daß er in die deutsche Seele so wenig eingedrungen ist wie in die bulgarische. Er kannte beide nicht.

Aber vielleicht war er ein großer Feldherr? Der nur den Umständen unterlag? Ganz abgesehen davon, daß ein Feldherr eben dazu da ist, auch über die Umstände zu siegen – so spricht kein Stratege von Format: «Wir müssen das Vieh haben; woher wir es bekommen, darüber kann ich mir nicht den Kopf zerbrechen.» Das hat auch niemand von ihm verlangt – aber so rechnet kein genialer Stratege. Er rechnet nicht mit dem, was er ‹bekommen muß› – sondern mit der Realität. Aber die war hart, unbequem und gar nicht gedrillt.

Er für sein Teil blieb, was er war: ein Kadett bis zu allerletzt. «Ich kann Ihnen nur meine Überzeugung sagen. Die Verantwortung dafür, was ich sage, trage ich und habe sie getragen vier lange schwere Jahre.»

Dann zieht ihn jetzt zur Verantwortung! Dann nehmt sie ihm heute ab, die Verantwortung! Er berief sich auf sie, als es nichts kostete – und kniff, als die Gefahr bestand, daß wir ein revolutionäres Deutschland bekamen, floh nach Schweden und kehrte erst zurück, als es hier wieder gut bürgerlich zuging. Er trägt die Verantwortung! Er trägt sie nicht, läuft frei herum und ist straflos geblieben – bis auf den heutigen Tag.

Wer wie *der* gewohnt war, mit Menschenleben zu spielen, und schlecht zu spielen – der gehört nicht ins Hotel Adlon. «Die Division hat am achten August völlig versagt. Das war der schwarze Tag in Deutschlands Geschichte. Jetzt schlägt sich dieselbe Division glänzend auf dem Ostufer der Maas. Das ist Stimmungssache. Die Stimmung war damals schlecht. Die Division hatte Grippe, es fehlten ihr Kartoffeln.» Die Division hatte Grippe? Die ganze Division? Ich hätt es in diesem Augenblick nicht sagen können, und wenn es das Wohl meines ganzen Vaterlandes betroffen hätte. Die Division hatte Grippe! Es geht mir durch die Seele, dieses gräßliche: Die Division hatte Grippe! Ein Lebewesen, vieltausendköpfig, angesetzt, verpflegt und zur Ruhe beordert – ein Tier aus Menschenleibern. Und Mütter weinten. Und Ludendorff blieb straflos.

Wie der Herr, sos Gescherr. Sie standen nicht einmal bei den Zivilbehörden in bestem Geruch: «Herr von Lersner telefoniert mir ... Auf Grund seiner langjährigen Erfahrung im Großen Hauptquartier und seiner über die gegenwärtige militärische Lage gemachten Beobachtungen ... könne er nur auf das dringendste davor warnen, etwaigen Versprechungen der OHL Glauben zu schenken.»

Sie bildeten sich aber ein, ein wichtiger politischer Faktor zu sein, und man nährte sie in diesem Glauben. Wirft man den Arbeitern von heute vor, sie trieben Erpresserpolitik? Nun wohl: diese da verrichteten ihren Dienst nur, wenn sie mitbestimmen durften über Dinge, die sie nichts angingen. Man höre: «... Waffenstillstandsbedingungen. Dann folgte die Erklärung, diese seien für das Militär unannehmbar.» Wer ist das: das Militär? Hat Ludendorff seine Soldaten befragt? Wird ein Friede mit einem Lande und mit dessen Streitkräften abgeschlossen? Trieb das Heer Politik? Das Heer durfte keine Politik treiben. Seine Führer mißbrauchten ihre Stellung dazu.

Das Militär hatte zwei Feinde. Einen berufsmäßigen, der lag vorn. Hätte es seine ganze Kraft gegen den verwendet — wer weiß, wie es abgelaufen wäre ... Einen grimmigen und bittern, den Todfeind: der lag hinten und war die Heimat. Das Militär haßte die Heimat. Es hat immer im Kriege — instinktiv einmal richtig — da hinten die große Gefahr gewittert. Da war Unordnung, Auflehnung, Menschlichkeitsgefühle, Allotria, Nebendinge neben dem Kasernenhof — ja, es gab sogar Leute, die den preußischen Offizier nicht recht für voll nahmen. Von Gallwitz: «Ebenso habe oft der Heimaturlaub schlecht gewirkt. Die Leute seien oft in schlechterer Stimmung aus der Heimat zurückgekommen, als sie dahin gegangen seien. Ungünstig habe sich auch bemerkbar gemacht, daß wir die Presse aller Richtungen ungehindert hätten im Heere verbreiten lassen.» Das ist mein Preußen, das Land der Offiziere! Daran erkenn ich meine Pappenheimer!

O sie wußten, was sie wollten! Sie wollten für sich und nur für sich! «Dazu ist aber erforderlich, daß auch in der Heimat alles getan wird, um die Stellung und das Ansehen des Offiziers wieder zu heben und jeder verhetzenden Propaganda scharf entgegenzutreten.» Er selbst aber, der Offizier, hob sich weniger. Im Gegenteil: er sank immer tiefer. «Bei der Zurücknahme der Front ist es nicht zu vermeiden, daß ein großer Teil Belgiens wieder schwer geschädigt wird. Wenn auch durch schärfste Befehle jede Verwüstung des Landes verboten ist, so sind die aus militärischen Gründen notwendigen Zerstörungen und Härten für die betroffene Bevölkerung nicht zu vermeiden.» Sind militärische Zerstörungen überhaupt noch Zerstörungen? Und die Offiziere des 64. Pommerschen Infanterieregiments gingen hin und trösteten die Frauen und Mädchen von Lille, die sittenpolizeilich untersucht und zur Zwangsarbeit geschleppt wurden, und sprachen: «Seht, es ist militärisch notwendig, was wir tun! Freuet euch und jubelt mit uns!»

Die Stimmung! Diese vielzitierte Stimmung! Was mußte nicht alles getan werden, um sie aufrechtzuerhalten! Stimmung gradeeeee — aus! Aber sie wollte nicht. Immer neue Klagen kamen. Die Kerls erdreisteten sich sogar, durch diese Bonzen im Reichstag auf die mangelhafte Verpflegung und auf die Kasinos hinzuweisen. Ludendorff stand auf. Am siebzehnten Oktober 1918. «Daß der Stab sich die Sache besser zubereiten läßt, ist doch zu verstehen — man wird uns nicht zumuten, aus der Feldküche zu essen.» Nein – man wird euch nicht zumuten! Den Mut hatte keiner: die Zivilisten nicht und ihr auch nicht. Es war eine große Zeit.

Man hatte immer das rechte Wort am rechten Ort. Ludendorff: «Die Flieger der beiden Heere verhalten sich schon jetzt wie 1:3. Trotzdem ist die Überlegenheit bei uns.» Oberleutnant Kurt Hesse im *‹Marne-Drama des fünfzehnten Juli 1918›*: «Wir sind die Herren der Luft! – wie oft habe ich das auf Urlaub in der Heimat gehört. Ich möchte nicht Lügen strafen, aber was ist grade hier verschwiegen worden! Ganz selten nur, für Wochen, haben wir tatsächlich die Luftherrschaft gehabt! Meist waren wir völlig unterlegen.»

Die Pausen wurden durch die Clowns ausgefüllt. Aber das Schmierentheater barg nicht nur Exzentriks edelster Art, sondern auch krumme Intriganten. «Das neue Kabinett soll alle Kräfte des Volkes auf breitester nationaler Grundlage zusammenfassen und der Verteidigung des Vaterlandes nutzbar machen. Die auf diese Weise neu gebildete Regierung würde im gegebenen Momente an den Präsidenten Wilson heranzutreten haben ...» Hannemann, geh du voran! Du hast die längern Stiefel an! Eine dünne Maske.

Sie spielten alle Karten aus – nach innen. «Militärische Lage ist stärkstes Druckmittel gegenüber unsinnigen und anspruchsvollen Parteien.» Wozu hat man einen kleinen Weltkrieg, wenn man ihn nicht zu benutzen weiß?

Und sie verzichteten sogar, wenns zum Klappen kam, auf Flandern und auf alles – nur noch weiter Krieg führen! Nur dieses herrliche Spiel nicht einstellen, bei dem Orden und Sektflaschen heraussprangen, Gehälter, Ehren und – wer weiß? – auch volle Waggons aus Flandern. Admiral Scheer: «Der Ausfall der beiden U-Boot-Basen in Flandern und im Mittelmeer hat auf unsern U-Boot-Krieg nach meiner Auffassung und der meiner Mitarbeiter keinen Einfluß.» Ich besinne mich, dieses Lied schon mal in einer andern Melodie gehört zu haben.

Lest dieses Buch! Ihr lernt was fürs Leben! Darin ist alles: das Deutschland, wie es sich zugrunde gerichtet hat, seine Führer, sein Ressortkrieg, sein nervöses Hin und Her, die Kopflosigkeit und die Weltfremdheit seiner Soldaten und Diplomaten.

Die Regierung, die dieses kostbare Material in Händen hat, wertet es nicht voll aus. Warum nicht?

Man wird das Gefühl nicht los, als schone man – entfernte Verwandte. Als sei Noske irgendwie der Fortsetzer von Ludendorffs Tradition. Als schlage man nur deshalb nicht fest zu, weil man selbst beteiligt war, ist und sein wird.

Gott segne sie alle miteinander! Um so mehr wollen wir tun, was sie in berechtigter Scham unterlassen.

INTERVIEW MIT SICH SELBST

«Herr Panter lassen bitten!» sagte der Diener.

Ich trat näher.

Die hohe Tür zum Arbeitszimmer des Meisters öffnete sich, der Diener schlug die Portiere zurück – ich ging hinein, die Tür schloß sich hinter mir.

Da saß der Meister massig am Schreibtisch: ein fast dick zu nennender Mann, er trug ein gepflegtes Cäsarenprofil zur Schau, an dem nur die Doppelkinne etwas störten. Borstig stachen die Haare in die Luft, in den blanken Knopfaugen lag wohlig-zufriedenes Behagen. Er erhob sich.

«Ich begrüße Sie, junger Mann», sagte er zu mir. «Nehmen Sie Platz und erörtern Sie mir Ihren merkwürdigen Brief!»

Befangen setzte ich mich.

«Sie fragen mich da», sagte der Meister und legte seine dicke Hand mit den blankpolierten Nagelschildchen so, daß ich sie sehen mußte, «ob ich Ihnen einen Rat für Ihre Zukunft zu geben vermag. Sie fügen hinzu, Sie seien von dem hohen Streben nach einem Ideal durchdrungen. Sie stießen sich am Leben, das Ihnen kantig erscheine – das war Ihr Wort –, und Sie wollten sich bei mir Rats holen. Nun, junger Mann, der kann Ihnen werden!»

Ich verbeugte mich dankend.

«Zunächst», sprach der Meister, «was sind Sie von Beruf?»

«Ich bin gar nichts», sagte ich und schämte mich.

«Hm –» machte der Meister und wiegte bedenklich das Haupt. «Wozu brauchen Sie da noch Rat? Nun, immerhin ... ich bin zu Ihrer Verfügung.»

«Meister», sagte ich und faßte mir ein Herz, «lehren Sie mich, wie man zu Erfolg kommt. Wie haben Sie Erfolg gehabt? Diesen Erfolg?» Und ich wies auf das komfortabel hergerichtete Gemach: Bücher mit goldverzierten Pergamentrücken standen in wuchtigen Regalen, eine bronzene Stehlampe strahlte behaglich gedämpftes Licht aus, und der breit ausladende Aschbecher, der vor mir stand, war aus schwarzgeädertem Marmor. «Woher das alles?» sagte ich fragend.

Der Meister lächelte seltsam.

«Erfolg? Sie wollen wissen, wie ich Erfolg gehabt habe, junger Mann? Junger, junger Brausekopf! Nun: ich habe mich gebeugt.»

«Nie täte ich das. Nie!» sagte ich emphatisch.

«Sie müssen es tun», sagte er. «Sie werden es tun. Was taten Sie im Krieg?»

«Ich war», sagte ich und sah auf meine Stiefelspitzen, «Schipper.»

«Falsch!» sagte er. «Wären Sie ein tüchtiger Kerl und lebensklug, so hätten Sie anderswo sitzen müssen: in einer Presseabteilung, bei der politischen Polizei, was weiß ich. Wissen Sie, was ein Kompromiß ist? Können Sie Konzessionen machen?»

«Niemals!» rief ich.

«Sie müssen sie machen. Sie werden sie machen. Sehen Sie mich an: ich bin die nahrhafte Frucht der Kompromisse. Man muß im Leben vorwärtskommen, junger Freund!»

«Aber die Wahrheit? Aber die Ideale?» rief ich lauter, als schicklich war. «Aber das, wofür zu leben sich verlohnt? Noch bin ich ein Stürmer und Dränger, und das will ich bleiben! Mord Mord heißen, auch wenn eine Fahne darüber weht, einen Streber einen Streber, auch wenn er Geheimer Regierungsrat ist, eine Clique eine Clique, und stände eine ganze Stadt dahinter! Das ist es, was ich will! Helfen Sie mir! Weisen Sie mir den Weg, wie ich meine Pläne verwirklichen kann, zu meinem Heile, und, wie ich glaube, zum Heile der Menschen!»

Ich hatte mich in Begeisterung gesprochen; meine Wangen glühten, meine Lippen waren geöffnet und zitterten leise.

Der Meister lächelte. Der große Meister Peter Panter lächelte.

«Mein lieber junger Freund», hob er an, «hören Sie mir genau zu. Auch ich begreife Ihre edle Gesinnung, die Ihnen alle Ehre macht. Auch ich wünsche, daß die Menschheit so edel wäre, wie Sie sie machen möchten. Auch ich bin, ich kann es wohl sagen, ein Vertreter des Guten, Wahren und Schönen. Ich liebe das Gute, Wahre und Schöne, ja, ich verehre es. Aber, mein lieber junger Freund, hart im Raume stoßen sich die Sachen! Man muß mit der Realität rechnen, sich klug beugen, wenns not tut . . .»

«Ich mag mich nicht beugen», unterbrach ich ihn trotzig.

«Sie werden sich beugen. Sie müssen sich beugen. Eines Tages werden Sie auch Ihrerseits Geld verdienen wollen, und Sie beugen sich. Es ist so leicht. Es ist so süß; ein kleines Nachgeben, ein leichtes Wiegen des Kopfes, ein winziges Verleugnen der Grundsätzchen, und Sie sind ein beliebter, angesehener, überall freundlich aufgenommener junger Mann! Wollen Sie das?»

Ich schüttelte verächtlich den Kopf.

«Aber, aber!» begütigte der Meister. «Bedenken Sie, was Sie machen! Sie werden heiraten wollen, eine Familie gründen, einen Hausstand — und Sie werden sich beugen. Was haben Sie und alle andern von diesen Prinzipien, von diesem starren Festhalten an der Wahrheit oder was Sie so nennen! Da sehen Sie hingegen: was kostet es mich denn? Ich bin freundlich zu allen Leuten, ich sage zu allem Ja, wo Sie vielleicht entrüstet Nein sagen würden, und ich kann schweigen. Schweigen kostet gar nichts. Schweigen ist die Perle in der Krone der menschlichen Künste. Schweigen Sie!»

«Ich muß sprechen!» sagte ich laut.

«Sie müssen nicht. I, wer wird denn müssen! Schweigen Sie,

beugen Sie sich! Beugen Sie sich vor dem Geld und beugen Sie sich vor dem Ruhm, beugen Sie sich vor der Macht – vor der zu allererst – und beugen Sie sich vor den Frauen – und was wird Ihr Lohn sein?»

Er lehnte sich zurück und lächelte satt.

«Ich lebe», fuhr er fort, «wie Sie sehen, auf gutem Fuß, und ich bin recht zufrieden. In meinem Haus verkehren Priester und Ärzte, Offiziere und Künstler – und keinem tue ich je etwas in meinen Schriften zuleide, und jeder bekommt eine gute Flasche Rotwein. Glauben Sie, ich sehe nicht, was dahintersteckt? Aber es kümmert mich nicht. Sie lesen meine Werke, sie kaufen meine Bücher – was will ich mehr? Bin ich angestellt, ihnen die Wahrheit zu sagen, die unbequeme, harte Wahrheit?»

«Wir alle sind angestellt, den Menschen die Wahrheit zu sagen!» sagte ich.

«Ich nicht», sagte der Meister, «ich nicht. Ich habe diese Anstellung gekündigt, und seitdem geht es mir sehr gut. Und seitdem habe ich was ich brauche, mehr als ich brauche; meine Tochter heiratet demnächst einen Fabrikbesitzer. Ja.»

«Soll ich heiraten?» fragte ich.

«Die, die Sie lieben, nicht – denn ich ahne: sie hat kein Geld. Heiraten Sie die Tochter eines reichen Mannes; Raum ist in der kleinsten Villa – aber eine Villa muß es sein. Rauchen Sie?»

«Nein», sagte ich, «ich rauche nicht. Ich . . .»

«Rauchen Sie!» sagte er freundlich. «Es dämpft ab. Und hören Sie auf mich, der ich oben auf der Leiter stehe, die Sie zu besteigen im Begriff sind. Der Erfolg ist alles. Sie erwerben ihn durch viererlei: durch den Kompromiß, durch Schweigen; durch Zuhören und durch Schmeichelei bei den alten Leuten. Verstehn Sie das, dann sind Sie ein gemachter Mann! Und es ist so angenehm, ein gemachter Mann zu sein!»

Er strahlte fett und sah aus wie ein Mime nach dem Applaus.

Ich erhob mich und blickte ihn fragend und erhitzt an.

«Sie werden mir heute noch widersprechen», sagte Peter Panter. «In dreißig Jahren tun Sie es nicht mehr. Sorgen Sie, daß es dann nicht zu spät ist! Gehaben Sie sich wohl, und lassen Sie es sich gut gehn!»

Ich nahm die dargebotene Hand und stürzte hinaus.

Drinnen saß der Meister an seinem prunkvollen Diplomatenschreibtisch und schüttelte lächelnd den Kopf. «Diese jungen Leute», sagte er. «Das will mit dem Kopf durch die Wand und schlauer sein als unsereiner. Nun, jede Erfahrung muß jeder an sich selbst machen! Aber nun will ich ein wenig Tee trinken! Franz!»

Und er schellte.

Draußen aber am Gitter stand ich, die gußeiserne Türklinke des Parktors in der Hand, von Haß geschüttelt, von Wut verzerrt, ohnmächtig, giftig-böse und im Innern fühlend, daß der andre zum mindesten für sich recht hatte.

Und ich sagte: «Ein ekelhafter Kerl.»

PANIZZA

Die Zensur ist fort. Es ist nicht zu merken: die Zeitungen erscheinen in derselben Tonart wie vor ihrem Fall, das Einerseits-Andrerseits, das Erwägen nach beiden Seiten, das zage Streicheln ist geblieben. Man hätte meinen sollen, daß nach dem Sturz des Zensors die Luft im Kessel mit einem Knall durch die Ventile puffen würde – aber es war offenbar keine drin.

Dem Bürger ist noch nicht wohl in der Freiheit. Er wackelt hin, er wackelt her, als wie ein alter Zottelbär. Und seine Theater?

Ja, da bringen sie nun *‹Die Büchse der Pandora›* und eine bisher verbotene Groteske und den *‹Sohn›* und *‹Hans im Schnakenloch›* – aber wie das so mit dem exorzierten Teufel ist: fein sauber gebügelt, im Frack und im hellen Licht der Lüster ist er längst nicht so pompös graulig wie damals im Flackerschein der Kellerlampen. Und eine leise Enttäuschung wird wach: Das ist alles? Die Zensur hat eine wunderschöne Reklame gemacht und ein unnützes Aufsehen dazu. Denn das Gehirn der Zensoren, soweit von einem solchen die Rede sein kann, ist nicht ganz das unsre.

Weil wir denn aber einmal bei den verbotenen Stücken sind: wie wäre es, ihr führtet nun doch einmal das *‹Liebeskonzil›* von Oskar Panizza auf? Dramatis personae sind der liebe Gott, als welchen Pallenberg zu spielen hätte, und sein Sohn und die Mutter Maria, und dazu der Teufel und seine Erfindung: die Syphilis. Nun ist dieses heitere Schäferspiel nicht jedermanns Sache, und man soll gewiß die Gefühle, und zumal die religiösen, seiner Mitbürger schonen. Aber es wäre eine Anmaßung der Mitbürger, zu verlangen, wir sollten im selben Tempo fühlen wie sie und im selben Rhythmus leben wie sie. Ihr Lachen ist nicht unser Lachen, und ihr Schmalzpathos ist uns keines.

Aber das *‹Liebeskonzil›*? Panizza wurde wegen seines grandiosen Dramas zu anderthalb Jahren Gefängnis verdonnert, die er abgesessen hat. Das Stück ist etwas sehr Seltenes: nämlich eine wirkliche Gotteslästerung. Er hat Gott gelästert, aber aus einer tiefen Liebe zu jenem andern Ding heraus, das die Besten aller Zeiten im Herzen trugen, und das keinen Namen hat. Die Buchausgabe des Dramas ist heute selten genug, es gibt nur die alte verbotene Originalausgabe und einen Privatdruck mit Bildern von Kubin; sonst verkümmert das Stück wie fast alles andere, was Panizza geschrieben hat, unter dem Urheberunrecht, das in diesem Falle einer alten bigotten Verwandten gestattet, diese Feuerströme in der Lavendelkommode zu halten. Das Drama behandelt also die Erfindung der Syphilis durch den Teufel auf Wunsch des lieben Gottes, der die Menschen ad suam maiorem gloriam ihre Abhängigkeit fühlen lassen will. Es gibt Stellen in dem Stück, gegen die Wedekind wie eine brave ‹*Gartenlaube*› wirkt.

Traut sich keiner der Herren Theaterdirektoren? Es müßte ein Abend sein, bei dem der selige Wedekind Pate stünde, der Wedekind von anno 1890, der alte, schweflige, lachende.

Und damit sich keiner beleidigt fühle: druckt eine kurze Einführung zu dem Stück und macht eine geschlossene Vorstellung! Es ist ja auch nichts für Kinder und Kappsteine. Denn wir wollen diese ruchlose Satire nicht hinterher ästhetisch beschönigt haben: der Dichter habe es nicht so schlimm gemeint, in Wirklichkeit sei er Ehrenmitglied der Gesellschaft zur Bekämpfung der Geschlechtskrankheiten ... Gott bewahre! Panizza hats gewagt. Wer wagts noch?

Wir wollen wieder einmal aus dem Theater gehen: im Innersten geschüttelt, zwischen Grauen und Komik hin und her geschleudert und zutiefst von dem Bewußtsein erfüllt, daß es eine pathetische Affenkomödie ist hienieden.

Was übrigens diesen Oskar Panizza angeht, so hat er dem Münchner Dichterkreise angehört, dessen damaliger Mittelpunkt, Michael Georg Conrad, heute ein alter Mann ist, der nicht mehr ahnen läßt, was da einst unter seiner Obhut gärte. Der politische Wille dieser Münchner war – wie hätte es in dem wilhelminischen Deutschland auch anders sein können! – viel zu eingeengt, und eine Verbindung mit der praktisch arbeitenden Sozialdemokratie, die die Literaten wieder geistig hätte befruchten können, war kaum vorhanden. So blieb alles ästhetische Geste, was doch befeuernde politische Kraft hätte sein müssen, um wirken zu können, und verebbte schließlich in Bürgerbohème. Ähnlich wie in Friedrichshagen. Aber wie in Friedrichshagen Gerhart Hauptmann Kreis Kreis sein ließ und selber einer wurde, so ragte über die Münchner der unglückliche Oskar Panizza weit hervor.

Er hat noch hassen können, wie heute nur Heinrich Mann haßt. Er hat sein Land geliebt und *die* verabscheut, die es zu einem Kasernenhof und zu einer Tretmühle gemacht haben, derweil sie selbst nicht mitzutun brauchten: denn für sie galten keine Gesetze. Vorschriften gelten nie für *die*, die sie gemacht haben.

Aus einem Versbüchlein Panizzas, ‹*Parisiana*› geheißen, pflücke ich einige bunte Blüten, die heut noch nicht verwelkt sind, und die der lieben Mama Germania ins schwarz-weiß-rote Glas zu stellen mir eine besondere Freude ist.

Es sind erstaunlich prophetische Verse in dem Buch. So dieser:

Denn Blut wird fließen, Blut soll fließen –
mit Worten werdet Ihr nicht quitt –
soll neu Gedankensaat euch sprießen,
wills Einen, der am Kreuze litt,
und wollt Ihr neue Bünde schließen,
bedarfs des Bluts dazu als Kitt.

Aber der Prophet kehrte sein Gesicht nicht nur in die Zukunft, sondern sah auch in die Gegenwart, und sein Blick von Paris nach Berlin herüber war schärfer als der mancher Braven im Lande. Prallen Romanen und von ihnen beeinflußte Geister mit den schlechten Seiten des Deutschtums zusammen, so gibt es immer denselben Klang; und wenn er den Deutschen nicht lieblich in den Ohren klingt, wessen Schuld mag das sein? Heinrich Mann haben wir hier neulich betrachtet; in einem sonst mäßigen Tendenzwerk von Maurice Barrès: *‹In deutschen Heeresdiensten›* steht: «Ein deutscher Soldat sieht immer wie ein geprügelter Hund aus», und: «In dem dritten Saale bemerkten wir den großen Tisch, wo sich allabendlich die Offiziere einfanden. Meine Kameraden waren überzeugt, daß ein Lokal, welches Hauptleute und Leutnants besuchten, dadurch ein vornehmer Ort wurde; wenn sie ihre Vorgesetzten auch nur aus der Ferne betrachteten, schien ihre Kleinheit einen Anteil an dieser Größe zu haben.» So Panizza in Versen.

Sein Haß schäumt wie jeder gute Haß weit über die Ufer; es ist die maßlose Verbitterung eines Mannes, der in der Welt gesehen hat, daß eine solche Unterdrückung wie die der Deutschen nirgends sonst möglich wäre, und das nicht etwa, weil die Unterdrücker fehlten, sondern weil es keinen gibt, der sie sich gefallen ließe. Es heißt einmal: «Ein Volk, das im Lakaientume sich wohl fühlt als geborner Knecht.»

Das hat ihn so maßlos gewurmt und bohrend und quälend an ihm gefressen, daß das Volk seiner Fürsten wert war, und er sah mit haßgeschärftem Blick die groteske Außenseite und das Herz. Die Außenseite:

Der Männerchor – o wie phantastisch
der schwarzgefrackte Männerbauch,
wie glasig-schön und wie bombastisch
das aufgeschlag'ne Männeraug',
vielleicht ein bißchen päderastisch
der weiblichen Tenöre Hauch ...
So singt denn, wie die Redwitz sangen,
und zeigt, was Ihr vielstimmig wert,
mit Flöten zähmt man wilde Schlangen,
zähmt Ihr mit Singen euer Pferd.

Denn eigentlich, bei Licht betrachtet,
was Deutsche, ist denn eure Lust?
Materie habt Ihr stets verachtet,
Ihr schwärmt nur, wenn in eurer Brust
ein riesiges Empfinden nachtet,
das zu Musik wird unbewußt.
Ließt Ihr euch nicht absichtlich treten
von euern Fürsten Tag und Nacht,
und habt aus euern Schmerzensnöten
dann einen Männerchor gemacht?

Das Herz:

Ihr meint: von Siebzig, Einundsiebzig
wär das 'ne heitere Vision –
das Siegen, das vererbt sich, gibt sich,
so weg vom Vater auf den Sohn,
und auch das Einkassieren übt sich
von Gold Milliarde und Million?
Nun, übt euch fleißig nur im Hoffen,
doch sagt es hier nicht allzulaut!
Was mich betrifft, so wünscht' ich offen,
Ihr würdet ordentlich gehaut,
gleichviel von wem, von welchem Feinde.
Eu'r Untergehn ist unser Sieg –
die große, geistige Gemeinde,
sie kennt nur einen einz'gen Krieg ...

Der Haß Panizzas gegen das Haupt des deutschen Unheils war so groß wie die Liebe zu seinem Volk, und was ihm damals den Scheiterhaufen eingetragen hätte, ist heute kaum mehr wert als ein bejahendes Achselzucken:

Wo bist Du, Deutschland? O, in deinen Tannen
der dunkle und geheime Flüsterwind,
in dem du deine Seele auszuspannen
gewohnt, und der so freundlich und so lind,
er rauscht nicht mehr – die Geister all entrannen
vor einem Nordwind eisig und geschwind ...
Du Büffelherde, trotzig-ungelenke,
die durch die Wälder raset mit Gestank,
folgst heute einem einz'gen Stier zur Tränke,
und dieser eine Stier ist geisteskrank.

Und als Mahnung und Aufschrei klingt durch die ungestüm polternden und holpernden Verse (wie schön hat diese Ottave rime Liliencron gehandhabt!) die Aufforderung an seine Deutschen: Tut etwas! Seid aktiv und tut etwas! Er glaubt nicht recht daran; er sagt, die Marseillaise würde in Deutschland erst ertönen, die Gendarmen würden erst präsentieren und Volk und Heer befreit sein:

Wenn einmal auf die Schlösser springen
und in der Spree fließt roter Wein,
dann wird man solche Lieder singen,
dann hört man solche Melodeien!

Und sein Traum ist, die Deutschen würden eines Tages so viel Verstand bekommen, die Bataillone nicht nur zu Schirm und Schutz vor die Fürsten aufzupflanzen, sondern zu ganz etwas anderm:

Herr Moltke brauchte einst die Phrase:
«Das Heer ist gegen Deutsche da,
man säubert damit von der Straße
die Menschen, die dem Schloß zu nah'
gewagt sich» — beim Champagnerglase
fand seine Rede viel Hurrah!
Doch irrt euch nicht, Ihr lieben Kinder
der Gasse, denn kommt einst die Uhr,
macht gegen Kronen und Cylinder
Ihr Front, und sagt: Choc en retour!

Und weil wir heute nicht mehr und noch nicht wieder — denn wir kennen unsre Pappenheimer — zensurpflichtig sind, deshalb sollten diese Klänge hier ertönen, aus denen noch einmal aufsteigt, was sich dieses Volk Jahrzehnte lang hat bieten lassen. Die Revolution vom neunten November war keine: um eine etwas erregt verlaufene Statutenänderung wird heute etwas reichlich viel Spektakel gemacht. Eingeschlagene Fenster und eingeschlagene Köpfe besagen gar nichts für einen Umsturz: aber es besagt wohl etwas, den Mut zu haben, das Alte herunterzureißen, daß es kracht und dann — dann erst! — etwas Neues aufzubauen.

Manches, was 1899 frisch klang, ist heute ein wenig veraltet, jung aber wie je sei unser Haß gegen die Pickelhauben und ihre Schützer, deren Väter und deren Söhne.

Wir gedenken des tapfern Oskar Panizza und grüßen die gefallenen Helden der deutschen November-Unruhen! Wird sich der Traum eines glücklich erwachten Deutschland einmal verwirklichen?

DER GINGGANZ

Morgenstern ist der Busch unsrer Tage. Wie unsre Väter sich an den niederdeutschen Holzschnittzeichnungen des großen Philosophen verlustierten – unter uns: in dieser Beziehung bin ich mein eigner Papa –, so kugelt sich ein ganzes junges Geschlecht über Palmström, Korfen und Muhme Kunkel, daß es eine Art hat. Es ist aber auch zu hübsch: man lacht sich krumm, bewundert hinterher, ernster geworden, eine tiefe Lyrik, die nur im letzten Augenblick ins Spaßhafte abgedreht ist – und merkt zum Schluß, daß man einen philosophischen Satz gelernt hat. So kommt es denn, daß es uns gar nicht mehr wundert, in Morgensterns Nachlaß (‹*Der Gingganz*› bei Bruno Cassirer in Berlin) Kantsche Sätze in Gedichtform zu finden; dergleichen verdaut man heute, erzogen durch Palmströms Galgenlieder, mühelos.

Das Bändchen enthält vielerlei: Galgenlieder – das sind die schwächsten Seiten; darunter allerdings eine Pallenbergsche Monatstafel (Jaguar, Zebra, Nerz, Mandrill ...), ein famoses Taschentüchergespenst und ein sehr fein pointiertes Gedicht von drei Advokaten. Dann nachdenkliche und fast wissenschaftliche Gedichte, über die Ohnmacht der Sprache, die Relativität aller Dinge, über das Ding als Ding an sich und Vorstellung, und was man sonst so braucht. Die schönsten Dinge stehen in Abschnitt III: Korfens Rat, in allzulauten Welthändeln einfach die Zeitungen von übermorgen zu lesen, ist sehr aktuell – wenn da aber steht:

> Korf erfindet eine Zimmerluft,
> die so korpulent, daß jeder
> Gegenstand drin stecken bleibt,

so muß gesagt werden, daß er eine solche Luft nicht erst zu erfinden braucht. Es gibt sie. Beim Militär. Dann eine herrliche Ode an eine Palmströms Nachtruhe störende Nachtigall, die sich lieber in einen Fisch verwandeln solle – ich möchte die Nachtigall sehen, die sich auf eine solche inbrünstige Bitte hin nicht sofort in eine fliegende Makrele verkleidet. Von den Spatzen ganz zu schweigen, die gegen das Frösteln kleine Pelzchen aus Palmströms Spätzemäntelfabrik m. b. H. anziehen. Und der Herr von Kriegar-Ohs (der so heißt, damit er sich auf Figaros reimt)? Und die herrliche Definition des Bürgers? Lest, lest –!

Und lest vor allem den kleinen Prosa-Anhang, der eine ganz neue Art Humor darstellt.

Wenn das, was man so leichtsinnigerweise ‹modernes Leben› zu nennen pflegt, und die Romantik zusammenstoßen, dann gibt es einen guten Klang – und es kommt ganz auf den Zusammenstößer an, obs tragisch oder humoristisch ausläuft. Morgenstern ist von der gradezu lächerlichen Schematisierung ausgegangen, die uns gefressen hat – einmal steht bei O. A. H. Schmitz: Nächstens wird man bei einer Aktiengesellschaft etwas einzahlen, und dafür wird man dann gelebt. Das ist es – und was Morgenstern auf ein paar Seiten aus diesem Thema macht, das ist einfach hinreißend. (Man könnte auch umgekehrt die Romantik verbürgerlichen: es wird nächstens von einem Freunde von mir ein Buch erscheinen, das das versucht.) Da wimmelt es bei Morgenstern von Anzeigen, in denen künstliche Köpfe angepriesen werden ... ‹English church, aus Gummi, zusammenlegbar; samt Koffer 1250 Mark› – oder ‹Violinspieler, vorzüglicher – zum Vorspielen für meine Eidechse gesucht –›: so in der Art tobt das über die Blätter.

Und man weiß zum Schluß nicht, was man mehr bewundern soll: die Clownerie oder die tiefe Weisheit; und es bleibt der tiefe Schmerz übrig, daß dieses reine Herz und dieser Kopf zu früh von uns gegangen ist. Wer ihn liebt, liebt das beste Teil am Deutschtum, fern, fern allen Ludendörffern.

DAS GEHEIMNIS DER LEBENDEN

Das Geheimnis der Zeit beschäftigt die Menschen, seit sie denken können. Diese Tatsache: daß der Stoff in der Zeit wechselt, die Form aber beharrt, die Tatsache, daß wir altern, daß die Zeit verrinnt und eines in uns doch zeitlos dasselbe bleibt – das war Anreiz und Fundament von Zauberformeln und Untersuchungen, von Dissertationen und bunten Märchenerzählungen. Die Phantastik ignoriert entweder die Zeit – woraus abenteuerliche Folgen entstehen –; oder sie stellt sich die Zeit geometrisch als eine Linie oder eine Fläche vor, auf der man beliebig herumrutschen kann (was sie aber nicht ist; sie ist eine Vorstellungsform der menschlichen Erkenntnis – über diesen heute wieder als trivial verschrienen Satz wird man wohl nicht hinauskommen). Wie dem auch sei: nichts erschüttert so wie Phantastik in der Zeit. Phantastik im Raum ist schließlich technisch vorstellbar. Ob ich wirklich einmal auf den Mars (ich lebe in Berlin, also natürlich mit ermäßigten Billetts) werde fahren können, steht noch aus – daß ich aber weder fünf Minuten vorwärts noch rückwärts springen kann, steht sicherlich fest. Und so macht es uns denn eine heitere oder bewegte Märchenfreude, einen mit dem Zeitbegriff jonglieren zu sehen.

Wells hats einmal getan; in der ‹*Zeitmaschine*› (bei Bruns in Minden erschienen). Das Buch ist aber vor allem eine (vorzügliche) Utopie, und wer daran Spaß findet, lese nach, wie der Reisende sich auf die Zeitmaschine setzt und in die Zeit reist. In dem Büchlein, das vor mir liegt, geht es um etwas andres. Es ist ‹*Das Geheimnis der Lebenden*› von Claude Farrère (bei Rütten & Loening in Frankfurt am Main erschienen). Dieser Farrère, ein französischer Schiffsoffizier namens Charles Bergone, ist den Deutschen zuerst durch Hanns Heinz Ewers empfohlen worden, ein Grund, ihn nicht zu lesen. Überwindet man aber die berechtigte Abneigung gegen den Vermittler zwischen Laster und Bürgerlichkeit, so muß ich doch sagen, daß Farrère manchmal recht amüsante Sachen zu Tage fördert.

Diesmal ist es eine ganz unwahrscheinliche Geschichte, eben von dem Rätsel der Zeit. Sie handelt davon, wie drei alte Männer sich mit einem noch ältern Mittel unsterblich zu machen gewußt haben, drei Männer aus dem Zobtenberge; aber während diese bösen Verzauberten ihr schauerliches «Hic nulla, nulla pax» stammeln, sind jene drei kreuzfidel und brauchen nur eines: Ergänzung ihrer Lebenskräfte durch frische lebendige Menschen. Der Glaube an Sunamitinnen wird lebendig, und wie sich die drei Alten das frische Menschenblut holen, wie sie dabei an die Dame Madeleine geraten und so auch an ihren Liebsten, den Rittmeister Charles André Narcy, das ist ebenso nett wie grauslich in dem Buche erzählt. Der Mann wohnt schließlich seinem eigenen Begräbnis bei, ist in drei Tagen um Jahrzehnte gealtert und nimmt Abschied von den Menschen, die ihm nicht mehr helfen können.

Gewiß, das ist alles Literatenzauberei – und doch ein klein wenig mehr. Liegt es an der Grazie des Erzählers, liegt es am Stoff: man fühlt sich mehr gepackt als sonst bei Büchern dieser Art. Irgendetwas von verschollener Zeit und von dem unwandelbaren Gang der Sterne klingt an – der Leierkasten der Erinnerung wird wach, und, der Made gleich unter der alles bedeckenden Käseglocke, müssen wir sagen: «Wir gehören auch mit dazu!» Wir gehören auch mit dazu...

Weil aber das Büchlein in gut dosierter Mischung die richtigen Portionen von Spannung, Erotik, Übersinnlichkeit und guter Darstellung enthält, lesen wir es auf einen Sitz herunter, gucken eine Zeitlang tiefsinnig ins Leere und stellen es mit einem befriedigenden Aufseufzer ins Fach. Und mehr kann man nicht verlangen.

WIR HÄTTEN SOLLEN...

Alexander Moszkowski hat einmal die Gefühle einer Familie nach der großen Sommerreise geschildert; in dieser Schilderung begannen alle Sätze mit den Worten: «Wir hätten sollen... – Wir hätten sollen schon am Freitag abreisen – wir hätten sollen über den Brenner fahren – wir hätten sollen nicht den großen Koffer mitnehmen» – und es hörte auf: «Wir hätten sollen überhaupt zu Hause bleiben!» –

Wir hätten sollen... das ist ein nachdenkliches Wort. Wenn ich es auf meinem Gedankenklavier, der Schreibmaschine anschlage, klingt es lange nach – es ist fast wie ein Thema, das mit vielen Variationen gespielt werden kann. Wir hätten sollen...

Als wir selbdritt, Karlchen, Jakopp und ich, aus Rumänien herauffuhren, damals, als der große Krieg liquidiert wurde, kamen wir eines Nachts durch die ungarische Station Szolnog. Da gabelten sich die Wege: man konnte über Budapest an die Panke fahren, oder aber über Böhmen. Was nun? In Böhmen, verlautete es, herrsche Aufstand und Rebellion, der andre Weg war nicht sichrer ... Wir fuhren über Pest und kamen richtig nach Hause. Aber von all dem Randal, den Rotweinnächten im Coupé, dem jungen rumänischen Offizier, der aussah wie ein berliner Barschieber, den vielen bunten Schnäpsen im großen Bad in Pest, von Salzburg nach München — von all dem hat Karlchen nichts behalten. Sehe ich ihn heute, dann nickt er schwermütig mit dem Kopf und sagt vorwurfsvoll: «Wir hätten doch sollen in Szolnog umsteigen!»

Hätten wir wirklich? Wäre dann alles anders gekommen? Es gibt ja Leute, die behaupten, ihr ganzes Leben wäre anders verlaufen, wenn sie in Szolnog umgestiegen wären — und es sind dieselben Leute, die hinterher, wenn alles vorbei ist, furchtbar schlau sind, und uns erzählen, wie man es hätte machen müssen, aber leider nicht gemacht hat, und wie alles gekommen wäre, wenn ...

Ich glaube diesen Leuten nicht so recht. Ich werde das leise Mißtrauen nicht los, daß das eine böse Gabe ist, hinterher die ‹Lage zu spannen›, hinterher zu wissen, wie es hätte gemacht werden müssen — man lernt doch nichts daraus.

Wir hätten sollen ... Einmal ging ich mit Augusten aus, es war ein schöner Sonnabendabend, sie trug ihr gutes Kleid, verhältnismäßig neue Stiefel und sah furchtbar fein aus. Ich traute mich gar nicht, Du zu ihr zu sagen ... Und wir gingen auf den besten Platz, der im ganzen Theater zu haben war, Proszeniumsloge links — das Theater lag in der Großen Frankfurter Straße — und es wurde gespielt: *‹Doppelt geschändet›* oder *‹Die Liebe des Freimaurers›*. Es war schrecklich aufregend. Auguste unterbrach das Spiel mit passenden Bemerkungen, und es bedurfte meiner ganzen Geschicklichkeit, einen Hinauswurf zu vermeiden. Der Held wurde in eine Art Kohlenkasten gelegt, der an diesem Abend als Sarg auftrat, die Heldin mischte sich in die Freimaurersitzung, wo lauter ernste Männer nicht Skat kloppten, sondern unheimliche Formeln beteten, weil der Held in diese Innung aufgenommen werden sollte, der Souffleur flüsterte vor lauter Feierlichkeit so leise, daß die Schauspieler stecken blieben — und Auguste schneuzte sich ergriffen in mein Taschentuch. Und als alles fertig war, die Schürzung des Knotens, und die Katastrophe und das Finale mit den beiden Paaren und den erschütterten Statisten und dem Applaus und dem Auf und Ab am Vorhang — da sagte ich: «Na?» — Und Auguste sprach: «Wir hätten doch sollen in den *‹Jäger von Kurpfalz›* gehen!» — Frauen sind selten dankbar.

Wir hätten doch sollen ... Es gibt Leute, die sprechen am Ende einer jahrzehntelangen Ehe so, und es gibt welche, die sagen es vor sich hin, wenn sie einen folgenschweren Entschluß ausgesprochen haben, den sie vorher so genau erwogen hatten. Nach einer Reise sagt man es immer, und nach einer unterlassenen freundlichen Leichtsinnigkeit sehr häufig. Ganz kann man es sich nie verkneifen.

Es ist eine ganze Philosophie, dieses ‹Wir hätten sollen ...› — Und es ist eine billige, eine unterhaltsame, und eine nicht zu widerlegende Philosophie. Klappt nicht alles ganz wundervoll, wenn man es sich hinterher ausdenkt? Den Weg rechts ist man gegangen, und es hat Schwierigkeiten gegeben und Kummer und arge Enttäuschung. Aber den Weg links, den man hätte gehen sollen, das war ein glatter Weg! — Und lieblich schweifen die Gedanken ab, dorthin, wo alles nach unserm Willen läuft, ohne Hemmungen und Katastrophen — der hätte keine Hürden gehabt, der Weg, der wäre geradezu ins Ziel gegangen.

Wir hätten doch sollen... Manchmal ist es auch ein Stachel im Fleisch, ja, es gibt Frauen, die einen ganzen Igel aus diesem Wort machen können. Es war alles sehr schön: wir andern haben roten Wein getrunken und getanzt, und ein kleines bißchen geküßt — was eben so grade in eine unbewachte Minute hereinging — und Hallo gemacht. «Na, Mama, wie wars?» — «Es war ganz hübsch, mein Junge. Aber ich habe mich zu sehr geärgert: Papa hat sich ein Sahnenschnitzel bestellt, und nachher sah ich auf der Karte, daß es noch ein andres, billigeres Schnitzel gab ... Zwei Mark herausgeworfen ... Er hätte doch sollen ...!» — Aber es muß gesagt werden, daß es auch unter den Männern solche Frauen gibt. Einmal fuhren wir über die ungarisch-rumänische Grenze, nach Orsova. Vom Alkohol will ich gar nicht reden, um mir das Herz nicht schwer zu machen — aber es war herrlich. Der Oberleutnant hatte nicht genug ungarisches Geld mit, gab seine rumänischen Lei-Noten in Zahlung, wurde selbstverständlich übervorteilt, und wir schoben ab. Auf dem Rückweg fuhren wir durch die hohe Pappelallee — grün und matt ausgestirnt spannte sich der Himmel darüber hin, die Berge verdämmerten und in der Ferne blitzten die Lichter der Stadt. Unten rauschte die Donau, die man hören konnte, wenn einmal der Kutscher die Pferde verschnaufen ließ. Wir schwiegen. Und auf dem Bock saß, wütend, leise murmelnd, böse und durchaus beleidigt, der Oberleutnant und haderte mit den Leuten, die ihm ein Agio abgenommen hatten ... ein Agio —! Und er blies auf einer großen Trompete das alte, herrliche Lied: «Wir hätten sollen ...!» — Und verdarb sich den ganzen schönen Abend.

Vergeblich sagt sich der Weise den Spruch auf, den ein alter Feldwebel auf einem Porzellanteller in Goldmalerei über seinem Arbeitstisch aufgehängt hatte: ‹Wie mans macht, ists falsch!› — Das ist kein Trost. Einem obstinaten Baß gleich, wie ein immer unruhvoll arbeitendes Thema rollt und rumort es unablässig in der Tiefe: ‹Wir hätten sollen!› — Wir hätten sollen den Burschen ordentlich anschnauzen! Wir hätten sollen ihr ein paar Blumen schicken! Wir hätten sollen die

Rechnung lieber nicht bezahlen! Wir hätten sollen sagen, das Kind ist nicht von uns! Und, schließlich, ganz und gar unzufrieden und rigoros aufräumend: Wir hätten sollen als Kinoschauspieler auf die Welt gekommen sein! –

Wir hätten sollen... Und das alte faltige Gesicht Schopenhauers taucht auf, bärbeißig, mit den alles durchdringenden Augen und grimmig noch, wenn es lachte: «Ihr hättet sollen! Narren! Hättet ihr denn können?» –

Wir nicken. Wir haben die Traktate über die Freiheit des Willens wohl gelesen und wissen, daß das Wasser nur sprudelt, wenn es den Berg herunterläuft, daß es nur schneit, wenn es kalt ist, daß die Auerhähne nur balzen, wenn ihre Zeit ist – wir wissens wohl.

Und dennoch, dennoch... Ist alles vorbei, dann klopft etwas im Innern an, unser Gesicht verdüstert sich, und nach Glück, Unglück, Geburt und Tod sagt eine leise Stimme: «Wir hätten doch sollen...!»

NEUER MILITARISMUS

Von dem derzeitigen Reichswehrminister ist die Anregung ausgegangen, die Schutzmannschaft in den großen deutschen Städten zu entmilitarisieren. Das soll so geschehen, daß man der alten Schutzmannschaft nur noch die Gewerbe-, Gesundheits- und Verkehrspolizei überläßt, sowie den Bürodienst – dagegen sämtliche andern Zweige einer neu zu gründenden Truppe übergibt. «Eine Truppe aus jungen, meist unverheirateten Unteroffizieren, die von ehemaligen Offizieren des Heeres in streng militärischer Organisation zusammengefaßt wird. Die Unterbringung dieser mit allen modernen Waffen ausgerüsteten Truppe erfolgt in bereitgestellten Kasernen, ihre Stärke wird, zum Beispiel, für Berlin etwa neuntausend Mann betragen.»

Inwieweit das eine Verletzung des Friedensvertrages darstellt, ist eine Sache für sich. Die streng militärische Organisation der Truppe macht sie zu dem, was sie in der Tat ist: zum stehenden Heer – denn es kommt nicht auf ihre Verwendung, sondern auf ihre Organisation an. Uns interessiert hier etwas andres.

Wie der Oberverwaltungsgerichtsrat Lindenau in einem guten und schneidigen Artikel dargetan hat, sind bei dieser Neueinrichtung weder das Polizeipräsidium noch der Justizminister noch die berliner Stadtverwaltung gefragt worden. Der Reichswehrminister sagte in der letzten Nationalversammlung, er könne nur einige Andeutungen geben und die Angelegenheit nur ‹mit einiger Reserve› erörtern. Ich will ihm aus der Reserve heraushelfen.

Wer beim preußischen Militär war, weiß, daß der Mann die Stelle macht, nicht umgekehrt. Muß ein Offizier untergebracht werden, dann wird eben eine Stelle für ihn geschaffen – das tatsächlich vorhandene Bedürfnis ist dabei nicht maßgebend.

Der Reichswehrminister hat sich von Anfang seiner Amtstätigkeit an auf die Offiziere der alten Monarchie gestützt und muß ihnen nun etwas bieten.

So hat er bereits den Obersten des Dritten Garde-Regiments zu Fuß zum Kommandeur der neuen Polizeitruppe ernannt. Daß der Mann den Posten angenommen hat, wundert uns nicht. Er hat der Monarchie gedient (die auf Sozialdemokraten schießen ließ) – er dient den Sozialdemokraten – und er wird wohl auch einem gemischten System dienen. Aber was geht denn hier vor?

Es bereitet sich die Konservierung des dreimal verfluchten militärischen Geistes vor. Wenn alle größern deutschen Städte mit einer solchen Truppe bedacht werden, dann haben wir neben dem bewilligten Heer noch weitere hunderttausend Mann, die sich in Drill, Formen, Gesinnung und Roheit durch nichts von dem alten Heer unterscheiden werden. Der alte Geist wird rein erhalten. Und er muß und wird entfernt werden.

Es geht also alles wieder von vorn an: Paraden; Ansprachen an die kleinen Götter bis zum Unteroffizier abwärts, die ihrerseits bestrebt sein werden, den Druck nach unten weiter zu geben; der widerliche Geist der blanken Gewalt, der durch die angeworbenen Militäranwärter alten Stils deren Familien vergiften wird; der Kasino-Rummel; der Gamaschendienst; die kindlichen kleinen Eitelkeiten, das Spiel mit den blanken Abzeichen, die zahllosen Titel und Ränge, die Orden (man wird schon eine verkappte Form, auch gegen das bißchen Verfassung, aushecken) – all das beginnt von neuem.

Das neue Spiel ist von einem ehemaligen Sozialdemokraten angeregt und begünstigt worden. Diese Katastrophe wird ja eines Tages aus der Regierung ausgebootet werden müssen, denn ich weiß nicht, wie ein anständiger Parlamentarier mit einem Mann zusammenarbeiten kann, der längst nicht mehr Herr seiner Entschlüsse ist.

Was nützt nun alle Schulreform, was nützen alle Anstrengungen der Gutgesinnten, wenn die Regierung Prämien für rohe Gewalt bezahlt? Wenn sie die alten schlechten Offizierstypen wieder hochzüchtet, deren Ära wir verblichen wähnten?

Die neue Polizeitruppe wird ihren Dienst schlecht erfüllen und wird uns unbändiges Geld kosten. Sie wird – denn aus diesem Mehl ist sie gebacken – Leute mit reinem Kragen zuvorkommend und Leute ohne einen solchen pöbelhaft behandeln. Woher wir das wissen? Aus dem Wirken der Reichswehrtruppen, aus ihrer Art, mit Schutzhäftlingen umzugehen, und vor allem: aus ihrem Material.

Ich besinne mich noch – und wir tuns wohl alle –, wie sehr Deutschland über die ‹englischen Söldner› schäumte, als die zu Anfang des

Krieges aufrückten. Wollt ihr nicht einmal nachlesen, was da alles stand? «Der Beste läßt sich nicht anwerben.» – «Es werden immer arbeitslose Herumlungerer sein, die für Geld fechten.» – «Kein vernünftiger und arbeitsamer Mann verläßt um eines solchen Handwerks willen seine Stellung.» Das wurde nachher übertrieben – man sprach den Söldnern nun alles ab: aber daß es wirklich nicht die besten Elemente sind, die sich für Geld anwerben lassen, ist richtig. (Wohl England! Unsre Besten liegen in fremden Ackergräben.) Es wird sich also auch bei uns alles das ansammeln, was beim Militär zu kapitulieren pflegte – das war nicht die Creme – und an diesem zusammengekauften Rudel werden abgetakelte Offiziere ihre alten schlechten Herrschaftsgelüste spielen lassen und das verderbliche Gift im Volk verbreiten helfen.

Das darf nicht wiederkommen.

Es ist Pflicht aller sauber denkenden demokratischen Parteien jeder Richtung, die Bildung einer solchen Truppe für Stellungslose zu verhindern. Ruhe und Ordnung sollen und müssen gewahrt werden. Die kompakte Masse aber von monarchistischen Edelmenschen, die gar nicht umlernen wollen, dürfen nicht wieder aus Staatsgeldern bezahlt werden.

Daß Noske nur mit dem Belagerungszustand zu regieren versteht, wissen wir. Es ist allgemach an der Zeit, einen ins Amt zu setzen, ders auch ohne ihn kann.

ICH SCHNITT ES GERN...

Wie schön ist doch des Pfolkes Neigung!
Wen es mal liebt, den liebt es ganz
und beut entflammt, in jäher Steigung,
dem Helden seinen Ruhmeskranz.

Die Männer des Paradeschrittes
umjubelt es tagaus, tagein –
es segnet auch ihr Haupt und schnitt es
sich gern in alle Rinden ein.

So auch der Knab dort.
Auf der Straße
steht er in Abendsonnenglut
und tut für sich in kleinem Maße,
was sonst die Straßenreinigung tut.

Zieht er auf dem Asphalt Figuren?
Liebt er das alte Ornament?

Sieh da: er zeigt des Fleißes Spuren
der Jugend, die dergleichen kennt.

Laßt uns noch einmal wiederkehren.
Wie ist dies Volk doch wohlgesinnt!
Ich lese voller Wehmutszähren:
«N. O. S. K. ...»
Du gutes Kind –!

FEUERWERK

Die kleinen Bändchen aus dem Verlag der Weißen Bücher in Leipzig kennen wenige. Es sind entzückende Sächelchen darunter, so von Alain und von Bottom, davon ein andres Mal. Diesmal wollen wir uns nur über eines unterhalten, über Chestertons *‹Verteidigung des Unsinns, der Demut, des Schundromans und andrer mißachteter Dinge›*.

Seit Oscar Wilde mit seiner Blume im Knopfloch ganz Wien verpestet hat, sind Paradoxa hierorts nicht mehr gesellschaftsfähig. Man tut das einfach nicht mehr. So, wie man die Sauce nicht mit dem Löffel ausschöpft oder den Hausherrn nicht dazu beglückwünscht, daß sein ältester Sohn nun endlich in den Verband Deutscher Bolschewisten eingetreten ist, so wenig sagt man noch: «Die Kunst ist wie die Frau. Beide sind ...» Man trägt das längst nicht mehr. Als Harry Walden noch jung war ... Na, da lachen Sie.

Aber so eine Art Feuerwerk ist das hier gar nicht. Haben Sie einmal ein Bild von Chesterton gesehen? Nein? Also stellen Sie sich einen ungeheuer dicken und etwas griesgrämigen Mann vor, mit Kneifer und etwas Schnauzbart, und es ist ja anzunehmen, daß der Verfasser des *‹Mannes, der Donnerstag war›*, und der *‹Orthodoxie›* und der *‹Häretiker›* und der *‹Magie›* – daß dieser dicke Mann, sage ich, in dem von Tirpitz mit Erfolg ausgehungerten England in der Zwischenzeit noch dicker geworden ist. Er hat so viel Fett wie Humor.

Ob der ohne Shaw nicht zu denken ist, wie manche behaupten, weiß ich nicht. Kenner der englischen Literatur mögen ergründen, wieviel irischer Humor das ist, und wieviel adaptierter irischer Humor. Jedenfalls ist es eine der lustigsten Arten von Gehirnakrobatik, die sich denken läßt. Das ist im wahrsten Sinne des Wortes paradox – denn dem Schreiber hat erst etwas geschienen, und das hat er übertrudelt. Die Verteidigungen der Planeten, der Detektivgeschichten und des Schundromans gehören zu den besten Leistungen des literarischen Varietés. Rauchen gestattet! Stets wechselndes Programm! Und Sie lachen mehr als in einem deutschen Tivoli.

Am schönsten und hellsten aber strahlt der letzte Aufsatz: *‹Verteidi-*

gung des Patriotismus›. Dazu muß allerdings gesagt werden, daß er, pazifistisch, antinationalistisch und ganz befreit von allen Dogmen, vor dem Kriege geschrieben worden ist, vor jener Zeit, wo sogar G. K. Chesterton in der berechtigten Abneigung gegen Potsdam eine Grube fand, in die er hineinfiel, der dicke und kluge Mann – und daß der Aufsatz so recht auf niemand geht. Er ist um seiner selbst willen geschrieben worden. Und das sind meisthin die klügsten Dinge, die wir so einfach dahin sagen: ohne Interesse an jemand, ohne Rankühne gegen einen andern, ohne die Absicht, zu gefallen oder zu mißfallen. Es wäre hübsch, wenn sich recht viele Deutsche an dieser blitzenden Weisheit eines Krämergeistes jenseits des Kanals erfreuten. Wir habens nötig.

«AN ALLE FRONTSOLDATEN!»

Der Verfasser (eines gleichnamigen Pamphlets des Scherl-Verlages) greift meine Arbeiten, die ich in der *‹Volkszeitung›* und in der *‹Weltbühne›* über das böse Thema Offizier und Mann veröffentlicht habe, heftig an. Nicht deshalb nehme ich hier das Wort, um ihm zu antworten. Wir kennen alle diese läppischen Einwände: «Ich kenne Ihre Kriegsstammrolle nicht im einzelnen.» – «Die republikanische Staatsgewalt aber regt sich heute mit keinem Finger, wenn ein Judasgeist von dem Popanz der Ehre eines Führerkorps zu sprechen wagt...» – «Hetzartikel». – «Judas Ischarioth». – Es ist, wie wenn ein gefaßter Dieb dem Schutzmann sagt: «Sie haben aber mal früher eine Disziplinarstrafe gehabt!» – Die steht nicht zur Diskussion. Es geht um den Dieb.

Und ich glaube, wir haben ihn. Bilden sich diese Herren ein, noch heute einem gescheiten Mann einreden zu können, daß es etwa im Felde nicht ungerecht und verlogen hergegangen sei? Glauben sie, wir wüßten nicht alle, wie sich der deutsche Offizier immer und immer wieder einen guten Tag gemacht hat – auf wessen Kosten denn? Glauben sie, saubere und anständige Leute ließen sich noch jemals eine ‹geistige Mobilisation› gefallen, wie sie eine Wiederaufrichtung der empörendsten Unfreiheit zu nennen belieben? Sie wünschen einen Wahrheitsbeweis?

Es ist behauptet worden, daß die Offiziere unverhältnismäßig besser gelebt hätten als der Mann. Der Einwand, daß es im Schützengraben demokratischer hergegangen sei, ist nicht stichhaltig. Sollte der Bataillonsstab vielleicht im Stollen ein Kasino aufmachen? (Übrigens ist das vorgekommen.) Es handelt sich um die Fälle, in denen die Möglichkeit zu besserem Leben vorlag – diese Möglichkeit ist von den sogenannten ‹Herren› in vollem Umfange ausgenutzt worden. Das ist durchaus keine Äußerlichkeit, wie der Verfasser gern glauben machen möchte. Essen ist für einen kräftigen Mann im Felde fast die Hauptsache – und es mußte mit Recht verbittern, wenn die Truppe in ihren

Offizieren Leute sah, die mit keinem Mittel zu bewegen waren, das gleiche harte und entbehrungsvolle Leben zu führen, wie man es vom Mann verlangte. Ludendorff schreibt in seinem (übrigens belanglosen) Buch, er habe den ‹Herren in Berlin› versprochen, dann aus der Feldküche zu essen, wenn sies selbst täten. Das ist eine Ungezogenheit. Die Staatssekretäre waren keine Soldaten und verlangten von anderen nichts Übermenschliches. Ihr konntet in den höheren Stäben mit dem Soldatenessen nicht auskommen? Ihr hattet so viel zu tun? Vom Mann, der häufig genug im Frieden gutes Essen gewöhnt war, wurde es verlangt, schwere Anstrengungen bei dürftigem Essen zu ertragen.

Bezeichnend für diese Schichten ist es, daß sie niemals die Schuld an den verrotteten Umständen in ihren Reihen suchten, schuld waren die anderen. Man höre: «Die mittlere Führung vom Divisionskommandeur bis zum Gruppenkommando aber, mit wehem Herzen muß es ausgesprochen werden, die allerhöchste Spitze haben die Front in den ernstesten Lagen oftmals, und gerade zuletzt am Ende schwer enttäuscht. Hier, und nicht in dem Verhältnis zwischen Frontmann und Frontoffizier, klaffte die Kluft. Man gebot uns Frontoffizieren immer, nach unten aufzuklären, man gestattete es aber nicht, nach oben ein offenes Wort zu sprechen, und wenn sich doch einmal über die aus dem Rücken nahenden Sturmzeichen eine warnende Stimme erhob, so wurde diese im Gefühle der eigenen Unfehlbarkeit in den Wind geschlagen oder gar als Unbotmäßigkeit vermerkt.» Das kommt mir alles so bekannt vor –! Genau so, genau so war das Verhältnis vom Mann zum Offizier – hier klaffte die Kluft und klafft sie noch. (Und auch die getadelten Stabsoffiziere waren Offiziere.)

Alles andere im Buch ist dagewesen, aber dafür falsch. Der falsche Einwand, nicht *der* Offizier sei verderbt gewesen, sondern nur einige (die andern) – viele seien doch gefallen, und viele seien doch anständig gewesen ... Wir haben den Typ des deutschen Offiziers gewogen und zu leicht befunden. Der falsche Einwand von der ‹radikalen Wühlarbeit› – alle rechtsstehenden Schriftsteller fußen hierbei auf der großsprecherischen Erklärung des Sozialdemokraten Vater aus Magdeburg, der behauptet hatte, die Unabhängigen hätten die Front zermürbt. Man müßte doch einmal – besonders in der Etappe – etwas davon gemerkt haben. Nichts. Nein, wir brauchten keine Unabhängigen: die Wühlarbeit wurde mühelos von den Offizieren selbst betrieben. Als mich im Jahre 1918 ein Unterrichtsoffizier befragte, was man denn gegen die Gerüchte über das gute Leben der Offiziere unternehmen könnte, durfte ich ihm die rechte Antwort nicht geben. Heute kann ich es. Ihr hättet eben anständiger leben sollen – dann wären die Gerüchte unterblieben.

Ich glaube, wir verstehen uns nicht recht. Hier stoßen zwei Welten aneinander, und es gibt keine Brücke. Was wir wollen, ist dieses:

Wir wollen nicht, daß sich Leute unterfangen, von obenher vom

Himmel zu steigen und nun gnädig und loyal uns andre mindere Sterbliche zu regieren. Wir wollen nicht auf die Schulter geklopft werden. Wir wollen nebeneinander arbeiten. Das schließt gar nicht aus, daß es Leute gibt, die sachliche Weisungen erteilen, daß es gute und schlechte Kerls gibt … aber wir wollen nicht, daß ein geschneidertes Achselstück für 29,50 Mark einen Menschen abstempelt.

So war es:

Der Offizier	*Der Mann*
bekam nicht unter 300 Mark Gehalt, meist bedeutend mehr (Zulagen, Tagegelder usw.);	erhielt ein paar Pfennige und im Bedarfsfalle unzureichende Familienunterstützung;
hatte Bewegungsfreiheit, ritt aus, besah sich das fremde Land, in dem er stand, und führte ein ziemlich freies Leben;	war eingeschnürt im Dienst. Spaziergänge in seiner dienstfreien Zeit wurden erschwert; er war immer im ‹Dienst›;
hatte die Möglichkeit, dauernd Einkäufe zu machen und Eingekauftes mit nicht immer einwandfreien Transportmitteln nach Hause zu schicken;	konnte wenig einkaufen, weil ihm die Preise verdorben wurden; stellenweise wurde ihm die Transportmöglichkeit erschwert;
aß gut und fast immer ausreichend; in der Etappe ausgezeichnet, dort niemals aus der Feldküche. Sein Essen war billig;	aß mäßig und manchmal monatelang das gleiche, schlabbrige Essen. Kantinenpreise durch dunkle Berechnungen nicht billig. Andere Aufbesserungsmöglichkeiten nicht vorhanden;
wurde von seinesgleichen in jeder Weise unterstützt: bei Urlaubssperre, Dienstfahrten, kleinen Schiebungen aus der Kammer in Bekleidungsangelegenheiten, ärztlichen Attesten;	wurde herumgestoßen, und es wurde ihm das Leben in jeder Weise erschwert. Der Vorgang eines Stiefeltausches war meist eine Qual durch drei Instanzen mit vielen Anschnauzern;
wurde in allen kleinen Äußerlichkeiten, die das Leben so sehr beeinflussen, unterstützt, das berüchtigte Schild ‹Nur für Offiziere› beherrschte die Kriegsschauplätze.	sah in den Mond.

Und *so* soll es *nie wieder sein!*

POLITISCHE SATIRE

> Paul: Wir haben ja das Lächeln, Frau Konik ... das erlösende Lächeln.
> Frau Konik: Man kann doch nicht über alles lächeln.
> Paul und Konik (zugleich): Über alles! Über alles!
> Frau Konik: Meint ihr nicht, daß das ein bißchen gefährlich ist ...?
> Konik: Ja, ... für die, denen es gilt!
>
> Gustav Wied

Der echte Satiriker, dieser Mann, der keinen Spaß versteht, fühlt sich am wohlsten, wenn ihm ein Zensor nahm, zu sagen, was er leidet. Dann sagt ers doch, und wie er es sagt, ohne es zu sagen — das macht schon einen Hauptteil des Vergnügens aus, der von ihm ausstrahlt. Um dieses Reizes willen verzeiht man ihm vielleicht manches, und verzeiht ihm umso lieber, je ungefährlicher er ist, das heißt: je weiter die Erfüllung seiner Forderungen von der Wirklichkeit entfernt liegt.

Das war eine schöne Zeit, als der einzige ‹*Simplicissimus*› — der alter Prägung — frech war, wie die Leute damals sagten. Die satirische Opposition lag im Hinterhalt, schoß ein Pfeilchen oder wohl auch einmal ein gutes Fuder Feldsteine aus dem Katapult ab, und wenn sich der Krämer in der Lederhose und der Ritter im starren Visier umsahen, weil sie einen wegbekommen hatten, gluckerte unterirdisches Gelächter durch den Busch: aber zu sehen war keiner.

Das ist vorbei. Die Satire ist heute — 1919 — gefährlich geworden, weil auf die spaßhaften Worte leicht ernste Taten folgen können, und dies umso eher, je volkstümlicher der Satiriker spricht.

Die Zensur ist in Deutschland tot — aber man merkt nichts davon. In den Varietés, auf den Vortragsbrettern der Vereine, in den Theatern, auf der Filmleinwand — wo ist die politische Satire? Noch ist der eingreifende Schutzmann eine Zwangsvorstellung, und daß ein kräftiges Wort und ein guter Witz gegen eine Regierungsmaßnahme aus Thaliens Munde dringt, da sei Gott vor! Denn noch wissen die Deutschen nicht, was das heißt: frei — und noch wissen sie nicht, daß ein gut gezielter Scherz ein besserer Blitzableiter für einen Volkszorn ist, als ein häßlicher Krawall, den man nicht dämmen kann. Sie verstehen keinen Spaß. Und sie verstehen keine Satire.

Aber kann der Satiriker denn nicht beruhigend wirken? Kann er denn nicht die ‹Übelstände auf allen Seiten› geißeln, kann er denn nicht hinwiederum ‹das Gute durch Zuspruch fördern› — mit einem Wort: kann er nicht positiv sein?

Und wenn einer mit Engelszungen predigte und hätte des Hasses nicht —: er wäre kein Satiriker.

Politische Satire steht immer in der Opposition. Es ist das der Grund, weshalb es bis auf den heutigen Tag kein konservatives Witzblatt von Rang gibt und kein regierungstreues. Nicht etwa, weil die Herren keinen Humor hätten oder keinen Witz. Den hat keine Klasse gepachtet. Aber die kann ihn am wenigsten haben, die auf die Erhaltung des Bestehenden aus ist, die die Autorität und den Respekt mit hehrem Räuspern und hochgezogenen Augenbrauen zu schützen bestrebt ist. Der politische Witz ist ein respektloser Lausejunge.

Es gibt ja nun Satiriker so großen Formats, daß sie ihren Gegner überdauern, ja, der Gegner lebt nur noch, weil der Satiriker lebt. Ich werde nur das Mißtrauen nicht los, daß man den Ehrentitel ‹großer Satiriker› erst dann verleiht, wenn der Mann nicht mehr gefährlich, wenn er tot ist.

Der gestorbene Satiriker hats gut. Denn nichts ist für den Leser süßer als das erbauliche Gefühl der eigenen Überlegenheit, vermischt mit dem amüsanten Bewußtsein, wie gar so dumm der Spießer von anno tuback war. Nun gehört aber zur Masse immer einer mehr, als jeder glaubt – und die Angelegenheit wird gleich weniger witzig, wenns um das Heute geht. Dem Kampf Heines mit den zweiunddreißig Monarchien sieht man schadenfroh und äußerst vergnügt zu – bei Liebknecht wird die Sache gleich ganz anders.

«Ja», sagt Herr Müller, «das ist auch ganz was anders!» Ja, Bauer, das ist ganz was anders – und weils was anders ist, weil der Kampf gegen die Lebenden von Leidenschaften durchschüttelt ist, und weil die nahe Distanz das Auge trübt, und weil es überhaupt für den Kämpfer nicht darauf ankommt, Distanz zu halten, sondern zu kämpfen – deshalb ist der Satiriker ungerecht. Er kann nicht wägen – er muß schlagen. Und verallgemeinert und malt Fratzen an die Wand und sagt einem ganzen Stand die Sünden einzelner nach, weil sie typisch sind, und übertreibt und verkleinert – –

Und trifft, wenn er ein Kerl ist, zutiefst und zuletzt doch das Wahre und ist der Gerechtesten einer.

Jedes Ding hat zwei Seiten – der Satiriker sieht nur eine und will nur eine sehen. Er beschützt die Edlen mit Keulenschlägen und mit dem Pfeil, dem Bogen. Er ist der Landsknecht des Geistes.

Seine Stellung ist vorgeschrieben: er kann nicht anders, Gott helfe ihm. Amen. Er und wir, die nie Zufriedenen, stehen da, wo die Männer stehen, die die Waffen gegen die Waffen erheben, stehen da, wo der Staat ein Moloch geheißen wird und die Priesterreligion ein Reif um die Stirnen. Und sind doch ordnungsliebender und frömmer als unsre Feinde, wollen aber, daß die Menschen glücklich sind – um ihrer selbst willen.

Ein Büchlein, zu dem dies hier die Vorrede ist, das ‹*Fromme Gesänge*› heißt und von Theobald Tiger stammt (und das im Verlag Felix Lehmann zu Charlottenburg erscheint), gibt eine Reisebeschreibung der Route 1913–1919.

Was der Wochenbetrachter der ‹*Weltbühne*› in diesen Jahren besungen hat, wurde einer Durchsicht unterzogen; bei der Sichtung entfernte ich, was für den Tag geschrieben wurde und mit ihm vergangen ist. Weil es aber das Bestreben der ‹*Weltbühne*› ist, zwar für den Tag zu wirken, aber doch auch über ihn hinaus, so blieb eine ganze Reihe, vermehrt um anderswo erschienene Gedichte sowie um manche noch unveröffentlichte.

Im Grünen fings an und endete blutigrot. Und wenn sich der Verfasser mit offenen Armen in die Zeit gestürzt hat, so sah er nicht, wie der Historiker in hundert Jahren sehen wird, und wollte auch nicht so sehen. Er war den Dingen so nahe, daß sie ihn schnitten und er sie schlagen konnte. Und sie rissen ihm die Hände auf, und er blutete, und einige sprachen zu ihm: «Bist du gerecht?» Und er hob die blutigen Hände – blutig von seinem Blute – und zuckte die Achseln und lächelte. Denn man kann über alles lächeln...

Und daß inmitten dem Kampfeslärm und dem Wogen der Schlacht auch ein kleines Gras- und Rasenstück grünt, auf dem ein blaues Blümchen, ebenso sentimental wie ironisch, zart erblüht – das möge den geneigten Leser mit dem grimmigen Katerschnurrbart und dem zornig wedelnden Schweif des obgenannten Tigers freundlich versöhnen.

AN IHREN PAPA

Amici! Plaudite! – Die bunten Bänder
und Wimpel flattern froh im Wind!
Wie danke ich dir gütigem Spender
für dieses Kind! –

Du würdiger Greis – vor so und so viel Jahren
erzeugtest dus in einer Nacht...
Ich weiß, daß dies bei ungebleichten Haaren
schon Mühe macht.

Und du, im rüstigen Mannesalter,
du produziertest dies *bébé* –
ein Frauenseufzer... leis verhallt er... –
Dir Evoë! –

Dir Evoë! – Ich gratuliere!
Dein denk ich, Autor, ist sie da –
Dein denk ich, wenn ich kokettiere –
Grüß Gott, Papa!

ER VERHEIRATET SIE

Reicht mir den Kranz, reicht mir den Myrtenschleier!
Der Unschuld grünes Kränzlein tragt herbei!
So schick ich Clairen an Direktor Meyer — —
(Mitgift anbei).

Bedenk: Du schreitest nun ins wilde Leben!
«Zum ersten Mal» — ein schwerer Schritt, mein Kind!
Was früher war, Gott, das vergißt man eben . . .
und er —
ist blind.

Sein Tastsinn sei ein wenig unentwickelt,
und tobt er brüllend wie ein brünstiger Leu:
dann glänzt die liebe Unschuld frisch vernickelt
so gut wie neu . . .

So zeuch denn hin, du liebe Maculata!
Zart überhaucht von bräutlich rosa Glück . . .
Ich hätt gelacht? Todernst. Wie eine Fata
Morgana verschwindest du — —
ich grüße leicht zurück.

SAISONBEGINN

Nun schnüren sich die Musen in ihr Mieder.
Auf neu gebügelt wird der Kintop-Beau.
Sogar den alten Holzbock kitzelts wieder —
Rideau!
Rideau!

Es tauchen auf die ältsten braven Possen.
Vor jeder Bude gibts ein Mordsgeschrei.
Der Kritiker bei Ullstein, Scherl und Mossen
spitzt Ohr und Blei.

L. Fulda und der Knabe Hasenschiller,
sie schreiben monatlich ein neues Stück;
schon sitzen beide je in einer Villa —
ein Glück! ein Glück!

Beim Kino rast die Hausse in den Kassen.
Ich hoff, wenns wieder mal im Lande kracht,
daß die Regie bei den Verschwörermassen
Herr Lubitsch macht.

Schon steht der Inspizient an den Kulissen.
Die Orska bibbert: «Gredchen lahst mich sain!»
Die Rolle nimmt sich doch als fetten Bissen
das Pfräulein Pfein.

Thalia tingelt froh in jeder Scheune.
Ihr lieben Leute des Theaterbaus!
Gemach, gemach! Und denkt stets dran: Nach neune
ist alles aus . . .!

EINDRÜCKE VON EINER REISE

Ich komme aus der Provinz, habe ihre Zeitungen gelesen und mich mit Leuten unterhalten, die ich sonst nicht zu sehen bekomme. Was zunächst auffällt, ist die gänzliche Unberührtheit des gesamten Mittelstandes von irgendwelchen neuen Gedanken. Diese kleine Umwälzung ist ganz und gar ohne das Bürgertum gemacht worden, ja, unter verdrossen-ärgerlicher Ablehnung der mittlern Schichten unsres Volkes.

Es gibt jetzt viele Verteidiger des deutschen Bürgertums, ja, es ist gradezu Mode geworden, den modisch-verlästerten Bourgeois damit zu verteidigen, daß man ihn gegen die wilden Empörer als Inkarnation aller Tugenden aufstellt. Ich habe von diesen Tugenden nicht viel gesehen. Es hat niemand geleugnet, daß menschliche Anständigkeit auch in diesen Kreisen so Zuhause ist wie anderswo — aber der Stand hat ein Beharrungsvermögen, das man mit dem eines Gallensteins vergleichen darf. Betrachten wirs im einzelnen.

Der Krieg. Diese Leute wissen gar nichts, außer dem, was das Kriegspresseamt unter Ludendorff ihnen mitzuteilen für gut befand. Ich sprach eine gutsituierte Dame aus dem Norden. «Warum graben nur die Leute alle die Kriegsgreuel noch einmal aus?» Ich erwiderte: «Um die moralische Atmosphäre zu reinigen. Was sagen Sie zu der sittenpolizeilichen Untersuchung anständiger Frauen in Lille durch deutsche Soldaten?» — «Ist das wahr?» fragte sie. Sie hatte nie davon gehört. Daß es überhaupt gewichtige Zweifel an der deutschen Harmlosigkeit im Kriege, an der deutschen Reinheit, an der Politik der Kaiserberater gibt, wissen sie kaum. Die Regierung hat in zehn Monaten keine Zeit gefunden, sie darüber aufzuklären.

Es ist ein durchaus nachbismärckisches Geschlecht, das da lebt und webt —: Untertanen jenes Herrschers, der, wie kaum ein zweiter, die deutsche Kultur veräußerlicht, untergraben und zerstört hat. Jetzt haben wir die Folgen.

In diesen Köpfen besteht die merkwürdige Gabe, zwiefach zu denken: privat und offiziell. Es ist falsch, wenn behauptet wird, der Deutsche belüge andre Leute über amtliche Vorgänge: er belügt sich selbst. Die Entstehung von offiziellen Aktenstücken und Berichten kennt jeder — in dem Augenblick ihrer Fertigstellung sind sie über allen Zweifel erhaben und werden starr geglaubt. Vor der Gemeinderatssitzung wird gewühlt und geschoben, geflüstert und gedreht — nach dem Beschluß gehen die Herren mit unbewegten Mienen kalt auseinander. Die Motive sind vergessen, obgleich sie die Hauptsache waren.

Das Militär. Sie schwärmen für das Militär. Sie tun das zunächst aus sehr gewichtigen Gründen, denn es macht sich gut bezahlt. Es ist kaum glaublich, wie viele Leute noch heute, bei diesem Finanzenstand, bei diesem Elend, bei diesem Jammer, vom Staat Lohn für irgendeinen imaginären ‹Dienst› beziehen. Ich kenne die Kunst, sich Stellen einzurichten. Aber ich muß doch sagen, daß die Soldaten im Kriege Stümper gegen die Friedensheroen sind. Lösen die Behörden einen Stab auf, dann tut er sich als ‹Abwicklungsstelle› wieder auf; erweist sich die Tätigkeit einer Kriegsorganisation als überflüssig, dann wirkt sie als Übergangsorganisation, als Friedensgesellschaft weiter. Und wozu hätten wir denn die ‹Bolschewisten›? An dem verkleinerten, schwankenden Boot des Militärstaates hängen Hunderte, Tausende, Zehntausende zweifelhafter Existenzen, die, zu faul und zu feige und auch wohl zu unfähig, im bürgerlichen Leben den Kampf mit dem Dasein aufzunehmen, den Staat in räuberischer Weise belasten. Das wimmelt noch von Adjutanten und Kommandeuren und Führern und Gruppenkommandanten. In vielen kleinen Städten laufen so viele Soldaten herum wie in den Mobilmachungstagen. In Bürgergesprächen tauchen Vettern auf, die da und dort ‹stehen›, als Fähnriche, als Feldwebel, als Offiziere; es muß ein auskömmlicher, ein bequemer, ein gefahrloser Beruf sein, der Beruf eines Soldaten von heutzutage. Und die Bürger finden das durchaus in der Ordnung. Schützt doch diese Garde, vermeinen sie, ihre Geschäfte. In welchem Geist sies tut, das ist ihnen so gleichgültig, wie ihnen dieser Geist unter Wilhelm dem Zweiten gleichgültig war.

Es scheint, daß Knechte einen Herrn brauchen. «Meinen Sie», steht einmal bei Panizza, «daß ein Volk, welches jahrhundertelang gefrondet wurde und in der Fron sich wohlbefand, jemals aus eignem Antrieb den Blick zum Himmel erheben werde, jemals den Kopf aufrecht tragen lernen werde? Daß aus Ägyptern jemals Römer werden?» Wohl kaum.

Die Einwohnerwehren, ursprünglich als Schutz gegen die allgemeine Unsicherheit gedacht, fangen langsam an, wie die Pflanzschulen des alten Militärgeistes den Unflat aufzubewahren, dessen Ausrottung wir so herbeisehnten. Wer von uns hat denn bestritten, daß Ordnung sein müsse, und wer will denn unsern Landsleuten das Recht nehmen, ihr Privateigentum gegen Einbrecher zu schützen? Untrennbar aber ist beim Deutschen von diesem Zweig menschlicher Tätigkeit der Drang, andre zu unterdrücken, untrennbar eine Versklavung, die aber immer noch die Möglichkeit eines weitern Druckes nach unten offen läßt — wir sind gar nicht mehr fähig, Pflichterfüllung und Persönlichkeitskultus, der sich in eigner Überhebung ein nicht mehr vorhandenes Mittelalter vortäuscht, auseinanderzuhalten. Dazu kommt, daß die Einwohnerwehren heute schon halb politisch sind: noch ein paar Jahre — und sie sind es ganz; noch ein paar Jahre — und wir haben sie obligatorisch; noch ein paar Jahre — und Ludendorff kann zufrieden sein.

Die Revolution. Man spricht ungern von ihr. Und wenn, mit unverhohlener Verachtung. Sie ist selbst daran schuld — denn sie ist keinem ernstlich zu Leibe gegangen. Kämen ihre Gegner heute ans Ruder: wir erlebten in Deutschland eine Menschenschlächterei, von der Liebknechts und Landauers Ermordung ein unzureichender Vorgeschmack war. Der Haß der besitzenden Schichten gegen den Arbeiter ist ins Grenzenlose, ins Erschreckende gewachsen. Mit Feuer und Schwert würde dieser Stand unter seinen Gegnern wüten, käme er heute wieder hoch. Er würde reinen Tisch machen. Die ‹Revolutionäre› krümmen keinem ein Haar, erlauben verbrecherischen Offizieren frei herumzulaufen, und lächeln freundlich, wenn sie davon hören, daß insgeheim die Korps Proskriptionslisten ausfertigen. Ist das komisch? Mir fehlt der Sinn für diese Komik.

Die geistige Struktur dieses Bürgertums ist traurig. Sie bewegen sich in den Ausdrucksformen, Ideen, Gedankenkomplexen und auf den Lebensgrundlagen ungefähr einer Opportunitätsphilosophie der achtziger Jahre des vorigen Jahrhunderts. Die Kulissen sind neu, die Schauspieler alt. Unten rumort und gärt es — sie mögen das nicht hören, sie hoffen, es werde auch im neuen Reich mit Wasser gekocht (es wird leider nur mit Wasser gekocht), sie erspähen kleine Ritzen, um durch Vorschriften zu schlüpfen, und wissen sichs so einzurichten, daß die Praxis, das tägliche Leben in gar nichts vom guten schlechten Alten abweicht. Und man läßt sie gewähren.

Die Presse. Ihr Glaube an ihre Presse ist bewundernswert. An dieselbe Presse, die sie vier Jahre lang mitbelogen hat; man müßte glauben, ihr Vertrauen wäre wankend geworden durch die Ereignisse, die so gar nicht mit den Leitartikeln übereinstimmten. Nichts dergleichen. Sie schwören auf ihr Blatt.

Rührend ihre fingerfertige Geschicklichkeit, mit vorher feststehendem Resultat Denkarbeit zu leisten. Man beweist sich ja nur das, was man glauben will — und die abenteuerlichsten Windungen dünken sie gut, wenn sie zum gelobten Land der Verdienstmöglichkeiten führen.

Am traurigsten die Jugend. Was da heranwächst, läßt die schlimmsten Befürchtungen wach werden. Immer wieder ist mir begegnet, daß um den runden Tisch herum die Ältern noch allenfalls, hier und da, ein klein wenig, herber Kritik zustimmten. Aber die Jungen? Begeisterte Leutnants, begeisterte Regierungsreferendare, begeisterte Anhänger eines Systems, das der Jugend Ideale aus Gips gab (während die Neuen allerdings nicht einmal dergleichen zu vergeben haben). Wehe der Jugend, die nicht einmal in ihren Jahren umstürzlerisch gesinnt ist – hat einmal in diesen Blättern gestanden. Wo ist unsre Jugend? Ist sie das, das? Dann habe ich keine gesehen.

Wissen unsre oppositionellen Staatsmänner und Publizisten nicht, was in der Provinz vorgeht? Auf dem flachen Lande und in den kleinen Bergdörfern? In den Organisationen und Gruppen, die nicht vom Arbeiter gezwungen werden, wenigstens ein wenig nach links zu rücken? Wissen sies nicht?

Dies scheint mir der schwerste Fehler unsrer Opponenten zu sein: sie sind theoretisch den Ereignissen weit voraus. Unsre jungen Leute in den großen Städten haben (stellenweise) den Himmel gestürmt, aber auf der Erde haben sie nicht viel zu sagen. Man ist in literarischen Vereinigungen, in politischen Zirkeln, in Zeitungen und Zeitschriften ultraradikal, schwankt zwischen Kommunismus und Räte-Republik, und wir halten noch nicht einmal bei einer einigermaßen durchgeführten Demokratie. In Berlin liest man Toller, in Göttingen Dietrich Schäfer. Mit Pathos allein ist da nichts zu machen. Was fehlt, ist die Kleinarbeit und der Mut zum Trivialen.

Es kommt hinzu, daß die Beharrenden und die fortstrebenden Schichten in Deutschland in fast gar keinem Zusammenhang stehen. Es sind zwei Welten. Noch hat selbst die Futterkrippe des Staates die Überzeugungen nicht zu beeinflussen vermocht, denn alle die da halten den gegenwärtigen Zustand für etwas Vorübergehendes und hoffen auf ihre Zeit.

Der Herausgeber dieses Blattes erhielt jüngst einen Brief, darin stand: «Neulich gehe ich mit einer ältern Offiziersfrau auf der Straße, ein Wägelchen kommt vorbei, in dem einfache Leute spazieren fahren. Da faßt die Dame entsetzt meinen Arm: ‹Sehen Sie nur! die Sorte fährt jetzt spazieren – wir, die wir eigentlich in dem Wagen sitzen müßten, haben kein Geld dazu und müssen laufen!› Der älteste Sohn dieser Dame ist Major und beim sogenannten ‹Ortsschutz›. Das heißt: er lebt kreuzfidel im Schloß von F., hat alle vierzehn Tage mindestens acht Tage Urlaub und sitzt mehr in der Bahn als im Dienst. Aber Uradel und ... ‹Wo mein Sohn doch im Korps immer Page war ...› Das ist ihr drittes Wort.»

Aber nicht ihr letztes.

Wir Deutschen sind ein merkwürdiges Volk. Es ist schon viel, wenn so mit einer großen Handbewegung revolutioniert wird. Ins einzelne geht niemand. In den Amtsstuben, in den Behörden des Landes, in den Arbeitshäusern und militärischen Dienststellen, überall da, wohin die Großstadt nicht reicht, herrscht guter alter Friedens- und Kriegsbetrieb, und während sich die Intellektuellen der Städte in Phantasien erschöpfen, arbeitet dort das alte Preußen, der alte Ungeist, die alte Gesellschaft.

Über allen aber, über den Beharrenden und den falschen Radikalen, den ungefährlichen Radikalen, schwimmt strahlend und im Speck glänzend der Kaufmann der neuen Zeit, zu unrecht Schieber genannt (denn er läßts fahren), kümmert sich den Teufel um Prinzipien und alte und neue Formen und macht die Geschäfte, die ihn eine stark beschäftigte Regierung machen läßt.

Der Bürger haßt in noch ohnmächtiger Wut den Arbeiter und sieht dem Mann im Speck zu und beneidet ihn und eifert ihm nach – der Arbeiter eifert ihm nach und beneidet ihn und bekämpft den Bürger und läßt die Schlimmsten laufen. Wir aber suchen vergeblich nach einer Gedankenrevolution, haben eine Reise getan, wußten was zu erzählen und gehen in einen berliner Winter, der wohl der schauerlichste unsres Mißvergnügens werden wird.

EUGEN KLÖPFER

Was war das? Wer war das? Hatte ich das nicht schon einmal alles erlebt?

Neulich saß ich neben S. J. bescheiden und artig auf meinem Klappsesselchen, und geduldig ließen wir eine Komödie an uns vorüberwälzen. Sie hatte viele Akte und war immer noch nicht zu Ende. Ab und zu machte der Herausgeber vor, wie die Orska als Milfordsche gemaunzt hatte, und ich mußte furchtbar lachen. In einer Komödie darf man doch lachen?

Aber da kam ein Kerl auf die Bühne ...! Eine knarrende, rostige, verraucherte Stimme, kleine, tückische, kaschubisch-wendische Augen – so die verdammte Mischung von Germanen und Slawen, die von beiden Rassen das Schlechte und von keiner das Gute angenommen hat. Auf dem Zettel stand: Eugen Klöpfer. Das Stück hieß: ‹*Die letzten Ritter*›. Aber das war ja ganz gleich ...

Der Kerl da kam herein, lümmelte sich an einen Tisch – wie er diesen abgekauten Stumpen der Zigarre im Maul hielt, wie er ihn anfaßte! – hatte den Kopf vorgestreckt und unterhielt sich mit seiner Kebse. Hier müßte ein noch viel gemeineres Wort stehen – so sprach er zu ihr. Frech und dreckig und doch unterwürfig, denn er brauchte sie, des Nachts. Und da stand noch ein Landarbeiter, ein Wasserpolacke, so einer dieser Wanderarbeiter, die der deutsche Großgrundbesitzer, von Vaterlandsliebe strotzend, gern anzuwerben pflegte – die Kerls fraßen Mehlsuppe, schliefen im Koben und waren herrlich billig. Da stand der und katzbalgte sich um irgendwelche drei Mark. Klöpfer sah ihn an. Ach, wie sah er ihn an –! Wie die Katze die Maus, wie ein hungriges Raubtier einen Menschen. Und knarrte. Und spuckte. Und hielt an sich, geballt und wütend, weil er den da nicht schlagen durfte. Das hatte schon einmal fünfhundert Mark gekostet. Verdammte Rechtsprechung! Na, warte! «Haste die drei Mark nicht bei dir, mein Sohn?» Was kochte nicht alles in der Stimme! Ein Meer von Gemeinheit! Nein, er sagte, er hätte sie nicht. «Haste se vielleicht im Stiebel? Zeig mal her!» Der Pole zog sich den Stiefel aus, Klöpfer sah hinein, nein, da war nichts, er legte den Stiefel hinter sich – den andern! Auch der wurde ausgezogen, nichts war drin. Klöpfers Augen funkelten und wurden auf einmal ganz groß. «Nu kannste gehen, mein Sohn!» sagte die satte, knarrende Stimme. Seine Stiefel wollte der wieder haben ... Seine Stiefel? Triumph! Sieg! Viktoria! Er könne ihn ja verklagen, ihn, den Agronomen Petermann – raus! Und der Pole flog raus.

Was war das –?

Wo hatte ich das schon einmal gesehen, gehört, geschmeckt, miterlebt?

Aber das war der preußische Feldwebel, der Wachtmeister, der Unteroffizier! Das war er, der geduckte und tretende Kerl, dieser rohe Bauernknecht, der, zum Mistfahren zu dumm und zu faul, kapituliert hatte und nun Menschen unterdrückte, bis ihnen das Blut aus den Fingernägeln spritzte. Das war er, das war er in Reinkultur.

Eine Meisterleistung. Ein Kerl, fest mit den beiden klobigen Beinen auf der preußischen Muttererde stehend, die Hände an der Hosennaht oder in den Taschen des andern oder unter einer Schürze, die kleinen Augen glitzernd, wenns einen zu heben gab – und immer bereit, dem andern, Freund oder Feind, in den Rücken zu fallen.

Der Herausgeber mag beurteilen, ob Eugen Klöpfer immer das kann, was er dies Mal gekonnt hat: Einen für alle zu geben, eine ganze Menschenschicht, einen Schlag, eine Sippe. Macht ers weiter so, ist er ein großer Schauspieler.

DIE BALTISCHEN HELDEN

Sollt ich einem Bauern dienen
und mein Brot mit Schweiß verdienen?
Bruder, nein, das mag ich nicht!
Ich will lieber in dem Felde
mir verschaffen Brot und Gelde,
wo man von den Waffen spricht.
Keinem Bauern dien ich nicht.

Altes Landsknechtlied

Das Etappenleben der ehemaligen deutschen Achten Armee hat schon während des Krieges das Bild einer eigenartigen, teils nomadisierenden, teils seßhaften Soldatenexistenz geboten. Alles, was auf kleinen Kommandos saß – Gendarmerie, Holzfäller, Köhler, Forstarbeiter aller Art – hatte sich in dem Lande behaglich eingenistet, und Offizier und Mann sogen mit vereinten Kräften an dem Mark des Landes, und durchaus nicht immer im Interesse des Reiches, sondern sehr oft im eignen. Nach kurzer Zeit war der Deutsche bei Balten und Letten gleich unbeliebt: die Korruption der russischen Verwaltung, der die unsre nicht nachstand, war bequemer und loyaler gewesen, und zu der großen Enttäuschung, die man über die ehemals geachteten Deutschen empfand, kam der Haß gegen eine robust einherpolternde oder klebrig galant auftretende Führerkaste. Während die Not in der Heimat stieg und stieg, lebten die deutschen Besatzungstruppen, und ganz besonders das Offizierkorps, in Kurland weit besser und reicher, als sie jemals in der ausgehungerten Heimat vermocht hätten. Nichts zog sie hierher – alles hielt sie dort.

Als der Zusammenbruch im November 1918 erfolgte, fuhr ein jäher Schreck durch die aufwachenden Formationen. Ein großer Teil der Leute, die Zuhause eine feste bürgerliche Existenz hatten, ging nach Deutschland zurück, froh, ihre gewohnte, wenn nun auch mühevolle Arbeit wieder aufnehmen zu können. Nicht so die aktiven Offiziere und diejenigen Soldaten, denen in Deutschland kein Heim winkte.

Bei der Betrachtung des kurländischen Problems ist, wie überall und immer, davon auszugehen, welchen Willens die Beteiligten sind. Politische oder gar ethische Räsonnements haben noch nie zu einem Denkergebnis geführt, das dem im Unterbewußtsein wurzelnden Willen widerspräche. Das gibt es nicht. Es kommt also bei einer Kritik der baltischen Verhältnisse nicht darauf an, was an Programmen, politischen Flugschriften und Reden der Generalstabsoffiziere verfaßt und verbreitet worden ist, sondern einzig darauf, was diese Leute eigentlich wollen.

Sie wollen ihr altes Leben weiterführen. Sie wollen fortsetzen, was sie 1914 begonnen, und durch vier Jahre getrieben haben: geschäftig zu sein, ohne stark zu arbeiten, zu disponieren, ohne eine Verantwortung zu tragen (denn wie am Fall Ludendorff ersichtlich, ist diese Verantwortung ein leeres Wort) — sie wollen das Mißverhältnis zwischen Leistung und Löhnung nicht aufgehoben haben und auch fürder in einer Gemeinschaft, ja, in einem kleinen Staat leben, wie er sonst nirgends zu finden sein kann, weil er unrettbar zusammenbrechen müßte.

Die Letten, ein von den Balten kurz und proletarisch gehaltenes Volk, das die numerisch weitaus überlegene Unterschicht in Kurland ausmacht, witterten 1918 Morgenluft und versuchten, sich der Gewalt im Lande zu bemächtigen. Es ist nicht ganz aufgeklärt, welche Rolle der Bolschewismus in dieser Politik gespielt hat: sicher ist, daß die Letten nicht so menschlich wertvoll sind wie die Balten, daß sinnlose und verurteilenswerte Ausschreitungen vorgekommen sind, und daß der lettische Ministerpräsident Ulmanis keine sehr saubere Rolle in diesem Treiben gespielt hat. Aber was ging das die deutschen Soldaten an?

Ulmanis hat ihnen Land versprochen. Er bestreitet das heute. Die deutsche Regierung förderte die Werbetätigkeit der baltischen Freikorps, und Tausende liefen noch nach dem neunten November 1918 hinüber und verstärkten die dort zurückgebliebenen Scharen. Niemand kämpfte etwa aus Idealismus. Sie kämpften überhaupt wenig: sie standen in Kurland einfach, weil sie dort frei waren, gut zu essen und zu trinken hatten, hoch bezahlt wurden und fast alle wild und ohne Verpflichtung für später verheiratet sein konnten.

Von dem Geist dieser baltischen Korps ist fast nur Ungünstiges zu berichten. Die Offiziere tanzten und tranken, konnten längst nicht mehr auf Manneszucht halten und waren hauptsächlich bestrebt, die Nachkommenschaft des Landes sicherzustellen. Mit welchen Mitteln die als idealistisch ausgeschriene Befreiungstat der Besetzung Rigas ins Werk gesetzt wurde, geht aus der Forderung der sogenannten Eisernen Division in Mitau hervor: Am achten Oktober lief ein Ultimatum an die Letten ab, des Inhalts, daß sie die angeblich versprochenen zweitausend Mark für jeden bei der Einnahme Rigas Beteiligten sowie das Ansiedlungsrecht verlangten, widrigenfalls sie Riga besetzen wollten.

Diese Erpressertaktik hat mit Politik wenig zu tun. Natürlich sind die treibenden Elemente, deutsche aktive Offiziere und Balten, der deutschen Republik nicht hold und würden aus persönlichem Interesse je eher je lieber das alte Regime wieder aufgerichtet sehen. Das hält sie aber heute nicht mehr ab, sich jedem zu verkaufen, der sie gut bezahlt. Die Bolschewisten, die in Kurland fürchterlich gewütet haben, stehen höchstens eine halbe Stufe unter diesen ordnungsliebenden Elementen, und im Grunde gehören sie alle zusammen. Der Haß der deutschen Soldaten gegen die Bolschewisten umfaßt in gleicher Weise Bolschewisten, Juden, Sozialisten und eigentlich alles, was ein Landsknechtstum stören könnte, das wie ein Anachronismus wirkt, aber leider keiner ist.

Mir liegen einige Extrablätter der ‹*Trommel*› vor, einer mitauer Soldatenzeitschrift, und ich muß sagen: Was da jetzt – Oktober 1919 – noch im Druck erschienen ist und erscheinen konnte, läßt mit erschrekkender Deutlichkeit erkennen, wo wir stehen. Ich gebe Proben:

«Die Aufrufe, die die Reichsregierung auf Befehl der Entente an uns richtet, damit wir endlich zur ‹Vernunft› kommen und unser ‹Abenteuer› hier draußen aufgeben, hängen uns bald zum Halse heraus. Deshalb kümmern wir uns um die Regierungsaufrufe nicht – in diesen Tagen umso weniger, da es Arbeit im Felde gibt, und gilt, das lettische Hindernis aus dem Wege zu räumen, das uns verbieten will, dem roten Gesindel an den Hals zu springen.

Auf zwei Stellen der Regierungsaufrufe möchten wir dennoch kurz zurückkommen, denn sie sind im höchsten Grade beleidigend für uns. Die Regierung ruft uns nämlich zu: ‹Euer Volk verhungert, der Rest seines Volksvermögens verkommt, wenn im Laufe dieses Monats die deutschen Truppen nicht aus dem Baltikum abziehen.› Diese Art der Einschüchterung, dieser Appell an unser Gewissen ist nichts weiter als Mache.

Und noch mit einer Frage wendet sich die Reichsregierung an unser Gewissen. Sie stellt die drohende Behauptung auf, die Entente verlangsame den Abtransport von deutschen Kriegsgefangenen nach Deutschland, weil wir gegen den Willen der Alliierten im Baltikum bleiben. Auch das ist Leim und Mache.»

General von der Goltz hat bekanntlich an den englischen Oberkommandierenden eine Antwort auf dessen Forderungen gerichtet, die politisch ungewandt und falsch war, weil sie mit nicht vorhandener Macht drohte. Der *‹Kladderadatsch›* besang diesen faux pas in hallenden Versen, und die *‹Trommel›* freut sich über den *‹Kladderadatsch›:*

«Die mannhaften Worte des Grafen haben in Deutschland gezündet, haben Begeisterung ausgelöst. So sehr hungert man in Deutschland nach Gesinnung und Stolz, daß man selbst dem Brief unsres ehemaligen Führers die Bedeutung einer Tat beimißt. Gemach, ihr Volksgenossen in der Heimat, euch wird geholfen werden! Die Worte haben die Tat eingeleitet, und die Tat wird Graf von der Goltz sicherlich tun, wenn der Augenblick dazu gekommen sein wird.»

Welche Tat, ist nicht gesagt; jeder mag sie sich ausmalen. Die Moral dieser Truppe aber mag das folgende Gedicht aus der *‹Trommel›* illustrieren:

Die Sonne blinkt golden, der Himmel ist blau,
und doch stehen wir drin im Oktober.
Leb wohl, süßes Mädel! Leb wohl, kleine Frau!
Und grüßt mir unsern Heuschober!

Der Hauptmann verlas heut den Tagesbefehl:
«Marsch–marsch gegen den Bolschewiken!»

Wir bleuen ihm die Jacke, wir schießen nie fehl
und klopfen ihm dann auf den Rücken.

Den Sommer durch lagen wir gern im Quartier
und griffen manch Mädel ums Mieder;
doch wir sind Soldaten, nicht Puppen zur Zier.
Vom Rasten rosten die Glieder.

Ich nehm die Patronen und lad mein Gewehr.
Platz da, du Sau-Bolschewike!
Es pfeift meine Kugel, der Kerl fällt verquer,
ich treff in den Kopf jede Mücke.

Potzbombengranaten! Potzschockschwernot!
Nun schert euch zum Teufel, ihr Luder!
Ihr stehlt unserm Herrgott jedes Pfund Brot,
solang eure Juden am Ruder.

Nie wart ihr Soldaten, ihr Helden vom Maul,
nur Meuchelmörder und Räuber,
eure Knobloch-Regenten, stinkend und faul,
sind Schuster und allerhand Schreiber!

Wir weisen euch, Schuster, den würdigen Platz
und stellen euch an die Wände ...
In Petersburg sind wir mit mächtigem Satz
und schütteln dort Brüdern die Hände.

Neben den zurückgebliebenen Fliegerabteilungen, die ihre alten Nummern weiter führen, haben sich in Kurland – wie aus einem Aufruf des Kapitäns Siewert an «die Kulturvölker der Erde» im vierten Exrablatt der ‹*Trommel*› hervorgeht – Truppen und Freikorps mit meist adligem Namen gebildet, und aus diesen kleinen Kontingentsbildungen ist am besten zu ersehen, wohinaus das Ganze will.

Dieser Militarismus baut seine Waben unermüdlich, eine an die andre, und zeugt sich selber fort; maßgebend ist allein das menschlich verständliche Bedürfnis, Führer- und Adjutantenposten zu bekleiden, möglichst unabhängig zu sein, sich nicht zum willenlosen Kettenglied degradieren zu lassen. Es ist den Postenmachern auch gleichgültig, welche Folgen ihre verderbliche Abenteuerlust für das Land haben kann. Von jeher ist es Grundsatz des altpreußischen Militarismus gewesen, zunächst einmal sich als einen rocher de bronze zu stabilisieren: die Mitwelt mochte sich dann mit dem Fremdkörper irgendwie abfinden. So hier. Gewiß sind diese kurländischen Truppen, die auch heute, am dreiundzwanzigsten Oktober, noch nicht zurückgekehrt sind, korrumpiert. Aber es ist nicht richtig, sie als gänzliche Außenseiter des militärischen Systems zu betrachten. Sie sind seine natürliche Frucht.

Und dies scheint mir die schreckliche Lehre dieses kurländischen Abenteuers zu sein, eine Lehre, die unsre Regierung nicht ziehen kann und nicht ziehen will. Wir haben genug versteckte Kurländer im Lande: die Reichswehr, die Sicherheitspolizei, Teile der Einwohnerwehr. Die monarchistische Putschgefahr wird von den deutschen Radikalen stark überschätzt, die geistige Gefahr ebenso stark unterschätzt. Was hier droht, ist nicht ein so dicker und plakathafter Fall, wie die Landsknechte im Baltenland ihn bieten; was hier droht, ist ganz etwas andres.

In der Regierung sitzt zur Zeit kaum ein Mann, der weiß, was der Militarismus auf geistigem Gebiet bedeutet, und wie man einen geistigen Kampf gegen ihn inszenieren kann. Ich halte es nicht für meine Aufgabe, in einem Blatt wie diesem ernsthaft über Herrn Noske zu debattieren. Wenn wir die Ritterkaste bekämpften, so meinten wir damit nicht, daß ein Wachtmeister die Führung übernehmen solle. Die Bürger laufen heute, von der Rentenpsychose getrieben, zu jedem, der ihnen Schutz vor Verdienstminderung verspricht; sie halten sich, wie früher, bissige Hofhunde und wundern sich dann später, wenn die nach ihren Herren schnappen.

Die Regierung hat drei Vierteljahre lang die Öffentlichkeit über das kurländische Abenteuer hinweggetäuscht und zweimal bewußt die Unwahrheit gesagt: einmal hat sie eine Grenzsperre angekündigt, die nicht vorhanden war, und das zweite Mal eine Abberufung des Generals von der Goltz proklamiert, die nicht ausgeführt wurde.

Kurland ist ein Stoffmuster des großen Tuchballens der Republik: die Regierung zage, die Offiziere wacker zugreifend und das Ganze eine Katastrophe in der äußern Politik. Muß man in Deutschland als kommunistischer Unabhängiger verschrieen sein, weil man leidenschaftslos und kühl-objektiv die Wahrheit sagt?

KLAGELIED EINES EINSAMEN

Nun schütteln wieder Mixer an den Tischen
den blank polierten Nickeltopf mit Eis.
Die Glastür geht. Die Droschkenautos zischen.
Man zahlt für alles den Valutapreis.
    Musik steigt auf. Auf plüschbelegten Treppen
    läßt sich der Zigarettenmann aus Frankfurt neppen.
    Um ein Uhr kommt die grüne Polizei ...
    Und ich bin nicht dabei —!

Auf der Estrade steht im Reichstagssaale
ein Vollbartgreis im Gehrock – und er schwitzt.
Ein freier Mann – jedoch das Nationale
hält er steil in die Höh – der Speichel spritzt.
Die Hörerschaft spürt zwischen Schlaf und Wachen:
man muß – zur Volkswohlfahrt – Geschäfte machen.
Und man verteilt die Posten, die noch frei ...
Und ich bin nicht dabei –!

Liane strahlt. Sie ist nur schwach bekleidet:
die Armbanduhr schmückt glitzernd ihr Gelenk.
Worum sie manche Frau so sehr beneidet,
beut sie den lieben Gästen als Geschenk.
Weiß hebt die Haut sich ab von grünem Rupfen.
Man sieht zwei Herrn ein Kokainchen schnupfen.
Sie tanzt. Ganz leise haucht ein kleiner Schrei ...
Und ich bin nicht dabei –!

Im Kino huscht die Diva auf der Leinwand.
Ein Riesenauge, glotzt das Publikum.
Die Kohlennot ist für dies Fach kein Einwand.
Laut ist die Stadt und leider haltlos dumm ...
Da draußen schwankt ein Weidenbusch im Winde.
Ein alter Herr träumt unter einer Linde,
wer heut zum Skat noch einzuladen sei ...
Und ich bin nicht dabei –!
noch nicht dabei!

MAN MUSS DRAN GLAUBEN ...

Ich hatte mal einen dicken Freund, der sagte mir auf die Frage, ob er denn schwimmen könne, immer: «Ja – ich kann schwimmen. Aber – ich glaube nicht recht dran.» Das ist ein merkwürdiges Wort, und ich kann es nicht vergessen.

Es ist nämlich die kürzeste Formulierung für die eigentümliche Tatsache, daß es letzten Endes hienieden gar nicht aufs Können ankommt, gar nicht auf die Technik, auf das Äußerliche, auf das, was erlernbar ist. Es kommt einfach darauf an, daß man das glaubt, was man macht.

Das kann man nun keinem beibringen. Es gibt gewachsene Dinge und gemachte – die meisten sind gemacht. Die gewachsenen sind die, bei deren Herstellung der Schöpfer sich das geglaubt hat, was er machte. Es ist merkwürdig, ein wie tiefes und feines Gefühl alle Leute für diesen Unterschied haben. Falsche Herzenstöne gibt es nicht. Es gibt nur falsche Herzen. Ein leises Schwanken, ein bängliches Zögern – und vorbei ists mit aller Wirkung, mit der künstlichen und mit der menschlichen. Aus und vorbei.

Eine ausgewachsene Zote in einem Salon ist etwas Unmögliches. Schon deshalb, weil keiner da ist, der sie mit saftiger Freude, mit vollem Bewußtsein ihrer Unmöglichkeit, mit dem vollen Glauben erzählen kann. Ich habe im Felde von altgedienten Intendanturbeamten Dinge erzählen hören, die einen vom Stuhl warfen – wurden sie dann von irgendeinem schwächlichen Vertreter wiederholt, verpufften sie und wirkten übel, weil der dabei feixte und sich im Grunde seines Herzens für viel zu fein für diese Dinge hielt. Der andere aber war angetreten, hatte voller Lebensfreude vorgemacht, wie ein Mann, der sich Unter den Linden nicht sehr fein benommen hatte, aufgeschrieben wurde (dabei ist mir noch die prächtige Bewegung in der Erinnerung, wie der imaginäre Schutzmann mit behördlichem Schwung in seiner hinteren Rocktasche nach dem dicken Buch wühlte) – und das alles war so lebenswahr, so famos beobachtet, so massiv und selbstverständlich wiedergegeben, daß man nur seine helle Freude haben konnte. Rot wurde niemand. Und es war auch gar nicht nötig.

Das ist beim Schauspieler so, der sich irgendwie glauben muß, was er uns da vormacht – sonst glauben wirs auch nicht. Das ist beim Redner so und das ist schließlich, wenn man genau hinsieht, bei jedem Menschen so. Zuerst muß er glauben, dann erst können wirs.

Mir ist die alte Sage vom Reiter über dem Bodensee, der über die gefrorene Fläche des Wassers ritt, immer recht als Symbol schwersten Kalibers erschienen. Der glaubte auch, über festes Land zu reiten – er sah den Abgrund unter seinen Füßen nicht; er fühlte die Gefahr nicht, in der er schwebte, und bestand sie, weil er sie nicht zu bestehen brauchte. Was der Berliner in dem einen kurzen Satz auszudrücken pflegt: «Der hats gut – der ist blöd!» Und das ist manchmal wirklich kein Schade.

Denn die Reflexion tötet. Maeterlinck hat einmal in einem sehr interessanten Aufsatz erzählt, wie bei Automobil-Unfällen allemal derjenige verunglückt, der noch im Augenblick der Gefahr nachdenkt, was er nun zu tun habe – daß aber der unbehelligt davonkomme, der sein Gehirn völlig ausschalte, der gar nichts tue. Das Unterbewußtsein, das ja viel stärker, raffinierter und zweckbewußter arbeitet als die Überlegung, regelt dann alles von selbst. Das Gehirn ist eben nicht allen Dingen gewachsen.

Wohl aber die gesunde Lebenskraft. Wohl aber jener Saft, der in den Pflanzen sein Wesen treibt und in den Tieren – und in den Menschen nicht minder. Wohl aber jener Glaube, der Berge versetzt, und der – Wunder über Wunder – sogar über Menschen etwas vermag.

Es brauchte nicht erst der Krieg zu sein, um uns zu belehren, wieviel solch ein Kerl wert ist, der immer Rat weiß – aber nicht jenen erklügelten Rat, den wir uns schließlich auch selbst erschwitzen können, sondern einen andern, bessern. Einen gewachsenen, einen immer fertig parat liegenden, einen erdgeborenen Rat. Aber wo wächst der –!

Es ist ja kein Zufall, daß alle die Leute, ‹die daran glauben›, ständig mit der Natur in Berührung leben. Es ist, als zögen sie, deren Füße die braune Erde treten, eine Kraft aus dem Boden, der Asphaltmenschen versagt ist.

Also kämen wir dahin, Primitivität zu fordern? Blauäugige Blondheit? Robuste Stiernacken? Simpelste Kraft? – Nicht doch. Nicht sie allein.

Glauben fordern wir als Grundlage aller menschlichen Dinge. (Daß hier nicht an Dogmenglaube gedacht ist, braucht wohl nicht erst betont zu werden.) Wir fordern den Glauben, weil wir alle instinktiv wissen – Frauen wissen das noch besser als wir Männer –, daß das Wesen des Menschen, das, was er eigentlich ist, da beginnt, wo seine Reflexion aufhört. Die ist erworben und künstlich ausgebildet, die ist nicht immer adäquat; die ist nicht er selbst. Aber das andere, das, was Schopenhauer ‹Wille› und andre anders genannt haben: das ist er.

Es muß ein Punkt da sein, wo einer, nach allem Grübeln, nach allem Denken und Knobeln, einmal, klar und erfrischend auf den Tisch schlägt und sagt: «Grad durch!» und dann seinen Weg geht. Denn es lassen sich die Dinge dieser Welt nun einmal nicht alle restlos mit dem Gehirn erledigen. Wenn man mit dem mathematischen Denken fertig ist, bleibt etwas zurück, das sich nur mit der robusten Kraft bewältigen läßt. Und das ist ganz gut so, sonst säße ein Rabulist auf dem Thron, und das werden wir doch nicht wollen, nicht wahr?

Das Ideal – das Ideal wäre freilich: beides zu haben. Die Kraft *und* das Gehirn. Die Faust *und* den Kopf. Hierzulande ist das heftig getrennt.

Die einen haben Gehirn, viel Gehirn. Sehr viel Gehirn. Dann taugen sie meist wenig zum aktiven Tun – und wenn sie sich darin versuchen, verfallen sie immer wieder in den alten Fehler, alles mit den Regeln der Logik abmachen zu wollen – was nun einmal nicht geht.

Die andern haben die Faust. Aber keinen Kopf – und ganz ohne ihn gehts auch wieder nicht.

Wenn das einmal zusammenträfe! Wenn das einmal bei uns vereinigt wäre, was doch allem Anschein nach die Japaner haben, und was sie zur gefährlichsten Rasse der Welt macht: brutale Kraft und feinstes Gehirn! Damit ließe sich etwas ausrichten! Wenn unsere Junker klug wären! Wenn unsere Intellektuellen kräftig wären! Aber sie sind leider nur kräftig und nur intellektuell.

Bliebe übrig, den lieben Freunden zu predigen, vor allem und vorerst zu glauben. An sich und das, was man macht. Das ist nahrhaft: denn der gewandteste Gehirnakrobat ist gar nicht fähig, einen solchen eisernen Steher zu werfen.

Und die Freundinnen —! Geehrte, ihr wißt, wie subjektiv alles ist, was mit euch zu tun hat: die Eifersucht und die Ablehnung und die freundliche Gewährung und — entschuldigen Sie — die Liebe. Man muß dran glauben, auch an sie.

Kommt es denn darauf an, wie ihr, Schönste, seid? Genügt es nicht vollkommen, zu glauben, ihr seid so, wie wir euch lieben? Ihr braucht euch nicht einmal zu verstellen — wenn wir nur glauben. Vater Zille hat einmal eine blinde Frau gezeichnet, die fährt ihrem Führer, einem versoffenen, übeln Kerl, über das Gesicht und sagt: «Wilhelm, du mußt ein schöner Mann sein!» Diese Geschichte hat er selbst erlebt — und es ist eine tiefe Geschichte.

Freundinnen, wir streichen euch über das Gesicht und sind blind und murmeln: «Agda — du hast viel Herz!» Aber Agda hat gar kein Herz, sondern nur eine runde Brust, und das ist schließlich auch etwas wert.

Wir aber glauben an ihr Herz und sind sehr glücklich.

MISSACHTUNG DER LIEBE

Ach, Tante Julla, du in Neu-Ruppin
liest schaudernd von berliner Scheußlichkeiten,
und wie die Damen ihre Glieder spreiten,
und denkst: Dies Sündenbabylon Berlin!
    Und deine Äuglein öffnen sich in Lüsten,
    weil deine Kaffeeschwestern gerne wüßten
    von einem Paar, gelagert Bein an Bein . . .
        Wie mag das sein?

Ach, Tante Julla — komm mal an die Spree.
Und sieh dir dieses Wogen aus der Nähe,
ganz aus der Nähe an, wie ich es sehe.
Und denk dir nur ein Chambre séparée.
    Sie quietscht. Der Kellner schummelt. Dünne Geigen
    verleiten sie, sich ziemlich ganz zu zeigen.
    Ein Mieder noch und noch ein Brüstchenlein . . .
        Was kann da sein —?

Ach, Tante Julla — wir sind nicht blasiert.
Und doch: wie eng ist dieser Markt der Liebe!
Der liebt die Knaben, jener schätzt die Hiebe,
und der ist nur von Zöpfen enchantiert.
    Die Themis bullert mit Moralgesetzen.
    Man muß Erotik nicht so überschätzen.

Bleib nur in deinen bürgerlichen Träumen,
du hast hier nämlich gar nichts zu versäumen.
Bleib, Tante Julla, in dem Stübchen klein –
Was kann da sein –?
Was kann da wirklich sein –?

MIT DEM WEININGER

Ja ... da sitzt du nun auf deines Bettes Rand,
und die ganze Welt scheint dir nicht recht ...
Lies du nur in diesem Lederband,
und erkenne dein Geschlecht!

Wisse, Mädchen, du bist null und nichtig!
bist ein subsidiäres Komplement!
Tier und Fraue! Nimmst nur eines wichtig:
Wenn der Phallus dich erkennt.

Mit den sieben heimelichen Lüsten
beugst du klaren, starken Mannessinn –:
Wenn wir nur nicht mit euch schlafen müßten!

Er hat recht, und *du* bist Königin!

VERSUNKENES TRÄUMEN

Lieblich ruht der Busen, auf dem Tisch,
jener Jungfrau, welche rosig ist und frisch.

Ach, er ist so kugelig und gerundet,
daß er mir schon in Gedanken mundet.

Heil und Sieg dereinst dem feinen Knaben,
dem es freisteht, sich daran zu laben.

Jener wird erst stöhnen und sich recken;
aber nachher bleibt er sicher stecken.

Heirat, Kinder und ein häusliches Frangssäh –
nichts von Liebesnacht und jenem Kanapee ...

Ich hingegen sitz bei ihren Brüsten,
und – gedanklich – dient sie meinen Lüsten.

Doch dann steh ich auf und schlenkre froh mein Bein,
schiebe ab,
bin frei –
und lasse Jungfer Jungfer sein! –

KINO-ATELIER

Da vorne klemmt ein Jraf sich das Monokel
platt ins Gesicht – die Bogenlampe zischt.
Ein Gazefräulein steht auf einem Sockel –
der dicke Regisseur brüllt: «Das is nischt!»

Zweihundertvierzig Mädchen trippeln zierlich
auf einer Treppe, steil bis unters Dach –
Ein kleines dickes Baby schluckt manierlich
die Milch –
der Chef macht mit der Diva Krach.

In dieser Ecke stößt ein Intrigante
dem Helden – brr! – das Messer in den Bauch.
In jener Ecke spritzt die gute Tante
der böse Neffe mit dem Gartenschlauch.

Die Dirne lümmelt sich an ihren Buhlen.
Der Herr Beleuchter macht sich nichts daraus
und knipst behufs Erzeugung einer schwulen
Verführungsszene eine Lampe aus.

Und wenn ich mir dies Atelier bekieke,
voll Kitsch und Lärm und Rummel, Schmerz und Spaß –:
dann seh ich vor mir unsre Politike.
Da spielt auch jeder nur die eigene Musike –
und an das Ganze denkt kein Aas.

WAS FEHLT DEM KINO?

In dem großen Filmwerk ‹*Madame Dubarry*› hat sich der vortragende Minister Ludwigs des Fünfzehnten darüber zu entrüsten, daß sein König ihn zur Erledigung der Geschäfte ‹im Lustschloß seiner Mätresse› empfängt. Das ist ein grober psychologischer Schnitzer. So empfindet heute vielleicht der Geschichtsforscher – aber niemals ein Mann der damaligen Zeit. Dieser sittlich entrüstete Minister ist ein Filmsymptom. Er kommt in jedem Film vor.

Es gibt wohl kaum einen Film, in dem nicht an irgendeiner Stelle ein falsches Versatzstück, ein Anachronismus, eine dicke Geschmacklosigkeit störten. Rokoko und Barock wimmeln durcheinander, weil die Regisseure den Unterschied nicht kannten; in einem Biedermeierzimmer werden Petroleumlampen angezündet, die es damals so wenig gegeben hat wie elektrisches Licht – man brauche Öllampen – klobige Unmöglichkeiten sind aufeinandergehäuft, und man kann nicht einmal sagen, daß sie um der Wirkung willen da sind – es ist Schwäche und Unfähigkeit und Mangel ... woran?

An einem Bremser. An einem Mann mit Takt und Geschmack, der dem filmwütigen Regisseur in den Arm fallen müßte und sagte: das geht nicht. Das darfst du nicht. Das tut man nicht. Aber der weiß es besser, und so haben wir die traurige Erscheinung, daß das Kino heute noch nicht seinen Hintertreppengeruch abgestreift hat. Ob es überhaupt etwas mit der Kunst zu tun hat, ob die Reproduktion der Maschinen die Kunst nicht ausschaltet, ob es je künstlerisch auszuwerten sein wird, ist hier nicht zu erörtern. Tatsache ist, daß ein geschmackvoller Zuschauer fast in jedem Programm den bekannten Schlag in die Herzgrube verspürt.

Nun wirkt das um so peinlicher, als sich die Filmindustrie heute mehr denn je daran macht, die Literatur zu verfilmen. Die Haltung dieses Blattes in der Streitfrage des verfilmten Dichterwerkes ist bekannt – wie man aber auch dazu stehen mag: sicher ist, daß eine solche Verfilmung von Leuten vorgenommen werden müßte, die über dem Filmregisseur stehen und nicht unter ihm. Gewiß, er hat die Kenntnis der Branche voraus. Er kennt seine Leute, mit denen er arbeitet, er weiß, was aus den einzelnen Schauspielern herauszuholen ist und was nicht. Er weiß, wie man einen Abgang gut herausbringt und einen Auftritt inszeniert, und was die Massenszenen anbetrifft, so kann ihm da heute keiner mehr etwas erzählen. Aber was weiß er von der Literatur und vom Geschmack und von der Psychologie? – Wenig, zart gesagt.

Als Meßter damals anfing, die ersten kleinen Filme zu stellen, ging man bald dazu über, sich einen Innenarchitekten zu verschreiben, der die Dekorationen aufzubauen hatte. Erst viel später begannen kühne Neuerer, auch den Maler hinzuziehen, der das Bildhafte zu besorgen hatte. Der Filmregisseur hat damals gemurrt: was wollte ein Malersmann beim Film? Das verstand er alles viel besser. Und überhaupt ... Heute würde der verlacht werden, der einen großen Film aufbaut, ohne den Maler gefragt zu haben, wie die Bilder wohl auf ihn wirkten. Aber weiter ist man noch nicht. Am Kern der Sache ist man noch nicht.

Der Kern der Sache ist der, daß die Seele des Filmwerks – denn irgendeine hat es ja – heute noch in Händen von Leuten ruht, die selbst keine haben. Wie seelenlos ist das alles! Wie äußerlich! Wie ganz und gar an der Oberfläche haftend! Wir haben neulich mit Schaudern ein solches Beispiel erlebt. Da hatten sie den *‹Prinz Kuckuck›* verfilmt, und wenn der gute Ottju das aus dem Fegefeuer, in dem er sich wahrscheinlich seiner vielen schlimmen Gedichte wegen befindet, angesehen hat, dann hat er sicherlich ein noch viel verdammenswerteres gemacht, vor lauter Zorn und Ärger. Es war wieder die alte Geschichte: alles Bildhafte war von dem Maler, der die Angelegenheit bearbeitet hatte, in musterhafter Weise gelöst worden – von der Seele des Romans spürtest du keinen Hauch. Das Ganze hatte gar nichts mit dem *‹Prinzen Kuckuck›* zu tun – es war irgendeine Mordstragödie, die zufällig denselben Namen hatte. Man hatte eben einen Maler, aber keinen – keinen was?

Nennt den Mann Dramaturgen. Nennt ihn Literaten. Sucht euch einen Namen für ihn aus. Aber es genügt nun nicht, sich irgend einen Namen von Klang zu kaufen und mit dem krebsen zu gehen. Es fragt sich vor allem, wie viel ein solcher Mann zu sagen hat. Er muß in Dingen des Geschmacks, der Psychologie, der Motivierung, der kulturhistorischen Gestaltung unbedingt erste und oberste Instanz sein. Wird ihm letzten Endes vom Unternehmer gesagt: «Man muß das schon so machen, wegen des Publikums, und sonst kauft den Film keiner» – dann ist er überflüssig. Man muß es eben nicht so machen, weil man ja dauernd den Anspruch erhebt, ernst genommen zu werden, unter die hohen Künste aufgenommen zu werden. Und so wie Goethe von Menschen gesagt hat, er würde sie, wären sie Bücher, nicht lesen, so habe ich häufig das Gefühl: Mit dem Regisseur würdest du keine zwei Worte sprechen können und wollen – warum sollst du dir die Leistung eines solchen Gehirns ansehen?

Was dem Kino fehlt, ist der maßgebende und durchdringende Einfluß der Männer von Geschmack und Bildung. Verträgt es diesen Einfluß wirtschaftlich nicht, so ist es gerichtet. Verträgt es ihn aber – und ich glaube, daß es sich heute diesen Luxus getrost erlauben kann –, so bedeutet es eine Vernachlässigung der Filmindustrie, sich solche Männer nicht heranzuziehen. Es gibt sie.

Das Odium, das dem Kino immer noch anhaftet, wäre zu beseitigen. Es ist so nicht zu beseitigen, wenn in den erntestesten Filmen die Unternehmer nicht einmal imstande sind, die Textinschriften in richtigem Deutsch abfassen zu lassen, geschweige denn, Charaktere darzustellen und Anachronismen zu vermeiden. Und es ist auch kaufmännisch unklug, mit minderwertigem Zeugs Geld ‹scheffeln› zu wollen – denn der Goldstrom läßt bald nach. Auf die Dauer erhält sich doch immer nur der solide Kaufmann, der den Leuten gute Ware liefert. Er überdauert den Schieber, der schnell massenhaft Geld verdient hat, und sich in ein paar Jahren nach neuen Erwerbsquellen umsehen muß, weil die alten versiegt sind.

Was fehlt dem Kino? – Der Dramaturg.

VERFEHLTE NACHT

Heute wollte die Gnädige bei mir schlafen –
und ich freute mich auf unsres Glückes Hafen.

Aber die, die längst in den Gräbern ruhen,
weiß betogat und mit weißen Schuhen,

jene alten, weisen, würdigen Kirchenväter
wandern schaurig hinteinander durch den Äther …

Ach, ich muß sie alle, alle lernen,
und dann ziehn sie wieder in die nebelhaften Fernen.

Meine Nacht beim Teufel – die verfluchten Frommen!
Wirst du nächste Woche zu mir kommen? –

Sieh, dann sind sie fest in meinem Kopf gefangen.
und ich will vergnügt nach deinen Brüsten langen!

PERSISCH

Omar Chab, der Hofflötiste,
auf dem Markt zu Teheran,
steht auf einer Eierkiste,
stimmt die neue Sure an:
    Oh kaleika, leika, leika –
    Oh kaleikalé –
    Oh kaleika, leika, leika –
    piddljué-éeeeeh! –

Und das Volk tanzt ganz begeistert
(wie es Brauch) auf einem Bein;
Forscher, die gefühlsbekleistert,
schreiben es in Bücher ein:
    Oh kaleika, leika, leika –
    Oh kaleikalé –
    Oh kaleika, leika, leika –
    piddljué-éeeeeh! –

Theobald, der dies gelesen,
kriecht bei Clairen tief herein –
wo er einst entzückt gewesen,
bläst er nunmehr tief und fein:
Oh kaleika, leika, leika –
Oh kaleikalé –
Oh kaleika, leika, leika –
piddljué-éeeeeehh! –
Tje . . .

MIT EINEM JAPANISCHEN GOTT

Da hockt der dicke Gott und grinst,
der schwere Bauch in düstern Falten . . .
und über des Geschickes Walten
sitzt jener ruhig da und blinzt . . .

O Wandrer, lüfte deinen Hut!
Denn dieser strebt zum Idealen.
Was weiß er von des Denkens Qualen?
Er existiert und damit gut!

REVOLUTIONS-RÜCKBLICK

Ich schau zurück. Die Pressegenerale
ergriff vor einem Jahr der große Schreck.
Die O H L verstummt mit einem Male.
Vorbei. Die Phrase lag im Dreck.
Vorbei die Pläne und die dicken Thesen,
vorbei die plumpen Renommisterein –
Behüt dich Gott, es wär zu schön gewesen,
behüt dich Gott, es hat nicht sollen sein!

Soldaten vor! Der Kaiser hat verzichtet.
Nun wolltet ihr alleine weiter sehn.
Das ist im Leben häßlich eingerichtet,
daß bei den Eberts gleich die Noskes stehn.
Kaum ist das Land von einer Pest genesen,
fällt es mit Grazie in die nächste rein –
Behüt dich Gott, es wär zu schön gewesen,
behüt dich Gott, es hat nicht sollen sein!

Wir dachten schon: Jetzt gilts den Offizieren!
Wir dachten schon: Hier wird nun Ernst gemacht.
Wir dachten schon: Man wird sich nicht genieren,
das Feuer brennt einmal . . . es ist entfacht . . .
Wir dachten schon: Nun kommt der Eisenbesen . . .
Doch weicht der Deutsche sich die Hosen ein –
Behüt dich Gott, es wär zu schön gewesen,
behüt dich Gott, es hat nicht sollen sein!

Kommt diesem Lande niemals denn ein Retter?
Die graue Regenluft weht naß und fahl.
Zum Abschiednehmen just das rechte Wetter:
Fahr wohl, fahr wohl, November-Ideal!
Denn erstens kostest du zu hohe Spesen,
und zweitens singt ihr noch die Wacht am Rhein –
Tatü-tata – es wär zu schön gewesen,
behüt dich Gott, es hat nicht sollen sein!

AN UNSRE KLEINE

Da liegst du, Mädchen, in den Kissen,
du junge deutsche Republik.
Ein Jahr erst alt. Du kannst nichts wissen
von jenem grauenvollen Krieg,

der dich gebar. Du bist noch niedlich.
Doch eines Tages bist du groß.
Dann arbeit du und lebe friedlich
und mach dich von den Ammen los.

Es säugte diese dich und jene.
Die Milch war sauer. *Die* gesund.
Und bald kriegst du die ersten Zähne
und steckst den Beißring in den Mund.

Bald bist du groß. In späten Tagen
steh du einst stark und glücklich da!
Dann sollen alle Leute sagen:
Famoses Kind –!
Und gar nicht der Papa!

‹AUFGEZOGEN›

Die deutsche Sprache ist um ein schönes Wort reicher. Erfunden haben es die Offiziere im Krieg, und so ist es ins Volk gedrungen, und weil es das ist, was der lateinische Grammatiker eine ‹vox media› nennt – wir anderen sagen: Verlegenheitswort –, so erfreut es sich großer Beliebtheit und wird beinahe so oft angewandt wie ‹nicht wahr?› – Das neue Wort heißt ‹aufziehen›.

Für ‹aufziehen› hat Sanders zwölf Erklärungen, aber die neue ist nicht dabei. Man zieht ein Uhrwerk auf, die Segel werden aufgezogen, die Wache zieht auf, und die Wolken ziehen auf, man zieht jemanden auf, verspottet ihn ... aber Sanders, der gute, alte Mann, wußte noch nicht, daß man auch einen ‹Laden aufziehen› kann. Einen Laden aufziehen – das heißt: Schwung in die Sache bringen. ‹Das Geschäft wird ganz groß aufgezogen› – das heißt: es steht auf finanziell breiter Basis. ‹Wir werden das Ding schon aufziehen› – das heißt: wir werden es schon machen.

Aber nun gehts weiter: Fragen werden aufgezogen, Untersuchungen werden aufgezogen, eine Propaganda ist gut aufgezogen, es ist so ein richtiges Soldatenwort, denn es paßt immer.

Wustmann nennt solche Wörter Modewörter, – sie kommen und gehen und lange gehalten hat sich noch keines. Wer sagt heute noch ‹voll und ganz› ohne die Anführungsstriche mitzusprechen? Wer sagt noch ernsthaft ‹unentwegt›? Wer ‹naturgemäß›? Von ‹schneidig› ganz zu schweigen. Man trägt sie alle nicht mehr.

Es ist eine neue Zeit aufgezogen, in der die Soldaten nicht mehr so aufziehen wie früher, und wenn wir die neuen Vorschriften auf Pappe aufziehen, sehen wir, daß wir andere Kinder aufziehen als damals. Aber immerhin: es wird schon werden. Wir müssen es nur richtig aufziehen.

ERWECKUNG

Heut, nach Jahren, sah ich Josephine.
Welch ein Schreck!
Ach, ich kannt sie mit der Unschuldsmiene –.
Die ist weg.
Kannte sie noch, als sie leise senkte
Lid und Wimper, wenn ein Mann sie kränkte.
Durft ihr niemals nach halb neune nahn ...
Wer hat diese Augen aufgetan?

Ihre Blicke waren einstmals züchtig.
Keusch und blind
küßte sie ihr gutes Muttchen flüchtig,
wie ein Kind.
Heute rufen ihre blauen Sterne:
Bleib! Ich sterbe küssend gar zu gerne —!
Wer geleitet sie auf süßer Bahn?
Wer hat diese Augen aufgetan?

Von der Liebe immer fortzugleiten,
ist mein Fluch.
Finster schreib ich Tagesneuigkeiten
in dies Buch.
Ach, Germania, sieh auf Josephinen!
Dir ist noch kein starker Mann erschienen.
Glaubst noch immer deinem Kinderwahn . . .
Wann wird dir die Seele aufgetan?

DIE KUNST DES COUPLETS

Die Ansicht der Deutschen, daß es keine ‹Kunst› sei, ein Couplet zu schreiben, hat diese Liedgattung hierzulande so niedrig sein lassen, wie sie eben ist. Ein Couplet . . . das ist eine mehr oder minder roh zusammengehauene Sache, ein Sammelsurium faulster Witze, ein grobes Gedicht — zum Schluß mit dem unvermeidlichen Refrain, der möglichst zweideutig und möglichst unsinnig zu sein hat, damit er zieht. Ist das ein Couplet? Es könnte anders sein.

Die Begabung, ein gutes Couplet zu schreiben, ist vereinzelt, und eine Angelegenheit, die nur wenig mit sonstigen Begabungen zu tun hat. Sicher ist, daß ein sonst untadliger Literat, ein Verskünstler, ein Humorist nicht durchaus brauchbare Couplets zu liefern braucht.

Das Couplet hat seine eigenen Gesetze. Es muß zunächst einmal mit der Musik völlig eins sein (das ist eine große Schwierigkeit), und dann muß es so aus dem Geist der Sprache heraus geboren sein, daß die Worte nur so abrollen, daß nirgends die geringste Stockung auftritt, daß die Zunge keine Schwierigkeiten hat, die Wortfolge glatt herunterzuhaspeln. Nun verwechseln die Leute bei uns mit dieser scheinbar kleinen Klasse der Technik (Leichtgewicht) den Inhalt, und der ist denn auch meistens danach. Was steht denn in unseren Couplets meistens drin?

Das deutsche Couplet, das keineswegs literaturfähig ist, steht fest auf zwei dicken Säulen: auf dem Stumpfsinn und auf der Zote. Auf der einen Seite: «An dem Baume — da hängt ne Pflaume» — und auf der anderen: «Fischerin, du kleine — zeig mir deine Beine!» Vereinigt das

Couplet beides, so schmunzelt der Theaterdirektor und klopft dem Textmacher befriedigt auf die Schulter. Das ist etwas fürs Sonntagspublikum.

Wir anderen aber vom Wochentag hätten gern auch etwas und wären zufrieden, wenn begabte und geschmackvolle Literaten sich die Technik, diese unendlich schwere Technik des erfolgreichen Couplets zunutze machten, um *ihre* Gedanken und ihre Wertungen darin auszudrücken. Aber wer kann das?

Die Geringschätzung, der sich das Couplet hierorts erfreut, beruht nicht auf seiner Technik: sie beruht auf seinem Inhalt. Zunächst und heute noch mit Recht. Unter der alten Zensur konnte das politische Couplet überhaupt nicht wachsen – und die faustdicke Konzession, die da ans Parterre gemacht wurde, war sicherlich nicht dazu angetan, Sympathien für eine Kunstgattung zu entwickeln, die bei der schwerflüssigen Art unserer Gebildeten sowieso das böseste Mißtrauen von vornherein wachrief. Ein Couplet? A bah!

Dabei sind die Möglichkeiten, aus dem Couplet etwas durchaus Salonfähiges und Geistvolles zu machen, gegeben. Freilich gehören einige Kleinigkeiten dazu: Gesinnung, Geschmack und großes Können.

Gesinnung: Der neue Coupletdichter müßte nun einmal nicht nur die untere Partie des Menschen in den Kreis seiner Betrachtungen ziehen, er müßte – so frei und frech er auch die Liebe behandeln könnte – nun einmal nicht das Spitzenhemd der Gnädigen als Zentrum der Welt ansingen. Er müßte politisch mutig sein – ob er da nun Hindenburg oder Kautsky feiert, ist, objektiv betrachtet, gleichgültig – wenn er nur dran glaubt und diese Feier nicht nur des Parketts wegen unternimmt. Heute liegen die Dinge noch so, daß Textdichter, Unternehmer und Schauspieler eine Heidenangst vor dem Publikum haben und ihm nur das servieren, was es erfahrungsgemäß beklatscht. Falsch. Man kann nämlich – aber nicht drüber sprechen – auch mit guten Dingen ein gutes Geschäft machen.

Geschmack: Der neue Coupletdichter müßte den unerlernbaren Takt besitzen, gewisse Dinge nicht zu sagen. Nichts ist bezeichnender für einen Schriftsteller, als die Dinge, von denen er gar kein Aufhebens macht, das, was für ihn selbstverständlich ist, das, was er als ständige Vokabel im Munde führt: seine Welt. Und daß heute nicht die beste aller Welten daran und dabei ist, die Coupletverse zu schreiben, ist leider evident. Die Gesinnung des Coupletschreibers schwankt heute noch – von wenigen Ausnahmen abgesehen – im Winde, und das ist schade, um des Couplets und um der politischen Sache willen. (Eine solche rühmliche Ausnahme ist übrigens der junge Walter Mehring, der Sohn Sigmar Mehrings. Eine Hoffnung.)

Technik: Der neue Coupletdichter müßte das feinste Handgelenk besitzen. Es ist schwer, Worte in Verszeilen miteinander abzuwägen, es ist schwer, den einen kleinen, leisen Fehler zu vermeiden, der ein ganzes

Couplet umwerfen kann, es ist schwer — und das ist nun am schwersten — den Refrain zu gestalten, daß er ‹sitzt›. Es gibt solche und solche: die Reuttersche Technik, einen an sich farblosen Refrain durch den Vortext zu färben, ihm nun erst Gestalt und Inhalt zu geben, mag wechseln mit einem festen, sinnvollen Refrain, der durch seine drei- oder viermalige Wiederholung immer plastischer, immer stärker wirkt. Aber wer kann das?

Das alte französische Cabaret — ich denke da besonders an Aristide Bruant — hatte solche Schriftsteller, die einen Refrain herausgrölen konnten, ohne je derb zu sein, ohne platt und geschmacklos zu sein. Manchmal trifft man bei uns Ansätze, aber sie gedeihen nicht.

Und sie gedeihen deshalb nicht, weil keine Kritik da ist, die sie fördert. Die Operette, wie sie heute ist, das Varieté — sie wollen keine Kritik, wenigstens keine ernsthafte, und sie brauchen sie, von ihrem Standpunkt gesehen, auch gar nicht: denn eine gute Kritik nützt ihnen kaum (die Häuser sind auch ohne sie voll) — und eine schlechte kann höchstens das Geschäft schädigen.

Schade. So wie man früher auf die Gegenstände des täglichen Gebrauches keinen Geschmack angewendet wissen wollte und sich den für hohe Sonn- und Feiertage vorbehielt, so glaubt man heute, Kunst sei gut für die philharmonischen Konzerte, aber für ein Couplet . . .?

Aber nicht in dem, was Auserwählte ergötzt, zeigt sich der Geist eines Volkes. In dem, was Tausende und Hunderttausende allsonntäglich und heute auch allwochentäglich erheitert, rührt und aufpulvert, kannst du erkennen, wes Geistes Kinder da wohnen. Ach, es sind meistens Stiefkinder.

Hier ist ein Feld, ein Acker, eine Scholle — sie liegen brach. Bebaut sie!

BADETAG

Wie munter ist das in Berlin!
Der Hauswirt, schwer gepeinigt,
läßt freitags warmes Wasser ziehn,
und jeder wird gereinigt.
  Es baden sich zu gleicher Zeit
  wohl hunderttausend Beine,
  die Bürgerschaft, die Obrigkeit
  und selbst Herrn Heine seine.
Fern Andra wäscht sich. Ebert auch.
Er spült sich heiter seinen Bauch
und denkt: Es kann nichts schaden —
du könntst mal wieder baden . . .

Und nun sitzt er in der Wanne und nun wäscht er sich
und bürstet nicht zu knapp.
Und planscht und manscht und seift sich ein
und schwemmt sich wieder ab!

Frau Durieux plätschert. Rauscher braust
(viel Strahlen – wenig Wasser).
Kahl fürchtet, daß sein Bart zerzaust –
er ist ein Badehasser.
Die Orska wird im Bad rasiert.
Bei Veidtens filmt es einer.
Nur Mäxchen Pallenberg markiert –
es sieht ja schließlich keiner!
Auch Noske spricht zum Adjutanten:
«Verpatzen Sie derweil das Land!»
Und denkt: Es kann nichts schaden –
du könntst mal wieder baden . . .
Und nun sitzt er in der Wanne und nun wäscht er sich
und bürstet nicht zu knapp.
Und planscht und manscht und seift sich ein –
doch die Flecke gehn nicht ab!

Es baden Fuhr- und Bassermann,
frottiert wird zart Frau Porten.
Ein Fischer trieft als nasser Mann –
sie baden aller Orten.
Gar manche sehr bekannte Frau
montiert sich ab die Locken.
Auch Klöpfer nimmts nicht so genau –
er sitzt nicht gerne trocken.
Selbst Ludendorff steigt tapfer rein;
weil er das kann, seift er sich ein.
Und ganz Berlin denkt: Schaden
kanns nichts, wir wolln mal baden . . .
Und sie sitzen in der Wanne und sie waschen sich
und nehmen Bad an Bad.
Die Sintflut tät es schließlich auch!
Gott segne diese Stadt –!

TOLLERS PUBLIKUM

In dem kleinen Theaterraum des Hauses an der Berliner Straße zu Charlottenburg sitzen etwa zweihundert Menschen und starren auf das Stückchen Bühne, das da in fahlem Licht vor ihnen steht. Was denken sie sich?

Neben den wenigen Verständigen, neben den berliner Literaturschiebern saß das kompakte Theaterpublikum, das nie alle wird. Man hörte ordentlich durch die Dunkelheit, wie es in ihren Schädeln knirschte. Sie versuchten, das da oben in ihre Schablonen einzuordnen, und es ging nicht; sie versuchten, Episoden zu erhaschen, Bonmots und geflügelte Worte, und es ging nicht; sie versuchten, dem Ding beizukommen, wie man eben so irgendeinem Theaterstück von Hardt oder Blumenthal oder Schönherr beikommt, und es ging nicht.

Es konnte nicht gehen, hier ist völlig Neues. Wenigstens für unsre Zeit Neues — denn es scheint, daß ostasiatische Völker ein solch stilisiertes Theater, das nicht vortäuscht, sondern eine selbständige Sache ist, schon längst haben. Und es ging auch so —! Welche Überraschung: es ging auch so. Es ging ohne die Scharen murmelnder, gleichgültiger, verrosteter und verstaubter Statisten, ohne das Ab und An und Auf von Mimen und Virtuosen, ohne Kulissenkram, ohne Rummel und ohne Spektakel. Es ging. Was nämlich die gesamten Stadttheater Deutschlands zusammen nicht mehr haben: Geist — das war hier. Es war Ernst, und es ging uns etwas an, und eine Faust griff in unsre Brust und preßte das Herz zusammen, das zuckende Bündel. Und wir schwiegen.

Das Publikum aber war stumm. Nach jener fürchterlich-herrlichen Szene, wo die fünf Soldaten — blutendes Quintett — sich parallel aus den stinkenden Kissen erhoben und nur *eine* Stimme aus ihnen schrie, nur *ein* Mund aus ihnen sprach, *ein* Herz klopfte, *eine* Lunge atmete: da weinten einige Frauen in weißen handgestickten Blusen. Die lieben Frauen —! Haben sie im Kriege geweint? Haben sie damals geweint, als die «Lusitania» torpediert wurde? Als auf hoher kalter See Leute gemordet wurden? Wasser schluckten und versanken? Als Tausende und Tausende in den Stacheldrähten hingen, in den Ackergräben verröchelten? Sie weinten vielleicht, wenn ihr Junge, ihr Mann, ihr Geliebter dabei war. Wußten sie *den* in Sicherheit, dann jauchzten sie und freueten sich, denn siehe! das Hauptquartier hatte eine gewonnene Schlacht gemeldet. Und der Begriff ‹französische Mütter› war hierorts ausgelöscht. Die lieben Frauen —! War ihr Herz nicht immer bei den Siegern? Bei denen, die obenauf waren? Bei den Starken? Da standen sie, die drei Krankenschwestern auf der kleinen Bühne, und da saßen die andern unten im Parkett — aber nur *die* da oben brachen mit einem Wehlaut zusammen vor dem, was da in den Betten lag. Die Blusendamen weinten. Es war so rührend. War es das? War es das wirklich? Hätten nicht dieselben Damen einer Kriegsliteratur zugejubelt, die Gott behüte entstanden wäre, wenn dieser Krieg gewonnen worden wäre? Sie hätten gejauchzt, wenn die Witze auf die feigen Franzosen und ekelhaften Engländer und schmutzigen Russen nur so gehagelt wären. Keine Sorge: sie haben gejauchzt. Besinnt ihr euch noch auf die Kriegspossen des Kriegsanfangs?

Zwei Reihen vor mir saß ein Mann mit martialischem Kragen und furchterregenden Schmissen im Gesicht, getränkt von Offensivgeist. Was dachte er sich? Wie muß er ein Stück gefühlt haben, das seine heiligsten Güter in den Staub zog, oder wie man zu sagen pflegt? Er folgte dem Judenjungen da oben noch allenfalls, wenn der in der Idee ‹Vaterland› aufging – höher hinauf reichte es bei ihm nicht. Phrasen. Drückebergerei. Utopie.

Das Publikum blieb stumm. Doch: einmal lachten sie. Das war, als der Medizinprofessor den Todkranken Rizinus verordnete. Ach, wir haben nicht gelacht, als uns das bei lebendigem Leibe passierte. Schade: ich hätte es lieber gesehen, wenn dieser Menschenarzt nicht zur Marionette stilisiert worden wäre – er hätte einen gut sitzenden Gehrock tragen müssen oder, noch besser, eine prall sitzende Uniform, und das Gehirn des Publikums hätte ihn durchaus ernst nehmen sollen. Schade: er war durchsichtig dumm. Und daß seine große Rede («Die Rüstungsindustrie schlägt das analytische Verfahren, wir, die Ärzte, das synthetische ein») eine blutige Parodie auf das salbungsvolle Pathos dieser Helfershelfer zum Morde war: das merkte keiner von denen. Man muß ihre Götter nicht travestieren. Es genügt, sie darzustellen.

Das Publikum blieb stumm. Ergriffenheit? Du lieber Gott, auch die Kuh bleibt stumm, wenn man ihr die *‹Neunte Symphonie›* vorspielt. Sie rupft ihr Gras. Und Realforscher schreiben einen gelehrten Essay über die Wirkung der Musik auf die pflanzenfressenden Tiere.

Das Publikum blieb stumm. Und da oben riß einer sein Herz auf und predigte das Evangelium der Liebe – zum wievielten Mal auf dieser Welt? Und ich dachte: Aber es ist ja nicht neu. Es ist ja immer dasselbe, von Christus bis Tolstoi immer dasselbe, nur, daß der es wieder einmal als erschütternd neu und lebendig gefühlt hat, daß das Erstarrte sich in ihm zu lösen begann, und daß er die alten Worte durchblutete und zu neuem Leben aufschrie.

Das Publikum blieb stumm. In diese Köpfe geht nichts mehr. Verdummt, eingeschüchtert, verängstigt, durch ein vierjähriges Trommelfeuer von Lügen und Übertreibungen eines verlogenen Presse-Apparates zu Grunde gerichtet, lassen sie apathisch alles vorbeigehen, was gepredigt wird, und wachen erst auf, wenn das Straßenbahnabonnement erhöht wird. Und vor einem kleinen Stückchen Holz, vor ein paar schwarzen Vorhängen stand einer und schrie *das* hinaus, was uns alle angeht, was unsre Sache ist, was wir wollen und sind und erstreben und nicht erreichen. Schrie von dem Haß, mit dem allein es nicht getan sei ... und ich wurde ganz klein auf meinem Stuhl. Ich bekenne: ich habe gehaßt, vier, fünf, sechs Jahre lang, und ich hasse heute noch mit der ganzen Kraft, deren ich fähig bin. Ich weiß, daß es nicht recht ist. Ich weiß, daß ich so nur das Korrelat eines alldeutschen pensionierten Obersten bin. Ich weiß, ich weiß. Und doch hasse ich den Typ des Deutschen, wie er sich in diesen Stabsärzten, in diesen Offizieren, in diesen Verwaltungsbeamten, in diesen Subalterngeistern darstellt, und fühle mich dem letzten slawischen Bauern näher als diesen da.

«... und hätte der Liebe nicht.» Auch diese seien arme, verblendete Menschen, sagt Toller. Vergib mir.

Vor wem sprechen diese Gestalten? Vor wem öffnet sich ein Herz weit, weit, vor wem strömen Blutbäche, rinnen Adernbahnen? Vor einem Parkett, das auch nicht auf der untersten Stufe zu dieser Leiter steht. Vor Leuten, die zum allergrößten Teil und bestenfalls dem ‹Kommis des Tages› nachlaufen, den brandhaarigen, argumentgewandten Podiumssatrapen, die heute so können und morgen so. «Marschiert! Marschiert!» sagt da oben der Mann des Stückes zur Masse. Aber zuvor: Habt den Geist! Ein freundlicher Imperativ. Und eine blanke Unmöglichkeit.

Das Stück gehört nicht in dieses Theater. Es ist ein Wagnis gewesen, es aufzuführen, und ein dankenswertes Wagnis. Ein gekrümmter Knöchel schlug an verschlossene, dicke Bohlentüren. Es ward nicht aufgetan. Toller telegrafierte aus dem Gefängnis, in das man ihn geworfen, weil nach § 9 b des Gesetzes über den Belagerungszustand vom Jahre 1851 die derzeitige Revolution als beendet anzusehen war: sein Stück gehöre den Arbeitern, nicht den Bürgern. Himmel, entsinnt ihr euch, welche unglaublichen Charakteristiken über Ernst Toller durch die Blätter gingen, als er in München politisch tätig war? Ein lächerlicher Verbrecher. Ein verrückter Schwarmgeist. Ein Hanswurst. Ein Rowdy. Ein eitler Geck, der Napolium äfft. Gott schenke uns viele solche.

Das Stück gehört den Arbeitern. Wenn die's nicht verstehen, ist es ein Schmarrn. Wenn sies nicht ganz verstehen, nicht auf den ersten Anhieb verstehen: so mögen sie es zweimal sehen und es lesen und sich erklären lassen. Aber in der Masse gärt und brodelt es, der Zahlabend der Bezirksorganisationen gibt bei keiner Partei – auch bei den Unabhängigen nicht – die geistige Nahrung, die not täte und die dem jungen ringenden Arbeiter Brot schenkte und Segen. Das Stück gehört vor die richtigen Augen, vor die richtigen Köpfe, vor die richtigen Gehirne. Hier ist es bestenfalls eine kleine Sensation.

«Wenn wir das gewußt hätten», sagte hinter mir eine junge Dame zur andern jungen Dame, «dann wären wir nicht hingegangen! Sonst sieht man doch immer am Titel, was los ist – aber hier ...!»

Laß mich noch kämpfen, Toller. Kämpfe du mit dem Kreuz, ich kann es noch nicht. Ich will zu dir kommen und dir sagen, wenn ich den langen Weg gegangen bin, der zur Liebe führt.

DAS ERDOLCHTE HEER

Die Generale habens gesagt
und haben die Heimat angeklagt.

Die Heimat – heißt es – erdolchte das Heer.
Aber die Heimat litt viel zu sehr!

Sie schrie und ächzte unter der Faust.
Es würgt der Hunger, der Winterwind saust.

Ihr habt der Heimat erst alles genommen
und seid noch besiegt zurückgekommen.

Besiegt hat euch euer eigener Wahn.
Dreimal kräht jetzt der biblische Hahn.

Und nach so viel Fehlern und falschen Taten:
habt ihr nun auch die Heimat verraten.

Die Heimat, die Frauen, die Schwachen, die Kranken –
Wir danken, Generale, wir danken!

ICH HABE NOCH...

«Ich habe noch meinen alten Paletot» – auf diesem traurig merkwürdigen Satz beruhen heute unendlich viele Existenzen. Sie haben noch ... Die alten Dinge aus dem Frieden, die Anzüge, die Kragen, die Möbel und die Teppiche – Dinge, die während des Krieges still auf ihren Herrn gewartet haben, und nun sind sie noch da. Noch ... Wie lange noch ...?

Eine ganze Schicht lebt heute das alte Leben weiter fort, aber es ist ein Scheinleben; das Rad läuft, aber der Antrieb ist gehemmt. Noch läuft es. Eine ganze Schicht fragt sich jeden Morgen besorgt und beschwert, wie lange es noch so wird weitergehen können. Denn die alten Sachen, die noch vorhanden sind, das Material, das heftig in Anspruch genommen wird: es wird eines Tages verbraucht sein, es muß erneuert werden, aber das kostet Geld, es wird also nicht erneuert werden – nun gut, und dann –?

Dann wird eine Schicht, die heute nicht das schlechteste am Mittelstand darstellt, untergegangen sein, leise, klanglos, still, ohne daß es einer merken wird. Untergehen – die Menschen gehen nicht unter. Sie verelenden. Und das geschieht ohne viel Lärm und Aufsehen.

Aber wird es keiner merken? Wir merkens schon. Wir merken, daß jener feine, unwägbare Einfluß fehlt, der von diesen Leuten, die da heute am Verelenden sind, immer ausgegangen ist. Die Lauten treten an ihre Stelle, die Robusten, jene, die zu jeder Konzession bereit sind, und die Geld verdienen, haben, scheffeln. Und so geht unser Bestes langsam vor die Hunde.

Es geht langsam. Im Kriege wurden diese Dinge humoristisch genommen – man lachte, weil dies oder jenes so rar oder so teuer war und wurde, daß man es sich nicht zulegen konnte – aber das ist der Krieg, nicht wahr, und er wird vorbeigehen ... Aber er ging nicht vorbei, er ist bis heute nicht vorbeigegangen, und die Dinge, die über den Etat gehen, werden immer zahlreicher, und die kleinen, nagenden Sorgen werden immer mehr und mehr ... Es geht langsam. Es fing mit einer ganz unbedeutenden Qualitätsminderung im Handschuhkauf an und bei den Stiefeln; es begann damit, daß man zufrieden war, überhaupt Butter zu bekommen, deren Beschaffenheit längst nicht mehr zur Diskussion stand, es begann damit, daß man dies und jenes unterließ, dieses oder jenes liebe Buch nicht kaufte und der gnädigen Frau ein paar Rosen weniger zu schicken in der Lage war ... Es ging langsam.

Bis das Tempo lebhafter wurde. Bis aus den kleinen Unbequemlichkeiten große Unannehmlichkeiten, und aus diesen nackte Sorgen wurden. Bis eine ganze Schicht in diesem Lande erkannte: Ruin! So geht das nicht weiter! Und bis aus einem bescheidenen Mittelstand etwas wird, das noch immer der Tod allen geistigen Lebens gewesen ist: wirtschaftliches Proletariat. Ehre dem Proletarier, der trotz der Mietkaserne Bücher liest! Ehre dem jungen Arbeiter, der sich fortbildet, und der es zu etwas bringt! Helden. Und Ausnahmen. Wer kann das –?

All die kleinen Lehrerinnen, die Beamten, die kaufmännischen Angestellten und ihre Angehörigen – diese ganze Schicht, die bis dahin den empfänglichsten Boden für die Gaben der Künstler gebildet hatte, die so dankbar waren für alles, was ihnen gegeben wurde – sie sind in der Nähe des Untergangs. Heute haben sie noch. Und dann –?

Unsere Väter sind alt und sitzen in ihren Möbeln. Unsere Kinder werden vielleicht einmal wieder in der Lage sein, sich in die ihren zu setzen. Aber wir? Aber die Dazwischenlebenden? Es besteht gar kein Zweifel, daß es heute für den Mann des Mittelstandes eine blanke Unmöglichkeit ist, eine Frau heimzuführen, die nicht im Besitz großer Geldmittel ist. Es besteht gar kein Zweifel, daß diese Lage nicht nur wirtschaftlich von den schwersten Folgen begleitet sein wird, sondern vor allem geistig. Wohin treiben wir? Wohin werden wir getrieben?

Noch geht im großen und ganzen das Spiel mit den alten Kulissen weiter. Noch wird verlangt, daß jeder reine und gut gepflegte Leibwäsche trägt – und er kann das ja auch, weil er sie noch besitzt. Aber wenn sie abgenutzt ist, was dann –? Noch täuscht man sich selbst mühsam vor, es habe sich ja im großen und ganzen nichts gewandelt, und es sei gewiß eine schwere Zeit, aber man werde wohl immerhin... Nun sind aber wirtschaftliche Gesetze stark, sehr stark – und ich sehe über das Land: angestrengt, die Lippen zusammengekniffen, mit gefurchter Stirn, stemmen sich Tausende und Tausende gegen das Rad des großen Wagens, der unaufhaltsam seinen Weg zu machen gesonnen ist, sie ächzen, die beste Manneskraft geht dahin – aber der Wagen rollt.

Der Typus des stillen Helden, den Thomas Mann für die deutsche Literatur entdeckt hat – er ist nie größer gewesen als in dieser Zeit. Nicht nur, daß die feinsten Köpfe gezwungen sind, für Geld Dinge herzustellen, die mit ihrem innersten Wesen nichts zu tun haben – wieviel Energie gehört dazu, wieviel Zähigkeit, wieviel Glaube!

Denn noch glauben sie. Die Schuhe sind nicht mehr sehr gut, die Anzüge bieten das Bild jenes leisen und schrecklichen Verfalls, das nur ein Frauenauge zu sehen in der Lage ist, die Möbel sind in ihren Ersatzteilen nicht mehr harmonisch – es geht langsam, ganz langsam bergab. Aber der Glaube blieb.

Noch glauben sie alle. Noch glauben sie, es könne damit nicht abgetan sein. Es könne so nicht aufhören. Dafür könnte die Generation ihrer Väter und Vorväter nicht gerungen haben («Mein Junge soll mal was Besseres werden!») – noch glauben sie. Und ich weiß zwar nicht, ob die Nationalökonomen, die restlos alles nach ökonomischen Gesetzen erklären wollen, lächeln werden: aber ich denke, daß dieser Glaube stärker ist als wirtschaftliche Gesetze.

Laßt nicht ab! Bleibt diesem Glauben treu! Es ist euer Bestes. Wir alle sehen, wie es bergab geht, unaufhaltsam bergab, und wie wenig Hoffnung ist, daß wir jemals die Zeiten des billigen Inselbuches (das mir geradezu als Symptom dieser Schicht erscheint), wieder erleben werden. Glaubt dennoch! Ihr seid nicht allein.

Die unerbittliche Mühle des Tages klappert. Tagaus, tagein. Leuchtendes Jugendland versinkt – das, was wir geliebt haben, ist Luxus geworden, heute fast ausnahmslos in den Händen derer, die es sich mit Geld erkaufen wollen – aber das geht nicht, geht zum Glück nicht. Wir hatten gehofft, es später, in besseren Zeiten, wiederzuerlangen – dafür haben wir gearbeitet, dafür durchgehalten. Was der beneidenswert robustere Teil der Bevölkerung nicht merkt: wir haben es empfunden. Und wollten es bewahren. Und nun laufen die Tage, rinnen dahin – und was bleibt uns? Noch geht es, noch können wir – noch einen Arbeitsmonat, noch dies, noch das – gewiß, noch geht es. Aber wie lange? Und besser werden wir nicht dabei.

Glaubt, glaubt. Haltet fest, ihr kleinen Kaufleute, und ihr, Lehrer, haltet fest, Angestellte und Arbeiter und Handwerker! Haltet fest. Die Valuta ist gefallen, *diese* Valuta darf nicht sinken. Ihr tragt sie in euern Händen. Und haltet fest, ihr Mädchen, die ihr das Kostbarste im Herzen habt, das es für die gibt, die euch lieben. Und halt auch du fest, liebste Frau — und warte. Warten ist schließlich das Schönste auf der Welt.

«Wir haben noch ...» Nicht lange mehr, und ein härterer Kampf wird beginnen, als der war, der um jenes Fort Douaumont tobte. Und ein schicksalsreicherer. Trösten kann niemand. Aber anfeuern und ausharren machen. Und an eins der schönsten Worte Christian Morgensterns erinnern:

Dulde. Trage.
Bessere Tage
werden kommen.
Alles muß frommen,
denen, die fest sind.
Herz, altes Kind,
dulde, trage!

Es wird — scheltet mich nicht einen Metaphysiker — doch einmal belohnt werden.

ZWEI MANN IN ZIVIL

Also das hat in Deutschland vier Jahre lang regiert! Also das hat vier Jahre lang den Ton angegeben und kommandiert und unterdrückt und gemaßregelt und Weltpolitik gemacht! Also das waren die Heroen eines Volkes, das in ihnen sich selbst verehrte! Also das waren sie! Das? Du lieber Gott.

Am achtzehnten November 1919, vormittags um ein Viertel elf Uhr, treten Hindenburg und Ludendorff in den braunen, wenig feierlichen Saal. Der Alte im Gehrock, der viereckige Kopf hat etwas Mongolenhaftes, aber Figur, Schnurrbart und Backenknochen —: ein Nationalheld, wie man sie auf Weißbiergläser malt. Ludendorff, hölzern-steif, sehr aufgebracht und sehr unsicher, im schwarzen Jackettanzug; um die Nasenflügel ein böser Zug, der sagt: Schweden ... Ein Wachtmeister in Zivil und ein höherer Verwaltungsbeamter. Sie setzen sich.

Die Geschichte fängt damit an, daß Ludendorff den § 54 der hier geltenden Strafprozeßordnung heranzieht: «Jeder Zeuge kann die Auskunft auf solche Fragen verweigern, deren Beantwortung ihm selbst oder einem Angehörigen die Gefahr strafrechtlicher Verfolgung zuziehen würde.» Fühlt er, daß er solches Bollwerks bedarf?

Die Vernehmung beginnt. Eine Vernehmung, wie sie in keiner Privatbeleidigungsklage vor dem Amtsgericht Berlin-Mitte möglich wäre: die Zeugen denken gar nicht daran, die ihnen gestellten Fragen zu beantworten, sie lesen aus fertig vorliegenden Schriftstücken unentwegt vor, was sie vorzulesen sich vorgenommen haben, sie gehen nur auf *das* ein, was ihnen bequem ist. Es bestehe keine Aussagepflicht, sagen sie. Und der Ausschuß kuscht.

Eine Welt stand auf. Da saßen sie: Bethmann, ein alter, zusammengefallener Mann; Zimmermann, rötlich-blond und robust und gewöhnlich; Bernstorff; der ‹Rayonchef› Helfferich, mit blanken, allzuklugen Augen, schmalem Kopf und abstehenden Ohren – und vorn, an einem kleinen Tischchen, die beiden Heroen der Nation. An der Seite die Sachverständigen, unter ihnen der Nußknacker Dietrich Schäfer – wozu man diesen steglitzer Gymnasiarchen hierher geholt hat, wird nicht recht klar. Er spricht manchmal mit hoher, machtloser, ewig beleidigter Stimme. Im Publikum die Konjunkturschieber der neuen Regierung; das gelbe Gummigesicht Georg Bernhards; ein blanker, sauber gewaschener und appetitlicher Offizier von vollem, rosigem Fleisch, wie ein kleines Schweinchen, die schräg gestellten Augen sagen: Ich stehe auf dem Boden der gegebenen Tatsachen! und: Ich mache alles! und: Bitte sehr, bitte gleich! – Major von Gilsa, Gustavs durchaus rechte Hand. Oh, wäre er linkshändig!

Die Vernehmung hat begonnen. Eine Welt steht auf. Welch eine Welt! Wenn Bethmann sagt: «Qui tacet consentire videtur» – so fühle ich: Schulpforta, Philosophie, Universität – und wenn ich das auch alles nicht wüßte, so empfände ich doch: Das ist einer von den Unsern, das ist einer, der irgendwie etwas mit Geist zu tun hat, mag er schwach, mag er nachgiebig, mag er unselbständig gewesen sein – er ist doch schließlich ein Mann unserer Welt. Aber diese beiden da –?

Es ist die größte Enttäuschung meines Lebens gewesen. Sie waren beide schlechtweg nicht vorhanden. Keine Persönlichkeiten, keine Köpfe – nichts. Zwei alte, grau gewordene Kadetten.

Hindenburg menschlich durchaus der Größere von beiden. Dem Manne schlägt ein Herz in der Brust; wenn er barsch einherpoltert, so fühlt er irgendetwas – es sind nicht unsre Empfindungen –, aber er fühlt, sein Blut strömt. Der andere eiskalt. Nicht jener grauenhafte Typ glatt rasierter Etappenoffiziere, wie sie da in Zivil massenhaft umherstehen – aber von derselben Gefühlskälte wie sie, von derselben unerschütterlichen, unfaßbaren, sich selbst unbewußten Roheit.

Das Weltbild, das sich da entrollt, ist erschütternd. Nichts von Erfahrung, nichts von Menschenkenntnis, nichts von Goethe oder Dostojewski. (Man braucht keine Zeile von ihnen gelesen zu haben – aber es geht ja nun einmal doch nicht ohne einen von ihnen.) Die dachten mit dem Bizeps und schrieben mit den Fäusten. Wenn Ludendorff sagt, er und Bernstorff hätten verschiedene Weltanschauungen, so ist das nicht richtig. Sie haben zusammen nur eine. Und die hat Bernstorff.

Der General wehrt sich gegen die fernsten Dinge. Man habe ihm vorgeworfen, daß er auf vierundneunzig Fotografien nie gelächelt habe –

nun, er habe vor lauter Verantwortung nicht lächeln können. Ach, wir glauben ihm die Schwere dieser Verantwortung gern — aber er hätte sie nicht nur fühlen: er hätte sich auch von ihr leiten lassen sollen. Lächeln hätte er können.

Der Zuschauerraum hält den Atem an, wenn Ludendorff spricht. Die Augen der Offiziere in Zivil glitzern hart. Aber so war es hier immer: wenn Helfferich seine ganz und gar unsachlichen Zahlen, die uns heute nicht mehr trösten können, aufsagte, wenn Schäfer mit professoraler Lehrhaftigkeit Begriffe dozierte — macht euch doch nichts vor! Es ging ja nicht um Holz und um Metalle und um 21% Kohle — es ging nicht um Begriffe. Sprach Ludendorff, so atmete der Zuschauerraum: Ja — und sprach Doktor Sinzheimer, so sagten die deutschen Seelen: Nein — und die Offiziersfrauen, die da saßen, fühlten: Unser Reich soll wiederkommen! Unser Reich, in dem wir glücklich gewesen sind und von Einfluß, in dem wir mehr Nahrungsmittel hatten als die andern, in dem unsre Gatten und Freunde befehlen konnten, ohne selbst gehorchen zu müssen, daß es ihnen wehtat — unser Reich! unser Reich! Darum ging es, und das war die Frage.

Zwei Welten stoßen aufeinander. Aber die eine, die alte, die schlechtere, macht einen erbarmungswürdigen, einen entwaffnenden Eindruck. Wie es die Journalisten rechts fertig bekommen werden, diesen Augenblick welthistorisch ‹aufzumachen› — es muß eine harte Arbeit sein.

Vier Jahre lang haben sich diese da jede Einmischung in ihre Tätigkeit mit dem Hinweis auf die große Verantwortlichkeit verbeten — und nun ist sie da, die Möglichkeit, sich zu verantworten — nun haltet Stange! Und nun kneifen sie. Man faßt sie auch nicht. Haben Sie, General Ludendorff, die Berichte, die gegen den U-Boot-Krieg sprachen und die von guten Fachleuten abgefaßt waren, so sorgfältig gelesen wie die, die für ihn sprachen — ja oder nein? Waren Ihnen die einzelnen Stadien der Wilson-Aktion bekannt — ja oder nein? Haben Sie stichhaltige Gründe gehabt, anzunehmen, man könne England wirklich auf die Knie zwingen — ja oder nein?

Und Ludendorff liest und liest. Und ein Ausschuß wartet auf Antwort.

«Ich hatte nur mit dem Reichskanzler zu verhandeln — die Äußerungen des Grafen Bernstorff waren für mich nicht dienstlich», sagt der General. Das ist mein Deutschland.

Der sinnlose Trieb, um der Arbeit, nicht um des Zweckes willen zu arbeiten, um der Organisation willen zu organisieren, lähmte schließlich die Kräfte aller. Man sah ja nichts. Die Frage nach einem Grund war Ketzerei — alles wurde eingeteilt, weil arithmetische Ordnung die Stütze aller Schwachen ist, die sich im Strom des bunten Lebens nicht mehr zurechtzufinden wissen, und dazu kam ein andres schweres Unglück. Der Deutsche kann sein Bestes nur geben, wenn er diktatorisch gestellt ist. Ersprießliches korporatives Arbeiten ist ihm fast unmöglich – er bleibt dann augenblicks im Apparat stecken, in Geschäftsordnungsdebatten, in Formen, in sich selbst. Jede Organisation, jede Kollektivität – auch die geistige – in Deutschland ist jederzeit bereit, um der Formalien willen die Materie zu vergessen. Sie lähmen einander, weil jeder zu sagen haben will. Arbeite in diesem Land, und es fallen dir drei in den Arm, die dir zeigen, wie dus anders machen mußt – aber keiner, der dich unterstützt. Arbeite – und du wirst ein Lied davon zu singen wissen, wieviel Hemmungen, Bedenken, Erwägungen, Bleigewichte sich dir an die Gelenke hängen. Arbeite – und du merkst, wie unleidlich mit denen zu arbeiten ist. Nun waren sie diktatorisch gestellt, und es ging auch nicht. Es konnte nicht gehen, weil alle ‹nachgeordneten› Stellen eben nichts waren als dies, und weil auf dem Papier haften blieb, was in die Herzen hätte dringen sollen. Selbst wenn Ludendorff ein ganzer Kerl gewesen wäre, hätte er sich nicht in diesem Haufen wirrer Knäule durchsetzen können. Er wäre hängen geblieben. Ein entarteter Militarismus hat jede freie Arbeitskraft aus den Deutschen herausgeprügelt. Denn es war die Degeneration des Militarismus, die da gewirkt hat, es ist nicht einmal fritzisch, es ist nicht das Erbe jenes Königs, der ein Philosoph gewesen ist sein Leben lang. Dieses hier war eine große Zeit: der Feldwebel.

Ressortpatriotismus und Instanzenzug – hier sind sie in Reinkultur. Die vollkommene Unfähigkeit dieser Gehirne, zu begreifen, daß es nicht auf die Akten, sondern ausschließlich und lediglich auf den Erfolg ankommt, ausschließlich darauf, alles, einfach alles zu erfassen, auch wenn es nicht von der vorgesetzten Dienststelle herrührt – sie entwaffnet einen. Quid dicam, quod –? Sie habens nicht besser gelernt.

Die Verlesungen nehmen ihren Fortgang. Der Alte liest seins vor, rauh, ungefüge, unlogisch und von einem erstaunlich mäßigen Niveau. Ob Helfferich vorher probiert hat, weiß ich nicht; hat ers getan, ist er ein sehr schlechter Regisseur. Die Luft im Saale wird erdrückend – sogar der gute, alte Holzbock ist erschienen und sieht sich seine Kollegen von der Armee an. Es gibt eine Pause, in der der Ausschuß berät – Wilhelm Bruhn tritt auf Ludendorff zu, er sieht aus wie ein Linoleumfabrikant, und beide schütteln sich die Hände. Ein herzerfreuender Anblick. Georg Bernhard schmeißt sich an alles und alle heran – ich sehe ihn mit einem dicken alten Obersten sprechen, der in einen viel zu engen Kaiserwilhelmgedächtnisgehrock eingewickelt ist – ich höre kein Wort, aber ich sehe die Hände des ollen ehrlichen U-Boot-Einheizers. Deutschlands Helden aus großer Zeit.

Helden? Helden? Was haben diese beiden da mit dem Heldenbegriff zu schaffen? Der Landser war ein Held, und der arme Kompanieführer war einer, der im Dreck stak und seine Leute herausriß, und der Vizefeldwebel draußen war einer und der Mann am Schiffsrohr. Aber diese da —? Verwaltungsbeamte, gut genährt, stets außer Gefahr und stets — wie Ludendorff im November Achtzehn — auf dem Sprung, auszureißen. Auch hier Hindenburg, der weiter seine Pflicht tat und sich erst da zu einer gewissen Größe aufschwang, wertvoller als der andre.

Aber schlägt nicht das Herz des Volkes für die beiden? Nun, des ganzen Volkes nicht. Aber wie erkenne ich meine Deutschen wieder? Sie sind doch sonst nicht so ritterlich, so zartfühlend, so unendlich taktvoll — und das bei zwei Erfolglosen? Es ist nicht verecundia. Wäre sies! Hier spricht das Herz. Und der Zug des Herzens war des Schicksals Stimme. Hier spricht nicht das Gehirn — hier spricht nur das Herz.

Und hätten diese beiden einen scheußlichen Totschlag begangen: eine halbe Nation stünde auf und nähme sich ihrer an. Sie lieben in diesen Männern nicht die Personen: sie lieben die Repräsentanten eines geliebten Systems, das jedem das Seine gab und jedem die Möglichkeit, auf dem andern herumzutreten. Das ist derselbe Grund, der den Kaiser in öffentlichen Diskussionen fast tabu macht, nicht das menschliche Mitleid und nicht Großmut.

Das sind die Führer gewesen, das die Verderber. Die gigantische Gefahr, die im Militarismus steckt, ist heute noch nicht ganz erkannt. Das gesamte Bürgertum hält ihn für eine Tugend, bedauert nur, daß dieser Krieg verloren gegangen ist, und greift allenfalls diese beiden an. Falsch. Sie waren die besten Vertreter des schlechtesten Systems. Millionen tragen noch den königlich preußischen Wachtmeister mit sich herum, diesen feilen Gesellen, der die Vorschriften peinlich genau beobachtete, am peinlichsten dann, wenn es galt, einen Unbeliebten zu schikanieren. Denkt doch ja nicht, daß die kleinen Menschlichkeiten, die anderswo offen zutage treten (worüber sich die Deutschen zu lächeln erlauben), hier ausgeschaltet seien! Sie treten versteckt auf, eine schleichende Gefahr. Tief unehrlich ist das alles — bis in den Kern hinein war die Armee, war die Verwaltung verlogen. Und dies sind ihre Repräsentanten. Die Wirkung auf das Bürgertum, auf die Arbeiter war katastrophal. Jeder Straßenbahnschaffner, jeder kleine Portier —: Ludendorff, Oberbefehlshaber, Kaiser und Feldwebel in einer Person.

Und als ich die beiden hier sitzen sah, fern aller Geistigkeit, fern von alledem, was wir als wertvoll anzusehen gewohnt sind, begriff ich wieder und stärker als je: der Militarismus ist eine Geistesverfassung. Oder vielmehr: das Geistesmanko.

Die Sitzung wird geschlossen. Eine primitive, dickköpfige Obstruktion der Heroen setzt ein. Der Ausschuß kuscht. Und vertagt sich auf unbestimmte Zeit. Man hört Ludendorffs scharfe, abgehackte Stimme schelten. Unter brausendem Hurra des Spalierpöbels verlassen die Herren das Lokal. Man muß einen Krieg verloren haben, um so gefeiert zu werden.

Draußen. Im beschneiten Tiergarten stehen Hunderte hinter einer

Kette grüner Sicherheitssoldaten und winken und drohen und rufen Hoch und rufen Nieder. Die Haltung der Sicherheitssoldaten ist einwandfrei sachlich und überlegen. Das Auto fährt ab. Und so wenig sympathisch die Gasse ist, die da «Nieder mit dem Massenschlächter Hindenburg!» ruft – was falsch ist –, so aufgehetzt noch das Land ist, in dem ganze Kasten um ihre alte wirtschaftliche Vorherrschaft ringen, so wenig die Gefahr eines militaristischen Deutschlands gebannt ist – so befriedigt fühlt man, dem davonsausenden Auto durch das Schneegestöber nachblickend, das eine: Aus.

DIE MORGENPOST

Was bringt mir morgens so die Post?
Da liegt ein kleines Häuflein Briefe –
ich tue noch, als ob ich schliefe
und dreh mich brummelnd wieder um ...
Noch nicht, du Tag! Noch kein Spektakulum!
Es tickt die Uhr. Da kommts aus West und Ost ...
Was bringt mir morgens so die Post?

Ganz oben liegt ein großes Dings.
Ich öffne. «Bürger!» muß ich lesen,
«Sie sind doch auch Soldat gewesen!
Einwohnerwehr! Schützt euer Haus!»
Ach, Spiegelberg, so siehst du aus!
Mein kleiner Tisch – er wackelt links –
ich stütz ihn nachher mit dem Dings.

Ein blaues Brieflein. Zarte Hand ...
O Minnie, ist es dir gelungen?
Verlobt? So fingst du dir den Jungen?
Mein Segen ruht auf diesem Paar.
Ich sage nichts von dem, was war.
Wie schön ist Hymenaios Band
(für andre). Liebe zarte Hand ...

Da nahts. Der Aufdruck so vertraut –
«Ich habe», schreibt S. J., «gebeten
um ein Gedicht – Sie schickens nie!
Gebt ihr euch einmal für Poeten,
so kommandiert die Poesie!»
Und kommandiere ich auch noch so laut:
Die Muse ist doch schließlich keine Braut!

Ein Schreiben noch. Im Eifer des Gefechts
fiels auf den Boden. Viele Listen.
Verein der Antibolschewisten . . .
Nun steh ich auf. Ich weiß Bescheid:
Nach jener winzigen, großen Zeit
sei dies der Wahrspruch des Geschlechts:
Der Feind steht rechts! Der Feind steht rechts!

SELBSTANZEIGE

Mein ziemlich guter Freund Kaspar Hauser hat seine Weltbühnen-Gedichte in einen Band hineingesammelt, ihn *‹Fromme Gesänge›* betituliert, als Verfasser Theobald Tiger angegeben und das Ganze bei Felix Lehmann in Charlottenburg erscheinen lassen. Man weiß ja, wie Kritiken zustande kommen – Kaspar Hauser ist ein angetrauter Stiefzwilling des für die *‹Weltbühne›* verblichenen Theobald Tiger, der ist wieder mit mir verwandt, und dann wundert sich noch einer, daß die Gedichte hier lobend erwähnt werden! Da kann selbst Hasenschiller noch lernen.

Weil der p. Hauser aber auch mich angedichtet hat, und weil die Gedichte wirklich fast alle in der *‹Weltbühne›* gestanden haben, sei hier eine kleine Selbstanzeige erlaubt.

Der politische Versemacher hats nicht leicht. Er soll jede Woche seinen Purzelbaum schlagen, und ich glaube, daß das ‹Wochengedicht› dann, wenn es ‹das› Thema der Woche behandelt, ein purer Schwindel ist. Es gibt fast niemals nur ein Thema – es gibt immer sechs. So ist also das Büchlein nichts als der Spiegel, in dem sich die Welt von acht Jahren abbildert, und obs ein Konvex- oder Konkav-Spiegel ist, das mögen Berufenere entscheiden. Sie sind alle über einen Löffel balbiert, die Gedichte, ein einziger Ton geht durch das Buch, und eine Melodie singt. Wem sie gefallen hat, der wird wissen, was ihn in dem Bändchen erwartet. Wirklich neu ist die Gattung nicht – der alte Ludwig Thoma hat dergleichen auch schon ganz hübsch gemacht, und manchmal ganz prachtvoll. Auch Doktor Owlglaß wäre als Papa zu nennen. Neu ist nur die Gattung *‹Die blaue Blume›* – eine Abteilung, auf die der p. Hauser besonders stolz ist; besingt sie doch ziemlich zum ersten Mal das erotische Problem (ist es eins?) auf eine zart ironische Weise. War das schon da? Hauser kennts kaum.

Und nun wollen wir einmal ein Terzett anstimmen, Panter, Tiger und Hauser, und uns zu dritt einen singen: Wir wollen dem Herausgeber unsern Dank sagen für das, was er in acht langen Jahren an uns getan hat. Er hat uns gedruckt, wie wir noch so klein gewesen sind, und er hat – geh mal raus, S. J., daß Du das nicht hörst! – uns erst zu dem gemacht, was wir heute sind. Er hat mit uns und an uns gearbeitet und hat uns nicht nur gedruckt, sondern gefördert. Annehmen und zurückschicken kann schließlich jeder Redakteur – aber einen Baum begießen, daß er wächst, aber ein wildes Tigertier aufziehen, das kann nicht jeder. Und wenn wir heute die blauangemalte Flöte so geläufig zu blasen verstehen, so verdanken wir das alle drei vor allem dem Herausgeber. Panter! Tiger! Hauser! Angetreten! Ausrichten! Tiger, Kopf hoch, Panter, Hinterteil still halten! – die Augen links! (Der Herausgeber von rechts): «Guten Morgen, Leute!» – «Guten Morgen, Herr Herausgeber!» (in einer Silbe zu schreien).

Und Dank für alles, was gewesen ist.

EINE NEUE BÜCHERZENSUR

Kaum sind die Kriegsmacher und ihre stimmungerzeugende Pressemeute vom Schauplatz der Katastrophe verschwunden, macht sich eine Schar Männer ans Werk, die Arbeit der Abgetretenen von neuem aufzunehmen. Der deutsche Buchhandel führt selbständig – gegen die Verfassung – eine neue Zensur ein.

Auf daß der Laie Bescheid wisse: der Verleger, der ein neues Buch anzeigt, damit es die einzelnen Buchhändler, die Sortimenter, vertreiben, ist nach den Satzungen seiner Organisation, die fast alle deutschen Verleger und Buchhändler umfaßt, verpflichtet, seine Ware im *‹Börsenblatt für den deutschen Buchhandel›* anzuzeigen. Ein anderes Organ für diese Anzeigen gibt es nicht. Das *‹Börsenblatt›* erscheint täglich, es wird von allen Verlegern und Buchhändlern des Landes gelesen, und eine Anzeige in diesem Organ ist – neben der kostspieligen Sonderpropaganda – die einzige Möglichkeit, den Kreis der Bücherhändler kaufmännisch zu erfassen. Nun hat die Redaktion dieses Blattes nach ihren Satzungen das Recht, Bücheranzeigen zurückzuweisen. Sie tat das bisher immer dann, wenn es sich um ein Werk handelt, das zwar noch nicht beschlagnahmt war, das aber seinem ganzen Charakter nach nichts darstellte als eine glatte Schmutzschrift. Wer einmal die Kataloge der in Deutschland verbotenen Bücher durchblättert hat, weiß, wie groß die Anzahl dieser unsittlichen Werke war, Bücher, die mit Recht vom Staatsanwalt verboten wurden und die zu vertreiben sich kein anständiger Buchhändler hergab.

Neuerdings ist nun aber das *‹Börsenblatt für den deutschen Buchhandel›* dazu übergegangen, auch die Anzeigen *politischer* Werke zurückzuweisen. Es müssen ihm wohl von aufrechten Männern des Sortiments darüber Klagen zugegangen sein, denn es sieht sich am 25. Oktober 1919 zu einer großen Erklärung veranlaßt, die *‹Unsittliche Literatur›* überschrieben ist. Es wird darin von jener erwähnten

Schmutzliteratur gesprochen, die das ‹*Börsenblatt*› von je zurückweise, und es heißt dann:

«Es hieße den Begriff der Unsittlichkeit verengen, wollte man ihn ausschließlich auf sexuelles Gebiet beschränken. Obwohl sich der Börsenverein auf den Boden der gegebenen Tatsachen gestellt hat, können wir es nicht mit den Aufgaben seines Organs vereinbaren, durch Aufnahme von Anzeigen bei dem Vertrieb von Büchern mitzuwirken, die auf eine Herabsetzung unseres Volkes oder auf die Beschimpfung (nicht Beurteilung!) einzelner, vielen Deutschen noch heute verehrungswürdigen Männer gerichtet sind und keinen anderen Zweck verfolgen, als Deutschland noch tiefer in den Sumpf zu ziehen und seinem Ansehen in der Welt zu schaden. Es genügt, wenn diese, meist aus dem Auslande und dort aus recht trüben Quellen stammende Literatur in der Bibliographie verzeichnet wird, falls ein deutscher Sortimenter mit ihrer Besorgung betraut werden sollte. Reklamehafte Anzeigen darüber in das ‹*Börsenblatt*› aufzunehmen, hieße nichts anderes, als sich an einer Irreführung des Sortiments beteiligen, das in Kenntnis der wahren Natur dieser Schriften und der Absichten ihrer Verleger und Verfasser schwerlich sich für sie einsetzen würde.»

Das ‹*Börsenblatt*› hat nun Grellings Werke von der Anzeige ausgeschlossen, mit der brieflichen Begründung, das Buch sei verboten, was wahrheitswidrig ist. Alle Bücher Grellings dürfen in Deutschland verkauft werden. Es hat Ankündigungen des Freien Verlages in Bern zurückgewiesen, die über die Schuld Deutschlands am Weltkriege Ansichten verbreitete, die sich allerdings nicht mit denen des unseligen Kriegspresseamts decken.

Wer entscheidet nun, was ‹Beurteilung› ist, und was ‹Beschimpfung›? Das Manifest ist von vier Herren unterzeichnet: Paul List, Paul Eger, Oskar de Liagre und Dr. Hermann v. Hase. Dieses Quartett bestimmt nun fortan, welche politischen Ansichten dem gesamten deutschen bücherkaufenden Publikum vorgetragen werden dürfen, und welche nicht. Das Manifest der vier Männer spricht von einem «ohnehin nicht leichten, dafür aber um so undankbareren Amt». Wer hat es ihnen verliehen? Sie haben es sich angemaßt. Es ist mit jeder politischen Freiheit unverträglich, wenn sich eine Strömung innerhalb des Verkäuferkreises zu einer Zensur aufschwingt. Es ist eine Überheblichkeit, Bücher, deren Niveau weit über der politischen Haltung des ‹*Börsenblattes*› im Kriege liegt, mit widerwärtigen Schmutzschriften aus Budapest gleichzustellen. Wenn hier etwas gleichzustellen ist, so muß ich sagen, daß mir das ärgste Dirnenbuch immer noch lieber ist als eine kriegsbegeisterte Sudelei Max Bewers.

Aber es geht hier nicht um politische Standpunkte. Es handelt sich darum, daß diese vier Männer den deutschen Buchhandel und damit das deutsche Publikum geistig bevormunden wollen, und im Begriff sind, die geistige Freiheit des Landes, die ohnehin nicht allzu groß ist, zu knebeln. Ich nehme nicht an, daß sie bei diesem Vorgehen den ganzen Buchhandel hinter sich haben. Wir anderen verlangen, daß das ‹*Börsenblatt*›, das ein Monopol hat, seine Machtstellung nicht zu politischen Übergriffen mißbraucht. Es ist seine Aufgabe, Bücher zu vertreiben. Die Beurteilung mag es anderen überlassen.

Es empfiehlt sich, jeden Fall der Zurückweisung einer politischen Anzeige durch das ‹*Börsenblatt*› sofort an die Öffentlichkeit zu bringen. Der deutsche Buchhändler aber mag sich gegen die Dunkelmänner in seinem eigenen Lager verteidigen!

MOTZSTRASSE 38

Darf ich einmal sagen, daß diese Angelegenheit mir in Berlin reichlich überschätzt zu werden scheint? Und daß wir nun genug davon haben? Und daß es wirklich nicht so wichtig ist?

Der zuständigen Stelle im Polizeipräsidium ist diese Reklame ja wohl zu gönnen – aber was zu viel ist, ist zu viel. Was ist denn eigentlich geschehen, was ist vorgegangen, daß eine ganze Behörde vor der Öffentlichkeit den Anschein erweckt, als habe sie nun einen ganz großen Coup gemacht, und als habe sie weiter nichts zu tun?

In einer Privatwohnung haben sich ein Mann und eine Frau bereit gefunden, Zuschauer bei einer Szene zu dulden, die sich sonst im allgemeinen privat abzuspielen pflegt. Aber nun Berlin –! Aber nun die Biederen in allen Richtungen der Windrose –! Unerhört sei das! Und nun werde wohl nächstens der Himmel einfallen. Und was sage man. Und Babylon, die große. Und Sodom & Gomorrha, oder wie die Firma heißt. Und überhaupt.

Ich kanns nicht finden. Ihr werdet nicht glauben, daß ich ernsthaft solche Schmutzerei verteidigen wolle. Aber wenn ich adlig wäre, so ließ ich mir ein Wappenschild bauen, darin müßte eingeritzt stehen: «JEDER SEINS.» Wenn es den Leuten, die dafür 35 Mark bezahlen, recht ist – verdorben werden diese Parkettgäste, die dagewesen sind, sicher nicht mehr! Und neu ists auch nicht (nicht einmal für Berlin). Und wie mir jemand erzählt hat, der das zweifelhafte Glück hatte, zuzusehen: eine Enttäuschung dazu. Selbstverständlich – wer hätte das anders erwartet?

Nein, es ist nicht richtig, daß eine ganze Stadt aus dem Häuschen gerät, weil irgendeine Schweinerei aufgeflogen ist. (Mit dem Unterton übrigens: «Schade, das wir die Adresse nicht früher gewußt haben!») Es ist auch nicht hübsch, daß die gar nicht besonders löbliche Polizei nun so tut, als lägen hier die wirklichen Gefahren für eine zu behütende Kultur. Ach, es gibt schlimmere Dinge, die sich in aller Öffentlichkeit abspielen, viel schlimmere Dinge. Wenn auch nicht so umflort mit dem Schein einer falschen Romantik.

Überschätzung der Liebe. Überschätzung des ‹Lasters›. Welch ein Papierwort! Eine angefaulte Sippschaft hat sich für Geld verkauft (der Berliner nennt so etwas treffend: «Bruch!»), unehrsame Bürger, ein Pfarrer, ein Ehepaar und andere erfreuliche Erscheinungen, sind darauf hineingefallen, haben für ihr Geld erhalten, was sie wollten, und eine Stadt steht auf dem Kopf.

Liebste Berolina! Stell dich wieder auf die Beine. Es sieht besser aus.

KÖRPERKULTUR

Und wie sich auch die weißen Glieder ranken;
und wie sie sich, wenn die letzten Hüllen sanken,
wollüstig aalt –
es kann mich nicht von meiner Brunst erlösen.
Es ist doch alles, teure Voyeusen,
bezahlt! bezahlt!

Es rast die Polizei. Die Kommissare,
sie nutzen dies als eine wunderbare
Reklame aus.
«Die Orgje». Und: «Entkleidet bis zum Nabel»
(von unten her) – und: «Welch ein Sündenbabel!
Welch Pfreudenhaus!»

Du Polizei vom Alexanderplätzchen!
Es liebt doch jeder gern sein eigenes Schätzchen
und sein Pläsir.
Dies Schauspiel war, zum Beispiel, für die Dümmern.
Du mußt dich aber nicht um alles kümmern –
wir schenkens dir.

Und, Presse, du! Laß das Moralgeflenne –
willst du, daß ich dir etwas Schlimmeres nenne
als dies Lokal?
Die gaben nackt sich hin im Lasterloche.
Das, Liebste, tust du schließlich jede Woche
wohl dreizehn Mal.

EIN WEISSER RABE

Im Verlag Neues Vaterland zu Berlin ist ein kleines Heft erschienen, das heißt: ‹*Das verlorene Afrika*› und ist von Hans Paasche, Kapitänleutnant a. D. Ein Idealist, ein Wahrheitsfreund, ein weißer Rabe.

Paasche ist unten in den deutsch-afrikanischen Kolonien gewesen – und erzählt von der deutschen Kulturarbeit da unten, und davon, was er unter dieser Kultur gelitten hat, und endlich, endlich steht das erlösende Wort da: «Eine Änderung des Denkens tut not.» Haben wir das in der Revolution oft gehört?

Von den Kolonien ausgehend, behandelt Paasche nun dieses wilhelminische Deutschland, und man kann es nicht genug behandeln – nur nicht sanft. Man kann nicht oft genug wie Paasche sagen, daß alles, aber auch alles schief und schlecht in diesem Lande gewesen ist, soweit es sich zu einer – sagen wir: Geistigkeit manifestierte. Grade die gipsernen Ideale dieser nicht genügend zerstörten Welt müssen gänzlich entzweigeschlagen werden, ehe an die Errichtung neuer zu denken ist. Wir sehen doch täglich, wie die Leute an diesen alten Kriegervereinstiraden hängen – und grade um die geht es.

Paasche spricht vom Spuk ‹Schwarz-Weiß-Rot›. Der ist verdammt real. Heute noch. Und fast alle Leute glauben an Gespenster.

Paasche zählt auf, was da gespielt worden ist: die Roheit der herrschenden Macht, der Aberglaube an die geistliche Gewalt, die falsche und schlechte Ambition, die Welt zu beherrschen (ohne die Mittel, sie zu beherrschen – das war das Schlimmste), die mangelnde Intelligenz und die unerhörte Verbohrtheit dieses Volkes.

Beschmutze nicht dein Nest – wispert es, schreit es, dröhnt es. Wir könnens nicht mehr: Ihr habts reichlich besorgt. Und Paasches Name ist nicht Thersites, sondern Herkules im Augiasstall.

Wenn der gereinigt ist, dann mögt ihr wieder Kolonien aufmachen. Eher nicht.

SOZIALISIERUNG DER PRESSE

Als ich einen dicken Mann einmal fragte, was er denn von der Sozialisierung der Presse dächte, sah er mich einen Augenblick erstaunt und pfiffig an und sagte dann gelassen: «Wenn die Presse sozialisiert wird, bekommen Sie kein anständiges Gehalt mehr!» Auf diesem Niveau bewegen sich die meisten Diskussionen über diese ernste und wichtige Frage; und weil Sozialisierung bekanntlich etwas ist, das immer nur für andre Branchen paßt, aber niemals für die eigne, so berührt es uns doppelt angenehm, einmal vernünftig und sachlich über die Sozialisierung dieses glorreichen Instituts reden zu hören, und zwar von Erich Schairer in der kleinen Schrift: ‹*Sozialisierung der Presse*› (Deutsche Gemeinwirtschaft Heft 12, verlegt von Diederichs in Jena).

Der bestehende Zustand wird zunächst außerordentlich gut geschildert und außerordentlich scharf kritisiert. Mit Recht. Der Zustand ist eben der, daß aus Annoncengeschäft und Nachrichtenübermittlung jene üble Mischung herauskommt, die sich heute Presse nennt. Von ganz wenigen Ausnahmen abgesehen, muß das Annoncengeschäft doch irgendwie einen starken Einfluß auf die politische und kulturelle Haltung der Blätter haben. Begehrt nicht auf. Das geschieht nicht so plump und simpel — täte es das doch! —, daß der Inseratenchef in die Redaktionsräume tritt und proklamiert: «Von morgen an wird nichts mehr gegen den Alkohol geschrieben; von übermorgen an werden die Kinos gelobt.» Der Einfluß ist stiller und gefährlicher. Die Zeitung von heute ist ein Geschäft und muß als solches auf einen guten Absatz bedacht sein. Dadurch ist eine wirklich kulturfördernde Tätigkeit ausgeschlossen.

Es ist ja nun die Frage, ob die Zeitung überhaupt dazu berufen ist. Der hitzigste Vorkämpfer im Streit, Kurt Hiller, sagt ja. Ich weiß nicht recht. Ich weiß nicht, ob es nicht vielleicht doch förderlicher wäre, wir hätten reine Nachrichtenblätter, die sich so weit wie möglich von aller Einwirkung auf fremde Gebiete fern hielten. Aber sicher ist — und darin stimmen wir mit Hiller ganz überein —: der Zustand von heute ist eine Schmach. Eine Schmach deshalb, weil den allerwenigsten Leuten — auch denen vom Bau nicht — aufgegangen ist, was hier eigentlich getrieben wird. «Die Zeitung verkauft die Publikationskraft an die Inserenten», sagt Schairer. Die Folgen sind bekannt.

Nun hat das Insertionsgeschäft mit der Nachrichtenübermittlung organisch gar nichts zu tun, und es ist das auch nicht immer so gewesen wie heute. Die Leute haben vergessen, daß früher Nachrichtenblätter und Annoncenblätter lange Zeit etwas ganz Verschiedenes gewesen sind. Und das war sauberer. Denn die Zeitung von heute ist vollkommen vom Leser, der zugleich Inserent sein kann, abhängig. Wir alle sind gezwungen, wenn wir einen alten Mantel verkaufen wollen, die übelsten und reaktionärsten Käseblätter der kleinen Gemeinden zu unterstützen.

Richtig betont Schairer, daß die schlimmste Zensur der Zeitungen nicht im Polizeipräsidium, sondern im eignen Hause sitzt. Und da zensiert letzten Endes und genau betrachtet —: der Inserent. Die Presse hat an dem Schiebertum, das sie heute bekämpft, Millionen verdient — was besagt gegen die Annoncen der eine allgemein gehaltene Leitartikel?

Also: Reform. Die Vorschläge Schairers sind nicht neu, aber gut. Er verlangt Staatseingriff — er verlangt völlige Trennung von Annoncengeschäft und Nachrichtenübermittlung. Er will die sinnlose Konkurrenz der vielen Nachrichtenapparate vermeiden, er will der Presse endlich wieder — wieder? sie hat es nie gehabt — kulturelles Niveau geben. Ob seine Mittel die richtigen sind, steht dahin – aber hier sind positive Vorschläge.

Dieser Aufsatz ist eine Ketzerei, und ich weiß, daß viele meiner Berufsgenossen mich anklagen werden, ich verlästerte meinen eignen Stand. Falsch. Ich will ihn heben. Ich will aus dem dienenden Redakteur einen herrschenden Volkserzieher machen. Das ist er heute nicht und kann es heute nicht sein. In zweihundert Jahren ist dies alles, was ich hier geschrieben habe, vergessen und verweht. Oder verwirklicht.

DER MANTEL

Gegenüber von mir, in der Elektrischen Bahn, sitzt eine Frau mit einem dicken, feldgrauen Mantel. Das Tuch ist an manchen Stellen merkwürdig dunkel, an manchen heller – es ist kein sehr feiner Mantel mehr. Und wie sie da so sitzt, muß ich auf einmal daran denken, was dieser Mantel schon alles gesehen hat.

Lieber, alter Mantel! Wo bist du überall gewesen? In Flandern hat er dich getragen, durch Lehm und Dreck, in grauen Regentagen und in den langen, dunkeln Nächten, wenn er Posten schob – in Polen vielleicht und in Rumänien. Du tratest mit dem Stück Mensch, das da in dich eingewickelt war, zum Appell an, und du marschiertest in Reih und Glied mit tausend anderen Mänteln an Seiner Majestät vorüber, und der freute sich, wie viele Mäntel doch seine Armee hätte. Die Menschen sah er nicht... Du wurdest gebürstet und geklopft, und wie ein Anhängsel begleitete dich in deinen Feldzügen ein kleines, unglückseliges Menschenkind, das sich so nach Hause sehnte und nach Ruhe, und das endlich, endlich wieder bei Muttern sitzen wollte. Was da in dich eingewickelt war, Mantel, das war nicht faul und nicht träge, und die Front hat es auch nicht erdolcht. Aber es war ein Mensch...

Du hattest es gut, lieber Mantel. Du fühltest nichts, warst also gewissermaßen das Ideal eines Soldaten. Und es kam ja auch schließlich, wenn man es recht bedenkt, bei dieser Armee viel mehr auf den Mantel an, als auf das, was drinnen war. In der Kammer wurdet ihr Mäntel gepflegt und gehegt und ausgezählt und sorgsam behütet. Die Menschen waren billig, billig wie die hingeschlachteten Jungen von Langemarck...

Lieber alter Mantel! Was hast du schon alles gesehen! Brutalitäten und Not und Hunger und Blut und Todeszuckungen und Offiziere in hellen, bequemen Kraftwagen und Paraden und Lügen, Lügen, Lügen... Du bist weit in der Welt herumgekommen, und jetzt trägt dich seine Frau oder seine Schwester, und sie versucht, sich in deinem dünnen, fadenscheinig gewordenen Stoff zu wärmen. Kriegsjahre, diese Kriegsjahre zählen siebenfach – schier dreißig Jahre bist du alt. Ruh dich aus, du hast genug erlebt. Hast gesehen, wie ein Volk zugrunde ging, weil vierzehn Millionen Mäntel draußen waren und kein Kopf. Aber wozu braucht der alte Preuße einen Kopf? ...

Leb wohl! lieber alter Mantel.

WENN DIE FLOCKEN FALLEN ...

Grübelnd ging ich heut in meinen Laden.
Und ich dachte mir: Es kann nichts schaden –
Mach mal Inventur!
Oh, Matthias, wird das Leben aber teuer!
Jetzt kommt, Gott behüte, eine Umsatzsteuer –
Wer bezahlt die nur?
Und ich frag mich: Mitten in Berlin?
Kann der Mensch da Steuern hinterziehn?
Eben wars noch trocken.
Plötzlich schneit es dichte, dichte Flocken ...
Und mir fällt beim Wandern
eine nach der andern
leise auf den Hut.
Denk im Schneegeriesel:
Ich bin doch ein Stiesel –
weil die ganze Welt dergleichen tut!

Welch ein gutes Kind ist Eveline!
Trägt das Kind mit Recht die Unschuldsmiene?
Oder täusch ich mich?
Nein, sie läuft doch als verlobte Braut rum,
und der brave Ehrenmann, er schaut drum
weg und schämet sich.
Und er fragt sich: Mitten in Berlin?
Nah ich solchem Mädchen auf den Knien –?
Eben wars noch trocken.
Plötzlich schneit es dichte, dichte Flocken ...
Und mir fällt beim Wandern
eine nach der andern
leise auf den Hut.
Denk im Schneegeriesel:
Ich bin doch ein Stiesel –
weil die ganze Welt dergleichen tut!

Als in München neulich Kommunisten
schoben scheußlich-schauervolle Kisten,
nannte man das: Mord.

Aber läßt bei uns, ganz kalt und steinhart,
dreißig Mann erschießen Oberst Reinhard –
tönt kein Wort.
Und ich frag mich: Mitten in Berlin –
Wann, o Gustav, wann belangst du ihn?
Eben wars noch trocken.
Plötzlich schneit es dichte, dichte Flocken ...
Und mir fällt beim Wandern
eine nach der andern
leis auf den Schapoh.
Denk im Schneegeriesel:
Ich bin doch ein Stiesel –
In der Republik, da ists mal so –

PROZESS MARLOH

Ceterum censeo, Noske esse eundum

Der Spitzel einer Organisation, deren Mitglieder Mord und Totschlag brauchen, um ihre gut bezahlten Stellungen zu behalten, meldet dem Nachrichtenoffizier eines der Freikorps, die Volks-Marine-Division beabsichtige, in der Französischen Straße einen regierungsfeindlichen Putsch zu unternehmen. Die Meldung wird nicht geprüft, sondern mit Freuden aufgenommen, weitergegeben und übertrieben. Ein junger Offizier mit fünfzig Mann wird entsandt; die Räume der Division werden besetzt. Dreihundert Leute gehen in die Menschenfalle. Der junge Offizier, aufgehetzt und getrieben von den sich jagenden Befehlen seiner Vorgesetzten, sucht sich, damit irgend etwas geschehe, und ohne daß die Festgenommenen Widerstand leisten, neunundzwanzig Mann heraus – von seinem preußischen Offiziersstandpunkt aus diejenigen, die klug aussehen – und läßt sie erschießen. Dann erscheint in der Presse ein falscher Bericht dieses Vorgangs; der Offizier ist gezwungen, falsche Berichte an seine Vorgesetzten zu machen, die die Wahrheit kennen; dann flieht er. Er wird später gefaßt, einem ordentlichen Gericht entzogen und vor ein Sondergericht gestellt; seine Kameraden sprechen ihn frei.

Die Beurteilung dieses Mordes kann nur erfolgen, wenn man die Welt, aus der er hervorgegangen ist, genau kennt. Diese Welt ist skrupellos, tief unwahrhaftig und von einem großen Teil des deutschen Volkes heut noch verehrt und geschätzt. Die Verhandlungen haben gezeigt, wie verlogen dieser Apparat arbeiten kann: in dem Augenblick, wo über eine Lüge das Wort ‹Bericht› gesetzt wird, verstummt der Zweifel; in dem Augenblick, wo das Wort ‹Dienst› fällt, hat alles in Ordnung zu sein. Der preußische Offizier lügt nicht. Er tat Schlimmeres.

Es scheint mir nun einmal an der Zeit, hier öffentlich auszusprechen, was ich seit langem auf dem Herzen habe. Ich weiß, daß das taktisch nicht richtig ist; ich weiß, daß man den Mitkämpfern den Mut nicht nehmen soll, ich weiß auch, daß ich trotzdem nicht aufhören werde, für Menschen gegen das alte deutsche Offizierkorps zu kämpfen. Aber ich muß es einmal sagen: Dieser Kampf scheint aussichtslos.

Das deutsche Volk, in einer beispiellosen Katastrophe zusammengebrochen, die es zur guten Hälfte selbst verschuldet hat, befindet sich heute in schwerem wirtschaftlichem Niedergang. Wir haben realiter den Staatsbankrott. Die Fähigkeit weiter Volkskreise zu irgendwelchen Emotionen ist völlig erschöpft. Die Leute können nicht mehr. Das Gefühl für Anstand, für Recht und Gerechtigkeit – es ist völlig geschwunden.

Wärs nicht so, dann brauchte nicht Punkt um Punkt nachgewiesen zu werden, daß dieser Vorgang, von der Spitzelmeldung bis zum Freispruch des Marloh, ein einziger Sumpf ist. Die menschliche Minderwertigkeit, mit Unwahrheiten und Verschleierungen zu arbeiten, um ein Verbrechen zu verdunkeln, die unfaßbare Roheit, Deutsche, die andrer politischer Meinung sind, wie Tiere abzuschlachten – das wächst ausschließlich auf dem deutschen Kasernenhof. Die Leichen der Unglücklichen sollen furchtbar ausgesehen haben: es sind offenbar nicht alle auf jenem Hof erschossen, sondern sechs Geflüchtete sind im Keller massakriert worden; der Überlebende hörte ihre Todesschreie. Einem war die Wade von oben bis unten aufgeschlitzt; einem der Schädel eingeschlagen. Nach dem Mord spazierten die Offiziere auf dem Hof herum, betrachteten die am Boden liegenden Leichen, und einer sagte: «Seht mal, wie anständig die Hunde angezogen sind! Man sollte ihnen die Stiefel ausziehen!»

Der Pfarrer Rump hat in eine Korruption hineingeleuchtet, die man nicht erwähnen durfte, ohne von Tausenden maßlos beschimpft zu werden – bis tief in die demokratische Partei hinein. Dem Pfarrer Rump fiel es sichtlich schwer, gegen Leute, die er kollektiv verehrt hatte, derartig auszusagen. Er hat es trotzdem getan. Was sagte er?

Er sagte, daß alle diese Offiziere, einer wie der andre, bestrebt waren, bewußt, unter bewußtem Mißbrauch ihres moralischen Kredits, die vorgesetzten Dienststellen und die gesamte Öffentlichkeit zu belügen. Er sagte, daß mit Bestechung, Begünstigung, Urkundenfälschung und dienstlichen Falschmeldungen gearbeitet worden ist, um ein System, das noch lange nicht genug Feinde hat, vor Anfeindungen zu bewahren. Nicht das, wie ich hier in meinen *‹Militaria›* immer wieder und wieder und wieder betont habe, ist ja das Schlimme, daß in einer großen Organisation Übergriffe vorkommen, sondern daß der Kernpunkt da sitzt: Wie stellen sich die Kameraden, wie stellt sich die Kollektivität dazu? Es muß gesagt werden, daß noch der letzte Verbrecher, wenn er nur Offizier ist, von seinen Kameraden in einem ganz falsch angebrachten Zusammengehörigkeitsgefühl gestützt und geschützt wird. Sie halten zusammen wie die Kletten. Dann müssen sie sich auch zusammen bewerten lassen.

Kleine menschliche Einzelheiten bleiben haften. «Es ist doch hochanständig», sagt Reinhard, «daß Kessel noch heute seine Hintermänner deckt.» Aber auch Einbrecher haben ein gewisses korporatives Ehrgefühl, das jeder Kenner ihnen zubilligen wird, ohne es deshalb anders als losgelöst von seinen Trägern hoch zu bewerten. In allen Betrachtungen wird fast immer vergessen, daß der Urgrund dieser Dinge kriminell ist, und daß ein Befehl und eine Anordnung irgendeines Gehaltsempfängers eine verbrecherische Handlung nicht sakrosankt machen. «Der Oberst», sagt ein junger Leutnant aus, «wußte auch gar nicht, was er mit den vielen Gefangenen anfangen sollte.» Und ließ sie, infolge mangelnder Unterbringungsmöglichkeit also, erschießen? Ich war dabei, als diese viehisch rohe Äußerung vorgebracht wurde – Reinhard saß auf der Zeugenbank, und kein Muskel zuckte in seinem Gesicht. Tapfer – und unbeteiligt – stand er seinen Mann. Das Wort ‹Hintermänner› tauchte auf. Finanzleute waren da, Menschen, die helfen wollten. Verbluten kann einer von uns – sie würden noch nach dem Zuckenden treten. Marloh hatte die Möglichkeit, Geld, Ausweise, Reisegelegenheit zu erhalten, und alles, was er sonst brauchte.

Über das Verfahren soll hier nicht ernsthaft gesprochen werden. Man erspare es mir, mein Juristenherz auszuschütten. Vielleicht war das früher anders – wir hatten immer geglaubt, daß der Vorsitzende in einem strafrechtlichen Verfahren alles zur Ergründung der Wahrheit tun müsse. Das ist hier nicht geschehen. Viele wichtige Dinge sind nicht untersucht worden: Wer hat die verlorenen und noch nicht genug gefälschten Berichte entwendet? Warum verweigern die Zeugen die Aussage? (Es wäre Sache des Vorsitzenden gewesen, diese Gründe sorgfältig herauszuarbeiten.) Wie kam Reinhard zu der Annahme, daß dort in der Französischen Straße wirklich eine regierungsfeindliche Aktion im Gange war? Wie sind die gefälschten Papiere zur Flucht zustande gekommen? Die Größe unsres Vertrauens zur bürgerlichen Rechtsprechung geht aus unserm Ruf nach ihr hervor: jeder bürgerliche Strafrichter hätte besser gearbeitet. Der geschickte Verteidiger des Angeklagten hatte leichtes Spiel.

Und hier möchte ich aufnehmen, was ich anfangs andeutete: Es scheint aussichtslos. Wir kämpfen hier gegen das innerste Mark des Volkes, und das geht nicht. Es hat keinen Sinn, die Berichte Punkt um Punkt durchzugehen, hier Widersprüche nachzuweisen und da Lügen, Roheiten und Minderwertigkeiten. Daß die Dienststellen der sogenannten Zeugen keinen Mann dieser Gesellschaft auch nur vom Dienst suspendiert haben, war nicht anders zu erwarten. Daß der Reichswehrminister sich der Lämmer annahm, ist selbstverständlich. Er steht und fällt mit diesem Pack. Er hat sie benutzt, sie wollen Lohn. Und er zahlt.

Noske, der Mann von der Straße, der Revolutionsminister, ist beim Gros der Bevölkerung fast beliebt. Soweit er aus den Decken, in die ihn sein Adjutant eingewickelt hat, hervorguckt: ein kopfloser Mann. Ich habe eigentlich noch niemals in der deutschen Politik – außer beim Kaiser – ein solch erschreckendes Maß von Einsichtslosigkeit in alle tiefern Zusammenhänge gesehen. Er weiß gar nicht, worum es sich handelt. Er weiß nicht, daß der Militarismus eine geistige Gefahr ist; er weiß nicht, daß hier Mächte am Werk sind, alles schlechte Alte zu konservieren und einer gradezu barbarischen Schicht wieder auf die Beine zu helfen. Er weiß es nicht und hilft mit. Nach dem Bibelwort müßte ihm der Herr vergeben – daß er die deutsche Welt täglich um Jahre zurückbringt, sollte ihn die Absolution kosten. Die deutsche Welt tut ihm alles, was er verlangt.

Das kindliche alte Spiel der Aufrechnung beginnt. Die Kommunisten in Dresden haben ... die Kommunisten in München haben ... Aber gewiß haben sie. Und? Entschuldigt das? Hier handelt es sich doch nur darum, ob die traditionelle Erziehung des deutschen Offizierkorps solches unmenschliche Verbrechen begünstigt hat oder nicht. Sie hat es hervorgerufen.

Das kindliche alte Spiel der Kompetenz beginnt. Das ist nicht Sache des Kriegsgerichts, das ist nicht Sache der vorgesetzten Dienststelle, das ist nicht Sache des Reichswehrministers. Mir sagte einmal eine Russin, ihre zaristische Rechtsprechung sei die beste der Welt gewesen. «Und Sibirien?» wandte ich ein. «Aber», sagte sie, «das ist nicht Sache der Rechtsprechung – das macht die Verwaltung!» So feine Unterschiede gibts.

Ich resigniere. Ich kämpfe weiter, aber ich resigniere. Wir stehen hier fast ganz allein in Deutschland – fast ganz allein. Denn was sollen wir mit Parteien, was mit Publizisten anfangen, die in den wichtigsten Punkten eine reservatio machen und sagen: «Ja – aber ...» Und wir sagen: Nein. Fest steht: die Mörder der deutschen Radikalen sind bis jetzt straflos ausgegangen. Was die Voruntersuchung nicht schafft, besorgt das sogenannte Gericht; gibts hier ein Unglück, dann tut die Exekutive das ihre; hilft alles nicht, läuft der Mann weg oder wird krank. Ihm kann nix gschehn.

Ist heute ein müder Tag? Ich will mich ja gern beschimpfen und anklagen lassen, ich will ja gern alles auf mich nehmen – wenn ich nur nicht sehen müßte, wie grauenhaft allein wir stehen. Ist denn moralische Sauberkeit wirklich nicht mehr das absolut erste Erfordernis des öffentlichen Lebens? Wohin geraten wir? Wo treiben wir hin? Wohin soll es führen, wenn nun auch die Rechtsprechung anfängt, zu wanken: wenn politische Gesichtspunkte ganz offen Sondergerichte beeinflussen? Wie lange noch, und die ordentlichen Gerichte folgen. Und dann ists aus.

Pathos tuts nicht und Spott nicht und Tadel nicht und sachliche Kritik nicht. Sie wollen nicht hören. Sie hangen mit ihrem ganzen Herzen an den ‹Herren›, an Menschen, die nicht einmal leidenschaftlichen Haß verdienen, sondern nur Verachtung. Ist heute ein müder Tag? Ich habe hier gerufen und gerufen – laßt mich heute still sagen: Die Kaste verlangt für sich eine besondere Beurteilung, sie stehen alle für einen – sie sollen die Beurteilung haben. Immer und immer wieder. Aber ist das Vertrauen der Deutschen zu diesen Burschen zu erschüttern? Noch heute würden sie auf diese Berichte und Meldungen schwören – und käme morgen eine neue Gelegenheit, sie handelten alle grade so. Sie sehen nicht, sie hören nicht, und der himmlische Noske ernährt sie doch.

Der Prozeß ist morgen vergessen. Übermorgen bekommen wir wieder etwas von dem tüchtigen Geist des deutschen Offizierkorps zu hören. Die Kindlein, sie hören es gerne. Und, kurzstirnig, stets im Begriff, durch eine Pistolenknallerei Ehrenflecke aus der Welt zu schaffen, hartherzig und ungeistig, ragt der Koloß des eisernen Hindenburg aus dem Trümmerhaufen.

Trotzalledem: wir wollen doch sehen, daß man ihn als Abbruch verkauft. Das Ziel ist fern. Aber es gibt eins.

DIE FLECKE

In der Dorotheenstraße zu Berlin steht das Gebäude der ehemaligen Kriegsakademie. Unten, in guter Mannshöhe, läuft eine Granitlage um das Haus herum, Platte an Platte.

Diese Platten sehen seltsam aus; sie sind weißlich gefleckt, der braune Granit ist hell an vielen Stellen ... was mag das sein?

Ist er weißlich gefleckt? Aber er sollte rötlich gefleckt sein. Hier hingen, während der großen Zeit, die deutschen Verlustlisten.

Hier hingen, fast alle Tage gewechselt, die schrecklichen Zettel, die endlosen Listen mit Namen, Namen, Namen ... Ich besitze die Nr. 1 dieser Dokumente: da sind noch sorgfältig die Truppenteile angegeben, wenig Tote stehen auf der ersten Liste, sie war sehr kurz, diese Nr. 1. Ich weiß nicht, wie viele dann erschienen sind – aber sie gingen hoch hinauf, bis über die Nummer tausend. Namen an Namen – und jedesmal hieß das, daß ein Menschenleben ausgelöscht war oder ‹vermißt›, für die nächste Zukunft ausgestrichen, oder verstümmelt, leicht oder schwer.

Da hingen sie, da, wo jetzt die weißen Flecke sind. Da hingen sie, und vor ihnen drängten sich die Hunderte schweigender Menschen, die ihr Liebstes draußen hatten und die zitterten, daß sie diesen einzigen Namen unter allen den Tausenden hier läsen. Was kümmerten sie die Müllers und Schulzes und Lehmanns, die hier aushingen! Mochten Tausende und Tausende verrecken – wenn *er* nur nicht dabei war! Und an dieser Gesinnung ertüchtigte der Krieg.

Und an dieser Gesinnung hat es gelegen, daß es vier lange Jahre so gehen konnte. Wären wir alle für einen aufgestanden, alle wie ein Mann –: wer weiß, ob es so lange gedauert hätte. Man hat mir gesagt, ich wisse nicht, wie der deutsche Mann sterben könne. Ich weiß es wohl. Ich weiß aber auch, wie die deutsche Frau weinen kann – und ich weiß, wie sie heute weint, da sie langsam, qualvoll langsam erkennt, wofür er gestorben ist. Wofür ...

Streue ich Salz in Wunden: Aber ich möchte das himmlische Feuer in Wunden brennen, ich möchte den Trauernden zurufen: Für nichts ist er gestorben, für einen Wahnsinn, für nichts, für nichts, für nichts.

Im Laufe der Jahre werden ja diese weißen Flecke allmählich vom Regen abgewaschen werden und schwinden. Aber diese andern da, die kann man nicht tilgen. In unsern Herzen sind Spuren eingekratzt, die nicht vergehen. Und jedesmal, wenn ich an der Kriegsakademie mit ihrem braunen Granit und den weißen Flecken vorbeikomme, sage ich mir im stillen: Versprich es dir. Lege ein Gelöbnis ab. Wirke. Arbeite. Sags den Leuten. Befreie sie von dem Nationalwahn, du mit deinen kleinen Kräften. Du bist es den Toten schuldig. Die Flecke schreien. Hörst du sie?

Sie rufen: Nie wieder Krieg –!

EINKÄUFE

Was schenke ich dem kleinen Michel
zu diesem kalten Weihnachtsfest?
Den Kullerball? Den Sabberpichel?
Ein Gummikissen, das nicht näßt?
  Ein kleines Seifensiederlicht?
  Das hat er noch nicht. Das hat er noch nicht!

Wähl ich den Wiederaufbaukasten?
Schenk ich ihm noch mehr Schreibpapier?
Ein Ding mit schwarzweißroten Tasten;
ein patriotisches Klavier?
  Ein objektives Kriegsgericht?
  Das hat er noch nicht. Das hat er noch nicht!

Schenk ich den Nachttopf ihm auf Rollen?
Schenk ich ein Moratorium?
Ein Sparschwein, kugelig geschwollen?
Ein Puppenkrematorium?
  Ein neues gescheites Reichsgericht?
  Das hat er noch nicht. Das hat er noch nicht!

Ach, liebe Basen, Onkels, Tanten –
Schenkt ihr ihm was. Ich find es kaum.
Ihr seid die Fixen und Gewandten,
hängt ihrs ihm untern Tannenbaum.
  Doch schenkt ihm keine Reaktion!
  Die hat er schon. Die hat er schon!

GEFÜHLE NACH DEM KALENDER

Eigentlich ist es ja ein bißchen merkwürdig: wenn nur noch wenige dünne Kalenderblätter den Abreißer vom 24. Dezember trennen, so senkt sich jenes weihnachtliche Gefühl auf ihn hernieder, das ihr alle kennt. Er wird ein bißchen weich, er wird ein wenig träumerisch, und wenn der ganze Apparat des Einkaufs vorbeigeklappert ist, wenn all das Tosen und Wirken vorüber ist, dann saugt er doch an seiner Weihnachtszigarre und denkt sich dies und das und allerlei. Aber wie denn? Kann man denn seine Gefühle kommandieren –? Kann man denn – nach dem Kalender – seine Empfindungen regeln?

Man kanns nicht. Der Schnurriker Mynona erzählt einmal die Geschichte vom Schauspieler Nesselgrün, dem es plötzlich einfiel, sein ihm zustehendes Weihnachten im August zu feiern – und unter unendlichem Hallo geht denn diese deplacierte Festlichkeit auch vor sich. Aber wir haben doch gelacht, als wir das lasen. Könnten wir andern das auch? Es ist wohl nicht nur die Furcht, uns lächerlich zu machen – es muß noch etwas anderes sein.

Der Grund, daß wir wirklich – jeden Weihnachten – in jedem Jahr – immer aufs neue imstande sind, genau um den 25. Dezember herum die gleichen starken Gefühle zu hegen, liegt doch wohl darin, daß sie sich angesammelt haben. Es muß doch irgend etwas da sein, das tropfenweise anschwillt, das ganze Jahr hindurch.

Schließlich ist doch der Kalender etwas ganz Äußerliches, Relatives, wir sind in gewisser Hinsicht mit ihm verwachsen – aber die Zeit ist nicht in uns, wir sind in der Zeit. Und das kleine Blättchen, das den Vierundzwanzigsten anzeigt, ist kein Grund, es ist ein Signal und ein Anlaß.

Ich habe immer das Gefühl, als ob wir jede Woche im Jahr weihnachtliche Empfindungen genug aufbrächten — aber gute Kaufleute, die wir sind, legen wir sie ‹in kleinen Posten› zurück, bis es sich einmal lohnt. Im Dezember ist dann das Maß meist voll.

Ist es nicht schließlich mit jedem Gedenktag so —? Warum sollen wir gerade am neunzehnten an sie denken, und warum nicht einen Tag später —? ‹Heute vor einem Jahr — —› ach Gott, entweder wir empfinden immer, daß sie auf der Welt ist — oder wir empfindens am neunzehnten auch nur konventionell. Gefühle nach dem Kalender —: das geht nur, wenn der Kalender sie ins Rollen bringt.

Gefühle nach dem Kalender ... Wir haben alle nur keine Zeit, um gut zu sein, wie? Wir haben nur alle keine Zeit. Und müssen tausend- und tausendmal herunterschlucken und herunterdrücken und sind vielleicht im Grunde alle froh, allweihnachtlich einen Anlaß gefunden zu haben, den gestauten Sentiments freien Lauf zu lassen. Wer erst nach dem Kalenderblatt sieht, sich vor den Kopf schlägt und «Ach, richtig!» ruft — dem ist nicht zu helfen.

Vielleicht hat diese neue — ehemals große — Zeit manches am deutschen Weihnachtsfeste geändert. Ich weiß nicht, obs innerlicher geworden ist. Es täte uns so not — nicht aus Gründen der Religion, die jedermanns Privatsache ist — sondern aus Gründen der Kultur. Diesem Volk schlägt ein Herz, aber es liegen so viel Kompressen darauf ...

Reißt sie ab. Wagt einmal (was besonders dem Norddeutschen schwer und sauer fällt), wagt einmal, geradeaus zu empfinden. Und wenn euch das Fest nach all dem, was geschehen ist, doppelt lieb, aber doppelt schwierig erscheint, dann denkt daran, wie ihr es im Feld gefeiert habt, und wo — und denkt daran, wie es ein Halt gewesen ist gegen die Lasten des äußern und innern Feindes, und wie schon das Datum, wie schon der Kalender Trost war in verdammt schwarzen Tagen. Und — weil wir hier gerade alle versammelt sind — denkt schließlich und zu guter Letzt — auch an etwas anderes.

Nach dem Kalender fühlen ... Aber habt ihr einmal geliebt ...? Die Damen sehen in ihren Schoß, und die Herren lächeln so unmerklich, daß ich von meiner Kanzel her Mühe habe, es zu erkennen. Also ihr habt geliebt, und ihr — ich sehe keinen an — liebt noch. Nun, ihr Herren, und wenn sie Geburtstag hat? Nun, ihr Herren, und wenn der Tag auf dem Kalender steht, an dem ihr sie zum erstenmal geküßt habt —? Nun?

Ihr feiert das. Was im ganzen Jahr künstlich oder zufällig zurückgedämmt war — es bricht — wenns eine richtige Liebe ist — elementar an solchem Tage hervor aus tiefen Quellen. Der Tag, dieser dumme Tag, der doch gleich allen anderen sein sollte, ist geheiligt und festlich und feierlich und freundlich — und ihr denkt und fühlt: sie — und nur sie. Nach dem Kalender ...?

Nicht nach dem Kalender. Ihr tragt alle den Kalender in euch. Es ist ja nicht das Datum oder die bewußte Empfindung, heute müsse man nun ... Es ist, wenn ihr überhaupt wißt, was ein Festtag ist, was Weihnachten ist: euer Herz.

Laßt uns einmal von dem Festtags-‹Rummel› absehen, der in einer großen Stadt unvermeidlich ist. Laßt uns einmal daran denken, wie Weihnachten gefeiert werden kann, unter wenigen Menschen, die sich verstehen. Das ist kein Ansichtskarten-Weihnachten. Das ist nicht das Weihnachten des vierundzwanzigsten Dezembers allein – es ist das Weihnachten der Seele. Gibt es das –?

Es soll es geben. Und gibt es auch, wenn ihr nur wollt. Grüßt, ihr Herren, die Damen, küßt ihnen leise die Hand (bitte in meinem Auftrag) und sagt ihnen, man könne sogar seine Gefühle nach dem Kalender regeln: zum Geburtstag, zum Gedenktag – und zu Weihnachten.

Aber man muß welche haben.

BRIEFE AN EINEN KINOSCHAUSPIELER

«Heute bin ich wieder furchtbar berühmt!»

Vor mir liegt ein Päckchen Briefe, blauer, weißer, gelb getönter und tangofarbener; hübsche, kleine Briefe. Sie sind alle an einen Mann gerichtet, an einen sehr bekannten Kinoschauspieler, dessen Namen hier nicht genannt sein soll. Ich blättere und raschele in den Papieren, und eine ganze kleine Welt tut sich auf.

Wir glauben, die Menschen zu kennen, wenn wir ihre Zeitungen lesen und in die Theater gehen und die Bücher lesen, die gerade Erfolg haben. Falsch. Heute, 1919, müssen wir sie im Kino aufsuchen: da sind sie ganz, da sind sie Mensch, da darf mans sein – da ist Leben und Liebe, Leidenschaft und leichter Sinn – da sind sie ganz. Denn auf der mittleren Linie zwischen Kunst und Moritatenleinwand hat sich eine neue Gattung Kunscht gebildet – eine, die die Gemüter völlig im Bann hält, bezaubert, fesselt und einlullt. –

Wenn ein großes Meisterwerk Erfolg hat, so kann man in neunzig Fällen von hundert darauf schwören, daß sich das Publikum aus dem Ding etwas zurechtgemacht hat, das nur noch gerade die äußeren Umrisse mit dem ursprünglichen gemein hat. Es gibt einen Publikumshamlet, einen Publikumsbeethoven, einen Publikumsrembrandt –, und kommt der Nachtreter, der das große Vorbild kitschig kopiert, so hat er denselben Erfolg, weil sie den Unterschied nicht merken.

Beim Kino bedarfs des Umwegs nicht. Hier sind ihre Lüste und ihre Passionen, ihre Probleme und ihre Seligkeiten. Hier ist alles. Hier ist ihre Welt.

Und weil die Welt Götter braucht, so schufen sie sich welche und haben welche und verehren sie mit einer Leidenschaft, die mit der alten Liebe zum Schauspieler wenig zu tun hat. Gewiß, als wir klein gewesen sind, standen auch wir einmal am ‹Bühnentürl› und warteten in der bittersten Winterkälte, bis, blond und vermummt, Lucie Höflich auftauchte oder Rosa Bertens oder eine andere Königin unseres Herzens, und wir nahmen bescheiden den Hut ab und brachten wirklich der Kunst unser kleines Opfer dar, und nicht nur der Frau. Dieses hier aber ist ganz etwas anderes.

Durchdrungen von der naiven Annahme, der Kinoschauspieler sei im Leben gerade so wie in den aufregenden Rollen, legen die jungen Damen und Herren ihren Idolen Eigenschaften bei, die denen schon manche Träne der Heiterkeit entlockt haben (wenn sie klug sind – das gibts). Und sehe ich von den üblichen Bettelbriefen ab, so bauscht sich der Vorhang vor einer Komödie von Eitelkeit, Sinnlichkeit, Neugierde, Dummheit und falsch angebrachtem Charme, daß es einen Hund, einen Panter jammern kann. Blättern wir.

«Da ich die Einsamkeit nicht mehr ertragen kann, wage ich es, an Sie zu schreiben, denn Sie müssen verstehen können. Ich sah Sie als ... in ... Jene Stunden im Kino – wie banal das klingt – zähle ich zu den wertvollsten meines Lebens. Ich sah nie einen Menschen spielen mit dieser beinahe krampfhaften Innerlichkeit, die Ihnen eigen ist, und die alle anderen Schauspieler in den Schatten stellte. Es war, als wollten Sie alle anderen mit Ihrer starken Innerlichkeit anfeuern; ich zitterte vor Erregung. Ich will Ihnen keine Komplimente sagen, denn es kommt mir nicht zu, aber darf man Empfindungen, die aus tiefster Seele kommen, unterdrücken? Nein, nicht wahr? Sie sind so gut, daß ich es einmal wage, Ihnen mein Herz auszuschütten, werden Sie mich verstehen, oder wenigstens versuchen, mich zu verstehen?»

Und nun nach der Melodie: Hedda aus der Prenzlauer Allee:

«Ich bin so jung und doch so müde schon; denn die Menschen traten meine schönheitsdurstige Seele in den Schmutz des Alltags. Ich habe keinen Menschen, der zu mir hält, denn für so exzentrische Geschöpfe, wie ich eines bin, hat die Masse ja kein Verständnis. Wie ein Geschenk habe ich es daher empfunden als ich Sie spielen sah, und seitdem ist ein tiefinnerliches, unaufhaltsames Weinen in mir – – Ich sehe immer noch Ihre wundersam weiße Hand, die geschaffen ist zum Guttun, und mit Entzücken träume ich von Ihren schwarzen Augenlidern, die sich beinahe wie aus Angst so seltsam schmerzhaft auf die Wangen senkten. Ich bete Sie an, mir zum Leide und der Welt zum Trotz – – Ganz allein für mich sollten Sie einmal spielen – – ganz allein für mich – – Ich kann nicht anders: antworten Sie mir auf meinem Brief, es hängt alles davon ab. – Ich küsse Ihre Hände!»

Eine fragt geradezu, ob der Künstler und der Mann des Lebens – nicht: der Lebemann – sich decken:

«Habe bis jetzt noch keinen Film versäumt, in welchem Sie spielten. Spielen Sie einen großen Freund oder Kameraden, bin ich glücklich, ist aber das Gegenteil der Fall, stimmt es mich tieftraurig. Habe den Wunsch zu wissen, ob meine Annahme bestätigt ist, ob Sie in Ihrem sonstigen Leben so sind wie auf der Bühne. Oder sollte es nur Kunst sein?»

Nur – du himmlische Verehrerin!

Aber man kann auch böse werden, und wenn der Gefeierte nicht gleich antwortet, bekommt er folgenden Brief:

«Da ich bis heute noch keine Antwort auf meinen dritten Brief vom 5. d. M. erhielt und auch nicht mehr damit rechne, bitte ich Sie nur noch, mir mein Bild, das für Sie schwerlich noch Interesse haben kann, unter Benutzung des nochmals angefügten Freibriefumschlags zu retournieren. Eigentlich ist es wohl unter ‹gewöhnlichen Sterblichen› üblich, eine höfliche Anfrage zu beantworten, je wie man es für möglich hält, entgegenkommend oder ablehnend. Aber natürlich gibt es auch eine gewisse Art von Menschen, die hoch über der erwähnten Gattung mit ihren Lebensregeln steht. Wie zum Beispiel käme ein ‹umschwärmter› Schauspieler wohl dazu, auf die Briefe eines ‹kleinen unbedeutenden Mädels› zu antworten, geschweige denn näher darauf einzugehen!? Da genügt doch schon die Einsendung eines Autogramms. Nicht wahr, das ist sicher auch Ihre Ansicht, deren Richtigkeit ich Ihnen auch durchaus nicht absprechen möchte?!? In diesem Sinne bin ich mit ganz besonderer Hochachtung ...»

Mit ganz besonderer Hochachtung – das ist die wahre Liebe nicht. Da lob ich mir diese junge Dame, die durchaus weiß, was und wen sie will:

«Berlin, den 15. August 1919. (Das Ganze auf der Rückseite einer Porträtkarte.) Du, ich hab Dich so furchtbar lieb! Möchtest Du mir nicht ein einziges Mal ein Küßchen geben? Mein Muttchen ist gestorben – – und ich bin so allein! Nicht bös sein – – daß ich Du sage – – aber ‹Sie› ist so fremd! – – – Wenn Du meinen Wunsch erfüllen willst so sei so gut und rufe mich an!»

Die Entschuldigung mit dem Mütterchen ist eben so übel nicht. Manche Mädchen wissen aber doch, was sich gehört; so schreibt eine: «In vielen Fällen habe ich Sie bewundert, in denen Sie Idealrollen hatten. Aber in ... war Ihre Rolle abschreckend für ein junges Mädchen.»

Und eine andere legitimierte sich: «Bitte mir ein Bild außer der Bühne mit einigen Worten der Erinnerung zu verehren. Es kommt bestimmt nicht in unwürdige Hände. Sie sollen wissen, wer ich bin. («Meinen Namen sollt ihr nie erfahren: Ich bin der Kaiser Franz Joseph!») Bin Generalstochter (adlig), genügt das?» – Ach ja, es genügt, und um wieviel bürgerlicher und kaufmännischer denkt da ein junger Herr, der eine Menge Karten zur Bemalung mit Autogrammen schickt und dazu schreibt: «Für Ihre nun sehr vielen Bemühungen erlaube ich mir, Ihnen freundlichst zwei Mark zu übersenden.» Überschrift: Des Kinoschauspielers erstes ehrlich verdientes Geld ...

Was überhaupt auffällt, ist die entzückende Mischung von Liebe und Geschäftsstil. Roda Roda erzählte einmal eine Geschichte von einem Buchhalter, der bei den Worten: «Liebe Hulda, ich liebe dich leidenschaftlich!» — das letzte Wort zweimal — dick und dünn — mit dem Lineal unterstreicht ... So weit kann einen die Leidenschaft manchmal treiben. «Ich werde stets bemüht sein, Ihre werten Briefe prompt und ausführlich zu beantworten.» Eigentlich müßte es heißen: ‹und werde ich stets bemüht sein› —, aber es ist auch so schon ganz hübsch.

Eine will zum Film empfohlen werden; sie kann alles: «Tanzen (sämtliche moderne wie Bühnentänze), Reiten, Schwimmen, Rudern, Klettern, Schlittschuhe laufen, Klavierspielen und Singen. Genügt doch, gelt? Es wurde mir auch schon von vielen Seiten versichert, daß ich talentiert wäre. Nur die Beziehungen fehlen.» Aber die werden schon kommen ...

Und auch das Ausland ist in dem bunten Reigen vertreten:

«Sehr geehrter Herr! 10. September habe ich Sie in das Schauspiel ... als ... gesehen und habe richtige Freude erlebt. Am Sonntag nachmittags habe ich Sie in Elektrische Bahn Stadt Ring 1 sofort erkannt.» (Dabei ist der Mann so fein, daß er niemals die Elektrische Bahn besteigt.) «Sie haben mich auch bemerkt ... aber das war bloß ein flüchtiger Moment, eine lichthelle Sekunde, weil ich früher als Sie weggestiegen bin ... Ihre Kunst und Ihr Aussehen sind anders, als man jeden Tag trifft, und weil ich selbst eine Künstlerin bin, so bemerke ich alles, was nicht originär ist. Von meinem Schreiben werden Sie erraten, daß ich Ausländerin bin, und bitte, meine Fehler nicht zu streng zu urteilen. Wenn Sie Lust finden werden, da antworten Sie bitte an meinen Brief, und vielleicht können wir Mahl treffen. Bedauern werden Sie hoffentlich nicht, und werde mich herzlich freuen, in Ihre Gesellschaft zu sein. Hochachtungsvoll ...»

Und so rummelt das durcheinander, Verse und Schmalz und bonbonblaue Briefe und marzipanrosane und junge Damen und alte. Der schönste aber von allen ist dieser hier, der eine so prächtige Idylle darbietet, wie sie Meister Spitzweg nicht besser hätte malen können oder sein Enkel Paul Scheurich. Beim Lampenschein ... nein, zu diesem Brief muß das *‹Elterngrab›* gespielt werden — dann ists richtig. Hier ist er.

«Geehrter Herr ... Verzeihen Sie, daß Ihnen eine unbekannte Frau mit diesen Zeilen belästigt, doch ist es eine Mutter, die ihren einzigen, vergötterten, guten Jungen verlor und nichts weiter besitzt, denn mein Mann ist acht Jahre tot.

Ich sah Sie im Frühjahr in... und erschrak, wie sehr Sie meinem Sohn ähnlich sind, nicht in den Zügen, sondern wie er sich gab. Ich sah zufällig in eine Kinovorstellung, ich war nie eine Freundin für diese Art Sachen, doch nun gehe ich zu diesen Vorstellungen, so oft ich Ihren Namen lese, blödsinnig ist so etwas. Und nun werden Sie vielleicht sagen, die Frau hat wohl keine Arbeit? Ich habe mehr wie zu viel zu tun und mein anständiges Auskommen. Nein, die Sorge um etwas Liebes fehlt mir. Herrgott, da schreibe ich ja gerade, als ob ich abends meinem Paulchen das Herz ausschüttete. Ich fahre auf ein paar Tage nach L. zu meinen Verwandten, denn ich bin dorther, und wenn ich wiederkomme, werde ich Ihnen eine uralte Geschichte schreiben oder erzählen, wenn Sie es für gut befinden, ich würde, wenn Sie zu mir kommen, Sie gut empfangen, eine anständige Tasse Kaffee und selbstgebackenen Kuchen. Vielleicht kommen Sie, ich würde mich unendlich freuen, Sie brauchen sich meiner nicht zu schämen, ich bin eine Frau von untadlichem Ruf. Mein Großmütterchen, die tief im Spreewald wohnt, hat mir mehr wie einmal diese furchtbare Geschichte aus einem schönen, alten Buch vorgelesen, denn es war eine Schrift, die ich nicht verstand, mit wunderbaren Bildern dazu. Die Geschichte spielt in der Nähe meiner Großeltern, ein gewaltiger Wendenfürst hat ein edles Grafenehepaar in den Tod gehetzt, sie ist schön, diese Geschichte, es ist etwas andres mal. Die Rache einer edlen Frau nennen Sie dann das Stück. Mein geliebter Spreewald ist reich an Geschichten und Sagen. Ihnen würde ich sie erzählen, wiewohl ich sonst wie meine Kunden sagen, wenn ich mal bei ihnen bin sagen, ich sitze wie ein Ölgötze. Unendliche Grüße von Ihrer mütterlichen Freundin...»

Und wenn er nun hingegangen wäre —? An diesem Abend lasen sie nicht weiter...

Ist das nicht rührend? Da schmilzt des harten Spötters Herz, er beugt demutsvoll sein Haupt, hebt betend die Arme empor und spricht zu seinem Kinomann: «Wahrlich, wahrlich, du bist berühmt! Wir aber modern im Schatten dahin! Glanz und Sonne auf deinen lackierten Scheitel!»

DER ALTE FONTANE
Zum hundertsten Geburtstag

«Nach Neune ist alles aus.»

«Ich weiß nicht — ich kann seine Romane nicht mehr lesen!» sagt mir der oder jener, den ich nach ihm frage. Wir wollen uns nichts vormachen: sie sind ein wenig verblaßt und verstaubt — diese umständlich sorgsame Art, Dinge zu erzählen, die uns nicht halbwegs so wichtig erscheinen wie einstmals ihm, diese rührend einfach verschlungenen Probleme, die wir nicht etwa überwunden haben (das gibt es gar nicht), sondern die er nicht so tief, so menschlich erschütternd empfunden hat, daß sie uns heute noch fest packen. Seine Tragik ist nicht die unsre ... Die Romane: schön. Und dann kennen die Leute noch einige Gedichte (meist nicht die aus dem Nachlaß) – und sie wissen nicht, daß der alte Fontane einer der feinsten und entzückendsten Theaterkritiker gewesen ist, die es je gegeben hat.

Der Theaterkritiker hats schlecht mit der Nachwelt. Die holt ihn wohl einmal hervor, wenn sie etwas nachschlagen will – aber im großen ganzen kümmert sie sich nicht viel um den Mann, der damals das theatralische Tuch mit der Elle gemessen hat. Und doch: Lest vom alten Fontane seine ‹*Causerien über Theater*› (bei F. Fontane & Co. in Berlin erschienen) – und ihr werdet schmunzeln und lächeln und blättern und lesen und immer weiterlesen ...

Es zeigt sich hier einmal wieder, um wieviel wichtiger eine fest fundierte Kultur ist als alles, alles andre. Fontane brachte nicht nur seinen Kopf ins Theater mit (wie viele geben den in der Garderobe ab!) – er brachte eine Welt mit. Und stieß diese seine private Welt mit dem Mann da vorn an der Rampe zusammen: dann gab es einen guten Klang.

Ich bin kein Theaterhistoriker und sehe ganz davon ab, was denn eigentlich der alte Fontane in seinen vielen Zeitungsaufsätzen beschrieben hat. Kenner und Kundige werden aus diesen Aufsätzen das alte Theater-Berlin herauslesen, sie werden ihre Wissenschaft über die Literatur bereichern – davon laßt mich hier ganz schweigen.

Und laßt mich schwärmen.

Diese Feinfingrigkeit in Fontanes Arbeiten ist, wenn ich mich unter den Heutigen umsehe, am ehesten mit Alfred Polgars Grazie zu vergleichen. Auch hier die schmerzlich-freundliche Ironie, das tiefe Wissen, daß es ja schließlich alles nicht so wichtig ist – auch hier die entzückende Feinheit in den leisen Lichterchen, in den hingehauchten Pointen, in den kleinen Bosheiten und in den charmanten Liebeserklärungen an Kunst und Künstler. Auch dies verbindet Polgar mit Fontane, daß beide in der Ablehnung fast noch besser sind als in der Anerkennung, und daß es aus ihrem Tadel, besonders aus dem ironischen Tadel unendlich viel zu lernen gibt. Und blieb Fontane nicht ewig jung? Seine Haltung in Sachen Naturalismus, der den ganz anders empfindenden und erzogenen Mann in die Herzgrube stoßen mußte, soll ihm unvergessen bleiben. Es ist eine gute Gabe Gottes, noch aus Wildenbruch das Letzte herauszuholen und vor Ibsen nicht zu versagen. Ganz und gar nicht zu versagen.

Aber was ist das alles gegen den Ton, den Hauch, den Takt, der diese Aufsätze zu einem der schönsten deutschen Sprachgüter macht! Da ist noch nicht der grauenhafte österreichische Feuilletonismus neuer Observanz, auch nicht die silbrig französische Schreibart der Herren, die, frisch aus Paris zurückgekehrt, von den Boulevard-Blättern etwas mitgebracht hatten, das sie ebenso gut daheim in Pinne hätten vorfinden können. Nein, dies ist Anmut, und alle Gesetze der Schwere sind aufgehoben.

Die Probe aufs Exempel – genau wie bei Polgar – ist die, daß wir die Schauspieler, von denen die Rede ist, gar nicht kennen. S. J. in seinem Bücherkäfig weiß, wer Johanna Jachmann-Wagner und Clara Meyer und Hans Julius Rahn und die kleine Buskar waren – ich kenne nicht einmal ihre Namen. Aber ich sehe sie vor mir! Ich sehe sie alle, alle: die Zimprigen und die mit der großen Schleppe und die auf ‹edel› Frisierten und die Polterer und die Bartträger und die Dämonischen.

Die Zieglern sehe ich vor mir – er hat sie immer wieder in wenigen Sätzen eingefangen. Ich sehe den Heldenspieler Matkowsky, den Fontane nicht liebte und doch so tief verstand. Ich sehe die kleinen Götter und die Gastspiellöwen und die Heroinen – Herr Gott, wie groß ist dein Tierpark!

Er ist unerschöpflich in Vergleichen. Er holt, um einen Eindruck den Sinnen des Lesers nahezubringen, der ihn doch nicht mit wahrgenommen hatte, die unmöglichsten Dinge heran, die scheinbar ganz fern liegen – und wupp! ist der Eindruck da.

Von einem Rührstück Benedixens: «Das Ganze erinnerte mich an die bekannten Toaste wohlgenährter alter Herren (meist mit Pontac-Nase), die sich, wenn alles im heitersten Geplauder ist und einige Pärchen schon Knallbonbons gezogen und Conditorverse gelesen haben, plötzlich erheben, um völlig unmotiviert ‹Dem, an den wir Alle längst gedacht haben, ein stilles Glas zu weihen›. Alles legt auf fünf Minuten das Gesicht in traurige Falten – Die am meisten, die sich still erkundigen, von wem denn eigentlich die Rede sei –, bis die unbequeme Störung im Schaum des Champagners untergeht. Gott sei Dank! Nichts verwerflicher, als völlig nutzlos die heitern Minuten dieses Lebens auch nur um eine kürzen zu wollen!» Solcher Stellen gibt es Hunderte in dem Buch. Das Putzige dabei ist nun, daß alles, was Fontane zum Vergleich heranzieht, ihm unter der Hand – unter welch feiner Hand! – zum Kunstwerk, zum Bildchen, zum entzückenden Pastell wird. Ob ernst oder heiter: alles ist abgerundet, im Bild und Klang gleich durchgebildet und graziös. Vom Bildchen in die beste Reflexion: «Im zweiten Akt der *‹Wildente›* sitzt die Ekdalsche Familie am Tisch, Mann, Frau, Tochter, und die Frau rechnet eben ihr Wirtschaftsbuch zusammen: ‹Brot 15, Speck 30, Käse 10 – ja – 's geht auf›, und dabei brennt die kleine Lampe mit dem grünen Deckelschirm, und die Luft ist schwül, und das arme Kinderherz sehnt sich nach einem Lichtblick des Lebens, nach Lachen und Liebe ... Es ist wahr, ein Stück wie die *‹Wildente›* entläßt uns ohne Erhebung, aber muß es denn durchaus Erhebung sein?»

Wer so sprach, hatte das Recht, mit feinstem Humor Dinge in einer

Kritik zu gestalten, die ein andrer, erlaubte er sie sich, sicherlich verbiegen würde. «Was von Zwischenfällen sich einstellte, steigerte nur noch die gute Laune. So beispielsweise während des zweiten Aktes. In demselben Augenblick, da Herr Berndal die Worte gesprochen hatte: ‹Gegen den Unverstand eines alten Weibes hat auch der beste Mann keine Waffen›, erscholl vom zweiten Range her ein vereinzeltes, aber intensives und die vollinnerlichste Zustimmung ausdrückendes Bravo. Jeder im Hause fühlte, daß nur ein Schwergetroffener eines solchen Herzenstones fähig sei, und drückte sein Beileid durch Beifall aus.»

Diese Filigranarbeit ist doppelt erstaunlich bei einem, der, wie man aus dem prachtvollen Vorwort Paul Schlenthers erfährt, diese Kritiken «nie für den Buchdruck bestimmt hat – die Zeit zum Schreiben und Drucken war so knapp, daß dem Verfasser selbst fast nie ein Bürstenabzug vorgelegt werden konnte». Und doch ist alles so ziseliert, als hätten Jahre daran gefeilt.

Das haben sie auch. Aber Jahre vorher. Man muß aus der Stille kommen, um etwas Gedeihliches zu schaffen. Nur in der Stille wächst dergleichen.

Ich müßte das ganze Buch ausschreiben, um zu zeigen, wie unendlich fein die Zeiger dieses kritischen Apparates ausschlugen. Wie er sich niemals vom Bombast täuschen ließ. Wie immer der gesunde Menschenverstand, der bürgerliche Verstand genau dann revoltierte, wenn einer seine Schwächen durch Radau verbergen wollte. Wie er aber sehr gern bereit war, sich durch einen Dichter, der ein Kerl war, auch über den Gendarmenmarkt hinaus entführen zu lassen.

Verspielt, wie ich bin, liebe ich an diesem Buch am meisten die zart ausgepinselten kleinen Bilderchen. So dieses: «Und nun endlich war der Sand durchs Glas gelaufen; der Vorhang fiel, und der bis dahin zurückgedämmte Enthusiasmus machte sich in schäumenden Kaskaden Luft. Wenn einst Perserpfeile den Himmel verfinsterten, so hier Kränze und Buketts. Immer mehr; letzte und allerletzte; und dann wieder von neuem. Die Scheidende sprach kurze herzliche Worte des Abschieds. Und als sie so dastand, halb versteckt in Kränzen und die Krone noch auf Haupt und Haar, glich sie einer blumengekleideten Flora, einer Königin des Sommers. Und so wird sie fortleben in unser aller Erinnerung: ein helles Bild, ein freundlicher Klang.» Nichts herrlicher, als wenn sich über einen possierlich hitzigen Pudel die kalte Dusche eines berliner Witzes ergießt – irgendeine der Anekdoten, von denen Fontane voll war, wird beiläufig erzählt, und Held und Dramatiker können einpacken. Aber bei aller preußischen Verstandesschärfe doch immer wieder der glühende Wunsch, hingerissen zu werden und die stets wiederholte Aufforderung an den Dichter: «Entwaffnet mich! Bezaubert mich! Reißt mich hin!» Und welch Takt, welche Delikatesse: «Einer Vorstellung wie der vom Mittwoch gegenüber» – es handelte sich um den Abschied einer

Schauspielerin – «gibt es keine Kritik. Auch die rigoroseste Mutter wird in dem Momente, da sie von ihrer aus dem Hause scheidenden Tochter Abschied nimmt, nicht ein tränenersticktes ‹Sitz grade!› sprechen; in solchem Augenblicke wird auch das leiseste Bedenken, die taktvollste Frage zur Taktlosigkeit. Vielleicht ist schon diese bloße Reflexion ein Verstoß.»

Und welche prächtigen Dinge alle in der Abteilung *‹Aphoristisches›* stehen, das müßt ihr selbst nachlesen. (So die himmlische Geschichte von dem sympathischen jungen Schauspieler, der beim Kritiker Besuch macht, in einem etwas blaß gewordenen Plüschfauteuil sitzt, sich als reizender Mensch entpuppt und um gütiges Interesse bittet. «Und nun endlich bricht der Abend seines ersten Auftretens an, und der Zauber ist hin, und alle guten Vorsätze fallen zu Boden. Ein verkleideter Mensch tritt aus der Kulisse, schlenkert hin und her und behauptet, Der oder Jener zu sein. Aber er ist nicht Der und nicht Jener, ja nicht einmal er selbst.») Es zeigt sich wieder, wie unendlich wertvoll das ist, wenn einer gefestigt von draußen hereinkommt. Fontane hat immer Distanz zu den Dingen. Er kommt immer von draußen herein.

Und die alten Lustspielkritiken ... Aber da hinten drängt schon der nächste Artikel seinen dicken Kopf hervor, und ich muß schließen. Zum Abschiedsgruß: Lest dieses seltene Buch und lernt wieder einmal, wo Kultur und Geschmack und Charme und Kraft und schwebende Leichtigkeit wachsen und gedeihen. In der Stille.

GESICHTER

Neulich fuhr ich mit einem bekannten Zeichner durch Berlin. Er sagte zu mir: «Sehn Sie sich die Gesichter der Leute an! Sind die Köpfe besser geworden? Ist das der Gesichtsausdruck eines Volkes, über dem ein Schicksalssturm dahingebraust ist? Sehen Sie sich die Gesichter an!»

Ich sah sie mir an. In der Tat: genau so ausradierte helle Flächen wie vor dem Kriege. Nirgends ein Atom seelischen Lebens, nirgends eine Spur innerer Erlebnisse. Gewiß, man hat sich in Saloniki entlausen lassen, hat in Finnland Zigaretten empfangen, ist in Flandern vom Feldwebel angeschnauzt worden – aber nichts blieb haften. Warum nicht?

Weil Berlin immer mitging. Aber nicht die Heimat ging mit – haben denn diese entwurzelten Leute aus den Mietwohnungen überhaupt eine Heimat? –, sondern der alles verwischende und verwaschende Bürokratismus ging mit, die öde militärische Gleichmacherei, die viel, viel schlimmer war als der schlimmste, uns stets angedrohte Zuchthausstaat der Sozialdemokraten. Er ging mit und ließ keine innern Erlebnisse aufkommen. Es wurden zwar welche gedruckt, aber die stammten fast alle aus der Literatur.

Sind die Augen geöffnet worden? Der *‹Simplicissimus›* — als er noch gesund war und ein freches Hundevieh — druckte einst im tiefsten Frieden ein Lob des Krieges aus einer Kriegervereinszeitschrift ab, darin gesagt wurde, der Krieg sei schon deshalb so zu begrüßen, weil durch ihn die deutschen Soldaten fremde Gegenden kennen lernen müßten. Nun kann ich mir zwar eine angenehmere Art zu reisen denken, aber diesen Unsinn hat man dann später, als Reklamation und vaterländische Begeisterung die Seelen stärkten, im Ernst lesen können. Aber ach! was haben sie denn kennen gelernt?

Immer wieder dieselbe preußische Etappenstadt. ‹Zur Entlausungsanstalt› — ‹Nur für Offiziere› — ‹Durchreisende Mannschaften haben sich auf der Kommandantur zu melden› — ‹Verboten› — ‹Verboten› — ‹Verboten› —.

Und wenn die Deutschen den Nordpol erreicht hätten, sie hätten auf die Spitze der Erdachse eine Tafel befestigt: «Das Betreten des Pols ist nur nach eingeholter Genehmigung durch die Etappen-Kommandantur Nord II gestattet. Die Mannschaften haben bei einer Temperatur von dreißig Grad abwärts umgeschnallt zu erscheinen.»

Nein, den Gesichtern ist nichts anzumerken, und den Seelen —?

Ich fürchte, ich fürchte, auch denen nicht.

WAS WÄRE, WENN ...

Eines Tages — das war ungefähr acht Jahre, nachdem die Schwerindustrie ihr Geld in den *‹Berliner Lokalanzeiger›* gesteckt hatte — beschloß ein großes Konsortium edler Menschenfreunde, diese Zeitung für pazifistische Betrebungen anzukaufen, und es entspannen sich lebhafte Verhandlungen mit dem Verlag, die dann auch zum Abschluß führten. Der neue Herr fragte an, zu welchem Termin die Redakteure ihren Posten verlassen wollten — aber da kam er schön an! «Wir haben schon so viele Schwenkungen mitgemacht», wandten die Herren ein. «Auf eine mehr oder weniger kommts auch nicht an! Wir bleiben.»

Und so geschahs, und nun spielten sich auf der neuen alten Redaktion folgende Szenen ab:

«Telegramm aus Amerongen — Seine Majestät, pardon, der Exkaiser ist leicht unpäßlich! Holzbock? Wo ist Holzbock?»

«Lärmen Sie doch nicht so! Der Exkaiser kann uns leid tun; sagen Sie lieber: Was ist mit der Großnichte von Bebel? Kriege ich nun das Bild oder kriege ichs nicht?»

«Wir bringen nicht nur ihr Bild, wir bringen auch einen Leitartikel von ihr. Die Frau kann zwar nicht schreiben, aber das haben unsre Leitartikler schließlich auch nie gekonnt. Vergessen Sie übrigens nicht: morgen ist der fünfte Jahrestag von Liebknechts Ermordung — einen flammenden Artikel und Erinnerung an den edeln Verblichenen ... Holzbock! Wo ist Holzbock?»

«Der ist nicht da. Er interviewt Radekn – hier, den Anfang haben wir schon: ‹Ich stehe nicht an, vor coram publico zu erklären ...›»

«Herr Meyer! Herr Meyer! Wollen Sie entlassen werden? Dann sagen Sies. Was soll uns der siebenundzwanzigste Januar? He? Was soll er uns? Diese lächerlichen Anachronismen lassen Sie besser weg. Sie – Sie – Monarchist! Nur die Völkerversöhnung auf republikanischer Grundlage ... Sie, was wird aber doch, wenn die Nationalen die Oberhand bekommen? Es sieht fast so aus. Und dann? Und dann? Wo ist Holzbock? Dann sitzen wir am Ende in der Opposition!»

Der Chefredakteur tritt ins Zimmer und spricht mit Emphase: «Ein Lokalanzeiger steht niemals in der Opposition!»

FONTANE UND SEINE ZEIT

Einer, der am 30. Dezember 1919 hundert Jahre geworden wäre, wenn Menschen im allgemeinen so alt werden würden. Und der es nicht geworden wäre.

Dieser märkische Goethe wirkt auf uns so lange nach – nicht als Künstler: denn leicht angestaubt scheinen heute schon seine Romane, in der Technik, in altbacknen Stellen, die unsere Zähne nicht mehr recht beißen wollen, in der Linienführung und schließlich auch in der Anschauung von Gut und Böse. Wir denken anders, wir werten anders, wir fühlen anders, und wir urteilen anders. Und ein solcher Riesenkerl, daß er uns das vergessen machen könnte, war Fontane nicht. Der Romanschreiber Fontane schwindet mit seiner Zeit. Anders stehts schon mit den Gedichten, besonders mit denen aus den letzten Jahren des Alterns. Das sind Töne, die so bald nicht vergehen; da ist Herzschlag und eine weise Resignation, die niemals tränenselig ist. Schlagt die Altersgedichte von Wilhelm Busch auf, und ihr habt in (herrlichen) Versen, noch einmal niederdeutsch, was Fontane auf seine graziöse Art gesagt hat.

Aber der Literaturhistoriker wird diesen Mann nicht ganz erfassen. Er war mehr, ja er war eigentlich erst ganz er selbst, neben der Literatur. Nicht neben der Kunst. Er war kein Lebenskünstler, kein Held und kein Weltbefahrer. Alles, was menschlich und literarisch in den Briefen, in den viel zu wenig gekannten Theaterkritiken reizt, hat irgend etwas mit Kunst zu tun – ist künstlerisch empfunden bis in die Fingerspitzen –: Werke des Mannes aus einer Mischrasse. Märker und Emigranten – dieses Konglomerat hat der Mark Brandenburg schon manchen guten Mann geschenkt. Aber es war ja nicht die Literatur, nicht die Kunst und all das.

Was diesen Mann uns unvergleichlich macht, das ist – wie bei Goethe

— die Luft, in der er lebte und die er atmete. Das ist jene Aura um die Dinge seines Seins herum, dieses Undefinierbare, das Fontane zu einem Symbol macht, zu einem Symbol einer Zeit, und mehr: zu dem einer ganzen kleinen Welt. Sie ist dahin.

Was war es denn schließlich mit ihm —? Er schrieb seine Bücher, und arbeitete — er war einer der gewiegtesten Techniker, die die deutsche Literatur je gehabt hat, ohne daß man Versen und Sätzen ansieht, wie sie gebosselt sind — er schrieb und lebte bescheiden daher. Und das Leben auf der großen Weltbühne rauschte vorbei, umbrauste ihn, und er lächelte. Wer so lächeln kann —!

Es war ein Gemisch, ein prachtvolles Gemisch von Lavendelduft und neuer Zeit, wie er sie verstand, aus edelstem Menschentum und jenem Schuß Ironie und Skepsis, die den Mann so anziehend machten. In seinen Augen lag immer das gewisse leichte Zwinkern, der kleine berliner ‹Plinzler›, der die Möglichkeit zum Rückzug offenläßt, und der deshalb jedes Pathos erträglich macht — weil man weiß: der bullert keinen Theaterdonner.

Andere mögen entscheiden, was er uns als Künstler gewesen ist. Thomas Mann tuts in dem neuen Fontane-Gedenkbuch, das jetzt bei S. Fischer in Berlin erschienen ist; in einem wunderschönen Aufsatz (da ist Seelenverwandtschaft) zeigt er den Spießer auf, der gar keiner war, und den Künstler, der jene unstillbare Sehnsucht nach dem Philistertum, nein, nach den Menschen hatte. Andere mögen untersuchen, was er der von ihm versifizierten preußischen Geschichte genommen und gegeben hat, welch ein Theaterkritiker der Mann war und welch ein Briefschreiber. Laßt mich hier den Menschen Fontane betrachten, das Symbol seiner Zeit.

Wie war es denn? Er lebte dahin, wohl wissend, daß alles gedrückt und klein war um ihn, und daß er niemals Geld machen würde, und daß Amerika auch ein Land sei, aber Gott sei Dank — ein fernes. Er lebte und lächelte leise, wenn er merkte, daß ein ordensbedeckter Kanzlist der alten Schule ihm bei Festlichkeiten vorgezogen wurde. Er lächelte, aber es war ein seltsam trauriges Lächeln. Denn er gehörte zu diesen unglückseligen Naturen, die auf der bösen Kippe stehen: auf dem schmalen Grenzseil zwischen Literatur und Leben. Und er liebte beides gleich heiß, und er wußte von beiden viel und sehnte sich nach beiden. Und wenn er das Leben heißer liebte als die Literatur, so geschah das deshalb, weil er ein größerer Literator war als ein Mann dieses lauten Lebens.

Sein Einfluß reichte weit. Durch die Jahre, durch die Jahrzehnte war der alte Fontane ein Wappenschild, so, wie der alte Raabe eins war oder Wilhelm Busch oder vielleicht noch Keller. Einem Induktionsstrom gleich glitt durch unsere Herzen derselbe Takt des Blutes, wenn wir ihn lasen — die scheinbar improvisierten Verse der Alterszeit und die Briefe, diese vollen, satten, tiefen Briefe.

Das war bis zum Kriege nicht eben ohne Wichtigkeit. Man konnte sich doch damals noch schließlich bei einiger Anstrengung vormachen, die Zeiten hätten sich nur wenig gewandelt, und man sei selber so ein Stück alter Fontane und gehe durch das kleine Hafenstädtchen und verachte durchaus nicht die ‹neue Zeit› — bewahre! — aber stehe ihr doch ein wenig zweifelnd gegenüber, nicht wahr? und habe so seine eigenen Gedanken, und dies und jenes sei eben ein weites Feld, das man nicht so obenhin beackern könne. Und heute —?

Der alte Fontane ist nicht am 20. September 1898 gestorben. Er starb am 1. August 1914. Er wäre heute etwas völlig Unmögliches.

Nichts dokumentiert den Abstand dieser beiden Weltalter so sehr, wie die Vorstellung, der Alte wandele heute noch unter uns. Jeder reichgewordene Schieber würde ihn verlachen. Nicht wegen seiner hausväterlichen Anschauungen — die sind dem neuen Mann gleich —, sondern wegen seiner Hemmungen, wegen seiner Bedenken, wegen seiner Schwäche. Das Bootsverdeck ist verdammt kleiner geworden, und es ist nun die Frage, wer da hinunter muß und wer oben bleiben darf. «Es ist eine Frage der besseren Ganglien», sagte mir neulich jemand. Ach, ich fürchte, es wird auf die gröbern hinauslaufen, und die hat nicht jeder. Ein neues Zeitalter ist aufgezogen, und das kommt nicht allein von der Valuta her. Ihr wollt tatkräftige Männer, zum Sinnieren ist jetzt nicht die Zeit, und die Jugend lernt spanisch und will hinaus, auf den Weltmarkt, hinaus, wo es bunt hergeht und laut, und wo die Möglichkeiten schlummern. Liebe, wolltest du nicht auch in die Welt? Ist es nur eine solche Beschaffenheit deines Blutes, die dich ruhelos macht? Du bist ein Kind dieser Zeit; Amerika und die englischen Kolonien und eine Farm und vielleicht die Gesandtschaften in Lissabon — nur Leben, wildestes, bewegtestes Leben! Genrebilder aus dem Biedermeier (denn der alte Herr ist für dich schon fast Biedermeier) — pah! Und wir andern, die wir leider, leider immer noch so fontanisch sind, wir wollen dich halten, halten. Aber die Uhr tickt, und du gehst weiter. Und bist doch nur ein Mädchen; also wie sind die, die du liebst, wie sind deine Männer? Sie sind — in ihren besten Exemplaren — so, daß auch nur ein innerliches Gespräch zwischen ihnen und dem alten Fontane eine Unmöglichkeit wäre. Er war fein und still; er ging über den Asphalt und kannte alle geistigen Leute in Berlin und umspannte gewiß nicht die ganze Menschenwelt, aber alles war so klar und einfach und wohl abgegrenzt — bis hinunter zur Rangordnung der preußischen Verwaltung, die er ironisierte, aber doch irgendwie ernst nahm. Und das konnte er damals ja auch.

Vorbei, vorbei. Dieser Gedenktag bietet noch einmal Anlaß, sich liebevoll in die Einzelheiten dieses kargen und reichen Lebens zu versenken, noch einmal abzutasten, wie er arbeitete und sich mühte, wie er mit freundlichen Händen über die Dinge strich, und wie er so unendlich mühevoll erreichte, was er wollte. Das mögen die Gedenkschreiber untersuchen, das und sein altes Berlin, seine alte Mark. Beide sind endgültig dahin. Vielleicht entwickelt sich einmal aus dem Neuen etwas Ersprießliches, vielleicht geht ein neuer alter Fontane in hundert Jahren durch diese graue Stadt und wird vielleicht – obgleich er uns heute wie ein Löwe erschiene – von seinen Leuten genau so ein ganz klein wenig belächelt wie dieser: mit seiner entzückenden Vorliebe für die kleinen Anekdoten, für das Reale, für die winzigen Menschlichkeiten, die aus allen Löchern gucken, mit seinem scharfen Blick und mit seinem tiefen Herzen. Vielleicht. Wir stehen aber da, daß wir Geschichte treiben, wenn wir vom alten Fontane sprechen, wir stehen da, wo die junge Generation wenig von ihm weiß. Und gar nichts von ihm wissen will, und erkennen wieder, daß Geld auf alle Fälle, ob mans hat oder nicht, ein Malheur ist. Worauf der Alte sicherlich ein charmantes Gedicht gemacht hätte ... Aber dann wäre er, lebte er heute noch, schlafen gegangen.

Theodor Fontane ist nicht am 20. September 1898 gestorben, er starb am 1. August 1914 – gerade zu Beginn der großen Zeit.

WEIHNACHTEN

Nikolaus der Gute
kommt mit einer Rute,
greift in seinen vollen Sack –
dir ein Päckchen – mir ein Pack.
Ruth Maria kriegt ein Buch
und ein Baumwolltaschentuch,
Noske einen Ehrensäbel
und ein Buch vom alten Bebel,
sozusagen zur Erheiterung,
zur Gelehrsamkeitserweiterung ...
Marloh kriegt ein Kaiserbild
und nen blanken Ehrenschild.
Oberst Reinhard kriegt zum Hohn
die gesetzliche Pension ...
Tante Lo, die, wie ihr wißt,
immer, immer müde ist,
kriegt von mir ein dickes Kissen. –
Und auch hinter die Kulissen
kommt der gute Weihnachtsmann:
Nimmt sich mancher Leute an,
schenkt da einen ganzen Sack
guten alten Kunstgeschmack.

Schenkt der Orska alle Rollen
Wedekinder, kesse Bollen –
(Hosenrollen mag sie nicht:
dabei sieht man nur Gesicht . . .).
Der kriegt eine Bauerntruhe,
Fräulein Hippel neue Schuhe,
jener hält die liebste Hand –
Und das Land? Und das Land?
Bitt ich dich, so sehr ich kann:
Schenk ihm Ruhe –
lieber Weihnachtsmann!

SILVESTER

So viel Tage zerronnen,
so viel Monate fliehn;
stets etwas Neues begonnen,
dorrt es unter der Sonnen . . .
Hexenkessel Berlin!

Ich, der Kalendermacher,
blick nachdenklich zurück.
Mal ein Hieb auf den Schacher,
mal auf den Richter ein Lacher –
Aber wo blieb das Glück?

Schau, sie sind kaum zu belehren.
Denken nur merkantil.
Halten den Dollar in Ehren,
können ihn nicht entbehren –:
Liebliches Börsenspiel.

Mädchen – euch halten die Schieber!
Denn sie sind obenauf.
Geist –? Es ist euch viel lieber
Lack und Erfolg und Biber –
Das ist der Welten Lauf.

Nur mit dem Armband bekleidet
wandelt Melpomene.
Börsenfaun, er entscheidet,
woran die Loge sich weidet –:
kugeliges Dekolleté.

Wie verbring ich Silvester?
Gib mir dein blondes Haar.
Fasse die Arme mir fester,
gib dich, du liebliche Schwester –
    woll aus deinen Händen
    Nacht und Entzücken mir spenden
    und ein besseres, anderes Jahr!

1920

GUTEN MORGEN –!

Ich blick zurück. Das tu ich alle Jahre.
Und immer mit demselbigen Sükzeh.
Es überhingen deine blonden Haare
mir Blüten, Sommerstaub und Herbst und Schnee.

Oh, Publikum! So wars bei mir persönlich.
Und euch? Was hat denn euch das Jahr gebracht?
Wir waren guter Hoffnung – wie gewöhnlich –
wir warteten auf Dämmerung in der Nacht.

Wir warteten an Depositenkassen,
wir warteten beim Kohlenkommissar,
wir warteten in Volksversammlungsmassen –
wir warten, warten, warten – –
welches Jahr!

Wir warteten auf unsre Kriegsgefangenen,
wir warteten auf neue Menschlichkeit,
wir warteten aufs Sterben des Vergangenen –
wir warteten auf Frieden –
welche Zeit!

Bilanz: das Ding ist diesmal nichts geworden.
Prozente: Null. Der Stand des Ladens: flau.
Rechts: Reaktion – links: Bolschewistenhorden.
Bleibt, in der Mitte schließlich –: nur die Frau.

Ihr, die ihr guckt aus sanft verklebten Lidern
in diesen Neujahrstag – grüßt sie von mir! –
Wir warten weiter unter einem niedern
und grauen Weltenhimmel – wir sind wir!
Wir warten weiter. Mag der Kosmos krachen:
Prost Neujahr!
Nur die Ruhe kann es machen.

DIE VERZAUBERTE PRINZESSIN

Für Wilhelm L. Gruner

«Ich habe drei Töchter», sagte der alte König und strich sich den Bart. «Die älteste ist an den Residenten von Mediterranien verheiratet, und es ist eine gute Partie. Die zweite hat ein Modeatelier in Wien – ein Schandfleck auf dem ansonst reinen Schild meines Hauses – sie verdient siebzigtausend Kronen jährlich. Aber die dritte, die dritte ist etwas ganz Feines – das ist eine verzauberte Prinzessin!» –

Das war sie, und der alte König war nicht zu unrecht stolz, obgleich er sie nur als ganz kleines Kind lebendig gesehen hatte. Dann war sie von der Fee Aurelie Zuckertort verzaubert worden – es war nichts zu machen gewesen – ein alter Hofprophet hatte das einmal bei einer Lage guten Pomeranzenschnapses in der allgemeinen Heiterkeit der Stunde geweissagt – und da mußte es nun schon so geschehen.

Sie lag verzaubert im Grünen ... das war alles, was man offiziell von ihr wußte. Wo und wie? – Ja, es war keiner zurückgekommen, der es etwa berichtet hätte.

Der Prinz ließ sich melden. «Sehr wohl, Hoheit!» sagte der perückenbepuderte Galadiener und verschwand hinter einer Damastportiere. Der Herr Oberzeremonienmeister ließe bitten.

Der Herr Oberzeremonienmeister saß an seinem Schreibtisch und erwiderte den wunderbaren Bückling des jungen Prinzen mit knappem Nicken. Dann räusperte er sich kurz. «Sie wollen die Prinzessin erlösen, junger Mann!» ließ er sich vernehmen. «Ich warne Sie vor Ihrem aberwitzigen Vorhaben. Denken Sie an Ihren alten, unglücklichen Vater, auf dessen silbergrauen Scheitel Sie Trauer und Schmerz zu träufeln im Begriffe sind ...» – «Ich habe keinen Vater mehr –» warf der Prinz schüchtern ein. «... im Begriffe sind», wiederholte der Alte streng. «Auf Ihrem Platz saßen Hunderte von hoffnungsvollen jungen Leuten, die sich desselben unterfingen wie Sie. Wahrlich, ich sage Ihnen, lassen Sie ab! – Hier sind die gedruckten Bestimmungen über die Erlösung der Prinzessin; die Gebühren wollen Sie bitte unten im Sekretariat entrichten. Gehaben Sie sich wohl!» – Und schon wollte sich der Prinz fassungslos entfernen, als der Blick des Alten wie zufällig auf die Visitenkarte fiel, die vor ihm lag. «Prinz Lu der XXVIII.?» sagte er. «Sind Sie nicht – – Haben Sie nicht in Jena studiert?» – «Ich war so frei», sagte der junge Prinz. «Nun, nun», begütigte der Alte, «das ist weiter keine Schande, es kann jedem passieren. Aber da kenne ich ja Ihren Herrn Oheim, den Edlen Jakob Nepomuk zu Gandersheim, ists nicht so?» – Der Prinz errötete. «Allerdings, Exzellenz. Der Edle ist mein Onkel. Ich verdanke ihm vom fünfzehnten bis zum ersten jeden Monats mein Leben!» – «Aber da heiße ich Sie herzlichst wilkommen!» sagte der Oberzeremonienmeister und ergriff des Jünglings Hände. «Mein lieber, junger Freund – – Eine Zigarre angenehm? Oder – das junge Volk pafft ja heutzutage lieber Zigaretten – bitte, bitte!» –

Protektion ist eine Hauptstütze der Welt. Und so kam es, daß der junge Prinz Lu XXVIII., versehen mit allen Ausweispapieren, der Gebührenquittung und der Eintrittskarte zum Zaubergarten, bei seiner Ausfahrt etwas wußte, was keiner seiner Vorgänger gewußt hatte.

Bis Andalusia-Neustadt hatte ihn das Zügelchen schnaufend gebracht. Da hörte die Strecke auf, und der Prinz stieg aus. «Träger!» sagte er – und seine Stimme kippte um. Wau-wau – machten die Dorfköter auf der staubigen Chaussee – von einem Träger war nichts zu sehen. Ärgerlich warf der Prinz seine Reisedecke über die Schulter, nahm das Köfferchen in die Hand und marschierte ab.

Das mußte man sagen: organisiert war das Ganze ausgezeichnet. Es ging verschlungene Pfade durch kleine Wäldchen und Wiesen, über sonnige Hügelhänge hinab am Bach entlang – aber immer, wenn man nicht weiter wußte, stand da eine Tafel ‹Zum Zaubergarten› und dahinter eine Hand mit einem Ring auf dem kleinen Finger, einer prächtigen Manschette und der Kilometerzahl. Die Sonne brütete und stach heiß. Der Prinz stand und trocknete sich mit einem seidenen Tuch die Stirn. «Ach, entschuldigen Sie», sagte es in der Luft, «Sie wollen gewiß die Prinzessin erlösen, wie?» – Überrascht wandte sich der Prinz um. Aber da war niemand. Er sah um sich. «Ich würde Ihnen gerne den Weg zeigen», sprach die Stimme weiter. «Sie können sich meiner Führung unbesorgt anvertrauen. Ich bin der unsichtbare Hinkeldey. Johann Caspar Hinkeldey. Lassen Sie einem armen unglücklichen Mann auch etwas zukommen, Kaiserliche Hoheit!» – «Ich bin kein Kaiser», sagte der junge Prinz. «Dann werden Sie es mal!» tröstete der Unsichtbare. «Und nun – darf ich bitten –» Und weil Herr Hinkeldey offenbar stark den geistigen Getränken zugesprochen hatte, gelang es ihm, den Prinzen durch seinen sanften Spirituosengeruch und lautes Schlucksen an den Wegtafeln vorbei, weiter und immer weiter zu führen. Idyllisch und lieblich lag die Landschaft da – der Prinz wollte sich gerade ins Schwärmen verlieren – da gemahnte ihn ein lauter Schluckser zu seiner Rechten, daß er ins Tal einzubiegen hatte. Er bog ein.

Da unten lag das Tor, ein großes Tor – und plötzlich hörte das Glucksen an seiner Seite auf. «Kaiserliche Hoheit belieben am Eingang zu stehen!» sagte die Stimme. «Ich erlaube mir, Kaiserlicher Hoheit alles Gute und das volle Gelingen – hick – eines so glorreichen Planes zu wünschen! Meine Aufgabe wäre damit erfüllt.» Ein stilles Warten lag in der Luft. «Schon gut», sagte der Prinz und zog die Börse. Und da machte der unsichtbare Herr Hinkeldey sein Kunststück, das große Kunststück, das ihm schon oft Ruhm und Ehre verschafft hatte. «Hoheit», sagte Herr Hinkeldey, «Kaiserliche Hoheit sind zu gütig!» – Und plötzlich tauchte vor dem Prinzen eine riesige ungefüge Hand auf, eine klotzige, knotige Tatze, rot, mit starken, dicken Fingern. Die Hand war offen und leicht gekrümmt. Der Prinz tat ein Silberstück hinein. Eilig verschwand die Hand. Herr Hinkeldey wohl auch, denn es schluckste nicht mehr. Der Prinz schritt fürbaß.

In der Tat, da war die Pforte. ‹Eingang zum Zaubergarten› stand auf einer Tafel. Und: ‹Unbefugten ist der Eintritt streng verboten.› Befugt war der Prinz, die Eintrittskarte hatte er – also hinein. Ein würdiger Beamter in brauner Tuchuniform mit Perlmutterknöpfen knipste seinen Ausweis. «Zur Garderobe gleich rechts um die Ecke», sagte er gemessen. Etwas vertattert – er hatte sich das Entree wesentlich anders gedacht – befolgte der Prinz die Weisung. Da stand Frau Gubalke, die Garderobenfrau, und half dem Prinzen aus dem leichten Staubmantel, zutraulich schwatzend. «Hat er Ihnen auch belästigt, der Anton, ja?» fragte sie. Der Prinz konnte es nicht leugnen. «So ein versoffener Kerl, so ein Liederjan – –» ereiferte sich die Gubalke. «All und jeden kriegt er aber auch an – und gnä Herr haben ihm gewiß ein Trinkgeld in den Rachen geworfen, dem ollen Saufigel – –» Der Prinz sagte, er hätte es ihm in die Hand gegeben. «Ja, das mit der Hand», sagte die Garderobiere, «das ist auch das einzigste, was er kann. Und dabei hat er gar keine Konzession! Aber er soll sich nur in acht nehmen! Mein Schwager, der Feldgendarm, ist ihm schon lange auf der Spur! So die Leute aufzunehmen! Nein, aber so was! – Gott, nein – –!» Und beruhigte sich nicht eher über den entmenschten Hinkeldey, bis sie gleichfalls das Ihre weg hatte und der Prinz hinausging. Selig knicksend gab sie ihm das Geleit. –

Der Prinz musterte seine Karte. Ja – das war der Situationsplan – er sah sich um – es stimmte. Da lag der Garderobenpavillon, da war der Zaun, da hinten der Zauberberg, und da gähnte die Öffnung des Spiegellabyrinths. «Fauler Zauber», dachte der Prinz, aber er ging doch hinein. So faul war der Zauber gar nicht. Es war ein ganz solides Irrwerk, mit vielen Spiegeln, auch ein erfahrener Panoptikumsbesucher hätte sich nicht so ohne weiteres zurechtgefunden. Der Prinz hatte nicht umsonst seine zehn Semester Jus weg ... Verächtlich stieß er mit dem Fuß an die Butterbrotpapiere, die die Prinzen, seine Vorgänger, achtlos beiseite geworfen hatten. Sie waren sein Ariadnefaden – keinmal rannte er gegen die blanken Spiegel; in einer kleinen halben Stunde war er hinaus. Innen hatten die rötlichgelben elektrischen Birnen gestrahlt – bläßlich blau flimmerte der Frühlingshimmel ihn an. Was nun –? Es war niemand da. Mechanisch wandelte er einen ausgetretenen Fußpfad hinunter, in eine tiefe Schlucht.

Durch die Felsen tobte der Wildbach. Menschenleer lag alles. «Hallo!» rief der Prinz. «Hallo!» sagte ein Echo. «Ist hier jemand?» rief der Prinz. «Quelqu'un – quelqu'un – quelqu'un –?» sagte das Echo siebenmal. Überrascht schwieg der Prinz. «Ist hier jemand?» fragte er noch einmal. «Quidam? – quidam? – quidam –?» sagte es. Die Wasser gurgelten. «Komm her!» sagte er laut. «Go on – on – on –!» hallte es. «Welch ein kosmopolitischer Spuk», dachte der Prinz. «Wer bist du?» schrie er. Er hörte etwas Unverständliches – wahrscheinlich war es Kisuaheli ... «Gib Antwort!» sagte er noch einmal. Das Echo schwieg – vielleicht waren ihm die Dialekte ausgegangen. Dann sagte eine tiefe Stimme aus den Felsen heraus: «Ich bin Polyglott Kuntze und kann mir das leisten!» – «Aha!» sagte der Prinz und ging froh und unbehelligt seines Weges.

Die Schlucht öffnete sich, er trat hinaus und stapfte durch die sandige Heide, die da vor ihm lag. Rötlichviolett schimmerte die Erika – –. Jetzt im Frühsommer? dachte der Prinz. Welch ein Land – –

Ein Schlagbaum sperrte den Weg. Der Chausseewärter kam, ein magerer, mürrischer Gesell, mit riesigen Haarsträhnen. «Seid mir gegrüßt, Wanderer!» sagte er feierlich. «Mitnichten zeuchst du von hinnen, ohne das Rätsel der heiligen Sphinx gelöst zu haben. Sage mir, was ist dieses: es hat sieben Beine, hängt an der Wand, und man kann sich die Finger daran abtrocknen ...» – «Mach keinen Zimt, Anton!» sagte der Prinz, «und laß mich durch! Sonst rufe ich deine Frau – – aber rasch!» – Entgeistert starrte der Wächter den Prinzen an. – – «Woher weißt du – –?» sagte er. «Mach die Barriere auf, Anton», sagte der Prinz gutmütig. «Es ist besser so!» – Und Anton machte die Barriere auf und ließ den Prinzen hindurchgehen. Und starrte ihm, noch immer offenen Mundes, nach, als er ruhig weiterschritt. – «Das ist entweder der Gottseibeiuns oder der Auserwählte! Aber er hat mir kein Trinkgeld gegeben, also wird es wohl der Auserwählte gewesen sein! Gott sei der armen Prinzessin gnädig! So ein Draufgänger!» Und schloß kopfschüttelnd den buntangemalten Schlagbaum ...

Der Prinz wußte, das war der Zerberus von Chausseewärter gewesen, an dem die meisten seiner Vorgänger gescheitert waren. Den hatte er hinter sich. Aber nun weiter, weiter ...

Er ging und ging, und überstand den Spiegelberg und das Brennnesselgitter und den Gott der behördlichen Geschäftszimmer, der immer quengelte und auf die Frage: «Was machst du?» mit hohler Stimme antwortete: «Schwierigkeiten!» – und da – –

Da lag das Schloß, das verzauberte Schloß, da lag es, und seine grauen Schieferdächer funkelten in der roten, untergehenden Sonne. Er näherte sich.

Unten stand der Portier. Ihn zierte ein gewaltiger Vollbart. «Ach, verzeihen Sie», sagte der Prinz, «darf ich vielleicht die Prinzessin erlösen?» — «Heute wird hier nicht erlöst», sagte der Türhüter hoheitsvoll. «Da kommen Sie nur Mittwoch wieder, Mittwoch oder Sonnabend von vier bis fünf! Heute ist Dienstag.» — «Ja, das ist aber unangenehm», sagte der Prinz. «Könnte man nicht vielleicht — eine Ausnahme machen?» — Der Portier sah ihn von oben bis unten an. «Da kann jeder kommen», sagte er grob. «Und wer sind Sie überhaupt?» — Der Prinz flüsterte einen Namen und noch einen und ließ dabei sechs stattliche Zigarren in die Hand des Bärtigen gleiten. Der Portier verbeugte sich. — «Sehr wohl, Hoheit! Belieben Hoheit zu passieren!» Er passierte.

— «Weißt du was?» sagte der Drache zu der jungen Prinzessin, «du könntest mir eigentlich etwas Kamillentee kochen — ich friere entsetzlich.» In der Tat hatte das Untier einen großen weißen Prießnitzumschlag um den Hals getan — seine Leibzwerge hatten zwei Vormittage daran gewickelt —, auch hustete es grauenvoll tief aus dem Halse. Es lag jetzt, unruhig mit dem gewaltigen Schuppenschwanz die Erde schlagend, auf dem Boden der ‹Höhle›, wie es sein Arbeits- und Schlafzimmer nannte. Drachen wohnen immer in Höhlen. Er war ein gebildeter Drache, er las H. St. Chamberlain und war seitdem etwas wirr im Kopf, aber sonst ein stattlicher alter Herr. Sein Lesetischchen mit der Brille stand vor seiner Bibliothek. Band reihte sich da an Band: die Marlitt und die Eschstruth, der Scheler und der Sombart; die *‹Gartenlaube›*, das *‹Daheim›* und die *‹Zukunft›* schillerten in allen Farben. Es war ein fleißiger Drache: er bewachte nicht nur vertragsmäßig die Prinzessin, sondern er bildete sich fort und fort und trieb in den Pausen zwischen Bildung und Bewachung Zimmergymnastik. Jetzt aber war er krank und hustete.

«Clotilde», sagte er und stieß die Panzerplatten seines Fells aneinander, daß sie rasselten, «den Tee!»

«Gleich, Onkelchen, gleich!» sagte die Prinzessin und schritt zum Samowar. «Liebst du ihn stark oder milde?» — «Stark!» sagte der fürchterliche Drache. «Stark, Clotilde!» und der Samowar summte.

Der Prinz schritt durch die Gemächer und die Korridore. Seltsame Gruppen standen da überall, Wachsfiguren gleich, in den Gängen und in den Fensternischen. Verzaubert, verzaubert ... so, als habe sie mitten in ihrer Tätigkeit der Schlag ereilt, und bewegungslos harrten sie nun in der Attitüde, die sie damals innegehabt hatten. Da stand ein Schleichhändler mit aufwärts gedrehten Handflächen vor einem kühl abwehrenden Höfling, und zwischen ihnen lag ein Paket Butter; drei nicht mehr ganz junge Hofdamen entrüsteten sich sichtlich über einen Skandal, ein Hündchen stand am Kleidsaume der ältesten und hob ein

Bein, aber keine merkte es; zwei Generale beugten sich über eine Landkarte, auf der ganz Frankreich schwarz-weiß-rot angestrichen war, und da annektierten sie in alle Ewigkeit; ein vortragender Rat hatte sich kerzengerade aufgerichtet, weil er seinen Dreispitz vom Haken nehmen wollte, und so stand er nun in dieser für einen Rat ziemlich unnatürlichen Haltung da, ein Greuel anzuschauen; und in einer Ecke war ein Lakai gerade damit beschäftigt, einem Kammerkätzchen etwas Wichtiges mitzuteilen – der Prinz sah schämig weg. Und so kam er wirklich an die Tür des Prinzessingemaches. Er öffnete leise.

Der Drache schlief. Schwer rasselnd entstiegen seinem erkälteten Halse tiefgeröchelte Schnarchtöne, von oben bis unten war er mit weißen Federkissen bepackt, so daß man nur den spitzen Kopf hervorgucken sah. Auf dem Kopf saß eine weiße Zipfelmütze mit Bommeln dran, und acht beblümte Pantoffeln wärmten seine acht alten Beine. Malerisch hatten sich die Zwerge um ihn gelagert, Putten gleich an einem ordentlichen Schillerdenkmal. Die Prinzessin sah von ihrer Handarbeit auf.

«Himmel, ein fremder Mann!» kreischte sie. «Emil hat wohl den Verstand verloren!» (Emil war der Portier.) Und einen Schrei ausstoßend, so schrill und doch so süß-melodisch, daß der Prinz fühlte: die oder keine – sank sie hintenüber auf ein zu diesem Zweck aufgestelltes Rosenbett, von Rosen überwuchert, von Rosen bewacht, von Rosen bedeckt. Und lag und schlief.

Aber nicht ohne vorher auf ein Knöpfchen gedrückt zu haben, und einem unsichtbaren Grammophon entstiegen – ein wenig verkratzt – diese Töne:

Ich liege hier und schlafe.
Der Mond treibt seine Schafe
wohl über alle Wolken hin –
Weil ich verzaubert bin ...

Ein Orchester bestätigte diese sonderbaren Tatsachen ...

Der Prinz lächelte. Der Drache schnaufte. Die Zwerge hielten den Atem an.

«Also in dieser Situation hat Sie wohl noch keiner getroffen!» sagte der Prinz. «Und das ist der Herr, der all meine Vorgänger aufgefressen hat? Charmant. Nun – ans Werk!» Und zu der holden Schläferin gewendet:

«Gnädige Frau!» – Nichts. «Gnädige Frau ... hören Sie ...?» – Gar nichts. «Man trägt jetzt», sagte der Prinz wie im Selbstgespräch, «Hüte in der Residenz, Hüte – –! Eine tonangebende Firma in Wien, die dem königlichen Hause nahesteht, hat sie entworfen: sie haben Schutenform, und oben, auf einem luftigen Gebäude von Anmut, Schmelz und weißer Gaze nicken zwei feuerrote Paradiesreiher – die Herzen aller stehen still, die sie sehen. Aber sie kosten viel Geld, nicht einmal die Gattin des Patronentaschenfabrikanten Christeinicke hat solch einen Hut — — Ich, ich würde meiner Frau — ich glaube, ich würde meiner Frau einen solchen Hut schenken!» Klang von der Rosenlaube her das Atmen rascher? Es konnte eine Täuschung gewesen sein ...

«Und was das hier für Moden sind!» fuhr der Prinz leise fort. «Welch liebreizende Erscheinung, aber wie erstaunlich unmodern angezogen! Man ist hier offenbar etwas zurückgeblieben, wie ich merke ... Hier habe ich zufällig die Abbildungen der neuen Residenzhüte und Modenbilder ...»

Da schlug die Prinzessin die Augen auf.

«Ich fahre heute in die Residenz zurück», sagte der Prinz.

Da erhob sich die Prinzessin von ihrem Lager. Der Prinz tat, als sähe er sie gar nicht, und blätterte in dem Modenalbum. Sie näherte sich und sah ihm über die Schulter. Und eine Stimme flüsterte: «Dieses Crêpe-de-chine-Kleid! Ich fühle mich wie erlöst!»

Und da umarmte der Prinz die verzauberte Prinzessin.

«Ja», sagte der Drache, frei von allen Kissen und geschmückt mit dem St. Georgsorden, «da hätten wir nun alles Geschäftliche erledigt. Darf ich Ihnen eine Zigarre anbieten?» — Der Prinz bejahte dankend. «Ich bekäme also», rekapitulierte der Drache und nahm seine Brille ab, «zweihunderttausend Mark Abstandsgeld, einen neuen Kasten Drachengift, einen Reserveschwanz und meine Leibputten.» — «Gewiß», sagte der Prinz. «Und wohin gedenken Sie sich nunmehr zu begeben?» — «Ich werde jetzt», sagte der Drache, «erst ein paar Monate an die See gehen, und dann nehme ich wahrscheinlich eine Stelle als Personalchef im preußischen Ministerium des Innern an!» — «Dann wünsche ich Ihnen alles Gute!» — «Ich danke», sagte der Drache und zog sich diskret zurück.

Selig und enganeinandergeschmiegt aber schritt das Brautpaar durch die Gänge des Schlosses. Alles Leben war erwacht: der Schleichhändler drehte dem Höfling die Butter an, um die ihn der vor so langen Jahren gebeten hatte, die drei alten Hoftanten disputierten noch eifriger als damals an ihrem kleinen, privaten Skandal, das Hündchen tat seines, und die Generale annektierten, der vortragende Rat krümmte sich wieder in der ihm angemessenen Haltung, und das Liebespaar in der Ecke war so beschäftigt, daß es nichts sah und nichts hörte und sicherlich bald entlassen werden mußte ...

«Apropos», sagte der Prinz. «Sind Sie ... bist du eigentlich schon sexuell aufgeklärt?» — «Kind», sagte die Prinzessin und schlug ihm leicht mit dem Fächer auf den Arm. «So verzaubert war ich denn doch nicht —!»

Und sie schritten hinaus, an dem tiefgrüßenden Portier vorbei, durch die Täler und Schluchten und das Labyrinth, vorbei an der Garderobefrau Gubalke und an Hinkeldey dem Unsichtbaren, und fuhren mit der Kleinbahn in die Hauptstadt des Reiches, wo sie mit Pauken und Drommetenschall begrüßt wurden.

Die Hochzeit fand statt, mit vielem Gepränge, und alle waren sehr glücklich.

Und in einem unbewachten Augenblick zog der Oberzeremonienmeister den Prinzen beiseite und fragte: «Na?» — «Sehr nett», sagte der Prinz, «sehr nett und gar nicht verschlafen!» —

Die Böller krachten, die Einwohner des Landes jubelten — Einwohner jubeln immer — die Putzmacherinnen konnten gar nicht genug Schutenhüte herstellen, wie die Frau Prinzessin einen trug, der Nachthimmel erglänzte weit und weiß von den Feuerwerksrädern und den zischenden Raketen. «Ah!» sagten die Leute. Und der Prinz und die Prinzessin fuhren in der goldenen Brautkutsche über die donnernde Hängebrücke hinaus in das frühsommerliche, nächtliche Land . . .

Und wenn sie nicht Idealisten geworden sind, wie Jaurès und Kurt Eisner, dann leben sie noch heute.

DER PREUSSENHIMMEL

Petrus (vor einer Engelsfront): Brust raus, der rechte Flügelmann! Was ist das wieder für eine himmelschreiende Richtung! Wollt ihr die Heiligenscheine zusammennehmen! Der zweite Engel mehr nach hinten! So — so . . . Halt! Bei allen Heiligen! — Nicht mit den Flügeln wackeln! Ganze Abteilung — kitt! Ganze Abteilung — kitt!

Der liebe Gott (von rechts)

Petrus: Achtung! Augännnnnn — rechts! (Ruck) Ein Petrus — zwei Oberengel — siebenundachtzig Engel zum Exerzieren angetreten.

Der liebe Gott: Danke! Mojn, Leute!

Die Engel (in einer Silbe): Guten Morgen, lieber Gott (sprich Bau!)

Der liebe Gott: Na, gibts was Neues, lieber Petrus?

Petrus: Nein, Exzellenz!

Der liebe Gott: Sehn gut aus, die Leute! Kriegt ihr eure Löhnung auch pünktlich?

Die Abteilung: Zu Befehl, lieber Gott!

Der liebe Gott: Lassen Sie die Leute wegtreten!

Petrus: Weggetreten! (Abteilung ab)

Der liebe Gott: Komm Sie mal mit in die Kanzlei, mein lieber Petrus! Wolln uns mal den Zugang ansehn!

Petrus: Zu Befehl, Exzellenz!

(In der Aufnahmekanzlei)

Ein Arbeiter (beschmutzter und aufgerissener Rock. Zerschlagenes Gesicht. Zerschlagene Hände. Hinkt. Richtet sich mühsam auf, als er des lieben Gottes ansichtig wird): Guten Morgen!

Petrus: Warten Sie gefälligst, bis Sie gefragt wern! Und nehm Sie mal hier ne stramme Haltung an, vastanden! Sie sind hier nicht in Ihrem sozialdemokratischen Parteibüro! Heißen?

Der Arbeiter: Pettenkofer!

Petrus: Ich bin Wachtmeister. Heißen?

Der Arbeiter: Pettenkofer.

Petrus: Pettenkofer, Herr Wachtmeister, heißt das, du dußlige Sau! Wie heißt das?

Der Arbeiter: Pettenkofer, Herr Wachtm . . . ach, entschuldigen Sie, bin ich hier richtig, im Himmel?

Petrus: Halten Sies Maul, wenn Sie mit mir reden! Was willst du hier?

Der Arbeiter: Ich wurde bei Marburg ermordet. Mein Leib lag auf der Chaussee. Studenten erschossen mich. Mein Tod ist ungesühnt.

Der liebe Gott (erhebt sich in seiner ganzen Größe. Gardemaß): Scheren Sie sich raus! Was glauben Sie denn eigentlich! Meinen Sie, wir sind hier in einem Kommunistennest? Wenn die braven Marburger kommen, werden wir sie aufnehmen! Sie nicht! Raus! Scher dich zum Teufel!

Der Arbeiter (stumm ab)

Der liebe Gott (drin): Was sich diese Leute alles einbilden! Noch liegt Deutschland unter meinem Himmel und liegt mein Himmel über Deutschland!

Petrus: Zu Befehl, Exzellenz!

Der Arbeiter (draußen): Wahrlich, so wie es drunten ist, so wird es auch droben sein! Die Hölle? Ich bin vier Jahr Soldat gewesen.

Der liebe Gott (drin): Wissen Se – is doch 'n janz anderer Zug im Himmel, seitdem mich Willem zum preußischen lieben Gott ernannt hat. Der hohe Alliierte droben, hat er immer jesagt . . . Schade, daß er den Krieg verloren hat! War doch alles so nett organisiert . . .! Hatn auch eijentlich gar nicht verloren . . . Die andern haben bloß jesiegt –! Petrus!

Petrus: Exzellenz?

Der liebe Gott: Noch jemand?

Petrus: Werde gleich mal nachsehn, Exzellenz! (öffnet eine Tür) Zugang?

Eine Stimme: Jawohl.

Petrus: Rein!

Der Zugang (preußische Leutnantsuniform. Knallt an der Tür die Hacken zusammen, daß der Kalk von den Wänden rieselt)

Der liebe Gott: Bitte, Petrus.

Petrus: Name?

Der Zugang: Arco-Valley.

Petrus: Beruf?

Der Zugang: Bayerischer Nationalheld.

Petrus: Zuletzt wohnhaft?

Der Zugang: Polizeilich gemeldet: Zuchthaus Straubing. Daselbst lebenslänglich verbüßt: einen Monat. Aufenthaltsort: München. Bin mit eijenem Fluchzeug hier raufjeflogen.

Petrus: Himmlische Qualifikationen?

Der Zugang (hebt die rechte Hand. Es klebt Blut daran)

Der liebe Gott (interessiert): Ah —?

Der Zugang (sehr stramm): Eisner, Exzellenz.

Der liebe Gott (befriedigt): Soso — soso. Weiter, Petrus.

Petrus: Na, Herr Baron, wissen doch aber ... Du sollst nicht ... Herr Baron sollen nicht töten?

Der Zugang (herunterrasselnd): Ich habe von meinem nationalen Recht der Notwehr Gebrauch gemacht, indem ich einen landfremden Schädling beseitigte, wie es mir mein Gewissen befahl. Der Dank aller Guten ist mir gewiß, von einer Prokuristenstellung gar nicht zu reden.

Petrus: Bon. Schwere Arbeit jewesen, Herr Baron?

Der Zugang: Von hinten erschossen, Wachtmeister.

Petrus (fragender Blick zum lieben Gott. Der nickt): Passiert!

Der Zugang: Danke gehorsamst. (ab)

Der liebe Gott: Kolossal ordentlicher Mann. Und wir rüsten nicht ab, und unsere himmlische Wehr behalten wir auch — und unsere Fahne ist Schwarz-Weiß-Rot — und wenn ich alle guten Preußen und deutschen Soldaten erst bei mir hier oben habe —: dann wird mir ganz wohl sein!

Petrus: Mir auch, Exzellenz!

Das deutsche Arbeitervolk (von unten): Uns auch, Exzellenz! Uns auch —!

DIE STRASSE MEINER JUGEND

So heißt ein kleines Buch von Arthur Eloesser, das im Verlage von Egon Fleischel & Co. erschienen ist. Aber das ist hübsch.

Sein Motto steht nicht auf der Titelseite, sondern auf Seite 11; und es heißt so: «Wo seid ihr geblieben, meine lieben Zeitgenossen? Einige sind verdorben und gestorben, nach einigen zu fragen wäre zeitweise indiskret, wenn sie sich grade der bürgerlichen Bewegungsfreiheit nicht erfreuen, aber einige haben sich auch gut herausgearbeitet als findige berliner Jungen, und wo sich zwei Zeitgenossen treffen, ehren sie lächelnd die alte Waffengenossenschaft und prüfen sich mit einem trauten: ‹Weeßte noch?›»

Weeßte noch ...? Das ist ja schließlich das wehmütig-lächelnde Zaubererinnerungswort, mit dem alle Jugend im Alter heraufbeschworen wird. Weeßte noch ...? Und er weeß noch und erinnert sich ...

Und erinnert sich der Straße seiner Jugend. Und erinnert sich nicht nur des Berlins seiner Jungens-Prügeljahre, sondern auch des Friedens-Berlins, und das ist ja so lange her ... 1910 – das gabs einmal, bevor Ludendorff dieses Land ... Kusch, Panter! Das alte Berlin – Hefter mit seinen Würstchen ist uns fast zum Krögel geworden – ist von Eloesser mit jenem heitern, freundlichen, liebevollen Spott gesehen, wie es sonst – außer dem alten Fontane, gelobt sei sein Name – nur noch Victor Auburtin gesehen hat: so mit einer zwinkernden Ironie, die ablehnt und doch nicht lassen kann, zu lieben. Nun ist Eloesser ein guter Berliner, ein richtiger Berliner, wie es so wenige gibt, und er ist – erzittre, Welt! – ein leiser Berliner. (Das gibts nämlich. Fragt mal die Leute um die Matthäi-Kirche.) Die Art, wie er in den kleinen Stadtbahngeschichten eine feine kleine Pointe nicht bringt, wie sie, ganz leise knallend, aufspringt, nachdem man längst fertig gelesen hat, ohne zu ahnen, was da herauskommt – das ist wunderhübsch gemacht. Manches ist frappant, von der Sorte Geschichten, die man eigentlich selbst erfunden zu haben glaubt. (So in der reizenden Studie über *den* Dicken – und es gibt offenbar wirklich nur einen, unser aller Dicken.) So in der Naturgeschichte von der Straße und in den Kinderszenen und in manchen Zügen der Jugenderinnerungen ... Vorzüglich die Studie über die berliner Restaurantgeselligkeit – von damals – aus dem vorigen Frieden. Was wird er heute erst sagen –?

Habt ihr den süßen Bonbon meiner Kritik bis hierher gelutscht: ein kleiner bitterer Kern ist darin. Ich kann keine gutmütigen berliner Kriegserinnerungen leiden. Ich mag das nicht. Scheltet mich einen starren Pedanten, einen ausgepichten Pazifisten – ich mag nicht, daß der ekelhafte Endzweck durch bürgerliche Freundlichkeit überkleistert und vergessen gemacht wird – ich mag nicht. Menschen zum Töten abzurichten, ist kein Spaß, und diese grauenhafte Sachlichkeit, die dann wieder in kindliche Gutmütigkeit überging – ein für andre Völker unfaßbarer Zug – ist, tiefer betrachtet, das Schlimmste vom Schlimmen, ohne daß sich einer der Beteiligten etwas dabei gedacht hat. Also: diese Kapitel lasse ich mir vom Buchbinder herausnehmen.

Denn hübsch gebunden wird das Buch. Weils so nett ist.

KARL KRAUS LIEST

Der zwanzigjährigen *‹Fackel›*

Du hast zwanzig Jahr ins Land gestrahlt.
Du hast manchen Schatten an die Wand gemalt –
Rauchlos helle Flamme!
Und wir sprachen zu den feinen Röcken,
und wir sprachen zu den kleinen Schmöcken:
«Daß dich Kraus verdamme!»
Gott sei Dank hast du noch nicht geendet!
Mancher schrie, von deinem Licht geblendet,
manches Equipagenpferd ward scheu.
Viele kippelten im bloßen Gleiten.
Du hingegen – auch in großen Zeiten –
bliebst dir selber treu.

Dienstag abend las im Klindworth-Scharwenka-Saal Karl Kraus aus seinen Schriften.

Und aus diesen schrecklichen, unerbittlich grausamen Schriften stieg jener Klang auf, der entsteht, wenn ein blutiges Kreuz mit der Welt zusammenstößt – aus jeder Zeile ruft: «Wie weit habt ihr euch von Güte und Liebe entfernt!» – Er las Szenen aus den *‹Letzten Tagen der Menschheit›*, einem zyklopischen, unaufführbaren Drama – unaufführbar deshalb, weil der Reichtum, unbekümmert um dramatische Gesetze, über die Ränder der Form quillt. Darin ist Kraus wie Rabelais: unbekümmert um die Wirkung. Man könnte getrost dies und das streichen – aus dem Gestrichenen machte ein anderer ein neues Stück.

Aber was will das alles gegen Form und Inhalt besagen! Form: letzte Schleifung des Wortes, dem jener der treueste Diener ist – die Sprache verrät sich in ihren Bildern selbst, sie enthüllt den Sprechenden und enthüllt eine Epoche, die, unfähig sich neue Formen zu bilden, ihre Embleme aus einer vergangenen Zeit nimmt, ohne ahnen zu lassen, daß sie nicht mehr passen. («Der Staat zog das Schwert.» Kein Wort wahr: die Büros schrieben eine neue Steuer aus.) Form: Durchblutung des Wortes, feinstes Gefühl für die Nuance, für den Dialekt, für die kleinen Sprachbequemlichkeiten, die sich der oder jener erlaubt. Der norddeutsche Dialekt ist manchmal nur mit einem Wort angedeutet – und der ganze Kerl steht vor einem.

Inhalt. Diese Dinge sind zum allergrößten Teil in den Kriegsjahren geschrieben worden. Dieser infernalische Haß gegen eine große Zeit, diese unbedingte Ablehnung, durch nichts zu erschütternde Ablehnung des Blutvergießens ist damals eine Tat gewesen. Heute schreibt dergleichen die halbe Schweiz und ein Zehntel Deutschlands, und das will nicht viel besagen. Aber damals, als die Wellen der vaterländischen

Begeisterung allzuhoch gingen – damals dergleichen gewagt und gesagt zu haben: das will etwas bedeuten. Und er hats gewagt.

Das Wort «Du sollst nicht töten» prallt mit dem andern vom «Gehorsam gegen die Obrigkeit» zusammen – und das große Wort gewinnt Macht über das kleine utilitaristische. Du sollst nicht töten ...! Und ein so konstruiertes Auge sah sich nun die große Zeit an und zeichnete ihre schrecklichsten Bilder.

Was hier gestaltet ist, mag sich oft erst nach der Gestaltung ereignet haben. Und was sich nicht ereignet hat, das hat nur vergessen, sich zu ereignen – so grauenhaft echt ist das alles. Die großen Worte fallen ab, und es bleibt eine ungeheure Kulturschande, die durch nichts zu entschuldigen ist.

Der Vorleser Kraus ist einer der stärksten Eindrücke. Er sieht fast niemals auf, er liest richtig vor – nur manchmal beschreiben diese seltsamen schmalen Finger einen Halbkreis oder sie zeichnen eine Geste übertrieben auf ... nur die Stimme herrscht. Nein: der Wille herrscht. Seine Stirnader schwillt. Mit ungeheurer Intensität bricht das Geschriebene und Erlebte noch einmal heraus – eine Eruption seltenen Grades. Er darf es wagen, entgegen allen Vortragsgesetzen, fortissimo zu beginnen und andante fortzufahren – weil es wahr ist, in jedem Augenblick wahr. Schrei auf Schrei entringt sich dieser gequälten Brust, Ruf auf Ruf, Klage auf Klage. Und Anklage auf Anklage ...

«Ich habe sie in Schatten geformt», heißt es einmal. Das hat er. Wie Schemen, aber erschrecklich lebendig, tanzen diese bunten Burschen noch einmal vorbei, wie Schemen kichert das und posaunt und telegrafiert und hält Reden auf einem Bankett – seltsam tot und seltsam lebendig. Es gibt ja schließlich bei diesen Dingen nur ein Kriterium: die Gänsehaut. Und hier ist Pathos, das keinen rationalistischen Witz verträgt, der glatt und matt herunterfallen würde.

Du sollst nicht töten ...! Das ist eine harte Forderung, eine unbequeme Forderung, eine unrationalistische Forderung. Er vertritt sie, er schreit sie hinaus, er pocht mit ehernem gekrümmten Knöchel an die Tür des Todes, die mit den Landesfarben angemalt ist. Und es klingt hohl ...

Dies ist keine Parteiangelegenheit und keine Landesfrage. Hier ruft ein Mensch und gibt euch alles in allem: Kunst, Gesinnung, Politik und sein rotes, reines Herzblut.

FRAGE- UND ANTWORTSPIEL

«O holder Knabe, sag an! sag an!
Braucht Deutschland denn noch einen großen Mann?
Hat W. T. B. dich nicht eingelullt?
Das Wetter ist an allem schuld –

die Regierung aber beileibe nicht,
sondern tut dieselbe treu ihre Pflicht.
Die Noske-Rose entsendet nur Duft . . .»
«Dir ham se woll mit de Muffe jebufft?»

«O holder Knabe, sag an! sag an!
Was hat man mit Nicolai getan?
Der brave deutsche Studiker lärmt,
weil ihn des Professors Gesinnung härmt.
Den Deserteur von Amerongen
hat der Student nur angesongen.
Er ist national. Er ist nicht verludert . . .»
«Dir ham se woll mitn Klammerbeutel gepudert?»

«O holder Knabe, sag an! sag an!
Worüber ich oft schon vergeblich sann:
Kann man nicht, um nach links zu beschwichtigen,
den Kurs ein wenig, ein wenig berichtigen?
Schließlich, pardon (ich bin nicht spartakistisch!),
man munkelt, wir seien nicht mehr monarchistisch . . .
Aber ich bin des Vertrauens voll . . .»
«Manoli linksrum! Dir pipt er woll?»

«O holder Knabe, sag an! sag an!
Was ich durchaus nicht verstehen kann:
Links können sie nichts als alarmieren
und, wenn das Blut spritzt, retirieren.
Rechts warten sie auf die Konjunktur.
Was meinst du, tut die Regierung nur?
Sie steht zwischen Vorwärts und Klerisei
über (oder unter) jeder Partei . . .»
«Mensch, ich glaube, du bist aus die Reichskanzlei —!»

MILITARIA

Wir haben nun genügend Distanz zu den Dingen gewonnen. Der heiße Zorn über die Offizierskaste und ihren Ungeist ist verraucht — wir haben nun Muße gehabt, durch neues Material unser Urteil zu bestärken.

Das deutsche Offizierkorps hat im Kriege seine Vorgesetzten-Pflichten nicht erfüllt; es hat seinen Untergebenen gegenüber versagt. Das deutsche Offizierkorps hat die Niederlage herbeiführen helfen und bleibt ein Hauptfaktor der deutschen Unkultur.

Es muß das deshalb hier noch einmal gesagt werden, weil Kräfte in Deutschland am Werk sind, die aus politischen Gründen, aus persönlichem Interesse oder aus Unkenntnis die Sachlage zu verschleiern trachten. Aus vielen Zuschriften an den Herausgeber und mich geht hervor, daß diese völlige Ablehnung des Militärs den Deutschen ins innerste Herz trifft. Es geschieht dann folgendes: Das Resultat meiner Untersuchungen ist ihm gefühlsmäßig unsympathisch, er zuckt zusammen und bemüht sich nunmehr um Gegengründe. Die Gegengründe sind nicht gut, und sein Gefühl ist es auch nicht.

Der Stabsoffizier, der hier das alte Heer schildert, hat in der Nummer 2 dieses Jahrgangs mein Urteil über das deutsche Offizierkorps für nicht gerechtfertigt erklärt. Die meisten Leser schlagen sich auf seine Seite, nehmen noch seine schärfste Kritik hin und perhorreszieren mich. Der Grund liegt klar zutage: Jener sagt «Ja — aber», und ich sage «Nein!»

Bevor wir in die eigentliche Erörterung eintreten, halte ich noch für nötig, auszusprechen, daß diese Angelegenheit keine Stammrollenfrage ist. Es ist behauptet worden, ich sei im Kriege von den Offizieren schlecht behandelt worden, und daher rühre mein Urteil. Das Urteil würde dadurch nicht falscher werden. Die Behauptung ist unzutreffend: ich habe beim Militär nichts andres auszustehen gehabt als schließlich jeder Mensch, der diesen Kurzstirnigen in die Hände gefallen ist; ich bin auch zufällig ziemlich rasch und verhältnismäßig weit befördert worden. Also das ist es nicht. Und darum handelt es sich am Ende gar nicht. Es handelt sich nur darum: Ist das Urteil, das ich hier so oft über die deutschen Offiziere fällen durfte, falsch oder richtig?

Jedes Urteil über eine Kollektivität ist, mathematisch genommen, unrichtig. Der Typ, der sich durch Übereinanderkopierung von Fotografien ergibt, ist in voller Reinheit auf keiner vorhanden. Was der Beurteilung unterliegt, ist der Typ in Reinkultur, wie er von allen Angehörigen einer solchen Gemeinschaft erstrebt wird, ist jener Typ, nach dem sich alle richten, ist der Typ, den viele fast ganz erreicht zu haben sich zum Ruhme anrechnen ließen — ist eben ‹der› deutsche Offizier.

Wer wagt heute noch, angesichts einer Millionenschar deutscher Zeugen, zu bestreiten, daß deutsche Offiziere im Kriege Heeresgut verschleudert, daß sie ihren Untergebenen Nahrungsmittel entzogen, daß sie besser gelebt haben, als ihnen zukam, daß sie ihre dienstliche Stellung mißbraucht haben? Wer? Die alten Propagandachefs Ludendorffs. Sie wissen, warum. Aber wir auch.

Wenn die dienstlichen Vertreter des alten kaiserlichen Offizierkorps mit der juristisch erforderlichen Aktivlegitimation wegen dieser Behauptung heute noch klagten, so wären zunächst einmal fünf Richter das Weltgericht — was ein bißchen abstrus wäre — und zweitens hätten wir die Beweislast. Diese Beweislast ist aber ohne Machtmittel nicht zu tragen. Bei der Verlogenheit der deutschen Armee war nach außen hin immer alles in Ordnung; jedermann war durch einen Befehl, durch einen Bericht, durch eine Verfügung oder durch eine Allerhöchste Kabinettsorder gedeckt. Jeder wälzte die Verantwortung auf einen andern ab, und zuletzt trug sie keiner. Nicht einzelne Fälle, wie sie in jeder Organisation vorkommen, sollen hier festgenagelt werden, sondern die Regel — keine Ausnahmen. Die ungesühnte Regel — nicht die sofort bemerkte und abgestellte Ausnahme. Das Alltagserlebnis. Das Normale. Die Regel.

Ich gebe nun zunächst wenige kleine Proben aus der unerschöpflichen Schrift ‹*Charleville*› von Doktor Wilhelm Appens (erschienen bei Gerisch & Co. in Dortmund) — einer Schrift, die ich am liebsten von Anfang bis zu Ende hier abdruckte, und die ich jeden meiner Leser sich zu beschaffen und vollständig zur Kenntnis zu nehmen bitte. Nach ihrer Lektüre begreift man, warum wir den Krieg verloren haben, und warum der Haß der Welt auf Deutschland noch immer in Weißglut steht.

«Das deutsche Volk hat freudig die größten Opfer auf sich genommen. Im Großen Hauptquartier war es grade das Gegenteil und ist in den spätern Jahren nicht besser, sondern schlimmer geworden. Der kaiserliche Hofstaat verschlang enorme Summen. An der Hoftafel wurde glänzend gelebt. Es ist ein Irrtum, anzunehmen, daß Wilhelm der Zweite tagtäglich mit dem Großen Generalstab zusammengearbeitet habe. Ich darf wohl behaupten, daß der Kaiser nie in die Präfektur gelassen wurde. Die Generalstäbler kamen zu ihm in seine Villa und hielten ihn durch Vorträge auf dem laufenden. Von Zeit zu Zeit fuhr er an die Front und hielt Ansprachen oder nahm Paraden ab. Das war alles. Im übrigen langweilte er sich, wie ein verwöhntes Kind, das seine Kinderstube nur in Begleitung der Bonne verlassen darf. Das Hofleben erinnerte in seiner ganzen ‹Aufmachung› an das Leben im alten Rom vor dem Verfall.

‹Es gibt nur eine Feldkost.› Dieser kameradschaftliche Befehl ist im Großen Hauptquartier nicht beachtet worden. Je höher die Mitglieder eines Kasinos im militärischen Rang und in dienstlicher Stellung, je vornehmer die Verpflegung. Der Große Generalstab mit seinen ungefähr hundert Herren überbot alle andern Formationen. Das Beste war für die Offizierskasinos, das Allerbeste für den Generalstab. Den Edelsten der Nation sagte die einfache Bauernbutter nicht mehr zu. Deshalb richtete die Heeresverwaltung in Charleville eine Zentralmolkerei ein, um schmackhaftere Rahmbutter und vollwertigste Sahne zu schaffen. Der ganze Bau war in wenigen Wochen hergestellt. An Arbeitskräften (Pionieren) fehlte es nicht. Baumaterialien ließen sich schnell herbeischaffen. Gab es keine geeigneten Maschinen im besetzten Gebiete, bedurfte es nur einer telegrafischen Bestellung nach Deutschland. Der Bau kostete achtzigtausend Mark. Der Generalstab glich Moloch, dem Unersättlichen. Es grenzt an das Ungeheuerliche, was an die Kasinoverwaltung der Präfektur geliefert werden mußte. Wie ein Nimmersatt kam mir besonders der General Zöllner, der Adjutant des Generalquartiermeisters v. Freytag-Loringhoven vor. Ein Leutnant von M. handelte auf Befehl des Generals Zöllner. Wir konnten nicht genug herbeischaffen. Die Ordonnanzen kredenzten alte Südweine als Appetitanreger, edlen Bordeaux zu den Hauptspeisen, Liköre zum Mokka, Sekt und schweren Burgunder bei Beginn der Fidelitas, die nicht selten in wüste Orgien ausartete. Es gibt wohl keine Formation im Großen Hauptquartier, die solch hohe Zahl von Gutscheinen für Getränke mit wahnsinnigen Summen aufzuweisen hatte wie der Große Generalstab. Ein einziger Bon hatte einmal die Höhe von fünfunddreißigtausend Francs. In den Kasinos weiter nach unten war die Verpflegung weniger feudal. Doch die Tafelfreuden schlugen dieselben Wellen und traten nicht unbeträchtlich über die Ufer des Anstands. Ein weit bekanntes Offiziersspeisehaus war der sogenannte ‹Salon des Familles›. Dessen Weinkeller schien unerschöpflich zu sein. Der geflohene französische Besitzer hatte auf Jahre hinaus seine Vergnügungshallen mit Vorräten an Wein und Likören versorgt. Für die Deutschen reichte es nur auf Monate.

Der zweite Kommandant war fort. Jetzt brach die Meute los. Keine Formation wollte sich von ihren Zimmer-, Büro- und Kasino-Möbeln trennen. Diplomatenschreibtische, lederne Klubsessel, Teppiche, Fenstervorhänge aus schwerem Plüsch – alles schleppten Lastautos öffentlich, am hellen Tage zum Bahnhof. Was alles aus den Quartieren der Offiziere und höhern Beamten gestohlen worden ist, spottet jeder Beschreibung. Die Wäscheschränke waren schon lange leer. Tische, Stühle, Betten, Eßgeschirre, Bestecke und Uhren wanderten nach. Selbst Bade-Einrichtungen sind ausgebrochen und mitgenommen worden. Später haben solche Plünderungen immer krassere Formen angenommen. Kunstwerke, seidene Damenkleider, Leibwäsche, alles verschwand schon mit dem Fortgang des Großen Hauptquartiers. Die nachfolgenden Formationen trieben es noch ärger. In den letzten Monaten des Krieges habe ich erlebt, daß riesige Eichenmöbel aus alten Patrizierhäusern gestohlen worden sind. Gemälde, Spiegel, Klaviere, Familienandenken – nichts war heilig. Die Präfektur bot ein Bild des Grauens. In den weiten Hallen war nicht ein Stuhl mehr zu finden. Von den prachtvollen Doppeltüren hingen die Lederbezüge in Fetzen herab.

Im letzten halben Kriegsjahre stand das Barometer schon auf Sturm. Soldaten trieben sich tage-, ja wochenlang in Charleville umher, ohne an eine Rückkehr zu ihrem Truppenteil zu denken. Mit der Straßendisziplin gings zu Ende. In der Dunkelheit hörte man schon Offizieren nachrufen: Bluthunde! Haut sie! Licht aus! Messer heraus! Zwei Mann zum Blutempfang! . . . Die Heeresverwaltung griff zu Gegenmaßregeln. Die Ordonnanzen durften nicht mehr mit Morgenkaffee, Butter und Brötchen über die Straße balancieren. Die ausgemergelten Frontsoldaten wären sonst tätlich geworden. Offiziere, die, wie in Modebädern, abends in einer Art weißer Phantasie-Uniform gingen, vermieden von jetzt an solche provozierende Kleidung. Hohe Offiziere, sogar ein General, schämten sich nicht, jeden Front- oder Etappensoldaten anzuhalten und zur Bestrafung zu melden, wenn der Gruß nicht kasernenmäßig ausgeführt wurde. Sie schämten sich nicht, todmüde, abgehetzte feldmarschmäßig bepackte Landser, die mit gesenktem Kopf ihres Weges trotteten, auf offener Straße anzubrüllen. Die Erbitterung stieg. Die Arresthäuser füllten sich. Die Soldaten hungerten, und die Offiziere schwelgten weiter.

In jeder Formation waren es immer nur einige, die ernstlich arbeiteten. Die meisten bummelten. Die bissige Redensart: ‹Wenn nur der Friede nicht ausbricht› war auf dieses Schmarotzertum gemünzt. In den letzten beiden Kriegsjahren habe ich Offiziere und Militärbeamte kennen gelernt, die sichtlich erbleichten, wenn vom Frieden gesprochen wurde. Auch ganze Formationen waren überflüssig, und kostspielige militärische Maßnahmen erregten nur Spott und Hohn bei den Fronttruppen. Eine klägliche Rolle spielten die Kriegsberichterstatter. Jeden Vormittag durften sie vom Major Nicolai die zensierten Kriegsdepeschen in Empfang nehmen und darüber in Artikeln, die nochmals von einem dazu ernannten Offizier durchgesehen wurden, an ihre Zeitungen depeschieren und leitartikeln. Hier und da fuhren sie in militärischer Begleitung zur Front, speisten bei höhern Stäben oder schauten von einem fernen Berge ins Schlachtgetümmel, wie Moses ins gelobte Land. In den ersten beiden Kriegsjahren wohnten sie in einem Schloß, in dem später der ganze kronprinzliche Hofstaat unterkam. Da hatten sie alles und genossen auch alles. Eine andre Formation, über der der Geist des Majors Nicolai schwebte, war die Kriegspressestelle. Ich kam mit den Herren nur alle Monat einmal in Berührung, wenn ihr Weinkeller neu aufgefüllt werden mußte. Was die Feldpressestelle Positives geleistet hat, ist mir rätselhaft geblieben. Das allwöchentlich erscheinende ‹*Korrespondenzblätt-*

chen› hätte ein Schreiber vom Büro des Majors Nicolai ebenso prompt herausgeben können.

Die Offiziere stellten die höchsten Ansprüche. Selbstverständlich wollten sie allein wohnen. Bade-Einrichtung, Salon, Schlafzimmer, Garten waren Grundbedingung. Ohne Teppiche, Treppenläufer, Chaiselongue, Uhren, elektrische Lichtanlage, Dauerbrenner ging es überhaupt nicht. Woher aber nehmen? Die Quartiere waren zum größten Teil von den Vorgängern ausgeplündert. Man verschaffte sich nun Ersatzmöbel, indem man von Haus zu Haus ging und ein Möbelstück nach dem andern oder gleich ganze Einrichtungen wegnahm. So handelten Angehörige eines Kulturvolks. Aber trotzdem waren viele Offiziere noch nicht zufrieden. Sie wollten zwischen keinen zusammengestoppelten Möbelstücken hausen. Alles sollte noch stilgerecht obendrein sein. Pioniere und Elektromonteure wußten nicht, wo ihnen der Kopf stand. Hier mußte ein neuer Ofen gesetzt werden, dort galt es eine fließende Wassereinrichtung einzubauen, das Zimmer bedurfte neuer Tapeten, über dem Bett fehlte ein elektrischer Wandarm, Gartenanlagen sollten neu hergerichtet werden und dann, vor allen Dingen: jeder verlangte ein Klavier.

Eines Tages erschien der Ortskommandant von Wasigny mit dem Befehl des A. O. K. I, eine größere Möbelrequisition in Charleville-Mezières vorzunehmen. Ein neues Kasino, Kino undsoweiter mit allem Drum und Dran sollte ausgestattet werden. Solche Vorwände waren den Ortskommandanten nicht neu. Der Kommandant sträubte sich. Vergebens – der Kommandierende General wünschte es, die Inspektion ersuchte, die Kommandantur befahl, und ich gehorchte. Hauptmann W . . ., so hieß das militärische Oberhaupt von Wasigny, begleitete mich persönlich. Wir fuhren zum Stadthause von Mezières. Der Bürgermeister war selbst zugegen. Ich trug ihm unser Anliegen vor. Er erklärte sich bereit, persönlich mitzugehen und führte uns in seine eigne Villa. ‹Bitte, wählen Sie›, sagte der Franzose zum deutschen Offizier. ‹Ist der Kerl verrückt?› meinte der Hauptmann – ‹er will seine eignen Möbel hergeben?› Die ‹Requisition› im Hause des Bürgermeisters begann. Zunächst das Schlafzimmer der geflüchteten Gattin des Bürgermeisters. Herr Bruxelles nannte den Wert der Sachen. Ich schrieb. Der Hauptmann feilschte um die Preise. Dann: das Billardzimmer. Seidene Wandteppiche, wundervolle Gobelins, Wanddiwans, Hocker, ausgelegte Spieltische – der Hauptmann schmunzelte. Er riß die Türen aller Zimmer auf, wühlte in den Wäscheschränken und wählte aus, was ihm gefiel. Als ich den deutschen Offizier wie einen gemeinen Einbrecher ‹arbeiten› sah, trieb mir die Empörung – wie leider so vieles in dieser Zeit – die Schamröte ins Gesicht. Der Herr des Hauses stand daneben. Sein Atem flog. Er grub die Zähne in die Lippen und – schwieg. Nun gings wieder hinunter. In den Eßsaal und die Gesellschaftszimmer. ‹Hier, mein Kapitän, sind meine Hauskleinodien, ich hüte sie mit meiner Seele. Sie sind heiliges Familiengut.› Ich verdolmetschte dem Offizier diese Worte des Bürgermeisters. Er blieb taub. Herr Bruxelles nahm seine Zuflucht zu mir. ‹Sehen Sie, dieser Flügel, er ist aus Deutschland, die Firma kennen Sie ja – Blüthner. Und dann hier mein Buffet, massiv Eiche, nach Maß für dieses Zimmer hergestellt. Und da› – er riß einen Stuhl an sich wie eine Mutter ihr Kind, das man ihr rauben will – ‹jede Lehne, jeden Sitz dieser zwölf Stühle ziert eine Handstickerei, mit Sorgfalt und Liebe von meinen Familienmitgliedern gearbeitet.› Der Franzose nahm meine beiden Hände, von mir seine Rettung erhoffend. ‹Was schwätzt der ausgemergelte Franzosenkopp?› wandte sich der Hauptmann an mich. Ich bettelte für den Bürgermeister. ‹Glauben Sie, Unteroffizier, eine Exzellenz soll im Dreck liegen, während dieses Pack auf Seide sitzt und schläft? Alles wird requiriert. Der Kerl bekommt seinen Gutschein, den mag ihm bezahlen, wer will.› Herr Bruxelles schien zu verstehen. Seine Seele riß sich los. Die Augen irrten durch die hohen Fenster ins Weite. Nachmittags fuhren Lastautos vor, um den Raub zu bergen. Acht Tage später überreichte ich dem Bürgermeister den Gutschein: vierzigtausend Francs. Und wieder einige Wochen später begruben die Einwohner von Mezières ihren Bürgermeister Bruxelles.»

Wenn solche Dinge im Großen Hauptquartier vorkommen konnten – wie muß es dann fern vom Schuß ausgesehen haben! Und welche Gesinnung muß ein Offizierkorps beseelen, das diese Übergriffe kennt, selbst mitgemacht hat und nun nicht den moralischen Mut aufbringt, eine Generalreinigung am eignen Körper vorzunehmen! Aber das kann es nicht, denn dann müßte es sich selbst auflösen.

Mein verehrter Gegner, der Stabsoffizier, hat einmal mit Recht betont, daß es eine Homogenität des deutschen Offizierkorps nicht gab. Garde und Zabern sind allerdings zwei Welten: aber in der Kastenrücksichtslosigkeit waren sie homogen. Überraschend schnell hatte der frisch eingetretene Reserve- oder Kriegsoffizier sich den schlechten Geist des Offizierkorps zu eigen gemacht. Andern Völkern unfaßbar ist jene kalte Roheit, die sich nicht einmal an den Qualen Leidender weidet, sondern die sie überhaupt nicht sieht. Unfaßbar jene vollkommene Nichtachtung andrer Rassen und Völker – unfaßbar die Verständnislosigkeit dafür, daß das auch Menschen sind. «Und wenn nun Ihrer Frau und Ihrer Tochter dergleichen . . .?» Das begriffen sie nicht. Es kam ihnen gar nicht in den Sinn, eine Parallelität zwischen ihren eignen Leuten und den fremden auch nur anzunehmen.

Durch stete Wiederholung sind die alten schlechten Grundsätze der deutschen Armee in die Köpfe getrommelt worden: Der Vorgesetzte hat immer recht; Dienst ist Dienst (und Recht ist Unrecht); jede Dienststellung dient zunächst der persönlichen Bequemlichkeit . . . Nur durch stete Wiederholung ist heute festzustellen: Nicht das ist so empörend, daß täglich die schlimmsten Übergriffe vorgekommen sind — sondern, daß sich keiner beschwerte, weil er die Nutzlosigkeit seiner Beschwerde von vornherein einsah, und daß das Offizierkorps noch den letzten Verbrecher hielt — aus Gründen der Disziplin. Wo ist der überzeugte Militarist, der etwa befürwortet hätte: Jeder Offizier, der seine Dienstgewalt mißbraucht, ist vor der Front zu degradieren!? Erst dann hätte das Offizierkorps behaupten können, rein zu sein.

Ich halte mich an die Tatsachen. Und es ist eine Tatsache, daß das deutsche Offizierkorps lieber Schandkerle unter sich geduldet hat, als daß es im Interesse der Mannschaften durchgegriffen hätte. Was ist das für eine Disziplin, die solchen Schutz nötig hat!

Die Gründe für diese Kulturwidrigkeit liegen tief. Der Deutsche, von der Tradition verprügelt, braucht etwas, das ihn über sich selbst hinaushebt. Als Karl Müller ist er nichts — aber als Feldwebeldiensttuer dünkt er sich etwas zu sein. Als ein lebenstüchtiger Kerl ist er nichts — aber er erhält in seinen Augen eine Bedeutung, wenn er unterschreibt: Der Direktor des Zentralbüros (gezeichnet) Lehmann.

Nun ist diese Weltordnung zerstört — ihre vollkommene Unbrauchbarkeit hat sich im Kriege herausgestellt. Was unter Friedrich dem Zweiten möglich war, ist heute ein übelduftender Anachronismus. So kann man eben nicht arbeiten. Diese ganze Art, Stäbe und Abteilungen und Kompetenzen zu stabilisieren, diese unmögliche Arbeitsweise, mit einem schwerfälligen Apparat das flinke Leben erfassen zu wollen —: es hat kläglich versagt.

Der Apparat, und besonders der militärische Apparat hat den Leuten die Augen geblendet. Sie sahen nichts mehr, wenn ein Inspekteur der Kavallerie sein Votum abgegeben hatte. Sie sahen nichts mehr, wenn über einen offenen Rechtsbruch irgendein feierliches Kollegium sein Habeat gesprochen hatte. Sie wollten auch nichts mehr sehen. Denn es war so bequem und gewinnbringend, nichts zu sehen . . . Und zum Schluß waren sie wirklich kurzsichtig geworden.

Was dem völlig unfähigen Noske immer wieder und wieder vorgeworfen werden muß, ist eben, daß dieser ehemalige Sozialdemokrat die gute Gelegenheit nicht benutzte, alle Nutznießer des alten Systems auf die Straße zu setzen. Er sieht nicht, wie er zum Narren gehalten wird. Kaum besteht die Möglichkeit, daß die Militärgerichtsbarkeit abgeschafft wird, so heckt einer der ehemaligen Kriegsgerichtsräte den Plan aus, die ganze Gesellschaft als ‹Heeresjustitiare› beizubehalten. (So beziehen sie das alte Gehalt.) Und vielleicht braucht dieser

Militärverein wirklich einen ständigen Rechtsbeirat für seine ständigen Übergriffe. Man muß gesehen haben, wie sie im Fall Marloh alle bei der Hand waren, um zu helfen und zu retten – ‹Ein Hurenhaus geriet in Brand› –, man muß gesehen haben, wie sie auch noch den kleinsten Fall verschleiern, und wie sie darin von oben her unterstützt werden.

Was not tut ist, daß das Rechtsbewußtsein des Volkes wieder erwacht. (Denn die Offiziere sind nicht vom Mond heruntergefallen, sondern sind Deutsche und nicht aus den schlechtesten Klassen.) Was not tut, das ist die Erkenntnis, daß Noskes Abgang den Bolschewismus nicht fördern, aber vielleicht eine kleine Besserung zur Folge haben würde und vielleicht eine völlige Zerstörung des alten Militärgeistes, der heute mit allen Mitteln – auch mit den finanziellen des Staates – erhalten wird. Die Demokratie, die da den Ausschlag geben kann, konzediert, nach unendlichen Erwägungen und Erkundigungen, wohl einmal ein Fällchen – zu einer resoluten Kritik des alten Zustandes wird sie sich, wie sie heute ist, nicht aufschwingen. Sie hat sich mitschuldig gemacht. Es ist nichts damit geschehen, daß Herr Hiller oder Herr Marloh abgetan wird: es muß, um das Lieblingswort des bleibenden Gustav zu gebrauchen, «energisch durchgegriffen» werden. Dies da ist gleiches Unrecht für alle und Recht für wenige.

Diese Deutschen können sich Ordnung und geregeltes Zusammenleben nicht anders vorstellen, als daß die ultima ratio, die Gewalt, reaktionär organisiert ist. Weiß ein Mann wie Wolfgang Heine nicht, was unter seiner Verantwortung vorgeht? Weiß er nicht, daß die neue Sicherheitswehr die alten schlechten Offizierstypen aufbewahrt? Genügt ihm, daß sie, für vieles Geld übrigens, ihre Pflicht tut? Dann muß er entfernt werden – denn es genügt nicht. Die sozialdemokratischen Parteifunktionäre, die für solche Erscheinungen eintreten, treiben die Masse dem Bolschewismus in die Arme. Und wirken kulturverderblich.

Der Deutsche neigt dazu, den Militärgeist zu bejahen, wenn man ihm nur Gelegenheit gibt, ihn auch für sein Teil zu betätigen. Der ‹roteste› Portier ist auf seinem Hof ein kleiner Militärdiktator, weil er sich Ordnung nicht anders vorzustellen vermag.

Die noch immer existierenden Militärs sind aber nicht einmal national. Die Entente bremst den Militarismus, soweit er sich offen manifestiert. Er ist also heute auch für das Land nach außen hin schädlich. Das hindert aber die Deutschen nicht, nach wie vor ihre Einwohnerwehren, ihre Sicherheitswehren, ihre Polizeitruppen zu organisieren. Wofür ist das ein Zeichen? Dafür, daß sie nicht, wie sie behaupten, das Wohl des Landes wollen, sondern einem innern Drang, einem Trieb folgen, den sie nicht unterdrücken können. Sie brauchen diese Über- und Unterordnerei, sie brauchen dies Kollektivbewußtsein, das die Verantwortung in allen Fällen so schön verteilt – sie brauchen das.

Wertungen kommen alle aus dem Gefühl, sind alle von Liebe oder von Haß diktiert und sind letzten Endes nicht mit dem kalten Räsonnement zu bewältigen. Das gefährliche Vereinsmeiertum, das sich hier offenbart, kann wiederum zum Bösen ausschlagen. Aber den Deutschen ist das gleichgültig. Sie sind nicht so: sie lassen auch von einem Monarchisten ihre Banken bewachen.

Es liegt an euch. Gebt den Offizierstypen, die immer noch nicht abgewirtschaftet haben, keine Untergebenen mehr her – ihr müßts heute nicht –: dann gehen sie ein. Keiner von ihnen ist möglich ohne jene Horde von Unterwürfigen. Es liegt an euch. Eine deutsche Kultur kann nicht neben diesem und nicht trotz diesem, wie Thomas Mann glaubt, bestehen. Sie kann nur bestehen ohne das. Ohne dies Militär und ohne diesen Kasernenhof. Alles andre ist Literatur und Tünche.

Mangel an Selbstbeherrschung, Eigennutz, Unterwürfigkeit nach oben und Roheit nach unten: das waren die Kennzeichen des deutschen Offiziers. Nach einem kurzen Novemberschock steckten sie die Helmspitzen wieder hervor. Hier ist die Kardinalfrage der Jugenderziehung, hier der Kernpunkt unsres öffentlichen Lebens. Es liegt an euch. Tötet das deutsche Militär –: und ihr habt eine deutsche Kultur.

ABSAGE

Noch einmal? Ich dächte, wir hätten jetzt Frieden?
Über Gesetze wird friedlich entschieden . . .
Ein Straßensturm auf ein Parlament
ist kein Argument.

Diese Matrosen sind keine Matrosen.
Dazwischen Schwärme von Arbeitslosen.
Kämpfer. Banausen. Neugierige. Mob.
Nun aber stop –!

Das Parlament ist ein Spiegel des Landes.
Da sitzen Vertreter jeden Standes.
Will euch die Politik verdrießen –:
Wählen! Nicht schießen!

Eine Gasse der Freiheit – nicht eine Gosse!
Rückt ab von jenem Lärmmachertrosse!
Wir brauchen Ruhezeit. So wird das nie
eine Demokratie –!

DER RASENDE TWARDOWSKI

Die Parodien Twardowskis, die zum großen Teil zuerst in der ‹*Weltbühne*› erschienen sind, liegen jetzt gesammelt vor. (‹*Der rasende Pegasus*›, im Verlag von Axel Juncker zu Berlin.)

Kennen Sie die Verwandlungskünstler, die im Varieté vor einem länglichen Kasten zu erscheinen pflegen, sich mit ein paar blitzschnellen Bewegungen vor einem kleinen unsichtbaren Spiegel mit etwas Bart und Nase bekleben und freundlich grinsend sprechen: «Kaiser Franz Joseph!» Und weils den ja eigentlich nicht mehr gibt und er also auch ganz gut so ausgesehen haben könnte, spielt die Kapelle die weiland k. u. k. Nationalhymne, und alles Volk jubelt begeistert auf. So auch der Dichter.

Seit Gumppenbergs ‹*Teutschem Tichterroß*› – vom alten Mauthner zu schweigen – ist das wieder die erste brauchbare deutsche Parodiensammlung. Vorn ein lustiges Vorwort, dann ein paar sehr hübsche literarische Charakteristiken von Moritz Seeler, und dann kommt sie – die Muse mit den sieben Büsen und den vielen Gesichtern.

Twardowski macht das so: er nimmt erstens das Kostüm des zu Parodierenden an, seine Gestalt, seine Art, zu sprechen, und vor allem die, zu schweigen – und wenn er das alles mit täuschenden Gesten vorgemacht hat, läßt er den unglücklichen Tichter auch noch eine kleine Frechheit über sich selber sagen. Es sind also keine reinen Parodien: sondern die guten Stücke sind alle sehr witzige kleine Literaturessays kritischen Inhalts, vorgetragen im Ton des verulkten Poeten.

Gleich am Anfang das famose Stück Hofmannsthal, in larmoyantem Ton und mit der entzückenden Pointe: «Und werden nächstens wohl katholisch werden!» Stefan George kann schließlich jedes kleine Kind; die Lasker-Schüler ganz bonbonrosa; Becher genau so, wie sich der ‹*Simplicissimus*› die jungen Dichter vorstellt – bei dem stimmts ausnahmsweise! –; dann ein paar feine Sternheims (am besten die ganz kostbare Liebesszene, die wie eine Pyramide gebaut ist); dann der sublime Kasimir Schmid, über dessen Verhohnepipelung ich tagelang gelacht habe – daß der fette Dämoniker noch schreibt, ist nur auf seinen völligen Gefühlsmangel zurückzuführen –; dann ein kostbarer Werfel (bei dem in einer Zeile ein ganzes Stück seines Wesens aufgehellt ist: «Ich ziehe in Ehrfurcht vor dir kokett meinen Hut»); dann Hasenclever und Tagore und Blaß und Hermann Vollbahr mit einem himmlischen Tagebuch (den 35. April ...) und Jettchen Hermann und Herwarth Walden und S. J., den er aber leider nur in der Form und nicht im Wesen nachgemacht hat.

Ich will euch was sagen: bin ich vielleicht ein Fremdenführer? Lest das Buch selber!

EIN TASCHENBUCH

Felix Poppenberg gab einmal ein ‹*Taschenbuch für die Damen*› heraus – aber so ein Taschenbuch für die Damen will ich dieses Mal nicht anzeigen. Es ist, glaube ich, gar nichts für die Damen ...

Hätte Otto Weininger nicht das Pech gehabt, einer ganzen wiener Caféhaus-Generation in die Hände zu fallen, die ihn ausschrieb, falsch verstand, schlecht kopierte und überhaupt verdarb – wer weiß, wie er heute in unserm Gedächtnis dastünde! Nun ist ja, wie Karl Kraus an Heine gezeigt hat, jeder Schriftsteller auch an den Folgen schuld, die er hervorruft: aber wenn auch bei Weininger schwarze Stellen sind, an denen sich die Maden festsaugen konnten – alle hat er nicht verdient.

Artur Gerber hat (im Verlag von E. P. Tal & Co. zu Leipzig und Wien) unveröffentlichte Notizen Weiningers und einige Briefe von ihm mit einem menschlich schön anmutenden Vorwort herausgegeben. Das Vorwort enthält persönlich sehr interessante Daten – von einem Duell Weiningers war bisher nichts bekannt – und wie hat sich dieser Zweiundzwanzigjährige gequält! ‹*Geschlecht und Charakter*› ist nicht mit Tinte geschrieben. Welch ein Mönch! Und welch ein Mensch! Mit Recht hebt Gerber aus den Notizen diese eine hervor, die aufzeigt, wohin ihn der Sturm vielleicht noch getrieben hätte, wäre er uns am Leben geblieben: «Wie kann ich es schließlich den Frauen vorwerfen, daß sie auf den Mann warten? Der Mann will auch nichts andres als sie. Es gibt keinen Mann, der sich nicht freuen würde, wenn er auf eine Frau sexuelle Wirkung ausübt. Der Haß gegen die Frau ist nichts andres als der Haß gegen die eigne, noch nicht überwundene Sexualität.»

Einige Notizen sind schwer, andre gar nicht verständlich – aus allen geht aber hervor, wie sich dieser Kopf in die Dinge hineinbohrte, sich in sie fraß; das gärt und wallt, noch ist nichts fertig – und alles ist gehalten durch ein fast übermenschliches Wissen. (Allein der Literaturnachweis zu ‹*Geschlecht und Charakter*› ist ein Wunder.)

Die Briefe geben dem Fremden nicht allzu viel. Sie sind im Persönlichen unendlich fein, debattieren viel – und zeigen schließlich, wie er da stand, wo jeder seines Formats gestanden hat: allein.

Das Schönste aber an dem Buch ist ein Bild. Sie haben Otto Weininger fotografiert, als er tot war. Der Körper sitzt in einem geblümten Stuhl, die Augen sind geschlossen. Gerber hat ihn so gesehen: «In dem Gesichte des Toten war kein Zug von Güte, kein Schimmer von Heiligkeit und Liebe zu sehen. Auch Schmerz nicht, nur ein Ausdruck, der dem Gesichte des Lebenden vollkommen gefehlt hatte: etwas Furchtbares, etwas Entsetzenerregendes, das, was ihm die Todeswaffe in die Hand gedrückt hatte: der Gedanke an das Böse.» Das Bild hat Züge von dem bohrenden, grübelnden Holofernes – nicht von dem Riesen. Es ist in der Tat die Inkarnation des bösen Prinzips und etwas Erschütterndes, weil sich da etwas gegen das Böse gewehrt hat.

Ein Taschenbuch für die Damen ist der Band nicht. Aber für Männer und Menschen, die in diesem Chaos, in diesem tiefen Erkennen unter Gestein und Fluten das Gold haben blitzen sehen.

«Da kommen die großen Ströme her, wo die Tiefen weinen vor eisigem Grausen.»

WIDER DIE LIEBE

Die brave Hausfrau liest im Blättchen
von Lastern selten dustrer Art,
vom Marktpreis fleißiger Erzkokettchen,
vom Lustgreis auch mit Fußsackbart.

Mein Gott, denkt sich die junge Gattin,
mein Gott! welch ein Spektakulum!
«Das schlanke Frauenzimmer hat ihn ...»
Ja was? Sie bringt sich reinweg um.

O Frau! Die Phantasie hat Grenzen,
sie ist so eng – es gibt nicht viel.
Nach wenigen Touren, wenigen Tänzen
ists stets das alte, gleiche Spiel.

Der liebt die Knaben. Dieser Ziegen.
Die will die Männer laut und fett.
Die mag bei Seeoffizieren liegen.
Und der geht nur mit sich ins Bett.

Hausbacken schminkt sich selbst das Laster.
Sieh hin – und Illusionen fliehn.
Es gründen noch die Päderaster
‹Verein für Unzucht, Sitz Berlin›.

Was kann der Mensch denn mit sich machen!
Wie er sich anstellt und verrenkt:
Was Neues kann er nicht entfachen.
Es sind doch stets dieselben Sachen ...
Geschenkt! Geschenkt!

SCHLUSSWORT

Ich denke, daß es mir mit dem Stabsoffizier so geht wie allen Polemikern bei allen Polemiken: wir reden aneinander vorbei. Wir sprechen nicht dieselbe Sprache. Entscheidet euch.

Die Tapferkeit des Frontoffiziers ist von mir nie bestritten, sondern ausdrücklich bestätigt worden. Sein Tod scheint mir das natürliche Ende einer selbstgewählten Laufbahn, aber kein Argument zu sein. Mein verehrter Gegner gibt zu, daß das deutsche Offizierkorps zu verfallen begann, daß es Aussätzige nicht herausgesetzt hat, daß es langsam anfaulte. Mehr ist hier nicht behauptet worden. Vielleicht noch eine Kleinigkeit: daß diese ganze Welt überlebt, mehr: schlecht war.

Natürlich gab es anständige und gute Offiziere. (Es gab auch anständige Helferinnen.) Mit der Front und der Etappe hat das Ganze nichts zu tun. Ich habe hier schon auseinandergesetzt: Der Etappenoffizier war nichts als ein deutscher Offizier in gehobener Lebenslage. Und da hat er versagt. (So wie er vorne nicht versagt hat.) Aber was hätten wir nun erlebt, wenn dieses ganze Korps in die große Heimatetappe siegreich zurückgekehrt wäre? Man hätte doch wohl auswandern müssen.

Der Kampf gilt nicht den Kriegsoffizieren. Die sind dahin. Er gilt der Weltanschauung, mit der sie das Volk vergiftet haben und noch vergiften. Der Anschauung, daß Titel und Beförderungen den Menschen ausmachen; daß außerhalb des Dienstes die dienstlichen Unterschiede fortgelten; daß nicht der Mann zum Mann, der Deutsche zum Deutschen stehe, sondern der Herr zum Kerl. Der Kampf gilt der verrotteten Anschauung, daß man das Selbstgefühl des Deutschen nur stärken könne, wenn man ihm die Erlaubnis gibt, andre Deutsche zu treten – daß man ihn darin bestärkt, seine Arbeit nur dann zu tun, wenn er die Möglichkeit hat, sich und seinen Dienst sinnlos überschätzen zu lassen und durch Überbetonung seiner Existenz andern Leuten, Landsleuten, Schwierigkeiten zu machen. Die falsche Gehobenheit des Mannes vor der Front (der seinerseits wieder vor den Vorgesetzten zusammenklappte) spiegelt sich in jedem Schalterbeamten, in jedem Büropolizisten, in jedem Kanzleimenschen. Es sind Offiziere in derber Karikatur. Zu beschuldigen sind die Urbilder. Zu bekämpfen sind die Urbilder.

Es gab einen traditionell in der deutschen Armee der letzten Jahrzehnte feststehenden Offizierstyp. Seine Weltanschauung, sein Horizont, seine Ethik, seine Stellung im Volkstum – das Leben begänne, wieder lebenswert zu werden, wenn das alles für immer ausgespielt hätte.

PRESSEBALL

Das war der erste Presseball der Republik. In den feinen Logen saßen die Minister und ließen sich anstaunen, saßen die Filmschauspielerinnen und ließen sich anstaunen, saßen die Ministerfrauen und ließen sich anstaunen. Die Filmschauspielerinnen sahen hübsch aus.

Die gesellschaftliche Stellung unsrer neuen Minister ist noch nicht ganz klar. Die reichen Leute Berlins behandeln sie mit einer ulkigen Mischung von Verehrung und Verachtung: Verehrung – es sind immerhin Minister, und sie haben die Macht; Verachtung – sie kommen von der Straße. Wenn der reiche Herr O. Herrn Minister N. zu Tisch lädt, so ist noch nicht ganz entschieden, auf wessen Seite die Ehre ist.

Keine Angst, Herr reicher Mann! Kamen sie von der Straße? Aber sie sind im besten Zuge, es zu vergessen. Davon spricht man nicht. So wie es ja auch nicht fein ist, den Sohn der zweiten Generation daran zu erinnern, daß sein Vater noch ... Es ist ein bißchen peinlich, daran erinnert zu werden, daß wilde Tage mit Kerlen, die offene unordentliche Soldatenmäntel trugen, dazugehört haben, bis man in der Wilhelmstraße saß. Gleiten wir darüber hinweg. Der Deich hat sich wieder geschlossen, dieser scheinbar undurchdringliche Deich, der sich damals öffnete, als die graue Woge sie hochspülte: die Welle ist abgeebbt, und hilflos, einsam und von dem Grund und Boden, aus dem sie stammen, abgeschnitten, treiben die Emporgewirbelten dahin. Sie fühlen sich nicht allzu behaglich, denn sie haben fremden Boden unter den Füßen. Sie fühlen sich allzu behaglich: Rotwein ist eine von den besten Gaben.

Was ich sagen wollte: und sehr viel Uniformen waren da. Alte gute, auf neu gebügelte Friedensuniformen, mit der Gardestickerei, mit den alten guten kaiserlichen Kriegs- und Friedensorden; graue Uniformen; grüne Sicherheitsuniformen; auch ein Admiral war da: der Chef des deutschen Kriegsschiffs. Herrschende Diener.

Und dann standen und promenierten die vielen herum, die dagewesen sein mußten; man zeigte mir unter andern: (ach bitte, lesen Sie das in den Zeitungen nach!) Presse, Literatur und das andre Theater.

Die Regierungsfräcke saßen noch nicht gut, mancher geklebte Schlips war den alten Assessoren ein Greul und Scheul, manche Brille rutschte, mancher Damentanz war noch Vereinskränzchen. Aber das gibt sich. Noch «eine drei, vier Presseballe», wie der Berliner sagt, und ihr sollt mal sehen: die alten, unbequemen Prinzipien sind beim Teufel, die Fräcke sitzen wie angegossen, die Hemdbrüste blitzen matt, die alten Orden strahlen – oder sind es schon neue? – und ihr werdet diese orkanartige Revolution nicht zu bereuen haben. Verzage nicht, du Häuflein klein ...

Oder kommts anders? Ganz anders? So nach der Melodie: Verzage nicht, du Häuflein klein – wie mag die nächste Wahl wohl sein?

Immerhin war es hübsch, daß sich das Volk herabließ, unter die Minister zu gehen.

DAS LEERE SCHLOSS

Seit Kaiser Wilhelm der Zweite das berliner Schloß seiner Väter verlassen hat, steht es leer. Keiner ist für die Dauer dort eingezogen – seitdem Ende 1918 und Anfang 1919 einige Spektakelstücke darin aufgeführt worden sind, steht es ganz leer. Die Regierung wohnt in der Wilhelmstraße.

Man sagt, dieses alte Schloß habe einen Hausgeist, eine im Nachtwind lohende weiße Frau. Es kann sich somit glücklicher schätzen als das Geschlecht der neuen Hohenzollern, die gänzlich ungeistig waren, und ich denke, daß die Zeit gekommen ist, wo auch wir an diesen Geist glauben dürfen. Das Schloß ist nicht leer.

Das berliner Schloß kann von der Regierung deshalb nicht bezogen werden, weil der alte monarchistische Geist darin wohnt, und weil diese Regierung Angst vor ihm hat. Nachts weht der Geist durch die öden Korridore. Und tagsüber? Tagsüber regiert er.

Staatsrechtlich ist folgendes vor sich gegangen:

Durch einen gewaltsamen Umsturz haben sich im November 1918 Männer zur Regierung aufgeschwungen, die dazu – rein staatsrechtlich genommen – zunächst nicht das geringste Recht hatten. Alle ihre Regierungsakte waren, vom Standpunkt des getreuen Monarchisten gesehen, ungültig und unwirksam. Revolution. Die Revolution hat Recht geschaffen, weil sie Macht schuf.

Wir entsinnen uns alle wohl noch dieses gänzlichen Vakuums, das damals, im November 1918, Deutschland darstellte. Alle Leute gingen herum wie die Kinder, wenn Mutter fortgegangen ist – man war frei, aber man traute sich nicht so recht.

Die Revolution ist dann sabotiert worden, die Kleinstaaterei blieb erhalten, und die neuen Männer fußten auf dem alten Recht und hatten nur den begreiflichen Takt, von dem kleinen Staatsstreich, dem sie alles verdankten, möglichst wenig zu sprechen. Im übrigen aber: Allgemeines Landrecht 10, II, 17 und alte Kabinettsorders aus dem Jahre 1851, und was dergleichen Gummiparagraphen mehr sind. Es waren verschämte Republikaner. Seien wir doch offen: verschämte Monarchisten, die nur keinen Monarchen haben.

Die neuen Männer schwammen wie eine dünne Fettschicht auf dem Meer, und dann kam die riesige Wasserflut der Reaktionäre, mit denen sie arbeiteten. Diese Republik hat niemals verstanden, ihre Macht wirklich aus sich selbst zu stabilisieren. Ein Heer? Die Gewerkschaften waren vollzählig da, gut und zuverlässig an Gesinnung, leicht zu bewaffnen und meist aus alten Soldaten bestehend. Noske begann seine Wehrarbeit mit einem Herrn v. Bismarck und führte das alte Offizierkorps, dessen Macht erloschen schien, neuen herrlichen Zeiten entgegen.

Den großen Verwaltungsapparat konnte man nicht von heute auf morgen reorganisieren. Aber man konnte die allerschlimmsten Säulen des alten Regimes entfernen, konnte immer und immer wieder – ohne Gesinnungsschnüffelei – zeigen, daß es heute nicht mehr ersprießlich sei, monarchistisch oder reaktionär zu empfinden, und konnte die, sicherlich anständigen, Elemente, die sich nicht ändern wollten, pensionieren.

Die republikanische Regierung ist so gut wie machtlos. Ihr eigner Apparat höhnt sie aus und verkehrt fast alle Maßregeln durch die berüchtigten ‹Ausführungsbestimmungen› in ihr Gegenteil. In der Wilhelmstraße zu Berlin sitzen, den größten Teil des Jahres durch Stacheldrahtverhaue geschützt, ein paar Männer; alle Provinzen lachen darüber und machen, was sie wollen. Und das ist nichts Gutes.

Die heimkehrenden Kriegsgefangenen werden in den Durchgangslagern von monarchistischen und reaktionären Offizieren empfangen und bearbeitet.

In Potsdam findet, wie in alter Zeit, unter Anwesenheit der Offiziersfrauen, die dabei gar nichts zu suchen haben, eine preußische Parade (in Friedensuniformen) statt, bei der ein Angehöriger der Lüttwitz-Vereine dichtet: «Das ganze Leben sei euch ein Parademarsch!» (Schade, daß kein Echo da ist.)

In der Universität Berlin hält ein pazifistischer Professor, Nicolai, eine Vorlesung, wird von den anders denkenden Studenten angeflegelt und findet bei der Republik keinen Schutz.

Irgendeine Aufklärung über die Kriegspolitik findet nicht statt – begeistert kaufen die Deutschen nach wie vor Bücher, die den Militarismus verherrlichen *(‹Die drei kommenden Kriege›. ‹Englands Auseinandersetzung mit seinen Brüdern von der Entente›. ‹Deutschlands Aufstieg in den kommenden Wirren›).*

In den militärischen Ämtern sitzen die alten Offizierstypen und machen jedem das Leben zur Hölle, der ihnen in die Finger fällt – niemand wehrt ihnen. Klagen auf Klagen kommen von den Gequälten und Verärgerten, von den alten Soldaten an die Zeitungen, an die Volksvertreter – niemand ist mächtiger als die Beamten.

Im Auditorium maximum der berliner Universität hält der geschlagene General v. Falkenhayn über den Feldzug in Rumänien einen Vortrag, der von den Zuhörern ausschließlich deutsch-national gewertet wird. Heizung und Licht zu diesem Vortrag bezahlt die Republik.

«Heute abend», besagt eine Anzeige, «findet in den gesamten Festräumen des ... ein Wohltätigkeitsfest der Kampfwagenverbände Lüttwitz statt.» Kampfwagenverbände – das sind Vereinigungen der Leute, die über die Instrumente verfügen, womit man zur Zeit Deutsche tötet.

Die Bürgerräte und Bürgerbünde festigen sich. Einwohnerwehren sind plötzlich da, die Lasten werden von den Kommunen getragen, in den meisten Fällen werden sie schwer militaristisch – in altem, bewährtem Geiste – geleitet.

Hinweise auf die alten Fehler im alten Heer werden mit den wildesten Beschimpfungen der neuen Republik abgewiesen. Niemand von der Regierung erwidert. Ja, man hat das deutliche Gefühl, als sei es diesen Männern peinlich, wenn auf das alte Regime etwas Böses gesagt wird: man ist doch immerhin, ein wenig, entfernt verwandt ...

Die alten Militärs erfreuen sich noch des alten Einflusses in der Verwaltung. Da schreibt eine Dame, die ihren Namen und ihre Wohnung nennt, an die ‹*Weltbühne*›:

«... Ein Fall, der mich tief empört, sollte eigentlich näher unter die Lupe genommen werden. Die liebliche Dame, bei der ich wohne, ist eine ‹Frau Major›. Unzweifelhaft. Der Mann fiel als Major in Rußland 1914. Sie bekam die Majorswitwenpension. Vom Oberst war er noch ziemlich entfernt. Nun wurden alle Hebel, alle guten Freunde, vor allem eine ‹Exzellenz› v. S. in heftigste Bewegung gesetzt. Und die ‹Exzellenz› erwirkte das Ersehnte denn auch: Diese Dame erhält die Oberstwitwenpension. Sie hat Vermögen, ausreichend, ist kinderlos, gesund, kräftig – aber von einer Faulheit, die alles, was ich in dieser Hinsicht für denkbar hielt, weit übersteigt. Sie erstickt fast in Fett und Selbstzufriedenheit. Nun kann sie noch fauler sein, was zwar kaum möglich ist. Wenn ich bedenke, wie arme Frauen mit vielen Kindern, oft auch noch krank, schwer kämpfen müssen um die kümmerlichen Renten, wie denen entzogen wird, was nur möglich ist – und dann diesen Fall daneben: dann könnte ich verzweifeln an allem!»

Die Provinz treibt Rassenverhetzung schlimmster Art. Hier mag der vertrauliche Bericht eines Offiziers vom siebzehnten Januar 1920 Platz finden:

«... Sie glauben ja gar nicht, wie grade Hannover Stadt und Provinz augenblicklich der Schauplatz einer wahnsinnigen Agitation in reaktionärer Hinsicht ist. Man scheint allmählich eingesehen zu haben, daß der Arbeiter sich nicht mehr gegen den Arbeiter aufhetzen läßt, ich für mein Teil habe die felsenfeste Überzeugung, daß die von ultra links (?) inszenierten Putsche neben vielleicht einigen Schwärmern nur den Mob in seiner übelsten Auslese im Gefolge haben. Also damit kann die Reaktion nichts mehr anfangen. Der verständige Arbeiter ist ja viel zu vernünftig und zu geschult, um nicht hinter diesem ganzen Kram die Reaktion zu sehen. Und nun greift man zu einem andern Mittel. Provinz Hannover ist zum großen Teil nur landwirtschaftlich, Bund der Landwirte, deutschnational alias konservativ – nun, da hat man ja immer noch in der großen Kiste ein paar Mittelchen, die geschickt angewandt, als Mittel zum Zwecke dienen. Mit USP und KPD ist es nichts, also nun so ein bißchen feuchtfröhliche Judenhetze. Sie glauben nicht, welche Formen das hier angenommen hat. In der gemeinsten Weise wird hier ein Haß ausgesät, der, wenn er aufgeht, die bedenklichsten Folgen haben kann. Hier hat man ein scheinbar ganz neutrales Mittelchen, um den Brand zu entzünden. Ist der Klamauk erst da, so kommt der wahre Charakter durch: die Reaktion. Es ist bezeichnend, daß die Judenhetze grade von denen kultiviert wird, die früher Vaterlandswohl in Erbpacht zu haben vorgaben. Hier in unsrer Stadt ist es jetzt gelungen, die Ankleber der Schmutzsprüche festzustellen. Man hat einen dabei erwischt, als er am hellichten Tage unsre Anschlagsäulen damit dekorierte. Es ist ein Unterprimaner, der Sohn des deutschnationalen Justizrates S. In Eisenbahn und auch sonst hört man die gehässigsten Äußerungen. Sie wissen, daß ich als vierzig Jahre alter Politiker eine Bewegung nicht mehr in ihrer Tragweite überschätze, aber hier muß ich sagen: Wohin soll das führen? Hier sammelt sich im stillen ein Haß an, der, zum Brand entfacht, fürchterlich in die Erscheinung treten muß. Unsre Provinz ist bislang die ruhigste gewesen, nie ist es gelungen, uns Niedersachsen aufzuputschen, aber jetzt mit der infamen Judenhetze, da heißt es: auf dem Posten sein. Es wird gar nicht mehr diskutiert, daß die Juden umgebracht werden sollen, sondern nur, wie man sie umbringen will. Hat der Deutsche denn nun alle Kulturerrungenschaften abgestreift? Will er denn nun mit Gewalt gegen sich wüten? Nach Mitteilung aus Bremerhaven hat man dort ja schon Stempel gefunden mit dem Umdruck: Germanisches Armeeoberkommando, Sektion Bremen – Mahlzeit, also so weit ist es schon. Sehen Sie den Reichshammerbund an, betrachten Sie die fortwährenden judenhetzerischen Aufputschungen der Reichswehr: hier handelt sichs tatsächlich um eine großangelegte Offensive. Strategisch und taktisch klar erkennbar. Man putscht die deutschnationale Jugend auf, man putscht die Jungens in der Reichswehr auf. Diese gewissenlosen Leute wissen genau, daß die jungen Soldaten der Reichswehr, wie wir sie heute haben, politisches Verständnis nicht besitzen. Durch das Siebsystem hat man es verstanden, alle, die kritisches Verständnis haben und gezeigt haben, an die Luft zu setzen. Was wird nun geschehen? Ist es eine verläßliche Truppe? Brechen nicht hier und da, geschickt aufgeputscht, Mord- und

Plünderungsinstinkte durch? Oder ist es schon ein Verdienst der Truppe, wenn sie bei ausbrechenden Judenunruhen neutral bleibt, um nicht für die Juden kämpfen zu müssen? Mein Lieber, das sind alles Fragen, die mit der Reaktion im engsten Zusammenhange stehen. Das ist Spekulation auf die niedersten Leidenschaften, um politischen Dunkelmännern zur Erreichung ihrer Ziele zu dienen. Ich bin kein Schwarzseher, aber hier muß etwas geschehen, etwas mehr als bisher. Vielleicht ist Ihnen in Berlin die Gefahr noch nicht als so groß erschienen, aber wir hier in der Provinz, wir haben einen sichern Blick dafür. Hat Berlin die Monarchie geschmissen, nun, so schmeißt die Provinz die Republik. Jedes Mittel ist recht dazu. Sollte dies nicht der Gedankengang sein? Für mich steht es fest, daß der Beginn der Offensive gegen die Republik mit einem Judengemetzel beginnen wird. Jetzt ist es noch Zeit, Gegenmaßregeln zu treffen. Worte nützen nichts, Taten! Die Bewegung muß auf Männer, auf Organisationen treffen, an denen sie sich tot läuft. Hier liegt eine unsrer Aufgaben. Niemand zu Liebe. Niemand zu Leide. Schieber müssen erwischt werden: wir wollen uns aber nicht, durch Rassenhaß verblendet, davon ablenken lassen, sie dort zu nehmen, wo sie sitzen und den ‹germanischen Schiebern› einen Freibrief ausstellen. Ich kann nur empfehlen: Zugefaßt, frisch ans Werk, jede Minute ist kostbar. Bricht der Sturm los, dann Gnade Gott! Kleinarbeit auch nach dieser Richtung hin! Es ist dringendste Gefahr im Verzuge.»

Die alldeutschen Blätter – und fast alle bürgerlichen Blätter sind alldeutsch – höhnen in frechster Weise die Republik. Ein geistiges Gegengewicht wird nicht geschaffen.

Diese Regierung regiert nur, weil die Leute zu müde sind, sie davonzujagen. Die Hilflosigkeit dieser Minister mitanzusehen, in praktischen Fällen mitanzusehen, ist mitleiderweckend. Sie können ja nicht–! Sie wirken wie Familienväter, die der Frau was befehlen, aber die Frau steckt sich die Haare auf und geht ihrer Wege. Und Vater schüttelt traurig den Kopf . . . Sie können ja nicht. Hinten und vorn eingeschnürt von ihrem Apparat, der ihnen viel wichtiger ist als alles andre, verharren sie regungslos.

Sie paktieren ängstlich mit einer Welt, die sie nie für voll nehmen wird, und die sie haßt, haßt, haßt. Wackelnd und lavierend bejahen sie noch den schlechtesten deutschen Typ, der heute so aussieht, wie Bismarck ihn haben wollte –: willenlos nach oben, roh nach unten, eingekniffene Lippen, hochgebürsteter Schnurrbart, kurze Stirn, kleine Augen. Aber tüchtig, nicht wahr? Und das bejahen sie. Statt hier zu sagen: Nein! Grade das nicht! Statt hier ins Mark zu treffen und den Provinzspießer, den Nurverdiener, den unbedenklichen Beamten zu verneinen.

Und Geschehnis gliedert sich an Geschehnis, und keiner will sehen, wie wir offenen Auges ins Verderben laufen. Weit, weit hinter das Jahr 1914 zurück.

Es muß doch eine geheime Liebe zu den reaktionären Parteien dabei sein, wenn man sorgfältig untersuchen hört, was an ihren Angriffen berechtigt sei und was nicht. Wißt ihr nicht, daß Erzberger, den ein dummer Junge aus Steglitz, wo es am übelsten ist, zu erschießen versucht hat, daß Erzberger, Scheidemann, Ebert – Noske kaum –, alle Demokraten – daß all das ein Knäuel ist, unter dem der Durchschnittsdeutsche das Schlimmste mitdenkt, was es für ihn gibt: Fortschritt?! Wißt ihr das nicht? Wißt ihr nicht, daß er die glänzende, prunkende, rohe Macht brauchte und haben wollte, weil sie ihm ein Teilchen und Quentchen abgab? Weil er auch etwas war – vor den andern, die noch weniger waren als er –, wenn er nur die Spitze anerkannte? Noch der letzte Schutzmann auf dem Anmeldebüro muß ‹regieren›, sonst macht ihm der ganze Dienst keinen Spaß. Und die Bevölkerung duldets gerne – es findet jeder eine Stelle, wo er Schutzmann ist. Es lebe der Kaiser!

Diese Regierung ist auf die Dauer unhaltbar. Die Wachtmeistertaktik des Herrn Noske wird an dem harten Gang der Geschichte zerschellen – aufhalten wird er den Lauf der Dinge nicht.

Die andern aber sollen sich nicht wundern, daß ihre Arbeit unersprießlich bleibt. Um zu regieren: dazu gehören vor allem einmal Mut und Macht. Dazu gehört die – nicht nur figürliche – große Geste, die da sagt: Jetzt sind wir die Herren! Wir wohnen im Schloß! Wir herrschen! Wir repräsentieren! Wir decken das Alte auf und zeugen Neues! Wir. Wir. Wir.

Aber freilich: dazu müßte man irgendeine Mehrheit seines Landes hinter sich haben. Man hatte sie einmal. Es ist das genau fünfzehn Monate her. Vorbei, vorbei.

Wohin gleiten wir? Dahin, wohin uns ein spießiger und kurzstirniger Kommodore gesteuert hat – und wohin wir doch wohl schließlich, wenn denn die Weltgeschichte einen Sinn haben sollte, zu gehören scheinen.

Durchs berliner Schloß aber der Kaiserlichen Republik Deutschland weht die weiße Frau. Sie klopft an die Türen, sie loht durch die Korridore, sie gleitet an den Fenstern vorüber. Wenn ihr hübsch leise seid, könnt ihr sie kichern hören.

Das Schloß ist ansonsten leer. Die Regierung traut sich nicht recht, die Krongüter anzutasten, gibt damit die Superiorität des atlantischen Admirals zu und wohnt in der Wilhelmstraße. Da regiert sie.

Beherrscht aber werden wir von jemand anders: von einer weißen Frau im leeren Schloß.

LUDWIG THOMA

Dieser gute alte Mann hat seine ‹*Erinnerungen*› veröffentlicht (bei Albert Langen in München). Und ich hätte nie geglaubt, daß ich einmal so über ihn, dessen Bild jahrelang in meiner Stube hing, würde urteilen können.

Der Gesamteindruck des Büchleins ist: Welch ein Spießer! Das also ist der Mann, der im Gefängnis sitzen mußte, weil er das Heiligste, wo der Deutsche hat, beleidigt haben sollte – das ist der Mann, der in den kleinen Städten fast so etwas wie ein Bürgerschreck gewesen ist? Es ist derselbe, wenn wir uns entsinnen, daß auch die Angegriffenen oft genug über ihn geschmunzelt haben – was hierzulande als Vorzug eines Satirikers gilt; lindert doch der ‹goldene Humor› die schlimmsten Wunden. Das also ist der Bubu?

Er hat viele Menschen in seinem langen Leben kennen gelernt; er ist im Ausland gewesen und hat mit ‹Namen› gesprochen – aber nichts ist haften geblieben. Was hat dieser Biertrinker bei Rodin empfunden? Was bei Dichtern wie Keyserling? (Man lese die kümmerlichen Charakteristiken im Buche. Man lese sie lieber nicht.) Was hat dieser Mensch überhaupt empfunden?

Er liebt seine Heimaterde. Das ist schön. Wer so am Boden hängt, taugt – wenigstens – partiell etwas. Aber braucht deshalb noch kein großer Kerl zu sein.

Thoma ist es gewiß nicht. Ob sich die Nachricht noch bewahrheiten wird, daß der ‹*Simplicissimus*› von nationalistischen Geldverdienern gekauft ist, weiß ich nicht. Er wäre damit mundtot gemacht – das wäre der einzige Nutzen dieses Kaufs. Aber es war ein überflüssiger Kauf – denn er war ja seit dem August 1914 so national, wie man es bei der Schwerindustrie nur wünschen konnte, ja, er war sogar perfid national, weil er sich immer noch oppositionell gab. Der Wortführer dieser umgefallenen Zeitschrift war Thoma. Er hätte über sich selbst im Kriege (zehn Jahre vorher) ein schönes Gedicht geschrieben . . .

Gut sind die negativen Urteile über den berliner ‹Betrieb›. Gut ist die Ehrlichkeit der Empfindung, wenn es sich um seine nähere Umgebung handelt. Wir gönnen ihm einen freundlichen Lebensabend und wünschen ihm viel Glück auf Erden. Aber welch ein Spießer! (Und wir haben ihn doch einmal, hols der Teufel, lieb gehabt, und er war auch – damals – ein Künstler und ein Polemiker und stellenweis ein Satiriker, dem mein guter Freund Kaspar Hauser nicht das Schlechteste verdankt . . .) Und jetzt?

Welch ein Spießer!

IM TOLLHAUSE

Nicht das große, jenes Deutschland aus den Mordjahren 1914–1918. Sondern ein kleines Tollhaus wird hier beschrieben – in einem Büchlein von Artur Zickler, das so heißt: ‹*Im Tollhause*› (und im Verlag der Buchhandlung Vorwärts zu Berlin erschienen ist).

Zickler hat etwas getan, wozu den Meisten – auch mir – der Mut gefehlt hat: er hat in der großen Zeit einfach nicht mehr mitgespielt. Er hat, was sittlich vollkommen gerechtfertigt ist, die Verpflichtung, sich für die falschen Ideale andrer Menschen – Menschen ist leicht übertrieben – totschießen zu lassen, nicht anerkannt, hat nicht geglaubt, deshalb Menschen töten zu müssen, weil irgendwelche Wehrartikel das verlangen. Er stellte sich ‹rammdösig›, wurde von den Soldaten fort, aus der Kaserne in ein andres Irrenhaus getan und verbrachte da bis zur völligen Entlassung seine Tage. (Wozu, liebe Nationalisten, mehr Mut gehörte, als mit der Kompanie in den Graben zu kriechen. Zickler war allein.)

Die Schilderungen des Heftchens sind erschütternd. Vieles ist originaliter aus dem Leben übernommen, und aus welchem Leben!

Die kurzen Beschreibungen des Ausbildungskrams beim Militär sind prächtig, fast so bunt wie eine Leutnantsfriedensuniform. Fabelhaft erfaßt ist der Kernpunkt der Seuche: das Kollektivitätsgefühl. «Dann wurden wir, vom Zusammengehörigkeitsgefühl der Korporalschaft beseligt, nach unsern Stuben geführt.» Und: «Wir neuen zweihundert Mann wurden nach Größe ausgerichtet, in Korporalschaften eingeteilt und hießen nun ‹Kompanie›. Ein Hauptmann war plötzlich da und sprach von der Ehrentafel der 5. Kompanie, deren Glanz wir reinhalten sollten.» Schneidend die paar Bemerkungen über die ekelhafte Unkultur der deutschen Kasernenkaschemmen: die schlechte Luft, die Schweinerei, die gegenseitigen Diebstähle. (Wir sind keine alten Weiber: aber dies war nur ekelhaft.) Und dann kommt das Tollhaus.

Wer einmal so eine Anstalt gesehen hat, hört die Klagen und die Laute, die hier aufgezeichnet sind. Hört, wie in diesen armen verrotteten Gehirnen die große Zeit selbständig weiterarbeitet, obgleich sie für die Besitzer längst aus sein sollte – sie wähnen sich noch immer im Graben, machen noch immer ihre Wendungen, ihre jämmerlichen Griffe, fortläuft die Romantik des Tempelhofer Feldes. Sie bekommt nicht jedem. In drei Strichen sind die üblichen Vorgesetztentypen eingefangen, ohne daß viel Aufsehens davon gemacht wird. Und das Leiden. Und das Leiden. Und das Leiden.

Wißt ihr, wer da alles – still und erstickt – draufgegangen ist? Wißt ihr, wen alles es gefaßt hat? Trommelfeuer und Feldwebel haben gleichmäßig gewütet, und sie sind nicht jedermanns Sache.

Wer aber mit so viel Kraft und Mitleid, mit so viel Haß und Liebe leben und schreiben konnte – der sei gepriesen. Wie schließt das Buch? «So werden einst, fest entschlossen, die Ungezählten in die Heimat fahren, und schneller als die Räder werden die heißen, heißen Herzen schlagen. Kameraden!» So werden einst ... Die Saboteure der Revolution haben diese Hoffnung zunichte gemacht. Wir müssen sie vertagen. Aber vielleicht doch eines Tages?

RECHTS UND LINKS

Rechts sind Bäume, links sind Bäume,
und dazwischen Zwischenräume.
In der Mitte fließt ein Bach!
Ach!

Rechts hat man die Industriellen,
welche eine Presse wellen,
eine, die den Abonnenten
nationale fette Enten
täglich aufzubinden hat.
Und so fällt denn Blatt auf Blatt
in die Hände von Kartellen
unsrer Großindustriellen.
Und man schiebt sich dies und jenes,
weils bequem is und gemeen is.

Und die Aktie kommandiert –
die Verwaltung salutiert.
Helfferich ruft Weh und Ach ...
In der Mitte fließt ein Bach.

Links hat man die neuen Helden,
die sich schon seit 18 melden,
wenns was zu vermitteln gibt.
(Dies Geschäft ist so beliebt.)
Barmat, Parvus, Sklarz Gebrüder –
Ei, man ist so brav und büder.
Die Regierung ist schockiert
und wird mächtig angeschmiert.
Manches Silber ist vernickelt,
mancher Handel ist verwickelt.
Reine Finger hab, wer kann!
Schlimmstenfalls zieh Handschuh an!

Rechts sind Schieber, links sind Schieber.
Jedes Antlitz ein Kassiber.
In der weiland großen Zeit
schob man Seins im grauen Kleid.
Sieh die Rechten, sieh die Linken –
und es will mich schier bedünken,
. . .
Rechts sind Bäume, links sind Bäume,
und dazwischen Zwischenräume.
In der Mitte fließt ein Bach –
Ach!

DANTONS TOD

Bei Reinhardt wogte der dritte Akt.
Es rasten sechshundert Statisten.
Sieh an – wie das die Berliner packt!
Es jubeln die Journalisten.
Mir aber erschien das Ganze wie
eine kleine Allegorie.

Es tost ein Volk: «Die Revolution!
Wir wollen die Freiheit gewinnen!»
Wir wollten es seit Jahrhunderten schon –
laßt Herzblut strömen und rinnen!
Es dröhnt die Szene. Es dröhnt das Haus.
Um neune ist alles aus.

Und ernüchtert seh ich den grauen Tag.
Wo ist der November geblieben?
Wo ist das Volk, das einst unten lag,
von Sehnsucht nach oben getrieben?
Stille. Vorbei. Es war nicht viel.
Ein Spiel. Ein Spiel.

DÄMMERUNG

> Es konnte die Augen aufschlagen: wie ein richtiger Mensch. Es konnte lange Sätze sprechen und die Arme hin- und herschlenkern: wie ein richtiger Mensch. Es konnte sich an- und ausziehen, laufen, springen, tanzen und Kricket spielen, Whisky trinken und Zeitungen lesen: alles wie ein richtiger Mensch.

Diese Zeit hat etwas durchaus Gespensterhaftes. Die Leute gehen täglich ihren Geschäften nach, machen Verordnungen und durchbrechen sie, halten Feste ab und tanzen, heiraten und lesen Bücher —: aber es ist alles nicht wahr.

Was man so gemeinhin Kunst und Kultur nennt: sie sind nicht möglich ohne gemeinsame Voraussetzungen. Die sind nicht mehr da. Die Grundfesten wanken. Es ist durchaus nicht allen gemeinsam und selbstverständlich, daß das Vaterland das Höchste ist, woran sich anzuschließen Pflicht und Gewinn sei — sondern das ist sehr bestritten. Es ist durchaus nicht allen gemeinsam, daß die Familie der Endpunkt der Entwicklung und etwas Selbstverständliches sei — das ist sehr bestritten. Es ist durchaus nicht selbstverständlich, daß der Kapitalismus notwendig oder gar nutzbringend sei — das ist sehr bestritten. Sie reden verschiedene Sprachen, die babylonischen Menschen, und sie verstehen einander nicht. Sie sprechen aneinander vorbei, und sie haben weniger gemeinsam denn je.

Seltsam, dieses Bürgertum. (Und in Deutschland sind alle Bürger.) Seltsam dieses starre Festhalten an Formen, die leer sind, an Dingen, die es eigentlich nicht mehr gibt. Vorbei, vorbei — fühlt ihr das nicht?

Berühmtheiten, die kaum welche sind — denn es dämmert eine Zeit herauf, die das nicht mehr anerkennt; Feste, die keine sind — denn es rumort in der Tiefe, und der Boden schwankt leise; Geschäfte, die zwar immer noch nach einem alten ‹Recht› abgeschlossen werden — aber die Vorstellungen von diesem Recht lösen sich auf, lösen sich langsam auf wie Kristalle im Wasser und zergehen zu nichts. Wohin führt das alles —?

Wir versuchen, dem gänzlich Neuen mit den alten Mitteln, den alten Witzchen beizukommen. Und werden seiner nicht Herr. Es verfängt alles nicht: Humor nicht, Satire nicht; offener Kampf, Gewalt, Propaganda — die Pfeile fallen matt zu Boden. Wohin führt das alles —?

Wir wissen es nicht. Töricht, sich dagegen zu sträuben. Töricht, die Zerfallssymptome zu leugnen. Eine Welt wankt, und ihr haltet an den alten Vorstellungen fest und wollt euch einreden, sie seien so nötig und natürlich wie die Sonne. Empfinden nur wir in den großen Städten das stärker als andre? Haben wir zu wenig Distanz? Leuchtet hier, in den Brennpunkten des Hohlspiegels, alles stärker auf? Richtig mag sein, daß die Provinz das alles noch nicht fühlt – daß dort noch die Leute über uns und unsern scheinbaren Übereifer lächeln und vermeinen, das gute Alte sei noch nicht tot und werde eines Tages wiederkommen. Es kommt nie wieder, und der erste August 1914 hat nur beschleunigt, was sowieso schon im Rollen war. In leisem Rollen – und nun stürzt es.

Spaßmacher besingen die neue und die alte Zeit; in bürgerlichen Zeitschriften untersucht einer ganz ernsthaft, ob die Exposition in dem neuen Roman des Schriftstellers W. ganz geglückt sei; Theater spielen in viele Akte zerdehnte Aphorismen, die wir ohnehin gewußt haben; Schemen wanken auf der Erde einher – und es ist alles nicht wahr. Der Sinn des Lebens ist in Frage gestellt, und ich glaube fest daran, daß diese grauenvolle Krankheit auch kräftigere Länder als dieses arme Deutschland anfressen wird.

Was es ist, weiß ich nicht. Ich glaube auch nicht, daß die russischen Theoretiker es ganz genau wissen – sie sind sicherlich mehr Werkzeug als Inspiratoren, Werkzeug, wie Luther ein Werkzeug war. Ist es die geknebelte Menschenseele, die nicht mehr Maschine einer Maschine sein will – ist es das Aufbegehren, der Aufschrei der Mutter selbst? Ich weiß es nicht. Ich fühle nur dumpf, daß da etwas herankriecht, das uns alle zu vernichten droht. Uns: das ist unser altes Leben, das sind die grünen Inseln, die wir uns im Strom des lächerlich lauten Getriebes noch zu bauen verstanden haben – uns: das ist unsre alte Welt, an der wir – trotz allem – so gehangen haben. Wohin treiben wir?

Horcht hin, und ihr hört einen neuen Herzschlag der Zeit. Ich wundre mich jeden Tag, daß noch die Zeitungen erscheinen, daß die Leute ernsthaft über Bilder disputieren, über Musik sich ereifern. Ist das noch wahr? Gibts das noch?

Ein tiefes Erschrecken ist jäh durch alle gegangen, und sie hangen an viel mehr als nur am Geld, wenn sie in blinder Wut die Bolschewisten bekämpfen und bespeien. Es geht um viel mehr als um den Bolschewismus, der ein dummes Schlagwort geworden ist, dazu da, daß sich jeder nationalistische dumme Junge den Mund dran verbrenne. Fest steht und treu . . . Aber ihr wankt, leugnet nicht. Ihr wankt.

Kultur und Kunst sind ihre verschlungenen Pfade so oft gegangen, daß die Bahnen ausgeschliffen sind – wir legen sie mit einem Ruck zurück. Die Alten haben, nach dem schönen Satz: «Der Weg ist das Ziel», freiwillig der Form geopfert, und sie haben weise daran getan. Wir tun es nicht mehr. Wir brauchen die fünf Akte eines Dramas nicht mehr, nicht mehr die feierlichen Formen des Rechts und der verschleierten Egoismen. Wir wissen zu viel, haben zu tief in den Menschen hineingesehen und entblößen ihn fast ganz. Der Materialismus ist eine platte und öde Sache – in der Hand eines Geistigen ist er eine gefährliche Waffe. Lange Reden und dicke Bücher schaffen es nicht mehr; ungeduldig steht etwas an dem großen Tor und klopft und klopft. Und es wird ihm wohl eines Tages aufgetan werden müssen ...

Manche verkriechen sich. Nicht nur die Feigen – auch die Feinen und die Stillen. Sie wollen nicht mehr mittun. Aber es wird mit ihnen etwas getan; es reißt sie immer wieder hinein; es hilft gar nichts, Scheuklappen anzutun. Armselig versagt selbst die aus dem Alten herübergenommene Sprache mit den alten Floskeln, mit den schwerfälligen Bildern, mit den Ornamenten einer alten Zeit. Nichts stimmt mehr, kraftlos fallen die alten Worte herunter, weil sie am Neuen keinen Halt mehr haben. Mit keinem Scherz, keinem Witzwort, keiner Weisheit triffst du in diese Höhen.

Das bürgerliche Zeitalter ist dahin. Was jetzt kommt, weiß niemand. Manche ahnen es dumpf und werden verlacht. Die Massen ahnen es dumpf, können sich nicht ausdrücken und werden – noch – unterjocht. Was sich da träge gegeneinanderschiebt, gereizt sich anknurrt und tobend aufeinander losschlägt –: im tiefsten ist es der unüberbrückbare Gegensatz zwischen Alt und Neu, zwischen dem, was war, und dem, was sein wird. Das sind Worte: Bolschewismus und Preußentum, Revolution und Konsistenz – gemeint ist die Angst vor dem Neuen, das keiner kennt.

Was wissen wir von der Zeit? Wir stehen davor wie der Wanderer vor der roten Felswand, viel zu nah, um ihre Struktur, geschweige denn ihre Schönheit zu sehen! Was wissen wir von unserer Zeit? Wir sind ihre Instrumente, und ich glaube, daß *der* noch ihr bestes ist, der sich ihr nicht entgegenstemmt.

Eine Welle flutet über die Erde. Sie ist nicht rein ökonomischer Natur, es geht nicht nur ums Fressen und Saufen und Verdienen. Es handelt sich nicht nur um die Frage, wie man die wirtschaftlichen Güter der Welt verteilen wird, wer arbeiten und wer ausnutzen soll. Es geht um mehr, um alles.

Es scheint wieder eine der Perioden gekommen zu sein, wo ganz von vorn angefangen werden wird, wo wieder der Mensch auf der Scholle steht und Gräser, Tiere und sich selbst mit grenzenlosem Erstaunen betrachtet. Und die Hände ausstreckt und nichts wissen will als von einem ausgestirnten Himmel und von seiner eignen Macht. Erwachen sie aus dem dumpfen Traum von Bräuchen und Kulturen?

Daß uns das die Kunst kosten wird, nebenbei. Daß wir die ‹ewigen Werte› draufgeben müssen, sei erwähnt. Urtriebe bestehen – aber die

Modalitäten ihrer Auswirkung sind keinen immer gültigen Gesetzen unterworfen. Wohin treiben wir?

Die Form ist angefressen, an vielen Stellen gesprengt, hinfällig und unnütz. Der Inhalt fiktiv wie des Königs Kleider. Man muß an ihn glauben, wenn man ihn sehen will.

Wohin treiben wir? Wir lenken schon lange nicht mehr, führen nicht, bestimmen nicht. Ein Lügner, wers glaubt. Schemen und Gespenster wanken um uns herum – taste sie nicht an: sie geben nach, zerfallen, sinken um. Es dämmert, und wir wissen nicht, was das ist: eine Abenddämmerung oder eine Morgendämmerung.

WILHELM VON ABFUNDIEN

«Herr Rechtsanwalt, presse den Helm ins Haar!
Gürt um dein lichtblau Schwert!
Zieh an den schwarzen Seidentalar!
Und schaffe dir Auto und Pferd –!»

Und der Rechtsanwalt rollt in die Reichshauptstadt.
Ganz Deutschland hört ihn handeln.
Mit der Instruktion, die er bei sich hat,
will er Schloß und Land und Gut und Stadt
in Privateigentum verwandeln.

Und sieh! es gelingt! Denn die Republik
ist doof im Prozessieren.
Gewiß, ER war etwas schuldig am Krieg –
aber das kann jedem passieren.

Nimm hin! Nimm hin! Den Genter Altar!
Nimm hin Million auf Million!
Das ist dein Land, wie es immer war:
es rackert für deinen Thron.

Nimm hin! Nimm hin! Es geht uns schlecht!
Es hungert der Ohnebein.
Du bist aus armem Burggrafengeschlecht –
du sollst unser Kaiser sein!

Herr Cassel verbeugt sich vor Majestät;
zur Verdauung tut er das gern.
Er lauscht mit dem Köpfchen schief gedreht
auf die Stimme seines Herrn.

Und es liegt ein Land in tiefster Not
in Blut und Tränen und Schmerz.
Doch im Portemannaie, das schwarz-weiß-rot,
ruht Kaiser Wilhelms Herz.

DR. CALIGARI

Seit Jahren, seit den großen Wegener-Filmen, habe ich nicht so aufmerksam im Kino gesessen wie beim *‹Kabinett des Dr. Caligari›*.

Dieser Film, verfaßt von Carl Mayer und Hans Janowitz, inszeniert von Robert Wiene mit Hilfe der Maler Hermann Warm, Walter Reimann und Walter Röhrig, ist etwas ganz Neues. Der Film spielt – endlich! endlich! – in einer völlig unwirklichen Traumwelt, und hier ist ohne Rest gelöst, was seinerzeit bei der Inszenierung der *‹Wupper›* im Deutschen Theater erstrebt wurde und nicht ganz erreicht werden konnte. Wenn man nun noch die Schauspieler in weniger reale Kostüme steckte – wo gibt es in diesen schiefen, verqueren, hingehauenen Häusern solche soliden Kragen? –: dann wäre alles gut. (Fast alles: Herr Fehér ist es nicht, weil er sich, wie seine Partnerinnen, grade so bewegt, als ob er in einem schlechten Porten-Film mitwirkte.)

Aber nun laßt mich loben. Ein Wahnsinniger erzählt einem Kollegen der gleichen Fakultät sein Schicksal. Das Ganze unheimlich aufgebaut, verwischt, aber nicht ganz vom Räsonnement befreit. Fast jedes Bild ist gelungen: namentlich jene kleine Stadt auf dem Berge (alle Szenerien sind gemalt, nichts spielt vor wirklichen Dingen), ein Platz mit Karussells, merkwürdige Zimmer, entzückend stilisierte Amtsräume, in denen Hoffmannsche Beamte auf spitzen Stühlen sitzen und regieren. Verzwackt die Gebärden, verzwickt Licht und Schattenspiel an den Wänden ...

Die Fabel vom Mißbrauch des Somnambulen eben nicht neu – aber höchst einprägsam gemacht. Manche Bilder haften: der Mörder in seiner hohen Zelle, Straßen mit laufenden Leuten, eine dunkle Gasse – man muß an Wunder glauben, um das gestalten zu können. Und die Mimen?

Werner Krauß wie aus einer Hoffmannschen Erzählung herausgeschnitten, er ist wie ein dicker Kobold aus einem deutschen Märchen, ein Bürgerteufel, eine seltsame Mischung von Realistik und Phantasie. Besonders bei ihm ist zu spüren: niemand geht durch solche Gassen, weil es sie nicht gibt – ginge aber einer, dann könnte er nur so gehen wie dieser unheimliche Kerl. (Goethe nannte das einmal die solide Mache in der Phantastik.) Veidt stelzt dünn und nicht von dieser Erde durch seine wirre Welt: einmal ein herrlicher Augenaufschlag, einmal wie von Kubin, schwarz und schattenhaft und ganz lang an einer Mauer hingespensternd.

Ein Mord wird sichtbar – als Schattenspiel an einer grauen Wand. Und zeigt wieder, wie das Geahnte schrecklicher ist als alles Gezeigte. Mit unserer Phantasie kann kein Kino mit. Und daß in diesem Film, von einer geraubten Frau, ein Schrei ertönt, den man hört, wirklich hört (wenn man Ohren hat) – das soll ihm unvergessen sein.

Das Publikum schwankte zwischen Heiterkeit und Unverständnis: der Berliner hat, wenn er sich grault, einen Lacher zur Verfügung, der durch die Nase geblasen wird, das ist höchst effektvoll. Ein Provinzgeschäft ist es nicht, und ich fürchte, nicht einmal ein berliner Geschäft.

Aber – die größte von allen Seltenheiten –: ein guter Film. Mehr solcher!

DIE DAME MIT 'N AVEC

Alle könn sie mir, könn sie mir, könn sie mir!
Huch, die Männer!
Sie sind alle hier, alle hier, alle hier
nischt wie Penner!
Erst da tun sie mächtig fein,
laden mich zum Abend ein.
Und ich kann mich dann nicht halten,
seh ich des Monokels Glanz –:
sag den Jungen und den Alten
grad heraus beim Foxtrott-Tanz:
«Ich hab nu mal den Schwung
ins Ordinäre!
Ick bin die richtige
berliner Beere!
Und bei der Liebe hopps ick jrade wie bein Zeck
nur übern Rinnstein, Rinnstein, Rinnstein
mit 'n Avec!»

Uffn Koppenplatz, Koppenplatz, Koppenplatz
lief ick lange.
Mitn Sabberlatz, Sabberlatz, Sabberlatz –
'ck wah 'ne Range –!
Und mit vierzehn Jahren schon
ging ich bei die Konfektion.
Das war eine feine Lehre
in dem großen Modenhaus;

und ich machte rasch Karriere,
aber manchmal kommt es raus — —
Ich hab nu mal den Schwung
ins Ordinäre!
Ick bin die richtige
berliner Beere!
Und bei der Liebe hopps ick jrade wie bein Zeck
nur übern Rinnstein, Rinnstein, Rinnstein
mit 'n Avec!

Fahr ick viere lang, viere lang, viere lang
Eklipage,
sitz ich ersten Rang, ersten Rang, ersten Rang
in Kleidage:
Alle Leute drehn sich rum —
Donner! die ist gar nicht dumm!
Züngelnd sitzt bei mir mein Hündchen.
Autsch! wie mein Brillantschmuck blitzt —
Aber spitze ich mein Mündchen,
weißte gleich, wer vor dir sitzt —!
Ich hab nu mal den Schwung
ins Ordinäre!
Ick bin die richtige
berliner Beere!
Und bei der Liebe hopps ick jrade wie bein Zeck
nur übern Rinnstein, Rinnstein, Rinnstein
mit 'n Avec!

KAPP-LÜTTWITZ

Sechzehn Monate Nichtstuns haben sich gerächt: am dreizehnten März 1920 hielten die deutschen Militaristen ihre Stunde für gekommen und packten zu. Der Fang entglitt ihnen — merkwürdigerweise. Aber wie hatte es so weit kommen können?

Die alte Regierung Ebert-Bauer hatte sechzehn Monate durchgeschlafen. Sie ist gewarnt worden, sie sah nicht, was um sie herum leise oder auch manchmal recht vernehmlich vorging, was sich vorbereitete, heranschlich: sie schlief.

Um den im Kern unpolitischen Militärputsch richtig zu verstehen, muß man die Psyche des deutschen Militärs kennen.

Der aus dem Kriege zurückgekehrte Offizier kannte nur eine Sorge: seine militärische Sinekure so lange wie möglich aufrechtzuerhalten. Sie kämpften alle: den bitterharten Kampf um die Dienststelle. Der

Soldat braucht Krieg, damit er gerechtfertigt ist. So wie Richard Wagner eine Kunsttheorie aufstellte, in deren Mittelpunkt er, mit seinen Gaben, als Erfüller stand, so brauchen die Soldaten einen ‹Feind›, den Feind schlechtweg – sonst wären sie überflüssig. Sie hatten also alles Interesse daran, daß es solche Feinde gab, zu deren Bekämpfung man sie benötigte – mehr: deren Existenz ihre eigne nötig machte und hob. Mit dem äußern Feind war es nun nichts mehr – also suchte man sich einen im Innern. Die Reichswehr, die Sicherheitswehr, die Einwohnerwehren – sie waren pure Polizeitruppen (die übrigens ihren Zweck nur sehr unvollkommen erfüllten).

Nun lag die Sache für den altgedienten Unteroffizier, für den Offizier wirtschaftlich besonders ungünstig: sie hatten nichts weiter gelernt und konnten ihre Kenntnisse nirgends sonst verwerten. Angenommen etwa, daß ein Reichsgesetz die Versicherungsbranche auflöst, so sucht sich der kaufmännische Angestellte dieser Anstalten anderswo eine neue Position und findet sie; der Soldat ist völlig aufgeworfen und steht ziemlich wehrlos im harten Zivilleben.

Sie suchten also – wie menschlich ist das! – ihre militärische Stellung so lange wie möglich zu halten. Sie wollten das nicht missen: die Löhnung nicht, nicht die bunte Uniform, die ihnen im Familienkreis und bei den Mädchen doch immerhin noch ein gewisses Relief gab, nicht die stolze Stellung als ‹Vorgesetzter› im Dienst – sie brauchten das, um zu leben, weil sie kein andres Leben kannten und sich auch kein andres vorstellen konnten. Und das wollte man ihnen entreißen?

Sie malten die Bolschewisten an die Wand. Bei ihrer Gewohnheit, in jedem Zivilisten ein minderwertiges, ja feindliches Wesen zu sehen, wuchs ihr Mißtrauen gegen die Republik ins Maßlose. Sie hielten fest und treu zusammen. Wehr reihte sich an Wehr, Abwicklungsstelle an Abwicklungsstelle, und alle pflegten einen Geist, der ihnen die Fortdauer ad calendas Graecas verhieß: also den preußisch-konservativen. Im Grunde ihres Herzens waren sie alle unpolitisch: sie wollten sein. Und seis auch als Selbstzweck. Und sie fanden kaum Widerstand: in der Regierung Unterstützung, in der Presse fast ausnahmslos freundliche Nichtbeachtung ihrer Fehler, beim Bürgertum Hilfe.

Zwei Männer waren es besonders, die dieses gemeingefährliche Treiben förderten: Noske und Heine.

Der § 316 des deutschen Strafgesetzbuches (Fahrlässige Gefährdung eines Eisenbahntransportes) hat leider kein staatsrechtliches Gegenstück: wer als schläfriger Lokomotivführer einen Stadtbahnzug zur Entgleisung bringt, fliegt ins Gefängnis – bei einem Staat kommt das nicht so genau darauf an.

Noske gehorchte ausschließlich dem bürgerlichen Kommando:

«Die Augen links!» Er sah überhaupt nicht, was rechts vor sich ging. Sicherlich hat er einige kleine Verdienste um die Aufrechterhaltung der Ordnung – im großen ganzen hat er eine Schuld auf sich geladen, die ihn in jedem parlamentarisch regierten Staate vor einen Staatsgerichtshof brächte. Unter seiner Amtsführung geschah folgendes:

Die Truppen ließen sich die schlimmsten Übergriffe gegen die Bevölkerung zu schulden kommen – niemand wurde bestraft oder gar aus dem Heeresverband ausgestoßen. Offiziere mordeten ihre politischen Gegner und kamen so gut wie unbestraft davon. Noske vermochte nicht einmal, die neuen Abzeichen durchzusetzen, geschweige denn eine neue Gesinnung. Nichts wurde aufgelöst: die Reichswehr war viel stärker, als sie nach dem Friedensvertrage sein durfte. Der Kern des Rumpfheers bestand in den Abwicklungsstellen fort – Baths ‹*Einteilung und Standorte der Reichswehrtruppen*› füllt allein sechseinhalb engbedruckte Seiten mit diesen Stellen. Die lächerlichste Überorganisation benutzte Büros als Vorwand, den alten Offizieren ihre alten Stellen zu erhalten: da gab es ein Allgemeines Truppenamt und ein Heeresverwaltungsamt mit sechs Unterabteilungen – und das alles nicht etwa gegen einen äußern Feind, sondern ausschließlich gegen uns selbst und letzten Endes, damit Oberstleutnants und Majore und Obersten weiter Gehalt empfangen und eine gewichtige Stellung einnehmen konnten. Noske war in der Hand seines persönlichen Adjutanten, des Majors von Gilsa, eines Mannes, dessen Einfluß alle Kenner der Reichswehr für verderblich hielten. Zweimal, 1919 und 1920, wurde Kaisers Geburtstag in der Reichswehr offiziell feierlich begangen, ohne daß der Reichswehrminister dagegen einzuschreiten vermochte: er forderte, wie in allen Fällen, ‹Berichte› ein und wollte nichts davon wissen, daß er angelogen wurde.

Seine Haltung nach außen hin war würdelos. Er warf mit aufgeschnappten Redewendungen des Kaisers um sich, drohte, seinen früheren Arbeitskollegen «die Knochen zu zerschlagen», wenn sie etwa von ihrem Streikrecht Gebrauch machen wollten, beschimpfte jeden, der wagte, das Offizierkorps als unrein anzusprechen – dem gehörten aber Verbrecher an – und befand sich völlig im Bann der Militärs, geblendet durch den Glanz der Achselstücke: ein zweiter Bürger Schippel, der, einmal hochgekommen, den geborenen Bürger noch übertrumpft.

Ein ähnliches Kaliber war der feinsinnige Wolfgang Heine. Dieser Sozialist eigner Prägung verleugnete seine Herkunft aus einer alten preußischen Beamtenfamilie nie, und es war nur nicht einzusehen, warum er nicht die Landratskarriere eingeschlagen hatte. Unter seiner Ägide erstanden neue Titel, erstand auf Anregung Noskescher Offiziere die Sicherheitswehr, die neue Offiziersstellen eröffnete, und Wolfgang Heine sah nicht oder wollte nicht sehen, wie dieser ganze

Apparat eine einzige Verhöhnung der Republik war. Auch er stand in der Preußischen Landesversammlung seinen Mann: Mißgriffe leugnete er ab, oder er deckte sie, und seine Reden heute nachzulesen, ist ein wirklicher Genuß. Unter seiner Ägide wurde eine Zentralversorgungsstelle für Einwohnerwehren begründet: die Familie jedes Einwohnerwehrmannes, der bei Ausübung seines Wachtdienstes verunglückte, sollte jährlich sechstausend Mark erhalten. Man vergleiche damit die kümmerlichen Renten der Kriegsinvaliden. Was gingen Herrn Wolfgang Heine die Invaliden an!

Die Presse? Ihre Kritik an diesem Treiben? Noske war der ‹starke Mann›; er wurde gefeiert und durch dick und dünn gehalten. Rechts war man noch immer mißtrauisch – das Lustige war, daß den ehemaligen Arbeiterführern ihr Verrat nichts nützte, und daß alle ihre Konzessionen den Reaktionären noch nicht weit genug gingen. Das Bürgertum aber war mit geringen Ausnahmen auf ihrer Seite. Seine völlige Instinktlosigkeit hatte sich noch niemals besser dokumentiert als hier.

Die bürgerliche Presse duldete keinen Tadel an Noske. Sie ignorierte das ihr dargebrachte reichliche Material gegen diesen Reichsverderber, oder sie kannte es gar nicht. Mit ein paar leichten Scherzworten glitt man über die Schutzhaftschande, über die Verbrechen der Offiziere hinweg, um sich mit Wonne und Wutgeschrei gegen die ‹Kommunisten› zu stürzen. Da war der Leitartikler in seinem Element.

Die Mehrheitssozialdemokratie war geteilt: einige tapfere Organe im Reich wandten sich von Noske ab – das berliner Zentralorgan streichelte ihn manchmal leicht tadelnd, aber zu einer energischen Aktion konnte es sich nicht aufschwingen.

Sie alle haben bis zu allerletzt, bis zu jenem letzten Sonnabend, die Gefahr verkannt, und die letzten Leitartikel all dieser Blätter zeigen ihre glatte Blamage und ihre Unfähigkeit, in politischen Dingen weiter als bis um die nächste Ecke zu sehen. Einzig die *‹Berliner Volkszeitung›* hat von Anfang an, ununterbrochen, sechzehn Monate durch, tapfer Wacht gegen die Militaristen gehalten und hat, unermüdlich, immer und immer wieder, die klare Linie erkannt. Sie stand fast ganz allein.

Von radikalen Organen wurde die Regierung genugsam gewarnt. (Was wir dazu getan haben, steht an andrer Stelle aufgereiht.) Die Regierung schlief.

Das Verderben brach herein. Den äußern Anstoß gaben, wie nicht anders zu erwarten, die Baltikumer.

Die Offiziere und Mannschaften, die sich da in Kurland zur Verteidigung der bolschewistenbedrohten Heimat (und ihrer Dienststellung) zusammengefunden hatten, bildeten eine schwere Gefahr für die Republik. Noske wurde gewarnt. Man veröffentlichte Material, aus dem hervorging, wie diese Truppen offenen Monarchismus betrieben, wie sie räuberten, plünderten, die weibliche Bevölkerung infizierten — die Regierung schlief.

Das Verderben brach herein. Wenn diese Zeilen erscheinen, werden ja die rechtsstehenden Parteien längst erklärt haben, daß sie mit diesem Putsch nicht das mindeste zu tun hätten. Sie sind seine geistigen Väter.

Die nationalen Parteien haben dauernd gegen die Republik gehetzt und das Militär verherrlicht, ja, es als ultimum refugium hingestellt. (Das war es auch: aber peccatorum.) Eine Erörterung der Kriegsschuld hat durch die alte Regierung nie stattgefunden — als Mitschuldige hatten diese von der Straße heraufgekommenen Minister allen Grund, sich darüber auszuschweigen. Das fürchterliche Leiden des deutschen Volkes im Kriege unter seinen eignen größenwahnsinnig gewordenen Landsleuten, das Leiden des gemeinen Soldaten — das wurde verschwiegen. (Töricht genug: hier ist der Keim einer ganz großen Volksbewegung, hier der Angelpunkt für eine wahrhafte Demokratie.) Aber so, wie man sich niemals getraut hatte, die Wehrpflicht gesetzlich abzuschaffen, so schwieg man sich auch über die geistige Struktur der preußischen Pest aus — das Militär war tabu. Und solange diese alten Offiziere mit ihren Epauletten herumliefen und vier Jahre Diebstahl, Unterschlagung, Schlemmerei und Unterdrückung vergessen machen wollten —: so lange war an eine Demokratie nicht zu denken. Wohl aber an eine gefährliche Stärkung der Reaktion.

Wie sich diese Generalstabsgehirne die Welt vorstellten, haben wir alle schaudernd erlebt. Die kindliche Regiererei des Herrn Kapp hat gezeigt, was Deutschland von einem Ludendorff zu erwarten gehabt hätte. (Der Zusammenhang Ludendorffs mit dem Hochverrat ist unwiderleglich geklärt. Der Herr General läuft in Berlin frei herum. Und Leviné?) Die alten vergilbten Mittelchen wurden hervorgeholt: W. T. B. mußte, was ihm nicht schwer fiel, Lügen verbreiten — auch in diesem Amt hatte niemals eine demokratische Reinigung stattgefunden — und W. T. B. verbreitete, Kapp wolle die gesamte Kriegsanleihe zurückzahlen; er veröffentlichte einen Ukas, wonach er das für die Juden bestimmte Mehl zur Herstellung von Ostergebäck unter die Arbeiter verteilen wollte — und ein Befehl: «Wer . . ., wird erschossen» fehlte gleichfalls nicht. Kurz: preußischer Generalstab.

Die Soldaten fuhren in ihren Lastautos durch die Stadt und waren treu. Wem — davon stand nichts in den Kriegsartikeln. Aber treu waren sie, mit jener stumpfsinnigen Treue, die um ihrer selbst willen da ist, ohne sich um den Herrn zu kümmern, dem zu dienen ist. (Ja, nach Schluß der Operette sah man auf den Panzerautos die Aufschrift: «Wir stehen hinter der Regierung Ebert-Bauer» — aber zum Glück war das mit Kreide angemalt und leicht wegzulöschen. Es war eine auswechselbare Treue. Und die Pointe schließlich bildete, daß in den allerletzten Tagen jene Aufschrift, auch auf den Stahlhelmen, durch ein Fragezeichen ersetzt wurde – das Loreley-Regiment: Ich weiß nicht, was soll es bedeuten.)

Der erwartete Jubel der Bürgerschaft blieb aus. Keine Jungfrauen schwenkten Tücher, kein Blumenregen, nichts. Die *‹Deutsche Tageszeitung›* stellte sich selbstverständlich den Verschwörern zur Verfügung – bis zum dritten Tage; dann verließ diese Ratte das sinkende Schiff. Herr Johannes W. Harnisch vom *‹Berliner Lokalanzeiger›* hielt länger durch. Die anderen warteten ab. (Daß sie, wenn Kapp Erfolg gehabt hätte, fast alle umgefallen wären, braucht wohl nicht erst gesagt zu werden.) Mit Freuden funktionierte die Technische Nothilfe. Die Lehrer in den Schulen trieben die Schüler dieser Streikbrecherorganisation zu. Die Einwohnerwehr, unpolitisch, wie sie sich hatte, stellte gleichfalls Posten – sie benahm sich, im Gegensatz zu den eingerückten Soldaten, herausfordernd. In Eisenhelmen liefen die als Landsknechte verkleideten Kommis umher und freuten sich, daß ihnen die ganze Straße ehrfürchtig nachsah, und wenn sie gar vor einem richtigen Offizier stramm stehen durften, so schlug ihr Herz. Auch sie wird selbstverständlich aufgelöst werden müssen.

Der Streik setzte ein. Es muß gesagt werden, daß die Demokraten die schwere Schuld, die sie durch Duldung der Vorbereitung eines solchen Putsches auf sich geladen haben, in den drei kritischen Tagen wettzumachen suchten. Sie hielten mit den Arbeitern zusammen und verweigerten der Regierung Kapp die Gefolgschaft. Die Reaktionäre verhielten sich feige abwartend.

Die große Masse der Bürger blieb auch diesmal indolent. Soweit sie nicht organisiert waren, und soweit nicht die Angestellten- und Beamten-Verbände den Streik aufrecht erhielten, dominierte der Spießer, den es ärgerte, daß die 54 nicht ins Geschäft fuhr, und daß die gewohnte Morgenzeitung ausblieb. Die Frage, wer ‹da oben› regiere, interessierte ihn wenig.

Als es nicht mehr ging, flohen Kapp und Lüttwitz, so wie Wilhelm geflohen war und Ludendorff und Noske. Und nun?

Und nun wird ganze Arbeit gemacht werden müssen. Die Forderungen, die man der Regierung abgerungen hat, sehen auf dem Papier ganz nett aus – wichtig ist, wie und von wem sie durchgesetzt werden. Und wichtig ist vor allem eines:

Es muß einmal allen – Politikern, Publizisten und Soldaten – gezeigt werden, daß man nicht ungestraft aufs falsche Pferd setzt. Es muß einmal Gesinnung richtig gewertet werden. Bei uns ist das so: der Monarchist plustert sich auf und bekämpft die Republik; der Offizier verteidigt seinen Posten gegen die Zivilisten; der Publizist prophezeit, und dem Publikum genügts, daß einer überhaupt prophezeit – richtig brauchts nicht zu sein. Hier muß ein Ende gemacht werden. Hier muß einmal gezeigt werden, daß es auch praktische Folgen hat, wenn man in einer demokratischen Republik monarchistisch, militaristisch, nationalistisch agitiert. Diese Männer müssen entfernt werden.

Glückt wieder nur eine Schein-Reorganisation, so haben wir dasselbe in mehr oder minder kurzer Zeit noch einmal – aber dann erfolgreicher. Keiner kommt bei uns auf den Gedanken, daß Politik auch in die engsten Verbände, in die Kommunen, in die kleinen Ämter, in die Kasernen greifen dürfe. Aber grade dahin muß sie greifen. Es geht unter keinen Umständen an, daß alle, die an diesem Hochverrat teilgenommen haben, nun einfach, da er mißlungen ist, ruhig nach Hause gehen. «Du! du! wenn du noch einmal einen Hochverrat begehst, dann bekommst du einen Tadelstrich!» Wenn dieses Offizierkorps es schon mit seiner sogenannten Ehre vereinbaren kann, von der Republik Geld zu nehmen und sie dann doch zu bekämpfen –: wir könnens nicht mehr.

Wir brauchen unser Geld zu notwendig, um es mit vollen Händen als Arbeitslosenunterstützung für unnütze Truppen herauszuwerfen. (Sie nennens Sold.) Wir können uns den Luxus dieses großen militärischen Apparats als Selbstzweck und reaktionäre Polizeitruppe nicht mehr leisten. Hier muß Ordnung geschaffen werden.

Es muß Publizisten, die dauernd daneben raten, die Berechtigung abgesprochen werden, noch ernstlich mitzureden. Verpflichtet denn bei uns eine Ansicht zu gar nichts mehr? Alle tragen die Verantwortung, die schwere Verantwortung – und wenns zum Klappen kommt, dann laufen sie weg oder haben es anders gemeint oder haben nichts gesagt ... und beginnen morgen von vorn. Keiner tritt ab – es sind noch immer alle, alle da.

Wenn einer heute noch glaubt, daß Menschentöten im Kriege kein Mord ist, daß Waffen Argumente sind: wenn einer heute noch meint, eine Kaste – die Militärs – dürfe, mit besonderen Gerichten, Ehrenanschauungen, Lebensbedingungen versehen, als Staat im Staate das eigne Volk schädigen, so soll ihm diese Meinung unbenommen sein. Aber die Republik hat die verfluchte Pflicht und Schuldigkeit, diese Männer aus ihren Ämtern und Betrieben herauszusetzen – und die Presseleser täten gut, ihren blamierten Führern nicht mehr zu glauben. Das geht nicht an: vorgestern für den Krieg zu sein und gestern für die Republik und heute für Noske und morgen für Reorganisation. Meinungen verpflichten. Das ist hart und unbequem – aber sauber. Und Presseschreiber, die die jeweils moderne Meinung tragen, sind keine Führer des Volkes. Glaubt ihnen nicht.

Hier muß ganze Arbeit getan werden.

Entfernung der konservativen Preußenoffiziere aus der Reichswehr.

Sofortige Aufhebung der Militärgerichtsbarkeit. Verwandlung der Reichswehr in eine zuverlässige Volksmiliz. Und vor allem: Aufklärung von Staats wegen.

Aufklärung darüber, daß ein Offizier auch nur ein Mensch ist, und vielfach nicht einmal der beste. Aufklärung darüber, daß der Offizier, genau wie jeder andre Staatsbürger, den Gesetzen unterworfen ist, daß Hochverräter nicht immer Ballonmützen und rote Schlipse tragen, und daß rohe Gewalt auch dann zu verachten ist, wenn sie sich militärisch kostümiert. Ihr liebt noch alle zu sehr das Tempelhofer Feld, mit einer stillen, unterirdischen, unausrottbaren Liebe. Man muß sie ausrotten.

Aufhebung der Technischen Nothilfe. Auflösung sämtlicher Einwohnerwehren. Nicht etwa: Umwandlung. Wir kennen das: dann wird ‹gemeldet›, daß hieramts alles republikanisch sei, und es wird nichts geändert. Hier muß ganz bis zu Ende gegangen werden – eher bekommen wir keine Ruhe.

Aufklärung der Öffentlichkeit darüber, wie sehr die ‹nationalen› Parteien an diesem unabsehbaren Unglück die Schuld getragen haben. Aufklärung über die Schuld der reaktionären Offiziere und Beamten.

Und vor allem, vor allem: Reorganisation der Schule. Da steckt das Unheil, da die zukünftige Generation, da unsre Hoffnung und unsre Furcht. Den Kindern muß – nicht Parteipolitik –: demokratische Gesinnung eingepflanzt werden. Politik gehört in die Schule, hat immer hineingehört, solange sie monarchistisch gefärbt war. Pensioniert lieber nationale Lehrkräfte mit vollem Gehalt, als daß ihr die Kinder noch einmal zu einer Generation werden laßt, die, wie die von 1914, ein Blutbad bejubelt.

Wenn die Republik Deutschland, erweckt durch den Militärputsch, *das* nachholt, was sie im November 1918 versäumt hat: dann ist er nicht umsonst gewesen.

Gegen eine Reorganisation der großen Ämter wird niemand etwas einwenden. Der Widerstand der kleinen Gruppen und Kollektivitäten – bis zur Familie herunter – wird stark sein. Brecht ihn. Wir haben keine Revolution gehabt. Macht eine.

ABSCHIED VON NOSKE

Da gehst Du hin und singst nicht mehr.
Wir haben oft von Dir gesungen,
hell hat hier unser Lied geklungen.
Es ist uns stets vorbeigelungen:
Du bliebst und ruiniertest uns noch mehr.
Jetzt gehst Du hin und singst nicht mehr.

Du warst der Bürger starker Mann.
Du schliefst, indes die Adjutanten,
die den Proleten rasch erkannten,
die Trupps für ihren Zweck verwandten —
Landauer, Liebknecht! was lag Dir daran!
Du warst der Bürger starker Mann.

Du gehst. Koch Dir Kamillentee.
Und denk im Käppchen Du an Kappen.
Einst fuhrst Du mit den Landsknechtsknappen.
Jetzt hältst Du es mit Schusters Rappen —
vorbei Importen und Gesangssoiree . . .
Du gehst. Koch Dir Kamillentee.

Gehst Du? Noch ist Dein Ungeist da.
Noch wollen alle sies nicht wissen:
Wir bleiben tief in Kümmernissen,
bis wir das Achselstück zerrissen.
Wie lange noch Tatü-tata?
Du gingst. Und bist noch immer da.

NAMENSÄNDERUNG

Ich darf nun wieder Theo Tiger heißen.
Die Maske fällt: kein nürenberger Kind
bin ich — laßt mich in Menschen beißen,
die gut genug zu meiner Fütterung sind.

Die Politik hat ihre Frühjahrsmoden.
Zur Zeit trägt man sich demokratisch — nicht zu knapp.
Man steht im Dress auf jenem Hängeboden
der Wirklichkeit und weiß nichts mehr von Kapp.

Der Tiger knurrt. Er spuckt die Emballage
der Opfer gähnend in sein Raubtierhaus.
Er sieht den Knaben gern in die Visage
und zieht sie alle splitternackend aus.

Nackt will ich sie. So kann ich sie verdauen.
Nackt will ich sie. Ich pfeif auf Uniform.
Nackt will ich Militärs und Kinofrauen —
ich weiß: die Tünche lügt enorm.

Sieh den Professor an! Er gibt sich fachlich
und spricht von Ramses und vom Erbschaftsstreit
und täglich infiltriert er, scheinbar sachlich,
den jungen Herrn die alte Kaiserzeit.

Sieh die Beamten! Sieh die Landratsbande!
Sie tun nur so. Dreht sich einmal das Rad?
Nackt will ich sie. Dann lieg ich still im Sande
und wünsche träumend diesem deutschen Lande . . .
Da knirscht die Tür.
Ich werde niemals satt.

EIN MÄDCHENTAGEBUCH

Wenn wir unsrer Kusine oder unsrer ältern Schwester nur ein Mal jenes braune Lederbuch hätten klauen können, mit dem sie sich immer so geheimnisvoll tat! Was mochte da alles drin sein? Liebesgeschichten? All jene unheimlichen Dinge, die wir von den Mädchen wußten und doch nicht wußten? Es war furchtbar aufregend – aber das Ding war immer gut verschlossen, wir kamen nie heran.

Nun kommen wir doch einmal heran. Der Internationale Psychoanalytische Verlag in Wien hat das *‹Tagebuch eines halbwüchsigen Mädchens›* (ohne Angabe des Verfassers oder der Herausgeberin) ediert, und alles, was ein junges Bürgermädchen aus guter wiener Familie zwischen elf und vierzehneinhalb Jahren erlebt, ist hier von ihr selbst aufgezeichnet. Und was ist das –?

Professor Freud hat sich in der Vorrede zu dem Buch geäußert. Mir ist an diesem großen Gelehrten immer jenes Wort am sympathischsten gewesen, das er einmal von seinen Schülern gesagt haben soll. «Oh daß sie alle nur *einen* Hintern hätten –!» Wirklich: Oh daß sie . . .! Sie haben aber leider jeder einen, und auf dem sitzen sie und schreiben Bände und Bände und tragen ihrerseits zu einer lächerlichen Überschätzung der Sexualität bei, die uns grade noch gefehlt hat.

Also, was das kleine Mädchen da aufgemalt hat, ist sehr interessant. Es zeigt doch, wie ein Kind denkt, es zeigt, wie es die Dinge auffaßt, und es zeigt, wie man ein Kind erziehen und vor allem: wie man es nicht erziehen soll. Fast immer, wenn es ratlos ist, hat einer einen pädagogischen Fehler gemacht, über den es in seiner Unschuld schwer hinwegkommt.

Daß Kinderjahre nicht immer glücklich, nicht immer leicht und kummerlos sind, haben wir gewußt. Es ist töricht, anzunehmen, Sorgen über zerbrochene Puppenköpfe schmerzten nicht so wie die Sehnsucht nach einer ausgerissenen Geliebten. Das ist nur in der Art verschieden – in der Intensität gewiß nicht. Das zeigt sich auch hier.

Ja, und das Geschlechtliche ... Die Psychoanalytiker, die an keiner Tischkante vorbeigehen können, ohne in ihr einen verkappten Phallus zu vermuten, werden ja nun aus dieser Fundgrube mit großen Kochlöffeln schöpfen. Ich habe ganz etwas andres gesehen. (Wenn ich von einer unerhörten Stelle absehe, wo das Kind schildert, wie es zum unfreiwilligen Zeugen einer ausführlichen Liebesszene wird.) Ich sah dies:

Je größer durch Erziehung und Tradition die Spannung zwischen den Geschlechtern wird, desto größer wird eine aufgeblasene Sexualromantik, auf der die Neurosen nur so blühen. Wenn da das leiseste Malheur passiert, ist so ein Menschenkind für sein ganzes Leben unglücklich, und der Ehemann muß es ausbaden: die unverstandene Frau. Man lese einmal nach, zu welch aberwitzigen Vorstellungen die Worte ‹geschlechtskrank› und ‹Folgen haben› anschwellen. Das wimmelt von Komplexen und Assoziationen und andern schönen Dingen, aber die Unbefangenheit ist dahin.

Ich bin ein altmodischer Hund und glaube, daß man seinen Kindern den größten Segen erweist, wenn man sie ruhig und vernünftig über den zugefrorenen Bodensee der Sexualität hinüberführt. Sie mögen nachher wissen, worüber sie gegangen sind. Ob und wann man sie aufklärt – darüber läßt sich reden. Worüber sich aber nicht reden läßt, das ist: daß man sie in einer Gespensterfurcht vor der Fortpflanzung hält, tuschelnd das ‹grause Geheimnis› verschleiert und ihnen vielleicht eine lebenslange Angst und Zwangsvorstellung aufpflanzt.

Dies kleine Tagebuch ist eine Warnung für alle Mütter und solche, die es werden wollen. Lests –!

AN DEN DEUTSCHEN MOND

Guter Mond, du gehst so stille
Durch die Abendwolken hin!
Siehst die lange Äppelzille
Und die Venuspriesterin.
    Siehst Passanten und die Bummler
    Und die bösen Geldscheinschummler ...
        Bist das alles schon gewohnt,
        Guter Mond, guter Mond –!

Segelst langsam ob den Dächern,
Siehst in Fenster und Büros,
Wo die Akten in den Fächern
Flüstern: «Wir sind Nosken los!»

Siehst in Fenster der Kasernen,
Wo sie Schwarz-Rot-Gold entfernen ...
Bist das alles schon gewohnt,
Guter Mond, guter Mond –!

Kugelst dich am Firmamente
Über unsre große Stadt,
Siehst die dicke, schwere Rente,
Die der Ludendorff noch hat.
Siehst auch nächstens, wenn es später,
Manche freien Hochverräter ...
Bist das alles schon gewohnt,
Guter Mond, guter Mond –!

Aber käme plötzlich einer,
Der trotz Lärmen und Gezisch
Schlüge – wie noch leider keiner –
Mit der Faust auf unsern Tisch –
Sagt der: «Militär kann gehen!»
Ei, dann bliebst du sicher stehen!
Denn das bist du nicht gewohnt,
Guter Mond, guter Mond –!

EINE AUSNAHME

Die Gerechtigkeit gebietet, mitzuteilen, daß es auch anständig denkende Offiziere gibt. (Nur haben sie in der Reichswehr wenig zu sagen.)

Herr A. v. Wrochem, Hauptmann im ehemaligen 2. Garderegiment zu Fuß, hat im Zentralverlag Berlin eine kleine Schrift herausgegeben, die er *‹Offiziersehre›* benennt, und in der endlich einmal den deutschen Offizieren von einem Kameraden das gesagt wird, was zu sagen verdammt not tut und was hier hundertmal, von uns anderen gesagt, gestanden hat. (Einen kleinen Auszug aus dem Büchlein hat die *‹Berliner Volkszeitung›* bereits gebracht.)

Die Schrift stellt unwiderleglich fest: Das deutsche Offizierkorps ist zu seinem größten Teil zur Republik aus Gründen der Daumenbewegung übergelaufen. Wo das Gehalt – da das Vaterland! Das deutsche Offizierkorps hat sich auf den oft zitierten ‹Boden der Tatsachen› gestellt, es hat sich der Republik zur Verfügung gestellt – und es hat im selben Atemzuge, mit dem es die Gehaltssumme quittierte, Propaganda gegen eben diese demokratische Republik getrieben, um sie mit den ihm anvertrauten Waffen zu vernichten. Dieser

Versuch ist – dieses Mal noch – mißlungen. Das deutsche Offizierkorps hat auch nach diesem mißglückten Hochverrat den traurigen Mut, sich wiederum dem Volke anzubieten; – zu diesem Zweck hat irgendein Hohlkopf das Wort ‹Einheitsfront› erfunden, bei dem man sich alles und nichts denken kann. Einheitsfront? Gegen wen? Gegen die eigenen Volksgenossen! Gegen alles, was die Herren ‹Bolschewisten› zu nennen belieben – und darunter verstehen sie alle Sozialisten und Demokraten, bis tief, tief in die Rechte hinein.

Das steht in dem Heftchen zu lesen. Endlich einmal einer, der den Offizieren das Wort an den Kopf schleudert, das dahin gehört: Eidbrecher! Und doppelt schwer wiegt das Wort, weil es ein ehemaliger Offizier spricht.

Die Schrift ist von einem so ehrlichen Bestreben durchdrungen, die Zeit und das Volk zu verstehen, sie ist von einer so großen und reinen Uneigennützigkeit erfüllt, sie ist so selten in der Gesinnung, daß wir sie nur jedem empfehlen können. Der Hauptmann v. Wrochem reißt den Herren die Etiketten herunter, mit denen sie sich beklebt haben und nennt eine Katze eine Katze und einen feilen Verräter einen Verräter. Das tut wohl.

Und er fordert Gericht. Ob wir das erleben werden, steht dahin. Nicht aber darf dies dahin stehen, daß wir, Mann für Mann, solche anständigen Bestrebungen unterstützen müssen, nicht obgleich, sondern weil sie von einem rechtlich denkenden Offizier stammen. Das auf dem Boden der Tatsachen herumtaumelnde Offizierkorps wird diesen da einen abtrünnigen schelten. Er ist eine rühmliche Ausnahme.

Mit solchen Leuten, mit solchen Charakteren müßte eine neue, eine andere Reichswehr aufgebaut werden!

MILITÄRBILANZ

Im kapitalistischen Zeitalter erfüllt der Produzent nicht mehr die Bedürfnisse: er versucht, Bedürfnisse zu erregen, und ist stets geneigt, viel eher der Wirklichkeit als sich selbst die Existenzberechtigung abzusprechen. Schnell entschwindet wohl ein Bedürfnis; aber es dauert lange, ehe eine kapitalistische Institution zerfällt. Sie verteidigt sich und steht unerschütterlich – aus keinem andern Grunde, als weil sie nun einmal da ist.

Das preußische Heer, unter der ehemals armen Dynastie der Hohenzollern begründet, war die Stütze der Monarchie. Friedrich der Zweite konnte seine Offiziere (genau wie seine Beamten) nicht so bezahlen, daß nicht jeder Privatmann imstande gewesen wäre, sie ihm durch

Überbietung aus dem Staatsverbande herauszuholen. Was er ihnen an Gehalt nicht zu bieten vermochte, gab er ihnen an Geltung im Gesellschaftskörper: der Offizier (und in zweiter Reihe der höhere Staatsbeamte) war durch Machtspruch des Königs, der das damals noch durchzusetzen fähig war, der erste Mann nicht nur im Staate, sondern, was dem einzelnen mitunter wichtiger war, im gesellschaftlichen Leben. Titel und Rangordnung – von den Orden ganz zu schweigen – gaben in tausenderlei Äußerlichkeiten des täglichen Lebens den Ausschlag; der Offizier kam leichter als der Zivilist durch Torwache und Büroschwierigkeiten, er dominierte bei Damenwahl und bei Pferderennen, und gesellschaftliche Schranken nach oben hin waren für ihn kaum gezogen.

Was ursprünglich Mittel einer verarmten Dynastie gewesen war, wurde langsam Selbstzweck. Eine klassenbewußte Kaste stabilisierte, was sie immer getan, ihre eignen notwendigen Voraussetzungen wie Erzblöcke, die von Anfang an dagewesen und dem gesamten Menschengeschlecht eigentümlich seien. Das wurde Gesetz, Lebensregel und Weltfundament: die grausam kastenhafte und scharfe Trennung von Leuten in verschiedenen Ämtern, der unerschütterliche Glaube an die endgültige Richtigkeit einer behördlichen Beförderung, der Glaube, daß man überhaupt einen Menschen ‹befördern› könne, also den Supernumerar Wartenburg in den Obersupernumerar Wartenburg und demzufolge in einen gänzlich neuen Menschen verwandeln könne – neben dem dienstlichen gab es kein privates, menschliches, geselliges Leben. Es gab nichts über den Kasten.

Ringsum demokratisierte sich eine Welt. Alt-Preußen blieb. Alt-Preußen blieb auch noch, als der Kapitalismus langsam und unaufhaltsam seine dünnen Saugfäden an diese alte Eiche legte. Der Französisch-Deutsche Krieg stellt so etwas wie einen Höhepunkt der friderizianischen Entwicklung dar, dann ging es rasch abwärts. Mit Neid sah der junkerliche Garde-Offizier, daß sein exmittierter Kamerad eine reiche Bürgerliche heiratete (die zwar noch nicht voll gesellschaftsfähig war) und glatt durchs Leben schwamm; unruhig und ärgerlich sah der östliche Großgrundbesitz, daß ihm im Westen des Reiches eine starke Konkurrenz beim Kampf um den Vorrang: in der Schwerindustrie, im Kaufmann entstand. Vom verächtlichen Spott über den Pfeffersack und ‹Koofmich› bis zu einer widerwilligen Anerkennung war nicht weit; die Anbetung folgte, weil auf die Dauer wirtschaftliche Gesetze stärker sind als Klassenvorurteile.

Das alte friderizianische System war etwas Menschenunwürdiges gewesen; aber es hatte doch auch, einseitig und verbissen, einige Tugenden großgezüchtet.

Die Sünden waren größer. Der gemeine Mann im Heer galt gar nichts: seine Pflege ließ man sich nur angelegen sein, um brauchbares

Material für militärische Unternehmungen zu haben – daß er auch geistige oder gar menschliche Bedürfnisse habe, wurde hier und da in Anekdoten lächelnd vermerkt. Das Blätterdach dieses Giftbaumes überschattete ein ganzes Volk, als die allgemeine Wehrpflicht eingeführt wurde: willig und gehorsam duckte sich die Nation unter das bunte Joch, umso williger, als man dem Teile der Bevölkerung, den die Behörden als gebildet abgestempelt hatten, das Allerschlimmste ersparte und ihm die Möglichkeit einer raschen Beförderung gab. Die Folgen waren fürchterlich: war bisher dem Bürgertum das Heer als ein teils lästiger, teils bewunderter Fremdkörper erschienen, so eignete man sich jetzt bis tief in die Familien hinein – besonders die Frauen wirkten kräftig mit – eine Anschauungsweise an, die in allen Dingen den äußern Erfolg über den innern stellte, die Titelbezeichnung verherrlichte und im übrigen den Vorrang nur dem gab, der ihn sichtbar auf den Kleidern trug. Niemand war nach einer Beförderung genötigt, seine moralische Kraft und Eignung zu ihr dauernd darzutun: er war einmal Oberstleutnant – und damit fertig. Schwer war es nicht, es zu sein – schwer war, es zu werden. Kein Mittel blieb da unbenutzt: konnte man sich Rang und entsprechend höheres Einkommen nur durch Servilität nach oben und Menschenverachtung nach unten hin erwerben, so tat man es; auch hätte man sich, preußisch eingeengt, in einer Weltordnung nicht mehr zurecht gefunden, die dem Betitelten gar keinen Schutz verlieh, die dem Mann überlassen hätte, sich seine Stellung täglich und stündlich im Leben neu zu erkämpfen. Es gab nur zweierlei: Sklaven und Sklavenhalter, Gefangene und Gefangenenwärter, Vorgesetzte und Untergebene. Wies die Vorgesetztenschaft auch vielerlei Abstufungen auf, so schied sich doch das ganze Volk deutlich in zwei Kasten: in Mannschaften und in Offiziere, und das galt auch für die Beamten. Eine Kluft, nicht zu überbrücken, eine Kluft, nicht zu überspringen. Das Gesicht, mit dem ein höherer Offizier das Essen seiner Leute probierte, war nur noch mit dem eines Schafzüchters zu vergleichen, der den grünen Klee durch seine Finger rinnen läßt. Das ging so weit, daß – im Frieden – ein fremder Offizier den deutschen Achselstückträgern näher stand als die eignen Muschkoten.

Demgegenüber also bestanden bis zum Eindringen des Kapitalismus in das friderizianische System unleugbar eine Reihe von Tugenden. Sie waren teuer erkauft, aber sie waren immerhin da. Unbedingter Gehorsam, Sparsamkeit, Unbestechlichkeit, Reinheit in der einmal adaptierten Gesinnung – das alles nicht durch den Intellekt hindurchgegangen, das alles bis zum Stumpfsinn übersteigert, ein meist hirnloses Spartanertum.

Die Gründerjahre räumten damit auf. Was übrig blieb, war etwas ganz Scheußliches. Das alte Ornament, die alte Vorstellungsform waren geblieben, der Inhalt völlig verändert. Der Inhalt: absolutes

Vorherrschen des Geldes, Karrierejagd des Gehaltes wegen, Militär als Zuflucht für Söhne repräsentativer Familien, die sich beim besten Willen zu nichts anderm eigneten, Menschenverachtung den eigenen Volksgenossen gegenüber, Landsknechttum in der Kollektivität, Individuen des neunzehnten Jahrhunderts im einzelnen. Die Form: die alten Embleme, die alten Ornamente, Sprachbilder aus der Zeit Huttens, kostümierte Kanoniere der faulen Grete, die eine Siebenzentimeter-Mörserbatterie bedienten — Landsknechttum der Kollektivität.

Der Krieg brachte die scheinbare Erfüllung dieser Welt. Sie jubelte auf, als er ausbrach, aber sie wußte nicht, daß dieser rauschende Marsch ihr Finale werden sollte. Es war wie in der Oper: Alle traten noch einmal auf, alle schrieen, Fanfarenbläser und Trommelwirbel … Der Vorhang fiel.

Die Revolution vom neunten November war keine. Dem unerhörten Mißbrauch einer absolutistischen Kommandogewalt folgte keinerlei Abrechnung. Offiziere und Beamte gingen straffrei aus. Sie waren einmal klein: am zehnten November. Sie hielten den Atem an. Nichts geschah. Aus Gummi, wie sie waren, schnellten sie alsbald wieder hoch, breiteten sich aus und waren überhaupt da. Das nunmehr regierende Bürgertum und die Sozialisten, die ihnen keineswegs — nicht an aalglattem Intellekt und nicht an Umgangsformen — gewachsen waren, ahnten die Gefahr nicht, vermeinten, man könnte sich eines Nessushemdes gegen die Kälte bedienen, und stützten das Militär und stützten die Offiziere. Unfähig, sich eine andre Ordnung als die der Bajonette vorzustellen, unfähig, durch die Uniform hindurchzusehen, wetteiferte Bürgerschaft und ein Teil irregeleiteter Sozialisten, die vollziehende politische Gewalt in die Hände der alten Offiziere zu legen. Die hatten sich der Regierung zur Verfügung gestellt — so nannten sie ihren Verrat an ihrem alten Eide; sie waren fast alle gesonnen, das ihnen geliehene Schwert gegen den Geber zu schärfen. Es ist Gesinnungslumperei, daß die Herren des alten Regimes vom neuen zu seiner Bekämpfung Geld nehmen. Die Regierung, die keinen Augenblick den Versuch gemacht hatte, den Eintritt einer neuen Geistesrichtung auch nur anzukündigen, versank den Militärs gegenüber in Lethargie, sie wurde gewarnt, hörte nicht, und am dreizehnten März 1920 traf sie ihr wohlverdientes Schicksal.

Mühsam zusammengerafft, von ehrlichen Demokraten die Krisis hindurch gehalten, befleißigt sie sich nunmehr derselben Gangart und wird unrettbar auf legalem Wege oder durch den Putsch wiederum überrannt werden. Aber dann mit Erfolg.

Ein paar Zusammenkünfte mit Regierungsmitgliedern und ihren Freunden haben mich überzeugt, daß diese Männer überhaupt keine oppositionellen Zeitungen mehr lesen (es sei denn, um gegen sie einzuschreiten), daß sie jede Fühlung mit den unruhig quirlenden Massen verloren haben, und daß sie mit ganz andern als sachlichen Dingen beschäftigt sind. Es bewegt sie die Frage der Kompetenzen; es beschäftigt sie das Problem einer Stellenbesetzung, die Parteiklüngel und Beamtenschaft nicht vor den Kopf stößt; ein Apparat hält sie völlig gefangen, der um seiner selbst willen da ist, und bei dessen Schnurren keiner mehr nach Ziel und Zweck fragt. Die Menschenunkenntnis, die dabei entwickelt wird, ist stupend: kaum ist es dem ununterbrochenen Eifer der Opposition gelungen, einen gefährlichen Mann von seinem Posten zu drängen, so wird er drei Tage später auf einem entferntern wieder sichtbar. Wir blicken uns um und stellen fest:

Die alten Abzeichen und Titel des kaiserlichen Heers sind erhalten (gleichgültig für einen Bürgerlichen, wichtig für einen Offizier, dem sie Symbol und Inhalt zugleich sind). Die Kadettenanstalten, Brutstätten einer menschenverachtenden Weltanschauung, sind geschlossen und werden als ‹Reichsbildungsanstalten› im alten Geiste mit dem alten Personal neu eröffnet. Die machtlose Regierung traut sich nicht, gegen die Hochverräter des Kapp-Putsches einzuschreiten: die Führer, Ludendorff an der Spitze, sind entkommen, oder, wie Ehrhardt, in Freiheit. Am zweiundzwanzigsten März 1920 wagt ein Herr Krull, Angehöriger der hochverräterischen Eisernen Division, einem Steglitzer, in dessen Wohnung ein treugebliebener Unteroffizier wohnt, eine Drohung mit der Anzeige wegen Beihilfe zur Fahnenflucht ins Haus zu schicken. In Mecklenburg-Schwerin wird dem Oberst Lange, der gegen Lettow-Vorbeck treu zur Regierung stand, Schwierigkeit auf Schwierigkeit gemacht; die alten Generale, unsichere Kantonisten, sind im Amt und bleiben im Amt. Die besondere Zulage für die Hochverräter wird, laut einer Verfügung des Wehrkreiskommandos III vom neunzehnten März 1920, weiter bezahlt. Der verfassungstreue Soldat wird nicht wieder in die Reichswehr eingestellt; das Versprechen des Reichswehrministers, sie zu säubern, wird so erfüllt, daß man nach wie vor die Republikaner herausdrängt und die alten Offiziere beläßt. (In Mecklenburg: Generalmajor Weber, Generalmajor Ribbentrop, Major Sydow.) Trotz dem Einspruch des energischen und anständig gesinnten Zivilkommissars Grzesinski bleiben die Generale Schoeler und Loßberg in Kassel und im Amt. Oberst Wangenheim, ein Hochverräter, wird verhaftet und auf Veranlassung eines Kameraden wieder freigelassen. Regierungstreue und daher entlassene Soldaten des Pionierbataillons 15, Lager Zossen, dürfen ihr Lager nicht mehr betreten, weil der Kommandeur, Major von Sommerfeld, das nicht wünscht. Der Kaufmann Katz wird in Westfalen aus dem D-Zug heraus von Reichswehrsoldaten der Brigade Epp ohne Angabe von Gründen verhaftet. («Herr Leutnant, hier ist ein Jud!») Baltikumsoldaten überfallen in

Finkenkrug eine Hochzeit und beschießen ein Haus mit Maschinengewehren. Der Major von Engelbrechten aus dem Reichswehrinfanterieregiment 110 in Bremen verbietet den Beitritt zum Republikanischen Führerbund. In Ostpreußen sind sämtliche hochverräterischen Offiziere nach wie vor bei der Truppe. In Potsdam desgleichen (Major von Rohrscheidt, Major von Körner, General von Hülsen, Major von Hedderich). In Wilhelmshaven werden aufrührerische Offiziere, die man verhaftet hatte, wieder freigelassen, und zwar auf Grund einer Verfügung der trotz allem noch bestehenden Militärjustiz. In Kremmen verhaftet ein Kommando Reichswehrtruppen Arbeiterführer, mißhandelt sie auf das Schwerste und schleppt sie, an die Pferde gebunden, nach Neuruppin. Im Ruhrgebiet lechzt die Reichswehr nach Standgerichten und konstituiert sie, wo man sie ihnen nicht bewilligt, auf eigne Faust. Reorganisiert wird nur am grünen Tisch, im großen ganzen — für den einzelnen Hauptmann gilt das alles nicht. Der regiert, besonders in der Provinz, munter nach dem alten System weiter: er verbietet, verhaftet und läßt erschießen.

Der Beweggrund für die Übergriffe der Militärs gegen die eigne Bevölkerung ist nicht nur Grausamkeit. (Auch die: wer historische Belege für die traditionelle Brutalität des preußischen Militärs haben will, der lese die schauerlichen Einzelheiten von Mißhandlungen wehrloser Gefangener durch potsdamer Garde bei Johannes Scherr: *‹Von Achtundvierzig bis Einundfünfzig›*.) Die Hauptbeweggründe sind wirtschaftlicher und moralischer Art. Der Offizier, im Kriege zum Stab kommandiert, als Etappenkommandant, als Verbindungs-, Eisenbahn- oder Nachrichten-Offizier ein Leben gewöhnt, das weit über seine Finanzkraft in der Vorkriegszeit ging, an ein Herrscherdasein gewöhnt, dem Soldaten, Zivilisten und ein ungeheurer Apparat nach Vornahme einiger Schiebungen, Formalitäten genannt, fast unbegrenzt zu Gebote standen: der, aus dem Kriege zurückgekehrt, haßte das Zivil, den Frieden und die Republik, die ihm, wie er glaubte, diesen Sturz besorgt hatte. Er hätte selbst bei Pensionszahlung in heutiger Konjunktur für sich und seine Familie wirtschaftlichen Ruin zu befürchten und erstrebte daher mit allen Mitteln, seine Existenz und damit seine Besoldung zu prolongieren und überhaupt als nötig zu erweisen. Er erfand sich den innern Feind.

So groß war der innere Feind in Deutschland nie, daß gegen ihn ein Ortsschutz von zwei Millionen mobilisiert werden mußte; dafür waren Waffen und Geld vorhanden, dafür Arbeitskraft und Organisation, und man male sich aus, welche Feuerwehr und welch vorzügliches Unfallwesen man für diese Beträge hätte haben können. An der Errichtung und an dem Bestand von Einwohnerwehren waren in erster Reihe frühere Offiziere und ihre Parteigänger interessiert; hier bezogen sie ihr Gehalt, und hier galten sie etwas. Denn dies ist der zweite Beweggrund ihrer verderblichen Tätigkeit: sie sind, wenn sie im bürgerlichen Leben ihr Brot verdienen, mit geringen Ausnahmen nicht mehr als ein matter Durchschnitt, und sie schwellen zur alten Größe an, wenn man ihnen in Zeitfreiwilligen-Regimentern, in Einwohner- und Sicherheitswehren ihr Brot gibt. Das und nichts andres ist der Kern! Sie haben alle nur einen Feind: die Auflösung. Wie hat ein Kasernenkommandant in Potsdam, Major von Hedderich, gesagt? «Befürchtungen sind grundlos, da die Regierung uns gegen den Bolschewismus viel zu nötig braucht!» Befürchtungen ... Und wenn nun der aktive Radikalismus der Straße bei besserer wirtschaftlicher Konjunktur ins Schwinden kommt, so werden sie sich, wie bisher, durch Provokation einen neuen innern Feind schaffen.

Die Einwirkung aller heute bestehenden militärischen Organisationen auf das Volk ist aber nicht nur nach außen ungünstig. Wie stehts denn mit den eignen Angehörigen? Hier herrscht noch der alte Kasernengeist, hier noch ein stumpfsinniger Hundegehorsam, hier noch Gewalt, Titelsucht und Wettklettern auf der Beförderungsleiter. Nach wie vor wird von der Republik das wilhelminische Eiserne Kreuz verliehen, nach wie vor werden durch Metallplättchen und Stickereien die niedrigsten Instinkte des Mannes wachgerufen. Psychologisch liegt die Sache so, daß der frühere Gefreite und Unteroffizier in der Sicherheitswehr nun einen langen Säbel tragen darf, das sein eigen nennt, was die Mädchen ‹eine schmucke Uniform› nennen, und als Herr Wachtmeister angeredet wird. (Das ist der niedrigste Grad in dieser Organisation.) Das kitzelt ihn, wenn er das neue Leben mit seinem Hundedasein im Krieg vergleicht; die alte Mißachtung des Zivils ist wieder da, und all diese Leute, die zum großen Teil brav und anständig sind, kämpfen nicht so sehr gegen die Arbeiterschaft – von der sie politisch nicht viel wissen – wie um ihren Posten. Da, wo sie sich energisch demokratisch gegen den Offiziersgeist wehren, setzt man sie auf die Straße.

Ein Netz von militärischen Stellen breitet sich über das Land und leistet unproduktive Arbeit. Die Militärgebäude in der General-Pape-Straße zu Berlin weisen ein kleines Heerlager von Büros auf, die ihre Arbeit in sich verrichten: eine Lokomotive, die Holz sägt, mit dem sie geheizt wird. Es gibt eine ‹Etappenkommandantur Döberitz›, obgleich Döberitz gar nicht Etappe ist, und obgleich es dort überhaupt nichts zu kommandieren geben sollte. Es wimmelt von überflüssigen Offizieren. Jede Stelle ist unabkömmlich, jede Einrichtung muß erhalten bleiben, und wenn einmal die öffentliche Meinung oder gar das Parlament allzusehr Sturm läuft, so benennt man sie um, oder leitet sie über ... Aufgelöst wird nichts. Entlassen wird keiner.

Eine wirkliche Gefahr für diesen Militarismus ist nicht etwa die Republik. Die unterstützt ihn im Schlaf. Eine Gefahr für ihn ist fremder Imperialismus: die Franzosen haben die Auflösung der Einwohnerwehren zum zehnten April verlangt, man gab ihnen formell nach, nennt die Dinger jetzt Ortswehren, und es bleibt abzuwarten, ob sich die alliierten Kontrollkommissionen diese Täuschung werden gefallen lassen.

Der Deutsche bejaht die Uniform. Schaudernd besah er sich die Fotografien aus dem Ruhrgebiet: Arbeiter mit Waffen! Arbeiter militärisch organisiert! Wer aber die Söldner der Reichswehr vor ihrer Werbung gesehen hätte: er wäre vor ihnen genau so zurückgeprallt wie vor dem unkostümierten Proletarier. Ihn schreckt nicht so sehr die Waffe wie die Tatsache, daß ihm da die Leitung nicht grün ist. Und er beschönigt noch das häßlichste militärische Verbrechen, wenn es nur auf dem Dienstwege geschieht.

Und hier steckt die ungeheure moralische Gefahr des deutschen Militarismus. Er und nur er, er allein erkennt Ausnahmezustände über dem Rechte an. Er und nur er hat den Begriff der ‹militärischen Notwendigkeiten› geschaffen. Was aber ist das für ein Rechtszustand, der jederzeit von jedem Leutnant durchbrochen werden kann! Ein Volk, bei dem das Recht, das objektive Recht, soweit es Menschen zu finden wissen, nicht obenan steht, fängt an zu faulen – Geschworene, die in politisch-militärischen Fragen urteilen, sind bei uns nicht mehr objektiv.

Sie wollen ihre Ausnahmestellung, sie wollen ihren frischen, fröhlichen Krieg, und sei es gegen Landsleute, sie verlangen von der Truppe Gehorsam, auch wenn sie von Verbrechern kommandiert wird, und sie haben das Wort von der ‹Ruhe und Ordnung› erfunden, die immer dann einzusetzen hat, wenn man hinter dem Rücken des Volkes eine gewaltsame Verfassungsänderung durchsetzt. Woran der Kaiser gescheitert ist und scheitern mußte – sie verehrens noch heute und bekennen sich unumwundener dazu denn je: die Gewalt.

Hilfe? Von dieser Regierung nicht. Sie beschwert sich über die Aktionen der Gewerkschaften – der betrunkene Kapitän lehnt in der Ecke, ein beherzter Matrose ergreift das Steuer, und sein Vorgesetzter lallt: «Das ist eine Nebenregierung!» Der neue Reichswehrminister will die Reichswehr unpolitisch haben. Das ist falsch. Sie muß durch und durch politisch sein, und die Frage lautet nicht: Republik oder Monarchie – sondern sie lautet: Demokratie oder Gewaltherrschaft.

Auch diese Warnungen, auch dieses Tatsachenmaterial, auch diese Deduktionen werden nicht gehört, werden nicht beachtet werden. Der zweite Putsch kommt und muß kommen. Und dann glückt er. Und die neuen Gewaltherrscher werden dann nicht so töricht sein wie die matten Demokraten, die da vermeinen, mit papiernen Verfügungen sei etwas getan. Dem Reichswehrminister wird auch diesmal sein Apparat wichtiger sein als unsre Forderungen. Als Forderungen, die nicht aus Haß gegen die Offiziere, nicht aus Haß gegen den einzelnen Mann gestellt werden, sondern gegen eine Welt – eine Welt von Hirnlosigkeit, Unmenschlichkeit und Kastenegoismus. Wir warnen wieder, der Reichswehrminister wird wieder schlafen, wir werden wieder die traurige Genugtuung haben, am Ende recht zu behalten. Es wird wieder nur zweierlei geben: Sklaven und Sklavenhalter, Gefangene und Gefangenenwärter, Vorgesetzte und Untergebene.

Dies aber sind unsre Forderungen:

Auflösung der Reichswehr. Bildung eines nach dem Artikel 160 des Friedensvertrages gestatteten Heeres von 100000 Mann, eine reine Polizeitruppe, unter dem Kommando von Demokraten. Sofortige Entlassung aller Offiziere, auf denen auch nur der Schatten eines monarchistischen Verdachts ruht. Genaue Befolgung des Artikels 177 des Friedensvertrages («Erziehungsanstalten, Universitäten, Kriegervereine, Schützen-, Sport- oder Wander-Vereine dürfen sich mit keinerlei militärischen Dingen beschäftigen»). Aufhebung des § 2 des Gesetzes über die Bildung einer vorläufigen Reichswehr. («Die Reichswehr soll auf demokratischer Grundlage unter Zusammenfassung bereits bestehender Freiwilligenverbände ... gebildet werden. Offiziere und Unteroffiziere aller Art und Beamtenpersonal des bestehenden Heeres sowie dessen Einrichtungen und Behörden können in die Reichswehr übernommen werden.») Neuregelung des § 14 der Ausführungsordnung zum Gesetz über die Bildung einer vorläufigen Reichswehr. (Abwicklungsstellen.) Vollständige Auflösung der Einwohnerwehren. Neubildung von Ortswehren nur dann, wenn die polizeiliche Sicherung es erfordert, und nur unter paritätischer Mitwirkung aller Einwohner; das Kommando dieses Ortsschutzes liege in Händen von Zivilkommissaren, nie von aktiven Offizieren. Sofortiges Verbot weiterer Werbungen für noch vorhandene Freiwilligen-Verbände. Auflösung der Zeitfreiwilligen-Organisation. Sofortige Auflösung aller sogenannten Heeresabwicklungsstellen, soweit sie nicht in der Hauptsache Versorgungsansprüchen dienen. Vollständige Auflösung aller Sicherheitswehren. Gänzliche Aufhebung der Militärgerichtsbarkeit, die auch nicht in verschleierter Form oder etwa mit dem alten Personal erhalten bleibe.

So und nur so besteht die Möglichkeit, unsrer Staatswirtschaft Milliarden zu ersparen und einen Geist auszurotten, dem wir Krieg, Niederlage und Elend verdanken. Es ist nicht die Zeit, den sogenannten technischen Schwierigkeiten und den Einsprüchen interessierter Offiziere nachzugeben, es ist nicht die Zeit, auf *die* zu hören, die weniger am Heer als am Kommiß hängen – die Stunde drängt.

Schon fühlen anständige Offiziere, was hier vor sich geht; schon wird es in manchen Soldatenköpfen heller; schon bröckelt es. Setzt hier den Hebel an. Mit Todesurteilen ist nichts getan – mit radikaler Reorganisation alles. Hier liegt der Keim zu einer ganz großen Volksbewegung, hier das Zentrum der deutschen Geschicke. Hier hakt ein.

Hier arbeitet. Militarismus und Pazifismus sind zwei Geistesverfassungen – eine Brücke gibt es nicht. Entscheidet euch für den einen: und wir kommen nie aus der Not und dem Jammer heraus. Entscheidet euch für den andern, brecht mit der Tradition und macht Geschichte – und wir werden das haben, was wir ja wohl auf verschiedenen Wegen alle haben wollen: ein reines Land.

WORTE UND TATEN

Eine Sage ist keine Tue.
Betrachten wir das in aller Ruhe.

Da sind zum Beispiel die kleinen Damen.
Wenn wir denen mal näher kamen,
begegnet es uns wohl anfangs zumeist,
daß uns die Fürstin von dannen weist.
Und es spricht errötend die liebe Kleine:
«Was denken Sie denn? Ich bin nicht so eine!»
Dann aber rückt sie näher ran
und flüstert: «Was legen der Herr denn an?»
Und nach all dem Gerede und nach ein paar Schritt –
geht sie mit.

Worte und Taten – das ist so hienieden –
sind manchmal verschieden.

Da hätten wir Philipp Scheidemann.
Hört ihn immer nur fleißig an!
Spricht gescheit und klar und vernünftig –
gar nicht parteiisch, gar nicht zünftig –
sieht die Dinge so, wie sie sind –
kurz: ein begabtes kassler Kind.
Aber wie kann doch das bißchen Handeln
einen ganzen Menschen verwandeln!
Nun ist er nicht mehr wiederzuerkennen:
Kompromiß – Schweigen – Pennen ...
Reden: gut. Tun: oh konträr ...
Ach, daß es doch einmal umgekehrt wär –!

Worte und Taten ... Als da ist die Regierung:
Da hat sie im Reichstag zur Redeverzierung
gewiße Floskeln, gewiße Phrasen,
tut großmächtig Posaune blasen –

und die Pressetribüne hört aufmerksam zu ...
Und dann geht alles zu süßer Ruh.

Man werde – spricht man – den Kapp-Putsch bestrafen.
Man geht aber sachteken, sachteken schlafen.
Man werde – spricht man – das Heer reformieren.
Man steht aber stramm vor Stabsoffizieren.
Man erstrebe in der ganzen Verwaltung
eine neue, demokratische Haltung.
Man ändre Schule und Universität ...
Aber wie das so geht:
Warum denn gleich tun? Das wäre schön dumm.
Reden genügt ja dem Publikum!

Wenn einer bei uns nur etwas sagt,
ists gar nicht mehr nötig, daß er was wagt.
Er muß nur reden, verkünden, bullern –
ihr werdet schon alle nach Hause kullern.
Er muß nur bombastisch prophezein –
nachzuprüfen fällt niemandem ein.
Mit einem Wort: das Grammophon!
Das Weitere – ach! das findet sich schon.
Wir: Demokratie!
Immer mit die Ruhe!
Eine Sage ist keine Tue.

SONNTAG–NACHMITTAG

In meiner Straße ist es still – so still. Der Wind weht ein paar Glockenklänge herüber, aber man fühlte auch ohne sie, daß heute Sonntag ist. Ein kleiner Hund läuft über den Damm und hält seinen buschigen Schwanz steil und ernsthaft in die Höhe ... Ich stehe auf dem Balkon und probiere eine neue Pfeife ...

Und da erhebt ein Piston seine Stimme, seine laute Stimme, seine posaunige Stimme, und es wird treu und bieder geblasen. «Den schönsten Platz, den ich auf Erden hab», – singt das Piston – «das ist die Rasenbank am Elterngrab ...» Ordentlich mit einer Fermate vor dem Refrain und ruhevollem Ausharren auf den Gipfelpunkten der Musik. «Oh», singt das Piston, «was war es doch früher für eine schöne Zeit! Der Kaiser fuhr über die Linden, und alle Leute nahmen die Hüte ab und riefen Hurra. Wenn einer vom Unterdiätar zum Oberdiätar befördert wurde, zog er sich einen schwarzen Kaiserwilhelmgedächtnisrock an und machte bei seinem höhern Vorgesetzten einen Diener.

Zu Hause gab es dann Gänsebraten und sauern Rotwein, und Heddy bekam Popoklatsche, weil sie sich die Sauce über das himmelblaue Kleid gegossen hatte. Es war eine schöne Zeit.» Erschüttert schweigt das Piston. Dann singt es wieder. «Der Arbeiter war ein Arbeiter und ein etwas verachtetes Tier; wir aber waren wohlfundierte Existenzen, und niemand störte unser freundliches Spiel. Bei Vorstellungen sagte man von seiner Frau: ‹Gemahlin› und wußte überhaupt, was sich gehörte. Und die Liebe–? Ach, ja, die Liebe . . .» Der Pistonbläser bläst – ich sehe ihn nicht – nun mit vollen Backen. «Ach, Tanzabend in Hasensee, Ball und Karussell und Spaziergang im Mondenschein! Ihr Schuhband löste sich, und das Weitere machte sich von allein! Und das Vaterland –?» Hier hebt der Bläser an, Wagner zu blasen. Markig und donnernd entladen sich die Klänge seiner fetten Trompete.

An allen Fenstern Gesichter. Sie glänzen. Das Piston spricht aus, was sie alle empfinden.

PREISSTURZ?

Amalie steht vorm Ehesegen.
Er naht sich legitim und leis.
Sie kauft sich noch kein Bett. Von wegen:
es fällt der Preis.

Sie wartet. Und die Tage eilen.
Die Preise falln zur Lenzsaison.
Sanft schläft ihr Bräutigam derweilen
aufs Chaiselongue.

Sie wartet. Und wir warten alle . . .
Kommt uns der Preissturz bloß so vor?
Die Dummheit in den Reichstagshallen
steht nach wie vor.

Kapp: dies Papier hat seine Nücken.
Herr Ludendorff wird nicht notiert.
Ein Grünhorn, wer in Achselstücken
nicht spekuliert.

Selbst Noske freut sich noch des Lebens,
die Stütze unsres Wallotbaus.
Wir offerierten ihn vergebens
ab Haus.

Wer will die Wilhelmstraße deuten,
für die man keinen Dollar bot?
Nachfrage ist nach tüchtgen Leuten . . .
kein Angebot.

Ein Mädchen nur – auf jenem Striche,
wo man den Deutschen Mann sein läßt –
spricht froh: «Ich kenn die Börsenschliche.
Und wenn der ganze Markt entwiche –:
Ich bleibe fest –!»

PLÖTZENSEE

Ach, nicht das von heute. Das ist genauso traurig, wie alles andere auf dieser gottverflucht preußischen Welt. Nein, *‹Plötzensee›* ist der Titel eines kleinen, anonym erschienenen Bändchens, das heute vergriffen ist und das die Verbrecherwelt aus dem vorigen Frieden gemütlich-bürgerlich schildert. Natürlich nicht richtig – Gott bewahre. Alles, was in dem Buch ernst sein soll, ist rettungslos verkitscht, die sozialen Zusammenhänge zwischen Wirtschaft und Gefängnis sind dem Verfasser unbekannt, und so nett und freundlich, wie in dem kleinen Buche, wird es ja auch wahrscheinlich im vorigen Frieden da nicht zugegangen sein. Aber, aber . . .

Aber Berlin ist in dem Buche. Es muß einer geschrieben haben, der sonst überhaupt nicht schreibt, und diese Leute treffen manchmal den Lokalton am besten, viel besser als irgendeiner von uns. (Ich habe später von dem Verfasser des Bändchens andre Geschichten gelesen, bei denen er sich als ‹Verfasser von Plötzensee› angab – die waren scheußlich, weil erfunden.) Dieses hier aber hat er alles gesehen – der Mann hat offenbar wegen irgendeiner Kleinigkeit gesessen, was bei der lotterieartigen Austeilung von Strafen hierzulande leicht vor sich gehen kann – und nun hat er notiert.

Das Ernste also gestatte man mir zu übergehen – aber wie das Lustige wiedergegeben ist, das wirft einen um. Wundervoll die berlinische Diktion in den Reden – der Berliner redet gern und viel –; das hat nur noch Hyan in seinen besten Zeiten so gehört. Am schönsten sind die Passagen, in denen die Herrschaften philosophisch werden und das Fazit eines Krachs, des Gefängnisses oder des Lebens überhaupt ziehen. «Ja», sagte dieser, «so sind nu die Leite. Draußen, da sind sie froh, wenn sie ne Bleibe haben und können 'n Kaffeestamm machen bei Knitschken, und hier drin haben sie zu ‹beanspruchen›!» Oder die historischen Geschichten. «Als einmal ein vollkommener Neuling einen Zellengenossen und alten Ehrenbürger nach der Qualität des Essens fragte, führte dieser ihn schweigend in eine Ecke der Zelle, wo ein kleines Loch im Fußboden war und sagte: ‹Das sind die Erbsen.› Und als der andre ihn erstaunt ansah, fügte er hinzu: ‹Da hat mal einer ne Erbse vons Mittagessen ausgespuckt, und davon is das Loch in die Diele.› Dann zeigte er ihm einen großen Schmutzfleck an der Wand und sagte wieder: ‹Das ist der Käse.› Diesen geheimnisvollen Ausspruch erklärte er also: ‹Jede Woche gibt es einmal abends 'n Sechserkäse, und damit wird immer Zentrum an die Wand jeschmissen. Meistens bleibt er kleben.›»

Jedes Wort ist eine Erbauung. Denn namentlich der Berliner ältern Stils setzt seine Worte mit einem gewissen Bedacht, und das wirkt am komischsten, wenn er jemand beschimpft, wobei sich das gebildete Dativ-E besonders hübsch ausnimmt. Am schönsten aber ist die Geschichte von dem Käse-Karl, der alles «immer mit die Ruhe» macht. «Immer mit die Ruhe ...» – «Wissen Sie», sagte er zu einem Neuling, einem ‹Zugang›, «det muß man erst lernen, mit die Leite hier umzujehn. Die meisten haben son mächtigen Vogel, daß es wirklich unverantwortlich von die Polizei wäre, wenn man sie draußen frei rumloofen ließe. Die rejen sich über alles uff: wat et morjen zu essen jibt, wat eener für ne Jacke anhat und lauter son Quatsch. Det darf 'n vernünftiger Mensch jarnich. Hier muß eener ne Ruhe haben. Sehn Se, da war mein Freund Orje Bergmann, mit die acht Jahre. Wie der ankam – da war ick ooch zufällig hier – da sage ick: ‹Na, Orje›, sage ick, ‹wie lange bringste denn mit?› – ‹Et jeht, Karl›, sagte er, ‹acht Jahre sind et.› – ‹Na›, sage ick mit meine Ruhe, ‹denn jehst du ja bald!›» Immer mit die Ruhe.

Das ist der Verbrecher aus der Bürgerperspektive. Es ist der Schlumps, der von dem Schutzmann, dem Vertreter der guten Ordnung, in das Loch gestoßen wird, und der immer ein bißchen besoffen ist und immer was verbricht. Aber schließlich ist viel Echtes drin. Und wie fehlen uns solche Bücher –! Im Englischen und auch bei den Amerikanern gibts das viel mehr: Bücher, die ganz unliterarisch schildern, wie die Fischer leben oder die Heizer auf den großen Dampfern, ihren Humor und ihr Tagewerk, ihre Keilereien und ihre Frauen. Aber das hat mit Kunst nichts zu tun. Bei uns bemächtigen sich dieser Dinge die Feuilletonisten, und dann ist es aus. Lest mal dies kleine Büchlein ‹*Plötzensee*›, und ihr werdet starken Hunger nach mehr der Art bekommen. Aber es ist ja vergriffen. Und weil es vergriffen ist, habe ich es hier erzählt.

SCHLAFBURSCHE NOSKE

Wenn du in deiner berliner Wohnung den Hörer abnimmst und sagst: «Zentrum 1 17 60», so meldet sich nach einigem Zögern der ‹Persönliche Stab›, nämlich des Reichswehrministeriums. Und wenn du dann nach jemand fragst, nach jemand, der doch lange, lange von da fort ist, dann verbindet dich das Telefonfräulein trotzdem, und auf einmal sagt eine kleine, ein bißchen verweinte Damenstimme: «Hier ist Hanna Noske!» Und dann sagst du mit so einer recht vertrauenerweckenden und regierungsfreundlichen Stimme: «Ist Herr Noske zu sprechen?» Und dann sagt Hanna: «Papa ist nicht zu Hause!» Papa wohnt im Reichswehrministerium.

Papa wohnt noch im Reichswehrministerium. Wie das so geht: man kann sich jetzt so schwer Wohnung verschaffen, und da hat wahrscheinlich der abgesetzte Reichswehrminister in der ‹*Deutschen Tageszeitung*› nach einer stillen Achtzehnzimmer-Wohnung inseriert, und da hat sich dann das Reichswehrministerium gemeldet. Oder aber er ist, ledig aller Geschäfte, durch die Straßen geschlendert, dabei auch durch die Bendlerstraße, und vor einem netten Gebäude, das ihm ein bißchen bekannt vorkam, stehen geblieben ... Und da hing ein Zettel ‹Hier ist eine Schlafstelle zu vermieten!› Und da ging der gute alte Mann hinein und mietete die Schlafstelle. Oder ist es vielleicht ein Ehrenheim, das der deutsche Staat seinem scheidenden Reichswehrminister überwiesen hat? Oder handelt es sich um eine Erinnerungsgabe der vereinigten Schutzhäftlinge Deutschlands, und im Badezimmer hängt ein großer Kranz mit einer Schleife: «Ihrem lieben unvergeßlichen Gustav Noske die Familien Liebknecht, Luxemburg und Landauer»? Wie dem auch sei: Papa wohnt im Reichswehrministerium.

An den Iden des März ist das Deutsche Reich nah dem Zusammenbruch. Verbrecher in Offiziersuniform und ihre Gefolgschaft machen einen Putsch, zu dessen Abwehr sie sechzehn Monate lang erhebliche Gelder bezogen haben; und werfen das deutsche Wirtschaftsleben um Monate zurück. Die bewaffnete Macht des Landes fällt, mit geringen Ausnahmen, um. Fast alle Offiziere trippeln von einem Boden der gegebenen Tatsachen auf den andern. Res venit ad triarios. Die Triarier, die Arbeiter, treten an. Der Kapp-Putsch, diese, wie sie Artur Zickler einmal genannt hat, «Lohnbewegung lichterfelder Kadetten», bricht zusammen. Eine Untersuchung über die Schuldfrage hebt an.

Dabei stellt sich heraus, daß neben Wolfgang Heine einer der Hauptschuldige ist: Gustav Noske. Er hat sechzehn Monate lang jede Warnung frisch und froh überhört, hat nichts dazu getan, um seinen Untergebenen einen demokratischen Geist einzufiltrieren, hat nichts unternommen, um die ärgsten Reaktionäre aus der Reichswehr heraus und zuverlässige Republikaner hineinzubekommen. Er war mit andern Dingen beschäftigt. Er förderte durch Reptilienfonds und Ordensverleihung brutale Übergriffe größenwahnsinniger Offiziere, er, der Arbeiter und sozialdemokratische Redakteur, rüpelte in großmäuliger Art seine Standesgenossen an und provozierte die kaum zu bändigenden Massen täglich aufs neue. Galt als der starke Mann, während ihn jeder kleine adlige Leutnant um die Finger wickeln konnte. Das prophezeite Malheur bricht herein. Eine der ersten Forderungen der Gewerkschaften ist: der Rücktritt Noskes. Darüber wird gar nicht diskutiert: die große Mehrheit des politisch denkenden Volkes empfindet ihn als den Hauptschuldigen, gestritten wird nur noch, ob er fahrlässig oder vorsätzlich gehandelt hat ... Er muß gehen.

Nun ist eines in Deutschland ganz merkwürdig: kein Politiker verschwindet hier. Sie sind immer alle noch da. Einer begeht die schwersten Fehler, man hat seine liebe Not, den Mann von seinem Posten zu entfernen, schließlich rutscht er ab ... aber keiner denkt daran, ihm ein Vertrauen zu entziehen, das er doch gar nicht mehr verdient. Ludendorff jagt ein Volk ins Unglück, flieht und darf hinterher durch Memoiren fast so viel Geld verdienen, wie er uns gekostet hat. Noske beschwört durch Kurzstirnigkeit und Eigensinn eine deutsche Katastrophe herauf, soll davongejagt werden, und ob er nun schon bei den amerikanischen Zeitungen sein Geld verdient, weiß ich nicht, aber das wird ja noch kommen. Viel schlimmer ist, daß man ihn nicht davongejagt hat: daß er weiter wirkt.

Das Reichswehrministerium wird ja nun erklären, der Zusammenhang zwischen ihm und Noske sei rein lokal, und weil ich keine Ordonnanzen bestechen mag, müssen wir das zunächst noch glauben. Wahrscheinlich scheint mirs nicht. Er und es liegt viel zu nah, als daß man nicht bei Gelegenheit seinen ‹bewährten› Rat einholen sollte; daß und wie er ihn erteilen wird, ist klar. Nein? Dann hat der Mann mit seiner Familie in einem staatlichen Gebäude ganz und gar nichts mehr zu suchen und muß exmittiert werden. Er muß aber nicht nur aus der Wohnung heraus.

Gustav Noske muß aus dem öffentlichen politischen Leben verschwinden. Die Mehrheitssozialdemokratie hat den schweren Fehler begangen, dem machtlosen Mann in der Bendlerstraße ein Vertrauensvotum nach dem andern auszustellen, als das Mißtrauen der Partei noch das Schlimmste hätte verhüten können. Daß sie ihn heute noch deckt, ist nicht anständig, sondern dumm.

Ihn in dieser Form zu decken, ist aber auch unerlaubt. Die parlamentarische Mehrheit der gesetzgebenden Gewalt hat sich gegen sein Bleiben entschieden, vielleicht entscheiden müssen: er muß fort. Was ist das für ein Parlamentarismus, der legale Beschlüsse nur in Extra-Ausgaben der Zeitungen durchführt und auf dem berüchtigten Verwaltungswege *das* wieder rückgängig macht, was die Meinung des Volkes eben erst durchgesetzt hat.

Noske ist intellektuell mitschuldig an dem Verderben, das über Tausende von politischen Schutzhäftlingen und die hereingebrochen ist, die Oberkriegsgerichtsräte ‹Verbrecher› nennen. Er ist hauptschuldig am Kapp-Putsch und seinen Folgen. Er darf nach wie vor mit seinen Parteigenossen in den Kommissionen tagen, und schon hört man davon, daß er Oberpräsident einer Provinz werden soll. Gute Verrichtung!

Wohin treiben wir? Sollen alle abgesägten Staatsmänner auf diese Weise den Deutschen erhalten bleiben? Wo wohnt Traugott von Jagow? In welchem Schloß ist Bethmann einquartiert? Welche Segel-Jacht bekommt Bredereck? Wenn das so fortgeht, werden wir nach dem Gesetz von der Erhaltung der Materie überhaupt keinen mehr los. Ich bin doch aber dafür, daß wir wenigstens diesen da los werden.

Ihr habt keine Wohnung? Dann braucht ihr in Deutschland nur Minister zu werden, und ihr habt ein domicilium perpetuum. Der Doktor Geßler wird das Mieteinigungsamt anrufen, das wird die Achseln zucken, weil man jetzt keinen auf die Straße setzen darf, und Noskes werden in der Bendlerstraße auch weiterhin ihren Kohl kochen.

Noske ist zur Zeit Minister z. b. V.: zur besondern Verwendung. Es ist eine ungemütliche Situation für die Familie, sie packt aus, sie packt ein, packt aus, packt ein ... je nach dem, wie der Wetterhahn auf dem Dache steht. Und wenn ihr weiterhin so ruhig zuseht, wie euch die mühsam abgerungenen Zugeständnisse der Regierung hintenherum wieder zunichte gemacht werden, so wird diesem Unabkömmlichen nur einer wirklich kündigen: der Kapp des nächsten Putsches.

ABSCHIED VON DER JUNGGESELLENZEIT

Agathe, wackel nicht mehr mit dem Busen!
Die letzten roten Astern trag herbei!
Laß die Verführungskünste bunter Blusen,
das Zwinkern laß, den kleinen Wollustschrei ...
Nicht mehr für dich foxtrotten meine Musen –
vorbei – vorbei ...
Es schminkt sich ab der Junggesellenmime:
Leb wohl! Ich nehm mir eine Legitime!

Leb, Magdalene, wohl! Du konntest packen,
wenn du mich mochtest, bis ich grün und blau.
Geliebtendämmerung. Der Mond der weißen Backen
verdämmert sacht. Jetzt hab ich eine Frau.
Leb, Lotte, wohl! Dein kleiner fester Nacken
ruht itzt in einem andern Liebesbau ...
Lebt alle wohl! Muß ich von Kindern lesen:
Ich schwör sie ab. Ich bin es nicht gewesen.

Nur eine bleibt mir noch in Ehezeiten —
in dieser Hinsicht ist die Gattin blind —,
Dein denk ich noch in allen Landespleiten:
Germania! gutes, dickes, dummes Kind!
Wir lieben uns und maulen und wir streiten
und sind uns doch au fond recht wohlgesinnt ...
Schlaf nicht bei den Soldaten! Das setzt Hiebe!
Komm, bleib bei uns! Du meine alte Liebe —!

LUDENDORFF

Ich habe seit einiger Zeit nicht viel von der Welt gehört, ich lebe hier still und zurückgezogen, beschäftige mich mit Schreiben, lese viel, gehe spazieren und arbeite im Garten. Die körperliche Bewegung einerseits und die absolute seelische Ruhe andrerseits erfrischt mich außerordentlich. Aus Berlin geflohen bin ich nicht, aber ich habe Berlin verlassen, weil in Berlin, genau wie im November, maßlos gegen mich gehetzt worden ist. Ich beabsichtige aber, in einigen Tagen nach Berlin zurückzukehren.
Ludendorff

Im Herzen steckt der Mensch, nicht im Kopf.
Schopenhauer

«Der Deutsche, wie er sein soll» — das war die Charakteristik, die der bürgerliche Posaunenbläser im Kriege dem General Erich Ludendorff und dem Zeitungsleser ins Ohr musizierte. «Ein Mann von Schrot und Korn, ein Mann von eisernem Pflichtgefühl, von eherner Energie ...» Ich weiß doch nicht.

Erich Ludendorff wird unter den Blinden als Einäugiger König, begreift schon 1915, auf welchem Stuhl er sitzt, und reißt bald die gesamte Führung des Landes an sich. Das alte verachtungsvolle Mißtrauen des Militärs gegen Zivil — hier kann es sich einmal restlos auswirken. Maßgebend wird allein das, was man ‹militärische Notwendigkeiten› nennt, für die wirtschaftlichen und internationalen Zusammenhänge kommandiert man sich je einen Leutnant ab, und die Arbeiterfrage regeln nach Bedarf Bezirksfeldwebel und Militärgericht. Es gibt im letzten Stadium der Lungenschwindsucht etwas, was man Euphorie nennt: dem Todkranken wird unendlich wohl, und er glaubt, in kürzester Zeit das Bett verlassen zu können. Und das tut er dann auch ... Deutschland war im August 1914 kannibalisch wohl, und der lichterfelder Kadett, der es führte, mußte damals glauben, endlich habe sich die Welt in das verwandelt, was sie von Rechts wegen schon hätte immer sein müssen: in ein blutiges Paradefeld.

Die anderen bliesen: Das Ganze halt! Unauslöschlich steht fest: Erich Ludendorff floh nach Schweden. Unter Friedrich dem Zweiten war das nicht üblich gewesen – der General neuen Schlages floh. Er hieß drüben solange Lindström, bis man ihn hinauswarf. Dann kam er zurück, mit einem dicken Band Memoiren bewaffnet.

Die Memoiren brachten Geld. Der Mann, dessen Tagesbefehle dem Proletarier und dem Bürger (bis zum Feldwebel aufwärts) striktes Aushalten in Todesnot anbefohlen hatten, kniff aus und brachte zwar eine Niederlage nach Hause, aber doch auch viel, viel Geld.

Und so tief und unerschütterlich eingewurzelt ist die Liebe des schlechtern Teils unsres Landes zu diesem Mann, daß die Haupttatsachen seiner Geschichte heute entweder vergessen oder umgedeutet werden. Erich Ludendorff verlor den Krieg, floh und verdiente auf recht unmilitärische Weise Geld.

Diese ‹preußische› Verantwortung, die der da zu tragen hatte, glich einem rosa Gummischweinchen, das pfeifend zusammenfiel, wenn man drauf drückte. Verantwortung? Wir haben immer gedacht, das hieße gradestehn für etwas, das man getan habe. Und wir alle sind gern bereit, einem Führer in der Stunde der Not nicht hereinzureden, wenn er nur Manns genug ist, hinterher auf peinliche Fragen Antwort zu geben.

Ich hatte Gelegenheit, Erich Ludendorff in jener Sitzung vor dem Untersuchungsausschuß im deutschen Reichstag zu sehen. Es war die größte Enttäuschung meines Lebens. Ein Mann? Ein polternder und aufgeregter Verwaltungsbeamter mit etwas zackigen Manieren, und wenn ihm die alldeutsche Presse damals bescheinigte, er sei außer Hindenburg der einzige Mann im Saale gewesen, so lag das nur an der Zusammensetzung einer Kommission, die zu ihrem größten Teil aus Waschweibern bestand. Und wie er da stand und sprach und so gar nicht antwortete und sich so gar nicht verantwortete – das war mein Preußen. Das war der Feldwebel, der ein Mann war vor Unteroffizieren und Mannschaften; das war der Großgrundbesitzer, eine Leuchte der Wissenschaft unter Kaschuben und Kossäten, denen er das Lesen verwehrt hatte; das war der Beamte, dem die Brust schwoll, wenn er ein wehrloses altes Weiblein kommandieren durfte. Ludendorff ahnte instinktiv, daß ihm einmal in seinem Leben eine wirkliche Gefahr gedroht hat: im November Achtzehn von den entschlossenen Soldatenräten. Und da riß er aus.

Man hätte ihn nicht aufgehängt. Man hat ihn auch nicht aufgehängt, als er wiederkam, obgleich aller Welt bekannt war, daß er konspirierte und mit stellungslosen Offizieren und solchen, die es täglich werden konnten, Pläne schmiedete ... Kapp kam, Ludendorff sagte seine Walze auf, die einzige, die er gelernt hatte: «Durchhalten!» –

und dann brach das Ganze zusammen ... Unauslöschlich steht fest: Erich Ludendorff floh ... Unter Friedrich dem Zweiten war das nicht üblich gewesen – der General neuen Schlages entfloh.

Hunderttausende sind in Ackergräben verdreckt und verreckt und viele Knaben bluteten vor Ypern, weil einem General auf der fettgepolsterten Brust noch ein Orden fehlen mochte. Frauen schlugen die Arme über dem Kopf zusammen und stierten tagelang blind und leergeweint vor sich hin: der da sitzt in Holland. Es geht ihm gut. Es beeinträchtigt ein wenig seine Verdauung, daß man in Berlin gegen ihn hetzt. Er hat doch nichts Böses getan?

Er säße heute als offener oder verkappter Diktator auf einem Thron, wenn die Arbeiterschaft im März dieses Jahres nicht zusammengehalten hätte. Und er erinnert im großen und ganzen an einen Jungen, der die Fensterscheiben einwarf und davonlief, als der Wächter mit dem Stock kam ... Ich bin es nicht gewesen! Ich habe es nicht gewollt ...

Diese neue Führerschaft macht Mode. Es scheint bei uns schon ganz in der Ordnung zu sein, daß man, solange man im Amt ist, Kritik und Einspruch unterbindet mit dem Hinweis auf eben jene Verantwortung, und daß man sie hinterher hohnlachend von sich weist. Ich habe immer geglaubt, Ludendorff sei in diesem Fache so ziemlich das Letzte, was es darin geben könne. Seit Noske auf der Reichskonferenz seiner Partei eine Rede gehalten hat, weiß ich, daß es noch beträchtlich tiefer geht ...

Lernt daraus. Folgt euern Führern, wenn ihr Vertrauen habt, aber verlangt unerbittlich – und setzt das durch –, daß sie euch gradestehn, wenn sie verspielt haben. Sonst kann sich jeder dumme Junge die äußern Annehmlichkeiten eines Führerdaseins verschaffen, und wenns regnet, spannt er seinen Schirm auf und geht nach Hause. Die alten Römer und Griechen dachten darin folgerichtiger: gestürzte Politiker hatten bei ihnen nichts zu lachen, sie verbannten sie, weil sie richtig erkannt hatten, daß sich kein Mensch ändert, daß man nicht umlernen kann, und daß eine Republik von einem Antirepublikaner nichts zu erwarten hat.

Ludendorff und Noske, Lehrer und Schüler, Feldwebel und Unteroffizier – sie sind beide schlechte, weil verantwortungslose Führer. Kläglich und klein würden sie versagen, wenn es zur Abwechslung einmal ihnen und nicht den andern an den Kragen ginge.

Man interviewt sie nach wie vor, sie haben Pläne, sie werden gehört, sie schreiben und verdienen Geld und genießen das Vertrauen unaufgeklärter Menschen. Wir aber können nicht vergessen und rufen ihnen zu: Ihr habt versagt! Ihr habt versagt! Ihr habt versagt!

Was ist Ludendorff? Ein deutscher Führer, wie er nicht sein soll.

SENTIMENTALES LIED

Das war in Kurland, in leuchtender Luft –
weit hinten in stiller Etappe,
(der Muschkot in alter, verwitterter Kluft,
der Leutnant mit großer Klappe –).
Kommandowechsel. Wir feierten ihn
beim Inspektor vom Proviantmagazin.
Die Dame vom Hilfsdienst, die Tag und Nacht
dem Inspektor den Dienst erträglicher macht,
stand fett am Klavier. Ich spielte dazu:
«Servus du!» ...
Und dann ein Lied voll Schmalz und Dramatik,
voll wilden Geschehens, voll Seelenbatik –
noch klingt mir, was sie da gesungen hat:
«Im Sumpfe der Großstadt – ein sinkendes Blatt!»

Es leuchten die Lampen. Es summt in der Bar,
grad so, wies im vorigen Frieden war.
Zigeuner fiedeln im gelben Licht
(eigentlich sinds gar keine Zigeuner nicht,
sondern Musiker mit dem Reichstarif).
Eine blonde Dame lacht sich schief.
Sie kommt vom Film und geht ins Bett
und steht heute mittag in der *‹B. Z.›*
Gestern war eine Filmpremiere ...
Alle am Tisch hatten schon die Ehre ...
Sie verdient auf der einen Leinwand im Spiel
täglich tausend –
und auf der andern beinah ebensoviel.
Der Papa war Portier. Ihre Perle glänzt matt.
«Im Sumpfe der Großstadt – ein sinkendes Blatt!»

Im Zeitungsviertel die Redaktion
ist aufgeregt seit dem Morgen schon.
Gesinnung? Gesinnung? Alles gestorben.
Das Blatt wurde gestern nachmittag erworben
von einem Industriesyndikat,
das furchtbar viele Millionen hat.
Bis heute: gemäßigt reaktionär.
Von heute an: national – aber sehr!
Ansprache des Chefs: «Wer nicht mitwill, fliegt!»
Jeder das Köpfchen zweifelnd wiegt ...

Eine Frau, vier Kinder, tausend Mark –
wer bleibt da stark?
Ein Engel fliegt leise durch den Raum.
Stinnes Traum . . .
Das ist so im menschlichen Leben und Treiben:
Die meisten bleiben, die meisten schreiben.
Keiner merkt was. Die Abonnenten
pennen, so wie sie von jeher pennten.
Wie sind die glücklich! Nicht jeder hat
im Sumpfe der Großstadt – ein sinkendes Blatt!

IN DER PROVINZ

Ich komme von einer kleinen Reise aus der deutschen Provinz zurück. Kennt ihr die deutsche Provinz?

Die Provinz, wo sie am dicksten ist, lebt von der Abneigung gegen Berlin und von seiner heimlichen Bewunderung. Sie schimpfen auf Berlin, soweit es politisch ist – und sie sehnen sich nach Berlin, soweit es sich um das Berlin handelt, das wir Berliner gar nicht so sehr schätzen: um das zwischen zehn und zwölf Uhr.

Die Revolution, oder das, was die Deutschen so nennen, gilt für die Provinz nicht. Sie gilt vor allem für Mitteldeutschland da nicht, wo die Arbeiter nicht das politische Übergewicht haben. Da regiert etwas anderes.

Da regiert der Bürger in seiner übelsten Gestalt. Da regiert der Offizier alten Stils. Da regiert der Beamte des alten Regimes. Und wie regieren sie!

Keine Erkenntnis hat sich da Bahn gebrochen. Kein Luftzug einer neuen Zeit weht da herein. Da ist alles noch beim alten. Da ist noch der Krieg verloren worden, weil die verräterische Heimat die edle Front erdolcht hat – als ob die Front nicht aus Deutschen, aus Söhnen dieser Heimat bestanden hätte! –, da wehen noch die schwarz-weiß-roten Fahnen im Wind, da herrscht im Grunde noch Wilhelm der Zweite und, wenn er einen gehabt hätte, sein Geist.

Es ist lustig und traurig zugleich, mitanzusehen, wie das in die Gehirne nicht hereingeht: Revolution? Umwälzung? Wandlung? Entwicklung? O ja, man ist liberal – heute nennt man das ja wohl ‹demokratisch› – man ist liberal, so wie man ehemals liberal war und wünscht – mit Maß und Ziel freilich – eine langsame Wandlung . . . aber nur soweit sie dem Geldbeutel nicht weh tut. Man läßt auch wohl hier und da in besonders fortschrittlich gesinnten Kreisen beim Bier den Arbeiter einen guten Mann sein. Aber nur in manchen Kreisen. (Der Stammtisch ist sonst das Blutrünstigste, was es gibt – und jeder gelernte Bolschewist würde erröten, wenn er hörte, mit welcher Unbedenklichkeit der Stammtischmann am liebsten Scheidemann und Crispien und Däumig und Ebert ‹an die Wand stellen› lassen möchte.)

Wenns zum Klappen kommt, dann gilt der alte Trott.

Das ist ja das merkwürdige an diesem Lande – und auch Heine hat das schon gewußt, als er sagte, hier habe man mit der Denkkraft sogar den lieben Gott außer Kraft gesetzt, aber in Wahrheit regiere der Feldwebel mit seiner Knute – das ist das merkwürdige, daß alle diese Probleme und Theorien und all das, worüber wir uns den Kopf zerbrechen, in der Praxis von der handfesten Wurstigkeit stehen gebliebener Dickköpfe ignoriert werden. Wenns zum Klappen kommt, regiert fast überall ein Mann, der durch Vorbildung, Erziehung und Familientradition gar nicht mehr anders kann, als Kastenunterschiede sehen.

Und es ist ihnen das so ins Fleisch übergegangen, daß sie sich alle – Richter und Verwaltungsbeamte und Kommunalbeamte und alle, alle – nicht mehr bewußt werden, daß sie instinktiv mit zweierlei Maß messen. Die gesamte Provinz schreit Mord und Zeter, daß man Handwerker und gar Arbeiter in die Verwaltungsposten gesetzt hat, ihrer Gesinnung wegen. Aber woher sollen wir die Leute nehmen? Hat nicht ein veraltetes System jahrhundertelang diese andern – um ihrer Gesinnung willen – ausgeschlossen von der Möglichkeit, die Bildung und das Können zu erwerben? Man konnte nicht Landrat werden, wenn der Papa einen offenen Laden hatte, und man konnte es nicht, wenn man demokratisch oder sozialdemokratisch war. Sie verhinderten es. Und wundern sich nun, wenn es keinen republikanischen und demokratischen Verwaltungsbeamten gibt.

Das hält zusammen wie die Kletten. Das liest nichts anderes als seine Zeitungen, die das drucken, was der Leser haben will und den Rest verschweigen. (Wie ja der Deutsche gemeinhin leider immer nur sein Parteiblatt liest. Er sollte mehrere lesen, um einen Überblick zu bekommen.) Das bildet eine eherne Mauer – und nirgends ist sie fester als in der Provinz.

Berlin hat gewiß seine Nachteile, seine schweren Nachteile – aber in politischer Beziehung ist es ein Paradies gegen die kleinen deutschen Mittelstädte, in denen keine große Industrie liegt. Da schlägt die Uhr noch 1890 – und will nicht vorwärtsgehen.

Von der ungeheuer schwierigen Lage unserer Parteigenossen in der Provinz macht sich nur der eine Vorstellung, der sie kennt. Der Arbeiter ist schon aufzuklären – weil er, wenn auch noch so dunkel, fühlt, daß da sein Heil liegt. Aber wie schwer haben sie es, sich durchzusetzen gegen die andern! Wie schwer ist das, gegen die unzähligen, unnennbaren Schikanen deutscher Verwaltungsbeamter anzukommen! (Und das können deutsche Verwaltungsbeamte: schikanieren! Darin sind sie ganz unbestechlich.) Der Kastenunfug blüht in diesen kleinen

Städten. Die Frau trägt den Titel des Mannes – obgleich doch selbst bei den Hühnern nur der Hahn seinen Kamm aufplustert und auf dem Mist Kikeriki schreit. Der Obersupernumerar steht turmhoch über dem Untersupernumerar, und jede kleine Gruppe hat ihre Spezialstandesehre, und jede hat ihre kleinen Extravorrechte, die ihr niemand rauben darf, und jede ist etwas ganz besonderes – und unter allen steht der Arbeiter.

Daher der ungeheure Abscheu vor Berlin. Berlin – das heißt: in mancher Hinsicht sind alle gleich. Berlin – das heißt: das Einkommen entscheidet nicht über den Wert, die Geburt nicht über die Tüchtigkeit des Charakters. Berlin – das heißt: Vorgesetztendämmerung. Sie hassen Berlin.

Und treiben die schwerste Obstruktion. Sie tuns in großem und tuns in kleinem. Sie sabotieren die Gesetze der Republik, wo sie können – für sie gilt das alles nicht. In einer großen Behörde in Hannover hängen noch die Kaiserbilder – es ist nicht möglich, sie herauszubekommen. Ists wirklich nicht möglich? Ich hätte sie in einem Vormittag draußen. Und wer einmal nach Rathenow zu kommen das Vergnügen hat, der sieht da die Husarenoffiziere in ihrer Friedensuniform herumlaufen, daß es eine Pracht ist, sie stehen mit ihren Lackbeinen auf dem Boden der gegebenen Tatsachen – sie sind glattes Parkett von Hofe her gewöhnt – und sie fahren noch in ihren alten Dienstwagen und genießen die alten Vorrechte ... Für sie gilt das alles nicht. Hier war keine Kriegserkenntnis – hier war keine Revolution. Und wenn sie es waren: so nur, um sie abzulehnen.

Da, in den kleinen Mittelstädten, wo jeder, der nicht konservativ ist, als Bolschewist angerüpelt wird, – da ist Arbeitsfeld. Hier gilt es, unermüdlich und tagaus, tagein zu wirken. Ehre und Anerkennung jedem Parteigenossen, der hier seine Kraft ansetzt. Sein Wirken vollzieht sich nicht in der großen berliner Öffentlichkeit – er trägt keinen großen Namen davon und keinen Ruhm. Aber sein Wirken ist wertvoll für uns alle – nützlich und gar nicht zu entbehren. Diese Parteigenossen gilt es, zu unterstützen. Sie tun schwere Arbeit. Unter Tag.

In diese Städte scheint keine Sonne. In jeder steht der bürgerliche Ordnungsblock fest und treu zusammen, wenn es heißt: gegen den Fortschritt.

Ordnung ...? Darf ein System von Ordnung sprechen, das in vier Jahren ein Land in den Abgrund gebracht hat und so ruiniert, wie es der schlimmste Plakatbolschewismus niemals fertig bekommen hätte? Das in vier Jahren Millionen an Toten produziert hat und Millionen Krüppel hat herausgehen lassen, nicht ohne sie vor ihrer Verletzung an Leib und Seele ‹ertüchtigt› zu haben? Ordnung ...?

Berlin hat eine große Aufgabe. Die Provinz hat eine größere. Da sitzen letzten Endes die Massen. Da heißt es: aufklären. Da heißt es die Wahrheit über den Krieg sagen und über den Staat und über alle diese etwas heiklen Dinge, von denen ein anständiger Beamter nicht spricht.

Um Berlin ist mir nicht bange – so viel da auch noch zu tun bleibt. Aber unser Dank und unsere Hilfe gelte den Missionaren da draußen im schwarzen Erdteil – da draußen in der Provinz.

VORSICHT BEI GESPRÄCHEN!

Daß manche Dame tugendsam
mit scheuen Augenlidern
zur Unzeit in die Wochen kam –
das wundert manchen Biedern.
Und daß man solchen Braten roch
seit ihren Mädchentagen –:
Das denk dir nur, mein Kind, jedoch
du darfst es niemals sagen!

Daß seit dem Kapp-Putsch (ach, wie schad,
daß er vorbeigelungen!),
der Staatsanwalt, der Schießsoldat,
die Alten und die Jungen –
daß vieles stille sich verkroch,
bis schönre Stunden schlagen –:
das denk dir nur, mein Kind, jedoch
du darfst es niemals sagen!

Daß seit dem Putsch die Republik
bedroht wird leis und leiser,
und jenen, deren Politik
so viel taugt wie ihr Kaiser – –
Daß sie nach solchem Kriege noch
die Sabotage wagen –:
das denk dir nur, mein Kind, jedoch
du darfst es niemals sagen.

ZUM NÄCHSTEN PUTSCH!

Sie sitzen vorn am Steuerrad
und fahren, fahren, fahren.
Den Fahrschein, den der Fahrer hat,
der wechselt schon seit Jahren.

Die Bahn scheint glatt. Der Weidenstumpf
erzählt von Feuchtigkeiten.
Die ganze Gegend ist ein Sumpf!
Sie sitzen da und gleiten.

Die Bahn scheint glatt. Des Volkes Ruf –
sie nehmen ihn für Jubel.
Am Wege blitzt ein Pferdehuf –
sie sehns nicht in dem Trubel.

Sie sehn nicht Roß und Reisige,
nicht Ehrhardt und Gesellen.
Sie glitschen hart am schwarzen See ...
Die Hupe hörst du gellen.

Halt ein, Chauffeur, du fährst in den Tod!
Hör zu auf der Unken Gesang!
Die falsche Warnungstafel schreit: Rot!
Und du fährst den vierten Gang.

Da knattert dein Wagen und stöhnt und biegt
in die letzte Kurve hinein.
Und wenn die Karre dann unten liegt,
wills keiner gewesen sein.

WELTGERICHT

S. J. hat hier so oft auseinandergesetzt, wer und was Karl Kraus ist, daß mir zu tun fast nichts mehr übrig bleibt. Kraus hat nun (im Verlag der Schriften von Karl Kraus, München, Luisenstraße 31) zwei Bände erscheinen lassen: ‹*Weltgericht*› – dieselben, die in Nummer 17 Eduard Saenger besungen hat. Er wird mich keineswegs hindern, es auch zu tun. Hier ist das gesammelt, was Kraus in der großen Zeit und zu der großen Zeit zu sagen hatte. Das war wie ein Schrei aus einer andern Welt, als er im Jahre 1914 – und so begann es – zu sprechen anhub: «In dieser großen Zeit, die ich noch gekannt habe, wie sie so klein war; die wieder klein werden wird, wenn ihr dazu noch Zeit bleibt ...» Das waren die ersten Worte eines, der vom August bis zum November 1914 vor Schreck jäh verstummt war (die andern hatten längst ihre Sprache, und was für eine, wiedergefunden). Die dramatis personae dieses Weltgerichts sind tot oder werden es bald sein. Ihr schlechter Atem wird leben. Noch lebt er. Karl Kraus hat ein Geheimnis: er zitiert wörtlich die Zeit, und in seiner Luft, auf seinem Papier enthüllt sie all ihre Widerlichkeiten. Man hat gesagt, er habe nicht gewagt, diesen oder jenen Mächtigen anzugreifen. Was war ihm dieser und jener! Er tat nichts weiter, als die Welt, so wie sie da war, mit den Forderungen Jesu zu vergleichen, und der Höhenabstand war schwindelerregend. Und er hat weniger Wilhelm angegriffen, weil der nur ein Symptom war – er griff alle an, weil er verstanden hatte, daß alle schuld waren.

In diesen beiden Bänden findet sich schon ein Teil des Rohmaterials, aus dem die ungeheure Tragödie der *‹Letzten Tage der Menschheit›* gebaut worden ist: da tanzen die Schmöcke als Polichinells einen blutigen Reigen, da dichten die Dichter, da fotografieren die Fotografen, und alle sind sich darüber einig, daß man mit Speck, Lederlieferung, Poesie und Presselügen durchhalten müsse. Und sie haben durchgehalten. Wir spürens heute noch.

Was aber wie ein roter Faden durch das Buch geht, ist ein Gedanke, so schauerlich und so groß, wie ihn nur wenige gefaßt haben: die Entdeckung des alten Ornaments, das auf die neue Zeit aufgeklebt ist. Daß es einen Kaiser gab und zugleich Eisenbahnen . . . daß einer das Schwert zog und einen Gas-Angriff befahl, und daß man Schlacht sagte, wo Schlachten gemeint war, Schlachtungen durch Maschinen, und daß die Technik die Verantwortung tötete, die die Kollektivität ohnehin schon eingeschläfert hatte. Böse Wahrheiten? Aber Wahrheiten. Es stehen beklemmende Sätze in dem Buch: «Es war bis zur Stunde, da der Wiener doch unterging, mir immer das unheimliche Wunder unsrer Existenz, daß dieses ganze Zubehör von Menschen und Maschinenbestandteilen nicht plötzlich mit einem ‹Ah woos› sich hinlegte und seine Selbstauflösung den mühevollen Gesten eines unmöglichen Betriebs einfach vorzog.» Und diese paar Worte da, in ihnen eingefangen das Elend von achtzig Millionen: « . . . daß der Marschallstab der oberste Traum eines jeden Soldaten sei. Und ich war zu neugierig, ob er in einem dieser Erdäpfeltornister Platz hätte, an die angebunden solch ein armes, verschmutztes, verquältes Stück Mensch die große Zeit durchkeucht.» Kraus hat erkannt, wer gesündigt hat. Keine Herren. Beileibe nicht. «Sie waren nur Mörder aus Mangel an Phantasie, nicht weils die Sache wollte. Und Herzen mußten zu schlagen aufhören weils ihnen bei der Sorte an Protektion gefehlt hat. Nicht zum Zweck, nicht als Opfer der Natur, nicht in despotischer Verantwortung, die vor der Sünde seelisch sich behauptet, nein, durch vergnügte Spießbürger, die nicht wußten, obs die Schweinsjagd war oder nur die Menschenjagd, ist alles das vollbracht worden. Harmlose Mordskerle waren es, gemütliche Kanaillen, Folterknechte aus Hetz.» Und er prägt das Wort von dem ‹Sklavenaufstand›, und da steht: «Im Angesicht sterbender Männer wird ein Wesen, das mit dem Lorgnon zuschaut, für Tapferkeit dekoriert; Finanzgauner, deren Sprache kaum zur Verständigung über die notwendigsten Berufspraktiken reicht, tragen das Kleid vorzeitlicher Ehre; Cafétiers nehmen mit Veteranen den Appell ab; Judenbuben sind die Dichter der Nation, der sie nicht angehören; und in der Plankengasse habe ich zugeschaut, wie ein Straßenkehrer einen Unterstraßenkehrer wegen vorschriftswidrigen Grußes gestellt hat. Ist nicht, was uns rings umgibt, die aufgewärmte Rache von Vorgesetzten, die Untergebene waren? Von Kellnern, die dem Piccolo heimzahlen, was sie auszustehen hatten? Von einst selbst geschundenen Abrichtern? Dem letzten Knecht ist noch ein Untertan das Pferd.» (Heinrich Mann: «Wie Diederich in der Furcht seines Herren, hatte Guste in der Furcht des ihren zu leben. Beim Eintritt ins Zimmer war es ihr bewußt, daß dem Gatten der Vortritt gebühre. Die Kinder wieder mußten ihr selbst die Ehre erweisen, und der Teckel Männe hatte alle zu Vorgesetzten.») Und was Karl Kraus in einem seitenlangen Satz über den berüchtigten Einwand, man dürfe nicht generalisieren, sagt, müßte allen Generalen in die Ohren geschrien werden.

Österreich? Preußen. Deutschland. Und die ganze Welt, soweit sie militaristisch durchseucht ist. Ehre dem Tapfern, ders gesagt hat und wieder gesagt und wieder gesagt. Sie hatten aber keine Ohren, zu hören, sondern nur zwei linke Hände, die nicht wußten, was recht ist, und zwei Füße, mit denen sie gingen, es sich zu richten. Dann aber schritten sie stolz, und ohne auf das Gekläff eines Literaten zu horchen, dahin, wohin sie gehörten: in den Abgrund.

DAS UNTERBROCHENE GESCHICHTSBUCHBLATT

«. . . tat das Stahlbad des Krieges dem deutschen Volk besonders wohl und not. Die sittlichen Faktoren des preußischen Militarismus drangen in die weitesten Volksschichten – niemand konnte sich ihnen entziehen, außer den Krüppeln und den Siechen. Hoch und niedrig wurde dieser ausgezeichneten spartanischen Erziehung teilhaftig; Sauberkeit, Pünktlichkeit und absoluter Gehorsam, dabei doch edelste Mannhaftigkeit, drangen . . .»

Der Unteroffizier: Hakenhayn!

Der Muschkot: Jawohl!

Der Unteroffizier: Wie heißt das?

Der Muschkot: Jawohl, Herr Unteroffizier . . .

Der Unteroffizier: Rotzlöffel. Falsch! Wenn ick dir rufe, dann haste zu sagen: Herr Unteroffizier! Vastehste?

Der Muschkot: Jawohl, Herr Unteroffizier.

Der Unteroffizier: Hakenhayn!

Der Muschkot: Herr Unteroffizier!

Der Unteroffizier: Komm mal her! Was ist das?

Der Muschkot: Ein Kalbskotelett, Herr Unteroffizier!

Der Unteroffizier: Schafskopf! Das seh ich alleine! Was ist das noch?

Der Muschkot: . . .

Der Unteroffizier (klebt ihm eine): Das ist – so ein Ochsenpantoffel! – das ist deinem Herrn Unteroffizier sein abendliches Kalbskotelett! Was ist das?

Der Muschkot: Das ist meinem Herrn Unteroffizier sein abendliches Kalbskotelett!

Der Unteroffizier: Was hast du heute abend zum Abendbrot gegessen?

Der Muschkot: Marmelade, Herr Unteroffizier!

Der Unteroffizier: Gut, mein Sohn. Das ist eine schöne Abhärtung fürs Feld. In einem Monat kommste raus. Sollst mal sehen – Bomben und Granaten flitzen da nur so rum. Mir hats mein Bruder erzählt, der war draußen. Ich darf ja leider nicht mehr raus – ich bin schon zu alt. Aber was geht dich das an. Hakenhayn!

Der Muschkot: Herr Unteroffizier!

Der Unteroffizier: Kriech mal unters Bett und sag dreimal: Kukuk! – – Na wirds bald – –!

Der Muschkot (kriecht. Als er fast ganz unterm Bett verschwunden ist, erscheint der Leutnant im Zimmer.)

Der Unteroffizier: Achtung! Stube belegt mit einem Unteroffizier und achtundzwanzig Mann.

Der Leutnant: Wo sind die Leute?

Der Unteroffizier: Kaffee fassen, Herr Leutnant.

(Der Muschkot erscheint total staubig.)

Der Leutnant: Was ist das?

Der Unteroffizier: Füselier Hakenhayn, Herr Leutnant.

Der Leutnant: Was macht der Mann unterm Bett?

Der Unteroffizier: Er . . . er sucht seine Stiefel, Herr Leutnant.

Der Leutnant: Warum sind Sie nicht zum Kaffee-Empfang?

Der Muschkot: Der Herr Unteroffizier hatten mich zur Strafe hierbehalten.

Der Leutnant: Und da verliert der Kerl noch seine Stiefel? Schreiben Sie den Mann auf, Unteroffizier – drei Tage Mittel.

Der Unteroffizier: Zu Befehl, Herr Leutnant! –

«. . . drangen auf diese Weise ins Volk, härteten ab und erzogen gleichermaßen. Die Liebe zur Wahrheit, die deutsche Charakterstärke und die Offenheit des Sinnes – sie sind im deutschen Heere stets gepflegt und großgezogen worden.

Möchte unser deutsches Volk doch ermessen, wieviel Segen ihm aus dieser Armee stets geflossen ist und noch fürderhin fließen werde!

das walte Gott!»

OFFIZIERE

Es wird in letzter Zeit etwas reichlich viel Geschrei von den Offizieren über die Offiziere gemacht.

Die Reichswehr wird in absehbarer Zeit auf den festgelegten Stand von hunderttausend Mann herabgesetzt werden. Rechnet man auf 30 Mann je einen Offizier (was hoch gegriffen ist), so ergibt das eine Zahl von dreitausend aktiven Offizieren. Skandal machen sie für zwanzigtausend.

Es muß dabei streng zwischen den Offizieren der alten kaiserlichen Armee und den aktiven Offizieren der Reichswehr unterschieden werden. Der Reichswehroffizier wird in ruhigeren Zeiten gesellschaftlich und auch politisch keine hervorragende Rolle mehr zu spielen haben; er kann politisch gefährlich werden, wenn die Reichswehr so schlecht geleitet wird wie bisher – aber die vorherrschende Rolle des Offizierkorps im Gesellschaftskörper ist ausgespielt. Das wissen die Offiziere. Es ist keinem Stand zu verdenken, wenn er mit der letzten Kraft des Untergehenden seine Existenz verficht, aber die Gründe, mit denen er es tut, sind dementsprechend zu werten.

Die Reste des alten kaiserlichen Offizierkorps, diese zehntausende verärgerter, entlassener, politisch enttäuschter und zum Teil in wirtschaftlicher Not befindlicher Männer erfüllen die Luft mit einem Lärm, als sei mit ihnen noch alles beim alten. Es ist aus.

Sie haben zweierlei Interessen, diese alten Offiziere: sie wollen die Verbreitung der Wahrheit über ihr Wirken im Kriege verhindern, und sie verlangen die Hebung ihrer wirtschaftlichen Lage, vor allem durch Stellenversorgung.

Das erste ist eine rein politische Frage. Es ist ja viel bequemer und angenehmer für einen Stand, in der Erinnerung durch offizielle Prachtwerke und bunte patriotische Bilderbücher fortzuleben, in aalglatten Statistiken fortzuleben, die dem preußischen Verwaltungsoffizier der Etappe bescheinigen, wieviel Stück Schlachtvieh er aus Flandern ausgeführt hat, wieviel Tanks Petroleum in Rumänien unter seiner Leitung hergestellt worden sind, wieviel Entlausungsanstalten, Fortbildungsschulen und Bordelle man unter seiner Leitung in Polen aufgebaut hat – und verschwiegen wird nur, welch grauenhafte Mißwirtschaft er in halb Europa trieb, was er sich in halb Europa zum Schaden seiner eignen Landsleute, die als Muschkoten nicht unter die Menschen gezählt wurden, dienstlich und außerdienstlich erraffte, verschwiegen wird seine Überheblichkeit, sein Mißbrauch der Dienstgewalt und sein gänzliches Unverständnis einer Zeit gegenüber, die er ‹die große› nannte, und in der er wie ein Stück verrostetes Überbleibsel aus dem Mittelalter wirkte. Es ist natürlich bequemer und angenehmer für einen Stand, in dummen und bunten Hurrageschichten fortzuleben,

Geschichten, mit denen man unter Wilhelm II. ganze Generationen gefüttert hatte, und in denen ebenso rührsam wie verlogen zu lesen war, wie edel, wie hilfreich, wie gut und vor allem: wie schneidig der elegante, ritterliche deutsche Offizier allzeit gewesen ist. «Neese!» sagt der Berliner.

Es ist ein bekannter Fluch des Kapitalismus, die Bedürfnisse der Welt nach den wirtschaftlichen Forderungen der Liefernden zu regeln. Nicht ob du Zahnbürsten brauchst, ist das wesentliche, sondern daß es eine Fabrik gibt, die ihre Million Zahnbürsten im Jahr absetzen muß. Und bist du nicht willig, so braucht sie Gewalt, von der Reklame bis zum Zoll. Das ist nicht nur ein Fluch des Kapitalismus, das ist ein Fluch vieler Einrichtungen. Die Bünde, zu denen sich das alte Offizierkorps zusammengeschlossen hat, wollen Deutschland mit allen Mitteln klar machen, daß das Land seine Offiziere so oder so brauche. Das ist ein Irrtum. Wir brauchen sie nicht.

Wir brauchen sie nicht als Offiziere. Sie haben sich nicht einzubilden, daß etwa jenes alte Offizierkorps in die Reichswehr so wie es war übernommen worden ist. Der 9. November 1918 ist ein Einschnitt, der nicht fortzudenken ist. Sie haben ausgespielt.

Das Volk lehnt sie ab. Das Volk will sie nicht mehr. Wir haben alle, in der Friedensdienstzeit und vor allem in langen Kriegsjahren, viel zu viel gesehen. Wir haben alle die Hohlheit, die sittliche Ohnmacht und die Gedankenarmut eines Standes erkannt, der sich immer und immer nur sich als das Maß aller Dinge betrachtet hat. Das Wohl des Landes? Posten wollten sie.

Nach einem solchen Kriege, nach dem Kapp-Putsch, der zum großen Teil von Offizieren angezettelt und gemacht worden ist, überlaufen die Offiziersbünde den Reichswehrminister mit Forderungen, die der ernsthaft in Erwägung zieht, statt die Deputationen die Treppe hinunterzuwerfen. Sie verlangen sein Einschreiten, wenn einer das alte Offizierkorps so malt, wie es gewesen ist, obgleich das Herrn Geßler juristisch gar nicht zusteht; sie verlangen hart und gebieterisch, wie sie immer in Geldfragen gewesen sind, ihre Übernahme in den Reichsdienst, nur weil sie einmal Offiziere waren. Das ist eine Gefahr.

Denn auch die zweite ihrer Forderungen, ihre wirtschaftliche Hebung durch die Stellenversorgung, ist stark politisch gefärbt. Jedem deutschen Offizier steht das Recht auf Arbeit zu – aber weil er ein Staatsbürger ist, nicht, weil er Offizier gewesen ist. Das ist völlig belanglos.

Der eitle Stolz, mit dem sich ein kleiner Schwadronskönig heute noch sein ‹Rittmeister a. D.› auf die Visitenkarte drucken läßt, zeigt, daß er die alte Gesinnung nicht aufgegeben hat. Er wäre noch wertloser als er es schon ohnehin ist, wenn er es täte. Ein ehrlicher Gesinnungswechsel kann von diesen Männern füglich nicht erwartet werden. Und so bilden sie eine Gefahr. Offiziersstellen haben wir Gott sei Dank

«Allein seine dreiunddreißig Reichstaler . . .

... waren nun wieder auf einen einzigen heruntergeschmolzen, deswegen begann er wiederum herzlich zu beten. Gott erhörte ihn, und just in dieser Zeit der Not fing Herr Troost einmal des Morgens gegen ihn an und sagte: ‹Sie haben, glaub' ich, kein Geld mitgebracht; ich will Ihnen sechs Carlinen leihen, bis Sie Wechsel bekommen werden.› Obgleich Stilling so wenig von Wechseln als von Geld wußte, so nahm er doch dieses freundschaftliche Erbieten an, und Herr Troost zahlte ihm sechs neue Louisdor aus. Wer war es nun, der das Herz dieses Freundes just weckte, als es not war!!!»

Man muß schon (wie Jung-Stilling auf seiner «Wanderschaft») fest daran glauben, damit Beten aus Zahlungsschwierigkeiten hilft, sonst muß man dran glauben oder die Gläubiger glauben machen, man zahle bald. Wenn Beten allein alle Geldnöte linderte, was müßten die Kirchen noch Steuern erheben?

Summa summarum: In Büchern und Briefen kommen viele auf wunderbare Weise zu Geld, wenige aber durch Bücher und Briefe, es seien denn Sparbücher und Pfandbriefe.

nicht mehr soviel, daß man sie alle unterbringen kann. Setzt man sie auf Verwaltungsposten, so werden sie, mit ganz geringen Ausnahmen, selbstverständlich mit den Grundsätzen ihrer alten niedergeschlagenen Welt die neue bekämpfen wo sie können. Sie werden auf stumpfsinnige Strammheit dringen, wo wir Verständnis und Einfühlung erwarten; sie werden Unterordnung und Disziplin donnern, wo es sich um Zusammenarbeit handelt. Sie leben noch.

Einer der zahllosen Schreiber des Reichswehrministeriums hat neulich dargelegt, es sei Pflicht der Deutschen, ihre Offiziere durch auskömmliche Versorgung zu versöhnen. Womit? Damit, daß sie vierzig Jahre lang geschlafen haben, uns schadeten und schikanierten und sich dummstolz einen Staat im Staate schufen?

Revolution versöhnt nicht. Es ist ein Unding, politische Gegner flau und mau ans Herz zu drücken, um sie gut zu stimmen. Wir bekämpfen sie.

Ich weiß sehr wohl, daß die bezahlten Industrieblätter aus diesem Aufsatz ein hervorragendes Propagandamaterial für die Wahl herausholen können. «Seht, die bösen Unabhängigen! Sie greifen euch an! Sie greifen euch an die Ehre! An die Achselstücke! Eure Ideale sind bedroht: Sie greifen euch sogar ans Portemonnaie!» Ich weiß aber auch, was ein Volk, dumpf, schweigend und geduckt viereinhalb Jahre lang durch diese Kaste gelitten hat, und die vereinzelten Ausnahmen halten unser Verdammungsurteil nicht auf. Ich weiß, daß jeder von uns die Erinnerung an einen Kompanieführer, an einen Bataillonskommandeur, an einen Generalstäbler zähneknirschend durchs Leben mit sich fortträgt, und daß die Zeit wohl die erste Wut heilend sänftigt (sonst gnade Gott den Offizieren!) — aber daß wir alle letzten Endes nicht vergessen können. Und nicht vergessen wollen. Nicht die Redensarten vom Schutz der geistigen Arbeit, hinter der sich die höheren Stäbe verkrochen, wenn sie fernab vom Schuß so lebten, wie sich ein Wachtmeistergehirn Gott in Frankreich vorstellte (man sollte lieber sagen: «er lebte wie ein Brigadekommandeur in Frankreich») — nicht vergessen können wir die rohe Selbstverständlichkeit, mit der Offiziere Vorschriften erließen, die für das Pack galten, das den Krieg führte, aber nicht für sie — nicht vergessen die tiefe Verlogenheit, mit der sich menschliche Abneigung gegen einen andern hinter starren Reglements und dienstlicher Schikane verkrochen. Wir wollen es nicht vergessen. Und wir wollen sie nicht mehr.

Hier gibt es nur eine reinliche Scheidung. Drüben sie: versorgt in selbstgeschaffenen Stellungen, in Sicherheitswehren, Freikorps, Einwohnerschutz und Zeitfreiwilligenorganisationen, immer auf dem gutbezahlten Posten gegen einen selbstgeschaffenen Feind, und im Herzen eine unauslöschbare Wut gegen eine neue Zeit und ihre Menschen, die den Jahrmarktsrummel von Abzeichen, Orden, Titeln und einer als

Unteroffizier verkleideten Militärjustiz (selbstverständlich ohne Binde) nicht mehr anerkennen wollen. Hüben wir: als Menschen der verhaßten neuen Zeit, die da glauben, daß es keine ‹Untergebenen› und keine ‹Vorgesetzten› mehr geben darf. Sie wittern die Gefahr: entziehen wir ihnen die Untergebenen, dann ist es mit ihnen aus.

Die deutschen Offiziere haben uns eine Riesenrechnung aufgemacht, und wir haben die einzelnen Posten sorgfältig im Kopf notiert. Wir wollen sie ihnen quittieren. Am ersten Sonntag des Monats Juni im Jahre 1920.

DIE MORDKOMMISSION

Das Berliner Polizeipräsidium hat eine Mordkommission, die, wenn ein Mord entdeckt wird, an den Tatort fährt und dort die ersten Feststellungen macht. Sie besteht aus Regierungsräten, Gerichtsärzten und Kriminalschutzleuten. Die Mordkommission ist jederzeit, Tag und Nacht, erreichbar und arbeitet prompt.

Der preußische Militarismus hat Mordkommissionen, die, wenn ein Pazifist entdeckt wird, an seinen Wohnort fährt und dort die nötigen Veranstaltungen trifft. Sie bestehen aus Offizieren, Soldaten, Gendarmen und Spitzeln. Die Mordkommissionen sind jederzeit, Tag und Nacht, erreichbar und arbeiten prompt.

Hans Paasche ist auf seinem Gut im Kreis Arnswalde ermordet worden. Das heutige Deutschland hat nicht mehr die Macht, das Leben seiner Bürger in allen Fällen zu schützen. Die Ermordung Paasches unterscheidet sich juristisch in gar nichts von einer Mordtat durch irgendeinen versoffenen Landstreicher – nur daß in diesem Falle, wie es sich von selbst versteht, der staatsanwaltliche Apparat zu spielen anfängt und Verwaltung und Justiz sich alle Mühe geben, den Täter zu fassen und ihn unschädlich zu machen. Der Fall Paasche liegt in doppelter Hinsicht schwerer.

Die Tat ist erstens niedriger, als die eines Penners, der gerade Geld braucht und einen reichen Bauern erschlägt. Die Tat ist deswegen gemeiner, weil sie unter dem Deckmantel einer dienstlichen Verrichtung begangen wurde, also feiger ist. Niemand ist feiger als der deutsche Militarist von heute. Diese Mordtat beruht wie fünfzig andere, die vorhergegangen sind, auf der drehwurmartigen Vorstellung des Deutschen, daß eine ‹Diensthandlung› überhaupt niemals unrecht sein könne. Im Augenblick, wenn ein ‹wachthabender und diensttuender› Offizier einen Kordon ziehen läßt, im Augenblick, wenn Befehle und Kommandos ertönen, wenn abgesperrt und verhaftet wird, so vergißt ein halbes Land, daß im Grunde nichts weiter vorgegangen ist, als daß eine Rotte beauftragter Menschen einen andern ergriffen und getötet haben. Mit Dienst hat das gar nichts zu tun.

Der Fall liegt zweitens deshalb schwerer, weil Verwaltung, Militärgerichtsbarkeit und Regierung seit dem November Achtzehn in diesen Fällen wie gelähmt sind. Wir wollen uns da nichts vormachen: sie wollen nicht. Keine Formalität ist zu dumm, als daß man sie nicht heranzieht, um die bunten Mörder zu retten, keine Ausrede zu kindisch, keine Entschuldigung zu leer. Das letzte Buch Franz Werfels heißt ‹*Nicht der Mörder, der Ermordete ist schuldig!*›. Soweit sind wir gekommen, daß heute fast die gesamte reaktionäre Presse kein Wort der Verurteilung gegen die Mörder findet, wohl aber mit Naserümpfen und verurteilendem Tonfall Herrn Paasche bescheinigt, er sei Kommunist und extremer Pazifist gewesen. Dann freilich durfte er wohl ermordet werden.

Daß die Kugel eines Verbrechers einen Falschen getroffen hat, daß Hans Paasche längst ein gebrochener und weicher Mann war, der aus persönlichen und sachlichen Gründen an einer von ihm vertretenen guten Sache fast verzweifelt war, daß er nur noch matt und hier und da leichte und belanglose politische Dinge tat —: das ist den alten Preußen gleich. Er war Offizier gewesen, er hatte einmal gewagt, an der Gottähnlichkeit des militärischen Apparats zu zweifeln, und das verzeihen sie nie. Diese Banden unterscheiden sich in nichts von Räubergesellschaften in Rußland, die ohne nur eine Vorstellung von der Idee des Bolschewismus zu haben, unter seiner Flagge Erpressungen und Mordtaten begangen haben mochten.

Ich stelle fest: die Militärmacht Deutschlands besteht aus der Reichswehr, aus den Sicherheitswehren, aus der Gendarmerie, aus dem Ortsschutz und den Einwohnerwehren. Die ressortmäßig feine Unterscheidung zwischen ihnen ist völlig belanglos — es glaubt kein Mensch im Ernst, daß die militärisch organisierten Sicherheitssoldaten keine Soldaten, sondern Beamte, wie etwa Steuerbeamte seien. Diese Militärmacht stößt Mörder aus ihren Reihen nicht aus. Es darf also ausgesprochen werden: In der deutschen Militärmacht dienen Mörder.

Die Regierung schweigt. Tief sitzt ihnen in den Knochen die alte Sehnsucht zum Tempelhofer Feld, tief die alte Ehrfurcht vor dem Offizier, dem sie mit Wonne salutierten. Weiß der Wachtmeistersohn nicht, wie ein politisch militärischer Bericht zustande kommt? Weiß er nicht, daß nur wirtschaftlich und moralisch faule Existenzen sich zum Spitzeldienst hergeben, und daß sehr viel Menschenkenntnis und noch mehr Takt dazu gehört, Agentenberichte richtig zu verwerten? «Das Wehrkreis-Gruppenkommando meldet ...» Es lügt — denn es geht um die Wurst: um seine Existenz. Wir dürfen dieser Gesellschaft selbst den guten Glauben absprechen.

So treiben wir dem Bürgerkrieg zu. Zögernde Ängstlichkeit hüben und resolutes Zufassen drüben. Wer ist eigentlich im letzten Jahr ermordet worden? Monarchen, Heerführer, reaktionäre Politiker?, eine

Reihe fortgesetzter Mordtaten gegen die Führer der oppositionellen Parteien, eine Kette ekelhafter Blutflecke, ein ausgeführter Hochverrat, Schüsse aus dem Hinterhalt, Erschießungen auf der Flucht und Schläge mit der geistigen Waffe Preußens, dem Seitengewehr, – sie haben die bürgerliche Gesellschaft nicht zu belehren vermocht, daß Verbrechertum und Gewaltpolitik rechts sitzen. Sie stieren nach links wie der Frosch auf die Schlange.

Auch dieser Mord wird ungesühnt bleiben. Auf das leere Klappern des offiziösen Apparats brauchen wir kaum noch hinzuhören. «Die Mörder mußten annehmen ... sie befanden sich in dem Glauben ... es liegt insofern ein Mißverständnis vor ...»

Blut schreit zum Himmel. Ein Ermordeter liegt da und verwest, mit gebrochenen Augen, den Kinnladen heruntergeklappt, das weiße Gesicht nach oben gekehrt. Und eine Frage steigt auf aus der Erde: Warum? Mein Gott, warum? Weil wir es uns gefallen lassen. Weil keiner da ist, der einem in ohnmächtiger Wut geballten Volk den Weg zeigt, diesem Lande zu helfen. Ist keiner da?

Rechts steht, dunkel und entschlossen, die Masse von Militärs und Geldleuten, die wissen, was sie wollen und wen sie wollen. Auf die Demokraten ist mit geringen Ausnahmen kein Verlaß. Das wackelt im Winde auf und nieder, berichtet schaudernd von den Taten des einen Hölz und weiß nichts von denen, die Hunderte von Offizieren dauernd begehen. Diese Demokratie hat einen doppelten Boden. Die rechtssozialistischen Arbeiter wachen langsam auf, ihre Führer in den Ämtern schlafen.

Ist keiner da? Wir sind da. Und brauchen uns nur auf unsre Kraft zu besinnen und darauf, daß diese ganzen bewaffneten Organisationen nicht gottgegebene Notwendigkeiten, sondern irdische Jammergesellschaften sind – wir brauchten uns nur zu besinnen.

Lebe wohl, Hans Paasche. Der Tod eines Menschen sei kein Wahlplakat. Aber du sollst nicht umsonst gefallen sein.

MIKROKOSMOS

Daß man nicht alle haben kann –!
Wie gerne möcht ich Ernestinen
als Schemel ihrer Lüste dienen!
Und warum macht mir Magdalene,
wenn ich sie frage, eine Szene?
Von jener Lotte ganz zu schweigen –
ich tät mich ihr als Halbgott zeigen.
Doch bin ich schließlich 1 Stück Mann ...
Daß man nicht alle haben kann –!

Gewiß: das Spiel ist etwas alt.
Ich weiß, daß zwischen Spree und Elbe
das Dramolet ja stets dasselbe,
doch denk ich alle, alle Male:
entfern ich diesmal nur die Schale –
was wird sich deinen Blicken zeigen?
Was ist, wenn diese Lippen schweigen?
Nur diesmal greifts mich mit Gewalt . . .
(Gewiß: das Spiel ist etwas alt.)

Daß man nicht alle haben kann –!
Das läßt sich zeitlich auch nicht machen . . .
Ich weiß, jetzt wirst du wieder lachen!
Ich komm doch stets nach den Exzessen
zu dir und kann dich nicht vergessen.
So gib mir denn nach langem Wandern
die Summe aller jener andern.
Sei du die Welt für einen Mann . . .
weil er nicht alle haben kann.

TITEL

Die neue Verfassung hat in vorsichtiger Formulierung die Verleihung von Titeln, mit denen kein Amt verbunden ist, untersagt. Nun ist in diesem Lande die Verfassung ein frommer Wunsch, bestimmt für die braven Schulkinder, wie man ihnen früher ja wohl die Bibel mitgab: man liest in beiden und richtet sich nach keinem. Aber das mit den Titeln sollte man doch abschaffen.

Die Titelsucht ist heute in Deutschland genau so groß und so gefährlich, wie sie es im Mittelalter gewesen ist. Der Titel erstickt jeden Widerspruch und erspart dem Titelträger jede Tüchtigkeit. Er steckt sich hinter den Titel, und das Übrige besorgt dann schon die Dummheit derer, die den Titel anstaunen und ihn um des Titels willen, den sie nicht haben, aber gern hätten, beneiden. Es ist nicht besser – es ist schlimmer geworden.

Bei den Sicherheitswehren gibt es fünf verschiedene Arten von Wachtmeistern. Die alte Bevorzugung der Referendare und Assessoren, die sich früher einmal in gesellschaftlichen Bevorzugungen ausdrückte und manchmal noch ausdrückt, hat die Schaffung der Studienreferendare und Bergassessoren und Postreferendare hervorgerufen – und das alles nur, damit eitle junge Leute mit dem herrlichen Titel angeredet werden.

Der Titel soll den Träger immer wieder an seine eigne Herrlichkeit gemahnen. Es wäre nichts gegen ihn einzuwenden, wenn er nur den Angeredeten auszeichnete; er drückt aber bewußt alle die, die ihn nicht haben. Er ist im tiefsten Sinn undemokratisch.

Die Eitelkeit ist aber größer. Sie wird groß gezüchtet von den Behörden. Solange irgendein Regierungsrat, ein Assessor, ein Oberleutnant nur um dieser Titel und Ämter willen von den Exekutiven bevorzugt werden — und sie werden es stündlich —: so lange ist auf keine Besserung zu hoffen. Die flaue Feigheit der Koalitionsregierung waltet auch hier ob —: man traut sich nicht, dem Deutschen sein geliebtes Palladium zu entreißen und einen jeden so anzureden, wie er nun mal heißt. Namen können eine Ehrung sein — Titel nie.

Universitätsprofessor ist ein Beruf, keine Anrede. Sanitätsrat ist nur eine Anrede und kein Beruf. Korvettenkapitän sei keines von beiden.

Der Wahnsinn greift munter um sich. Die Königlich Preußische Republik verleiht heute noch die alten monarchistischen Titel weiter — damals hatten sie einen Sinn, nämlich für das Herrscherhaus, das mit dem Köder auf die menschliche Schwäche der Eitelkeit das mangelnde Gehalt zu verbessern trachtete. Ohne diesen Titelkram würden all diese Kreisdiätare und Bergwerkassessorensubstitute und Generalsupernumerarpraktikanten ihren Dienst kaum verrichten können ...

Gott gab den Menschen die Verstopfung und zugleich die heilsame Tamarinde. Und er gab ihnen eine Beschäftigung und zugleich den Titel.

Es geht glatter vonstatten.

EINWOHNERWEHRMANN AUF POSTEN

(Nachts)

Der Posten: Eins, zwei, drei, vier ... Eins, zwei, drei, vier ... Herrgott, ist das langweilig! Muß mich der Teufel frikassieren, daß ich in diese verdammte Einwohnerwehr — was ist das? nichts — in diese verdammte Einwohnerwehr eintrete! Mein Schwager hat mir extra gesagt, ich bekäme eine Schreiberstelle oder so was, jetzt lauf ich in dieser lächerlichen Nacht rum und werde mir sicher noch einen Schnupfen ... Halt! Wer da? — Nervös wird man hier, das ist nicht zum Blasen! Man kann doch nie wissen, ob diese Bolschewisten mit ihrer Roten Armee nicht auf einmal in den Grunewald ... Hallo! Donner — so bin ich nicht erschrocken, seit wir die große Musterung hatten — dabei wars nichts. Wohl ein Hase. Nä — wo sollten hier wohl Hasen herkommen? Wo wir doch die Einwohnerwehr hier haben ... Eins, zwei, drei, vier ... Eins, zwei, drei, vier ... Für welche Regierung stehe ich eigentlich? Wieviel Knöpfe hat der Mantel — wollen mal zählen: Kapp, Ebert, Kapp, Ebert, Kapp, Ebert, Kapp — das ist ein ordentlicher

Mantel! – Ja, unsere preußischen Ausrüstungsstücke, die macht uns keiner nach! – Immer für Ruhe und Ordnung, für Ruhe – (mit Donnerstimme, die Hosen voll) Halt!! Wer da?

Eine Stimme aus dem Dunkel: Frau Gensichen!

Der Posten (entsichert): Das kann jeder sagen! Das ist eine bolschewistische Fälschung ... Ausweis!

Die Stimme: Hier!

Der Posten: Nicht so nah ran! Licht!

Die Stimme: Ich habe keins.

Der Posten: Natürlich! Echt bolschewistisch! Ich werde Licht ... nicht so nah ran! – (Knipst an der Taschenlampe)

Die Stimme: Herr Leutnant, ich will nämlich zu meinen Mann, wir wohnen hier um die ...

Der Posten: Maul halten! Was ist das überhaupt für ein Ausweis! Polizeiliche Anmeldung! Kann ja gefälscht sein! Haben Sie keine Militärpapiere?

Die Stimme: (schweigt ehrfürchtig)

Der Posten: Was sind Sie?

Die Stimme: Mein Mann ist der Butterhändler Gensichen, Franz Gensichen ... mir kennen hier alle Leute ...

Der Posten: Was Ihr Mann ist, will ich nicht wissen! Wer sind Sie, habe ich gefragt! – Haben Sie übrigens Butter?

Die Stimme: Aber ja doch! – Wo soll ich sie denn hinbringen? Wir haben ganz frische Landbutter – 28 Mark das Pfund ...

Der Posten (stellt das Gewehr ab): Warten Sie mal – ich werde Ihnen meine Adresse ... (kritzelt)

Die Stimme: Wieviel brauchen Sie denn?

Der Posten: Na, so drei Pfund, mal erst morgens ... (im Brustton): Passiert!

Die Stimme: Passiert? Haben wir nicht!

Der Posten: Ich meine, Sie können gehen! Aber vergessen Sie die Butter nicht! Drei Treppen – nicht vergessen!

Die Stimme (im Dunkel): Nein. Sicher nicht. Gun Ahmt! Auf Wiedersehn!

Der Posten: Man muß nur seine Pflicht tun, das belohnt einem der da oben gleich! Ein gefährliches Pflaster, das hier – hätte doch auch 'n Bolschewist sein können ... Eins, zwei, drei, vier ... Eins, zwei, drei, vier ... Wie lange die Ablösung heute wieder braucht – sicher wieder verbummelt – Na, ich sollte hier Kommandeur sein ... Da würde ich aber mit einem eisernen Besen reinfegen ... Es ist doch verdammt was anders, ob man gehorcht oder kommandiert ... Eins, zwei, drei, vier ... Sone Einwohnerwehr muß ja sein – aber grade ich? – Eins, zwei, drei, vier ... Huach – zwei, drei, vier ... Auflösen sollte man die ganze Einwohnerwehr – Halt! Wer da?

Die Ablösung: Streifpatrouille der Wache II mit Ablösung.

Der Posten: Parole?

Die Ablösung: Tagegeld.

Der Posten: Auf Posten nichts Neues. Vor dem Feind alles ruhig. (Es wird abgelöst.)

Die Ablösung: Sie möchten mal zum Herrn Kommandeur raufkommen – aber rasch, er ist noch da!

Der Posten: Ich?

(Beim Kommandeur)

Der Kommandeur, Hauptmann a. D. Ruppert: Herr Bär, ich habe Ihnen die freudige Mitteilung zu machen, daß Sie als zweiter Hilfsreferent in die zur Abwicklungsstelle umgewandelte Zentrale für Einwohnerwehren berufen sind! Gehen Sie mit Gott!

Der Posten: Herr Hauptmann!

Der Kommandeur: Und nun setzen Sie sich zu uns, da steht der Rotwein, da das Grammophon – und solange wir hier im Grunewald noch einen alten Schuppen mit einem Tornister drin zur Bewachung haben – solange werden wir nicht aufgelöst! Wir nicht! Prost!

Der Posten: Prost, Herr Hauptmann! – Herr Hauptmann ... Brauchen Herr Hauptmann Butter?

IN DER STRAFKOLONIE

Das ist nicht wahr, wenn die Leute behaupten, Träume seien verschwommen. «Jeder ist, während er träumt, ein Shakespeare», sagt der Weise, und noch im unsinnigsten Phantasma der Nacht stehen Konturen und Farben unverrückbar fest. Bäume zum Greifen und saftig grün, und in den Gesichtern der Geträumten kann man die Fältchen mit den Fingern antasten. Klar und scharf ist alles im Traum.

So unerbittlich hart, so grausam objektiv und kristallklar ist dieser Traum von Franz Kafka: ‹*In der Strafkolonie*› (bei Kurt Wolff in München erschienen). Dieses schmale Buch, ein wundervoller Drugulin-Druck, ist eine Meisterleistung.

Seit dem ‹*Michael Kohlhaas*› ist keine deutsche Novelle geschrieben worden, die mit so bewußter Kraft jede innere Anteilnahme anscheinend unterdrückt, und die doch so durchblutet ist von ihrem Autor. Die Geschichte ist einfach die, daß in der Strafkolonie ein aufsässiger Soldat auf einen irren Apparat geschnallt wird, und dort foltert man ihn. Dort wird ihm seine Strafe, die These: «Ehre deinen Vorgesetzten», auf den nackten Leib geschrieben. Nadeln besorgen das.

Seit dem parfümierten Salonsadisten Ewers sind diese Dinge ein wenig in Verruf geraten, und man muß heute schon immer hinzusetzen, daß es sich bei einem solchen Buch nicht um die Bereicherung der Handbibliothek schwammiger Konfektionäre handelt. (Zu beschlagnahmen ist hier auch nichts, Herr Staatsanwalt!) Als ich so weit gelesen hatte, bis da der nackte Mann unter der Maschine liegt, in seinen Mund wird ihm von unten her ein Filzstück geschoben, damit er nicht schreien kann, seit Jahren hat man diesen Filzstumpf nicht gewechselt, und nun setzt sich diese komplizierte Maschinerie langsam in Bewegung, die Nadeln schreiben, und aus kleinen Kanülen spritzt Wasser das Blut fort – als ich so weit gelesen hatte, schluckte ich einen faden Blutgeschmack herunter und suchte nach einer Entschuldigung und dachte: Allegorie ... Die Militärgerichtsbarkeit ...

Aber dieses Kunstwerk ist so groß, daß es keiner Entschuldigung bedarf, und eine Allegorie ist erst recht nicht vonnöten. Es ist ganz etwas andres. Der leitende Offizier erklärt dem fremden Reisenden genau die Konstruktion der Maschine und begleitet jede Zuckung des Gefolterten mit sachverständigen Bemerkungen. Aber er ist nicht roh oder grausam, er ist etwas viel Schlimmeres. Er ist amoralisch. Die Angelegenheit hat mit Christentum überhaupt nichts zu tun, dieser Offizier quält nicht, er ist beileibe kein Sadist. Und wenn er nach der sechsten Stunde der Folterung die Leidenszüge des nun immer schwächer werdenden Mannes in sich hineinschlürft, so ist das nur eine grenzenlose und sklavische Verneigung vor der Maschine dessen, was er Gerechtigkeit nennt, in Wahrheit: vor der Macht. Und diese Macht hat hier keine Schranken.

Einmal schrankenlos herrschen können ... Besinnt ihr euch noch: wie wir kleine Jungens gewesen sind und in mancherlei wirren Sexualnöten steckten, erträumten wir uns wohl eine Stadt oder ein Land, darin gingen die Leute alle nackt oder sie hatten Glaskleider an, Männer und Frauen. Und in diesem Lande wurde ausschließlich und schrankenlos und ohne die leiseste Seelenemotion coitiert. Das hatte mit Liebe gar nichts zu tun, es war das ein Schwelgen in der Möglichkeit rein manuellen Geschehens, ohne daß störend Lehrer oder Vater oder Mutter hinzukamen. (Eine Art der Sinnlichkeit, wie sie normale Erwachsene nie mehr empfinden können.) Was die Phantasie des Knaben reizte, war nicht nur das sexuelle Motiv, sondern vor allem die Schrankenlosigkeit. Das Indianerspiel war die Vorstufe dazu. Einmal schrankenlos herrschen können ...

Diese Schrankenlosigkeit – hier bei Kafka ist sie geträumt und gestaltet. Und die Hindernisse, die sich einer reglementmäßigen Folterung in den Weg stellen, sind gleichfalls traumhaft. Nicht daran scheitert die Qual, daß etwa eine ganze Gesellschaft, die Ordnung, der Staat empört aufstünden, sie zu hindern – nein, die Ersatzteile der Maschine sind nicht in Ordnung, und der neue Kommandant der Strafkolonie ist, im Gegensatz zum alten, ein Modernist und unterstützt den Maschinenoffizier und sein Folterwerk nicht so recht, aber er duldet es doch auch . . . Und all das ist so maßlos kühl und unbeteiligt erzählt. Der Dichter hat noch Zeit, ganz, ganz kleine Einzelheiten auszupinseln, so wie man ja manchmal im Leben und im Traum bei katastrophalen Geschehnissen einen eingerissenen Fingernagel oder ein Blumenblatt auf dem Teppich als das Charakteristikum dieses Geschehnisses vor allem im Gedächtnis behält. Und so arbeitet denn vor den Augen des erregten Reisenden die Maschine, und die Nadeln schreiben und schreiben.

Und dann verschiebt sich das Bild, und in einem Kausalnexus, der nur durch die Tatsache des Traums verständlich wird, läßt der Offizier den Verurteilten frei, und weil seine Maschine nicht leer stehen kann, legt er sich selbst darunter und läßt sich rasch zu Tode peinigen. Nur deshalb: weil die Maschine nicht leer stehen kann. Und traumhaft wirr steigen die Räder aus diesem entsetzlichen Instrument, das ein gemeinsames Kind von Peter Behrens und Lyonel Feininger konstruiert haben könnte, die runden Räder steigen und fallen, und da spießt die Egge den Leib des Offiziers auf, und der Ausleger der Maschine hebt den Kadaver entsetzlich langsam nach außen und läßt ihn in jene Grube klatschen . . .

Der Reisende und der bisherige Verurteilte und der Posten haben machtlos zugesehen. Und dann gehen sie noch in der Stadt umher, und dann steigt der Reisende auf ein Boot und fährt fort. Und auf einmal ist das Buch aus.

Ihr müßt nicht fragen, was das soll. Das soll gar nichts. Das bedeutet gar nichts. Vielleicht gehört das Buch auch gar nicht in diese Zeit, und es bringt uns sicherlich nicht weiter. Es hat keine Probleme und weiß von keinen Zweifeln und Fragen. Es ist ganz unbedenklich. Unbedenklich wie Kleist.

PAASCHE

Wieder einer.
Das ist nun im Reich
Gewohnheit schon. Es gilt ihnen gleich.
So geht das alle, alle Tage.
Hierzuland löst die soziale Frage
ein Leutnant, zehn Mann. Pazifist ist der Hund?
Schießt ihm nicht erst die Knochen wund!
Die Kugel ins Herz!
Und die Dienststellen logen:
Er hat sich seiner Verhaftung entzogen.
Leitartikel. Dementi. Geschrei.
Und in vierzehn Tagen ist alles vorbei.
Wieder einer. Ein müder Mann,

der müde über die Deutschen sann.
Den preußischen Geist – er kannte ihn
aus dem Heer und aus den Kolonien,
aus der großen Zeit – er mochte nicht mehr.
Er haßte dieses höllische Heer.
Er liebte die Menschen. Er haßte Sergeanten
(das taten alle, die beide kannten).
Saß still auf dem Land und angelte Fische.
Las ein paar harmlose Zeitungswische ...

Spitzelmeldung. Da rücken heran
zwei Offiziere und sechzig Mann.
(Tapfer sind sie immer gewesen,
das kann man schon bei Herrn Schäfer lesen.)
Das Opfer im Badeanzug ... Schuß. In den Dreck.
Wieder son Bolschewiste weg –!
Verbeugung. Kommandos, hart und knapp.
Dann rückt die Heldengarde ab.
Ein toter Mann. Ein Stiller. Ein Reiner.
Wieder einer. Wieder einer.

Und nun –?
Die Regierung wird was tun?
Die Regierung ist gegen Empörung immun.
Schlafen. Zucken die Achseln. Glauben
verlogenen Berichten der Pickelhauben.
Und du liest am nächsten Tag in der Zeitung:
Unschuldig der Mörder – unschuldig die Leitung.
Hausen genau wie damals in Flandern.
Menschen? Tiere sind die andern.
Spielen noch immer herrliche Zeiten
der militärischen Notwendigkeiten.
Und nun –? Die Regierung läßt sie machen ...

Flamm auf, du Volk! Feg sie hinweg.
Da sitzt der Bolschewistenschreck!
Da sitzt Aufruhr. Da die Gefahr.
Alles noch so, wie es früher war ...
Morgen tun sies grad so wieder ...

Und Jesus steigt vom Himmel hernieder.
Breitet segnend die leuchtenden Hände,
tritt vor den Soldatenlümmel hin
und sagt: «Du, es ist Zeitenwende.»

WAHLUNRECHT

Die deutschen Soldaten dürfen dieses Mal nicht mitwählen. Sie haben noch nie gedurft, und diese alte und unrechtmäßige Verkürzung von Staatsbürgerrechten hat sich, wie manches andre, von der Monarchie auf die Königlich Preußische Republik vererbt. Die Politik soll nicht ins Heer getragen werden . . . sagen sie. Aber wenn sie noch lange machen, so wird sich das Heer in die Politik tragen.

Die Begründung zu der Vorschrift des Reichstagswahlgesetzes, nach der das Wahlrecht der Soldaten während der Dauer ihrer Zugehörigkeit zur Wehrmacht ruht, ist keine Begründung, sondern ein Vorwand. Der Grund ist Angst. Was die Regierung eigentlich fürchtet, ist nicht ganz einzusehen; nur das Faktum der vollen Hosen steht fest. Die Vorschrift ist praktisch überflüssig, und wir haben ein krasses Beispiel ihrer Unvernünftigkeit gleich bei der Hand: das Wahlrecht der Sicherheitswehren.

Die Mannschaften der Sicherheitswehren dürfen wählen. Sie wählen, treiben Propaganda, unterliegen der politischen Propaganda, und der Staat geht nicht unter. Daß diese Militärs ‹Landesbeamte› und nicht Soldaten genannt werden, ist eine preußische Verlogenheit. Wen täuscht man damit? Es sind Soldaten. (Die Draperie der Beamtenschaft wurde seinerzeit von dem Sozialdemokraten Wolfgang Heine in die Welt gesetzt; der Papa von das Kind ist der Hauptmann von Pabst, später Hochverräter.) Die Mannschaften und Offiziere der Sicherheitswehr wählen also – und können übrigens auch gewählt werden –, und es ist uns bekannt, wie stark der Staat auf diese Sicherheitswehren zählt. Nach den Informationen aus dem Reich scheint es, als seien wenigstens die Mannschaften dieser Formationen durchaus nicht alle so umgefallen wie ihre Offiziere.

Während diese also ohne Schaden wählen dürfen, bestimmt das Wahlunrecht, daß hunderttausend erwachsene Männer zwölf Jahre lang eine Regierung schützen müssen, bei deren Zusammensetzung sie nichts zu sagen haben. Wenn also das Volk am sechsten Juni eine ultrareaktionäre Mehrheit wählte und sich aus dieser eine Regierung bildete, und wenn Herr Ebert verschwände und Herrn Hindenburg Platz machte, so hätten dieselben Hunderttausend, die eben noch einer demokratischen Regierung Treue geschworen haben, mit derselben unwandelbaren Treue hinter der neuen reaktionären Regierung zu stehen. Das ist der neudeutsche Eid: der Eid mit dem auswechselbaren Boden.

Denn das Heer steht ja nur für Ruhe und Ordnung, nicht wahr? Aber Ruhe und Ordnung sind sehr dehnbare Begriffe, und was dem einen ein staatsrechtlicher Vorgang erscheint und ein geschichtlicher dazu, wird von dem andern mit zehn Jahren Zuchthaus bewertet, wobei es allerdings darauf ankommt, ob man Ludendorff oder Leviné heißt.

Ob es nicht schon ratsam wäre, jedem Soldaten den Austritt aus der Wehrmacht zu ermöglichen, wenn er seine Zugehörigkeit zu ihr nicht mehr mit seinem Gewissen vereinbaren kann, steht dahin. Daß man ihm aber Gelegenheit geben muß, auch seine Stimme zu der wichtigsten deutschen Wahl zu geben, ist gewiß.

Die politisch mundtot gemachten und wie die unmündigen Kinder behandelten deutschen Soldaten werden sich bei der Regierung zu bedanken haben.

SCHRIFTSTELLER

Schriftstellern ist kein Beruf – das ist eine Beschäftigung. Der alte B.

Die Lage des deutschen Schriftstellers ist haltlos. Wenn er nicht Glück oder sehr viel Marktgeschick hat oder einen guten Nebenberuf, kann er verhungern. Die Löhne des Schriftstellers sind nicht in gleichem Schritt mit denen andrer Berufe gestiegen; die gestiegenen Unkosten treffen auch ihn. Ob diese Lage zu verbessern ist und wie, soll hier untersucht werden.

Unter Schriftsteller sei hier einer verstanden, der nur davon lebt, daß er mit seinen vervielfältigten Geistesprodukten auf andre zu wirken versucht.

Der Schriftsteller hat drei Möglichkeiten, seine Ware abzusetzen: das Buch, das Theater, die Presse.

Für das Buchgeschäft ist zu sagen, daß die Kontrolle des Autors an dem Absatz des Verlegers im allgemeinen mangelhaft ist. Neben der großen Zahl anerkannt reeller deutscher Verleger gibt es eine Unzahl kleiner Firmen, von denen die Sage geht, daß sie mehr drucken als verrechnen. Der Autor kann das niemals nachprüfen noch beweisen. Seine Beteiligung am Gewinn ist nicht groß. Sie beträgt heute durchschnittlich fünfzehn Prozent – der immerhin sekundäre Apparat, der seine Ware marktfähig macht, überwiegt also derartig, daß er von einem Dreimarkbuch zwei Mark fünfundzwanzig abgeben muß. Die verbreitete Klage, der Verleger tue nichts für seine Autoren, ist nur zu oft begründet – kaum ein Vertrag schützt davor.

Beim Theater liegen die Dinge ein wenig besser, beim Film schlechter. Die in Betracht kommenden Theaterautoren sind sehr stramm organisiert (ein Zeichen, daß es also geht, und daß die Geistigkeit des Berufes, die mit seinen Marktprodukten nicht verquickt werden darf, kein Hindernis für eine gewerkschaftsähnliche Organisation ist). Der Filmautor ist im Vergleich zum Regisseur und zum Darsteller meist ein armes Luder. Er wird mit kleinen festen Honoraren abgespeist.

Die Verhältnisse in der Presse sind beängstigend schlecht. Die Honorare der gelegentlichen Mitarbeiter sind ein Hohn; die tariflich geregelten Normalgehälter der Redakteure etwas niedriger als die der Maschinenmeister. Es muß dabei gesagt werden, daß die Dinge bei der sozialistischen Presse oft schlimmer liegen als bei der kapitalistischen.

Die Organisation der freien Schriftsteller ist mangelhaft. Der einzige in Betracht kommende Verband, der Schutzverband Deutscher Schriftsteller, wirkt in kleinen Bezirken mancherlei Gutes; er hilft seinen Mitgliedern prompt und rechtschaffen in den Streitfällen des täglichen Lebens – an den Grundfehlern hat er bisher nichts zu ändern vermocht. Typisch auch für diese Organisation ist, daß sie das Schriftstellerelend mit Almosen zu heilen glaubt, wo Kardinalbauten am Platze wären. Ihr Vorsitzender, Robert Breuer, ist Regierungsmitglied – eine Inkompatibilität, die ihm aus politischen Gründen im Verein vorgeworfen wird, ihn reizbar gemacht hat und die praktische Arbeit oft lähmt. Der Kernpunkt liegt aber nicht da. Mit einem Wechsel des Vorsitzenden wäre in politischer Hinsicht viel, in wirtschaftlicher gar nichts getan. (Der Wechsel ist inzwischen eingetreten.)

Was not tut, ist dies:

Der Schutzverband Deutscher Schriftsteller, der nicht die Schlechtesten von uns umfaßt, müßte durch ununterbrochene öffentliche Bearbeitung des deutschen Publikums vor allem einmal auf die Erkenntnis hinwirken, daß das Schriftsteller-Honorar kein hingeworfenes Geschenk, sondern ein erarbeiteter Verdienst ist. Er müßte, zweitens, die in Frage kommenden deutschen Schriftsteller zu der Auffassung erziehen, daß es sehr wohl ehrlos ist, gegen die Organisation oder gar zu billig zu arbeiten. Die meisten von uns arbeiten zu billig. Sie sagen, sie seien dazu gezwungen, um überhaupt leben zu können. Das ist für den Standpunkt von heute richtig. Wer noch nicht einen festen Marktwert besitzt, kann sich mit seinen Leistungen so weit er will über das allgemeine geistige Niveau erheben – es zahlt ihm keiner einen Pfennig dafür.

Ja, es geht weiter. Wer von uns nicht Vermögen hat, ist gezwungen, eine Nebenbeschäftigung zu suchen. Liegt sie auf ganz anderm Gebiet als auf dem literarischen, so ist das für ihn schlimm. Muß er aus seiner Kunst eine Butterfabrik machen, dann ist es umso schlimmer für ihn. Es fällt keinem ein Stein aus der Krone, wenn er für das Cabaret oder den Film schreibt – aber es geht doch aus diesem wirtschaftlichen Druck hervor, daß er von seinen rein politischen, rein literarischen Arbeiten nicht leben kann.

Mir ist bei fast allen Vertragsabschlüssen mit der Presse und mit dem Buchverlag aufgefallen, daß der Unternehmer mit den Unkosten für Papier, Satz und Druck als absolut feststehenden Faktoren rechnet, an denen nicht zu drehen und zu deuteln ist. Der Rest ist nach Abzug der übrigen Unkosten Reingewinn, und von dem darf sich der Schriftsteller nach etzlichem Knapsen und Würgen etwas für sich heraushandeln. In allen andern Fragen steht der Unternehmer im Buchverlag und im Zeitungswesen geschlossenen Gruppen gegenüber, mit denen nicht zu spaßen ist. Den Schriftsteller nimmt er sich einzeln vor. Und siegt.

Es ist nicht richtig, wenn die Laschen und Lauen unsres Standes immer sagen, man könne uns nicht alle unter einen Hut bringen, weil wir zu verschieden seien. Wir sind es, Gott sei Dank, in geistiger Hinsicht. In wirtschaftlicher gar nicht. Ein Verlagsvertrag des Grafen Ernst zu Reventlow und einer von mir sind juristisch und wirtschaftlich der Art nach nicht verschieden. Was wir bei der Lampe machen, ist eine andre Sache. Draußen verkaufen wir Ware.

Es ist auch nicht richtig, daß eine straffe Schriftstellerorganisation wegen des Außenseitertums der Dilettanten nicht haltbar sei. Auf die Dauer kann weder die Presse noch etwa der Buchverlag vom schreibenden Dilettanten leben. Der Universitätsprofessor, der sich in seiner Zeitung gedruckt sehen will, ist nicht die Gefahr. Für die Lyrik schwitzende Jungfrau ist heute ohnehin bei der herrschenden Papierknappheit wenig Platz. Die Gefahr steckt anderswo.

Die Gefahr sind wir selbst. Es gibt viel zu viele unter uns, die, wenn sie noch nicht arriviert sind, sich geschmeichelt fühlen, mit einem Verleger überhaupt sprechen zu dürfen, und die finanziell nachgeben. Es gibt viel zu viele unter uns, die nicht begreifen, daß die patriarchalische Stellung des Unternehmers vorbei sein muß, und daß dieses: ‹Treue um Treue› eine höchst einseitige Geschichte ist, und die finanziell nachgeben. Wir, wir selbst sind die Gefahr.

Es kommt kaum vor, daß Leute von Ruf den Preis verderben. (Obgleich ich mich schon oft gewundert habe, für wie wenig Geld selbst die großen Familienblattkanonen zu haben sind.) Der Erfolgreiche hat aber in allen Organisationsfragen wenig oder gar keinen Sinn für seinen Stand, dessen Namen er an hohen Feiertagen tönend im Mund führt.

Ich bin Mitglied des Vereins Berliner Presse und muß immer leise lächeln, wenn ich von den pomphaften Empfängen und Festen dieses Vereins lese. Sie sind letzten Endes Benefizabende eines armen Provinzschauspielers, und das Wort ‹beneficium› schließt Ehre und Geschenk gleichermaßen in sich. Diese Veranstaltungen bedeuten: Bei uns ist etwas nicht in Ordnung. Wie jede Wohltätigkeit, nach Multatuli, anzeigt, daß etwas nicht in Ordnung ist. Die Tatsache, daß der deutsche Redakteur in finanzieller Hinsicht meist ein ziemlich trauriges Dasein führt, paßt so gar nicht zu den Festsprüchen toastender Redner. «Meine Herren von der Presse . . .!» Du lieber Gott! Das lebt mit Frau und drei Kindern für vierzehnhundert Mark und weiß oft nicht, wovon die nächsten Schuhsohlen zu bezahlen sind.

Dem freien Schriftsteller gehts noch elender. Er stirbt aus. Er wird als wirtschaftliche Erscheinung bald gar nicht mehr zu denken sein. «Schriftstellern ist kein Beruf – das ist eine Beschäftigung.» Der freie Schriftsteller verschwindet – und das bedeutet das Ende einer Gattung Mahner des öffentlichen Gewissens.

Ich gehöre zu den Leuten, die glauben, daß das Ende des Künstlers noch nicht das Schlimmste wäre, weil ich glaube, daß für die kommende Zeit Kunst nicht das wichtigste Ding sein wird. Aber ich meine, daß es kulturschädlich ist, wenn der verschwindet, der unabhängig und desinteressiert den Leuten die Wahrheit sagen kann. Schriftsteller kauft man sich heutzutage schon gar nicht mehr, weil Pfenniggeschäfte nicht lohnen. Heute kauft man Zeitungen. Zeitungen mit dem ganzen an ihnen hängenden Publikum und mit der Setzerei und der Druckerei und der Falzerei und, richtig, auch mit dem Redaktionsstab. Einer der Herren geht? Aber wir bekommen fünf neue.

Wir wissen alle, was das bedeutet. Wir wissen, daß die Presse in Deutschland nicht in dem Sinne korrupt ist, daß sie für einen Betrag von zehntausend Mark einen Angriff liefert. Aber wir wissen doch auch alle, daß ein großes Blatt eine Interessensphäre vertritt, die nicht ganz unabhängig vom wirtschaftlichen Standpunkt des Inseratengeschäftes ist und sein kann. (Ein witziger berliner Journalist pflegt zu sagen: «Die Unabhängigkeit des Inseratenteils ist garantiert.») Und es ist natürlich sehr wichtig, zu kontrollieren, wer hinter einer solchen Zeitungsmacht steckt. Aber es ist noch wichtiger, die Existenz von Schriftstellern zu ermöglichen, die von gar keiner abhängen.

Der Schriftsteller außerhalb der Partei und außerhalb eines Pressekonzerns ist, im Gegensatz zu diesen Institutionen, erst der rechte und wahre Förderer der Kultur. Er und nur er kann, unbeschwert von allen Rücksichten und ohne Manöver des Taktes, das sagen, was zu sagen so oft bitter not tut. Er und nur er hat, wenn er ein rechter Kerl ist, keinen zu fürchten. Der Typ ist heute am Verhungern.

Ob von diesem Staat etwas zu erwarten ist, weiß ich nicht. Daß von dieser Gesellschaftsform nichts zu erwarten ist, scheint mir sicher. Wenn der Schriftsteller sich nicht sein Recht erkämpft, bekommt ers nie. Der Weg dorthin geht nur über den gewerkschaftlichen Zusammenschluß aller deutschen Schriftsteller mit klaren und festen Tarifverträgen. Der Tarif regelt nicht den Geist – er regelt den Verschleiß der Ware. Und wenn einer beim Verkauf mit Idealen kommt, dann ist das Geschäft faul, und wir werden betrogen. Wir werden betrogen. Wir lassen uns betrügen.

Der Schutzverband Deutscher Schriftsteller kann allein nichts tun, auch wenn er wollte. Wenn ihr euch nicht alle zusammenschließt, wenn ihr nicht alle so viel Solidaritätsgefühl füreinander aufbringt, wenn ihr nicht alle *den* einen Schuft nennt, der den Streik bricht — heute traut ihr euch noch nicht einmal, zu streiken, weil ihrs gar nicht könnt —, wenn ihr nicht zusammenhaltet: dann ist es mit dem freien Schriftsteller aus.

Man sollte glauben, die wirtschaftliche Not zwänge den Stand zur Erkenntnis seiner Lage. Aber so groß ist die Macht anerzogener und gewohnter Laschheit, daß kaum einer muckt, und daß sie so stolz, erhobenen Hauptes, und voll von Idealen, wie es gebildeten deutschen Männern gebührt, wirtschaftlich verkommen.

Wollt ihr euch, wollt ihr den deutschen freien Schriftsteller vor dem Untergang bewahren? Dann tut etwas. Tut euch zusammen, tretet in den Schutzverband Deutscher Schriftsteller ein, und wirkt in ihm dafür, daß ihr wirtschaftlich besser dasteht als eure Waschfrau. Gebt nicht nach, bevor ihrs erreicht habt!

1910 schrieb Wilhelm Schäfer in der noch heute geltenden ausgezeichneten Monographie *‹Der Schriftsteller›* (bei Rütten & Loening in Frankfurt am Main): «So ist die Lage des Schriftstellers in Deutschland die einer als Beruf nicht anerkannten Existenz, der trotzdem letzten Grundes keine andre Pflichterfüllung möglich ist als die ihres innern Berufs, und die darum äußerlich in schwierigen und haltlosen Verhältnissen lebt. Diese Verhältnisse bedrohen nicht einen beliebigen Stand, sondern grade den, der als der Hüter der Sprache auch der Träger der deutschen Bildung ist.» Das gilt noch heute.

Ich habe hier nichts zu enthüllen gehabt. Keine Zeile in diesem Aufsatz ist ein versteckter Angriff auf irgend jemand, keine Wendung verschleiert Namen. Ich hätte sie genannt, wenn ich gewollt hätte. Ich habe keine einzelnen Namen zu nennen. Keiner ist von Belang. Wichtig allein ist die Gesamtlage des Standes.

Die große Presse hat für die Geräusche in ihrem eignen Innern kein rechtes Ohr. Man kann wohl auch keinem Unternehmer zumuten, sich selbst einen Tadel ins Klassenbuch zu schreiben. Darum habe ich meinen Notschrei hier erhoben.

SOMMERLIED

Wenn der Sommer blaut,
wenn der Penner klaut,
wenn der Gastwirt stellt den Garten raus:

Pflanzt im Bumslokal
sich mit einem Mal
der beliebte Humorist vors volle Haus.
Und er tut als wie besoffen,
und er murmelt schwer betroffen —
Schnedderedeng — den Refrain:
«Und ick immer mitn mit, mitn Schmidt, mitn mit,
und ick immer mitn mit, mitn mit, mitn Schmidt!»

Mancher Journalist
weiß genau, wies ist,
wenn der Umsturz alle Seelen faßt.
Und er sichert sich
leis und vorsichtig,
daß er nur den letzten Anschluß nicht verpaßt.
Der Zeitgeist pfeift. Der Zeitgeist lockt.
Und ganz gesiegt ist halb geschmockt. —
Schnedderedeng — im Refrain:
Und sie immer mitn mit, mitn Schmidt, mitn mit,
und sie immer mitn mit, mitn mit, mitn Schmidt!

Manches Volk ist blind,
Fahnen wehn im Wind,
Idealen geht die Farbe ab.
Doch sie hängen dran —
alle, Mann für Mann —
haben nichts gelernt von Wilhelm bis zu Kapp.
Führt auch Ludendorff sie in den Scheibenkleister:
er bleibt doch der große deutsche Meister —
Schnedderedeng — im Refrain:
Und sie alle mitn mit, mitn Schmidt, mitn mit,
und sie alle mitn mit, mitn mit, mitn Schmidt!

PRIESTER UND DETEKTIV

Der lustige Fall, daß einer einen kleinen Religionstraktat schreibt und Detektivgeschichten und nachdenklich-unterhaltsame Betrachtungen über den europäischen Gesellschaftskörper, und das alles in einem hin —: dieser Fall ist wirklich eingetreten. Wer anders kann das getan haben als unser guter dicker alter Chesterton? Habt ihr einmal ein Bild von ihm gesehen? Ihr solltet das nicht versäumen. (Dick sein ist keine physiologische Eigenschaft — das ist eine Weltanschauung.) Der Dicke also, dem der Krieg viel von seiner schönen antiken Ruhe raubte, also daß es geschah, daß er statt guter Erkenntnisse mit giftigen Invektiven aufwartete – im Gegensatz zu Wells, im Gegensatz zu Shaw, die beide mehr nachgedacht hatten – der Dicke also hat vor Jahren ein Buch vom Vater Brown geschrieben, das nun übersetzt vorliegt. (‹*Priester und Detektiv*›, bei Friedrich Pustet zu Regensburg und Köln, 1920.)

In den Geschichten geht es so her: ein ganz verwickelter und böser Kriminalfall harrt seiner Lösung – niemand weiß aus noch ein. Da kommt ganz zufällig, gerufen oder ungerufen, der bescheidene, unauffällige und kleine Vater Brown dazu, ein Priester, ein Sohn der katholischen Kirche, kommt, sieht, schweigt und siegt. Dieser Sherlock Holmes ist katholisch – ich hätte nie geglaubt, daß Sellerie und Spargel nebeneinander möglich wären. Es schmeckt. Es schmeckt sogar sehr gut.

Spaßig und neu ist an den Geschichten natürlich nicht die Fabel. Das kennen wir nun bis zur Übermüdung, und jeder einigermaßen gewandte Groschenjournalist in Deutschland und auf der ganzen Welt dürfte wohl nachgrade fähig sein, dergleichen zu erfinden. Spaßig ist das Beiwerk (wie fast immer in dieser Art Geschichten). Spaßig ist der unnachahmliche Chestertonsche Humor. «Glauben Sie nicht», sagt einer, «daß es Sünde ist, Fünfpfennig-Brötchen zu essen? Man sollte sie wachsen lassen, bis sie Zehnpfennig-Brötchen geworden sind . . .» Spaßig sind die kleinen, scheinbar unabsichtlich eingestreuten Privatkollegs über Soziologie und das bürgerliche Leben. Als ob ich den berliner Westen vor mir sehe, den berliner Westen, wie er mit seinen Dienstboten umgeht, so ist mir, wenn ich das da lese: Es ist die Rede davon, daß in ein sehr vornehmes Diner ein Kellner hereinplatzt, offenbar mit irgendeiner Schreckensnachricht. «Der Kellner stand und starrte einige Sekunden, während auf jedem Gesicht am Tisch eine eigentümliche Scham zutage trat, durchaus ein Erzeugnis unsrer Zeit. Es ist die Vermischung des modernen Menschlichkeitsdusels mit dem schrecklichen modernen Abgrunde zwischen den Seelen der Reichen und der Armen. Ein echter historischer Aristokrat würde dem Kellner alles Mögliche an den Kopf geworfen haben, anfangend mit leeren Flaschen und aufhörend wahrscheinlich mit Bargeld. Ein echter Demokrat würde mit kameradschaftlicher Gradheit in der Stimme gefragt haben, was zum Teufel er denn habe. Aber diese modernen Plutokraten konnten einen armen Mann nicht in ihrer Nähe vertragen, weder als Sklaven noch als Freund. Brutal wollten sie nicht sein, und wohlwollend sein zu wollen, davor schreckten sie zurück.» Warum wohl nicht? Ist es das Gefühl einer Schuld . . .? Und wie famos, wenn manchmal in zwei Sätzen so ein Wurfgeschoß daherflitzt: «Ich finde, daß Leute, die Diamanten stehlen, nicht von Sozialismus reden. Sie sind eher von jener Art, die ihn ablehnen.»

Von Berlin nach Hannover – und wenn ihr einen Sitzplatz bekommt und dieses Buch und wenn euch keine dicke Frau ihr Kind so lange zu halten gibt (ihr seid sicherlich Intellektuelle, also fahrt ihr Dritter) – für so eine Eisenbahnfahrt ist dieser Chesterton grade recht. Man kann ihn aber auch auf dem festen Lande lesen.

Und sollte dann nicht versäumen, die andern, ernsten Werke von ihm zu studieren: ‹*Häretiker*› und ‹*Orthodoxie*›. Und das lustige: ‹*Der Mann, der Donnerstag war*›.

AM GRABE VON HANS PAASCHE

Wir stehen am Grabe des Kommunisten und Pazifisten Hans Paasche, der uns nach Gottes und der Reichswehr unerforschlichem Ratschluß vorgestern ziemlich sanft entrissen worden ist, Korn, halblinks oben. Lobsinget, lobsinget Gott! Lobsinget, lobsinget unserm Könige! (Psalm 47, 7).

Wie man einen Knaben gewöhnet, so läßt er nicht davon, wenn er alt wird (Sprüche 22, 6). So hat auch unser lieber Verstorbener schon als junger Mensch Idealen angehangen, die nicht wohlgefällig waren vor der Obrigkeit, und, leider, als der glorreiche Krieg beendet war, maßte er sich an, über seine Kameraden eine gar böse Zunge zu führen. Und was deines Amts nicht ist, davon laß deinen Vorwitz (Sirach 3, 24). Unser lieber Verstorbener tat aber nicht also, und die Kriegsleute sprachen untereinander: «Wer mich ehret, den will ich auch ehren; wer aber mich verachtet, der soll wieder verachtet werden.» (1. Samuel 2, 30)

Denn diese Beerdigung ist das Werk unsrer Kriegesmacht, und sie tat wohl daran, und sie reicht von einem Ende zum andern gewaltiglich und regiert alles wohl (Weisheit 8, 1). Jammer und Elend ist im Jahre 1918 nach Christi Geburt über die Kriegsleute hereingebrochen. Die große Zeit und das Kasino waren dahin gefahren wie ein Strom; der Most verschwindet, der Weinstock verschmachtet, und alle, die von Herzen fröhlich waren, seufzen (Jesaja 24, 7). Denn die Kriegsleute hatten geraubt, ein jeglicher für sich (4. Mose 31, 53); sie säen nicht, sie ernten nicht, sie sammeln nicht in die Scheuern, und ihr himmlischer Vater nähret sie doch (Matthäus 6, 26). Und die Kriegsmacht hing noch immer dem rechtmäßigen Kaiser an, nach dem Spruche, der da lautet: Gib einen alten Freund nicht auf, denn du weißt nicht, ob du soviel am neuen kriegst. Und es hing die Kriegsmacht zum zweiten an dem Knecht im Herrn, Ludendorff; es war aber in ganz Israel kein Mann so schön als Absalom und hatte dieses Lob vor allen; von seiner Fußsohle an bis auf seinen Scheitel war nicht ein Fehl an ihm (2. Samuel 14, 25). Und der Herr sprach zu ihm: Tue deinen Mund weit auf (Psalm 81, 11). Und er tat also und kehrte die Städte um und die ganze Gegend und alle Einwohner der Städte und was aus dem Lande gewachsen war (1. Mose 19, 25). Denn so spricht der Herr: Siehe, ich will die Einwohner des Landes auf diesmal wegschleudern und will sie ängstigen, daß sie es fühlen sollen (Jeremia 10, 18).

Und viel Volkes kam im Kriege um, nicht aber die Führer der Kriegsknechte; sie gingen trocken mitten durchs Meer und das Wasser war ihnen für Mauern zur Rechten und zur Linken (2. Mose 14, 29).

Und Gott sprach zu Noske: Meine Knechte sollen neu wiederhergestellt werden; und gib jedem einen neuen bunten Rock und unten an seinem Saum sollst du Granatäpfel machen von blauem und rotem Purpur und Scharlach um und um, und zwischen dieselben güldne Schellen auch um und um (2. Mose 28, 33).

Aber der böse Feind, dem auch leider unser lieber Verstorbener angehört hat, wollte nicht also und sprach zu den Gehaltsempfängern: Alles, was männlich ist unter euch, soll beschnitten werden (1. Mose 17, 11). Nämlich am Geldbeutel.

Da aber fuhr der Blitz des Herrn hernieder und traf den Aussätzigen, und er traf gut, und alles, was Odem hat, lobe den Herrn! (Psalm 150, 6)

Und wieder erhob sich der böse Feind, dem auch leider unser lieber Verstorbener angehört hat, und fing an zu locken und sprach von Bestrafung und dem irdischen Gericht. Aber mein ist die Rache, spricht der Herr. Und wahrlich, ich sage euch, Kriegsknechte, seid ruhig. Denn ihr habt gehandelt nach dem Wort, das da gilt für die Pazifisten: Gib ihnen nach ihrer Tat und nach ihrem bösen Wesen, gib ihnen nach den Werken ihrer Hände, vergilt ihnen, was sie verdienet haben (Psalm 28, 4).

Und seid ohne Sorge vor dem Knecht Gottes Friedrich Ebert, auch wenn ihr eine kleine Sünde begangen habt: Er handelt nicht mit uns nach unsern Sünden und vergilt uns nicht nach unsrer Missetat (Psalm 103, 10). Und seid ohne Sorgen vor dem Knecht Gottes Geßler: denn der Herr verstößt nicht ewiglich; sondern er betrübt wohl und erbarmet sich wieder nach seiner großen Güte (Klagelieder 3, 32, 33). Und wahrlich ich sage euch: Zur Seite stehet euch der Kriegsgerichtsrat; es ist mancher scharfsinnig, aber ein Schalk und kann die Sache drehen, wie ers haben will (Sirach 19, 22).

Der da aber ruhet im Grabe, das man ihm in christlicher Vergebung seiner Sünden noch geschaufelt hat – ihm sei verziehen! Ruhm und Preis aber denen, die den Willen Gottes und seinen Rachestrahl also gelenket und ausgeführet haben!

Ich entlasse euch, meine liebe Gemeinde, nach dem Worte des Evangelisten Lukas (10, 37): Gehet hin und tuet desgleichen!

SPORT

Sport kostet Geld. Gewöhnlich das Geld desjenigen, der ihn betreibt. Es gibt ja Champions, die werden von den Unternehmern bezahlt – und die holen das Geld hundertfach wieder herein vom neugierigen Publikum. Aber wenn unsereiner, so der bescheidene Privatmann, einen Sport betreibt, dann kostet er unser Geld. Ausstattung und Kleidung und Zeit und Fahrgeld und Miete für den Platz und all das. Und wir haben dann den Spaß und das Vergnügen davon.

Einen Sport aber gibt es in deutschen Landen, der wird kostenlos betrieben. Ja, er kostet durchaus nicht das Geld dessen, der ihn betreibt, sondern er bringt dem Betreiber noch Geld ein – und wir alle bezahlen diesen Sport. Wir alle. Und das ist der Soldatensport.

Es ist ein Spiel geworden, was einmal blutige Notwendigkeit gewesen sein mag. Ein Sport. Ein nutzloser, steuernverschlingender Sport.

Als das Heer zerschlagen war und die Entente die Aufstellung eines neuen verbot, da erfanden sie sich den inneren Feind, und wo keiner war, da machten sie sich einen. Und sie gründeten Freikorps. Und als es auch damit aus war, und der innere Feind geschlagen war – oder im Tiergarten und am Eden-Hotel erschlagen lag –, da beruhigten sie sich nicht, sondern gründeten die Sicherheitswehr. Und als es auch damit nichts war, weil die Mannschaften nicht alle Hottehüh mit sich spielen ließen, da gründeten sie Zeitfreiwilligenformationen. Und als es auch damit nichts war, gründeten sie die glorreiche Einwohnerwehr. Und als es auch mit dieser nicht mehr ging, weil sie sich gar zu offen Herrn Kapp zur Verfügung gestellt hatte – da ließen sie nicht nach und gründeten den Ortsschutz. Und so gründen sie alle Tage. Küstenabwehrformationen und Strandschutz und Gutsschutz und Eigentumsschutz und Flurschutz . . .

Und wir bezahlens.

Was um Himmelswillen gibt es denn da ‹abzuwehren›? Was? Ich wills euch sagen. Die Entlassung!

Nun ist ja das Schicksal dieser Leute, die nichts weiter gelernt haben, als ihr etwas eintöniges Handwerk, gewiß beklagenswert. Aber kann es denn gar nicht anders gemildert werden als durch Gründung immer neuer kulturschädlicher Verbände? Hat denn keiner den Mut, den Leuten zu sagen, daß sie überflüssig, daß sie gänzlich überflüssig sind? Und daß wir sie nicht mehr haben wollen?

Keiner hat ihn. Mit Gewaltmaßregeln ist gar nichts getan. Hier hat der Hauptmann Meyer so gescheite Vorschläge für die Entwaffnung und die wirtschaftliche Versorgung der Kämpfer getan – keiner nimmt sie an. Diese Leute haben so oft vergessen lassen, daß wir, die sie bekämpft haben, Deutsche und Landsleute sind – wir wollens nicht vergessen. Auch diese sind unsere Landsleute.

Aber ich bin schließlich nicht verpflichtet, mein Geld für die Steuer dazu zu verdienen und herzugeben, damit Offiziere und Kapitulanten, die das Zivilleben scheuen, davon leben. Und ich glaube, es ist schon viel damit gewonnen, wenn wir alle erst einmal erkannt haben, was es mit diesen Gründungen wider den bösen inneren Feind eigentlich auf sich hat. Es ist die blanke Angst um die eigene Existenz, die wirtschaftliche und moralische Angst. Ja – es ist schon schwerer, im Zivilleben seinen Mann zu stehen als beim Verhör gefesselten Verhafteten gegenüber ... Und so ruhmreich ist es auch nicht ...

Ich bin ein großer Sportsfreund. Diesen Sport da wollen wir uns aber abschminken.

Deutschland ist kein Stadion. Sondern ein Land, das aufgebaut werden soll. Die Männer um Herrn Geßler sollten dem teuren Sport Einhalt tun. Denn wir brauchen produktive Arbeiter – keine Soldaten.

MACHT UND MENSCH

Der mathematische Grundriß zu Heinrich Manns Roman *‹Der Untertan›* ist erschienen: der Essay-Band *‹Macht und Mensch›* (bei Kurt Wolff in München). Hier ist herausgeschält, was dort unter Fleisch und Muskeln verborgen lag, hier hat einer sauber die Adern herauspräpariert – und klar und übersichtlich liegt das ganze große Netz vor uns. Es ist das bedeutendste Buch, das die Übergangsperiode hervorgebracht hat.

Demokratie war den Deutschen ein leerer Begriff. Unter dem Kaiser war das suspekt, demokratisch zu sein – und es hieß damals so viel wie heute ‹bolschewistisch›, nämlich, nach dem Wort des klugen Geheimrats Krüger: «Bolschewistisch ist alles, was einem nicht paßt». Dafür sagte man damals demokratisch; man durfte auch liberal sagen – es kam auf dasselbe heraus. Diese Worte hatten allenfalls eine theoretische, politische, abstrakte Bedeutung – mit dem täglichen Leben hatten sie gar nichts zu tun. Das wandelte sich.

Der kleine Novemberschwips des Jahres 1918 hielt ganze sieben Tage an – dann begründeten sie die Deutsche Demokratische Partei, die mit der Idee der Demokratie so viel zu tun hat wie die Schopenhauer-Gesellschaft mit Schopenhauer. Wenn bei uns die Ideen populär werden, dann bleibt die Popularität, die Idee geht gewöhnlich zum Teufel. Die Idee, diese Idee in ihrer vollen Reinheit, die Idee der Demokratie – sie lebt in diesem Buche.

Der Band enthält die wichtigsten politischen Essays Heinrich Manns: *‹Geist und Tat›*, jene erste Arbeit, mit der der Aktivismus in Deutschland eingeführt wurde, das heißt: der Gedanke, daß ein Parteiprogramm, das den Leuten nicht in allen Geschäften des Tages wehe tut oder sie anfeuert, zu nichts nutz ist. Er enthält des weitern den kleinen Aufsatz ‹*Reichstag*›, wohl das Vollendetste, was in den letzten Jahrzehnten überhaupt über die deutsche Politik geschrieben worden ist. Auf diesen sechs Druckseiten ist das politische Elend, die gänzliche Stagnation, die Trostlosigkeit dieses Bürgertums – und Bürger sind fast alle – ist all das eingefangen. Ich zitiere diesen Aufsatz seit dem Jahre 1911 – und er stimmt immer. Es hat vor dem Kriege gestimmt, es traf erst recht im Kriege zu, als sich ein ganzes Land von seiner Militärkaste unterjochen ließ, ohne es zu merken und ohne es jemals zuzugeben – und es trifft heute noch zu, heute noch ... Da steht von den Konservativen: «Dies Lächeln! Es sagt: Komödie! Ihr alle seid Objekte der Gesetzgebung, die Subjekte sitzen hier. Es sagt: Ein Leutnant mit zehn Mann. Es ist ein Lächeln von Holofernes bis Dschingis Khan. Es ist das Wulstlächeln aller Schweine der Weltgeschichte: aller Herrenschweine.» Da heißts von den Liberalen: «Droben steht jetzt ein Freisinniger und beweist den Sozialdemokraten, daß sie beim Ausbruch eines Krieges gestreikt haben würden. Er ist sichtlich überzeugt, daß er heute gar nichts Besseres tun könnte. Die Ironie rechts sieht und hört er nicht; flammend reckt er sich nach links und gegen den Umsturz. Die Wollust, positiv und erhaltend zu sein, macht ihm Kongestionen, er weiß nichts mehr. Und der Mann ist Jude. Sein Leben ist sicher nicht vergangen, ohne daß er die Feindseligkeit des christlich geschminkten Feudalstaates erfahren hat. Wenn er den Kopf wenden wollte, auf wie viele Blicke würde er dort rechts treffen, worin nicht freche Geringschätzung läge? Gleichviel, er sieht nicht hin, und für einen Augenblick ist auch er ein Herr, ein Machthaber, der zum Volk vom Pferd spricht (bevor es ihn wieder abwirft) und hinter sich Edelleute und Priester hat. Die Instinktverlassenheit dieses Bürgertums ist vollständig.» Da steht von dem Deutschen und seinen vorgesetzten Behörden: «Was er über die Diplomaten vorbringt, klingt flau; man hört die Demut, die sich einen Stoß gibt, um Ungezogenheit zu werden. Überlegenheit wird sie nicht. Die ‹Herren dort oben› bleiben oben, noch im tiefsten Sumpf. Der Bürger läßt es ohne Widerspruch geschehen, daß auf alle seine Beschwerden der Staatssekretär als Antwort einen Witz macht. Warum sollte der Staatssekretär es sich schwerer machen? Seine wahre, ach, so schlecht weggekommene Gestalt kennt nur Europa. Hier drinnen sieht man nicht ihn bloß in gelber Weste, man sieht ihn gepanzert. Alle seinesgleichen, die sich draußen ducken müssen, in ihrem geistigen Elend, ihrem trüben Mangel an Weltläufigkeit und Kenntnis der Geschäfte: sooft sie zurückkehren aus den Niederlagen, die englische Kaufleute und französische Literatur ihnen beigebracht haben. Aha! welch ein Prunken vor den verschüchterten Landsleuten, welch Auftreten, welche furchteinflößende Autorität – zwischen den Niederlagen!» Auch nach der Niederlage noch.

Und es befindet sich in dem Buch ein Meisterstück der Geschichtsschreibung: der Abschnitt ‹*Kaiserreich und Republik*›. Anilinglanz, Rutsch in die Katastrophe und die falsche Revolution – sie sind alle drei noch nie markanter in Sätze deutscher Sprache eingefangen worden. Die hohle Natur des deutschen Kaisers, sein begeistertes Volk, dessen Blüte er war, der Krach im heißen Sommer Vierzehn und das Gleiten in einen Abgrund, dessen Tiefe selbst jene nicht ermessen hatten, die, mit den laschen Händen am Steuer, damals vorn und obenauf saßen – das ist hier zu finden. Und diese Abhandlung ist deshalb so groß, weil sie en bloc ablehnt. Weil sie nicht ‹gerecht› wägt und dem Kaiser läßt, was des Kaisers ist, sondern weil sie einfach sagt: Nein. Nun kann nur Nein sagen, wer das Ja tief in sich fühlt und dieser weiß, was das ist: Demokratie. Dieser hat begriffen, daß sie nichts ist, was nun in den politischen Kegelklubs zu Hause ist und überhaupt etwa nur in den traurigen Parlamenten – sondern daß sie eine Sache des Herzens ist. Daß sie nichts ist als das tiefe Gefühl: Es gibt etwas auch außerhalb der Berufe und der sozialen Positionen, das uns alle gleich macht, soweit Menschen gleich sein können. Und sie können gleich sein. Mütter fühlen das. Männer können es auch. Wir spielen Rollen – aber wir sind eines Stammes. Und nur so kommen wir weiter, wenn wir das menschliche Niveau erhöhen. «Seine großen Männer! Hat man je ermessen, was sie dies Volk schon gekostet haben? Wieviel Talent, Entschließungskraft und adliger Sinn unterdrückt worden ist, was an Demut, Neid, Selbstverachtung gezüchtet ward, und was versäumt ward in hundert Jahren an der Nivellierung, der moralischen Höherlegung der Nation, damit in unermeßlichen Abständen je ein Manneswunder und Ausbund aller Herrlichkeit erscheinen konnte, übermästet von der Entsagung ganzer Geschlechter und dem lebenden Dünger der Nation entsprossen wie eine tierisch fette Zauberblume. Nun liegt und betet an!» Und sie beten an. Es ist so schön, anzubeten – die Macht anzubeten, einfach: die Macht.

Und es zeigt sich des weitern in den literarischen Aufsätzen des Buches, in jenen, die scheinbar nur über Zola oder über Voltaire sprechen, aber in Wirklichkeit doch nur über dies: wie die Macht den Menschen tötet – es zeigt sich auch in ihnen, daß der schlimmste Götzenglaube feuerländischer Insulaner Mathematik ist gegen diesen europäischen Glauben: den Glauben an die Macht.

Muß noch gesagt werden, daß dieses Buch, wie alles von Heinrich Mann in einem kristallklaren Deutsch geschrieben ist, daß die Sätze springen, sich jagen, daß der Hieb sitzt, und daß die herrlichste Stilisierung nicht zuläßt, an der einmal erkannten Wahrheit zugunsten des Ornaments zu drehen? Ein Zivilisationsliterat? Ein großer deutscher Schriftsteller.

Werner Mahrholz hat neulich in der ‹*Vossischen Zeitung*› das Ethos

Manns bemängelt – es käme nicht aus dem Herzen, er sei selbst ein Mann des wilhelminischen Zeitalters, ein Jongleur, ein Spezialist des Gefühls, Virtuos ...

In den Romanen ist etwas davon, vielleicht hier und da ein Quentchen. In den Romanen ist die Liebe zur leuchtenden Verwesung, zum bunten Lärm und zur überheblichen Absonderung. Aber nicht im Ethos, grade da nicht. Der Künstler muß sich mit seinen Gestalten identifizieren – aber nicht mit ihrem Ethos so, daß neben dem einen kein andres Geltung haben sollte. Der Roman ist – wie Mann in dem Essay ‹*Zola*› aufzeigt – das Produkt der Demokratie. Alle – aber alle nebeneinander. Der ist kein Schauspieler. Und wären die ‹*Armen*› noch mißglückter –: es ist kein Beweis gegen den Politiker. Der zuerst aus dem Wege räumen muß, was uns alle am Atmen und Leben gehindert hat und noch hindert. Haß reinigt. Man muß also nicht für Heinrich Mann eintreten, wie Mahrholz meint, soweit es allein ums Artistische ginge – das ist eine Sünde –, sondern man muß grade für ihn eintreten, wenns ums Politische geht. Und wenn jener fragt: «Soll er Führer einer Jugend sein?» so weiß ich, daß ich nicht für die Schlechtesten meiner Altersgenossen und der Jüngeren spreche, wenn ich sage: Wir folgen ihm.

HEIMG'FUNDEN

Der Bürger zieht die vollen Hosen
sich höher rauf und eilt zur Wahl.
Ihm ist nach der Revolte Tosen
alles ejal.

Nach diesem Krieg, nach diesen Putschen,
nach Kapp – nach Willys starker Hand:
du siehst ihm Herz und Büchsen rutschen.
Er denkt an seinen Barbestand.

Nach diesem Preußen, diesem Morden,
dem Tod, den noch Hans Paasche fand –
nach bunten Soldateskahorden:
Er denkt an seinen Barbestand.

«Flamm auf, du Volk!» Du liebe Güte!
Tritt ihnen ruhig ins Gesicht.
Es wackeln die Zylinderhüte.
Er will ja nicht.

Hebammen und die Professoren,
die Schieberbraut, der Referendar –
sie haben ihren Herrn verloren;
jedoch das Herz bleibt, wie es war.

Wie war es denn?
Bei dem Getue,
bei Streik und bei Revoltenbrand –
sie wollten Ruhe, Ruhe, Ruhe
und ihren Polizeisergeant.

So heilt der Deutsche seine Wunden.
Ein Herz aus Wachs, Gesäß aus Stahl ...
Der Bürger hat sich heimgefunden.
Ihm ist auch in den Schicksalsstunden
alles ejal – alles ejal!

KRITIK MIT NACHSATZ

‹*Benarône*› heißt eine entzückende kleine Geschichte von Arnold Zweig (im Roland-Verlag zu München erschienen). Das liest man mit großer Freude und unter beständigem Schmunzeln. Es ist eine Schulgeschichte. Nun ja, Onkel Thomas Mann blickt segnend hernieder (ohne den großen Schulvormittag aus den ‹*Buddenbrooks*› wäre das nie geschrieben worden), auch Hesse hat nicht umsonst gelebt – aber der Spaß ist reizend und fein erzählt und, wie immer bei Arnold Zweig, in den kleinen Einzelheiten unerhört echt. Die Landschaftsschilderung am Anfang ist ein Meisterstück. Architektur ist nie erstarrt, sie ist Leben, bewegtes Leben, man muß sie nur zu sehen verstehen. Und dann hebt es an: der Schüler Bastmayr läßt sich von stud. phil. Benarône den gefährlichen Aufsatz über Automobile machen, den er nicht allein zustandebringt, lernt ihn auswendig, wird beinahe geklappt, von eben dem Benarône herausgepaukt – und der übermütige Student scheut sich nicht, den ganzen Indianerfeldzug bei der Mulus-Kneipe auszuplaudern. Kein Mensch glaubt es ihm, alle lachen über die famos erfundene Geschichte, und mit einer süßen kleinen Spitzweg-Idylle schließt das Werkchen. Es ist alles meisterhaft komponiert: was der Dichter später braucht, ist ganz leise, scheinbar unabsichtlich in den Fluß der Geschichte eingeschoben, entzückende kleine Einzelheiten, die gar nichts zur Sache tun, unterbrechen angenehm den leisen Strom der sanft dahinrauschenden Prosa. An einer Stelle habe ich ein bißchen gestockt: das ist da, wo der gutgläubige Direktor von dem Schelm Benarône getäuscht wird – mir ist der Direktor zu gutgläubig, beinahe zu dumm. Und das wirkt nicht. Betrug wirkt in Geschichten nur, wenn der Betrogene gleichfalls ein schlauer Fuchs ist. (Warum, weiß ich nicht. Aber es ist so.) Was will das aber sagen gegenüber den zahllosen eingestreuten Späßchen und kleinen Scherzen und dem Augenblinzeln, das da immer verrät: Wir wissen doch ... Das ist so eine Eigenart Zweigs: zuerst gleitet das Auge leicht über ein paar Adjektiva weg, gleichmütig, denn sie scheinen ihm selbstverständlich, aber plötzlich irrt es zurück: was hat er gesagt? Und dann schmunzelt man, weil man auf diesem Wege eine Wahrheit oder einen Spott oder eine kleine Ironie einfiltriert bekommen hat. Ein Schulbeispiel: Benarône erzählt seinem kleinen Mädchen etwas von einer wichtigen Arbeit, deren Erlös ein neuer Sommerhut für sie werden soll, um sie von einem ihm lästigen Ausflug abzubringen. Die Geschichte hat einen kleinen Haken – aber das Mädchen glaubts. Dann: «Benarône dehnte seine Arme. ‹So!› sagte das Mädchen und stand auf, erlöst, betrogen und beglückt.» Dies ‹betrogen› merkt man erst spät. Betrogen? sagt man verwundert. Und dann, verstehend und schmunzelnd: Betrogen – ja ja ... So ganz am Schluß dachte ich mir mißtrauisch, so könne das nicht aufhören, es komme doch sicherlich noch irgend etwas, ein kleiner Dreh – und richtig, in den letzten Zeilen, die letzten Worte, da war es: spaßig, spitzweghaft und entzückend stilisiert. Ihr müßt das lesen.

So hätte ich geschrieben, wenn wir noch im vorigen Frieden lebten. Nun – ich halte die kleine Geschichte auch heute noch für gut, für reizvoll ... Aber ein leiser Zweifel beschleicht mich, und ich werde ihn nicht los.

Ist das der Weg? Ist das überhaupt noch einer? Kommts darauf noch an? Geht das noch – die Gymnasialdirektoren mit der Sehnsucht nach Italien, die dicken Brummfliegen, das kleine Städtchen, das Abiturium ... Ist das wichtig? Was ist das: Abiturium? Eine Einrichtung, die man umgehen kann, oder nicht achten, oder ganz ausschalten, am Ende ... Ist diese Welt am Zerfallen? Sind wir anders geworden? Hat sich nicht etwas in unser Leben gedrängt, etwas Neues, Schweres, etwas, das alles das da zum freundlichen Ornament macht? Abgesehen davon, daß es bei Zweig nie ganz primär war – sagt ich vorhin: Spitzweg?? Aber es ist eine sauber kolorierte Luxusausgabe seiner Werke, es ist alles bewußt, schon in der ‹zweiten Windung› gesehen ... Keine Kritik ist dies – nur eine Feststellung ... Wohin ist das alles entschwunden? Und bewegt und schmerzlich berührt lese ich die Jahreszahl, die unter dem Werk steht: 1909.

Das war eine andre Zeit, und wir waren sehr glücklich. Kommt das je wieder?

DIE MARBURGER

«Herr Kamerad? –
Die fuffzehn Leute?
Was soll damit?» – «Na so – –, das muß noch heute – –,
am besten gleich.» – Und eine Handbewegung. Fünfzehn trotten,
vom Kolbenschlag getrieben, vorwärts.
Junge Herren, in knapper Uniform der Offiziere,
mit Orden, Ehrenzeichen und Monokel,
daneben her. Die Leute schleppen
sich mühsam weiter. Einer blutet. Viele stöhnen.
Die Herren rauchen, lärmen, lachen, sprechen.
Und leise, einer, von den Offizieren: «An den Straßengraben!»
Und: «Sechste Kompanie nach vorne!
Der Trupp mit den Gefangenen an den Schluß!»
ruft eine Stimme. Aufgerissene Augen . . .
Sie wehren sich, die Zivilisten. Fliehn?
Sie kennen das. Sie wollen nicht. Und die Studenten
haun mit den Kolben auf gekrümmte Rücken.
«Marsch an den Straßenrand! Ihr wollt nicht? Hunde –!»
Den Korpsstudenten, die, als Offiziere kostümiert,
den Zug begleiten, wird der Kram zu bunt.
«Na, los doch, Kinder! Macht doch Schluß!» –
Und Schüsse hallen durch den Morgennebel.
Geschrei. Gestöhn. Die blutigen Körper rollen
im Staub. Die Leutnants lachen. «So, die sind wir los!
Die sind erledigt –!»

Ihr werdet sie nicht los.
Die Korporalschaft,
die da korrekt und kameradschaftlich
Gericht markierte, ändert nichts daran:
Ihr habt gemordet!
Und ihr habt gekniffen!
Ihr müßt dem Pack Autorität beweisen?
Und hätte einer nun von denen blind-fanatisch
den General und einen nur von euch
erschossen oder auch verwundet –: ein Gericht
wär über diesen Mann hereingebrochen,
daß er gewußt hätt, was er da getan.
Zu Tode! – Zuchthaus! – Zuchthaus! – Glatt zum Tode! –
Und ihr –?
Ihr habt gekniffen.
Besinnt euch plötzlich, daß ihr eigentlich Soldaten,

und daß ein Kriegsgericht da kompetent.
Ein Standgericht? Standesgericht sollts heißen.

Feg sie hinweg, wenn du noch Atem hast!
Volk!
Das werden deine Richter und Beamte!
Volk!
Das darf dich einmal richten und verwalten,
wenns ausstudiert hat!
Volk!
Feg sie hinweg!
Das bunte Öl, das glitzernd
auf deinem Wasser oben schwimmt, ist Dreck.
Und hältst du wieder still und läßt sie schalten:
Sie lachen. Töten. Werden was.
Und alles bleibt beim alten.

MARBURGER NACHWUCHS

Der Vorsitzende (verliest eine Urteilsbegründung):

«... und, meine Herren, was dem Gericht besonders belastend erschienen ist: der Angeklagte hatte vor der Tat vier Kognak getrunken, obgleich er wußte und nach allen seinen früheren Erlebnissen wissen mußte, wie diese geistigen Getränke auf ihn wirken würden. Als dann sein Feind, der Schneider Vegesack, das Gastzimmer betrat, übermannte den Angeklagten die Wut, und er ergriff das Bierseidel, mit dem er den Zeugen durchaus nicht unerheblich am Kopf verletzte. Wenn der Zeuge jetzt auch von seiner Wunde genesen ist, so verlangt doch das Volksbewußtsein und das allgemeine Gerechtigkeitsgefühl – ganz abgesehen von der ehernen Notwendigkeit des Gesetzes – –»

(In diesem Augenblick zieht blitzschnell – ohne äußere Veranlassung – vor dem geistigen Auge des Herrn Vorsitzenden, der in Marburg studiert hat, folgendes vorüber:

Eine Chaussee im dichten Nebel. In den grauen Schwaden trotten stumpfsinnig und niedergedrückt etwa zwanzig bis dreißig Männer in Arbeiterkleidung. Soldaten mit umgehängten Gewehren begleiten den traurigen Zug. Vorn, hinten und an den Seiten Offiziere mit blanken Säbeln.

Stimmen: Nicht mehr schlagen! Nicht! Nicht schlagen – Herrgott!

Andre Stimmen: Vorwärts! Schweine!

Ein Offizier: Tretet doch den Lümmeln ins Kreuz, wenn sie nicht schneller gehen wollen!

Ein Arbeiter: Herr Leutnant, ich kann nicht weiter!

Ein Offizier: Wie lange soll denn das noch so gehen, Remer? Wollen wir denn die Spartakistenhunde noch lange so hier mit uns rumschleppen, wie?

Zweiter Offizier: Unsere Anatomie braucht Leichen. Was fliehen denn die Brüder nicht? Mal 'n bißchen an den Graben, Leute! Vastanden?

Die Soldaten: Links ran! Links ran! Geht doch! [Kolbenschläge.]

Arbeiter: Hilfe! Nicht schlagen! Nicht schlagen!

Soldaten: Bullen! Nu man los!

Ein Arbeiter: Nicht fliehen, Kameraden! Nicht fliehen!

Ein Soldat: Hältst du das Maul, verdammter Roter!

Ein Offizier: Lassen Sie doch Schluß machen, Waldner! Wie lange soll denn das noch dauern –?

Zweiter Offizier: Na, nu mal lustig! Wir kommen so nicht weiter!

Soldaten: Rechts ran! Rechts ran!

Arbeiter: Nicht! Herr Leutnant! Herr ...

Schüsse. Dumpfes Hinschlagen von Körpern. Scharren von vielen grobgenagelten Stiefeln. Ein Leutnant lacht näselnd. Die Körper wälzen sich zuckend auf der Chaussee. Liegen endlich still. Der Soldatenzug zieht ohne die Arbeiter im Nebel weiter. Verschwindet.)

Der Vorsitzende: «... von der ehernen Notwendigkeit des Gesetzes – eine exemplarische Bestrafung. Das Gericht hat demnach auf eine Gesamtstrafe von vier Jahren Gefängnis, verbunden mit einem Ehrverlust von acht Jahren und Zulässigkeit von Stellung unter Polizeiaufsicht erkannt. Die nächste Sache!»

Der Angeklagte (ist lautlos in der Anklagebank zusammengebrochen).

Der Vorsitzende: «Justizwachtmeister! Schaffen Sie den Mann weg! Erst prügeln und dann im entscheidenden Moment schlappmachen! Bande! (Zu den Beisitzern): Frühstücken wir nachher in der Krone? Einen delikaten Steinbutt gibts da. Justizwachtmeister! Die nächste Sache! –»

DER AUSWEIS

«Die Losung, Bursche!»
«Hie gut Brandenburg allewege!»
«Passiert!»

Wenn der Deutsche mal irgendwo hingehen muß, braucht er einen Ausweis. Es gibt in diesem Lande wahrscheinlich überhaupt kein Haus und keinen Raum, für die man nicht einen Ausweis brauchte. Der Vorgang ist immer derselbe: den ahnungslosen Wanderer überfällt ein barscher Mann, knurrt ärgerlich: «Ausweis?» wirft die Leute ohne den Fetzen Papier wieder zurück und läßt die Leute mit dem Fetzen Papier ins gelobte Land. Wo bekommst du einen Ausweis her?

Um einen Ausweis zu bekommen – manchmal heißt der Ausweis Paß oder Anmeldeschein oder Passierkarte oder Personalpapier – um einen Ausweis zu bekommen, mußt du in Deutschland in ein Büro gehen. In dem Büro sitzt ein Mann, der frühstückt. Du klopfst vorsichtig an, gehst leise herein (daß du dir nicht die Stiefel vor der Tür ausziehst, liegt nur daran, daß du noch nicht genügend Chinese bist), siehst dich unendlich ehrfurchtsvoll im Heiligtum um und wagst endlich, den Mund aufzumachen: «Guten Tag!» Nichts. Der Beamte klappt seine Stulle auf. Käse. Mutter hätte auch ... : Der Beamte ist ärgerlich. Du sagst nichts. Eine dicke Fliege stößt sich den Kopf an der Fensterscheibe. Nach einer langen Weile bekommst du eine revolutionäre Wallung und machst: «Rhm!» – Gar nichts. Nach einer längeren Weile wendet der Käsemann den Kopf, sieht dich, der du ärgerlich hinter der Schranke aufgebaut stehst, vorwurfsvoll an und hebt den Kopf mit einem Geräusch, das ungefähr ‹He› heißen kann. Du sagst deinen Vers auf. Du wolltest, sagen wir, nach Schlesien fahren und einen ausgestopften Bernhardiner mitnehmen und deine alte Tante, und du brauchst dazu eine Ausfuhrbewilligung und eine Einreiseerlaubnis und einen, Herrgottnichtnochmal, einen Ausweis.

Die Tragödie beginnt. Der Käsemann macht dir soviel Schwierigkeiten, bis dir die Lust vergeht, in deinem ganzen Leben je noch einmal nach Oberschlesien zu fahren, und bis deine alte Tante und der ausgestopfte Bernhardiner gänzlich von den Motten zerfressen sind. Du hattest dir das so einfach gedacht – aber der Mann belehrt dich eines bessern. Ungeheuerer Kummer türmt sich vor dir auf: denn welchen Zweck hätte sonst das Dasein des Mannes hinter der Schranke, wenn er dir keinen Kummer machen könnte? Nach unendlichem Gewürge bekommst du einen Ausweis.

Spaß beiseite. Besonders seit dem Kriege ist über Deutschland eine Ausweisseuche hereingebrochen. Im Felde war es eine der leichteren Leutnantskrankheiten (die schwereren wurden mit Salvarsan behandelt), für all und jede Tätigkeit des Muschkoten die Notwendigkeit eines Ausweises vorzuschreiben. Der Mann wollte aus der Kammer ein paar Hosen empfangen? – Ausweis. Ein Unteroffizier wollte Krähen schießen? – Ausweis. Ob man ohne Ausweis sterben durfte, stand dahin, aber sicherlich hat eine Tafel gefehlt: ‹Das Betreten des Kriegsschauplatzes ohne Ausweis ist verboten.› In den meisten Fällen wickelte sich im Felde die Sache so ab, daß man den verlangten Ausweis auf den Büros nach langem Hin und Her ziemlich anstandslos bekam, so daß es also eigentlich auf dasselbe herauskam, ob jeder Mann einen gewissen Waldsaum passierte oder ob alle Leute erst dem

Schreiber das Leben sauer machten. Auf diese Weise wurde unendlich viel Papier verschmiert und Zeit vertan.

Denn abgesehen von der Wichtigkeit, die jede deutsche Dienststelle aus sich zu machen gewohnt ist, abgesehen davon, daß ein großer Teil dieser Brillennation seinen Dienst nur im Zimmer zu leisten imstande ist – und wenn kein Dienst da ist, dann macht sie einen –: abgesehen davon sind die preußischen Gehirne in der Tat so konstruiert, daß sie ohne umständliche Listen, Registraturapparate und den – Ausweis nicht auskommen können. Wie bekannt, sehen englische Hauptbücher viel einfacher aus als deutsche, und das Geschäft geht drüben auch. Was den Leuten hier fehlt, ist der gesunde Menschenverstand. Dafür haben sie den Ausweis.

Ein Teil des kriegs- und zwangswirtschaftlichen Systems ist so eine Ausweisangelegenheit, und das Lustigste und Traurigste daran ist, daß die ‹Behörden› genau wissen, daß sie den Tintenkampf mit dem Leben immer verlieren, den praktischen Anforderungen des Tages doch nicht gerecht werden, und daß ihnen letzten Endes alle Schieber durch die Lappen gehen. Wen triffts denn? Den Dummen. Die Geschickten haben immer einen Ausweis. Woher? Sie haben ihn.

Die Ausweiskrankheit sitzt diesem Volk tief in den Knochen. Hervorgerufen ist sie durch den unseligen Drang der Bürger, immer und überall Behörde zu spielen. Wenn sich sechs sonst gescheite und vernünftige Leute in Deutschland zusammentun und ein Amt aufmachen, dann Gnade Gott! Hermann Wagner hat das einmal schlagend dahin formuliert: «Der Zweck unserer Innung war, mit gleichgestellten Behörden Kompetenzstreitigkeiten auszufechten, uns mit übergeordneten Behörden gut zu stellen und untergeordneten Behörden klar zu machen, daß sie untergeordnete Behörden waren.» Viel mehr tut die Gesellschaft auch wirklich nicht, es sei denn, daß sie sich maßlos wichtig macht.

Ein Mittel dazu ist der Ausweis. Die vielzitierte preußische Disziplin versagt nämlich immer dann, wenn kein Schutzmann da ist, der das Leben reglementiert. In meinem Leben habe ich nicht so zuchtlose Gesellen gesehen, als die alten Zwölfender des Militärs, jene Unteroffiziere, die acht, zehn, zwölf Jahre lang die Segnungen der preußischen Geistigkeit am eigenen Leibe erfahren hatten. Die hätten doch nun innerlich diszipliniert sein sollen! Mahlzeit. Sie waren täppisch wie die jungen Hunde, wenn sie ohne Verbotstafeln und ohne den Ausweis einherstolperten. Ohne Ausweis machte ihnen der ganze Weltkrieg keinen Spaß.

Wir finden den Ausweis in tausenderlei Gestalt wieder. In hundert überflüssigen Ab- und Anmeldescheinen, in einem restlos albernen polizeilichen Meldesystem, das nur in diesem gottsegneten Lande blüht (und das noch keinem Verbrecher geschadet, aber tausend anständigen Menschen eine Last gewesen ist) — wir finden ihn in sinnlosen Meldungen und Rapporten, die niemand liest, und die nur dann wichtig werden, wenn sie nicht gemacht worden sind — wir finden ihn in Listen und Protokollen, die jeder zu führen glaubt — wir finden ihn in den läppischsten Formularen und Erlaubnisscheinen, die ausgestellt, ausgefüllt, unterschrieben, gestempelt und abgegeben werden müssen. Und dabei ersäuft das Land in Unordnung.

Das ist keine parteipolitische Frage, die mit dem Ausweis. Wenn das einmal aus den deutschen Köpfen herausginge: daß jedes kleine Murxamt sich einbildet, der Mittelpunkt der Welt zu sein und sich des weitern einbildet, die Leute hätten alle nichts zu tun, als diese albernen Formalitäten zu erfüllen — wenn das einmal aus den Köpfen herausginge!

Jeder, der dies hier liest, nickt vielleicht mit dem Kopf und lächelt und sagt: Ja. Recht hat er. Aber obs deshalb einen Ausweis weniger geben wird? Jeder hält alle Ausweise für überflüssig — nur den seinen nicht. Und munter schmiert ein ganzes Volk, statt zu arbeiten, weiter Formulare.

Und es soll mich gar nicht wundern, daß eines Tages, wenn Erich Ludendorff in den Himmel kommt (und wo käme er bei der anerkannt guten himmlischen Justiz wohl sonst hin?) — daß dem verdienten General ein dicker Wachtmeister mit ein paar kleinen Flügelchen auf dem Rücken entgegenschaukelt, sich gerade aufrichtet, die Knochen zusammenreißt und alleruntertänigst und gehorsamst meldet: «Ich bitte um einen Ausweis!»

DIE GRENZE

Weit liegt die Landschaft. Berge, Täler und Seen. Die Bäume rauschen, die Quellen springen, die Gräser neigen sich im Wind.

Quer durch eine Waldlichtung, durch den Wald, über die Chaussee hinüber läuft ein Stacheldraht: die Grenze. Hüben und drüben stehen Männer, aber die drüben haben blaue Uniformen mit gelben Knöpfen und die hüben rote Uniformen mit schwarzen Knöpfen. Sie stehen mit ihren Gewehren da, manche rauchen, alle machen ein ernstes Gesicht.

Ja, das ist also nun die Grenze. Hier stoßen die Reiche zusammen — und jedes Reich paßt sehr auf, daß die Bewohner des andern nicht die Grenze überschreiten. Hier diesen Halm darfst du noch knicken, diesen Bach noch überspringen, diesen Weg noch überqueren. Aber dann — halt! Nicht weiter! Da ist die Grenze. Einen Schritt weiter — und du bist in einer anderen Welt. Einen Schritt weiter — und du wirst vielleicht für etwas bestraft, was du hier noch ungestraft tun könntest. Einen Schritt weiter — und du darfst den Papst lästern. Einen Schritt weiter – und aus dir ist ein ziemlich vogelfreies Individuum, ein ‹Fremder› geworden.

Pfui, Fremder –! Du bist das elendeste Wesen unter der Sonne Europas. Fremder –! Die alten Griechen nannten die Fremden Barbaren – aber sie übten Gastfreundschaft an ihnen. Du aber wirst von Ort zu Ort gejagt, du Fremder unserer Zeit, du bekommst hier keine Einreiseerlaubnis und dort keine Wohnungsgenehmigung, und dort darfst du keinen Speck essen, und da von da keinen mitnehmen – Fremder!

Und das Ding, das sie Europa nennen, ist ein Lappen von bunten Flicken geworden, und jeder ist fremd, wenn er nur die Nase aus seinem Dorf heraussteckt. Es gibt mehr Fremde als Einwohner in diesem gottgesegneten Erdteil ...

Nach diesem Krieg, nach solchen Verschiebungen, gegen die die kleinen Tagereisen der Völkerwanderung ein Kinderspiel waren, nach blutigen Märschen der Völker durch halb Europa, sind die Kirchturmangelegenheiten jedes Sprengels zu höllischen Wichtigkeiten geworden. Greiz-Schleiz-Reuß ältere Linie und der Volksstaat Bayern und das autonome Oberschlesien und Frankreich und Kongreßpolen – es ist immer dasselbe. Jeder hält seinen Laden für den allerwichtigsten und ist nicht gesonnen, auch nur den kleinsten Deut nachzugeben. Zunächst einmal und zum Anfang ziehen wir eine Demarkationslinie. Wir trennen uns ab. Wir brauchen eine Grenze. Denn wir sind eine Sache für sich.

Eine Erde aber wölbt sich unter den törichten Menschen, *ein* Boden unter ihnen und *ein* Himmel über ihnen. Die Grenzen laufen kreuz und quer wirr durch Europa. Niemand aber vermag die Menschen auf die Dauer zu scheiden – Grenzen nicht und nicht Soldaten –, wenn die nur nicht wollen.

Wie lachten wir heute über einen, der mit schwärmerischem Pathos anfeuerte, die Grenzen zwischen Berlin und Magdeburg einzureißen! So, genau so wird man einmal über einen internationalen Pazifisten des Jahres 1920 lachen, wenn die Zeit gekommen ist. Sie rascher heraufzuführen, sei unser aller Aufgabe.

LÖWENLIEBE

Als jener junge Schopenhauer
am Löwenkäfig in Berlin
der gelben Bestien Wollustschauer
sah stumm an sich vorüberziehn –

da schrieb er auf in seinem Büchlein:
«Der Löwe liebt nicht vehement.

Von Leidenschaft auch nicht ein Rüchlein;
der schwächste Mann scheint mehr potent.»

Der Wille macht noch kein Gewitter.
Gehirn! Gehirn gehört dazu.
Der muskelstarke Eisenritter
gibt bald im Frauenschoße Ruh.

Du liebst. Und heller noch und wacher
fühlt dein Gehirn und denkt dein Herz.
Der Phallus ist ein Lustentfacher –
du stehst und schwingst dich höhenwärts.

Du liebst. Wo andre dumpf versinken,
bist du erst tausendfältig da.
Laß mich aus tausend Quellen trinken,
du Venus Reflectoria –!

Berauscht – ach, daß ichs stets so bliebe!
Getönt, bewußt, erhöht, gestuft –
Das ist die wahre Löwenliebe.
Du Raubtierfrau!
Es ruft. Es ruft.

MARBURGER STUDENTENLIED

Stimmt an mit hellem, hohem Klang,
stimmt an das Lied der Lieder!
Des Vaterlandes Hochgesang,
das Waldtal hallt ihn wi–hi–der!

Der alten Barden Kriegsgericht,
dem Kriegsgericht der Treue –
wir wissen, du verknackst uns nicht –
dir weihn wir uns aufs Neue!

Wir fingen fuffzehn von dem Pack,
das unser Preußen schädigt.
Es war ein schöner Märzentag.
Wir haben sie erledigt.

Sie sind von uns erschossen worn.
Doch ganz in Recht und Züchten.

Zwar sitzen ihre Wunden vorn ...
Man kann auch rückwärts flüchten.

Wir wissen jeden krummen Weg.
Uns kann man nicht erweichen.
Der Mediziner im Kolleg
braucht Leichen, Leichen, Leichen!

Uns tut kein deutscher Richter nichts
und auch kein Staatsanwalte.
Die Schranken unsres Kriegsgerichts
der liebe Gott erhalte!

Zur Ahnentugend wir uns weihn,
zum Schutze deiner Hütten!
Wir lieben deutsches Fröhlichsein
und echte deutsche Sitten!
Ad exercitium executionis parati estisne?
Sumus!

DEUTSCHLAND – EIN KASERNENHOF!

Zwei Schritte vor ihm ritt der Kaiser hindurch. Diederich konnte ihm ins Gesicht sehen, in den steinernen Ernst und das Blitzen; aber ihm verschwamm es vor den Augen, so sehr schrie er. Ein Rausch höher und herrlicher als der, den das Bier vermittelt, hob ihn auf die Fußspitzen, trug ihn durch die Luft. Er schwenkte den Hut hoch über allen Köpfen, in einer Sphäre der begeisterten Raserei, durch einen Himmel, wo unsere äußersten Gefühle kreisen. Auf dem Pferde dort, unter dem Tor der siegreichen Einmärsche und mit Zügen steinern und blitzend ritt die Macht! Die Macht, die über uns hingeht und deren Hufe wir küssen! Die über Hunger, Trotz und Hohn geht! Gegen die wir nichts können, weil wir alle sie lieben! Die wir im Blut haben, weil wir die Unterwerfung darin haben!

Heinrich Mann: *‹Der Untertan›*

Die Entente verlangt die Herabsetzung der Reichswehr auf hunderttausend Mann, die Auflösung der friedensvertragswidrigen Sicherheitswehr, die Auflösung der Einwohnerwehren, die gesetzliche Aufhebung der Wehrpflicht.

Schon einmal hat ein Franzose für Deutschland das Schlechte gewollt und das Gute geschafft: es hat keinen größeren Feind des deutschen bundesstaatlichen Imperialismus gegeben als Napoleon und keinen wirksameren als ihn. Er glich einer Hure, die die Tochter der Wirtin deshalb anständig zu leben veranlaßte, weil sie keine Konkurrenz haben wollte – die Gesinnung war nicht schön, aber die Wirkung war gut. Dieses Volk ist noch niemals in der Lage gewesen, sich von seinen schlimmsten Feinden, den Kriegsknechten, selbst zu befreien. Das haben immer andere tun müssen.

Presse, Broschüren, Korrespondenzen und dickleibige Wälzer pensionierter Obersten werden ausführlich beweisen, daß Deutschland diesen Krempel von Wehren, das heißt sein altes Militär, weiter braucht. Hier regelt aber ein Urtrieb die Bedürfnisfrage, der Wunsch ist der Vater des Militärs, und so wenig Bolschewisten gibt es gar nicht, als daß die Offiziere und die von ihnen verseuchten Zivilisten nicht nach einer Armee riefen. Sie brauchen das.

Tief verwurzelt im Deutschen der Drang in Reih und Glied zu stehen, oder vielmehr die andern in Reih und Glied stehen zu lassen. Dieses Volk liebt es, Vorschriften zu ersinnen, die immer für die andern gelten. Dazu kommt ein alter, tierischer Herdentrieb: allein sind diese Leute nichts, wenn sie nicht in dumpfer Masse auftreten, ist ihnen nicht wohl, nur im Haufen fühlen sie sich sicher, und der Haufe gibt soviel Kraft! Das Gemeinschaftsgefühl erstickt das Persönlichkeitsgefühl des einzelnen fast völlig; wenn sie sich unter eine Fahne scharen, ist es, als seien sie allesamt vom bösen Geist besessen, und der Wille der Schar ist nicht etwa die Summe der einzelnen Personen, sondern etwas völlig Neues. Dieser neue Gemeinschaftsgeist beschattet die Gehirne der einzelnen wie die heilige Taube, und die Leute sind nun unter dem Einfluß dieses neuen Gemeinschaftswillens zu Handlungen fähig, die sie niemals als Einzelpersonen vorgenommen hätten. (Daher die unfaßbare Roheit der Deutschen ‹im Dienst›, die in so merkwürdigem Gegensatz zu ihrer privaten Gutmütigkeit stand.) Hier handelt es sich um nationale Urtriebe, die nicht von heute auf morgen zu beseitigen sind. Aber der Anfang mußte gemacht werden. Der Deutsche, gewohnt, in seiner Regierung eine Knutautorität und die Bestätigung seiner militaristischen Sittlichkeit zu sehen, hätte doch wohl im November des Jahres 1918 erstaunt aufgehorcht, wenn statt Noske, dem Knecht Gottes, ein Kopf und kein Hintern auf dem Stuhl eines deutschen Reichswehrministers gesessen hätte. Ein Mann, der grade die vielgerühmten alten Tugenden der preußischen Armee nicht hätte gelten lassen, der gerade diese alten Traditionen verworfen hätte und der bewußt und energisch gegen den altpreußischen Geist und nicht mit ihm zu regieren verstanden hätte. Dabei wären einige schätzenswerte Eigenschaften, die – mit einer Unzahl schlechter gepaart – in der deutschen Ritterkaste schlummern, zum Teufel gegangen, aber man hatte zu wählen: alles oder nichts. Man kann das nicht trennen:

Roheit und Willensstärke sind in dieser Kaste derart miteinander verwachsen, daß man nur beide annehmen oder ablehnen kann. Der Deutsche hat sie wiederum angenommen.

Der Hallo, der sich nun ob der Entente-Forderung über das Militär erheben wird, stammt zunächst zu neunundneunzig Prozent von Leuten, die fürchten, auf die Straße gesetzt zu werden. Aber im Untergrund schlummert doch noch etwas anderes. Im Untergrund ist es diese tiefe Liebe zur Macht, die sie protestieren läßt: diese herrlichen Möglichkeiten für einen uniformierten Bauernjungen, Zivilisten straflos puffen und knuffen zu können, diese herrlichen Möglichkeiten für die wie die Zinngötter der Neger angestrichenen Offiziere, weiter durchs Leben zu schnarren und zu blitzen, weiter Geld für eine Tätigkeit zu beziehen, deren Segen niemand und ihren Fluch jeder merkt, weiterhin den dreimal gepriesenen Krieg zu spielen! Denn Sünde und Fluch ist schon, wie sie eine Aufgabe anfassen, und daß sie sie anfassen, und mit welchen Fingern sie Probleme ‹lösen›, und wie sie im heiligen Organisationsfimmel glauben, mit Berichten, Dienststellen, Ämtern, Rangabzeichen, kurz: mit dem Apparat sei irgend etwas getan. Gerade das nicht. Gerade im Kernpunkt ihrer Weltanschauung, gerade in dem, was sie für die Grundlage männlicher und menschlicher Tüchtigkeit halten, gerade in dem muß ihnen der Band mit den Kriegsartikeln solange um die Ohren geschlagen werden, bis in diesen dickschaligen Gehirnen langsam und schwerfällig der Gedanke heraufdämmert, daß es außer dem Kasernenhof noch eine andere Welt gibt. Das allein wäre Revolution.

Denn will man eine ganze militaristisch verseuchte Schicht dieses Landes treffen, so muß man beim Feldwebel, der auch den Rang eines Oberleutnants haben kann, anfangen. Verzückt stierte ein ganzes Volk auf die gleißende Schicht, von der mit Füßen getreten zu werden für Ehre und selbstverständliche Pflicht galt. Den bunten Edlen ahmte die Nation nach: wie sie trug man das Monokel, den Scheitel und an hohen Fest- und Feiertagen die Uniform, wie sie liebte man Sekt, Pferde und Weiber (eine Liebe gemischt aus Zärtlichkeit und Verachtung) – wie sie lebte man das deutsche Leben. Verzerrt und karikiert stieg das Leutnantsideal in verbildete Schichten des Kleinbürgertums. So lächerlich kann wohl niemand auf der Welt schnauzen als der deutsche Beamte, so rüpelhaft und knotig tritt niemand auf als der Subalterne des deutschen alten Regimes. Die Nation trug den Kasernenhof in ihrer Seele, ein Kommando, und die Köpfe flogen nach rechts, ein zweites, und sie flogen nach links – das war das einzige, was diese Köpfe taten. – Zum 27. Januar hätte die bürgerliche Schicht und was darüber saß ihrem Landesherrn am liebsten einen Gewehrgriff als Ovation dargebracht...

Und das soll schwinden? Es muß schwinden. Was die Entente mit imperialistischer Gewalt in bösem Sinne von der deutschen Regierung erzwingen will, das wollen wir im geistigen Kampf für einen guten Zweck. Hier treffen zwei Welten aufeinander – es gibt keine Brücke. Du oder ich, wir oder sie! In diesen Wehren, deren Summe weit stärker ist, als das alte stehende Heer und die Milliarden und Milliarden kosten, verkörpert sich der schlechte deutsche Geist. Es gibt einen guten. Aber er trägt nicht die Züge eines Offiziers.

Grau, klein und häßlich liegen die Baracken und Kantinengebäude am Rande des sandigen Platzes. Rufe hallen über die staubige Fläche: «Dir verdammten Synagogendiener trete ich ins Kreuz, daß du . . .!» Ein kleiner Hund bellt. Es riecht nach Essen, Leder, menschlichen Ausdünstungen und ärgerem. Leise mit den Sporen klingelnd geht ein junger, eleganter Mann über den Platz. Er kommt von einer Frau, ist jetzt im Dienst und geht ins Kasino zur Bowle. Er lächelt. Welch ein Leben –!

Wir aber wollen Bäume auf diesen Platz pflanzen und einen Springbrunnen darauf anlegen und Arbeiterwohnhäuser und eine Schule für Kinder – und erst wenn wir diese Armee und diese Wehren zerschlagen haben, darf niemand mehr sagen: «Deutschland – ein Kasernenhof!»

OSKAR PANIZZA

> Herr Moltke brauchte einst die Phrase: «Das Heer ist gegen Deutsche da – man säubert damit von der Straße die Menschen, die dem Schloß zu nah' gewagt sich» – beim Champagnerglase fand seine Rede viel Hurrah! Doch irrt euch nicht, Ihr lieben Kinder der Gasse, denn kommt einst die Uhr, macht gegen Kronen und Cylinder Ihr Front und sagt Choc en retour!
>
> Oskar Panizza

Oskar Panizza. Diesen Mann kennen heute nur noch ganz wenige, und auch seine Bücher sind größtenteils vergriffen, und er selbst lebt in Franken in einem Irrenhaus. Dahin brachte man im Jahre 1904 den Dr. Oskar Panizza, der wohl, als er noch bei Verstande war, der frechste und kühnste, der geistvollste und revolutionärste Prophet seines Landes gewesen ist. Einer, gegen den Heine eine matte Zitronenlimonade genannt werden kann und einer, der in seinem Kampf gegen Kirche und Staat, und vor allem gegen diese Kirche und gegen diesen Staat, bis zu Ende gegangen ist. Goten und Römer haßte er gleichmäßig, und er haßte sie mit einer Inbrunst, einer Kraft und einem so starken Gefühl, daß die Flammen von damals noch heute zu uns herüberschlagen und uns ansengen, als habe man sie heute angezündet. Für seine Komödie *‹Das Liebeskonzil›* wanderte Oskar Panizza anderthalb Jahre wegen Gotteslästerung ins Gefängnis — und abgesehen davon, daß man den § 166 des deutschen Strafgesetzbuches, der da die Gotteslästerer verdammt, abschaffen sollte: dieses Urteil traf gewiß keinen Kleinen, denn er hatte die Faust zum Himmel hinauf geschüttelt und Gott wirklich gelästert —, weil der die Syphilis erfunden hatte. Es gibt keine Stelle in dem gesamten Schaffen Wedekinds, die an Kühnheit und Größe an diese Szenen heranreicht.

Im Gefängnis schrieb Oskar Panizza allerhand Dialoge und Verse, und als er dann entlassen wurde, ging er nach Paris. Von dem, was er damals im Jahre 1896 — also vor vierundzwanzig Jahren — über sein Land und über sein Volk geschrieben hat, ist uns einiges aufbewahrt. (Diese Dinge dürfen heute in ihrem vollen Umfange noch nicht nachgedruckt werden, weil das Urheberrecht es verbietet.) Und da gibt es einen Dialog zwischen einem Optimisten und einem Pessimisten, der könnte heute geschrieben sein —.

«Meinen Sie, daß ein Volk, welches Jahrhunderte lang gefrondet wurde und in der Fron sich wohlbefand, jemals aus eigenem Antrieb den Blick zum Himmel erheben werde, jemals den Kopf aufrecht tragen lernen werde?» — «Haben wir nicht die Franzosen niedergeschlagen?» — «Ja, in der Fron.» Und dann entwickelt der Optimist (und das wäre der brave Vollbartdeutsche) dem andern, dem Pessimisten, dem Revolutionär die Wohltaten der deutschen Freiheit, die so ganz anders ist, als die aller andern Völker ... Und sie unterhalten sich über Regierungsformen. — «Sie geben also die Wohltätigkeit einer monarchischen Regierungsform zu?» — «Ich gebe die Wohltätigkeit einer Regierungsform zu — wenn hinter dem Volk der Scharfrichter steht.» Und man denkt an Rosa Luxemburg und an Liebknecht und Paasche und alle die andern, wenn der Pessimist sagt: «Bis jetzt haben die Deutschen vom Köpfen leider immer nur die passive Form: das Geköpftwerden kennen gelernt.» Und dann zählt er die Opfer der herrschenden deutschen Dynastien auf, Schubert und Schiller, und spricht davon, wie es sich die kleinen Bürgermädchen als eine Ehre anzurechnen hatten, wenn ihr Fürst Höchstselbst sie zu bespringen geruhte. Und er kommt zu dem Ergebnis, das noch heute gilt: «Nehmen Sie die Fürsten weg, und es bleibt eine hilflose Masse, hilfloser als ein Kind.» — «Sind sie nicht glücklich?» — «Eminent glücklich.» Hier liegts ja eben. Das Kindische. Das Tölpelhafte. Sie sind in der Fron glücklich und merken es nicht. Wie der Nigger auf den Reisfeldern beugen sie den breiten Rücken unter der Peitsche des Aufsehers und fletschen noch humoristisch den Passanten an, der an ihnen vorbeigeht ... Und dann wird der Pessimist ganz konkret und spricht ohne Umschweife von Berlin: «Gehen

Sie nach Berlin! Was sehen Sie dort? Ist es nicht der asiatische Ton, der dort herrscht? Der Ton des Väterchens? Die Kniebeugung vor dem Mufti? Muckte Berlin jemals auf vor seinem Fürsten? Was ist das Höchste, das Berlin leistet? Eine Zote oder ein schmutziges Bonmot über ihn. Das ist immer so: Wem die Hände gefesselt sind, dem schlägt sich die Wut ins Gehirn. In Berlin werden täglich 40 000 Majestätsbeleidigungen begangen – im Flüsterton. Erscheint ER aber, dann regt sich in ihnen das asiatische Gemüt, und sie stürzen zu Boden und küssen des Rosses Hufe. Sind es keine Hausknechte? Wollen sie mit diesen Leuten die Welt erobern?» – Und ist dieses Wort nicht noch heute in der freiesten Republik der Welt genau so gültig, wie es damals in der konstitutionellen Monarchie gültig war? – «Heute? Heute, wenn einer einen freien Gedanken ausspricht, bleiben ihm nur drei Wege: Irrenhaus, Gefängnis oder die Flucht», auf der man dann erschossen wird ...

Merkwürdig prophetische Worte finden sich in diesem Dialog. Es ist da soviel von asiatischer Sklavenhaftigkeit die Rede, und dann steht da: «Berufen Sie sich nicht soviel auf den Osten. Erwarten Sie nicht soviel knechtisches mehr von Rußland (1896). Dort hat es längst getagt. Jeder Gedanke ist dort ein Zündstück, jedes Gemüt eine Mine. Rußland, dieses lauernde Gehirn, wird eines Tages fürchterlich hervorbrechen, und das Volk der Bakunine und Dostojewskis wird sich seine Freiheit erköpfen.» Und bitter, hart und wie ein Peitschenknall schließt der Dialog: «Ich traue diesem Volke nicht, soweit es denkt. Denn soweit es denkt, ist es feig.»

Panizza stand dem Sozialismus nicht so nahe, daß er von großem Einfluß auf seine Werke gewesen wäre. Hier begehrt einfach ein Mensch gegen die Deutschen auf (das ist mitunter ein Gegensatz) und was dabei herauskommt, wenn sich ein Mann z. B. beim preußischen Militär rein menschlich und eben nicht militärisch benimmt, das wissen wir wohl alle. Weil aber die Literatur dieses Landes und seine Denker der Wirklichkeit gewöhnlich himmelweit voranstürmten und weil ja noch der bescheidenste Revolutionär aus dem Jahre 1848 heute, unter dem Panke-Sozialisten Ebert, ein Revolutionär ist, deshalb scheint es mir gut, von Zeit zu Zeit einen alten Wein aus dem Keller zu holen, ihn gegen das Licht zu halten und zu sehen, daß er alt, aber immer noch neu ist.

KEHRSEITE

Unser Stabsoffizier hat hier in einer Reihe von Aufsätzen niedergelegt, wie er das alte Heer sah und sieht. Soweit in den Aufsätzen von dem Verhältnis des Offiziers zum Mann in der Feldarmee die

Rede gewesen ist, habe ich ihm in tatsächlichen Einzelheiten widersprochen. Dieser Schlußausblick über das illegitime Kind des alten Heeres: das neue Heer, die Reichswehr, zwingt mich, meinen Widerspruch auf den gesamten Geist und die Gesinnung dieses Ausblicks auszudehnen.

Der Fachmann, der sein Gebiet betrachtet, gleicht fast immer dem Bewohner eines Gebirgsdörfchens: er hat von der schönen Aussicht nicht viel, weil er zu nah auf ihr draufsitzt. Der Fremde sieht mehr.

Es ist keinem Offizier zu verübeln, wenn er heute noch seine Armee – ja, eigentlich Armeen überhaupt – überschätzt, und es gehört wohl beträchtliche historische Weitsicht dazu, um nach einem solchen Kriege, der Europa zu Grunde gerichtet und die Welt umgewühlt hat, zu sagen, daß die große Zeit der Heere vorbei ist. Ob der Krieg edel oder unedel ist, ist eine deutsche Frage, die hier nicht zur Entscheidung steht; daß er anfängt, ein Anachronismus zu werden, ist gewiß.

Aus diesem Grunde und weil die kleine, uns von der Entente belassene Polizeitruppe von 100 000 Mann nicht mehr so mit dem Volk verwachsen sein wird, wie es das alte Heer war, erscheint es mir unangebracht, diesen kleinen Apparat, der kleiner ist als die Metallarbeiter- oder Bergwerksarbeiter-Organisationen, so zu überschätzen, wie das hier geschieht. All diese gut gemeinten Reformvorschläge für das neue Heer kommen um genau hundert Jahre zu spät und sind heute so bedeutungslos, wie es der kulturelle Wert der deutschen Polizeitruppe überhaupt ist.

Was zunächst die harte Wirklichkeit angeht, so ist zu sagen, daß diese Reichswehroffiziere zum größten Teil zäh und energisch an ihren Stellungen kleben, weil sie nichts gelernt haben, als mit mehr oder weniger Arbeit ihre Achselstücke zu tragen. Ihre Gesinnung ist fast durchweg reaktionär, aber reaktionär nicht in durchaus politischem Sinne – dazu sind diese Köpfe viel zu unpolitisch –, sondern reaktionär, was ihre menschliche Stellung im Staat angeht, in dem sie gewohnt waren, die erste Flöte zu spielen. Das Orchester ist verstummt, die große Pauke sitzt in Amerongen, und die Herren Flötisten, sooft sie ihr Instrument hervorholen, detonieren. Ihr Geschrei in der deutschen Öffentlichkeit steht im umgekehrten Verhältnis zu ihrer Zahl und ihrem Wert. Diese paar Männerchen gründen pro Kopf eine Dienststelle, und ihre neue Heereskammer ist kaum mehr als ein neuer Ausfluß von Wichtigmacherei.

Es scheint mir vergebliches Bemühen, in diese Truppe Ideale hineinpflanzen zu wollen, die früher einmal nützlich, also gut, also Ideale gewesen sind. Die karge Preußentreue lohnt heute nicht mehr, sie steht unter Pari, und kein Präsident wird jene Garnisons- und Kasernenluft schaffen können, wie sie die potsdamer Könige um sich haben wehen lassen.

Es mag ja sein, daß die gutbezahlten Reichswehrbeamten – Soldaten kann man das kaum noch nennen – einen sauberern Kragen tragen und besser herausgefüttert sind als die armen Luder, die damals zwei verquälte und verschwitzte Jahre dem Staat schenken mußten. Die Moral dieser Reichswehr steht tief unter allem Durchschnitt. «Operationsplan für Greifenhagen, Pyritz, Arnswalde-West, Stargard-Südost. 3. A. II. Erst bei drohender Haltung der Aufständigen, die zur Notwehr zwingen, öffentlich bewaffnen, eng zusammenlegen. Rädelsführer festnehmen, eventuell still beseitigen.» Diese klare Aufforderung zum Mord trägt mit Recht die Spitzmarke: ‹Streng geheim›. Sie bestimmen ‹Stabsquartiere›, und es ist lustig zu sehen, wie diese kleinen Köpfe aus dem Kriege die Terminologie ihres Handwerks mitgebracht haben. Aber weiter nichts. Sie spielen noch immer Krieg. Und spielen Krieg gegen ihre eignen Landsleute, teilen kleine Bauernnester in Sektoren Nord und Süd, spielen Stabsquartier und Nachrichtendienst und finden einen Mord, wie den an Hans Paasche, durchaus in der Ordnung. Über die Wertlosigkeit dieser menschlichen Gesinnung ist wohl kein Wort zu verlieren.

Denn wir haben das Recht, die Morde und die Mörder der gesamten Institution aufs Konto zu schreiben, weil sie sie dadurch bejaht, daß sie keinen dieser Verbrechen wegen ausstößt. Im Gegenteil. Damit macht man Karriere.

Maßgebend sind nicht die Reglements. Maßgebend ist nur, was geschieht. Und was geschieht, ist so grauenvoll, so aller Gerechtigkeit und Kultur ins Gesicht schlagend, daß nur radikale Abhilfe, das heißt: radikale Auflösung einer solchen Formation uns vom Übel erretten kann. «Richtig behandelt und geführt, wird die Reichswehr sich so weiter entwickeln, daß sie eine würdige Trägerin der Überlieferungen der alten deutschen Wehrmacht werden wird.» Eben das soll sie nicht. Soweit jener alte Geist nicht veraltet war, war er verdorben und verderbt. Er muß ausgerottet werden. Läßt man ihn walten, so wird Deutschland bald ein einziges Ruhr-Revier sein, wo die Kriegsgerichte mit den widerwärtigsten Zuchthausurteilen (die in Marburg nicht am Lager waren) ihre Rache an der Republik nehmen: Hunderte dieser Tendenzurteile wurden vom Reichspräsidenten wieder kassiert, was nicht grade für ihren Wert spricht. Zur Zeit liegt es eben so, daß sich die Reichswehr durch Standgericht und Verwaltungsmaßnahmen an der Republik für die Revolution rächt.

Auf zwei mächtigen Pfeilern stand das alte Preußen: auf dem Heer und auf dem Beamtentum. Hier inkarnierte sich seine Idee am reinsten, hier war der Preuße ganz Preuße. In das Beamtentum dringt heute in zähem Kampf nach fast unerbittlichen Widerständen ab und zu ein neuer Mensch, der wenigstens den schüchternen Anfang machen kann, auch in der preußischen Verwaltung über das Jahr 1830 hinauszugehen. Die Reichswehr kapselt sich ein, macht Demokraten und Sozialisten unmöglich, in sie einzudringen, und bewahrt wiederum den Bazillus in Reinkultur. Denn wir glauben, daß vieles am Preußentum schlecht gewesen ist und das Gute veraltet. Wir glauben, daß menschliche Zuverlässigkeit, Gradheit des Charakters und Reinheit des Willens sich nicht mit jenen andern preußischen Eigenschaften amalgamieren muß, um überhaupt in die Erscheinung zu treten, und wir glauben, daß anständige Menschen von der Qualität fontanescher Preußen auch in andern Zusammensetzungen möglich sind, als in denen der Quitzows. Mit den Gardeleutnants ist es vorbei.

Es wird sich also nicht darum handeln, die neue Armee im alten Geist fortzuführen, wie das die unbegreiflichen Erlasse eures Fritz Ebert und die begreiflichen Aufsätze unsres Stabsoffiziers dartun wollen. Es wird sich vielmehr darum handeln, die alte Form völlig zu zerschlagen, Ruhe und Ordnung auch dann zu wahren, wenn kein überzahlter und moralisch übermästeter Mensch mit blanken Reitgamaschen, blitzendem Monokel und einer dünnen Gerte über den Kasernenhof lümmelt, und es wird sich darum handeln, aus Soldaten Männer zu machen.

Mynona soll einmal eine Skizze geschrieben haben: *‹Beweis, daß die Deutschen Menschen sind›*. Er soll mißglückt sein. Er wird glücken, wenn das Deutschtum seinen schwarzen Fleck ausbrennt: Preußen. Er wird glücken, wenn Preußen seinen schwarzen Fleck ausbrennt: die alte Armee.

STEUERABZUG

Die Dame, die im kleinen Häuschen
dort residiert am Lützowplatz,
den Männern dient, den kleinen Mäuschen
(in Klasse I und II), die hats
  von nun an schwer in ihrem Leben:
  Sie muß dem Staat an Steuern geben
  von ihrem Geld am Monatsend
    10% –! 10% –!

Die Jungfrau liegt in ihrem Bettchen.
Nicht weit davon der Kavalier.
Sie ist ein emsig-braves Mättchen
(sie denkt: Wie du mir, so ich dir . . .)
  Er blecht. Sie seufzt. Sie muß es lassen.
  Auch sie zahlt in die Steuerkassen
  von dem, was man das Strumpfgeld nennt,
    10% –! 10% –!

Herr Weismann setzt in seine Presse
den bösen Bolschewistenspuk.
Aufreißt der Redakteur die Fresse.
Herrn Weismann ists noch nicht genug.
Laßt euch nur nicht die Ruhe rauben!
Ist das auch wahr? Muß man das glauben,
was uns erzählt ein Spitzelgent?
10% –! 10% –!

Der Fiskus lüpft die Steuerlarve.
Dem Dichter zieht man auch was ab?
Ich fall vor Schreck in meine Harfe.
Das ist der Stein zu meinem Grab!
Die Sorgen nagen täglich schlimmer.
Verdient denn unsereiner immer
als Obermusenpräsident
10% –? 10%?

DADA

Am Lützowufer 13 ist jetzt eine Dadaausstellung zu sehen. Weil wir sonst keine Sorgen haben.

Wenn man abzieht, was an diesem Verein Bluff ist, so bleibt nicht so furchtbar viel. Ich weiß sehr genau, was die Leute wollen: die Welt ist bunt, sinnlos, prätentiös und intellektuell aufgeplustert. Das wollen sie verhöhnen, aufzeigen, verneinen, zerstören. Darüber ist durchaus zu reden. (Wie überhaupt Kunstbolschewismus, Anzweiflung der Berechtigung des Wertes der Kunst eine Angelegenheit ist, die man nicht einfach abtun kann. Unglaube steckt an.) Aber die Formate da gefallen mir nicht.

Wer inbrünstig haßt, muß einmal sehr geliebt haben. Wer so die Welt verneinen will, muß sie einmal sehr stark bejaht haben. Muß einmal umarmt haben, was er nun verbrennt. Wie aber ist der Eindruck?

Kleinere Literaten bemühen sich ein wenig krampfhaft, den Bürger zu schrecken und in anderer Leute Heiligtümer zu spucken. Das ist das Wort: Krampf. Man ist von neun bis sieben Uhr ununterbrochen zersetzend lustig und satirisch aufgelegt. Ein Dadaismus gegen drei Mark und dreißig Pfennige Entree. «Nur hier echt. Vor Nachahmungen wird gewarnt.»

Die Ausstellung selbst sieht aus wie ein ganz putziger Kramladen. (Obgleich ich glaube, daß Hunderte von Künstlergenerationen auf ihren Atelierfesten das witziger, schlagkräftiger, mutiger gemacht haben.) Ein dicker ausgestopfter Matrose hängt an der Decke und schaut selig auf das Getümmel von alten Hutschachteln, Pappkartons, verrosteten Nägeln, sehr unpassend angebrachten Gebissen und Malgemälden herunter. Es ist ziemlich still in der kleinen Ausstellung, und entrüsten tut sich eigentlich auch niemand mehr. Dada – – na ja.

Aber einer ist dabei, der wirft den ganzen Laden um. Dieser eine, um den sich der Besuch lohnt, ist George Grosz, ein ganzer Kerl und ein Bursche voll unendlicher Bissigkeit. Wenn Zeichnungen töten könnten: das preußische Militär wäre sicherlich tot. (Zeichnungen können übrigens töten.) Seine Mappe ‹*Gott mit uns*› sollte auf keinem gut bürgerlichen Familientisch fehlen – seine Fratzen der Majore und Sergeanten sind infernalischer Wirklichkeitsspuk. Er allein ist Sturm und Drang, Randal, Hohn und – wie selten –: Revolution.

Die andern ritzen. Der tötet. Die andern machen Witzchen. Dieser Ernst. Ist das ungeheuer mutig, über irgendeinem Bild von Giorgione, sagen wir mal, ‹Scheibenkleister› zu schreiben und es mit zwei dicken weißen Pinselstrichen abzulehnen? Theaterdonner.

Das Boxmatch zwischen Grosz und dem Jahrhundert des Soldaten aber sollten Sie nicht versäumen zu betrachten.

KLIO MIT DEM GRIFFEL

Der Feldherr stand da und sagte: «Laßt mich. Ich trage die Verantwortung. Vor der Geschichte werde ich dereinst ...» Und da ließen sie ihn gewähren. Warum?

Geschichte: das war der ehrfürchtige Schauer des Gymnasialabiturienten, der den vermaledeiten Peloponnesischen Krieg lernen mußte, und den Siebenjährigen und den Dreißigjährigen. Und bei allem Ärger blieb doch das Gefühl haften, daß das damals Historie gewesen sei, wahrhafte Geschichte. Aber jetzt, 1909, die Regierungszeit unsres Kaisers: das war ja nichts Rechtes, und da standen auch im Geschichtsbuch nur einige allgemeine patriotische Redensarten – Geschichte war das nicht.

So hatte man gelehrt: Geschichte – das waren glänzende Schlachten und in Wehr schimmernde Feldherren und Reichsdeputationshauptschlüsse und große Konzile und Kongresse und all das. Puder und Blut – das war Geschichte. Und vielleicht noch der Krieg 70/71. Ja, der auch noch. Die Gegenwart: das war keine Geschichte.

Und nun der Weltkrieg ... Und nun die große Zeit ... Daher die ungeheure Begeisterung all jener, die da glaubten, die Weltgeschichte schreite ruckweis vorwärts, und die nichts davon wußten, daß sie im geheimnisvollen, leisen Weben tagaus, tagein langsam wirkt, unaufhörlich, unmerklich ...

Nun waren sie auch dabei! Nun – das war Historie. Jetzt hatten sie die Chance, auch einmal von ihren Enkeln auswendig gelernt zu werden, und Gnade Gott dem kleinen Moritz, der im Jahre 1984 nicht wissen würde, wer den Durchbruch bei Gorlice ... Das war es. Mächtiger reckten sich die Heldenbrüste, heller strahlten die Augen – Geschichte! Geschichte!

Und als die große Zeit um war und kleiner und kleiner wurde: da erlebten wir einen Zank um die zukünftige Eintragung dieser Ereignisse in die künftigen Geschichtsbücher, und ein Feilschen hub an und ein Anklagen und Fälschen und Verteidigen – und der Mommsen des Jahres 1984 wirds schwer haben. Man erzählt von einem alten französischen Geschichtsschreiber, daß er sich einen Straßenkrawall, den er und seine Freunde vom Fenster aus gesehen hatten, von ihnen allen der Reihe nach schildern ließ. Und jeder schilderte ihn anders. Und da ging er hin und warf einen dicken Band seines neuen Werkes ins Feuer, weil er meinte: wie müßten nun erst seine Quellen beschaffen sein, diese alten Quellen, aus denen er geschöpft hatte –!

Klios Griffel kratzt. Objektiv ist sie auch nicht, weil ja niemand hienieden objektiv ist, und es hängt von tausenderlei Faktoren ab, was sie da auf ihre Schiefertafel malen wird, mit der wir sie immer abgebildet sehen – aber von der Wahrheit hängts wohl kaum ab. Man lese einmal die Darstellung der pariser Kommune in den deutschen Geschichtsbüchern und bei Kautsky, und man wird einen kleinen Begriff bekommen ...

Und heute schreibt Klio mit der Schreibmaschine, es geht ganz schnell – was gestern geschehen ist, hat morgen bereits seinen authentischen, unumstößlichen Geschichtsschreiber: aber wahrer ists dadurch auch nicht geworden.

Klio! Lösch aus! Es ist falsch, was du schreibst ...! Nicht die Heimat hat ein Heer von hinten erdolcht, und Arco ist kein Volksheld edler Qualität. Sie aber malt unverdrossen und sagt: «Ich habe aus den Quellen geschöpft –!»

Und wenn sie nun selbst die Wahrheit schriebe? Wenn alles richtig wäre, was zukünftige Historiographen aufmalen – was dann? was dann?

Dann ist es noch so, und keine Schuld findet dadurch eine Sühne.

«Vor der Geschichte wird dieser Mann dastehen als einer, der ...» Schreckliche Drohung! Vor der Geschichte? Gut. Und heute? Und heute sitzt er in seinem Schlößchen, hat einmal die Verantwortung getragen – so, wie man einmal einen Frack getragen hat, den man ja auch wieder ausziehen kann – und läßt sichs wohl sein. Vor der Geschichte? Und Hunderttausende sind verblutet, weil dieser eine es gewollt hat, und

Frauen wanden sich in Krämpfen und verfluchten seinen Namen, und er trug die Verantwortung. Vor der Geschichte.

Wen tröstet das? Wem hilft das? Ist uns damit geholfen, daß die Schulbuben im Jahre 2000 bestenfalls – was ich aber nicht glaube – lernen werden, die Militärs hätten Deutschland ins Unglück gestürzt und es darin ein Schlamm- und Blutbad nehmen lassen? Werden wir dadurch besser? Wird damit einer bestraft?

Wir haben gelernt, Wallenstein sei ein Verräter gewesen. (Nicht einmal das steht fest.) Nun – und wem schadet das etwas? Unmittelbare Nachkommen des Mannes, denen das die Heiratschance verdürbe, gibt es nicht mehr – und wir haben ein totes Faktum gelernt, das allenfalls Dichter zum Widerspruch reizt. Wir haben gelernt, Cicero sei ein braver Mann gewesen und Catilina ein schlechter. (Nicht einmal das steht fest.) Nun – und? Und vieles haben wir gar nicht gelernt oder doch sehr mangelhaft und vieles falsch – und das Richtige?

Und das Richtige ist uns bestenfalls ein wirksames Zitat. Hätten die Jakobiner mit den Bourbonen nicht abgerechnet –: unsre Schulkinder haben dem sechzehnten Ludwig nicht mehr sonderlich geschadet. Unser Bedauern mit den Inkas hilft nicht mehr viel – sie sind untergegangen, und Cortez steht vor der Geschichte da als einer, der ... Ob es ihm Kopfschmerzen gemacht hat –?

Meine Lieben, das ist eine Phrase, das mit der Geschichte. Klio kritzelt: richten kann sie schon deshalb nicht, weil man mit einem Griffel nicht richten kann, wenn man kein Schwert hat – und vor allem, wenn der Delinquent bereits tot ist.

Bei uns ist das so: solange eine Unternehmung dauert, lehnen die Führer jeden guten Rat mit dem Hinweis auf ihre ‹Verantwortung› ab – und wenns aus ist, dann gehen sie alle ruhig nach Hause, und niemand darf ihnen etwas tun. Denn man darf doch den ordentlichen Gerichten nicht vorgreifen ... Den armen ordentlichen Gerichten, die außerordentlichen Ereignissen manchmal nicht gewachsen sind.

Laßt, laßt. Auf Klio ist kein Verlaß. Herrn Ludendorff ist es gleichgültig, was sie sagt – denn er wirds nicht mehr erleben.

Wir: wir wollen die Geschichte sein.

BIOGRAPHIE FÜR VIELE

Das merkte man eigentlich schon auf der Schule. Seine Aufsätze waren nicht besser als die der anderen – aber sie waren so geschrieben, daß jeder neue Ordinarius zu fragen pflegte: «Wer hat Ihnen dabei geholfen? Selbständig arbeiten!» Aber er hatte sie ganz allein gemacht.

Er sonderte sich nicht eigentlich von den anderen ab – das konnte man nicht sagen. Er war immer mitten unter ihnen – aber er gehörte niemals richtig zu ihnen, und sie fühlten das auch und ließen es ihn fühlen. Er war nicht einsam. Er lebte in zahlreicher Gesellschaft, sprach er mit den Schatten? Davon sagte er nichts.

Er bestand nun sein Examen: gleichmütig, wie er alles tat, fast aufreizend gleichmütig. Er bestand es schlecht und recht — aber es war etwas in seinen Antworten, das den alten weißhaarigen Schulrat aufhorchen machte — er hatte schon so viele durch seine Hände gehen sehen — dies war wieder einmal einer von jenen, die er nur widerwillig passieren ließ. Stille Revolutionäre. Oh, er hatte ein feines Gefühl dafür, der Herr Schulrat! Ja, also dann bestand er das Examen. Und war frei.

Eine Flamme lohte steil auf, zum Himmel. So hell, daß denen, die in diese Feuerzunge hineinsahen, fast die Augen schmerzten. Er wußte davon nichts. Er sah die Welt und erschrak. Das war sie? Das? Und er wütete, alles war ihm neu, alles grauenerregend, nichts selbstverständlich, alles zum ersten Male.

Wie konnten diese Reiter über dem Bodensee alle ruhig daherleben? Sahen sie nicht? Fühlten sie nicht? Er sah. Er fühlte. Und sagte das Seine und sagte es stark, denn er glaubte daran, und ihm war, als dürfe es so nicht sein, wie es da herging. Er rieb sich an der Welt, und Funken sprühten auf. Er verglich diese Welt mit einer nicht existierenden, mit seiner, mit einer anderen — und der Vergleich fiel nicht sehr heiter aus. Negierte er? Wie töricht war dieses Wort. Man sagt ja nicht einfach Nein — Negieren ist Vergleichen — Negieren heißt: Du bist nicht so, wie ich dich wünschte. Ich weiß um etwas anders ...

Und er lernte, sein Chaos zu bändigen, und lernte die Form und wußte um die Wirkung seiner Sätze. Und glaubte noch immer.

Ja, das war damals. Und die Frauen —? Sie liebten ihn — nicht, wie man einen Helden liebt — sie liebten ihn, wie sie in guten Stunden ihren Vater geliebt hatten. Er wußte so viel von ihnen — sie brauchten nicht zu sprechen — er wußte, er wußte. Und durchschritt die Stationen des Lasters, über das er immer lachte, weil aus allen Löcherchen die kleine Bürgerlichkeit herausguckte, und die der Seelenfreundschaft und die der rustikalen Derbheit und liebte die Schlanken und die Kugeligen und die Rothaarigen und die Buben unter den Mädchen und die jungen Frauen.

Das war damals. Damals war er so das, was die Welt ‹eine Hoffnung› nennt. Der Anfang war vielversprechend gewesen — und nun warteten die Leute, was nun kommen würde. Denn daß etwas kommen mußte, das stand ja fest.

Die Sache fing damit an, daß ihn sein Vater eines Tages in sein Arbeitszimmer rief und ihn fragte, was er denn nun eigentlich werden wolle. Und man müsse nun doch ... wie? Ja, das sah er ein. Man müsse nun in der Tat ... So begann es, und das war der Anfang. Damals hörte er zum ersten Male das Wort ‹Konzession› in seinen Ohren sausen.

Lange ist das her, dieses Damals. Wie lange – wartet, ich will nachrechnen, fünfzehn, achtzehn Jahre. Ja, achtzehn Jahre liegt diese erste Unterredung mit seinem Papa zurück. Merkwürdig, wie so die Zeit vergeht ... Was ist heute? Heute?

Wie ist das gekommen? Ganz langsam muß das gegangen sein, daß man es so gar nicht gemerkt hat – es ist eine unendlich lange, schiefe Ebene gewesen. Ah, Sie dürfen nicht denken, daß er heruntergekommen sei – aber im Gegenteil. Ganz im Gegenteil. Der Mann ist heute etwas, er hat eine Stellung, er ist angesehen, er verdient, hat Frau und Kinder – ein anständiger Bürger.

Aber wie ist das gekommen? Aus der Flamme ist ein Herdfeuer geworden, ein stilles, nahrhaft wärmendes Herdfeuer, und das ist nun auch erloschen. Er schreibt und ist fleißig und wird gelesen und ist ein vorzüglicher Techniker. Herz? Empfindung? Rührung? Humor? Aber gern. Aber bitte, gern und gleich. Er liest auch wohl mitunter noch in seinen alten Büchern, ‹an denen er einst die Kraft seiner Jugend geübt hatte›. Er denkt auch wohl mitunter noch an die alten Tage – aber er mag nicht gerne an sie denken. Es ist so etwas wie Scham dabei. Aber das ist selten.

Er hat auch schon eingesehen, daß man sich nach der Decke strecken müsse, und daß man nicht damit weiter kommt, immer das Äußerste zu verlangen. Begnügsamkeit – wie hübsch das klingt. Begnügsamkeit ... Und es geht doch auch so, nicht wahr, es geht doch auch so. Manchmal hört er die jungen Leute stürmen und poltern – wie er einst gestürmt und gepoltert hatte, und dann lächelt er und denkt: ‹Sie werden schon wieder klein beigeben›. Aber ihm ist nicht sehr wohl bei diesem Lächeln ...

Er hat seine Frau sehr lieb. Freilich: mit seinen Jugenddingen darf er ihr nicht kommen. Sie lehnt das still ab. Er hat sie sehr lieb – aber es geschieht wohl manchmal, des Nachts, daß er, wenn sie weich und ermattet an seiner Seite liegt, ins Dunkel sieht und immer weiter sieht, an ihr vorbei, ganz an ihr vorbei. Und während sie von den kleinen Haushaltungssorgen plaudert, kreisen da rote Ringe und drehen sich und erinnern, erinnern ... Das ist nicht schön.

Und die Leute sagen: er macht seine Sache sehr gut. Er eckt nicht an, und versteht, sich mit jedermann zu stellen, und weiß mit der Zeit zu gehen, und bleibt obenauf, und ernährt seine Familie. Ja. Und vielleicht – wenn das mit A. klappt – vielleicht wird er dann aus der kleinen Vierzimmerwohnung in eine größere, in eine Sechszimmerwohnung ziehen. Er kann sich das jetzt ruhigen Gewissens leisten.

Und da hinten, weit hinten, liegt ein Jugendland in unvergleichlichem Glanz. Und leuchtet durch all die Jahre und kann nicht vergessen werden. Es ruht im Unterbewußtsein, oder, wie die Psychologen das nennen, es liegt tief unter der Oberfläche und kann und kann nicht vergessen werden. Und wird doch jeden Tag vergessen, mit jedem gesprochenen Wort, mit jedem geschriebenen Satz. Und ist leuchtend und unauslöschlich da.

Und die Frauen sind da, die von damals – und die von heute, die er nie gesehen hat. Ihre Lust und ihr Menschentum, ihre Nacht und ihr Tag, Bett und Tisch. Und ihr Lachen. Freilich: sie können nicht alle so gut Kaffee kochen wie jene. –

Wer war das, da oben? Wer ist das? – Du? Sag: wer?

Irgend jemand. Irgend jemand.

Nein: nicht irgend jemand. Ich will euch sagen, wer es ist.

Ihr alle seid es.

So leben Tausende und Tausende dahin, und haben das Land ihrer Sehnsucht, das Land ihrer Jugend, verraten und vergessen. Man muß doch leben ... Lebt ihr? Leben wir alle? Ist das ein Leben: essen und arbeiten, und beachtet werden, und Geld verdienen, und atmen, und Kinder haben, und eine Frau? War es das, was wir erstrebt haben? Wo ist sie? Sie hat reich geheiratet, nicht wahr, nach der Melodie:

Doch was am meisten ihn entsetzt,
Das allerschlimmste kam zuletzt.
Ein alter Esel fraß die ganze
Von ihm so heißgeliebte Pflanze.

Sie ist nicht mehr da. Und die Zeit ist vorbei, die Tage sind zerronnen, die Jugend dahin.

Aber die Bücher sind noch da, die Bücher und ihre Wahrheiten, ihre Zweifel und ihre krummen Wege, ihre Schmeicheleien und ihre Grausamkeiten. Sie sind da und haben alles überdauert. Und wir sind alt geworden und leben neben ihnen. Und – wenn wir ein bißchen wertvoll sind – schämen wir uns.

Es ist kein Glück dabei. Man sollte sich doch treu bleiben.

WIR

In den Heeresberichten der großen Zeit, in ihren Journalen, Zeitungen, Kloaken und Broschüren findet sich des öftern der Ausdruck: Wir. In dieser Bedeutung: «Wir unternahmen einen Vorstoß gegen Saloniki.» – «Wir verschmähen es, das Mitleid der Welt anzurufen.» – «Wir haben uns gezwungen gesehen, die englischen Zivilisten einzusperren ...» Wir? Wer?

Die andern, was die Taten anbetrifft. Die Schreiber bejahten nur die Gesinnung. ‹Wir› eroberten dreizehn leichte Geschütze ... Wer? Die reklamierten Redakteure sicherlich nicht. Sie wurden ja bezahlt und verschont, damit sie ein Zusammengehörigkeitsgefühl manifestierten, das längst nicht mehr vorhanden war. Oh, wie wohl war ihnen allen, daß sie nicht zum Stamme jener ‹Wir› gehörten! Nein – ‹wir› schlugen den Feind gar nicht aufs Haupt, ‹wir› nicht.

Aber ‹wir›, was die Politik, was die Gesinnung angeht – doch. Das stimmte. Es stimmte ja nicht, wenn man bedenkt, wie unendlich die große graue Masse unter diesem eisernen Regiment der ‹Wir›-Leute litt – aber hatte denn diese Masse überhaupt eine Gesinnung? Sie diente. Aus. Wir ...

Wir waren uns wohl einig. Denn es ist ja nicht wahr, daß ein Volk jahrhundertlang eine Regierung haben kann, die ihm nicht vollkommen adäquat ist. Das gibt es nicht und hat es nie gegeben. (Sonst würden ja die Vernünftigen oder gar die Radikalen regieren.) Nein: ‹wir› waren uns schon einig. Wir waren uns einig im U-Boot-Krieg und in andern Mordtaten, wir waren uns in Lille, in Rumänien, in Polen und in Finnland allemal einig. ‹Wir›!

Es ekelte einen die Gemeinschaft, wenn mans las. Uns – die andern ‹Wir› – ekelte es. Es war so wie eine fettig-warme Brühe, in der man da umherschwimmen mußte. Wie sollte man damals die Gemeinschaft abschütteln? Wer hats getan?

So viel Unterschiede gab es im Frieden – eine Oberstleutnantsgattin war immer mehr wert als die andre und ein Landrat immer rangälter als sein Kollege – doch wenn sie im Krieg sich fanden, da verstanden sie sich gleich. Es war ein glorioses Familienbad.

«Wir haben den Krieg nicht gewollt. Wir stehen auch heute noch auf dem Standpunkt, daß die sogenannten Sieger uns schmählich überfallen haben, und daß alles Unrecht auf ihrer Seite ist. Wir haben niemals ...» Wir?

Ach, bitte: Ihr.

DEUTSCHE KINODÄMMERUNG?

Am Vormittag rief mich mein dicker Freund Kie an. «Haben Sie heute abend Zeit? Der Maler Boris will Ihnen was zeigen!» – «Nein», sagte ich, «heute abend» – und dann machte ich eine kleine Pause – «heute abend gehe ich in die *‹Letzte Galavorstellung des Zirkus Wolfson›*.» – «In den Film?» rief Kie – «aber Peter! Da klettert ein Affe mit einem kleinen Kind auf einen Fabrikschornstein ... Ein Mann in Ihrem Alter –!» Und dann sprachen wir über die bessern Sachen.

Abends ging ich hin. Ich habe eine alte, tief eingewurzelte Liebe zum Kitsch. Es war hinreißend. Aus dem Programmheft ging hervor, daß dieser Film auch einen Inhalt hat – ich habe gar nicht darauf geachtet. Manchmal schwamm die Leinwand in Sentimentalität – Zirkusmädchen bekamen Kinder, begruben dieselben und weinten edeln

Fürstensöhnen nach — quand même! Was heißt hier Drama! Der Affe, der herrliche Affe!

Er spielte still und routiniert, wie ein alter Kinoschauspieler — nur viel besser und nicht so prätentiös. Die große Szene hatte ihre Qualitäten: der Affe nahm das Kind, ein wirkliches, schreiendes Bündel (das sich hier und da bemerkbar bemachte), und kletterte einen ungeheuern Schornstein damit hoch. Mir ist es ja herzlich gleichgültig, ob das ‹geschnitten› oder ‹kaschiert› oder echt ist — als ich es sah, war es für mich echt, und das ist die Hauptsache. Dieser ungeheure schwarze Schornstein ragte unheilverkündend in die Luft, da unten lag Lugano (da haben den Film vor acht oder zehn Jahren dänische Schauspieler gemacht) und ‹Kaja, seine Tochter›, kletterte dem Affen nach. Da oben, auf des Schornsteins Rand, ging es munter zu — das Kind zappelte und schrie, die Tiefe lag, wie es sich für eine anständige Tiefe gehört, schwindelerregend unter ihnen, Kaja kletterte, kam, sah und balgte sich mit dem Affen — und der große Todessprung zeigte endlich, wofür eigentlich das Kino auf der Welt ist. Laßt mich noch erzählen, daß der ganze alte Zirkuszauber von Staub, Pferdegestank, Kitsch und buntem Kram lebendig wurde, daß das Kind gut spielte — (was mag dieses Balg wohl sagen, wenn es einmal, herangewachsen, diesen Film sieht? «Und da stand im Zuschauerraum ein bejahrter Greis auf und rief frohlockend: ‹Das bin ich!› Und da warf man ihn hinaus . . .») — mein Freund Kie kam auch vor, fett, mit einer Brille, drei Doppelkinnen — seine tragischen Momente waren seine besten, man lachte sich krumm — kurz: es war reine wie ins Leben. Das Publikum war ‹restlos› begeistert.

Warum sehen wir das nicht alle Tage? Ist das nicht viel, viel schöner als *‹Die da nach der Sünde riefen›* und *‹Frauen, die den Kranz verloren›* und *‹Anders als der Rest›*? Es ist viel schöner.

Was geht vor? Rieselt es im Gemäuer des deutschen Kinomarktes?

Ein bißchen Angst haben die Herren schon. Konkurrenz ist ja gut, und wer sie fürchtet, ist schlapp oder dumm oder schwach. Auf Lubitsch wird das Ausland höchstens befruchtend wirken — denn was die können, kann er in drei Jahren auch. Und sie sind uns ein Stück voraus. Sie haben den riesigen Vorsprung der vier blutigen Jahre, in denen ihre Rohstoffproduktion munter weiterlief, und sie sind ja heute noch viel billiger, als wir es je sein können. Ohne Einfluß wird diese Invasion also nicht sein. Die kleinen Firmen werden sie zuerst merken, und das schadet gar nichts. Lieber noch eine gute amerikanische Trickmittelmäßigkeit als unsern horribeln Kram von vermanschter Literatur und schlechtem Kino. Ich will nicht sagen, daß der Weg des Affen zum Fabrikschornstein hinauf der Weg des Kinos ist — aber ein Weg ist es schon. Unsre Herren klopfen die Zigaretten auf dem Etuideckel zurecht, zünden sie sich an, klappern mit den

Augenlidern, und der Text sagt: «Graf Koks ist das Verhältnis seiner Nichte zu dem Onkel der Klosettfrau unsympathisch». Gut — aber was geht das mich an? Es geht mich dagegen sehr wohl an, wenn einer drei Häuser überhüpft — wie das gemacht ist, ist gleichgültig — ich sehe erfreut zu. Und wie vergnügt werden wir erst sein, wenn Chaplin herkommt, der wirkliche Original-Charlie Chaplin, der große Amerikaner! Er brächte frisches Blut und frischen Wind mit.

Der deutsche Kinohimmel verdämmert sacht . . .? Die kleinen Sterne bleichen, die großen Sonnen, es sind ihrer nicht viele, leuchten weiter, und fremde Gestirne ziehen auf: bunt, neuartig und mit blitzenden Schweifen. Vielleicht wird es dann wieder mehr Spaß machen, Kino-Astronomie zu betreiben als heute. Das walte Gott —!

KRIEGSANDENKEN

Daran mag keiner mehr denken, nicht wahr —?
Daß achtzig Millionen als Sklaven des Schwerts
sinnlos über die Erde stampften,
schossen, räuberten, plünderten, feilschten,
schlugen und geschlagen wurden,
soffen, um das Leid zu vergessen,
Heimat und Menschtum zu vergessen . . .

Daran mag keiner mehr denken, nicht wahr —?

Was ist denn in den Kästen geblieben —?
Münzen, bunte Medaillen und Tand.
Seidenbänder, von deutschen Fürsten
braven Untertanen gespendet:
Seide für Blut.
Fotografien liegen in den Kästen.
«Das war mein Stabsquartier in Flandern.»
«Hier, diese Ferme wurde beschossen.»
«Das ist ein Weibsstück aus Lomscha — ne Polin.»

Was ist denn in den Kästen geblieben —?

Was ist denn in den Seelen geblieben?
Habt ihr die Läuse, den Durst auch vergessen —:
denkt an den Mord an Leibern und Seelen —
denkt an die Unterdrückung des Mannes,
denkt an die Reden der Feldpastoren,
denkt an die Jahre, die ihr verloren,

denkt an die Frauen, die drinnen verdarben,
während die Söhne im Trichter starben — —
denkt an die große, die herrliche Zeit — — !

Vorbei? Vorüber? Vergangenheit?

Laßt ihrs treiben bei alten Standarten,
lobt ihr, die euch vier Jahre lang narrten,
legt ihr euch wieder schläfrig aufs Ohr,
seht ihr euch wieder so wenig vor
vor dem schlimmsten Feind und seinen Taten —
vor dem Soldaten —
singt ihr die alten, verderblichen Lieder —:
morgen habt ihr die große Zeit wieder —!

Fluch dem ersten August —! Fluch der Ludendorff-Zeit —!
Freund des Friedens!
Sei immer bereit!

RAUSCH, SUFF UND KATZENJAMMER

Eine Woge von Betrunkenheit raste vor sechs Jahren über dieses Land, durch die Bürostuben, die Kasernenhöfe, die Rinnsteine, durch öffentliche Häuser, Börsensäle, Schulklassen und Redaktionszimmer. Niemand mag heute daran zurückdenken. Wenn man am 1. August dieses Jahres die bürgerliche Presse las, so fühlte man sich genötigt (mit einer einzigen Ausnahme: der *‹Berliner Volkszeitung›*), den Herren Redakteuren je ein Eisenkreuzchen aus Blech zum Andenken an die große Zeit zu schenken. Sie haben sie alle vergessen. Man muß aber an sie zurückdenken.

Zehn Tage vor Eröffnung der großen Zeit, so um den 20. Juli herum, ahnte noch kein Mensch, daß Deutschland vom lieben Gott ausersehen sei, den Völkern der Erde ein leuchtendes Beispiel zu werden für und für, Amen. Die Bürger lagen im Seesand am Meer oder krabbelten auf den Bergen umher, der Arbeiter schuftete oder begoß seine Laubenkolonie, die Börse machte in gewohnter Ruhe ihre Geschäfte — alles war still. Und nur eine ganz kleine Schar von Menschen in Europa wußte, daß dieser ganze Kontinent eine Minute vor dem Untergang stand, und daß zwei Zeiten anbrechen würden: eine kleine für die Proletarier und eine große für die Verdiener.

Der seit langem geschürte Militärwahnsinn des Keimschen Flottenvereins und der zahllosen militärischen Gruppen und Grüppchen, die sich bis in die Schulen hinein erstreckten, trug seine Früchte: der Mob stand auf, der Sturm brach los, der Wilhelm winkte und alle, alle kamen. Kamen, um zu verdienen, um befördert zu werden, um eine Rolle zu spielen ... und kamen aber auch, im Suff ihres Patriotismus, während der allerersten Wochen — das muß gesagt werden —: um zu sterben.

Was der General Ilse, ‹der Kindermörder von Ypern›, bei Langemarck in den Tod jagte, waren gutgläubige, frische deutsche Jungen, die, fanatisiert, nicht wußten, für welch eine schlechte Sache sie rufend und singend in den Tod gingen. Der Sohn Heinrich Brauns, Otto Braun, ist so ein Beispiel davon. Der Rest war fürchterlich.

Ich kannte aus dem Frieden den Sohn eines Generals von Werder, der so dumm war, daß ihm auf Betreiben des Vaters das Einjährige ohne Prüfung geschenkt wurde. Ich sehe den Jungen noch wie heute in einem Auto den Kurfürstendamm herunterfahren: in voller Kriegsbemalung, auf ein großes Schlachtschwert gestützt, strahlend, eitel und in der ganzen Gloriole seiner königlich preußischen Dämlichkeit. Er war ein Sinnbild seiner Epoche.

Denn was so unbeschreiblich an diesen ersten Wochen war, erkannten damals nur wenige und weil heute die Zeit des Rausches fast vergessen ist, wissens auch heute nicht allzuviele: das Schlimme in Deutschland war das völlige Fehlen jeder Ethik. Für alles, aber auch für alles, auch noch für die letzten Schweinereien war der Rock des Kaisers und das Wort ‹dienstlich› eine Deckung. Mißbrauch von Gefangenen zu Kriegsarbeiten in der Feuerzone, Unterschlagung, Verführung von Mädchen, Mord an Zivilisten, die man zu diesem Behufe Franktireurs getauft hatte, ekelhafteste Schlächterei der Verwundeten — dies alles und noch viel mehr vollzog sich unter dem fast einmütigen Gesang von *‹Deutschland, Deutschland über alles›*, und unter den brausenden Akkorden des Liedes versanken Europa, Menschlichkeit, Charakter und Christentum.

Der große und zum Glück erfolglose Bittgottesdienst, den Wilhelm, kniend inmitten seiner Truppen, auf dem Schloßplatz zelebrierte, war für ihn durchaus keine Komödie. Er glaubte daran, wie er an die Pickelhaube und damit an sich selbst glaubte. Es gab eine Kommißfrömmigkeit, von der vor allem die Pfaffen befallen wurden, und obgleich nach unserem guten alten Dogma Religion Privatsache ist, muß doch gesagt werden, daß es kaum etwas Widerwärtigeres gab, als die maßlose Dummheit (zur Verlogenheit langte es kaum), mit der die Priester aller drei Konfessionen ihre Bibeln so lange drehten und wendeten, bis unten der Spruch herausfiel: «Du sollst töten».

Man log sich gegenseitig einen Landsknechtkrieg vor, indes hinten die gerissenen Kapitalisten bei den schneidigen, aber dummen Militärs in Lederlieferungen und Pferden mogelten und gaunerten. Man tat so, als sei der ganze Krieg von Joseph von Lauff oder von Ganghofer:

frumb und mit der Kartaun gerüstet zog ein Fähnlein Landsknecht' mutig und mit frischen deutschen Liedlein ins Feld, nicht wahr? Und die operettenhaften Arrangeure eines blutigen Karnevals wollten nicht sehen, daß geknechtete und ohnmächtige Proletarier und Kleinbürger zitternd, klagend oder stumpf in der Massensuggestion befangen vor die Maschinengewehre torkelten. Der Kaiser spielte: historisches Ausstattungsstück. Die Wirklichkeit spielte: Tobsuchtsanfall Europas bis zum Weißbluten.

Aber was wußte Berlin, was wußte Deutschland damals davon? Vorläufig zogen die Abonnenten des *‹Berliner Lokalanzeigers›* (und leider auch andere) von Café zu Café, verlangten mit Stentorstimme mutig, tapfer und deutsch die Entfernung des welschen Akzents, der Feldwebel auf dem Bezirkskommando sagte nicht mehr Adieu, sondern auf Wiedersehen, und es zeigte sich nach kurzer Zeit, daß man alle Gemeinheiten auch ganz gut ohne Fremdworte in seiner Muttersprache ausüben konnte. Es war wirklich eine große Zeit.

Eine Pressemache bis zur Marneschlacht war gar nicht nötig. So tobsüchtig und militärfromm benahmen sich späterhin die reklamiertesten Redakteure nicht, wie das Schreibervolk zu Kriegsbeginn. Wenn ihr nur zurückblättern wolltet! Hat sich denn die Presse seitdem gewandelt? Wie könnt ihr einer Gilde Vertrauen schenken, die solch einen Bockmist prophezeit, zusammengestellt und aufgeschrieben hat? Kaum an irgend einer Stelle haben die Redakteure und Zeitungsleser gewechselt (gefallen sind von den Kriegsbegeisterten nur wenige; man war reklamiert), und heute noch prangen dieselben Namen an denselben Stellen, wo im Jahre 1914 unwiderleglich bewiesen wurde, daß es mit England nun aber endgültig zu Ende ginge. Es war wirklich eine Große Zeit!

Schämen sich die Deutschen der Erinnerung? Schämen nicht! Sie denken nur nicht daran, weil man ja unangenehme Lagen seines Lebens leichter zu vergessen geneigt ist, als die schönen Tage. Sie schämen sich nicht. Die braven Kriegervereinler denken nur nicht immer an die Zeit, wo sie – es war im September 1914 – Balkonplätze für den Einzug Kaiser Wilhelms des Zweiten Unter den Linden durch Zeitungsinserat suchten und ausboten ...

Lehre? – Nie wieder Krieg. Mittel? – Den Heeresdienst auch dann zu verweigern, wenn ihn ein Gesetz vorschreibt. Beginn des Kampfes gegen den Kampf? – Heute.

Der Mann mit den schwarz-weiß-roten Abzeichen, mit der schwarz-weiß-roten Binde um den Arm hatte unter heftigem Gejohle so viel Schnaps aus der schwarz-weiß-roten Flasche zu sich genommen, daß er endlich, leise glucksend, umsank. Da lag er im Rinnstein und schnarchte, beschmutzt, bespritzt – die Hunde schnupperten an ihm herum und hoben ein Bein – da lag er, der Preuße, in allen Gassen, da lag er. Und als er aufwachte und sich schwankend erhob, stieß er tief auf, zog die Luft ein, riß die verklebten Äuglein auf und murmelte: «Es war — hup — eine Große Zeit!»

Wir andern aber wollen uns ihrer erinnern, den Burschen nicht vergessen und sorgsam darauf achten, daß beide nicht wiederkommen.

SCHAUMLÖFFELEI

Sechs Fuß hoch aufgeschossen,
Ein Kriegsgott anzuschauen,
Der Liebling der Genossen
Der Abgott schöner Frauen,
Blauäugig, blond, verwegen
Und in der jungen Hand
Den alten Preußendegen —

Wenn in Deutschland einer etwas versiebt hat, dann kneift er hinterher, schreibt aber seine Memoiren, womit er seine gänzliche Unschuld an dem Malheur dartut, die Gegner beschimpfen und fünfzehn Prozent des Ladenpreises einstecken kann. So auch der cand. med. dent. Karl Schaumlöffel, dem Studentenverein Wingolf angehörig und derweiliger ‹Stabsfeldwebel› des Studentenkorps Marburg.

Das Buch geht um die Schuldfrage herum, wie die Katze um den heißen Brei, verhüllt sie in patriotische Phrasen und ändert an dem Urteil der anständigen Leute nichts. Wie war es denn?

Die Zeitfreiwilligenorganisationen von Studenten und stellungslosen Offizieren hatten sich unter einer Regierung, die so schlapp war, daß sie eigentlich nicht recht wußte, wie sie der Rechten und der Linken Herr werden sollte, zu altem, beliebtem Soldatenspiel zusammengefunden. Wie schön war das: noch einmal heraus aus den staubigen Auditorien, noch einmal heraus aus den möblierten Buden, wo der mit den bunten Bändchen geschmückte Zivilist vor der Wirtin, dem Schneider und dem Schuster nur gerade soviel galt wie jeder andere auch — noch einmal heraus in das Feldleben, wo man salutiert, über die Maßen gut bezahlt und überhaupt so respektiert wurde, wie es einem honorigen Studenten und Achselstückträger von dem Pack zukam. Sie traten an. Und marschierten ‹ins Feld›, gegen die eigenen Landsleute, mit einer Wonne, daß deutlich zu sehen war, es ging ihnen nicht um die Sache, sondern ums Soldatenspielen. Der Regierung war die Angelegenheit längst über den Kopf gewachsen. Sie sah zu, wie ihre ‹Beauftragten› voller Verachtung für die neue Verfassung ihre eigenen Zwecke unter dem Deckmantel verfolgten. Am 24. März 1920 besetzten die Studenten unter Führung eines v. Selchow Thal, die Unterführung hatte ein Herr Baldus. Der Gendarmeriewachtmeister Heß aus Thal setzte sich mit Herrn Baldus in Verbindung und übergab ihm eine Liste von Menschen, die als Hauptträdelsführer der Roten Armee bezeichnet wurden. Wie gearbeitet worden ist, kann man daraus ersehen, daß von diesen vierzig Aufrührern fünfundzwanzig sofort wieder auf freien Fuß gesetzt werden mußten. Fünfzehn Mann nahmen die Studenten mit. Die Gesinnung der Geßlerschen Reichswehrtruppen wird durch die Angabe des Herrn v. Selchow illustriert: «Die Gefangenen wurden ausgeladen und von einem starken Kordon von Angehörigen des Studentenkorps umgeben, denen es nur mit größter Mühe gelang, die wütende und mit Knüppeln gegen die Gefangenen vorgehende Menge der Bevölkerung und der Reichswehrtruppen zurückzuhalten.» Die Gefangenen waren in diesem Augenblick wehrlos.

Auf dem Marsch von Mechterstedt nach Gotha wurden die fünfzehn Gefangenen aus Thal von den Studenten ermordet. Der cand. med. dent. Schaumlöffel spricht von einer Erschießung auf der Flucht. Es gibt zwei Möglichkeiten: entweder sind die Gefangenen alle fünfzehn auf einmal entflohen. Dann hätten die Wachmannschaften in der größten Geistesgegenwart sofort die umgehängten Gewehre hochgenommen, gezielt, geschossen und getroffen, und das bei dichtem Nebel. Schaumlöffel schreibt, daß es der geübtesten Geistesgegenwart bedürfe, um solchen Versuchen zu parieren. Fünfzehn Schüsse im Nebel überraschter Menschen und fünfzehn tödliche Treffer: das ist sehr unwahrscheinlich. Oder aber: die Gefangenen sind nacheinander entflohen, das heißt, nachdem ein oder zwei einen mißglückten und mit ihrem Tode endenden Fluchtversuch gemacht haben. Das ist sehr unwahrscheinlich. Die Erschossenen haben fast alle Kopf- und Brustschüsse teilweise von vorn gehabt. Auf diese wichtigen Fragen geht der Wingolf-Mann überhaupt nicht ein. Nach den Feststellungen des Rechtsanwalts Liebknecht ist erwiesen: die Angeklagten befanden sich bis zur Gerichtsverhandlung in Freiheit und konnten vorher das Nötige veranlassen. Wichtige Belastungszeugen sind nicht herangezogen worden. Der Hauptbelastungszeuge, Offizier-Stellvertreter Dahlheim des marburger Reichswehrbataillons, wurde von seinem Bataillonskommandeur, Herrn Schenk zu Schweinsberg, gemaßregelt. Vor jedem unparteiischen Gerichtshof hätte man eine Katze eine Katze genannt, und die Herren Studenten wären hereingefallen.

Aber das ist keine Überraschung für uns Deutsche, die wir an zweierlei Justiz seit langer Zeit gewöhnt sind. Das Heft des Stabsfeldwebels ist aber vor allem – in Ausdrucksweise, Schilderungen und Lebensauffassung – ein preußisches Kulturdokument.

Die Sprache ist trocken, schlecht und voll jener gemachten Schneidigkeit, die den verächtlichen Typ ‹deutscher Offizier› charakterisieren. Da ist die gehackte Abkürzung ‹Stu.-Ko.-Ma.›, was soviel heißen soll, wie Studentenkorps Marburg. Da heißt es: «Die Bahnfahrt verlief sehr ordentlich» (ein typischer deutscher Kasinoausdruck). Einmal steht da: «Der böse Feind war klamheimlich untergetaucht» (clam, das der Zahnarzt fälschlich mit ‹k› schreibt, ist ein lateinisches Wort für heimlich, und das Ganze ist ein stumpfsinniger Kasinoausdruck). – Da wimmelt es von Ortskommandanten und Brigaden und Stäben und «das Geschick des Vaterlandes steht wieder auf des Messers Schneide», und manchmal geht die Feder mit Herrn Schaumlöffel durch, und wenn man das hier liest, glaubt man, er meine sich selbst: «Ein friedliebender Mensch treibt keine Geheimbrödelei und dunkle Machenschaften, während der Einbrecher und Plünderer Pläne und Anschläge schmiedet, mit seinen Kumpanen Verabredungen eingeht und die verschiedensten Sicherheitsmaßnahmen ausdenkt und vorbereitet.» Das wären also die Studentenkompanien und die Organisation Escherich.

Der Preußengeist unter diesen Studenten ist unausrottbar, und das könnte uns gleichgültig sein, wenn diese nicht die zukünftigen Verwaltungsbeamten, Kassenärzte, Priester und Richter werden, Richter, deren Objektivität anzuzweifeln vom Augenblick ihrer Ernennung an verboten ist. Aber was können das für Beamte und für Richter werden, die so eine Auffassung des Kampfes haben, daß sie, wie der Stabsfeldwebel einmal schreibt, auf einen sogenannten Spartakisten sofort schießen, ohne daß der irgend etwas tat! «Die Dämmerung schützte ihn leider vor unseren Kugeln.» Und was mögen das für Beamte und Richter werden, die am 31. März einen Mann vor ein Standgericht der Abteilung v. Schenk stellen, ihn dort zum Tode verurteilen und zu ihrem größten Schmerz erfahren müssen, daß sogar ein Kriegsgerichtsrat (von der Brigade Stolzmann, Kassel) den zum Tode Verurteilten nach zwei Tagen freilassen muß. Überschrift: die Rechtsprechung. Ganz abgesehen von der geradezu talmudischen Rabulistik, mit der zwischen Kapp, Generalstreik, Revolution und Aufstand immer derjenige als ein Verbrecher abgestempelt wird, den man politisch haßt, ergibt sich dieses Bild:

Die deutsche Jugend auf den kleinen Universitäten ist zum großen Teil durch den Krieg verroht und entsittlicht. Verroht: Mord und Totschlag machen ihnen Spaß, und sie empfinden Mord und Totschlag nicht mehr als Delikte, wenn sie ‹dienstlich› begangen werden. Entsittlicht: mit den gerissensten Gedankenwindungen drehen die Juristen unter ihnen jeden Sachverhalt in sein Gegenteil um, sodaß noch die litauischen Pferdehändler von diesen Köpfen etwas lernen können. Man hat für alles seinen Paragraphen. Für und gegen.

Und sie halten zusammen wie die Kletten. Wie jetzt erst wieder die Akten über die Körperverletzung eines ebenso antisemitischen wie besoffenen Gutsbesitzers, natürlich eines früheren Oberleutnants, ‹verschwunden› sind, sodaß der Justizminister benachrichtigt werden mußte –; ebenso steht, und das ist das Wichtige, von vornherein die Sympathie der Staatsanwälte, Kriegsgerichtsräte und der meisten Richter auf der Seite ihrer Korpsbrüder, Universitätskollegen, Gesinnungsgenossen.

So entstehen solche Mordtaten, und so entstehen solche Freisprüche.

Wenn ihr etwas in der Angelegenheit Mechterstedt tun wollt, so lest die gute Broschüre *‹Der Schrei nach dem Recht. Die Tragödie von Mechterstedt›* von Henning-Duderstadt. Wenn ihr noch mehr tun wollt, dann schickt einen kleinen Beitrag für die Hinterbliebenen, die sich ihren Unterhalt und ihr Recht nun suchen müssen, an Herrn W. Bock, Gotha, Sonnborner Straße 18.

Der Stabsfeldwebel, Zahnarzt und Wingolf-Mann hat umsonst geschrieben. Umsonst Phrasen, Wartburg-Begeisterung und schwarzweiß-rote Gesinnung, die in einem Auszug zur Menschenschlächterei «den Höhepunkt in dem Wintersemester 1920» sieht. Umsonst, Stabsfeldwebel, umsonst! Unser Urteil steht fest. Wir wissen, wie man das Ereignis auf der Chaussee nennt: Mord. Mord. Mord.

DIE SITTLICHEN

Der Verlag Paul Steegemann in Hannover hat einen Privatdruck herausgebracht: *‹Frauen›* von Paul Verlaine. Die Übertragung stammt von Curt Moreck. Vier Gedichte aus diesem merkwürdigen Buch sind zusammen mit vier andern aus des gleichen Verfassers *‹Hommes›* in den alten *‹Opalen›*, übertragen von H. A., erschienen. Ich glaube, daß die alte Übertragung, die mit Gassenworten arbeitete, den Stil dieser Verse gut traf. Moreck stilisiert, mildert und ist im ganzen bestrebt, aus einem zerwühlten Bett eine sauber hergerichtete Ottomane zu machen. Für mein Gefühl ist es nun nicht Fisch noch Fleisch, denn es gibt ein falsches Bild: Verlaine hat in dieser Epoche seines Lebens, wo er nach katholischen Verzückungen in ganz andern als kirchlichen Domen zelebrierte, durchaus nicht «Unflat in Gold verwandelt, das Verwerfliche geheiligt, das Unaussprechliche sagbar gemacht», wie Curt Moreck behauptet. Ein Moorbad ist ein Moorbad, und wenn man so etwas negiert, muß man es nicht übersetzen. Wert und Reiz des Moorbades liegen im Moor, nicht in kristallklarem Wasser.

Aber das sind artistische Einwände. Die Übersetzung ist nicht eben schlecht (ausgezeichnet gelungen ist die kleine freche Idylle *‹Volkstümliche Gemälde›*), der Druck ist ganz anständig, die Ausstattung gut. Wer dergleichen sammelt oder wer eine Freundin hat, die nicht nur die Wanderung liebt, sondern auch die Landschaften dazu, der mag sich das Büchlein wohl kaufen. Aber er wird auf Schwierigkeiten stoßen.

Das sittlichste Organ Deutschlands: das *‹Börsenblatt für den deutschen Buchhandel›* hat sich geweigert, die Anzeige dieses Werks aufzunehmen. Es ist bekannt, daß die Redaktion dieses Monopolanzeigenmarktes die wissenschaftlich-politisch bedeutenden, aber dem Ludendorff-Deutschland nicht genehmen Werke Richard Grellings und andrer unter den Begriff ‹Unsittliche Literatur› subsumiert. Die Proteste des Schutzverbandes Deutscher Schriftsteller haben bisher an dieser eigenmächtigen Zensur größenwahnsinniger Buchhändler nichts zu ändern vermocht. Ein Appell an die gut und fortschrittlich organisierten Drucker des *‹Börsenblatts›* scheint mir nötig.

Das sittlichste Blatt der deutschen Gegenwart kann aber mit seiner Moral vereinigen, die Schrift des steckbrieflich gesuchten Bauer, des frühern Obersten, anpreisen zu lassen, und es kann mit seiner Moral vereinigen, Schriften aus dem Verlag Wilhelm Borngräber anzuzeigen. Im Fall Borngräber wäre ich gegen eine Zensur des *‹Buchhändler-Börsenblatts›* (man soll diese Dinge dem Staatsanwalt überlassen) – wenn nicht das *‹Börsenblatt›* grade an dem Verlaine solchen Anstoß genommen hätte. Die wahre Antipathie richtet sich nicht gegen den toten Franzosen, sondern gegen den lebendigen Deutschen: der Verleger gefällt den Reaktionären in Leipzig nicht. Paul Steegemann hat mit anerkennenswertem Fleiß eine große Reihe junger moderner Autoren und politischer Radikaler herausgebracht, und weil Kurt Hiller oder Heinrich Vogeler-Worpswede oder Heinrich Mann oder Rudolf Leonhard nicht auf den deutschen Kriegerverein eingeschworen sind, bekommt es Leipzig mit der Angst vor dem Bolschewismus und hat nun ein Ausschlußverfahren gegen den politisch unbequemen Verleger in die Wege geleitet. Das also und nicht die Dirnenanbetung Verlaines ist der Kern.

Das *‹Börsenblatt›* ist kein reines Privatunternehmen mehr. Es ist ein offiziöses Monopolorgan: die Sortimenter und die Verleger, die im Börsenverein organisiert sind (und das sind so ziemlich alle maßgebenden), sind auf dieses Blatt angewiesen. Seine Hauszensur ist eine Unbotmäßigkeit, solange nicht der größte Teil von Verlegern und Sortimentern mit ihr einverstanden ist, und das will ich noch nicht glauben. Sie muß entfernt werden. Freilich ist es leichter, Lieder zu singen wie dieses hier, das in Lüneburg auf einer Kreisvereinssitzung des Börsenvereins im Chorus vorgetragen wurde – aber es genügt eine Strophe:

Hoch jetzt des Aufruhrs Feuer loht,
sich lockern alle Bande,
Verrat den deutschen Helden droht,
nichts fehlt zu Deutschlands Schande,
und die Genossen frech und dreist,
bekämpfen Wissen, Fleiß und Geist,

es herrscht nur noch die Straße
sowie die jüd'sche Rasse.

Soweit die deutsche Sangesbrust.

Materialknappheit und Schwierigkeiten der Beschaffung von Rohmaterialien haben in den letzten Monaten fast zu einer Aufhebung fester Nettopreise im Buchhandel geführt. Damit ist der feste Ladenpreis in Frage gestellt; die Schwankungen der Preisfestsetzung pflanzen sich in unregelmäßigen Wellen in dem Kleinhandel fort, und der deutsche Buchhandel steht, wenn nicht alles täuscht, für die nächsten Jahre vor schweren Erschütterungen und großen Umwälzungen. Der Vorstand des Börsenvereins sollte bedenken, daß diese ungerechtfertigte Hauszensur seiner nicht würdig, und daß seine Stellung nicht mehr so fest ist wie vor fünfzig Jahren. Die versetzte Wut verärgerter Spießer, die sich bei jeder Gelegenheit an der Republik, an den Revolutionären, am Radikalismus, an dem lieben Gott rächen wollen, wird den Lauf der Dinge auch nicht aufhalten. Es empfiehlt sich für einen, der auf einem dünnbeinigen Taburett sitzt, mitnichten, wilde Indianertänze aufzuführen. Sonst kippt das Taburett um, der Tänzer sitzt auf der Kehrseite, und frei und ungehindert wächst um ihn herum die Literatur, die er nicht hat haben wollen, und die doch da ist, weil wir sie brauchen.

ALTE WELTBÜHNEN

Manchmal, nachts, blättere ich in alten ‹*Weltbühnen*›. Ich habe so ziemlich alle: einzeln, in roten Heften, deren Farbnuance des Umschlags schwankt, und ernst gebunden, in dicken roten Leinenüberzügen. Und ich blättere ...

Zuerst suche ich mir alle Polgars zusammen. Fast von Anfang an ist er da — und ich schmunzle im Geist noch einmal alle wiener Theaterpremieren durch, die er mit seiner bitterheitern Gegenwart beehrt hat. Und ich lese seine himmlische Literaturgeschichte: ‹*Wie der Goethe entstand*›, die noch lustiger ist als das entzückende kleine Spiel der beiden Dioskuren Polgar und Friedell. Und ich lese seine heiterste und bunteste Skizze ‹*Scharlach*› (nur für Kenner!) — und ich muß lachen, ganz wie beim erstenmal ... Und ich lese S. J., wie der unter der berliner Lämmerherde der Schohspieler herumwütete und sie schlachtete und fraß und wonnesam brummte, wenn er den Bauch voll hatte — und lese seine leisen Locktöne zu Reinhardt herüber, als er den noch uneingeschränkt liebhaben konnte ... Und ich lese — entschuldigen Sie — mich selbst.

Das heißt: ich lese mich eigentlich gar nicht. Ich erinnere mich nur. Ich erinnere mich, wie das gewesen ist, als ich dies Gedicht da schrieb und jenes – was für Zeiten das waren (und was für Honorare es damals gab), und welche Damen ich in mein Herz geschlossen hatte. Es ist wie eine kleine Biographie, diese ‹*Weltbühne*› – ich kann mir an den Fingern abzählen, wie es alles gelaufen ist mit mir. Gibt es wohl eine Liebe – und wäre es auch nur eine von den ganz kurzen, brennendsten gewesen –, die ich nicht abkonterfeit hätte? Keine. S. J. ließ mir den Spaß (sucht euch Redakteure, die keine Unteroffiziere sind!), und nur, wenn Gussy Holl öfter als viermal im Monat in den Artikeln verkleidet, persönlich oder zitiert auftauchte, weinte er leise. Ich konnts doch aber nicht lassen, und ich kanns heute noch nicht. Und alles, was so in den letzten Jahren für mich gut und teuer gewesen ist, steht da in den roten Heften: die hübschen Bücher und die hübschen Mädchen, die märkische Luise und die einzige Blonde und der Strubbs und die und die ... Von Claire zu schweigen, die ich schon besungen habe, als ich meine Manuskripte noch zweiseitig beschrieb ... Es war eine schöne Zeit.

Guten Tag, kleine Hefte! Dies ist keine Reklame für euch – denn der Herausgeber weiß kaum, wie er euch noch liefern soll, und viele von euch gibts gar nicht mehr in den Verlagsregalen. Kleine Hefte, guten Tag –!

Und ich bemerke, daß sie nicht nur das Leben eines Panters aus den letzten Jahren widerspiegeln, sondern, wenn man genauer hinsieht, unser ganzes Leben und unsere ganze Zeit.

OFFIZIERE

Manche sind Versicherungsagenten geworden oder Journalisten und manche Betriebsleiter oder Inspektoren in der Landwirtschaft und manche Kunsttänzer und manche Spieler und einige, die reich sind, haben den bunten Rock einfach ausgezogen und sehen sich das Weltgetriebe etwas spöttisch und etwas verdrossen von ihrer Klitsche oder von ihrer Villa aus an und besuchen nun hier und da die gesellige Zusammenkunft des Regimentsabends, wo schwerer Rotwein getrunken und auf die Regierung geschimpft wird, und von den Wänden grüßen die starren Ölgemälde Seiner Majestät in der Galauniform des Regimentschefs. Wo ist Preußens erster Stand geblieben?

Der deutsche Offiziersstand ist seit dem 9. November ins Zivil gefallen, so wie Steine ins Wasser fallen. Die gehen dann unter. Es muß für die aktiven Offiziere und für die vielen Reserveoffiziere, denen die vier Jahre zum ersten Mal in ihrem Leben eine feste und glanzvolle Stellung mit gutem Auskommen geboten hatten, ein schwerer Schritt, ein schwerer Fall gewesen sein. Schwer deshalb, weil diese Männer mit ganz wenigen Ausnahmen von einer so stupenden Lebensunerfahrenheit sind, von einer solchen Naivität und einer Unberührtheit von den Dingen des Lebens, die sich außerhalb des Kasernenhofs und der Schreibstube abspielen, daß sie mit großen runden Augen in das Chaos starrten und sich darin nicht zurechtzufinden wußten. Hier war alles so ganz anders: der Rang an sich gilt nicht allzuviel, mit einer Schnauzerei ists meist nicht getan, das ‹Menschenmaterial› ist nicht ohne weiteres verfügbar, man darf Leute und Wagen nicht stundenlang warten lassen, überall sind Schwierigkeiten und Hemmungen, und keiner steht stramm, keiner steht stramm ... Ich habe seit dem 9. November mit vielen Offizieren, aktiven und anderen, die nun in Zivilstellungen waren, zu tun gehabt, und muß sagen: Eine solche merkwürdige Mischung von gutem und schlechtem Willen, sich ins Zivil hineinzufinden, eine solche Verbindung von einigen alten Preußentugenden und totaler Unfähigkeit, die eigene Zeit zu begreifen, ist mir noch nicht vorgekommen. Sie wollen — wenn auch nicht alle — aber sie können nicht. Sie wirken im großen und ganzen wie ein Spinnrocken in der bürgermeisterlichen guten Stube einer kleinen Stadt: überholt. Ganz nett anzusehen, aber überholt. Sie haben eine Art, die Dinge zu sehen und anzufassen, daß einen der kalte Schauder überläuft, und daß man immer wieder vor sich hinsagt: Also das hat einmal geführt! Also die waren einmal Leiter und Spitzen und haben über Geschicke bestimmen dürfen! Es muß doch ein merkwürdig einseitiges Spezialhandwerk sein, das militärische, denn was haben sie für Anschauungen, für Auffassungen, für Lebensaspekte! Und dabei waren sie doch in Flandern und in Palästina und in Finnland und in Polen ... und nun sollte man doch meinen ... Aber da ist nichts. Ein Horizont wie ein Schnapsglas.

Sie wirken als Kulturfaktor in unserem Leben wie der trübe und unlösliche Bodensatz eines zerfallenen Körpers im Wasser. Sie durchsetzen heute fast jeden Betrieb mit ihrer Gesinnung und weil immer der wurmstichige Apfel den gesunden ansteckt, und weil viele noch die alte eingeprügelte Achtung vor ihnen haben, stören sie und hemmen und konservieren einen dreimal verfluchten preußischen Geist.

Man muß berücksichtigen, daß sie ja alle zumeist nichts Rechtes gelernt haben, und daß es Dilettanten von Beruf sind. «Der preußische Leutnant kann alles!» Es war wirklich erstaunlich, was er im Kriege, wenn auch nicht gekonnt, so doch gemacht hat: Viehdepots hat er eingerichtet und Druckereien und Trocknungsanlagen, und Bahnrampen hat er gebaut und Theater beaufsichtigt und Entlausungen geleitet ... Und in den meisten Fällen war es ein Fachmann in untergeordneten Stellungen, etwa ein Feldwebel der Reserve oder ein gewöhnlicher Gefreiter, der die Sache machte, und der andere steckte einen Klunkerorden und die Anerkennung in die weitgeöffnete Tasche. Eben weil man über jede vollbrachte Leistung als Punkt auf dem i und als Krönung des Ganzen einen Offizier setzte, bildete sich im Gehirn dieser Kaste der

Glaube heraus, das Achselstück ersetze wirklich alle Fähigkeiten der andern. Und nun soll es sich erweisen. Und nun erweist es sich nicht.

Die innere Unsicherheit der ins Zivil geworfenen Offiziere wird von ihnen häufig durch eine gewisse Forschheit ersetzt. Nun langt das im täglichen Leben nicht allzuweit, und es ist ganz merkwürdig, wie der preußische Organisationsfimmel, der ja schon im Felde jedes Pöstchen unterstützte und jeden Posteninhaber, wie der, das preußische Beamten- und Juristentum zur Seite, das ganze moderne Leben verseucht hat. Diese Offiziere laufen in der Weltgeschichte umher und beweisen dir klipp und klar, daß in deinem Beruf etwas geschehen müsse, und daß da eine Organisation am Platze sei, welche ... Denn daß eine Organisation sein muß, und daß sie diese Organisation leiten müssen, das steht von vornherein fest. Wie ja überhaupt dieses mißbrauchteste aller Wörter ihr A und O ist. Und mir fällt immer der alte schöne Ausspruch ein: Organisieren ist, wenn einer aufschreibt, was andere arbeiten. In diesem Sinne organisieren können sie.

Die Wirkung des gewöhnlichen Zivillebens auf den entthronten Offiziersstand mag für den dichterischen Schöpfer einer Tragikomödie ganz lustig zu sehen sein. Das Grollen alter Löwen, denen man Zähne und Krallen ausgezogen hat, die emphatischen Racheschreie der kasperlehaft aussehenden Stabsoffiziere beim Burgunder, dies geschwellte Kastenbewußtsein, dem viele Voraussetzungen heute Gott sei Dank entzogen sind – all das ergibt ein bunt angetuschtes Bild. Sie verstehen die Welt nicht mehr und kommen auch nicht drüber hinweg, und jetzt zeigt sich erst, wie sehr sie das eine immer gewesen sind und wie sie es immer bleiben werden: unproduktiv, unnütz, überflüssig.

Gefährlich wird die Schicht erst dann, wenn sie noch eine Wirkung auf die deutsche Umwelt auszustrahlen in der Lage ist. Und noch ist sie es. Noch finden sich Schöffen – wenn auch auf dem Lande –, die einen Gutsbesitzer deshalb wegen Beleidigung verurteilen, weil er in einem Inserat einen Nachtwächter gesucht und dazu gesetzt hat: «Früherer Offizier bevorzugt». Dadurch, entschied der Dreimännerskat der Justitia, seien die Offiziere beleidigt. Gefährlich wird die Kaste erst dann, solange sie ihre morschen und übelriechenden Standesvorurteile heute noch durchsetzen will. Denn jedes Privileg ist in erster Linie eine Erniedrigung der anderen. Gefährlich wird die Kaste, wenn sie ihre Unfähigkeit, anständige und nutzbringende Arbeit zu leisten, hinter einer trüben Geschäftigkeit verbirgt, die nicht einmal immer politischen Beigeschmack haben muß. Für die Politik sind die meisten dieser Männer viel zu borniert. Der ameisenhafte Fleiß, mit dem sie heute noch fast zwei Jahre nach dem Kriege Stäbe organisieren und Einteilungen des Landes in Korpsbezirke, der Fleiß, mit dem sie einen militärischen Apparat auf die Beine stellen, der, ob er nun etatsmäßig anerkannt ist oder nicht, gleich nutzlos und geldfressend und kulturwidrig ist – all das ist nur aus ihrer einen einzigen Sehnsucht zu erklären: Wieder Geltung haben! Wieder an der Spitze von Truppen reiten dürfen! Einmal noch das blitzende Monokel vor der Front leuchten lassen! Menschen anbrüllen! Kasinostumpfsinn und Kasinoprösterchen! In grotesk aufgeplusterten Reithosen eine Jungfrau schneller zu dem zu machen, wozu Gott sie bestimmt hat! Einmal noch! Ein einziges Mal!

Daher Orgesch und Freiwilligenkorps und Sicherheitspolizei und Reichswehrformationen und Wichtigtuerei im Reichstag und Beleidigungsklagen gegen unliebsame Kritiker und eine Innigkeit unter allen Beteiligten, die einer besseren Sache würdig wäre. Kameraden? Komplicen.

Wir haben alle im Felde im Offizierkorps die wenigen sogenannten ‹famosen Kerle› kennen gelernt. Die werden auch heute im Leben nicht versagen, und denen ist alle Sympathie gewiß, weil es tapfere und wertvolle Menschen sind. Der Rest aber ist fürchterlich. Mag es farblose Spießer darunter gegeben haben: soweit sie Offiziere waren, taugten sie nichts. Und obgleich jeder Satz, der an dieser Stelle steht, in den Augen der Gegner durch das Stammtischurteil ‹bolschewistisch› als abgetan gilt, muß und soll vor deutschen Arbeitern und Bürgern hier noch einmal ausgesprochen werden, was für die einen eine Selbstverständlichkeit und für die anderen ein rotes Tuch ist:

Das deutsche Offizierkorps hat im Kriege seine Pflicht nicht erfüllt. Das deutsche Offizierkorps setzt sich aus kulturfeindlichen Schädlingen zusammen, die um ihres Postens willen bereit sind, jede Desperadopolitik mitzumachen. Der Geist des deutschen Offizierkorps taugt nichts. Ein ständig wachsender Teil der Nation lehnt diesen Ungeist und seine Träger ab. Wir brauchen sie nicht mehr.

Beleidigungsklagen ändern an diesem Urteil nichts.

KADETTENLITERATUR

Weil es heute so furchtbar leicht erscheint, militaristische Literatur zu kritisieren, möchte ich mich erst einmal selbst zitieren, und zwar etwas, das ich geschrieben habe, als ich noch klein und unschuldig war, im Jahre 1913: «Es gibt in Deutschland einen ganz merkwürdigen Literaturzweig, den man Seekadetten- oder auch Fähnrichs-Literatur zu nennen geneigt ist. Diese Tausende von Büchern sind nun durchaus nicht für Kadetten oder Fähnriche geschrieben, sondern sie handeln nur von solchen. Sie heißen: *‹Seiner Majestät Kadett›*; oder: *‹Fritz, der Chinesenfähnrich›*; oder: *‹S. M. S. Möwe›*; oder ähnlich. Ist das ein merkwürdiger Ton in diesen Büchern! Sie arbeiten alle mit Kraftworten. Mutig unterdrückt der junge Kadett Heimweh und Schluchzen, wenn er das feste Land verläßt, und markiert den Mann. Alle markieren alles: der

Vorgesetzte Strenge (denn in Wirklichkeit ist er ein herzensguter Mann), die Kadetten unbedingte Ergebenheit (und in Wirklichkeit schimpfen sie wie die Rohrspatzen). Die ganze Geschichte steht allemal unter der sieghaften Idee, daß der Wille des Vorgesetzten Himmel, Hölle und alle überirdischen Reiche bedeutet. Auf ihn kommts an, um ihn dreht sich alles, der militärfromme Bürger begreift: welch ein Unglück, wenn der Fockmast nicht nach Vorschrift II b gekappt ist. ‹Himmel Herrgott, Donnerwetter noch einmal! Da soll doch ...› Die Kadetten ducken sich, der ‹Alte› flucht, und der Leser schmunzelt behaglich im Lehnstuhl über unsre frische Jugend, und weil ers nicht mitzumachen braucht. Und wenn man diesen deutschen Idealen eine Nadel in den Hintern piekt, gemuckt wird nicht! Achtung! Stillgestanden! Präsentiert das ... Sie glauben am Ende wirklich, diese falsch angebrachte Schneidigkeit an Wehrlosen, dieses Sichducken seinem Leutnant gegenüber – das sei etwas Rechtes. Sie halten vielleicht für Gradlinigkeit, was Borniertheit ist: diese Fähnriche, diese Kadetten, diese ganze Gesellschaft mag auf der Welt hinkommen, wohin sie will – sie lernen nichts hinzu, sie werden immer beschränkte junge Leute mit einigermaßen gutem Benehmen bleiben und sich einbilden, sie seien zur Herrlichkeit und die andern nur zur Staffage geboren. ‹Und da trat Werner von Lüdinghausen dem schwarzen Schuft ins Gesicht, daß er ...› Was seinen Leutnant anging, so bemühte er sich bei diesem mehr um das zweite Gesicht und ließ sich gern einen krummen Hund schimpfen, weil man nur auf diesem Wege erreichen kann, späterhin auch andre so zu benennen.»

So war das also vor sieben Jahren. Das Buch von der *‹Vergitterten Jugend›*, von dem ich sprechen will (*‹Geschichten aus dem Kadettenkorps›* von Hans-Joachim Freiherrn v. Reitzenstein, im Verlag von Dr. Eysler & Co. zu Berlin), sieht grade so aus, ist es aber wohl doch nicht. Es ist vor dem Krieg geschrieben. Manche Geschichten freilich (zum Beispiel die von der Erbsünde, worin ein junger unschuldiger Kadett von einer Straßendame angesprochen wird, ihr nicht folgt, aber doch von seinem Unteroffizier ein paar fürchterliche Ohrfeigen bezieht) sind so hart auf der Kippe, daß sie ebenso gut auch zum Ruhme des Kadettenkorps geschrieben sein könnten wie zu dessen Tadel. Und noch aus der herbsten Kritik scheint manchmal so eine Art Stolz über diese Erziehung zu sprechen. (Oder ist es Stolz und Jammer über das Material?) Groß-Lichterfelde? Sparta, meine Lieben, Sparta.

Die Geschichten sind zusammengehauen – sie sind keine rechte Literatur und gehören auch nicht jener hier so oft gerühmten Erlebnisliteratur von Leuten an, die nur leben und nicht schreiben können.

Aber es handelt sich ja gar nicht um dieses Buch. Es handelt sich darum, daß noch immer keiner – außer Heinrich Mann – unter den deutschen Poeten da ist, der den Leuten einmal sagte:

All dieser Kollektivitätsschwindel ist ein Verbrechen. Es gibt keine

‹Ehre der Sexta›, so wie es keine einheitliche Ehre der Feuerwehr oder der Sicherheitspolizei gibt. Es gibt keine Spezial-Ehren. Es gibt keine Kastenunterschiede unter den Menschen – es gibt keine, es gibt keine, es gibt keine. Es ist nicht ‹forsch›, sich von seinem ‹Vorgesetzten› Stiefelwichse in den Mund schmieren zu lassen – es ist nur hündisch. Es ist nicht tapfer, zu quälen, und es ist nicht tapfer, sich quälen zu lassen. Das hat immer nur die Knochen zusammengerissen, aber nie den Geist, weil es keinen hatte. Das betrachtete das Zivil, zu dessen Schutz es doch eigentlich fungieren sollte, als ein lästiges Anhängsel – wie sagt Wells in ‹*Mr. Brittling*›? «Das Heer sah die große inoffizielle Welt der Zivilisten als etwas Unbestimmtes, Unsympathisches, möglicherweise Feindliches an, etwas, das man grob zurückwies, wenn es sich einmischte, betrog, wenn man konnte, etwas, das Parlamentsmitglieder zu Besuch sandte und mit Geld knauserte.» Wohlgemerkt: er sagt das vom englischen Heer – also muß das wohl so in der Naturgeschichte der Armeen liegen.

Um wie viel gefährlicher ist das aber bei einem Volke, das, wie das deutsche, dank Tradition und Anlage, sowieso schon etwas zum Domestikentum neigt und wonneschauernd stramm steht, wenn nur andre auch einmal vor ihm stramm stehen müssen. Und man findet ja schließlich immer einen, der noch tiefer steht als man selbst.

Rottet das aus! Laßt euch nie mehr dazu mißbrauchen. Verweigert den Gehorsam, auch wenn ein ‹Vorgesetzter› befiehlt. Nehmt keine Dienste an, die euch Unmenschliches zumuten. Die jetzigen Soldaten dürfen sich eigentlich nicht beklagen – sie haben es so gewollt. Aber auch sie sollen befreit werden vom Joch der alten Offizierskaste – auch sie müssen das Recht haben, als Menschen und nicht als Kerls behandelt zu werden.

Rottet das aus. Es darf keinen Staat im Staate geben. (Wir haben hundert.) Keine Korporation hat das Recht, aus der Gemeinschaft aller auszutreten und eine üble Sonderwelt zu bilden – weils ihr bequemer ist. Wie sie bei allen Delikten zusammenhalten! Wie im Kadettenkorps. Wie sie lügen, wenns um das Prestige geht! Wie im Kadettenkorps. Wie sie heucheln! Wie sie den Dienst benutzen, um ihre schäbigen Sonderinteressen durchzusetzen! Wie im Kadettenkorps. Und die Folge?

Dieses Land hat Herren und Kerls. Männer hat es nicht.

EIN AUFRUF

Aus der Festungshaftanstalt Ansbach schreibt mir Erich Mühsam:

«Sie fragen mich an, ob Sie für uns (wir sind hier in Ansbach fünf Festungsgefangene, in ganz Bayern noch etwa hundertundzwanzig) – von der Amnestie werden wir ja ausdrücklich ausgenommen – etwas tun können. Es gibt in allen Anstalten besonders bedürftige Genossen, denen mit Likör, Tabak, Zigarren, Zigaretten, Eßwaren jeder Art und Geld geholfen werden kann. Ich nenne Ihnen ein paar Namen von braven gefangenen Proletariern, die sonst ganz ohne Protektion dastehen. Vielleicht wäre es Ihnen möglich, dahin mal eine Hilfsaktion zu dirigieren. Da ist zunächst ein über fünfzigjähriger Arbeiter Gottfried Bareth in Sankt Georgen Bayreuth, der sehr arm und schwer magenleidend ist; eine Tafel Schokolade oder eine Dose kondensierter Milch wäre für ihn eine große Wohltat. In Nieder-Schönenfeld bei Rain am Lech käme Ludwig Egenspurger in Betracht, der gern raucht und sich keine Zigaretten leisten kann. Ebenso geht es dem – seiner politischen Betätigung wegen – relegierten Studenten Ernst Ringelmann in Lichtenau bei Ansbach. Natürlich sind auch wir hier in Ansbach für jede Unterstützung dankbar.»

Eine Regierung, die eine Amnestie nur deshalb erläßt, weil sie nicht die Machtmittel hat, die Täter eines vollendeten Hochverrats zu fassen und zu bestrafen, verfolgt dafür, getrieben von der peitschenden Rachsucht bürgerlicher Kreise, die Anhänger der Münchner Räte-Republik mit Haß und Ausdauer. Über den Wert oder Unwert dieser Männer und ihrer Bestrebungen ist so lange nichts zu sagen, wie die Kappisten frei herumlaufen und dank einem Notgesetz die Möglichkeit haben, es nächstes Mal besser zu machen. Erich Mühsam hat fünfzehn Jahre Festung bekommen. Dafür dürfen Marloh, Kessel und Hiller schon eine ganze Menge.

Wer einmal – im Gefängnis oder bei den Preußen im Krieg – vom Boden seiner Tätigkeit abgeschnitten war, der weiß, was Einsamkeit ist, und weiß auch, wie jedes kleine Zeichen erfreut: eine Karte, ein Paket oder ein Buch vom andern Ufer, von der Welt, der man einmal angehört hat.

Ihr, die ihr dieses lest, wolltet und wollt gewiß helfen. Ihr kommt nur nicht dazu, und ein guter Vorsatz wird rasch vergessen. Vergeßt nicht. Denkt an diese kleine Schar von Idealisten, die grade noch mit dem Leben davon gekommen sind und es nun für die feige Rachsucht einer schwachen Regierung in qualvollen Jahren hergeben sollen. Der Mörder Kurt Eisners darf aus seiner Haft monarchistische Artikel schreiben – diesen Männern da geht es nicht gut. Kein Leitartikel, keine Volksversammlungsrede und keine Arbeit der Organisationen dringt unmittelbar hinter die Festungsmauern. Helft anders.

Ich bitte für eingekerkerte und notleidende Menschen geistigen Kalibers und reinen Willens um Geld oder unverderbliche Nahrungsmittel oder Bücher. Auch Tabak in jeder Gestalt ist sehr willkommen.

Sendet, was ihr senden wollt, an den Verlag der Weltbühne, Charlottenburg, Dernburgstraße 25, mit der Aufschrift: ‹Für die politischen Gefangenen Bayerns›. Jede Sendung wird hier quittiert.

Bayern spielt sich seit einiger Zeit als europäischer Großstaat auf. Die eingesperrten Geistigen Bayerns wenigstens sollen sehen, daß das Land noch zu Deutschland gehört, und daß wir auch noch da sind.

SOLDATENLIEDER

Aber zur Abwechslung nicht die Lieder, die verzückte und reklamierte Literaten Zuhause sammelten, und die draußen kein Mensch sang: sondern Lieder, die von Soldaten handeln — Lieder über Soldaten.

Das kleine Heftchen mit den paar Versen heißt: *‹Die erdolchte Front›* und ist von Erich Kuttner geschrieben, dem Redakteur des *‹Vorwärts›*. (Verlag der Buchhandlung Vorwärts zu Berlin.) Kuttners Haltung im Kriege war Ja — schon deshalb, weil er mitmarschiert ist. Und so gut wie sein Wort ist, das er einmal geschrieben hat: «Man sollte ein Kriegerdenkmal errichten, darauf sollte nur ein einfacher Mann stehen und darunter: ‹Der deutsche Infanterist trägt 75 Pfund›» — so gut wie dieses Wort ist dieses kleine Heft.

Wir wollen uns nichts vormachen: solche Verse, die aus der Entrüstung und aus der revolutionären Gesinnung heraus geschrieben werden, haben selten großen künstlerischen Wert. Ich halte das für belanglos. Es ist eine bekannte Tatsache, daß Reime der guten Gesinnung meist schlecht und Verse der gefährlichen Gesinnung gewöhnlich packend sind. Kuttners Gedichte sind für die literarische Kritik nicht sehr belangvoll — für die Kenntnis der deutschen Soldatenpsyche aber sehr.

Ausgezeichnet das Vorwort, das in stammelndem Haß alle die Anklagen wirr und wild zusammenfaßt, die hunderttausendmal gegen deutsche Offiziere seit dem neunten November herausgeschrien worden sind. Schimpfen, Saufen, Fressen, Huren, nochmal Saufen, Menschenschinden — das Vorwort zählt alle Todsünden dieses Standes auf — und hat am Schluß die Ankündigung: «Ja, und nun bitte ich, vorzutreten. Es geht los. Helm ab zum Beten!»

Es geht los. Ein feiner Gottesdienst. *‹Das Kasino›*. *‹Requisition›*. *‹Karpatentragödie›*. Ein ausgezeichnetes *‹Muschkotenlied›*:

Marschierte baß und fror und schwitzt,
Fraß früh und abends Drahtverhau.
«Den Braten han die Herrn stibitzt
— Heidi, heida! —
Für sich und ihre Sau!»

Diese und *‹Die Straße›* sind das beste aus dem Heftchen — besonders mit der *‹Straße›* müßte jeder Rezitator jede Arbeiterversammlung aus dem Häuschen bringen. Was oft not tut.

Ganz zum Schluß steht ein «Beiwort: Den Ästheten, die diese Tendenzpoesie als gänzlich unkünstlerisch ablehnen». Na, warum denn gleich so wild! Man kann sehr wohl gute Lyrik schätzen und auch sagen, daß dies keine fein durchgebildete Verskunst ist. (Dann muß unerhörter Elan ersetzen, was an Kunst abgeht.) Aber Kuttner hat recht: darauf kommts hier nicht an. Es kommt auf ganz etwas andres an.

Auf die Erinnerung, die nie vergehen soll. Prachtwerke über die große Zeit kommen und gehen, Generale schreiben ihre Memoiren, Professoren wissen alles besser, und Zeitungen haben es gleich gesagt ... Im Wind aber verweht ein Soldatenlied und klingt und grüßt:

«Den Braten han die Herrn stibitzt
— Heidi, heida! —
Für sich und ihre Sau!»

KUPPELEI

«Wer gewohnheitsmäßig oder aus Eigennutz durch seine Vermittlung oder durch Gewährung oder Verschaffung von Gelegenheit der Unzucht Vorschub leistet, wird wegen Kuppelei mit Gefängnis nicht unter einem Monat bestraft.» § 180 des geltenden Strafgesetzbuches. Es ist in diesem Hexenhammer von Widersinn, Paragraphenschusterei und Unmenschlichkeit der einzigartige Fall der strafbaren Beihilfe zu einer nicht strafbaren Handlung.

In den Köpfen spukt die mittelalterlich fromme Vorstellung, daß die Unzucht, worunter hier vor allem der außereheliche Beischlaf zu verstehen ist, etwas vor Gott und den Menschen Strafbares sei. Nun gibt es ja kein Delikt des außerehelichen Beischlafs mehr, niemand von den Sünderinnen steht mit bloßen Füßen an der Kirchentür, und die Welt ist böse und schlecht geworden. Wirtschaftliche Gesetze haben ihre stärkere Geltungskraft über die kirchlichen gewonnen: wer von den Männern nicht in der finanziellen Lage ist, mit fünfundzwanzig Jahren zu heiraten, denkt normaler Weise nicht daran, im Zölibat zu leben, sondern nimmt sich, wenn er nicht auf die Straße gehen will, eine Freundin (ob er mit der ständig zusammenlebt oder nicht, ist rechtlich gleichgültig). Hier hakt nun das Monstrum dieses Paragraphen ein.

Nicht jede einzelne Vermittlung der Vereinigung von zwei Menschen ist strafbar. Gefordert wird die Gewohnheitsmäßigkeit oder der Eigennutz. Bevor man über den Eingriff des Staates in so wichtige, rein private Verhältnisse urteilt, ist zu sagen, daß es für den kulturellen Stand eines Volkes wohl von Belang ist, wie es über die Lebensführung seiner Frauen denkt. (Ein Mann schützt sich leichter.) Tatsache ist, daß in den großen Städten der außereheliche Verkehr die Regel ist, der dem ehelichen absolut parallel läuft. Tatsache ist, daß auf dem Lande zum mindesten der voreheliche Verkehr die Regel ist — und daß in beiden Fällen, sowohl auf dem Lande wie in der Stadt, das Volk ein untrügliches Gefühl für die beiden Arten Liebe hat, die es gibt: die ehrliche und die flattrige. Der Querschnitt, der die Ehe von der Nichtehe trennt, läuft anders. Der Gesetzgeber, blind wie immer, kümmert sich auch diesmal nicht um den Wirklichkeitsbestand, und so entstehen die albernsten Widersprüche.

Früher durften in Verfolg dieses Paragraphen die Prostituierten nicht wohnen; das ist jetzt etwas besser geworden, obgleich es die Rechtsprechung dem Kriminalwachtmeister immer noch möglich macht, eine mißliebige Wirtin ‹hochgehen zu lassen›. — Das unverheiratete Paar in den Hotels, das sich so anständig und ruhig benehmen mag, wie zwei jahrelang verheiratete Leute, ist gezwungen, sich tombakene Eheringe zu kaufen und sich als ‹Ingenieur Richter und Frau› ins Fremdenbuch zu schreiben, sonst bekommt es schwer Quartier. Es wäre an sich nicht wichtig, ob durch einen solchen Paragraphen flanierende Liebespärchen und verkappte Prostituierte in ihrem Treiben gestört werden. Das Ganze ist aber ein unberechtigter und überflüssiger Eingriff der staatlichen Strafgewalt in das Privatleben.

Welche sittliche Wirkung hat denn dieser Paragraph? Er ändert an dem oben angegebenen Tatbestande nichts, daß die Ehe nun einmal nicht mehr der einzige Hort menschlicher Liebesvereinigung ist, er vergrößert ein wenig die Risikoprämie der Hotelwirte, und er vergrößert ins ungemessene die aufgeblasene Philiströsität und herzinnige Verlogenheit weiter Bürgerkreise nach der Melodie ‹daß nicht sein kann, was nicht sein darf›.

Die Fälle der schweren Kuppelei, in denen jemand mit hinterlistigen Kunstgriffen arbeitet, um Frauen für andere gefügig zu machen, oder Familienangehörige oder das eigene Mündel und zu unterrichtende Kinder an den Mann oder an die Frau bringt, gehört natürlich nicht hierher, ebensowenig wie der Mädchenhandel (dessen Bedeutung für Deutschland wohl etwas überschätzt wird). Nicht die Fleischeslust und die Unsittlichkeit treiben die Mädchen dem Moloch in die Arme, meine Herren Pastoren, sondern, neben der seelischen Anlage, das Milieu, die Erziehung und, diese bestimmend, als ausschlaggebender Faktor: die Wirtschaft.

Entsittlichend kann auch der Lunapark wirken, ohne daß ihn ein Staatsanwalt belangt. Und immer wieder frappant ist die vollkommene Verständnislosigkeit der deutschen Gesetzgeber diesen Sexualparagraphen gegenüber, die sich nun einmal nicht mit dem Vorschlaghammer auseinanderschlagen lassen. Die Begründung zum Vorentwurf des neuen deutschen Strafgesetzbuches aus dem Jahre 1909 erzählt vom Kuppeleiparagraphen, daß er die Prostitution und andere Fälle umfaßt und sagt dann: «Es ist mit Recht betont, daß in dem jetzt bestehenden Zwiespalt der einzig berechtigte Kern aller Angriffe gegen den Kuppeleitatbestand liegt.» Nein. Der einzig berechtigte Kern der Angriffe liegt in der Überflüssigkeit des § 180, der nichts nützt, nichts bessert und nur minderwertigen, beamteten oder freien Individuen die Möglichkeit an die Hand gibt, zu erpressen, Unannehmlichkeiten zu bereiten und der ohnehin überlasteten Rechtsprechungsmaschine neue Nahrung zuführt. Hat ihm die gerade noch gefehlt?

Der Verführer einer Zwanzigjährigen bleibt nach geltendem Recht straflos, auch wenn das Mädchen durch den ersten Fall vom Elternhaus auf den Straßenstrich gejagt wird. Der Arbeitgeber, der seinen Angestellten so wenig Lohn zahlt, daß sie in das Schlafzimmer der Familie neben die erwachsene Tochter einen Schlafburschen legen müssen, bleibt ein ehrenwerter Mann. Die Mutter, die sich um die Erziehung ihres Mädchens so wenig kümmert, daß es mit neunzehn Jahren das Tanzen und was dazu gehört aus dem ff versteht, gerät mit dem Strafgesetz nicht in Konflikt. Hier erkennt jeder sofort, daß solchen Dingen mit dem Paragraphen schwer oder gar nicht beizukommen ist. Also was soll die Strafbarkeit der einfachen Kuppelei, die ja im Vergleich zu diesen schwerwiegenden Fällen eine Lappalie ist, und die vor allen Dingen die Menschen, die von der sozialen Not getrieben werden, in schwere Konflikte bringt? So wie der Gesetzgeber empfindet eben heute niemand mehr, der sich der Kuppelei ‹schuldig› macht. Das sind doch Romanvorstellungen: in einer engen Gasse steht ein nasenhöckriges Weib und winkt mit krummer Hand verstohlen dem feinen Bürgermädchen, das da vorüberraschelt, zu heimlicher Lust ... Krempel. Der Angestellte, der nicht heiraten kann, geht mit seiner Freundin auf seine Bude, und Zehntausende von Wirtinnen der großen Stadt kümmern sich nicht darum, wenn die beiden sich sonst anständig benehmen. Alle Welt ist einverstanden. Nur das Auge des Gesetzes, das sonst so häufig schläft, wacht.

Man wird sich bei den Strafrechtsreformen der nächsten Jahre entschließen müssen, diese biblische Weltanschauung aus einem für alle geltenden Vorschriftsbuche, wie es das Strafgesetzbuch ist, auszuschalten. Die Welt ist keine Kirche und kein katholisches Jungfernstift. Neben vielem andern Wahnsinn verdient der § 180 des deutschen Strafgesetzbuches, ausgemerzt zu werden. Er ist überholt.

AUF EIN KIND

Du lebst noch nicht.
Ich seh dich so lebendig:
ein kleiner gelber Schopf, die Augen blau;
ich seh dich an und such beständig
die Züge einer lieben Frau.

Du kreischst und jauchzst schon laut in deinen Kissen;
du bist so frisch und klar und erdenhaft.
Du brauchst es nicht wie ich zu wissen,
was Zwiespalt ist, der Leiden schafft.

Der ist dahin. Schrei du aus voller Lunge
und schüttle deine runde, kleine Faust!
Sei froh! Sieh auf die Mutter, Junge –
sie ist so hell, auch wenn ein Sturmwind braust.

Hör ihre Stimme nur: gleich wehts gelinder.
Setz du sie fort. Was bin denn ich allein?
Wir Menschen sind doch stets die alten Kinder:
ich war es nicht – mein Sohn, der soll es sein.

Du sollst es sein!
Und kommst du einst zum Leben:
Du sollst es sein! Ich hab es nicht gekonnt.
Gib du, was deiner Mutter Arme geben:
Leucht uns voran!
Du bist so blond.

HEXENPROZESSE IN ALTER UND NEUER ZEIT

Es gibt ein dickes zweibändiges Werk von Soldan-Heppe ‹*Geschichte der Hexenprozesse*›. (Neu herausgegeben von Max Bauer, Georg Müller, München.) Mit Druckerschwärze gedruckt. Mit Blut geschrieben.

Es gab größere Roheiten, aber es gab wohl kaum auf der Welt eine kältere Grausamkeit als in diesen alten Protokollen der Hexenprozesse: «Wird gebunden, winselt: könn es nicht sagen, soll ich lügen? Oh weh, oh weh liebe Herren! Bleibt auf der Verstockung. Der Stiefel wird angetan und etwas zugeschraubt. Schreit: Soll ich denn lügen, mein Gewissen beschweren, kann hernach nimmer recht beten! Wird weiter zugeschraubt, heult jämmerlich.» Und dies war eine Frau, die im Jahre 1662 in Eßlingen auf der Folter lag.

Ihr wißt doch wies war: Auf der schmalen Grundlage der wirklichen Existenz von hysterischen Frauen und neurasthenischen Männern, auf der Grundlage, daß es Religionsreformatoren gab, die das heilige Dogma und die heilige Kasse Roms störten, baute sich der Glaube an die Hexen in Europa auf. Was im Leben verquer gehen mochte: die Hexen waren daran schuld. Und bei einem solchen Hexenprozeß kam mancher mit mancherlei auf seine Kosten. Die Wichtigmacherei von Ämtern, die Betonung des kirchlichen Machtstandpunktes, Denunziationssucht, persönliche Feindschaften und die Raserei eines Blutrausches, der die Gehirne völlig umnebelt hielt.

Denn nicht das war das Furchtbare, daß es dergleichen gab, sondern daß keiner – Richter nicht und Zuschauer nicht – das Entsetzliche empfanden, wenn ein zerfolterter Stumpf im dicken Turm in Schweiß, Blut und Dreck sich die letzten Schreie abpreßte. Es ist ja nicht wahr, wenn heute der liberale Geschichtsschreiber entschuldigend hinzufügt, die Richter dieser Zeit seien eben im Wahn ihrer Epoche befangen gewesen. Menschenleid ist zu allen Zeiten dasselbe gewesen, und wer es nicht gefühlt hat, wenn es ihm ans Herz klopfte, hatte das schlimmste Laster, das Weise, Religionsstifter und Ethiker kennen: die Trägheit des Herzens. Blinde wurden gefoltert, lallende Greise und kleine Kinder, mehr als einmal ist es vorgekommen, daß schwangeren Hexen auf dem Holzstoß das Kind aus dem Leibe sprang: und irgendein schwarztalariger Schuft saß dabei und blätterte gleichmütig in seinem ‹*Hexenhammer*›, wie das widerwärtigste und hinterhältigste Prozeßbuch aller Zeiten hieß. Das Urteil der Geschichte über die Hexenprozesse, die übrigens vorwiegend die katholische Kirche belasten, ist fertig. Aber die Knochen der Geschundenen, verscharrt oder verbrannt, sind dahin, und keine Sekunde Qual und kein Tropfen Todesschweiß kann durch dieses Urteil der Geschichte ausgelöscht werden. Die Peiniger hören es nicht mehr, zu ihren Lebzeiten waren es große Herren, und das Ganze wäre vergraben und vergessen – –.

Wenn wir heute nicht die Militärjustiz hätten.

Wenn nicht heute – seltsam umgekehrt, aber im Grunde gleichartig – dasselbe Schauspiel noch einmal aufstiege: gequälte und getötete Menschen und befriedigt grinsende Quäler.

Zu Beginn der großen Zeit haben wir Bücher, Broschüren und täglich zweimal die Presse über uns ergehen lassen müssen, die da predigten, so etwas Aufgeklärtes, Fortgeschrittenes, Wertvolles wie die Deutschen unsrer Zeit gäbe es überhaupt nicht mehr. Die deutschen Militärprozesse der Gegenwart sind umgekehrte Hexenprozesse.

Die Tatsache, daß ein politischer Gefangener, der das Unglück hat, in die Hände der Reichswehr zu fallen, vogelfrei und rechtlos geworden ist, bekümmert hierorts kein Gemüt. Ein sausendes Koppelschloß, kalte und verschmutzte Zellen, halb ausgehungerte Menschen, die vor einem uniformierten Monokelmann zwecks Herstellung eines Geständnisses angebrüllt werden – hier ist reines Mittelalter. Denn das verstehen wir ja darunter: daß alle an den Zweck denken, aber keiner an das Individuum. Die Pfaffen und ihre Richter im Mittelalter hätten schön getobt, wenn einer etwa ihre Mütter oder ihre Schwestern so zugerichtet hätte, wie sie es mit ihren Hexen taten. Nur wäre ihnen eben ein Vergleich gar nicht in den Sinn gekommen. Es waren ja nur Hexen ...

Es sind ja nur Sozialisten ... Kommt bei den modernen Militärgerichten noch der verderbliche politische Zweck hinzu, der doppelt verwerflich ist, weil man den Haß unter dem Paragraphen verbirgt, so verschiebt sich der Vergleich zwischen Gegenwart und Vergangenheit zugunsten der alten Zeiten. So wie das Prozeß- und Exekutionsverfahren gegen die Hexen völlig einseitig war (der Untersuchungsrichter war letzten Endes überhaupt an keine Bestimmung gebunden), so dünkt dem deutschen Normalgehirn jedes Mittel gegen die Landesfeinde recht, die er neuerdings ‹Bolschewisten› nennt. Das Wort ist neu. Der Begriff ist alt. Gemeint ist also ziemlich alles, was nicht deutschnational ist oder dem Zentrum angehört (selbst der große Haufe erzkonservativer Juden, die bei der Demokratie stehen, gelten dem deutschen Bürger als revolutionär).

Wo ist ein Unterschied zwischen dem Hexenprozeß in alter und neuer Zeit? Die von früher waren ehrlicher. Sie legten sich gar keine Scheu auf, sie taten auch nicht so als ob – sie zerquälten, vergewaltigten, zerschnitten und zerprügelten, was ihnen als verdächtig eingeliefert wurde. Wir sind vornehmer geworden, wir haben Paragraphen. Wir haben eine Justitia, die, mit Binde und Waage abgebildet, das Werk der Militärrichter krönt. Und die haben gute Nerven, weil sie ja die Qualen, die sie verhängen, oder deren Ausübung sie durch ihren Freispruch der Kameraden begünstigen, nicht mitanzusehen brauchen. «Ein Weib in Düren, das in wiederholter Pein standhaft leugnete, blieb, mit ungeheuren Beingewichten beschwert, an der Schnur hängen, während der Vogt zum Zechen ging; als er wiederkam, hatte der Tod die Arme von allen Qualen erlöst. Diesem Vogte fehlte indessen die Geistesstärke, mit der man sonst in solchen Fällen behauptete, daß der Teufel sein Opfer geholt habe; er wurde wahnsinnig.» Die marburger Richter werden ihren Verstand, soweit das Militär einen solchen duldet, behalten ...

Die vollkommene Nichtachtung der Menschenleben kennzeichnet die Epoche des mittelalterlichen Blutrausches. Ganze Geschlechter durchtobten ihre Zeit, hypnotisiert von einer Idee: von der Idee des Hexenwahns. Sie sahen kein Blut und keine Schwären, keine aufgetriebenen Frauenleiber und keine zerbrochenen Beine – sie sahen nur die Idee. Unsere sehen keine marburger Arbeiterleichen, keinen

Hans Paasche, keinen Schottländer, keine Matrosen, keine Frauenleiche im Wasser – sie sehen nur ihre Idee. Die Idee der absoluten Herrschaft eines verblödenden und rohen Militarismus (jeder Mann sein eigener Feldwebel!) – die Idee Ludendorffs.

Die Gegner der Hexenprozesse wurden als Zauberer und Ketzer verschrien, exkommuniziert, verhaftet und verbrannt. Die Gegner der Militärjustiz werden als ‹Bolschewisten› verschrien, verhaftet und ermordet.

Die Hexenprozesse haben aufgehört, als sich eine neue Erkenntnis in den Köpfen Bahn brach. Die Militärprozesse dieser Schandjustiz werden aufhören – –

Wann werden sie aufhören?

ISTE GOETHE

In der Schule haben wir gelernt, daß iste, ista, istud (nicht istum!) dieser da, der da heißt – und zwar mit einer verächtlichen Nebenbetonung. Nun, dieser Goethe da ist Goethe heute noch für Menschen, die geschlechtliche Beziehungen nur zu dreierlei Zwecken anerkennen: als Objekt der medizinischen Forschung; als Unterlage für eine philologische Doktorarbeit (Friederike Brion, Frau von Stein – hat er? hat er nicht?); schließlich, weil es denn einmal sein muß: in der Ehe. Wir aber wollen istum Goethe betrachten.

Der Hyperion-Verlag zu Berlin hat in seiner Dionysos-Bücherei *‹Das Tagebuch›* als Sonderdruck herausgegeben, jenes wenig bekannte Gedicht von Goethe, das in der großen Weimarer Ausgabe zu finden ist und in dem entzückenden, längst vergriffenen Goethe-Brevier von Hartleben – sonst aber nirgends. Schade, daß das Buch nicht sehr hübsch gedruckt ist – vor allem ist es lästig, nach jeder Strophe umzublättern; ein Gedicht ist eine einzige Sache, die man nicht auseinanderreißen darf. Sollte der nötige Umfang für den Preis herauskommen? Nun ist *‹Das Tagebuch›* in dieser Publikation das geworden, was es auf keinen Fall sein soll: ein Leckerbissen für Feinschmecker und Junggesellen.

Das Gedicht ist 1810 entstanden. Es erzählt, in wundervoll mühelosen ottave rime, wie der Dichter von einer Reise wieder nach Hause zurückkehrt – zugrunde liegt ein Erlebnis nach der dritten Schweizer Reise –, und kurz vor der Heimat übernachtet er in einem Wirtshaus. Nach Hatz und Gehämmer des Tages umfängt ihn die freundliche Stille des Hauses.

So stand ich nun. Der Stern des nächsten Schildes
berief mich hin, die Wohnung schien erträglich.
Ein Mädchen kam, des seltensten Gebildes,
das Licht erleuchtend. Mir ward gleich behäglich.

Hausflur und Treppe sah ich als ein Mildes,
die Zimmerchen erfreuten mich unsäglich.

Ein Mädchen kommt, und weil sie sehr graziös ist, und weil es Abend ist, und weil er ein Mann ist —

Den Stuhl umwerfend spring ich auf und fasse
das schöne Kind; sie lispelt: «Lasse, lasse!»

«Die Muhme drunten lauscht, ein alter Drache», und ihr «Nicht!» besagt: «Noch nicht!», und sie schenkt ihm eine Nacht, die Nacht.

Es ist ein Mädchen, was er nicht erwartet hat. Sie sagt ihm — und er glaubts: «Du hast mich rein!» Und was nun geschildert ist, das klingt so süß und rein und natürlich, daß ich schon zu schwierigen Vokabeln wie ‹hellenische Lebensfreude› greifen müßte, um den Nichtlesern klar zu machen, was ich meine.

Die Impotenz ist ein Ding, von dessen angeblichem Humor das alte Residenz-Theater jahrzehntelang gelebt hat: hier ist sie nicht tragisch und nicht psychopathologisch ausgebeutet — hier ist sie auf Urtriebe zurückgeführt. Er denkt, da er ‹im Schimpf› neben ihr liegt, an das Nestelknüpfen, an den alten Wunderglauben von dem Vermögen der Mädchen, einem Mann die Liebeskraft abzuschwören — und blitzartig läuft die Erinnerungspule ab: wie er seine wahre Geliebte zu Hause kennen lernte.

Vervielfacht war, was sich für sie bewegte:
Verstand und Witz und alle Lebensgeister

— und wie er stets sie so stark hatte lieben können, wie er sie eben liebte. An dieser Stelle eine unerhörte Steigerung: er erinnert sich, wie er sogar vor dem Altar sie begehrte — was bei Wedekind eine Blasphemie wäre (Schigolch greift Lulu ans Bein: «Ich schwöre bei allem, was heilig ist!»), das ist hier rein und unbefangen, weil es nichts von Christus weiß.

Und jetzt —? Das Mädchen ist eingeschlafen, und als er endlich seine Lebensgeister ganz erwachen fühlt, vermag er es doch nicht, sie zu nehmen.

Er schaudert weg, vorsichtig, leise, leise
entzieht er sich dem holden Zauberkreise.

Sitzt, schreibt:

Ich nahte mich der heimischen Pforte,
entfernen wollten mich die letzten Stunden.
Da hab ich nun, am sonderbarsten Orte,
mein treues Herz aufs neue dir verbunden.
Zum Schlusse findest du geheime Worte:
Die Krankheit erst bewähret den Gesunden.
Dies Büchlein soll dir manches Gute zeigen,
das Beste nur muß ich zuletzt verschweigen.

Und fährt fort, mit der nächsten Post, – «er wirft sich in den Wagen, und läßt getrost sich zu der Liebsten tragen».

Das ist nichts? Und wir seien doch stärkeren Tobak gewöhnt? Es ist eben das Traurige, daß wir Tobak zum Rauchen suchen, wo wir ein Gedicht lesen sollten. Aber es dreht sich freilich um den verachteten, maßlos überschätzten Stoff.

Vor dem Kriege hat man uns mit Erotik überfüttert. Es ging so weit, daß man heute alle diese scheinwissenschaftlichen, scheinkunstgeschichtlichen Publikationen jenen überläßt, für die sie gemacht sind: den ewigen Untertertianern. Aber was unsre Männergesangsvereine zur Verhütung der außerehelichen Unsittlichkeit mit falschen Argumenten befehden, lehnen wir aus einem ganz andern Grunde ab: wir wissen wohl, wie viel die Erotik bedeutet; aber wir wissen auch, daß sie nicht alles bedeutet. Die Freud-Schüler, die nach Aussage des Meisters leider nicht alle einen Popo haben, auf den man sie hauen kann, sehen Helenen in jeder Vertiefung und den Phallus in jeder Tischkante; Hänschen Heinzchen Ewerschen bietet den einsamen jungen Damen alles Mögliche fürs Geld; der schlaue Fuchs hat sämtliche Gemälde von den Ägyptern bis zu den Expressionisten daraufhin gesichtet, ob oder ob nicht, und die mit ‹ob› zu teuern, schlecht geschriebenen Büchern vereinigt – aber innerlich freier sind wir dadurch nicht geworden. Wird die Erotik nicht bürgerlich verlogen verhüllt, dann wird sie bei den Samowaren der Eigenkleidler verhüllend umphilosophiert – und auf alle Fälle sinnlos und sinnenwidrig überschätzt.

«Es ist», spricht der Weise, «das große Geheimnis, welches nie und nirgends deutlich erwähnt werden darf, aber immer und überall sich, als die Hauptsache, von selbst versteht und daher den Gedanken aller stets gegenwärtig ist, weshalb auch die leiseste Anspielung darauf augenblicklich verstanden wird. Das Belustigende liegt in der steten Verheimlichung der Hauptsache.»

Das ist allerdings der Humor davon; aber ich fände es viel hübscher, wir machten nicht gar so viel Wesens davon. Die Tatsache, daß zwei Menschen miteinander ins Bett gehen, kann ich nicht so grauenhaft aufregend finden wie unsre halbe Literatur und unsre ganze Presse. Wie frei, wie über allem Sumpf erhaben ist jenes Thema im ‹*Tagebuch*› abgehandelt; es sagt: So fühlte ich. Und es klingt wieder: Wer doch so fühlte!

Ich plädiere nicht für das keusche Pastorenhaus, wo diese Dinge tabu sind (nach der Melodie: ‹Ein Bidet ist ein Geigenkasten auf Beinen›) – ich glaube, daß man erst durch Himmel und Hölle hindurch muß, ehe man frei und gescheit ein Mädchen küßt, eine Frau liebt und eine Sommernacht lang vergnügt ist. Aber wir sollten nicht gar zu fromm zum Leib beten und ihn nicht gar zu feierlich verfluchen.

‹*Das Tagebuch*› aber schließt so:

Und weil zuletzt bei jeder Dichtungsweise
Moralien uns ernstlich fördern sollen,
so will auch ich in so beliebtem Gleise
euch gern bekennen, was die Verse wollen:
Wir stolpern wohl auf unsrer Lebensreise,
und doch vermögen in der Welt, der tollen,
zwei Hebel viel aufs irdische Getriebe:
Sehr viel die Pflicht, unendlich mehr die Liebe!

Ihr werdet sagen, Peter Panter sei ein altmodischer Spießer. Ich möchte dafür plädieren, daß er ein Mensch ist.

LEERLAUF

Es ist wunderbar. Sie lesen Bücher wie den *‹Untergang des Abendlandes›*, sie hören Vorträge und halten die Zeitungen und sprechen täglich davon, wie eine Welt zerbröckelt ist: aber das Lebensgefühl der Leute ist von diesen Erkenntnissen gänzlich unberührt geblieben. Sie meinen, wenn sie so daherreden, das Wirtschaftliche. Aber sie, ihr eigner Haushalt, ihre Familie – das läuft weiter. Das hat damit wohl nichts zu tun, meinen sie.

Nun wird es ja wohl immer so gewesen sein, daß das Kleine fröhlich weiterlief, während das Große sich auflöste und neugestaltete – es ist wohl immer so gewesen, daß Weltereignisse den Hauskram des täglichen Lebens nicht erstickten, und daß die angebrannte Milch das Erlebnis ‹Napoleon› bei vielen verdrängte – für den Tag. Große Dinge ereignen sich nicht mittags um zwölf Uhr zehn. Sie wachsen langsam.

Aber welche Lemuren –! Korpsstudenten, Reichswehrbehörden, Festivitäten, Kaufmannsreisen – man müßte glauben, alles sei quicklebendig wie zuvor. Und wenn auch Bayern tobt und durch Straßenspektakel ein Lebensgefühl vortäuscht, das ebenso wirblig wie unwirksam nach außen ist –: merken sie nichts? Merken sie nicht, wie all das unaufhaltsam versinkt, was sie angebetet haben, ein Leben lang? Wie ganze Betrachtungsweisen sachte untergehen, nicht mehr wirksam sind, wie wir geliebte Bücher nicht mehr lesen können, weil die Voraussetzungen nicht mehr stimmen, und wie Maupassant hölzern und tot und gestreckt wirkt, weil alles anders geworden ist unterdessen. Merken sies nicht –?

«So läuft ein Rad noch, wenn der Antrieb gehemmt wird», steht im *‹Gänsemännchen›*. Der Antrieb ist gehemmt, aber sie erfreuen sich am Lauf des Rads. Schnurrts nicht –?

Krampfhaft produziert die Provinz ein Deutschtum, dessen Basis längst dahin ist; krampfhaft faseln sie von der Wiedergeburt eines deutschen Geistes, den die deutschen Gründerjahre nach Siebzig schon zertrampelt hatten; sie aalen sich noch in den alten Formen, in den alten Liedern, in den alten Wegen. Und es ist doch aus, aus, aus.

Ibsen wird stockfleckig; keine Philosophie, die nicht zerdacht wäre – aber noch spielen sie Berlin gegen die Provinz aus, belachen Leichen und bejubeln Leichen. Es ist alles nicht mehr wahr.

Erschauernd fühlt mans alle Tage. Ein Vers, eine Erzählung, die Art, das Meer rauschen zu hören, Naturgefühl und Menschenbeurteilung, Ethos und Satire, Form der Liebesanknüpfung und staatliche Strafe – dahin, dahin. Es ist, wie wenn die Dinge den Pilz im Leibe haben. Noch stehen sie – aber sie sind schwammig und weich geworden. Und was nun –?

Was nun –?

Viel wäre gewonnen, wenn sich die Erkenntnis Bahn bräche, daß Mitropa (du guter Schlafwagenkontrolleur Naumann!) ein Balkan geworden ist, ein teurer Balkan, ein belächelnswerter Balkan, ein beweinenswerter Balkan.

Hakenkreuz und Landgericht –: trumpft immer auf. Das völlig mißleitete Lebensgefühl eines Volkes, trügerisch orientiert, hat den Instinkt verloren, weiß nicht mehr, was es sich zutrauen darf, und spielt nun ein Stück weiter, zu dem das Publikum längst nach Hause gegangen ist. Jäh gähnt das hohle Theater – oben stehen weiß geschminkt die Puppen und spielen, spielen . . .

Untergang? Ein Volk geht nicht unter. Es verlaust oder gruppiert sich anders. So wie auf den dünnen Blechen, wenn man sie mit dem Violinbogen anstreicht, die Sandkörnchen sich nur anders gruppieren. Ihre Menge bleibt konstant. Aber aus dem Fünfeck wird ein Rhomboid und aus dem Stern ein Kreuz.

Und aus uns –?

ZEHN PROZENT

Jeden Sonnabend hat dir der Mann mit der Mütze die kleine gelbe Lohntüte gegeben und du hast dir die zwei blauen Scheine herausgenommen und noch das übrige kleine Geld gezählt, was drin war. Es langte nicht weit, denn wenn du damit nach Hause kamst, bekam die Frau das meiste, und dir blieb nicht allzu viel.

Es ist noch weniger geworden.

Jetzt fehlen ein paar Scheine. Und wenn du auf dem Nachhauseweg nachrechnest, so merkst du auf Heller und Pfennig was fehlt. Zehn Prozent.

Und während du die lange Straße mit den trüben Laternen und dem fahlen Himmel darüber heruntergehst, zur Bahn, überlegst du dir langsam, was wohl mit den Scheinen da, mit dem Geld, das man dir abgezogen hat, geschieht.

Die Gelder werden wohl zusammengerechnet, die abgeknappsten Löhne von dir und deinen Kameraden, und durch irgendeine Verrechnung wird das Ganze dem Staat überwiesen. Nun hat es der Steuerfiskus. Und was macht der damit?

Er bezahlt seine Beamten. Er bezahlt seine Soldaten. Und er hat viele Beamte und Soldaten.

Nichts gegen die einzelnen Menschen, die da der Staat angestellt hat. Die haben auch Frau und Kinder und müssen leben. Und leben mitunter recht kärglich.

Aber wen bezahlt er alles davon! Er bezahlt den Fünfmilliarden-Etat des Reichswehrministeriums, er bezahlt die ungezählten Abwicklungsstellen, die Orden verleihen und auch sonst noch große Zeit spielen, er bezahlt Organisationen und Organisationen ... Wie kommt das?

Deutschland hat einen Überfluß von sogenannten gebildeten Menschen, bei denen es zu einer wirklichen nutzbringenden Arbeit nicht langt und die deshalb darauf angewiesen sind, etwas zu tun, was so aussieht, wie wirkliche Arbeit: zu organisieren. Es ist für einen einigermaßen fixen Kerl eine Kleinigkeit, eine neue Reichsstelle ins Leben zu rufen. Wir wissen doch alle, wie das gemacht wird.

Ein Assessor hat einen Freund bei der Regierung, der Regierungsrat ist, und der bemüht sich nun, seinen Korpsbruder unterzubringen. Ganz einfach ist das nicht, aber schließlich gelingt es, nachdem man den bekannten maßgebenden Stellen klargemacht hat, es sei unbedingt nötig, eine Zentralstelle zur Erforschung der Wasserklosetts in Süd-Uruguay zu begründen. Geschieht. Krach mit dem Finanzministerium, wegen der Höhe der Beamtenzahl. Einigung: die Hälfte (genau die Hälfte zu viel). Die Bürofrage wird auf Kosten von privaten Wohnungssuchenden gelöst, und dann geht es los: Beamtenapparat, Registratur, Sekretäre, Assessoren, wissenschaftliche Hilfsarbeiter, Tippdamen, Nachtportiers und an der Spitze jener, der es alles unter sich hat.

Das bezahlt der Staat nun von deinen Steuern. Und für die sechs Stunden Büroarbeit, die zu drei Viertel der Krach mit der Konkurrenzstelle ausfüllt, werden die Leute ganz gut bezahlt.

Von deinen paar Lappen zahlt er die ‹Propaganda›. Ich weiß nicht genau, was das ist, aber jeder zweite Mensch in Deutschland macht heutzutage Propaganda. Weil die Engländer sich bei einer klugen Sache der Propaganda bedienten, glauben diese Hohlköpfe, die Propaganda genüge, und auf die kluge Sache käme es nicht an. Und nun machen sie eine Wirtschaft mit Pressestellen und Flugblättern und Heften, die kein Mensch liest, und mit Plakaten ... Sie stehen sich ganz gut dabei. Es gibt zum Beispiel eine Zentrale für Heimatdienst; was die macht, weiß kein Mensch. Propaganda? Macht lieber eine deutsche Propaganda in Bayern.

Was der Staat alles von deinen zehn Prozent bezahlt! Er bezahlt den Bundesstaatunfug. Diese entsetzliche Sucht aller deutschen politischen Skatbrüder, selber, selber, selber Regierungsmänner zu spielen, ohne es je zu sein. Es gibt zum Beispiel einen preußischen Gesandten in Dresden. Da sitzt nun der arme Mann unter diesem unzivilisierten Indianerstamm der Sachsen, mitten in Feindesland, und vertritt die Interessen seines lieben Heimatstaates. Auf seinem Palais flattert stolz die preußische Fahne, und ob er nachts die Tore der Gesandtschaft verrammelt, weiß ich nicht. Ist das nicht eine ganz nutzlose, unfruchtbare, leere Arbeit, die der Mann leistet? (Nebenbei heißt dieser Legationsclown von Berger und war früher einmal Staatskommissar der öffentlichen Ordnung, die jetzt sein Gesinnungsgenosse Weismann, spielend in des Wortes wahrster Bedeutung, hütet.) Das ist zum Beispiel so ein typischer Fall der Unterbringung: der Mann mußte damals nach dem Kapp-Putsch entfernt werden – aber nur von seinem damaligen Posten. Berger vergeht nicht.

Was der Staat alles so von deinen Steuern bezahlt! Auf jeden Kommunisten in Deutschland kommen rund zwei Generalmajore, vier Pferde, ein Maschinengewehr, 19 Oberleutnants und 82 altgediente Unteroffiziere, die treu auf dem auswechselbaren Boden der Regierung stehen. Von den vielen Wehren zu schweigen, den Flurschützen, den Selbstschutzwehren, den Stranddetachements – was ist das alles?

Das ist die ausgezeichnete Organisation einer im Kriege schwer blamierten Minderheit, die die alten Formen und damit den alten Geist zu wahren versucht. Es ist ihr gelungen. Es ist ihr so gelungen, daß diese alten Offizierkorps, diese neuen Verbände und all das Geschmeiß bewaffneter Militaristen heute so groß dasteht wie je und das mit finanzieller Unterstützung der Regierung. Von deinen Steuergroschen.

Das Finanzministerium hat jetzt die Vollmacht erhalten, Kommissionen zur Prüfung der Notwendigkeit von Amtsstellen auszuschicken. Seeckt wird lachen, Geßler wird stramm stehen und die Finanzkommissionen werden mit hangendem Hosenboden abziehen. Wer regiert bei uns? Der Soldat.

Du zerbrichst dir deinen Kopf, wie du statt wie sonst mit 900 Mark nur mit 810 M. auskommen sollst. Mutter ringt die Hände: Anton braucht neue Stiefel, und Ernas Hemden gehen nun aber wirklich nicht mehr. Früher bist du regelmäßig ins Theater gegangen und du erinnerst dich noch sehr genau, daß du anfingst, dir ein paar gute wissenschaftliche Bücher hinzustellen. Es war gar nicht so teuer... Dann kam die große Zeit. –

Und keiner, der sie heraufbeschworen hat, und keiner, der in vier Jahren das Maul so voll genommen hatte von der schweren Verantwortung, die er trüge – keiner von denen ist beschädigt zurückgekehrt. Dem Greis in Amerongen haben sie sein Geld über die Grenze geschoben, Ludendorff verdient so viel wie ein Kinoschauspieler, Tirpitz weilt im Hochgebirge zur Jagd, Karlchen Helfferich läßt in einem bequemen Lederfauteuil des Reichstags die Sonne durch seine abstehenden Ohren scheinen – sie leben alle, alle noch! Wer ist geschädigt, ruiniert, zerfranst, heruntergebracht, kaputtgeschlagen?

Du.

Und du hast nur einen Wunsch, nur einen. Deine Lust zum Steuerzahlen wächst täglich. Mit offenen Händen bringst du dem Staat das Deine dar, deinen Lohn als Abzahlung für fremde Sünden. Aber größer als deine Freude an diesem Staatswesen ist dein Wunsch: Einmal denen da alles zu vergelten, was sie angerichtet haben. An dir und am Lande. Alles? Es genügen dir und uns zehn Prozent.

AUS MOSKAU ZURÜCK

Der deutsche Kriegsberichterstatter, in Vollbart und Knollenhosen, vor die erheblich gefüllte Latrine des Infanterieregiments Nr. 62 geführt, nickte bewundernd mit dem Kopf und sprach: «Das macht uns keine Nation nach! Hier ist echter Preußengeist!» Der deutsche Kriegsberichterstatter war dressiert, aus jeder belanglosen Einzelheit die von der OHL gewünschte Universaltendenz zu folgern: Deutschland in der Welt voran!

Es gibt auch Kriegsberichterstatter mit umgekehrtem Vorzeichen.

Alfons Goldschmidt hat Rußland besucht und seine Eindrücke schriftlich niedergelegt. ‹*Moskau 1920*› (Ernst Rowohlt Verlag, Berlin). Alfons Goldschmidt ist ein anständiger, ehrlicher und völlig unbestechlicher Börsenkritiker, ein Mann, der sich auf wissenschaftlichen Grundlagen zum Kommunisten entwickelt hat, in den letzten Jahren eine erfreuliche und erfrischende Erscheinung unter den deutschen Nationalökonomen. Ein Mann von einer fanatischen Offenheit, ein glühendes Temperament und immerhin ein Kerl.

Goldschmidt ist einer der ersten Journalisten gewesen, die in Deutschland ihre russischen Erlebnisse in die Buchform gebracht haben; er war der größten Aufmerksamkeit gewiß. Er muß also auch gewußt haben, welche Verantwortung er als Verfasser des ersten populären Buches über Rußland trägt.

Dieses Buch war in seinem Kopf vor der Reise fertig.

Dieses Buch konnte gar nicht anders geschrieben werden, als es geschrieben worden ist: denn Goldschmidt glaubt an Lenin, wollte an ihn glauben, und wir alle sehen ja nur, was wir sehen wollen. Mehr nicht.

Der Vorwurf des Stammtisches, ein solches Buch sei tendenziös, ist unsinnig. Jedes Buch ist tendenziös. Wir müssen nur mit offenen Augen lesen. In diesem verrotteten Land der antibolschewistischen Liga, der großindustriellen Wirtschaftsorganisationen, die, statt die Not im eigenen Lager zu lindern, Millionen und Millionen zur Bekämpfung von sozialen Reformen ausgeben, schadet es nichts, wenn ein aufrechter Mann die große, nun einmal vorhandene Leistung Lenins und der Seinen anerkennt. Das Erbe sei ihnen in den Schoß gefallen, sagen sie. So einfach war es nicht. Daß da drüben, besonders im Anfang, besonders im Destruktiven (was nur die andere Seite des Konstruktiven ist) wirklich etwas gemacht worden ist, steht außer Zweifel. Ein Mann wie Goldschmidt durfte mit der Erwartung hinüberreisen, in das Land seiner Träume zu kommen – aber er hatte die Pflicht, mit den Augen zu sehen und nicht nur mit dem Herzen. Das hat er nicht getan.

«Wir warten drei Stunden am Nicolaibahnhof und betrachten die Mädchen, die an der Säuberung des Schienengeländes und an den Waggons lächelnd arbeiten. Mädchen darunter in Samtkleidern, mit guttuchigen russischen Kopfbedeckungen, mit Handschuhen und mit gepflegten Nägeln. Sie reinigen den Bahnhof von Müll. Es ist keine liebliche Arbeit, aber sie amüsieren sich dabei. Ich beobachte eine Stunde lang fünf Mädels, wunderhübsche, knallbackige darunter. Sie schieben pustend einen müllgefüllten Waggon. Eine mit roter Blume im schwarzen Haar und rotem Gürtel um die Samttaille. Eine andere fegt Treppe und Vorhof des Bahnhofs. Sie ist pelzumschlungen.» Das ist haargenau die Betrachtungsweise des Kriegsberichterstatters, der so herzerfrischend die Arbeit der andern zu schildern wußte. Und er?

Goldschmidt ist kein ‹Tendenzhalunke›. Ein paarmal sieht er doch, was los ist: er sieht das reparaturbedürftige Moskau, er sieht die Kleidernot, die Unmöglichkeit, daß sich der Arbeiter von seinem Gehalt Straßenkleidung kaufen kann, er sieht wie ganz Moskau schiebt, schiebt, schiebt – aber er stellt freundlich und kurz die Erklärung dahinter: es ist alles in bester Ordnung!

Welch ein Reich! Es gibt wenig zu essen, es gibt fast nichts anzuziehen, es wird in klarer nationalistischer Tendenz Krieg geführt – aber dies alles ist offiziell, dies alles kann umgangen werden, und wenn man dem Autor die Augen verbunden, ihn ein paarmal um seine eigene Achse gedreht und ihm dann gesagt hätte, er befinde sich in Deutschland, so hätte er wohl den ganzen Laden erheblich ‹verschweint› gefunden.

Es ist reizend, wie er sich bemüht, aus den geringsten Kleinigkeiten etwas für Rußland herauszulesen. Daß ein Mehltransport von 18 Wagen nicht überfallen wird, scheint ihm eine Großartigkeit. Die Fabriken sind in der besten Ordnung, sie triefen von Öl, haben

Schutzvorrichtungen und werden wundervoll verwaltet. Nur Kohlen haben sie leider nicht. Reizend, wie er tiefste Rasseneigentümlichkeiten mit einem Reglementsvorschlag verwischen zu können glaubt. Er spricht von der liebenswürdigen Unpünktlichkeit der Slawen. «Das muß raus aus den Russen, sonst werden sie noch allerhand Peinlichkeiten erleben.» Das wird sich ihr Blut gesagt sein lassen.

Er hat die maßgebenden Leute in Moskau der Reihe nach aufgesucht. Was hat er nun schließlich gesehen? Was erfahren wir? Eigentlich nur, daß die Leute Bärte haben oder keine, daß dort telefoniert wird, daß Menschen im Vorzimmer warten und daß einer einen Lederanzug trägt und einer ein weißes Russenhemd mit roter Stickerei. Und wir blättern und blättern: Ja, was organisieren denn diese Leute eigentlich? Ist überhaupt noch etwas da zum Organisieren? Ist die neue Geistesrichtung wirklich ins Volk gedrungen? Wie tief? Was sagt das ungeheure weite Land zu den zwei Großstädten? Wie sind die Transportverhältnisse für die Landwirtschaft? Werden überhaupt noch Güter ausgetauscht? «Das Telefon ruht nicht. Oft arbeitete Plawnik mit zwei Telefonen auf einmal, mit dem Ferntelefon und dem Haustelefon. Man sah: hier war, hier wurde Organisation.» Das wäre also der Bolschewismus.

Es ist bitter, einem so verdienten Manne, wie Goldschmidt es ist, sagen zu müssen, wie er seine Aufgabe verfehlt hat. Vor allem: er kann nicht russisch. Die Sache ist viel zu ernst, als daß man die Reden der russischen Arbeiterführer nach ihrer Koloratur kritisieren kann. Das Ganze wirkt ... Ich werde es mal vormachen.

«Auf dem Theaterplatz in Moskau steht eine Rotunde. Eine runde Rotunde. Eine freundliche Rotunde. Eine glückverheißende Rotunde. Du trittst ein. Da steht eine Frau. Eine weise Frau. Eine politische Frau. Lieblich dabei. Du kündigst ihr dein Begehren an. Sie lächelt. Wie nur Lenins Genossinnen lächeln können. Mit unnachahmlichem Schwung wischt sie das Sitzbrett. In keiner Hauptstadt Europas habe ich einen solchen Schwung gesehen.

Nachher frage ich sie aus. Sie hat früher Großfürsten gedient. Kosakengeneralen. Einmal dem Leibadjutanten des Zaren. Vorbei. Sie entwickelte mir ihre Pläne. Wir arbeiteten zwei Stunden zusammen. Sie hat alle Kehrseiten des Lebens kennengelernt. Sie weiß, daß Proletarier nicht immer anders aussehen als die Reichen, die Kapitalaufhäufenden, die Bankaufbauer, die Großfressen. Sie stand am Wasserzug und demonstrierte. Ich sah nun die drängende Wirtschaft, das nach Ordnung drängende Chaos, ich sah die Menschen in diesem Chaos, ich sah das Geld in diesem Chaos, das flüchtende und verlorene Geld. Ich sah die Eiligen und die Bremser, die Verstopften und die Läufer, die Woller und Nichtwoller. Alles durch die Rotundenfrau.

Der Besuch in ihrem Proletarierpalast kostet heute 125 Rubel. Daran stoßen sich nur Quantitätsidioten. Wenn ihr nach Moskau kommt, versäumt nicht, diese zierliche, diese jungfräuliche Rotunde aufzusuchen. Es wird inzwischen 250 Rubel kosten. Aber das schadet nichts.

Ich trat heraus. Der Himmel blaute. Ein Falter gaukelte vorbei. Eine Schwalbe strich. Spatzen lärmten. Die Sonne schien. So sah man überall den Einfluß Lenins.»

Bitter, aber wahr. Weiß Goldschmidt nicht, was er mit solchen Dingen anrichtet? Wäre es nicht viel besser, offen zu sagen, daß die da drüben durchaus noch nicht so weit sind? Es scheint sehr viel Mut dazu zu gehören.

In dem Buch steht einmal am Schluß eines Kapitels, das ein proletarisches Meeting schildert: «Beim Ausgang sagte jemand hinter mir: Das ist sicher ein deutscher Genosse, der kriegt die Pfeife nicht aus dem Maul.» Ich möchte das Wort abändern: Das ist sicher ein deutscher Genosse, der kriegt den Idealismus nicht aus dem Hirn.

HEPP HEPP HURRA!

Der berliner Arzt Doktor Magnus Hirschfeld hat in München einen Vortrag über die Steinachsche Verjüngungstheorie gehalten. Nach dem Vortrag wurde er vom Podium heruntergeholt und zerschlagen. Nach seiner Einlieferung in ein Krankenhaus hieß es sogar schon, er sei gestorben. Die Nachricht wurde dann dementiert. Er lebt noch. Der bayerische Bierpöbel auch.

Die Persönlichkeit des Doktor Hirschfeld ist vielen von uns nicht allzu angenehm. Sein allzu hitziges und nicht immer geschmackvolles Eintreten für die Homosexuellen hat es jahrelang fast unmöglich gemacht, die Aufhebung des § 175 zu betreiben, weil sich die Materie unter seinen Händen langsam in ein Moorbad verwandelt hatte. Eine ziemlich üble Mischung von kitschiger Sentimentalität, falscher Romantik und einer Schein-Wissenschaftlichkeit, die mancher männlichen Jungfer einen Ersatz für das Leben bot, zeichneten Werke und Wirken des Mannes aus. Seine Aufklärungsfilme waren entsprechend. Es liegt uns ganz fern, aus dem Mann einen Märtyrer zu machen.

Hier handelt es sich darum, daß Bayern immer mehr dem Deutschen Reich entfremdet wird und daß der Gegensatz zwischen Deutschen und Holländern nicht so groß ist, wie der zwischen Bayern und Preußen. Der Reichsgedanke ist nie stark bei uns gewesen: Escherich und der Klerus haben ihn vollends abgewürgt.

Am traurigsten ist die Rolle der Justiz. Vom Polizeibeamten bis herunter zum Staatsanwalt rührt keiner freiwillig einen Finger, um feige Lümmel, die einen Wehrlosen, hundert gegen einen, verletzen, vor Gericht zu ziehen. (Und wenn sie da wirklich stehen, geschieht ihnen auch nicht viel.) Unter der Binde der Justitia leuchten zwei wohlgefällig plinkernde Augen. Sie billigen dieses Treiben alle.

Warum hat man den Doktor Hirschfeld geschlagen? Man hat ihn geschlagen, weil in diesen dumpfen Spießergehirnen die Begriffe: Aufklärungsfilm, Jude, Preuße, Bolschewismus, Dadaismus, Pazifismus und kein Vollbier – weil sich all das in diesen Gehirnen zu einem unentwirrbaren Knäuel verfilzt hatte. Hepp hepp hurra! Es ist ein dumpfer Drang in diesen Leuten, der ihnen gebietet, Einwohnerwehren zu machen und den Forstrat Escherich aufs Schild zu heben, der sich im Kriege bei Bialystok stark gedrückt hatte, wo es am waldigsten war. Dazu kommt der spezifisch deutsche Glaube, man könne mit Fäusten, Stuhlbeinen und Handgranaten einer geistigen Bewegung zum Siege verhelfen.

Keine Schandtat einer Räterepublik reicht an die fortgesetzte rohe Verwaltungspraxis dieses partikularistischen süddeutschen Staates heran. Das Reich ist völlig machtlos. Hättet ihr am 9. November die Bundesstaaten zerschlagen: es ginge uns heute besser. Jedes kleine Krähwinkel beansprucht seine Stammeseigentümlichkeiten und versteht darunter seine Fehler.

Wie man auch zum Doktor Hirschfeld stehen mag: noch ist er Bürger eines Reiches, das ihn zu schützen hat. Solange aber in allen Köpfen der Glaube wächst, Verbrecher in Uniformen seien keine, und das luderhafte Verhalten deutschnationaler Studenten sei der Erguß der freien Volksseele – solange Gesetze und Verfügungen des Entwaffnungskommissars und Verordnungen der Sicherheitsbehörden für gut bürgerlich gesinnte Skatpatrioten nicht gelten, solange ist der Jude vogelfrei. Vogelfrei der Sozialist, der Radikale, der Geistige, der Arbeiter.

Ich halte die Person des verletzten Arztes für belanglos. Die Sache ists nicht. Wir sollten den Mut haben, den Dingen offen ins Auge zu sehen und zu sagen:

Der Reichsgedanke in Bayern ist kaum noch vorhanden. Bayern ist selbständig, das Reich ohnmächtig. Zwei Jahre nach einer sogenannten Revolution sind alle rechtsstehenden Kreise schwer bewaffnet, die radikalen Arbeiterführer ermordet oder eingekerkert.

Und was tun wir?

Wir spalten uns.

FÜHRER?

Bebel war ein Kerl. Von oben bis unten in allen Geschäften und Theorien des politischen Lebens erfahren. Heute zieht eine neue Führergeneration auf.

Was da heute zum Teil morphinistisch, zum Teil voll Kokain, nervös, käseweiß und mit der Literatenlocke vor die Arbeiter tritt, überwältigt sie häufig genug einfach durch die rhetorische Leistung. Durch das augenblickliche Feuer. Durch das Temperament. Wer sind diese Überradikalen, denen wir in allen Organisationen begegnen?

Junge Leute, die sich als das Ende einer historischen Reihe betrachten und nicht wissen, daß es nach ihnen noch weitergeht, suchen und finden vor den Massen eine Wirkung, die ihnen im Geisteskampf unter ihresgleichen versagt bleibt. Aber es kostet ja nichts, was sie tun.

Es ist ungeheuer billig, vor eine Versammlung zu treten und ihr entgegenzudonnern, von heute ab müsse eine vollkommene Umwälzung der Gesellschaftsformen, der Liebe, der Kultur, des Pazifismus und der Rätediktatur eintreten. Bravo, bravo! Denn wer Hunger hat und nur ein zerrissenes Hemd auf dem Leibe, erhofft sich von allem Rettung und ist geneigt, zu glauben. Dieser Radikalismus ist überall im Ausverkauf zu haben.

Der, der da oben steht, glaubt. Ich sehe ganz von den Fällen der Salonbolschewisten ab und von den Herren, die für ihr Geschrei bezahlt bekommen. Sicherlich sind viele dieser Jungen, die sich für Führer halten, ehrlich ideal gesinnt, und es schmerzt in Deutschland sehr, wenn man einmal gezwungen ist, ihnen zu sagen, daß sie nicht zu Volksführern taugen. Man ist des Beifalls aller Stammtische gewiß, und das ist bitter. «Der Philister hat manchmal recht, aber nie in den Gründen.» Diesmal haben die Stammtische recht. Natürlich begründen sie es falsch: denn sie wollen ihre Ruhe haben und verdammen den jungen Redner aus schlechten und muffigen Motiven.

Aber was tut denn der da oben? Er ‹beweist›, daß er recht hat. Mit der Logik kann man alles beweisen. Resultate stehen vorher fest und wachsen im Herzen, nicht im Kopf. Und so gewiß große Denker Situationen blitzartig erfassen, intuitiv, wie vom lieben Gott beschenkt, und sich nicht noch damit befassen können, die Wege zu bauen, die sie vorgezeichnet haben, so gewiß gibt es heute zu viele Kartenzeichner und zu wenig Pflasterer. «Und so rufen Sie mit mir: Nieder mit der heutigen Gesellschaftsform!» Das ist gar nichts. In dem Augenblick, wo der junge Mann die Tribüne verläßt und die Sache für ihn erledigt ist, in diesem Augenblick hört die Arbeit nicht auf, sondern da fängt sie an.

Ich muß sagen, daß ich ein kräftiges Mißtrauen gegen diese Unzahl von Weltverbesserern habe, die kosmische Gebäude umstürzen wollen und nicht fähig sind, einen Brief zu frankieren und, höher hinauf, in einer Konferenz so mitzuarbeiten, daß der Karren weitergetrieben wird.

Achtundvierzig Jahre lang, von 1870 bis 1918, setzte das offizielle Deutschland für die fördernde Arbeit die Phrase. Diese Opposition treibts nicht besser. Es ist merkwürdig, wie traurig eine solche Führerversammlung in Deutschland auszusehen pflegt, welche Köpfe, welche Stirnen, welche aufgeblasene Mittelmäßigkeiten dort auftauchen. Über Schopenhauer hat der Spießer zu schweigen. Ein Sitzungszimmer voller Schopenhauer gibt es nicht, und ich mag diese Apostel nicht, die für ihr kümmerliches Privatleben all die schönen Grundsätze ganz außer acht lassen, die sie so heftig propagieren.

Und unter solchen Einflüssen steht heute ein Teil des Proletariats, Leute, die nicht sehen, von wem sie und wohin sie geführt werden. Es ist so weit gekommen, daß das Saalpodium und das praktische Leben kaum noch etwas miteinander zu schaffen haben. Oben: Radikalismus, wo er am slawischsten ist; unten: charakterloses Kleinbürgertum.

Führer – das wollen sie alle sein. Helfen will keiner!

GUTE WITZE AUS GROSSER ZEIT

Über den Kriegsberichterstatter Roda Roda wäre mancherlei zu sagen. Als meine alte Liebe damals in die Pressequartiere der österreichischen Brigaden stieg, trauerte ich tief und anhaltend. Es war schade um den Mann. Er hat dann eine Reihe Feuilletons geschrieben, die ich lieber nie gelesen hätte – und einen Haufen kleiner Geschichten. Sie liegen gesammelt vor und heißen: ‹*Irrfahrten eines Humoristen*› (bei Rösl & Co. in München).

Was dieses Buch alles nicht ist, steht bei diesem Autor von vornherein fest. Niemand kann aus seiner roten Weste heraus. Es ist also nicht schneidende Satire und schmerzlich hohnvolle Ablehnung einer viehischen Massenschlächterei, es ist nicht geniale Erfassung von Einzelzügen, die auf den ganzen Bahnhof schließen lassen (wie in den ‹*Letzten Tagen der Menschheit*› von Karl Kraus – Blasphemie, das hier zu nennen!): es ist eben etwas andres.

Es ist jene schlagend freche und im tiefsten Grunde doch harmlose Ironie der Kasinostunden, da man sich, Weltkriegsteilnehmer und Adjutant, der man war, langsam vollaufen ließ. Unter diesem Aspekt sah der Weltkrieg schon lustig genug aus. Gut war daran vor allem, daß der bunte Apparat dem Eingeweihten nichts mehr vormachte: Orden, Paraden, Beförderung, siegreiche Schlachten, Extrablätter, Vormärsche – man wußte, wie so etwas ‹gemacht› wurde. Und es wurde eine ganze Menge gemacht ...

Bis auf die wenigen Ausnahmen, wo Roda Roda die Totschläger noch feiert (ich weiß, daß er das nicht so empfindet) – bis auf diese Ausnahmen habe ich das Buch in einem Sitz durchlacht. Er ist noch immer unser Einziger, der kleine Geschichten so erzählen kann, als säße er am Kamin und ließe behaglich einen milden Rotwein in sich heruntergluckern. Er kann alle Leute und alle Dialekte und alle Tiere nachmachen, auch Kommandierende Generale. Die alten guten Armeewitze der Schulter an Schulter kämpfenden Schießvereine sind in dem Buch enthalten («Hötzendorf hat mit seinen Österreichern die Russen so lange aufgehalten, bis Militär kam»); reizende kleine Worte, die den ganzen Preußen bezeichnen: «Fortiter in re, schnoddriter in modo»; böse Geschichten über die österreichischen Urteilsfabriken, oben stieß man die lebenden Bosniaken hinein, unten fielen die toten Kadaver heraus, und irgend ein Lümmel schmierte dazu Akten — Geschichten aus dem babylonischen Völkerwirrwarr der k. k. Monarchie m. b. H.

Fabelhaft gehört ist so eine Ansprache eines preußischen Obersten, der vor dem Einmarsch in die Karpaten seine Offiziere um sich versammelt: «M—e Herr'n!! Wa wern nu Schulteranschulter mit unsan österreichischen Vabündten kämpfen. Ick vabitte mir alle dahinjehenden Bemerkungen. 'ck danke, m—e Herr'n!!» Manchmal ist der Hauptwitz einer Geschichte die Überschrift. Wie sie in Serbien zu zweit in einem Quartier sitzen und Klavier spielen. «Die Gassentür öffnete sich, und ein sächsischer Landwehrmann erschien darin — nur um gleich mit einem Bückling wieder zu verschwinden: ‹Bardon, och, bardon! Ich dachte, es wär e Buff!›» Überschrift: ‹*Die Macht der Musik.*›

Dieses Büchlein sollte auf keinem Nachttisch fehlen.

DIE MAULPATRIOTEN

In vier roten Jahren ist dieses Land in das tiefste Elend hineingeschliddert und was vor dem Kriege nur wenige wußten, wissen heute viele: Deutschland verdankt seine Unbeliebtheit, die sich bis zum Haß gesteigert hat, den Untugenden spektakelnder Landsleute auf den Thronen und in den Geschäftshäusern, in den Universitäten und im Heer. Sie sind nicht ausgestorben. Sie bilden sich eher im Gegenteil ein, durch schrankenloses Geschrei ein Deutschtum zu retten, das gar nicht tief genug untergehen kann: nämlich das schlechte. Heute noch? Heute noch.

> «Ich fahre mit meinem Freund aus Riga, einem Schweizer, der sich auf der Durchreise in seine Heimat in Berlin aufhält, in der Stadtbahn (zweiter Klasse). Wir unterhalten uns im Russischen, erstens freue ich mich über jede Gelegenheit, Russisch sprechen zu können, und zweitens ist es mir angenehm, daß uns die Mitfahrenden nicht verstehen. Plötzlich fragt ein neben meinem Freund sitzender Herr: ‹Sprechen Sie Deutsch?› Ahnungslos, was diese Frage bezwecken soll, antwortet er ihm: ‹Ja!› — ‹Dann verlange ich von Ihnen, daß Sie Deutsch sprechen, lange genug habe ich dieses Gequatsch mit angehört!› — ‹Sehr richtig, ich bin ganz Ihrer Meinung!› stimmt ihm

ein anderer Herr bei. Die übrigen Mitreisenden verhalten sich passiv. ‹Ich glaube, ich kann mich unterhalten, wie ich will?› sagt mein Freund. ‹Nein, das können Sie nicht›, brüllte ihm jener zu, ‹wenn Sie es wagen, sich weiter im Russischen zu unterhalten, können Sie eins in die Fresse kriegen.› — ‹Schweig!› ruf ich meinem Freund auf Russisch zu, denn mir graute davor, daß dieser bornierte Hakenkreuzpatriot tatsächlich handgreiflich werden könnte. ‹Donnerwetter noch einmal!› fing der Kerl wieder an, ‹das sollte uns passieren, wir sollten es wagen, im Ausland Deutsch zu sprechen!›» . . .

Ganz abgesehen davon, daß es sich hier um eine Baltin deutscher Abstammung handelt, die im Kriege Helferinnendienste bei der kaiserlich deutschen Armee geleistet hat: welch ein stumpfsinniger Patriotismus! Das sei Deutschtum? Dieses lächerliche Gebrüll gegen andere Sprachen? «Wir sollten es wagen, im Ausland Deutsch zu sprechen! . . .» Lieber Herr, in Paris und in Italien wird zur Zeit keinem der dort weilenden Deutschen ein Haar gekrümmt. Und wenn auch von einer innigen Annäherung zwischen Engländern und Deutschen nicht gesprochen werden kann, so ist kein Fall bekannt geworden, in dem der britische Straßenpassant mit dem Hackebeil den Nationalismus gemacht hätte. Das ist Deutschland vorbehalten geblieben.

Hoffentlich nicht dem ganzen Deutschland. Und wenn es nur Vertreter jener Skatpatrioten waren, die das ganze Land diskreditieren: wollen wir ihnen nicht den Mund stopfen? «Will Deutschland», schreibt die Deutschbaltin, «auf diesem Wege Freunde gewinnen und Beziehungen anknüpfen? Mein Freund, der zum erstenmal in Deutschland ist, nimmt einen sehr ungünstigen Eindruck mit.» Sie schaden uns. Und wenn derselbe Mann, der hier die Klappe nicht genug aufreißen kann, von seinem Chef als Geschäftsreisender nach Spanien geschickt wird, so spricht er dort sicherlich alle Sprachen der Welt. Von Geschäfts wegen.

Zwischen Ungezogenheiten und würdeloser Kriecherei gibt es einen dritten Weg. Den der Menschlichkeit.

DER KLEINE GESSLER UND DER GROSSE GROSZ

Rösselmann:
Das dürft Ihr nicht, das darf der Kaiser nicht,
Das widerstreitet unsern Freiheitsbriefen!
Geßler:
Wo sind sie? Hat der Kaiser sie bestätigt?
Er hat sie nicht bestätigt! Diese Gunst
Muß erst erworben werden durch Gehorsam.
Rebellen seid ihr alle gegen Kaisers Gericht
und nährt verwegene Empörung.
Ich kenn euch alle, ich durchschau euch ganz:
Den nehm ich jetzt heraus aus eurer Mitte,
Doch alle seid ihr teilhaft seiner Schuld.
Wer klug ist, lerne schweigen und gehorchen.
Schiller: ‹*Wilhelm Tell*›

Im Malik-Verlag zu Berlin-Halensee ist von George Grosz eine Bildermappe ‹*Gott mit uns*› erschienen, die wohl die witzigste und künstlerisch beste Abfertigung des alt- und neupreußischen Militarismus bedeutet. Die Leser der ‹*Freien Welt*› kennen die Blätter zum Teil und werden sich entsinnen, wie schlagend der Hieb ist, der da geführt wurde. Er sitzt.

Wie der Mehrheitssozialist Schöpflin auf seinem Parteitage angegeben hat, bittet der demokratische Reichswehrminister Dr. Geßler den Chef des Stabes, Herrn von Seeckt, häufig telefonisch, ihn doch einmal sprechen zu dürfen. Herr von Seeckt hat ebenso häufig keine Zeit und macht mit Herrn Dr. Geßler etwas, was der Soldat im Felde ‹hinten runterfallen lassen› nannte. Bei einem dieser witzigen Telefongespräche scheint Herr von Seeckt dem p. Geßler die Weisung erteilt zu haben, die Bilder von George Grosz beschlagnahmen zu lassen. Oder vielleicht hat er ihm auch einen Wisch zur Unterschrift vorgelegt. Oder vielleicht hat er es ihm auch gar nicht gesagt.

Jedenfalls erschienen am 9. September dieses Jahres im Malik-Verlag ein paar Männer und nahmen die Grosz-Mappen fort. Wie sie angaben, taten sie das auf Befehl des Polizeipräsidiums und auf Antrag des Reichswehrministeriums. Das Polizeipräsidium drückte sich pflaumenweich, und in der Bendlerstraße wurde gekniffen. Wie immer. Am 15. Oktober erschienen wieder ein paar Männer im Malik-Verlag, legitimierten sich als Abgesandte der Abteilung 1 a des Polizeipräsidiums und beschlagnahmten auf Ersuchen des Oberstaatsanwalts beim Landgericht II Berlin die Grosz-Mappen. Sie beschlagnahmten ferner in widerrechtlicher Weise sieben Originalzeichnungen von Grosz, wozu sie keinen schriftlichen Auftrag hatten, erklärten, diesen Rechtsbruch persönlich verantworten zu wollen (das ist eine preußische Redensart) und hinterließen eine handschriftliche Quittung mit der Zahl 1707.

Ein ordentlicher Richter in einem ordentlichen Verfahren hat *vor* dieser Verlagsschädigung noch nicht gesprochen.

Obgleich ich weiß, daß Geßler in der Bendlerstraße ungefähr so viel zu sagen hat wie ich, muß ich mich an ihn und nicht an die dahinter steckenden monarchistischen Offiziere halten, die von der Republik Gehalt beziehen.

Die Zeichnungen von Grosz stellen den deutschen Militarismus von Wilhelm bis zu seinem größeren Nachfolger, dem Arbeiterverräter Noske, nackt dar. Feldwebel, Unterärzte, Oberstabspflasterkasten, kommandierende Rotweingenerale, Puffleutnants und jener grauenhafte Typ der Freiwilligenkorpshäuptlinge — sie sind alle noch nie so gut getroffen worden wie in diesen Bildern. Wenn sich die Reichswehr beleidigt fühlt, kann sie einem leid tun. Entweder sie ist gar nicht getroffen: dann liegt kein Grund vor, einen Staatsanwalt, der im Felde Offizier gewesen, also befangen ist, in Bewegung zu setzen. Oder sie ist getroffen: dann hat Grosz recht.

Die Beschlagnahme der Mappe ist für uns politisch belanglos. Sie war ziemlich teuer, und die Leute, die es aufzuklären gilt, konnten sie sich kaum kaufen. Es gibt andere Mittel, dieselben Bilder desselben Zeichners in die Menge zu werfen. Das wird geschehen.

Die Zensur sei gefallen, sagt man. Hier wird wiederum *vor* dem Abschluß eines ordentlichen Verfahrens beschlagnahmt, wie in des Zaren bester Zeit. Herr Geßler täusche sich nicht: hinter der Gesinnung dieser Blätter steht das gesamte bessere Deutschland. Gegen ihn.

Herr Seeckt hat neulich in einem seiner Erlasse als seine Aufgabe bezeichnet, «den Geist, der einst nach Sedan uns über hundert Schlachtfelder des Westens und Ostens führte, in der Reichswehr und im Volk lebendig zu erhalten». Wir halten das nicht für seine Aufgabe. Wir besinnen uns nicht, daß die Feuerwehr oder das Rettungswesen befugt sei, irgend einen Geist zu erhalten. Sie erfüllen ihre sachliche Aufgabe. Weiter nichts. Das Militär steht auf keiner andern Stufe.

Haben sich die Herrschaften verletzt gefühlt? Der Spiegel kann nichts dafür, wenn er der Jungfrau anzeigt, daß sie schwanger ist.

Wir andern aber sehen erfreut in die Blätter, vergleichen sie schmunzelnd mit einer gewissen Sorte von Soldaten und sagen freundlich und bestimmt: «So siehst Du aus!»

KLEINES TRÄLLERLIED

Nahe der Oase
lief mit Judennase
eine Löwin namens Annmarie.

Sie war vierzehn Jahre,
und nur wenig Haare
und nur wenig Busen zierte sie.
Doch sie warf im Schwunge
jährlich sieben Junge –
und ihr Vater spricht zur Mutter schlicht:
«Hat sie was gegessen,
was nicht angemessen,
oder glaubst du etwa, daß sie
stricht –?»

Alle Beuteltiere
spielen gern Klaviere –
so auch die in Nikaragua.
Eine war darunter,
die triebs täglich bunter –
die Korallen hingen ihr bis da!
Edle Otternpelze
in den Beinen hält se –
manchmal gibts ne kleine Fehlgeburt ...
Hat sie was gegessen,
was nicht angemessen –
oder glaubst du etwa, daß sie
filmt –?

Selbst bei Vater Hermes
ist die Epidermis
nicht zu dünn zu nennen – eher dick.
Aus den Geldermassen,
aus den Stickstoffkassen –
fährt ein Auto in die Republik.
Wer bezahlt den Wagen?
Niemand mag es sagen –
Alles schweigt, nur Vater Hermes redt.
Hat er was gegessen,
was nicht angemessen –
oder glaubst du etwa, daß er
geht –?

SCHLUSSWORT

Der Stabsoffizier der ‹*Weltbühne*› hat hier dargelegt, daß ein Krieg gegen die Entente zur Zeit und für die nächste Zukunft ein heller Wahnsinn sei. Dieser Krieg wird von den Industriellen um den erfolglosen Finanzminister Helfferich sowie von stellungsuchenden Offizieren und randalierenden Stammtischbrüdern gewünscht; dieser Krieg wird von einer Gruppe Kommunisten nicht verworfen.

Wilhelm Markstahler hat dem Stabsoffizier entgegnet und ihm erklärt, dieser neue Krieg mit der Entente sei dann, wenn ihn eine kommunistische Arbeiterregierung führe, ein Defensivkrieg, dem das morsche Heer der Franzosen und Engländer am Rhein nicht widerstehen, und den man unter Benutzung der bisherigen militärischen Organisationen wohl führen könne und wahrscheinlich eines Tages führen müsse.

Die Sucht, die eignen Interessen welthistorisch zu umkleiden, ist nie so groß gewesen wie in dieser Zeit, wo die Kriegsprofessoren einer büchergewandten Nation gezeigt haben, wie mans machen muß. Unter Interessen wird hier durchaus nicht nur das Portemonnaie verstanden: es gibt auch ein Lebensinteresse, das da jedem gebietet, sich nach Anlage und Gabenverteilung auszuwirken. Verbiete du dem Seidenwurm, zu spinnen . . .! Der kommunistische Kritiker des Stabsoffiziers übersieht die menschlichen Faktoren und operiert mit großen Zahlen – wie Ludendorff, an den er peinlich erinnert. Die Melodie kommt mir doch so bekannt vor: Ein reiner Defensivkrieg – keine Eroberungen – das Heer der Feinde schlecht – Spekulation auf das innere Zerwürfnis in Frankreich. So haben wir schon einmal einen Krieg verloren.

Wo lebt ihr? Wißt ihr nichts von euerm eignen Lande? Geht in die Provinz und seht! Seht das Bürgertum, das seine Ruhe und seinen Verdienst haben will und weiter gar nichts, seht den Stand stellungsloser, von der Großindustrie ausgehaltener Offiziere, die sich ein Wirkungsfeld, das einzige ihres Lebens, durch agents provocateurs verschaffen – gäbe es keinen Hölz, gäbe es keinen Selbstschutz; gibt es keinen Selbstschutz, gibt es keine Wickelgamaschen, und ohne solche können sie nicht –, geht in die Provinz und seht: die gänzliche Einflußlosigkeit der gespaltenen Arbeiterschaft in allen fundamentalen Dingen. Gewiß: sie kann einen Streik inszenieren, sie kann hier und da durch einen Betriebsrat eingreifen – aber wo in aller Welt reicht die Macht dieser Arbeiterschaft heute und in absehbarer Zeit, um auch nur einem Schieber seine unrechtmäßigen Gewinne abzunehmen oder zu vermindern? Und seht euch diese Arbeiterschaft selbst an.

Die kommunistische Fiktion, der Glaube an ein Parteidogma schaffe einen neuen Menschentypus, hat sich noch nie als so verhängnisvoll erwiesen wie gerade jetzt. Wenn wirklich ein so klaffender Gegensatz zwischen diesen paar hunderttausend Kommunisten und der übrigen Nation bestünde! Es sind doch aber Früchte vom selben Stamm, und der Geist jener Roten Armee würde sich in gar nichts von dem der Reichswehr unterscheiden. Das negative Vorzeichen allein tuts nicht.

Bezeichnend genug, daß sie sich keine Offiziere und Soldaten machen können. Ihr zehrt alle noch, wie ihr gebacken und gebraten seid, vom Material der Paradeplätze Wilhelms des Zweiten.

So hat es jedes Mal begonnen: mit einem ethischen Programm. Und so hat es jedes Mal aufgehört: mit Zabern oder mit Moskau. Es wäre nicht das erste Mal in der Weltgeschichte, daß eine Idee über dem Schnurren des Apparats vergessen würde, und ich sehe gar keine Möglichkeit, wie noch der letzte Trainfahrer von der Idee so durchblutet sein sollte, daß er mehr wäre als ein Fuhrknecht. Auch ihr werdet wieder Menschen als Maschinen benutzen müssen, und dann ist es aus.

Daß das Wort von der Diktatur des Proletariats keine Phrase, sondern eine Selbstverständlichkeit ist, wissen wir alle, die wir glauben, darunter verstünde man die Herrschaft der Arbeitenden über die andern. Vor dem Wort Diktatur zurückzubeben, ist Unfug; wir haben heute eine klare und gern eingestandene Diktatur der Bourgeoisie in Verwaltung, Rechtsprechung und Legislative. Aber seht ihr nicht?

Wie kann man seine Macht so überschätzen, um nicht zu sehen, wie maßvoll, wie bürgerlich, wie stumpf abgeklärt dieses Land ist! Geht in die kleinen Städte! Geht in die Provinz! Der Industrieort ist kein Maßstab.

Zu glauben, daß dieses kleine und ruinierte Land der Entente mehr Interesse abnötigt, als ein Kapitalist an seiner Maschine haben kann, ist irrig. Zu glauben, daß in den andern Ländern eine Weltrevolution aufflammt, wenn hier einer die Fahne erhebt, ist irrig. (Amerika buchstabiert das Wort Sozialismus m–o–n–e–y.) Und wir?

Eisenbänder durch Strippe zu ersetzen, empfiehlt sich im allgemeinen nicht, auch nicht bei Notreparaturen. Der frontgierige Monokelleutnant der kaiserlichen Armee als Gerichtsvollzieher einer Räte-Regierung – eine gräßliche Vorstellung.

Nicht der Radikalismus ist ein Verderb. Wohl aber ein Radikalismus, der seine Macht überschätzt.

Wann die Stunde der Befreiung für dieses Volk schlägt, weiß ich nicht. Von wem will es sich befreien? Von der Entente? Um eine neue zu bilden?

Ihr werdet alle im Lauf der Jahrhunderte das Schmerzlichste durchmachen müssen, das es für kollektivgläubige Menschen gibt: die Auflösung des alten Staatsgedankens.

Der Mensch ist, bei Gott, nicht gut. Ihn aber dennoch anzuhalten, daß er nicht töte, auch nicht unter Schwenkung einer ethischen Fahne, scheint mir Aufgabe und Pflicht besserer Menschen.

DAS GESICHT DER STADT

... die Tragik eines Schicksals, das das aus einer wendischen Fischersiedlung zur mächtigen Millionenstadt und Reichshauptstadt emporgewachsene Berlin dazu verdammt: immerfort zu werden und niemals zu sein.
Karl Scheffler: *‹Berlin›*

Man sagt nicht ‹berlinerisch›, sondern ‹berlinisch›, und man ist es.

Aus einer kleinen kargen Residenz wurde diese unsre Stadt durch die Gründerjahre im Scheinsieg des Krieges siebzigeinundsiebzig jäh emporgeworfen. Knallende Fassaden und aufgetakelte Kaufmannsgattinnen, denen der neue Reichtum nicht gut bekam, gaben der Stadt ein Gepräge, das sich mit dem alten Preußentum des Kaisers, seiner Offiziere und Beamten seltsam mischte. Der Reichtum wurde zwar nicht preußisch – aber die Preußen wurden goldgelackt, nicht zum Vorteil für den potsdamer Stil, der die Stadt bisher beherrscht hatte. Das Nationalunglück Wilhelm gab der Stadt den Rest. Und wer geologisch zu schürfen versteht, wird überall in Berlin diese drei Schichten aufzufinden wissen, deren Spuren dreifach vorhanden sind: das alte gute Berlin, das Berlin der Gründerjahre und das wilhelminische, das kriegerische Berlin.

Denn was eine nationale Presse, die ihre Kriegsbände niemals nachblättern darf, weil sie von falschen Prophezeiungen, von falschen Anschauungen und verderblichen Ratschlägen wimmeln, heute an Berlin der Revolution aufs Konto schreiben will, hat am 1. August 1914 seinen Anfang genommen. Der Niedergang des Paradieses für den Mittelstand und die Geburt einer neuen Stadt – das begann damals, als die Gassen widerhallten vom Toben bedauernswerter Irrer, die auszogen, die Welt zu erobern und höchstens Brüsseler Spitzen, ein paar gestohlene Schweine und die Syphilis heimbrachten. Damals, am 1. August, erstand dieses neue Berlin. Welches –?

Zunächst: ein anderes. Das ist die Hauptmelodie, die heute überall gesungen wird: «Vater meiniges! Wie hast du dir verändert –!» Denn es ist nicht mehr dieselbe Stadt, nicht mehr jene, durch die der Kaiser vor den abgehetzten schwitzenden Proletarieruniformen durch die begeisterten und demgemäß abgesperrten Straßen zog. Es heißt noch Berlin. Aber schon ist es das nicht mehr.

Nach den paar wilden Monaten um die Jahreswende des Jahres 1918 – die einzige Zeit, wo in Preußen so etwas wie frische Luft wehte, trotz entsetzlicher Irrtümer, Bruderkämpfe, Mord und Totschlag, Unruhen und Schießereien: frische Luft – («Na, ich danke!»

sagt der sparende Bürger) — nach dieser Zeit hat sich Berlin rasch und folgerichtig entwickelt. Es ist immer mehr nach dem Osten gerutscht.

Diese Kolonialstadt hat sich mit Ostjuden, Polen und Russen überschwemmen lassen müssen — sie ist es, die den ersten Ansturm der Elemente, die im Kulturwesten ihr Glück machen wollen, auszuhalten hat. Diese Östlichen propagieren nicht, wie der Teutone Wulle meint, den Bolschewismus — sie sind zum größten Teil seine Feinde. Aber sie verändern Berlin.

Helfferich-Wirtschaft und Ludendorff-Schlamperei haben die Stadt ausgesogen. Vorbei die Seligkeit des Mittelstandes, vorbei Kempinski und die Billigkeit des Amüsiervergnügens — denn wie spezifisch berlinisch war dies, daß sich der Portokassenjüngling vor dem Krieg zwanzig Mark einsteckte und sie geradezu fürstlich — wie es ihm vorkam — durchbrachte. Das gab es in keiner anderen Stadt — anderswo war entweder oben oder unten und dazwischen nichts. In Berlin herrschte früher der Mittelstand. Große Reiche hat es nie gehabt. Die verließen die Stadt oder kamen gar nicht hierher.

Das ist dahin. Der Mittelstand wird langsam, aber sicher zerrieben — die mühsam bewahrte Haltung der Bürgerlichen ist heute schon häufig Tünche, und nach oben und unten wandern sie ab: nach oben — das sind die Kriegs- und Revolutionsgewinnler; nach unten: die proletarisierten Massen.

Wer aus dem Ausland hierherkommt, zeigt uns erst, wie wir geworden sind. Einer sagte mir mal: «Die Leute sehen hier alle so gemein in den Gesichtern aus!» — Das wird wohl wahr sein. Der Kampf des Alltags gräbt sich tief ein — man paukt sich nicht umsonst mit Wohnungsämtern, Hauswirten, Rationierungssystemen und Beamten herum, um den wirklichen Bedürfnissen des Lebens Geltung zu verschaffen. Denn dies ist oberster Grundsatz in Berlin: Alles ist verboten. Und alles wird geschoben.

Es gibt keinen Ehrlichen. Den kann es gar nicht geben, denn die Preußen haben die Aufgaben des Staates falsch verstanden und legen Vorschriften auf, die unerfüllbar sind. Also werden sie umgangen.

Die Melodien sind verschieden. Das Strichmädchen am Schlesischen Bahnhof, der Rennschieber, der kleine Ladenbesitzer, der Mieter, die Hausfrau — sie könnten alle ohne Schiebung gar nicht leben. Der Staat schnürt ihnen — auf dem Papier — die Kehle ab. Und ungeheuer ist die Lebenskraft dieser Namenlosen, unerhört ihre Zähigkeit, sich nicht unterkriegen zu lassen. Leichtsinn? Du lieber Gott, wer kann denn hier leichtsinnig sein! Es ist einfach die brutale Freude, noch da zu sein — nicht in Flandern zu liegen oder in der Türkei — und sich unter gar keinen wie immer gearteten Umständen das Leben saurer machen zu lassen, als es für die Gehalt empfangenden Beamten unumgänglich notwendig ist.

Was die Stadt aus dem Frieden restlos übernommen hat, das ist ihr Tempo. Es ist nicht etwa amerikanisch (dazu ist es zu unpraktisch) – es ist ganz und gar berlinisch, und es steckt alle an. (Das Tempo ist auch ganz deutlich in der Art, sich zu vergnügen, zu erkennen. Amüsement ist hier eine Arbeit.) Das hat das neue Berlin vom alten übernommen. Gänzlich gewandelt haben sich für Ohr und Auge die Typen.

Zunächst ist das Geld in andere Hände übergegangen. Und es sind dickere, fleischigere, feistere Hände als vormals. Die anständigen Gesichter in den Nachtlokalen gehören gemeinhin den Kellnern an, und was die Logen der Theater ziert, verdirbt meist die ganze Fassade. Wer kann noch –?

Hoppla, sie können alle noch! Eine ewig fluktuierende, wechselnde, in des Wortes wahrster Bedeutung hin- und herschiebende Schicht hat Geld. (Nicht Vermögen.) Und wer gerade Geld hat, gibt den Rahmen ab in den Filmpremieren, in Bars, wo nackt oder so getanzt wird, als sei mans, in den tiefen Lederautos, in Hotels und Weinstuben. Reiche Leute sind ja als Erscheinung nur erträglich, wenn der Geist das Geld – olet! olet! – ein wenig verwischt hat. Hier stehts auf allen Stirnen: Vadienen! – Nackt und brutal und mit einem saubern kleinen Willen zur Diktatur. (Die ja auch besteht, ohne daß auch nur einer zetert.) Nie kann ich den dicken Mann vergessen, der im Esplanade saß, in der großen Halle – vor einem großen Tisch mit Kaffee, Zucker, Milch und Kuchen. «Ja», sagte er, während er gerade einen ganzen Pfannkuchen mit einem Male zu stopfen bemüht war, «sehn Se mal: der Bolschewismus ...! Die Leute arbeiten ja nicht!» Er arbeitete jedenfalls.

Frauen sind Spiegel. Dieser Reichtum verdirbt die Frauen, die immer bei den Siegern des Lebens sind. Und die Worte, die neulich in der Provinz ein mutiger Staatsanwalt von den bürgerlichen Verführern der Arbeiterinnen gesprochen hat, waren ein bißchen pathetisch – aber das meiste stimmte. Und ist so begreiflich. Einmal am Abend ein bißchen Glanz, nicht immer das Grau, einmal Musik und Wein und Blitzen ... Lieb Heimatland ade ..., Plötzensee ...

Und unmittelbar daneben stinkt das Elend. Über die kurze Strecke Mittelstand hinweg, der sich plagt, in alten Vorstellungen befangen ist und es noch nicht glauben kann, daß seine Zeit vorbei ist – unmittelbar daneben, am Gesundbrunnen, im Osten, im Norden, ein Elend, das dadurch noch scheußlicher wirkt, als man es verhindert, sich auf den Straßen zu zeigen. Betteln ist verboten! «Die deutschen Häuser in den Elendsvierteln Berlins haben alle ein Vorhemdchen an», hat Graf Keßler einmal gesagt. Außen hui. Und innen?

Innen so, daß mir einmal ein zurückgekehrter Kriegsgefangener sagte: «Ich war fünf Jahre in Sibirien. Da haben sie uns immer erzählt, wie elend die Russen leben. Aber hier! (Er deutete auf seine jämmerliche Stube, in der sieben Personen männlichen und weiblichen

Geschlechts schlafen mußten.) Sehen Sie sich das an! Das ist ja viel schlimmer! Und keiner hilft uns!» Und das Traurigste ist, daß es Leuten so geht, die noch etwas verdienen. Was tun die Arbeitslosen —? Sie vertieren. Denn ein Volk geht nicht wie ein Panzerschiff unter. Es verlaust.

Und ganz merkwürdig ist der Haß der Reichen gegen die Armen und vor allem gegen die Arbeiter. Wo früher noch Mitleid war — sentimentales, unnützes Mitleid — ist heute blanker Haß. Vermischt mit Angst. Werden sie uns am Kurfürstendamm etwas tun —? Gott sei Dank, noch haben wir die Sicherheitswehr . . .

Diese vielgelästerte Stadt, unbeliebt in der Provinz, verhaßt aus ganz falschen Ursachen (unsere wahren Fehler sehen die andern kaum) — diese Stadt ist weniger einheitlich, denn je. In den Bilderbüchern und auf den Operettenbühnen lebt sie noch, wie sie dunnemals war: mit dem pfeifenden Schusterjungen, mit den alten dicken Weißbierberlinern, mit den Marktfrauen, deren Maulwerk ging wie eine Kaffeemühle . . . Alles, alles ist härter geworden, und jener blanke berliner Witz (die Berliner machten ihre besten und bissigsten Witze vormittags, wenn sie noch nicht gegessen hatten) — der ist dahin. Manchmal blinkts noch auf. Vorn auf der Plattform ist alles so voll, daß die Leute kaum atmen können. Da fährt ein Müllwagen vorbei. Und der Kutscher, grinsend: «Warum setzt sich von euch denn keener hin?» —

Und, soweit die Leute noch wirklich Berliner sind, die alte Eigenart ist noch da, sich nichts vormachen zu lassen, das Mißtrauen gegen Schwindel, die Abneigung gegen die großen Worte. «Bei mir? — Ocke.» Und der andere kann abziehen.

Hat diese Stadt ein Gesicht? Wie ist es? Soll es bei der entsetzlichen, unbeirrbaren, deutschen ‹Tüchtigkeit› bleiben, die im Kommis das Ideal sieht? (Der Ameronger war so ein uniformierter Kommis.) Sollte es nicht über die Fähigkeit hinausgehen, den Laden zu schmeißen? Konfektion und Kino haben eine innere Verwandtschaft. Maßgebend ist für alle eines: der Erfolg.

Was Carl Sternheim in seinem neuen Buch ‹*Berlin*› voller Selbsthaß aufzeichnet: es trifft diese Stadt, die immer wieder von vorn anzufangen geneigt ist. Sie steht allemal auf dem Boden der gegebenen Tatsachen. Sie lebt. Wird sie morgen leben?

Da steht der Untergrundbahnwagen. Auf seinem Schild liest du: Berlin. Er ist proppenvoll, so voll, daß eine Scheibe klirrt und ein dicker Mann, der auf dem großen Zeh einer Dame steht, sagt: «Ick will Ihnen mal wat sahrn, Follein, wat Sie mir können! — — Jahnischt können Sie mir . . .!» Wo geht das hin?

Wir sitzen drin und wissens nicht. Abfahren!

LITERATUR-WALZER

Wenn Mutter abends zu Bette geht
und Papa in den (blonden) Verein,
liest Lieschen noch bei der Kerze spät
von Ewers Schweinigelein.
Der Autor ersetzt einem anständigen Kind
das erotische A-B-C.
Ein Teufelsjäger! Er kitzelt so lind –
ein lebendiger Gaudemiché.
Er kam jetzt aus Amerika
mit einem neuen Band –
Was steht darin?
Was weht darin?
Die Weise ist bekannt . . .
Das hat kein Goethe g'schrieben, das hat ka Schiller dicht –
das is a Tantiemensadiste, der zu den Backfischen spricht!
Das is von ka Klassiehker – das is von kein Genie –
Und 's klingt doch, halten zu Gnaden, so voller Poesie –!

Der Kriegsgewinnler, der auf sich hält,
macht hin in die dicken Premieren.
Da sitzt die literarische Welt
Walter Hasenclever zu Ehren.
Und kürzer wird immer der Sätze Bau
und dunkler, o Herr, der Sinn . . .
«Wat hat er jesacht?» Man weiß nicht genau.
Da steckt Metaphysike drin!
Wenn dir nur der Artikel fehlt,
das andre machen schon
die Wallungen,
die Ballungen
– o ungeratener ‹Sohn›!
Das hat kein Goethe g'schrieben, ka junger Schiller dicht –
das is a lyrischer Reporter, der zu den Logen spricht!
Das is von ka Klassiehker – das is von kein Genie –
Und 's klingt doch, halten zu Gnaden, so voller Poesie –!

Und es schreiben Edschmid und Otto Ernst
(in jeder Beziehung Schmidt) –
Paß auf, mein Lieber, daß du was lernst,
und geh mit den Strömungen mit!
Auch du mußt dichten mehr als genug.
Üb dich beizeiten, mein Sohn!

Es kommt die Stunde, da schreibst du im Druck
deine Steuerdeklaration.
Verschieb, solang du schieben kannst,
gib nur ein Viertel an.
Dicht in Finanz
wie Müllers Hans –
und lächelnd summst du dann:
«Das hat kein Goethe g'schriebn – das hat ka Schiller dicht –
Das is a armer Preuße, der zum Finanzamt spricht.
Das is von ka Klassiehker – das is von an Genie!
Drum klingts auch – halten zu Gnaden – so voller Poesie –!»

DER LÖW' IST LOS –!

Am sechsten Juli dieses Jahres beschloß der Löwe Franz Wüstenkönig aus dem großen Raubtierhaus des berliner Zoologischen Gartens, fürder nicht mehr mitzumachen. Er brach aus.

Das machte er so, daß er, gelegentlich der Reinigung seines Käfigs durch den Oberwärter Pfleiderer in den Nebenkäfig gescheucht, das Schließen der Verbindungstür durch Dazwischenklemmen seines Schweifendes geschickt verhinderte, die Reinigung abwartete, sich dann mit Gebrüll Nr. 3 auf den ahnungslosen Pfleiderer stürzte, diesen über den Haufen rannte und durch die offenstehende Käfigtür das Weite suchte und fand.

Der Löw' ist los –!

Dieser Schreckensruf verbreitete sich, einem Lauffeuer gleich, in den Wandelgängen unseres geliebten Zoologischen Gartens. Die Aufregung der Besucher war unbeschreiblich. Viele ließen in der Eile ihr Bier stehen, ohne zu zahlen – und noch lange nach diesen Ereignissen sah man an den Restaurants des Zoo die Kette der ehrlichen Berliner anstehen, die ihre schuldige Zeche begleichen wollten. Kinderwagen fielen um und ergossen ihren schreienden Inhalt auf die Wege, ältere Damen, die sonst nur mühsam einherschlurchten, liefen plötzlich, daß es eine Freude war – die Lästerallee war wie leergefegt, und nur ängstliche Kellner saßen hoch oben in den Zweigen der Bäume, und ihre schwarzen Fräcke hingen hernieder wie die Schwänze fremdartiger Zaubervögel. Der Löw' ist los –!

Hastig stürzten die aufgeschreckten Menschen auf die Straßen und ohrenbetäubend verkündete auch dort ihr Geschrei: «Der Löw' ist los! Und seinen Apostroph hat er auch mitgenommen –!»

Die Wirkung war furchtbar.

Wüstenkönig war noch damit beschäftigt, gedankenvoll und langsam in der leeren Waldschänke die dort aufgehängten kleinen Würstchen zu verzehren — da standen draußen schon ganze Straßenzüge auf dem Kopf. Die gewöhnlichen Leute stürzten, haste was kannste, über Rinnsteine, Hunde, Babys, Aktentaschen, und dicke Damen, die nicht weiter konnten. Die minder gut gestellten Schichten der Bevölkerung machten sich die Situation rasch zunutze — sie kauften die an die Bordschwellen gespülten Strandgüter der Fliehenden à la baisse und eröffneten damit an den Ecken einen schwunghaften Handel. Die oberen Schichten hingegen bewahrten auch hier ihre überlegene Ruhe, sobald sie erst einmal im Auto saßen — umsichtig und ernst sorgten sie dafür, daß sich keiner an die Wagen hängte. Die Droschkenkutscher schlugen augenblicks um das Achtzehnfache auf — zum ersten Mal in Berlin, ohne den Polizeipräsidenten um Erlaubnis zu fragen. Es war ein Höllenlärm. In der Mitte stand, starr und stolz, ein Polizeiwachtmeister, turnte ägyptisch und regelte den Verkehr, und der Verkehr blieb stehen und sah zu, wie er geregelt wurde, und war sehr stolz. Es ging zu wie in einer getauften Judenschule.

Der Löwe Wüstenkönig war inzwischen mit den Würstchen fertig geworden. Er brüllte nach dem Kellner — keiner kam. Unwillig mit dem Schweif den kleinen Alltagsreif schlagend, begab sich Wüstenkönig ins Freie. Das majestätische Tier schritt würdevoll dem Ausgang nach dem Kurfürstendamm zu.

Berlin war aufgestört wie ein Ameisenhaufen. Alle Telefone klingelten mit einem Male schrill auf — aber es meldeten sich nur die falschen Verbindungen. Die einzigen, die den Kopf nicht verloren, waren die Damen vom Amt, sie verrichteten kaltblütig ihren Dienst in gewohnter Weise weiter, und so bekam niemand Anschluß. In den Redaktionen der großen Zeitungen drängten sich die Reporter. «Wie soll das jetzt noch in die Abendausgabe?» jammerte Redakteur Ausgerechnet. «Konnte dieser verdammte Löwe nicht eine halbe Stunde früher ausbrechen?» — «Dann machen wir eben eine Extraausgabe!» sagte der Verleger Mülvoß. Und: «Extraausgabe! Extraausgabe!» hallte es durch das Haus. Und die Setzer klapperten mit den Winkelhaken, und die schweren Rotationspressen setzten sich rasch in Bewegung . . .

Die Börse nahm die Nachricht vom Ausbruch des Löwen verhältnismäßig gefaßt auf. (Haben Sie schon mal eine Nachricht gesehen, die die Börse nicht gefaßt aufgenommen hätte?) Montanwerte fester, Gerste leicht angezogen, Brauereien flau, Jakob Goldschmidt immer oben auf, Herbert Guttmann repartiert, Häute fest.

Im Reichswehrministerium tagte gerade eine Unterkommission des Untersuchungsausschusses zur Nachprüfung seiner eignen Unentbehrlichkeit, als die Schreckensnachricht eintraf. Das Frühstück, Verzeihung, die Sitzung, wurde sofort abgebrochen. Zwei Generalstabsoffiziere ar-

Slevogt, Zille, Wassermann –
Du bist dran!

Der § 184 des Strafgesetzbuches ist einer von denen, deren Auslegung von dem jeweiligen Stand der öffentlichen kulturellen Meinung des deutschen Volkes abhängig sein sollte. Denn in der Tat klafft heute zwischen der Gerichtspraxis und dem Volksempfinden weiter Kreise ein solcher Widerspruch, daß man diese Art Rechtsprechung wohl als ganz verstaubt und unpopulär bezeichnen darf. Das Vermögen, ein unsauberes Groschenheft und ein Kunstwerk auseinanderzuhalten, ist nicht jedem gegeben – aber dazu hat der liebe Gott die Sachverständigen erfunden, daß man sie benütze. Unsre Staatsanwälte tuns nicht. Ich habe selbst einmal als Sachverständiger einer Gerichtsverhandlung beigewohnt, wo der Vorsitzende erklärte, die Sachverständigen könnten ihm viel erzählen, er brauche sie gar nicht, sondern das Gericht werde sich über die Unzüchtigkeit der vorliegenden Mappe schon selbst sein Urteil bilden. Es war auch danach.

Um zu entscheiden, ob ein Kunstwerk unzüchtig ist oder nicht, darf man den Begriff der Unzüchtigkeit nicht wie die Vorsteherin jenes Jungfernstiftes formulieren: «Alles, was unter der Tischplatte ist, ist unanständig.» So liegts nicht.

Augenblicklich geht der Staatsanwalt wieder einmal heftig um. Die letzten Konfiskationen, über die die Verleger und die Sortimenter gleichmäßig zu klagen haben, rühren zum großen Teil von dem berliner Staatsanwalt Orthmann her, der sich in Beschlagnahmungen gar nicht genugtun kann. Nun liegt die Ungerechtigkeit einer solchen Beschlagnahme darin, daß sie vor dem Spruch des ordentlichen Gerichts erfolgt, und daß selbst eine spätere Freigabe die große geschäftliche Schädigung nicht mehr wettmachen kann. Ein solcher Feldzug gegen die Kunst ist aber unmöglich. Wenn der Staatsanwalt für Kunst und Künstler so wenig Verständnis hat, muß man ihm solche Verfahren abnehmen. Er hat soeben beschlagnahmen lassen:

bei Paul Steegemann in Hannover:

Paul Verlaine: ‹*Frauen*›, übersetzt von Curt Moreck,

Paul Verlaine: ‹*Hommes*›, französisch und deutsch;

bei Fritz Gurlitt in Berlin:

Friedrich von Schiller: ‹*Der Venuswagen*›, mit Lithographien von Lovis Corinth,

Huysmans: ‹*Gilles de Rais*›, mit Lithographien von Willi Geiger,

Heinrich Zille: ‹*Zwanglose Geschichten*›, mit Lithographien von Heinrich Zille,

Alfred Richard Meyer: ‹*Das Aldegrevermädchen*›, mit Lithographien von Georg Walter Rößner,

Paul de Kock: ‹*Der Mond im Kastanienwäldchen*›, mit Lithographien von Franz Christophe,

Gottfried August Bürger: ‹*Die Königin von Golkonde*›, mit Lithographien von Lovis Corinth,

Das indische Fabelbuch ‹*Pantschatantra*›, mit Lithographien von Richard Janthur.

Das ist Zensur. Nun will ich mir aber nicht von Herrn Staatsanwalt Orthmann vorschreiben lassen, was ich lesen darf, und wenn das so weiter geht, dann haben wir in vier Wochen eine obrigkeitliche Bevormundung, die sich in gar nichts von Metternichs Zensur unterscheiden wird. Daß Lovis Corinth Präsident der Sezession und Akademieprofessor ist, braucht der Staatsanwalt nicht zu wissen; daß Georg Walter Rößner Lehrer an der staatlichen Kunstschule in Berlin ist, auch nicht. Aber er mag zur Kenntnis nehmen, daß die deutschen Schriftsteller, die deutschen Maler und die deutschen Verleger nicht gesonnen sind, sich den Bütteleingriff eines Mannes gefallen zu lassen, der außerstande ist, einen Nackttanz in der Motz-Straße von einer Radierung Corinths zu unterscheiden.

Der dumpfe Ärger juristischer Spießer gegen alles, was in der Kunst frische Luft heißt, hat sich zu Hause auszutoben. Gestern George Grosz und heute Slevogt und Schiller, und morgen wahrscheinlich Goethe und Jakob Wassermann ... In welcher Zeit leben wir?

Wir leben in einer Zeit, wo dem stramm emporgereckten Philister erlaubt ist, einer Nation Kandare anzulegen. Wehrt euch!

DAS NEUE LIED

Wir sind kein liedersingendes Volk, und aus dem schauerlichen Gemisch von gestorbenen Wandervogelliedern und künstlich gemachten Operettenschlagern ragt nichts hervor, was dieses Volkes Seele erfüllte. Wenn dem Deutschen so recht wohl ums Herz ist, dann singt er nicht. Dann spielt er Skat.

Eine ganze Industrie befaßt sich mit der Herstellung von Amüsierungs-Erzeugnissen – aber wie tot ist das alles!

Die Technik: Der Schlager baut sich auf dem Refrain auf und der wieder auf einer allgemein gültigen, an sich farblosen, zugkräftigen Redewendung, die man nach allen Richtungen beliebig ‹drehen› kann. Sie kann berlinisch sein, was sich so der Zeitungsleser unter berlinisch vorstellt – sie muß sexuell verwendbar sein, aber ja nicht erotisch. Operettenlieder und Couplets sind durchtränkt von einem unheilbaren Optimismus: in dieser Welt gibt es keine Brotmarken, und wenn es sie gibt, sind sie Anlaß zu einem Wortspiel. Verstaubt Technik und Musik: an der entscheidenden Stelle die Poängte, an der entscheidenden Stelle eine glatt auflaufende berliner Redensart, eine Zote, ein Wortspiel, eine politische Anspielung ... Bitte sehr, bitte gleich!

Erstorben das Lebensgefühl dieser Dinge. Das ist alles nicht mehr wahr: der heillose Optimismus nicht und nicht das Pathos und der ethische Baß. Berlin ist anders, Deutschland ist anders, die Welt ist anders.

Wir haben, instinktiv und ohne nachzudenken, immer auf dem Kausalnexus und irgendeinem Ethos basiert. Vielleicht ist das gar nicht richtig. Vielleicht ist die Tatsache der Wertung eine überlebte und nicht mehr geltende Angelegenheit. Vielleicht gibt es doch noch außerhalb der Faktoren der materialistischen Geschichtsauffassung Dinge, von denen sich unsre Erziehung nichts träumen ließ.

Dada? Ja, wenn aus diesem Gemisch von Bluff, Schwäche, intellektueller Einsicht und Gefühl etwa herausspränge: Die Welt läuft — lauft mit! Wenn herausspränge: Die Menschen müssen so sein, und nichts kann ihre Existenz beeinflussen. Wichtig sind nicht Einflüsse: wichtig sind Prädispositionen.

So feierlich muß ich mich auftun, um einen kleinen Gedichtband mit Couplets anzuzeigen: *‹Das politische Cabaret›* von Walter Mehring (bei Rudolf Kaemmerer in Dresden erschienen).

Zunächst ist hier technisch etwas vollkommen Neues. Da sind nicht mehr die langen Sätze, die mit der Kraft des Verstandes hergestellten Gedankengänge, vom Autor auf die vorher gebaute Pointe losgelassen — hier ist der sinnliche Eindruck in jeder Zeile neu und stark. Die Mache kommt zunächst gar nicht zum Bewußtsein.

Sie ist aber — ob aus dem Herzen, ob aus dem Hirn herrührend — ungeheuer raffiniert. So etwas von Rhythmus war überhaupt noch nicht da. Man kommt nicht zur Besinnung, und es reißt einen um:

Immer an der Wand lang. Immer an der Wand lang!
Einer taumelt, Einer baumelt.
Und der Schieber lacht sich krank.

Mehring begann mit diesen Couplets am Ende des Jahres 1918. Da ist noch stellenweise die alte Form, aber die schon in ganz neuer Färbung. Er machte damals schon zweierlei: einmal eine wilde Hatz von Eindrücken in freien Rhythmen, die ungefähr so wirken wie eine Wand von Plakaten, an der man schnell vorüberfährt:

Schon revoltieren
Die ersten Lebensmittel der Entente
Im Magen des Kapitalisten!
Berlin, Dein Tänzer ist der Tod —
Foxtrott und Jazz —
Die Republik amüsiert sich königlich —
Vergiß mein nicht zum ersten Mai
Als alle Knospen sprangen!

Oder er nimmt die alte Coupletform her mit dem richtigen

Refrain, ordnet sich ihr scheinbar unter und wirft sie in Wirklichkeit über den Haufen. Der Refrain: eingehämmert.

Herr Doktor, da is was von Noske drin,
Und was vom Lieben.

Dann aber entsprang aus diesem jungen Menschen das neue Couplet. Er beherrscht alle berliner Dialekte: den des Luden, der Hure, des Schiebers, des zivilisierten Konfektionärs, des Droschkenkutschers und am meisten den Dialekt der Zeitungsleser, den die gar nicht als Dialekt spüren, und von dem sie glauben, das eben sei ihr geliebtes Deutsch. Die Folge dieser verblüffenden Kenntnis ist, daß Walter Mehring Lieder geschrieben hat, die unheimlich echt sind.

Teure Heimat, Jott befohl'n.
Doch bei dir is nischt zu holen.
Denn du bist
Ausjemist
Bis uffs Hemd!
　　Und 'ck find' mir wo 'ne Zille.
　　Jondle los.
　　Pacht mir drüben 'ne Destille,
　　In Los Angelos.

Und:

Da drinnen, i Gott bewahre,
Da gibts keine Gitarre!
Da gehts schwapp, schwapp,
Ach lecke, lecke ab!

Wo ist der Unterschied? Die ersten Verse stammen aus dem umreißenden *‹Lied des Auswanderers›* von Mehring («Reisen, Mensch! is zu fein! Ohne Zaster uff'm Pflaster, Mit der Schneppe mang die Steppe, Ohne Schein»), das zweite aus den von Hans Ostwald gesammelten erotischen Volksliedern (ein vergriffener Anhang zu seinen sehr instruktiven *‹Liedern aus dem Rinnstein›* bei Rösl & Co. in München). Die Lieder sind so echt, daß ich mir wohl denken kann, wie die Ostjuden der Grenadierstraße den Sang von der jüdischen Schweiz, so wie er bei Mehring im Buch steht, singen:

　　As de Levone
　　De treifne Melone
　　Schaint in de jiddische Schweiz!

Er scheut vor gar nichts zurück. Ich möchte einmal von ihm erotische Couplets hören.

Die Papas sind unverkennbar: amerikanische Affichen und die Franzosen der Montmartre-Cabarets. Aber das legitime Kind ist ein ganzer Kerl.

Ein ganzer? Ich sehe Berlin etwas anders. Noch kann ich es nicht so hartmäulig finden. Stell dich auf den Lehrter Stadtbahnhof und sieh die Züge nach Hamburg abfahren, die Lichter blinken, die Lokomotiven schnaufen, und über die Brücken trollt Berlin. Das faßt Mehring ausgezeichnet und so wie kein andrer. Aber er sieht nicht, wie vorn im ersten Vierterklassewagen ein älterer Mann mit Brille und einem Vogelbauer sitzt, das er in Tücher gehüllt hat. Darinnen hockt ängstlich auf seiner Stange ein kleines Tier mit erschrockenen glänzenden Augen. Und von Zeit zu Zeit sagt der Mann: «Na laß man, Mulle! Wir fahn jleich ab!» Das sieht er nicht. Und ich glaube, daß dieser Schuß Idylle der Stadt auch eine Farbe gibt (man kann darüber spotten, aber sie ist doch da). Mehring ist der erste Flieger über Berlin: unter seinen Augen rückt das alles zusammen: Straßenlinien, Stadtbahnzüge, Plätze und grüne Alleen — das Bild wird übersichtlich, deutlich und klar. Aber Einzelheiten kann man von da oben nicht mehr so erkennen.

Er sieht Berlin zum ersten Mal so, wie die Welt bisher Paris gesehen hat. Er hat ein neues Lebensgefühl, einen neuen Rhythmus, eine neue Technik.

Was ein Publikum, das von Kalisch bis Julius Freund mit gereimter Mathematik des Humors erzogen worden ist, dazu sagt, will nicht viel heißen. Augenblicklich steht es so, daß die Leute durch so ein Couplet zunächst umgeworfen werden (vor allem dank der Musik Friedrich Hollaenders), und wenn sie sich von dem unerhörten Schmiß und der Rage wieder erholt haben, fangen sie an, nachzudenken, langsam zu verstehen ... und dann lehnen sie natürlich eine Lebensauffassung ab, die die ihrige nicht einmal tadelt, sondern einfach verlacht. Und doch zutiefst begriffen hat.

Mehring hat es nicht leicht. Ein ihm adäquates Cabaret gibt es nicht. Die besten impressionistischen Künstler bringen Mehrings Lieder schließlich immer nur auf ihre Weise, und außer Gussy Holl wüßte ich niemand, der diese leicht in Fäulnis geratenen Verse ganz zu singen versteht.

Die virtuose Beherrschung einer neuen Form — das ist noch gar nichts. Wenn wirklich neue Philosophie, Ablehnung aller Metaphysik, schärfste und rüdeste Weltbejahung einen Straßensänger gefunden haben, der das alles in den Fingerspitzen hat: Leierkastenmusik, die Puppe auf dem Sofa des Strichmädchens, die eingesperrten Kinder, deren Mutter uff Arbeet jeht, Männer vom Hausvogteiplatz, für die die Welt keine Rätsel mehr birgt, brave Abonnenten, denen das Insertionsorgan Kindtaufe, Hochzeit und Sonnenaufgang vorschreibt — wenn die neue Zeit einen neuen Dichter hervorgebracht hat: hier ist er.

DER HOSENSCHNÜFFLER

In einem Stück von Sudermann
fällt baß ein Herr in Liebesbann.
Das kann vorkommen.

Der Schauspieler als alter Rasch-
hoff faßt sich in die Hosentasch.
Das kann auch vorkommen.

So hätten wir den brünstigen Vater
als Taschenspieler im Theater ...
Das darf nicht vorkommen!

Herr Brunner, der dergleichen sah,
war eines Tages plötzlich da.

Er staunte murrend: Was is diss?
Und nahm ein Happen Ärgernis.

Und es erregten ihre Geister
mit ihm zwei Kriminalwachtmeister.
Das kann vorkommen.

Man schleppt die Hose vors Gericht:
Ist dies nun Unzucht oder nicht?

Der Richter sah recht tief hinein
und sagt zu Brunnern: «Leider nein!»

So sprach man jenen Mimen frei.
Der lachte froh und rief: «Ei, ei!»

O Brunner! Stecke deine Nose
nicht in des Künstlers Lodenhose!

O Brunnner! daß es stets so bliebe:
Kurz ist die Kunst –
und ewig lang die Liebe!

EIN NEUER ZEICHNER

Eines Tages zeigte mir der ungarische Zeichner Boris Erotica. Über die Ausgeschöpftheit dieser Gattung brauche ich hier nichts zu sagen: Boris aber hatte neuen Wein in alte Schläuche gegossen. Die Blätter waren frech, amüsant, idyllisch, feixend, alle Schattierungen waren abgewandelt, und es gab keine Situation der erotischen Ringkämpfe, die der junge Herr nicht ebenso frech wie überlegen abkonterfeit hätte. Er läßt jetzt bei Friedrich Dehne in Leipzig drei Mappen Radierungen erscheinen: *‹Erste Liebe›*, *‹Das Geld›*, *‹Das Theater›*. Die hingehauchten und in der Bewegung famos erfaßten Radierungen sind eine wahre Freude.

Dies ist meine Einleitung zu der Mappe: *‹Das Theater›*

Die Illusion ‹Theater› ist in Deutschland so ziemlich dahin; aber es ist ja ganz gleichgültig, wie man das nennt: Kino; oder Varieté; oder Ballett; oder Modeballett – das da, das andre. Denn diese Welt ist anders – anders, trotz aller Bestrebungen wackrer Organisationen, die Mimen in beamtete Menschendarsteller zu verwandeln, anders als die bürgerliche, leichter, so leicht wie ein Whiskyrausch. Beschwingt, hemmungsloser, ohne Schwergewicht ist das alles. Obgleich wir doch wissen, daß es Gagen gibt, Liebhaber, ausgehaltene Direktoren – grade deshalb ist es so ohne Gravitation.

Man muß diese Welt begriffen haben, um sie zeichnen zu können. Boris hat sie begriffen. Er glaubt an sie und glaubt doch nicht daran – er hat sie durchschaut und liebt sie doch – höchstes Geheimnis bissiger Satiriker, pathetischer Witzemacher, lächelnder Desillusionierer. Ein Blick – und die Puppen stehen im Hemde.

Man kann das Wesen und das Problem der Schauspielerin, die Heinrich Mann in allen ihren Verkleidungen immer gereizt hat, nicht kondensierter und schlagender darstellen als hier. Sie: nackt. Und auf sie gezückt, auf sie durchbohrend, die Armee der – sagen wir: Operngläser, der verlängerten, gestielten Augen der Männer. Und sie: nackt.

Der fette Kloß, der da hinter dem Schreibtisch sitzt, beherrscht und herrschend, satt und doch ewig gierig: welch ein Bild!

Die schwebende Fettigkeit, der Busen, der sich schminkt – denn dieses Weib ist durchaus und nur Busen –, die Kleine, die die davonrauschende Große fassungslos beneidet: das ist neuartig und doch ewig alt. Mit welcher Keckheit ist es gesehen, hingesetzt und komponiert! Seht selbst!

Eine Figur des Herrn Boris liegt im Bett und ist mit sich beschäftigt – phallusgekrönt ist das Bett, phallusgekrönt das Mädchen.

Der Parkettbesucher (mein Lieber, zur Menge gehört immer einer mehr, als jeder glaubt!) guckt so begeistert-eifrig der Ballettmaus unter die Röcke, daß ich den sehen möchte, der da nicht lacht – so hingegeben ist er, der gute Kerl. Und müde, ausgepreßt wie eine Apfelsine, berauscht und ganz unglücklich sitzt jener neben jener – der Durstige neben dem Quell, der Jüngling neben dem Mädchen, die er nicht bezahlen kann, und die er doch so liebt.

Für mich das Glanzstück dieser Sammlung aber ist das Blatt, auf dem eine alte Frau der Jugend mit dem runden Popo nachsinnt. Sie ist alt und ausgemergelt und durchaus von vorgestern. Was vorgestern war – wer weiß es? Die sind tot, die es wissen, oder verkommen, oder sie haben vergessen. Und jetzt ist die dran, die andre. Jetzt ist sie oben, und die Alte sitzt unten. Und stumpfsinnig, den Unterkiefer tierisch vorgeschoben, kauert sie da und weiß: Es ist aus.

Der diese Blätter gesehen und gemacht hat, ist ein junger Mensch, und es ist eigentümlich, woher in einem jungen Kopf so viel Resignation und Lebenserfahrung und Hohn und blanker Spott gekommen sind. Mag manches von den Franzosen – besonders im Strich – übernommen sein: das ist immer noch besser als ein Narr auf eigne Hand.

Die Zeit der ‹Valeurs› ist vorbei – und die Zeit, wo jeder Linoleumschnitt als Offenbarung primitiver Negerkunst galt, wird ja wohl, wenn alle Anzeichen richtig sind, auch bald passé sein. Dies bleibt. Denn beim jungen Herrn Boris ist mehr als Valeur und Primitivitätsspielerei.

Die Zeichnungen werden nicht veralten, weil Luft um die Menschen weht, einmal erkanntes und dann verneintes Menschentum und eine gefrorene Herzenskälte, die man wohl akquiriert haben muß, um dieser lieblichen Zeit so beizukommen, wie sies verdient.

Nun blättert in dem Album *‹Das Theater›*.

MARKE: ESSIG

Dem Chef der Heeresleitung

Was des Nachts in Nepplokalen
dir die Kellner leis empfahlen –
    was dir scheußlich süßlich schmeckt:
das ist – Mumm ist allzu teuer –
das ist mit der Stempelsteuer
    deutscher Sekt, deutscher Sekt.

Was aus Scham vorm Etikette
in die weißliche Serviette
scheu der Oberkellner steckt –
das ist – weiß man denn, was drin is? –
Leibgetränk vom Hause Stinnes:
deutscher Sekt, deutscher Sekt.

Eisgekühlt und innen hitzig.
Falsche Kohlensäure. Spritzig.
Hinterhältig. Aufgeregt.
Das ist nicht nur ein Getränke.
Das ist in der Reichswehrschänke
deutscher Seeckt. Deutscher Seeckt.

SORRENT

Wie die Tage so golden verfliegen,
wie die Nacht sich so selig verträumt –
wenn am Abend bechiffonte Ziegen
vor der Theke sich wogen und wiegen –
wo der Sekt Gottbehüte noch schäumt ...
Wo im Schleier – ich danke, Herr Franke –
junge Nutten den Beifox vollziehn ...
O du schimmernde Blüte der Panke!
Sei gegrüßt, du mein schönes Berlin –!

Und die Nacht, wenn bei Rotters sie toben,
dem Claqueure der Handschuh zerplatzt –
wenn Annoncen, so bilderdurchwoben,
ihre Herren preisen und loben –
wenn die Loge futtert und schmatzt ...
«Wat is denn det hier forn Jestanke?
Wer eßt hier Käse? Ham Sien?» ...
O du schimmernde Blüte der Panke!
Sei gegrüßt, du mein schönes Berlin –!

Wo mit müde verzogenen Lippen
junger Gent kalten Schleichhändler frißt –
wo Chauffeure die schweinernen Rippen
in die fettige Brihsuppe stippen –
wo der Fahrgast die Taxe vergißt ...
Da begrabt mich mit Efeugeranke,
mit Ranunkeln und weißem Jasmin – –

Hier leben? Mensch, welch Gedanke!
O du schimmernde Blüte der Panke!
Sei gegrüßt, du mein schönes Berlin —!

DIE TÜR

Mein Postamt hat zwei Türen, zwei kleine, braune Türen. Wenn du eine Weile vor diesem Postamt stehst, so siehst du folgendes: Viele Leute gehen auf die linke Tür zu, rütteln an ihr, geben sie mißmutig auf und schlurchen durch die andere. Eine ist immer zu.

Warum?

Weil, spricht der Weise, der Beamte, der morgens die Türen aufschließen darf, wenigstens einmal in seinem Leben ‹regieren› muß. Weil er dem Publikum seinen Willen aufzwingen muß. Weil das Amt zeigen muß, daß es auch noch auf der Welt ist. Weil das Postamt nicht dazu da ist, damit wir unsere Briefe und Postanweisungen aufgeben, sondern damit die Beamten regieren können. So hat es den Anschein.

Nun geh einmal zu dem höchst entgegenkommenden Geheimrat in der Leipziger Straße und sage ihm das. Er wird freundlich lächeln, dir eine Zigarre anbieten — doch! manchmal tun Geheimräte das! — und wird dir lächelnd auseinandersetzen, daß das mit der Tür doch nur eine kleine Äußerlichkeit sei, nicht der Rede wert, aber wenn du wolltest, so würde er natürlich den Vorsteher anweisen ... Da lächelst du auch und sagst, das habest du natürlich gar nicht gewollt. Aber, sagst du, eine Äußerlichkeit sei es gerade nicht. Und weil dich der freundliche Geheimrat so fragend ansieht, da stehst du auf und sagst ihm etwa dieses:

«Herr Geheimrat! Ihre ganze Beamtenschaft ist zum großen Teil, soweit sie nicht durch diese böse Zeit korrumpiert ist, von erstaunlichem Pflichtbewußtsein und tut ihren schweren Dienst bei ziemlich kümmerlicher Bezahlung. Aber, Herr Geheimrat, sie ist falsch erzogen. Sie ist preußisch erzogen. Gehen Sie einmal, ohne sich zu legitimieren, in ein Anmeldebüro der Polizei, gehen Sie auf Ihre Postämter, gehen Sie in die staatlichen Dienststellen — bei kommunalen ists manchmal etwas besser — und hören und staunen Sie, wie Deutsche von Deutschen behandelt werden. Wie der Beamte in fast allen Fällen nur ‹regiert›, was so viel bedeutet wie ‹Schwierigkeiten machen› — wie er in fast allen Fällen die kümmerlichen Interessen seines kleinen Ressorts viel höher wertet als das, was die Leute von ihm wollen, als das, wozu er eigentlich da ist. Er muß regieren. Er muß, auch wenn er genau weiß, wie zu helfen ist, Leute erst nach Hause schicken, er muß die Dienstvorschriften so genau auslegen, daß kein Haar ungekrümmt bleibt – er muß – schließlich – die zweite Tür zuriegeln, eben – nun, weil er doch etwas zu sagen hat und das den Leuten zeigen muß. Verstehen Sie das, Herr Geheimrat?»

Und der Geheimrat lächelt und sagt etwas von Übereifer der unteren Beamten und räuspert sich, allwas bedeuten soll, daß du nun gehen darfst, und du verabschiedest dich. Und willst zur Tür hinaus. Und da sagt der Geheimrat: «Nicht zu dieser, Herr Wrobel! Diese Tür dürfen nur Beamte benutzen!»

Moral: Solange Preußen sich einbildet, seine Laster wären seine Tugenden, so lange wird es wohl auf der Welt nicht recht mitspielen können.

WOHLANSTÄNDIGE WOHLTÄTIGKEIT

Ihr kennt alle den deutschen Sammelunfug. Wofür wird gesammelt? Für die Erhaltung des Deutschtums in Nieder-Honolulu; für ein Bismarck-Wöchnerinnenheim an der Oberspree; für die vertriebenen Mitglieder des Kegelklubs Ludendorff in der Oberlausitz; für weiß der Teufel was. Und viele geben. Was geschieht mit dem Geld?

Vor dem Kriege lebte in Paris ein Fräulein Hedwig Bürke als wissenschaftliche Hilfsarbeiterin. Sie hatte es nicht leicht, sich durchs Leben zu schlagen. In Paris lernte sie eine Größe bei einem deutschen Hilfsverein kennen, eine Frau K. Diesem Inbegriff aller germanischen Tugenden gab Fräulein Bürke aus der Gefangenschaft einen Brief nach Deutschland mit, als Frau K. Frankreich verlassen konnte. Die K. beging hier eine strafbare Handlung: sie öffnete den Brief. Der Brief war an den katholischen Seelsorger von Fräulein Bürke gerichtet; er enthielt, was die K. erwartet hatte, einige unfreundliche Äußerungen über die Tätigkeit des deutschen Hilfsvereins. Der Hilfsverein in Paris arbeitete so, wie die ‹bessern› Auslandsdeutschen gemeinhin arbeiten, wenn sie sich in Rudeln vereinigen – unter Anwendung aller deutschen Untugenden, als da sind: kriechen nach oben; treten nach unten. Fräulein Bürke kehrte im Dezember 1915 nach Deutschland zurück.

Die K. war inzwischen tätig gewesen. Sie hatte hier in Berlin sämtliche in Betracht kommenden Stellen gegen Fräulein Bürke mobil gemacht. Erfolg: die Gesuche des Fräulein Bürke wurden überall abgeschlagen. Insbesondere ihr immer wiederholtes Gesuch um Beschaffung einer Schreibmaschine, damit sie wieder arbeiten könne. Aber wozu Details ...

Der Fall ist kein Einzelfall. Ich habe mit Fräulein Bürke lange und oft verhandelt, ich habe ihre Arbeiten über das Wirken dieser Fürsorgestellen gelesen, und ich habe gelesen, was Schwester Henriette de Matringe-Arendt über diesen Skandal geschrieben hat. Mein Eindruck ist der: In den kommunalen Fürsorgestellen wird schematisch, also herzlos gearbeitet. Bei den privaten Fürsorgestellen glaube ich eine deutliche menschliche und politische Tendenz zu erkennen. Insbesondere sind noch aus dem Kriege her manche Stellen des Roten Kreuzes mit ungeeigneten Personen besetzt. Darunter befinden sich adlige Damen, deren schrankenloser Egoismus nur durch ihre Hochnäsigkeit übertroffen wird. Verhalten, Ton und Manieren der Fürsorgedamen, des untersuchenden Arztes: unsachlich, hart, undiszipliniert. Menschliche Tendenz: Kriecher werden bevorzugt. Politische Tendenz: Monarchisten und Bigotte werden bevorzugt. (Gespräch in einer Fürsorgestelle: «Herr Dryander ...» – «Bitte: Herr Geheimer Konsistorialrat Dryander.») Das hält zusammen wie die Kletten, betrachtet vertriebene Auslandsdeutsche und Hilfesuchende als unangenehme Eindringlinge und bildet sich ein, die Unterstützungsmittel flössen als Gnade aus eigner Machtvollkommenheit in die Taschen von Lumpenproletariern. Das nationale Solidaritätsgefühl, von dem diese Kreise sonst überquellen, wenn es gilt, andre Menschen in den Tod zu schicken, ist ausgelöscht.

«Vertraulich. Armendirektion. Abteilung für Flüchtlingsfürsorge. Geschäftsnummer B. 142 A. Fl. An die Volksspende für die vertriebenen Auslandsdeutschen, Berlin W. 62, Kleist-Straße 43.

Anliegend übersenden wir die beiden uns Zuständigkeits halber überwiesenen Befürwortungsgesuche für Fräulein Bürke, ergebenst wieder zurück. Wir bemerken, daß wir Fräulein Bürke eine laufende Unterstützung von 60 Mark gewähren, aber nicht gewillt sind, ihr zur Anschaffung einer Schreibmaschine etwas zu geben. Wegen dieser Schreibmaschine wendet sich Fräulein Bürke schon seit zwei Jahren oder auch schon länger an alle möglichen Stellen und Persönlichkeiten. Fräulein Bürke gehört überhaupt in die Klasse der hysterischen Querulanten. Unsre Akten sind voll von Gesuchen an die verschiedensten Herren Reichskanzler, den Prinzen Max von Baden, Herrn Kommerzienrat Manasse, Herrn Bürgermeister Reicke undsoweiter. Sie befindet sich, wie unsre Prüfungen ergeben, jetzt wohl zweifellos in bedürftigen Verhältnissen. In der deutschen Kolonie in Paris hat sie sich aber, wie wir von verschiedenen Seiten zuverlässig gehört haben, eines recht schlechten Rufes erfreut ... Die Anschaffung einer Schreibmaschine halten wir aber, noch dazu bei den heutigen hohen Preisen für durchaus unangebracht, da Fräulein Bürke unsrer Ansicht nach gar nicht in der Lage sein kann, sie nutzbringend zu verwenden. Sie kann, zum Beispiel, eine Hand wegen rheumatischer Schmerzen kaum gebrauchen, so daß sie jedenfalls frühere mit Schreibmaschine geschriebene Gesuche nur mit kleinen Anfangsbuchstaben schreiben konnte. Wir sind im übrigen der Ansicht, daß die Schreibmaschine zu einem erheblichen Teil wohl dazu benutzt werden würde, um neue Gesuche an alle möglichen Persönlichkeiten loszulassen.»

So viele Sätze, so viele Unrichtigkeiten. Fräulein Bürke hat nie an den Reichskanzler und nie an den Prinzen Max von Baden geschrieben. Fräulein Bürke hat sich nicht an Herrn Manasse gewandt. Der schlechte Ruf beruht auf einer Verleumdung und ist nicht bewiesen. Fräulein Bürke ist, wie ich selbst festgestellt habe, fähig, ordentliche Schreibmaschinenmanuskripte herzustellen. Die Vermutung, sie würde die gewährte Schreibmaschine nur zur Anfertigung neuer, also unbequemer Gesuche benutzen, ist eine unsachliche Unterstellung und eine Vermutung, nach der die Armendirektion niemand gefragt hat.

Querulantin? «Warum schreien Sie so? Sie liegen auf der Folter? Aber es ist gesellschaftlich nicht fein, so zu schreien!» Man stelle sich nur einmal vor, welche Nervenkraft, Selbstüberwindung und Geduld dazu gehört, sich von Stelle zu Stelle schicken zu lassen, immer wieder auf sachlich nicht begründete Ablehnung zu stoßen, herausgeworfen zu werden, man stelle sich nur vor, wie geknickt das bißchen Menschheitsstolz durch solche Besuche wird, und man denke daran, daß dieser Feldzug um das nackte Leben nicht von einem satten und ausgeruhten, sondern von einem zermürbten Menschen geführt werden muß. Querulantin?

Ich würde es bedauern, wenn nun etwa der Tschin in verbissener Rechthaberei auf seinem falschen Schein bestehen bliebe. Er hat sich geirrt, hat Unrecht getan und kann nichts Besseres und Schöneres tun, als es wieder gut zu machen.

Ihr aber, die ihr Wohltätigkeit unterstützt, seht danach, wer sie ausübt!

SILVESTER

Was fange ich Silvester an?
Geh ich in Frack und meinen kessen
blausanen Strümpfen zu dem Essen,
das Herr Generaldirektor gibt?
Wo man heut nur beim Tanzen schiebt?
    Die Hausfrau dehnt sich wild im Sessel –
    der Hausherr tut das sonst bei Dressel –,
    das junge Volk verdrückt sich bald.
    Der Sekt ist warm. Der Kaffee kalt –
                Prost Neujahr!
            Ach, ich armer Mann!
        Was fange ich Silvester an?

Wälz ich mich im Familienschoße?
Erst gibt es Hecht mit süßer Sauce,
dann gibts Gelee. Dann gibt es Krach.
Der greise Männe selbst wird schwach.
    Aufsteigen üble Knatschgerüche.
    Der Hans knutscht Minna in der Küche.
    Um zwölf steht Rührung auf der Uhr.
    Die Bowle –! (‹Leichter Mosel› nur –).
            Prost Neujahr!
          Ach, ich armer Mann!
        Was fange ich Silvester an?

Mach ich ins Amüsiervergnügen?
Drück ich mich in den Stadtbahnzügen?
Schrei ich in einer schwulen Bar:
«Huch, Schneeballblüte! Prost Neujahr –!»
    Geh ich zur Firma Sklarz Geschwister –
    (Nein, nein – ich bin ja kein Minister!)
    Bleigießen? Ists ein Fladen klein:
    Dies wird wohl Deutschlands Zukunft sein . . .
            Prost Neujahr!
          Helft mir armem Mann!
        Was fang ich bloß Silvester an –?

(Einladungen dankend verbeten.)

INHALT

INHALT

INHALT

KURT TUCHOLSKY

GESAMMELTE WERKE

IN 10 BÄNDEN

HERAUSGEGEBEN VON

MARY GEROLD-TUCHOLSKY

FRITZ J. RADDATZ

KURT TUCHOLSKY

GESAMMELTE WERKE

BAND 3

1921–1924

ROWOHLT

Umschlagentwurf Werner Rebhuhn

70.–119. Tausend April 1985

Veröffentlicht im Rowohlt Taschenbuch Verlag GmbH,
Reinbek bei Hamburg, September 1975

Gesamtherstellung Clausen & Bosse, Leck
Printed in Germany
ISBN 3 499 29003 0

1921

AN IHR

Auf deinen großen Füßen, Ernestine,
Führ ich dich auf den neuen Presseball.
Du trägst Chiffon. Und deine Fragemiene
Ist überall.

«Der Legationsrat?» – Ja, mein Kind, das ist er!
«Du, der da? mit dem goldenen Knopflochdings?
Und, Theo, wo – wo tanzt der Herr Minister?»
Von rechts nach links.

«Und, Theo, ist die Presse auch am Platze?»
Ja, Kind – der Handelsteil steht am Balkon.
Da die Kritik – und der da, mit der Glatze –
Das ist das Feuilleton!

«Und, Theo, kommt der Film auch in den Saal hin?
Auf Conny Veidt bin ich ganz scharf und toll!»
Pst! Nicht so laut! Da steht doch die Gemahlin:
Die Gussy Holl!

So muß ich dich belehren, liebste Perle.
Und voller Neugier siehst du manch Gesicht.
Ach, Ernestine – du liebst lauter fremde Kerle –
Nur Tigern nicht.

OTTO REUTTER

Ein schlecht rasierter Mann mit Stielaugen, der aussieht wie ein Droschkenkutscher, betritt in einem unmöglichen Frack und ausgelatschten Stiefeln das Podium. Er guckt dämlich ins Publikum und hebt ganz leise, so für sich hin, zu singen an.

Diese Leichtigkeit ist unbeschreiblich. Es ist gar nicht einmal alles so ungeheuer witzig, was er singt, das kann es wohl auch nicht, denn er singt da gerade das zweitausendvierhundertachtundzwanzigste Couplet seines Lebens, und so viele gute gibt es nicht: aber dieser Fettbauch hat eine Grazie, die immer wieder hinreißt.

Die Pointen fallen ganz leise, wie Schnee bei Windstille an einem stillen Winterabend. Von den politischen will ich gar nichts sagen. Der Mann hat im Kriege geradezu furchtbare Monstrositäten an Siegesgewißheit von sich gegeben – so die typische Bierbankseligkeit des Hurras, die zu gar nichts verpflichtete, bei der schon das Mitbrüllen genügte. Und wenn er heute politisch wird, dann sei Gott davor. Nicht, weil mir die Richtung nicht paßt – sondern weil die Texte verlogen sind.

Diese Pille vorweggenommen: Welch ein Künstler –! Alles geht aus dem leichtesten Handgelenk, er schwitzt nicht, er brüllt nicht, er haucht seine Pointen in die Luft, und alles liegt auf dem Bauch. Ein Refrain immer besser als der andre – wie muß dieses merkwürdige Gehirn arbeiten, daß es zu jeder lustigen Endzeile immer noch eine neue Situation erfindet. Und was für Situationen!

Ein Refrain hieß: «In fünfzig Jahren ist alles vorbei!» Heiliger Fontane, hättest du eine Freude gehabt! – Die Melodie blieb auf ‹vorbei› in der Terz hängen – erst das Klavier endete sie, und er stand da und machte ein dummes Gesicht. Und sah aus wie ein Kuhbauer und entzückte und charmierte durch seine Grazie. Wenn dich der Zahnarzt, sang er, an einem Zahn durchs Zimmer schleift, und es will gar nimmer enden – «dann mach dir nichts aus der Schweinerei, denn in fünfzig Jahren ist alles vorbei . . .!»

Und dann ein Lied, meisterhaft, in total besoffenem, von nichts ahnendem Tonfall gesungen: «Ick wunder mir über jahnischt mehr –!» Abends käme er nach Hause, sang er, und da –

> Da steht vor meine Kommode 'n Mann –
> Der sagt: «Sie! Fassen Se mal mit an!
> Alleene is mir det Ding zu schwer . . .»
> Ick wunder mir über jahnischt mehr –

Und dazu ein Mondgesicht, unbeteiligt, mild leuchtend durch die Wolken – was soll man dazu sagen?

Die Leute sagen auch gar nichts, sondern liegen unter dem Tisch, und wenn sie wieder hochkommen, dann verbeugt sich da oben ein dicker und bescheidener Mann, der gar nichts von sich hermacht, obgleich er ein so großer Künstler ist.

DAS BILDNIS

Dies ist die Geschichte vom *‹Bildnis›*, wie sie in dem Buche von Gogol mit Bildern von W. Masiutin (im Verlage von Julius Hoffmann zu Stuttgart) geschrieben steht:

Der junge Maler kauft bei einem Trödler ein merkwürdiges Bild – das Porträt eines seltsamen Kerls mit glostenden schwarzen Augen. Dem Künstler geht es miserablicht: aber nachts, als er schläft, steigt der seltsame Kerl aus seinem Bilderrahmen, tanzt im Zimmer umher, fletscht die Zähne – nur zwei zu Tode erschrockne Augen starren dich aus einer Bettdecke an – und hantiert mit Geldrollen. Rollen mit Dukaten . . . Und so große Angst der junge Maler hat: er greift nach einer und behält eine. Und erwacht. Ein Traum —? Sicherlich — denn die Rolle ist weg.

Am nächsten Tag wird er gepfändet — der Gerichtsvollzieher will auch jenes Bildnis fortnehmen, greift es zu hart an, der Rahmen zerbricht, und heraus fällt eine Rolle mit viel Geld: mit 1000 Dukaten. Und nun hat der Maler Geld.

Und Erfolg. Von Stund an Erfolg, wie es eben im Märchen ist. Aber was dann kommt, ist gar kein Märchen. Geld verdirbt. Und langsam, unheimlich langsam, kaufen sie dem erfolgreichen Künstler die Seele aus dem Leibe: er akkommodiert sich, macht Konzessionen, läßt Härten fort, richtet sich nach der Kundschaft — und geht den großen, breiten Weg zum Glück. Und er hat viel Geld.

Und ist sehr glücklich ...

Bis er eines Tages das Bild eines neuen Mannes sieht, der grade aufgetaucht ist. «Von seinen Augen fiel die Binde. O Gott! Wie hatte er nur die besten Jahre seiner Jugend so grausam zugrunde richten und den Funken des Feuers verlöschen lassen können, das vielleicht in seiner Brust gebrannt hatte, das sich vielleicht jetzt in Schönheit und Majestät entwickelt und ebenso Tränen der Bewunderung und des Dankes hervorgerufen hätte wie jenes Bild!» Und geht nach Hause und will dem Neuen, dem Echten da nacheifern. Und kann es nicht mehr. Es ist vorbei. Und dann sieht er das merkwürdige Bild mit den schwarzen Augen, das schuld ist an seinem unglücklichen Glück—und stürzt sich auf das Bild und zerreißt es — und kauft sich für sein Geld alle schönen Bilder, deren er habhaft werden kann, und zerstampft sie — kann er schon nichts mehr Gutes machen: die andern sollens auch nicht! Und wird wahnsinnig und stirbt.

Das steht, mit einer schwachen zweiten Partie, die ich hier nicht erzählt habe, in Gogols Novelle ‹*Das Bildnis*›. Es ist eine lehrreiche Novelle, und die feinen Bilder des russischen Graphikers zieren das schöne Buch. Es sind sehr gute Illustrationen, wundervoll durchzeichnet und schlagend scharf.

Und es gibt vielleicht einen oder den andern unter euch, der sich durch die Novelle getroffen fühlen dürfte. Dem sei sie recht herzlich empfohlen.

SCHICKSALSLIED

Bald fehlt uns der Wein —
Bald fehlt uns der Becher.
Hebbel

Gehst du abends spät nach Hause,
naßkalt, müde nach der Klause —
mußt du heimwärts hinken?

Dafür hast du keinen Faible,
und du lugst durch blauen Nebel,
    wo zwei Lichter blinken.
Und da ratterts. «Holla, Kutscher!» Der sieht gar nicht hin.
Kommt schon mal ne leere Droschke – dann sitzt einer drin!

Dieses scheint mir allegorisch.
Eine liebt ich dilatorisch.
    Wartete sechs Wochen.
Endlich kehrt sie heim zu Muttern.
Darf ich dich mit Liebe futtern?
    Hör mein Herzlein pochen!
Doch sie lächelt. «In acht Monden bin ich Wöchnerin!»
Kommt schon mal ne leere Droschke – dann sitzt einer drin!

Neuer Chef im Amt. Wie ist er?
Kabinettssturz. Die Minister
    gehen, kommen, wechseln.
Heut auf schwarz-weiß-roten Kissen,
morgen durch die Brust geschossen –
    Laß sie Noten drechseln!
Dies, mein Sohn, in einem Satze ist des Lebens Sinn:
Kommt schon mal ne leere Droschke – dann sitzt einer drin!

REISENDE, MEIDET BAYERN!

Die Verfassung sieht zwar die Deutsche Republik als ein einheitliches Gebiet an – aber die bayerische Polizei kümmert das einen Schmarrn. Sie verhängt über die Zureisenden Verordnungen und Strafen, schreibt den Reisenden eine Meldefrist vor, verlangt Einreisebewilligungen, die schwerer zu haben sind als ein Paß nach Nikaragua, und schikaniert Deutsche in der unerhörtesten Weise. Wer nicht einen nationalen Bierbauch bayerischer Provenienz hat, ist ein ‹Fremder›. Der münchner Polizeipräsident Poehner mißbraucht die bestehenden, zu Unrecht bestehenden Verordnungen zu politischen Schikanen – kurz: der nichtbayerische Reisende ist den Quälereien einer größenwahnsinnigen Partikularistenblase ausgesetzt. Dagegen gibt es eine Waffe.

Fahrt nicht nach Bayern –!

Ein nicht eben kleiner Teil, besonders des südlichen Bayern, lebt von den Fremden. Wenn nun auch die Besitzer der großen Hotels in Garmisch oder Tegernsee selbstverständlich dafür sorgen, daß – durch Schiebungen bei den Gemeindevorständen – die großen Zahler unbehelligt bleiben: es widerspricht den Begriffen von Anständigkeit, wenn diese lächerliche Kahr-Regierung ihre Verfügungen bis nach Berlin heraufsendet, Papiere und Formulare vorschreibt und die Reisenden wie Kontrollmädchen dauernd unter Aufsicht hält. Warum fahrt ihr hin? Um euch belästigen zu lassen?

Schon hat sich der münchner Fremdenverein gegen diesen Unfug gewandt. Wir Norddeutsche haben es in der Hand, die bayerische Regierung zu belehren, daß sie nicht in Ungarn wirtschaftet. Denn in diesem Punkt sind auch die Bauern empfindlich – wenn sie merken, daß es an den Geldbeutel geht, werden sie tücksch. Weshalb fahrt ihr noch nach Bayern?

Es gibt andre schöne Landstriche Deutschlands, deren Verwaltungen den Reisenden das Leben minder sauer machen. Es gibt in Schlesien, im Norden, im Westen genug landschaftliche Schönheiten. Von Österreich und Tirol zu schweigen, wo die Valuta für uns günstig ist. Bayern hat kein Monopol.

Niemand von uns hat den Bayern verargt, daß sie sich dagegen schützen, von norddeutschen Schiebern ausgekauft zu werden. Davon ist hier aber nicht die Rede. Was da unten verübt wird, ist klarer Preußenhaß der dümmsten und politische Eisenstirnigkeit der schlimmsten Sorte. Aber brauchen wir das Land –?

Fahrt nicht mehr nach Bayern, wenn man euch schikaniert! Boykottiert es. Und wenn ihr schon eine längere Reise macht, dann fahrt nach Italien. Der Stand der Münze ist dort nicht allzu hoch, die Reise ist nur ein wenig teurer, und die Menschen und ihre Beamten behandeln euch anständig und höflich. Und besser als der bayerische Bundesstaat.

Wollt ihr euer Geld Leuten in den Rachen werfen, die euch belästigen?

OFFIZIERSBÜCHER

‹*Das Gesicht der Etappe*› heißt das eine, von Victor Jungfer (Verlag von Fritz Würtz, Berlin-Riga-Leipzig). Es ist ein mattes und mildes Buch trotz aller Kritik, und es taugt auch nicht viel, und ich hätte es hier gar nicht angezeigt, wenn ich nicht dartun wollte, daß selbst den sanften und braven Menschen ganz leise und langsam Zweifel gekommen sind, ob während des Krieges alles so in Ordnung gewesen ist, wie die Ludendorff-Literatur uns das glauben machen will. Dieses Buch zeugt von jener deutschen Objektivität, die die Mißstände geißelt, ohne doch das Ganze zu verwerfen. Aber sogar diese Augenblicksschilderungen ergeben, wenngleich sehr verwaschen, in ziemlicher Echtheit das Bild der deutschen östlichen Etappe:

Eine im Wachdienst und in Abkommandierungen faul herumlungernde Truppe, mit der die Vorgesetzten nichts Rechtes anzufangen wissen: daher Stiefelappelle, Exerzieren und kleiner, dummer Dienstbetrieb; gelangweilte und gegen den Abend hin halb betrunkene Leutnants, die nachts bei der jüdischen oder lettischen Prostitution schlafen; verdummendes und verdummtes Kasinoleben, in dem die oberflächlichsten Phrasen über das Vaterland mit alten Wirtinnenversen wechseln; in jedem Offizierkorps einer, der den ganzen Kram nicht begreift, darüber nachdenkt und von seinen Kameraden nicht für voll genommen wird; schiebende Gefreite, schiebende Unteroffiziere und schiebende Feldwebel, von denen die Judenschaft der kleinen Orte mit Bewunderung noch etwas lernen kann; inspizierende Stabsoffiziere, die mehr Gehalt, mehr Rechte, mehr Vaterlandsliebe und mehr Alkohol in sich tragen als die gewöhnlichen Oberleutnants und Hauptleute; schiebende Offizierstellvertreter, schiebende Feldwebelleutnants und schiebende Flugzeugführer; Vaterländischer Unterricht; Suff, Stumpfsinn und Urlaubsfahrt; Schieber in Uniform, Kriecher in Uniform, Bürokraten in Uniform, Schweine in Uniform; als Soldaten verkleidete Pfaffen, Bankiers, Schreiber, Ärzte und andre Menschenkinder; Wickelgamaschen, Gendarmeriebäuche, Propellersurren und Schnaps ... Überschrift: Die Etappe.

Was der Verfasser aus eigenem dazu gegeben, ist etwas dünn. Er spricht beharrlich, wie es die Vorschrift erheischt, von den ‹Herren› – im Gegensatz zu den ‹Leuten›. Er malt altmodisch Typen auf und gehört im großen ganzen zu den Lauen. Aber schließlich ist gut, daß sowas überhaupt geschrieben wird.

Offiziersbücher ... *‹Der Revolutionsoffizier›* heißt das andre. Roman aus den ersten Tagen der Reichswehr von Martin Lampel (Verlag Es werde Licht zu Berlin). Als literarische Leistung gleich Null, als Kulturdokument interessant und wichtig.

Der Verfasser gehört zu jenen Leuten, die da glauben, der kulturelle Tiefstand des deutschen Offizierkorps sei auf kleine Schönheitsfehler zurückzuführen, die sich bei geeigneter Behandlung ausmerzen ließen. Er weiß und sieht nicht, wie in dieser Kaste Vorzüge und Fehler so untrennbar miteinander verwachsen sind, daß man nur bejahen oder ablehnen kann. Eine Teilkritik ist hier nicht möglich. Das auf der Titelseite angezeigte Buch des Verfassers: *‹Luftabenteuerliche Geschichten vom Bombenflieger und andre Erzählungen›* kenne ich nicht; wahrscheinlich ist er ein Mann, der den Krieg für legal und richtig hält und höchstens über die Modulationen des Tötens zu diskutieren geneigt ist. *‹Der Revolutionsoffizier›* aber gibt ein derart katastrophales Bild des Reichswehr-Offizierkorps, daß man der Republik und Eberten zu dieser Garde nur gratulieren kann.

Das deutsche Offizierkorps hatte in den vier Kriegsjahren alles erfüllt gesehen, was man ihm als Ideal aufgestellt hatte. Solch eine Glanzzeit zu erleben, hatte sichs kaum je träumen lassen. Bestätigt war der Glaube an die eigne Überlegenheit über eine ganze Nation, der Glaube an die Standesvorrechte, an die Standesansichten, der Glaube an den Kastendünkel, an die Unfehlbarkeit des Dienstweges und an das widerliche Theater militärischer Verlogenheit, die unter dem Deckmantel des Reglements menschlichen und finanziellen Bedürfnissen mehr Spielraum lieh, als es ein geordnetes Zivilleben je tun konnte. Und so, genau so sind sie durch die Revolution gekommen, die kein Achselstück naß machte. So, genau so hat sie die Reichswehr übernommen, und so schildert sie der Verfasser. Und schildert sie da am eindringlichsten und wahrhaftigsten, wo er selbst ‹nichts dabei findet›, an den Stellen, wo er naiv der Meinung ist, das müsse so sein und alles sei in Ordnung. (Wie ja für den Wert und die Lebensanschauung eines Schriftstellers immer nur das für ihn Selbstverständliche bezeichnend ist.)

Das Buch schildert vor allem das Leben in den Freiwilligen-Formationen, und man kann hiernach ungefähr ermessen, welchen Gaurisankar an Korruption, Dummheit, Unehrlichkeit, Roheit und Niedrigkeit wir da haben bezahlen müssen. Ich möchte nicht wissen, unter welch düstern Posten die Etats für diese Mörderbanden figurieren ...

Vor allem bezeichnend ist die kindliche Auffassung der Offiziere von ihrer Existenznotwendigkeit. Jede Spitzelnachricht ist willkommen; man fragt sich nur immer, was die Leute eigentlich machen; wenn das eigne Volk einmal, Gott behüte, ruhig ist. «Der Wagen müßte unbedingt kampffertig werden, morgen oder übermorgen wären Revolten zu erwarten.» Woher weißt du? Frags Pferd. Alles ist hübsch eingeteilt: die eignen Soldaten sind brav und zuverlässig, Spartakisten sind «Bollwerks-Brüder aus der nahen Hafenstadt. Die sind gefährlich, machen gehässige Mienen. Aber bei der schwatzenden, vergnügten Schar, die um ihre Leutnants herumwimmelt, sehen sie kein geeignetes Feld für ihre Propaganda der Unzufriedenheit.» Lieber Herr, die Welt besteht nicht nur aus Propagandazentralen, wie ihr eine seid! Und es ist lustig und traurig zugleich, wie diese albernen Kompetenzstreitigkeiten aus dem Kriege, wer selbständig ist und wer nicht, brav von euch mit herübergenommen wurden. Direkt unterstellt sein — das ist euer größter Stolz: «denn die Besatzung war jetzt nach ihrem Zusammentritt eine vollkommen in sich abgeschlossene Formation, da biß keine Maus einen Faden davon ab». Und wie erinnert mich der Schwindel mit den Dienstreisen an meinen guten alten Krieg! Und wie erinnert überhaupt der ganze Ton, der durch das Buch geht, an die niedrigste Zeit niedrigster Menschen! «Schmidt ist mein tüchtigster Kommandant aus den Straßenkämpfen in Berlin her.» Seiner. So viele Kommandanten, Chefs und Vorgesetzte gibt es überhaupt gar nicht, und beide Angestellte spielen Landsknecht — der Leutnant sagt: «Mein Unteroffizier», und der Unteroffizier sagt: «Mein Leutnant».

Und die grauenhafte Mischung von Roheit und Leierkastensentimentalität, die schon Richard Dehmel im Kriege so unangenehm aufgefallen ist, offenbart sich auch hier. «Das schwermütige alte Lied, die Bengels singen es immer wieder. Mit einer wahren Hingabe und einem todernsten Ausdruck im Gesicht. Und bei dem ständigen Refrain ‹Denn ich bin ja ein Mädchen fürs Geld›, da ists fast, als kugelten ihnen die dicken Tränen aus den großen Kinderaugen ...» Muß ich da noch hinzufügen, daß der Leutnant auf dem Panzerautomobil mit der schwarz-weißen Totenkopfflagge die Abendkühle, die singenden Jungens, die glitzernden Waffen und die weißen Unterröckchen der Mädchen in seine dürstende Künstlersehnsucht trinkt? Er tuts. Und wenn das alles vorbei ist: das Mädchen fürs Geld und die Totenkopfflagge und die Künstlersehnsucht, dann unterhalten sie sich im Kasino über die Zukunft, die neuen Lebensstellungen und das ††† Zivilistwerden ... «Ja, wenn aber Noske jetzt weg geht?» — «Himmelherrgottsdonnerwetter — dafür sind wir doch da, daß wir den Mann am Ruder halten; wir kämpfen doch damit für unser eigenstes Interesse, denn so lange wir seine Soldaten sind, haben wir Brot!»

Und mit diesem Bekenntnis einer schönen Seele für den Oberpräsidenten von Hannover mit den roten Fingern wollen wir von den beiden Offiziersbüchern Abschied nehmen.

HEPP HEPP HURRA!

«Das deutsche Volk», hat einmal einer gesagt, «besitzt zwei Leidenschaften: das Bier und den Antisemitismus.»

Wenn man die Vorbereitungen zu den preußischen Wahlen mitansieht, muß man sagen, daß das Bier zwar achtprozentig, der Antisemitismus aber hundertprozentig ist. Die blinde Wut, mit der in Wahlparolen und an Stammtischen auf die Juden geschimpft wird, schmeckt verdächtig fatal. Was wird hier gespielt?

Die Unzufriedenheit eines übervölkerten und geistig blockierten Landes ist allgemein. Die deutschnationale Wahlparole «Schlagt die Juden tot!» ist deshalb nicht ungeschickt, weil sie sich auf vorhandene Volksinstinkte verlassen kann, und weil sie gewandt von den wahren Urhebern des nationalen Elends ablenkt. Die Judenriecherei der nationalen Gesellschaft in Deutschland erinnert an die romantische Aufgeregtheit französischer Nationalisten, die hinter allem Unheil der Welt den boche und seine Spione wittern. Hierzulande kann nichts schief gehen, ohne daß Monokelgesichter, die man sich besser in der Hose denkt, den Juden die Schuld geben. Die Filme sind schlecht, weil sie von Juden hergestellt werden, die Lebensmittel sind teuer, weil die Juden wuchern, die Presse ist verjudet, die Regierung ist verjudet (vom lieben Gott verlautet noch nichts Näheres), und den Krieg haben wir verloren, weil Juden heimtückisch die Front unterhöhlten. Nun war der besiegte Militärbeamte Ludendorff kein Jude, und ich wüßte nicht, daß in der deutschen Diplomatie, die in den Krieg hineingeschlittert ist, sehr viel Juden tätig gewesen wären. Die ganz Strammen haben sich sogar ausgerechnet, daß Wilhelm II. in seiner Blutzusammensetzung verjudet sei, und so, in anmutiger Mischung von schnarrendem Offiziersgetön und Biergebrüll gegen die Juden, zieht ein Gesindel in den Wahlkampf, das eine Welt ins Unglück gestürzt hat. Hepp hepp Hurra!

Über den Antisemitismus ist, wie über jede Abneigung einer Rasse gegen die andre, wohl zu reden. Was aber hier getrieben wird, ist Volksverdummung schlimmster Art, und das alte Wort Roda Rodas paßt wie gehauen hierher: «Der Antisemitismus ... eine ganz nette Sache. Aber er wird wohl erst etwas werden, wenn ihn die Juden in die Hand nehmen!» Das ist ganz richtig, denn jeder kluge Jude, der die Nachteile seiner Rasse durchschaut hat, könnte viel bessere und schlagendere Dinge gegen das Judentum anführen, als alle deutschnationalen Vollbärte zusammen.

Was diese Ritter von der traurigen Gestalt anfingen, wenn sie keine Juden hätten, ist nicht auszudenken. Sie leben geradezu von ihnen. Und kaum ein Argument stimmt.

Ein typisches Mischvolk wie die Deutschen, das besonders in seiner östlichen Zusammensetzung von Wenden, Kaschuben, Polen und einem Schuß Niedersachsen niemals eine einheitliche germanische Rasse bildete, hat keinen Grund, über Rassenvermischung zu schelten. Und das vor allem deshalb, weil die Deutschen weniger die Fehler der Juden, als die assimilierten Juden germanische Untugenden angenommen haben.

Nichts stimmt. Der Vorwurf, daß das öffentliche Leben verjudet sei, ist ein Eingeständnis germanischer Schwäche. Der französische Zeichner Caran d'Ache zeichnete einmal eine Landstraße, auf der ein Jude und ein Franzose sich begegnen. In der Mitte zwischen ihnen liegt ein Frankstück. Beide bücken sich gleichzeitig danach. «Mais c'est le juif que aura le franc!» («Aber der Jude faßt das Geld!») Der Vorwurf des Wuchers dem Juden gegenüber ist bei dem Verhalten der deutschen Landwirtschaft, die die Großstadt systematisch sabotiert, ein Unding. Auf einen Schmuhl kommen zehn Piesekes, und was die Grenadierstraße im Kleinen kann, das kann Herr Stinnes im Großen schon lange.

Politisch lenkt die Wahlparole gegen die Juden die Aufmerksamkeit eines schwer düpierten Volkes von seinen eigentlichen Verbrechern ab: von den Diplomaten, die zu dumm waren, bei einem fremden Volk mehr als den Smokingschnitt zu studieren, von einer preußischen Verwaltungskaste, die auf dem ‹Untertan› herumregierte und sich für eine eingebildete Tätigkeit bezahlen ließ, von den Richtern, deren Fünfmännerskat der Justitia dem wahren Volksempfinden dauernd ins Gesicht schlug, von den Offizieren, die mit Christus auf einem schlechten Fuß standen, weil der nur g. v. Heimat war – kurz, von den Repräsentanten eines schlechten Deutschtums, das einen zweifeln ließ, ob es ein besseres gab. Ohne Juden macht dem Deutschnationalen der Wahlkampf überhaupt keinen Spaß. Ohne Juden könnte er ihn nicht führen.

Er führt ihn aber, weil es leider eine große Menge Leute gibt, die sich vom Papagei nur dadurch unterscheiden, daß sie nicht so hübsch anzusehen sind. Die Hausfrau des kleinen Mittelstandes, viele mittlere Beamte, die Honoratioren der kleinen Stadt – all das hat eine dumpfe Wut gegen den geistig flinkeren Juden und benutzt mit Wonne die Gelegenheit, dem lästigen Konkurrenten eins auszuwischen. Keiner ahnt, wie er sein Vaterland blamiert, wenn er zugibt, daß ein verheerender Einfluß seiner Juden ein ganzes Land ruinieren könne. Die ärgsten Durchhalteschreier im Kriege waren nicht Juden, sondern interessierte Offiziere und Beamte, teutonische Professoren und evangelische Frauen, die durch ihre Maulfertigkeit das Land ins Unglück gehetzt haben. In ein Unglück, das man nun den Juden zuschreiben will.

Deren Haltung ist nicht einwandfrei. Unter den deutschen Juden gibt es bekanntlich (und ganz besonders in Berlin) eine große Anzahl von Leuten, die sich ihres Judentums wie einer Krankheit schämen, und die ihren Kindern bei Tisch in Gegenwart der Dienstboten mit einem ängstlichen «Stike!» das Wort ‹Synagoge› verbieten. Diese guten Kaufleute und schlechten Musikanten waren gern bereit, dem Kaiser ihre Söhne hinzugeben – aber sie sind gar nicht bereit, der konkursverwaltenden Regierung, die das Abenteuer des schlechten kaiserlichen Deutschlands auszulöffeln hat, ihre Steuern hinzugeben. Und aus einer sinnlosen Angst vor einem Bolschewismus, den sie immer gefürchtet und niemals gefördert haben, sind sie bereit, mit jeder Ordnungsstütze Halbpart zu machen. Wäre die Deutschnationale Partei nicht so hirnlos dumm, antisemitisch zu sein, so würde sich ihr ein großer Teil der von Natur aus konservativen Judenschaft zuwenden; ja, ich kenne sogar Fälle von Juden, die so ehrvergessen sind, deutschnational zu wählen. Der größte Teil rettet sich in die zu nichts verpflichtende Demokratische Partei, weil die, wie alles, so auch die jüdische Frage hübsch vertuscht. (Gibt es doch sogar große demokratische Tageszeitungen, für die das zionistische Problem nicht existiert.)

Aber so tief dringen völkische Hochschüler, Oberförster und Turnlehrer nicht. Da wogt unentwegt die deutsche Mannesbrust, da weht der linsenbesetzte Vollbart im Winde, da schmettert deutscher Heldengesang Lieder in die Luft, die Welsche, Juden und Neger auf eine

Stufe stellen, nur, weil sie nicht deutsch sind. Übermäßiges Betonen der nationalen Eigenart ist noch stets eine Schwäche gewesen.

«Kauft nicht bei Juden!» – Das ist nun eine Wahlparole für denkende Menschen, dadurch ist auf einmal eine trauliche Einheitsfront geschaffen, und der bayerische Bierphilister, der ostpreußische Schnapsbrenner, der rheinische Großindustrielle – hier kämpfen sie auf einmal getreulich Schulter an Schulter. Ich habe gar nichts gegen Kollektivurteile, die immer ungerecht und doch oft gerecht sind. ‹Der Jude› ... Das ist richtig und falsch, weil man nicht den einzelnen meint, sondern den Typ. Es ist ein Urteil über eine Gesamtheit wie zum Beispiel diese: Der deutsche Offizier hat im Kriege nichts getaugt; der deutsche Richter genießt in politischen Strafprozessen nicht das Vertrauen des Volkes; der preußische Verwaltungsbeamte neigt dazu, auf Kosten der Allgemeinheit seinen Schreibapparat zu überschätzen.

«Kauft nicht bei Juden!» Sie kaufen doch. Der ganze Antisemitismus ist wie zerblasen, wenn es ans Geschäftemachen geht, und kein deutschnationaler Schieber geniert sich, mit irgendeinem lodzer Juden in Ausfuhrbewilligungen ein Ding zu drehen. Genierte sich im Kriege der Offizier, seine dreihundert Eier als ‹Funkergerät› mit Hilfe der Einwohnerschaft galizischer Städte so in die Heimat zu verschieben, daß die ehrfurchterschauernde Judenschaft noch etwas von ihm lernen konnte? Er genierte sich nicht.

Das hat einen Krieg verloren. Das weiß heute noch nicht, daß eine Welt über Eigenschaften, die man hierzulande den Kindern als Tugenden aufpfropft, einst mit Haß und nun mit achselzuckender Verachtung hinweggeschritten ist. Und weiß diese bittere Wahrheit nicht, die einmal Georg Metzler in der *‹Weltbühne›* gesagt hat: «Was die Juden unter den Deutschen, das sind die Deutschen unter den Nationen!»

Und wenn Ludendorff einmal vor seinen himmlischen, nicht aus Preußen stammenden, also unbefangenen Richter tritt, dann wird der das Flammenschwert heben und wird sprechen: «Erich! Zwei Millionen Tote! Was hast du getan?»

Und der ergraute Kadett wird die Hornbrille abnehmen, sich den Kragen zurechtrücken und in preußischer Tonart, stramm und doof, antworten: «Lieber Gott, es waren die Juden!»

VALESKA GERT

Die Ekstasen der vielen jungen Mädchen mit den großen Füßen in Berlin habe ich nie so recht verstanden, und warum alle Hysterikerynnien, die einen Silberring mit grünem Stein auf dem rechten Zeigefinger tragen, nun grade tanzen müssen, war mir von je rätselhaft. Aber was da neulich abend in den weißen Lichtkreis des Scheinwerfers trat, tanzte und mit dem sinkenden Licht erlosch: das war doch etwas andres.

Tanzte sie? Tanzte Valeska Gert? Daß sie es kann, steht außer allem Zweifel. Daß sie viel mehr kann, auch. Sie benutzt die Technik – wie sichs gehört – als reale Unterlage der Phantasie. Nein, sie tanzte nicht nur. Sie schüttete ein Füllhorn voll Menschen vors Parkett: Japaner und Seiltänzer und Jongleure und Zirkusreiterinnen und Ringkämpfer und Kuppelmütter und Spanierinnen und wer weiß wen noch alles. Aber Gott muß ihr jenen Andersenschen Glassplitter ins Auge geweht haben, durch den man die Welt so eigentümlich verzerrt sieht. Sie parodiert. Hermann Hesse schildert einmal in seinem Buche *‹Aus Indien›* eine unbekannte Malayin, die traurig und stumm vorn auf der Bühne eines Theaters an der Rampe saß: «Bis die Gebärde irgendeines Mitspielers sie reizte – dann stand sie auf, vom Leben durchflossen, und parodierte diese Gebärde mit dem kleinsten Aufwand an Anstrengung in so hoffnungslos vernichtender Übertreibung, daß die Mitspieler hätten verzweifeln müssen.» Nun, wenn die Gert *‹Ballett›* tanzt, dann ist von der Dell'Era nicht mehr viel übrig – so leer, so gespreizt, so engagiert, so flirrend decouvriert sich eine antiquierte Angelegenheit. Sie entlarvt, was sie tanzt. Und im *‹Ballett›* zertanzte sie – zum großen Ärgernis zweier hinter mir sitzender Geheimen Oberrechnungsratswitwen – Potsdam.

Schon das Kostüm ist von höchstem Reiz: die Kleider fangen in den Farben oben so an, wie sie unten aufhören, und jedes ist bis in die letzte Falte durchgearbeitet – nichts ist Zufall, nichts ist Willkür. Und wenn auch einige Tänze, die ganz auf Leichtigkeit gestellt waren, mir ein wenig zu schwer erschienen – so entschädigte . . .: diese Frau tanzt mit dem Gesicht. So sehr sonst immer die Tanzmaske vorzuziehen ist – die klugen Neger! –: dieses Gesicht möchte ich nicht missen. Und nicht das gefährliche Spiel der Zunge . . .

Alles, was sie tanzte, war eine gute Mischung von außergewöhnlichem Verstand und sehr guter Technik. Eine Nummer aber fiel völlig aus dem Rahmen.

In den Lichtbogen schlurcht eine Schlampe in Schwarz, der rote Halsbesatz deckt den Kopf ab – einen verluderten, unfrisierten Kopf. Wer ist das? Was ist das für ein Gesicht? Die *‹Vorstadtdirne›* von Toulouse-Lautrec ist eine Gräfin dagegen – gegen diese Nutte. Gleichgültig schieben sich die Schulterblätter hoch – gleichgültig schiebt sich das gemietete Stück Fleisch aus der Auslage durch die Straße. Und wird von einem Kerl ergriffen – und produziert das Frechste, was wohl je auf einer Bühne gemacht worden ist. Die Beine öffnen und schließen sich. Und Gleichgültigkeit, Krampf – dennoch Krampf! – und Geldgier schütteln den ausgeschaukelten Körper: eine Lues und die

Heilsarmee kämpfen mit gleicher Inbrunst um diese arme Seele. Wer sich je bei den ‹berüchtigten berliner Nackttänzen› nach dem Laster gesehnt hat: hier ist es. Und noch nie habe ich so verstanden, wie Lust und Qual auf demselben Loch gepfiffen werden. Und dann haucht sie die letzte Lust aus, spuckt aus, ohne es zu tun — und versinkt.

Diese ‹*Canaille*› ist eine wahrhaft geniale Leistung. Das ‹ausverkaufte Haus jubelte der Heldin begeistert zu›, nahm für Spaß, was bitterste Komik war und merkte zum Glück kaum, daß noch die Ritte des kopierten Zirkusreiters den letzten Krämpfen einer erlösungsgierigen Nackten glichen.

Eine dolle Nummer, eine hervorragende Tänzerin, eine außerordentliche Frau.

DIE OBJEKTIVEN

Beleidigungsklagen dankend verbeten

Wenn so fünf Männer Sonnabend abends
um einen runden Tisch herum
den Bierskat kloppen — und sie habens
auch niemals über (wegen dumm) —;
wenn sie von Politike brummeln,
im Maule die Zigarrenstummel,
von Hindenburg und Ludendorffen,
und wie wir fast Paris geworfen,
vom Präsidenten in der Stadt,
der keinen Bohrt wie Wilhelm hat;
wenn sie so zwischen As und Trümpfen
— («Wer jibt?») — auf Kommunisten schimpfen —
    die Welt ist eine Kinderfibel,
    das Morgenblatt ist ihre Bibel —;
wenn Lehmann ansagt: «Knautschke hats!» —:
    Das nennt man einen Stammtischschwatz.

Doch wenn fünf Männer in Talaren
an einem langen Sitzungstisch
ein Menschenkind da im Verfahren
verknacken frisch und künstlerisch —
was sie als Studios schon forcierten,
geführt von ihren Erstchargierten;
was sie als Referendare lernten:
den Glauben an die reich Besternten;
was der Assessor, scheu geduckt,
dem Staatsanwalte abgeguckt —

wenn diese fünf bei den Prozessen
ihr ganzes Leben glatt vergessen,
    weil Orgeschmann und Sozialist
    für das Gericht dasselbe ist!
wenn da was fällt wie'n Donnerkeil –:
    Das nennt man ein Gerichtsurteil.

Justitia! Ich wein bitterlich:
Du gehst auf einen langen ————

ROTTERS ERSTE REIHE

In den roten Samtfotölchen schwimmen ungeheure Fettmassen; vorne oben schimmert matt etwas, das man allenfalls Gesicht nennnen kann. (Wo es sich nicht um Juden handelt, nennt Karl Kraus so etwas ‹Arischgesichter›.) Wenn sich diese Frauen je aufschnüren, ist das ganze Schlafzimmer voll. Um Specknacken liegen dicke Perlenketten geschlungen und spotten der Steuer. Die Haare der Damen sind wie von Wertheim-Puppen: aus Werg und Wolle. Stülp- und Regenneesen sehen froh gen Himmel. Die Münder schlürfen den Brei, der da oben serviert wird. Ein Monokel sitzt bei einem Mann und fühlt sich sichtlich geniert. Ich achte gar nicht auf das, was da oben vorgeht: ich sehe immer nur die erste Reihe. Und die Gesichter fangen an, zu sprechen.

Sie sagen: Wenn wir nur verdienen! Sie sagen: Jetzt sind wir dran. Sie sagen: Niederlage, militärische und geistige Katastrophen, Auseinanderfall des Reichs dank Bayern, Reichswehr hin, Reichswehr her – wir sind der neue Kaufmannsstand. Alles, was wir je erträumt, ist robuste Wirklichkeit. Sie sagen: Na, haben wir nicht recht gehabt? Sahen wir nicht von je zu den Besitzenden auf und beneideten voll Ehrfurcht die große Kurschleppe der Braut an den Kirchen? Haben wir nicht schon immer nach unten getreten, weil man das Pack kurz halten muß – damals, als wir selbst noch Pack waren, grade, weil wir damals Pack waren . . .? Das ist vorbei, sagen die Gesichter. Ist nicht alles gerechtfertigt, was wir je taten und träumten? Gottseidank: der Mensch ist schlecht. Und wir sitzen in der ersten Reihe.

Oben muß einer einen Witz gemacht haben – denn die Dame mit der Himmelsnase zieht ein wunderschönes Karpfenmaul und grient von einem roten Ohr zum andern. Hach – das ist einmal ein Spaß . . .! In einer preußischen Wahlversammlung vor 1914 stand einst ein Schutzmann auf und verkündete: «Über Thema darf hier nicht gesprochen werden!» Hier wird den ganzen Abend ‹über Thema› gesprochen – die Damens aalen sich wohlig auf dem Plüsch; davon reden: das ist beinah so schön wie es zu tun — nein, noch viel schöner. Und ungefährlicher.

Die Herren, denen feiste Backen weit, weit über den Kragen auf das Smokinghemd hängen, rot durchblutete, gut rasierte Backen — die Herren atmen schwer, angestrengt eingesunken und ein wenig müde. Wenn man den ganzen Tag gearbeitet hat . . . Und ich muß denken, wie dieser neue Reichtum so allmählich entstanden ist, wie Tausender auf Tausender kam — wie sich Barchent in Flanell, Flanell in Leinen, Leinen in Seide verwandelte. Aber der Leib blieb. Und wie diese erste Reihe die Urelternschaft der neuen Generation ist — dieses schlechte und minderwertige Volk aus den Käseläden . . . Ein Bauer kann Adel werden — Kleinbürgertum der Großstadt nie. Aber sie haben das Geld, und von ihnen wird in den nächsten hundert Jahren viel, viel abhängen in Deutschland.

Und während hinten im Stehparkett (der guten Theater) und weiter draußen, auf der Straße, verkümmert, was noch einen Kopf und eine Gesinnung hat, sitzen jene da: fett, aufgedunsen, traumhaft unwirklich und dabei mit allen vier Backen in der Realität guter Hotels . . . Lebendige Auswanderungsplakate. Und allemal, Gottseidank, in der ersten Reihe.

DAS FIRMENSCHILD

Ist wo ein frisches Schweineschlachten
und hat man also Wurst im Haus,
dann stellt der Schlächter zum Nachachten
den Stuhl mit seiner Schürze raus.

Bedienen wo in einer Stampe
statt Kellner Mädchen, voll und heiß:
siehst du das an der roten Lampe —
damit der Ehemann es weiß.

Weil wir von Firmenschildern sprechen:
Die ‹*Kreuzzeitung*› trug — wie bekannt —
an ihrem Kopfe das Versprechen:
«Mit Gott für König und Vaterland!»

Seit Achtzehn war der Satz verschwunden,
seit eines Fürsten Dauerlauf.
Doch nun, vor vierundzwanzig Stunden,
da stand der Wahlspruch wieder auf.

Der gute Spruch? Wo war er in den Wirren?
Wo ließest du ihn zweimal überwintern?
Du liebes Blatt! Du trugst nicht auf der Stirn
den Preußenspruch – du trugst ihn [redacted] [redacted] [redacted]

Nicht genehmigt: Brunner

DER PASS UND DER REISENDE

Jemand sagte: Nach zweijährigem Aufenthalt im Ausland nun sechs Wochen wieder in Deutschland weilend, beginne ich einen Einfluß der deutschen Atmosphäre auf meine Urteilskraft festzustellen, die ich zunehmende Minderwertigkeit des Charakters, Verlust an Charakter nennen muß. Ich spreche nicht von den äußeren, bürokratischen Miseren eines verarmten und mehr als je übervölkerten Landes, die die Spannkraft herabsetzen und das Gefühl, ein unabhängiger Mensch zu sein, verhöhnen . . .

Otto Flake: *‹Dinge der Zeit›*

Der Frühling naht und mit ihm die Zeit, wo der Deutsche auf die Wanderfahrt geht. Die Zeit der sechswöchentlichen Erholungsreise des Mittelstandes mit Kind und Kegel ist vorbei – froh ist, bei wems acht oder vierzehn Tage langt –, aber man will doch einmal aus dem Trott und dem Einerlei des Tages heraus. Früher . . .! Man darf gar nicht mit der alten Zeit diese neue da vergleichen –, aber abgesehen von Fahrpreiserhöhungen, Hotelrechnungen und ähnlichen Freundlichkeiten –, eines hat sich als ganz neues eingeschlichen: der Paß.

Was ist und zu welchem Ende brauchen wir einen Paß?

Es ist zunächst festzustellen: der Paß ist eine überholte Lächerlichkeit vergangener Jahrhunderte, die eine sonst stellungslose Bürokratie benutzt, sich Arbeit und Existenzberechtigung – uns anderen Schwierigkeiten zu schaffen. Der Paß schützt nichts und keinen – er hindert Harmlose.

Bekannt ist, daß sämtliche Paßbestimmungen von gewandten Schiebern umgangen werden können und umgangen werden. Kein Bolschewist ist je durch einen Paßzwang gehindert worden, dahin zu fahren, wohin er fahren wollte – kein Lebensmittelschieber hat sich durch Pässe gehindert gefühlt, seinen Speck von einem Landstrich in den anderen zu verschieben. Der Paß hindert allemal die Harmlosen.

Er dient angeblich zur Kontrolle politisch mißliebiger Elemente. Wir wissen, wie die kaiserliche Bürokratie des republikanischen Deutschland diese Regulative auslegt – wir wissen sehr wohl, wer ‹politisch verdächtig› und wer ‹unverdächtig› ist. Escherich und Sinowjew sind so verschieden nicht – ihre Behandlung durch die Behörden ist es durchaus.

Dazu kommt ein anderes. Der Paßapparat setzt eine Menge Leute in Nahrung und Anstellungsvertrag, die sonst arbeitslos herumliefen – und der Paßzwang setzt ferner eine Gattung Deutscher in die Lage, jenen merkwürdigen, dem Ausland vollkommen unverständlichen Amtssadismus sich austoben zu lassen. Ein genauer Kenner der österreichischen Bürokratie – Walther Rode – riet einmal, an den Amtsstuben schon von vornherein ganz unten, an der Schwelle, anzuklopfen – um auf diese Weise darzutun, wie man sich als Laus dem Allmächtigen gegenüber fühle. Sich in Deutschland einen Paß und gar ein Visum zu verschaffen, bedeutet eine persönliche Erniedrigung.

Dazu kommt die gänzliche Unbekümmertheit der verfügenden Geheimräte, wie so eine praktische Durchführung ihrer Bestimmungen aussieht. Die geradezu unwürdigen Verhältnisse im Berliner Polizeipräsidium für Paßsuchende, wo Menschen sechs und acht Stunden zu warten haben, sind den oberen Stellen wohlbekannt – man hat durchaus den Eindruck, als käme es diesen Behörden darauf an, Reisen ins Ausland möglichst zu verhindern. (Die Verpflichtung des Reisenden, die Notwendigkeit seiner Reise darzutun, ist ein Mißbrauch der Amtsgewalt.)

Die Freizügigkeit ist aufgehoben. Fristen von sechs Wochen zur Erfüllung aller vorgeschriebenen Formalitäten für Paßnachsuchende sind nichts Seltenes.

Ganz besonders schlimm ist dies aber, wenn es sich um Reisen innerhalb Deutschlands handelt. Da ist ganz besonders Bayern zu erwähnen.

Der Reisende hat vollkommen in der Hand, diese lächerlichen Paßvorschriften zur Aufhebung zu bringen. Das Mittel heißt: Boykott!

Ihr braucht nur auf einen Sommer alle Länder zu meiden, die euch das Reisen und seine Vorbereitungen zur Hölle machen – und ihr werdet sehen, wie schnell die überholten Paßvorschriften aufgehoben werden.

Ich habe neulich einmal in der ‹*Weltbühne*› einen kleinen Ratschlag gegeben, Bayern zu meiden – die bayerische Presse tobte; bis nach Thüringen hinauf drohten zum Schreiben angestellte junge Leute mit Ohrfeigen – und jetzt berichtet Leonhard Adelt aus München, daß die bayerischen Fremdenvereine und Gastwirtschaftsverbände gegen die Regierung Sturm laufen, um die lästigen Paßvorschriften zu beseitigen, die ihnen die lukrativen Fremden fernhalten. Es hilft schon.

Reisende – ihr habt die Macht. Ihr braucht euch nur zu wehren!

Sie kommen euch alle nachgekrochen – denn sie leben von euch. Die Scheuel- und Greuel-Märchen aus den besetzten Gebieten waren noch nicht verhallt, als die rheinischen Bäder eine große Kundgebung erließen, man solle sie doch nicht boykottieren: keinem Reisenden sei bisher von den Entente-Truppen ein Haar gekrümmt worden. Auch seien keine Pässe, sondern nur gewöhnliche Personalausweise nötig ... Wenn es an den Geldbeutel geht, werden sogar Behörden weich.

Ihr habt die Macht. Jeder, der auch nur ein bißchen Geld sein eigen nennt, soll sich hier seiner Macht bewußt sein. Es geht nicht an, Berlin das ganze Jahr über in allen Tonarten zu schmähen — und dann im Sommer quietschvergnügt das Geld der verfluchten Berliner — aber in hohem Bogen — zu nehmen. Besinnt euch!

Meidet Bayern! Meidet es so lange, bis es sich dort unten herumgesprochen hat, daß auch Brandenburg in Deutschland liegt. Weigert euch, eine besondere Einreisebewilligung nach Bayern nachzusuchen und pfeift auf das Land! Ich kenne allein in meiner Bekanntschaft vier Fälle, wo wohlhabende Leute auf meine Darlegungen anderswo hingereist sind; sie sahen ein, daß es nicht notwendig sei, Leuten, die sie schikanieren, das Geld hinzuwerfen. Die Sprache wird verstanden.

Weigert euch in allen Fällen, wo deutsche Städte — wie Danzig oder Königsberg und andere — übertriebene Schutzmaßnahmen von euch verlangen. Geht nicht hin. Holstein ist schön und Mecklenburg und der Harz und hundert Orte — auch Baden und Württemberg benehmen sich den Reisenden gegenüber im allgemeinen ganz verständig. Euer Geld ist keine Bagatelle. Sie lernen es sehr schnell.

Hier ist die Möglichkeit, durch den Boykott eine politische und eine menschliche Pflicht zu erfüllen.

Eine politische: jede Mark, die ihr den Bayern, so wie sie heute sind, hinwerft, stärkt die Macht dieser Radaubrüder.

Eine menschliche: wir wollen keinen russischen Paßzwang. Die Behörde hat nicht die Berechtigung, ihre Nase in jedes Bett zu stecken. Sie faßt immer nur die kleinen Pinscher. Der Große geht stets frei aus.

Denn unter diesem irren System blüht die Korruption. Kein Attest, kein Visum, keine Bescheinigung, die nicht hintenherum zu kriegen wäre.

Verbittet euch den überheblichen Unteroffizierston, der besonders noch auf manchen Polizeibüros herrscht.

Schuld ist letzten Endes nicht der falsch erzogene, nervöse, überarbeitete Subalternbeamte am Schalter. Schuld ist auch letzten Endes nicht der vernagelte Geheimrat, der sich Vorschriften ausknobelt. Schuld seid ihr.

Wenn ihr nur zusammenhaltet — wenn ihr euch einfach weigert, derart entwürdigenden Unfug mitzumachen, so wird sich der Paßzwang sehr schnell auf das Maß reduzieren, in dem er allein Berechtigung hat: als Schutz gegen Verbrecher und Übervölkerung. Alles andere ist kindlicher Kram.

Wenn ihr das deutsche Gesellschaftsspiel ‹Wie bekomme ich einen Paß?› beenden wollt –: benutzt diesen Sommer dazu und die Macht eures Geldes. Es wird sehr schnell gehen.

KLEINE NACHSPEISEN

Ums – bin ich satt! Kleine Vorspeisen von Auburtin und dann eine fette Rührungssuppe vom guten Menschen Frank und dann junges Gemüse von Borngräber und Fischpastete mit Remoulade von den Dramatikern (ein faules Ei ist darunter: Sternheim) und nahrhafte Butternudeln von Hesse und ein gutes weißes Stück Hühnerfleisch von Bonsels mit einem ganz, ganz leichten Haut-goût – so leicht, als sei nur mal einer mit Haut-goût vorübergegangen – und ein schweres Rumsteak von Stehr und etwas Dostojewski-Ragout von Wassermann und einen verflixt gesalzenen und gepfefferten Salat von Walter Mehring (so scharf, daß einem hinterher überhaupt nichts mehr schmeckt) und süße Glibber-Speise von Ernst Hardt und alten Tilsiter von Thomas Mann und dazu öligen schweren Tiroler Wein der Firma Heinrich Mann, grade von dort, wo die beiden Sprachgrenzen aneinanderstoßen, und deutschen Sekt von Blei und Hermann Bahrs Selterwasser – es schmeckt immer nach dem, was man grade hineingießt – und zu allem als Untergrund und ständigen Magenbaß das schwarze schwere Landbrot Arthur Schopenhauers . . . Ums – bin ich satt!

Wonach es denn also ganz gut täte, sich mit Fondants und kleinen Zigaretten die Zeit und eine sacht heraufsteigende Übelkeit zu vertreiben. Demzufolge lesen wir ein bißchen in den Heften des Verlags A. R. Meyer in Wilmersdorf.

Diese kleinen lyrischen Flugblätter, die der Verlag in großer Menge herausgegeben hat, sind besonders bei der herrschenden stofflichen und geistigen Materialknappheit eine große Freude. Sie stürzen den Buchbinder und den Leser nicht durch zu großen Umfang in Unkosten, und was bleibt, lohnt fast immer den Preis.

Manche der alten Publikationen sind sehr selten geworden, so Gottfried Benns ‹*Morgue*› (bätsch! Ich habe aber noch eins!), und alle Lautensacks sind nicht mehr zu haben . . . aber es ist noch genug Hübsches da: Pedantische Liebeslieder von Edgar Firn (das schönste Liebesgedicht ist die Titelzeichnung von Grosz), jenes pathologisch außerordentlich interessante Requiem von Heinrich Lautensack, ein wundervoller und erschütternder Weg vom Licht ins Dunkel; der Neue Frauenlob; viele hübsche Hefte vom Verleger selbst (wie gut, daß nicht alle Verleger dichten: denken Sie zum Beispiel an Herrn Globus); und ‹*Simson soll über Euch kommen*› von Hyazinth Lehmann, in jenem neuen Stil gehalten, der die Zukunft deutscher Satire sein wird . . .

Aber was ist das alles gegen die Heftchen von Munke-Munke, polizeilich gemeldet als Alfred Richard Meyer. Die Trink- und Modenbüchlein sind so entzückend, so außerordentlich graziös und witzig, daß sie die sehr netten Spielereien aus dem Kriege und aus der Studentenzeit (Tiger, ein Hunde- und Studenten-Epos!) – daß sie das alles weit hinter sich lassen. Besonders im ‹*Bowlenbuch*› stehen köstliche Dinge drin.

Aber nun habe ich langsam wieder einen kleinen Appetit bekommen. Ein paar Fondants ließen wir liegen, weil sie modisch blasiert und überzuckert waren: alter Teig. Aber nun stehen wir auf und wenden uns dem schwarzen Kaffee zu, und, angeregt durch Meyers kleine Nachspeisen, beschließen wir, am Abend bei Tisch mit zehnprozentigem Aufschlag zu essen. Gesegnete Mahlzeit –!

DADA-PROZESS

> Als Whistler einmal vom Vorsitzenden einer englischen Jury gefragt wurde: «Können Sie diesen Herren klar machen, was Kunst ist?», klemmte er das Monokel ein, sah sich die Gentlemen an und sagte: «Nein!»

Vor der Strafkammer des Landgerichts II zu Berlin fand dieser Tage der Prozeß gegen George Grosz und Genossen wegen Beleidigung der Reichswehr statt.

Die Dada-Ausstellung hatte ein paar Spaßfiguren gegen die Götter Preußens: seine Offiziere, aufgebaut – und vor allem hatte der p. Grosz eine geniale Mappe: ‹*Gott mit uns*› verfertigt, in der Fratzen von so unerhörter Brutalität zu sehen waren, daß sich die Reichswehr und ihre Angehörigen getroffen fühlten. Zum Beweise, daß es Gesichter wie diese nicht gebe, hatte man einen ehemaligen Rayonchef aus dem Reichswehrministerium zitiert, einen Herrn Matthäi. Das hätte man nicht tun sollen.

Der junge stattliche Hauptmann führte aus, er sei – nichtamtlich, seffaständlich! – in die Ausstellung der Dada-Leute gegangen, angereizt durch eine Anzeige meines Freundes Peter Panter, der, so führte der sympathische, frische Offizier aus, seit Jahren eine systematische Hetze gegen das deutsche Offizierkorps betreibe. Deshalb also sei er hingegangen. (Anmerkung Peter Panters: «Ich habe es nicht gewollt!») Was er dort sah, habe ihn aufs tiefste empören müssen. Verspottung der edelsten Güter der Nation, Dinge, die geeignet gewesen seien, den «Wehrgedanken in Deutschland zu vernichten». An der Kasse habe ihm auf sein wiederholtes Vorhalten ein Mann die

Mappe ‹*Gott mit uns*› gezeigt. «Erkennen Sie unter den Angeklagten diesen Mann wieder?» wurde der blonde, hochgewachsene Offizier gefragt. «Nein», sagte der aufgeweckte, elegante Kommandeur, «es war so ein Mensch von galizischem Typus.»

Die Rolle dieses Matthäi ist etwas dunkel. Was sich nach seinem nichtamtlichen Besuch der Ausstellung und der Strafanzeige, die Herr Geßler hatte erstatten dürfen, im Reichswehrministerium ereignet hat, wissen wir nicht. Wir wissen nur, daß dieser selbe Matthäi, der zum mindesten den Anstoß zur Strafverfolgung gegeben hat, in der Pressekonferenz mündlich und in einer Berichtigung durch die Presse schriftlich kundtat: Das Reichswehrministerium hat mit der Beschlagnahme der Mappe nichts zu tun. Von der Verteidigung zur Rede gestellt, stotterte der Hauptmann etwas von Ressort-Irrtümern und Abteilungsmeldungen – aber ich glaube nicht, daß er einen Mann seiner Kompanie im Felde daraufhin nicht eingesperrt hätte. Überschrift: Der militärische Nachrichtenapparat.

Die Angeklagten haben mich enttäuscht. Fünf Lebewesen saßen auf der Anklagebank, darunter ein Mann: Wieland Herzfelde. Er war der einzige, der hier und da das Nötige sagte und nicht zurückzuckte. Im übrigen glich das Unternehmen dem Kapp-Putsch: einen Führer hatte es nicht. Niemand von den Jungens war derjenige gewesen, der die Fensterscheibe eingeworfen hatte . . . Was Grosz angeht, so weiß ich nicht, ob die Schlappheit seiner Verteidigung darauf zurückzuführen ist, daß er nicht sprechen kann. Er sagte kein Wort, das auch nur einem Strich seiner Blätter adäquat gewesen wäre.

Die Verteidigung war im großen ganzen darauf gerichtet, bei Grosz als Spaß hinzustellen, was bitterster und bester Ernst ist. Fritz Grünspach, der gleichermaßen Zeichner und Gezeichnete verteidigen kann, war geschickt genug, nicht den starken Angriff auf Kaisers Geist, sondern auf dessen Auswüchse in den Vordergrund zu schieben. Sein Plädoyer rettete Grosz den Kragen und war vernichtend für ihn und seine Freunde. So sieht eure Verteidigung aus? Ihr habt es nicht so gemeint?

Das Gericht verurteilte den Zeichner Grosz zu dreihundert und den Verleger Herzfelde zu sechshundert Mark Geldstrafe, also zusammen zu ungefähr der Geldbuße, die in Deutschland die Aufforderung zum Mord (von Pazifisten) kostet. (Die Dosierung war so begründet, daß der Verleger finanziellen Vorteil vom Vertrieb der Mappe gehabt habe.) Die Spaßpuppen der Ausstellung wurden als Bierulk angesehen. Das milde Urteil war vielleicht hervorgerufen durch ein Gutachten des Reichskunstwarts Redslob, der forsch und energisch für Grosz Partei ergriffen und dabei mit feinstem Takt vermieden hatte, auf das Politische der Sache einzugehen. Das imponierte ein wenig: denn der Reichskunstwart untersteht dem Ministerium des Innern – und vor einer Behörde hat ein preußischer Richter immer Respekt. Vor der

Kunst weniger. (Zu George Grosz sagte einer der Justizbeamten: «Das müssen Sie doch sehen, wenn Sie Zeichner und Künstler sein wollen...»)

Was ist hier gespielt worden?

Festzustellen ist, daß diese Verhandlung mit Justiz überhaupt nichts zu tun hat. Ich habe nie begriffen, warum nicht der Angeklagte in den Saal zu treten gezwungen ist, zu sagen hat: «Mein Name ist Grosz – Schwerverbrecher», und der Vorsitzende sagt dann: «Sehr angenehm. Dreihundert Mark Geldstrafe!» Das würde viel Zeit und Arbeit sparen. Bei der politischen Erziehung und der allgemeinen Vorbildung unsrer Richter ist nicht zu verlangen, daß sie diesen Dingen so gegenübertreten, wie wir es erwarten. Wir haben kein Vertrauen mehr zur politischen Strafjustiz des Landes. Bestraft wird in allen diesen Fällen nicht das Delikt. Bestraft wird – nach bestem Wissen und Gewissen – die Gesinnung.

Die Reichswehr ist an der inkrimierten Mappe zum kleinsten Teil beteiligt. Sie hat den Größenwahn. Schließlich hat sie ja denn doch nicht allen Militarismus in Deutschland gepachtet – die Freikorps, der Selbstschutz und die Schutzpolizei sind auch ganz schön. Ich halte diese Beleidigungsklage von Kollektivitäten für höchst dubios. Die Reichswehr ist keine Gemüsefrau – und ein politisch absprechendes Urteil über eine Kollektivität ist niemals erweislich wahr. Die juristischen Deduktionen des Staatsanwalts Orthmann wären in einem Seminar erster Semester mit Ach und Krach durchgefallen. Er lehrte: Die Offiziere des alten Regimes sind in die Freikorps übergetreten, die dem Reichswehrminister unterstanden haben, sie sind auch in die Reichswehr eingetreten, infolgedessen hat der Reichswehrminister das Recht, gegen jeden Strafantrag zu stellen, der das alte kaiserliche Offizierkorps beleidigt. Das ist derart gefährlich, daß man dieser Irrlehre nicht scharf genug entgegentreten kann. Wenn Herr Matthäi und seine Freunde wissen wollen, wer «seit Jahren eine systematische Hetze gegen das deutsche Offizierkorps» getrieben hat: es war das Offizierkorps selbst, das am stärksten gegen sich arbeitete. Wer das mitansah, der brauchte nicht Tolstoi zu lesen. Und wie? Dieselben Herren, die jahrzehntelang Wehrlose in der Front beschimpften und – wie der Fall Hiller gezeigt hat – auch schlugen: diese sind nun von einer mimosenhaften Empfindlichkeit, wenn es die eigne Haut gilt? Sie haben kein Recht, sich beleidigt zu fühlen.

Aber wer klagt denn heute? Was! Zu klagen wagt eine Institution, deren Angehörige Hans Paasche umgebracht haben, ohne daß eine saubere und klare Gerichtsverhandlung vor einem ordentlichen Gericht die Schuldfrage geklärt hat, zu klagen wagt eine Institution, deren Angehörige keineswegs von den Schandtaten und Übergriffen sadistischer Offiziere der Freikorps abrückt, sondern sie, wo sie nur kann, deckt und ableugnet – nach den Fällen Landauer, Eisner, Jogiches, Schottländer, Futran, Liebknecht, Luxemburg wagt ihr, zu klagen? Glauben diese Herrschaften, ihre Zeit sei noch nicht vorüber? So sollen sie sich gesagt sein lassen, daß der bessere Teil des Volkes nichts mehr mit ihnen zu schaffen haben will. Hat man je gehört, daß die öffentliche Einrichtung, die sicherlich wohltätiger ist als das Heer – die Feuerwehr –, jemals einen solchen Klamauk um ihre ‹Ehre› gemacht hat wie die Offiziere eines abgetakelten Systems, die sich nicht schämen, von einer Republik, die sie im tiefsten Herzen hassen, Geld zu nehmen? Eine Reichswehr wagt, sich beleidigt zu fühlen, während ihr wahrer Chef, v. Seeckt, in Uniform an monarchistischen Demonstrationen teilnimmt? (Die Trauerfeier in der Kaiser-Wilhelm-Gedächtnis-Kirche unter Lindström-Ludendorff war eine politische Demonstration.)

Ist Wahrheitsliebe Flagellantismus? Aber dann ist es masochistisch, sein Haus zu säubern – und die plötzlich und überall einsetzende Scham vor dem Ausland ist verdächtig. Es ist sicherlich anständiger, uniformierte Mörder der Bestrafung zuzuführen, als sie zu verteidigen – und die Gefahr, daß die *‹Times›* daraus einen Leitartikel macht, scheint mir nicht so groß wie die der Moralversumpfung von Volksgenossen, die es grade noch nötig haben, ihren Glauben an die Allmacht der Uniform bestätigt zu sehen. Wenn die Reichswehr sich mit allem identifiziert, was gegen den Militarismus gesagt wird: uns kanns recht sein.

Dies aber hat die Verhandlung mit aller Deutlichkeit ergeben: Es ist aussichtslos, mit diesen Richtern ernsthaft zu verhandeln. Kein Funke springt von Welt zu Welt über. «Wir haben den Geist dieses Militarismus bekämpfen wollen.» – «Na ja, das ist ja ganz schön . . .» Sie fassen es nicht. Sie können es auch nicht fassen – denn man hat ihnen generationenlang beigebracht, ein Landgerichtsdirektor, der nicht Hauptmann d. R. ist, tauge nichts. Sie fassen es nicht. Preußische Schneidigkeit, Kantigkeit, militärisches Wesen und Unwesen: das gehört untrennbar zu ihnen. Es war rührend, zu sehen, mit welch vollkommener Verständnislosigkeit auch der fein empfindende Hauptmann allem zuhörte, was über den Kasernenhof hinausging. «Drei Tage Mittel – ab!» Das versteht er. Mehr nicht.

Der Prozeß verwässerte Blut zu Limonade. Wenns Grosz nicht so gemeint hat – wir habens so gemeint. In meiner Wohnung hängen die Blätter der Mappe, und ich bin stolz darauf, sie zu besitzen. Sie halten mir vor Augen, welche Leute einmal in Deutschland geherrscht haben. Tun sies noch?

Ich beabsichtige nicht, diesen klaren Kampf in das Gebiet der Kunst herüberzuziehen. Davon brauchen Richter nichts zu verstehen, und sie verstehen auch nichts davon. Aber daß die ekelhaften Beschimpfungen eines Teiles der Volksgenossen – soweit er pazifistisch, radikal oder gar jüdisch ist – straflos bleiben, und daß Kritik am Heer heute noch als Sakrileg geahndet wird: das gilt es, ihnen auszutreiben.

Diese Generation freilich ist unheilbar.

Sagt wenigstens ihren Kindern, was das gewesen ist: die preußische Wehrpflicht und der preußische Militarismus – und lehrt sie, bewaffnete Söldner als das zu werten, was sie sind.

DEUTSCHE RICHTERGENERATION 1940

Zum Hakenkreuz erzogen,
das damals Mode war,
vom Rektor angelogen –
So wurdst du Referendar.

Du warst im tiefen Flandern
Etappenkommandant.
Du spucktest auf die andern
auch hier, im Vaterland.

Ihr spieltet Wilhelms Stützen;
das Korps ersetzt das Heer.
Gäbs keine ohne Mützen:
ihr wäret gar nichts mehr.

Nach steifen Amtsvisiten,
der Landgerichtsstation
kam dann nach alten Riten
die Doktorpromotion.

Es kam das Staatsexamen.
Ihr seid emporgerückt.
Ihr setzt nun vor den Namen
den Titel, der euch schmückt.

Nun, deutsche Jugend, richte!
Hier Waage! Da das Schwert!
Räch dich für die Geschichte!
Zeig dich des Kaisers wert!

Würg mit dem Paragraphen!
Benutz den Kommentar!
Du mußt den Landsmann strafen,
der kein Teutone war.

Setz auf das Samtbarettchen!
Das Volk es glaubt an dich.
Justitia, das Kokettchen,
schläft gern beim Ludewich.

Du gibst dich unparteilich
am Strafgesetzbuchband ...
Du bist es nicht. Nur freilich:
Juristen sind gewandt.

Du wirst des Rechtes Künder.
Dich kriegt man nicht – für Geld.
Gott gnade dem armen Sünder,
der dir in die Finger fällt!

Ich grüße dich, wunderbare
Zukunft der Richterbank!
Du nennst das einzig Wahre:
Rechtspruch nach Stand und Rang!

Ihr wählt euch eure Zeugen!
Ihr sichert den Bestand!
Wo sich euch Rechte beugen,
ist euer Vaterland!

AWRUMELE SCHABBESDECKEL UND PRINZ EITEL-FRIEDRICH VON HOHENZOLLERN

Bis zum letzten Hauch von Mann und Roß!

Awrumele Schabbesdeckel, aus Riga gebürtig, kommt 1914, vor dem Kriege, über die Grenze nach Berlin. Am Schlagbaum, vor Memel, hagelt es Fußtritte. «Dreckiger Jud!» – Aber er wutscht hinüber. Nun ist Awrumele weiß Gott nicht der beste Mann – der ‹Litwak›, wie die Juden ihre lettischen Glaubensgenossen nennen, kommt gleich hinter und gleich vor dem Pferdestehlen. Gut, er kommt hinüber.

Fängt hier in Berlin irgend etwas an, eine Messerschleiferei – handelt, vermittelt, nutzt den Krieg aus, schiebt, dreht und windet sich – und steht heute mit 18 Millionen da. Nu? Haß und Neid – aber er steht da.

Aber da kommen die neuen Steuergesetze – «Erlauben Sie mir, wie komm ich dazu? – Lächerlich!» Und mit der ganzen Kraft seiner

Rasse, die nie — um keinen Preis — untergeht, schlängelt sich Herr Schabbesdeckel um diese Steuergesetze. — Und wird erwischt.

Und wenn er nun erwischt werden würde —: was meint ihr, würde er für eine Presse — und — was meint ihr — würde er für ein Gericht finden? Ich dächte ein strenges. Urteilsbegründung und Zeitungsaufsatz könnte ich im Traum hinschreiben: von den ‹landfremden Elementen› würde etwas darin stehen — von den ‹darbenden Mitbürgern› — der alte gute Antisemiticus von der *‹Täglichen Rundschau›* würde nachts nicht schlafen — und Awrumele hätte sehr lange im Gefängnis Zeit, über sich und Deutschland nachzudenken.

Soweit Schabbesdeckel. —

Der Prinz Eitel-Friedrich von Hohenzollern ist wegen Kapitalverschiebung ins Ausland verurteilt worden. Ja, Deutscher, das — — Das ist ganz was anders —!

Hatte man das Sitzungszimmer vorher desinfiziert? Hatte Moabit geflaggt? Viel gefehlt hat nicht.

Zunächst brauchte der Prinz nicht auf der Anklagebank zu erscheinen. Er hatte so viel in seinen Papieren nachzusehen ... Nachtigall, ich hör dir laufen ...! Aber ich kenne eine Reihe ehrenwerter Männer, die, um politischer Vergehen angeklagt, dieselbe Bank auszufüllen hatten, auf der Zuhälter, Einbrecher und Mörder gesessen hatten. Der Prinz nicht. «Dem Prinzen wurde gestattet, neben seinen Verteidigern Platz zu nehmen.» Königliche Hoheit waren im Cut erschienen, mit jenen Metallorden versehen, die sein hoher Vater ihm zu verleihen die Hohe Gnade hatte.

Der Zuhörerraum ist fast leer. Die Verhandlung ist zwar öffentlich — aber man hatte — nach alter bewährter Methode Moabits, wo die Öffentlichkeit durch das Verhalten der Justizwachtmeister längst zur Farce geworden ist —, man hatte offenbar nicht ‹genügend Karten› ausgegeben — um Königlicher Hoheit Peinlichkeiten zu ersparen. Ich kenne eine Reihe ehrenwerter Männer, die einmal in ihrem Leben gestrauchelt sind — und die Blut und Wasser unter der Spießrutenallee von Augen schwitzten ... Ein Mann war dem Weinen nahe. Und eine Öffentlichkeit glotzte. Hart. Und doch unvermeidlich. Wenn anders man zu einer Rechtspflege Vertrauen haben soll. Vertrauen? Wir haben längst keins mehr.

Der angeklagte Hohenzoller hat also Geld über die Grenze geschoben. Er hat das mit jenem berüchtigten Grußer gemacht, einem Hoflieferanten in Schiebungen. Der halbe preußische Hochadel ließ da arbeiten. Und mit bestem Erfolge. Dieser wurde zufällig gefaßt. Er soll über 300 000 Mark verschoben haben. Immerhin eine ganz stattliche Summe.

Und nun wollen wir einmal Atem holen und uns erinnern. Nun wollen wir uns einmal an die alten Kaiserreden im Kriege erinnern —

an die Reden, die adlige, kaiserliche und andere militärische Führer im Kriege vor den Fronten krähten (vor den Kompaniefronten, bitte — vor der wirklichen Front ist kein kaiserlicher Prinz gefallen) — nun denkt einmal nach! Wißt ihr noch? «Bis zum letzten Hauch von Mann und Roß!» — «Ich, der ich hier auf dem verantwortungsvollsten Posten stehe!» — «Mit Gut und Blut!» — Nämlich anderer.

Wo ist das viel berufene Ehrgefühl der kaiserlichen Familie? Was war das für eine Verteidigung!

«Ich war Soldat und wußte nicht, daß dies verboten war.» Ach, du wußtest es nicht! Aber deine ‹Kerls› — denen hast du doch wohl vorschriftsmäßig die letzten gesparten Goldstücke für jene Kriegsanleihen abgenommen, an denen Tausende kleiner Rentner ihr Geld verloren haben! Er wußte es nicht.

Und er müßte für seine Frau sorgen. Das wäre seine Pflicht. Auch die strafbaren Handlungen? Wenn eine solche Ausrede durchgeht, werden wir nächstens bei den großen Einbruchsprozessen unser blaues Wunder erleben ...

Soldatisch der Dünkel, soldatisch der Horizont (wie ein Schnapsglas) — und soldatisch die Ausdrucksweise. «Ich hatte keinen Befehl zu einer solchen Verschiebung gegeben.» Lieber Freund, die Zeit ist vorbei. Und ein Kommando ‹Kapital — — ver — schiebt› gibt es noch nicht.

Soweit der Schieber. Und das Gericht?

Habt ihr von einem deutschen Gericht erwartet, daß es die hohe Wonne ganz unterdrücken könnte, die darin liegt, mit einem Prinzen im selben Raum zu atmen? Keiner von uns hats erwartet, der diese Justiz kennt.

Über das Urteil ist nicht zu sprechen. Wir kennen die Akten nicht — und wir sind nicht so vorschnell wie jene Offiziere des alten Regimes, die alle Sozialdemokraten für Lumpen erklärten. Wir prüfen, bevor wir urteilen. 5000 M. (in Worten: Fünftausend Mark) hat der reiche Mann bezahlen müssen. — Ob dieses Urteil gerecht ist oder nicht, kann ich nicht sagen. Aber daß die psychologischen Hintergründe, aus denen geurteilt worden ist, nicht rein sind — das will ich beweisen.

Man kann sich denken, wie diesem Stellvertreter des preußischen lieben Gottes auf Erden zu Mute war, als er vor ein sogenanntes republikanisches Gericht treten mußte. Und nun frage ich alle, die jemals in Moabit zugehört haben und denen das Herz schneller schlug, als sie diese Richter amtieren sahen:

Hat jemals einer erlebt, daß ein Angeklagter nach den Vernehmungen durch seinen Anwalt verkünden ließ: «Ich habe nichts mehr zu sagen! Ich will nun gehen!» — Hat das jemals einer erlebt? Und glaubt einer, daß die preußischen Richter einem andern Angeklagten als diesem jemals das Recht eingeräumt hätten, auf die weitere Teilnahme an der Verhandlung gegen sich selbst zu verzichten?

Es ist das erstemal, seit ich lesen kann. Den Prinzen ließ man gehen.

Und ich will euch den Grund sagen:

Der ungeheure Hochmut dieser Kaste ist noch nicht erloschen. Der Mann hat sich gesagt: Ich will von diesem bürgerlichen Gericht da keinen Spruch hören. Ich unterwerfe mich ihm nicht. Wenn mein Vermögensverwalter diese lächerliche Polizeistrafe bezahlt – so kann mir das recht sein. Eine Verurteilung erkenne ich nicht an.

Das heißt der Weggang des Prinzen. Das und nichts anderes.

Hat er nicht recht? Die Hohenzollern sind immer gute Geschäftemacher gewesen – gerade so hinterher wie jener Schabbesdeckel, gebürtig aus Riga, ansässig in Berlin. Nur nicht so gewandt.

Aber viel hochnäsiger.

Und eine Nation sieht zu, wie ein leibhaftiger Prinz vor einem ehrfurchtsvoll erschauernden Richterkollegium zögernd und schleppend ein paar gleichgültige Aussagen macht und dann frühstücken geht. Man erzählt sich von einem marburger Studenten, er habe, als er einmal des Nachts auf offener Straße ein Bedürfnis verrichtet habe, gerufen: «Schutzmann! Zahlen!» –

Dieser ruft: «Richter! Zahlen!» – Und geht frühstücken.

Wenn schon jede Nation die Rechtsprechung hat, die sie verdient, – diese haben wir denn doch nicht verdient.

ABSCHIEDSGESANG

Dies siehst du häufig auf den Straßen:
Im Auto vor den Sektterrassen
schwimmt mild ein Fettkloß in dem Wagen –
Beruf: Nie sollst du mich befragen.
Der Motor surrt. Das Fett, es zittert.
Sieh da: es hat sich ausgewittert
mit Bolschewismus, mit Verträgen –
es wird sich alles wieder legen.
Der Dicke strahlt. Er ist der Alte ...
Der ganze Bauch ist eine Falte!

Und kennst du seine Weiblichkeiten?
Wer wagt, den Liebreiz zu bestreiten
der jungen Mädchen aus dem Osten,
indem, daß sie so ville kosten?
«Der Stein is Tineff!» haucht sie lind.
«Und der – der will mein Schklave sind?»

Als deiner anderswo gefeiert,
mein Kind, hast du dich entgeschleiert,
so tief, daß ich nach hinten prallte ...
Der ganze Bauch war eine Falte!

Und das soll alles ich verlassen?
Berlin – ich kann es noch nicht fassen!
Du süße Stadt – ich komme wieder
und pfeif aufs neue deine Lieder.
Inzwischen, Liebste, laß mich gehn,
bleib hübsch gesund und laß mir stehn
die Lektrische, die Schutzmannschaft,
den Reichstag, die Germanenkraft,
die Kinos und die Landgerichte,
die Presse mit dem Weisheitslichte.
Ich ab.
Und griene: «Daß dich Gott erhalte –!»
Der ganze Bauch ist eine Falte.

KLEINE BEGEBENHEIT

Der Strumpfwirker und der Bauerssohn waren in der Nacht von einem Ackergraben in den andern geklettert – warum sie es getan hatten, wußten sie nicht. Man hatte ihnen gesagt, sie sollten es tun. Herren, die lesen und schreiben konnten, hatten es ihnen gesagt. Im andern Ackergraben hatte man sie gleich angehalten, in derselben Nacht noch, und, weil sie fremdgefärbte Kleider anhatten, sie sehr geschlagen und in ein Haus gesperrt. Nachher saß ein Advokat hinter einem Tisch – er war so froh, hinter diesem Tisch sitzen zu dürfen! – und schrieb auf, was der Strumpfwirker und der junge Bauer zu sagen wußten. Da war noch ein Gastwirt, der schlug sie, wenn sie nicht genug sagten. Ein Besucher kam zu ihnen und sagte, man würde sie töten – und zwei Leute, ein Steinklopfer und ein junger Mensch, der noch keinen Beruf hatte und bei den Eltern lebte, bewachten sie von Stund an.

Vierundzwanzig Menschen wurden benötigt, um die beiden totzuschießen. Es meldeten sich, freiwillig, achtzig. Achtzig – darunter waren Verheiratete und Ledige, Stille und Freche, Kräftige und Schlappe – sonst brave Leute, die keinem etwas zuleide taten, und die nur so gern einmal dabei sein wollten, um zu sehen, wie das wäre, wenn einer totgeschossen würde. Mehr: die ihn selbst totschießen wollten. Denn es war erlaubt ... Befehligt wurden sie von einem Kohlenhändler.

Am Morgen dieses Tages erschien der traurige Zug auf dem ungeheuern Schneefeld südlich des Dorfes. Voran der Bauer und der

Strumpfwirker, zwischen zwei Leuten von denen, die man aus den achtzig ausgesucht hatte; ein Arzt aus einer großen Stadt, der dergleichen noch nicht gesehen hatte und gleichfalls begierig war, es zu sehen; und der Kohlenhändler mit seinen Leuten. Die beiden in dünnen Jacken zitterten vor Kälte und Todesfurcht. Der Zug machte hinter den Scheunen halt. Der Advokat, der mitgegangen war, zeigte den beiden ein Papier; aber sie froren und konnten auch nicht lesen. Man stellte sie an kleine schwarze Pfähle. Der Kohlenhändler sagte zu seinen Leuten, sie sollten ihre Gewehre laden. Er sagte es sehr laut, obgleich er nahe bei ihnen stand. Er hätte gewünscht, daß ihn seine Frau so sähe, wie er, der sonst Kohlen verkaufte, hier zwei Leute totschießen durfte. Die Schüsse knallten. Die beiden fielen um wie leere Säcke. Der Arzt aus der großen Stadt ging hin und sah sich genau ihre Wunden an. Dann verscharrte man sie.

Ich habe vergessen zu erzählen, daß alle verkleidet waren: die Gerichteten als serbische, die Henker als deutsche Soldaten.

HERAUSGEBER ODER VERLEGER?

Die Stimme des Herrn aus dem Nebenzimmer: Alle werf ich heraus!
Der Redakteur (zuckt zusammen).
Karl Kraus

Der Verein Deutscher Zeitungsverleger will sich im Titel seiner Organisation ‹Zeitungsherausgeber› nennen, und die Organisationen der Redakteure erheben dagegen Einspruch. Sie sagen, der Name ‹Herausgeber› komme dem Verleger nicht zu – nicht er, sondern der Chefredakteur gebe die Zeitung heraus. Wie steht es damit?

In technischer Beziehung haben die Redakteure recht. In den meisten Fällen beurteilt wirklich der Chefredakteur mit seinen Redakteuren das Material, stellt es zusammen, streicht und fügt hinzu, redigiert und läßt redigieren. Und der Verleger?

Ich halte es für ehrlicher, wenn sich von nun an die Verleger ‹Herausgeber› nennen. Denn näher betrachtet sind sie es.

Die Zeitung ist ein Geschäft. Sieht man von Partei-Organen ab, die es auch nicht grade von sich weisen, wenn aus ihren Zeitungen Überschüsse herausspringen, so haben wir es bei der Zeitung, wie sie heute ist, mit einer rein kapitalistischen Unternehmung zu tun, die in sehr geschickter Weise den Nachrichtendienst und die für den Warenmarkt nötigen Anpreisungen zu verquicken gewußt hat. Daß diese beiden Elemente aufeinander ohne Einfluß bleiben, ist ohne Beispiel. Die politische Tendenz des Verlegers, also des Blattes ist für ganz bestimmte Schichten von Lesern, also auch von Inserenten bestimmt; die geistigen und wirtschaftlichen Eigenschaften der Leserschaft und der Inserenten beeinflussen selbstverständlich die Redaktion.

Daß sich ein Redakteur zu einem ganz bestimmten Blatt meldet, beweist, daß er mit dessen Tendenzen einverstanden ist. (Ob das mit seinen innersten Überzeugungen übereinstimmt oder nicht, ist eine Sache für sich.) Der Redakteur weiß von vornherein, daß sich die Zeitung an die und die Leser (also auch Inserenten) wendet: er weiß von vornherein, was er sagen soll, und was er nicht sagen darf.

Im günstigsten Fall steht der Zeitung ein Chefredakteur vor, dessen Überzeugungen sich mit den wirtschaftlichen Interessen seines Verlages decken: dann wird er für seine Person durch Redaktion und persönliche Beeinflussung die Unterredakteure so lenken, wie er — und sein Verleger — das haben will. Bei sehr vielen kleinen Zeitungen — und nicht nur bei den kleinen — kümmert sich der Verleger selbst um den Inhalt seiner Zeitung.

Und das ist natürlich. Man denke sich einmal aus: Soll ein Unternehmer eine Zeitung halten und führen, die gegen seinen Willen, gegen seine Interessen, gegen seine Ansichten gemacht wird? Das gibt es nicht. Es ist seine Zeitung. Nicht die der Redakteure.

Man stelle sich nun die Zusammenarbeit zwischen Verleger und Redakteur nicht falsch vor. Vom bakelschwingenden Unternehmer bis zum geistigen Mitarbeiter gibt es unter den Verlegern alle Schattierungen: die normale wird wohl die sein, daß der Unternehmer in ständigem, vielleicht sogar freundschaftlichem Konnex mit dem Chefredakteur seine Zeitung überwacht. Solange er nicht in Kleinigkeiten hineinredet, sondern nur die allgemeine Tendenz wahrt, die ja der Redakteur schon vor der Anstellung gekannt und durch den Eintritt in das Unternehmen gebilligt hat — so lange mag das angehn. (Es ist allerdings nicht zu verkennen, daß die Mehrzahl der Verleger in ihren Redakteuren eine Art überbezahlter Schreiber sieht, die — im Vergleich mit den beträchtlich höher geschätzten Annoncen-Akquisiteuren — nur kosten, aber nichts einbringen. Die Behandlung ist entsprechend.)

Ich halte es für einen sachlich unangebrachten Stolz der deutschen Redakteure, sich durch den Versuch, ihren Brotherren den Titel ‹Herausgeber› abzuerkennen, als unabhängig hinzustellen. Sie sind es keineswegs. Sie sind es nicht einmal bei den Partei-Organen, wo die Verhältnisse unter den von der Partei eingesetzten Kontroll- und Aufsichts-Organen durchaus unerquicklich liegen. Und sie sind es erst recht nicht bei den kapitalistischen Zeitungsunternehmungen.

Diese Abhängigkeit ist den im Dienst alt und grau gewordenen Redakteuren nicht mehr bewußt. Sie würden auf das höchste erstaunt und entrüstet sein, wenn man ihnen die Wahrheit sagte: daß sie nur das schreiben, was den Verlagsinteressen nicht zuwiderläuft. Schlimmer: daß sie auch nur noch das denken. Korruption ist das nicht. Die persönliche Ehrenhaftigkeit des deutschen Redakteurs soll nicht angetastet werden. Es ist viel schlimmer als Korruption.

Es ist so, daß der deutsche Redakteur vom Unternehmer vollkommen abhängig ist. Bei der *‹Frankfurter Zeitung›* hat man nicht diesen Eindruck. Aus meiner berliner Tätigkeit ist mir nur ein einziger Fall bekannt, wo ein sehr tapferer, junger Redakteur ein Blatt fast ohne seinen Chefredakteur und fast gegen seinen Verleger redigiert. Und auch da ist es ohne Kompromisse nicht abgegangen.

Ob der Verleger selbst unabhängig oder ob auch er nur der Vordermann einer Industriegruppe ist: das spielt den Redakteuren gegenüber keine Rolle. Sie sind auf keinen Fall unabhängig. Man ist heute schon froh, wenns der Verleger wenigstens nominell ist, und wenn nicht die Zeitung eine höchst gefährliche Waffe in den Händen irgendeines Konzerns ist.

Der Verlegerinteressen sind viele. Da gilt es, den Kaufmann nicht vor den Kopf zu stoßen oder den Landwirt nicht; in vielen Blättern, deren Abonnenten-, also Inserenten-Kreis sich hauptsächlich aus Städtern zusammensetzt, darf wohl das Land, aber nicht die Stadt der Wirtschaftssabotage bezichtigt werden; hier wird der Börsenspekulant geschützt und da der Mieter; und am gefährlichsten sind wohl jene Blätter, deren Verleger es aus Geschäftsrücksichten allen recht machen wollen: der Familie, den Kosmopoliten, den Freihändlern und den Agrariern. Hier sind die Redakteure am übelsten dran.

Sie sollten es einsehen. Der Unfug, den jüngst ein Herr A. K. Kober unter dem Titel: *‹Die Seele des Journalisten›* veröffentlicht hat, ist ein ideologisches Gemenge von Feuilleton und Größenwahn, das in der Zeitung so eine Art Heiligtum des Lebens erblickt. Mit Schmockereien ist diese ernste Frage nicht zu lösen.

Eine Zeitung kann ungeheure Wirksamkeit haben — aber nie gegen den Inserenten. Das gibt es nicht, hat es nicht gegeben und kann es auch nicht geben. Ganz abgesehen von der politischen Tendenz gibt es bei der Zeitung, wie sie sich heute darstellt, keine objektive und freie Meinung. Die Herren mögen von dem Pferdchen ihrer Standesehre herunterklettern. Denkt nach: Kümmert sich der Verleger um die Briefe, die ihm von tadelnden Lesern zugehen, oder nicht? Machen auf ihn Massenbeschwerden, machen auf ihn Massenabbestellungen Eindruck oder nicht? Wird er nunmehr darauf dringen, daß die Ursache dieses Abonnentensturzes fortfällt oder nicht? Wird er sich also in die Redaktionsgeschäfte mischen oder nicht? Er wird es.

Und es ist kein Vorwurf ob mangelnder Mannhaftigkeit gegen die Redakteure zu erheben. Der Verleger wird immer letzten Endes sagen: «Ich habe Sie, meine Herren, nicht angestellt, der Göttin Wahrheit zu dienen, sondern – gewiß unter Wahrung Ihrer persönlichen Würde – meinem Geschäft. Paßts Ihnen nicht – gehen Sie!» Und er hat recht. Er hat ein Geschäft und kein Heiligtum – er hat eine Zeitung und keinen Philosophenkongreß.

Und er bleibt – das ist unbequem, schmerzlich, aber wahr – letzten Endes der wahre Herausgeber.

FÜHRERHUNDE

Zum ersten August

Kluge Hunde führen über die Straßen den tastenden Blinden.
Wittern und suchen und wissen den richtigen Weg zu finden.

Einmal, Blinde, haben euch andre viereinhalb Jahre geführt.
Haben geknurrt und gebellt und lebende Menschen dressiert.

Einmal, Blinde, führten euch Wölfe in schmutzige Gräben,
legten euch an die Kette und ließen euch Tierfraß geben.

Liefen davon, als es wankte. Nach blutigem Trunk
tragen sie heute jenseits der Grenzen die schwere Verantwortung . . .

Vorsichtig zerrt euer Hund an seinem leitenden Strick.
Wachsam die Ohren gespitzt und gute Treue im Blick.

Blinde! Keiner, keiner der Führer, aufgeblasen und bunt,
steht vor Gott so menschlich und hoch wie euer Hund!

SÄCHSISCHE MINIATUREN

Humoristen haben aufeinander stets eine mächtige Wut. Hans Reimann und ich zum Beispiel – wir sind schrecklich höflich zusammen. Wenn wir uns sehen, lächeln wir uns an – (so, nach der Melodie: «Was an dem eigentlich komisch ist, das möchte ich auch mal wissen. Es muß wohl so eine Art Lokalberühmtheit sein . . .!»). Und dann grüßen wir uns wieder furchtbar freundlich. Nur wenn die Rede auf den großen Meister des unfreiwilligen Humors kommt: auf Schlaikjers Erich – dann schweigen wir ehrfürchtig still. Denn da können wir alle beide nicht mit.

Was ich sagen wollte: Wißt ihr, was Nippes sind? Nippes ist, wenn man es als Kind entzweiwirft und man bekommt Prügel. Und wenn einer je – wie Pazaurek in Stuttgart – ein Gegenbeispiel-Zimmer aufbaut, etwa einen sächsischen Salon: dann dürfen die *‹Sächsischn Miniaturen›*, die Hans Reimann soeben im Verlag seines ‹Drachen› (zu Leipzig, Königstraße 19) hat erscheinen lassen, nicht fehlen. Ich weiß nicht einmal, was sie kosten, aber für eine Mark mehr werdet ihr immer noch lachen, das ist gewiß.

Mit den Dialektschnurren ist das so eine Sache. Wer nicht in der Lokalität geboren ist, oder wer sich nicht sehr einfühlen kann, dem werden die *‹Oberschlesischen Schnurren›* von Felix Kondziolka, dem wird *‹Jöä›* von dem hannoveraner Théodore le Singe – dem werden Döntjes und Läuschen kein Lächeln ablocken. Erstens enthält das Heftchen den Extrakt Reimannscher Saxonica, und dieser wiederum enthält die Herzgose des sächsischen Börjers in Reinkultur.

Sachsen, ein Land, das in völliger Verkennung der Tatsachen nicht an den ‹Feindbund› abgetreten worden ist, verrät zum Glück auch jedem Unkundigen seine Seele durch die Sprache. ‹Seele› – ist übertrieben; aber ‹Sprache› ist es auch. In letzter, formvollendeter Echtheit kann Reimann diese Mitteilungsart schriftlich wiedergeben. Man versteht die holden Laute überhaupt nur, wenn man sie sich selbst laut vorliest.

‹De Gadze› und *‹Schbießr›* habe ich mir mindestens zehnmal laut vorgelesen. Ohne Lachen gings nie. Wie da mißtrauisch, gedankenfaul und lautreich immer einer um den andern herumredet, wie da aus nichts Gedanken wie Blasen heraufsteigen und zerplatzen: das ist ganz wundervoll beobachtet. Und mehr: mit jener epigrammatischen Verkürzung wiedergegeben, in der so etwas allein möglich ist.

Fast alles in dem Heftchen ist ganz erster Güte. Anekdoten, Witzchen – am nettesten fand ich jene, die, wie die Gegend, gar keine Spitze aufweisen; das Gespräch fängt an, rinnt so fort, hört auf ... Brillant die Behandlung der Sprache; sie ist so ‹pfleglich behandelt› (wie das unsre Hämorrhoidarier in den Kultusministerien nennen), daß man Hans Reimann auf ein Lährschdielchen für säcksche Rädeweise in Connewitz zu berufen denn doch nicht länger zögern dürfte.

Bevor die Redewendung erstrahlt: «Igloowe, srähjnd.» – «Siss awwr och gee Wundr bei dähn Wäddr!» – steht als Glanzleistung da: *‹Baul Ball›*. Das ist mehr als Spaß.

Wie dieser Plattenbruder mitten in der Nacht, um zwei, sein Gespräch beginnt: «Guudr Mann, ich bin nähmlich ä Freigeist!» – und wie er dann sofort dazu übergeht, von seinen drei Operationen an der Hand und jener andern am Bein zu erzählen, und dann, wie er überhaupt geartet sei, an der Seele beispielshalber und am Garaggder: das erinnert in seiner Mischung von Herzensgüte, Gedankensprüngen und Besoffenheit an Hauptmanns Schluck. Diese Drucksachen sind beste Literatur.

Ein solches Buch, das ganze Landstriche erklärt und ihre Bewohner, Gott behüte, bis aufs Hemd auszieht, konnte nur einer illustrieren, und der hats auch illustiert: George Grosz. Es war ein Fressen für ihn. Er hats noch sanft gemacht: milde wie der Beischlaf eines Kommandierenden Generals ist der Zeichenstift dahingefahren und hat dabei Sachsens Mann, Frau und Kind schonungslos getroffen. Der Spießer lacht gern über sich, wenn der Verlachte eine Generation zurückliegt, und niemand ist unter Bornierten freundlichen Applauses so gewiß wie der Spitzwegsche Kleinbürger. Grosz hat den von heute beim Kragen, bei der Krawatte, beim Bauch genommen – und der Schädel mit der Einbuchtung auf Seite 34 ist Helfferichs Gefolgsmann ein für alle Mal. Schade, daß er *‹Die Jalousien›*, diese wundervolle Geschichte des Provinzklatsches, nicht bebildert hat.

Und um euch zum Schluß Laune zu machen, daß ihr das Heft beim Verlag des ‹Drachen› bestellt – eine (fast koscher zubereitete) Rosine aus dem Guchen: «De Laadschn. Wemmr ä Baar Laadschn hadd, unn der eene iss weck unn mr hadd bloß den andrn – da nudzen een alle beede nischd!»

FRATZEN VON GROSZ

Der Zusammenhang zwischen der bildenden Kunst und dem Leben ist nicht ganz aufgeklärt. Es ist noch nicht heraus, ob die Damen in England um 1830 so ausgesehen haben, weil Burne-Jones sie so hingehaucht hat, oder ob er so malte, weil sie so aussahen. Jedenfalls waren sich beide einig: der Maler und seine Zeit, und so war alles in bester Ordnung.

Der Karikaturist hats schon schwerer. Nach ihm richtet sich keiner. Im Gegenteil: der Getroffene – und grade der Getroffene – erkennt sich nicht einmal, und jeder Fleischermeister erklärt, solche Specknacken gäbe es überhaupt nicht. Und doch richtet sich einer nach dem Zeichner mit dem Zerrstift.

Der Sehende richtet sich nach ihm. Sicherlich hat Spitzweg viele veranlaßt, mit seinen Augen zu sehen – und was der (alte) *‹Simplicissimus›* auf diesem Gebiet geleistet hat, wißt ihr noch alle: sahen wir nicht Gulbranssons Spießer mit den Korkzieherhosen und dem Wellenbauch, Thönys feisten Agrarier und dann die Herren Leutnants ...?

Lang, lang ists her. Der *‹Simplicissimus›* ist tot, Thoma lebt in der Nähe ländlicher Sauställe, und ein Witzblatt von Gesinnung haben wir nicht mehr. Aber einen Karikaturisten, der sie alle, die von damals, überragt, einen, der mit Monokel, Mikroskop und zwei gesunden Augen neu, neu und noch einmal neu sieht: George Grosz.

Fünfundfünfzig politische Zeichnungen sind von ihm unter dem Titel *‹Das Gesicht der herrschenden Klasse›* im Malik-Verlag erschienen. Neben der Mappe: *‹Gott mit uns›* das meisterlichste Bildwerk der Nachkriegszeit.

Die deutschen Gesichter haben sich verhärtet. Schärfer sind die Kinne geworden, verbissener die Lippen, brutaler die Unterkiefer. (‹Haifische› nennt der Italiener seine Blutgewinner.) Und ich weiß keinen, der das moderne Gesicht des Machthabenden so bis zum letzten Rotweinäderchen erfaßt hat wie dieser eine. Das Geheimnis: er lacht nicht nur – er haßt. Das andre Geheimnis: er zeichnet nicht nur, sondern zeigt die Figuren – welche patriotischen Hammelbeine! welche Bäuche! – mit ihrem Lebensdunst, ihrer gesamten Lebenssphäre in ihrer Welt. So, wie diese Offiziere, diese Unternehmer, diese uniformierten Nachtwächter der öffentlichen Ordnung in jeder einzelnen Situation bei Grosz aussehen: so sind sie immer, ihr ganzes Leben lang.

Sie sind alle da: die brutalen Mordoffiziere und Nachfahren eines Ludendorff, die allesamt nicht ertragen können, in Zivil zu arbeiten, und die vorziehen, in Uniform zu töten – so das Blatt: *‹Prost Noske! Die Revolution ist tot!›*, eines der stärksten politischen Pamphlete unsrer Zeit; früher machte das lächerlich, heute wird man, wenn man nur sonst ein guter Gustav ist, Oberpräsident –: die Kaufleute, die gar nichts andres sehen als Geschäft, und deren Kinne zeigen, wie man lebt, und deren Lippen, wie man leben läßt; die Viechskerle von Soldaten, Bulldoggen und Sergeanten des kaiserlichen Heeres: Herren und Generale; einen bezaubernden, immer wiederkehrenden Typus eines Waschlappen: Demokraten mit Pelerine, Umhängebart, Schlapphut, Regenschirm und der jeweils nötigen Überzeugung; Studentenschnösel und Klassenmediziner – und der Letzte, nicht der Beste: Erich Ludendorff-Lindström. (Grosz hat sich liebevoll in dieses Gesicht versenkt – es ist dem Gesicht nicht gut bekommen. Aber Vater Hindenburg ist auch nicht ohne.)

Und all das ist von neuer Formulierung. Ob Grosz der erste war, weiß ich nicht. Er muß Väter gehabt haben: Primitive, die ersten Expressionisten. Alle, die aus der Haut und aus der Samtjacke fuhren und die Malerei wieder den geistigen Künsten zuführen wollten. Aber er ist doch der erste von ihnen allen.

Und alle Blätter – die man bald bestellen möge, bevor sich eine deutsche Strafkammer mit einem Beschlagnahmebeschluß vor ihnen blamiert – rufen uns jene Zeit ins Gedächtnis, wo alles zusammenzubrechen schien und alles blieb; wo so viel verpaßt wurde und so viel geschont; die uns dreihundert oppositionelle Führer kostete und Mörder: Exekutive, Militär und Richter am Leben ließ. Guten Abend, deutsche Revolution!

Der Hakenkreuzgastwirt, der Wenn-und-aber-Demokrat, der verhetzte Student, der gefügige Staatsanwalt, der grauenhafte sture Kleinbauer – sie werden das Heft nie zu sehen bekommen, weil bei uns ja alle nebeneinander leben und zumal unbequeme geistige Regungen gern unbeachtet bleiben. Was nützt Groszens Pazifismus und all das? Ungestört singen die Kindergärtnerinnen ihr: «Ja, mit Herz und Hand . . .»; ungestört lehren wildgewordene Oberlehrer ehrwürdige Geschichtslügen; ungestört toben Justiz und Universität. Vom Kapital zu schweigen.

Und wohin du blickst: Fratzen von Grosz. All diese Gesichter kann man auch zum Sitzen benutzen.

Wir aber wollen in dies Bilderbuch sehen und jener Jungfrau Germania gedenken, die mit jedem Offizier — bis zum Feldwebel abwärts — gehurt hat. Und sprechen: «So siehst du aus!»

IN DER ZELLE

Der eine Gefangene: Wie die Lampen blitzen! Wie die Uhr schlägt!

Der andre Gefangene: Das sagst du jeden Abend. Jeden Abend um acht Uhr!

Der Eine: Dann ist der Tag so gut wie herum — der verfluchte Tag.

Der Andre: Wie lange noch?

Der Eine: Noch sieben Jahre.

Der Andre: Ich komme drei Tage früher heraus als du.

Der Eine: Ich habe dir schon einmal für diesen dämlichen Witz mit dem Wasserkrug den Schädel halb eingeschlagen — soll ichs noch einmal tun?

Der Andre: Willst du noch einmal vier Wochen Dunkelarrest dafür haben?

Der Eine: Hund.

(Pause.)

Der Eine: Was gibts Neues?

Der Andre: Die Brüder von Nummro acht sind wieder raus. Heute morgen.

Der Eine: Was? Wie sies bloß anstellen? Es ist jetzt das vierte Mal.

Der Andre: Wieso das vierte? Das dritte!

Der Eine: Das vierte. Das erste Mal — das waren die Liebknecht-Leute. Wie lange waren die drin? Warte mal — eigentlich gar nicht. Sie kamen gleich frei, nein, sie kamen in eine andre Anstalt. Man kennt das. Bloß das arme Luder von Soldat, den die Offiziere in der Patsche sitzen ließen — der sitzt ja wohl heute noch.

Der Andre: Und das zweite —?

Der Eine: Das zweite Mal —: da waren hier die Stuben voll. Da haben die Soldaten in der Stadt die Offiziere eingesperrt, die aus dem Putsch. Wir haben nicht viel davon erfahren — die Aufseher lügen. Ich hatte mir ein Endchen Zeitung geklaut. Da stand alles drin. Die Jungens hatten aufs falsche Pferd gesetzt, und da kamen sie, anstatt zu Ämtern und Pöstchen, hierher. Wie lange saßen die?

Der Andre: Vier Tage.

Der Eine: Dann kam eine Order – von oben, sagte der Kalfaktor, da waren sie frei.

Der Andre: Und das dritte Mal –?

Der Eine: Das dritte Mal warens Baltikumer. Die gingen gleich wieder – einer hatte achtunddreißig Stunden gesessen. Er drohte dem Reichswehrminister mit Absetzung.

Der Andre: Und dieses vierte Mal –?

Der Eine: Was die ausgefressen haben, weiß ich nicht. Aber es muß eine dolle Sache gewesen sein – denn sie waren in zwölf Stunden frei.

Der Andre: Wie sies nur anfangen –!

Der Eine: Sie haben Protektion. Die hast du eben nicht.

Der Andre: Aber es sind doch schwere Jungens wie wir – sie haben gemordet, sie haben doch Hochverrat machen wollen, sie haben den Eid gebrochen, sie haben ...

Der Eine: Du vergleichst uns mit diesen Kerlen –! Du hast so wenig Ehrgefühl im Leibe, daß du uns mit diesen Brüdern vergleichst –! Mit denen da –! Du –!

Der Andre: Ich meinte nur ... Hilfe –! Hilfe –! Laß den Wasserkrug weg –!

Der Eine: Man hat doch seinen Stolz, verdammt nicht noch mal –! Du Hund –!

Der Aufseher (von draußen): Wird da Ruhe da drin! Oder soll ich dazwischen fahren –!

(Es wird still.)

Der Eine (flüsternd): Nimmste das zurück?

Der Andre: Ja doch.

Der Eine: Merk dir das: Und wenn die ganze Republik die ansiedelt und versorgt – bei uns nicht! Wir wollen anständig bleiben! Gute Nacht –!

(Sie legen sich auf die Pritschen.)

DAS BUCH VON DER DEUTSCHEN SCHANDE

E. J. Gumbel hat im Verlag Neues Vaterland ein kleines Buch erscheinen lassen: *‹Zwei Jahre Mord›*. Es ist die wichtigste Publikation der letzten drei Jahre.

E. J. Gumbel hat die politischen Mordtaten der Jahre 1918 bis 1920 kühl und sachlich gesammelt, alle, die von rechts und die von links, und er hat gleichzeitig ihre gerichtliche Aburteilung aufgezeichnet. Die Vorarbeiten machen den Eindruck der lobenswertesten Sorgfältigkeit; es ist nirgends ein Anhalt dafür zu finden, daß der Verfasser Tatsachen umgekrempelt hat, um irgendeinen Standpunkt zu verfechten. Er hat, wie ausdrücklich bemerkt ist, alle Mordtaten überhaupt fortgelassen, die von einer Menschenmenge, gleichviel welcher Art, begangen worden sind; ferner solche, wo die erschießende Partei behauptete, angegriffen worden zu sein; alle Erschießungen in Oberschlesien; alle Fälle, wo es sich um persönliche Racheakte handelte; alle Fälle, wo die Erschießung auf Grund eines kriegsgerichtlichen Urteils erfolgte (was sehr anständig von ihm ist: denn Qualität und Kompetenz dieser ‹Gerichte› waren mehr als suspekt) – und endlich alle Fälle, die nicht ganz aufgeklärt sind. Was dargestellt wird, ist einwandfreies Material.

Im November 1918 flutete ein Heer von annähernd acht Millionen Mann in die Heimat; die dort befindlichen Formationen kamen in Unordnung und lösten sich teilweise auf. Es ist nicht gesagt, daß die Desertion desjenigen, dem ein erzwungener Fahneneid geleistet worden war, die Ursache hierzu war. Ungezählte Truppenteile hielten – wenigstens solange sie in Feindesland waren – aus Klugheit zusammen. Wenngleich auch hier viele Offiziere ihre Extratouren fuhren – im allgemeinen war doch in der Masse die Sehnsucht, ‹endlich wieder zu Muttern› zu kommen, ebenso groß wie der Wunsch, den verhaßten feldgrauen Kittel auszuziehen. Hunderttausende jubelten.

Aber das erste Gesicht, das ich in den Tagen, da Ludendorff Lindström hieß und in Schweden weilte, in einer münchner Weinstube genauer ansah, war das eines typischen alten Majors, ein Gesicht, in dem die Backenknochen gar grimmig arbeiteten. Seine Frau durfte gar nicht zu ihm sprechen, so wütend war er; der ganze Mann, der da in einem Räuberzivil am Tisch saß, schien eine bis zum Platzen gefüllte Wutblase. Und, merkwürdig, er wirkte unedel. Zwei Tage vorher waren wir mit einem sehr bekannten österreichischen General im eiskalten Coupé von Budapest nach Wien gefahren, und als der Morgen dämmerte und wir uns verabschieden wollten, hatte der hochgewachsene Mann sich mit aschgrauem Gesicht erhoben, hatte jedem von uns die Hand gedrückt und hatte sagen wollen: «Meine Herren – Gott erhalte . . .» Er hatte es nicht zu Ende sagen können, und in dem Raum war wohl keiner, dem nicht das Wasser in die Augen gestiegen war. Wir fühlten: Hier zerbrach ein Leben. Und wie verschieden wir alle auch zum Kriege standen – wir fühlten: dieser Mann sah etwas versinken, an das er klar und selbstlos geglaubt hatte sein Leben lang. Fahr wohl . . . Der alte Major in München wirkte wie ein Nußknacker. Ob seine Kinnladen noch funktionierten, war ungewiß – sicher war nur, daß er nun keine Nüsse mehr bekommen würde, und daß es – so schien es damals – unwiderruflich vorbei war: vorbei mit der Selbstherrlichkeit und vorbei mit der Anbrüllerei, vorbei mit dem Vorzugsessen und vorbei mit der Vorzugsstellung, vorbei mit dem dicken Gehalt und mit verschiedenem andern auch. Was war das für eine neue Welt, wo die ‹Kerls› in derselben Weinstube sitzen durften wie die ‹Herren›, wo man nicht durch ein Achselstück ein für alle Mal als höherer Held legitimiert war, sondern wo man – Tag für Tag und Situation für Situation – seinen Mann stehen und sich immer wieder aufs neue das erkämpfen mußte, was man darstellte. Der Schmerz jenes Generals war tragisch – der Schmerz des Majors grotesk. Dem einen war ein Idol zerbrochen – dieser war von einer Höhe heruntergepurzelt, auf die er nie gehört hatte.

Der Major war nicht der einzige. Ein kleines Heer unbefriedigter, verärgerter, deklassierter und menschlich degradierter Männer war nach Hause zurückgekehrt und wußte nicht, was beginnen. Ihre Hauptangst, die Rente könnte ausbleiben, trat später zurück – aber das andre blieb doch: mit der Separatstellung im Staat und täglichen Leben war es zunächst einmal aus. Flüche hallten ihnen in die Ohren: Betrogen habt ihr uns und belogen! Ihr habt uns das Essen vier Jahre lang vom Munde weggestohlen! Ihr habt gesoffen, während wir darbten! Ihr habt geschnauzt! Ihr habt getreten! Ihr habt Scheine bekommen, wo man uns Groschen hinwarf! Ihr habt uns wie Hunde behandelt – schlechter als die feindlichen Offiziere und viel schlechter als die Damen in den Nebenstraßen eurer Etappen! Und – schlimmer als die Flüche die Versicherung –: Nie wieder! Schmiert Akten, schleppt Kohlen, macht euch nützlich: wir fügen uns nicht mehr! Wir ordnen uns nicht mehr unter!

So 1918. Damals war keiner der Hauptschreier von heute auf dem Plan, damals wagten sich keine Achselstücke auf die Straße ... Sie warteten.

Es waren viele, die da warteten. All die aktiven Offiziere, die ihr Handwerk kümmerlich erlernt hatten, aber weiter nichts, jene, die ganz genau wußten, daß die Phrase: «Der deutsche Offizier kann alles!» eben nur Phrase war, und daß sie ohne die Befehlsgewalt, hinter der das Zuchthaus stand, unter den natürlichen Hemmungen des Zivillebens nichts ausrichten konnten; ehrgeizige Streber, die die Qualifikation als Reserve-Offizier zu einer persönlichen Machtgeltung benutzten, wie sie ihnen in Familie und Amt oder Beruf versagt blieb; und das Heer der chargierten aktiven Subalternen, die der deutsche Sadismus und der Zivilversorgungsschein gleichermaßen zu ihrem Handwerk gelockt hatten. Die Verachtung einer Welt interessierte sie nicht. Hier war Deutschland, hier schinde! Und nun warteten sie.

Sie brauchten nicht lange zu warten. Es ist heute erwiesen, daß Organisation und Einmarsch der Truppen, die 1919 in Berlin einzogen, beschlossen war, bevor die berliner Unruhen begannen, und daß alle die radauliebenden Elemente, die in irgendeiner bunten Uniform ‹Ruhe und Ordnung› zu schützen kamen, Anlaß und Motiv sorgfältig vertauscht hatten. Der Schuster ohne Leisten wird sich unglücklich fühlen – wenn der gelernte Soldat keinen Feind hat, dann macht er sich einen.

Ein entlaufener Kriegsberichterstatter und früherer sozialdemokratischer Redakteur machte die Wand. Was jener Noske, heute lebender Oberpräsident der Provinz Hannover und wohlbestelltes Mitglied der Sozialdemokratischen Partei angerichtet hat, bezeugen 49 Gräber. Sein zweites Werk war eine Reichswehr, die heute schon jährlich fünf Milliarden verschlingt, an Stelle eines glücklich ausgerotteten Heeres – und sein drittes: die Wiedererweckung der deutschen Pest, des Militarismus. Sekundiert wurde Noske dabei von Wolfgang Heine, einem Rechtsanwalt, bei dem es allenfalls zu einem gut bürgerlichen Kampf gegen die Zensur reichte – und sekundiert von den ewig blinden tapsenden Demokraten, denen es doch ein klein wenig bänglich war, daß nun gar keiner mehr da sein sollte, vor dem sie stramm stehen konnten ... Das Werk begann.

Ich habe das deshalb so ausführlich erzählt, weil so – und nur so – die militärische Schreckensherrschaft der letzten Jahre verständlich ist: aus dem gänzlich unpolitischen Impetus jener gärenden, immer kampflustigen, versorgungsbestrebten Masse unbefriedigter junger Leute: aktive Offiziere, Studenten, aus der Bahn geschlagene Beamte, Abenteurer und Schieber. Sie hätten die Freikorps auch in der tiefsten Wüste gegründet: sie mußten das tun – es war eine Frage des Bluts, daß sie es taten. Sie standen wie leere Droschken oder nächtliche Damen an der Ecke und warteten auf ihren Käufer.

Der kam. Eine gerissene politisierende Industrie hielt die Freikorps aus, die ungeheure Mittel verschlangen – und nun griff das in die politischen Wirren ein.

Diese Soldateska hat sich – und das nachgewiesen zu haben, ist das unschätzbare Verdienst E. J. Gumbels – gegen die eignen Landsleute schlimmer als die Neger benommen.

Über die widerwärtigen Roheitsakte, die nicht tödlich ausgingen, berichtet das Buch gar nicht – man braucht diese Grosz-Gesichter nur gesehen zu haben, um alles zu verstehen: die Prügelszenen und die Kolbenstöße, immer gegen Deutsche –; auch nichts über die bis heute verbliebene Gewohnheit polizeilicher und militärischer Formationen, Gefangene körperlich aufs Schlimmste zu mißhandeln. (Also grade das, was die deutschen ‹Gegenlisten›, mit Recht, den Feinden vorwerfen.)

Aber immer bliebs nicht beim Schlagen. Noske trägt die Verantwortung – ruhe sanft, Verantwortung! – für 49 Morde in Berlin, v. Oven, der ‹Befreier› Münchens, die für 184; die kommunistischen Unterjocher hatten 14 Tote auf dem Gewissen – und der Kapp-Putsch kostete 62 Republikanern das Leben.

In den meisten Fällen handelt es sich um politischen Mord. Daneben gabs auch sinnlose Übergriffe größenwahnsinniger Sadisten, wie die, wo man zwei Sechzehnjährige und einen Achtzehnjährigen auf eine Denunziation hin ohne Beweiserhebung erschoß; wie die, wo ein Tischler ohne Untersuchung und Beweisführung ermordet wurde, weil er einen leeren russischen Patronenrahmen sein eigen nannte; wie die, wo ein sechzigjähriger Mann erschossen wurde, weil er seine Waffe, die er nicht benutzt, auch nicht angegeben hatte – erschossen von demselben Burschen, einem Leutnant Szekalla, dem Mörder eines Familienvaters, der Waffen und Waffenschein besaß und beides sofort auf Befragen herausgegeben hatte. Einer wurde abgeknallt, weil er ein Fernglas, eine Mitgliedskarte der USPD und gedruckte Straßenpläne besaß. 29 Matrosen wurden in der Französischen Straße von einem grünen Jungen ermordet, der den Kopf verloren hatte – und das alles immer mit Berufung auf irgendwelche Wische sonst beschäftigungsloser Offiziere, ‹militärische Dienstbefehle› genannt.

Schlimmer waren die politischen Morde. Es wurden, systematisch, alle irgend erreichbaren Führer der Opposition hingemordet. Ach, und was verstanden diese Soldatengehirne nicht alles unter ‹Opposition›! Zu dumm und zu faul, etwas andres als Dienstvorschriften, Jagdhumoresken, die *‹Tägliche Rundschau›*, ein Blatt ähnlichen Kalibers oder Zoten zu lesen, richteten sie sich in ihrem Haß gleichmäßig gegen Demokraten, Bolschewisten, Dada-Leute, moderne Maler und Nationalökonomen. Unverdächtig war, wer Schmisse auf den Gesichtsbacken und jenes vorschriftsmäßig deutsche Bullenbeißergesicht trug, in dem die richtige Mischung von Kellner und Assessor ganz realisiert war.

Ermordet wurden: Karl Liebknecht, Rosa Luxemburg, Kurt Eisner, Leo Jogiches, Dorrenbach, Gustav Landauer, Alexander Futran, Bernhard Schottländer, Hans Paasche. Die Liste kann beliebig verlängert werden: dies sind die bekanntesten, die getötet wurden. Und wie getötet! Zerstampft, zu Tode geprügelt, von hinten erschossen, erschlagen, ins Wasser geworfen und mit ‹Fangschüssen› erledigt!

Summa: 314.

Demgegenüber stehen während zweier Jahre 14 analoge Mordtaten der Kommunisten.

Die deutsche Justiz hat vor diesen Mordtaten versagt.

Das aktenmäßige Material Gumbels versetzt uns in die Lage, klipp und klar festzustellen:

Wie da – in den Jahren 1913 bis 1921 – politische Morde von deutschen Richtern beurteilt worden sind, das hat mit Justiz überhaupt nichts zu tun. Das ist gar keine.

Verschwendet ist jede differenzierte Kritik an einer Rechtsprechung, die folgendes ausgesprochen hat:

Für 314 Morde von rechts 31 Jahre 3 Monate Freiheitsstrafe, sowie eine lebenslängliche Festungshaft.

Für 13 Morde von links 8 Todesurteile, 176 Jahre 10 Monate Freiheitsstrafe.

Das ist alles Mögliche. Justiz ist das nicht.

Ganz klar wird das, wenn wir das Schicksal der beiden Umsturzversuche: Kapps und der münchner Kommunisten vergleichen, zweier Versuche, die sich juristisch in nichts unterscheiden:

Die Kommunisten haben für ihren Hochverrat 519 Jahre 9 Monate Freiheitsstrafe erhalten. Eine Todesstrafe hat man vollstreckt.

Die Kapp-Leute sind frei ausgegangen.

Hier kann ich nicht kritisch folgen. Ich weise es von mir, mich mit Männern – Staatsanwälten und Richtern – ernsthaft auseinanderzusetzen, die das fertig bekommen haben. Sie haben nicht gerichtet. Sie sind es. Sie sind es leider nicht.

Und wie sollte das Resultat auch anders sein bei ihrer Vorbildung, die in Offizieren und Reserve-Offizieren einen bevorzugten Stand sieht, also grade die für eine ordnungsmäßige Ausübung der Rechtsprechung nötige Voraussetzung vernachlässigt! Diese deutschen Richter sind keine.

Daß ein Richterverein, daß ein Justizminister, daß laue Blätter der ängstlichen Demokraten wagen, einen Stand zu verteidigen, der einen ganzen Hochverratsversuch wie den von Kapp juristisch einfach unter den Tisch fallen läßt: das spricht für die Verkommenheit des deutschen Rechtsempfindens.

Denn dies eben heißt Verkommenheit: nicht mehr fühlen, wie tief man gesunken ist.

Keine Strafe! – Ich könnte mir denken, daß ein humaner Richter den Kapp-Offizieren gewisse mildernde Umstände zubilligt, daß er ihnen alles Mögliche zugute hält: das Toben der Kommunisten – aber wo hätten die je so getobt wie die Militärs? –, ihre Vergangenheit, die Kriegspsychose, alles, alles – aber er mußte am Ende doch zu dem Schluß kommen: diese Leute haben einen Hochverratsversuch begangen und müssen bestraft werden. Sie sind alle in Freiheit.

Soweit nicht die Hintermänner des Umsturzes in den Parlamenten ihre Militärs durch die Amnestie retteten, die sie ihren Gegnern verweigerten, fand sich kein deutscher Richter, der Offiziere für die schwersten Verbrechen verurteilte. Er war ein Offizier. Und jener ist sein Richter. Sie sind einander wert.

Gumbels Buch kam zur rechten Zeit. Mit dem Vertrauen der anständigen Leute in die politische deutsche Rechtsprechung dürfte es nunmehr endgültig vorbei sein. Was diese deutschen Richter künftig noch in politischen Prozessen für Recht erkennen, mag ihre subjektive einwandfrei begründete Meinung sein: objektives Recht ist es nicht.

Lest dieses Buch von der deutschen Schande! Von der Schande unsres Militärs und von der Schande unsrer Justiz! Unterstützt von einem verprügelten und auf seine Unterkasten stolzen Bürgertum wüten Exekutive und Rechtsprechung nach wie vor, Woche aus, Woche ein gegen Schwarz-Rot-Gold für Schwarz-Weiß-Rot, gegen die Republik für die Monarchie, gegen den Geist – für Preußen und Bayern und, wenns so weiter geht, für ihr Deutschland.

Wir andern aber vergessen viel zu rasch. Wir konstatieren und gehen nach Hause. Jene dagegen wiederholen Tag um Tag und Tag um Tag, seit zwei Jahren: den Schwindel vom Dolchstoß, die Legende vom Scheidemann-Waffenstillstand, der doch eine Monarchenniederlage war, die historischen Unwahrheiten vom U-Boot-Krieg und die Lüge vom Erzberger-Frieden. Und sie drehen die Geschichte unermüdlich so lange, bis auch sie ihnen und ihrer Existenz recht gibt.

Und wir? Wir trommeln nicht. Wir reden immer zu uns. Wir glauben, es sei nicht unterhaltend, den Leuten *das* einzuhämmern, was sie doch erst einmal wissen müßten, bevor sich die Grundlage für ihre Wandlung bilden kann. Geld fehlt. Freunde fehlen. Zeitungen schweigen. Immer wieder? Nie genug. Blut steht auf dem Spiel.

Ich habe geglaubt, es müßte noch einmal im Lande gezeigt werden, daß es auch andre Deutsche gibt als solche, die auf dem Kasernenhof gezüchtet worden sind. Und daß diese Deutschen die Eigenschaften, die das Reichsgericht in diesen Tagen als Tugenden des deutschen Militärs ausgerufen hat, für Laster ärgster Art halten.

Deshalb stand hier noch einmal die Geschichte vom Buch deutscher Schande.

NACHRUF

Gehaßt, weil du Konkursverwalter
der Pleitefirma Deutsches Reich,
liegst du zerschossen als ein kalter
und toter Mann – und Deutschland ist das gleich.

Es kostet nichts. In Blutkapiteln
erlebten wirs – was kriegt solch Vieh?
Den Auslandspaß – ‹Nichts zu ermitteln›:
so kämpft der Geist der Monarchie.

Gehaßt, weil du Zivilcourage
den Herren vom Monokel zeigst –
weil du schon Siebzehn die Blamage
der Ludendörffer nicht verschweigst …

Das kann der Deutsche nicht vertragen:
daß einer ihm die Wahrheit sagt,
daß einer ohne Leutnantskragen
den Landsknechtgeist von dannen jagt.

So fielst du.
Hinter deiner Bahre
gehn grinsend, die den Mord gewollt:
in Uniform und im Talare
der wildgewordne Teutobold.

Und wie dein Blut die Steine netzte,
da atmet auf das Militär.
Es kondoliert, wer grad noch hetzte ...
Du warst der Erste nicht — bist nicht der Letzte.
Prost Helfferich!
Der kommt nicht mehr.

SCHAUSPIELERS TRAUM

Es war einmal ein Schauspieler, der ging durch einen Zauberwald nach einer schönen kleinen Stadt. Da rauchten die Schornsteine gar lustig über den blauen Schieferdächern, weil die Bürgerfrauen unten Eierkuchen buken, die Tauben gurrten zärtlich und pufften sich heimlich, daß die Federn flogen, die Männer bosselten über ihren Handwerken oder saßen im Ratszimmer zu feierlicher Beratung, die Kinder jubelten über die grasbewachsenen Pflastersteine als Räuber und Soldat, kurz: die Stadt lebte.

Als aber der Schauspieler nach seiner Wanderung auf die Hänge vor der Stadt kam, da verstummte der Lärm der Stadt jäh. Sie hielt den Atem an ... Der Schauspieler hob die Hand ...

Da stürzten die Frauen aus den Häusern heraus, daß die Eierkuchen in ihrer Pfanneneinsamkeit schwarz verpruzzelten, die Ratssitzung wurde unterbrochen, die Handwerker schlossen ihre Werkstatt, und die Kinder liefen an den Erwachsenen vorüber zum Tor hinaus. Der Schauspieler ließ die Hand sinken ...

Da errichteten Zauberkünstler eine Triumphpforte, durch die er einziehen sollte, die trug oben aus hellroten Rosen seinen verschlungenen Namenszug, junge Mädchen in weißer Tracht boten ihm Gruß und Gedicht und der Bürgermeister der Stadt den schweren Willkommenspokal. Rote Teppiche hingen aus allen Fenstern, das Stadttheater hatte geflaggt, und der Schauspieler wußte durch Zauberei: alle Schaufenster der Stadt trugen seine Fotografie, und der städtische Generalanzeiger brachte in acht Serienartikeln Hymnen über seine Kunst.

Der Schauspieler wollte grade den Fuß über den silbergewirkten Teppich durch die Ehrenpforte setzen – da geschah es, daß er ein helles Mädchenlachen hörte. Es war aus der Gruppe der weiß gekleideten Jungfrauen gekommen. Erstaunt wandte er sich um: «Warum wird hier gelacht?»

Ein über und über errötendes junges Mädchen trat vor.

«Ich lache», sagte sie, «weil ich mich freue, Euch heute abend im Theater zu schauen. Vielleicht spielt Ihr so schön wie jener tote Kainz, den ich noch gesehen habe.»

Da ergrimmte der Schauspieler aus dem Zauberwald, sah über die feiernde Stadt und über die Girlanden und Teppiche und Flaggen und auf das eine Mädchen und sprach:

«Dieses ist ein großer Saustall, und ein Kritiker soll objektiv sein!»

Und wandte sich. Und schritt fürbaß.

DER BAYER MIT DEM SCHIESSGEWEHR

Don Quichote war ein wirklicher Ritter – nur gaben die Beine mit dem Podagra nicht her, was der Kopf voll von Idolen plante.

Der dicke Bahnhofskommandant aus dem Kriege, Hauptmann und Königlicher Baurat, war ein verkleideter Spießer, mit all den Ambitionen eines Ritters, ohne ein einziges seiner wahren Attribute. «Kommis mit der Hellebarde» hat Karl Kraus die Gattung genannt, die heute noch bei uns den Pegel der Memoirenflut bestimmt.

Tartarin aber, der gute, dicke, alte Tartarin aus Tarascon – seliger Victor Arnold, das wäre eine Rolle für dich gewesen! – Tartarin ist beides: Don Quichote und Sancho Pansa, stolpernder Bramarbas und Hauptmann der Reserve aller Nationen, Kind und Männchen und Südfranzose nicht zuletzt.

Der Verlag Erich Reiß hat das hübsche alte Büchlein von Alphonse Daudet neu herausgebracht (in einer merkwürdig schwachen Übertragung des sonst so formgewandten Klabund). Und George Grosz hat das Buch illustriert.

Man kann den Tartarin heute ironisch illustrieren – Paul Scheurich würde das reizend machen –, und am lustigsten wäre wahrscheinlich, man nähme sich alte Reisebeschreibungsholzschnitte der achtziger Jahre her: aber man kann das Ding auch ganz anders anfassen.

George Grosz (dessen vollständiges Œuvre ich wohl besitzen möchte) seziert den Helden unerbittlich – nicht ein Faden bleibt heil. Das ist nun an sich keine Heldentat, denn der gute Tartarin ist grade kein erschrecklicher Held – aber es ist auch gar nicht mehr Tartarin allein, der da verhohnepipelt wird. Die Schläge fallen und treffen eine ganze gens:

Die Familie der blutgierigen Spießer.

Niemand ist ein solcher Sadist wie der verdauende Bürger – und wir haben ja oft genug das Schauspiel erlebt, daß der unversehens zur Macht gerutschte Familienvater und Kartonagenfabrikant viel blutdürstiger und grausamer ist als der schlimmste deutsche U-Boot-Kommandant oder der französische Gefangenenschinder, und daß Noske allemal übler ist als Hindenburg. Von Bayern, wo der Miesbach fließt, zu schweigen.

Item: die gut assortierten Gesichter der Tarasconesen bergen Schreckliches – und Grosz macht die Köpfe einfach auf, um zu zeigen, was in ihnen ist: Mord, Tod und Plünderung, Brigantenstecherei und Hackebeile, Trichterpistolen und Helmspitzen, Horridoh! Hep-hep! Heil! Zivio! Jags ihm eini! Immer feste druff!

Und die Illustrationen geben genau wieder, wie dieses nerohafte Jammergestell in Afrika herumwankt, Esel schießt und Hafenmädchen auf den fetten Knien schaukelt, von einem Levantiner finsterster Observanz hineingelegt wird und dann strahlend in den teuern Heimatport zurückkehrt: bejubelt von einer begehrockten Einwohnerschaft, von den extra zu diesem Zweck bereitgestellten Ehrenjungfrauen und vielen aus den Fenstern herausgehängten Bettvorlegern.

Wer ist das? In der Fremde blamiert, übertölpelt, geschlagen und geprügelt, verachtet, ausgelacht und verjagt – zu Hause ein Held mit geschwellter Brust? Mit Hurra begrüßt auf allen Bierbänken, Vogelwiesen und Tannenberg-Feiern? Wer ist das? Kennen wir ihn nicht? Erleben wir das nicht? Blickt nicht eine Nation von gläubigen Tarasconesen ihren zurückgekehrten Helden auf die triumphierenden Bäuche, und heben diese nicht an, wie Daudet schließt: «Stellen Sie sich vor, meine Herren, eines Abends, mitten in die Wüste Sahara – da . . .»? Und keiner weiß mehr, wie sich die Helden draußen, in der weiten Welt, bekleckert haben.

Weil wir gerade von Lindström-Ludendorff, Tirpitz und Karlchen Helfferich reden: kauft euch das kleine Buch mit den vielen hübschen Bildern. Es ist so alt und so neu.

SOZIALDEMOKRATISCHER PARTEITAG

Wir saßen einst im Zuchthaus und in Ketten,
wir opferten, um die Partei zu retten,
  Geld, Freiheit, Stellung und Bequemlichkeit.
Wir waren die Gefahr der Eisenwerke,
wir hatten Glut im Herzen – unsre Stärke
  war unsre Sehnsucht, rein und erdenweit.

Uns haßten Kaiser, Landrat und die Richter:
Idee wird Macht – das fühlte das Gelichter ...
Long long ago –
Das ist nun heute alles nicht mehr so.

Wir sehn blasiert auf den Ideennebel.
Wir husten auf den alten, starken Bebel –
Wir schmunzeln, wenn die Jugend revoltiert.
Und während man in hundert Konventikeln
mit Lohnsatz uns bekämpft und Leitartikeln,
sind wir realpolitisch orientiert.
Ein Klassenkampf ist gut für Bolschewisten.
Einst pfiffen wir auf die Ministerlisten ...
Long long ago –
Das ist nun heute alles nicht mehr so.

Uns imponieren schrecklich die enormen
Zigarren, Autos und die Umgangsformen –
Man ist ja schließlich doch kein Bolschewist.
Wir geben uns auch ohne jede Freite.
Und unser Scheidemann hat keine Seite,
nach der er nicht schon umgefallen ist.
Herr Weismann grinst, und alle Englein lachen.
Wir sehen nicht, was sie da mit uns machen,
nicht die Gefahren all ...
Skatbrüder sind wir, die den Marx gelesen.
Wir sind noch nie so weit entfernt gewesen,
von jener Bahn, die uns geführt Lassall'!

MASSARY UND ROBERTS

In einem Tal bei armen Hirten erschien mit jedem jungen Jahr, sobald die ersten Austern schwirrten, ein Mädchen, schön und wunderbar ... Für jede Frau ist eigentlich ein ganz besonderer Laut charakteristisch, den sie und nur sie hat: Manche müssen keifen, um ganz sie selbst zu sein, manche trällern und manche leise seufzen. Wenn man an die Massary denkt, stellt sich gleich diese Vorstellung eines tiefen Kehllauts ein, der alles Mögliche bedeuten kann: vor allem so viel Ironie. Es wäre ein Hauptspaß, einmal mitanzuhören, wie dieses Bündel überlegener Nerven auf acht verschiedene Liebeserklärungen reagiert ...

Aber *‹Prinzessin Olala›* soll weniger uns Vergnügen als dem Berliner Theater volle Häuser machen – und es ist sehr viel, daß sich streckenweise beides vereinigen lassen wird. Bei den Operetten muß ich immer an das alte Wort des nunmehr zu seinen Vätern versammelten Portiers des Deutschen Theaters denken: «Man hat sich so viele Mühe damit genommen gehabt!» Ein paar Mal glaubte ich die Meisterhand Rudolf Bernauers zu spüren, und wenn der liebe Gott klug ist, läßt er ihn am Auferstehungstag den Chorgesang der Engel textieren. Dann bleibt keiner liegen.

Ja, also die Massary kann alles, macht alles — und mit welcher Leichtigkeit macht sie es! Einmal hebt und senkt sie die Schultern und wackelt im Lied so ein bißchen mit — eine entzückende Parodie auf allen Operettentanz der Welt. Wofür man ihr immer wieder zu danken hat, das ist ihre Diskretion, die nie, nie über die Rampe haut. Was hätten Soubretten mittlerer Gattung mit dem durchaus auf Freud fußenden Chanson: ‹*Auf der Höhe der Situation*› angefangen! (Das heitere Liedchen behandelt in populären Versen die Divergenz der Lustkurven bei den Geschlechtern. Na, lassen wir das.) Sie ist, wie stets, das Beste, was es in diesem Genre augenblicklich gibt — und der ihr so oft Kränze geflochten hat, möchte auch diesmal nicht verfehlen, ihr so viel gelbe Rosen zu überreichen, wie er nur kaufen kann . . .

Sonst versank in solchen Stücken alles neben ihr. Da sie nicht schwächer, sondern eher stärker geworden ist, muß einer schon ein Kerl sein, daß man den ganzen Abend zwei Menschen auf der Bühne sieht. (Das ist übrigens ein Vorteil des Stücks und der Besetzung — welche Schauspieler mögen das wohl einsehen!) Dieser andre ist Ralph Arthur Roberts.

Eine solche Vereinigung guter Schauspielkunst und grotesker Körperkomik war noch nicht da. Man hat ihn oben am Schnürboden an Fäden aufgehängt, seine Gelenke sollten in Kollegs vorgezeigt werden, und wo er am Abend sein Schwergewicht läßt, ist noch nicht heraus. Einmal glitschte er über eine Apfelschale, mit einer Handbewegung entschuldigte er sich bei ihr, gab gleichzeitig zu verstehen, es sei gewissermaßen peinlich, daß Apfelschalen auf der Welt sind . . . Die besten englischen Exzentriks haben keine ausdrucksfähigere Mimik in den Knochen. (Und das ist ein Lob. Wenn nur alles, was sich bei uns literarischer Schauspieler nennt, so viel Witz, so viel Begabung, so viel Ausdrucksfähigkeit hätte!) Auch er von bewundernswerter Diskretion — man hat noch im tollsten Überschwang den Eindruck: Ein Chevalier, der sich herbeiläßt, Ulk zu machen — ein Ruck, und er fällt wieder in die Menschlichkeit zurück. Man lacht über ihn nur, wenn er will. Auch ihm ein Sträußchen: aus Petersilie und edel geflochtenem Sellerie.

Am Schluß gab es eine boshafte kleine Monarchenverulkung — hier und da im Publikum stiegen leise Bedenken auf: Darf man auch darüber lachen? Nun, der Lehrer war grade mal herausgegangen, und so amüsierte sich die Klasse — wenngleich mit einem leisen Anflug von Gewissensbissen — erheblich.

Auch eine Musik kommt in dem Stück vor.

Die beiden aber ... Sie teilten jedem einen Zippel, dem Komik und dem Grazie aus – der Jüngling und der Greis am Knüppel, ein jeder ging beschenkt nach Haus!

AUS DEM ÄRMEL GESCHÜTTELT

«Das», sagen die Leute oft, wenn sie einen Vers von mir lesen, «fällt Ihnen gewiß sehr leicht. Es klingt, als ob ...» – «Ich es aus dem Ärmel geschüttelt hatte, wie?» sage ich dann. «Ja», sagen die Leute.

Die Mühe, die es macht, der deutschen Sprache ein Chanson – und nun noch gar eins für den Vortrag – abzuringen, ist umgekehrt proportional zur Geltung dieser Dinge. «Es steht nicht dafür», sagen die Wiener. Ich habe nie geglaubt, daß so viel Arbeit dahinter steckt, um zu erreichen, daß Leute abends zwei Stunden lachen, ohne daß sie und die Autoren sich hinterher zu schämen haben. Und gar, bis es so weit ist, daß man denkt, wir hätten es ‹aus dem Ärmel geschüttelt›! Zum Glück sieht keiner die erste Niederschrift: wie krumplig, wie schwerfällig, wie schwerflüssig ist da noch alles ...

Der Tragöde hats gut. Wenn er noch so mittelmäßig ist: er rollt doch mit den Augen, und das verfehlt hierzulande seine Wirkung nie. Bei uns wollen sie sich scheckig lachen (drei Poängten pro Zeile) und hinterher verachten sie das. Und daß einer gar dabei ernst sein kann, das ahnen sie kaum. Wie wenige hören es zwischen den Zeilen Walter Mehrings schluchzen! Es sind ja nur Chansons. (Und doch sind die da aus der Seele geschüttelt.)

Aber wer nun einmal das Cabaret (mit einem t, bitte!) liebt ... Es ist eine unglückliche Liebe.

DIE VERTEIDIGUNG DES VATERLANDES

«Angora, 4. August (W.T.B.). Die große Nationalversammlung beschloß, daß alle Mitglieder der Versammlung an der Verteidigung des Vaterlandes teilnehmen sollten. Die militärischen und medizinischen Mitglieder reisen an die Front ab, während die andern mit Versorgungsangelegenheiten hinter der Front sich befassen werden.» Das steht in zweihundert Provinzzeitungen, und der Prozentsatz der Leser, die von Angora nur wissen, daß es solche Kater gibt, dürfte neunundneunzig sein. Der kluge Rest rät entweder auf Jugoslawien oder einen Balkanstaat ... Und was denken alle hundert? Was sie denken sollen: ‹Die Verteidigung des Vaterlandes!›

Es ist durchaus nicht festgestellt, wer gegen wen den Katerstaat

Angora zu verteidigen sich bemüßigt fühlt. Das ist dem Leser auch völlig gleichgültig. Wenn nur ein Vaterland verteidigt wird. Vaterländer lassen sich gern verteidigen, und die deutschen Zeitungsleser lieben das. Haben die Katermänner in Angora nun auch ihre große Zeit? Das ist recht. Und des Lesers Blick schweift in die Verlobungsanzeigen.

Wir aber, liebe Freunde, lasset uns ein wenig spintisieren.

«Die große Nationalversammlung beschloß ...» Die große Nationalversammlung, das große Lalula Angoras – wer mag das sein? Ich bin noch nie im Vaterland Angora gewesen – aber ich sehe sie alle vor mir: die würdigen Vollbärte, gewaschen in allen Wassern des Parlamentarismus, unentwegt treu irgendwelche Fahnen hochhaltend und nach guter alten Katersitte auf den jeweiligen Miezislaus den Ersten schwörend. Die Vollbärte zittern. Fette Hände senken sich wohlwollend auf junge Schultern, Beruhigung klopfend, alles im Leben endet mit einem Arrangement. Und ich sehe die andern, die jungen, sportgebräunten Schieber mit den schwarzen Lacktollen und den französischen Stiefelchen. Laßt sie Schlachten liefern –: wir liefern Brotbeutel. Und essen Kuchen.

«Die militärischen und medizinischen Mitglieder reisen an die Front ab ...» An die Front – ja. Noli me tangere – sagte die Schwangere.

Die Militärischen also werden nah an die Front reisen und dort von Villen und Schlössern aus den andern sagen, wie sie zu sterben haben. Das ist nicht einfach. Man muß Reden zu diesem Zweck halten. «Kater Angoras! Wahrt eure heiligsten Güter! Bis zum letzten Hauch von Mann und Roß ...!» Ich sehe die Tausende zusammengeprügelter Bauernjungen, die, ein wenig ängstlich, ein wenig müde vom langen Warten und ein wenig angeregt vom Anblick der vielen glänzenden Uniformen, da im Karree stehen; vor ihnen eine prachtvolle Suite und dann irgendein ER. Ein glorreicher Oberbefehlshaber, ein Präsident, ein General, was weiß ich. Knapp legt er die Hand an den blinkenden Mützenschirm. «Ich danke, meine Herren!» Furchtlos hält der tapfere Mann die ordenübersäte Brust den fotografischen Objektiven hin, die alle auf ihn gerichtet sind. Ein ff. historischer Moment –! Danke, meine Herren!

Die Medizinischen sind auch an die Front gereist. Oho! Kein wilder Negerstamm ohne einen Medizinmann. Dickbäuchige Zivilärzte werden, schnaufend in der ungewohnten Uniform, an Grobheit es den aktiven Kollegen gleichzutun suchen – mit Erfolg, mit Erfolg. Wer noch keine Kassenpraxis gehabt hat: hier lernt er, wie man mit Leuten umzugehen hat. «Zum Sterben tauglich – raus!» Und was sich vor vierzehn Tagen noch katzbuckelnd und händereibend vor den

Kommerzienräten Angoras verbeugt hat, weiß sich hier nicht zu lassen vor Manneskraft.

«... während die andern mit Versorgungsangelegenheiten hinter der Front sich befassen werden.» Beim Katzenschwanz Angoras und beim heiligen Sankt Baldrian: das werden sie! Ja, wenn wir diese andern nicht hätten –! Während vorn, noch vor den Militärischen und den Medizinischen, Menschen in Ackergräben verlausen und verrecken, befassen sie sich. Womit du willst: mit Proviant und mit Leder, mit Granaten und mit Pferden, ein wenig auch mit sich selbst; auf Samtpfoten und leise schnurrend buckeln sie zum Bezirkskommando Angoras. Miau! Wir sind alle, alle unabkömmlich...

Ich sehe Angora. Branntwein wird ausgeteilt; ein paar Narren, die nicht glauben wollen, daß ihr Vaterland auch über das Leben verfügen dürfe, fliegen ins Gefängnis; Redakteure schreiben sich die Federkiele heiß – vom Sterben der andern; das Kater-Lampesche Telegrafenbüro fertigt gut sitzende Originalsiege an, an denen alle Welt seine Freude hat; wer ‹mies, mies, mies› macht, bekommt Prügel; die Regierung streicht den sozialistischen Katzen solange über das Fell, bis sie vor Behagen schnurren und alle auf dem Bauch liegen: in allen Schaufenstern prangt das Bild jenes historischen Moments, mit jenem großen Mann, einem Ludendorff, der einmal desertieren wird: ein wahrhaft gestiefelter Kater. Alle Generale vergessen Gicht und Gallenstein und wettern wieder auf den Kasernenhöfen daher, daß es eine Lust ist; der ganze Militärstand wacht auf und sträubt die Katerbärte, bereit zum Sterben der andern und froh der eignen so aktuell gewordenen Wichtigkeit. Ja, und die Berufssoldaten werden doppelt so froh ihren Lohn einstecken, und ihre Onkel und Neffen, die sich schämen, nicht selbst mitzumarschieren, und die sich ärgern, in jeder Gesellschaft – und noch dazu vor Damen – von so einem uniformierten Kater ausgestochen zu werden, werden auch nicht hinter der Zeit zurückbleiben wollen. Und so werden sie in ihren Büchern und in ihren Kollegs, in ihren Kirchen und in ihren Lesezirkeln davon sprechen, wie heilig, wie notwendig und wie edel der Krieg ist, sie werden das Sterben der andern loben, und wie süß es sei... Denn nichts ist schwerer und nichts erfordert mehr Charakter, als sich in offenem Gegensatz zu seiner Zeit zu befinden und laut zu sagen: Nein.

Es ist nicht nur gefährlich; stirnrunzelnd wird der Kaufherr von seinen Lieferungsverträgen aufblicken und den neben ihm stehenden militärischen Handlanger fragen, wer denn da toll geworden sei – winkend, man möge den Verräter einsperren. Was geschieht. Es ist nicht nur das, weshalb so viele Leute es scheuen, nein zu sagen. Es ist ja so schön, im großen Strom der Masse mitzuschwimmen – Windstoß und Wasserrichtung tragen das Schiff –; und wenn es dann so stolz dahinsegelt, denken die Leute, es fahre aus eigener Kraft . . . Es ist auch bekömmlicher, sich der Macht zu unterwerfen – wer sich vor ihr verbeugt hat, auf den geht ein Quentchen der großen Macht über, und aus einem kleinen Lehrer oder Delikateßwarenverkäufer ist über Nacht plötzlich ein gewaltiger Mann geworden. Ein Tyrann macht viele. Das ist ein großes Geheimnis . . .

Und die Frauen Angoras werden jubeln und schnurren und miauen und Scharpie zupfen und rosenrote Gedichtchen schreiben und über blau gekleidete Leichen jauchzen und über rot gekleidete jammern und am lautesten nach dem Oberkater schreien . . . Auf den Dächern Angoras . . .

Und in den Schulen Angoras lehrt man die Lehre von der Herrlichkeit des Krieges. Man lehrt: Du sollst nicht töten! und man lehrt: Du mußt töten! – und weil niemand in der Geschichtsstunde an die Religion denkt, so hat beides in den jugendlichen Gehirnen sehr wohl Platz, um so mehr, als ja das staatliche Töten mit vielen herrlichen, leuchtenden, bunten Farben verbunden ist, mit Musik und Ehren, mit Feiern und Orden und mit sehr viel Kaisern, die man ganz aus der Nähe ansehen darf. Und weil der Mensch immer glaubt, alles, was er auf der Schule, als er noch klein war, gelernt hat, ohne nachzudenken, nur, weil es ihm so eingetrichtert ward, das sei als absolute Wahrheit vom Himmel gefallen, so werden die jungen Angoristen später im Leben gute Staatswürger abgeben.

So wird in Angora das Vaterland verteidigt. Der Deutsche liests, bejahts und nimmt sich vor, es bei nächster Gelegenheit grade so zu machen.

Und keiner steht auf – in Angora nicht und in Potsdam schon gar nicht – und sagt dem Tier Masse, dem Tier Zeitgeist, dem Tier Staat: Nein! Du, die blinde, schwarze Kollektivität, bist der große Krumme, der Teufel, ein wütiges Tier, bar jeder Verantwortung. Denn ist das Katzenfest vorüber, so löst du dich in einzelne Lebewesen auf, von denen es keiner, keiner gewesen sein will. Und auch keiner war. Einzeln sind sie ganz vernünftig.

Und nicht eher wird die Kateridee der absoluten Souveränität des Staates schwinden, als bis die einzelnen, die unter ihm seufzen, sich hochrichten und klar und bestimmt sagen:

Wir wollen nicht mehr.

DER AFFE AUF DEM LEIERKASTEN

> Von einem sicheren Versteck aus hatte der Amerikaner genau beobachten können, wie die Affen nach schier endlosem Geschnatter aus ihrer Mitte einen Anführer wählten, und zwar jenes Exemplar, das schon während seiner Gefangenschaft als gänzlich vertrottelt allgemein aufgefallen war, und ihm sodann Goldpapier, das sie in einer zertrümmerten Kiste gefunden, auf das Gesäß klebten.
>
> Gustav Meyrink: *‹Schöpsoglobin›*

Der Affe auf dem Leierkasten hat mitunter eine Uniform an, ein goldumrändertes Käppi auf, an das er grüßend die Hand legen kann, vielleicht auch einen kleinen Säbel – und er ist sehr stolz auf all das. Denn eine richtige bunte Uniform imponiert sogar einem Affen. Er wäre ja sonst keiner.

Weil wir gerade vom uniformierten Affen reden: Da ist eine behördliche Verordnung herausgekommen, die das rigorose Verbot, die Uniformen des alten kaiserlichen Heeres zu tragen, neu regelt, mildert, so gut wie aufhebt ... Die alte Uniform darf demnach getragen werden:

bei Kirchgängen – bei Leichenbegängnissen – bei wichtigen Familienfestlichkeiten – bei feierlichen Veranstaltungen unpolitischer Vereine.

Also wie bisher: stets.

Wir wollen uns richtig verstehen: Der feldgraue Rock ist an sich gar nichts anderes als ein Stück Zeug. Erst durch unsere Betrachtungsweise wird er etwas: eine Provokation, ein ehrendes Andenken, eine Belanglosigkeit, ein Hohn – je nach dem Träger und je nach dem Besitzer.

Im Schrank des alten Mütterchens ist der abgetragene und vielleicht zerschossene Rock ihres gefallenen Jungen (wenn sie je in seinen Besitz gelangt ist) eine Reliquie – und selbst der größte Kriegsgegner wird nicht spotten, wenn die alten Finger noch einmal liebkosend über das Tuch gleiten. Hat *er* ihn doch getragen ... Auf einer Hochzeit in der Kaiser-Wilhelm-Gedächtnis-Kirche ist der stolz herausstaffierte, feine Etappentuchrock des ehemaligen Offiziers eine unwürdige Maskerade, eine Geschmacklosigkeit oder eine politische Herausforderung der Republik. Das kann sich der Herr aussuchen. Den politischen Grundcharakter der Schaustellung einer nicht mehr bestehenden Amtskleidung zu leugnen, zeugt von Feigheit. Er ist in allen Fällen vorhanden. Denn ich kann mir sehr gut vorstellen, daß ein anständiger Offizier des Heeres – es hat ja solche gegeben, wenn auch der Geist des Korps nichts taugte –, daß ein solcher sehr wohl stolz auf all das ist, was er und seine Kameraden in den vier Jahren geleistet haben, und daß er sich doch nicht zu diesem Zweck verkleidet. Kann man sichs wirklich noch denken? Kaum.

Was ist von dem Taktgefühl dieser Kaste zu halten, wenn der Erholungsreisende Lindström-Ludendorff, dessen Namen man nie ohne diesen ehrenden Zusatz drucken sollte, mit schlechtem Beispiel vorangeht. Er trägt seine alte Generalsuniform im Lande umher wie ein Schauspieler seinen Umhängebart. Daß er dies auch weiterhin tun kann, dafür bürgt die neue Verordnung. Denn mit Leichtigkeit wird sich jede Veranstaltung in ihr dehnbares Schema bringen lassen. Ja, aber warum tragen denn diese alle noch die Uniform? Hat man je gehört, daß sich ein Mann, ein Gemeiner, ein Kerl so herausputzt? Er wird sich hüten. Er hat sich den Rock umarbeiten lassen und zieht ihn an, wenn er seine schwerste Arbeit verrichtet... Der kann fleckig werden... Aber jene? Warum schminken sich alle Kriegervereinsvorsitzenden, alle Ehrenpräsidenten dieser Bünde, Regimentsvereine, Divisionserinnerungsverbände – warum schminken sie sich alle, bevor sie feiern. Warum erscheinen sie dabei stets in voller Kriegsbemalung? Warum?

Weil es noch Hunderttausende Deutsche gibt, die den Träger mit der Uniform verwechseln. Weil unzählige Menschen in unserem Lande leben, die den alten Knechtsgeist so tief in den Knochen haben, daß sie noch heute zusammenfahren, wenn vor ihnen ein Ding auftaucht, dem sie früher einmal – bei Zuchthausstrafe! – Gehorsam zu leisten hatten. Weil so viele glauben, Charakter und Persönlichkeit seien nicht nötig – wohl aber ein Achselstück.

Ich höre die patriotischen Männervereine toben: Nur mit Persönlichkeit und Charakter habe man eben die Achselstücke erringen können. Ach! Vielleicht hören sich die Herren einmal etwas um – vielleicht lassen sie davon ab, Bauernjungens, die sie im Grunde so tief verachten, bei Regimentserinnerungsappellen loyal auf die Schulter zu klopfen – vielleicht tun sich die immer noch Uniformierten einmal ein wenig um bei Kaufleuten – bei Arbeitern – bei Handwerkern – bei geweckten Landwirten – bei Hausdienern – bei Werkmeistern –, wo sie nur wollen. Und da werden sie etwas zu hören bekommen. Da werden sie zu hören bekommen vom Offiziershaß im deutschen Heere.

«Wer dieses Ungeheuerliche nicht glauben will, mache selbst die Probe. Er frage Feldsoldaten aus dem Volke, deren volles Vertrauen er besitzt, was sie vom Gegner halten: er wird in den meisten Fällen eine kühle, sachliche Antwort bekommen. Dann frage er sie, wie sie gegen den Offiziersstand gesinnt seien: er wird in den meisten Fällen das Auge auch der Ruhigsten aufflammen sehen in innerem Leid, in ingrimmiger Empörung.» Das steht in einer Denkschrift, die der Professor der Rechte an der Universität Freiburg, Dr. Hermann Kantorowicz, im Jahre 1916 dem Kriegsministerium überreicht hat. Selbstverständlich vergeblich.

Die Herren hören und sehen sich nicht um. Sie ziehen die alte Uniform an. Es sei uns erlaubt, sie demnach zu beurteilen. Sie rechnen noch mit dem vorhandenen Uniformkoller der Deutschen. Wollen wir nicht dafür sorgen, daß sie sich verrechnen?

Der tiefe Aberglaube, das Amt mache den Mann – und ein Oberregierungsrat sei etwas anderes als jeder gewöhnliche Mensch – der lächerliche Titelunfug (der nie so geblüht hat wie in der Republik) – die kindliche Verehrung jedes bunten Blechabzeichens –, all das drückt uns tief unter die Aschantineger. Die fallen auch vor ihrem Medizinmann auf den Bauch – und wenn du sie fragst, warum, so werden sie stumm auf den gelben Federschmuck und den Holzkäfig auf seinem Kopf deuten ... Da liegt der Zauber verborgen. Genau wie bei uns: *auf* dem Kopf – nicht *im* Kopf.

Ist nicht darüber hinwegzuklettern? Können wir nicht sachlich denken? Im alten Deutschland hieß jeder Mensch, mit Ausnahme von ein paar Soldaten, ‹Zivilist›. Können wir nicht zivil denken? Die da wollens nicht, und sie wissen warum.

Ich besinne mich noch, wie das war, als ich meinen Hauptmann zum ersten Male in Zivil sah. Er revidierte eines Nachts eine Telefonwache – und erschien in Hosen, hinten hingen die Hosenträger heraus, im Hemd – und ohne Hurratüte, in der zu sehen ich ihn gewohnt war. Ach, wie wirkte das krummbeinige Männchen jämmerlich! Ich habe ihn dann später einmal auf der Bülowstraße gesehen, er schritt dort mit einer mehlbepuderten Hure einher – wo war der ‹Herre Hauptmann› geblieben? Vorbei der Nimbus vor der Front, vorbei der Mann mit der ordensübersäten Brust, wie Scherl das nennt.

Ziehen all die Herren die Uniform an, weil sie erkannt haben, daß sie in Zivil keine Figur machen? Was müssen das für Reckengestalten sein, die des Schneiders bedürfen, wenn sie Eindruck schinden wollen. Das ist wie beim Theater: unkostümiert wirkt nicht.

Man darf die Helden nicht in Zivil sehen. Man bekommt einen furchtbaren Schreck. Das wissen sie ganz genau. Und wann zogen sie denn die Uniformen aus und das ‹Räuberzivil› an? Wenn sie selbander saufen gingen oder ins Bordell. Dort konnte man krähen und die Beine auf den Tisch oder sonst wohin legen – *dem* Rock tats nichts.

Wir wollen nicht mehr. Die preußische Uniform, das verhaßte Symbol einer ungeistigen, kulturschädlichen Gesinnung – fort mit ihr!

Und da gibt es nur ein Mittel; und das ist die Aufhebung der Ziffer 8 des § 360 des deutschen Strafgesetzbuches, wo das unbefugte Tragen der Uniform unter Strafe gestellt wird. Laßt sie doch! Laßt jeden, der da mag, die Uniform tragen! Jeden Hochstapler, jeden Abenteurer, jeden Freikorpsoffizier – jeden! Dann wird sie wohl den Wert in unsern Augen haben, der ihr gebührt.

Aber so? Regimentsfeiern – und vaterländische Paraden unter gleichzeitiger gemeiner Beschimpfung eines großen Teiles des deutschen Volkes, nämlich der ‹erdolchenden Heimat› –, Gedenktage und Hochzeiten. Und alles in Uniform.

Werft einen Groschen herunter! Unten steht ein Leierkastenmann, zerschossen, blind und ruiniert für sein ganzes Leben. Oben aber, auf seiner Drehorgel, sitzt, grimassenschneidend, sich lausend und flöhend und die Zähne fletschend: ein Affe in Uniform.

PRESSE UND REALITÄT

> Mrs. Dubedat: Was hast du gesagt, mein Liebling? Ich kann ihn nicht verstehn . . . (Seine Lippen bewegen sich wieder.)
> Walpole (beugt sich nieder und lauscht): Er möchte wissen, ob ein Reporter da ist.
> Shaw: *‹Der Arzt am Scheidewege›*

Man könnte glauben, die Ereignisse geschähen und glitten dann automatisch in die Zeitungen hinüber, von der Wirklichkeit in die Presse, von der Realität in die Wiedergabe. Das ist nicht richtig. Weil die Reproduktion der Wirklichkeit unendlich wichtiger ist als das Geschehnis selbst, so ist die Wirklichkeit seit langem bemüht, sich der Presse vorzuführen, wie sie gern möchte, daß sie aussehe. Der Nachrichtendienst ist das komplizierteste Lügengewebe, das je erfunden worden ist.

Weit entfernt, etwa die Nachrichten von Ereignissen möglichst so wiederzugeben, wie sie geschehen sind, die Wiedergabe also möglichst der Wahrheit anzunähern, ist das Bestreben aller Fachleute darauf gerichtet, die Wiedergabe organisatorisch und pressetechnisch so zu gestalten, daß man sie für die Wahrheit ansieht, und daß dabei doch die vielen Interessen von Auftraggebern, Industrien und Parteien gewahrt bleiben.

Der Redakteur ist durchdrungen von dem Axiom, daß man kein Ereignis so wie es geschehen ist vermelden könne, und deshalb kommt ihm gar nicht mehr zum Bewußtsein, wie er die Wirklichkeit verfälscht. Ich schalte bei dieser Untersuchung alle Fälle der klaren –

ungefährlichsten — Korruption aus und nehme die landesübliche Praxis zum Gegenstand meiner Betrachtung.

Wesentlich an einer Zeitung ist zunächst und vor allem, was sie bringt, und was sie nicht bringt. Niemand wird annehmen, daß täglich stets grade so viel geschieht, wie in sechzehn Seiten hineingeht — aber fast jeder wird annehmen, daß da das Wesentlichste, gewissermaßen der Extrakt aller täglichen Geschehnisse, zu lesen sei. Ich glaube nicht, daß das der Fall ist. Der geschickte Journalist hat eine Waffe: das Totschweigen — und von dieser Waffe macht er oft genug Gebrauch. Jede Zeitung hat eine Reihe Personen, Dinge, Interessensphären, die tabu sind — von ihnen wird niemals, weder im guten noch im bösen Sinne, gesprochen. Oft genug erfährt der Leser von großen Geisteserscheinungen, von geistigen Epidemien, von bedeutenden Kollektivitäten erst lange, nachdem sie sich gebildet, und lange, nachdem sie im Tageslicht gewirkt haben. So existiert, zum Beispiel, fast für die gesamte Presse das große religiöse Streben nicht, das neben der offiziellen Religion einherläuft, in ihr keine Befriedigung findet und sich in Sekten und Aposteln Ersatz sucht. Damit ist zweierlei erreicht: der Leser wird all diese Dinge für nicht wesentlich halten, und die öffentliche Resonanz, die unterstützen würde, fehlt. Es muß einer sehr stark sein, wenn man ihn nicht totschweigen kann.

Demgegenüber steht, was die Zeitung bringt. Und hier hilft nun die Realität nach. Wir werden weiterhin sehen, welche Mittel sie benutzt, um sich die Aufmerksamkeit der Presse, und damit der Öffentlichkeit, zu sichern — fest steht, daß die Presse nicht einfach spiegelt, sondern auswählt, und bei dieser Auswahl auf das kräftigste durch die Realität selbst unterstützt und beeinflußt wird.

Es ist selbstverständlich, daß reine Parteiblätter in der Auswahl ihrer Nachrichten tendenziös verfahren. Sie werden unbequeme Dinge gar nicht oder kurz, genehme Dinge ausführlich darstellen. Alle andern Blätter aber sehen gleichfalls nicht unbefangen ins Land hinaus, meldend, wie Lynkeus, was sie von ihrer Warte aus sehen, ohne sich darum zu kümmern, ob es Feuersbrünste oder fremde Kauffahrer, Mord oder Bauerntanz zu melden gibt. Teils suchen die Zeitungen, was sie melden wollen; teils rückt es ihnen die Wirklichkeit in den Vordergrund.

Zwischen dem Totschweigen und der gedruckten Nachricht gibt es nun zweierlei Zwischenstufen. Bestimmt werden sie durch die ‹Aufmachung›. Der Leser, dem du ein Bündel Depeschen (W. T. B.; private Handelsdepeschen; politische Sonderberichte) in die Hand drücktest, würde in den seltensten Fällen fähig sein, sich daraus ein Weltbild zu gestalten, das Wichtige vom Unwichtigen zu sondern, sich die Nachrichten selbst zu gliedern. Das besorgt die ‹Aufmachung›.

Der Durchschnittsleser erlebt die Welt so, wie sie ihm seine Zeitung vermittels großer und kleiner Schriftgrade ordnet. Er teilt – unbewußt – die Erde in Groß- und Kleingedrucktes ein. Und weiß nur selten, daß er der Spielball einer sehr klugen Berechnung ist. Der Verfasser der Schlagzeile, der Anordner von Fettdruck weiß, was er tut. Der Leser weiß selten, was er liest, und verwechselt das Arrangement mit der Schwere des Ereignisses. Das soll er auch.

All diese Mittel werden durchaus versteckt angewandt. In einem ausgezeichneten Heftchen von Oswald Rossi (*‹Journalistische Dialektik›*, erschienen 1920 bei Jahoda & Siegel zu Wien) finden sich diese Kunstgriffe zusammengestellt, und es ist erstaunlich, wie sie um so eher wirken, je primitiver sie sind. Am gefährlichsten sind sie dann, wenn sie – wie fast bei der gesamten bürgerlichen Presse und vor allem bei den Generalanzeigern – geheim auftreten. Ein Leitartikel der *‹Freiheit›* ist eine klare Sache – eine gefärbte Lokalnotiz der *‹Allensteiner Zeitung›* keineswegs. Eine politische Versammlung ist ein gutes Propagandamittel – ein besseres die feine Einträufelung einer Tendenz bei einem Kinderfest, einem Hauskauf, einem Streit mit einer Versicherungsgesellschaft: noch besser aber als alle zusammen eignet sich für die Propaganda die Nachricht über all diese Dinge. Die Tendenz dringt dabei in einen Körper ein, der gar nicht auf dergleichen gefaßt ist – der locus minimae resistentiae ist gefunden.

Das wird wohl immer so gewesen sein. Was aber erst im Industriezeitalter zur Vollendung gediehen ist, das ist die Beeinflussung der Presse durch die Wirklichkeit, durch eben diese Wirklichkeit, die reproduziert werden soll. Das Objekt herrscht.

Jede Institution – die katholische Kirche wie ein Seifen-Syndikat – hat das größte Interesse daran, daß von ihr in der Presse zu Zeiten gar nicht, zu Zeiten viel – und dann in einem bestimmten Sinne – gesprochen wird. Jede moderne Organisation trägt diesem Bestreben Rechnung und hat sich deshalb eine Pressestelle angegliedert. Man kann wohl sagen, daß alle wirtschaftlichen und politischen Kollektivitäten ein gut Teil ihrer Arbeit darauf verwenden, vor der Öffentlichkeit in einem bestimmten Lichte zu erscheinen. Denn dieser Schein ist wichtiger als ihre reale Existenz und oftmals unmittelbar erfolgbringend. Der Mittel sind viele.

Da sind zunächst die ‹Beziehungen›. Im Sprechsaal des *‹Buchhändler-Börsenblattes›* (einem der reaktionärsten und interessantesten Blätter Deutschlands) fand sich neulich der Vorschlag eines Sortimenters an die Kollegenschaft, sie sollten sich doch alle bemühen, Besprechungen über Bücher der und der Art in den Textteil der Zeitungen ihres Heimatortes zu ‹lancieren›. Wie man das macht, war nicht angegeben. Der Anfang vieler politischer und wirtschaftlicher Aktionen ist der, die ‹Presse dafür zu interessieren›. Ganz gleich, welche Mittel dafür angewandt werden: ob ein Diner, ein Geldkuvert, eine Frau oder nur eine Schmeichelei – klar wird, wie die Realität, die reproduziert werden sollte, nun für ihr Teil die Führung ergreift und dem Wiedergabeorgan erst zeigt, was wiedergegeben werden soll. So wie, nach Strindberg, die Frau hinter dem Bilde, das sich der Mann von ihr macht, lauernd hockt und auf Beute wartet, so hockt hinter den Zeitungsberichten die Wirklichkeit und wartet auf die Wirkung der von ihr lancierten Nachricht.

Der Zusammenhang zwischen Annoncenmarkt und Redaktion ist an dieser Stelle zu nennen. Er ist nur bei Käseblättern, vor allem in der Provinz, klar und offen. In den gefährlichern Fällen verbirgt er sich hinter ‹Zweckmäßigkeiten›, hinter ‹Opportunitätserwägungen› – ja, dieser Zusammenhang braucht dem anständigen Redakteur oft gar nicht bewußt zu sein. Er ist vorhanden, denn die Zeitung ist ein Geschäft.

Der Fall offener Korruption ist selten. Das ist für die Reinigung der öffentlichen Atmosphäre nicht gut – denn die Aufdeckung solcher Fälle würde die Achtung vor der Presse vermindern, und niemand nähme sie mehr so ernst wie heute, da sie weit schlimmer als korrupt ist: nämlich beeinflußt. Und zwar unkontrollierbar beeinflußt. Es ist den Redakteuren so in Fleisch und Blut übergegangen, nicht zuletzt an die Wahrheit, sondern zuletzt an die Wirkung ihrer Nachricht zu denken, daß in einem Fachorgan erwogen wurde, inwieweit man über das Elend Deutschlands berichten solle. Einerseits sei es von Nutzen, andrerseits von Schaden ... Die Wahrheit zu berichten, koste es, was es wolle – davon war nicht die Rede.

Die Wirklichkeit drängt sich also vor und imputiert der Presse, was geschehen und was zu berichten ist. Die Presse nimmt längst keine bloße Kenntnis mehr von der Realität – sondern die Realität hat die Presse genommen. So wird tot geschwiegen und lebendig geschrieben. Kein Leitartikel, keine Glosse, kein Bildchen, hinter denen nicht irgendeine unausgesprochene Tendenz steckte. Es wird immer etwas gewollt, was nicht gesagt wird. Man könnte den Text jeder Zeitungsnummer ins Wirkliche übersetzen.

Die Wirkung dieses Nachrichtendienstes, dessen ungeschickteste und gewissenloseste Vertreter die deutschen Offiziere der Abteilung III b im Kriege waren, ist verschieden.

Der Redakteur bekommt mit der Zeit den Größenwahn. Besonders der beschränkte, der nicht sieht, daß er nur Handwerkszeug Größerer, hinter ihm Stehender ist. Er hat im Laufe der Jahre gelernt, daß das, was er nicht drucken läßt, für Hunderttausende nicht existiert – daß das, was er den Leuten mit der Papageientaktik in die Köpfe lärmt, für sie im Mittelpunkt der Erde steht. Er wird also immer mehr auf die Wirkung als auf die Wirklichkeit sehen.

Der Leser vertraut der Presse blind, weil ihn seine Zeitung ja nicht über ihr eignes Wesen aufklärt, und weil eine andre Einwirkung auf die Öffentlichkeit gegen die Presse nur sehr, sehr schwer ist. Die Wirkung auf den Leser wird in fast allen Fällen die gewünschte sein. Das Korrektiv mehrerer Zeitungen leisten sich außer den Fachleuten nur wenig Menschen – und so entsteht ein Weltbild, wie es entstehen soll, nicht, wie es ist.

Wirklich Lebenskräftiges kann die Presse zwar nicht töten. Aber sie kann das Wachstum hindern, störend eingreifen, Schädliches länger am Leben erhalten, Konfusion anrichten. Man kann den Katholizismus nicht totschweigen. Aber man kann falsche Gedanken hundert Jahre länger konservieren. Das wirklichkeitsstärkste Element hat auch immer die Presse in der Hand – der Satz ist richtig, wenn man unter ‹wirklichkeitsstark› die souveräne Beherrschung aller Mittel der Lebensklugkeit, der Gasse und der Gosse versteht.

Das Weltbild der Zeitung ist absichtlich viel zu verzerrt, als daß es jemals Anspruch auf Wahrheit machen dürfte. Das kann nicht oft genug wiederholt werden. Denn die Erkenntnis, daß eine Nachricht ‹in der Zeitung gestanden› hat und deshalb wahr ist, ist eine falsche Erkenntnis.

Besserung? Wenn man die ausgezeichneten Aufsätze Wilhelm Schwedlers in der *‹Deutschen Presse›* gelesen und daraus ersehen hat, wie dicht das Netz schon ist, das die deutsche Presse umstrickt hält: dann scheint offene Korruption immerhin wünschenswerter, damit niemand mehr diesen Korrespondenzen und Zeitungen glaube. Wohl noch nie ist in einem Fachorgan mit solchem Freimut über die Nachricht als Handelsobjekt gesprochen worden. Bei aller Milde eine vernichtende Kritik des Nachrichtenwesens, wie es ist – und nicht sein soll.

Die Industrie, die Partei, die Regierung, die Kirche – sie alle wissen, was sie an der Presse haben. Die Wirklichkeit, wie sie die Zeitung serviert, hat ein Sieb passiert. Was da steht, das ist nicht die Welt. Das ist:

Die Welt
Gekürzte Volksausgabe und für den Schulgebrauch bearbeitet.

Man sollte sich lieber an das Original halten.

BERLINER LIEBE

Steht dir der Sinn nach Liebe in den Orten
Westend bis Köpenick:
dann senk den Blick
und unterscheide im Objekte die drei Sorten:

Da gibt es Frauen mit den Scheitelhaaren,
gepunztes Silber auf dem falschen Busen,
teils im Reformkleid, teils in Eigenblusen,
die einmal – ach, wie weit! – fast reinlich waren
(jetzt dunkelweiß).
Bei Sturm und Regen
gehn diese gern durch Wald und Flur allein,
das Lodenhütchen keck auf einem Ohre,
und sprechen mit sich selbst und mit Tagore ...
Soll die es sein –?
Sie sagen Feuilletons, eh man sie legt.
Sie sind sehr edel.
Aber nicht gepflegt.

Da gibt es solche, unten rum aus Seide,
im samtnen Mantel mit dem Waschbärkragen –
nach ihren Eltern mußt du sie nicht fragen.
Sie ist euch treu – und so liebt ihr drei beide.
Groß ausgehn nennt der Fachmann dein Getue.
Führ sie ins Kino, ins Theater ein!
Sie tanzt den neusten Schritt, kennt alle Paare,
hat jeden Monat frisch gefärbte Haare ...
Soll die es sein –?
Sie spricht nicht viel.
Doch was sie spricht, ist Kitt.
Und sie nimmt alle süßen Ecken mit.

Willst du die Jüngerin Thaliens küren?
Sie offenbart, wenn sie mit dir im Bund ist,
was ihr Direktor für ein Schweinehund ist:
er wollt sie alle in Versuchung führen –
Das tät sie nie. (Fast nie.)
Es rinnt die Rede:
Von Proben, Premerieen, Klatscherein –
sie meistere Spiel und Sprache wie nur wenige,
sie spiele Olala und Iphigenie ...
Soll die es sein –?
Beim Papa Rickelt! Süß in allen Phasen:
Sie liebt.
Und bringt dich zeitig untern Rasen.

So geh, du Liebeswanderer, von Haus zu Haus.
Berlin ist groß.
Nun such dir eine aus!

TANTE MALCHENS HEIMATLAND

Vor Jahren durchzog der ostpreußische Humorist Robert Johannes die Lande und ergötzte mit seinen ‹bräiten Jedichten› die Leute. Wenn er, als Tante Malchen verkleidet, seine Abenteuer vortrug und «Erbarmung!» rief, dann lachte alles und freute sich über diesen gleichermaßen schwerfälligen wie wirklich humoristischen Dialekt. Eine harmlose Abendunterhaltung.

Die Zeiten sind vorbei. Der Dialekt ist geblieben – die Harmlosigkeit ist weg. Die Leute mit dem breiten ‹Äi› sind durch den polnischen Korridor von uns getrennt – und allen ist diese Isolation gleichermaßen schlecht bekommen: ihnen und uns, Ostpreußen und dem Reich.

Der unselige Friedensvertrag von Versailles, Schlußpunkt und Quittung eines von der Monarchie heraufbeschworenen und verlorenen Krieges, hat die schlimmste Seite des Deutschtums gefördert und neu erweckt, wo sie eingeschlummert war: die Kirchturmspolitik.

Die Überschätzung des eigenen Dorfes, die Ignorierung aller andern Kirchtürme, die vereinsmeierliche Einstellung des Blickes auf das eigene Rathaus – kurz, der Partikularismus behindert uns unendlich in der Arbeit. Nun hat Berlin gewiß seine Fehler, und seine Zentralbehörden haben sie auch –, aber was da an Abneigung in der Provinz und in den Ländern gegen Berlin aufgewacht ist, das entspringt doch weniger einer klaren politischen Einsicht, als dem Wunsche, selber eine kleine Wilhelmstraße aufzumachen, selber Zentralbehörde und Ministerium zu spielen, selber die nötigen Ministerialdirektoren, Oberregierungsräte und Landtagspräsidenten zu stellen. Das führt zu den lächerlichsten Konsequenzen. Das fremde Volk der Hamburger bezahlt einen berliner Gesandten, Berlin und München verhandeln miteinander wie zwei kriegführende Mächte – und Ostpreußen –?

Ostpreußen sabotiert in aller Stille die Republik.

In diesem Lande, dessen Ideale alle mit ‹Sch› anfangen – Schmand, Schnaps und Schwarz-Weiß-Rot – blüht eine Gesinnung, die sich seit Jahrhunderten nicht geändert hat. Bis zum Jahre 1914 hat sich auch niemand etwas dabei gedacht. Alles ging seinen alten Gang: Vaterland und konservative Gesinnung waren ein und dasselbe: der Landrat war allmächtig, der Amtsvorsteher war es noch fühlbarer: die Schule lehrte wenig, aber das tendenziös; die Verwaltung und die Rechtsprechung lagen in bewährten Händen – und im übrigen ließ man Gott einen guten, und Bebel einen schlechten Mann sein. Die spezifisch junkerliche Reaktion – gleichermaßen ein Produkt der Blutzusammensetzung wie der wirtschaftlichen Verhältnisse – hat ihrerseits nicht zum wenigsten zum schlechten Ruf des Deutschtums auf der Welt beigetragen. Und heute –?

Heute ist es schlimmer als je. Der Weltkrieg hat auf die Deutschen überraschend gewirkt: dieselben Männer, die in Finnland und Rumänien Wache geschoben, in Jerusalem Schützengraben aufgeworfen und in Flandern gekämpft haben, kapseln sich heute in ihren Dörfern ein, unter Ablehnung der ganzen andern Welt. Oder sind es nicht dieselben? Warum dulden sie es dann? Nie war der Deutsche partikularistischer als heute, nie enger im Horizont, nie der Internationale abgewandter ... Sie tun alle so, als ob sie allein auf der Welt wären. Ostpreußen vorneweg.

Der Korridor hat das seine getan. Königsberg war schon im Frieden viel weiter als die vierzehn Bahnstunden von Berlin entfernt – heute tut das Land, als bilde es eine Erde für sich und als sei niemand imstande, über Ostpreußen zu urteilen. Doppelt schwer, die Wahrheit zu sagen.

In einer kleinen Broschüre ist sie gesagt. *‹Das ostpreußische Problem›* heißt sie – und Karl Fischer ist ihr Verfasser. (Erschienen in der Deutschen Verlagsgesellschaft für Politik und Geschichte in Berlin.) Der Mut, mit dem hier an die schmerzhaftesten Stellen des Landes gerührt wird, ist doppelt anerkennenswert in einer Zeit, wo jede Stadt und jedes Land glauben, die Presse und ihre Berichterstatter seien nur noch zur Befriedigung der lokalen Meß-Interessen vorhanden. Hier ist endlich einmal in das Dunkel hineingeleuchtet worden. Eine gute Aufklärungsarbeit. Und wir lesen:

Ein Land mit dem Konservatismus, schwer wie ein alter Kavalleriestiefel. Die ganze Provinz ein einziger Kriegerverein. Der Landarbeiter hat stramm zu stehen vor dem ‹Herrn› und ihn mit dem alten militärischen Dienstgrad anzureden. Niemand vermag sich zwischen Anarchie und Knechtung ein Mittelding vorzustellen. «Der Arbeiter ist noch nicht reif!» (Aber sein Herr ist es ...) Der Reichsgedanke ist nur noch vorhanden, wenn man ihn bei feuchten Festen zur Weiherede braucht. Im übrigen ...

Im übrigen herrscht ein Rechtsbolschewismus, der an Bayern gemahnt.

Kurz nach der Revolution war August Winnig Oberpräsident, eine Zeiterscheinung, die sogar Gustav Noske übertrifft. (Und das will etwas heißen.) Wie dieser Sozialdemokrat, kaum an die Macht gekommen, umschwenkte und all das verriet, was er jahrelang vertreten hatte, das zeigt uns wieder, wie man nicht ungestraft dicke Importen im Auto mit dem Gegner raucht. Das darf man nur, wenn man stark genug ist, sie zu vertragen. Dieser war es nicht. Beim Kapp-Putsch nahm er an dem Hochverratsversuch teil, blieb selbstverständlich straflos und steht jetzt in der Ecke: eine abgeklapperte Kleinbahnlokomotive, die auf Anschluß wartet. Vielleicht pfeift ihr eines Tages einer.

Der jetzige Oberpräsident Ostpreußens ist Herr Siehr, ein anständiger und ordentlicher Mann – aber ein Demokrat in des Wortes schwächster Bedeutung. Wenn er die Naturgeschichte der preußischen Junker läse, so wüßte er, daß sie nur ihre eigene Sprache verstehen: nämlich die Faust. Alles andere halten sie für Schwäche. Er wird offenbar nicht mit ihnen fertig. Und so tanzen sie ihm denn in den Regierungsbezirken Allenstein, wo Herr von Oppen regiert, im Regierungsbezirk Marienwerder mit dem Grafen von Baudissin, in Königsberg und fast überall im Lande auf der Nase umher. Die Landräte tun, was sie wollen: das ist die Reaktion.

Auf das kräftigste werden sie dabei unterstützt von zwei Vereinen, die, mit dem ganzen schweren Gelde der Deutsch-Nationalen ausgestattet, unsägliches Unheil anrichten: von der Staatsbürgerlichen Arbeitsgemeinschaft und vom Heimatbund. Von Gayl und von Hassel sind die Väter dieser edlen Zwillingsbrüder.

Nirgends liegen so viel Waffen versteckt wie in Ostpreußen. Der Zusammenhang zwischen Verwaltungsbehörden, den Staatsanwaltschaften, der Reichswehr, den nationalen Vereinen, den Selbstschutzorganisationen und diesen Waffenschiebungen wird gerichtlich niemals zu erbringen sein. Es gibt in Ostpreußen keine Organe, die, vom Gerichtsdiener bis herunter zum Generalstaatsanwalt, wirklich eingriffen. Man kann nur vermuten. Und man darf vermuten, daß die Söhne und Schwäger der Landwirte und Großgrundbesitzer, daß die gesamte agrarische Sippschaft, auf Ämter und Dienststellen verteilt, zueinander hält wie die Kletten. Der Staat ist ihnen eine Pensionsanstalt und ein Mittel, die Macht zu halten. Sie halten sie.

Was die Herren von Brünneck, Dr. Brandes, von Weiß-Plauen, Lothar zu Dohna-Willkühnen, Eulenburg-Prassen, von Berg-Markienen und der sehr beachtliche Herr Hundertmark eigentlich treiben, weiß kein Mensch. Aber sie wissen es. Sie stehlen dem lieben Gott die Zeit mit überflüssigen Organisationen. Die Agrarier und die Industrie bezahlen es – und sie wissen, warum. Was dort alles an Orts-, Selbst-, Einwohner- und Grenzwehren gegründet wird, geht auf keine Kuhhaut. Die Ortskundigen gehen um diese Frage herum wie die Katze um den heißen Brei – auch die Broschüre Fischers drückt sich an dieser Stelle absichtlich sehr vorsichtig aus. Also ist das Land gestopft voll mit Waffen. Die *‹Königsberger Volkszeitung›* hat eben erst aufsehenerregende Enthüllungen über die versteckten Waffen gebracht – keine Sorge, man wird ein bißchen umpacken, und beim nächsten Festessen verständnisinnig grinsen. In den Köpfen ist die Republik ein vorläufiger Zustand, das ungesetzliche Treiben aber ist ein Unternehmen, die ‹Ordnung wiederherzustellen›, und wenn die Republik weiter so sanft träumt, wird man das auch erreichen. Berlin schläft.

Und ist furchtbar diplomatisch. Mit Müh und Not hat man jetzt eine besondere berliner Geschäftsstelle des Herrn von Gayl abgewehrt, die den Oberpräsidenten Siehr ausschalten wollte. Sei es, daß auch in den berliner Stellen zu viel gute Freunde der Ostpreußen sitzen, sei es, daß man sich – immer mal wieder – nicht traut – genug: Hier geschieht nichts, und der Karneval da oben geht weiter.

Die Tannenbergfeier in Königsberg war ein offener Skandal. Unter Mitwirkung der Reichswehr des Herrn Geßler und seines unmittelbaren Vorgesetzten, von Seeckts, fand da ein Vogelschießen statt, das die Ermordung Erzbergers durchaus erklärt. Herr Ludendorff-Lindström ließ sich feiern, die Universität Königsberg verlieh ihm die medizinische Doktorwürde (weil er Deutschland gesund gebetet hat) – und das Ganze war ein offener Hohn gegen die Republik. Man stelle sich dergleichen umgekehrt unter Wilhelm vor! Berlin schlief.

Fischer, der sein Ostpreußen kennt, schreibt mit Recht, die Mär von dem unsicheren Ostpreußen sei eine Fabel. Damit begründet man die unlauteren Organisationen nicht. Man schade nur dem Lande. Aber das ist doch den Herren gleichgültig! Als man in der Vorbesprechung der Tannenbergfeier Herrn von Gayl darauf aufmerksam machte, daß eine sozialistische Gegendemonstration drohe (die auch machtvoll stattgefunden hat) und daß dieser Straßenlärm die Königsberger Messe schwer schädige, sagte er: «Und wir feiern doch!» Heer und Marine haben ihm – auf unser aller Kosten – dabei geholfen.

So geht es nicht weiter. Auf Herrn Dominicus ist kein Verlaß – von Herrn Geßler erwartet niemand etwas anderes als Teilnahmslosigkeit oder Parteinahme für die falsche Seite. Und die Richter? Das ostpreußische Schöffengericht in Zinten hat einen Kutscher zu drei Wochen Gefängnis verurteilt, weil er eine nationale Versammlung gestört habe. Der Vorsitzende wies in der Urteilsbegründung darauf hin, daß der Angeklagte nicht unter zwei Monaten Gefängnis davongekommen wäre, wenn man ihm hätte nachweisen können, daß er mit einem Stock in die Versammlung gekommen sei. Wagt der Deutsche Richterverein die politische Einstellung seiner Mitglieder auch zu bestreiten, wenn man ihm die Bagatellstrafe des osnabrücker Totschlägers, des Husaren Esser, vorhält, der in einer Versammlung des Herrn von Gerlach mit einem Revolver erschien und dort einen Menschen niederschoß?

Die Broschüre Fischers möge gelesen werden. Denn die Gefahren, die uns umwittern, liegen hauptsächlich in der Provinz. Da blüht das alte schlechte Deutschland.

Tante Malchen ist tot. Um einen großen Tisch sitzen die notleidenden Agrarier, sie sehen nichts von der Schönheit ihres Landes, nichts von der Süßigkeit eines Herbstes an der Samlandküste, nichts von ihren alten Wäldern, nichts von ihren Seen. Feist und satt, das verschwitzte Lodenhütchen auf dem linken Ohr, eine Batterie Likörflaschen vor sich, pfeifen sie auf die neue Zeit. Bei uns in Kopischken? «Jibt nich!»

Wir schicken Missionare in die fremden Erdteile. Wir sollten etwas innere Mission treiben zur Stärkung neuer Gedanken, zur Unterstützung der versprengten Geistigen, die da oben leben und die tapfer kämpfen. Eben erst jetzt hat sich eine kleine Wochenschrift zweier tapferer junger Leute in Königsberg aufgetan — *‹Der Montag im Osten›* —, und es ist ihr aller Erfolg zu wünschen.

Hinterm Korridor wohnen auch Deutsche. Man sollte die paar tausend Radaubrüder entfernen und unschädlich machen. Und eine blühende Provinz wäre dem Deutschen Reich wiedergegeben.

OTTO FLAKE

Daß in Deutschland sich um die Probleme des Tages einer müht, der nicht befürchtet, sich mit seiner Opposition in aussichtslosen Widerspruch zu der Realität zu setzen, ist so selten, daß es gebucht werden will. Brauchen wir nicht eine Stärkung von außen? Macht es nicht Mühe, tagaus, tagein dasselbe zu sagen und zu schreiben, sich vorwerfen zu lassen: Ah, schon wieder! — und es dann doch wieder zu tun, nicht aus Armut, sondern aus dem Gefühl heraus, daß gewisse Anschauungen in die deutschen Köpfe gehämmert werden müssen? Es macht müde. Und es kommt wohl bei allen, die nachdenken, der Punkt, wo sie zögern, zaudern, zweifeln . . . Sollen wir noch?

Es tut doppelt wohl, wenn sich einer von Bedeutung hinzugesellt und sagt: Ja — ihr sollt nicht nur! Ihr müßt! Dafür ist ihm zu danken.

Otto Flake hat ein kleines Heft erscheinen lassen: *‹Das Ende der Revolution›* (bei S. Fischer in Berlin). Ich halte die paar Bogen für eine der wertvollsten Revolutionsveröffentlichungen. (Wer mehr dergleichen von Flake lesen will, beschaffe sich die ausgezeichneten *‹Fünf Hefte›* aus dem Roland-Verlag in München.) Es tut wohl, die eigne Not auch von andern gefühlt zu wissen. Und sie gemildert zu sehen. Zu wissen, daß Figuren wie Noske, Heine, Scheidemann und Geßler auf der Welt sind, ist bitter — aber solch ein Buch richtet einen auf.

Flake ist so gar kein Realpolitiker, also wert, daß ihn der gesamte Reichstag, von rechts bis links, spöttisch abtut. (Wenn er ihn jemals läse.) Aber für uns ist es wie eine Offenbarung, endlich einmal zu lesen, wie jede Kollektivität — selbstverständlich auch der Bolschewismus — den Geist abtötet, wie jede Macht den Geist tötet. «Es wird sich zeigen», steht da zu lesen, «daß Ideen aus Dienern Herren, aus Herren Dämonen werden.» Ausgezeichnet ist entwickelt, wie der Bolschewismus sich selbst abhaspelt, wie er leer läuft und leer laufen muß, weil er den fatalen Satz predigt: «Nieder mit der Gewalt! Darum nur noch ein Mal Gewalt!» Nur noch ein Mal —! Und wann hört das auf, dieses ein Mal . . .? Und wie klar und vorurteilsfrei sind französische Denkweise und französischer Geist und ihre Mängel gekennzeichnet — wie wohltuend, dergleichen einmal nicht von einem trüben Korrespondenzenschreiber zu hören, sondern von einem aus dem eignen Lager! Das beste aber an dem Heftchen, wie auch in den *‹Fünf Heften›*, sind die Strecken über Deutschland.

Was den Deutschen im Guten wie im Bösen auszeichnet, ist seine Maschinerie. Nun, sie ist Herr über ihn geworden: er ist untertan jeder Organisation, nur, weil sie einmal da ist – und das ist das Gegenteil aller Kultur. Hierzulande kann ja keinem gekündigt werden: sie sind alle da und bleiben alle da – Ideen, Beamte und Vereine. (Worunter auch der Staat.) Und was sollte aus einem Volke werden, das so geartet ist – so, mit seiner theoretischen Freiheit und seiner praktischen Sklaverei? «Die Stationen des Möglichen werden überflogen, bis zum Extrem dessen, was man erreichen könnte, wenn man allein in der Welt wäre: Mangel an echter Phantasie, die ja Anwendung ist.» Ist das nicht Ludendorff, wie er leibt und – im Gegensatz zu Landauer – lebt? Ist das nicht typisch deutsch, sich mit Moralgesetzen herumzuschlagen, solange sie nicht in Aktion treten – die protestantische Kirche ist groß auf diesem Gebiet –, und alles hintanzusetzen, wenns wirklich zum Klappen kommt? Und wenn man Skrupel hat, wenn diese Deutschen wirklich das Gewissen beißt? «Er flieht dahin», sagt Flake, «wo das Massengefühl die Sicherheit wiederherstellt.» Masse deckt zu. Was deckt sie bei uns nicht alles zu –!

Und wieviel Anständigkeit ist in der Betrachtungsweise Flakes – so himmelweit verschieden etwa von dem deutschen Professorentypus, der mit der jeweiligen Wirklichkeit allemal mitläuft. Ach, sie sind gar nicht mehr weltfremd, die Herren Professoren! Wer eine Feuerzange hat, der möge die alten Jahrgänge der *‹Süddeutschen Monatshefte›* vornehmen, wie da Polyglott Kuntze-Hofmiller vor dem Kriege den Engländern ehrfürchtig die Kommata nachgezählt und sie im Kriege und nachher mit einem wollenen Regenschirm bedroht hat! Il faut être de son temps! Flake aber bringt den Mut auf, zu sagen: «Es gibt überhaupt nur eine anständige Taktik und Methode: die Dinge rein nach der Idee unter Ausschaltung ihrer menschlichen Träger zu beurteilen.» Und wo trifft man bei uns einen Philosophen, der immer wieder, in allen Stockwerken seines Denkgebäudes, nicht seinen Pazifismus, seine anständige Gesinnung, seine klare Ablehnung des schlechtesten Deutschtums vergißt? Wo trifft man ihn? Auf den Universitäten natürlich nicht. Und da wächst die deutsche Jugend auf... Wenn junge Pflanzen gedüngt werden müssen, erfüllen diese deutschen Universitäten ihre Aufgabe vortrefflich.

Wir aber haben gezweifelt. Und zweifeln noch. Viele von uns rutschen langsam ab: in das ‹wirkliche Leben›, wo man Geld mit Trikotagen und Leitartikeln verdienen kann – und langsam, ganz langsam kommt die Wertschätzung dieser neuen Tätigkeit, schließlich nimmt man sie ernst, und zum Schluß verlacht man, was einstens Altar war und Flamme ... Viele warten. Wo ist die Lösung? Die Partei ist es nicht. Keine. Auch keine sozialistische Partei ist es. Und deshalb ist sie es nicht und kann sie es nicht sein, weil ihr das fehlt, was bei den lebenden Religionen – also zum Beispiel beim Katholizismus – der Funke ist, der die Herzen durchglüht. Das lest bei Flake.

Und lest bei ihm weiterhin, daß man nicht diese deutsche Folgerung ziehen und nun der Partei den Rücken kehren darf. Grade nicht. Denn *das*, was wir wollen, wird sich vielleicht niemals realisieren lassen, und das mag wohl gut sein ... Man soll doch bei der Stange bleiben und nicht nachlassen. Wenns auch noch so schwer fällt. Denn es ist ja nicht nur schwer, weil es Geld kostet – ganz richtig Geld in allen Formen –, sondern weil das Herz nicht immer will, wie der Verstand befiehlt. Dieses Heft von Flake macht Mut auf den weiten Weg.

Vor allem, weil er wirklich de son temps ist – ohne mit ihr zu laufen, wie jene Professoren. Er hat schon verstanden, welchen Ruck es bei uns allen gegeben hat. Noch mal? Wieder das Alte? Wieder so oder so gewendet – und was dann?

«Es ist eine falsche Rechnung, zu glauben, es sei nur Ruhe nötig, um wieder produzieren zu können; versucht es doch, ob die alten Ideen noch etwas hergeben; ihr werdet sehen, daß ihr euch nur nachahmen und wiederholen könnt. Wer heute nur Ruhe braucht, um geistig arbeiten zu können, ist verdächtig, denn den Guten und Wertvollen ist das Material ausgegangen.» Man sollte das auswendig lernen. Solche mutigen und offenen Worte über Kunst habe ich bisher nur noch bei Franz Jung, bei Wieland Herzfelde und bei George Grosz gefunden. So zweifeln aber heißt schon bejahen. Ein Nein ist stets ein Ja. Ich denke, wir haben eine Aufgabe.

«Während die Welt weiterschreitet, werden wir unsre Kraft damit verbrauchen, die ältesten Ladenhüter von Freiheit zu sichern. Aufgabe der Empörer ist nicht, ein Maximalprogramm durchzusetzen, sondern den deutschen Charakter um und um zu pflügen.»

Das ist es. Schon Heine hat einmal gesagt, Kant habe zwar den lieben Gott abgeschafft, aber in deutschen Landen herrsche der Polizeiknüttel. Es wird an uns sein, das Schwierigste auszuführen, was es in diesem Lande überhaupt gibt: allenfalls geduldeten platonischen Ideen zur Wirklichkeit zu verhelfen. Die Kommune ist groß, und die Verfassung ist weit. Reformen müssen in kleinem Kreise anfangen, wenn sie sich durchsetzen wollen.

Otto Flake ist ein deutscher Wegbereiter.

KARLS LETZTER PUTSCH

Ein fescher Trottel mit der samtnen Kappen,
so möcht das durch die Weltgeschichte tappen –
denn außer Kaiser hat er nichts gelernt.
Am liebsten tät er alleweil regieren.
Geh her – man muß ihm gar net ignorieren!
Nur schade, daß ein Henker ihn entfernt.
Das schickt Millionen in die Schützengräben,
schreibt faule Briefe und bleibt selber leben
und zappelt heute noch dem Throne zu ...
Servus du –!

Die Majestät kam leider stark herunter.
Einst ging die Sonne in dem Reich nicht unter.
Heut steht ein Dollar hoch am Firmament.
Die Krone fiel. Und fällt und fällt aufs neue.
Der Wiener hält der Republik die Treue –
und Horthy kämpft als Karlchens Konkurrent.
Das Zepter, das einst so viel Macht verlieh
schwingt Habsburgs letzter reisender Kommis.

Karl Huckebein – Sie sind gewiß dramatisch.
Ach, lieber Herr, du bist uns so sympathisch,
und du hast tausend Freunde auf der Welt:
Das ganze Volk der Schlächter und Soldaten,
Blutspekulanten, arbeitslose Potentaten –
sie warten alle, wie dein Würfel fällt.
Sie warten alle auf die großen Zeiten,
wo Generale übers Brachfeld reiten,
wo Proletarier wieder stumm verrecken,
wo Taschen wieder voll von Geldern stecken,
wo Reklamierte Siegestore meißeln,
wo Stäbe wirken wie die Gottesgeißeln ...
Was sich heut grollend ins Zivil geduckt hat,
weils Gott der Herr im Zorne ausgespuckt hat:
das alles winkte dir voll Hoffnung zu.
Heil dir im Siegerkranze!
Servus du –!

DER VENUSWAGEN

Einen verschnittenen Bullen nennt man einen Ochsen.

Was aber die Staatsanwaltschaften des deutschen Landes betrifft, die alles, was unterhalb der Tischplatte liegt, konfiszieren, so gibt darüber ein ausgezeichnetes kleines Heft Auskunft, das im Verlag Paul Steegemann zu Hannover erschienen ist: ‹*Unsittliche Literatur und die deutsche Republik*›. Autor? Unbekannt.

Wenn ich manchmal, so ich überhaupt nicht einschlafen kann, zu diesem Behufe die alten Jahrgänge der ‹*Schau-*› und der ‹*Weltbühne*› durchblättre, dann merke ich, daß es wohl möglich wäre, unsre alten Aufsätze, die Glossen meines Freundes Wrobel, die Gedichte meines entfernten Bekannten Tiger – all das langsam der Reihe nach unverändert wieder abzudrucken. Es ist aktuell und bleibt aktuell. Der preußische Subalternbeamte, berliner Polizei, die Zensur, die Schule mit dem Oberlehrer, der sich heute Studienrat nennt, also den Titel, aber nicht die Röllchen gewechselt hat –: wie einst im königlich preußischen Mai – wie einst im Mai ... Auch das Verhalten der Richter und Staatsanwälte gegen Produkte der Kunst oder kunstähnliche Erzeugnisse – es hat sich nicht gewandelt.

Das kleine Heft gibt einen ausgezeichneten, ruhig und sachlich geschriebenen historischen Aufriß der erotischen Literatur und endet mit einer gradezu vernichtenden Kritik der deutschen Gerichtspraxis. Mit Recht. Ich muß sagen, daß es ein würdeloser Zustand ist, wenn für Bilder von Corinth oder Zille, für gute Romane, die das immerhin nicht ganz unwichtige Thema der Erotik straff und scharf behandeln – daß für solche Publikationen von der Verteidigung jedes Mal ein Heer von Sachverständigen aufgeboten wird, das gewöhnlich von dem besser wissenden Gericht geringschätzig abgelehnt wird. Dafür haben sie ihren Brunner. (Gekündigt wird in Deutschland niemand. Daß solch ein Beamter mäßigsten Stils noch an verantwortlicher Stelle arbeiten darf, ist ein sachlicher Fehlgriff der vorgesetzten Dienststelle. Will man ihn aus Prestigegründen halten? Das ist nicht nötig. Er hat keines mehr zu verlieren.) Es ist hundertmal nachgewiesen worden, daß weite Volkskreise – und durchaus nicht die schlechtesten – auf diese unzüchtigen Staatsanwälte, hopla, diese unzüchtigen Werke anders reagieren als die Gerichte. Der Begriff ‹unzüchtig› ist kein absoluter, und die Herren dürfen nicht denken, daß ihre Erziehung, die das Wirtshaus von der Lahn am Kneiptisch hochleben und eine echte Schilderung einer proletarischen Hurenbude verabscheuen läßt – daß diese Erziehung für irgend jemand anders maßgebend ist als für einen gewissen Mittelstand, dem die Staatspension ein fundamentum ist. Was unter und über diesem Beamtenstand eines kleinen Bürgertums lebt, beurteilt die Dinge ganz anders. Es führt ja zu nichts, hier – immer mal wieder – auseinanderzusetzen, wie falsch, philosophisch, ethnographisch und ethisch gesehen, diese gradezu widerwärtige Kunstbeurteilung der deutschen Gerichte ist, die auf alles Geschlechtliche mit einer Gereiztheit reagiert, daß einem der Gedanke kommen muß, es liege dahinter noch andres als nur das Empfinden von Eunuchen verborgen. Liegt auch.

Ich werde das Gefühl nicht los, daß die Ungebundenheit, die doch nun einmal das Kennzeichen jeder wirklichen Erotik und Sexualität ist, den Herren von der Firma ‹Ruhe & Ordnung› ein Dorn im Auge ist. Der geordnete Bordellbetrieb einer gemischten Halbbrigade in einem Ort des besetzten Gebietes hatte für sie nichts Anstößiges – die freie Zuchtwahl, die freie Selbstbestimmung über den Körper des Einzelnen durchaus. Zu Häupten des zeugenden Staatsbürgers stehe, grün oder blau, ein Schutzmann: Sinnbild des allmächtigen Staates.

Es gibt sicherlich Werke, die das Schamgefühl verletzen. Es fragt sich, wo sie ausliegen, und für wen sie bestimmt sind. Ein absoluter Maßstab existiert nicht. (Und der behördliche ist der letzte an Wert.) Die überhebliche Art der deutschen Verwaltungsbehörden, die sehr unangenehme Strategie der Gerichte, in Zweifelsfällen das objektive Verfahren einzuleiten und nur das Buch zu beschlagnahmen und unbrauchbar machen zu lassen, ohne den Autor anzurühren, die freche Beleidigung, die darin steckt, *‹Mit Rute und Peitsche durch ungarische Mädchenpensionate›* kulturell und künstlerisch wichtigen Novellenbänden gleich zu stellen: das ist mein Deutschland, das Land der §§!

Wir werden uns von keinem Staatsanwalt verbieten lassen, zu lesen, was uns behagt. Zum Glück reicht der Arm der Gschamigen nicht bis zu unsrer Bibliothek, und ich habe mir bisher immer noch all das verschafft, was ich zu sehen begehrte. Die Volksvergiftung aber liegt da, wo man das ‹Rohe› mit duftigen Spitzen umhüllt, wo man ‹fein›, ja gradezu ‹französisch› umschreibt, was man auszusprechen zu schwach ist. Denn um eine Hure so reden zu lassen, wie es ihr gewachsen ist – dazu gehört die größte künstlerische Intensität.

Mein Name ist Chider. Und abermals in fünfhundert Jahren komm ich desselben Wegs gefahren ... Und dann wird immer noch eine geistesschwache Rechtsprechung dastehen und Pornographie, Kunst und grazile Unterhaltung in einen Topf werfen und nicht fühlen, wie ihre widerwärtigen Auslegungen des § 175, dessen reichsgerichtliche Kommentare wohl das Ekelhafteste darstellen, das sich die Phantasie ausmalen kann, wirklich unzüchtig sind und das Schamgefühl gröblich verletzen.

Und wie man die Sittlichkeit – ein Wort, das sich allenfalls noch für einen Coupletrefrain eignet – jedes Mal dann hervorholt, wenn man sich mit Menschen gezankt hat und nun, aufschreiend, bemerkt, was man jahrelang hingehen ließ, wie man Gerichte ihre tintigen

Finger in die Bett-Tücher senken läßt, so maßt sich hier – der Staat ein Recht an, das ihm nicht zusteht.

Selbstzweck geworden, versklavt diese Gewaltorganisation, über die man hinauskommen muß, weil sie nicht das Letzte ist, den Menschen. Solche Unsittlichkeit fällt selbst unter den § 184.

Kostet dieser Aufsatz einem Landgerichtsdirektor die Pension? Braucht sich auch nur einer danach zu richten? Können wir ihm in der Karriere, in der Geltung beim Apparat, unter den Kollegen schaden? Nein. Also bleibt alles beim Alten.

GESSLER

> Rudolf: Das Volk hat aber doch gewisse Rechte –
> Geßler: Die abzuwägen ist jetzt keine Zeit! Schiller: *‹Wilhelm Tell›*

Am vergangenen Donnerstag stand ich in Moabit da, wo die Geistigen dieses Landes so häufig und die politischen Mörder so selten stehen: auf der Anklagebank. Ein Artikel *‹Offiziere›*, den im August 1920 die berliner *‹Freiheit›* veröffentlicht hatte, war dem fleißigen Pressereferenten des Reichswehrministeriums in die Hände gefallen, der hatte ihn dem Justizreferenten gegeben, und nachdem sie beide die kleine Arbeit kreuz und quer angestrichen hatten, stellte in Abwesenheit Geßlers irgendein Soldat den üblichen Strafantrag.

Warum hatte er gepetzt –?

Der Aufsatz schrie für hunderttausend Stumme. Gedruckt stand da, was wir alle empfinden, und was die meisten von uns aus Mangel an Zeit und Gelegenheit nicht so ausdrücken können: unser Abscheu gegen den Geist des alten Offizierkorps. Weil nun aber allemal dann, wenn einer «Haltet den Militarismus!» ruft, sich die Reichswehr umdreht und getroffen: «Hier bin ich!» schreit, so ging auch diese Erinnerung an die Kulturfeindlichkeit des altpreußischen Systems, das die denkenden Deutschen im Kriege zur Genüge kennen gelernt hatten, nicht vorbei, ohne daß sich ein demokratisch besetztes Reichsministerium für verpflichtet hielt, die Richter zu bemühen.

Das gelang daneben. Die Strafkammer sprach frei, und Herr Geßler war hereingefallen.

Das Reichswehrministerium sollte sich geschäftskundigere Offiziere anschaffen. (Wenn wieder so etwas vorliegt, bin ich gern erbötig, die nötigen Vorarbeiten selber zu leisten; erfahrungsgemäß ist das wirksamer ...) Aber ganz abgesehen davon: so wenig aus dem Freispruch für die Sache selbst etwas folgt, so zeigt der Fall doch so recht, womit sich diese Krieger in ihren dienstlichen Mußestunden eigentlich befassen, und er zeigt, wer da an der Spitze steht.

Geßler ist kein Noske. Der Wachtmeistersohn, der selig ist, mit richtigen Generalen sprechen zu dürfen, ist nicht wie jener brutal und böswillig. Aber er ist nicht fähig, zu sehen, was er da verwaltet, und daß der Kampf um das deutsche Militärsystem ein geistiger Kampf ist: der Kampf um eine Weltanschauung und um eine reinere Sittlichkeit.

Über die politische Haltung des Reichswehrministers sind sich eigentlich alle Beteiligten vollkommen einig. Der Mann hat einen Offizier als Chef der Heeresleitung über, pardon, unter sich, der in der Nacht auf den 13. März 1920 davon abriet, gegen die anrückenden Kappisten vorzugehen, die rechtlich doch auf genau derselben Stufe stehen wie die Anhänger des erschossenen Leviné; der Minister erlaubt, ja befiehlt der münchner Reichswehrgarnison, sich nur ja an dem zu erwartenden Monarchistenrummel zu beteiligen, der beim Begräbnis Ludwig Wittelsbachs einsetzen wird; der Mann hat dem Reichstag einen Etat zugehen lassen, der uns fünf Milliarden Mark jährlich kostet, einen Etat, bei dem man nicht recht weiß, was man mehr bewundern soll: den Mut seiner Fabrikanten oder die Höhe der angeforderten Summen für eine Truppe, die unter den jetzigen Umständen niemals mit einem äußeren Feind zusammentreffen darf.

Wenn man diesen begabten Politiker bei der letzten Krise nicht fallen ließ, so geschah das, weil man die Reichswehr nicht ‹beunruhigen› wollte – das heißt, der Apparat wurde Selbstzweck, und weil die Reichswehr einmal so da war, sollte sie um des lieben Friedens willen mit ihren Offizieren auch so bleiben und nicht geändert werden. Denn so liegt es: auf der einen Seite steht eine Republik – und auf der andern ihre Offiziere.

Es geht aber nicht um die belanglose Person Geßlers.

Ich habe – kontrollierbar – vierzehn Monate hindurch in der *‹Weltbühne›* den Kapp-Putsch vorhergesagt und habe immer wieder betont, daß der Knochenzerschlager Noske entfernt werden müßte, weil er nur gegen seine ehemaligen Kollegen, gegen die Arbeiter, so roh sei, Wachs aber in den Händen politisch gefährlicher Offiziere. Die Tatsachen haben mir Recht gegeben. Und ich sage nun heute:

Dr. Geßler ist für den Posten eines deutschen Reichswehrministers nicht geeignet, weil er sein Problem nicht versteht. Diese Erkenntnis verbreitet sich seit einiger Zeit auch langsam in Regierungskreisen, und vielleicht wird man eines Tages einsehen, daß man – ohne jeden Bolschewismus und ohne jeden Kladderadatsch – einen Beamten in Pension gehen lassen darf, der weder ein Republikaner noch eine Begabung ist. Denn die Bedeutung eines deutschen Reichswehrministers ist zweifach.

Er muß erstens ein Mann sein, der wirklich verstanden hat, daß jener ‹Geist von Sedan, der uns über hundert Schlachtfelder geführt hat›, dem Volke nicht erhalten werden soll. Eben der nicht. Ob die Reichswehr überhaupt die Aufgabe hat, einen Geist zu verbreiten, anstatt still und ohne Phrasen ihre Pflicht zu tun, ist eine andre Sache – ich habe noch nie gehört, daß beispielsweise die Feuerwehr so viel Wesens von sich macht –: sicher ist, daß dieser Geist der verderblichste ist, den es für Deutschland je gegeben hat – und daß das Land eben an diesem Ungeist zugrunde gegangen ist. Dieser Ungeist sagt: Du bist nichts – dein Rang ist alles! Dieser Ungeist sagt: Untertanen haben zu gehorchen – Hände an die Hosennaht –. Dieser Ungeist sagt: Wozu du selbst zu feige bist, das tu nur, aber tu es im Namen einer Vielheit, im Namen einer Macht! – Es ist so süß, seinen Nebenmenschen fühlen zu lassen, daß man ihn treten und einsperren darf – und der ist wehrlos, der ist wehrlos! – Das war Schwarz-Weiß-Rot.

Davon hat Geßler nie etwas gehört, nie etwas gelesen und nie etwas verstanden. In einem berüchtigten Erlaß knüpft er bewußt gerade an die alten, schlechten Traditionen des kaiserlichen Heeres an, eines Heeres, in dem im Frieden von zweitausend Soldaten je einer durch Selbstmord endete – gequält und gepeinigt von seinen Vorgesetzten. Erinnert ihr euch an gewisse Vorgesetzte noch aus dem Kriege –?

Davon weiß Geßler nichts. Es ist ihm, wie er sagt, unverständlich, daß die Hetzer der radikalen Blätter (der Hetzer bin ich – und die Ordnung ist er) «in gehässiger Form an die Ungerechtigkeiten erinnern, die sie während der Dienstzeit und besonders im Kriege von ihren Vorgesetzten erfahren hatten». Die Kindlichkeit, in einem geistigen Kampfe nichts andres zu sehen, als den Flunsch eines ehemaligen Soldaten, der einmal drei Tage Mittel bezogen hat, wird nur noch von der Unkenntnis eines Realpolitikers übertroffen, der, wie in dem Hauffschen Märchen, Abner, der Jude, nichts gesehen hat. Ich zum Beispiel bin als Schipper zu den Preußen gezogen worden, bin mit den Achselstücken wieder weggegangen und habe keine Strafe, sondern sogar einen richtigen Orden bekommen. Den Orden habe ich in den Papierkorb geworfen, und er ist vergessen. Nicht vergessen aber ist die geistige Haltung des deutschen Offizierkorps, das ich im Kriege sehr genau in allen Zuständen, sogar im nüchternen, kennengelernt habe. Der Kampf, der hier vor sich geht, ist der zwischen Uniformen und Menschen, zwischen Preußen und Geistigen, zwischen Chargen und Männern. Kein Zweifel, wo das sittliche Recht steht.

Wenn man den ganzen Tag über nichts als Dienstvorschriften liest, verdummt man. Beliebt den tapferen Kriegern Literatur? Wissen sie nichts von Appens (‹*Charleville*›) – von Lille und von Boelcke (nicht der Flieger, sondern ein andrer Hauptmann mit sehr verständigen Ansichten) – von der großen Denkschrift des Deutschnationalen Handlungsgehilfenverbandes aus dem Jahre 1916 (*‹Ursachen des Zusammenbruchs›* von Walter Lambach) – von Professor Kantorowicz – von all den zahllosen Quellen – von Professor Nicolai und seinem Buch *‹Die Biologie des Krieges›* – von den vielen Wissenschaftlern, den Philosophen, den Kritikern, die ohne Parteistellung Krieg und Kriegführung und Kriegsdenkart verflucht haben –? Nein. Sie wissen nichts. Sie lesen nur das, was sie und ihr Tun bestätigt. Alle ihre Gegner sind Juden, Bolschewisten, bestochene Spione und irgendsonne Zivilisten ... Prost –!

Wenn aber schon der Reichswehrminister das, was er verwaltet, dem innern Wesen nach nicht kennt – (ein sozialdemokratischer Schulrat Berlins sollte einmal seiner Materie so dumpf gegenüberstehen) – dann muß er, zweitens, wenigstens ein kluger Taktiker sein. Er hats gewiß nicht leicht. Der größte Teil der Reichswehroffiziere, besonders die zahlreichen Generalstäbler, stehen, wie man das nennt, auf dem Boden der gegebenen Tatsachen und haben auch der Republik, nach einigem Drängen der Öffentlichkeit, einen Eid geleistet ... Ja. Die Gesinnung geht keinem aus den Knochen. Ich halte sogar die Männer für die wertvolleren Elemente, die zur neuen Zeit ihr klares ‹Nein!› sagen und dann die Konsequenzen ziehen. Aber da gibt es Pensionsfragen – und vor allem Machtfragen. Wer die Reichswehr wirklich in Händen hat, der hat einen Teil der Staatsgewalt. Die fast höfisch geleckten Offiziere aus der Umgebung Geßlers lassen sich sicherlich nicht von einfachen persönlichen Vorteilen leiten. Daß sie unpolitisch sind, werden sie selber nicht glauben.

Alles, was hier über die Reichswehr gesagt wird, trifft in erster Reihe die Offiziere. Die Mannschaften kämpfen zum Teil einen sehr schweren Kampf gegen diese Gesinnung. Eine Unterstützung beim Reichswehrminister finden sie dabei nicht.

Die politische Niederlage, die sich Geßler in Moabit geholt hat, sei ihm von Herzen gegönnt. Der Strafantrag ist gestellt worden, weil die Militärpolitiker eine Lokalnotiz in dreihundert Generalanzeigern brauchten: «Wieder ein Verleumder des Offizierkorps verurteilt!» – Das hebt immer. Aber es ist eine traurige Firma, die solche Reklame nötig hat. Warum das Ministerium zu ihrer Inszenierung einen Urlaub Geßlers abgewartet hat, weiß kein Mensch – schließlich ist jener kein Faktor, mit dem gewandte Offiziere zu rechnen hätten ...

Die Reichswehr, die sich lächerlich überschätzt, die heute noch den Begriff ‹militärisches Geheimnis› im Strafgesetzbuch verteidigt, obgleich sie, unter der steten Kontrolle der Entente stehend, gar keine mehr hat und jedes einzelne ein Hochverratsversuch wäre – diese republikanische Staatseinrichtung, die keine ist, und deren Mannschaftsbehandlung, wie mir allenthalben versichert wird, an die gute alte Zeit erinnert – so: mit Schliff und Bimsen und Ruck und Zuck – die also an ein Wesen erinnert, an dem die Welt genesen ist ... diese Reichswehr gehört in die Hand eines erfahrenen republikanischen Mannes.

Eines Mannes, der sich nicht durch technische Berichte blenden läßt, die allemal dann Schwierigkeiten vortäuschen, wenn man ernsthafte Reformen befürchtet, eines Mannes, der sich des großen geistigen Problems bewußt ist, das in einer solchen Organisation steckt, eines Mannes endlich, der seine Stellung so ausfüllt, wie es den Interessen des Reiches und nicht den Sonderinteressen eines Ressorts nützlich und dienlich ist.

BRUNNER

Ein Amor klopfte an ein Hosentürchen,
doch niemand rief: «Herein!»
Und nun entflattert leise das Figürchen
und ließ den Mann allein.
Der sieht die Nacktheit und geniert sich.
Er möcht ja gern der Venus nahn,
doch was sich liebt, das konfisziert sich.
Es liegt ein Brunner an der Lahn.

Als Knäblein hat er schon – wie an mein Ohr kam –
in seinem Bibelband,
gezählt, wie oft da ‹zeugen› vorkam –
und was er sonst noch fand.
Die Bilder, die dem Reinen rein sind,
verwehrt er heut dem Untertan,
stellt fest, wofür wir noch zu klein sind –
und denkt, ganz Deutschland liege an der Lahn.

Wer seine Nase nur in Schweinerein steckt,
verliert das Gleichgewicht.
Wenn auf den Blättern auch die Frau das Bein streckt:
uns stört das weiter nicht.
Was schert uns frohe und gesunde Esser
denn Seine Impotenz, der Herr Professor!
Da soll doch gleich ...!
Die Putten fliegen.
Hell seh ich Aphroditen liegen.
Sie lächelt: «Tiger, laß ihn gehn!
Er kennt mich nicht. Er hat mich nie gesehn!»

BRESLAU

Der richtige Berliner stammt entweder aus Posen oder aus Breslau. Man muß also wohl unterscheiden zwischen dem breslauer Breslauer und dem berliner Breslauer. Der breslauer Breslauer ist ein ganz eignes Lebewesen. Wenn man so harmlos die Schweidnitzer Straße in Breslau herauf- und heruntergeht, merkt man erst gar nicht, daß man unter einem sonderbaren Volksstamm weilt. Roda Roda hat einmal gesagt, er habe in seinem sündevollen Leben nur einen Wunsch: er möchte noch einmal in Breslau als Dichter anerkannt werden. Das ist in der Tat noch keinem beschieden gewesen. Der breslauer Breslauer ist von seiner eignen Liliputanerhaftigkeit viel zu überzeugt, als daß er seinesgleichen anerkennt. «Wie kann der Kerl ein Dichter sein, wenn er noch gestern neben mir über den Tauentzien-Platz gelaufen ist —!» Der Breslauer weiß alles besser und kann es auch schöner. Die Eigenliebe der Bewohner dieser Stadt steht im graden Verhältnis zur Schwingenweite des Nebbichvogels, der über ihr rauscht. Das hat mir ein berliner Breslauer selbst gesagt, und der muß es doch wissen.

Der breslauer Breslauer hat einen durch Frechheit gemilderten Respekt vor den Berlinern, schimpft auf sie und bewundert sie maßlos. Das hindert ihn aber nicht, ein stolzes Selbstbewußtsein zur Schau zu tragen — nie habe ich eine solche Ansammlung von Fürstensöhnen und spanischen Hidalgos in Zivil gesehen wie bei Liebich, Breslaus feinstem Tanzlokal. Da geht es hoch her, man ist ganz unter sich, liebt sich, kennt sich, und jeder junge Mann tanzt wie der kleine Giampietro, der das Pech hatte, nicht aus Breslau zu sein.

Nun leidet es aber sehr viele Breslauer nicht zu Hause, sie wandern aus — und da wird die Sache finster. Ein gut Teil des berliner Debetkontos in der Welt geht auf die Breslauer, die viel forschere Berliner sind als die richtigen. Aus Breslau zu stammen, das ist keine ethnographische Bestimmung: das ist eine Weltanschauung. Ich kann Ihnen im Dunkeln alle Breslauer aus einer Gesellschaft heraussuchen. Der berliner Breslauer ist eine gradlinige Natur — er fragt dich einfach, wieviel du verdienst, ob du deine Frau liebst, wie oft und warum — er schätzt das Geld, besonders das der andern — und ist überhaupt mächtig geschäftstüchtig. Er paßt, wie man sagt, in seine Zeit. Er hat in die große gepaßt, und er hat sich auch in die jetzige ganz hübsch hineingefunden.

Der berliner Breslauer hat eine Eigentümlichkeit: unter aller weltmännischen Größe sitzt eine ganz provinzielle Kleinheit. Es kann sein, daß ein solcher Aktienbeherrscher plötzlich beginnt, seinem Portier vorzurechnen, daß er für jedes Türschließen drei Mark achtzig bekommt. Das ist dann wieder die Schweidnitzer Straße.

Aber nun habe ich es wohl mit der berliner Haute Finance, mit dem größern Teil der Literatur, dem berliner Film und dem Theater auf Jahre hinaus verdorben. Man könnte das reparieren, indem man die Breslauer Messe lobte. Sie sind so stolz darauf . . .

Aber das werde ich wahrscheinlich auch nicht tun, und jetzt werden sie alle die ‹*Weltbühne*› abbestellen, S. J. wird verfemt, ich bekomme keine Kritiken mehr, und wenn alles nichts hilft, verknacken sie mich. Zu zwei Jahren schwerem Breslau.

BERLINER SONNTAG

Und Gott schickt über uns das Wochenende.
Da legt Berlin in manchen Schoß die Hände
und ruht sich aus.
Herr Stegerwald dehnt sich in seinen Kissen –
heut braucht er weniger noch als einst zu wissen
vom Landtagshaus.
Nur Geßler will die Wochenarbeit machen:
und schlummert sanft. Und alle Leutnants lachen.
In eine Judenfahne siehst du schneuzen
Herrn Wulle – und er ruht auf Hakenkreuzen.
Kein Pressechef hat heut zu tun.
Die Enten quaken fern:
Am heiligen Sonntag sollst du ruhn –
Dies ist der Tag des Herrn!

Und alle Rotters sind zum Lunch versammelt.
Denn ihre Läden sind mit Recht gerammelt
und proppenvoll.
Wer möchte sonntags Mime in Berlin sein?
Selbst Bassermann muß zwei Mal auf dem Kean sein –
verdammt, Apoll!
Hollaender spricht, bis sich Amt Norden heiß läuft.
Der dicke Nelson spielt bis ihm der Schweiß läuft.
Die Kinos schnurrn, daß sich die Kassen biegen.
Die blonde Emmy bleibt im Bett gleich liegen.
Denn zuviel Liebe macht immun,
und deshalb schläft sie gern.
Am heiligen Sonntag sollst du ruhn –
Dies ist der Tag des Herrn!

In allen Häusern pruzzelt Mittagessen.
Das Stück Emilie hat das Obst vergessen –
die Hausfrau tobt.

Und unter ihren Tisch mit Sauersüße
streckt die Familie ihre großen Füße –
Gott sei gelobt!
Max schreit, weil Susi Onkel Hans verteidigt,
die Tante Lo ist überhaupt beleidigt ...
Die Stimmung wächst mit jedem Widerstande;
hier siehst du, was das heißt: Familienbande.
So feiert diese Menschheit nun
auf unserm Erdenstern ...
Am heiligen Sonntag sollst du ruhn –
Dies ist der Tag des Herrn!

GIB IHM SAURES – ER KANN SICH NICHT WEHREN!

Eines Morgens wachten die münchner Bürger auf und entdeckten zu ihrem Erstaunen, daß sie in einer Räterepublik waren. Und doch noch dazu in einer, gegründet von ‹Schlawinern›, von ‹landfremden Elementen› (wie heute jeder Bauer jeden Mann nennt, der da geboren ist, wohin er nicht mehr spucken kann) – da saßen sie hinter ihren Maßkrügen und staunten in die Welt. Es war eine bittere Zeit. Wenn man die Leute heute fragt, was sie eigentlich damals auszustehen gehabt hatten, dann sagen sie alle dasselbe: nämlich im Grunde gar nichts. Die Münchner Räterepublik hat im ganzen vierzehn Menschen das Leben gekostet – es waren das jene zehn Geiseln im Luitpoldgymnasium (ein Mord, für den es mancherlei Erklärungen, aber keine Entschuldigung gibt) –, dazu kommen, wenn man sehr gewissenhaft rechnet, noch vier Menschenleben, die auf das gleiche Konto zu setzen sind. Soweit diese Revolutionäre.

Als man die münchner Spießer von außen her befreit hatte, zogen die ‹siegreichen› Truppen in die bayerische Residenz ein – und zur gleichen Zeit büßten einhundertvierundachtzig Menschen der Gegenseite ihr Leben auf die mannigfaltigste Weise ein: durch ein willkürlich gehandhabtes Standrecht, durch viehische Ermordungen (Landauer wurde von den Uniformierten erschlagen, wie man keinen Hund erschlägt; die Leiche wurde gefleddert) – Rache! Rache!

Die Hauptrache genoß man kalt. Die ‹Schlawiner› wurden vor Volksgerichte gestellt, es waren Ausnahmegerichte – und die Räteregierung Münchens büßte ihr Verbrechen mit 519 Jahren 9 Monaten Freiheitsstrafen; ein Todesurteil wurde gefällt (Leviné); drei Führer wurden von den Soldaten ermordet.

(Die Anhänger der Kapp-Regierung befinden sich sämtlich in Freiheit.)

Eine Reihe Kommunisten wurden zu langen Festungsstrafen verurteilt – darunter Toller, Mühsam und viele andere. Das Reichsstrafgesetzbuch bestimmt in seinem § 17:

«Die Strafe der Festungshaft besteht in Freiheitsentziehung mit Beaufsichtigung der Beschäftigung und Lebensweise der Gefangenen; sie wird in Festungen oder in anderen dazu bestimmten Räumen vollzogen.»

Aus dieser Formulierung geht klar hervor, daß es sich um eine leichte Haftstrafe handelt; ein Arbeitszwang ist zum Beispiel ausgeschlossen, und man denke nur an die Schilderung der Festungshaft von Duellanten, sie sich meist stiermäßig dabei betranken – so wird man ungefähr ein Bild dieser mehr oder weniger scharfen Haft haben.

Die in der bayerischen Festung Niederschönenfeld Internierten nun werden augenblicklich unter der Amtsgewalt des bayerischen Ministers Lerchenfeld drangsaliert, rechtswidrig behandelt und so gequält, daß sie der Verzweiflung nahe sind.

Der Demokrat Müller-Meiningen, ein besserer Herr, der sich schon im Kriege dadurch auszeichnete, daß er eine Schrift unter sich ließ: ‹*Wir brauchen eine Reichsjugendwehr!*› (man stelle sich das vor!) – dieser Demokrat hat die wehrlosen Gefangenen seinerzeit in der Presse verleumdet, und dann hat er als Justizminister durch eine Verordnung, entgegen den Bestimmungen des Strafgesetzbuches, die Vergünstigungen der Festungsgefangenen aufgehoben. Ihre Haft gleicht also fast der, wie sie in Gefängnissen vollstreckt wird. Sie ist schlimmer, weil die Überwachungsbeamten, und ganz besonders die höheren, politische Gegner der Gefangenen sind und diese das täglich in der schlimmsten Form zu spüren bekommen.

Diese Männer, die – wie selbst das bayerische Gericht anerkannt hat – sich keiner ehrlosen Gesinnung schuldig gemacht haben, wandern in die Festungshaft. Sie haben dort das recht tröstliche Bewußtsein, daß die Leute, die genau das gleiche wie sie begangen haben, ganz genau das gleiche – die Kapp-Verbrecher –, daß diese samt und sonders in Freiheit sind. Es muß einem doch Tag und Nacht mächtig an der Seele fressen, zu wissen, daß ein Mensch wie Jagow, der weggelaufen ist, als es brenzlich wurde, sein altes Privatleben fortführt; ob er Pension vom Staat bezieht, ist nicht bekannt, möglich ist ja hierzulande und bei diesem alten Beamtenkörper alles. Nun hocken diese zum größten Teil geistig gerichteten Männer da in der Festung – ihr einziger Lichtblick sind Besuche, Bücher, Briefe. Hier hat Müller-Meiningen eingegriffen.

Einer der Entlassenen – Ernst Niekisch, ein Mitglied des Bayerischen Landtages, hat in Nr. 46 der ‹*Weltbühne*› auf acht Seiten das Elend der schikanierten Gefangenen erzählt: seine Darlegungen sind im ‹*Vorwärts*› ergänzt worden, und eine ausführliche Denkschrift von ihm wird jetzt in München erscheinen. Danach liegt der Justizskandal, vom wackern Müller angezettelt, so:

Die Briefzensur ist unerträglich. Das Verfügungsrecht über das Geldeigentum ist aufgehoben worden. Es hagelt Disziplinarstrafen: Bettentzug – ein Wort, so widerlich wie der Begriff – Hofentzug – rechtswidrige Herabsetzung der Besuchszeit auf sechs Stunden wöchentlich; der Urlaub wurde beseitigt; nachts sind die Zellen abgeschlossen; und Schikanen, Schikanen, Schikanen. Einer muß vierzehn Tage ohne Hosen in seiner Einzelzelle sitzen; sieben Tage lang ohne Bettzeug auf dem kalten Fußboden schlafen. Einzelhaft, Besuchsverbot, Schreibverbot, Kostentziehung ... Schikanen, Schikanen, Schikanen. Während des Kapp-Putsches Hofentziehung und Zeitungsverbot. Später Untersuchungshaft wegen der dümmsten Beschuldigungen, die nicht Hand und Fuß hatten; Beleidigungsklagen, wenn einer der gequälten Leute einen unbeherrschten Ausdruck gegen einen der Herren Gefangenenwärter gebraucht hatte; Verurteilungen, Gefängnisstrafen, Urlaubsverweigerung bei schweren Krankheitsfällen von Familienmitgliedern ... Schikanen, Schikanen, Schikanen.

Nun weiß jeder von uns aus seiner Militärzeit, wenn man lange miteinander, auf engem Raum, zusammenlebt, wenn man sich nicht fortrühren kann und tagaus, tagein aufeinander angewiesen ist: dann wird man abscheulich nervös. Man mag den harmlosen Nebenmann mit seiner dicken Nase, mit seinen ständigen Angewohnheiten schon gar nicht mehr sehen. Von dieser Gereiztheit wissen wir alle – wissen alle Nordpolreisenden zu erzählen, die so lange miteinander auf einem Schiff hockten. Wir wissen auch, wie wichtig die kleinen Dinge des Lebens in solchen Lagen werden – welch weltbewegende Sache das ist, wenn der eine Kamerad Urlaub bekam, der einem selbst vielleicht abgeschlagen worden war, wie entsetzlich schwer Verbote und all der Kleinkram des Dienstes aufgenommen wurde. Hört das Zusammenleben auf, dann gibt sich auch die Gereiztheit sehr schnell, und alles ist vergessen.

Nun denke man sich die Lage dieser armen Leute: sie sind auf Gnade und Ungnade der politischen Rachsucht von streberhaften Staatsanwälten, größenwahnsinnigen Aufsehern, sadistischen Feldwebeln ausgesetzt. Ihr kennt alle den preußischen – man muß heute schon sagen: bayerischen – Amtston, auf den es nur eine Antwort gibt: ein paar hinter die Ohren. Nun denkt, wie die, wehrlos, mit zusammengebissenen Zähnen, fern aller Zivilisation, fast ohne Nachrichten, ohne Aussicht, in den nächsten langen Jahren da herauszukommen – Mühsam hat im ganzen fünfzehn Jahre abzumachen –, wie denen da zumute sein muß! Und da findet sich kein Retter, keiner –?

Ihre Vorgesetzten wechselten. Der Demokrat Müller-Meiningen hatte durch seine rechtswidrige Verordnung dauernd die Hände in dem Handel – einmal, im Februar 1921, wurde ein junger Amtsrichter nach Niederschönenfeld versetzt, der behandelte die Leute human – sie atmeten auf. Als der berüchtigte Dr. Roth, der damalige Justizminister, die Anstalt, in die die Gefangenen aus einem alten Zuchthaus gekommen waren, besichtigte, fand er die Behandlung zu milde. Ein Herr Kraus, ein Staatsanwalt aus Augsburg, wurde an Stelle des Amtsrichters an die Anstalt versetzt.

Eine neue Leidenszeit begann. Er bewaffnete die Aufseher. Die Besuche wurden während der Unterhaltung kontrolliert. Es fiel bei einer Beschwerde des internierten Landtagsabgeordneten Sauber das schöne Wort: «Wir werden mit Sauber fertig werden, wie wir mit Gareis fertig geworden sind!» – Aber gewiß werden sie. Es sind ja gelernte Bayern.

Und Lerchenfeld, der nun regiert? Unter seiner Amtsführung wird Toller sühnelos gestoßen, dauernd disziplinarisch bestraft; die Briefe werden angehalten – der alte Jammer geht weiter ...

Keiner getraut sich, Bayern liegt nur noch geographisch im Reiche. Über die Rechtsvorstellungen, die augenblicklich in Bayern herrschen, ist kein Wort zu verlieren: Links-Revolutionäre haben dort kein Recht. Man muß die ganze Angelegenheit auch gar nicht vom juristischen, sondern lediglich vom rein politischen Standpunkt aus betrachten. (Und vom menschlichen. Wie nennt man Leute, die sich so, unfaßbar, amtsgedeckt, korrekt, an Wehrlosen vergreifen?) – Der Oberleutnant Boldt, der tapfer und gottesfürchtig Rettungsboote auf hoher See vom U-Boot aus versenkt hatte, wird zu Gefängnis verurteilt – also nicht, wie die Niederschönenfelder – zu Festung – und büßt die Strafe in einer Schreibstube ab; man gibt ihm also einen Vertrauensposten. Der deutsche Offizier würdigt das Vertrauen und kneift aus.

Und in Niederschönenfeld leiden Menschen. Leiden unter der stumpfsinnigen Qual der Feldwebelfäuste, unter bürokratischen Schikanen höherer Beamter, die sich für alles, alles rächen, was ihnen das bißchen Republik angetan hat.

Sie sind so weit fort. Und uns tuts nicht weh. Der Berliner regt sich ja kaum auf, wenn auf seinen Polizeiwachen auf das widerwärtigste geprügelt wird. Sie sind so weit fort.

Ich meine aber doch: Man sollte ihnen helfen.

RUDOLF SCHLICHTER

Heute vormittag war ein junger Maler bei mir, der Rudolf Schlichter heißt und merkwürdige Dinge bei sich führte. Ich bin ein harmloser Mann in den Malkünsten, und was das zusammengekniffene linke Auge Robert Breuers auf Anhieb sieht, das merke ich erst nach anderthalb Jahren. Gott hat es mir nicht so gegeben ... Aber dies war doch erstaunlich.

Ob das ein richtiger Maler ist, so mit allem Komfort, wie ihn die Neuzeit zu verlangen das Recht und die heilige Pflicht hat – das weiß ich nicht. (Mir will scheinen, daß er zeichnen kann. Schon faul ...) Aber was da an geistigen Inhalten in den Bildern zu sehen war, das erfreute doch mein in jeder Beziehung vorschriftsmäßiges deutsches Herz. Nämlich:

Der Schlichter hat, ganz für sich, zum Spaß, Familienerotik so gezeichnet, wie sie der ausübende mittlere Beamte sieht und empfindet. Also wie einen Öldruck. So – schön! Es ist alles so trefflich lackiert, daß es gradezu blinkt vor lauter Schönheit. Vor dem Bett steht die halb entkleidete Elisa – das Gesicht schämig abgewandt, und vor ihr kniet ein junger Herr, der offenbar einem ersten Schneidergeschäft in der Koppenstraße entlaufen ist. Er hat furchtbar feine Stiefel an, aus denen die Hühneraugen schmerzhaft schön heraustreten, er kniet unwahrscheinlich schwungvoll vor ihr auf dem Boden und sagt laut Unterschrift: «Geh, sag doch Schnucki zu mir!» Das Bett winkt weiß gefältelt, ein Blumensträußchen prangt darauf, an den Wänden sind schöne Bilder gemalen – und richtig, in der Ecke, an der Tür, stehen Papa und Mama und sehen sich das da an. Vater ist behufs Brille und Vollbart etwas entrüstet – aber Mama, auch nicht mehr die Jüngste, redet ihm gut zu, beschwichtigt ihn: Man war doch auch einmal jung – und vielleicht ist es eine gute Partie! Ein honetter Beischlaf. Pfui.

Und auf einem Bild (es heißt: ‹*Ländlicher Stumpfsinn*›) sieht man ein Knäuel Viecher und flachsköpfiger Schädel, die zu etwas gehören, was manche ‹Menschen› nennen, ein Amtsdiener mit einer Mütze, also mit der Macht, ist auch da. Eine melkt eine, ich glaube: die Magd die Kuh, und im Hintergrund dehnt sich lang und unendlich öde die Dorfstraße mit einer Kolonialwarenhandlung – bis zum Horizont, wo die zu bewirtschaftende Natur anfängt, mit Bäumen zum fällen, einer Wiesen zum weiden und einer Mühle zum mahlen. Ja.

Und auf einem Bild ist Schönheitsschau – da lehren Gliederpuppen andre Puppen, was schön ist, nämlich, was da auf einem kleinen Podest steht: eine preußische Venus, und man kann mit einem Lineal und Reißzeug nachmessen, wie schön sie ist. Und vor allem: wie richtig sie ist. Aber das ist ja dasselbe ... Und preußisch ist auch der Hintergrund: eine wundervoll ordentliche und symmetrische Stadt, Dächer und ein Turm, und alles hübsch mit Senkblei und Richtscheit gebaut, und das Zifferblatt ist rund und die Häuser viereckig, alles, wie es sich gehört. Man würde sich ja auch sonst nicht herausfinden. Und kein Wölkchen ist am Himmel, denn die Wolken sind etwas reichlich Unordentliches und stören die ausgerichteten Reihen einer Paradewelt, die nur zwei Farben hat und kennt: Schwarz-Weiß. Und ein Land, in dem man erst richtig versteht, was das ist: Minnedienst.

Vielleicht hätte Schlichter nichts Wuchtigeres zeichnen können als diese Demonstration gegen die Provinz Deutschland. Pathos? Wat heißt hier Pathos! Wenn wir romantisch wollen, jehn wa in Kino! Nanu –!

Schade, daß das nicht mehr Leute sehen können. Ich glaube es würde manchen sehr viel Spaß machen.

DREI ABENDE

Erst waren wir bei Adalbert, Max. Und haben schön über ihn gelacht – über seine gut erhaltene Schnoddrigkeit und über den unbeirrbaren Doofsinn, mit dem er, von einer schelmischen Freundin durch die Türspalte mit «Kuckuck» angerufen, zu seinem Kanaillenvogel: «Bist woll verrückt, wa?» flüsterte ... Eine schauspielerische Leistung hatte er nicht zu bieten. Aber losgelöst von der Figur: der volle Max. Herrlich, wenn eine Drohung beginnt: «Sie! Ich bin ja ein stiller, einsamer Mensch – aber ...!» Und dann zerplatzt er. Wahrscheinlich über das Stück, das die Autoren im Zorn erschaffen haben. Die Musik war von Leo Fall, aber leider nicht vorhanden. Weil wir grade vom heiligen Ambrosius sprechen: Links neben uns in der Loge saß ein deutscher Mann, der es dem ganzen Rang laut und deutlich erzählte, daß er grade in Paris gewesen. Und unglücklicherweise aßen – das kann vorkommen – rechts neben uns zwei jüngere Damen je einen Apfel. Es war gewiß nicht schön. Aber wie der Mann da von Paris schwärmte: «Gott sei Dank – man sieht doch mal wieder anständige Menschen!» (er meinte anständig angezogene); mit welchem Haß er seinen pomadisierten Scheitel auf alles herunterleuchten ließ, was nach der Vorstellung nicht ‹groß ausgehen› würde; wie er –: dies ließ erkennen, daß der Untertan Heinrich Manns und Wilhelm Hohenzollerns noch munter am Leben ist. Und seine junge Dame sah mich so freundlich an ... Und ich konnte nicht, weil ich doch nicht allein war ... (Junge, frische Blondine wird von distinguiertem, stattlichem Herrn um Lebenszeichen gebeten. Ambrosius 218.)

Und dann ließen wir die *‹Ehe im Kreise›* über uns ergehen – und es war nicht zum Totlachen. Gewiß: Fräulein Marwenga ist immer sehr nett (obgleich sie sich in der vorigen Saison nach mehr anließ), und Eugen Rex macht mit alkoholisch aufgeweichten Konsonanten einen Betrunkenen, so zart, so lustig und so spaßig, daß er einen zur Aufmerksamkeit zwingt. Mein Freund Karlchen, der neben mir saß, sagte, so seien die Betrunkenen. Und das ist ein Sachverständiger. Und die Waldoff steckt noch ihre schiefe Nase in die Luft und klönt das hohe I mit derselben Verve wie je. Einmal erscheint sie als Globus, wippend in ihrer planetarischen Schwangerschaft, und singt ein hübsches Couplet – das einzige des Abends! – in altem gutem Julius-Freund-Stil. Mit Künnecken aber ist das nichts: diese Industrialisierung seines Talents, wie sie sie da betreiben, bekommt ihm nicht. In den Musikkritiken figuriert er als ‹Hoffnung›. Schade – man hätte sich mehr gewünscht.

Und am dritten Abend – hier sollte ich eigentlich eine neue Seite anfangen. Der dritte Abend brachte mir den bisher stärksten Eindruck dieses Winters. Ludwig Hardt las Franz Kafka. Wer Ludwig Hardt ist, wissen die Leute zwar – ohne nun etwa scharenweise in Vortragsabende zu laufen, deren Programm sie bei andern dauernd postulieren. Seit fünfzehn Jahren keine Konzession – das ist viel. Und seit fünfzehn Jahren reife und volle Sprechkunst – das ist mehr. Diesmal unter herrlichen andern Dingen: Franz Kafka. Wer das ist, wissen leider noch viel zu wenige – ich habe einmal über seine *‹Strafkolonie›* referiert und will es nächstens über den ganzen Mann tun. Er ist ein Großsohn von Kleist – aber doch ganz selbständig. Er schreibt die klarste und schönste Prosa, die zur Zeit in deutscher Sprache geschaffen wird. Er blüht von Phantastischem und Phantasie – aber fest und sachlich sind Sätze und Rhythmus gestaltet. Nichts von der konventionellen Weichheit Prags, in welcher Stadt er wohnt – nichts von Modeströmung. Das ist auf einer andern Welt gewachsen.

Den las Ludwig Hardt – und las ihn so, daß der unterirdische Strom dieser Prosa, die unhörbaren Versfüße, die bis zur Schizophrenie gehenden Bilder sich leise und voll entfalteten ...

Und vorher Matthias Claudius und eine kleine Geschichte von Daudet, in der er so prachtvoll und strahlend log, daß man gern einmal den ganzen Münchhausen von ihm vorgelesen haben möchte.

Er ist neben Karl Kraus der größte Vortragsmeister unsrer Sprache.

GEGEN DIE ARBEITER? ALLEMAL –!

> Richtet nicht, auf daß ihr nicht gerichtet werdet! Matthäus 7, 1

Es gibt Mädchen, die verkaufen ihren Leib, weil die Not sie dazu zwingt, und wer ohne Schuld ist, der werfe den ersten Stein auf sie. Und es gibt Mädchen, die geben sich mit fünf Kerlen auf einmal ab, weil ihnen einer nicht genug ist und weil fünf mehr schenken als einer. Und es gibt solche, die die Nächte durchtanzen, und solche, die wegen des dünnsten Ringes einem Mann auf die Bude gehen – in dieser Hinsicht gibt es alle Sorten. Und weil der Körper das Eigentum des Menschen ist, so hat das jede mit sich abzumachen. Peinlich wird die Angelegenheit erst dann, wenn eine Liebe und Reinheit vortäuscht und mit der Seele kokettiert, wo sie doch die neuen Stiefletten meint, die jener ihr kaufen soll, – ungemein unangenehm wirds erst dann, wenn eine sich rein, unberührt und anständig gibt – im Grunde ihres Herzens aber ein verdorbenes Frauenzimmer war ihr lebelang.

Aber ich wollte ja etwas von der deutschen Justiz erzählen.

Die Mitglieder der studentischen Verbindung Thuringia bewahren bis zum 1. September dieses Jahres in ihrem Klubhaus Waffen auf, die sie von einer ‹Eisernen Eskadron› erhalten haben wollen, also von einem jener ungesetzlichen Verbände, die so viel Unheil und Blutvergießen in Deutschland angerichtet haben. Die Studenten führen vor Gericht an, ihre Harmlosigkeit gehe schon daraus hervor, daß sie von den Waffen beim Kapp-Putsch keinen Gebrauch gemacht hätten. Das ist gütig und sicherlich ein mildernder Umstand – ja, es wäre zu erwägen, ob man solche Herren nicht aus dem § 51 wegen mangelnder Zurechnungsfähigkeit freisprechen soll. Denn wer Waffen hat und auf die Regierung nicht schießt … Mehrere Arbeiter, die von diesem Waffenversteck hören, holen die Waffen heraus, wozu sie keine Berechtigung hatten – sie geben sich als Beamte aus – die Waffen verschwinden. Und jetzt werden beide Gruppen unter Anklage gestellt: die Studenten und die Arbeiter.

Beide haben genau das gleiche ausgefressen: sie haben Waffen verheimlicht und so das Entwaffnungsgesetz übertreten.

Die Studenten werden freigesprochen. Einer der Arbeiter erhält wegen Diebstahls und Vergehens gegen das Entwaffnungsgesetz vier Monate Gefängnis und 1000 Mark Geldstrafe. Soweit das Amtsgericht Charlottenburg.

Der Fall ist sehr charakteristisch. Einzig ist er nicht. Die vierte Strafkammer des Berliner Landgerichts I hat eine Reihe Arbeiter zu mehrmonatigen Gefängnisstrafen verurteilt, weil sie unberechtigter Weise Waffen verheimlicht hatten.

Lohnt es wirklich, zum tausendsten Male nachzuweisen, wie hier klare und arbeiterfeindliche Politik getrieben wird?

Wie diese Dinge uns schaden, ist klar; wie das gegen uns die Entente aufbringt, die doch immerhin das Heft in der Hand hält (sie und nicht die Reichswehr!) – ist jedermann verständlich. In Sachsen ereigneten sich solche Waffenfunde – die französischen Berichterstatter konnten sich nicht genug tun in Berichten; die Waffen heckten, es wurden immer mehr – und die Wirkung auf die pariser Nationalisten war erreicht.

Wie geht es denn bei uns zu –?

Das Ding fängt beim Ermittlungsverfahren an. Die Organe der Staatsanwaltschaft haben gelernt, in jedem Arbeiter einen Feind des Staates zu sehen, der von der Obrigkeit – also von ihnen – mit allen

Mitteln heranzukriegen ist. Wer mißt den Eifer eines Staatsanwaltes, wenn er gegen Arbeiter und wenn er gegen eiserne Eskadronisten vorgeht? – Für den Richter sind jedenfalls die Akten das allein Seligmachende, die Kammer, die den Eröffnungsbeschluß macht, ist damit leichter bei der Hand, als wenn sichs um ein Wiederaufnahmeverfahren handelt – und das Gericht ...? Das Gericht ist zuverlässig. Zuverlässig republikanisch natürlich. Was dachten Sie –?

Eine Regierung, die tatsächlich keine Macht und keine willigen Organe besitzt, um die Entwaffnung ehemaliger Offiziere und Freikorpsführer durchzusetzen, die keinen einzigen militärischen Kapp-Kerl in ihre Gewalt gebracht hat, die kommunistische Wasserträger aus dem Ruhrrevier fängt und Herrn Boldt, Herrn Vogel, Herrn Kapp, Herrn Ehrhardt laufen läßt: diese Regierung sieht sich politische Heldentaten deutscher Richter an, die so aussehen:

Die Brigade Ehrhardt hat eine ‹geheime Kampforganisation› und eine ‹Feme›, die sich über ganz Deutschland erstreckt; Bestrafungen erfolgen nicht. – Vier junge Revolutionäre aus Wilhelmshaven, W. Bock, K. Jörn, Fr. Tetens und Fr. Weiland, werden zu insgesamt 23 Jahren Festung verurteilt. Sie haben in den ersten Unruhen der Revolution, deren staatsrechtliche Bedeutung nie geklärt worden ist, ‹Hochverrat› begangen. – Ein chemnitzer Schneider gibt einer münchner Entente-Kommission verborgenes Kriegsmaterial an: er bekommt ein Jahr Gefängnis wegen Verrats militärischer Geheimnisse (die diese militärisch gänzlich bedeutungslose Reichswehr gar nicht mehr hat). Die Verheimlicher der Waffen werden nicht genannt. – Borkumer Badegäste, darunter Angehörige der besseren Stände – vielleicht auch Richter? vielleicht auch Staatsanwälte? – reißen die schwarz-rot-goldene ‹Judenfahne› von allen Strandburgen und prügeln die Insassen heraus. Eine Bestrafung erfolgt nicht, auch dann nicht, als eine Teilnahme von Reichswehrsoldaten an diesen Vergehen nachgewiesen wird. – In Hamburg reißt ein Deutschnationaler Student die Fahne der Republik bei einer Universitätsfeier herunter; der Staatsanwalt schreitet nicht ein. – In Düren holen drei Sozialdemokraten die Fahne Wilhelms II. herunter, mit der die Deutsche Volkspartei am Beisetzungstage der Exkaiserin gegen die Republik demonstriert. Sie erhalten jeder drei Monate Gefängnis. – Der kommunistische Parteisekretär Ewert sitzt sechs Monate in strengster Untersuchungshaft, dann wird er vom Reichsgericht von der Anklage des Hochverrats freigesprochen. – Ein Kriegskrüppel, der mit Zigaretten handelt, schlägt einen halben Pfennig auf die Zigarette zu viel auf und wird vor Gericht gestellt. – Zwei Beamte der Sicherheitspolizei, Schreiber und Donaty, ‹beschlagnahmen› widerrechtlich Zigaretten (das heißt also: rauben sie) und verkaufen den Raub. Sie erhalten Mindeststrafen und Strafaufschub. – Die belanglosesten Mitläufer des mitteldeutschen Aufstandes erhalten drakonische Strafen. – Adlige Waffenschieber werden sofort aus der Haft entlassen – eine Bestrafung erfolgt nicht.

So sieht die deutsche Justitia aus.

«Die Republik», sagt Linke Poot in seinem außerordentlich witzigen Band *‹Der deutsche Maskenball›* (bei S. Fischer), «die Republik war von einem weisen Mann aus dem Ausland ins Heilige Römische Reich gebracht; was man mit ihr machen sollte, hatte er nicht gesagt; es war eine Republik ohne Gebrauchsanweisung.» Sie fehlt eben, und so stehen denn noch heute alle diese Regierungsrepublikaner herum und ahnen nicht, daß die schlimmste, die tödlichste Gefahr in ihren eigenen Ämtern hockt. Streng auf dem Boden der gegebenen Tatsachen.

Jagt die Republik einen solchen Richter fort? Ach, die Unabhängigkeit der Richter –! Und wie ist es mit der Unabhängigkeit der Gerechtigkeit?

Die Zweiklassen-Gerechtigkeit sitzt in den Köpfen jener Juristen so tief, daß sie sich gar keine Vorstellung mehr davon machen können, wie schief die Dame Justitia ihre Achtgroschen-Waage hält. Unverbindliche Gespräche gut gedrillter Korpsstudenten sind doch ‹seffaständlich› keine Delikte, – wüstes Kneipengejohle verhetzter Arbeiter wird unnachsichtlich verfolgt. Preußische Minister des Innern hängen keinen, sie hätten ihn denn zuvor – nun, ein Bilderbuch von George Grosz (aus dem Malik-Verlag) *‹Das Gesicht der herrschenden Klasse›* haben sie – und schon ist es beschlagnahmt. (Die karikierten Opfer des genialen Zeichners laufen alle noch frei umher.) «Es scheint mir überhaupt ein Erbfehler der Deutschen», hat der junge, im Kriege getötete Otto Braun einmal gesagt, «ihre Gemeinheiten immer ethisch rechtfertigen zu wollen.» Wir dürfen hinzufügen: auch juristisch tut man es.

Die Wirkung ist ganz, wie sie Roda Roda einmal, es war im Jahre 1906, geschildert hat: ein Mann erfindet ein Justizklavier, man stellt die Hebel ein, drückt – und unten fällt das fertige Urteil heraus. Aber ... «Pedale muß das Justizklavier haben. Lassen Sie auf das Pianopedal etwa eine fünfzackige Krone malen und auf das Fortepedal lassen Sie schreiben: Sozialdemokrat!» –

Das Mädchen Justitia spielt munter auf dem Klavier. Piano und forte, wie es trifft. Es ist ein feines Mädchen. Mild ist sie gegen Adel, Studenten, Offiziere, Nationale.

Da wird nicht zugeschlagen.

Aber gegen die Arbeiter?

Allemal.

RHEINSBERG
Vorrede zum fünfzigsten Tausend

Ach, es war doch eine schöne Zeit, als der Himmel noch so übertrieben blau und die Erde so sehr grün war und jeglicher Farbentopf übervoll! – Beim Anubis, Gevattern, wir wollen uns bestreben, auf dem Wege zu einem würdigen, ehrenfesten und verständigen Alter weiter zu kommen; aber der Undankbarkeit gegen die guten, närrischen, lustigen und weinerlichen Tage der Jugend wollen wir uns doch auch nicht bezichtigen lassen. Im Gegenteil, es soll uns dereinst in unserm Sorgenstuhl eine Ehre und ein Vergnügen sein, daß auch wir einmal mitten im Grünen auf dem Kopfe standen und uns nicht schämeten! –

Schluß der Vorrede zu ‹*Ein Frühling*› Wilhelm Raabe

«Und hat es denn keine Fortsetzung –?»

– «Nein – solche Dinge haben keine Fortsetzung. Oder glaubten Sie, wir wollten nun Reihenbändchen herausgeben: ‹*Rheinsberg – III./IV. Teil*› oder ‹*Die Claire als Großmama*›? Lieber nicht, wie? Aber erinnern – eine Erinnerung muß wohl erlaubt sein.»

Es war doch das, daß damals trotz Dienstpflicht, Katasterkontrolle und Einwohnermeldepflicht immer noch genügend grüne Plätzchen übrig blieben, auf denen du dich – ungestört vom Staat – tummeln konntest. Die Eisenbahnen fuhren im Lande umher, auch Müßiggänger benutzten sie – und kaum einer sah sie scheel an. Keine bestimmte Ration Haferkleie, tierische Fette, Fleisch, Wohnungskubikmeter und Öfen standen dir zu – nicht einmal die Lebensfreude war rationiert, und du durftest für preußische Verhältnisse schon eine ganze Menge. Vielleicht war es das –?

Oder war es die Unbeschwertheit des Alltags, das kleine billige Glück und die Möglichkeit, überall mit wenig Geld durchzukommen? So eingeengt es auch alles war, so klein im Ausmaß – an russisches Essen, an französische Flußlandschaften, an englische Rasenfelder durfte man gar nicht denken –: es hatte doch eine gewisse sorglose Atmosphäre.

Erlebnis und Schreiben waren ja – wie immer – zweierlei, und was in den drei Tagen leicht und grün vorübergeglitten war, wurde an der See in ebensoviel Wochen würgend langsam in kleine Notizbücher geschrieben. Es wollte gar nicht vom Fleck – es wäre viel lustiger gewesen, zur Claire ins Nebenzimmer zu gehen, ihr ein paar alte Socken um den Hals zu binden und ein bißchen ‹Arzt und krankes Kind› zu spielen, anstatt an dem Salat da herumzuschreiben ... Aber es wurde doch durchgebissen, und in einem September kam ich mit den Büchelchen müde zu Hause an. Ich weiß noch, wie ich den Kram zuerst dem Szafranski vorlas – er sprang alle Nase lang auf, feixte fürchterlich und erklärte schließlich, das Ganze sei ja ganz nett, aber er müsse es leider völlig umarbeiten ... (Aber daß einer nicht zeichnen kann, ist doch kein Grund, sich das Schreiben zuzutrauen.) Und dann tranken wir viele Schnäpse und einigten uns auf die Hälfte.

War es die Zeit, daß es in jeder Beziehung so klappte —? Heute sind die Worte schwer geworden, und wenn einer ‹Blut› oder ‹Tod› sagt, dann ist das alles nahegerückt und verdammt real. Und wir sind doch abgestumpft dagegen und hören kaum noch hin, wenn eine neue große Umwälzung herankommt. Von uns aus —! Eine fette Überschrift in der Zeitung mehr.

Da hat es denn die Erotik nicht leicht. Sie muß sich verkrampfen, wenn sie von diesen Menschen etwas will, oder verkitschen oder verkriechen. Man unterschätzt sie, wenn man sie so überschätzt ...

Und damals —? Vielleicht war es nur einfach das, daß wir jung waren. —

So soll denn das fünfzigste Tausend des kleinen Abenteuers hinausgehen und den Leuten ein bißchen Spaß machen.

Ich habe den Wortlaut des ersten Manuskripts wiederhergestellt.

Die Privatsprache, die da in dem Buch geredet wird, hat sich allerdings längst gewandelt. Das sind ihre Uranfänge, und den fertig ausgebildeten Dialekt würdet ihr gar nicht verstehen. «Nuh deh alleliebsse Pumbusch es bikenke, weil sölm bifundsteint!» — Ja, da staunst du! Ich staune auch, wie sich erwachsene Menschen mit solchem Klimbim die Zeit vertreiben können. Ich bitte Sie, der Ernst des Lehms ...!

Was der Satz da oben heißt —? Das ist beinahe so problematisch wie der Inhalt jenes Pakets im Hotel, der mich schon so viele Briefe gekostet hat. Was war in dem Paket —?

Möchte ein gerecht und ernsthaft wägender Philologe des einundzwanzigsten Jahrhunderts diese Kernfrage der unsterblichen Claire zum Thema einer Doktorarbeit machen. Ich weiß es nicht.

Aber was in dem Buch da ist: das weiß ich schon.

Eine bessere Zeit, und meine ganze Jugend.

Berlin, den 25. Dezember 1920

RHEINSBERG

Im ‹*Börsenblatt für den deutschen Buchhandel*› finde ich eine Anzeige: ‹*Rheinsberg, ein Bilderbuch für Verliebte*› erscheine zu seinem fünfzigsten Tausend in einer feierlichen und vom Verfasser abgezogenen Luxusausgabe. Die Vorrede, steht da, schrieb Kurt Tucholsky. Aber das ist nicht das richtige. Wo werde ich in einen signierten Büttenband etwas Gescheites hineinschreiben! Die richtige Vorrede soll hier stehen.

Rheinsberg ... Et hoc meminisse iuvabit ... Die Sache war damals so, daß ich das Buch, nach dem später generationsweise vom Blatt geliebt wurde, an der See schrieb, auf die Postille gebückt, zur Seite die wärmende Claire, und es, nach Berlin zurückgekehrt, Herrn Kunstmaler Szafranski vorlas. Das war eine Freude –! Der Dicke sagte, einen solchen Bockmist hätte er wohl alle seine Lebtage noch nicht vernommen, aber wenn ich es ein bißchen umarbeitete, und wenn er es illustrierte, dann würde es schon gehen. Ich arbeitete um, ließ die hübschen Stellen weg, walzte die mäßigen etwas aus, und inzwischen illustrierte jener, denn was ein richtiger Plagiatmaler ist, der ist fleißig. Während er abzeichnete, ging ich zu Herrn Verlegermeister Axel Juncker.

Verleger sind keine Menschen. Sie tun nur so. Dieser warf mich mit Buch hinaus.

Nun ist das weiter keine Schande. R. Tagore ist, wie Hans Reimann berichtet, auch erst bei Kurt Wolff abgewiesen worden, und nur der plötzlich bekommene Nobelpreis rettete ihn davor, bei Ullstein verlegt zu werden. Ich erhielt den Nobelpreis nicht – Rosegger stand damals in der engeren Wahl –; aber nachdem mir Verlegermeister Juncker noch rasch mitgeteilt hatte, daß Liebespaare niemals so miteinander redeten, nahm er es doch. Das war ihm ganz recht.

Inzwischen war Szafranski nicht müßig gewesen. Unter Zugrundelegung der Lipperheidischen Kostümbibliothek, seines reich ausgestatteten fotografischen Archivs und einiger anderer Vorlagen entsproß seinen dicken Händen langsam ein Werk, das man ruhig unter die besten Arbeiten Paul Scheurichs einreihen darf. Aber er wurde und wurde nicht fertig. Wir telefonierten damals recht lange und recht unfreundlich miteinander – schließlich bestellte er mich in die selige Queen-Bar und zeigte mir, was er angerichtet hatte. Ich trank vier Whiskys hintereinander. Dann sagte ich schüchtern, es sei sehr schön. Szafranski, leichtgläubig wie er nun einmal ist, glaubte das. Das Werk ging unter die Presse.

Es wurde ein Bombengeschäft. Über meine Verdienste will ich gar nicht erst reden; Szafranski kaufte sich jedenfalls von den seinen etwas, das er in befreundeten Kreisen als Häuschen ausgibt, und gehört heute zu den geachtetsten Mitbürgern Zehlendorfs. Der Verleger tat das, was Verleger immer tun: er setzte zu.

Nun hatten wir damals auf dem Kurfürstendamm die ‹Bücherbar› aufgemacht, einen richtigen Studikerunfug, über den sich die Leute halb krank ärgerten, weil wir ein polyglottes Schild am Laden hatten, darauf in allen lebenden und toten Sprachen – auch auf gemauschelt – zu lesen war, daß es darinnen billige Bücher zu kaufen gäbe. (Wir haben noch unser Goldenes Buch, in das sich die illüstern Gäste eintragen mußten: Carl Meinhard war da und Hardekopf und Ludmilla Hell und Schriftsteller, die überhaupt nicht schreiben konnten und sich doch eintrugen... Die feinern Herrschaften kriegten einen Schnaps.) Die Presse brachte sich um. Die *‹Breslauer Zeitung›* war dagegen, die *‹Vossische›* dafür, Prag und Riga verhielten sich neutral – die Ausschnitte sind noch da – und der *‹Sankt Petersburger Herold›* vom achtzehnten Dezember 1912 schrieb, wer einen Wilde erstehe, der bekäme Whisky Soda, und wer Ibsen kaufte, einen nordischen Korn. Das stimmte aber nicht – wir tranken selber. Und verkauften schrecklich viele *‹Rheinsbergs›*.

Also gut, wir gaben die Bücherbar wieder auf, weil ein guter Ulk immer ephemer ist, und die Zeiten gingen dahin. Was Axel Juncker inzwischen mit dem Buche machte, ist nie ruchbar geworden. Er schien es nicht gern herzugeben – denn man bekam es nirgends zu kaufen. Szafranski behauptete, das würde wie folgt gehandhabt: Trete jemand in den Buchladen und verlange das Werk, dann lächle Juncker süffisant und frage bekümmert: «Muß es denn sein?» Und nur, wenn der sonderbare Käufer auf seinem Verlangen bestand, kroch der Verleger in den Keller und holte aus einer wohlbehüteten Ecke den kleinen Band, nicht, ohne ihn vorher sorgfältig abgestaubt zu haben. Aber schon aus dieser letzten Einzelheit geht ja klar hervor, daß die Geschichte nicht wahr sein kann.

Was Wilhelm den Zweiten anging, so ließ es selben nicht ruhn, und er entrierte ein Unternehmen, das später unter dem Namen ‹Große Zeit› so berühmt geworden ist. Ich immer mit.

Und in Radsiwilischki – wir ließen gerade am deutschen Wesen die Welt genesen – in Radsiwilischki lief ein Schreiben des Verlegers ein, die erste Auflage sei vergriffen, und – was muß der gelitten haben, der Arme! – nun wolle er eine zweite drucken. Ich erwartete, vor die Front gerufen und belobigt zu werden. Das geschah nicht. Unser Hauptmann, der gegen die zivilische Heimat eine ähnliche Antipathie hatte wie mein Nebenmann, den sie zu Hause suchten, unser Hauptmann wurde auf einer Art Pferd angebracht, ein kurzes Kommando, und die kräftigen Tritte der wackern Feldgrauen erdröhnten auf dem welschen Pflaster. Das Nähere siehe unter Lissauer.

Als ich, von hinten erdolcht, wieder nach Hause kam, waren viele tausend Stück *‹Rheinsberg›* verkauft. Der Verlag hatte sein mögliches getan: ganze halbe Jahre war das schädliche Buch, geeignet, die Stimmung der Heimat zu untergraben, vergriffen gewesen, weil ja auch alles Papier für die 1001 Heeresberichte gebraucht wurde – aber zum größten Bedauern Junckers hatte sich der Verschleiß doch nicht ganz vermeiden lassen. Wir wußten uns vor Honoraren gar nicht zu lassen. Ich zeigte damals meinen Vertrag, den ersten, den ich in meinem Leben gemacht hatte, dem damaligen Vorsitzenden des Schutzverbandes Deutscher Schriftsteller. Der weinte eine halbe Stunde vor Freude und streichelte mir dann leise den Kopf. Ich weiß bis heute nicht, was er damit hat sagen wollen. Und Juncker setzte inzwischen immerzu zu . . .

Natürlich ist die Geschichte von *‹Rheinsberg›* wahr. Auch die Claire existiert noch. Sie lebt als eine wacklige, etwas tropfnasige Alte in Ducherow, unweit Pasewalk, wo sie neugierigen Fremden vom Rathauskastellan gegen ein Entgelt von fünfundzwanzig Pfennigen gezeigt wird; vormittags von elf bis eins und nachmittags von drei bis fünf. Sonntags ist sie zu. Ihr Lebensunterhalt wird in freundlicher Weise von unserm Verleger bestritten, sie ist also völlig verarmt.

Dieses da ist auch nicht die erste Luxusausgabe. Wir haben schon einmal eine gemacht, ganz privat, damals, als das Buch herauskam. Es waren dreißig Exemplare – und weil wir es unseren Damen schenken mußten, die im Verhältnis 29:1 unter uns aufgeteilt waren, malten wir in alle Exemplare, damit es keinen Ärger gäbe, eine schöne 1.

Bei den Rezensenten fand das Buch eine recht freundliche Aufnahme. Die netteste beim Dr. Owlglaß, dem alten Mitarbeiter des *‹Simplicissimus›*, auf dessen Lob ich am meisten stolz gewesen bin.

Nun sind wir alt geworden und nur wenig schöner. Szafranski ist verheiratet, ich habe auch viel Unglück im Leben gehabt, und nur der Verleger setzt noch zu. Aber eines Tages werden auch wir dahin müssen, – denn das Schöne stirbt –, Szafranski wird zu Grabe getragen werden, seine Chefs, bei denen er arbeitet, werden ihm was blasen, sein Bruder wird ihm eine Rede halten und im Zylinder gradezu nett aussehen, ich werde auf sein Grab etwas Sellerie und kleine Erdbeeren pflanzen, die hat der Verstorbene immer so gern gegessen; und dann gehe auch ich und folge ihm nach. Und der Verleger wird in den Himmel kommen – doch, das kommt vor, man muß da nicht so rigoros sein, das Fegefeuer ist überfüllt – und die noch vorhandenen Exemplare von *‹Rheinsberg›* werden versickern, das Papier wird zerbröckeln, und dann gibt es gar keine mehr.

Wenn aber im Jahre 1985 ein neugieriger und verliebter junger Herr den Bücherschrank seiner Großmama durchstöbert, wird er von ganz hinten einen ‹auf Bütten abgezogenen und in rotes Bockleder gebundenen› Band herausklauben – Nummer 18, vom Verfasser signiert. «Was ist das?» wird der junge Herr fragen.

Und die Großmama wird sich den Band geben lassen, ihn ganz nahe an die Augen halten und dann leise lächeln. «Das», wird sie sagen, «hat mir mal dein Großvater selig geschenkt, als wir uns verlobten. Aber du darfst es behalten und für deine Lydia mitnehmen.» Das tut der junge Herr. Er packt den Bocklederband mit einigen Dingen, die zu schenken in dieser Zeit schick sein wird, zusammen und sendet alles an Lydia. Und Lydia wird die schicken Dinge sehr bewundern, sich an ihnen und am zukünftigen Neid ihrer Freundinnen erfreuen und schließlich einen Blick in das Buch hineintun. Und ein bißchen darin blättern.

Weil aber die Zeit läuft und sich das, was zwischen den Zeilen eines Buches ausgedrückt ist, niemals länger als fünfzig Jahre hält und mit den Menschen, von denen es und für die es geschrieben ist, dahingeht – deshalb wird die Dame Lydia mit den Achseln zucken und sagen: «Reizend!» Und dann wird die Geschichte mit ihr und dem jungen Herrn ihren Fortgang nehmen.

Oben im Himmel aber, in einer besonders bevorzugten Ecke, gleich neben Cotta und Rowohlt, sitzt der Verleger und setzt zu.

JAGOW VORM REICHSGERICHT

Wer hier in Deutschland etwas Protektion hat,
dem wird kein Sträflings-Kahlkopf je rasiert.
Paß auf: man läßt ihm einundzwanzig Monat,
damit er den Justizschwank gut probiert.
Der Kommunisten Posten, Wasserträger
sperrt man am liebsten vorm Delikte ein;
die Toller-Leute leben wie die Neger . . .
Ich bin ein Preuße, will ein Preuße sein –!

Das klönt von Bolschewismus, der nicht da war,
das hat auf Ebert den Patrizierzorn;
wenn da nur Drahtverhau und viel Hurra war:
sie in Büros – und die Soldaten vorn.
Auch Ludendorff – bei welchem Reinfall darf der fehlen! –
ergänzt den Männerbund der frumben Seelen;
und heute kannst du im Berichte lesen:
Wie Lausejungen – keiner ists gewesen.
Nicht mal zum Lügen hat das viel Talent!
Und sowas war Regierungspräsident!

Was da verhandelt wird, ist ganz belanglos.
Sie hatten so viel Zeit – die armen drei!
Sie konnten eindreiviertel Jahre zwanglos
vertuschen – denn sie waren frei.
Wenn von der kleinsten Nutte sie was munkeln,
dann sperrt man Nutte, Louis, Kundschaft ein:
es könnte sonst den Tatbestand verdunkeln –
das muß beim Kapp-Putsch wohl nicht nötig sein.

Und keiner traut sich, Ludendorff zu fassen,
und Lüttwitz nicht und Kapp und Traub – die Massen,
sie bleiben frei.
Nachtwächterstaat –!
Du säst dir eine schwarz-weiß-rote Saat!
Und die geht auf.
Sie höhnen dich mit Recht.
Du bist durchaus von zwittrigem Geschlecht!
Der Leviné ist tot. Und Jagow meckert.
Du hast dich stets nur links mit Blut bekleckert –
die wirklichen Verbrecher henkst du nicht ...
Was Leipzig! Kinderspiel und Reichsgericht!
Wir haben feste Monarchistenreihn –
und dann im Reichstag den Gesangverein.
Und so viel kluge Männer in der Politik.
Zufällig keinen Rex.
Und keine Republik.

WEIHNACHTSBITTE

Der Berliner und insbesondere die Berlinerin ‹kommt› bekanntlich ‹zu nichts›, und dem mag denn wohl auch zuzuschreiben sein, daß so viele Leute Wohltätigkeit üben möchten und so wenige es tun. Sie ‹kommen nicht dazu›. Und dann – wie fängt man das an? An wen soll man schicken? Und was? Und das Mädchen hat so viel zu tun – und soll nun auch Pakete schnüren, und es dauert so lange, Postanweisungen aufzugeben ... Und inzwischen frieren und hungern die andern.

Es ist also nicht immer Phantasielosigkeit daran schuld, daß einer nichts gibt. (Obgleich viele Leute mehr Gutes täten, wenn sie sich nur recht intensiv vorstellten, was das ist: hungern – und was das ist: frieren.) Es mag auch Mangel an Zeit schuld sein.

Ich bitte nun die unter meinen Lesern, die im Laufe des Jahres ein bißchen Unterhaltung, Anregung oder Freude an den kleinen Glossen gehabt haben, die ich hier veröffentlichen durfte, mir einen Weihnachtswunsch zu erfüllen.

Dem Städtischen Asyl für Obdachlose geht es mit seinen Mitteln nicht zum besten. Die Leute brauchen Kleider, Decken, Nahrungsmittel und vor allem Geld. Adresse: Berlin N C 55, Fröbelstraße 15.

In der Prinzregentenstraße 23 zu Wilmersdorf lebt eine blinde Frau, Betty Wassermann, eine ehemalige Tänzerin, die bei einem Versuch des Doppelselbstmords durch einen Schuß ihr Augenlicht eingebüßt hat. Sie ist von einem Tag zum andern auf das angewiesen, was ihr fremde Menschen ins Haus schicken.

Die Gefangenen auf der Festung Niederschönenfeld sind hilf- und wehrlos der bayerischen Verwaltung ausgeliefert. Während sich Jagow ‹entfernte, um von der Haft verschont zu bleiben›, leiden diese armen Menschen wie die Tiere. Sie möchten Tabak haben, Süßigkeiten, unpolitische Bücher; für den, der das grade nicht im Hause hat, wird eine Geldsendung am richtigsten sein. Man kann an Ernst Toller oder Erich Mühsam, Festung Niederschönenfeld bei Rain am Lech in Bayern, adressieren.

Es ist Geschmackssache, wem man so eine Weihnachtsgabe schickt, und was man schickt.

Ich bitte jeden einzelnen, nach Lust und Können an diese Adressen oder – wenn er bessere weiß – an andre was zu Weihnachten zu schicken. Man sollte die Trägheit des Herzens überwinden. Es summiert sich ja doch.

Wer sich mit der Formalität dieser Sendungen nicht abgeben mag, der überweise eine Summe dem Postscheckkonto der *‹Weltbühne›* Berlin 11 958. Wir werden das Geld unter diese drei Empfängergruppen verteilen und auf Wunsch öffentlich quittieren. Ich habe einen kleinen Anfang gemacht und der *‹Weltbühne›* eine Summe Geldes zur Verfügung gestellt.

Meine Bitte: folgt nach!

DIE DICKEN

Die Generation, mit der ich groß geworden bin, wird jetzt dick.

Von mir sehe ich ganz ab. Ich bin hager, mäßig rasiert, schwärzlich und etwas hornbrillig anzuschaun. Aber die andern werden, weiß Gott, dick.

Das ist keine physiologische Erscheinung. Das ist etwas andres. Diese sanft ansteigenden Kinnterrassen, dieser zufrieden volle Mund, dieser leicht gerundete Bauch – all das sagt: «So. Nun haben wir genug herumgewirtschaftet und angegeben – nun wollen wir uns einmal den Freuden des Lebens zuwenden. Was heißt hier Ideale –!» Und dann gründen sie Familien, und an der Wand hängt eine Gruppenaufnahme, und der zweite in der hintersten Reihe: das ist Papa. Auf dem etwas verblaßten Bild kannst du sein Gesicht erkennen; es sind schon die vertrauten Züge, aber das Gesicht ist dünner, es ist, als ob sich die fertige Physiognomie noch nicht recht herausgetraut hat, etwas Fremdes ist darin ... Und vielleicht war grade dieses Fremde das beste an Papa ... Jetzt hat er jedenfalls eine schöne Stellung, über die man nie etwas Genaues erfährt – aber sie muß doch ihren Mann ernähren, wie man sieht ... Die radikalsten Denker, also Menschen, die gradezu verpflichtet sind, mager und abgerissen dahinzuschlurchen, sind heute in saubre, dicke Röcke eingewickelt und essen viel und ausgiebig. Es ist nicht die sanfte Hügeldicke der reifenden Frauen, die sich nur noch vorsichtig auf einen Stuhl setzen, damit nichts abbricht ... Es ist etwas andres.

Es ist die Abkehr vom Olymp, die Fett ansetzt. Es muß einen Gott geben – ich weiß nicht genau, wie er heißt, aber es gibt ihn, und er ist klein und rund und hat einen Hundekopf – einen Gott, der mit den Menschen eng liiert ist, wenn sie es aufgegeben haben, den Ossa auf den Pelion, oder wie diese israelischen Götter heißen, zu türmen ... «Wie gefällt Ihnen Reinhardt?» – «Er ist dick geworden.»

Früher sahen die Künstler alle aus, als ob sie grade frisch aus der Hölle kämen – mit schweren Kummerfalten im Gesicht, den verbeulten Kalabreser auf dem Kopf und in den Augen einen Ausdruck wie: «Verruchter Casca!» Heute haben sie fast sämtlich einen satten, zufriedenen Blinzler, diese Lippen haben schon so manchen Cointreau genippt – Sie kennen diesen herrlichsten aller Liköre nicht? Sie sollten ihn nicht versäumen! – und in ihren Augen sagt es: «Das war mal ein schönes Abendessen! Nun noch einen Mokka und eine dicke Zigarre und ach, Königin ...!»

Meine Mama hat mir immer gesagt: «Peter!» hat sie gesagt, «du mit deinen Theorien! Du wirst auch noch mal vernünftig werden!» Meine Generation ist auf dem besten Wege dazu. Sie hat heimgefunden. Ich sehe keinen an – aber so sieht man nicht aus, wie die aussieht.

Laßt uns warten, Freunde! Über ein kleines – und auch unsre Kammer ist voll Sonne. Und vor uns stehen drei zum Platzen Dicke, drei Trudeldicke: Friedrich Kühne, Conrad Veidt und

Peter Panter

PALLENBERG UND POLGAR

Karl Etlinger, der Schauspieler, erzählte einmal von den Mühsalen des Komikers, und wie der mit Kollegen, Publikum und Stimmung zu kämpfen habe – wieviel Widrigkeiten zu überwinden seien, bevor die Leute lachten, und wie schwer das sei: Menschen zum Lachen zu bringen. Und wie wenig ihm selber zum Lachen zumute sei. Und dann sagte er: «So kann man doch nicht Komiker sein!» Und fügte hinzu: «Aber so ist man Komiker.»

An dieses Wort habe ich denken müssen, als ich die meisterliche Monographie Alfred Polgars über Max Pallenberg las. (Sie ist, in der Serie: *‹Der Schauspieler›*, die Herbert Ihering herausgibt, bei Erich Reiß erschienen.) O fortunate adulescens qui Homerum praeconem tuae virtutis inveneris! Es finden sich immer zwei richtige: Hektor und Homer, Possart und Paul Goldmann, Pallenberg und Polgar.

Es ist mir kein zweiter Fall von so tiefer Blutsverwandtschaft bekannt. Es ist, als ob der Bruder vom Bruder aussagt, wie er beschaffen ist. Und es ist viel mehr als eine Schilderung oder gar ‹das Anlegen der kritischen Sonde›, wie es jeder Theaterberichterstatter des ‹Budapester Morgengeheuls› im Schlaf fertig bekommt. (Und das ist dann auch danach.) Dieser Pallenberg hat einen Kameraden.

Eine Probe gebe den Ton an:

> «Das Unvergeßlichste aber ist der Hut, den dieser Bürger auf seinem Kopf schaukelt. Pallenbergs Spiel holt aus der Komik dieses Huts aller Hüte Komik. Die Tatsache ‹Hut› ward entzaubert, die konventionelle Geltung fiel ab von ihr, und ihre ganze Lächerlichkeit lag bloß. Laufen die Menschen wirklich so herum, mit einem gehöhlten Ding aus Stroh oder Stoff auf dem Schädel? So was ‹tragen› sie? So was haben sie in Reihen daheim auf dem Kastenbord? So was herzustellen sind Hände und Maschinen specialiter tätig? Sehet bei Pallenberg, was ein Hut für ein unfaßbar lächerliches Ding ist? Und wie lächerlich ein Rock ist! Und ein Paar Stiefel! Und ein Regenschirm! Und ein Schächtelchen mit kleinen dünnen Hölzern, die man anreibt, damit sie brennen oder nicht brennen. Und ein Sessel mit einer Fläche eigens für den Popo!»

Und dann wird diese fast Mauthnersche Kritik der Welt, diese Zerfaserung der alltäglichsten Dinge, diese gespielte Fremdheit, die man empfindet, wenn man ein bekanntes Wort viele Male vor sich hin sagt, bis es weit, weit fortgerückt ist ... diese Pallenbergsche Analyse wird ausgedehnt auf die Existenz des Menschen!

> «Und ein Mund mit einem Zungenklöppel drin, der etwas bimbamt, was die andern in Wut oder Heiterkeit versetzt! Und ein Essender, wie er in ein eignes auf- und zuklappbares Gesichtsloch hineinstopft und -schüttet! Und ein Herz, das ein paar Jahrzehnte lang auf-zu-auf-zu macht bis es, unter großem Geschrei und heftiger Augenwasser-Sekretion Umherstehender, endlich seine blöde Beschäftigung einstellt, worauf der abgespielte Mechanismus samt Gehäuse in einen Kasten gelegt und wie ein Schatz vergraben wird. Sehet bei Pallenberg, wie höllen-abgrundtief lächerlich es ist, ein Mensch zu sein, so zu sein, da zu sein, zu sein!»

Soweit Jonathan-Polgar geb. Swift, und es klingt anders als das glorifizierende ‹Wir sind› junger Herren, die – der merkwürdige Fall jüdischer Katholiken – die Welt mit einer Liebe umfassen, nicht ohne dabei leichte Schleimspuren farbloser Feuilletons zu hinterlassen ... Aber von diesen gewerfelten Mustern wollten wir ja nicht reden.

Nein, diese kleine Monographie gibt mehr Aufschluß über die Schauspielkunst, mehr über diese, über solche geniale Schauspielkunst als viele dicke Bücher, die man nicht lesen mag. Ein Satz – und Pallenberg steht im Hemde (worüber wiederum zu lachen wäre):

«Er ist der Bajazzo, der sich durch das Pathetische hindurchgeschlichen hat und hinter die feindlichen Linien gekommen ist.»

Das ist es: die Überwindung des Pathos.

Es steht ein prachtvoller Absatz über Pallenbergs Sprachkunst in dem Buche, über diese Sprachkunst, die tausend Nachahmer und keinen gefunden hat, und Polgar ist der erste Analytiker seiner Art, der weise genug ist, offen auf jenes große X hinzuweisen, das sich nach Schopenhauer uneingestanden in allen Büchern findet: da gehts nicht mehr weiter. Man pflegt das gern ‹elementar› zu nennen – aber allein wichtig ist ja das Selbstverständliche, das, worüber keiner mehr nachdenkt, weil es ihm ‹natürlich› erscheint.

Polgar hat die Berühmtheit Pallenbergs nicht gebraucht und nicht benutzt. Er hat ihn erkannt, als ihn in Wien wenige, und als wir Berliner ihn gar nicht kannten. Ich besinne mich auf einen alten Aufsatz von ihm in der ‹*Schaubühne*› aus dem Jahre 1911, wo schon damals die Grundlinien dieses genialen Lach- und Giftnickels klar aufgezeigt waren.

Und nach der prachtvollsten Analyse, die wohl ein deutscher Schauspieler solchen Formats von einem deutschen Schriftsteller solchen Formats gefunden haben mag, weiß Polgar doch, daß es alles nichts hilft. Sie werden beide dahingehen: Hektor und sein Homer. Und Bilder, Bücher, Filme und Grammophonplatten werden das nicht wiedergeben können, was dieser einzige Mensch auf der deutschen Bühne gewesen ist – wie man dann sagen muß. Eine leuchtende Erinnerung wird den Namen umgeben. Die Erinnerung an einen, der die Leute lachen machen konnte, daß ihnen die Gänsehaut über den Buckel lief. Noch ist er am Leben! Laßt ihn das Wort nicht hören! ‹Warum Gänsehaut?› Weh mir – er wird auch mit diesem Wort spielen.

Und ich traute mich nicht, ihm die Grabrede zu halten, weil die Leiche noch unter dem Holze zu klopfen begänne, der Urnendeckel wackelte, erstens, weil Felix Hollaender aus Zerstreutheit einen Tropenhelm statt eines Zylinders aufgesetzt haben wird, und zweitens, weil heute abend der Nachfolger die Rolle spielen wird, die er einmal gehabt hat. Wie recht hat er, und wie verständlich ist das!

Die Grabrede ist nicht nötig. Noch haben wir ihn in der Vollkraft seines Genies. Und haben wir ihn einmal nicht mehr: dann bleibt zur Erinnerung an ihn dieses Buch.

BEKRITZELTES BLATT

... fähigkeit der Exterritorialen. Diese Leute leben überall zwischen den Nationen: vertriebene Optanten, Auswandrer, Flüchtlinge, Menschen, die irgendeine Konferenz neu eingeteilt hat, das ist zunächst nur auf dem Papier so, dann wird die nächste Kreisstadt besetzt, es hagelt Verfügungen, es setzt Verfolgungen, man muß gehen, es hilft alles nichts, eine beliebige Stelle auf der Landkarte ist nun rot, die gestern noch blau war – wem tut das etwas? Sie sind nun jedenfalls da, und es ist erstaunlich, was sie leisten.

Wovon leben sie? Von ihrer Findigkeit. Sie, die mit der Wirts- oder Herbergsnation nicht gar so eng verkettet sind, sehen die Lücken, die dem Eingesessenen nicht auffallen. Es geht so rasch. Was vorgestern noch, hohlwangig, rußbedeckt, über und über mit Gepäck, Sorgen und Schmutz belastet, im rauchigen Coupé fuhr, kam gestern an und bewegt sich heute schon auf dem fremden Pflaster sicher und eilfertig. Und das Pflaster gibt nach! Die starre Ordnung der heimischen Dinge fängt an, sich dem fremden, kräftig zupackenden Bürgerabenteurer zu beugen ... Wie machen sie es?

Woher haben sie ihre Papiere? Eine Ausfuhrbewilligung für ein deutsches Buch: das ist Abenteuer – für uns! – und ein ärgerliches dazu. Diese da haben es heraus. Sie warten stundenlang auf dumpfen Korridoren, gehen heute zerknirscht aus den Büros und kommen morgen wieder, verstehen es, Beamte tot zu reden und verwirrt zu machen, daß man ihnen schon gibt, was sie haben wollen, nur, um sie endlich los zu werden ... Es ist erstaunlich. Die Not treibt sie. Und sie meistern das Leben.

Denn es ist lebenskräftig und lebenstüchtig, so mit den Dingen fertig zu werden. Sie fressen sich hindurch. Die Angehörigen jeder Nation auf ihre Art – sie alle bauen sich im Urwald der Zivilisation wacker an (und der ist gefahrdrohender als der wirkliche). Erstaunlich, wie unter ihnen die Russen immer ihr Heimatland, immer ‹Rossija› mit sich herumtragen, schleppen, nie von ihm lassen! Wo Bismarck saß, war oben. Wo sie leben, ist Rußland. «Wäre da Rußland!» denken sie.

Es gibt also etwas, das viel stärker ist als der Staatsgedanke. Denn sie sind geflohen und trotzen ihm. Der lächerliche Schlagbaum, der hunderttausende Beamte ernährt und allen andern lästig ist, der sich vor Automobilen senkt und vor Postkutschen öffnet, den die Industrien benutzen und umgehen, und der etwas abschließt, was nur noch durch die Abschließung am Leben ist – der Schlagbaum ist blamiert. Sie kriechen drunter durch – sie beugen sich, um sich desto stolzer aufzurichten. Staat, wo ist dein Stachel? Menschen sind manchmal stärker als ein Staat.

Die Wirts- und Herbergsvölker sind nicht immer erbaut von dem fremden Besuch. Neidisch und im Vollgefühl ihrer Schwäche klopfen sie dem menschlich Größern loyal auf die ...

(... unleserliches Gekritzel.)

MEETING

Das ist nun so.
Je freier und je nackter,
je mehr enthüllt das Herz sich. Offen liegt
beim Boxen und beim Lieben der Charakter
des Partners, der dich hüllenlos besiegt.

Die Trainer schreien. «Zeit!» Ihr streckt die Hände.
Ihr seid ein Knäul. Ein Wille. Ein Duett.
Die strengen Regeln treibens bis zum Ende
beim Boxen, liebe Frau, und auch im Bett.

Wie schön zu kämpfen und sich zu umfassen.
Da noch ein Druck und da ein Untergriff.
Und dann betäubt sich leise treiben lassen ...
Der Richter gibt den ersten Pausenpfiff.

Der nächste Gang. So gib, du, gib dein Letztes.
Ich fühle lebensnahe, glatte Haut ...
Aus Tiefen springt dein Herzblut, und dann netzt es
mich weich – wie bist du mir vertraut!

Wo bist du, Welt?
Die Erde soll versinken.
Es hüllt der Kampf uns, tief bewußtlos, ein.
Und meine trocknen Lippen wollen trinken.
Ich hasse dich. Doch du mußt bei mir sein.

Die Gruppe löst sich.
Und die Trainer wettern.
Der Richter winkt. Das Publikum kann gehn.
Und morgen stehts in allen großen Blättern:
«Jolanthe/Tiger –
Ausgang: 10 zu 10.»

WAS UNTERNEHME ICH SILVESTER?

Soll ich zu Kallmanns gehen? Die zünden ihren Tannenbaum an, drehen das Grammophon auf, das ihnen *‹Stille Nacht, heilige Nacht›* vorkratzt, die Kinder lagern sich mit den Torsos ihrer Spielsachen auf den guten Teppich, und Vater raucht die neue Pfeife an. Mutter Kallmann spricht mit mir über die Dienstbotenmisere, und ich sage: «Jawohl, gnädige Frau! ... Gewiß, gnädige Frau! ... Denken Sie nur, gnädige Frau!» Das andre sagt sie. Ich werde doch lieber nicht zu Kallmanns gehen.

Soll ich zu meiner Freundin mit der schönen Seele und den dicken Beinen gehen? Sie wird feuchte, große Augen machen und mich mit Erinnerungen plagen. Sie wird feierlich gestimmt sein, was ihr gar nicht steht, und wird hochzeremoniös – auch sie – den Weihnachtsbaum entzünden und sagen: «Lieber Peter ...» Bu. Ich werde doch lieber nicht zu meiner schönen Seele gehen.

Soll ich auf einen öffentlichen Ball gehen? Da werden sich zweitausend Menschen in Räumen drängen, die nur für zweihundert berechnet sind. Kellner werden sich den Sacharinsekt zu Valutapreisen aus den Händen schlagen lassen, und irgendwo im Wirbel und Rauch lärmt eine Kapelle. In der Mitte tun ein paar Leute so, als ob sie tanzten. Es sind alle da: man zeigt sich die Herren aus der Wilhelmstraße, Kino-Namen werden geflüstert, und die Bühne hat ihre besten Vertreter ... auch die Wissenschaft ... Nur die Kokotten benehmen sich anständig. Wer wird auch Silvester fachsimpeln, wenn mans das ganze Jahr tun muß ...! Die Luft wird stickig und verbraucht sein, die Scherze auch. Nein – ich werde doch lieber nicht auf einen öffentlichen Ball gehen.

Soll ich auf einen privaten Ball gehen? (Oho! Ich bin eingeladen!) Die Zimmer werden ausgeräumt sein, die Lampen blau und lila umkleidet. Es wird Sekt geben und kleine Brötchen. Am Klavier ein Mann und eine Geige. Es wird viel und hingebend getanzt. Auf dem Teppich und auf den Sofas knautschen sich die Paare, so, als ob es auf der ganzen weiten Welt kein Bett gäbe. Nur die festen Verhältnisse benehmen sich anständig. (Man soll nichts verreden.) Die Tochter vom Haus wird alle Minen ihres goldenen Temperaments springen lassen – sie findet es so furchtbar interessant, das alte Wort zu variieren: Immer davon sprechen, aber es nie tun! Die jungen Herren werden sich bei den jungen Damen alle Freiheiten erlauben, weil sie nichts kosten. Auch Hessen-Nassau ist eine Provinz. Nein, ich werde doch lieber nicht auf einen privaten Ball gehen.

Also: was dann –? Ich schlage vor, wir füllen die kleine blaue Blumenvase wie gewöhnlich mit roten Blumen und trinken einen stillen roten Wein. Vielleicht erwachst du nachts so gegen zwölf. Ich werde dir dann sagen: «Liebe – ich glaube, jetzt muß ich mir einen Zylinder aufsetzen und du schlägst ihn ein. Das ist so Sitte.» Und darauf du: «Ich bin so müde. Gute Nacht.»

Und wenn du morgen früh aufwachst, ist es – wetten, daß? – 1922, und ich küsse dir das neue Jahr aus den Augen. Und da es ein alter Aberglaube ist, daß man das ganze Jahr hindurch tun wird, was man Silvester tut, so eröffnen sich für uns freundliche und wahrhaft erfrischende Perspektiven. Prosit Neujahr!

«Damals starb sein Vater . . .

... Vor Onegin versammelte sich die gierige Meute der Gläubiger ... Eugen, der Prozesse verabscheute, schickte sich in sein Los, überließ ihnen die Erbschaft und erblickte darin keinen großen Verlust – oder er sah von weitem das Ende seines betagten Onkels herannahen.

Und wirklich erhielt er überraschend vom Verwalter die Meldung, daß der Onkel im Sterben liege ... Als er die traurige Nachricht gelesen hatte, brach Eugen ohne zu säumen mit Postpferden zum erbetenen Wiedersehen auf und gähnte schon im voraus, während er sich, des Geldes wegen, auf Seufzer, Langeweile und Heuchelei vorbereitete ... Doch als er auf dem Gut des Onkels angelangt war, traf er ihn nur noch aufgebahrt auf dem Tisch liegend an, als vorbereiteten Tribut an die Erde ...

So ist unser Onegin jetzt Gutsherr, unumschränkter Gebieter über Werkstätten, Gewässer, Wälder, Ländereien.»

Erben ist – wenigstens für eine Seite der Beteiligten – die traurigste Art, um «cette douleur nonpareille» zu entkommen, jenem unvergleichlichen Schmerz, wie Puschkin die Geldknappheit nannte. Und nicht immer fällt der Erbtag so glücklich auf den Zahltag.

Summa summarum: In Büchern und Briefen kommt man leichter zu Geld als mit Büchern und Briefen, es seien denn Sparbücher und Pfandbriefe.

1922

BLICK IN DIE ZUKUNFT

Du schläfst bei mir. Da plötzlich, in der
Nacht, du liebe Dame,
Bist du mit einem Laut mir jäh erwacht –
War das ein Name?

Ich horche. Und du sagst es noch einmal –
im Halbschlaf: «Leo . . .»
Bleib bei der Sache, Göttin meiner Wahl!
Ich heiße Theo.

Noch bin ich bei dir. Wenn die Stunde
naht, da wir uns trennen:
Vielleicht lernt dich dann ein Regierungs-
rat im Teeraum kennen.

Und gibst du seinen Armen nachts dich preis,
den stolzen Siegern: –
Dann flüstre einmal meinen Namen leis
und denk an Tigern.

WEHRPFLICHT – HINTENHERUM

Wer einmal in Berlin nach der General-Pappkarton-Straße gewandert ist – so nannte der Berliner die General-Pape-Straße, wo die Bezirkskommandos lagen –: der weiß Bescheid und wird sich so bald keine Wiederholung des Militarismus, dieser deutschen Pest, wünschen. Es droht aber eine.

Der Reichsausschuß für deutsche Leibesübungen in der Kurfürstenstraße brütet zur Zeit ein Gesetz aus, das ein neues Zwangsjahr für alle deutschen Männer und Frauen ankündigt!

Der § 1 des Gesetzes bestimmt:

«Jeder deutsche Reichsangehörige ist in der Zeit von der Vollendung des schulpflichtigen Alters bis zur Volljährigkeit zu körperlichen Übungen verpflichtet.»

Diese Übungspflicht hat er in öffentlichen Unterrichtsanstalten zu erfüllen; will er das nicht, tritt der § 3 in Kraft:

«Die Erfüllung der Pflicht kann erfolgen in Turn- und Sportvereinen, die dem Deutschen Reichsausschuß für Leibesübungen oder der Zentralkommission für Sport und Körperpflege angeschlossen sind, und in solchen Vereinen, die von der oberen Verwaltungsbehörde als dem öffentlichen Volkswohl dienend anerkannt sind, oder durch Teilnahme an regelmäßigen Übungen und Wettbewerben, welche vom Reich, den Ländern, Kommunalverbänden, Gemeinden und öffentlichen Anstalten (z. B. Hochschulen aller Art) eingerichtet sind.»

Um diese Übungszeit zu *erzwingen*, bestimmt der § 5:

«Bis zur Vollendung des 25. Lebensjahres eines deutschen Reichsangehörigen erfolgt die Ausstellung von Prüfungszeugnissen und Befähigungsnachweisen sowie die Erteilung von Berufsgenehmigungen aller Art (Approbationen, Konzessionen usw.) seitens des Staates (Reich und Länder), der Gemeinden oder öffentlichen Anstalten *nur* gegen Vorlage eines Zeugnisses über die Erfüllung der körperlichen Übungspflicht.»

Hier droht eine ungeheure Gefahr.

Die außerordentlich geschickte Begründung des Gesetzes stellt es als eine politisch harmlose Bekämpfung der Tuberkulose durch den Sport hin. Das ist es nicht.

Jedes deutsche Verwaltungsgesetz hat einen Kautschukparagraphen, mit dem gewandte Beamte alles anfangen können. Solch eine Gummibestimmung in diesem gänzlich überflüssigen Gesetz ist der § 3. Angenommen, unsere Volksvertreter wären so harmlos, sich durch einige Phrasen von der ‹Volksgesundheit› zur Annahme dieses verkappten Wehrgesetzes herumkriegen zu lassen, so müßten jeder deutsche Mann und jede deutsche Frau, wenn sie nicht an öffentlichen Turnübungen teilnehmen, einem Sportverein zur Ableistung ihrer Dienstpflicht beitreten. Welchem? Dem, den die ‹obere Verwaltungsbehörde als dem öffentlichen Volkswohl dienend› anerkennt. Nun, wir wissen, wie das gemacht wird.

Der Generalsekretär des Reichsausschusses für Leibesübungen, Herr Dr. Carl Diem, ein offenbar gutgläubiger und sachlich arbeitender Mann, wehrt sich gegen politische Unterstellungen mit der Behauptung, auch der kommunistische Turnverein Fichte sei nach dem Gesetz zur Ableistung des Dienstjahres geeignet. Ja, gewiß, *heute.* Wer aber seine Preußen kennt, der wird wetten, daß sich in drei, vier Jahren herausstellen würde, die Turngeräte des kommunistischen Arbeiter-Turnvereins seien nicht sicher genug, auch genügten die ausbildenden Turnlehrer nicht den technischen Anforderungen – und aus diesen – natürlich ‹rein sachlichen› – Gründen wird dann der Arbeiter-Turnverein plötzlich nicht mehr geeignet sein, die Dienstpflichtigen aufzunehmen.

Das Gesetz schafft so zweierlei Arten Sportvereine: solche, die behördlich anerkannt oder dem Reichsausschuß angegliedert sind, und die anderen, die damit für das gutgläubige Publikum zu zweitrangigen Vereinen abgestempelt sind.

Ferner aber schafft das Gesetz die neue Dienstpflicht.

Die Begründung sagt, jeder unnötige Zwang müsse vermieden

werden, und spricht davon, daß die Turn- und Sportvereine ihre Aufgabe frei erfüllen sollen. ‹Unmittelbarer Zwang› solle nicht ausgeübt werden. (Sehr gnädig — ihr sollt also nicht mit dem Schutzmann an die Kletterstange geschleift werden.) Aber ‹mittelbar› soll die Übungspflicht durch Verweigerung sämtlicher notwendigen Zeugnisse bei Prüfungen, Konzessionserteilungen usw. erzwungen werden! — Man sagt immer, die jüdische Rasse verstände sich aufs Drehen und Wenden. Die Preußen könnens auch ganz schön.

Dieser mittelbare Zwang befreit zunächst reiche Leute, die auf die behördlichen Zeugnisse pfeifen, von der neuen Übungspflicht. Die anderen aber sind auf Gnade und Ungnade den neuen Sportlehrern ausgeliefert, die sich bestimmt eine Art Vorgesetztenstellung wie beim Militär schaffen werden. Und mit zusammengebissenen Zähnen dürfen wir dann turnen — denn wir brauchen ja die Zeugnisse ...

Die Begründung des Gesetzes bedauert den Fortfall der Wehrpflicht. «Da unser früheres Heer das Versäumte in vorbildlicher, wenn auch den Schwachen oft stark in Anspruch nehmender Weise nachholte ...» Das ist nicht wahr. Die Ausbildung beim deutschen Heer war gar nicht vorbildlich: die körperlichen Übungen wurden meist in ganz sinnwidriger und unnützer Weise vorgenommen, die jeder sportlichen Erfahrung widersprach, in schlecht gelüfteten Turnsälen, in luftdicht abgeschlossener Kleidung, — und was die Hygiene betraf, so wurde im allgemeinen mehr auf geputzte Knöpfe als auf gewaschene Füße gesehen. Wie der deutsche Unteroffizier den ‹körperlich Schwächeren oft stark in Anspruch nahm› — das werden wir ja wohl alle noch wissen.

Das Gesetz bestimmt dann noch, daß die ‹anerkannten› Sportvereine steuerliche Erleichterungen genießen (ein noch schwererer Schlag für die anderen), und wenn man noch erfährt, daß sich unter den vier Vätern des Gesetzes ein Polizeirat und eine politisch so belastete Persönlichkeit wie der frühere Minister Dominicus befindet, ein Mann, der immer noch nicht vergessen kann, daß er einmal einen preußischen Hauptmann hat spielen dürfen — dann sind wir wohl im Bilde.

Die Gefahr ist gar nicht zu überschätzen. Was hier, ganz leise und heimlich, heranschleicht, ist nichts mehr und nichts weniger als ein neues Wehrpflichtgesetz. Inwieweit da inaktive, versorgungsbedürftige Offiziere ihre Hand im Spiele haben, ist nicht ersichtlich. Herr Diem streitet das ab. Das Gesetz ist *nicht* rein hygienischer Natur — wann hat man je gehört, daß dieser Staat sich jemals so um die Volksgesundheit gekümmert hätte, wenn es um Wohnungsnot, Schwangerschaftsunterbrechung und Arbeiterschutz in Fabriken geht? Auf einmal!

Die *‹Freiheit›* hat mit Recht darauf hingewiesen, daß dies Gesetz, das niemals Gesetz werden darf, eine Neuauflage des Ludendorffschen Erlasses über die ‹Arbeits- und Dienstpflicht› ist. Es ist aber noch viel mehr.

Das Gesetz birgt in sich die Möglichkeit eines neuen Drills. Also gerade derjenigen ekelhaften Unterordnung und Befehlssucht, die das Land ins Unglück gestürzt haben. Der Sportplatz wird zum Kasernenhof. Durch den Zwang.

Die Begründung des Gesetzes weist auf eine interessante Erscheinung hin, die noch klarer als alles andere erkennen läßt, was hier gespielt wird. «Von Interesse ist», heißt es da, «daß einzelne Ausschüsse der Studentenschaft an deutschen Universitäten sich bereits in dem Sinne ausgesprochen haben, daß die Zulassung zu wissenschaftlichen Prüfungen nur nach erfolgtem Nachweis der Erfüllung der Übungspflicht erfolgen soll.» Schopenhauer am Reck.

Form und Inhalt dieser akademischen Kundgebungen lassen noch deutlicher erkennen, wie hier mit allen Fasern die alte Wehrpflicht wieder herbeigewünscht wird. Mit den Studenten in ihrer überwältigenden Mehrheit, gegen die die gescheite Minderheit nicht aufkommt, ist es wie mit abgesägten Offizieren: die Söhne eines in seiner Autorität endgültig erschütterten Beamtentums, junge Kleinbürger, die im Kriege den Wallenstein gespielt haben und heute mit der Mappe unter dem Arm das wenig beneidenswerte Leben eines geistigen Arbeiters führen müssen, die Angehörigen der Korps, deren hauptsächlicher Inhalt heute darin besteht, daß ihnen – Gott sei Dank! – viele Leute *nicht* angehören: Dieser ganze Haufe zäh am Alten hängender junger Leute braucht den knappen Kommandoton, um doch wenigstens am Barren eine geistige Überlegenheit zu markieren, die ihnen anderswo versagt ist.

Über die merkwürdig vielen ‹Sportlehrer›, die der Reichsausschuß für Leibesübungen jetzt schon heranbildet, über ihre Bestimmung und ihr Wirken werden wir wohl erst etwas erfahren, wenn es wieder zu spät ist; durch eine Note der Entente ...

Unsere Volksvertreter sollten auf der Hut sein! Sie sollten sich unter keinen Umständen auf dieses Gesetz überhaupt einlassen – auch dann nicht, wenn man ihnen vom Regierungstisch die berühmten ‹Sicherungen› verspricht. Für jeden begabten Regierungsrat ist es eine Kleinigkeit, ein paar unverbindliche Redensarten in den Gesetzestext hineinzuschreiben, auf die dann nachher die gesamte Praxis hustet. Dahin darf es gar nicht erst kommen.

Wir haben zu diesem Staat und vor allem zu seinen Verwaltungsorganen kein Vertrauen. Wir sprechen seinen wilhelminischen Beamten – und auch ihrem jetzigen Nachwuchs – die politische Objektivität ab, die nötig ist, um einen so schwerwiegenden Eingriff in die persönliche Freiheit zuzulassen. Das gibt ein Unglück. Das Gesetz wird nichts als eine Handhabe sein, politisch mißliebige Klassen – also vor allem die Arbeiter – zu malträtieren. Und im Hintergrund lauert der Gedanke: Revanche! Das Gesetz darf nicht Gesetz werden.

So sehr jeder vernünftige und denkende Mensch für sportliche Betätigung sein wird, so sehr wünschen wir alle, daß diese sportliche Betätigung *freiwillig* betrieben werde und daß, wenns sein muß, auch von Amts wegen für die einzelnen Vereine Geräte und Spielplätze beschafft werden. Ein Zwang darf nicht sein.

Vor allem aber nicht einer, bei dem der politische Mißbrauch so nahe liegt, wie hier. Aufsichtsbehörden, Verwaltungsmaßnahmen und vor allem – die Sportlehrer: wie wird das sein? Preußisch wird das sein. Das heißt: unduldsam, kulturfeindlich, kasernenhofmäßig, minderwertig.

Zu seinem Wiederaufbau braucht Deutschland vor allem einmal viele Generationen, die gar nicht wissen, was ein Dienstbefehl ist. Wir haben genug von ‹gedienten Leuten›.

Das Gesetz muß – im Namen der Freiheit – verschwinden.

DREI GENERATIONEN

Die erste und älteste – wir sprechen von den berliner Kokotten – gibt es beinahe schon gar nicht mehr. Sie hatte schon unter unserm Kaiser Wilhelm alt, fett und redlich gedient, die Korsagen platzten, dem Jüngling grausets – und man mußte schon aus Wollenhagen an der Persante kommen, um an diesen Massen ungeheurer Weiblichkeit – das Pfund achtzig Pfennige – Gefallen zu finden. Sie saßen, diluviale Anschwemmungen, in Lokalen, die meist innig-altdeutsch aufgemacht waren, mit Sinnsprüchen an den Wänden und vergoldeten Trompetern von Säkkingen, die blusen: Behüt dich Gott ... Die richtige Musik spielte Wagnern und Militärmärsche, sie aber sahen wie leicht entartete Schlächterfrauen aus. «Mit was kommste denn riba, Do –?» Es waren die Stützen von Thron und Altar. Aber keine schönen. Ein Öldruck.

Die zweite Generation stammt noch aus der Zeit der großen landwirtschaftlichen Wochen, da sich der durch frisches Wetter und alten Rotwein gerötete olle ehrliche Landmann von Stallgeruch, Frau und Hypotheken in Berlin erholte, in dieser Stadt, die er zugleich haßte, verachtete und bewunderte. Das war die Zeit, wo die Leute gemütlicher waren als heute, weil ihnen noch die Goldstücke in der Hosentasche klimperten (man wußte doch wo und wie – es war ein so beruhigendes Gefühl!): es war die Zeit des Metropol-Theaters und der Hofbälle. Diese Damenjahrgänge sind schon bedeutend raffinierter als die ersten, sie wissen viel gescheiter mit Schminke, Spitzenwäsche, Kavalieren und Beziehungen umzugehen. Die andern waren noch erster Güte gefahren – sie fuhren Auto. Ihre Lokale trugen sich in einem Sekt-Rokoko, das zwischen allen Louis und einem lieblichen Barock umhertaumelte, und ihr Lebensideal sah aus wie der zweite Aktschluß im

Metropol-Theater. Ihre Eleganz war ebenso unwahrscheinlich wie ihre Lokalitäten, sie waren so ungeheuer berlinisch, daß der Ausländer zunächst nur lachen konnte. Weil sie aber zugleich ausgekocht waren, sah ihnen der müde Wanderer die mangelnden Qualitäten auf kulturellem Gebiet gern nach. In diese Zeit fällt die Gründung des Palais. (Der Kenner läßt sich heute noch lieber die Zunge abbeißen, als daß er Palais de danse sagt. Es gibt eben nur eins: das Palais.) Zu dieser Zeit der zweiten Generation erbrauste in Berlin eine laute Lustigkeit, die damals hetzend-amerikanisch wirkte und uns heute leicht biedermeierisch und fast gemütlich vorkommt. «Herrgott, müssen die Leute damals harmlos gewesen sein!» Waren sie gar nicht. Es waren geschäftemachende, profitjagende Untertanen. 1914 zerplatzte das alles. Wenn auch zugegeben werden muß, daß im objektiven Endeffekt eine Pfundgräfin (Goldmark) nachts bei Toni Grünfeld gegen die von heute ... Aber das werden wir gleich sehen. Die Musik spielte jedenfalls Victor Hollaender, ganz Berlin sang Julius Freund, und im großen ganzen waren Lieb und Lust gut industrialisiert. Gegen heute: sogar ziemlich anständig und reell. «Gottseidank! Alle sind ja nicht so wie alle!» Ein Vierfarbenblatt.

Heute ... Lieben Freunde, es gab schönere Zeiten als die unsern, das ist nicht zu streiten ... Die dritte Generation, die von heute, ist wohl die blasseste. Aber nicht, als ob die Kokotten der Vergangenheit, auf den Lampenschirm der Erinnerung gemalt, kräftig idealisiert dahinschwebten ... Nein, nein. Den Begriff eines ‹Valutafreiers› geprägt zu haben, ist nach dem ff. Stahlbad dieser mittelgroßen Zeit vorbehalten geblieben, und zur Orientierung braucht man nur die Gesichter der drei Generationen Revue passieren zu lassen. Die erste: das waren also verfettete Walküren mit der vergeblichen Attitüde neckischer Lieblichkeit, die zweite wies oft harte, gaminhafte Züge auf, viele trugen die Haare bubenhaft kurz geschnitten, und der Pagenkopf hatte einen schmalen Mund – sie kannten die Sacher-Weichheit ihrer Männer ... Aber die dritte, ach, die dritte ...

Man hat in Berlin noch nie so viel Kokotten gesehen, die gar keine sind. Sie gehören den diversesten Fakultäten an, sie schnupfen die freundlichsten Dinge, sie spritzen sich die Handgelenke wund und tragen breite Armbänder darüber – und sie haben schon lange nicht mehr den Halt und die Sorgfalt einer ordentlichen Kokotte. (Für Juristen: Diligentiam wird hier nicht mehr prästiert.) Jeder gut durchgebildeten Dame des alten Regimes muß sich das, sagen wir, Herz umdrehen, wenn sie dies mitansieht ... Sie sind oft sehr dünn, ihre Gesichter sind eigentlich farb- und physiognomielos – es ist nicht viel mit ihnen, weder im Guten noch im Bösen. Aale.

Und begann die gute alte Hurengeschichte mit einer larmoyant-sentimentalen Verführungsszene, so ergäben dreihundert zugleich gespielte

Grammophonplatten mit Gesprächen dieser jungen Damen ungefähr folgenden Bericht:

«Ich hatte damals einen Freund – weißt du – ein fabelhafter Mann – der hat sich dann so gemein benommen – meine Koffer standen im Bristol – meinst du, der hat sie ausgelöst? Aber als die Frau mir das gesagt hat, da hab ich gesagt (hochgezogene Augenbrauen): ‹Bitte›, sag ich, ‹wenn Sie glauben, daß Ihnen der Schmuck gehört, dann beweisen Sie es doch!› Ich sage: ‹Ich werde die Sache dem Staatsanwalt übergeben!› sage ich. Weißt du, manchmal bin ich ganz schrecklicher Laune. Aber wenn ich guter Laune bin, dann könnte ich alles zusammenhauen. Ich bin ja so krank gewesen. Ich habe acht Wochen in der Klinik bei Professor (erster Name) gelegen – der Professor hat gesagt, so eine Konstitution hat er überhaupt noch nie gesehen ... Hast du Koks –?»

‹Blüten im Winde›. So kann mans nennen. Man kann aber auch ‹Ewige Nutte› sagen. Denn durch die geschwollenen Selbstbekenntnisse, durch Original-Imitationen eines fürstlichen Tonfalls guckt ein jämmerliches kleines Frauchen hindurch, das einem eigentlich leid tun kann.

Ihre Lokale sind zur Zeit expressionistisch aufgemacht (obgleich sich das schon leise wieder gibt), in der irren Zackigkeit falsch verstandener Ölschmockerei badet sich hier der Baissemann seinen Tageskummer ab. Eine toll gewordene Musik (die nur zu ertragen ist, wenn sie genial exekutiert wird) durchrast den Laden, dazwischen sitzen diese glatten Dinger, nicht Frau, nicht Mädchen, nicht Mensch, nicht Junge. Ihre Kerle sind alle von Grosz, denn sie haben Erfolg gehabt. Aber der kann morgen dahin sein – und weil der Freier wirtschaftlich nicht fundiert ist, sinds die Frauen auch nicht. Heute rot – morgen rouge. Natürlich ist die Republik daran schuld.

Amüsements sehen immer wie die Geschäfte aus, von denen man sich bei ihnen erholt. Diese Frauen und diese Lokale sind die Kehrseite der Valutawelt.

NEUJAHRSGRUSS AN DIE GEISTIGEN DEUTSCHLANDS

Blickt her!
Ihr kamt ins leise Gleiten –
die alte Zeit, sie winkt und winkt ...
Ihr dürft euch über Stile streiten,
indes ihr immer tiefer sinkt.

Im Schrank hängt noch ein guter Sakko,
im Bord steht noch ein Lederband.

Einst saht ihr noch die Sadda Yacco,
ihr wußtet, wo Mentone stand.

Und immer kleiner wird die Wohnung,
und immer kleiner wird der Kreis.
Uns alle fleddert ohne Schonung
des Unternehmers Hungerpreis.

Wann habt ihr aus den stickigen Lüften
zum letzen Male ausgespäht?
Was wissen wir von fremden Düften,
von dem, was draußen vor sich geht?

Kommiß. Kommiß. Und Bürokraten.
Er hats geschafft, der Militär:
Vom Volk der Denker und Soldaten
nimmt keiner einen Knochen mehr.

Ihr repetiert die alten Lieder
zum Überdruß. Die Muse schielt.
Ein sanfter Balkan senkt sich nieder,
in dem ihr keine Rolle spielt.

Der starke Händler sitzt am Ruder,
die Finger dick, den Nacken feist.
Du bist ein, bleibst ein armes Luder,
auch wenn du hübsch zu schreiben weißt.

Und Frauen, Blumen, Weltenräume,
sie blühn für den, der stärker war.
Schlag, Künstler, deine Purzelbäume!
Du bist nicht mehr. Es fliehn die Träume . . .
In diesem Sinn:
Ein frohes Jahr –!

WENN SIE SCHRIEBEN –!

Ich denke mir immer, daß doch eigentlich grade die falschen Leute schreiben. Wir steuerzahlenden Dichter sitzen da, klopfen uns morgens auf den Bauch und liefern abends tarifvertraglich ab: drei Pfund Roman, acht Liter Essays und vier Kilometer geballter Lyrik, wie gehabt. Das ist gewiß sehr schön und für das Wohl der Nation auch unbedingt erforderlich . . . Manche von uns können sogar von ihrem

Geschriebenen leben: die schreiben aber dann nicht für die Zeitungen, wo man ihnen nicht ganz so viel zahlt wie den Austragefrauen, sondern sie arbeiten fürs Theater – und da liegen die Dinge gleich ganz anders. Da geht der Verdienst nicht in die Tasche eines habsüchtigen Unternehmers, sondern da sind es gleich zwei: der Theaterdirektor, der die Leute, und der Agenturbesitzer, der das Stück vertreibt. Diese rechnen in dunkeln Nächten ihre Unkosten heraus, addieren und subtrahieren, ziehen – sitt! – einen kleinen Schlußstrich und geben dem Dichter, wie er sich auch wehren möge, unweigerlich manchmal den zehnten Teil dessen, was sie verdient haben. (Weil er doch der Dichter ist.) Das, was übrig bleibt, wenn sich der Direktor und der Agent je ein Stück Rittergut gekauft haben, nennt man Tantiemen. Aber das ist wieder eine andre Geschichte ...

Ja, was ich sagen wollte: es müßten eigentlich ganz andre Leute zu schreiben beginnen. Zum Beispiel die, die etwas erlebt haben. Ich weiß ja: der Dichter erlebt es mehr innerlich. (Aber diese Bandwurmgeschichten will kein Mensch mehr wissen.) Nein, es müßten die Leute schreiben, die wirklich mitten im Leben gestanden haben und nun eine kleine Rückschau vornehmen.

Was wäre das für ein Spaß, wenn einmal Arno Holz aufschriebe, wie es damals in Friedrichshagen zugegangen ist, wie er noch mit Johannes Schlaf zusammengesessen hat, und wie ein junger Mensch – Hauptmann war der werte Name? – angegangen kam ... Und wenn Rudolf Kurtz das Schreiben bekäme, Rudolf Kurtz, der von uns armen Literaten weggegangen ist, unter die Geldverdiener, und der so ganz nebenbei einer der feinsten Schreiber ist – wenn der erzählte, wen er alles in seinem langen Literatenleben schon hat vorübergehen sehen, weil er doch wohl so ziemlich alle Menschen kennt, die es jemals im alten Café des Westens gegeben hat ... Ja, und wie, wenn der Richard aus dem Café des Westens schriebe? Von Erich Mühsam, der da herumsaß, und den die Bayern eingesperrt haben, weil er nicht so viel Menschen hat totschlagen lassen wie Ludendorff. Und wenn Munke-Punke, der Alfred Richard Verlegermeyer, schriebe, der von allen lebenden und toten Dichtern zweierlei Briefe im Pulte hat, folgenden Inhalts. Erster Brief: «Hochzuverehrender Meister! Anliegend übersende ich Ihnen meine achtzehnaktige Pubertätstragödie ‹*Die Neurose im Tal*› und werde ich mich freuen, selbe grade Ihrem so kunstsinnigen Urteil unterbreiten zu dürfen.» Zweiter Brief: «Geehrter Herr! Ich hatte mir allerdings gleich gedacht, daß für Sie nur kaufmännische Banausenerwägungen –»

Und wie, wenn Gussy Holl schriebe, von großen Damen und kleinen Mädchen, von Literaten, Chinesen und richtigen Grafen, denen zu begegnen sie die Ehre hatte? Wenn sie alle die schönen Geschichten aufschriebe, die sie unter bösartiger Nachahmung aller darin vorkommenden Akteure zu erzählen pflegt, und die dann nachher unter *‹Liebe Weltbühne!›* das Blättchen zieren —? Und wenn Roda Roda aufschriebe, was er — so, beiläufig und charmant — hinwirft: «Da war mal in Freiberg ein k. u. k. Oberleutnant...» Und dann kommt eine Geschichte, daß alles unterm Tisch liegt... Und die Zeitungsleute schreiben nichts aus ihrer Praxis — sie werden sich schön hüten — aber sie hätten schon etwas zu erzählen, wie beispielsweise der kleine K. oder der dicke B.... Aber der wiegt seinen ungeheuern Birnenbauch und schiebt die Pfaffenunterlippe vor und freut sich und schweigt. (Weil er sehr klug ist.)

Ach, sie schreiben alle nicht. Und artig und bescheiden gehen wir alle wieder nach Hause und werden in der nächsten Nummer der *‹Weltbühne›* keinen von ihnen antreffen. Dafür aber einen grimmigen Aufsatz gegen den Militarismus von Wrobel und einen von Julius Bab: *‹Dostojewski und Büchner›* (es kann aber auch Bilse sein) — und S. J. wird etwas schreiben, worüber sich die Schauspieler kapott ärgern, weil sie gar nicht drin vorkommen oder weil sie verrissen sind oder weil die andern gelobt sind oder weil sie nicht genug gelobt sind...

Aber die da oben schreiben nicht. Schade!

HEIL, KAISER, DIR —!

Wo bist du Deutschland? Oh, in deinen Tannen
der dunkle und geheime Flüsterwind,
in dem du deine Seele auszuspannen
gewohnt, und der so freundlich und so lind,
er rauscht nicht mehr; die Geister all entrannen
vor einem Nordwind, eisig und geschwind.
Du Büffelherde, trotzig-ungelenke,
die durch die Wälder raset mit Gestank,
folgst heute einem einz'gen Stier zur Tränke.
Und dieser eine Stier ist geisteskrank.

Oskar Panizza, 1899

In vier Tagen hat der Mann Geburtstag, bei dem sich Deutschland für seine jetzige Lage bedanken kann. Der Tag wird stiller vorübergehen, als es den Monarchisten lieb ist: wir alle werden arbeiten wie jeden andern Tag auch, das Leben wird seinen Gang gehen, und außer verärgerten und aus Amt und Würden gejagten Pöstchenjägern, die ihre eingemotteten Uniformen noch einmal, tief gerührt, aus Mutterns Kleiderschrank hervorholen, um auf den zu prosten, der ihnen ermöglichte, die eigenen Landsleute wie die Kongoneger zu behandeln — außer dieser Sippschaft, die sich fest und treu wie die Wacht am Rhein am 27. Januar in ihren Patriotismus einzusaufen pflegte, wird wohl kein verständiger Mensch von diesem Tage Notiz nehmen. Keiner — ?

Wer hätte sich nicht schon über die Post geärgert! Über ihren Bummelbetrieb, über ihre Verständnislosigkeit für die Bedürfnisse des modernen Verkehrs, über ihre Paragraphenstieseligkeit und über ihre Tarife, die in so gar keinem Verhältnis zu ihren Leistungen stehen. Was macht man dort eigentlich den ganzen Tag — was machen insbesondere die höheren Beamten, denen die Organisation ihres Ressorts obliegt?

Auf dem berliner Paketpostamt zum Beispiel machen sie folgendes: Seit dem 9. Januar werden dort Unterschriften für eine Ergebenheitsadresse an das landfremde Element in Doorn gesammelt — und die sieht so aus:

«Sr. Majestät Kaiser Wilhelm II.

Wieder gehen die Gedanken, Gebete und Wünsche von Millionen deutscher Männer und Frauen am heutigen Tage nach Haus Doorn und grüßen Eure Majestät in tiefster Ehrfurcht. Leidvolleres Antlitz noch als in den letzten Jahren zuvor trägt diesmal der 27. Januar. Euerer Majestät Gemahlin, Deutschlands edelste Frau, der unvergeßlichen Königin auf Preußens Thron gleich an herzbezwingender, innerer Größe und an Tragik des äußeren Geschickes, ist unter den dunkeln Wolken, die auf Deutschland ruhen, heimgegangen, aus schweren Stürmen zum Frieden gekommen. Der hohen Frau bitterster Schmerz war es, Euere Majestät leidvoll in tiefer Einsamkeit zurückbleibend zu wissen. Aber wie sich dem deutschen Volke das Erlebnis der Heimfahrt und Beisetzung seiner toten Kaiserin unauslöschlich in die Seele gebrannt hat, so wird die Kunde davon Euerer Majestät ein starker, wenn auch tief schmerzlicher Trost in bitterstem Leide gewesen sein. Daß Deutschlands Liebe zu seinem Herrscherhause in weiten Kreisen wohl tief verschüttet, aber nun und nimmer erstorben ist, des sind die Wallfahrten zum stillen Antiken-Tempel in Potsdam Zeuge. Und der Tag wird kommen, da Preußen-Deutschland die Quellen seiner Kraft bewußt als solche wiedererkennt, neu erwirbt und an ihnen gesundet. Das Kommen dieses Tages erhoffen und ersehnen wir nicht als Erfolg äußeren und darum verwerflichen Zwanges und Druckes, sondern als Frucht des Wiedererstarkens bester Kräfte des deutschen Volkes, das jetzt durch erschütternd schweren Läuterungsprozeß gehen muß. Wir wissen, daß der Segen der heimgegangenen Kaiserin mit unserem zertretenen Volke ist wie einst der Segen der Königin Luise, und wir sind der frohen Hoffnung, daß dieser Segen lauterer, tiefster Liebe unserem Volke starke Hilfe ist und sein wird. Daß diese Hoffnung auch Euerer Majestät Halt und Freude sei und bleibe, ist Wunsch und Gebet aller Unterzeichner. Möge Gott der Herr Euere Majestät im neuen Lebensjahr Tag um

Tag rüsten mit Kraft aus der Höhe zu einem innerlich sieghaften Leben und möge Euerer Majestät die Freude und Genugtuung geschenkt werden, daß endlich die große Lüge von der deutschen Urheberschaft am Weltkriege der Wahrheit über die wirklichen Träger dieser ungeheuren Schuld weichen muß.

In tiefster Ehrfurcht verharren . . .»

Und dann verharren sie: Laufende Nummer, Name, Dienstgrad.

Das geschieht in den Dienststunden. Dafür bezahlt die Republik ihre Beamten, damit sie einen tränenduseligen und verlogenen Wisch unterschreiben, der – wir wollen uns doch nichts vormachen – gegen die Republik gerichtet ist, ihre Staatsform als ‹schweren Läuterungsprozeß› bezeichnet und die Wiederkehr des Monarchismus herbeiwünscht. Die aalglatte Geschicklichkeit der höheren Beamten, die, wie auch in der vorigen *‹W. a. M.›* mitgeteilt, zwar fast überall unter Mißbrauch ihrer Dienstgewalt reaktionäre Politik betreiben, aber niemals so mutig sind, das auch einzugestehen, wird sich natürlich herausschwatzen: die Bogen (die übrigens von einem kleinen Monarchistenblättchen ausgehen) sind sicherlich ‹nicht offiziell› herumgereicht worden . . . Aber man denke sich, was wohl auf einer Behörde geschähe, wenn da Propagandablätter einer syndikalistischen Gewerkschaft zirkulierten – schwiegen die höheren Beamten dann auch? Man denke sich, wie das alte Regime mit denen abgefahren ist, die auch nur außerdienstlich die gemäßigte Politik der Sozialdemokratie mitgemacht haben. Man vergegenwärtige sich weiter, daß diese Wische da natürlich nicht nur durch die Diensträume des berliner Paketpostamtes wandern – sondern daß sicherlich auch andere Postämter die Dienstzeit ihrer Beamten mit diesem Unfug in Anspruch nehmen lassen. Wovon träumt Herr Giesberts? Schläft die Republik?

Die Republik schnarcht.

Die höheren Postbeamten, die den Krieg zum Teil in sehr gesicherten Stellungen und mit guten Bezügen mitgemacht haben, können wohl die große Zeit nicht vergessen. Aber wissen denn die mittleren und unteren Beamten nichts mehr von den Blutjahren? Wissen sie nicht, wer da in den großen Kalkgruben Nordfrankreichs liegt –? Es sind *ihre* Kollegen, *ihre* Kameraden, die da verfaulen und die heute eine smarte Firma zur Überführung nach Deutschland mit großen Autolastwagen abkarren will. Sie haben einmal in den herrlichen Gräbern, denen jener sie entgegengeführt hatte, geblutet – ER aber kutschierte nach Holland.

Die Zeiten der Kaisergeburtstagsreden sind vorüber. Die Zeiten, da die Oberlehrer in den Schulen der gelangweilten und nur sich auf den freien Tag freuenden Jugend Reden über den Bau des menschlichen Auges hielten und dann, in grandioser Schleife, zum Thema des Tages kamen: «Keiner aber, meine lieben Schüler, hat so schöne Augen wie unser allergnädigster Landesherr . . . !» Vorbei.

Und wenn alle deutschnationalen Geschichtsumschreiber, die Schafe und die Schäfer, die beteiligten Militärs, die nicht einmal ihr Handwerk verstanden, die Diplomaten und das gesamte Reichsarchiv (das auf Kosten der Republik die Dolchstoßlegende ins Volk lügt) – wenn alle diese aufständen und für ihren Kaiser zeugten: Er ist nun einmal desertiert. Das wäscht kein Universitätsprofessor von seinem feldgrauen Rock ab, den er heute noch, behängt mit dem ganzen, sich selbst verliehenen Klempnerladen, zu tragen beliebt. Der Tod seiner Frau ist eine Privatangelegenheit – die sentimentalen Walzen der nationalen Leierkästen und Kinos, die diese Privataffäre in die Öffentlichkeit gezerrt haben, ziehen bei den Einsichtigen längst nicht mehr. Ein Mann, der erklärt hat, sich für seine Taten niemals einem irdischen Gericht zu stellen, ein Mann, der den langmütigen lieben Gott einem kräftig zupackenden Staatsgerichtshof vorzieht, ist erledigt. Er, den der bessere Teil des deutschen Adels nur noch anstandshalber deckt, von dem eine breite Schicht auch des nationalen Bürgertums in tiefer Verachtung am liebsten gar nicht spricht, dessen Parvenütum auf alle bessern Menschen abstoßend gewirkt hat – zu dem gehen keine «Gedanken, Gebete und Wünsche von Millionen deutscher Männer und Frauen». Und man braucht noch lange kein Umstürzler zu sein, um achselzuckend an diesem Manne vorbeizugehen, der jetzt «Imperator Rex» zeichnet, (was eine Urkundenfälschung ist) – und der seit dem September vorigen Jahres Bilder von sich in die Welt hinausschickt und verhökern läßt, die die faksimilierte Unterschrift tragen: «Deutschlands Schuld am Kriege ist eine freche Lüge». Der Schüler des Herrn Hinzpeter hätte seine Muttersprache besser erlernen sollen: nicht eine Schuld, höchstens die Behauptung einer Schuld kann eine Lüge sein. Aber sie ist keine. Daß die kaiserliche Firma nicht allein schuldig war, ist sicher richtig. Aber wer hat den Konkurs angemeldet? Herr Ebert? Wer hat den Krieg geführt? Herr Scheidemann? Nein, es waren Männer, die viereinhalb Blutjahre lang das Wort ‹Verantwortung› im Munde führten, die jeden Einspruch besser Wissender mit Berufung auf diese ‹Verantwortung› ablehnten, und die dann, als es schief ging, kniffen: der Chef nach Amerongen, Lindström-Ludendorff nach Schweden, und alle die andern in ihre Memoiren. Wer trägt die Verantwortung?

Die Verantwortung tragen die in den Kalkgruben. Sie liegen und modern mit schwarzen Augenhöhlen – die Führer habens ganz gut überstanden. Der alte Unheilstifter Plessen, des Kaisers Generalintrigant, lebt, geht in den Weinstuben Potsdams umher und fragt den Kellner tuschelnd, ob er nicht ‹was Guts› für ihn habe. Die einen tragen die Verantwortung – die andern ein von der Republik anständig dotiertes Zivil.

Und wir wollen nicht, daß Preußen-Deutschland die alten Quellen seiner Schein-Kraft wieder erkennt, – und wir wollen nicht die alten

Wege noch einmal gehen. Denn sie waren der Anfang zum Ende. Zu diesem Ende.

Ich höre: man solle dem toten Löwen keinen Fußtritt versetzen. Aber erstens handelt es sich nicht um einen Löwen, sondern um Wilhelm den Zweiten, und zweitens ist das da nicht tot. Ist nicht ein hamburger Senator, der den Mann wirklich verehrt hatte, tief enttäuscht aus Doorn zurückgekehrt, weil der Hof hielt wie ehedem und gar nichts von den ungeheuern Problemen wußte, die inzwischen die Welt erschüttert hatten?

Die Post gratuliert. Statt Marken zu kleben, befassen sich die von ihren Beamten, die nicht alle werden, mit Garnierung eines Geburtstagsblumentopfs, den jener nicht hat gewinnen können.

Draußen aber, weit fort von der Heimat, weitab von ihren hart arbeitenden Witwen mit den kleinen Kindern, liegen die andern. Immer hübsch der Reihe nach: Laufende Nummer, Name, Dienstgrad.

Und rufen, aus tiefer Erde heraus: «Wir gratulieren —!»

DER KLEINE HUND AN DER ECKE

Da stehst du wie ein kleines Gummischweinchen
und gehst auf deinen dicken Batterbeinchen
    recht zittrig um den großen Mann herum.
Mama war Ziehhund. Doch du seist von Rasse,
sagt jener (er ist schlecht bei Kasse) —
    du bist so klein . . . man gab dir so viel Rum . . .
        Und manchmal nimmt er dich an sein Jackett.
        Nachts liegst du ganz bescheiden unterm Bett.

Du kommst, wenns gut geht, zu der feinen Dame,
die so schön riecht; Frau Mimi ist ihr Name.
    Sie liebkost dich — besonders süß vor Herrn.
Und du hörst alles, was sich da vollziehn wird,
und wie zum Hahn auf einmal ganz Berlin wird,
    denn ganz Berlin hat deine Herrin gern.
        Wie sie auch haucht, verlöschend, im Falsett . . .
        Du liegst bescheiden unter ihrem Bett.

Und du hörst abends, wenn Madame zur Ruh geht,
von ihren Herrn, wie es im Leben zugeht —:
    wie man dem Regisseur ein Ding gedreht.
Du hörst von düstern Polizeimysterien,
von allem Klatsch aus allen Ministerien,
    und wer zu Haniel konferieren geht.

Da staunste, Kleener? Siehste, so fluscht det ...!
Und du liegst ganz bescheiden unterm Bett.

Merks dir genau! Spitz deine kleinen Ohren!
Sonst geht dir noch der letzte Tip verloren –
hoch auf dem Nachttisch raschelt ein Papier ...
Der Reichstag und die Presse? Liebes Kleinchen,
guck sie verächtlich an und heb ein Beinchen!
Das wahre Leben hast du nur bei ihr.
Fassaden sind nur Falle und nie wichtig.
Mit einer klugen Frau spricht jeder richtig.
Du hörst im Dunkel leis die beiden Stimmen ...
Du witterst, daß da Zigaretten glimmen ...
Da, da lügt keiner. Da ist jeder ganz honett.
Das Ding an sich: du hörst es.
Unterm Bett.

DER RECHTE BRUDER

Wenn Sie sich noch besinnen, was eine Bierzeitung ist: da ist ein Buch erschienen, das ist im besten Sinne eine Weinzeitung, eine Sektzeitung, eine Whiskyzeitung. Es ist ungeheuer amüsant.

Es heißt: ‹*Der deutsche Maskenball*› (bei S. Fischer zu Berlin) und ist verfaßt von Schriftsteller Linke Poot (eines der wenigen Pseudonyme, auf die ich leider keinen Anspruch machen kann). Es ist ganz himmlisch.

Dieser Linke Poot kitzelt mit dem Florett, wo Heinrich Mann zugestoßen hat – und er hat mehr Witz als das ganze Preußen Brutalität, und das will etwas heißen. Er beschäftigt sich sanft, prägnant, spaßig, ‹ausverschämt› und inbrünstig mit dem neuen Deutschland. Es ist eine ganz neuartige Sorte Witz, die ich noch nie in deutscher Sprache gelesen habe.

«Die westlichen Juden», steht da so ganz harmlos, «sind beleidigt, aber darum noch keine Semiten.» (Der saß – sagt der Berliner.) Da ist eine kurze Historie des Kapp-Putsches, die ist noch komischer als die Hosenmacher vorm Reichsgericht; da stehen Sätze wie: «Wohl dem, der eine Mutter hat, denn zwei wären zu viel» – und da ist von dem pinselblonden Militärstiesel der feldgraue Rock heruntergerissen, daß die Haare in der Nachbarschaft herumfliegen. Da steht eine Schilderung jener lichtenberger Tage, wo man den Berlinern vorlog, siebenundsechzig Kriminalbeamte seien von den Spartakisten ermordet, und das stimmte auch, nur waren es nicht siebenundsechzig, und nicht Spartakisten ... Herrlich, wie der militärische Apparat angeulkt wird

– ich sehe noch die beiden kupferroten Gesichter zweier junger Schnösels in Leutnantsuniform vor mir, wie sie in der Untergrundbahn fuhren, heimkehrend vom frisch-fromm-fröhlichen Streit: in den Augen jene trutzige Entschlossenheit, die man sein eigen nennt, wenn man auf Landsleute schießt . . . Da steht, die Schlappheit jener Murks-Demokraten höhnend, ein Stellchen über die immer noch schwarzweiß-roten Fahnen: «Man besänftigte mich: das Gold ist schwer zu beschaffen, woher soll man jetzt Gold bekommen, es sind Kinder, sie hängen an ihren Fahnen, lassen wir ihnen ihre Fahnen. Und als ich erklärte: ‹Ich bin auch ein Kind, ich will auch meine Fahne›, flüsterte man erschreckt und zog mich in die Ecke: ‹Machen Sie keine Witze, regen Sie die Leute nicht auf.›» Und höllisch-kluge Dinge stehen in dem Büchlein: vom Domestizierungsprozeß dieser Nation, der alle Leute in die Büros zieht, von der Sinnlosigkeit ihres Mordens und von der Sinnlosigkeit ihres Lebens. Manchmal wurde ich im leisen Gleiten des Stils an Mechtild Lichnowsky erinnert, an ihre feine, ironische Art, die Nicht-Menschen zu erledigen, manchmal an die Pistolenkugeln Rodas . . . und es ist doch Linke Poot.

Aber das Wort des Buches steht auf Seite 114. Nachdem vorher von der deutschen Republik (die leider nicht Lubitsch inszeniert hat) gesagt worden ist: «Da hatte man sie. Ein prächtiges Ding. Man überlegte, ob man ein Glasgehäuse darum bauen sollte, putzte es fleißig, zeigte es allen Nachbarn, hatte seine Freude daran. Einige ältere Männer und Frauen wurden damit betraut, das Ding in Ordnung zu halten und zu bewachen; denn es wird im Land furchtbar gestohlen» – nachdem das gesagt worden ist, steht zu lesen:

«Die Republik war von einem weisen Mann aus dem Auslande ins Heilige Römische Reich gebracht; was man mit ihr machen sollte, hatte er nicht gesagt: es war eine Republik ohne Gebrauchsanweisung.»

Drei Zeilen – und doch das Entscheidende über einen Laden, bei dem nicht einmal die angestellten Kommis so viel Interesse haben, ihren Job zu halten.

Ist das deine linke Hand, Linke Poot? Ein Glück, daß du nicht mit der andern zugeschlagen hast. Du Linkscher. Du bist der rechte Bruder.

DER SELIGE NOSKE

Es ist ja beinah Leichenschändung,
wenn man dir, Gustav, eine klebt.
Du sprichst von deiner neuen Sendung . . .
Eisner ist tot.
Und sowas lebt.

Die Hände in den Hosentaschen,
hältst du noch einmal Instruktion.
Hast du die Finger dir gewaschen?
Sie sind noch rot . . . Du weißt, wovon.

Nochmal? Nach dieser Kapp-Blamage?
Nochmal? Und wieder mit Hurra?
Die Unteroffiziersvisage
hat jeder dick — Mensch, bleib bloß da!

Blamier nicht die Parteikollegen!
Du Bendlerstraßensozialist!
Geh in Pension mit Gottes Segen!
Wohl dir, daß du Beamter bist!

Brutal und roh zu den Genossen,
beschubst von jedem Lieutenant —
so hast du deutsches Blut vergossen.
Das Maul: dein Rex. Format: Sergeant.

Dann wurden die Kadetten tätlich.
Und Gustav fuhr ums Morgenrot . . .
Bleib in Hannover. Nähr dich redlich.
Und iß nur, garantiert unschädlich,
dein wohlverdientes Gnadenbrot —!

EISENBAHNERSTREIK

Unnötig.
Aber ohne jedes Recht.
Die Frau, die Kinder wollen Schuhe.
Wißt ihr, wie solcher Dienst den Körper schwächt?
Tag-, Nachtschicht und das bißchen Ruhe.

Ja, standet ihr schon mal am Führerstand?
Der Kessel glüht — es ziehn die Winde.
Heiß-kalt, kalt-heiß wird seine Führerhand . . .
Wo ist sein Sinn? Bei seinem Kinde?

Wo ist sein Sinn? Die Augen spähn: «Fahrt frei!»
Er darf nicht einen Griff versäumen.
Er sieht das Vorsignal und Weiche III —
Ihr könnt auf weichen Polstern träumen.

Wollt ihr nicht sichere Fahrt durch euer Land?
Wie soll der Dienst tun mit den Sorgen?
Zweihundert Leben in der einen Hand –
und dieser Hand will keiner, keiner borgen?

Er hats nicht leicht der Mann vom Flügelrad.
Stets droht der Tod. Er soll nicht ein Mal fehlen.
Ihr tuts für euch. Macht seine Kinder satt!
Wer fünf Milliarden für die Reichswehr hat:
der darf uns nichts von Sparsamkeit erzählen!

PROPHEZEIUNG

Natürlich kommt noch mal die Stinnes-Zeit:
mit Streikverboten, Posten an den Ecken,
mit Schwarz-Weiß-Rot und den Etappenrecken –
das kommt bestimmt. Nur ists noch nicht so weit.

Hoch oben Landwirtschaft und Industrie.
Handlangerdienste tut der kleine Bürger.
Der Großknecht war noch stets ein guter Würger
(nach unten hin) – er liebt die Monarchie.

Wie bläht sich dann der kleine Mittelstand!
Geschwollen blickt er auf zum Reichsverweser.
«Die Pazifisten? Und die ‹*Vorwärts*›-Leser?
Die Kerle müssen alle an die Wand!»

Potsdam steht auf. Hervor kraucht Prinz an Prinz.
Wer nicht pariert, der fliegt. Und es setzt Hiebe!
Jetzt bin ich Gottseidank Herr im Betriebe!
Der kleinste Koofmich fühlt: Ich bins! Ich bins!

Hol aus dem Mottenschrank die Uniform!
Für Klassenurteil, Haft, für feiles Morden
gibts Titel, Stellen, Rang und schöne Orden . . .
«Der Adler Erster» – so was hebt enorm!

Du, Proletarier, bist der tiefste Stein.
Auf dir wird immer feste druff getreten.
Das putzt die Stiefel sich an dem Proleten –
Und jeder, jeder will ein Cäsar sein.

Poincaré? Wir ziehen übern Rhein!
Und über die Verfassung (altes Möbel!)
grinst bayerisch-preußischer Soldatenpöbel.
Und dann das schöne Plus, das da erzielt wird!

Wann, Deutschland, siehst du ein, was hier gespielt wird?
He, Republik –!
Sie fährt empor, nickt, döst und schlummert wieder ein.

RIEGES HOLZSCHNITTE

Hamann-Schokolade (Originalreklame im Text! Neu! Angebote seriöser Firmen erbeten – Theater demnach ausgeschlossen) – Hamann-Schokolade, junger Herr, müssen Sie ihr aber nicht immer schenken. Gewiß, sie freut sich und sagt lieblich: «Du sollst doch nicht!» und ißt, wenn Sie weggegangen sind, den ganzen Zimt mit einem Male auf ... Aber Sie müssen auch einmal etwas andres schenken, wenn Sie lieben. Zum Beispiel: Rieges Holzschnitte.

Kriegen Sie keinen Schreck. R. Riege ist kein teurer Mann, weil die Kunstschreiber noch nicht ihre Fremdworte über ihn ausgeschüttet haben – noch ist er billig. Seine Mappen und Mäppchen, eine immer hübscher als die andre, sind in der, entschuldigen Sie das harte Wort, Holzbock-Presse zu Weimar erschienen und dorther können Sie sie auch beziehen lassen. Die Adresse genügt.

Ich habe meiner jungen Dame gleich zwei geschenkt: ‹*Kord Dönebön*› und noch eine.

Kord Dönebön ist herrlich. «Hier habt ihr», steht auf der ersten Seite, wo ein haargewaltiger Kerl abgebildet ist, «zehn Holzschnitte von R. Riege, dadrauf seht ihr Kord in Situatschonen, die durchaus gewöhnlich sind. Kord jedoch ist ungewöhnlich. Kord stammt aus Multhöpen. Sein Vater aus Plötzen. Er wurde im März soundso geboren. Vermutlich stimmen diese Angaben nicht.» Auf jedem Bild steht zu lesen, was da los ist: «Kord und annere Lüe». «Kord kümmt». Dann das hübscheste: «Kord up'n Torm.» Und auf einem, wo der Lümmel nackte Bademädchen belauscht, steht über seinem Kopf, mahnend von des Holzschneiders Hand hingesetzt: «Kord! Kord!»

Das ist die eine Mappe. Die andre, die ebenso lächerlich wenig kostet wie die eine, heißt: ‹*Die Hochzeitsreise*› und sollte auf keinem Nachttisch fehlen. Es brunnert sich aber gar nichts – die Bilder (die Riege übrigens handschriftlich gezeichnet hat) sind entzückend rein und hell. Mit am schönsten die abendliche Ankunft im Gasthaus – welch deutsche Wolken! welch weicher Abendwind! Obgleich das Blatt gar nicht farbig ist: in warmem Gelb lädt das Haus das junge Paar zum Eintreten. Und wie erinnerungsreich das morgendliche und das abendliche Beieinander . . .

Mir hat diese schönen Mappen Munke-Punke empfohlen, und der weiß in solchen Dingen Bescheid. Ich denke, das wäre etwas für eine kluge gnädige Frau.

FRIDERICUS REX

Fridericus Rex, unser König und Herr,
der rief uns noch einmal in das Kino daher.
Zweitausend Meter lang ist der ganze Quark –
und jeder Parkettplatz, der kostet sechzehn Mark.

«Ihr verfluchten Kerls!» sprach seine Majestät,
«daß jeder hier im Kino seinen Mann mir steht!»
Sie sitzen alle stramm und können nichts dafür
und freuen sich übern König und über Gebühr.

Wir sind doch eine alte Unteroffiziernation,
und wir brauchen unsre potsdorfer Prügeltradition.
Kotz Mohren, Blitz und Kreuz-Element,
wer den Tritt ins Gesäß bei der Ausbildung nicht kennt –!

Da fliegen hundert Beine im Parademarsch.
Und das kitzelt unsre Schenkel, und das juckt uns im Gehirn.
Die langen Kerls marschieren vorbei in zwei Reihn –
Wir wollen, wir wollen geprügelt sein!

Sieh hin, Lowise, wisch ab dein Gesicht!
Eine jede Kugel, die trifft ja nicht.
Die Kugeln sind alle von Eisen und Blei –
und er kannte nur den Dolchstoß und keine Partei.

Fridericus tut fragend auf der Leinwand gehn.
«Wo ist denn mein Nachfahr? – ich kann ihn gar nicht sehn.»
Wie du fuhr nach Holland dein gutes Enkelkind,
weil die Hohenzollern erblich belastet sind.

Fridericus, unser König, den der Lorbeerkranz ziert,
du wirst für eine kolossale Pleite plakatiert.
Dreh still dich im Grabe, verbirg dein Gesicht:
Sie haben deinen Krückstock.
Deinen Kopf haben sie nicht.

DAS TELEGRAMMSPIEL

Wir spielen jetzt immer das Telegrammspiel, weil man ja nicht dauernd von guten Börsentips und weniger guten Filmstars sprechen kann. Das Telegrammspiel haben wir an der Ostsee aufgebracht. Am Vormittag lagen wir – zwischen Heringsdorf (Davidsstern) und Zinnowitz (Hakenkreuz) – in der Sonne und warfen uns gegenseitig unser Fett und unsre Magerkeit vor; nachmittags genossen wir die uns zustehende Naturschönheit und schimpften auf die berliner Theater: und abends spielten wir Telegrammspiel. Es ist einfach so, daß man Telegrammwörter erfinden muß, deren Anfangsbuchstaben einen vorher bestimmten Namen ergeben. Zum Beispiel für den Namen Ruth: Rickelt unabkömmlich total heiser. Wer die schönsten Telegramme aufgeschrieben hatte, bekam einen Schnaps. Gussy Holl war also jeden Abend heftig vergnügt.

Weil nun der berliner Winter trotz allem guten Zureden keineswegs amüsant ist, haben wir das alte Spiel wieder aufgenommen und uns eine Reihe Telegramme ausgedacht. Die Obigten sind sich vollkommen klar, daß sie sich dadurch eins, zwei, drei, vier, achtzehn Feinde gemacht haben, und erklären demgegenüber:

Die ganz besonders bösartigen sind von dem andern.

Wir hoffen und erwarten, daß das Telegrammspiel bald zu den geistigen Epidemien gehören wird (vergleiche Hecker: *‹Die Veitstänze im Mittelalter›*) und stellen jedem anheim, es nachzumachen. Es sieht sehr leicht aus.

Für uns ist die Sache erledigt. Öffentliche Lokale werden wir in den nächsten vierzehn Tagen nur in den dringendsten Notfällen betreten.

Wilhelm: Weilt ieberraschend lange Holland. Ein landfremdes Mauerblümchen.

Ludendorff: Lanciert unhaltbare Dolchstoßlegende. Ersatz-Napoleon, doch ohne Rassekopf: Fridericus Fex.

Maximilian Pfeiffer: Position fordert einigermaßen Intelligenz. Fahre frühstens ersten retour.

Rotter: Rom offeriert Tedeumarrangement. Triesch eiligst reisen.

Thimig: Teutschestes! Hehrstes! Inmitten Millionen Israeliten Goitik.

Valetti: Versucht altfranzösische Ludenliteratur etwas tauentzienartig tarzustellen. Indiskutabel.

Pola Negri (telegrafiert an die Ufa): Porten ohnehin lachhaft alt. Nur elegante Gaminhaftigkeit reizt Industrie.

Veidt: Vertreter eines interessanten Damen-Typs.

Wilhelm Herzog: Held ersten Ranges. Zowjetet ohngezählte Gelder.

Wirth: Wirth ist rechts total hintenruntergerutscht.

Noske: Noch Oberpräsident. Spitzen-Kandidatur Eselei.

Paul Graetz: Großer Reißer. Aber etwas Temperament zuviel.

DIE REICHSWEHR

Dies soll hier nur stehen, um in acht Jahren einmal zitiert zu werden. Und auf daß ihr dann sagt: Ja — das konnte eben keiner voraussehen!

Ich halte es für meine Pflicht, noch einmal die beiden sozialdemokratischen Parteien auf die Gefahr aufmerksam zu machen, die von der Reichswehr droht.

Die Truppe, in Hundert und aber Hundert überflüssige Detachements gegliedert — überflüssig ihrer Quantität, überflüssig ihrer Qualität nach —, liegt hauptsächlich in kleinen und kleinsten Orten. Damit die Herren unter sich sind. Der Drill ist genau so wie unter dem Kaiser — nein, er ist schlimmer, verschärfter, bösartiger, der Zeit noch mehr ins Gesicht schlagend als schon damals. Ich habe Nachrichten, die alle dasselbe besagen: viele Offiziere politisieren, schikanieren, sind Gegner der Republik — und die Leute fürchten sich. Sie fürchten sich vor dienstlichen Unannehmlichkeiten; sie fürchten sich, vor eine Republik zu treten, die diesen Schutz gar nicht haben will, und die sie gegen die vorgesetzten Monarchisten nicht schützt; sie fürchten sich vor der Entlassung und vor noch Ärgerm. Wer die Verhältnisse kennt, wird diese Andeutung verstehen.

In den Soldatenzimmern wimmelt es von kaiserlichen Abzeichen, von Kaiserbildern, von nationalistischen Broschüren und Zeitungen. Die Offiziere, ältere Generalstäbler oder sehr junge Herren, pflegen genau dieselbe Lebens- und Staatsauffassung, deren Rückständigkeit uns in jenes Unglück gestürzt hat. Ihre politische Zuverlässigkeit verträgt keine Prüfung.

Der Milliarden-Etat geht Jahr um Jahr, mit schönen Sparsamkeitsreden begleitet, im Reichstag durch — die Abgeordneten der Mehrheitssozialdemokratie versagen bei Wehrfragen in den Ausschüssen und im Plenum. Die Unabhängigen allein schaffens nicht. Wirklich sachverständige Militär-Spezialisten scheint es nicht zu geben. Jedenfalls merkt man nichts von ihnen.

Fast gänzlich unbeachtet, in aller Stille, reift hier ein Werk, das heute noch abzutöten ist. Über die Notwendigkeit einer Reichswehr läßt sich streiten — über die Beschaffenheit dieser Reichswehr gibt es nur eine Meinung: sie muß geändert werden. Geßler zählt nicht — denn er ist nicht Herr über seine Leute. Er hat alle Eigenschaften Noskes — ohne dessen schlimme. Also gar keine.

Einst wird kommen der Tag, wo wir hier etwas erleben werden. Welche Rolle die Reichswehr bei diesem Erlebnis spielen wird, beschreiben alle Kenner auf gleiche Weise. Der Kapp-Putsch war eine mißglückte Generalprobe. Die Aufführung ist aufgeschoben.

Die Realpolitiker, viel klüger und erfahrener als wir Outsider, werden mir antworten, der Staat habe jetzt keine Zeit – er müsse seine ganze Kraft an die außenpolitischen Probleme wenden.

Ich will aber nicht in acht Jahren hier eine Serie Standgerichte haben, die die gewissen raschen Kneifer nicht, wohl aber alle andern treffen werden. Ich will nicht meine Steuern für Menschen ausgeworfen wissen, die nichts andres im Kopf haben als ihre überlebte Zeit und ihre Ideale – Ideale, deren Unwert nur noch von ihren forschen Vertretern übertroffen wird. Ich will nicht. Viele wollen nicht. Und ich halte es für eine Pflichtverletzung der beamteten und gewählten Volksvertreter, sich auf Meldungen zu verlassen, die verlogen sind, und auf Gruppen zu hören, die warten und warten ... Ihre Zeit kommt.

Bedankt euch in acht Jahren bei dieser Regierung, diesem Staatsrat, diesem Reichstag.

VORN AN DER RAMPE

Man ist sehr streng in unsern Orten,
dem Staatsanwalt kann nichts entgehn ...
Drum sprech ich nur in halben Worten –
wer Bildung hat, wird mir verstehn!

Herr Edschmid, eins der größten Lichter,
tut stark an der Grammatik drehn.
Doch gibts noch ville schönre Dichter ...
Wer Sternheim kennt, wird mir verstehn.

Ein Sprichwort ist in jedem Falle
gut angebracht und wunderschön:
«Die Dummen werden niemals alle.»
Wer Consols hat, wird mir verstehn.

Der falsche Wilhelm ziert die Haare
der Damens, die auf Bälle gehn.
Und doch ist Einfachheit das Wahre.
Wer Holzbock kennt, wird mir verstehn.

Wie keusch war früher die Soubrette!
Heut kannste so viel Akte sehn –!
Ich lieb nur noch in Balltoilette ...
Wer Cellyn kennt, wird mir verstehn.

Wenn einer eigne Ideen hat,
dann schreit bestimmt ein Knickebeen,

daß es das alles schon gesehn hat –
wer Jeßner kennt, wird mir verstehn.

Ein Frauenarzt, der nichts verratzt hat,
kann sich ne Villa kaufen gehn,
weil er sein Geld zusammengekratzt hat.
Wer Bildung hat, wird mir verstehn.

Soll ich von Polletike singen
und sagt S. J.: «Nu mach mal een!» –:
denk ich an Götz von Berlichingen.
Wer Bildung hat, wird mir verstehn –!

DAS KLEINE LOGBUCH

Es ist mir eine Freude, ein kleines neues Buch Otto Flakes anzeigen zu dürfen, den ich neben Heinrich Mann für unsern bedeutendsten Essayisten halte. Dergleichen geht uns am meisten an.

‹*Das kleine Logbuch*› ist bei S. Fischer erschienen, und es paßt in jede Manteltasche. Ob es auch in jeden Kopf paßt, das ist eine andre Sache.

Unsre Fragen stehen darin mit neuen Antworten, unsre Sorgen, unsre Zweifel und unsre Verzweiflungen. Der Stil ist schön und geglättet – aber dies Denken ist wild und zerrissen, und man sieht, daß sich da einer gequält hat, dem sein Land zur Last ward. Welches ist sein Land?

Flake ist Elsässer. Als man einmal einen seiner Landsleute fragte, warum er, der im Frieden so auf die Preußen geschimpft habe, nun aber auch nicht mit der französischen Besatzung verkehre, und zu welchem Lager er denn nun eigentlich gehöre, da sagte er: «Wir stehe halt in der Opposition!» Flake steht in einer positiven, in einer höchst fruchtbaren Opposition.

Mich hat in den kleinen Aufsätzen, von denen besonders die ersten brennend aktuell sind, am meisten die Stelle ergriffen, wo von dem Ausweg die Rede ist, den man nun wählen könne. Da heißt es: «Nicht nachgeben, nicht sich auf den Individualismus zurückziehen, der Verbannung auf die Südsee-Insel ist, verlogene Robinsonade. Noch stärker um das Tier Mensch wissen, ihm nicht einreden, daß, je mehr Masse aus der Tiefe komme, Masse umso besser, menschlicher, unverantwortlicher sei. Die Bestie in ihm, in mir, in uns Bestie nennen, den Funken Güte hegen, das heilige Feuer erst entzünden, denn seine Altäre brennen noch nicht.» Das ist die Frage unsrer Zeit.

Und der dieses schrieb, weiß auch vom Apparat, der Selbstzweck wird, von der unmöglichen Diktatur der Güte, die der Teufel stets den Engeln wieder abluchst, von der Idee und vom Menschen . . . «Er wird der Idee untertänig, von ihr bis zum Ende vorwärtsgepeitscht, nicht mehr er hat die Idee, die Idee hat ihn . . .»

Und fern von allen scharfen Formulierungen des heimischen Jammers auch die Sehnsucht des Städters nach dem Land. Wie unsentimental! «Ein Hahn krähte — neu. Ein Brunnen rauschte — neu. Bäume wiegten sich, Wind kam vom Morgen, neu, neu, noch einmal jung das in ihm Erstorbene.» Manches solcher Diktion könnte bei Wassermann stehen.

Im ganzen eine erfreuliche Hilfe für alle guten Deutschen, die schlechte Preußen und schlechte Bayern sind. Flake scheint mir in der Kulturpolitik das zu sein, was Hellmut v. Gerlach in der praktischen ist: ein unbeeinflußter Outsider mit klaren Augen. Gleich weit entfernt von den Mathematikern des Gehirns, die sich, erdenweit, Reformen errechnen und nichts von den Lebensströmen wissen, die hier erbrausen, wie von den lyrischen Schreibern, die, erdenweit, die Welt mit einer Phrase zudecken wollen.

Wenn man bedenkt, wie groß der Haß dieser Teutschen (nicht aller Deutschen) auf das Neue ist, wenn man die verschobenen Komplexe kennt, die versetzten Angriffe, die an den doorner Deserteur denken und, zum Beispiel, den Künstler Jeßner treffen — wenn man all das weiß: dann ist eine Erscheinung wie Flake eine geistige Wohltat.

Dies Buch für eure Tasche. Und für euern Kopf.

DIE TABELLE

Von deutschen Richtern wurden in der letzten Zeit verurteilt:

Angeklagte	*Vergehen*	*Strafe*
Junker von Kähne	Überfall auf ein harmloses Reiseautomobil. Drei Gewehrkugeln.	10 000 M. Geldstrafe
Heinrich Berth Otto Jungermann	Streichen nachts ein Hohenzollerndenkmal rot an. Dummerjungenstreich.	Beide je 2 Jahre Gefängnis
Oberamtmann Frick, ehem. Leiter der bayerischen Polizei	Bezeichnet Redakteure eines USP-Blattes als ‹Schweinehunde›. Äußerung zum Betriebsrat: «Geht ihnen doch an die Kehle!»	200 M. Geldstrafe

Reichswehr-soldaten Fischer und Standke	Geben die letzte Bitte eines Sterbenden weiter; benachrichtigen den Vater des toten Kameraden über die Gründe des Selbstmordes seines Sohnes.	43 Tage Gefängnis 3 Wochen Arrest
Gräfin Eleonore von Schlieffen,	Dingen einen Mörder, um einen Verwandten, den sie beerben können,	2 Jahre Gefängnis
Hanns Heinrich von Schlieffen	aus dem Weg zu räumen.	1^1/$_2$ Jahre Gefängnis
Rössel	Der gedungene Mörder:	3 Jahre Gefängnis
USP-Redakteur Bergholz	Hat den Ausdruck ‹Klassenjustiz› gebraucht.	5 Monate Gefängnis

So sieht die Rechtsprechung dieses Landes aus. Der sehr rührige Preußische Richterverein, der ebenso vorschnell mit Berichtigungen wie seine Mitglieder mit Verurteilungen bei der Hand ist, möge sich diese Tabelle hinter den Spiegel stecken. Wagt er es, die zweierlei Tonarten, die hier deutlich herauszuhören sind, zu bestreiten?

Wir haben es satt. Die Fälle da oben, von denen besonders die Geschichte mit den Reichswehrsoldaten die weitesten Kreise aufgeregt hat, zeigen deutlich, wie diese politische Justiz zu bewerten ist. Ich behaupte:

Das Volk hat zu diesen Richtern, wenn es sich um politische Strafprozesse handelt, kein Vertrauen mehr.

Und ist es denn ein Wunder? Warum sollen wir denn auf einmal, mit dem Tage des Anstellungszettels, mit dem Tage der Titelverleihung Achtung vor einer Objektivität haben, die — nachweisbar — keinen Tag vorher bestanden hat? Woher kommen denn diese Richter? (Das zu untersuchen kitzelt bei einer Kaste, die alles, alles ihrem Spruch beugen will.) Woher kommen sie —?

«Anton soll studieren!» sagt der Vater, ein mittlerer Beamter, voller Stolz. Deshalb geht Anton auf ein Gymnasium, lernt dort eine Radau- und Hurra-Geschichte seines Landes, von der außer den Eigennamen kein wahres Wort in den Geschichtsbüchern steht, lernt dort die Autorität verehren — und Autorität ist alles, was grade Macht hat — und kommt dann auf die Universität.

Ihr müßtet nur einmal die Vorlesungen eines preußischen Professors über Staatsrecht mitangehört haben, um zu hören, was es alles auf der Welt gibt. «Der Staat ist mächtig, allmächtig, heilig, verehrenswert, Ziel und Zweck der Erdumdrehung — der Staat ist überhaupt alles.» Und vor allem: er trägt vor niemand eine Verantwortung! Was Wunder, daß den jungen Herren der Kamm schwillt, wenn sie sich vorstellen, daß sie einmal einem solch mächtigen Wesen Handlangerdienste leisten dürfen! – Vorläufig saufen sie noch auf Deutschlands hohen Schulen, trampeln etwelche Juden, wenn die in der Minderzahl sind, heraus und sind überhaupt forsche Kerle. Und dann kommt das Referendarexamen, das in die armen Köpfe einen ungeheuren Wust von trocknen Daten hineinstopft, und sie lehrt, die Dinge durch den Paragraphen zu sehen. Und dann kommen vier Referendarsjahre ...

In dieser Zeit darf der aufstrebende Richtergeselle auch bei der Staatsanwaltschaft arbeiten – und was das heißt, kann nicht jeder so leicht würdigen. Dort lernt er das knappe Auftreten, die schneidige Redeweise, die tiefe Verachtung des Pöbels, und weil er niemals aus seiner Klasse, dem Mittelstand, herauskommt, bildet er sich nun langsam ein, dessen Ansichten und Gebräuche seien die ewigen Gesetze der Welt. Und dann wird er Richter.

Und ich soll nun – von diesem Tage ab, von dieser Minute ab –, glauben, daß ein so vorgebildetes Wesen nun auf einmal all seine Klassenideale, seine Klassenvorstellungen, seine kleinbürgerliche Denkungsart und seine politische Engstirnigkeit vergessen habe? Ein Untertan bleibt ein Untertan, auch wenn er den Talar anzieht und sich eine weiße Binde vorklebt. Auch Richter sind Menschen. Was für welche – zeigt die Tabelle.

Und alles, was hier von den Richtern gesagt ist, gilt in viel höherem Maße von den Staatsanwaltschaften: eine gefährliche, ungezügelte Nebenregierung der Republik.

Wir alle leiden darunter. Die Justizkaste sperrt sich ab. Durch ein niederträchtiges Siebesystem gelingt es ihr, sogar Schöffen (auf dem Lande) und vor allem die Geschworenen so auszuwählen, daß sie sich in den schlimmsten Fällen immer auf die angebliche ‹Volksjustiz› berufen kann, die keine ist: der Arbeiter fehlt fast immer.

Für diese Richter bildet folgendes einen wirren Knäuel: Bolschewismus – Proletarier – Sozialdemokratie – Erzberger – Juden – Gewerkschaften – Streikende – Dadaismus – Republik – Betriebsräte – die neue Zeit. Und wie auf Stichwort sausen die Urteile herunter.

Neulich ist ein betrügerischer Privatdetektiv verurteilt worden: «mit Rücksicht auf die Gefährlichkeit derartiger Eingriffe in die Rechtspflege . . .» Retourkutschen fahren zwar nicht – aber manchmal fahren sie doch.

Einen Arbeitswilligen anzutippen, kostet ein Drittel des Preises, für den ein Junker den ‹Bürgerlichen› ein paar Kugeln um die Ohren knallen darf. ‹Schweinehunde›, auf Sozialisten gemünzt, sind billig – sie stellen sich auf 200 M. das Stück; teuer ist nur der Ausdruck ‹Klassenjustiz›.

Ich weiß sehr wohl, daß es Elemente unter der Richterschaft gibt, die dieses Treiben auf das heftigste mißbilligen. Warum treten sie nicht öffentlich dagegen auf? Hat man schon einmal auf den Richtertagen davon gehört, daß solche Männer das falsche Kastengefühl durchbrochen und sich offen über die politische Seite solcher Prozesse ausgesprochen haben? Was man deckt – dafür ist man auch verantwortlich.

Über die Tabelle da oben ist kein Wort zu verlieren. Ihr besinnt euch alle auf die Fälle – und es müßte eine amüsante Aufgabe sein, einmal zusammenzustellen, was man alles in Deutschland für ein Jahr Gefängnis oder für 500 M. Geldstrafe tun darf. Ihr würdet euer blaues Wunder erleben.

Es ist unstatthaft, diesen Richtern vorzuwerfen, sie ließen sich bei den Urteilssprüchen, die da auf uns niedersausen, von böswilligen, politischen Erwägungen leiten. Das ist mir ganz gleichgültig. Es interessiert mich gar nicht, ob sie subjektiv oder objektiv oder sonstwie zu diesen Sprüchen gekommen sind. Die Sprüche sind da – die Sprüche sind falsch – und sie haben dafür einzustehen.

Was auf dem Lande, wo abends die Herren Juristen um den runden Stammtisch herum fachsimpeln, auf diesem Gebiet alles vor sich geht – welch horrende Strafen dort ausgesprochen werden für alles, was man auch nur von weitem als ‹Auflehnung› ansieht – das spottet jeder Beschreibung. Die Tabelle ließe sich seitenweise fortsetzen. Und wahrlich, ich sage euch, eher hat noch der größte Duckmäuser Chance, bei diesen Gerichten durchzuwischen, als ein geistig selbständig denkender Mensch oder gar ein Arbeiter.

Wir haben es satt. Herr Radbruch, der Justizminister, kann nicht helfen – denn was vermag einer gegen so viele? Sie pochen alle auf eine Unabhängigkeit des Richterstandes, die nicht da ist: denn kein Mensch wandelt in der Luft, sondern ist im Fühlen, Denken und Meinen Produkt seiner Klasse. Dieser da in jeder Beziehung einer höchst mittleren Klasse.

Neulich hat beim Amtsgericht Berlin-Schöneberg ein Mann ein Urteil zugestellt bekommen, auf dem stand, statt «Im Namen des Königs», wie damals, als wir noch unseren Deserteur hatten: «Im Namen des Pöbels». Später erschien bei dem Empfänger dieses Kulturdokuments ein Beamter des Gerichts, um sich zu entschuldigen.

Er hätte es nicht tun sollen. Denn jeder muß selbst wissen, was er ist.

KÄHNE

Du dämlicher Hund liegst blutend im Wald.
Ein preußischer Adliger machte dich kalt.
Zitternd stand dein Junge dabei –
Mensch, du warst Nummer 103!

Wälz dich im Dreck – aber mach keine Szene.
Auf dich schoß nicht schlecht
waidgerecht
Kähne.

Das treibt er seit fünfzehn Jahren so.
Die braven Sonntagsausflügler sind froh,
wenn sie an seinem Anstand vorbei.
Einen Schritt zu weit – Schuß, Fall, Geschrei.
Der schießt aus Notwehr den Fraun in die Beene.
Weil er bedroht wär.
Immer in Notwehr.
Kähne.

Mit Landrat und Richtern im Amtsgestühl
Zusammengehörigkeitsgefühl.
Kein Gendarm, kein Landjäger siehts.
Herr Hauptmann schießt auf die ganze Justiz.
Hat Waffen, Freiheit, Helfershelfer
von Potsdam bis Petzow ...
Wozu das Gebelfer?

Ihr laßt euch peitschen von solchem Kujon?
Versammelt euch. Redet. Resolution.
Macht Justizreformierungspläne ...
Gibt es im ganzen Lande so weit
keine, keine Gerechtigkeit –?
Kähne.

ÜBERFÜHRUNG

Der Antrag auf Überführung eines Gefallenen ist an das Zentralnachweiseamt in Spandau zu richten, das die Verhandlungen mit Frankreich und Belgien unter folgenden Bedingungen aufnimmt: 1. *Die gesamten Kosten sind von den Angehörigen zu tragen.* 2. Die Identität muß einwandfrei feststehen. 3. Soweit es sich um bayerische, sächsische oder württembergische Krieger handelt, müssen die Anträge an die Zweigstellen des Zentralamtes in München, Lothstraße 17, Dresden-A., Zirkusstraße 38, oder Stuttgart, Rotebühlstraße (große Infanteriekaserne) gerichtet werden. 4. Überführungen sind nur aus Einzelgräbern heraus gestattet. 5. *Für Fehler bei der Grabanlage haftet das Reich nicht.*

Eine große Gesellschaft in München plant die Heimholung Kriegsgefallener in Lastautomobilen, da der Transport auf der Eisenbahn, der in jedem Falle einen ganzen Waggon erfordert, am teuersten ist. Die Überführung in Automobilzügen würde sich, wie die Gesellschaft versichert, bei einiger Beteiligung fast um die Hälfte verbilligen. Alle maßgebenden Stellen betonen übrigens immer wieder, daß keine Garantie für die Identität des Exhumierten gegeben werden kann.

(Französische Bauern laden Leichen auf ein deutsches Lastautomobil. Die gefallenen Soldaten sind in grobe Sackleinewand genäht. Der Wagen ist fast voll — sie liegen sehr eng. Sie sprechen miteinander.)

Die erste Leiche: Bist du identisch?

Die zweite: Ich glaube nicht. Ich bin ein Stumpf.

Die erste: Was fehlt dir?

Die zweite: Beide Beine, eine Hand — und Bauchschuß.

Die erste: Weißt du, was unser Bataillonsarzt zu dir gesagt hätte? «K. v.»!

Eine dritte: War er denn selbst k. v.?

Die erste: Von hinten war er k. v.: er war fast jeden Abend vollständig knille.

Die zweite: Warum nicht jeden Abend?

Die erste: Das durfte nur der Bataillonskommandeur. Disziplin muß sein.

Eine vierte: Meine Herren! Meine Herren!

Die erste: Was gibts? Was ist?

Die vierte: Kommen wir auch wirklich, wirklich nach Hause? Nach München ...?

(Ungeheure Aufregung auf dem Wagen.)

Die erste: Nach München ...? Der ist Bayer. Du bist Bayer?

Die vierte: Ja — jawohl.

Die zweite: Ja, hat denn deine Frau auch ihr Gesuch nicht etwa nach Berlin gerichtet?

Die vierte: Ja, wohin denn sonst?

Die dritte: Mensch, sie mußte es an die Zweigstelle des Zentralnachweiseamtes München, Lothstraße 17, richten. Berlin! Pah!

Die vierte (erstaunt): Ja, ist denn das nicht ganz einerlei? Das liegt doch alles beides in Deutschland ...?

Die erste: Kamerad — wann bist du eigentlich gefallen? Bayern und Preußen ...

Die Bauern: Der Wagen ist voll! Marchez! Marchez!

(Der Wagen fährt an)

Die erste: Ich bin ja so glücklich, daß sich der Transport um die Hälfte billiger stellt als auf der Eisenbahn. Wie gut, daß die Beteiligung eine so starke ist! Hinzu hatten wirs gratis.

Die zweite: Auf mich warten sie Zuhause. Wenn sie mich nur nicht auspacken ... Sie wird erschrecken.

Die dritte: Wer —?

Die zweite (ganz leise): Marie.

Die dritte: Wie es wohl zu Hause aussehen wird ...!

Die vierte: Ob wir gesiegt haben?

Die erste: Du bist wohl noch von 1914?

Die dritte: Gesiegt werden wir nicht haben. Aber die Heimat wird uns danken, uns und den noch lebenden Krüppeln. Die Generale werden uns ehren. Hindenburg wird uns ehren.

Die vierte: Sage mal — warst du nicht Jude?

Die dritte: Ja.

Die vierte: Na ja — dann wird er dich vielleicht auch ehren ...

Die zweite: Wo wohl der Kaiser ist?

Die dritte: Na — wo wohl? Natürlich bei seinem Volke!

Die vierte: Die Kameraden werden uns nicht vergessen haben — uns nicht. Aber das kann ich dir sagen: Das macht keiner mehr mit ... Die Leute sind kuriert ...

Die zweite: Ich habe zwei Kinder. Was soll ich antworten, wenn sie fragen: Vater, wofür bist du gefallen?

Die erste: Wofür? Das habe ich ganz vergessen ... Weiß es vielleicht einer —?

Viele: Nein — wir wissen es nicht. Wir haben es alle, alle vergessen ...

Die zweite: Was habt ihr denn behalten? Die Urlaubsfahrten? Die drei Tage Mittel? Die dicke Luft ...? Oder etwa, was es immer zu fressen gab?

Alle (nach der Melodie «Deutschland, Deutschland über alles»): Marmelade — Marmelade — Marmelade —!

(Der Wagen stuckert. Man versteht nichts mehr.)

Der Fahrer: Hast du Franken eingewechselt?

Der Beifahrer: Meinste, ich fahr hier zu meinem Vergnügen mit! Wenn ich Schwein habe, handle ich sie mit 1700.

Der Fahrer: Ich habe Seife hinten drin und die Kiste mit dem Cheviot. Paß ja an der Grenze Obacht —!

Der Beifahrer: Ach, uns tun sie nischt —: wir ham ja ne patriotische Fuhre!

(Abblenden)

Großaufnahme

Lindström-Ludendorff (in seinem Arbeitszimmer. Vor ihm liegt aufgeschlagen der dritte Band seiner gestammelten Werke): Luise! Luise! (Die Haushälterin erscheint.)

Ludendorff: Sind die Hunde los?

Die Haushälterin: Jawohl, Exzellenz!

Ludendorff: Ist das Tor vergattert?

Die Haushälterin: Jawohl, Exzellenz!

Ludendorff: Sind die Fensterladen heruntergelassen? Die Selbstschüsse angestellt? Ist mein Paß noch da? Liegt meine blaue Brille parat?

Die Haushälterin: Alles, wie immer: reisebereit.

Ludendorff: Dann will ich jetzt zu Bett gehen. Gute Nacht.

Die Haushälterin: Gute Nacht, Exzellenz!

Ludendorff: Wo ist der Scheck von Mittler —? (Betend:) Lernen wir nach diesem tiefen Sturz in Erinnerung an unsre im Glauben an Deutschlands Geist gefallenen Helden, die dem Vaterlande jetzt so fehlen, wieder Deutsche zu werden und stolz zu sein, daß wir es sind! Das walte Gott!

(Abblenden)

HERR ADOLF BARTELS

«Er hat immerhin eine jüdische Großmutter.»

Eines Tages packte mich die Neugier, genauer zu erfahren, was es denn mit Emil Gött sei, und zu diesem Zweck sah ich, spaßeshalber, bei Adolf Bartels nach. (*‹Die deutsche Dichtung der Gegenwart. Die Jüngsten.›* Bei H. Haessel in Leipzig.) Ich fand folgendes:

«Da ist der schon verstorbene Emil Gött (aus Jechtingen am Kaiserstuhl, 1864–1908), der sich in einer Reihe von Dramen versuchte, die an die Spanier und die der Nachfolger Shakespeares erinnern, fein gearbeitet, freilich auch stark subjektiv sind. Das Bedeutendste ist *‹Edelwild›*. Außer Dramen gab Gött, der sich lange mit Nietzsche herumschlug, dann noch Aphorismen.»

Ich war so klug wie zuvor. Und sah mir die seltsame Literaturgeschichte dieses deutschen Privatgelehrten, der in ihrem Vorwort verspricht, die deutsche Literatur seit Hebbel dem allgemeinen Verständnis näherzubringen, etwas genauer an.

Ich bin zu dem Ergebnis gekommen, daß dieses Werk von Bartels ein frecher Betrug am Bücherkäufer ist. Der Leser, der eine Literaturgeschichte erwirbt, hat das Recht, zu verlangen, daß ihm die bedeutsamsten Erscheinungen der behandelten Epoche geschildert, analysiert und nach irgendwelchen Blickpunkten des Verfassers beurteilt vorgeführt werden. Dieses Buch ist ein durch läppische Bemerkungen unterbrochener Bücherkatalog.

In jedem Abschnitt des Werkes finden sich reihenweis Aufzählungen von Schriftstellern und ihren Werken ohne den leisesten Versuch einer Beurteilung oder Analyse.

«Endlich sei noch eine Reihe bloßer Namen genannt, ohne die Absicht, diese Talente als geringer hinzustellen und sie allein auf Lyrik festlegen zu wollen.»

In diesem Deutsch und in dieser Art ist das ganze Buch gemacht.

Man verstehe mich nicht falsch. Die Tatsache, daß Bartels ein Gegner der Juden ist, scheint mir noch kein Hindernis für die Möglichkeit, eine gute Literaturgeschichte zu schreiben, und ich kann mir sehr wohl denken, daß es durchaus lohnend und fesselnd zugleich wäre, die Rolle der Juden in der deutschen Literatur antisemitisch oder philosemitisch oder unvoreingenommen aufzuzeigen. Der Vorwurf der Tendenz, der Bartels von vielen Seiten gemacht wird, scheint mir haltlos zu sein; denn die sogenannten unparteiischen Literaturgeschichten haben alle eine Tendenz, meist eine bürgerliche, nur kommen den akademisch eingerosteten Verfassern ihre ökonomischen und historischen Grundansichten gar nicht mehr zum Bewußtsein, weil sie sie für selbstverständlich halten. Schopenhauer hat einmal von F. Jacobi gesagt, er sei ein guter Mann, aber er halte alles, was er vor seinem fünfzehnten Jahr gelernt habe, für angeborene Gedanken. Und die den Verfassern dieser scheinbar tendenzlosen Literaturgeschichten selbstverständlichen Voraussetzungen sind ihnen anerzogen, eingeprügelt, suggeriert, überimpft, und Tendenzloses gibt es überhaupt nicht auf der Welt.

Was an Adolf Bartels reizt und ihn zum Clown der derzeitigen deutschen Literatur werden läßt, ist seine Unbildung, seine Leichtfertigkeit und eine Oberflächlichkeit, die eigentlich ganz undeutsch ist. Wenn er nicht einen so erbärmlichen Stil schriebe, könnte man auf einen rumänischen Halbwissenschaftler tippen, der die falsch verstandenen Forschungsergebnisse der pariser Universität vor den staunenden Landsleuten, flüchtig und schlecht gruppiert, ausbreitet.

Viele Schriftsteller kennt dieser Literaturhistoriker überhaupt nicht.

«Von Rudolf Borchardt, den Blei als einen der Führenden preist, weiß ich noch nichts. Jude wird er ja sein.»

Über Heinrich Mann:

«Gott behüte mich, über diese Werke etwas Näheres zu sagen.»

Einmal entschuldigt er seine Unwissenheit so:

«Es müssen dem Literaturhistoriker erst wieder alle Bücher zur Verfügung stehen, wenn er Urteile formulieren und zu Gruppen ordnen soll.»

Es muß der Literaturhistoriker erst einmal so viel anständige Gewissenhaftigkeit aufbringen, eine Literaturgeschichte nur dann zu schreiben, wenn ihm das nötige Material geläufig ist. Dies hier ist eine unfaire Täuschung des Käufers.

Die Judenriecherei dieses Mannes darf grotesk genannt werden. Ohne sich über die sehr verzwickte Problematik des Juden auszulassen, unterstellt er, primitiv und kenntnislos, den Unwert jedes Juden und fertigt wertvolle Schriftsteller mit der Konstatierung ihrer jüdischen Abstammung ab, ein Verfahren, das man den chauvins und dem Sir

Bottomley mit Recht verargt, wenn sie auf boches und huns fahnden.

Diese Karikatur des Deutschtums, ein Kerl, der von Luther viel weiter entfernt ist als der schlimmste galizische Rubelfälscher, sucht sich seine Juden bis ins dritte und vierte Glied, und wenn er keine findet, dann macht er sich welche.

«Meyrink hat geleugnet, Jude zu sein.

Bernhard Kellermann, der nach eigner Aussage von fränkischen Bauern abstammt, diesen Eindruck aber eigentlich nicht hervorruft.»

Von Alfred Richard Meyer:

«Er bestritt mir gegenüber, Jude zu sein.»

Dieser letzte Satz ist in die Neuauflage eingefügt worden, nachdem Bartels leichtfertig und wahrheitswidrig Meyer als einen Juden bezeichnet hatte. Bei Meyrink, bei Kellermann und bei A. R. Meyer wird, wenn auch versteckt, die Möglichkeit der Lüge angedeutet. (Man beachte die Terminologie: «Er hat geleugnet, Jude zu sein.» Vergehen werden geleugnet.)

Ist der Verfasser kein Jude, so wird ihm jüdische Verwandtschaft oder jüdischer Verkehr nachgesagt. Von den Manns:

«Brüder, die, weil sie eine portugiesische Mutter haben, dem Judentum so nahe gekommen sind.»

Auf derselben Seite steht einer der witzigsten Sätze, die ich je in einer Literaturgeschichte gefunden habe, und zwar über Hans Fischer, einen ehemaligen Pastor, der unter dem Namen Kurt Aram zu schreiben pflegt:

«Wohl kaum Jude, aber Redakteur des *‹Berliner Tageblatts›* ist Hans Fischer.»

Die ehrwürdige Großmutter Klabunds («Er hat immerhin eine jüdische Großmutter») stammt übrigens lustiger Weise von einer Lieblingsredensart des Dichters, der in seiner christlichen Arglosigkeit zu sagen pflegt: «Wenn das meine jüdische Großmutter wüßte!» Soweit die Quellen des Herrn Bartels.

Jeder Literaturhistoriker teilt sich seinen gewaltigen Stoff gewöhnlich in Schulen und Gruppen ein, und es mag schwer genug sein, da einen gewissen Schematismus zu vermeiden. Papa Bartels hat die freundlichsten Schulen erfunden. Da gibt es Manieristen und Exotisten und Erotistinnen, und die Weltkriegssänger gar teilt er in sechs Gruppen ein: 1. Die Dichter mit größerm Namen. 2. Die ausgesprochen völkischen Dichter. 3. Die beliebten Unterhalter. 4. Die jüdischen Feuilletonisten. 5. Die neu Emporgekommenen. 6. Die Arbeiterdichter ... Der Löwe ist gelb, aber großmütig.

Die Purzelbäume, die der Privatgelehrte schlägt, um von einem Dichter auf den andern zu kommen, sind ungemein lustig.

«Eine weit bedenklichere Erscheinung als Wassermann ist sein Rassegenosse Oscar A. H. Schmitz.

Margarethe Böhme veröffentlichte 1905 ‹*Aus dem Tagebuch einer Verlorenen*› und darauf eigne Werke. Nicht ganz so viel Aufsehen wie das ‹*Tagebuch*› machte die nicht viel weniger bedenkliche ‹*Beichte einer reinen Törin*› von Helene v. Mühlau.»

Wenn das Samuel Heintzerling noch erlebt hätte! «Knäbel, schreiben Sä einmal äns Tagebooch: Rompf, wegen kändischen onwördigen Benähmens mät zwei Tagen Karzer bestraft.» Aber viele Tage Karzer verdiente der Schüler Bartels, der seine Schulaufgaben so unordentlich gemacht hat, daß man ihm auf Schritt und Tritt die bösesten Fehler nachweisen kann. Viele Aufzählungen sind ganz und gar unvollständig, der große wiener Psychiater heißt nicht Siegfried Freud, sondern Sigmund Freud, und wenn man alle die Ungenauigkeiten und Schiefheiten anmerken wollte, so würde dieser Klassenultimus in einem Meer von roter Tinte ersaufen.

«Blei, der dem Typus nach zu den Franz Servaes und Julius Bab gehört.

Die deutsche Revolution vom neunten November 1918 ist, wie jetzt feststeht, von den Unabhängigen Sozialdemokraten unter größtenteils jüdischer Führung mit russischem Gelde gemacht worden.»

Das steht jetzt fest, nachdem die am Leben gebliebenen geschlagenen Führer Zeit und Luft gewonnen haben, solche Unwahrheiten zu ihrer Entschuldigung drucken zu lassen. Auf ähnlicher Höhe bewegen sich alle allgemeinen und politischen Ausführungen. Gustav Landauer, zum Beispiel, ist nicht einfach bei der münchner Revolution ‹umgekommen›, sondern von Leuten in Stücke geschlagen worden, die, wenn sie lesen könnten, Herrn Bartels läsen.

Der im Irrgarten der deutschen Literatur herumtaumelnde Pogromdepp fällt Urteile wie eine höhere junge Tochter aus der besten Gesellschaft.

«Mir ist Heinrich Mann immer zu wüst gewesen.

Mich hat das Erotische bei Goethe und Keller noch niemals gestört.»

Wenn aber so ein richtiger Oberförster einmal auf der Judenjagd ist, dann kann es schon passieren, daß er auch die Treiber anschießt. Die Verehrer des Kitschromans ‹*Der König*› von Karl Rosner wird gewiß interessieren zu hören, daß dieser Heros-Biograph ein Jude ist, und Bartels ist so töricht, daß er nicht einmal seinen Bonsels auswertet.

Das Allerlustigste aber ist, daß dieser Hakenkreuzpolichinell seinen leicht angekümmelten Antisemitismus nur im Verlag Haessel, dem man dies nicht vergessen soll, froh in die Winde brüllt. Bei Reclam liest mans anders. Bei Reclam hat Bartels nämlich an einer ‹*Weltliteratur*› mitgearbeitet, die kein antisemitisches Wort enthält. Alle Dichter, die er bei Haessel in der ungezogensten Weise angeflegelt hat, kommen dort ganz gut weg. Als die Kreuzfahrer auszogen, riefen sie:

«Gott will es!» Bartels, von dem liberalern Reclam gemietet, rief: «Reclam will es!», ließ die jüdische Abstammung Georg Hermanns noch einmal durchgehen und gab ihm, anders als bei Haessel, bei Reclam die Note Zwei bis Drei. Deutsch sein heißt eine Sache um ihrer selbst willen tun heißt eine Sache!

Das wird gekauft; daraus schöpfen Hunderttausende ihre Kenntnis von der Literatur des eignen Landes; ein solch liederliches, törichtes und unwissenschaftliches Geschmier vertreibt der Verlag H. Haessel, der die Ehre hat, Conrad Ferdinand Meyer verlegen zu dürfen; zu solch einem Tropf schauen Tausende empor.

Josef Nadler, der Verfasser der *‹Berliner Romantik›* und der *‹Literaturgeschichte der deutschen Landschaften und Stämme›*, einer, der die Geschichte seines Landes wirklich kennt, einer, der im kleinen Finger mehr Gefühl für Kunst hat als Bartels im ganzen Vollbart, spricht also:

> «Erst seit 1740 ist der ostdeutsche Raum im preußischen Staate politisch zu einer höhern Einheit zusammengefaßt worden. Was hieß nun deutsch in diesem Raume etwa um 1740? Ein Völkerchaos mit weit überwiegender deutscher Umgangssprache bei stellenweise sehr geringem deutschen Bluteinschlag. Es ist ein rein wissenschaftliches Problem, gleichgültig, wie wehleidige oder anspruchsvolle völkische Redensarten sich dazu stellen, ein Problem, das tatsächlich nur unbefangen und voraussetzungslos behandelt werden kann. Besteht aber diese Tatsache, daß ein Volk zur Hälfte aus Mutterland, zur Hälfte aus Kolonien sich zusammensetzt, die zum mindesten durch 800 Jahre geistiger Entwicklung auseinandergehalten wurden, so kann man keine alldeutschen Kulturgeschichten und keine alldeutschen Literaturgeschichten schreiben, sondern die ungeheure Tatsache dieser Doppelheit muß ausgewertet werden. Das Gegenteil ist entweder Unvermögen oder schmähliche geistige Unfreiheit, und zwischen Hofhistorikern, die zugunsten eines Hauses Urkunden und Geschichten fälschten, und Historikern, die dieses Geschäft im Dienste irgendwelcher politischer Grundsätze besorgen, besteht kein Unterschied. Höchstens der, daß jene harmloser sind und leicht vergängliche Werke trieben, während ein Volk, das sich in seiner Geschichte selber belügen läßt, der Lüge gewisse Dauerwerte zu geben vermag.»

AN DIE BERLINERIN

Mädchen, kein Casanova
hätte dir je imponiert.
Glaubst du vielleicht, was ein doofer
Schwärmer von dir phantasiert?

Sänge mit wogenden Nüstern
Romeo, liebesbesiegt,
würdest du leise flüstern:
«Woll mit die Pauke jepiekt —?»
Willst du romantische Feste,
gehst du beis Kino hin ...
    Du bist doch Mutterns Beste,
    du, die Berlinerin —!

Venus der Spree — wie so fleißig
liebst du, wie pünktlich dabei!
Zieren bis zwölf Uhr dreißig,
Küssen bis nachts um zwei.
Alles erledigst du fachlich,
bleibst noch im Liebesschwur
ordentlich, sauber und sachlich:
Lebende Registratur!
Wie dich sein Arm auch preßte:
gibst dich nur her und nicht hin.
    Bist ja doch Mutterns Beste,
    du, die Berlinerin —!

Wochentags führst du ja gerne
Nadel und Lineal.
Sonntags leuchten die Sterne
preußisch-sentimental.
Denkst du der Maulwurfstola,
die dir dein Freund spendiert?
Leuchtendes Vorbild der Pola!
Wackle wie sie geziert.
Älter wirst du. Die Reste
gehn mit den Jahren dahin.
Laß die mondäne Geste!
    Bist ja doch Mutterns Beste,
    du süße Berlinerin —!

DER BLAUE VOGEL

Es ist stippevoll, die Leute sitzen in Logen und an langen Tischen eng zusammengedrückt — niemals wäre dergleichen reibungslos mit Deutschen zu erzielen. («Alaum Se mah!») Nur ein paar berliner Barfürsten haben einen Rauchrock an. Der kleine Vorhang teilt sich — Herr Jushnij tritt herfür.

Er sieht aus wie ein sehr kluger hochbeiniger Vogel. Er hat gefährlich kluge, dunkle Augen, eine durchdringende Stimme. Er macht ein entzückendes deutschähnliches Geräusch. Er harangiert sein Publikum, reibt die schlanken Hände, ist immer überlegen und hat so viel Witz, Takt, Delikatesse und Geschmack –! Wo bleiben unsre bestenfalls literarisch verwanzten Conférenciers? «Auf Wiedersehn!» sagt Herr Jushnij. Denn so viel Deutsch kann er schon. Und es fängt an.

Um es gleich zu sagen: es ist keiner da, der etwa Überragendes könnte. Es sind sogar einige da, die weniger als mäßiger Durchschnitt sind. Aber so darf die Angelegenheit nicht angesehen werden. Die Berliner, die sofort, cash down on the table, augenblicks für ihr Geld Pointe, Frauen und Kostüme haben wollen, werden kaum begreifen, wenn man ihnen sagt, daß das hier der Exponent einer fertigen, feinsten Kultur ist, und daß noch niemals in Deutschland ein Cabaret so unter der Fuchtel eines gebildeten Despoten – eben des Herrn Jushnij – gestanden hat. Die Nummern sind nicht Nummern an sich – aber alle zusammen sind bestes Cabaret. (Mit Ausnahme einer Tänzerin fällt nichts ab.) Triumphe feiern der Maler, die Maler, die Malerin: Chudjakow und Tschelischtschew und Boguslavskaja. Das haben wir noch niemals gesehen. (Und man denke: den ganzen Abend lang nicht eine Zote!)

Sie singen russische Lieder. Figuren und Prospekt sind gemalt, nur die Köpfe sind lebendig – welch eine witzige Vereinigung von bunten Bauernfarben und lustigem, neuem, russischem Expressionismus, für diesen Zweck erfunden! (Bei uns wäre das Zurückgreifen auf Ländliches deutsch-national oder kitschig – bei ihnen ist es selbstverständlich.)

Ein großes Sofa füllt die Bühne, kleine Pritzelpuppen singen, Kissen werden lebendig – wie wenig aufdringlich, mit welch anmutiger Leichtigkeit ist das alles gemacht! und keinen Augenblick kitschig, keinen Augenblick kunstgewerblich, ohne alle Prätention! *‹Bei den Zigeunern›*. Reinhardt zeigte das vor Jahren im *‹Lebenden Leichnam›* – seine Frauenstimmen waren viel schöner; wenn so ein Alt einsetzte, kamen einem die Tränen. Aber hier springt die Liebe zum alten Moskau über die Rampe hin und zurück, ein Raunen geht durch das Publikum, sie erkennen wieder: Ja, so war es! Dieser Kaufmann und sein Gehilfe und die Vorsänger – ja, ja!

Drei Nummern aber sind da, die uneingeschränkt zu bewundern sind. Peccavimus: ein Ton, und wir stehen wie im Hemde.

Das kann hier keiner. Da ist erstens ein Lied russischer Fabrikarbeiter: wie da die strohdumme Trine Nüsse knackt, mechanisch tanzt, jeden Vers mit einem kleinen «Hu!» beschließt, wie ihr dicker Partner sich nur grade so viel bewegt, wie es die Zeremonie erfordert – das ist nun zum Entzücken gar. Und da ist zweitens ein lebendes Bild für das altfranzösische Lied: ‹*Le roi a fait battre tambour*›, das sie russisch singen: kennt ihr Dorés Bilder zu den ‹*Contes drôlatiques*› von Balzac? Das ins Offenbachsche übersteigert, toll gewordenes Mittelalter – ein famoses Bild! Und dann, und dann ...

Ja, George Grosz – das sollten Sie sich ansehen. Denn das kann keiner aus Ihrem Kreis: so den Irrsinn der großen Stadt zu verspotten, ihn so zum Einzelschicksal in Parallele zu setzen! ‹*Time is money*› heißt dieses Wunder. Liebestragödie eines Großindustriellen Mr. Ford und einer großen Konfektioneuse, Mrs. Boden. Den altgriechischen Chor bilden Sandwichmen- und Schaufensterpuppen. Und wenn der Chansonnier dazu singt: Mr. Ford – dann setzen sich die Sandwichmen in Bewegung und singen ein Gebet: «Mr. Ford – Maccaroni-Großexport ...» Und wenn er sagt: Mrs. Boden – dann flirren die Wachspuppen: «Mrs. Boden – Atelier Pariser Moden ...» Und verdammt will ich sein, wenn man von diesem Rhythmus nicht träumt. Er ist ganz unvergeßlich. Schüsse fallen, die marionettenhaft Liebenden gehen mit Tode ab und kommen ein bißchen wieder, aber der Chor singt: «Maccaroni Großexport ...» Voilà Dada.

Das war noch gar nicht da. Und man fühlte sich Zuhause in der Fremde, und alle Frauen sahen aus wie du: weich, mit halbgeöffnetem Mund und jener kleinen Kugelnase, auf die man unbedingt einen Kuß setzen muß. Du warst nicht da. Aber dein ganzes Land war da und sein Geschmack und seine Lebensluft, sein unerschöpflicher Reichtum und seine einzigartige Kultur.

DIE ERDOLCHTEN

Seliger ist zu beschreiben Melusinam, denn zu beschreiben Reuterey und Artillerey.
Paracelsus

Während der Einquartierung unterhielten sich einmal einige preußische Offiziere in einem Weinhaus Weimars über die Wohnungen, die sie gefunden hatten. Ein alter, dickbäuchiger Major sagte: «Ich stehe da bei einem gewissen Gothe oder Goethe – weiß der Teufel, wie der Kerl heißt.» Man machte ihn aufmerksam, es sei der berühmte Dichter Goethe, wo er stehe, da antwortete er: «Kann sein, jaja, nunu, das kann wohl sein, ich habe dem Kerl auf den Zahn gefühlt, und er scheint mir Mucken im Kopfe zu haben.»
Jakob Wassermann nach Vehse

Die ‹*Weltbühne*› ist eines der ersten Blätter gewesen, die den deutschen Offiziersgeist, diese Mischung aus Brutalität, Stumpfsinn, Überhebung und Mangel an Zivilcourage, systematisch bekämpft haben. Sie hat sich dabei nicht durch die beschwörenden Gesten demokratischer Bürgersleute beirren lassen: es sei doch alles ‹nicht so schlimm gewesen›, man dürfe nicht ‹verallgemeinern›, und wie diese sanften Weisen eines in seinem Schlummer gestörten Nachtmützenträgers sonst noch heißen mögen. Die bis zum Schwachsinn wiederholte Phrase von der ‹Verallgemeinerung› basiert auf einer soziologischen Erkenntnislosigkeit, wie sie bei lobenden Anmerkungen über eine Kollektivität selten zu treffen ist.

Werturteile über eine Gruppe sind, vom einzelnen Individuum aus gesehen, niemals ganz scharf, weil besonders heute das Individuum nicht nur Produkt und Angehöriger einer einzelnen Gruppe ist. Das Urteil wird immer nur insoweit richtig sein, als das Individuum sich der Gruppe zur Verfügung gestellt hat: also immer nur für eine Spanne Zeit in seinem Leben oder für eine Quantität psychischer Energie oder für einen Teilbezirk seines Denkens. Es gibt wohl kaum einen Menschen, der nur und ausschließlich Offizier wäre; er ist auch noch Familienvater, Schachfreund, Angehöriger einer Religionssekte und Mitglied einer Finanzgenossenschaft. Das Urteil über seinen Stand muß ihn ungerecht dünken, weil er es instinktiv auf seine ganze Persönlichkeit statt auf den Gruppenbestandteil bezieht.

Der Geist des deutschen Offizierkorps schwebt nicht in der Luft: Substrat und Träger sind die Angehörigen dieser Kaste, die ihn durch Erziehung, Überredung, Beispiel und Druck von Generation zu Generation verpflanzt haben. Die Behauptung, die deutschen Offiziere taugten nichts, ist falsch, wenn man die einzelnen Personen Mann für Mann betrachtet; sie ist richtig, wenn man sie ansieht, soweit sie Offiziere sind.

Das Verhalten des deutschen Offizierkorps im Kriege ist hier genealogisch und an Beispielen mit dem Resultat aufgezeigt worden, daß sich ein Teil des Volkes hinter die Kaste und ihre Dienstvorschriften versteckt hat, um einen sonst strafbaren und stets auf der Lauer liegenden Sadismus ungehindert an Landsleuten und Fremden austoben lassen zu können. Kein Einwand, daß es ihnen selbst nicht zum Bewußtsein gekommen sei. Kein Einwand, daß es eine Anzahl menschlich anständiger Offiziere gegeben hat, die das Kunststück fertig bekamen, die Anforderungen der Humanität und ihrer Kaste wenigstens einigermaßen in Einklang zu bringen – sehr beliebt waren diese Männer im Offizierkorps nicht, und es ist sehr wahrscheinlich, daß in ihrer Conduite die Note ‹mangelnde Energie› gestanden hat.

Das Verhalten der deutschen Offiziere nach dem Kriege hat uns in einer Weise recht gegeben, wie man es nie für möglich gehalten hätte. Die Mörderliste E. J. Gumbels (*‹Zwei Jahre Mord›*; vierte, nochmals vermehrte Auflage, fortgeführt bis Erzberger), diese Liste wimmelt von Offizierschargen; es gibt kaum einen politischen Mord, begangen von rechts, in dem nicht Offiziere ihre Hände gehabt hätten: Liebknecht, Luxemburg, Eisner, Jogiches, Dorrenbach, Landauer, Futran, Schottländer, Erzberger und viele andre sind von Offizieren oder auf deren Geheiß ermordet, zerstampft, gelyncht, zerprügelt und zerschlagen worden. Alles, was nach dem Zusammenbruch ins Land zurückströmte, ließ die strategisch leicht angebuffte Tapferkeit an den wehrlosen Landsleuten aus. Jedes Wort unsrer aufklärenden Aufsätze ist von diesen Menschen mit Blut, mit edelstem deutschen Blut unterstrichen worden. Und im Verhalten der Kaste zu den Untaten der einzelnen liegt unser Hauptargument.

Einer Kaste kann die Verantwortung für die Untaten ihrer Angehörigen nicht ohne weiteres aufgebürdet werden. In dem Augenblick aber, wo die Kaste stillschweigend oder laut diese Untaten billigt, erklärt sie sich mit den Verbrechern solidarisch und darf nunmehr angefaßt werden, als habe sie selbst gesündigt. Der General, der am Tag der Ermordung Erzbergers telefonisch in Berlin erklärt hat: «Gottseidank, daß das Schwein tot ist! Da hol ich mir eine ordentliche Pulle Wein aus dem Keller!» hat nur zum Ausdruck gebracht, was die überwiegende Mehrheit dieser gewalttätigen, im Lande herumlungernden, stets auf Hochverrat sinnenden Landsknechtnaturen darüber denkt. In unzähligen Zeitungsartikeln, in Reden und Kundgebungen einer gewissen Schicht Offiziere ist der politische Mord als erstes und letztes Mittel verherrlicht worden – ein Beweis für die sittliche Verrohung dieser Kreise und für ihre geistige Ohnmacht.

Worauf sich diese Kaste so viel eingebildet hat, ist völlig unerklärlich. Ihre wenigen Tugenden sind mit der Unzahl ihrer Laster untrennbar verknüpft, und ihre eigentlichen fachlichen Leistungen werden von den Sachverständigen, die nicht bei dem Reklamedeutschen Stegemann und bei Dietrich Schäfer in die Schule gegangen sind, sehr verschieden beurteilt: das Schuhwerk der deutschen Mannschaften war unpraktisch und taugte nicht viel, und es ist nicht wahr, daß in der Armee vorbildlich für die ganze Welt geschossen und geritten wurde.

Die unsägliche Gemeinheit der Telefongenerale, ihre Fehler der Kohlrübenheimat aufzubürden, wird noch verstärkt durch die persönliche Verlogenheit der Legendenträger, von denen nachweislich keiner eine revolutionäre Propaganda großen Stils im Heere gesehen hat und gesehen haben kann: denn es hat sie nicht gegeben. Sie haben sich einen Bubu erfunden – aber sie sind es selbst gewesen. Viel wichtiger erscheint mir die kulturelle Gefährlichkeit, veraltete und verrottete Grundsätze des Offizierkorps ins Zivil zu pflanzen.

Briefe, Unterhaltungen, Reisen haben mir den Beweis geliefert, daß eine deutsche Offiziersdämmerung hereingebrochen ist. Es gibt doch schon ganz weite Volkskreise, gemäßigt gesinnte Männer, Familien, alleinstehende Frauen und Mütter, politisch sonst wenig interessierte Menschen, die sich über den Geist des deutschen Offizierkorps klar sind und unverhohlen darüber sprechen. Daß an den Universitäten ein organisiertes Rowdytum auf gut marburgisch den Deserteuren Lindström und Wilhelm nacheifert und eine Gesinnung pflegt, die gegen Hutten und Schopenhauer gehalten so undeutsch wie möglich und so kaschubisch wie möglich ist – das ändert nichts an der Tatsache, daß eine breite Schicht des Bürgertums und fast die gesamte Arbeiterschaft den deutschen Offiziersstand heute richtig beurteilt.

Wir haben das Unsre dazu getan. Das habe ich immer mit Freuden feststellen können. Aber wie sehr wir ihnen geschadet haben, das habe ich erst aus einem kleinen Buche ersehen, das in dem bekannten annexionistischen Verlag J. F. Lehmann zu München erschienen ist: ‹*Die Offiziershetze als politisches Kampfmittel und Kulturerscheinung*›. Der Preis des Buches ist 25 Mark; der Verlag oder die dahinterstehende Interessentengruppe haben sichs also was kosten lassen. Der Verfasser, anscheinend ein beim Journalismus untergekrochener Offizier, heißt G. A. Boehm.

Das Buch wimmelt von Unsorgfältigkeiten und falschen Angaben: mich identifiziert der Verfasser mit dem ‹Sanften Heinrich› des ‹*Ulk*› mit Walter Rilla, mit Erich Kuttner – sein Stilgefühl erlaubt ihm nicht, so verschiedenartige Schreibweisen auseinanderzuhalten; unsern urevangelischen Hans Siemsen hält er für einen verkappten ‹Simonsohn›; George Grosz ist ihm ein new yorker Jude – kurz: Bartels; worunter ich jene dem deutschen Stammtischler eigentümliche Kombination von Unbildung und Leichtfertigkeit verstanden haben möchte. Mit persönlicher Polemik wollen wir uns hier nicht lange abgeben, schon, weil auf der andern Seite keine Person, sondern nur zwei Achselstücke stehen; wer hat die Zeit, solch einem lallenden Stück Unglück klar zu machen, daß ein Buchtitel Peter Panters: ‹*Träumereien an preußischen Kaminen*› dem alten Kitschbuch ironisch nachgebildet ist, daß man sehr wohl schlecht stilisierte Regimentsbefehle verfassen kann, ohne deshalb einwandfreies Deutsch zu verstehen – damit wollen wir uns hier nicht aufhalten.

Für das Niveau dieser Gruppe ist immer wieder bezeichnend, wie unbegreiflich für sie ist, daß ein Schriftsteller diese schwerwiegenden Angriffe gegen sie aus sachlichen Gründen unternimmt. Getreu dem Wort des Geheimrats Krüger: «Bolschewismus ist alles, was einem nicht paßt», krempelt dieser Provinzjournalist, der vor der Front eine ganz gute Figur gemacht haben mag, sachliche Darlegungen in einen tendenziösen Feldzug um und sieht, zusammengeduckt unter den Prügeln, die er von uns bezogen hat, viele schöne außerhalb der Sache liegende Zwecke: Bolschewismus, Vernichtung der deutschen Führerschaft, Zerstörung des Reichs und ähnliche Dinge.

Man kann in Gruppenkolonnen und großen Verbänden systematisch denken und doch logisch traurig versagen. Vor dem Spektakel gegen das ‹Winkelblättchen› ‹*Weltbühne*›, dem er eine Schrift widmet, das er auf den 110 Seiten dieser Schrift 43mal vornimmt, gegen das er entkräftete Verleumdungen von neuem vorbringt – vor diesem lustigen Spektakel gibt der wackere Kumpaneiführer alles, alles zu, was wir an den Offizieren getadelt haben:

«Ein Fehler war während des Krieges die Ernennung zu vieler junger unreifer Leute zu Offizieren, unter Zurücksetzung bewährter Unteroffiziere und Mannschaften ‹wegen nicht ausreichender wissenschaftlicher Bildung›.

Ein weiterer Fehler war die zu weit gehende Wiedereinstellung von solchen ehemaligen Offizieren, die wegen ungenügender Leistungen oder sonst auf wenig rühmliche Weise abgegangen waren und nun die alte Unfähigkeit oder Minderwertigkeit aufs neue bewiesen und wiederum entgleisten.

Berechtigt sind ferner manche Klagen über unwürdige Lebensführung einzelner Offiziere, besonders in Etappe und Heimat, zu üppige Lebensweise bei einzelnen hohen Stäben, zu reiche Lebensmittelsendungen nach der Heimat, unter selbstsüchtiger Ausnützung besonderer Dienststellungen, Ungerechtigkeiten im Auszeichnungsverfahren und veraltetes Beschwerderecht.

Es kann auch nicht zweifelhaft sein, daß das Offizierkorps der Vorkriegszeit zu wenig Fühlung mit dem Bürgertum hatte, und daß es zu geringen Anteil an den geistigen Strömungen der Zeit nahm.

Auch im Offizierkorps hatte ein unerfreulicher Menschentypus der Neuzeit, der ‹Gent›, der vom ‹Gentleman› nur die Außenseite kopiert, seinen Einzug gehalten.

Ein andrer Typus ist der ‹Gamaschenknopf›, der die Mahnung des Alten Fritz: ‹Soignez les détails› in seinem Eifer ins Unsinnige verkehrte und nur noch an das Kleinste und Allerkleinste dachte.

Kurz vor dem Kriege warf plötzlich der Zabernprozeß ein unheimliches Licht auf die Kluft, die zwischen dem Offizierkorps und einem Teil des deutschen Volkes gähnte.

Die Beurteilung der für den (gesellschaftlichen) Verkehr geeigneten Persönlichkeiten erfolgte zu sehr nach äußern Rücksichten.

Die Jagd nach Geld und Genuß, das Einheiraten in noch dazu häufig international gesinnte Finanzkreise und, als Folge davon, eine übertrieben luxuriöse Lebensführung haben manchen ursprünglich einfachen und braven Offizier verdorben.»

Das alles zuzugeben und dann zu behaupten, der Kern einer solchen Kaste sei gesund gewesen: das bekommt nur jemand fertig, der einen Dienstbefehl als der Weisheit letzten Schluß ansieht. Das ganze wilhelminische Deutschland trompetet in diesem Buche. «Wir folgten», so der Herr Hauptmann, «den fliegenden Kaiseradlern der deutschen

Heere.» Das ist ein Druckfehler: es muß ‹fliehenden› heißen. Der Rest ist Amerongen.

Die kindlichsten Aufsätze der *‹Deutschen Tageszeitung›* werden aufgewärmt. «Also heraus mit Namen, Daten, Truppenteil, damit die Fälle geklärt werden und die Beschuldigten Gelegenheit haben, sich zu äußern.» Diese Äußerungen kennen wir. Als ob es statt dieser Flut von Ausreden nicht darauf ankäme, den Typus zu charakterisieren, der sich am besten aus dem heillosen Erstaunen einer Truppe ergab, wenn der neue Kompanieführer kein ‹gemeiner Kerl› war! Als ob es nicht darauf ankäme, die Kaste und ihr unheilvolles politisches Wirken als Ganzes zu fassen, als ein Ganzes, das ebenso gefährlich wie frech war! Über mich läßt das *‹Deutsche Offiziersblatt›* verlauten: «Ihm sind offenbar die Offiziere nicht zahlreich genug, die in den Revolutionskämpfen ihr Leben gelassen haben.» Ich bedaure jeden Toten; aber ich muß daran erinnern, daß man sie nicht zuerst angegriffen hat, daß von den Offizieren die schlimmsten Übergriffe erfolgt, und daß sie alle für ihre eigne Sache gefallen sind: für die Verewigung eines Landsknechttums, das sich Selbstzweck ist und in einer friedlichen Welt seinen Untergang vor Augen sieht. Was die Übergriffe angeht, sagt Herr Boehm: «Ganz planmäßig wurde von bedauerlichen Einzelvorkommnissen auf die Allgemeinheit geschlossen.» Die bedauerlichen Einzelvorkommnisse liegen, dreihundert und noch mehr Mann, ungesühnt unter der Erde.

Bewiesen sei nichts? Aber wenn wir beweisen, dann schreit das *‹Deutsche Offiziersblatt›* von ‹etwaigen Meldungen dunkler Ehrenmänner›, von Denunziantentum – und wenn der *‹Vorwärts›* die unglaublichen Speisefolgen der armen Armeeoberkommandos veröffentlicht, Menüs, in denen Tausende von Eiern vergeudet wurden, während die Kinder und Frauen in der Heimat vergessen hatten, wie so ein Nahrungsmittel aussah, dann hat das schwarz-weiß-rote Papier weiter nichts dazu zu sagen als: «Gewiß wäre es besser gewesen, wenn frühzeitig darauf verzichtet worden wäre, einen Zuschnitt der Lebensführung beizubehalten, der für die Allgemeinheit des Heeres nicht in Frage kam.» Und dahinter natürlich die kasinodumme Retourkutsche, wo denn die Redakteure des *‹Vorwärts›* im Kriege gewesen seien.

Meinetwegen hinter der Front. Denn man hatte sie zu einem Dienst gepreßt, den nicht sie sich, wie jene, als Beruf erwählt hatten, und die jammervolle Gedankenführung von der Notwendigkeit, daß sich die hohen Kommandostäbe weit hinter der Front befanden, mag im Vaterländischen Unterricht die Problematik des modernen Krieges gelöst haben, die darin bestand, daß Achilles wie ein Kommerzienrat am Schreibtisch saß und der letzte Packknecht das tat, was einst Hektor getan hatte: kämpfen. Die menschliche Rückwirkung dieser technischen Anomalie kann nur ein Kasinohirn leugnen.

Über Ludendorff sind die Akten geschlossen. Sein *‹Selbstporträt›* von Hans Delbrück hat von dem Mann heruntergerissen, was an geklebtem und gepumptem Ruhm noch auf ihm war; wenn der Buchschreiber von ihm sagt, Angriffe gegen seine Person seien ihm verhältnismäßig gleichgültig, so glaube ich das schon deshalb, weil sichs ja nicht um Angriffe wie die der Offiziere gegen Eisner oder Erzberger handelt, sondern um gedrucktes Papier, und vor dem flieht man nicht nach Schweden. Hindenburg ist in der ersten Zeit nach der Revolution besser weggekommen, weil er sich bescheiden und zurückhaltend, wie es einem geschlagenen Feldherrn geziemt, im Hintergrunde gehalten hatte. Seit er mit Hakenkreuz und belanglosen Unrichtigkeiten umherfuchtelt, muß man auch bei ihm vergessen, daß er graue Haare hat. Ein ehrwürdiger Greis, der die gefallenen jüdischen Soldaten beschimpft, ist keiner.

Wenn sich der Verfasser der Broschüre nicht grade über mich ärgern muß, dann bemüht er sich, den hohen Kulturstand der Offiziere darzutun. Du lieber Himmel! Aus dem nicht im Handel befindlichen Kriegstagebuch eines Gardehauptmanns, mit dem wir hier nächstens Schlitten fahren werden, lassen sich Perlen über die Denkweise dieser Offiziere sammeln. «Ich fragte einen Gefangenen, wie sie zu der Frechheit kämen, die kaiserliche Garde anzugreifen.» Man stelle sich das Bild vor: der eine Kriegsmann fragt den andern von der Gegenseite, wie er sich erlauben könne, zu schießen! Der Franzose gab dem Mann die einzig richtige Antwort: «Ce n'est pas ma faute, monsieur!» sagte er. Und wenn der Buchschreiber die hohen sittlichen Qualitäten der deutschen Offiziere hervorhebt, so ließe sich Schilderung an Schilderung reihen, die das Gegenteil besagen. «Viele ihrer losen Streiche spielten sich unter dem Banner wüster Trunkenheit ab. Da ritten die Offiziere mit Vorliebe auf dem Trottoir und trieben die Arbeiter mit der Reitgerte auf den Straßendamm. In einem ihrer Stammlokale wurde, wenn es besonders hoch hergehen sollte, die Kellnerin Objekt ihrer rohen Späße. Es fing damit an, daß man ihr das Gesicht mit Senf beschmierte; womit es endete, malt keine Phantasie sich aus.» So berichtet Kurt Martens, dem auch Bartels keine jüdische Großmutter anhängen kann, über seine Dienstzeit. Wenn der Hauptmann v. Brandes in seinen *‹Kriegserfahrungen eines Frontoffiziers›* (herausgegeben vom Chef des Generalstabs des Feldheeres) behauptet: «Ich möchte sagen, der moralische Schweinehund erstarkt im Grabenkriege auf Kosten des dahinsiechenden Offensivgeistes», so ist zu bemerken, daß sich dieses Offizierkorps die größte Zeit seiner Existenz ‹im Grabenkriege› befunden hat.

Wie es aber mit dem Frühlingserwachen beim Offizier bestellt gewesen ist, das schildert das Büchlein recht romantisch: «Die ersten geheimnisvollen Schauer, die das Erwachen des Geschlechtsgefühls in uns hervorruft, die scheue Bewunderung, mit welcher der heranwachsende Knabe im Mädchen ein Wesen feinerer, zarterer Art erblickt, und in der er – wenn er die Kultur hat, wie ich sie verstehe – niemals wagen würde, es zu berühren . . .» Der erste ‹Schuß›, den der aktive Offizier in seinem Leben kennen lernte, war bekanntlich das so benannte homosexuelle Verhältnis im Kadettenkorps. Und die Auffassung, die im Offizierkorps (und, nach diesem hehren Vorbild, in der Studentenschaft) über die eheringlose Geschlechtlichkeit Zuhause war, wird an Brutalität von keinem Negerstamm übertroffen. Ringlos? Die Hunderte von vertuschten Eheskandalen in Offizierskreisen lassen dieses Urteil milde erscheinen.

Als Universalmittel, die hinten heruntergerutschte Ehre dieses Korps zu retten, empfiehlt der Verfasser die Privatklage. Triumphierend verkündet er diese oder jene politische Privatmeinung deutscher Richter, gekleidet in die Form von Urteilen, in denen die Verfechter der Wahrheit zu irgendwelchen belanglosen Strafen verurteilt worden sind. Ein netter Stand, der nötig hat, wie eine vom Flurnachbar beleidigte Gemüsefrau um der ‹Ehre› willen vor Gericht zu laufen. Damit stimmt auch durchaus überein, daß dem Buch, wie ein Reklameschreiben für ein Haarwasser, das Urteil Hindenburgs, eines Offiziers, über das deutsche Offizierkorps beigefügt ist. Und kann ich Ihnen selbes bestens empfehlen . . . Wir danken.

Die politischen Ausführungen des Büchleins halten sich auf ähnlicher Höhe. Daß Professor Nicolai ein Hochverräter ist, steht für das Achselstück fest; dabei hat der Mann mit seiner Entfernung aus Gesinnungsgründen mehr Mut bewiesen als der kaiserliche Ausreißer im Automobil. Und wie sich das Strafrecht in solch einem helmbedeckten Kopf malt, zeigt die Beurteilung des Kapp-Putschs: «Ganz aus dem Häuschen gerieten die Militärfeinde naturgemäß in den Kapp-Tagen. Die Angst vor der Reaktion und dem Wiedererwachen des Nationalgefühls fuhr ihnen mächtig in die Gebeine.» Auf einmal heißt nun eines der schwersten Verbrechen, die das Strafgesetzbuch kennt, «Wiedererwachen des Nationalgefühls», und es ist die einzige Stelle in der ganzen Broschüre, die wirklich wahr ist: so sehen sie aus. Die deutschen Offiziere haben ja damals auch die Unverfrorenheit gehabt, gegen mich die Einleitung eines Strafverfahrens zu probieren, weil ich im *‹Ulk›* den uniformierten Hochverrätern einen Klaps versetzt hatte. Sie machten ihr Recht auf Hochverrat geltend. Sie tun es mit allen Mitteln. Sie lesen noch aus Spengler *das* heraus, was sie verstehen; es ist nicht viel, aber dafür verstehen sie ihn falsch, weil sie nicht wissen, daß für Spengler Liberalismus eine Weltanschauung ist und keine politische Partei. Die Kurzstirnigkeit dieses Kasinovolks übersteigt alle Satire. Das kann man gar nicht erfinden. Eine Reihe spanischer, französischer, englischer Namen versieht der Verfasser mit dem Zusatz «und andre

Namen von ähnlicher Klangschönheit». Es kann eben nicht jeder Tillessen oder Schulz heißen.

Das Buch ist von Gevatter Meier für Gevatter Müller geschrieben und bei Gevatter Lehmann erschienen, und soweit ist alles in Ordnung. Nicht in Ordnung aber ist, daß diese verderbliche Gesinnung heute noch weiter schwärt, und daß immer noch die Kaste jeden Schweinehund deckt und sich wundert, wenn man ihn ihr aufs Konto bucht. Ein Offizier des Reiterregiments Nummer 3 in Rathenow schießt, ganz wie unter Wilhelm, im Caféhausstreit einen Zivilisten tot, und ich weiß bestimmt, daß die anständigen Offiziere, die es ja immerhin auch noch gibt, eine Tat verurteilen, die aus der Gewöhnung entsprungen ist, Gasthausskandale mit den Mitteln eines Zuhälters zu beenden. Kein Wunder, wenn der Vorgesetzte dieses Offiziers, Herr Enkewort, im Hauptausschuß des Reichstags die Feststellung über sich ergehen lassen mußte, daß er Untergebene, die etwas versehen haben, also deutsche Beamte, auf sein Zimmer bestellt, ihnen befiehlt, die Hosen herunterzulassen, und sie eigenhändig verhaut. Eulenburg und Dippold lieblich gepaart.

Selbstverständlich haben diese Männer das Deutschtum monopolisiert und gepachtet. Der Verfasser der kleinen Schrift, deren Held ich bin, und deren Kasper er ist, zitiert ein paar Mal stolz Schopenhauer. Er hätte ihn nicht zitieren sollen. Denn eben dieser Schopenhauer hat, die Geschichte seines Landes und die Verfassung seiner Umwelt betrachtend, festgestellt: «Die wohlfeilste Art des Stolzes ist der Nationalstolz ... Der Rang, so wichtig er in den Augen des großen Haufens und der Philister und so groß sein Nutzen im Getriebe der Staatsmaschine sein mag, läßt sich, für unsern Zweck, mit wenigen Worten abfertigen. Es ist ein konventioneller, das heißt: eigentlich ein simulierter Wert: seine Wirkung ist eine simulierte Hochachtung, und das Ganze eine Komödie für den großen Haufen ... Dieser Wahn bietet allerdings *dem*, der die Menschen zu beherrschen oder sonst zu lenken hat, eine bequeme Handhabe dar: weshalb in jeder Art von Menschendressierungskunst die Weisung, das Ehrgefühl rege zu erhalten und zu schärfen, eine Hauptstelle einnimmt.» Und eben dieser Schopenhauer hat über die Offiziere das letzte, das erledigende Wort gesprochen: «Die Gehalte der Zivilbeamten, noch viel mehr aber die der Offiziere stehen (von den höchsten Stellen abgesehen) weit unter dem Wert ihrer Leistungen. Zur andern Hälfte werden sie daher mit der Ehre bezahlt. Diese wird zunächst durch Titel und Orden vertreten, im weitern Sinne durch die Standesehre überhaupt.»

Der Buchverfasser, von Gott und uns geschlagen, dreht sich verwundert fragend um, wer ihm da die Hurratüte über die Ohren getrieben hat. Er klagt über eine «Zeit, in welcher der Deserteur den Frontkämpfer ... ungestraft verhöhnen darf», und wenn er damit die Schimpfreden Ludendorffs auf seine Soldaten meint, sind wir durchaus einverstanden.

Aber gegen eins wehren wir uns. «Der Offizier ist selbst heute, solange überhaupt eine Wehrmacht vorhanden ist, der sichtbarste Vertreter des deutschen Nationalgefühls.»

Das ist er nicht. Er mag der lauteste, der arroganteste sein: mit dem wahren Deutschland hat er so wenig zu tun wie der Feldwebel oder Wilhelm der Zweite.

Vorbei. Es dämmert in den Köpfen. Ein kleiner Teil der Offiziere, ein großer Teil anständig gesinnter Deutscher rückt von diesem Ungeist wissenschaftlich verbrämter Simpel, von skandalierenden Kulissenreißern, von Freikorpsführern, Totschlägern und geistigen Schädlingen ab. Ihre Zeit ist vorüber.

Auch die Offizierskaste wird sich daran gewöhnen müssen, soziologisch eingegliedert zu werden wie jede andre Gruppe. Sie hat keinen Anspruch, als etwas Besonderes gewertet zu werden, vor allem aber keinen, aus der Untersuchung über die Gesellschaftsstruktur mit Rücksicht auf irgendwelche Standesvorurteile auszuscheiden. Sie ist nicht tabu.

Fürchten die Angehörigen des deutschen Offizierkorps die öffentliche und unbefangene Kritik, so ist das ein Zeichen mehr für ihren Niedergang, für ihre Schwäche.

Die Untersuchung ist erfolgt, und ihre Resultate stehen fest. Und sind in weiteste Kreise gedrungen: Mene mene tekel upharsin. Gewogen, gewogen und zu leicht befunden.

BÜRGERLICHES ZEITALTER

Ach, Muse, pack die rote Fahne ein!
Und roll sie säuberlich zusammen.
Die alten Ideale tu darein –
die können keinen mehr entflammen.
Die Barrikade und der Aufruhrschrei:
das ist vorbei.

Die Internationalen prügeln sich.
Ums Marx-Bild flicht die Immortellen.
Revolutionen werden bürgerlich,
der Geist fuhr in die Lohntabellen.
Es kloppen viele fürs Proletariat
den Danton-Skat.

Und während mild sich kabbeln die Partein
und Weltreformer teutsch und indisch quarren:
schluckt ein Kartell den ganzen Laden ein
und lächelt über hunderttausend Narren.
Dem Staate bleibt ein Pleitemonopol
und das Symbol.

Pust, großer Heros, deine Fackel aus!
Die Zeit braucht keine Helden – nur Beamte.
Verkriech dich in dein Mietskasernenhaus,
zu dem dich Gott (und ein Konzern) verdammte.
In Überlebensgröße schreiten
hoch über uns die Mittelmäßigkeiten ...
Chronos, zurück! Mit deinen Horenschwestern!
Der Stil von morgen ist der Stil von gestern.
Adieu, adieu – Geist, Weimar und Idol!
Lebt wohl! Lebt wohl.

PETER GANTER

Vielleicht besinnen Sie sich noch auf die Geschichte:

Im Jahre 1908 kam ein Mann auf den freundlichen Gedanken, den Roman ‹*Doppelte Moral*› dadurch populär zu machen, daß er an viele hunderttausend Menschen in ganz Deutschland am selben Tag – am achtzehnten Dezember – den folgenden Brief expedierte (Anrede nach Maß):

«Mein verehrter Herr Dr.! Habe soeben den Tendenzroman ‹*Doppelte Moral*› gelesen, unglaublich – ein Skandal schlimmster Art. Man sieht wieder, daß der Staatsanwalt da, wo erforderlich – versagt, denn sonst dürfte ein solches Buch nicht bis in die Öffentlichkeit dringen. Oder soll es politische Klugheit sein? Und wer mag nur hinter dem anonymen Verfasser stecken? Jedenfalls sind R. und H. auf das fürchterlichste mitgenommen und zur Klage direkt gezwungen. Werden auch Sie sich dieser Klage anschließen? Ich bin leider ebenfalls mit hineingezogen. Fürchterlich!
In Eile Ihr ergebenster (Unterschrift unleserlich).»

Es soll damals recht heiter zugegangen sein. Die Leute saßen morgens verstört und mit kalkweißen Gesichtern in der Untergrundbahn; wenn man gut hinhörte, konnte man die Butter auf ihrem Kopf zergehen hören. Tiedtke stellt solchen Kummer bedrohter Ehrenmänner herrlich dar: eine Verlegenheit, die Streichhölzer schwitzt. Ein Summsen wie in einem Bienenschwarm entstand: sie hatten alle etwas am

Stecken. Nur die Anfangsbuchstaben R. und H. paßten nicht ganz auf jeden – im übrigen war es ein Universalbrief. Die hübsche Idee fiel ins Wasser: sie war zu großzügig vorbereitet worden, denn der Trost, im tiefen Lustspielmalheur so viele Genossen zu haben, beruhigte die Leute bald wieder. (Heute würden sie einen ‹Reichsverband der Doppelten-Moral-Geschädigten› gründen.) Die Reklame wurde erkannt, und das übrigens saudumme Buch ging nicht.

Der literarische Hauptmann von Köpenick anno 1908 hieß Peter Ganter. Und nun ... «Erfinden Sie das mal, lieber Spitta!» steht bei Hauptmann. Es ist die reine Wahrheit.

Dieser Peter Ganter wurde damals wegen groben Unfugs oder aus irgendeinem andern Paragraphen bestraft und ist seitdem verschollen. Und nun kommt zur ‹*Weltbühne*› sein inzwischen herangewachsener Sohn und fragt ernst und ordentlich an, ob der ergebenst Unterzeichnete vielleicht Peter Ganter sei –

Nein. Ich bin es nicht. Ich bin kein Druckfehler, heiße Panter (mit P wie Pfreude) – und bin in keiner Weise identisch.

In Rumänien kannten wir eine Serbin, die war so hysterisch wie beschnurrbartet. Natürlich mußte Karlchen mit ihr etwas anfangen. Und sie klagte mir einmal ihr Leid: «Ich bin auch in diese Intrige gemischt!» sagte sie. Jetzt kann ich ihr nachfühlen.

Wenn aber diese Zeilen dem richtigen Peter Ganter zu Gesicht kommen, der nun wohl längst als Cowboy die Liebig-Ochsen mit dem Lasso jagt oder als mehrfacher Häuserbesitzer in Singapore die eintreffende weiße Ware im Privatkontor persönlich durchprüft oder in Aserbeidschan sich freut, daß kein Mensch weiß, wo das liegt – wenn ihm diese Seite zu Gesicht kommt, dann möge er milde lächelnd eine Ansichtskarte an seinen Sohn abschicken und mich von einem schrecklichen Quiproquo befreien. Eine Ansichtskarte mit folgenden Worten:

> «Mein liebes Kind! Ist das dortige Publikum noch immer so dumm wie zu meiner Zeit? Wenn ja, nimm sie hoch, wie sie es verdienen. Wir sind hier fein dran: hier weiß das Publikum noch gar nicht, daß es eins ist – daher ist es noch dümmer. Und laß Pantern zufrieden – er kann nichts dafür.
>
> Dein treuer Vater Peter Ganter.»

BRIEF AN DEN STAATSANWALT

Hierdurch tue ich Dir kund und zu wissen, daß ich am neunundzwanzigsten Februar dieses Jahres gegen den § 184 (Verbreitung unzüchtiger Schriften) ein bißchen habe verstoßen helfen. Ich habe mir nämlich in der Buchhandlung Hujahn in der Rügenwalder Straße 29 ein großes Buch mit durchaus unerlaubten Bildern gekauft. Das Buch ist zweihundertvierundsiebzig Seiten stark, gutes Friedens-Velinpapier, bedruckt mit mattgetönten farbigen Lithographien eines in Bayern wohnhaften Malers. Es ist im Jahre 1919 in München erschienen. Herr Hujahn gab es mir im kleinen Hinterzimmer unter einer sausenden Gasflamme, aus einem Geldschrank; er blinzelte stark dabei, putzte sich schämig die Brillengläser und nahm zweihundert Prozent Teuerungszuschlag.

Es ist ja möglich, lieber Staatsanwalt, daß diese Angaben alle nicht stimmen; aber Du hast doch eine so vorzügliche Polizei – Du wirst es schon herausbekommen. Mach aber keine Haussuchung bei mir: Ich habe das Buch in einer Laube vergraben. Komm, wir wollen spielen: «Feuer, Wasser, Kohle ...» Streng Dich an; such, such, such –!

Man müßte dergleichen übrigens wirklich beschlagnahmen. Denk mal, was da alles darin ist ...! Jetzt sitzt Du Armer mit gespitztem Bleistift da, vor Dir liegen die ‹*Mona Lisa*› und Deine Karriere, und wenn Du diese Seiten für unzüchtig erklärst, dann wirst Du vielleicht bald Oberstaatsanwalt. Ich will es also ganz vorsichtig anfangen, Onkel.

Es sind Sinnbilder, weißt Du – Allegorien, wenn Du Dich auf Deine Prima besinnst, aber sie sind doch sehr schön. Wenn wir das, was Du dem Onkel Magnus Hirschfeld beschlagnahmst, mit einer Eins bezeichnen und das, was manche Pfaffen bei der Venus von Lonjumeau ausschließlich zu sehen pflegen, mit einer Zwei, dann liegen folgende Bilder vor mir:

Da schippt ein Mann lauter Gold in eine Erdspalte, aber das ist gar keine Erdspalte. Was hältst Du von dem Manne? «Symbolisch», würde Wilhelm Bendow sagen. Und dann ist ein alter Herr da, der sammelt Zweien: er hat sie alle auf dem Tisch ausgebreitet, fein säuberlich mit Zettelchen etikettiert, und er beguckt sie sich durch eine Lupe, ob er vielleicht eine doppelt hat. Und dann ist ein Bild da, das kannst Du gewiß nicht beschlagnahmen: da steht eine dicke Frau vor dem Elefantenzwinger und sieht sich den Rüssel an und sagt gar nichts. Und ein Bild ist da, das hat keine Unterschrift, aber ich glaube, das weißt sogar Du, was es bedeutet: ein nacktes Mädchen liegt mit gespreizten Beinen auf der Straße, denk mal, mitten auf der Straße! und diese lange Straße geht nun gerade durch das Mädchen hindurch. Und eine Frau ist da, ein Frauenkopf mit süß geschlossenen Augen – sie lauscht wohl auf Musik. Aber an ihrem Ohr macht sich ein kleiner Mann zu schaffen, ich kann Dir gar nicht sagen, wie.

Und es sind auch Vorkommnisse aus dem Familienleben abgebildet: wie ein ganzes Fenster voller Frauen in Aufregung gerät, sie fallen beinah auf die Straße, so weit beugen sie sich hinaus – denn unten steht ein Mann und verrichtet bescheiden ein kleines Werk. Und eine Malerin malt einen männlichen Akt: sie malt ihn ganz richtig, nur wächst ihr die Proportion ins Ungeheure. Und eine fette Frau mit einem Kreuz am Hals gibt aus ihrer ungeheuern Brust einem proletarischen Säugling zu trinken, und das wird von vier Seiten gefilmt, und ich glaube, das heißt: Wohltätigkeit.

Der wilde Affentanz der Geschlechter zieht vorüber, in allen, sagen wir, Lagen des menschlichen Lebens, in allen Situationen mit den wenigen nur denkbaren Abwechslungen, die einem der liebe Gott beschert hat. Du bist auch darin, lieber Staatsanwalt. Du stehst vor einem großen Bild in der Ausstellung und mißt an einem gewaltigen Schinken den Popo, auf daß er ja nicht das Maß Deiner Sittlichkeit überschreite. Und wenn ich mir den ganzen Phall betrachte, die alten Jungfern, die danach gieren, und die alten Kerle, die danach gieren, und die jungen Dinger, die viel, viel mehr von der Sache verstehen, als man ihnen ansieht, und all das lächerliche Gekrampfe, all den Lärm, der um diesen einen Eierkuchen gemacht wird, dann muß ich schon sagen: Es geht nirgends so merkwürdig zu wie auf der Welt.

Jetzt bist Du böse ... Jetzt sagst Du gewiß, ich sei einer, der das Schamgefühl gröblich verletzt habe, und obgleich ich doch meine symbolischen Zahlen kaum gebraucht habe, fängst Du am Ende einen Prozeß mit mir an, und ich muß mir von den Professoren bescheinigen lassen, daß ich keinen Menschen habe unterhalten wollen, sondern daß ich ein höherer Künstler bin. Oder ist es vielleicht unterhaltsam, wenn alte, verbrauchte Frauen vor dem Spiegel stehen wie Jericho auf den Trümmern Karthagos und sich die Rudimente ansehen, die noch übrig sind?

Onkelchen, sei wieder gut. Und wenn Du Deine sella curulis verlassen hast und in den staatlich konzessionierten Schoß Deiner Familie zurückgekehrt bist, dann drück den Daumen für mich, daß mir noch einmal in meinem Leben solch ein Chanson glückt, wie es die Zeichnung auf Seite 83 darstellt. Hinter dem Souffleurkasten, vorn an der Rampe, steht, mit dem Rücken zum Publikum, eine junge Dame, die sich das Wenige, womit sie bekleidet ist, auch noch emporgehoben hat. Ihre linke Hand ... na, lassen wir das. Es scheint eine Szene aus dem *‹Götz von Berlichingen›* zu sein, die da gespielt wird. Aus ihrem überschnittenen Profil ist zu ersehen, wie entzückend schnuppe ihr die ganze Geschichte ist. Und solch ein Chanson möchte ich einmal schreiben.

Und Dir, Onkelchen, will ich es widmen. «Seinem lieben Staatsanwalt in tiefsinniger Verehrung

hochachtungsvoll Peter Panter.»

P. S. Das Buch gibts wirklich. Der Zeichner ist Ungar und heißt Boris. Du kannst ihm aber nichts mehr tun: er ist, ein ganz junger Mensch, in der Schweiz gestorben.

DIE ÄMTER

Die zuständige Ration Verstand des Deutschen teilt das Land horizontal in zwei Lager ein: oben die Ämter, unten der Untertan. Und glaubt dabei, die Ämter seien vom Mond heruntergefallen und die Beamten dazu, und all das bedrücke mit seinen Stempeln, seinem Schnauzton und seiner langweiligen Unfähigkeit die arme unschuldige Bürgerschaft.

Daß der Beamte aber auch ein Teil der Nation ist, daß er nur Symptom und kein Urphänomen ist, und daß jeder Beamte den andern Beamten gegenüber wiederum Bürger ist: das hat sich noch nicht herumgesprochen.

Der deutsche Beamte stellt nur die Beschaffenheit des Deutschen dar, die eintritt, wenn dieser Deutsche für sein Leben durch eine feste Anstellung versorgt ist und durch den geheimnisvollen Prozeß der Souveränitätsübertragung gleichzeitig in die Lage gebracht wird, Willensäußerungen seiner Person als allgemein gültig mit Gewalt durchsetzen zu können. Er ist also nichts als jeder andre Deutsche auch, nur eben spezifisch bedingt. Die Wollust, regieren zu dürfen und als Äquivalent für die gebotene Nachgiebigkeit dem ‹Vorgesetzten› gegenüber hundert Petenten in den Rücken treten zu dürfen, bringt einen eignen Geisteszustand hervor, der jene seltsame Mischung von Nero und einem Zigarrenhändler in die Welt gesetzt hat.

Niemand von den hunderttausend nörgelnden Abonnenten der großen Presse, die sich über ‹Mißstände auf den Ämtern› beschwert, hat herausbekommen, daß es ihresgleichen ist, der da oben das Zepter schwingt. Und jeder Beamte eines Wohnungsamtes vollführte einen entsetzlichen Spektakel, wenn er von einer Paßstelle schlecht behandelt würde. Über seinen engen Kram sieht da keiner hinaus.

Nun ist es ja im allgemeinen lustig zu beobachten, wie die Herren vom Bau zusammenhalten, und wie kein Polizeiwachtmeister einem Regierungsrat ein Auge aushackt. Daß er vor einem Reichswehroffizier in Uniform in Ehrfurcht erstirbt und den so behandelt, wie er jeden Menschen behandeln müßte, ist bei diesem Unteroffiziersvolk selbstverständlich. Es herrscht große Solidarität unter den Pensionsbrüdern, und wenn es sich nicht um benachbarte Ressorts handelt, die sich zur Ausfüllung der Amtsstunden anstänkern, dann sind sie gar lieblich miteinander und helfen einander sogar, soweit es keine Arbeit macht. Ihr Augurenblick sagt: «Du willst regieren, ich will regieren, wir wollen alle beide regieren. Bruder —!» Und diese Liebe bezahlt der gute Untertan.

Die krankhafte Sucht, von der das Land besessen ist, diese Gier, Ämter zu gründen, auszubauen, aufzublasen und wieder neue zu gründen, hat ihre tiefe Ursache in der Lebensschwäche der Funktionäre. Man sieht diesen matten und unausgearbeiteten Gesichtern auf hundert

Schritt an, daß sie nicht nötig haben, sich im harten Kampfe mit Konkurrenten ihr Brot zu verdienen. Sie verzehren die Zinsen eines fiktiven Kapitals und sitzen im Trockenen. (Daß das Dach in dieser Zeit etwas schadhaft ist, macht nichts – es ist doch ein Dach.)

Draußen wogt die Menge der andern. Sie schimpfen schrecklich auf die, die unter dem Dach sitzen, weil sie sehen, daß man sie schlecht behandelt, miserabel abfertigt, prügelt und schröpft. Aber ruf einen hinein in das schützende Gemäuer: so wird er fröhlich seinen Regenschirm zusammenklappen, freundlich lächeln, sich mit einem artigen Gruß auf den Amtsstuhl niederlassen . . . Und er wird regieren, daß die Haare in der Nachbarschaft herumfliegen.

KADETT LUDENDORFF

«Ich kann nichts dafür –!» (Das Kind, das den Teller hingeworfen hat.)

Der unabhängige Landtagsabgeordnete Dr. Oskar Cohn hat vor einigen Tagen die Vorgänge in der – völlig überflüssigen – lichterfelder Kadettenanstalt besprochen und dabei auf ein Produkt dieser Erziehungsmethode hingewiesen: auf den Reklamegeneral Erich Ludendorff, der auf allen nationalen Seiten abgebildet ist, mit denen die deutsche Reaktion ihre Anhänger einzubalbieren pflegt. Die Rechte stand auf dem Kopf und schrie: «Jüdische Frechheit!» Ganz abgesehen davon, daß ein gewisser Mittelstand in Deutschland heute die liebe Gewohnheit hat, für die Sonnenfinsternis, die Republik, den Durchfall von kleinen Kindern und den schlechten Stand der Mark die Juden verantwortlich zu machen – was hatte der Abgeordnete Dr. Cohn behauptet –?

Er hatte gesagt, die preußische Kadettenerziehung zeitige nicht nur solche Pöbeleien, wie sie sich jetzt in der Anstalt ereignet hätten, sondern bringe auch Typen wie Ludendorff hervor, die auch keine Spur von Bekennermut und Zivilcourage ihr eigen nennen.

Vor mir liegen auf der einen Seite drei dicke Bände: ‹Ludendorffs Reklame-Prospekte› – und auf der andern Seite ein schmales Heft: *‹Ludendorffs Selbstporträt›* von Hans Delbrück (erschienen im Verlag für Politik und Wirtschaft zu Berlin). Zwei Welten tun sich auf.

Auf der einen Seite ein Mann, der den Krieg verloren hat. Er ist ein mäßiger Feldherr und ein sehr kleiner Mensch dazu. Denn es ist klein, eine Karre in den Dreck zu fahren, sie dann stecken zu lassen, und späterhin alle andern: Kutscher, Stangenreiter, Pferdeputzer und Stallwachen zu beschimpfen. Der geschlagene General macht für seine Niederlage verantwortlich: sämtliche Kriegs-Reichskanzler, seine Offiziere (Band III, S. 319), die eigenen Mannschaften — und zwar sowohl die der Front wie die der Etappe —, die Regierung, den Reichstag, das Volk. «Die ganze Kompanie hat falschen Tritt — nur der Herr Leutnant nicht!»

Die Stimme, die in diesen drei Bänden spricht, ist wahrhaft grauenerregend. Leitsatz: «Im übrigen hat die Gesamtpolitik dem Kriege zu dienen.» Das ist ungefähr so, wie wenn ein Feuerwehrmann sagte: «Das Haus hat anständig zu brennen, damit ich meine Spritzen in Betrieb setzen kann.» — Einer, dem Blutvergießen Selbstzweck ist, besitzt natürlich ein groteskes Weltbild — grotesk, weil es sich aus Unbildung, unsorgfältiger Beobachtung, Schnoddrigkeit und minderwertigem Menschentum zusammensetzt. Einer, für den Menschen nur Läuse sind (besinnt ihr euch noch auf den schönen Ausdruck: «Die Industrie ist ausgekämmt»? — ausgekämmt von euch, die ihr waffenfähige Mannschaft wart! Ausgekämmt von Ungeziefer) — ein solches Individuum, nicht nur herzensroh, sondern auch ungebildet hat vier Jahre lang geführt. Die Vorstellungen, die in solchem Gehirn nisten, sind erschreckend. Nach den albernsten Beschimpfungen der Juden zum Beispiel, denen er eine ‹Oberleitung› andichtet, die dieses im tiefsten zerklüftete Volk niemals gehabt hat, nach den ungeheuerlichsten Beschuldigungen die trockne Feststellung im Tone eines hochnäsigen Bezirksfeldwebels: «Daß Juden auch für Deutschland geblutet haben, sei betont.» Auch — —! Mensch, wenn sich je der liebe Gott mit dir befaßt: möge er dir dieses ‹auch› in die Seele brennen —! Auch ...! Auch ...! Und die liegen in Flandern und können nichts antworten.

Der General spricht von seiner Fahnenflucht als von seiner ‹Entlassung›. Wie war es denn gewesen? Nachdem Ludendorff sich drei Jahre lang in alle politischen Dinge hineingemengt hatte, die ihn nichts angingen, verlangte er innerhalb vierundzwanzig Stunden den Waffenstillstand. Das wäscht keine Tinte von ihm ab. Der Waffenstillstand kam. Die Panik kam. Und dann ging er.

Er ging? Er *floh* nach Schweden. Während sich Hunderttausende von deutschen Männern bemühten, Kriegsgerät, Gelder, Pferde und Kameraden zurückzuschaffen, floh Herr Lindström. Und wenn das tausendmal gesetzlich keine Fahnenflucht war: *wir rechnen es ihm als solche an.* Er war Führer. Er hat uns hineingeritten. Er hatte zu bleiben.

Und so etwas wagt es, sich heute noch auf die deutschen Kriegsartikel zu berufen! So etwas spricht von den 40 000 Fahnenflüchtigen, die in Holland gewesen sein sollen (er hat sich übrigens verzählt: es waren vierzigtausend *und einer*) — so sieht der Abgott einer Nation aus?

Auf der andern Seite Delbrück. Ein konservativer Politiker und Geschichtsschreiber, ein Mann, wie ihn die heutigen Universitäten, die sich eifrig mit der Produktion von Streikbrecher-Organisationen,

Verfassungsspielereien, monarchistischer Propaganda und Judenriecherei beschäftigen, wohl nicht mehr hervorbringen. Ein aufrechter Mann, bei dem jedes Wort von lauterster Reinheit zeugt. Ich betone, daß ich in vielen Punkten mit Delbrück nicht übereinstimme – um so mehr habe ich die Pflicht, die absolute Sauberkeit und Unbefangenheit dieses Gelehrten zu konstatieren. Seine Sachkenntnis wurde von niemand bestritten, solange er nicht die Hohlheit Lindström-Ludendorffs aufzeigte – seit Erscheinen seiner Broschüre wissen alle Soldschreiber des politischen Untertanentums ganz genau über Delbrücks Kenntnisse in der geschichtlichen Kriegskunde Bescheid.

Das Heft deckt auf 72 Seiten alles, alles auf: die mangelnden Fähigkeiten des Generals, seine abgrundtiefe Verlogenheit, seine wankende Zappligkeit im Kriege und sein verantwortungsloses Verhalten nachher. Aber *er* war in der Operationsabteilung des Großen Generalstabs von 1908 bis 1913, wo er den unheilvoll-falschen Kriegsplan hat entwerfen helfen – *er* und kein Jude. *Er* hat im Jahre 1918 Fehler auf Fehler gehäuft, hat die Ergebnisse von vier Kriegsjahren nicht zu werten gewußt – *er* und kein Sozialist; *er* hat den Zeitpunkt für das Waffenstillstandsangebot, das kam und kommen mußte, bis zur letzten Stunde hinausgeschoben – und *er* und nur *er* ist schuld, tausendmal schuldig. Und wälzt heute die Verantwortung auf eine ‹bolschewistische Unterwühlung›, von der am 28. Juni 1918 jene Sitzung der Leiter des vaterländischen Unterrichts noch nichts gewußt hat! *Er* und kein Pazifist hat den ‹Kanzleisekretär› Michaelis zum Reichskanzler gemacht, der gegen die Staatsmänner der Entente eine Figur gemacht haben muß wie ein Pikkolo gegen Breitensträter. Und eines geht aus dem Werk Delbrücks, das in Tausenden von Exemplaren verbreitet zu werden verdiente, kristallklar hervor:

Wir hätten im Jahre 1917 den Frieden haben können, wenn dieser Mensch nicht gewesen wäre!

Und alle deutschen Mütter, deren Söhne nach dem Jahre 1917 gefallen sind, mögen sich bei dem bedanken!

«Wir werden von einem wahnsinnig gewordenen Kadetten regiert», sagte ein Politiker im Jahre 1917 zu Delbrück. Wir setzen hinzu: und von einem Opfer preußischer Kadettenerziehung, von einem, der mit seiner ‹Büffelstrategie›, wie Foch spöttisch dieses Aasen mit Menschenfleisch nannte, sein Land zugrunde gerichtet hat, von einem, der das Schimpflichste getan hat, was man nur tun kann: die eigenen Fehler seinem Volk aufzubürden, das das letzte, das allerwertvollste hergegeben hat: seine besten Jungen.

Wir wollen uns darüber klar sein: die Zeit geht weiter und hält sich nicht bei Ludendorff auf. Die Anilinbegeisterung für ihn in diesen Jahren ist ein Ventil allgemeiner Unzufriedenheit, die geschickte Schreiber des Agrar- und Industriekapitals sowie Sendlinge beschäftigungsloser Militärs für ihre Zwecke nutzbar gemacht haben. Das wird sich geben. Wir haben gewiß andere Sorgen. Geistige: eine Zeit ist aus den Fugen, und die Besseren unter uns ertasten im Dunkel den neuen Weg. Wirtschaftliche: breite Schichten im Lande wissen nicht, wie sie mit der sprunghaften Entwertung der Mark Schritt halten sollen. Wir haben weder Zeit noch Lust, uns mit erledigten Generalen lange aufzuhalten. Wenn sie aber nicht nachlassen, in übeln Broschüren, die zu Hunderten über die Bevölkerung ausgeschüttet werden, uns auch noch zu beschimpfen (kleine Beispiele: die Herren von Zwehl und von Kuhl) – dann muß ihnen eins aufs Dach gegeben werden.

Wir danken dem unabhängigen Abgeordneten, daß er für uns gesprochen hat, was wir alle empfinden.

Die kleinen und die großen Kadetten aber, die die Hausdamen anflegeln, und die, die ein Volk bespeien, wollen wir antreten lassen, fein säuberlich in zwei Gliedern – die dümmsten in der ersten Reihe – und ihnen den Befehl geben: «*Weggetreten –!*»

SCHAUFENSTERMORAL

Wir haben im Land eine Polizei,
die hat weiter nichts zu tun,
als nachzuschnuppern, wie das wohl sei
unter Seide und unter Kattun.
Sie konfisziert, damit nichts entschlüpft,
Gummi-Zeug, Tizian und Film.
Der Brunner pfeift, und der Richter hüpft –
ganz wie unter Kaiser Wilm.

Vor dem Schaufenster steht ein einsamer Mann,
ein moralischer Fetischist.
Die ganze Erotik geht ihn nichts an,
weil er Selbstversorger ist.
Und er sieht da Zigarettenetuis
mit Busen und sonst noch was
und kitschigen Damen im Paradies . . .
Und der Mann hat Sehnsucht und keinen Kies –
und daher ärgert ihn das.

Und er meldets.
Und aus den Gebüschen bricht
Staatsanwalt, Akademie,
Polizeipräsidium und Amtsgericht –:
alles von wegens Etui.

In Berlin brechen nächtlich hundert Mann ein,
und der Wucher ist völlig immun.
Aber darum bekümmert sich kein Schwein . . .
O Herr! Vergib den Behörden dein!
Denn sie wissen nicht, was sie tun –!
Amen.

RODA RODA

Was ist Humor? Nach Brockhaus: «Humor (lat.) ursprünglich die nach der Ansicht der alten Ärzte das geistige und leibliche Wohlsein bedingende Feuchtigkeit im menschlichen Körper; daher s. v. w. gute Stimmung, heitere Laune, seit dem achtzehnten Jahrh. Bezeichnung der höchsten mit Wehmut verbundenen Form der Komik.» Und wer hat ihn? Das steht nicht dabei.

«Am dreizehnten April 1872, frühmorgens, schlug der Blitz in den Schafeingang der Puszta Zdenci ein, und das Feuer griff aufs Herrenhaus über. Darob erschrak meine Mutter und gebar mich.» Ihn: Roda Roda. Und weil er also heute, wenn er inzwischen nicht pausiert hat, fünfzig Jahre alt ist, wollen wir ihm ein bißchen gratulieren.

Er hat der deutschen Anekdote Gestalt und Gehalt gegeben. Das stellt der Geburtstagsmann mit Recht selbst von sich fest – in einem hübschen Vorwort zu den *‹Sieben Leidenschaften›* (im Rikola-Verlag zu Wien). Man kann sagen: er hat den deutschen Witz durch prägnante Formung überhaupt erst literaturfähig gemacht. «Handwerksbursche (vor einer Hütte dieselbe musternd)» – so fingen ehemals die Bildunterschriften in jenen *‹Fliegenden Blättern›* an, die generationenlang alle Wartenden beim Zahnarzt mit Recht in die trübste Stimmung versetzten. Roda Roda hat mit der seltensten Sprachkraft den Ausdruck, die Pointe, das Wort für eine Situation, für Personen und Zustände gefunden und geformt. Sein Reichtum ist erstaunlich. Dieser Mann spricht alle Sprachen des Kontinents: deutsch, bürokratisch, bayerisch, weanerisch, jiddisch, preußisch, durch die Nase, kokottisch ... und jedes Mal so unheimlich echt. Rudolf Rittner hat einmal in der Unterhaltung gesagt: Dem «Wilhelm Busch haben sie das ‹stehlende Auge› nachgerühmt. Roda Roda hat das stehlende Ohr.»

Daß er Witz hat, wird sich allmählich herumgesprochen haben. Wenn man die *‹Fünfhundert Schwänke›* durchblättert, sieht man, daß so ziemlich alle geflügelten Worte des alten *‹Simplicissimus›* von ihm stammen (wer kennt nicht den Offizier, der im morgendlichen Biwak sich gähnend reckt: «Uah! da ist ja auch der Morgenstern – das Schwein!»). Die Worte sitzen, Plik folgt auf Replik – und welche charmanten Bösartigkeiten dieses landfremde Element auf Potsdam und Gomorrha regnen ließ, das ist mehr als munter.

Aber daß er Humor hat (siehe Brockhaus), das wissen nur die, die jene entzückenden Bändchen kennen: *‹Der Schnaps, der Rauchtabak und die verfluchte Liebe›* und *‹Von Bienen, Drohnen und Baronen›* – darin stehen meisterhafte Dinge. Die kleine Geschichte *‹Deutsche im Wald – 1866›* ist ein Wurf ... Aber wenn ich ins Zitieren käme, würde diese Glosse so lang wie eine Ausfuhrbewilligung. Und nimmt man noch hinzu, daß Roda südslawische Literatur übersetzt hat und jene Volksstämme uns nahegebracht hat – Paul Wiegler sollte ihn in seine ausgezeichnete *‹Geschichte der Weltliteratur›* aufnehmen! –, dann muß man schon sagen: Wir wollen ihm die Lichter anzünden.

Im Laufe eines Lebens sammelt sich Spreu an, wenn Holz gehackt wird. In den Neuausgaben seiner Bücher ist sie wie weggeblasen. Und die Gewißheit, daß es fast für jede Lage des menschlichen Lebens einen frommen Kernspruch des Meisters gibt, über den man erst lachen, dann schmunzeln und dann nachdenken muß, drückt uns jenes Kleidungsstück in die Hand, von dem der Gefeierte einmal gesagt hat, er habe es und setze es nur auf, wenn er einen deutschen Satiriker besuche, und es sei noch so gut wie neu: den Zylinder.

Wir stellen ihn auf den Boden und rufen in froher Dankbarkeit, daß die Wand wackelt:

«Wir gratulieren –!»

VOM RADAUHUMORISTEN

In der Mitte des deutschen Varietéprogramms pflegt gewöhnlich ein dicker Mann aufzutreten, dem im Verlauf seiner Darbietungen der Kragen aufweicht – und der Zettel verkündet: «X. Y., Humorist.» Der Humorist betritt das Podium, legt sein Vollmondsgesicht in freundliche Falten und beginnt drei Lieder zu singen. Eines davon hat ganz bestimmt folgenden Inhalt:

«Ja – früher –! Das waren noch Zeiten! Da kostete die Schrippe noch zwei Pfennig, und die Leute waren alle nett und bescheiden – und Kohlen gab es und Schinken und billiges Bier – und einen Kaiser hatten wir auch – und Steuern zahlte kein Mensch! – Aber heute! – Heute haben wir keinen Kaiser nicht mehr, sondern wir haben einen Sattlermeister zum Präsidenten – und das Brot ist teuer – und Butter kann man nicht erschwingen. Und wer soll denn die teure Miete zahlen? – Und: Kinder, Kinder, sind das Zeiten! Und: Ja früher, ja früher, das war ne andre Zeit –!»

Donnernder Applaus begleitet diese geistvollen Ausführungen. Nun hat die Masse von je ein schlechtes Gedächtnis gehabt – und kein Zuhörer weiß mehr, daß der Herr Humorist genau dieselbe Litanei schon anno 1912 gesungen hat, wo er seinen Kaiser und seine Schrippen hatte (Stück für Stück zwei Pfennige!). — Aber die Leute klatschen. Dieses Klatschen sind hunderttausend Ohrfeigen, die sie sich selber verabfolgen.

Woher stammen diese Radaulieder? —

Es ist in einem Falle einwandfrei festgestellt, daß sich eine der Rechtsparteien an einen berliner Komiker herangemacht und ihn gebeten hat, für ein monatliches Fixum die ‹gute, alte Zeit› auf Kosten der neuen zu loben. Der Komiker lehnte das ab. Tatsache ist aber, daß planmäßig und bewußt auf diese eminent gefährliche Art eine antirepublikanische Propaganda getrieben wird, die natürlich in die weitesten Volkskreise dringt. Und die umso stärker wirkt, als der Varieté- und Kabarettbesucher eben nicht auf diese politische Propaganda vorbereitet ist und sie, eingehüllt in das sonstige Amüsiervergnügen, schluckt, fast ohne sie zu schmecken. Die Wirkungen, besonders auf die Frauen, sind groß und gefährlich.

So blitzschnell überlegt die Masse nicht. So fix kommt sie nicht auf den Gedanken, daß ihr da etwas vorgemacht wird, daß man sie selbst prügelt, wenn man sich über einen Mann wie Ebert lustig macht, der ja aus ihrer Mitte stammt, der sich emporgearbeitet hat, und den man — ganz gleich, wie man zu dem Politiker Ebert steht — achten muß, wegen seines Fleißes und seiner Redlichkeit — gerade weil er nicht im Ministerialdirektorshause geboren, sondern aus eigener Kraft etwas geworden ist. Das wird im Augenblick nicht bedacht. Die simple Überlegung, daß die Schrippen früher billiger waren, schlägt jeden anderen Gedankengang tot — und die gewünschte Wirkung ist erreicht.

Aber *wer* die Schrippen so teuer gemacht hat, das wird nicht gesagt. *Wer* das Land in den Krieg geritten hat, *wer* zwei Jahre lang einen Krieg führte, der längst hätte beendigt werden können, *wer* die ganze Zeit hindurch, wo Frauen und Kinder zu Hause Mangel litten und Polonaise standen, täglich alles im Überfluß hatte —: davon singt der Humorist mit dem aufgeweichten Kragen nichts. Denn dafür wird er nicht bezahlt.

Zwei Dinge sind zu tun.

Einmal sollte der Republikaner aller Parteien Lokale, in denen solche Übelkeiten vorgetingelt werden, meiden — und wenn es ihn einmal erwischt, weil er ja das Programm vorher nicht kennt, *dann soll er zischen.* Es hilft. Ich habe das ausprobiert; es hilft. Die Herrschaften bekommen sehr bald einen Schreck vor der eigenen Courage. Schließlich haben wir es ja nicht nötig, uns für unser Geld anpöbeln zu lassen. *Boykott und kräftiger Protest:* das wäre das eine.

Das andere aber ist eine Gegenpropaganda. Nicht von Reichs wegen. Was sich da mit Vorschlägen zur Schaffung eines ‹Reichs-Propaganda-

Chefs› wichtig macht, sucht einen Posten für sich herauszuschlagen und will nur wieder eines der vielen Ämter schaffen und aufblasen, von denen wir Steuerzahler genug und übergenug haben.

Nein, eine solche Gegenpropaganda kann nur auf privatem Wege erfolgen. Dazu gehört viel Geld, Theatererfahrung und eine gewisse Geschicklichkeit in solchen Dingen. Wohlhabende und wohlmeinende Republikaner sollten sich einmal um diese Angelegenheit bekümmern.

Wir alle aber wollen, wenn wieder so ein Radauhumorist uns von den ‹guten alten Zeiten› vorklönt, den Hausschlüssel nehmen und ihm eins vorpfeifen, daß er das Wiederkommen vergißt. Raus —!

LESKOW

Tolstoi hat sich zweimal über Nikolai Leskow ausgesprochen: einmal tadelnd, einmal lobend. Worauf sich der Tadel gründet, weiß ich nicht — unter den Anlässen zu dem Lob ist sicherlich *‹Lady Macbeth von Mzensk›*. (Bei der Südbayerischen Verlagsanstalt in München-Pullach erschienen.)

Die Geschichte der Kaufmannsfrau Katerina Lwowna wäre ohne Tolstoi schwerlich geschrieben worden — aber das ist eine Anerkennung. Denn es gehört hohe Kunst dazu, die Künste des Alten auch nur anzuwenden. (Seine Kunst selbst ist nicht nachzuahmen.) Die Geschichte rollt ruhig und sicher ab, klar und übersichtlich wie ein Naturereignis. Das muß alles so sein. Die Darstellung des Buches (das Siegfried von Vegesack gut ins Deutsche übertragen hat) erinnert manchmal an Lynkeus — besonders an seine Erzählung *‹Im Postwagen›*, und Lynkeus hat ja selbst einmal im hohen Alter geschrieben, daß er sich vorgesetzt habe, im Gegensatz zu den schlechten Lyrikern, die in die Naturelemente menschliche Empfindungen hineinlegten, die menschlichen Gefühle elementar zu schildern. Leskow braucht sich das nicht vorzunehmen — er ist ein Russe. Hier möchte man beinahe das im Deutschen so mißbrauchte Papierwort anwenden: ‹naturgemäß› muß sich die Frau in ihren Sergej verlieben, ‹naturgemäß› erfolgt Entdeckung, Bestrafung, Verschickung, Untreue und Tod. Immer wieder erstaunlich, wie tief das heruntergeht, wie das ergreift, wie das packt. Lehrreich, wie noch der dumpfeste russische Bauernbursche um so viel höher auf der Stufenleiter menschlicher Wesen steht als etwa der Schmalztenor Gustav Roethe.

Um von etwas Erfreulicherm zu sprechen: schön sind die Schilderungen der Natur; der Fall Balzac ist ja selten, und im allgemeinen darf gesagt werden, daß hier der Prüfstein für einen Autor ist.

Das Buch sollte die russische Ecke jeder Bibliothek zieren. Und es brauchte gar nicht einmal so sehr weit entfernt von Tolstoi zu stehen.

AUF EIN FROLLEIN

Gott Amor zieht die Pfeile aus dem Köcher,
er schießt. Ich bleib betroffen stehn.
Und du machst so verliebte Nasenlöcher ...
Da muß ich wohl zum Angriff übergehn.

«Gestatten Sie ... !» Du kokettierst verständig.
Dein Auge prüft den dicken Knaben stumm.
Der ganze Kino wird in dir lebendig,
du wackelst vorn und wackelst hinten rum.

In deinem Blick sind alle Bumskapellen
der Sonnabendabende, wo was geschieht.
Ich hör dich Butterbrot zum Aal bestellen –
Gott segne deinen lieben Appetit!

Ich führ dich durch Theater und Lokale,
durch Paradiese in der Liebe Land;
du gibst im Auto mir mit einem Male
die manikürte, kleine, dicke Hand.

Aus weiten Hosen seh ich dich entblättern,
halb keusche Jungfrau noch und halb Madame.
Ich laß dich sachte auf die Walstatt klettern ...
Du liebst gediegen, fest und preußisch-stramm.

Und hinterher bereden wir im Dunkeln
die kleinen Kümmernisse vom Büro.
Durch Jalousien die Bogenlampen funkeln ...
Du mußt nach Haus. Das ist nun einmal so.

Ich weiß. Ich weiß. Schon will ich weiterschieben –.
Ich weiß, wie die berliner Venus labt.
Und doch: noch einmal laß mich lieben
dich
wie gehabt.

VON TOLSTOI

«Einmal sah ich ihn, wie ihn vielleicht keiner gesehen hat. Ich ging grade die Küste entlang zu ihm nach Gaspra, und hinter Jussupows Anwesen sah ich am Ufer zwischen den Steinen seine hagere, eckige Gestalt in einem grauen zerknitterten abgetragenen Rock und einem zerknüllten Hut. Er saß, den Kopf auf die Hände gelegt, der Wind blies ihm die Silberhaare seines Barts durch die Finger, er sah in die Ferne auf das Meer hinaus ... Er erschien mir wie ein uralter, lebendig gewordener Stein, der Anfang und Ausgang aller Dinge weiß ...»

So zu lesen in den ‹*Erinnerungen an Tolstoi*› von Maxim Gorki. (Verlag Der neue Merkur zu München.) Über Tolstoi zu lesen, empfiehlt sich im allgemeinen nicht – die Leute lesen aus ihm heraus und in ihn hinein, und die neuern protestantischen Deutungsversuche, die ihn maßvoll und mit aller zuständigen Bewunderung zu beschreiben suchen, sagen auch nicht jedem zu. Eigentlich gibt es zum Thema Tolstoi nur zweierlei: die Werke und die Porträts.

Aber diese paar Seiten Gespräche machen eine Ausnahme. Gorki ist kein Eckermann, und doch ist er zurückhaltend wie der und dabei tapferer und selbständig und bedeutungsvoller. Er liegt nicht platt auf dem Bauch – er widerspricht auch. Aber es handelt sich nicht um den umstrittenen Gorki, den der leider ins Bürgerliche gerutschte Mereschkowski, nun persönlich in eine poetisch gern verherrlichte Renaissance gerissen, für einen Lumpen erklärt hat. Es handelt sich um Tolstoi, dieses letzte Wunder einer kleinen Zeit.

Er spricht – nicht immer allzu Belangreiches, aber es ist doch der, der die ‹*Volkserzählungen*› geschrieben hat, jene letzten Beispiele einer Darstellung voll von Wundern. Er erzählt von den Bauern, von der russischen Sprache – Gott allein weiß, um was alles uns die übrigens guten Übersetzungen bringen –, es wird von ihm erzählt, wie gern er Karten spielte, und wie er doch bei allen Lebensverrichtungen der letzten Jahre der Erde etwas entrückt erschien, schon nicht mehr ganz dazu gehörte und darüber stand. Aber das hatte er ja, so sehr er mit ihr verknüpft gewesen war, eigentlich sein ganzes Leben hindurch getan. Denn um so weise zu sein, gemäßigte Bewundrer, muß man, von unten an, tierisch, menschlich, übermenschlich gewesen sein. Dann erst kam der Gott.

Schade, daß Arthur Holitscher ihn nicht mehr gesehen hat. Dieser größte deutsche Reisende mit den Fotografieraugen, der Landschaft, Gesellschaftsbau und Menschen blitzartig einfängt und sie scharf kopiert, so scharf, daß man Porträt und Fotografen nicht mehr vergißt – er hätte uns vielleicht ein Bild, das Bild Tolstoi gegeben. So bleibt dieses wertvolle Heft Gorkis. (Wer das Rußland Tolstois noch einmal vor Augen geführt haben will, lese Karl Nötzel.)

Wer aber sehen will, wie der Alte mit dem Bart einmal ausgesehen hat, als er jung war, als er dreiundzwanzig Jahre alt war, der schlage Rollands Tolstoi-Biographie auf, die – ein wenig phraseologisch, ein wenig pathetisch, wo man Aufschlüsse erwartet – bei Rütten & Loening in Frankfurt am Main erschienen ist. Er sah aus... Jeder deutsche Polizeipräsident einer mittelgroßen Stadt kniffe die Augenhöhle um das Monokel fester und verfügte einen Haftbefehl. Er hatte aufgeworfene Lippen, ein Bärtchen, kleine Augen, eine breite Nase und eine merkwürdige Stirn. Das war der, der später als alter Mann nach der Frage an Tschechow, ob der viel gehurt habe, von sich sagte: «Ich war ein großer...»

Ob seine Lehre die rechte war, wage ich nicht zu beurteilen, denn ich habe keinen Lehrstuhl der modernen Literatur an einer kaiserlich republikanischen Universität inne, die sich mehr mit Technischer Nothilfe und Studentenverfassungen beschäftigt als mit solchen faulen landfremden Elementen. Aber daß die Lehre göttlich war und mythenhaft und eine letzte Glaubensoffenbarung: das scheint mir gewiß.

SAISONBEGINN AN DER OSTSEE

232 km. Warnemünde. (Plan s. S. 114) Gasthöfe am Strande: Hübner mit Konditorei, 150 Zimmer zu 1.25 M – 5 M, Frühstück 1.25 M, Pension 5–6 M.
Baedeker 1914

Es läuft der Vorfrühlingswind
durch kahle Alleen;
seltsame Dinge sind
in seinem Wehn.
Hugo von Hofmannsthal

Oben an der Nordostküste Deutschlands rollen die Wogen in langen Linien auf den Strand – es ist sehr kalt und frisch, und der Sand ist ganz naß. Horch! läutets da nicht silberhell durch die Lüfte? Du hast dich nicht verhört, herzliebster Leser: ist ers doch, der rosafüßige Frühling, der soeben – mit Genehmigung der zuständigen Wetterwarte – seinen Einzug gehalten hat. Frühling, ja, er ists! Marie, der Lenz ist da – und allenthalben hebt ein geschäftiges Leben und Treiben an und versetzt die biedere Bevölkerung der Wasserkante in die höchste Aufregung.

Die Ostseewirte sind aus langem Winterschlaf erwacht und recken faul die gewaltigen Glieder. Langsam kriechen sie aus den wärmenden Speckhüllen, die sie in der rauhen Jahreszeit vor den Unbilden des unwirschen Klimas geschützt haben, die Fenster fliegen auf, und in riesigen Schwaden entweicht ein trüber Grogdunst in den hellblauen Frühlingshimmel. Kräftige Fäuste packen die Stoffüberzüge, mit denen winters die Wälder zugedeckt werden, zerren daran und reißen sie herunter; die jubelnde Jugend reinigt den Strand und schüttet frischen Sand als Streu für die zu erwartenden Kurgäste auf. Saisonbeginn!

Die fleißigen Gemeindeväter treten zu ernster Beratung zusammen: gilt es doch, die Kurtaxe mit Rücksicht auf den Ernst der Zeit um das Dreifache zu erhöhen und den lieben Gästen das Leben im Ort so angenehm wie möglich zu gestalten. Nachdem noch rasch der Mindestpreis für das Zimmer mit voller Pension (Mittagessen mit einbegriffen, Beleuchtung, Bewässerung, Bedienung und Beschlafung extra) auf 410 Mark festgesetzt worden ist, eilen die wetterfesten Männer an die Arbeit.

Da heißt es, angeschwemmte Strandgutplanken zum Familienbad zusammenzuzimmern, Strandkörbe werden ausgebessert, ja, ein luxuriöser Badeort, dessen Name hier nicht genannt sein soll, trägt sich bestem Vernehmen nach mit der Absicht, einen Rettungsring anzuschaffen. Er soll Ende August eintreffen. Der Strand wird rasch von Quallen und Tang befreit und beides vor die einzelnen Häuser ausgebreitet, zwecks Herstellung der ff. Seeluft. Viele große Badeorte schließen mit Berlin Lieferungsverträge für den kommenden Sommer ab, und große Kisten Flundern rollen aus der Residenz an, wohin sie das fleißige Fischervölkchen verschoben hat. Die Weinkarte (mit Gummizug) wird aktualisiert, auch werden große Sterilisationsapparate aufgestellt, mit denen man Seewasser trinkbar machen kann. Bei dieser Gelegenheit wird der alte Bestand in den Weinkellern aufgefrischt. Waisenkinder verteilen längs des Strandes Bernsteinstücke, die später bestimmungsgemäß von den aufjubelnden Kurgästen gefunden werden. Viele Muscheln erleiden einen qualvollen Tod: sie tragen als Aschbecher und Briefbeschwerer verkleidet, das Bild Hindenburgs und werden mit Recht den daheim gebliebenen Verwandten zum Andenken mitgebracht.

Auf mancherlei Besuch gilts sich einzurichten. Tiere und Menschen suchen in heißer Sommerszeit das kühlende Naß der Ostsee auf — an manchen Orten verkehren auch Sachsen. Zinnowitz läßt auf dem Gemeindehaus ein großes blank poliertes Hakenkreuz anbringen: im dortigen Herrenbad werden Badehosen nur nach vorheriger Revision durch den Badearzt abgegeben. (Es sollen dabei böse Vertuschungsmanöver vorgekommen sein.) Ein herzerfrischender antisemitischer Wind pfeift brausend über den judenreinen Strand des anmutigen Badeörtchens · seine Toiletten sind sämtlich schwarz-weiß-rot angestrichen und mit frommen Wünschen für die Monarchie versehen. Horrido —! Die Stellung kann bezogen werden.

Ein sanfter Zephyr hingegen mauschelt um die geschwungene Bucht Heringsdorfs. «Freya», der germanische Dampfer, das einzige arische Lebewesen weit und breit, ächzt durch die Fluten; pflichttreu, alt und gebrechlich, hat das wackre Boot, das kurz vor Erfindung der Dampfmaschine in Dienst getreten ist, schon manchen Kummer erlebt. Es ist auch heuer zur Stelle. In den Hotels wibbelt und kribbelt es: einem neu eingetretenen Angestellten, der ein Zimmer aufzuschrubbern versucht, wird vom Direktor seine Ungehörigkeit ernst verwiesen, und der zweite Gemeindevorsteher geht mit seinem Söhnchen spazieren, um ihm eine Fensterscheibe zu zeigen, die er einmal als Knabe eingeschlagen hat. Nach gutem alten heringsdorfer Brauch ist sie bis heute nicht erneuert.

In Mecklenburg hängen sich die Schiffer die Umhängebärte um, die ihnen ein so biderbes Aussehen verleihen, und die übrige Landbevölkerung lernt noch einmal rasch aus dem Polyglott Kuntze das gute Platt, um bei den Preisangaben durch mangelhafte Verständigung mit dem hochdeutschen Kurgast gedeckt zu sein. Ostpreußens Steilküste strahlt in schönster Ausstattung und ist am besten dran: Mücken und Berliner sind daselbst unbekannt.

Auf den Dünen werden die Polizeiverordnungsschilder neu angepinselt: «Das Betreten der Dünen und das Ausreißen derselben ist streng untersagt. Königl. Preuß. Hafenamt. 14. Juli 1876.» (Wie habe ich immer die Leute beneidet, die am 13. Juli 1876 da gebadet haben! Die durften noch!) Rasch werden einige hundert Schilder mit der Aufschrift ‹. . . ist verboten› ausgeteilt – die Lücke kann später beliebig ausgefüllt werden. Am Horizont dampft inzwischen das deutsche Kriegsschiff zu Reklamezwecken hin beziehungsweise her. Ganz Berlin kann mit Operngläsern feststellen, wofür es seine dicken Steuern bezahlt . . .

Die frisch gesalzenen Wogen rollen an den Strand. In einer Reihe, die ganze Küste entlang, stehen die Wirte, großen Raubvögeln gleich, vor ihren Horsten und lauern auf Beute. Sie klappern mit den Schnäbeln, die leeren Kröpfe baumeln im Winde, ab und zu fällt einem von ihnen hinten ein kleiner Prospekt heraus. Sie scharren ungeduldig mit den riesenhaften Fängen im Sande. Und warten.

Sieh! Da naht ein langer Zug ernster Männer dem Strande. Es ist der Landrat von Swinemünde, gefolgt von einer unabsehbaren Reihe Badeort-Delegierter. Von Holstein bis Samland ist alles vertreten. Die Geistlichkeit beider Konfessionen sowie heringsdorfer Kultusbeamte eröffnen den Zug. Fahnen wehen ihnen voran. Die Emma-Möwen kreischen und klacksen kleine Glückwünsche. Der Wind weht. Schulkinder singen. Der Zug steht.

Und hervor tritt der Landrat und hält eine schöne Rede, in der er auf die gute alte Zeit hinweist und darauf, wie grade die Ostsee allezeit treu zum Deutschen Reiche gehalten habe, weil in ihr (früher: auf ihr) dessen Zukunft liege, und weil Nepptun der Gott des Meeres sei. Biegen oder Brechen sei auf See stets die Losung gewesen. Von der Schmutzkonkurrenz der Nordsee wolle er schweigen – hie gut Ostsee allewege! Die Möwen schreien. Die Geistlichkeit spricht Gebete, Messen und Broochen und erfleht vom Himmel eine feiste Saison. Das Meer wird eingesegnet.

Und der Landrat hebt den Zylinder und spricht. Auftakt und Anfangssignal der Sommerzeit 1922: «Hiermit erkläre ich die Ostsee für eröffnet –!»

MERKT IHR NISCHT–?

Eine ganze Industrie
schluckt die dicken Gelder,
treibt die Preise hoch – denn sie
hat die Kohlenfelder.
Sie kann schröpfen und sie schröpft
euch, die Konsumenten;
von dem Geld, euch abgeknöpft,
zahlt sie die Agenten ...
Presse, Kinos, süß gemischt –
Merkt ihr nischt?

Käseblätter schelten brav
auf die Republike.
Und es tapst das deutsche Schaf
nach der Preßmusike.
Weil der Bauer profitiert
von den Feldgewächsen:
loben Filme – wie geschmiert! –
Fridericus Rexn.
Warum wird das aufgetischt?
Merkt ihr nischt –?

Was mit offnen Mäulern prahlt:
«Wir – wir sind die Stärkern!»
Das ist alles bar bezahlt –
und von euern Märkern!
Vorn der Militärsoldat
und die Ideale –
hinten steht ein Syndikat:
Zahle, Dummkopf, zahle!
Von der Welt könnt ihr nichts wissen.
Ach, wie seid ihr angelogen!
Und sie zahlen blutige Zinsen.
Und die Bauernfänger grinsen,
weil ihr alldeutsch aufgefrischt ...
Merkt ihr nischt –?

QUAQUARO

Seit Berlin steht, hat noch nie ein Einheimischer solch einen Namen getragen. Den gibt es überhaupt nicht. Es ist ein namensähnliches Geräusch, es ist, wie wenn der, der den Namen ersonnen hat, nur noch ein paar Buchstaben, ein Gebrummel übrig hatte, das abfiel für den da. Und so wandelt er, Hausmeister, Vizewirt und sicherlich Mitglied des Athletenvereins Deutsche Eiche 1888 durch die ‹*Ratten*› Gerhart Hauptmanns. Ein Meisterstück.

Er tritt nur viermal auf und hat nicht allzuviel zu sagen, er ist eine Nebenfigur, ein Thema des Fagotts im großen berliner Orchester dieses grandiosen Stücks, eine sogenannte Charge ... Alles ist vorgeschrieben: Kostüm, Tonfall, Auftreten – das ist nicht allzuschwer zu spielen. Einen gemeinen viereckigen Kopf, den Scheitel in der Mitte, eine versoffene Neese, die Stimme heiser vom Brüllen und Saufen, krummer Rücken, schleichender Gang ... Der Kerl wirkte, als ich ihn neulich in der berliner ‹*Ratten*›-Aufführung sah, so echt, daß ich mich unwillkürlich vom Platz erhob, um etwas festzustellen. Dieser Mensch mußte doch Filzpariser tragen ... ? Richtig: er trug sie. Aber auch die, wie der tiroler Gürtel (mit ‹G'sund sa ma!›), finden sich bei Hauptmann.

«Sahma, Paule, is deine Frau sse Hause –?» Hör ich doch den Glanz noch dieser Stimme! Tief aus dem Bauch kam sie, tonlos und unsagbar ordinär. Der Bursche stank aus allen Knopflöchern nach Echtheit. Und nach etwas anderm ...

Er ist Vizewirt des Hauses, also Vertreter der hausherrlichen Gewalt. Aber kein Hauspascha der schlimmsten Zeit kann so gemein und rücksichtslos sein wie der da. Der Wirt wußte, warum er ihn einsetzte. Er hat das ‹Pack› im Zug! Stammt er doch aus ihrer Mitte, und weil er einer von ihnen ist, tobt er sich wilder aus, als ein ganzer Hausbesitzer-Konzern dazu imstande wäre. Niemand kann so tief verletzen wie der eigne Kastengenosse, kennt er doch die verletzlichsten Stellen am besten – weiß er doch, was schmerzt. Und die halbe Stufe, die er höher steht, will betont sein. Und Quaquaro betont sie. Ein pathosloser Schweinehund.

Er hält auf Ordnung. Er liebt die Ordnung in allen ihren Gestalten. Er weiß, wer «polesseilicherseits is jesichtet worn» – er kennt «Herrn Schutzmann Schierke», und er versäumt niemals, alle staatlichen Machtfaktoren mit den ihnen zukommenden Titeln zu nennen. «Der Soldat Sorjenfrei» und hingegen der «Unteroffessier ...» Hat der Kerl gedient? Und ob der gedient hat –! Der ist die ganze Schule Kaiser Wilhelms durchgegangen, er ist geknufft worden, und er hat geknufft – der kennt das gemeine Volk und die Herrschaften, und der weiß, wie lukrativ es ist, auf Seiten der Herrschaften zu stehen. Wenn der Feldwebel schimpfte, mußte man hinter ihm stehen ...

Er weiß Bescheid. Das Haus zittert. Er kujoniert sie alle, denn er weiß auf alle etwas. Seinem Blick entgeht nichts. «Was soll ich denn nun als Bestohlener tun?» wird er gefragt. Er antwortet, im schönsten Aktendeutsch: «Det kommt druff an, wo Verdacht hin is . . .» Verdacht is immer wohin. Und der Preuße Quaquaro, kennt ihr seine Farben, sagt vor einem Abgang ein Wort, das Wort, sein Wort: «Immer anzeijen, Herr Direkter, immer anzeijen!» Der Junge ist richtig. Er hat eine Dogge. Und ist selbst eine.

Eine sogenannte Charge. Aber weil dieses Land von Quaquaros wimmelt – von jenen Zwischenstufen zwischen Herr und Diener, zwischen Gefängnisdirektoren und Injespunnten, weil es wimmelt von Feldwebeln, Unteroffizieren, Portiers, Gendarmen, schnauzenden Wohnungsbeamten, Krimmenalwachtmeistern, kurz: von Quaquaros –; deshalb ist er ein Exponent seines ganzen Landes und seiner ganzen Zeit.

DIE WEINENDEN HOHENZOLLERN

Sie sitzen in den Niederlanden
und gucken in die blaue Luft.
Der Alte mit den hohen Granden,
der Junge in der Tenniskluft.
Wer fuhr denn – töff-töff-töff – nach Holland,
woraus man heut sich traurig sehnt?
Sie klagen, ihre Welt sei Moll-Land . . .
Vater hat jeweent, Willy hat jeweent –
Alle ham se jeweent!

Das geht nun seit vier langen Jahren.
Es trieft das Schmalz. Die Zähre rinnt:
«Der biedere Greis in Silberhaaren –
das arme, so verfolgte Kind . . .»
Und selbst im Kino blüht die Lilie.
Das Fridericus-Auge tränt . . .
Das liegt nun mal in der Familie . . .
Vater hat jeweent, Willy hat jeweent –
Alle ham se jeweent!

Sie schreiben Fibeln für die Kleinen –
drin steht: «Ich hab es nicht gewollt!»
Die Krone fiel. Wer wird denn weinen!
Das ganze Geld kam nachgerollt.
Ein ewig Gestern – nie ein Morgen.
Mein Gott, die Welt hat andre Sorgen!

Es trägt ein Volk die schwersten Lasten . . .
Mit Melodien, dem Kitsch entlehnt,
drehn die an ihrem Leierkasten:
Vater hat jeweent, Willy hat jeweent –
Alle ham se jeweent!

BIBLIOTHEKSKADAVER

Sauber ausgerichtet stehen die Buchreihen – die Rücken glänzen matt. So viel Wissen, so viel Mühe, so viel Liebe steckt darin. Liebe des Autors und Liebe des Lesers. Die Bibliothek der verheirateten Herren wird jeden Morgen gut abgestaubt, die der Junggesellen hier und da gradegerückt – auf alle Fälle ist sie da. Wann wird sie gelesen?

Hermann Hesse hat einmal vor Jahren, als er noch seine ausgezeichneten Buchbesprechungen in dem verblichenen ‹*März*› schrieb, eine Sortierung seiner Bücher vorgenommen und erzählt, was er alles nicht mehr haben und was er behalten möchte. Vorliebe erkaltet, Neigungen schlafen ein, Bücher, mit denen man wie verheiratet war, werden einem schließlich stumpf, reizlos, gleichgültig, und man liebelt mit neuen. Aber selbst abgesehen von der Frage des Zeitablaufs: wie viel tote Bücher hat jeder in den Regalen stehen, wie viel Attrappen, wie viel Kadaver! Und man kann sich nicht entschließen, sie herzugeben.

Daß es jemand, der von seines Geistes Arbeit lebt, heut fast unmöglich wird, Bücher zu kaufen, ist eine andre Sache – eine andre auch die Tragik der gepeitschten Bücherverkäufer, die, um wieder eine Woche leben zu können, die guten alten Lederbände hergeben. Aber das steht nun dort, und wir sehen jeden Morgen fast gewohnheitsmäßig hin, sind beruhigt, daß noch alles da ist, und fassen es nie an. Und ich bin überzeugt, daß den meisten etwas fehlte, wenn man ihnen die toten Bücher wegnähme – es ist so eine Art Rückendeckung: Nie liest du darin – aber sie sind doch da! So legt sich der Examinand das Geschichtsbuch unters Kopfkissen und schläft mit dem tröstlichen Bewußtsein der wissenschaftlichen Nähe ein . . .

Wenn sie den Nachlaß ordnen, werden sie staunen über die Vielfältigkeit deiner Interessen. Und wissen nicht, daß du jahre-, jahrzehntelang die Bände reihenweise nicht mehr angerührt hast – sie hatten nur dagestanden, wirkungsvolles Relief für Heimfotografien. Oder mehr? Seltsames Gefühl, so ein totes Buch noch einmal aufzuschlagen, wie der alte Mann in ‹*Immensee*› tut: «Dann rückte er auch den Stuhl zum Tische, nahm eins der aufgeschlagenen Bücher und vertiefte sich in Studien, an denen er einst die Kraft seiner Jugend geübt hatte.»

Streiche liebevoll über die Rücken. Im Gleiten liest deine Hand noch einmal alles, was du je geliebt.

WENN DER VATER MIT DEM SOHNE . . . !

Du sollst deinen Vater und deine Mutter ehren, auf daß es *Dir* wohlgehe und *Du* lange lebest auf Erden!

Was das neue Buch des Schriftstellers Wilhelm von Hohenzollern angeht, so ist zunächst festzustellen, daß es gar nicht von ihm herrührt. Also mit der Sensation ist es halb so schlimm. Für geistige Arbeiten haben sich die Monarchen stets ihre Helfer gehalten: früher einen Hofnarren, später katzbuckelnde Minister – heute wendet sich das Haus Hohenzollern in solchen Fällen («Postkarte genügt! Komme sofort!») an Herrn Karl Rosner. Von dem stammt der Schmöker.

Herr Rosner hat erst vor Jahresfrist ein Buch unter sich gelassen, das er, weil die kaiserliche Firma blamiert schien, vorsichtshalber ‹*Der König*› nannte, und in dem genau das Gegenteil von dem steht, was einen Teil seines neuen Buches ausmacht: war dort der gute, arme Kaiser ein unschuldiger und braver Mann, so ist er hier ein haltloser, von seiner Umgebung betrogener, ziemlich trauriger Tropf. Und das ist eigentlich eine der häßlichsten Seiten des sonst belanglosen Buches.

«Die Fähigkeit, Menschen und Verhältnisse . . . richtig zu beurteilen, ist für den Herrscher und Staatsmann von größter Wichtigkeit. Sie ist dem Kaiser nicht in vollem Maße gegeben.» Das konnte man wohl sagen. Und wenn auch dargetan wird, daß Seine Majestät hinter seiner repräsentativen Form im Grunde eine schlichte Natur gewesen sei, (siehe die Bauwerke seiner Regierung!) – so kommt doch im allgemeinen der Vater unter der Kritik des Sohnes nicht allzugut weg. Er wird, was man so im schlichten Volksmund sagt, fallen gelassen.

Warum?

Warum? – Wenn ein Restaurateur seine Destille verkauft, dann prangt gewöhnlich im Blättchen die Anzeige:

P. T.

Ich habe die Restauration Zum vergnügten Hohenzollern erworben und bitte ich, das meinem Vorgänger gespendete Vertrauen auch mir entgegenbringen zu wollen.

Hochachtungsvoll
Der neue Wirt.

In diesem Büchlein, dessen Lektüre sich kaum lohnt, empfiehlt sich hochachtungsvoll der neue Wirt. Aber ich fürchte, ich fürchte . . . wir werden ihm kein Vertrauen entgegenbringen.

Jedes Wort des Buches, das ein großes Geschäft werden soll – man beachte die organisierte Aufmachung in den deutschnationalen Buchläden! –, jedes Wort ist genau frisiert, dreimal besprochen und viermal überlegt. Es ist ganz und gar für die Dummen geschrieben: mit seiner törichten Gefühlsduselei (in dem Buch wird ein bißchen viel geweint, beinah so viel wie in einem Roman der Frau Courths-Mahler), – in seiner verlogenen Forschheit, seinen schmalzigen Ergüssen, seiner falschen Bescheidenheit und seinen scheinbaren Intimitäten. Und trotz aller Bauernschlauheit, trotz allem Kopfzerbrechen präsentiert sich Wilhelms Ältester als der Sohn seines Vaters. Das ist kein Kompliment.

Der Herr Schriftsteller ist bemüht, sich als ‹modernen jungen Mann› zu geben: wissen Sie, so einer, der nicht in den alten dummen Anschauungen der Monarchie befangen ist (sondern in den neuen dummen), so einer, der sogar das Telefon benutzt, ein Sportsmann, ein Theaterlogenbesucher, kurz: der Typus des jungen Menschen in gehobener Stellung, dem keine Bar fremd ist. Es lohnt kaum, all die Torheiten aufzuzählen: wie er Zeppelin den größten Deutschen seines Jahrhunderts nennt (heiliger Goethe!), wie er eine Putzstunde, die unter seiner Aufsicht beim 1. Garde-Regiment zu Fuß stattfindet, für eine Widerlegung der «klugen Herren» hält, «die jetzt immer so viel von der Tyrannei und Menschenschinderei des alten Militarismus zu erzählen wissen». Ob er auch dabei gewesen ist, wenn seine Unteroffiziere den ‹Kerls› ins verlängerte Kreuz traten? In dieser Zeit besuchten Hoheit wohl mehr die *‹Lustigen Witwen›*. Es lohnt nicht, von dem schnoddrigen Kasinostil zu sprechen, von den zahllosen Dummheiten und Schiefheiten der politischen Ansichten und von der Selbstüberhebung, die da glaubt, es sei diesem Kronprinzen möglich gewesen, «sein Wissen aus dem Vollen des Lebens zu schöpfen».

Wenn früher einer einen Krieg verloren hatte, dann ging er still und bescheiden nach Hause und war froh, wenn sie ihn nicht aufhängten. Unsere geschlagenen Cäsaren schreiben Bücher. Für diese Entschuldigungs-Zettel gibt es bereits ein bestimmtes Schema, und Herr Rosner hat sich sein Geld leicht verdient: man schwärzt nach berühmten Mustern einfach alle andern Dienststellen, Offiziere, Minister und Politiker an, hat es selbst alles bereits 1915 gewußt und steht nachher da wie die Drahtseiltänzerin, wenn sie geziert ins Publikum dankt. Gewöhnlich ist immer nur eine Seite dieses Geschreibes wahr: das ist die Belastung der andern; denn der Haß schärft die Augen. Und zum Schluß hat sich die ganze Gesellschaft gegenseitig mit faulen Eiern beklackert und versichert im schönsten Chorgesang, daß es keiner, keiner gewesen sei.

Besonders peinlich wird die Angelegenheit, wenn der Sohn auf den Vater alle Verantwortlichkeit zu schieben versucht. Sicherlich mit großem Recht. Aber diese häuslichen Auseinandersetzungen sind nicht gerade ersprießlich, und sie scheinen es um so weniger, besinnt man sich auf ihr sehr übles Motiv.

Wenn ein Kommis den ganzen Laden madig macht und an seinem

Betrieb auch nicht ein gutes Haar läßt, so würde man den jungen Herrn nicht gerade mit viel Vertrauen engagieren. Dieser packt dem Monarchismus eine Portion Schuld auf, an der drei mittelkräftige Familien ihr Auskommen hätten. Die Ratgeber der kaiserlichen Umgebung hätten im Krieg und im Frieden versagt. Sie sind nach diesen Schilderungen eines, ders wissen muß, töricht, unzulänglich, verderblich ... Ja, wer hatte sie sich denn ausgesucht? Alles fällt auf Vatern zurück.

Aber der Sohn ist auch nicht von Pappe. Wie er Groener an allem schuld sein läßt (alter psychologischer Kniff: den Boten des Unglücks die Botschaft entgelten zu lassen) – wie der Ausreißer die Deutschen beschimpft, weil sie nicht mehr für ihn und die verfahrene Karre weiter bluten wollen, wie dieser Telefongeneral auf ‹Etappensoldaten› schimpft und sie noch zum Schluß – auf seiner eigenen Flucht! – anpfeift – wie er sich dreht und windet, um diese Flucht plausibel zu machen – und wie er noch zuletzt Deutsche auf Deutsche hetzen wollte: *all das ist Papa wie aus dem Gesicht geschnitten.*

1918. Noch im Sterben benahm sich jene Monarchie so klein, wie sie es stets zu Lebzeiten getan hatte: noch im Erlöschen machten diese preußischen Talmudisten die feinsten Unterschiede zwischen einer ‹Abdankung› und der ‹Bereitwilligkeit zur Abdankung› – man denke, am Telefon drängten die Minuten und sie stritten um Silben. Und kniffen aus. Wenn der Vater mit dem Sohne auf dem Zündloch der Kanone ... Heil euch im Siegerkranz –!

Und nun empfiehlt er sich. Dafür ist dieses Buch geschrieben. Empfiehlt sich als fortgeschrittenen, modernen jungen ‹Demokraten› – rührend, diese Kindlichkeit, mit der von Rosner seine militärischen Grundsätze über den ‹Dienst› hervorgehoben werden: viel Urlaub, Nachsicht noch mit dem mindestbegabten Rekruten (Trost für die Dummen unter den Deutschen, wenn wir erst die Wehrpflicht wieder haben!) – er ist auch gegen den übermäßigen Trinkkomment der Studenten – er will die Sozialdemokratie «nach Möglichkeit berücksichtigen» – und merkt nicht, wie weltenfern von aller wahren Geistigkeit er ist, und sieht nicht ein, daß wir weder einen strammen noch einen laschen ‹Dienst› haben wollen, sondern gar keinen. Und ihn am allerwenigsten.

Er hält sich bestens empfohlen. Aus den letzten Seiten des Buches geht hervor, was von der schriftlichen Zusicherung eines Hohenzollern zu halten ist: er habe abgedankt, spricht er; aber nicht etwa, weil er die Revolutionsregierung anerkannt habe und weil es ihm mit der Abdankung ernst sei, sondern weil für einen Thronfolger das wahre Fundament der Rechte das Vertrauen der Nation sei, die ihn ja jederzeit wiederberufen könne. «Gibt jemand, der in großer Not zum Wohl des Ganzen den Verzicht auf ein verbrieftes Recht erklärt, etwas von dem höheren freien Recht preis, dem Ruf zu folgen, wenn er jemals aus dem Willen der Mehrheit an ihn ergehen sollte?» So fing Napoleon III. auch an. Genau so.

Hier ist ein kleiner Kronprinz zu vermieten! Dies und nur dies ist der Schrei des Buches. Alle andern Einzelheiten sind überholt, oberflächlich und uninteressant – man halte nur ‹*Die Katastrophe Deutschlands, von einem Deutschen*› dagegen (erschienen bei Duncker und Humblot in München), um den ganzen Unterschied zwischen Husarenmütze und Geist zu ermessen! Er empfiehlt sich. Er will, Gott behüte, weiterschreiben – und wenn wirs erleben, dann wird sich ja wohl auch noch sein Ältester bei Vater Rosner sein Buch bestellen. Rosner machts.

Sein kaiserlicher Auftraggeber aber bleibe auf seiner Insel und nähre sich redlich. Ab und zu schickt er, wie er sagt, eine Taube nach Deutschland, «auf daß er erführe, ob das Gewässer gefallen wäre auf Erden». Die Taube hätte ihm bis jetzt noch kein Ölblatt mitgebracht, sagt er. Ein Ölblatt nicht, aber der Familie immerhin einen hübschen Batzen Geldes, der unsern Kriegsverletzten erheblich an der Rente fehlt!

DIE WEINENDEN HOHENZOLLERN

In den tiroler Volksstücken, die wohl jeder schon einmal gesehen hat, ist es nicht die wirkungsloseste Szene, wenn der arme alte Großvater und das kleine Enkelkind verlassen, hungrig und müde auf einem Stein sitzen und ununterbrochen stöhnen: «'s is a Kreuz!» Dann geht eine Bewegung durch das ganze Theater: die Damen ziehen ihre kleinen Schnupftücher, ernste Männer nehmen den Kneifer ab und putzen ihn nachdenklich, und in der Dunkelheit hört man ein-, zweimal richtig schluchzen ... Bis dann der edle Wohltäter erscheint und die beiden armen Leute da oben auf der Bühne von allem Leid erlöst ...

Unser früheres Herrscherhaus führt augenblicklich so ein tiroler Volksstück auf. Es ist nicht zu glauben, welch eine Woge von Rührseligkeit über die Zeitungsleser seit Wochen und Monaten ausgeschüttet wird: vom ersten Krankheitstage der Kaiserin bis zur neuesten Biographie des Kronprinzen jammert ein unendlich sentimentaler Chor: Die armen, armen Hohenzollern!

Der Kaiser als Gatte, der Kaiser als Witwer, der Kronprinz als Mensch und Sohn – verbannt, elend, einsam und allein – eine außerordentlich geschickte Mache wendet sich an das öffentliche Mitgefühl, an die stets funktionierenden Tränendrüsen der Masse – – Und hat Erfolg.

Es ist erstaunlich, wie selbst gerissene und kluge Geschäftsleute, wie gebildete Menschen – und besonders die Frauen – auf diesen empfindsamen Feldzug hereinfallen. Was ist denn eigentlich los?

Die Hohenzollern haben eine Politik gemacht, die ihnen den Thron gekostet hat. Sie sind – ihr Oberhaupt an der Spitze – geflohen, als die Situation brenzlig wurde und als jene Verantwortung angefangen hatte, von der wir so oft gehört haben. (Denn man kann die Flucht des Kaisers mit allen möglichen Deutungen zu erklären versuchen – ableugnen kann man sie nicht.) Die Hohenzollern haben ferner ihr gesamtes Privatvermögen ausgeliefert bekommen (es sind recht wohlhabende Menschen – und noch einen großen Teil jener Vermögensteile dazu, von denen man nicht genau weiß, ob sie dem Staat – also uns – oder ihnen gehören. Sie haben keinen Grund zu jammern. Jedes Geschäft trägt ein Risiko in sich – und ihnen ist nun das geschehen, was jedem von uns täglich zustoßen kann: sie haben keinen Erfolg gehabt. Ein lebenskräftiger Mensch findet sich damit ab).

Die Hohenzollern weinen. Sie weinen ununterbrochen. Die albernsten und sentimentalsten Rührgeschichten durchlaufen das Land – neuerdings beweinen die Leute in den Kinos sogar den alten armen Friedrich den Zweiten, weil er von seinem Vater malträtiert worden ist. Es ist halt eine bedauernswerte Familie ...

Es scheint die höchste Zeit, daß man zum Ausdruck bringt, es gäbe auch noch verständige Leute, die auf diesen Unfug nicht hereinfallen. Wer wird denn weinen ...!

Und wenn bei euch wieder ein sentimentaler Leierkastenmann auf dem Hof spielt und seine alten Walzen dreht von der Rasenbank auf dem Elterngrab und von dem armen alten Kaiser und von dem guten, armen Kronprinzen, der jetzt mit seinem Buch bei denen, die nicht alle werden, ein Vermögen verdienen kann und von den armen Prinzenkindern, die nicht einmal mehr eine Parade zu sehen kriegen –: wenn der Mann da unten um seine Groschen den Kasten schnarren läßt – dann macht das Fenster auf und ruft herunter:

Betteln und Musizieren ist hier verboten!

ALTE SCHLAGER

Schlager sind Lieder, bestehend aus Musik und Worten, die kaum noch etwas mit ihren Autoren zu tun haben, sondern die aus der Literatur zum Gebrauchsgegenstand des Volkes oder des jeweiligen Volkskreises avanciert oder degradiert sind. Solche Lieder zum sonntäglichen Gebrauch des deutschen Bürgertums aus den Jahren 1740 bis 1840 hat Gustav Wustmann, der Schöpfer des ausgezeichneten Werkes ‹*Allerhand Sprachdummheiten*›, veranstaltet, und ihre Neuausgabe liegt jetzt vor. (‹*Als der Großvater die Großmutter nahm*›, im Insel-Verlag.)

Da sind sie alle noch einmal, jene heute schon ganz oder halb verschollenen Lieder, deren letzte leise Klänge wir noch aus dem Munde unsrer Großeltern haben herüberwehen hören: ‹*Denkst du daran, mein tapferer Lagienka*› und ‹*Fordere niemand, mein Schicksal zu hören*› und ‹*Fern im Süd das schöne Spanien*› und ‹*Es kann ja nicht alles so bleiben hier unter dem wechselnden Mond*› und viele andre. Kulturgeschichten lügen. Lieder lügen nicht.

Sondern sie enthüllen objektiv und klar die Seelenverfassung der Geschlechter, die sie gesungen haben, und das ist interessant genug. Eine reiche Literatur lag zum Aufblättern vor diesem Bürgertum – heraus nahm es sich, was seinem Geisteszustand am meisten zusagte: das Süße und das Empfindsame und das Zerklüftet-Romantische (man denke an die alten Öldrucke, die noch in manchen schweizer Hotels zu hängen pflegen) – das Edle und das Leis-Neckische. Es ist fesselnd, zu beobachten, was mit so einem Lied geschieht, wenn es in aller Munde ist, wie es eine ganz andre Klangwirkung bekommt, als die war, die dem Dichter vorgeschwebt hat; viele Zeilen erstarren und werden zu einem einzigen Begriff (bei ‹*Drunten im Unterland, da ists halt fein*› denkt sich zum Schluß niemand mehr etwas, sondern das wird nur noch um des Rhythmus willen gesungen); manche Gedichte werden zu Kinderliedern; manche erhalten einen komischen Beigeschmack. Auch Lieder werden geboren, leben, haben ein Schicksal und sterben. Es ist übrigens an diesen Liedern auf das deutlichste zu sehen, wie Worte nicht den Gehalt zwischen den Zeilen aufbewahren können, nicht jenes Unnennbare, das dem Lied erst seine Farbe gibt. Sing einem ganz alten Mann das ‹*Maurische Ständchen*› vor – er wird die Assoziationen: Werbung, Gefallsucht, Abweisung, das Parfum eines Haares haben, du aber hältst die graue Mathematik in Händen und wunderst dich über den alten Mann ...

Ihr werdet hübsche Dinge in dem Bändchen finden. Mein Lieblingsgedicht ist darin – das ‹*Herbstlied*› von Salis-Sewis:

Braun sind schon die Felder
Gelb die Stoppelfelder,
Und der Herbst beginnt.
Rote Blätter fallen,
Graue Nebel wallen,
Kühler weht der Wind.

Mit dem reichen Schlußvers:

Geige tönt und Flöte
Bei der Abendröte
Und bei Mondenglanz;
Schöne Winzerinnen
Winken und beginnen
Deutschen Ringeltanz.

Das kann sich neben Gedichten von Claudius sehen lassen.

Und dann ist noch etwas sehr Merkwürdiges aus diesem Buche zu lernen. In den ersten Jahren dieses Jahrhunderts sang Julius Freund das schöne Lied vom letzten Taler und lobte die alte Zeit: «Da war noch Sittsamkeit, Bescheidenheit ...» Womit er also etwa die Gründerjahre gemeint haben mochte ... Aber in den Jahren um 1870 pries man sicherlich auch die gute alte Zeit – und in dieser – zwei Generationen vorher, also um 1810 – sang Langbein:

Als der Großvater die Großmutter nahm,
Da wußte man nichts von Mamsell und Madam;
Die züchtige Jungfrau, das häusliche Weib,
Sie waren echt deutsch noch an Seel und Leib.

Als der Großvater die Großmutter nahm,
Da herrschte noch sittig verschleierte Scham ...

Aber als er sie wirklich nahm – im Jahre 1747 –, da sang Hagedorn:

Zu meiner Zeit
Bestand noch Recht und Billigkeit.
Da wurden auch aus Kindern Leute,
Da wurden auch aus Jungfern Bräute,
Doch alles mit Bescheidenheit ...

Und zu ‹seiner Zeit› schalt wohl Abraham a Santa Clara über die ‹Erzschelmereien› der neuen Läufte.

Es ist ein Volk des ewigen Gestern, dieses deutsche. Gestern, gestern, nur nicht heute ... Die Geschichtsbücher bewahren nur das Gute, Edle und Schöne auf – der Alltag versinkt. Und der gelockt gekräuselte Sonntag, überliefert und sorgfältig für die Tradition gepflegt, behält sein Recht. Ja, damals –! Als ob nicht jedes Damals relativ genau so hart, so laut und so erbarmungslos gewesen wäre wie jedes Heute, als ob nicht immer die Cäsaren, die Fugger, die Cagliostros und die Devisenhändler oben gelegen hätten! Aber objektive Geschichtsbetrachtung scheint nur möglich zu sein, wenn man an den Epochen gänzlich unbeteiligt ist – und nur der Schwächling verliert sich in der gefühlvollen Rückbetrachtung.

Heute wie damals. Wie wäre sonst der Fridericus-Wahnsinn zu erklären, der über die Geistesgestörten dieses Landes dahinbraust! Die gute alte Zeit –! Hagedorn aber nannte die von den heutigen Drahtziehern gepriesene Epoche: «O schlimme Zeit!», und so bestätigt sich auch hier wieder, daß es die Invaliden des Lebens sind, die den Leierkasten der Erinnerung auf dem Buckel schleppen und ewig auf ihm werkeln.

Ein schwaches Volk ist stets ein König Lear!
Die Jugend ist um ihretwillen hier;
Es wäre töricht zu verlangen:
Komm, ältle du mit mir.

UNSER TÄGLICH BROT

An deinem Brot für fünfzehn Mark und achtzig
hängt, wenn du hinsiehst, allerlei –:

Der Landmann läßt sich neue Ställe bauen,
behängt mit Pelz und Perlen seine Frauen;
er zählt das Geld nicht mehr – er muß es wiegen –
wo soll er nur den Krempel unterkriegen?
Im Flusse treibt ein neues Segelboot –
von deinem Brot.

Die Mühlen mahlen. Unternehmer grinsen.
Die Werke tragen unerhörte Zinsen.
Kein Käufer streikt. Er kann und muß es tragen.
In den Garagen summen neue Wagen,
weil man die besten Dividenden bot
von deinem Brot.

Der Bäcker backt. Die Löhne steigen munter,
doch vom Gewinne geht kein Pfennig runter.
Die Menschen leben vom Gehalte in den Mund.
Der Bäcker backt. Und macht sich sehr gesund.
Er ist der Preisekönig, der Despot –
von deinem Brot.

So geht der Kreis: kein Landbetrieb geniert sich.
Die Industrie hingegen revanchiert sich.
Wer hat, der hat. Nun seht ihr andern zu.
Sie teilen sichs. Wer unten liegt, bist du.
Sie klopfen auf die Waren ihres Baus.
Das ist noch drin. Und das muß noch heraus!
Sie wollen alle leben, fett und reich:
in Villen, Autos, teppichwarm und weich ...
Goldtaschen, Zobel und der Frauen Lippenrot –:
Das, Deutscher, ist dein Brot.

DER HUND ALS UNTERGEBENER

«Und der Dackel Männe hatte alle zu Vorgesetzten», steht in Heinrich Manns ‹*Untertan*› von der deutschen Familie. Hast du einmal den deutschen Bürgersmann beobachtet (und ganz besonders die deutsche Bürgersfrau), was sie auf der Straße alles mit ihrem Hund angeben? Es scheint wirklich so, als ob die meisten Menschen hierzulande einen Hund nur deshalb besäßen, um noch einen ‹unter sich zu haben›. Bedrückt von Wohnungsamt, Polizeirevier, Hauswirt, Kolonialwarenhändler, Außenhandelsnebenstelle, Finanzamt und ähnlichen Versorgungsanstalten benötigt die mannhafte deutsche Seele einen Sklaven, um die Superiorität ihrer Herrenrasse darzutun.

«Komm mal her! Kommst du gleich her! Willst du mal gleich herkommen! Lumpi! Lump! Lumpichen! Lump, Lump, Lump!» Lump hat furchtbar zu tun: er riecht grade die untere Rundung einer Litfaßsäule an, auf die eine Einladung zum Husarentag in Rathenow geklebt ist . . . Er denkt gar nicht daran, zu gehorchen. Es betrübt nun den Bürgersmann und die Bürgersfrau gar nicht so sehr, daß der gewaltunterworfene Sklave nicht kommt – aber welche Seligkeit, befehlen zu können! Welche Freude, einen um sich zu haben, der mit treu dämlichen, gefeuchteten Augen zu dir emporblickt, manchmal gehorsam jedem Winke, und dem gegenüber du dich als Mann fühlst, als Freier und als Herr.

Ich weiß schon: viele Leute züchten Hunde, weil sie wirklich etwas davon verstehen, und vielen Leuten ist der Hund ein wahrer Freund, in den sie sich eingefühlt und eingelebt haben. Aber ein großer Teil der in den Mietshausschubläden untergebrachten Individualitäten (ein durch seine Aufzeichnungen berühmt gewordener Irrer nannte seine Visionen immer: «rasch hingemachte Männerchen») – ein großer Teil dieser, entschuldigen Sie das harte Wort, Menschen hat an dem Hund nur einen Untertan. Sie regieren auf ihm herum. Der Schweifwedelnde quittiert mit fröhlichem Gebell, einem leicht pestilenzialischen Geruch bei Regenwetter und einer Treue, die fast so unentwegt ist wie die der Monarchisten. Er ist egal treu, hat um den Kopf eine Hundemarke und in demselben so viel Gemüt, daß die ganze Nation empört und beleidigt ist, wenn man sich über ihre falsche Beziehung zum Hund lustig macht. (Was sie aber nicht hindert, dieses bewegliche und auf die Bewegung angewiesene Tier in Tausenden von lebendigen Exemplaren in kleine muffige Hundehütten zu sperren und die so Angeketteten bis an ihr Lebensende zu quälen.)

Nein, ich hasse den Hund gar nicht. Wohl aber eine bestimmte Gattung Mensch, die ihn behandelt wie ein Brigadekommandeur die unterstellte Formation, und die mit ihm herumwirtschaftet, weil auch er aus Deutschland ist.

Und so ist die Reihenfolge: Der Verflossene in Doorn hatte die Schranzen, die hatten die Militärs, die hatten die Ämter, und die hatten den Untertan. Und er hat den Hund. Und weil der zum Glück seinen Floh hat, und der Floh wiederum den Verflossenen pieken durfte, so ist der Zirkel der göttlichen Gerechtigkeit auf das Herrlichste geschlossen, und es ist immer noch besser, daß der Deutsche seinem Hund pfeift als der Kaiser seinem Deutschen.

DIE GESCHÄFTSREISENDEN

Die Revolutionäre der Gegenwart
sind die Reaktionäre der Zukunft.
Robert Michels

In Porwischken (Ostpreußen) lebt der Besitzer Franz Kalweit. Er bewirtschaftet seine paar Morgen, hält sich sein Kleinvieh, schuftet den ganzen Tag und scheffelt das Geld. Die Stadt zahlts ja. Er läßt sich nichts abgehn. Braucht er auch nicht. «Schabber nich lang – 'n Schnaps muß sein!» – Seinen Schnaps hat er, wie er sein Fett, seine Butter und seine Milch hat. Viel Abwechslung bietet der Ort nicht – da ist das kleine Lokal von Buttgereit, wo man abends seinen Schoppen nimmt und stundenlang stumpf und stur um den runden Tisch sitzt – ein Kaiserbild glotzt von den Wänden – sonst ist das Leben leer wie ein Agrarierportemonnaie, wenn der Steuerbote kommt. Gehts hoch her, so fährt man – möglichst ohne die ‹Olle› – nach ‹Keenichsbarch›.

Ihre Kenntnis von der Welt beziehen diese Dörfer und Landstädtchen durch das Kreisblatt. Das nimmt zwar die amtlichen Anzeigen der Republik, hat sich aber dabei eine durchaus selbständige Haltung bewahrt: es macht, so oft es erscheint, die neue Zeit madig und stellt fest, daß früher ‹alles viel schöner› gewesen sei. Ebert ist dick, und Berlin ist weit ... Und der einzige Geist, den man weit und breit findet, ist der Spiritus, der aus den Kartoffeln gebrannt wird ...

In diese ländliche Stille fällt wie ein Paukenschlag der Besuch Hindenburgs. Das Dorf summt wie ein Bienenschwarm. Der Kriegerverein hält erregte Sitzungen ab. Die Feuerwehr tritt an (in Preußen kommt man nicht zusammen – in Preußen tritt man an) – die Schulkinder bilden Spalier – die Gendarmerie putzt Lederzeug und Helm. Und dann gehen, wie es in einem alten Bericht heißt, «die *Allerhöchsten Herrschaften* in die Kirche, um dem *Höchsten* zu danken».

Kalweit strahlt. Welch ein Vorwand, einen zu heben –! Und es gibt etwas zu sehen, etwas zu begaffen, etwas zu bestaunen! Er kommt! Er kommt! Wer kommt –?

Es kommt ein Geschäftsreisender der Monarchie. Es kommt ein General, der schließlich doch den Krieg verloren hat und der so gefeiert wird, als habe er ihn gewonnen wie Foch. Ein pensionierter Beamter? Ein Privatmann?

Nein, eben nicht, obgleich ers ja ist — und hier steckt die schamlose Lüge der Deutschnationalen. Sie ziehen die Reisen dieser geschlagenen Generale so auf, als ob das die Vertreter einer legitimen Staatsform seien. Und die Republik? Die Republik zahlt Pensionen aus, sieht zu und schweigt.

Statt ihrem Vaterlande mit produktiver Arbeit auf die Beine zu helfen, reisen diese Herren seit Jahr und Tag durch die Gegend, höhnen die Republik und loben ihren kaiserlichen Deserteur, den sie wiederhaben wollen. Ich habe nie gewußt, wozu alte Uniformen gut sind. Jetzt weiß ich es. Sie lüften sie aus — und sie benutzen sie dazu, einem Volke, das in Ehrfurcht vor diesen bunten Jacken großgezogen ist, darzutun, daß der alte Knechtsgeist wiederkommen müsse und jene Zeit, wo der ‹Vorgesetzte› den ‹Untergebenen› ungestraft schikanieren dürfe. Und die Republik?

Im vorigen Jahre, als man in Ostpreußen den Jahrestag des Gefechtes bei Tannenberg festlich beging, bemühte man zu dieser Feier einen Konkurrenten Hindenburgs: einen Herrn, der sich hie und da Lindström nennt und sich augenblicklich sein kümmerliches Geld mit gutbezahlten Artikeln bei der englischen Presse in Pfunden verdient — da hetzt er vor Fremden gegen die eigene Heimat. Dabei hat der Mann das gar nicht nötig: denn Ludendorff bekommt von dieser Republik — und nach diesem Kapp-Putsch, an dem er teilgenommen hat — *145 000 Mark Pension jährlich!* Das wäre gerecht, wenn man auch geistig Kriegsbeschädigte unterstützen müßte. Aber es soll körperliche Krüppel geben, die nicht wissen, ob sie am morgigen Tag zu essen haben werden! Und die Republik?

Als die Geschäftsreise Hindenburgs nach Ostpreußen angesagt war, erließ Severing in Übereinstimmung mit dem ganzen preußischen Kabinett eine Verordnung, wonach sich die dortigen Behörden nicht an diesem Nationalistenrummel beteiligen dürften. Das war selbstverständlich. Oder haben früher vielleicht Landräte und Schulen und Regimenter demonstriert, wenn Bebel Geburtstag hatte? Der Kultusminister Boelitz schwächte den Beschluß ab: die Behörden sollten sich nur ‹als solche› zurückhalten, und nur, ‹soweit› die Veranstaltungen parteipolitischen Charakter trügen. Im Worteklauben ist diesen Preußen keiner über. Und nun muß man sich vorstellen, was da getrieben wird:

Paraden der Kriegervereine — Einweihung von Gedenksteinen — Abordnungen von Offizieren in einer Uniform, die zu Recht nicht mehr besteht; (als Hindenburg Swinemünde verließ, huldigten Reichswehr und Reichsmarine einem Privatmann) — Klamauk — Feste — Absperrungen und Reden, Reden, Reden. Ich möchte mal den Bauer sehen, der bei solchen Trara-Kisten den feinen Unterschied zwischen dem Landrat ‹als solchem› und dem Landrat ‹als Privatmann› macht! Für ihn ist das eben alles: der Staat.

Nationalistische Hohlköpfe faseln schon davon, daß dieser Rummel eine echte Volksbewegung sei. «Sie sind plötzlich eins in der Ehrfurcht vor einem Mann, der die große deutsche Vergangenheit verkörpert.» Die große deutsche Vergangenheit heißt Versailles – und der da? Einer, der noch dem ermordeten Erzberger in den Sarg nachgerufen hat, er habe ihm niemals die Hand gedrückt! Und die Republik –?

Die Republik tut nichts. Was nützen denn die Erlasse, die sich Unter den Linden sehr schön ausnehmen, wenn sich im Dorf und in der Stadt keiner darum kümmert? Der Oberpräsident Siehr in Ostpreußen ist ein ordentlicher Mann, der mit dem Kappisten Winnig nicht in einem Atem genannt werden darf – aber regiert wird das Land von dem Heimatbund des Erzreaktionärs von Gayl. Da entsteht jene Atmosphäre, in der die Helden gedeihen, die Erzberger ermordet und die erst jetzt wieder Philipp Scheidemann verletzt haben– in diesem Falle übrigens mit der einzigen ihnen zukommenden Waffe: mit der Klistierspritze. Im Gebirge tobt Bayern – an der See feiert Ostpreußen – in der Mitte herrscht die Republik: Unter den Linden.

Sie verkennt ihre Zeit. Sie weiß nicht, daß die großen Massenerlebnisse heute nur noch von der Kirche und von den nationalistischen Radaupolitikern geboten werden. Und der Deutsche braucht seiner ganzen Natur nach diese Massenballungen – er war von je ein Massenmensch, trotz und gerade wegen seiner starken Eigenbrötelei. Die tiefe Sehnsucht einsamer und still arbeitender Menschen nach diesem Massenrausch, die benutzen – die andern.

So – genau so – haben wir die Republik gewarnt, bevor sie in den Kapp-Putsch schlidderte. Die Herren ‹Realpolitiker› wußten es besser, und als sie eines Morgens aufwachten, da fanden sie sich im Automobil auf dem Wege nach Dresden. Soll das wieder so gehen?

Gegen die Versuche uniformierter Geschäftsreisender, die Monarchie mit bemusterter Offerte (‹ein kleiner Kronprinz gefällig?›) im Lande wie sauer Bier anzubieten, gegen die damit zusammenhängenden Versuche der Studentenschaften, eine Wehrpflicht im Gewande der ‹körperlichen Leibesübungen› einzuführen – gegen all das gibt es ein Gegengewicht.

Dieses Gegengewicht ist die Arbeiterschaft und ein erheblicher Teil des anständigen Bürgertums, das diese Dinge bis oben hinaus hat und das seine Ruhe haben will und für das Land endlich einmal inneren Frieden – Frieden unter allen Umständen! Die Republik hats also gar nicht einmal so schwer. Wir alle, ohne Unterschied der Parteifärbung, stehen ihr zur Verfügung. Warum ruft sie uns nicht? Denn ich spreche für Millionen und aber Millionen:

Wir wollen keine neue Wehrpflicht! Wir wollen keine neuen Kasernenhöfe! Wir wollen keine neue Generalität! Wir wollen Arbeit, Stetigkeit und Frieden! Ab mit Ludendorff und Konsorten!

Und dann sehen wir uns um und fragen:
Was tut die Republik für die Republik –?

AN PHILIPP SCHEIDEMANN

Wir haben dich hier öfters angepfiffen
von wegen deiner leicht verdorrten Hand.
Doch nun ein feiger Lump dich angegriffen,
hat sich das Blättchen jäh für dich gewandt.
  Wenn einer Gift spritzt aus dem Schießklistier:
  dann, Philipp, stehn wir alle hinter dir!

Was wollte denn der nationale Affe?
Versailles rächen? Bist du General?
Für ihn war das Klistier die einzige Waffe
aus seinem reichen Geistes-Arsenal.
  Denn was ein richtiger, tapfrer, teutscher Mann,
  der fängt ein jedes Ding von hinten an.

Und hat wer irgend etwas zu riskieren?
Vom Sipo bis herab zum Staatsanwalt
wird solchen Mörder keiner arretieren –
sie hören nichts, wenn es in Griesbach knallt ...
  Durch die Provinzen hallt ein einziger Schrei:
  «Wie schade, schade – diesmal gings vorbei!»

Von Liebknecht bis zu dir heut.
                So verworfen
wie solche Mörder ist nur noch ein Stand.
Nimm an, es schießt mal wer auf Ludendorffen:
Was, meinst du wohl, blüht dem in unserm Land –?
  «Die Republik fängt an, mir lächerlich zu werden!»
  Erhol dich, Philipp! Leb noch lang auf Erden!

MONARCHIE UND REPUBLIK

1911. Prämiierung des schwersten Zuchtbullen auf der Landwirtschaftlichen Ausstellung zu Belgard in Pommern. Schwarz-weiß-rote Fahnen, Musik und der Landrat im Zylinder. Er hält eine Rede, worin er die

Schaffenskraft unsrer Landwirtschaft, ihre Bedeutung für das Gemeinwohl und das vitale Interesse, das der Staat an ihr hat, auf das schärfste hervorhebt. Und während der geduldig käuende Bulle so gefeiert wird, benutzt der monarchistische Staat die Gelegenheit, den Bullen und die landwirtschaftliche Woche, um für sich und seine Tendenzen eine Reklame zu machen, die auf die Beteiligten um so stärker wirken muß, als man sie ihnen unvermutet, hinterrücks, leise und vorsichtig eingibt. In ihren zukünftigen Gedankengängen bildeten fortan Bulle, Landwirtschaft und Monarchie eine untrennbare Einheit.

Und so war es nicht nur in Belgard. So war es auch im Kino, in den Varietés, wo die schwitzenden Komiker unsern herrlichen Kaiser hochleben ließen; so war es auf allen offiziösen Veranstaltungen, auf Erinnerungsfeiern, Gedenktagen, Bällen und Kongressen – überall verstand es der alte preußische und auch der deutsche Staat, für sich und seine Grundtendenz eine geschickte Propaganda zu machen. Er erzwang sie sich oft – aber er machte sie. Und er schlug den richtigen Weg ein: er beeinflußte die Menschen nicht mit dem Räsonnement, sondern auf dem Wege des Gefühls. Denn nur so sind Menschen in einer Masse zu beeinflussen.

Die Republik ist noch nicht hinter die allereinfachsten Grundsätze der menschlichen Psychologie gekommen. Daß sie nicht immer so kann, wie wir gern möchten: das scheint bei ihrer Zusammensetzung kein Wunder. Aber daß sie die allereinfachsten Erfordernisse ihres Selbsterhaltungstriebes außer acht läßt –: das ist freilich eins.

Sie wird täglich und stündlich beschimpft und bespieen, verhöhnt und mißachtet. Heute sind Kino und Varieté, Generalanzeiger und Feste aller Art die Hochburgen reaktionärer Propaganda und Politik. Und die Republik? Schweigt.

Der Pressedienst tuts nicht, und die offiziellen Büros tuns auch nicht. (Wie ja denn überhaupt eine Propaganda, der man an der Nase ansieht, daß sie eine ist, nichts taugt.) Bei den ganz großen Gelegenheiten tritt dann wirklich einmal Schwarz-Rot-Gold in die Erscheinung. Für hohe Sonn- und Feiertage.

Aber die Republik vergißt, daß das Leben der Menschen aus dem Alltag schöpft, und daß die meisten Ideen durch kleine, fast kaum wahrnehmbare Sinneseindrücke suggeriert werden. Ein Witz im richtigen Moment, eine Fahne an der richtigen Stelle, ein Film in der richtigen Stadt – das ist alles viel wichtiger als Parlamentsreden, die kein Mensch liest.

Vom Erzberger-Mord über die Kronprinzen-Memoiren bis zum Attentat auf Scheidemann ist keine Gelegenheit ausgewertet worden. Da waren tausend Dinge, die dazu hätten dienen können, der republikanischen Sache durch die Dummheit und die Schlechtigkeit ihrer Gegner zu nützen. Nichts. Aber hier ist der Hebel – hier, und nicht in langweiligen Etatschriften oder Broschüren mit abstraktem Inhalt, hier und nicht in Publikationen, die die Leute bis zur Bewußtlosigkeit langweilen. Kennt die Wilhelmstraße ihr eignes Land nicht? Weiß sie nicht, wie abgestumpft die Massen sind und wie abgekämpft, und daß sie nur noch auf das reagieren, was man ihnen so beiläufig, leise und verstohlen, bunt und amüsant einträufelt?

Mit pathetischen Maßlosigkeiten ist da nichts getan – und mit langweiligen Zahlenreihen auch nichts. Wer auf andre Leute wirken will, der muß erst einmal in ihrer Sprache mit ihnen reden.

Was tut eigentlich die Republik für die Republik?

DIE DEUTSCHE LAUTE

«Er wußte sich nicht zu zähmen, und so zerrann ihm sein Leben wie sein Dichten.» In Goethes Wort über Johann Christian Günther ist leider etwas Possart; aber mit diesem falschen Etikett versehen, steht die alte Flasche Feuerwasser schon lange auf dem Bord. Laßt sie uns aufstöpseln.

Hermann Wendel hats getan; er gibt bei Erich Reiß in Berlin eine Auswahl von Günthers Gedichten (mit einer Einleitung) heraus: *‹Die deutsche Laute›*. Die Einleitung ist glasklar, sehr aufschlußreich und ausgezeichnet geschrieben, die Auswahl macht das Buch liebenswert. Es muß keine Kleinigkeit gewesen sein, sich durch die dicken Wälzer der alten Originalausgaben hindurchzuarbeiten – die Ausgabe ist ganz geglückt. Ein Motto springt ans Ohr:

> Als wenn ich früh und spät, nachdem es etwa kam,
> in deiner Gegenwart die deutsche Laute nahm . . .

Dieser zerrissene, lebensstarke, blühende und dann leise verlöschende Dichter – wie viel konnte er, und wieviel war er! Wie viele Seiten hat das, wie facettiert spiegelt sich das Licht! Ein geistliches Gedicht *‹Endlich›*, fromm, als stamme es vom großen warmbrunner Bauerndichter Christian Wagner, ein Gedicht: *‹Das Amt der Poesie›* – hört ihr Karl Kraus sprechen?

> Man lauert, sitzt und sinnt, verändert, schreibt, durchstreicht,
> schmeißt Silb und Reim herum, versetzt, verwirft, vergleicht,
> eh Wörter und Begriff so wahr als zierlich passen
> und in des Lesers Ohr ein gründlich Etwas lassen.
> Doch wenn es unser Fleiß auch noch so schön gemeint
> und nachmals vor der Welt mit Sorg und Furcht erscheint,
> so wird es oft so kahl und obenhin gelesen,
> als wär es ein Gebet von Habermann gewesen.

Und nun muß man denken, daß Günther sich diese Ausdrucksweise erst geschaffen hat, daß er keine Sprache für eine Dichtkunst, sondern nur ein Idiom für die Bierbank und ein Korsett für die Poeterei vorgefunden hat ... Und dann so etwas. Und dann diese Liebesgedichte.

Schweig du doch nur, du Hälfte meiner Brust!
Denn was du weinst, ist Blut aus meinem Herzen.
Ich taumle so und hab an nichts mehr Lust
als an der Angst und den getreuen Schmerzen,
womit der Stern, der unsre Liebe trennt, die Augen brennt.

Schweig du doch nur, du Hälfte meiner Brust ... Ich weiß heute eine für den Typ, den jener angebetet haben mag: Käthe Dorsch. Aber so ein Gedicht ist ewig.

Für diese Ausgabe ist dem Herausgeber und dem Verlag Dank zu sagen. Ein Dichter ist wiederauferstanden, und ein schönes Buch ist auf dem Büchermarkt. Hoffentlich findets Leser.

EINE NEUE WEHRPFLICHT?

> «Schopenhauer! Brust raus! Bauch rein! Einstein, Sie verdammter Judenlümmel! Wir sind hier nicht auf der Sternwarte! Sie scheinen nicht zu wissen, wo Sie sich befinden! Sie sind hier auf der Universität!»

Die berliner Studenten bekommen augenblicklich – zusammen mit ihrem Testierbuch für die Vorlesungen – ein Heft ausgehändigt, das genau so aussieht wie jenes, und auf dem zu lesen steht: Leistungsbuch.

Schlägt man es auf, so enthält es eine Aufforderung, Leibesübungen zu treiben, und es wird da bedauert, daß dem deutschen Volke die Wehrpflicht genommen ist. Es enthält ferner ‹Leitsätze› und ‹Prüfungsbestimmungen›. Ich zitiere:

Leitsätze:

§ 3: Jeder Studierende ist *verpflichtet*, während seiner Studienzeit Leibesübungen zu machen.

§ 5: Innerhalb der ersten beiden ... Studienjahre hat jeder Studierende zwei Leistungsprüfungen ... abzulegen.

§ 10: Jede Hochschule stellt hauptamtlich Turn- und Sportlehrer an.

§ 11: Kein Studierender kann aus andern, als aus Gründen körperlicher Untauglichkeit von der Teilnahme an den Leibesübungen befreit werden.

§ 13: Kein Studierender darf zur Ablegung einer staatlichen oder akademischen Abschlußprüfung zugelassen werden, der nicht zwei der in § 7 bezeichneten Bescheinigungen (nämlich über erfolgreich bestandene Sportprüfungen) beibringt.

Diese ‹Leitsätze› sind zunächst eine Fälschung. Denn sie geben sich so, als seien sie bereits Gesetz – auf jeden, der das Buch unbefangen aufschlägt, *müssen* sie so wirken. Das sind sie nicht (noch nicht): ganz klein gedruckt findet sich der Vermerk: «Angenommen durch den 3. deutschen Studententag zu Göttingen 1920.» Das ist also noch kein Zwang.

Die ‹Prüfungsbestimmungen› setzen die Unehrlichkeit fort.

§ 1: Der 4. deutsche Studententag zu Erlangen 1921 hat die unverzügliche Durchführung von Leistungsprüfungen gemäß den Leitsätzen 1–12 des 3. deutschen Studententages allen deutschen Studentenschaften *unabhängig von einer gesetzlichen Regelung durch Reichs- und Landesbehörden* zur Pflicht gemacht.

§ 2: Den Verpflichtungen unterliegen alle vom Wintersemester 1921/22 ab erstmalig immatrikulierten Studenten.

Fragt der neue berliner Student den austeilenden Universitäts-Beamten, ob er üben müsse, so antwortet man ihm: «Es wird gewünscht.» Also lügt das Buch und versucht einzuschüchtern.

Was hier vorliegt, ist dieses:

Hier wird hinterrücks – unter Ausschaltung des Friedensvertrages, der Reichsgesetz ist, und unter Ausschaltung aller gesetzgebenden Faktoren – *eine neue Wehrpflicht* einzuführen versucht. Jedes Ableugnen ist zwecklos.

Bei der Gesinnung der meisten Professoren ist es schon fraglich, ob in drei Jahren, wenn die ersten *Universitätssoldaten* ins Examen steigen, nicht der von vornherein eine schlechtere Nummer hat, der nicht geübt hat. Geht das so weiter, dann sind diese Zwangsbestimmungen in ein paar Jahren Vorschrift – *und dann haben wir eine neue Wehrpflicht.*

Noch sind die vorgeschriebenen Übungen ganz harmlos. Aber da sollen sich schon neue ‹beamtete Sportlehrer› heranbilden, und wie das aussieht, wenn diese Deutschen die Macht haben, über einen andern, der ja dann des Examens wegen gänzlich von ihnen abhängig sein wird, zu gebieten – das wissen wir wohl noch alle vom Militär her. Eine Kleinigkeit, die Übungen zu erweitern. Eine Kleinigkeit, zuerst das Fechten, dann das Zielen, dann das *Schießen* mit aufzunehmen (Gepäckmarsch ist schon darin). Eine Kleinigkeit, weitere Übungen auch in den späteren Jahren anzuordnen, denn der Staat hat die meisten Studenten auch noch dann in der Hand, wenn sie die Universität längst verlassen haben. (Referendare, Medizinalpraktikanten usw.) *Wir stehen fünf Minuten vor einer neuen Wehrpflicht.*

«Es werden in naher Zukunft an allen Universitäten zwei vorlesungsfreie Nachmittage zum Zwecke der Körperkultur eingeführt werden, so daß allen die Möglichkeit gegeben ist, die nötigen Kräfte zum Daseinskampf zu sammeln.» Der ‹Daseinskampf› dürfte später in den Ackergräben zu Ende gefochten werden — und was die ‹Körperkultur› anlangt, so erinnert sich vielleicht noch mancher, wie ihm sein Unteroffizier ins Kreuz getreten hat.

In einer nationalistischen Monatsschrift stellt Herr Immanuel, ein früherer Oberst, fest: *‹Die Wehrhaftigkeit als Grundbedingung unseres Wiederaufstiegs›*. Da lesen wir von dem alten kaiserlichen Heer, dieser Pflanzschule des borniertesten Kastengeistes und der ekelhaftesten Unterordnung, die die Welt gesehen hat: «Die Wehrpflicht überbrückte die Gegensätze der Volksschichten und machte sie gleich vor den Pflichten gegen den Staat.» (Daher mag es wohl kommen, daß Offiziere und Mannschaften, ‹Herren› und ‹Kerls›, beim Essen und auf den stillen Örtlichkeiten — ja, *noch im Grabe* streng voneinander geschieden waren ...) Da spricht der Herr Immanuel, der Angehörige eines Volkes, das Kant, den Verfasser der Schrift *‹Vom ewigen Frieden›* hervorgebracht hat — von den «Schwarmgeistern des Pazifismus» und stellt angesichts der «sogenannten Siegerstaaten» fest: «Somit ist der Kriegsgedanke *zurzeit* Wahnsinn.» Zur Zeit.

Und fordert auf denselben Blättern einen Ersatz des verlorenen allgemeinen Wehrzwanges, damit jeder körperliche Übungen treiben *muß;* auch hier wieder finden sich die merkwürdigen ‹staatlichen Turnlehrer›; er lobt die Kriegervereine und ist im großen ganzen — fest und treu — für eine Wehrpflicht hintenherum. «Wir müssen im stillen, fest und treu, an der Erhaltung der Wehrhaftigkeit arbeiten.» Im stillen —: das heißt: ungesetzlich.

Nichts kann an der Tatsache rütteln, daß hier gerüstet wird. Die Entente ist auf einer ganz falschen Fährte, wenn sie sich nur die Polizei und ein paar Waffenfunde ansieht. Es liegt viel Gefährlicheres vor. Gefährlich für uns und unsere Kinder und für den Weltfrieden. Ein großer Teil Deutschlands will den Frieden, die Arbeit und die Ruhe. Von oben herab aber wird gerüstet.

Der Zusammenhang zwischen den Wehrpflichtbestrebungen der Universitäten und dem sehr mysteriösen ‹Reichsausschuß für Leibesübungen› ist nicht geklärt. Alle diese Institutionen arbeiten zum Teil inoffiziell mit- und ineinander und streiten das selbstverständlich stets ab, — wie es überhaupt kein kläglicheres Schauspiel gibt, als die Haltung der Mannen, wenn sie gekappt werden: dann lügen sie, daß sich die Balken biegen, und wissen von nichts.

Es tut einem in der Seele weh, daß man in einem Lande, dessen Bewohner derart von der Tuberkulose heimgesucht werden, etwas gegen den Sport sagen muß. Aber sie meinen gar nicht den Sport und wir auch nicht.

Was wir bekämpfen, ist der einwandfrei klar zu Tage liegende, gefährliche und außerordentlich wichtige Versuch, wiederum Unruhe ins Volk zu tragen, wiederum die Leute für ein Massenmorden zu präparieren und wiederum die Grundstimmung für eine Massenbetrunkenheit wie 1914 zu schaffen. Die Universitäten – also die wichtigsten Posteninhaber – vornean.

Kein Politiker – kein deutscher und kein ausländischer – sollte sich einlullen lassen. Was hier getrieben wird, ist kein Sport. Was hier entsteht, ist eine neue Wehrpflicht.

WAS WÄRE, WENN ... ?

Und den Mordstahl seh ich blinken
Und das Mörderauge glühn;
Nicht zur Rechten, nicht zur Linken
Kann ich vor dem Schrecknis fliehn.
Schiller: ‹*Kassandra*›

... Und wenn alles vorbei sein wird: die rauschenden Durchzüge der Truppen mit Militärmusik, die Schüsse, das Geschrei, die wild hochgehenden Preise, die Gerede-Republiken an den Ecken, die so bald und so blutig zerstreut wurden, wenn sogar die Börse wieder funktioniert und die ersten Zeitungen scheu und zensurverängstigt aus der Ecke kriechen – dann werden sich die Leute ansehen und überlegen: Was ist denn vorgegangen?

Angefangen hatte es ... Ja, angefangen hatte es eigentlich gar nicht. Man las in den Zeitungen täglich von großen Demonstrationen der Monarchisten – aber weil das Polizeipräsidium und ‹alle in Frage kommenden Dienststellen› übereinstimmend erklärt hatten, damit habe es nichts auf sich, beruhigte man sich bald wieder und fuhr friedlich in die Sommerfrische. (Wie damals vor der großen Zeit, als Klio die Reisenden auf dem Stettiner Bahnhof überfiel ...) In den heißen Strandburgen lasen Herr Müller und Herr Meier von den Versammlungen am Johannistag – Ludendorff hatte in Kaub die Republik verhöhnt, in Berlin hetzte Wulle, die Polizei stand Gewehr bei Fuß, und niemand in der Republik wagte einzuschreiten. Hatte sie gar keine Beamte, auf die sie sich verlassen konnte? Der Seewind ließ knisternd Sand in die sonnenbeschienenen Zeitungspapiere rinnen – da lagen sie, und niemand bekümmerte sich darum. In Borkum besprengten die Hunde die schwarz-rot-goldene Flagge – die Republik schwieg. Und dann kamen die meisten nach Hause zurück, weil es Mitte August war und die Kinder wieder in die Schule mußten – und dann...

Ja, sie waren einfach eines Nachts da. Woher sie kamen und wie und warum, und wer das vor allem war, der da die Straßen füllte und eine Menge Leute aus den Betten holte – «Sofort öffnen! Oder wir schlagen die Tür ein!» –: das wußte man alles gar nicht. Man wußte nur eines: Sie waren da.

Der graue Regenmorgen war so verhängt wie alle berliner Fenster. Die Straßen brütend still. Keine Bahn, kein Wagen, nichts. Nur die Schritte vieler Fußgänger trappten auf den Trottoirs. Im Zentrum der Stadt alles abgesperrt – die freien Straßen schwarz von Menschen. Es brauste von Gerüchten. Vieles war übertrieben. Aber so viel hatte man doch bald heraus:

Die neue Regierung hatte sich in aller Stille in Bayern konstituiert. München war sofort ab- und umgefallen. Ostpreußen hatte mit der Abtrennung gedroht und so alle Beamten auf seine Seite gebracht. Vom flachen Land lauteten die Nachrichten verschieden. Die Truppensammlungen hatten zu ‹Manöverzwecken› stattgefunden, die höhern Offiziere der Schutzpolizei hatten sich ‹zur Verfügung› gestellt – und die Regierung? Der Regierung war es nicht gut gegangen.

Die Automobilstraßen hatte man dieses Mal sorgfältig abgesperrt: so konnte sie nicht wieder – wie damals beim Kapp-Putsch – nach Dresden verreisen. Ein Minister war erschossen worden; wie es hieß, bedauerte das die Regierung – schon aus dem Grunde, weil sie ihnen allen den Prozeß machen wollte. Sie saßen sämtlich hinter Schloß und Riegel.

Die Menge summte. Und sah sich in Berlin um.

Ganze Viertel hatten Schwarz-Weiß-Rot geflaggt.

Kleine Kolonnen gingen umher und verlangten stürmisch die Entfernung der Accents aigus von dem Wort ‹Café› – seufzend stiegen die Cafétiers auf die Leitern, die sie schon im Jahre 1914 zu gleichem Zweck angesetzt hatten... Konsumenten-Stimme: Gottes Stimme.

Es wimmelte von Uniformen. Bunte Friedensuniformen und feldgraue Kriegsuniformen und ganz veraltete Zoll- und Gendarmerie-Uniformen – und alle Herren mit schleppendem Säbel und blitzendem Monokel und einem weithin strahlenden Blick: «Jetzt sind wir dran!» Besonders in den westlichen Vororten tauchten viele Männer im Stahlhelm auf – sie trugen eine Binde am Arm und gehörten den verschiedensten ‹Wehren› an. Sie forderten Ausweise ab, schnauzten, kommandierten und waren ständig von einem Rudel bewundernder Straßenjungen umschwärmt, denen ihr martialisches Aussehen mächtig imponierte. Und alle, alle hatten eine Waffe. Es war ganz merkwürdig, woher auf einmal nur alle diese Gewehre und Revolver und Pistolen gekommen waren.

Ohne Blutvergießen war es nicht abgegangen. Man hatte in Berlin insgesamt 124, nach andern Nachrichten 154, radikale Führer erschossen, ohne Verhör, ohne Verfahren, ‹standrechtlich›, wie es hieß – offenbar nach vorher angefertigten schwarzen Listen. Die Leichen der Erschossenen wurden gefleddert, die Wohnungen der Opfer waren verwüstet, ausgeraubt, dann versiegelt worden – die Angehörigen befanden sich sämtlich in Haft. Straßenkämpfe hatte es an zwei Stellen gegeben – einen im Norden und einen im Osten (der mit Barrikaden). Beide Male waren die tapfern, aber überraschten Arbeiter von den Maschinengewehren hingemäht worden. Darunter auch Frauen.

Vom Bürgertum wurde keine gewaltsame Gegenwehr versucht.

Das Leben hatte sich schon nach fünf Tagen merkwürdig verwandelt. Der alte preußische Kasernenhofton griff verheerend um sich. In den Amtszimmern, in den Betrieben, in den Büros der Kaufleute – überall behandelte der Vorgesetzte seinen Untergebenen wieder wie weiland der Reserve-Offizier seinen Putzer. Tausend und aber Tausend wilhelminischer Kriegsabzeichen glänzten auf fadenscheinigen Röcken, die Schnurrbärte waren streng nach oben gebürstet. Und alle, alle sagten es: «Gottseidank! Das hört jetzt auf! Jetzt kommt hier ein andrer Zug in die Bude!» Und er kam. Mit der Aufhebung des Achtstundentages und des Betriebsräte-Gesetzes begann es – und in einer völligen Veränderung des allgemeinen Verkehrstones sickerte die Wandlung nach unten in die Regionen des täglichen Lebens. Das Land war ein einziger Kasernenhof. Bakunin hatte den Ausdruck für das geprägt, was jetzt begann: L'empire Knouto-Germanique.

Nur auf den Gerichten ging der alte Betrieb weiter – das waren die einzigen, die sich nicht erst umzustellen brauchten. Sie waren richtig.

Das Telefon war völlig gesperrt und nur Dienstgesprächen zugänglich. Viele Leute waren unauffindbar. Demokratische Führer öffneten nicht, wenn man an ihre Türe pochte. Nun waren sie vor denen weggelaufen, die sie so oft in Presse und Parlament verteidigt hatten.

Die Zeitungen erschienen wieder. Langsam, ganz langsam ebbte die ungeheure Aufregung ab. Und man erfuhr:

Der Rektor der Universität Berlin hatte in einer zündenden Ansprache die neue Regierung willkommen geheißen, und die alldeutschen Verbände der Studentenschaft, die schon unter der Republik an den Tafeln der Vorhalle ‹Für Kaiser und Reich!› annonciert hatten, schienen jauchzend zugestimmt zu haben. Hier zeigte sich, wie gut und sorgfältig man vorgearbeitet hatte: fast alle Studenten waren bewaffnet bis an den Stehkragen.

Selbstverständlich war Ludendorff mit von der Partie. Zwei Tage hatte er sich vorsichtig im Hintergrund gehalten – als er die Stabilität des neuen Unternehmens sah, trat er offiziell, in voller Kriegsbemalung, hervor.

Die Presse drückte sich äußerst zaghaft aus. Die Zeitungsunternehmer hatten in einer gemeinsamen Konferenz ihrem Wunsch Ausdruck gegeben, nach dem ersten Schock der Unterbrechung vor allem wieder zu erscheinen – ‹die Presse sei gerade in dieser harten Zeit notwendig wie das liebe Brot›. Sie wurden alle unter Vorzensur gestellt. Und erschienen. Und spiegelten ihre Zeit. Und so sahen sie auch aus.

Die Rechtspresse jubelte ungehemmt. Sie, die vorher von nichts gewußt hatte, die alle Warner und Propheten verhöhnt hatte, ‹sie hätten vielleicht den Hitzschlag› – sie floß über die Ränder vor Freude. Las man ihre Artikel, so mußte man glauben, Deutschland sei vier Jahre hindurch von blindwütigen Bolschewiken regiert worden und käme nun endlich wieder an die einzige rechtmäßige Gewalt. Spaltenlang berichteten die nationalen Blätter im alten Hofstil von Ordensverleihungen, Empfängen und würdevollen Ausfahrten. Die Bevölkerung sei, mit Ausnahme der Häftlinge, vollständig auf Seiten der neuen Regierung. ‹Auch unter den Arbeitern dämmerte es.› Es ging zu wie im Krieg.

Die Presse war notwendig wie das liebe Brot. Das liebe Brot kostete in den ersten Tagen der Aufregung 48 Mark – aber das hatte sich bald gelegt, als die Wulle-Garden vier jüdische Bäcker aufgehängt hatten. Von da an kaufte man – mit einer Handgranate – bei den Juden umsonst; bei den andern kostete das Brot mit Genehmigung der Behörden 50 Mark.

Der Boden der gegebenen Tatsachen war überfüllt. Sie standen alle darauf. Sie paßten sich an. Sie arbeiteten am Wiederaufbau des Vaterlandes. Holzbock beschrieb die Schnurrbärte der neuen Regierungsmänner und verwechselte in der Aufregung noch mehr Fremdwörter als sonst. Andre alte Frauen trugen die Regiments-Abzeichen ihrer Söhne als Broschen, was ihnen ein wikingisches Aussehen verlieh. Die Kinos gaben den hundertfünfundsiebzigsten Teil von ‹*Fridericus Rex*› und machten damit – wie so oft im menschlichen Leben – ein gewaltiges Geschäft. Bejahrte apoplektische Männer sah man durch die Straßen stapfen – sie sangen Lieder von Theodor Körner, dem bekannten christlichen Lissauer, und fühlten sich trotzdem ganz gesund.

Die Haltung der Entente war zweifelhaft. England schien das Unternehmen aus einer gewissen Rivalität gegen Frankreich sanft unterstützt, zum mindesten stillschweigend geduldet zu haben – nachweisbar war das natürlich nicht. Aber da waren so gewisse Anzeichen ...

Und bevor wir nun sehen werden, wie sich diese neue Gesellschaft von Revanche-Schreiern aus der Affäre ziehen wird – denn nun heißt es doch: cash down! –; während wir jetzt alle warten, was die Entente antworten, und ob sie mit den Neuen genau so zusammengehen wird wie mit Horthy-Ungarn; während wir hier sitzen, wollen wir noch einmal überlegen:

Wie war das möglich?

Das war möglich, weil die Republik vier Jahre hindurch geschlafen hatte. Das war möglich, weil man sich darauf verlassen hatte, daß ein großer Teil des Bürgertums und fast die gesamte Arbeiterschaft gut republikanisch sei – was ja auch stimmte. Aber man hatte nichts, nicht das Geringste getan, um diese Leute zu unterstützen. Warnten sie, so hatte man abgewiegelt. Zeigten sie mit dem Finger auf ein Malheur, etwa auf den Reichswehrminister, oder auf die Polizei, auf das platte Land, auf die noch immer fortbestehenden Verbände – so hatte man überlegen gelächelt. Vor lauter feiner Taktik kam die Wilhelmstraße zu gar nichts. Gewiß gab es Republikaner. Aber sie waren dazu da, um in Landtagsreden erwähnt zu werden, wo man ihnen – ‹unsre treffliche Arbeiterschaft!› – die Rolle zuwies, die Karre aus dem Dreck zu ziehn, wenns schief gegangen wäre. Gewiß gab es Republikaner. Wurde einer von ihnen ermordet, so entging der Mörder der Verfolgung, und wurde er gefaßt, so sprachen ihn die Richter frei. Der Reichswehrminister duldete nicht nur die monarchistischen Treibereien unter seinen Leuten, sondern er förderte sie, indem er unaufhaltsam mahnte, nur ja die ‹Traditionen› des kaiserlichen Heeres nicht zu vergessen. Er hatte nie verstanden, was die neue Zeit eigentlich von ihm wollte. Einem Hochverräter und alten Soldatenschinder gab er das Kommando eines Kreuzers. ‹Parteigezänk ausschalten› – das hieß für ihn: stramm militaristisch, monarchistisch und altpreußisch denken. Papa war Wachtmeister gewesen – es lag im Blut. So war er, so waren seine Offiziere. Und die Republik schlief.

Im November 1918 hatte sie geschlafen, nach dem Kapp-Putsch hatte sie geschlafen – sie hatte immer geschlafen. Und immer den Apparat über die Sache gestellt. Und nichts dazu gelernt.

In der Polizei hatte es von staatsfeindlichen Offizieren nur so gewimmelt – aber das ging in keinen dieser Köpfe, daß ein Monarchist auch einmal die Rolle des Staatsfeindes spielen könnte. Angestammt und rechtmäßig war ihnen nur der Nationalist. Man hatte sogar zugegeben, daß ein großer Teil der Polizeioffiziere monarchistisch sei – man male sich das Umgekehrte für die Kaiserzeit aus! Es war so weit gekommen, daß der Regierung eingestandenermaßen keine zuverlässigen Polizeioffiziere für politische Aufgaben diffiziler Natur zur Verfügung standen – es wurde alles verraten, bevor es zur Ausführung gelangen konnte. Die Waffenträger hatten sich, wie so oft, selbständig gemacht. Und bis zu allerletzt hatte die Regierung beschwichtigt: «Auf keinen Fall aber könne man behaupten, daß die Dinge schon so weit gediehen seien.» Schon so weit ... Und so hatten sie die Republik verwaltet.

Die Republikaner selbst waren untereinander uneinig. Bei der großen Demonstration ‹Nie wieder Krieg!› hatten die Sozialdemokraten ihre

Mitwirkung versagt, weil irgendwelche Parteibonzen Kompetenzschwierigkeiten entdeckt hatten. Und die waren schließlich wichtiger als die Sache. Die Sache der Republik.

Dahinter stand wie eine graue Mauer der farblose Teil des Bürgertums, Kaufleute, die keine andre Sorge kannten als eine Unterbrechung ihrer Geschäftstätigkeit. «Die 54 geht nicht? Unglaublich!» Das war ihre Anschauung der politischen Lage. Zu feige, etwas zu unternehmen, zu feige, sich jemals herauszustellen und immer nur in der Angst vor Pogromen oder Zwangsbeschlagnahmungen auf dem Kurfürstendamm, umgeben von frech scharwenzelnden Arbeitnehmern, die das Äußerste aus ihren Herren herausschlugen, ohne jemals etwas Prinzipielles zu verlangen — so lebten sie dahin und kümmerten sich den Teufel um Republik oder Monarchie. Ob ihre Kinder die Wehrpflicht wieder bekämen oder nicht («Bei meinen Beziehungen!»); ob die Schulen den schlimmsten Preußen ausgeliefert wurden; ob auf den Polizeiwachen geprügelt wurde: sie lebten in einer andern, glatt geschmierten, schnellern Welt. Und stierten nach der Burgstraße.

So war es gekommen. Und so war es abgelaufen. Als sich die Blutwelle gelegt hatte, machte man Bilanz: Es fehlten so ziemlich alle, die etwas Radikales gewirkt hatten — im ganzen 2060. Ihre Gräber waren fast alle unbekannt. Man hatte sie irgendwo verscharrt.

Das Reich atmete schwer. Und wartete auf sein Urteil von draußen. Auf das Urteil der Welt, das nicht zweifelhaft sein konnte. Vorläufig waren jene an der Gewalt, jene, die vier Jahre hindurch im geheimen gerüstet und die ein Mal zu früh losgeschlagen hatten. Das Unternehmertum nahm langsam Fühlung mit den neuen Herren, soweit es sie nicht schon vorher durch ihre Finanzierung genommen hatte. Die Besetzung des Ruhr-Reviers ...? Sie war manchem nicht so unangenehm, wie es den Anschein haben mochte. Und die Kapitalisten schalteten schon bei der ersten Annäherung die Extremisten aus und die Wotan-Teutschen und arbeiteten in Gemeinschaft mit einem Nationalliberalismus, der deshalb so gefährlich war, weil er so biegsam sein konnte. Die neue Regierung mit dem Reichsverweser wartete. Ein Kaiser stand im Hintergrund. Im Zentrum grollte es: es war ein protestantischer. Die Bevölkerung lag, in schweren Ketten gefesselt, am Boden.

Und dankte einer Republik, die nichts für sie getan hatte.

ERINNERUNG

Am Untergrundbahnschalter. Zwei dicke Männer lösen sich nacheinander Karten.

Der Eine: Eine Dritter Alexanderplatz!

Der Andere: Mir auch eine Dritter Alexanderplatz ...!

Der Eine (dreht sich im Weggehn noch einmal um): Nanu?

Der Andere: Bitte?

Der Eine: Ist das nicht ...? Pucknat?

Der Andere: Greesemann! Mensch! Wo kommen Sie denn her?

Der Eine: Na, Sie wissen doch – ich lebe hier in Berlin. Und Sie?

Der Andere: Na, ick ooch! Mensch – det ick Sie noch mal wiedersehe! Wie gehts Ihnen denn?

Der Eine: Na, man schlägt sich so durch ...

Der Andere: Wissen Sie was, gehn wir ein Glas Bier trinken. Ham Se Zeit?

Der Eine: Na klar! Das Wiedersehn muß doch begossen wern! Wann ham wa uns das letzte Mal gesehn? Vor vier Jahren ... Wie die Zeit vergeht!

Der Andere: Na, sagen Sie mal, wie ist Ihnen denn der Krieg bekommen? Noch immer der gute alte Bauch? Proviantinspektors-Bauch ... Hähä!

Der Eine: Na, lassen Sie man gut sind – Sie ham auch keinen schlechten! Janz wie damals, beim Stabe. Ihr habt da was geachelt!

Der Andere: Na, Sie ham ja auch geliefert! Was? Donnerwetter – Sie, das warn Essen!

Der Eine: Na ja – das kann sich natürlich heute keiner mehr leisten. Wenn ich noch denke ...

(Sie sitzen beim Bier.)

Der Eine: ... Eier und jeden Tag Braten und die Butter –! Prost!

Der Andere: Wir ham nich schlecht gelebt. Der Stab hat ja was angefordert – Sie müssen doch manchen Kummer gehabt haben!

Der Eine: Na, man hat ja buchen gelernt ... Prost!

Der Andere: 's war doch ne schöne Zeit, meine Herren!

Der Eine: Besser als jetzt jedenfalls. Waren Sie in ‹*Fridericus Rex*›?

Der Andere: Dicke. Famoser Film. Das frischt einen mal ordentlich wieder auf.

Der Eine: Kann einer ja nu sahrn, was er will: Es war eine famose Leistung draußen im Felde. Wie Eisen hat das gehalten.

Der Andere: Un wissen Se noch: wie wir den Hammel versoffen haben?

Der Eine: Na und ob. Ich hattn übrig – er sollte mit an die Front, die Hämmel mußten ja immer an die Front – aber er sah so jüdisch aus, det Aas – da dacht ick: Bleib du man lieber in der Etappe! Prost!

Der Andere: Prost! Inspektorchen, Sie wahn doch ein famoser Kerl! Ohne Sie wär der janze Stab in die Luft geflogen. Prost!

Der Eine: Danke, komme nach. Wissen Se, wenn man das so liest, was die Brieder seit der Glorreichen alles über unsereinen veröffentlichen ...

Der Andere: Unerhört is diß. Denken Se, da hab ich so ein Heft jelesen: Anklage der Gepeinigten oder sone Hintertreppenkiste...

Der Eine: Gestatte mir. Was standn da drin?

Der Andere: Na, aus som Feldlazarett. Die Ärzte sollen den Kranken das Essen jeklaut ham un so. Is ja lächerlich. Is ja nie vorjekommen. Na — das Gericht hat das Heft auch gleich eingezogen. Es gibt noch Richter in Preußen. Prost!

Der Eine: Was sagen Sie zu Nicolai?

Der Andere: Zu dem Juden? Kneifer. Sie, ham Sie was von Christeinicke gehört?

Der Eine: Ja, der war doch lange Zeit Unteroffizier bei mir, aber als er dann mal Exzellenz übern Weg lief, wie der grade einen gehoben hatte, da schmiß er ihn doch an die Front — und seitdem weiß ich nichts weiter von ihm. Valleicht is er gefallen. Na, Prost —!

Der Andere: Prost! Und wir wollen mal auf das herrliche deutsche Heer trinken und auf den stillen Dulder in Holland und auf Schwarz-Weiß-Rot! Prost!

Der Eine: Prost! Pucknat — Sie sinn famoser Kerl! Sollen leben! Passen Se mal auf: wir kriejen noch mal die gute alte Zeit!

Der Kellner: Darf ich zu zahlen bitten. Ich werde abgelöst.

Der Eine: Sie, det kommt mir komisch vor. Das is das erste Mal, daß wir beide zusammen sitzen, einen nehmen und denn zahlen!

Der Andere: Greesemann — hips — aber das sahr ich Ihnen: Wenns noch mal gegen Frankreich geht — ich nehm noch mal mein Gewehr auf den Buckel und geh mit.

Der Eine: Hatten Sie denn 'n Jewehr?

Der Andere: Kleiner Schäker! Prost, Rest auf Majestät!

Der Eine: Über alles. Prost ex. Donnerwetter, strammes Weib. Ham Se den Busen gesehn?

Der Andere: Vaflucht. Na — dann empfehln Se mich Ihrer Frau Jemahlin! Wiedersehn!

Der Eine: Danke, danke! Fehln Se mich zu Hause. Wiedersehn! Wiedersehn!

DAS OPFER EINER REPUBLIK

Walther Rathenau ist für die Republik ermordet worden, die ihn niemals geschützt hat. Die unmittelbaren Täter sind unerkannt entkommen. Die mittelbaren sind zu fassen.

Seit der Kaiser seinen Krieg geführt und verloren hat, sind die beiden großen Rechtsparteien damit beschäftigt, zu kneifen und die Schuld an Krieg und Niederlage andern aufzubürden. In ihrer Unklugheit haben sich Bürgerliche bereitgefunden, den Waffenstillstand zu unterzeichnen — es wäre des geschlagenen Ludendorffs Sache gewesen, nach Canossa zu gehen, so, wie er ja auch durchs Brandenburger Tor gezogen wäre und das nicht den Parlamentariern überlassen hätte. Es ging aber Erzberger hinüber und unterschrieb. Bürgerliche des neuen Systems gingen nach Versailles und unterschrieben. Den Konkurs hätten aber die unterzeichnen sollen, die die Pleite verursacht haben: die Leute des alten kaiserlichen Preußens. Die andern haben es bitter büßen müssen.

Die geschlagenen und krummgeprügelten Generale sowie ihre Hintermänner von der Schwerindustrie und dem Großagrariertum predigen seit Jahren unablässig, daß die Konkursverwalter der Monarchie an allem schuld seien. Und dank ihrer ausgezeichneten, gutbezahlten Propaganda finden sie Dumme in Massen, die das glauben. Nicht der allein mordet, der die Handgranate wirft. Auch der, der die Atmosphäre schafft, in der so etwas möglich ist. Diese Atmosphäre ist von den Leuten um Karl Helfferich, dem Finanzverderber Deutschlands, bewußt geschaffen worden.

So, wie Karl Helfferich intellektuell an der Ermordung Erzbergers schuld ist, so sind die beiden Rechtsparteien — die Deutschnationale und die Deutsche Volkspartei — schuld an der Verbreitung der faustdicken Lügen und Verdrehungen, die Rathenau das Leben gekostet haben. Die Provinzpresse rast seit Monaten gegen den Republikaner, den Steuererfasser, den Juden Rathenau. Denn das ist hier noch immer so gewesen: was der Junker versaut, muß der Jude ausfressen.

Die Regierung hat geschlafen. Die Beamten der Republik haben fahrlässig gehandelt und haben ihre Pflicht nicht getan. Man hat sie gewarnt, immer wieder gewarnt; jeder, der die Seelenbeschaffenheit dieser Radaupreußen kannte, sagte, daß man mit Nachgiebigkeit gar nichts erreichte — sie haben doch nur vor einem einzigen Furcht: vor der durchgreifenden Macht. Die Wilhelmstraße wußte es aber besser. Sie hat Rathenau nicht geschützt. Sie ist mitschuldig.

Eine ungeheure Mitschuld trifft auch die demokratische Presse. Sie, deren Bedeutung in gar keinem Verhältnis zu dem kleinen Häuflein demokratischer Politiker steht, beruhigte, wo nichts zu beruhigen war, und deckte jeden Minister, wie Herrn Geßler, auch wenn er der Verfassung nicht zur Durchführung verhalf. Diese Presse ist mitschuldig, weil sie eingeschläfert hat, statt zu wecken.

An tausend Stammtischen wird das blutige Ereignis mit einem ‹Prost Blume!› begossen werden. Aber wir andern, wir Hunderttausende und Millionen, werden nicht mehr warten. Und sagen: Wenn uns die Republik nicht hilft, dann müssen wir uns selber helfen! Denn was nun kommen wird, ist ganz klar. Man wird empört von den Mörderparteien ‹abrücken›, von denen es jetzt, wo es zu spät ist, keine gewesen sein will. Die Nekrologe werden steigen — aber kein stramm antirepublikanischer Gendarmerie-Wachtmeister wird wegen seiner Gesinnung entlassen werden, kein Schulrat, kein Landrat, kein Botenmeister.

Wir standen vor den angesagten frechen und staatsfeindlichen Demonstrationen der Ludendorff-Parteien. Sie sind nun verboten, aber ob es der Republik gelingt, die Mordhetze auszurotten, ist fraglich.

Nicht fraglich aber ist dieses:

Was seit dem 9. November 1918, nach dem Kapp-Putsch, nach der Ermordung Erzbergers versäumt worden ist: jetzt und heute muß es Wirklichkeit werden. Hinaus mit den paar tausend Beamten aus der Republik, die gegen uns arbeiten! Hinaus mit den unzuverlässigen Generalen! Her mit der Auflösung der nationalen Verbände! Herunter von den Straßen mit allen Monarchisten und schwarzweißroten Tüchern!

Walther Rathenau soll nicht umsonst gefallen sein. Wenn ihr wollt, dann habt ihr an seiner Bahre endlich die Republik!

DIE SCHUPO

> Und da ich grade von den preußischen Verwaltungsbeamten erzähle, kann ich nicht umhin, ihrer Ehrlichkeit, Gewissenhaftigkeit, Pünktlichkeit das wohlverdiente Lob zu spenden. Doch muß ich die Bitte hinzufügen, sie möchten sich bei der Ausübung ihrer Pflichten nicht allzusehr gebärden, als befänden sie sich auf einer Sauhetze. Jules Haret

Unsre Schutzpolizei ist keine Schutzpolizei. Denn weder ist ihre politische Haltung heute schon so, daß man sagen könnte, sie schütze (insbesondere durch ihre höhern Führer) die Republik, noch ist sie eine Polizei in dem Sinne, wie man dieses Wort auf der ganzen Welt versteht. Sie ist eine durch und durch militärische Organisation.

Wie außerordentlich verwickelt die Probleme in der Schutzpolizei sind, ist mir bekannt. Diese Polizei, ursprünglich eine Gründung der Hochverräter Pabst und Bauer, hat mit den größten Schwierigkeiten des Mannschaftsersatzes zu kämpfen; diese Mannschaften stehen in sehr harten Kämpfen mit einer sie arg bedrückenden Bürokratie und mit einer Führerkaste, die, für den Polizeidienst ungeeignet, militärisch ‹orientiert› und daher selbstverständlich ein geschworener Gegner der Mannschaften ist.

Die Verhältnisse in Preußen liegen nun so, daß man im vierten Jahr der Republik es wagt, gegen die kümmerlichen Errungenschaften in der Schutzpolizei Sturm zu laufen. Diese destruktiven Angriffe von rechts her richten sich besonders gegen die Person Abeggs, der Ministerialdirigent im preußischen Ministerium ist und im republikanischen Sinne manches für die Polizei getan hat. Auf die Interna der Schutzpolizei soll hier nächstens einmal eingegangen werden.

In dem bewegten Hin und Her der Noten zwischen dem Reich und dem General Nollet wird von deutscher Seite immer wieder darauf hingewiesen, daß die deutsche Polizei keine militärische Institution sei. Diese Angabe ist falsch.

Ein höherer Polizeibeamter, der Polizeimajor Fendel-Sartorius, der Leiter der hessischen Landespolizeischule in Darmstadt, hat die Unvorsichtigkeit gehabt, seine Dienstanschauungen und Dienstanweisungen der Öffentlichkeit zu übergeben. Schon der Titel des Heftchens ist bezeichnend genug: *‹Die Schutzpolizei und ihre Gefechtsgrundsätze›* (im Roether-Verlag zu Darmstadt).

Zunächst hat eine rein polizeiliche Institution überhaupt keine Gefechtsgrundsätze, denn in ein Gefecht kann sie wohl verwickelt werden, wenn außergewöhnliche Umstände es erheischen – ist sie aber grundsätzlich für Gefechte vorgebildet, dann ist sie keine Polizei mehr, sondern eine militärische Truppe.

In dem Werk ist dauernd von ‹polizeilichem Gefecht›, ‹polizeilicher Kampflehre› die Rede, und diese Anschauung ist nicht etwa die Marotte eines Sonderlings, sondern wird in der verantwortlichen Schrift eines Polizeimannes auf verantwortlichem Posten vertreten: «Sie bedarf naturgemäß noch gründlichster Ergänzung und Vervollständigung, um dereinst ein erschöpfendes Lehrbuch für den jungen Führer im Schutzpolizeiberuf zu werden.»

Der historische Überblick am Anfang des Buches gibt zu, daß ein großer Teil der Angehörigen der Schutzpolizei den Freikorps entnommen worden ist, also notorischen Räuberbanden, die in Deutschland Jahre hindurch der konterrevolutionäre Schrecken der Republik gewesen sind. «In einzelnen Fällen traten sogar geschlossene Verbände unter ihren bisherigen Führern zur Sicherheitspolizei über.» Der Verfasser, der sich seine polizeilichen Kampferfahrungen auf ähnlichem Boden geholt hat, bedauert den ‹sogenannten Friedensvertrag› und will dafür sorgen, daß die Kampferfahrungen der Freikorps nicht wieder verloren gehen. Die Familienangehörigen der Toten von Liebknecht bis Rathenau werden ihm dafür danken.

Daß der Verfasser die deutsche Schutzpolizei mit den englischen Militärpolizeiverbänden in Irland vergleicht, zeigt, wie er seine eigne Heimat einschätzt. Die Phrasen über die Aufgaben der Polizei im Wirtschafts- und Volksleben nehmen sich in einem Leitfaden für das Kriegshandwerk doppelt lustig aus.

Weniger lustig ist das Versteckspiel, das darin besteht, die militärische Befehlssprache aus dem ‹Polizeikampf› auszuschalten. Der Verfasser will für die Fechtweise der Polizei eine ‹Spezialsprache› schaffen. (Für die jetzige Fechtweise gibt es eine; aber ich will ihre Terminologie nicht anwenden, weil ich der *‹Weltbühne›* keine langweilige Beleidigungsklage auf den Hals laden möchte.)

Der Polizeimajor sieht dauernd rot. «Unsern Kampfgegner bezeichnen wir grundsätzlich nicht als Feind, denn das ist er ja nicht, sondern als Aufständigen, als Aufrührer oder dergleichen.» Welchen Eindruck dieses Gehirn von den Aufgaben einer Polizei hat, kann man aus folgendem Satz ersehen: «Der Eindruck, den ein einziger stramm ausgeführter Griff mit der Waffe auf die Masse der Aufständigen ausübt, ist nachgewiesenermaßen ein so gewaltiger, daß meist der tatsächliche Waffengebrauch erspart bleibt.»

Was ist ein ‹Polizeigriff›? Wir hatten bisher geglaubt, das sei jener berüchtigte Griff des Polizisten in den Nacken des Übeltäters. Wir haben geirrt. Polizeigriffe sind nach diesem Büchlein in der Hauptsache folgende:

Aufpflanzen des Seitengewehrs
Laden und Sichern
Anschlag
Abfeuern einer Salve
Marsch im Gleichschritt
Laufschritt in der geschlossenen Abteilung
Vordringen mit aufgepflanztem Seitengewehr.

Das sind ‹Polizeigriffe›. Und nun lese man die ‹Gefechtsgrundsätze›:

Da ist von ‹Flanken- und Rückenangriff› die Rede, da findet sich der alte schöne Satz, der aus einer Felddienstordnung Wilhelms des Zweiten stammen könnte: «Zunächst hat der polizeiliche Führer die Verteidigung stets nur als vorübergehende Kampfart aufzufassen.» Hurra! Da spricht jener von ‹Gefechtsdisziplin›, spricht von einem ‹feigen Heckenschützentum› (womit er wahrscheinlich die Mörder der oppositionellen Politiker meint) — und ganz deutlich wird, was der Herr Polizeimajor meint, hier: «Wird es möglich sein, bei künftigen Unruhen den Städtekampf ganz und gar zu vermeiden? Nein, denn die unruhestiftende Bevölkerung sitzt zum überwiegenden Teil in den Groß- und Industriestädten; ihre Führer halten sich dort auf, weil sie hier am leichtesten untertauchen können. Die Verstecke für Waffen und Munition befinden sich meist in den Städten . . .» Ach, nein. Die Verstecke für Waffen und Munition befinden sich dort, wo die schlimmsten Unruhestifter der Republik sitzen: auf dem Lande. Aber das braucht der Leiter einer Polizeischule nicht zu wissen. Und läßt seine Leute, die wir bezahlen, auf die Städte los. Ist es ein Wunder, wenn bei solcher Vorbildung Mißgriffe über Mißgriffe vorkommen —?

Unter den ‹Erkundungen› (wie in Feindesland) steht: «Sind größere Fabrikbetriebe vorhanden? Wie ist die Stimmung der Arbeiterschaft? Wo wohnt die Hauptmasse der Arbeiter?»

Diese Felddienstordnung für den Frieden spricht weiterhin von einem ‹Dorfgefecht› — und läßt in Geist und Ausdrucksweise durchaus Welt und Vorbildung des Verfassers erkennen.

Hier muß einmal gesagt werden:

Ganz abgesehen von der politisch gefährlichen Einstellung solcher Männer ist vor allem gegen sie einzuwenden – nicht, daß sie altkonservative Monarchistenoffiziere sind, sondern: daß sie schlechte Polizeioffiziere sind! Diese von Offensivgeist erfüllten, einen steten verkappten Groll über die Republik im Herzen tragenden alten kaiserlichen Offiziere sind nicht geeignet, junge Polizeimannschaften zu erziehen. Was sie ihnen beibringen, ist Unfug und Zeitverschwendung. Das Resultat liegt klar:

Ein so vorgebildeter oder vielmehr verbildeter Polizeibeamter wird in jedem Mann – Gewerkschaftssekretär oder Lumpenproletarier –, der keinen Stehkragen trägt, einen ‹Feind› erblicken und ihn dementsprechend behandeln. So erzieht man bissige Köter – aber so erzieht man keine Sicherheitspolizisten.

Auch nicht ein Gran von der Schwierigkeit einer Haussuchung scheint dem Polizeimajor bewußt zu sein – keine Ahnung von den zahllosen Schwierigkeiten des Auftretens in all den tausend Lagen, wo der Polizist zu bestehen hat; er steht nämlich nicht, wie der da glaubt, auf dem Kasernenhof, sondern mitten im bürgerlichen Leben. Um hier etwas ausrichten zu können, braucht man Takt, Menschenkenntnis, bürgerliche Geschicklichkeit und das feinste Verständnis für die Gesellschaftsklassen, mit denen man zu tun hat. Davon wissen die Herren offenbar nichts. Ist es doch bei der Prüfung auf einer Polizeischule Mitteldeutschlands passiert, daß ein Prüfling erklärte, wenn er einen Hochstapler zu verhaften habe, so gehe er zunächst ruhig und höflich auf ihn zu und frage ihn nach seinen Papieren. Wegen dieser ‹schlappen Auffassung› fiel er beinah durch. «Allein durch die Macht Ihres Polizeiauges», erklärte ihm später der Vorsitzende der Prüfungskommission, «müssen Sie den Mann sogleich in Respekt setzen!» Wer einmal in solch ein Polizeiauge gesehen hat, wird sich einer stillen Heiterkeit nicht erwehren können . . .

Das ist unsre Polizei. (Die den Reaktionären noch nicht forsch genug ist.) Haben wir eigentlich eine Republik oder haben wir keine?

Der Verfasser des Kriegsbuches für den Frieden bedauert, daß es immer noch Menschen gebe, die ihn und die Seinen für Soldaten hielten. Wie er hofft, wird allmählich auch unser eignes Volk begreifen, «daß es uniformierte Menschen gibt, die Waffen tragen und Kampfübungen vornehmen, und die doch etwas ganz andres sind als Soldaten». Da kann er lange warten. Militär ist Militär – ob es grau oder grün ist. Dieses ist grün und rüstet im stillen für irgend etwas.

Und das wundert sich, wenn Note auf Note herunterprasselt, und wenn in der ganzen Welt das gärende Mißtrauen gegen diesen latenten Militarismus nicht schwinden will. (Und da letzten Endes auch für wirtschaftliche Maßnahmen psychologische Erwägungen ausschlaggebend sind, so kann man sich die Stellung einer deutschen Delegation bei allen Verhandlungen vorstellen. Man glaubt ihnen niemals so recht ...)

Das Ministerium des Innern aber sollte sich diese Polizeischule einmal ansehen. Und nicht diesen Herrn die Voreiligkeit seiner Publikation entgelten lassen, sondern ihn eliminieren: weil er kein Polizist ist, sondern ein Armeeoffizier, der seine Aufgabe verkennt.

RATHENAU

Du bist doch schon daran gewöhnt!
Du weißt doch, wie das ist, wenn deinen jungen
Deutschnationalen so ein Ding gelungen.
Sie schießen. Karlchen Helfferich, der höhnt.
Das ist seit Jahren deine Politik –
Du Republik!

Du hast doch darin Übung, junge Frau!
Glatt gehn dir von der Hand die Totenfeiern.
Proteste gellen. Nekrologe leiern.
Und hinterher bist du genau so schlau.

Wie lange siehst du Helfferich noch zu?
Derselbe, der aus Moskau, als man putschte,
mit vollen Hosen in die Heimat rutschte,
hat jetzt den zweiten Menschen ungerochen
ins Grab gehetzt, geflucht, gesprochen.
Und während eine alte Mutter bebt,
sitzt das im Parlament.
Und lebt.

Das war doch nicht das erste Mal!
Du hörst die Bonzen der Partein
im Reichstag und im Landtag schrein:
«So geht das nicht mehr weiter! Ein Skandal!»
War es das letzte Mal?

Steh einmal auf! Schlag mit der Faust darein!
Schlaf nicht nach vierzehn Tagen wieder ein!
Heraus mit deinem Monarchistenrichter,
mit Offizieren – und mit dem Gelichter,
das von dir lebt, und das dich sabotiert,
an deine Häuser Hakenkreuze schmiert.

Schlag du in Stücke die Geheimverbände!
Bind Ludendorff und Escherich die Hände!
Laß dich nicht von der Reichswehr höhnen!
Sie muß sich an die Republik gewöhnen.
Schlag zu! Schlag zu! Pack sie gehörig an!
Sie kneifen alle. Denn da ist kein Mann.
Da sind nur Heckenschützen. Pack sie fest –
dein Haus verbrennt, wenn dus jetzt glimmen läßt.
Zerreiß die Paragraphenschlingen.
Fall nicht darein. Es muß gelingen!
Vier Jahre Mord – das sind, weiß Gott, genug.
Du stehst vor deinem letzten Atemzug.
Zeig, was du bist. Halt mit dir selbst Gericht.
Stirb oder kämpfe!
Drittes gibt es nicht.

HÄNDLER UND HELDEN

Für Emil Rabold

«Alte Memoiren? Alte Memoiren?»
Die reisigen Helden der Wotans-Eiche,
die Erzgepanzerten aus dem Reiche,
die deutschen Führer der glorreichen Zeit –
sie zückten das Schwert. Nun war es so weit.
Zuerst aber zückten die Paladine
eine amerikanische Schreibmaschine
sowie eine freundliche Tippmamsell:
«Bitte, Fräulein, schreiben Sie schnell!»
Das Fleisch ist willig. Das Hirn ist weich.
O du geliebtes deutsches Reich! . . .
Alte Memoiren! Alte Memoiren!

Alte Memoiren? Alte Memoiren?
Die Bände liegen fertig verpackt.
Darein ist alles hineinversackt:
Entschuldigung, Beschönigung, Material –
oh, du geduldige, statistische Zahl!
Kartenpläne, ein artig Ragout –
und ein bißchen Beschimpfung der Heimat dazu.

Alte Memoiren? Alte Memoiren?
Dann ziehen sie die Pistole voll Lust
und setzen sie auf die Verlegerbrust.

Und sprechen, gestützt auf das mannhafte Schwert:
«Suum cuique. Was ist das wert –?»
Und sie handeln mit englischen Insulanern,
mit dollarbesitzenden Amerikanern ...
Der Feindbund scheint ihnen auf einmal verwandelt.
Und sie handeln, wie man nur in Galizien handelt.
Alte Memoiren? Alte Memoiren?

Einer aber von München bis Zossen
hat von allen den Vogel abgeschossen.
Wem flog wohl am höchsten der preußische Aar?
Unser Kaiser bekam das Rekordhonorar!
Zween Juden haben ihn unterstützt;
so hat ihm doch Zion einmal genützt ...!
Potz Hakenkreuz und Feindesschreck:
Bis zum letzten Hauch von Verleger und Scheck!
Und dies ist der Wahlspruch des Hohenzollers:
«Keine Partein mehr. Nur noch Dollars – !»

HERR WENDRINER TELEFONIERT

Der gesamte Postbetrieb des Reiches ruhte am Tage der Beerdigung Walther Rathenaus von zwei Uhr bis zwei Uhr zehn Minuten.

«Wenn er die Faktura nicht anerkennt, dann werde ich ihn eben einfach mal anrufen. Legen Sie die Kuverts inzwischen aufn Stuhl. Welches Amt hat Skalitzer? Amt Königstadt? Na, warte ... Nu? Na? Na, was ist –? Fräulein! Warum melden Sie sich denn nicht? Haste gesehen: sie sagt nicht, warum sie sich nicht meldet! Fräulein! Na, ist denn der Apparat nicht in Ordnung ...? Fräulein Tinschmann, was ist mit dem Apparat? Ist er nicht in Ordnung? Wie oft hab ich Ihnen schon gesagt ... Was? Was ist? Der Betrieb ruht? Was heißt das? Warum ...? Ach so – wegen Rathenau. Danke, Sie können wieder gehn ... Wegen Rathenau. Sehr gut. Sehr richtig ist das. Der Mann ist ein königlicher Kaufmann gewesen und unser größter Staatsmann. Das ist unbestritten. Schkandal, daß sie ihn erschossen haben! So ein effektiv anständiger Mensch! Ich hab noch den alten Rathenau gut gekannt – das waren Kaufleute waren das! Na, er hat eine hervorragende Trauerfeier im Reichstag gehabt! Sehr eindrucksvoll. Glänzend war der Leitartikel heute morgen – ausgezeichnet. Ja, die Regierung wird ja kräftig durchgreifen – eine Verordnung haben sie ja schon erlassen. Ausm Auto raus zu erschießen – unerhört! Die Polizei sollte da ... Fräulein! Die zehn Minuten sind noch nicht um. Glänzende Schützen müssen das gewesen sein, die Jungens. Vielleicht Offiziere ... Aber das kann ich mir eigentlich gar nicht denken: die Regimentskameraden von Walter waren doch damals alle zu Tisch bei uns – alles so nette und feine Leute! Famose Erscheinungen darunter! Ich hab mich ja damals doch gefreut, wie der Junge Reserveoffizier geworden ist! Fräulein! Fräulein! Ein bißchen länglich die zehn Minuten! Fräulein! Aber wenn sie eine Minute länger streiken als zehn Minuten – ich bin imstande und beschwer mich! Fräulein! Ich muß doch den alten Skalitzer haben! Kateridee, deshalb das Telefon abzusperren! Davon wird er auch nicht lebendig. Solln se lieber die Steuern gerecht verteilen, das wär mehr im Sinne des Verstorbenen gewesen! Fräulein! Wer sperrt das Telefon ab, wenn ich mal nicht mehr bin? Kein Mensch! Meschugge, das Telefon abzusperren! Wie soll ich jetzt an Skalitzers ran? Nachher ist der Alte sicherlich zu Tisch gegangen. Schkandal! Mehr Lohn wollen die Leute – das ist alles. Was sind das für Sachen, einem am hellerlichten Tage das Telefon vor der Nase abzusperren! Unterm Kaiser sind doch gewiß manche Sachen vorgekommen – aber so was hab ich noch nicht erlebt! Unerhört! Das ist eine Belästigung der Öffentlichkeit! Solln se sich totschießen oder nicht – aber bis ins Geschäft darf das doch nicht gehn! Überhaupt: ein Jude soll nicht solches Aufsehen von sich machen! Das reizt nur den Antisemitismus. Seit dem neunten November ist hier keine Ordnung mehr im Lande. Ist das nötig, einem das Telefon abzusperren? Wer ersetzt mir meinen Schaden, wenn ich Skalitzer nicht erreiche? Fräulein! Nu hör an – da draußen gehn se demonstrieren! Sieh doch – mit rote Fahnen – das hab ich gar gern! Was singen sie da? Fräulein! Se wern noch so lange machen, bis es wieder Revolution gibt! Fräulein! Mich kann die ganze Republik ... Fräulein! Fräulein! Mein politischer Grundsatz ist ... Fräulein! Endlich! Fräulein! Königstadt –!»

KRACH!

Wenn Sie die Seele dieses Volkes ganz genau kennen lernen wollen, dann müssen Sie einen deutschen Krach mitanhören. Der geht so vor sich:

Getränkt von Offensivgeist, heimlichen Rittern gleich, jeder Zoll ein Baron, so stehen die deutschen Mannen beieinander: auf der Plattform des Omnibus, in den Wandelgängen des Theaters, in Berlin-Garmisch, in Berlin-Charlottenburg, in den Kinos – überall. Aber der Raum ist eng, es kommt vor, daß es da ein Gedränge gibt, eine kleine Meinungsverschiedenheit ... Böse Blicke ... ein Zucken zuviel in den Augen des andern ... Und dann gehts los.

Der deutsche Krach unterscheidet sich von allen andern Krachs der Welt dadurch, daß er sich niemals mit dem Einzelfall begnügt. Es wird immer gleich alles Prinzipielle miterledigt. Anderswo beschimpft man Personen. Bei uns nur Institutionen.

Beginn: «Erlauben Sie mal – wie kommen Sie denn dazu?» Das ist noch aristokratisch durch und durch und von der besten Tanzstundenbildung diktiert, aber schon durchzittert von der geheimen Angst, der andre könnte – wir sind wir! – die persönliche Würde, die man repräsentiert, nicht anerkennen. Das tut er auch nicht. Er antwortet. «Wer sind Sie denn überhaupt, Herr?» (Grundsätzliche Anerkennung der Kastenunterschiede; Negierung ihrer Gesetze für den vorliegenden Fall.) «Das werden wir ja sehen! Unerhört! Man müßte ...» Hier beginnt die Auseinandersetzung jenen seltsamen, prinzipiellen Charakter anzunehmen, der sie so auszeichnet. Zunächst stößt der Benachteiligte Drohungen aus, die er niemals verwirklicht, die aber deutlich zeigen, was er sich so unter wirksamen Waffen im Daseinskampf vorstellt. «Ich werde das mal der Presse übergeben!» (Wahrscheinlich als Inserat.) Und dann kommt das deutsche Wörtchen ‹überhaupt›.

«Überhaupt diese Logenschließer! Aber wenns Gehaltzulage gibt, dann sind sie da ... Ja, das können sie!» Nun nimmt das Gespräch schnell einen rassenbiologischen und allgemein sozialen Charakter an.

Wenn es gegen Angehörige der arbeitenden Klassen geht, hörst du den andern einen Leitartikel aus dem jeweiligen Morgenblättchen aufsagen. «Nischt arbeiten und denn ooch nischt tun – so ist richtig! Na, das kommt noch mal anders! Ihr werdt noch mal so klein –!» (Prophezeiung größerer Wirtschaftskrisen mit angedrohter Ausnutzung durch den Kapitalisten. Dazu meist höhnisches Gelächter der Produktionsvertreter.) Wird die offene Feldschlacht aber mit einem Herrn im Stehkragen ausgefochten, so kann man zehn gegen eins wetten, daß er wenn er nicht grade Schmisse sein eigen nennt, folgendes zu hören bekommt: «Das sind alles diese verfluchten Juden! Man müßte euch alle rausschmeißen, galizisches Gesindel! Erst nehmen se einem hier die Wohnungen weg ... !» Der Zuschauer bemächtigt sich in solchen Fällen eine ungeheure Erregung. Es bilden sich Gruppen, die in angeregter Unterhaltung ihre Meinungen austauschen und aufsagen, worauf sie abonniert sind.

Der Omnibus ist inzwischen schon längst weg, das Theaterbillett ist schon lange verkauft, die Garderobenfrau ist nach Hause gegangen ... Aber unentwegt, mit Schaum vor dem Mund, mit puterrotem Kopf und einem Schwall von Papierphrasen steht jener noch da und regelt den Fall grundsätzlich, juristisch, ein für alle Mal.

Denn wir sind gründlich, wir Bewohner dieses platten Landes, und wollen es auch bleiben, für und für.

DIE ZUFÄLLIGE REPUBLIK

Der Deutsche braust wie das Meer, das morgen wieder geduldig seine Lasten trägt.
Georg Herwegh

In der Sitzung des Preußischen Landtags vom sechsundzwanzigsten Juni 1922 hat der Abgeordnete Dr. Kalle von der Deutschen Volkspartei die neuen Ausnahmeverordnungen der Republik gebilligt. «Wir rechnen aber darauf, daß das Gesetz gleichmäßig gegen alle Seiten angewandt wird, gegen alle, die sich gegen den Staat vergehen.» Hier unterbrachen ihn die unabhängigen Sozialdemokraten: «Warum sagen Sie nicht Republik?» Und das Mitglied einer Regierungspartei antwortete: «Gegen den Staat, der zufällig Republik ist». Und das ist die Wahrheit.

Diese negative Monarchie, die nur deshalb keine ist, weil ihr der Monarch ausgekniffen ist, hat nicht einmal das eine von ihrem Vorgänger übernommen, dessen Konkursmasse sie verwaltet: nicht einmal den Selbsterhaltungstrieb. Sie kann sich nicht schützen. Denn das, wogegen sie sich schützen müßte, liegt in ihr selbst.

Zweimal schon stand sie vor dem unmittelbaren Untergang, zweimal hat die Volksseele gekocht, zweimal sind die Deutschen aufgebrodelt wie Bromwasser – beide Male war es nichts.

Vor zwei Jahren, 1920, habe ich hier – unmittelbar nach dem Kapp-Putsch – diese Forderungen erhoben:

Entfernung der konservativen Preußenoffiziere aus der Reichswehr. Umwandlung der Reichswehr in eine zuverlässige Volksmiliz. Aufklärung der Öffentlichkeit von Staats wegen über die ungeheure Schuld der nationalistischen Parteien an der Katastrophe Deutschlands. Genaue Befolgung des Artikels 177 des Friedensvertrages («Erziehungsanstalten, Universitäten, Kriegervereine, Schützen-, Sport- oder Wander-Vereine dürfen sich mit keinerlei militärischen Dingen beschäftigen»). Vollständige Auflösung aller ‹Wehren›.

Nicht eine dieser Forderungen ist bis heute erfüllt worden. Überlegen lächelnd oder hitzig in Geschäftsordnungsdebatten befangen, gingen die ‹Realpolitiker› und die von den Oberregierungsräten eingewickelten Konzessions-Minister darüber hinweg. Das, was man im Auto nach dem Hause der Königs-Allee zurückgeschafft hat, ist die Quittung für die Pflichtvergessenheit und den bösen Willen der Regierung.

Es ist kein Wunder, daß wir bis dahin gediehen sind. Wenn man auf Massen einwirken will, muß man unbedenklich, demagogisch, völlig subjektiv und hemmungslos arbeiten. Eine republikanische Propaganda gibt es schon deshalb nicht, weil es in den entscheidenden Stellen nur wenig Republikaner gibt. Der Beamtenkörper, völlig Selbstzweck geworden, erkennt keinesfalls den imaginären Auftraggeber ‹Staat› an, für den und durch den erst Beamte sind; der Beamtenkörper ergänzt sich vielmehr durch Kooptation, und seine Kohäsion ist so groß, daß er jeden mißliebigen Eindringling sofort ausscheidet. Meist nimmt er ihn aber gar nicht erst auf. Sie sind sich einig. Die Republik kann sehen, wo sie inzwischen bleibt.

Die tiefen Ursachen ihrer Schlappheit liegen darin, daß sie dem Geheimrat und dem Kanzlei-Sekretär rettungslos ausgeliefert ist. Da ist keiner, der wagt, eine Verfügung einfach über den Haufen zu werfen, keiner, der wagt, die alteingesessenen Rechte, die erworbenen, erschlichenen, dahinfaulenden Rechte mit einem Fußtritt zu beseitigen. Einer hat es einmal gewagt, und der hats büßen müssen, weil er den Teutschen wirklich gefährlich war: Erzberger. Bei den andern bleibts meist guter Wille.

Die tiefe Unkenntnis von der Psychologie des provinziellen Stammtischs ist ganz erstaunlich. Vielleicht ist es ein soziologisches Gesetz, daß man, tief im Apparat steckend, die Übersicht verliert; aber ich muß sagen, daß es jedes Mal ein trauriges Schauspiel ist, die Weltkenntnis dieser wie Öl auf dem Meer der Reaktion schwimmenden Beamten der Republik zu erleben. Es erscheint ihnen unendlich pikant und diplomatisch erwägenswert, daß nicht jenes Ressort, sondern dieses da oder dort eingegriffen habe, sie zerbrechen sich den Kopf, wie sie einen geheimrätlichen Reaktionär übergehen können: aber keiner greift durch, keiner wirft wirklich ein paar tausend Leute ohne Pension auf die Straße, nur, weil sie monarchistisch sind und – wie gewisse Damen – das Geld von einem Auftraggeber nehmen, über den sie sich heimlich lustig machen. Heimlich? Es ist in der deutschen Republik ein Hindernis für die Karriere, Republikaner zu sein.

Das Haus hat den Schwamm. Und daher sieht es außen so aus:

Die Reichswehr ist völlig unzuverlässig. Eine Institution, die – entgegen den ausdrücklichen berliner Befehlen (du armer Geßler!) – vor einem nationalistischen, antirepublikanischen, also staatsfeindlichen Privatmann Paraden abhält, eine, die mit Prinzen kokettiert, ist nicht zuverlässig. Der Erlaß, den v. Seeckt und v. Behncke jetzt angekündigt haben, und in dem die Treue der Reichswehr festgestellt wird, ist eine Farce. Das gesamte deutsche Militär hat, so, wie es heute ist, mit der Republik überhaupt nichts zu tun. Seine vornehmlichste Sorge war, sich Spezialflaggen zu schaffen, die in keiner Weise an die verhaßte Fahne Schwarz-Rot-Gold erinnern, sondern an die alten Monarchistentücher. Das ist ihnen gewährt worden. Ich habe noch nie eine Reichswehrformation hinter einer schwarz-rot-goldenen Fahne marschieren sehen, und unter diesen Führern werden wir das auch nie sehen. Wenn wirklich der völlig bedeutungslose Herr Geßler geht –: seine Generale bleiben. Sie sind zum größten Teil die schwerste Gefahr für die Republik. Und sie werden sie nicht schützen. Über ihr Verhalten im Fall eines Hochverratsversuchs gibt es unter den Kennern nur eine Stimme. Deutlicher will ich hier nicht werden. Die Mannschaften, die in Putschzeiten erhöhte Gebühren bekommen, leiden zum Teil sehr unter dieser in Autos herumkutschierenden, monokelblitzenden Führerschaft. Eine Unterstützung findet kein Republikaner in der Reichswehr. Es gibt dort auch gar keinen. Geßler hat nie gewußt, was eine Republik ist, und zu Lande, wo sie ungestraft Hans Paasche ermordet haben, und zu Wasser, wo ein Hochverräter einen Kreuzer führt, sind sie überall ‹richtig›. Das ist unsre Wehrmacht. Sie hat nicht, wie Geßler will, ‹unpolitisch› — sie hat republikanisch zu sein. Er beschwert sich, man überschätze seine Zuständigkeit. Er tröste sich: Wir wissen, daß er nirgends zuständig ist.

Die Verhältnisse in der Polizei liegen ähnlich, aber schwieriger. Es sei erwähnt, daß die von der Entente erzwungene Verringerung des Mannschaftsbestandes eine Erhöhung der Offiziersstellen mit sich gebracht hat; der letzte gradezu skandalöse Milliarden-Etat der Polizei sieht aus wie die Aufstellung einer Armee in der Neger-Republik Liberia — es wimmelt von Offizieren. Das Plus beträgt: 20 Polizeimajore, 198 Polizeihauptleute und viele andre Posten und Chargen. Keine Sorge: es wird schon bewilligt werden.

Die offiziellen Sport-Veranstaltungen sind völlig nationalistisch ‹aufgezogen›. Herr Lewald, dessen Gehrock auf keiner Sportveranstaltung fehlt, weiß nicht, daß es keine Leibesübung ohne Ethos gibt, und will nicht wissen, daß dieses unausgesprochene Ethos im Stadion nichts taugt. Von dumpfer Unterordnung bis zum beseligenden Aufgehen im Herdengefühl gibt es da alle Nuancen; und jeder Sportverband ist ein kleiner Staat mit allen Untugenden des Staates. Der postenerjagende Herr Dominicus, der niemals ohne den schönen Titel ‹Staatsminister a. D.› ausgeht, fehlt gleichfalls nicht, und das Ganze heißt Ertüchtigung der Jugend. Und wir lehnen beides ab: diese Ertüchtigung und solche Jugend.

Die Republik wird entweder anders sein als heute, oder sie wird nicht sein. Die Minimaltemperatur, bei der sie grade noch leben kann, ist erreicht. Ich sagte neulich zu einem Politiker: «Aber warum verteidigen die Herren ihre Republik nicht wenigstens aus Selbsterhaltungstrieb? Es ist doch ihre Sache, die da abgehandelt wird!» — «Nein», sagte er. «Es ist eben nicht ihre Sache.» Das scheint richtig zu sein: es ist nicht ihre Sache. Gott hat ihnen gegeben, sich umzustellen, wenn etwas passiert. Aber es ist unsre Sache.

Ich will nicht, daß meine Kinder einmal auf einem Kasernenhof stehen und von einem uniformierten Großknecht angebrüllt werden, indes ein gleichfalls uniformierter Gutsinspektor mit viereckigen, aber polierten Fingern lässig, in der Geste des geborenen Herrn, eine Front von Verprügelten abschreitet. Ich will nicht, daß eben diese Kinder einmal in Ackergräben verrecken, weil sich zwei Kapitalistengruppen nicht anders über die Verteilung der Konsumentenplantagen einigen können, und weil zwei Beamtenapparate dergleichen zur Auffrischung und Weiterexistenz nötig haben, soziologische Fakten, die man unter Zuhilfenahme entsprechender Universitätsprofessoren und frei schaffender Schriftsteller als mystisch immanente Gegensätzlichkeiten leicht philosophisch begründen kann. Wir habens ja: wozu haben wir auf diesen Universitäten studiert!

Die Republik will nicht einsehen, daß nur die unverhohlene Bekämpfung der alten Monarchie etwas helfen kann. Es muß eben nicht an die alten, schlechten Traditionen dieser wilhelminischen Epoche angeknüpft werden, eben nicht an ihre grauenvolle Kommis-Tüchtigkeit, ihre schnodderige Fixigkeit, ihre tiefe Verlogenheit und ihre verbrecherische Ausnutzung des Staates zu Gunsten einer kleinen Kaste. Wie die Seele dieser Germanen beschaffen ist, beweisen die telefonischen Beschimpfungen einer achtzigjährigen Frau, der man ihren Sohn hingemordet hat — diesen Sadismus kann nur verstehen, wer das alte Heer gekannt hat, diesen Misthaufen auf dem Felde Deutschlands. Eben die Tatsache, daß Meineidige, Mörder und Diebe sich frisch und froh auf den ‹Dienst› berufen und noch stolz sind, ungestraft alle Sensationen eines Verbrechers ausgekostet zu haben, ohne die Verantwortung fürchten zu müssen, die eine imaginäre Kollektivität trägt — eben das macht diese Gesellschaft so gefährlich. Und man bekämpft sie nicht mit einer ‹Objektivität›, die uns fragen macht, ob denn vielleicht ein Feuerwehrmann gegen die Flammen objektiv zu sein hat. Der Leichnam Walther Rathenaus war noch nicht unter der Erde — da fingen die zimperlichen Demokraten schon wieder an, vor ‹Verallgemeinerungen› zu warnen, waren sie schon wieder dabei, die versöhnliche Rechte hinzuhalten und sich hineinspucken zu lassen. Sie haben die Wahl: Entweder das Herz sitzt rechts, dann ist ihnen nicht zu helfen. Oder sie sind unverbesserlich dumm.

Wird es dieses Mal besser? Es muß besser werden. Wir Republikaner stehen heute nackt und bloß da, und ich halte von dem Flugblattwort «Massen heraus!» nicht viel. Wohin sollen sie denn gehen? Haben wir eine Kampforganisation, der wir uns im Fall eines Putsches zur Verfügung stellen können? Haben wir Waffen? Womit will denn die Arbeiterschaft einen solchen Putsch abwehren? Mit ihren Korkziehermessern? Weiß sie nicht, mit wem sie es zu tun haben wird? Auf der andern Seite stehen kriegserfahrene, bewaffnete und sehr gut organisierte Verbände. Über diese Reichswehr und über diese Polizei soll dabei im Augenblick nichts gesagt werden.

Wer so schwache Sehkraft hat, daß er allein den Herrn Tillessen für das große Verderben Deutschlands hält: mit dem ist nicht zu diskutieren. Wer nicht sieht, daß es ganze Gesellschaftsschichten sind, ganze Klassen und Kasten, die so verkommen, so heruntergekommen in ihrem moralischen Empfinden, von so frechem Hochmut sind — wer nicht sieht, daß man diesen Beamten, ihren Frauen, ihren Söhnen, diesen Studenten, Professoren, Oberlehrern, Medizinern, diesen Balkan-Deutschen die Macht zeigen muß, die unlogische, nicht objektive, ungerechte, einfache Macht: der richtet das Land zugrunde. Und wir wollen uns nicht zugrunde richten lassen. Wir haben nicht Lust, uns von einer kleinen Ober- und Mittelschicht, diesen Opfern einer ausgezeichneten Propaganda, terrorisieren zu lassen. Dies ist die Diktatur des Nationalismus.

Hier sind unsre Forderungen:

1. Umwandlung der Reichswehr in eine Volksmiliz. Entfernung aller überflüssigen und gegenrevolutionären Generale und Offiziere.

2. Entmilitarisierung der Schutzpolizei. Stützung des Herrn Abegg, ihres Referenten. Zwangspensionierung und Maßregelung aller unzuverlässigen Elemente, besonders in der Provinz.

3. Reformierung der Justiz — ganz besonders der Staatsanwaltschaften, die auf dem Disziplinarwege zu fassen sind. Rücksichtslose Säuberung der Justiz von allen monarchistischen Elementen.

4. Demokratisierung der Verwaltung. Durchgreifende Verfolgung jeder republikanischen Beschwerde. Entlassung aller Beamten, denen antirepublikanische Politik nachzuweisen ist, mit Entziehung der Pension. Aufhebung aller dem entgegenstehenden Vorschriften.

5. Stärkung des Reichs den Ländern gegenüber.

6. Völlige Umformung der Lehrkörper auf Schulen und Hochschulen. Sofortige Aufhebung aller Zwangsmaßregeln, auch der indirekten, die darauf abzielen, aus den ‹körperlichen Leibesübungen› der Studenten eine neue Wehrpflicht zu machen.

7. Sofortige Amnestie für die politischen Häftlinge aller Art, soweit sie republikanisch sind. (Also nicht für Herrn v. Jagow.) Diese Forderung ist insbesondere für die Leute aus Niederschönenfeld zu erheben, von denen keiner, kein einziger, ein so viehisches Verbrechen auf dem Gewissen hat, wie es die Mordtaten an Erzberger oder Rathenau sind.

8. Aufhebung des § 360 des Reichs-Strafgesetzbuches, Ziffer 8. Diese Vorschrift stellt das unbefugte Tragen von Orden und Ehrenzeichen unter Strafe, ebenso die unbefugte Führung des Adelstitels. Dieser monarchistische Unfug verdient nicht, verboten zu werden — man muß ihm seinen Wert nehmen. Da der Adel heute nicht mehr verliehen wird, so hat diese schwer antirepublikanische Kaste einen größeren Wert als je zuvor: den Seltenheitswert. Diese Mätzchen der Monarchie müssen der allgemeinen Wertlosigkeit verfallen.

9. Vor allem aber: Aufklärung und Propagierung der neuen Ideen einer neuen Republik:

Die Zerstörung der Preußen-Legende ist da an erster Stelle zu nennen. Abgesehen von der moralischen Vertiertheit vieler Vertreter dieses Systems muß eben das System in seinen Wurzeln angegriffen werden: klar und deutlich ist an Beispielen zu zeigen, wie da gearbeitet worden ist. Aus diesem Negativen entwickelt sich das Positive: aus Untertanen werden Bürger, aus Hände-an-die-Hosennaht-Maschinen Menschen, aus Kerls Männer. Unbequem für die frühern Herren – eiserne Notwendigkeit für den Bestand einer Republik.

Dies sind unsre Forderungen. Werden sie befolgt, haben wir ein neues, lebenskräftiges Land. Werden sie es nicht, haben wir in Wochen oder Monaten eine elende und von aller Welt verachtete Reichsverweserschaft.

Die letzte Rettung ist: Einigung der sozialistischen Parteien.

Als Walther Rathenau im Reichstag aufgebahrt lag, stand, still und zuckergußartig, Sein erhabener Großvater da. Ein heißer Streit war um ihn entbrannt: Sollte in dem Volkshaus der Republikaner dieses monarchistische Standbild entfernt werden oder nicht? Gefühle mußten geschont werden...

Man umkleidete es mit Lorbeerbäumen; es wurde verhüllt. So ist hier alles. Wir schlagen nichts nieder – wir verhüllen es.

Eine kleine, sadistisch-masochistische, in ihren funktionellen Lebensbeziehungen schwer psychopathische Minderheit terrorisiert das Land, das in weicher Wabbligkeit diese Qualen fast wollüstig duldet.

Bleiben die Republikaner wiederum in den Versammlungssälen und packen sie die ungetreuen Amtsdiener ihres eignen Landes nicht in den Büros, auf den Kasernenhöfen, in den Polizeiwachen, auf den Gerichten, in den Landratswohnungen, schlagen sie diese größenwahnsinnigen Recken, die von einer Welt geistig und militärisch krumm geprügelt worden sind, nicht zu Boden –: dann ist es mit dieser zufälligen Republik zu Ende.

HARDEN

Ich kann nicht mehr – Sie werden das begreifen –
bei jedem Attentat ein Trauerliedchen pfeifen –
es sind zu viel.
Es gibt da ehemalige Offiziere,
die schießen wöchentlich, wie ich taxiere,
auf das Zivil.
Es bietet kaum der feine Mann
zum Gruße den Revolver an.

Sie kannten die internen Personalien,
Geschichte und die Materialien —
    Sie kennens gut.
Kein Auslandsweg war Ihnen je beschwerlich.
Und deshalb waren Sie dem Pack gefährlich.
    Daher die Wut.
  Wer schwarz-weiß-rote Farben wählt,
  zeigt, daß ihm jeder Kunstsinn fehlt.

Sie schlug ein Untertan, ein geistiger Krüppel.
Der eine hat den Kopf — der andre hat den Knüppel.
    Nur sie hat nichts:
Die Republik hat weder den noch jenen.
Und freundlich lauscht sie diesen blutigen Szenen
    verdösten Angesichts.
  Laßt hier uns edles Blut vergießen:
  Im Himmel gibt es nichts zu schießen —!
  Nur ungern nimmt der deutsche Mann
  statt Monarchismus Wahrheit an.

DER BÜHNENDIENER

Nicht der, der die Proben ansagt, auf Fragen falsche Antworten gibt, sich über nichts mehr wundert und überhaupt den Philosophen macht — den nennt man Theaterdiener, und das ist wieder ein andres Kapitel. Er ist der unbestechlichste Kritiker, den das Theater hat: er weiß wirklich Bescheid. Ich meine die Diener auf der Bühne.

Früher fingen ja alle Possen und Schwänke so an, daß das Stubenmädchen Lisette mit dem Staubpuschel in der Hand die Möbel abpuschelte, mit seidenen Strümpfen, kokettem Häubchen und vielen Blicken ins Parkett. Jean, der Diener, kam hinzu, und sie hatten einen Schwatz. «Nein, wie spät die Herrschaft gestern abend wieder nach Hause gekommen ist. Nicht doch —!» Denn Jean, der Genießer, hat sie in die Schürze gekniffen, und sie schämt sich, bekommt aber doch ihren Bühnenkuß. Da klingelt es, und herein tritt eine der Hauptpersonen des Stückes, die augenrollend und gewichtigen Schrittes das theatralische Vorgeplänkel von der Bühne fegt. Los gehts.

Seit Jahren sammle ich Bühnendiener. Und bin immer wieder erstaunt, was es da alles gibt.

Solange die Welt steht, hat sich noch keine Dienerschaft in irgendeinem Hause so benommen, wie es allabendlich auf den deutschen Bühnen der Bühnendiener tut. Es gäbe auch gar keine Herrschaft, die sich das gefallen ließe.

Die Stubenmädchen kneifen sie ja nun nicht mehr, denn nach einem merkwürdigen Brauch werden solche Rollen oft mit jungen Leuten besetzt, die ihrem Habitus nach eher mit dem Herrn des Hauses ein Verhältnis anzuknüpfen nicht abgeneigt wären. Spitz und geziert rauscht der Edelkomparse herein. Und dann beginnt jenes seltsame Spiel, das sich auf fast allen Bühnen so eingebürgert hat, daß schon kein Mensch mehr etwas dabei findet. Der Diener macht sich nämlich dauernd über seine Herrschaft lustig.

Sei es nun, daß er seinen kleinen schauspielerischen Effekt haben möchte, sei es, daß er sich langweilt, oder daß er böse ist, eine solche Rolle spielen zu müssen – genug, er macht dauernd hörbar und unhörbar Tz! tz! tz! auf seine Herrschaft. Diener ziehen immer die Augenbrauen hoch, das ist richtig beobachtet –: aber sie tun das im Leben nur dem mäßig gekleideten Besucher gegenüber – seiner eignen Herrschaft kriecht der Diener in die Knopflöcher.

Diese Bühnendiener zucken die Achseln, werfen den Kopf hintenüber, sind über jeden Befehl schwer entrüstet und schockiert, und über alles, was die Herrschaft tut, spricht, handelt und anordnet, mokieren sie sich deutlichst, bis zum zweiten Rang inklusive. Wir Diener sind doch bessere Menschen ...

Und wenn schon abgegangen sein muß, wenn schon ein Glas Wasser, ein Wagen, Herr X. herbeigeholt werden muß: dann gibt es einen Abgang, an dem ich immer viel größere Freude habe als an allen Auftritten der großen Herren. Der Diener hört, sagt beflissen: «Sehr wohl!», aber doch mit jener Nuance im Ton, die einen gescheiten Diener von einer leider irrsinnigen Herrschaft trennt, geht, geht und hört gar nicht auf zu gehen. An der Tür tut er dann das, was merkwürdigerweise fast alle Schauspieler und besonders die kleinen, immer tun: er sieht noch einmal unendlich sehnsüchtig, klebend und hangend über die Bühne ins Publikum. Er kann den Blick nicht von dir wenden ...

Nur der selige Paulig hat das nicht, weil er zuviel mit seinen Zungen zu schnalzen hatte. Und auch die treuen Diener ihres Herrn, Gottowt, Graetz, Haskel und Guido Herzfeld und andre gute Charakterspieler haben die gestreifte Dienerjacke mit anderm ausgefüllt.

Wenn Sie das nächste Mal ins Theater gehen: achten Sie auf den Bühnendiener. Ich, wann ich so einen hätt, ich tät ihm sofort heraußerschmeißen.

DER WAGEN

Auf einem Wagen saßen Vertreter aller politischen Parteien. Als der Wagen stecken blieb, geschah folgendes: Der Deutschnationale schoß den Führer nieder, der Zentrumsmann sagte: «Mit Gott!» und blieb sitzen, der Demokrat schlug vor, die große Koalition zu bilden, der

Mehrheitssozialist wollte den Karren aus dem Dreck schieben, ließ aber keinen aussteigen, die Unabhängigen schimpften und schoben mit, und die Kommunisten gaben gute Ratschläge, brüllten aber so, daß sie kein Mensch verstand.

Und wenn den Wagen keiner herausgezogen hat, dann steht er noch.

DER TROCKENE PUTSCH

Achtundvierzig Stunden nach der Ermordung Walther Rathenaus sah es so aus, als ob wir einen blutigen Putsch bekommen sollten. Wessen Blut geflossen wäre, ist ganz klar: ein großer Teil des Bürgertums wäre wie ein Mann aufgestanden — — und hätte erwartet, daß sich die Arbeiterschaft vor die Maschinengewehre geworfen hätte. Denn wenn es um die Freiheit geht und um die Republik, sind es letzten Endes immer die Arbeiter, die gutmachen müssen, was diese vier Jahre hindurch schlechtgemacht worden ist.

Dieser blutige Putsch ist nicht gekommen. Vielleicht war man noch nicht so weit — vielleicht wartet man noch. Die Gefahr ist nicht kleiner geworden. Denn was sich augenblicklich im Reichstag und in den Behörden langsam vorbereitet, ist ein trockener Putsch, einer, in dem kein Blut, aber viel Tinte vergossen wird, und einer, der in seinen Folgen genau so ausfallen wird, wie jene projektierte Ludendorffiade, zu der die Schüsse im Grunewald offenbar das Signal waren. Ich halte diesen bevorstehenden trockenen Putsch für viel gefährlicher.

Wenn die deutschen Reichstagsabgeordneten zu Mittag essen, dann sehen sie zu ihren Häupten auf der grauslich bemalten Saaldecke einen großen schwarzen Piepmatz, den Adler eines Reiches, das es nicht mehr gibt und hoffentlich nie mehr geben wird. Ein lateinischer Spruch ziert den Vogel: Sub umbra alarum tuarum protege nos! (Unter dem Schatten Deiner Flügel beschütze uns!) Da kann man nur: «Gott soll schützen!» rufen — und es ist verständlich, daß sich die Republik nach einem anderen Schutz umsieht als nach so einem traurigen.

Das Gesetz zum Schutze der Republik, das augenblicklich durchberaten wird, ist im Grunde eine doppelte Selbstverständlichkeit. Erstens ist es selbstverständlich, daß es überhaupt kommt. Wir können nicht länger tatenlos zusehen, wie ein Führer nach dem anderen abgeknallt, erschlagen, ins Wasser geworfen und gefleddert wird. Noch heute erhalten die oppositionellen Führer aller Lager ebenso anonyme wie deutschnationale Drohbriefe, und man fühlt sich an das Wort Eugen Levinés erinnert: «Wir sind alle Urlauber des Todes!»

Die zweite Selbstverständlichkeit ist der materielle Inhalt des Gesetzes. Hätten wir wirklich eine Republik und nicht eine verhinderte Monarchie mit einer Beamtenschaft, die, besonders was die höheren

Herren angeht, ihr Geld dafür nimmt, daß sie dem Staat schadet: dann, aber nur dann langten die bestehenden Gesetze vollauf, um widerspenstige Beamte, um randalierende Staatsbürger im Zaum zu halten. Wir haben diese Beamtenschaft nicht. Wir haben insbesondere keine Richterschaft, zu deren politischen Urteilen wir noch irgendwelches Vertrauen haben können – und deshalb ist dieses Gesetz nötig.

Wie es nachher ausgelegt wird, und wie es durchgeführt wird, ist eine andere Sache. Wie insbesondere der § 2a, Ziffer 1, wirken wird, muß abgewartet werden. Er stellt die Herabwürdigung von Mitgliedern der republikanischen Regierung unter Strafe. Also wie? Dürfen wir nicht mehr sagen, daß der Reichswehrminister Geßler, von dem man nicht genau weiß, ob er als Demokrat oder als Reichswehrminister mehr enttäuscht hat, eine Unmöglichkeit ist? Und daß es ein Schauspiel mäßigsten Kalibers ist, dauernd seine Ableugnungskanone, den Major Schleicher, auffahren zu sehen, der bei allen festlichen Gelegenheiten und bei jedem neuen Skandal in der Reichswehr den Satz hervorschießt: «Es ist alles nicht wahr»? – Dürfen wir nicht mehr sagen, daß die etwa projektierte Ernennung Kaupischs, des jetzigen Obersten der Schutzpolizei, zum Reichswehrminister ein Witz und nicht einmal ein guter ist? Ist das Herabwürdigung der Republik?

Und dürfen wir nicht sagen, daß in fast allen wichtigen Stellen des Reiches und der Länder Kräfte am Werk sind, die offen, mit dem Maul am Wirtshaustisch, und versteckt, mit der Schikane im Geschäftsgang, die Republik sabotieren? Ist solche Kritik auch Herabwürdigung der Republik? Werden wir vor den Staatsgerichtshof kommen, wenn wir behaupten und nachweisen, daß leise, leise, von den Universitäten bis zu den höchsten Regierungsstellen die gebildete Schicht dieses Landes, die sich infolge der Lauheit und Flauheit des Bürgertums ‹herrschende Klasse› nennen darf – daß sie, wo sie nur kann, jenen grauenhaften alten wilhelminischen Geist hegt und pflegt und einen Haß gegen den Proletarier mit Erfolg großzüchtet, dessen Auswirkungen, blutig oder unblutig, wir täglich zu sehen bekommen? «Sie achten nur die Vetternschaft, sie verkuppeln das Mikroskop mit dem Katechismus und die Philosophie mit der Polizei», hat Jakob Wassermann einmal von solchen gesagt. Sie sind täglich dabei, feige und verantwortunglos, wie es ihre Gewohnheit ist, einen trockenen Putsch zu inszenieren. Einen leise dahinschwelenden, unmerklich glimmenden Putsch, der uns Kopf, Kragen, Republik und das bißchen Freiheit kosten kann.

Unsere Fraktion wird darüber zu beschließen haben, ob und unter welchen Bedingungen sie in die Regierung geht. Das gesamte arbeitende Volk, soweit es politisch denken kann, steht dieses Mal geschlossen hinter den sozialistischen Parteien. Weiß die Regierung nicht, wo die sitzen, die am meisten für die Republik tun? Kennt sie das Wort Alexander v. Humboldts? «Die Deutschen brauchen für jede Dummheit zweihundert Jahre: hundert, um sie zu begehen, und hundert, um sie einzusehen.» Die Entwicklung geht heute schnell. Wir wollen nicht so lange warten.

Gebannt ist die Gefahr für den Augenblick wohl – verschwunden ist sie nicht. Geht der Reichstag in seine Sommerferien, ohne mehr geschaffen zu haben als ein kurzes Gesetz, dessen Durchführung in Anbetracht dieser tückischen und hinterhältigen Beamtenschaft sehr zweifelhaft ist, dann werden sich die Herrschaften von der Organisation Consul zwar vielleicht überlegen, ob sie jetzt einen blutigen Putsch riskieren sollen. Aber den trockenen Putsch – den auf dem Wege der Verwaltung – haben wir dann auf alle Fälle. Die Landwirte haben die Hand an der Gurgel des Staates, durch die die Nahrung läuft. Sie können jeden Tag zudrücken. Sie haben den Roggen. Sie haben die Beamten.

Und wenn wir nicht wachsam sind, haben wir im nächsten Winter den trockenen Putsch.

ZUSCHAUER

Aber wir lassen es andre machen.
Fontane

In Oberammergau in weiter Halle
sitzt ebenso erschüttert wie geneppt,
die Menschenschar bei dem Posaunenschalle
und sieht, wie man den Christ zu Kreuze schleppt.
Sie lauschen jenem großen Oratorium.
Ungläubige spenden Gläubigen Applaus.
Ein paar acteurs. Ein Riesen-Auditorium.
Sie sehn nur zu. Tun nichts. Und gehn nach Haus.

Es dampft Berlin. Bei schönstem Sommerwetter
ist knackend voll der ganze Sportpalast.
Das macht: Es boxt doch heute Breitensträter!
Na Mensch, wenn du das nicht gesehen hast!
Die Frauen schaun verzückt ein Suspensorium.
Die Männer boxen nicht. So sehn sie aus –!
Ein paar acteurs. Ein Riesen-Auditorium.
Sie sehn nur zu. Tun nichts. Und gehn nach Haus.

Wir sind zweihundert.
Seit vier deutschen Jahren
schießt man uns einen nach dem andern ab.
Allein in Krach und Not und in Gefahren.
Schon liegen unsre Besten still im Grab.

Wo seid ihr, Freunde? Müssens nur wir tragen?
Für wen wird eigentlich dieser Kampf geschlagen.
Bleibt das nun so? Ists nur ein Provisorium?
Wir stellen immer uns allein heraus.
Ein paar acteurs. Ein Riesen-Auditorium.
Sie sehn nur zu. Tun nichts.
Und gehn nach Haus.

DER BERÜHMTESTE MANN DER WELT

All der Unsinn, den Mister Chaplin macht, kommt nicht aus dem vergeblichen Versuch, klug zu sein, sondern aus den mißlingenden Versuchen, so zu sein wie andere Leute auch.
St. John Ervine

Kein Parlamentarier ist der berühmteste Mann der Welt und kein Politiker, weder Wilson noch Poincaré – kein Erfinder ist es, kein Tenor, kein Flugzeugführer. Der berühmteste Mensch ist zweifellos Herr Charlie Chaplin, über den alle einmal gelacht haben: die Pariser und die Londoner, alle Amerikaner und die australischen Matrosen, die Besucher der chinesischen Kinos und neuerdings auch die Deutschen, der alte Kontinent und der neue – und daß der Mars noch nicht über ihn gelacht hat, liegt nur an der mangelhaften Verbindung zu diesem kinolosen Möbel.

Mister Chaplin ist so:

Die Gegend betritt ein kleinerer Mann mit einem kleinen schwarzen Hütchen, einem Stöckchen, einem Schnurrbärtchen. Er geht, wie noch nie ein Mensch auf dieser Welt gegangen ist: er watschelt rasch und eilfertig auf zwei Füßen, deren Spitzen ganz nach auswärts gedreht sind. Er hat schwarze, fast traurige Augen, und er sieht bekümmert in die Welt, weil es nun doch gleich einen Kummer geben wird. Richtig, da ist er.

Der Kummer ist ein dicker Mann, ein roher Bursche von ungeheurem Format, mit dem Herr Chaplin sofort aneinandergerät. Weshalb, ist nicht ganz klar. Diese Filme sind überhaupt nicht ganz klar. Aber es kommt ja nicht auf ihre Handlungslosigkeit an und auf das Gewirr von Prügeln, Feuerwehrschläuchen, jungen Mädchen, auslaufenden Milchflaschen und herunterfallenden Gipsbüsten. Es kommt auf ihn an, auf Mister Chaplin.

Aus den acht oder zehn Filmen, die bis jetzt nach Deutschland gekommen sind, bleibt eine Fülle von Einzelheiten haften, deren jede vollendet gespielt ist.

Mister Chaplin lädt dreizehn Stühle auf seinen Rücken, sieht aus wie ein Morgensternsches Stuhlschwein und starrt vor lauter Stuhlbeinstacheln: Mister Chaplin ist aus dem Gefängnis entflohen, wo die amerikanischen Sträflinge bekanntlich gestreifte Kleidung zu tragen haben, und erwacht morgens im Bett: verwundert und deprimiert gleiten seine schwarzen, klugen Augen über den gestreiften Pyjama und über die Gitterstäbe seines Bettes – also doch? Wieder Gefängnis? – Nein, der Diener bringt den Kaffee. Und wie Herr Chaplin dann sofort aus dem geduckten Flüchtling ein feiner Herr wird, mit einer Zuckung der Schulter, einem ganz unmerklichen Zusammenreißen in den Augen: das ist schlechthin meisterhaft.

Herr Chaplin muß hungrig zusehen, wie ein dicker Mann von vierundzwanzig Tellern sein Frühstück ißt; dann soll er die leeren Teller abräumen. Ein Blick, zwei Löffel, und Herr Chaplin beginnt mit sieghafter Geste auf den Tellern Xylophon zu spielen.

All diese Einfälle dauern nur einen Augenblick, das geht alles ganz rasch vorüber, wird mit den sparsamsten Mitteln exekutiert. Er hat sich hinter einem umgestürzten Küchentisch verbarrikadiert und bewirft seine Partner mit gebratenen Kartoffelklößen: blitzschnell taucht die Assoziation ‹Schützengraben› in ihm auf: er ergreift zwei leere Weinflaschen, steckt den Kopf über den Tisch und beäugt unendlich strategisch den Feind durch dieses neue Scherenfernrohr – und blitzschnell taucht er wieder unter.

Er hat eine Komik des Nichttuns entwickelt, die ganz ungeheuerlich ist. Der Mann, der sich nicht traut, durch eine Tür zu gehen, dreimal ansetzt und viermal umkehrt, ist noch niemals so gespielt worden wie von ihm. Er sitzt in der Heilsarmee und muß über irgend etwas lachen, das neben ihm vorgeht – der strafende Blick des Predigers fällt auf ihn – Großaufnahme: man sieht ihn fröhlich grinsen, und dann ist das Lachen wie mit einer Zange abgekniffen. Unruhig ruckelt ein gerüffelter Schuljunge auf seinem Platz, und ganze Völkerschaften liegen unter dem Tisch.

Womit er das alles erreicht, ist völlig unbegreiflich. Manchmal nur mit einer kleinen Bewegung – er kann mit den Schultern weinen. Einmal wird er massiert – Chaplin sieht den riesigen Bademeister und sein beklatschtes und malträtiertes Opfer. Er wird der Nächste sein . . . Und in den unergründlichen Augen liegt eine solche Angst, eine solche tiefe und fast tierische Furcht und dazu ein Gran Ironie, daß es so etwas gibt . . . Und er bewegt sich nicht, und man hört ihn jeden Gedanken denken.

Er ist so gütig und so freundlich zu aller Welt! Neben ihm steht ein kleiner Spielhund aus Tuch, ein Spielzeug, wie es die Kinder haben. Eine Flasche läuft aus und bekleckert ihm die Hosen. Ingrimmig und schockiert sieht er den Hund an. Dann stellt es sich heraus, daß es doch die Flasche war. Und leise streichelnd, mit einer unendlich zarten Bewegung bittet er das Hündchen um Verzeihung . . .

Der Mensch muß eine unerhörte Beobachtungsgabe haben, ein stehlendes Auge. Er kann die Bewegungen aller Handwerke nachmachen. Einmal frisiert er den Kopf eines Bärenbettvorlegers: mit welch femininer Grazie und mit welch gelangweilter Selbstverständlichkeit er Kamm und Bürste handhabt und nach dem Schamponieren leicht und elegant und oberflächlich den nassen Kopf abtrocknet! Das zeigt die natürliche Komik dieses großen Künstlers. Wenn unsere Mimen auf der Bühne einen Handwerker nachmachen, dann sieht man, daß sie ihn niemals beobachtet haben: so klopft kein Schuster, so schreibt kein Schreiber, so bewegt sich kein Kutscher. Chaplin kennt sie alle.

Er bekommt es fertig, nur durch seine Erscheinung andere Leute lächerlich zu machen. Er braucht nur aufzutreten, mit dem kleinen Hütchen, mit dem kleinen Stöckchen, mit dem kleinen Schnurrbärtchen, watscheln auf seinen unmöglichen Beinen – und alles drum herum hat plötzlich unrecht, und er hat recht, und die ganze Welt ist lächerlich geworden. Es gibt ein Bild von ihm aus dem Kriege, auf dem der Zeichner den deutschen Kaiser abgebildet hat und seine Generale – mit starrenden Schnurrbärten und furchteinflößenden Helmen. Ihre Augen kullern ihnen fast aus dem Kopf, sie sehen alle auf eine Sache. Denn vor ihnen latscht Chaplin durch den Saal, sich leise einen pfeifend und unbeschreiblich frech sein Stöckchen schwingend. Und der ganze Militarismus ist hinten heruntergefallen.

«All der Unsinn, den Mister Chaplin macht, kommt aus den mißlingenden Versuchen, so zu sein, wie andere Leute auch.» Er hat einmal gesehen, wie der Mixer mixt und wie er in dem Affentanz von Eisstückchen, Cherrycoblern, Silberbechern und Herumhantieren an jedem Ei kurz riecht, bevor er es in den Topf schlägt . . . Aha, das macht man so. Und wenn er, Chaplin, mixt, riecht er auch an dem Ei. Aber bevor er es aufschlägt. Das kommt in der Fixigkeit nicht so genau darauf an . . .

Man sagt, daß er alle seine Filme probeweise Kindern vorspiele. Wenn das nicht wahr ist, ist es brillant erfunden. Denn diese Filme mit der nachdenklichen Komik, mit der lustigen Tragik wenden sich an das Kind im Menschen, an das, was wohl bei allen Völkern gleich geblieben ist: an die unverwüstliche Jugendkraft. Er stellt das primitivste dar, aber das genial. Und er zeigt, wie lächerlich es ist, ein erwachsener Mensch zu sein, der sich ernst nimmt.

Als er einmal von Europa zurück nach Los Angeles fuhr, begrüßten ihn auf einer kleinen amerikanischen Station zweihundert kleine Jungen, alle als Mister Chaplin verkleidet: mit dem kleinen Hütchen, mit dem kleinen Bärtchen und mit dem kleinen Stöckchen. So watschelten sie auf ihn zu . . . Und weil er sehr kinderlieb ist, hat er ihnen allen guten Tag gesagt.

Er ist, wie alle großen Komiker, ein Philosoph. Versäumen Sie nicht, ihn sich anzusehen. Sie lachen sich kaputt und werden ihm für dieses Lachen dankbar sein, solange Sie leben.

Da geht er hin und ruckt nach all dem Kummer an einem kleinen Hut und watschelt ab und sagt mit den Beinen: «Auf Wiedersehn —!»

COUPLET FÜR DIE BIER-ABTEILUNG

In den berliner Straßen
da siehst du heut, mein Kind,
wie über alle Maßen
besetzt die Autos sind.
Der Chef mit Prokuristen,
Agenten und Juristen —
sie quetschen sich zwecks Billigkeit
eng aneinander an:
Acht Mann in einem Auto —
ein Auto und acht Mann.

Emilie, süßes Töpfchen
der Suppe meiner Lust:
ich lege gern mein Köpfchen
an deine linke Brust.
Du schwörst, ich sei alleine.
Ich glaub es gern, du Kleine!
Denn kämen alle, die du liebst:
dann rückten da heran
acht Mann in einem Auto —
ein Auto und acht Mann!

Wenn diese Republike
den Zimt so weitermacht,
wird eines Tags sie stike
von hinten umgebracht.
Herrn Geßlers Reichsgardisten
erziehn dann Monarchisten.
Man wird ein bißchen schreiben . . .
Die meisten werden bleiben.
Der Rest, der fährt zum Tor hinaus
mit Schwarz-Rot-Gold voran.
Es wird die Herrn begleiten:
Ein Leutnant und zehn Mann —!

VARIETÉ UND KRITIK

Über die berliner Theaterkritik kann man mancherlei Böses sagen – nicht, daß sie bestechlich ist. Die Kollektivität war es nie, und die ihr Schande machten, sind stets ausgemerzt worden. Inwieweit die berliner Kritiker beeinflußbar sind, steht dahin. Objektiv ist kein Mensch: die von Deutschen so oft geforderte Oberlehrerobjektivität ist Subjektivität, die sich hinter irgendwelchen amtlichen Formen verkriecht – zum Beispiel sind unsre Staatsanwälte so objektiv –, und die Stärke eines wertvollen Kritikers wird in vielen Fällen grade seine Persönlichkeit, seine Subjektivität sein. Die berliner Kritiker von Geltung sind durch die Gewährung privater Vorteile nicht zu beeinflussen. Namen wie Karl Strecker, Julius Hart, Arthur Eloesser und andre leisten für reine Spiegelung des künstlerischen Ereignisses Gewähr. Ja, es gibt sogar Kollegen, die mit den Objekten ihrer Beurteilung nicht einmal gesellschaftlich verkehren wollen, aus Furcht, ihre Objektivität könne darunter leiden. (Dieser auf den ersten Blick sympathisch anmutende Zug scheint mir der Unsicherheit zu entspringen: wer sich stark weiß, hat solche Selbstabschließung nicht nötig.)

Wer macht nun den Versuch, zu beeinflussen? «Natürlich die Künstler!» wird man antworten. Ich denke, daß es da noch ein andres Element gibt. Und dieses Element ist der Zeitungsverlag.

Ob und wann einmal an den ersten Theaterkritiker einer Zeitung vom Verlag das Ansinnen gestellt worden ist, sich hier etwas zu mäßigen und dort etwas scharf zuzupacken, weiß ich nicht. Ich habe aber zu den nennenswerten der berliner Theaterkritiker das Vertrauen, daß sie eine Zumutung dieser Art ablehnen würden.

Wie ist es nun mit jenen, die Filme, Varietés, Cabarets und die kleinen Vergnügungstheater zu rezensieren haben?

Inwieweit diese Journalisten, die sich zum Teil aus Reportern oder nicht einmal berufsmäßigen Schreibern rekrutieren, mit den Objekten ihrer Referate Fühlung haben, ist nur von Fall zu Fall zu entscheiden. Wie verhält es sich aber mit ihrer prinzipiellen Stellung zu ihrem Verlag?

Da ist zu sagen, daß sich keine berliner Zeitung den Luxus gönnt, diese Unterhaltungsstätten objektiv besprechen zu lassen. Ich weiß nicht, wie das in andern deutschen Städten ist, und glaube, daß Peter Altenberg an der ‹*Wiener Allgemeinen Zeitung*› eine Ausnahme war, wie Hans Reimann am ‹*Leipziger Tageblatt*›. Bei uns gönnt sich diesen Luxus jedenfalls niemand. Denn es ist ein Luxus.

Erfahrungsgemäß beantworten fast alle Theater zweiten Ranges, Kinos, Varietés und ähnliche Etablissements eine dauernde unfreundliche Behandlung durch eine Zeitung nicht nur mit Entziehung der Freikarten – was nicht schlimm wäre –, sondern auch – und das wiegt viel schwerer —: mit Abbestellung der Inserate. Und da hört der Spaß auf, und das Geschäft beginnt. Und weil eine Zeitung einzig und allein ein Geschäft ist und – vom Verleger aus gesehen – kein Kulturfaktor (mag sie auch so wirken und aufgefaßt werden): so wird sich der kleinere Verleger gar nicht erst auf solch ein Experiment einlassen, und der wirtschaftlich etwas stärker fundierte Verleger wird den Kampf, wenn er ihn je angefangen hat, bald, müde oder gelangweilt oder besiegt, aufgeben. Die drei oder vier berliner Blätter, deren Vergnügungsanzeiger ein so fest stabilisierter Markt ist, daß kein Inserent ihn jemals entbehren könnte, sind aus unerklärlichen Gründen zu feige, in diesem Ressort die Wahrheit schreiben zu lassen. Schade!

Kein Zweifel, daß es an sich gänzlich belanglos ist, ob der Clown Charly oder die Koloratursängerin Adelaide Pietzchen ‹ihre Aufgabe voll bezw. ganz› erfüllt haben oder nicht. Davon fällt die Welt nicht um. Aber das Programm der Vergnügungsstätten könnte, beaufsichtigt durch eine ernste und ernstgenommene Kritik, allmählich besser werden. Auch dies sind Kulturfaktoren, und keine kleinen – und eine Kritik beeinflußt oft genug das Publikum, seine Amüsements anderswo zu suchen als da, wo es, laut Leibblatt, furchtbar langweilig ist. Es ist wirklich schade: man könnte Geschmacklosigkeiten verhindern und die Qualität durchsetzen helfen. Ein unter allen Umständen gespendetes Lob kompromittiert.

Sieht man von diesen bedingungslos lobenden Waschzetteln der Zeitungen ab (uncharakteristisch, sachlich oft falsch und wurschtig werden mit immer denselben Redensarten Baggesen und die fünf Brüder Pimm und Chaplin und Herr Humorist Pumm gleich hoch in den Inseratenhimmel gehoben) – sieht man von diesem groben Gewäsch in Petitdruck ab, so muß gesagt werden, daß, zum Beispiel, dem deutschen Varieté wie dem Film noch viele Qualitäten fehlen, die man anderswo längst hat. Über den Film mögen sich sachverständigere Leute äußern, als ich es bin – obschon ich mir den Eindruck schwer verkneifen kann, daß die deutsche Film-Industrie nicht grade die besten ausländischen Schöpfungen ins Land bringt, weil sie noch immer nicht weiß, daß die Konkurrenz nicht tötet, sondern aufstachelt und das Gesamtinteresse für das Gebiet hebt, also allen Teilen zugute kommt —: über das Varieté getraue ich mich mitzureden. Haben wir eines?

In Berlin sehen – alle guten Einzelleistungen zugegeben – die Varietés oft genug wie die Kaffeepausen eines Kriegervereins aus.

Zunächst wird auf unsern Varietébühnen viel zu viel gesprochen. Da gibt es Humoristen und Vortragskünstler und dramatische Sängerinnen mit Rezitativen und eine ganze Literatur, deren Minderwertigkeit nur noch von der Unverfrorenheit ihrer Interpreten überboten wird. Grade wir Deutschen haben aber eine Förderung der Körperkultur so verdammt nötig – und ich glaube, daß in der geringelten Bewegung eines großen Clowns und den Tellerkunststücken eines großen Jongleurs mehr Geist und Esprit stecken können als in den furchtbaren und geschmacklosen Radauliedern unsrer Humoristen.

Leider Gottes ist überdies noch das ††† angewandte Kunstgewerbe aufs Varieté gerutscht, und was da getrudelt wird, das geht auf keine gebatikte Kuhhaut. Fast alle Etablissements leisten sich den Luxus von ‹lebenden Statuen›, die, wären sie wirklich aus Porzellan, jeder Schmeißküche zur Zierde gereichten. Da steht, als meißner Püppchen aufgemacht, so eine alte mehlbepuderte Terrakokotte, daß dich die Erinnerung an die Nippes deiner möblierten Zimmerwirtin wie ein Albdruck befällt. Abschießen –!

Jetzt kommen langsam wieder die Ausländer zu uns. Bei der Valuta sicherlich nicht die besten. Aber man soll doch einsehen: das mit Einstein können wir vortrefflich. Auch über die deutsche Stickstoffindustrie läßt sich reden. Aber die bessern Clowns haben die andern.

Von alledem steht in den Zeitungen keine Spur. Der Unternehmer, gewohnt, die Presse nur als Stimulans oder Retardantum seiner Geschäfte anzusehen, betrachtet Tadel als Geschäftshinderung, Enthusiasmus als Reklame, Überzeugung auf alle Fälle als unberechenbare Störung der Bilanz. Der Zeitungsverlag gibt dem nach. Überflüssig, zu betonen, daß die Beeinflussung nicht immer in der plumpsten Form stattzufinden braucht – nachweisliche Tatsache ist, daß sie stattfindet. Der Kritiker wird stets einwenden: Beweise mir, daß ich anders geurteilt hätte, wenn ich nicht beeinflußt worden wäre; eben dies ist meine Überzeugung.

Gut. Aber in dem sonst so raschen, schnellmäuligen, harten und flinken Berlin wären in der zweiten Garnitur der Kritik lauter liebevolle Greise tätig? Auf einmal? Auf einmal ist aller Idiom, wie er sonst an der Spree üblich ist, vergessen – und milde, weich träufelnd und segnend schwebt ein Heer von Landaus über den Gewässern? Das glaube, wer mag.

Wenn ein ernstes Theater auf den Einfall käme, sich wegen absprechender Kritiken von Herbert Ihring an dessen Verlag zu wenden, so würfe der Verlag den Beschwerdeführer hinaus, und Herbert Ihring würde sich eine Pression niemals bieten lassen. Für eine Filmkritik, für eine Varietékritik, für eine Cabaretkritik weiß ich keine Parallelfälle. Schon, daß ein solches Etablissement überhaupt wagen kann, an den Verlag heranzutreten, bezeichnet die Sachlage. Es weiß ganz genau, daß es sich keinen Stoß mit dem Stiefelabsatz holt; ganz im Gegenteil. Der Stiefelabsatz tritt allerdings in Aktion – aber gegen den unbequemen Schreiber. Die Vergnügungsstätten spielen alle ausgezeichnet: auf der Presse.

Ich glaube, es ginge ganz gut anders. Dazu gehört die Besetzung der zweiten Garnitur von Kritikerstellen mit rückgratkräftigen Leuten und die Belehrung der Zeitungsverleger, daß manche von ihnen gefahrlos sofort und viele sanft beginnend das Experiment wohl wagen dürften: das Experiment einer vom Inseratenteil unbeeinflußten Varietékritik.

NEBENAN

Im Schankzimmer einer berliner Kneipe. Nach der Polizeistunde. Der Wirt döst hinter der Theke. Aus den Zapfhähnen fallen monoton Tropfen auf das Blech. Im spärlichen Licht der zwei trüben Gasflammen kauert eine dunkle Gestalt an einem Tisch. Aus dem Extrazimmer tönen Stimmen.

Der Wirt (fährt auf): Na, Willem – nu jeh man nach Hause –! Feierahmt!

Die Gestalt: Laß mir noch 'n bisken, Paul! Bei mir zu Hause frier ick zu Puppenlappen. Wir ham keene Kohlen. Du sitzt ja hier doch noch ... Wejen die da ... Wie lange kann 'n diß noch dauern?

Der Wirt: Na, die machen noch lange! Wat 'n richtiger Kriegerverein is, der hört nich vor morjens sechsen uff. Uah ...

Die Gestalt: Sei ma stille! Hör ma –!

(Im Extrazimmer klopft jemand an ein Glas. Es wird still.)

Eine Stimme: Karaden! Im Andenken an das zweite Garderement zu Fuß bitte ich Sie, mit mir unsres allerhöchsten Kriegsherrn und seiner Paladine zu gedenken. Wer wie wir vier Jahre lang Schulter an Schulter im Felde gestanden hat, wer wie wir die gleichen Gefahren, die gleichen Entbehrungen ausgehalten hat – der hat die Pflicht, die über das Reich hereingebrochene rote Gefahr ...

Die Gestalt (ist aufgestanden. Alter Mantel mit weiten Ärmeln, abgeschabt und ärmlich): Watn? Wer issn det –?

Die Stimme: ... auch fürderhin die Säulen von deutscher Sitte und deutscher Art zu vertreten die Ehre haben. Von hinten erdolcht, hat unser tapferes Heer, die ungeheuren Opfer nicht scheuend, bis zum letzten Hauch von Mann und Roß ...

Die Gestalt: Nanu? Die Stimme kenn ick doch ... Det is doch ... Paule ...!

Der Wirt: Wat hastn?

Die Stimme: Wir Offiziere voran, hat das zweite Garderement zu Fuß immer seinen Mann gestanden, wenn es galt, die Fahnen unsres allerhöchsten Kriegsherrn ...

Die Gestalt: Paul!

Der Wirt: Schnauze! Wat machste hier sonnen Krach?

Die Gestalt (nähert sich der Tür): Det is er! Det is er! Und wenn ick hunnert Jahr alt wer, die Stimme vajeß ick nich! Det is er!

Der Wirt: Wißte leise sein! Wer is det –?

Die Gestalt: Unsa olla Kompanieführer! Is det son kleena Dicka?
Der Wirt: Ja doch – mit Jlupschoogen!
Die Gestalt: Det is er! Natürlich is er det! Wat saacht er da?
Die Stimme: Folgen Sie auch weiterhin meinem Vorbild, unserm Vorbild, und seien Sie eingedenk ...
Die Gestalt: Paul – er hat se alle in Kasten jesteckt! Wer eenen Fußlappen zu wenig hatte: rin in Kasten! Paul, er hat se anbinden lassen, vastehste ... die Beljier immer munter drum rum ... die ham jelacht, die Äster ... er hat ooch jelacht. Wir hatten ihn in Jarneson ..., ick ha damals Wache jeschohm. Jede Nacht kam er mit ne andre Sau ruff – ick hab imma missen präsentieren! Wat saacht er?
Die Stimme: Solange Deutschland solche Männer hat wie Ludendorff und seine Offiziere, kann es nicht untergehn –!
Die Gestalt: Ick hau ...!
Der Wirt: Willem! Jeh von de Dhiere wech! Mach dir nich unjlicklich!
Die Gestalt: Ick habe zweendreißich Mark Rente – un der?
Der Wirt: Wißte von de Dhiere wech!
Die Stimme: Un so bitte ich Sie, mit mir anzustoßen, auf das Wohl ...
Die Gestalt: Hab keene Angst, Paule. Ick kann ja die Dhiere janich uffkriejen. Ick ... (er schwenkt seine weiten Ärmel. Sie sind leer.)
Das Nebenzimmer: Hurra! Ra! Rra –!

GESSLER UND WIR

Vater Geßler, jene bekannte komische Figur aus Schillers ‹*Wilhelm Tell*›, hat – immer mal wieder – Strafantrag gegen mich gestellt. In der Nummer 13 dieses Jahrgangs habe ich in einer kleinen Arbeit: ‹*Die Erdolchten*› einen Überblick über das Treiben der Offizierskaste in Deutschland gegeben, und wenn einer von uns das Wort ‹Offizier› oder ‹Militarismus› benutzt, dann dreht sich jener um und fühlt sich getroffen.

Von wem dieser Mann eigentlich beraten wird, ist mir völlig unverständlich. Der Strafantrag ist ein Gipfel der Leichtfertigkeit, und Geßlers illoyale Art, da zu kneifen, wo die Immunität schützt, und da anzugreifen, wo der Publizist frei ist, wird nur noch von seiner wilhelminischen Schroffheit übertroffen. Er sollte weniger Strafanträge schreiben, die keinen Menschen interessieren, und sich mehr um seine Reichswehr kümmern.

Wir werden ihn ja nun bald als irgendetwas Schönes in einer fremden Stadt wiedersehn: denn, wie es heißt, machen sich Gesundheitsrücksichten geltend. Man hat nur noch keinen Nachfolger. Den

Mitgliedern des Reichskabinetts aber, die auch vor einer Uniform ihre Kühle bewahren, sei gesagt:

Warum quälen wir uns eigentlich mit dieser Republik herum? Regierungsrat will keiner von uns werden, und einen Orden wollen wir auch nicht – wir haben nur Kummer, Arbeit und sonst nichts davon. Gut. Aber nun auch noch von eben dieser Republik dauernd auf den Kopf zu kriegen, weil wir uns im Endeffekt schließlich gegen ihre Feinde wenden – dieses, Verehrte, fällt uns uff. Kampf ist eine schöne Sache – Herr Geßler hat schon einmal die Stätte des Gerichts leise weinend verlassen –, und ich kann noch ganz schön. Ich sehe auch von dem fehlenden Gefühl für Nuancen ab: wenn der Mann in seiner langen Amtsführung nicht gelernt hat, zu unterscheiden, wer der Republik wirklich schadet, und wer sie züchtigt, weil er sie lieb hat – dann ist ihm nicht zu helfen.

Immer und immer wieder raffen wir uns auf; immer und immer wieder haben wir geraten und zu helfen versucht; immer wieder, im Interesse der Sache und im Interesse der Republik, haben wir geschwiegen und da nichts gesagt, wo wir vielleicht hätten schaden können – immer und immer wieder haben wir Stange gehalten.

Wofür eigentlich –?

DREI MINUTEN GEHÖR!

Drei Minuten Gehör will ich von euch, die ihr arbeitet –!

Von euch, die ihr den Hammer schwingt,
von euch, die ihr auf Krücken hinkt,
von euch, die ihr die Feder führt,
von euch, die ihr die Kessel schürt,
von euch, die mit den treuen Händen
dem Manne ihre Liebe spenden –
von euch, den Jungen und den Alten –:
Ihr sollt drei Minuten inne halten.
Wir sind ja nicht unter Kriegsgewinnern.
Wir wollen uns einmal erinnern.

Die erste Minute gehöre dem Mann.
Wer trat vor Jahren in Feldgrau an?
Zu Hause die Kinder – zu Hause weint Mutter . . .
Ihr: feldgraues Kanonenfutter – !
Ihr zogt in den lehmigen Ackergraben.
Da saht ihr keinen Fürstenknaben:
der soff sich einen in der Etappe

und ging mit den Damen in die Klappe.
Ihr wurdet geschliffen. Ihr wurdet gedrillt.
Wart ihr noch Gottes Ebenbild?
In der Kaserne – im Schilderhaus
wart ihr niedriger als die schmutzigste Laus.
Der Offizier war eine Perle,
aber ihr wart nur ‹Kerle›!
Ein elender Schieß- und Grüßautomat.
«Sie Schwein! Hände an die Hosennaht – !»
Verwundete mochten sich krümmen und biegen:
kam ein Prinz, dann hattet ihr stramm zu liegen.
Und noch im Massengrab wart ihr die Schweine:
Die Offiziere lagen alleine!
Ihr wart des Todes billige Ware ...
So ging das vier lange blutige Jahre.
Erinnert ihr euch – ?

Die zweite Minute gehöre der Frau.
Wem wurden zu Haus die Haare grau?
Wer schreckte, wenn der Tag vorbei,
in den Nächten auf mit einem Schrei?
Wer ist es vier Jahre hindurch gewesen,
der anstand in langen Polonaisen,
indessen Prinzessinnen und ihre Gatten
alles, alles, alles hatten – – ?
Wem schrieben sie einen kurzen Brief,
daß wieder einer in Flandern schlief?
Dazu ein Formular mit zwei Zetteln ...
wer mußte hier um die Renten betteln?
Tränen und Krämpfe und wildes Schrein.
Er hatte Ruhe. Ihr wart allein.
Oder sie schickten ihn, hinkend am Knüppel,
euch in die Arme zurück als Krüppel.
So sah sie aus, die wunderbare
große Zeit – vier lange Jahre ...
Erinnert ihr euch – ?

Die dritte Minute gehört den Jungen!
Euch haben sie nicht in die Jacken gezwungen!
Ihr wart noch frei! Ihr seid heute frei!
Sorgt dafür, daß es immer so sei!
An euch hängt die Hoffnung. An euch das Vertraun
von Millionen deutschen Männern und Fraun.
Ihr sollt nicht strammstehn. *Ihr* sollt nicht dienen!

Ihr sollt frei sein! Zeigt es ihnen!
Und wenn sie euch kommen und drohn mit Pistolen – :
Geht nicht! Sie sollen euch erst mal holen!
Keine Wehrpflicht! *Keine* Soldaten!
Keine Monokel-Potentaten!
Keine Orden! *Keine* Spaliere!
Keine Reserveoffiziere!
Ihr seid die Zukunft!
Euer das Land!
Schüttelt es ab, das Knechtschaftsband!
Wenn ihr nur wollt, seid ihr alle frei!
Euer Wille geschehe! Seid nicht mehr dabei!
Wenn ihr nur wollt: bei euch steht der Sieg!
– *Nie wieder Krieg* – *!*

VOR ACHT JAHREN

Kosaken, Ulanen, Belgier, Franzosen, Serben, Engländer töteten einander. Erde saugt Blut auf, Eisen durchschlägt Fleisch, Häuser brennen, Frauen und Kinder weinen, und Minister, Diplomaten, Politiker, Journalisten fahren im Auto, liegen bei berühmten Schauspielerinnen, überfressen sich.

Henry Guilbeaux: *‹Karl Liebknecht›*

Als ich heute vor acht Jahren die Kantstraße in Berlin hinunterging, rasten die Leute in patriotischer Besoffenheit. Sie rissen sich Extrablätter aus den Händen, gestikulierten wild, liefen hinter dunkelhäutigen Menschen her, die sie in ihrem Wahnwitz für Spione hielten, und erstarben in Ehrfurcht, wenn irgendeine Uniform monokelblitzend nahte. Vor einem Gemüsekramladen stand ein älterer Mann, neben ihm seine Frau und drei Kinder. Sie standen da, in einer Reihe und weinten. Wer aus Berlin stammt, wird verstehen, daß dieser Anblick wahrscheinlich zu jeder anderen Minute ein wenig komisch gewirkt hätte: in dem Augenblick war mir gar nicht zum Lachen. Die Straße stand auf dem Kopf – dieser eine wußte, was ihm bevorstand.

Die anderen schienen es nicht zu wissen. Wie sich das Land in jenen schandbaren Augusttagen 1914 benommen hat, kann man heute noch an der stolzen Befriedigung erkennen, mit der die Nationalisten von dem Hereinfall einer ganzen Nation sprechen. Sie nennen diese

Mischung von Presselügen und einer erzwungenen Wehrpflicht den ‹Geist von 1914›, und so sah er auch aus. Wir wollen heute ehrlich sein: bis tief in die Arbeiterschaft hinein hatte sich der Massen ein Rausch bemächtigt, den allerdings Schule und preußisches Militär ausgezeichnet vorbereitet hatten, der *‹Berliner Lokalanzeiger›* und die gesinnungsverwandten Papiere bescheinigten es jedem Herrn Piefke, daß er nunmehr ‹Geschichte› erlebe, und daß es eine ‹große Zeit› sei. Ja, das war sie — nur leider ein paar Nummern *zu* groß.

Ich bereitete damals als junger Student den Sohn eines adligen preußischen Generals mit sehr bekanntem Namen zum Einjährigen vor, und der junge Herr war leider so dämlich, daß es ihm Seine Majestät der Kaiser schließlich schenkte. An diesem Tage sah ich ihn wieder: da fuhr dieses uniformierte Stück Malheur in einem Automobil den Kurfürstendamm herunter, unbeschreiblich hindenburgisch auf einen großen Schlachtensäbel gestützt. In den kleinen dummen Äuglein lag ein Blitzen: «Das ist *meine* Zeit!»

Es war *seine*. Denn der Tanz, der nun auf den krummgeprügelten Rücken der Proletarier anhub, ließ jene trockenen Fußes durch das Rote Meer gehen, die ihr Maul gar nicht weit genug für das Sterben der anderen aufreißen konnten. Man weiß eigentlich heute nicht, was widerwärtiger war: das Benehmen des deutschen Offizierkorps im Kriege den eigenen Landsleuten gegenüber (die Reichswehr hat noch heute ‹Traditionskompanien›, damit das ja nicht vergessen wird!) oder die Haltung der Regierung. Wir wollen uns doch daran erinnern, daß diese Edlen noch in letzter Minute, als die Balken des Hauses vor dem Einsturz knisterten, den Arbeitermassen das allgemeine Wahlrecht verweigert hatten, denselben Massen, die draußen ihre Brust den feindlichen Geschossen, an denen so herrlich viel verdient wurde, hinhielten, denselben Arbeitern, die Posten schoben, durch Sümpfe und Lehmgräben kletterten, verlaust und verdreckt jahrelang fern von Heim und Haus, von Arbeit und Kindern aushalten mußten.

Dem geschulten Arbeiter ist heute klar, was dieser Krieg gewesen ist. Er war nicht etwa eine Naturnotwendigkeit, nicht das Aufeinanderprallen zweier Geistesrichtungen, nicht das ‹Stahlbad› für die Seele eines Volkes. Er war etwas anderes.

Dieser Krieg war die natürliche Folge des kapitalistischen Weltsystems. Er hatte ferner seinen Ursprung in einer lächerlichen Überspannung der Staatsidee, jener Souveränität, die in einem ordentlichen Rechtsverfahren, wie wir es alle Tage erleben können, schon eine Schädigung seines Ansehens erblickte. Die Militärs, die ursprünglich Mittel gewesen waren und nun als Selbstzweck die Stunde regierten, hetzten ihrerseits, wo sie nur konnten. Der reisende Kommis, den ein Volk 25 Jahre lang auf dem Thron geduldet hatte, war aus Norwegen heruntergedampft gekommen und hatte seine unsterblichen

Randbemerkungen in die Akten geschmiert: «Blech, Quatsch! Verbrecherbande!» Seinen 6 Söhnen ging es gut. Die Nation war abkömmlich: kv.

Über die Seele des deutschen Soldaten im Felde wissen wir heute Bescheid. Diese stumpf gewordenen, gleichgültig dahintrottenden Menschen, die froh waren, den nächsten Tag zu erleben, hatten überhaupt keine Seele mehr: die hatten sie sich ausmarschiert, und die hatte man ihnen ausgedrillt. Eingedrillt aber hatte man ihnen den stumpfsinnigsten Gehorsam, den die Weltgeschichte kennt und der sie zwang, vor Achselstücken zu parieren, wo Gehirne fehlten. Daß sich auf beiden Seiten als Mithelfer dieser Schande Geistliche etablierten, sei vermerkt. Matth. 5, 43–46: «Ich aber sage Euch: Liebet Eure Feinde; segnet, die Euch fluchen; tut wohl denen, die Euch hassen; bittet für die, so Euch beleidigen und verfolgen.» Das Wort ihres Herrn hatten sie vergessen.

In den Armeeoberkommandos ging es inzwischen heiter her. Die Menüs aus dem Großen Hauptquartier sind für heutige Preise überhaupt nicht mehr erschwinglich, und es war wenigstens ein Trost, daß alle Speisenamen deutsch geschrieben wurden: es schmeckte patriotischer.

Die Etappe ... Man hat alle Schuld auf die Etappe geschoben. Aber die Etappe war nicht vom Mond heruntergefallen; sie zeigte nur den deutschen Vorgesetzten, wie er war, wenn es ihm nicht unmittelbar an den Kragen ging: auch in der Etappe haben deutsche Offiziere gestanden, und zwar sehr viele. Man soll seinen politischen Gegner nicht im Bett aufsuchen, aber wenn man diese Marke Patrioten vom Kronprinzen bis herunter zu Knüppel-Kunze nicht in den Betten der Etappe aufsucht, dann wird man sie wohl kaum finden.

Die Ausschreitungen des Entente-Militarismus am Rhein sind nicht zu entschuldigen. Aber haben die Herren, die heute mit ihren ‹Kriegsandenken› zu Hause sitzen, vergessen, daß da quittiert wird? Quittiert, was von Charleville bis zum kleinsten rumänischen Gendarmeriekommando gemacht worden ist? Was heute auf Minister schießt, war früher Offizier und kommandierte krähend die völkerrechtswidrige Zwangsarbeit der Belgier und Belgierinnen in Lille, wobei die Frauen aus anständigen Familien sämtlich sittenpolizeilich untersucht wurden. (Wenn man den ganzen Tag über den Bolschewismus bekämpfen muß, dann vergißt man solche Kleinigkeiten.) Die Niederlage kam. Kein Wasser und kein Blut wäscht von Herrn Ludendorff geb. Lindström jene Telegramme ab, in denen er mit seinem Freund Hindenburg um Waffenstillstandsverhandlungen innerhalb 24 Stunden wimmerte. Die Helden hatten 4 Jahre gebraucht, um zu bemerken, daß sie nicht siegen konnten. Heute bespeien sie die Heimat und verbreiten die Dolchstoßlegende und können alle nichts dafür.

Die Lehre –?

Generale können keinen Krieg führen, wenn sie keine Soldaten haben.

Die Mißhandlungen, die deutsche Gefangene von französischen Militärs erdulden mußten, veranlassen heute noch viele, zu sagen: «Wenn es gegen Frankreich geht, dann nehme ich die Knarre auf den Buckel und gehe noch mal mit!» Aber er schösse auf Genossen, auf Arbeiter, wenn er noch mal mitginge, auf Menschen, die genau so unter der Knute des Kapitalismus zu leiden haben, wie der übereifrige Schütze selbst. Die Richtigen, die, die wirklich schuld sind, wird er niemals treffen. Die sitzen in Paris, wie sie bei uns in Berlin saßen.

Die Lehre –? Es ist an uns, nicht nur für unsere eigene Person jeden Kriegsdienst zu verweigern. Es ist an uns, durch Erziehung der Jugend auch unseren Kindern jenen dreimal verfluchten preußischen Geist auszutreiben, der so viel Unglück angerichtet hat in der Welt. Wollt ihr euch noch einmal betölpeln lassen? In ihren Zeitungsberichten und in ihren Lügenlesebüchern tun sie so, als ob sie brave deutsche Landsknechte des Mittelalters gewesen waren. Es waren aber nur verkleidete Kaufleute.

Ehre dem Andenken Karl Liebknechts, eines der wenigen, die im Weltenwahnsinn den Kopf mannhaft hochgetragen, ihn nicht unter den Stahlhelm beugten! Ehre dem Andenken aller derer, die mit ihm mit allen Mitteln – auch ungesetzlichen – gegen den Krieg gearbeitet haben!

Die Lehre –? Sie kann für den, der mit offenen Augen in die Welt sieht, nur die eine sein. Für uns Sozialisten kann es nur eine einzige Lehre dieses Krieges geben.

Und wenn noch einmal ein größenwahnsinnig gewordenes Beamtentum und eine Clique geldgieriger Kanonenfabrikanten, Brotwucherer, reklamierter Redakteure, abgedankter Fürstlichkeiten mit ihren eitlen, ruhmsüchtigen Frauen zum Kriege hetzen, dann möge der anständigere Teil der deutschen Nation, dann möge die gesamte Arbeiterschaft wie ein Mann aufstehen, ihnen Helm und Fahne aus der Hand schlagen und, belehrt durch Blut, gehärtet durch Leid in den Ruf ausbrechen:

Nie wieder Krieg!

AUS GROSSER ZEIT

Die Psychose-Welle der Jahre 1914 bis 1918 hat die erschreckendsten Wirkungen auf die schreibenden Zeitgenossen hervorgebracht. Die gradezu unglaubliche Leichtfertigkeit, mit der die Gebildeten Deutschlands fast sämtlich die Heeresberichte aus Papier für bare Münze nahmen, hatte das Bild des Normaldeutschen völlig gewandelt: die gewohnte philologische Sorgfalt und die wenigstens von den anständigen Historikern stets angestrebte Objektivität war einer Verblendung gewichen, die sich am ehesten noch mit dem Seelenzustand durchgehender Pferde vergleichen läßt. Was in diesen Jahren von den ordentlichen Professoren jener Universitäten, die den Schlächtermeistern Ehrendoktorate verliehen, angerichtet worden ist, geht auf keine Kuhhaut. Sie tobten alle mit: Theologen, die die Schlachttiere segneten; Mediziner, die gar nicht genug Löcher zum Verbinden bekommen konnten; Philosophen, die nachwiesen, daß es immer schon so gewesen sei; und Juristen, die die Rechtsansprüche halb unzurechnungsfähiger Einbrecher mit dem ganzen corpus juris belegten. Daß die Tagesschreiber nur noch mit roten Farbbändern auf ihren Schreibmaschinen tippten, versteht sich von selbst. Nichts schlägt so hart wie eine Reklamiertenfaust.

Aus diesem Tohuwabohu sei eine kleine Auswahl erlaubt, die dartun soll, auf welche Stimmen Deutschland einmal gehört hat. Sie ist durchaus nicht voll besetzt. Unmöglich, auch nur den tausendsten Teil eines Irrsinns zu kompilieren, dem ein ganzes Volk in jenen Jahren verfallen war. Da sich, nach Schopenhauer, der Charakter eines Menschen niemals ändert, so ist lustig genug, zu sehen, wer heute noch – nach solchen Aussprüchen – gelesen wird, Ansehen genießt, Tantiemen bezieht.

Der feinsinnige Lyriker

Wenn wir den Becher greifen,
Dem jetzt im milden Herbstlicht überm Rhein
Im Golde strotzend edle Trauben reifen,
Soll deines Mantels letzter Purpurstreifen
In der Besiegten Blut gereinigt sein!

Rudolf Presber

Der Prophet

Amerika, laß ab von deinem Wahn,
Daß zeitig dein Gewissen noch erwache!
Siehst du ihn nicht mit grimmem Schritte nahn
Den großen Tag der fürchterlichen Rache?

Gustav Hochstetter, 1915

Appelschnut

... Und folgerichtig ist dieses Italien kein ehrenhafter Gegner wie andre, gegen die man Krieg führt; es ist eine heimtückische Bestie, die ihrem Wohltäter in die freigebige Hand beißt ... Die rechtlichen Folgen dieses Feldzuges werden die einer Strafexpedition sein, man wird mit Italien keinen Friedensvertrag schließen, und niemand wird mit Italien jemals wieder Verträge schließen – sondern man wird über Ephialtes die Strafe des Verräters verhängen. Otto Ernst, 1915

Der Mann mit dem Anstandsgefühl

Ein Volk, dessen gesammelte Kraft heute – wie oft zuvor – dem Seeraub, dem Diebstahl von Privateigentum und der Vergewaltigung am Krieg unbeteiligter Neutraler dient, kann kaum Männer von Ehrsinn und Anstandsgefühl haben! Nein! kein Engländer ist fair. Jeder kam als Grapscher und Täuscher auf die Welt.

Otto v. Gottberg

Ein Eisener

... folgende sittliche Grundgedanken: Wir wären wahrhaftig keine Räuber, die sich gar noch entschuldigen müßten, wenn wir unsres Reiches Land mehrten. Nicht rachsüchtige Vergeltung würde uns leiten, obgleich wir dazu volles Recht hätten ... Wir tragen die Verantwortung, künftigen Friedensbruch an die denkbar schwersten Bedingungen zu binden ... Ist hierzu Landerwerb nötig, so nehmen wir es mit einem reinen, guten Gewissen.

Gottfried Traub, 1915

Woher kommt Versailles?

Geht alle fort, die ihr von der Kultur unsrer Feinde redet, die ihr davon sprecht, daß man später ihre Gefühle schonen müßte und auf ihre Empfindungen Rücksicht nehmen soll.

Gottfried Traub, 1917

Der Mensch ist gut

In den Schanzen, da liegt Engelland.
Aus den Gräben tönt gierig ihr Krämergezisch.
Fegt, Kugeln, daß ihnen zu eng das Land!
Das Meer braucht Futter für Vogel und Fisch!

Denn der Tag ist zu kurz, um die Arbeit zu tun,
dich auszulöschen vom Antlitz der Welt.
Kann doch die Mutter vor Scham nicht ruhn.
Hetz, hetz, ihr Kugeln! Der Jagdruf gellt!

Rudolf Herzog, 1916

Gasangriff

«Dieu et mon droit», das war die stolze Devise, unter der damals Albions Söhne für Recht und Freiheit stritten – das heutige offizielle England aber sollte sie schleunigst aus seinem Wappenschild streichen und durch den zeitgemäßen Wahlspruch ersetzen: «Feige und lumpig!» H. v. d. Wense

Blutiges Überbrettl

(Aus einer Weihnachtsrede an seine Kompanie): ... daß uns Deutschen die hohe Aufgabe zugefallen sei, auch die Weihnachtsverheißung des Christentums zur Wahrheit zu machen: Friede auf Erden und den Menschen ein Wohlgefallen. Und wir legen uns das so aus: nur der Friede, den wir Deutschen der Welt und unsern Widersachern aufzwingen, kann ein dauernder sein, nur ein Sieg deutschen Geistes kann den Völkern ein Wohlgefallen verbürgen.

Ernst von Wolzogen, 1915

Der Ethnograph

Der Kern des französischen Volkes ist noch immer jenes iberokeltische Galliertum, das in seiner ganzen Minderwertigkeit schon von Caesar erkannt ist ... Dies Volk ist nur noch ein Ballast für die Weltgeschichte. Fritz Bley

Hohe Ziele

Und wenn auch Monde darüber verfließen,
Auf Posten bleiben, bis daß es reicht,
Bis die Bande gründlich die Flagge streicht
Und den Räuberhalunkennacken neigt.
— — — — — — — — — — — — — — — — — — — —
Dann sollen uns Scharten und Wunden nicht schwächen,
Die Hundegemeinheiten werden wir rächen,
Und die Kerle soll'n blechen, die Kerle soll'n blechen!

Achim Stoltenberg

Aus dem Kaffeesatz

Es wird eben der Friede erst kommen, wenn die Zeit erfüllet ist. Diese Zeit ist erfüllet, wenn die Feinde um Frieden bitten und sich unterlegen bekennen. Bis dahin geht der Krieg.

Gottfried Traub, 1917

Die Klausel

Und falls es uns glückt, England niederzuzwingen, dann meine ich, wir sollten in den Friedensvertrag eine Klausel setzen, wonach William Shakespeare auch formell an Deutschland abzutreten ist.

Ludwig Fulda, 1916

Reklamiert läßt grüßen!

Da kam der Krieg, der grimme Würger,
Und seht das Wunder – seht, wir lieben ihn.
  Ja, wir lieben diesen Krieg,
  Der die neue Zeit beginnt,
  Der uns heut im Kampf und Sieg
  Zeigt, wie groß und stark wir sind.

Gustav Hochstetter, 1915

Die Sorgen des lieben Gottes

Zum Herrgott und Hindenburg wollen wir flehen,
Daß wir bleiben in Flandern stehen!
Daß wir nimmermehr weichen vom Meer,
Unsrer schimmernden Zukunftswehr!

Zum Herrgott und Hindenburg wollen wir rufen,
Daß wir behalten die ehernen Stufen,
Die sie uns schlugen ins Lothringer Land:
Für Erz und Kohlen ein Unterpfand!

Wozu habt ihr beide denn Kurland genommen?
Bei euch heißt ‹gewonnen› doch nicht ‹zerronnen›?
Da lachte der Herrgott und Hindenburg:
Beruhigt euch nur, wir kommen schon durch!

Arthur Dinter, 1917

Les affaires c'est l'argent des autres

Der Kampf wird geführt zwischen Roheit und Gesittung, zwischen Unbildung und Bildung, zwischen gemeinster Geldgier und einer Lebensauffassung, in welcher Goldeswert nur dient und an sich gar kein Ansehen genießt ... Es handelt sich in neuer Form um den alten Kampf zwischen Tag und Nacht, zwischen Ormuzd und Ahriman, für den Christus den Ausdruck geprägt hat: «Ihr könnt nicht Gott samt dem Mammon dienen.»

H. S. Chamberlain, 1915

Das Reine

Feinde ringsum!
Wir kämpfen allein.
Das Reine und Redliche steht geschieden
Von allem Ekel und jedem Schwein.

Ludwig Ganghofer, 1914

Der Christ

Menschen verbluten, Menschen sterben. Aber die Zeit ist so, daß man sich freuen muß, weil es Feinde waren.

Ludwig Ganghofer, 1915

Das Unbegreifliche

Wer deutsch fühlt und denkt, kann von einem Franzosen, selbst wenn er sich die Mühe gäbe, uns kennen zu lernen, nie verstanden werden; und den an Hysterie grenzenden Nationalstolz und Nationalhaß der Franzosen werden wir nie begreifen.

Paul Oskar Höcker, 1917

GALLETTIANA

Südamerika ist krumm.
Joh. Aug. Galletti (1750–1828)

Beschäftigt mit meinem Werk: ‹Die Hämorrhoiden in der Geschichte des preußischen Königshauses›, blätterte ich neulich versonnen in einem Katalog der Staatsbibliothek. Das ist eine freundliche Arbeit. Schon nach vier Seiten hat mein geübtes Philologengehirn vergessen, wozu ich eigentlich hergekommen bin, und strahlend versenke ich mich in das Meer von Geschreibsel. Einmal bin ich auch auf mich selber gestoßen. – Es gibt den Ausspruch eines hannoverschen Bauern, der den dummen Streichen der Studiker zusieht: «Wat se all maket, die Studenten!» Wat se wirklich all maket . . . Wenn die Deutschen keine Geschäftsordnungsdebatten abhalten, scheinen sie Bücher geschrieben zu haben. Hier ist es schön still, in der Bibliothek. Draußen klingeln die Bahnen: hier muffeln kurzsichtige Professoren in dicken Wälzern, freundliche, wenn auch großfüßige Mädchen laufen hin und her, die Bibliothekare sehen sauer aus, als wollten sie alle Studenten, die nicht Bescheid wissen, auffressen – eine Insel der Seligen.

Und wie ich da so blättere, stoße ich auf ‹*Gallettiana*›. Was ist das? Wer ist Galletti? Ein Druckfehler für Valetti? Ich bat um das Buch.

Das Buch heißt so: ‹*Gallettiana. Unfreiwillige Komik in Aussprüchen des Professors Joh. G. Aug. Galletti. Mit einem Bildnis Gallettis.*›

Dieser Galletti war Professor am Gothaer Gymnasium, und seine bei ihm geblüht habenden Kathederblüten sind in dem Büchelchen gesammelt. Es ist herrlich.

Wissen Sie noch? Wir saßen da, ließen langsam, aber sorgfältig eine lange Bahn Tinte die Bank herunterlaufen und bohrten zwischendurch ernsthaft in der Nase. Es war zum Sterben langweilig. Anstandshalber konnte man nicht immerzu nach der Uhr sehen. Fünf Minuten vor halb — das war ein Schicksalswort. Bring die ältesten deutschen Männer auf ihre Schulzeit zu sprechen, und du wirst in den meisten Fällen ein Wachsfigurenkabinett verschrullter Tröpfe vorgeführt bekommen, die übrigens jetzt so sachte aussterben; die von heute sind farbloser. Aber wir wollen nicht vom deutschen Schulmeister sprechen — sondern von Galletti. Von Galletti, den wir alle gekannt haben, weil in jeder Schule einer gewesen ist. Dieser war so:

Er liebte die überraschenden Dicta. «Gotha ist säbelförmig gebaut.» Bumm. Da weiß man doch. Und man sieht ordentlich das Surren, das durch die Klasse geht, wenn das Gehirn da vorn überlief und folgendes zutage förderte: «Als Humboldt den Chimborasso bestieg, war die Luft so dünn, daß er nicht mehr ohne Brille lesen konnte.» Das sind gar keine Witze mehr — das ist wirklich die Luft dieser Schulstuben, die übrigens am besten in jener deutschen Humoreske ‹*Der Besuch im Karzer*› eingefangen ist — neben der ‹*Meyerias*› ein Meisterstück dieses Genres. Und darauf wieder Galletti: «Die Afghanen sind ein sehr gebirgiges Volk.»

Er macht nicht nur die üblichen Schwupper — es sind mitunter geradezu nestroyhafte Sätze, die jener von sich gegeben hat. «Die Zimbern und Teutonen stammen eigentlich voneinander ab.» Mit Recht. Und besonders hübsch, wenn sich Papierdeutsch mit einer falschen Vorstellung mischt: «Karlmann verwechselte das Zeitliche mit dem Geistlichen und starb.» Man kann es nicht kürzer sagen. Und sollte dieses hier Ironie sein: «Maria Theresia hatte bei ihrer Thronbesteigung viele Feinde: die Preußen, die Russen und die Österreicher»? Nein, er ist sicherlich ein unpolitischer Untertan gewesen, der Professor Galletti, so, wie ihn die Regierung brauchte, und nichts wird ihm ferner gelegen haben als ein Spaß, den er sich niemals mit so ernsthaften Dingen zu machen erlaubt hätte. Hier gehts bei weitem nicht so tief wie bei dem, was die Lehrer an dem einzigen Schulvormittag Hanno Buddenbrooks sagen, jenem Vormittag, darin die ganze deutsche Schule eingefangen ist — hier schlägt nur einer Kobolz. Und da hörten sicherlich die frechsten Ruhestörer auf, Klamauk zu machen. Weil sie lachen mußten.

«Maximilian der Erste hatte die Hoffnung, den Thron auf seinem Haupt zu sehen.» Er wollte natürlich sagen: sich auf die Krone zu setzen; aber man kann sich irren. «Sie kriegten den Grumbach her, rissen ihm das Herz aus dem Leibe, schlugen es ihm um den Kopf und ließen ihn laufen.» Und das wird nur noch von der unbestreitbaren Weisheit übertroffen: «Wäre Caesar nicht über den Rubikon gegangen, so läßt sich gar nicht absehen, wohin er noch gekommen wäre.» Bei Gott: so war es.

Und abgesehen davon, daß es manchmal etwas wild hergeht: «Erst tötete Julianus sich, dann seinen Vater und dann sich» und: «Richard der Dritte ließ alle seine Nachfolger hinrichten» — am schönsten strahlt doch der «gewaltige Leuhrer» (so nannte sich unser Professor Michaelis immer und wir ihn auch, und Gott segne ihn, wenn er dieses hier liest!), am stärksten manifestiert sich das Gestirn Galletti, wenn er persönlich wird. Das ist gar nicht zu übertreffen.

«Der Lehrer hat immer recht, auch wenn er unrecht hat.» Lachen Sie nicht: das glaubt jeder preußische Schulrat — und so sieht er auch aus. «Als ich Sie von fern sah, Herr Hofrat Ettinger, glaubte ich, Sie wären Ihr Herr Bruder, der Buchhändler Ettinger, als Sie jedoch näher kamen, sah ich, daß Sie es selbst sind — und jetzt sehe ich nun, daß Sie doch Ihr Herr Bruder sind!» Na, Onkel Shakespeare? «Ich bin so müde, daß ein Bein das andere nicht sieht.» Na, Onkel Nestroy? Und dann, ganz Pallenbergisch: «Ich statuiere mit Kant nicht mehr als zwei Kategorien unseres Denkvermögens, nämlich Zaum und Reit — ich wollte sagen: Raut und Zeim.» Und wenn dann die Klasse nur noch röchelte, dann fügte er hinzu: «Ich, der Herr Professor Uckert und ich — wir drei machten eine Reise», und dann prustete wohl selbst der Primus seine Bank voll. Bis der Lehrer aufstand, sagte: «Nächsten Dienstag ist Äquator», und das Lokal verließ.

Gewiß blühten in dem Tintengärtlein auch Kathederblüten. «Bei den Israeliten waren die Heuschrecken, was bei uns der Hafer ist» — das ist eine. Auch: «In Nürnberg werden viele Spielsachen verfertigt, unter anderen auch Juden» — eine tiefe Weisheit. Aber er war doch ein Philosoph, der Herr Professor Galletti. «Das Schwein führt seinen Namen mit Recht — denn es ist ein sehr unreinliches Tier.» Heiliger Mauthner, was sagst du nun? Daß das schon bei dem großen Lichtenberg steht —? Und wirklich erledigend ist dieser Ausspruch: «Die Gans ist das dümmste Tier; denn sie frißt nur so lange, als sie etwas findet.»

Ja, so war das. Natürlich hat das mit den richtigen Büchern von der Schule nichts zu tun: nichts mit meinem Lieblingsbuch Philippe Monniers: ‹*Blaise, der Gymnasiast*›, nichts mit jener Schulgeschichte Heinrich Manns, nichts mit Freund Hein, nichts mit Hermann Hesse — dieser Galletti ist nur ein Stückchen Menschen-Original gewesen.

Entschuldigen Sie, daß ich Sie aufgehalten habe. Sie werden zu tun haben — nein, bitte, lassen Sie sich nicht stören. «Die Berliner», habe ich neulich zu meiner größten Freude bei Alfred Polgar gelesen, «sind alle intensiv mit ihrer Beschäftigung beschäftigt.» Sie sicherlich desgleichen.

Und auch ich muß gehen. Ich werde schleunigst von diesen ‹fremden Dingen›, von diesen Allotriis abstehen und zu meiner ernsthaften Arbeit zurückkehren. Zu den Hämorrhoiden und ihren Hohenzollern. Ein Thema, wert, daß es behandelt werde. Denn wohinein steckt der deutsche Historiker am liebsten seine Nase —?

Auf Wiedersehn.

ROTE MELODIE

Für Erich Ludendorff
Gesungen von Rosa Valetti

Die Frau singt:

Ich bin allein.
Es sollt nicht sein.
Mein Sohn stand bei den Russen.
Da fuhr man sie,
wies liebe Vieh,
zur Front – in Omnibussen.
Und da – da blieb die Feldpost weg –
Haho! Er lag im Dreck.
Die Jahre, die Jahre,
sie gingen träg und stumm.
Die Haare, die Haare
sind grau vom Baltikum ...
General! General!
Wag es nur nicht noch einmal!
Es schrein die Toten!
Denk an die Roten!
Sieh dich vor! Sieh dich vor!
Hör den brausend dumpfen Chor!
Wir rücken näher ran – Kanonenmann!
Vom Grab – Schieb ab –!

Ich sah durchs Land
im Weltenbrand –
da weinten tausend Frauen.
Der Mäher schnitt.
Sie litten mit
mit hunderttausend Grauen.
Und wozu Todesangst und Schreck?
Haho! Für einen Dreck!
Die Leiber – die Leiber –
sie liegen in der Erd.
Wir Weiber – wir Weiber –
wir sind nun nichts mehr wert ...
General! General!
Wag es nur nicht noch einmal!
Es schrein die Toten!
Denk an die Roten!
Sieh dich vor! Sieh dich vor!
Hör den brausend dumpfen Chor!

Wir rücken näher ran, Kanonenmann,
zum Grab! — Schieb ab —!

In dunkler Nacht,
wenn keiner wacht —:
dann steigen aus dem Graben
der Füselier,
der Musketier,
die keine Ruhe haben.
Das Totenbataillon entschwebt —
Haho! zu dem, der lebt.
Verschwommen, verschwommen
hörst dus im Windgebraus.
Sie kommen! Sie kommen!
und wehen um sein Haus . . .
General! General!
Wag es nur nicht noch einmal!
Es schrein die Toten!
Denk an die Roten!
Sieh dich vor! Sieh dich vor!
Hör den unterirdischen Chor!
Wir rücken näher ran — du Knochenmann! —
im Schritt!
Komm mit —!

DIE BEIDEN DEUTSCHLAND

Wir stehen an des Thrones Stufen
und halten stets in Treue fest;
allzeit bereit, Hurra zu rufen,
wenn sich das irgend machen läßt —!

Der große Schnitt, der durch dieses Land geht, läuft nicht durch die Parteien. Die Parteien sind ja nur der Ausdruck von zugrunde liegenden wirtschaftlichen und geistigen Verfassungen. Der Schnitt, die große Trennungslinie läuft vielmehr durch alle: auch durch die Gassen der Unpolitischen, der Mitläufer, derer, die gar keiner Partei angehören, durch die Gassen der Frauen und Kinder, soweit sie denken können — durch alle.

Es gibt zwei Deutschland. Nicht: ein weißes und ein schwarzes — ein rosenrotes und ein tiefdunkeles. Sondern: ein zurückgebliebenes, minderwertiges — und ein entwicklungsfähiges, ein zukunftsreiches.

Und so sehen diese beiden Deutschland aus:

Auf der einen Seite steht der größte Teil der herrschenden Klasse und ein erheblicher Teil des Bürgertums und noch mehr des Klein-Bürgertums. Die sittliche Beschaffenheit dieser Kreise ist im heutigen Deutschland geradezu erschreckend. Nicht, als ob sie jene große sittliche Verworfenheit des alten Rom hätten – Gott bewahre. Es sind fast alles Spießer – kleine Naturen, denen das Geld und die Geltung am höchsten stehen – denen die innere Gestaltung nichts und die äußere Form alles ist. Allen gemeinsam ist der unbeirrbare Glaube an die rohe Gewalt. «Die Kerle müßten an die Wand jestellt wern!» – das ist so das Rezept, nach dem die soziale Frage gelöst wird. Sie haben ferner fast alle die Überzeugung, daß der gut gebadete Mensch auch der bessere Mensch überhaupt ist. (Obgleich die Körperpflege des deutschen Durchschnittsbürgers noch sehr zu wünschen übrig läßt.) ‹Arm› und ‹schlecht› – das sind für sie dieselben Begriffe.

Denn dies ist das Kennzeichen der Zeit nach dem Kriege: das gesamte Bürgertum beseelt ein Haß gegen das Proletariat, von dem man sich früher keine Vorstellung gemacht hat. Der alte Kastenstolz ist umgeschlagen in eine Weißglut von Haß, Ekel und Verachtung gegen alle, die nicht derselben ökonomischen Schicht angehören. Denn zum ersten Mal in den letzten Jahrzehnten fühlen sich diese Unternehmer in ihrem heiligsten Recht bedroht: in dem der Ausbeutung. Und zwar bedroht nicht nur durch die Forderungen der von der Teuerung gepeitschten Arbeiterschaft – sondern vor allem grundsätzlich bedroht. Das Volk glaubt nicht mehr an die Bibel – und es glaubt nicht mehr an die Gottgewolltheit des Unternehmerprofits.

Die Gefühlsroheit dieser Schicht ist gar nicht zu überbieten. Man muß hören, wie heute noch in gutsituierten Bürgergesellschaften über die tote Rosa Luxemburg gesprochen wird – über Eisner – über Liebknecht – die Freude, daß diese Menschen ermordet worden sind, wird gar nicht verhehlt. «Gott sei Dank!»

Und das Allertragischste scheint nur zu sein, daß wir im Bürgertum so gut wie keine oppositionelle Jugend haben. Es ist wohl das erste Mal in der Geschichte, daß der junge Nachwuchs eines ganzen Landes, soweit er in diesen Kreisen aufgewachsen ist, nicht den Himmel stürmen will, sondern für ‹Ruhe und Ordnung› ist. Ruhe und Ordnung –? Es ist jene Ordnung, die durch schöne schmiedeeiserne Gitter den Hungernden, der auf der Landstraße verreckt, von dem gemütlich Frühstückenden hinter dem Gitter trennt. Und nützt dieses Gitter nicht, sie haben auch noch ein anderes.

Es gibt auch dort Ausnahmen. Das ungeheure Mißtrauen, das die Arbeiterklasse der zu ihr hinstrebenden Intelligenz entgegensetzt, ist verständlich. Aber es gibt doch schon eine ganze Reihe Studenten, Lehrer, Akademiker aller Art, die wirklich aus dem herauswollen, wohinein sie geboren worden sind – und die mit ganzem Herzen drüben stehen. Trotz des Stehkragens. Man sollte sie nicht zurückstoßen.

Auf der anderen Seite steht das Proletariat. Heute nicht geeint, sondern zerklüftet. Mit dem schlimmsten Feind in sich selber; dem Hang, es den Kleinbürgern gleichzutun und grade so zu werden wie sie. (Man braucht auf diesem Gebiete einen Teil der Kleinhändler, mit denen wohl schon jeder klassenbewußte Arbeiter seine Erfahrungen gemacht hat.) Hier ist wirklich eine Gefahr, die zu bekämpfen ist.

Ich habe immer wieder und wieder grade in diesem Deutschland, grade unter diesen erbärmlichen Lebensumständen, in diesen mit Menschen vollgepfropften Stuben, in diesen Tuberkuloselöchern so viel Herzensgüte gefunden, so viel Idealismus, so viel Herzenstakt, daß die Phrase, «die Revolution ist nur eine Lohnbewegung», doch wohl falsch sein muß. Erstaunlich und aller Achtung wert ist es, daß der Arbeiter nach seinem Achtstundentag, den sie ihm jetzt auch noch entreißen wollen, überhaupt noch Zeit und Kraft aufbringt, sich um geistige Dinge zu kümmern.

Auf der andern Seite steht das harte Monokelgesicht. (Es gibt auch solche ohne die Glasscherbe.) Diese Durchdrungenheit von sich selbst, diese Herzensroheit, dieser Phantasiemangel, sich in die Lage seiner Volksgenossen zu versetzen – das ist beispiellos. Und ganz und gar wilhelminisch.

Mit Sentimentalität und Berufung auf die ‹edeln Seiten im Menschen› kommen wir dem nicht bei. Das ist vorüber. Nach ehernen Gesetzen rollt das ab – und was hier not tut, das ist: Kampf – Kampf und härteste Energie und unablässige Mühe!

Auf der andern Seite, im andern Deutschland, steht der Unteroffizier, der Major, der viereckige Schädel einer kaschubisch-wendischen Mischrasse, die alle schlechten und keine guten Eigenschaften der Stammväter aufweist.

Unser Deutschland hat in der Hauptsache nur einen Freund, unsere Republik hat fast nur den einen: den Arbeiter.

MEINE BEIDEN LETZTEN GOLDSTÜCKE

Als ich seinerzeit zu den Fahnen eilte – ich hätte Zuchthaus bekommen, wenn ich nicht geeilt wäre –, da trug ich, in ein kleines Lederbeutelchen genäht, zwei Goldstücke auf der Brust mit mir hinaus. Es waren meine letzten. Es waren unsere letzten: Ilse hatte sie mir gegeben, sie hatte sie mir für Papiergeld eingetauscht, die beiden letzten, die sie sich aufbewahrt hatte – für mich. Sie sagte: «Du kannst nicht wissen, ob du nicht in Gefangenschaft gerätst – und Papiergeld werden die Kosaken nicht haben wollen. Nimm das da.» Und dann hatte sie sehr geweint. Und mir war auch nicht so sehr vergnügt zu Mute.

Die beiden Goldstücke und ich – wir fuhren nach Rußland. Rings um den kleinen Lederbeutel auf meiner Brust klettern die Läuschen auf und ab, diese Internationale des Schmutzes – ich mußte Geld ausgeben, um das kümmerliche königlich preußische Essen aufzubessern, das mir meine Vorgesetzten übrig ließen – aber die Goldstücke blieben immer da.

Bis eines Tages – ich sehe das noch wie heute vor mir – unser Kompanieführer und sein langer Feldwebel vor die Front traten. Es waren beides feine Herren: der Kompanieführer soff wie ein Loch, um ein Gegengewicht gegen das fette Essen zu schaffen – und der Feldwebel aß wie ein Scheunendrescher, weil er sonst den vielen Alkohol nicht vertragen hätte. (Die Front ist übrigens später von den Sozialdemokraten erdolcht worden.)

Die beiden Jungens also stelzten vor die Kompanie, und nachdem «Stillgestanden!» und «Augen rechts!» und «Augen gradeaus!» gespielt worden war, las der Feldwebel auf Geheiß des Kompanieführers etwas vor. Es war ein großes Schriftstück, und weil manche unangenehme Fremdwörter darin vorkamen, gab es einige kleine Malheure. An diesem Tage hatte auch die Kompanie Rum empfangen, und die beiden Behörden waren nicht so ganz gut bei Satz. So viel aber konnte man doch aus dem Aufgesagten entnehmen: das Vaterland brauchte Geld. Und zwar Gold.

Und weil sich das Vaterland, wenn es Gold braucht, niemals an die großen Industriekapitäne wendet und an die Agrarier, weil das unbequem ist, sondern lieber den kleinen Leuten ihre letzten Sparpfennige aus den Taschen holt – deshalb las hier in Polen der Feldwebel dieses Schriftstück vor. Es sei Ehrenpflicht jedes deutschen Soldaten, hieß es darin, etwa noch vorhandenes Goldgeld abzuliefern. «Weggetreten –!»

Mir schlug das Herz unter dem Lederbeutel. Sollte ich – oder sollte ich nicht –? Man konnte doch nie wissen – das mit der Gefangenschaft – –. Aber andererseits – vielleicht gaben wirklich in der Heimat alle Leute ihr Goldgeld ab, und nur ich nicht ... In einem leichten Anfall von Patriotismus gab ich die beiden Goldstücke ab. Der Feldwebel sah mich nicht einmal an, als ich sie ablieferte – und nachdem ich vor ihm Männchen gemacht hatte, verließ ich die Schreibstube. –

Die Postverwaltung gibt heute für ein Zwanzigmarkstück 2000 Mark (in Worten: zweitausend). Und ich bekam damals zwei Zwanzigmarkscheine zurück – und dafür kann ich heute vier Mal auf der elektrischen Bahn fahren.

Und so – wie mit den Goldstücken – war es mit der Kriegsanleihe und mit den Heeresberichten und mit den politischen Versprechungen des kaiserlichen Regimes und mit allem andern. Millionen und Millionen haben ihr Letztes hingegeben – Geld und Gold und Sparpfennige. Und: das Leben.

Nur Ihm und Seiner Familie geht es gut: sie haben von der gutmütigen Republik Vermögen und Möbel und Gold und Gut nach Holland nachgeworfen bekommen – und wollen noch immer mehr. Und bekommen auch immer mehr. Und verdienen im Ausland viel Geld mit Hetzbüchern, in denen die Heimat beschimpft wird. Und zählen ihr Gold.

Vielleicht sind meine beiden letzten Goldstücke darunter. Er soll sich in acht nehmen, wenn er sie ausgibt. Es klebt ein Fluch an ihnen.

PRIVATGEDICHTE

Unter dieser merkwürdigen, pleonastischen Bezeichnung hat Ferdinand Hardekopf eine kleine Zahl seiner Verse (bei Kurt Wolff in München) erscheinen lassen.

Vor einer langen Reihe von Jahren, als ich noch klein war, Panter noch mit th schrieb und von meinem Klassenlehrer Professor Schneider in etwas unterrichtet wurde, was er Deutsch nannte und wir mit Recht als die Restbrocken eines trüben Philologenwissens empfanden – damals hat Ferdinand Hardekopf regelmäßig an der ‹*Schaubühne*› mitgearbeitet. Sie verdankt ihm einige ihrer entzückendsten Beiträge – mit welcher Leichtigkeit, welcher Anmut, welch fächelnder Ironie waren Literatur, Berlin, Menschen, Reisen und Kunst dargestellt, hingehaucht, zu Pastellen verzaubert! Wer Zeit hat, lese das nach.

Dies Buch beginnt mit den beiden schönsten Liebesgedichten, die mir seit Georg Heyms ‹*Deine Wimpern, die langen . . .*› zu Gesicht gekommen sind (das Zitat ist nur eine Zeitbezeichnung). ‹*Zweifel*› heißt das erste: «Wie fraglich, ob ich DICH gehalten» – nicht in Prosa zu übersetzen ist der Zweifel des Mannes, wen von den tausend Gestalten einer Frau er da geliebt hat. Nicht in Prosa übersetzt werden zu können: das ist das Kennzeichen eines guten Gedichts. Und auf diese Frage des Mannes, die – wenngleich nicht so formuliert, so überlegen, so leise gleitend, andre wohl auch stellen könnten – folgt die ‹*Antwort*›, ein Wunder fraulichen Empfindens, ausgedrückt von einem Mann.

In allen meinen Scheingestalten
Bin ich nicht Schein: bin ich enthalten!
Ist starr, was strahlt und weht im Lichte?
Wahr ist nur Wandlung der Gesichte.

Es blieb mein Mund bei deinem Munde,
Zutiefst bewahr ich unsre Stunde.

Und bin geschmiegt in euer Tasten,
O schöne Hände, die mich faßten.

Und hier mag jeder an sein Erlebnis denken, an seinen Zweifel und an ihre Antwort ...

Es sind Übersetzungen in dem Büchlein: *‹Je suis la femme – on me connaît›* von Laforgue und Baudelaires *‹Paris am Morgen›*, dasselbe, das Stefan George übersetzt hat –

Die Frühwache tönt in den Höfen der Kasernen.
Die Morgenwinde blasen auf den Laternen.

und eine Übertragung aus dem Russischen, deren Autor nicht genannt ist:

Signalement
Organismus: glaubt an Gott.
Schlüsselbein: will himmelwärts.
Um die Lippen: etwas Spott.
Und Revolte schlägt das Herz.

Ohne Heimat. Ohne Ziel.
Auch das Alter weiß man nicht.
Höchst verdächtiges Profil.
Geistig blinzelndes Gesicht.

Erstaunlich, was alles dieser tiefe Bewunderer Franz Bleis aus der deutschen Sprache herausgeholt hat, Elemente, die tief verborgen in ihr liegen, und die man ihr sonst nicht glaubt. (Den gehackten Expressionismus, das Schimpfwort sei hier am Platze, hat er wirklich nicht nötig.) Und weil wir grade von Franz Blei sprechen: dieser Schriftsteller, der sich in so vielen Fällen bescheiden pseudonym und anonym gibt, sollte viel mehr gelesen werden – wie wenige verfügen über diese Grazie, diese Bildung und diese spielende Leichtigkeit, ein solches Wissen so graziös zu verwerten. Sein neustes Buch ist bei Rösl & Co. erschienen: *‹Leben und Traum der Frauen›* heißt es. Ihr werdet das Porträt mancher Frau darin finden, die ihr geliebt habt und nun verstehen werdet.

Der Exkurs vom Sohn zum Vater – so einfach ist die Genealogie in diesem Fall allerdings nicht – soll wieder zu Hardekopf zurückführen. Das Büchlein ist wert, daß man es in bestes Leder binden läßt. Du guter Kriegsgewinnler, es ist keine Brunnerei darin! Hardekopf wird lächeln, dünn und sehr superior. Denn so schließt das Buch:

Der Dinge Gutes: Verlaßbarkeit.
Frei – das heißt doch wohl: befreit.

VERFASSUNGSTAG

Guck hinüber, guck herüber,
Wohl über die Straß hinum.
Kann Deutschland nicht finden;
Rutsch alleweil drauf rum.
Alter Kindervers

Die Republik, die vor zwei Tagen ihr Verfassungsfest zu feiern versuchte, hat noch nicht zu sich selbst gefunden. Ihr guter Wille soll anerkannt werden: trotz der großen Schwierigkeiten hat sie sich wenigstens bemüht, den Tag festlich zu begehen, an dem ihre Verfassung rechtskräftig geworden ist. Einfach hatte sie es nicht, denn der Antrag, diesen Tag zum Nationalfeiertag zu machen (ja nicht den ††† 9. November!), ist im Reichstag nicht mehr beraten worden, ist also nicht Gesetz, und alles, was die Reichsregierung an diesem Tag veranstaltete, gründete sich auf den guten Willen der Mitwirkenden. Wir wollen ihr nicht in den Rücken fallen. Um so mehr ist sie hierin zu unterstützen, als ein solcher republikanischer Anlauf den besten Eindruck im Ausland macht – so haben die französischen Kontrollkommissionen an diesem Tage keine Amtshandlungen vorgenommen – die hübsche Geste eines hierzulande seltenen Taktes.

Aber ist eine solche Feier überhaupt nötig –? Haben wir keine anderen Sorgen –?

Das Kind liegt in der Wiege, und wir wollen gratulieren. Und wissen nicht, ob es denn den nächsten Geburtstag noch erleben wird. Und das schlimmste ist zweierlei: die Eltern wissen nicht, wie krank ihr Kind ist – und sie wissen nicht, wie leicht es zu kurieren ist.

Nach allen Mitteilungen, die ich in letzter Zeit bekommen habe, sieht es böse aus. Es steht nicht gut um die Republik. Sie hat harte, gefährliche, mächtige Feinde – und ein Haufe gleichgültiger, schadenfroher, politisch vernagelter Zuschauer wartet ruhig ab, was da werden wird. Es gibt nur *eine* Schicht, die die antirepublikanischen Militärs wirklich fürchten – und das sind die Arbeiter.

Die Geheimorganisationen sind in ihren Grundlagen nicht erschüttert – die Waffenlager auf dem Lande mögen sich etwas vermindert haben – zur Überrumpelung einer fast völlig waffenlosen Bevölkerung reichen sie immer noch aus. Die Geldgeber der antirepublikanischen Nebenregierung werden nicht gefaßt – obgleich man viele kennt. Und all das kann gar nicht anders sein und muß so seinen Fortgang nehmen, weil die Republik nicht den Beamtenkörper hat, den sie braucht. Sie hat an den entscheidenden Stellen keine zuverlässigen Beamten. Und entscheidend ist nicht nur der Minister – gerade der oft nicht – sondern der mittlere, ja selbst der untere Exekutivbeamte, der sabotieren und warnen, abdrehen und aufplustern kann – wie es ihm paßt. Es gibt einen deutschnationalen Lehrerbund, der die Bekämpfung der jetzigen Staatsform offen verkündet; die Richter sind (neben den Staatsanwälten) so ziemlich das Unzuverlässigste, das man sich denken kann – ihre Urteile in politischen Strafsachen zählen ja längst nicht mehr ernsthaft mit (leider nur noch für die Betroffenen) – und die Hauptmacht der Republik ist keine: die Reichswehr ist im überwiegenden Teil ihres Offizierkorps staatsfeindlich. Herr Geßler pflegt in solchen Fällen zu klagen, statt zu bessern – und es ist möglich, daß seine staatsmännischen Gaben für den Posten des Bürgermeisters von Nürnberg ausgereicht haben, wo er den Schauspielern der dortigen Theater zeigte, was eine königlich preußische Harke ist – an diesen verantwortungsvollen Posten aber gehört ein Mann, der etwas vom Bau versteht. Und nicht einer, der für sich und seinen in Unordnung gekommenen Laden einen parlamentarischen Untersuchungsausschuß fordert, ihn dann durch Befehle seiner Generale sabotieren läßt und und ihn selber in einem ungehörigen und provozierenden Erlaß herabwürdigt. Der Mann muß entfernt werden.

Der und mit ihm Tausende und aber Tausende. Leistet die Republik diese Reinigungsarbeit nicht, dann hat sie den Putsch. Der muß schon kommen, wenn sie die Auspowerung der Städte durch das Land weiterhin duldet – denn dieses Mal werden die Aufrührer schlauer sein und erst einen kleinen ‹Kommunistenaufstand› einlegen, bevor sie die unglückliche Bevölkerung ‹befreien›. Der Kollege Watter ist groß im Erfinden Roter Armeen.

Und glückt der Putsch – und er kann unter den jetzigen Umständen zunächst glücken –, dann kann diese flaue Republik von ihren Gegnern lernen, wie man das macht, wenn man an der Macht ist. *Die* werden wissen, wie man mit gefährlichen Feinden verfährt. Regierungsrat wird da keiner werden.

In diesem Wahnsinn der Militärs und gewaltsüchtigen Kapitalisten steckt ein gewisses System. Sie wollen immer wieder Frankreich gegen England ausspielen und vergessen nur, daß auch England (bei aller Würdigung seiner großen Schwierigkeiten) kein Deutschland dulden wird, das so völlig zaristisch, national-bolschewistisch und terroristisch regiert werden würde wie jenes da, das in den Hinterzimmern der Weinklubs und in den Trinkzimmern der Gutsgebäude im Entstehen begriffen ist. Ein neues wilhelminisches Deutschland wird – trotz der großen Verschwägerung der beiderseitigen Aristokratien – ein kluger Engländer niemals dulden. Also: Katastrophenpolitik.

Ein Gewissen haben diese Burschen niemals gehabt. Was gilt ihnen das Wohl des Landes? Des Landes, das nach seiner ruhigen Fortentwicklung schreit – und das Ruhe braucht – Ruhe und Frieden. Sie werden schießen, wie sie es schon einmal getan haben.

Da helfen Verfassungsfeiern nur, wenn sie wirklich mit der ganzen Bevölkerung vor sich gehen. Dazu wäre die Möglichkeit dagewesen —: freilich nicht mit solcher kümmerlichen Vorbereitung, wo der Apparat wieder stärker war als der Zweck. Auch Massenpsychologie will erlernt sein — und ob der freundliche Laden des Herrn Strahl, die Zentrale für Heimatdienst, gerade das geeignete Instrument ist, steht dahin. Vollbedrucktes Papier gegen den Versailler Vertrag ist ein gutes Geschäft für die Papierfabrikanten — irgendeine politische Wirkung hat das nicht.

Die Möglichkeit war da. Daß es nicht mehr geworden ist, lag nicht an den Republikanern — sondern, wie so häufig, an ihren Beamten. Es gibt schon ganz weite Schichten, die unbedingt hinter der republikanischen Staatsform stehen — man hat sie nur nicht recht zu erfassen verstanden. Wie man ja überhaupt eine Propaganda macht, die keinen Hund hinter dem Ofen hervorzulocken imstande ist.

Die Hauptsache der Republik besteht heute noch darin, daß sie keine Monarchie ist. Sie hat trotzdem nicht den Mut, sich offen gegen ihre Vorgänger zu erklären.

Verfassungsfeiertag —? Treibt es die Republik so weiter, wird sie nicht mehr oft in die Verlegenheit kommen, ihn feiern zu müssen. Und so, wie es im ganzen Bürgertum einhellig heißt, wenn vom Rechtsputsch gesprochen wird, so ist es auch: «Das werden sich die Arbeiter nicht gefallen lassen!» — Sie werden es auch nicht. Geht dieser Winter gut vorüber —: es wird *ihr* Verdienst sein.

DAS FELDERLEBNIS

> Wie wir uns sehnsuchtsvoll der Puffärmel und Wachtparaden erinnern, wird man dereinst der Kohlrüben, mild verklärt von historischer Patina, gedenken.
> Walter Mehring

> Bei einem einsamen toten Meldereiter am Wege fand man einen Zettel mit den Worten des Psalms 91, 7: «Ob Tausend fallen zu Deiner Seite und Zehntausend zu Deiner Rechten, so wird es doch Dich nicht treffen.»

Jeder Schmerz wird vergessen. Das hat der liebe Gott so weise eingerichtet, denn sonst setzten die Menschen keinen Schritt mehr vor den andern aus Angst, sich zu verletzen, die Kranken brächten sich um, und die Frauen kriegten keine Kinder mehr. Schmerzen werden vergessen. So hat die Nation die Scheußlichkeit des Krieges verwunden. Freundliche Lappalien wachsen über diese Regionen der Erinnerung, und die Äußerlichkeiten bleiben: ein Teemädchen in Baranowitschi, die Geschichte mit den zwei Schweinen in Flandern, der verzögerte Feldpostbrief, der Krach mit dem Bataillonsführer wegen des Hanseatenkreuzes – das wird behalten. Aber der Schmerz, der Schmerz ist fast vergessen. Und da nur ein beschränkter Teil aller Erfahrungen vererbt wird (denn wie weise wären wir sonst!), so ist noch gar nicht gesagt, daß nicht die nächste Generation mit frischdämlicher Begeisterung, die Geschäfte der Börsen und der Ämter besorgend, die Knarre wieder auf den Buckel nimmt. Selbstverständlich nur unter der Voraussetzung, daß der einzelne, seiner Kommishaftigkeit entkleidet, als ein Held bewertet wird, wie man ihn in Richard Wagners Musikdramen für seine Parkettkarte verlangen kann.

Unterstützt wird dieser Herdenwahnsinn vor allem durch die Überlieferung der als Krieger kostümierten Kaufleute vergangener Zeit. Die Legende des eben verhandelten Krieges ist schon im Entstehen, und wir können grade noch kontrollieren, wie wir auf die Nachwelt kommen. Der heilige Potemkin lächelt hernieder: wir kommen sauber auf die Nachwelt.

Abgesehen von den Kriegsberichten berufsmäßiger Soldaten, denen ihre republikanische Pension Muße läßt, die Monarchie zu verherrlichen und mit Hilfe des Reichsarchivs Regimentsgeschichten zum Druck zu lassen, deren tiefinnere Verlogenheit nur noch von ihrer Unvollständigkeit übertroffen wird – abgesehen davon haben sich in größerer Zahl die Geistlichen aller Konfessionen mit dem Kriege beschäftigt. Der gemeine Mann wurde weniger gehört. Feldpostbriefe, die den ganzen Jammer des geknebelten Stück Unglücks enthielten, wurden unterdrückt, eine ganze Hurra-Literatur entstand, und Schmerz und menschenunwürdiger Drill gehen mit ihren Trägern zu Grabe. Übrig bleibt eine Propaganda-Literatur für die blutige Oper der nächsten Saison.

Aus dem Wust der widerwärtigen Kombinationen von Christus und Maschinengewehr – Feldprediger sind mir immer wie Messe lesende Huren vorgekommen – ragt eine kleine Schrift: ‹*Das Felderlebnis*› hervor. (Ihr Verfasser heißt Siegfried Wegeleben; die Schrift ist als Heft 8 der ‹*Stimmen aus der deutschen christlichen Studentenbewegung*› im Furche-Verlag zu Berlin erschienen.)

«Der grundlegende Unterschied zwischen euch und uns», hat einmal ein Engländer zu einem Deutschen nach dem Kriege gesagt, «war, daß ihr mit dem ‹*Faust*› auszogt und wir mit ‹*'T is a long way to Tipperary*›!» Nun muß ich ja sagen, daß auch mir der russische Schützengraben, der dem hocherfreuten deutschen ‹*Puppchen, du bist mein*

Augenstern› herüberbrüllte, weitaus sympathischer erscheint als die Fülle der Privatdozenten, die sich bemühten, das kriegerische Gemisch von Börse, Ressortstänkerei, einem größenwahnsinnigen kaiserlichen Kommis und unverantwortlichen Ministern mit Nietzsche, Goethe, Konfuzius und dem lieben Gott persönlich in Beziehung zu bringen. Die gereckte Pathetik der Kriegsmetaphysiker ist deshalb so unangenehm, weil man Wort für Wort ihr Pathos durch Gegenüberstellung mit der Realität unmöglich machen kann, ein gutes Kennzeichen für seine Unechtheit. Denn man kann den Homer zwar travestieren – aber ironisieren kann man ihn nicht.

Wegelebens kleines Buch verdient deshalb Beachtung, weil es von einem grundehrlichen und sauberen Menschen geschrieben ist, der dem Krieg tief in die Fratze gesehen hat, der auch in diesen versoffenen Augen noch – welch ein Kunststück! – die Züge Christi erblickt haben will, und der deshalb fesselnd ist, weil er vor dem Fall in den kollektivistischen Wahnsinn seines Milieus sich mit der äußersten Kraft gewehrt hat, zu fallen.

Die plumpe Reklame für die Dreieinigkeit, zu der das Gebet im Schützengraben herhalten mußte, ist ja mit drei Worten zu widerlegen. Eine Frömmigkeit, die nur dann, verstaubt und verrostet, aus der Schublade geholt wird, wenn und weil der Träger im Dreck sitzt, ist keine. Sage mir, zu wem du betest, wenn es dir gut geht, und ich will dir sagen, wie fromm du bist. Not lehrt beten; aber das echte Gebet ist das nicht. Das geht auch aus den ein wenig von der experimentalpsychologischen Schule verbogenen Ausführungen Wegelebens hervor. «Zu den fundamentalen Mißverständnissen der religiös-sittlichen Wirkungen des Weltkrieges gehört es, im Krieg als solchem ein religiös befruchtendes oder lebenweckendes Initiationsprinzip zu erblicken ... Das lebendige persönliche Christentum unsres Alltags bedarf solcher Stützen nicht.» Er lehnt jedes Schützengrabengebet ganz und gar ab. «Vor dem Winseln um Gnade unter den einschlagenden Geschossen haben Menschen von dem seelischen Adel eines Walter Flex stets gesunden Ekel empfunden. Gott selbst spielte hierbei übrigens als numinoses Objekt eine rein zufällige Rolle; wenn unsre religiöse Volkstradition etwa in der Anbetung von Fetischen festgelegt gewesen wäre, so hätte man sich eben an diese mit derselben Inbrunst gewandt.» Wenn dann allerdings der Verfasser hinzufügt, das Verstummen des Fluchens im Trommelfeuer sei ein Beweis für die Macht des Gewissens, so muß das als ein Rückfall in den psychischen Fetischismus bezeichnet und bestritten werden. Aber es bleibt doch allerhand Mutiges zurück. Es gehört für einen Mann von der Überzeugung Wegelebens viel dazu, festzustellen, daß man an dem «guten Willen des Soldaten durch das System einen psychologisch unverantwortlichen Raubbau getrieben» habe, und daß draußen keine Freien gefochten hätten, sondern Leibeigene. «Vor Menschen können wir hier nur ein todernstes ‹Ich klage an› aussprechen.» Es gehört viel dazu, wenn ein solcher Mann die ekelhafte Dolchstoßlegende zurückweist, und wenn er Vergiftungsherde gar nicht in der Etappe, sondern unter den felderprobten Kriegern sucht. Es gehört viel dazu, wenn sogar er den gradezu tierischen Fatalismus der letzten Kriegsjahre nicht als ‹Ruhe›, nicht als ethische Qualität bewundert, sondern ihn gut deutsch als das charakterisiert, was er ist: als Stumpfsinn. Es gehört viel dazu, wenn er den Zeitfreiwilligen und den Reichswehrangehörigen (trotz den Schlachten in München und im Ruhr-Revier) das Felderlebnis überhaupt abspricht – das ist für einen deutschen Christen alles Mögliche.

Bleibt die völlige Verkennung des Felderlebnisses. Die Unfähigkeit, äußerliche Synthesen zu analysieren, die Schwäche, da zu glauben, wo man kritisieren sollte (denn stark und würdig allein ist es, nach der Kritik zu glauben, nicht vorher), die kindliche Gläubigkeit, Metaphysik aus den Händen eines Bezirkskommandos entgegenzunehmen: all das ist preußische Philosophie. Nach diesen Schlachtfeldern, nach diesen Ackergräben, angefüllt mit aufgeweicht vermodernden Uniforminhalten, die einmal Menschen gewesen, nach dieser mechanistischen Schweinerei von der ‹Herrlichkeit des Geschauten›, von einem ‹naturhaften Geschehen› zu sprechen: dazu gehört die ganze Naivität eines wohlerzogenen Staatsbürgers. Der sieht nicht, daß ein ursprünglicher zweckhafter Organismus wie das Heer sehr schnell zum Selbstzweck wurde, und wenn selbst er feststellt: «Im Schützengraben draußen ist die politische Schuldfrage des Krieges vielfach uninteressant geworden», so liegt darin das Bekenntnis für die vollkommene Sinnlosigkeit eines Kampfes, der eben nur noch deshalb geführt wurde, weil man ihn einmal führte. («Zum Donnerwetter, Posten, warum schießen Sie?» – «Weil Krieg ist, Herr Leutnant!») Manchmal klopft mahnend die Bibel an das Tor; aber der Verfasser weist sie auf die Kriegsartikel. Er fühlt die Widersprüche. Er will sie auch nicht oberflächlich oder sophistisch lösen: er fühlt, wie er eine Antwort auf die Frage zu geben hat, ob ein Frommer einen Menschen töten dürfe. Er seufzt über diese Fragen ... «Sie lösen sich nur dem Christen als Gewißheit der persönlichen Führung in der Schule des erhöhten Herrn.» Wenn Christus je gelächelt hat, was Chesterton verneint: hier hätte er es vielleicht getan.

Der induzierte Altruismus: «Sie opferten Jugend und Lebensglück, sie kehren nie wieder zur Heimat zurück – Für uns» ist die Wahnvorstellung eines Phantasten im Zeitalter des allgemeinen Wehrzwangs, und grade einem gläubigen Christen müßte bekannt sein, daß von Jesus bis Kant eine sittliche Tat niemals durch Druck und Gesetz hervorgerufen werden kann. ‹Für uns?› Der Mann ist eingezogen worden und hat seinen Dienst getan. Fertig. Und was die Kriegsfreiwilligen im Felde suchten und fanden, war in den meisten Fällen alles andre als die Betätigung eines Altruismus, den sie besser zur Kriegsverhinderung ins Werk gesetzt hätten.

Kann ein Christ den Krieg bejahen? Einmal hat dieser seine Tragik gestreift, aber nicht verstanden. «Manchem, der mit kühler Stirn tausendmal den Tod aus heißem Lauf entsandt hatte ...» Das ist es: der Lauf war heiß, aber die Stirn war kühl. Diese Abschiebung der Verantwortung auf die Maschine, dieser Kampf der Instrumente, diese technische Hölle war das tiefste Unglück für eine Generation, die, zu feige, selbst einen Menschen zu töten, Tod und Verderben durch Maschinen spie. Aber sie standen dahinter, und sie trifft die Verantwortung.

Die Maschine rächte sich, denn Blut bleibt Blut, und wenn Wegeleben im Bordellwesen der Etappe entfesselte, aufgestachelte, tierische Instinkte sieht, so hätte er sich fragen sollen, woher sie kamen. Sie kamen von der Front. Wie er es mit dieser Weltlatrine voll Blut, Kriegsanleihen, Stacheldraht und Haßgesängen vereinbaren kann, zu glauben, «daß Christus wirklich über die Schlachtfelder und durch die Gräben geschritten ist», das bleibt sein Geheimnis.

Pathos ist Distanz. Wird die Distanz aber zu groß, dann entsteht jene verblasene, hohle Pathetik, die sich unter protestantischem Himmel ganz besonders schlecht ausnimmt. Kein Gott der Welt schafft diese Wahrheit aus den Bezirken der Erde: «Wahres Christentum ist Pazifismus». Der Rest ist Rabulistik und vom Staat bezahlte Professorenphilosophie.

Und es hat mir weh getan, in einem so ehrlichen, noch in den Irrtümern ehrlichen Buche nicht die vollkommene Ablehnung des Geistes von 1914 zu finden, den die geistige Impotenz des Herrn Hindenburg gefordert hat. Der Verfasser gibt zu: «Im allgemeinen ist er in jeder Beziehung überschätzt worden.» Überschätzt? Dieser Gassenwahnsinn war Symptom und Ursache zugleich, und kein geistiger Minimaxlöscher ist kräftig genug, um das Haus vor einer abermaligen Brandkatastrophe zu schützen.

«O Ihr kleinen Menschen, die Ihr über Schuld und Urheber, über Verlauf und Wesen jenes Krieges streitet ... Ihr habt kein Vertrauen und wollt enträtseln, wo Ihr vor den Pforten der Unendlichkeit steht!» Ja, wir wollen fragen. Wir wollen uns nicht mit der Behauptung eines Naturereignisses zufrieden geben, und wenn wir in die Gesichtsflächen des Kadetten Ludendorff und des Kanzleisekretärs Michaelis sehen, von Wilhelm zu schweigen, dann erscheint uns die Nomenklatur ‹kosmisches Ereignis› einigermaßen barock. Wir wollen fragen, fragen, bis wir die Unsinnigkeit dieses Massenmordes dadurch erwiesen haben, daß man uns nicht mehr antwortet, sondern uns verachtet, verhaftet, einsperrt und – du christlicher Staat! – tötet.

Es wird die Zeit kommen, wo man pathoslos und sachlich einsehen wird, daß es klüger und ökonomischer ist, keine Kriege zu führen. Dann wird eine Bilanz das tun, was die Feldprediger nicht gekonnt haben: sie wird, im Ergebnis, den großen Heiligen zu ihrem Recht verhelfen.

RÜCKKEHR ZUR NATUR

Man darf schon wieder Stiefel vor die Türe stellen –
sie werden nicht geklaut.
Man darf auch ruhig nach der Butter schellen
zu seiner Schale Haut.
Man kann sich auch zum Trinkgeld schon bequemen.
Nur wenig Kellner schießen, wenn sies nehmen.
Das ist ein Glück.
Wir kehren langsam zur Natur zurück.

Man darf schon wieder den Artikel schreiben
vor manches Substantiv.
Man braucht es nicht mehr so geballt zu treiben
und krumm und schief.
Man muß auch nicht mehr langen nach Tagoren,
den haben wir im Werfelspiel verloren . . .
Das ist ein Glück.
Wir kehren langsam zur Natur zurück.

Man darf schon wieder feste kommandieren,
wenn man Beamter ist.
Der Untertan darf stramm stehn und parieren,
weil er ein Deutscher ist.
Die neue Republik ist uns kein Jokus,
und die Verfassung hängt auf jedem Lokus.
Wir haben noch die alten Bürokraten,
die alten Richter und die Traditions-Soldaten . . .
Das ist ein Glück.
Wir kehren still zur Monarchie zurück.

HELDEN AM TELEFON

«Hallo? Sind Sie Herr Wrobel?»
«Wer ist denn da –?»
«Das ist janz nebensächlich. Sind Sie Herr Wrobel?»
«Sie müssen schon so freundlich sein, sich vorzustellen!»

«Ich will Ihnen mal was sagen: Sie sind ein französischer Lump – Sie nehmen Franken – Sie verraten die Heimat – Sie verdammter Bolschewik – wer weiß, wo Sie überhaupt herstammen – Sie Drückeberger – Sie sollen ja in Frankreich eine Villa haben – von Ihrem ergaunerten Geld – –»

Bumms – weg.

Das Leben ist ernst, und der Freuden sind so wenig. Aber dies ist wohl eine: in Ruhe, bei einer Tasse Kaffee und einer Zigarre zu hören, wie sich die Leute aufregen und abhaspeln und ihr schlechtes Deutsch herunterschnurren und sich versprechen und schimpfen, schimpfen, schimpfen ...

Ich weiß ganz genau, wie man solche Helden feststellt. Ich bin viel zu bequem dazu. Das ist doch nett: auch einmal in diese Welt einen Einblick zu tun. Also so sieht die aus:

Der nationale Teutsch-Held steht in der Kneipe tief aufatmend auf und sagt: «So» – und sieht sich vorher um, ob es auch alle wissen, was er nun ausfrißt. Und er schreitet ans Telefon. Und legt los. Geduckt hinter einer Anonymität, die leicht zu lüften wäre (was er nicht weiß) – und geschwellt von einem ‹vaterländischen› Gefühl, das guten Durst macht. Ich lächle, rauche und höre mir das an. Und dann hängt er ab und wallt zum Stammtisch zurück, überall beglückwünscht zu seiner großen Tat. Welch ein Kerl –! «Dem hab icks jejehm!» – Und die Stammtischler bestellen eine Extrarunde und leeren sie in tiefen Zügen auf das Wohl ihres Armins, des Cheruskers ...

Und das ist ganz und gar deutsch-national:

Überfälle auf Waffenlose (hat man schon je gehört, daß sie sich offen, in sauberm Kampfe, an Leute herantrauten, die ihnen gewachsen sind?) – Schüsse aus dem Dunkel – Schläge von hinten – Weglaufen – Leugnen – Verstecken – telefonische Schimpfkanonaden, die nicht einmal witzig sind – abhängen – weg.

Mannhafte Untertanen eines mannhaften Deserteurs.

WIR ALLE FÜNF

Die rechtsstehende Presse amüsiert sich seit einiger Zeit damit, mich mit allen meinen Pseudonymen als «den vielnamigen Herrn» hinzustellen, «der je nach Bedarf unter diesem oder unter jenem Namen schreibt». Also etwa: Schmock oder Flink und Fliederbusch oder so eine ähnliche Firma.

Aber wir stammen alle Fünf von einem Vater ab, und in dem, was wir schreiben, verleugnet sich der Familienzug nicht. Wir lieben vereint, wir hassen vereint – wir marschieren getrennt, aber wir schlagen alle auf denselben Sturmhelm.

Und wir hassen jenes Deutschland, das es wagt, sich als das allein echte Original-Deutschland auszugeben, und das doch nur die schlechte Karikatur eines überlebten Preußentums ist. Jenes Deutschland, wo die alten faulen Beamten gedeihen, die ihre Feigheit hinter ihrer Würde verbergen; wo die neuen Sportjünglinge wachsen, die im Kriege Offiziere waren und Offiziersaspiranten, und die mit aller Gewalt – und mit welchen Mitteln! – wieder ihre Untergebenen haben wollen. Und deren tiefster Ehrgeiz nicht darin besteht: etwas wert zu sein – sondern: mehr wert zu sein als die andern. Die sich immer erst fühlen, wenn sie einen gedemütigt haben. Jenes Deutschland, wo die holden Frauen daherblühen, die stolz auf ihre schnauzenden Männer sind und Gunst und Liebesgaben dem bereit halten, der durch bunte Uniform ihrer Eitelkeit schmeichelt. Und die in ihrem Empfinden kaltschnäuziger, roher und brutaler sind als der älteste Kavallerie-Wachtmeister. Wir alle Fünf hassen jenes Deutschland, wo der Beamtenapparat Selbstzweck geworden ist, Mittel und Möglichkeit, auf den gebeugten Rücken der Untertanen herumzutrampeln, eine Pensionsanstalt für geistig Minderbemittelte. Wir alle Fünf unterscheiden wohl zwischen jenem alten Preußen, wo – neben den fürchterlichsten Fehlern – wenigstens noch die Tugenden dieser Fehler vorhanden waren: unbeirrbare Tüchtigkeit, Unbestechlichkeit, catonische Strenge und puritanische Einfachheit. Aber es hat sich gerächt, daß man all das nur als Eigenschaften der Herrscherkaste züchtete und den ‹gemeinen Mann› mit verlogenen Schullesebüchern und Zeichnungslisten für Kriegsanleihen abspeiste. So sieht kein Mensch einen Hund an wie die regierenden Preußen ihre eignen Landsleute, von deren Steuern und Abgaben sie sich nährten. Und wir hassen jenes Deutschland, das solche Bürger hervorgebracht hat: flaue Kaufleute, gegen die gehalten die alten Achtundvierziger Himmelsstürmer waren – satte Dickbäuche, denen das Geschäft über alles ging, und die hoch geschmeichelt waren, wenn sie an ihrem Laden das Hoflieferantenschild anheften durften. Sie grüßten noch die leere Hofkarosse und betrachteten ehrfurchtsvoll den Mist der kaiserlichen Pferde. Spalierbildner ihres obersten Kommis.

Wir alle Fünf lieben die Demokratie. Eine, wo der Mann zu sagen hat, der Freie und der Verantwortungsbewußte. Eine, wo die Menschen nicht ‹gleich› sind wie die abgestempelten Nummern einer preußischen Kompanie, jener Inkarnation eines Zuchthausstaates – sondern eine, wo zwischen einem Bankpräsidenten und seinem Portier kein Kastenunterschied mehr besteht, sondern nur ein ökonomischer und einer in der äußern Beschäftigung. Ob sie miteinander Tee trinken, ist eine andre Sache. Daß es aber alles beides Menschen sind, steht für uns fest.

Jenes Deutschland wollen wir zerstören, bis kein Achselstück mehr davon übrig ist. Dieses wollen wir aufbauen, wir alle Fünf.

Und ob das Blatt für die Idioten der Reichshauptstadt und seine geistesverwandte Wulle- und Mudicke-Presse lügt, hetzt oder tadelt: – wir gehören zusammen, wir alle Fünf, und werden sie auf die hohlen Köpfe hauen, daß es schallt, und daß die braven Bürger denken, die kaiserliche Wache ziehe noch einmal auf und der Gardekürassier schlage noch einmal die alte Kesselpauke.

Wir sind fünf Finger an einer Hand. Und werden auch weiterhin zupacken, wenns not tut.

DIE HERDE

Ob im Sturm die Königsfahnen flattern,
ob vorm Schloß Salutkanonen rattern,
ob Herr Lehmann mit dem Marschallstabe
vor den Truppen schaukelt, sanft im Trabe,
ob die Kriegsbegeisterung befohlen,
ob sie einen Prinzen einkarriolen:
Immer ziehn sie, unter Laubgewinden,
durch die Linden, Junge, durch die Linden –!

Ob Parteien sachte kommandieren,
ob wir für die Freiheit demonstrieren,
ob wir schrein: «Nie wieder Krieg! Ihr kennt'n!»
(Manche hören immer: Renten! Renten!);
ob die Mieter ein Gesetz begrunzen,
ob die Bürger brülln für Knüppel-Kunzen:
Alle ziehen voller Lustempfinden
durch die Linden, Junge, durch die Linden –!

Während unten sich die Massen ballen,
sitzen oben, herrschend über allen,
jene wenigen, die das befummeln,
wofür unten sich die Armen tummeln.
Bei dem Rebbach muß man stets dabei sein;
nur nicht denken lassen – nur nicht frei sein!
Wann, o Volk, wird das einmal verschwinden
untern Linden – – ?

REZEPT DES FEUILLETONISTEN

Fürs erste: Protze. Du mußt protzen mit allem, was es gibt, und mit allem, was es nicht gibt: mit Landschaften, Frauen, Getränken, teuern Sachen aller Kaliber, noch einmal mit Frauen, mit Autos, Briefen, Reisen und der Kraft der andern, die du müde kennst. Es ist eine eigene Art der Lüge; Franz Blei hat sie, wie so vieles, einmal mit seiner leichtesten Grazie geschildert, in den drei *‹Briefen an einen jungen Mann›*. Da steht: «Ich sagte Ihnen schon: nie lügen. Immer nur so tun. Ihre Rede muß immer sein, daß der Zuhörer das für Sie Angenehmste mit Ihrer leicht nickenden Nachhilfe heraushören kann, aber auf seine Kosten und Gefahr. Sie müssen leichten Herzens in der schwierigsten Situation fragen können: Habe ich jemals gesagt, daß . . .?»

Nein, der Feuilletonist hat niemals gesagt, daß . . . Aber er hat den Anschein erwecken wollen, als habe er es gesagt. Immer liegt unter seinen Worten ein leichtes Geheimnis, so, nach der Melodie: Es ist zu privat, als daß ich es hier erzählen könnte – und der Leser denkt dann, wenn er dumm ist, prompt an Schlösser, englische Tänzerinnen, Lustjachten, buschumrauschte Gartenplätze, verschwiegene Bars edschmidcetera pp. Man muß es nur geschickt machen. Etwa so:

«Man legt müde den weißen Bademantel» – (man! man ist wichtig!) – «den weißen Bademantel ab, winkt dem groom, er solle einmal zum bar-keeper herübergehen, ob jenes gewisse Pumamädchen geschrieben habe. Der Himmel blickt kopenhagenblau durchs Milchfenster – eine leuchtende Erinnerung an Heluan. (Wo aber die Korbstühle weicher und die Frauen härter sind.) Draußen bellen die Hunde. Nicht so sanft wie die in Algerien – nicht so glockentief wie die in Calafat, wo man, träge an der Donau entlanglümmelnd, Serbiens Ufer grüßte. Die bani saßen locker damals . . . Man wird morgen auf einem Kongreß sprechen, übermorgen den Bericht absenden, in drei Tagen den goldenen Schoß der großen Tänzerin segnend grüßen . . .»

Preußen phantasiert. Denn wenn du näher hinsiehst, ist er injeladen, nich uffjefordert, das Ganze spielt zwischen Koblenz und Köln, es soll der Sänger mit dem Kommerzienrate gehen – und jede kleine Reisebeschreibung des graziösen Herrn Sling ist ehrlicher, anständiger und reizvoller als der Talmikram dieser modernen Reisejungens.

WAT GROTMUDDER VERTELLT

Er bat Rostow, zu erzählen, wie und wo er verwundet worden sei. Diese Aufforderung war Rostow willkommen, und so begann er denn, zu erzählen, und geriet während der Erzählung immer mehr in Eifer. Er erzählte seinen Zuhörern von dem Kampfe bei Schöngrabein völlig in derselben Weise, wie Leute, die an Kämpfen teilgenommen haben, gewöhnlich von diesen Kämpfen erzählen, das heißt so, wie sie es von andern Erzählern gehört haben, so, wie es in der Erzählung sich schön ausnimmt, aber ganz und gar nicht so, wie es sich wirklich zugetragen hat. Rostow war ein wahrheitsliebender junger Mann und hätte um keinen Preis eine Unwahrheit gesagt. Er begann seine Erzählung mit der Absicht, alles genau so darzustellen, wie es geschehen war; aber unmerklich, unabsichtlich und unvermeidlich geriet er in eine unwahre Darstellung hinein. Hätte er diesen Zuhörern, die, wie er selbst, schon unzählige Male Schilderungen von Attacken gehört und sich danach eine bestimmte Vorstellung von dem Wesen einer Attacke im Kopfe zurechtgemacht hatten und nun eine dieser Vorstellung genau entsprechende Erzählung von ihm erwarteten, hätte er denen die Wahrheit gesagt, so hätten sie ihm entweder nicht geglaubt, oder sie hätten, was noch schlimmer gewesen wäre, gedacht, Rostow sei selbst schuld daran gewesen, daß er nicht dasselbe erlebt hatte, was Erzähler von Kavallerie-Attacken sonst gewöhnlich erlebt haben. Er durfte ihnen einfach nicht erzählen, daß sie alle Trab geritten waren, und daß er vom Pferde gefallen war, sich den Arm gequetscht hatte und dann aus Leibeskräften von den Franzosen weg in den Wald gelaufen war. Außerdem hätte er, um einen wirklich wahrheitsgemäßen Bericht zu liefern, sich mit Anstrengung dazu zwingen müssen, nur das tatsächlich Geschehene zu erzählen. Die Wahrheit zu erzählen, ist sehr schwer, und junge Leute sind dessen selten fähig.

Tolstoi: *‹Krieg und Frieden›*

Ich habe durch Zufall ein Kriegsbüchlein entdeckt, darin ein Jahr Krieg dargestellt ist, das ich sehr genau kontrollieren kann: ich bin nämlich dabei gewesen. Name und Titel des Büchleins tun nichts zur Sache, Darstellung und Verfasser sind an sich belanglos: es macht nur einen diebischen Spaß, dem Koller eines braven Mannes, der plötzlich das Großgedruckte im Ploetz erleben darf, die nüchterne Realität gegenüberzustellen. Ich muß zuerst sagen, daß das Büchlein von den Armierungssoldaten handelt, daß der Verfasser, ein Buchhändler von Profession, ein anständiger und tapferer Soldat war, der sich späterhin freiwillig zur kämpfenden Truppe meldete und sich dort sehr gut geschlagen haben soll. Gegen die Überzeugungstreue des Schreibers ist also nichts zu bemerken; wir haben es hier nur mit einem typischen Fall zu tun, wo der nationalistische Wahn ein Hirn völlig benebelte. Es ist kein erlogenes Wort in dem Büchlein – und kein wahres. Das ist kein Buch – das ist eine Literatur. Ungerechnet die Veränderungen, die die Dinge bei jedem literarischen Laien durchmachen – denn wenn der die Feder in die Hand nimmt, fängt er allemal an zu ‹dichten› —: aber hier hat sich einer vorgenommen, sein Stück Kriegsgeschichte so und nicht anders zu erleben. Und er erlebte es. Auch nicht eine Stimmung war so, wie sie dargestellt wird, kein Augenblick hat unter den Mannschaften diese Gesinnung oder eine solche Begeisterung geherrscht — Jagdgeschichten, Jagdgeschichten. Weil es aber ein Schulfall der deutschen Kriegserinnerung ist, deshalb wollen wir mal.

Nach einer Vorrede voll von Unrichtigkeiten und einem reizvollen Aufruf ‹An den deutschen Buchhandel› (denn was der Kaiser kann, das kann auch ich!), geziert durch die schöne Stelle: «Die Buchläden werden leer werden, die Verlagstätigkeit wird stocken», hebt es an:

«Der Krieg ruft uns zunächst zum wilmersdorfer Tanzlokal. Das ist wie ein Abschiednehmen von der Lebenslust, vom heitern Frohsinn und von den französlichen Frauen. Die Papiergirlanden hängen zerrissen von der Decke ... Ein großes Plakat sagt, daß vom Trinken das Glück abhängt und vom Leben der Genuß. Wie muß doch diese Welt einmal schal gewesen sein!»

Das ist echtes 1914. Nun wird alles anders! Aber ganz abgesehen davon, daß wir auch ohne den Krieg nicht grade diese Art Lustigkeit bevorzugt hatten: wer dies getan hatte, tats weiter — und erst recht im Felde! Wie sahen die Amüsiervergnügen unsrer Unteroffiziere aus?

«Seit dem Tage von Langemarck» (im Generalstabsbericht: «Junge Regimenter brechen unter dem Gesang ‹Deutschland, Deutschland über alles!› gegen die erste Linie der feindlichen Stellungen vor und nehmen sie.») «blutet Berlin.»

Berlin? Der Kindermörder, der diese harmlosen, ehrlich begeisterten Schlachtopfer in das Maschinengewehrfeuer für seinen Pour le mérite vortrieb, bevor er seine Autofahrten zur rheinischen Großindustrie unternahm, der weiß, daß außer der traurigen Kriegsanekdote von dieser Sturmformation nicht viel übrig blieb. Berlin blutete nicht. Der General auch nicht. Andre hatten sich ausgeblutet.

Ausmarsch:

«Manch einer aber ballte die Finger zur Faust und preßte den Haß auf England durch seine Lippen.»

Neugier, Verzweiflung, Resignation und Sturheit — das war so ungefähr das, was die angetretene Masse beseelte.

Fahrt (in Zivil) direkt zur Front. Suwalki.

«Bettelvolk empfing uns ... Es bat um Brot.»

Durch wen wars dazu geworden?

«Zwei Nächte lagen wir auf den Steinfliesen einer Husarenkaserne aus französischem Geld, gegen deren Schmutz die deutsche Reinlichkeit einen nicht ganz vergeblichen Kampf geführt hatte; unten im Treppenraum brannte das Wachtfeuer, und oben hockten wir in langen türlosen Sälen und durchsangen die schlaflose Stille mit deutschen Liedern.»

Der Bataillonsführer hatte es nicht nötig gefunden, für seinen eintreffenden Ersatz auch nur Stroh zu besorgen; die durch sechstägige Bahnfahrt total erschöpften Menschen lagen auf den kalten Fliesen umher, grölten, spektakelten und liefen in der Finsternis herum; die Luft war dick und stinkig, die Türen, hinter denen die freien deutschen Männer hockten, waren verschlossen. Die Stimmung in diesen Nächten war entsetzlich, die Situation ungefähr die, wie sie die Berichte der deutschen Gefangenen in Frankreich so oft schildern.

«Dann schworen wir auf den Degen unsres Hauptmanns den Eid zur Fahne.»

Es war das einzige Mal, daß ich diesen Degen in gezogenem Zustande sah. Der Hauptmann war ein verkleideter Oberförster, von dem die Sage ging, daß er von seinen 750 Mark Honorar 751 nach Hause schickte. Er war nie – in fünfzehn Monaten nicht – an der Front, sondern saß immer weit hinten in irgendeinem warmen Quartier, wo er an einer legendären Bataillonschronik schreiben sollte. Wenn er nicht schlief, aß er.

«Aber schon bald kam meiner Kompanie ein Trupp seltsamer Soldaten entgegen, die in schmutzig-himmelblauen Postuniformen steckten und ein hellgelbes Gesicht unter den Reichsheermützen trugen.»

Es waren dies Armierungsarbeiter, die als waffentaugliche Soldaten in ihre Ausbildungszeit marschierten. Das war 1915 – aber ich habe nie wieder solche wandelnden Leichen gesehen wie diese armen Burschen damals. Sie legten grade kein gutes Zeugnis von der deutschen Verpflegung und Soldatenbehandlung ab.

Vom Hund des Herrn Feldwebel:

«Denn er ist vorwitzig genug, wie der Wirbelwind auf Höhen zu laufen, die militärisch streng verboten sind. Und die Russen haben scharfe Augen und wissen auch, daß zum Hund der Herr gehört.»

Dieser Feldwebel tats dem Hauptmann gleich. Ein schwerer Psychopath, der nach neunjähriger Friedensdienstzeit – also vor dem Zivilversorgungsschein, der erst nach zehn Jahren erteilt wird – wegen Unregelmäßigkeiten in der von ihm verwalteten Kammer den Dienst hatte quittieren müssen, war er lächerlich feige. Wir haben im Osten nie in Lagen gesteckt, wie sie der Westen jeden Tag bot: aber eine solche Hundeangst habe ich noch bei keinem Menschen beobachtet. Er tats seinem Hauptmann gleich und ward nie vorn gesehen.

«Draußen rasen die Artillerien. Krupp gegen Krupp.»

Ei, ei! So hätte also die deutsche Firma den Feinden greifbareres Material geliefert, als wir Pazifisten je vermochten!

«Wir kämpften nicht um ‹die› Kultur, sondern wir kämpften um die deutsche Kultur.»

Das dürfte – soweit dieses Militär in Frage kommt – eine contradictio in adiecto sein.

Von Gefangenen:

«Der Russe scheut sich nicht, selbst faulende Speckschwarten aus der Kloake zu holen und sie mit verzückt gedrehten Augen zu verzehren.»

Der Russe? Wie? Jeder Russe? Oder vielleicht nur der, der nicht genug zu essen bekommt, arbeiten muß und hungert, hungert, bis er zu Widerlichkeiten wie der da schreiten muß? Das haben deutsche Gefangene in Frankreich auch getan, aber da hat jeder sofort den richtigen Schluß gezogen: Französische Ludendorffs mit dem umgekehrten Vorzeichen haben die Leute hungern lassen. Und der Russe? Weiß der Verfasser nicht – was er gesehen haben muß, denn er und ich sind daran vorbeimarschiert –, wie diese selben Russen vor Suwalki im feindlichen Feuer haben arbeiten müssen? Da zogen sie hin, bestrichen vom Feuer ihrer eignen Landsleute. Das kam nicht nur beim ‹Feindbund› vor.

Von den deutschen Kochgeschirren:

«Ich sehe diese Wunder der Genügsamkeit schon, wenn doch einmal Frieden kommen sollte, in manchem altmeißner Porzellanschrank, auf poliertem Unterbau mit dankbarer Widmung stehen und sich sagenumsponnen vom Kind zum Enkel vererben . . .»

Hätten wir keine Materialnot: die Dinger flögen in die Ecke zu des Kaisers Röcken und zu den Eisernen Kreuzen. So kochen sich die Straßenarbeiter gleichmütig ihren Kaffee darin. Eine Widmung? An wen? An den in Doorn? Haltet aus . . . haltet aus . . . !

«Für viele ist das Schippen zum Schatzgraben im Goetheschen Sinne geworden.»

Da war ein berliner Jurist in der Kompanie – ich kannte ihn noch von der Universität her –: der bestand in der Urlaubszeit sein Referendar-Examen. Cohing, damals Präsident des Kammergerichts, stellte an ihn, im verzeihlichen Durcheinander der Kriegsverfügungen, die Forderung, er solle sofort nach dem Examen seinen Amtseid ablegen, sonst stünde die Gültigkeit der Prüfung in Frage. Der neugebackene geängstigte Referendar tats und überschritt seinen Urlaub um zwei Tage. Sein Kompanieführer verlieh ihm drei Tage Mittelarrest und ließ den Goetheschen Schatzgräber stundenlang an den Baum binden. Als ich die Kompanie nach einem Jahr verließ, war der Referendar total heruntergewirtschaftet.

«Wenn der Armierungssoldat auch nur drei Tage in einem Ortsquartier liegt, so kann er gewiß sein, daß er am zweiten Abend zur gründlichen Reinigung des Dorfes oder des Städtchens befohlen wird.»

Die Letten lachten sich blau. Von den Russen hatten sie Prügel bekommen – die Deutschen machten ihnen den Laden sauber. Wozu waren die Kerls auch sonst da?

«Der Abend ruft uns noch zum Appell. Wir stehen in Reih und Glied und empfangen den Befehl: Erhöhter Alarmzustand! Eine größere versprengte Kosakenabteilung steckt in den Waldungen dicht vor der Stadt.»

Von der Komik dieses Vorgangs kann der Verfasser nun freilich nichts wissen. Der Kompanieführer, ein schwerer Quartalstrinker, sowie jener Feldwebel hatten jeder nur ein Paar Hosen – die reichten für diesen Fall kaum aus. Von wem dieser ‹erhöhte Alarmzustand› befohlen worden war, kam nicht heraus; jedenfalls sind wir telefonisch noch nie so ausgelacht worden wie am nächsten Morgen. Kein Mensch in der ganzen Umgebung ahnte etwas von Alarm, die Kosaken waren weiße Mäuse, und die Romantik dieser Nacht war eitel blague.

Und dieses Kapitel schließt:

«Wir harren des ersten Schusses, der uns weckt.»

Harre, meine Seele – !

«Und wir erkannten in dem Marsche die Auszeichnung, wie sie war: daß man unser Bataillon von weither dahin folgen ließ, wo die letzte Entscheidung reifen sollte.»

Wem bekannt ist, nach welchen Grundsätzen Truppenteile eingesetzt, und wie besonders Arbeiterformationen nur nach der örtlichen Nähe und aus reiner Zweckmäßigkeit befohlen wurden, der wird sich dem Humor dieser stolzen Empfindung nicht verschließen.

«Aber wir empfanden unser Schaffen hier als Gelegenheit, als Füllsel. Wir warteten auf den Ruf von der Front. Dahin trieb es uns.»

Es trieb gar nicht. Die stumpf gewordenen Leute trotteten, wohin man sie jagte. Sie schimpften über alles, weil der Soldat immer schimpft, und gehorchten stupide.

«Wenn es mir in meinen Aufzeichnungen gelungen ist, ein Bild von dem Leben der ‹Schipper› zu geben, wie es wirklich ist ...»

Es ist dir gelungen. Dir und tausend andern Schreibern, von denen einer immer mehr wegließ als der andre. Bis jenes Idealbild entstand, das euch begeistert: vom vorschriftsmäßig denkenden, vom vorschriftsmäßig sterbenden Soldaten; vom wackern Märker und vom braven Landsturmmann; vom leuchtend adligen Offizier und von Unserm Allerhöchsten Kriegsherrn. Sind nicht andre Deserteure in Seinem Namen erschossen worden?

So sieht diese Kriegsliteratur aus. Und es ist nicht ein wahrer Faden in ihr. Da steht nichts von der Essenszuteilung, nichts von den Unterschlagungen und Diebstählen, nichts von der grauenhaften Militär-‹Justiz›, nichts vom Herrenstandpunkt der Offiziere, vom Kasino-Ungeist und von den Etappendamen, die auch eine militärische Charge hatten, aber keine geringe.

Das brauchst du nicht zu wissen, Buchhändler. Träume sanft.

Aber ein Volk weiß es anders. Und ein Fluch steigt auf, wenn sie der verdammten Jahre gedenken, ein Fluch, so schwer wie die Lebensmittelkiste eines Stabsoffiziers. Es fluchen, die gedrückt und getreten worden sind, sie, die geduckt und gehungert haben, sie, die man sterben geschickt hat: die freien deutschen Soldaten.

PARIS AN DER PANKE

Dem cand. jur. Zeßner-Rhenaniae wurde in der Gesellschaft ein Rätsel aufgegeben: «Das rate mir: Mit i ists über dir, mit a ein großes Tier, mit u ein kleines Tier!» Weil ers nicht erriet, wurde ihm die Auflösung gesagt: Himmel–Hammel–Hummel. Der Student dachte einen Augenblick nach. «Na ja», sprach er. «Aber wo ist da die Schweinerei?»

Nach vier Jahren Gottvertrauens und der Überbetonung des Staatsgedankens, nach jener Vorherrschaft der Deutschen ohne Hinterkopf unter besonderer Berücksichtigung der hierorts amtlich anerkannten ethischen Postulate, nach einer Zeit, wo die Nation von der Welt in den Gräben nur amerikanische Explosivstoffe und in den fremden Hauptstädten nur die kalte Schulter der andern zu sehen bekam – nach solcher Isolierung hatte man die Gnade, die so schön bemalten Schlagbäume an den Grenzen wieder aufzumachen. Aber da zeigte sich nun, daß man sie von der andern Seite heruntergelassen hatte, und wir wissen schon seit vier Jahren viel weniger von der Welt, als wir wissen. W.T.B. setzt uns das Ausland nur in bearbeiteter Ausgabe vor (Kinder sollen noch nicht alles erfahren), die deutschen Zeitungen, die schon ihre heimischen Redakteure nicht anständig bezahlen, können sich in Anbetracht der Valuta zu dem Experiment mit wirklich geistig gerichteten Korrespondenten nicht aufschwingen, und zwanzig oder dreißig Männer sehr verschiedenen Formats unterrichten die Presse eines ganzen Landes über alles ‹Nichtdeutsche›. (Was ungefähr der Terminologie entspricht: Die Welt zerfällt in Ziegelsteinfabrikanten und andre Menschen.) Jedenfalls verschließt man sich hierorts nicht mehr der von den Kriegsprofessoren einmal verpönten Anschauung, auch Deutschland benötige ein wenig den Import ... Unter anderm importieren wir zur Zeit französische Lustspiele.

Millionen Deutscher haben an französischen Fronten gekämpft, Hunderttausende haben in französischen Quartieren gelegen – aber die Anschauung über alles Französische hat sich kaum gewandelt. Bei dem Wort ‹französisch› hat der Normaldeutsche – in den großen Städten und in der Provinz – zunächst eine Assoziation, für die sich der Chauvin damit revanchiert, daß er die Homosexualität ‹le vice allemand› nennt; der Deutsche weiß ferner, daß die Französin ein stets gepudertes und verludertes Frauenzimmer ist («Mensch – in Lille!») – und er lenkt überhaupt bei der Betrachtung alles französischen Wesens den Blick zuerst auf jene Leichtigkeit, die ihm, dem Schwergewichtler in der Liebe, noch immer als Leichtfertigkeit erscheint. Was beginnt nun ein solches Publikum mit französischen Lustspielen, die es jetzt in so großen Quantitäten vorgesetzt bekommt?

Zunächst geht es mit ganz falschen Vorstellungen an die Sache heran. Immer wird einer von zwei Fehlern gemacht: die Stücke werden überschätzt oder unterschätzt.

Die sie überschätzen, suchen im Lustspielfabrikanten den Dichter und begreifen nicht, daß diese belanglosen Plaudereien den Zweck haben, einen Abend, ein Diner, eine Nacht vergnüglich einzuleiten. Claudel oder der große Guitry oder Hauptmann ist kein Hors-d'œuvre zu einem Abendessen. Bernard ist es. Aber diese Überschätzung ist wohl nur ein Literatenfehler.

Die die pariser Komödien unterschätzen, tun dies, weil sie sie zu schwer nehmen. Dann kommt man freilich zu einem falschen Resultat. Bei einer Schlafzimmerszene zu fragen: «Hat der Autor auch erreicht, was er gewollt hat?», zeugt von einem Stumpfsinn, wie er nur einem schweißhändigen Kandidaten der Philologie gegeben ist (heute: Studienassessor).

Das Publikum aber, dasselbe Publikum, das vor österreichischen Operetten, vor deutschen Schwiegermütterschwänken jubelt, sitzt da und ist von folgenden Erwägungen bewegt:

Also solche Dinger (pluralis sexualis) – solche Dinger gibts natürlich nur in Paris! Sieh mal, eine Kokotte im Hemd! Ach, und da liegen zwei in einem Bett! (Hier gleitet der Blick scheu zu den anwesenden Frauen im Parkett – man ist ihnen nähergerückt, eine Intimität des Erlebnisses ist eingetreten, das Theater ist plötzlich zweischläfrig geworden.) Was hat er gesagt? «Ich schlafe nicht gern allein»? Hihi, sehr gut! Und ein gluckerndes Gelächter läuft die Bänke entlang, das, entlüde es sich laut, dem Gelächter einer Kegelrunde über einen Pfundswitz gleichkäme ... Und wenns aus ist, hat der Billettinhaber alles behalten, was sich ‹darauf› bezieht, hat alles andre nicht gesehen und erhebt sich mit dem tröstlichen Gefühl: Gehe hin und tue – soweit möglich – desgleichen. Guten Abend!

Nun ist ja das deutsche Publikum seltsam ungewandt, ein Theaterstück im ganzen zu sehen; zu empfinden, daß es in keinem Cabaret ist, wo man ihm mehr oder minder saftige ‹Nummern› vorsetzt; zu hören, daß Bemerkungen und Aperçus nicht immer um ihrer selbst willen da sind, sondern nur im Rahmen des Ganzen verstanden und aufgenommen werden können – die Leute sitzen bei uns immer da und warten von Witz zu Witz, was kommt. Bei Unterhaltungsstücken ahnt allenfalls ein Bruchteil des Publikums, daß es so etwas wie die Luft eines Stückes gibt. Und nun kann man die feinsten Scherze eines guten Boulevardstücks überhaupt nicht wiedererzählen, weil sie aus der Atmosphäre, aus der Stimmung, aus dem Aufbau eines Auftritts herausgewachsen sind. Enttäuschung auf der ganzen Linie. Eine dicke Zweideutigkeit läßt sich leicht herausschälen, und der Deutsche fühlt sich fast gefoppt, wenn er nicht acht oder zehn Poängten mit nach Hause nehmen kann.

Wenn man bedenkt, daß wir hier in Deutschland, wie die Dinge heute liegen, nur die (nicht einmal moderne) Mittelware des französischen Lustspiels vorgesetzt bekommen; wenn man hinzunimmt, wieviel durch die nicht immer sehr saubere Übersetzung verloren geht; wenn man weiß, wie Regie und Bearbeiter ihr Mögliches tun, um eine Duftigkeit oder selbst eine gute Handwerkerei dem Ungeschmack ihrer Logen anzunähern: so ist man darüber, daß diese Lustspiele hier so falsch aufgefaßt werden, nur deshalb nicht erstaunt, weil man das kennt, worüber sich hier die Leute halb krank lachen: ihren deutschen Schwank.

Ich weiß nicht, ob es diese Scheußlichkeit noch einmal auf der Welt gibt. Eine solche Flut von Witzlosigkeit, eine solche Anhäufung von Dämlichkeit müssen es selbst dem lieben Gott schwer machen, mit den deutschen Schwankfabrikanten beim ewigen Gericht milde zu verfahren. Wenn der Beste noch ins Fegefeuer kommt, sollte er keine Revision einlegen ... Freilich: das Publikum will es so haben, das Publikum kreischt bei Scherzen, über die der Autor nie gelacht hat (das ist wichtiger, als man glaubt) – und es kreischt auch nur im Theater darüber. Der dicke Söderström sagte mir einmal recht hübsch: «Der Schauspieler hat nur recht, weil er eine Stufe höher steht als das Parkett.» Er meinte das Podium der Bühne.

Tausendfach ist vor den Bewohnern der Mietskasernen, vor Männern, die in den Geschäften aufgehen, vor Frauen, die in Körben Gemüse und Klatsch einholen, vor solchen, die Hüte und Klatsch aufprobieren, bis beides sitzt, vor Junggesellen, die gleich komisch in der Amtswürde und beim Balzen sind – vor all diesem Volk tausendfach ausprobiert ist die Wirkung des deutschen Schwanks. Was da alles durcheinandergeht, wenn die Leute lachen, ist kaum zu analysieren: Schadenfreude, Assoziationen mit einer Art Erotik, die nach abgestandenem Bier und ungelüfteten Zimmern muffelt, die Freude, das, was da vorgeht, auch richtig begriffen zu haben und einen Grad schlauer zu sein als der Trottel da oben auf der Bühne, Massenpsychose und jene unausrottbare Neigung, bei Possen seinen Verstand mit dem Schirm in der Garderobe abzugeben.

Und das Lustige ist, daß dieselben Leute, die sich den schlimmsten Unfug einer geistesschwachen Operette behaglich lauwarm über den Bauch laufen lassen, für die Eleganz, die reinliche Arbeit, die leichte Gefälligkeit eines netten Zwiegesprächs auf der Bühne wenig übrig haben. Da sondieren sie, da mikroskopieren strenge Kritiker einen armen Schmetterling und konstatieren: Von Schmelz keine Spur! Aber das ist eine Selbstkritik.

Das, was den an sich völlig belanglosen französischen Stücken hier zum Erfolge verhilft, ist in den meisten Fällen das Falsche. Gewohnt, einen Scherz sorgsam ‹vorbereitet› serviert zu bekommen, für einen Unfug eine Exposition, für einen Spaß ein Kolleg, sehen sie nicht die fedrige Leichtigkeit der andern. Aber sie lachen doch. Über das, «was bei uns – Gottseidank – nicht vorkommt»; darüber, daß alles in Paris, dem Dorado der Ehemänner mit dem zugekniffenen linken Auge, spielt; darüber, daß man ja auch mal ... immerhin ... und weil die erotischen Schicksale der Schauspielerin immer von allen persönlich miterlebt werden (fällt sie, besitzen sie alle Männer im Theater): so lachen sie auch darüber.

Die gradezu krankhafte Überempfindlichkeit des deutschen Publikums ist hier gelöst. Nie darfst du wagen, einen deutschen Klempnermeister oder einen Geheimen Oberregierungsrat als Schurken auf unsre Bühne zu stellen; jeder ist in einem Verein, und jeder Verein würde sofort, besonders in kleinen Orten, die Aufführung eines solchen Stückes mit der Protestaktion eines Boykotts beantworten – aber Paris? In Paris ist alles möglich! Da sollen ja ... (Getuschel.)

Das ist nicht gut mit den französischen Lustspielen. Auf der einen Seite Literaten, die schwer gekränkt sind, wenn einer einen anständigen Frack besitzt, ihn trägt und kein Wesens davon macht, Seelen-ingenieure, die vor dem Abendessen ihr kleines Problem haben wollen – auf der andern feist gluckernde Skatbrüder, die sicherlich an Emmy nachher auslassen, was Frau Hansi Arnstaedt angerichtet hat.

Tausend Strömungen sind über dies chaotische Volk dahingebraust – die Oberfläche war immer sehr bewegt, aber in den Tiefen bliebs still. Ich glaube nicht, daß Clauren bei Öllampen anders belacht und beklatscht worden ist als der deutsche Familienschwank von heute bei elektrischem Rampenlicht. Generationen sinken ins Grab – aber es sind dieselben Menschen. Es ändert sich nichts. Renaissance und Naturalismus und Expressionismus und Analytiker und Synthetiker –

all das reicht nicht bis auf den Grund des Meeres. Da tummeln sie sich, wie sie sich immer getummelt haben: Gewaltmenschen und Oberkellner und Unteroffiziere, Geschäftsleute und tyrannische Weiber und Bettkaninchen und jene vielen, denen Aufzwingung eines fremden Willens Lust ist (es gibt ihrer mehr, als man weiß) – und die gesteigerte Eigenliebe, mit einem kleinen Menschen dran: es sind immer dieselben, die Alten, die ewig Gleichen.

Wirf ihnen im Deutschland von heute so viel Paris vor, wie du willst: sie werden es immer transponiert sehen, auf ihre Weise, für ihren Hausgebrauch. Made in Germany.

DIE MÜHLE

Für Gussy Holl

Zum erhabenen Brahma
betet jeder Lama
weit in Tibet ein Gebet.
Sitzt da im Gestühle
und dreht an einer Mühle,
die zum Beten vor ihm steht.
Uralt Wort vom Priestertum:
«Om – mani – padme – hum!»

Hier bei uns zu Lande
am unsichtbaren Bande
jeder solche Mühle schleppt.
Mancher will nur beten
zu den Papiermoneten,
bis ihn die Devise neppt.
Stets zählt er sein Eigentum ...
Om – mani – padme – hum!

Mancher sieht nur Weiber
Brüste nur und Leiber –
keine, keine läßt ihn still.
Taumelt durch die Nächte,
daß er die Frauen schwächte,
weil die Mühle es so will.
Der kennt nur ein Heiligtum ...
Om – mani – padme – hum –

Mancher stelzt wie'n Gockel
und klemmt sich das Monokel

ein – und betet nur zum Heer.
Will den Kerls was pfeifen
und seine Deutschen schleifen
und wünscht sich einen Weltkrieg her.
«Nieder mit dem Judentum!
Om – mani – padme – hum!»

Also drehn verdrossen
alle Zeitgenossen
immer ihre Mühle rum.
Jeder hat die seine,
und jeder dreht nur eine
Walze lebenslänglich um.
Was sind Schönheit, Geld und Ruhm –?
Om – mani – padme – hum.

BRUNNER IM AMT

Da muß man hineingetreten sein! Dahin muß man seine Kinder geführt haben! Das gibt es. Nämlich die Welt, die sich in dem vollständigen Bericht des Reigen-Prozesses auftut: *‹Der Kampf um den Reigen›* (im Verlag Ernst Rowohlt zu Berlin). Das Buch ist nicht ganz billig, aber kein Kuriositätensammler sollte das versäumen. Ich garantiere ihm einige wirklich heitere Stunden.

Der Tatbestand ist ja bekannt. In einem berliner Theater wird ein Stück aufgeführt, das manchem Menschen als ‹frei› erscheint. Wems nicht paßt, der soll nicht hineingehen. Aber statt daß die Teutschen sich um die Schuld der Kapitalisten an den Tuberkulose-Wohnungen ihrer eignen Landsleute und um die kranken Kinder kümmern, die da zugrunde gehen, nehmen sie einen Anstoß, nach dem sie kein Mensch gefragt hat, unser Freund Brunner immer vorneweg, und wollen andern vorschreiben, welche Theaterstücke sie sich anzusehen haben und welche nicht.

Zunächst: aus den Zeitungsberichten ging gar nicht mit genügender Klarheit hervor, eine wie bestellte Arbeit das gewesen ist, und wie Besteller und Bestellte vor Gericht gekniffen haben. Sie erinnerten sich nicht ... sie konnten sich nicht mehr besinnen ... ob das Freikarten des Polizeipräsidiums gewesen seien, wußten sie nicht ... Kurz: völkisch. Das ist aber nichts gegen die Zeugen der Staatsanwaltschaft.

Daß so etwas lebt, hält man einfach nicht für möglich. Da ist ein ehrsamer Mann der spricht immer von den ‹Bettstellen›, die in dem Stück vorkämen, und man kann sich seine eigne vorstellen. (Aber man mag es nicht.) Ohne Ansehen der Person und der Sache werden da Urteile abgegeben, die alle, alle von Wilhelm Busch sein könnten. (Man muß übrigens einmal nachlesen, wie dieser gute Deutsche zu solchen Dingen stand. Armer Brunner!) Da sind sie alle: geschwellte Männerbrüste, eitle Schwatzhaftigkeit, Wohltätigkeitsfrauen, deren guter Wille nur noch von ihrer völligen Weltfremdheit übertroffen wird, und Brunner...

Nein, das muß erfunden sein. Das kann nicht wahr sein. Da muß sich der Stenograph, der treffliche Herr Georg Elgard, einen Witz erlaubt haben. Zuruf des Stenographen: «So wahr mir Gott helfe!» Ja, dann...

Dann stehe ich nicht an, hier zu erklären: Es ist eine Schmach und eine Schande, daß sich das Berliner Polizeipräsidium einen so ahnungslosen, einen so ungebildeten, einen so völlig unfähigen Sachverständigen hält wie diesen Herrn Brunner. Es ist völlig unmöglich, daß sich etwa die Abteilung für das Kraftfahrwesen einen Fachmann aussucht, der so ahnungslos den Dingen seines Faches gegenübersteht wie dieser Professor aus dem Wohlfahrtsministerium. Solch eine Abfuhr, wie sie der Mensch durch den Professor Witkowski in diesem Prozeß bekommen hat, war noch nicht da.

Und ich würde auf diese ganze Geschichte gar nicht zurückkommen, wenn das Ungeheuerliche nicht Wahrheit wäre:

Nach einer solchen Niederlage, nach einer solchen Blamage, nach einer solchen Niederbügelung aller pathetisch verkündeten Grundsätze bleibt dieser Brunner im Amt! Das darf also weitermachen, darf weiterhin ‹Gutachten› ausarbeiten, auch wenn darin noch das letzte Komma von einer Philistrosität zeugt, die jener erfundene Biedermeier von Eichrodt niemals zu erträumen gewagt hat. Welch ein Kamillentee-August! Und ich käme nicht auf das Buch zurück (das allerdings ein Kulturdokument ist, mit diesen Zeugen, diesem Sachverständigen und dem so anständigen und sachlichen Vorsitzenden) — wenn nicht die Schriftsteller-Verbände aller Arten sich dieses Stück Rotstift weiterhin gefallen ließen, einen Mann, der mit Kunst, Literatur und allen Musen ebensoviel zu tun hat wie mit wirklicher Wissenschaft: nämlich gar nichts. Er darf weiterhin amtieren.

Er darf es nicht. Wenn ihr euch den noch gefallen laßt, wenn die Polizei und das Wohlfahrtsministerium einen solchen unwissenden und ungeeigneten Mann noch weiter beschäftigen: dann verdient ihrs nicht besser.

DIE UNZÜCHTIGEN

> Wer der Gerechtigkeit folgen will durch Dick und Dünn, muß lange Stiefel haben. Habt ihr welche? Habe ich welche? Ach, meine Lieben! Lasset uns mit den Köpfen schütteln!
>
> Wilhelm Busch

Eine übereifrige Strafkammer hat dem Verleger Paul Steegemann zwei Gedichtsammlungen von Paul Verlaine und den kleinen Roman *‹Venus und Tannhäuser›* von Aubrey Beardsley beschlagnahmt. Die Revision beim Reichsgericht (Sechster Strafsenat) führte zur Verwerfung und förderte folgende Gründe zutage:

«Der Hauptangriff des Angeklagten gegen das angefochtene Urteil richtet sich darauf, daß die künstlerische Bedeutung der beschlagnahmten Schriften die Eigenschaft des ‹Unzüchtigen› ausschließe Das ist nicht zutreffend. Auch ein Künstler oder Dichter von anerkannter Bedeutung kann seine Kunst schänden, indem er sie an anstößige Stoffe wendet. Eine Zote ist nicht darum weniger eine Zote, weil ihr ein Dichter oder Künstler das gefällige Gewand seiner Kunst leiht... Gewiß kann auch ein Wollustrausch für den Künstler oder Dichter die Quelle eines Kunstwerks werden. Wenn aber das Kunstwerk das vorangegangene wollüstige Erlebnis zur Darstellung bringt, so kann es Kunstwerk sein und doch eine unzüchtige Schrift oder Darstellung, und dann fällt es unter die Strafvorschrift, obwohl es ein Kunstwerk ist. Eine krankhaft gesteigerte oder verbildete Geschlechtlichkeit, deren Empfinden sich mit dem der weit überwiegenden Mehrheit der Volksgenossen in Widerspruch setzt, kann nicht beanspruchen, daß sich nach ihr die Auslegung des § 184 wandle, mag auch manchen Künstlern, Schriftstellern, Verlegern der Sinn für die Auffassung verloren gegangen sein, die zu einem gesetzlichen Schutze der Volksgenossen gegen die Verbreitung anstößiger Schriften oder Darstellungen geführt hat, und mag sich aus ihren Kreisen neuerlich auch immer lauter der Anspruch vordrängen, daß sich die reinlich Empfindenden nach der kleinen Minderheit zu richten hätten.»

Das ist eine Ungehörigkeit.

Das Reichsgericht war nicht gefragt, ob eine Minderheit, die es niemals begriffen hat, unreinlich empfindet oder nicht, sondern es war gefragt, ob das Verbot dreier Kunstwerke zu Recht bestehe. Seine Antwort ist ein Versager.

Eine Dummheit ist nicht darum weniger eine Dummheit, weil ihr ein Richter das gefällige Gewand seines roten Talars leiht. Und es ist nicht nur kulturell bekämpfenswert, sondern auch juristisch falsch, wenn dieser Senat ehemaliger Korpsstudenten die guten Sexualsitten für seine kleine Kaste beansprucht.

Zunächst einmal ist keineswegs nur eine Minderheit der vernünftigen Meinung, daß die Kunst sich auch des sexuellen Stoffes, ja sogar unter Umständen auch der Zote bemächtigen dürfe. Selbstverständlich ist eine Zote bei Goethe keine einfache Zote mehr – sie ist das höchstens in den Augen von Leuten, die im Wirtshaus an der Lahn ihre Ausbildung für den Verkehr mit Frauen genossen haben. Der Künstler hat nicht vorher beim Reichsgericht anzufragen, ob er ein «vorangegangenes wollüstiges Erlebnis» zur Darstellung bringen dürfe oder nicht. Wer überhaupt eine solche Sprache führt, ist nicht legimitiert, über Kunstwerke irgendwelche Urteile abzugeben.

Es gibt zwei Möglichkeiten:

Entweder das Reichsgericht empfindet als seine Aufgabe, nur dem tatsächlich bestehenden Kulturzustand zu seinem Recht zu verhelfen und somit auszusprechen, was ist. Dann hat es eine Fehlaussage gemacht. Denn ganz abgesehen davon, daß man über solche Dinge nicht zahlenmäßig abstimmen kann, hat die etwa vorhandene Minorität das volle Recht, auch juristisch vorhanden zu sein, und ihre Anschauungen und Meinungen über solche Dinge unterliegen so wenig der Beurteilung des Reichsgerichts wie die der Majorität. Festzustellen wäre dann nur, daß beide Anschauungen im Volke vertreten sind, und das Reichsgericht hätte auf Grund der vorhandenen Dualität einen Kompromiß zu schließen. Es ist ganz und gar ungehörig, wenn das Reichsgericht bei dieser Art Auslegung einen Teil der Volksgenossen als nicht existent betrachtet.

Die andere Möglichkeit? Daß das Reichsgericht sich über das Volk stellt und durch seinen Spruch einen wünschenswerten Standpunkt stabilisiert. War es so gemeint, dann hat es daneben gegriffen. Denn dann hat es sich mit Aplomb auf die falsche Seite gestellt und eine schmierige Sittlichkeit bejaht, die das Feigenblatt dem Bidet vorzieht. Wo die Unkultur zu suchen ist, steht für einen, der das Gebiet beherrscht, außer Frage.

Aber diese zweite Anschauung lehnen wir ab. Wir halten das Reichsgericht mit seinen so vorgebildeten Richtern für keineswegs kompetent, uns kulturelle Lehren zu erteilen. Ein Gericht, das in den großen politischen Strafprozessen Fehlschlag auf Fehlschlag tut, das in diesen Dingen wegen seiner politischen Haltung das Vertrauen des Volkes völlig verloren hat, ein Gericht, dessen Beamte während ihrer Lehrzeit in den Händen politisch hetzender Professoren sind, Richter, die sich dauernd kastenmäßig abschließen und selbst bei ehrlichem Willen nicht mehr fähig sind, über die engen Grenzen ihres Standes herauszublicken, Angehörige einer ökonomischen Schicht, die deren Gebräuche für die ewigen sittlichen Gebote halten – sie sind nicht die Lenker und Leiter des Volkes. Wir verbitten uns derartig provozierende Urteile.

Der Spruch des Reichsgerichts vom neunzehnten Juni 1922 ist ein Fehlspruch und eine politische Gefahr. Die beteiligten Künstlerverbände sollten mit der äußersten Schärfe gegen eine richterliche Auffassung vorgehen, die Herrn Brunner so willkommen sein mag, wie sie die Kunst schädigt.

Das Reichsgericht ist nach seiner Meinung über die Zeit nicht gefragt worden, aber es hat eine ungehörige Antwort gegeben. Wir weisen sie zurück.

KLEINER MANN VOR DER WEINSTUBE

Einmal stand ich nachts um halb eins vor einer Likörstube am Potsdamer Platz. Ging ja hoch her – diddeldumdei! Da drinnen soff das durch den Versailler Schandvertrag geknebelte Volk sich kolossal einen an – die Leute, die herauskamen, schwitzten den schlechten Alkohol durch die Poren, ihre Augen waren sanft verglast, als hätten sie ein Kolleg des Theosophen Steiner mitangehört. Ab und zu kam, wie ein paar Kugeln aus der Kanone abgeschossen, ein beschwipstes Paar aus dem Laden heraus – sie immerzu lachend und er vergnügt-zornig und ununterbrochen redend. Dann entschwanden sie gen Cythere . . . Und drinnen toste die Schnapsschlacht weiter.

Vor dem Schaufenster aber, in dem ein paar leere Flaschen prunkend aufgebaut waren, stand ein ganz kleiner, zerlumpt anzusehender Mann. Er hatte keinen Kragen und war von oben bis unten in eine Kruste Schmutz gekleidet, die man bei sehr milder Prüfung als Anzug ansprechen konnte. Es war wohl auch einmal einer gewesen. Er hatte vergnügte kleine Äuglein, war aber vollkommen nüchtern. Ein kleiner gutmütiger Bart hing ihm schüchtern unter der Nase.

Da stand er und horchte auf den fröhlichen Lärm in der Schankverschleißstätte. Und jedes Mal, wenn ein des süßen Weines voller Mann besonders laut brüllte, dann wackelte er vergnügt mit dem Kopf, und seine Schultern zuckten. Das ganze kleine Körperchen schüttelte sich vor Vergnügen. Er war ja ganz nüchtern: aber er freute sich, daß es noch Leute gab, die das Geld hatten, sich derart zu besaufen. Er hatte kein Geld, sich einen Rausch zu kaufen: nun berauschte er sich hier an dem Schwips der andern. Das gab es also noch – Gottseidank! Und der kleine Mann strahlte.

Ich blieb zwanzig Minuten stehen und beobachtete ihn. Bei jedem Krach, bei jedem Hallo, bei jedem Schlachtgeschrei, den das Dividendenwasser den durstigen Kehlen entlockte, zuckte er zusammen und freute sich. Nach zwanzig Minuten ging er. Herzensfroh, im tiefsten befriedigt und durchaus vergnügt: er hatte sich himmlisch amüsiert und machte nun froh nach Hause. Ein zufriedner Zaungast bei der Freude der andern. Und also ein Untertan nach Hergts und Helfferichs Herzen.

LETZTE FAHRT

An meinem Todestag – ich werd ihn nicht erleben –
da soll es mittags Rote Grütze geben,
mit einer fetten, weißen Sahneschicht ...
Von wegen: Leibgericht.

Mein Kind, der Ludolf, bohrt sich kleine Dinger
aus seiner Nase – niemand haut ihm auf die Finger.
Er strahlt, als einziger, im Trauerhaus.
Und ich lieg da und denk: «Ach, polk dich aus!»

Dann tragen Männer mich vors Haus hinunter.
Nun faßt der Karlchen die Blondine unter,
die mir zuletzt noch dies und jenes lieh ...
Sie findet: Trauer kleidet sie.

Der Zug ruckt an. Und alle Damen,
die jemals, wenn was fehlte, zu mir kamen:
vollzählig sind sie heut noch einmal da ...
Und vorne rollt Papa.

Da fährt die erste, die ich damals ohne
die leiseste Erfahrung küßte – die Matrone
sitzt schlicht im Fond, mit kleinem Trauerhut. –
Altmodisch war sie – aber sie war gut.

Und Lotte! Lottchen mit dem kleinen Jungen!
Briefträger jetzt! Wie ist mir der gelungen?
Ich sah ihn nie. Doch wo er immer schritt:
mein Postscheck ging durch sechzehn Jahre mit.

Auf rotem samtnen Kissen, im Spaliere,
da tragen feierlich zwei Reichswehroffiziere
die Orden durch die ganze Stadt
die mir mein Kaiser einst verliehen hat.

Und hinterm Sarg mit seinen Silberputten,
da schreiten zwoundzwonzig Nutten –
sie schluchzen innig und mit viel System.
Ich war zuletzt als Kunde sehr bequem.

Das Ganze halt! Jetzt wird es dionysisch!
Nun singt ein Chor: Ich lächle metaphysisch.
Wie wird die schwarzgestrichne Kiste groß!
Ich schweige tief.
Und bin mich endlich los.

DAS IST KLASSISCH!

Nestroy auf der Bühne ... Fritzi Massary erzählte einmal, wie sie nach der modernen Neueinstudierung eines Klassikers einen alten würdigen Herrn aus ihrer Loge aufstehen sah. Er drehte sich zu einem hinter ihm sitzenden heftig applaudierenden jungen Mann um und sagte zu ihm bedeutungsvoll: «Armer junger Herr! Sie wissen nicht, wie das gespielt werden muß!» Und verließ das Lokal. Das ist eine schöne Geschichte.

Die übrigens trefflich auf Nestroy zu passen scheint. Wenn man die raschen Urteile der meisten Theaterkritiker – besonders in Norddeutschland – liest, die Johann Nestroy für einen überlebten Possenreißer mindern wiener Genres zu halten pflegen, dann freut man sich doppelt, daß Egon Friedell die Rosinen aus Nestroys Konditenbäckerei gesammelt hat. (*‹Das ist klassisch!›* Nestroy-Worte. Wiener Drucke 1922.)

Karl Kraus, den Friedell natürlich zitiert, hat ja schon früher in einem Sonderheft der *‹Fackel›* diese Aussprüche gesammelt und mit einem wundervollen Vorwort versehen: *‹Nestroy und die Nachwelt›*. Da steht zu lesen, welch ein ‹Fetzen Shakespeare› dieser Mensch gewesen ist, wie – besonders in der fulminanten Sprachtechnik – Wedekind an ihn grenzt, und was er für eine Art Witz gehabt hat. Ein ‹geölter Blitz› – das Wort paßt hierher: denn es ist Urkraft, mit allen Mitteln eines modernen Gehirns gelenkt.

«Es glaubts kein Mensch, was der Mensch alles braucht, bis er halbwegs einem Menschen gleichsieht.» Und: «Der Radibub bricht auch mit seiner Geliebten, versöhnt sich aber hernach; doch wenn der Mann von Ehre bricht, dann ist der Bruch auf immer gebrochen; dieses ist der Hauptunterschied zwischen dem Manne von Ehre und dem Radibuben.» – «Einen Gang hat s', als wie eine Prozession, die aus einer einzigen Person besteht.» Und: «Beim Iffland, o je, da lamentieren die Familien aktweis, daß man ganz hin werd'n möcht –

und um was handelt sich die ganze Verzweiflung? Um 200 Gulden-Schein. Wenns den Bettel im Parterre zusammenschießeten und hinaufschickten, so hätt eine jede solche Komödie im ersten Akt schon ein End.» Kürzer, man kann nicht. (Man denke übrigens an unsre Sexualstücke, wo ein auf die Bühne hinaufgesandtes Bett den gleichen Dienst täte.)

Es sind ein paar reizende Rollenbilder Nestroys in dem Büchlein. Wer kann das heute noch bringen? «Junger Herr, Sie wissen nicht, wie das gespielt werden muß!» Schade — wir hätten es gern einmal gesehen.

BERLINER MUTTERLAUT

Vor dem Denkmal der gottseligen Kaiserin Augusta, das marmorn und gradlinig in Berlin aufgerichtet ist, stand einmal ein alter Arbeiter. Der sah sich die Landesmutter lange an. Und dann sprach er: «Die sieht so eenjal aus!»

Das ist nun überhaupt nicht zu übersetzen. Darin liegt alles: die preußische Nüchternheit, die unpersönliche Pose und die Konstatierung, daß von solchen Kaiserinnen vierundzwanzig auf zwei Dutzend gingen. «Eenjal —» mit diesem Wort war der Fall erledigt.

Und dieses ein für alle Mal Erledigende liegt in dem (guten) berliner Witz. Liegt auch in der berliner Sprache, die nur sehr, sehr wenig Schriftsteller wirklich beherrschen. Arno Holz in den ‹*Sozialaristokraten*› ist einer, der das bis zur Vollendung gekonnt hat. Es gibt noch einen, der das in Worten getroffen hat: Heinrich Zille in seinen von Herrn Brunner als unzüchtig bezeichneten Werken. Auch das ist tiefstes Berlin. Und noch einer ist Hans Hyan.

Mir liegt ‹*Auf dem Asphalt*› vor (bei Josef Singer zu Leipzig in recht mäßiger Ausstattung erschienen). Das Bändchen enthält eine Reihe von Hyans besten Arbeiten. Das ist wirklich ein Stück Berlin.

Es kommt gar nicht auf den Inhalt an — der mag zum Teil veraltet sein oder mehr oder weniger gut erfunden. Das war dem Verfasser offenbar auch ganz gleich. Was ihm bis heute keiner nachgemacht hat, das ist die phonetische Erfassung der berliner Denkart, der berliner Seele.

Die Provinz schildert ja die berliner Kodderschnauze immer als viel zu rasch. Gewiß, das ist eine Art des berliner Witzes, diese rasch zugreifende Bemerkung, das ist auch eine. Aber das berlinische Andante — das hat doch Hyan gefaßt wie kein Zweiter. ‹Schackerchen›, eine der klassischen Figuren Hyans, beschwert sich beim Gefängnisdirektor über das Essen. Resümee: «Also, Herr Direktor, ick bedaure, aber unter sone Umstände kann ick ma hier nich inleben!» Diese Fluchtankündigung im Papierdeutsch, in langsamstem Tonfall vorgetragen – das ist Berlin. Und wie sind alle diese Gespräche gefaßt – diese Luden, die sich ganz sachlich, fachlich, und ohne jede falsche Montmartre-Romantik über ihr Geschäft unterhalten! Nach einer häuslichen Auseinandersetzung: «Na, hast deine Spinde woll orntlich zujedeckt, wat?» – «Ja, woher weeßte denn det?» – «Ach, Weberklärchen kam vorhin rieba un hat et assehlt... Ihr sollt ja beinah mit de Decke durchjekomm sein... Wat sachtn die Mathilde, wenn de se so die Ojen zudrickst?» – «Wat soll se denn saren?... Dankescheen sacht se!» Das geht alles mit die Ruhe und sehr schön langsam, und von irgendeiner aufgepappten Poesie, wie man sie heute hie und da trägt, ist gar nichts zu merken. Wird die Szenerie lebhaft, dann flucht vielleicht eine Hure: «Der mach ickn Chignon lose!», womit der falsche Zopf der Konkurrenz gemeint ist. Was aber die Geschichte *‹Der Sohn›* betrifft... Wie dieser junge Mann seine Frau Mutter vafeift, und wie er das seinem Freunde Maxe berichtet: das gehört zu dem Stärksten der neuberlinischen Literatur. Die Kriminalbeamten geben ihm – die Geschichte stammt aus dem Frieden – fünf Mark. «Ick sage nu, na wir kennten ja jleich ieban Hof durch det Flurfensta, wat enzwee is! Un richtig, die beiden Chochems, die krauchen ooch dadurch! Un fack, fack, wan se de Treppe ruff! Ick imma vornewech! Wie wa nu oben in de Vierte bei unsre Tire sind, kloppe ick und sage so recht weenerlich: ‹Mutta!... Mutta!... Laß ma doch rin!›... Mit een Mal hör ick, wie se drin mit sone rechte jiftje Stimme sagt: ‹Mach bloß, det de wechkommst, Aas!... Sonst schick ick da Vatan iban Hals, der wird da schon!›... Mit Vatan meent se nämlich den Klamottenkutscher, mit den se jetzt vakehrt! Ick jeh also ne halbe Treppe tiefa, im Falle, det a pletzlich rauskommt, un brülle wieda: ‹Mutta! Mutta!› Mit een Mal jeht de Tire uff, und der Kerl, der Klamottenkutscha, arbeet raus wie son Varrickta!» Solcherlei Dinge begaben sich auf diesem Flur.

Das Beste aber, was Hyan überhaupt geschrieben hat, ist die letzte Skizze: *‹In der Nacht davor›*. Sie ist viel weniger pathetisch als sein berühmtes Gedicht: *‹Vadammt – nu sitz ick in det Loch een janzet Jahr›*; sie ist ganz anders. Nämlich einfach so, daß drei Sträflinge in der Zelle gegenüber alles anhören, was da bei dem in der letzten Nacht vor sich geht, und daß sie bei einer geschmuggelten Zigarre ihre Meinungen darüber austauschen. Man weiß nicht viel von dem Verurteilten, er wird auch nicht gezeigt. Einmal sagt einer: «Donnawetta, is doch 'n ekliches Sticke Arbeit, was der da vorhat!» Und wie dann die drei, bibbernd vor Kälte, mit nackten Beinen auf dem Steinfußboden, dicht aneinandergedrängt, an der Tür stehen und horchen, horchen, nur noch aus Ohr und Angst bestehen: das ist beste berlinische Realität. Und in dem Satz des einen ist alles über diese Nachtstunde enthalten, was darüber zu sagen ist: «Heert a, wie a weint?» Wer solche Berliner kennt, weiß, wie weit es gediehen sein muß, bis sie so etwas sagen.

Das Buch ist, in Tragik und Humor, ein wirkliches Stück Berlin. Wer sich mit dieser Stadt beschäftigt, sollte es kaufen.

ZU EINIGEN DIESER PROZESSE

Auf Universitäten forsch gesoffen,
in Kaiser-Fackelzügen mitgeloffen,
so wuchs das auf zum Referendar.
Hinaus aufs Land, wo brave Bauern wohnen.
Und auf den ersten Amtsgerichtsstationen
krümmt sich, was nie ein Recke war.
Sie können alle Paragraphen nennen
und lernen Menschen nur aus Akten kennen.
Examenspaukerei. Das Stammtisch-Schnitzel.
Der Staatsanwalt erzieht zum Herrschaftskitzel.
«Was heult die Frau? Ich brauch ein Protokoll!
Ich schreibe fleißig meine Akten voll:
Im Namen des Königs —!»

Auf seinem Armesünderstühlchen droben
sitzt das in seidenen, faltenreichen Roben —
darunter grauer Spießerrock.
Die Herzen schlagen rechts. In den Prozessen,
in denen sich ein Freiheitsmann vergessen,
zuckt durch den Saal der Büttelstock.
Der Staatsanwalt amtiert im selben Hause;
man spricht mit ihm, so in der Frühstückspause.
Der Rechtsanwalt scheint eine Art Komplice.
Der Staatsanwalt monokelt voll Malice.
Die Richter kennen ihn, und er kennt sie:
Und was er nicht besorgt, besorgen die.
Im Namen des Volkes —!

So hat die Urteilsformel sich gewandelt.
Doch wird im alten Ungeist fortverhandelt,
ganz wie in jener Kaiserzeit.
Und Vorvernehmung und Geschworenensiebung
und Fragestellung und die Strafverschiebung —
Wo steckt da die Parteilichkeit?
Wo, deutsche Richter? Tief in euern Herzen!
Wir kennen euch und eurer Opfer Schmerzen!

Wir glauben euch nicht mehr und eurer Waage –
Das Ding hängt schief! Das sehn wir alle Tage.
Die Binde der Justitia – welch ein Bruch!
Steht auf!
Und dies sei euer Urteilsspruch:
Sehn wir euch an, packt uns ein tiefes Graun –
Wir haben zu euch Richtern kein Vertraun!
Im Namen des Volkes –!

EIN JEDER LEBTS

Meine sehr mäßige deutsche Schulbildung langt nicht, um Ihnen zu sagen, wie man einen Stein nennt, an dem ein Stückchen Quarz sitzt und ein Stückchen Glimmer und ein bißchen sowas und bißchen sowas ... Diesen lateinischen Namen also weiß ich nicht. Aber solch ein Buch gibt es. Es ist so ziemlich das seltsamste, was man sich denken kann. Es ist von ... Nun, wir wollen erst einmal aufschreiben, was auf dem Titelblatt steht: *‹Ein Jeder lebts›* von Hans Bötticher (erschienen bei Albert Langen in München).

Ein Fressen für ‹Einflüsse› suchende Doktoranden. Denn alles ist darin: Altenberg und englische Vorbilder und Bret Harte und Wilhelm Raabe (der in der Vollendung) und Thomas Mann und Harraden (*‹Schiffe, die nachts sich begegnen›*) und noch viel mehr. Es sind ein Dutzend kleiner Geschichten, eine immer hübscher als die andre. Und eine immer merkwürdiger als die andre, weil sie eigentlich alle zwölf recht verschieden voneinander sind. Das Lever eines kleinen deutschen Fürsten ist noch niemals so zart und minutiös geschildert worden; die Sentimentalität ist so hübsch in bunten Teig eingebacken, daß man sie nur ganz leise im Nachgeschmack hat – und was gradezu erstaunlich ist, das ist das Auge und das Ohr des Autors. Er hört noch die Schwingungen, die in den Pausen zwischen den Worten sind – es entgeht ihm nichts – es ist oft eine Liebe wie bei Whitman, wenn er beobachtet und tendenzlos feststellt, was es alles gibt auf dieser bunten Erde ... So in der Anfangserzählung *‹Die wilde Miss vom Ohio›*: da gibt es einen Ton, eine Melodie, ein Nachzittern der angeschlagenen Saiten, wie das wohl sonst nur ein Autor erreicht, wenn er solch ein Präludium an den Anfang eines ganz dicken Buches stellt, in dem nun wirklich die Geschichte der wilden Miss in vierhundert Seiten erzählt wird ... Dieser gibt nur das Präludium – das Stück ist niemals geschrieben worden.

Aber was ist das alles gegen meine alte Lieblingsgeschichte: *‹Durch das Schlüsselloch eines Lebens›*. Sie stand einmal im *‹Simplicissimus›* – und ich wußte jahrelang ganze Absätze daraus fast auswendig, ohne mich jemals um den Autor gekümmert zu haben. Diese Geschichte ist so:

Ein Mann geht, um sich seinen Burgunderkopf auszulüften, morgens durch die Vorstadt aufs Land – geht spazieren und sieht sich jene vermiekerte Gegend an, wie sie so um die Großstädte zu sein pflegt: nicht mehr Stadt und noch nicht Land, aber von beiden die schlechten Eigenschaften. Und findet da im Schnee ein kleines Damen-Notizbuch. Die Adresse steht darin. Auch Bleistiftnotizen: «Graf Naschauer – Perlgürtel – Puderdose – Bahnhof – vier Uhr Kaiserplatz kleiner Schwarzer – Rezept Hirschpastete – ein Neger mit Gazelle zagt im Regen nie – Baron von Biegemann, Frankfurt am Main, Taunus-Straße 7 –» und was so in einem Notizbuch steht. Und weil der Mann müde und ausgeruht zugleich ist und etwas sucht, was ihn aufrütteln könnte, so geht er in die Wohnung dieser Dame. Sie ist ausgegangen. Und der Mann sieht sich nun einen langen dämmerigen Winternachmittag lang alle Sachen in dieser Stube an, die Bilder und den Kanarienvogel, der einen Berg Futter aufgeschüttet, aber kein Wasser bekommen hat, und Bücher und Fotografien und rät so herum ... Einmal taucht er auch das Gesicht rasch in einen Stoß weicher Spitzenhosen, die da auf dem Bett liegen – «trat aber doch darauf schnell und verlegen zurück». Und blättert in Büchern, die ihm fremd sind, und blättert in einem Leben, das ihm so nahe ist, und sieht, wie dieses Damenleben abwärts gegangen ist, und überblickt, wie es weiter gehen wird ... Und weil man aufhören soll, wenns am besten schmeckt, geht er leise aus dem Zimmer und zieht leise die Tür hinter sich zu.

Wer hat so viel Achtung und Liebe vor fremdem Leben, vor der fremden Fülle, der Wichtigkeit der andern, den Mikrokosmen der andern ...? Wer ist dieser Hans Bötticher?

Wer? Unser Joachim Ringelnatz.

REVOLUTION BEIM PREUSSISCHEN KOMMISS

«Das Ganze halt –!»

Als wir aus Bukarest wegfuhren – unser Hauptmann war schon vorher ausgekniffen –, da blieben wir in Hermannstadt stecken. Die Gleise waren verstopft – und wir saßen im Hotel, lasen die ersten Revolutionsnachrichten aus der Heimat und überdachten die Lage.

Revolution –? Hier war jedenfalls nur wenig davon zu spüren. Der alte Mackensen hatte in letzter Minute den Rumänen noch einmal den Krieg erklärt – es muß ihm da irgendein kleines Malheur passiert sein, aber dieser kleine private Kriegszustand hatte wirklich einen ganzen Nachmittag lang bestanden, und alle Kommandostellen, die davon erfuhren, lachten sich blau. 's war eben ein forscher Reitergeneral – da kannst nix machen. Inzwischen fingen die einzelnen Formationen an, sich sachte aufzulösen. Geschlossen oder einzeln ließen die Mannschaften unbeliebte Offiziere im Stich, winkten mit der Hand: Auf Wiedersehen! und fuhren ab nach Kassel.

Wir saßen in Hermannstadt (das heute den Rumänen gehört) und sahen uns die hübschen deutschen Straßen und Plätze an und sprachen mit den Deutschen, die dort unten seit langen Jahrhunderten sitzen. Sie sprechen einen Dialekt, der ein wenig an das alemannische anklingt, und manche Worte waren zu verstehen.

Weiter kamen wir zunächst nicht. Einmal ging ich einen ganzen Sanitätszug ab, der auch die Helferinnen transportierte. Der Kommandeur war sehr freundlich. Nein, mitnehmen könne er uns nicht. Eine Exzellenz fuhr im Zug. In einem Abteil erster Klasse, eine Umgebung, in der sich gut Krieg führen ließ. «Und denken Sie!» sagte der Kommandeur des Zuges, «Exzellenz haben schon einen Herrn ins Coupé genommen!» – Und Staunen malte sich auf dem preußischen Gesicht ... Exzellenz konnten nicht die Beine auf die Polster legen ...! Weltuntergang.

Also blieben wir da. Es waren unvergeßlich schöne Tage. Am schönsten wurde es, als größere Stäbe in die Stadt rückten.

Man stelle sich die Situation genau vor: Zu Hause ging alles drunter und drüber – Ludendorff hatte seine kleine Erholungsreise nach Schweden angetreten, andere Deserteure waren nach Holland gefahren, nicht ohne einige Automobile dabei zu unterschlagen, die ihnen zu dienstlichem Gebrauch überlassen waren – die Republik war ausgerufen – – in Hermannstadt ging alles seinen alten Gang.

Ich sehe noch einen schlanken, jungen Etappenhauptmann auf uns zugehen, der uns auseinandersetzte, daß sein Stab unter allen Umständen bis drei Uhr nachmittags unsere Zimmer benötigte – denn seine Formation – und unsere Formationen ...! Er blitzte uns durch ein Monokel an, durch das er immer und überall nur seinen Kasernenhof, aber niemals die Welt gesehen hatte. Und ein Stänkern hub in dem friedlichen Hermannstadt an und ein Ressortgeschiebe und ein Herumwirtschaften und ein Regieren, als ob nichts geschehen sei.

Rührend war es mit anzusehen, wie in dem vollkommenen Durcheinander der alte idiotische Dienstbetrieb aufrechterhalten wurde. Sie hatten nichts gemerkt: nichts von der Blamage, nichts von dem unglaublichen Abgang, den sich die Armee in Rumänien gemacht hatte. (Ein bukarester Witzblatt brachte ein paar Wochen später ein Bild, auf dem sich zwei Droschken begegneten. In einer saß ein deutscher Offizier mit viel Gepäck. «Weich aus!» rief der Kutscher. «Siehst du nicht, daß ich den Sieger zur Bahn fahre?») – Sie hatten nichts gemerkt. Sie waren alle wie der eiserne Hindenburg: vernagelt.

Und was eben noch, bei Nacht und Nebel und ganz klein und leise, aus Rumänien herausgerollt war, das trug in Hermannstadt den Kopf schon wieder so hoch wie je und wollte nichts von Revolution wissen und hielt die Zeitungsnachrichten für Enten. Und spielte weiter Krieg, wie es vier Jahre lang Krieg gespielt hatte.

Und dann fuhren wir nach Budapest. Und in Budapest gingen wir auf eine Dienststelle, von der kein Mensch wußte, was sie da eigentlich trieb. Und da riet uns ein schwarzberockter deutscher Regierungsrat, assistiert von einem jungen Herrn, wir sollten möglichst in Zivil und möglichst schäbig über die Grenze gehen. Die Ungarn seien uns nicht grün. Soweit der Mannesmut im Sturmgebraus.

Wir fuhren in voller Kriegsbemalung los, und kein Mensch tat uns etwas. Ich bin überzeugt, daß der Regierungsrat und sein junger Herr bis auf den heutigen Tag glauben, ihre Aufgabe janz vorzüglich durchjeführt zu haben. Jott segne sie.

Und eines muß ich noch sagen:

Ich habe an keiner Stelle damals – weder von den Mannschaften noch von den Offizieren – etwas davon gehört, daß die Heimat uns erdolcht hätte. Kein Flugblatt, keine Agitatoren, keine Reden – nichts. Das ist erst später aufgekommen, als Ludendorff in freudigem Schreck erkannt hatte, daß er seinen Hals noch hatte.

Damals erkannten alle, alle die denken konnten, woran sie waren und wer schuld war:

Eine größenwahnsinnige, aufgeplusterte, untüchtige und elende Führung.

EIN DEUTSCHES VOLKSLIED

«Das Volk ist doof, aber gerissen.»

In deutschen Landen ist augenblicklich ein Lied im Schwange, das den vollendetsten Ausdruck der Volksseele enthält, den man sich denken kann – ja, mehr: das so recht zeigt, in welcher Zeit wir leben, wie diese Zeit beschaffen ist, und wie wir uns zu ihr zu stellen haben. Während der leichtfertige Welsche sein Liedchen vor sich hinträllert, steht es uns an, mit sorgsamer, deutscher Gründlichkeit dieses neue Volkslied zu untersuchen und ihm textkritisch beizukommen. Die Worte, die wir philologisch zu durchleuchten haben, lauten:

Wir versaufen unser Oma sein klein Häuschen –
sein klein Häuschen – sein klein Häuschen –
und die erste und die zweite Hypothek!

Bevor wir uns an die Untersuchung machen, sei zunächst gesagt, daß das kindliche Wort ‹Oma› so viel bedeutet wie ‹Omama›, und dieses wieder heißt ‹Großmutter›. Das Lied will also besagen: «Wir, die Sänger, sind fest entschlossen, das Hab und Gut unsrer verehrten Großmutter, insbesondere ihre Immobilien, zu Gelde zu machen und die so gewonnene Summe in spirituösen Getränken anzulegen.» Wie dies –? Das kleine Lied enthält klipp und klar die augenblickliche volkswirtschaftliche Lage: Wir leben von der Substanz. So, wie der Rentner nicht mehr von seinen Zinsen existieren kann, sondern gezwungen ist, sein Kapital anzugreifen – so auch hier. Man beachte, mit welcher Feinheit die beiden Generationen einander gegenübergestellt sind: die alte Generation der Großmutter, die noch ein Häuschen hat, erworben von den emsig verdienten Spargroschen – und die zweite und dritte Generation, die das Familienvermögen keck angreifen und den sauern Schweiß der Voreltern durch die Gurgel jagen! Mit welch minutiöser Sorgfalt ist die kleine Idylle ausgetuscht; diese eine Andeutung genügt – und wir sehen das behaglich kleinbürgerliche Leben der Großmama vor uns: freundlich sitzt die gute alte Frau im Abendsonnenschein auf ihrem Bänkchen vor ihrem Häuschen und gedenkt all ihrer jungen Enkelkinder, die froh ihre Knie umspielen ...

Das ist lange her, Großmutter sank ins Grab, und die grölende Korona der Enkel lohnt es ihr mit diesem Gesang: «Wir versaufen unser Oma ihr klein Häuschen ...» Ist dies ein Volkslied –? Es ist seine reinste Form. Man darf freilich nicht an früher denken. Früher sang wohl der Wanderbursch sein fröhlich Liedchen von den grünen Linden und den blauäugigen Mägdelein – weil das sein Herz bewegte. Nun, auch dieses Lied singt von dem, was unser Herz bewegt: von den Hypotheken. Hatte früher Walther von der Vogelweide sein «Tandaradei» durch die Lüfte tönen lassen und den Handel den Pfeffersäcken überlassen, so ist es heute an den Kaufleuten, «Tandaradei!» zu blasen, und die Liederdichter befassen sich mit den Hypotheken. Wenn auch freilich in naiver Weise. Denn es ist dem Liedersänger entgangen, daß die Hypothek selbst ja eine Schuld ist, die man unmöglich vertrinken kann – meint er doch wahrscheinlich die für die eingetragene Hypothek als Darlehn gegebene Summe, die der Schuldner in leichtfertiger Weise verbraucht. So singt das Volk. Hier spricht die Seele deines Volkes. Hier ist es ganz. Es soll uns nicht wunder nehmen, wenn nächstens in einem schlichten Volkslied das Wort ‹Teuerungszulage› oder ‹Weihnachtsgratifikation› vorkommt – denn dies allein ist heute echte, unverlogene Lyrik.

Dichter umspannen die Welt in brüderlicher Liebe, Poeten sehen Gott in jedem Grashälmchen – das ehrliche Volk aber gibt seinen Gefühlen unverhohlen Ausdruck. Noch lebt es von den Gütern der Alten. Langsam trägt es Sommerüberzieher, Sofas, Überzeugungen und Religionen auf – neue schafft es zur Zeit nicht an. Was dann geschieht, wenn die alle dahin sind, darüber sagt das Lied nichts. Vorläufig sind sie noch da – und so lange sie noch da sind, lebt das Volk von der Substanz.

Und versauft der Oma sein klein Häuschen.

PROZESS HARDEN

Holzapfel: Man hält Euch hier für den allerstupidesten und fähigsten Menschen, um Konstabler bei unsrer Wache zu sein; darum sollt Ihr die Laterne halten. So lautet Eure Vorschrift: Ihr sollt alle Vagebunten irritieren; Ihr seid dazu da, daß Ihr allen und jeden zuruft: «Halt! in des Prinzen Namen!»
Zweite Wache: Aber wenn nun einer nicht halten will?
Holzapfel: Nun seht Ihr, da kümmert Euch nicht um ihn, laßt ihn laufen, ruft sogleich die übrige Wache zusammen und dankt Gott, daß Ihr den Schelm los seid.

‹Viel Lärm um nichts›

Erster Mörder: Mein König, wir sind Männer.
Macbeth: Ja, im Verzeichnis lauft Ihr mit als Männer!

‹Macbeth›

Das muß man gesehen haben. Da muß man hineingetreten sein. Diese Schmach muß man drei Tage an sich haben vorüberziehen lassen: dieses Land, diese Mörder, diese Justiz.

Der deutsche politische Mord der letzten vier Jahre ist schematisch und straff organisiert. Die Broschüre: ‹Wie werde ich in acht Tagen ein perfekter nationaler Mörder?› sollte nicht auf sich warten lassen. Alles steht von vornherein fest: Anstiftung durch unbekannte Geldgeber, die Tat (stets von hinten), schludrige Untersuchung, faule Ausreden, ein paar Phrasen, jämmerliches Kneifertum, milde Strafen, Strafaufschub, Vergünstigungen – «Weitermachen!»

Am dritten Juli 1922 wurde Maximilian Harden auf offner Straße von einem frühern Oberleutnant angefallen und mit einem eisernen Gegenstand bearbeitet. Er erhielt acht Schläge auf den Kopf. Der Oberleutnant entfloh, sein Komplice, der Schmiere gestanden hatte, wurde verhaftet. Harden schwebte vierzehn Tage in Lebensgefahr. Er ist heute einundsechzig Jahre alt.

Die Voruntersuchung stellte – in fünf Monaten – nur fest, daß ein deutschvölkischer Mann in Oldenburg, der sich Buchhändler nannte, die beiden zum Mord angestiftet hatte. Das bezeugte der Briefwechsel, worin alle Beteiligten dauernd von ‹Erledigen› und ‹Beseitigen› sprachen. Briefe, in denen nicht von Geld die Rede ist, existieren nicht.

Eine Welt stinkt auf.

Hinter der Schranke stehen zwei Mann (der Ausdruck ‹Menschen› wäre übertrieben): ein sexuell verbogener Wandervogel mit Schillerkragen, hehren Überzeugungen und ungewaschenen Füßen – und ein Hütejunge für eine Kuhherde mittlern Grades. Der Hütejunge sagte, er hätte die ‹*Zukunft*› gelesen und wäre mit ihren Ausführungen nicht immer zufrieden gewesen; der Wandervogel will sein kaschubisch-slawisch-friesisch-wendisch-germanisches Blut rein erhalten und möchte nicht in die Grenadierstraße einheiraten. Infolgedessen mußte Harden ermordet werden.

Grenz chartert zwei Mann: den Oberleutnant Ankermann und den kleinen Weichardt. Warum grade diesen? Weichardt habe in einer Versammlung der ernsten Bibelforscher gegen «kommunistische Sturmtrupps großen Mut und völkisches Gebaren» gezeigt; der andre kam wohl mehr aus finanziellen Rücksichten. Das Spiel beginnt.

Die beiden Mörder fahren nach Berlin. Sie wohnen zunächst in einem Absteigequartier und verjuchheien den Vorschuß auf die Seligkeit ihres Opfers. «Außer mit weiblichen Personen», so wird eingestanden, verkehrten sie in Berlin mit niemand. Die Kosten für den stattgehabten Verkehr bestreitet Grenz. Woher der das Geld hat, ist nicht klar. Ist auch schließlich gleichgiltig. Ob es wirklich aus dem münchner Verbrecherkeller kommt, oder ob er die Scheine aus völkischen Kassen zusammengekratzt hat, um sich bei seinen Mannen einen Namen zu machen, so leuchtend wie der von Luther, Ludendorff, Bismarck oder Techow – das steht nicht fest. Ein von ihm rekonstruierter Brief, den er aus München erhalten haben will, zeigt allerdings die fatal echte Stelle: «Einige deutsch-blütige Herren haben sich zu dieser Aufgabe zusammengefunden und sind bereit, Opfer zu bringen; sie selbst sind leider zu alt, um selber daran teilnehmen zu können . . .» Auch Grenz war unabkömmlich: er wurde in Oldenburg zu wichtigern Aufgaben benötigt – sonst hätte er sich wohl das Geld selbst verdient, von dem er jetzt nur die Prozente nimmt. Genug: er schickt. Nicht ohne dauernd zu mahnen, nun aber endlich einmal an die Bouletten zu gehen. Die Terminologie seiner und ihrer Briefe ist eine anmutige Mischung von mittelalterlicher Feme und modernem Konfektionsgeschäft. «Und wollen Sie den Ihnen aufgetragenen Mord freundlichst bis zum achtzehnten dieses promptest effektuieren.»

Aber zunächst effektuieren sie gar nicht. Herr Oberleutnant Ankermann borgen die berliner Huren an, ohne ihnen die Mark, die jene dem deutschen Volk aus den Knochen gesogen haben, wiederzugeben – der seltene Fall eines doppelten Ludentums. Denn seine Auftraggeber neppt er ähnlich – er nimmt ihr Geld, liefert aber nichts. Der kleine Weichardt immer mit.

Herr Oberleutnant Ankermann wird allgemein als ‹Vorgesetzter› bezeichnet. Kein Deutscher ohne einen solchen. Offenbar ein tüchtiger Herr. Weil er einmal verheiratet war, bekommt er von Grenz, wahrscheinlich als Kinderzulage, eine höhere Löhnung als Weichardt. Suum cuique. Inzwischen bummeln die beiden durch Berlin.

Sie wohnen in einem Zimmer. Sie saufen in einer Bar. Sie leben zum Schluß aus einem Koffer. Aber Weichardt wußte nichts von einem Mordplan. Der Chef vons Ganze war Ankermann. So steht es wahrscheinlich in den ‹Richtlinien für deutschnationale Mörder und solche, die es werden wollen› — und so wird es auch gehandhabt. «Ich habe immer Wert darauf gelegt, nicht zu wissen, worum es sich handelt», sagt der kleine Weichardt. «Was mag das wohl sein?» sagte die Jungfrau — da bekam sie ein Kind. Und mittlerweile geht das Geld zur Neige.

Anzüge werden versetzt, der erste Koffer ist schon bei Peten. Jetzt oder nie. Beide beobachten tagelang Hardens Haus, Hardens Spaziergänge. Beide gehen stets gemeinschaftlich in den Grunewald und wieder zurück. Beide gehen schließlich am dritten Juli in die offene Feldschlacht (von hinten). Beide mit Totschläger und Messer.

Ankermann führt acht Schläge auf den Wehrlosen. Besinnt sich dann auf die Kriegsartikel (‹Mut in allen Dienstobliegenheiten›) und kneift aus. Weichardt wird in unmittelbarer Nähe des Tatorts aufgegriffen. Gesteht fast alles, was er weiß. Verrät sofort Ankermann und Grenz. Sitzt in Untersuchungshaft und bohrt gedankenvoll in der deutsch-nationalen Nase.

«Sind das die Früchte seiner tadellosen Erziehung?» fragt der Verteidiger. Sie sind es.

Denn diese Pädagogik, die heute in weiten Kreisen des deutschen Bürgertums betrieben wird, erzieht den jungen Menschen zur Verachtung des Geistes, zur Sturheit und Stumpfheit, zum tobenden Haß auf alles, was den nationalistischen Bezirksverein und den Fußballklub überragt. Gegner Hardens? Aber diese Jammerkapaune, die da drei Tage lang so ungeschickt logen, daß sich Balken und Protokolle bogen, wissen ja nicht, wo Gott wohnt. Sie haben nicht einmal eine Ahnung von den geistigen Problemen, die dieser Politiker sein Leben lang behandelt hat — geschweige denn von seiner Stellungnahme zu ihnen. Für sie genügte: «Es lag Auftrag vor.»

Grenz hatte es mit der Rasse-Reinheit. Bei ihm wurden Nacktfotografien beschlagnahmt, die so scheußlich gewesen sein sollen, daß der Abgeordnete Nuschke im Preußischen Landtag gesagt hat: «Meine Herren, Sie sehen doch, daß diese Rasse durch Juden nur veredelt werden kann!» Soweit Wotan mit dem Hängebauch.

Was den kleinen Weichardt angeht, so hatte er erst im März dieses Jahres zwei Jahre Gefängnis wegen fahrlässiger Tötung bekommen; er hatte mit seinem Revolver hantiert und ein Kind getötet. («Ich habe alles getan, um es wiedergutzumachen. Ich habe die Beerdigungskosten bezahlt!») Er erhielt natürlich eine Bewährungsfrist. Aber nun kam etwas Überraschendes zutage. Ich glaubte erst, nicht recht gehört zu haben — aber der Verteidiger bestätigte es in seinem Plädoyer:

Weichardt wollte sich mit der Mordtat bei seiner Familie rehabilitieren! Er wollte seinem lieben Vater eine Freude machen!! «Hier, Papi, bringe ich dir zu Weihnachten den toten Maximilian Harden! Na, wie bin ich?» – «Brav, mein Sohn, brav!» Familienleben im Hause Weichardt.

Für die Mordgesellen traten drei Leumundszeugen an. Diese Germanen hätte man fotografieren sollen. (Aber, Gott behüte, nicht so wie Grenz.) Modelle für Raemaekers. Der ehemalige Schuldirektor Weichardts sagte aus, daß das gutartige Kind während der Schulzeit niemals auf Spatzen und deutsche Schriftsteller geschossen habe. Der aufgeweckte Knabe hat also den Auftrag für die ‹nationale Sache› nur angenommen, weil er – seffaständlich – dachte, es handle sich um Gefangenenbefreiung oder um Waffenschiebungen, Arbeiten, an denen kein national denkender Mann von heutzutage vorbeigehen sollte.

So standen sie vom zwölften bis zum vierzehnten Dezember vor dem Schwurgericht des Landgerichts III zu Berlin. Solch eine Verhandlung hat die Welt noch nicht gesehen.

Verteidigt wurden die Angeklagten von zwei Rechtsanwälten und dem Vorsitzenden. Der Mann ist Jude. In seinem Unterbewußtsein schlummerte der Wunsch nach ‹Objektivität›, diese grauenhafte Angst vor der ‹Parteilichkeit›. Dieser Herr Rippner war weder in repräsentativer noch in menschlicher Hinsicht den Anforderungen dieser klaren und einfachen Verhandlung gewachsen. Er versagte nicht nur. Er verdarb alles.

Die Atmosphäre im Saal war die eines freundlichen Fünf-Uhr-Tees. Die Angeklagten machten auch nach den fünfzehn Stunden des dritten Tages keineswegs einen ermüdeten Eindruck – sie hatten auch gar keine Veranlassung dazu. Man hatte mit ihnen geplaudert; und nett geplaudert. Keine Vorhaltungen, keine Bedrängungen, kein böses Wort – nichts. In den ersten drei Stunden war nur von Geld die Rede. Später ging man zu andern fesselnden Dingen über: ob die La-Plata-Zeitung nationalistisch sei oder nicht; wie Herr Thimme zu Herrn Harden stehe; ob nicht Herr Harden ein Schädling des deutschen Volkes sei ... Von Mord wurde weniger gesprochen. Der Vorsitzende hatte in seinen heftigsten Momenten etwas von einem Oberlehrer, der einem Jungen nachweisen will, daß er eine Fensterscheibe kaputt geschlagen habe. Ich weiß nicht, ob Herr Rippner eine Tochter hat. Wenn er aber eine hat, dann gönne ich ihm nicht, daß er als Nebenkläger einer Verhandlung beiwohnen muß, in der gegen den Vergewaltiger seiner Tochter verhandelt wird, und in der ein solcher Vorsitzender, wie er einer ist, paradiert. Am Ende des zweiten Verhandlungstages sagte Herr Rippner: «Wie ich höre, ist der Gesundheitszustand des Herrn Weichardt nicht ganz zufriedenstellend – wir wollen doch vertagen!» Auf dem Korridor stand das Opfer des Mordanfalls, ein einundsechzigjähriger Mann, der Stunden und Stunden im Gerichtsgebäude zugebracht hatte.

Einen Situationsplan des Tatorts hatten sie. Einen Verhandlungsplan hatten sie nicht. Ich habe so etwas von Prozeß überhaupt noch nicht erlebt.

Zugegeben, daß die Voruntersuchung auf derselben Höhe stand. Aber was dieser Vorsitzende aus dem kümmerlichen Untersuchungsmaterial machte, unterbot doch deren Niveau noch tief. Die Angst vor den Revisionsgründen ist freilich traditionell. Aber dies hier war schmachvoll zu sehen.

Der Vorsitzende hat nicht erkundet, auf welcher geistigen Stufe die Angeklagten standen, um festzustellen, was sie eigentlich von Harden wußten. Der Vorsitzende hat nicht gefragt, auf welchem Postamt Grenz das mysteriöse Schreiben in Frankfurt abgeholt habe, um so vielleicht herauszubekommen, ob er geblufft worden sei. Der Vorsitzende hat bescheiden die Behauptung hingenommen, Grenz sei nur nach München gefahren, «um die Alpen zu sehen». Der Vorsitzende hat nicht aufgeklärt, welche Rolle Weichardt eigentlich am Tatort gespielt hat. Der Vorsitzende hat eine Bardame nach den Zechen der beiden Mörder gefragt. Bevor sie antworten konnte, fiel er ein: «Das wissen Sie wohl nicht mehr?» – «Nein, das weiß ich nicht mehr!» flüsterte sie. Es war nicht die einzige Ausrede, die er zur gefälligen Benutzung herüberreichte. Der Vorsitzende hat nicht die primitivsten Fragen gestellt: wann die merkwürdigen Ratenzahlungen eingelaufen seien, wie das Geld im einzelnen verwandt worden sei – nichts, nichts, nichts.

Erheblich schien ihm, daß der Angeklagte Weichardt einen Brief bekommen hatte, in dem etwas von einem kranken Familienmitglied stand. Nicht erheblich die Frage, ob denn die Angeklagten nicht in allen Zeitungen gelesen hätten, daß Harden seine Amerikareise längst aufgegeben hatte. Erheblich war die Verlesung einer längeren Kriegsstammrolle Weichardts – nicht erheblich war und abgelehnt wurde die Frage, wie denn die Mörder den behaupteten ‹Denkzettel› austeilen wollten: Harden konnte ja gar nicht wissen, daß dieser Überfall eine Warnung wegen der Reise bedeuten sollte. Erheblich waren die Fehler. Nicht erheblich der Vorsitzende. Man gebe ihm seine Ehescheidungskammer. Zu einem Schwurgerichtsvorsitzenden langt es nicht.

Soweit dieser deutsche Richter.

Der Staatsanwalt war nicht vorhanden. An seiner Stelle saß ein älterer Herr, der mit leiser Stimme und freundlichen Allüren hier und da sehr vorsichtig in die Verhandlung eingriff. Einmal, stockend: «Die Mordtaten, wie ich sie nenne . . .»

In keinem andern Saal des Hauses, darunter, nebenan, ringsherum – in keinem Saal wird solche Behandlung Angeklagter je erlebt. Ich halte es für löblich, Angeklagte nicht wie die Rekruten zu behandeln und ihnen – wie es sich von selbst versteht – die Anrede ‹Herr› zu belassen. Für Moabit ist dieser Brauch etwas ungewöhnlich. Man muß so ein Stück Elend von Proletarier in jenen unzähligen anonymen Prozessen sehen, in denen keine Presse zugegen ist, um die sich kein Mensch kümmert, in deren Verhandlungssälen sich nur ein paar Kriminalstudenten anwärmen – man muß sehen, wie sich da die Katerschnurrbärte sträuben, mit welch apodiktischer Gewißheit die Urteile heruntersausen, wie da Vorsitzender und Staatsanwalt in schöner Gemeinsamkeit auf ihren Opfern herumhacken. «So, Sie wissen nicht mehr, wo Sie in der Nacht jewesen sind? Na, da will ich mal Ihrem Jedächtnis 'n bißchen aufhelfen!» Davon war bei diesem Gericht nichts zu spüren.

Angst? Es wäre keinem zu verdenken.

Aber es war wohl nicht einmal Angst. (Es sei denn jene im Unterbewußtsein des Vorsitzenden schlummernde.)

Hier mag eine Bemerkung eingeschaltet werden. Ich weiß, daß solche Aufschreie in Deutschland nur selten zu einer Besserung führen. Die Folge mag wohl die sein, daß Herr Rippner mit hochrotem Kopf und der ‹*Weltbühne*› zu seinem Landgerichtspräsidenten läuft und in einer längern Konferenz erwägt, ob hier nicht etwas zu ‹machen› sei. Klagt weniger! Reformiert mehr.

Der Angeklagte Harden ... Der Nebenkläger Harden konnte sich hier besser wehren als damals auf der Straße, sonst wäre er zum Angeklagten herabgesunken. Dieser stille Vorwurf, daß er noch am Leben sei, diese Frechheit, ein Opfer zu ‹beleuchten›, wo es sich um eine bezahlte Mordtat politischer Tröpfe handelte, diese vollkommene Vernachlässigung der Interessen des Nebenklägers und damit der Gerechtigkeit – das war mein Moabit, das Haus der Lieder! Nichts wurde herausgearbeitet, nichts klargestellt, nichts für die Geschworenen sauber präpariert.

In diesem juristischen Tohuwabohu stand Harden am dritten Tage auf. In diesem Wirbel einer Justiz, die vor lauter Paragraphen das Recht nicht sieht; in diesem Verfahren, in dem ein Opfer nicht genügend Mitleid erweckte, weil es nicht – wie bei den Kriegsmusterungen – mit dem Kopf unter dem Arm ankam; in diesem Prozeß, der bewies, wie nötig (und wie schimpflich) das Gesetz zum Schutz der Republik gewesen ist, jenes klarste Mißtrauensvotum gegen die deutschen Richter; in diesem Irrgarten des Rechts, in dem vom ersten ermittelnden Landgendarmen bis herunter zum Staatsanwalt alle, alle mit dem Herzen auf der Seite solcher Mörder stehen – in diesem Gewirr von Unrechtsfragen stand Harden auf. Und hielt die stärkste Rede, die wohl jemals in Moabit gehalten worden ist.

Es sprach unser letzter Europäer von Ruf. Es sprach ein Mann, mit dem noch einmal eine verklungene Welt aufstand, der Repräsentant einer fast verschollenen Epoche, einer, der noch an Recht, an fair play, an Sitte und Anstand auch im Kampf der Meinungen glaubte. «Ich habe den Kaiser immer bekämpft, vom ersten Tage an — aber getötet wurde doch unter seiner Regierung nicht.» Er wuchs weit über sich hinaus. Über die Köpfe dieser Kleinbürger hinweg, die da um ihn herumsaßen, sprach einer, der die Sprache der Welt, nicht die Sprache dieses Deutschland redete. Er sprach davon, wie eine Nation zu seiner Lebensarbeit idiotisch lallend den Refrain «Isidor!» anstimmte. (Und dabei hieß er niemals Isidor, sondern früher einmal Felix.) Er sprach von dem unverjährbaren Delikt seines Judentums und von der unverjährbaren Dummheit eines Regimes. Er focht Schläger, schwere Säbel und zwei Floretthiebe, die eine der unangenehmsten Erscheinungen im Saal pfeifend trafen. Lächelnd zog er zurück. Eine Courtoisie ...? Ein Stoß ins Herz. Er forderte die Geschworenen auf, wenigstens offen für Freisprechung zu stimmen, wenn sie der Meinung wären, daß man unbequeme Geistige — und besonders Juden — totschlagen dürfe. Er sprach von der Mordhetze in den nationalen Zeitungen, von dem Unglück, das der Parvenu in Doorn angerichtet hatte — er redete aus einem heißen Herzen und aus einem kalten Verstand.

Und mit Erstaunen und mit Grauen hörtens die Ritter und Edelfrauen. Da saß die alte Scheuerfrau von der *‹Deutschen Tageszeitung›*, einer von jener Gattung Journalisten, die alle Prämissen zu einer Mordhetze (auch in den Tagen dieses Prozesses!) aufkritzeln, aber den Mord ‹durchaus verurteilen›, zu vorsichtig, die letzte Conclusio: Töte ihn! zu rufen. Es ist erwiesen, daß grade solche Glossen und Aufsätzchen, die strafrechtlich nicht zu fassen sind, diese Mordtaten hervorgerufen haben. Deutsche Männer.

Harden sprach. Wer ein Herz im Leibe hatte, war aufs tiefste erschüttert.

Aber wenn du mit Engelszungen redetest ... An den Brillengläsern dieser Geschworenen prallte alles ab: Geschichte, Europäertum, Vernunft und Suggestion, Verstand und die Stimme des Herzens. Eindruck im Ausland? «Wat heißt hier Ausland!» Das muß man gesehen haben.

Da saßen sie. Da saßen jene Zwölf, die das deutsche Volk in einer solchen Sache repräsentierten. Da saßen die erkürten Zwölf, die bei den drei Siebungen — von denen die wenigsten Laien etwas wissen — unten herausgefallen waren: der muffigste Mittelstand, die Untertanen, die kleinen Gewerbetreibenden, die Besitzer, die Steuerzahler. Ich kenne keinen Geistigen, der jemals Geschworener war. Wie die Zuchthäusler sind wir ausgeschaltet. Unbarmherzig wird alles ferngehalten, was einigermaßen nach eignem freiem Urteil schmeckt. Das ist kein Volksgericht.

Man muß diesen Mittelstand kennen, der zur Polizei läuft und flennt, wenn ihm nur eine Spiegelscheibe eingehauen wird. Ein Mordversuch? Der Kerl lebt ja. Bezahlte Mordgesellen? Der Mensch hat ja Artikel geschrieben. Schwere Kopfverletzungen? Isidor! Isidor!

Gewiß: aus dieser miserabel geleiteten Verhandlung konnten die Geschworenen nicht viel entnehmen. Gewiß: man belehrte sie eine Stunde lang umständlich über theoretische Rechtsfragen, deren Abschrift sie während der Belehrung nicht in Händen hatten. Es ist ausgeschlossen, daß sie, die Laien, das verstanden haben, was man ihnen in der Rechtsbelehrung gesagt hat. Gewiß: nach deutschem Recht befinden sie sich nicht während der ganzen Verhandlung in Klausur – drei Tage lang lief ein deutschnationaler Umhängebart umher und bearbeitete die Geschworenen in den Pausen; sicherlich nicht strafbar, sicherlich sehr illoyal. Gewiß: sie beantworten die Fragen fast ohne Kenntnis der rechtlichen Folgen ihrer Beantwortung. Sie fallen unfehlbar in die Fangnetze der Paragraphen und verzappeln darin. Sodaß also dieselben Richter, zu deren Kontrolle diese sogenannten Volksgerichte eingesetzt sind, ihre Kontrolleure bestimmen, ausschalten, ernennen und sie in jeder Weise beeinflussen können. Volksgericht? Eine Farce.

Die Angeklagten haben das letzte Wort. Ich hebe die Feder, um Weichardts Aussagen zu notieren. Ich lasse sie mutlos wieder sinken: es ist entwaffnend. Der Hütejunge stammelt einiges: er habe nicht gewußt, wer Harden eigentlich sei, und dann: «Ich nehme die Tat mit dem Ausdruck des Bedauerns zurück!» Das kann man nicht erfinden.

Grenz ‹steht zu seiner Sache›. Dieser Provinzhorizont! Diese dürftige Phraseologie! Es geht um einen Mordversuch, und Grenz sagt aus, er habe noch nie ein deutsches Mädchen verführt. Es geht um einen Mordversuch gegen einen politisch Andersdenkenden, und Grenz sagt: «Fünfzig Prozent des deutschen Volkes stehen hinter mir!» Das ist richtig. So verlumpt, so amoralisch, so verkommen ist ein Teil dieser Nation. Er kennt sie. Reue? Noch zuletzt, noch nach diesen Tagen, sagt er «Harden-Witkowski». Und spricht: «Die Geschworenen werden wissen, was sie dem deutschen Volke schuldig sind!»

Sie wußten es. Sie verneinten alle gefährlichen Schuldfragen, sprachen Weichardt mildernde Umstände zu und verknackten den andern nur wegen Anstiftung zu einer gefährlichen Körperverletzung. Es lagen vor: mündliche und schriftliche Geständnisse beider, in denen die Worte ‹Erledigen›, ‹Beseitigen› und ‹Töten› klar und deutlich enthalten sind. Zusammen: ein paar Jahr Gefängnis. Der Angeklagte Harden kann gehen.

Und nun muß das gesagt werden, was mir in der ganzen Verhandlung die Seele abgedrückt hat:

Das ist keine schlechte Justiz. Das ist keine mangelhafte Justiz. Das ist überhaupt keine Justiz.

Dieser Artikel erscheint gleichzeitig im Ausland. Und vor dem Ausland und für die Verständigen im Ausland sage ich:

Es gibt in Deutschland noch eine Reihe Männer, die sich solcher Deutscher, die sich solcher Justiz schämen. Die andrer Meinung sind als jene Zwölf, unter denen sich bestenfalls ein paar Verständige befunden haben, und die doch in ihrer Gesamtheit dem Unrecht zum Sieg verholfen haben – ein wahres Abbild des deutschen Volkes, wie es sich in den Augen des Auslands spiegelt. Es gibt in Deutschland noch Männer, die in unsäglicher Verachtung diesen Praktiken zusehen, wie man Mörder wiederum auf uns losläßt und den deutschen Namen in der Welt schändet. Es gibt hier Männer, die glauben, daß die gutmütig schwabbelnden Demokraten nichts erreichen werden mit ihrer scheinbaren Objektivität, die Hasenfurcht heißt. Es gibt noch eine Reihe Männer, die jedes Vertrauen zur deutschen Strafjustiz in politischen Prozessen verloren haben, und für die diese Sprüche nichts mehr bedeuten. Ich habe Harden vor der Verhandlung geraten, nicht hinzugehen, weil ich Moabit kenne. Ich bedaure, daß er seine Zeit, seine Kraft und seinen Geist an diese Männer, an diese Tage, an diesen Saal gewandt hat. Sie sind es nicht wert gewesen.

Aber in der Welt schwelt der Spruch. Balkan und Südamerika werden sich einen Vergleich mit diesem Deutschland verbitten, wo selbst die 180 Mann starke Fraktion der Sozialdemokraten nichts ausrichten kann. Von dem moralischen Freispruch der Liebknecht-Mörder, über Eisner, Erzberger, Landauer und die Behandlung der Toller und Mühsam bis zu Fechenbach, der für die Verbreitung bekannter Tatsachen elf Jahre Zuchthaus erhielt: eine Kette der Schmach. Schon sind die Einpeitscher für die ‹Große Koalition› am Werke. Und über allem thront dieser Präsident, der seine Überzeugung in dem Augenblick hinter sich warf, als er in die Lage gekommen war, sie zu verwirklichen.

Der Urteilsspruch ist klar. Er bedeutet: «Weitermachen!» Er ist ein Anreiz für den nächsten, wie der ähnliche Spruch gegen den Mordbuben Hirschfeld, der Erzberger anfiel, ein solcher Anreiz gewesen ist.

Reißt dieser Justiz die falsche Binde herunter! Wir haben keine Justiz mehr.

Il y avait des juges à Berlin.

1923

DIE FAMILIE

> Die Griechen, die so gut wußten, was ein Freund ist, haben die Verwandten mit einem Ausdruck bezeichnet, welcher der Superlativ des Wortes ‹Freund› ist. Dies bleibt mir unerklärlich.
>
> Friedrich Nietzsche

Als Gott am sechsten Schöpfungstage alles ansah, was er gemacht hatte, war zwar alles gut, aber dafür war auch die Familie noch nicht da. Der verfrühte Optimismus rächte sich, und die Sehnsucht des Menschengeschlechtes nach dem Paradiese ist hauptsächlich als der glühende Wunsch aufzufassen, einmal, nur ein einziges Mal friedlich ohne Familie dahinleben zu dürfen. Was ist die Familie?

Die Familie (familia domestica communis, die gemeine Hausfamilie) kommt in Mitteleuropa wild vor und verharrt gewöhnlich in diesem Zustande. Sie besteht aus einer Ansammlung vieler Menschen verschiedenen Geschlechts, die ihre Hauptaufgabe darin erblicken, ihre Nasen in deine Angelegenheiten zu stecken. Wenn die Familie größeren Umfang erreicht hat, nennt man sie ‹Verwandtschaft› (siehe im Wörterbuch unter M). Die Familie erscheint meist zu scheußlichen Klumpen geballt und würde bei Aufständen dauernd Gefahr laufen, erschossen zu werden, weil sie grundsätzlich nicht auseinandergeht. Die Familie ist sich in der Regel heftig zum Ekel. Die Familienzugehörigkeit befördert einen Krankheitskeim, der weit verbreitet ist: alle Mitglieder der Innung nehmen dauernd übel. Jene Tante, die auf dem berühmten Sofa saß, ist eine Geschichtsfälschung: denn erstens sitzt eine Tante niemals allein, und zweitens nimmt sie immer übel – nicht nur auf dem Sofa: im Sitzen, im Stehen, im Liegen und auf der Untergrundbahn.

Die Familie weiß voneinander alles: wann Karlchen die Masern gehabt hat, wie Inge mit ihrem Schneider zufrieden ist, wann Erna den Elektrotechniker heiraten wird, und daß Jenny nach der letzten Auseinandersetzung nun endgültig mit ihrem Mann zusammenbleiben wird. Derartige Nachrichten pflanzen sich vormittags zwischen elf und eins durch das wehrlose Telefon fort. Die Familie weiß alles, mißbilligt es aber grundsätzlich. Andere wilde Indianerstämme leben entweder auf den Kriegsfüßen oder rauchen eine Friedenszigarre: die Familie kann gleichzeitig beides.

Die Familie ist sehr exklusiv. Was der jüngste Neffe in seinen freien Stunden treibt, ist ihr bekannt, aber wehe, wenn es dem jungen Mann einfiele, eine Fremde zu heiraten! Zwanzig Lorgnons richten sich auf das arme Opfer, vierzig Augen kneifen sich musternd zusammen, zwanzig Nasen schnuppern mißtrauisch: «Wer ist das? Ist sie der hohen Ehre teilhaftig?» Auf der anderen Seite ist das ebenso. In diesen Fällen sind gewöhnlich beide Parteien davon durchdrungen, tief unter ihr Niveau hinuntergestiegen zu sein.

Hat die Familie aber den Fremdling erst einmal in ihren Schoß aufgenommen, dann legt sich die große Hand der Sippe auch auf diesen Scheitel. Auch das neue Mitglied muß auf dem Altar der Verwandtschaft opfern; kein Feiertag, der nicht der Familie gehört! Alle fluchen, keiner tuts gern — aber Gnade Gott, wenn einer fehlte! Und seufzend beugt sich alles unter das bittere Joch ...

Dabei führt das ‹gesellige Beisammensein› der Familie meistens zu einem Krach. In ihren Umgangsformen herrscht jener sauersüße Ton vor, der am besten mit einer Sommernachmittagsstimmung kurz nach einem Gewitter zu vergleichen ist. Was aber die Gemütlichkeit nicht hindert. Die seligen Herrnfelds stellten einmal in einem ihrer Stücke eine Szene dar, in der die entsetzlich zerklüftete Familie eine Hochzeitsfeierlichkeit abzog, und nachdem sich alle die Köpfe zerschlagen hatten, stand ein prominentes Mitglied der Familie auf und sagte im lieblichsten Ton der Welt: «Wir kommen jetzt zu dem Tafellied —!» Sie kommen immer zum Tafellied.

Schon in der großen Soziologie Georg Simmels ist zu lesen, daß keiner so wehtun könne, wie das engere Kastenmitglied, weil das genau um die empfindlichsten Stellen des Opfers wisse. Man kennt sich eben zu gut, um sich herzinniglich zu lieben, und nicht gut genug, um noch aneinander Gefallen zu finden.

Man ist sich sehr nah. Nie würde es ein fremder Mensch wagen, dir so nah auf den Leib zu rücken, wie die Kusine deiner Schwägerin, a conto der Verwandtschaft. Nannten die alten Griechen ihre Verwandten die ‹Allerliebsten›? Die ganze junge Welt von heute nennt sie anders. Und leidet unter der Familie. Und gründet später selbst eine und wird dann grade so.

Es gibt kein Familienmitglied, das ein anderes Familienmitglied jemals ernst nimmt. Hätte Goethe eine alte Tante gehabt, sie wäre sicherlich nach Weimar gekommen, um zu sehen, was der Junge macht, hätte ihrem Pompadour etwas Cachou entnommen und wäre schließlich durch und durch beleidigt wieder abgefahren. Goethe hat aber solche Tanten nicht gehabt, sondern seine Ruhe — und auf diese Weise ist der *‹Faust›* entstanden. Die Tante hätte ihn übertrieben gefunden.

Zu Geburtstagen empfiehlt es sich, der Familie etwas zu schenken. Viel Zweck hat das übrigens nicht; sie tauscht regelmäßig alles wieder um.

Irgendeine Möglichkeit, sich der Familie zu entziehen, gibt es nicht.

Mein alter Freund Theobald Tiger singt zwar:

Fang nie was mit Verwandtschaft an—
denn das geht schief,
denn das geht schief!

aber diese Verse sind nur einer stupenden Lebensunkenntnis entsprungen. Man fängt ja gar nichts mit der Verwandtschaft an – die Verwandtschaft besorgt das ganz allein.

Und wenn die ganze Welt zugrunde geht, so steht zu befürchten, daß dir im Jenseits ein holder Engel entgegenkommt, leise seinen Palmenwedel schwingt und spricht: «Sagen Sie mal – sind wir nicht miteinander verwandt –?» Und eilends, erschreckt und im innersten Herzen gebrochen, enteilst du. Zur Hölle.

Das hilft dir aber gar nichts. Denn da sitzen alle, alle die andern.

ALTE ILLUSTRIERTE BLÄTTER

Er ist tot – er weiß es nur noch nicht!
Alter Schauspielerscherz

Als ich den Schrank abrücke, fallen eine Menge Papiere zu Boden, Staub steigt auf – ist bei Ihnen auch so schlecht Staub gewischt? Mit den Mädchen heutzutage . . .! – und ich muß mich bücken, um in all dem Wust den davongerollten Ring zu suchen. Er ist natürlich nicht da. Aber wie ich so der Länge nach auf dem Bauche liege, fange ich an, in den heruntergefallenen Papieren zu lesen, sie einzeln zu betrachten . . . und bald habe ich Ring, Staub und Mädchen vergessen.

Es sind die einzelnen Nummern einer alten illustrierten Zeitschrift, die da liegen. Sie stammen aus dem vorigen Jahrhundert: aus der Zeit vor dem Kriege. Lose liegen die Blätter da, manche sind gar nicht komplett, alles ist durcheinandern. Und ich blättere . . .

«Eine aufsehenerregende pariser Gesellschaftsaffäre: Die französische Prinzessin Yvonne . . .» Hat sie wirklich Aufsehen erregt? Das würde sie heute auch: denn die Prinzessin hat einen Topfkübel auf, den sie in befreundeten Kreisen wahrscheinlich als Hut ausgibt, der Wagen hat eine unmögliche Karosserie, und der Verführer sieht aus wie ein Friseur. Ja, die Moden sind überhaupt ein bißchen merkwürdig. Denn nichts ist so lächerlich und so ganz und gar daneben, als die Mode von gestern. Die Mode von morgen weiß niemand, die von vorgestern hat schon einen leisen Stich ins Wehmütige (weißt du noch – Tante Jettchen!) – und die von vorvorgestern . . . na, in der kann man schon Operetten komponieren. Und noch weiter vorher hat sie gebildete Namen und gehört überhaupt der Geschichte an. Aber die von gestern . . .!

Der ganze Hohn aller wahrhaft schicken Frauen ergießt sich auf die Mode von gestern; die witzigen Entstellungen, denen sich die Europäerin unterwirft, kommen nirgends so deutlich zum Ausdruck als gerade in dieser Epoche ... Du armes Kind, was hat man dir getan! Und wie mondän, wie elegant, wie raffiniert sich diese armen Geschöpfe vorkommen! Ist denn keiner da, der sie auslacht! Keiner.

Und niemand kommt auf den Gedanken, daß es heute gerade so ist.

«Zur Präsidentenwahl in Amerika: Roosevelt ...» Roosevelt? Der Mann heißt doch Wilson? Ach ja, richtig – Roosevelt, das war ja der ... was hat er doch gleich getan? Mit dem Ruhm ist das so eine Sache. Die Blätter enthalten eine lange Reihe von ‹weltgeschichtlichen› Persönlichkeiten – aber die meisten sind schon gar keine mehr. Vergessen, verweht, dahin. ‹Der bekannte› – ‹der berühmte› – ‹der weltberühmte› – ja, damals. Heute – ein ferner Klang.

Und dann sind da die Leute, die inzwischen etwas geworden sind oder noch mehr geworden sind, als sie damals schon waren – Jugendbilder sozusagen. Wie glatt die Gesichter noch sind! Wie gestrafft die Züge! Wie unverbraucht noch die Augen, wie bescheiden die Haltung, weit weg von aller Pose! – Heute sind diese Figuren schon abfotografiert, die Millionen Augen, die auf ihnen geruht, scheinen sie abgenutzt zu haben – sie sind saturiert. Und also dicker. Wie dünn damals alle diese Leute waren! Da fehlen noch die Erfolgsdoppelkinne, dieser feiste Ausdruck: ‹Na, passieren kann ja nun nichts mehr!›, das ist alles noch nicht. Das waren Tage der Rosen ...

Überhaupt: Die Leute haben wohl damals andere Gesichter gehabt. Solche Gesichter hat man heute nicht mehr. Es sind nicht die Bärte und Kragen und Krawatten und all das. Es sind einfach andere Gesichter. Sie sehen alle harmloser aus – ruhiger, stetiger, klarer. Vielleicht waren sie das gar nicht – aber in den Gesichtern ist schon etwas von ‹guter alter Zeit›, wenngleich dieser freundliche Euphemismus ja nur bedeutet: ‹Vor fünfzig Jahren›. Sie waren eben anders.

Premieren – Gartenfeste – Einholungsfeierlichkeiten – ‹Professor Dr. med. Gustav Jäger, der bekannte deutsche Hygieniker und Vater des Jägerhemds› (sah auch genau so aus) – Zwergenhochzeiten – Paraden – Mordstätten – Tänze – Eisenhochöfen – die Schönheit des Kindes – und Nachtasyle – ich blättre und blättre.

Und habe ganz stark das eine Gefühl, das wir seltsamerweise immer nur *der* Vorzeit gegenüber haben, die wir gerade noch selbst durchlebt haben: Mitleid. Man möchte immerzu «Ach Gottchen!» sagen.

Das war alles? So harmlos, so bescheiden, so stillgenügsam war die Welt von damals? Weiter hatte sie keine Sorgen? Ja, wenn sie auch nur geahnt hätte, was ihr nachher blühte! Diese paar Männerchen bildeten einen ‹Auflauf›? – diese mäßig angezogenen Damen mit den großen Füßen waren die Ursache zu den schrecklichsten Ehebrüchen? –

das war ein ‹Ereignis›? – jenes eine ‹Sensation›? Dieser würdige Umhängebart herrschte über die Geschicke eines Landes? Vor jenem Monokel hatten die Leute Respekt? Über diese armselige Kruke lachten sie? Ach Gottchen.

Ja, da liege ich auf dem Bauch und komme mir schrecklich erhaben vor. Ich weiß es ja alles besser, die Zeitung spricht zu mir, aber ich lasse mich nicht belehren, sondern weise überlegen und schrecklich naseweis alle ihre Erklärungen und Witzchen zurück. Nein, meine Liebe, das weiß ich alles viel, viel besser! So ungefähr muß der liebe Gott die Welt begucken: wohlwollend lächelnd und unendlich gütig und ein bißchen mitleidig.

Da sehe ich auf. Oben, auf dem Schreibtisch, liegt ein neues illustriertes Blatt. Ja, Bauer, das ist ganz was anderes! Natürlich – wir sind doch weiter gekommen, die Weltgeschichte, der Fortschritt – ich bitte Sie!

Das ist natürlich alles blutiger Ernst. Das ist unsere, meine, Ihre Zeit! So sehen wir aus. Das stimmt alles. Daran ist nichts Lächerliches. Da schwingt zwischen den Zeilen jene Lebenskraft mit, aus der heraus das Blatt gemacht worden ist, da schnuppre ich die Luft, die Atmosphäre meiner Zeit, das ist alles ganz richtig. Weil ich mich nicht an die armen Worte und nur an die kleinen Bilder halte, sondern an jenes unwägbare andere, das diesen Dingen erst Wahrheit gibt. Das hat noch Fleisch auf den Knochen. Das lebt.

Wer in einem blühenden Frauenkörper das Skelett zu sehen vermag, ist ein Philosoph. Brüste sind hübscher.

Und da – unter dem letzten illustrierten Blatt liegt dein Ring, der mir davongerollt ist. Ich hebe ihn auf und blase ihn sauber ab. Ich werde ihn dir morgen an den Finger stecken und du wirst fragen: «Hast du ihn wiedergefunden?»

Und dann werden wir uns beide die neue illustrierte Zeitung ansehen, die – wie bekannt – die Welt wirklich widerspiegelt.

Und wenn dein Ring von deiner Enkelin getragen wird, mag sie das Blatt lesen und uns bemitleiden, wie es uns gebührt.

Vorläufig: sind *wir* dran.

REISE IN DIE KLEINE STADT

> – «Nein, nicht grade älter oder gebeugter, Vater, das ist es nicht. Sie ist anders geworden, ganz anders!»
>
> Aus einem alten Stück

Schwerin – Sie brauchen nicht zu wissen, wo Schwerin liegt. Ich wüßte es auch nicht, wenn ich nicht vor acht Tagen eine Reise dorthin getan hätte, wissen Sie, eine jener kleinen Reisen, auf denen man restlos glücklich ist, weil die Dame neben einem blond und froh und jung ist, und wo noch das Hühnergegacker im Garten des Stationsvorstehers Spaß macht, weil es dazu gehört und weil eben alles Vergnügen und Freude macht. Ja, also Schwerin. Schwerin liegt in Mecklenburg, oben in der Nähe der Ostsee, und es war früher eine kleine stille Residenz, früher, als der Großherzog von Mecklenburg dort noch im Schloß regierte. Ach, das war eine schöne Zeit! Der Großherzog fuhr aus und rollte in leichtem Wagen durch die Stadt: er fuhr zwischen großherzoglichen Hoflieferantenschildern und grüßenden Hoflieferantentöchtern schnell dahin, um die Stadt lag das flache Land unbeschreiblich idyllisch, fett und auf das ungerechteste verwaltet da — aber die liebe Sonne beschien das alles, und jedermann hatte seine Freude daran. Der deutsche Revolutionsersatz machte den Großherzog nun auch äußerlich zu dem, was er immer gewesen war: zu einem reichen Gutsbesitzer; aus dem Schloß ist ein Museum geworden, und Schwerin ist leer, still und verlassen. Kaum einen Wagen sieht man durch die Stadt fahren, keine Wache ruft mehr «Heraus!!» — keine Polizisten hüten das Schloß — — aus. Vorbei.

Wir bummeln durch die Stadt. Vor zehn Jahren war ich zum letzten Male hier. Ja, es ist noch dieselbe Stadt. Sie ist auch nicht älter geworden, nicht umgebaut oder ehrwürdiger — aber anders ist sie geworden, ganz anders. Und während wir so durch Schwerin gehen, muß ich an alle kleinen deutschen Städte denken, die ich in den letzten Jahren sah, und plötzlich fällt mir ein, wie sie sich allesamt verwandelt haben und warum sie sich verwandelt haben. Es sind gar keine kleinen Städte mehr. Früher hatte der Großstädter so eine Art mitleidiges Lächeln auf den Lippen, wenn er eine kleine Stadt bereiste. — «Was kostet das ganze Unternehmen?» stand auf seinen Mienen zu lesen. Er ließ sich herbei, das Städtchen zu besichtigen — sie hatten eine ‹richtige› Elektrische, ganz wie die Erwachsenen, sie hatten eine Wasserleitung, wie die Großen, und wenns ganz nobel zuging, auch ein steinernes Theater. Aber im übrigen waren es doch brave Ackerbürger, für die die Welt weit, weit dahinten lag, und die das alles nichts anging ... Es ist nicht müßig, den Unterschied von heute und damals festzustellen — man versteht schließlich sonst die Welt überhaupt nicht mehr. Heute sind die Leute in den kleinen Städten genau so gewitzt wie die in den großen und vielleicht noch gewitzter. Heute führen sie alle genau dieselben Gespräche wie die in den großen: das Zahlengespräch (es gibt kaum noch ein deutsches Gespräch, in dem keine Zahlen vorkommen) — und das Gespräch, wieviel jeder hat, wieviel jeder nicht hat und wo man dies und jenes bekommt ... Heute sind viele Bauern unendlich reicher, unendlich fundierter, unendlich besser daran als die Großstädter, in deren Bereichen der hinter dem Pflug früher, scheu die Mütze drehend, zur Decke und an den Häusern entlang hochschaute ...

Der Sturm hat die dicken Stadtmauern eingerissen, die ja früher auch noch da bestanden, wo man sie längst niedergelegt hatte. Heute haben sie ihr Cabaret und ihre Tanzdiele und ihren schlechten Sekt – Hallo! Heute wuchern sie und werden bewuchert, schieben und werden geschoben, ganz wie in Berlin, und ihr Pulsschlag zittert, wenn die Börsenzeiger ausschlagen ... Gibt es überhaupt noch kleine Städte? In Norddeutschland kaum. In ganz Norddeutschland ist die kleine Stadt uniformiert: in allen herrscht der gleiche Lebensbetrieb (Leben kann man das kaum nennen) – in allen klafft der gleiche harte und unerbittliche Gegensatz zwischen oben und unten – in allen ist die gleiche stupende Unkenntnis von allem, was da im Ausland vor sich geht – das deutsche Weltbild ist zur Zeit ganz monoman. Frankreich ist der letzte Schuft der Welt (wie früher einmal das ‹krämerische England›, wie früher Italien, wie früher ... die Deutschen brauchen immer einen, der an allem schuld ist) – «die Welt ist neidisch auf Deutschland, weil es gar so tüchtig und arbeitsam ist» – und im übrigen: «Was kostet heute die Butter?» – Sie kostet viel. Sie kostet so viel, weil alle kleinen Städte zusammen, weil ein ganzes Volk nicht einsieht, wie eben diese falsche und lärmende Betriebsamkeit das Unglück gebracht hat, wie sich die Mark und das Mark immer mehr verschlechtern, weil beide krank sind.

Der Wirt des Kurhauses bei Schwerin hebt zum Abschiedsgruß den Hut. Er hat uns bis zum letzten Pfennig ausgezogen, wir haben Koffer und Mantel gerettet und verlassen fluchtartig die Gegend. In der Stadt liegt der Pfaffenteich; er ist zugefroren, und die Leute gehen darüber hin. Sie sehen nicht vergnügt aus und haben kummervolle Gesichter. Sie rechnen ... Durch alle Ritzen und Vorhänge schleicht es herein. Wir spielen ‹kleine Stadt› und wollen vergessen, was draußen ist. Aber es ist aus damit – die kleine Stadt sperrt sich und gibt knapp die Kulissen her. (Und auch die nur gegen hohe Leihgebühr.) Früher sprangst du wohl aus der Zeit – – Heute ist 1923 überall. Welch ein Jahr! Und es bleibt dir nichts übrig, als dich in der kleinen Stadt und in einem kleinen Land damit zu trösten, daß hinterm Berg auch noch Leute wohnen, sie zu grüßen, wenn sie reinen Herzens, und ihnen über die Grenzpfähle die Hand zu drükken, wenn sie deine Geistes- und Gesinnungsfreunde sind.

FRÜHLINGSVORMITTAG

Für Mary

Natürlich kommst du erst einmal ein Viertelstündchen zu spät – und dann mußt du lachen, wie du mich da so an der Uhr stehen siehst, und dann sagst du: «Die Uhr geht überhaupt falsch!» Uhren, an denen sich Liebespaare verabreden, gehen immer falsch. Und dann gondeln wir los.

Das ist ein zauberischer Vormittag. Du trägst ein weich gefaltetes, weites Kleid, ganz hell, was dich noch blonder macht, einen kleinen Trotteur, wie ich ihn gern habe, und deine langen, zarten Wildlederhandschuhe; du duftest ganz zart nach irgendetwas, was du als Lavendel ausgibst – und was das Verzaubertste an diesem hellen Tage ist –: wir sprechen nicht ein einziges Mal von Zahlen. Es ist ganz merkwürdig und unberlinisch. Leider: ganz undeutsch.

Du sprichst von Kurland. Wie sich auf dem lettischen Bahnhof Männlein und Weiblein und Kindlein einträchtig in der Nase bohrten, der ganze Bahnhof bohrte in der Nase: Gendarmen, Bauern, Schaffner und Lokomotivführer. Ich finde, daß das dem Nachdenken sehr förderlich sei, und das willst du wieder nicht glauben. Doch. Der Ausdruck: «in der Nase grübeln . . .» Weiter. Und dann erzählst du von den langen, langen Spaziergängen, die man in Kurland machen kann – und mir wird das Herz weit, wenn ich an das schönste Land denke, das wir beide kennen: Gottes propprer Protzprospekt für ein unglücklicherweise nicht geliefertes Deutschland.

Und dann gehen wir an kleinen Teichen vorbei, an einem steht seltsamerweise nicht einmal eine Tafel mit: Verboten – und wir wundern uns sehr. Und du patschst mit deinen neuen Lackhalbschuhen (du freundliche Mühlenaktie!) in einen Tümpel, und ich bin an allem schuld – und überhaupt. Aber dann ist das vorbei . . .

Und in deinen Augen spiegelt sich der helle Frühlingstag, du siehst so fröhlich aus, und ich muß immer wieder darauf gucken, wie du dich bewegst. Und wieder sprechen wir von Rußland und von deiner Heimat. Was ist es, das dich so bezaubernd macht –?

Du bist unbefangen.

Und ich will dir mal was sagen:

Bei uns tun die feinen Leute alles so, wie es in ihren Zeitschriften drin steht – und immer sehen sie sich fotografiert, fein mit Ei und durchaus ‹richtig›. Ihr überlegt gar nicht so viel. Ihr seid hübsch, und damit gut. Und ihr geht, schreitet, lacht, fahrt und trinkt so, wie es euch eure kleine Seele eingegeben hat – ohne darüber nachzudenken, wie das wohl ‹aussieht›. Aber ihr fühlt immer, wie es aussieht – und ihr wollt immer, daß es hübsch aussehen soll. Und nichts ist euch unwichtig, und alles erheblich genug, um es mit Freude zu tun. Der Weg ist das Ziel.

Aber da hält ein Auto, darinnen sitzt Herr Kolonialwarenhändler Mehlhake (A.-G. für den Vertrieb von Mehlhakeschen Präparaten – «Wissen Se, schon wejen der Steuer!»), und so sieht auch alles aus: Frau Mehlhake ist so schrecklich richtig angezogen, daß wir aus dem Lachen und sie aus der feinsten Lederjacke nicht herauskommt, die kleinen Mehlhakes haben alle Automobilbrillen und schmutzige Fingernägel – und das Auto kostet heute mindestens seine ...

Aber wir wollten ja nicht von Zahlen sprechen an diesem Frühlingsvormittag.

Das Auto staubt davon. Wir gehen weiter, wir Wilden, wir bessern Menschen.

Denn mit dem Stil ist das wie mit so vielen Dingen: man hat ihn, oder man hat ihn nicht.

DIE NACHGEMACHTEN

Sie glauben gar nicht, wie natürlich meine künstlich nachgemachten Haarfrisuren aussehen!

Berliner Schaufensterinschrift

Es sieht alles ganz natürlich aus. Die reichen Leute fahren in ihren Automobilen herum, sie bekommen eiskalten Sekt und siedendheiße Bouillon mit Mark, temperierten Rotwein und Frauen aller Wärmegrade. Sie beschenken sich zu Weihnachten, zu den Geburtstagen, und wenn sie von einem anderen etwas wollen. Sie führen das Leben, nach dem sie sich ihr ganzes Leben lang gesehnt haben.

Aber es stimmt etwas nicht mit ihnen. Es fehlt ihnen irgend etwas. Besonders die fühlen es, die auch schon früher nicht ganz arm gewesen sind. Mit diesem ganzen Juchhei ist irgend etwas nicht in Ordnung. Echt mag die Lebensfreude sein. Aber sie ist nicht original. Sie ist nachgemacht.

Noch nie ist in Europa der Gegensatz zwischen oben und unten so hart und scharf gewesen wie heute. Man geht sich aus dem Wege. Man ist sich nicht grün. Man verachtet sich. Ja, es soll vorkommen: daß man sich haßt.

Wir stehen nicht am Gitter und erzählen uns, wie sauer denen da drinnen die Trauben schmecken, die uns unerreichbar sind. Aber uns kann niemand etwas erzählen: es sind nicht unsere alten Friedenstrauben. Es sind nachgemachte.

Es ist alles so:

Die Reichen – und besonders die Reichgewordnen – spielen für ihr Geld Frieden. Sie haben früher so lange Jahre das da gesehen (und sie haben es nicht haben können) – und nun wollen sie auch einmal. Und kaufen sich die alten Ideale. Ja, sie sind noch sehr schön ...

Aber es sind nicht die alten. Es sind nicht die alten, weil man die Luft nicht kaufen kann, in der sie einmal gediehen sind; weil man die Lebenssphäre nicht kaufen kann, die jene hervorgebracht hat. Es sind hastige Erfüllungen hastiger Menschen, und ich muß immer an einen hübschen Ausdruck denken, den mir einmal eine Französin in ihrem lustigen Kullerdeutsch sagte: «Das?» sagte sie und zeigte auf eine junge Person, die da vor uns herumtanzte. «Das ist eine *schnelle* Frau!» – Auch dies sind schnelle Freuden.

Angefertigt nach altem Rezept, fabriziert nach alten Vorlagen, hergestellt nach den alten Mustern. Sie sind nicht in dem Tal geboren ... War es nicht früher sehr lustig, in Premieren zu gehen? Na, gehen wir doch zu den Premieren – jetzt können wir es uns ja leisten! Machte man nicht früher, wenn man vergnügt sein wollte, Fahrten ins Grüne? Hans, kurbeln Sie den Wagen an – wir fahren ins Grüne – !

Ach, es ist das alte Grüne nicht mehr. Die Bäume sehen aus, als wüßten sie, wie das Holz inzwischen im Preise gestiegen ist, die Blumen blühen freibleibend, und mit den Kühen ist überhaupt nicht mehr zu reden; niemand traut sich ‹du› zu ihnen zu sagen, seit sie solche Wertobjekte geworden sind. Vorbei, vorbei – –

Und wenn ihr mit goldenen Zungen redet und hättet der Liebe nicht ...! «Geld allein macht nicht glücklich, man muß es auch haben!» sagt ein altes Wort. Nein, man muß auch eine Welt haben, in der man ohne Scham glücklich sein kann.

Man mußte wohl immer einige Abstraktionen beiseite tun, wenn man glücklich war – und jeder Glückliche ist ein Egoist, der der Traurigen vergißt. Aber es ist heute schwer, sie nicht zu vergessen. Man stolpert über sie.

Denken Sie, ich saß neulich allein im Auto meines Freundes Jannings, wissen Sie, des großen Filmschauspielers – und Sie können sich nicht denken, wie böse mich alle Leute auf der Straße angeguckt haben. Zugegeben: ich bin ein wenig dick ... Aber ich hätte am liebsten ein Fähnchen aus dem Wagen herausgestreckt: «Bitte! Ich bin es gar nicht! Ich kann nichts dafür! Ich gehöre zu euch!» – Ich denke es mir nicht schön, immer so angeguckt zu werden ...

Fühlt man sich doppelt warm, wenn es draußen schneit und windet? Ja, vielleicht. Aber fühlt man sich auch doppelt wohl, wenn draußen Leute leiden?

Sie bauen sich alte Freuden auf, die heute keinen rechten Sinn mehr haben. Die deshalb keinen Sinn mehr haben, weil zu jedem Karneval eine glückliche Menge gehört – ja, weil *sie* erst die Lust ausmacht, in der damals eine ganze Stadt tanzen konnte.

Vielleicht ist das große Leid die Würze zum Vergnügen dieser anderen. Der Schmerz der Armen ist ein Pfeffer für die Reichen. Ein Weinen klingt unter der Erde, aber sie tanzen.

Entschuldigen Sie bitte, wenn ich im Gewühl der Zahlen Ihres Kurszettels ganz leise sagen möchte: «Das ist kein schönes Vergnügen. Es ist doch nur – ein nachgemachtes.»

«JA, FRÜHER . . .!»

> Das ist schon lange her – schon lange her!
> Für 'n Taler Liebe gibts schon längst nicht mehr –!
> Julius Freund

In den alten *‹Fliegenden Blättern›* – Gott hab sie selig! – prangte in jeder dritten Nummer ein Doppelbild: In einer braven beschaulichen Landschaft spazierten freundliche, langsame Menschen andante Hand in Hand – – und staubumwirbelt, steinumspritzt bullerte ein neumodisches Automobil einher . . . *‹Einst und Jetzt›* pflegte darunter zu stehen. Von diesem ‹Einst und Jetzt› leben drei Viertel aller deutschen Gespräche.

Wir wollen einen Verein gründen, der sich zum Ziele setzt, sich nicht mehr über ‹Einst und Jetzt› zu unterhalten und nicht mehr darüber, daß im Frieden vier Schrippen zehn Pfennige gekostet haben. Das wissen wir jetzt. Wir wissen jetzt, daß ein mittlerer Bankbeamter im Frieden jährlich viertausend Mark verdiente, daß ein Oberhemd acht Mark fünfzig und daß eine Flasche Sekt auch nicht viel mehr kostete. Von Kempinski zu schweigen.

Bei den alten Tanten fing es an. Das unerschöpfliche Gesprächsthema ‹Essen› im Kriege wurde von dem unerschöpflichen Gesprächsthema: ‹Ja – früher!› nach dem Kriege abgelöst. Es ist zum Platzen langweilig.

Es gibt ganze Stammtische, die davon leben, festzustellen, daß man heute nicht mehr leben kann. «Fritz – nochn Halben!» – Aber sie leben alle weiter – anders als damals, teurer als damals, unfroher als damals – aber es geht doch weiter, denn die Welt bleibt nicht stille stehen, der Dollar auch nicht, die Notenpresse auch nicht. Ja, früher . . .

Wenn wir so weiter machen, dann gleichen wir jenen Großmüttern, die hinter jedem radfahrenden Mädel her kopfnickten: «Zu meiner Zeit . . .!» Ja, du lieber Gott – es war nicht mehr ‹ihre Zeit› – das Mädel klingelte fröhlich mit der Radfahrklingel und hatte Hosen an, Großmama fiel in Ohnmacht, das Rad schwirrte schon in weiter Ferne, Großmama wachte wieder auf . . . und alles ging weiter. Zu ihrer Zeit . . .

Wissen Sie, es hilft ja keinem. Wir haben es nun also glücklich herausbekommen, daß früher alles ganz anders war. Daß der gekochte

Schinken, die Krawatten, die Damenmäntel, die Philosophie — daß das alles mit den heutigen an Qualität gar nicht zu vergleichen war. Und langsam vergoldet sich die Zeit, die gute alte Zeit in der Erinnerung.

Wenn man den nicht abreißenden Klageliedern glauben wollte, so wären wir damals alle ganz zufrieden, ganz heiter, ganz und gar glücklich gewesen. Und was haben wir doch damals geflucht!

Wir haben geschimpft, wenn in Warnemünde die Pension im Haus ‹Meergott Nepptun› statt 5,50 Mark 6 Mark kostete, wir haben gewettert, wenn die Butter um zehn Pfennig teurer wurde, und was sich abspielte, als die Zweipfennigpostkarte abgeschafft wurde, das läßt sich nur noch mit der Aufregung vergleichen, die heute die Börse packen würde, wenn der Dollar wieder das große Klettern bekäme. Es kommt nur auf die Nuancen an.

Ja, der Moselwein kostete mit Glas und Flasche achtzig Pfennig. Gewiß doch. Ja, Minna bekam vierzig Mark im Monat und warf auch nicht mehr Teller kaputt als heute. Na, allemal. Ja, wenn Charlottchen achtzigtausend Mark Mitgift bekam, dann sah der glückliche Bräutigam auch über den höchsten Buckel hinweg. Das sowieso. Aber das wissen wir nun.

Ist es nicht viel nutzbringender, sich nun endlich einmal zu sagen: «Das ist nun vorbei!» — Oder noch besser: «Das ist nun heute anders!» — Und da wir heute leben, da wir heute arbeiten, da wir von heute sind und, Gott sei Dank, nicht von gestern: Wollen wir uns mal nicht über etwas anderes unterhalten?

Hat es irgendeinen Zweck, sich den Kopf darüber zu zerbrechen, wie ich mir meine Wohnung eingerichtet hätte, wenn ich noch ... Was ich mit meinem gesparten Geld gemacht hätte, wenn wir ... Man wacht mit dickem Kopf aus schweren Träumen auf und hat gar nichts weiter als eine verpennte Viertelstunde zu verzeichnen. Was soll das?

Ist es nicht viel schlauer, die Welt so anzuschauen, wie sie ist, und sich nach ihr zu richten, weil sie so ist? Ich weiß, man trägt jetzt wieder allenthalben einen — falsch verstandenen — Idealismus; aber ich kann mir nicht denken, daß er zu irgend etwas gut ist. Ich habe einen Friseur — was, Anton? — der bekommt ganz annehmbare Trinkgelder von mir — aber er darf nie, niemals, beim Balbieren nicht und bei der Haarschur nicht, erzählen, was früher alles gekostet hat. Er darf es nicht. Und er tuts auch nicht. Den meisten Leuten kann man leider keine Trinkgelder anbieten.

Vielleicht stehe ich mutterseelenalleine da — aber ich finde es furchtbar langweilig, mir die alten Preislisten aus den Jahren 1901 bis 1913 anzuhören. Mögen Sie das gern —?

Weibliche eherne Säulen des berliner Vergnügungslebens sind geblieben — und haben ihre Zeit begriffen. Fürn Taler Liebe ... ach, du lieber Gott!

Lasset auch uns zeitgemäß sein. Wer uns noch einmal damit langweilt, daß er uns vorstöhnt, wie er damals ... und wie gut er seinerzeit ... der sei verflucht! Wir wollen es nicht mehr wissen.

P. S. Was meinen Sie, hat solch Aufsatz früher Honorar gebracht –?

OASE

«.... Einmarsch ins Ruhrgebiet lediglich mit der Absicht gerechtfertigt worden, rückständige Kohlen- und Holzlieferungen einzutreiben. Aber Stresemanns Rede hat mit erfreulicher Deutlichkeit bewiesen, daß Deutschland seine schärfste und beste Waffe, den passiven ...»

Zwei Akte spielt Chaplin ganz allein. Er hat etwas reichlich von dem zu sich genommen, was in Amerika jetzt unter die Prohibition fällt, und nach einer heftigen Bataille mit der Tür des Autos rollt er vor sein Haus. Das Auto ab. Chaplin allein. Was nun?

Wir hatten einmal einen Schlüssel, aber den haben wir leider im Whisky liegen lassen. Der Schlüssel – wo ist denn der? Aber der wackre Chaplin forcht sich nit und beklettert sein Haus von außen und dringt durch das an ihm angebrachte Fenster in dasselbe ein. Und steht selig im Zimmer ... Und wie er so verstört um sich stiert, da finden seine emsigen Hände in seinen Taschen den Schlümmel, den Schlüssel ... Was ist das, Chaplin? Das ist ein Schlüssel. Was macht man damit? Man schließt damit Türen auf, wenn man nach Hause kommt. Von außen? Von außen. Na also –! Und heraus aus dem Fenster, heraus auf die Straße, rum um das Haus und aufgeschlossen, und – Triumph! Sieg! – hinein ins Zimmer. Drei Hurras für den Schlüssel!

Ja, da wären wir nun. Die Augen zwinkern – das ist ein sehr merkwürdiges Heim. Zwei Treppen führen aus der kleinen ‹hall› nach oben, auf eine Balustrade, wo eine furchtbare Kuckucksuhr einen grausenerregenden Pendel schwingt, so lang wie ein Grenadier. Und dann stehen da so viele ausgestopfte Tiere herum ... Nach einigen Meinungsverschiedenheiten mit denen Katzen großes Sechstagerennen um einen drehbaren Tisch: dortselbst ist eine Karaffe angebracht, die wegläuft. Mit List, Tücke und einem eingeklemmten Smokingzipfel wird sie gefangen. Ja, und nun wollen wir zu Bett gehen. Zu diesem Zweck muß er die Treppe hinauf.

So viel verschiedene Arten, eine Treppe herunterzufallen, habe ich noch nie gesehen. Es ist ganz erstaunlich, was Charlot da anstellt. Er rollt herauf und trudelt herunter, er steigt o-beinig nach oben und kommt koppheister nach unten, er kämpft, er haßt, er streichelt die Treppe, er versucht es mit Gewalt und mit Pathos, mit letzter Verzweiflung und mit Koketterie – es geht nicht. Einmal setzt er alles auf eine Karte und auf seine zwei Spiritusbeine und tobt nach oben, als hätte es nie Schwierigkeiten gegeben, diese Treppe zu besteigen ... Es ist der Kampf des Menschen mit dem Schicksal ... Und kommt mit dem ganzen Treppenläufer wieder unten an, liegt eingewickelt da und trinkt sofort, noch auf der Erde, einen kleinen Erholungsschnaps ... So haben wir lange nicht gelacht.

Und mit welcher Sparsamkeit der Bewegungen ist das alles gemacht! Mit welchem Minimum an effort! Wie leise geht alles, wie sanft und aalglatt! Einmal kommt er beinahe, beinahe nach oben, schon erklimmen die glücklichen Zehen die oberste Stufe, da blickt der Entsetzte in das Antlitz eines schwarzen Grisly-Bären. Wupp – runter. Wie das gemacht ist, wie in dieser blitzschnellen Bewegung liegt: «O weh – Bär! Bär? Will nicht. Abgelehnt. Auf Wiedersehn!» – das ist nicht zum Blasen.

Und wie man gar nicht mehr lachen kann, da hat er es endlich erwischt: aus seinem reichen Erfahrungsleben erinnert er sich, wie man Anhöhen überwindet, und setzt sich ein Tirolerhütchen auf und bindet sich einen Rucksack um und ergreift seinen Eispickel und eine Axt und hackt Löcher ins Geländer und kommt so glücklich nach oben. Und fällt leider wieder herunter, weil er sich – Gott seis geklagt – unten angeseilt hat. Aber angeseilt hat er sich.

Und was dann noch alles mit dem Uhrpendel und unter der Brause geschah, das weiß ich nicht mehr – denn ich habe mich aus dem Leim gelacht.

«... Widerstand gegen Poincaré ... Selbst wenn man annimmt, daß Frankreich heute Wege sucht, um die Zerstörung deutscher Reichshoheit herbeizuführen, so muß festgestellt werden, daß seine bisherige Taktik durch das mannhafte Auftreten der Reichsregierung Ergebnisse nicht gezeitigt hat.»

BERGNER! BERGNER!

Also das gibt es noch. Es hat also noch Sinn, ins Theater zu gehen, und es gibt also noch andre, ehrlichere Premieren als jene Filmkomödien, wo unter Blumenhainen glatzköpfige Geschäftsleute zweifelhafter Prägung auftauchen ...

Das Lessing-Theater hallte wider von den Rufen: Bergner! Bergner! Mit vollem Recht.

Ensembles haben wir nicht mehr. Und von einem berliner Theater kann man wohl auch kaum noch im Ernst sprechen – denn wie soll man mit Liebe rezensieren, was ohne Liebe gemacht wird? Aber daß es noch wertvollen Nachwuchs gibt, das zeigt sich in dieser Frau.

Wie das blüht und duftet! Wie das im höchsten Sinne Kunst ist und im höchsten Natur! Wie sie sich keinen Zwang auferlegt und doch streng im Bann ihrer selbst bleibt! Wie sie sich nie wiederholt, und welche Fülle von Erfindung! Was fällt ihr alles ein! Was macht sie alles! (Und was macht sie alles nicht!)

Es hat auf einmal wieder Sinn, auf Nuancen zu hören. Die kleinsten Abweichungen übertragen sich; Achteltöne werden hörbar, Atemzüge entscheiden, und keiner ist im Theater, ders nicht versteht. Sie spricht das Wort ‹Rosalinde› nicht ganz richtig aus – manchmal schleift sie das ‹a›, sodaß es sich fast anhört wie ‹Roselinde› –, und diese winzige dialektische Färbung macht sie uns vertraut und lieb, rückt sie nahe und näher ... Wenn weißes Licht aus tausend bunten Farben entsteht, so dieser Eindruck aus tausend solchen kleinen, synthetisch erfaßt von einem einzigen Menschen, von einer einzigen Frau.

Wie sie als Junge sprach und als Mädchen kopierender Knabe und wieder als Frau – und wie rein sie alle Töne brachte! Wie jubilierte ihre Stimme, als sie in jener herrlichen Liebesfuge als Schlußakkord dastand: «Sag, guter Schäfer, diesem jungen Mann, was lieben heißt.» – «Es heißt, aus Seufzern ganz bestehn und Tränen! Wie ich für Phöbe!» – «Und ich für Ganymed!» – «Und ich für Rosalinde!» – sangen die andern. Sie aber: «Und ich für keine Frau!» Welcher Jubel, welche Süßigkeit, welche Liebe!

Und es haftet. Die meisten Theatereindrücke der letzten Jahre versinken – dieser bleibt und macht noch den nächsten Tag und die nächsten Tage heiter und glücklich. Seligkeit des Erinnerns, zu wissen, daß es unter den Flußpferden des Verdienens so etwas gibt! Es hallt nach: Uns kann nichts geschehen – es gibt noch so etwas! Und noch in dem lebenden Depotbuchhalter, der von seinem Konto in einen grauen Hof blickt, zittert der Klang dieser Stimme nach. Und ein Ruf hallt: Bergner! Bergner!

Zum Schluß trat sie vor den Vorhang – als Epilog des Stücks –, Beifall umdonnerte sie, und sie hob leise die Hand. Abwehrend fast und unendlich süß. Wollte sie noch etwas sagen? Es wurde still. Und als sie begann, dachte ich: Jetzt spricht Elisabeth Bergner ganz persönlich, improvisiert und dankt für einen Beifall, auf den sie so lange Jahre gewartet hat. «Ich bin jahrelang hier herumgelaufen, bei euch, in Berlin», hätte sie sagen können, «und keiner eurer Schlauköpfe hat mich erkannt. Und keiner hat mich überhaupt spielen lassen. Jetzt ist der Erfolg da, und ich will nicht bitter sein, und ich danke euch.» Sie sprach aber mit derselben Natürlichkeit die vorgeschriebenen Worte des Stücks.

Bergner! Bergner! rief die Galerie.

Und wir, die wir dabei waren, nuckelten mit dem Kopf und segneten sie und wünschten ihr alles Gute. Betend, daß Gott sie erhalte, so jung, so schön, so hold. Und daß der Film ihr fern bleibe, und daß Berlin sie nicht auffresse mit seinem provinzhaften ‹Faaabelhaft!› und seiner, Gott soll hüten, Gesellschaft. Trotze der Panke!

In diesem Sinne:

Bergner! Bergner!

AM SONNTAGNACHMITTAG

pflege ich gemeinhin alte ‹*Weltbühnen*› zu lesen. Nein, meinen Kram nicht – sondern etwas ganz andres.

Erstens ist es sehr lehrreich, zu sehen, wie alte Aufsätze noch wirken – wie, wenn sie gut sind, die Sache zwar verstaubt, veraltet ist, aber wie neu, im hellen Glanze, der Kerl erstrahlt, ders geschrieben hat. Wie das Unwichtige wichtig und das Wichtige unwichtig wird – wie die ‹Affären› vorbei sind und mausetot, wie aber der Stil noch frisch ist und die Gesinnung und der Mensch, der dahinter steht.

Und wenn ich dem S. J. seine alten Theaterkritiken durchgeblättert habe und Morgenstern und Walser und Hardekopf – Gott, bevor ich an das Blatt kam, hatten wir schließlich sehr anständige Mitarbeiter! –: dann lese ich, immer mal wieder, Polgarn.

Dies ist ja zum Glück keine Zeitschrift mit einem ungedienten Unteroffizier als Redakteur – die meisten deutschen Redakteure lassen ihre Mitarbeiter nicht ausreden, sondern bakeln an ihnen herum, und so sieht das auch alles aus! –, und so darf ich denn wagen, was anderswo nicht möglich wäre: einen Mitarbeiter dick und offen zu loben.

Loben? Ich muß ihn streicheln. Nein, wir alle sollten ihn streicheln.

Da sind tausendundeine Theaterkritik – ich kenne kaum einen dieser Schauspieler, keines der wiener Theater, ich verstehe so viele sachliche Anspielungen gar nicht – und dennoch ist es wie ein warmes Bad, das zu lesen. Das zergeht auf der Zunge – aber ich muß schon lachen, denn keines solcher Worte hat der verehrte Liebling meiner Sonntagnachmittage unzerspöttelt gelassen. Im sauersüßen Tadel einfach unerreichbar, sodaß man nicht weiß, ob da einer mit einer Drahtbürste geliebkost oder mit einer Puderquaste geschossen hat. Welche Fülle an Bildern! Es gibt einen spezifisch Polgarschen Witz: er verlegt Sinneseindrücke von einer Sphäre in die andre, vergleicht einen Theaterbombast mit einem Gericht, einen optischen Eindruck mit einer Hautempfindung und vermengt auf das freundlichste die Gebiete des menschlichen Daseins. Seine Kunsturteile sind von unangreifbarer Sauberkeit – seine Grazie einzig. Da ist eine kleine Geschichte ‹*Scharlach*› und eine ‹*Wie der Goethe entstand*›! Man müßte das alles abschreiben.

Warum das hier gesagt wird? Erstens aus Spaß. Zweitens aber, um einmal zu sagen, wie blödsinnig diese Wertung nach Quantität ist. Sind wir eigentlich Akkordarbeiter? Ich muß mich sehr vorsehen, so etwas zu sagen — sonst denken die Leute, ich spräche pro domo —: aber ich bin ein aufgehörter Schriftsteller und habe kein domum. Aber jener! Ist er denn deshalb weniger als andre, weil er sofort, schon in der zweiten Zeile, das Wesentliche sagt und nicht erst auf der achten Seite in Schwung kommt? Ja? Muß man Wälzer schreiben oder irgendeinen abendfüllenden Unfug, um ernst genommen zu werden?

Laß sie doch Literaturgeschichte schreiben, Polgar. In unsrer stehst du an erster Stelle — unter ‹Besserer alleinstehender Herr in ungenierter kleiner Wohnung›.

Und wir bedanken uns für so viele freundliche Stunden und wünschen dir alles Gute!

«'N AUGENBLICK MAL—!»

Wenn du bei der ‹Deutschen Grundstücksverwertungs-Aktiengesellschaft› (unter dem tut sies nicht!) anrufst, dann meldet sich erst eine dünne, quäkige Mädchenstimme. Und weil du sowieso schon den Bauch voller Zorn hast — weil jener die Steuern falsch verrechnet hat und überhaupt —, so betest du böse und eilig deinen ganzen Spruch herunter und schließt mit der siegreichen Frage: «Also, was wird nun mit der Steuer?» — Und dann überlegt sich die kleine Mädchenstimme die ganze Geschichte einen Augenblick und spricht dann unfehlbar: «'n Augenblick mal!»

Und dann mußt du eine halbe Stunde am Telefon stehen.

Dieser ‹Augenblick› begegnet uns alle Augenblick.

Nun mag das ja wirklich nicht so einfach sein, in einer großen Organisation — und wo wären in Deutschland nicht große Organisationen! — gerade auf den einen, winzigkleinen Punkt zu treffen, der zuständig ist — in diesem Heer von Hosendurchsitzern, Wichtigmachern, Anschnauzern, Vorgesetzten, verhinderten Vorgesetzten und Botenfrauen gerade jenen einen Beamten zu finden, der dein Schriftstück in der Mache hat. Das ist gewiß nicht leicht. Aber so schwer sollte es einem denn doch nicht gemacht werden.

Vor allem ist so possierlich zu beobachten, wie die Leute, die sonst so gar keine Zeit haben, mit dieser ihrer Zeit umgehen. Der eine singt dem andern stundenlang eine Sache am Telefon vor, die den gar nichts angeht — und der holt einen dritten, und das Spiel wiederholt sich und jeder sagt: «'n Augenblick mal!» – und inzwischen wächst einem der Bart durch den Tisch, und Harpener steigen unentwegt, die Sonne geht unter und wieder auf und wir stehen immer noch am Telefon. «'n Augenblick mal –!»

Es ist eine gewisse japanische Höflichkeit in diesem ‹einen Augenblick›! – So wie es der japanische Höflichkeitskodex vorschreibt, das eigene Haus und die eigene Person als möglichst miserabligt hinzustellen – «Darf Ihr untertänigster Knecht Euer Hochwohlgeboren in seine abscheuliche und niedrige Hütte einladen?» – so sagt der Mann am Telefon auch niemals, daß es Gott behüte zehn Minuten dauern wird, bis er den zuständigen Mann gefunden haben wird – er sagt auch nicht, daß er kein Wort von dem verstanden hat, was jener erzählt hat – er sagt auch nicht, daß sie gar nicht zahlen wollen, und daß ihm der Generaldirektor noch vor einer Viertelstunde gesagt hat: «Sie – wenn der damliche Panter noch mal wegen seines Vorschusses anklingelt, dann sagen Sie ihm – – !» (Na, das kann er ja auch schließlich nicht bestellen!) – Er sagt auf alle Fälle, immer, unter allen Umständen: «'n Augenblick mal!» – Und du stehst da mit dem gewaschenen Hals.

Ja, man könnte natürlich reformieren. Man könnte sich ja angewöhnen, zuerst einmal kurz zu sagen, was man denn eigentlich wolle. Zum Beispiel: «Hier Müller. Anfrage wegen der Alimentationsakten der ziemlich unverehelichten Alwine Nordhäuser» oder: «Hier Schulze. Heftige Beschimpfung von euch Schiebern wegen des letzten Vertragsbruchs» – aber so kurz können sich nicht alle Menschen ausdrücken. Nein, und diese Reform wäre auch praktisch, und so etwas wollen wir nicht.

Und dann hat es ja auch so etwas himmlisch Bequemes. Zunächst mal hat sich der Telefonmann die Sache abgewimmelt – ja *er* ist doch nicht verantwortlich ... Und das hat schon Dickens gewußt, wie es die oberste Pflicht eines tüchtigen Beamten ist, sich die Arbeit vom Leibe zu halten – und sie auf einen andern abzuwälzen.

Und ist das nicht überall so – ?

«Herr Ludendorff! Wie war das 1918 – ?» – «'n Augenblick mal!» – Schon ist er weg. – «Herr Kultusminister, wie sollen sich die armen Studenten weiter durchbringen – ?» – «'n Augenblick mal – !» – Auf Wiedersehen. «Herrschaften, wann bringt ihr denn nun euer Debetkonto in Ordnung?» – «'n Augenblick mal – !» Tot. Aus. Zerplatzt. Er ist heilsam und bekömmlich, der Augenblick.

Sehen Sie, das Telefon ist eine schnelle Erfindung. Und weil da alles ganz fix gehen muß, deshalb spielt sich das so ab:

Der Kunde ruft an. Fräulein Emmy geht ans Telefon, sagt schnurrend den langen Titel ihrer Gesellschaft herunter, und jetzt fängt der Kunde sein Lamento an. Ach Gott – das gute Kind kommt gar nicht zu Worte. Und den ersten Punkt, den jener macht, wartet sie ab und schöpft ganz schnell Atem und haucht hinein: «Einen Moment mal – !» Und legt den Hörer hin und manikürt sich ein bißchen die schlanken Finger und sieht sich schutzsuchend im Lokal um, wo denn der allgewaltige Prokurist sei. Aber der ist gerade nicht momentan – und so läßt sie denn den Hörer mit dem zappelnden Kunden auf der anderen Seite noch ein bißchen liegen und frühstückt ein wenig und liest den neuen Roman ihrer Zeitung – und: «Richtig, ja!» – und stürzt dann davon, den Mann von der Spritze zu suchen. Inzwischen verschlechtert sich der Gesundheitszustand des Kunden zusehends, und daher sind wir auch alle so nervös.

Ich will es jetzt aber auch so machen.

Und wenn ich wieder einmal durch die Friedrichstraße gehe, und eine Fürstin segelt mich leise an, so eine vollbemastete Brigg mit achtzehn Knoten in der Stunde, und funkt zart herüber: «Na – Kleiner?» – dann will ich ganz bestimmt erstaunt aufsehen und sie anlächeln und freundlich sagen:

«Einen Augenblick mal – !»

ALT-HEIDELBERG

Als der Großvater die Großmutter nahm,
Da herrschte noch sittig verschleierte Scham;
Man trug sich fein ehrbar und fand es nicht schön
In griechischer Nacktheit auf Straßen zu gehn.
Langbein (1813)

Im Deutschen Theater zu Berlin, wo einst Max Reinhardt Meister war, hat man *‹Alt-Heidelberg›* gespielt, jenen Reißer aus unsrer Väter Tagen, einen anachronistischen Buntdruck. In allen Schaufenstern liegen *‹Rheinlieder›* aus, mit bunten Umschlägen wie aus den achtziger Jahren: blondgelockte Mädchen kredenzen wackern Jünglingen ein Glas edeln Weines, der Rhein fließt romantisch und unbeschreiblich grün bedruckt vorüber, und innen steht ein schönes altes Lied. Die Sehnsucht nach dem Früher ist allgemein. Deutschland spielt: gute alte Zeit. Es ist, wie wenn eine Welt vor ihrem endgültigen Untergang noch einmal alles, alles rekapitulierte, was je dagewesen ist, und vor allem das Schlechte: ein Haus ist heruntergebrannt, und das erste, was die Leute unverändert wieder aufbauen wollen, sind die sehr unhygienischen Toilettenräume. Sie waren so romantisch . . . Noch nie war die Sehnsucht nach dem Bürgerlichen so groß wie heute – noch nie so groß die Wertschätzung jener spezifisch bürgerlichen Tugenden, ihre Pflege und ihre falsche Vergötterung.

Wie nun jede Zeit das Bestreben hat, sich die vorige als harmlos, ruhig und still-vergnügt und satt-zufrieden vorzustellen – im Gegensatz zu jener bösen, bewegten und übeln, in der man zu leben grade das Pech hat: so lügt sich diese die Jahre 1870 bis 1914 in eine freundliche Epoche leiser Beschaulichkeit um und zurecht, und, nicht genug damit, will sie sie auch noch nachahmen. Drollig und tragisch zugleich, wie dieses Kostüm in dieser Zeit wirkt. Es geht ja nicht, auch wenn ihr euch noch so anstrengt. Es geht ja nicht, vom ‹Heim› zu reden, wenn selbst die paar Quadratmeter Holzplanke den Wohnungsämtern unterliegen; es geht nicht, vom ‹frisch-fromm-fröhlichen› Studenten zu sprechen, wenn er gezwungen ist, sich seinen Lebensunterhalt zu verdienen; es geht nicht, von der ‹keuschen deutschen Jungfrau› zu fabeln, wenn Kunigunde den ganzen Tag über im Büro die schnatternde Schreibmaschine bedient. Es geht nicht.

Aber wie in einem Anilinglanz sonnen sie sich in dieser versunkenen, maßlos überschätzten Epoche. Sie ist nicht nur zeitlich vorbei – sie ist auch mausetot, und wenn es nicht so graue, so bürgerliche Dinge wären, die man da aufwärmt, so könnte man an die Romantiker gemahnt werden, die Kreuzfahrer sein wollten, als Stevenson am Bau der ersten Lokomotive bastelte. Vorbei, vorbei. Und heute? Heute pumpen sie sich die Formen aller Kulturen, um die Leere ihrer eignen zu verkleistern, und wo ein Loch ist, da stellt ein altes Schmuckstück bald sich ein. Es gibt einen medizinischen Begriff von den ‹ausgeschliffenen Bahnen›, die das Denken leichter läuft, weil es sie so oft gelaufen ist (man erinnere sich, zum Beispiel, an das kleine Einmaleins). Kriege sind über uns hereingebrochen, Volksbelustigungen, denen man in Deutschland den Namen ‹Revolution› anhängte, Krachs und Börsenbaissen – aber voll Sehnsucht rutscht alles die geliebte, alte, ausgeschliffene Bahn. Wie einst im Mai ... Aber damit ist es doch vorbei. Und sie wollen es nicht sehen. Und je härter und erbarmungsloser die Zeit wird, desto verzweiflungsvoller klammert sich eine ganze Generation von alten Jungen an die Dinge, an denen einst ihr Herz hing. Nun grade – nun erst recht ... Und stemmen sich gegen den rollenden Stein der Zeit, gegen die ganze Erde – aber es hilft nichts, es hilft nichts, es hilft nichts. Vor dem Sterben fallen manche Kranke in Euphorie – das heißt: es geht ihnen noch einmal sehr gut, noch einmal blühen sie, scheinbar, auf, noch einmal werden die Wangen rot, die Augen glänzend, noch einmal ... Und sie hoffen und fühlen sich federleicht und wohl und ganz gesund und denken, morgen aufzustehen und heraus zu dürfen ... Und ahnen nicht, daß sie morgen in der Tat hinausdürfen durch die Tür, die Füße vorneweg ... So ist das mit unserm Alt-Heidelberg.

Sie spielen die alten Possen. Sie weinen über die alten Schmachtfetzen. Sie baden sich in den alten Vorstellungen. Sie schmunzeln über die alten Scherze. ‹Alte Sachen? Alte Sachen?› Noch niemals ist in diesem Artikel der Absatz so reißend gewesen wie heutzutage. Man fühlt: Im Leben ist das zwar alles dahin, so wollen wir es wenigstens auf den Bühnen, den Ansichtskarten, den Filmen — so wollen wir wenigstens da das alte, geliebte, schlechte Leben vorgetäuscht sehen, und wenn wirs noch so teuer bezahlen müssen ... Alt-Heidelberg, du feine ...!

Auch das wird vorübergehn. Eine neue Generation wird kommen, die da nichts mehr weiß von der Väter Idealen und nichts mehr von ihren Wünschen und Hoffnungen. Und es wäre geschmackvoll und vernünftig, diese Prozedur abzukürzen und beizeiten Schluß mit einer Serienaufführung zu machen, deren Besetzung immer schlechter und deren Publikum immer wahlloser wird. Liebe Direktion Deutschland! Wir bitten um ein neues Stück ...

RICHARD ALEXANDER

Als ich volljährig wurde und mein Geld ausbezahlt bekam, und es war eine Zangengeburt, denn eine ganze Phalanx von Onkeln stand davor, da gingen wir selbdritt bummeln. Im ersten Übermut und in einem Anfall von Größenwahn steckte ich mir hundert Mark ein und lud den Dicken und den Kleinen auf die berliner Kirchweih. Anfing es bei Richard Alexander.

Ich kann Ihnen noch die Loge zeigen, in der wir damals gesessen haben. Vor Lachen sind wir beinah herausgefallen.

Ich besinne mich genau auf das Stück, das gespielt wurde. Es handelte sich darum, daß Richard Alexander — Schwerenöter und Mann von Halbwelt — eine junge maskierte Dame zu sich ins Séparée (französisch; soviel wie Spielzimmer) geladen hatte und sie sich dort, eine Weile vergeblich, bemühten, sich gegenseitig auszuziehen: sie ihn finanziell, er sie richtig. Mit ihrer Maske fing er an. Und die nahm sie auch schließlich ab. Alexander konnte fünf Minuten lang nicht weiterspielen — so lachten die Leute. Ihm gegenüber saß ein Miesnick, was, Miesnick! — ein Mädchen, mit dem das Lokal aufgewaschen wurde, ein Lappen von einem Mädchen ... Und er tat gar nichts, sondern jedesmal, wenn er wieder ansetzen wollte, zu sprechen, dann mußte er sich leise abwenden und ein bißchen mit der Stimme kiksen. Und dann fing das Lachgeschrei im Theater wieder von vorn an, und er hatte doch gar nichts gesagt.

Wie oft haben wir noch über ihn gelacht! Immer kam da ein Akt vor, in dem spazierte er in Unterhosen umher — sie waren berühmt, diese Unterhosen! —, und jener große Augenblick, wo er «Himmel, meine Frau!» murmelte, badete das ganze Haus in ein unendlich wohliges Entzücken. Ich weiß noch, wie ich einmal neben einer richtigen Dame saß, und jener sang den ganzen Abend: «Mit fester Hand – aber mit zitterndem Stift!», und man hatte nicht das häßliche Gefühl, daß nun jede Frau im Theater vogelfrei wäre. Den letzten entscheidenden Millimeter hat er niemals überschritten.

Das mit der ‹festen Hand› war in jenem Stück, wo er zur Freude von ganz Berlin bei Mannheimer Anprobieren gelernt hatte, weil das in dem Stück vorkam und er es auch ganz richtig machen wollte. Und nun zupfte er den Damen so fachmännisch an den Kleidern herum, daß die ganze Konfektion verständnisinnig und tief geschmeichelt lächelte: Ja, wirklich – das war wie im Leben!

Als er ging, machte er keinen Ehren-Abschieds-Benefiz-Gala-Abend – sondern eines Tages stand in der Zeitung, er spiele an dem und dem Tag zum letztenmal. Ich schrieb ihm damals ein kleines Gedicht auf, und er schickte mir einen großen Karton, auf dem war er in seinen Hundert und aber Hundert Rollen abgebildet – in allen jenen französischen Possen, die das Entzücken unsrer Eltern gebildet hatten.

Es war Theater aus der Zeit, wo die Börsianer noch mit den Goldstücken in der Hosentasche klimperten; das Vergnügen hatte einen andern Klang. Die reichen Leute und viele andre fuhren in die Blumenstraße hinaus – sie hätte noch hundertmal weiter sein können, sie wären doch alle gekommen. «Wie Sie nach der Blumenstraße kommen –? Da fahren Sie nach Frankfurt an der Oder, und loofen det Sticksgen wieder zurück –!» Es war eine Tradition, die sich da gebildet hatte: auf der Bühne und in den Logen, zwischen den Kulissen und im Parkett.

Seine Späße klebten nicht, nichts wurde mit schweißiger Hand serviert, alles blieb nett und amüsant, und man brauchte sich nicht zu schämen, mit andern gelacht zu haben. Er war komisch: in seinen langen Beinen zuckte die Lustigkeit, in seiner Nase steckte die gute Laune, in seinem Kehlkopf gluckste der Humor. Er hat Hunderttausende froh gemacht.

Ja, in jener ersten Nacht gingen wir dann noch weiter: es gab meinen Lieblingswein, roten Aßmannshäuser, und die beiden immer injeladen, nicht bloß uffjefordert! –, und dann rollten wir zu Claire Waldoff, die uns mitteilte, daß nach ihren Beinen ganz Berlin verrückt sei, und uns wissen ließ, daß er Hermann heeße. Und sie lag mit all ihrer Drolerie und ihrer großen Keßheit durchaus an der Panke ...

Die beiden andern sind etwas Rechtes geworden: der Dicke ist ein reicher Bankier, der mit Ausnahme seiner Steuern alles nach Dollars berechnet – und der Kleine ist ein höherer Beamter von untadliger monarchistischer Gesinnung, und also durchaus befähigt, in der Republik Karriere zu machen. Es war eine heitere Zeit.

Das ist mir eingefallen, als ich las, daß Richard Alexander gestorben ist.

Er hat ja noch vor kurzem in Berlin gespielt – aber ich bin nicht hingegangen, weil ich mir die Erinnerung nicht verderben wollte. Die Erinnerung: das ist ja doch das Schönste.

Was bleibt sonst von den Schauspielern? Einer hat einmal von der ‹verständlichen Gier› gesprochen, mit der sie ihren irrsinnigen Beruf ausübten: heute rauscht der Beifall noch in ihren Ohren – morgen sind sie vergessen, überholt...

Diesen kleinen Kranz auf deinen Hügel, Richard Alexander.

DIE REDENSART

Bald fehlt uns der Wein,
bald fehlt uns der Becher.
Hebbel

Ich kannte eine angesehene, stattliche Dame, die hatte die Gewohnheit, mit offenen Augen am Tage zu schlafen und niemals zuzuhören, wenn jemand mit ihr sprach. Die Leute erzählten ihr lange Geschichten, wie sie so die Leute erzählen: Ehescheidungsklatsch, Dienstbotennöte, Geldgeschichten, was weiß ich – und sie schlief und hörte durchaus nicht zu. Wenn aber der andre zu erzählen aufgehört hatte und schwieg und eine teilnehmende Antwort erwartete, dann fuhr meine Dame auf und sagte ein Wort, ‹das› Wort ihres Lebens, eines, das sie stets sagte, nach jeder Geschichte, und das auch zu allen paßte: «Ja, ja! Etwas ist immer –!»

Dies war ihre Antwort, und was darüber war, das war meist vom Übel. Aber dieses Wort wird bleiben. Etwas ist wirklich immer. Arthur Schopenhauer hat ja das Glück als den unglücklosen Zustand definiert und damit das Malheur als das Primäre angesehen. Und von ihm stammte ja auch jener grandiose Ausspruch, er habe als Jüngling beim Klingeln der Türglocke empfunden: «Ah – jetzt, jetzt kommt es!» – und später, im Alter, wenn es an der Tür klopfte: «Jetzt – jetzt kommts!» Und es kam immer etwas. (Einmal sogar eine Nähterin, die er die Treppe hinunterwarf.) Gäbe es keine Sorgen, man müßte sie erfinden. Aber, unbesorgt, wir sind nie unbesorgt. Etwas ist immer. Hundegebell; Liebeserhörung bei zu engem Kragen; guter Rotwein, aber ein grober Kellner, höflicher Kellner, aber ein schrecklicher Surius; Obermieter, die uns auf dem Kopf herumtrampeln, weil sie Flußkähne statt der Stiefel tragen; unerwünschter Familienzuwachs; Konkurs, Weltkrieg und Verdauungsbeschwerden – etwas ist immer. Aber wir sind mit daran schuld.

Unser Apparat ist viel zu groß. Kein Wunder, wenn immer irgendein Rad zerbrochen ist, eine Kette schleift, eine Schraube quietscht. Mit dem Aufwand, den wir heute treiben, eine lange Reise zu tun, haben die Griechen früher ihre kleinen Kriege absolviert, und Ruhe geben wir nie. Ich kann mir unsre Börsianer so richtig im Paradies, wie sie in dasselbe kommen, vorstellen: es zieht, das Eintrittsgeld war zu hoch, einen Kurszettel gibt es nicht, und so haben sie es sich überhaupt nicht vorgestellt. (Verkauft Eva Ansichtskarten? Nein. Also: Paradies-Baisse, Krach, Umzug in die Hölle. Den Rest siehe oben.) Etwas ist immer. Es hat nie eine treffendere Redensart gegeben. Und, wissen Sie, der ganze Spektakel hat eigentlich so wenig Sinn. Denken Sie sich, was wir in den letzten acht Jahren alle miteinander angegeben haben, und was ist dabei herausgekommen? Dieses Europa. Etwas ist immer, es ist ein bißchen viel für einen einzelnen Herrn. Und die Einwohnerschaft dieses Kontinents ist reichlich nervös geworden, so nervös, daß sie ordentlich danach sucht, wenn einmal nichts ist – ärgerlich schweift der Blick umher, daß er etwas finde, was nicht stimmt. Denn bei uns ist etwas nicht in Ordnung, wenn alles in Ordnung ist, und etwas ist immer, und zum Kampfe ist der Mann, ausgerechnet, auf der Welt. Wie sagt der Kinoregisseur? «Licht! Bewegung! Großaufnahme!»

Glück ist der Zustand, den man nicht spürt, sagt der Weise.

Wo gibt es noch reine Freuden? Ich glaube: nur noch in dem alleinseligmachenden Zustand, wo jener, glücklich lächelnd, in der Droschke saß und den Kutscher fragte, wieviel Uhr es sei. Und der Kutscher antwortete: «Elf Uhr, Herr!» Und jener, im Vollbewußtsein der irdischen Seligkeit: «Gestern – oder – heute?» Siehe, das ist das Glück. Aber der hat am nächsten Morgen einen unfreundlichen Kater und muß büßen, daß er den Flug von der Erde versucht hat. Und kraucht wieder unten – und etwas ist immer.

Wir aber sehnen uns. Nach jenem Zustand, der uns glücklich und leicht mache – nach jenem legendären kleinen weißen Häuschen, das ein Hort der Zufriedenheit sei und eine Ruhestätte vor allem Jammer. Dahin möchten wir so gern einmal.

Ich möchte heim – mich ziehts dem Vaterhause,
    Dem Vaterherzen zu.
Fort aus der Welt verworrenem Gebrause
    Zur stillen, tiefen Ruh.
Mit tausend Wünschen bin ich ausgegangen,
Heim kehr ich mit bescheidenem Verlangen;
Noch hegt mein Herz nur einer Hoffnung Keim:
    Ich möchte heim.

Aber das Heim hat keine Zentralheizung, nebenan ist eine Lederfabrik mit übelduftendem Schornstein, das Weib unsrer Wahl ist dick geworden, und der Junge ist auch nicht so, wie wir ihn uns dachten: zum Diplomaten zu klug, zum Filmschauspieler zu häßlich, zum Bankier zu dumm und für einen bürgerlichen Beruf ungeeignet. Da sitzest du vor einem Idealhäuschen, die Linden rauschen, der Bach murmelt, der Mond scheint. Und in deinem Herzen keimt eine leise kleine Sehnsucht auf nach der großen Stadt, nach ihrem Lärm und nach ihrem Ärger. Ruft deine liebe Adelheid? Laß sie rufen. Aber sie ruft, lauter und nicht melodiöser. Und seufzend gehst du ins Haus . . . Und laß dir nichts erzählen von feinen Inschriften für deinen Grabstein. Ich habe eine für dich, wie nach Maß gearbeitet, verlaß dich drauf, sie paßt wundervoll. Schreib: Etwas ist immer.

REQUIEM

Am 24. Mai ist er sanft entschlafen, und am 27. Mai haben wir ihn begraben. Es war eine erhebende Feier.

Es war so überraschend schnell gegangen. Am Mittwoch hatte er noch Spengler gelesen und andern Unfug getrieben, als um drei Viertel sieben Uhr abends zwei Freikarten für eine neue Operette einliefen. War es nun die Gelehrsamkeit des 18prozentigen Industrie-Philosophen oder der Schreck – kurz: Wrobel bekam Atembeschwerden, und, seiner Sinne nicht mehr mächtig, ließ er den Halsspezialisten Dr. Puppe rufen. Bevor der noch in der Eile den letzten Teuerungsindex errechnen konnte, glitt der Patient dahin, und alles war aus. Der schwer erschütterte Mediziner saß im Vorzimmer des Toten – es war die erste Nasenscheidewand in seinem Leben, die unoperiert davongekommen war –, und als ihm nun eröffnet wurde, daß er als Vermächtnis alle Jahrgänge der ‹*Weltbühne*› geerbt hatte, da weinte der große und starke Mann bitterlich.

Wir andern aber formierten den Trauerzug und setzten uns langsam in Bewegung. Vorn rollte der Dichter selbst – zum Glück war der Sarg geschlossen, denn der Anblick des im Wagen fahrenden Wrobel hatte stets den Neid und den Abscheu aller Vorübergehenden erregt. Immer hatte er in den großstädtischen Automobilen nach der Melodie gesessen: «Wie gut, daß ihr lauft!» Das konnte er dieses Mal nicht sagen. Schwer zogen die Pferde an der ungewohnten Last. Bekanntlich hatte Wrobel falsch ausgesehen – die tiefe Tragik seines Lebens bestand darin, daß jeder, der ihn kennenlernte, beleidigt fragte: «Sie sind Herr Wrobel? Sie habe ich mir ganz anders vorgestellt!» Und auf die bescheidene Frage, wie man sich ihn denn vorgestellt habe, erfolgte jedesmal die Antwort: «Nun – hager, blau rasiert und mit einer Intellektual-Brille versehen!» Und dann hatte Wrobel jedesmal zu bedauern – aber es half ihm nicht: er sah falsch aus. Das also fuhr im vordersten Wagen.

Dahinter folgte eine unübersehbare Reihe von drei Droschken. In der ersten saß die republikanische Partei Deutschlands; ein Mitglied hatte auf dem Bock Platz genommen, weil es eine Sondergruppe bildete und sich mit den andern nicht vertrug. Im zweiten Wagen saßen die Geliebten des Dichters – von jeder Haarfarbe eine zur Auswahl. Die Damen hatten sich sofort miteinander verständigt, denn sie waren sich über die zahllosen Lächerlichkeiten des lieben Verstorbenen vollkommen einig: er schnarchte, machte Plüschaugen, bevor er mit den Mädchen geschlafen hatte, und war im ganzen von einem stinkenden Geiz. Alle in diesem Wagen hatten ihn wirklich geliebt, ehe sie ihn persönlich kannten; auch gaben sie ihn für eine freundliche Erinnerung aus: an die Zeit der Kopulation selbst mochte keine gern zurückdenken. Die dritte Droschke war leer – der Kutscher fuhr aus Langerweile mit, und weil er hoffte, auf dem Friedhof eine gute Fuhre zu bekommen.

Der Friedhof war stippevoll. Als der Wagenzug räderknirschend das schmiedeeiserne Tor erreicht hatte, senkten sich alle Zylinderhüte. Der Sarg wurde durch das Spalier getragen. Hinter Trauerbosketts aus frischem Suppengrün setzte sich ein unsichtbarer Chor in musikalische Bewegung – der Direktor Rudolf Nelson dirigierte ihn, leicht verärgert, daß man ihn so aus seiner Ruhe gestört hatte, würdevoll und eingedenk der hohen Vorschüsse, die da zu Grabe getragen wurden. Er konstatierte mit Befriedigung, daß auch hier alles ausverkauft war, nickte mit dem kleinen dicken Kopf aus dem tadellosen schwarzen Überzieher, sah zu Käthchen Erlholz, seiner Frau, hinüber, die dastand und sich furchtbar mopste – und der Chor begann:

«Mir ist heut so nach Tamerlan!»

Das war eines jener zahllosen Chansons des Verstorbenen, angefertigt für die Kreise, die er so zu verachten vorgab; mit der einen Hand kritisierte er sie, mit der andern zapfte er ihnen den Sekt ab. Er war eben eine problematische Natur ...

Die Leute schritten langsam zur Trauerhalle.

Unter den Erschienenen bemerkten sich u. a.:

Herr Pallenberg; Frau Massary; der gefeierte Emil Jannings, der, wie alle vernünftigen Leute, gegen Begräbnisse eine schwere Antipathie hatte, aber gefaßt war, aussah wie ein trauernder ägyptischer Koloß und dachte: «Mensch, wenn ich bloß erst wieder zu Hause wäre –!»; zwei Zeitungsherausgeber, die dem Verstorbenen für alle seine Arbeiten zusammen so viel Honorar gezahlt hatten, wie ihre Autofahrt nach dem Friedhof kostete; kleine Damen, die sich in Rheinsberg hatten verführen lassen und dem Toten dafür dankbar waren, obgleich der gar nichts davon gehabt hatte; mit einer Hand in der Hosentasche: Georg Bernhard; Claire Waldoff; Paul Graetz, der sein wirklich ernstes Gesicht aufgesetzt hatte («Denn er war meiner!»)

– und der in guter Haltung daherschritt, weil er der einzige berliner Komiker war, weit und breit; eine Abordnung von Nazis, die der Tote so geschätzt hatte ... Und Gussy Holl stand da, entzückend ließ sich ihr helles Blond zu dem feinen Schwarz ihres neuen Tuchkleides –: «Doktor, rat mal, was das Kleid gekostet hat?» Aber der Doktor konnte es ihr nicht mehr sagen – zum erstenmal in seinem Leben war er pathetisch geworden und lag in seinem Sarg und schwieg. Und alle Lebenden haben Unrecht vor einem Toten.

Die Republik hatte einen amtlichen Vertreter geschickt. Das heißt: eigentlich hatte der bei Wrobels Begräbnis gar nichts zu suchen, sondern er war ausgesandt worden, um namens der Reichsstelle für die Förderung deutscher Gebrauchskatzen zu dem Tode des Oberförsters Karnowsky sein amtliches Beileid auszusprechen. Der hohe Beamte aber hatte sich im Feld geirrt und ging hier nun ahnungslos mit. Er wurde späterhin wegen Teilnahme an einem öffentlichen Unfug pensioniert. Denn die deutsche Republik gibt dem Kaiser, was des Kaisers ist.

Nun war die Menge in die Trauerhalle gelangt. Der Zug stockte, hielt. Ein schwarz begehrockter Herr trat vor und hielt ein weißes Blatt in der Hand. Alle Köpfe entblößten sich. Alfred Holzbock stand mit völlig kahler Platte da; seine Haare waren im Zylinder verblieben. Und der Redner sprach:

«Geehrte Trauerversammlung! Wir stehen am Grabe von Kaspar Theobald Peter Kurt Ignaz Wrobel. Ein schwerer Schlag hat ihn und uns getroffen. Der Entschlafene wurde geboren am 9. Januar 1890 in Podejuch bei Stettin und besuchte dortselbst bis zu seiner endgültigen Pubertät die Fürsorgeanstalt für geistig zurückgebliebene, aber uneheliche Kinder; im Jahre 1908 wurde er in die Schule für eheliche Kinder versetzt. Nachdem ihm zugleich mit General Mackensen das Doktorat einer deutschen Universität für den Wiederbeschaffungspreis von 350 Mark verliehen worden war, trug er einen vom damaligen Kaiser entliehenen Rock und bekleidete denselben vom Jahre 1915 bis 1918. Nach siegreicher Durchdringung Rumäniens trat der Verblichene in eine berliner Zeitungsredaktion ein, woselbst er durch rasche Verjagung der zahlungsfähigen Inserenten und Abonnenten bald eine beliebte Persönlichkeit wurde. Als nur noch der Chefredakteur und er das von ihm redigierte Blatt lasen, wurde er Stellungsloser und bezog von der Stadt Berlin eine Rente.

Geehrte Trauerversammlung! Der Verstorbene ist ein glücklicher Mensch gewesen. Das Leben in diesem sonnigen Lande war ihm stets eine Freude, und zauberte dasselbe ewiges Lächeln auf seine reichlichen Züge. Er hat die Stille geliebt und die Unabhängigkeit: wollte er Unabhängigkeit, so ging er spaßeshalber zur USPD, und wollte er Stille, so ging er zur Deutschen Demokratischen Partei.

Er hat ein schönes Dasein gehabt. Er hat alle Frauen bekommen, die er begehrt hat – und er hat aus Vorsicht nur die begehrt, die er bekommen konnte. Stets in der Lage, seine Neurasthenie für weisen Verzicht auszugeben, war er immer bereit, um eine Arbeit zu ersparen, mehr Arbeit aufzuwenden, als die Arbeit selbst gekostet hätte. Er war Misaut von reinstem Wasser.» (Hier murrte die Zuhörerschaft und verbat sich antisemitische Äußerungen. Aber der Redner fuhr fort.)

«Er interessierte sich für die verschlungenen Fäden der deutschen Justiz – diese Knoten von deutschen Richtern aufgelöst zu sehen, war ihm immer eine schöne Freude. Wie liebte er das muntere Völkchen der freien Künstler, diese unordentlichen Bürger! Wie liebte er die Geschäftsleute, die sich den Künstler heranholten und tief beleidigt waren, wenn er etwa seine Individualität nun auch bei ihnen adhibierte!

Stets ist es ihm gelungen, in der ‹*Weltbühne*› durch die Grazie seines Stils über die Hohlheit seines Kopfes hinwegzutäuschen! Er hat durchgehalten. Er glaubte an keinen Zusammenbruch. Er sah, daß die Pazifisten zumeist beleidigter Landsturm ohne Waffe waren – und er sah, wie der altdeutsch angestrichene Apparat nur funktionierte, wenn er sich mausig machen konnte.

Und weil die meisten Erfolge auf Mißverständnissen beruhen, so darf gesagt werden: Er hat viel Erfolg gehabt. Und aus diesem Paradeis mußte er hinfort, aus diesem schönen Lande scheiden! Wie wird er es ohne Deutschland da drüben aushalten? Ohne diese Nation von Biertrinkern, Diensttuenden, Diensthabenden und Dienstmännern?

Unser Leben währet, wenn es hochkommt, siebenzig Jahre – und was das angeht, so ist ihm immer nach achtzig zumute gewesen. Wir, die wir nacheinander und unbeirrbar an Kaiser und Vaterland, an Sozialistengesetz und Lex Heinze, an Kriegsanleihe und Ruhrabwehrkampf geglaubt haben – siehe, wir stehen da und grüßen dich! Ich spreche für alle und rufe ich dir ins Grab nach, Ignaz Wrobel:

Glückliche Reise –!»

Der Redner schwieg. Leise spielte der Wind mit den abgeschabten Rockschößen der Pressevertreter, die da auf dem Rasen standen: rechts die besseren Herren, links einige Kommunisten, die am liebsten links von sich selbst gestanden hätten – und auf dem goldenen Mittelweg, wohin er gehörte: Friedrich Stampfer.

Sie hoben den Sarg und trugen ihn hinaus. «Von Erde bist du», sprach einer und warf die drei Handvoll nach unten. Die Schollen verhielten sich vorschriftsmäßig: sie polterten dumpf.

Über und über mit Kränzen bedeckt war der Boden. Atlasschleifen lugten aus dem Grün hervor; Journalisten notierten sich die Inschriften: «Seinem Ehrenmitglied der Verband Berliner Absteigevermieterinnen.» – «Dies war mein lieber Sohn, an welchem ich Wohlgefallen habe. Jes. Sir. 42, 1. Gustav Noske.» – «1000 Tränen! abzüglich 20% Freiexemplare gleich 650 Tränen vergießt der Drei-Masken-Verlag.» So lagen da viele schöne Kränze.

Das Trauergefolge zerstreute sich. Die Nazis gingen in ihren Klub, wo sie beim Spielverbot neuen Operetten- und Filmstoff aus dem Begräbnis schöpften; Georg Bernhard organisierte in einer Ecke eine Tarifvereinigung der Totengräber; die jungen Mädchen hielten die von Mama gemopsten Spitzentaschentücher vor die Augen und fuhren dahin, sich wiederum verführen zu lassen; und Pallenberg, Massary, Jannings und Holl – nicht ungefilmt gingen sie davon.

Noch einmal trat Claire Waldoff an die Grube, sah hinunter und sagte mit heiserer Kehle: «Komm ruff!» und trat ab, um aufzutreten.

Der Friedhof war leer. Der freundliche Schein der Sonne fiel auf den granitenen Grabstein, mit dem sich der gute Ignaz Wrobel rechtzeitig eingedeckt hatte. In silbernen Buchstaben stand da zu lesen:

HIER RUHT EIN GOLDENES HERZ
UND EINE EISERNE SCHNAUZE
GUTE NACHT –!

«DAS WILL KEIN MENSCH MEHR WISSEN –!»

Dies ist, glaube ich, das Wort der Zeit:

«Es will kein Mensch mehr wissen!» –

Sehen Sie, früher hat es Sensationen gegeben. Können Sie sich heute noch eine Sensation vorstellen?

Die Leute sind heftig abgebrüht. Da klatschen ihnen nun seit dem Krieg die Zeitungen die dicken Überschriften ins Gesicht – das kannte man vorher nicht, und in der ersten Zeit gab es über jede Schlagzeile eine neue Aufregung. «Namur genommen!» – «Antwerpen unser!» – «348 756 Gefangene!» – Und die Menschen liefen zusammen wie die Ameisen. Das hat sich heftig gelegt.

Vom vorigen Frieden will ich gar nicht reden. Wenn damals der selige Kronprinz ein Patent auf Manschettenknöpfe erfunden hatte, dann genügte das dem Metropol-Theater für ein ganzes Jahr und Julius Freund für eines seiner himmlischen Couplets. Und wenn dann auf der Bühne der Name ‹Willy› fiel und einer der Schauspieler sich nur auf die Hemdknöpfe sah, dann lachte das ganze Haus – denn jeder verstand gleich, was gemeint war. Und weil so erfreulich wenig passierte, deshalb hielt sich dergleichen auch im Gedächtnis, und die sechs Ereignisse des Jahres hatte jeder am Schnürchen.

Heute? – Du lieber Gott.

Otto Reutter singt einmal: «Ick wunder mir über jahnischt mehr!» – und auf diesem Status sind wir ja nun ungefähr angelangt. Alles ist allen ganz egal. Die Aufnahmefähigkeit ist erschöpft. Sie können nicht mehr.

Zahlensensationen gibt es ja schon lange nicht mehr. Lassen Sie diesen Zahlenirrsinn des Dollars noch ‹eine drei, vier Wochen›, wie der Berliner sagt, andauern, und die Leute werden sich rasch daran gewöhnt haben, den Preis ihrer Frühstückssemmeln nach Lichtjahren zu berechnen ... Das müde Auge liest: «Der Dollar 200 000» und gleitet fast teilnahmslos darüber hin. Zu ändern ist da wohl nichts mehr ... Zahlen imponieren heute keinem mehr. – «Denken Sie: dabei ist die Frau gut und gern ihre fünfundvierzig Jahre –!» – «Gott, was sind heute fünfundvierzig Jahre –!» –

Na, und sonst –?

Noch vor zwei Jahren hatte Berlin so seine kleinen Lokalsensationen: Lubitsch und prominente Politiker in Badehosen, Klante und Streiks, Bälle und Versammlungskrache. Das will heute kein Mensch mehr wissen. Neue Nachrichten? Es scheint keine Nachrichten mehr zu geben. Und wenn vermeldet würde, man habe Frau Lenin in den Armen Hitlers gefunden –: es will keiner mehr wissen. Wir hatten einen Feldwebel, der pflegte zu sagen: «Das ist mir pipeneengal!» – Wie wahr, Paulchen.

Es ist wirklich alles pipeneengal. Da liest man an den Litfaßsäulen, daß ein ganz Superkluger das einzige Mittel gefunden habe, um Deutschland vor dem Untergang zu retten. Kein Mensch bleibt stehen. Cuno geht – Cuno bleibt – die Orska ist in Südjapan gefeiert worden, daß es schon nicht mehr schön ist – Professor Einstein und Professor Steinach haben sich zusammengetan, um den Mars zu verjüngen – das will kein Mensch mehr wissen. Dahin, dahin.

Im Altertum hat mal einer einen Tempel angezündet, damit sein Name in die griechischen Zeitungen käme (damals gabs noch keinen Film). Heute gibt es kein Gebäude in Berlin – auch nicht das kleine Häuschen auf dem Lützowplatz, wo meine liebe Freundin, Frau Tittmann, ihres Amtes waltet – heute gibts kein Gebäude, das er mit Ruhm in die Luft sprengen könnte – kein Hündchen würde auch nur das Bein deshalb heben. Es will niemand wissen.

Diese Müdigkeit hat einen verdammt ernsten Hintergrund. Sind wir erschlafft? Ja, wir sind müde, weil wir alle genau wissen, daß uns noch keiner geholfen hat und vielleicht auch keiner helfen kann: die Partei nicht und der einzelne nicht, nicht der Staat und nicht seine Feinde, nicht die Dichter und nicht der Turbinenphilosoph Spengler, der einen neuen Typ, den spießigen Cäsar, erfunden hat ... Das will kein Mensch mehr wissen.

Und so wie sich der Komiker Helmerding in der alten Weinstube von Lutter und Wegner einmal den Spaß machte, einen Kollegen totzusagen, und als der quicklebendig die kleine Treppe herunterpolterte, zu flüstern: «Pst, Kinder! Er ist wirklich tot! Er weiß es bloß noch nicht!» so haspelt das alles weiter, und ist tot, und weiß es nur noch nicht. Dichter dichten, Musiker musiken, Redner reden, und die Wilhelmstraße hält Konferenzen ab: jeder seins. Aber es will kein Mensch mehr wissen. *‹Der Untergang des Abendlands›* – das ist nun etwas feierlich. Aber so etwa die Stimmung einer Schulklasse in der heißen Mittagsstunde – das ist es schon.

Wir sind so weit. Reparation – Nicht-Reparation – Umsturz – Weiterwursteln – Streik, Preiserhöhung, Rechtsbrüche, Klamauk und Klimbim – wir sprechen mit Schuster Fielitz aus dem *‹Roten Hahn›* Hauptmanns: «Ick verinteressiere mir for meine Stiebeln – for wat anders verinteressiere ich mir nich!» – Ach, hätten sich doch manche immer nur ‹for ihre Stiebeln› interessiert! Den eigenen Stiebel. Und das andere? Das will kein Mensch mehr wissen.

MORGENS UM ACHT

Neulich habe ich einen Hund gesehen – der ging ins Geschäft. Es war eine Art gestopfter Sofarolle, mit langen Felltroddeln als Behang, und er wackelte die Leipziger Straße zu Berlin herunter; ganz ernsthaft ging er da und sah nicht links noch rechts und beroch nichts, und etwas anderes tat er schon gar nicht. Er ging ganz zweifellos ins Geschäft.

Und wie hätte er das auch nicht tun sollen? Alle um ihn taten es.

Da rauschte der Strom der Insgeschäftgeher durch die Stadt. Morgen für Morgen taten sie so. Sie trotteten dahin, sie gingen zum Heiligsten, wo der Deutsche hat, zur Arbeit. Der Hund hatte da eigentlich nichts zu suchen – aber wenn auch er zur Arbeit ging, so sei er willkommen.

Es saßen zwei ernste Männer in der Bahn und sahen, rauchend, satt, rasiert und durchaus zufrieden, durch die Glasscheiben. Man wünscht sich in solchen Augenblicken ein Wunder herbei, etwa, daß dem Polizeisoldaten an der Ecke Luftballons aus dem Helm steigen, nur damit jene einmal Maul und Nase aufsperrten! Da fuhr die Bahn an einem Tennisplatz vorüber. Die güldene Sonne spielte auf den hellgelben Flächen – es war strahlendes Wetter, viel zu schön für Berlin. Und einer der ernsten Männer murrte: «Haben auch nichts zu tun, sehen Sie mal! Morgens um acht Uhr Tennis spielen! Sollten auch lieber ins Geschäft gehen –!»

Ja, das sollten sie. Denn für die Arbeit ist der Mensch auf der Welt, für die ernste Arbeit, die wo den ganzen Mann ausfüllt. Ob sie einen Sinn hat, ob sie schadet oder nützt, ob sie Vergnügen macht («Arbeet soll Vajniejen machen? Ihnen piekt er woll?») –: das ist alles ganz gleich. Es muß eine Arbeit sein. Und man muß morgens hingehen können. Sonst hat das Leben keinen Zweck.

Und stockt einmal der ganze Betrieb, streiken die Eisenbahner oder ist gar Feiertag: dann sitzen sie herum und wissen nicht recht, was sie mit sich anfangen sollen. Drin ist nichts in ihnen, und draußen ist auch nichts: also was soll es? Es soll wohl gar nichts ...

Und dann laufen sie umher wie Schüler, denen versehentlich eine Stunde ausgefallen ist – nach Hause gehen kann man nicht, und zum Spaßen ist man nicht aufgelegt ... Sie dösen und warten. Auf den nächsten Arbeitstag. Daran, unter anderm, ist die deutsche Revolution gescheitert: sie hatten keine Zeit, Revolution zu machen, denn sie gingen ins Geschäft.

Wobei betont sein mag, daß man auch im Sport dösen kann, der augenblicklich wie das Kartenspiel betrieben wird: fein nach Regeln und hervorragend stumpfsinnig. Aber schließlich ist es immer noch besser, zu trainieren, als im schwarzen Talar Unfug zu treiben ...

Ja, sie gehen ins Geschäft. «Was für ein Geschäft treibt ihr?» – «Wir treiben keins, Herr. Es treibt uns.»

Der Hund sprang nicht. Man hüpft nicht auf den Straßen. Die Straße dient – wir wissen schon. Und das verlockende, niedrig hängende patriotische Plakat ... der Hund ließ es außer acht.

Er ging ins Geschäft.

HERMINE

Da wird man so viel gefragt, was es denn Neues zu lesen gebe – nun, ich weiß etwas. Es ist noch ganz frisch von Druckerschwärze – so neu ist es, und es ist ein höchst amüsanter Roman. Er heißt: ‹Hermine›, und sein Autor heißt Peter Guggenreit. (Erschienen im Poseidon-Verlag zu Chemnitz.) Das müssen Sie wirklich lesen. Da hat einer – meines Wissens zum ersten Male – den Versuch gemacht, etwas aus dem modernen Leben einzufangen, was noch nie geschildert worden ist: nämlich den anonymen ‹Betrieb› aller Dinge. Das ist so:

Der Held des Buches, ein junger Bengel namens Ludolf Gerold, kommt, frisch aus der Schule, in die Lehrzeit eines großen Kaufmannsbüros. Die letzten Schultage – mit denen fängt das Buch an. Da wird schon gezeigt, daß der Herr Ludolf ein etwas feiger Bursche ist, der seine Draufgängerschaft nur betätigt, wenn ers hinter dem Rücken der andern tun kann – dann aber kräftig. Ja, der geht also in die Lehre. Und er arbeitet sich überraschend schnell ein. Und nun wird famos und ganz ausgezeichnet dargetan, wie so eine moderne Maschinerie arbeitet, so ein Büro: wie alle die Arbeit tun, aber eigentlich keiner die Verantwortung trägt – wie jeder jeden drückt und niemand zugestehen will, daß auch er gedrückt wird. Und wie sich vor allem der Apparat mausig macht. Die moderne Wirtschaftsform hat den Menschen zum Zweck erniedrigt – aber der rächt sich und läßt es sich nicht gutwillig gefallen. Er rächt sich dadurch, daß er mit dem Apparat so viel Schwierigkeiten wie möglich macht, um zu zeigen, daß er auch noch da ist. Der Kassenbote soll einen Brief zur Post bringen. Ja, das tut er ja auch – und er ist nur Bote und hat gar keine Bedeutung weiter. Aber das eine, das einzige kann er doch noch: er kann so viel Geschichten mit dem Brief anstellen, so viel Hindernisse bereiten, so viel Formalien ausdenken ... Oho! er ist kein gewöhnlicher Kassenbote – so einfach ist das nicht, das will gelernt sein! Und Ludolf, der sich an alle Leute im Büro fragend wendet, macht eine überraschende Entdeckung: Jeder sagt ihm genau dasselbe, jeder sagt die nämlichen zwei Dinge. Erstens: «Was ich hier mache, ist die Hauptsache von allen Arbeiten, die hier gemacht werden!» Und zweitens: «Das ist gar nicht so einfach, was ich hier tue. Das will gelernt sein, und mancher lernts nie!» Die Maschinerie ächzt und klappert – und jeder Handgriff wird bezahlt mit einem Opfer vor der Eitelkeit des Greifenden. Anders tut ers nicht – anders tut ers nicht. Ludolf lernt: er lernt viel und rasch.

Und dann scheidet er aus dem Kaufmannsstand aus und wird Beamter im Finanzministerium. Und da lernt er ein Mädchen kennen, das heißt Hermine. Hermine hat einen bösen Alimentationsprozeß verloren, in der ersten Instanz glatt verloren – und sie will zu ihrem Recht kommen. Und weil es eine etwas verzwickte Geschichte ist, bei der auch der Staat mit hineinspielt – es ist da so etwas wie eine Wachstubenvergewaltigung vor sich gegangen –: so wendet sich Hermine schutzsuchend an unsern jungen Gerold, der inzwischen ein ganz einflußreicher Mann geworden ist – und er beschäftigt sich mit ihr und mit den Ämtern. Und will ihr wirklich zu ihrem Recht verhelfen. Und kann es nicht und merkt plötzlich: Es sind alles, alles nette und umgängliche Leute. Sie haben auch alle volles Verständnis für die Nöte, die er und das Mädchen da vorbringen. (Er muß es sehr vorsichtig tun – denn manchmal sehen sie ihn schon ein bißchen argwöhnisch an, als sei er mit ihr in der Wachstube gewesen ...) Alle nicken mit dem Kopf und legen sorgfältig die schweren Aktenstöße zurecht, die da auf ihrem Schreibtisch liegen. Aber ... dann beginnt das große Baseball-Spiel der Instanzen. Und keiner, keiner ist es gewesen. Und auf einmal hat niemand zu bestimmen, und auf einmal hat niemand Einfluß – und wenn er ihn zu haben vorgibt, dann ist er böswillig und will nicht, daß man ihn ausnutzt. Und ein Instanzenstreit hebt an, ein fahl leuchtender Konkurrenzkampf aller gegen alle ‹von der andern Abteilung› – und Hermine steht dabei und begreift das nicht, wie ihr nur so bitter unrecht geschehen kann. Und einmal – das ist eine der reizendsten Stellen im Buch – da sitzt sie bei Ludolf im Vorzimmer und wartet auf den Bescheid eines Kassationshofes, den er in

Händen hat, und da kommt ein junger Beamter aus seinem Zimmer. Und dann geht sie hinein und ruft: «Wer war das?» Und er sagt es ihr. «Wissen Sie», sagt sie, «ich finde, er könnte bei Ihnen bescheidener auftreten. Wenn er bloß aus einem andern Büro ist —!» Und das findet Ludolf auch ganz in der Ordnung. Und dann schläft er mit Herminen, und dann heiratet er sie, schon, daß der Prozeß ein Ende hat — und wie nun auch im bürgerlichen Leben der beiden Etage gegen Etage tobt, Familie gegen Familie, immer wieder Abteilung gegen Abteilung: das ist meisterhaft. Weil die Geschichte zum ersten Male nicht Hermine und Ludolf zum Helden hat — sondern etwas andres, etwas nie Beachtetes, die Kollektivität.

Seelenromane gibt es immer noch und tiefgründige Analysen von Männern und Weibern und was weiß ich. Aber an jene unbekannte, große, geheimnisvolle, dumpfe und schwarze Kraft — an die hat sich noch kein Romanschreiber herangetraut.

P. S. Den Roman gibts leider nicht.

«POTSDAM —!»

Neulich, als ich in der Scala war — seit das Varieté nicht mehr international ist, macht es keinen Spaß mehr, Kritiken darüber zu schreiben —, gab ich, in einem Anfall von Größenwahn, der Garderobenfrau ein paar Papierblätter mehr, als ihr zukamen. Sie sagte: «Danke, Herr. Und wenn Sie nachher kommen, dann werden Sie auch gleich bedient. Sie brauchen nur leise zu sagen: ‹Potsdam!›»

Siehe — das war ein deutsches Wort.

Die Garderobe ist stippevoll, die Leute drängeln sich, die Schwierigkeiten sind riesengroß, das Ganze recht unangenehm: da genügt das eine kleine Wörtchen: Potsdam — und alles, alles ist gut. Potsdam — das heißt: Schiebung außer der Reihe. Potsdam — das heißt: Bei uns geht alles ordnungsgemäß und streng nach dem Reglement zu, aber — du brauchst nur ein bißchen zu flüstern, dann kommst du eher dran. Potsdam — das heißt eben: Potsdam.

Da steht eine ganze Nation. Sie ist krachen gegangen, weil sie teutsch war, statt deutsch zu sein — und statt sich zur Abkehr zu wenden, glaubt sie, es liege daran, daß sie noch nicht teutsch genug war. Und Millionen gläubige Lippen flüstern: Potsdam! Aber die Garderobenfrauen der ganzen Welt scheinen diesen schönen Trick nicht zu kennen oder können wohl nicht gut hören: jedenfalls bedient keine. Und alle warten.

Übrigens habe ich das Sesam-Wort gar nicht angewendet. Ich dachte mir: Am Ende ist es gar nicht voll, und du stehst nachher da, ganz allein vor der leeren Garderobe, und murmelst: Potsdam! Oder, dachte ich, wie schon die Leute heute sind: Du kommst hin, drängst dich durch den dichtesten Menschenhaufen, und um dich herum und vor dir und hinter dir stehen lauter Männer, die nicken alle der Garderobenfrau vertraulich zu und flüstern: Potsdam!

Was war zu tun? Etwa ‹Weimar› sagen? Aber da hat die Nationalversammlung getagt, und das wirft einen Schatten selbst auf Goethe. (Denn als wir Republik sagten, haben wir das da nicht gemeint. Wirklich nicht.) Was war zu tun?

Ich habe gewartet. Ich habe ganz still gewartet. Wissen Sie: wenn man wartet, kommt man sehr oft viel schneller vorwärts als die Drängler. Man muß nur die Geduld haben. Denn was fangen die Hastigen schließlich mit ihren erhetzten zehn Minuten an? Sie kommen die paar Pulsschläge früher zum Sekt, auf die Bahn, an den bierigen Stammtisch, ins Bett. «Da wird he nicht klüger von», sagen die Plattdeutschen. Nein, ich habe einfach gewartet und brauchte mich nicht zu drängeln, mit roten Köpfen schoben sich die Schieber an mir vorbei und ergatterten ihren Schirm und ihre Hüte, lagen vorn und waren die Tüchtigen.

Ich wartete. Und bekam meine Sachen ein bißchen später, ohne Zerren und Ziehen, ohne Schiebung und ohne Gedräng. Und, vor allem, ohne Potsdam. Und das ist die Hauptsache.

EIN HUNDSTAGSBILD

> Wie kommt es, daß man sich so oft die Hände wäscht und niemals nicht die Füße –? Altes Sprichwort

Schwer, müde und faul betrittst du die Vorhalle zum Dampfbad. Was das für eine mühselige Sache ist –! Hinfahren und eine Karte lösen und Zettel und Blechmarken in Empfang nehmen und Badewäsche und Seife – fast bereust du deinen Entschluß. Nur die Erinnerung an selig verbrachte Stunden im Bade schiebt dich laß vorwärts. Du trittst ein.

Eine warme, feuchtigkeitsgeschwängerte Luft schlägt dir entgegen. Wasserdampf, beklemmende Nässe, ein Schwaden scharfen Schweißgeruches – du fühlst dich nicht sehr behaglich. Ein dicker, nur oberflächlich bekleideter Mann mit weißen Hosen und freundlichem Trinkgeldlächeln eilt dir entgegen und nimmt eine Menge überflüssiger Manipulationen mit dir vor, die er dir nachher bitter verrechnen wird. Deine ziemlich echte goldene Uhr wird in einen Kasten und du in eine Zelle gesperrt. «Auskleiden!» sagt die Zelle. Mißmutig und faul ziehst du dich aus.

Nachdem du alle deine Sachen auf einen Haufen zusammengelegt hast – bei dieser Gelegenheit wird übrigens dein Charakter ganz offenbar –, trabst du – ein klein wenig fröstelnd, die Haut wartet auf etwas – auf den Gang. An den Füßen hast du dicke Holzsandalen, auf denen trippelst du in die große Halle.

Betäubendes Geschrei empfängt dich. Jungenkörper klatschen in ein großes Bassin, alles prustet, lärmt, patscht und schwimmt unter ohrenbetäubendem Lärm umher. Es ist noch nicht deine Fröhlichkeit, die da spektakelt. Ernst, aber gefaßt begibst du dich in die Nebenräume.

Du duschst. Aaah! – sagt die Haut. Erst erschrickt sie, dann wundert sie sich, dann taut sie auf. Du braust von oben und von unten – du probierst alle Wärmegrade durch, vom piekend heißen, kochenden Wasser bis zum eiskalten Gruß der Antarktis. Die Poren brüllen auf wie unter Peitschenhieben. Unter der kleinen Qual liegt eine tiefe Lust...

Du trocknest dich nicht, klapperst klitschenaß in die Dampfstuben. In der ersten siehst du nichts vor lauter Wasserdampf, in den Rauchfahnen zieht es wie schwere Wolken. Hinter den Wolken spazieren ernste, aber nackte Männer: unbekleidete Devisenhändler, ausgezogene Grossisten, pudelnackte Regierungsräte, nur mit einer kohlschwarzen Hornbrille bekleidet, die immerzu anläuft und immerzu abgenommen werden muß. Dicke Bäuche schwappen, hagere Knochen stoßen in die Luft. Du drängst dich zwischen nassen Leibern hindurch – wie aristokratisch empfinden wir doch, wenn wir an andere Nasse stoßen! – und du setzt dich schwer atmend auf eine Holzpritsche. Du denkst: «Länger als vier Minuten unter keinen Umständen!» – Aber weil du die Uhr nicht sehen kannst vor lauter Dampf, so werden aus den vier Minuten acht, und du fühlst dich ganz behaglich. Lauter Männerakte. Du stellst Vergleiche an, die dich befriedigen. Möchtest du übrigens die Frau von dem da drüben sein? Nein, sicherlich nicht. Du schätzt die Leute ab, was sie wohl sein mögen. (So etwas täuscht übrigens furchtbar – nachher in Zivil sehen sie alle ganz anders aus: der Adonis ist ein ziemlich gewöhnlicher Kommis und der Amoroso ein mäßig angezogener Schafskopf. Der mit dem Monokel sieht auch nachher genau so aus.) Und dann gehst du in den nächsten Raum.

Im nächsten Raum redet schon keiner mehr – so heiß ist es da drin. «Siebzig Grad!» sagt der schwitzende Wärter, der gleich wieder verschwindet. Die Luft ist schwer vor Hitze, es ist stockstill. Man hört förmlich, wie heiß es ist. Auf den Leibern perlt der Schweiß und läuft in kleinen wässerigen Schnüren langsam herunter, unaufhaltsam. Die Gesichter glänzen. Aller Haut ist glänzend rot. Auch auf die Beine fühlst du es rieseln. Und dann denkst du gar nicht mehr.

Einer verläßt langsam den Raum. Apathisch blickst du ihm nach. Du kommst vor lauter Hitze gar nicht auf den Gedanken, auch hinauszugehen. Du schließt die Augen. Und schwitzt.

Dann – mit einem Ruck – erhebst du dich und gehst wieder zurück.

Wie kalt ist es da drinnen! Verachtungsvoll blickst du auf die Masse der hier Schwitzenden! Schwächlinge! Haben sie siebzig Grad um sich herum? Also.

Der Schweiß läuft an dir herunter. Einer neben dir liest Zeitungen — die Blätter sind quatschnaß. Alle tragen metallene Armketten, an denen baumelt ihr Kabinenschlüssel. Männer sind eigentlich freundlich, wenn sie so unter sich sind. Sie sind frei, haben so etwas Friedliches, Nettes, Abgestimmtes. Ernst und gemessen schwitzen sie vor sich hin.

Und dann machst du dich auf, in die Baderäume zu wandeln, allwo dich ein mächtiger Badewärter empfängt, dich auf ein gläsernes Lotterbett hinnötigt — du brauchst ihm gar nichts zu sagen — er weiß schon. Und renkt dir die Knochen aus und zermalmt dich und pinselt dich von oben bis unten mit Seife ein und schrubbt dich ab und reibt mit Holzwolle auf dir herum und hört nicht auf dein Seufzen und nicht auf dein leises Ach! und Au! — Du hast hier nichts zu sagen — du wirst massiert. Und unter die Dusche gesteckt, die alles von dir abspült. Und dann stürzt du dich unter großem Hallo in das Bassin und schwimmst ein paar Stöße — und machst genau so einen Krach wie alle andern — und patscht aus dem Wasser, furchtbar eilig, unter deinen Fersen glänzen kleine Seen am Boden, rieselt das Wasser, gluckst es und klatscht. Hinein in den Bademantel! Du wirst gerubbelt und gerieben, abgetrocknet und wieder abgetrocknet. Dein Haar steht zu Berge. Du bist so müde ... Und wankst in die Ruhehalle, mit der ganzen Welt versöhnt und seligsüß ermattet. Der Wärter legt dich hin, wickelt dich ein, wie die Mutter ihr Kindlein. Und du bist ihm *so* dankbar. Noch ein Blick in irgend ein bedrucktes Papier, dann schlummerst du ein — mit jenem idiotisch leeren Ausdruck, den Männer haben, wenn sie schlafen. («Erlauben Sie mal —!» — «Pst! Fragen Sie Ihre Frau!») —

Dann wachst du auf. Du wirst frisiert, dein Haar liegt unter der Haube, ein Sklave schneidet dir die Hühneraugen, einer dreht dir in der Geschwindigkeit eine Flasche mit irgend einem probaten unfehlbaren Mittel gegen etwas an, was dir gar nicht fehlt. Du bist schlechtweg selig. Deine Mitbadenden sitzen um dich herum — sie sind dir aus irgend einem Grunde nicht übermäßig sympathisch. Aber du verzeihst ihnen heute noch einmal, weil du so wundervoll sauber bist. Erwacht aus dem Paradiestraum. Schon lärmt die Stadt leise auf dich ein, in den Zeitungen erregt etwas deine Aufmerksamkeit, ganz von ferne klingeln die Trambahnen. Du reckst dich, dehnst dich, holst deine Uhr aus ihrem Kasten. Und bist ein neuer Mensch. Und der neue Mensch will vor allem mal einen Kognak trinken. Und das geschieht. Und dann gehst du auf die Straße — — Und nun kann es wieder losgehen.

ALLOTRIA

In der grauenhaften Schulklasse Deutschland ist der unartige Schüler Hans Reimann noch einer der amüsantesten. Er macht wenigstens Unfug. Aber dafür wird er auch nie versetzt werden.

Schläfrige Hitze brütet über dem Klassenraum. Vorn sitzt ein Pauker im schwarzen Rock, der sich ernst nimmt, weil er ernst genommen wird, er füllt seinen Stuhl, seinen Posten, seine Beinkleider gewichtig aus. Manchmal bohrt er in der Nase. Er doziert irgendetwas, was keinen Menschen interessiert, was aber im Lehrplan steht. Seine ethischen Anschauungen sehen aus wie die Linsen in seinem Bart: von gestern. Wird er lyrisch, so stellt man sich seine Füße in den Gummizugstiefeln vor. Die Klasse döst.

Und unter diesen Jungens, die diesen Namen gar nicht verdienen, die nur deshalb noch keine Telegrafenbauobersekretäre sind, weil ihnen die paar Jahre zum Anstellungsalter fehlen – unter diesem Haufen von Beamtenseelenablegern sitzt, natürlich auf der letzten Bank, in einer Ecke, der Schüler Hans Reimann und schnitzt mit seinem guten Weihnachtsmesser die Gesichter und Fratzen von Mitschülern und Lehrern, vom Pedell und vom Direktor, vom Schulrat und vom Turnwart in die königlich republikanischen Bänke. Wollen Sie das sehen? Dann lesen Sie *‹Von Karl May bis Max Pallenberg in 60 Minuten›* (bei Kurt Wolff in München erschienen).

Das außerordentliche Einfühlungsvermögen Reimanns in fremde Stile befähigt ihn, sogar einen so diffizilen Stil wie den Meyrinks nachzuahmen. Wie gut ist das alles beobachtet: diese merkwürdige Art, die direkte Rede vorangehen zu lassen – «‹Du träumst in Träumen›, fährt es mir plötzlich durch die Nerven» –; die magisch-trommelnde Wiederholung alliterierender Worte; die langen Sätze mit dem unterirdisch klopfenden Rhythmus. Das finde ich fast noch feiner und besser als jene bekannten Parodien, über die man natürlich lauter lachen muß.

Da ist Ewers, der eigentlich nicht mehr zu schreiben brauchte, weil Reimann das viel schöner kann als er; der sanfte Bonsels mit den Unterbeinkleidern aus Sehnsucht und Flanell; die sanfte Prellwitz (dito, nur aus Flanell); Sternheim, dem die Grammatik zum Hals heraushängt; der klirrende leere Becher; Alice Berend, die ebenso spießig ist wie die Männlein und Weiblein, über die sie sich lustig zu machen vorgibt. Und ein paar ganz ausgezeichnete Parodien von Jan Altenburg, der an dem Büchlein mitgearbeitet hat – die Leser der *‹Weltbühne›* werden sich an die kleine Serie erinnern, wie Jan Altenburg kommandierte, und wie sie alle gehorchten: «Auburtin, sehnen Sie sich mal!», und er sehnte sich; «Theodor Wolff! Seien Sie mal gepflegt!», und er war gepflegt und rührte an alles, ohne anzustoßen;

und: «Achtung! Stillgestann! Kronprinz Wilhelm!» – Sah ein Knab ein Rosner blühen –! Und auch Mehrings Form ist kopiert, allerdings nicht Mehrings Feuer.

Was aber den Schüler Reimann anbetrifft, so hat er sich im Falle Karl May, Hedwig Fourths-Malheur und für die Nachahmung eines Schmocks etwas zurechtgemacht, was es vor ein paar Jahren noch nicht gegeben hat. Ich glaube nicht, daß unsre Eltern darüber gelacht hätten – schließlich wandelt sich ja der Begriff des Humors erheblich. Es ist ein Gemisch von Wortwitzen, falsch angewandten Bildern, Stilvermengungen, Verrenkungen und einem Pallawatsch, der denn doch in seiner Gesamtheit die Objekte der Kritik völlig erledigt. Ein typisches Beispiel findet sich in der kleinen Courths-Mahler-Parodie und heißt so:

> «Da erklang eine sonore Stimme, und Freiherr von Sonnenschein, Adas Papa, stand in eigner Person zwischen dem schönen, aber ungleichen Pärchen, welches wie von der Tarantel gebissen, mit vor Verlegenheit gepeinigten Nerven das Weite suchte, um dasselbe geringschätzig zu mustern, dem der auf Seide gearbeitete Frack, welcher sich unter einem batistseidenen Hemd wölbte, direkt himmlisch zu Gesicht stand, um dasselbe in seine ihm von der Natur auferlegten Schranken zurückzuweisen, das Meer erglänzte weit hinaus.»

Diesen letzten, im Zusammenhang völlig sinnlosen Satz gibt es einfach ‹zu›. Es ist schon ganz egal – weil wir grade bei der Lyrik sind und bei der poetischen Erhabenheit, da lassen wirs schon erglänzen. In der sonst ausgezeichneten Parodie Roda Rodas auf die Eschstruth – vor langen Jahren erschienen – hätte so etwas noch nicht stehen können: da war alles viel logischer, sinnfälliger und letzten Endes viel liebenswürdiger. Dies hier liegt schon bedenklich nahe bei Grosz.

Ganz gelungen ist ihm dieser Stilmischmasch in der ersten Indianergeschichte, die man nicht trocknen Auges durchackert. Sie ist hinreißend komisch: von eben jener Komik, die spielerisch mit den Dingen umherhüpft. Er ist ein klein wenig esoterisch, dieser Humor – er sagt immer: Du weißt doch schon! Wie? Du weißt nicht? Ja, dann gehörst du nicht zu uns, und dann ist dir nicht zu helfen. (So hat sich, zum Beispiel, der Flechtheim-Kreis im *‹Querschnitt›* so einen Privat-Humor geschaffen. Aber besser so einer als keiner oder gar als der privilegierte reichsdeutsche.)

Ja, es ist eine artige Literaturgeschichte, die der Schüler Reimann da in die Bänke geschnitzt hat.

Draußen, auf dem Hof, üben die Freikorps in Gruppenkolonnen: «Rumpf vorwärts – beu – eugt!» Und die Zugführer wissen es so einzurichten, daß sich alle die strammen Kehrseiten grade vor dem Fenster des Schuldirektors Ebert tief verbeugen. Und der sieht, krampfhaft geschmeichelt, aus dem Fenster, lüpft den stets bereit gehaltenen Zylinder und spricht: «Das deutsche Volk ... Stammesbrüderschaft ... treues Zusammenhalten ... die Repub ... lik!» Und alle Kehrseiten verbeugen sich.

Reimann aber sitzt in der Ecke und grinst und schnitzt. (Mich hat er auch hingemalt.) Und ich gucke ihn an und muß lachen und werde gleich eine Stunde Arrest bekommen und mag das ganze Klassenzimmer schon nicht mehr sehen. Und ein tiefer Wunsch ist in mir, ein «Sichnachaußendrängen», wie Prellwitz sagen würde, und gleich hebe ich den Finger, ich Eingesperrter in der Schulklasse Deutschland, und sage ein Wort, das Wort meines jämmerlichen Lebens:

«Herr Lehrer! Ich möchte mal hinausgehen!»

DIE KEGELSCHNITTE GOTTES

> Doch welch grauenhafte Anspannung all diese Monate; immer in einen Block von ‹Selbst› geschlossen – belagert von Gemeinheit, nie verströmend an ein Ebenbürtiges ausruhen dürfen ...

Wie mir wohlwollende Bankdirektoren oft während einer Verdauungspause versichern, «schreit diese Zeit gradezu nach Satire». Aber außer dem Geschrei «Juden raus!» und «Wie steht der Dollar?» habe ich noch nichts Rechtes gehört – wie genau ich auch in die Zeit hineingehorcht habe. Nein, nach Satire schreit diese Zeit nicht.

Aber wir schrieen, leidend unter der Zeit, bliebe uns nicht der Schrei im Halse stecken. Und schrieen wir auch, des Hasses voll gegen das, was ist, und voll der Liebe für das, was fern ist und nicht ist – was hülfe es bei uns? Nicht ganz allein zu sein, ist schon ein kleiner Trost. Solamen miserum socios habere malorum ...

Da ist ein Buch von Sir Galahad erschienen: *‹Die Kegelschnitte Gottes›* (bei Albert Langen in München). Es ist das Stärkste, was gegen diesen Kontinent in der heutigen Literatur zu finden ist. (Das wird der Verlag auf die Reklameschleife setzen – auch dies ist europäisch.) Die lächelnden Satiriker, die kleinen Pätschesverteiler, Herr Sternheim, dieser stärkste Beweis gegen sich selbst: all das versinkt neben dem meisterhaften Werk.

Das im übrigen als mäßiger und verworrner Roman bürgerlich-literaturhistorisch angemeldet sein mag. Warum grade diese Kunstform gewählt wurde, weiß ich nicht. Schon, daß man das Gefühl hat, sie sei eben nur ‹gewählt›, spricht gegen sie. Aber vermutlich hätte die reinen Essays, die darin enthalten sind, niemand gelesen. Die meisten Bekämpfer dieses Haufens Europa sind seine Bestandteile mit umgekehrten Vorzeichen. Dieser Sir ist ein andrer.

Vielleicht projiziert er seine Liebe auf Indien, an dem sich heute jeder kenntnislose Schmock die Finger abwischt – aber welche Pagode kann für Ewers und welcher Skiläufer für Edschmid? Man fotografiert das, und damit basta. Vieles gefällt mir nicht in dem Buch – aber das ist kein Einwand: daß dieser Horus manchmal ein wenig Jules-Verne-Held ist, und daß er ein bißchen zu vollkommen ist, daß es alles so klappt, und daß mitten im Buch ein neues anhebt – darauf kommt es kaum an. Der Erkennende ist größer als der Gestalter. Aber das ist gleichgültig.

Ein Asiate kommt nach Europa. Und sieht es mit seinen gebildeten, unverbildeten Augen.

Das ist hundertmal gemacht worden. Aber nie mit solcher Kühnheit, mit so göttlicher Frechheit, nie mit so erhabener und erhebender Ehrfurcht, mit so viel Liebe und mit so viel Haß.

Die Transplanierung gefühlter Wahrheiten in ein Kunstwerk ist der Einleitung nicht ganz gelungen – das Buch, das ich meine, hebt auf Seite 131 an: ‹*Europa nahte*›. Es naht in Gestalt von Policemen, die der Inder gar nicht für die Europäer hält, von denen er so viel gelesen hat: «Eigentlich war da nur ein Streifen Haut im Nacken übrig; wo der harte Stoffring dran rieb, hatte der eine ein aufbrechendes, der andre ein abheilendes Furunkel. Sonst war hinten nichts Lebendiges an ihnen frei sichtbar.» Und dann setzt Horus den Fuß auf den Boden dieser Welt.

Das erste, was ihm auffällt, sind: die Augen. «In diesen Gesichtern war ein Blick: sauer und hölzern, der nicht sah. Als würde die ganze Umwelt absichtlich in den gelben Fleck der Netzhaut gerückt.» Vielleicht um all das nicht sehen zu müssen, fährt er fort – und nun folgt eine Schilderung unsrer Architektur, unsrer Straßen, unsrer Kleidung, wie ich sie geistvoller, ätzender, vernichtender noch nicht gelesen habe. Wunderbar, wie in diesem Gemisch von «Kolosseen, Kommis und Kulissen» in einer Galaprachtvorstellung der Sarah Bernhardt nur zwei Dinge als wirklich echt gepriesen werden: das Spinnennetz in einer Logenecke und das Kunstbein der Tragödin. Die glatt funktionierende Prothese als Natur in der Unnatur – das ist diabolisch. Und Horus geht durch die großen Hotels und die großen Städte. Und sieht.

Besseres ist gegen seelenlose Zivilisation nie gesagt worden. Eine Fülle von Erscheinungen im Brennglas gefangen, und über allen ein Spruch, dessen Essenz immer wiederkehrt: «Warum verwechselt der Europäer Grelle, Lärm und Gestank mit Freude?» Warum? Es wird gezeigt.

Wie die Zeitung diese Welt in die Zeitung einwickelt («Den Raubmord von heute gierig schwingend, den Raubmord von gestern achtlos um den Leberkäs gewickelt») – wahr! wahr! Da hat neulich der Bericht eines aus dem Gefängnis entlassenen Volksschullehrers wörtlich so angefangen: «Sechs Monate ohne Zeitung ...!» Das war offenbar das Schlimmste.

Wie Plakate die Seele vertreten («An den Wänden lapidare Beflegelungen des Publikums»); wie ein artfremder Fetisch leere Sonntagsvormittagsstunden füllt («Als alles vorbei war, schienen sie unsäglich befriedigt, sich zwei Stunden lang unbehaglich gefühlt zu haben»); und vor allem: wie entsetzlich unfrei das Ganze ist. Die Tragik eines Trottels im selbstgebauten Käfig kann nicht besser geschaut werden.

Die «Sklaventrauben vor den Tausenden von Schaltern» – wie ist das gesehen! Mit welch unsäglicher Verachtung ist dieser lächerliche Amtsbetrieb größenwahnsinnig gewordener Spießer gemalt: «Im Polizeigebäude hingen an verwanzten Wänden schwachsinnige Zettel in Rahmen herum: ‹Wir wollen helfen, nicht strafen› – und ähnlicher Fibelschund.» Wie großartig ist festgestellt, daß der vor dem Schalter und der hinter dem Schalter ja ein und derselbe sind – und daß jener auf diesen nur schimpft, weil er zufällig davor und nicht dahinter hockt. Wie ist die Verprügeltheit dieser ‹Verwalteten› gesehen! Und wie ist die Freudlosigkeit dieses ganzen Betriebs aufgefangen – kann es kürzer und besser gesagt werden als so: «Frauen, Angst um anbrennende Milch in den Augen»? Horus durchwandert die große und die kleine Welt. Und sieht.

Sieht, wie die Mystik zahnbürstengleich verschleißt wird, wie sich statt echter Religiosität und Ehrfurcht im Vorderhaus Herr Keyserling und im Hinterhaus Okkultisten breit machen, wie alle glauben, alles durch den ‹Betrieb›, durch die ‹Organisation› erreichen zu können, und wie keiner das erste, das einzige ahnt. «Cäsarenwahn des Mobs züchtet ihr, statt ihm zu sagen: anders werden, zuerst und vor allem um Gotteswillen anders werden, dazu wollen wir euch helfen, aber da flögt ihr schön aus euern Mandaten heraus!»

Gepeitscht wird diese Zivilisation. Am witzigsten wohl die Ärzteschaft, dieses überschätzteste Volk unter der europäischen Sonne. Alles, was Shaw jemals über sie geschrieben, ist matt wie eine Limonade gegen dieses hier. Eine alte fette Fürstin sagt als Räsonneurin das ihrige. «Unmöglich, eine andre als die momentan moderne Operation zu bekommen ... In jedem Dampfbad können Sie an Art und Lagerung der Schnitte die ärztlichen Moden der letzten Generationen studieren. Jahresringe der Wissenschaft am Bauch der Frau.» Und dann dieses, das Schärfste vor allem: «Nu, und die Asepsis, Fürstin – wollen Sie auch nörgeln an unsrer Asepsis?» – «Nein, denn sie ersetzt den Juden den Katholizismus. Man muß das nur gesehen haben, was ihr da treibt, ihr profanen Pfaffen des Leibes – bei einem der hohen Infektionsfeste: etwa Scharlach. Was da für ein hieratisches Zeremoniell entfaltet wird: die weißen Weiberröcke der zelebrierenden Ärzte – das Lysolopfer – der Bakterienexorzysmus – die symbolischen Waschungen. Wie Ostern in Rom.»

Satire? Er peitscht die Opfer zu Tode. In Europa darf nicht im Freien, sondern nur «im Unfreien» übernachtet werden, stellt Horus fest. Ein Säbel fällt in einen Spucknapf, wo er als «zuständige Waffe» stecken bleibt. Einer spricht ein «gepflegtes Galizianisch». Ein Café wird geschildert, «wo Rudel halbwüchsiger Mädchen hereinlärmten, jede Geste ein: Hurra, wir sind defloriert; Ordinärität mit Temperament verwechselnd. Ab und zu kam eine Dämonin, totschwarz, entblößte einen Raubzahn, snobte auf Morphinistin, aß dann aber doch mit Behagen zweimal Schlackwurst mit Kraut» (also noch über der Orska). Von einem Ungarn wird gesagt: «Er aß schon mit den Händen, stahl aber offenbar noch mit allen Vieren.» Von jungen Mädchen auf dem Ball: «Die jungen Mädchen wanden sich im Tango wie Würmer an unsichtbarer Angelschnur, die von den Lorgnons der Mütter hing. Knapp vor dem Allerletzten schien diese Schnur immer mit einem Ruck anzuziehen, und die Begattung ging fehl.»

Und wie gezeigt wird, daß in diesem Trubel das einzig Echte die Tiere sind, weil sie fast unverbildet sich erhielten –! Fast schmerzhaft sind diese scharfen Formulierungen – sie dampfen vor Haß und sind fugenlos, aus härtestem Stahl gearbeitet. Da ist eine Schilderung der oberbayerischen Bevölkerung, ganz einzig und völlig jenes grausame Wort eines großen Malers rechtfertigend: «Der Münchner ist der Übergang vom Menschen zum Tiroler.» Und ist unser ganzer Ruhrrummel nicht in diesen Worten eingefangen: «Temperamentlose Wut aus eiskaltem Schweinespeck gebar zuerst Moralsadismus»?

Alles ist in diesem Buch: die irrsinnige Architektur und ihre Mißverständnisse («Wäre ich eine Turbine, ließe ich mich von Peter Behrens einrichten»), diese sinnlose Überschätzung der Musik («Der Blinde hört gut» und «Schlappschenklig sitzen, dösend rezipieren, ohne daß die dicken Augenlider dabei aufgehen müssen ...») – es gibt nichts, worauf diese Welt stolz ist, das hier nicht bis ins Mark getroffen wäre.

Und über allem ein Schrei: Sie sehen nicht! Sie sehen nicht! Alles sitzt im gelben Fleck der Netzhaut! Sie sehen nicht!

In diesem Buch ist eine tiefe Tragik.

Jene Zivilisation, die Sir Galahad so zerstäubt, leuchtet in den Anilinfarben der Euphorie. Sie ist nicht von einer tiefern Erkenntnis überwunden, sondern wird in Vergessenheit geraten, abgelöst von einer Barbarei, die nicht einmal zu sich selbst Mut hat, sondern sich die ethische Berechtigung mit Schlagworten einer alten Terminologie erborgt.

Aber man schämt sich fast, gegen dieses Judentum, gegen diese Marke Zivilisation, gegen diese Maschinenethik anzugehen, da sie noch Edelwuchs und feinster Adel sind gegen das, was da auf der andern Seite heraufzieht. Die ‹*Kegelschnitte Gottes*› sind weit, weit darüber hinaus – die andern sind ja noch nicht einmal so weit wie die Objekte dieser Satire. Der ärgste Kapitalist ist eine Rettung gegen das andre.

Dieses Reich, das über kurz oder lang zerfallen dürfte und sich in eine Reihe mühselig konstruierter Kleinstaaten auflösen wird, die ihrerseits gemütvolles deutsches Mittelalter mit schlecht funktionierenden Wasserklosetts spielen werden, dieser Haufe von Statisten aus einer Wagner-Oper, denen die gebügelten Hosen aus den Kostümen herausgucken – all das steht ja weit, weit hinter dieser mit Recht so bespöttelten Zivilisation. Wir sind ein Agrarstaat: und die Kartoffel wuchert in den Gehirnen. Wir sind ein Industriestaat – und die Maschine scheppert in den Adern. Und diese neuen Kleinstaaten, die sich sehr bald Regierungen zulegen werden, wie sie dem Geisteszustand ihrer Bewohner entsprechen, werden sich zu dem Deutschland des Überkommis Wilhelm mit seinen Marmortoiletten Kempinskis verhalten wie die finstersten Kongo-Neger zu einem Inka-Reich der Sonne. Warte nur, balde –!

Das versucht heute, mit Sport die mißgestalteten Körper zu verbessern. Aber aus freiem Spiel ist eine Sportbörse geworden, wo die Rekorde wie die Papiere steigen und fallen. Es mag ja, opportunistisch betrachtet, sehr ‹förderlich› sein, wenn der Buchhalter seinen ausgesogenen Körper sonntags etwas auslüftet: ich kann mir nur bei einem vereinsmäßig erfaßten und behördlich überwachten Spiel nicht viel denken – der stabspringende Versicherungsbeamte und der diskuswerfende Prokurist spielen angeblich ein griechisches ‹Stadion›.

Nicht mehr Asien und noch nicht Amerika – nie mehr Asien und wahrscheinlich nie Amerika, belastet mit Gemüt und unbeschwert von Seele, nicht niedergefahren zur Hölle, nicht wiederauferstanden, taumelnd und bewegungslos, ewig brüllend und nichts sagend, dumpf, aber nie schweigend, stagnierend, aber nicht wachsend – so geht dieser Erdteil seinem Schicksal entgegen. Die Pausen werden durch die Spenglers ausgefüllt. Warte nur, balde –!

Die Wahrheiten dieses Buches leuchten. Sie sind echt und adelig geboren. Einer, der den Sir Galahad gut kennt, sagte mir einst: «Alles an ihm ist schön – sein Schreiten und sein Tun, seine Bewegungen und sein Ruhen.» Ich habe manchmal an ihm herumgenörgelt – für dieses Buch bitte ich ihm alles ab. Wäre es so verständlich geschrieben, daß man es auch in Pommern lesen könnte: vom Verlag Albert Langen stünde kein Stein mehr auf dem andern.

Der Haß der Minderbemittelten gegen die Vollkommenen ist

gigantisch. «Als schön», steht in dem Buch zu lesen, «vermag der optisch Ungebildete nur den eignen Komparativ zu begreifen, lediglich, was einer im größern Grade als er selbst besitzt.» Jene selbstzufriedenen Rationalisten aber, die mit solchen Kritiken Laxin für ihre eigne Verstopfung einnehmen, sind gebeten, fern zu bleiben. Nein, auch ich gehe nicht so, wie ich gehen müßte. Auch ich lebe nicht so, wie ich leben müßte.

Selbsthaß ist der erste Schritt zur Besserung.

AN EINEN BONZEN

Einmal waren wir beide gleich.
Beide: Proleten im deutschen Kaiserreich.
Beide in derselben Luft,
beide in gleicher verschwitzter Kluft;
dieselbe Werkstatt – derselbe Lohn –
derselbe Meister – dieselbe Fron –
beide dasselbe elende Küchenloch . . .
Genosse, erinnerst du dich noch?

Aber du, Genosse, warst flinker als ich.
Dich drehen – das konntest du meisterlich.
Wir mußten leiden, ohne zu klagen,
aber du – du konntest es sagen.
Kanntest die Bücher und die Broschüren,
wußtest besser die Feder zu führen.
Treue um Treue – wir glaubten dir doch!
Genosse, erinnerst du dich noch?

Heute ist das alles vergangen.
Man kann nur durchs Vorzimmer zu dir gelangen.
Du rauchst nach Tisch die dicken Zigarren,
du lachst über Straßenhetzer und Narren.
Weißt nichts mehr von alten Kameraden,
wirst aber überall eingeladen.
Du zuckst die Achseln beim Hennessy
und vertrittst die deutsche Sozialdemokratie.
Du hast mit der Welt deinen Frieden gemacht.

Hörst du nicht manchmal in dunkler Nacht
eine leise Stimme, die mahnend spricht:
«Genosse, schämst du dich nicht –?»

«MANOLI LINKSRUM–!»

Das Leben ist nur noch in besoffenem Zustande zu ertragen. Goethe

Ein friedlicher Herbstabend dämmerte auf die goldige Stadt Berlin hernieder, und dem Oberwachtmeister auf dem Potsdamer Platz war gerade der linke Arm eingeschlafen, der elektrische Bahnwagen Berlins trillerte sanft vorüber, ein Droschkenpferd ließ eine kleine Ruhrabgabe fallen, ein Auto rollte eilfertig und auf Geschäftsunkosten vorüber – da plötzlich brach etwas Schreckliches über die ahnungslose Stadt herein.

Sie wissen doch, daß die elektrische Reklame am Potsdamer Platz – ganz recht, gerade die über Josty, – daß die bisher von Herrn Andreas Kuhlow bedient wurde. Kuhlow war ein ehrsamer Bürger dieses Staates, ein bißchen doof, ein bißchen hinter den Damen her und meistens leicht angetrudelt. Aber seinen Dienst da oben, hoch über den Dächern, hatte er doch ganz gut versehen. Er pflegte da in einem kleinen Kämmerchen zu sitzen und emsig einen kleinen Hebel zu bewegen, der den Passanten die strahlenden Lichtbuchstaben zu vermitteln hatte: Zahnputzmittel, Südweine, Automobilreifen – was da so alles empfohlen wurde ... Er tat das mit der Regelmäßigkeit eines Uhrwerks und nicht ohne Phantasie. Einmal ließ er vier Zahnputzmittel und zwei Autoreifen aufleuchten, und dann wieder halbe Stunden lang nur Damenartikel und Schnäpse ... Ja, Herr Kuhlow war nicht ohne. Das heißt: bis zu diesem Septemberabend war er nicht ohne. An diesem Abend war er auf einmal mit.

War es nun der Schnaps oder die letzte Rosaura, die Herrn Kuhlow beglückt hatte – er pflegte von ihr nicht anders als mit einem leichten Schnalzer zu sprechen –, am Abend des fünfzehnten schnappte er endgültig über, und es begab sich das folgende:

Herr Fondsmakler Berserker überquerte gerade den Potsdamer Platz und rechnete, zufrieden ein Liedchen trällernd, aus, was er im Laufe der letzten Stunden dadurch verdient hatte, daß er nichts verkauft ... als plötzlich seine bildhübschen schwarzen Augen auf die leuchtende Inschrift da oben fielen:

HEIZE MIT KRIEGSANLEIHE!

Herrn Berserker fiel vor Schreck die goldene Brille aufs Trottoir. Wie –? Noch einmal hob er den Kopf und sah entgeistert nach oben, und nun war auch schon der ganze Platz aufmerksam geworden, viele blickten nach oben, da war es dunkel, und plötzlich wurde es wieder hell:

REGIERE MIT STRESEMANN!

Hallo! Da war etwas nicht in Ordnung! Rosselenker rissen an ihren ehemaligen Rossen, dem Oberwachtmeister wachte der linke Arm auf, der elektrische Bahnwagen, den die Stadt Berlin übrig gelassen hatte, blieb mitten auf dem Platz stehen und repräsentierte so den berliner Verkehr. Oben tobte das Licht weiter:

POLA NEGRI — DER LEICHTE TOURENWAGEN

Allmächtiger Vater! Herr Berserker stand noch immer unten, sein glänzendes schwarzes, stets sorgfältig nach hinten gekämmtes Haar sträubte sich vorsichtig. Er bekam Bromsilberaugen und guckte und guckte — — —

KAHLBAUMS LIKÖR — DAS KOPFPFLEGEMITTEL

und

HUMAGSOLAN — DAS BESTE FÜR DIE ZÄHNE

und

FLATOWS BÖRSENTIPS SIND DIE BESTEN

Aber das ging doch zu weit! Eine Panik brach aus.

Herr Bezirkspfarrer Ringelnatz fiel in die Rettungssäule, die zum ersten Male in ihrem Leben aufging — die Scheiben splitterten — der Pfarrer fiel gerade auf die innen angebrachte Tragbahre und blieb gleich darin liegen — — der Wachtmeister tutete, Herrn Berserker rutschte ein Dollar aus der Tasche und eine Mark — der Dollar fiel auf die Erde, und die Mark stieg, vom Winde emporgeführt, nach oben — ein seltsames Naturspiel, dem aber jetzt niemand Beachtung schenkte ... Beherzte Männer stürzten die Treppen hinauf, in das Kämmerchen zu Kuhlown.

Kuhlow schien noch nicht genug zu haben. Da las man:

STINNES — DER GROSSE ORIGINAL-MASCHINENAUFSAUGER

und

ASBACH URALT — DAS ZAHNWASSER DER ELEGANTEN WELT!

Die beherzten Männer fanden Herrn Kuhlow vor der Kurbel, dämlich vor sich hinlächelnd und selbst für die heutigen Verhältnisse heftig betrunken. Er lallte ununterbrochen vor sich hin: «Wenesti linksrum — Batschari rechtsrum — Manoli andersrum ...!» — Man riß ihn von der Maschine.

Es war keinen Augenblick zu spät. Denn unten auf dem Potsdamer Platz war die Ehrenvorsitzende des ostpreußischen Heims zur Rettung gestrauchelter, wenn auch noch nicht gefallener Mädchen soeben in eine frische Ohnmacht gefallen, weil da oben zu lesen stand:

ES IST JA ALLES SCH — — — —

Was es alles ist, hat man nie erfahren. Herr Kuhlow wurde abtransportiert, und der Satz blieb unausgeleuchtet, im Dunkeln.

Fünf Minuten später lag der Potsdamer Platz wieder in idyllischer Ruhe, nur hier und da unterbrochen von dem gewaltigen Rollen des neu-berliner Verkehrs.

DEUTSCHES LIED

Blasse Kinder auf dem Hof
(Nebenstraße – Westen)
machen einen kleinen Schwof
neben Müllschuttkästen.
Käse-Teint und bleicher Schopf.
Dürftiges Grün im Blumentopf
auf zwei Fensterbrettern.
Und die Stimmchen klettern:
«Kaserne! Kaserne!
Sonne, Mond und Sterne!
Achtung! Richtung! Vordermann!
Du – bist – dran – !»

Tief geduckt im Ziegelbau
hinter wuchtigen Laden
sitzen krumm, in Kitteln blau,
unsre Kameraden.
Staatsanwalt, der schikaniert,
Wärter, der sie malträtiert.
Ihre Stimmen leiern
in Preußen und in Bayern:
«Kaserne! Kaserne!
Sonne, Mond und Sterne!
Achtung! Richtung! Vordermann!
Du – bist – dran – !»

Deutscher Gram und deutsches Leid.
Ämter ohne Ende.
Wucher, den ein Staat gefeit,
und immer graue Wände.
Wir sind schuld. Ein Schrei, der gellt.
Aber draußen liegt die Welt.
Wir sind ganz alleine.
Und hören nur dies eine.
«Kaserne! Kaserne!
Sonne, Mond und Sterne!
Achtung! Richtung! Vordermann!
Du – bist – dran – !»

TRAGÖDIE DER LIEBE

Weil wir sonst keine Sorgen haben.

Ich geriet als halbwegs vernünftiger Mensch von der Straße in Joe Mays Film-Atelier zu Weißensee – von der Straße, wo die Elektrische klingelte und ernsthafte Leute ernsthaft dahintrotteten. Dann kam ein Zaun, ein kleines Haus, und das erste, was ich auf dem Filmhöflein sah und hörte, war Joe der Große, der durch die Gegend tobte, eine mit zwei Rössern bespannte Kutsche anschnaubte und schrie: «Sind die Pferde angestrichen?» Sie waren angestrichen.

Die Pferde waren nämlich mitten im Film verkauft worden, versehentlich, irgendwer hatte nicht aufgepaßt, und nun fehlten sie für die Kontinuation. So und so waren sie gezeichnet – das konnte der Zuschauer noch wissen. Und May nahm zwei Schimmel und schuf sie nach dem alten Ebenbilde und sahe, daß es gut war – und ich werde nie den Ausdruck in den kugeligen Augen der Tiere vergessen, die seltsam hinterwärts sahen, wo man sie anpinselte ... Dies aber waren Vorbereitungen zu dem großen Film: ‹*Tragödie der Liebe*›.

Man kann das Genre ablehnen. Lehnt man es aber nicht ab, dann ist zu sagen, daß hier der beste deutsche naturalistische Detektivfilm geschaffen worden ist. Drei Männer haben den Erfolg gemacht: Emil Jannings, Joe May und Paul Leni.

Das Manuskript ist gut. Es ist geschickt erdacht, sicher gebaut und nicht schwachsinniger als unbedingt notwendig. (Manchmal ist es auch rührend – und dann ist es rührend.) Die Küste dieses Manuskripteilandes ist kein öder Strich – da gibt es kleine Halbinseln, einladende Seechen, stille Buchten und manches stolze Kap, kurz: eine Menge Dinge, die gar nicht zur Sache gehören. Spaß macht ja immer nur das Überflüssige. Dazu haben die ersten beiden Akte ein Tempo, wie man es bei uns nur ganz selten zu sehen bekommt. Aber Tempo, Wirkung und Wärme wären nicht da ohne die drei da oben.

Paul Leni: Er hat nicht nur mit Kenntnis des Films gebaut – die haben viele. Er hat auch nicht nur mit Geschmack gebaut – den haben manche. Er hat mit Liebe gebaut. Es hat ihm Spaß gemacht, einen verschneiten Hauseingang hinzusetzen, verwinkelte Dachstuben, einen wundervoll runden Gerichtssaal, ein unvergeßlich melancholisches Wartezimmerchen einer kleinen Station – es ist ‹die› kleine Station, und jede Novelle von Maupassant könnte hier ihren Anfang nehmen. Das alles ist mit den feinsten Fingerspitzen und mit dem größten Wissen um Einzelheiten gearbeitet – und es ist gearbeitet und nicht hingeschludert. Eine Meisterleistung.

Joe May: Nach den Kolossal-Monstre-Gala-Filmen dieses Regisseurs ist nicht ganz klar, ob er eigentlich weiß, wie gut dieser Film hier ist. Diesem Besessenen, der keine Augen, sondern offenbar zwei Objektive im Kopf hat, und der Zelluloid ausschwitzt, diesem Fanatiker des Films ist da eine derartige Fülle an lustigen, witzigen, bunten und belangreichen Einzelheiten eingefallen, daß man denken könnte, er habe sie alle nur so aus dem Kasten geschleudert.

Die Gräfin fährt weg, läßt ihren Mann allein, die Dienerschaft poussiert in der Kneipe, der Diener empfängt oben ein Flittchen, der Freund dieses Flittchens steigt nach, Athlet, der er ist, die Gräfin bekommt unterwegs Angst, kehrt zurück, unterdessen ist eine wilde Jagd durchs Haus getobt, der Athlet hat den Diener in die Seine geworfen, der Graf hat ein Messer in den Leib bekommen ... kurz: Familienleben bei Grafens. Aber wie ist das gemacht!

Vor allem: alles immer nur einmal. Diesem May ist derart viel eingefallen, daß er sich niemals wiederholt – jeder Zug ganz kurz, zehn, zwanzig Meter – husch, weg, der nächste. Und fast alles kann man sehen, da gibt es einen ganzen Akt mit ohne Text, alles ist mit den Augen zu verstehen – alles ist: Film. (Und alles, auch der dampfende D-Zug, aus Holz und Pappe auf einem kleinen Hof aufgenommen.)

Das wäre aber alles nicht möglich ohne Emil Jannings. Seine Figur hat nur einen Fehler: daß sie nicht seinen Namen trägt. Was heißt hier Ombrade! Der Mann heißt Emil.

Ich weiß nicht, wie Sie darüber denken: ich persönlich kann nun schon keinen dämonischen Zuhälter mehr im Film sehen. Dieser hier ist fett, freundlich und durchaus gemütlich. Zwischen all den Schandtaten hat er immer noch ein gutmütiges Lachen, ein Zwinkern, eine kleine Bewegung nach den Hosen, daß die auch nicht rutschen ... es ist alles nicht so schlimm, und man sieht das Pathos und die Kehrseite des Pathos: den Humor.

Tausend Züge: «Siehst du», sagt das Flittchen (von Erika Glässner himmlisch frech gespielt) zu Emil – «Siehst du, so sorgen andre für ihre Freundinnen!» und steht vor einem Schaufenster und muckscht, weil sie keinen Pelz bekommt. Emil tritt an das Schaufenster heran, drückt die Nase am Glas platt und probiert dann ganz leise, ganz vorsichtig, ob die Einfassungsstangen sehr fest sind ... Fachlich, sachlich. Am nächsten Abend hat sie den Pelz. Und spielt mit ihm und mit Emil die größte Szene, die ich je in einem deutschen Film gesehen habe.

Sie hat ihn betrogen, er hat sie erwischt, und sie ist ihm davongelaufen. Nun wird er in der Zwischenzeit seinen Nebenbuhler totschlagen. Das weiß sie nicht – sie ist nach Hause geflitzt. Und findet da – o treue Liebe! – den geklauten Pelz. Und tanzt herum und will ihn gleich, auf der Stelle, anprobieren und hopst auf den Tisch, auf dem die Petroleumlampe steht, vor den kleinen Spiegel und hebt die Röcke hoch (eine Masche am Strumpf ist gefallen) und spiegelt sich.

Da schiebt er sich zur Tür herein. Herunter vom Tisch kann sie nicht mehr. Sie erstarrt. Wird er sie schlagen? Oder töten? Vielleicht. Er schnauft heran – wie ein Bär – dumpf und wütend. Und will schon zupacken – da fliegt irgendetwas von ihr zu ihm herüber, er setzt sich an den kleinen Tisch, sieht herauf zu ihr, mit einem Blick unter ihre Röcke, sie hat eine irrsinnige Angst, außerdem kippelt der Tisch, in ihm wogen merkwürdige Sachen durcheinander, und dann kann er nicht mehr und bricht an dem Tisch zusammen und umklammert ihre Beine und schmilzt weg und verzeiht gar nicht – denn es ist nichts mehr zu verzeihen – und gehört ihr. Und oben steht sie, die Siegerin, die Frau, das Stück Fleisch und lächelt und lacht und feixt – ave victrix femina! Je suis la femme – on me connaît!

Was Jannings da gemacht hat, ist allerersten Ranges. Wie er einmal von einem ganz kleinen Polizisten verhaftet wird, und wie er mit einer winzigen Bewegung den ganzen Staat auslacht, dessen Repräsentanten er mit einem Hauch umblasen könnte – «Ah, lohnt nicht!» –; wie er als feiner Mann auf den Ball kommt und beinahe die Hosen verliert, aber ein feiner Mann bleibt; wie er auf die Anklagebank geht und zunächst einmal seine Sachen – Halstuch und Hut – fein säuberlich vor sich hinpackt: das ist alles so fein, so haargenau abgepaßt, so humorvoll und so saftig, daß man diese Figur liebgewinnt. Er sollte sie nicht zum letzten Mal gespielt haben. Das ist kein einmaliger Einfall – das könnte eine Figur für viele Abenteuer sein. Denn das ist ein Typus: der gutmütige, kräftige, bärenhaft starke und bärenhaft tapsige Ludewig.

Die Glässner ist ihm eine gute Gefährtin. Sie ist frech wie Potz – und wenn er im Gefängniskäfig vor ihr wütet, wie ein wildes Tier, und sie die Röcke hochhebt, ganz hoch – da! da! sieh doch! das gehört jetzt nicht mehr dir! –, wie sie den geilen Gefängnisdiener angähnt, wie sie lacht und züngelt, aufregt und selber aufgeregt ist: das ist seltenen Grades.

Fast alle Nebenrollen sind ausgezeichnet besetzt. Jede kleine Leistung ist wundervoll dosiert. Gewiß: Herr Korff hat aristokratische Nasenlöcher und ist so vornehm, daß man Beklemmungen bekommt – und weil man mit Frauen höflich umgehen soll, wollen wir von Herrn Gaidarow gar nichts sagen. Aber da ist die entzückende Wüst und Hermann Vallentin und Guido Herzfeld und Eugen Rex und Paul Biensfeldt – und jeder ist genau an das gestellt, was er kann. Und geschnitten ist dieser Film! Dieser Joe May ist wohl der größte Schneidermeister, den die Branche hat.

Entschließt er sich, die Rührunseligkeiten des Films zu kürzen, das herauszunehmen, was der Kenner so schön die ‹Spielastik› nennt und den süßlichen Schluß fortzutun, der sicherlich bei allen Dienstmädchen in Guben die größte Wirkung hervorbringt (kleine Kinder im Bettchen, der Mutter Fluch, Muttertränen und Abschied fürs Leben) — dann wäre zu sagen, daß die Arbeit einwandfrei ist. Der Film hört da auf, wo Emil abgeführt wird: mit einer letzten wilden Kopfbewegung sieht er Musette an, das Luder: «Na warte — laß mich rauskommen!» Bis dahin ist statt schlechter Psychologie: Handlung, statt falschem Kokain: Humor und statt gestärktem Frackoberhemd: buntes bewegtes Leben. Dazu eine außerordentlich einprägsame Musik von Löwitt, mit zwei famosen Themen für Jannings und die Glässner. Ich verstehe von der Filmbranche nichts, und sie interessiert mich auch nicht. Aber diesem Film wünsche ich — schon der Leistung Emils wegen — das, was er meiner Meinung nach verdient: den Welterfolg.

THE KID

> Diese grotesk-sentimentale Mischung ist uns fremd. Sie entbehrt der Logik, und ohne Logik ist deutsche Filmdichterei nicht zu denken.
>
> *‹Deutsche Allgemeine Zeitung›*

Wenn Ludendorff halb so komisch wäre —! Nach einem leicht pathetischen Vorspiel voll edler Spielastik und bemakelter Mutterschaft, wobei auch das Kreuz des Erlösers nicht fehlt, watschelte Charlie Chaplin von hinten in den Vordergrund des Films und in unser aller Herzen. Der Herr befinden sich offenbar zur Zeit in nicht sehr guten Vermögensumständen. Er hat mehr Löcher als Kleidungsstücke, und ganz heil ist nur sein Stock. Er zieht aus einem Debet seiner Hose eine alte Konservenbüchse, wählt unter den dort angesammelten aufgelesenen Stummeln einen, klopft ihn ordentlich zurecht, wirft Streichholz und Handschuhe, wegen nicht mehr fein, in eine alte Tonne — und hört ein Baby schreien. Das Baby liegt neben dem Müllkasten. Da hebt es Chaplin auf: und was sich dann begibt, ist so schön, daß nicht nur der ganze deutsche Film dagegen versinkt — das will nicht allzuviel heißen — sondern es ergreift so, daß man für eine ganze Stunde aus diesem Lande herausgerissen wird, weit, weit fort unter richtige Menschen.

Der Film *‹The Kid›* hat gar keinen richtigen Inhalt. Aber Chaplins Herz hat einen, und zu diesem Herzen gehört der feinste Kopf unter den lebenden Filmdarstellern und der klügste unter den Schauspielern überhaupt. Dieses Herz ist bei den Unterdrückten, und es hat eine gefährliche Waffe: sein Gehirn.

Komisch ist alles: komisch der Gang, komisch die Füße, komisch das Hütchen und komisch der Rhythmus dieser gleitenden, sehr sparsamen Bewegungen. Chaplin zieht den armen ausgesetzten Müllkastenjungen auf, und die hinreißende Herzenskomik dieser Vorgänge liegt vor allem darin, daß dieses kleine Stück Malheur durchaus für voll genommen wird: wenn es Eierkuchen gibt, zählt Papa die Dinger (wie die Geldscheine) – und jeder kriegt die Hälfte, einer bleibt übrig, und auch der wird ehrlich geteilt. Zwei Kameraden bestehen den harten Kampf mit dem Leben: der Kleine schmeißt die Fenster ein, die der Große kittet, und so haben beide ihr Auskommen. Dann aber wird der kleine Kompagnon krank, der Arzt kommt, und Vater Staat, dieser unehrlichste aller Strichjungen, nimmt dem Großen den Kleinen weg. Chaplin rettet ihn, befreit ihn, wieder wird er ihm gestohlen, er erträumt sich, vor einer alten Haustür schlafend, den Himmel, bekommt den Jungen wirklich wieder, der findet seine bemakelte Mama – aus.

Warum hat eine Welt über diesen Film gelacht?

Weil er an die Urinstinkte appelliert. Weil er überall siegen muß, wo es auch nur Andeutungen einer Zivilisation gibt. Weil hier ein Sieger des Lebens ist, der zwar den Unterdrückten angehört, aber doch – mit allen Mitteln arbeitend – triumphiert.

Vor allem hat Chaplin als einziger die reine Komik der absoluten Bewegung entdeckt. Eine Situation, deren Kern sich oft wiederholt: er verscharrt das Balg zunächst, um es loszuwerden, wieder neben dem Müllkasten, wo er es gefunden hat. Wie er gräbt und wirtschaftet! Hinter ihm steht, ohne daß er es weiß, der böse Feind, diesmal ein riesenhafter Schutzmann. So, nun ist er fertig, das Kind liegt glücklich unter alten Lumpen und Mohrrüben. Er dreht sich um und stößt an den wehrumpanzerten Bauch des Sergeanten. Tausend Schauspieler machten jetzt: Schreck! Dieser hält in der Bewegung des Rückwärtsdrehens gar nicht inne, in demselben Schwung nimmt er den Kleinen wieder auf und watschelt fort: «Verboten? nicht gut? Schön – weiter.» Warum das komisch ist, weiß ich nicht, und ich habe es auch nie ergründen können. Tatsache ist nur, daß man vor Lachtränen zwanzig Meter nichts sehen kann.

Dazu kommt die unüberwindliche Sucht, es immer der großen Welt gleich zu tun. Sie haben nicht Brot auf Hosen, aber eine alte Bettdecke ist Pyjama, ein Teller Fingerschale, und in allem Kummer hat man immer so viel feine Sitte, noch schnell vor dem Todessprung am Hütchen zu rücken. Wegen fein.

All das ist bewußt. Bewußt, den Kleinen beten zu lassen und währenddessen plinkernd an die Decke zu gucken: Gut und schön, diese Frömmigkeit – aber ich kann das doch nicht mitmachen; bewußt, mit dem Kleinen zu laufen, wie noch nie ein Mensch gelaufen ist, und dann schnell, rechts und links vorm Tor, Aufstellung zu nehmen, der böse Feind rasend vor Wut mitten durch, und man ist noch einmal, für die nächsten zehn Sekunden, gerettet; bewußt, ein rundes Loch in den Rohrstuhl zu schneiden, darunter den Nachttopf zu setzen und das Kind nun oben drauf (gewissenmaßen gleich an die Kanalisation angeschlossen); bewußt, diesen Rohrstuhl dann noch einmal prüfend vor sich hinzustellen: zurücktretend wie der Maler von der Staffelei, wie wohl das Werk auf die Entfernung wirke ... Bewußt ist alles.

In einem kleinen Büchlein (Louis Deluc: *‹Charlot›*, Paris 1921, bei de Brunoff) findet sich am Schluß ein großer Aufsatz Max Linders, der lange bei Chaplin zugesehen hat. «So beruhen alle meine Filme», heißt es da, «auf der Idee, mich in die höchste Verlegenheit zu setzen, um mir Gelegenheit zu geben, gradezu verzweifelt ernst bei dem Versuch zu bleiben, ein richtiger kleiner Gentleman zu sein.» Und: «Das Theaterpublikum ist von Herzen zufrieden, wenn es den reichen Leuten nicht gut ergeht. Ein Stückchen Eis in den Ausschnitt einer feinen Dame fallen lassen: das ist, in den Augen des Publikums, Schicksal, das bedeutet, ihr das zuzufügen, was sie von Rechts wegen verdient.» Und: «Zweifellos ist es günstig für mich, daß ich so klein bin; so kann ich Kontraste ohne große Mühe herstellen. Jeder weiß, daß der ‹Kleine›, der verfolgt wird, zunächst einmal die Sympathie der Masse auf seiner Seite hat. So betone ich meine Schwäche ...» Aber dann siegt er doch, und alle Welt lacht Tränen. Nebenbei: welch ein Witz, daß eine Welt über einen Juden lacht! (Der Centralverein jüdischer Staatsbürger deutschen Glaubens wird zögern, ob er diesen anerkennen soll: Einstein, ja — die Ostjuden, die zwei Etappen vorher darstellen: nein — und Chaplin? «Macht er Riches?») Wer da nicht lacht, ist chaplinblind.

Grade, wenn der Film am besten schmeckt, hört er auf. Im Tauentzien-Palast, wo man die Presse einlädt, ohne einen Stuhl parat zu halten, mußte ich dank der Unfreundlichkeit der Direktion dieses Filmwunder stehend erleben. Ich hätte gern noch einmal so lange gestanden. Man möchte die Arme heben und ihm zurufen:

Gott sei Dank, daß es dich gibt! Dein Herzblut hat dein Gehirn passiert — du fühlst mit dem Kopf und denkst mit dem Herzen! Bereicherer des Lebens, deine besten, lustigsten Filme werden wir wahrscheinlich erst in zehn Jahren zu sehen bekommen, weil die deutsche Filmproduktion feige ist. Deinen witzigsten Film haben wir nicht gesehen, den, wo du den deutschen Kaiser gefangen nimmst — weil wir, ach Gottchen, in einer Republik leben. Aber es gibt dich doch, Tröster der Herzen! In einer englischen Zeitschrift warst du während des Krieges abgebildet: der ihr Kaiser stand da, Hindenburg und dicke deutsche Generale — Brille und Sauerkohl und eine unbeschreibliche Würde. Aber alle zogen die Brauen hoch: denn du watscheltest durch den Saal, pfeifend, ohne sie anzublicken, mit dem kleinen Hütchen und dein Stöckchen schwingend. Und alle Würde und alles Teutschtum waren auf einmal zum Teufel. In deinen Filmen ist echteste Menschlichkeit und tiefste Logik des Herzens. Dich kennen mehr Menschen, als Goethe und Napoleon zusammen gekannt haben – fünf Weltteile haben dich gesehen, und gelacht haben sie alle. Du hast zwei linke Füße und das Herz auf dem rechten Fleck. Sei gegrüßt –!

Weißt du, daß wir Bessern hier versauern und nicht aus der ewigen Schule herauskommen können, aus dem Kasernenhof, aus dem Internat Deutschland? Wir sind festgebacken und warten. Weißt du, wie wir warten? Auf die Stunde; die in die Freiheit führt –? Draußen, da wären wir doppelt dankbar für deine ernsten Späße und dein lustiges Pathos – draußen würden wir noch einmal anfangen, zu leben, aufzunehmen, zu verarbeiten, und überhaupt wieder vorhanden sein. Wir warten. Aber keiner kommt. Und wir sind dir dankbar, Charlie Chaplin, weil du uns eine Ahnung davon gibst, daß die Welt nicht teutsch und nicht bayerisch ist, sondern ganz, ganz anders. Aus dem Keller, de profundis, sei gegrüßt –!

1924

KLEINE REISE 1923

> Das Rathaus zu Goslar ist eine weißangestrichene Wachtstube. Das danebenstehende Gildenhaus hat schon ein besseres Ansehen. Ungefähr von der Erde und vom Dach gleich weit entfernt stehen da die Standbilder deutscher Kaiser, räucherig schwarz und zum Teil vergoldet, in der einen Hand das Zepter, in der andern die Weltkugel; sehen aus wie gebratene Universitätspedelle.
>
> Heinrich Heine: ‹*Die Harzreise*›

Graf Koks lehnte sich behaglich in die weiche Ecke des warmen Coupés zweiter Klasse, das zu benutzen ihm seine Mittel gestatteten. Draußen der Gang des D-Zugwagens war gerammelt voll, er streckte sich wohlig auf seinem Sitz. Die Brotkartengesichter um ihn herum schliefen oder dösten. Er bat Aphrodisiaka, die ihm gegenüber saß, ein glückliches Gesicht aufzuziehen, was sie freundlich lächelnd tat, genoß die Vorstellung: fünf freie Tage, fern von Berlin – und schlug sein Lieblingsbuch auf, bei dessen Titel man schon das Schmunzeln bekam: ‹*Collin ist ruiniert*› von Frank Heller.

Wie da Geschichte und – erdichtete – Realität durcheinander wirbelten und ineinander verwebt waren! Wie man bald nicht mehr aus noch ein wußte, kaum noch unterschied, ob Professor Pelotard eine Romanfigur oder ein wirklich existierender Mensch war, ob Ereignisse als gedruckt oder als gelebt zu gelten hatten, und von Gnaden welcher Phantasie eigentlich Lavertisse lebte und durch die Seiten wandelte! Der Weihnachtszug fuhr knackend über die Weichen, stieß polternd bei den Kurven an und nahm alle süßen Ecken mit ... Wieviel gute Laune sang aus diesem Buch! Mit welchem Behagen war daran gearbeitet worden! Graf Koks hatte vergessen, wie der bürgerliche Name dieses Schriftstellers eigentlich lautete – auf alle Fälle war er schwer zu beneiden! Wieviel sanfte Nachmittage, leuchtende Morgen, braun hindämmernde Abende waren in dies Buch hineingenommen worden! Wie glatt mußte alles funktioniert haben, als der Autor sein Kind austrug: Wetter, Bankauszüge, Verdauung und die Dame seines Herzens! Eine unbändig gute Laune sprach aus allem: tausendmal machte der Fabulierer in der Fabel halt, verlustierte sich an bunten kleinen Einzelheiten und beschrieb mit ebensoviel Sorgfalt wie himmlischem Humor italienische Straßenszenen und spaßige Einzelheiten aus sicherlich erlebten, sehr sorglosen Tagen ... Ja, das war ein amüsantes Buch.

Aufatmend legte er beiseite, was er glückselig lächelnd durchgekostet hatte ... Goslar.

Wenn man ausstieg, war noch gar nichts. Goslar fing nicht am Bahnhof an; es war, wie wenn sich jemand auf einem Maskenfest in einem nüchternen Vorraum erst die Gummischuhe auszieht ... Bahnübergang, graue preußische Backsteinbauten – aber dann, nach fünfzig Schritten: Lebkuchen, kleine Giebel, angeklebte Fenster, weicher Watteschnee auf den Spitzwegdächern – Regie: der Winter, und es war sehr hübsch inszeniert. Graf Koks und die Gräfin Koks wandelten leise erfreut durch die krummen Straßen, nahmen im Hotel Zur Goldenen Girlande Wohnung und zogen sich in ihre Appartements zurück.

Das gräfliche Paar strich unproduktiv und in keiner Weise zum Wiederaufbau Deutschlands beitragend die Straßen entlang. Dunkelblaugrau war der Weihnachtsnachmittag, sacht nahm der Beleuchter das Licht aus den Soffitten und verdunkelte langsam die Rampe ... Die ersten Lichter in den Stuben zwinkerten.

Die Ausgestoßenen wandelten durch die Straßchen, keiner familienhaften Weihnachtsfeier teilhaftig. Der kalt glitzernde Schnee knirschte unter ihren Schritten, nur wenige Goslarer gingen hastig, bepaketet und festlich zur Eile getrieben, dahin. Durch die Fensterchen funkelten die Lichter der ersten Weihnachtsbäume, man ahnte die Freude, und wenn man genau hinhörte, roch es gebraten und warm.

Da feierten sie. Es feierte der sächsische Industrielle, der sich seine Tarifverhandlungen durch die Reichswehr führen ließ; es feierte der Offizier, der mit der einen Hand für die gefangenen Brüder an der Ruhr focht und mit der andern die Brüder aus Thüringen in die Schutzhaft sperrte, daß es nur so knackte. «Ihnen gilt in erster Linie unser Weihnachtswunsch nach Frieden und Freiheit», hatte unser Reichskanzler durch den Rundfunk weitergegeben. ‹Ihnen› – damit meinte er natürlich die in Thüringen und Sachsen. Oder war er auf eine andre Wellenlänge eingestellt? Da umstand den Weihnachtsbaum der Landgerichtsrat, der in Hannover einen kleinen ostgalizischen Devisenschieber zu acht Monaten Gefängnis verurteilt hatte; es zündete an die christlichen Lichter jener Richter, der Kaufleute freigesprochen hatte, weil sie einer Frauensperson aus Köln ob ihres Umgangs mit Franzosen die Zöpfe abgeschnitten hatten: sie alle feierten warm und wohlbehalten Weihnachten. Manche Fenster waren dunkel: vielleicht heulte hinter ihnen in der Kälte eine Frau, deren Mann in einem Gefängnisloch hockte, stumpfsinnig, und von Gott und dem Ausnahmezustand geschlagen, den sein Präsident über ihn verhängt hatte. Hatte sich Christus der Sünder erbarmt – der Wehrkreiskommandeur dachte über diesen Fall anders.

Das gräfliche Paar hob die Köpfe. Gesang? Gesang quoll über die

Häuser, zog linde durch die schneidend kalte Luft. Und Orgelklang ... Sie gingen ihm nach und kamen an eine Kirche.

Graf und Gräfin Koks traten ein. Weihnachten! Das hohe Fest der christlichen Kirche – wie wurde das gefeiert?

In einem steinkalten Raum standen lieblos geputzte Tannenbäume. Man sang recht und schlecht und falsch. Ein fahles Dutzendpublikum füllte die Bänke und machte hoffnungslos stumpfe Gesichter. Auf diesen Gesichtern stand: Brotkarte, Tarif, Wohnungsamt, Abbau, Tarif, schematischer Abbau, Tarifabkommen.

Ein Gehaltsempfänger in schwarzem Behang schritt auf die Kanzel und sagte auf, wozu er verpflichtet war. Aber getragen vorgebrachte Papiersätze sind noch kein Pathos, und so wurde auch dies keines. Nicht ein Wort, das einen anging, nicht ein Wort, aus dem die geistige Not dieser Zeit sprach – nicht ein Wort davon, daß so vieles zerbrochen, so vieles neu, aber unvollkommen geboren ward ... Zitate aus der (inzwischen verfilmten) Bibel zierten die Ansprache, und was darüber war, bewegte sich auf dem Niveau einer Weihnachtsbetrachtung des *‹Berliner Lokal-Anzeigers›*. Die Masse saß starr und stumpf; der einzige natürliche Laut in diesem Raum war das selbstvergessene Lallen eines Kindes, das, mit dem Finger im Mund, selig in die flimmernden Kerzen guckte und von Gott und diesen seinen Vertretern noch nichts wußte. Der sorgsame Küster hatte die Tür abgeschlossen, die gräflichen Besucher konnten nicht herausgelangen und hingen nun mit gekreuzten Beinen an den Lippen des verehrten Redners. Er sprach die angenehme und klare Mundart der niedersächsischen Gegend, die einen der saubersten Dialekte Deutschlands hat. Aber was er sagte, mußte selbst den jammern, in dessen Namen er zu sprechen vorgab ... Es war zum Gotterbarmen.

Das gräfliche Paar begab sich elastischen Schrittes auf den Heimweg. Oben, auf dem Turm der ...kirche stand ein Bläserchor und tat das Seine. Die kuppelüberdachte Plattform, die aussah wie die Spitze eines Baumkuchens, war schwach erhellt, weihevoll und erschröcklich schief drangen die Töne von «O du fröhlicheee» herunter in das Weltgewühl von mindestens zweiundvierzig Passanten. Das war hübsch. Welch ein Anachronismus, dieses Weihnachten! Man denke sich in den irren Lärm der drei berliner Börsensäle ein Weihnachtslied gespielt – es paßte nicht ganz dorthin. Aber man denke sich dort: *‹Yes, we have no bananas!›* – Rhythmus, Melodie und Text würden nur noch aufreizender, noch aufregender, noch bejahender wirken. Fatal, daß so viele Leute nur Weihnachten feiern, weil so viele Leute Weihnachten feiern.

Das Paar ging zur Ruhe. Gute Nacht.

Für den nächsten Tag war Schlittenfahrt angesagt. Wie gut, daß an der Wirtshaustür: «Denkt an die Schande von Versailles!» angeschlagen stand! Denn so war der schlechte, aber teure französische Rotwein, den es zum Frühstück gegeben hatte, erklärlich und bekömmlich gemacht. Draußen blus die Platzmusik aus leicht angefrorenen Posaunen, die Schellen auf den Pferdekopfbüschen vorm Schlitten klingelten – los gings.

Der Schnee «stand rieselnd», wie Alexander von Villers sagt, der Schlitten klingelte sich zu Tal, und die ernsten, schweigsamen Tannen...

(Folgen zwei Seiten Landschaftsschilderung.)

Durch den weißen Schnee kamen einem Leute entgegen. Tarifgesichter; grau und gelb von Zimmerluft, verkniffen und gefaltet von vielerlei rechthaberischen Verhandlungen, paßten sie nicht einmal in diese Natur. In die Ecke, Stubenwesen – seids gewesen, seids gewesen ...!

Nun ist der Harz allerdings nur noch ganz schwach mit Natur gefüllt. Da gibt es nichts mehr zu entdecken, da ist kein Neuschnee, da blüht nichts mehr unverborgen: kein Fußbreit Boden, auf dem nicht ein Sachsenschuh entlanggelatscht wäre, alles ist eingezäunt, mit Tafeln versehen, tausendmal erklärt und gänzlich ausgelaugt. Eine Stadtanlage.

Im Achtermann zu Goslar ist eine Bismarck-Nische. Von Historie geschwängert liegt die niedrige Decke bedeutungsvoll über den dicht mit Bildern besäten Wänden. Bismarck zu Pferde und Bismarck zu Friedrichsruh, Kitschonia, die Göttin der achtziger Jahre, beut gewänderumwallt dem reisigen Helden irgendeine symbolische Klistierspritze, und was der Kladderadatsch da an ranzigem Fett unter Glas und Rahmen zu hängen hat, das ist gar nicht zum Blasen. Immerhin fehlt auch eine handschriftliche Probe des Gewaltigen nicht: «Wenn der Deutsche sich auf sich selbst besinnen soll, muß er erst eine Flasche Wein im Leibe haben ...» Heil!

Es wird überhaupt ein bißchen viel geheilt in Goslar. Die Zeitungen sind voll von Versammlungsberichten der Jungmannen verschiedenster Observanz. Stahlhelm, Jungdeutscher Orden, Bismarckbund und was sonst noch so in Preußen gut und verboten ist, tagt dort ununterbrochen. «Ein flottes Tänzchen beschloß die von echt deutschem Geist durchwehte Weihnachtsfeier.» Geleitet von Studienräten, Geistlichen und andern Jugenderziehern, die einer neudeutschen Jugend das ganze von den Romantikerepigonen entlehnte Vokabularium an den Kopf werfen, womit sie schon einen Weltkrieg verloren haben: noch mal! noch mal! Man denke sich ein dünnes Abziehbild der Original-Imitation eines Fichte-Kopisten, und man hat ungefähr einen Begriff von dieser Diktion. Nicht eine Spur von Selbsteinkehr, nicht ein Lichtlein Demut, Selbstkritik, Blick nach innen – vielmehr ein dummdreistes Geschrei gegen den Erbfeind, ein Gassenantisemitismus, der einen zum innigsten Verehrer des berliner Konfektionsviertels machen könnte, und ein rohes Gebrüll gegen die Arbeiter und für den Zwölfstundentag der andern. Die Herren selbst sind mit seiner lukrativen Organisation beschäftigt. Masochisten im Stahlhelm, umbrodelt von einer heidnisch-germanisch-christlichen Bieranschauung.

Krumme Gassen, gaßauf, gaßab. Sie gingen hintereinander, weil das Trottoir so schmal war. Wie, wenn sich nun plötzlich eine Hand aus einer pfefferkuchenbraunen Tür streckte und die Gräfin wegschnappte, Koks merkt es erst an der nächsten Ecke, ruft angstvoll: «Aphrodisiaka!» – aber sie ist und bleibt verschwunden... Nein, hier ist Preußen. Märchenhaft sind nur unsre Richter. Sonst nichts.

Letzte Promenade durch die verwinkelten Gassen. Begreiflicher Hang der Bewohner, bei solchen Kulissen auch immer wieder die alten Stücke aufgeführt zu sehen. In einem Laden eine Uhr, nur aus Stroh, wie so vieles in diesem Lande. Eine Zeitung hatte die Nachricht gebracht: «Eine Violine aus Streichhölzern erbaut. Wiederum ein Beweis deutschen Fleißes...» Wobei zu bemerken, daß dort kein Satz mehr ohne dieses nicht geographische, sondern wertbejahende Adjektiv gedruckt werden kann. Eine echt deutsche Schmockerei!

Letzte Promenade, Winke-Winke, Abschied und Räderrollen. Durch vereiste Scheiben flimmern die Lichter Goslars.

Der Graf setzte sich wiederum in die Ecke, zog den Schelmenroman Frank Hellers aus der Tasche und sprach in seine kleine, aber wohlgepflegte Zigarre:

«Frau Gräfin, wir fahren jetzt in den zwanzigsten Jahrgang der ‹*Weltbühne*› hinein! Zehn Jahre davon bin ich auch dabei gewesen, und es waren nicht meine schlechtesten! Das ist die einzige Stelle in Deutschland, wo man sagen kann, wie einem ums Herz ist, und wo ich immer die Wahrheit sagen durfte: ohne taktische Rücksichten auf Verleger, Inserenten und Leser und ohne jene maßlos törichte Feigheit der großen Presse vor ihrer eigenen ‹Kulturmission›. Komm, schreib an S. J. eine Ansichtskarte und gratuliere ihm: ahnungslos, aber herzlichst!» – «Und warum», fragte die Gräfin, «sind Sie zur Zeit nicht mehr dabei, Herr Graf?» Da sah der Graf noch einmal von seinem Buch auf und sagte: «Weil die Zeit mir dagegen zu sein scheint. In einem schlecht geheizten Warteraum voll bösartiger Irrer liest man keine lyrischen Gedichte vor. Wenn irgendeiner uns in das Ausland unter richtige Menschen holt, damit wir erst einmal wieder einen klaren Kopf bekommen, Übersicht und Festigkeit, dann will ichs wieder versuchen. Bis dahin bleibt – über diese Sozialdemokratie, über Industriewegelagerer, Städteaushungerer und Schutzhaftgenerale, über den Bürgerpräsidenten Louis Philippe Ebert, über Radeks sitzengebliebene Zöglinge und Bayerns Ehrenwortfabrikanten – bis dahin bleibt nur eines:

Schweigen. Schweigen. Schweigen.»

REISENDE, MEIDET BAYERN!

> In politisch unselbständigen Ländern, wie in Persien, genügt es, den Häuptlingen unzuverlässiger Stämme einige Aktien zu schenken, um sie durch Geldinteressen von der Zerstörung industrieller Anlagen abzuhalten.
> Sidney Jessen: *‹Die Weltinteressen der englischen Petroleumindustrie›*

Die Bayern, diese schlampigen Preußen, sind erstaunt, daß keine Fremden mehr zu ihnen kommen. Ihre Winterhotels stehen leer, die Verpflegungspreise sind weit heruntergesetzt worden, aber das gute Publikum ist in diesem Jahr nach der Schweiz gegangen, weil sie billiger, schöner, nahrhafter und gastfreier ist. Und das ist rechtens geschehen: denn man reist selbst in Afrika bequemer und gefahrloser als in Bayern – ganz abgesehen von der dort herrschenden Zivilisation.

Die Fremdenverkehrsvereine Bayerns haben gewaltige Eingaben an ihre Regierung gemacht: so weit dürfe man mit der vaterländischen Überzeugung nun doch nicht gehen, daß man etwa den Berlinern, den Sachsen, den Preußen, den Juden und den Bolschewisten nicht mehr gestatte, ihr Geld im Lande zu lassen. Nach unzähligen Beflegelungen aller ‹nichtbayerischen Deutschen› (ein verfassungswidriger Begriff) ist eine Bevölkerung, die von den Fremden lebt, erstaunt, daß ihre Ware ausbleibt. Das gebärdet sich ganz als Eigentümer, Verwalter und Nutznießer der bayerischen Berge, für deren Schönheit die Bewohner wirklich nichts können. So wenig wie mancher für sein Ehrenwort. Und weil sie nun die anständigen Reisenden hinausgeekelt haben, treiben sie Propaganda.

Zum Beispiel so:

> «Palast-Hotel Sonnenbichl, Garmisch
>
> Euer Hochwohlgeboren!
>
> Die politischen Ereignisse in Bayern vom 8. und 9. November sind in einem Teile der auswärtigen Presse wahnsinnig aufgebauscht worden, sodaß mancher früherer Gast unsres Werdenfelser-Landes vielleicht Bedenken hat, in diesem Winter nach Bayern, bezw. Garmisch-Partenkirchen zum Winteraufenthalt zu reisen.
>
> Demgegenüber möchten wir feststellen, daß der unselige Putsch innerhalb wenigen Stunden in sich selbst zusammenbrach, und Ruhe und Ordnung in jeder Weise gewährleistet ist.
>
> Ebenfalls sind die Gerüchte über die antisemitische Hetze kolossal

übertrieben und wird besonders im hiesigen Gebiet von allen Teilen der Bevölkerung jegliche Garantie übernommen, daß die Besucher unsres Wintersportplatzes, sowohl auf Straßen und Plätzen, wie in den Hotels unbehelligt bleiben.

Wir würden uns daher erlauben unsre lieben alten Gäste zum Besuche für den kommenden Winter einzuladen, und würden wir wie immer für tadellosen Aufenthalt und erstklassige Verpflegung und Beheizung besorgt sein.

Bezüglich der Preise haben wir uns vereinbart, unser Äußerstes zu tun und trotz der enormen Unkosten die Pensionspreise incl. Heizung unter die Friedenspreise (11–16 Goldmark) herabzusetzen, um unsern Gästen den Aufenthalt zu ermöglichen und mit dem Ausland konkurrenzfähig zu sein.

Wir bitten Sie uns in dieser schweren Zeit Ihre Geneigtheit nicht zu entziehen und uns wieder zu beehren.

Falls Sie selbst nicht beabsichtigen in diesem Winter zu reisen, würden wir bitten, uns in Ihrem Bekanntenkreise empfehlen zu wollen, und gestatten wir uns zu diesem Zwecke einen kleinen Prospect beizulegen.

Auch seitens der Kurverwaltung sind alle Schritte unternommen, um auch bezüglich Unterhaltung und Sport, den Aufenthalt möglichst angenehm zu gestalten.

In der angenehmen Hoffnung, daß diese Zeilen Sie und Ihre geschätzte Familie gesund antreffen, sehe ich geneigten Nachrichten mit Vergnügen entgegen, und zeichne mit ergebenster Hochachtung.»

Für die meisten, die es wirklich anging, hatte es solches Schreibens gar nicht bedurft. In einem Sommer der tiefsten bayerischen Schande saßen einundfünfzig sozialistische und kommunistische Reichstagsabgeordnete während ihres Sommerurlaubs in den bayerischen Bergen, weil man ja Politik und Privatleben nicht vermengen darf. Eisner war ermordet, Landauer zertreten und gefleddert, Toller eingesperrt, Mühsam gequält, Fechenbach ruiniert – diese einundfünfzig und Tausende von deutschen Juden, Republikanern und Oppositionellen aller Schattierungen gaben den Bayern Geld zu verdienen.

Bis die so dumm waren, durch immer gröbere Schikanen jeden Fremdenverkehr zu unterbinden. Sie verlangen von den eignen deutschen Landsleuten einen Paß, welches Verlangen abzulehnen ist. Sie kontrollieren in aller Herrgottsfrühe die Hotels, die Polizisten sind unhöflich und grob; einen mir bekannten Herrn, der mit seiner Frau reiste und seine Heiratspapiere nicht ans Chemisett angehängt hat, rettete nur die Tatsache, daß sein Ehering nicht vom Finger zu ziehen war (denn in den Schwänken, die sich die Beamten angesehen haben, geht das so zu). Diese amtlichen Lümmeleien in Pensionen und Hotels sprechen sich herum, erfreulicherweise am meisten unter den valutastarken Ausländern, die Zug-, Grenz- und Paß-Schikanen mehren sich — es hilft alles nichts: die Fremden bleiben aus.

Das Propagandaschreiben ist so weit ganz gut. Der Putsch, den man vorher zweimal am Tage als einen Vorschuß auf die Seligkeit gepriesen hatte, heißt jetzt ‹unselig›, weil er das Geschäft verdirbt, und was das freundliche Versprechen anbetrifft, zahlende Sportsleute vom Eis nicht ins Haberfeld zu treiben, so dürften die befehdetsten unter ihnen mit dem Ausruf: «Bedankt sollen sie sein!» reagieren. Ja, und wie will die Kurverwaltung ihr Versprechen wahr machen, Unterhaltung und Sport zu bieten, wenn die bodenständigen Abarten dieser Beschäftigung: Judenhetze und Abgeordnetenmorde nicht steigen sollen? Man hats gar nicht leicht.

Aber der Reklamewisch hatte doch eine kleine Wirkung, von der sich der Absender nichts hätte träumen lassen. Einer der berliner Empfänger setzte sich nämlich hin und schrieb eine Antwort. Einen Brief, wie man ihn hier gar nicht gewohnt ist. Nämlich diesen:

> «Für Ihre Zuschrift und Einladung, den Winter in Garmisch zu verbringen, danke ich Ihnen bestens, muß Ihnen aber mitteilen, daß weder ich noch jemand aus meinem Bekanntenkreis die Absicht hat, vorläufig nach Oberbayern zu reisen. Wir alle lieben zwar das Land wegen seiner Schönheiten ungemein, können aber unmöglich eine Bevölkerung unterstützen, die in ihrer Mehrheit Bestrebungen fördert, die den Interessen des deutschen Reiches zuwiderlaufen. Insbesondere können preußische Staatsbürger jüdischen Glaubens nicht in eine Gegend reisen, in der der Hitler zur Zeit sich aufhält, wo also dauernd die Gefahr besteht, daß man des Landes verwiesen wird oder sogar körperlichen Schaden erleidet. Ich betone wiederholt, daß wir alle die gegenwärtigen Zustände in Bayern, als Freunde dieses herrlichen Landes, sehr bedauern, daß wir aber dort nicht Gäste sein können, wo man uns als Menschen zweiten Ranges betrachtet. Wenn die Zeiten sich ändern sollten, werden wir mit großer Freude im Sommer und im Winter die oberbayerische Bevölkerung durch unsre Besuche wieder unterstützen.»

Und bekam postwendend diese Antwort:

> «Erhielt eben Ihren Brief vom 13. und möchte nicht verfehlen darauf zurückzukommen.
>
> Wenn heute in Sachsen beispielsweise ein Ministerpräsident sitzt, der sich als Lump entpuppt so kann man doch dafür nicht die ganze Bevölkerung von Sachsen verantwortlich machen.
>
> Was ist in der ganzen Hitlerbewegung in Bayern, einem Juden

passiert? Mir ist ein einziger, bedauerlicher Vorfall erinnerlich, von Herrn Kommerzienrat Fränkl. Eine solche Anrempelung könnte aber genau so in Berlin auch vorkommen.

Der Hitler-Putsch ist in kürzester Zeit niedergeschlagen worden, wäre überhaupt nicht zum Anfang gekommen, wenn nicht durch einen großen Schwindel in die Kreise der Bevölkerung die Meinung getragen worden wäre, die rechtmäßige Regierung sei mit Hitler einig in dem Bestreben das deutsche Volk zu nationalem Selbstbewußtsein aufzurütteln. Die Kämpfe zwischen der Bayrischen Regierung und Berlin haben doch sicher auch in Berlin Anhänger zugunsten von Bayern. Bayern will doch keine Trennung von Berlin sondern nur Herstellung geordneter Zustände. Noch vor ganz kurzer Zeit sagten Berliner, sie gehen gerne nach Bayern, weil dort Ordnung herrscht.

Wieviele Zusammenstöße sind seit der Revolution in Berlin vorgekommen. Ich kann mich nicht erinnern, daß die Leute deswegen nicht doch wieder nach Berlin gegangen sind. In München war außer der kurzen Räte-Republik noch der mehrstündige Hitlerputsch, dann war es wieder Schluß, und Ruhe und Ordnung kehrten zurück.

Bevor wir uns überhaupt schlüssig wurden ob wir unsern Betrieb im Winter aufmachen, waren wir schon in einer Kommission (ich war auch dabei) bei allen zuständigen Regierungsstellen um uns der Ruhe und Sicherheit für unsre Gäste zu versichern, was uns in jeder Weise und in jeder Instanz genehmigt wurde.

Ich kann ja begreifen, daß momentan mancher Berliner besonders wenn er noch israelitisch ist, nicht gut auf Bayern zu sprechen ist. Bei ruhiger Überlegung müssen Sie sich aber sagen, daß unser schönes Hochgebirge und ganz besonders Garmisch-Partenkirchen nichts dafür kann, und daß in Wirklichkeit hier die beste Gewähr besteht einen Winteraufenthalt ohne Sorge für Unruhe oder Belästigung, und würden wir Einwohner von Garmisch-Partenkirchen, jederzeit imstande sein, den Schutz unsrer Gäste bis aufs äußerste zu übernehmen.

Vielleicht haben Sie die Güte in Ihren Bekanntenkreisen doch noch ein gutes Wörtchen für uns einzulegen, und entschließen sich vielleicht schon früher unser herrliches Werdenfelser-Land mit Ihrem Besuche zu beehren.»

Auf den bayerischen Brief ist zu antworten:

Weder Zeigner noch irgendein Sachse hat die Fremden schikaniert. Bayerische Ordnung ist keine deutsche Ordnung. Der ‹bedauerlichen Vorfälle› sind nicht nur viele – sondern sie bleiben alle ungesühnt. Wie soll das auch anders sein, wenn die gesamte Verwaltung und die

Justiz sich in Händen von Männern befindet, die als zuverlässig nicht angesehen werden können?

Berliner, die auch noch israelitisch sind, Fremde, die eine Erholungsreise und keinen Guerillakrieg unternehmen wollen, Ausländer, die ihre Ruhe wünschen – sie alle werden sich hüten, von Bayern, die auch noch Verwaltungsbeamte sind, sich die Reise verderben zu lassen. Der Herr von Kahr hat ja erst neulich einer kleinen Gesellschaft, die mit Tänzerinnen Sekt trank, klar gemacht, daß außereheliche Abendvergnügungen dem Deutschen nur dann zustehen, wenn er ein Gut in Mecklenburg oder ein Schloß in Oberbayern hat, daß dagegen das nächtliche Bei- und Zutrinken sowie -schlafen in öffentlichen Gasthäusern mit Frauenspersonen zu unterbleiben hat. Er ließ die Auto-Insassen wegen ‹Prasserei›, oder wie dieser Papierausdruck sonst heißt, verhaften, die Tänzerinnen ins Arbeitshaus bringen und ähnlichen Unfug verüben.

Das haben die Fremden satt.

Es kann Deutschen und vor allem ausländischen Gästen von einem Besuch Bayerns nicht genug abgeraten werden. Der Fremde ist in Bayern eine Art bedingt Begnadigter. Es war einmal eine Pflicht anständig Gesinnter, der oberbayerischen Bevölkerung durch Gebirgsreisen zu helfen, die man ebenso gut hätte ins Ausland unternehmen können. Davon kann heute keine Rede mehr sein. Heute hat man die Pflicht, den Sinn dieser Bevölkerung auf die Hebung ihrer heimischen Viehzucht und auf die bessere Belieferung der deutschen Kinder mit Milch zu lenken. Denn die Zustände haben sich noch nicht gebessert: der Fremde ist in Bayern rechtlos und unterliegt nach wie vor zahllosen Beschränkungen und Plackereien.

Ein Herz scheinen die deutschen Brüder da unten nicht zu haben. Aber ein Portemonnaie haben sie in den treudeutschen Hosen. Hier ist die Stelle, wo sie sterblich sind. Wenn in aller Stille heute schon daran gearbeitet wird, die Bayern wieder zur Vernunft zu bringen: für die Fremden ist von dieser segensreichen Arbeit vorläufig noch nichts zu merken.

Und so ist denn noch immer zu rufen: Reisende, meidet Bayern!

WARUM ICH NICHT MEHR …

Lieber S. J.,

Sie und ich werden manchmal gefragt, warum ich denn gar nicht mehr … Die Frage ist freundlich gemeint, und die Antwort steht in Morgensterns Nachlaß. Setzen Sie in dem Poem von dem ‹*Löwenreh*› für dieses Tier die Republik und – aber Sie werden gleich selbst sehen.

Das Löwenreh

Das Löwenreh durcheilt den Wald
und sucht den Förster Theobald.

Der Förster Theobald desgleichen
sucht es durch Pürschen zu erreichen,

und zwar mit Kugeln, deren Gift
zu Rauch verwandelt, wen es trifft.

Als sie sich endlich haben, schießt
er es, worauf es ihn genießt.

Allein die Kugel wirkt alsbald:
Zu Rauch wird Reh nebst Theobald.

Seitdem sind beide ohne Frage
ein dankbares Objekt der Sage.

Ich sicherlich. Und die Republik – aber das ist Sache Ihrer politischen Mitarbeiter.

EIN FRÜHLING IN AMERIKA

Man stelle sich vor, daß man zum Abendessen einen netten Bekannten erwartet, der grade aus Amerika zurückgekehrt ist. Er kommt, es wird gegessen, und nachher sitzen alle in der kleinen Kaffee-Ecke des Wohnzimmers zusammen, man streckt behaglich die Beine aus und sagt: «Na, alter Junge – nun erzähle mal!» Und er erzählt.

Das ist so ungefähr der Eindruck, den das Büchlein Roda Rodas: ‹*Ein Frühling in Amerika*› macht (erschienen bei Gunther Langes in München).

Die deutschen Reiseberichte aus der Zeit nach dem Kriege haben ja ein erstaunlich tiefes Niveau. Was vor allem immer wieder auffällt, ist der unangenehm lässige Ton, der so etwa besagen soll: Gott, ich bin ein weltmännisch erfahrener Mann, ihr Kaffern zu Hause wißt das natürlich alles nicht. Durchsetzt von ganz dummen Vergleichen mit dem Spittelmarkt, enthüllen diese Berichte meist auf das peinlichste die Seele des Reisenden, aber niemals die Seele des Landes, und was der kleine Moritz alles anstellt, wenn er in einem Hotel warmes Wasser vorfindet, das ist gar nicht zu sagen. So reisen wie Arthur Holitscher kann ja bei uns überhaupt niemand, und mit Geschmack und Takt und vor allem mit Kenntnissen berichten – das können nur wenige. Roda Roda kann es.

Mit Ausnahme eines einzigen Kapitels (der Schilderung eines Abendempfanges bei einem reichen Mann) ist das ganze Büchlein in einem so leichten, so harmlosen, so angenehmen Ton geschrieben, daß man es hintereinander mit Interesse zu Ende liest. Ob Roda Rodas Eindrücke alle ‹richtig› sind, steht dahin. Es sind eben die Eindrücke eines klugen, offenäugigen und gebildeten Mannes, der durch Amerika hindurchgereist ist – so kann man ein Land nicht ausschöpfen, und das hat er ja auch gar nicht gewollt. Aber diese Eindrücke sind wahrhaftig und posenlos – und das ist viel wert. Man erfährt das, wonach jeder von uns fragen würde: Lebensstandard, das tägliche Leben des Mittelstandes, Löhne und Vergnügungen, Literatur und Theater, Schule und Handel – kurz: Das, was man gern wissen möchte, wenn man jahrelang so eingeschlossen war und, in geistiger Beziehung, auch noch ist. (Denn Italien ist noch nicht die Welt.) Und am besten hat mir die bescheidene Bemerkung gefallen, die am Schluß des Buches zu finden ist: «Ich bedaure, nicht zwanzig Jahre früher hergekommen zu sein, den Planeten Erde nicht schon mit jungen Augen von der andern Seite kennengelernt zu haben – eh ich meine Werke schrieb. Und kann nur jedem deutschen Dichter raten, das Experiment so bald wie möglich anzustellen. Hier erst wird er gewahr werden des Sterblichen, Örtlichgebundenen, Engen in seiner und seiner Zeitgenossen Begriffswelt.»

Und wieder ist aus diesem Buch zu lernen, daß nicht unsre Antworten auf viele Probleme falsch sind, sondern vor allem unsre Fragen. Kultur oder Unkultur – das ist eine europäische Frage. Drüben gilt andres. Und was vor allem gar nichts gilt, das ist deutsche Politik. Die Lektüre dieses kleinen Buches ist sehr nützlich; es ist geeignet, die jämmerliche Monomanie und die egozentrische Weltbetrachtung unsrer Leute vielleicht, unter Umständen, ein bißchen, von Herzen, mit Schmerzen, ein klein wenig zu heilen. Oder gar nicht. Denn sie scheint unheilbar.

KÖNIG CONTRA REIMANN

Hans Reimann und ich, wir halten es, den Naturgesetzen durchaus zuwider, so: Jedes Mal, wenn er ein Ei gelegt hat, gackere ich – und dann freut er sich und legt noch eins.

Aber diesmal gemahnt mich nicht allein das hübsche Ei (Hans Reimanns ‹*Kabarettbuch*›) an meine Pflicht, sondern vor allem die reizende Bemalung, die ihm der Verleger Paul Steegemann mit auf den Weg gegeben hat.

Reimanns Humor wandelt zur Zeit seltsame Wege. Es hat sich auf seinem Planeten eine neue Pflanze herausgebildet, ein stachliger, eigentlich durchaus unzugänglicher und mit dem Verstand der Verständigen nicht mehr faßbarer Humor, ein Gemisch von Wortspielen, falschen Assoziationen, Versmaßen, die kaum noch notdürftig aufrecht erhalten werden, Dialektbrei und bessern Ohnanständigkeiten . . . oben am Himmel verbleicht der Morgenstern; ein neues Gestirn: der Ringelnatz zieht auf . . . es ist eine jokose Landschaft. (In der, nicht zu vergessen, der Schachtelwitz blüht: Worte werden mit der Silbe, mit der sie enden, an Worte angesetzt, die mit dieser Silbe beginnen – und die Silbe wird nicht wiederholt. (Merk: Schamharfe, Ufagott, Deklavier. Entwurf: Lo H. Zwei Klammern zu.))

Ja, dies Büchlein ist sehr komisch, und Gott bewahre uns vor den Nachahmern. Das werden wohl alle Redakteure wissen: zur Zeit ist es vor tiefsinnigem Stumpfsinn nicht auszuhalten. Früher fertigten die Herren Einsender ‹Verse à la Busch›, dann plünderten sie Morgenstern, den heute schon jeder bessere junge Herr am Schnürchen hat, dann kam Walter Mehring, und augenblicklich kriegen wir tiefsinnige Melangen von Reimann und Ringelnatz. Aber auch dieses wird wohl vorübergehn.

Ja, also die Ei-Bemalung. Der Verlegermeister Paul Steegemann hat dem Buch einen Reklameanhang beigegeben, worin sich – unterbrochen von dem sehr freundlichen Verriß Reimanns durch einen ernsten deutschen Mann – eine Kostbarkeit allerersten Ranges befindet: die Einstweilige Verfügung des Geenijs gegen den Schriftsteller H. R.

Wir Republikaner haben schon ulkige Könige. Wenn sie nicht dumme Bücher schreiben und auf Kosten ihrer Untertanen einen Haushalt führen, der ihnen nicht zukommt, dann sind sie augenkrank und schielen nach dem Thron. Nun hat man gedacht, einer wäre doch wenigstens eine Ausnahme: der Geenij. Wie heißt «Ja, Kuchen!» auf säcksch?

Mit welcher Nettigkeit hat Reimann ihn unsterblich gemacht! Wie freundlich hat er den pensionierten Mann durch einen milden Nachkriegskakao gezogen! Mit welchem Geschmack ist das geschrieben! An keiner Stelle ein billiger Witz gegen den Abgesetzten, sondern immer nur Spott gegen das Land, gegen die Denkart, gegen die Diskrepanz: Person – Amt und gegen die Zeit. Und was meinen Sie, tut jener? Er erläßt. Diesmal kein ‹An mein Volk›, sondern eine Einstweilige Verfügung.

Ist nun schon an sich komisch, einen ehemaligen König wie eine Marktfrau zu Gericht laufen zu sehen (das natürlich stramm stand) – wie klein ist das, wie murksig, wie wenig Humor liegt darin!

Ein Mann von Welt hätte Hans Reimann zum Tee eingeladen und mit ihm über das Buch gelacht. Im Nu hätte Friedrich August die Oberhand gehabt. Aber was will man von einem deutschen Fürsten verlangen? Böse Untertanen verderben gute Sitten.

Ich habe auf der Schule gelernt, die Franzosen hätten für das deutsche ‹Humor› kein Wort und keinen Begriff. Vielleicht ist das richtig. Sie haben das Wort ‹plaisanterie›. Und wir verstehen keinen Spaß.

PARK MONCEAU

Hier ist es hübsch. Hier kann ich ruhig träumen.
Hier bin ich Mensch – und nicht nur Zivilist.
Hier darf ich links gehn. Unter grünen Bäumen
sagt keine Tafel, was verboten ist.

Ein dicker Kullerball liegt auf dem Rasen.
Ein Vogel zupft an einem hellen Blatt.
Ein kleiner Junge gräbt sich in der Nasen
und freut sich, wenn er was gefunden hat.

Es prüfen vier Amerikanerinnen,
ob Cook auch recht hat und hier Bäume stehn.
Paris von außen und Paris von innen:
sie sehen nichts und müssen alles sehn.

Die Kinder lärmen auf den bunten Steinen.
Die Sonne scheint und glitzert auf ein Haus.
Ich sitze still und lasse mich bescheinen
und ruh von meinem Vaterlande aus.

PARIS

Meine Eindrücke nach fünfwöchigem Aufenthalt in Paris sind folgende:

Den Fremden umfängt zunächst die Weltstadt. Der ungeheure Zusammenfluß von Vergnügungsreisenden, Sportsleuten der Olympischen Spiele, Diplomaten, Kaufleuten aus fünf Erdteilen, modischen Frauen, Schmarotzern, Abenteurern, Passanten, französischen Provinzlern brodelt über die Boulevards, jagt den Strom der großen und kleinen Automobile über die Champs Elysées, stept in den Nachtlokalen und überfüllt die Hotels. Die Fremdenindustrie ist groß, doch nicht so groß, wie man denken sollte. Fast immer ist die ‹Aufmachung› sehr reizvoll, unerträglich nur da, wo sie ‹echtes altes Paris› vortäuscht und eine Romantik herzustellen bestrebt ist, die den literarischen Assoziationen der Fremden von Murger bis Jésus-la-Caille entgegenkommt. Diese Art

Romantik existiert entweder überhaupt nicht, oder sie ist nur zeitlich zu fassen, das heißt: man empfindet sie vielleicht nach Monaten. An einen Ort ist sie nicht gebunden.

Paris ist eine liebenswürdige Stadt: Alles wird aus einer leichten Hand gegeben. Vor allem verlangt die Stadt nicht, daß man sich durchaus nach ihr richte – sie läßt in Äußerlichkeiten dem Fremden Willen und Bequemlichkeit. Das erste, was dem Deutschen auffällt, ist nicht ein Wagenverkehr, der einer großen Stadt angemessen ist, sondern die Tatsache, daß alle Leute nett zu einander sind. (In Deutschland sind die Menschen zunächst einmal unhöflich – hier zunächst einmal höflich.)

Hinter der Fremdenstadt, fast völlig von ihr abgeschlossen, liegt das arbeitende Paris. Paris ist eine Stadt, in der ungeheuer gearbeitet wird; soweit ich das übersehen kann, mehr als bei uns und vor allem viel intensiver. Paris arbeitet – Berlin schuftet. Es wird hier vielleicht weniger organisiert – aber mehr getan. Die reizvolle Tatsache, daß abends um neun Uhr noch viele Läden offen halten, und daß man sich um diese Zeit, auch am Sonntag, wenn es einem Vergnügen macht, eine Krawatte kaufen kann, bedeutet für die Angestellten eine erhöhte Arbeitszeit. Es sind nicht immer nur die Ladenbesitzer, die zu diesen Zeiten arbeiten.

Bei näherer Betrachtung lassen sich innerhalb von Paris Kleinstädte völlig verschiedenen Charakters feststellen, die quartiers, deren kleinbürgerliche Bewohner oft genug ihren Aktionsradius nicht allzuweit ausdehnen. Die ‹rive gauche› ist nicht nur für den Hausmeister des rechten Ufers ein Land hinter den Bergen.

Das Leben ist nicht billig. Das Schlagwort ‹La vie chère›, das in der Wahlbewegung eine so große Rolle gespielt hat, ist berechtigt, mißt man den Lebensstandard nicht an den Mitteln eines Vergnügungsreisenden. Maßgebend ist: Wieviel Stunden muß der Angestellte arbeiten, um sich einen Anzug, ein Stück Fleisch, ein Kinderbett zu kaufen? Die Löhne sind ähnlich unzureichend wie in Deutschland – der Aufwand für den Lebensunterhalt im ganzen wohl etwas kleiner. Am teuersten ist die Miete; es gibt viele Budgets, in denen sie ein Drittel der Ausgaben ausmacht. Schuld daran ist zur Zeit neben der Wohnungsnot wohl die Spekulation auf die Zureisenden zu den Olympischen Spielen. Die Preise für Bekleidungsgegenstände sind nicht ganz so hoch wie in Deutschland, für vieles niedriger, so für Wäsche; Gebrauchsgegenstände sind im allgemeinen billiger. Wesentlich niedriger sind die Preise für fast alle Nahrungsmittel – das Essen in allen Lokalen besser, billiger und mannigfaltiger als in Deutschland. Noch in den kleinsten Kutscherkneipen ißt man gut – es wird fast überall gekocht und nicht industriell fabriziert.

Was das Leben so sehr angenehm macht, ist die Leichtigkeit: von der Küche bis zum geistigen Meinungsaustausch haben die Dinge Gehalt, ohne zu lasten.

Das gesamte äußerliche Bild ist schöner als in Berlin: Architektur und das Licht der hellen Tage geben einen zarten Glanz. An Regentagen sieht das Auge kritischer und klarer: man wird gewahr, daß unter den gleichen ökonomischen Bedingungen in dem gleichen Mitteleuropa die Menschentypen nicht so wesentlich verschieden sein können und es auch nicht sind. Die arbeitende Pariserin, die Kommis, die Buchhalter sehen so aus, wie sie zum großen Teil auch in Berlin denkbar sind. Der Frauentypus, der auf den Straßen zu sehen ist, ist nicht hübsch und hat zum allergrößten Teil nicht den flair, den man ihm heute noch andichtet. Was festzustellen ist: Die Leute sind nicht so verdrossen und nicht so gereizt wie in Deutschland. Ich bin morgens mit der Flut der Angestellten in der Untergrundbahn gefahren, ich habe sie abends gesehen, wenn sie von der Arbeit zurückkamen – sie waren morgens eilig und abends müde, aber niemals in ihrer Gesamtheit so verärgert und stumpf, wie wir das kennen.

Die ungeheure Größe der Niederlage, die wir dem deutschen Militarismus verdanken, wird erst klar, wenn der so lange Zeit hindurch abgesperrte Deutsche wieder ins Ausland kommt: nicht das erschüttert bis zu Tränen, daß es Butter und fröhliche Menschen und Seide auf der Welt gibt, sondern daß niemand ein Wesens davon macht, und daß alle es selbstverständlich finden.

Der Franzose ist ein außerordentlich zurückhaltender Mensch, der fast anonym lebt und leben will. Es ist kein Zufall, daß an den Türen keine Wohnungsschilder befestigt sind – wer da wohnt, geht nur den an, dens angeht. Wenn ich ein Bild gebrauchen darf: in den französischen Salon kommt man sehr leicht – ins Eßzimmer nur sehr schwer. Sieht man von den Plätzen ab, wo ausschließlich Fremde verkehren, so wird man nirgends betrogen und nirgends hineingelegt. Zwanzig Centimes sind ein kleiner Wertgegenstand; ‹nach oben abzurunden› ist unbekannt.

Der Fremde wird überall mit gleichmäßiger, routinierter Höflichkeit behandelt. Wenn er nicht ganz grobe Anstandsfehler begeht, kann er sicher sein, niemals wegen eines Versehens, wegen einer Unkenntnis ausgelacht oder gar, wie bei uns, angefahren zu werden. In Berlin sind die Untergrundbahnschaffner persönlich beleidigt, wenn ein Inder ihr Dienstreglement nicht kennt – hier gibt es viel zu viel Fremde, als daß dergleichen auffällt. Eine leichte Animosität gegen Deutsche besteht – ich spreche jetzt immer von anonymen Bürgern, nicht von den Läden und Vergnügungsstätten, die von Fremden leben, und nicht von den internationalen Salons und Gesellschaftskreisen, die den Deutschen mit einfacher Selbstverständlichkeit aufnehmen. (So die wahrhaft internationale Frau Ménard-Dorian.) Die Animosität ist übrigens lange nicht so groß wie die gleiche in Deutschland gegen Franzosen. Zur Ungezogenheit versteigt sie sich meines Wissens niemals. Mütter, deren Söhne im Kriege gefallen sind, tragen dem einzelnen Deutschen nichts nach – man erzählte mir, daß selbst im zerstörten Gebiet schon 1919 ein deutscher Professor, der die Leiche seines Sohnes suchte, von den Frauen bemitleidet und unterstützt wurde.

Der Deutsche in Paris hat, nach meinen Erfahrungen und nach den mir gewordenen Informationen, einen Halt an der hiesigen Gesandtschaft, die zugleich die Konsulatsgeschäfte versieht; der Ton ist mit dem bei andern deutschen Behörden nicht zu vergleichen, die Beamten sind höflich und hilfsbereit.

Was die Kunst angeht, so ist Paris eine Stadt des ‹Noch›. Sie liegt von Amerika und von Rußland viel weiter entfernt, als die Karte angibt. Sie ist noch nicht zerstampft von der Industrialisierung der einen und noch nicht angefressen von der skeptischen Problematik der andern Seite. Es ist alles ‹noch› – vieles davon in der höchsten Vollendung.

Das Theater erscheint – in seiner Gesamtheit – für unsre Anschauungen veraltet, wenn man an Stanislawski, Brahm, Reinhardt, die berliner Zeit vor dem Kriege denkt. Um nicht falsch verstanden zu werden, möchte ich betonen: Das französische Theater erscheint mir nicht so wertvoll wie das nichtoffizielle deutsche Theater; was die deutschen Hoftheater brachten, und was die Kommissionen der deutschen Stadttheater heute noch anordnen, steht natürlich weit unter jedem pariser Niveau. Die französischen Autoren denken sich oft genug ‹Geschichten› aus, Einzelfälle, mit denen der moderne Hörer nichts anzufangen weiß. Die Deklamation ist die Stärke der französischen Schauspiel-Tradition – man kann in den meisten Fällen nur grundsätzliche Einwendungen machen. Das Publikum in vielen Theatern ist weitaus naiver als das deutsche.

Die Wahlen haben das Stadtbild von Paris nicht sehr verändert. Kenner sagen, daß die Interesselosigkeit noch niemals so groß gewesen sei wie diesmal. Der Mischmasch der Parteien, die im Grunde alle dasselbe sagten und alle etwas andres meinten, die Verworrenheit der internationalen Lage, die der Wähler nicht übersehen hat, die allgemeine Müdigkeit und die Abneigung vor der großen Phrase erklären das wohl.

Die Wahlversammlungen waren nicht sehr ergiebig, wenigstens nicht in Paris. Sehr viel Spektakel und sehr wenig geistige Bewegung. Auch Herr Léon Daudet, der übrigens nicht wiedergewählt worden ist, als Schriftsteller besser denn als Redner, konnte daran nichts ändern. Erstaunlich ist die außerordentliche Informiertheit französischer Politiker über Deutschland – und zwar nicht über die Zahlen der schwarzen Reichswehr, sondern, was viel blamabler ist, über die deutsche Denkart.

Auch aus den Zeitungen konnte man ersehen, daß die Wahlen nicht im Mittelpunkt des Interesses standen, aus diesen Zeitungen, die nicht einmal viel unterhaltsamer sind als die deutschen. Die beste Zeitung, weit über dem Niveau auch der deutschen Presse stehend, weil viel freier, viel unabhängiger, viel, viel mutiger, ist ‹*L'Oeuvre*›.

Der Ausfall der Wahlen wurde im allgemeinen so erwartet, wie er gekommen ist – an einen so großen Sieg hat allerdings die Linke selbst nicht geglaubt. Bis zuletzt war man dort beinahe pessimistisch – besonders in den letzten Tagen vor der Wahl. Die Provinz hat gegen Paris entschieden.

Wenn Frankreich gegen Poincaré votiert hat, so bedeutet das nicht, daß es eine besondere Liebe zu Deutschland hat. Deutschland spielt hier nicht die Rolle, die monomanische Deutsche ihm zusprechen. Deutschland ist in Frankreich ganz einfach ein Faktor in der Beurteilung innenpolitischer Fragen – eine Politik des Deutschenhasses gibt es nicht. Wenn das französische Volk die bisherige Ruhrpolitik verurteilt hat, so ist das geschehen, weil es über die Methoden dieser Politik andrer Meinung ist als Poincaré. Über die Tatsache, daß gezahlt werden muß, und daß bisher nicht genügend gezahlt worden ist, besteht keinerlei Zweifel, auch auf der Linken nicht. Was der Franzose will, ist: Ruhe. Den beiden Schlagworten: «Pas de guerre!» und «Pas de vie chère!» steht unsichtbar ein drittes zur Seite, das das gesamte französische Leben beherrscht: «Pas d'histoires!» Das Volk mag nicht mehr: keinen Krieg, keine Verwicklungen, keine Reibereien. Der Krieg ist hier nie so populär gewesen wie in Deutschland. Bretonische Bauern glaubten im Jahre 1914, als es gegen die Boches ging, das seien Engländer – die einen waren ihnen so fern wie die andern, und das Wort, das der Süden im Kriege zu durchreisenden Parisern zu sagen pflegte, ist berühmt: «Et votre guerre – ça marche bien?» Deutschland dachte darin strammer.

Das Volk will keinen Krieg. Ich habe in einem Panoptikum pariser Bürger vor dem Bild Wilhelms des Zweiten passieren sehen: er sitzt da in einem Käfig, gebrochen und ohnmächtig fletschend. Es fiel kein Wort – das interessiert nicht mehr. In einem kleinen, von Handwerkern und Arbeitern besuchten Theater wird eine Szene im Schützengraben vor dem brennenden Reims gespielt; einer der Soldaten sagt eine große Arie gegen den Krieg auf und schließt: «Nous voulons une république européenne!» Donnernder Beifall. Sie wollen nicht mehr.

Es hat politisch nie so günstig für Deutschland ausgesehen wie in diesem Augenblick. Seit Jahren treibt Deutschland dieses törichte Spiel: es gibt in der Sache nach, behält sich aber vor, den Verhandlungsgegner hinterher zu beschimpfen. Man nennt das bei uns Prestige.

Es mag ja in Halle sicherlich einen großen Eindruck machen, wenn irgendein Leutnant feststellt, Deutschland sei eigentlich gar nicht besiegt worden, und für Halle reichen diese Redeübungen auch aus. In der Welt kümmert sich kein Mensch mehr um diese Frage, die längst entschieden ist. Wenn aber die deutschen Richter, die den Unfug der Völkischen in jeder Weise begünstigen, eine Ahnung hätten, was draußen aus den Torheiten des Herrn Ludendorff-Lindström gemacht wird, dann würde ihnen vielleicht, wofern sie dieser Einsicht noch fähig sind, ein Licht über das Wesen des viel zitierten ‹Landesverrats› aufgehen.

Deutschland spricht längst nicht mehr zur Welt. Es hat erneut eine Gelegenheit, es zu tun. Die Unsitte, nicht zu den Leuten draußen, sondern mit Rücksicht auf den Wähler in Anklam Reden zu halten, die in gar keinem Verhältnis zur Lage stehen, hat bisher alles verdorben. Frankreich streckt erneut die Hand hin – die Welt streckt erneut die Hand hin. Wir haben keine Bedingungen zu stellen – denn sie haben den Krieg gewonnen. Nicht wir.

Was wir verlangen können, ist, daß Exekutionen das nationale Selbstgefühl nicht unnötig verletzen. Es sind sicherlich an der Ruhr Dinge vorgekommen, die nicht zu entschuldigen sind, und das weiß die französische Linke ganz genau. Aber mit kindischen Scheltartikeln auf Poincaré ist es jetzt nicht getan. Es muß vernünftig und besonnen von einer Demokratie zur andern verhandelt werden. Dazu müssen freilich zwei da sein. Frankreich hat eine.

Was die Flauheit des deutschen Bürgertums, was die verächtliche Haltung der Sozialdemokratie in Deutschland hat groß werden lassen, kann der Beginn einer neuen Katastrophe sein. Kein Francsturz hilft uns; die französische Währung kann wanken, aber nicht zusammenbrechen. Frankreich ist gesund. Für Deutschland aber ist es jetzt an der Zeit, mit der Welt wieder ins reine zu kommen. Jetzt oder nie.

ERZBERGER UND HELFFERICH

Karl Helfferich, der gefährlichste Gegner der deutschen Linken, ist vor den Wahlen durch einen Eisenbahnunfall ums Leben gekommen. Hat auch nur in einem Nachruf gestanden: «Das ist ihm recht»? Hat einer seiner Gegner das beklagenswerte menschliche Los mit der politischen Beurteilung vermengt? Hat auch nur einer die Gelegenheit benutzt, einen Toten, während die verstümmelte Leiche noch nicht unter der Erde war, zu beschimpfen?

Nein.

Was hat die gesamte Rechtspresse beim Tode von Matthias Erzberger getan? Sie hat – allenfalls – ein paar Alligatorentränen vergossen, um dann desto wütender über den Ermordeten herzufallen. Sie hat dem Opfer, das sich da im Staub der Chaussee von Griesbach verblutet hatte, ins Grab nachgespuckt. Das sei dem alten, ehrwürdigen

Generalfeldmarschall nicht vergessen, daß er damals dementierte: «Es ist nicht wahr, daß ich Erzberger jemals die Hand gegeben habe.» Der *‹Berliner Lokal-Anzeiger›*, die *‹Deutsche Tageszeitung›* die *‹Kreuzzeitung›* – all das ließ nach der journalistisch vorgeschriebenen Verurteilung der Tat nicht den allermindesten Zweifel, daß man bei den feinen Herrschaften zufrieden sei. Und ein unflätiger Hohn wurde dreimal über das Grab gebrüllt. Hat die rechtsstehende Presse damals gegen einen Mann, der Frau und Kinder hinterließ, wie eine Rotte Betrunkener gegrölt?

Ja.

Im Hof des französischen Armeemuseums zu Paris steht der Eisenbahnwagen, in dem der unglückliche Erzberger den Waffenstillstand mit Foch zu Compiègne unterschrieben hat. Warum? Ludendorff hätte es tun müssen, Ludendorff, der damals ausriß. Der betriebsame Zivilist tats für ihn. Ein Eisenbahnwagen hat auch ihm den Tod gebracht.

NACH DER SCHLACHT

Wenns mir mal schlecht geht, wird mich keiner kennen.
Ein fremder Hunger langweilt fürchterlich.
Und mancher sagt, hört er den Namen nennen:
«Ja, ich erinnre mich ...»

An allen Türen klingle ich vergebens.
Ich schlucke so, wenn ich da draußen steh.
Es bleibt als Fazit eines ganzen Lebens:
«Mein Gott, das ist passé –!»

Es kommt ein Freund aus frühern bessern Tagen,
der spricht mit mir ein gutes Männerwort
und spricht und schenkt mir einen alten Kragen
und macht rasch wieder fort.

Wenns mir mal schlecht geht, will ich mich verstecken.
Da sind ja andre noch viel schlimmer dran:
Da gibt es welche bettelnd an den Ecken.
Die stehen Mann für Mann.

Was klag denn ich, wenn ich einst nicht mehr tauge?
Den andern ward, nach blutigem Höllentanz,
mit Holzbein und mit ausgelaufnem Auge
der Dank des Vaterlands.

WIE UNS AUS

deutschnationalen Kreisen mitgeteilt wird, hat sich der bekannte Kommunistenführer Ignaz Wrobel nach Paris begeben. Wir erfahren dazu folgende Einzelheiten:

Die Ankunft Wrobels gestaltete sich besonders feierlich. Ministerpräsident Poincaré empfing Wrobel in Gemeinschaft mit allen seinen Kollegen, dem diplomatischen Korps der Feindbundstaaten, den Erzbischöfen von St. Emilion und St. Beaujolais sowie dem Polizeipräfekten von Paris. Wrobel wurde vermittels einer Ansprache begrüßt und ins Hotel geführt, wo er auf einem Tisch die Monatsapanage der französischen Regierung vorfand.

Wrobel soll in Paris ein gradezu gotteslästerliches Leben führen. Er steht spät auf, macht einen Morgenspazierritt auf seiner Schimmelstute ‹Karin Michaelis› und nimmt das Frühstück im Moulin Rouge ein. Gegen Mittag zieht er sich meist mit einem pornographischen Roman zurück, schlummert und liest dann die Abendzeitungen. Nachts treibt er Unzucht, und zwar hauptsächlich mit galizischen Jüdinnen, da sogar die pariser Dirnen ihre Weigerung ausgesprochen haben, sich Wrobel zur Verfügung zu stellen. W. bezieht außer den Geldern der französischen Regierung noch erhebliche Zuschüsse der sozialistischen, kommunistischen und klerikalen Partei Frankreichs. Bezeichnenderweise verkehrt er in den ersten Häusern der Stadt, so in einem sehr eleganten Palais der rue Chabanais. Wrobel trinkt täglich zwei bis drei Flaschen Sekt, den er sich aus Deutschland nachschicken läßt, und ist inzwischen völlig französiert: er trägt Apachenkostüm, schwarzen, stumpfen Zylinder und nennt sich Pierre Pantin.

Wir gönnen den Franzosen die Neuerwerbung dieses Mannes, der endlich heimgefunden hat, und bedauern nur, daß er nicht gleichzeitig den Relativitätsjuden Einstein sowie die Juden von Unruh, Gerhart Hauptmann und Wirth mitgenommen hat. Aber was nicht ist, kann ja noch werden. Das Ganze ist ein erneuter, klarer Beweis für die Richtigkeit der deutschen Dolchstoßlegende.

P. S. Für den Nachdruck des Artikels in deutschnationalen Zeitungen: «Vorstehende ‹witzige› Ausführungen veröffentlicht Siegfried Jacobsohn in seiner ‹*Weltbühne*›. Nun Komma jeder muß ja wissen Komma was er wert ist Punkt.»

SECHZIG FOTOGRAFIEN

In der Avenue de l'Opéra gibt es ein englisches Ansichtskartengeschäft, da kaufen die Engländer und Amerikaner ihre Postkarten aus Paris (nicht alle – manche kaufen sie auch noch anderswo). Vor dem Schaufenster blieb ich stehen und sah zartsinnige Mädchenköpfe, edle Reitpferde, Füllfederhalter, Bücher und Ledermappen im Geschmack der Fabrikanten der reichen Leute. Und dazwischen ein paar Fotografien mit Totenschädeln. Was war das? Das waren Andenken aus dem Weltkrieg.

Sie liegen vor mir. Es sind sechzig Fotografien, das kleinste Assortiment, das zu haben war – es gibt auch noch reichlichere. Das Ganze ist eine nette kleine Erinnerung für das Touristenpublikum. Aber für uns auch.

Die Fotografien sind von der andern Seite her aufgenommen worden, also von Franzosen und Engländern, und obgleich ich auch im Kriege viel dergleichen gesehen hatte, ist so etwas doch immer interessant. Um es vorweg zu sagen: die Bilder sind tendenzlos (mit einer Ausnahme), sie enthalten keine Dokumente über angebliche oder wirkliche Greuel, es sind einfach Tatsachenbilder, denen man das Motto geben könnte, das ein herziger Feldpastor einmal einem Soldaten ins überreichte Gesangbuch geschrieben hat: «Zur freundlichen Erinnerung an den Weltkrieg.» Damit er ihn nicht vergesse, wahrscheinlich.

‹*Boches readed*›. Ein tiefer Graben, unten, gekrümmt, hingepackt, schon halb vergraben, die Leichen. Ringsherum die trostlose Landschaftslosigkeit des Kriegsschauplatzes zweier Welten. ‹*Dead Germans*›. Ein Bündel Kleider, wie ein Haufen Flicken, heraus ragen zwei Paar Stiefel: dies waren Menschen. ‹*Wounded Boche*›. Im Graben, an einer unendlich langen leeren Bahnstrecke liegt ein dunkler Haufen, auf dem Bilde bewegungslos. Zerschossene Deutsche, verstümmelte Deutsche, verweste Deutsche, Deutsche verschüttet und Deutsche friedlich im Tode schlafend – und ein Gerippe in Uniform. Und noch ein Gerippe. Und auf einem Bild eine riesige Grube mit Schädeln, mit Knochen und spitzigen Beinen.

Und damit der Beschauer auch das anheimelnde Bild des Friedens vor sich habe: der alte Hindenburg, gut genährt, aber streng blickend, Blech an Deutsche verteilend. Und, wahrhaftig: ‹*Kaiser, von Kluck, Crownprinz*› (r – nicht l), ‹*G. H. Q.*› Da steht der Selige, lächelt vergnügt und verleiht gleichfalls. Und wieder der Kronprinz, wie er die andern grüßt, die andern, die in den Tod gehen. (Übrigens soll man dem Mann nicht unrecht tun – auch er hat Mut bewiesen: er hat auf seiner Flucht nach Holland einem Deutschen, der Kühe trieb und so seinen Dienst tat, gehörig die Meinung gesagt. Alles, was recht ist.) Und Gräber und Kreuze, Kreuze und Gräber. Und immer wieder verfaulende Kleiderlumpen im Sand, ein Stück Kopf, ein Gewehrschaft und das Allerschrecklichste: ‹*Dead Boche. Veaux near Soissons*›. Deutsche Soldaten liegen auf einem Krümperwagen verpackt, wie das Vieh, und werden in die Grube abgefahren. Die Köpfe sauber übereinandergeschichtet. Allez – hop!

Und winzige Aufnahmen aus den Kämpfen, springende Soldaten im

Sturmhelm, Schießende und Laufende, Abschuß von Kanonen und zerschossene Tanks und Flugzeuge, unentwirrbares Eisen- und Drahtmaterial. Und auch: *‹The King of Saxonie›* – aber davon wollen wir lieber gar nicht reden. Und: *‹German prisoners. Marne›*.

Da gehen sie. Da gehen Proletarier in Lumpenjacken, in den zerfetzten Röcken ihres Kaisers, vorn und an den Seiten berittene Soldaten, die den Auftrieb begleiten, Männer und Frauen stehen dabei, mit Rädern und Körben, und sehen zu. Man kann nicht hören, was da gesprochen wird.

Aber man kann hören, was da geschrien wird!

Diese Bilder rufen. Sie sagen aus von unermeßlicher Qual, von Hunger und Durst, von Hitze und Kälte, von Schmerzen, von faulenden Wunden, von Erniedrigungen, von Stumpfsinn, von Ungeziefer, von stinkendem Stroh, von menschlichen Niedrigkeiten, von Wahnsinn und Tierheit, von Schmerz und Todesnot und endloser, unmenschlicher Einsamkeit. Das große Wort von Karl Kraus steht über diesen Bildern geschrieben: «Vor sich den Feind, hinter sich das Vaterland und über sich die unendlichen Sterne.»

Und wer ist der Rohe: der die Wahrheit über den Krieg sagt, oder der die Unschuldigen in den gemeinsten Tod hetzt, den die Menschheit erfunden hat? Sind das noch menschliche Gesichter auf dem (einzig tendenziösen) Bild: *‹Germans entertainment›*? Da sind sie noch einmal, die jungen Herren und die ältern, die der Krieg jung – und wie jung! – werden ließ, sie spielen Gitarre, und einer hat den Stiefel auf die Schultern des andern gelegt, Volksschullehrer, Baumeister, Bankbeamte, sie sind alle sehr vergnügt: eine Uniform und eine Seelenlosigkeit. (Nur den Herrn Cossmann von den *‹Süddeutschen Monatsheften›* habe ich nirgends entdecken können. Aber auf dem Umschlag, den mir das Geschäft zu den Bildern mitgegeben hat, steht: ‹Société anonyme›. Das kann man wohl sagen.)

War das auf der andern Seite besser? Keineswegs. Aber es ist Pflicht jedes einzelnen, diesen Wahnsinn bei sich auszubrennen, im eignen Hause und nicht bei den andern. Ich möchte mir auch nicht von einem französischen Pazifisten Abrüstung predigen lassen. Er soll bei sich anfangen. Fangen wir bei uns an.

Der sentimentale Pazifismus, der die wirtschaftlichen Voraussetzungen dieses Greuels nicht sieht, hat keine Zukunft. Aber um an Stelle der gemeinsten, wildesten Anarchie, die heute zwischen den Staaten herrscht, ein planmäßiges Zusammenarbeiten zu setzen, den frechen Glauben an die absolute Souveränität des Staates auszurotten, dazu genügen keine internationalen Konferenzen. Dazu gehört etwas andres.

Dazu gehört eine Partei, die, in Deutschland, den Mut hat, die Unzulässigkeit der allgemeinen Wehrpflicht offen auszusprechen; dazu gehört vor allem eine Arbeiterpartei, die den Mut und die Sauberkeit hat, ihren Anhängern dieses zu erklären:

«Du schießt drüben immer den Kamerad Werkmeister tot — niemals den einzigen Feind, den du wirklich hast. Dein Blut verströmt für Dividende. Dein bißchen Sterben, dein armseliges Verrecken wird mühsam mit einer Gloriole von Romantik umkleidet, erborgt aus den Emblemen von Jahrhunderten, entliehen aus verschollenen Zeiten. Wirf deine Flinte weg, Mensch! Es wird immer Kriege geben? Solange du willst, wird es sie geben. Nagle dir diese Bilder an die Wand, zeig deinen Kindern, was das für eine Schweinerei ist: der Krieg; was das für eine Lüge ist: der Krieg; was das für ein Wahnsinn ist: der Krieg! Und dann setze dich mit deinen Arbeitsgenossen auf der andern Seite hin, vertraue ihnen, denn es sind dieselben armen Luder wie du — und gib ihnen die Hand.

Nieder mit dem Staat! Es lebe die Heimat!»

IMMER RAUS MIT DER MUTTER...!

Für Paul Graetz

Verdumpft, verengt, verpennt, blockiert,
so geht das seit zehn Jahren.
Wie sind die Deutschen dezimiert,
die einst von Goethe waren!
Ein Mittel gibts — und das ist rar.
Das Mittel das ist dies:
Mensch, ein Mal auf dem Buhlewar!
Mensch, ein Mal in Paris!

Als Ludendorff einst Lüttich nahm
und nachher nicht mehr rausfand —
Welch Tag für ihn! Der Brave kam
zum ersten Mal ins Ausland.
Man denk ihn sich mit Schnurrbarthaar,
mit Orden, Helm und Spieß,
Mensch, ein Mal auf dem Buhlewar!
Mensch, ein Mal in Paris!

Hannover-Süd und Franken-Nord.
Der Horizont wird kleiner.
Von Hause kommen wenige fort
und in die Welt fast keiner.

Ich wünsch der Angestelltenschar
statt brandenburger Kies:
nur ein Mal auf dem Buhlewar!
nur ein Mal in Paris!

Da draußen kümmert sich kein Bein
um eure Fahrdienstleiter.
Ihr könnt Hep-Hep und Hurra schrein:
die Welt geht ruhig weiter.
Die Völker leben. Freude lacht.
Wir stehn in letzter Reihe.
Was sich bei uns so mausig macht,
das sollte mal ins Freie!
Den Richtern, Bonzen, ja, sogar
Herrn Hitler wünsch ich dies:
Mensch, ein Mal auf dem Buhlewar!
Mensch, ein Mal nach Paris —!

EINE KLEINE ERINNERUNG

Paris, im Juni.

In der Pariser National-Bibliothek findet zur Zeit eine kleine, sehr interessante Ausstellung statt, zu der sogar die feinen Leute im Automobil vorgefahren kommen. Die Presse hat — mit Recht — sehr viel von dieser Ausstellung gesprochen, obgleich sie räumlich nicht groß ist. Sie enthält eine Auswahl der erlesensten Kostbarkeiten der Bibliothek: Manuskripte, Erstdrucke, Autographen, Einbände, Medaillen und alte Landkarten.

Und unter diesen Renans, Lafontaines, Dantons, den Bouchers, den Goldmünzen und den Lederbänden lese ich auf einmal in einer Vitrine:

Zensurstelle A. O. K. 4.
Druck genehmigt.
A. B.

Und dann ein Schmirakel von Unterschrift. Was ist das —?

Das entpuppt sich als der Neudruck eines alten Traktats aus dem Jahre 1661: ‹*Sermon sur l'ambition*› (‹Abhandlung, den Ehrgeiz betreffend›) — und die Schrift ist von Bossuet. Da liegt das alte Original-Manuskript, aufgeschlagen, und da liegt der Neudruck, an derselben Stelle aufgeschlagen, die da anhebt: «Cette noble idée de puissance . . .» und diese ganze Stelle ist in dem Neudruck schwarz durchgestrichen, und darüber steht der obige Vermerk.

Man hatte nämlich in Brügge, im Jahre 1915, diesen — vierten — Band der Werke Bossuets neu aufgelegt, und dazu brauchte man die

Genehmigung der Kommandantur von Thielt, der Brügge unterstand. Die Kommandantur hatte Bedenken gegen den Autor von 1661. Warum –?

Die Stelle lautet:

«Dieser edle Begriff von Macht ist sehr weit von dem entfernt, den sich die weltlichen Mächte von ihm machen. Denn wie es so in der menschlichen Natur liegt, für das Böse mehr als für das Gute empfänglich zu sein (‹d'estre› im Original), so glauben auch die Großen, daß ihre Macht mehr in Ruinen als in Wohltaten zum Ausdruck kommt. Daher Kriege, daher Gemetzel, daher die stolzen Unternehmungen dieser Landräuber, die wir mit dem Namen ‹Eroberer› belegen. Diese Helden, diese Sieger, mit allen ihren Verherrlichungen, sind auf der Erde nur dazu da, den Frieden der Welt durch ihren maßlosen Ehrgeiz zu stören; so hat sie uns Gott in seinem Zorn gesandt. Ihre Siege verbreiten Trauer und Verzweiflung unter den Witwen und Waisen: sie frohlocken über den Untergang der Völker und die allgemeine Verwüstung – und so lassen sie ihre Macht über uns scheinen.»

Das wollte das Armee-Oberkommando nicht. Schließlich bekam man diese höchst gefährliche Stelle frei.

Aber sie hat sich 260 Jahre lang erstaunlich frisch gehalten.

DIE DEPLACIERTEN

Uns haben sie, glaub ich, falsch geboren.
Von wegen Ort und wegen Zeit
sind wir vertattert und verloren
und fluchen unsrer Einsamkeit.

Warum, Mama, grad an der Panke?
Warum nicht fünfzig Jahr zurück?
Wie schlecht placiert wuchs der Gedanke
zu euerm jungen Liebesglück!

Warum nicht lieber auf den Sunda-
Eiländchen 1810?
Doch hier und heut? Das ist kein Wunder –
das kann ja nicht in Ordnung gehn!

Warum nicht in Australien hausend?
Warum nicht Fürst von Erzerum?
Warum nicht erst im Jahr Zweitausend?
Weshalb? Wieso? Woher? Warum?

Der Weltkrieg. Lebensgroße Zeiten.
Der Bankkommis als Offizier.
Brotkarten. Morde. Grenzen. Pleiten.
Und alles ausgerechnet wir.

Schraub hoch dein Karma wie die Inder.
Bleibt auch für uns nur noch Verzicht:
Wenn meine und sie kriegt mal Kinder –
in Deutschland darf sie nicht.

DER TÜRKE

Ich habe in Paris einen Türken kennengelernt, der war französischer Untertan, sprach englisch und konnte Deutsch. (Mitunter ist es gar nicht so einfach im menschlichen Leben.) Im Kriege hatte dieser Polyglott Kuntze bei der türkischen Armee Dolmetscherdienste getan, und da hat er wohl vieles gelernt, vieles aufgeschnappt... Er übersetzte sehr gewandt; als wir mit einem Engländer nicht recht zu Rande kamen, vermittelte er wortgetreu, ohne Verdrehungen und Abkürzungen – sehr gut. Dann sprach er mit mir, Deutsch.

Er sprach und sprach, und je länger er sprach, desto weniger paßte ich auf das auf, was er sagte – und zum Schluß fielen mir fast die Augen aus dem Kopf. Wo hatte ich diesen Jargon schon einmal gehört? Was war denn das, was dieser Mensch sprach?

Ich fragte ihn nach einem gemeinschaftlichen Bekannten. «Donnerwetter!» sagte der Türke, «das war vielleicht ein Kerl!» Ich sah ihn an, in seinen Augen war kein Arg; er war fest überzeugt, reines Deutsch gesprochen zu haben. Ja – ich nickte beifällig. Und dann sprachen wir von der Verpflegung in der Kriegstürkei. «Da haben wir eine Nummer jesoffen!» sagte der Türke, «einfach verheerend –!»

Ah –! Jetzt wußte ich, wo der sein Deutsch gelernt hatte. Und durch sein Deutsch erschienen wie durch einen Schleier die Lehrmeister dieser erfreulichen Grammatik: mit hohem Kragen, mit Monokel, mit leicht geröteten Gesichtern, mit den nötigen ‹Harems›-Adressen in der Brusttasche, beklunkert mit deutschen, österreichischen und türkischen Orden, mit dem ganzen Bahnhofsspinat. «Der Kümmeltürke soll ma reinkomm, übersetzen!» Er näselte wie sie. Er schleppte die Worte wie sie, ließ die Endsilben fallen, hatte genau den Timbre fauler Verachtung, der es nicht verlohnt, das Maul aufzumachen. Er hatte es alles abgeguckt.

«Kenne die Brüder da unten janz jenau!» sagte der Türke. Und im Geiste segnete ich die deutsche Kultur, die so schöne Früchte trägt und an der die Welt im allgemeinen und dieser Türke im besonderen so herrlich genesen war.

FÊTE DU TRÔNE

«Fest des Throns? In Paris?» Das könnte Ihnen so passen, Herr Landgerichtsdirektor. Nein, ganz so monarchistisch ist diese Republik doch nicht. ‹Fête du Trône› ist einfach der Name eines harmlosen großen Jahrmarkts, der ‹foire aux pains d'épice›, des Lebkuchenmarkts. Der steigt alljährlich auf der Place de la Nation, einem Platz, der einmal ‹Place du Trône› geheißen hat, aber dessen Name dann nach einer kleinen Feierlichkeit im Jahre 1789 geändert wurde. Also ungefähr so wie die Hohenzollernstraßen in der deutschen Republik. Herr Landgerichtsdirektor gehen schon –?

Man denke sich eine Gegend wie etwa die um das Hallesche Tor. Nun stimmen ja solche Vergleiche nie, aber so, ganz oberflächlich betrachtet, sehen für einen Berliner die Straßenzüge um die Place de la Nation aus. Von da geht eine Straße nach Osten (Cours de Vincennes), eine Straße, etwa so breit wie die Linden, und da sind in der Mitte viele Hundert Buden aufgebaut, und zwischen ihnen schieben sich die Leute hin und her. Abends ist Feuerwerk.

Hier kann man fürs ganze Leben was lernen. Da gibt es Buden mit Athleten und Liliputanern und ‹Le Nu au Salon› (da hat leider mein Geld nicht mehr gereicht, und jetzt träume ich immer davon: welches Nu! welcher Salon!) und eine Zauberbrille und Waffelbuden und gerichtlich vereidigte Schaukeln, wie die Aufschrift besagt, und Schaukeln für Minderjährige und ein anatomisches Kabinett und eine schwebende Jungfrau (doch – Schweben gibts) und Löwen zu Wasser und Löwen zu Lande und Karussells –!

Karussells, so groß und so mächtig, wie man sie als Kind gesehen hat, riesige Dinger, mit Flitterglanz und Silberfransen und Tausend kleinen Spiegeln, wie sich das gehört. Sie drehen sich gewichtig und langsam, schwerfällig und lustig-bunt. Und eines spielt – det kenn ick doch? –: «Das

ist die Berliner Luft, Luft, Luft . . .»

Heiliger Paul Lincke! Gesegnet sei dein Name, denn du hast erreicht, was die katholische Kirche und die Sozialdemokratie nicht fertig bekommen haben: Du bist wahrhaft international!

Und moderne Karussells sind da, wo einem nicht so einfach übel wird wie auf den altmodischen, sondern wo die Wagen ganz merkwürdige Aufstoßbewegungen machen, und andre, deren kleine Gondeln durch die Luft fliegen. Und viele Leute sitzen da oben drauf und fahren. Ernsthafte Leute, die tagsüber in einem kleinen Laden arbeiten oder Bücher führen, fahren da herum. Und Mädchen sitzen auf den großen Holzhummeln der Karussells (eine poule auf einer Hummel, ein seltsames Naturspiel!) und machen ein sehr ernsthaftes Gesicht, als sei das eine wichtige Sache. Und das ist es ja wohl auch. Und sie fahren auf der

Berg- und Talbahn mit unsäglichem Gekreisch, und auf einem Platz ist wahrhaftig eine kleine Dampfeisenbahn (neu und originell!) aufgestellt, da dürfen die Leute immer im Kreise herumfahren. Und alle freuen sich wie die Kinder. Ein dickes Karussell hat ein Kind: ein ganz, ganz kleines, und da fahren Babys und kleine Kinder herum, und die Mamas stehen dabei und passen auf, daß sie auch ordentlich drehkrank werden. Und da fährt ein ganz kleines Wurm, das weiß noch nicht genau, ob das schön oder scheußlich ist, weil es doch noch so klein ist – und vor ihm sitzt in einer Schwanenkutsche ein rothaariger Junge, dem läuft die Nase vor Begeisterung, und übrigens ist er im Kinderhimmel. Seine Augen sind ganz woanders. Und nur manchmal kehrt er zur Erde zurück und sieht etwas mißtrauisch nach hinten – da fahren nämlich immer zwei riesige Störche hinter ihm her, und Störche mag er nicht. Neben den großen hundertpferdigen Karussells ein kleines zu fünf.

Es sind wenig Leute, die gnädig zusehen, wie sich das Volk amüsiert. Eigentlich amüsieren sich alle. Und alle sind harmlos und fröhlich und vergnügt, und man sieht gar keine Schnösel, die die Gelegenheit des Ausgangs benutzen, um sich über ihre Klasse hinaus zu amüsieren. Das habe ich hier überhaupt noch nicht gesehen, diesen berliner Typus, der immer so tut, als ob. Denn wenn der Berliner abends ausgeht, so nimmt er doch schon draußen an der Korridortür die Allüren eines reichsunmittelbaren Geschlechts an und gibt auch meist viel mehr Geld aus, als sein Budget verträgt. Der Friseurlehrling betreibt das Amüsement als Meister, der Meister als Parfumeriefabrikant, und wie sich der Fabrikant hat, wenn er mit Seiner ausgeht – nein, das gibt es hier nicht. Die Leute amüsieren sich alle innerhalb ihrer Klasse, wollen gar nicht mehr scheinen, als sie sind, und fühlen sich sehr wohl dabei.

Ja, alle Welt vergnügt sich. Die Karussells spielen, immer alle mit einem Mal, und mit der Banane in der Hand kommt man durch das ganze Land. Vor einer Bude hocken Dinger, die als Affen angestellt sind, na, wir wollen uns gar nicht so groß tun ... Und ich bin so vergnügt, daß ich mir vor lauter Freude beinahe einen Luftballon gekauft hätte ... Schließlich kaufe ich aber etwas ganz andres.

Da, in den Kuchenbuden, gibt es Pfefferkuchenschweine. Und ein Schild: «On les baptise à la minute». Das ist so: man kauft ein Schwein – da liegen kleine, größere und dann ganz große, etwa so, wie ein Leser des ‹*Junggesellen*› – und hält den braunen Leib dem Verkäufer hin. Und dann sagt man einen geliebten Namen – und der Mann nimmt eine Papiertüte und quetscht, auf dem Kuchen schreibend, eine weiße Sache aus der Tüte, wie Pebeco, und dann stippt er das Schwein in einen Topf mit Mohnkrümeln, und dann steht nachher auf dem Rücken, wundervoll bunt: «Agathe» oder «Siegfried» oder «Celly». «On les baptise à la minute» –? Und ich mir ein Schwein kaufen und einen Namen sagen und eine Minute warten – das ist das Werk einer Sekunde.

Und nun stehe ich da, mit dem bunten Pfefferkuchen in der Hand, einem großen, fetten, feisten, und mitten auf der foire aux pains d'épice. Und auf dem Kuchen steht:

Friedrich Ebert.

So denke ich in der Ferne an meinen Präsidenten.

STIMMEN IN DER NACHT

Einer liegt nach gutem Mahle
tief im Bett als Hosenmatz.
In dem Bauch die Bierkaltschale,
auf dem Nachttisch Rudolf Stratz.
Wohlig blüht das Fett, das weiche,
populär im ganzen Reiche ...
Knackten Möbel —?
Und er träumt von einem blassen
Grand-Ouvert mit lauter Assen ...
Sprach da einer —?
In der Ecke zirpt es schwach.
Und man hört die Schränke knistern
und ein kleines Stimmchen flüstern:
«Fechenbach.»

Leicht gestörte Augenblicke
in dem Traum des Schlafgefechts.
Tiefer atmend wälzt der Dicke
sich behaglich-schwer nach rechts.
Seine Hand will sich verstecken
unter Kissen, unter Decken ...
Ging da einer —?
Träume, Schlaf und Ruhe schwinden.
Und er kann sie nicht mehr finden ...
Klappten Türen —?
Schläft er oder ist er wach —?
Aus den Fenstern, aus den Wänden
immer klingt es allerenden:
«Fechenbach! Fechenbach!»

Aufgerichtet, unruhvollen
Auges lauscht er in die Zeit.
Stimmen, die dem Nichts entquollen,
rufen aus der Dunkelheit:

«Während du auf bunten Messen
redetest, saß er vergessen
in der Zelle!
Legtest ab den Papagei-Eid:
Einigkeit und Recht und Freiheit ...
Und die Zelle –?
Hör sein Weinen tausendfach!
Mensch, das Recht ist in Bedrängnis!
Gib ihn frei aus dem Gefängnis –!
Fechenbach!
Fechenbach!
Fechenbach!»

Aber er hatte immer, was das betraf,
eine gute Verdauung und guten Schlaf.

DU!

Eine Zeitlang sagte die junge deutsche Literatur: Du. Zu den Dienstmädchen, zu den Zuaven, zu den Antilopen an der Tränke – zu toten Dingen selbst: Werfel war Ehrenvorsitzender des Verbandes geplatzter Lokomotivkessel, und der ganze Kosmos hatte zu den Verlegern die schönsten Beziehungen.

Du! Wer sagt noch: Du? Liebende sagen einander: Du – und Nicht-Liebende wie Familienmitglieder –, das patriarchalische Du aber, das des Meisters zum Arbeiter, ist fast geschwunden. An Stelle der Seele (mit Ausbeutung) ist die Sozialversicherung (mit Ausbeutung) getreten. Der Fabrikant siezt den Arbeiter und sagt zu ihm: «Ich setze Ihnen den Lohn herunter!» Und das ist auch ein Fortschritt.

Es gibt aber eine Situation, wo die Stützen der Gesellschaft auch den schlichtesten Arbeiter mit dem leutseligen Du beehren: das ist die Verhaftung. Wenn die Polizei oder gar die andre bewaffnete Macht einen am Genick hat, dann duzt sie ihn. Und wie!

Von «Gehen Sie auseinander!» bis: «Dir Schwein soll ich woll mit dem Kolben in die Fresse schlagen!» ist nur ein Schritt. Jenes ertönt allerdings in der Öffentlichkeit, dieses in der trauten Wache oder – noch schlimmer – in der Kasernenstube. Alle Berichte heben das hervor: der viel zu wenig gekannte aus dem Jahre 1848, wo die Garde an der Spree ihre Opfer die lange Charlottenburger Chaussee hinaufprügelte, bis zu den entsetzlichen Aussagen in Gumbels Büchern. Vor Gericht gehört dergleichen ‹nicht zur Sache›. Im Gegensatz zu unsern Richtern, die leider zur Sache gehören.

Übrigens ist das international. Als im französischen Kommune-Aufstand Millière erschossen wurde, riefen ihm die Offiziere des weißen Schreckens nach: «Na los! Halt mal 'ne Rede!» Bei wesentlichen Dingen soll man sich Du sagen.

Aber trotzdem möchte ich mich von den Herren Ebert oder Ludendorff nicht duzen lassen — sie pflegen uns mit ‹Ihr› anzureden, worum sie niemand gebeten hat —, und es wäre nur zu wünschen, daß eine gewandelte Nation zu dem nächsten Minister, der eine Wehrpflicht beantragte, spräche: Gehaben Sie sich wohl!

DAS MENSCHLICHE PARIS

Dienst ist Dienst, und Schnaps ist Schnaps. Deutsches Soldatenwort

«Vous m'excusez, monsieur, que je vous dérange . . .»
Eine französische Bettlerin

Worin besteht der Zauber von Paris? In der Architektur? In der silbrigen Luft? In der Mode? In den Frauen? Im Sekt? In all dem zusammen? Nein.

Das, was die einzige Atmosphäre dieser Stadt ausmacht, ist ihre Menschlichkeit.

Wenn man aus Deutschland kommt, versteht man es erst gar nicht. Wir sind doch gewöhnt, daß ein Gasbeamter ein Gasbeamter ist und weiter nichts — daß ein Gerichtsdiener Gerichtsdiener, ein Schaffner Schaffner und ein Billettverkäufer Billettverkäufer ist. Wenn sie wirklich die starre Maske des ‹Dienstes› ein wenig lüften, so geschieht das meistens, um Unhöflichkeiten zu sagen. Herr Triebecke hat sich eine bunte Mütze aufgesetzt, und Herr Triebecke ist völlig verschwunden: vorhanden ist nur noch einer, der ‹seinen Dienst macht›. Ja, die freiwillige Einordnung in jede Kollektivität, in der man sich geborgen fühlt, geht so weit, daß man in deutschen Diskussionen oft zu hören bekommt: «Ich als Schleswig-Holsteiner», «Ich als mittlerer Beamter» und sogar: «Ich als Vater . . .» Nur, einfach: ‹Ich›, ich als Mensch — das ist selten.

Es ist sehr bequem so. Aber hinter den Bergen wohnen auch Leute, und sie denken darin ganz anders. Es ist sehr preußisch gedacht, wenn man sich nach dem Ausschluß der starren Dienstauffassung gleich das Chaos vorstellt. Entweder — oder. «Na, soll vielleicht der Weichensteller im Dienst Zeitungen lesen?» — Nein. Aber er soll ein Mensch sein, der Weichen stellt, und kein Beamter, der — an besonders hohen Feiertagen — auch ‹mal Mensch› ist.

Paris hat Herz. Das geradezu lächerliche Zerrbild, das der Völkische sich und andern von Franzosen an die Wand malt, ist nicht einmal eine Karikatur – es ist blanker Unsinn. Es ist objektiv so falsch wie etwa eine Schilderung der Eskimos, die besagte: «Der Eskimo ist ein stiller Privatgelehrter, der sein Leben in den kleinen überhitzten Kollegräumen seiner Universität verbringt.» Der Franzose ist kein Spiegelaffe – der Franzose ist ein Mensch. Und lebt sein Leben mit einer leichten Freude, mit einer Innigkeit, mit einer herzlichen Liebe zur Natur und den anderen Menschen, die wir fast vergessen haben.

Es ist mir bekannt, daß unsere entsetzlichen wirtschaftlichen Zustände da herangezogen werden. Das ist nicht ganz richtig. Ich habe das Berlin vor dem Kriege sehr genau gekannt – es konnte sich auch damals mit Paris nicht vergleichen. Ich will Ihnen ein paar Beispiele geben:

Die pariser Métro ist stippevoll. In der zweiten Klasse quetschen sich die Leute wie die Heringe – wir Berliner kennen das. Sie hören fast nie ein böses Wort. Es mag wohl hier oder da einmal vorkommen, daß eine ganz leise, ganz höfliche Diskussion anhebt ... Aber die körperliche Berührung gilt hier nicht als eine Beleidigung, die – unter Rittern – nur mit Blut abgewaschen werden kann, sondern es drängen und pressen sich gewissermaßen Mitglieder einer Familie. Man ist nicht gerade übermäßig vergnügt, so zu stehen – aber man nimmt es hin. Auch ist man nicht so von Offensivgeist durchtränkt wie in Deutschland. Ich besinne mich, kurz vor meiner Abfahrt in einem charlottenburger Bäckerladen gewesen zu sein – es war in einer sehr feinen Gegend, am Reichskanzlerplatz – und da war alles aufeinander böse: die Kunden, der Meister, die Bäckerjungen und die Hörnchen. Ohne jeden Grund übrigens. Das habe ich hier noch nie gefunden. In der Elektrischen, draußen im Südosten der Stadt, gab neulich eine dicke Frau mit vielen Markttaschen dem Schaffner eine Handvoll Kirschen – und niemand fand etwas dabei, es war die natürlichste Sache von der Welt. Und das war kein Trinkgeld oder seine Ersparnis – es war einfach Nettigkeit, die der Schaffner auch ganz richtig auffaßte: er freute sich, weil die Kirschen so schön rot waren, steckte sie ein, und alle Passagiere hätten sicherlich ebenso wie die dicke Frau gehandelt. Natürlich. Und es ist eben nicht jene übertünchte Höflichkeit, hinter der weiß Gott welche Bestie steckt, gezähmt durch die gedrechselten Formen französischer Tradition. Das ist nicht wahr. Denn es ist sehr bezeichnend, daß gerade der kleine Mann, der Handwerker, die Gemüsefrau, der Arbeiter – daß gerade sie fast immer höflich, herzlich und natürlich sind. Und das Familiäre guckt überall hindurch – man begegnet selten der absolut abweisenden Härte.

Obgleich es die sicherlich auch gibt. Denn es wäre grundverkehrt, nun die Franzosen zu Idealmenschen zu stempeln, und ich mag diese deutschen Literaten und Reisenden gar nicht, die hier in jedem Aschbecher ein ‹echt französisches Dokument alter Tradition› sehen. (Besonders die Kunsthändler sollte man in dieser Beziehung einzeln und sorgfältig totschießen.) Ich finde den Typus dieser bedingungslos begeisterten Franzosenlecker genau so übel wie die vorpommerschen Landrichter, die von Frankreich zwar nichts wissen, aber furchtbar darauf schimpfen. Man muß die Dinge auch einmal abseits von der Ruhr und abseits von Picasso sehen können.

Und da sieht Paris so aus:

Der Franzose ist ein bürgerlicher Mensch. Ein Mensch, der, weil es so viele Fremde in Paris gibt, sehr höflich und nett mit aller Welt ist, aber im Grunde sehr abgeschlossen und sehr zurückhaltend lebt. Es gibt in allem Ausnahmen. Es gibt auch hier Postbeamte, die vor lauter Beamtenhochmut nicht antworten, wenn man sie außerhalb ihrer Dienststunden etwas fragt — aber sie sind nicht der Typus. Es gibt auch hier sicherlich Mißgriffe, Irrtümer, menschliche Niederträchtigkeiten ... Ich bin keine Frau und weiß nicht, inwieweit eine alleinstehende Dame in einem Arbeiterviertel geschützt ist. Mein Eindruck ist, daß ihr unter normalen Verhältnissen kein Mensch etwas tun wird — ich habe hier noch nie beobachtet, daß man eine anständige Frau auf der Straße belästigt hätte. Was aber viel, viel wichtiger als alles dieses ist:

Die Leute sind nicht nur höflich, sie sind herzlich. Fragen Sie um Rat — Sie werden ihn fast immer, auch von wildfremden Leuten, bekommen. Ich bin in Vierteln, die ich nie gesehen hatte, in die Läden gegangen, habe eine Kleinigkeit gekauft und die Leute nach den dortigen Wohnungsverhältnissen gefragt — sie haben mir immer ausführlich, der Wahrheit gemäß und entgegenkommend geantwortet. Was sie nicht ‹nötig› hatten — nein, gewiß nicht. Aber hier ist, primär, ein Mensch zum andern erst einmal höflich — und nur, wenn es einen Zwischenfall gibt, weicht das. Zwei, drei, vier Mal ist es mir begegnet, daß ein kleiner Ladenbesitzer nicht das Gewünschte führte. Immer — ohne jede Ausnahme — hat man mir freundlich Bescheid gesagt, wo ich die Ware sonst kaufen könnte — mitunter kam der Mann oder die Frau selbst mit heraus und zeigte mir Richtung und Weg.

Dazu kommt ein andres. Der Pariser führt sein Leben, ganz ehrlich, so, wie es ist, wie er es sich leisten kann. Nicht darüber und nicht darunter. Ein Freund erzählte mir, daß ihm im Zuge nach Paris der Sohn eines reichen Seidenfabrikanten Auskünfte über die Lokale in Paris erteilt hätte. Über manche wußte er nicht Bescheid. «Ça — c'est pour les gens du monde.» Dazu zählte er sich nicht. Die Gens du monde waren für ihn nicht höher und nicht tiefer — aber anders. Und aus dieser menschlichen Natürlichkeit, die soundso oft zu erkennen gibt: Dazu haben wir kein Geld — entspringt eine viel größere Ehrlichkeit im Verkehr. In den allermeisten Fällen kann man darauf schwören, daß das sichtbare gesellschaftliche Milieu auch der wirklichen Vermögenslage entspricht – denn es gibt keinen, für den man ein andres vorzutäuschen hätte. Sie leben ihr Leben ohne Anführungsstriche – sie verteilen ihre Ausgaben anders als wir, geben zum Beispiel für die Wohnung prozentual mehr Geld aus – aber das tun alle, und so gleicht sich das aus.

Und auch in den Familien findet man hier einen viel natürlicheren Ton als bei uns. Ich spreche nicht von den großen Salons, in denen sehr reiche, sehr bekannte Leute von Welt verkehren – sondern gerade von Frau Machin und Madame Chose. Da ist alles viel natürlicher, viel freier – nicht gespreizt und nicht feierlich oder prätentiös aufgemacht. Es ist eine Stadt der Menschlichkeit.

Und man fühlt in Paris nach einiger Zeit, wenn man gemerkt hat, daß einem keiner an den Nerven zerrt, daß alles glatt und angenehm vonstatten geht, daß das Dasein gleitet und nicht hakt – man empfindet, wie einfach im Grunde das Leben ist. Was wollen wir denn alle Großes? Gesundheit; die Mittel, die nötig sind, um in unserer Klasse zu leben; keine übermäßigen menschlichen Katastrophen in der Liebe oder mit den Kindern – schließlich, so erheblich sind unsere Ansprüche gar nicht. Und anfangs empfand ich das pariser Glück immer als etwas Negatives: keine Nervosität und keine unhöflichen Menschen in der Untergrundbahn und keine endlosen Schwierigkeiten, wenn ich einmal nachts nach Hause fahren wollte, und keine Rempeleien in Lokalen.

Heute weiß ich, was es ist: Es ist die einfache, leichte und natürliche Menschlichkeit des Parisers.

MUSEUM CARNAVALET

Im Museum Carnavalet zu Paris liegen kleine Überreste der großen französischen Revolution. Nicht die feierlichen Prunkstücke, wie die Erklärung der Menschenrechte, die im Musée des Archives zu sehen ist, kein Thron und kein Herrscherstab, ganz, ganz etwas andres.

Im Museum Carnavalet kann man sehen, wie diese Revolution einmal Sache eines ganzen Volkes gewesen ist; sie wurde nicht von ‹landfremden Elementen angezettelt›, sondern sie wuchs elementar aus dem Willen einer Nation heraus. Wie sorgfältig die geistige Vorbereitung dieser Umwälzung gewesen, wie tief das Gefühl einer Veränderung in das allgemeine Bewußtsein gedrungen sein muß, dafür gibt es ein untrügliches Zeichen: was sich der Bürger zu Hause an Aktualitäten aufhängt, daran glaubt er wirklich. Und ob sie geglaubt haben!

Bis zu den kleinsten Gebrauchsgegenständen hinunter ging die rote Welle: ein Thermometer mit einer Freiheitsmütze, Tassen, Töpfe, Bucheinbände; gestickt, gepunzt, in Holz geschlagen: *Liberté* –! Es ist erhaben und spaßig zugleich. Denn welches Gemüt hat sich wohl Ohrringe in Gestalt einer Guillotine ausgedacht, welcher Findige hat dies Instrument als Spielzeug in den Handel gebracht, mit allem Komfort: sogar der Kopf der aufs Brett geschnallten Puppe ist entfernbar ... Aber schließlich, ob ein Kind mit Bleisoldaten spielt oder hiermit — das kommt wohl auf eins heraus.

Natürlich fehlten auch die guten Kaufleute nicht, die ihre Schnupftabaksdosen entsprechend aktuell bemalen ließen: einer hat sogar einem Zapfhahn am Faß eine Freiheitsmütze aufgesetzt, und darunter steht: «Je verse la vie et la joie.» Und als alle Welt das Assignatenfieber hatte, gab es eine Tasse mit der Nachbildung eines solchen Scheines und der Inschrift: «Assignat de Cent Baisers. Payable au Porteur.» Und ein Topf als Hochzeitsgeschenk, darauf ist in krumpligen Buchstaben zu lesen: «1791. C'est le moment de faire des enfants.» Erhält sie das Getriebe durch Hunger und durch Liebe ...

Ein Zimmerchen weiter wirds ernst. Das Bett der Königin aus dem Temple, ein Kleid der Königin, ein Becher des Königs, ein Spielzeug des Dauphins — schließlich haben ihre Hände einmal auf diesen Sachen geruht ... Die Anklageakte gegen den König, aufgeschlagen: «Warum haben Sie die Wachen in den ersten Augusttagen verdoppeln lassen?» Und dahinter seine Antwort. Denn er hatte sich zu verantworten; der trug die Verantwortung. Da liegt sie.

Und ich sehe den Weg, den sie gegangen sind, den grauenvollen und doch so verdienten Weg. Den Weg aus den glänzenden Sälen von Versailles — wo man aus den Fenstern auf den edeln Park, auf die kleinen, verschwiegenen Höfe sah, wo hinter den eingefaßten Scheiben, durch eine Tapetentür erreichbar, der Gipfel des Luxus lag: ein kleiner mit Fliesen belegter Raum, wo die baignoires der Herrschaften aufgestellt waren —, den Weg aus Versailles in die Conciergerie, durch die Tür, wo heute der Frühstücksraum der Advokaten ist, ins Gefängnis. Hinauf die kleine Treppe nach oben, vor das Tribunal. Und wieder herunter und wieder warten. Und von da auf die Place de la Concorde oder die Place de la Nation. Und da war es dann zu Ende.

Nein, da war es noch nicht zu Ende. In der Nähe der Place de la Nation liegt ein Friedhof, ein ganz kleiner Friedhof, der von Picpus. Da hatten sie eine Grube gegraben, und in der Nacht karrte man die Kadaver dorthin, Frauen und Männer durcheinander, wie das gerade lag, und nicht jeder kam zu seinem zuständigen Kopf. Und weil viele Adlige, so auch ein Fürst von Salm-Kyrbourg, darunter waren, haben die Nachkommen dieser Familien den Platz später gekauft und ein paar Gedenksteine dorthin setzen lassen, gerade über der Grube. Heute ist, in des Wortes wahrster Bedeutung, Gras darüber gewachsen, die Vögel singen, der Wind raschelt, und die Pförtnersfrau bekommt ein Trinkgeld. Und unten liegen sie, 1306 an der Zahl. So ging der Weg.

Im Museum Carnavalet kann man noch vieles sehen. Ein Luftballonzimmer ist da, mit Tellern und Teppichen, die das neue Wunder darstellen. Auf einem Porzellan enteilt eine Art fliegendes Bett mit einem Baldachin, und unten staunt ein Mädchen. Darunter steht: à dieu. Und viele Bilder Marats liegen in einer Vitrine zusammen, und man kann sehen, wie unähnlich sie alle untereinander sind, und doch wie ähnlich, und wieviel Bilder man gebraucht, um aus ihnen das Bild des einen Marat zu kristallisieren. Und Pendülen und Nippes sind zu sehen, in denen sich die Bürgerwut Europas gegen diese Horde da in Frankreich austobte, ein antibolschewistisches Kunstgewerbe, Hohn und Spott und Abscheu einer untergehenden Kaste.

Und man sieht ein Pastell von Boucher, ganz zart, nur ein weiches Frauenbein auf einem hellblauen Bett, nur das Bein, und kein Name und nichts. Und an der Wand die Frau von Sévigné, die hier einmal gewohnt hat, vollbusig, sehr fein, – mit einem lieblich-schiefen Lächeln, wie unsre Claire Waldoff. Und auf einem kleinen Ölgemälde steigt Voltaire, der große Voltaire, in die Hosen, bekläfft von einem Hündchen, und hinter dem Licht Europas steht ehrfürchtig ein Schreiber und wartet auf das Lever.

Das ist ein hübsches Museum. Und ich dachte mir so, wie das wohl wäre, wenn wir ein solches Museum von 1918 hätten ...

Ein paar Importen; eine Kognakflasche; Noskes Revolver und geklebter Schlips; Akten, Zeitungen und Zettel. «Einigkeit und Recht und Freiheit! Friedrich Ebert.» – «Die Hand soll verdorren, welche ... Philipp Scheidemann.» – «Wir haben die Republik vor dem Umsturz gerettet. Ministerpräsident Hirsch.» – «In Anbetracht aller Umstände konnten wir nicht ... Konrad Haenisch.» Und eine leere Zigarrenkiste.

Das wäre das Museum der deutschen Revolution.

DAS GLEICHGEWICHT DES LEBENS

> «Also, mein Jazintho, in der Stadt, dieser widernatürlichen Schöpfung, wo der Boden von Holz und Filz und Teer ist und der Steinkohlenrauch den Himmel bedeckt und die Leute in ihren Etagen verstaut wohnen wie Stoffe in den Manufakturläden, und wo das Licht durch Rohre fließt und die Lügen durch Drähte geflüstert werden –»

Die *‹Liebesgeschichte›*, die in diesem Heft abgedruckt ist, entstammt einem alten Buch. *‹Stadt und Gebirg›* heißt es, und sein Verfasser, ein

Portugiese, ist José Maria Eça de Queiroz. (Der Roman ist anno 1903 in einer ganz unzulänglichen Übersetzung bei der Deutschen Verlags-Anstalt zu Stuttgart erschienen.) Das Buch hat mir eine Freundin zugeschickt, und ich habe mich sehr bei ihr zu bedanken. So etwas habe ich lange nicht gelesen.

Es ist ein Roman der besten naturalistischen Schule. Also zuerst einmal ein richtiger Roman, nicht so ein künstlich aufgepustetes und emporgerecktes Ding, das, zu kümmerlich, um eine ordentliche Novelle abzugeben, heutzutage, großgedruckt und mit schönen Widmungen versehen, diesen europäischen Ehrentitel mißbraucht. Man muß ihn auch langsam lesen, und man muß an gute französische Vorbilder denken: wie da eine einzelne Situation so scharf und klar geschildert wird, daß die Worte ein für alle Mal gelten, wie es das kleine Zitat da oben zeigt.

Die Sache ist ganz einfach:

Jazintho, der Freund des Erzählers, lebt in Paris in märchenhaftem Luxus. Luxus und Stadt werden ihm über – er zieht auf eine Besitzung in Portugal, aus schalem Ekel an der Stadt wird sentimental-lyrische Überschätzung des Landlebens, der Zeiger pendelt aus, und er findet schließlich das Gleichgewicht des Lebens. Non multa, sed multum.

Dies alles ist ganz unpathetisch und ohne jede Lehrhaftigkeit erzählt. Dieser Jazintho ist nicht nur ein Faktor in einer moralischen Rechnung, sondern durchaus gestaltet, ein bißchen bläßlich – lange nicht so scharf wie der ‹Ich›, der erzählt. Die Stadien, die der Überdruß am Stadtleben durchläuft, sind köstlich ausgemalt. Die Äußerlichkeiten haben gewechselt, das andre ist geblieben – und ob es nun damals der Morse-Telegraf war und heute Radio, das ist ja Edschmid wie Otto Ernst. Himmlisch der Anfang, ein Holzschnitt von Dickens, und himmlisch die plappernde und lärmende Unwichtigkeit des pariser Lebens. Wie da einer immerzu etwas verrichtet aber nichts tut, wie das Telefon läutet, die Briefe rascheln, die Diener sausen, die Besuche flüstern, und wie nichts, nichts, nichts dabei herauskommt – da ist man versucht, zu nicken: Wem sagen Sie das!

Dieses Stadtleben ist mit glanzvollem Witz geschildert, weder mit der faden Attitüde des mäßig begabten Knaben aus kleinbürgerlicher Familie, dem es entsetzlich imponiert, noch mit den allzubunten Farben des Sehnsüchtlings: dies hat ein Mann von Welt geschrieben, der den Dingen nicht zu viel, aber auch nicht zu wenig Wert beimaß. Da sind kleine kostbare Kapitel, die die geistigen Seuchen einer Stadt schildern; daß es grade Paris ist und Paris in einer bestimmten Epoche, das verschwindet neben dem diabolischen Feixen des Verfassers. Das Leben einer großen Frau mit viel Reispuder, in ein paar Zeilen eingefangen, wie sie sich nicht um den Mann kümmert, wie puppenhaft das daherlebt («Im übrigen, in der Dämmerung, auf einem Sofa, ein paar kurze

Seufzer in den Armen eines, dem sie treu war ...»). Die unendlich witzige Schilderung einer falschen Art zu reisen, die nach tausend Fährlichkeiten und mechanischen Wiederholungen mit dem erleichterten Uff-Seufzer schließt: «Ich hatte sechstausend Francs ausgegeben. Ich war gereist.» Kurz: eine Prachtsache. Die sich zu einer grandiosen Betrachtung der Stadt, von Sacré Cœur gesehen, steigert, einem Meisterstück.

Und dann bekommt es der Freund satt und geht aufs Land. Das ist mit viel Hallo verbunden («Gleich am selben Morgen entwickelt er eine Tätigkeit, in der ich die mit Übelkeit verbundene Eile eines Menschen, der Rizinusöl getrunken hat, wiedererkannte»). Sie fahren also nach Portugal, unter unendlichen Vorsichtsmaßregeln, alle Zutaten der Zivilisation werden mitgenommen, die Telefone, Zeitungen, Bibliotheken – heiliger Spitzweg, welche Packszene! –, die Teppiche, Waschtische und W.C.s machen sich alle gleichfalls auf, nach Portugal zu rollen. Reizend, diese Schilderungen: «Die Bahnhofsglocke bimmelte sacht, und der Zug glitt gelassen weiter, als fahre er zu seinem Vergnügen auf zwei Stahlbändern spazieren, um leise pfeifend die Schönheit der Erde und des Himmels zu genießen.» Nun bleiben die Koffer liegen, werden fehlgeleitet, der feine Mann sitzt da mit dem ungewaschenen Hals. Und beginnt ein neues Leben.

Und das nun so himmlisch falsch, mit so verdreht lustigen Quietschtönen bukolischer Lyrismen, mit einer solch prätentiösen Nachahmung des Virgil, daß dem Freund angst und bange wird ... Und dann legen sich die Wogen, er heiratet (mit welchem Takt ist die Liebesgeschichte, die man fürchtend kommen sieht, in einem Satz erledigt) – und der Glückliche hat, was wir alle ersehnen: das Gleichgewicht des Lebens.

Die Zeit ist weitergegangen, das Buch ist stehen geblieben. Man könnte beispielsweise sagen, daß dieser Roman auf der Rente des Helden basiert, ohne sie nicht geschrieben sein könnte; es ist auch zuzugeben, daß die gefühlsmäßig-patriarchalische Lösung der sozialen Frage zum Schluß für unsre Augen etwas Dürftiges hat: aber hier hat dennoch ein Mann von Welt und Weltkenntnis begriffen, was es mit der großen Stadt auf sich hat.

Und zum Entzücken gar ist der kleine Rückfall des Erzählers, der noch einmal, auf eine kurze Spanne Zeit, nach Paris kommt. Wie schal ihm da alles ist, mit welch einfacher Ironie er nur die Dinge beim Namen zu nennen braucht, um sie zu töten – und wie verständlich ist diese Empfindung: ihm ist, als sei er gar nicht fortgewesen. «Und in einem großen Landauer setzte Madame de Trèves ihr Lächeln fort, das sie schon vor fünf Jahren gehabt, mit zwei schlaffern Falten in den Ecken der trocknen Lippen.»

Und dabei ist ein kleines Zeichen von Ehrlichkeit, das registriert zu werden verdient. Da ist diese kleine Liebesepisode gewesen, die mit der Madame Colombe – sie gemahnt übrigens in ihrer irren Ziellosigkeit an Wedekinds herrliches Kapitel: ‹*Bei den Hallen*›. Und obgleich er weiß, was das für eine finstere Geschichte war, wie sehr ihn das heruntergezogen hat – obgleich er das alles weiß, gibt es ihm doch nach den langen Jahren, als er wieder nach Paris kommt, einen kleinen Stich – noch einmal ist sie da ... Colombe ... die mit den Haaren ... und dann geht es vorüber.

Und welch ein Schlußschnörkel! Er hat sich für die Rückfahrt nach Portugal Zeitungen gekauft, drei Kilogramm pariser Zeitungen, voll nackter Prinzessinnen und schluchzender Dragonerrittmeister. Als sein Jazintho das sieht, ruft er lustig-entsetzt: «Wirf das weg!»

«Und ich warf den faulen Auswuchs der Zivilisation auf einen Kehrichthaufen im Winkel des Hofes. Dann stieg ich auf. Wie ich aber in den steilen Bergweg einbog, wandte ich mich, um dem Pimenta, dem dicken Stationsvorsteher, ein Lebewohl zuzurufen, was ich vergessen hatte. Der würdige Bahnchef neigte sich über den Kehrichthaufen, sammelte, schüttelte und trug liebevoll die schönen Holzschnitte hinweg, die ja von Paris gekommen waren, von den pariser Wonnen erzählten, durch die Welt den verführerischen Zauber von Paris verbreiteten! Im Gänsemarsch erklommen wir die Serra.»

Lernen kann man aus diesem Buch für die Lösung der Frage: ‹Stadt und Gebirg›, Zivilisation und Natur wohl nur, daß sich empfiehlt, eines schönen Morgens mit einer reichen Rente aufzuwachen. Weil es aber lustig und wahrhaftig und blitzend und weit an Horizont und gar nicht völkisch, sondern voll wahrer Liebe zu einer Heimat ist – deshalb sei es angelegentlichst empfohlen.

FIGURINEN

Einmal war ich schon achtzig Jahr.
Einmal, in einem frühern Leben,
da hat sich dieses mit mir begeben
– und ich hatte ganz weißes Haar –:

Ich saß im Lehnstuhl, nett und beschaulich,
so kurz nach Tisch – mir war so verdaulich.
Blumen im Fenster. Im Käfig ein Matz –
auf dem Tisch eine Tasse mit Untersatz ...
Und vor mir hielt ich auf meinen Knien
ein Album mit alten Fotografien.
Und ich machte ein Nickerchen ...
Aus ihren Rahmen
stiegen alle vergessenen Damen.

Eine war schlank und klug und bescheiden.
Die mochte ich immer am liebsten leiden.
Sie roch die Menschen. Sie wußte immer,
betrat sie nur einmal ein fremdes Zimmer:
die hat mit dem da – der ist stolz –
und die Frau ist falsch wie Galgenholz.
Sie erschien, wie im Nebel. Ich streckte die Hand
nach ihr – sie wich zurück und verschwand.
Und sie sprach, indes ich, wie verträumt,
ein Glück zerschlagen – ein Leben versäumt:
«Ich war die Nettste.»

Dann kam eine, ein dickes Paket,
wie es gar nicht in eine Corsage geht.
Wenn sie mir abends entgegenschwoll,
war das ganze Schlafzimmer voll.
Und sie trank zwischendurch –
wie ich das noch seh! –
immer Kaffee und Selter und Tee.
Und während in weichen Kissen sie kraucht,
hat das Schwergewicht mir entgegengehaucht:
«Ich war die Fettste.»

Dann hört ich im Halbschlaf einen Chor
von Stimmen. Und eine tauchte empor,
ein ganz junges Mädchen, weiß, ganz weich –
sie zögerte, näherte sich nicht gleich ...
Ich streckte nach ihr die Arme aus.
Sie stand vor einem Schifferhaus.
Und man hörte das Meer ...
Und sie sprach und sah mich dabei an –
und da weinte ich alter Mann –:
«Ich war die Letzte.»

Auf den Tod zu warten, ist so schwer ...
Aber das ist schon lange her.

DIE RUE MOUFFETARD

Paris, im Juni.

Nun, man soll Paris nicht mehr ‹entdecken› – ich weiß schon. Aber erstens haben wir zehn Jahre blockiert gelebt (wenn sich seit 1914 die Völker besuchten, so taten sie das meistens mit der Flinte in der

Hand ...) und zweitens habe ich etwas Merkwürdiges gefunden. Wenn Sie wieder einmal nach Paris kommen – was ich Ihnen von Herzen wünsche –, so versäumen Sie nicht, es sich auch einmal anzusehen.

Da ist also das Panthéon. Eine kalte Sache, vorn mit einem Gitter und vielen zähnefletschenden Amerikanerinnen, die alle nachsehen, ob auch Murray recht hat, ob alles an seinem Platz steht und ob Zola noch da liegt. Und wenn sie das festgestellt haben, dann gehen sie befriedigt wieder ins Hotel. Wie sagt die alte berliner Posse: «Aber sonst hats keenen Zweck –!»

Das Panthéon also lassen Sie liegen, und hinter dem Panthéon, an der Polytechnischen Hochschule, da fängt eine Straße an, die heißt die rue Mouffetard. Und in der können Sie einen kleinen Begriff bekommen, wie Paris einmal gewesen ist.

Es ist eine ziemlich lange, sehr enge und krummgewundene Straße. Kaum, daß einmal ein Wagen durchfährt – alle Menschen gehen auf dem Damm. Und wieviel Menschen! Es wimmelt von Frauen und Männern und Kindern und Katzen. Da wohnen ganz kleine Leute – Handwerker, Kleideraufkäufer, Althändler, Gott weiß, wo sie da alle wohnen. Da gibt es ein Restaurant, in dem bezahlt man zwei Sous, und dann darf man mit einer mitgebrachten Holzgabel auf gut Glück in einem Kessel umherfischen, in dem die noch einmal aufgekochten Abfälle aus den großen Restaurants schmoren ... Eine Art Eßlotterie. Und obgleich es sehr arme Leute sind, die da wohnen, so wirkt doch nichts eigentlich verkommen – es hat alles seinen Schick und seine Ordnung – da sind Schlächterläden und Obstläden und Milch- und Gewürzhandlungen und Krämereien ... Und die Hausfrauen kaufen richtig ein.

Welche Häuser! Es sind ein paar alte darunter, auf der Wand von Nr. 9 steht noch eine Inschrift aus dem 17. Jahrhundert – tief in einem Hausflur liegen ein paar alte Grabsteine ... und Höfe können Sie da sehen! Bringt sie der Film, so sagt man: «Herr Maler, Sie müssen nicht übertreiben, so etwas hat es wohl einmal gegeben, aber das existiert nicht mehr!» – Doch, das gibt es noch.

Höfe, die nur eine Art Lichtschacht sind, mit Wäschestücken, an Stricken aufgehängt, mit Gebälk und Latten und verrostetem Eisen und nassen, schlüpfrigen Wänden, mit Kindern und Katzen, Katzen und Kindern. Die Menschen schlafen da in den unwahrscheinlichsten Verschlägen – was sehr romantisch aussieht, wenn man nur vorbeigeht und nicht selbst da schlafen muß – und, übrigens, von Apachen gibt es nichts zu sehen. (Das ist auch so eine Unsitte der Durchreisenden, daß sie gleich auf dem Bahnhof diese vier Dinge haben wollen: Apachen, Mongmarta, Muhläng Rusch und eine Mätresse. Auf dem Bahnhof.)

Viele Häuser sind sehr alt – und was vor allem diese Straße so anziehend macht, das ist ihr fast südliches, bewegtes und ganz und gar ungezwungenes Straßenleben, wie man es sonst hier eigentlich nicht überall sieht. Das Ganze wirkt schon ein kleines bißchen ‹interessant› – nicht etwa, daß sich die Leute so vorkämen, die bewegen sich wie immer, bummeln da entlang, handeln, feilschen, arbeiten und schwatzen ... Nein, aber wenn man aus der Straße herauskommt – oben bei der Kirche St. Medard, wo sich einstmals die jansenistischen Verzückten in hysterischen Gebeten wälzten – wenn man da oben herauskommt, dann sieht man die Avenue des Gobelins herunter, und da ist wieder das normale Ansichtskarten-Paris, mit den breiten Straßen, bäumebepflanzt, den elektrischen Bahnen ... Und man guckt sich erstaunt um, wo man denn eben gewesen ist. Da ist noch der enge Eingang zur rue Mouffetard, und hier ist alles freigelegt, hier sind moderne Häuser mit Radio-Antennen drauf ... Was war das –?

Was das war –? Ein Stück altes Paris.

NUR DIE RUHE ...

Wenn diese dürren Bambusrohre blühen,
Und wenn die Schwalben in den Bienen nisten,
Wenn dieser Stein das Schwimmen je erlernt –
Mags möglich sein, vielleicht, daß ich dich liebe!
Amuru

Wenn ein Beamter einmal höflich ist,
und wenn die Deutschen keine Titel tragen,
wenn Redakteure dicke Gelder kriegen –
mags möglich sein, vielleicht, daß ich dich liebe!

Wenn Kinohelden nicht in Fräcken weinen,
und wenn die Edschmids nicht mit Weibern protzen,
wenn Paul Cassirer immer billiger wird –
mags möglich sein, vielleicht, daß ich dich liebe!

Wenn unsre Richter wie die Menschen richten,
und wenn Herr Geßler merkt, was um ihn vorgeht,
wenn Ebert sich besinnt, was er gewesen –
mags möglich sein, vielleicht, daß ich dich liebe!

Mags möglich sein, vielleicht, daß ich dich liebe ...
Doch bis das Land den Anschluß wiederfindet
an Welt, Vernunft und an die Kontinente –:

Hält Stresemann noch manche wilde Rede,
fällt um die SPD noch manches Mal,
verliert so manche Jungfrau manche Sachen,
brüllt mancher deutsche Mann: «Wir waren nicht schuld –!»
Drum hab geliebtes Wesen, bis Ermatten
erfolgt, das, was die preußischen Soldaten hatten:
Geduld.

GESICHT

Für George Grosz,
der uns diese sehen lehrte

Ein ziemlich gedrungener Kopf, keine allzu hohe Stirn, kühle kleine Augen, eine Nase, die gern in Gläser sich senkt, ein Mund, der kalt befiehlt, und eine unangenehme Zahnbürste, die den Schnurrbart macht: so sieht dieses Gesicht aus. Ein gut fundierter schwarzer Rock, eine mäßig geschlungene Krawatte mit einer Art Perle darin, ein immer sauberer Kragen – das ist auch noch zu sehen. Das Haar ist an den Ohren kurzgeschnitten; der ganze Mann ist reinlich, putzt sich morgens die Fingernägel, rasiert sich oder läßt sich rasieren.

Schon als junger Mensch drängelte er sich, nicht allzu interessiert, durch die Türen der Kollegsäle; seine Mama sagte: «Hubert, wann kommst du heute nach Hause?» – und er gab nicht allzu freundlich Auskunft. Büffelte. Bestand Examina. Wurde aufgerufen: «Hubert Soundso …» Und dann erhob er sich, ein bißchen unterwürfig, ein bißchen angstvoll, nicht sehr aufgeregt, kalt eigentlich. Trat in den Staatsdienst, rückte rasch auf.

Lange Vormittage mit schwierigen Aktenarbeiten, mit leeren Pausen, wo das Frühstück aus der Aktentasche genommen wurde – darin lag auch ein Brief, der ärgerlich war, und einer, der für den Abend eine kleine außerdienstliche Freude verhieß. Im übrigen: kalt bis ans Herz hinan. Ab und zu mal ein Buch gelesen, das nicht zur Sache gehörte, einmal Spengler versucht, dolles Zeugs –, mit der Briefschreiberin zu Hardts *‹Tantris›* gegangen. Sehr poetisch. In der Pause: «Möglicherweise werde ich in diesen Tagen in die andere Abteilung versetzt. Na, Gott sei Dank …»

Im Kriege Kompanieführer. Unerbittlich, kalt. Kalt zu den Kanzleidienern, die sich nicht wehren konnten, kalt zu den jungen Assessoren – «Habe das auch mal durchmachen müssen!» –, kalt zur Welt, kalt zu Gott. Verheiratet. Hat zwei Kinder. Liebt sie auf seine Weise. Lacht gern mal, abends, über einen dicken Witz, weiß noch drei Wirtinnenverse, die andern leider vergessen. Ist felsenfest von der Richtigkeit des

Staatsgefüges, der Rechtsprechung, der Kirche und der allgemeinen sittlichen Grundlagen überzeugt. Hat auch weiter nicht darüber nachgedacht. Sieht gar nicht schlecht aus, wenn er am Schreibtisch sitzt und sich, beim Ordnen der vielen Aktenstücke, einmal kurz räuspert ... Ist doch wer. Fühlt sich in völliger Harmonie mit Land, Majorität und Volksgemeinschaft. Liebt den preußischen Adel nicht übermäßig —: ist ihm unangenehm. Ist aber tadellos korrekt und höflich, nach oben durchaus kleiner Bürgerlicher. Nach unten: selber Adel.

Repräsentiert. Macht Karriere. Wird wohl nächstens irgendein großes Tier werden, Gesandter, Ministerialdirektor, Staatssekretär, was weiß ich. Deutschland? Deutschland.

ZU TUN! ZU TUN!

Heute lese ich da in der Zeitung:
In Los Angeles gibts einen Schnapsverein,
und man befürchtet seine Verbreitung
in dem übrigen Land — dabei fällt mir ein:
Ich sollte mal wieder an Edith schreiben
(in Kalifornien) — seit Januar
liegt der Brief da, und ich laß es bleiben
und verschieb es nun schon ein halbes Jahr.
Das ist nicht richtig. Es nimmt mir die Ruh.
Aber ... ich komme nicht dazu.

Der Arzt sagt, ich soll mir Bewegung machen.
Da gibt es so eine Schule für Sport ...
Auf dem Boden liegen noch alte Sachen,
die sollten doch längst für die Armen fort!
Bin ich an Vaterns Grab gewesen?
Ich nehm es mir vor — und dabei wirds nie.
Das Gelbbuch wollte ich immer mal lesen,
das und Simmels Soziologie.
Wie oft wollt ich schon nach Friedrichsruh!
Aber ... ich komme nicht dazu.

Einstmals, wenn die Posaunen schallen,
steigt auf der Berliner aus seinem Grab.
Und er steht in der ersten Reihe vor allen —
(«Weil ich doch meine Beziehungen hab!»)
Gott, der Herr, mild und voll Frieden,
der über allen Gewässern schwebt,

spricht: «Berliner! Was tatst du hienieden?
Menschenskind! Wie hast du gelebt –?»

Und der Berliner sagt darauf verschwommen:
«Ich ... bin leider nicht dazu gekommen.»

SNOB IN PARIS

So sieht ein richtiger Artikel über Paris aus:

«Aus allen Einzelheiten erkennt der wahre Kenner französischen Lebens die pariser Psyche. Die gedankenbiologische Einstellung der gallischen Mentalität sieht in der Tradition die aktiv fortschreitende Vergegenständlichung einer spirituellen Ur-Tatsache bis zum körperlich Da-Seienden; die physiologisch begründete sieht in ihr den aktiven Auflösungsprozeß der organischen Materie in geistige Antithesen. Ein Beweis dafür ist das französische Deckbett.

Der alte Pariser weiß, wie das französische Bett hergerichtet wird: über der planen Matratze wölbt sich, kunstgerecht an den Seiten gestopft, der feste Himmel der Bettdecke. (Der Neuling nimmt diese meist für das Laken und schläft darauf.) Während sich nun die deutsche Bettdecke individuell schmiegsam um den Leib des Schlafenden legt, ist jener hier gezwungen, unter den festen Plan der traditionell festgelegten Bettdecke zu schlüpfen; dort: Individualismus, hier: Tradition. Hat man schon bemerkt, daß das französische Bett am Morgen viel sauberer, klarer, durchdachter aussieht als das zerwühlte eines deutschen Denkers? Man dissimuliert eben in Frankreich die Formen nicht – der Schläfer fügt sich organisch-kosmisch in die Gesamtvorstellung: Bett ein und zerstört mit seiner Individualität nicht, was kollektiver Gesamtorganismus ist. Im gegenwärtigen Frankreich wird diese Linie von allen Seiten fortgeführt: in der Neoscholastik durch den Kardinal Mercier, Dom Besse, Maritain; in der sozialen Bewegung durch Cécile Sorel; in der ‹Action Française› durch den ‹organisatorischen Empirismus›, ein wenig auch durch Rivière und im Automobilismus durch Citroën. Die Struktur ist für den Außenstehenden nicht ohne weiteres erkennbar: esoterisch angeschaut, verdichtet sie sich von der Bettdecke her zu einem klaren Assoziationsgefüge. Während das französische Wort ‹lit› das sanfte Gebilde synthetisch umreißt, klappt das deutsche ‹Bett› überraschende Gegensätzlichkeiten auf. Denn Heros und Geistiger, Jeanne d'Arc und Loeser & Wolff – alle vier beide haben am franko-germanischen Geisteskreis die finstere heroische Aufgabe, von sich weg die Welt assimilierend zu dissimulieren.» Überschrift: Das Bett.

Deutsch: Falle. Französisch: chichi.

DIE KATZ

Neulich saß ich vor dem kleinen Theaterchen Ambassadeurs in den Champs Elysées, unter grünen Bäumen. Um meine Bank strich mehrere Male eine große, gut genährte Katze, grau mit schwarzen Flecken. Wir kamen so ins Gespräch – sie fragte mich, wieviel Uhr es sei –, und da stellte sich heraus, daß sie aus Insterburg stammte. Nun kenne ich Insterburg sehr genau – ich habe da seinerzeit gedient –, und wir waren gleich im richtigen Fahrwasser. Sie kannte erstaunlich viele Leute, und wir hatten auch gemeinsame Bekannte: eine Verwandte von ihr war bei meinem Feldwebel Lemke Katze gewesen, sie wußte gut Bescheid. Meine Stammkneipe kannte sie und das Theater und die Kaserne und alle möglichen Orte. Ja, es ist sogar möglich, daß wir uns einmal gesehen hatten, im Schützenhaus zu Palmnicken, aber da hatte ich natürlich nicht so darauf geachtet. Wie es ihr denn so in Paris gefiele, fragte ich sie.

«Näi, hier jefällts mir nich!» sagte sie. «Ich wäiß nich, die Leite sinn ja soweit janz natt – aber, wissen Se, mit die Verfläijung, das is doch nichts. Ja. 's jibbt ja Fläisch un so – aber Fischkeppe – wissen Se – son richtichen Kopp von nem Zanderchen oder Hachtchen – das hätt ich doch jar zu jern mal jajassen. Aber: Pustekuchen!» Das fand ich auch sehr bedauerlich.

«Gott, man erlebt ja allerhand hiä», sagte die Katze. «Da haben se mich näilich einem alten Madamche ins Bett jestochen, wissen Se, die konnt keine Katzen läiden. Erbarmung! hat se jebrillt. Ei, seht doch! seht doch! hat se immer jerufen – das heißt, ich denk mä das so – denn sie hat ja franzeesch jebrillt. Dabei hab ich se nuscht jetan! Und se hat all immer jemacht: ‹Pusch! Pusch! Willste da raus!› – Aber ich bin ruhig liegen jeblieben, wissen Se – und da hat se mit all ihre Koddern aufn Pianino jeschlafen – ja. Und am friehen Morjen hat se mer denn ein Tellerche Schmant hinjehalten, das hab ich auch jenomm, und denn bin ich los. Es war ne janz nette Frau soweit. Se war all janz bedammelt von den Unjlik.» Aha. Und diese große Schramme da über dem Auge? was wäre denn dies?

«I», sagte die Katze, «da hat mir neulich son Kater anjesprochen – aber ich wollt nich – wissen Se, ich wer mer doch mit die franzeeschen Kater nich abjehm! De Frau in Insterburch hat auch immer jesacht, mehr als dräimal im Jahr soll ne ordentliche Katz nich – na, und meine Portion war all voll. Ja – ich wollt eben nich. Da hat mir doch das Biest anjesprungen! Was sagen Se –! Ich hab 'n aber ordentlich äine jelangt – sobald jeht der an käine ostpräische Katz mer ran, der Lorbas!»

«Kinder haben Sie also auch?» fragte ich. «Ja», sagte sie. «Es sinn alles orntliche Katzen jeworn – bis auf äine. Die streicht da aufn

Monmartä rum bei die Franzosen –, und wenn mal 'n Tanzvergniejen is, denn macht se sich an die Fremden ran. Näilich dacht ich: I, dacht ich, wirst mal hinjehn, sehn, was se da macht. Wissen Se – ich hab mir rein die Augen ausn Kopp jeschämt – lauter halbnackte Marjellen – und meine Tochter immer dabäi! Sone Krät –! Ich sach: ‹Was machst du denn hier?› sach ich. Se sagt: ‹Ah – Mama!› und denn redt se doch franzeesch mit mir! mit die äijene Mutter –! Ich sach: ‹Schabber nich so dammlich!› sach ich und jeb ihr eins mit de Pfot. Da haben se uns rausjeschmissen ausm Lokal, alle bäide – und draußen auf de Straß wollt ich mer nich mit se hinstellen. Und – rietz! war se denn auch jläich wech. Ach, wissen Se, heutzutach, mit die Kindä . . .!» ja, da konnte ich nur zustimmen. Na – und sonst? Paris und so?

«Manchmal», sagte die Katz, «krie ich doch mächtig Heimweh. Kenn Se Keenichsbarch? Das is ne Stadt – wissen Se – da kann Paris jahnich mit! Da war ich mal auf Besuch – man is ja in de Welt rumjekomm, Gott sei Dank – und da war ich bei de Frau Schulz. Kenn Se die? Die Mutter von Lottchen Schulz, die immer so brillt? De Tochter hat jetzt jehäirat.» Halt! Lottchen Schulz kannte ich. Diese etwas bejahrte, schielende und hinkende Dame hatte geheiratet? Ich äußerte Bedenken. «Och», sagte die Katze, «sehn Se mal: Nu hat se doch das lahme Bein, und ordentlich gucken kann se auch nicht mehr – was soll Se –!» Dagegen war nichts einzuwenden – Heirat schien in solchem Fall das beste. «Ja, da war ich auf Besuch», fuhr die Katze fort, «ach, wenn ich daran noch denk! Inne Ofeneck saßen die bäiden Jungens Schulz und schlabberten ein Tulpchen Biä nachn andern, de Frau trank Kaffee, und ich kriecht ab un zu 'n Stickche Spack – aber, wissen Se, son richtchen, ostpräißschen Kernspack – nich wie hier! Ja. Nur äin Malhör is mich in Keenichsbarch passiert: ich bin da in den Hiehnerstall jejangen und hab da jefriehstickt, und nachher hab ich es all jemerkt: alle die kläinen Kaichel, die hatten dem Pips! Dräi Tach war mir janz iebel!»

Eine feine Dame ging vorüber und sagte zu ihrer Begleiterin: «Vous savez, il n'y à que des étrangers à Paris!» Die Katze sagte:

«Wissen Se, hier mit die Katzen, da versteh ich mir janich! Se sind auch so janz anders als bäi uns – manche sind direkt kindisch – wissen Se . . .! Na, denn wer ich man bißchen jehn, auf Mäise . . .!»

Und lief seitwärts, in die Büsche. Ich wollte noch etwas sagen, sie nach ihrer Adresse fragen –, aber sie war schon weg. Und ich stand noch lange vor dem Busch und, ohne daran zu denken, daß es ja eine Katze war, rief ich: «Landsmann! Landsmann!» – Aber es antwortete keiner. Wir haben uns nicht mehr wiedergesehen.

PLACE DES VOSGES

Viereckig liegt der Platz. Die Bäume, Gitter
und Häuser rings sehn mich quadratisch an,
und in der Mitte trabt ein Marmorritter,
ein unbeschreiblich kaiserlicher Mann.
Ich sitz und knack an Papageiennüssen
und bin schon bis zur dreißigsten gediehn –
da hab ich plötzlich daran denken müssen:
Was macht wohl jetzt, im Augenblick, Berlin?

Vor Josty staut sich hier und da ein Wagen.
Ein Dicker kauft ein ‹*Acht-Uhr-Abendblatt*›
(um Viertel sechs) – zwei dünne Kellner tragen
das Eis, das jeder zu verzehren hat.
Und in der Untergrundbahn Kellerräumen
ruft einer: «Wolln Sie nich den Korb wechziehn?»
«Sie Lümmel!» hallt es noch in meinen Träumen . . .
Was macht wohl jetzt, im Augenblick, Berlin?

Kaufleute schuften. Alle Uhren treiben.
Und alle Welt hat Dienst. Kein Mensch flaniert.
Ein Redakteur darf einen Aufsatz schreiben
auf Poincaré, der doch nicht inseriert.
Die Damen gehen shopping voller Eile
und wackeln emsig mit dem Hinterteile . . .
  Auch dieser Platz war einmal ohne Tadel;
  hier wohnte früher guter, alter Adel.
  Jetzt kümmert sich kein feiner Mann um ihn.
  Vielleicht aus Neugier jener oder dieser . . .
  Ich aber denk als alter Spree-Pariser:
  Wie lieb ich dich! Von weitem. Mein Berlin –!

DIE EINSEITIGEN PATRIARCHEN

Ein in Deutschland weitverbreiteter Arbeitgebertrick ist folgender:

Der Leiter eines Unternehmens schließt mit Ihnen einen Vertrag. Dabei sagt er: «Wissen Sie, das ist ja eigentlich ganz überflüssig, daß wir alle diese Punkte fixieren – so, wie wir mit einander stehen! Es ist nur der Ordnung halber. Sie verstehen: ich kann nur mit Leuten zusammenarbeiten, mit denen ich auch menschlich» – dies Wort darf nicht fehlen! – «übereinstimme. Seien Sie mir nicht ein Angestellter – seien Sie mir ein Freund!» Gut. Und das faßt er so auf:

Sie sind sein Freund. Sie liefern mehr, als Sie zu liefern haben. Sie arbeiten mehr als sein Portier, länger, ausdauernder, intensiver, vertrauensvoller. Sie wahren seine Geheimnisse, Sie geben sich Mühe, Sie fördern das Unternehmen, als ob es Ihr eignes oder das Ihres Vaters wäre – kurz: Sie gerieren sich ihm gegenüber, als wären Sie ein Geselle aus einer Zunft des Mittelalters, ihr seid innig vertraut, eng aneinandergekettet ... Das heißt: Sie sind es.

Er weniger. Er erfüllt genau seine Pflichten, wie jedem seiner Angestellten gegenüber. Sie bekommen nicht einen Pfennig mehr – nicht einen Tag Urlaub länger. Denn der Menschliche hat ganz vergessen, daß der Arbeitsherr im Mittelalter zwar den Lehrling und den Gesellen bis spät in die Nacht hinein ausnutzte, dafür aber auch für sie sorgte, wenn sie krank waren, sie ausstattete, wenn sie sich verheirateten, sie bevaterte, wenn sie keine Eltern hatten. Ah – nichts von alledem!

Der moderne Patriarch nimmt die Rechte eines Zunftherrn in Anspruch, ohne dessen Pflichten zu erfüllen. Sie sind krank? Aber Sie sind in einer Krankenkasse. Sie wollen heiraten? Heiraten Sie kein armes Mädchen. Sie wollen unvermutet, aus drängendem Anlaß, Urlaub? Sie sind leider im Augenblick unentbehrlich. Ein Zeichen, wie man Sie schätzt.

Thomas Mann hat einmal erzählt, wie er als Kind vor Ärger weinte, wenn er kleine Männerchen auf Papier gekritzelt hatte, und die Leute fragten gleich: «Wer soll das sein?» Es sollte niemand sein.

Der einseitige Patriarch ist kein Porträt. Er ist ein Typus.

AUSFLUG NACH ROBINSON

Über die Stadt Paris kann man dreihunderterlei Meinungen haben – über ihre Umgebung nur eine. Sie ist bezaubernd, und doppelt bezaubernd, weil sie gar nicht von der Nähe der Großstadt angeknabbert ist. Eine halbe Stunde von Paris ist man wirklich tief im Lande, auf dem Lande. Dabei macht der Pariser, soweit ich das übersehen kann, nicht so übermäßigen Gebrauch von seiner Umgebung. Ausgenommen, unter anderm, Robinson. Das ist eine grüne Laube voller Fröhlichkeit.

Wenn man nun diese echte französische Fröhlichkeit kennen lernen will, dann muß man nicht nachmittags um fünf Uhr ins ‹Klärridsch› gehen, wo brasilianische Rastas und Mr. Benjamin aus Chicago ein Tänzchen wagen, sondern man muß den französischen Kleinbürger, zu dem auch der Arbeiter gehört, da aufsuchen, wo er sich amüsiert. Zum Beispiel in Robinson.

Robinson liegt ein halbes Stündchen von Sceaux, man fährt von der Gare du Luxembourg mit einer Bahn hinaus, die zu stolz ist, zu bimmeln. Sie sollte es aber doch tun – denn sie repräsentiert die alte Zeit, im Gegensatz zur neuen, die die Métro nun auch bis hierher legen will. Robinson hat einen hohen Ruf, zirka zwanzig Meter hoch: das sind seine Bäume, auf denen man Kaffee trinken kann. Da sind oben auf dicht belaubten Kastanien kleine Altane und Nester gebaut (was sich gefährlicher anhört als es ist) – und man klettert hinauf, läßt das Essen in Körben emporgleiten und sieht in das schöne Tal von Bièvre. Die Gegend ist leicht gewellt, überall stehen kleine Häusergruppen, rotbedachte Häuschen, auch hier und da eine Fabrik. An diesem Sonntag war die Luft ganz zart, ein feiner Dunst lag auf der Landschaft, wie ein warmer Hauch. Dabei war es kalt, man sah seinen Atem. Und man hatte den Eindruck, an einem frischen Vorfrühlingstag an Kulissen vorbeizugehen, an Kulissen des Sommers.

Da ziehen die pariser Bürger, Mann, Frau und Kind, manchmal Kinder. Alle sind sehr gesittet, artig – man hört nie ein ungezogenes Wort, nie einen Zank. Und vergnügt sind die Leute –! Wegen gar nichts, versteht sich: im Freien sind kleine Tanzplätze, überall klingelt, bumbert und miaut eine Jazz-Band, die sich merkwürdigerweise unter freiem Himmel gut macht. Die kleinen Mädchen tanzen, selig; manche werden von ‹Ihm› in einem kleinen Motorrad spazieren geführt (mit Badewanne – hinten drauf sitzt keine), die Kinder und die Erwachsenen haben Papiermützen auf, so, wie man sie früher aus Knallbonbons zog, und sie blasen auf Pappschalmeien – aber es ist kein Bockbierfest. Die Lustigkeit ist viel leichter, viel gewichtloser.

«Hier können Familien Kaffee kochen» – gibt es nicht. Aber dafür steht doch an den kleinen Cafés: «On reçoit les clients avec leurs provisions», was also schließen läßt, daß man da seine mitgebrachten Stullen zu dem hellen Wein verzehren darf. Aber Stullen gibt es ja auch nicht. Man hats mitunter schwer, die Kulturen zu vermitteln ... Viele essen Papageiennüsse (cacahuettes genannt), viele gehen eng umschlungen; französische Liebespaare benehmen sich in der Öffentlichkeit viel ungenierter als die unsern, aber auch viel harmloser. Einer probiert an einer Verkaufsbude alle Blasinstrumente durch – guten Appetit für den nächsten! – in einem Häuschen gibt es auch eine Schießbude. Aber die Schußbahn ist umsäumt von blühenden Rosensträuchern. («Na, hörn Se ma – dann ist es doch aber keine richtige Schußbahn!» – Nein, dann ist es wohl keine richtige.) Kinder reiten auf Eseln, auf Papas – alle Lauben sind besetzt, von Schmausenden. Es sind Sonntagspreise, das ist wahr – aber wie sauber ist alles, wie höflich sind Kellner und Wirte noch in dem kleinsten Lokal, und ich muß an das in schlechtem Fett gebratene Schnitzel und an die Weinterrassen meiner Heimat denken ... Alle Welt ist ehrlich vergnügt, nirgends sieht man das Gesicht von einem, der auszog, das Amüsieren zu lernen. Wie nett und fröhlich ist dieses Land –!

An den Augen des Besuchers liegts nicht. Das Wetter war nicht sehr sommerlich, ich war ganz allein, Freundin und Auto hatte ich für diesen Tag ausgeliehen – und doch empfand ich: es gibt bei uns nichts dieser leichten Fröhlichkeit Vergleichbares.

Ein Automobil braust vorüber, aber der Gegensatz zu den Insassen und den Fußgängern ist nicht hart – die da drin verachten die da draußen nicht, und diese fühlen sich nicht gedemütigt, weil sie zu Fuß gehen. Ein anderes kommt angehupt – mit Mädchen und jungen Leuten im Rokoko-Kostüm – auf dem Montmartre war an diesem Sonntag Wettrennen im Langsamfahren – vielleicht waren sie da. Ein Grammophon singt das Lied von der ‹*Schönen Señorita*›, den Nationalgesang aller pariser Revuen, den Raquel Meller aufgebracht hat, eine Spanierin, sagt sie...

Und ich fahre wieder nach Hause. (Denn so zu Hause habe ich mich in Berlin nie gefühlt.) Das kleine Coupé erster Klasse, das ich in einem Anfall von Größenwahn besteige, sieht sauber aus, auf den Kissen liegen die gehäkelten weißen Sofaschoner. Es mufft wie in einem Dorfzimmer, das lange bei verschlossenen Fenstern gestanden hat – es riecht nach Sonne, Staub und altem Holz. Ich lasse die Fenster herunter. Von draußen klingen die Stimmen der Singenden, im Zug singen sie – es ist, als ob das ganze Land singt. Und ich bin so neidisch – Sie werden das verstehen – neidisch auf die Heimat der andern, denen es gut geht und die nicht nur den Krieg gewonnen, sondern auch ihre Seele nicht verloren haben.

DAS FALSCHE PLAKAT VON PARIS

Etrangers qui venez ici,
on ne vous montre pas Paris.
On vous traîne dans une foire...
Cabaret-Gedicht

Neulich unterhielt ich mich mit einem Ungarn, der, verheiratet und wilder Entschlüsse voll, zum zwanzigsten Male nach Paris gekommen war. Er sagte: «Nicht wahr? Sie bummeln hier gewiß Tag und Nacht?» Ich sah ihn an. Und dachte an eine Szene in einer pariser Revue, wo ein Bürochef seine ‹Dactyla› auf den Knien hielt: im seidenen Höschen, mit Wuschelkopf und langen seidenen Strümpfen ... So stellt sich die Welt immer noch Paris vor.

Jeder sagt: Ich nicht. Aber die Reisenden, die nur zu Prunier gehen und die, die nach zwei Tagen erklären: «Bei Prunier kann man nicht essen – da gehen ja nur Fremde hin!» – scheinen mir beide in einem großen Irrtum befangen. Denn einerseits ist Paris nun einmal eine

Gaststadt für die Welt, es bietet eine Menge Dinge, die für die Fremden und zum Vergnügen der Fremden gemacht sind, und die man ruhig kennen lernen soll, weil auch die Aufmachung dieser Industrie interessant genug ist—und andererseits sollte man ja nicht denken, daß hinter diesem Fremdenrummel nun andere, nur noch unerhörtere, ganz verschwiegene Genüsse für die Einheimischen und Kenner verborgen liegen.

Das Wort von: «Paris, der größten Provinzstadt der Welt», enthält eine tiefe Wahrheit. «Mais vous ignorez Paris!» sagt das kleine Cabaretlied, das da oben zitiert ist, und zählt dann auf, was es hier noch alles gibt: die einfachen kleinen Leute und das Leben in den Vororten am Sonntag — die Schilderung ist ein bißchen sentimental, voll jener Sentimentalität, die es überall gibt (Vorort: Wien) — und an der doch viel echte Heimatliebe hängt. Paris ist, wenn man genau hinsieht, unter anderm auch eine große kleine Stadt.

Unter anderm. Denn man darf ja nicht vergessen, welche großen geistigen Bewegungen hier ihren Anfang genommen haben. Seit der Revolution hat man hier vielerlei ausgeheckt, das nachher Europa auf dem einen oder dem andern Gebiet umgestülpt hat: Impressionismus und Naturalismus und Moden und vieles andere noch. Aber Paris bleibt davon unberührt — Paris ändert sich nicht, und man nimmt diese Neuerungen hier wohl freundlichst zur Kenntnis — aber dann bleibt wieder alles beim alten.

Auch gehen diese geistigen Bewegungen nicht so stoßweise und ruckend vor sich wie bei uns. Immer ist die Linie gewahrt, Frankreich macht keine Hopser — und wenn es wirklich einmal einen großen Ausbruch gibt, dann kann man darauf schwören, daß dahinter eine sehr langsame, sehr sorgfältige geistige Vorbereitung gesteckt hat.

Das Plakat, das sich alle fünf Erdteile von dieser Stadt zurechtgemacht haben, kennt der Franzose genau und duldet es, gutmütig lächelnd. In Unruhs *‹Louis Ferdinand, Prinz von Preußen›*, sagt eine Hofdame zum Jungen: «Komm mit. Du kennst Paris nicht — da laufen die Leute nackt herum!» — Denn auf Paris hat sich die sexuelle, erotische und modische Sehnsucht von Kontinenten konzentriert, und alles, was das enge Zuhause nicht duldet oder nicht zur vollen Entfaltung kommen läßt, wird, im Wunschtraum, hierher verpflanzt. Und dann muß man die Wirklichkeit sehen —!

Ich kann es den geradezu lächerlichen Ausstreuungen kenntnisloser Nationaler gegenüber nicht oft genug wiederholen: es gibt wohl kaum ein arbeitsameres Volk als die Franzosen. Ob man ihnen in allen ihren Methoden zustimmen kann, ob sie als Kaufleute in allen Punkten hieb- und stichfest sind, das zu beurteilen getraue ich mich nach ein paar Monaten Aufenthalt nicht. («Die Einwohner dieser Stadt haben rote Haare und stottern.») Aber sicherlich gibt es kein bürgerlicheres Volk als die Franzosen, und Paris macht da keine Ausnahme.

Der ungeheure Strom der Fremden passiert, wird aufgenommen und ändert nichts. Man müßte glauben, die ganze Stadt sei ein einziger Jahrmarkt, damit nur ja die lieben Fremden zufrieden sind. Davon kann keine Rede sein. In den Vierteln, die nicht gerade von den großen Boulevards durchschnitten werden, spielt der Fremde nur in einzelnen Enklaven eine Rolle: die Skandinavier im Montparnasse, die Juden in manchen Zentrumsvierteln, die Deutschen sind meist um die Oper herum aufhältlich, viele kleine Amerikaner auf der rive gauche . . . der Rest beherbergt wohl Fremde, läßt sich aber nirgends von ihnen grundlegend beeinflussen. Und so ist das oberflächliche Bild, das der Fremde von Paris empfängt, nicht einfach als falsch zu bezeichnen – aber es ist unvollständig. Und meistens macht er sich von dem dahinterliegenden eine unrichtige Vorstellung.

Eine gewisse Sorte Deutscher hat sich ja nun noch ein Spezialplakat geschaffen. Die ‹*Vossische Zeitung*› hat erst neulich das Bild von den Franzosen kopiert, das der General von Liebert sich und andern ausgemalt hat: «Die Franzosen sind an sich keine kriegerische Nation, sie sind der Masse nach friedliche Philister, ruhige Landwirte, die ihr Domino und Ecarté spielen und ihren Absynth dazu trinken wollen.» Nun gibt es in Frankreich ganz wenig Absynth, und der Rentier trinkt ihn nicht und hat ihn nie getrunken. Aber auf dem Niveau dieser Weltbildung stehen ungefähr alle nationalen Schilderungen, und dieser General, der während des Krieges seinen Aufenthalt in fremden Ländern bedauerlicherweise nicht dazu benutzt hat, seine Kenntnisse zu erweitern, scheint nicht zu wissen, daß es auch kriegerische Philister gibt. Die heute noch ihren Anhängern – sowas hat Anhänger – erzählen, die Franzosen seien dekadent. Wohl ungefähr das törichtste, was man überhaupt über dieses Volk sagen kann. Ihre Literatur von vor dreißig Jahren (die durch nichts aus manchen deutschen Köpfen zu verwischen ist), hat solche Elemente enthalten – sie sind so gesund, daß sie sich das leisten konnten. Alles, was hier heute geschrieben wird, ist meilenweit von diesen Dingen entfernt – man ‹trägt› hier kein Kokain mehr, und wenn man weiß, daß es auch andere Kraftäußerungen gibt als den schwellenden Bizeps, dann erkennt man, daß auch dieses Volk gesund und ganz unausgehöhlt ist. Strammheit kann häufig Schwäche verbergen.

Jede Nation hat sich immer und überall auf der Welt von den andern ein vereinfachendes Plakatbild gemacht, das meist so vergröbert ist, daß es überhaupt nicht mehr stimmt (und es gibt nur einen Fall, Herr General, wo die Karikatur milder ist als das Urbild). Engländer haben Backenbart und karierte Hosen; die Amerikaner legen die Beine auf den Tisch, Deutsche essen Sauerkraut – immer, in allen Lebenslagen – und die Franzosen? Die Franzosen habens mit den Weibern – man weiß das ja! – trinken Champagner und sind leichtfertige Windhunde.

Es ist wie mit den Kinoplakaten. Draußen jagt ein wilder Reiter, quer über seinem Pferd hängt eine nackte Frau, ihr Haar schleift am Boden, und eine Horde tobsüchtig gewordener Sioux-Indianer rast dem kühnen Retter nach. Im Hintergrund loht der Horizont in Flammen. Kommt man aber hinein, dann hopst da ein mageres Pferdchen über einen Graben, unweit Wannsee, die Dame ist durchaus bekleidet, und der Cow-Boy heißt Harry Piel.

Man sollte jedem Deutschen noch fünfhundert Mark dazu geben, damit er ins Ausland reisen kann. Er würde sich manche Plakatanschauung abgewöhnen – wenn er vorurteilslos genug ist, die Augen aufzumachen.

NATIONALES

In Ungarn lebte einmal ein Mann, der war dafür berühmt, daß er noch nie berühmt war.

Als ein Pole einst allein im Bett lag, log er sich etwas vor.

In Tokio wollte einmal ein Europäer den heimischen Wein trinken. «Haben Sie auch französischen?» fragte er den Wirt. «Oho!» sagte der stolz. «Bei uns können Sie alles haben – so europäisch wie Sie sind wir schon lange!» Und brachte eine Flasche. Auf dem Etikett stand: «Bordeaux Frères».

Als der liebe Gott die Welt geschaffen hatte, bekam er von einem Franzosen den Renan-Preis im Weltschöpfen. Er mußte aber eine Stempelmarke für 25 centimes kaufen.

Es waren einmal ein Schwede und ein Däne, die hatten einander so lieb. Das kam aber daher, daß sie gemeinschaftlich auf einen Norweger schimpften.

Ein Rumäne lag im Sterben. Da bekam er die heiligen Sakramente. Als er den Weihkessel, die Hand des Priesters und das Andre ganz nahe hatte, flüsterte er: «Houbigant, Quelques fleures. Und etwas Olivenöl.» Und verschied.

In einer amerikanischen Damengesellschaft wurde einmal das Elend einer gewissen Arbeiterklasse erwähnt. «Ich glaube nicht, daß sie Hunger haben», sagte eine Amerikanerin. «Wir haben nie davon gesprochen!»

Ein Löwe fraß einmal einen durch sein Gebiet reisenden Russen. Als der im Bauch angelangt war, bewies er dem Tier haarscharf, daß es ein Unrecht sei, Menschen zu fressen. Der Russe hatte recht. Der Löwe hatte verdaut.

Ein Reverend ging einmal in ein schlechtes londoner Haus. Nach einer halben Stunde kam er wieder heraus. «Nein», sagte er, «da langweile ich mich lieber in einer Kirche.»

In Wien sollte eine Kindesmörderin hingerichtet werden. Die Exekution verzögerte sich eine halbe Stunde, weil die Beamten den Strick vergessen hatten. Dann war alles aus. «Wie war es?» fragte man sie im Fegefeuer. «Nicht schön», antwortete die arme Seele. «Aber der Henker hat am End so lieb g'schaut!»

Ein Fremder saß am Lido und blickte träumerisch in die glutenden Abendgluten der Lagunen. Gut. Da tippte ihm jemand von hinten auf die Schulter. Und als er sich jäh umwandte, da stand vor ihm ein herrlich schöner Jüngling, der deutete mit der Rechten auf das Wasser und sagte erklärend: «Il mare!» Und hielt die Linke bittend hingestreckt.

Einmal wurde ein besonders unanständiger, besonders kniffliger Witz erzählt. Der Tscheche verstand ihn sofort, der Italiener gleich, der Holländer nach einer halben Stunde und die Dame aus Hamburg nie. Der Grieche kannte ihn.

(Nur für Kenner.) Ein baltischer Baron schrieb an seinen Freund einen acht Seiten langen Brief, der handelte nur von der Jagd: von Schnepfen, Hühnern, Hasen und einem Fuchs. Nach der Unterschrift stand ein P.S.: «Habe ganz verjessen, Dir mitzutäilen, daß meine liebe Minna mit äinem Ausländer echappiert ist.» Die liebe Minna war die Frau.

Ein kleiner Großindustrieller aus Duisburg ... Nein. Ich mich über meine Landsleute lustig machen? Lieber will ich mit einem zahmen Präsidenten auf den Messen herumziehen.

INTERVIEW MIT FRAU DOUMERGUE

Paris, im Juli.

Es war nicht leicht. Ein Ministerium nach dem andern erklärte sich für unzuständig, schließlich versuchte ich es direkt an der Quelle: beim Sekretär des französischen Präsidenten. Der wies mich ab. Weil ich aber über die ‹besten Beziehungen› verfüge (diese Worte sind zu lispeln) – so gelang es mir schließlich doch. Ich hielt ein kleines

Kärtchen in der Hand; wenn ich meinem Lexikon Glauben schenken durfte, so stand darauf: «... gibt sich die Ehre, Ihnen mitzuteilen, daß die Frau Präsidentin Sie Montag, den 21. Juli, vormittags 12 Uhr ...» Der Montag kam heran.

Ich rasierte mich erheblich, einmal in die Backe, denn meine Hand war unsicher, man interviewt schließlich nicht alle Tage eine Präsidentin. Obgleich aus Deutschland, hatte ich darin gar keine Übung ... Ich fuhr hin.

Sie kennen den Eingang zum Hause des Präsidenten in Paris? Nicht? Es ist sehr hübsch da, ein Posten steht vor der Tür, ein feiner, geschlossener Hof empfängt den Eintretenden, ängstlich hielt ich immerzu meine Karte fest, und wenn mir einer etwas tun wollte, wedelte ich leise mit ihr. Ich stieg über die grauen Steinstufen, wurde in ein herrliches Wartezimmer geführt, das Louis Seizeste, was ich je gesehen habe – dann öffnete ein untersetzter Diener eine hohe Flügeltür. «Mein Herr ...»

Bumm–bumm–bumm machte mein Herz. Aber ich dachte an alle Gefahren, die ich in meinem Leben schon bestanden hatte: das Abiturientenexamen, zwei Bücher von Edschmid gelesen, einmal einem preußischen Schutzmann gesagt, daß er sich geirrt hätte, an der Börse auf meinen Bankier gehört – man war doch wer, Herrgott ...! Rein.

Eine majestätische Blondine empfing mich, sehr fein und diskret gekleidet, mit dunkelblauen Augen. (‹Blond – in Paris›, dachte ich. ‹Wie merkwürdig!›) Eine runde Handbewegung hieß: Bitte. Setzen Sie sich. Ich setzte mich; der alte Quaritsch, der einmal für teures Geld versucht hat, mir das Tanzen anzugewöhnen, hätte seine Freude an meinen feinen Sitten und Gebräuchen gehabt. Ich sah schnell in meine hohle Hand, wo ein kleines Pappkartonchen stak, darauf stand einiges geschrieben.

«Gnädige Frau!» sagte ich. «Frau Präsidentin: ich habe die Ehre, mir die Freiheit zu nehmen, Sie zu fragen: was halten Sie von der Situation der Lage?» (Das ging glatt wie bei einem dressierten Star – ich hatte es mit meiner Portierfrau geprobt.) Die Frau Präsidentin hob anmutsvoll das Haupt: «Etwas ist immer», sagte sie. «Aber es gleicht sich alles im Leben aus –!» Ich machte verstohlen eine Notiz, das war ein guter Anfang. «Sie beabsichtigen, längere Zeit hier zu wohnen?» fragte ich. Bautsch! das war eine Dummheit. Aber nun war es einmal heraus, da war nichts mehr zu machen.

«Ja», sagte die hohe Frau. «Meine Vorgängerin, Frau Millerand, ist plötzlich ausgezogen, ihr Mann ist über einen Block gestolpert und hat sich seine rechte Hand verstaucht. Kannten Sie seine rechte Hand? Ein sehr begabter Mann. Ja, wenn er linkshändig gewesen wäre! Aber so ... Man bot uns die Wohnung an, und Sie wissen: Paris hat ein bißchen Wohnungsnot, wir sagten sofort zu. Erst sollte hier ein anderer einziehen, aber das Wohnungsamt, ich meine: der Senat wollte nicht recht ... Und nun wohnen wir hier – und wie ich sagen darf: das Land wäre sicherlich glücklich, wenn wir bis zum Ablauf des Mietkontraktes auch hier blieben! Ja.»

«Und London –?» fragte ich vorsichtig.

«Wie Sie wissen, stammt mein Mann aus kleinen Verhältnissen», antwortete sie. «Sie müssen nie glauben, was in den Zeitungen steht. Die kleinen Leute auf beiden Seiten hassen sich gar nicht – wir wissen es recht gut. Frankreich will Deutschland nicht fressen – Sie kennen doch den kleinen Mann in Frankreich: sein Essen, seinen Wein, ein glückliches Familienleben, seine ungestörte Arbeit und keine Geschichten. Da haben Sie sein politisches Programm.» Ich kritzelte. «Und dann noch eines», sagte sie. «Lassen Sie sich doch ja nicht von den militärischen Ruhmes- und Erinnerungsfeiern täuschen. Ich habe nicht die Ehre, Deutschland zu kennen – aber ich vermute, daß es bei Ihnen ebenso sein wird: die menschliche Freude am Gepränge, die Eitelkeit über erhaltene Auszeichnungen, die Lust an Massenerlebnissen ... das Militär ist der Zirkus des kleinen Mannes.» Ihre braunen Augen sahen mich still an.

«Und Sie erlauben, gnädige Frau», sagte ich. «Was halten Sie von der französischen Kunst?» – «Europa stagniert», sagte sie. «Ist es bei Ihnen anders? Die Leute vertreiben sich auch hier die Zeit, wie sie können – sogar die Dichter malen bei uns vor Langeweile. Haben Sie die Zeichnungen von Jean Cocteau gesehn? Eine lustige Sache. Aber das war ja immer so. Im Museum des Luxembourg-Gartens hängt ein Bild: ‹*Souvenirs*›. Es ist Charles Chaplin signiert – ich denke, das ist Charlot. Wie? Picasso soll seit gestern kurz nach Tisch wieder klassizistisch malen. Ein bedeutender Mann. Wie viele Kunsthistoriker wären ohne ihn schon längst verhungert! Und haben Sie Proust gelesen? Und Duhamel? Gute Leute.» Ich schrieb – 180 Silben in der Minute. Die hohe Frau fuhr fort.

«Jetzt kann ich ja nur noch selten auf den Montparnasse in das Maler-Café de la Rotonde gehen», sagte sie. «Früher besichtigte ich es ab und zu. Wir wollten eine Inschrift über der Tür anbringen lassen, aber mein Mann riet ab.» Eine Inschrift? fragte ich mit einer Kopfneigung. «Ja», sagte sie. «Sie sollte lauten: Psychopathen aller Länder, vereinigt euch! Aber, wie gesagt, mein Mann möchte es nicht gern. Sie gehen viel ins Theater –?»

Ich nickte schmerzlich. «Ja, so hat jeder Beruf seine Last!» sagte sie. «Wie ich höre, hat man neulich eine pariser Revue ohne nackte Frauen gegeben – es ist nicht recht, dem Fremdenverkehr so ins Gesicht zu schlagen. Und Frau Cécile Sorel von der Comédie Française – ist es, daß Sie sie gesehen haben?» Ich nickte tief ergriffen. «Auch ich kenne sie», sagte die Frau Präsidentin, und ihre schwarzen Augen verloren sich in der Erinnerung. «Als ich noch ein kleines Mädchen war, habe ich sie gesehn – sie war schon recht gebrechlich damals ...»

Vom nahen Kirchturme St. Mendel schlugs halb eins. Die Frau Präsidentin erhob sich – ihre hellen grauen Augen blickten lebhaft. «Sagen Sie bei sich zu Hause, daß wir gemeinsam das Vergangene begraben wollen. Frankreich braucht Sicherheit und Ruhe – Sie Luft und Atem. Hoffen wir auf beides. Gleich kommt mein Mann; ich denke, man wird das Frühstück angerichtet haben ... Sie entschuldigen mich. Ja, noch eines. Warum haben Sie kein rotes Bändchen –?»

Ich sagte schüchtern: «Ich bin erst vier Monate in Frankreich – aber ich hoffe ... Und dann, Frau Präsidentin: die deutsche Republik verbietet in ihrer Verfassung ihren Bürgern Orden und Ehrenzeichen!»

«Aber das wird doch hoffentlich nicht eingehalten?» fragte sie entsetzt. Ich sagte: «Frau Präsidentin, eine Verfassung ist wie eine Flöte: man kann sie an die Wand hängen, man kann aber auch noch etwas andres damit machen!»

Sie nickte beifällig. «Auf Wiedersehen, Herr ... Pantère!» sagte sie. Ein grünlich schillernder Blick entließ mich. Verbeugung. Untersetzter Lakai. Flügeltür. Louis Seize. Grauer Steinhof. Posten. Auf der Straße.

Herr Doumergue ist zu seinem Glück nicht verheiratet.

Merk: Er ist nicht mehr Präsident und hat inzwischen geheiratet.

DIE GRÄFIN IM LÖWENKÄFIG

Paris, im Juli.

Neulich, als die feinen Pariser noch in der Stadt waren, also vor dem großen Preis in Longchamps, hat es eine kleine Sensation gegeben: in Neuilly auf einem großen Jahrmarkt, der wegen seiner westlichen Lage auch von Automobilen langsam, zum Spaß, durchfahren wird, ist die Gräfin Deslandes in einen Löwenkäfig gestiegen und hat den armen Tieren Verse von Richepin aufgesagt. Weil die Löwen mutige Tiere sind, haben sie tapfer ausgehalten, und Löwen und Gräfin kamen unversehrt davon.

Das war natürlich etwas für die Zeitungen! Es gab lustige Abhandlungen und einen Haufen guter Witze (einer sagte, die Schauspieler sollten das nur nachahmen, dann hätten sie endlich alle ein *encagement*) – kurz und gut, es war sehr ergötzlich, und da war sicherlich keine Zeitung, die sich diesen Hauptspaß hätte entgehen lassen. Für amerikanische Journalisten muß das ein Fressen gewesen sein.

BARONIN REZITIERT IN LÖWENKÄFIG!
NEW-YORKER SCHAUSPIELERIN AHMT NACH!
GROSSE HAUSSE IN RAUBTIEREN!

Denn dieses hier ist eine Nachricht, und für eine gute Nachricht geht ein guter Journalist bis in den Tod (exklusive).

Die Gräfin wird durch alle Zeitungen gehen – solche Gräfinnen sind immer durch alle Zeitungen gegangen. Man hat seit jeher das Extravagante, das Absonderliche, das ganz und gar Einmalige unter den Hauptstädten hin- und hertelegrafiert, von ihrem Alltagsleben macht niemand so viel Wesens. Aber vielleicht hat das seine Nachteile.

Nun wird ja niemand so töricht sein, zu sagen: «Die französischen Gräfinnen sind klein und zierlich und sagen immer Verse in Löwenkäfigen auf.» (Obgleich man bei unserer deutschnationalen Presse nichts verreden soll.) Aber erfahren wir nicht nur allzu häufig von den fremden Städten die Löwengeschichten? Wissen wir nicht viel zu wenig von der Luft, in der das fremde Leben gedeiht, von der Atmosphäre, die dort allen selbstverständlich ist, und die man kennen muß, wenn man Lebensäußerungen, Gewohnheiten, Erscheinungen von Kunst, Kultur und Geschäftsleben überhaupt richtig verstehen will? Ich denke doch.

Eine Kaskade von Nachrichten braust täglich über uns nieder, geduckt erwartet der Leser morgens und abends seine Abreibung, und die wird ihm ja auch zuteil. Aber können alle reinen Nachrichten, die nichts als Nachrichten sind, ein Bild geben? Sie sind doch nur ein Skelett ohne Fleisch. Das Fleisch wird selten nachgeschickt.

Tatsachen sind die Vorbedingungen zum Verständnis. Erst muß man einmal wissen, was ein Land produziert, wo es liegt, wieviel Einwohner es hat, was für eine Sprache es spricht – dies und noch zehn solcher Angaben sind die allerprimitivsten Voraussetzungen zum Verständnis. Aber wenn einer schon nicht reisen kann, dann soll man ihm nicht nur das erzählen. Dann muß es noch etwas geben, das diese Nachrichten verbindet – und das ist die Schilderung des fremden Alltags. Die allein tuts auch nicht, das muß noch einmal betont werden, und mit der idyllischen Lyrik hat die Sache gewiß nicht ihr Bewenden. Aber es ist unmöglich, Land und Leute auf Grund knappen Tatsachenmaterials allein zu verstehen. Wir maßen uns das aber häufig genug an.

Es gibt ein Beispiel, das fast jeder Deutsche nachprüfen kann. Man kann über Hamburg viele Daten geben, Fakten, Tatsachen, Zahlen und Nachrichten. Man wird der Stadt nicht näherkommen. Wenn man aber einige gute hamburger Romane kennt und wirklich gute, ernste oder witzige Schilderungen über die Stadt und ihre gesellschaftliche Struktur gelesen hat, Bilder von Arbeitern nachts auf der Reeperbahn und den etwas förmlichen Senatoren abends auf dem Diner – dann kommt man der Sache schon näher. Das beste ist und bleibt natürlich die Reise – aber wenn sie einem verwehrt ist?

Dann soll man sich nicht nur an die Nachricht halten, sondern auch an den Schilderer.

So viel Köpfe, so viel Schilderungen. Es gibt nicht alle Tage einen

René Schickele, einen Arthur Holitscher – ein Journalistenbuch wie das von Roda Roda *‹Ein Frühling in Amerika›* ist selten genug, denn diese Gattung Literatur ist bei uns etwas dünn geraten. Wir treibens immer entweder husch-husch oder fahren mit einem zweibändigen Lexikon durch die Welt. Und doch, wie wichtig sind solche Schilderungen! Der verstorbene Haguenin hat praktisch mehr für die Verständigung zwischen Frankreich und Deutschland getan als mancher Journalist – und was kann ein gutschreibender Reisender erst bewirken! (Die *‹Chicago News›* haben jetzt einen Mann in Berlin, Herrn Mowrer, den ich für einen solchen Mittler halte.)

Das, was nicht im Löwenkäfig vorgeht, das, was die Kinder auf der Straße singen, worüber sich die Arbeiter in den Zügen unterhalten, die Art, wie sich das fremde Volk freut und wie es weint, wie es seine Toten begräbt und wie es seine Kinder aus der Taufe hebt – das bringt uns Verständnis und Ferne näher. Sicher ist, daß die Zivilisation dieser Zeit die Völker ungeheuer angeähnelt hat, daß sie sich in manchem überhaupt kaum noch, in vielem anderen wenig unterscheiden – aber woher die tiefen Klüfte, soweit sie nicht künstlich hergestellt sind? Unterschiede sind schon da. Selbst in der gleichen Klassenhöhe gibt es noch Unterschiede im Lebensgefühl.

In Joinville – was, wenn man solche Vergleiche überhaupt machen darf, das pariser Grünau, an der Marne, ist, sitzt ein dicker Mann im Restaurant und macht sich einen Salat zurecht. Sie wissen: in Frankreich kommt die Salatschüssel auf den Tisch, und jeder manscht darin herum und bekocht sich seinen Salat mit Essig, Öl, Pfeffer, Salz und womit man sonst Lust hat. Gut. Der Dicke – offenbar ein kleiner Kaufmann, ein épicier, ein Möbelhändler – saß da im hellen Sommersonntag, neben seiner Frau, stülpte den grünen Salat auf einen Teller, fing an, die Schüssel mit einer Essenz von Gewürzen auszureiben und begann, den Salat zu mischen. Er probierte und schnipselte, er kostete und verwarf – und er war von einer so unbändigen Lebensfreude erfüllt –! «Nein», sagte er zu Muttern, «ich werde noch ein bißchen Essig dazu tun!» – Dieses Lebensgefühl, diese kleine Bürgerbehaglichkeit ist sicherlich charakteristisch. (Daraus sind keine Werturteile herzuleiten – auch wäre in diesem Fall jeder Vergleich mit Deutschland töricht.) Wenn man ein fremdes Land ein bißchen kennt, lernt man bald sehen, was typisch und was einmalig ist – unterscheidet man rasch den Salatmann und den Löwenkäfig. Und darauf kommts schließlich an.

Denn nichts ist so gefährlich und irreführend, als einzelne aus dem Zusammenhang gerissene Lebensäußerungen zu kolportieren und dann die Schlußfolgerung zu ziehen: «Da seht ihrs!» – Was in Potsdam eine Selbstverständlichkeit ist, mag in Kansas eine Ungeheuerlichkeit sein und umgekehrt. Die Berliner Weiße ist nicht transportabel, der französische Apfelwein, der cidre, wahrscheinlich auch nicht. Sie gedeihen nur in ihrer heimatlichen Luft. Und die muß man verstehen, analysieren können, sie übertragen, so gut es geht.

Das und nur das ist die Aufgabe des Mittlers. Den wir nach dieser grabendurchfurchten Zeit nötiger haben denn je.

DER GEIST VON 1914

Die Woge von Betrunkenheit, die heute vor zehn Jahren durchs Land ging, hat eine Schar Verkaterter hinterlassen, die kein andres Mittel gegen ihren Katzenjammer kennen, als sich noch einmal zu betrinken. Sie haben nichts gelernt.

Der geistige Grundgehalt, auf dem Deutschland heute noch steht, entspricht etwa dem der Gründerjahre. Seitdem ist kein geistiges Massenerlebnis über das Land hinweggegangen, denn der Krieg war keines. Er hat Körper zu Kadavern gemacht – die Geister hat er völlig unberührt gelassen. 1879 – 1914 – 1924: die Jahre unterscheiden sich nur durch ihre Terminologie. 1914 ist die logische Folge der Gründerjahre, und seitdem hat sich nichts geändert.

Als nach dem gewonnenen Kriege von 1870 die Industrialisierung Alt-Preußens einsetzte, glaubte sich der Feudalismus durch die Kaufleute bedroht. Er war aber der Stärkere, und es begab sich das eigentümliche Schauspiel, daß sich die Industrie feudalisierte. Es entstanden keine Ackerbaugenossenschaften m. b. H., sondern Kohlenbarone. Man verständigte sich sehr rasch. Bürgertum und aufstrebende, niemals ganz proletarisierte Arbeiterschaft drängten zur Expansion. Den Krieg ausdrücklich und planmäßig gewollt hat keiner – seine Möglichkeit stumm geduldet jeder. Eine ethische Gegenströmung hat nicht bestanden; die Sozialdemokraten, die das Sozialistengesetz nicht mehr erlebt hatten, waren niemals konsequente Pazifisten und viel zu treue Staatsbürger, um die Verweigerung der Wehrpflicht aus Gewissensgründen auch nur in Gedanken zu wagen. Sie nannten bürgerliche Ideologie und fehlerhafte Einzelhandlung, was ihnen in ihrer maßlosen Feigheit Magenbeschwerden verursachte. In diesem Punkt war die Nation einig – brillant erzogen, gedrillt und geschliffen schlidderte sie in den Krieg.

Ein Deutscher, der vor dem Kriege in Frankreich ansässig war und im August 1914 die Grenze überquerte, hat mir geschildert, wie die Kriegsstimmung jenseits und diesseits des Rheins aussah. «Sie besinnen sich», sagte er, «auf diese merkwürdig heißen, drückend schwülen Julitage. Die Luft lastete, Staub wirbelte allerorten auf, ohne daß das erlösende Gewitter kam. Es war, als ob einer den Atem anhielte. Dann grollte es. Durch Frankreich ging ein stummer Schrei. Keiner wollte es glauben.» Die Leute hätten sich wie erstarrt angesehen, fuhr er fort – es kann ja nicht sein, es kann nicht sein, stand in den Gesichtern. Totenstill ging eine Nation ans Sterben. Dies war der Eindruck der allerersten Tage. Es ist selbstverständlich, daß, als der Apparat einsetzte, Spionenhetze, Tobsuchtsanfälle und Staatskoller genau so ausbrachen wie bei uns. Aber die Franzosen sagen das heute! Solange das Volk sprach, der kleine Mann, der einzelne, solange die große Kollektivität noch nicht richtig funktionierte – so lange sprach die Stimme der Menschlichkeit. Und dann kam der Erzähler über den Rhein. «Mir blieb der Verstand stehen. Ich glaubte, ich sei auf ein Schützenfest geraten. Glockenläuten, Girlanden, Freibier, Juhu und Hurra – ein großer Rummelplatz war meine Heimat, und von dem Krieg, in den sie da ging, hatte sie nicht die leiseste Vorstellung.» Krieg ist, wenn die andern sterben. Helden – es waren nicht einmal Helden in dem Augenblick. Es waren die armen und rohen Geneppten einer Bauernkirchweih. Und dann ging es los.

Und seit diesem Tage ist es so geblieben. Was damals gut genannt wurde, heißt heute noch gut; wer damals ein von der Entente bezahlter Verräter hieß, ist es heute noch, weil er – in keine Sprache der Welt übersetzbar – «zum Frieden gehetzt hat». Die Kohlrüben und Versailles, die Brotkarte und die Ruhr haben praktische Möglichkeiten zerstört – in den Köpfen ist es nicht lichter geworden.

Es kann ja auch nicht anders sein: denn es gibt keine fünfundzwanzigjährige Regierung, die einem Volk nicht adäquat wäre; auf so lange Zeit ist jede Regierung schließlich der wahre Ausdruck ihres Landes. Der Psychopath von Doorn war kein Tyrann. (Seine Lautheit war Schwäche – er war unsicher.) Er war durchaus ihr Kaiser, ein wahrer Volksfürst, nicht übermäßig beliebt, aber genau der Extrakt seiner herrschenden Klassen. Daß es nicht etwa die Dynastien waren, die das arme Volk bedrückten, geht aus der immer noch bestehenden kindlichen Kleinstaaterei hervor; nicht die kleinen Fürsten von Greiz-Schleiz-Reiz haben da geherrscht, sondern die lokalen Eitelkeiten. Eine Versammlung sämtlicher Ministerpräsidenten der deutschen Länder – man überlege sich einmal, was dieses Dorfschulzentum für Geld kostet, und daß ein Ort wie Hamburg wahr und wahrhaftig einen Gesandten in Berlin hat ... Ich glaube, man nennt das Stammeseigenart, ohne die man nicht regieren kann.

Es gibt keinen deutschen Staatsmann, der von der Denkart der alten Monarchie je ganz abgerückt wäre. Es gibt kaum einen deutschen Hochschullehrer von Format, der seinen Schülern jemals zu sagen gewagt hätte: Jeder Krieg ist ein Verbrechen, dieser war ein doppeltes – am Land und am Geist. Es gibt keinen deutschen Kirchenmann, der seine Mithilfe an diesem Morden versagt hätte. Und es gibt außer Leonhard Nelson keinen deutschen Philosophen, der die geistigen Grundlagen, grade das, was seit 1870 fast unbestritten gepredigt wird, mit den Mitteln des Geistes angegriffen hätte. Sie bejahen es fast alle.

Die Arbeiterschaft hatte ihren Marx. Oder vielmehr: sie hatte Leute angestellt, die ihn gelesen haben mußten. Im übrigen paukte sie ihre Lohnkämpfe aus. Das bis zur Erschlaffung wiederholte Geplapper von der Präponderanz der Wirtschaft ließ vergessen, daß die Dinge auf der Welt eben nicht allein vom Ökonomischen ausgehen; und so wichtig und nötig es auch ist, den faulen Sprüchen einer Kaste, die nur verdienen will, immer wieder entgegenzuhalten, daß Lebensgefühl und Lebensbild sich zum allergrößten Teil nach dem Lebensstandard richten, so kümmerten sich doch die neuern Sozialisten einen Schmarrn um den kleinen Rest, um die winzige, so oft den Ausschlag gebende Summe von Imponderabilien. Manche hatten eine Seele, alle hatten ein Mitgliedsbuch, und Charakter hatte am 4. August 1914 keiner.

Viel wichtiger war das Bürgertum. Hier ist die Sterilität der letzten fünfzig Jahre ganz augenscheinlich. In dem, was praktisch geschieht, ist alles gleich geblieben – nur die wirtschaftlichen Formen haben sich verändert. Ich sehe ab von den Gedankenspielen der Pseudophilosophen, Schriftsteller, Lyriker und der andern Clowns, die man sich zum Zeitvertreib für den Nachtisch hielt. Da war alles möglich: von der Abschaffung des lieben Gottes bis – sogar – zur Steuerreform. Aber im grellen Licht des Zehnstundentages sah das anders aus – mit dem wirklichen Leben hatten diese Kunststücke gar nichts zu tun. Versuchte einmal ein Schwärmer, über die weiße Schnur ins Reale zu schlagen, dann sperrte man ihn ein. Darin bestand eine schöne Einhelligkeit.

Im Krieg kroch mancherlei ans Licht. Es gab brave Liberale, die so etwas wie eine, entschuldigen Sie, Opposition machten, sehr leise, sehr taktvoll, sehr abstrakt. Es gab Ängstliche und Leute, die nicht sterben wollten, es gab alles Mögliche. Es gab auch Pazifisten. Und es gab auch die einzige Rosa Luxemburg.

Nach dem Waffenstillstand, den die Mittelparteien in ihrer unendlichen Torheit selber unterzeichneten – drüben Foch, bei uns Erzberger –, kam die grauenhafte Angst um das Portemonnaie. Und da war alles aus.

Die gradezu kindische Furcht vor einem Bolschewismus, der in Deutschland niemals von Dauer gewesen wäre, ja, der bei uns gar keine geistige Vorbereitung hatte, also in einem zivilisatorisch so vorgebildeten Lande gar nicht Platz greifen konnte – diese Angst war zuletzt der tiefste Ausdruck von der Unwandelbarkeit der alten Gesinnung. Es war der alte Geist von 1914. Und der hatte seine festen Grundsätze, die 1875 gegolten hatten, die im Kriege galten, und die heute noch genau so gelten. Diese Grundsätze sind unter andern:

Man braucht nichts zu sein – man muß etwas werden. Der Vorgesetzte hat immer recht. Wenn du Geld verdienst, such dir gleichzeitig eine Philosophie dazu, die dir ‹recht› gibt. Du brauchst dir nie vorzustellen, wie dem andern zu Mute ist; tu so, als ob du allein auf der Welt wärest. Es ist alles nicht so schlimm. Herrschaft verleiht Rechte, nicht Pflichten.

Man kann diesen Katechismus beliebig erweitern; es war der grauenhafte Typus des ‹Untertans›, dieses sadistisch-masochistischen Kommis im Stahlhelm, ein trauriges Produkt der letzten Zivilisationsjahre, versehen mit einem ganzen Vokabularium mittelalterlicher Begriffe. Karl Kraus ist wohl der erste gewesen, der auf diesen kompakten Widersinn aufmerksam gemacht hat: «Seitdem man dem Kaufmann eine Hellebarde in die Hand gedrückt hat, wissen wir endlich, wie ein Held aussieht.» Die Lieferanten machten Geschäfte; für die Poesie waren Wagner und Wilhelm der Zweite da.

An diesem Geist hat sich nichts geändert.

Der Ausflug ins Romantisch-Völkische scheint beendet; jeder Tag, der verstreicht, tut den Leuten Abbruch, weil ja nichts geschieht, und weil das tödliche Netz der Börsen den Zauberwald grau umspinnt. Was nun heraufkommt, ist viel gefährlicher. Es ist die gänzlich unromantische Form des kaufmännischen Deutschen.

Der Raffke-Typus ist dahin. Es hat ihn so nie gegeben: die harmlose Bilderbuchfigur, die den Zorn der Straße auf etwas ablenkte, was nicht existiert hat, ist eine ausgezeichnete Erfindung. Der wirkliche sah ganz anders aus. Das war ein Kerl aus Fleisch und Blut: stramm, schwer, nicht einmal ganz unelegant in seiner Art, morgens mit der Frisierhaube auf dem Kopf; einer guten Autofahrt, einem guten Tropfen und – in den ersten Anfängen schon – einem unterhaltsamen Buch gar nicht einmal abgeneigt. Fremdwörter verwechseln –? Die Begriffe saßen fest, und das genügte. Sie hießen: Ja sagen, Erfolg haben, skrupelloser, brutaler, fixer und gewitzter sein als der andre – und möglichst all das auf dessen Kosten. Er machte sich.

Diese Burschen sind sämtlich gut national. Bis tief hinein in die jüdischen Kreise (von denen ein Teil heute noch deutschnational wählte, wäre diese Partei nicht so dumm, in Antisemitismus zu machen) – bis tief hinein in die Kaufmannskreise herrscht diese Gesinnung vor. Geschäfte machen, ein bißchen Steuern zahlen; den Staat pro forma anerkennen, man kann ihn brauchen. Im übrigen heißt national eine Gruppenroheit, die alles Dagewesene übertrifft. Erzberger ermordet hätten nicht viele: die Mörder verborgen jeder. Daß diese Mörder nicht vor ein deutsches Gericht gekommen sind, ist gut: so ist uns eine neue Schändung des Namens Fechenbach erspart geblieben.

Und so sieht also dieses Deutschland aus seinen kurzsichtigen Augen durch Brillengläser in die Welt:

«Wir haben den Krieg nicht verloren – ihr habt ihn bloß gewonnen. Besiegt ist niemand, am allerwenigsten wir. Wir haben die Gnade, mit euch wieder Geschäfte machen zu wollen – wenns sein muß, kriechen wir euch auch ein bißchen nach, aber nicht sehr. Ihr müßt natürlich verstehen, daß es aus ‹taktischen Erwägungen› nötig und nützlich ist, daß wir bei jeder Denkmalseinweihung das gesamte Ausland maßlos beschimpfen – zum Teil glauben wir auch selbst daran. Auf den Konten sind wir international. Unsre Worte nach innen sind wahr und unwahr, ganz, wie wir das gebrauchen können. Wir sind übrigens der Mittelpunkt der Erde!»

Und dann wundern sie sich, wenn drüben reagiert wird. Was auch in Frankreich geschieht – es ist vor allem aus dem einen Motiv zu erklären: Frankreich hat Angst. Und diese Angst ist berechtigt.

Draußen geht die Welt weiter. Sie ist bei Gott nicht so sehr viel besser, aber anders als das da. Auch hier läuft die Zeit: auch hier ist das wirtschaftliche Tun des Einzelnen weltenweit von seinem Wirken entfernt. (Das scheint mir der hervorstechendste Zug dieser Zeit zu sein, daß keiner mehr, wie der Weber der alten Zeit, sieht, was er eigentlich bewirkt. Spengler gibt als wichtigstes Kriterium die Abstraktion des Besitzers durch die Wertpapiere an – aber jenes Moment dünkt mich noch schlimmer und schwerer.) Auch draußen versteckt sich die Industrie hinter den Vater Staat, wenn sie was will, und entfaltet Fahnen, wo Petroleum gemeint ist. Aber alle kommen ohne den Störenfried Deutschland aus.

Der macht inzwischen auf seine Weise Politik. Man muß nur einmal – nur ein Mal! – die deutsche Presse durchblättern, um zu sehen, wer überhaupt gehört wird, wer sprechen darf. Propheten, deren Bart ganz abgeschworen ist von lauter Fehlschlägen in der Kunst der Weissagung; die ältesten Trümmer des seligen Liberalismus; vorsichtige Taktiker, die keinen Abonnenten mehr hinterm Ofen hervorlocken, aber den Inserenten nicht verletzen; Jugenderzieher, die dem jungen Menschen den grauenhaftesten Jargon von Starrheit und Abstraktion beigebracht haben – das sind die Führer einer Herde, die kaum den Kopf nach dem hinwendet, der sie führt. Es ist ja so gleichgültig ... Alle Nase lang erfinden sie irgendetwas Altes. Augenblicklich sind sie dabei, die ‹Kriegsschuldfrage› aufzurollen. Aber es hat kein Mensch gefragt, sondern alle Welt hat längst geantwortet. Sie wälzen dicke Weißbücher, es gibt wohl sogar eine Zeitschrift zu diesem Behuf. Heute, nach zehn Jahren, nachdem so viele Akten verschwunden, gestohlen, beiseitegeschafft sind – heute kommen sie mit diesem Schachzug, der ihnen ungeheuer diplomatisch erscheint. Und niemand hört zu außer den Lesern der *‹Süddeutschen Monatshefte›*, und denen ist es ganz recht.

Am 3. August hat in Berlin einer jener kitschigen ‹Erinnerungs-Opfertage›, oder wie das in dem amtlichen Rotwelsch heißt, stattgefunden. Herr Jarres, der deutsche Innenminister, hat ihn arrangiert, und so wird er ja denn auch gewesen sein. Die Reichswehr wird aufmarschiert sein, die Verbände, die Beamten, unter ihnen – leider nicht im Talar – das, was sich hierzulande Richter nennt ... Und alle haben einen Geist, einen echt vaterländischen Geist.

Aber daß heute, nach diesen zehn Jahren, erwachsene deutsche Menschen zusammentreten und von den armen, nutzlos getöteten Opfern der Schlächterei anders sprechen als mit dem heißen Wunsch: «Wie kommen wir um das nächste Mal herum? Wie? Wie?»; daß keiner, ausnahmslos keiner der deutschen maßgebenden Männer den moralischen Mut aufbringt, von dieser Kriegsreklame abzurücken; daß nicht ein einziger anders über den Krieg reden kann, als mehr oder weniger geschickt verhüllt seinen Racheschrei für ein neues Gemetzel kundzutun – daß das möglich ist, das darf mir doch wohl unverwehrt sein eine Schande zu nennen.

Nicht der Schimmer eines Verständnisses für das, was vorgegangen ist; kein Pulsschlag im Rhythmus dieser Zeit; Anachronismen im Zylinder oder in einer nicht mehr existierenden Uniform; ein faules und flaues Bürgertum, das ‹Verdienst› nur in einer Bedeutung versteht und nicht in zwei; eine niedergekämpfte, ohne ihre Schuld niedergeknüppelte Arbeiterschaft; die Kegelklubvorsitzenden der Parteien und – nicht zu vergessen! – die deutsche Frau, der das bunte Tuch so wohlig in die Augen und nicht nur in die Augen stach: das bist du, Deutschland – ?

Fluch dir. Und Segen auf dich, daß du dich wandelst.

VOR VERDUN

Längs der Bahn tauchen die ersten Haustrümmer auf – ungefähr bei Vitry fängt das an. Ruinen, dachlose Gebäude, herunterhängender Mörtel, Balken, die in die Luft ragen. Nur eine kleine Partie – dann präsentiert sich die Gegend wieder ordentlich und honett, sauber und schön aufgebaut. Viele Häuser scheinen neu. Der Zug hält. Auf dem Nebengleis steht ein Waggon. ‹FUMEURS› steht an einer Tür. Ein Pfosten verdeckt die ersten beiden Buchstaben, man kann nur den Rest des Wortes lesen.

Verdun, eine kleine Stadt der Provinz. Hat in der neuen Zeit schon einmal daran glauben müssen: im Jahre 1870. Die Besatzung, die damals mit allen militärischen Ehren kapitulierte, zog ab, und die Stadt kam unter deutsche Verwaltung. Der deutsche Beamte, der ihr und dem Departement der Meuse vorgesetzt war, trug den Namen: von Bethmann Hollweg.

Man kann ein kleines Heft kaufen: *‹Verdun vorher und nachher›*.

Es muß eine hübsche, nette und freundliche Stadt gewesen sein, mit kleinen Häuserchen am Fluß, einer Kathedrale, dem Auf und Ab der Wege auf dem welligen Terrain. Und nach jedem Bild von damals ist ein andres eingefügt. So schlimm sieht es jetzt nicht mehr aus: vieles ist aufgebaut, manche Teile haben gar nicht gelitten, das Rathaus ist fast unversehrt geblieben. Aber es handelt sich ja nicht um Verdun, nicht um die kleine Stadt. Um Verdun herum lagen vierunddreißig Forts.

Gleich am Ausgang der Stadt die Zitadelle. Sie ist in den Fels gehauen, eine riesige Anlage mit Gängen, die in ihrer Gesamtlänge sechzehn Kilometer ausmachen. Dies und jenes darf man sich ansehen. Schlafräume der Soldaten und Offiziere, heizbar und mit elektrischem Licht. Hier, in diesem Verschlag, hat der General Pétain geschlafen. Ein kleiner Raum, mit Holzwänden, oben offen — Waschgeschirr, Eimer und das Bett stehen noch da. Daneben lagen in kleinen Kabinen zu vieren die Offiziere. In einem Saal steht ein langer Tisch. Auf dem standen in Särgen die Überreste von acht unbekannten Kadavern, und ein Militär legte einen Blumenstrauß auf den einen: das wurde der soldat inconnu, der heute unter dem Arc de Triomphe zu Paris begraben liegt. Die sieben andern ruhen in einem gemeinschaftlichen Grab auf dem Kirchhof Faubourg Pavé bei Verdun. Das Bombardement hat der Felszitadelle nichts anhaben können — außen haben sich wohl Mauersteine gelockert, innen ist alles intakt geblieben. Und dann fahren wir hinaus, ins Freie.

Es ist eine weite, hügelige Gegend, mit viel Buschwerk und gar keinem Wald. Immer, wenn man auf eine Anhöhe kommt, kann man weit ins Land hineinsehen. Hier ist eine Million Menschen gestorben.

Hier haben sie sich bewiesen, wer recht hat in einem Streit, dessen Ziel und Zweck schon nach Monaten keiner mehr erkannte. Hier haben die Konsumenten von Krupp und Schneider-Creusot die heimischen Industrien gehoben. (Und wer wen dabei beliefert hatte, ist noch gar nicht einmal sicher.)

Auf französischer Seite sind vierhunderttausend Menschen gefallen; davon sind annähernd dreihunderttausend nicht mehr auffindbar, vermißt, verschüttet, verschwunden ... Die Gegend sieht aus wie eine mit Gras bewachsene Mondlandschaft, die Felder sind fast gar nicht bebaut, überall liegen Gruben und Vertiefungen, das sind die Einschläge. An den Wegen verbogene Eisenteile, zertrümmerte Unterstände, Löcher, in denen einst Menschen gehaust haben. Menschen? Es waren kaum noch welche.

Da drüben, bei Fleury, ist ein Friedhof, in Wahrheit ein Massengrab. Zehntausend sind dort untergebracht worden — zehntausendmal ein Lebensglück zerstört, eine Hoffnung vernichtet, eine kleine Gruppe Menschen unglücklich gemacht. Hier war das Niemandsland:

drüben auf der Höhe lagen die Deutschen, hüben die Franzosen – dies war unbesetzt. Lerchen haben sich in die Luft hinaufgeschraubt und singen einen unendlichen Tonwirbel. Ein dünner Fadenregen fällt.

Der Wagen hält. Diese kleine Hügelgruppe: das ist das Fort Vaux. Ein französischer Soldat führt, er hat eine Karbidlampe in der Hand. Einer raucht einen beißenden Tabak, und man wittert die Soldatenatmosphäre, die überall gleich ist auf der ganzen Welt: den Brodem von Leder, Schweiß und Heu, Essensgeruch, Tabak und Menschenausdünstung. Es geht ein paar Stufen hinunter.

Hier. Um diesen Kohlenkeller haben sich zwei Nationen vier Jahre lang geschlagen. Da war der tote Punkt, wo es nicht weiter ging, auf der einen Seite nicht und auf der andern auch nicht. Hier hat es haltgemacht. Ausgemauerte Galerien, mit Beton ausgelegt, die Wände sind feucht und nässen. In diesem Holzgang lagen einst die Deutschen; gegenüber, einen Meter von ihnen, die Franzosen. Hier mordeten sie, Mann gegen Mann, Handgranate gegen Handgranate. Im Dunkeln, bei Tag und bei Nacht. Da ist die Telefonkabine. Da ist ein kleiner Raum, in dem wurde wegen der Übergabe parlamentiert. Am 8. Juni 1916 fiel das Fort. Fiel? Die Leute mußten truppweise herausgehackt werden, mit den Bajonetten, mit Flammenwerfern, mit Handgranaten und mit Gas. Sie waren die letzten zwei Tage ohne Wasser. An einer Mauer ist noch eine deutsche Inschrift, mit schwarzer Farbe aufgemalt, schwach zu entziffern. Und dann gehen wir ins Verbandszimmer.

Es ist ein enges Loch, drei Tische mögen darin Platz gehabt haben. Einer steht noch. An den Wänden hängen kleine Schränke. Oben ist, durch eine Treppe erreichbar, der Alkoven des Arztes. Ich habe einmal die alte Synagoge in Prag besucht, halb unter der Erde, wohin sich die Juden verkrochen, wenn draußen die Steine hagelten. Die Wände haben die Gebete eingesogen, der Raum ist voll Herzensnot. Dieses hier ist viel furchtbarer. An den Wänden kleben die Schreie – hier wurde zusammengeflickt und umwickelt, hier verröchelte, erstickte, verbrüllte und krepierte, was oben zugrunde gerichtet war. Und die Helfer? Welcher doppelte Todesmut, in dieser Hölle zu arbeiten! Was konnten sie tun? Aus blutdurchnäßten Lumpen auswickeln, was noch an Leben in ihnen stak, das verbrannte und zerstampfte Fleisch der Kameraden mit irgendwelchen Salben und Tinkturen bepinseln und schneiden und trennen, losmeißeln und amputieren . . .

Linderung? Sie wußten ja nicht einmal, ob sie diese Stümpfe noch lebendig herausbekämen! Manchmal war alles abgeschnitten. Die Wasserholer, die Meldegänger – wohl eine der entsetzlichsten Aufgaben des Krieges, hier waren die wahren Helden, nicht im Stabsquartier! –, die Wasserholer, die sich, mit einem Blechnapf in der Hand, aufopferten, kamen in den seltensten Fällen zurück. Und der nächste trat an . . . Wir sehen uns in dem leeren, blankgescheuerten Raum um. Niemand spricht ein Wort. Oben an dem Blechschirm der elektrischen Lampe sind ein paar braunrote Flecke. Wahrscheinlich Rost . . .

Vor dem Tor hat man für einige der Gefallenen Gräber errichtet, das sind seltene Ausnahmen, sie liegen allein, und man weiß, wer sie sind. An einem hängt ein kleiner Blechkranz mit silbernen Buchstaben: Mon mari.

Und an einem Abhang stehen alte Knarren, die flachen, schiefgeschnittenen Feldflaschen der Franzosen, verrostet, zerbeult, löcherig. Das wurde einmal an die durstigen Lippen gehalten. Wasser floß in einen Organismus, damit er weitermorden konnte. Weiter, weiter —!

Drüben liegt das Fort Douaumont, das überraschend fiel; da die Höhe 304; da das Fort de Tavannes. Teure Namen, wie? Einem alten Soldaten, der hier gestanden hat und lebendig herausgekommen ist, muß merkwürdig zumute sein, wenn er jetzt diese Gegend wiedersieht, still, stumpf, kein Schuß. Weit da hinten am Horizont raucht das, was dem deutschen Idealismus 1914 so sehr gefehlt hat: das Erzlager von Briey. Und wir fahren weiter.

Die Sturmreihen sind in die Erde versunken, die armen Jungen, die man hier vorgetrieben hat, wenn sie hinten als Munitionsdreher ausgedient hatten. Hier vorn arbeiteten sie für die Fabrikherren viel besser und wirkungsvoller. Die Rüstungsindustrie war ihnen Vater und Mutter gewesen; Schule, Bücher, die Zeitung, die dreimal verfluchte Zeitung, die Kirche mit dem in den Landesfarben angestrichenen Herrgott — alles das war im Besitz der Industriekapitäne, verteilt und kontrolliert wie die Aktienpakete. Der Staat, das arme Luder, durfte die Nationalhymne singen und Krieg erklären. Gemacht, vorbereitet, geführt und beendet wurde er anderswo.

Und die Eltern? Dafür Söhne aufgezogen, Bettchen gedeckt, den Zeigefinger zum Lesen geführt, Erben eingesetzt? Man müßte glauben, sie sprächen: Weil ihr uns das einzige genommen habt, was wir hatten, den Sohn — dafür Vergeltung! Den Sohn, die Söhne haben sie ziemlich leicht hergegeben. Steuern zahlen sie weniger gern. Denn das Entartetste auf der Welt ist eine Mutter, die darauf noch stolz ist, das, was ihr Schoß einmal geboren, im Schlamm und Kot umsinken zu sehen. Bild und Orden unter Glas und Rahmen — «mein Arthur!» Und wenns morgen wieder angeht —?

Der Führer nennt Namen und Zahlen. Er zeigt weit über das Land: da hinten, da ganz hinten lag das Quartier des Kronprinzen. Ein bißchen fern vom Schuß — aber ich weiß: das bringt das Geschäft so mit sich. Und das war früher auch so: die Söhne hatten schon damals die Zentrale für Heimatdienst. Bäume stecken ihre hölzernen Stümpfe in die Luft, die Verse von Karl Kraus klingen auf: «Ich war ein Wald. Ich war ein Wald.» Das Buschwerk sprießt, überall zieht sich Stacheldraht zwischendurch. An einer Stelle steht ein Denkmal, ein verendeter Löwe. Das war der Punkt, bis zu dem die Deutschen vorgedrungen sind. (Übrigens findet sich nirgends auch nur die leiseste Beschimpfung des Gegners – immer und überall, in den Schilderungen, den Beschreibungen, den Aufschriften wird der Feind als ein kämpfender Soldat geachtet und niemals anders bezeichnet.) Bis hierher ging es also. Das Reich erstreckte sich damals von Berlin bis zu dieser Stelle. Abschiedsküsse auf dem Bahnhof, die Fahrt – 8 Pferde oder 40 Mann – und dann der Tod in diesen Feldern. Dies war der letzte Zipfel.

Und dahinter das Land. Da lag dieses ungeheure Heerlager, dieser Jahrmarkt der Eitelkeiten, diese Konzentration von Roheit, Stumpfsinn, Amtsverbrechen, falsch verstandener Heldenhaftigkeit; da fuhren, marschierten, rollten, telefonierten, schufteten und schossen die als Soldaten verkleideten Uhrmacher, Telegrafensekretäre, Gewerkschaftler, Oberlehrer, Bankbeamten, geführt und führend, betrügend und betrogen, mordend, ohne den Feind zu sehen, in der Kollektivität tötend, die Verantwortung immer auf den nächsten abschiebend. Es war eine Fabrik der Schlacht, eine Mechanisierung der Schlacht, überpersönlich, unpersönlich. ‹Die Division› wurde eingesetzt, hineingeworfen – die Werfer blieben draußen –, sie wurde wieder herausgezogen. Achilles und Hektor kämpften noch miteinander; dieser Krieg wurde von der Stange gekauft. Und archaistisch war nur noch die Terminologie, mit der man ihn umlog: das blitzende Schwert, die flatternden Fahnen, die gekreuzten Klingen. Landsknechte? Fabrikarbeiter des Todes.

Der Horizont ist grau, es ist, als sei kein Leben mehr in diesem Landstrich.

Da kämpften sie, Brust an Brust: Proletarier gegen Proletarier, Klassengenossen gegen Klassengenossen, Handwerker gegen Handwerker. Da zerfleischten sich einheitlich aufgebaute ökonomische Schichten, da wütete das Volk gegen sich selbst, ein Volk, ein einziges: das der Arbeit. Hinten rieben sich welche voller Angst die Hände.

Ein Mauerwerk taucht auf, das ist das Denkmal über der Tranchée des Baïonettes. Am 11. Juni 1916 wurde hier die Besatzung dieses Grabens – es war die zweite Linie – verschüttet. Keiner entrann. Man fand sie so, unter der Erde, nur die Bajonette ragten aus der Erde. Der Graben ist seit diesem Tag so erhalten; ein Amerikaner, Herr Georges F. Rand, hat einen großen grauen Steinbau darüber errichten lassen. Unten, auf dem zugeschütteten Graben, stehen ein paar Kreuze, liegen Kränze und ragen die Bajonette. Drei Mann müssen außerhalb des Grabens postiert gewesen sein; die Läufe ihrer Gewehre ragen ein paar Zentimeter hoch aus dem Boden, man stolpert über sie. Eine

Mutter kann ihr Kind hierherführen und sagen: «Siehst du? Da unten steht Papa.»

In der Nähe ist ein ossuaire, eine kleine Holzhalle, wo man die Gebeine der Soldaten, die nicht mehr zu identifizieren waren, gesammelt hat. Sie ruhen da, bis eine große Grabkapelle für sie fertiggestellt ist. Die Überbleibsel sind nach Sektoren geordnet. (Was die Offiziere aller Länder anbetrifft, so scheinen sie sämtlich an ansteckenden Krankheiten zugrunde gegangen zu sein — denn warum hat man sie so oft von den Mannschaften abgesondert?) Stereoskope sind aufgestellt mit Bildern aus den Mordtagen. Auf einem ist unter Steintrümmern ein Bein zu sehen. Ein abgerissenes Bein, der Benagelung nach ein deutsches.

Auf einem andern Bild sieht man einen deutschen Gefangenen, einen bärtigen, schlecht genährt aussehenden Mann. Er steht bis zu den Hüften im Graben, er hat kein Koppel mehr, er wartet, was nun noch mit ihm geschehen kann. Im Vordergrund ragen ein Paar Stiefel aus dem Schlamm und ein halber Körper. Den kann man nicht mehr gefangennehmen. Die Franzosen und der Deutsche stehen da zusammen, der Betrachter muß glauben, einen Haufen Wahnsinniger vor sich zu haben. Und das waren sie ja wohl auch.

Jetzt regnet es in dichten Strömen. Der Wagen rollt. Der Schlamm spritzt. Und immer wieder Stacheldraht, Steinbrocken, verrostetes Eisen, Wellblech.

Ist es vorbei —?

Sühne, Buße, Absolution? Gibt es eine Zeitung, die heute noch, immer wieder, ausruft: «Wir haben geirrt! Wir haben uns belügen lassen!»? Das wäre noch der mildeste Fall. Gibt es auch nur eine, die nun den Lesern jahrelang das wahre Gesicht des Krieges eingetrommelt hätte, so, wie sie ihnen jahrelang diese widerwärtige Mordbegeisterung eingebleut hat? «Wir konnten uns doch nicht beschlagnahmen lassen!» Und nachher? Als es keinen Zensor mehr gab? Was konntet ihr da nicht? Habt ihr einmal, ein einziges Mal nur, wenigstens nachher die volle, nackte, verlaust-blutige Wahrheit gezeigt? Nachrichten wollen die Zeitungen, Nachrichten wollen sie alle. Die Wahrheit will keine.

Und aus dem Grau des Himmels taucht mir eine riesige Gestalt auf, ein schlanker und ranker Offizier, mit ungeheuer langen Beinen, Wickelgamaschen, einer schnittigen Figur, den Scherben im Auge. Er feixt. Und kräht mit einer Stimme, die leicht überschnappt, mit einer Stimme, die auf den Kasernenhöfen halb Deutschland angepfiffen hat, und vor der sich eine Welt schüttelt in Entsetzen:

«Nochmal! Nochmal! Nochmal —!»

GEBET NACH DEM SCHLACHTEN

Kopf ab zum Gebet!

Herrgott! Wir alten vermoderten Knochen
sind aus den Kalkgräbern noch einmal hervorgekrochen.
Wir treten zum Beten vor dich und bleiben nicht stumm.
Und fragen dich, Gott:
Warum –?

Warum haben wir unser rotes Herzblut dahingegeben?
Bei unserm Kaiser blieben alle sechs am Leben.
Wir haben einmal geglaubt ... Wir waren schön dumm ... !
Uns haben sie besoffen gemacht ...
Warum –?

Einer hat noch sechs Monate im Lazarett geschrien.
Erst das Dörrgemüse und zwei Stabsärzte erledigten ihn.
Einer wurde blind und nahm heimlich Opium.
Drei von uns haben zusammen nur einen Arm ...
Warum –?

Wir haben Glauben, Krieg, Leben und alles verloren.
Uns trieben sie hinein wie im Kino die Gladiatoren.
Wir hatten das allerbeste Publikum.
Das starb aber nicht mit ...
Warum –? Warum –?

Herrgott!
Wenn du wirklich der bist, als den wir dich lernten:
Steig herunter von deinem Himmel, dem besternten!
Fahr hernieder oder schick deinen Sohn!
Reiß ab die Fahnen, die Helme, die Ordensdekoration!
Verkünde den Staaten der Erde, wie wir gelitten,
wie uns Hunger, Läuse, Schrapnells und Lügen den Leib zerschnitten!
Feldprediger haben uns in deinem Namen zu Grabe getragen.
Erkläre, daß sie gelogen haben! Läßt du dir das sagen?
Jag uns zurück in unsre Gräber, aber antworte zuvor!
Soweit wir das noch können, knien wir vor dir – aber leih uns dein Ohr!
Wenn unser Sterben nicht völlig sinnlos war,
verhüte wie 1914 ein Jahr!
Sag es den Menschen! Treib sie zur Desertion!

Wir stehen vor dir: ein Totenbataillon.
Dies blieb uns: zu dir kommen und beten!
Weggetreten!

VISION

Heute haben wir den 28. Juli, der pariser Autobusführer sitzt vorn am Steuerrad und wendet den schweren, langen Wagen, als ob es ein kleiner Zweisitzer wäre. ‹AX› steht vorn dran. Ich weiß doch nicht genau ... und frage den Schaffner. Der Schaffner sagt nett und höflich Bescheid: Nein, nach der rue de Grenelle muß ich mit dem andern Wagen abfahren. Danke.

Das wäre also heute. Und was hätte der Omnibusschaffner, auf diesem pariser Omnibus, mit mir gemacht, wenn wir uns in jenen Jahren begegnet wären?

Der Omnibusschaffner hätte, vor Angst, aus Pflichtbewußtsein, nach Kommando, auf mich geschossen. Sein Fahrer wäre, um mich zu fangen, vorsichtig den Graben entlanggekrochen, wäre alle paar Minuten regungslos auf dem Bauch liegengeblieben, hätte gewartet – und dann, an der nächsten Biegung, wäre er vorgesprungen und hätte mir sein Bajonett in den Magen gestoßen, da, wo ich jetzt meinen Spiegel trage. Der Mann auf der Métro, der mir vorhin das Billett geknipst hat, hätte befriedigt das Gewehr abgesetzt, wenn ich drüben die Arme hochgeworfen hätte und hinter dem deutschen Graben verschwunden wäre ... In jenen Jahren.

Und ich: ich war verpflichtet, meinem Milchhändler, der mir morgens immer so nett auseinandersetzt, was es Neues gibt, den Kolben auf den Kopf zu schlagen, wenn ich ihn erwischt hätte; ich mußte meinem Kollegen vom *‹Oeuvre›* das Seitengewehr durchs Gesicht ziehen, und ich hatte dafür zu sorgen, daß die schöne Frau Landrieu ihren Mann nicht mehr zu sehen bekam. In jenen Jahren.

Das war meine Pflicht, das war ihre Pflicht.

Aber jetzt sind wir alle wieder friedlich, sagen uns freundlich guten Tag, unsere Minister besuchen sich; sie zeigen mir den Weg, ich drücke ihnen die Hand, grüße und unterhalte mich, werde ins Theater begleitet und führe nette Unterhaltungen über alles mögliche. Nur über diese eine Sache nicht. Nur über diese eine einzige Lebensfrage sprechen die Menschen fast gar nicht, ungern, zögernd:

Ob sie sich morgen wieder Messer in die Köpfe jagen, morgen wieder Granaten (mit Aufschlagzünder) in die Wohnstuben schießen, Herrn Haber konsultieren, damit er ein neues Gas erfinde, eines, das die Leute, wenn irgend möglich, Professor, total erblinden läßt ... Und darüber, daß sich morgen alle: Omnibusschaffner, Métrokontrolleur, Universitätslehrer und Milchhändler, in eine tobende, heulende Masse verwandeln, die nur den einen Wunsch hat, aus den Berufsgenossen der andern Seite einen stinkenden Brei zu machen, der in den Sandtrichtern verfault ...

Morgen wieder? Morgen wieder – ?

DEUTSCHE IN PARIS

> «Was ist da? Was ist das da?» fragte er den Postknecht. «Na, die Berge», antwortete der Nogaier gleichgültig. «Ich besehe sie mir auch schon lange», sagte Wanjuscha. «Das ist mal schön! Zu Hause werden sie es uns gar nicht glauben.» Tolstoi: ‹*Die Kosaken*›

Deutsche in Paris ... das ist so ein Kapitel. Ich will nur über zwei Sorten sprechen: über die Politiker und über die Literaten.

Die Politiker, die in der letzten Zeit hierhergekommen sind, gehören meistens unsrer Linken an. Alle mir bekannten Leute dieser Art erfüllen ihre Aufgabe ehrlich und mit der denkbar größten Sauberkeit. Es liegt mir fern, ihnen ihre außerordentlich schwere und undankbare Aufgabe durch Ironisierung noch schwerer zu machen.

Dem Geschrei der nationalen Presse gegenüber muß gesagt werden, daß in keinem einzigen Fall hier so etwas wie ‹Landesverrat› herausgekommen ist – mir persönlich schien sogar der Takt und die Zurückhaltung der Männer zu weit zu gehen, und es ist mir ein Fall bekannt, wo einer der am meisten Angefeindeten in einer öffentlichen Vereinigung die Antwort auf bestimmte Fragen mit dem Hinweis verweigert hat, daß er darüber gern in seinem Lande, aber nicht im Ausland sprechen wolle. Das war recht gehandelt – aber ich glaube doch, daß die Taktik der letzten Monate, die Franzosen immer nur zu beruhigen, auf die Dauer nicht haltbar ist. Man soll die Wahrheit sagen. Es ist nicht nur ethisch richtig, die Wahrheit zu sagen – sondern es ist in den allermeisten Fällen auch praktischer, besonders in der Politik, wo die großen Erfolge immer nur bei der Wahrheit sind, nicht bei dem kindisch überalterten Spiel der Ränke, Schliche und pfiffig-schlauen Drehungen, in denen bei uns die meisten Politiker – besonders die ältern Führer der Sozialdemokratie – die Hauptkünste ihres Metiers sehen. Man erwirbt sich mit diesen Dingen kein Vertrauen, es zeigt sich ja doch immer, daß der Berichterstatter gefärbt hat, und nur der reelle Kaufmann hat Dauerkundschaft.

Tatsächlich sind die Dinge hier seit zwei Jahren nicht vom Fleck gekommen. Wenn wir – was zu erwarten steht – zu einer vernünftigen Einigung mit den Franzosen kommen, so ist das keinesfalls auf die Bemühungen der deutschen Linken zurückzuführen, die erst in der allerletzten Zeit aus ihrer Politik der Ohnmacht, der Charakterlosigkeit und der Schwäche aufgewacht ist, sondern es wäre dies die Folge einer Weltkonstellation, auf die jene reisenden Politiker auch nicht den leisesten Einfluß gehabt haben. Ihre Informationen waren in den meisten Fällen unzureichend, ihr politischer Wille haltlos, ihre wahrhaft internationale Gesinnung kaum vorhanden. Theoretisch wohl – aber im konkreten Fall fielen sie fast alle um. Jedenfalls bis vor kurzem.

Nun ist nicht jeder, der zu Hause keinen Erfolg hat, deshalb schon in Frankreich ein großer Politiker – und ich glaube immer, daß, mit ganz geringen Ausnahmen, diese Sendlinge einen großen Fehler machen: sie überschätzen die Bedeutung ihrer Reisen auf das erheblichste. Paris nimmt ihre Berichte gern entgegen – aber man darf französische Liebenswürdigkeit (die keinesfalls ‹falsch› ist) nicht mit tieferer Beachtung der Persönlichkeit verwechseln. Dazu kommt, daß die meisten der Herren in dem engen Kreis der Politiker bleiben – und auch da wieder nur in einem bestimmten Teil –, und daß sie dann nach Hause fahren, mit dem berühmten Bericht: «Man glaubt in Frankreich . . .» Das darf man sagen, wenn man sehr lange oder mit sehr fein entwickelter Intuition Straßen, Familien, Läden, Singspielhallen und Provinzstädte vor Augen gehabt hat: der politische Salon ist nicht der Extrakt all dieser Dinge.

Daß die kleine menschliche Komik dabei nicht fehlt, ist selbstverständlich. Da gibt es welche, die haben Frankreich gepachtet – und wenn sie einem begegnen, dann sagt ihr erstauntes Gesicht: «Was machst du denn hier? Das ist mein Paris!» Da sind andre, die sind furchtbar stolz, interviewt zu werden – was in jeder großen Stadt des Auslandes gleichmäßig dem Schah von Persien, dem Schoßhund der großen Diva und dem Marathonläufer widerfährt – und es ist überhaupt amüsant, zu beobachten, wie wenige dem unbarmherzigen Licht eines fremden Landes standhalten können. Meist steht ihre menschliche Einsicht im umgekehrten Verhältnis zu ihrer Sprachkenntnis.

Aber das ist nichts gegen die Literaten. Wenn diese Brüder in Apoll nach Hause schreiben – da lachen ja die Hühner.

Neulich war Arthur Holitscher in Paris. Ich bekam es mächtig mit der Angst – denn gegen den Vater der deutschen Reiseschriftstellerei kann ja unsereiner doch nicht auf. Wir unterhielten uns. Erst spielten wir ein bißchen: ‹Haust du meinen Fischer, hau ich deinen Jacobsohn!›, und dann kamen wir auf die nach Paris wallfahrenden Literaten zu sprechen. Der ewig Junge lachte wie ein Siebzehnjähriger. Denn wir beide sind noch so altmodisch, zu glauben, daß man nicht ins Ausland geschickt wird, um den Leser zu beschimpfen, weil er es nicht kennt. Aber während die guten alten Lodenseelen bei allem schlechten Benehmen wenigstens in der allerletzten Falte ihres Herzens naiv waren, hat sich da eine neue Snob-Literatur aufgetan, die das alte böse Wort bewahrheitet: «Der Deutsche ist entweder ein Kellner oder ein Assessor.» Der Assessorentyp schreibt selten – bleibt der Kellner.

Vor allem werden diese Berichte so aufgeblasen, daß sich der Leser sagen soll: Donnerwetter – ist das ein Kerl! Thomas Mann läßt einmal seinen Herrn Grünlich in den ‹*Buddenbrooks*› so betont nebenbei sagen: «Ich bewohne drei Zimmer im Hotel –.» – «Drei Zimmer», dachte die Konsulin – und das war es auch, was sie nach Herrn Grünlichs Absicht denken sollte. Es sind lauter Grünlichs.

Der Vater dieser Dinge ist Hermann Bahr. Wenn der zum heiligen Sankt Wichtig betet, macht er das ungefähr so: «Ich sitze da neulich mit dem Papst, mit Frau Breitensträter und dem jungen Batschari zusammen und spiele Skat – da kommt Frau Wembley, die Frau von dem Ausstellungsbesitzer Wembley, herein, und ruft: Sagen Sie mal, Bahr – was haben Sie eigentlich gegen Reinhardt?» Donnerwetter! denkt der Leser. Und das ist es auch, was er sich nach Bahrs Absicht denken soll.

Man muß einmal bei dem sublimen Kasimir Eduard Schmid lesen – oder vielmehr: man muß es nicht –, wie nachlässig die berühmten Namen in die Debatte geworfen werden, so, mit dieser Geste: Ach, sind wir weltmännisch! – die großen Kokotten liegen bei uns nur so auf dem Frühstückstisch herum! Und dann hat sich diese Gesellschaft eine ganze Technik zurechtgemacht, dem Leser zu imponieren. (Dem aus Posen – denn zuletzt basiert ja alles das auf Posen. Nicht Breslau: Breslau ist eine große Stadt.)

Es ist ja doch selbstverständlich, daß man nach kurzem Aufenthalt im Ausland die landläufigen Ortsbezeichnungen, Personennamen, Zeitungstitel und Lokalbezeichnungen weg hat. Ein Kunststück scheint mir das nicht zu sein. Nun muß man nur lesen, mit welcher Pfauengrandezza, mit welch scheinbarer Nachlässigkeit die Brüder damit herumwerfen – immer mit dieser Attitüde: Ätsch – du weißt es nicht! Aber ich weiß es! Natürlich weiß er es. Dafür haben wir ihn ja hinausgeschickt, und er soll es uns nun erzählen, wies draußen zugeht. Und statt dessen bläst er sich auf.

Man achte einmal auf diese Redensarten, die immer wiederkehren, und zu denen in Klammern immer die Eitelkeitsfanfare hineinzudenken ist. «Hat man noch nicht bemerkt, daß ...?» (Zusatz: Aber ich habe es bemerkt, ich, der große Mann. Diese Phrase stammt übrigens von Spengler.) «Der Zutritt ist für Fremde außerordentlich schwer ...» (Aber ich habe ihn bekommen – was bin ich für ein Kerl!) «Diese

Besuche sind mitunter gar nicht ungefährlich – man muß gewärtig sein ...» (Welch ein Mut, der meinige!) Für Paris gibt es ein ganzes Klischee dieser Art. So, wie der für mein Gefühl überschätzte Ossendowski mit der Mongolei protzt, so protzen diese hier mit Paris. Nun ist das kontrollierbarer als der Fall des Polen, und wenn ich schon lese: «Neben mir sprechen zwei Kerls ein wüstes Argot ... Die Midinettes mit ihren meterbreiten Hutkartons ... Ganz Paris lacht ...» dann muß ich immer denken: Das Argot hast du nicht verstanden (was keine Schande ist – denn ein neuer Gast soll der Hausfrau nicht gleich auf den Hintern klopfen); die Midinettes mit den meterbreiten Hutkartons kommen nur noch auf den Operettenbühnen vor; und ‹ganz Paris› ist ein Schwindel. ‹Ganz Berlin› – den Fall gibt es wohl nur selten: bei einem Fliegerangriff hat ganz Berlin Sorge, bei einem Straßenbahnerstreik, bei einem Putsch – in allen andern Fällen dient die Bezeichnung dazu, die Interessen eines wirtschaftlich oder gedanklich begrenzten Kreises künstlich aufzuplustern.

Die Franzosen selbst kümmern sich entweder um diese Wichtigmacher gar nicht oder lachen darüber. (Ich bin der Ansicht, daß es für unsereinen einmal sehr gesund ist, zu sehen, wie wenig unser geistiges Wirken im Ausland gilt – man ist liebenswürdig zu uns, aber unser Name bedeutet hier anfangs gar nichts, und das ist auch durchaus verständlich.) Wenn ich jetzt so ein kosmischer Knirps wäre, würde ich schreiben: «Da sagte mir neulich der ausgezeichnete Whitman-Übersetzer Bazalgette ...» Nun gut, ich kenne ihn: aber das ist doch kein persönliches Verdienst! Mir war es eine Freude, mit ihm zu sprechen – weiter war nichts. Eine Freude deshalb, weil er klar und verständig durch diesen Kram hindurchsah und ihn kurz ablehnte. Und die durchreisenden deutschen Dichter sollen sich hier ja nicht durch Banketts täuschen lassen. Bankettgast zu sein, ist leicht – im Ausland geistig zu wurzeln, sehr schwer.

Nein, die kennerische Miene, mit der diese faulen Jungens den Vouvray eines französischen Restaurants auf den Lippen zergehen lassen, die dumme Anwendung irgendwelcher aufgeschnappter oder rasch gelernter Stadtausdrücke (bekanntlich ist man auf nichts so stolz wie auf das, was man seit zwei Minuten weiß): all das erinnert sehr an den Pickelhäring des Mittelalters, der da fragt: «Kannst du Latein?» – «Nein», sagt der andre. «Alsdann: Rinus – marus – latarus.» Kann der andre aber Latein, dann sieht die Sache schon schwieriger aus.

Wenn ich Kasimirn oder den naivern Ewers am Werk sehe (deren mondänes Gehaben immer an einen fertig gekauften Smoking erinnert), dann muß ich schon sagen, daß mir die guten alten Baedeker-Reisenden lieber sind. Die waren wenigstens ehrlich.

Wer das heute noch ist, der wird im Ausland sich erst einmal an die sichtbaren Tatsachen halten, etwas lernen, bevor er hinausgeht, und nicht seine Unkenntnis hinter der Lyrik verstecken. Wenn er dann auch noch Fingerspitzen hat, dann mag er hinter den Sehenswürdigkeiten, hinter den Festveranstaltungen und hinter den ‹Sitten und Gebräuchen› des fremden Landes die Seele entdecken.

Unsre Politiker ahnen nichts von ihr, die Journalisten haben keine Zeit, und die Snobs in der Literatur haben alle je ein Verhältnis mit einer russischen Großfürstin.

Paris kanns aushalten.

AN ERNST TOLLER

Du bist fein raus.
Nicht einen Tag geschenkt.
Wobei man an Herrn von Arco denkt.

Sei gegrüßt! Du kamst ans Licht!
Herr Ebert kümmert sich um dich nicht.

Er mag sich nicht mit Bayern schlagen.
Und da hat er auch nichts zu sagen.

Vor den Rechtsausschuß gingst du? Gar nicht schlecht.
Da findest du alles – nur kein Recht.

Wer Gefangene schindet, ist der nicht ehrlos?
Herr Held ist ein Held; die sind ja wehrlos.

Sag es laut! Gott gab dir den Schrei.
Sag es – du warst ja mit dabei!

Und denk auch an ihn, der im Ungemach,
an ihn:
an Felix Fechenbach.

DORF BERLIN

«Eine Großstadt?» sagte meine greise Freundin Lisa, als sie aus Paris zurückkam, «eine Großstadt? Kinder, auf dem Potsdamer Platz gackern ja die Hühner –!» Das könnte wohl sein.

Frühmorgens, beim ersten Hahnenschrei, erhebt sich der Großbauer Wresczynski von seinem kargen Strohlager. Die Mistforke in der nervigten Faust, ruft er Weib und Kind zu: «Auf! Auf! Die Sonne vergoldet schon den Synagogenknopf!» und geräuschvoll poltert er durchs einfache Bauernhäusel, das sich, mit Stroh gedeckt, an der Leibnizstraße erhebt. Draußen gluckert der freundliche Bach, umwogen die Bananenfelder und jungen Gemüsebeete den stolzen Besitz, die mächtigen bologneser Wachthunde bellen, nationale Ochsen brüllen, und demokratische Schafe wandeln gesenkten Hauptes auf die magere Geschäftsweide. Die Bäuerin tritt auf die Schwelle und sieht frohgemut in die weite Landschaft: vom Lunapark bis zum Nelsonberg eine einzige üppige und fruchtbare Gegend. Der Hafer blüht 354 fob, die milde Kuh blickt verächtlich in ein Faß mit Margarine, und die Schweine wühlen behaglich in der weichen Streu, die man ihnen aus den Blättern der ‹*Deutschen Tageszeitung*› bereitet hat. Wo sind die Hühner? War der Fuchs im Hühnerstall? Aber Fuchs ist doch in Marienbad – nein, die Hühner sind schon frühmorgens auf den Geflügelmarkt gegangen, die guten Tiere, und haben sich da im Preis etwas heraufsetzen lassen. Erleichtert atmet die Großbäuerin auf.

Die Dorfkinder eilen in die Schule, und bald hört man die kleinen Stimmchen aus dem Schulfenster singen:

«Siegreich wolln wir Frankreich schlagen
als ein tapfrer Heheheld ...!»

«Herr Lehrer», sagt der kleine Gothein, «ich muß mal rausgehn – mir ist mein Kompromiß geplatzt!» Und dann singen sie wieder.

Das Leben im Dorf hat sich unterdessen mächtig entwickelt. Die wackern Knechte verladen die Saisonarbeiter auf große ratternde Wagen, die tragen vorn eine Nummer, oben eine Stange und hinten einen Mann, der schimpft. Manchmal fahren sie. Die Frömmern werden in den Aboackerwagen geladen, und bald ist das ganze Volk rüstig bei der Arbeit. Emil Jannings geht hinter dem Pfluge einher und singt ein gar fröhlich Liedlein. In den Zeitungsredaktionen dreschen sie leeres Stroh. Die Großkopfeten lassen ein goldenes Haus am Brandenburger Tor schwarzweißrot anstreichen, von oben bis unten, und daß die Farbe auch regenfest ist, dafür sorgt schon der Obermeister aus Ludendorf; er trägt eine blaue Brille gegen die Sonne und hinkt etwas: er hat sich einmal vor Jahren das Ehrenwort gebrochen, aber es ist schon beinahe wieder zugeheilt. In einer Ecke hat Schlächtermeister Wulle eine kleine Judenschlächterei aufgetan und steht, mit aufgekrempelten Hemdsärmeln, vor der Tür. Dampfend raucht er aus einer ungeheuren Pfeife und liest die Memoiren des Herrn Tirpitz. Das ist ein starker Toback.

Zwei Büttel mit dem feierlichen Dreispitz und langen Obrigkeitsstock mit goldenem Knopf führen einen Mann einher, der lacht und wirft mit vollen Händen Geld unter die bettelnden Bankiers, die am Wege kauern. Neidisch zischelts hinter ihm: «Ja, der Müller! Der kann sich das leisten! Der steht unter Geschäftsaufsicht –!» Zwei dralle Mägde kommen mit weiten Netzen aus der Au – man sieht ihnen die fünfundvierzig gar nicht an, wie sie so elastisch einherschreiten in dem putzigen Bubenkopf und dem guten Büstenformer! Sie kommen vom Tauentzien-Fluß, da haben sie nachts dem Fischfang obgelegen, und sie müssen gute Beute gemacht haben, denn die eine sagt zur andern, in ihrem bäuerischen Dialekt: «Det kann ich da sahrn, Else, ich hab den ollen Seeje die ganze Marie aus de Brusttasche jeklaut –! Wat heißt hier!» Muntere Dirnen.

Schwerbeladene Wagen mit Dung schwanken unter den Torbogen, sie karren den Mist fort, kommen sie doch von einem sozialdemokratischen Parteitag. Halt! geht da nicht der schöne Rudi? Ja, er ists; das grüne Hütl keck auf einem Ohr, ein breites Scheit an der Seite, die Flinte auf der Schulter, so kommt Deutschlands beliebtester Sozialist durch die schmalen Dorfgassen, und strahlt, der Jägersmann: er hat wieder einmal einen fetten Bock geschossen. Im Dorfwirtshaus nehmen sie das Mittagsmahl; nach dem guten Essen sitzen sie an einem großen runden Tisch: Erich Koch, der Zentrumsschreiber Schreiber und Hugenberg, und spielen Skat. Man hört ein mächtiges Geschrei, sie scheinen also ganz gut miteinander auszukommen. Hugenberg, wie immer, mogelt.

Gewichtige Amtspersonen gehen durch die Wilhelmstraße: der Dorfschulze und die Mitglieder der Gemeindeversammlung. Viele haben ein blaues Auge, mit dem sind sie gerade davongekommen, und sie haben soeben beschlossen, mit dem Nachbardorf nur bei schönem Wetter Krieg anzufangen. Und eine neue Fahne wollen sie auch. Sonst haben sie keine Sorgen. Der Dorfschneider Haferl hütet seinen Laden, der alte Ladenhüter; er setzt den Mädchen alte Obstkörbe auf den Kopf und redet ihnen ein, das seien die neuen Modelle aus Paris. Mitten in der Gesellschaft sitzt ein armes Bäuerlein, das hat schon manches Anwesen ruiniert; während andre ackern, rechnet er und malt große Tabellen, da steht es alles drin. Aber obgleich er noch nie auf einen grünen Zweig gekommen ist, so wartet er doch und ist fein geduldig. Gut Hilferding will Weile haben.

Jetzt leuchtet die goldene Abendsonne über das Panketal, die Bäuerinnen treiben müd die Gänse heim, ihr Brusttuch steht, Gott behüte, offen, man hört das tiefe Muh der Rinder und: «Achtuhrabendblattachtuhrabendblatt!» schnattern die Enten. Die Stalltüren öffnen sich langsam und weit.

Alt und jung hat sich auf dem Dorfplatz unter der grünen Linde versammelt. Da steht herumfahrendes Gauklervolk und zeigt seine Künste. Einer kann eine ganze deutsche Grammatik verschlucken und gibt sie nur stückweise wieder von sich, der heißt Sternheim. Ein Alter ist da in würdevollem weißem Bahr, der ist katholisch und dreht sich herum und – husch! – ist er ein Freigeist, und wieder herum und –

husch! – ist er ein Hitlermann. Keine Verpackung, nur Ausstattung! Und einer dreht auf der Laterna magica schöne Bilder; da kann man einen berliner Schauspieler sehen, tiefe Schmink- und Sorgenfalten durchfurchen sein Gesicht, und alles Volk schreit: Hurra! Denn die dummen Bauern glauben, das sei Fridericus Rex mit der Königin Luise, und nur der Gaukler an der Laterne weiß es besser. Aber er sagt nichts und schmunzelt und streicht das Eintrittsgeld ein. Und in einer Ecke haben sie ein Theater aufgeschlagen, aber das ist ganz leer, nur ein Mann sitzt darin, der hat sein Billett bezahlt. Es ist der Dorftrottel.

Nun ruhen alle Wälder, und der gute Mond scheint seins durch die silberblassen Wolken. Alt und jung . . . ach, das hatten wir schon. Normal und Andersrum ist zur Ruh gegangen, allein, zu zweit und assortiert. Vor dem Haus eines Weingroßhändlers rauscht zauberhaft und familiär ein Brunnen. Die Schenken haben geschlossen. Der letzte Fiedelton erstarb.

Klappt da ein Fenster –? Auf schwanker Leiter steht ein junger Bauer mit nackten Knien in der krachledernen Hos auf der obersten Sprosse und busselt sein Mädel ab, die da vollbusig zum Fenster heraushängt. Es ist der Graf Keyserling, der voll Weisheit, wie er es in der Schule gelernt hat, einer drallen Bauerndirn den Hof macht. «O Katharina –!» flüstert er heiß. Der Mond versinkt hinter dem Pallenberg, der Graf rutscht von der Leiter, ein leiser Abendlandwind gespenstert durchs Gras . . . Das Dorf schläft.

DEM GEHEGE DER ZÄHNE

Vor dem Richter stehn zwei Partein,
die reden zu gleicher Zeit.
Man hört Frau Schnufke: «Na sowas!» schrein.
«Das nehm ich glatt auf mein' Eid –!»
  Da sagt der Richter: «Erzählen Sie mal:
  Wie war das am Sonntag mit Ihrem Skandal?»
Und Frau Schnufke erzählt unter Tränengewimmer;
und aus allem, was sie berichtend klagt,
hört der ganze Gerichtssaal nur immer:
«Und da hab ich gesagt . . . und da hat sie gesagt . . . und
da hab ich gesagt . . .»

Vor Deutschland stehen achtzehn Partein,
die reden zu gleicher Zeit.
Man hört Herrn Jarres «Revanche!» schrein
und Hergt nach der Kaiserzeit.

Da sagt sich der Deutsche: «Erzählt mir mal:
Wie komm ich aus diesem Jammertal?
Es wird doch täglich schlimmer und schlimmer.
Wir sind isoliert. Bewuchert. Geplagt!»
Doch von den Politikern klingt es nur immer:
«... Und da hab ich gesagt ... Und da hat er gesagt ...
Und da hat der gesagt ...!»

In den Landwehrkanal fällt ein Mann hinein,
der furchtbar um Hilfe schreit.
Auf der Potsdamer Brücke stehn zwei Partein,
die reden zu gleicher Zeit.
Sie zerfleischen sich fast in wildem Zwist:
Ob dieser Mann ein Jude ist?
Die einen sagen: «Nich in die Hand!
Ich hab seine braven Eltern gekannt!»
Die andern sagen: «Sein Sie doch still!
Das hört man doch schon an seinem Gebrüll –!»
Und da hab ich gesagt ... und da hast du gesagt ...
und da hat er gesagt ...
Dann wurde die Debatte vertagt.

Und dann sind alle ans Gitter geloffen.
Der Mann war unterdessen versoffen.

AUSLANDSKORRESPONDENTEN

«Ist es ein Herr oder ein Mitarbeiter?»
fragte ich. Stephen Leacock

Das große Kapital, das die deutsche Industrie im Nachrichtenwesen investiert hat, ist gut angelegt, soweit die Wahrheit verhindert werden soll, ans Licht zu kommen, und soweit dadurch Geschehnisse, die sich beim besten Willen nicht unterdrücken lassen, umfrisiert werden. Es ist schlecht angelegt, wenn man so naiv ist, den Mann am letzten Ende der Kette, den Auslandskorrespondenten, wirklich als einen Saugnapf für die Ereignisse anzusehen. Er ist in den meisten Fällen ein Papierkorb.

Mit ganz, ganz wenigen Ausnahmen, die sich an den Fingern einer Hand aufzählen lassen, rangieren alle unsre Auslandsvertreter in der gesellschaftlichen Skala viel zu tief, um irgendetwas erreichen zu können. Das trifft auf die Botschaften zu, auf die Gesandtschaften, auf die Zeitungsberichterstatter, auf kaufmännische Vertreter – auf alle, die Deutschland draußen so oder so darstellen und vertreten sollen. Ein geistig bedeutender Mensch kann sich in seiner Heimat wohl erlauben, sehr einfach und bescheiden aufzutreten, weil ja jeder seinen wirklichen Wert kennt. Im Ausland bemißt jeder den Ausländer zunächst nach dem einzigen Kriterium, das er für den Anfang hat: nach seinem gesellschaftlichen Auftreten. (Tun wir das in Deutschland nicht?)

Nun darf das Wort ‹Repräsentation› nicht falsch verstanden werden. Es geht so schwer in einen deutschen Schädel hinein, was der Begriff ‹Zweite Klasse› bedeutet – er kann sich immer nur die erste und die vierte vorstellen. Deutsche Gesandtschaften im Ausland sollen also nicht jeden Tag ein Gartenfest mit Feuerwerk geben, und deutsche Zeitungsleute sollen nicht vierzigpferdig über die Boulevards rollen. Aber sie sollen anständig auftreten, damit ihre Reichweite groß genug ist. Die meisten deutschen Zeitungsleute draußen sind Zaungäste.

Um in die kulturelle und soziale Struktur eines Landes ohne allzuviel Zeitverlust tief einzudringen, dazu bedarf es – neben den persönlichen Eigenschaften des Beobachters, wie Sprachkenntnis, Menschenkenntnis, natürliches Benehmen – guter gesellschaftlicher Beziehungen. Dieser Kontakt zur Gesellschaft der obern und auch noch der mittlern Klassen kostet Geld. Und für diese Art Spesen hat man in Deutschland niemals Verständnis gehabt.

Es ist ja nicht wahr, wenn heute alle Verlage erklären, die Situation sei schuld. Es hat niemals in Deutschland eine Situation gegeben, die einem Verlag erlaubt hätte, seine Auslandsberichterstatter so zu bezahlen, daß sie wirklich etwas ausrichten konnten, daß sie ein Spiegel, ja mehr: daß sie, wie die Engländer, eine Macht gewesen wären. Vor dem Krieg nicht, wo der deutsche Journalist, mit drei, vier Ausnahmen, immer hinter den Kollegen zurück bleiben mußte; während des Krieges gab es ihn nicht; und nach dem Kriege haben alle Unternehmer viel zu viel für Gott weiß welche Reklame bezahlt, als daß sie den Stützen des ausländischen Dienstes leichten Herzens hätten ermöglichen können, jemand ‹zu sein›.

Über die Komik von Spesenaufstellungen wollen wir uns gar nicht unterhalten. Aber zu glauben, daß man überhaupt mit

1 Droschke . . . . 6 Schilling
1 Blumenbukett . . . . . . 10 Schilling

irgendetwas ausrichten kann, ist kindlich oder böswillig. Wenn der Auslandskorrespondent nicht ‹einen Salon machen› kann (ein Begriff, den es im Ausland in der unsnobistischen Form gibt, wie man sie bei uns nicht mehr kennt) – wenn er nicht in der Lage ist, mehr als anständig aufzutreten, dann wird er immer bleiben, was er heute ist: eine Registriermaschine der Landespresse, angewiesen auf die kleinen Klatschinformationen der Couloirs, der Kollegen, der zweiten Hand. Das ist nichts.

So, wie in Deutschland die bessern Sachen abends beim Dreimännerskat entschieden werden, am Stammtisch, bei stillen Besprechungen in einer Weinstube: so blühen die Beziehungen in England im Klub, in Frankreich auf den Teenachmittagen, in den Premieren, auf Banketts – und man kann sich eben nicht nur immer einladen lassen, sondern man muß selbst ein Gastgeber, ein Hausherr, ein Herr sein. Geld allein tuts nicht – aber ohne die nötige Unterlage ist das alles unmöglich. Diese Unterlage fehlt dem deutschen Auslandsjournalisten.

Daher ihre Schilderungen, die gewiß oft richtig sind, soweit man von außen richtig sehen kann – und die fast niemals tief in die gesellschaftliche Schichtung des fremden Landes eindringen. Denn man versteht Politik eben nicht, wenn man sich damit begnügt, den Meinungskompost von zwanzig Zeitungen auszuschreiben. Dieser Kram interessiert die Fachleute, ist eng begrenzt und in keiner Hinsicht für das ganze Land so maßgebend, wie es der Fettdruck vorgibt. Ein guter Reisebrief eines guten Engländers in den ‹*Times*› wiegt Hundert und aber Hundert dieser aberwitzigen und lächerlich überschätzten Telegramme auf. Die letzte Schlußabstimmung im Senat besagt wenig – die wirklichen Ansichten einer herrschenden Klasse sehr viel. Aber die zu ergründen, genügt kein Telefon.

Der deutsche Kaufmann, der Verleger, der Finanzminister – möchten sie nicht nachdenken, wie sie selbst es machen? Geben sie denn jedem, der sich grade telefonisch anmeldet, und der da hereingeschneit kommt, sogleich bereitwillig und ausführlich über alles Auskunft? Stellt sich bei ihnen in ihren Geschäften vor jedem Besucher sofort die nötige Wärme ein, ohne die nun einmal eine vernünftige Unterhaltung nicht zu führen ist? Kein Gedanke. Der Berichterstatter eines ausländischen Blattes, den sie einmal gesehen haben, wird empfangen – gewiß. Aber sie reservieren die erschöpfenden Auskünfte für den engern Kreis. Und diesem engern Kreis gehört der deutsche Auslandsjournalist in den wenigsten Fällen an, weil er dessen gesellschaftliche Lasten nicht tragen kann.

Die sind nicht einmalig. Um eine Rolle zu spielen, braucht man sich kein Monokel einzuklemmen oder sonst den Snob zu markieren – man darf überhaupt nichts markieren. Sondern man muß ein wirtschaftlich völlig gesicherter Mann sein, einer, der auch noch über einen gewissen, nicht zu kleinen Repräsentationsfonds verfügt – denn wenn der Auftraggeber nicht so viel Vertrauen hat, wie soll das Publikum zu solchen Berichten Vertrauen haben?

Aber darauf kommts wohl nicht an. Die grauenhafte Gleichgültigkeit, mit der dieser unendlich wichtige Betrieb gehandhabt wird, die

Wurstigkeit, mit der Telegramme gedruckt werden, wenn sie nur neu sind, und das völlige Unverständnis, womit Zeitungen, Ämter und Organisationen den wirklichen Lebensfragen des Auslandes gegenüberstehen – das findet seinen Ausdruck in der völlig unzureichenden Besoldung derer, deren Hauptaufgabe sein sollte, die Wahrheit zu sagen. Sie sagen – oft ganz ehrlich –, was sie grade auf der Straße finden. Aber das ist nicht immer die Wahrheit.

Es handelt sich nicht um eine Aufbesserungsfrage, es handelt sich hier nicht um bessere oder schlechtere Bezahlung. Was ich für meine Kollegen, die draußen tätig sind, fordere, ist dies:

Trefft eine sorgfältige Auslese – es gibt charakterfeste und anständige Menschen genug, ihr müßt sie nur zu finden verstehen. Und schickt diese Männer nicht als kleine Schreiber und Telefonstenografen hinaus, rechnet ihnen nicht die Flaschen Wein vor, die sie einmal, zu einem bestimmten Zweck, zwei Tage vor der Wahl oder vor dem Kongreß, bezahlen und trinken mußten – sondern schafft Machtpositionen, Kraftstationen und einflußreiche Vertreter eurer Interessen. Das gesamte Ausland rangiert sozial viel unbarmherziger ein, als wir es tun; wohnst du in London im Westen, dann bist du unweigerlich eingeordnet; verkehrst du in Paris in einer bestimmten Gesellschaftsklasse, dann weiß die Welt, auf die es für dich ankommt, Bescheid. ‹So tun› gibts draußen nicht. Vor allem nicht auf die Dauer. Und die wahren Informationen, die, die über den Tag hinaus Wert haben, holt man nicht für eine Sechserzigarre beim Portier des Außenministeriums.

Macht deutsche Auslandsjournalisten. Ihr habt noch fast keine.

Aber bei uns haben ja die Unternehmer immer nur kalkuliert und nie gerechnet.

DER FREMDE

Wenn Frau Kulicke auf der Treppe einem Chinesen begegnet, dann kommt sie ganz aufgeregt nach Hause und erzählt: «Wohnt eigentlich ein Chinese im Haus? Eben bin ich auf der Treppe . . .» Da klingelt es. Sie öffnet: der Chinese. Um Gottes willen! Was – ? Der Chinese möchte ein Zimmer mieten. Etwas mißtrauisch läßt sie ihn herein, der Chinese sieht das Zimmer an, es gefällt ihm (er hat noch nicht das berliner Guckauge für solche Dinge; wäre ich dabei gewesen, hätte ich ihm einiges zeigen können) – er mietet, er zieht ein. Der Chinese wird ein unerschöpfliches Gesprächsthema.

Der Chinese vertritt für Frau Kulicke China. Ungeahnte Möglichkeiten erwägt sie in ihrem Hirn, Opiumhöllen, ausgerissene Seeräuberzöpfe, kleine Geishas (die liegen bei Frau Kulicke in der chinesischen Schublade); aber inmitten dieses asiatischen Brodelns ist eines sicher: China und dieser Chinese – das ist ein und dasselbe.

Und Frau Kulicke ist nur eines von hunderttausend Exemplaren: jeder Fremde vertritt für die meisten Menschen sein ganzes Land, seine Regierung und seinen Fürsten. Die Franzosen in Deutschland haben bekanntlich alle noch vor kurzer Zeit Privat- und Spezialaufträge von Herrn Poincaré gehabt; die Deutschen vor dem Kriege waren Abgesandte des Kaisers; auf jedem Russen lag früher der Abglanz des Zaren (den er vielleicht nie gesehen hatte) – der Fremde vertritt für die meisten Leute immer noch seinen Staat.

Und keiner kommt auf den naheliegenden Gedanken, daß der Fremde zu Hause genau so ein unnützes, beiseite geschobenes Ding sein könnte wie der Betrachter; daß sich sein Staat so wenig aus ihm macht wie der unsre aus uns (neulich war in einem Erlaß über die Befeierung dieser Verfassung zu lesen: «Es sind auch Kreise der Bevölkerung hinzuzuziehen ...»); jeder tut immer noch so, als käme der mächtige Volksgenosse eines völlig geschlossenen fremden Stammes zu uns – und nicht der kümmerliche Bestandteil einer anachronistischen Gesellschaftsform. Und je ohnmächtiger die Einheimischen sind, desto größere Fähigkeiten trauen sie dem fremden Mann zu.

Europa hat noch nie so viel Nationen und Staaten gesehen wie heute. Innerhalb der Staaten geht das Spiel weiter – oder wollen etwa die Franken dulden, daß die Stammeseigenart der Mittelfranken bei ihnen unterdrückt werde? ‹Die thüringischen Belange› (was man am besten wie ‹Melange› ausspricht); die Pfälzer verlangen; die Hannoveraner drohen – je eine halbe Million, wenns viel ist. Europa spielt. Es scheint die Idee kurz vor dem Höhepunkt ihres Umkippens in das Gegenteil zu sein, wie zu hoffen steht. Statt wirklich zu sehen, wie die Schichtgrenzen laufen, amüsieren sie sich mit Fahnen, Grenzpfählen, Ministerpräsidenten – und spielen ‹fremd›.

Gott segne diesen Erdteil! Er hat es nicht anders verdient.

POLIZEI

Polizei sieht auf dem ganzen Kontinent ungefähr so aus:

In einem großen, grauen Gebäude mit unsaubern Korridoren sitzen Männer in Uniformen und unwahrscheinlich staubige Schreiber. Sämtliche Polizeibeamte der mitteleuropäischen Länder haben zuvor ein Examen in Unhöflichkeit abgelegt. Der Polizeibeamte sagt und tut mit unfehlbarem Instinkt das Umständliche, Unerwartete, Schwierigkeitenbereitende, Plänedurchkreuzende. Seine Sprache ist rauh und grob; daß er nicht sofort haut, liegt am Zeitmangel. Der

Bürger, Steuerzahler und Familienvater tritt über die Schwelle mit dem Posten davor und merkt erstaunt, daß er draußen ein ungesetzliches, eigentlich gar nicht gestattetes, allzu freies Dasein geführt hat, Schüler in der Pause. Hier drinnen erst ist es richtig. Er schrumpft zu dem Nichts zusammen, das er ist, er hat keine Rechte mehr, bedeutet nichts, ist gar nicht mehr vorhanden. Ungeahnte Verbrechen liegen in der Luft, stets gewitterte; ein peinliches Gefühl, sie entgegen den Vermutungen der Behörde nicht begangen zu haben, überkommt ihn. Zunächst hat er zu warten.

Die Polizei hat den Zeitbegriff aufgehoben. Was in Europa auf allen Polizeiämtern für Arbeitsstunden verwartet werden, ist gar nicht zu sagen. Der arme Untertan braucht den Staat – oder vielmehr: der Staat braucht ihn zu kindlichem Spiel –, und dafür bekommt er zuvörderst einmal eine Arreststrafe: er sitzt seine Papiere auf den Korridoren ab. Tagtäglich warten in der ganzen zivilisierten Welt Hunderte und Tausende stumpfsinnig, erbittert, gelangweilt, gespannt auf einen Büromenschen der Polizei. Es scheint, als ob bei der Neueinrichtung einer Polizeistation alles in Betracht gezogen wird – nur nicht das sie frequentierende Publikum. Wie sich das durch Zimmer, Gänge, Paßstellen, Anmeldebüros durchwindet, ist seine Sache. Ja, es steckt offenbar ein tiefer erzieherischer Wert hinter dieser Nichtachtung: der Zivilist soll fühlen, daß er eine Laus ist, ein elendes Wesen, ein Nichts. Daß er nicht sofort eingesperrt wird, ist das Beste, was ihm überhaupt passieren kann.

Zwei Arbeitsstunden verwartet – in dieser Spanne Zeit könnte man hundert Zeilen einer Odyssee gedichtet, an der Börse Geld verdient, ein Kind angefertigt haben, aufs Land gefahren sein. Nichts da. Warten. Dann – Herz, klopf schneller! – vor den Gewaltigen.

Der Gewaltige verbreitet eine Atmosphäre von Grobheit und schlechter Körperpflege um sich. Martialischer Trutz und ungewaschene Füße geben dem Mann ein eignes Aroma. Eine halbe, von aufmerksam spähenden Augen sofort aufgefangene Kopfbewegung heißt: «Was wollen Sie –?» Es wird gesagt. Erstes Polizeigesetz: «Nein.» Raus. Zweites Polizeigesetz: «Nein. Da müssen Sie erst . . .» Raus. Neuer Gang. Neues Warten. Neue Papiere.

Denn ohne Papiere macht der Polizei die ganze Polizei keinen Spaß. Was dieser patriotische Erdteil in den letzten Jahren an Ausweisen, Pässen, Identitätskarten, Anmeldescheinen, Unbedenklichkeitsbescheinigungen, Visen, Erbscheinen, Toten- und Lebendigen-Papieren erfunden hat, zeigt den Selbstzweck des Unternehmens. Es ist töricht, in diesem Wust von Dummheit und Schikane noch nach irgendeinem andern Sinn zu suchen als dem, soundso viel tausend Menschen der Arbeitslosenunterstützung zu entziehen, und daher haben wir Polizeibeamte.

Aber gnade Gott, wenn der Einlaßheischende ein Fremder ist! Was sich dann abspielt, ist schwer zu schildern. Ein Fremder —? Dräuend richtet sich das Polizeiauge auf den Unglücklichen. Ein Fremder! Warum ein Fremder—? Was will der hier—? Ein Spion? Ein Spion. Ein Taschendieb? Alle Fremden sind Taschendiebe. Warum bleibt der Mann nicht zu Hause und nährt sich redlich? Aha! Das werden wir gleich haben — uns entgeht nichts! Und nun gehts los. Anmeldung, Abmeldung, Genehmigung, Erlaubnis, Verweigerung der Erlaubnis, Befristung der Genehmigung—kurz, das alte schöne Wort eines wiener Bezirkskommissärs hat volle Gültigkeit: «Der Wiener hat im Ausland nichts zu suchen!»

Überschreite die Schwelle, und du bist verloren. Hier hören alle Gesetze der Vernunft, der Höflichkeit, der allgemein gültigen Formen völlig auf. Verzaubert bist du. Frage, und es antwortet dir keiner; sie haben eine besondere Krankheit: die Polizeitaubheit. Bitte um Formulare, sie haben keine. Zeige Papiere vor, sie sehen sie nicht. Du schüttelst den Kopf; du glaubtest, du seist ein Mensch. Es ist ein Irrtum. Dich gibt es gar nicht.

Die reichen Leute habens schon besser. Da stehen junge Angestellte mit betreßter Mütze, die warten für den Herrn Baron, werden für die Frau Kommerzienrätin angeschnauzt, bekommen einen roten Kopf für den Herrn Generaldirektor. Der Rest brät in Person im höllischen Feuer.

In der lieben Heimat kommt man noch halbwegs um die Menagerie herum. Braucht man die Polizeilöwen nicht, dann kann es sein, daß sie einen nicht verschlingen. Aber fassungslos steht der Fremde in der Fremde vor so viel Dummheit, Bosheit, Flegelhaftigkeit, vor einem solchen Ausmaß von Niedertracht und Pedanterie. Und fassungslos sucht er die ausländischen Freunde auf und fragt sie: «Aber . . . wie ist es möglich . . .?» Und siehe, dieselben Leute, die sonst so nett zu ihm sind, die eben noch mit ihm offen und männlich über Geschäfte, Politik, Frauen und Bücher gesprochen haben, bekommen plötzlich etwas Gedücktes im Blick, ein Schimmer von bösem Gewissen geht über sie hin, sie senken die Augen. «Tja . . .» Achselzucken. Meist wissen sie gar nicht, was ‹ihre› Polizei mit den Fremden macht. Helfen können sie nicht. Gute Schüler, die sich schön hüten werden, sich einzumischen, wenn der Lehrer einen aus der letzten Bank beim Wickel hat.

Daß mir jemand meine Uhr stiehlt, geht nicht an—das ist allgemein anerkannt. Daß er mir aber meine Zeit stiehlt, diese meine Zeit, in der ich arbeiten, Geld verdienen, mich meines Lebens freuen will — das geht sehr wohl an, wenn der Dieb nur einen Helm trägt, eine bunte Mütze, einen Säbel oder, mit aufgeknöpftem Uniformkragen oder im kümmerlichen Zivil, in der Polizeischreibstube sitzt. Gottes Wege sind erforschlich — die der Polizei sind es nicht.

Der Untertan schimpft auf den Obertan, den Polizeimann; es gibt eine ganze Literatur in den Zeitungen, wo in gewundenen Ausdrücken, voll der überlegensten Ironie auf die ‹hohe Obrigkeit› gescholten wird – immer mit diesem verquetschten Ton in der Kehle: «Wenn er kommt, alle unter die Bänke!» Polizeistaat? Aber das ist ein Pleonasmus.

Denn solange die Menschheit mit aller Gewalt, durch Kapitalismus und Familienglück hindurch, über Eingespunnte und Fliehende hinweg, mit Stacheldraht und Gefangenentransport der imaginären Vorstellung zur Realität verhelfen will, als gäbe es noch Schlagbäume, souveräne Staaten, alte Burgen des Mittelalters, die so tun könnten, als seien sie allein auf der Welt, die nach innen eine Wirtschaftsform nur mit Hilfe von schnappenden Wachthunden aufrechterhalten können, deren gute Laune durch Straflosigkeit legitimer Roheitsdelikte wachgehalten und deren Dienst mit wenig Geld und viel Überschätzung bezahlt wird – solange die Staaten so tun, als stehe nach außen immer noch ein Volk geschlossen hinter ihnen, während jedes doch ökonomisch längst zerfallen ist, aufgeteilt in Nehmende und Gebende, mühelos Arbeitende und mühevoll Arbeitende: so lange haben sie diese Polizei.

«Ja, lieber Kolleje, ich habe mir das anjesehn. Namen nennt er nich, er meint ja vielleicht die preußsche Polizei auch – aber Weismann, oder sonst jemand kommt nich vor... ich glaube, da dringen wir nicht mit durch!»

«Sie meinen, mit dem dolus eventualis ...?»

«Nee. Mir hat ja erst neulich der Vorsitzende von drüben gesagt: Den Wrobel möchte ich mal vor meine Kammer haben! Ich habe gesagt, ich will mal sehen. Wissen Se, das ist ein ganz objektiver Mann: da kann er sich gratulieren. Aber dieses Mal – da wirds wohl nischt werden. Ich will die Sache im Auge behalten.»

«Ja, sehn Se mal zu! 'n Morjen!»

«'n Morjen!»

Auf Wiedersehn.

DER GESCHLECHTSLOSE

Ich habe keine Zeugungsglieder.
Ich bin kein Mann – das steht mal fest.
Mir ist der Umsturz sehr zuwider –
ich hasse Lenin wie die Pest.

Was auch geschieht, ich respektiere
die Uniform voll Bürgersinn.

Und treten mich die Untroffziere,
so schmerzt mich nur, daß ich es bin.

Mich zieren keine runden Brüste.
Ich bin kein Weib – das ist mal klar.
Wer mich im Kompromiß auch küßte:
noch nie geschahs, daß ich gebar.

An alle hab ich mich verloren,
ich gab mich allen einmal hin.
Wie kommts, daß die zum Sieg erkoren,
und daß ich stets der Dumme bin?

Was ist es nur –?
Ich seh mein Leibchen
im Spiegel an, und in der Tat:
Ich bin kein Männchen und kein Weibchen –
ich bin ein deutscher Demokrat.

DAS KONSERVATIVE PARIS

Wegen Renovierung geschlossen.
Berliner Schaufensterplakat

Paris ist eine alte Stadt. Paris ist eine neue Stadt. Aber sie ist nicht neu lackiert, und sie ist auch kein Museum. Sie ist aber konservativ.

In Frankreich hat kein wichtiges historisches Ereignis stattgefunden, das nicht von Paris ausgegangen oder in Paris beendet worden wäre. Diese Stadt hat alles schon gehabt, und nichts kann sie mehr in Erstaunen setzen. Nun gibt es nicht mehr von allen den alten Ereignissen Zeugen aus Stein oder Erz – aber durch die Jahrhunderte, in Bauweise, Hausanordnung und Parkanpflanzung hat sich etwas erhalten, eine Tradition, ein Konservatismus, eine geschichtliche Überlieferung.

In den Vorstädten ist sie nicht – das fühlt man sofort. Das sind entweder sehr hübsche Villenansiedlungen oder nette kleine Viertel, wie Passy, die teils einen beinahe kleinstädtischen Charakter haben oder als typischer westlicher Vorort in mancher europäischen Kapitale liegen könnten. Oder es sind Arbeiterviertel, gewiß mit einem eigenen Charakter, aber das, was man in Paris selbst fühlt, das wird man da vergeblich suchen.

Es hat immer zwei Paris gegeben: die Weltstadt, die repräsentierte, und das französische Paris für die Franzosen. Räumlich ist das nie scharf getrennt gewesen, diese beiden Elemente gehen ineinander über, verwischen sich, durchdringen sich . . . Und das Leben wandert in der Stadt, ununterbrochen ist es in den Jahrhunderten gewandert.

Einmal war es die Gegend um den Jardin du Luxembourg, die als die vornehmste galt, einmal die ums Palais Royal – einmal wohnten alle feinen Leute nur an den Champs Elysées – und jetzt wieder mehr um den Etoile herum – einmal war jenes Viertel verrufen, einmal dieses – einmal hat sich die Stadt nach dem Osten erweitert (zum Beispiel unter Ludwig XIII.) – und einmal nach dem Westen (so das letztemal unter dem zweiten Kaiserreich). Immer aber ist etwas Merkwürdiges gewesen: alle diese historischen Vorgänge haben Schichten auf dem pariser Boden abgelagert, es sind Spuren zurückgeblieben, manche heute noch sichtbar, manche nur in der Straßenkonstruktion feststellbar, und alle zusammen ergeben eben eine feste Tradition.

Dabei ist das meiste nicht so alt, wie man denkt. In den allermeisten Fällen ist kaum ein Stein auf dem andern geblieben, die Straßennamen haben oft genug gewechselt, und es gibt alte pariser Stadtpläne, in schwarzer Farbe, auf die das neue Kartenbild rot aufgedruckt ist – kaum ein Umriß deckt sich da, kaum ein Straßenzug; wo ein Häuserblock war, liegt heute ein freier Platz, und wo einstmals ein Park stand, erhebt sich heute ein Bürohaus. Ganz große Linien sind mitunter geblieben – aber das sind doch Ausnahmen. Was älter ist als 250 Jahre, steht angestaunt wie ein Museum in der Stadt.

Nein, nicht wie ein Museum. Denn das ist das Reizvolle, das Unerfindliche, das Einmalige an dieser Stadt, daß die nächste Generation es immer wieder verstanden hat, wirklich weiterzubauen, nicht einfach niederzureißen und sich an die Stelle des Alten zu setzen, sondern das Vorhandene zu benutzen. (Es gibt auch böse Kleckse im Stadtbild: so ist zum Beispiel die entzückende Place Dauphine auf der Ile de la Cité durch eine gradezu wilhelminische Treppenscheußlichkeit des Palais de Justice so ruiniert, daß man das Plätzchen, das da so still inmitten des Autogebrauses liegt, nur mit dem Rücken zu dieser Herrlichkeit genießen kann.) Aber in fast allen andern Fällen, die mir bekannt sind, schließen sich die Jahrhunderte, was den Stadtbau angeht, lückenlos aneinander an.

Dabei bauen die Pariser nicht einmal in ‹historischen› Stilen, und ein Architektur-Karneval wie der um die Kaiser-Wilhelm-Gedächtnis-Kirche, wo plötzlich alles das romanische Nesselfieber bekommen hat, wäre in Paris undenkbar. Sie bauen neben die historischen Kirchen, neben die geschichtlichsten Paläste ruhig und bescheiden ihre neuen Häuser, und die sind fast immer so nett, so unaufdringlich, so ganz dem Zweck dienstbar gemacht, für den sie da sind, daß fast niemals etwas passiert. Die Stadt erneuert sich, aus sich heraus – aber sie hat nicht diese fatale, melancholisch stimmende Neuheit, die schon Heine aus Berlin so beschreibt: «Es sind wahrlich mehrere Flaschen Poesie dazu nötig, wenn man in Berlin etwas andres sehen will als tote Häuser und Berliner. Die Stadt enthält so wenig Altertümlichkeit und ist so neu; und doch ist dieses Neue schon so alt, so welk und abgestorben. Denn sie ist größtenteils, wie gesagt, nicht aus der Gesinnung der Masse, sondern einzelner entstanden.» Das Nähere über den neuen Berliner Westen hat dann Georg Hermann im ‹*Kubinke*› gesagt.

Nein, das gibt es hier nicht. Nun glaube ich, ganz abgesehen vom Rassenunterschied, vom Unterschied des Himmelsstriches, der Geschichte und der wirtschaftlichen Verhältnisse, etwas herausgefunden zu haben, das vieles erklärt: der Pariser hat nicht die Krankheit der Renovierungssucht. Wenn in Berlin — und wohl überhaupt in Deutschland — einer eine städtische Bauaufgabe zu lösen hat, dann reißt er erst mal ‹den ganzen Zinnober› runter. Jetzt wird *er* mal zeigen, was er kann! Das ist bei Lokalen so, weshalb Berlin (außer Lutter & Wegner, das nun auch verschwinden soll) kaum noch ein Lokal hat, das diesen Flair besitzt, die ihm eigene Atmosphäre, die sich erst nach Generationen ablagert; — es ist, als ob dann alle die vielen Menschen, die da einmal gesessen haben, etwas an den Mauern zurückgelassen hätten . . . Dem begegnet man hier auf Schritt und Tritt.

Damit wir uns recht verstehen: ich meine nun nicht diese falsche Romantik, auf die allenfalls der unkundige Fremde hereinfällt, und die man ihm hier und da — übrigens nicht allzu oft — in Paris noch vortingelt . . . Das ist ja nichts. Nein, ich spreche von alltäglichen Erscheinungen, von Straßendurchbrüchen, von Umbauten, von der Schaffung der Plätze, der Durchgänge — all das vollzieht sich nach unsichtbaren, vielleicht nicht einmal bewußten Gesetzen, die in den allermeisten Fällen den immanenten Charakter unzerstört lassen.

Natürlich geht viel verloren. Sobald eine enge, alte, vermuffte und verwinkelte Straße auseinanderbricht, ist der Zauber dahin — da hilft kein Instinkt und auch der beste Baumeister nicht. Aber das Neue, das dann da zu entstehen pflegt, ist denn doch nicht abstoßend, nicht knallig, nicht ‹neuzeitlich›, sondern wiederum: pariserisch. Gewisse Ecken sind natürlich einmalig und nicht zu ersetzen: die Place du Tertre auf dem Montmartre ist so oder gar nicht, die Place de la Concorde gleichfalls, ein paar Durchblicke auf der Ile St. Louis kann man wohl kaum anrühren, ohne sie zu zerstören. Aber alles andere ist dauernd angerührt worden, mit Spitzhacke und Mörtel — und was herausgekommen ist, ist immer wieder diese wunderschöne Stadt.

Und was ist über sie hinweggebraust! — Da gibt es kaum eine Straße, die nicht ihren Märtyrer hat, ihre Blutopfer, ihre Festlichkeiten und ihr großes historisches Ereignis. Hier hat ein Kloster gestanden, in dem ist Calvin erzogen, hier hat de Loyola gelernt und da ist Chateaubriand geboren . . . dergleichen gibt es ja überall — nur liegt das hier in beängstigender Fülle zusammen. Und manches stimmt doch nachdenklich. Da stehen in der rue de la Hachette, ganz in der Nähe von Notre-Dame, zwei kleine alte, wacklige Häuser. In einem der beiden hat Napoleon im Jahre 1795 gewohnt ... man muß diese kleinen Löcher von Wohnungen nur sehen! Hinter dem Collège de France hielt sich Georges Cadoudal versteckt, der wütende Gegner Bonapartes, darüber steht im ‹*Neuen Pitaval*› einiges zu lesen ... Und gerade auf dem linken Seineufer gibt es noch Straßenzüge, da muffen die Häuser von vergangenem Leben. Sie werden fallen.

Aber bleiben wird, für absehbare Zeit, das nicht renovierte, sich ewig verjüngende, alte, neu erstehende und unsterbliche Paris.

DER GENERAL IM SALON

Der alte Herr da im Bratenrock, das ist der berühmte General Soundso. Er steht am Kamin, direkt vor dem Spiegel, nein, der nicht, der neben ihm – ja. Er rührt jetzt grade mit einem kleinen Löffelchen in der Mokkatasse und unterhält sich angeregt mit den Gästen des Hauses. Es ist ein sehr feines Haus, man hat lauter gute Namen eingeladen. Die Menschen sind in der Garderobe abzugeben. Die Namen haben diniert, jetzt nehmen sie den Kaffee, auch der General.

Es ist derselbe, der damals die große Offensive bei V. eingeleitet hat. «Die Truppen des Generals», stand damals im Heeresbericht, «wurden in der Nacht von gestern auf heute zum Sturm auf die Höhen des Dorfes angesetzt.» Er ist es, der sie angesetzt hat. Seine hellblauen, etwas wässerigen Augen, die ich da sehe, lassen nichts mehr davon ahnen, daß dieser Mann einmal am Telefon gestanden, vor ihm die Karten, die Krokis, die Bleistifte, die Adjutanten, und mit erregter Stimme einen Befehl in die Muschel gebrüllt hat. «Wollen Sie dafür sorgen ...!» sagte die Stimme. Dann hängte er den Hörer ab. Am darauffolgenden Morgen fielen auf unserer Seite 8472 Mann. Sie bekamen ihr Massengrab. Der General einen Orden.

Einmal stand ich auf dem berliner Börsenstand neben einem großen Bankier, der leitete die Operationen seiner Angestellten, die hilfeflehend zu ihm kamen, wenn sie nicht weiter wußten. Er sagte ihnen rasch etwas, fast ohne nachzudenken; eilfertig liefen sie mit ihrem kleinen Zettelchen wieder davon. Siegreich stand er da, ganz ruhig, durch seinen Kopf rannen die Zahlen. Einen Fuß auf die kleine Empore gestützt, wartete er wachsam ab, was die nächste Minute bringen würde. «Huuuuu!» brüllte eine Gruppe. Der Saal begann zu brodeln, ein unermeßlicher Schrei stieg zu den ewigen Sternen. Der Bankier lächelte unmerklich. Er war es, der dieses «Hu!» entfesselt hatte.

So ungefähr denke ich mir im Kriege die Tätigkeit eines Generals, dieses Kommerzienrats der Schlachten. Gespannt am Telefon lauschend, über die Karten gebeugt, zur Seite den geschäftigen Adjutanten, so wartet er, was sich da vorn begeben wird. Nur die Heeresberichte sind falsch formuliert. Sie tragen der seit Ajaxens Zeiten etwas veränderten Situation keine Rechnung. Sie müßten anders lauten. Etwa so:

«An der Spitze seines Generals stürzte sich das heldenmütige Korps in die brausende Schlacht. Mit geschwungenem Telefonhörer setzte der unerschrockene Führer seinen Truppen nach, die er zu Paaren vor sich hertrieb. Als im Stabsgebäude das Essen serviert wurde, rief er: ‹Mir nach!›, und alles folgte seinem heldenmütigen Beispiel. Während der Kampf tobte, wankte und wich er nicht aus seinem Telefonunterstand, und erst, als der Rückzug einsetzte, war er in seinem Automobil wieder auf dem laufenden. Er war sehr beliebt – jeder Mann der Truppe kannte ihn flüchtig. Immer neue und neue Bataillone warf der Tapfere in die Einbruchsstelle, sich selber vergaß er leider mit hineinzuwerfen. Und wenn er sich nicht den Magen an heißem Kaffee verbrüht hat, dann lebt er heute noch.»

Que voulez-vous? Ce sont les risques du métier.

JAKOB WASSERMANN UND SEIN WERK

«Es ist wahr», erwiderte Angelus,
«ohne zu sehen, bist du gegangen,
ohne zu wissen, hast du gehandelt,
keinem hast du vertrauen dürfen.»
‹Renate Fuchs›

Die Frau Jakob Wassermanns, Julie Wassermann-Speyer, hat ein kleines Buch über ihren Mann geschrieben, das den Titel trägt: *‹Jakob Wassermann und sein Werk›* (und im Deutsch-Österreichischen Verlag zu Wien erschienen ist).

Schopenhauer hat einmal gesagt, man solle jedem Buch das Bildnis des Verfassers voransetzen, und es ist ja auch wahr, daß uns bei großen Männern das Menschliche ungeheuer nahegeht: wie sieht er aus, wie sah er als Kind aus, wie wohnt er, wo lebt er, was tut er am Tage? Das beste an diesem Buch ist sein erstes Kapitel: das Leben Wassermanns.

Der kleine Abschnitt, der mit ein paar schönen Jugendbildern versehen ist, bestätigt, was die Bücher längst ausgesagt haben: Wie hat sich dieser Mensch gequält! Gequält mit sich, mit der Umgebung, mit dem Schicksal, mit Hunger, Kälte und Arbeitslosigkeit, mit dem Unvermögen, sich in die rohe Welt des platten Geldverdienens hineinzufinden und in die verlogene der unordentlichen Bürger mit der Samtjacke oder der Hornbrille – Qual und Unschlüssigkeit, Verzweiflung und Selbsthaß, Verlorenheit innen und Hohn außen. Der Lebensabriß hat etwas Erschütterndes.

Schichtweise hat sich das in den Büchern abgelagert; es wäre törichte Philologie, dem im einzelnen nachzuspüren – man fühlt so oft den eigenen Herzschlag dessen, der es schrieb.

Die seltsame Blutmischung, die in Wassermann lebt, hat sein Schicksal sicherlich beeinflußt: von Franken nach Wien, zwischen den beiden Nationen lebend und keiner gehörig, Deutscher und Jude, lebte er schutzlos, ohne Hülle, jedem Nadelstich und jedem Hammerschlag doppelt preisgegeben. Und setzt sich nach Irrfahrten, Enttäuschungen, verlorenen Schlachten und entsetzlichen Hungerjahren in Österreich fest.

«Es geht nicht ums Können, Daniel Nothafft, es geht ums Sein», heißt es an der entscheidenden Stelle im ‹*Gänsemännchen*›. Was Wassermanns Frau der Lebensgeschichte noch an literarischen Betrachtungen anfügt, ist nicht sehr wesentlich. So unwesentlich wie alle ästhetischen Untersuchungen seines Werkes. Zweifellos ist die himmlisch unfertige ‹*Renate Fuchs*› ein besseres Buch als der blendend gemachte ‹*Christian Wahnschaffe*›, es gibt Fehlschläge, leere Seiten, Dinge in seinem Werk, die man nicht mag. Aber er gehört mit dazu. Er ist ein Stück unsres Lebens.

Man hat ihm vorgeworfen, daß er, der Jude, deutscher sei als die Deutschen – sicher ist, daß er der deutschen Seele zu einem Ausdruck ihrer selbst verholfen hat, und daß er so weit fort ist von dem Deutschtum dieser Tage. Wie die dunkle Landschaft unter seinen Händen zu singen anfängt –! Wie Musik, Wälder, Maschinen, Bauernwirtschaft und steinerne Straßen aussagen, was sie sind, was sie ihm sind, und was sie uns sind –! Er hat das Unsagbare gesagt, er ist das, was der Franzose ‹bourdon› nennt, die tiefe, große Kirchenglocke.

Der ungeheure Fleiß dieses Mannes ist es nicht allein, der einen mit Respekt erfüllt (obgleich das heute, als eine Ausnahme, angemerkt zu werden verdient). Ich habe einmal die Geschichten aus den ‹*Schwestern*› mit dem ‹*Neuen Pitaval*› verglichen, dem der Stoff teilweise entnommen ist: welche Feinheit in der Verkürzung, welche unmerkliche Umgruppierung der Geschehnisse, Personen und Verknüpfungen – es ist alles geblieben, und doch anders, doch geheimnisvoller, tiefer, menschlicher. Wie er nun gar das ungeheure Material des ‹*Caspar Hauser*› gemeistert hat, ist ein Rätsel, ein Wunder schon in der Bewältigung des quantitativen Stoffs. (Man weiß vielleicht, daß die Literatur über das aenigma sui temporis heute noch nicht eingeschlafen ist.) Durchtränkt von der Melodie, sehen wir seine Welt auf Schritt und Tritt. Man muß nur die Augen aufmachen. Einmal war er mir ganz nahe. Ich kam an einem Uhrmacherladen vorbei, draußen hatte der

Inhaber seine Uhr aufgehängt, und statt der Zahlen hatte er die Buchstaben seines Namens um das Zifferblatt herumgeschrieben; es waren genau zwölf, es ging grade auf. Der Mann hieß: JOHANNES QUAL.

Und wie alle Bitterkeit im Schaffen aufgelöst ist, wie kein häßlicher Bodensatz zurückgeblieben ist in ihm! Die Frau spricht von seinen ersten Anfängen; Wassermann war damals, um sich ein paar Groschen zu verdienen, Sekretär bei Ernst von Wolzogen. So spricht er über ihn: «Es war der erste Mensch, der mich ermunterte, der erste überhaupt, der mich als Dichter uneingeschränkt ernst nahm, und das bedeutete für mich so viel wie Rettung und Erlösung.» Seitdem ist viel Blut die Marne heruntergeflossen, und bei Wolzogen liest mans in den Lebenserinnerungen, mit denen sich meines Wissens Westermann besudelt hat, ungefähr so: «Ein kleiner schiefer Jude suchte mich damals viel auf – meine Frau öffnete immer das Fenster, wenn er gegangen war: es war Jakob Wassermann.»

Werk ist auf Werk gefolgt, unbeirrbar, unerschütterlich, mag der Wert hier und da geschwankt haben, hügelauf und hügelan ist der Mann sich gleich geblieben. Der letzte große Wurf war: *‹Golowin›*, die Novelle aus dem *‹Wendekreis›*, mit dem unsterblich schönen und tiefen Nachtgespräch zwischen der russischen Frau und dem revolutionären Matrosen, in dessen Verlauf der Satz steht: «Haben – welch ein häßliches Wort! Was heißt denn haben, wenn nicht gegeben wird!»

Es ist kein Wunder, daß in diesen Büchern der Traum eine so große Rolle spielt. Ich mißtraue dem literarischen Traum – in der Traumschilderung ist der Dichter unkontrollierbar, entzieht sich der Wertung und schlüpft immer hinter die Ausrede: es war ein Traum. Bei Wassermann ist Leben und Schlaf gleich traumhaft, die Grenzen sind dünnwandig, traumhaft der Rhythmus dieses einzigen Stils, von so viel Vätern befruchtet geht es immer wieder zum Vater hin. Es ist gut, wie in dem Büchlein die Vaterschaft Wassermanns herausgearbeitet ist – neben dem *‹Michael Kramer›* ist er fast der einzige, der abseits der weiten Mutter-Poesie den Vater fast schmerzlich betrachtet: den, ders gemacht hat, den, der dabei steht, dem es aus der Hand wächst, der so gern umarmen möchte und Scheu hat vor Werk und Sohn.

Er ist am Licht. Aber zu denken, daß Hunderte und Hunderte von Wassermanns sich im Dunkel quälen, sich mühen, untergehen, weil es nicht langt, oder weil sie nicht den glücklichen Zufall treffen, also weil ihr Schicksal es nicht will, weil sie keine Marktware sind, und weil ja Kunst wirklich etwas Überflüssiges, Störendes und Sinnloses bedeutet ... Ich wundere mich über jeden, der noch nicht verhungert ist. Denn der ‹große Krumme›, gegen den die Wassermanns heute angehen, der, der auch gegen sie angeht, hat kaum noch romantische Züge. Der Fette aus der *‹Ulrike Woytich›*, der mit der entzückenden, aufgeschwemmten Kunstgewerbewohnung, ist der letzte romantische

Typus für lange Zeit. Nach ihm kommt der Gleichgültige, der Tüchtige, der, der seinen Frieden mit der Welt gemacht hat – der ‹es nicht so schlimm findet›. Man ist vernünftig geworden. In der Ecke krepieren unterdes Träumer und Selbstquäler, Verzweifelnde und Verzweifelte. Wer Jakob Wassermanns in Liebe und Respekt gedenkt, mag einen ehrfurchtsvollen Gruß ins Dunkel senden.

SIE WERDEN WIEDER...

Sie werden nun wieder ins Ausland gehen. Sie werden wieder . . .

Sie werden wieder nach Amerika fahren, wie früher, und niemand wird so viel Wesens davon machen wie, natürlich, bisher. Sie werden wieder in Madrid sitzen, in Paris und in San Francisco. ‹Deutsche im Ausland› wird das geheimnisvolle Gruseln verlieren, das es für die braven Kinder seit dem Jahre 1914 gehabt hat, wo sich ernsthafte Männer nur verstohlen, unter der Bank, fremde Zeitungen herumzeigen konnten, weil der Lehrer Staat es so wollte. Sie werden wieder in Christiania Geschäfte machen und nach den Kanarischen Inseln fahren, wenn es wieder erschwinglich sein wird. Und dann –?

Dann werden sie wieder nichts lernen – ich weiß nicht, welche Interpunktion ich diesem Satz anhängen soll: einen Punkt oder ein Fragezeichen. Werden sie dieses Mal die Augen aufmachen? Die alte Generation, der fast alle unsre politischen Führer angehören, sicherlich nicht mehr. Man hat stets ablehnen müssen, sich mit Erscheinungen wie Hergt oder Hermann Müller oder Wels oder Stresemann ernsthaft auseinanderzusetzen, weil das ja nun doch kein Niveau ist, auf dem man sich bewegen kann. Aber die Jungen –?

Der Deutsche war vor dem Kriege in vielen Schichten kosmopolitischer als irgendein andrer. Er beherrschte die Tatsachenwelt des Auslandes vielfach erstaunlich gut, sprach mehr und besser Sprachen als etwa der Franzose, der nicht konnte, oder der Engländer, der nicht wollte. Und was ist dabei herausgekommen?

Als der Krieg ausbrach, zeigte sich, daß der Deutsche nichts, nichts, nichts gelernt hatte. Er verstand nichts – und versteht nichts. Er hat bis heute nicht begriffen, daß eine Welt gegen ihn nicht aus rein wirtschaftlichen Ursachen geeint stand – er konnte sich diese Uniformität der Abneigung nur erklären aus Wirtschaftsneid und aus Hintertreppenintrigen. Daß es etwas ganz andres war, ist ihm nicht aufgegangen.

Über Deutschland hinweg haben sich Rußland und Frankreich die Hand gereicht. Größere Gegensätze sind kaum denkbar: im Fühlen, im Denken, im Religiösen, im Sozialen. Und doch haben sich die beiden in gewissen menschlichen Punkten verstanden; der Russe, zum Beispiel, ist heute in Frankreich nicht übermäßig beliebt (wenn auch nicht grade unbeliebt; aber die Hausse ist vorbei) – und doch verstehen sie sich. Es ist, als ob es zwischen allen andern Völkern des Erdballs irgendetwas Gemeinsames gäbe, wovon der Deutsche ausgeschlossen ist. Und das sind nicht die Fakten und nicht die Moden und die Literaturen und überhaupt nichts, was man mit Händen greifen kann. Es ist grade das, was der Deutsche für sich gepachtet zu haben meint: die Weltseele.

Und wenn die neue Generation, die nun hinauskommt, nicht die Augen aufzumachen versteht, wenn auch sie sich wieder an den realen Tatsachen Genüge sein läßt oder – umgekehrt – Dinge ins Ausland hineingeheimnist, die nicht drin sind: dann wird das Land erneut an einer Welt vorbeileben und wiederum eines Tages nicht verstehen, daß die Geschichte gegen das Land auch über das Land hinweggeht.

RUDOLF HERZOG – EIN DEUTSCHER MANN

> Subordination ist das fortgesetzte und mit Erfolg gekrönte Bemühen eines Untergebenen, dümmer zu scheinen, als der Vorgesetzte ist.
>
> Deutscher Kriegsartikel

Das hat jeder erlebt –: wenn man das erstemal eine Eisenbahnstrecke fährt, paßt man auf jeden Baum am Wege auf. Beim dritten Mal legt sich das, und man weiß schon alles: die Zollplackereien, die Paßrevisionen, das unendliche Stuckern der Räder und die niedrigen Häuser links und rechts der Eisenbahn. Was tut man also in solchem Fall? Man liest. Der letzte Band von Conan Doyle war nicht vorrätig, Spannung ist aber im Coupé in jedem Fall vonnöten, ein bißchen lachen möchte man auch – was kann es da Schöneres geben als: «*‹Kameraden›*. Roman von Rudolf Herzog. 1.–50. Tausend. Stuttgart und Berlin. J. G. Cottasche Buchhandlung Nachfolger, 1922.» Cotta, das ist der, der einmal Goethe und Schiller . . . aber das ist schon lange her.

Nun bin ich gar nicht so ungebildet, wie ein General aussieht. Ich kenne noch zwei Romane von Herzog, die *‹Wiskottens›*, und einen, dessen Titel ich zwar vergessen habe, aber den ich auswendig, Seite für Seite, nacherzählen kann. Es wird kein Wort stimmen, aber es wird schon stimmen. *‹Kameraden›* habe ich nun ganz sorgfältig durchlacht. Hier ist ein Schulfall des deutschen Gemüts.

Schlechte Romane hat es immer gegeben. Daß Frau Courths-Mahler kein Deutsch und Herr Herzog keine Romane schreiben kann, ist belanglos. Aber seit jeher war diese Gebrauchsliteratur für den Alltag ungemein bezeichnend, weil nämlich von ihnen aus zwar nicht auf den

Verfasser, aber ganz genau auf das konsumierende Publikum geschlossen werden kann. Alle erfolgreichen Schmöker der letzten Jahrhunderte und aller Länder haben den Sieger über das Leben zum Thema – die Ritter, die wilden Räuber, die Seehelden, den Detektiv, den großen Verbrecher . . . es sind alles Leute, die kühner, größer, ungebärdiger als die Leser sind, solche, die das tun, was er gern tun möchte, aber nicht tun darf. Wer wissen will, welches Ideal sich die kleinen Kaufleute des Biedermeier erträumten, braucht nur Clauren zu lesen und die Ritterromane der Zeit; wer das von heute kennen will, lese Arnolt Bronnen, jenen Rudolf Herzog II.; alle Spießer sind verhinderte Napoleons – wir haben ja im Kriege schaudernd erlebt, was herauskommt, wenn sie einmal dürfen . . . Wie sieht nun das Idealbild des gebildeten norddeutschen Mittelstandes von heute aus –?

Wie ein Reserveoffizier.

Ein Lieblingswort des Herrn Herzog ist ‹knapp›. Es ist gar nicht zu sagen, wie knapp seine Helden alle sind. «. . . erwiderte er knapp»; «Nein, sagte sie kurz»; «Ein tiefer Ernst straffte seine Züge» – so oder ähnlich marschiert es durch alle Bände. Seine Helden sehen folgendermaßen aus, müssen also – nach den Auflageziffern zu schließen – von seinem Leserpublikum so gewünscht werden:

Knapp, kurz und kühl haben sie eine Beamtenstellung oder sind sehr rangierte Kaufleute. Mit der bestehenden Ordnung befinden sie sich auf bestem Fuß: sie bejahen sie (ohne sie genau zu kennen). Es sind tapfere Leute, solange sie in der Kollektivität handeln – erledigt, wenn sie allein stehen. Ihr Mut besteht zunächst einmal in grenzenloser Flapsigkeit gegen alle andern, die nicht ihrer Gruppe angehören. «Er schaffte mit einer kurzen Handbewegung für sich und seine Begleiterin Platz.» Die andern gibt es nicht. Denn niemand ist so aristokratisch wie Herr Regierungsrat Schulze, wenn er durch das gemeine Volk schreitet. Es sind Aristokraten der Weinabteilung. Trinken aber die andern auch Wein, sinken Schild und Wappen in nichts zusammen.

Terminologie und Jargon sind dem Kasino, dem Stall und der Jägerei entlehnt. Die feinen Unterschiede zwischen: «Der Mann hieb kräftig ein» und «Die Herren setzten sich zu Tisch» werden stets aufrechterhalten. Das Chinesentum des Kasernenhofs ist noch in den wildesten Situationen ausgedrückt; wenn einer ins Wasser fällt, ruft er sicherlich: «Ich bitte gehorsamst, mich herausholen zu wollen» oder so ähnlich. Das kann Herzog gut.

Im übrigen durchzieht das Buch jene dumme, süßliche Liebesgeschichte, die eine sehr weit ausgedehnte Frauenwelt nun einmal braucht, und die in allen Couleuren der Literatur vertreten ist: die jüdischen Hysterikerinnen kaufen bei Ewers, die christlichen bei Bonsels, und die normale deutsche Frau hat bei Herrn Herzog ihr Genüge. Wenn aber nicht geliebt wird, dann wird geprügelt.

«Aber vorher haben Sie der Zugbegleitung doch etwas ins Stammbuch geschrieben? Ich meine, die Zeitgenossen hatten doch einen Hintern, in den sie getreten werden konnten?» Die Zeitgenossen sind Deutsche. «‹Niklas, stellen Sie sich mal sofort auf den guten Ton ein.› — ‹Werd ich›, knurrte der Jäger, beugte sich weit zurück und zog dem Schimpfenden einen langen Striemen über das Fell.» Der Fellinhaber ist ein Deutscher. Dann ein zweiter, ein tausendster Fall des Gefreiten Lyck (der, wie aus Heinrich Manns *‹Untertan›* bekannt, auf Arbeiter schoß und dafür vom Kaiser belobt wurde), ein Reichswehrsoldat in gleicher Lage: «‹Geben Sie dem Wegelagerer die volle Ladung. Und wenn das Rudel nicht feige von dannen stiebt, so machen Sie doch die weite Reise nicht allein.› — ‹Zu Befehl›, murmelte der Mann, und seine Augen starrten in die Ferne . . . ‹Sie haben sich gehalten wie ein Held. Ich beglückwünsche das Vaterland zu solchen tapfern Jungen. Kommen Sie mit. Wir begleiten Sie.›» Kurz: die Ohrfeige, der Fußtritt, der Säbelhieb als Grundbedingung für den Wiederaufbau. Genau wie bei Bronnen.

Denn Herzog hats mit der Politik. Und was für einer —! Mit der, die seine Leser machen und sehen, begreifen und bejahen. Und die sieht so aus:

«Und was — was hätten Sie getan?» (Gemeint ist: im November 1918.) «An den Rhein, Dülkingen, den Kampf in der Rheinlinie aufnehmen! Jeder Tag furchtbarsten Widerstandes hätte den Feind ernüchtert, hätte uns bessere Friedensbedingungen gebracht. Nur jammernde Feigheit schlägt man ins Maul, daß sie kuscht. Keinen Mann, der Blut gegen Blut setzt.» — «Recht, Volker, recht. Und wenn die Rheinlinie nicht zu halten war —?» — «Hinter der Weser! Hinter der Elbe! Zähe, zähe; Schritt für Schritt.» Telegramm des Freiherrn von Lersner, Vertreter des Auswärtigen Amts im Großen Hauptquartier, vom 1. Oktober 1918, nachmittags 1 Uhr: «General Ludendorff bat soeben Freiherr von Grünau und mich in Gegenwart von Oberst Heye, Eurer Exzellenz seine dringende Bitte zu übermitteln, daß unser Friedensangebot sofort hinausgehe. Heute halte die Truppe; was morgen geschehen könne, sei nicht vorauszusehen.» Telegramm des Wirklichen Legationsrats von Grünau am selben Tage um 2 Uhr: «General Ludendorff sagte mir eben, in Gegenwart von Oberst Heye und Lersner, Eurer Exzellenz seine dringende Bitte zu übermitteln, das Friedensangebot sofort hinausgehen zu lassen und damit nicht erst bis zur Bildung der neuen Regierung zu warten, die sich verzögern könne. Heute hielte die Truppe noch, und wir seien noch in einer würdigen Lage, es könne aber jeden Augenblick ein Durchbruch erfolgen, und dann käme unser Angebot im allerungünstigsten Moment. Er käme sich vor wie ein Hasardspieler, und es könne jederzeit irgendwo eine Division versagen. Ich habe den Eindruck, daß man hier völlig die

Nerven verloren hat, und möchte glauben, daß wir schlimmstenfalls nach außen hin den Schritt mit der Haltung Bulgariens begründen können. Grünau.» Wie nennt man das, was Herr Herzog daraus macht? Das nennt man dichterische Freiheit. Man wird mich gewiß keiner zärtlichen Liebe für diese Republik zeihen – aber was da an dummem Zeug aufgereiht steht, das geht auf keine Herzogshaut. Was nicht hindert, daß einer der Heldenräsonneure die Torheiten, die Unfähigkeit, die Fehler der Vorkriegszeit offen zugibt: «Und geschlafen hat nun einmal die ganze liebe Vogelschar in Berlin, alle die Jahrzehnte, unsre ganze Entwicklungsgeschichte hindurch, die wir im Auslande durchlebten, durchkämpften, durchschufteten, ohne einen Zuruf, als wir in Leibes- und Seelenqual das Vaterland brauchten. Bis es – uns brauchte.» Das ist richtig: für die Deutschen im Ausland hat das Kaiserreich nie etwas übrig gehabt. Aber wer hat denn geschlafen? Doch die Leser des Herrn Herzog. Wer saß denn in allen, aber auch allen maßgebenden Stellen? Seine bonner Borussen, seine Gutsbesitzerssöhne, seine Offiziere, seine Edelmenschen, die mit der knappen Handbewegung die Mitgift einer reichen Heirat einkassierten. Nein, sie haben den Krieg nicht gewollt. Was hätten denn die auch gewollt, was über Hinterpommern oder das Weserland hinausgegangen wäre! Ich bitte gehorsamst: Stiesel. Die den Herrn Herzog lesenden bürgerlichen Aristokraten schauern vor Wonne (die Frauen besonders), wenn der Leihbibliotheksdichter ihnen attestiert, daß man Gott sei Dank etwas Besseres sei. «Halten Sie gute Nachbarschaft mit den Pfahlbürgern?» beharrte Volker. «Mein Gott, man geht ja auch sonntags mal in den Zoologischen Garten, wenn einer in der Nähe ist.» Der Inhalt des Zoologischen Gartens hat bei Verdun sein dreckiges Blut vergossen; er trug sein Fell zu Weltmarktpreisen in den Unterstand. Herr Volker trug den Pour le mérite.

Auf der gleichen Höhe stehen die Ausführungen über den polnischen Aufstand in Oberschlesien. Was da für ein objektiv falscher Kram steht, wie ‹Berlin› angegriffen wird ...! Selbst dem Stammtischhorizont dieser Leser muß doch bekannt sein, wer die Freikorps, deren Taten hier so glorifiziert werden, bezahlt hat. Einmal steht die Wahrheit: «Die Männer, die mit Volkern zum engern Stabe zählten» (die herzoglichen Helden zählen immer zum engern Stabe – vom Leben und Sterben des gemeinen Mannes liest man weniger), «hatten Augen, Ohren und Hände allenthalben ... Und sie hatten ihre Hände in den Schützengilden der bayerischen Berge und in den Hochschulen der deutschen Gaue.» Das kann man wohl sagen. Und es soll sogar vorgekommen sein, daß sie diese Hände rot bis an das Gelenk wieder herausgezogen haben ... Das Nähere siehe unter Gustav Landauer.

Sehr feine Herren sinds nicht, die feinen Herren. Aber offenbar lebt man in diesen Kreisen so, denn sonst würden diese Bücher ja nicht so begehrt und gelesen werden. Ein Land ist in Not, in tiefster Not. «Ich sagte Ihnen doch, ich habe mein Geld in vollwertigen Dollars. Und wenn die Mark auf den Nullpunkt sinkt, kauf ich mir für einen Dollar einen Ochsen.» Aber einen unbeschnittenen. Und einmal, als der Oberheld dem Unterhelden einen Freundschaftsdienst erweist: «Meinen Kameraden hätte ich herausgehauen, dachte er, als er zufrieden mit dem Tagewerk dem Dülkinger Hof zuschritt. Da mich selber der Dollar keinen Cent mehr kostet, als ich ihn hergegeben habe, so ist das Geschäft ein erträgliches, und der Verlust besteht nur in der Einbildung.» Dieses Deutschtum ist ein unerträgliches, und sein Wert besteht nur in der Einbildung.

Im übrigen habe ich für mein Geld alles bekommen, was ich verlangen konnte: Liebe und Mondschein, Dielenbesitzer, die «von rheinauf und rheinab» zum Begräbnis eines «Stimmungssängers» kommen – sogar ein Notzuchtverbrechen mit garantiert schwarzer Schmach und ha! dem kräftig zupackenden Faustgriff des blonden Retters ... es ist alles da. Fremde Soldaten starren immer «frech» herüber; reisende Norddeutsche werden auf einem bayerischen Bahnhof geohrfeigt; «die Lautheit der französischen Gebärde, französischen Redeflusses auf allen Wegen». Man muß einmal hören, wie ein alter französischer Offizier, etwa Gaston Moch, über Deutschland spricht, um die Häßlichkeit dieser falschen Beobachtung zu ermessen. Und ein guter Beobachter Frankreichs, nämlich Arthur Eloesser, erzählte mir einmal, wie er sich in Paris in den Gesellschaften anfangs so fremd gefühlt habe; ihm fehlte etwas. Er kam dahinter, daß es unsre ziemlich lauten und lebhaften Gespräche waren – die französische Geselligkeit ist leiser. Aber es sind feine Herren. Und schlau! Als der Handelsmann, der Viehjude, mit dem ‹Herrn› die Ställe passiert, sagt er: «Was haben Sie für schöne Ochsen! Was haben der Herr Baron nur für schöne Ochsen!» Dülkingen hatte falsch gehört. «Ja, ja. Es ist Bier aus der Dortmunder Brauerei.» Und dann gingen sie zu den andern ... Da schmunzelt aber die Leserschaft! So ein ausgeruhter Kopf! Hört einfach nicht! Und mit dieser gutsherrlichen ‹Schlauheit› haben sie denn auch nachher die Welt regiert ... Fein sind sie, aber auch burschikos dabei. Dülkingen – möchten Sie Dülkingen heißen? – bemängelt an seiner Wirtschafterin, daß sie immer die Hände unter den Busen legt. Aber wie nennt er diesen Busen, der Schelm! «Das da» und «den Pudding» – zum Schießen! Und sie sind auch historisch – nur vom alten Kaiser wollen sie etwas wissen. «Mit dem Enkel verbindet mich nur ehrliche Teilnahme.» Da hast es. Und Lyrik? Lyrik auch. Preußische, natürlich. In einem Satz die ganze preußische Lyrik. «Sehnsüchtig rufend klangen die geschulten Männerstimmen durch den Raum.» Hör ich doch den Klang noch dieser Männerstimmen! «Aufstehen!» Und schließlich eine Perle, und da zeigt sich der Lebensinhalt einer ganzen Schicht, die diesen Krempel liest, in vollem Lichte:

«Vornehmheit –?» wiederholte Volker. «Kann Vornehmheit lässig sein? Lässig ist haltlos . . .»

Kann Vornehmheit lässig sein –? Gewiß, Vornehmheit ist lässig und locker – der straffe und knappe Charakter dieser Menschen aber gleicht dem zu engen, hohen und steifen Kragen des Unteroffiziers, der sonntags ausgeht. Er braucht den Kragen. Es ist sein sittlicher Halt. Öffnet er ihn . . . aber das ist eine landwirtschaftliche Frage. Millionen und Millionen lesen das. Stramme Helden hauen ein, daß es nur so knackt und knallt, unzählige Liebespaare wandeln in diesen Büchern bei Kapitelschluß über die mondbeglänzten Felder, jeder hebt die Nase und sieht gestrafft über das bunte Gewühl da unter sich. Und wer liest das –?

Es ist der Gehaltsempfänger, der den Burggrafen spielt, der Bibliotheksrat aus der Gehaltsstufe IV mit herunterklappbarem Visier, der Vorsitzende eines Polizeihundzüchtervereins als August der Starke. Es liest sich so wohlig, so glatt, man fühlt sich, es ist der Märchenwald unsrer Zeit. Eine ganze, breite Schicht ergötzt sich an diesen Leckerbissen. Das Verzeichnis hinten im Buch gibt eine Gesamtauflage von 2 485 000 Exemplaren an – das bedeutet, milde gerechnet, zehn Millionen Leser, denn jener ist der Herzog der Leihbibliotheken. So wollen diese zehn Millionen die Welt. Und da ist noch eine Kleinigkeit.

Wo war der Barde im Krieg? Diese Frage, an einen Pazifisten gerichtet, ist sinnlos; man kann ihm höchstens vorwerfen, nicht seine Dienstpflicht verweigert zu haben. Wo war Herr Herzog? Er hat sicherlich sämtliche Ausreden parat. Walter Bloem hatte sie nicht, und obgleich dessen Romane auch nicht grade sehr heiter sind, würde ich niemals etwas gegen den Mann sagen: der hat seine Vaterlandstreue mit seinem Blut besiegelt, er hat an die Sache geglaubt, und wenn er von seinen Verwundungen genesen war, ist er immer wieder hinausgegangen. Herr Höcker saß in Lille und verdiente Geld. Herr Herzog schrieb Romane. Gott segne seine Stammrolle.

Aus seinen Büchern aber sieht uns ein entsetzliches Gesicht an – mit starr nach oben gebürstetem Schnurrbärtchen, knappem Haar, kühler Hornbrille, kurzem Scheitel. Das Gesicht hebt sich von einem weißen Kachelhintergrund ab: es ist die Herrentoilette eines Gasthauses am Rhein, fliesenbelegt, mit bunten Kirchenfenstern, auf denen der deutsche Rhein und das deutsche Mädel irgend etwas Deutsches machen, sauber, korrekt, straff. Herrn Herzog habe ich schon vergessen. Aber seine Leser, seine Millionen Leser, Kaufleute, Beamte, Studenten, Geometer, Priester, Ärzte, Familienväter und ihre Frauen – sie haben sich und ihrer Zeit in den Werken des allverehrten Dichters ein würdiges Denkmal gesetzt.

ABENDS NACH SECHS

Selig, wer sich vor der Welt
Ohne Haß verschließt;
Einen Freund am Busen hält
Und mit dem genießt.

Was von Menschen nicht gewußt
Oder nicht bedacht,
Durch das Labyrinth der Brust
Wandelt in der Nacht.
Unbekannter Dichter

Abends nach sechs Uhr gehen im Berliner Tiergarten lauter Leute spazieren, untergefaßt und mit den Händen nochmals vorn eingeklammert – die haben alle recht. Das ist so:

Er holt sie vom Geschäft ab oder sie ihn. Das Paar vertritt sich noch ein bißchen die Beine, nach dem langen Sitzen im Büro tut die Abendluft gut. Die grauen Straßen entlang, durch das Brandenburger Tor zum Beispiel – und dann durch den Tiergarten. Was tut man unterwegs? Man erzählt sich, was es tagsüber gegeben hat. Und was hat es gegeben? Ärger.

Nun behauptet zwar die Sprache, man ‹schlucke den Ärger herunter› – aber das ist nicht wahr. Man schluckt nichts herunter. Im Augenblick darf man ja nicht antworten – dem Chef nicht, der Kollegin nicht, dem Portier nicht; es ist nicht ratsam, der andere bekommt mehr Gehalt, hat also recht. Aber alles kommt wieder – und zwar abends nach sechs.

Das Liebespaar durchwandelt die grünen Laubgänge des Tiergartens, und er erzählt ihr, wie es im Geschäft zugegangen ist. Zunächst der Bericht. Man hat vielleicht schon bemerkt, wie Schlachtberichte solcher Zusammenstöße erstattet werden: der Berichtende ist ein Muster an Ruhe und Güte, und nur der böse Feind ist ein tobsüchtig gewordener Indianer. Das klingt ungefähr folgendermaßen: «Ich sage, Herr Winkler, sage ich – das wird mit dem Ablegen so nicht gehn!» (Dies in ruhigstem Ton von der Welt, mild, abgeklärt und weise.) «Er sagt, erlauben Sie mal! sagt er – ich lege ab, wies mir paßt!» (Dies schnell, abgerissen und wild cholerisch.) Nun wieder die Oberste Heeresleitung: «Ich sage ganz ruhig, ich sage, Herr Winkler, sage ich – wir können aber nicht so ablegen, weil uns sonst die C-Post mit der D-Post durcheinanderkommt! Fängt er doch an zu brüllen! Ich hätte ihm gar nichts zu befehlen, und er täte überhaupt nicht, was ihm andere Leute sagten – finnste das –?» Dabei haben natürlich beide spektakelt wie die Marktschreier. Aber manchmal wars der Chef, und dem konnte man doch nicht antworten. Man hat also ‹heruntergeschluckt› – und jetzt entlädt es sich. «Finnste das?»

Lottchen findet es skandalös. «Hach! Na, weißt du!» Das tut wohl, es ist Balsam fürs leidende Herz — endlich darf man es alles heraussagen! — «Am liebsten hätte ich ihm gesagt: Machen Sie sich Ihren Kram allein, wenns Ihnen nicht paßt! Aber ich werde mich doch mit so einem ungebildeten Menschen nicht hinstellen! Der Kerl versteht überhaupt nichts, sage ich dir! Hat keine Ahnung! So, wie ers jetzt macht, kommt ihm natürlich die C-Post in die D-Post — das ist mal bombensicher! Na, mir kanns ja egal sein. Ich weiß jedenfalls, was ich zu tun habe: ich laß ihn ruhig machen — er wird ja sehen, wie weit er damit kommt . . .!» — Ein scheu bewundernder Blick streift den reisigen Helden. Er hat recht.

Aber auch sie hat zu berichten. «Was die Elli intrigiert, das kannst du dir überhaupt nicht vorstellen. Fräulein Friedland hat vorgestern eine neue Bluse angehabt, da hat sie am Telefon gesagt, wir habens abgehört —: Man weiß ja, wo manche Kolleginnen das Geld für neue Blusen herhaben! Wie findest du das? Dabei hat die Elli gar keinen Bräutigam mehr! Ihrer ist doch längst weg — nach Bromberg!» Krach, Kampf mit dem zweiten Stock auf der ganzen Linie — Schlachtgetümmel. «Ich hab ja nichts gesagt . . . aber ich dachte so bei mir: Na — dacht ich, wo du deine seidenen Strümpfe her hast, das wissen wir ja auch! Weißt du, sie wird nämlich jeden zweiten Abend abgeholt, sie läßt immer das Auto eine Ecke weiter warten . . . aber wir haben das gleich rausgekriegt! Eine ganz unverschämte Person ist das!» Da drückt er ihren Arm und sagt: «Na sowas!» Und nun hat sie recht.

So wandeln sie. So gehen sie dahin, die vielen, vielen Liebespaare im Tiergarten, erzählen sich gegenseitig, klagen sich ihr kleines Leid, und haben alle recht. Sie stellen das Gleichgewicht des Lebens wieder her. Es wäre einfach unhygienisch, so nach Hause zu gehen: mit dem gesamten aufgespeicherten Oppositionsärger der letzten neun Stunden. Es muß heraus. Falsche Abrechnungen, dumme Telefongespräche, verpaßte Antworten, verkniffene Grobheiten — es findet alles seinen Weg ins Freie. Es ist der Treppenwitz der Geschäftsgeschichte, der da seine Orgien feiert. Die blauen Schleier der Dämmerung senken sich auf Bäume und Sträucher, und auf den Wegen gehen die eingeklammerten Liebespaare und töten die Chefs, vernichten den Konkurrenten, treffen die Feindin mitten ins falsche Herz. Das Auditorium ist dankbar, aufmerksam und grenzenlos gutgläubig. Es applaudiert unaufhörlich. Es ruft: «Noch mal!» an den schönen Stellen. Es tötet, vernichtet und trifft mit. Es ist Bundesgenosse, Freund, Bruder und Publikum zu gleicher Zeit. Es ist schön, vor ihm aufzutreten.

Abends nach sechs werden Geschäfte umorganisiert, Angestellte befördert, Chefs abgesetzt und, vor allem, die Gehälter fixiert. Wer würde die Tarife anders regeln? Wer die Gehaltszulagen gerecht bemessen? Wer Urlaub mit Gratifikation erteilen? Die Liebespaare, abends nach sechs.

Am nächsten Morgen geht alles von frischem an. Schön ausgeglichen geht man an die Arbeit, die Erregung von gestern ist verzittert und dahin, Hut und Mantel hängen im Schrank, die Bücher werden zurechtgerückt — wohlan! der Krach kann beginnen. Pünktlich um drei Uhr ist er da — dieselbe Geschichte wie gestern: Herr Winkler will die Post nicht ablegen, Fräulein Friedland zieht eine krause Nase, die Urlaubsliste hat ein Loch, und die Gehaltszulage will nicht kommen. Ärger, dicker Kopf, spitze Unterhaltung am Telefon, dumpfes Schweigen im Büro. Es wetterleuchtet gelb. Der Donner grollt. Der erfrischende Regen aber setzt erst abends ein — mit ihr, mit ihm, untergefaßt im Tiergarten.

Da ist Friede auf Erden und den Paaren ein Wohlgefallen, der Angeklagte hat das letzte Wort — und da haben sie alle, alle recht.

DER FALL KNORKE

Eines Tages beschloß der Berliner, etwas Schönes, Angenehmes, Liebliches, etwas, das das Herz erfreut, mit

Knorke

zu bezeichnen.

‹Knorke›, mhd. knorricht, wahrscheinlich von ‹Knorz› abgeleitet, Sanders S. 367, soviel wie ‹Knorren habend› — kein Druckfehler für Korken. Eine Ehrung für den General Knorck (1719—1786, Reiteroffizier Friedrichs des Großen) erscheint wenig wahrscheinlich. Eines Tages war das Wort da.

Vorher hatten wir: ‹dobje› — das kam aus dem Krieg. Auch ‹schnieke› war sehr beliebt, das hieß wieder mehr ‹fein, elegant, gut ausstaffiert›. Aber ‹knorke› war doch das schönste von allen. Wenn das Wort ausgesprochen wurde, hatte man mit dem angezogenen rechten Unterarm vertikal zur Fußstellung eine kurze Bewegung nach der rechten Brusthälfte hin zu machen, was das Wort wesentlich unterstrich. Dadurch wurde ‹knorke› erst knorke. Und als das gar einmal ein Komiker auf dem Theater machte und zweimal in einem Stück hintereinander, da war der Erfolg des neuen Ausdrucks besiegelt. Knorke, Mensch —!

Die Knorkitis wütete. Alles war knorke: Essen, Frauen, Börsengewinste — (es ist schon lange her, schon lange her!) — Anzüge, Renntips und Kinogrößen. Die Dadaisten hatten ja erfunden, daß man ein Wort nur in die Welt zu setzen brauchte — wie etwa: dada — und daß sich dann der Sinn von ganz allein einstellt. Knorke setzte Fett an: es präzisierte sich, gewann Form und Sinn und wurde ein Begriff. Unmöglich, etwa ein ganz kleines Kind ‹knorke› zu nennen — etwas widerstrebt da dem feinen Sprachempfinden. Knorke ist nichts Winziges – ein Marienkäfer ist nicht knorke. Knorke ist: bunt, laut, glänzend, ersten Ranges, über das Maß zufriedenstellend, imponierend, die Erwartungen eines guten Hausvaters voll erfüllend. Klara ist knorke.

Knorke überschwemmte die Grammatik. Es war Adjektiv und Adverbium – («eine knorke Sache» und «er spielt knorke» – also: wie beschaffen und in welcher Weise) – auch kam das Wort in den nordwestlichen Landstrichen Berlins als Substantiv wild vor: «Justav is eine Knorke –!» Ein mystischer Sprachvorgang.

Kurz, das Wort wurde das, was die französische Sprache so hübsch «une scie» nennt, eine Säge. Das haben wohl alle Sprachen: der Ursprung der Epidemie ist meist dunkel, ein hingeworfenes Wort, ein Coupletrefrain, eine Volkswendung – auf einmal ist es da und macht alle Welt toll. Im Französischen hieß es früher bei allen Gelegenheiten: «A la gare!» oder: «Ça-ça fait riche!» Jetzt heißt es: «Sans blague!» – Ohne Spaß, was ‹sans blague› alles angerichtet hat, das glauben Sie nicht, sans blague –! Es paßt so schön auf alles, was es überhaupt nur gibt. Du hast Durst, Schatz? Sans blague –! Herriot hat eine Rede gehalten? Poincaré hat keine gehalten? Sans blague –! Es gibt jetzt einen Expreß-Autobus in Paris? Jackie Coogan hat sich in das Goldene Buch der amerikanischen Botschaft an der Seine eingeschrieben? Sans blague –! Es paßt immer. Sans blague ist knorke.

Knorke ist das, woran sich der Ausländer zu allererst die Zunge wund stößt. Wenn er klug ist, läßt er die Lippen davon. Denn nichts ist merkwürdiger, als Ausländer knorken zu hören. Im ersten Augenblick muß man lachen, ja, man ist sogar geneigt, zu sagen: Sie können aber gut Deutsch! Aber nachher ärgerts einen doch ein bißchen; es ist, wie wenn ein frisch eingeladener Gast ins Schlafzimmer der Hausfrau läuft, und sich da die Möbel ansieht. Knorke? Wieso: Das ist *unsere* Knorke.

Der Fall Knorke war ein bitterer Fall. Knorke überschwemmte alles: die Straßenbahngespräche, die Volksversammlungsreden, die Diskussionen, die Telefongespräche, die Lieder, die Scherzgedichte – knorke, knorke! Wer aber genau hinhorchte, konnte dem gesunden Wort etwas anhören. Es trug seinen Untergangskeim in sich. Auf dem Höhepunkt angelangt, verfiel es der Krankheit seiner Art.

Als eines Abends ein frecher Lümmel das Wort in die volle Untergrundbahn hineinbrüllte, lachte kein Mensch mehr. Das Wort erschrak und ließ sich nochmal brüllen. Es geschah nichts dergleichen. Die Knorke erstarb dem Knaben im Munde. Was war geschehen –?

La scie, die Säge, hatte ausgesägt. Es taumelte durch die Wochen, die Rinnsteine schrien es sich noch mitunter zu, dann verfiel es sichtlich, wankte traurig umher, senkte das Haupt und war so gut wie verschieden.

Auf einmal sagte niemand mehr knorke. «Knorke? Den Ausdruck kenn ich nicht!», das durfte ungestraft gesagt werden! – Es war aus.

Lebe wohl, ‹Knorke›. Ruhe sanft. Hab keine Angst: deine Familie stirbt nicht aus. Du bekommst Nachfolger. Die Menschen brauchen das wohl, etwas, das alle sagen, etwas, das alle tun, etwas, woran alle glauben. Mal ist es Knorke, und mal ist es die Höhensonne; mal ist es ‹Sans blague›, und mal ist es die Theosophie – Knorke kommt und Knorke vergeht, unser Leben ist wie Knorke, der Wind trägts umher, wirbelt es hierhin und dorthin – und was bleibt in den meisten Fällen übrig?

Chorus mysticus: «Knorke!» –

JENER

«Was haben Sie eigentlich gegen ihn?
Er ist diskret und stets bescheiden.
Er hat doch alle Sympathien –
was wolln Sie uns den Mann verleiden?»

Ja, gegen Wilhelm ist er Gold.
Das will nun aber nichts besagen.
Daß jedermann ihm Achtung zollt,
bedeutet: er ist leicht zu tragen.

Und so bequem. Ist das ein Mann
der Republik? Ein Mann der Massen,
daraus er stammt? Sehn Sie sichs an:
Er kann von aller Herkunft lassen.

Ich weiß: man kann nicht immer so.
Ich weiß: er soll repräsentieren.
Ich weiß: abhängig vom Büro ...
die Position ... er muß paktieren ...

Der Arbeiter sah hoffnungsvoll
auf seinen Mann. Dem wollt er dienen.
In langen Jahren wuchs der Groll:
«Einer von uns? Einer von ihnen!»

Vergessen, was man lebenslang
für die Genossen schön gepredigt?
Ein Gang die Reichswehrfront entlang –
und Marx und Bebel sind erledigt.

Sechs Jahr kein Wort, das uns bewegt.
Kein Wort für die in den Fabriken.
Kein Wort, das unsre Zeit erregt –
nur Gehrock, Messen und Musiken.

Ein wahres Herz verliert sich nie.
Der ist den breiten Weg gegangen.
Wie die Partei. Er ist wie sie.
Man darf wohl nicht zu viel verlangen.

DER LINKSDENKER

Er ist ein Gespenst und doch ein Münchner. Alfred Polgar

Das war ein heiterer Abschied von Berlin: sechs Wochen Panke und ein Abend Karl Valentin – die Rechnung ging ohne Rest auf.

Ich kam zu spät ins Theater, der Saal war bereits warm und voller Lachen. Es mochte grade begonnen haben, aber die Leute waren animiert und vergnügt wie sonst erst nach einem guten zweiten Akt. Am Podium der Bühne auf der Bühne, mitten in der Vorstadtkapelle, saß ein Mann mit einer aufgeklebten Perücke, er sah aus, wie man sich sonst wohl einen Provinzkomiker vorstellt: ich blickte angestrengt auf die Szene und wußte beim besten Willen nicht, was es da wohl zu lachen gäbe ... Aber die Leute lachten wieder, und der Mann hatte doch gar nichts gesagt ... Und plötzlich schweifte mein Auge ab, vorn in der ersten Reihe saß noch einer, den hatte ich bisher nicht bemerkt, und das war: ER.

Ein zaundürrer, langer Geselle, mit stakigen, spitzen Don-Quichote-Beinen, mit winkligen, spitzigen Knien, einem Löchlein in der Hose, mit blankem, abgeschabtem Anzug. Sein Löchlein in der Hose – er reibt eifrig daran herum. «Das wird Ihnen nichts nützen!» sagt der gestrenge Orchesterchef. Er, leise vor sich hin: «Mit Benzin wärs scho fort!» Leise sagt er das, leise, wie es seine schauspielerischen Mittel sind. Er ist sanft und zerbrechlich, schillert in allen Farben wie eine Seifenblase; wenn er plötzlich zerplatzte, hätte sich niemand zu wundern.

«Fertig!» klopft der Kapellmeister. Eins, zwei, drei – da, einen Sechzehnteltakt zuvor, setzte der dürre Bläser ab und bedeutete dem Kapellmeister mit ernstem Zeigefinger: «'s Krawattl rutscht Eahna heraus!» Ärgerlich stopft sich der das Ding hinein.

«Fertig!» Eins, zwei, drei ... So viel, wie ein Auge Zeit braucht, die Wimper zu heben und zu senken, trennte die Kapelle noch von dem schmetternden Tusch – da setzte der Lange ab und sah um sich. Der Kapellmeister klopfte ab. Was es nun wieder gäbe –? «Ich muß mal husten!» sagte der Lange. Pause. Das Orchester wartet. Aber nun kann er nicht. Eins, zwei, drei – tätärätä! Es geht los.

Und es beginnt die seltsamste Komik, die wir seit langem auf der Bühne gesehen haben: ein Höllentanz der Vernunft um beide Pole des Irrsinns. Er ist eine kleine Seele, dieser Bläser, mit Verbandsorgan, Tarif, Stammtisch und Kollegenklatsch. Er ist ängstlich auf seinen vereinbarten Verdienst und ein bißchen darüber hinaus auf seinen Vorteil bedacht. «Spielen Sie genau, was da steht», sagt der Kapellmeister, «nicht zu viel und nicht zu wenig!» – «Zu viel schon gar nicht!» sagt das Verbandsmitglied.

Oben auf der Bühne will der Vorhang nicht auseinander. «Geh mal sofort einer zum Tapezierer», sagt der Kapellmeister, «aber sofort, und sag ihm, er soll gelegentlich, wenn er Zeit hat, vorbeikommen.» Geschieht. Der Tapezierer scheint sofort Zeit zu haben, denn er kommt gelegentlich in die Sängerin hineingeplatzt. Steigt mit der Leiter auf die Bühne – «Zu jener Zeit, wie liebt ich dich, mein Leben», heult die Sängerin – und packt seine Instrumente aus, klopft, hämmert, macht ... Seht doch Valentin! Er ist nicht zu halten. Was gibt es da? Was mag da sein? Er hat die Neugier der kleinen Leute. Immer geigend, denn das ist seine bezahlte Pflicht, richtet er sich hoch, steigt auf den Stuhl, reckt zwei Hälse, den seinen und den der Geige, klettert wieder herunter, schreitet durch das Orchester, nach oben auf die Bühne, steigt dort dem Tapezierer auf seiner Leiter nach, geigt und sieht, arbeitet und guckt, was es da Interessantes gibt ... Ich muß lange zurückdenken, um mich zu erinnern, wann in einem Theater *so* gelacht worden ist.

Er denkt links. Vor Jahren hat er einmal in München in einem Bierkeller gepredigt: «Vorgestern bin ich mit meiner Großmutter in der Oper *‹Lohengrin›* gewesen. Gestern nacht hat sie die ganze Oper nochmal geträumt; das wann i gwußt hätt, hätten wir gar nicht erst hingehen brauchen!»

Aber dieser Schreiber, der sich abends sein Brot durch einen kleinen Nebenverdienst aufbessert, wird plötzlich transparent, durchsichtig, über- und unterirdisch und beginnt zu leuchten. Berühren diese langen Beine noch die Erde?

Es erhebt sich das schwere Problem, eine Pauke von einem Ende der Bühne nach dem andern zu schaffen. Der Auftrag fällt auf Valentin. «I bin eigentlich a Bläser!» sagt er. Bläser schaffen keine Pauken fort. Aber, na ... latscht hin. Allein geht es nicht. Sein Kollege soll helfen. Und hier wird die Sache durchaus mondsüchtig. «Schafft die Pauke her!» ruft der Kapellmeister ungeduldig. Der Kollege kneetscht in seinen Bart: «Muß das gleich sein?» Der Kapellmeister: «Bringt die Pauke her!» Valentin: «Der Anderl laßt fragen, wann.» – «Gleich!» Sie drehen sich eine Weile um die Pauke, schließlich sagt der Anderl, er müsse dort stehen, denn er sei Linkshänder. Linkshänder? Vergessen sind Pauke, Kapellmeister und Theateraufführung ... Linkshänder! und nun, ganz shakespearisch: «Linkshänder bist? Alles links? Beim Schreiben auch? Beim Essen auch? Beim Schlucken auch? Beim Denken auch?» Und dann triumphierend: «Der Anderl sagt, er ist links!» Wie diesseits ist man selbst, wie jenseits der andre, wie verschieden, wie getrennt, wie weitab! Mitmensch? Nebenmensch.

Sicherlich legen wir hier das Philosophische hinein. Sicherlich hat Valentin theoretisch diese Gedankengänge nicht gehabt. Aber man zeige uns doch erst einmal einen Komiker als Gefäß, in das man so etwas hineinlegen kann. Bei Herrn Westermeier käme man nicht auf solche Gedanken. Hier aber erhebt sich zum Schluß eine Unterhaltung über den Zufall, ein Hin und Her, kleine magische Funken, die aus einem merkwürdig konstruierten Gehirn sprühen. Er sei unter den Linden spaziert, mit dem Nebenmann, da hätten sie von einem Radfahrer gesprochen – und da sei gerade einer des Wegs gekommen. Dies zum Kapitel: Zufall. Der Kapellmeister tobt. Das sei kein Zufall – das sei Unsinn. Da kämen tausend Radfahrer täglich vorbei. «Na ja», sagt Valentin, «aber es ist grad *einer* kumma!» Unvorstellbar, wie so etwas ausgedacht, geschrieben, probiert wird. Die Komik der irrealen Potentialsätze, die monströse Zerlegung des Satzes: «Ich sehe, daß er nicht da ist!» (was sich da erhebt, ist überhaupt nicht zu sagen!) – die stille Dummheit dieses Witzes, der irrational ist und die leise Komponente des korrigierenden Menschenverstandes nicht aufweist, zwischendurch trinkt er aus einem Seidel Bier, kaut etwas, das er in der Tasche aufbewahrt hatte, denkt mit dem Zeigefinger und hat seine kleine Privatfreude, wenn sich der Kapellmeister geirrt hat. Eine kleine Seele. Als Hans Reimann einmal eine Rundfrage stellte, was sich wohl jedermann wünschte, wenn ihm eine Fee drei Wünsche freistellte, hat Karl Valentin geantwortet: «1. Ewige Gesundheit. 2. Einen Leibarzt.» Eine kleine Seele.

Und ein großer Künstler. Wenn ihn nur nicht einmal die berliner Unternehmer einfangen! Das Geheimnis dieses primitiven Ensembles ist seine kräftige Naivität. Das ist nun eben so, und wems nicht paßt, der soll nicht zuschauen. Gott behüte, wenn man den zu Duetten und komischen Couplets abrichtete! Mit diesen verdrossenen, verquälten, nervösen Regisseuren und Direktoren auf der Probe, die nicht zuhören und zunächst einmal zu allem nein sagen. Mit diesem Drum und Dran von unangenehmen berliner Typen, die vorgeben zu wissen, was das Publikum will, mit dem sie ihren nicht sehr heitern Kreis identifizieren, mit diesen überarbeiteten und unfrohen Gesellen, die nicht mehr fähig sind, von Herzen über das Einfache zu lachen, «weil es schon dagewesen ist». Sie jedenfalls sind immer schon dagewesen. Karl Valentin aber nur einmal, weil er ein seltener, trauriger, unirdischer, maßlos lustiger Komiker ist, der links denkt.

GEWEHRE AUF REISEN

Unter diesem witzigen Titel hat Leo Lania im Malik-Verlag zu Berlin ein kleines Büchlein erscheinen lassen, das den deutschen Waffenschmuggel der letzten Jahre auf Grund von Quellen ausführlich behandelt. Sie sind etwas dunkel, diese Quellen, obgleich es nicht grade Spelunken sind, wo derlei Geschäfte getätigt wurden. Der Krieg war verloren, das Rad, einmal im Schwung, lief leer weiter.

Seitdem man dem modernen Spießer die Tötungsmaschine zum Spielen gegeben hat, ist er nicht mehr zu halten. «Denn wer die Waffe hat, der schlägt die Wunde», heißt es bei Karl Kraus. Wenn man nur ein Maschinengewehr besitzt: das Schußfeld wird sich schon finden. (Und es ethisch zu basieren, dazu sind Geistliche aller Konfessionen, Universitätsprofessoren, Erzieher, Journalisten, Volk und Knechte gern bereit.) Die unbestimmte Hoffnung, mit bewaffneten Haufen unbequeme Wirtschaftserscheinungen aus der Welt zu schaffen, Arbeitslosigkeit, Sehnsucht nach dem verantwortungslosen Abenteuer, das im Fall des Gelingens die Teilnehmer bei allen Ausschreitungen straflos hält: das ballte entlassene Offiziere, Nichtstuer, Schieber, Emigranten, unzufriedene Beamte, faulenzende Studenten zusammen. Ein wüster Waffenhandel begann.

Durch Lania lernt man Einzelheiten kennen. Er macht zunächst einmal mit den Persönlichkeiten bekannt: mit der Balzac-Figur des Herrn Rubinstein aus Charkow, mit dem Rittmeister Lustig, mit den Firmen, die teils Luftgeschäfte machten, teils wirklich Waffen handelten, darunter Namen von Klang und Reichweite: Geheimrat Hähn, Malchow in Mecklenburg; Geheimrat Meurer, Berlin (Spritzmetall A.-G.), große berliner Speditionsfirmen, die sich nicht scheuten, auch diese trüben Geschäfte zu betreiben; ein Herr Grucza aus Oppeln und ein Herr Kluge aus der Kleist-Straße in Berlin. Kommissarow nicht zu vergessen, der General Kommissarow, ein ganz besonders feiner Herr, der schon im Jahre 1909 die politischen Häftlinge Sibiriens von einem Fluchtversuch in die Polizeihölle prügelte. Auch er waffenhandelte ein bißchen für Deutschland und für Litauen. Sie sind alle, alle da, wenn es etwas zu verdienen gibt. Meisterhaft ist die Geschichte einer Messingschiebung aus Italien erzählt, und sie schließt so:

> «Nun, an diesem einen Geschäft, an dieser mehrmonatigen erfolglosen Jagd nach dem Messing in Turin haben dreiundzwanzig Interessenten teilgenommenen. In Berlin allein. Rechtsanwälte,

Literaten, Kaufleute, Agenten, Offiziere, Beamte. Einer hatte es vom andern erfahren, jeder hatte Beziehungen, Verbindungen, Ideen, brachte einflußreiche Persönlichkeiten mit, die wieder ihre Freunde und Bekannte mobilisierten. Dreiundzwanzig Leute, die viele Wochen lang nichts andres taten, als von einer ‹Konferenz› zur andern laufen, telefonieren, Verträge entwerfen und – rechnen. Wieviel tausend Dollars werden wohl für mich dabei abfallen? Wie verteilt sich der Gewinn? Die Unmenge von Telefongesprächen! Von Briefen und Telegrammen! Das Papier, das da verschrieben wurde. Die Zeit, die Energie, die Mühe, die die dreiundzwanzig Menschen verpulverten! Ein Geschäft? Wie viele Hunderttausende solcher Geschäfte sind in Berlin in einem Monat des Jahres 1923 getätigt worden!»

Genau so war es. Und ist es vielleicht noch. Denn ehe die harten Notwendigkeiten der Wirtschaft die Leute in Deutschland zwingen werden, einzusehen, daß das eben kein Geschäft, kein produktives Wirken, überhaupt nichts ist, was der Rede wert wäre und irgendeinen Wert hat, sich unproduktiv und hemmend in den Gang der Waren einzuschalten und mühelos an einem Ding zu verdienen, dessen Produktion, Konsum, Art und Wesen man gar nicht kennt: bis dahin wird noch viel Zeit vergehn. Diese Tätigkeit mag mit viel Schufterei verbunden sein – mit Arbeit hat sie nichts zu tun.

Aber vielleicht liegt das tief in der menschlichen Natur begründet. Als einst Petersburg ganz von der Außenwelt abgeschlossen war, handelte man dort mit Konnossementen, die völlig wertlos geworden und gar nicht zu verwerten waren. Aber es wurde gehandelt, und das war wohl die Hauptsache.

Lanias Büchlein ist von der ersten bis zur letzten Zeile interessant.

Schon wegen der jämmerlichen Rolle, die die deutsche Justiz in diesem Waffenhandel spielt. Wie ahnungslos dieser Engel ist! Wie sie von nichts nicht wissen! Wie verdrossen und langsam Voruntersuchungen, Nachuntersuchungen, Verhöre und Vernehmungen vorgenommen werden, und wie nichts dabei herauskommt als die offenbare Erkenntnis, daß dieser Apparat wenig mit Recht zu tun hat. Wie sollte er auch! Die Angeschuldigten und die Richter und Staatsanwälte – es ist eine geistige Welt. Alles verstehen heißt: Alles verzeihen. Ob Herr Guernut, der Präsident der französischen Liga für Menschenrechte, diese innere Struktur Deutschlands, wie es wirklich ist, kennt, ist nicht ganz sicher. Herr Paul Nikolaus Cossmann kennt sie sicherlich. Aber der eine sucht aus reinem Herzen die Wahrheit, und der andre gibt die *‹Süddeutschen Monatshefte›* heraus.

Ob und inwieweit die Reichswehr an diesen Dingen beteiligt ist, läßt sich sehr schwer feststellen. Tatsache ist, daß die Ausführungsbestimmungen des Gesetzes zum Schutz der Republik eine Waffenansammlung dann nicht für ungesetzlich ansehen, wenn das zuständige Wehrkreiskommando vom Vorhandensein des Depots unterrichtet ist.

Die Frage ist nun: Was treiben die Leute eigentlich mit den Waffen? Sie handeln damit. Und zu welchem Ende? Zu einem blutigen Ende. Immer mit der stillen Hoffnung, es könne doch einmal eines Tages ‹anders kommen›; man werde doch einmal eines Tages wieder alles an die Wand stellen, an der man selbst nächtlicherweile zu andern Zwecken, das Deutschlandlied grölend, wankend steht; es «gehe eines Tages wieder los», wie es in dem Gaunerjargon dieser Offiziere und ihrer Stellvertreter heißt.

Wann wird sich diese Gesinnung verlieren?

Der Waffenschieber sind weniger geworden, die Gesinnung ist geblieben. Es heißt keine Versöhnungspolitik treiben, wenn man diese eherne Tatsache verschweigt. Neuerdings wird von republikanisch-demokratischer Seite, getreu nach dem Rezept des Meisters Stresemann, versucht, «Brücken zu schlagen». Das macht man so, daß man der Reaktion täglich predigt: Wir sind gar nicht so schlimm, wie ihr glaubt. Auch mit uns lassen sich Geschäfte aller Art machen, läßt sich Klassenjustiz treiben, lassen sich neue Reichswehrformationen aufbauen. Nur alles ein bißchen leiser. Wir sind nicht so schlimm.

Es gibt keine Brücken.

Darauf hinzuweisen ist: eine neue geistige Bewegung, die stark genug wäre, das öffentliche und vor allem das private Leben praktisch zu beeinflussen, gibt es in Deutschland zur Zeit nicht. Die Republik hat keine Idee; sie ist schwächlich, nachgiebig, unsicher. Sie läßt alles Wichtige unangetastet, weil sie Angst hat. Unterdessen gehen die alten Gewehre auf neue Reisen.

Diese Idole sind herauszutrommeln. Es muß einer den Mut haben, zu sagen:

Eben diese alten Preußentugenden wollen wir nicht, eben das, was ihr als Größe ausgebt, nicht; diese Art Mannhaftigkeit nicht; diesen Staatsstolz nicht; diese Sorte Wiederaufbau nicht. Die deutschen Kaufleute fangen an, in den Ländern umherzureisen, und halten die Leute draußen ‹wieder für vernünftig›. Ich weiß nicht, auf welcher Seite die größere Vernunft gesteckt hat. Aber es ist gewiß, daß das Land in seiner jetzigen, völlig unveränderten Geistesverfassung wieder in eine Katastrophe hineintaumeln wird, genau wie im Jahre 1914: dummstolz, ahnungslos, mit flatternden Idealen und einem in den Landesfarben angestrichenen Brett vor dem Kopf. Dann gehen wieder Gewehre auf Reisen.

AFFENKÄFIG

Der Affe (von den Besuchern): «Wie gut, daß die alle hinter Gittern sind –!»
Alter *‹Simplicissimus›*

In Berlins Zoologischem Garten ist eine Affenhorde aus Abessinien eingesperrt, und vor ihr blamiert sich das Publikum täglich von neun bis sechs Uhr. Hamadryas Hamadryas L. sitzt still im Käfig und muß glauben, daß die Menschen eine kindische und etwas schwachsinnige Gesellschaft sind. Weil es Affen der alten Welt sind, haben sie Gesäßschwielen und Backentaschen. Die Backentaschen kann man nicht sehen. Die Gesäßschwielen äußern sich in flammender Röte – es ist, als ob jeder Affe auf einem Edamer Käse säße. Die Horde wohnt in einem Riesenkäfig, von drei Seiten gut zu besichtigen; wenn man auf der einen Seite steht, kann man zur andern hindurchsehen und sieht: Gitterstangen, die Affen, wieder Gitterstangen und dahinter das Publikum. Da stehen sie.

Da stehen Papa, Mama, das Kleinchen; ausgeschlafen, fein sonntagvormittaglich gebadet und mit offenen Nasenlöchern. Sie sind leicht amüsiert, mit einer Mischung von Neugier, vernünftiger Überlegenheit und einem Schuß gutmütigen Spottes. Theater am Vormittag – die Affen sollen ihnen etwas vorspielen. Vor allem einen ganz bestimmten Akt.

Zunächst ist alles still im Affenkäfig. Auf den hohen Brettern sitzen die Tiere umher, allein, zu zweit, zu dritt. Da oben sitzt eine Ehe – zwei in sich versunkene Tiere; umschlungen, lauscht jedes auf den Herzschlag des andern. Einige lausen sich. Die Gelausten haben im zufriedenen Gesichtsausdruck eine überraschende Ähnlichkeit mit eingeseiften Herren im Friseurladen, sie sehen würdig aus und sind durchaus im Einverständnis mit dem guten Werk, das da getan wird. Die Lauser suchen, still und sicher, kämmen sorgsam die Haare zurück, tasten und stecken manchmal das Gejagte in den Mund ... Einer hockt am Boden, Urmensch am Feuer, und schaufelt mit langen Armen Nußreste in sich hinein. Einer rutscht vorn an das Gitter, läßt sich mit zufriedenem Gesichtsausdruck vor dem Publikum nieder, seinerseits im Theater, setzt sich behaglich zurecht ... So ... es kann anfangen.

Es fängt an. Es erscheint Frau Dembitzer, fest überzeugt, daß der Affe seit frühmorgens um sieben darauf gewartet habe, daß sie «Zi–zi–zi!» zu ihm mache. Der Affe sieht sie an ... mit einem himmlischen Blick. Frau Dembitzer ist unendlich überlegen. Der Affe auch. Herr Dembitzer wirft dem Affen einen Brocken auf die Nase. Der Affe hebt den Brocken auf, beriecht ihn, steckt ihn langsam in den Mund. Sein hart gefalteter Bauernmund bewegt sich. Dann sieht er gelassen um sich. Kind Dembitzer versucht, den Affen mit einem Stock zu necken. Der Affe ist plötzlich sechstausend Jahre alt.

Drüben muß etwas vorgehen. In den Blicken der Beschauer liegt ein lüsterner, lauernder Ausdruck. Die Augen werden klein und zwinkern. Die Frauen schwanken zwischen Abscheu, Grauen und einem Gefühl: nostra res agitur. Was ist es? Die Affen der andern Seite sind dazu übergegangen, sich einer anregenden Okularinspektion zu unterziehen. Sie spielen etwas, das nicht Mah-Jongg heißt. Das Publikum ist indigniert, amüsiert, aufgeregt und angenehm unterhalten. Ein leiser Schauer von bösem Gewissen geht durch die Leute – jeder fühlt sich getroffen. «Mama!» sagt ganz laut ein Kind, «was ist das für ein roter Faden, den der Affe da hat –?» Mama sagt es nicht. Mein liebes Kind, es ist der rote Faden, der sich durch die ganze Weltgeschichte zieht.

In die Affen ist Bewegung gekommen. Die Szene gleicht etwa einem Familienbad in Zinnowitz. Man geht umher, berührt sich, stößt einander, betastet fremde und eigne Glieder ... Zwei Kleine fliehen unter Gekreisch im Kreise. Ein bebarteter Konsistorialrat bespricht ernst mit einem Studienrat die Schwere der Zeiten. Eine verlassene Äffin verfolgt aufmerksam das Treiben des Ehemaligen. Ein junger Affe spricht mit seinem Verleger – der Verleger zieht ihm unter heftigen Arm- und Beinbewegungen fünfzig Prozent ab. Zwei vereinigte Sozialdemokraten sind vernünftig und realpolitisch geworden; mißbilligend sehen sie auf die Jungen – gleich werden sie ein Kompromiß schließen. Zwei Affen bereden ein Geheimnis, das nur sie kennen.

Das Publikum ist leicht enttäuscht, weil wenig Unanständiges vorgeht. Die Affen scheinen vom Publikum gar nicht enttäuscht – sie erwarten wohl nicht mehr. Hätten wir Revue-Theater und nicht langweilige Sportpaläste voll geklauter Tricks – welch eine Revue-Szene!

In dem Riesenkäfig wohnten früher die Menschenaffen aus Gibraltar. Große, dunkle und haarige Burschen, größer als Menschen – mit riesigen alten Negergesichtern. Eine Mutter hatte ein Kleines – sie barg es immer an ihrer Brust, eine schwarze Madonna. Sie sind alle eingegangen. Das Klima hat ihnen wohl nicht zugesagt. Sie sind nicht die einzigen, die dieses Klima nicht vertragen können.

Ob die Affen einen Präsidenten haben? Und eine Reichswehr? Und Oberlandesgerichtsräte? Vielleicht hatten sie das alles, im fernen Gibraltar. Und nun sind sie eingegangen, weil man es ihnen weggenommen hat. Denn was ein richtiger Affe ist, der kann ohne so etwas nicht leben.

MEDITATION

Möchtest du, mein Goldkind, einen Knaben?
Hier im Buche steht, daß man bestimmt
sie so kriegen kann, wie man sie haben
will, wenn mans methodisch unternimmt.

Gott, ein Junge hat ja viel auf Erden.
Er wird mannbar und Regierungsrat.
Geht es schief, dann kann er Richter werden
oder gutgesinnter Demokrat.

Halt! Tus nicht! Du nimmst da eine Nährpflicht
auf dich ohne jeden Hoffnungsstrahl.
Bald hat Deutschland seine alte Wehrpflicht,
und dann wird er Menschenmaterial.

Oder möchtest du eine Knabine –?
Abdenitten? Immer so dewest?
Sucht ein Bankdirektor nach Titine,
erntest du doch, was du heute säest.

Halt! Tus nicht! Mit fünfundfünfzig Jahren
da verknallt sie sich in den Chauffeur.
Scheidung, Krach, Tragödie . . . wir ersparen
ihr und ihm wohl lieber das Malheur.

Ja, was nun? Ich bleibe gern im Ruhstand.
Kriege keine! Laß sie lieber da!
Laß es ruhig bei dem alten Zustand!
Und bleib kinderlos!
Wie dein Papa!

HAUSBESITZER IN DER LOGE

Gleich wird das Theater beginnen – in der Loge vorn rechts sitzt ein hagerer Mann im Smoking. Er ist offenbar allein, er entfaltet sein Programm, er liest darin, sieht auf seine Armbanduhr. Dieser Mann ist mein Hausbesitzer.

Dieser Mann in der Loge rechts hat, besitzt, nennt zu eigen einen Teil der Allmutter Erde. Ein winziges Partikel der Oberfläche dieser mysteriösen Kugel gehört ihm, ist seins, stellt sein Eigentum dar. Nur der liebe Gott kann, in Form eines Blitzes oder eines Erdbebens, einer

Wasserhose oder eines Orkans, ihm gegen seinen Willen das Erdreich um und um wühlen. Gegen Menschen ist er gefeit. Er ist auch gegen Menschen gefeit, die kein Obdach haben, die hungern, frieren, deren Kinder sich aus der Mutter Schoß zwölf Monate langsam ins Grab husten, auch gegen Menschen, die, dreizehn in einem Zimmer, zusammengepfercht wohnen, alle polizeilich gemeldet, alle durchaus legal. Diese dürfen ihm nichts wegnehmen – das Grundstück ist seins.

Der Mann in der Loge hat auf diesem Grundstück ein Haus. Das Haus gehört ihm. Er hat es gekauft. Andre müssen wohnen, andre brauchen Steinwände um sich herum und ein Dach über dem Kopf, um ihren Geschäften nachzugehen, ihre Kinder aufzuziehen, abends Bücher zu lesen. Ich selbst, zum Beispiel, brauche dieses alles auch. Und weil wir es brauchen, deshalb sitzt mein Mann in der Loge.

Weil wir das brauchen, braucht er weniger zu arbeiten. Er kauft sich einen guten Anzug aus kräftigem wollenem Stoff. Seine Frau trägt kleine feine Stiefeletten. Seine Kinder haben einen schönen Schulranzen, mit einem vernickelten Schloß. Wir wohnen, und er hat Butter auf seinem Brot.

Stimmt im Programm etwas nicht? Der Hausbesitzer runzelt die Stirn. Ah – vielleicht hat er Sorgen! Vielleicht denkt er bei sich: «Wie mache ich nun diese langatmige Steuererklärung fertig, die mir der Staat da aufgebrummt hat! Sie muß geschrieben werden, in einem warmen, trockenen Zimmer geschrieben werden – das ist viel Arbeit. Wie kalkuliere ich die neue Fahrstuhlreparatur ein – ich muß sie noch einmal mit dem Architekten durchrechnen. Das ist viel Arbeit. Ich bin nicht auf Rosen gebettet. Ich schlafe auf Dornen, mein Trank ist Wermut, und meine Nahrung die Früchte des Feldes. Da unten sitzen die Leute, Mieter und Mieterinnen – sie glauben, es sei so einfach, ein Hausbesitzer zu sein. Wenn man die Rentabilität bedenkt...» Und während das Stück beginnt, fängt er an zu rechnen.

Kann man Erde verkaufen? Man tut es. Die einen wohnen, und die andern haben davon zu essen. Und weil sich jeder Hausbesitzer eine Zeitung hält – hält, als Abonnent nämlich, hält, am eisernen Faden, die der Zeitung um die Kehle läuft –, so ist darüber nicht viel zu lesen.

Bodenreform? Adolf Damaschke? In der Loge sitzt der Hausbesitzer, genährt durch tausend Saugrohre von den Mietern im ganzen Theater. Warum gehen nun die nicht hin und drosseln ihm die Rohre ab? Weil sie alle, alle gern Hausbesitzer werden möchten.

DER BAHNHOFSVORSTEHER

Die Maschine zischt, der Dampf pustet die Wagen entlang, die Reisenden steigen ein. Noch hält der Zug. Es entsteht jene peinliche Pause, während der kein Mensch mehr weiß, was er nun noch sagen soll: der, der den Kopf zum Fenster heraussteckt nicht, und die, die den Freund zum Bahnhof gebracht haben auch nicht. Endlich! Leise ruckt der Zug an – einige mäßig weiße Taschentücher schwenken durch die Luft, Köpfe nicken, Hände winken – Adieu! Adieu! – Auf Wiedersehn! und ein letztes Scherzwort, das einem gerade noch eingefallen ist. Und ein paar stille Tränen. Aus.

Übrigens geht da der Bahnhofsvorsteher, mit einem dicken Buch vorn in der Brusttasche, einer roten Mütze und einem kleinen Signalstock. Er sieht und hört nichts von den Taschentuchleuten und nichts von den Weinenden. Er geht eilig in sein Büro, wo es vertrauensvoll und dienstlich klingelt. Ist das ein abgehärteter Mann! Hat er gar keine Augen?

Er sieht das täglich zwanzigmal. Er sieht es nicht mehr.

Denn was man täglich sieht, das bekommt eine andere Färbung – wird zur Maschine – ist schließlich nachher als Erlebnis gar nicht mehr da. Kaum anzunehmen, daß der Bahnhofsvorsteher, auf einem fremden Bahnhof als Fahrgast weilend, den Abschiednehmenden gar so große Aufmerksamkeit schenken wird. Er kennt das alles.

Und sieht also alles viel besser? Ich glaube nicht. Zum Schluß sieht er gar nichts mehr. Und wer einmal, ein einziges Mal, so einen Bahnhofsabschied blitzartig erlebt hat, der trägt wohl mehr Farbe, Duft, Ton davon nach Hause als der Bahnhofsvorsteher, für den es zum täglichen Klipp-Klapp eines Automaten geworden ist. Und das ist überall so.

Der Arzt weiß so viel vom Patienten – und weniger als ein Beobachter, der einmal das Wartezimmer bevölkert hat. Der Fremdenführer hat kein Auge mehr für sein Schloß, das er jeden Tag durchpilgert, und dessen Sehenswürdigkeiten er jeden Tag ableiern muß – der Besucher hat viel mehr davon. Der Wirt sieht sein Lokal anders als der Gast; der Schauspieler das Theater anders als das Publikum. Nämlich von innen her. Und das ist mitunter nicht so ergötzlich.

Als einer der deutschen Kaiser, derentwegen ich im Abiturientenexamen durchgefallen bin, einmal ein Kloster besuchte, sagte er zu dem Prior: «Ihr habts hier aber schön! Welch herrlicher Garten! Welch herrliches Refektorium!» Und einer der Mönche erwiderte: «Ja – herrlich – – transeuntibus!» – Was etwa heißt: für die, die nur vorübergehen! – Das ist ein wahres Wort.

Und wir haben bei uns so viele Bahnhofsvorsteher. Jeder ist auf irgendeinem Gebiet ‹Fachmann›. Und jeder glaubt, daß nun nie wieder irgendein Mensch über dieses Gebiet sprechen dürfte, weil er selbst doch Fachmann ist. «Mir werden Sie da doch nichts erzählen!» – Aber hundert mitgemachte Fußballspiele, hundert Operationen, hundert Reisen sind – was die Eindrücke angeht – mitunter weniger als eine einzige. Daher ja auch die leise Enttäuschung, die uns immer befällt, wenn wir – was man nie tun soll – einmal zurückkehren, «weil es da doch so schön gewesen ist». Das zweitemal – das drittemal: da sehen die Augen alles viel zu scharf, viel zu exakt, viel zu sachlich: die Flecke auf dem Tischtuch, das blinde Glas, den abgebröckelten Mauerverputz ... War das früher alles auch so?

Man muß sich wohl, um ein starkes Erlebnis zu haben, in dem schönen Glauben wiegen, der Einzige, der Erstmalige, der Einmalige zu sein. Dabei ist immer ein Bahnhofsvorsteher da, der heimlich in seinen Schnurrbart lächelt und denkt: «Mensch! das haben wir hier alle Tage! Immer heulen die Frauen an dieser Stelle, zu dieser Stunde, an diesem Ort – immer machen die Männer hier so ein ernstes Gesicht; immer gibt es hier die Schwierigkeiten mit den Autos; immer wackelt hier das schwere Gepäck auf den kleinen Wagen ...» Immer? Für uns jedenfalls nur dieses eine Mal.

Und die Komik des Menschen enthüllt sich wohl nirgends so stark, als in dieser Egalisierung in feierlichen Lagen. (Weshalb ja auch Totengräber, Anatomiediener, Offiziersordonnanzen, kurz Menschen, die den Betrieb von hinten sehen, meist so große Philosophen sind. So sagte einmal ein Anatomiediener an der Berliner Charité: «Jeder von uns stirbt an seinem Blinddarm! Er muß es nur erleben.» – Und ich kannte einen Musikmeister im Felde, der sah die Menschheit überhaupt nur in besoffenem Zustand ...)

Ich glaube, daß man sich mit der Automatisierung des Betriebes die besten Eindrücke verdirbt. Sicherlich ist das Bild richtig, soweit etwas richtig sein kann – sicherlich macht sich der Einmalige seine Illusionen. Aber sie gehen vielleicht doch tiefer als die kalte Erfahrung des Routiniers.

Wobei es sehr heiter zu beobachten ist, daß natürlich jeder Bahnhofsvorsteher, will sagen: jeder Fachmann durchaus nicht gelten läßt, daß er seinerseits genau den lächerlichen Aspekt eines vorgeblich Einmaligen bietet, wenn er seinen Laden verlassen hat und sich in einen anderen begibt. Der ausgekochteste Bankier liebt, als sei noch nie geliebt worden; der Postbeamte, der alle Emotionen des Schalterpublikums kennt, fährt auf der Zahnradbahn, als sei die Zahnradbahn gerade erfunden worden – und über allen zusammen lacht der liebe Gott weise und leise, weil er es alles kennt, weil alles schon einmal dagewesen ist, und weil sich die Leute auf den Bahnhöfen nun einmal so närrisch benehmen.

HERR WENDRINER KAUFT EIN

«... 'n Abend ... ne schöne Fülle hier ... Na, wollen mal sehen ... Drängeln Se doch nich so ... Nein, ich drängle gar nicht! ... Ochse! ... Unglaublich. Wir kommen ja gleich ran, wir waren zuerst hier. Warten Sie auch nochn bißchen? ne Goldgrube, diß Geschäft, was meinen Sie! Die verdienen hier, was se wolln. Ja – nun habe ich den Leuten geschrieben, wenn sie die Hypothek per 15. übernehmen, dann werde ich die Sache machen. Die Leute sind gut – aber bei der jetzigen Stagnation, kein Mensch hat Geld ... Wem sagen Sie das! Ich hab den Leuten erklärt: Entweder ihr entschließt euch gleich, oder ich gehe raus – Frollein! Frollein, ja wir waren zuerst da. Padong! ... Also zuerst mal von den Sardellen hier – sind se auch frisch? Na gut, ein halbes. Entweder ihr entschließt euch gleich, oder die Provision geht zu euern Lasten – nicht so kleine, Frollein, ja mehr von unten! Und dann ein halbes Pfund Gemüsesalat ... Wissen Se, in der Woche eß ich immer mit meiner Frau zu Hause, es ist billiger, und man weiß doch, was man hat. Ich hab heut abend noch ne Konferenz, und vorher will ich noch essen. Gefüllte Tomaten – nee. Aber 'n bißchen Aufschnitt können Sie mir geben. Haben Sie die gesehn? Erinnert ein bißchen an die Klara von Fritz. Die Frau ist schon fabelhaft. Wissen Se, wenn ich noch so wär wie früher – aber man hat ja so viel zu tun ... Nu sehen Sie sich das Stück dahinten an! Eine dolle Angelegenheit! Schweinebraten, Frollein, aber nicht so fett. Ja, Schüh auch. Nein, die Sache ist noch nicht abgeschlossen – wissen Sie, steuertechnisch ist das nicht ganz einfach – aber wir haben da einen sehr tüchtigen Syndikus ... Jäck macht noch Schwierigkeiten – immer gibt er Konterorders. Ein Fläschchen englische Sauce, Frollein, aber recht scharf! Gott, ich hab ihn genommen, weil ich mir gesagt habe: Er hält mir wenigstens die Angestellten zusammen. Sie, Sie kennen doch auch den Lachmann? Kommt doch der Junge heute morgen zu Jäck und will Gehaltszulage haben! Wie finden Sie das? Von den Kallwill-Äpfeln, Frollein! Ich hab mir aber den Jungen vorgenommen! Jetzt, in dieser Zeit – was denkt sich so ein Bengel eigentlich ...? Waren Sie schon in den neuen Revuen? Da soll sich ja was tun! Wir gehn Sonnabend. Ich will mal sehen, ob ich nicht durch Lachmann ermäßigte Billetts kriegen kann. Haben Se gelesen, heute im Achtuhrabendblatt, mit den Gespenstern? Okkultismus – ich weeß nich ... Sie? Wer singt da auf der Straße? Kommunisten? Ich denke, das ist vorbei? Ach so, bloß Wandervögel! Sie – heute hab ich die Reichswehr vorbeiziehn sehn, die sind da an unserm Geschäft langgekommen – ich sage Ihnen: fabelhaft! Wie früher! Sehr gut. Na, der Hindenburg macht seine Sache schon ausgezeichnet, das muß man ihm lassen. Prozeß in Leipzig? ... Ich weiß nicht – nu geben Sie schon den Zettel her! ... Ich lese keine Politik. Nee, wissen Se, grundsätzlich nicht. Man hat ja nichts wie Ärger davon. Vierundzwanzig achtzig, wieso? Ach so — ja. Kommen Se, da kommt die Neun! Ich weiß nicht, ich hab wieder meine Leberbeschwerden beim Gehen — ich muß doch mal zum Spezialisten. Nein, wir haben einen sehr guten, einen Vetter von meiner Frau. Eine erste Kapazität. Er nimmt fünfzig Mark für eine Konsultation. Na — mir macht ers natürlich billiger. Wissen Sie, hier oben fangen die Schmerzen an, und da unten hören sie auf. Nachts gar nicht — bloß am Tage. Dabei leb ich schon diät. Was haben Sie? Neuralgie? Sollten Se mal ein heißes Bad nehm. Grüßen Sie Ihre Frau! Atchö.

Auch 'n Mensch. Wissen möcht ich: wovon lebt der eigentlich —?»

DIE STADT DER BEZIEHUNGEN

Est-ce que vous connaissez quelqu'un qui connaisse le ministre?
Anatole France: ‹*Histoire Comique*›

Paris ist die Stadt der guten Beziehungen. Hast du sie, ist es gut — hast du sie nicht, ist alles verloren.

Nun ist es ja auf der ganzen Welt so, daß einem Bekanntschaften die Geschäfte erheblich erleichtern — aber so wie hier (und wie wahrscheinlich auch in England), so ist es doch für einen Fremden einigermaßen neu und verblüffend.

Wenn man in Paris etwas kaufen will und erledigt das auf normalem, gewissermaßen offiziellem Wege, so wird man keinen großen Schaden erleiden. Die Geschäftsleute sind ehrlich, sehr genau, anständig. Will man etwa eine Wohnung mieten, was bei der herrschenden Wohnungsnot zu den besseren Sachen gehört, so kann man auch das auf dem breiten Wege der allgemeinen Regeln unternehmen. Aber das ist nicht Paris. Was wäre Paris ohne Beziehungen!

Kauf, Miete, Anstellung, Behörden — für alle diese Fälle hat der Pariser etwas, was sich — ähnlich wie im Italienischen — ‹combinaison› nennt (in der Umgangssprache ‹combine› genannt). «Sie wollen ein Dienstmädchen nehmen? Pour ça j'ai une combine!» Und dann gehts los. Der Schwager des Bruders kennt einen ehemaligen Bürokollegen, dessen Frau in einer Agentur angestellt ist — auf diesem Wege ließe es sich vielleicht machen. Und es wird gemacht. Eine lange Kette wird in Bewegung gesetzt: eine Kette mit Empfehlungskärtchen, Frühstücken, Verabredungen, dem ‹Petit Bleu› (dem blauen Rohrpostbrief, der dem niemals funktionierenden pariser Telefon weitaus vorzuziehen ist) — eine Kette mit Verabredungen, Besuchen und kleinen Konferenzen. Dann wirds. Ohne das wirds nicht, oder doch nicht so gut, oder doch nicht so schnell.

Man verstehe das nicht falsch: auf solchen Wegen werden keine ‹Schiebungen› gemacht. ‹Combinaison› heißt nicht Schiebung, und es sind keine dunkeln Geschichten, die man so bewerkstelligt. Die ‹combine› ist das Ventil, durch das sich der gesunde Menschenverstand aus dem Kessel der Schwierigkeiten Luft macht. Hier gleicht sich Angebot und Nachfrage aus, hier werden die überschüssigen Reibungen zwischen eng aneinanderwohnenden Menschen gemildert, hier spricht das Herz, die Freundschaft, die Beziehung.

Die ganze Politik beruht darauf, alle Personalfragen in der Politik. Weiß man, wo die kleinen Rädchen im Couloir liegen, so kann man daran drehen, und die ganze Maschinerie fängt an zu laufen. Man braucht sie nicht einmal zu schmieren. Die großen Türen des Palastes sind nur morgens zwischen zehn und elf Uhr geöffnet; es gibt immer einige gefällige Küchenjungen, die auch die kleinen Pförtchen außerhalb der Zeit wissen. Man muß sich mitunter bücken – aber man kommt herein.

Denn was für den Engländer der Klub, das ist für den Franzosen das Déjeuner. Sehr, sehr schwierig, im Büro, während der Arbeitsstunden, jemand aufzustöbern, schwierig, ihn zu einem gemeinsamen Theaterbesuch zu bekommen, schwierig, mit ihm am Tage, am Vormittag, am Nachmittag zusammenzusein. «On déjeunera ensemble?» Gemacht. Und das hat hier nichts mit dem Geld zu tun. Das Déjeuner ist die Stunde der Geselligkeit, ja, mitunter der Repräsentation.

Ich denke immer, daß an diesen Kleinigkeiten so sehr viel gelegen ist, weil man von diesen Kleinigkeiten erst an die großen Dinge herankommt. Was nützt mir die beste Lokalkenntnis, wenn ich die combine nicht habe?

Aber diese combinaison ist nicht alles. Pariser Karrieren kosten Geld. Es ist für unsere deutschen Verhältnisse fast unvorstellbar, was in Frankreich (wie auch anderswo im Ausland) für ein Kapital in Karrieren investiert wird. Es ist nicht nur so, daß der Aufsteigende jahre- und jahrelang nichts verdient, nein, er setzt ganze Vermögen – die Klugen die ihrer Frau – zu. Wenn er zum Schluß mit einem großen Gewinn rechnen kann, so ist es ein Haupttreffer gewesen. Arbeiten um kleines Gehalt, wieder und wieder repräsentieren, mit der großen Gesellschaft leben, Jahr für Jahr, mit ihr Geld ausgeben und wenig einnehmen, wohnen wie sie, sich kleiden wie sie, ihre Logen und ihre Frauen teilen – wahrlich, der Weg zum Himmel ist mit Zollschranken übersät. Und daran hat die Plutokratie nicht allzu viel geändert. Von unten her ists nicht leicht.

Es liegt also so: Die combine allein tuts nicht. Aber die Tüchtigkeit allein tuts auch nicht, wenn nicht die combine dabei ist. Und ist man erst einmal über einen gewissen Punkt hinweg, dann schadet einem die Tatsache des Aufstiegs von unten her nicht allzu viel. Daß Gaston Doumergue aus einem kleinen Häuschen aus Nîmes in der Provence kommt, wird noch rühmend hervorgehoben. — Gerade hat er seine Heimat besucht — und es hat sich eine wilde Schlacht erhoben, ob man ihm zum Essen den offiziellen Lachs oder die heimische ‹brandade›, eine Art Stockfischgericht, vorsetzen soll. Und keinem Menschen fiele es ein, über einen arrivierten Staatsmann etwa nur deshalb Witze zu machen, weil er einmal Sattler gewesen ist ... Ich habe in Paris einen Bankier kennen gelernt, der aussah, wie sein eigener Hausdiener, und der mit Stolz davon spricht, daß er auch in einer ähnlichen Stellung bei seiner Firma angefangen hat. Er hatte wohl die Tüchtigkeit, er hatte den Kopf, und er hatte die combine.

Wir werden mit Frankreich wieder Geschäfte machen; nach dem letzten Handelsabkommen sicher mehr als früher. Es wird nicht so ganz einfach sein. Denn es ist eben nicht so, wie sich das mancher denkt: ins Büro heraufgehen, den Hut auf den Tisch legen und los. Da ist noch eine Glaswand. Es dauert lange, bis man die schmale Ritze entdeckt, in der sich die eingefügte Tür verrät. Sieht man sie nicht, prallt man ab, hundert und hundertmal. Sieht man sie und weiß damit umzugehen, so öffnet sie sich unhörbar, eine kleine, vorher unsichtbare Tür, die ins Innere führt. Es ist die Beziehung.

DER ERBFEIND

Wenn man durch die Straßen von Paris geht, so sieht man nicht selten ein merkwürdiges Bild:

Am Eingang eines Ladens sitzt ein Kätzchen und sonnt sich. Paris ist die Stadt der Katzen. Und zwei Schritt von ihr: ein riesiger Schlächterhund, der daliegt, die Pfoten lang vor sich hingestreckt, stolz, ruhig, im Bewußtsein seiner Kraft. Um das Kätzchen kümmert er sich gar nicht. Das Kätzchen sieht auch ihn nicht an. Manchmal gehen sie aneinander vorbei, wie eben alte Bekannte aneinander vorbeigehen. Vielleicht begrüßen sie sich leise im Tier-Esperanto — aber sie beschnuppern sich nicht einmal. Katze und Hund — friedlich leben sie nebeneinander.

Als ich das zum erstenmal sah, glaubte ich an ein Wunder der Dressur. So sehr war ich, aus Deutschland kommend, geneigt, den Zustand des ewigen Zähnefletschens, Heulens, Fauchens und Bellens als den primären anzusehen. Aber als ich immer und immer wieder beobachtete, wie Hund und Katze hier einträchtig miteinander auskommen, da schien es mir doch anders zu sein.

Man kann also bei aller Verschiedenartigkeit des Wesens so friedlich nebeneinander leben, ohne sich Löcher ins Fell zu beißen —? Aber warum geht es? Warum geht es hier?

Weil man die kleinen Katzen von Jugend an, wenn sie noch nicht sehen können, mit den Hunden zusammensperrt. Weil man die kleinen

Hunde zu den Katzen trudeln läßt, wenn sie noch alle in einem Wollknäuel und in einem Milchnapf die Welt sehen. Und niemand hetzt sie aufeinander, niemand findet Gefallen daran, daß ‹sein› Hund schneller, kräftiger und männlicher ist als die Katze des andern. Niemand gerät in einen Tobsuchtsanfall, wenn er eine Katze sieht, die doch stets mit allen Mitteln – Stöcken, Steinen und Hunden – verjagt werden muß. «Kusch!» und: «Such doch das Kätzchen! Wo ist die Katz – Katz – Katz?» Denn es ist doch zu komisch, nicht wahr?, wenn ein Köter hinter der Katz her ist, und die springt auf einen Zaun und faucht von oben gebuckelt herunter. Ja, das ist eine Freude. Denn Zwist der andern, das ist immer schön.

Wenn man aber die Lebewesen von klein auf richtig erzieht, in dem einzig möglichen Stadium abfängt: wo das Gehirn noch weich ist, wo es noch Eindrücke und Lehren empfangen kann – wenn man ihnen dann den Frieden als eine Selbstverständlichkeit aufzeigt: dann geht es auch. Es geht sogar besser. Aber freilich: die unvernünftigen Tiere haben keine Fahnen, keine Stahlhelme, keine Telefongenerale, keine Pfaffen, die zum Schlachtfest die Ware segnen, daß sie gut faule; keine Privatdozenten, die den Krieg sittlich fundieren, und keine Heldenmütter, die ihre Kinder für das Schußfeld eines M.-G. aufziehen. Das haben die Tiere alles nicht.

Die pariser Katzen und Hunde werden also mit Erfolg zum Frieden erzogen. Ein ererbter Friede. Und wann treten wir an die Menschen heran? Wenn sie reif, erwachsen, ernsthaft, hart und fast unempfänglich geworden sind – wenn sie die alten Kinderlehren fest in Fleisch und Blut haben. Und wer hat bei uns die Kinder?

Geschichtslehrer, die zum Kriege hetzen; Universitätsprofessoren, die zum Kriege hetzen; Kindergärtnerinnen, die zum Kriege hetzen; Fürsorgevorsteher, die zum Kriege hetzen. Und dann leben wir nachher mit aller Welt, und mit Frankreich insbesondere, im Streit – wie Hund und Katze. Nein, leider nicht wie diese Hunde und diese Katzen. Sondern wie Hyänen: wie Ludendorff und Léon Daudet.

BILDER AUS DEM GESCHÄFTSLEBEN

Republiken oder Kaiserreiche –
's ist immer das gleiche, immer das gleiche!

Der Portier

Der Portier hat einen Stehbauch und ist ein stattlicher Mann. Er war früher herrschaftlicher Diener oder Schutzmann. Er ist 1,80 Meter groß und hat, wenn er nicht glattrasiert ist, einen martialischen Schnurrbart.

Der Portier kennt alle Leute des Hauses und grüßt sie morgens, wenn sie kommen. Er grüßt genau abgestuft: den Chef militärisch, straff und untergeben, mit einer Miene, die besagt: «Wir zwei beide gehören doch zusammen!» — die unterstellten nachgeordneten Direktoren sehr höflich und mit einer gewissen Anerkennung; die Prokuristen höflich; die gewöhnlichen Angestellten kurz, aber sachlich, die Lehrlinge gar nicht. Die Schreibmaschinendamen werden je nach der Hübschheit von ihm gegrüßt, dabei verklärt ein gewinnendes und väterliches Lächeln seine erhabenen Züge. Der Portier kennt sämtliche Kneipen der Umgegend sowie alle Chauffeure. Der Portier frühstückt in seiner Loge riesige Wurststullen; zu Mittag ißt er große Scheiben Rindfleisch und trinkt dazu aus einem riesigen Glase Bier. Wenn sein Schnurrbart vor Schaum trieft, und gerade jemand kommt, so zieht er gemächlich schlürfend den Schaum ein und geht majestätisch, um zu sehen, was es da draußen gibt.

Der Portier weiß genau, wann wer zu spät kommt. Dann sieht er den Übeltäter befehlshaberisch von oben bis unten an, so daß dem noch übler zumute wird, als ihm sowieso schon war. Der Portier hat nicht gern, wenn gewöhnliche Leute den Fahrstuhl benutzen. Der Portier ist immer im Betrieb, der Fahrstuhl nur, wenn er es wünscht. Der Fahrstuhl ist nur für den Portier und die Chefs da. Portiers sind ein unumgänglicher Schmuck der Fassade. Der Portier nimmt Trinkgelder im Schatten seines riesigen Bauches, stumm, höchstens nur leise einen Dank brummelnd, wie wenn eine feierliche Handlung, die sich von selbst versteht, vonstatten gegangen wäre.

Der Portier kommt sich unentbehrlich für den Fortgang des gesamten Betriebes vor.

Der Angestellte, der etwas werden will

Der Angestellte, der etwas werden will, ist von beflissenem Eifer. Er steht kurz vor seiner Beförderung zum (... nach Belieben auszufüllen). Dieser Angestellte ist schon eine Viertelstunde vor Beginn des Dienstes da und geht niemals mit den andern nach Hause, sondern bleibt, sehr wichtig mit einer Feder hinter dem Ohr, bis sieben Uhr des Abends. Der Angestellte, der etwas werden will, steckt auffallend viel mit den Prokuristen zusammen und schielt heimlich-sehnsüchtig auf die Sondertoilette, die jene benutzen dürfen. Der Angestellte, der etwas werden will, hat manchmal schon etwas Herablassendes im Ton, wenn er mit den jüngeren Kollegen spricht. Er kritisiert niemals Maßnahmen der Geschäftsleitung, sondern findet selbst für die blödsinnigsten Anordnungen der Chefs immer irgendeinen Entschuldigungsgrund. Wenn das ganze Büro schreit: «Na, das versteh ich nicht!» — so sagt er mit einer gewissen Überlegenheit: «Wahrscheinlich sind die Chefs der Meinung, daß ...» Der Angestellte, der etwas werden will, arbeitet musterhaft, mit zusammengepreßten Lippen, und achtet sehr darauf, daß kein anderer etwas werden kann.

Eines Tages wird seine Mühe gelohnt: er wird befördert. Es überrascht ihn wenig. Er sieht bereits darauf, die nächste Stufe zu erklimmen. Er ist mit Vorsicht zu genießen, weil er beim Klettern gern nach unten tritt.

Der Prokurist

Der Prokurist ist meistens ein etwas ergrauter Mann, den eine leise Resignation umspielt. Geschäftsteilhaber kann er nicht werden, das weiß er ganz genau. Er hat so ziemlich alles erreicht, was man in diesem Hause erreichen kann: vom Portier zuvorkommend und vertraulich gegrüßt zu werden, von niemand als vom Chef Weisungen entgegenzunehmen, ziemlich selbständig walten zu können, eine ganz angenehme Tantieme zum Abschluß des Bilanzjahres zu beziehen. Er hat kaum noch Wünsche. Der Prokurist hat ein eigenes Zimmer mit einem gediegenen polierten Schreibtisch und ein paar Blumen darauf. Eine bronzene Aschenschale und eine glänzende Papierschere deuten auf ein stattgehabtes Jubiläum. Der Prokurist meldet sich am Telefon nur mit seinem Namen, einfach, stolz-bescheiden, so nach der Melodie: «Ich habe dem nichts hinzuzufügen!» – Der Prokurist hat Klingeln auf dem Tisch, auf die er regierend drückt. Meist kommt niemand. Der Prokurist ist viel cheflicher als der Chef und handelt sämtliche Ausgaben bis zur Bewußtlosigkeit herunter. Die Chefs wissen, was sie an ihm haben, hüten sich aber, es ihn allzusehr wissen zu lassen. Der Prokurist kennt sämtliche Akten und Korrespondenzen von Anbeginn der Welt an. Er hat alles, unter anderm eine sehr häßliche Frau, von der man sich nicht denken kann, daß sie jemals jung gewesen ist. Auch vom Prokuristen sich das vorzustellen, ist nicht ganz einfach. Die jüngeren Angestellten flüstern sich zu: «Der hat hier als gewöhnlicher Korrespondent angefangen!» – Aber das ist nur so eine Façon de parler – eine rationalistische Erklärung des Götterglaubens. Es glaubt auch niemand so recht daran. Der Prokurist war, ist und wird sein. Er gehört zum Haus wie die alte Uhr auf dem Gang und die Eingangstür, deren Muster man im Schlafe sieht. Der Prokurist soll eine kleine Einlage im Geschäftskapital haben. Er hat ein laufendes Konto. Niemand weiß genau, was er eigentlich bezieht. Er kommt sich vollkommen unentbehrlich vor.

Die Schreibmaschinendame

Das junge Mädchen, das an der Schreibmaschine tippt, ist manchmal hübsch. Sie kommt morgens, zwei Minuten nach neun, ein bißchen atemlos ins Geschäft, weil sie die Straßenbahn versäumt hat. Sie lacht den Portier an und geht rasch an ihre Mitrailleuse. Das Schreibmaschinenmädchen klappt die Maschine auf, ordnet ihre Papiere und raschelt damit. Dann beginnt sie, ihren anwesenden Freundinnen eine lange Geschichte von gestern zu erzählen; sie ist bei ihrer Tante gewesen und hat so schrecklich viel Baumkuchen gegessen, daß ihr heute noch ganz . . . «Emmi, du hast ja eine neue Bluse an!» — Start der neuen Bluse. Begeisterungsschreie. Innerliches Gefühl: «Steht ihr gar nicht!» — Hierauf begibt sich die Schreibmaschinendame mit ihrer besten Freundin auf den Ort, wohin keine Sonn' mehr scheint, und teilt ihr etwas unter dem Siegel der Verschwiegenheit mit. Es betrifft Franz, der wieder geschrieben hat. Wenn er nicht geschrieben hätte, wäre alles aus gewesen. So ist aber nicht alles aus. Beinahe wäre es aber. Sie kehren mit angeregten Augen auf den Kriegsschauplatz zurück. «Wo waren Sie denn so lange?» Darauf lautet die Antwort: «Gott — —!» was mit drei ‹t› auszusprechen ist.

Das Schreibmaschinenmädchen nimmt Stenogramme auf und hat ihre erkorenen Lieblinge und Feinde unter den diktierenden Männern. Einer ist schick, einer unangenehm, weil er so schnell diktiert, einen kann sie überhaupt, ohne nähere Begründung, nicht leiden, und von dem, für den sie immer schreibt, möchte sie gern versetzt werden. Sie stenografiert flott, fragt nie und klappert nachher, daß die Funken stieben. Fremdwörter sind ihr ein Greuel; dem Prokuristen, wenn er sie nachher liest, auch. Der Schreibmaschinendame muß man Schokolade mitbringen, am besten von Zeit zu Zeit, weil sie sonst schlecht funktioniert. Mit Schokolade funktioniert sie allerdings nicht besser. Das Schreibmaschinenmädchen hat einen Bräutigam, der gegen Mittag anzutelefonieren pflegt. Die Stimme des Mädchens am Telefon wird dann leise, umgibt sich gewissermaßen mit einem Schutzwall gegen die Zuhörer und hat doch einen zärtlichen Klang des tiefsten Einverständnisses. Nach vier Tagen kauft sich das Schreibmaschinenmädchen dieselbe Bluse wie ihre Freundin. Sie steht ihr. Das Schreibmaschinenmädchen heiratet früher oder später oder wird

Sekretärin

Die Sekretärin ist eine ausgekochte Dame, der keiner etwas erzählen kann. Das Haus munkelt, sie habe mit dem Chef ein Verhältnis. Das stimmt aber nicht: dazu ist sie viel zu schlau. Die Sekretärin ist zuckersüß zur Gattin des Chefs, was diese mit besonderem Mißtrauen erfüllt. Die Sekretärin ist Herrin über die Zeit des Chefs. Sie sitzt im Vorzimmer und sagt: «Herr Hannemann hat jetzt keine Zeit!», auch, wenn er gar nicht da ist. Die Sekretärin setzt alles durch, was sie haben will, weil sie im Schatten des Gewaltigen arbeitet. Die Sekretärin ist gerissen, sehr fleißig und lügt weitaus besser als die meisten Leute im Hause. Die Sekretärin weiß genau, was der Chef mag oder nicht mag —

sie richtet sich auch in den meisten Fällen danach. Sie hat öfter eine Hornbrille, immer aber eine souveräne Verachtung für den breiten Heerbann der Angestellten. Die Sekretärin wünscht nicht, daß jemand in das Sekretariat kommt. Ihre erste Regierungshandlung ist gewöhnlich, dortselbst ein Schild anzubringen: «Unbefugten ist der Eintritt streng verboten.» Die Sekretärin hat neben der Schreibmaschine eine reizende kleine Kaffeetasse, einen Nagelpolierer und ein unpassendes Buch. Sie kommt sich total unentbehrlich vor.

Der Chef

Der Chef ist ein verheirateter Mann von etwa fünfundvierzig Jahren und einem nie ganz neuen Hut. Der Chef kommt gegen halb zehn ins Büro, fragt: «Was Neues?», erwartet auf diese Frage keine Antwort und macht sich an die Post. Der Chef hat eine Laune (die andern haben auch eine Laune, bringen sie aber nicht ins Büro mit, sondern geben sie in der Garderobe ab). Der Chef ist sehr gewitzt, mitunter klug; in gewissen Sachen dagegen von Gott geschlagen und mit einem Brett vor dem Kopf versehen. Der Chef hat ganz andere Sachen im Kopf, als das Personal denkt. Vor allem denkt er gar nicht soviel an das Personal, wie das Personal annimmt. Der Chef hat seine eigene Meinung über seine Leute, meistens die richtige. Eine falsche ist ihm mit gar keinen Mitteln aus dem Gehirn zu schlagen. Der Chef telefoniert immer. Der Chef hat nie Zeit. Der Chef hört nie zu, wenn man etwas mit ihm bespricht. Der Chef ist imstande, nach einer ganz wichtigen Erklärung eines Angestellten, die sich der den ganzen Nachmittag über ausgedacht hat, zu sagen: «Sagen Sie mal, haben Sie eigentlich mal das Unkostenkonto durchgesehen?» — Der Angestellte verliert den Faden, ärgert sich grün, verhaspelt sich und berichtet mit erstickter Stimme über das Unkostenkonto. Der Chef vergißt das meiste, was man ihm sagt, und macht die Sekretärin dafür verantwortlich. Der Chef ist schon als solcher zur Welt gekommen — denn die Karriere eines Chefs ist eine rätselhafte Sache. (Er sagt, er habe es durch eigene Tüchtigkeit so weit gebracht. Manchmal ist das wahr.) Der Chef organisiert von Zeit zu Zeit den Betrieb völlig um. Das schadet aber nichts, weil ja doch alles beim alten bleibt. Der Chef ist einen Tag im Jahr wirklich guter Laune — am Morgen des Tages nämlich, an dem er auf Urlaub geht. Gegen Mittag ärgert er sich dann fürchterlich über seine Sekretärin und verläßt abends voller Wut das Haus. Der Chef geht öfters zu Konferenzen, manchmal frühstücken, und mitunter hat er ‹Gänge›. Er kommt dann mit kleinen Paketen zurück, die er im Büro liegen läßt. Der Chef sieht resignierend auf die sich öffnende Tür seines Zimmers: was Gutes erwartet er auf keinen Fall. Der Chef wird abwechselnd als Blutsauger, Wohltäter, verrückter Kerl, maßloser Arbeiter und Halbgott angesehen. Das ist alles falsch: er ist nur Chef. Der Chef beeinflußt, ohne es zu wissen, den gesamten Ton seines Hauses – wie der Herr so das Gescherr. Der Chef sagt, wenn er morgens zur Tür hereinkommt: «Das Schild da müßte mal erneuert werden!» – Noch niemals ist es einem Chef gelungen, diesen Wunsch in die Wirklichkeit umzusetzen. Der Chef will sich immer zur Ruhe setzen und hat häufig den ‹ganzen Kram satt›. Das sind leere Versprechungen – er macht den Kram bis an sein Lebensende. Dann tritt ein neuer an seine Stelle. Der Alte gewinnt nunmehr die Lichtkonturen eines höheren Wesens und vereinigt in sich alle guten Eigenschaften der Welt. «Ja, wie der Alte noch da war – –!» Der neue Chef (siehe oben).

Der Registrator

Der Registrator ist in erster Linie Abteilungsvorsteher und als solcher auf feine Sitten und Gebräuche bedacht. Er registriert die Akten um ihrer selbst willen. Er ist persönlich beleidigt, wenn jemand diese Akten nun auch einsehen will. Ihm genügt das Gefühl, daß alles in Ordnung ist. Er ist stolz und unzugänglich und sieht in sämtlichen andern Abteilungen des Hauses einen bösen Feind. Er behandelt jedermann, als ob er aus einer andern Firma sei. Der Registrator wahrt die Selbständigkeit seiner Abteilung und würde auch den Kaiser Napoleon, wenn der Wert darauf legte, ihn zu besuchen, unter N ablegen. (Oder unter B – wegen Bonaparte? Erbitterter Streit mit dem zweiten Registrator.) Der Registrator kennt sämtliche Vorgänge, ohne jemals genau zu verstehen, was sie eigentlich bedeuten. Da sich alles bei ihm ansammelt, was im Geschäft passiert, so ist er im Laufe der Jahre zu der Überzeugung gekommen, daß eigentlich er es ist, der alles hervorbringt. Er hat einen glänzenden Bürorock und ist von einer welterschütternden Pedanterie. Es kommt vor, daß in einer Registratur gesuchte Sachen auch gefunden werden. Meistens aber will der Registrator nicht gestört werden. Er registriert. Er kommt sich durchaus unentbehrlich vor.

Beschluß

Lieber Leser, alles stimmt nicht und kann nicht stimmen. Schüttle nicht gleich mit dem Kopf, wenn es bei dir ein bißchen anders ist – das ist ein Zufall. Wenn du aber sagst: «Das muß ich ausschneiden und Herrn Neumann schicken, dem alten Kamel!» – dann ist der Autor, wenn man von dem nicht übermäßig berechneten Honorar absieht, reichlich belohnt.

UNAMUNO SPRICHT

Ein kleines Bumstheater im Norden von Paris: Théâtre de la Fourmi. Die Galerien aus Holz, die bemalte Decke niedrig, der Vorhang ist aufgezogen und zeigt einen Aspekt hell geblümter Tapeten mit vielen Verwechslungstüren einer Vorstadtposse. Vorn, an der Rampe, steht ein Tisch mit drei Stühlen und handgeschriebenen Plakaten. Miguel de Unamuno spricht.

Der Club de Faubourg de Montmartre, eine bekannte Stätte für öffentliche Diskussionen, hat den Abend veranstaltet. Der Klubvorsitzende, Herr Poldès, ist ein geschickter und emsiger Mann: die besten und bekanntesten Leute Frankreichs sind bei ihm schon zu Gaste gewesen. Oft gibt es imaginäre Gerichtsverhandlungen: Raskolnikow wurde hier angeklagt und verteidigt, vor einem öffentlichen Forum. Diskussionsredner aller Parteien sind zugelassen. Heute abend geht es um die Spanier.

Es ist gesteckt voll. Sehr viel Intellektuelle, gute, feine Köpfe darunter — viele einfache Leute, ein paar spanische Arbeiter in weißen Mützen. Ein französischer Soldat in Uniform. Die elektrischen Lampen brennen trübe, es riecht nach Menschen, Dunst, Tabak und — merkwürdigerweise — Zitronen. Unamuno betritt die Bühne.

Unamuno hat den Kopf eines Gelehrten: er ist ein älterer Herr mit weißem Vollbart, weißem Haar, Brille, schmalen Schläfen. Poldès spricht die Eingangsworte. Unamuno beginnt.

Der alte Mann, Rektor an der Universität Salamanca, an der er dreiunddreißig Jahre tätig gewesen, ist vor Primo de Rivera geflohen. Der spanische Ludendorff, der Reklame nach ein Mussolini, dem Aussehen nach ein feister Feldwebelleutnant, hat den Professor verbannt, dessen scharfer Stil ihm unbequem wurde, und der ist aus seiner Verbannungsinsel, die ihm den sichern Tod gebracht hätte, geflohen. Dieser geistige Kämpfer hat dem Rivera ordentlich zugesetzt, mit Witz, mit Schärfe, mit allen gesegneten Mitteln, gegen die der wahre Mann der Tat nicht aufbegehrt, die aber den Soldaten zur Verzweiflung bringen: denn hier endet sein Reich, das schlecht riecht und statt produktiver Arbeit das leere Klappern einer uniformierten Nichtstuergesellschaft belohnt und bezahlt. In Spanien.

Nun sitzt Unamuno in Paris, und heute abend spricht er sich einmal vor aller Öffentlichkeit über sein Heimatland aus. Er spricht französisch, was ihm sichtlich schwer fällt. Manchmal tastet er mit ängstlichen Handbewegungen nach Worten, wendet sich wie suchend an Poldès, der neben ihm sitzt. Er spricht leise.

Er spricht von der Historie des spanischen Staatsstreichs; von den alten Marokko-Niederlagen, die bis auf das Jahr 1898 zurückgehen; von den habsburgischen Königsphantasien Alfons des Dreizehnten, der — wie jener Karl — davon träumte, in seinem Reich die Sonne nicht untergehen zu sehen; von der völligen Verantwortungslosigkeit, mit der er regierte. Verantwortung? «Si j'en ai une!» hat er einmal gesagt. Er spricht von der größenwahnsinnigen Kaste des spanischen Militärs, unter denen sich Analphabeten befänden; er spricht von den Verfolgungen, denen die Intellektuellen dort ausgesetzt sind und davon, daß sich die Deutschfreundlichkeit in Spanien eigentümlicherweise in den rechtsgerichteten Kreisen fände. Er berichtet von dem schlechten Privatleben des Diktators, von seiner Überheblichkeit, seiner politischen Unfähigkeit, seinem schwarzen Briefkabinett. Jedesmal, wenn er den verhaßten Namen Primo de Riveras ausspricht, zittert leise sein weißer Bart — wie muß er diesen Menschen hassen! Er spricht von dem marokkanischen Feldzug, der, mit dem falschen Pathos der Militärs versehen, den Charakter eines Kreuzzugs angenommen hatte, von Niederlagen und Fehlern, von Blutopfern und Korruption. Er ist der Typus des alten Liberalen, des feinen Individualisten, der die Welt, diese Welt nicht mehr versteht. Er schmeichelt sich bei den Franzosen nicht ein — er sagt, mit Recht: nicht auf die Staatsform — Republik oder Monarchie — komme es an, sondern auf die anständige Gesinnung, auf das, was für das Land fruchtbar und heilbringend sei.

Manchmal, wenn es französisch gar nicht weitergeht, spricht er spanisch. Es müssen viele Spanier im Saale sein, denn jedesmal erweckt er lachenden Beifall, verständnisinniges Murmeln, Händeklatschen. Dann versucht er das spanisch Gesagte zu übersetzen — aber es klingt matt; es ist, wie wenn einer den abgeschossenen Pfeil aufhebt und noch einmal die Flugbahn daherträgt: Seht, so ist er geflogen! Er spricht davon, daß vor zwei Tagen, am ersten Oktober, alle Universitäten Spaniens ihr Wintersemester eröffnet hätten, auch seine, auch Salamanca, auch die, an der er so lange gelehrt und gearbeitet hat. In seinen Worten ist eine gewisse Befriedigung, sich wieder einmal vor andern aussprechen zu können. «Et je vous prie de bien vouloir aider l'Espagne . . .!» Helfen? Ach, du lieber Gott! Wie wenn ein Schüler aus einer andern Schule seine Kollegen auffordert, zu helfen . . . Sie leiden ja selbst unter der Tyrannei ihrer Lehrer. Er gibt vorsichtig, sehr zögernd, ein Prognostikon für die Zukunft; wie alle Emigranten glaubt er, «so könne es nicht weitergehen». Gewöhnlich geht es aber so weiter. Ironisch, traurig-ironisch macht er die Bemerkung, auf den Sturz des Kabinetts Primo de Rivera warten zu wollen, hier, in Paris. «Wie ich hoffe, nicht mehr sehr lange.» (Das erinnert an Carl Rösslers Wort vor dem wiener Staatsbeamten, der den ‹*Feldherrnhügel*› verbot — solange die habsburgische Monarchie bestehe . . .! Und Rössler: «Na, da warten wir halt noch die paar Wochen!» Das war im Jahre 1910.) Unamuno hat geendet.

Poldès erhebt sich. Er dankt Unamuno, er dankt den Zuhörern, und plötzlich sagt er: «Ich habe die Freude, Ihnen mitteilen zu können, daß einer unter uns im Saal ist . . .!» Und er nennt den Namen. Ein ohrenbetäubendes Händeklatschen und Beifallsrufen hebt an. Auch ich klatsche. Jean Goldsky ist im Theater, Jean Goldsky, der wegen ‹Landesverrats› vom Bloc national angeklagt und ins Zuchthaus gesetzt worden ist, nunmehr begnadigt unter dem neuen Kurs. Goldsky erhebt sich bescheiden in seiner kleinen Holzloge: ein jüdisch aussehender Mann mit einem Kneifer und schwarzem Vollbart, etwas bleich und müde. Das Rufen ebbt ab. Die Diskussion beginnt.

In der Diskussion sprechen Franzosen, ein Portugiese, Spanier. Die Romanen sind meisterhafte Sprecher, mitunter nicht allzu fesselnd, auch sie – aber eigentlich immer wirkungsvoll. (Der Deutsche ist ein geborener schlechter Redner.) Es tritt auf ein Portugiese, Herr Christo.

Herr Christo ist Anhänger Mussolinis, hat ein Buch über diesen Helden geschrieben und sieht aus wie ein romanischer Reserveoffizier. Statt eines schwarzen Hemdes trägt er ein helles Monokel; er ist schlank, hat geölte, ganz glatte Haare, in denen sich die Birnen spiegeln, und ein paar böse Falten um den Mund. Er spricht durchaus nicht schlecht. «Ich bin enttäuscht», sagt er, «von dem, was Herr Unamuno uns gesagt hat. Ich hatte gehofft, eine exakte Darstellung von den jetzigen Zuständen Spaniens zu bekommen, und was hat er uns gegeben? Eine boshafte Anfeindung rein persönlicher Natur.» Unamuno hats ihm leicht gemacht dem Angreifer – er hätte mehr Konkretes geben dürfen. Aber das ist nun vorbei. «Der General Primo de Rivera ist ein mittelmäßiger, aber ein ehrlicher Mann von reinstem Willen!» sagt Christo. «Huuuuu!» blökt die Versammlung. «Von reinstem Willen!» wiederholt der Redner. «Und sein Staatsstreich war durchaus notwendig, um ein Land aus dem tiefsten Staub emporzuziehen, in das es die Korruption des Parlamentarismus gebracht hat.» Und nun kommt die Arie des Faschismus: Was? Ihr wißt nicht, daß der Parlamentarismus eine gänzlich veraltete, unmoderne, verrottete Sache des 19. Jahrhunderts ist? Daß er gar nicht mehr de notre temps ist? Was? Ihr habt noch weite Hosen? Aber meine Lieben, das trägt heute kein Mensch mehr! Wir, die Faschisten, sind die Modernen, die Revolutionäre! Ihr seid die Reaktion! Wir sind das Neue und die neue Zeit!

Unten brodelts. Dem Versammlungsleiter gelingt es nur mit Mühe, das brandende Meer zu beruhigen. Nicht umsonst appelliert er an die Loyalität des Clubs de Faubourg. Das zieht. Herr Christo kann zu Ende sprechen. Er hat sicherlich Mut, dieser Florettfechter der Rede, denn es ist kein Spaß, vor einer fast geschlossenen Front von Gegnern ein Programm zu entwickeln. Der Mann glaubt, was er sagt, und sagts auch. Die Minorität klatscht ihm zu.

Unamuno antwortet, leise und nicht allzu wirkungsvoll. Um so lauter und um so wirkungsvoller aber antwortet der pariser Journalist Georges Pioch von der *‹Ere nouvelle›*. Ein dicker Mann, mit Haargestrüppen hinter den Schläfen, er sieht aus wie ein Ableger von Chesterton. Er stellt sich mit seinen Elefantenbeinen direkt an die Rampe, spaziert da auf und ab und spricht, hinreißend, elegant, ganz locker, leicht und sehr klug und fein. Er fährt mit dem Faschismus ab, daß es nur so blitzt. Er windet dem Portugiesen das Florett aus der Hand und kehrt die Spitze um: Wenn de Rivera wirklich nur eine Mittelmäßigkeit, ein Dummkopf mit eben nur reinem Willen ist – so sehen also eure Diktatoren aus! Das betet ihr an? Das sind eure Leute? Nur reiner Wille? Aber ein böswilliges Genie ist mir zehnmal lieber! Und dann: de Rivera ist Militär! Und nun gehts los. «Un soldat complet – c'est le comble de l'imbécilité!» Und: «Déjà le fait d'avoir choisi la carrière de militaire . . .!» Der Saal steht auf dem Kopf und heult auf. Dieses siegreiche Land, in dem, wie man bei uns denken sollte und auch denkt, die Offiziere die Zivilisten von den Trottoirs herunterjagen könnten, schreit und jubelt. «A bas l'armée! A bas l'armée!» Und Pioch schließt: «Ich werde in der nächsten Woche fünfzig Jahre. Wenn ich auf mein Leben zurückblicke, so muß ich sagen, daß ich manches gut und manches schlecht gemacht habe. Eins habe ich gut gemacht: Ich bin Soldat der zweiten Klasse. Und wenn es eine vierte Klasse gäbe . . .» Er kann den Satz nicht vollenden, hundert Hände strecken sich ihm entgegen.

Christo antwortet. Unamuno antwortet. Pioch antwortet noch einmal, aus seiner Loge. Dabei fällt der Satz: «Das ist das Gute am Sozialismus, daß er nichts bezahlt. So hat er also auch Herrn Mussolini nicht bezahlen können. Sozialisten werden immer erst etwas, nachdem sie ihre Sache verraten haben!»

Wem sagen Sie das –!

Ein Spanier spricht, der nicht mit Unamuno einverstanden ist, noch ein Spanier. Ein französischer Student, sehr gebildet, sehr kultiviert, der in Spanien studiert hat. Er erzählt von der Uniformiertheit der spanischen Studenten, auch sie stets verfolgt und bedrückt von ihren Staatsfeldwebeln.

Poldès schließt und kündigt die nächsten Versammlungen an: französische Kolonialskandale; die Heirat der Kriegsverstümmelten; die Klerikalen Elsaß-Lothringens, vertreten durch einen Katholiken, die Gegner, vertreten durch einen Abgeordneten der Linken – gute Namen Frankreichs werden genannt.

Langsam drängen wir uns hinaus. Ich denke:

Wie sehen bei uns die Gelehrtenköpfe aus? Was sagen diese Gelehrten öffentlich? Hier sitzt Goldsky – wo sitzt Fechenbach? Wer befreit den? Wie hat ein siegreiches Land auf das Militär reagiert? Wie reagiert ein besiegtes? Wo sind unsre vereinigten Sozialdemokraten, diese schlimmsten Feinde eines radikalen Fortschritts, wenn Diskussionen der Geistigen anheben? Wer kümmert sich bei uns um Unamuno und um ausländische Probleme? Wer weiß davon?

Dahinten liegt Montmartre mit den bunten Lichtern, die für viele Reisende den Inbegriff von Paris bilden. So, wie in Spanien Stiergefechte und Ballspiele, Kastagnetten und schwarzäugige Frauen . . .

Ehre den vertriebenen Arbeitern und Intellektuellen, Ehre den Syndikalisten Spaniens, die das Joch der Fremde auf sich genommen haben um der Reinheit einer Idee willen und für den Traum einer neuen Zeit!

EINE DEUTSCHE KINDHEIT

«Auf! Nieder! – Auf! Nieder!»
Pestalozzi

Vor Jahren hat einmal ein früherer Kadett und Offizier, Joachim Freiherr v. Reitzenstein, ein Buch geschrieben, das ich hier angezeigt habe und das seine Kinderjahre in einem preußischen Kadettenkorps schildert: *‹Vergitterte Jugend›* (erschienen im Verlag Dr. Eysler & Co. zu Berlin). Herr v. Reitzenstein war damals bei mir, und ich habe ihn gefragt, ob die novellistische Fassung dieser Erinnerungen der Wirklichkeit entspräche. Er erzählte mir, daß die Wirklichkeit tausendmal grauenhafter gewesen sei, und daß er die novellistische Form aus vielerlei Gründen gewählt habe; der Wahrheit täte sie aber keinen Abbruch. Die Geschichten enthielten die jämmerlichsten und rohesten Quälereien der Kadetten untereinander, Scheußlichkeiten von einem fast krankhaften Ausmaß, durchaus unterstützt durch die militärische Erziehung und das militärische System. Die Angaben des Autors sollten sonderbar bestätigt werden.

Ein Universitätslehrer hat im Verlag Paul Steegemann zu Hannover Erinnerungen aus seinen Kadettenjahren erscheinen lassen (Leopold v. Wiese: *‹Kindheit›*). Das ruhig geschriebene und würdige kleine Werk enthält Satz für Satz und Faktum für Faktum dieselben Dinge wie Reitzensteins Geschichtensammlung.

Der erste Eindruck des Zehnjährigen im Kadettenhaus Wahlstatt ist ein Trommelsignal und das Kommando des Offiziers vom Dienst beim Abendbrot: «Wir wollen beten!» Der zweite: «Der Stubenälteste kam auf mich zu und fragte, warum ich noch nicht eingekleidet wäre. Ich antwortete, daß ich es nicht wüßte. ‹Na, du scheinst ja ein netter Dussel zu sein›, war die Entgegnung. Mir brannte die Wange von der ersten Backpfeife, die ich zur Begrüßung erhalten hatte.»

Aus Kinderbriefen schreit die Not eines gequälten Herzens, ein Kind ruft aus dem Dunkel nach der Mutter, weil es sich nicht mehr zu helfen weiß. Es regnet Püffe, Fußtritte und Ohrfeigen. Es hagelt Schläge mit dem Lineal und boshafte Quälereien. Die tun dem Körper weh. Schlimmer ist, daß die Seele gepeinigt wird: gepeinigt von der seelenlosen Stupidität einer rohen Rotte, die nichts von dem natürlichen und kraftüberquellenden Übermut gesunder Jungen hat, sondern schon im Keim, karikaturistisch überzüchtet, alle schlechten Eigenschaften der spätern Kaste: Herzensroheit, Verachtung alles Geistigen, individuelle Feigheit und Mißbrauch der Gruppenübermacht. Das Kind weiß nicht mehr ein noch aus. Schreibt verzweifelte Briefe nach Hause. Weint. Will fliehen. Macht ein, zwei vergebliche Fluchtversuche. Stellt sich verrückt. Und ist doch so eingeschüchtert und überrumpelt von der Umwelt, die seine einzige greifbare Realität darstellt, daß es sich nicht muckst und rührt, daß es der Mutter nicht und nicht dem Kommandeur sagt, was es auf dem Herzen hat, wen es auf dem Herzen hat. Es ‹petzt› nicht. Und als es gar nicht mehr weitergeht, wird der Stube von dem preußischen Erzieher, einem Offizier, mitgeteilt, daß es ihre Pflicht sei, noch mehr als bisher «an seiner militärischen Erziehung zu arbeiten». Das ist die klare und selbstverständlich strafbare Aufforderung zur Mißhandlung.

«Die Stube wußte Bescheid; bald auch die Kompanie. Hier lag offenbar der Tatbestand für eine glatte Lage vor.» Was ist eine glatte Lage?

Die glatte Lage ist das Ideal aller guten Nationalisten. Es ist die rohe körperliche Züchtigung eines einzelnen durch die Kollektivität, deren einzelne Angehörige keine Verantwortung tragen, und gegen die es keine Berufung gibt. Es wird mit Instrumenten geschlagen. Das Opfer wird gewöhnlich nach einer Minute ohnmächtig. Wiese wird es.

Am schlimmsten sind nicht einmal die Vorgesetzten, am schlimmsten sind die kleinen Vorgesetzten: die Kameraden.

Es ist kein Zufall, daß ein Soziologe dieses Buch von der Kindheit geschrieben hat. Die hohenzollern-brandenburgische Tradition, die militärische Tradition folgt in ihrem Bestreben, Untergruppen durch Eifersüchteleien zu schwächen, sodaß sie als ganze nicht mehr gefährlich werden können, einem alten Gesetz. «Es war allgemeine Übung der Inkas», sagt Simmel, «einen neueroberten Stamm in zwei ungefähr gleiche Hälften zu teilen und in beide je einen Vorsteher einzusetzen, und zwar mit einer geringen Rangdifferenz zwischen beiden.» So auch hier. Die deutschen ‹Untertanen›, stets viel zu sehr beschäftigt, die Reihenfolge ihrer kleinen Würden unter sich auszumachen, haben niemals Zeit gehabt, gegen ihre eigentlichen Bedrücker vorzugehen, deren schlimmste allerdings sie selbst waren. Die Stubenältesten und die offiziell nicht abgestempelten, aber um so stärkern Vorgesetzten durch Prestige hausten im Kadettenkorps wie die Räuber. Das hatte auch seine materiellen Gründe: diese zukünftige Elite der Nation erpreßte Geld und Nahrungsmittel von den Kameraden, wo sie nur konnte. Wiese: «In Wirklichkeit waren es erpreßte Abgaben, auf die man einging, um sich etwas Ruhe vor den Peinigern zu verschaffen. Freilich war das auf die Dauer ein Irrtum. Wie überall in der Welt, wo der Schwächere dem Stärkeren schutzlos gegenübersteht, weckte jeder entrichtete Zins stärkeres Begehren nach größern Leistungen.» Und wenn man ein paar Breitengrade weiter südlich geht und die weiße Hautfarbe in ein dunkleres Braun verwandelt, so ändert sich nichts. Albert Londres berichtet in seinem Aufsehen erregenden Werk: ‹*Dante n'avait rien vu*› über die französischen Militärstraflager in Nordafrika, ‹Biribi› genannt, von den Funktionen der dortigen Stubenältesten, die man ‹caïd› nennt. (Caïd ist eigentlich die Bezeichnung für einen arabischen Statthalter.) Londres sagt darüber: «Wenn ein Gefangener von seiner Familie ein Paket bekommt, so trägt er es zunächst zum caïd. Der caïd trifft seine Wahl und läßt liegen, was ihm nicht gefällt. Bei der Bataillonsausgabe von Wein setzt der caïd den Zuber neben sich und gibt selbst aus. Was übrig bleibt, gehört ihm; er verwendet es für sich oder verkauft es. Der Tabak, den jeder empfängt, gehört dem caïd. Wenn der Strafgefangene dem caïd Tabak gibt, so ist das keine Gefälligkeit, sondern eine Zinszahlung (il lui paie une redevance).» Man beachte die gleiche Terminologie zweier so verschiedener Autoren. Beide sprechen von einem ‹Zins›. Nun, diesen Zins hat der kleine Wiese reichlich bezahlen müssen.

Heute betrachtet er sein Unglück soziologisch. «Daß der Gruppengeist trotz aller versachlichten Normen und trotz der Grade von der Eigenart der vorbildlichen oder autoritären Menschen abhängig ist, zeigte sich mir besonders darin, daß das Gemeinschaftsleben innerhalb der Kompanie in jedem Jahre wesentlich anders, daß auch das Verhalten der Kadetten zwischen den beiden Kompanien sehr verschieden war ... Am entscheidendsten war stets der Umstand, welche ‹Clique› tonangebend war.» Dabei erwähnt Wiese allerdings nicht, daß diese Clique nicht vom Himmel heruntergefallen ist, sondern daß die Gruppe sie als ihren Extrakt gewissermaßen ausgeschwitzt hat. Es gibt keine Regierung, die einem nicht zu den Heloten zu zählenden Volk auf die Dauer künstlich aufgepfropft wäre: jede Regierung ist im Tiefsten, besonders im Passiven, der Ausdruck ihres ganzen Volkes. Die Einzelheiten aber, die Wiese von diesen Kadettencliquen angibt, schreien zum Himmel.

Prügel. In die Fresse schlagen. Die glatte Lage. Eisernes Lineal auf weiche Kinderhände. Spitze Federn in die Kehrseite. Ein Maikäfer wird an einen Faden gebunden, dem Opfer zum Schlucken gegeben und wieder herausgezogen. (Strafverschärfung: der Maikäfer wird vorher in Tinte gebadet.) Stundenlanges Strammstehen. Herunterstopfen sämtlicher Tellerabfälle einer ganzen Tischgemeinschaft. Würgen mit der

Halsbinde, bis der Gewürgte ohnmächtig wird. Von den sexuellen Anomalien soll hier nicht gesprochen werden. Das ungefähr waren die Grundpfeiler der gerühmten deutschen Heereserziehung.

Wer waren die Erzieher? Die Erzieher waren ehemalige Kadetten, die nicht einsehen konnten, warum es andre besser haben sollten, als sie es selbst einmal gehabt hatten, und die sich einredeten, «doch auch recht tüchtige und ordentliche Menschen geworden zu sein». Sie ließen die Dinge also nicht nur treiben, sondern begünstigten und provozierten sie sogar. Sie verhinderten nicht, sie stifteten an. Daß dabei einer dieser Jugenderzieher einen uns auch sonst teuern Namen trägt, mag als lustiger Zufall gebucht werden. «Der Kompaniechef, der im Herbst 87 den Hauptmann v. Scheidt abgelöst hatte, Herr Noske, war zeitweise ein ganz jovialer Mann, der sich sehr gern reden hörte und sich irrigerweise für ein pädagogisches Genie hielt.» Es scheint in der Familie zu liegen.

Wiese litt annähernd acht Jahre unter diesem Auswurf einer Nation. Bei der Konfirmation stand ein Haken seines Uniformkragens offen, und einer der als Hauptleute kostümierten ewigen Feldwebel sagte zu der Mutter des Kadetten: «Er wird sich sehr zusammennehmen und noch sehr bessern müssen, wenn noch was Ordentliches aus ihm werden soll, gnädige Frau!» Hoffentlich hat er dann später immer hübsch seine Kragen geschlossen gehalten.

«Wenn ich diese Aufzeichnungen veröffentliche, geschieht es, weil sie mir Warnungen zu enthalten scheinen, deren die Gegenwart bedarf. Viele Eltern und Lehrer sehnen sich heute nach der alten, mehr oder weniger militärischen Erziehungsweise zurück und wähnen, daß den Kindern die Zucht und Bindung der Internate alten Stils, vor allem des Kadettenkorps, not täte. Überall in Deutschland mehren sich die Anzeichen einer freiwilligen ‹Militarisierung› des Erziehungswesens, wobei ich unter Militarisierung nicht äußere Kriegsvorbereitungen, sondern eine innere Formung der Jugend nach Regeln und Grundsätzen eines unfreien Geistes verstehe.» Leopold v. Wiese, der uns wegen seiner anständigen und menschlichen Haltung im Kriege im besten Gedächtnis ist, ein Mann, dessen künstlerische Vergangenheit und wissenschaftliche Leistungen dafür bürgen, daß er nicht eine blinde Hetzschrift geschrieben, hat hier das schärfste sachliche Urteil über die militärische Erziehung gesprochen.

Die militärische Erziehung macht den Menschen zu einem Gruppenbestandteil und stützt die Fiktion mit den schlechtesten Mitteln. Sie appelliert dabei an tiefe barbarische Urinstinkte des Menschen, an seine Eitelkeit, an gewisse Berührungspunkte der Sexualität mit dem Sadismus, an das Männchen im Mann und an das Fleischfressende im Menschen. Die Verantwortung ist so aufgeteilt, daß niemand sie mehr trägt, und hier ist an die vorzügliche Stelle aus Simmels Soziologie zu erinnern: «Ebenso gefährlich wird dem einzelnen die Zugehörigkeit zu einer Gesamtheit auch nach der Seite des Tuns, hier handelt es sich darum, daß das wahre oder das vorgebliche Interesse einer Gemeinschaft den einzelnen zu Handlungen berechtigt oder verpflichtet, für die er als Einzelner die Verantwortung nicht tragen möchte ... Korporationen politischer ... Art üben so empörende Unterdrückungen individueller Rechte – wie es dem einzelnen, wenn er als Person sie verantworten sollte, doch unmöglich wäre oder doch ein Erröten abzwingen würde.» Die Faulheit und geistige Unfähigkeit von Erziehern und Vorgesetzten, wirtschaftliche Interessen und ein Tiefstand der öffentlichen Gruppenmoral haben das deutsche Militär groß gemacht. Dieser Militarismus ist in alle Berufszweige und Schichten so tief eingedrungen, daß er die Deutschen unfähig gemacht hat, koordiniert zu arbeiten. Sie können es nur subordiniert. Die dauernd gestellte Frage, wer ‹mehr zu sagen› hat, schiebt sich als tote Last in jeden Arbeitsorganismus ein. Eine unproduktive Hemmung, eine Verderbnis der Seelen und ein Mord an Tausenden und aber Tausenden der jungen Generation.

«Am befremdlichsten ist mir beim Rückblick auf die wahlstätter Jahre, daß mir aus der langen Zeit meines Aufenthalts im Vorkorps kaum ein Fall bekannt ist, den ich als Beweis von Ritterlichkeit unter den Kadetten anführen könnte.»

Und: «Eine Möglichkeit, durch irgendetwas andres als durch Körperkraft und physischen Mut legal zu imponieren, gab es nicht. Geistige Leistungen erregten bis zum Beweise des Gegenteils den Verdacht der Schlappheit.» Schlapp sind unsre Heerführer nie gewesen.

Nicht nur die Reichswehr mit einem demokratischen Minister an der repräsentativen Spitze hat sich die Aufgabe gestellt, die ‹Tradition› hochzuhalten. Schulen, Internate, ein Teil der Volksschullehrer, die Oberlehrer, ein Teil der Universitäten, selbstverständlich die Studenten, diese phantasielosen Rivalen der alten Offizierkorps: die ganze herrschende Klasse Deutschlands, soweit sie von Einfluß ist, seufzt nach einem neuen, staatlich sanktionierten Militarismus und nimmt vorläufig mit dem privat konstruierten kleinern Kreise vorlieb. Viel ethisch und praktisch begründeter Widerstand ist nicht vorhanden. Selbst die Kommunisten schwenken langsam in Gruppen rechts ein und ersehnen sich einen neuen Militarismus mit umgekehrten Vorzeichen.

Das Buch Leopold v. Wieses ist ein Warnungsfanal für ein verhetztes Volk. Von der Reichsleitung ist nach ihrer Vorbildung und Klassenzugehörigkeit nicht das geringste Verständnis für das, was in dem Buche schmerzlich und ruhig ausgesprochen ist, zu erhoffen. Es wird an uns sein, einer verkommenen und in Roheit verluderten Schicht im Innern und einer Welt draußen zu sagen, daß es noch andre

Deutsche als diese, daß es neben den Unteroffizieren und Generalstabskadetten, neben brüllenden Wachtmeistern und rotangelaufenen Frontgötzen, neben größenwahnsinnig gewordenen Beamten, neben Prügelnden und Verprügelten noch andre Deutsche, daß es noch Menschen in Deutschland gibt.

DER FALL NATHUSIUS

Sechs Jahre nach Kriegsschluß haben die Franzosen einen deutschen General, Herrn v. Nathusius, verhaftet. Der ist, um das Grab seines Schwiegervaters zu besuchen, zu Allerseelen nach Forbach im Elsaß gekommen, auf Grund einer allgemeinen Erlaubnis, die für solche Fälle besteht. Er wurde erkannt, verhaftet, nach Lille und dann nach Metz geschafft.

Vorangegangen war ein Gerichtsverfahren in contumaciam, das mit der Verurteilung des Generals zu fünf Jahren Gefängnis wegen Möbeldiebstahls, begangen in Lille, geendet hatte. Solcher Gerichtsverfahren hat es bei den Franzosen eine Menge gegeben. Die deutsche Okkupation hatte eine wahnsinnige Wut, eine Weißglut von Haß unter den maßlos gequälten Bürgern hervorgerufen. Der bis zum Siedepunkt überhitzte Kessel, vier Jahre ohne Ventil, entlud sich in einer Reihe von Gerichtsverhandlungen gegen deutsche Offiziere und Mannschaften, und die wurden zur großen Befriedigung der französischen Bürger, die ihren Staat nun nicht mehr vergeblich angerufen hatten, wenigstens formell bestraft.

Die Maßnahme der französischen Behörde ist als unrichtig zu bezeichnen.

Ich habe im Jahre 1919 an dieser Stelle in einer langen Reihe von Aufsätzen die Brutalitäten, die Dummheiten, die Roheiten, die Unterschlagungen und die Diebstähle, die viehische Knechtung der eignen Landsleute und die erbarmungslose Behandlung Fremder durch die deutschen Offiziere gekennzeichnet. In einem einzigen Fall ist die damals noch kleinlaute Militärbehörde an den Herausgeber der ‹*Weltbühne*› herangetreten und hat ihn und mich um nähere Angaben ersucht. Diese Angaben sind ihr geworden; wir haben niemals auf eine Antwort gewartet, und bis heute ist keine erteilt worden.

Der persönliche Fall des Generals v. Nathusius ist uninteressant. Ich weiß nicht, ob er schuldig ist; auch ist er im Augenblick wehrlos und könnte sich gegen Angriffe nicht verteidigen. Hier interessiert nur das allgemeine.

Selbstverständlich haben deutsche Offiziere während des Krieges Möbel gestohlen. Die Sache verlief meist so, daß die höhern Stäbe oder die Untergötzen gegen irgendeinen Wisch Papier Einrichtungsgegenstände ‹requirierten›, sie bei Verlegung des Stabes umherschleppten, zunächst vielleicht in der Ortschaft selber, sie dann aus der Stadt entfernten und schließlich in die Heimat transportierten. Nur militärisch Verzückte oder nationale Politiker können diesen dauernden Mißbrauch der Dienstgewalt leugnen; Tausende von einfachen Soldaten werden ihn bezeugen.

Der Krieg war ein Kollektivverbrechen in Reinkultur.

Die siegreichen Staaten haben nach dem Kriege eine Kriegsverbrecherliste zusammengestellt und die Auslieferung der so bezeichneten Männer gefordert. Die Liste war sicherlich nicht sorgfältig bearbeitet, kein Wunder bei der Unmöglichkeit, die Führung von vierzehn Millionen Menschen im einzelnen zu beurteilen. Allein in dem mir bekannten Bezirk Rumänien fanden sich die schlimmsten Übeltäter nicht auf der Liste, mein guter trottliger Hauptmann steht drauf, die schlimmsten Wüteriche seiner Umgebung fehlen. Gott weiß, nach welchen Grundsätzen diese Liste angefertigt worden ist.

Und dann wurde sie nicht einmal angewendet! Die einfachste pädagogische Grundregel ist, einem Kinde keine Prügel anzudrohen, die man doch nicht austeilen will, und man kann sich ungefähr die Wirkung vorstellen, die damals durch die Reihen dieser mehr oder minder beteiligten Kollektivverbrecher gegangen ist. Die einen schwuren Rache, die andern machten sich in die Hosen, der Gasprofessor Fritz Haber ließ schon einen Flugapparat anspannen, um in die gastliche Schweiz zu entfliehen, und alle zusammen atmeten auf, als es dann doch nichts wurde und die berüchtigte ‹Verantwortung› zum Glück nicht getragen zu werden brauchte.

Diese ressortmäßig verteilte Verantwortung ließ keinen sich als verantwortlich empfinden: Jeder hatte auf Befehl gehandelt, jeder hatte ‹alle unnötigen Härten vermieden›, und jeder wußte von nichts. Damit war aber dem Bürger in Lille nicht geholfen: der Schreibtisch war verschwunden, das Leinenzeug beschädigt, die alte Mutter beleidigt worden.

Den in Doorn traf es überhaupt nicht.

Er erklärte gleich, nur vor seinen Gott zum Beten, aber nicht vor ein menschliches Gericht treten zu wollen, und beschäftigte sich im übrigen damit, aus der Untertanenrepublik des Herrn Ebert an Geldeswert herauszuschlagen, was irgend herauszuschlagen war.

Die Möbeldiebstähle also stehen fest. (Die Rumänen, zum Beispiel, haben in Bukarest nach dem deutschen Rückzug eine Ausstellung aller Mobilien veranstaltet, die der frühere Zirkusclown und spätere Polizeikommissar Pinkoffs hat stehlen, aber deren Abtransport er nicht mehr hat bewerkstelligen können.)

Wir hier sind wohl von jedem Verdacht des Nationalismus frei. Um so nachdrücklicher ist zu sagen, daß man die Haltung der französischen Behörden in dieser Sache nicht gutheißen kann.

Die gerichtliche Verurteilung einzelner Individuen wegen einzelner Delikte nach einem solchen Massenverbrechen kommt ungefähr dem Versuch gleich, dem Soldaten, der am Kriege teilgenommen hat, eine Geldstrafe wegen ruhestörenden Lärms und wegen unbefugten Waffengebrauchs aufzubrummen.

Ja, aber das Völkerrecht, gegen das sich die deutschen Offiziere vergangen haben! Du lieber Gott! Sämtliche Haager Abkommen sind in diesem Kriege auf allen Seiten mißachtet worden. Es ist nicht wahr, daß dieser Krieg nur zwischen den bewaffneten Kontingenten der einzelnen Staaten unter Schonung des Privateigentums geführt worden ist. Fliegerangriffe, Bombenbelegung und Besetzung haben gleichermaßen Militär und Zivil getroffen. Die jämmerliche theoretische Unterscheidung zwischen dem ‹Bürger› und dem ‹Soldaten› des feindlichen Staates hat sich nicht durchführen lassen; die bunte Jacke hat diese nicht zu alleinigen Kämpfern gemacht und jene nicht vor Gewalttat und Verletzung an Leib und Gut geschützt.

Müßiger Versuch, der Rechtlosigkeit zwischen Staaten durch ein Gerichtsverfahren beizukommen, das dem Privatstreit zwischen Müller und Schulze um des Nachbars Esel nachgebildet ist. Die Diskrepanz zwischen rührend kleinlichen Gerichtsverfahren und jener barbarischen Weltungeheuerlichkeit reizte zur Satire, wenn es nicht stets so traurig endete.

Der kümmerliche Versuch, eine einmal losgelassene Menschheit mitten im Lauf anzuhalten und den einen Mord mit einem Blechstückchen zu belohnen, den andern aber mit Zuchthaus zu bestrafen, ist unausführbar. Wo ist der Übergang vom Erlaubten zum Verbotenen in diesem Tohuwabohu von Gruppentotschlag, Einzelmord, Diensthandlung, falscher Auslegung eines Armeebefehls und überflüssiger Requisition? Die Bergpredigt ganz und gar, das Strafgesetzbuch zum Teil aufzuheben und dann hinterher noch zu ‹verurteilen› — dazu gehört die ganze Kaltschnäuzigkeit dieser Nationalstaaten, die ihre Wirtschaftsgesetze mit sittlichen Imperativen verdecken. Wären es noch natürliche Stämme und Rassen des Bluts oder der Bodenbildung! Armselige Gefüge, die bei der leisesten Lüpfung der Schutzzollgrenzen ins Nichts zusammenkrachen, fahnendrapierte Laufjungen ihrer Finanzleute und Nutznießer! Und jeder hat einen ‹Erbfeind› — er weiß nur noch nicht, wo.

Der Wahnsinn der Staatenspielerei nach einer solchen mißachteten Lehre fängt an, unerträglich zu werden. Die Verhaftung des Generals v. Nathusius, die wirkt, wie wenn sie sich ein deutsch-nationaler Propagandist für die Reichstagswahlen ausgedacht hat, um dem Sinowjew-Brief in England Konkurrenz zu machen, ist eines der tausend Fanale, die wir uns zur Warnung aufleuchten sehen.

Wie diese Affäre enden mag, und wie man sich gegenseitig arrangiert, ist heute und von Südfrankreich aus nicht zu übersehen. Aber was zu übersehen ist, ist dieses:

Jeweils ganze Völker mit dem Fluchwort des ‹Prestige› in die Fahnentollheit zu hetzen, das arme Luder Staat, hörig den Großbauern und den produzierenden, transportierenden Kaufleuten unterworfen, als einen Götzen aufzublähen, den die Machtlosen anzubeten haben, ein Regierungsgebäude, Annex der Börse, siegreich oder im Racheschwur zu beflaggen: das ist ein Verbrechen, gegen das sich alle Anständigen zu wehren haben.

Neben den Kaufleuten sind es die Beamtenschichten, die sich durch Kooption ergänzen und den Staat als eine Pensionsanstalt auffassen, einzig dazu bestimmt, sie vor immer zu erneuerndem Lebenskampfe zu schützen, sind es die Beamten, die das größte Interesse an der Erhaltung des Aberglaubens: Staat haben.

Hier und nur hier liegt das tiefe Problem europäischer Unfruchtbarkeit. Sie spielen Staat. Immer noch spielen sie Staat und haben nicht eingesehen und wollen nicht einsehen, daß sie längst Beute und Spielball einer über alle Grenzpfähle hinauslangenden Internationale von Händlern geworden sind, die Gesetze machen und anwenden lassen, wie das Geschäft es befiehlt. Immer noch nehmen sie das Spiel ernst; immer noch stellen sie sich im Viereck um die Gräber der armen Opfer einer nutzlosen Schlächterei auf, beschweren die Skelette mit geschmacklosen Mälern, blasen die jeweilige Hymne und bepredigen sich den geschwellten Gehrock. In allen diesen Totenfeiern steckt die Gutheißung des Krieges und die Reklame für einen neuen.

Dieser neue wird die ‹Zivilbevölkerung› eines Besseren und Tödlicheren belehren. Man wird die Stäbe vergasen, und Schützengraben und Schlachtfeld wird Haus, Keller und Bodenluke sein. Ich wünschte, es würde so. Vielleicht würden dann die heillosen Staatsuntertanen einsehen, was Krieg ist. Je größer die Masse der Verlierenden sein wird, um so gefährdeter wird die Stellung der Kriegsgewinnler werden. Und sie sind immer noch die einzigen Kriegsgewinner gewesen.

Wollte Gott, Frankreich besänne sich im Falle Nathusius. Bliebe es hart, es könnte unsern Nationalisten keinen größern Gefallen tun. Will es wirklich demokratische und pazifistische Politik machen, wie es die reine Absicht des Blocks der Linken ist, so muß es seine Ansicht über die Individualaburteilung von Kollektivverbrechern revidieren.

Alle meine Freunde, die belgische, ehemals okkupierte Städte besucht haben, berichten den gleichen Eindruck: heute noch, nach sechs Jahren, eine dumpfe, stets latente, sich an jeder Gelegenheit neu entzündende, unermeßliche Wut, in Erinnerung an alles, was man ihnen dort angetan hat. Der versöhnlichere Charakter breiter französischer Volksschichten mag rascher über das Vergangene hinweggeglitten sein. Um so mehr Grund für das Kabinett Herriot, durch Freilassung des Generals v. Nathusius etwas zu bezeugen, das mehr wäre als eine Geste: der Anfang eines praktischen, wirklichen Sozialismus.

Ich halte es grade für unsre Pflicht, die wir immer einer versöhnlichen Politik zwischen Frankreich und Deutschland das Wort geredet haben, auf falsch basierte und gänzlich überflüssige Härten der andern Seite hinzuweisen.

Über diesen Einzelfall hinaus aber bleibt uns die harte Arbeit, Grenzpfähle zu zerschlagen, an denen das einzig Wetterfeste die Ölfarbe ist, und einer europäischen Menschheit immer wieder zu zeigen, zu wessen Nutzen sie sich in metaphysisch zusammengekleisterte Klumpen ballt.

Was ist der Fall Nathusius? Ein Pickel an einem schwer infizierten Körper. Sie doktoren an dem Pickel herum und getrauen sich nicht an die einzige Kur, die hier hilft und die man in feiner Gesellschaft nicht einmal ausspricht: Aufgabe der absoluten Souveränität, Abschaffung der Staatsgrenzen.

Im Mittelalter wars die Kirche. Tausende und Hunderttausende haben sich ihr unterworfen ohne Einsicht und gegen bessere Einsicht, weil sie Zehntausende verbrannt hat. Sie war Gemeingut, kleineres Übel, verklemmter Schmerz. Die ihrem Jahrhundert voraus waren, heulten es in ihre Tagebücher oder wählten sonderbar verschnörkelte Formen, um vermummt vor ihre Zeitgenossen zu treten. Wer Ohren hatte, der sollte hören ... Die Kirche hat viel Gutes getan, aber sie lastete auf allem, was da frei war, und drehte das Rad der Zeit perpetuierlich zurück. Im Mittelalter war es die Kirche.

Heute ist es der Nationalstaat.

MAL SINGEN, LEUTE –!

Für Kate Kühl

Der Seemann schifft ins Meer hinaus,
ihm ist so leicht zu Sinn.
Marie weint sich die Augen aus –
er segelt rasch dahin.
Er sitzt in der Kombüse
und stochert im Gemüse.
und denkt sich: Wenns Marie nicht ist, na, dann ists eine Negerin ...
Der hat
in jeder Stadt 'ne Braut –!
Die erste für die Seele,
die zweite fürs Gemüt;
die dritte wegen Hoppeldibopp –
auf Nacht, wenns keiner sieht!

Mein Freund, daß du geheirat hast,
das will mir gar nicht ein.
Dein Stück Malheur ist eine Last!
Komm, wirf sie in den Rhein!
Er sagt: «Ich wünscht, ich kann es!
Wem sagst du das, Johannes!
Ich denk so oft, wenn die Alte schnarcht: Ach, wär ich jetzt allein!»
Ich hätt
in jeder Stadt 'ne Braut –!
Die erste für die Seele,
die zweite fürs Gemüt;
die dritte für das Hoppeldibopp –
auf Nacht, wenns keiner sieht!

Mensch, unser Gustav Stresemann
das ist wohl ein Filou!
Er meiert sich bei jedem an
und singt was Schöns dazu.
Er steht am Wasserglase
und redet durch die Nase,
mal rechts durchs Loch, mal links durchs Loch – der Junge ist atout!
Der hat
in jeder Stadt 'ne Braut –!
Die erste für die Seele,
die zweite fürs Gemüt;
die dritte für das Hoppeldibopp –
auf Nacht, wenns keiner sieht!
Das macht der Reiz seines Angesichts!
Und die eine weiß von der andern nichts,
daß er ihr Programm geklaut!
In jeder Stadt
in jeder Stadt
in jeder Stadt 'ne Braut –!

WINDROSE

Über die alte Hafeneinfahrt von Marseille spannt sich eine luftige Brücke, der Pont transbordeur, ein stählernes Spinnennetz. Oben auf der Brücke steht ein kleines Restaurant, die Brücke ist hoch, die Preise auch. Oben vor dem Restaurant steht ein Tisch. Auf dem Tisch ist eine Windrose aus Email, es ist eine runde Platte, auf der das ganze große Panorama, das man da hat, abgebildet und wiederholt ist. Da sieht man Hügel und Täler, Kirchen und andere öffentliche Häuser, Küsten,

Inseln und das Meer, alles noch einmal. Und am Rand des Windrosenkreises steht jeweils, an jeder Himmelsrichtung, die Stadt, die dort weit hinter den Bergen von Gemenos und den Tälern von Saint-Pons, wie man bei uns zu Hause so schön sagt: zu liegen kommt. Und über das Email gebückt, hoch oben auf der zugigen Brücke, sehe ich wie der liebe Gott über die ganze Welt.

Konstantinopel ... Das Auge wandert die Himmelsrichtung entlang, die ein Pfeil ihm angibt. Da, hinter jenen Gäßchen, liegt es. Elektrische in den Straßen; politische Schieber, die gute Geschäfte – merkantile, die schlechte Geschäfte machen, im Harem kein Aas, die Cafés stippevoll bei leeren Tischplatten, Zeitungen, Kinos, Telefone und – bei einem Pascha – ein Wasserklosett. In einer Ecke kratzt jemand gutmütig einen flohbeladenen Hund mit einem Stöckchen, dann erhebt er sich und setzt sich vor seine Wasserpfeife. Sie ist verstopft. Er reinigt sie mit dem Stöckchen. Pera – du Stadt unserer Träume!

Bern. Also da, hinter jener Kirche und dann wohl noch ein kleines Stückchen ... Elektrische klingeln in den Straßen, artige Sittsamkeit, Korrektheit, Bravheit, die geborenen Hoteliers der alten Klasse, Natur mit Ei und einige Engländerinnen, die den quick-lunch nehmen, weil es so im Reisehandbuch steht. Kinos, Zeitungen, Telefone und etwas Radio – aber eine gesunde Luft. Im Regierungsgebäude berät gerade Herr Nationalrat Muggli mit Herrn Kaufmann Mögli über einen Volksentscheid zur Einführung des Alkoholverbots in schweizerischen Seemannsheimen ... Bern – du gute Schweizerstadt!

London ... Nein, zu sehen bist du nicht. Aber da, hinter dem Neuen Hafen, gleich da, wo der kleine dicke, phallusrunde Leuchtturm steht, dahinter wirst du wohl liegen. Elektrische klingeln in den Straßen, ernsthafte Engländer gehen vorbei, mit nicht so übermäßig vergnügten Gesichtern; die das Wort ‹Lady› wie ‹Laidi› aussprechen, was nicht gerade von Feinheit zeugt, sind fröhlicher als die andern, denen es besser, aber nicht so gut wie früher, also schlechter geht. Kinos, Zeitungen und Telefone, Nebel und eine emsige Wahlbewegung mit traditioneller Aufgeregtheit. Am Tisch eines Boardinghauses sprechen gerade fünf Damen und ein unglücklicher Mann miteinander. «Ein feiner Tag heute!» – «Haben Sie gestern gutes Frühstück gehabt?» – «Wir hatten ein sehr gutes Frühstück!» – «Der König ist heute nach Windsor gefahren!» So prallen die aufgeregten Leidenschaften aufeinander. Und andere Frauen, die sich langsam vom Kontinent herübergeholt haben, was ihnen so lange gefehlt hat ... sie tragen die neue Erotik mit wenig Glück, scheints ... Sei gegrüßt –!

Paris! Die Elektrischen klingeln durch die Straßen, die riesigen Autobusse jagen um die Ecken; daß die Sonne untergeht, ist nicht gewiß, daß Gott aber am zweiten Tage das Déjeuner und am dritten das Diner erschaffen hat, das ist ganz bestimmt. Wie unromantisch du bist, du beschwingte Stadt! La Fouchardière schreibt gerade seinen täglichen Artikel, zwei Societärinnen der Comédie Française sind in einen tödlichen Streit geraten, der nie, spätestens aber morgen nachmittag, zu Ende sein wird, ein Zeitungsverkäufer schwingt seine Blätter, eine Hymne singend, die heißt: «Intran – – – Spooooort!» und die Theaterdirektoren Brüder Isola sind traurig, weil ihnen ein ungetreuer Kassierer die Karriere verdorben hat. Die gestrige Skandalaffäre ist im Verblassen. Nur ein kleiner deutscher Schmock schlachtet sie noch aus, weil er davon lebt, von den faits divers (französisch: Schmonzès), und morgen wird sein kümmerliches Deutsch im heimischen Blatt prangen. «Viel Aufsehen erregt in Paris ...» Kein Mensch weiß etwas davon. Und Kinos, Telefone und Zeitungen ... Bon soir, les copains –!

So suche ich den ganzen Horizont ab, da oben auf meiner Brücke. Und während vom Mittelländischen Ozean her der Wind in meinen Locken spielt, entdecke ich an einer Stelle der Windrose etwas, einen Namen, zwei kleine Silben, nicht ausgekratzt, wahrhaftig unversehrt, klar und deutlich.

Berlin. Sehnsüchtig wende ich mich ab und zeige ihr eine ganze volle Kehrseite.

NATIONALES

Die Engländer sind die Römer der Neuzeit. Die Franzosen sind die Chinesen des Westens. Die Japaner sind die Engländer des Ostens. Die Belgier sind die Polen des Westens. Nur was die Bayern eigentlich für ein Volksstamm sind – das hat noch kein Mensch herausbekommen.

Die Dänen sind geiziger als die Italiener. Die spanischen Frauen geben sich leichter der verbotenen Liebe hin als die deutschen. Alle Letten stehlen. Alle Bulgaren riechen schlecht. Rumänen sind tapferer als Franzosen. Russen unterschlagen Geld. Das ist alles nicht wahr – wird aber im nächsten Kriege gedruckt zu lesen sein.

Man kann sich einen Franzosen vorstellen, der Englisch spricht. Man kann sich auch einen Amerikaner vorstellen, der richtig Englisch spricht. Man kann sich zur Not einen Engländer vorstellen, der Französisch spricht. Ja, man kann sich sogar einen Eskimo vorstellen, der italienische Arien singt. Aber einen Neger, der sächselt: das kann man sich nicht vorstellen.

Der Deutsche denkt sichs aus; der Italiener erfindets; der Engländer setzt es in die Praxis um; der Amerikaner kauft das Patent; der Japaner machts nach; der Spanier wills gar nicht haben; bei dem Norweger spricht sichs langsam herum – und der Franzose ernennt alle

Beteiligten zu Mitgliedern der Académie Réaumur. Hierauf schreibt der erstaunte Deutsche eine Bibliographie des Vorfalls.

Unter der gleichen Tünche von Religion, Telefon, Kino, Presse und Polizei offenbaren die europäischen Staaten in der Tiefe ihre eigentlichen Charaktere: Golf, Stierkämpfe, Ordensbändchen, Skat, Theaterklatsch und Paprika. Über die Religion und die andern abstrakten Dinge läßt sich handeln – in diesen Nationaleigentümlichkeiten sind die Vereine von unnachgiebig strenger Individualität.

Auf der Straße liegt ein toter Mann. Der Deutsche legt ihn rechts; der Engländer prüft, ob er sich nicht etwa das Leben genommen hat; der Franzose klebt ihm eine Stempelmarke auf den Bauch – und Mussolini läßt auf alle Fälle dementieren, er sei es nicht gewesen.

Die falschen Staaten von Europa: England, Frankreich, Spanien, Italien, Ungarn, Preußen, Estland, Lettland, Rumänien, Bayern. Die Grenzen stehen fest. Die richtigen Staaten von Europa: Arbeitslose, Arbeitsmänner, Arbeitgeber und Nutznießer fremder Arbeit. Die Grenzen fließen.

Man ist in Europa ein Mal Staatsbürger und zweiundzwanzig Mal Ausländer. Wer weise ist: dreiundzwanzig Mal.

IN DER GEBURTSSTADT FRAGONARDS

Grasse, im November.

«Sie müssen sich unbedingt Cannes ansehen!» hatte mir Victor Margueritte zum Abschied gesagt. Und Frau Margueritte hatte hinzugefügt: «Das ist das Deauville des Mittelmeers!» Wenn Saison ist. Jetzt ist aber noch keine Saison.

Die Kulissen der großen Welt liegen stumm und still. Die Bühnenarbeiter richten die Soffitten her und bauen an Hafendamm und Kasino. Selbst das Meer gibt sich noch nicht die richtige Mühe, faul und grau plätschert es ans Ufer. Hier wogen also die in leichte Gewänder gekleideten Damen und bewegen zierlich ..., aber um das festzustellen, hat mich die *‹Vossische Zeitung›* nicht nach Frankreich geschickt. Es ist das auch schon ein bißchen oft geschrieben worden, scheint mir. Aber was selten und fast nie beschrieben wird, das ist dies: Wie sieht die Existenz eines Zimmerkellners in der Hochsaison aus? Was denken sich diese Leute? Wie arbeiten sie? Unter welchen Bedingungen? Und, was noch wichtiger ist: wie sieht die feine Welt von hinten, von unten, von dieser Seite gesehn aus? Warum nimmt niemals einer von uns für ein paar Monate die Arbeit eines Stewards, eines Kellners, eines Bedienten an und schildert die Welt einmal von da aus? Romane und Genrebilder werden es nicht werden – aber sicherlich eine sehr lehrreiche Ergänzung zu den bis zum Überfluß wiederholten Bildern aus der eleganten Welt... Das sind so Bücher, die nicht geschrieben werden.

Drehen wir uns um und gehen wir zum Bahnhof. Das nette Leben fängt ja doch immer erst an der Kleinbahn an.

Der Deutsche kann das Bücherlesen nicht lassen. Ich auch nicht. Ich habe gelesen, und ich habe mir da etwas ausgeknobelt ... Wie wird es wohl werden? Der Zug rumpelt durch die Nacht, an kleinen Stationen mit unlesbaren Namen hält er, es ist ganz schwarz um mich her. Denn so dankbar man für diesen November-Sommer hier unten sein muß: Die Tage haben um Schlag fünf ein Ende, schon nach vier Uhr blitzen überall Lichter in das Halbdunkel des Nachmittags, und dann ist es aus: man sieht nichts mehr.

Im Dunkel des Abends liegt ein lichterbestickter Teppich. Eine Stadt, scheints, Hunderte von glitzernden Punkten in einem Tal, auf den Anhöhen, überall. Kein Lichtermeer... ein Lichtergerinnsel. Das ist Grasse, und in Grasse ist Fragonard geboren, Fragonard, der freche, entzückend leichte, himmlisch beschwingte Hofmaler Ludwigs des Sechzehnten. Aussteigen, Zahnradbahn – guten Abend. Bleich und mondsüchtig liegt auf der Anhöhe über der Stadt das Hotel. Sie kennen das Gefühl, das einen beschleicht, wenn der Kellner die Zimmertür hinter sich geschlossen hat ... allein. Ich öffne die Fenstertür, trete auf den Balkon.

Unter mir liegt die Stadt. Im Talkessel, auf die Berge geklettert, über Rampen und treppenartige Steigungen verstreut, mit Lichtpunkten besät, leuchtend, schimmernd, glitzernd, halb verlöschend ... trink, Auge! Und ich sehe und sehe. So hat der Bauern-Breughel einst gemalt: das Weite und das greifbar Nahe gleich weit und gleich deutlich. Da sind kleine Plätzchen, von einer Laterne notdürftig beleuchtet, man sieht grade eine Strecke Wegs von ein paar Metern, die ist leer; um ein andres Licht sind Menschen versammelt, die bereden etwas; weiter oben rollt ein Automobil langsam und vorsichtig die beleuchtete Straße entlang, dann verschwindet es; da sucht eines mit zwei Glotzaugen den dunklen Weg ab; hier liegt eine beleuchtete Halle; da ist ein Haus mit rötlich-gelblichen Lichtern; da eins mit weißen; in der Ferne verdämmern andre; ein Brückchen führt über einen kleinen Abgrund; bis weit ins Land kann man sehen, und oben auf den Bergen wohnen auch Menschen und blinken Lichter. Und jeder Lichtfleck erzählt eine kleine Geschichte – es ist wie ein Rundblick für Andersen. Gute Nacht, Grasse –!

Der Tag hält, was der Abend versprochen hat. Treppauf, treppab klettere ich durch die Stadt. Sie ist in der Mitte ganz alt, die Gäßchen sind so eng, es geht steil abwärts und brüsk nach oben. Der französische

Baedeker murmelt etwas vom sechsten Jahrhundert – jedenfalls waren 1746 die Österreicher einmal hier, kriegshalber, es muß schrecklich für die armen Soldaten gewesen sein: monatelang ohne Nachrichten aus dem Burgtheater...

Alte Häuser, alte Gassen. Aber was das Merkwürdigste ist an diesem alten Bergstädtchen, das ist die unbekümmerte Modernität ihrer Bewohner. Wir haben gelesen, daß in den verlassenen Herrensitzen Kurlands arme Bauern hausen – die Dürftigen im Zivilisierten. Hier ist es umgekehrt. In diesen alten, alten Häusern liegen gut ausgestattete Geschäfte mit modernen Auslagen, hübsche Wohnungen – und alles ist so blitzsauber, reingefegt, so bis ins letzte Stäubchen gekehrt, daß man an gewisse hamburger oder lübecker Straßen erinnert wird. Gekalkt, gewaschen, geschrubbert, es strahlt nur so von Sauberkeit.

Fabrikschornsteine? Sie haben im Stadtbild kaum gestört. Grasse fabriziert Süßigkeiten und Parfümerien. Ich sehe zu, wie man kandierte Birnen macht und gezuckerte Rosenblätter und Veilchen zu Süßzeug umarbeitet, und, wahrhaftig, auch die kleinen gelben Kügelchen der Mimose. Ich darf probieren; sie schmecken nach gar nichts, und ich mache ein bewunderndes Gesicht, es ist das erstemal, daß ich eine Rose esse. Und ich sehe zu, wie Parfum hergestellt wird, eine komplizierte Sache, es riecht wie in einer Premiere, und die großen Kolben und Retorten der Kochapparate stehn in einem alten Kloster, mitten im Refektorium. Auch hier eine musterhafte Sauberkeit.

Ja, aber Fragonard –! Fragonard ist in Grasse – einen Augenblick mal! – 1732 geboren, und er war kurz vor der Revolution in seiner Heimatstadt und dann wieder während der Revolution. Wo er geboren ist...? Da ist die kleine Straße de la Font-Neuve, aber sie hat mehrere Häuser, zwei rechts und zwei links, und Genaues weiß man nicht. Hier hat ‹Frago› zum ersten Male die Beinchen in den Rinnstein gesteckt... Und hat gerufen: «Mutta! Schmeiß Stulle runta –!» Aber vor welchem Haus: das steht nicht geschrieben.

Auf einem Platz mit wunderschöner Weitsicht ins Land steht auch ein Denkmal für den seligen Maler. Seien wir höflich und gucken wir weg.

Bis zu seinem vierzehnten Jahr hat Fragonard in Grasse gelebt. Später besuchte er zum Ausgang des achtzehnten Jahrhunderts seinen Vetter Maubert, und dem hat er für 3600 Livres – laut Quittung vom 10. März 1791 – fünf Bilder gemalt: ‹*Der Einstieg*›, ‹*Die Verfolgung*›, ‹*Vertrauliche Mitteilung*›, ‹*Krönung*› und ‹*Die Hingabe*›. Für wen hat er sie gemalt? Für seinen Vetter Maubert? Natürlich nicht, sondern letzten Endes für Pierpont Morgan, der sie gekauft hat. Grasse hat nur die Fotografien, und das ist auch etwas wert. Aber weil Grasse eine pietätvolle Stadt ist, so hat es ein kleines Palais zu einem reizenden Museum ausgebaut, das kleinste Museum der Welt, von Herrn Carnot begründet, und darin ist noch manches Hübsche zu sehen. Reproduktionen nach Bildern des Meisters, ein paar Originalskizzen, jene Fotografien und, verhüllt von einer grünen Decke in einer kleinen Vitrine: der Malkasten Jean Honoré Fragonards. Es ist ein einfacher, alter Kasten mit vielen kleinen Flaschen und Fläschchen, so, wie er ihn benutzt hat; auf jedem Etikett steht noch in vergilbten Buchstaben, welche Farbe jetzt darin trocknet ... Ein Pinselchen, zart und lang, liegt dabei.

In den Nebenräumen provenzalische Kunst und Andenken, Möbel und Bauerngerät, alles in dem reinlichen und fröhlichen Geschmack der Provence. Eine lustige, runde Kinderwiege; eine zärtliche Sänfte; himmlische alte Kommoden; eine rötlich flammende, riesige Chaiselongue im Stil Louis' XIII., eine gradezu verlockende Chaiselongue; ein Ton-Tier aus dem siebzehnten Jahrhundert, eine Art Schildkrötenuhu oder Uhuschildkröte, ein geflügelter Traum; Stricke, mit denen der Marschall Bazaine, eingesperrt auf St. Marguerite, entfliehen sollte (er entfloh aber durch die Tür, weil er als Soldat den graden Weg liebte, direkt nach Spanien, wo er auch gestorben ist); Waffen und Bilder und Putten. Das Ganze so fein im Geschmack, so reinlich im Stil, und ein zweites Treppenhaus führt hinunter in den Garten, vor eine jener Fassaden französischer Hotels, die die Straße niemals zu sehen bekommt.

Jetzt ist es Abend. Und während ich dieses schreibe, unterbreche ich mich, trete ans Fenster, schlage die Vorhänge zurück und sehe noch einmal auf die ruhende Stadt. Da blinkt es, kreisrunde und kleine Sterne, eckige und leuchtende Scheiben, das Laub rieselt, ein Wagen rollt, und aus einer fernen Schmiede klingt das fröhliche Ping-Pang der Werkstatt. Die Glocken rufen sich die Stunde zu und singen, hoch und tief, das schöne Lied von der Pünktlichkeit; eine ganze Viertelstunde lang ist es halb acht. Ein kleiner Viadukt verschwimmt im Dunkel; diese leuchtende Linie, das ist der Boulevard mit den dunklen Bäumen; Licht steht bei Licht, so weich, so zärtlich, so fest ... Eine Stadt, die man streicheln möchte. Hoch über dem Tal fliegt der Mond durch die ziehenden Wolken, silbergrau verdämmern die Berge, und dort hinten liegt, unsichtbar, das Meer ... Und von den schweigsamen Bergen herunter kommt es und greift ans Herz, ungesungenes Lied und ungesagte Worte, Sehnsucht in der Ferne nach der Ferne.

«Kennen Sie Grasse?» fragte ich Herrn Wendriner.

«Grasse?» sagte er und stocherte sich in den Zähnen. «Warten Sie mal — Grasse ...? Ja, da warn wir mal, von Cannes aus. Na, ich danke! Ein kleines Nest, ganz nett, gewiß, aber kein anständiges Kasino, gar nichts Elegantes. Wir sind bloß durchgefahren und haben eine Kleinigkeit gesessen, Bouillon baisse, oder wie das heißt. Richtig! Meine Frau hat sich noch mächtig den Magen an den Langusten verdorben. Wissen Se: Grasse ist nischt —!»

JAURÈS IM PANTHÉON

Der Staatssekretär Abel Ferry: «Was werden Sie nun tun?»
Jaurès: «Unsre Kampagne gegen den Krieg fortsetzen!»
Der Staatssekretär: «Das werden Sie nicht. Man würde Sie an der nächsten Straßenecke totschlagen!»
Unterhaltung am 31. Juli 1914

Es ist totenstill. Unter dem grau verhangenen Winterhimmel warten die Tausende – der Beginn des Zuges steht, sacht ansteigend, auf der Concorde-Brücke, man sieht die roten Fahnen und die ersten Männergruppen, entblößten Hauptes. Auf der großen Freitreppe des Palais Bourbon, darin die Deputierten tagen, steht vor einer ungeheuern blau-weiß-roten Dekoration ein schwarzer Katafalk; daneben auf jeder Seite sechs Arbeitsmänner in blauen Blusen, mit schwarzen Kappen und der Hacke in den Händen. Arbeiter aus Carmaux, seinem Wahlkreis. Hinter dem Katafalk rollt ohne Musik ein langer Trommelwirbel – die weite Fahne wogt leise. Niemand spricht, ein einziges Herz schlägt. Und mahnt. Ein zweiter großer Katafalk, wie ein Tank anzusehen und von sechzig Arbeitern getragen, nimmt die Asche dessen auf, der noch zu allerletzt gemahnt und gewarnt und für das zu bewahrende Leben der andern sein Leben hingegeben hat. Herriot mit seinen Ministern, Nollet und den andern, geht an uns vorüber, oben stehen die Arbeiter und kein Soldat. Und kein Soldat. Langsam setzt sich der Zug in Bewegung.

Am 31. Juli 1914 hat ein Leser der französischen Lokalanzeiger im Café du Croissant der rue Montmartre den großen Sozialisten Jean Jaurès ermordet. Der war noch am Morgen dieses Tages ins Parlament gestürzt, die Nachricht von der deutschen Verkündigung des ‹Kriegsgefahrzustandes› in der Tasche, hatte die genaue Bedeutung des Wortes im Lexikon nachgeschlagen und in unverwüstlichem Glauben ausgerufen: «Ce n'est pas encore la guerre!» Zwei Stunden später hatte sich die Voraussage eines der französischen Staatssekretäre erfüllt – der, der immer gegen den Völkerkrieg aufgerufen hatte, lag tot auf dem Tisch eines Restaurants in Paris. Heute hängt da eine Gedenktafel, die den Mord und die Erinnerung an den Gemordeten aufzeichnet. Schon früher hatte man sie anbringen wollen – aber Herr Poincaré war der Meinung gewesen, es sei nicht opportun. Was ihn nicht gehindert hat, nun, da jener tot ist, ihm in einem schmeichelhaften Brief an eine Redaktion seine Ehrung darzubringen.

Die französische Regierung Herriot hat den ersten Toten des Weltkrieges nach zehn Jahren, am 23. November 1924, ins Panthéon überführen lassen, die größte Ehrung, die dieses Volk zu vergeben hat. Die Asche hatte schon in Albi geruht, wo Jaurès am Lyceum gelehrt hatte. Er ist ein schlichter Mann gewesen, und diese pompöse Ehrung galt zwar ihm, aber sie gilt seiner Idee, seinen Idealen und seiner politischen Welt. Diese Überführung ist eine Ehrung, eine Erinnerung, eine Mahnung und ein Bekenntnis.

Langsam, langsam schwankt das Schaugerüst durch den konservativen Boulevard Saint-Germain. Hinter uns mögen vielleicht dreißigtausend Menschen gehen; dreht man den Kopf rückwärts, so sieht man in einen wandelnden Wald roter Fahnen. Hier stehen an den Seiten Soldaten, die vor den dichten Menschenmassen Spalier bilden, mit angefaßtem Gewehr. An manchen Stellen sind Lautsprecher angebracht, in ihnen kocht Musik. Wir, die Delegierten der Deutschen Liga für Menschenrechte, gehen ungefähr sechzig Schritt hinter der Spitze. Und wo die Träger mit ihrer Last anlangen, steigt ein einziger Schrei auf; eine Dreiviertelstunde lang hören wir dieses Reihenrufen, man unterscheidet: «Vive Jaurès!» und immer, immer wieder: «A bas la guerre!» Ganz vereinzelt eine abweisende Gebärde und wohl ein Pfiff: das sind die Camelots du Roy und die Camelots du roi Sinowjew. Vor einer Querstraße wird die mitziehende Menge lebhaft, die «Hu!» ertönen, Pfiffe, Verwünschungen. Hier wohnt der böse Geist von Paris: Léon Daudet. Vorüber zieht der unermeßliche Zug an dieser Ludendorff-Filiale in Frankreich.

Da gehen: die internationalen Delegationen, Vandervelde ist unter ihnen und Tom Shaw; die Freimaurer mit ihren blauroten Schärpen, Männer, die vielleicht nicht ahnen, daß es in Deutschland ‹Brüder› in den Landeslogen gibt, die den freimaurerischen Gedanken durch Völkerhaß und dumpfe Verblendung schänden; die französische Liga für Menschenrechte, die unter den vorbereitenden Organisationen dieser Ehrung die erste Stelle einnimmt; die Abordnungen aller sozialistischen Parteien, Arbeiter, Vereine, Frauen und Männer. Vor uns: die Regierung, die Magistratsvertreter von Paris, der Bruder von Jaurès. Alle, alle gehen mit. Sie haben ihn geliebt. Sie stellten sein Bild zwischen ihre Familienbilder, und einer, der gefragt wurde, warum er geweihten Buchsbaum hinter den Rahmen gesteckt habe, sagte: «Er ist der Heilige des Friedens!» Vielleicht der einzige: die andern waren ja sämtlich unter die Fahnen gerückt ...

Er fiel als erster. Wo mag, während wir unter dem nebligen Wintertag gehen, der Mörder sein? Er ist gut davongekommen: ein Fleck französischer nationalistischer Justiz. Er soll interniert worden sein; andre behaupten, er sei in Freiheit, sei irgendein Concierge ... Vielleicht ißt er jetzt grade in stiller Ruhe Mittag. Guten Appetit —! Auf den Redaktionssesseln sitzen die (bezahlten) Schuldigen und wissen von nichts, haben es nicht so gemeint, taten nur ihre vaterländische Pflicht ... Er war der erste. Das Gesindel, das nicht an den Millionen Verfaulter genug hatte, wütete nachher im Bürgerkrieg weiter: die uniformierten Edelmenschen warfen die sechzigjährige Rosa Luxemburg ins Wasser, fielen über den wehrlosen Karl Liebknecht zu sechsen unter dunkeln Bäumen her, logen vor Gericht, kniffen und wurden schließlich aus dem Gefängnis befreit. Erzberger verblutete auf der Chaussee; die beiden ehemaligen deutschen Offiziere, die wie die Strauchdiebe hinter ihm her waren, sahen von einer Anhöhe zu, bis er zu Ende gezuckt hatte. Rathenau fiel; seine Mörder, die ehemaligen deutschen Offiziere, hatten tausendfache Hilfe in allen ihren Lagern gehabt. Kein nationalistischer Verband hat sich jemals aufgeschwungen, auch nur schandenhalber diese Lumpen von sich abzuschütteln. Es war ihr Werk, ihr Fleisch und Blut, es waren ihre Leute. Hugo Haase fiel — wie mag da *einer* aufgeatmet haben! —; was in dem großen Gemetzel lebend davonkam, fiel in die Hände der Richter und wurde da besorgt und aufgehoben.

Man sagt immer: «Aber die Idee konnten sie nicht töten!» Die Idee nicht. Aber jener ist tot. Mag er tausendmal Märtyrer sein, mag manches der Opfer, wie man hinterher zu sagen pflegt, «zur rechten Zeit gestorben sein» — eine tote Rosa Luxemburg ist ungefährlich, unschädlich, dahin. Und was eine führerlose Gruppe für ein Schicksal erleidet, ist ja an den deutschen Kommunisten zu sehen, an denen der deutsche Staat bodenloses, unsittliches, rohes Unrecht verübt. Über siebentausend sitzen. Um der Ordnung willen — um dieser Ordnung willen.

Weiter geht der Zug. Jetzt biegt er in den Boulevard Saint-Michel ein, dichter wird das Gedränge, lauter die Rufe. Alle Fenster stecken voll Leute, oben auf den Dächern stehn sie, auf den Bäumen, auf den Laternen. «A bas la guerre! A bas la guerre!» Der Schrei ist aus den winterlichen Straßen aufgestiegen — kein kleiner Landgerichtsrat in Berlin und kein Staatsanwalt in rotem Talar zu Leipzig kann ihn ersticken. A bas la guerre!

Jetzt macht die Spitze eine Schwenkung — da liegt das Panthéon. Der ein wenig kalte Bau liegt heute im schleiernden Grau — so tief ziehen die Regenschwaden. Seine Spitze ist kaum zu sehen; sie verliert sich im silbrigen Nebel. Das Haus ist so unwirklich, in das *der* da einzieht. Halt.

Da steht der Abguß seiner Büste aus Albi. Der Redner Jaurès ist es, den sie abgebildet haben: der starke, untersetzte Mann steht hinter einer Balustrade, in vorgebeugter Haltung, er sagt grade etwas Eindringliches, er bittet, er beschwört — die Figur ruft: Es darf nicht sein! Es soll nicht sein! Es kann ja nicht sein! . . . Es war.

Grünlichhell flackern im Panthéon die Flammen in den großen Schalen. Herriot spricht. Die Stimme hallt. Und der Mann bekennt sich zu *dem*, der den Frieden gewollt hat. Ein voller Chorgesang strömt über die Asche.

Draußen wallt es auf den Straßen — nach den Sozialisten die Kommunisten; ohne organisatorischen Zusammenhang miteinander. Sie tragen Schilder: «Amnestie!» und, auch sie: «Krieg dem Kriege!» Sie bestreiten Herriot die Berechtigung, Jaurès zu feiern, der einer der ihren gewesen sei — aber in ihrer Gesamtheit sind sie doch klug genug, eine Manifestation nicht zu stören, die gegen den gemeinsamen Feind geht. Und alle defilieren noch einmal an der Büste vor dem Panthéon vorbei — zwanzigtausend Sozialdemokraten und fünfzehntausend Kommunisten und die Zehntausende, die sich anschließen. Der Vorbeimarsch dauert zweiundeinehalbe Stunde. Die Gruppen der Kommunisten sind lebhafter, viel mehr bei ihrer Sache als die andern, aufgeregt und durchtost von Liedern und Gebraus. In manchen Zügen gehen die Männer der Reihen Hand in Hand, verbrüdert, zusammengeschweißt.

Jetzt ist es dunkler geworden, noch haben sich die Straßen nicht beruhigt, immer noch ziehen, den ganzen Damm ausfüllend, die breiten Züge der Demonstranten, die Leute stauen sich, schieben sich langsam vorwärts, es brodelt und ruft, Kapellen spielen, und alles singt. Die Internationale.

Welche? Die zweite? Die dritte? Aber die deutschen Bürger stehen vor der nullten.

Denn hier streiten sich die Leute, gewissermaßen, um den Unterschied zwischen französischer und russischer Literatur—und die deutsche herrschende Klasse kann noch nicht einmal lesen! Es ist ja nicht wahr, daß sie begriffen haben: immer noch sehen sie das einzige Heil in einem ‹Großdeutschland›, oder wie dieser Unfug heißen mag; immer noch glauben sie alle, es käme alles wieder, wie es gewesen ist; immer noch sehen alle ihr Geschäft und die Geschäfte, Staatsgrenzen und die absolute Unterdrückung der Arbeitenden, die man — vielleicht — mit Ach und Krach ‹wohltätig› tröstet.

Es kommt nichts wieder. Und wenn die ganze Beamtenklasse, die Berufssoldaten, die bezahlte Presse, die Lehrer und die Universitätsprofessoren, alle bis herunter zu den Richtern in ohnmächtiger oder mächtiger Wut gegen ihre Zeit antoben, wenn sie schlagen und prügeln lassen, einsperren, vernichten und aufs Pflaster werfen — es hilft nicht. In der Welt ist etwas am Werk, das sie zwingen wird, andre Produktionssysteme, andre Vergesellschaftungsgruppen, andre Institutionen zu treffen. Sie werden müssen — sie werden nicht gefragt werden.

Die Überführung von Jaurès in das Panthéon ist mehr als eine Geste. Sie ist die Offenbarung des festen Willens einer Regierung und breiter französischer Schichten, im Frieden mit Europa zu leben, im Frieden mit den Nachbarn auszukommen und im Frieden zu arbeiten. Tausende und Tausende warten allerdings auf etwas andres; die Karriere, der Verdienst, die persönliche Geltung und die Verwertung ihrer Fähigkeiten hängen daran. Das niedrigste Gefühl, das im Menschen schlummert:

das Hordengefühl, lauert auf den Ausbruch und drapiert sich mit dem Wort ‹Vaterland›.

Deutschland steht heute vor den Wahlen und vor der Wahl.

Es hat zu wählen, ob es ein Räuberstaat unter Räuberstaaten sein will, ob es zurückgehen will: in neues Elend – oder vorwärts: den steinigen, schweren Weg zur Völkervereinigung. Mögen Rückschläge erfolgen, mögen sozialistische Regierungen an wirtschaftlichen Gruppen, die heute noch mächtiger sind als sie, scheitern, mögen zur Macht gelangte Demokraten Erwartungen enttäuschen, weil sie glauben, Staatsmacht und Ausbeuterprosperität seien selbstverständliche Voraussetzungen, unter denen man getrost riskieren dürfe, einige nichtssagende Floskeln in Verfassungen zu setzen – die Absatzländer für eine ungehemmte Produktion, die in ödem Stumpfsinn ihre überflüssigen Produkte in die Welt hineinpreßt, um des Verdienstes weniger willen, sind nicht mehr gegeben.

Jaurès war nur einer. Millionen und Millionen aber sehnen sich heute nach wirtschaftlicher Freiheit. In Frankreich werden sie, wie die Dinge liegen, gar nicht daran denken, noch einmal ‹für die Großen› sterben zu gehen. Das ist vorbei. Wenn Deutschland einsehen wird, daß die Parole Schwarz-Rot-Gold allein nicht genügt, daß es nicht darauf ankommt, demagogisch Massen aufzurütteln, um irgendwelche Stimmzettel abzugeben, sondern daß die kleinste Zelle, die Familie, das Geschäft, das kleine Amtsbüro, die Kommune durchtränkt sein müssen von dem festen Willen, miteinander und nicht voneinander zu leben – so hat es die richtige Wahl getroffen. Entschließt es sich, diese Alten, die nie jung gewesen sind, aus seinen politischen Organisationen hinauszuwerfen, entschließt es sich, endlich, endlich einmal den abgewirtschafteten Typen der politischen Bürokratie klar zu machen, daß ihre Zeit um ist – so hat es einen größern Sieg errungen, als es ihn 1914 erringen wollte, und als ihn heute noch so viele Deutsche ersehnen. Dann ist Jaurès nicht umsonst gestorben.

SCHÄDLICHKEIT DES ZIVILS

Erich Lindström, geb. Ludendorff ..., es gibt ja schließlich wichtigere Dinge auf der Welt als einen abgetakelten General. Aber jener hat keinen Erfolg mehr, und da geziemt sich wohl, eine kleine Betrachtung anzustellen.

Warum hat er keinen Erfolg mehr?

Eigentlich sind alle Voraussetzungen für eine deutsche Popularität gegeben: der Mann hat seinem Lande nichts als Unheil gebracht, aber auf eine sehr pompöse Art; er ist General gewesen; er hat die Macht gehabt, und es bestand die Aussicht, daß er sie eines Tages wieder bekommen würde; und zugenommen hat er auch, so daß er jenes Maß von Vierschrötigkeit aufwies, das nun einmal nötig ist, wenn man hierzulande auf die Biergläser des Ruhmes gemalt werden will. Und trotzdem ist es nichts damit. Ich will ihm das Geheimnis seines Mißerfolges verraten.

Es kommt wohl vor, daß man als Mann und Männchen einen Hang fürs Küchenpersonal hegt, besonders, wenn es Frühling ist. Für das Küchenpersonal; oder für eine nette Kellnerin mit einem weißen Häubchen; oder für eine Zofe mit einem Tändelschürzchen; oder gar für eine Krankenschwester, ganz in aseptisches Weiß gehüllt und appetitanregend anzusehen. Nicht immer nehmen die Dinge nun einen so glatten Verlauf, daß Werbung, Liebessturm und Erfüllung auf dem Tätigkeitsplatz selbst abgehandelt werden können. Der begeisterte Verehrer bestimmt also ein Rendezvous, die so reizend kostümierte Schöne sagt errötend zu, aber da geht auch schon die Tür, die Gnädige oder der Wirt oder der Oberarzt treten ins Zimmer – husch, ist sie fort. Und erscheint abends: auf ‹fein› aufgemacht, sonntäglich gekleidet, frisch gewaschen, im Straßenkostüm oder Ballkleid ... Und eine leise Enttäuschung bemächtigt sich des Mannes – ist sie das, die Süße, Kleine, Bebänderte, Beschürzte, Weißgekleidete? Sie ists. Und ists nicht mehr. Das Zivil hat Lockung und Liebe getötet. Zivil tötet. Er fühlts, der Lindström – denn allemal bei Festlichkeiten, Regimentsfeiern, Fahnenweihen und Parademärschen wirft er sich in eine Phantasieuniform, die ja heute gar nicht mehr vorhanden ist, die es nicht mehr gibt, die zum historischen Maskenkostüm geworden ist. Aber es hilft nichts. Er fühlts, daß ihm das Zivil nicht steht. Es steht ihm wirklich nicht. Ich habe ihn darin gesehen, damals, als er vor dem Untersuchungsausschuß stotterte. Er hatte etwas von einem strengen Lehrer im Dampfbad. Die Autorität war dahin.

Denn dies ist der oberste Grundsatz für Stubenmädchen und Generale: Was in Tracht ist, muß in Tracht geliebt werden. Zivil ist allemal schädlich. Armer General –!

TOTE STADT UND LEBENDE STEINE

Arles (Südfrankreich), im Dezember.

Nordöstlich von Arles liegt ein kleines Städtchen, das heißt Paradou. Wenn man dort ein Stündchen nach Norden geht, so kommt man in Berge, die ‹Die Älpchen› – Les Alpilles – heißen. Die Berge erheben sich milde gerundet zu ein paar hundert Metern Höhe, sie sind schwach bewaldet.

Dann nehmen die Erhöhungen merkwürdige Formen an, werden sonderbar gefleckt, grün und grau, und geht man weiter und immer weiter, so biegt man um eine Bergnase herum und steht schließlich in einem stillen, weltverlorenen Tal mit wenigen Häusern. Der Blick sieht aufwärts und trifft auf ein Wunder. Hier liegt, im Stein, eine tote Stadt. Das sind Les Baux.

Hier im Tal und auf den Höhen stand einst eine Stadt, eine große und mächtige Stadt von viertausend Seelen. Beherrscht und gekrönt wurde sie von einem riesigen, mit damaligen Mitteln der Kriegskunst uneinnehmbaren Schloß. Seit neunhundert Jahren steht die Stadt. Es ist ganz still um mich, kein Vogelruf, kein Baumrauschen, kein Wagenrollen — nichts. Grau und windstill steht der Tag. Was sieht man?

Man sieht: Vineta auf den Bergen. Man sieht eine versunkene, eine mit den steinigen Bergen verwachsene, versteinerte, verfallene und tote Stadt.

Bergan führt ein schmaler, rasenbewachsener Pfad. Geröll, Schutt, bröckelnde Steine. Erhalten sind: Teile der Stadtmauer, das alte Tor, eine benagelte graue Pforte, die Räume der Stadtwache. Und, weiter aufwärts: Mauern von Häusern, eine Hauswand, ein riesiger Renaissance-Kamin mit einer verwitterten Jahreszahl, verfallene Häuser, von denen nur noch die Wände stehen, gut erhaltene Häuser, enge Straßen. Und alles auf den Felsen gebaut, an die Windungen der Berge geschmiegt, kletternd und mit ihnen fallend, eng, winkelig und still. Es leben Menschen da. «Wir sind sechzig», sagt ein Mann, «sechzig — aber wir nehmen Jahr für Jahr ab — es ist nichts los auf dem Lande.» Nein, hier ist nichts ‹los›. Aber hier ist etwas anderes.

Da ist eine alte Kapelle, die nichts mehr ist als ein Rasenplatz für die Hühner mit ein paar Mauern drum herum; da ist das Haus der Porcelets, einem alten provenzalischen Geschlecht, die in Arles auf dem Begräbnisplatz Aliscamps ein ritterliches Totenmal haben; da sind verfallene Türme, enge Straßen — und da ist die kleine Kirche. Die Sakristei ist im Jahre 1908 abgebrannt, mitten im Hochsommer — aber die Schwarzberockten sind noch da; sie haben lachende und munter lärmende Jungen um sich versammelt, die sie wohl unterrichten ... Die Kirche ist klein; eine Seitenkapelle ist in den Fels gehauen. In der vermauerten Krypta ruhen die, die hier geherrscht, gefochten und gelebt haben. In einem Grab fand man — aus dem Jahre 1437 stammend — lange blonde Frauenhaare. Niemand weiß etwas darüber.

Ich trete aus der Kirche heraus, bitte einen alten Mann des Dorfes, mich zu begleiten — und wir klettern die steinigen Wege weiter hinauf, zum Schloß.

Viel ist nicht mehr davon da. Die Ritter waren den zentralistisch gesinnten Königen eine schwere Last — immer wieder wurde zerstört, immer wieder angebaut und aufgebaut — bis Richelieu der Sache ein endgültiges Ende machte: 1632 war es aus. Und zerbröckelt seitdem ...

Der grau-weißliche Boden ist Kalkstein, leicht zu bearbeiten, und was haben sie da nicht alles gemacht! Es ging ein Postengang um das ganz riesige Schloß herum, ganz und gar geschützt, in den Fels gehauen; die Kapellen, die Säle, die Höfe — alles hat doppelten Schutz: den der Menschen und den der Felsen. Wir klettern, so hoch es möglich ist.

Weit sieht man ins Land. Ganz im Süden, jetzt unter dem Dunst verborgen, liegt das Meer — es ist nicht einmal sehr weit entfernt. Die blühende Ebene wird sichtbar, bis nach Marseille hin und Aigues-Mortes nach der anderen Seite.

Von oben sieht man die ganze tote Stadt. Stil geht in Stil über — da haben Gallier gehaust und Sarazenen, die sich einen Turm gebaut haben, an den Gotteshäusern haben Epochen gebaut und verbessert — romanische, gotische, spätere Bauarten sind deutlich erkennbar. Grau und weißlich liegt die ehemalige Stadt, stumpf sind die Farben — man weiß nie genau, ob dies Felsen sind und jenes Mauerreste, ob diese ungeheure Form einer dicken Benediktinerflasche Natur ist oder die Arbeit der Steinmetzen. Die Stadt hat sich den Felsen assimiliert und ist selbst Fels geworden. Wir kriechen in die einzelnen Höhlen und Häuserreste: Backöfen sind zu erkennen und alte Kamine, Stufen und Pfostenlöcher, die Stellen, wo einmal ein Fußboden war, und Vertiefungen an der Decke, da haben die Schinken gehangen. Und einmal sieht man von einem Steinfenster ins halbe Tal — da liegt ein alter gallischer Friedhof, die Gräber sind in den Fels gehauen. Jetzt ist er leer, hohl und offen starren die länglichen bloßgelegten Rechtecke zum Himmel.

Noch bis vor dreißig Jahren hat man hier Steine weggekarrt und zum Bau von Häusern verbraucht — das ist nun verboten, die Stadt wird geschont wie ein Naturschutzpark. Und das ist recht, denn sie ist sicherlich nicht alltäglich.

Wir klettern zu Tal. Ich kann mich nicht trennen und gehe in den Häusern herum; hier sind noch alte, ganz verräucherte Fresken zu sehen und da eine Treppe — und der Führer erklärt. Es ist ein alter Mann, der nett ist und nichts ableiert — wenigstens hört man kein Uhrwerk schnurren — und unaufdringlich ist er auch. Wenngleich . . . «Dies ist der Turm einer alten Windmühle — ja — und hier ist die alte Kirche der heiligen Katharina — ja — und das ist meine Frau, die die Ansichtskarten verkauft!» In der Tat: ein Prachtstück aus dem sechzehnten Jahrhundert (vor Christi Geburt). Ich kaufe ihr Karten ab, weil mir so romantisch zu Mute ist, und dann gehen wir weiter.

Unten im Tal, hinter einer alten Ölmühle, liegt ein eingefaßter Rasenplatz, das Gras wächst wild, er ist ganz verlassen. Eine alte, dicke Frau öffnet das Holztor — in der einen Ecke steht, grau, verwittert, aber zierlich wie am ersten Tag: ein reizender kleiner Renaissance-Pavillon. Hier hat die reine Jeanne eine Cour d'amour abgehalten — von den vier

Pavillons ist dies der einzige, der noch erhalten ist. Man kann sich den Garten dazu vorstellen und die Damen mit den Schleppen . . . Ich trete näher. Vielleicht irgendein Zeichen der Vergangenheit . . . An der Wand steht, dick und schwarz:

Guiseppe Sculiucco

und ein krummes Schwert. – «Was ist das?» frage ich den alten Mann. «Ça – c'est du cinéma!» sagt der Bergbewohner. Und erzählt, vom größten Tag seines Lebens. Das haben die Filmleute angezeichnet, denn sie haben hier einen gedreht: *‹Die Rache des Schmugglers›*, und er hat Komparserie gemacht. Dreißig Franken den Tag! Und sein Sohn war dabei und Maultiere und – heiliger Lubitsch! – dreißig Reiter mit einemmal! Ich verwunderte mich, wie es sich gehört.

Ob ich die Feengrotte noch sehen wolle? Die Feengrotte . .? Ich denke an den Harz, wo die Grotten elektrisch erleuchtet sind, sauber parkettiert und mit Geländer für Jugendliche versehen. Meinetwegen. Er führt mich.

Die Feengrotte liegt im Tal, am jenseitigen Abhang. Er zeigt den Eingang: ein von Buschwerk fast verwachsenes Brunnenloch, bemooste Steine, Gras. Und da der Ausstieg: dasselbe. Ein- und Ausgang liegen ungefähr sieben Meter voneinander entfernt. Die Höhle ist, soweit er sie mir zeigen will, hundert Meter zu begehen. Gemacht.

In das Eingangsloch stieg ein ganz reputierlich aussehender Mann, Mitarbeiter durchaus geachteter Organe, unauffällig, sauber gekleidet. Aus dem Ausgangsloch wurde, nach einer halben Stunde, gezogen: ein von oben bis unten beschmierter, nasser, bekolkter, an den Händen blutender und hutloser Mann. Der Mann lag oben – dem Hut hatte es unten sehr gut gefallen. Der Führer kletterte noch einmal herunter, um ihn zu überreden, doch auch mitzukommen. Dann kam er auch und sah ebenso abgetakelt aus wie der Mann.

Aber abgesehen davon, war Frankreich von innen sehr schön. Zwanzig und dreißig Meter hatte man auf dem Bauch kriechen müssen, mit einer Kerze in den Händen, die die Höhle erleuchtete und die Knie mit tropfendem Talg bekleckerte – der Stein glitschte, aufrichten gab es nicht – was mochten das für Feen sein, die hier wohnten? Einmal hielt der Alte die Kerze hoch – es piepte leise und schwirrte kühl am Ohr vorbei – da wohnten die Fledermäuse. Nein, sie verfingen sich gar nicht im Haar. Sie hingen da zu Hunderten und sahen aus wie geflügelte Muscheln. Sie klappten unhörbar mit den Flügeln – eine hauchartige Bewegung ging durch den schwarzen Ballen. Wir rutschten und kletterten. Wenn ich nachdenke, wen ich gern zwischen den beiden dicken Steinen am Ausgang stecken sähe – ich wüßte keinen. Und wie sah ich aus! Und die guten Sonntagssachen! («Erlauben Sie mal: Hatten Sie denn keinen Wanderanzug an?» Nein. «Warum nicht?!» Ja, der war im Koffer. «Na, und der Koffer?» Der stand in Toulon, auf der Bahn. «Na, nehmen Sie es mir nicht übel...» – «Ruhe mal! Er soll weiter erzählen!»)

Ja, und dann kletterten wir durch das ‹Höllental›. Das klang nur so gefährlich und war nicht schwer zu beklettern. Der enge Fußsteig öffnete sich an einer Stelle, die Dornen und das Buschwerk traten zurück – und da lag – ein Steinbruch? – Nein, der Pirchansche Entwurf zu einer großen modernen Oper.

Riesige, schiefe, viereckige Löcher in den weißen Stein geschnitten, zwanzig und dreißig Meter hoch, weite Hallen freilassend. – – Sie besinnen sich auf das persische Märchen... «Und der Königssohn ging durch das wüste Gebirge – da öffnete sich plötzlich vor ihm eine glänzende Halle...» So sah das aus. Also hier wohnten die Feen! Wir gingen in den Steinbruch, und da ereignete sich etwas unendlich Rührendes. Der Alte wurde plötzlich ganz lebendig und zeigte auf die hohe Decke. Da oben – da hatte er gearbeitet, vor fünfundzwanzig Jahren. Er zeigte, wo er gesprengt hatte, er erklärte, wie man Stein schneidet – mit einer Säge – und diese Galerie, nein, die hatte er nicht in der Mache gehabt... aber diese da – diese – das war seine. Es klang nicht sehr auswendig gelernt – es war wie eine Erinnerung an die Zeit, als er noch kräftig war. Und jung.

Unten wurde gearbeitet. Einer der Arbeiter sah mißtrauisch auf. Sie sprachen miteinander. «Ich habe ihm auf provenzalisch gesagt», sagte mir der Führer, «daß ich hier schon gearbeitet hätte, als er noch in den Windeln lag.» Aber ich sah in die Augen des Steinarbeiters. Da stand: Jetzt schneide ich ebenfalls hier Steine – und nicht mehr du. Und nicht mehr du.

Und ich nahm Abschied und ging nach Arles zurück, nach Arles, wo die alte Architektur noch so lebendig ist, weil sie in ihrem Licht steht – nirgends als im Süden verspürt man so stark den Unfug, der darin steckt, Architekturen zu verpflanzen. Berliner Weiße läßt sich nicht nach Madeira, und der Stil einer romanischen massigen Kirche nicht nach dem Norden exportieren. Es hält sich beides nicht. Nach Arles ging ich zurück, wo noch die alte römische Arena steht, dieser gallische Kintopp, und wo mir ein freundlicher Arlesier einen ganzen Haufen Broschüren in die Hand drückte, in denen von den modernen Festlichkeiten geschrieben stand, die man hier in den ganzen Theaterstätten abgehalten hatte. Und wollüstig durchblätterte ich sie, wendete genießend Seite für Seite um und freute mich, daß ich sie nicht hatte mitzumachen brauchen.

Jetzt ist Arles ganz still. Kaum, daß einmal zwei Amerikanerinnen mit stumpfsinnigem Interesse den Erklärungen lauschen, die man ihnen angedeihen läßt. Ich sehe mir alles an: die Daudetsche Mühle, die die ‹*Lettres de mon moulin*› hervorgerufen hat – geschrieben, selbstverständlich, in Paris; Kalabreser und Mantel Frédéric Mistrals, des großen provenzalischen Dichters – wie haben sie ihn geliebt! – und ich nehme einen provenzalischen Sinnspruch mit, der mir so gut gefallen hat:

Regardas bèn
e touquès rèn!

Wenn mich mein Latein nicht täuscht:

Ansehen: Ja. Anfassen: Nein!

Morgen will ich die Päpste besuchen, in dem Rom für die kleinen Leute: in Avignon.

DER NEUE ZEITUNGSSTIL

So, wie es in Berlin eine englisch-jüdische Tischzeit gibt (ohne auskömmliche Mittagspause, aber durcharbeiten bis abends sieben Uhr), so hat sich ein neuer deutscher Zeitungsstil herausgebildet, der die Untugenden der amerikanischen Hearst-Presse und des ‹*Neuen Wiener Journals*› zu einem schönen Ganzen vereinigt.

Der Ursprung der Nachrichten hat sich kaum verändert. Von mäßig bezahlten Reportern mäßig aufgenommen, mit kleinen Mitteln rasch zusammengeklaubt, nicht einmal so tendenziös gefärbt wie unsorgfältig zusammengehauen, gehen die Telegramme ihren Weg. Früher druckte man sie ab. Heute macht man sie auf. Was, man macht sie auf! Man macht sie überhaupt erst zu Etwas, man schöpft und schafft aus dem Nichts, man erfindet Wahrheiten. Im Anfang war die Überschrift. Das kleinste Lausetelegramm kann durch geschickte ‹Aufmachung› zu einer Art Sensation werden. Der Käufer ist abgestumpft: er hat die Lügen der Obersten Heeresleitung und die großen Kanonen- und Menschenmaterial-Zahlen des Weltkrieges hinter sich –: er muß schon etwas geliefert bekommen für sein Geld. Also etwa so: Der englische Kronprinz wirft eine Parfumflasche in einem pariser Geschäft um. Überschrift: «Englisch-französischer Zusammenstoß». Dem Kaiser von Doorn werden von der deutschen Republik dreihundertachtzig Milliarden angeboten. Er will aber noch mehr und schreibt zurück: Verzichte. Überschrift: «Verzicht des Ex-Kaisers auf sämtliche Abfindungen?» Der italienische Konsul in Abessinien bringt sich eine Kokotte aus Rom mit. Überschrift: «Nächtlicher Kampf an der Grenze Abessiniens». Aber was ist das alles gegen das Bild –!

Das Bild ist die Schule der Weisheit des kleinen Mannes. Und wieviel große Männer bei uns sind nicht kleine Männer! Das Konkret-Anschauliche wird mit Recht immer den Sieg über das Abstrakte davontragen – aber nun sehe man sich an, wer diese Bilder herstellt, wie sie hergestellt sind, und wer sie aussucht! Über politische Tendenz kann man streiten, über ästhetische Begriffe kann man verschiedener Ansicht sein – aber über den vollkommenen Stumpfsinn dieser Bilder gibt es wohl nur eine Meinung. Nämlich die: Wie ungeheuer interessant! «Die Kronprinzessin von Kambodscha nach dem Tennisturnier.» «Vizepräsident Schindanger legt einen Kranz auf den Gedenkstein des 500. deutschen Rhönsegelflugsportlers nieder.» «Baby aus Maori, hinten geimpft.» Man könnte getrost die Unterschriften vertauschen, es merkt ja doch keiner.

Die Technik schreitet fort. Artikelüberschriften und Bildunterschriften sind das Gebiet eifrigsten Studiums. Kein Zeitungsmann zerbricht sich den Kopf so über die Gewinnung neuer wichtiger Nachrichten wie über die Textierung des alten herkömmlichen Materials. Es hat sich nicht geändert — aber es wird jetzt viel feiner verpackt.

Die Weltgeschichte fix und fertig für den Gebrauch von Schwachsinnigen. Die Amerikaner sind wenigstens oberflächlich, suchen und bekommen ihre Sensation, und aus ists. Dies aber gibt sich als: ‹Französischer Schick und deutsche Gründlichkeit›. Täglich prasseln tausend Probleme auf den geängstigten und geschmeichelten Abonnenten; genau wird er über das Steuerwesen auf Honolulu, die Guttemplerbestrebungen bei den Eskimos, das Anwachsen der homosexuellen Kreise auf den Straußenfarmen, die ersten Uhren und die letzten Frauenzimmer unterrichtet. Und immer mit der Anmaßung der Gründlichkeit. Es ist die Verbreitung der Ignoranz durch die Technik.

Diese aufgeregte Stagnation ist ein getreues Abbild der Gesellschaftsordnung, die sie hervorbringt. Eine lärmende Langeweile und ein tiefes Unrecht dazu: eine Verschleierung der Wahrheit und die Ablenkung vom Wesentlichen.

DER MANN AUF DEM KABINETT

«Ich habe sehr schöne Augen, die manchmal sehr grausam wirken können, und meine Stimme hat (wenn ich es will) etwas so dämonenhaft Süßliches, daß es die schönste Frau in meinen Bann treibt.» Allmächtiger Gott, was ist hier los —? Nichts. Der Mann auf dem Kabinett hats mit der Lyrik.

In diesem Fall handelt es sich um das *‹Kuriositäten-Kabinett›* von Emil Szittya (erschienen im See-Verlag zu Konstanz).

Wenn man aus der großen Literatur einmal verschwinden muß, um die Nebenräume aufzusuchen, so steht da jener mit dem Handtuch und sagt: «Bitte sehr! Bitte gleich!» Nun wäre es keine schlechte Aufgabe, die Geschichte der neuern europäischen Psychopathen zu schreiben, jener Künstler, Auchkünstler, Nebenkünstler, jener Maler, die nicht malen, aber gut darüber sprechen; jener Schriftsteller, die nicht schriftstellern, aber gut darüber sprechen; jener Volksredner, die nicht volksreden, aber schlecht darüber sprechen ... kurz: das Romanische Café, das Café de la Rotonde und so fort. Aber wenn man das macht, dann muß man das amüsant, überlegen, witzig, europäisch machen. Was hat nun Szittya gemacht –?

Er hat schlechten und dummen Klatsch gesammelt. Er hat über die bekannten Leute einen solchen Unfug aufgezeichnet, daß man sehr mißtrauisch an die Schilderung der Unbekannten herangeht. Der Mensch kennt halb Europa, soweit es in den Caféhäusern sitzt, aber begriffen hat er gar nichts. Der Jargon ist der eines entlaufenen Kommis. «Wedekind, der von Pike auf Künstler war.» «Bei Grosz war das Vaterproblem ein Schmerz, der ihn nicht nur zur Psychoanalyse, sondern auch zur Narkotik führte.» «Nicht nur in Deutschland, sondern auch in dem schönen Italien künstlern in letzter Zeit die Frauen viel herum.»

Die Angaben über die einzelnen Menschen sind, soweit ich es kontrollieren kann, falsch, ungenau und erstaunlich dumm. Der Schriftsteller Paul Cohen-Portheim wird als «der geheimnisvolle Herr Cohen» bezeichnet, und es heißt von ihm: «Cohen ist auch in Paris, Venedig und in London zu Hause. Wie er diese Kontraste zusammenbringt, weiß niemand.» Wie Szittya seine Kontraste zusammenbringt, ist schon klarer ersichtlich. Er trägt über Lenin, Hans Reimann, Zinkenfritz und Paul Scheerbart zusammen, was ihm grade in den engen Sinn kommt: Klatsch, Biographisches, das meistens unzutreffend ist, und seine Ansicht, die meistens krumm und schief ist. Dabei: welch außerordentliches Material! Was hätte man damit anfangen können! Ein guter Buchstoff. Ich habe einmal einen großen Arzt dieser Kreise kennen gelernt, an dessen Hauswänden Bilder aus allen Ländern der Erde hingen: holländische Schiffsoffiziere, deutsche Gelehrte, französische Literaten und amerikanische Dichter . . . Aber wie der kleine dicke Mann darüber sprach, das ließ einen doch erkennen: daß er nicht wußte, welches Menschenmaterial ihm da durch die Finger gegangen war.

Dieses Kuriositätenkabinett hat nur eine Kuriosität: das ist der Verfasser. Man tritt ins Kabinettchen, wäscht sich, trocknet sich die Hände, der Mann reicht einem das Handtuch und man fragt: «Was sind Sie denn früher gewesen?» – «Ich war das immer», sagt der Mann. Und man reicht ihm einen Groschen, grüßt beim Hinausgehen und sagt: «Na – ist gut. Machen Sie nur brav weiter so!»

WAS TUN FRAUEN, BEVOR SIE AUSGEHEN?

Wenn eine Frau seit vier Stunden weiß, daß sie und der Mann um sieben Uhr ins Theater gehen, wenn dann der Mann um halb sieben abgehetzt und eilig aus dem Geschäft kommt, um sie abzuholen – was tut eine solche Frau dann?

Sie entfaltet eine *unermeßliche Tätigkeit.*

Vorerst beginnt sie sich ‹zurechtzumachen›. Unter diesen Begriff fallen eine Reihe unerklärlicher Vorgänge und Betätigungen, die nie ganz zu enträtseln sind, als da wären: Zupfen der Haare vor dem großen Spiegel, dasselbe vor einem kleinen; Aufnehmen eines gleichgültigen Gegenstandes und Hinlegen desselben; Suchen der Schlüssel; Durchwühlen einer Kommode; Probe und Verwerfen eines Hutes vor einem großen Spiegel, eifriges Geläuf durch alle Zimmer. Und hier setzt nun das Rätsel ein, das große unergründliche Rätsel:

Warum tun die Frauen in der letzten Minute Dinge, die sie schon vor einer Stunde hätten tun können, und die viel mehr Zeit in Anspruch nehmen, als beim besten Willen vorhanden ist? Warum?

6.45 Uhr: «Ich muß meine Handschuhe erst nochmal mit Benzin reinigen! Anna! Anna! Wo ist das Benzin?» Benzinflasche, Handschuhe und ein großer, häßlicher Lappen von tückischem Aussehen. Richtig: er verschmiert bösartig das Benzin und tut durchaus nicht, was man von ihm verlangt. Das geht so zehn Minuten. 6.55 Minuten: «Ich werde mir doch lieber die neuen Handschuhe anziehen!» Im Hintergrund ringt ein Unglücklicher die Hände – das hätte man doch schon vor zehn Minuten ... Strafender Blick: «Du verstehst auch gar nichts –!» Nein, er versteht gar nichts ...

7.08 Uhr: «Die Wäsche ist noch nicht gezählt!» – Aber, liebes Kind ... Hier ist nicht: lieb, und hier ist nicht: Kind – die Wäsche ist noch nicht gezählt! Muß das jetzt sein? Jetzt oder nie. «Anna! – 5 Combinaisons, 44 Handtücher – wieso 44? ach so – 23 Taschentücher, 5 Hemdchen fürs Kind – na, ich werde das morgen machen – legen Sie sie da inzwischen hin! Anna, haben wir abgerechnet? Also morgen nehmen wir die Rinderbrust, die noch da ist – –» Der Hintergrund: Allmächtiger, womit habe ich das verdient! Wie hast du mich gestraft, du mein Herr und Gott!! Mein liebes Kind, es ist fünf Minuten über Viertel acht ... «Dann hättest du eben früher aus dem Geschäft kommen müssen –!» Da kann man halt nix machen.

Sehr geehrter Herr Panter!

Ich habe Ihren kleinen Aufsatz in der Zeitung: Was tun Frauen, bevor sie weggehen? gelesen. Ich muß Ihnen sagen, daß Sie aber durchaus nicht alle Frauen zu kennen scheinen, die es gibt. Es gibt doch Gott sei Dank heute schon eine Menge Frauen und Mädchen, die mindestens ebenso pünktlich und zuverlässig sind wie der Mann. Das beweisen ja auch die vielen weiblichen Telefonangestellten.

Ich muß den Brief leider schließen. Eben kommt mein Mann und ruft, daß es Zeit ist, zu unserer Mittwochgesellschaft zu gehen. Wenn das nicht dazwischen gekommen wäre, Herr Panter, dann würde ich Ihnen noch ganz anders und viel ausführlicher geschrieben haben, aber leider muß ich jetzt schließen, und meinen Mann begleiten. Ich möchte Ihnen bloß noch sagen, daß es die allermeisten Frauen, was Ordnung und Pünktlichkeit betrifft, noch hundertmal mit jedem Mann aufnehmen können. Ich wenigstens bin immer auf die Minute da und fange gar nicht erst kurz vor meinem Weggehen an, tausend Sachen anzufangen und wieder hinzulegen. Überhaupt: das ist eine männliche Überhebung, sich immer über die Frauen lustig zu machen. Da fangt ihr Männer mal hübsch bei euch an, da werdet ihr doch genug Laster und Fehler finden! Und, Herr Panter, eine Frau, die eine Wirtschaft führt, hat eben viele Lasten und Sorgen, die ihr keiner abnimmt, nicht einmal der eigene Mann. Sie muß beinahe alles allein tun, und daher mag es denn manchmal vorkommen, daß sie sich zu einem Vergnügen verspätet. Und was schadet es denn schon, wenn der Mann einmal ein bißchen auf sie warten muß? So galant kann ein Mann schon zu seiner Frau sein – besonders, wenn sie sich den ganzen Tag für ihn in der Wirtschaft abgemüht hat. Im übrigen aber sind die Frauen viel pünktlicher als ihr Männer!

So – jetzt will ich den Brief rasch fertig machen und frankieren, denn ich muß mich noch anziehen und frisieren –! *Eine Pünktliche*

GEBET FÜR DIE GEFANGENEN

Herrgott!
Wenn du zufällig Zeit hast, dich zwischen zwei Börsenbaissen
und einer dämlichen Feldschlacht in Marokko auch einmal um
die Armen zu kümmern:
Hörst du siebentausend Kommunisten in deutschen Gefängnissen
wimmern?
Kyrie eleison –!

Da sind arme Jungen darunter, die sind so mitgelaufen,
und nun sind sie den Richtern in die Finger gefallen;
auf sie ist der Polizeiknüppel niedergesaust,
der da ewiglich hängt über uns allen . . .
Kyrie eleison –!

Da sind aber auch alte Kerls dabei, die hatten Überzeugung,
Herz und Mut –
das ist aber vor diesen Richtern nicht beliebt,
und das bekam ihnen nicht gut . . .
Kyrie eleison –!

Da haben auch manche geglaubt, eine Republik zu schützen –
aber die hat das gar nicht gewollt.
Fritz Ebert hatte vor seinen Freunden viel mehr Angst
als vor seinen Feinden – in diesem Sinne: Schwarz-Rot-Gold!
Kyrie eleison –!

Herrgott! Sie sitzen seit Jahren in kleinen Stuben
und sind krank, blaß und ohne Fraun;
sie werden von Herrn Aufseher Maschke schikaniert und angebrüllt,
in den Keller geschickt und mitunter verhaun ...
Kyrie eleison –!

Manche haben eine Spinne, die ist ihr Freund;
viele sind verzankt, alle verzweifelt und sehnsuchtskrank –
Ein Tag, du Gütiger, ist mitunter tausend Jahr lang!
Kyrie ...

Vielleicht hast du die Freundlichkeit und guckst einmal
ins Neue Testament?
Bei uns lesen das die Pastoren, aber nur sonntags –,
in der Woche regiert das Strafgesetzbuch und der Landgerichtspräsident.
.... eleison –!

Weißt du vielleicht, lieber Gott, warum diese Siebentausend
in deutsche Gefängnisse kamen?
Ich weiß es. Aber ich sags nicht. Du kannst dirs ja denken.
Amen.

DIE ÜBERSETZUNG

Verbinden, verbindlich, Verbindung, verbissen, verbitten ... verbittern ... Verbitten? Gibts das überhaupt auf Französisch? Was steht da? «Verbitten, sich etwas von einem verbitten: prier q. de ne pas faire qc.» Und: «Das verbitte ich mir! Que cela n'arrive plus!» Das ist gar keine Übersetzung. Denn diesen deutschen Satz gibt es in keiner Sprache der Welt.

Wenn der Gerichtsschreiber Renkelstedt sonntags mit seiner Frau ausgeht, und wenn Herr Renkelstedt draußen auf der Plattform der Elektrischen stehen bleibt, weil er neben Frau Renkelstedt keinen Platz mehr gefunden hat, und wenn dann ein ‹fremder Kerl› (auch ein Gerichtsschreiber – aber ein fremder – also: ein Kerl) Herrn Renkelstedt auf die Plattfüße tritt, dann rollt Herr Renkelstedt die Augen, umgürtet sich mit Würde und einem Panzer und ‹verbittet sich das›. Verbitten ist das Gegenteil von bitten. Es bittet der Bettler um eine kleine Gabe, der Untergebene den Vorgesetzten um Berücksichtigung beim Weihnachtsurlaub, der Zivilist den Beamten, ihn nicht in die Backzähne zu schlagen, und so bittet einer den andern: aber es verbittet sich der Passant die Belästigung des — wahrscheinlich kommunistischen — Bettlers, der Vorgesetzte die Quengeleien seines Untergebenen und der Beamte den ‹Ton› des Zivilisten. (Für ‹Ton› stehen drei Bedeutungen im Lexikon und keine.) Verbitten heißt: die Zugbrücke aufziehen, die Mauerscharten besetzen und mit dem Schwert am Schilde rasseln. In «Ich verbitte mir das» ist so viel Armee, Offizierskasino und ähnlicher Unfug. «Ich verbitte mir das» heißt: Ich bin viel zu dumm, um dir vernünftig auseinanderzusetzen, daß ich recht habe; viel zu unhöflich, es dir in netter Weise zu sagen; viel zu lümmelhaft, um es auch nur zu versuchen. «Ich verbitte mir . . .»: das ist ein schöner deutscher Satz.

Die Franzosen, diese schlappen Kerle, haben nicht einmal eine anständige Übersetzung dieses Satzes: «Que cela n'arrive plus!» Daß mir das nicht mehr vorkommt! Das ist gar nichts. Das ist das ohnmächtige Gewimmer eines armen Hascherls. Bei uns wackelt die Wand! Das wäre ja jelacht! Wie heißen Sie? Nehmen Sie mal erst die Hand aus der Tasche, wenn Sie mit mir sprechen! Sie haben hier überhaupt nicht . . . verstanden! Was fällt Ihnen ein? Ich verbitte mir . . . Mit drei t.

Solange aber das Volk unter sich es sich verbittet, solange einer den andern — höchstes Ideal — so behandeln möchte wie Schmutz am Absatz, sodaß der Geschurigelte stumm und verbissen dazustehen hat, die Hände an der (innern) Hosennaht, schweigsam, dösig und vollkommen wehrlos: so lange wird es die regierende Schicht eben dieses Landes leicht haben, die Untergebenen, diese durch Geldmangel, Position und fehlende Bildung unterlegene Gruppe anzupfeifen, daß es die Englein im Himmel hören, und sie, mit dem unangenehmen Kneifer ganz nah am Gesicht des andern, anzubrüllen, wenn jene auch einmal das Recht zum hungerlosen Leben reklamieren: «Scheren Sie sich raus! Ich verbitte mir das!»

Bis — ewige Hoffnung — eine erwachte Nation den Herrn Verbitter am Kragen nimmt, ihm Hundert aufzählt und Tausend wegnimmt und leise sagt: «Damit mir das nicht mehr vorkommt —!»

LUFTVERÄNDERUNG

Fahre mit der Eisenbahn,
fahre, Junge, fahre!
Auf dem Deck vom Wasserkahn
wehen deine Haare.

Tauch in fremde Städte ein,
lauf in fremden Gassen;
höre fremde Menschen schrein,
trink aus fremden Tassen.

Flieh Betrieb und Telefon,
grab in alten Schmökern,
sieh am Seinekai, mein Sohn,
Weisheit still verhökern.

Lauf in Afrika umher,
reite durch Oasen;
lausche auf ein blaues Meer,
hör den Mistral blasen!

Wie du auch die Welt durchflitzt
ohne Rast und Ruh —:
Hinten auf dem Puffer sitzt
du.

INHALT

INHALT

INHALT

INHALT

Kurt Tucholsky

Das Kurt-Tucholsky-Chanson-Buch
Texte und Noten.
368 Seiten. Kartoniert

Gesammelte Gedichte
Sonderausgabe.
832 Seiten. Gebunden

Als Taschenbücher liegen vor:

Gesammelte Werke
10 Bände in Geschenkkassette

Zwischen Gestern und Morgen
Eine Auswahl (50)

Panter, Tiger & Co.
Eine Auswahl (131)

Ein Pyrenäenbuch
Bericht einer Reise (474)

Politische Briefe
(1183)

Politische Justiz
(1336)

Politische Texte
(1444)

Schnipsel
Aphorismen (1669)

Kurt Tucholsky
dargestellt von Klaus-Peter Schulz (rm 31)

rororo

C 143/30b

KURT TUCHOLSKY

GESAMMELTE WERKE

IN 10 BÄNDEN

HERAUSGEGEBEN VON

MARY GEROLD-TUCHOLSKY

FRITZ J. RADDATZ

KURT TUCHOLSKY

GESAMMELTE WERKE

BAND 4

1925–1926

rororo

ROWOHLT

Umschlagentwurf Werner Rebhuhn

70.–119. Tausend April 1985

Veröffentlicht im Rowohlt Taschenbuch Verlag GmbH,
Reinbek bei Hamburg, September 1975

Gesamtherstellung Clausen & Bosse, Leck
Printed in Germany
ISBN 3 499 29004 9

1925

HALT AUF FREIEM FELDE

Erst fangen die Bremsen unter dem langen Wagen an, in tiefem Ton zu singen, dann läßt das regelmäßige Stuckern der Räder nach, die Fenster klirren nicht mehr so einschläfernd. Dann wird die Bewegung des D-Zuges langsamer, ganz vorsichtig zieht er nur noch einher, — dann steht er. Die nicht mehr ganz junge Engländerin in der perlgrauen Ecke des Coupés richtet sich halb hoch; sie ist schlank wie der Schaft einer Lanze, sie hat diskreten guten Geschmack, einen herrlichen Pelz, fleischfarbene seidene Strümpfe, einen hellvioletten Schatten in den Maschen und, aus Angst vor Eisenbahnräubern, eine schäbige, abgetragene schwarze Handtasche. Sie läßt ihr Buch sinken und sieht hinaus. Sie lächelt — mit einem merkwürdigen untergründigen Lächeln. Was ist?

Da draußen steht vor ihrem Bahnwärterhäuschen die ganze kleine Familie! Er: ein strammer, junger Bursche, in Hemdsärmeln, nicht in Adjustierung, denn der Zug hält hier unerwartet, vorn steht ihm das Hemd über einer kräftigen Brust halb offen, seine Haut hat einen braunen Ton, seine Zähne blitzen, er lacht. Sie: eine ganz junge, verschüchterte Frau, zart, schmächtig, mit hellen, dünnen Haaren. Das Kindchen, das auf der Erde krabbelt und sich am Rock der Mutter festhält. Alle drei sehen auf den Zug. Das Kind streckt die kleinen, dicken Hände aus und will alles haben: die Eisenbahn, die vielen Leute an den Fenstern und den weißen Rauch über der Lokomotive. Die junge Frau sieht ganz glücklich und beinah ein bißchen ängstlich auf die Reisenden. Das Abteil erster Klasse hält gerade vor ihr, ihre sehnsüchtigen Blicke sagen: Perlen! und Geld, so viel Geld! und Wein! und in hohen Sälen tanzen! Sie trinkt für ihr Leben gern Champagner. Der junge Bahnwärter sieht die Leute an und lacht. Die Engländerin lächelt noch immer und zeigt eine Reihe großer Zähne. Plötzlich hat sie ein kräftiges Kinn, und die hellen Pupillen in den Augen weiten sich ... Sie ißt für ihr Leben gern Rindsbraten, gutes, kräftiges Fleisch mit Senf, auf ungehobeltem Tisch ... Einmal, in den Alpen, ist sie einem Mann begegnet, der kam von den Bergen herunter und war vier Wochen allein gewesen. Er hatte nach Erde geschmeckt, nach Quellwasser und sonnigen Steinen ... Das Kind kreischt in den Rauch, die schmächtige junge Frau starrt auf die reichen Leute, der Bursche lacht, und die Engländerin sieht noch immer fest auf den jungen Bahnwärter ... So sehen sich alle ein paar Minuten an. Aber nun ruckt der Zug an und setzt sich langsam in Bewegung.

ABEND

Jetzt ziehen zwanzig Männer
die Unterhosen aus.
Gute Nacht, Marie – ein Kenner
von Pechstein sitzt zu Haus

und schreibt auf lange Bogen
von wegen: ‹steht im Raum›;
sein Bett wird frisch bezogen.
Sie ruft – er hört es kaum.

Verleger ruft: «Ich fahre!»
und steigt ins Auto schlicht.
Bezahlte er Honorare,
dann hätte er das nicht.

Jetzt sagt Charlotte grade:
«Liebst du mich wegen so?»
Er streichelt ihre Wade
und klopft sie . . .

Zu Bette geht ein Dichter,
die Nachttischtür macht: schnapp.
Sogar der deutsche Richter
montiert die Würde ab.

Und morgen wieder:
Treten
von Armen und Verdrehten –
lohnt sich das Ganze? Nein.
Lieber Gott, hör du mein Beten:
Laß ewig Abend sein!

ARISTIDE BRUANT

Eine Legende ist noch einmal aufgestanden. Der Dichter Aristide Bruant, der vor vierunddreißig Jahren der Ruhm des alten französischen Cabarets war, Aristide Bruant, der das *soziale Cabaretchanson* geschaffen hat, der Mann, dessen Bild, in schwarzen Samthosen und roter Schärpe um den Leib, noch bei uns herumspukt, Aristide Bruant, den Steinlen auf die Plakate gezeichnet hat: Aristide Bruant singt in Paris.

Für wenige Tage ist er in einer großen Singspielhalle aufgetreten, zwischen dressierten Pferden und englischen Clowns und Tänzerinnen.

Es ist ein sehr alter Mann, der da herauskommt; sein Gesicht hat eine leise Ähnlichkeit mit Paul Wegeners Zügen, manchmal erinnert er an Rittner, und um den Mund gleitet mitunter ein Zug von Ironie (besonders, wenn die Leute Beifall rufen), wie ich ihn bei dem sprechenden Maximilian Harden oft gesehen habe – seine Stimme ist nicht mehr so mächtig, aber man versteht ihn noch in der letzten Ecke des großen Raumes. Man versteht ihn –? Viel, viel mehr.

Er singt ‹*A Batignolles*› und ‹*A la Bastoche*›, jene alten Lieder, die von der Lyrik der Gegend um den pariser Festungsgürtel, die ‹fortis› singen, diese pariser Lieder, wo die topographische Schlußzeile genügt, um ein ganzes Heer von Assoziationen heraufzubeschwören. (Deutsch nicht zu kopieren. ‹*Auf'm Rummelsburger Kiez*› oder ‹*Hinten, in Weißensee*› gibt das nicht wieder.) Hier ist der Name das Lied. Er singt:

Il était né près du canal,
Par là . . . dans l'quartier d'l'Arsénal,
Sa maman, qu'avait pas d'mari,
l'appelait son petit Henri . . .

Unauslöschlich ist das mit den traurigen, mattgetönten Bildern Steinlens für uns verknüpft, eine eintönige Musik begleitet das Lied. Er sagt einen Monolog von dem kleinen Händler, der Bleistifte vertreibt. Es ist die soziale Lyrik der neunziger Jahre, im Grunde noch sehr stark bürgerlich, nicht in dem heutigen Sinne revolutionär, sehr religiös gefärbt; wenn man genau hinhört, brummt die Orgelstimme eines Chorals mit, und oft genug tritt ja ein von den opportunistischen Lehren nicht verfälschter Christus auf, der wahre Freund der Armen. Es ist die regnerische Luft der Vorstadtstraßen, in denen abends spärliche Laternen brennen, Kreuz und Schafott liegen gleich nah, und alle Tragödien der Messerstiche und Frauenzimmergeschichten enden im Spital der Universitätsklinik. Man hat das tausendfach nachgeahmt, und fast immer erfolglos und snobistisch. Die kalte, gefühlsabgewandte Note eines wissenschaftlichen Bolschewismus ist in diesen Gesängen noch nicht zu spüren (weshalb sie auch nicht so gefährlich waren wie ruhige nationalökonomische Werke) und abgesehen von der geistigen Bewaffnung dieser Revolutionäre hat Paris sich geändert. Paris, in dem immer noch so viele Literaten die Stadt der Apachen und der ungeahnten Nachtmöglichkeiten sehen . . . Das ist endgültig vorbei. In die neuen Schilderungen, selbst in die Carcos, mischt sich ein gutes Stück Oper hinein. In Wirklichkeit sind die Dinge halb so heroisch. (Von den neueren deutschen Künstlern steht Walter Mehring an Kenntnis und an Fähigkeit der Einfühlung dieser alten Literatur am nächsten; er fast ganz allein hat sie wirklich modernisiert.)

Er singt. Heute noch, nach so langer Zeit. Im *‹Gil Blas›*, dem Papa der deutschen Zeitschrift *‹Simplicissimus›*, findet sich in der Nummer zwei unter dem 5. Juli 1891 der erste Beitrag Aristide Bruants: *‹Au bois de Boulogne›* mit einer bunten Zeichnung. Er sang in den Kneipen des Montmartre, der damals noch keine Fremdenglasur hatte, und er war in diesem Lande der Chansons immer literaturfähig.

Manches ist noch lebendig. Wie sonderbar aktuell klingt: *‹A Biribi – à Biribi!›* heute, wo alle Welt in Frankreich von der Abschaffung dieser unmenschlichen Militär-Straflager in Afrika spricht. Die Musik hat einen straffen militärischen Rhythmus – die Stimme des Sängers hackt unerbittlich in die militärische Autorität.

Bruant singt. Und weil die Franzosen wissen, was Tradition ist, so tun sie ihn nicht zum alten Eisen – hier gibt es nicht diese dumme wegwerfende Geste, die besagt: «Ich bitte Sie – der Mann ist passé!» – sondern die Franzosen fühlen zwar sehr wohl, daß es das heute nicht mehr gibt, aber sie fühlen auch, daß Bruant der Ausdruck seiner Zeit, seiner Epoche, seines Paris von damals gewesen ist, das er in der Weltliteratur unsterblich gemacht hat. Und weil die Franzosen das fühlen, sind sie dankbar.

Denn nun wird auf einmal der ganze Saal lebendig. Bruant fragt, ob sie mitsingen wollen. Ah, sie wollen wohl! Die Leute setzen sich behaglich auf ihren Sesseln zurecht, viele schmunzeln, es geht los. Er hat ein Lied angekündigt, das alle auswendig wissen. Es ist: *‹A Belleville – Ménilmontant›*. Die ältesten Herren um mich herum summen mit und singen mit; nicht nur die Refrainzeilen: ‹A Belleville› und ‹A Ménilmontant›, sondern alle Strophen durch. *Bis! Bis!* – Es ist ihre Jugend, die da gesungen wird, ihre jungen Jahre, ihre Liebschaften und ihre sorglose Zeit. Eine ganze Stadt singt mit – das Paris von 1890. *Bis! Bis!* Er ist nicht vergessen.

Bis Bruant will nicht mehr. Er brummelt etwas vor sich hin, verbeugt sich sehr feierlich und geehrt und geht rasch hinter den Vorhang. Er weiß, daß er alt ist. Unvergessen aber und unausgelöscht ist die Erinnerung an den großen Künstler und echt französischen Sänger.

REISE DURCH DIE JAHRESZEITEN

In Aix auf der Chaussee schien die Sonne. Der kleine Taschenkalender zeigte auf Winter, aber das Land lag in dem hellen Licht eines Vorfrühlingstages – reingefegt die Wege, strahlende Wärme, die meisten Bäume kahl, aber mit einem hellen, grünlichen Schimmer um die Spitzen. Der Himmel war weißlich-blau, es spritzte nur so von Licht.

Die Provence ist keine französische Provinz wie die anderen. Der Boden scheint nicht aus Erde gefügt; es wunderte einen nicht, wenn er plötzlich zu atmen anhübe wie ein unendlicher Leib. Das Land blüht einem entgegen, willig und weich streckt es sich gegen den Himmel. Große Wälder sind selten; aber überall sind kleine Büsche und Baumgruppen aufgebaut, mitunter auch ist eine ganze Strecke Landes bewaldet, weich, abgerundet, fast immer wie ein verwilderter Park. Hell strahlte die Sonne, im November. Nichts von November.

Ein paar Stunden nach Osten, in Nimes, ist tiefer grauer Herbst. Das ist nun schon nicht mehr die Provence. Die Wolken liegen ganz tief auf der Stadt, ein schneidender Regenwind heult um die Ecken. Und als die Sonne wieder hervorkommt, beleuchtet sie einen bunten, fröhlichen Herbsttag, klar, kräftig, mit frischem Hauch bis tief in die Lungen erfrischend. Die alte römische Arena bleibt liegen, wo sie liegt, auch die alte Pforte des Augustus – heute ist Mittelalter. Haben Sie einmal die zahllosen kleinen Bilderchen von Doré zu Balzacs ‹*Contes Drolatiques*› gesehen? Diese Hunderte von kleinen Holzschnittchen, auf denen würdige Äbte ihren Bauch durch die Landschaft schieben und die stolzen Ritterfräulein mit den hohen spitzen Hüten aussehen wie die Medizinflaschen mit weißen Rezepten dran? Wo die kleinen Ritter zu Tausenden einen steilen Abhang herunterkegeln und ein anonymes Schwert, aus einer Mauer herausschlagend, den getreuen Knappen in zwei bis drei Teile zerspaltet? Auf denen sind fast immer Burgen zu sehen, Burgen mit Zinnen, einer Zugbrücke und dicken, bauchigen Festungstürmen, geradezu gemütlichen Befestigungen ... So ein Mittelalter war das.

Und so ein Mittelalter steht noch heute.

Aigues-Mortes, eine ganz kleine Stadt, die zwischen Nimes und dem Meer liegt, hat ihre Stadtmauer und alle Befestigungen wohl erhalten. Gewiß hat die Dekoration heute jeden Sinn verloren; denn drin liegt nichts anderes als draußen – aber unmittelbar vor der Mauer ist doch ein freier Raum, auf einer Seite sogar offnes Feld – und so entsteht denn die Fiktion, man habe es hier wirklich noch mit einer mauerbehüteten Stadt zu tun. (So, in dieser Form: Mauern, Zugbrücke und tiefer Graben – so denken heute noch viele Staatsmänner.) Die Festungstürme sind ganz dick, es gibt sechzehn Stück, mit richtigen Zinnen und Kugelspuren und allem Komfort. Die Mauern haben einen Durchmesser von drei Metern und gehen um die ganze Stadt, insgesamt fast zwei Kilometer; auf ihnen bin ich herumgegangen und habe auf das graue, schwach rötliche Dachgewirr der alten Häuser gesehen. Überall sind Pechnasen angebracht, diese alten Vertiefungen, von denen man Pech und geschmolzenes Blei und Steine und was man sonst noch so auf Fremde wirft, herunterstürzen konnte ... Hier und da in einer verschwiegenen Ecke auch etwas, was man früher ‹Privé› nannte. Vor den Mauern liegt, aber geschützt zu erreichen, der dicke Turm, die Tour de Constance, so genannt nach einer historischen Constanza. Er ist beinahe siebenhundert Jahre alt und scheint mit jedem Jahr dicker geworden zu sein – seine Mauern sind sechs Meter stark. Sie sind so dick, daß man unten, im Wachraum, die Fensteröffnungen, die in den Mauern liegen, zu Zellen ausgebaut hat. In diesen Zellen saßen Gefangene. Denn der Turm war einmal Staatsgefängnis, und er hat viele Hugenotten in seinen Mauern leiden sehen. Und auf einer Wand im Saal eines der oberen Stockwerke haben die Protestanten ihre Namen geschrieben, alle mit einem W – das bezeichnete zwei verschlungene V und hieß: Vae victis! Und auf einem Stein ist noch in dünner Schrift zu lesen: ‹résister› . . .

Und einmal sind siebzehn Mann entwichen; Tag für Tag haben sie Steine gelockert und weggeschlagen, und während die einen das taten, sangen die anderen mit lauter Stimme Choräle, damit die Wachen nichts hörten . . . Und ein tiefer Keller ist da, in dem man Frauen sterben ließ – – es ist alles wie bei Doré – nur wahr.

Durch den goldenen Herbsttag gehe ich ans Meer. Man muß zwei Stunden durch die Ebene gehen, am Kanal du Midi entlang, und blickt man hinter sich, so zeichnet sich die kräftige Silhouette der alten Festung am Himmel ab, wie damals. Aber man muß den Eisenbahndamm wegdenken.

Und in Avignon ist noch Herbst, in Avignon, wo die Päpste hausten, als sie Rom nicht gefielen und Rom ihnen nicht. Und wo sich Konkurrenzpäpste auftaten und einmal drei gegeneinander regierten. Die Stadt hat eine Dependance: das ist Villeneuve les Avignon – längs der Rhône liegen hüben und drüben diese alten Schlösser und gehören so dazu und schämen sich so gar nicht, altmodisch zu sein, als seien sie gestern gebaut. Man hat mit Maßen restauriert; ganz können das ja die Architekten nicht lassen, und wenn sie – wie das manchmal zu sehen ist – ‹wiederherstellen›, dann wird einem himmelangst und man denkt an den Bodo Ebhardt, der auftragsgemäß das Königlich Preußische Mittelalter wieder hervorzuzaubern hatte. Ganz so schlimm ist es hier nun nicht, und wenn man davon absieht, daß ebenso nötige wie blecherne kleine Anstalten so häufig den Aspekt ganzer großer Gebäude ruinieren (Achtung, Setzer!) – dann präsentiert sich das Land im Süden Frankreichs doch mit einer Fülle von gut erhaltenen und gepflegten Baudenkmälern.

Das Palais der Päpste in Avignon ist so eines. Jahrhunderte wurde daran herumgebaut, abgerissen, wieder aufgerichtet, gebrannt, eingerissen und zusammengekittet – das Ganze steht wie ein Trutzstein in der Stadt. Neben dem Palais eine Kirche, mit einer goldenen Mutter Gottes auf der Spitze, die segnend und schützend die Hände über ihr Haus breitet. Aber hinten, auf ihrem Rücken, läuft der eiserne Draht eines Blitzableiters. Sicherheitshalber.

Herbst ist in Avignon, es saust in den Bäumen, und wenn man die beiden großen Rhônebrücken passiert, so wird man fast in den strudelnden Fluß geweht, der rasch dahinfließt. Der Tag leuchtet, viele Bäume haben ihr stumpfes Grün aus dem Sommer behalten, viele haben flammendes Gelb und Hellbraun und betonen die Bläue des Himmels. Und wenn das blendende Licht um alle Konturen zittert, fühlt man: Wie schön mag dieses Land erst im Sommer sein! Welche Weichheit, welche Zärtlichkeit der Farben, welche Lieblichkeit! Man kann in der Provence die Kunstdenkmäler systematisch untersuchen, auf Stilreinheit, Baualter und Grundriß; man kann den Olivenhandel statistisch und tabellarisch darstellen, daß es nur so saust von Zahlen – man kann aber auch in diesem wunderschönen Lande spazieren gehen.

Abschied vom Frühling und Abschied vom Herbst. Der Zug fährt durch blaues Grau, dann durch Nacht. Der große Bahnhof taucht auf, mit einer leuchtenden Turmuhr. Ein rötlicher Glanzkreis schimmert um die elektrischen Lampen, die Reisenden nehmen den Raglan fester um – es ist kalt.

Ich sehe noch einmal die Strecke zurück, auf der ich gekommen bin, dankbar und glücklich. In den Augen ist noch der Schimmer des Lichts, in den Gliedern noch die Erinnerung an Glanz und Wärme. Zwischen Paris und Nizza liegt mehr Schönheit, als eure Amüsierweisheit sich träumen läßt! Noch einen Gruß in Gedanken . . . Da rufen die Zeitungshändler, da rollen die Taxis, da flirrt das Licht der Métrostationen, da liegt – winterlich, in den bunten Abendlichtern – Paris.

HORIZONTALER UND VERTIKALER JOURNALISMUS

Eine Reisebeschreibung ist in erster Linie für den Beschreiber charakteristisch, nicht für die Reise. Worüber der Autor sich wundert, und noch mehr, worüber er sich nicht wundert – denn nichts ist für den Menschen so bezeichnend wie das, was ihm selbstverständlich erscheint –, worüber er lacht, und worüber er traurig ist, seine scherzhaften und seine pathetischen Bemerkungen, seine Landschaftsschilderungen: diese Dinge enthüllen zunächst einmal ihn selber.

Man erinnert sich vielleicht an die fatalen Anfänge exotischer Reisebeschreibungen: solange sich der Verfasser in kontrollierbaren Gegenden aufhält, im europäischen Abfahrthafen, in nördlichen Gewässern, schildert er meist so flach, so übel humoristisch, so dumm und so klein, daß man seine Berichte vom Tanganjika-See doch sehr skeptisch aufnehmen muß.

Nun ist das keine Frage der Begabung allein. Es ist vor allem eine Frage der Klasse, aus der der Berichterstatter stammt. Aus seiner Haut kann keiner – aus ihrer Klasse heraus können nur wenige.

Die Schalek kann um die ganze Welt reisen; sie wird immer die kleinbürgerliche, beschränkte und wenig geschmackvolle Wienerin bleiben, die sie ist. Ich habe ein Büchlein von Käte Schirmacher über Paris gefunden, aus dem ich einmal ein paar Proben zum besten geben will – Paris lernt man daraus kaum kennen, wohl aber bis ins Letzte die Sinnesart einer kleinen, spinösen Bourgeoise mit Hemmungen und Regenschirm. Dieser horizontale Journalismus taugt zu gar nichts.

Ob ein mittlerer deutscher Richter in Peking arbeitet oder in Berlin: er wird in den meisten Fällen doch wieder in seiner Klasse leben, wiederum von der Warte eines mehr oder minder gehobenen Bürgertums die soziale, die wirtschaftliche, die gesellschaftliche Struktur des fremden Landes sehen und dementsprechend berichten. Ob ein Industrieproletarier in Charlottenburg oder in Marokko schuftet, bleibt sich ziemlich gleich, und gar das Betätigungsfeld einer reichen, nichtstuenden Amerikanerin ändert sich von Madagaskar über Paris bis Tokio in keiner Weise. Die Landesfarben wechseln: die Hotel-Hall bleibt.

Das gilt umsomehr, als die moderne Zivilisation und die wirtschaftliche Konstruktion die Unterschiede zwischen den Ländern verwischt und eine gewisse Mechanisierung herbeigeführt haben. Selbstverständlich kann man Rassen- und Volksunterschiede nicht leugnen – aber diese lokalen Eigentümlichkeiten sind stellenweise schon Kulissen geworden; wirtschaftliches Leben, seine Aufwände und Erträgnisse sind sich im tiefsten Grunde sehr ähnlich. Die Lohngesetze sind zuletzt überall die gleichen, überall wird der Arbeiter ausgebeutet, überall stiehlt man ihm seine Arbeitskraft mehr, als daß man sie angemessen bezahlt, und in keinem Lande wird der mittlere Angestellte ein reichliches Äquivalent seiner Lebensarbeit finden. Was Europa betrifft, so müßte man schon in das Innere von Spanien gehen, um noch etwas zu finden, das vom Eiffelturm von Loeser & Wolff, von Wembley völlig verschieden ist. Der Rest ist nicht so sehr nach Grenzpfählen wie nach Klassen eingeteilt.

Was nicht hindert, daß die gleichen Klassen in den verschiedenen Ländern verschiedene Sitten, verschiedene Vorurteile haben. Sieht man aber sehr viel tiefer: durch ihre Vergnügungen, ihre Liebschaften, ihre Lektüre hindurch, so wird ihr Leben entscheidend von ökonomischen Bedingungen bestimmt.

Wir haben den horizontalen Journalismus, der den reisenden Berichterstatter in seiner Klassenebene lokal verändert. Herr Schulz wird nach Rom, Herr Young nach Berlin versetzt. Was geschieht –? Sie vergleichen die Fahrweise der elektrischen Bahnen, die Preise, die Bauart der Häuser, die Läden in der Fremde mit den Einrichtungen ihres Vaterlandes, immer auf Grund ihrer gewohnten Anschauungen; und berichten so in die staunende Heimat. «Was war ich bisher in der Welt, unter meinen Mitbürgern? Der kleine Raposo, der ein Pferd hielt. Und jetzt? Der große Raposo, der eine Wallfahrt ins Heilige Land gemacht, und der von wegen der fernen Gasthäuser, in denen er geschlafen hatte, mit Überlegenheit in der Geographischen Gesellschaft das große Wort führen konnte.» So ungefähr steht in der ‹*Reliquie*›, dem ausgezeichneten Roman von Queiroz. Wegen der fremden Hotels . . . Der horizontale Journalismus läßt viel sehen – aber nicht das Interessanteste.

Was sind alle Abenteuer in China gegen die Beschreibung der Klasse über und unter uns! Wir kennen sie ungenügend. Der lesende Proletarier weiß über Innerafrika besser Bescheid als über das Leben in einem reichen deutschen Kaufmannshause, der gebildete Bürger mehr von Indochina als vom Budget seiner Näherin. Man muß nur einmal lesen, wie sich der Arbeiterdichter die Lebensgewohnheiten reicher Leute vorstellt, um zu ermessen, wie eingeengt er lebt, und diese Unwissenheit wird nur noch durch die kindlichen Schilderungen vom Arbeiterdasein übertroffen, die man in den Büchern bürgerlicher Romanfabrikantinnen vorfindet. Daher geht ja auch fast alle Satire dieser Tage so daneben, weil der Angreifer seine Objekte nicht ordentlich kennt und in Himmelsrichtungen schießt, wo der andre gar nicht steht. Diesen Raffke gibt es nicht, diese Bilderbuchrichter aus den Witzblättern gibt es nicht, und der einzige George Grosz weiß, daß die Gegner viel zu gefährlich sind, als daß man Schießbudenfiguren aus ihnen machen darf. Sie sind in Wahrheit scheußlicher als ihre Karikaturen – aber ganz anders. Am wirksamsten bleiben Fotografien.

Es gibt ganz kleine Ansätze eines vertikalen Journalismus, einer Berichterstattung, die aufsteigt und untertaucht. Das Heruntersteigen besorgen hier und da sentimentale bürgerliche Journalisten – Heijermans machte das sehr nett –; aber sechs Stunden im Asyl für Obdachlose schlafen heißt noch nicht: das Leben einer Tippelschickse aus dem Grund kennen. Denn dieses Leben ist ernst, ist unerbittlich und einmalig – und der Stundenbeobachter, der jede Sekunde weiß, daß alles nur Spaß ist, daß zu Hause sein reinliches Bett auf ihn wartet, und daß er jede Minute den Verkleidungsscherz beenden kann, der wird niemals zu der Intensität des fremden Lebensgefühls kommen. Bei kurzer Dauer bleibt sein Tun ein sozialer Karneval. In Amerika gibt es ernsthaftere Versuche: da haben Schriftsteller und andre Leute solche Taucherfahrten unternommen, bei denen es ihnen wesentlich ernster damit war, Leute, die sich Zeit nahmen, deren wirtschaftliche Lage gar nicht einmal gut war – und die so annähernd der Wahrheit nahe kamen.

Für den Aufstieg halten sich die Blätter mäßig bezahlte Amüsier-Damen oder -Herren, die einem Ball der reichen Leute beiwohnen, von fern, unendlich geschmeichelt, das Rennen von Longchamps mitansehen dürfen und staunend die Toilettenpracht von Rentenverzehrern nach Hause telegrafieren, ohne auch nur deren Trinkgelder als Monatsgage zu haben.

Nun ist das gewiß sehr schwer: schickt man selbst mit unendlich hohen Spesen einen hinauf, so ist zu befürchten, daß er nicht wiederkommt und am Ende oben einheiratet. Und auch wenn er den guten Willen hätte, so findet er vielleicht nicht die Aufnahme, weil er outsider ist, oder er weiß sich nicht zu benehmen, oder er kriegt den Anschluß nicht. Schickt man ihn hinunter, so ist die Frage, ob er Jahre solcher Mühsal aushält, ob er dann auch noch geistig arbeiten kann, ob er auch da nicht immer nur ein Fremder ist. Bleiben also die Ausgestoßenen oder die Emporgekommenen, die uns mit ihren Erinnerungen erfreuen. Und die Dichter. Aber das ist ein sehr dunkles Kapitel. Denn es genügt ja nicht, sich in die imaginäre objektive ‹Kunst› zu flüchten, um so zu tun, als habe es nie Klassen gegeben – und man muß schon sehr weit hinaufgehen, wenn man da etwas Gescheites finden will.

Die Klassen wissen nicht viel voneinander. Der Tag eines englischen Montandrehers, der Tag eines polnischen Rennstallbesitzers ist rasch geschildert. Aber das beiden eigentümliche, so und nicht anders konstruierte Lebensgefühl (eines Besitzlosen und eines ewig Gesicherten) wird entweder nur intuitiv erfaßt oder von einem – fast immer: ehemaligen – Arbeiter oder Grafen authentisch belegt werden. Und die können fast niemals schreiben.

Was der horizontale Reise-Journalismus heute treibt, ist meistens langweilig und wirkt höchstens um der Person des Schreibers willen. Gar so viel ist für ihn auch in Amerika nicht zu holen – genug, aber nicht viel. So hilft er sich in vielen Fällen mit einer mitgebrachten Romantik.

Die ist leicht zu desillusionieren. Man braucht nur klar auszusprechen, was ökonomisch hinter dem bunten Gemälde steckt, und der ganze Zauber ist verflogen. Die Lehre von Marx hat sicherlich viel Doktrinäres – als Gegengewicht gegen diese verblasene Ideologie ist sie sehr gesund. Und sie ist um so eher anzuwenden, als das Lebensgefühl immer mehr hinter der Organisation und hinter der Zivilisation zurückweicht. Wenn Franz Mehring in seiner Lessing-Legende Friedrich den Zweiten rein ökonomisch auffaßt, so will uns das ebenso ungereimt erscheinen wie seine Bezeichnung Schopenhauers als eines ‹Rentenphilosophen›. An dieser Terminologie ist allerdings etwas Wahres – aber der Gesichtswinkel ist zu klein, es langt nicht. Die sachliche Beschreibung, die etwa ein deutscher Amtsrichter von einem spanischen Bordell gibt, mag einwandfrei sein – es wird ihr immer etwas Lächerliches anhaften, weil er die Atmosphäre nicht erfaßt hat. Ganz anders aber liegt es bei den falschromantischen Beschreibungen des heutigen Lebens zivilisierter Staaten. Da tut es immer gut, die blumigen Adjektiva abzukratzen und nüchtern zu konstatieren: Wochenlohn eines hiesigen Arbeiters soundsoviel Mark, Verbrauch soundsoviel, Tuberkulosesterblichkeit, Arbeitszeit und so weiter, und so weiter. Das wiegt schwerer als dreißig Vesuvbesteigungen. Denn keine Reise schafft solche Veränderungen wie die Versetzung in eine andre Klasse. Verändere das Budget, und du veränderst das ganze Weltbild.

Sie leben alle, klassenmäßig unbarmherzig eingeordnet, neben einander her, machen sich voneinander falsche Bilder, wissen nichts und wollen nichts wissen.

Wüßte die herrschende Klasse wirklich, wie es in einem Arbeiterherzen aussieht, könnte der Städter die wahren Sorgen eines Bauern fühlen, der Bauer die untiefe Masse städtischer Vorstellungen — sie würden sich vielleicht gegenseitig helfen. Denn die Grausamkeit der meisten Menschen ist Phantasielosigkeit und ihre Brutalität Ignoranz.

Wüßte allerdings der Proletarier wirklich, wie es ‹oben› zugeht, wüßte er, was der Börsianer, der Fabrikant, der Großgrundbesitzer mit ihm treiben, wüßte ers, und spürte ers nicht nur — er machte das, was er, in Deutschland, noch nie gemacht hat: Revolution.

RUHE UND ORDNUNG

Wenn Millionen arbeiten, ohne zu leben,
wenn Mütter den Kindern nur Milchwasser geben —
  das ist Ordnung.
Wenn Werkleute rufen: «Laßt uns ans Licht!
Wer Arbeit stiehlt, der muß vors Gericht!»
  Das ist Unordnung.

Wenn Tuberkulöse zur Drehbank rennen,
wenn dreizehn in einer Stube pennen —
  das ist Ordnung.
Wenn einer ausbricht mit Gebrüll,
weil er sein Alter sichern will —
  das ist Unordnung.

Wenn reiche Erben im schweizer Schnee
jubeln — und sommers am Comer See —
  dann herrscht Ruhe.
Wenn Gefahr besteht, daß sich Dinge wandeln,
wenn verboten wird, mit dem Boden zu handeln —
  dann herrscht Unordnung.

Die Hauptsache ist: Nicht auf Hungernde hören.
Die Hauptsache ist: Nicht das Straßenbild stören.
  Nur nicht schrein.
        Mit der Zeit wird das schon.
  Alles bringt euch die Evolution.

So hats euer Volksvertreter entdeckt.
Seid ihr bis dahin alle verreckt?
So wird man auf euern Gräbern doch lesen:
 sie sind immer ruhig und ordentlich gewesen.

BERLINS BESTER

Da drüben an der Wand hängt er, das Bild hat er mir selbst geschenkt, und auf die Rückseite hat er etwas draufgeschrieben. Der Kopf mit der grauen Maurerfreese sieht an Herrn Courteline vorbei. («Wir kenn uns zwah nich vaständijen», sagt das Bild, «aber wir leben in Freundschaft. Valleicht jrade deswejen.») Die Franzosen fragen: «Wer ist das?» – «Heinrich Zille», sage ich. «C'est un peintre allemand.» Aber das ist nicht wahr. Er ist viel mehr.

Jetzt liegt von ihm das stärkste Buch vor, das über Berlin erschienen ist: *‹Berliner Geschichten und Bilder›* (bei Carl Reißner in Dresden 1924).

Paris hat unter den lebenden Inkarnationen seines Stadthumors einen Mann, der unserm Zille als Zeichner manchmal nahekommt: das ist Poulbot, der Kinder-Poulbot, der die frechspitzige, ausverschämte, über alle Pflaster trudelnde, frühreife und auch bemitleidenswerte ‹gosse› gezeichnet hat. (Am letzten Weihnachtsabend hat er seine ‹gosses› sogar selbst beschert.) Wien hat die Verniedlicher seines Stadthumors, die einem den ganzen Humor verrunjenieren können. Berlin hat beides.

Es ist so schwer, von berliner Humor zu sprechen, weil eine Unzahl kleinbürgerlicher Schmieranten sich auf diesem Gebiet niedlich machen. Eine mit Glacé oder Zwirn behandschuhte Rechte faßt vorsichtig die ‹kleinen Leute› am Schlafittchen und führt sie dem geschmeichelten Bürgerpublikum vor, immer mit dieser fatalen Attitüde vermeintlicher Echtheit, mit dem falschen Ton von Mitleid, dem falschen Grausen, dem falschen Humor, vor dem Gott erbarm. Es ist derselbe Humor, mit dem sich Kammergerichtsreferendar Lehmann auf dem juryfreien Ball als ‹Lude› verkleidet. – Jeder weiß doch, daß er keiner ist, Gottseidank, aber es macht sich so schön romantisch. Es ist der Humor der *‹Lustigen Blätter›*, der den Konfektionären die Opfer ihrer Zwischenmeister ulkig-dreckig, ulkig-schwanger, ulkig-besoffen vorführt – das eigne Badezimmer in der Bayreuther Straße blitzt noch einmal so nett. «Pfui Deibel – wie komisch!» Kommt noch ein Tropfen Schmalz in diese Suppe – von wegen: Grunewald mit seinen abendlichen Föhren – dann ist das Unglück fertig, und der Magen dreht sich einem im Leibe herum, wenn man sieht, wie Berlin diskreditiert wird.

Heinrich Zille ist vor dem Kriege und im Kriege manchmal das Opfer dieser Auftraggeber geworden. Er hat Sachen zeichnen müssen, die man ihm aufgegeben hat, und die ein andrer ein bißchen schlechter gezeichnet hätte; er hat im Kriege eine gradezu schauerliche Serie vom Stapel lassen müssen, die von Berlin und vom Kriege gleich weit weg lag und mit beiden nur die Gemeinsamkeit hatte, daß sie beiden zum Verkauf angeboten wurde; er hat manchmal ulken müssen, wo er ganz etwas andres tun wollte. Von den Zeichnungen in diesem wundervollen Buche erschiene auch nicht ein Dreißigstel in einer Zeitschrift; alle Zeitungen loben es, keine würde je wagen, auch nur den Schimmer eines Abglanzes davon bei sich aufzunehmen. Warum nicht? Das ist ganz einfach. Ein Buch hat keine Inserate.

Heinrich Zilles Geheimnis liegt in dem ersten Satz seiner Lebensbeschreibung, die das Werk einleitet: «1872 lernte ich Lithograph.» Zille ist ein Handwerker. Er hat etwas gelernt, er hat es gut gelernt, und er hat diese handwerkliche Basis niemals verlassen. Es ist sehr interessant zu beobachten, wie in dem Buch alle Stadien vorhanden sind: von dem naturalistischen Bemühen, «det Ding abzuzeichnen», bis zu der letzten Formulierung, die es nicht mehr nötig hat und souverän fortlassen kann (aber anders als die jungen Herren, die wuscheln, weil sie gar nichts können). Zilles Seele ist ganz Berlin: weich, große Schnauze, nach Möglichkeit warme Füße, und: allens halb so schlimm.

Stammbaum: kleinbürgerlich. *‹Mein Vater›* ist ein recht charakteristisches Blatt: der alte Mann steht, ernst und vertieft in seine Arbeit, am Schraubstock, und draußen grinsen zwei ‹Ssijeuner› rein, rumstrolchende Kerls, die ein bißchen frech, ein bißchen neidisch, ein bißchen verzweifelt diese kleinbürgerliche Burg von außen anlachen, die der sich da aufgerichtet hat. Schließlich ist ja das die Sehnsucht der obern Schicht, die Zille verarztet: Kleinbürger und solche, die es werden wollen. (Darüber hinaus langt er kaum: wenn er ‹feine Leute› zeichnet, sind es entweder bewußte Übertreibungen, wie sie sich im Auge derer da unten spiegeln, oder rührende Schießbudenfiguren.) Hier, in dieser Kleinbürgerschicht wohnt die Idylle, die Zille bald bekannt und beliebt werden ließ: ‹Restaurant zum Nußbaum›, die kleine gelbe Lampe auf dem Wackeltisch, die dicke Marie hinter der Theke, die geschäftige Schwangere, die mit dem Korb einholt, das Jör, das unerschöpfliche Jör, dem vorn und hinten das Hemd herausguckt, dem die Nase läuft, von andern Dingen ganz zu schweigen, das brüllt, hopst, tanzt und popelt. Bis dahin gut und gern genehmigt: Zille war eine Witzblatt-Type, eine unfehlbar sichere Nummer, ein von allen ordentlichen Menschen gern gesehener Bestätiger ihrer Ordnung, die er durch die ausgezeichnete Schilderung des Gegensatzes hob. Darunter fängt der eigentliche Zille an.

Da, wo das Proletariat Lumpenproletariat wird; da, wo es nicht mehr lohnt, zu arbeiten – arbeiten und verzweifeln! –; da, wo es überhaupt keinen Sinn mehr hat, etwas zu tun, wo man sich fallen läßt, ohne daß einen etwas andres mütterlich aufnimmt als das Wasser – da hat er sich zu einer Größe emporgereckt, die erschreckt. Tragik? Auf berlinisch? Auf berlinisch: also janz stike, nachdenklich, der Mensch wird zum alten Eisen, aber er rufts nicht mehr aus.

Hier berührt sich Zille mit der Kollwitz. Wo sie eine Sonate spielt, zimpert er auf einem alten Leierkasten, und man heult wie ein Schloßhund. Das Wort der Wörter steht in diesem Buch, unübertrefflich, ein für alle Mal, kaum stilisiert, wahrscheinlich abgehört, einfach so herausgewachsen aus dem Boden von Dreck, Suff, Tuberkulose, Wohnungselend: «Weißte – man darf jahnich drüber nachdenken!» Aber manche denken doch noch darüber nach, das sind die Gefährlichen ...

Zille hat das Amoralische im Blut. Er urteilt nicht, er zeichnet. Er richtet nicht, er empfindet. Bibel? Strafgesetzbuch? Seine Leute sind längst darüber hinaus — Pastor und Landgerichtsrat sind für sie mehr oder weniger unangenehme Vertreter eines Systems, dessen Wirkung sich vor allem darin widerspiegelt, daß es ungeheuer viel Zeit kostet. Verhaftet werden, warten, eingesperrt sein, noch mal warten, ermahnt, angeschnauzt, verurteilt werden — es dauert alles so lange ... Aber weiter ist auch nichts.

Da ist Zille, unser Zille. Die Kindsleiche im Mülleimer; die Schwangere, die nicht weiß, ob das im Arm noch lebt, wenn das im Leib da ist; Orje, der nicht einmal mehr von den Schutzpolizisten gehört wird, wenn er schimpft, weil es nicht lohnt; die Frau, die mit zwei Kindern ins Wasser geht, rasch, eilig, sie mag nicht mehr, nicht aufhalten!; die Kindergruppe, die «Liehieb Heiheimatland — adee — Plötzensee!» singt, ein Blatt von seltener Tragik: wie man im Lachen auf einmal sieht, daß nicht ein unlädiertes Kind dabei ist, alles ist verbogen, kurzsichtig, hat die englische Krankheit, ist zurückgeblieben; ein lebendes Skelett, das in einem Bettsarg verfault, darunter: «Unser Leben währet 70 Jahr, und wenn es hoch kommt...», wahrscheinlich hat der Mann als Kind in der Schule die segensreichen Sozialeinrichtungen des Deutschen Reichs nicht ordentlich gelernt; kindische Greise und vergreiste Kinder — der Zeichner hebt kaum die Stimme: er erzählt.

Im finstersten Finstern glüht dann immer der Funke des echten Humors auf, und wie berlinisch ist der! «Mutter», fragt das Kind, als sie ihr Mittagessen im Topp zu Vatern tragen, «wächst sone Wurst immer wieder?» (Denn so sieht die Abteilung: Naturgeschichte im Kinde aus.) «Ick habe», sagt Mudicke, «meine Selige übalebt, ick habe Kaiser Wilhelm übalebt, ick werde auch die Republik übaleben!» Das walte Gott. Und wenn die möblierte Wirtin reinkommt und sieht ihre Tochter nackedei in der Flohkiste liegen, davor ihren Mieter, den Fotografen, so entlädt sich Pädagogik, mütterliche Würde und die Ordnung des Hauses in folgenden ganz ruhigen Worten: «Wat is denn det nu wieder forne neie Afferei mit Lotten, Herr Doktor!» Und der Herr Doktor erklärt es ihr, und dann ist alles gut.

Erstaunlich, wie modern dieser alte Mann ist. Die Versuche, ein Witzblatt zu schaffen – Deutschland besitzt keins – hat auf der sozialdemokratischen Seite zu einem Blatt geführt, das alle Papierkörbe des alten *‹Simplicissimus›* neu auflegt und ganz vergessen hat, daß es das alles nicht mehr gibt: diese Bürger nicht mehr, Herrn Baluschek nicht, die Großstadttragik der alten Naturalisten nicht, diese Serenissimi nicht ... aus, vorbei. Auf der kommunistischen Seite probiert man noch, manchmal trifft mans, meistens nicht. Zille gehört zu den Neuen, weil er unbarmherzig sein kann und Herz hat, weil er vor Mitleid mitleidslos schildert, weil er die Ruhe weg hat.

Du hast mal gesagt, du sähest aus wie ein Droschkenkutscher, Heinrich Zille. Laß man. Wenn du in Himmel kommst, denn klebt dir der liebe Gott Flüjel hinten an Rücken, steckt dir 'n Posauneken in die Hand und drickt dir 'n Kranz ins Haar. Und denn nischt wie mit Hallelujah immer rauf und runter. Und wenn dann die Leute fragen: «Wer singt denn da oben so schön falsch?» – dann will ich ihnen antworten: «Pst. Da oben fliegt Er. Berlins Bester.»

RICHTERS NAMENSZUG

Der Polizeipräsident von Berlin, Wilhelm Richter, berichtigt: «Ich habe niemals von Herrn Julius Barmat ein goldenes Zigarettenetui bekommen.» Na also. Das sähe auch nicht hübsch aus, würde allerhand Schlußfolgerungen zulassen, es ist besser so. Noch etwas? Ja. «Ich habe ihm lediglich für ein Zigarettenetui, das bei jeder unvoreingenommenen Prüfung durch die darin enthaltene Widmung sofort als ein Geschenk der Frau und des Sohnes des Herrn Julius Barmat festgestellt werden kann, einen Namenszug geschenkt.» Das ist ein schöner Zug.

Richter! Sag die Wahrheit!

Haben sie dir jemals dein kostbares Autogramm abgejagt, als du noch nicht Polizeipräsident warst? Nein. Glaubst du, daß ein Mensch auf dieser Erde nach dem Essen Freunden seine Autographensammlung zeigt und dabei spricht: «Sehen Sie das hier – vorsichtig! – das ist ein echter Richter!» Nein. Was meinst du, was Barmat haben wollte: deinen Namenszug pur et simple, oder deinen Namenszug, der unter einem Text steht?

Einen Polizeipräsidenten soll man nicht uzen und nicht duzen. In der öffentlichen Verehrung herabzusetzen geeignet ... Gottbehüte.

Herr Präsident! Sagen Sie die Wahrheit!

Wissen Sie, daß Konkursschieber, bevor sie den Offenbarungseid leisten, ihr ganzes Vermögen der Frau überschreiben? Ja. Glauben Sie, daß das Geschenk der Frau mit Wissen und mit finanzieller Unterstützung des Mannes zustande gekommen ist? Ja. Glauben Sie, daß Herr Barmat einem andern mir nichts dir nichts fünftausend Mark borgt, leiht, pumpt — wie Ihnen?

Einen Polizeipräsidenten soll man nicht triezen und nicht siezen.

Frage:

Ist der Namenszug eines beliebigen Beamten ein Geschenk? Ist gesellschaftliche leise Beeinflussung nicht viel, viel schlimmer als klare Korruption? Ist es nicht viel gravierender, wenn ein Beamter, durch tausend Verpflichtungen gebunden, kein Amtsverbrechen begeht, nichts tut, was er — unbeweisbar! — nicht auch ohne diese Beziehungen getan hätte, aber liebenswürdiger, entgegenkommender, diensteifriger sich zeigt, als wäre er glatt bestochen?

Dem sozialdemokratischen Polizeipräsidenten Richter ist keine strafbare Handlung nachzusagen. Er soll hier nicht beleidigt und nicht angeklagt werden. Wir haben kein Schloß auf Schwanenwerder, das man nach allem, was sich dort ereignet hat, füglich ‹Bebels Ruh› nennen sollte, und bitten — ohne jemand auffordern oder einladen zu können — um eine kleine Gunst:

Herr Richter möge auf ein Blatt Papier schreiben:

«Ich, der Polizeipräsident Richter, bin nicht der Polizeipräsident, den eine Stadt wie Berlin braucht.»

Und einen Namenszug.

GEFÜHLE

Kennen Sie das Gefühl: ‹déjà vu› —?
Sie gehen zum Beispiel morgens früh,
auf der Reise, in einem fremden Ort
von der kleinen Hotelterrasse fort,
wo die andern alle noch Zeitungen lesen.
Sie sind niemals in dem Dorf gewesen.
Da gackert ein Huhn, da steht eine Leiter,
und Sie fragen — denn Sie wissen nicht weiter —
eine Bauersfrau mit riesiger Schute . . .
Und plötzlich ist Ihnen so zumute
— wie Erinnerung, die leise entschwebt —:

Das habe ich alles schon mal erlebt.

Kennen Sie das Hotelgefühl —?
Sie sitzen zu Hause. Das Zimmer ist kühl.
Der Tee ist warm. Die Reihen der Bücher
schimmern matt. Das sind Ihre Leinentücher,

Ihre Tassen, Ihre Kronen –
Sie wissen genau, daß Sie hier wohnen.
Da sind Ihre Kinder, Ihre Alte, die gute –
Und plötzlich ist Ihnen so fremd zumute:

　Das gehört ja alles gar nicht mir …
　Ich bin nur vorübergehend hier.

Kennen Sie … das ist schwer zu sagen.
Nicht das Hungergefühl. Nicht den leeren Magen.
Sie haben ja eben erst Frühstück gegessen.
Sie dürfen arbeiten, für die Interessen
des andern, um sich Brot zu kaufen
und wieder ins Büro zu laufen.
Hunger nicht.
　　　　　　　Aber ein tiefes Hungern
nach allem, was schön ist: nicht immer so lungern –
auch einmal ausschlafen – reisen können –
sich auch einmal Überflüssiges gönnen.
Nicht immer nur Tag-für-Tag-Arbeiter,
ein bißchen mehr, ein bißchen weiter …
Sein Auskommen haben, jahraus, jahrein …?
Es ist alles eine Nummer zu klein.
Hunger nach Farben, nach der Welt, die so weit –
Kurz: das Gefühl der Popligkeit.

Eine alte, ewig böse Geschichte.
Aber darüber macht man keine Gedichte.

VIERZEHN KÄFIGE UND EINER

Man fährt im Alten Hafen ab, am Quai liegen viele kleine Schiffchen, die für drei Francs dahin führen: es ist eine Spazierfahrt geworden, was einst der Schlußstrich unter ein Leben war. Der Motor knattert, das Schiffchen fährt ab. Da liegt Marseille.

Die Häuser stehen, eng aufgebaut, um das Becken des Alten Hafens herum; ganz von links oben, von den Hügeln, grüßt die Kirche von ‹Unsrer lieben Frau, die wacht›, eine goldene Puppe. Das Schiffchen gleitet unter einer sehr hohen Eisenkonstruktion hinweg, an der eine Fähre befestigt ist. An Fortifikationen vorüber, in die Meeresbucht hinaus. Wir halten auf eine kleine Insel.

Die kleine Insel ist das Château d'If. Es liegt – falls Sie Ihren Atlas zur Hand haben – vor der Stadt Marseille, gegenüber den beiden Inseln

Ratonneau und Le Frioul, die durch einen Damm verbunden sind. Ist bei Ihnen nicht drauf? Na, schadet nichts. Château d'If ist die Insel, auf der Edmond Dantès eingesperrt saß, der Graf von Monte Christo.

Die kleine Insel taucht auf, wird deutlich sichtbar. Ein betongraues, halbverfallenes Gemäuer ist zu sehen, wir legen an. Hinauf, den gewundenen Gang durch niedrige Mauern, nach oben. Da stehen noch verfallene Kasernen mit den bourbonischen Lilien; das Schloß ist im Jahre 1592 erbaut worden, eine Bastille des Südens. François der Erste hat schon im Jahre 1524 den Grundstein gelegt und eine Phiole Öl und eine Metallschachtel mit Weizen und eine Flasche Wein daruntergetan. Es ist ein weißliches, bröckliches Gemäuer, die Mauern und der Steinboden haben sich fast assimiliert. Dann ist da eine kleine Zugbrücke aus Holz, die Planken sind locker, ein dunkler Torbogen und dann der Gefängnishof.

Der Hof ist ganz klein, von vier Mauern umgeben, die nicht allzu hoch sind, von oben glänzt quadratisch der blaue Himmel. Unten ist das Licht getönt, milchig und hell kaffeebraun. Unten steht ein Brunnen und an einer Mauerwand eine Ansichtskartenbude. Und ringsherum sind die cachots, die Käfige.

Zu ebener Erde liegen einige; und oben, rings um den ganzen Hof herum, an allen vier Mauern entlang, läuft eine kleine Galerie mit einem Eisengeländer, von der aus man in die obern Käfige gelangen kann. Vor jeder Tür ist ein Holzschild angebracht, auf dem steht gemalt, wer da einmal eingesperrt war. Wie in einem zoologischen Garten, man vermißt den Zusatz: Geschenk des Herrn Konsul Friedheimer. Ich gehe hinein.

Der Reiseführer rühmt den Gefängnisräumen nach: «bien aërés et avec vue sur la mer.» Ja, es zieht durch die kleine Luke, und wenn man den Kopf an die Eisengitter legt, kann man auch ein Stückchen vom Meer sehen, in dem die freien Fische wohnen. Der Boden ist ausgemauert, schwärzliche Spuren an den Wänden deuten auf ehemalige Kamine. Es muß hier höllisch kalt gewesen sein, damals ... Da saßen sie also.

Meistens waren es politische Häftlinge, die hier gesessen haben, alles Leute, die die Regierung nicht töten konnte oder wollte, und deren Freiheit ihr höchst unbequem war. Damals war das recht einfach: man benötigte nur die lettre de cachet, um etwas zu erreichen, wozu man heute ein ganzes Volksgericht auf die Sessel setzen muß, mit allem Drum und Dran: Voruntersuchung, einem Vorsitzenden, einseitig, wie nur der Haß ist, einer verhetzten Presse und dem ganzen riesigen Apparat. Das war also einfacher. Manchmal ließen auch hochmögende Eltern ihren Sohn ein bißchen einsperren, bloß so ...

Da saßen:

Ein reicher Kaufmann aus Marseille, wegen angeblicher Verschwörungen gegen den Kardinal Richelieu; riskierte einen Hungerstreik, den er elf Tage lang durchhielt; starb am zwölften Tag. Ein marseiller Matrose, der seinen Vorgesetzten erschlagen hatte; saß einunddreißig Jahre. Ein Abbé Faria. Er und der Matrose haben da noch im neunzehnten Jahrhundert gesessen – und wie! Da ist eine Höhle, ein fensterloser Raum, in den man keinen Hund sperren würde, mit einer Vertiefung als Abtritt. Darin ‹büßte› der Inkulpat.

Auf der andern Seite hat Dantès gesessen, eben jener, dessen Schicksal Dumas in seinem Schmöker benutzt hat. Der Gefangene hat sich zum Abbé Faria einen Verbindungsgang gegraben, der noch gezeigt wird.

Dann liegt da noch zu ebener Erde ein cachot, dem Publikum nicht zugänglich. Darin saßen im Jahre 1871 einhundertundsechzehn Gefangene. Communards. Einhundertundsechzehn – das ist keine Zahl für uns andre ...

Herauf die kleine Treppe, auf die obere Galerie. Da saßen: Ein Abbé, der ein Mädchen verführt haben soll; ein Kanzelredner, der mit England konspiriert hat; ein Mann, der versucht hat, Napoleon zu ermorden; der berühmte ‹Mann mit der eisernen Maske›; Louis-Philippe Égalité. Mirabeau (kein politisches Gefängnis, in dem der nicht gesessen hätte); ein Herr Mollard, der sechzehn Jahre hindurch saß, weil seine Eltern das so wollten. In diesem Raum tagte dann später eines der Revolutionstribunale. Ein großer Giftmörder, der im Jahre 1588 in Aix verbrannt worden ist; und Straßenräuber und ein Mann namens Meynier und ... und ... und ...

Die Höhlen sehen aus eine wie die andre: meist sehr geräumig, hoch, immer mit der kleinen vergitterten Luke, durch die man das Meer sieht und manchmal auch nur den Innenhof und ein Stückchen Himmel. Hier und da ist eine schwere Bohlentür erhalten, mit einem altmodischen Schloß.

Man kann sich das nur schwer vorstellen, daß in diesen Räumen Menschen gelitten haben; daß der Tritt der Wache auf der Zugbrücke und der Ruf eines Schiffers die einzigen Laute waren, die man hier hören konnte, das Klirren der Waffen und das Klappern von Flaschen – wenn es nicht einer der Häftlinge einmal vorzog, stundenlang wie ein Tier zu brüllen.

Oben, auf der Höhe des Gebäudes segnet das Werk Gott. Da ist eine Kapelle. Denn es gibt keine menschliche Niederträchtigkeit, die nicht einen Zusatz von Religiosität und höherer Weihe besäße, gleichsam, als ob sich die Leute doch in einer Art von Rückversicherung immer des Lieben Gottes vergewissern wollten. Von oben sieht man weit in die Runde: die benachbarten Inseln, die merkwürdig fahle steinige Küste, das rauchige Marseille. Alle Steine sind – wie übrigens auch alle Wände in den cachots – über und über beschmiert mit Zeichnungen, Buchstaben, Zeichen, die teils von Besuchern herrühren, teils von den Mietern der Zimmer.

Früher soll ein Führer die Besucher herumgeführt haben, ein altes Original, Grosson hat er geheißen, der sich mit einem angeblich vergessenen Gefangenen bauchrednerisch unterhielt. Die Damen bekamen Frissons, und der Eingemauerte bat um Tabak. Der Führer nahm ihn in Empfang. Eine Arabeske des Spaßes hinter einem Werk der schlimmsten Lebensqualen.

Ich klettere wieder herunter, in den quadratischen Hof. Entworfen hat ihn keiner, er dürfte von van Gogh sein. Mit einer solchen Verbissenheit ist er da, so angehaßt sind die Mauern, so verflucht seine viereckige Verzweiflung. Er ist praktisch, der Hof: es ist das Maskenflügelsystem des modernen Gefängnisses, nach außen projiziert: von unten kann die frühstückende Wache bequem alles verfolgen, was sich da oben begibt. Ich sehe hinauf – kein Gesicht zeigt sich mehr an den Gittern. Der Hof schweigt, die Ansichtskartenverkäuferin rumort in ihrer Bude.

Und während ich den braunen Hof so vor mir sehe, muß ich daran denken, daß zu Hause, in meiner Heimat, *einer* sitzt, tagaus, tagein, Monate und Jahre in derselben fürchterlichen kleinen Zuchthausstube, allein, allein, allein. Wie lange ist Einzelhaft bei uns statthaft? Zwei Jahre? So habe ich seinerzeit gelernt. Aber was macht sich eine Republik daraus – sicherlich wird da eine ganz legitime Handhabe sein. Der Mann sitzt in seiner Stube, er darf sogar manchmal Zeitungen bekommen. Er heult und schreit; einmal brach er zusammen, als man ihn die Treppen hinunterführte zum täglichen Spaziergang, der angeordnet ist, auf daß er an seiner Gesundheit keinen Schaden nehme. Er hat Verbrechen begangen, wahrscheinlich – aber daß er sie nicht als Verbrechen ansah, daß er auf einen Staat spie, der ihm ungerecht und unmenschlich vorkam, daß er die Richter verlachte, die ihn aburteilen wollten und nicht konnten: das hat man ihm nicht verziehen. Wie besinne ich mich noch auf den Vorsitzenden, der in gar keiner Weise diesem Wehr- und Waffenlosen gewachsen war, der lachte ihn aus, höhnte ihn an ... Das akademisch gebildete Rechtsprechungsorgan hatte dann weiter keinen Ausweg als diese geistige Waffe: «Sie sind ein ganz frecher Lümmel!» Er hätte hinzufügen sollen: Darf ich Sie auf die Toilette bitten? Er reagierte eben, wie es in seinen Kreisen üblich war.

Hier liegt der Hof. Zu Hause sitzt Hölz. Kein Besuch – aus Angst: die Zuchthausverwaltung scheint nicht viel Zutrauen zu ihren Beamten zu haben; keine Berührung mit andern – Vergeltung und Rache: an einem, der aufrecht geblieben ist auch vor diesen Richtern, die er tausendmal überragte.

Das Schiff stößt ab von dem grauen Gestade. Die Insel bleibt im Meer zurück wie ein versteinertes ruhendes Tier. Auf ihr haben Menschen gelitten. Sie leiden bei uns – gequält, verfolgt, verdammt. Unter François dem Ersten fing es hier an. Unter Friedrich dem Ersten sitzen in der deutschen Republik über siebentausend Kommunisten: Hölz an ihrer Spitze. Leb wohl, Château d'If. Was du konntest, können wir schon lange.

ANATOLE FRANCE IN PANTOFFELN

In Paris ist ein kurioses Buch erschienen, das in einem Monat fünfzig Auflagen erreicht hat: ‹*Anatole France en pantoufles*› von Jean-Jacques Brousson (bei G. Crès et Cie., Paris). Brousson war Sekretär bei France. Er schildert in kleinen Geschichten und Anekdoten tausend Charakterzüge, Eigenheiten, persönliche und häusliche Szenen aus dem Privatleben des Meisters. Vielleicht hätte er lieber ‹Anatole France im Käppchen› schreiben sollen, weil das ja charakteristisch für den großen Mann war.

Das Buch ist — um seinen Vorzug zuerst zu nennen — unendlich amüsant. Manches geht für uns deutsche Leser verloren; da findet sich viel französischer Literaturklatsch (die französische Literatur ist um vieles verklatschter als die deutsche; jeder weiß jedes von jedem, und neulich stand sehr ernsthaft in der Zeitung auseinandergesetzt, welchen Likör der Preisträger des Prix Goncourt den Besuchern kredenzt hat). Es finden sich aber außerordentlich viel Anekdoten und Bemerkungen des alten Herrn, die auch einem deutschen Leser ohne weiteres verständlich sind. Darunter sind reizende Geschichten. So die von der nicht mehr ganz jungen Dame, die sich vor France niedlich machte, ihn fast mit Gewalt in den Wagen nötigte und dort ein neckisches Spiel mit ihm anhub. Bis es dem Meister zu viel wurde und er sie fragte, ob sie mit ihm wohl ein kleines Spiel spielen würde. «Wenn es unschuldig ist», sagte die Schelmin, «gewiß!» — «Na dann», sagte France, «wollen wir einmal alle spielen, daß wir die Hände hübsch an den Wagentüren halten!» — Worauf sie den Wagen halten ließ und er sehr freundlich «Guten Abend, gnädige Frau!» sagte. Es finden sich viele interessante Bemerkungen über Literatur aufgezeichnet sowie eine Fülle maßlos unziemlicher Geschichten, die auch nicht andeutungsweise übersetzt werden können.

Und hier steckt der Nachteil des Buches. Es ist das erste undelikate französische Buch, das mir in die Finger fällt. Ganz abgesehen davon, daß manches etwas reichlich massiv ist und sogar durch die französische Sprache kaum gemildert erscheint, hat doch dieser Eckermann seinen Posten nicht taktvoll aufgefaßt. Er stellt Frau France hin . . . das muß man gelesen haben, welche Rolle sie in diesen Schilderungen spielt. Gut — das mag noch angehen. Aber daß Herr Brousson Dinge veröffentlicht, die France ihm — und sicherlich nicht in dieser Form — von Mann zu Mann anvertraut haben mag, das geht übers Bohnenlied. In Frankreich verliert France durch diese kleinen Skandalgeschichten nichts, bei uns wäre er unten durch. Aber es schmeckt nicht gut, das Gericht; es bleibt ein unangenehmer Nachgeschmack auf der Zunge, man hat ein bißchen gelacht, und hinterher wird man ärgerlich. Denn alles paßt zu dem Andenken an diesen einzigen Schriftsteller: nur keine plumpe Vergröberung seiner erotischen Erlebnisse. Solche Dinge kann man vielleicht einmal sagen — aber man kann sie nicht in fünfzig Auflagen drucken lassen.

Hier folgt mit der Genehmigung des Verlages Crès et Cie. eine Probe aus dem trotz allem lesenswerten Buch (das übrigens wegen seines ungepflegten Stils und wegen seiner mangelnden Tiefe auch bei französischen Kritikern Widerspruch gefunden hat).

Die Übertragung ist frei; außerdem muß man sich immer vergegenwärtigen, daß es sich hier um unkontrollierbare Gesprächswiedergaben handelt.

«Als Clemenceau Ministerpräsident war, hat Anatole France seinen Posten bei der ‹*Neuen Freien Presse*› in Wien übernommen. Frau France hatte die Sache abgeschlossen. Alle Woche, an jedem Mittwoch, wiederholte sich um 5 Uhr nachmittags folgende Szene:

Frau France: ‹Der Mann ist da von der ‹*Neuen Freien Presse*›.›

Herr France: ‹Was will der Mann von der ‹*Neuen Freien Presse*›.›

‹Er will den Artikel. Er muß heute abend noch nach Wien weg, sonst kommt er nicht rechtzeitig an.›

‹Heute abend noch? Ja, wer hält ihn denn zurück?›

‹Du. Ich habe dich schon ein paarmal daran erinnert, aber du hörst ja nicht auf mich.›

‹Deine häßlichen Beleidigungen zerreißen mir das Herz. Häßlich und außerdem durchaus ungerecht . . .›

‹Rede nicht. Man braucht dich nur um etwas zu bitten, schon machst du das Gegenteil. Der Mann muß diesen Artikel mitnehmen, du hast eine halbe Stunde Zeit.›

‹Gut. Schick den bösen Mann von der ‹*Neuen Freien Presse*› in die Küche und gib ihm ein Glas Wein, er soll das hübsch langsam austrinken. So, und mir gib den ‹*Figaro*› und die ‹*Humanité*› und . . .›

Die Zeitungen werden in aller Hast zusammengesucht. Alle Mann sind an Deck. Anatole France, Frau France, der Sekretär. Die Zeitungen fliegen nur so herum, wie in einem Garten, wenn es windig ist.

‹Also, vor allen Dingen möchte ich gern wissen: Was ist das wichtigste Ereignis der Woche?›

‹Kommst du vom Mond? Wo lebst du? In Frankreich oder bei den Hottentotten? Und außerdem weißt du ganz genau, das wichtigste Ereignis ist das, worüber du schreibst. Die Leute in Wien werden das genießen, was du die Gnade hast ihnen zu schicken, es wird ihnen eingehen wie Butter.›

‹Aber nun hilf mir doch! Diese ‹*Neue Freie Presse*› ist die Pein meines Alters. Wenn ich nur wüßte, warum ich diesen Sklavendienst auf mich genommen habe!› Aus den Zeitungen werden die wichtigsten Stellen mit der Schere ausgeschnitten. ‹Wozu soll ich da eigentlich noch etwas ändern?› sagt Anatole France. ‹Das wird einfach übersetzt.›

Nächste Szene. Die Vorigen. François, der Kammerdiener.

‹Gnädige Frau, der Bote von der ‹*Neuen Freien Presse*› . . .›

‹Geben Sie ihm noch ein Glas Wein.›

Mit großer Mühe hat France den ersten Absatz fertig. Dann kommt ein riesiges Zitat. Der Meinung von ‹*La Croix*› stellt Frau France (mit der Schere) ein anderes Zitat aus der ‹*Humanité*› gegenüber.

Was ich (der erzählende Sekretär) aufgekritzelt habe, wird mir aus den Händen gerissen. Das macht alles zusammen eine Spalte aus.

Nächste Szene. Die Vorigen. François.

‹Der Mann von der ‹*Neuen Freien Presse*› ... Er sagt, er muß mit dem Artikel los, sonst verfehlt er den Zug!›

‹Er soll noch ein Glas Wein ...›

‹Gnädige Frau, er hat schon die ganze Flasche ausgetrunken.›

‹Was war es für welcher? Weißer oder roter?›

‹Roter, gnädige Frau!›

‹Dann geben Sie ihm weißen! Und halten Sie ihn noch eine Viertelstunde auf. Und, François, wenn er Hunger hat, dann soll er Schinken und Käse bekommen ... Was hast du nun inzwischen gemacht, während ich so kostbare Zeit für dich gewonnen habe? Du hast inzwischen kleine Mädchen gezeichnet! Und dabei soll das Ministerium gestürzt werden! Das ist, um sich aus dem Fenster zu werfen!›

‹Da gibt es eine Stelle bei Lamennais ...›

‹Du hast nur noch eine Viertelstunde Zeit. Ich kenne dich doch. Du brauchst mindestens acht Tage, um eine Stelle oder sonst etwas zu finden. Was sagt denn dein Lamennais vom Ministerium? – Na ja, dann schreibs hin.›

Nächste Szene. François (wie oben):

‹Der Mann von der ‹*Neuen Freien Presse*› sagt, er hat keine Lust, entlassen zu werden, er geht jetzt. Übrigens ist er voll wie ein Omnibus!›

France signiert den Artikel.

‹Schade um den schönen Artikel!› sagt er. ‹Jetzt hat der Mann einen sitzen und wird ihn im Rinnstein verlieren!›»

DIE ‹APACHEN›

«Komm mit. Du kennst Paris nicht. Da laufen die Leute nackt herum.»
Fritz v. Unruh:
‹*Louis Ferdinand, Prinz von Preußen*›

«Überhaupt hat sich Paris viel verändert», klagt einer am 1. Mai in einem Brief an den Vater. Einer war Mozart, der 1. Mai lag im Jahre 1778, und dieser Brief wird wahrscheinlich alle Jahre in Paris geschrieben. «Das hätten Sie früher sehen sollen ...!» Wie immer, so ist auch jetzt richtig, zu sagen: Paris hat sich geändert. Die Apachen mit dem rotseidenen Foulard gibt es nicht mehr, die Räuberromantik von La Villette gibt es nicht mehr (wenngleich Montgeole noch immer schlimmstes Scheunenviertel ist); die Hallen sind nicht mehr der Bauch, sondern nur noch der Magen von Paris – und es ist überhaupt nicht angebracht, überall Spuren und Kennzeichen einer Romantik sehen zu wollen, die aus der Zeit stammt, da die Métro noch mit Pferden betrieben wurde. (Kleine Pause. Dann: «Verzeihen Sie...») Na, gewiß doch. Ein Franzose hat einmal ein neues Interpunktionszeichen vorgeschlagen: den point d'ironie. Es gibt also auch keine Verbrecher mehr in Paris?

Natürlich gibt es sie. Aber wir sehen sie mit unsern Augen. Der schwarze Tod ist eine romantische Sache, solange man die Bakterien nicht gekannt hat, die ihn verursachten. Da unten wimmeln nicht die schlimmsten Verbrecher herum, nicht die Verdorbensten. Die Jämmerlichsten vielleicht, nicht die Bösesten. Wie sehen sie aus?

Auf der Place Maubert bei Guignard gibt es eine verlauste Kleiderbörse, die Häuser drum herum sind ganz manierlich, in der Kneipe hocken Männer und Frauen, Lumpenproletariat, bei dem man nie recht weiß, wo der Lumpenfetzen aufhört und der Mensch anfängt. Vielleicht sind es gestohlene Sachen, aber nicht einmal die Polizei mengt sich darein: es lohnt nicht. Es gibt drei Asyle für Obdachlose in der Stadt, die Quais hinter den äußeren Boulevards sind nachts nicht immer angenehm zu passieren, aber ein französisches Whitechapel gibt es nicht. Das hat sich früher einmal anders abgespielt.

Man kann heute noch auf der Place Denfert-Rochereau die Katakomben besichtigen (Eintritt ein Franc, romantische Kerze extra), aber dieser alte Steinbruch, in dessen Gängen jetzt die Knochen aus alten Kirchhöfen liegen, erstreckt sich weithin unter einem großen Teil von Paris – und in der rue de la Huchette, ganz in der Nähe von Notre-Dame, ist ein kleines, durchaus gewöhnliches Restaurant, das hat einen Keller. Unter diesem Flaschenkeller liegt ein anderer, und der hat eine Tür. Und von dieser Tür führte ein Gang bis zum Löwen von Belfort auf der Place Denfert-Rochereau, was immerhin eine halbe Stunde Untergrundbahnfahrt bedeutet. Da tagten politische geheime Gesellschaften, man sieht noch manche Abzeichen, eine Holztür, die angeblich von Revolverschüssen durchlöchert ist, steinerne Sitze und einen tiefen Brunnen ... Die Gänge sind heute verbaut, aber diese Anlagen und einige noch erhaltene Gänge durch Häuser und Gäßchen und Höfe lassen erkennen, daß Eugène Sue eine vorhandene Wahrheit meisterhaft umfrisiert hat, es war etwas vorhanden, für sechsunddreißig Bände war etwas vorhanden. Der Wirt schwört, den Keller keinem Menschen mehr zu zeigen. («Denken Sie mal an! Grault er sich?» – Nein, aber sie haben ihm ein paar Flaschen Wein aus seinem Keller gestohlen.)

Nachts findest du, was du suchst, in den Bals Musette. Was das Dekor angeht, so ist einer wie alle: Vorn an der Theke im Vorraum der Wirt bei seinen Flaschen und Gläsern, hinten, meist durch runde Eisensäulen gestützt, ein kleinerer oder größerer Raum, viele Spiegel mit bunten Glühlämpchen, oben auf einer Estrade die Jazzband des kleinen Mannes: Harmonika, Geige, Gitarre und – manchmal – ein komplettes Schlagzeug. Nach dem Tanz wird abkassiert.

Der Zuhälter produziert sich nicht. Er ist angezogen wie Sie und ich, die Besseren mit jener spezifischen Eleganz, die Sie kennen. Der Typ, der gefällt, ist nicht geleckt und gescheitelt – das Apachentänzerpaar, ohne das kein besseres Weinkabarett der deutschen Provinz mehr sein kann, würde nirgends größeres Aufsehen erregen als hier. Die Jungens haben oft krauses, hochstehendes Negerhaar, volle Lippen, gehen nicht über Mittelmaß ... Viele tragen die große Mütze. Die Mädchen wie überall: immer die kleine freche Schwarze, die süße Blonde mit der schlanken Figur, die Extravagante, die Männliche ... das wiederholt sich. Es wird hübsch getanzt, sehr leicht, fast überall sehr dezent. Getrunken wird im allgemeinen wenig: der Alkoholkonsum ist in jeder boîte auf dem Montmartre, wo die Étrangers-Fremden hochgenommen werden, bedeutend größer. Trotzdem repräsentieren diese kleinen Tanzlokale ganz erhebliche Werte: ihr Verkaufswert beziffert sich auf ein-, zweihunderttausend Francs und mehr, je nach der Lage. Das Geschäft geht fast überall flott, die Unkosten sind nicht übermäßig groß, es rentiert sich.

In manchen saß ein Schutzmann. Wird hier sonst gemordet? Der Wirt bestellt sich für zehn Francs, die in die Polizeikasse fließen, solche surveillance payée, der Agent sitzt ruhig in einer Ecke, und alle Welt weiß, hier wird nicht spektakelt. Aber das ist natürlich durchaus nicht in allen so. In vielen Gäßchen steht der Doppelposten. Sie gehen langsamen Schrittes an diesen kleinen Budiken vorbei oder radeln andante – auf die Wache.

Die Wache ... Eine liegt einem Haus mit geschlossenen Fensterläden grade gegenüber. Der Kommissar ist gar nicht von Courteline, sondern ein netter, etwas martialisch aussehender Herr, trotzdem die pariser Polizei in dem Ruf steht, sehr energisch zugreifen zu können, wirkt der Zuschnitt nicht militärisch. Im Korridor steht ein Kasten für entlaufene Hunde, dahinter die Kästen für die Menschen. Die ‹violons› sind kleine steinerne Zellen (mit Wasserspülung übrigens); die Zementwände voll von Inschriften. Womit schreibt man auf Zement? Mit dem Messer, mit einem Nagel, die Damen mit dem Schminkstift. «Pierette aime Roger p. l. v.» Pour la vie – mit dem Schminkstift. Und, natürlich, die klassische Beschimpfung der Beamten: «Mort aux vaches!» Das gehört dazu.

Straßauf, straßab. Das ist ein hôtel de nuit. Nein, es ist gar nicht pikant, es ist jämmerlich. Da liegt die Klasse Ia der misérables – Männer und Frauen, die zwei oder drei Francs für das Nachtquartier übrig haben: in dumpfen, säleartigen Zimmern liegen sie da in Betten und schnarchen in scheußlicher Luft. Strenges Reglement, Fremdenbuch, das Ganze zwischen unsauber und dreckig. Wüste, zerwühlte Köpfe sehen blöde aus bleiernem Schlummer. Auf Zehenspitzen wieder heraus. So ein Hotel ist jeden Abend stippevoll, eine Notwendigkeit, eine Goldgrube und ein Zeichen ... Unmöglich, anders als mit unsern Augen zu sehen; unmöglich, diese Welt anders zu sehen als mit dem heißen Wunsch, daß es so etwas nicht mehr gebe; unmöglich, den Grund und die Basis dieser Zeichen nicht zu sehen, an ihnen vorbeizusehen, in die blaue Romantik hinein ... unmöglich.

Kleine Cafés für diese oder jene Spezialität nächtlicher Profession – Absteigequartiere; in manchen Vierteln noch ältere Frauen, die auf und ab gehen (‹ils s'expliquent› ist der Fachausdruck), ohne Hut, mit einem Schal, einem Regenschirm, durchaus noch von Steinlen. Aber sonst lebt in diesen kleinen Sträßchen, unter diesen glitschrigen Torbögen, an den finsteren Höfen, um diese trüben Laternen herum schon ein Geschlecht das die Fabrik in den Klauen hat, die Bodenverteilung der Stahl- und Kohlenherren ... es ist unbarmherzig.

Vieles ist verschwunden, so der Kaufmann des Schlafes, der père Fradin, wo man im großen Saal sein Nachtquartier bekam auf einer Bank: vor der Bank war ein Strick gezogen, und da lagen sie mit den Ellbogen drauf und schnarchten. Morgens wurde der Strick losgehakt, und dann fielen alle herunter. Vorbei. (Oscar A. H. Schmitz hat diesem Fradin übrigens eine ausgezeichnete Schilderung gewidmet.) Es ist so vieles nicht mehr da – weil sich diese Kreise dezentralisiert haben – es gibt noch Pünktchen, aber keinen Brennpunkt mehr.

Lokale Helden sind noch da, Löwen des Quartiers, die ganz Großen scheinen im Augenblick keinen Vertreter hier zu haben. Battistin Travail, der König der Einbrecher, ist im Kriege gestorben; seine letzten Heldentaten waren merkwürdig genug; woran dies Manko der jungen Generation liegt, ist schwer zu sagen: vielleicht ist die französische Polizei zu gut, überwacht sie zu exakt, wer weiß.

Jetzt ist es Nacht, Paris ist still, die Boulevards sind leer, oben auf Montmartre, wo die Lokale ihre Pagen, ‹chasseurs›, haben – daher man denn die Parallele ‹Jägerstraße› sich nicht ganz verkneifen kann – oben auf Montmartre spielt ein Kohorte Ausländer den andern Ausländern noch etwas pariser Nachtleben vor – die Bürger schlafen, weil sie morgen früh, sehr früh aufstehen werden.

Einmal habe ich Heinrich Zille gefragt: «Sehen Sie – da sind die neuen Tüchtigen, diese Abart vom ehrlichen Kaufmann, die großen Geldmenschen mit der neuen Gangart – – –. Was sagt dazu Ihr Milljöh?» Er antwortete: «Nischt. Sie haben ihren Meister jefunden.»

Sie haben ihren Meister gefunden.

Ganz in der Nähe der Madeleine, da spielt ein Mann entzückend Klavier, ein Mischblut tobt diskret am Schlagzeug. Sehr junge Engländer, alte Amerikaner, Frauen, die keine Frauen, Männer, die keine Männer, die doppelt Mann, die alles sind, was man bezahlt. Es flirrt von Witz,

Schmuck, Glanz, guten, sehr guten Parfums, halben Blicken und ganzen Gesten. Nichts Unpassendes ereignet sich. An den Wänden Plakate, hingehuschte Aquarelle, eine Fotografie: schlanke Beine auf einem Tisch, nichts als ein Paar Beine im dünnen Rahmen. Hier ist alles, alles, was Sie wollen: wirkliche Korruption, Dekadenz, lasterhaftes Getue, Getue und Laster, Bösartigkeit, das gesellschaftlich kaschierte Verbrechen, Schaukelmenschen, die Wedekind «Hopp-Hopp» genannt hat, Lumpen, gerissene Dummköpfe, wenig Bedenken, aber sehr viel Kokain.

Die ‹Apachen›? – Im Parterre? – Nein, bitte schön, wollen Sie sich weiter nach oben bemühen: im ersten Stock.

TRÄUME

Vorgestern nacht habe ich von zwei Mädchen geträumt,
die waren furchtbar kregel und aufgeräumt.
Die eine hatte einen schwarzen Bubikopf und die andre einen braunen,
und sie hatten einander so lieb, das war einfach zum Staunen.
Sie waren leicht gekleidet – glatt zum Erkälten,
und sie taten einander immer Gleiches mit Gleichem vergelten.
Ich erwachte. Was war das gewesen?
In meinem großen ägyptischen Traumbuch steht zu lesen:
«Glückliches Familienleben.»

Gestern habe ich von lauter Umhängebärten geträumt.
Die hatten alle ein Glas, mit etwas, das schäumt.
Darauf stand: «Kochende Volksseele» – aber sie machten niemand naß,
und der Sturm blieb im Wasserglas.
Darauf kam ein Reichswehrgeneral mit einem Wehrpflichtprogramm;
da rissen sie alle die Knochen vor ihm zusamm'.
Ich erwachte. Was war das gewesen?
In meinem großen ägyptischen Traumbuch ist zu lesen:
«Ihnen steht eine Republik ins Haus.»

Heute nacht habe ich von einem Mann geträumt,
der hatte sich seinen Talar schwarzweißrot umsäumt.
Er rollte seine kleinen Kalmückenaugen und hackte auf mir herum –
ich stand hinter einer Schranke, und er redete laut und dumm.
Er sagte: «Was? Sie wollen über einen Generalfeldmarschall etwas dichten?
Über diesen großen Mann hat nur die Geschichte zu richten!
Ich lasse den Saal räumen! Ruhe! Sind Sie Kommunist? Jetzt rede ich!
Ich nehme Sie in eine Ordnungsstrafe! Was denken Sie sich eigentlich! –»

Und da wollte ich meine Meinung nicht länger verstecken.
Ich sage:
«Herr», sage ich, «... ....!»
Aber wie das so ist in der Welten Lauf —:
grade, wenns am schönsten wird, dann wacht man auf.

EIN SATZ

Wenn Sie in einer Gesellschaft unter lauter offenen, netten und freundlichen Menschen, die ungezwungen plaudern, klar blicken und so gar keine Würde um sich verbreiten, einen sehen, der mit herausgestreckter Brust jedes seiner Worte posaunt, unter einer niedrigen Stirn zwei kleine kalte Augen, ohne daß Sklaven vorhanden wären, herrisch blitzen läßt, weil ihm nichts daran gelegen ist, etwas zu gelten, aber alles daran, mehr zu gelten als die andern, einen, der im Knopfloch ein Bändchen trägt und auf der Backe vielleicht eine schlecht verheilte Narbe, der sich sein Monokel einklemmt, wenn er etwas lesen will, das er doch nicht verstehen wird, einen, der feige und gewalttätig zugleich aussieht, und dessen ganzes Gehaben an einen mühsam gezähmten Schlächterburschen gemahnt, der auf dem Tanzboden gleich einen Krawall anfangen wird, einen, der entschlossen ist, für die dümmste Sache mit dem ganzen Einsatz seiner Persönlichkeit voll und ganz einzutreten, und der so viel Prestige hat, daß ihm für die Humanitas nichts übrig bleibt, der sich, selbst ein leerer Sack, hinter seinen Titel, seine Dekoration und seine gesellschaftliche Stellung verkriecht, die er auch im Sitzen straff betont, einen, dem nur wohl ist, wenn er unter Kerls, die nicht schreiben und lesen können, aber von ihm zu fressen bekommen, mit der Reitgerte imponieren darf, und der sich hütet, in andre Gesellschaftsklassen zu gehen, weil man ihn da lächelnd abtäte, einen, der mit gut gepflegten, ein wenig zu dicken Fingern auch von jüdischen Bankiers gern nimmt, wenn es etwas zu verdienen gibt, und der den Kellner der Weinabteilung zur Abspiegelung seiner Macht braucht, den gekrümmten Trinkgeldrücken vor dem Thron seiner Eitelkeit, einen, der sich hinter dem Staat verbirgt, wenn er etwas ausgefressen hat oder Pension bezahlt haben möchte — wenn Sie so einen sehen, dann können Sie darauf schwören: dieser Mann ist ein Nationalist.

CHEVALIER

Der männliche Mistinguett heißt Maurice Chevalier und wohnt abends von zehn bis zwölf Uhr im Palace (Faubourg Montmartre; Telefon: Bergère 44 37). Das ist ein ausgezeichneter Knabe.

Die Revue, darin er tanzt, singt, grinst und spricht, und die den überraschenden Titel ‹*Vive la femme!*› trägt, ist die übliche Ansammlung von buntem Kitsch, annehmbaren Moden, amüsanten Tricks, nackten Frauen, die sich sogar die Brüste schminken, kreisrund, lackrot – kurz: das hat die Welt durchaus gesehen. Aber ER!

Aussehen sieht er aus wie ein uneheliches Kind von Beckersachs, Lamberts-Paulsen, Westermeier, auch Giampietro soll einmal in diese Sache mit Lola verwickelt gewesen sein. Aber geerbt hat er von der Majorität seiner Väter zum Glück gar nichts. Er siegt mit der Frechheit. Er ist der Mann, der haut, der Mann, der auch einmal Geld nimmt, wenn er genug gegeben hat – er ist der Überlegene, der da siegt. In seiner leicht vorgeschobenen dünnen Unterlippe ist die freche Gutmütigkeit von Jannings, und leicht ist er, so leicht! Er schwitzt nicht. Endlich einmal ein Komiker, der nicht schwitzt.

Er macht so, was man so macht: einen lustigen Boxkampf, zu dem ihm unendlich viel eingefallen ist; er singt kleine freche Liedchen; er macht Späßerchen mit allerhand Sachen aus einem Koffer; er hüpft ‹Humpa-Humpa-Humpa› ein gespieltes Couplet, bei dem die Refrains nur pantomimisch getanzt werden – leicht, wie leicht! Und dann singt er mit einer kleinen Dame ein Duett.

Wie allemal gleiten sie ganz unvermerkt ins Couplet hinein, spielen sich hinein, tanzen hinein, keine feierliche musikalische Einleitung kündigt den ‹Schlager› an. Die Partnerin, das Fräulein Vallée, kommt angetänzelt und fragt ihn: «Dites donc, Monsieur Chevalier . . .» – «Quoi donc?» antwortet er freundlich, «quoi donc?» Sie möchte etwas wissen. In jeder Strophe möchte sie etwas wissen. Warum die jungen Bräute nicht bei den jungen Bräutigams liegen dürfen? Er sagt es ihr. Warum haben die neuesten Moden eine künstliche Ausbuchtung an der Südseite der Dame? Er sagt es ihr. Und immer, wenn er ihr eine recht unverschämte Antwort gegeben hat, bestätigt sies knirschend. Also so: «Ah, Monsieur Chevalier – ah, Monsieur Chevalier!» Er, schon etwas gereizt, aber immer noch gutmütig: «Na, was denn – na, was denn?» – «Warum tragen die weiblichen Statuen auf den Plätzen keine Feigenblätter?» – «Weil», antwortet er, immer im Takt, «mein gutes Kind, weil man diese Feigenblätter eins, zwei, eins, zwei, nirgends aufhängen könnte!» Und nun sie, beese, geschlagen, zornig: «C'est bien vrai, Monsieur Chevalier!» Und er, grinsend, tanzend, strahlend und mit vorgeschobener Unterlippe: «C'est bien vrai, Mam'zelle Vallée – c'est bien vrai, Mam'zelle Vallée!» Und so zehn Mal.

Also – wie der Kenner gleich erkennt – der gute alte Mister Gallagher and Mister Shean, jenes berühmte amerikanische Couplet mit dem Welterfolg. Also eine Kopie. Aber wie kopiert, mit welchem Federgewicht, mit welcher Komik in den Details, was er alles macht, wenn er antwortet, immer im Takt, immer im Takt: manchmal bleibt ihm vor Verlegenheit, vor Angst, vor Ratlosigkeit die Stimme im langen Halse stecken:

«Mam'zelle Vallée ... Mam'zelle Vallée ...» Und sie immer böser, immer fauchender, immer schnaubender: «C'est bien vrai — Mossjöh Schschschevalier!» mit dem Ton auf der ersten Silbe. Das Duett liegt ganz am Schluß, das Haus ist ein Lachen und eine Freude. Diese himmlische Couplet-Idee hat ein berliner Schauspieler vor einem halben Jahr seinen Theaterdirektoren vorgeschlagen, und es zeugt für die armselige Phantasielosigkeit und die grundsätzliche Opposition dieser Operettenfabrikanten, daß sie es als ‹unmöglich› ablehnten. Nun werden sie herumreisen, und dann werden sie es sehen, und erst dann werden sie es — und wie! — kopieren.

Chevalier — aber vielleicht kennen Sie ihn? Er war kriegsgefangen in Deutschland, er wurde dann ausgetauscht, die Mistinguett soll daran nicht ganz unschuldig sein (son bisken Theaterklatsch ist doch zu was Schönes). Und nun bekommt er achtzigtausend Francs im Monat (‹Das ist — achtzig, zweiundzwanzig, vierundeinhalb, macht ... Donnerwetter! Das ist ja mehr als Prominentengage!› Ja), entzückt ganz Boulevard-Paris, das Palace ist knüppeldickevoll, und wenn man ihn fragte, wie er das macht: «Dit's moi, Monsieur Chevalier ...?» so wird er Ihnen schon, immer im Takt, eins, zwei, eins, zwei, ein Ding von einer Antwort hinlegen.

ZWISCHEN ZWEI KRIEGEN

Paris, 5. Februar 1925

Die Stimmung für Deutschland ist in Frankreich umgeschlagen.

Die treuesten Blätter des Cartel des Gauches zeigen das äußerste Mißtrauen gegen die fortdauernde deutsche Brüskierungspolitik, und die Meinungsäußerungen des politischen Gewerbes drücken in diesem Fall die tatsächliche Stimmung des Landes aus: die Franzosen sind enttäuscht.

In völliger Unkenntnis der deutschen politischen Psyche haben sie geglaubt, das Resultat der französischen Wahlen vom 11. Mai werde die öffentliche Meinung in Deutschland über eine gewisse Friedfertigkeit Frankreichs belehren. Der tiefe Pessimismus, dem wir hier immer Ausdruck gegeben haben, ist nur zu berechtigt gewesen: eine seit sechs Jahren verhetzte Nation, die heute noch nicht anerkennen will, daß sie den Krieg verloren hat, erwartet entweder nichts oder zuviel von dem Kabinett Herriot. Zuviel: mit verschränkten Armen und ohne die leiseste Gegenäußerung guten Willens harrten die deutschen Nationalisten auf die Räumung sämtlicher besetzter Gebiete und womöglich auf einen Schuldennachlaß, welchen Ausdruck schwächlich-demokratischer Politik man sich in Deutschland großmütig hätte gefallen lassen. Die meisten erwarteten allerdings gar nichts, weil sie über die wahre Zusammensetzung und die Innenpolitik dieses Kabinetts überhaupt nicht unterrichtet waren. Die Länder kennen einander nicht.

Nun scheinen mir allerdings die ersten Schritte Herriots auf dem Wege der deutsch-französischen Annäherung nicht allzu glücklich gewesen zu sein: der Mann ist den hellen und den dunkeln Kräften seines Landes tausendfach verbunden, kann nicht so, wie er gern will, und wird dazu immer wieder durch die Ungeschicklichkeiten des in die Politik hineinpfuschenden deutschen Reichswehrministeriums, durch mehr oder minder gewichtige Nachrichten über moralische und tatsächliche Bewaffnungsversuche aufgeschreckt. Seine Gesten über den Rhein waren nicht klar, nicht deutlich genug, der alte Aberglaube, ein europäisches Land dürfe sich nicht in die Innenpolitik des andern mischen (während es Innenpolitik ohne Rückwirkung nach außen heute nicht mehr gibt), mag ihn zu falschem Takt, zu falscher Zurückhaltung veranlaßt haben. Augenblicklich ist man zur Freude aller nationalistischen Totschläger wieder dabei, sich gegenseitig auf der Leiter des Prestige hochzuärgern. Das alles wären politische Fehler, die man wiedergutmachen kann.

Die Politik aber ist ein Gewerbe, wie jedes andre auch. Die modernen Staatsmänner drücken den Gesamtwillen ihres Landes nur insofern aus, als die Bürger ihren Beauftragten zwischen der speziellen Delegierung und dem Augenblick, wo der öffentliche Protest eine Regierung hinwegfegt, auf dem breiten Spielraum jede Betätigung nach dem Trägheitsgesetz erlauben. So wird Politik gemacht. Für die Folgen unzähliger unkontrollierbarer Einzelakte sind nachher die Massen verantwortlich. Und die Massen der beiden Länder kennen einander nicht.

Es gibt heute zwei Gruppen, die bewußt an der Annäherung der beiden Völker arbeiten: das sind die pazifistischen Politiker und die Künstler.

Die pazifistischen Politiker beider Länder scheinen mir einem großen Fehler verfallen zu sein: sie sehen nur sich, sie hören nur sich, sie urteilen nur nach sich. Die französischen Namen, die jedem Deutschen in Paris geläufig sind, lassen sich an den Fingern einer Hand aufzählen, und wenn die Hand keinen Daumen hat, schadets auch nicht. Es sind immer dieselben. Daß es weite, außerordentlich einflußreiche Kreise der Bourgeoisie gibt, die den Deutschen knapp zu einem Interview empfangen, die nicht grade deutschfeindlich sind, aber eben diese politische Annäherung so nicht wünschen: das ahnen die meisten kaum. Die ungeheuerliche Überschätzung des politischen Apparats führt zu diesen Kongressen, Reden, Zusammenkünften, die ebenso löblich wie im Endzweck völlig nutzlos sind.

Es gibt eine Analogie zu dieser raschelnden Geschäftigkeit, dieser leerlaufenden Dreschmaschine gutgläubiger Außenseiter: das sind die Propaganda-Reisen Matthias Erzbergers während des Krieges. Dieselbe Verkennung von Spezialmilieu und Ausland, derselbe hoffnungslose Optimismus, dieselbe Überschätzung der eignen Kraft. Was sind sie zu Hause? Bewirkt diese partielle öffentliche Meinung irgend etwas?

Stürzt sie noch Minister? In Deutschland sicherlich nicht. Das Maximum dessen, was wir öffentlich in den letzten Jahren erreicht haben, ist: daß man uns nicht eingesperrt hat.

Dazu kommt, daß auf beiden Seiten der jeweilige Export von Pazifisten dem andern Lager eine Bedeutung dieser Männer vorspiegelt, die sie in ihrem eignen Lande nicht haben. Den Artischocken nicht unähnlich, gelten sie in der Fremde als eine Delikatesse und werden zu Hause für einen Sechser gehandelt. Sie repräsentieren in der Tat nichts. Die Galanterie, mit der man sich gegenseitig wichtig nimmt, Interviews gibt, Besuche empfängt, von bereits Überzeugten beachtet wird, kann nicht darüber hinwegtäuschen, daß das pazifistische Gros viel weniger gefährlich ist, als die Schreier auf der andern Seite wahr haben wollen. Vorsichtig schwankend, tausend nicht dazugehörige Dinge in den Pazifismus verflechtend, stets gute Staatsbürger, aber schlechte Musikanten, hier Kolonien verlangend und da ein Heer, hier die Wehrpflicht bei Verteidigungskriegen lobend und da einen Pazifismus mit der absoluten Souveränität paaren wollend – so sind alle diese ethischen Skatvereine im Grunde ein harmloses Gesellschaftsspiel und ein Jahrmarkt der Eitelkeiten. Man plaudert bei einem Täßchen Tee . . . das hat man im Jahre 1908 auch schon getan, womöglich in denselben Salons, in denselben Klubs, und die vier Jahre Unterbrechung waren ein etwas ärgerlicher Zwischenfall, über dessen konkrete Einzelheiten ein gut erzogener Mensch nicht gern spricht. Sie gleichen den Gesandten jener kleinen versailler Randstaaten, deren ganzes Budget für die Botschaften draufgeht, und hinter denen nichts steht, nicht einmal ein Land.

Weil es in diesen Kreisen für eine taktische Weisheit gilt, unter keinen Umständen seinen Heimatfilm scharf zu entwickeln, sondern ihn lieber ein bißchen verschwommen zu lassen, sind die Länder auf ihre Presse angewiesen. Und so sieht denn auch die Information aus.

In Deutschland, wo man im W. T. B. den Mantler nach dem Winde hängt, und wo die kleine Lokalpresse fast ganz in den Händen reaktionärer Buchdruckereibesitzer ist, hat man von Frankreich eine gradezu groteske Vorstellung. Es ist für einen anständigen Berichterstatter unmöglich, in diesen Zeitungen aufklärend zu wirken; sie wollen das gar nicht. Neben den unsinnigen Depeschenfetzen nichts Gescheites über Frankreich, nie eine Schilderung der französischen Familie, der französischen Studenten, der französischen Geistlichkeit, nichts. Die Kinderei, erwachsene Menschen mit doppelten Ehebrüchen, pariser Raubmördern, ältern Kokotten in Longchamps zu unterhalten, wird in Text und Bildern von den Verlegereien eifrig gefördert. Die paar Ausnahmen zählen nicht.

In Deutschland will man nicht. In Frankreich ist mehr guter Wille, sich zu informieren, aber die Quellen rieseln dünn. Was der Pariser über Deutschland aus seiner Tagespresse erfahren kann, ist mit einer Ausnahme unzureichend: die eine Ausnahme heißt *‹Temps›* und gibt im

Kern durchaus wahre und ausgezeichnet dokumentierte Schilderungen aus Deutschland, die dann in den meisten Fällen durch ihre Übertreibungen und politischen Schlußfolgerungen alles andre als den Pazifismus bewirken. Die ‹*Europe Nouvelle*›, deren berliner Korrespondent, Camille Loutre, ein guter politischer Kenner Deutschlands genannt werden muß, ist eine Revue, nur von einem bestimmten Teil der Gebildeten gelesen.

Der Franzose weiß nicht. Er weiß nicht, daß das Entwaffnungsproblem zu keiner Stunde in Deutschland öffentlich diskutiert werden konnte, weil die alten Talare die alten Stahlhelme schützen, er weiß nicht, daß die effektive Militärgefahr geringer und die moralische weitaus größer ist, als ihm seine Karikaturen vorspiegeln; er ahnt dumpf, daß sich Deutschland nicht gewandelt hat – und er hat recht damit. Herriot ist über diese Dinge bedeutend besser informiert – er weiß wirklich genau, was bei uns vorgeht, und nichts ist deshalb törichter als diese läppischen Versuche, durch ‹Landesverratsprozesse› ernsthafte Erörterungen über die deutsche Reichswehrpolitik und ihren Etat zu verhindern. Diese Richter mögen sich nicht einbilden, damit noch etwas zu retten.

Neulich hat ein deutscher Auch-Pazifist den Franzosen gründlich und gebildet bewiesen, daß sie geographisch, historisch, militärisch, technisch, bevölkerungspolitisch (ohne Fach-Adverbien tun wirs nicht) nichts von Deutschland zu fürchten hätten. Und wenn man bedenkt, daß der selige Friedenskaiser mit solcher Literatur fünfundzwanzig Jahre lang gewirtschaftet hat, so war es ein recht segensreicher Aufsatz. Ein andrer hat es mit dem Reichsbanner. Nun ist Saalschutz noch keine Idee, und so nützlich die Kleinarbeit dieser Leute in den Landstädten ist, Gegengewicht für die unendlich feigen nationalistischen Verbände, so suspekt ist Führung und verblasenes Programm einer Gemeinschaft, deren wachsende Militarisierung grade auf keinen geistigen Wandel schließen läßt. Ist es taktisch klug, das zu sagen –? Es ist wahr.

Die zweite Gruppe, die eine französisch-deutsche Vermittlung besorgen will, sind die Künstler. Hier haben wir dasselbe Bild: Sterne sechster Ordnung werden im Ausland künstlich aufmontiert, einer immer furchtbar eifersüchtig auf den andern, und dem Landsmann ist, wenn er sie vor dem fremden Parkett so tänzeln sieht, zu Mute wie dem gutmütig schmunzelnden Feuerwehrmann, der weiß, daß die heilige Johanna im Ballett eine dicke alte Frau mit sechs Kindern ist. Daß sich die Intellektuellen der avant-garde gegenseitig verstehen, ist nichts Wunderbares und besagt gar nichts: der Ausdruck ‹avant-garde› ist überdies irreführend, das Gros geht gewöhnlich später ganz andre Wege, und die fine fleur eines Landes bedeutet in so groben Dingen wie Krieg und Friede überhaupt nichts. Die gute Jugend beider Länder leidet an denselben Schmerzen, ist europamüde, sucht, findet nicht und hat ihren kleinen Trost, im Unglück ausländische Genossen zu haben. Im übrigen ist sie einflußlos, denn das, was hier in Frage steht, kann nicht ästhetisch gelöst werden. Vor dem Kriege haben auf allen deutschen Bücherborden französische Werke im Original und in der Übersetzung gestanden, was die Inhaber nicht gehindert hat, sich am 1. August 1914 auch mit der Seele den Bezirkskommandeuren, jenen Hofhunden des Schutzzolls, zur Verfügung zu stellen. Sie werden es wieder tun.

Die einzigen, die wir auf der Höhe der Zeit sehen, sind die Kaufleute. Während in allen Büros des Pazifismus und der Société des Nations dasselbe ehrgeizige, nicht mehr junge, ein wenig hysterische Mädchen gutmütige alte Teppen von Gelehrten, ausrangierte Generale, Politiker mit versetztem heimischem Mißerfolg und solche, die es werden wollen, um sich versammelt – währenddessen machen sie Geschäfte. Sie allein sehen das fremde Land so, wie es auf ihrem Gebiet wirklich ist: Leistungsfähigkeit, Kreditwürdigkeit, Möglichkeit des Profits und Diskontsatz. Nur sie geben sich keiner Täuschung hin, verlangen nur, was sie bezahlen, und sind nach dem Krieg am raschesten versöhnt, weil sich Geldschränke nicht zanken. Die andern tauschen Boxer, Tänzer, Schlager und Pazifisten aus – sie: Schecks. Und keine Handelsverträge. Sie allein sind wahrhaft realpolitisch.

Wir schreiben das Jahr 1925, aber wir haben keine Zeitgenossen. Das hält alles noch kurz vor Erfindung der Dampfmaschine, läßt eine Diplomatie am Werke, die mit unendlichen Kniffen, Listen und Intrigen um ein Nichts kreiselt, deren junge Herren mit den zu großen Händen und den zu knappen Jacketts müde-interessiert dem Geschwätz der Kammern lauschen, wohl wissend, daß keiner ihr Budget verkürzt, und das ist schließlich die Hauptsache. Sie spielen Staat, verhandeln, zum Beispiel, heute noch nicht sachlich und offen über eine wirkliche Entwaffnung und übertragen auf die Société des Nations die Konventionen der feinen Gesellschaft.

Wenn man einem im Januar 1914 gesagt hätte, daß sich die Staaten, die dem einzelnen manchmal beim Geschäft lästig fielen, sich aber sonst nicht bemerkbar machten, zwölf Millionen Menschen von den Schlachtfeldern Europas in die Kalkgruben abholen würden und das sechs Monate später –: er hätte gelacht. Sechs Monate später marschierte er oder lieferte Rucksäcke und Kriegsgedichte.

Wir gehen nicht den Weg des Friedens. Was sich jetzt, hinter den Kulissen, zu verbrüdern beabsichtigt, sind leider nicht die besten Teile der Völker – es sind ihre schlechten: Industrie-Raffer und die Militärs. Es gäbe andre Kräfte – sogar in Deutschland, wo die radikale Bewegung der Zentrumsjugend unter Vitus Heller zu den bedeutendsten Erscheinungen gerechnet werden muß. Aber das sind erst Keime – ob sie aufgehen werden, steht dahin. Und Einfluß haben sie heute noch nicht.

Wir gehen nicht den Weg des Friedens. Es ist nicht wahr, daß freundliche Gespräche am Genfer See den Urgrund künftiger Kriege aus dem

Wege räumen werden: die freie Wirtschaft, die Zollgrenzen und die absolute Souveränität des Staates. Die Kinder unsrer bekanntesten Männer haben alle Aussicht, unbekannte Soldaten zu werden. Deutschland hat nicht nötig, sich in eine Monarchie zu verwandeln – diese Republik tut es auch, und viel gefährlicher als bärtige Wotan-Anbeter sind die philosophischen Verfechter eines schwarz-rot-goldenen Befreiungskampfes. Wir stehen da, wo wir im Jahre 1900 gestanden haben. Zwischen zwei Kriegen.

MALBOROUGH S'EN VA-T-EN GUERRE

Herr General Malborough kommt heraus, herrlich bunt anzusehen und aufgetakelt wie ein Pfingstochse: weinrotes Seidentuch, dito Höflingshöschen, weiße Strümpfe, schwarze Escarpins und güldene Ringellocken. Er ist kupferrot im Gesicht vor lauter kriegerischem Mut und schielt. Er stelzt an die Rampe. «Dies, verehrte Zuhörer, ist keine Komödie – dies ist eine kleine Ballade.» Sprichts in ganz vernünftigem Ton, dreht sich um und brüllt seine Gattingemahlin an, hohl, trompetend, mit rollenden Konsonanten und weithinhallenden Vokalen. «Madame . . .!»

So beginnt Marcel Achards Komödie: ‹*Malborough s'en va-t-en guerre*›, die in der Comédie des Champs Elysées gespielt wird. Malborough wird von dem Direktor, dem Regisseur, dem Schauspieler Louis Jouvet dargestellt. Drei Akte – aber ein Hauch, ein leiser Witz, eine außerordentliche Karikatur in Pastell. Der Pastellmaler Achard hat schon einmal ein knallbuntes Plakat gemalt: ‹*Voulez-vous jouer avec moâ*›.

Um von der Regie und der Ausstattung einen Begriff zu geben, nehme ich für Berliner die Erinnerung an den Blauen Vogel zu Hilfe. Die Kulissen, vor bunten einfarbigen Tüchern, sind auf die einfachste Formel gebracht: das Schloß ist auf Pappe gemalt, und wenn die Königin angekündigt wird, so zieht jemand rechts und links je drei Pappdrommeten auf, die unmittelbar am Schloß angebracht sind: Tätä – machen die Trompeten, das ist bei Königinnen so. Das Zelt des großen Generals sieht ähnlich aus; der Turm auch, auf den die trauernde Malborough'n steigt («Madame à sa tour monte», heißt es im Liede, «si haut qu'ell' peut monter»). Alles ist aus einem Bilderbogen ausgeschnitten, aber nicht so betont primitiv-kindlich wie bei den Russen, sondern mehr: Darauf kommt es hier nicht an – bitte, achten Sie auf das Spiel!

Man achtet auf das Spiel. Warum kann man drei Akte lang so einen leichten Spaß aushalten? Weil unten ein Orchesterchen von sechs Mann sitzt: Flügel, Cello, zwei Geigen, Flöte und eine lustige Etappen-Trompete, die laut bläst. Sie unterstreichen mit einer außerordentlich guten Musik von Georges Auric das Spiel, mit Signalen, Rezitativen und kleinen Akt-Ouvertüren, in denen rein, abgebogen, variiert, verbeult und überfahren das alte Volkslied als Thema immer wiederkehrt.

Oben geht inzwischen folgendes vor sich:

Der Grrrroße General braucht Geld. «Lieben Sie mich, Madame?» fragt er seine Frau. Sie ist ganz Schmachtung. «Also — sie lieben mich! Dann schreiben Sie Ihrem Herrn Papa, wegen der Daumenbewegung!» Nein, das will die Dame nicht. «Haaa!» Ein markerschütterndes Gewitter durchtobt die Luft — aber, so wie beim Militär, so hilft es auch hier nicht. Hingegen hat die Malborough einen Pagen, der auch so aussieht. Er liebt sie. Aber er traut sich noch nicht so recht. Der General ist eifersüchtig, die Generalin gibt nach, die Königin erfährt, daß die von ihr geliebte Generalin . . . ach, darüber haben wir ja gar nicht so gelacht. Aber da sind vier Offiziere (die ‹quatre-z-officiers› des Liedes) die immer zugleich auftreten, alle dasselbe, es aber alle verschieden sagen, dazu ein vollkommen aus dem Leim gegangener Dialog («Les ordres de ma reine sont mes désirs», sagt der General einmal) — und das Stück erreicht mühelos die Wirkung Shaws ohne jede Gedankenschwere oder Auseinandersetzung.

Der General im Zelt hat eine riesige Leinwandkarte, die wird wie ein Badeläufer auf den Boden ausgebreitet, an jeden Fleck stellt er einen seiner militärischen Schafsköpfe — welch Pleonasmus! — und arrangiert den nächsten Sieg. Es geht munter zu in dem Generalszelt. Die Zofe der Generalin schreibt an die Offiziere je einen Brief, an alle denselben, wie sich bei dreien herausstellt. Der vierte kann nicht lesen. (Offiziere, die lesen können, können es meist auch nicht.) Die Herren Kameraden wollen ihm helfen. Nein, er will nicht. Er küßt den Brief und steckt ihn in den Busenlatz — vielleicht steht was andres drin . . . Eine Gefangene wird gebracht, ein französisches Bauernmädchen. Sie heißt Jeanne, wie ihre große Schwester. Der General — schert euch mal raus, ihr andern! — verhört sie selbst. Sehr militärisch, sehr würdig, und schließlich macht er ihr eine kleine Proposition. So habe ich mir immer militärische Erotik vorgestellt. Sie bittet sich Bedenkzeit aus. Gut: Bedenkzeit. «Aber du mußt mich ansehen, kleines Mädchen!» — «Ich wollte Ihnen doch eine, wenigstens eine Chance lassen, Herr General!» sagt die Kleine. Und verrät schließlich scheinbar die französischen Stellungen und packt dabei den General mächtig herein und legt ganz nebenbei eine der stärksten schauspielerischen Leistungen hin, die ich in Paris bisher zu sehen bekommen habe. Frau Jane-Chevrel heißt die kleine Dame, da stand doch *jemand* auf der Bühne, zum Donnerwetter! In dieser sauber ausgearbeiteten Vorstellung, die nur so blinkt von Akkuratesse und Fleiß, eine Leistung, die ganz meisterhaft ist. In Trotz, Scham, Ausbruch und Ironie einfach wundervoll. Worauf Malborough von hinten durch die Brust geschossen, auf eine Bahre gelegt wird, angibt, ihm wäre gar nicht gut, und verscheidet.

Während sich Jouvet hinten abschminkt, geht es noch sehr heiter auf der Bühne zu. Generalin und dicke Zofe erwarten auf dem dicken Turm neue Nachrichten. Sie spähen, wie man eben so späht, in die Parkett-Landschaft. Schließlich kommen sie alle an: der Page und die quatre-z-officiers. Sag dus! sagt einer dem andern. Der Page sagts. Hu – die Malborough'n bricht zusammen, wie man eben zusammenzubrechen hat. «Sprich mir von ihm!» Dem Cyrano nicht unähnlich, singt der Page, als anständiger Kerl und Dichterpage, das Loblied des andern. «Ich wußte es ja», sagt die Trauernde, «er war ein Held.» Die Offiziere sehen sich an und sagen nichts. Die Dame wendet sich vom Pagen ab, das hat er nun davon. Der Page liegt auf dem Turm und weint wie ein Hund, den man wohin getreten hat. Die dicke Zofe mit ihren vier Kerlen kommt zurück. Wer weint hier so? Mein Gott ... wo hast du dein Wehwehchen? Der Page, erstickend, rasend gemacht, zerheult, brüllt die Wahrheit heraus: «Ein Feigling war er! Er war ein Feigling!» Die Zofe kanns nicht glauben. «Ists wahr?» fragt sie die vier Offiziere. Sie wollen sich herausreden. Dann geben sie zu: von hinten durch die Brust. Die Zofe kanns und kanns nicht glauben. Sie sieht von einem zum andern. Und die Offiziere nehmen ihre spitzen Dreimaster ab, daß man vier kahle Schädel sieht und blicken zum Himmel, Trompetensignal – und sagen die denkwürdigen Worte: «Und wenn auch. Il a pour lui l'Histoire!» Und dann ist es aus.

Die Geschichte hat er für sich . . . Nicht wahr? Schiebungen mit der Frau und der hohen Obrigkeit, Mitgiftjägerei und Dummheit, Feigheit und Trottelei, Niederlage und militärischer Dünkel, daß man nicht aus den schönen Augen sehen kann, verlacht zu Lebzeiten und erkannt, heimlich gehöhnt und gelästert, durchschaut und verflucht – aber:

Wir sind nicht befugt, zu urteilen. Wir sind nicht ermächtigt, ihn einzusperren, mit seiner Person bezahlen zu lassen, die Haftung zu fordern. Wir nicht. Er trägt die ‹Verantwortung›. Die Geschichte wird richten.

ARBEIT TUT NOT –!

Es raucht der Schlot. Sirene gellt.
Arbeit tobt durch die deutsche Welt:
  Noch mehr Tender –!

Graumorgens taumelt, lungenkrank,
der Mann aus seinem Menschenschrank.
Die Pfeife hetzt zum Eingangstor,
Kontrolluhr, Wächter und Hund davor ...
  Noch mehr Tender! Noch mehr Automobile!

Der Stumpfsinn treibt die Transmission.
Wir haben auch einen Leitspruch schon:
Arbeit tut not!
Die Fräser surren,
Hämmer hämmern, die Sägen schnurren ...
Noch mehr Tender! Noch mehr Automobile!
Noch mehr Zangen! Noch mehr Spatenstiele!

Grau stickt Büroluft alle Lungen.
Hier hockt die Jugend; hier sitzen die Jungen.
Rabatte gellen durchs Telefon –
es klappert Underwood und Cohn:
Noch mehr Tender! Noch mehr Automobile!
Noch mehr Zangen! Noch mehr Spatenstiele!
Noch mehr Aktien! Noch mehr Industrie!
Und alles made in Germany!

Waren! An Waren profitieren!
Waren sinnlos produzieren!
Will einer sie haben? Kann einer kaufen?
Unser Land soll in Waren versaufen!
Klopfen, hämmern, schneiden und weben –
eine Kleinigkeit fehlt: das Leben.
Kleben, kochen, färben und braten –
Kinder, macht Kinder! der Staat braucht Soldaten!
Sind die Gräben einst voll, sinds die Gräber auch –
das ist des Landes so der Brauch.
Produziert Kinder! Unentwegt!
Sie werden euch später in Kalk gelegt.
Das ist Wirtschaftspolitik.
Und es bläst die Militärmusik:
Noch mehr Granaten! Noch mehr Automobile!
Noch mehr Kinder! Noch mehr Spatenstiele!
Noch mehr Bleche! Noch mehr Krane!
Noch mehr Werften! Noch mehr Vulkane!
In die Welt gepreßt bis zum Börsensieg –
Und wenn sie nicht wollen, macht Deutschland Krieg!

Wer wird uns den rasenden Kaufmann bezwingen –?
Arbeit tut not:
Die Masse wirds bringen.

WIE FRANKREICH TRIUMPHIERT

Das siegreiche Deutschland hat nach dem Jahre 1871 wohl das schauerlichste an chauvinistischer Literatur geleistet. Der einzige Georg Herwegh hat prophetisch vorausgesehen, was dieser Sieg zu bedeuten haben würde, hat das Hurraspiel nicht mitgespielt, und es ist bezeichnend, daß selbst ein so geschulter Kenner wie Georg Brandes diese Opposition eines Abseitigen nicht verstanden hat. Wenn in der Geibel-Literatur überhaupt von Kriegsopfern die Rede ist, so werden die Kadaver mit dem Opernglanz und Glast getröstet, für den sie angeblich gefallen sind.

Das geschlagene Deutschland hat nach dem Jahre 1918 wohl das schauerlichste an Revanche-, Rache-, Mord- und Totschlag-Literatur geleistet. Auch hier werden die unschuldigen und für das pompöse Nichts gefallenen Menschen zur Propaganda benutzt: sie können sich ja nicht mehr wehren ... Das siegreiche Frankreich des Jahres 1918 hat sicherlich seine chauvinistische Literatur wie andre Länder auch. Nun scheint mir aber die ledergebundene Literatur für den Geisteszustand eines Volkes nicht übermäßig bezeichnend zu sein. Herr v. Unruh ist – in totaler Verkennung seiner dichterischen Fähigkeiten durch die Snobs der Internationale – ein gutes Propagandamittel im Ausland, charakteristisch für weite Kreise in Deutschland ist er nicht. Bezeichnend sind das Kino, die Singspielhalle, die Sechserliteratur.

Das Kino? In Paris läuft ein Film: ‹*Tragödie auf See*›, darin wird eine Seeschlacht gezeigt, zu der das italienische Marineministerium das Bildmaterial gegeben hat. Es ist grausig. Kreuzerkanonade, Einschläge, schließlich Untergang eines österreichischen großen Schiffs, der schwere Stahlleib senkt sich, Hunderte von Matrosen klettern wie kleine Tiere darauf herum und springen schließlich ins Wasser, wo sie aufgefischt werden. Das ist nicht gestellt.

Die Texte: «In genau derselben Exaktheit und Bravour rückt die feindliche Flotte zum Kampf aus.» Und: «Die feindliche Besatzung tut ihre Pflicht und wankt nicht.» (Als sie untergehend stirbt, wird gezeigt, wie eine italienische Schiffsbesatzung präsentiert und grüßt – das ist Kriegskitsch, aber wenigstens wird der Gegner nicht gehöhnt.) Diese Texte durchziehen den ganzen Film. Zum Schluß, wörtlich: «Sorgt dafür, Völker, daß sich solche Schrecklichkeiten nicht mehr wiederholen!»

Und dieser Film – der Filmverleiher wird das zu werten wissen – ist hier bis in die allerkleinsten Kinos hinuntergegangen und wird überall beklatscht, bejaht, macht gute Häuser.

Das Kino steht nicht allein. Das Varieté zeigt unter vielen solcher Nummern eine, die vor ein paar Jahren in Paris und in der Provinz öffentlich deklamiert wurde. Sie heißt: ‹*Tu n'as que les nuits pour dormir*›, handelt vom unbekannten Soldaten und folgt hier in einer freien Übertragung.

Man darf gewiß solche Zeichen nicht überschätzen. Aber daß in einem siegreichen Volk diese pathoslose Betrachtungsweise möglich, daß überhaupt denkbar ist, Volksdeklamatoren, die doch gewiß nicht gegen ihr Publikum und gegen ihren Verdienst arbeiten werden, solche Verse aufsagen zu lassen, daß sie dafür nicht hinausgeprügelt, sondern vom Volk, von den Arbeitern, vom kleinen Mann und seiner Frau, beklatscht und bejubelt werden: das gibt doch zu denken. Besonders uns, die wir in den Varietés aller Arten, im Wintergarten, in der Scala, von den kleinern ganz zu schweigen, den schauerlichen, schwitzenden, dämlichen Komiker haben — und was von ihm hören? Wie er die alten Zeiten, seinen Kaiser und den Parademarsch herbeisehnt, wie er die Republik, die Welschen und das Pack der Feinde anpöbelt, ohne auch nur eine Sekunde darüber nachzudenken, daß drüben dieselben Leute leben wie seine Eltern. Hier liegt eine Verschiedenheit in der menschlichen Sphäre vor, die erschreckend ist. In Paris gibt es einen Journalisten, Clément Vautel, der ist so etwa der Auburtin des kleinen Mannes. Er schreibt, graziös, nicht sehr tief, leichthin, jeden Tag das auf, was die Portiers und die Delikateßwarenhändler schrieben, wenn sie schreiben könnten: die gemeine Meinung. Der hat vor vier Jahren eine Unterhaltung der Soldatenleichen geschrieben, die da in Verdun für den Unbekannten Soldaten ausgelost wurden. «Na», sagt der eine, «du bist da nun also für den Arc de Triomphe ausgelost. Junge, ich möchte da nicht liegen: da ziehts ja! Und dann so allein! Man kann sich nicht mal unterhalten!» Das steht in einem Blatt mit Riesenauflage, alle Welt freut sich an dieser Desillusionierung des offiziellen Ruhms, und keinem fiele ein, nach einem Staatsanwalt zu schreien, der auch gar nicht wüßte, was er da zu tun hätte.

Das wertlose und verlogene patriotische Gegreine in Deutschland — von den obersten Richtern bis herunter zu Rudolf Herzog, von den Universitätsprofessoren und dem Reichsausschuß für Leibesübungen über den Alpenverein hinweg bis zur letzten Skatrunde: wo ist da ein Funke Menschlichkeit?

Der Franzose, der dieses kleine Gedicht geschrieben hat, widmet es einem Kameraden, der in der Champagne verschwunden ist; und ohne sich vor den Fehlern eines plutokratisch organisierten Staates wie Frankreich zu verschließen, schämt man sich die Augen aus dem Kopf, nicht, ein Deutscher zu sein — aber diese Deutschen als Landsleute zu haben.

Auf den unbekannten Soldaten
von J.-René Darnys

Du hast die Nächte nur zum Schlafen.

Soldat! Du weißt doch, wo du liegst!
Der kalte Stein, wo du dich schmiegst,

ist so ein Ort, wohin man geht,
wenn man nicht weiß, was anzufangen.

Da kommen deine Freunde an in langen
und dichten Scharen. Regenwolken ziehn –
heut ist nichts mit den Tuilerien.
Na, gehn wir hierher ...

Ins Kino gingen sie, du armer Junge,
wärs da umsonst ... Sieh! Sie ziehn Trauerfalten.
Für dich. Und weil auf ihrer Zunge
sich noch von Mittag her ein schlechter Nachgeschmack erhalten.

An manchen Tagen wirst du schön bepredigt
von großen Tieren, Herrn vom Parlament –
(und alle Welt ist froh, wenn das erledigt).
Die Flamme brennt ...

Du bist der ihre, armer Junge!
Dich mit dem einen Bein, mit etwas Lunge,
dich, Opfer, namenlose Nummer:
dich brauchen sie – und desto stummer
du bist, je besser ists.
Für ihr Geschäft, Soldat:
Dich brauchen sie als ein Plakat –!

Du bist ihr Mann – der Mann der Generale!
Du bist ihr Mann – der Mann der Finanziers!
Du bist ihr Mann – der Mann der Prinzipale,
der Hausbesitzer und der Ehrenkomitees!

Sie stehn umher auf deinen Knochen.
Weit öffnet sich der Rednermund.
Tagsüber kommt das angekrochen
und schreit sich seine Kehle wund.
Minister, Offiziere, Grafen ...
Du hast die Nächte nur zum Schlafen.

Und kommt die Nacht, gehn sie mit schnellen Beinen
in ihre Kneipe, nehmen einen ...
Nachtschatten steigt. Du liegst allein.
So still ist es hier nie gewesen.

Schon kann man nicht mehr alle Namen lesen:
Eylau und Wagram – da im Stein ...
Auch da ist so viel Blut geflossen.
Für wen verströmt? Für wen vergossen?

Dunkel um dich. Und endlich hast du Ruh.
Alles ist fort. Die Schwärze deckt dich zu.
Es ging in blauer Dämmerung Schwaden
der letzte Kunde aus dem Laden ...
Für heute ist dein Leidenstag geendet.
Im Sternenlicht
unhörbar spricht
ein toter Mann:
«Ich hab vollendet.»

DER RASENDE REPORTER

(Ja, du kriegst deine Besprechung –!)

Egon Erwin Kisch, der tschechische Journalist, hat (bei Erich Reiß in Berlin) ein bunt eingeschlagenes Buch herausgegeben: *‹Der rasende Reporter›*. «Na, rasend ...» würde Christian Buddenbrook sagen ... Kisch – von dem die entzückende Geschichte geht, daß Alfred Polgar ihm einst als Dedikation in ein Buch geschrieben habe: «Dem feinsinnigen Revolutionär und unerschrockenen Journalisten» – gibt hier eine mannigfaltige Sammlung seiner Berichte aus aller Welt: Whitechapel und die Erschießung des wiener Einbrechers Breitwieser und etwas von den Heizern des Riesendampfers und Heringsfang und Taucher auf dem Meeresgrunde und der Golem und Fürst Bolkonski am Grabe Trencks. Das liest sich glatt und unterhaltsam, und dazu wäre nun weiter nichts zu bemerken.

Aber das Vorwort hat mich mehr gefesselt als das ganze Buch. «Die spärlichen Versuche», heißt es darin, «die gemacht werden, die Gegenwart festzustellen, die Zeit zu zeigen, die wir leben, leiden vielleicht daran, daß ihre Autoren nicht ganz gewöhnliche Menschen sind ... Der Reporter hat keine Tendenz, hat nichts zu rechtfertigen und hat keinen Standpunkt.»

Das gibt es nicht. Es gibt keinen Menschen, der nicht einen Standpunkt hätte. Auch Kisch hat einen. Manchmal – leider – den des Schriftstellers, dann ist das, was er schreibt, nicht immer gut. Sehr oft den des Mannes, der einfach berichtet: dann ist er ganz ausgezeichnet, sauber, interessant – wenngleich nicht sehr exakt, nicht sachlich genug. Denn Schopenhauer, den er da im Vorwort heranholt, hat etwas andres gemeint. («Ganz gewöhnliche oder platte Menschen können vermöge des Stoffes sehr wichtige Bücher liefern, indem derselbe grade nur ihnen zugänglich war, zum Beispiel: Beschreibungen ferner Länder, seltener Naturerscheinungen, angestellter Versuche, Geschichte, deren Zeugen sie gewesen, oder deren Quellen aufzusuchen oder speziell zu studieren sie sich Mühe und Zeit genommen haben.») Man lese einmal die bescheidenen, demütigen, beinahe unpersönlichen ältern Berichte dieser Art, und man wird den Unterschied zwischen diesen Reisenden und einem modernen Reporter erkennen, der überall ein Quentchen ‹Geist›, ein Zitatchen, eine Schmeichelei über die Bildung seiner Leser – kurz: der ‹Zeitung› in seinen Bericht bringt. Nicht zu vergessen, wo diese angeblich unpersönlichen Berichte stehen: in einem Wust von Nachrichten, dummem Zeug, Telegrammen, Feuilletons und Inserenten.

Kisch hat recht: es ist töricht, in das Geschrei: «Das ist nur ein Reporter!» miteinzustimmen. Reportage ist eine sehr ernste, sehr schwierige, ungemein anstrengende Arbeit, die einen ganzen Kerl erfordert. Kisch ist so einer. Er hat Talent, was gleichgültig ist, und er hat Witterung, Energie, Menschenkenntnis und Findigkeit, die unerläßlich sind.

Vieles ist gut gesehen, fast alles ganz unbestochen. Aber wie ‹sachlich› man auch oder wie weit weg vom Thema man auch schreiben mag: es hilft alles nichts. Jeder Bericht, jeder noch so unpersönliche Bericht enthüllt immer zunächst den Schreiber, und in Tropennächten, Schiffskabinen, pariser Tandelmärkten und londoner Elendsquartieren, die man alle durch tausend Brillen sehen kann – auch wenn man keine aufhat –, schreibt man ja immer nur sich selbst.

LEDEBOUR

Zum Fünfundsiebzigsten

In manchem Saal hast Du gestanden
und hast die Leute uffjeklärt;
und unter Bockbierfestjirlanden,
da ham sie alle zugehört.

In manchem Saal, da, wo sie hocken,
da hatten sie zu Dir Vertraun;
und wenn die Brieder wollten bocken,
Du hast sie an die Wand jehaun.

Du standst als Mann vor preuß'schen Richtern,
als Mann im Parlamentsskandal;
von weitem sah Dich ein Gesicht an:
Genosse ... in so manchem Saal.

Laß mich es Dir auf Hochdeutsch sagen:
Du gingst den graden Weg der Pflicht.
Umfielen die aus alten Tagen –
Du nicht!

Es strahlt Genosse Schulz und Lehmann,
wenn Exzellenz zu ihnen spricht.
Du warst kein richtiger SPD-Mann –
Du nicht!

Da lehnen sie, die weichen Besen.
So fegt man nicht. Du stehst allein.
Du bist ein Sozialist gewesen.
Und das hieß einst: ein Kämpfer sein.

WEISSE RUSSEN

Sie wohnen in ganz Europa, und sie haben viel durchgemacht. Ihre merkwürdige Geschicklichkeit, ihr enger, über alle Klassen hinweg immer wieder betätigter Zusammenschluß, ihre passive Lebenskraft lassen wenige untergehen, die meisten Verlorenes wieder aufbauen, viele von neuem aufsteigen.

Wo sie sind, ist Rußland; sie tragen die Heimat mit sich herum; wo russisch gesprochen wird, ist Erde. Sie sind nicht gut, nicht schlecht – es sind Russen.

Den Bolschewiken fluchen die meisten. Das täte in der gleichen Lage jeder, wir auch. Man hat ihnen alles genommen, sogar die Möglichkeit, zu fliehen – weil es verboten und unmöglich war, zu fliehen, sind sie geflohen, natürlich. Sie erzählen wahre Schauergeschichten über Rußland, wahr und schauerlich zugleich, im Laufe der Jahre sind Zusatz, Lüge, Übertreibung, Wahrheit und Echtes nicht mehr auseinanderzutrennen.

Aber man sollte nicht sie über Rußland hören.

Jede reaktionäre Zeitung in allen Ländern Europas hat ihren Rußland-Spezialisten, gewöhnlich einen weißen Russen. Was da alles zu finden ist –! Vom jungen Adligen bis zum gekauften Journalisten, vom nebenbei schreibenden Handelsagenten bis zum nebenbei handelnden Romanschriftsteller – alle schreiben in ihren tausendzeiligen Artikeln nur zwei Silben: Rache! Ihre Schilderungen enthalten nur dieses Wort, ihre Rufe, ihre scheinbar wissenschaftlichen Untersuchungen nur einen Schrei: Rache!

Man sollte sie nicht hören. Ein Gesindel, das nie, nie auch nur ein Wort für die Entsetzlichkeiten des Zarenregimes übrig gehabt hat, nie ein Wort gegen den Fabrikdespotismus der Westeuropäer, gegen die Herren der Tuberkulose und die Kinder des Bodenwuchers – sie entrüsten sich, wenn Krassin die Botschafter zum Tee einlädt und Rakowsky Kaviar ißt. Seit sechs Jahren hocken sie auf allen Schreibtischsesseln und prophezeien den Untergang Rußlands, zu dessen Auftrieb sie niemals etwas beigetragen haben. Statistische Zahlenreihen, höhnische Untersuchungen über die Tscheka, den Fellhandel in Rußland, die Hungersnöte in Rußland – wie ein grauer, sehr durchsichtiger Schleier liegt das vor geballten Fäusten expropriierter Eigentümer, ehemaliger Teppichbesitzer, Schmuckverlierer. Was sie tun, ist menschlich – und völlig wertlos. Unglück enthüllt. So hat es den großen Mereschkowski als kleinen Bürger demaskiert. Man sollte sie nicht hören.

Sie vergessen in ihrem Unglück eines: sie sind nicht Richter – sie sind Gerichtete. Viele hats unschuldig getroffen – sie haben aber früher auch nicht gefragt. Schuld an ihrem heutigen Geschreibe sind nicht so sehr sie – schuld sind die Angestellten der Buchdruckereibesitzer und Inseratenexpeditionen, die das Rachegefühl dieser Menschen als Posten in eine schmutzige Rechnung einsetzen. Aber die Rechnung geht nicht auf; es bleibt ein Rest. Der Rest rumort unangenehm-hörbar in der Tiefe.

EIN KIND AUS MEINER KLASSE

Für Hans M.

Neulich habe ich ein Kind aus meiner Klasse wiedergetroffen, nach so langen Jahren. Es war annähernd wie im Bilderbuch: Der arme Mann stand draußen am Zaun und bettelte, und der wohlhabende Mann stand drinnen und klopfte sich die Kuchenkrümel von der Weste. «Kennst du mich nicht mehr?» sagte der arme Mann leise. Da erkannte der Reiche den ehemaligen Mitschüler und ... ich weiß nicht mehr, wie die Geschichte weitergeht. Jedenfalls ist das Kind aus meiner Klasse, mit dem ich damals auf dem alten Schulhof umherspazierte und die bessern Sachen absprach, inzwischen Regierungsrat geworden, und aus mir wird zu meinen Lebzeiten nun wohl nichts Rechtes mehr werden. Auch für nachher habe ich leichte Bedenken.

Mit diesem also habe ich mich über früher unterhalten. Das ist eine wunderschöne Unterhaltung, und es gibt nur ein Buch, worin sie richtig aufgezeichnet steht: das ist mein Lieblingsbuch *‹Blaise, der Gymnasiast›* von Philippe Monnier, das bei Albert Langen erschienen ist. Darin steht, was geschieht, wenn man sich später einmal wiedersieht: wie man niemals den Mann, sondern immer nur den Jungen erkennt, wie der kleine Schulkram fürs Leben haftet, wie man im Grunde ja doch immer derselbe geblieben, und wie alles vorgezeichnet ist. Was bleibt dann haften? Monnier: «Lévêque ist katholisch.» Aus – das ist alles, was er über den da weiß. Und er wird nie mehr über ihn wissen.

Ich habe ihn gleich wiedererkannt: er war noch derselbe feine, leise, sehr überlegene und sehr angenehme Mensch. Wir saßen nebeneinander bei Tisch, es waren schrecklich berühmte Leute um uns herum, aber ich sah und hörte nichts. Ich ließ sogar das Eis zweimal vorübergehn. Ich war wieder klein und ging auf dem Schulhof spazieren, ganz wie damals.

«Erinnern Sie sich noch ...?» — «Können Sie sich noch auf den ... besinnen? Der Kerl hatte immer so schmutzige Hände und sagte wunderschön vor.» Alle Mitschüler kamen wieder, alle Lehrer, natürlich, und beinahe hätte ich gefragt, mitten unter den feinen Leuten: «Haben Sie Geographie gearbeitet? Ich habe keine Ahnung!»

Und als wir alle durchgehechelt hatten: die Professoren, den Direktor, den Kastellan und die ganzen Klassen über und unter uns — da hatte ich einen bittern Geschmack im Munde. Denn das Kind hatte mit seiner leisen Stimme gesagt: «Denken Sie doch nur ... schade um all die verlorenen Jahre!» Es war das Todesurteil über die deutsche Schule, viel, viel härter und radikaler, als es die lauteste politische Versammlung aussprechen kann.

Die verlorenen Jahre ... Ich erinnerte mich an Dinge, an die ich jahrzehntelang nicht mehr gedacht hatte — und jetzt waren sie auf einmal wieder da. Nein, gehauen hat man uns nicht. Es war auch nicht romantisch gewesen, niemand schoß sich tot, wenn er sitzen blieb, und von Frühlings Erwachen war gar keine Rede. Das erwachte eben bei jedem sachte vor sich hin und wurde so oder so wieder zur Ruhe gebettet. Einen Zögling Törleß hatten wir auch nicht unter uns. Aber um unsre Zeit haben sie uns bestohlen, das Schulgeld war verloren, die Jahre auch.

Langweilige Pedanten gab es überall. Unzulänglichkeiten der Lehrer, viele Fehler, wir waren auch nicht die Besten. Aber was hat man uns denn gelehrt —? Was hat man uns beigebracht —?

Nichts. Nicht einmal richtig denken, nicht einmal richtig sehen, richtig gehen, richtig arbeiten — nichts, nichts, nichts. Wir sind keine guten Humanisten geworden und keine guten Praktiker — nichts.

Er sagte: «Wenn man nicht zu Hause für sich gearbeitet hätte! Wenn man nicht eine anständige Erziehung gehabt hätte ...!» Nun, ich, zum Beispiel, habe keine gehabt, und ich beneidete ihn sehr. Er sagte: «Was ich in der Kunstgeschichte, in der Völkergeschichte, in der Geographie Europas gelernt habe, das habe ich mir alles selbst beigebracht.» Wer hätte es ihm auch sonst beibringen sollen. Unsre Schule vielleicht?

Unsre Schule war noch nicht so nationalistisch verhetzt wie die heutige. Unsre Lehrer waren nicht unintelligenter, fauler, fleißiger, klüger als andre Lehrer auch. Es war eine Schule, die etwas unter dem Durchschnitt lag, aber doch nahe am Durchschnitt. Und was lernten wir?

Deutsch: Lächerliches Zerpflücken der Klassiker; törichte Aufsätze, schludrig und unverständig korrigiert; mittelhochdeutsche Gedichte wurden auswendig gelernt, niemand hatte einen Schimmer von ihrer Schönheit.

Geschichte: Eine sinn- und zusammenhanglose Zusammenstellung von dynastischen Zahlen. Wir haben niemals Geschichtsunterricht gehabt.

Geographie: Die Nebenflüsse. Die Regierungsbezirke. Die Städtenamen.

Latein: Es wurde gepaukt. Ich habe nie einen lateinischen Schriftsteller lesen können.

Griechisch: siehe Latein.

Französisch: Undiskutierbar.

Naturwissenschaften: Gott weiß, welcher Unfug da getrieben wurde, hier und in der Physik-Stunde! Kein Experiment klappte – es sei denn jenes, wie man mit völlig unzulänglichen Mitteln einen noch schlechtern Physik-Unterricht erteilen kann.

Mathematik: Mäßig.

Und so fort. Und so fort.

Ich denke nicht mit Haß an meine Schulzeit zurück–sie ist mir völlig gleichgültig geworden. Schultragödien haben wir nie gehabt, furchtbare Mißstände auch nicht. Aber schlechten Unterricht.

Es war ja nachher auf der Universität ähnlich – nur stand da der Unfähigkeit der Professoren, zu lehren, wenigstens oft ihr wissenschaftlicher Wert gegenüber. Aber ich denke ein bißchen traurig an die Schule zurück, heute, da ich den Wert der Zeit schätzen gelernt habe. Sie haben uns um die Zeit betrogen, um unsre Zeit und um unsre Jugend. Wir hatten keine Lehrer, wir hatten keine Führer, wir hatten Lehrbeamte, und nicht einmal gute. Ich besinne mich, nach dem Abiturium eines Freundes gefragt zu haben: «Na, und die Pauker?» – «Dumm, wie immer!» sagte er – es war so viel selbstverständliche Verachtung in seiner Stimme. Nicht einmal Haß.

Ich weiß lange nicht so viel, wie ich wissen müßte – vieles fehlt mir; für kaum ein Gebiet, das ein bißchen abseits liegt, bringe ich auch nur das scholastisch geschulte Denken mit, und das wäre ja eine Menge. Nichts habe ich mitgebracht. Was wir wissen und können, das haben wir uns mit unsäglicher Mühe nachher allein beibringen müssen, nachher, als es zu spät war, wo das Gehirn nicht mehr so aufnahmefähig war wie damals. Vielleicht wäre doch manches besser gegangen mit einem guten Unterricht!

Und sie sind so stolz auf ihre Schule! Wie sie blöken, wenn sie ihre Philologenkongresse abhalten, welche großen Worte, welche Töne! Hat sich etwas geändert? Ich weiß nicht, was Entschiedene Schulreform ist – aber ich weiß, daß es entschieden keine Schulreform ist, was man heute treibt. Vielleicht werden es ganz gute Unteroffiziere werden oder Verzweifelte, die da herauskommen – gebildete Menschen, belehrte Menschen, instruierte Menschen sind es sicherlich nicht.

Vor dem Kriege ist einmal ein Erinnerungsbuch über die Schule erschienen – von Graf –, darin haben viele bekannte Männer der damaligen Zeit ihre Schulerinnerungen erzählt. Es war erschreckend, zu sehen, welcher Haß, welche Abneigung, welche Verachtung aus den Zeilen heraussprangen!

Wir zucken nur die Achseln. Aber wenn das Kind aus meiner Klasse nun wieder ein Kind hat – was dann? Es wird in dieselben Schulen gesteckt werden müssen, in dieselben Schulen, für die kein Geld da ist – weil wir ja fünfhundert Millionen für unsern Reichswehretat brauchen –, in dieselben Schulen, in denen der Arme an seiner Zeit bestohlen wird, und über die der Reiche lacht. Nicht wahr, wir haben auch die alten Lehrer-Anekdoten aufgefrischt: von dem Mann, der keine Fremdwörter gebrauchte und also keinen Zylinderhut, sondern eine ‹Walze› hatte; von dem ‹Süßen›; und von dem ‹Jewaltijen Leuhrer› und von allen den armen Narren. Das ist nun vorbei. Geblieben sind wir und mit uns die übeln Wirkungen dieser lächerlichen Schulbildung, die keine war. Wenn das Kind aus meiner Klasse etwas geworden ist, so ist es das trotz der Schule, nicht wegen der Schule geworden.

Denn die deutsche Schule hat heute ein Ideal, das wohl das niedrigste von allen genannt werden muß; ihre Leitgedanken, ihre Idee, ihre Lehrgänge liegen zuunterst auf aller menschlichen Entwicklungsstufe: sie ist militarisiert.

DIENSTZEUGNISSE

Für die mit einem Sternchen versehenen Zeugnisse: Übelnehmen gilt nicht!

**Herr Thomas Mann* war bei mir achtunddreißig Jahre lang als Erster Buchhaltungskonzipist in Stellung. Ehrlich und fleißig, von stets gemessenem Auftreten und von sauberstem Äußeren, hat er die ihm aufgetragenen Arbeiten immer mit der größten Akkuratesse und der peinlichsten Korrektheit, wenn auch hier und da mit einem sonderbaren Anflug von Traurigkeit ausgeführt. Seinen einzigen Urlaub nahm er bei seiner Konfirmation; seitdem ist er ununterbrochen derselbe geblieben: arbeitsam, treu und pünktlich. Er verläßt unser Haus auf eignen Wunsch, um sich fortan ganz der Fischerei zu widmen, an die ihn viele Bände fesseln. Ich kann Herrn Thomas Mann, der sozusagen ein durchaus zuverlässiger Künstler ist, nur allerseits bestens empfehlen.

Herr Graf Hermann v. Keyserling wurde an der hiesigen Anstalt als gehobener Mittelschullehrer verwandt. Mit seiner Lehrtätigkeit haben wir die besten Erfahrungen gebracht: die etwas dunkle Art seines Vortrags wurde zwar allgemein nicht verstanden, dagegen schämten sich die Schüler, dies einzugestehen, und hörten artig zu. Die Klassenrüpel verfielen in seinen Stunden einem pädagogisch heilsamen Schlummer. Keyserling ist politisch völlig harmlos: er lehrt nur staatlich approbierte Wahrheiten sowie das kleine Einmaleins. Der Titel eines von ihm verfaßten Buches: *‹Reisetagebuch eines Philosophen›* ist irreführend; gemeint ist in dem Werke er selbst. Wir entlassen ihn seiner hohen Auflagen wegen mit Glück- bzw. Segenswünschen. Wie wir ihn schätzen, mag daraus hervorgehen, daß am letzten Unterrichtstag auf seinem Klassenpult als Wahrzeichen etwas stand, das sein Wirken gewissermaßen symbolisierte: ein alter darmstädter Armleuchter.

Herr Kasimir Edschmid wurde probeweise in meinem Etablissement als Coiffeur eingestellt. Seine einnehmenden Manieren, seine weitgereisten Handbewegungen sowie seine reichen Sprachkenntnisse (er spricht allein vier Sorten Französisch, darunter eine beinah richtig) erweckten die schönsten Hoffnungen. Leider mußte er hinausgetan werden, da seine Kenntnisse im Deutschen nicht genügten, so daß er sich mit der Kundschaft nicht verständigen konnte. Entweder man verstand ihn, wußte aber nicht, was er meinte – oder man wußte, was er meinte, verstand ihn aber nicht. Seine leichte Hand in Damenfrisuren wird mir stets in angenehmer Erinnerung bleiben.

Herr Dr. Rudolf Breitscheid war verhältnismäßig treu, mitunter fleißig, auch ehrlich und immer etwas müde. Das Zeugnis, das er sich selbst ausstellt, kann nur ausgezeichnet genannt werden. Seine große Gedächtnisschwäche sowie seine mild verzeihende Art machen ihn besonders zu seinem schweren Beruf geeignet. Da es ein Kündigungsrecht bei seiner Firma nicht gibt, hat er alle Aussicht, noch recht lange Rayonchef zu bleiben. Herr Breitscheid, der nur ein Auge hat, genießt in den Kreisen der hiesigen Blindenanstalt das größte Ansehen. Als kleiner Nachteil könnte nur seine unselige Wettleidenschaft angeführt werden; sein ihm angeborener Hang, dabei immer auf das falsche Pferd zu setzen, hat ihn schon in manche unheilvolle Situation gebracht. Dieses Zertifikat gilt nur für die Paßbeschaffung.

Herr Adolf Bartels hat in unserm Stadttheater (Kottbus an der Buse) 1300mal als Komparse im *‹Lohengrin›* mitgewirkt. Wir empfehlen ihn allen Opernbühnen als unerschütterlichen und unermüdlichen Statisten, der die Geschehnisse im Vordergrund mit wildem Gebrumm im Hintergrund begleitet. Sein Deutsch- und Friesentum, seine Ho- und Christenheit stehen außer allem Zweifel. Auch als Sanitätsgehilfe ist Bartels gut zu verwenden: er hat die immanente Beschneidung erfunden.

Herr Oberlandesgerichtsrat ... (nach Belieben auszufüllen) scheidet mit dem heutigen Tage aus dem Justizdienst aus. Wir wünschen ihm zwar das Beste, wüßten aber nicht, in welchem Betrieb er sonst zu brauchen wäre. Herr Oberlandesgerichtsrat ... hat nicht viel gelernt: er ist Jurist.

Herr Dr. Rudolf Hilferding wurde vom Reichsverband zur Bekämpfung der Sozialdemokratie in die Redaktion der ‹*Freiheit*› entsandt. Es gelang ihm, das gefährliche Blatt in zwei Jahren derart herunterzuwirtschaften, daß sowohl von einer Gefahr wie von einem Blatt nicht mehr gesprochen werden kann. Herr Rudolf Hilferding gilt in Finanzkreisen als ausgezeichneter Mediziner. Von ihm gibt es ein Aufsehen erregt habendes Werk: ‹*Das Finanzkapital*›. Seine Bequemlichkeit hat ihn leider daran gehindert, das Buch zu lesen.

**Herr Peter Panter* wurde von mir ab gestern bis heute als Privat-Sekretär beschäftigt. Seine Anlagen, die ihn zum idealen Zweiten befähigen, ließen mich das Beste erwarten. Leider scheiterte seine Beibehaltung an seinem frechen, vorlauten Wesen sowie an seiner maßlosen Gefräßigkeit. Seine sonst guten Manieren stellten sich als Indolenz heraus; sein Horizont hat ungefähr die Größe eines Schnapsglases. Auch seine häßliche Angewohnheit, während des Dienstes dauernd mit Bleisoldaten zu spielen, hat nicht dazu beigetragen, ihn im Betrieb beliebt zu machen. Ich wünsche Herrn Peter Panter das Beste auf seinen fernern Lebenspfaden und kann jedermann nur auf das schärfste vor ihm warnen!

DIE HERREN BEISITZER

In der Mitte thront der Vorsitzende, in der einen Ecke sitzt der Protokollführer, in der andern der Staatsanwalt. Wozu die deutschen Strafkammern einen Staatsanwalt brauchen, ist nicht ganz klar – er hat die Funktion, alles den Angeklagten Belastende beizubringen, und das tut ja schon der Vorsitzende. Und neben dem Vorsitzenden, da sitzen nun noch, je nach der grade geltenden Justizreform, drei oder fünf Herren, und das sind die Beisitzer. Was machen die Beisitzer eigentlich –?

Die Beisitzer haben viel zu tun. Sie setzen sich zum Beispiel ihr Käppi auf, wenn es der Vorsitzende aufsetzt, nachher setzen sie das Käppi wieder ab. Oft ruhen die Beisitzer, im Unendlichen verloren, und lassen sich still im Gang der Verhandlung dahertreiben. Es kommt auch vor, daß einer von ihnen, der innern Sammlung wegen, sanft die Augen schließt. Oft aber sind die Beisitzer tätig: dann arbeiten sie.

Das normale Bild einer deutschen Strafkammersitzung sieht so aus, daß in der Mitte ein älterer Herr auf dem Angeklagten herumhackt, neben ihm einer müde in die Gegend sieht und die andern arbeiten. Sie haben dicke Akten vor, die sie eifrig durchackern. Das sind die Akten für die nächste Verhandlung, in der sie dann wieder die Akten für die nächste bearbeiten werden. Ich weiß und bin sicher, daß sie genau und aufmerksam zuhören, ich glaube auch, daß sie Materie und Verhandlung beherrschen, so daß kein Nachteil für den Angeklagten entstehen kann. Vielleicht ist es sogar besser so für den Angeklagten ...

«Liegt der Fall nicht klar? Der Fall liegt klar. Ach, wie oft haben wir das alles schon gehabt! Wir kennen alles, wir wissen alles — wenn man dasselbe tausendmal mitanhören muß, wird man gelangweilt. Man sitzt so dabei ...»

Man sieht diesen Gesichtern an: Das Urteil ist gesprochen, bevor es gesprochen ist.

In einer Privatgesellschaft sah ich jüngst drei Herren einen Skat spielen. Drei spielten, und zwei andre waren dabei. Kaum, daß die die Augen aufhalten konnten. Es waren keine Steher und keine Flieger, sie saßen nicht, und sie standen nicht. Es waren — Gott sitz mir bei! — Beischläfer.

OLLE GERMANEN

Papa ist Oberförster,
Mama ist pinselblond;
Georg ist Klassen-Oerster,
Johann steht an der Front
    der Burschenschaft
    ‹Teutonenkraft›.
Bezahlen tut der Olle.
Was Wotan weihen wolle!

Verjudet sind die Wälder,
verjudet Jesus Christ.
Wir singen über die Felder,
wie das so üblich ist,
    in Reih und Glied
    das Deutschland-Lied.
Nachts funkelt durch das Dunkel
Frau Friggas Frost-Furunkel.

Die Vorhaut, die soll wachsen,
in Köln und Halberstadt;
wir achten selbst in Sachsen,
daß jeder eine hat.
    Ganz zudenrein
    muß Deutschland sein.
Und haben wir zu saufen:
Laß Loki luhig laufen!

Wer uns verlacht, der irrt sich.
Uns bildet früh und spät
für 1940
die Universität.
Wer waren unsre Ahnen?
Kaschubische Germanen.
Die zeugten zur Erfrischung
uns Promenadenmischung.
Drum drehten wir
zum Beten hier
die nationale Rolle.
Was Wotan weihen wolle –!

JEMAND BESUCHT ETWAS MIT SEINEM KIND

«Der Bauer hat gesagt: Erst rechts und dann links bis zu dem halbhohen Haus und dann immer gradeaus ... Warte mal ... Hier ist die Bürgermeisterei ... da ist ... das war früher nicht ... das hat hier nie gestanden ... Ah, hier ist die Chaussee. Jetzt weiß ich weiter.

Also, paß auf, mein Junge, da drüben lagen wir: von dem kleinen Berg an bis ungefähr hierher. Nein, es hat sich mächtig verändert – das war hier alles nicht. Na, gar nichts war – gar nichts. Hier lagen wir, dann kam eine ganze Weile nichts, das war das Niemandsland – das gehörte keinem ... und dann kamen die Deutschen. Da drüben lagen sie – der Horchposten lag hier, nein, warte mal, da – ja, grade da, wo jetzt der Teich ist. Ihr Graben fing da an. Jetzt erkenne ich alles wieder. Immer vier Tage hier vorn, dann drei Tage Ruhe hinten. Na, Ruhe ... Und dann der Urlaub, da wurdest du geboren – und dann wieder her. Nein, die Bauern waren alle fort – es waren nur die Soldaten hier. Wir hatten aneinander vollkommen genug. Komm mal ein Stück weiter nach vorn, vielleicht kann ich dir da etwas zeigen. Bist du müde? Wir waren auch müde, manchmal. Ja, nachts auch, du Dummerchen. Grade nachts. Meinst du, da hats aufgehört? Na – man konnte schon sehen: sie haben Raketen angezündet. Ja – viele. Viele sind totgeschossen. Siehst du, da oben, die schwarzen Kreuze? Das ist der Soldatenfriedhof, da liegen sie, da liegen sie alle ... Siehst du, über dieses Feld hier muß der Graben gelaufen sein, grade hier. Und da! da, wo der Baum steht, da lagen die andern. Dazwischen? Dazwischen war das leere Feld. Fünfmal sind wir da gelaufen, fünf Angriffe haben wir gemacht ... und sie sind auch darüber hingelaufen, die Deutschen ... immer ist alles so geblieben, wie es war. Da drüben, aber natürlich – genau an der Stelle – da war der Offiziersunterstand, von da kamen immer nachts die Krankenträger, und hier waren die größten Einschläge. Und da, gerade da, wo ich jetzt den kleinen Stein hinwerfe, da war die Sache mit Blanchard.

Besinnst du dich auf sein Bild? Es steht bei Vater auf dem Schreibtisch. Ja, der Mann mit dem großen Bart und dem ulkigen Stock. Das war Blanchard. Junge, wenn du den gekannt hättest – so einen gab es nicht mehr. Klug und anständig und so ein Freund! So ein guter Freund wie dein Freund René. Der Blanchard – guten Tag, Madamchen, na, immer noch so rüstig auf den Beinen? Ja, sehr heiß! – der Blanchard, der lag da auf Horchposten. Das ist ein Posten, der muß horchen, wann die Feinde kommen. Und da kam ein Schrapnell geflogen, und ein Eisenstück muß ihn grade in den Bauch getroffen haben. Das war nachts um zwölf. Junge, halt doch meinen Finger nicht so fest, es tut dir ja hier keiner was! Und da hat er geschrien, drei Nächte und zwei Tage hat er noch gelebt. Nach mir hat er immer gerufen, nach mir und nach seiner Mutter. Die Stimme wurde immer leiser. Zuletzt hat er nur noch ganz leise mit seinem Verbandsfetzen gewinkt – ganz wenig Wir konnten ihn nicht holen. Niemand durfte heraus – es wäre der sichere Tod gewesen. Damals waren die Deutschen grade furchtbar erbittert, ich glaube, sie hatten eine Schlacht verloren. Und da mußten wir ihn liegen lassen, den Blanchard, die ganze Zeit über. Ich wollte auf ihn schießen – damit er nicht so zu leiden brauchte. Aber es ging nicht, er lag in einer Mulde, und ich konnte auch nicht. Er hat so geschrien, daß sie aus dem Nebengraben zu uns gekommen sind, weil sie wissen wollten, was es da gäbe. Hier war das. Da hinten ist unser Feldwebel gefallen, da war der große Einschlag, bei dem zwei Korporalschaften draufgegangen sind ... da ungefähr muß ich gestanden haben. Nein, nein! Das ist nur in deinen Lesebüchern so. Du mußt nicht glauben, was in deinen Geschichtsbüchern steht – es ist alles nicht wahr. Dies hier – das ist wahr, Junge ...»

«Was hast du, Papa? Warum sagst du nichts mehr? Nimm doch die Hand von den Augen –! Papa –!»

AUSSENSEITER DER GESELLSCHAFT

In dieser Ecke der Bibliothek pflegen zu stehen: der alte *‹Pitaval›* (recht langweilig und würdig von Paul Ernst bearbeitet); der *‹Neue Pitaval›* (Willibald Alexis, nie wieder erreicht); der *‹Moderne Pitaval›* (eine außerordentlich gut dokumentierte Zusammenstellung, soviel ich mich erinnere, bei Mohr in Tübingen erschienen); die zwölf Bände von Friedländer: *‹Moderne Prozesse›* (ganz schlecht, dumme und kitschige Zeitungsberichte, nur als unmaßgebliche Gedächtnisauffrischung zu benutzen) – und nun will eine neue Sammlung dazugestellt werden: *‹Außenseiter der Gesellschaft›*, herausgegeben von Rudolf Leonhard (Verlag Die Schmiede in Berlin). Ein Band liegt mir vor: *‹Der Fall des General-*

stabschefs Redl›, erzählt von Egon Erwin Kisch. Das ist ein Schlager ersten Ranges.

Im Vordergrund steht der Fall, jener große Spionagefall, der vor dem Kriege ein schnell ersticktes Aufsehen erregt hat, der Fall mit Daten, Personen, Dokumenten und einer Fotografie des Feschaks, die aus irgendeinem Bande der *‹Fackel›* entnommen zu sein scheint. (Wie sich überhaupt immer mehr herausstellt, daß Österreich eine Erfindung von Karl Kraus ist. Dieser Fall auch.)

Kisch hat die reine Erzählerfreude. Der schmale Band ist ein spannender Kriminalroman, brillant gesteigert, ausgezeichnet aufgebaut. Wieweit die Dokumentation in Ordnung ist, kann ich nicht beurteilen. Einer der beteiligten Offiziere wird als Quelle angegeben; daß er nicht alles, und daß er nicht alles so gesagt hat, wie es in Wahrheit gewesen, ist klar. Die Geschichte hat ein Loch: der Schuß eines Gastes im Hotel wird nachts gehört und bleibt nicht stundenlang unbemerkt... Aber welche Geschichte –!

Der Oberst Redl bringt viele Menschen wegen Spionage ins Zuchthaus, betreibt von Amts wegen Spionage und Gegenspionage, lebt nur gegen die Spione – und ist selbst einer. (Die Erzählung der Entdeckung: ein Meisterstück.) Der österreichische Generalstab ist kompromittiert, die politischen Folgen sind nicht abzusehen, der Skandal muß erstickt werden, er wird erstickt. «Sie dürfen um einen Revolver bitten, Herr Redl!» – «Ich bitte gehorsamst... um einen Revolver.» Die Kommission der Zwockl wartet unten auf der Straße, bis sich der oben eine Kugel in den Kopf geschossen hat – so erzählts wenigstens einer der Kameraden. Beschlagnahme, Pech bei der Durchsicht der hinterlassenen Sachen, Pressespektakel, Verscharrung ohne militärische Begleitung (was Strafverschärfung bedeuten soll), Aufdeckung aller Fäden – aus.

Aber hinter diesen dunkeln Geschichten, den kindischen und verbrecherischen Spionagefällen, den bespitzelten Spitzeln, den Leuten, die belauern, dafür bezahlt, zugleich bewacht und im Dienst der Gegenseite geklappt werden – da steht er: der Staat. Da leben diese Vereine, von denen jeder eine Fahne, aber keiner einen Funken Anstand hat, von metaphysischen Fiktionen, betrügen einander und werden betrogen, präparieren Mord und sühnen mit Totschlag, wenn sie einer daran hindern will, verkörpern die Sittlichkeit mit den gemeinsten Mitteln und hindern Europa, Europa zu sein. Denn was ist es jetzt? Ein Vaterlandskomplex mit Ladehemmungen, mit einer Fahne als Totem und Banken als Tabu, Urhorden, die ihre Kinder auffressen, Staaten, deren wahrhafter Ausdruck ihre Generale sind: bunt, dämlich, von den Kaufleuten dotiert und mit einer Verantwortungslosigkeit, die ihren Wunsch, zu töten, auf die andern transponiert, die getötet werden. Innenseiter der Gesellschaft.

PARISER TAGE

Vorgestern. Vorgestern ist das Töchterchen meines Freundes Albert L. zu Papa ins Schlafzimmer gekommen, am frühen Morgen, im Nachthemd und furchtbar eilig. «Papa! wir wollen Theater spielen!» Papa hatte am Abend vorher mit mir gearbeitet, bis drei Uhr morgens, im Louvre, und er war noch sehr verschlafen. «Theater . . .? Wie denn?» – «Also, paß mal auf: Du mußt hier sitzen. Und dann muß ich reinkommen, und dann muß ich dir was erzählen, was ganz Langes!» – «Ja, aber was?» – «Das weiß ich noch nicht. Ich komme also da rein und erzähle dir was, und du mußt gut zuhören. Und dann mußt du sagen: ‹Trop tard! Rideau!›» Vier Silben . . . und das ganze französische Boulevard-Theater.

Gestern. Auch in Frankreich gibt es so etwas wie eine neofaschistische Literatur. Alles, was um Charles Maurras herumwimmelt, der zur großen Wut der *‹Action Française›* nicht in die Akademie gekommen ist; alle jüngeren Herren, die da in Firma Barrès Nachfolger auftreten – sie alle sind für eine Erneuerung Frankreichs von Grund auf. Es gibt eine Parallelerscheinung in allen Ländern Europas, und überall schneidet die Sozialdemokratie in dieser Bewegung sehr schlecht ab. Man schilt sie kleinbürgerlich. Es sind nicht nur die Kommunisten, die der Partei diesen Vorwurf machen. «On est», steht geschrieben, «on est toujours le réactionnaire de quelqu'un.» Das ist sehr wahr. Es muß übrigens gesagt werden, daß diese neue französische Literatur durchaus nichts mit dem Sonnenwendkultus der Teutschen zu tun hat, und daß sie sich gar nicht im Chauvinismus gefällt. Obgleich es den auch gibt. Aber ein Buch wie *‹Explication de notre Temps›* von Lucien Romier ist eine bemerkenswerte Erscheinung, die man auch vom andern Ufer her durchaus ernst nehmen kann.

Heute war es in der zweiten Klasse der Métro genau so voll wie abends um sieben zwischen Nollendorfplatz und Zoo. Eng aneinandergepreßt stehen die Leute, es geht liebenswürdig und ohne Krach ab. Nur kommt es in der Enge manchmal vor, daß mancher ein bißchen galant wird . . . Alles ist ganz still. Auf einmal sagt eine feine Mädchenstimme in der Stille: «Germaine, tu vas prêter tes fesses à monsieur – car moi j'en ai assez!» Jetzt werden Sie nachsehen, was ‹fesses› heißt, und dann ist das Unglück fertig.

Morgen. Morgen kommen die letzten dreißig Seiten von *‹Chacun son tour›* daran. Das ist der dicke Angriff des dicken Karls, Charles Humbert, des ehemaligen Senators, der sich dafür rächt, daß Poincaré ihn einmal vors Kriegsgericht geschleift hat. Was ich bis jetzt zu mir genommen habe, ist so munter, daß man sich voller Freuden nach dem nächsten Krieg sehnt. Also so sieht es hinter den Kulissen der Fronten aus! Geschäfte, Spionage, Gegenspionage, Intrigen, daß die Akten wackeln; du hast gewußt, daß sie eine Spionin ist, wir haben nicht gewußt, daß du einer bist, ihr habt nicht wissen können, daß er einer gewesen sein muß. Allmächtiger Himmel! Bolo war offenbar wirklich einer, vielleicht weiß darüber der Oberst Nicolai besser Bescheid als ich. Und man ahnt bei diesem Geschäft nie, wo das Geschäft aufhört und wo der Kintopp anfängt. Da haben sie mutmaßlich – so stehts bei Humbert mit viel Dokumenten, dafür und dagegen – die kleinen Anzeigen des *‹Journal›* dazu ausgenutzt, dem deutschen Nachrichtendienst in der Schweiz nützliche Winke zu geben. Die Rubrik ‹Pour se retrouver› war für die Flüchtlinge aus den besetzten Provinzen ein gutes Mittel, um die Familienmitglieder wieder zusammenzuholen, und das soll nach den Behauptungen des französischen Generalstabs zu Spionagezwecken verwendet worden sein. Also etwa so:

«Franz ist gesund. Georgette ist in Valmy, Mama in St. Quentin, angekommen am 8. 3. mit viel Mobiliar.»

Jeder geübte Spion sieht sofort, daß das nur heißen kann:

«Schwere Artillerie im Anmarsch. Bei Valmy nichts Neues, Ablösung in St. Quentin. Das VIII. Armeekorps ist mit drei Divisionen und Tanks angriffsfertig.»

Ja, heute lachen wir darüber. Aber als die Humbertschen Geschichten spielten, war der allgemeine Geisteszustand mehr zum Weinen, und es soll ja heute noch in allen Ländern Europas Gerichte geben, die den Spionagedienst sehr ernst nehmen. Lebenslänglich ernst.

Übermorgen. Da hätten wir Dienstag, und da habe ich mir aufgeschrieben: Vormittag Quais. Ich suche nämlich etwas. Ich suche eine Zeitschrift.

Auf den Quais ist es nicht mehr dasselbe wir früher, und wenn Ihnen jemand mit dieser falschen Feinschmeckermiene erzählt: «Ich habe gestern bouquinisiert», dann lachen Sie ihn nur ruhig aus. Denn die Automobile, die neue Schnelligkeit, die neuen Leute haben das bißchen Romantik an den Quais ratzekahl abrasiert, man findet hier und da noch ganz hübsche Sachen, manchmal sogar etwas wie eine billige Seltenheit ... aber gar so arg ist das alles nicht mehr. Trotzdem: ich suche. Ich suche die alte *‹Assiette au Beurre›*.

So etwas wie dieses Blatt haben wir nie gehabt. Es erschien lange Jahre hindurch, war in Deutschland selbstverständlich immer, durch direkte Verfügung des Reichskanzlers stets auf zwei weitere Jahre, verboten, und enthielt das Kostbarste an Gesellschaftssatire, was man sich denken kann. Gewöhnlich war jede Nummer nur von einem Künstler gezeichnet: Hermann-Paul und Jossot und Galanis und Vadasz haben da mitgetan, und jeder behandelte in der ganzen Nummer immer nur ein Thema. *‹Der Selbstmord›*, *‹Die Autorität›*, *‹Die Rekruten›*, *‹Rußland›* (das war ein Lieblingsstoff des Blattes), die Stützen von Bank, Thron und Altar – es war ganz herrlich. Man könnte heute noch ein Album zusammenstellen, es blinkte nur so von Aktualität. Von der dicken Concierge, die das große Los gewonnen hat und sagt: «Die Sache hat nur einen Haken – jetzt kann ich die Post von den Mietern nicht mehr lesen!» bis zu dem Skelett, das sich mit den andern auf dem Kirchhof unterhält: «Warum ich heute abend im Frack bin? Ich bin zu einer spiritistischen Sitzung eingeladen!» – es ist alles da. Ich will mir zusammenkaufen, was es noch gibt, und dann will ich davon träumen ... Den unmöglichen Gedanken zu Ende träumen: Ein deutsches Witzblatt.

FRAU EBERT

Die *‹Berliner Morgenpost›* gibt an, daß die Witwe des Reichspräsidenten einige fünfhundert Mark Pension monatlich beziehe, das Maximum der Beamtenpensionen überhaupt. Das Blatt betont ausdrücklich, daß anders lautende Gerüchte, die diese Summe höher ansetzten, unrichtig seien. Sie werden schon unrichtig sein, und es ist ein Skandal, daß sie unrichtig sind.

Fritz Ebert ist der erste Präsident der deutschen Republik gewesen, und seine Politik haben wir hier immer recht heftig bekämpft. Wir sind auch heute noch der Meinung, daß das politische Wirken des Mannes unheilvoll, verderblich und falsch orientiert gewesen ist. Eine ganz andre Sache aber ist die Beurteilung seiner bürgerlichen Persönlichkeit.

Der Präsident war ein sauberer Mensch. Unbemittelt ist er in die Wilhelmstraße gezogen, und unbemittelt wäre er im Mai wieder weggezogen. Selbst sein schärfster politischer Gegner darf ihm nicht nachsagen, daß er sich bei irgendeiner Gelegenheit bereichert hätte, daß er – wie Bismarck – sein Amt benutzt hätte, um recht vorteilhafte, wenn auch nicht verbotene Geschäfte mit seinem Bankier zu machen; daß er jemals spekuliert, etwas eingesteckt, mehr als das Gehalt verdient hätte. Die albernen Verleumdungen, die den Mann mit den Barmats in Verbindung brachten, sind für rechtlich denkende Menschen längst widerlegt – die deutschnationale Landstadt und ihre Gossenpresse wird nicht gut vom Gegenteil zu überzeugen sein. Sein Auftreten war anständig und zurückhaltend – und wenn man sich in den Kreisen von Leuten, die entsetzlich stolz auf ihre Fischmesser waren, von Frau Ebert kindische Geschichten erzählte, so beschworen die nur die Erinnerung an die Formen der Herren Landrichter herauf, die sich als Burschenschafter erheblich unangenehmer zu benehmen pflegten.

Die Beamtenpension für die Hinterbliebene des Mannes ist zu gering, ein Benzingeld für reiche Leute. Ich weiß sehr wohl, daß es Hunderttausende von Proletarierfrauen in Deutschland gibt, die froh wären, auch nur die Hälfte dieser Pension ihr eigen zu nennen. Aber es handelt sich nicht um Frau Ebert – es handelt sich um die Frau des ersten Präsidenten der Republik. Der Republik, die den geschlagenen kaiserlichen Generalen auch dann noch den zehnfachen Betrag in den Rachen wirft, wenn die alle drei Monate einen neuen kleinen Hochverrat entrieren, und der für die Tausende von Offizieren mit dem einträglichen Beruf nichts zu teuer ist.

Keine Partei wird wagen, eine Vermehrung zu beantragen. Die Sozialdemokraten nicht, weil sie vor lauter Taktik nicht laufen können; die paar ehrlichen Republikaner, die es unter den Demokraten gibt, nicht, weil man ‹aus rechtlichen Gründen› dergleichen nicht befürworten kann; die Kommunisten nicht, weil sie immer noch nicht merken, daß Indianertänze um ein Grab keinen Klassenkampf bedeuten – und die andern werden grinsen, aber nichts bewilligen.

Die Regierung? Sie wird schweigen und dies Schweigen würdig den andern Augenblicken anreihen, wo sie schweigt. Sie schwieg, als die protestantischen Kirchen in Berlin den Trauerzug nicht ehrten, und sie schwieg, als eine vom Staat besoldete Anstalt, die Technische Hochschule in Charlottenburg, mit frechem Hohn eine Trauerfeier verweigerte, für die sich unter Wilhelm Rektor und Professoren die Frackschöße zerschwänzelt hätten.

Von Frau Ebert ist nicht ein einziger Zug in die Öffentlichkeit gedrungen, der auch nur im entferntesten so peinlich berührt hätte wie die Hochnäsigkeit ostelbischer Gutsfrauen. Frau Ebert verdiente eine Gabe der Republik.

Sie wird sie nicht erhalten.

DER ALTE HERR

Werden wir eigentlich auch mal so? Der alte Herr schlurft seelisch, mit den Beinen geht es noch ganz gut, er denkt nur in Filzpantoffeln. Seine Lebensarbeit hat er geleistet, sein Bestes gesagt, sein Schönstes gewirkt – er könnte nun abtreten. Er könnte nach Hause gehen, um seinen Kohl zu bauen – weise lächelnd den Weltenlauf betrachten und uns andre mit seiner überlegenen Güte beschämen. Er könnte auch noch in hohem Alter wirken, noch einmal blühen – das mag vorkommen. Er könnte ab und zu ein Wort sagen über den Lauf der Welt, ein Wort, in dem so vieles rauschte, wenn man es ans Ohr hielte, wie in einer Muschel ... Es ist ein alter Herr.

Aber welche Agilität! Der Motor läuft falsch, seine tote Last ist viel zu hoch – drei Viertel der Tagesarbeit des alten Herrn gehen damit hin, die jüngern Leute daran zu hindern, auch nun ihrerseits nachzurücken. Ah – nichts davon. Das macht er alles noch allein! Ich habe es so lange gut gekonnt – ich werde es auch weiterhin machen! Die kleinen flinken Augen gehen rings im Kreise, ist da jemand –? Hier hat niemand zu sein! Wie eine dicke Henne auf Küken und Eiern, so sitzt der alte Herr auf seinem Werk, das er eifersüchtig gegen frische Luft bewahrt und bewacht. Immer die Hosen voll Furcht, er könnte eines Tages abgesetzt werden, immer die finstere Vision des Endes vor Augen, gestachelt vielleicht von der ehrgeizigen Frau, paßt er mächtig auf. Beileibe nicht auf das, was er zu tun hat—sondern auf die andern, die seins nicht tun sollen. Seinen Kram erledigt er, wie vor dreißig Jahren — in alter Frische. Die Jüngern beißt er weg — ‹Ist der und der etwa gefährlich?› — in alter Frische. Welche Kraft! Welche irregeleitete und verkehrt angewendete Arbeit! Und keiner sagt: Du bist zu alt, alter Junge — geh ab! Du ähnelst dem Professor, dessen Frau sagte: «Ich weiß nicht — mein Mann liest jetzt ein Kolleg, in das geht kein Mensch hinein. Und früher war es so voll! Und es ist doch noch genau dasselbe Kolleg wie vor dreißig Jahren.» Keiner sagts. «Wissen Sie — man kann doch nicht — es ist ein alter Mann . . .» Eben deswegen. Wie zäh das klebt! Wie eigensinnig das ist, wie unangenehm ehrsüchtig, wie eitel, wie verbohrt, wie hartnäckig! Es muß doch schwer sein, zur richtigen Zeit abzutreten. Ob wir auch einmal so werden —?

«Sagen Sie mal . . . Schönes Wetter heute! . . . Sagen Sie mal . . . hm . . . Was Sie da in der *‹Weltbühne›* über den ‹alten Herrn› geschrieben haben: haben Sie da an einen Bestimmten gedacht?« An einen Bestimmten? Nein. An zwei. Ich kenne zwei, die so sind — einen in der Politik, einen in der Literatur. Ich habe sie ein bißchen übereinander fotografiert, und nun ist der Typus herausgekommen. «Und . . . entschuldigen Sie . . . können Sie mir die Namen verraten?» Beide Herren werden den kleinen Aufsatz lesen und werden sagen: Wahrhaftig — solche alten Knacker gibts noch. Da hat er ganz recht. Wir Jungen . . . «Na ja — aber die Namen! Ich meine, wer ist das?» Die Namen? Wirklich prachtvolles Wetter heute!

BRIEF AN EINEN BESSERN HERRN

> Alle Dienstbriefe beginnen ohne Anreden, Höflichkeitsausdrücke oder Redensarten sofort mit der Sache.
>
> Vorschrift für den Schriftverkehr

Paris, 19. März 1925

Nach fünfjähriger Tätigkeit verdienen Sie eine Art von Bewunderung. Das Quantum Schlauheit, Energie, Skrupellosigkeit, die Fähigkeit, Jahre hindurch den Mund zu halten, beweisen, daß Ihre Klasse im Lande die erste geblieben ist. Ebenbürtige Gegenspieler haben Sie allerdings nicht.

Von einem Sozialdemokraten gerufen und eingesetzt, auf das geschickteste das Bedürfnis nach ‹Ordnung› (der alten sozialen Unordnung) mit der Versorgung ehemaliger Soldaten verknüpfend, haben Sie still und langsam Mann für Mann, Sattel für Sattel, Korporalschaft für Korporalschaft das wieder aufgebaut, was die tiefste Sehnsucht des Kommis- und Kommiß-Deutschen von jeher gewesen ist, Garantie für den Zehnstundentag, für Bodenhandel, Befriedigung aller kleinromantischen Wünsche der Maschinenmenschen: das Heer.

Alle unterstützten Sie, keiner hinderte Sie. Ihre nominellen Vorgesetzten, die geschmeichelt waren, daß Sie so human und loyal mit ihnen sprachen, während sie stets das leise Gefühl kitzelte, daß sie von Rechts wegen in den Arrest gesteckt werden müßten, machten die widernatürliche Lage, daß Sie noch der Untergebene waren, durch Höflichkeit, Nachgiebigkeit, Gehorsam wieder gut. Sie konnten zufrieden sein.

Es hinderte Sie auch von draußen her keiner.

Die völlig unverständliche Haltung der fremden Mächte, die über das, was bei Ihnen vorgeht, besser unterrichtet sind, als Sie vielleicht wissen, hielt an: sie schrieben Berichte, zögerten, griffen nicht ein und zeichneten über Akten gebeugt auf, was alle kleinen Landstädte Deutschlands lachend zugaben. Von Monat zu Monat wurde offener gearbeitet, Ihre jungen Herren lächelten nur noch, wenn auf die ausländischen Kommissionen die Rede kam. Sie schwiegen, bauten auf, Sie sind noch nicht fertig – aber etwas haben Sie in Gemeinschaft mit den Kaufleuten schon erreicht: das imperialistische Deutschland ist wieder eine europäische Macht geworden.

Nun, da es so weit ist, hat sich der neue Aufschwung zu einem Vorschlag an das Ausland verdichtet: Anerkennung des halben Versailler Vertrages. Der Westen soll in Ruhe gelassen werden, Deutschland wird die Rheingesänge abbauen, Deutschland will keineswegs etwas gegen Frankreich unternehmen. Gegen wen denn –?

Gegen Polen.

Man kann auch auf einem andern Wege als über Belfort der Stadt Paris beikommen – nämlich über Warschau.

Während die deutsche Politik der letzten vierzig Jahre nur auf einer vorhandenen oder herbeigesehnten Uneinigkeit zwischen England und Frankreich aufgebaut war, drehen sich nun die deutschen Außenpolitiker nach der andern Seite und unternehmen das Gefährlichste, weil zunächst Erfolgreiche und dann erst zu einer Katastrophe führende, das es für uns gibt: eine aggressive Ost-Politik.

Die Rektifikation der Ostgrenzen Deutschlands liegt hart an der Notwendigkeit. Der Polnische Korridor ist zwar bis auf den heutigen Tag niemals eine Prestigefrage der deutschen Nation gewesen – Sie werden ihn in kürzester Zeit dazu gemacht haben. Er ist unpraktisch, er ist mittelalterlich, die Enklave Ostpreußen ist ein Widersinn, er hindert viele kommerzielle Beziehungen. Die Abneigung der Polen gegen Deutschland datiert aus der Zeit des Hohen Kaiserlichen Trampels (H.K.T.) – und niemals hat die Republik den Polen auch nur angedeutet, daß sie jetzt anders mit ihnen umzugehen gedächte. Das ist schwer, die Polen sind, wie alle kleinern Völker, die einmal in der Unterdrückung gelebt haben, von einem wilden provinziellen Nationalismus besessen – um mit ihnen erfolgreich arbeiten zu können, muß man wohl schon ein Staatsmann sein.

Die Ostgrenze Frankreichs steht in des Wortes wahrster Bedeutung bombenfest. Hier in Polen sehen Sie ein Loch. Das ist schlau, aber nicht klug.

Sie können fast alles, was nun folgen wird, ohne Mühe erreichen. Ihr Plan gleicht gewissen deutschen Komödien: die ersten beiden Akte sind ausgezeichnet, aber nach der großen Pause wird es nicht weitergehen.

Also zunächst wird alles klappen. Sie können den Anschluß Österreichs erreichen, der für Sie unerläßlich ist, Durchdringung Österreichs mit dem preußischen Schwung. Vorbei ist es dann in Wien mit der republikanischen Reichswehr; vorbei mit gewissen demokratischen Tendenzen, die in diesem Stumpf vorhanden sind; vorbei auch mit der leisen Anmeierei an die Entente, der man immer mit einem Blinzler sagen konnte: Wir sind nicht so schlimm wie unsre reichsdeutschen Brüder! – der Herr von Hofmannsthal, der den Marschall Lyautey in Marokko besuchen wird, läßt wahrscheinlich seine Kriegsaufsätze hübsch zu Hause und hat überhaupt angenehmere Manieren als der reichsdeutsche Kollege. Anschluß –? Der Hofrat Zifferer in Paris wirds schwer haben, schwerer als bisher.

Die Tschechoslowakei wird nicht so leicht zu fangen sein. Aber das ist auch gar nicht nötig. Dieser Staat, durchsetzt von Leuten, die keine Tschechen sind, oft noch geschüttelt von Nationalitätskämpfen, wenn auch bemerkenswert gut geführt, stellt für Sie, der Sie nicht anders als militärisch denken können, keine erhebliche Gefahr dar. «Mit den Tschechen werden wir schon fertig werden.» Fertig ja – es fragt sich nur, wer am Schluß fertig ist.

Bleibt Polen. Sie kalkulieren so:

Die Polen sind für den Anfang zu überrennen. Dazu ist nötig, daß Sie sich vorher mit Rußland verständigen. Nun ist ja den Russen allerlei zuzutrauen – nur nicht, daß sie mit Ihnen gegen Polen und Rumänien dieses große Geschäft machen, bei dem jeder glaubt, den andern hinterher schon betrügen zu können. Das ist die alte deutsche Politik: fremde Völker wie stabile Posten in die Rechnung einzustellen. Manchmal bleibt ein Rest.

Das alte Preußentum hat sich gewandelt, und die neue Republik ist nach rechts gerutscht. Sie haben gewiß schon einmal im haltenden Zug gesessen, während auf dem Nebengleis die Wagen langsam anruckten, Sie kennen diese kleine Augentäuschung, die Ihnen dann imputiert: zu fahren. In der umgekehrten Lage befinden sich Ihre treusten Helfer, die Republikaner: sie rücken immer näher an den alten Imperialismus heran und frohlocken jeden Tag, daß der Abstand immer geringer wird. Das wird er wirklich. Und die Republik, die wir einmal erträumt hatten, auch.

Und nun sind Sie also im besten Zug, sich den Rücken zu decken, den sie dem Westen zugewendet haben. England scheint Ihnen schon gewonnen, denn darin sind Sie so optimistisch wie Herr Stahmer in London, der aus einem Händedruck des Herrn Chamberlain fröhliche politische Folgerungen zieht. Von Frankreich fürchten Sie im Augenblick nichts. Es scheint Ihnen alles in schönster Ordnung.

Frankreich hat mit sich selbst schwer zu tun. Während jeder siegreiche Krieg eine Stärkung des Staatsgedankens bedeutet, also eine Stärkung des Imperialismus, schwenkt hier ein ganzes Land im tiefsten Friedenswillen nach links – ein Zeichen, daß mit dem Sieg irgend etwas nicht in Ordnung ist. Die Währungsschwierigkeiten, die verärgerte Kirche, die sehr geschickte Führung der Opposition durch ihre Finanziers, die Währungsschwierigkeiten, die auf Herrn Caillaux zurückgreifen lassen (zurück – nicht vor), die Versuche, die nun folgen werden, ‹das Vermögen da zu besteuern, wo es ist›, werden dazu führen, daß es da bald nicht mehr sein wird. Frankreich ist zwar ein gesundes Land, das keine Milliardenzahlen in seiner Franc-Rechnung haben wird – aber es hat Schwierigkeiten. Deutschland hat nicht gezahlt und wird nicht zahlen. Und selbst die neuern Versuche, England und Amerika zu einem Arrangement der Schuldenlast zu bewegen, sehen nicht grade glücklich aus.

Eine neue Ost-Politik hebt an. Während vor dem Kriege jemand feststellen durfte, daß Rußland am Schlesischen Bahnhof anfange, fängt es heute bei Saarbrücken an. Sie haben heimgefunden. Es sieht also günstig für Sie aus –? Sie werden also Erfolg haben –? Sie werden also Deutschland zu einem mächtigen Staat machen –? Zu dem mächtigsten Ost-Europas, Vor-Asiens –?

Sie werden, glücklicherweise, keinen Erfolg haben.

Der Gedanke, die Deutschen, die im Westen nicht einmal die fünfte Stelle einnehmen können, zu den Engländern des Ostens zu machen, ist nicht so schlecht. Da gibt es viele Klingelleitungen zu legen, viele Fabriken zu errichten, viel zu organisieren. Da kann man noch eine Rolle spielen, Predigten aufsagen, die im Westen keiner mehr wissen will, imponieren, womit man sonst nur Gelächter geerntet hat. Da ist ein weites Feld.

Aber Sie kennen die Welt nicht. Sie vergessen, daß die Welt heute noch und in den nächsten zehn Jahren einem großen Saal gleicht, in dem eine mächtige Schlägerei aufgeflammt ist, mit großem Krach, Hinauswurf von hundert Leuten, mit einer Galerie, die eingestürzt ist, und einem Polizeiaufgebot, das Verhaftungen vorgenommen hat. Und weil Sie immer nur in einer (heute erweiterten) Kaste gelebt haben, weil Sie schlau, aber nicht klug sind, gewitzt, aber nicht weise, gerissen, aber nicht vernünftig – deshalb machen Sie sich einen falschen Begriff von den Dingen, die Deutschland schon einmal an den Rand des Untergangs gebracht haben: von den Imponderabilien. Gibt es in diesem Saal jetzt wieder einen Ruhestörer – und sei es selbst einer, der Skandal macht, weil man ihm seine Brieftasche gestohlen hat, also einer, der im Recht ist –: seien Sie überzeugt, daß eine Welt aufsteht und ruft: «Ruhe!»

Halten Sie es für einen Zufall, daß damals aus Kaledonien und Kalifornien die Leute nach Europa gefahren sind, um Sie und Ihresgleichen zur Räson zu bringen? «Propaganda» sagen Sie. Ach, man kann nichts durch Propaganda aus den Menschen herausholen, was nicht in ihnen ist – und davon verstehen Sie nichts. Sie glauben nicht, wie Abneigung eint. Sie glauben nicht, wie heute, heute noch, die absolute, über alle wirtschaftlichen Erwägungen hinauslangende Einheit der ganzen Welt vorhanden ist für den Fall, ‹daß Deutschland wieder anfängt›. Schon ist der polnische Außenminister Skrzynski nach Paris gefahren, weil er weiß, was ihm da blüht – Frankreich hat sicherlich zur Zeit andre Sorgen, als sich um die Weichsel zu kümmern, und man kann nicht einmal sagen, daß etwa das Land dem Fremden, der da um Hilfe bittet, zujubelt.

Triumphieren Sie nicht zu früh. Sie haben ja viel für sich, das ist wahr. Sie haben einen Völkerbund, der den Territorialbestand seiner Mitglieder nicht gut ausbalanciert hat, der noch nicht sieht, daß man große Teile der Souveränität an das über den Völkern stehende Gebilde abgeben muß, daß unbehauene Steine nicht regelmäßig in einen Kasten aufgeschichtet werden können – Sie haben vorläufig noch einen Völkerbund ohne die Realisierung seiner Idee. Daß den Polen der versprochene Zugang zum Meer nur gewährt werden konnte, indem man einen andern Staat schädigte, und indem man einen Fall konstruierte, wo beide Recht und beide Unrecht haben – das beweist, daß sich Europa noch nicht gefunden hat. Es ist weniger vorhanden als jemals.

Aber triumphieren Sie nicht zu früh. Versuchen Sie den künstlich verstopften Abzug jener entsetzlichen deutschen Expansionstüchtigkeit mit Waffengewalt zu öffnen, so werden Sie späterhin das gleiche Weltwunder erleben wie anno 1914. Sie und Ihre Freunde werden sich andre Wege suchen müssen.

Das tiefe Unverständnis, daß Sie heute noch in England den Freund erblicken, in England, wo der Deutsche viel weniger gern gesehen ist, viel niedriger notiert als in Frankreich, das, wenn man es nur in Ruhe ließe, durchaus zu einer Zusammenarbeit bereit wäre; die vollkommene Instinktlosigkeit, daß Sie immer noch nicht ahnen, wie sehr Sie als Beauftragter andrer Leute handeln – Ressort: Krieg –; die übermächtige Neigung, jetzt Deutschland – Ihr Deutschland, nicht das unsre – in den Balkan zu verwickeln, es in die Gemeindeschule statt auf die Universität des Westens zu schicken: das alles zeigt, welche Führer das deutsche Volk gebiert. Vergeblich sagt grade jetzt Thomas Mann den Franzosen, wie nötig der Anschluß Deutschlands an den Westen wäre – er hat in Deutschland den Beifall gebildeter Händler nur, solange er ihre Geschäfte nicht stört. Deutschland könnte sich heute dem Westen angliedern – es mag ihn nicht, es hat ihn nie gemocht, und es wird zurückgehen in den Osten.

Sie setzen auf die richtige Seite – für die erste halbe Stunde. Sie tippen falsch – für den Endspurt. Und Sie tippen richtig, wenn Sie auf nahe und ferne Sicht mit Ihrem Treiben immer nur Innenpolitik machen wollen, bei allen außenpolitischen Fragen – in Polen, Rußland, Tschechoslowakei und Österreich – immer nur Innenpolitik. Da werden Sie Meister sein. Da werden Sie (gegen niemand) siegen.

Mögen Sie den Konsum der andern erzwingen und die eigne Produktion noch erhöhen; mögen Sie Territorien, auf denen man Deutsch spricht, für sich als Absatzgebiete in Anspruch nehmen; mögen Sie aus dem nahen Osten ein einziges Rittergut für demokratische Industrieherren machen – es gibt eine Klasse, die dabei auf alle Fälle, noch im Produktionssegen, schwer verlieren wird; die mit Steuern, Löhnen, Blut und Müttern bezahlen wird, was Sie einstecken wollen; die verlieren wird, während Sie Schlachten gewinnen und Verhandlungen: das ist die deutsche Arbeiterschaft. Aber deren Führer sind blind, taub und stumm.

EINER PFEIFT SICH EINEN

Die rue de Vaugirard ist so lang wie ein Satz von Proust. Ich gehe schon eine dreiviertel Stunde – das macht aber gar keinen Spaß. «Hepp!» Kein halber Pogromruf – so ruft der feine Mann in Paris einen Wagen. Das Automobil schnurrt ab.

Während ich mich von einer Backe auf die andre setze und mich freue, wie rasch der Wagen bremsen und wieder anfahren kann, und wie haargenau er die Kurven nimmt, höre ich ein leises Pfeifen. Wahrscheinlich ein Straßenjunge – huit, vorbei. Hier in der Buchhandlung bin ich einmal gewesen; da habe ich die herrlichen ‹*Holzkreuze*› von Dorgelès gekauft, ein ausgezeichnetes Kriegsbuch, ein guter Führer für den nächsten. Ich weiß noch genau, wie der Verkäufer erst gesucht hat . . . inzwischen darf man sich den halben Laden ansehen, alles umkramen, aufblättern . . . Wieder das leise Pfeifen. Merkwürdig, wie die Gassenjungen in Paris pfeifen. Wie die Mäuse. Das ist eine feine Beobachtung, ich werde sie mir merken. Ja, da stand ich in dem Buchladen, draußen in der Straßenauslage wühlten die Leute in den Ständen; es wird wenig gestohlen: man berechnet den täglichen Verlust bei einer Buchhandlung auf etwa zwanzig Francs, das geht an. Und ist zum Beispiel die Ladentür geschlossen, so gehen, ausprobiert, viel weniger Kunden in den Laden. Sie wollen wohl empfangen sein. Aber wer pfeift denn da —? Das können doch keine Jungen sein, so viel pfeifende Jungen gibt es doch gar nicht. Radelt einer hinter mir her? Ich sehe durch das kleine Fensterchen rückwärts: da fährt ein bockbeiniger Ford-Wagen — Ford pfeift nicht, davon steht nichts in seinem Buch. Also wer ist es dann? Immer noch dauert das leise Pfeifen an. Ich bin es nicht. Also —?

Der Chauffeur pfeift. Er lenkt, hupt, tritt in die Bremsen, gibt Gas und Saures — und pfeift sich einen. Wie denn? Im Dienst? Er hat gar keinen Dienst. Er pfeift, weil er zufrieden ist, weils ihm Spaß macht, auf der Welt zu sein, weil er gut gegessen hat, weil er nicht mehr Sorgen hat, als zum notwendigen Betrieb und zur Aufrechterhaltung des Schwergewichts absolut nötig sind. Der Mann wird gut und gern seine achthundert Francs verdienen, wahrscheinlich mehr. Aber er kommt damit aus, manchmal drückt manches, aber es geht doch. Essen, Wein, Kleidung, nur die Wohnung liegt qualitativ — wie bei allen Parisern — mehrere Stufen unter der übrigen Lebensführung, es ist, als wohnten sie in der Wohnung eines minderbemittelten Freundes. Jedenfalls pfeift er. Wupp, um die Ecken und dabei einen sehr komplizierten Java ausstoßend — es geht gut mit dem Tempo des Wagens. Ob er Sonne im Herzen hat? Ich kann ihn nicht danach fragen: das kann man nicht übersetzen. Er ist weder Optimist noch Mitglied des französischen Reichsbundes Allgemeiner Droschkenchauffeure noch Arbeitnehmer und als solcher . . . er ist: natürlich. Ist dem nahe, was andre Leute beinahe vergessen haben: dem Leben und der Natur, dem Ding, das man nicht nennen kann.

Gott weiß, was hier kommen wird. Umlauert von baisselüsternen Bankiers, von händel- und handelsüchtigen Politikern, fast überrundet von einer besser organisierten Welt, rings umwimpelt von Nationalfähnchen, diesen Schnupfentüchern unartiger Kinder, liegt Frankreich und arbeitet unter dem grauen Seehimmel des Nordens und der hellen Sonne im Süden. Die andern haben Probleme. Der pariser Chauffeur läßt die Bremse los, fährt an, nimmt die Straßenecke, daß es nur so glitscht, und pfeift.

DIE VERWANDTSCHAFT

Wenn man auf Verwandtschaft zu sprechen kommt, trifft man bei den meisten Leuten auf ein trübes Kopfschütteln, das einen resignierten Seelenzustand ahnen läßt. Scherz, Satire, Ironie und tiefere Bedeutung werfen ein klagendes Echo zurück: «Wem sagen Sie das!» Aber so wie die Dantesche Hölle mehrere Stationen des Leidens hat, so gibt es Verwandtschaft und Verwandtschaft. Die Grundzüge sind überall gleich – die Nuancen lokal verschieden.

Bei Eugène Fasquelle in Paris (11 rue de Grenelle) ist in diesem Jahre eine kleine Anti-Verwandtschaftsbibel erschienen: *‹Les Familiotes›* von Jean Rostand. Der Titel ist nicht recht übersetzbar, der ganze Inhalt auch nicht.

Das Buch ist aus zwei Gründen ungemein interessant: einmal wegen der darin enthaltenen Schilderung der französischen Bourgeoisie und dann wegen eines kleinen Kapitels, das von Satire strahlt. Es ist in einem angenehm leichten Stil geschrieben, französische Bücher sind für Deutsche zur Zeit billig, ich kann es nur bestens empfehlen, wir können Auffrischungen aller Art gut gebrauchen.

Der einleitende große Essay *‹Les Familiotes›* befaßt sich also mit dieser Landplage, mit der Familie. Was er nicht enthält, ist jenes panische Entsetzen, das einen anständigen Menschen erfaßt, wenn er sehen muß, wie sich unangenehme Mitmenschen in seine Angelegenheiten mischen. (Karl Kraus hat einmal auf die tiefe Bedeutung des Wortes ‹Familienbande› hingewiesen.) Diese profunde Einmischung erscheint dem französischen Autor selbstverständlich, und da nichts für den Menschen so charakteristisch ist wie das, worüber er gar nicht spricht, so muß es in dem bürgerlichen Frankreich ganz munter auf diesem Gebiet zugehen.

Aus dieser Schilderung, die übrigens nur einer geschrieben haben kann, der alle Stationen passiert hat, geht zunächst hervor, daß die Sippenbindung in der haute bourgeoisie des Landes viel enger geblieben ist als bei uns. Wer an seinem raunzenden Onkel und an der ewig geschwätzigen Tante eine wahrhafte Rache nehmen will, der lese Müller-Lyers *‹Die Familie›*, darin er über den Untergang dieses Stücks Abendlandes erbauliches Material finden wird. So weit sind sie in Frankreich noch nicht. Die Schilderung schmeckt nach einem Hamburg vor dem Kriege – wie ich überhaupt die Parallele: Hamburg–Paris niemals ganz loswerde, hier wie dort die enge gesellschaftliche Geschlossenheit, derselbe Stolz der großen Familien, die nur sich kennen, und in die man so unendlich schwer eindringt ... An Berlin darf man dabei gar nicht denken: eine solche Gesellschaft besitzt Berlin nicht mehr, diese Kreise sind zu schmal, als daß sie satirisch zu erfassen wären.

‹Les Familiotes› sind Leute, denen es gut geht – es sind die Leute, die eine parlamentarische Laufbahn vorbereiten, durchführen, beenden, wenns not tut; der Name hat Zauberkraft, da gibt es noch ein Bürgertum, das sich scharf, wenn auch nicht sehr selbstbewußt, gegen den Adel (in der Republik) abgrenzt. Lustig wird die Sache erst, wenn Rostand den Anachronismus dieser Institutionen aufzeigt, ein leiser Knacks geht durch alle diese Gebilde, es stimmt da etwas nicht mehr. Immerhin spielt sich diese Lächerlichkeit nicht auf dem Niveau unserer Kleinstadtromane ab – diese Familien sind sozusagen von großzügiger Kleinlichkeit. Vieles ist nicht übertragbar, weil es so diffizile Finessen bei uns nicht mehr gibt – hier und da entschlüpft dem Leser – und dem Autor – der unhörbare Ausruf: «Ihre Sorgen möchte ich haben!» – und man lächelt sich leise durch diesen amüsanten Essay.

Es folgen sehr reizvolle kleine An- und Aufsätze über den Reichen, über den Armen und über das Verhältnis zwischen ‹Herrschaft› und Personal. Der Mann, der diese letzte Schublade am treffendsten und witzigsten auf der Welt ausgeräumt hat, ist nicht Shaw (der ja halb so gefährlich ist, wie er sich vorkommt), sondern der dicke Chesterton, ein Schriftsteller, dessen Witz an Dimension sogar seinen Bauch übertrifft. So viel darf man hier nun nicht verlangen. Aber Rostand hat doch die böse Spannung zwischen arm und reich sehr gut erfaßt, wenngleichen auch hier für unsere Augen eine Holzschnittgemütlichkeit herrscht, der sanften Rührung vergleichbar, mit der man sich etwa vielerlei Postkutschenmodelle ansieht: es ist alles sehr gut und schön, aber wir fahren schließlich heute mit der Bahn . . .

Mir fällt auf, daß selbst die verwegensten französischen Schriftsteller niemals von einem Hilfsmittel Gebrauch machen, das uns stets so nahe liegt: so wie die Anwendung medizinischer Terminologie die Liebe tötet, so tötet ein gutes nationalökonomisches Vokabular die Verblasenheit aller Standesromantik. (Die Nationalökonomie gibt es natürlich nicht; man kann seinen Doktor darin machen, aber sonst ist sie etwa mit dem Hexenaberglauben des Mittelalters zu vergleichen. Als Mittel zur Diagnose unvergleichlich, hat sie für die Therapie etwa denselben Wert wie die Medizin.) Aber hier finden sich lautere Töne, schärfere Waffen, hier wird ein kleines bißchen Figaro lebendig, Figaro, der unter vielem Seifenschaum eine Bewegung macht, bei der unter dem Gewand leise etwas klirrt. Die Formulierungen sind nicht so ulkig wie bei Georg Hermann, dessen herrliche «Steht doch das Stück in der Küche und wascht sich!» bisher unübertroffen ist, sie sind auch nicht so endgültig wie bei Wells, der einmal von einer Dame und ihrem Gärtner sagen läßt: Mister Soundso war für die Gnädige das Ideal der unteren Klassen – fleißig, dumm, nicht ganz ehrlich und der Verantwortung ganz und gar unfähig – aber auch in diesen Kapiteln, in denen das Huhn im Topf der pariser Arbeiter in und nach dem Kriege zu einem revolutionären Symbol wird, wo die Perlenkette zum wahren

Wappen der Familie wird, steht viel Gutes und Treffendes über die moderne französische Gesellschaft, die übrigens mit dieser wenig schmeichelhaften Kritik nicht gerade zufrieden gewesen ist.

Und dann folgt ein Kapitel, das man Satz für Satz nachschmecken kann, und dessentwegen Sie nicht versäumen sollten, in die rue de Grenelle zu schreiben. Das Kapitel heißt *‹Les petites fleurs du langage quotidien›*. Vor dem Kriege ist einmal ein kleines Buch in Frankreich erschienen, *‹Les Pourquoi›* von Émile Berr: das enthielt merkwürdige, fast idiotisch anmutende Beobachtungen aus dem täglichen Leben, die einen schon damals mit erschreckender Deutlichkeit darüber belehrten, wie diese Epoche mechanisiert und egalisiert ist. Da hieß es: «Warum schlägt es immer halb, wenn man nachts aufwacht?» — «Warum macht es Spaß, wenn man seinen Koffer auf dem Bahnsteig an sich vorbeifahren sieht?» und ähnliche tiefgründige Wahrheiten mehr. Darin war auch unter der Überschrift *‹Ça et là›* aufgefangen, was einem so an Gesprächsfetzen auf der Straße entgegenfliegt: «Ich behaupte nicht, daß es Gespenster gibt, ich konstatiere nur . . .» Und: «Sie rasieren sich selbst? — Sie habens gut —!» und so. Das hat Rostand aufgenommen, und weiter unten habe ich versucht, ein paar Proben zu geben.

Man wird daraus einen eleganten modernen Schriftsteller kennenlernen, man wird ersehen, wo Frankreich hält, oder doch, wo gewisse Kreise der Oberschicht des Landes halten, und man wird daraus ersehen, daß wir das Land nicht kennen. Wir fangen an, es kennenzulernen. Eine Flut französischer Übersetzungen prasselt auf Deutschland hernieder, sogar Proust will man übersetzen, ein Unterfangen, das ich mir nicht vorstellen kann, denn alles, was sich übersetzen läßt, ist noch nicht übertragbar, und ich werde nicht müde werden, darauf hinzuweisen, daß ein Snobaustausch zweier Länder noch nicht zum gegenseitigen Verständnis beiträgt. Es scheint mir zur Zeit auf dem Gebiet einen einzigen Kenner moderner französischer Literatur zu geben, einen, der wirklich vermittelt: das ist Curtius, der einzige, der Bescheid weiß, und in dessen Stimme nicht jener fatal näselnde Tonfall des Snobs zu finden ist, der nicht unterrichten, sondern imponieren will. Der große Rest macht sich und den andern etwas vor.

Zurück zu Tante Jenny, Onkel Max, den Herrschaften und den Dienstboten. Hier die Proben:

Die Herrschaft

«Das kann ich Ihnen sagen: was meinen Sie, wie sie arbeiten, wenn es für sie selber ist!»

«Also da kann man nun sagen, was man will: wenn sie zur Kirche gehen, stehlen sie weniger!»

«Ich bin mit meiner sehr zufrieden: anständig, wie sich das gehört, denkt nur an das, was sie zu tun hat – es ist eine Wohltat, ihr bei der Arbeit zuzusehen.»

«Lassen Sie Ihrer den Schlüssel zu ihrem Zimmer?»

(Unterbrechung des Übersetzers: Selige Zeiten! Ach, gnädige Frau, besinnen Sie sich noch auf diese herrlichen Unterhaltungen über die Dienstboten, wo ‹sie› als Feind, Freundin, Gesprächsstoff, Mittelpunkt fungierte – und wo man sie noch bezahlen konnte? Weiter:)

«Und wenn ich so dran denke, was ich alles für sie getan habe! Jedesmal, wenn der Bruder auf Urlaub kam, habe ich erlaubt, daß sie ihn einladet!»

«Diese schlechten Manieren hat sie bei einer alten kranken Dame angenommen – die hat sie zu freundschaftlich behandelt.»

DER PRIMUS

In einer französischen Versammlung neulich in Paris, wo es übrigens sehr deutschfreundlich herging, hat einer der Redner einen ganz entzückenden Satz gesagt, den ich mir gemerkt habe. Er sprach von dem Typus des Deutschen, analysierte ihn nicht ungeschickt und sagte dann, so ganz nebenbei: «Der Deutsche gleicht unserm Primus in der Klasse.» Wenn es mir die *‹Leipziger Neuesten Nachrichten›* nicht verboten hätten, hätte ich Hurra! gerufen.

Können Sie sich noch auf unsern Klassenprimus besinnen? Kein dummer Junge, beileibe nicht. Fleißig, exakt, sauber, wußte alles und konnte alles und wurde – zur Förderung der Disziplin – vom Lehrer gar nicht gefragt, wenn ihm an der Nasenspitze anzusehen war, daß er diesmal keine Antwort wußte. Der Primus konnte alles so wie wir andern, wenn wir das Buch unter der Bank aufgeschlagen hatten und ablasen. Meist war er nicht mal ein ekelhafter Musterknabe (das waren die Streber auf den ersten Plätzen, die gern Primus werden wollten) – er war im großen ganzen ein ganz netter Mensch, wenn auch eine leise Würde von ihm sanft ausstrahlte, die einen die letzte Kameradschaft niemals empfinden ließ. Der Primus arbeitete wirklich alles, was aufgegeben wurde, er arbeitete mit Überzeugung und Pflichtgefühl, er machte seine Arbeit um der Arbeit willen, und er machte sie musterhaft.

Schön und gut.

Da waren aber noch andre in der Klasse, die wurden niemals Primus. Das waren Jungen mit Phantasie (kein Primus hat Phantasie) – Jungen, die eine fast intuitive Auffassungsgabe hatten, aber nicht seine Leistungsfähigkeit, Jungen mit ungleicher Arbeitskraft, schwankende, ewig ein wenig suspekte Gestalten. Sie verstanden ihre Dichter oder ihre Physik oder ihr Englisch viel besser als die andern, besser als der ewig gleich arbeitsame Primus und mitunter besser als der Lehrer. Aber sie brachten es zu nichts. Sie mußten froh sein, wenn man sie überhaupt versetzte.

Es müßte einmal aufgeschrieben werden, was Primi so späterhin im Leben werden. Es ist ja nicht grade gesagt, daß nur der Ultimus ein Newton wird, und daß es schon zur Dokumentierung von Talent oder gar Genie genügte, in der Klasse schlecht mitzukommen. Aber ich glaube nicht, daß es viele Musterschüler geben wird, die es im Leben weiter als bis zu einer durchaus mittelmäßigen Stellung gebracht haben.

Der Deutsche, wie er sich in den Augen eines Romanen spiegelt, ist zu musterhaft. Pflicht – Gehorsam – Arbeit: es wimmelt nur so von solchen Worten bei uns, hinter denen sich Eitelkeit, Grausamkeit und Überheblichkeit verbergen. Das Land will seine Kinder alle zum Primus erziehen. Frankreich seine, zum Beispiel, zu Menschen, England: zu Männern. Die Tugend des deutschen Primus ist ein Laster, sein Fleiß eine unangenehme Angewohnheit, seine Artigkeit Mangel an Phantasie. In der Aula ist er eine große Nummer, und auch vor dem Herrn Direktor. Draußen zählt das alles nicht gar so sehr. Deutschland, Deutschland, über alles kann man dir hinwegsehen – aber daß du wirklich nur der Primus in der Welt bist: das ist bitter.

DIE ZENTRALE

Die Zentrale weiß alles besser. Die Zentrale hat die Übersicht, den Glauben an die Übersicht und eine Kartothek. In der Zentrale sind die Männer mit unendlichem Stunk untereinander beschäftigt, aber sie klopfen dir auf die Schulter und sagen: «Lieber Freund, Sie können das von Ihrem Einzelposten nicht so beurteilen! Wir in der Zentrale ...»

Die Zentrale hat zunächst eine Hauptsorge: Zentrale zu bleiben. Gnade Gott dem untergeordneten Organ, das wagte, etwas selbständig zu tun! Ob es vernünftig war oder nicht, ob es nötig war oder nicht, ob es da gebrannt hat oder nicht –: erst muß die Zentrale gefragt werden. Wofür wäre sie denn sonst Zentrale! Dafür, daß sie Zentrale ist! merken Sie sich das. Mögen die draußen sehen, wie sie fertigwerden!

In der Zentrale sitzen nicht die Klugen, sondern die Schlauen. Wer nämlich seine kleine Arbeit macht, der mag klug sein – schlau ist er nicht. Denn wäre ers, er würde sich darum drücken, und hier gibt es nur ein Mittel: das ist der Reformvorschlag. Der Reformvorschlag führt zur Bildung einer neuen Abteilung, die – selbstverständlich – der Zentrale unterstellt, angegliedert, beigegeben wird ... Einer hackt Holz, und dreiunddreißig stehen herum – die bilden die Zentrale.

Die Zentrale ist eine Einrichtung, die dazu dient, Ansätze von Energie und Tatkraft der Unterstellten zu deppen. Der Zentrale fällt nichts ein, und die andern müssen es ausführen. Die Zentrale ist eine Kleinigkeit unfehlbarer als der Papst, sieht aber lange nicht so gut aus.

Der Mann der Praxis hats demgemäß nicht leicht. Er schimpft furchtbar auf die Zentrale, zerreißt alle ihre Ukase in kleine Stücke und wischt sich damit die Augen aus. Dies getan, heiratet er die Tochter eines Obermimen, avanciert und rückt in die Zentrale auf, denn es ist ein Avancement, in die Kartothek zu kommen. Dortselbst angelangt, räuspert er sich, rückt an der Krawatte, zieht die Manschetten grade und beginnt, zu regieren: als durchaus gotteingesetzte Zentrale, voll tiefer Verachtung für die einfachen Männer der Praxis, tief im unendlichen Stunk mit den Zentralkollegen – so sitzt er da wie die Spinne im Netz, das die andern gebaut haben, verhindert gescheite Arbeit, gebietet unvernünftige und weiß alles besser.

(Diese Diagnose gilt für Kleinkinderbewahranstalten, Außenministerien, Zeitungen, Krankenkassen, Forstverwaltungen und Banksekretariate, und ist selbstverständlich eine scherzhafte Übertreibung, die für einen Betrieb nicht zutrifft: für deinen.)

SIEBEN GESPENSTER

Professor Budweis von der Metaphysischen Universität New Callen hat nach langjährigen Forschungen ein zwei Pfund schweres Buch über die Klassifikation der landläufigen und seltener auftauchenden Gespenster geschrieben, aus dem wir hier einige Auszüge wiedergeben.

Das gemeine Hausgespenst

Nachts, wenn die ersten Möbel knacken (auch bezahlte Möbel knacken, aus Angst, sie fürchten sich so) – nachts, wenn die ersten Strahlen des sanften Mondes milchig durchs Fenster glimmen – nachts gegen halb ein Uhr erhebt sich das gemeine Hausgespenst. Hausgespenster erscheinen niemals um die Mitternachtsstunde – sie verschlafen die Zeit. Die meisten lassen sich durch die Ehemänner wecken, die gegen halb eins nach Hause kommen. Der Schlüssel knirscht, die Tür klappt, die Gattin fährt erschreckt aus dem Schlaf auf und fragt ein bißchen laut: «Wieviel Uhr ist es?» – Dann erwachen die Gespenster.

Das Hausgespenst geht zunächst an den Likörschrank und nimmt dort einen kleinen Schluck. Morgens wird die Hausfrau fragen: «Marie! Waren Sie bei dem Curaçao?» – «Nein», sagt Marie. Man wird ihr nicht glauben. Das Gespenst schüttelt dann betrübt den Kopf – es mag diese süßen Liköre nicht, andere sind nicht da – und begibt sich hierauf mit großen Schritten an den Wäscheschrank. Es entnimmt demselben eine Menge kleiner Taschentücher, immer hat es den Schnupfen, nachts spuken ist eine mühselige und gesundheitsschädliche Sache – es schnauft und schneuzt sich. Nachher fehlen Taschentücher. Haben Ihnen noch nie Taschentücher gefehlt?

Hierauf begibt sich das Gespenst, immer noch in die hohle Hand hustend, auf das grüne Sofa, setzt sich und nimmt übel. Dann spukt es.

Hausgespenster sind entsetzlich faul. Die Konkurrenz von Dienstmädchen, bösen Verwandten und herumschlurrenden brummigen Männern haben ihnen jede Lust genommen, sich sehr stark zu betätigen. Im großen und ganzen begnügen sich Hausgespenster damit, die üblichen kleinen Arbeiten zu verrichten, als da sind: der Hausfrau den Schlüsselbund zu verstecken, ein bißchen Rizinusöl in den Tee zu tun, der morgen früh getrunken werden soll, einige Ziffern im Haushaltungsbuch auszuradieren, acht Mark aus der Kasse zu nehmen (der Etat eines Gespenstes ist hoch: Laken, in denen zu spuken ist, sind entsetzlich teuer, Ersatzknochen auch) – den linken Pantoffel des Hausherrn zu verstecken. Der Pantoffel ist ein Ding, das nur in der Einzahl vorkommt, wie jeder weiß. Das Hausgespenst ist harmlos, leicht verdummt durch den nächtlichen Umgang mit immer denselben Menschen, gewöhnlich schwer verliebt in die Köchin (daher haben so viele Köchinnen Albdrücken) und im großen und ganzen ein netter Mitbewohner.

Jede Wohnung hat *ihr* Hausgespenst. Gespenster ziehen nicht mit um, wenigstens ist das sehr, sehr selten. Manche Gespenster fahren nachts Fahrstuhl – dann funktioniert der am nächsten Morgen nicht, wofür die Mieter fälschlich den Wirt verantwortlich machen.

Das Hausgespenst schläft am Tag oben auf den Gardinenstangen und träumt. Herrscht großer Familienkrach im Hause, so kommt es vor, daß es die Gardinenstange herunterwirft.

Das Geschäftsgespenst

Bürogespenster gespenstern nur am Tage. Nachts schlafen sie. (In Tintenfässern und Schreibmaschinen – daher Kleckse und verwickelte Farbbänder.) Das Geschäftsgespenst steht morgens mit dem Glockenschlag acht Uhr auf, wirft zunächst der Reinemachefrau den Eimer um, daß man die zehn Häuser weit fluchen hört, und begibt sich nunmehr an die Arbeit. Ein emsiges und einigermaßen gesundes Geschäftsgespenst richtet in den vier Morgenstunden bis zur Mittagspause folgendes an:

Privatpost für den Chef wird sorgfältig auf die Tischkante gelegt, eine Bewegung, und der ganze Salat fliegt auf den Boden. Der Tag fängt schön an! Grinsend schleift das Gespenst zur Tür hinaus. Sticht mit einer kleinen Büroklammer, die der Buchhalter wie wild sucht, den Prokuristen in die Kehrseite – der fährt auf, wie von der Tarantel gestochen, und sucht nach Roßhaaren im Stuhl. Findet keine. Setzt sich wieder hin und verrechnet sich. Gespenst ab. Legt den *‹Uhu›* oben auf einen Aktenstoß in der Rechnungsabteilung, einer der Direktoren tobt durch die Zimmer, sein rollendes Auge bleibt auf dem bunten Umschlag haften, donnernd: «Was ist das?» Niemand wagt zu antworten: «Sie Ochse, ein Korsett.» Krach, Radau, dicke Köpfe, lange Gesichter. Gespenst strahlend davon. Begibt sich nunmehr zum Frühstück in die Kantine, frißt dort das gute Essen weg – hat schon mal einer in einer Kantine gut zu essen bekommen? Also – und tritt seinen Nachmittagsdienst an. Am Telefon.

Geschäftsgespenster sind alle sehr gute Sportsleute und leben lange. Das macht das gesunde Training am Telefon. «Fräulein! Moritzplatz 66 05!» Gespenst nimmt die beiden 6, stellt sie auf den Kopf, jetzt sind es zwei 9 – es meldet sich mitnichten: «Allgemeine Commerzzentrale A.-G.», sondern leider: «Emmy Budicke. Sie wünschen?» – Gott verdamm mich! Gespenst zieht sich ganz lang auf den Drähten, hält sie alle mit einer eisernen Knochenfaust zusammen, das Amt muckt sich nicht. Der Mann im Büro läuft rot an, haucht die Zentrale an, die Zentrale wackelt mit dem Klinker auf und ab, knack, knack, knack – das Gespenst hat wunderbar ausgebildete Finger und eine herrliche Kraft in den Gelenken. Nichts. Das Gespenst haucht in den Draht: «Scheren Sie sich aus der Leitung!» – Hei! Büro in Flammen! «Gehen *Sie* doch aus der Leitung! Lümmel! Was fällt Ihnen ein?» – Gespenst setzt sich auf das Telefon. Telefon kaputt.

Es gibt große Unternehmen, die bis zu acht Gespenstern haben, spezialisierte Kräfte. Sie unterliegen keinem Tarif.

Das Börsengespenst

Das Börsengespenst ist das einzige dicke Gespenst, das es gibt. Es hat einen Bauch (die sogenannte aura). Das Restaurant in allen Börsen der Welt ist sehr gut, es hat nie Abfälle (aber das Gespenst eine aura). Das Börsengespenst kommt um zwölf Uhr von der großen Börsenuhr herunter, wo es auf den Zeigern zusammengekrümmt geruht hat, angenehm wird es im Schlaf rundum gedreht – kommt herunter und hatscht durchs dichteste Gedränge. «An mich!» Wer hat das gerufen? Eine ganze Gruppe ist in Aufregung! Irrtümer, Differenzen, Börsenschiedsgericht. Es schleicht zur Kurstafel, wischt die Zahlen auf, eine Hausse hebt, daß den Baissiers ganz angst und bange wird – warum? weshalb? wieso? Es steht geschrieben, die Ziffern stürzen, das Gespenst führt Hände, drückt Kreidestücke, zerbrochen sitzt Emmy Budicke heute abend am Frisiertisch – Chinchillapelz –: Nase. Das Gespenst nimmt sich einen dicken Börsianer vor, flüstert ihm unhörbar etwas ins Ohr, der Mann wird nachdenklich, seine Stirn zieht er in Falten, er wiegt den Kopf – flüstert dem rechten Nebenmann etwas zu, der wird sehr ernst, die Börse tuschelt – durch alle Räume läuft es: Das Gerücht. ‹Nervöse

Grundstimmung› steht abends in der Zeitung. Das Börsengespenst macht künstliche Hausse in Anleihen, blödsinnige Baissen in Gummiwerten, lotst die ältesten Bankchefs persönlich auf den Markt, sofort werden sie herantelefoniert, was ist denn, was ist denn los –? Das Gespenst war los.

Alle Börsengespenster haben Konten auf vielen Banken, geheimnisvolle Konten, die in den Bilanzen spuken – niemand weiß etwas Genaues. Kein Börsengespenst zahlt – im Gegensatz zu allen andern Menschen – die vollen Steuern. Man sollte es kaum für möglich halten –!

Das Theatergespenst

Das Theatergespenst wohnt im Fundus. Keine Ritterrüstung, keine Salondamenrobe, kein Pappstück wird herausgegeben, ohne daß es nicht mit seinen hagern Knochenhänden darüber hinführe. Will es heraus, so setzt es sich rittlings auf die Versatzstücke und läßt sich auf die Probe tragen. Dort blättert es leise wie der Wind im Manuskript des Regisseurs, entwendet vorsichtig die Seite, die gerade gebraucht wird, schraubt den Souffleurkastendeckel etwas tiefer, damit sich die Souffleuse abends den Kopf stößt, und guckt zu, was da oben geschieht.

«Laß mich in deiner Seele Kammern
nachts ruhen – ich will mich an dich klammern!»

Halt –! Der Regisseur unterbricht. «Fräulein Morton, ein wenig weiter nach vorn!» Das Gespenst ist ganz leise hinter die Schauspielerin getreten.

«Laß mich in deiner Seele Kammern
nachts ruhen – –!»

«Man versteht kein Wort!» heult der Regisseur. Das Gespenst tastet vorsichtig die Garderobe der Künstlerin ab.

«Laß mich in deiner Seele Kammern
nachts – –!»

«Aufpassen! Aufpassen!» – Ratsch – beide Untertaillenbänder sind gerissen. Katastrophe. Garderobiere! Garderobiere! Der Regisseur bekommt seinen kleinen Morgen-Schlaganfall. Das Gespenst setzt sich in die Kasse, bringt die Rapporte ein bißchen durcheinander, verlegt die Trompete, die abends zum Signalblasen hinter der Szene gebraucht wird, und wartet die Abendvorstellung ab.

Abends halb sieben. Das Gespenst setzt sich auf die elektrischen Glühbirnen am Eingang, kreuzt Bein über Bein und wärmt sich. Es wird ihm warm, wärmer, heiß. Fieber schütteln seinen Körper. Jetzt ist es so weit. Das Gespenst begibt sich in die Garderoben und steckt die Darsteller an: Lampenfieber. Die Bühne zittert vor Nervosität. Die junge Schauspielerin wankt auf die Szene – «Die Morton!» summt es im Publikum –, sie spricht.

«Laß mich in deiner Seele Klammern –
kammern – –»

Das Gespenst hält ihr den Mund zu. Pause. Tausend Herzen hören auf zu schlagen. Was nun –? Das Gespenst, rasch wie ein Blitz, hinunter ins Parkett, da kommt einer zu spät, es schlägt den Klappsessel hoch, der Mann plumpst zu Boden, Fräulein Morton kann wieder sprechen ...

Theatergespenster sind tierliebend: sie halten sich alle Vögel, daher gibt es nirgends so viel Vögel wie grade im Theater. Manche halten sich im Käfig einen Pleitegeier.

Das Liebesgespenst

Das Liebesgespenst übt sein Gewerbe im Umherziehen aus. Es hat stets alte Fotografien bei sich und kann ein schönes Lied singen: «Ja – hättest du damals!» Dann werden Liebende leicht nachdenklich. Das Liebesgespenst hat kein Geschlecht, bewegt sich in Frauenröcken wie in Herrenfräcken und wirft auf weiße Vorhänge mit einer kleinen Laterna magica bunte Bilder: Sieh, wie hübsch Arthur ist! Was hältst du von Helene –? Das Liebesgespenst hat ein Salzbüchschen, damit streut es den Liebenden Salz ins Herz. Es verändert Frisuren, läßt Bartstoppeln wachsen, verdirbt manchmal mit einer künstlich erzeugten Sommersprosse ganze Ehen und ist an sämtlichen Überraschungen («Himmel, mein Mann!») schuld. Das Liebesgespenst gespenstert durch Bälle, auf Tanzdielen, durch Schlafzimmer und Salons – es macht Männer zur Unzeit korpulent und Frauen unvorteilhaft dünn. Es hat noch nie Liebende zueinander und zusammengebracht – es ist ein Gegner der Liebe. Manchmal bringt es aber doch ein Paar zusammen – das ist dann aber auch danach. Liebesgespenster sind Optiker – sie setzen den in Mitleidenschaft gezogenen Parteien Brillen auf, schwarze, rosenrote, gebatikte ...

Das Liebesgespenst kommt in allen Weltteilen wild vor.

Das Liebesgespenst gaukelt dem Verliebten das Mädchen vor, betörend. Hat er sie, dreht es eine Lampe auf – entzaubert, enttäuscht, melancholisch sieht der Düpierte, was er sich da eingekauft hat. Dann geht ein trocknes Rascheln durchs Zimmer. Das Gespenst hat gelacht. «Was war das?» haucht die verliebte Braut. «Nichts – meine Hosenträger!» sagt der Bräutigam.

Allerhand Gespenster

Es gibt noch allerhand Gespenster – Renngespenster, Kinogespenster (prominente teurer), Literatur- und Kunstgespenster, die durch die Zeit gespenstern und gar nicht wissen, daß sie schon längst tot sind, Postgespenster, Bürokratengespenster, Schulgespenster und Soldatengespenster (siehe Budweis, II, 176–586).

Spiritistische Gespenster

Fehlanzeige.

Mittel gegen Gespenster

Es gibt ein Mittel gegen Gespenster. Man braucht einem jungen Gespenst nur zu sagen: «Du! Wenn du nicht artig bist, dann hole ich den Menschen! Der wird heute nacht spuken! Du sollst mal sehen: so einen richtigen dicken, fetten Aktiengesellschaftsdirektor und seine Frau!» — — dann nimmt das Gespenst seinen Kopf unter den Arm und läuft, wehenden Lakentuches, klapper, klapper, klapper — davon.

ZWEI SOZIALDEMOKRATIEN

Das ist einmal unsere Hoffnung gewesen: daß in einem Trubel von fahnendrapierten Geschäften die Opfer der Nationalhymnen: die Arbeiter ein heißes Gefühl und eine kühle Aktivität gegen die Grenzausbeuter entfalten würden. Wir haben uns, scheints, geirrt.

Das Verhältnis der französischen und der deutschen Sozialdemokratie ist so recht bezeichnend für das, was zwischen europäischen Ländern geschieht und nicht geschieht. Meine Eindrücke über die Zusammenarbeit dieser beiden Parteien sind, von Paris aus gesehen, folgende:

Eine wahrhaft internationale europäische Sozialdemokratie gibt es nicht. Die Parteien sind in erster Linie national, empfinden völlig national (nicht immer nationalistisch) und sind in ihrem Fühlen so unsicher, daß sie sich von dem Geschrei der andern Seite stets aufs neue einschüchtern lassen. Von Wolfgang Heine bis herunter zu Wels, von Paul Boncour bis zu MacDonald dominiert dieser verhängnisvolle Satz: «Wir lassen uns in unserm nationalen Gefühl von keiner Rechtspartei übertreffen!» Das hilft nichts: für die Nationalisten bleibt die Partei — leider mit Unrecht — vaterlandslos — und mit dem Verrat der ersten Prinzipien einer ehemaligen Kämpferpartei ist nicht das leiseste erkauft. Dieser Sozialismus gleicht einem Judas ohne Silberlinge.

Die deutsche Sozialdemokratie informiert die französische seit etwa drei Jahren ziemlich regelmäßig über die deutsche Situation. Diese Informationen sind irreführend. Es ist nicht einmal gesagt, daß ein Mann wie Rudolf Breitscheid, dessen persönliche Ehrbarkeit außer allem Zweifel steht, bewußt die Unwahrheit sagt. Aber wenn er auch kein Monokel trägt, so hat doch dieser Typus des kleinbürgerlichen Diplomaten dem adligen Vorbild etwas abzugucken versucht, worauf er unendlich stolz ist: die Taktik, die Strategie, die politische Klugheit. Er wird dir zu jeder Tageszeit erklären, warum man im Ausland gerade heute nicht die volle Wahrheit über Deutschland sagen dürfe; warum man dieses nicht erklären, jenes noch nicht und das dritte überhaupt nie sagen dürfe. Sehen diese Menschen nicht, was vorgeht? Es scheint: nein.

Die französische Sozialdemokratie hat ausgezeichnete Leute in ihren Reihen, und es steht einem Deutschen, der einen Wolfgang Heine, Gustav Noske, Otto Braun, Fritz Ebert an der Macht gesehen hat, nicht an, einer fremden Sozialdemokratie etwas über Opportunismus zu erzählen. Die ‹politique de soutien›, die die Partei in Frankreich gegenüber der Regierungspolitik innezuhalten gezwungen ist, mag ihre innerpolitischen Wirkungen haben, die hier nicht berührt werden sollen. Nach außen hin hat sie jedenfalls dazu geführt, zwischen einem etwas naiven Optimismus und grundsätzlichem Mißtrauen hin- und herzuschwanken. Glaubt Herr Grumbach alles, was ihm sein Freund Breitscheid erzählt? Dann leistet er seiner Partei und seinem Lande keinen guten Dienst. Dieser Dienst bestände in folgendem:

Wir vermissen an der französischen Sozialdemokratie die klare und eindeutige Geste über den Rhein, wir vermissen sie an Herriot, wir vermissen sie an Frankreich. Mit einer Kammerrede ist da nichts getan. Die abergläubische Furcht, ‹sich in die Innenpolitik eines fremden Landes zu mischen›, zeigt, daß hier kein neuer Staatsbegriff aufgetaucht ist. Frankreich spricht immer von ‹Deutschland›. Sähe es schärfer hin, so sähe es:

Eine sehr starke nationalistische Gruppe mit monarchistischem Kern. Die Phantasten, die Kino-Helden, die wilden Männer unter den ehemaligen Offizieren, die unbelehrbaren Gutsbesitzer des Ostens – sie sind innerpolitisch für Deutschland eine Gefahr – außenpolitisch nicht. Zweitens: die sogenannten Republikaner. Auf diese weist die deutsche Sozialdemokratie immer wieder in ihren Berichten an Frankreich hin, immer wieder wird das Reichsbanner ‹Schwarz-Rot-Gold› angeführt, immer wieder wird den Franzosen beruhigend versichert, es bestände keine Gefahr, diese Leute seien eine Gewähr des Friedens. Das sind sie nicht.

Es besteht gar kein Zweifel, daß der Revanchekrieg – im Osten oder Westen – unter den Farben Schwarz-Rot-Gold geführt wird. Diese jungen Leute, die heute voller Stolz als Unteroffiziere mit umgekehrten Vorzeichen die Absperrung von Eberts Trauerzug vorgenommen haben, werden unsere strammsten Nationalisten von morgen sein. Kratze den Republikaner – und du findest den Untertan Wilhelms. Die Frage ist überhaupt nicht mehr: Republik oder Monarchie – das ist eine Frage von gestern. Die Frage heißt: Imperialismus oder nicht. Deutschland antwortet: Imperialismus.

Der deutsche Durchschnittskaufmann von heute glaubt noch absolut an die Notwendigkeit und Rechtlichkeit des kaiserlichen Systems: sich mit Waffengewalt Absatzgebiete zu verschaffen. Dieser dreiviertel entwickelte Kapitalismus, der sich noch nicht ganz offen zu seinem wahren Internationalismus bekennt, glaubt immer noch, die Verschiebung der politischen Zollgrenzen sei für das Wohlergehen des ‹Vaterlandes› bedeutungsvoll und einzig maßgebend.

Die Gefahr für den europäischen Frieden, die deutsche Gefahr für Frankreich heißt nicht: Schwarz-Weiß-Rot. Die große Gefahr sind jene Republikaner, die da glauben, nach einigen matten Konzessionen in Vereinsreden, die zu gar nichts verpflichten, in genau dasselbe System wie ehemals fallen zu können und fallen zu müssen. Bewilligung der Heeresbudgets, unaufrichtige Außenpolitik, die in dem andern Volk nur den Geschäftspartner sieht, der hereinzulegen ist, Verlegung der Toleranzgrenze über die ungefährlich gewordenen Sozialdemokraten vor die Kommunisten –: diese schwarz-rot-goldenen Republikaner unterscheiden sich in nichts von den berüchtigten Liberalen unter einem Herrscher, der in Wahrheit der erste Commis Voyageur seine Volkes gewesen ist.

Das sollten die deutschen Sozialdemokraten ihren französischen Freunden sagen. Die hören das nicht gern. Es ist leider so, daß ein gewisser Teil der französischen Nationalisten Deutschland besser kennt, klarer sieht, tiefer urteilt als die Linke. Das ist bedauerlich, aber wahr. Es ist auch in Frankreich dasselbe zu beachten wie in Deutschland: daß außenpolitische Probleme nach innenpolitischen Erwägungen beurteilt werden, und daß es hier als ‹politisch unklug› gilt, die volle Wahrheit zu sagen. Der ist nicht gern gesehen in Frankreich, der allzu pessimistisch über Deutschland urteilt – es paßt nicht in das politische Programm.

Ob man die Wahrheit sagt oder nicht: sie besteht. Und gegenüber dieser Wahrheit gibt es nur eines:

Radikalste Klarheit und klarster Radikalismus. Solange deutsche und französische Sozialdemokraten so miteinander verhandeln wie die Schüler, deren Lehrer gerade einmal herausgegangen ist, so lange haben wir nichts zu hoffen. Die unsagbare Kommunistentaktik in Westeuropa hat einen guten Gedanken kompromittiert: diese Vaterländer nicht anzuerkennen, die niedrigen Interessen des Patriotismus (Roheit und Lust an der Gruppenbildung) so zu schildern wie sie sind; eine höhere und reine Idee als einen schlecht funktionierenden Staatsmechanismus als bindend anzuerkennen. Keiner dieser Kaufleute würde mit einer Firma verhandeln, die so miserabel, so unproduktiv, so unmodern verwaltet wäre wie ihr Staat, den sie allemal vorschieben, wenn sie ihre dunkeln Geschäfte machen wollen. *Die Dummen sind die Arbeiter.* Die französische Sozialdemokratie hat allen Grund, den ‹staatserhaltenden Kräften› der deutschen Sozialdemokratie zu mißtrauen, ihren ‹gesunden nationalen Aspirationen›, ihren gemäßigten Rückzügen, ihrer langsamen Aufgabe aller Positionen. Sie ist heute der Idee nach völlig besiegt und steht ziemlich da, wo die andern sie haben wollen. Sie braucht die Unterstützung einer wahrhaft internationalen fremden Sozialdemokratie, die auch ihrerseits nicht mit den eigenen Landesfarben prunken darf. Verzweifelt ist der Arbeiter der großen europäischen Industriezentren in das kommunistische Lager übergelaufen, suchend, unsicher hoffend, enttäuscht. Beugt er nicht vor, so wird ihm der nächste Krieg die gleichen Massengräber bauen wie der vergangene.

Es ist eine Tragik, daß Frankreich und Deutschland nebeneinander liegen. Sie könnten sich ergänzen, und sie kennen sich nicht. Ihre Arbeiterklassen haben nur einen Feind, den gleichen: sie kennen sich nicht. Wie weit sind sie voneinander: zwei Seelen, zwei Landesfarben, zwei Sozialdemokratien.

DEUTSCHE KINDER IN PARIS

Im pariser Gewerkschaftshaus, in der rue Grange-aux-Belles, lärmt der große, braungraue Versammlungssaal. Kinder, überall Kinder. In einer Ecke stehen Pakete, Kisten, Rucksäcke: Nahrungsmittel, Stoffe, kleine Käfige mit Meerschweinchen und Kaninchen – das wird jetzt auf die Bahn geschafft. Frauen sitzen auf den Bänken, Arbeiterfrauen. Man sieht viele verheulte Gesichter. Hier wird Abschied genommen: ein Transport deutscher Kinder, die sechs Monate zu Besuch bei den französischen Genossen waren, nimmt Abschied.

Die internationale Arbeiterhilfe, die dieses wundervolle Werk organisiert und ermöglicht hat, hat damit den deutschen Proletarierkindern sechs materiell sorglose Monate bereitet. Selbstverständlich machte die deutsche Regierung ihre traditionellen Kindereien: sie setzte dem Werk der Völkerversöhnung zunächst die Schwierigkeiten entgegen, die sie in ihrer Jämmerlichkeit immer macht, wenn etwas gegen die Diktatur der Industrie- und Militärkaste in Deutschland geschieht.

In aufopfernder Arbeit verteilten die französischen Genossen – insbesondere der Genosse Detilleuil – die Kinder auf viele französische Städte.

Sie sprechen alle französisch, manche noch stockend, nicht ganz richtig; alle verstehen es. Es ist drollig, zu hören, wie eine lebend erlernte Sprache so ganz anders in die Gehirne eindringt – man fühlt ordentlich, wie die Worte «petite fille» ein einziger Begriff sind, wie keine Grammatik die Formung geprägt hat. Die Kinder sehen ausgezeichnet aus: blühend, gesund, gepflegt, aufgepäppelt. Ein kleines Mädchen, das artig neben ihrer französischen Pflegemutter sitzt, hat sechzehn Pfund zugenommen: sie ist jetzt nur normal — wie traurig muß sie früher ausgesehen haben! Sie stammt, wie das Pappschildchen auf ihrem kleinen Bauch sagt, aus Berlin. «Freust du dich, wieder zurück nach Hause zu kommen?» Ich hätte das nicht fragen dürfen. Nein, sie freut sich gar nicht. Die Frau sagt: «Sie hat keine Mutter mehr.» Aber einen Vater? Ja, einen Vater ... «Mais il n'est pas très doux!» Und sie will wiederkommen, wissen Sie, sie wird wiederkommen ... Die Kleine sieht die Frau an.

Ich spreche mit den Jungen. Ja, sie haben es hier besser gehabt als zu Hause, sie waren so zufrieden, sie erzählen, was sie alles geschenkt bekommen haben, was sie mitnehmen dürfen. Ein kleiner Dicker ist da, der hat als Delegierter der Kinder bei den Franzosen eine Rede gehalten — er ist sehr stolz darauf. Ein kleines Mädchen: «Und ich habe ein Armband bekommen, aus richtigem Silber — und ich habe meine schlechtesten Kleider angezogen, die guten habe ich alle eingepackt!» Und hamburger Jungens sind da, und einige fangen, wenn das Französische nicht so recht will, behaglich an zu sächseln.

Die Pflegemütter sitzen auf den langen Bänken, sie sprechen wenig. Viele weinen. Immer wieder umarmen sie die Mädchen, die Jungens — sie dürfen sie nur noch zum Bahnhof begleiten, aber man läßt sie nicht mehr auf den Perron, weil sie das vorige Mal nicht von den Kindern zu trennen gewesen sind. Es hat herzzerreißende Szenen gegeben. Es sind ihre Kinder geworden in den sechs Monaten. Noch einmal gibt es Abendbrot, dann ordnet sich der Haufe zur Abfahrt (den die Deutsche Botschaft in Paris liebevoll und mit großer Tatkraft unterstützt hat).

Noch einmal sitzen alle Pfleglinge auf der linken Seite des Saals, die Mütter auf der rechten, gleich sollen die Namen noch einmal aufgerufen werden. Immer wieder fliegen Kußhändchen herüber und hinüber, Koseworte, Rufe ... Da tritt ein Redner auf die kleine Tribüne und spricht: zu den Kindern deutsch, zu den Eltern französisch.

«Habt ihr euch wohl gefühlt?» Und alle Kinder im Chor: «Oui!» — «Dann vergeßt das nicht», sagt der Redner, «und seid dankbar für die Gastfreundschaft und bewahrt an diese Monate ein gutes Andenken. Und wenn euch später einmal eure Offiziere aufrufen und euch befehlen wollen, auf die französischen Freunde zu schießen, dann tut das nicht und antwortet ihnen: ‹Macht euch eueren Krieg alleine —!›» Und dasselbe zu den Eltern in ihrer Sprache. Und Detilleuil spricht zu ihnen im gleichen Sinn. Und dann fahren sie fort, nach Deutschland, und es ist ein schwerer Abschied.

Proletarier pflegen ja auch sonst manchmal durch Europa zu

reisen — aber nur in größern Horden und mit einem Schießeisen auf dem Buckel. Hier ist der Beginn eines wahren Friedenswerkes. Hier ist internationale Solidarität der arbeitenden Klassen zur Wirklichkeit geworden, nicht zum erstenmal, aber in stärkstem Ausmaß. Wenn nicht alles täuscht, so werden diese Kinder schlechte Soldaten werden. Denn was ihnen Bücher und Vorträge nur anzudeuten vermögen, das haben sie nun mit eigenen Augen gesehen:

Daß drüben hinter den Schützengräben keine ‹Feinde› wohnen, sondern Eltern, sondern Väter, Mütter, Kameraden. Daß man diese Eltern auf beiden Seiten betrogen und belogen hat, wenn man ihnen sagte, auf der andern Seite stehe der Gegner. Er steht ganz, ganz woanders. Die Kinder werden nach Hause kommen, und man wird auf dem deutschen Bahnhof wiederum nicht erlauben, daß sie fotografiert werden, damit keiner in Deutschland zu sehen bekommt, wie die Franzosen, die Menschenfresser, Kinder pflegen — diese Kinderstube braucht ihren schwarzen Mann mit den roten Hosen. Soldaten rüsten, Industrien stellen sich um, Richter versuchen, mit ihren kläglichen Formeln die Wahrheit zu drosseln — es nützt nichts, wenn das Proletariat stark bleibt.

Es nützt nichts — wenn die Arbeiter einsehn, daß ein Parteivorstand keine Partei ist; daß es keine Disziplin, sondern Schlafmützigkeit ist, den abgerutschten Göttern von 1914 immer noch zu glauben. Wenn sie einsehen, daß die wichtigtuerischen Reisen offiziös beauftragter Sozialdemokraten eitel Zeit- und Geldverschwendung und zu nichts gut sind; daß der Pazifismus nicht mit taktischen Bedenken und mit greisenhaften Resolutionen erstritten werden kann, sondern nur mit der schärfsten aktiven Resistenz: mit der absoluten Verweigerung des Dienstzwanges und mit dem Generalstreik in den Waffenfabriken; daß die proletarische Energie nicht in den dummschlauen Kommissionen mit den strategischen Winkelzügen aufgefangen und verpulvert werden darf — daß man die volle Wahrheit sagen muß.

Die herrschende Klasse in Deutschland will den Krieg. Sie bereitet ihn vor — alle ihre Anhänger dulden ihn schweigend, wenn er da ist; nehmen die östlichen Absatzgebiete aufs Korn, bewilligen den ungeheuerlichen Reichswehretat; lassen die Künder der Wahrheit verhaften. Das muß man erkannt haben, es in der vollen Schwärze sehen, es aussprechen.

Und dann muß man nicht gutgläubig in den pazifistischen Friedensgesellschaften sanft schlummern und ehrgeizig primadonnenhaft den Vorsitz führen; dann muß man nicht böswillig in dem kleinbürgerlichen Haufen der Sozialdemokratie die Wahrheit auf morgen verschieben, die andern für dümmer halten als man selbst ist, sie zu betrügen versuchen, ihnen die Wahrheit verheimlichen, sich eine Rolle anschwindeln, zu Hause mit den ‹Auslandsbeziehungen› protzen und, alle Mann hoch, im gegebenen Augenblick das Maul halten – dann muß man zuschlagen.

Im pariser Gewerkschaftssaal saß ein Teil von Deutschlands Jugend. Sie sollen noch oft nach Frankreich kommen. Aber nicht als Stiefelputzer ihrer Etappenkommandanten; um Frauen zwangsweise ärztlich auf Geschlechtskrankheiten zu untersuchen, um Möbel zu stehlen, um Zivilbevölkerung zur Arbeit zu treiben, um Menschen erschießen zu lassen – sie sollen wiederkommen, um ein einziges Wort zu ihren französischen Arbeiterkameraden zu sagen: Brüder.

BUNTE GLÄSER

Bei den französischen Antiquaren in der rue des Saints-Pères sind so schöne, alte bunte Gläser zu sehen – mögen Sie die auch so gern? Altes böhmisches Glas und rauchiges Glas, eingeschliffene matte Hirsche und Jäger springen um den dicken glasigen Becher herum, man kann mit der Hand die tiefen Konturen nachfühlen ... Und man kann sich an den Farben freuen. Die Antiquare sind im allgemeinen recht nette Leute – wenn sie erst heraushaben, daß man garantiert eine Queen Änn nicht von einem Provangsakrug unterscheiden kann, geht es ganz gut. Und immer, wenn wir uns darüber geeinigt haben, daß ein Stück ‹de l'époque› nicht unter Viertausend zu haben ist, und ich dann sagen muß: «Ja, leider bin ich kein indischer Schriftsteller mit einem Gewand; und daß ich in Czernowitz geboren bin, ist auch nur so ein frommer Wunsch der *‹Deutschen Tageszeitung›*» –, dann nehme ich anstandshalber, und obgleich das gar nicht nötig ist, ein buntes Glas mit. Da stehen sie. Man kann sie ans Licht halten und durchgucken.

Mattes Gelb. Die ganze Straße ist gelb, die Wolken auch, die Hunde auch. Einer steht an einer Ecke und macht etwas. Gelb auf Gelb kann man nicht sehen – der Eckstein bleibt leer, ein seltsames Naturspiel. Drüben, am Bretterzaun vom Neubau, ist ein Riesenplakat hingepinselt: *‹Chacun son tour›* von Charles Humbert, dem Senator, den Poincaré vor das Kriegsgericht und in den Graben von Vincennes haben wollte, wo man im Krieg die Spione erschossen hat. Humbert, der viel Geld und viel Kopf hatte, hielt durch. Vorn im Buch ist er unter seinen Granaten und Geschossen abgebildet, die er immer wieder für Frankreich gefordert hat; wie ein dicker, guter Papa sieht er auf seine konischen Kinder herunter. Die flogen davon, in Menschenfleisch zum Beispiel – Papa blieb da. Der Umschlag auf dem Buchdeckelplakat am Zaun ist mächtig, häßlichgelb, schwefelgelb, gemeingelb – das ist so bei den politischen Büchern. ‹Chacun son tour› – nur nicht drängeln, mal kommt jeder ran. Nein, manche kommen nicht mehr dran. Manche können sich nicht mehr rühren, bleiben stumm, faulen verscharrt oder lebendig im Gefängnis. Wie traurig die Straße auf einmal aussieht – das ist kein schönes Glas. Ein andres!

Rubinrot. Ah, das ist eine wollüstige Sache. Der Himmel blutend rot, wie wenn der liebe Gott das Jüngste Gericht für kleine Leute herbestellt hätte: pompös, donnernd, so recht etwas fürs Volk. Sehr hübsch, sehr nett, lieber Gott! Drüben an der Ecke steht eine fette, kleine Dame mit roten Strümpfen, tiefroten Schuhen, vor ihr ein junger Mann, der ihr einen unpassenden Witz erzählt, sie lacht so rotzahnig. Wird sie rot? Rot gegen Rot hebt sich auf – sie wird nicht rot. Unten verkauft einer eine Zeitung, die hat eine rote Überschrift. Aber seltsam: auch dieses sozialdemokratische Organ ist nicht rot. Es gibt vielerlei Rots auf der Welt: venetianisches Rot, böhmisches Rot – und ein mild gefärbtes Rosa, das gern zum Abendrot und zur Bildung regierungsfreundlicher Oppositionsparteien verwendet wird. Vorwärts, ein andres Glas!

Blau. Da ist zu sehen: ein unveränderter Himmel, bläuliche, leicht besoffene Wolken, ein blaues Pferd, ein ganz angeblauter Mann – es wird ein Deutscher sein, der Paris besucht, ganz berauscht, sicherlich ist es ein Herr Landsmann, man kann das daran erkennen, daß er so aussieht, als warte er immer auf etwas, was noch kommen soll hier in Paris . . . Es kommt aber nichts. «Blau ist die Liebe – blau sind die Polster im Puff» singt schon der große Marcellus O. Schiffer. Da kommt so eine – der Deutsche ihr gleich nach. Eine französische Zeitung hat neulich so definiert: «La Française se donne – l'Allemande s'y prête.» (Was etwa zu übersetzen wäre: ‹Die Französin gibt sich hin, die Deutsche gibt sich dazu her› – Krach, Protest sämtlicher deutscher Frauenvereine, Ausweisung des Störenfrieds, Glocke des Präsidenten. Übrigens ist das Wort falsch.) Und wer kommt denn da? Blau gegen Blau hebt sich auf: das ist Joachim Ringelnatz – ich sehe gar nichts mehr.

So kann man sich mit bunten Gläsern stundenlang vergnügen. Aber gestern habe ich eins gekauft, freilich nur ein gegossenes – das ist so kommun, ich mags Ihnen gar nicht zeigen. Aber es ist doch merkwürdig. Es ist schwarz. Es ist, wie es schon in den Wirtinnenversen heißt: es ist aus schwarzem Glase. Ich gehe damit im Zimmer umher und gucke in den Spiegel. Und da stehe ich und warte auf die Honorare der deutschen Zeitungen, die mich aus der ‹*Weltbühne*› nachdrucken. Und da kann ich schwarz werden.

HERR WENDRINER ERZIEHT SEINE KINDER

«... Nehm Sie auch noch'n Pilsner? Ja? Ober! Ober, Himmelherrgottdonnerwetter, ich rufe hier nu schon ne halbe Stunde – nu kommen Se doch ma endlich her! Also zwei Pilsner! Was willst du? Kuchen? Du hast genug Kuchen. Also zwei Pilsner. Oder lieber vielleicht – na, is schon gut. Junge, sei doch mal endlich still, man versteht ja sein eignes Wort nicht. Du hast doch schon Kuchen gegessen! Nein! Nein. Also, Ober: noch'n Apfelkuchen mit Sahne. Wissen Se, was einem der Junge zusetzt! Na, Max, nu geh spielen! Hör nicht immer zu, wenn Erwachsene reden. Zehn wird er jetzt. Ja, also ich komme nach Hause, da zeigt mir meine Frau den Brief. Wissen Sie, ich war ganz konsterniert. Ich habe meiner Frau erklärt: So geht das auf keinen Fall weiter! Raus aus der Schule – rein ins Geschäft! Max, laß das sein! Du machst dich schmutzig! Der Junge soll den Ernst des Lebens kennenlernen! Wenn sein Vater so viel arbeitet, dann kann er auch arbeiten. Wissen Se, es is mitunter nicht leicht. Dabei sieht der Junge nichts andres um sich herum als Arbeit: morgens um neun gehe ich weg, um halb neun, um acht – manchmal noch früher – abends komme ich todmüde nach Hause ... Max, nimm die Finger da raus, du hast den neuen Anzug an! Sie wissen ja, die große Konjunktur in der Zeit, das war im Januar, dann die Liquidation – übrigens: glauben Sie, Fehrwaldt hat bezahlt? 'n Deubel hat er! Ich habe die Sache meinem Rechtsanwalt übergeben. Der Mann ist nicht gut, glauben Sie mir! Ja, also mein Ältester ist jetzt nicht mehr da. Max, laß das! Angefangen hat er bei ... Also hören Sie zu: ich hab ihn nach Frankfurt gegeben, zu S. & S. – kennen Sie die Leute auch? – und da hat er als Volongtär angefangen. Ich hab mir gedacht: So, mein Junge, nu stell dich mal auf eigne Füße und laß dir mal den Wind ein bißchen um die Nase wehn – Max, tu das nicht! – jetzt werden wir mal sehn. Meine Frau wollte erst nicht – ich bin der Auffassung, so was ist materiell und ideell sehr gut für den Jungen. Er liest immer. Max, laß das! Ich habe gesagt: Junge, treib doch Sport! Alle deine Kameraden treiben Sport – warum treibst du keinen Sport? Ich komme ja nicht dazu, mit ihm hinzugehn, mir täts ja auch mal sehr gut, hat mir der Arzt gesagt, aber er hat in Berlin doch so viel Möglichkeiten! Max, laß das! Was meinen Sie, was der Junge macht? Er fängt sich was mit einer Schickse an aus einem Lokal; nem Büfettfräulein, was weiß ich! Max, was willste nu schon wieder? Nein, bleib hier! Du sollst hierbleiben! Max! Max! Komm mal her! Du sollst mal herkommen! Max, hörst du nicht? Kannst du nicht hören? Du sollst mal herkommen! Hierher sollst du kommen! Komm mal her! Hierher. Was hast du denn? Sieh dich vor! Jetzt reißt der Junge die Decke ... ei weh, der ganze Kaffee auf Ihre Hose! Kaffee macht keine Flecke. Du dummer Junge, warum kommst du nicht gleich, wenn man dich ruft! Jetzt haste den ganzen Kaffee umgeworfen! Setz dich hin! Jetzt gehste überhaupt nicht mehr weg! Setz dich hin! Hier setzte dich hin! Nicht gemuckst! Gießt den ganzen Kaffee um! Hier – haste'n Bonbon! Nu sei still. Ja – er war schon immer so komisch! Bei seiner Geburt habe ich ihm ein Sparkassenkonto angelegt – meinen Sie, er hats einem gedankt? Schule – das wollt er nicht! Aber Theater! Keine Premiere hat er versäumt, jede Besetzung bei Reinhardt wußte er, und dann Film ... Nee, wissen Se, das war schon nicht mehr schön! Ja, nu hat er mit der ... em ... Max, sieh mal nach, ob da vorn die Lampen schon angezündet sind! Aber komm gleich wieder! Mit dieser Schickse geht er los! Natürlich kostet das 'n Heidengeld, können Se sich denken! Nu, es sind da Unregelmäßigkeiten vorgekommen – ich hab ihn wegnehmen müssen, und jetzt ist er in Hamburg. Ach, wissen Se, ich hab schon zu meiner Frau gesagt: Was hat einem der liebe Gott nicht zwei Mädchen gegeben! Die zieht man auf, zieht sie an, legt sie abends zu Bett, und zum Schluß werden sie verheiratet. Da hat man keine Mühe. Und hier! Nichts wie Ärger! Max! Max! Wo bloß der Junge bleibt! Max! Wo warst du denn so lange? Setz dich hierhin! Der Junge ist noch mein Grab – das sage ich Ihnen. Kommen Se, es ist kalt, wir wollen gehn.

Ich frage mich bloß eins: diese Unbeständigkeit, diese Fahrigkeit, diese schlechten Manieren – von wem hat der Junge das –?»

DIE INSZENIERUNG DER REPUBLIK

Einmal – das ist schon lange her, wie man gleich sehen wird – bat mich ein Beamter aus dem Reichsministerium des Innern zusammen mit dem Intendanten Jeßner und anderen in seinen Laden, um uns zu befragen, wie wir uns die erste Verfassungsfeier der deutschen Republik dächten. Der Beamte war ein Mann von sauberster Gesinnung, von bestem Willen, von untadeligem Ruf. Mich juckte es, ihn seinerseits zu fragen, wie er sich denn diese Feier dächte. Ich glaubte, lang unter den Tisch fallen zu müssen, als er antwortete: «Nun – wir haben uns gedacht, zur Feier des Tages die großen Türen des Reichstages, die da auf den großen Platz gehen, zu öffnen. Sie sind sonst geschlossen.» Der Platz hieß Königsplatz, die Feier war für den 11. August, statt für den 9. November angesetzt – und jener wollte die Türen aufmachen.

An diese Türen habe ich noch oft denken müssen.

Es gibt für die Propaganda der neuen Republik überhaupt nur eine einzige –: das ist die politische Aktion. Alles andere ist Zeitverschwendung.

Die junge Republik hat noch lange keinen Mut für sich selbst und arbeitet, selbst mit dem besten Willen, unpsychologisch. Es ist lustig genug, von oft überzeugungsfesten Republikanern zu hören: «Aber ich bitte Sie – diese Flaggenfragen – Embleme – Stempel – Straßenbenennungen – das sind doch Äußerlichkeiten! Man muß die anderen nicht zu sehr reizen!» Aber sie vergessen, daß diese Äußerlichkeiten ganz besonders in kleinen Städten und auf dem Lande politische Anzeichen von der allergrößten Wichtigkeit sind – daß jede kaiserliche Parade, jede Fahnenentfaltung, jede Straßenbenennung eine Reklame gewesen ist.

Selbstverständlich hat jede Stadt ihre ‹Kaiser-Wilhelm-Straße› – selbstverständlich hißt ein geachteter Fabrikant nicht Schwarz-Rot-Gold, und daß das so selbstverständlich geblieben ist – das ist Schuld einer Republik, die sich nicht zu sich selbst getraut. Der Mangel an republikanischen Äußerlichkeiten entspricht der politischen Tatkraft nach innen, und da kann man sich aussuchen, ob der böse Wille der Sabotierenden oder die Einsichtslosigkeit größer ist.

«Berliner Brief. Manch einer, der am 4. März 1925 nachmittags in der Universität im Erfrischungsraum oder gar in der Mensa academica sein Mittagessen einnehmen wollte, wurde arg enttäuscht. Die Mensa gab überhaupt kein Essen aus, der Erfrischungsraum wurde um 1 Uhr geschlossen ... Ebenso war es in allen Instituten, Seminaren, Bibliotheken. Und der Grund all dieser Aufregung, dieses Bruchs des jahrein, jahraus gleich geregelten Ganges des täglichen Lebens? Der Reichspräsident ist gestorben!» – Soweit die *‹Deutsche Hochschulzeitung›*. Der Reichspräsident ist gestorben – nur der Reichspräsident! Wenn aber Prinz Heinrich der Verstopfte von Greiz-Schleiz-Gundelfingen einen Sohn bekam, so schlossen Universität, Schulen und Ämter in schöner Einmütigkeit, die Kirchen und Kasernen öffneten sich weit, und alle fanden das in bester Ordnung. Das alte Reich hatte seine Leute fest in der Hand. Und hier sitzt der Hauptfehler der Propaganda.

Solange man nicht einen energischen Personalwechsel vorgenommen hat, solange wird es unmöglich sein, für die Republik eine Propaganda zu treiben, die heute von der Verwaltung sabotiert und von der Justiz bestraft wird. Was nützen alle schönen Reden der republikanischen Minister, die – wie die Weimarer Verfassung – dem Öl gleich schillernd auf dem Wasser schwimmen, wenn nicht *im kleinen Kreise* die Achtung und die Autorität vor der Republik stabilisiert sind? Der soziologische Horizont der meisten Leute ist viel kleiner als sie es selbst wissen, und nach ihrer nächsten Umgebung messen sie die deutsche Welt. In diese engere Umgebung aber dringt die Republik nicht.

Mit den Beamten alten Stils kann man keine Republik begründen.

Mit diesen Universitätsrektoren nicht, die ungestraft den toten Reichspräsidenten verhöhnen, indem sie keine würdigen Trauerfeiern ansetzen aus Furcht vor einer randalierenden Studentenschaft, die sich als ‹Führer der Nation› anpreist und nicht einmal wert ist, einem Sportverein vorzustehen; mit diesen Richtern nicht, die ihr Richteramt rein administrativ auffassen und in ihrer Gesamtheit bei den politischen Strafprozessen nicht den Anspruch auf leidenschaftslose Objektivität erheben dürfen, deren Richtersprüche also entsprechend zu werten sind — — hier ist zu reformieren. Eine ‹Walther-Rathenau-Straße› allein machts nicht, solange der Geist des Mannes in seinen Büchern bleibt. Und nicht einmal zu dieser Straße langts in den meisten Gemeinden.

Ich weiß nicht, was ‹wohlerworbene Rechte› der Beamten sind, und ich weiß nicht, wodurch man sich etwas wohl erwirbt, was heute übel ausschlägt. Aber ich weiß, was das wohlerworbene Recht der Republik ist und das wohlerworbene Recht eines Volkes, das mündig genug war, sich viereinhalb Jahr lang durch die Ackergräben schleifen zu lassen. Nach Hause gekommen, darfs artig unter den Bakel schlüpfen, den die alten Herren schwingen wollen und manche neuen dazu.

Wie begründe ich eine Republik —?

Indem ich in die Ämter Republikaner setze, indem ich die republikfeindlichen Richter und Lehrer und Universitätsprofessoren und Verwaltungsbeamten entferne, indem ich nicht den ‹Fachmann› anbete, der sich farblos gibt und reaktionär arbeitet — indem ich Republikaner schaffe.

PERSÖNLICH

«Ich möchte Herrn Regierungsrat persönlich sprechen!» — «Herr Professor Gustav Roethe war persönlich anwesend.» — «Der Chef des Stabes der Reichswehr ist diesen Beschwerden persönlich nachgegangen.»

Was ist denn das? Haben alle diese zwei Persönlichkeiten: eine einfache und eine persönliche? Was bedeutet das?

Das bedeutet eine Wichtigmacherei, die auf derselben Etage wie das deutsche Vorzimmer wohnt (am Telefon: «Hier Vorzimmer von Herrn Portier Knetschke!»); wie der Apparat, ohne den es keiner mehr tut («Ich werde das mit meinen Herren besprechen!» — hat aber nur einen); wie das ganze mißverstandene Brimborium des so gern kopierten überorganisierten Militärbetriebes, der es allen Deutschen zum erstenmal vor die Augen geführt hat, wie man auf möglichst geräuschvolle und kostspielige Weise nichts tun kann. Der Divisionskommandeur arbeitete nicht allzuviel. Aber das Wenige, was er tat,

tat er durch seinen Adjutanten, durch seine Unterorgane, und nur Orden und Rotwein nahm er persönlich in Empfang. Die privaten Gruppen aller Sorten ahmen ihn selig nach. Der Chef des Betriebes hat den soziologisch umstrittenen Gedanken der Delegierung auf die Spitze getrieben und seine Machtvollkommenheiten so aufgeteilt, daß man ihn schon manchmal, wenns unten gar zu dumm wird, ‹persönlich› in Anspruch nehmen muß. Die Männer der Öffentlichkeit kopieren es überglücklich. Sie kommen nicht selbst, sie telefonieren nicht selbst, sie unterschreiben nicht selbst. Daher denn keiner mehr sagt: Ich möchte den Herrn Reichstagsabgeordneten sprechen! — sondern: Ich möchte ihn persönlich sprechen! Immer voller Angst, daß sonst seine Waschfrau käme. Mit der sicherlich oft besser zu verhandeln wäre.

Diese aufgeblasene Eitelkeit, die immer und immer mehr bei uns einreißt, diese Sucht, dem gemeinen Haufen nur ja den Aspekt eines zu geben, der über den Wolken schwebt — wie dumm, wie hohl und vor allem: wie unpraktisch ist dies Theater! In Amerika hat jeder für jeden Zeit, solange sich der kurz faßt; in Frankreich ist es nicht gar so schwer, zu den maßgebenden Männern Zutritt zu bekommen; in England denken die Leute an ihre Sache und nicht immer an ihre Person und bestimmt nicht an eine Hahnenwürde; bei uns zu Lande ist es wunder was für eine Geschichte, mit einem besser bezahlten Mann ‹persönlich› zu sprechen. Ist die Audienz beendet, so bleibt ein Abglanz des Unerhörten auf dem Empfangenen haften, der strahlend nach Hause stelzt. «Ich habe heute früh mit dem Oberbürgermeister persönlich gesprochen ...» (Du armer Hund hast natürlich nur seinen Sekretär sprechen dürfen oder seinen Portier — ich aber habe ihn persönlich zu fassen bekommen!) Tief wurzelt der Knecht im Deutschen — leise kitzelt es im Rücken und tiefer: Kommt der Fußtritt? kommt er nicht? Er kommt nicht! Heil! Er hat mit mir persönlich gesprochen und nicht durch einen alten Trichter aus dem Nebenzimmer! Ich bin erhöht.

Es gibt Menschen, mit denen möchte ich um keinen Preis sprechen, dienstlich nicht und privat nicht und persönlich schon gar nicht: mit Strafkammervorsitzenden, alten Bataillonskommandeuren, Kriegsgerichtsräten und ähnlichen persönlichen Persönlichkeiten.

Lieber Gott! Nimm doch den deutschen Kaufleuten und Beamten diese dumme Sucht, sich als gar so kostbar hinzustellen und sich mit etwas dicke zu tun, was meist gar nicht da ist: mit einer Persönlichkeit! Den Soldaten kannst du es lassen, sie haben ja selten etwas anderes! Tu es doch, lieber Gott, ja —?

Dieses Gebet werde ich mal dem lieben Gott persönlich unterbreiten.

DER KAISERLICHE STATTHALTER

Die Figur des hölzernen Hindenburg wird abgebrochen und als Altmaterial verkauft. Zeitungsnachricht 1919

Dem in allen Intrigen wohl erfahrenen Herrn von Tirpitz ist es gelungen, Herrn von Hindenburg zur Annahme des Kandidatenpostens zu bewegen. Die Komik, die darin liegt, daß der alte Offizier sich erst die Zustimmung seines obersten Kriegsherrn zu diesem politischen Schritt einholt, tötet nur in Deutschland nicht – die Kandidatur wird durchaus ernst genommen. Und sie wird mit falschen Mitteln bekämpft.

Es mag ja bei der Sentimentalität der Deutschen vielleicht angebracht sein, nicht unnötigerweise Gefühle zu reizen, womit man erfahrungsgemäß nur dem Angegriffenen nützt – aber was da von dem Marx-Block gegen Hindenburg ausgesagt wird, das gibt doch zu schweren Bedenken Anlaß. Man geht scheu wie die Katze um den heißen Brei herum – und sagt nicht das Wahre.

Da wird nämlich so getan, als ziehe diese Kandidatur eine hehre Menschengestalt in den Alltag herunter, es wird geradezu bedauert, daß dieses unverrückbar feststehende Idol der Politik so nahe gebracht wird – es fehlt nur noch das Wort Entweihung. So stehts denn aber doch nicht.

Es scheint mir Pflicht des anderen Deutschland, darauf hinzuweisen:

Die Eigenschaften des Herrn von Hindenburg, die als «preußische Tugenden» ausgegeben werden, sind Fehler schlimmsten Grades. Seine Sturheit, seine Unbildung, sein völliger Mangel an Welterfahrung machen ihn vielleicht zu einem Ideal einer Kadettenanstalt – mit dem besseren Teil Deutschlands hat diese Gestalt überhaupt nichts zu schaffen. Und es ist recht bedauerlich, daß auch auf Seiten der Linken der Kampf so geführt wird, daß man da hört: «So national wie der Herr von Hindenburg, sind wir schon lange – auch wir schwärmen für das größere Deutschland (auf Kosten der ‹Feinde›) – auch wir wollen unsern Platz an der Sonne erkämpfen. Aber: wir stören Ihnen nicht das Geschäft! Wir sind moderner, ruhiger, diskreter, gerissener. Wir wollen die internationale Anleihe – daher muß unser Nationalismus nicht so säbelklirrend auftreten, wir können warten.»

Das ist Opportunismus – und nicht einmal ein kluger. Es ist traurig, daß die Oberregierungsräte, die die deutsche Propaganda leiten und für das Geld, das zum Beispiel für die Beteiligung an der Kunstgewerbeausstellung in Paris nicht da war, lächerliche Heftchen in die Welt senden, daß diese Beamten immer nur mit Menschen zusammenkommen, die vor ihnen katzbuckeln, oder vor denen sie katzbuckeln, aber niemals mit freien, natürlichen Männern. Hätten sie diesen Verkehr, so würden sie nicht den schlimmsten deutschen Fehler begehen, der einem Ausländer gegenüber möglich ist, und den der so übel nimmt: ihn für dumm zu halten. Das verzeiht man keinem. Und mit diesem Opportunismus, der gar keiner ist, wird nichts geschafft werden.

Aber es ist doch traurig zu sehen, wie wenig diese sogenannte Revolution eigentlich bewirkt hat. Da ist kaum einer bei den Demokraten, da sind wenige in der Zentrumspartei (im Gegensatz zur katholischen Jugend) – wenige bei den Sozialdemokraten, die grade den geistigen Typus Hindenburg ablehnen, soweit da überhaupt noch von Geistigkeit gesprochen werden kann. Die bewußt und mutig das ablehnen, was man für ihn plakatiert: seinen absoluten Gehorsam, seine Überdisziplin, seine Liebe zum Staat, die die Heimat nicht ehrt, seine Befangenheit in der Auffassung vom Kriege, seinen Stand, dem er angehört. Hieran wagt sich kaum einer. Man muß die Verehrung in den Stimmen zittern hören, wenn von ihm gesprochen wird . . .! Wie leise ist dieser Kampf, wie vorsichtig, auf Zehenspitzen gehen die Kämpfer . . . Das ist nichts.

Tatsache ist:

Es gibt heute in Deutschland unter den jungen Leuten eine Schicht, die sich ehrlich müht, aus den Wirrnissen dieser Zeit nach Klarheit zu suchen und zur Wahrheit zu kommen. Auch dies sind Deutsche – Menschen, die den Boden lieben, auf dem sie aufgewachsen sind, die ihre Sprache lieben, ihre deutschen Freunde. Herr von Hindenburg hat das Deutschtum nicht gepachtet – und es ist völlig gleichgültig, wen er und seine Offiziere für einen ‹guten Deutschen› erklären und wen nicht. Daß die Universitätsprofessoren, um die sich das geistige Leben Deutschlands längst nicht mehr gruppiert, daß die Landwirte des Ostens und viele Baumeister, Zahnärzte, Oberlehrer, Bankbeamte, die das Kostüm des Reserveoffiziers nicht vergessen können, dem Mann und seinem System anhangen, ist gewiß. Daß die vorsichtig abwägende Industrie, soweit sie an Auslandsgeschäften interessiert ist, abbremst, ebenso. Daß aber der menschliche Typus Hindenburg – und gerade der menschliche – unter dem Mittelmaß liegt, daß dieser Typus, ein schlechtes Derivat der großen deutschen Seele, dazu beigetragen hat, den Wert des Landes in allen Beziehungen herabzumindern, daß dieser Typus ein kümmerliches und dünnes Konglomerat einiger selbstverständlicher und banaler Eigenschaften ist, unter gleichzeitiger Verkümmerung aller wertvollen Qualitäten des deutschen Volkes – das sollte der Marx-Block seinen Wählern und Hindenburgs Wählern offen sagen.

«Man soll die Gegner nicht unnötig aufbringen.» Und was habt ihr mit dieser Taktik erreicht? Die völlige Niederlage eurer Ideen, die Vertrocknung aller revolutionären Gedanken, dieses Parlament und diese Regierung.

Gegenüber der selbstverständlichen Zurückhaltung, die man einem alten Mann schuldig ist – eine Zurückhaltung, die niemals von der andern Seite ausgeübt worden ist – ist schärfste sachliche Klarheit am Platz. Was an Hindenburg nichts taugt, ist grade das, was ihm die andern noch nachmachen.

Hindenburg ist: Preußen. Hindenburg ist: Zurück in den Gutshof, fort aus der Welt, zurück in die Kaserne. Hindenburg bedeutet: Krach mit aller Welt, unaufhörliche internationale Schwierigkeiten, durchaus begründetes Mißtrauen des Auslandes, insbesondere Frankreichs gegenüber Deutschland. Hindenburg ist: Die Republik auf Abruf. Hindenburg bedeutet: Krieg.

Man soll nicht nur gegen ihn stimmen. Man soll auch aussprechen was ist, und eine Gesinnung verwerfen, die schon einmal den geistigen Niederbruch des Landes herbeigeführt hat.

DIE LATERNENANZÜNDER

Schon mancher wird sich gefragt haben, wie denn die Laternen, die abends und nachts die Großstadt erhellen, in Betrieb gesetzt werden. Nun Komma die Antwort auf diese Frage ist nicht eben schwer. Hat doch der Frager sicherlich schon abends in unsrer Stadt Männer mit langen Stangen in Trupps von zweien oder dreien die Straße entlang ziehen sehen – Laternenanzünder sinds, die dort ihr schweres Amt ausüben. Wer sind diese Leute, und was treiben sie zu so später Stunde auf den dunkeln Straßen, welches sind die Voraussetzungen ihres Berufs, und wie ist ihre Vorbildung? Darüber den Leser aufzuklären, soll der Zweck der nachfolgenden Zeilen sein.

Der Trupp der Laternenanzünder setzt sich gewöhnlich aus drei Männern zusammen: dem Chef-Laternenanzünder, seinem Adjutanten und dem Hilfs-Laternenanzünder.

Der Chef-Laternenanzünder hat die Leitung der Abteilung. Er trägt die Verantwortung sowie eine lange Stange und bestimmt, welche Laternen zu entzünden sind. Nachdem er mit dem Lichtmesser in der Hand die Lichtstärke der betreffenden Straße ‹ausgeleuchtet› hat, wie der Fachausdruck heißt, setzt er seine Mannschaft an. Das geschieht folgendermaßen: Hält der Chef die Zeit für angemessen, so nähert sich der Trupp der Laterne, der Chef gibt erst den sogenannten ‹Vorbefehl›: «Achtung!», der Adjutant nimmt die lange Stange in die Hand und wartet. Der Chef befiehlt: «Anleuchten!» und der Adjutant reißt oben an der Laterne den Hebel mit sachkundigem Griff herum. Während dieser Zeit hat der Hilfs-Laternenanzünder ständig seine Geräte in Bereitschaft zu halten, denn dem Hilfs-Laternenanzünder untersteht der technische Dienst; er ist es, der die Geräte beaufsichtigt: Hammer, Zange, Bohrer, Kabel, Ersatzkohlen – alles das hat er unter sich.

Der Laie wird sich nur schwer in der Fülle der Fachausdrücke der Laternenanzünder zurechtfinden. Ist eine Straße ganz erleuchtet, so spricht man von ‹Voll-Licht›; beileibe ‹zündet› der Laternenanzünder keine Laterne ‹an›, sondern er ‹gibt Licht› – gegen Morgen wird ‹abgelichtet›, der betreffende Befehl heißt: «Ableuchten!» Werden die Leuchthebel, gewöhnlich gegen Ende des Monats, durchgeölt, so geschieht das aus einem Öltopf. Auch diesen Topf hat der Hilfs-Laternenanzünder unter sich.

Die Ausbildung der Laternenanzünder, mit Ausnahme des nur fachtechnisch geschulten Hilfspersonals, ist eine rein wissenschaftliche. Die Anforderungen an den Beruf sind hohe: der Mann, der sich als Aspirant vorstellt, muß über tadellose Papiere verfügen, aus politisch unbelasteter Familie stammen, eine freiwillige Übung bei einer Reichswehrbrigade mitgemacht haben und die Primareife eines Oberrealgymnasiums besitzen. Die Ausbildung erfolgt auf den Technischen Hochschulen, die Teilnahme an den dortigen Leibesübungen ist für den künftigen Verwaltungsbeamten absolut unerläßlich (Rumpfbeugen, Geschmeidigkeit des Körpers). Die Vorlesungen umfassen: Wesen und Begriff der Lichtwissenschaft; Geschichte des Beleuchtungswesens, unter besonderer Berücksichtigung des betreffenden Bundesstaates; Theorie der Lichtgebung; Ablicht und Anlicht; zur Soziologie der Beleuchtungswissenschaft. Dem Studium folgt ein Staatsexamen. Nach zehn bis zwölf Jahren Wartezeit erfolgt gewöhnlich die Ernennung zum Laternenanzünder, nach weiteren zwanzig bis dreißig Jahren die Beförderung (nicht: Ernennung) zum Chef-Laternenanzünder.

Man sieht: es sind alte, zünftige Beamte, die da in Wind und Wetter ihren schweren Dienst versehen. Es ist ihnen gelungen, sich in dem Halbjahrhundert ihrer Amtstätigkeit die allgemeine Achtung und Beachtung zu erwerben. Zusammengeschlossen sind sie in dem Reichsverband Deutscher Laternenanzünder (R. D. L. mit den selbständigen Sektionen: Bayern, Thüringen-Nord und Hamburg), sowie in Lokalgruppen; die bedeutendste davon ist der in Brandenburg zentralisierte Laternenverband Märkischer Anzünder (L. M. A.).

Die Beamten bilden sich dauernd fachwissenschaftlich, bevölkerungspolitisch, städtebautechnisch und verkehrshistorisch fort – in diesem Jahr ist es ihnen endlich gelungen, die Schaffung eines ‹Dr. lux› bei den Landesuniversitäten durchzusetzen. Die Fortbildung der Beamten geschieht auf den Laternenanzünder-Fortbildungsschulen und -Seminaren; die Lehrer sind zu einem ‹Reichsverband Deutscher Laternen-Anzünder-Fortbildungsschul-Fachlehrer› zusammengeschlossen. Ihr Dienst ist nicht ohne Gefahr; bei den praktischen Übungen kommt es wohl vor, daß eine zu heiße Laboratoriumslaterne platzt; sämtliche Lehrer sind versichert. (Das Nähere siehe in den ‹Mitteilungen Deutscher Laternen-Anzünder-Fortbildungsschul-Fachlehrer-Versicherungs-Gesellschaften›.)

Die jetzigen Angehörigen der Lucifaktoren, wie sie sich gern nennen, gehören fast durchweg den bessern Gesellschaftsschichten an: 65 Prozent der Chef-Lucifaktoren bzw. 45 Prozent der Adjutanten sind ehemalige Reserveoffiziere. Damit allein schon ist ihre politische Zuverlässigkeit gewährleistet. In manchen Familien ist die Liebe zum Licht sozusagen erblich: es gibt Beamte, die bereits in der dritten und sogar vierten Generation ihr Amt innehaben. Die Mehrzahl der Hilfs-Laternenanzünder rekrutiert sich naturgemäß gleichfalls aus gedienten Leuten, da diesen die für den Lucifaktorenberuf notwendige ‹Sturheit›, wie der Fachausdruck heißt, besonders eigen ist.

Die einzelnen Verwaltungszweige interessieren sich außerordentlich für die Dienstgepflogenheiten der Lucifaktoren: so hat erst jüngst Exzellenz Lewald vom Reichsausschuß für Leibesübungen dem Fünften Deutschen Reichs-Licht-Bund-Tag beigewohnt, obgleich ihn doch seine andern Verpflichtungen gegenüber allen in Deutschland stattfindenden Tagungen gewiß stark in Anspruch nehmen. Auch der Reichswehrminister hat in einem Erlaß auf den ganz ausgezeichneten Dienst der Laternenanzünder hingewiesen und ihnen den alten, guten Sedan-Geist gewünscht. Die Vertretung der Lucifaktoren im Parlament ist nunmehr auch gesichert; wie man sich erinnert, ist bei den letzten Wahlen der Abgeordnete Dr. Hohsen (Wahlkreis: Boden) von der Deutschen Volkspartei ins Parlament aufgerückt, ein Lucifaktor, der den Dienst von der Pike auf kennt und die Interessen seiner Kollegen im echten, rechten Laternenanzündergeist wahrnehmen wird. Er ist es auch, der zusammen mit einem Herrn vom Reichswehrministerium und dem Admiral Stenker von der Reichsmarineverwaltung die Einweihung des Laternenanzünder-Kriegerdenkmals vorgenommen hat; haben doch die Laternenanzünder ihren starken Anteil an den Opfern des Weltkrieges und somit an der Gesundung des Vaterlandes. Auch in die Literatur sind die Männer des Lichts bereits eingedrungen: wir erinnern hier nur an Rudolf Herzogs Roman ‹*Mehr Licht!*›

In der Dunkelmannstraße zu Berlin erhebt sich das schmucke Reichsverbandshaus des R. D. L. Nach der letzten großen Oppositionskrise im Verband ist Ordnung und Ruhe geschaffen; die damaligen Verbandsinteressen verwaltete ein Rechtsanwalt Löwenstein, jüdisch, aber dumm, also national – jetzt ist an seine Stelle als Syndikus Dr. v. Falkenhayn getreten, ein Großneffe des bekannten Siegers von Verdun. An dieser Stelle sei besonders der Presseabteilung und ihrem verdienten Pressechef, Herrn Karl Rosner, gedankt, der dem Schreiber dieses mit so liebenswürdigen Auskünften warm unter den Arm gegriffen hat.

Fürwahr, ein echtes Sinnbild deutscher Kraft und deutschen Fleißes, deutscher Tatkraft und deutscher Treue –: das kleine Trüpplein, das da, fast unbeachtet, abends durch die Straßen zieht, seinem harten Beruf entgegen. Hier und da kam es wohl einmal vor, daß die Beamten, besonders in den Arbeitergegenden, von halbwüchsigen, kommunistisch verhetzten Burschen mit dem Ruf «Nachtwächter! Nachtwächter!» belästigt wurden – doch ist da sofort scharf durchgegriffen worden. Polizei und Richter haben ihre Pflicht getan: die Übeltäter wurden stets mit hohen Strafen wegen Vergehens gegen das Gesetz zum Schutze der Republik bestraft; in alter Objektivität hat hier die deutsche Justiz wieder einmal gezeigt, wessen sie fähig ist.

Man siehts dem unscheinbaren Auftreten der schlichten Männer nicht an, wieviel deutsche Tätigkeit in ihnen und ihrem Werk steckt. Hoffen wir, daß sie, immer weiter aufstrebend, es zur Volkswohlfahrt und zum Nutzen des deutschen Staates ausüben, bis einmal bessere Zeiten kommen, da deutsches Licht auch in Straßburg, Danzig, Wien, Budapest und New York erstrahlen möge.

In diesem Sinne: «Gut Licht –!»

Man kann Laternen auch von der Zentrale aus einschalten.

DIE TAFELN

In Enghien – ganz recht: da, wo die großen Rennen stattfinden, in diesem pariser Vorort, der fiebernd darauf wartet, daß das große Kasino am See wieder eröffnet wird, wo jetzt das Spiel gesetzlich unterdrückt ist, wo es unter der Oberfläche rastlos arbeitet, um den Sumpf wieder aufzumachen; in Enghien, in dessen Nähe das schöne Montmorency liegt – in Enghien bin ich spazierengegangen, und da ist mir etwas Merkwürdiges aufgefallen.

Sie kennen doch die Schildchen, die in den kleinen Städten bei uns die Häuser zieren, wenn sie versichert sind: ‹Providentia 1897› und ‹Assecurancia 1904› und so. Und auch hier in Enghien hängen an vielen Häusern Tafeln, immer wieder, da eine, hier eine, große und kleine. Sie sind bunt, auf weißem Glasgrund sieht man ein paar Verzierungsblümchen und einen Text. Da steht:

La ville d'Enghien
aux Héros de la Grande Guerre
Ici vécut le Caporal Marcel Laurent
tué pour la patrie en 1916

Was ist das –?

Das ist eine Erinnerung, ein Mahnzeichen, ein kleines Pflasterchen für die Frau und die Kinder, die der zurückgelassen hat. Und so viele –! Eine Glastafel – klack, ein trockner Gewehrschuß. Eine Glastafel – bumm – ein Volltreffer, nichts ist mehr von dem Mann übrig. Eine Glastafel – wumm – ein Paar Beine mit Stiefeln liegen unter einem Baum, wohin sie die Explosion geschleudert hat. An jedem zweiten

Haus hängt die Tafel – manchmal stehen mehrere Namen darauf, zwei, drei, vier ... an beinah jedem Haus.

Ich gehe durch die Straßen und sehe auf einmal nur noch dies: nur noch die Tafeln und die zerschmetterten Köpfe, die auslaufenden Augen, die herausquellenden Lungen, die blutdurchtränkten schweren Reiterhosen, den Haufen Knochen, die verrostete Erkennungsmarke.

Die Tafeln sind eine Sitte wie jede andre auch, ein ehrendes Gedenkzeichen für die Toten. Aber die Tafeln lügen. Es muß nicht heißen: ‹tué pour la patrie› – es muß heißen: ‹tué par la patrie›. Getötet durch diesen niedrigen Begriff ‹Staat›, getötet durch diesen Wahnsinn, der die Heimat, die jeder liebt, mit einem Nützlichkeitsbegriff verwechselt, der den meisten nicht einmal von Vorteil ist, sondern nur den wenigen. Stirbt man für eine Weizenagentur? Für eine Hypothekenbank? Man stirbt für und durch das Vaterland, und das kommt im wesentlichen auf dasselbe hinaus.

Tafeln, wie lange noch –? Wie lange noch lassen sich erwachsene Menschen einreden, daß eine sinnlose und anarchische Organisation zwischen den Staaten ein Recht hat, das Leben zu nehmen? Wie lange noch lassen sich Mütter die Söhne, Frauen die Geliebten, Kinder den Vater abschießen für eine Sache, die nicht die Kosten für den Mobilmachungsbefehl wert ist? Wie lange noch wird Mord sanktioniert, wenn der Mörder sich nur vorher eine Berufskleidung anzieht, seine Kanonen grau anstreicht, seine Gasbomben von der Kirche einsegnen läßt und sich überhaupt gebärdet wie der Statist einer Wagner-Oper?

Uns fehlen andre Tafeln. Uns fehlt diese eine:

Hier lebte ein Mann, der sich geweigert hat,
auf seine Mitmenschen zu schießen.
Ehre seinem Andenken!

SPAZIERGANG

«Grand Hôtel, den heutigen.

Sehr geehrter Herr Panter!

Ich bin mit meiner Frau für ein paar Tage in Paris und werde mich sehr freuen, mit Ihnen ...»

Hopla. Das ist ein Grund, lange und ausdauernd spazieren zu gehen. Mit einem Rohrpostbrief in der Tasche:

«Lieber Herr Besuch,

leider bin ich gestern abend gestorben ...»

Laßt uns ein wenig durch die Straßen rollen.

Da kommt der Omnibus. Die zweite Klasse ist voll, was einige dekorierte Herrschaften veranlaßt, auf den nächsten zu warten. Man muß sein Vermögen zusammenhalten, auf die Weise bringt mans zu etwas. Neben mir sitzt eine Dame, die fährt jetzt zu ihrer Schwägerin, die einen Bekannten hat, der billig Schirmseide abgibt. Man kauft hier nicht gern etwas – man verschafft es sich. Wohnungen, Deputiertensitze, Parfums, Theaterkarten und Sommerfrischen. Diese Gerüste sind die zukünftige Kunstgewerbeausstellung: Gustav Stresemann, verschnupft, wie er ist, hat die Einladung abgelehnt – wahrscheinlich wartet er die nächste Internationale Flaschenbierausstellung ab. Hoffentlich gelingt die Ausstellung und wird für die Pariser kein zweites Olympisches Spiel, das ein Bombenreinfall war. Da liegt das Gebäude der Dotation Carnegie, da hat vorgestern der Graf Coudenhove-Kalergi für sein Pan-Europa gesprochen – alle sind dafür, Europa will sichs noch ein bißchen überlegen. Er hat auch vor den Studenten der École Normale Supérieure gesprochen, ein Staatsstipendiat auserlesener Studenten, die da freie Station haben; der Graf sprach leicht und unprätentiös, er tritt so angenehm hinter seiner guten Sache zurück, die er aufrichtig liebt. Solch ein Studentenpublikum habe ich bei uns noch nie gesehn: die jungen Leute lassen fast jeden Freitag vor kleinem Auditorium einen fremden Gast sprechen, und sie tun etwas ganz Seltsames, für uns so Ungewohntes: sie hören zu. Während das deutsche Publikum immer geduckt wartet, zur Kritik fertig, sprungbereit zum Gegenangriff, lassen diese hier jeden in Ruhe ausreden, scharren nicht mit den Füßen und stampfen nicht, wie es das Rindvieh in den heimischen Ställen zu tun pflegt – sondern sie hören zu. Als Coudenhove-Kalergi geendet hatte, hielt ihm ein anwesender Deutscher, der gleichfalls zu Gast war, ein belehrendes Kolleg – wie unliebenswürdig sind diese Leute in dem, was sie Sachlichkeit nennen! Die Franzosen fuhren ihm ganz leicht über den Mund, aber es wird nicht viel helfen. Da liegt das Gebäude, wo sie neulich den Professor ausgepfiffen haben. Der Kultusminister François-Albert, nunmehr a. D., der eigentlich nicht so sehr Gegner hatte, wie er Leute vorfand, die ihn nicht recht ernst nehmen wollten, hatte ausnahmsweise den Professorenvorschlag, der den Juristen Le Fur propagierte, zurückgewiesen und dafür einen andern Mann einsetzen wollen: den Kabinettschef des Arbeitsministers Justin Codart, Herrn Georges Scelle, Professor in Dijon. Protest. Es gab einen mächtigen Spektakel im Hörsaal, die Studenten zerschlugen Tische und Bänke, einem Schutzmann fiel das Corpus juris auf den Kopf, und die Vorlesung mußte unterbleiben. Es scheint zweifelhaft, ob sie wieder aufgenommen werden wird – es sind nicht nur die Royalisten, die da demonstriert haben. Auch hier ist zu beobachten, daß eine konservative Jugend gegen den soi-disant-Sozialismus in der Regierung protestiert – die Oppositon dieses Zeitalters geht seltsame Wege, eine revolutionäre Reaktion.

Das hindert nicht, daß sich die Studenten viel weitherziger zu informieren suchen als in Deutschland. Das Groupement Universitaire Français pour la Société des Nations hält in der Sorbonne öfters Versammlungen ab, in denen Redner aller Nationen auftreten und über den Völkerbund sprechen; geleitet wird das von dem jungen Herrn Lange, dem wir sicherlich später einmal in der französischen Politik begegnen werden.

Und da —? Was stehen da für Leute? Das sind glückliche Menschen, die möchten sich gern *‹Les nouveaux Messieurs›* ansehen, das neue Stück, an dem de Flers mitgearbeitet hat, es wird im Athéné gegeben und ist jeden Abend ausverkauft. Herr Boucher, der erst jüngst auf dem Nachtfest der Schauspieler im Cirque d'Hiver seine Triumphe feierte, hat sein Publikum. Bei uns heißt so eine remonstrierende Komödie *‹Der Herr Minister›* und ist von irgendeinem Herrn Regenschirm — hier sieht sogar so etwas graziös, lustig, elegant aus. Da wollen wir doch aussteigen und hören, wie die Preise sind. Der Billetthändler verlangt fünfundvierzig Francs — allmächtiger Himmel! Wenn ich einen Aufsichtsratsposten hätte, ja, Bauer, das wäre ganz was anders — aber so!

Da drüben hängt ein Plakat, auf dem ist — bitte, entschuldigen Sie mich einen Augenblick, ich habe einen kleinen Gang. Auch der ist lehrreich genug: man liest immer allerhand an den Wänden. In Rostock am gleichen Ort stand früher auf der Wasserspülung, daß die Deutschen ihren Kaiser wiederhaben wollten — hier ist zu lesen: ‹Salaud!› und ‹Voleur!›, was sich umschichtig auf Cachin, Daudet und Herriot bezieht. Vox pipili.

Ja, auf dem Plakat ist die Mistinguett abgebildet. «Wie gefällt Ihnen meine Frau? Mir gefällt sie nicht!» Jedenfalls war sie in Amerika, wie auch Gémier vom Odéon und viele andre; sie vertraten dort — wie einer entdeckt hat — die These vom Dollar pour l'art. Und neben ihr zeigen sie Schönherrs *‹Weibsteufel›* an. Auch siegreiche Staaten haben ihre Beschwerden.

Jetzt wollen wir erst einmal einen nehmen. Ich stehe an der Theke — an der Theke ist es ein bißchen billiger, gnädige Frau, falls Sie mal nach Paris fahren — und komponiere ein kleines Lied auf der Schnapsorgel, die da hinter dem Wirt steht. Viele Leute trinken hier ihre Vormittagsschokolade — nur die belegten Brötchen sind teuer, wie alles, was man in Paris außerhalb der Hauptmahlzeiten essen will.

Ob im Hôtel Drouot etwas los ist —? Das Hôtel Drouot ist gar kein Hôtel — es ist das Haus, wo die Versteigerungen, monopolisiert, vor sich gehen. Briefmarken kann man da kaufen und Möbel und silberne Löffel und Gobelins und Alt-China in garantiert echten Original-Imitationen — es geht ganz leise zu. Die Leute sitzen ganz artig auf ihren Stühlchen, der Auktionator steigert leise, die Bieter nicken nur, kaum wahrnehmbar, er sieht jedes Augenzwinkern. Neulich hat übrigens

Francis Carco – ganz recht, der Papa von ‹*Jésus-la-Caille*› – seine Bilder verkauft, viele Utrillos, darunter Werke, die er von den Künstlern erhalten hat, als die noch ganz unberühmt waren. Er hat über 200 000 Francs erzielt; ich weiß nicht, wieviel er den Malern abgegeben hat ...

Da ist ein Zeitungsgebäude, da noch eines. In einem – im ‹*Petit Journal*› – hat einmal ein Kollege von mir gesessen, vor sechzig Jahren saß er da und schrieb täglich seinen kleinen Chronisten-Artikel. Er hat sich fotografieren lassen: mit dem ‹*Petit Journal*› in der einen Hand und mit einem Sou in der andern – so viel kostete damals das Blatt. Als man ihn fragte, wie er es mache, jeden Tag ein andres Thema zu behandeln, antwortete er: «Wissen Sie, ich schreibe nur über die Sachen, von denen ich nichts verstehe!» Er hieß Thimoteus Timm. Es muß an der Alliteration liegen.

Jetzt will ich mich wieder nach Hause schleichen. Hoffentlich ist der Besuch inzwischen eingegangen, so Gott will. So etwas ist nicht sehr lustig. Die Leute marschieren immer wieder zu Prunier und immer wieder in die Revuen, und wenns die Frau nicht hört, fragt mich der Mann nach einigen Adressen. Und ich weiß doch keine. Aber ich kann mich nicht länger blamieren, und daher folge hier eine Liste:

32 rue Blondel: Nackte Mädchenbedienung.

186 rue Rondelet: Erzbischöfe, Neger und Minderjährige.

4 Boulevard Marbeau: Frau mit Lama (‹Tier oder Tibetaner?› Stelle anheim).

Und, etwas völlig Perverses:

18 rue Donizetti: Ein revolutionärer Sozialdemokrat.

Aber dies Unternehmen sollen sie ausgehoben haben.

Der Spaziergang ist geschlossen.

DIE TENDENZFOTOGRAFIE

Warum kann man den ‹*Simplicissimus*› nicht mehr lesen? Warum gibt es kein gutes deutsches Witzblatt? Weil der Typus dieses alten Witzblattes unmöglich geworden ist. Diese mühsam konstruierten Scherze, um einen ein für alle Mal feststehenden Raum zu füllen («Seien Sie witzig!»); die ‹Idee›, die einem schlecht bezahlten Redakteur einfällt, und die er dann einem Maler in Auftrag gibt; diese veraltete Technik, zu einem gleichgültigen Bild eine Unterschrift zu finden, die ein Witz sein soll –: alles das ist ganz und gar uninteressant. Ganz abgesehen von einem völlig amorphen Publikum, dessen einzelne Schichten gar keine gemeinsamen Interessen mehr außer den trivialsten haben, abgesehen von der Feigheit der Verleger, die Annoncen und Abonnenten, aber kein gutes Witzblatt haben wollen –

ganz abgesehen davon ist auch die Technik dieser Blätter von vorvorgestern. Es gäbe schon etwas Neues.

Einen Grosz findet man nicht alle Tage. Die kleinen Zeichner sind nicht übel – ob sie auf die Dauer ein Blatt füllen können, ist zweifelhaft. Es gibt aber ein sehr witziges, politisch unendlich wirksames Kampfmittel – und das ist die Tendenzfotografie. Sie wird viel zu wenig angewandt.

Die Phantasiearmut der sozialdemokratischen Parteiredakteure stattet ihre Bildbeilagen immer noch aus wie zu Großmutters Zeiten – ein tendenziöses Gegengewicht zu den angeblich objektiv berichtenden illustrierten Zeitschriften gibt es nicht. Warum eigentlich nicht –?

Warum macht sich von den Kommunisten niemand daran, im Bunde mit der Fotografie zu kämpfen? (Anfänge sind in *‹Sichel und Hammer›* zu finden.) Die Fotografie ist unwiderlegbar. Sie ist gar nicht zu schlagen. Was allein mit fotografischen Gegenüberstellungen zu machen ist, weiß nur der, ders einmal probiert hat. Die Wirkung ist unauslöschlich und durch keinen Leitartikel der Welt zu übertreffen. Eine knappe Zeile Unterschrift – und das einfachste Publikum ist gefangen. Ludendorff in Zivil; das Automobil eines Bankiers, die Wohnung seines Portiers; Richtergesichter einer preußischen Strafkammer und ihre Opfer; Studenten auf der Kneipe; verhaftete Kommunisten vor und nach Feststellung ihrer Personalien; eine Konfrontation der Physiognomien Lenins und Hindenburgs; eine Parade unter Wilhelm und eine unter Seeckt: das sind Themen, die mit Worten gar nicht so treffend behandelt werden können, wie es die unretuschierte, wahrhaftige und einwandfreie Fotografie tun kann. Die erst durch die Anordnung und die Textierung zum Tendenzbild wird. Sie ist eine maßlos gefährliche Waffe. Der Zeichner kann sich etwas ausdenken. Der Fotograf nicht.

Vom Kino zu schweigen. Da streiten sie sich über die orthodoxe Auslegung des Kommunistischen Manifests herum und sind noch nicht einmal dazu gekommen, das Kino, diese Bibel von Heute, der Arbeiterschaft dienstbar zu machen. Vor lauter Organisation, Bedenken, Kompetenzen und Beratungen kommen sie nicht dazu. Unterdessen haben und benutzen ihn die andern. Das mag wohl nicht von heute auf morgen zu ändern sein. Die Fotografien aber sind da, Dynamit und Sprengpatronen im Kampf der Seelen. Was uns fehlt, ist die tendenzfotografisch illustrierte Kampfzeitung.

WAS NUN–?

«Großes Hauptquartier, 25. Februar 1918. In Brest-Litowsk soll behauptet worden sein, daß ich mich für einen annexionslosen Frieden und das Selbstbestimmungsrecht der Völker erklärt hätte. Indem ich eine derartige Zumutung mit Entrüstung zurückweise, ersuche ich Ew. Hochwohlgeboren . . .

v. Hindenburg.»

Dem der Krieg wie eine Badekur bekommen ist, der wird Präsident der Deutschen Republik, die es nun wohl nicht mehr lange sein wird. Sie hats verdient.

Mit einem Dank an Niedner dürfen wir das Pappschildchen: ‹Herzlich willkommen!› an die Wilhelmstraße nageln. Dieser Vorsitzende der letzten Veranstaltung vor dem Staatsgerichtshof hat die Kommunisten, die das Zünglein an der Wahlwaage bildeten, durch Prozeßführung und Urteil derart aufgebracht, daß jeder Appell an ihren politischen Verstand erfolglos bleiben mußte. Sie wollten eben nur demonstrieren, sie haben demonstriert, und das kam dem alten Mann zugute. Was hätten sie von Marx auch erwarten sollen? Mehr als zum Tode verurteilen – und in solch einem Prozeß verurteilen! – kann selbst Herr Hindenburg sie nicht. Der *‹Vorwärts›* hat nicht die leiseste Veranlassung, den Mund aufzureißen: seine Prozeßberichte aus Leipzig hätten in jedem Generalanzeiger der Provinz Ostpreußen stehen können – er ist der allerletzte, der den Kommunisten auch nur Verhaltungsmaßregeln zu geben hätte.

Nicht zu vergessen sind aber die Demokraten. Drei Millionen Stimmen hat der neue Präsident und Sieger von Compiègne bekommen von solchen, die im ersten Wahlgang nicht gewählt hatten. Dieser erste Wahlgang . . .! Ein französischer Sozialist, der sich nach Eberts Tode in Deutschland aufhielt, sagte mir, er hätte so etwas Hilfloses wie die Politiker der Linken in dieser Epoche kaum je gesehen. Statt sich sofort auf Marx zu einigen, zerfielen sie in Vereinsgrüppchen, arrangierten die unsagbar alberne Hellpach-Komödie, die wieder einmal zeigte, wie diese Partei nur aus ihrer Presse besteht (Thälmann, der Kommunist, schlug Hellpach spielend) – die Aufstellung von Braun und Hellpach hat Hindenburg erst möglich gemacht. Aber woher kommen die drei Millionen?

Der Reichsblock hat sie mit ungeheurer Gewissenlosigkeit und Geschicklichkeit an sich gezogen. Und warum nicht die Linken?

Weil die Linken sich an die Person Hindenburgs nicht herangewagt haben; weil sie immer wieder, in allen Reden und Aufsätzen, die hohe Verehrung und Liebe betonten, die sie für dieses Idol preußischer Mannheit empfänden; weil sie den alten Mann hochleben ließen, in

Respekt zu ihm aufsahen, ihn anhimmelten – und dann empfahlen, Marx zu wählen. Ich weiß, wie schlau sich die Nachtlichter dabei vorgekommen sind. Wie feine Psychologen sie sich deuchten, wie diplomatisch sie vorzugehen glaubten! Mit so kindischen Halbheiten lockt man keinen Wähler hinter der Zentralheizung hervor. Eine Wahlparole braucht nicht gemein zu sein – aber einfach und klar muß sie sein. Wenn man dieses patriotische Zeugs da las, war wirklich nicht einzusehen, warum man Marx wählen sollte. Alle Voraussetzungen waren günstig für Hindenburg – warum ihn nicht wählen? Man hat ihn gewählt. Mancher lernts nie.

Die berliner Börse legte für Marx Odds: – 2:1. Man stelle sich ein Geschäft vor, bei dem die Makler derart falsch tippten! Wie pflegte unser alter Georg Metzler zu sagen? «Jeder Börsianer ist außerhalb seines shops ein Esel.» Nicht nur ein Esel. Diese größenwahnsinnigen Liberalen alter Richtung, die zwischen dem Börsenbuffet und Heßler immer nur sich sehen und als einzigen Repräsentanten des ‹Volks› den Chauffeur – sie haben keine Ahnung von der wahren Lage im Lande. Ihre Zeitungen sagens ihnen nicht und suggerieren sich und ihnen: was nicht gewürdigt werde, existiere nicht. Es existiert. Es lebt, wählt und siegt. 2:1 –! Ein Beispiel mehr, das zeigt, was von den politischen Instinkten der Börse und der Kaufleute zu halten ist. Sie sehen nicht, sie hören nicht, und der himmlische Vater ernährt sie doch.

Das deutsche Volk ist also in zwei Hälften gespalten: die Hindenburg-Minorität umfaßt etwa fünfzehn Millionen Wähler; die andern – Marx-Leute, Kommunisten und Nichtwähler – etwa siebzehn. Was nun –?

Der kaiserliche Statthalter ist in der denkbar schlimmsten Gesellschaft. Sie wird ihn beraten? Sie wird regieren. Und er wird tun, was er sein ganzes Leben getan hat: er wird unterschreiben.

Er wird unterschreiben:

Die Reinigung der Verwaltung – soweit sie noch notwendig sein sollte. Die letzten republikanischen Richter werden bald ausgehaucht haben. Die Schule wird völlig in Nationalismus verkommen. Die Reichswehr gehorcht dem neuen Mann blind – es ist sogar möglich, daß der aalglatte und undurchsichtige Seeckt dabei fällt; denn er ist viel klüger und weitblickender als die Putschisten, die da jetzt Politik machen wollen. Das ‹Republik› firmierende Reich wird hoffentlich die Farben wechseln, damit man schon auf weite Entfernung erkennen kann, mit wem man zu tun hat; Kritik am kaiserlichen Feldmarschall wird auf Grund des Gesetzes zum Schutz der Republik bestraft werden, und für den Rest und den neuen Anfang hätten wir den Artikel 48 der Reichsverfassung, die der Tirpitz-Kandidat beschwören wird. Wie seinen Soldateneid.

Die französische Presse erregt sich nicht übermäßig, weil für sie der Unterschied zwischen Marx und Hindenburg nicht so groß ist wie für uns. Wir aber kennen die entsetzlichen innenpolitischen Folgen, die die Wahl des alten Mannes haben wird — außenpolitisch betrachtet, haben die Franzosen allerdings nicht ganz so unrecht. Wenn man immer wieder hören mußte, wie Hindenburgs Wahl den amerikanischen Anleihen schaden würde, wie der deutsche Kaufmann sich und andern sagte: «Nationalismus — in Gottes Namen — ja! Aber nicht so laut! Aber nur die Geschäfte nicht stören!» — dann war man gewiß, auch auf der andern Seite nicht grade die ideale Garantie für den Frieden zu haben. Eine Maske ist von Deutschlands Gesicht gefallen? So feierlich kann ichs gar nicht nehmen: hier gibt es schon lange nichts mehr zu maskieren.

Und was nun —?

Wir dürfen wieder von vorn anfangen. Wir dürfen da anfangen, wo der kaiserliche Hanswurst im Jahre 1914 aufgehört hat — denn seitdem hat sich in Deutschland aktiv-geistig nichts verändert, es sei denn: zum Schlechten.

Mißtrauen auf der ganzen Welt, äußerste Gefährdung aller auslandsdeutschen Beziehungen und, das Schlimmste: die Währung. Mit Schacht ist es wie mit der heiligen Dreieinigkeit: man muß dran glauben. Tut mans nicht, ist alles zum Teufel: das kaufmännische Vertrauen, die Geschäfte und die Rentenmark. Diese Burschen da sind die Totengräber Deutschlands.

Was auch immer die alte Entente uneinig gemacht und fast zum Zerfall gebracht hat: gegen Hindenburg ist alle Welt einig. Und bevor wir uns mit dem Politiker Hindenburg befassen, mit dem, der bei Bethmanns Sturz gefragt wurde, wer denn nun folgen solle, und antwortete: «Aber der Nächste natürlich ... der Nächste!» — bevor wir uns mit diesem so vorgebildeten Präsidenten beschäftigen, ist zu sagen:

Es gibt eine Anzahl Deutscher, die zu Hindenburg nicht in Verehrung aufblicken, die in ihm nicht die Idealgestalt unsrer Zeit sehen, die seine Qualitäten nicht schätzen, und die ablehnen, mit diesem Mann in irgendeiner Form identifiziert zu werden. Wir lehnen ihn ab — auch dem Ausland gegenüber. Diese lächerlichen Rücksichten, ‹man dürfe sich nach außen hin nicht kompromittieren›, haben hier aufzuhören. Wenn es unter den Demokraten, den Sozialisten und selbst unter den Pazifisten noch Leute gibt, die für ultraschlau halten, ‹Taktik› mit den vollendet gut informierten Franzosen und Engländern zu treiben, so muß ihnen gezeigt und gesagt werden, daß sie ultradumm sind. Wir pfeifen auf ihr Nationalgefühl — wir sind zunächst einmal für europäische Anständigkeit.

Was nun —?

In Frankreich beginnt, sechs Stunden nach dem berliner Telegramm, der Angriff gegen das Kartell der Linken, und die Wahl Hindenburgs wird gewissermaßen Herriot angekreidet. Sie wird weiterhin außen- und innenpolitisch ausgemünzt: innenpolitisch gegen das Kabinett Briand, das der Rechten noch nicht zusammengesetzt genug ist, und das sie eindeutig haben will – außenpolitisch: Da habt ihr die Deutschen! Den Kriegsminister im französischen Parlament wird bald ein Sergeant vertreten können – so leicht wird er seine Forderungen durchdrücken. In Deutschland …?

An eine geschlossene Haltung der Politiker und der Straße gegen den alten Mann ist da nicht zu denken. Ein politisch denkendes Volk zöge die Fensterladen zu, wenn er vorbeiführe, ginge nicht auf die Straße, wenn er Paraden abhielte, weigerte sich, mit dem Mann politisch zusammenzuarbeiten – weil wir nicht zu ihm gehören und er nicht in die Republik, weil er nicht einer der unsern ist, und weil er diesen Krieg geführt, verteidigt und gepriesen hat. Sie werden ihn bestaunen und fotografieren, wenn er, immer mal wieder treu, die Verfassung beschwört – sie werden schmockig registrieren, daß er sich dabei ‹durchaus würdig› benommen und keine Kanone im Sitzungssaal abgefeuert habe, sie werden konstatieren, daß er doch noch recht rüstig, oder daß er alt aussähe – alles, alles: nur ignorieren werden sie ihn nicht.

War es nur taktische Klugheit, ihn im Wahlkampf für den andern so hoch zu preisen? Ein klein wenig Liebe war alleweil dabei. Es sind ewige Unteroffiziere. Sie können nicht anders.

Und solange sie sich diese Tätowierung nicht haben entfernen lassen, solange sie nicht mutig und scharf ohne jede Rücksicht auf Situation, Prestige, Ausland, Presse und Gegenpartei den verruchtesten und seelenlosesten Nationalismus abgelehnt haben: so lange ist an keine Heilung zu denken.

Was nun –? Nun eine bittere, schreckliche, blutige Lehre. Die tausendfach verdient ist.

BABBITT

Hier sind die amerikanischen Buddenbrooks.

Wenn Hanno nicht frühzeitig am Typhus gestorben wäre, sondern eine ehrbare lübecker Kaufmannstochter geheiratet hätte, deren zweiter Sohn dann später – ‹wegen einer häßlichen Geschichte, weißt du?› – nach Amerika ausgewandert wäre: dieser Herr ‹*Babbitt*› von Sinclair Lewis (bei Kurt Wolff in München erschienen) könnte ganz gut fünfzig Jahre nach den lübecker Stammeltern gelebt haben. Nämlich heute.

Es ist der aktuellste Roman, der mir in der letzten Zeit unter die

Finger gekommen ist – er ist durchaus aus unsrer Zeit. Und es ist sehr fesselnd, zu bemerken, daß der Autor diesen Eindruck nicht mit Wortverdrehungen und Verrenkungen, nicht mit wilden Masturbationsphantasien junger Herren erreicht, die da glauben, Alaska als Schauplatz einer Handlung zu wählen sei schon eine Tat für sich, und die das Verhältnis zwischen Mann und Frau so aufplustern wie ein Hahn ohne Hennen sein Gefieder. ‹*Babbitt*› ist ein ganz bürgerlich erzähltes Buch, und es enthält endlich einmal unser Leben genau so, wie wir die Sache immer angesehen haben: fast ohne Pathos, wissend, schmunzelnd, verzweifelt, mit Kopfschütteln.

Die ersten hundertundfünfzig Seiten des Romans sind die Schilderung eines Geschäftstages des Herrn Babbitt. Das ist eine Meisterleistung. Vom Aufwachen bis zum Schlafengehen keinmal eine alberne Übertreibung, keinmal der große soziale Fluch: Ha, Bürrrger! Lewis erzählt, stellt fest, überall ist Herr Babbitt zunächst nur Herr Babbitt, ein voller, saftiger, bunter Kerl, daneben allerdings noch viel mehr. Aber das wird nicht gesagt. Das Buch riecht nach Wahrheit. Es kann nicht nur wahr sein: es muß wahr sein.

Es muß deshalb wahr sein, weil wir die Wahrheit kontrollieren können. Früher, vor den achtziger Jahren, wuschen sich Romanhelden grundsätzlich überhaupt nicht – sie wandelten durchs Leben, wie man heute noch bei Tagore durchs Leben wandelt. Dann kam eine Zeit, da taten sie nichts als sich waschen: das nannte man Naturalismus. Und jetzt ist man wieder im besten Zuge, die Maschinerie entweder zu leugnen oder härter zu machen, als sie ist, oder sie zu umkleiden; aber Pathos und Wasserspülung zu mischen, das ist gar nicht beliebt. Bei Lewis guckt die Apparatur des täglichen Lebens durch alle Luken, und hier ist der Mensch unsrer Tage, der Ford-Automobile, Pear-Soap, Scotch-Whisky und Kalodont benutzt, so, wie er wirklich ist: unfeierlich. Guck mich mal an, Leser, und sei aufrichtig! «Das Auswechseln des Tascheninhalts vom grauen Anzug zum braunen war ein richtiges Ereignis, es war ihm sehr ernst mit diesen Dingen. Sie waren von welterschütternder Bedeutung, genau wie Baseball oder die Republikanische Partei. Da war seine Füllfeder und sein silberner Bleistift (bei dem immer die Minen fehlten), die in die rechte obere Westentasche gehörten. Ohne sie hätte er sich nackt gefühlt.» Na, wir wollen uns nichts erzählen ... Es ist ein beliebtes Mittel unsrer Literaten, die Maschinerie der Zivilisation den großen Gefühlen gegenüberzustellen, die noch die Bezeichnungen der alten griechischen Tragödie tragen: Badewanne und Trauer um die Geliebte, Haß und Buttersemmeln. Beliebtes Mittel, das einer komischen Wirkung nie entbehrt, aber es spricht doch eigentlich mehr gegen die Benennung der Gefühle als gegen die Buttersemmel. Es gibt eben keinen einfarbigen, alles andre ausschließenden Haß mehr (wenn es ihn je gegeben hat), und man packt sich nicht umsonst für die Bedürfnisse seines Lebens einen Apparat auf, der langsam Selbstzweck geworden ist. Die Seele hat ihn nicht verdaut und kann ihn nicht verdaut haben; auch in den hehrsten Momenten erinnert eine kleine Gehirnkolik daran, daß sich der Herr Mensch im Zivilisatorischen etwas überfressen hat. Worauf Herr Babbitt ins Geschäft geht – «produzieren, produzieren!» Dabei produziert er gar nichts. «Er fabrizierte nichts Nennenswertes, weder Butter noch Schuhe noch Lyrik, aber er war geschickt in seinem Berufe, Häuser für weit höhern Preis an die Leute zu verkaufen, als diese eigentlich bezahlen konnten.»

Autofahrt ins Büro, Wettrennen mit der Straßenbahn – «ein selten schönes, kühnes Spiel» –, Einmarsch in das große Bürogebäude, das mit Recht ein selbständiges «Dorf» genannt wird, mit Dorfbewohnern, einem Marktplatz und Seitengassen – Arbeit! Die Szene, wie Babbitt einen Brief diktiert, ist von einer Komik, die wir in der ganzen modernen deutschen Literatur suchen können: hier ist endlich einmal ein Chef für hundert gesehen, ohne deshalb ein Atom weniger konturiert, weniger klar geschildert zu sein. Wie sich das Geschwabbel des nervösen, im Zimmer herumstapfenden Babbitt durch die Sekretärin in einen modernen Geschäftsbrief auflöst, mit dem der Diktator selbstverständlich unzufrieden ist – «Ich wünschte wirklich, sie würde nicht immer an meinem Diktat herumverbessern!»: das lohnt allein schon die Lektüre dieses einzigartigen Buches. Folgt die weitere Geschäftstätigkeit Babbitts.

Auf jeder einzelnen Seite möchte man dreimal Hurra schreien. Ein nationaler Kritiker der ‹*Deutschen Zeitung*›, glaube ich, hat einmal geschrieben: «Wenn man den Namen Rudolf Presber hört, nimmt man unwillkürlich Haltung an.» Vor Lewis müßte man die Wache herausrufen. Zum Beispiel, weil er klar und unerbittlich alle Vorstellungen über Geschäfte, die in dem Kopf eines modernen Kaufmanns vorhanden sind, herausgekratzt und sie wie synthetische Perlen auf einer Zuckerschnur aufeinandergereiht hat. «Eine gute Gewerkschaft ist nützlich, weil man dadurch kommunistischen Gewerkschaften, die jeden Privatbesitz unterdrücken würden, ausweicht.» Und: «Als Babbitt zweiundzwanzig Jahre alt war, hatte ihm jemand gesagt, alle Senkgruben seien ungesund, und er eiferte seitdem noch immer dagegen.» Ach, meine Brüder: wie viele solcher Senkgruben gibt es auch bei uns! Nachdem Babbitt solchergestalt meditiert hat, verfügt er sich an die Geschäfte. «Er befolgte die Regeln seines Clans und führte nur solche Unredlichkeiten aus, die durch Präzedenzfälle sanktioniert waren.» Heilige Börse! Und nachdem sie geschoben, betrogen, sich übers Ohr gehauen haben, daß es nur so kracht, Lewis: «Die große Arbeit der Welt war im Gange. Lyte hatte etwas über 9000 Dollar verdient, Babbitt steckte 450 Dollar Vermittlungsgebühren ein, Purdy erhielt mit Hilfe des feinfühligen Mechanismus der modernen Geschäftswelt ein Geschäftsgebäude ...» Ja, Sombart, da staunste –!

Frühstück. «Babbitts Vorbereitungen, um das Büro während seiner anderthalbstündigen Frühstückspause sich selbst zu überlassen, waren etwas weniger kompliziert als die Ausarbeitung eines allgemeinen europäischen Krieges.» Das muß man selbst nachlesen: wie er frühstücken geht; wie er sich unterwegs im Auto ausrechnet, was er in diesem Jahr verdient hat – «Die Folge dieses kühlen Vermögensüberschlages war, daß er sich siegreich und wohlhabend und gleichzeitig erschreckend arm vorkam» –; wie er sich einen elektrischen Zigarrenanzünder für den Wagen kauft, wegen arm – «Er hatte nun die Möglichkeit, seine Zigarre anzuzünden, ohne anzuhalten, was ihm in ein bis zwei Monaten gewiß zehn Minuten ersparen würde.» Und dieser Babbitt ist gar kein Literaturclown. Jeder mittlere Prokurist einer berliner Bankfirma darf getrost über die falschen Schilderungen der Herren Dichter lachen, die ihn und seine Tätigkeit niemals begriffen haben. Babbitt ist ein Mensch, der in den Einzelheiten seiner Geschäfte vom Autor durchaus richtig beurteilt wird, der sich das Rauchen abgewöhnen will, seine Kinder auf seine Manier lieb hat, ins Büro fährt, arbeitet, vom Büro kommt, badet und wieder ins Büro fährt. Zum erstenmal ist in der großen Schilderung seines Arbeitstages die Gehirntätigkeit eines solchen Menschen richtig wiedergegeben: wie in ganz wichtigen Augenblicken immer wieder irgendeine Albernheit auftaucht; wie durcheinandergedacht wird; wie die Zivilisation über ihn dahinpurzelt; und wie seine Vorstellungen alle eindimensional sind – Rasieren, Familienliebe, Geschäfte, Zigarrenanzünder und eine vage Mischung von Kommunistenangst und Gottesdienst. Dazwischen – was ebenso angelsächsisch wie menschlich ist –: das Jungenhafte im Mann. Babbitt in der Badewanne: «Er patschte ins Wasser, und die Lichtreflexe zersprangen, schwankend und funkelnd. Er war kindisch und zufrieden. Er spielte. Er rasierte einen Streifen an der Wade seines dicken Beines herunter ... Er seifte sich ein und wusch sich ab und rieb sich streng und nüchtern trocken, er fand ein Loch im türkischen Handtuch, steckte gedankenvoll einen Finger durch und marschierte, ein ernster und unbeugsamer Bürger, ins Schlafzimmer zurück.» Und dann schläft er ein. Und hier hat Lewis den grandiosen Abschluß dieses amerikanischen Tages gefunden: er spielt die große Arie Gleichzeitigkeit, er singt ‹*In solcher Nacht*› und malt lauter kleine Bilderchen an die Wand. «Im selben Augenblick saßen ...» Denn das ist schrecklich und lustig und merkwürdig zugleich, wie alles nebeneinander liegt, hängt, zappelt. «Im selben Augenblick schliefen in der Stadt dreihundertundvierzig- oder fünfzigtausend alltägliche Menschen wie ein ungeheurer undurchdringlicher Schatten. In einer Spelunke jenseits der Eisenbahn öffnete ein junger Mann, der sechs Monate lang vergeblich Arbeit gesucht hatte, den Gashahn und tötete sich und sein Weib.» Und nun erst schläft Babbitt richtig ein. «Und im selben Augenblick drehte sich George F. Babbitt schwerfällig im Bette um – ein letztes Zeichen des Bewußtseins, mit dem er andeutete, daß er jetzt genug gehabt hätte von diesem unruhigen Einschlafen und allen Ernstes ans Werk gehen wollte.» Gute Nacht.

Es ist ein wahres modernes Buch. Es scheut sich nicht, Annoncenteile mitten im Text zu haben; es gibt endlich einmal die ganz natürlichen Seiten des Daseins, um die wir so viel Brimborium machen, indem wir sie pathetisch verklären oder pathetisch vereinfachen – so ist da die Reproduktion des kleinen Zettels, der das Resultat einer angestrengten geistigen Abendarbeit Babbitts darstellt: ein Geschmier von ein paar Schlagwörtern, einem gekritzelten Männerkopf, ein paar Zinszahlen und dem aus Langerweile hingemalten Namensmonogramm. Denn so sehen wir aus, wenn wir arbeiten. Babbitt schaukelt langsam in die Politik, er wird ein beliebter Redner; wie ist die soziale Angst geschildert, die so ein Individuum vor jeder Gruppe und ihren Machtträgern hat, diese Feigheit, mit der sich das durchsetzt ... Und dann verläßt Babbitt langsam den Fotografie-Rahmen seiner Gattung, und aus der Schilderung der Type wird eine Geschichte.

Es ist eigentlich keine rechte Geschichte mit Einleitung, Höhepunkt und Abklang – es ist wie ein Stück Flaubert, was da steht: es zieht so vorbei. Wie Babbitt mit seinem besten Freund in die Sommerferien geht, endlich allein! endlich ohne Familie!, wie er kindisch, etwas sentimental und etwas dämlich diese Sommerwochen verlebt, wie er wieder zurückgehen muß, aber nicht will; der Freund schießt auf die eigne Frau, kommt ins Gefängnis, Babbitt wird der heiligen Gesellschaftsordnung beinah untreu (hier ist die dünne Stelle des Buches), er fängt ein Verhältnis an – wie unerotisch ist das gezeichnet! –, verbummelt beinahe, demütigt sich vor kleinen Mädchen, möchte gern, kann nicht und redet sich daher ein, nicht mehr zu möchten, findet wieder nach Hause zurück und bleibt da, wo wir ihn angetroffen haben. Babbitts Frau wird krank, Babbitts Frau, mit der er sich gar nicht mehr gestanden hat die letzten Monate hindurch, weil sie alt und schlaff und fett geworden ist und die andere vielleicht jünger schien, weniger schlaff, dünner – und überhaupt die andre ist. Die Krankheit treibt die beiden wieder zusammen. Und wie die alte Frau auf einmal und trotz allem wieder ein Kind wird, seine Hand ergreift und vor der Operation die sicherlich nicht gut übertragbare Romanphrase sagt: «Ich fürchte mich, so ganz allein ins Dunkel hineinzugehen» – da liegen leise Lächerlichkeit und leise Liebe so eng beieinander, daß man erst merkt, wer dieses Buch geschrieben hat. Und Babbitt weiß, daß es nun aus ist mit seinen Eskapaden, und daß er bei ihr bleiben wird bis zum letzten Tag. Das hört sich so an: «Grimmig erkannte er, daß dies sein letzter verzweifelter Ausbruch gewesen war, bevor er sich in die schwerfällige Zufriedenheit des Alterns schickte. ‹Na›, und hier grinste er boshaft, ‹es war doch eine verdammt lustige Affäre gewesen, solange es eben gedauert hatte!› Und was würde die Operation wohl kosten? ‹Das hätte ich mit Doktor Dilling genau ausmachen müssen — aber nein, hols der Teufel, es ist mir ganz egal, es kostet eben, was es kostet!›» Und dann bleibt er bei Muttern.

Dies ist *‹Babbitt›*, das Buch vom modernen Amerika. Ich habe eine Amerikanerin gefragt, eine Dame, bei der die ausgezeichnete Alice Salomon drüben zu Gast gewesen ist, was sie von Lewis hielte. Sie sagte: «Ich habe *‹Main Street›*» — das ist ein zweites, in Amerika nicht minder bekanntes Werk von Lewis — «gar nicht zu Ende lesen können: so hat es mich geärgert, und so wahr ist es!» Und das ist auch eine Empfehlung.

Dieser Amerikaner scheint mir weit, weit über Sternheim und Leonhard Frank zu stehn, die den Bürger bekämpfen, beschimpfen, verlachen, kalt schildern — und die ihn nicht ordentlich kennen. Meinethalben: seine Seele oder seine Seelenlosigkeit. Nie und nimmer seinen Apparat, seine Welt, seine Kulissen. Hier sind keine religiösen Ausbrüche, hier sind keine Bürgerschemen, hier ist kein Schutzmann und kein Kanzlist, die sich so benehmen, wie sich Schutzleute und Kanzlisten seit Menschengedenken nicht aufgeführt haben: hier ist einfach ein Lebewesen, das nicht anders sein kann. Nicht sehr dumm, nicht einmal übermäßig beschränkt, vielleicht etwas weniger vollgepfropft mit wissenschaftlichen und gebildeten Redensarten als andre Leute — aber eben ein Zivilisierter.

Das Buch, in einer nichtssagenden grauen Antiqua gedruckt, ist ganz gut übersetzt. Gescheitert ist die Übersetzerin nur am Slang. Es gibt keinen reichsdeutschen Slang; wenn die Leute sich hier in der Sprache gehen lassen, dann fallen sie unbedingt in irgendeine lokale Dialektfärbung. Unglückseligerweise hat die Übersetzerin hierfür das Wienerische gewählt, das für ein amerikanisches Buch besonders ungeeignet ist. «Da schaun's her» und «so ein Strizzi!» im Pullman-Wagen ausgerufen: das will mir nicht recht einleuchten. Der Rest ist aber treffend herausgekommen.

Dieser Publikation fehlt nur eins. Auf der letzten Anzeigenseite müßte die Ankündigung eines gleichen deutschen Werkes stehen. Die Deutschen werden über den Amerikaner lachen. Aber nimmermehr begreift Herr Wendriner, daß auch er ein Babbitt ist; daß auch seine Vorstellungen, Gedanken, geläufigen Begriffe so lächerlich wirken können, wenn man sie still und freundlich aufreiht, ohne etwas dazu zu sagen; daß es grade die Dinge sind, die ihm selbstverständlich erscheinen, über die er gar nicht mehr diskutiert, und die in ihrer Würde so unbegreiflich albern sind; daß seine Dresdner Bank, sein Opernball, seine Literatur, seine Symphoniekonzerte, seine elektrische Wohnungseinrichtung und seine Geschäfte genau, genau, genau dasselbe Maß an Widersinn und Sinnlosigkeiten ergeben, wie es bei Babbitt der Fall ist. Bei Babbitt, dessen Autor uns eine Gestalt gegeben hat, eine für Millionen, um ihn herum ein hinreißendes Buch und — so ganz nebenbei —: Amerika.

STIMME AUS DEN KALKGRUBEN

Unser Leib ist längst zerfallen.
Ehemalige Hände krallen
in den Kopf des Nebenmanns
nach dem Tanz.
Hoch am Licht, da sind zum Beten
tausend Kreuze angetreten.
Ein Gezischel läuft umher:
«Der —?»

Dafür faulen ausgewaschen
Köpfe und Patronentaschen?
Hände an die Hosennaht
steht ein Staat.
Die Genossen, Demokraten,
keiner wagt sich an Soldaten.
«Siegreich führte er das Heer!»
Der —?

Freikorps gießt sich auf die Lampe
einen Stahlhelm voller Mampe.
Kaufmann steht dabei und kläfft:
«Das Geschäft . . .!»
Marsch — marsch! Ärmel aufgekrempelt!
Vor der Welt sind wir gestempelt.
Der Extrakt von uns ist wer —?
Der.

DIE ERSTAUNTEN

Paul von Hindenburg hat sich am Abend des Wahlsonntags ruhig zu Bett gelegt, bevor er das Resultat erfahren hatte, das ihn zum Präsidenten dieser Republik machte. Er war gar nicht unruhig, und am Morgen wachte er auf, durchaus nicht erstaunt, zu hören, was man ihm zu sagen hatte.

Die Herren Republikaner gingen am Sonntag spät ins Bett und waren recht erstaunt, als die Zählung der Stimmen beendigt war. Das hatte man nicht erwartet! Das nicht. «Hindenburg . . . ? Lieber Freund, die Zeit ist vorbei . . . !» Warum sind diese Sozialisten, Demokraten, die gemäßigten Pazifisten – warum sind sie eigentlich erstaunt?

Sie haben geerntet, was sie gesät haben.

So etwas von Wahlkampf hat die Welt noch nicht gesehen. Im Grunde gab es überhaupt nicht zwei Kandidaten, sondern nur einen: einen imperialistischen. Nur sagten die Hindenburg-Leute klar und offen heraus, was sie wollten: Menschen totschlagen, Gebiete erobern, gefürchtet sein, die alte Militärmacht wieder errichten. Vor der anderen Wahlbude standen Ausrufer, die riefen: «Hier noch die gute, echte deutsche Nationalrepublik! Gehen Sie nicht zur Konkurrenz! Sie bekommen hier alles genau so gut, genau so national, genau so durchgehalten – nur viel moderner verpackt!» Und die Kaufleute nickten. Daß man gegen Frankreich sein müsse, war ja ganz klar – aber soweit hatte der Patriotismus denn doch nicht zu gehen, daß die amerikanischen Anleihen darunter litten! Imperialismus? Gut. Aber nicht die Geschäfte stören.

Man muß die Wahlaufrufe, die Feuilletons, die Reden und die Flugblätter der Linken gelesen haben, um zu begreifen, warum so etwas nicht siegen konnte. Das floß über vor Bewunderung über den «erprobten Patrioten» Hindenburg, das drückte ihm seine Liebe und Verehrung, seinen Respekt und den genossenen Drill mit einer Wärme, mit einer so tiefen Hochachtung aus, mit solcher Unterordnung, daß man sich den Wähler nicht gut vorstellen kann, der nicht sagte: Ergo: wählen wir Hindenburg!

Es ist vielleicht besser so. Die Lage ist klar. Zum ersten Mal seit langen Jahren hat Deutschland eine politische Geste getan, die nicht verlogen ist. Man darf nicht vergessen, daß die Opposition gegen Hindenburg sich ja niemals gegen seinen Kern richtete, gegen sein Ethos, gegen seine Weltanschauung – sondern nur gegen seine Mittel. Die einen haben für das Beil gestimmt, die andern für die Guillotine – über die Anwendung der Todesstrafe selbst sind sich alle einig.

Die Republikaner aber haben keinen Grund, erstaunt zu sein.

Seit Jahren weicht das mutig zurück, seit Jahren traut sich kaum einer, das letzte Wort zu sagen, seit Jahren wird uns immer und immer wieder das einzige Wort entgegengehalten: Taktik. Nun ist für jeden Politiker klar, daß man nicht nur mit radikalen Programmen in der Welt herumfuchteln kann und daß mit der Aufstellung der höchsten Ziele allein noch gar nichts getan ist. Aber das Verbrechen der Sozialdemokraten und leider auch vieler Pazifisten besteht darin, daß sie ihre Grundsätze willenlos hingegeben haben. Ich kann mir denken, daß einer nach Hause kommt und spricht: «Ich habe alle meine Prinzipien geopfert, ich habe Verrat begangen, ich bin um viele Ellen zurückgewichen – der tote Bebel würde sich im Grabe herumdrehen. Aber: ich habe dafür eingehandelt: den Achtstundentag, die Abschaffung der Wehrpflicht, eine Justizreform. Hier sind meine Erfolge. Es war nicht sehr schön, wie ich sie errungen habe. Aber hier sind meine Erfolge.»

Doch seine Prinzipien alle, alle bis zum letzten opfern, kein Haar am eigenen Programm unzerrissen lassen, kein Satz, den man nicht abgeschworen, keine Gelegenheit, wo man nicht gekniffen, keine Erniedrigung, die man nicht heruntergeschluckt hätte – alles, alles, alles hinzugeben und dann nichts dafür nach Hause zu bringen: das ist nicht Realpolitik, wie uns die geölten Herren erzählen wollen – das ist dumm und feige zugleich. Und unehrlich.

Denn letzten Endes ist ja dieser Mangel an Mut nicht so sehr parlamentarische Geschicklichkeit, wie uns diese Nicht-Politiker und Publizisten vormachen wollen – es ist ja nur das sichere Symptom dafür, daß sich in diesen Kreisen eben nichts geändert hat, daß diese Leute insgesamt auch heute noch Kriegskreditbewilliger sind; daß ihnen angst und bange wird, wenn ihnen jemand vorwirft, sie seien nicht ‹national›; daß sie nicht den innern, den geistigen Mut finden zu antworten: «Nein. Wir sind selbstverständlich nicht national und wollen es auch gar nicht sein.» Sie sind es, und sind es immer gewesen.

Und sie sind unbelehrbar.

Von hundert parlamentarischen und journalistischen Niederlagen nach Hause geschickt, verprügelt, mit ausgefransten Hosen und verbeulten Hüten, gehöhnt, mit Bier begossen und von oben bis unten mit Spott bekleckert: so stehen sie da und sind Taktiker, Strategen, voll von den subtilsten Kniffen, die ihnen nicht über den kleinsten Rinnstein helfen. Da wollen wir sie stehen lassen.

An der Jugend aber ist es, sich neue Führer zu suchen und den alten nicht mehr zu glauben. (Weil man in Deutschland immer gleich dazu sagen muß, daß man keine Kandidatenrede hält, wenn man angreift, so wäre einiges hinzuzusetzen.) Die Jugend mag sich ihre Führer neu wählen und sieben, prüfen und bewähren lassen. Sie wird sie brauchen.

Bei dem, was jetzt kommt, wird sie Männer nötig haben, die unser Ethos in den Knochen haben, unsere Gesinnung, unsern Geist. Bei den unendlich schmutzigen Abenteuern, in denen der neue Provinznationalismus der dunkeln Herren die Nation stürzen wird, bilde sie das Gegengewicht. Sie sage die Wahrheit.

Bei den Routiniers wird sie keine Hilfe haben. Die haben heute noch nicht eingesehen, warum sie den Kampf verloren haben. Die Jugend sage es ihnen:

«Weil sie niemals gewagt hat, das Einfache, das Selbstverständliche, das Menschliche zu tun. Weil sie nach dem Kriege den historischen Augenblick versäumt hat, wo man die über Kasernenhöfe und Moraststraßen geschleiften Proletarier und Handwerker mit der Erinnerung an dieses unnennbare Grauen, mit Bildern und Geschichten, mit Filmen und Theaterstücken aufrütteln, aufpeitschen, an den Knöpfen des verlausten Entlassungsanzuges packen mußte und ihnen zu sagen hatte: ‹Eure Offiziere waren minderwertig, und sie konnten es sein, weil ihr alle nur danach gegiert habt, ebenso zu werden wie sie! Menschen zu schlachten ist eine maschinelle Schande, aber keine Heldentat. Ihr wart keine Helden. Ihr wart arme Luder.›» Herr Scheidemann hat seine Genossen am Brandenburger Tor mit Fahnen und Wimpeln empfangen, aber davon hat er nichts gesagt. Er konnte es nicht sagen — denn er fühlte es nicht.

Seit sieben Jahren kein ehrliches Wort von den Oppositionsparteien. Seit sieben Jahren so wenig Pazifistengruppen in Berlin und nur einige im Reich, die radikal ihren Gedanken bis zu Ende denken. Seit sieben Jahren Rückzug, Rückzug, Rückzug. Und noch im polnischen Konflikt, der kommen wird, werden sie sich von keinem Hindenburg-Anhänger an Nationalismus übertreffen lassen.

Nicht wahr, ihr habt doch alles getan? Flugblätter und ‹verständige Einwirkung›, ‹maßvolle und kulturelle› Propaganda gegen den tobenden Haufen der Totschläger, die immerhin eines erfaßt hatten: wie man auf Menschen wirkt. Die ununterbrochen, in den kleinsten Städten, in den Dörfern und in den Kaschemmen, gearbeitet und gepredigt haben, die sich nicht gescheut haben, auszusprechen, was sie fühlten, auch wenn es den andern nicht genehm war — die ihre Wahrheit gesagt haben. Deshalb haben sie — mit Recht — gesiegt.

Die andern sind, Schritt für Schritt, zurückgewichen, gut erzogen und bescheiden, unter dem Bart lächelnd, wie schlau sie und wie töricht doch die andern wären, bescheiden, gut erzogen, gebildet und schrecklich belesen. Und jetzt stehen sie in der letzten Hofecke, in die man sie gedrängt hat, gleich hinter der Küche und einigen andern Räumen, es duftet da nicht gut, nach vorn, wenn Besuch kommt, dürfen sie schon lange nicht, da stehen sie und ballen ein schwarz-rot-goldenes Schnupftuch in der Tasche und sehen sich an und sind erstaunt.

AUSLANDSBERICHTE

> Wien, 19. November. Aus Amsterdam wird uns gemeldet: Nach Mitteilungen der pariser Presse hat der *‹Daily Telegraph›* ein Telegramm des *‹New York Herald›* aus Konstantinopel erhalten. Danach soll die Brotkarte in Berlin eingeführt werden.
>
> Zeitungsmeldung aus dem Krieg

Was im Ausland von den Korrespondenten der großen Zeitungen verlangt wird, ist heller Wahnsinn. Die ungeheuern Spesen, mit denen sich die großen Zeitungsverlage belasten, gehen monatlich in die fünfstelligen Zahlen: es wird telefoniert und telegrafiert, telegrafiert und telefoniert. Was wird telefoniert?

Es gehört kein übermäßig geübtes Auge des Routiniers dazu, um den Kern jedes Auslandsberichts sofort zu erkennen. Man wird nach der Lektüre dieser Meldungen immer fragen: Woher hat er das? In den meisten Fällen kann man antworten: Aus einer andern Zeitung. Ungefähr neunzig Prozent aller Auslandsmeldungen enthalten Pressestimmen, das heißt: Verwertung fremder Nachrichten, das heißt: Resultate einer Arbeit, die man ebensogut in Berlin tun könnte. Die Zeitung nimmt die Zeitung wichtig, das kann man verstehen. Aber ganz abgesehen davon, daß Auszüge aus Zeitungsartikeln nicht immer klare Bilder ergeben, fehlt ja diesen Zitaten völlig die Atmosphäre, in der die zitierten Pressestimmen entstanden sind. In den meisten Fällen kennt der Leser den jeweiligen Charakter der fremden Zeitung nicht, er kann sie nicht richtig auseinanderhalten, und das französische *‹Zwölf-Uhr-Mittagsblatt›*, der französische *‹Lokalanzeiger›* und der französische *‹Börsencourier›* werden ihm meist alle hintereinander ohne Kommentar serviert; er ist nicht in der Lage, Schwere und Bedeutung der einzelnen Zeitungen richtig abzuwägen, er kennt in den wenigsten Fällen ihre Auflageziffern, geschweige denn Parteizugehörigkeit, Interessentengruppe, Nuance und öffentliche Geltung. An Fälschungen und Dummheiten denke ich dabei gar nicht. Wenn der *‹Berliner Lokalanzeiger›* den *‹Figaro›* eines der bedeutendsten politischen Blätter nennt, so kann man sich aussuchen, ob die Unbildung oder die Böswilligkeit seiner Redakteure größer ist. Aber das Unmaß von Nachrichten, die gar keine sind, prasselt in der ganzen Sinnlosigkeit ihrer Quantität auf den Leser herunter, der sich hier ein Körnchen herauspickt und da eins und der in Wahrheit durch Überschriften angeregt, manchmal irregeleitet, aber nie unterrichtet wird.

Mit den Korrespondenzen steht es nicht besser. Um den ganzen Unfug dieses falschen Nachrichtenrummels zu begreifen, sehe man sich einmal eine kleinere deutsche Provinzzeitung an: da bekommt der Leser in

Bernau eine sinn- und zusammenhanglose Reihenfolge von lächerlichen Nachrichtenfetzen vorgesetzt, die auch für einen Kenner fremder Länder unverständlich sind.

Das Leben eines Landes spielt sich eben nicht in seinen Zeitungen ab. Man kann zwar aus diesen Zeitungen viel ersehen, wenn man auch sonst gut Bescheid weiß – ihre Macht soll nicht unterschätzt werden. Aber eine Zeitung ist keine Kamera – Journalisten sind Abzeichner. Man muß immer Bild und Wirklichkeit vergleichen.

Die deutschen Verleger verlangen von ihren Auslandskorrespondenten zunächst diesen wüsten Haufen von Nachrichten mit dem ganzen Anhängsel der Pressestimmen; sie verlangen ferner etwas, das sie für besonders lebendig und instruktiv halten: unpolitische faits divers. Auch diese faits divers sind in den allerseltensten Fällen vom Berichtenden selbst beobachtet; sie sind wiederum aus Zeitungen abgeschrieben und geben, Kopie einer Imitation, blasse, schiefe, unrichtige Bilder. Diese Sensation war gar keine Sensation, das Tagesgespräch war ein Feuilleton, und die Wahrheit sieht ganz anders aus. Die faits divers sind auch schuld daran, daß die eine Nation die andre für einen Haufen tobsüchtig gewordener, ewig ehebrechender, halbirrer, sonderlinghafter, unter völlig desperaten Umständen lebender und mit Revolvern herumfuchtelnder Menschen hält. Wie sich der englische Hochadel zur Kirche stellt; was die jugoslawische Universitätsjugend für Ausbildungsmöglichkeiten hat; wie das Ausgabenbuch einer amerikanischen Mittelstandsfamilie aussieht – davon erfahre ich nichts. Aber da ist kein Ehebruchprozeß unsauber und dumm, keine blöde Wette von Rennjobbern albern, keine Toilette eines Theatergirls belanglos genug, als daß mich meine Leibblätter nicht ausführlich darüber unterrichteten. Der Grund ist sehr einfach: jene Fragen zu behandeln kostet viele Reisen und mühsame Kleinarbeit – den kindischen Klatsch kann man aus der Zeitung abschreiben.

Die deutschen Auslandskorrespondenten versenken sich in die ausländischen Zeitungen und blicken viel zu selten auf. Das hat einen ganz bestimmten Grund.

Die deutschen Journalisten im Ausland haben kein Geld.

Sie sind gar nicht in der Lage, ernsthaft mit ihrem englischen und amerikanischen Kollegen zu rivalisieren, weil sie nicht auftreten, weil sie die soziale Stufenleiter nicht genügend herauf- und herunterklettern können, weil ihr soziologischer Horizont zu klein ist.

Der unendliche Stolz eines deutschen Journalisten, der ein paar Ministerialindiskretionen aufgeschnappt hat, zeigt deutlich, wie kümmerlich sonst seine Quellen sein müssen. Sie können nicht ergiebiger sein; denn es gibt keinen deutschen Verlag, der einsieht, wie seine Auslandskorrespondenten auftreten müßten.

Mag sein, daß dabei die unleidliche Eitelkeit der Bürohierarchie von der ‹Zentrale› mitspricht, die nicht dulden kann, daß irgendein londoner

Vertreter besser bezahlt wird als ein leitender Mann in Berlin (obgleich ihre Aufgaben und Aufwendungen ganz verschieden voneinander sind); mag sein, daß sich der Verleger, leider mit einigem Recht, sagt, daß es auch so gehe: auf jeden Fall ist festzustellen, daß die deutschen Auslandsjournalisten ihre Aufgabe nicht erfüllen können.

Ich habe hier hinzuzufügen, daß mir bei dieser Feststellung nichts ferner liegt als ein verhüllter persönlicher Angriff: die deutschen Zeitungsvertreter, die ich zum Beispiel in Paris kennengelernt habe, sind gebildete, saubere und stets hilfsbereite Männer, die der sehr anstrengende Dienst voll ausfüllt. Mehr können sie nicht hergeben. Es fehlt ihnen an der Zeit, mehr zu tun – und es fehlt ihnen am Geld.

Es ist möglich, nach sehr langem Aufenthalt auch ohne größere Mittel über manche Gebiete eines fremden Landes gute Berichte zu machen; andre faßt man nie, wenn man kein Geld hat.

Man hat mir hier in Paris mit Recht gesagt, die Franzosen würden es als taktlos empfinden, wenn ein Deutscher, also der Angehörige einer Nation, die Frankreich Geld schuldet, wie ein Dollarmillionär aufträte. Das ist richtig. Aber zwischen einem solchen Auftreten und der Verfügung über absolut nötige Betriebsspesen ist noch ein großer Unterschied. Alles Wichtige, was ein guter Beobachter erfährt, erfährt er in Unterhaltungen mit Menschen, und zwar nicht mit Menschen, die er bei seinem Interview zum ersten Male sieht, sondern mit Menschen, zu denen er durch gesellschaftlichen Verkehr bereits einen nähern Kontakt hat. Die Herstellung dieses Kontaktes macht Kosten.

Das, was für viele zehntausend Mark jetzt getrieben wird, ist Unfug. Das Zeug unterrichtet keinen und führt höchstens zu innenpolitischem Mißbrauch. Man mag die Abstimmung über einen Kammerantrag telegrafieren, und wohin Herr Painlevé gereist ist – was die ‹*Liberté*› und der ‹*Matin*› und das ‹*Echo de Paris*› dazu sagen, ist viel weniger beachtenswert, als die deutschen Verleger glauben.

Fontane erzählt aus seiner Kreuzzeitungs-Zeit, wie oft die englischen Berichte zu Hause geschrieben wurden, und er macht sich ein bißchen darüber lustig. Aber nur ein bißchen. Die Schreiber waren und machten keine Wippchen. Es waren kenntnisreiche Männer, die die englische Presse genau kannten und Wirkung und Ausmaß jeder Nachricht durchaus abzuschätzen verstanden. Das kann man auch in Berlin, und dazu braucht man niemand nach London zu schicken.

Was man aber in Berlin nicht kann, ist dieses:

Zwanzig verschiedene Milieus im fremden Lande immer wieder aufsuchen: Akademiker, Gewerkschaftssekretäre, Geistlichkeit, den Adel, die Industrie, die Bauern und die Volksschullehrer. Was man in Berlin nicht kann, ist: im gesellschaftlichen Verkehr mit den Fremden auf jene Halbtöne zu horchen, auf die es so sehr ankommt, jene unwägbare Stimmung einzufangen, Zufälligkeiten vom Prinzipiellen zu sondern und Typen zu sehen. Um das zu erreichen, muß der Beobachter finanziell völlig frei sein und das besonders im Ausland, wo man andre Tischsitten und eine viel größere Geselligkeit beim Essen hat. Die dazu nötigen Spesen bewilligt keine deutsche Zeitung. Sie wirft ihr Geld zum Telefon hinaus.

Selbstverständlich ist das, was ein so profunder Kenner Frankreichs wie René Schickele nach Hause geschrieben hat, tausendmal wichtiger als dreihundert Telefonate, aus denen man sich beim besten Willen kein Bild machen kann. Trennt man die geschickte ‹Aufmachung› des kümmerlichen Stoffs von seiner Substanz, so sieht man erst, wie dürftig die Quellen rinnen.

Es gibt wohl nur eine Gruppe, die in ihrem Fach wirklich gut über das Ausland unterrichtet ist: das sind die Industriellen.

Da wird mit den Spesen nicht gespart – aber diese Leute berichten auch nicht, was in den fremden Fachzeitschriften steht, sondern sie gehen umher, machen die Augen und Ohren auf und erfahren wirklich etwas. Die Presse dagegen schreibt sich selbst aus.

Alle Einwände, daß die deutsche Presse solche Spesen für ihre Auslandsjournalisten nicht tragen könne, sind falsch. Sie trägt sie ja für die Durchführung eines total mißverstandenen Nachrichtendienstes, der seinen Zweck verfehlt. Wer nur einmal den *‹Temps›* oder die *‹Times›* in der Hand gehabt hat, weiß, wie ausgezeichnet da die Journalisten unterrichtet sind: sie haben eben nicht nur kalt interviewt, sondern sie haben mit aller Welt einmal gefrühstückt, zu Abend gegessen, sind mit allen einmal ins Theater, zum Rennen, in die Ausstellungen gegangen, haben die andern reden lassen, haben gefragt und zugehört. Die Verlage haben es sich etwas kosten lassen und eine gute Ware bekommen. Unsre Leute: eine schlechte. Die sozialdemokratischen und pazifistischen Blätter mit inbegriffen – sie sind im Ausland entweder überhaupt nicht oder meist elend vertreten.

Die deutsche Presse erinnert sich jährlich mindestens zweimal an ihre Kulturpflicht. Was das Gebiet des Nachrichtenwesens angeht, so ist zu sagen: sie erfüllt sie nicht.

PARISER VORORT

Von bunten Hühnern sanft umgackert,
weht still am Fenster der Kattun.
Ich hab mich so viel abgerackert.
Jetzt will ich ruhn.

Die Hundehütte bellt und winselt.
Schildkröten stolpern auf dem Kies.

Ich hab sie schwarz-weiß-rot gepinselt,
denn die Franzosen lieben dies.

Der Kater klimmt, der Obersteiger,
auf das Regal zwecks Übersicht.
Doch da liegt der ‹*Lokalanzeiger*› –
er schüttelt sich. Das frißt er nicht.

Und hier, inmitten des Krawalles,
ist auch ein zahmer Rabe da.
Er kann schon: «Deutschland über alles!»,
sitzt auf dem Mist und schreit Hurra.

Nun fehlt mir noch ein hehres Bildnis,
ein Hakenkreuz im Kabinett:
dann bin ich in der welschen Wildnis
komplett.

IN WEISSENSEE

Da, wo Chamottefabriken stehn
– Motorgebrumm –
da kannst du einen Friedhof sehn,
mit Mauern drum.
Jedweder hat hier seine Welt:
ein Feld.
Und so ein Feld heißt irgendwie:
O oder I ...
Sie kamen hierher aus den Betten,
aus Kellern, Wagen und Toiletten,
und manche aus der Charité
nach Weißensee,
nach Weißensee.

Wird einer frisch dort eingepflanzt
nach frommem Brauch,
dann kommen viele angetanzt –
das muß man auch.
Harmonium singt Adagio
– Feld O –
das Auto wartet – Taxe drei –
– Feld Ei –

Ein Geistlicher kann seins nicht lesen.
Und was er für ein Herz gewesen,
hört stolz im Sarge der Bankier
in Weißensee,
in Weißensee.

Da, wo ich oft gewesen bin,
zwecks Trauerei,
da kommst du hin, da komm ich hin,
wenns mal vorbei.
Du liebst. Du reist. Du freust dich, du –
Feld U –
Es wartet in absentia
Feld A.
Es tickt die Uhr. Dein Grab hat Zeit,
drei Meter lang, ein Meter breit.
Du siehst noch drei, vier fremde Städte,
du siehst noch eine nackte Grete,
noch zwanzig-, dreißigmal den Schnee –
Und dann:
Feld P – in Weißensee –
in Weißensee.

DIE RELIQUIE

Man nennt mich Zimmermann.
Upton Sinclair

In Nummer 26 des XX. Jahrgangs haben wir ‹*Stadt und Land*› von Queiroz betrachtet. Es gibt noch ein Werk des Portugiesen in deutscher Übersetzung: ‹*Die Reliquie*› (bei Kurt Wolff in München). Der Inhalt ist folgender:

Der Ich, Theodorico Raposo, wird als Waise zu einer Tante Patrocinio gebracht, zu ‹Tantchen›, einer alten, bigotten, überkatholischen Person. Da verlebt er seine traurige Jugend, mit viel Beten und wenig Essen. Er beginnt sachte, zu heucheln; es ist eine sonderbare Art, zu beten, die der junge Herr sich da angewöhnt. Das erste Liebesabenteuer ereignet sich. Es ist mit seltsamem Feixen erzählt, mit einer merkwürdigen Mischung von zähnefletschendem Humor und weicher Rührung. «Und nun, am Abend, feierte ich dort im Schlafzimmer der Adelia das strahlende Fest meines Lebens. Ich hatte mir dorthin ein Paar Pantoffeln mitgebracht – ich war der Erwählte ihres Busens ... ‹Adieu, kleine Deli›, ‹Laß es dir gut gehn, kleiner Millionär!› Und ich kehrte langsam zum

Platz Santa Anna zurück, meinen Genuß wiederkäuend.» Der Knabe wird älter, Tantchen wird es auch. Und er bewegt die Angst in seinem Herzen, die habgierige Alte könnte ihr ganzes Vermögen der Kirche zuwenden. Nein, das will er nicht. Schon an dieser Stelle taucht eine eigentümliche Stelle im Buch auf – eine Art Haßgesang gegen Christus, der doch schon genug hätte, wie? Und Theodorico, der Hoffnungsvolle, beschließt, fürderhin noch mehr zu heucheln, um sich bei Tantchen beliebt zu machen. «Von nun an verbesserte ich meine Frömmigkeit und machte sie perfekt.» Das geht gut.

Weniger gut geht das mit der Geliebten, mit der Adelia. «Dann eines Tages hörte sie auf, mir die schönste Liebkosung zu gewähren, die ich am meisten schätzte – den eindringlichen und genußreichen kleinen Kuß ans Ohr.» Und eine gemeine Eifersucht beginnt, in seinem Herzen zu keimen (hier steht übrigens die schöne Bezeichnung für verrufene Viertel: «Da sah ich einen ganz Vermummten höchst heimlich aus einem jener unsaubern Gäßchen heraushuschen, wo die käufliche Venus ihren Pantoffel nachschleift ...») – er hat also dieses verwünschte Frauenzimmer im Blut, und wieder taucht eine Vision auf. Er betet, gezwungenermaßen, vor dem Kreuz am Oratorium des Hauses. «Aber da trübte sich nach und nach der Glanz des edeln Metalls, nahm die weiße Farbe warmen, zarten Fleisches an; die Magerkeit dieses traurigen Messias, der da seine Knochen zeigte, rundete sich zu göttlich vollen und schönen Formen; unter der Dornenkrone entrollten sich lüsterne Ströme schwarzen, krausen Haares, auf der Brust zwischen den beiden Wunden erhoben sich, straff, grade, zwei herrliche Frauenbrüste, mit einem Rosenknöspchen auf der Spitze – und sie war es, meine Adelia, die da hoch am Kreuz hing, nackt, übermütig, lachend, sieghaft, schändete sie den Altar, mit Armen, die für mich ausgebreitet waren!» Das läuft nicht gut aus – das Mädel geht ihm verloren.

Da kommt eines Sonntags bei Tisch, bei Tantchen, wo fromme Leute speisen und auch ein Priester anwesend ist, die Rede auf Wallfahrten im allgemeinen und im besondern; und zwischen den Hühnerflügeln und dem Milchreis entkeimt dem kargen Busen der Dame ein heroischer Entschluß. Am nächsten Tag wird es dem Neffen verkündet: Auf! Nach Jerusalem!

Jerusalem –? Nicht eben übel. Ein bißchen anstrengend ... aber doch: «In diese muselmanischen Länder ziehen, wo man bei jedem Schritt über ein Serail stolpert, das stumm und rosenduftend zwischen Sykomoren steht ...» Ein Tropenhelm erscheint der tantlichen Frommen etwas zu gewagt für die Heiligkeit des Orts; aber er verspricht, wenns ernsthaft heilig wird, nur im Zylinder zu gehen, in Palästina ... Und verspricht auch, eine Reliquie mitzubringen, die schönste und beste, die es gibt. Und schiebt los.

In Alexandrien betritt sein Fuß den Orient. Sein Reisegenosse ist ein

Deutscher, Professor Topsius aus Bonn, ein Archäologe. Eigentlich mochte er ihn nicht. «Aber das Animalische in mir verehrte bereits das Intellektuelle in ihm; und wir gingen miteinander Bier trinken.» In Alexandrien wohnt — Jerusalem ist noch weit, o Tantchen! — Miss Mary, und sie tut was sie kann. Aber schließlich muß man fort, alles wird eingepackt, die Dame sitzt auf dem Bett «mit ihrem Hut und blauen Ringen um die lieben Augen», und da — da ist noch etwas! Der Wirt hat noch etwas entdeckt. «Unter den aufgewühlten Decken suchend, hatte er ein langes Spitzenhemd mit hellen Seidenbändern gefunden. Er schüttelte es, und es verbreitete sich ein schmerzliches Parfum von Veilchen und Liebe . . .» Und dieses Nachthemd nimmt der Gute mit. Nach Jerusalem.

Und dann kommen sie also ins Gelobte Land. Im Hotel gibt es beinahe einen Krach, Professor Topsius «mit der gesellschaftlichen Feigheit des disziplinierten Deutschen» will einrenken. Alles geht gut, sie besichtigen die Stadt, das Grab, die Kirchen, wiederum Kirchen, heilige Plätze — und übrigens auch die Gassen, wo die Venus ihren Pantoffel nachschleift, «um jenen Bienentanz zu genießen, der die Kältesten erhitzt und die Reinsten verdirbt . . .» Das ist aber eine große Nepperei, und wie dieser Bruch von einem Lusthaus geschildert ist, das zeigt einen großen Humoristen.

Jericho. Ruinen und heilige Stätten und Hitze, Hitze. Sie finden einen Dornenbaum. Einen Dornenbaum? oder Dornenbusch? Der Professor wird befragt. «Wir gingen hin. In der Einöde vor dem furchtbaren Baum erhob Topsius den Schnabel wie auf einem Katheder, zog sich für einen Augenblick in die innern Lagerräume seines Wissens zurück — und erklärte mir dann . . .» Er erklärte, dieses sei in der Tat ein solcher Baum wie der, von dem man die Dornenkrone für den Heiland heruntergerissen habe, und das sei die gewünschte Reliquie, die solle er nur Tantchen mitbringen. Ja, wenn es derselbe Baum wäre —! Da mogelt der gute Topsius etwas — «er begriff, daß es eine Familienräson gibt, wie es eine Staatsräson gibt» — und sagt: «Ja, det is er.» Und das geschieht auf Seite 152, und bis dahin ist die Geschichte außerordentlich witzig, spannend und diesseitig.

«Sicherlich schlief ich so seit zwei Stunden, eingewickelt und ausgestreckt auf meinem Feldbett, da schien es mir, als dränge eine zitternde Helle wie von einer rauchenden Fackel in das Zelt ein — und durch sie hindurch rief mich eine Stimme, klagend und schmerzlich: Theodorico, steh auf und reite gen Jerusalem!» Und die Geschichte bekommt hier Flügel, die Personen lösen die Sohlen vom Erdboden, sie reiten, aber nicht nur ins Heilige Land zurück, sondern zurück in die Zeit — und es beginnt jene hundertmal geschriebene Vision: Die Kreuzigung Christi. Aber wie ist das gemacht. —!

Die Kreuzigung Christi, gesehen mit den profanen Augen eines Heutigen — oder sagen wir: Damaligen, denn das Buch ist annähernd vierzig

Jahre alt. Da es ein gutes Buch ist, so wird nie ein deutscher Doktorand die literarische Vaterschaft Zolas oder Flauberts an diesen Dingen nachweisen — aber das kann uns ja nur recht sein.

Es ist also die Leidensgeschichte Christi, naturalistisch aufgedröselt, dargestellt, wie ein Zeitungsbericht darstellt, mit allen kleinen menschlichen Zügen, rekonstruiert, erfunden, dazuphantasiert: das teilnahmslose Volk, die reaktionären Juden, die Cliquen, die Klüngel, die religiösen und politischen Hintergründe — und über allem, wie von Shaw gezeichnet, die Briten des Altertums: die Römer. Die Stadt heult auf, weil sie die Gelegenheit wittert, den Römern eins auszuwischen. «Pontius malte unterdessen ganz teilnahmslos Buchstaben auf ein umfangreiches Pergamentblatt, das auf seinen Knien lag.» Und der, um den es sich handelt — welch ein Handel! —, den sieht der Held erst später. Er weiß aber: «Während soeben auf einem für Sklaven bestimmten Todeshügel der Mann aus Galiläa, der unvergleichliche Freund der Menschen, an seinem Kreuz erstarrte und jene reine Stimme der Liebe und Geistigkeit für immer stumm wurde — blieb der Tempel da, der ihn mordete, glanzumgossen und triumphierend, mit dem Blöken seiner Herden, dem Lärm seiner Spitzfindigkeiten, dem Wucher in den Säulenhallen, dem Blut auf den Altären, der Ungerechtigkeit seines harten Hochmuts, der Zudringlichkeit seines ewigen Weihrauchs...» Er sollte später einen Nachfolger bekommen, der Tempel — mit eben dem Bildnis des Gekreuzigten ... Und dann gehen sie auf den Kalvarienberg.

Es ist sehr bezeichnend für den Künstler Queiroz, daß er natürlich — wie ja alle — die Schilderung der Bibel nicht erreichen kann. Was da von Christus am Kreuz steht, ist würdig, schön und einem guten Schriftsteller durchaus angemessen. Viel stärker aber ist das Bild der beiden Schächer.

«Die beiden Verurteilten waren in der Frische der Abendluft aus der ersten Ohnmacht erwacht. Der eine — ein Starker, Behaarter, mit hervorquellenden Augen, mit vorgewölbter Brust und hervortretenden Rippen, als wollte er in einer verzweifelten Anstrengung sich vom Marterholz losreißen — heulte ohne Pause aufs fürchterlichste; das Blut rann ihm in trägen Tropfen aus den schwarzen Füßen, den geborstenen Händen; und von aller Welt verlassen, ohne irgendeine Liebe oder Mitleid, die ihm beigestanden hätten, war er wie ein verwundeter Wolf, der in einem Sumpfloch heult und stirbt. Der andre — zart gebaut und blond — hing ohne einen Seufzer wie ein halb abgebrochener Stengel von einer Pflanze. Vor ihm hob eine ausgemergelte Frau in Lumpen, indem sie fortwährend mit ihren Knien über das Seil hinwegrutschte, auf ihren Armen zu ihm ein nacktes, kleines Kind empor und schrie, röchelte vielmehr: ‹Sieh noch einmal! Sieh noch einmal!› Die fahlen Augenlider bewegten sich nicht; ein Neger, der soeben das Kreuzigungsgerät einpackte, ging hin und schob sie sanft fort; sie verstummte, preßte verzweifelt den kleinen Sohn an sich, damit sie ihn ihr nicht auch fortnähmen, zähneklappernd, am ganzen Leibe zitternd; und das Kindchen suchte unter den Lumpen nach ihrer magern Brust.»

Das Buch kehrt langsam wieder zur Erde zurück. Dieser Übergang ist mit viel Geschmack und Kunst gearbeitet, sie kehren zurück: in ihre Zeit und nach Hause.

Der Neffe kehrt wieder, bringt Glück- und Segenswünsche aus dem fernen Lande, Andenken und Traktätchen – eine Sache hat er sich bis zuletzt aufbewahrt. Die Dornenkrone. Er hat die mitgebrachte Reliquie fein verpackt im Oratorium aufgebaut. Alle, die befreundeten Patres, der Arzt, Tantchen schreiten in das Gemach. «Was ist es? Was ist es?» Er hat es nicht gesagt. Dies ist sein Hauptclou – dahinter winkt die Erbschaft, das ist sicher. Fünf Minuten später liegt er auf der Straße: er hat das Kistchen mit Marys Nachthemd gegriffen...

Und wie nun dieses Buch nicht als Komödienspaß ausgeht, wie auch dieser Scherz beiläufig leicht erzählt ist, wie der arme Held nun erst gefälschte Reliquien verkauft und dann in ein Käsegeschäft eintritt, wie außerordentlich lustig das Roman-Ende-gut-Alles-gut herbeigeführt wird: das ist das, was sich nicht lernen läßt, was man, an der festen Tradition europäischer Romane geschult, wohl heranbilden kann – aber es muß da sein.

Schade: es gibt keine illustrierte Ausgabe des Buches. Das vertrüge viele Zeichner: Frans Masereel fände seinen Spaß daran und sein Pathos, manches ist wie von der Frau Laurencin hingehuscht, und manchmal könnte gradezu eine kleine verblichene Fotografie zwischen den Seiten stehen ... Die leise Leichtigkeit des Stils ist selbst in der Übersetzung noch zu spüren: «Und meine hohe Liebe zu Vicencia verschwand eines Tages, unmerklich, wie man auf der Straße eine Blume verliert.»

Es ist ein schönes Buch. Nicht nur, weil es, wie in dem gescheiten Nachwort von Richard A. Bermann steht, die Überschwenglichkeiten der bigotten portugiesischen Gesellschaft der damaligen Zeit verspottet.

Sondern, weil es den Urheiland sieht, den, der heute verehrt wird, und den diese selben Anhänger damals gekreuzigt hätten. «An diesem Tage, da die Soldaten, die dich heute mit Blechmusik eskortieren, die Magistratspersonen, die heute jeden einsperren, der dich beleidigt oder verleugnet, die besitzenden Klassen, die dich heute verschwenderisch mit Gold und Kirchenfenstern beschenken – da sie sich mit ihren Waffen und Gesetzbüchern und Börsen vereinigt hatten, um deinen Tod zu erlangen, des Revolutionärs, Feindes der Ordnung, Schreckens der Besitzenden ... jawohl, von nun an und durch alle künftigen Jahrhunderte würde immer wieder vor dem Holz der Scheiterhaufen, in der Kälte der unterirdischen Kerker, an der Treppe der Schafotte – würde dieser schimpfliche Skandal von neuem beginnen, daß Priester, Patrizier, Richter, Soldaten, Gelehrte und Kaufleute sich verbünden würden, um auf der Höhe eines Hügels grausam den Gerechten zu töten, der, von Gottes

Glanz durchdrungen, die Anbetung im Geiste lehren oder das Reich der Gleichheit verkünden würde.»

Man nennt mich Zimmermann ... Sie haben ihn getötet und töten ihn heute noch – alle Tage: Priester, als feldgraue Militärbeamte verkleidet, wenn es die Mode verlangt; Kaufleute, die den Verkehr mit einem Bankhaus abbrechen, weil es für die Kommunisten ein Konto unterhält; Soldaten, die das Gebet wie einen Schnaps vor der Schlacht konsumieren; und Richter. Richter im schwarzen Talar und mit fertigem Urteilsspruch, mit klassenharten Augen und trübem Verstand, mit ungerührtem Herzen. Priester, Kaufleute, Soldaten und Richter – das Kreuz in Händen. Ein Opfertod, der zweitausend Jahre dauert.

UMZUG

Auch im Französischen gibt es ein Wort, das ungefähr besagen will: «Lieber dreimal abbrennen als einmal umziehen.» Das ist recht wahr. Bei einem Brand hat man es doch mit einemmal hinter sich. Nachts schreit das Mädchen im Korridor: «Herr Regierungsrat! Herr Regierungsrat!», ich raus aus dem Bett, das Mädchen kreischt, aber diesmal nicht, weil ich so schön bin, sondern weil es wirklich brennt, qualmt, knistert ... sie ergreift das Vogelbauer, ihren Sonnenschirm und einen alten Korb, ich entkorke den Feuerlöscher, er funktioniert nicht, ich gieße Wasser ins brennende Zimmer, dazwischen: «Wie ist denn das möglich?» – Das Mädchen jammernd: «Ich weiß ja auch nicht! Gestern abend hats noch nicht gebrannt . . .!», das ist ein Trost, Feuermelder, Feuerwehr, es sieht gar nicht schaurig-schön aus, sondern stinkt nur entsetzlich, Gott weiß, welche Kindsleiche da mitbrennt. Morgens ziehe ich traurig einen Band Unruh aus dem Unglück, der pappne Deckel hat sich gebogen, das kommt von der Hitze. Und dann ist es vorbei, und man weiß: Bei Panters hats gebrannt.

Aber ein Umzug –! Das ist viel schlimmer. Dieses Mal bin ich in Frankreich umgezogen, und vier Wochen waren verloren. Vier Wochen lang telegrafierten die Verleger: «Wo bleibt fünfter Akt Pubertätsdrama? Sofort senden, da Baisse in Pubertät bevorstehend.» Und: «Zwei Pfund pariser Stimmungsbilder ausstehend, desgleichen Boulevard-Treiben, Sensationsprozeß und Modebilder von Montmartre. Wenn bis Montag nicht geliefert, abschließe mit Konkurrenz.» Nur der Chef der *‹Weltbühne›* schwieg, gütig wie immer: die Aktualitäten der deutschen Politik hatte er für ein halbes Jahr voraus, ihm konnte nichts geschehen.

Eine Wohnung zu finden, war nicht leicht gewesen. Hier in Frankreich gibt es kein Wohnungsamt, dafür lebt ein kleines Achtel der Bevölkerung vom Wohnungsnachweis. Es wimmelt von Agenturen, jedes kleine Örtchen hat deren mehrere, und die Bewegung auf dem Immobilienmarkt scheint stark zu sein. Paris platzt erst jetzt über die Fortifikationen, es wird viel gebaut, und zwar nicht, wie in Deutschland, nur Villen, sondern sehr viele Mietshäuser. Die haben kleine Zimmer, Wände zum Umblasen, sehr oft Badezimmer – und sind teuer. Ja, es ist überhaupt schwierig, zu mieten, denn die meisten dieser Wohnungen sind ‹à vendre›, und das heißt in Wirklichkeit: es bilden sich Baugenossenschaften der zukünftigen Mieter, und die schießen dem Unternehmer, der nicht schlecht daran verdient, einen Teil der Bausumme vor, er baut (manchmal baut er auch nicht), und bei Fertigstellung oder kurze Zeit nachher wird die Restsumme fällig; nun gehört die Wohnung dem Einziehenden als Eigentum. Die Unterhaltungskosten des Gebäudes haben aber die Teileigentümer zu tragen, sehr niedrig sind sie nicht. Und so drängt also alles in die heitere Umgebung von Paris.

Ja, sie ist schön, diese Umgebung. Im Westen und Nordwesten, da, wo die Seine ihren Mäanderlauf vollführt, sind viele Höhenzüge bewaldet, nein, eigentlich nur begrünt. Außer Fontainebleau gibt es in der nähern Umgebung von Paris nicht recht etwas, was man ‹Wald› nennen kann – und auch der bei Fontainebleau hat noch einen fast parkartigen Charakter. Feen tanzen darin umher, keine Bären. Und dann gibt es dorfartige Ansiedlungen, darin sind die Wohnungen nicht schön, und da gibt es ein sich immer wiederholendes Bild: die kleinen Häuserchen liegen in dürftigem Grün hingewürfelt, nahe beieinander, es entstehen keine stillen Straßen, das Ganze liegt platt da wie eine Maurermeisteransiedlung. Und ich suchte und suchte. Was habe ich alles gesehen!

In Leu am Brunnen steht ein steinernes Haus, das hat Zimmer so groß wie Reitställe. In Soisy steht eines, das ist wie aus dem Schmuckkästchen – aber wer darin wohnt, der ist zum Bahnwärter prädestiniert, die Kleinbahn pfeift unmittelbar daran vorbei. In Saint-Germain gibt es einen Pavillon, der ist von einem Onkel Hasse Zetterströms erbaut: man tritt ein, geradeswegs ins Eßzimmer, kommt von da auf einen Korridor, von da ins Badezimmer, von da wieder auf einen Korridor mit einer kleinen Treppe, von der Treppe in ein Schlafzimmer, vom Schlafzimmer aufs Dach . . . weiter habe ich mich nicht getraut. Man kann ein ganzes Schloß mieten: mit 133 Zimmern, Garage, Waschbude, Hühnerstallungen, Pferdekäfigen, Untertanen, eigner Gerichtsbarkeit und Wasserspülung. Schließlich habe ich dann eine kleine Wohnung bezogen.

Lieber dreimal abbrennen . . . Dabei machens einem hier die Leute nicht schwer: die kleinen Handwerker sind nicht unzuverlässiger als in Deutschland, auch nicht übermäßig geschickt, aber bei weitem freundlicher. Es fehlt dieser entsetzliche passive Widerstand, dieses grauenhafte «Ja – da müssen Sie erst . . .» Hier muß man gar nicht erst.

Natürlich muß man in einem Lande Arbeit nehmen, um es wirklich kennen zu lernen, nicht nur Arbeit geben. Aber auch dabei sieht man dies und jenes. Zum Beispiel die unerschütterliche Anständigkeit der kleinen Lieferanten, die da kreditieren ... es nützt gar nichts, um Rechnungen zu bitten, man bekommt sie doch nicht. Hierbei und bei vielen andern Erscheinungen habe ich immer den Eindruck, als lebe Frankreich noch gar nicht im Jahre 1925, oder als tue das wenigstens nur eine kleine Schicht. Die allgemeine Geisteslage hier entspricht beinah einem Franc-Stande von 80 Pfennigen. Sie ist noch nicht nachgerückt.

Zeichen von Deutschfeindlichkeit —? In vierzehn Monaten: einmal. Das hat nichts mit dem zu tun, was sich die Franzosen über die Deutschen denken. Schwerer deutscher Aberglaube, daß die auf der gesamten übrigen Erde geltende glatte Umgangsform etwas mit ‹Achtung› oder ‹Beliebtheit› zu tun hat. Es klingt aber alles netter im Französischen, es streichelt die Nerven, niemand bockt. Der Polizeikommissar auf dem Revier: «Ich hätte nicht geglaubt, daß Sie Deutscher sind. Freilich: Sie haben nicht den Akzent der lateinischen Rassen ...» Man stelle sich das in Schöneberg vor.

Aber dennoch: lieber dreimal abbrennen.

Nun ist beinahe alles eingeräumt, der Tischler ist aus dem Haus, der Maler auch, der Schlosser auch. Ich knie vor einem Koffer und weide ihn aus. Das hört nie auf, weil ich immer wieder innehalte und mir ansehe, was ich da gefischt habe. Die alten Sachen stehen herum und wundern sich. Das ist nicht sehr heiter, mitunter. Briefe sollte man ja keinesfalls aufbewahren. Worauf sie sorgfältig weggepackt (nicht etwa gelesen) werden. Und da sind also die Bücher.

Lichtenberg: «Er hatte seine Bibliothek verwachsen, so wie man eine Weste verwächst. Bibliotheken können überhaupt der Seele zu enge und zu weit werden.» Wie recht hat er! Wie sieht mich das an! Wie sehe ich das an! Mit ganz wenigen Ausnahmen hat die Tagesliteratur, die vor dem Jahre 1914 erschienen ist, ungefähr den Wert von Kindheitserinnerungen: man bewahrt das Schuhchen von Fritzchen auf, nicht, weil man es noch einmal tragen will, sondern eben als Erinnerung ... Diese Schmerzen, diese Verse, diese Polemiken, diese Romane — ja, es ist alles sehr schön und gut, aber es geht einen gar nichts mehr an. Man soll nicht undankbar sein — aber wie tot ist das alles! Was ist geschehn?

Es ist geschehn, daß wir gelernt haben, wie unmöglich es ist, seelische Erlebnisse ohne Zurückführung auf gesellschaftliche Zustände anzusehen. Daß man ruhig und still die Einkommenziffern der Helden prüfen muß, um sie zur Hälfte zu verstehen: ihre Freuden, ihre Anschauungen, ihr Leben. Daß ein Sparkassenbuch, eine unrechtmäßig ausgenutzte Kokerei, das Privateigentum an Transportmitteln — daß dergleichen Villa und Park erst ermöglichen, mit allem, was danach kommt ...

Mit dieser Kenntnis, zu deren Erwerbung unsereiner erst den Weltkrieg nötig gehabt hat, ist nicht alles erworben, aber viel. Wir haben viel gewonnen. Und mehr verloren. Geblieben ist wenig vom Alten, und viel Neues ist dazu gekommen. Balzac ist geblieben.

So weit wären wir also eingerichtet. Die im Prospekt garantierte ff. Morgenstille ist nicht geliefert worden. Ums Haus herum bellen die Hunde, unsre gefiederten Lieblinge. Da bellen sie, stumpfsinnig, aufgeregt, ununterbrochen; an den einzelnen Stimmen kann man die Größe der einzelnen Joujous veranschlagen. Hoch, tief, ein kleiner bellt ... wenn ein Stiefmütterchenbeet bellen könnte, würde es so bellen; einer hat Bronchitis, bellt aber doch, dafür ist er Hund. Es hört sich an, als ob sich die Rotte Korah meilenweit mit einemmal übergäbe — wenn morgens die Lieferanten an den Häusern klingeln, steht der ganze Horizont in Flammen. Sie reißen an den Stricken, sie springen gegen die Gitter, sie flöhen sich, belfern, quietschen, jaulen, in den Triefaugen Treue zum Futternapf und zum angestammten Herrscherhause, durchaus konservativ und gegen die landfremden Elemente. Wenn man genau hinhört, kann man aus dem Gebrüll eine getragene Hymne heraushören. Gott segne diesen Volksstamm!

Der letzte Lampenschirm ist angeschraubt, der Tisch wackelt nicht mehr, der letzte Nagel ist eingeschlagen. Wohlan! Von hier aus ist fröhlich Wohnung suchen.

PROLET VOR GERICHT

Stehst du in dem Menschenschrank?
Die da wolln dich strafen.
Du bist müde, bleich und krank;
die sind voller Tatendrang,
satt und ausgeschlafen.
Zum Justizwerk, wohl vertraut,
wird man sich vereinen:
Junge! Wehr dich deiner Haut!
Dreie gegen einen!

Der Direktor, fein mit Ei,
hackt mit kurzen Fragen.
Auf die schlimmste Pflaumerei
darfst du gar nichts sagen.
Spitzel kann mit Vorbehalt
unter Schutz erscheinen.
Protokoll und Staatsanwalt:
Fünfe gegen einen!

Staatsanwalt und Plädoyer.
Kommst du noch nach Hause?
Antrag. Die Justiz-AG
macht erst Frühstückspause.

Vier Jahr Zuchthaus.
«Abführn den ...!»
Leis zwei Frauen weinen.
Wirst du je sie wiedersehn?
Alle gegen einen –!

In Zellen bricht man euer Leben
für etwas, das ihr niemals saht:
Für Freiheit müßt ihr Tüten kleben,
ein jeglicher ein Volkssoldat.
Herauf ihr! Aus den Kohlenzechen!
Baut in Betrieben Stein auf Stein!
Es kommt der Tag, da wir uns rächen:
Da werdet ihr die Richter sein –!

FAUST IN PARIS

Ein Brief an Emil Jannings

Paris, den heutigen

Lieber Emil!

Neulich, als Du auf dem hiesigen Film-Bankett der ‹Erste Mann› warst, während gerade der ‹*Letzte Mann*› über die Boulevards lief – da war Paris heiter und hell wie gewöhnlich, und es hat mir nur leid getan, daß ich Dir nicht zeigen konnte, wie es neben den Sensationsprozessen und Modevorführungen und dem ‹faabelhaften Verkehr› denn doch immerhin noch andere Sachen in Paris gibt. Wärst Du vier Wochen später gekommen, hätte ich Dich zum ‹*Faust*› mitgenommen.

«Gala Universitaire donné au Théâtre de l'Odéon sous le Haut Patronage de ...» Na, diesen Zimt kennst Du ja vom Film her. Aber so eine Aufführung – die hast Du beim Film denn doch noch nicht gesehen.

Also denk Dir: ich und der Präsident Doumergue, wir beide hatten Karten zu dieser Galavorstellung, die so ungefähr einer öffentlichen Generalprobe entsprach. Doumerguen habe ich am Abend nicht gesehen – wahrscheinlich hatte man ihm den Besuch aus Gesundheitsrücksichten verboten; wäre er dagewesen, er hätte sicherlich zwei Wochen nicht regieren können. Aber ich war da.

Das Odéon liegt beim Jardin du Luxembourg, es ist von außen ein ganz wunderhübsches Theater. Rundherum hat es Wandelgänge mit Laternchen, und es sieht so altväterisch aus, so gemütlich, durchaus wie die ‹*Komische Geschichte*› von Anatole France, die da spielt. An diesem Abend ging es dortselbst furchtbar fein zu – galonierte Männer mit weißen Zwirnshandschuhen rissen einem die Türen vom Leibe, und man sah viele Universitätsfräcke, ein auf der ganzen Erde gleiches Kleidungsstück. Die Aufführung fand zugunsten einer Studentenkasse statt, die halbe Sorbonne war anwesend. (Aber ganz voll wars nicht.)

Lieber Emil, Du hast mir oft erzählt, wie Du noch in Kalbe an der Saale als alter Moor und als Franz, die Kanaille, und als Karl Moor zugleich aufgetreten bist und wie Du in den Schlußakten bei Sudermann immer das bengalische Feuer auf einer Kohlenschippe in die Kulissen halten mußtest. Lieber Emil, erzähle mir nie wieder etwas von einer Schmiere – da kannst Du nicht mit.

Also denke Dir einen ‹*Faust*›, der brav und bieder Satz für Satz ins Französische übersetzt ist; das haben zwei Herren besorgt, die heißen Forst und Robert-Dumas. Warum sie den Foohst neu übersetzt haben, da es doch hier eine immerhin gute Übersetzung gibt, weiß niemand. Aber über die Übersetzung will ich nicht rechten – das mag schwer sein. Doppelt schwer, weil, erstens, das ganze Stück uns heute nicht mehr das bedeutet, was es einmal gewesen ist, weil wir uns mit anderen Dingen herumquälen, weil es keine Ewigkeitswerte in der Literatur gibt – und, zweitens, weil Verpflanzungen von nationalen Stücken immer eine kniffliche Sache sind. Sehen Franzosen einen deutschen Molière – dann werden sie das nicht immer für Molière halten, sondern für etwas anderes. Aber auch dieses andere kann gut und schön sein. Daß unsere deutschen Theater Racine jemals so spielen wie die Comédie Française, ist nicht anzunehmen – aber sie können ihn auf ihre Art auch gut spielen. Foohst aber ...

Stelle Dir vor, daß das Stadttheater in Guben einen Regisseur nach Berlin entsandt hat, der dort durch die Regisseure Jeßner, Fehling, Erich Engel und alle die andern völlig verdreht wird. In seinem Kopfe geht das alles herum: Faltenvorhänge, die Treppe, Getümmel, Scheinwerferkegel und stilisierte Einfachheit ... Und so, wirr und wilden Tatendranges voll, kommt er zurück nach Guben, und was er dann da anrichten würde, das kannst Du jetzt hier in Paris sehen.

Über die Ausstattung ist nicht viel zu sagen – sie ist nicht gut. Das wäre nun an sich kein Unglück – obgleich diese kindlichen Späßchen eines mißverstandenen Kunstgewerbes heute nicht mehr aktuell sein dürften. Aber was an Schauspielern (frei!) herumlief – lieber Emil, bitte alles ab, was Du je auf das Theater im Schützenhaus zu Wendrinchen gesagt hast.

Faust: Ein alter Umhängebart mit Geschrei, der nicht ein Wort seiner Rolle verstand. Nachher ein süßer Schokoladenjüngling, etwa der allseits beliebte Held am Stadttheater zu Stettin. (Vor zwanzig Jahren.) Gretchen: direkt vom Maskenverleiher. So etwas von Wergpuppenhaar, von Zopf, von völlig ausdruckslosem Verseaufsagen – gab Gretchen bei euch die Frau Direktorin mit einem Schmerbauch? Es muß eine noble Leistung gewesen sein, vergleichsweise. Drum herum die Schüler, die Bürger, der

Wagner-Mensch, das glaubst Du nicht. Wie sie johlten und blechern schrien, wie sie umherwankten, wie sie Kappen schwenkten, die man ihnen zum Schwenken in die Hand gesteckt hatte, wie sie leere Becher leerten, hei! Guter Emil, immer kommst Du zu spät nach Paris.

Das Publikum muß gedacht haben, die Deutschen seien doch ein recht merkwürdiges Volk. Nur bei der Schülerszene lachten sie so nett und naiv und freundlich über alle die bösen Anspielungen auf die Wissenschaften, deren Vertreter ja im Parkett saßen. Es war wie bei einer Kneipe, wo ein Gelegenheitsstück aufgeführt wird. (Das wird aber besser aufgeführt.) Und im großen und ganzen hatte ich so den Eindruck, daß die Leute es nicht wissen wollten. Es war so ein Beifall ... kennst Du diesen Beifall –? Na, Du kennst ihn natürlich nicht – aber Du hast wohl mal von ihm gelesen.

Na, und Mephisto? Lieber Emil, hier wird die Sache ernst. Dieser Mephisto ist ein Schauspieler, den die Franzosen recht hoch halten – es ist Herr Gémier, der jüngst in Amerika war. O wär er dort geblieben –!

Hast Du nicht auch einmal den Mephisto gespielt? Dann weißt Du ja, daß wir in Deutschland schon viele Mephistos gehabt haben: animalische, dicke, fette, tierische, die das Gretchen nur so abschleckern möchten; feine, spanierhafte, diplomatische, die sich das Stäubchen vom Rockärmel abknipsen; singende und randalierende; bösartige und verkrochene – alle Sorten. Aber dieser hier! –

Denke Dir einen unangenehmen, gleichgültigen, aufgeblasenen Burschen, der in sehr unzüchtigem Verhältnis zum Souffleur steht; einen, der «Ha-haha-haa–!» lacht, daß es die Bauern in Deinem Schützenhaus nur so kalt überlaufen hätte; einen, der keine Nuance bringt, keine versteht, alles verwaschen aufsagt, ein berühmter Mann – Emil! Ihr habt auch in Wittstock an der Dosse gastiert – nicht zum Zettelankleben hättet ihr den Kerl genommen!

Ja – also das war gar nichts. Und nun mußt Du hier den Gackerlärm lesen, der sich in den Literatenzeitschriften erhebt, das Geschrei für und dagegen, die ernsthafte Verteidigung der Herren Übersetzer, die gar nicht sehen, was sie da angerichtet haben. Aber da ist ja Pierre Mac Orlan in seiner Novelle von dem modernen Faust dem Ding viel näher gekommen! Nein, guter Emil: dieses ist ein Reinfall.

Du bist ja verständig genug, nun nicht zu sagen: «Natürlich ... *die* Franzosen!» Das ist ja töricht. Schließlich ist Herr Antoine auch ein Franzose, und was der dem Theater gegeben hat, weißt Du ja. Und es gibt hundertundeine Vorstellung in Paris, die ganz reizend ist. Nur grade: Foohst – was hätte dazu der alte Goethe gesagt?

Es gibt eine schöne Geschichte, weißt Du, von Deinem guten, alten Kaiser Wilhelm dem Ersten. Der besah sich einmal eine Vorstellung am Gendarmenmarkt, und nach der Aufführung ließ er sich den überglücklichen Autor rufen. Ja – alles sehr schön und nett, reizend, ein unterhaltsamer Abend — nur, vielleicht die eine Szene da im zweiten Akt, das wäre doch wohl etwas übertrieben — aber sonst sehr, sehr nett... Der arme Kerl strahlt vor Glück und geht selig ins Bett. Am nächsten Morgen ist das Stück vom Spielplan abgesetzt. Er sofort auf die Intendantur — sehr kalte Schulter. Was ist? Ja? Ein Hoftheater hätte Rücksichten zu nehmen, er müsse doch begreifen... Aber wüßten sie denn nicht, was Majestät zu ihm gestern noch gesagt hätte...? «Ja, lieber Doktor — eben deswegen! Gröber wird Majestät nie!»

Lieber Emil, denk Dir, wir hätten in der Loge gesessen, gleich über den Sorbonne-Professoren. Wir sind feine Herren — nach dem zweiten Akt (wie ich uns kenne) wären wir herausgegangen, ganz, ganz leise, draußen wären wir auf je einem Bein zur Tür gehüpft, nun aber nichts wie raus, an die frische Luft, Hilfe! Wir hätten uns einen schönen Whisky eingefüllt chez Catherine oder im Bœuf sur le Toit oder sonstwo ... und Du hättest herrliche Geschichten erzählt von dem Regisseur, der immer durchs Megaphon «Schau... schau... schau!» ruft und vom Schwarzen Adler zu Niederhainichen und von Berlin. Was Gémier angeht: wie sagen Deine geliebten Schlesier? «Nimm mersch oog nich iibel!» —

Grüß alle schön, Emil: Pinkus, den Waldspecht, und Maman und Deinen wilden Hund Greif, der immer wegläuft, wenn einer in der Nähe nur den Schlucken hat, und Dich selbst

vielmals von Deinem lieben Peter Panter

EIN DEUTSCHER REICHSWEHRMINISTER

Mer wollen keenen Berjerkrieg,
mer sinn ja alle eenig.
Bei uns, da heests: Tod oder Sieg!
Mer schweeren vor de Rebublieg
Un unsern guden Geenij —!

Leipziger Barrikadenlied 1849

Der deutsche Kriegsminister Geßler hat im Reichstag eine Rede für seinen Etat gehalten, die nach den Zeitungsmeldungen demokratischer Blätter «den allergrößten Eindruck» auf die Parteien gemacht hat.

Wer das Listenwahlsystem kennt, weiß, daß dazu nicht viel gehört. Es ist aber immerhin lehrreich, einmal zu betrachten, wer heute, nach diesen Erfahrungen der letzten zehn Jahre, Eindruck auf ein deutsches Parlament macht und womit er das macht.

«Die von mehreren Rednern beanstandete Fülle der Chargen führte der Minister auch auf den ganzen Aufbau des heutigen deutschen Heeres zurück.» Um grade diesen Aufbau handelt sichs. In der

Reichswehr entfällt auf je 21 Mann ein Vorgesetzter mit Offiziersqualifikation, sie ähnelt also in dieser Beziehung gewissen Negerarmeen in Liberia und Haiti, wo ein vielköpfiges Offizierkorps auf dem Soldaten herumregiert. Es gibt keine Armee der Welt, die ernsthaft einen solchen Aufbau verteidigen kann. Der deutsche Kriegsminister kann das auch nicht. Diese Offiziere dienen einem ganz bestimmten Zweck.

«Es handelt sich um rein soziale und kulturelle Dinge.» Eine Armee hat mit kulturellen Dingen überhaupt nichts zu tun. Sie ist – im besten Fall – ein notwendiges Übel und eine üble Notwendigkeit; keinesfalls ist der Kriegsminister irgend eines Landes berufen, den Zivilisten Mannestugenden, Kultur oder Ethik zu predigen.

«Das Wort, daß nur ein Verrückter in dieser Zeit an Krieg denken könne, sei von ihm geprägt worden. Auch der gegenwärtige Reichspräsident, der doch ein militärischer Fachmann sei, hat erklärt, daß Deutschland an einen Krieg gar nicht denken könne. Unter diesen Umständen se˙ Deutschland gern bereit, internationalen Sicherheitsvereinbarungen . . .» ‹Unter diesen Umständen› enthüllt die ganze Zartheit eines Mannesherzens. Wir können leider die andern nicht totschlagen, könnten wirs, täten wirs; unter diesen (traurigen) Umständen aber sind wir gern bereit . . . Daß er die Mehrzahl seiner Landsleute als ‹Verrückte› bezeichnet, ist nicht hübsch von ihm. Natürlich haben alle Angehörigen der vaterländischen Verbände an Krieg gedacht, ihre Geldgeber, die Freunde, Anhänger, Offiziersbräute. Und wie steht es mit dem, der an Rüstung zu künftigen Kriegen denkt? Kein Verrückter wahrscheinlich: ein Patriot. Seit dem Jahre 1915 entschuldigen sich deutsche Minister, wenns nicht gut geht, gern mit Hindenburg – auch dieser. Mit dessen Fachmannschaft ist es so eine Sache . . . Maximilian Harden hat hier neulich unangreifbares Material darüber beigebracht. Immerhin: einen geschlagenen General, und wie geschlagen! als Fachmann beizubringen und damit auch noch Erfolg zu haben –: man muß wohl an die Spree fahren, um das zu erleben.

«Der Reichswehrminister hat mit der Reichswehr dafür zu sorgen, daß Deutschland nicht zum Kampfplatz oder zur Etappe fremder Heere werde.» (Beifall.) Das kann der Reichswehrminister gar nicht. Ob Deutschland einmal der Kampfplatz fremder Heere wird oder nicht, hängt in erster Reihe von seiner Politik ab. Besonders in einem Zukunftskrieg, der ganz anders aussehen wird, als man diesem ‹Fachmann› da zu erzählen für gut befunden hat.

Das Gerede von «geheimen deutschen Rüstungen ist lächerlich. Ein Volk, wie Deutschland, das einerseits viel zu arm ist, dessen Bewohner andererseits das Herz auf der Zunge tragen, ist für heimliche Rüstungen nicht geeignet.» Und da steht niemand auf und hält diesem mittleren Verwaltungsbeamten vor, wie gerüstet worden ist, wer gerüstet hat und mit wessen Unterstützung das vor sich gegangen ist — niemand. Das Gerede vom Deutschland, das zu arm ist, ist lächerlich. Ein Land, das die schlechtesten Arbeitslöhne Mitteleuropas zahlt, dessen Finanzsanierung nur mit einem der allerübelsten Bankrotte ermöglicht worden ist, ein Land, dessen Industrie Milliarden von der Regierung und von einer gänzlich ruinierten Konsumentenschicht geschluckt hat, ist ungesund, schlecht ausbalanciert — aber nicht arm. Tragen die biedern Deutschen das Herz auf der Zunge? Vielleicht die Unzähligen, Verärgerten, Bezahlten, die Patrioten, die am Potsdamer Platz zu Berlin in das Hotel Bellevue zu den französischen Kommissionen kamen, die sich vor Denunziationen nicht zu retten wußten . . . Das mag sein. Nein, das Land ist für ‹geheime› Rüstungen wirklich nicht geeignet. Aber es hat gerüstet. Und es wird weiter rüsten.

«Wir sind dazu gekommen, Zeitfreiwillige einzustellen, wegen der Unruhen, die damals in Thüringen und Sachsen ausgebrochen waren.» Herr Geßler, in dessen Verwaltungszeit Hans Paasche ermordet worden ist, braucht nicht zu wissen, wer in Sachsen und Thüringen den öffentlichen Frieden in der schlimmsten Weise gestört hat, wie und von wem da gehaust worden ist. Und schließlich gibt ihm die Nachgiebigkeit seiner Landsleute recht, die sich die Versetzung des Offiziers nach Weimar gefallen lassen, der den charakterlosesten politischen Fehler Fritz Eberts exekutieren half.

«Ich verweise in dieser Beziehung auf eine Schrift eines schweizerischen Generalstabsoffiziers, der alle auf ganz kurze Dienstzeit eingestellte Soldaten für militärisch wertlos erklärt.» Dann hat dieser Offizier den Weltkrieg verschlafen.

«Ich bin auch gar nicht gegen einen gesunden Pazifismus.» Es ist ziemlich gleichgültig, wogegen Herr Geßler ist und was er unter einem gesunden Pazifismus versteht. Wahrscheinlich einen solchen, der ebenbürtig dem Sozialismus dieser Sozialdemokraten, dem Republikanismus dieser Republikaner ist: wenns zum Klappen kommt, wird nachgegeben.

«Deutschland ist friedlich, braucht aber deshalb nicht defaitistisch zu sein.» Deutschland ist nicht friedlich, sondern vom ersten bis zum vorletzten Mann streng imperialistisch; die Hervorholung der dümmsten französischen Vokabel, von allen verständigen Franzosen heute verlacht, zeigt diesen echt teutschen Mann im eigenen Lichte.

«Die größte Heeresvorlage, die je einem Volk zugemutet worden ist, ist diejenige, die Herriot dem französischen Volke angesonnen hat.» Welch freundliche Besorgnis um den Steuerzahler aus Lyon! Aber die Franzosen, deren tiefe Friedlichkeit grade in allen mittleren und unteren Schichten einer, der kaum über Nürnberg und Berlin herausgekommen ist, nicht kennt, die Franzosen haben Angst! Man hat sie angegriffen — und sie haben den Krieg im Lande gehabt; sie kennen den Krieg. Der da kennt ihn nicht.

«Er kommt auf eine Broschüre der Liga für Menschenrechte zu sprechen und erklärt, daß sie sehr schädlich für Deutschland sei, daß er aber in ihr keinen Landesverrat sehe.» Glück muß der Mensch haben. Und dann diese uralte, ausgeleierte Walze: «Das Verhängnisvolle sei, daß das in der Broschüre niedergelegte Material von der uns feindlichen Propaganda aufgegriffen werde und uns unendlichen Schaden bringe.»

Auf den Gedanken, daß sie *wahr* sein könne, kommt der Mann gar nicht. Es gibt doch nur zwei Möglichkeiten: entweder die Verfasser der Broschüre haben die Unwahrheit gesagt — dann soll man es ihnen nachweisen oder aber: der Inhalt ist wahr. Dann muß dieser Inhalt gesagt und veröffentlicht werden, auch dann, wenn er von irgendwelchen andern Imperialisten aufgegriffen werden kann. Daß ein Beamter nominell an der Spitze der Reichswehr steht, der das nicht versteht, der noch nicht eingesehen hat, daß dieses lächerliche Spiel der Geheimnistuerei eine Sache von vorvorgestern ist, beweist, daß Deutschland nichts gelernt hat.

«Auch den Vorwurf, daß die Reichswehr intime Beziehungen zu den sogenannten vaterländischen rechtsradikalen Verbänden unterhalte, wies der Minister zurück. Er erinnerte an den Fall Zeigner.» Wir erinnern an den Fall Stahlhelm, Werwolf, an hundert andere, in deren Tätigkeitsberichten das Wort ‹Reichswehr› immer wieder auftaucht. Intime Beziehungen? Aber sie haben ja längst Kinder.

«Man wirft mir vor, ich hätte zu viel monarchisch gesinnte Offiziere im Heer. Womit soll ich denn das Heer aufbauen?» Mit Republikanern, wenn denn schon aufgebaut werden muß. Die gabs nicht? Aber ihr hattet ja die Gewerkschaften, die sich im Jahre 1918, als die Sozialdemokratie ihren großen weltgeschichtlichen Augenblick verschlief und unentwegt wie hypnotisiert nach links stierte, der Republik Mann für Mann zur Verfügung gestellt hätten. Dann wäre eben euer Heer nicht militaristisch, sondern modern geworden. Weiß dieser Minister nicht, womit die Franzosen den Krieg gewonnen haben? Mit Foch? Nein: mit dem gesunden Menschenverstand der Zivilisten — gegen die Militärs.

«Ihr Mißtrauen nehme ich nicht sehr tragisch. Ich trage als Wehrminister das Los Trotzkis gern mit.» Daß ein deutscher Minister ein Mißtrauensvotum des Parlaments tragisch nehmen sollte, wäre auch übertrieben. Aber welch ein geistiges Niveau! Was weiß der ehemalige Oberbürgermeister von Trotzki, von russischen Verhältnissen, wie kann sich dieser Untergebene Seeckts mit einem Kopf und einer Persönlichkeit messen?!

«Die Republikaner müssen dafür sorgen, daß ihre Staatsform Gemütswerte erhält, wie sie die Monarchie unbestritten in sehr großem Ausmaße gehabt hat.»

Bis hierher war die Sache leicht komisch. Dies aber geht zu weit.

Weil sich in Deutschland kein demokratisches Blatt finden wird, das den Mut und die Überzeugungstreue hat, dem Minister zu erwidern, weil die Sozialdemokraten vor lauter Taktik keinen Schritt gehen können, nachgeben, wo sie etwas erreichen könnten, Gemeinplätze schreien, wo es sich nicht lohnt, von Niederlage zu Niederlage taumeln, und es nicht einmal merken, weil ein Teil der Pazifistenführer ihnen in diesem edeln Beispiel folgen, hochbeglückt, wenn sie in Frankreich reden dürfen, während sie doch in Deutschland zu schweigen haben – deshalb mag hier gesagt werden:

Die deutsche Monarchie war schließlich unbestritten das am tiefsten stehende und seelenloseste Gebilde Europas. Seine Gemütswerte waren die Leierkastentöne eines besoffenen Feldwebels, der belgische Frauen gequält und abends das ‹*Elterngrab*› gegrölt hat. Diese Gemütswerte waren in einem Ausmaß vorhanden, die etwa dem Umfang des kaiserlichen Mundwerks entsprachen, und sie und nur sie haben den besten Teil der deutschen Seele in Grund und Boden ruiniert. Es gibt keine Brücke – es gibt nur ein: Entweder-Oder.

Die Reichswehr hat Traditionskompanien, und sie hat einen Traditionsminister, damit eine Tradition nicht verloren geht, deren Unwert erwiesen ist. Davon weiß Herr Geßler nichts und kann nichts davon wissen. Eingeschlossen von Generalstabsjesuiten, deren höchste geistige Blüte die ‹Pflaume› ist (so heißt das berliner Jargonwort für eine unfaßbare spottende Ungezogenheit), völlig infiziert von einer soi-disant Geistigkeit, die die letzte Klugheit in der Falschheit sieht – so hat jüngst jemand Herrn Geßler als Lob angekreidet, daß er auf die arglose Frage: «Wie denken Sie darüber, Herr Minister?» geantwortet habe: «Das wollte ich Sie gerade fragen –» eingefangen von einem Gesellschaftsbetrieb, dessen korrekten Stumpfsinn man kennen muß, um seine ganze Tiefe zu ermessen, ist dieser Mann nicht legitimiert, der deutschen Entwicklung die Wege zu weisen. Der nicht.

Vielleicht sieht er sich in seinen nächsten Ferien einmal in Frankreich um. Da wird er sehen, wie dieses durch und durch geistige Volk seine Offiziere grade noch gelten läßt, mit einem ganz leisen Anflug von Verachtung, «parce que ces gens-là ne sont pas très instruits!» Herr Geßler wird sichs übersetzen können, ob ers verstehen wird, ist eine andere Frage.

Die Sozialdemokraten haben Herrn Geßler das Gehalt verweigert. Sie haben gleich hinzugefügt: «Wir bewilligen aber den Etat der Reichswehr, um damit erkennen zu geben, daß wir sie für nötig halten und damit es im Ausland kein Mißverständnis gibt.» Keine Sorgen: es wird kein Mißverständnis geben. Die kindische Angst der sozialdemokratischen Führer, ja nicht etwa den Gegnern unliebsam aufzufallen, die kleinbürgerliche Sucht, es den aus Romanen und Salons angestaunten ‹Diplomaten› gleich zu tun, ölig zu reden wie ein Attaché und unverbindliches Zeug zu schwätzen wie ein Gesandter und so die Auftraggeber der Wahl zu betrügen – das sichert dieser Reichswehr den Bestand. Von dieser Seite her droht keine Gefahr. In Deutschland halten sich die einen für Realpolitiker, und die andern leben von diesem Irrtum. Herr Geßler auch.

An ihn habe ich mich hier nicht gewandt. Weil ich aber weiß, daß diese Zeilen im Ausland gelesen werden, so habe ich es für meine Pflicht gehalten, darzutun, daß es auch andere Deutsche gibt, als solche mit den Gemütswerten.

Der Pressestelle der Reichswehr aber empfehle ich, nunmehr den üblichen Prozeß in die Wege zu leiten. Ein System, das auf der Lüge aufgebaut ist, hat einen neuen Namen für die Wahrheit erfunden: Landesverrat.

ERINNERUNG

«Leg die Hände an die Hosennaht – wie du es gelernt hast!»
Deutsches Rechtsprechungsorgan zu einem zwölfjährigen Kinde

Dorfrichter Adam:
«– – – – – – – – –!»
Kleist: *‹Der zerbrochene Krug›*

Das ist jetzt gut und gern seine zwei Jahre her, da standen wir, der Herausgeber der *‹Weltbühne›* und ich, vor Gericht. Die Sache lag nicht gut –: wir waren im Unrecht.

In einem Aufsatz über das deutsche Militär hatte ich zwei Namen durcheinandergeworfen und eine Mißhandlung, die nach dem Reichstagsbericht ein Offizier begangen haben sollte, seinem Kommandeur in die Reiterstiefel geschoben. Aus einer Fülle von Zeitungsausschnitten, Broschüren, Heften, Aufzeichnungen, Büchern diese Arbeit diktierend, hatte ich die Namen verwechselt, zweifellos eine Nachlässigkeit begangen – ich war schuldig. Die Presseabteilung der Reichswehr fragte nicht vorher bei der *‹Weltbühne›* an, verlangte auch keine Berichtigung, sondern ergriff mit Freuden die Gelegenheit, die sich bot. Als ich von dem Verfahren erfuhr, tat ich folgendes:

Ich veröffentlichte eine Berichtigung; ich schickte diese Berichtigung an den zu Unrecht beleidigten Obersten und entschuldigte mich bei ihm; ich sandte die Berichtigung und eine Kopie des Entschuldigungsbriefes an die Reichswehr. Der Oberst antwortete nicht, die Reichswehr nahm die Klage nicht zurück, und ich war das letzte Mal loyal zu den Preußen gewesen.

Als wir nach Moabit hinausfuhren, waren wir auf unsre Verurteilung gefaßt. Wir dachten uns: Der Richter wird uns anhören, die Berichtigung zur Kenntnis nehmen, den vorgeladenen Obersten vernehmen, feststellen, daß hier ein Irrtum vorgekommen, und uns dennoch die Verantwortung aufbürden. Hier war eine Fahrlässigkeit geschehen — ich hatte den Nacken hinzuhalten.

Vor der Tür des Verhandlungszimmers stand der Gerichtsdiener. Er sah nach der Uhr, es war fünf Minuten vor Beginn unserer Sache. «Ihr Anwalt noch nich da?» fragte er uns. Nein, der war noch nicht da. «Na, is ejal!» sagte der Engel des Gerichts. «Der kann Ihnen ooch nich helfen!» Der Mann war Kummer und Elend gewöhnt, er mußte seine Pappenheimer kennen. Er kannte sie.

Aufruf, Eintritt, Anklagebank.

Auf dem Platz des Vorsitzenden saß ein Greis, mit unangenehm grünlichen Augen, die Hände fielen mir auf, weiche, mißgestaltete, kellerkartoffelweiße Greisenfinger. Wir kramten in unsern Papieren, die wir mitgebracht hatten, der Anwalt war inzwischen erschienen. Im Zuhörerraum saß mein Leibspitzel: fürchterlich, wie immer, anzusehen, in Räuberzivil, mit einer außeretatsmäßigen Dame. Der Anklagebeschluß wurde verlesen.

Der vorsitzende Greis hob das Haupt. «Sie sind also...» Er stellte die Personalfragen, wir antworteten. Dann begann das Verhör.

Nein, es begann gar nicht. Dieser Richter redete ohne Aufhören anderthalb Stunden. Ich hatte so etwas noch nie in Moabit gesehen: ich kannte den ironischen Richter, den bösen Richter, den gleichgültigen Richter (dieser kam am häufigsten vor), den gereizten Richter, den ritterlichen Richter (dieser am seltensten) — hier war der redende Richter. Er redete, redete und redete. Zu Beginn seiner Rede, die abwechselnd ein Plädoyer, ein politischer Leitartikel und ein Monolog war, rügte er die Handhaltung des Herausgebers. Der hatte, weil er seit einer Scharlacherkrankung in der Kindheit auf einem Ohr schwerhörig ist, und weil der alte Mann nicht sehr deutlich sprach, die Hand am Ohr. Das schien durch die Strafprozeßordnung verboten. Er verbot es. Hierauf ließ er uns vor die Anklagebank treten — als ob es eine Schande wäre, auf einer deutschen Anklagebank zu erscheinen! — und rügte nun der Reihe nach: Blickrichtung, Gesichtsausdruck und, am schärfsten, daß ich hier und da Stichworte seiner Riesenrede notierte. Ich: «In einem Presseprozeß wird es sich wohl nicht ganz vermeiden lassen, Notizen zu machen.» Er: «Ich weiß, was Sie damit sagen wollen. Dies ist aber kein Presseprozeß — dies ist ein ganz gewöhnlicher Beleidigungsprozeß!» Es war weder das eine noch das andre, sondern ein Strafprozeß. Nein es war kein Strafprozeß. Es war eine Richterrede.

Es war ganz klar, worauf der Mann hinauswollte: auf eine Ordnungsstrafe. Durch unsere Unempfindlichkeit gereizt, provozierte er unaufhörlich, ohne Ermatten, stichelte, schlug, kritisierte, nadelte mit mäßig stilisierten Bosheiten. Hätte da ein Proletarier gestanden, mürbe gemacht durch Untersuchungshaft, hätte da einer gestanden, der den Rummel nicht kannte –: er hätte sich sicherlich zu irgendeiner guten und treffenden Bemerkung hinreißen lassen. Das wäre eine Freude gewesen ...! Wir konnten dem Mann diese Freude leider nicht machen.

Der Vor- und Nachredner ließ nun den inkriminierten Artikel von mir vor Gericht verlesen. Das ist immer ein ganz besonderer Spaß. Ich habe schon viele Artikel von mir vor Gericht verlesen hören: immer bewunderte ich bei den Rezitatoren den Schmelz der Diktion, den vollendeten Stumpfsinn, mit dem sie über wichtige und unwichtige Stellen stolperten und vor allem den stets erneuten Anlauf, den sie vor einem Fremdwort nahmen. Die Augen kugeln langsam aus dem Kopf: was wär denn jetzt dös? hö – ruck! «Die ... die psich ... psich ... Psichanaliese ...» – da wären wir glücklich drüber weg. So auch dieses Mal.

Als der Protokollbarde geendet hatte, holte der Vorsitzende tief Atem und begann. Er sagte einen Artikel auf, der ungefähr dreimal so lang war wie der, den wir soeben gehört hatten, einen Artikel, der deutlich kundtat, daß der Mann auf den *‹Berliner Lokalanzeiger›* abonniert war, und daß die Zeitung ihre Leser nicht überschätzen soll. Er sprach und sprach und sprach. Ich habe längst wieder vergessen, was er uns alles erzählte – behalten habe ich nur noch: daß wir nicht berechtigt wären, über so große Männer wie Ludendorff zu urteilen, das werde in hundert Jahren die Geschichte für uns tun, wir stünden den Ereignissen viel zu nahe, um über sie aussagen zu können. (Ich beschloß, fortan nur noch Artikel über die viehischen Roheiten der Hexenrichter zu verfassen.) Und er redete und redete. Der Herausgeber sah mich an, ich sah den Herausgeber an, unsre Augen wurden vom Nichtzuhören trübe, er redete und redete.

Einmal horchte ich auf. Da kam etwas von einer Berichtigung vor, die wir ja allerdings veröffentlicht hätten – aber die zähle nicht. Der Anwalt wollte etwas sagen, es gelang ihm nicht. Einer der Beisitzer wagte eine schüchterne Frage, gleich verschlang sie der Redestrom des unermüdlichen Greises. Nur einer schwieg fast völlig: das war der Staatanwalt, der still und bescheiden alte Akten aufarbeitete. Er wußte: Hier brauche ich nichts zu sagen, nichts Belastendes und nichts Angreifendes – dafür habe ich meinen Vorsitzenden. Der arbeitete in der Tat für drei: für sich und für zwei Staatsanwälte.

Ich habe für diese Art Amtshandlungen ein schlechtes Gedächtnis. Gott weiß, wie die Sache ausging – kurz: wir wurden vertagt. Vorher war der Oberst erschienen, der Vorsitzende war von öliger Höflichkeit, er sprach noch sechs bis acht Druckseiten, dann schloß er die Verhandlung.

Als wir in der Anklagebank unsre Mäntel zusammensuchten, fragte mich der Herausgeber leise nach einer Korrektur, die für die nächste Nummer noch ausstand. Der Greis rief herüber: «Ich hoffe, da wird nichts über mich gesprochen!» Wir sahen ihn nicht einmal an.

An dem Vormittag muß er sich einen Wolf geredet haben.

Wenn man in Deutschland etwas gegen die Justiz sagt, kommt gewöhnlich ein Hörer oder ein Leser und spricht: «Jawoll. Das ist ganz richtig. Da habe ich zum Beispiel einen Prozeß um die Erbschaft meiner Tante, und da ham sie mir doch ...» Persönliche Klagen haben meist etwas Verdächtiges.

Aber dieses ist keine persönliche Klage. In der Sache selbst fühlten wir uns schuldig, vor allem ich fühlte mich schuldig, doppelt: weil ich einen unschuldigen Mann beschimpft hatte, und weil ich dem Herausgeber Geld und — was für ihn viel schlimmer ist — Zeit gekostet hatte. Er hat es mir nie vorgeworfen. Nein, zur Sache habe ich nichts zu bemerken.

Aber alles zur Person.

So etwas richtet nun vielleicht schon seit dreißig Jahren — so wehrlos werden die Angeklagten gemacht, die gar nicht dazu kommen, sich überhaupt zu besinnen, wozu sie eigentlich an Gerichtsstelle erschienen sind. Während die Hauptverhandlung ja grade dazu dienen soll, den Sachverhalt erst aufzuklären, dem Angeklagten Gelegenheit zur Äußerung und Rechtfertigung zu geben — war hier alles fix und fertig. Welch umständliches Verfahren! Wieder fiel mir das von mir so oft vorgeschlagene Postkartensystem ein. Die Kammer schreibt dem Angeklagten eine Postkarte, ungefähr folgenden Inhalts:

«Sehr geehrter Herr, wir haben Sie heute wegen Diebstahls zu drei Monaten Gefängnis verurteilt. Hochachtend Die Strafkammer.» Da weiß man doch. Der andre Modus lohnt kaum das Fahrgeld.

Nachdem wir aber dies erlebt haben, zum so und so vielten Mal erlebt haben, nachdem wir Jahre und Jahre hindurch die soi-disant Verhandlungen in Moabit mitangesehen haben, Verhandlungen, in denen kaum ein Unschuldiger verurteilt wurde, aber Hunderttausende von Schuldigen zu hart, falsch, unter verkehrten Begründungen, unter Zugrundelegung von Sittengesetzen, die es nur in einer bestimmten Klasse gibt, und auch da nur sonntags — nachdem wir Hunderte von Fehlurteilen in politischen Strafprozessen miterlebt haben, und während wir vor unserm geistigen Auge sehen, wie diese Zeilen von einem jungen Staatsanwaltschaftsvertreter gelesen werden mit geputztem Monokel und äußerster Anspannung der Geisteskräfte, müssen wir doch sagen —:

Diese deutsche Justiz scheint uns nicht ganz die richtige zu sein.

DIE FREIEN DEUTSCHEN

Wenn der Papst abends durch seine Gemächer geht,
leise, vorsichtig wandelnd, es ist schon spät,
bleibt er am Bücherbord ein bißchen stehn,
läßt den Blick über mattschimmernde Titel gehn...
Herders Werke – ist da zu lesen...
    «Ah – Deutschland –» denkt er, «ein gutes Land.
Das ist uns sicher. Das haben wir fest in der Hand.
Da ist nichts zu fürchten... Übrigens ist das sein Glück –!»
    Und dann geht er ein Stück
und zieht sich gänzlich in seine Gemächer zurück.

Wenn ein Bankdirektor am Adriatischen Meer
badet – frischen Wind bringt die Luft von Süden her,
die Wellen glitzern... draußen treibt ein Boot...
Der Bankmann frottiert sich mit seinem Bademantel, der ist weiß und rot...
«Übrigens», sagt er zu seinem Schwager, der neben ihm sitzt
und dumpfbrütend schwitzt,
«diesmal bin ich direkt ruhig auf Urlaub gefahren.
Alles ist still. Im Reichstag liegen se sich in den Haaren.
Laß se liegen. Kein Bolschewismus. Kein Experiment.
Unberufen... Bei so einem Präsident –!»
Und der Schwager schwitzt und hockt kalbsdämlich da.
Schöner Sonnenfriede liegt über der Adria.

Gutsbesitzer. Militärs. Stahlhelmkommis. Richter. Polizei.
Eine himmlische Ruhe und Gewißheit ist in ihnen.
    Die Revolution ist endgültig vorbei.

Aber im ganzen Lande – das hätte ich beinah vergessen –
klappen sich auf die gewaltigsten Schnurrbartfressen:
«Ein freies Deutschland! Anschluß an Österreich!
Frei von dem welschen Joch! Frei wolln wir sein! Aber gleich –!»
Innerlich stramm stehn. Versklavt von tausend Gewalten.
Im übrigen: «Weg mit Wersalch!»
    Gott liebt es, sowas zu erhalten.

PLÄDOYER GEGEN DIE UNSTERBLICHKEIT

Der felsenfeste Glaube, mit dem sich jeder Autor eines Durchfalls auf die Nachwelt beruft, hat etwas Rührendes: der Fuß stiefelt in dicken Pfützen, aber das Auge sieht mit kälbernem Ausdruck in die Sterne einer neuen Zeit. So ist es immer gewesen.

Nie wird es einem gesunden Menschen einfallen, sich etwa nach einer ausgezischten Premiere auf die Vorwelt zu berufen — und täte ers, so schämte er sich vor sich selbst. So unverrückbar ist in jeden Mitteleuropäer der Glaube an den Fortschritt eingehämmert. Immerhin hat die Rechnung doch ein Loch. Wir, wir selbst, sind Nachwelt, Nachkommen, achtzehnte Generation, nächstes Jahrhundert. Und was tun wir —?

Sind wir Calvinisten oder Anticalvinisten? Haben wir uns für Wallenstein oder gegen ihn entschieden? Tobt bei uns ein erbitterter Streit über Lavaters Physiognomik?

Weltfragen werden nicht beantwortet, sondern vergessen. Große Probleme werden nicht entschieden, sondern liegengelassen. Für einen erwachenden Toten dürfte es schwierig sein, sich in der neuen Umwelt von heute herauszufinden: vergeblich suchte er die alten Parteien, das alte Feldgeschrei, die alten Gruppen. Wohl sieht er welche — aber es sind andere, er versteht sie nicht mehr.

Und wir können ihn auch nicht mehr verstehen — denn was wissen wir von seiner Zeit —? Was ist uns denn überkommen. Es ist ein schwerer Irrtum, zu glauben, daß sich das Wertvollste erhält oder daß das Wertvolle nach Jahrhunderten zu neuem Leben und endgültiger Wirkung auftaucht. Erhalten bleibt: wer am lautesten geschrien hat. Oder: was man später noch einmal gut brauchen kann, als Flicken, willkommenen Zeugen, neu aufzunehmendes Fridericus-Schlagwort. Erhalten bleibt alles durcheinander: ein Tagestrottel, ein Talent, vielleicht das Genie, viele gute Mittelstandsleute. Erhalten zu bleiben ist kein Zeichen von Wert.

Wir leben in einer günstigen Zeit: wir können genau kontrollieren, was ‹Unsterblichkeit› ist. Wir können kontrollieren, wie wir auf die Nachwelt kommen; die ersten Ansätze zur Geschichtsschreibung der Jahre 1914—1920 sind vorhanden. Man lese nun einmal diese verlogenen Schilderungen, diese parteilichen Fälschungen, die ganze würdige Statistik und Archivwissenschaft, die sechzig Jahre später unbesehen und fast ungeprüft übernommen werden wird. Wer hat von den Forschern Zeit, Gelegenheit, Möglichkeit und Geld, sich darum zu kümmern, wie solche offiziellen Berichte zustande gekommen sind? Wer Philologie und Geschichte studiert hat, weiß, wie da immer einer auf den andern aufgebaut hat, wie dieselbe Lüge, derselbe Fehler sich durch zehn Werke hindurchziehen — unabsetzbar, unverbesserbar, als ‹Material›. Wir kommen würdig auf die Nachwelt, durch Retouchen derart zugerichtet, daß wir uns schon heute nicht mehr erkennen und dem bärtigen Geschichts- und

Geschichtenschreiber dauernd zurufen mögen: «Nein! So war es ja gar nicht! Schwindel!» schon heute ist das schwer. Wir sterben. Der Wälzer bleibt in den Bibliotheken liegen. Und lebt.

«Noch mit Schauer werden sich Generationen nach Ihnen erzählen ...» Ach, erzähl uns doch nichts. Das Verhältnis der Nachwelt zur Vorwelt ist ziemlich respektlos: bei Parlamentseröffnungen, bei Denkmalsweihen und Schulaufsätzen erinnert sich der Gehrock wohl gern der ‹Unsterblichkeit› — im großen und ganzen ist jede Nachwelt viel zu sehr mit sich selbst beschäftigt, als daß sie Zeit und Lust verspürte, nun auch die Sorgen der Gräberinsassen auf sich zu laden. Haben Sie einmal die alten Jahrgänge der *‹Vossischen Zeitung›* gelesen? Sie sollten das nicht versäumen. Jede Zeit ist in sich befangen — die verständliche Gier, dieses eine Mal voll auszukosten, diese souveräne Verachtung der Vorwelt, die völlige Gleichgültigkeit gegen alles, was gewesen, — treiben wirs nicht geradeso —? Wir wären schön weise, wenn wirs anders machten. Nur manchmal, an Klassikerabenden oder zur Konfirmation oder bei der Einführung eines neuen Steuergesetzes, da haben wirs mit der Nachwelt, daß es nur so hallt. «Die Nachwelt wird...» — «Die Nachwelt hat ...» Sie wird euch was blasen.

Es gibt noch fünfzig Schriftsteller vom Range Wielands — die sind vergessen. Es gibt noch zwanzig chinesische Napoleons — die kennen wir nicht. Noch acht Edisons — sie besaßen keinen Patentmusterschutz. Walther von der Vogelweide hatte neben allem andern: Glück. In dem großen Papierkorb der Vergangenheit kam er obenauf zu liegen, und da liegt er nun — bis auf weiteres.

Werke leben. Und zeugen Kinder. Und daß französische Emigranten einmal nach Berlin gekommen sind, zeigt heute noch manch Wohnungsschild, manches Buch, manche Frauengrazie (und der ganze Fontane). Ein Werk tun, die Welt ändern, mit den Beinen auf der Erde stehen und diesseitig sein — das kann eine anonyme Unsterblichkeit ergeben. Aber schiele nicht nach vorn — da ist für dich nichts zu holen. Als vielleicht ein bißchen Denkmalsstuck oder eine Doktordissertation. In fünfzig Jahren ist alles vorbei — und spätestens in hundert. Unsterblichkeit ...? Glaubs nicht. Schwör sie ab. Laß sie unsterblich werden, alle miteinander. Für dich gibt es nur ein Wort, wenn du weise bist, es richtig auszusprechen.

Heute.

SPRECHEN SIE LATEINISCH?

> Ich brauche einen vollständigen Anzug; Frack, Beinkleider und eine Weste.
> Dhagla catha un; ek guft pathlun, kamarband ekghora.
>
> Polyglott Kuntze: ‹Hindostanisch›

Als ich durchs Abiturium fiel, hatte der kleine Teuber eine Bierzeitung gedichtet, in der stand ein Fortsetzungsroman im Feuilleton, geschrieben im Stil der lateinischen Extemporalien. «Der Jüngling, mit Liebe zu jenem Mädchen behaftet, begab sich auf das Landgut des Vaters, und obgleich er nicht gewiß war, die Zustimmung dieses zu erringen, warf er sich demselben zu Füßen (Partizipium) und rief: ‹O Vater! Laß mich der Hand deiner schönen Tochter teilhaftig werden!›» Fortsetzung folgt.

Daß im gelehrten Mittelalter in der Küche nur deutsch, im Salon aber Küchenlatein gesprochen wurde, ist bekannt. Das Latein von heute ist das Cockney-Englisch, in manchen Kontinenten spanisch, aber trotzdem hat ein offenbar wieder auferstandener Mönch einen für Schüler und Humanisten gleich amüsanten Versuch gemacht: er hat ein Konversationsbuch in lateinischer Sprache herausgegeben. *‹Sprechen Sie Lateinisch?›* Von Dr. Georg Capellanus. (Ferd. Dümmlers Verlagsbuchhandlung, Berlin.)

Für unsre Ohren, die die Profanierung dieses Unterrichtsgegenstandes nicht gewöhnt sind, klingt so ein Latein unsäglich komisch. (Das Buch ist es gar nicht, sondern es ist eine sehr lustige und mühelose Übung für die Herren Lateiner.) Es gibt Leute, die können es gar nicht – von einem aber heißt es gar verächtlich: «Er spricht Küchenlatein. Sermo eius latinus culinam redolet.» Pfui!

Besonders schön ist es, wenn so die alltäglichen Sätze in silberner Latinität auftauchen. Einer will spazieren gehen, aber er weiß noch nicht, wen er mitnehmen soll. Quid si Hugonem? Wie wäre es mit Hugo? Was lebhaft an die ostpreußische Wendung erinnert, die da in der Analogie die zweite Frage an die erste mit der Silbe ‹Ei› knüpft. «Wie gehts der Mutter?» – «Danke, gut.» – «Ei dem Vatä –?» Das heißt: Und wie geht es dem Vater? So auch: Quid si Hugonem.

Mulmig wirds, wenn der Togabewehrte sich mit modernen Gegenständen zu befassen hat. Ein lateinisches Frühstück ... das habe ich mir immer mal gewünscht. Bitte, bedienen Sie sich: Velim tu ipse sumas! Aber was? Socolada, ut vocant. Schokolade, wie sie es nennen, sie, das profanum vulgus. Aber auch der Lateiner ist der Erde unterworfen. Vacuus mihi venter crepitat – mein leerer Magen knurrt, obgleich doch elixa, assa, frixa da sind: gekochte Eier, Spiegeleier und Rühreier. Nur nicht schämen! Proinde agito, ac si domi sis tuae! Tun Sie gerade, als wenn Sie zu Hause wären! Und was ein feiner Lateiner ist, so rühmt er, der Hausfrau zu Gefallen, die Speisen. Ius est non inelegans! Die Soße (der Schüh) ist nicht unübel. Das Latein auch nicht. Und was tut Jannings derweilen? Ach, Emil ... Aemilii, inter cenam tu non quod te dignum est facis! Emil, du benimmst dich bei Tisch nicht so, wie es sich für dich gehört!

Man muß sich überhaupt viel ärgern. Kellner! Wo bleiben Sie! Sie kümmern sich ja gar nicht um uns hier! Heus, puer, ubi cessas! nos hie plane neglegis! (Das müßte man einmal zu einem Kellner in Weimar donnernd sagen – mit einem Ruck erhöbe sich das gesamte Lokal und donnerte dagegen: «Juden raus!») Aber auch hygienische Maßregeln finden sich in dem Führer durch Latinien: Ubi in lectum inscenderis, ita te compone, ut neque pronus cubes neque supinus. Wenn du ins Bett gestiegen bist, so lege dich so, daß du weder auf dem Bauche, noch auf dem Rücken liegst! Und das erinnert mich an ein nicht im Lehrplan stehendes Gedicht, das wir in Sekunda in den Pausen auswendig lernten, und das da sicher einen Ausweg gefunden hätte. Ich weiß noch den Schluß: «... hymen semel perforatum – numquam reparabile.» Na, lassen wir das.

Morgentoilette. Ein bißchen schmuddlig, die Herren Lateiner, wie? Haec sordida summoveto ab oculis, invisent me fortasse quidam. Hänge die schmutzigen Dinger hier weg, daß man sie nicht sieht; ich bekomme vielleicht Besuch! Der Besuch kommt und ist sehr höflich. Wie gehts Ihrer Frau Gemahlin? Quid agis uxor tua? und dann die üblichen Gespräche. Nichts Neues? Nein? Die Politik ... Gallia plura ceteris habet tormenta et milites plurimos. Frankreich hat die meiste Artillerie und sehr viele Soldaten. Und der andere, weil ihm nichts anderes übrigbleibt, ist ein tiefer Pazifist: Bombardis obicientur. Sie sollen als Kanonenfutter dienen. Ja, das soll vorgekommen sein.

Ein Kapitel heißt *‹Gespräche mit dem Echo›*, und da sind alle diese alten, hübschen lateinischen Echoscherze aufgezeichnet, aufgebaut nach dem Prinzip: «Wat is Jochen Peeesel –?» Echo: «Eeesel ...!» Der Rufer: «Non me delectant sermones tui disyllabi! Deine zweisilbigen Gespräche gefallen mir nicht!» Das Echo: «Abi! Schieb ab!»

Eine lateinische Lokomotive gibt es, auch Kegel, ja sogar: Modo mihi nuntiatum est filo aëno sororem esse desponsam. Eben habe ich ein Telegramm bekommen: meine Schwester hat sich verlobt. Precor, ut bene vertat! Herzlichen Glückwunsch!

Und der Lehrer ermahnt den Knaben: Noli arrodere ungues! Knabbere nicht an den Nägeln, du Ferkel! – Und die Mama erkundigt sich beim Herrn Lehrer ungefähr so: «Sage, ich beschwöre dich, du sehr gelehrter Mann, billigst du meinen Sohn?» und jener: «Du, ich bitte dich, übe ihn!» So gehts zu im lateinischen Leben.

Und als Anhang die alten schönen Verse und Hexameterspäße – es ist gar kein schlechtes Mittel, junge Leute so im Unterricht anzuregen. Denn außer Schulpforta und dem Grauen Kloster und noch einigen wenigen werden es wahrscheinlich nicht eben viele Anstalten in Deutschland sein, die ihre Abiturienten als Leser des Lateinischen entlassen.

Nur eines möchte ich nicht mitansehn. Wenn sich der Verfasser des Werkchens, in Toga und Zylinder, zum Hades begibt, hinc longule est, es ist ein hübsches Stückchen Weg, und dort mit den alten, ehrwürdigen Original-Lateinern ins Gespräch kommt, was wird dann anheben? Lateinisch war eine südliche Sprache, bewegt und beweglich, mit sicherlich merkwürdigen Konsonantenbildungen, und weil heute keiner mehr weiß, wie sie ausgesprochen wurde, spricht sie jede Nation anders aus, bis zum englischen ‹Weneih — Weideih — Weissei› — veni, vidi, vici... Der Verfasser, Dr. Capellanus, also hin zu dem ersten besten toten Römer, den Hut abgenommen und nach dem Weg gefragt. Die Seele blickt entgeistert. Er, nochmals lauter: «Salvete pariter omnes!» Guten Abend, alle zusammen! Nichts. Die Römer haben die Togen fester gefaßt und sehen den Eindringling stumm an. Und schließlich hebt einer von ihnen — es ist der Barbier des Pompejus, ein fetter, beweglicher Mann mit flinken schwarzen Äuglein und klassischem, imperialem Bauch — die ringgeschmückte Rechte und gibt der Meinung des ganzen Haufens gemessen Ausdruck. Er sagt: «Loquerisne lingua latina? Ja, Mensch, sprichst du denn kein Latein —?»

BESETZT! BITTE, SPÄTER RUFEN—!

Die weißen, weiten Gletscherfelder, wo die Luft
kühl anhaucht und das Eis grünlich schimmert —
    Wem gehören die?

Der helle kilometerlange Strand, die halbfeuchte Strecke zwischen dem
Wasser und dem trocknen Seesand, Muscheln liegen da vergraben,
Möwen hüpfen auf und ab, reingefegt vom Wind sind die Dünen —
    Wem gehören die?

Die zitternde Blumenwiese mit den hohen saftigen Stengeln,
die Käfer, die summsen, die Berge, die herüberdämmern,
an der Waldlichtung mäht ein Mäher, die Felder liegen satt —
    Wem gehören die?

    Die Erde über tausend Meter
        ist reserviert.
    Das Meer, die frische Luft, der Äther
        sind reserviert.

Den andern mahnen: Voll Geduld sein!
Und noch an allem Elend schuld sein
und alles Beste für sich nehmen,
den Armen, weil er riecht, verfemen,
ihn schuften lassen, bis er sanft krepiert –:
Dir, Proletarier, ist der Himmel reserviert.
Das Himmelreich bleibt dir zuletzt...
Die schöne Erde –?
    Leider schon besetzt.

WO

sind eigentlich die Herren Kurt Wolff, Ernst Rowohlt, S. Fischer und viele andre Verleger, wenn die Buchhändler Feste feiern? Da gehts ja hoch her – nationale Reden und schwarz-weiß-rote Fahnen werden geschwungen, bärtige Teutsche reden und schreiben einen Schwafel, wie er etwa einem Stiftungsfest des Uhrmachervereins in Glauchau durchaus angemessen wäre – und das alles im Namen der deutschen Buchhändler.

Wenn man das *‹Buchhändler-Börsenblatt›* liest, kann man durchaus der Meinung sein, daß der deutsche Durchschnittsbuchhändler tatsächlich von solcher Beschaffenheit sei: wie da der Mord an Hugo Bettauer glossiert wurde, wie da leise und fast unmerklich und mitunter auch recht grob die Kriegsunschuldlüge propagiert wird, wie da die Welschen und die Tschechen angeflegelt werden, und wie da vorsichtig auch eine Art Zensur über die unbequemen deutschen Oppositionellen verfügt wird – das ist ganz munter. Wenn aber selbst der Durchschnitt auf so völkische Art Bücher verkauft – wo sind die andern? Es wird ja niemand von Paul Steegemann verlangen, daß er mit einer roten Fahne durch Leipzig zieht, noch auch soll Frau Malik auf dem Augustusplatz zur Ostermesse die Carmagnole tanzen –: aber immerhin haben doch auch diese Sitz und Stimme in den buchhändlerischen Organisationen. Rühren sie sich da gar nicht? Warum hören wir nicht zum mindesten von einem wenn auch nur papiernen Protest dagegen, daß diese Festbarden sich anmaßen, für den gesamten deutschen Buchhandel eine solche üble nationale Hetze zu treiben? Warum ruft niemand in diesen Jahrmarkt zu Plundersweilen hinein: «Nein! Ohne mich!»

Opposition steht bei uns in den Büchern, broschiert, gebunden und auf Bütten. Treten aber drei Männerchen auf öffentlichem Markt zusammen und beschließen etwas Praktisches: Ihr könnt darauf schwören, daß es die Mannen der Rotte Tirpitz oder die alten Weiber der Firma Stresemann sind. Mut und Maul stehen in einem für Buchhändler durchaus ungewöhnlichen Rabattsatz: $1/6$.

LEBENSGESCHICHTE EINES REBELLEN

Habe des Süßen und Sauren viel genossen – aber des Sauren war mehr.
Der Alte Dessauer

Arthur Holitscher hat seine Erinnerungen geschrieben, und sechsundfünfzig Jahre Mitteleuropa ziehen an uns vorüber. (‹*Lebensgeschichte eines Rebellen*›. Im Verlag S. Fischer.) Ein Rebell –?

‹*Schonungslose Lebenschronik*› könnte das Buch heißen, nach dem Titel einer Autobiographie von Kurt Martens, eines zu gleicher Zeit dummen, vernünftigen, unappetitlichen, kleinlichen und eigentümlichen Buches. Holitschers Erinnerungen sind Abrechnung mit sich selbst, Zeitzeichnung, Kunstgeschichte und Rückblick.

Memoiren haben für den Unbeteiligten meist etwas Rührend-Komisches: mit welcher Wichtigkeit Ereignisse aufgeplustert werden, nur, weil der Erzählende zufällig oder schicksalsbestimmt an ihnen mitgewirkt hat, die Weltkarte sieht aus, wie sie Lichtenberg einmal skizziert hat: die umliegenden kleinen Dörfer riesig, exakt, durchbeobachtet bis in alle Einzelheiten, weiterhin wird es immer verschwommener, und ‹là-bas› liegen dann Asien, Afrika, Amerika, Australien. Holitscher sagt immer: Seht, dieses war meine Welt; nirgends: Es ist die Welt.

In Ungarn beginnts. In Ungarn, wo Deutsche, Juden, Ungarn zusammenwohnen, und wo das versprengte Deutschtum doch ein bißchen anders ausgesehen hat und aussieht, als es uns die germanischen Irredentisten erzählen wollen. Das Getto wird leidenschaftslos geschildert, mit seiner lächerlichen Unterschätzung der ‹Gojim›, wie sich ja überhaupt der deutsche Jude nur deshalb für klüger hält, weil die andern dümmer sind. Hier erlebt der Junge seine Jugend, die keine ist.

Bis zur Mitte ist dieses Leben in Schwermut getaucht, weil es eine solche Jugend gehabt hat; oder hat es eine solche Jugend gehabt, weil es in Schwermut beinah versinkt? Noch in den lustigen kleinen Erlebnissen wird gelächelt, so: Ja – recht heiter: aber es ist ja nur eine Unterbrechung, das Eigentliche wird gleich wieder einsetzen. Und dieses Eigentliche ist Trauer. Holitscher empfindet selbst, wie nahe er dem Schlemihl gewesen ist; schließlich ist man selbst schuld, wenn einem grade immer die letzte Bahn vor der Nase wegfährt. Es gibt Glückspilze und Unglücksraben – Unglück ist dauerhafter.

Nach der Schulzeit, dem Ritualmord von Tisza-Eszlar: Bankbeamter in Budapest, in Fiume und in Wien. Dies ist das schönste Kapitel des Buches: Die verlorenen Jahre. Wer kann sagen, ob sie verloren gewesen sind? Aber er empfand sie doch so, und das ist die Hauptsache. Sie werden eingeleitet mit einer ausgezeichneten Beschreibung der Bankbeamtenseele – wie wenig hat sich das geändert! –, und da sitzt er nun, eingeengt von Beruf und einer andern Elementarkraft des Judentums: der Familie.

In der Berufsschilderung steht an keiner einzigen Stelle: Nur ich hatte recht, und alle andern waren Trottel. Es ist auch schon jene leise Trauer darin, daß diese ‹verlorenen Jahre› für die meisten ein Leben bedeuten, und wie schrecklich ist es, daß sie dergleichen eben nicht als verloren empfinden! Eingefangen ist er – es geht nicht mehr weiter.

Die Familie umschließt ihn wie ein Käfig. Diese Brutwärme der Liebe, die das gehegte Wesen zu Tode drückt, aber keineswegs gestatten will, daß es in der Freiheit aufblüht, dieser Backofen des Egoismus mit dem falschen Vorzeichen . . . es geht auch hier nicht mehr weiter.

Ungemein bezeichnend, womit der junge Holitscher aufgeweckt wird. Hamsun ist es, dieser Ausländer des Daseins, Hamsun, der den großen Ruf ungekannt an einen Ungekannten ergehen läßt. Der vernimmt ihn, reibt sich die Augen und entflieht. Nach Paris.

Beneidenswert, wer so Paris erlebt hat. Da mag viel zusammengekommen sein: der Kontrast von Sklaverei und Freiheit, die Jugend, ein Paris, das der Welt damals mehr zu geben hatte als heute – die grünen Tage des Luxembourg-Gartens leuchten durch das ganze Buch, sie kommen immer wieder, weil sie unwiederbringlich dahin sind. Hier setzen die literarischen Erinnerungen ein, die höchst reizvoll sind, lehrreich und frisch. Hamsun erscheint, er wohnt in der langen rue de Vaugirard, ein kleiner Ausländer, um den sich niemand kümmert, Albert Langen wirtschaftet schon in Paris umher, und nun wird ein Literaturpanoptikum vorgeführt, worin jede Nummer ihre Meriten hat. Der hat wirklich halb Europa kennen gelernt und keine Bücherverfasser erlebt, sondern Menschen. Erzählt ist alles das sehr leise, still, niemals mit diesem unerträglichen Augenschlag: «Das ist nämlich der, von dem so viel in den Zeitungen stand, und ich, ich, ich habe ihn gekannt.» Er ist selbstverständlich und natürlich – und das will schon etwas heißen in Deutschland.

Auch die pariser Anarchisten hat Holitscher aufgesucht, mit ihnen gelebt, gehorcht, gesucht. Dem Schriftsteller ist in diesen Schilderungen einmal das Schwierigste geglückt: er erzählt von einem homosexuellen Freund, der ihn besitzen möchte, eine Szene, bei der sich einem der Magen umdrehen würde, stammte sie nicht eben von Holitscher. Bei dem zeigt einem diese Episode nichts weiter als: Auch dies gibt es – so sind die Menschen.

Sein Stil ist gepflegt, aber niemals literarisch. Der französische Einfluß ist unverkennbar. Einmal entwickelt ein pariser Graf recht bösartige Theorien über die Frauen, mit deren einer, einem finstern Exemplar, er zusammenlebt. Weiber! Weiber! Weiber…! «Die verheirateten Herren stimmten ihm zu hinter den Wolken der ziemlich mittelmäßigen Zigarren.» Und so zieht das vorüber, die pariser Plätze, der französisch-chinesische Literaturbetrieb, die Radaupremieren, wo einmal dem alten Sarcey, dem Rudolf v. Gottschall von Paris, ein Überzieher auf den Kopf fällt, aus tiefem Theaterschlaf fährt er auf . . . eine Welt wird lebendig.

Folgt München. Das ist uns nun auch den Jahren nach näher, der verstorbene Keyserling taucht noch einmal auf, der ein wertvoller Mensch war und so gar keine Ähnlichkeit mit seinem Namensvetter hatte; der ganze ‹*Simplicissimus*›-Verband, mit Wassermann, Wedekind, Dauthendey und Thomas Mann. Der spielt keine sehr angenehme Rolle in dem Buch, wahrscheinlich mit Recht. Holitscher hat einmal das Modell zu einer amüsanten Figur in Manns Novelle ‹*Tristan*› abgegeben, und wie es dazu kam, erzählt er, ohne Bitterkeit, aber enttäuscht von der Unzulänglichkeit einer so korrekten Erscheinung. «So waren wir, ich fühlte es, in diesen Nachmittagsstunden einander nahe gekommen, und ich ging mit dem frohen Bewußtsein die Straße entlang, daß ich einen Freund habe. Durch irgendeinen Umstand wurde ich beim Weitergehen gezwungen, stehen zu bleiben und mich umzudrehen. Da sah ich oben im Fenster der Wohnung, die ich soeben verlassen hatte, Mann, mit einem Opernglas bewaffnet, mir nachblicken. Es dauerte nur einen Augenblick, im nächsten verschwand der Kopf blitzschnell aus dem Fenster.» Dann erscheint die Novelle, durch die jene Figur geht, «mit den Schritten eines, der innerlich davonläuft» . . . Wer hat hier davonzulaufen? In eben jener Lebenschronik von Kurt Martens steht ein Brief, den Thomas Mann in seiner Militärzeit geschrieben hat. Darin heißt es: «Schreiben Sie einmal wieder – hierher. Aber besuchen Sie mich nicht. Das mag ich nicht. Hoffentlich bekommen Sie mich in Uniform überhaupt nicht zu sehen.» Aber die Ruhe und Ordnung mancher Staatsbürger beruht eben auf dieser Uniform. Betrachtet man alles das unpolitisch, so gefällts einem nicht.

Figuren kommen und gehen – man versteht zunächst nicht, wie sich dieses bunte Wirrsal zu einem Ganzen geeint haben kann; man versteht auch nach dieser braungetönten Traurigkeit nicht, wie einer sich so jung erhalten kann, mit sechsundfünfzig Jahren. Aber dieser erste Band der Alterserinnerungen eines jungen Mannes zeigt noch nicht die große Wandlung, nur ihre Vorbereitung. Diese Wandlung in Holitschers Leben ist der Kommunismus.

So, wie ein wahrhaft frommer Mensch ein Zentrum in sich hat, um das alles tendiert, so, wie ihm nichts geschehen kann, weil alles einen Sinn hat – so hat sich dieser gefunden. Ergreifend sind die letzten Seiten, auf denen das Bekenntnis zur Güte, zur Menschlichkeit, zum Menschen zu lesen ist. Das Dogma des Kommunismus ist ihm viel – der Mensch mehr und alles. Man hat ob seiner jugendlichen Begeisterung manchmal gelächelt, und ich weiß nicht, ob er seine Werke über Rußland und Palästina als statistische Werke gewertet haben will.

Wahrscheinlich sind sie es nicht. Aber sie sind, wie dieses Buch, das Bekenntnis eines lautern Charakters, eines überzeugungsfesten Mannes, der als Dichter ersehnt und als politischer Bekenner gefunden hat, was in ihm ist: Treue zu einer großen Idee.

Ein Rebell —? Ein gequälter, sich quälender, erlöster und tapferer Mensch.

HERR WENDRINER NIMMT EIN BAD

«Bademeister! Bademeister! Unerhört! Ist die Ostsee für die Kundschaft da, oder sind Sie für die Ostsee da? Was sich diese Leute erlauben! Nu geben Sie schon her den Bademantel! Hier! Nein, da! Herrgott . . . Nächstes Jahr gehn wir ins Gebirge — ich wer Ihnen das schon zeigen. Nein, die Zelle da will ich nicht — die andre. Morgen, Gumpel! Na, Sie auch hier? Ja? Nehm Se doch die Zelle nebenan, können wir uns 'n bißchen unterhalten. Meine Tür schließt nich. Habn Se sowas schon gesehn? Vafluchcht — so — jetzt is se zu. Eine Hitze is das heute . . . Is das Wasser warm? Sechzehn Grad? Das Thermometer geht sicher nach. Wo wohnen Sie? Wir wohnen im Pallaß. Mit Bad—natürlich. Gott, man brauchts hier eigentlich gahnich, aber meine Frau . . . Gumpel, is bei Ihnen auch so ein Sand in der Zelle? Ekelhaft — überall is Sand. Wie? Wie? Wer ist hier? Gutenberg? Hab ich nicht gesehn. Nein. Wie? Nein, ich kenne ihn bloß oberflächlich: er war bei mir zur Geschäftsaufsicht. Gumpel — haben Sie die Abendzeitung? Wie stehn Ufa? Wie? Und Höchster? Und Oberbedarf? Nischt los jetzt—ich mach auch fast gar nichts mehr. Was tut sich noch? Entwaffnungsnote? Meine Badehose is mir zu klein. Sehn Se mal unter Familienanzeigen nach, ob Georg Wertheimer drin steht. Steht nich drin? Komisch. Sind Sie fertig? Ich bin auch fertig.

Menge Leute hier. Das muß ne Goldgrube sein, son Bad. Na — wie wärs: wir pachten den Strand da unten an der Insel, bauen einen kleinen Badeort auf, machen ne A.-G. — wenn man da die Börsenzulassung kriegt, stehn die Aktien sofort mindestens . . . Nehm Sie doch Ihre Beine weg! Frechheit! Komm Se, ich leg mich erst noch 'n bißchen in den Sand. Volle Pension haben Sie? Ich weiß nicht: ich bin nich für volle Pension. Man hat lange nicht so viel fürs Geld. Sehn schlecht aus, Gumpel — fehlt Ihn was? Heute abend ist Nelson-Gastspiel — Gott, siss mal ne Abwechslung . . . Was halten Sie von der Aufwertung? Meschugge — sag ich Ihnen. Manche warten schon drauf. Bloch wär 'n gemachter Mann. Was meinen Sie — ich habe gestern schon zu meim Schwager gesagt: man sollte bei den Auslandsverkäufen wieder das Skonto erhöhen. Wegen der Konkurrenzfähigkeit. Hab ich Ihnen eigentlich schon erzählt, wie die letzte Generalversammlung verlaufen ist? Ja, Dienstag war se — die hab ich noch mitgenommen. Der Löwenstein war da, ein ganz frecher Patron! Steht da auf und hält da eine Rede – ‹im Namen der Opposition› –, und er ist gegen die Ausgabe von Vorzugsaktien an die Aufsichtsratsmitglieder! Wir ham ihn ruhig reden lassen, und dann ist der Justizrat Goldscheider aufgestanden, der junge, nicht der alte – nein, der Bruder, der, der immer Sodbrennen hat, und hat ihn sehr ernst zurückgewiesen. Außerdem hatten wir die Majorität. Sehn Se mal, das Schiff da hinten. Ein Kriegsschiff? Glaub ich nicht! Na, wenn schon. Was meinen Sie, wie nötig braucht Deutschland eine Kriegsflotte. Der Wilhelm war gar nicht so schlecht, wie se ihn jetzt immer machen. Na ja – ein Goi . . . aber doch ganz gut. Rasieren müßt ich mich heute lassen. Sie wern auch schon ganz hübsch dick, Gumpel. Sie sollten mal was für Ihre Gesundheit tun. Man kriegt leicht 'n Schlag, wenn man so dick ist wie Sie. Sahrnsema: was ham Sie eigentlich mit dem Grundstück in der Königstraße gemacht? Verkauft? Hätt ich nicht getan. Heutzutage . . . ne alte Baracke? Na, wenn auch. Ich geh 'n bißchen ins Wasser. Gehn Sie auch ins Wasser? Ich geh 'n bißchen ins Wasser. Erst die Brust kalt machen – hat mir der Arzt geraten. Gumpel – nehm Se sich in acht! da kommt ne Welle! Sehn Se! Sehn Se! Da hinten steht mein Schwager mit Ihrer Frau und meinem Ältesten! Huhu! Huhuhuhu! Jaa! Nachher! Ins Strandrestaurant! Bringt die Stullen mit! Gumpel – Sie sind ein kühner Schwimmer. Wo haben Sie das gelernt? Äh – mir die Welle übern ganzen Kopp. Ich geh raus. Gumpel – hatten Sie nich noch 'n Grundstück neben dem andern? Das wollen Sie behalten? Ich würde heute keine Grundstücke behalten. Für 365 Mille . . . nu, ich meine, man kann doch mal drüber reden. Der Sand zwischen den Zehen geht so schwer raus – bei Ihnen auch? Jedenfalls sag ich Ihnen: wenn die die Grundsteuerumlage wieder so erhöhen, wern Se schön dasitzen mit Ihren Grundstück. Nu – Se wern ja sehn. Wieviel Quadratmeter sind das? Vierunddreißig mal zehn – plus hundertachtzig . . . Hören Sie auf mich. Ich wer auf die Sache zurückkommen. Wie? Uralt der Witz, ich weiß schon: ‹Und da nimmt die Krankenschwester das Bettdeck hoch und sagt: Sie vielleicht?› Ich bin fertig. Sind Sie auch fertig? Bademeister!

Wissen Se, Gumpel – son Bad – das ist direkt was Erfrischendes. Das bringt einen doch wieder mal auf andre Gedanken –!»

DAS GEISTIGE NIVEAU

Die Philosophische Fakultät der Universität Heidelberg hat den tapfern Vorkämpfer des Rechts, Dr. E. J. Gumbel, in seinem Amt als Privatdozent belassen. Diese Entscheidung ist von der Fakultät in einem längern Gutachten vor ihren nationalistischen Anhängern entschuldigt worden. Darin heißt es:

Gumbel sei ein politischer Fanatiker, dem der persönliche Mut und die ideologischen Unterlagen nicht abgesprochen werden können. Jedoch sei in seiner politischen Tätigkeit nicht der leiseste Einfluß wissenschaftlicher Qualitäten zu spüren, vielmehr sei ein Tiefstand des geistigen Niveaus und ein vollkommener Mangel an Objektivität der hervorstechendste Zug. So sehr die Fakultät die Empfindungen der durch Gumbels Handlungsweise Betroffenen teile . . .

Selbstverständlich hat die Philosophische Fakultät der Universität Heidelberg das Recht, über Privatdozenten ihres Lehrkörpers Urteile abzugeben; diese Urteile dürfen, wenn sie sachlich wie dieses hier sind, scharf und abfällig sein. Nur sei eine kleine Anmerkung erlaubt.

Wo sich heute das geistige Leben abspielt, ist schwer zu sagen. Welche Bedeutung ihm in der Blüte des kapitalistischen Zeitalters zukommt, ist wieder eine andre Frage. Sicherlich aber sind die deutschen Universitäten nicht mehr das, was sie einmal gewesen sind: das Zentrum der geistigen Kräfte des Landes. Was sich im Rahmen dieses öden Beamtenbetriebes da heute abspielt, ist völlig unerheblich und für die geistige Struktur der wertvollen Geister gleichgültig. Unter gar keinen Umständen aber kann einem Werturteil einer Universitätsbehörde irgendwelcher Wert beigemessen werden, wenn es sich um moralische Dinge handelt. Einen Mann, der den Mord im politischen Leben verfolgt, moralisch zu verurteilen, mag einem Heiligen erlaubt sein; nicht aber Leuten, die jeden Wachtmeister im Kriege zum Ehrendoktor gestempelt, und die das Schlimmste in gemeiner Kriegshetze geleistet haben. Die Blamage der 93 Intellektuellen war zu klein: es hätten auch 930 sein können, und es wären nicht zu wenig gewesen. Die Theologen, die den lieben Gott zum Bezirkskommandeur machten; die Juristen, die nachwiesen, daß der deutsche Rechtsbruch in Belgien kein Rechtsbruch sei; die Mediziner, die dem Volk vorlogen, Hungern (der andern) sei gesund, und die ihre Lungenschwindsüchtigen in den gesunden Freiluftkurort am Chemin des Dames schickten; die Philosophen, die ihre lächerlichen Philosopheme nicht erst zu schütteln brauchten, bis die Moral dieser Staaten herausfiel —: sie sind wohl nicht ganz berufen, zu richten.

Die von Gumbel ‹Betroffenen› sind Mörder und Mordgesellen. Daß die Fakultät deren Empfindungen versteht, ist begreiflich. Daß sie aber wagt, von einem geistigen Niveau zu sprechen, unter dem sie seit etwa hundert Jahren ihrem Kärrnerbetrieb nachgeht, muß doch wohl zurückgewiesen werden.

Dr. Gumbel darf stolz auf sein Werk sein — was die Gutachten der Beamten angeht, so steht er über ihnen.

Er soll gesagt haben: «Die Soldaten sind — ich will nicht sagen: auf dem Felde der Unehre gefallen», und deshalb ist gegen ihn eingeschritten worden.

Den Denunzianten unter seinen Kollegen und unter den Studenten sei gesagt: Das moderne Schlachtfeld ist weder ein Feld der Ehre noch ein Feld der Unehre. Es ist die Abdeckerei der Kaufleute, wo Sadisten, Ruhmbesoffene, wertloses Gesindel und Unschuldige, Unschuldige, Unschuldige ermordet werden.

SUOMI-FINNLAND

Da ist ein wunderschönes Bilderbuch erschienen: ‹*Suomi-Finnland. Das Land der Tausend Seen*›. Von Franz Thierfelder. (Der Verlag steht auf der Schwarzen Liste des Schutzverbands Deutscher Schriftsteller; ich bedaure, daß ich aus sachlichen Gründen gezwungen bin, sein Buch anzuzeigen.) Das Buch entspricht in Ausstattung und Inhalt ungefähr den Bänden, die früher im Verlag R. Piper & Cie zu München unter dem Titel ‹*Die schöne Stadt*› erschienen sind. Der Text, der unter Mitwirkung von Johannes Oehquist, einem Attaché der Finnischen Botschaft zu Berlin, zustande gekommen ist, behandelt die finnische Literatur, Kunst, Geschichte und Politik und ist – mit Ausnahme eines Abschnitts – sachlich und nüchtern gehalten. Die Bilder zeigen Stadt und Land, Seen und Berge, Tiere und Menschen und enthalten prachtvolle Landschaftsaufnahmen; sie sind – mit einigen Ausnahmen – belehrend und gut gemacht.

So weit wäre über das Buch, das jeden Freund fremder Landschaft sicherlich fesseln wird, weiter nichts zu bemerken – wenn nicht der begreifliche Wunsch der Finnen, dem Ausland die Bekanntschaft mit ihrer Heimat zu vermitteln, die Herren zu einem peinlichen Schwupper verführt hätte.

Auf Seite 73 fiel mir ein Gedicht auf, formal etwa wie von einem unbegabten Geibel-Epigonen und ‹*Die Wacht am Rhein*› betitelt. Darin ist zu lesen:

Wie hat, o Deutschland, alles, was verworfen,
Sich aufgetürmt auf deinem Golgatha;
Jetzt, wo der Riese endlich umgeworfen,
Sind vielgeschäftig auch die Zwerge da.
O Deutschland, deine Schmach wird bald sich wenden ...

Aber ich hatte doch ein Buch über Finnland bestellt und bekomme nun patriotisches Grünzeug serviert . . . was geht hier vor –? Unter den Fotografien sind zehn dem Grafen v. d. Goltz und seinem ‹Befreiungswerk› gewidmet. Das schlechte Gedicht ist eine bescheidene Quittung.

Der Randstaaten-Wahnsinn des Versailler Vertrags, der Volksangehörige großer Nationen nicht von ihnen befreite, sondern sie dem

Knebel eines kleinern, also um so staatswütigern Gebildes überantwortete, hat an der Ostsee eine Reihe politischer Formationen entstehen lassen, die mit viel Reklame und Tamtam ihre Existenzberechtigung und mit allen Fehlern moderner Staatswesen ihre Reife im Staatenspiel dartun. Bebürdet mit Administration, überladen mit politischen Verrichtungen, ahmen sie die Gebärden ihrer größern Brüder aufs unglücklichste nach, können schon wie jene ‹Kommunist und Gendarm› spielen, ‹Anschlußpolitik›, ‹Minoritätenfrage›, und womit sich sonst noch so Staaten ihre Zeit vertreiben und die ihrer Zwangsangehörigen nutzlos in Anspruch nehmen.

Nicht, daß diese neuen Gebilde selbständig sind, ist der staatsrechtliche Skandal, sondern wie sie es sind. Es ist, als ob tausend ungehemmte Lokalwichtigmacher frei würden: endlich, endlich dürfen wir auch! Nichts gelernt; nicht gesehen, wie der Staatenunfug den Kontinent sicher, aber stetig von einer Katastrophe in die andre reißt, weit entfernt, ein Pan-Europa auch nur zu wünschen, tobt sich das in den schlimmsten Evolutionen ethosfeindlicher Staatsreligion aus. Man hat den Eindruck, als gäbe es Warenhäuser für kleine neue Staaten: alle haben sich wunderschöne Fahnen angeschafft, Militäruniformen, Titel, Briefmarken, eine uralte Literatur, prima Geschichtsunfälle, Gedenktage und — selbstverständlich — einen bösen Feind.

Jeder dieser Staaten hat etwa so viel Einwohner wie zwei europäische Großstädte zusammen, mancher nur so viel wie eine — und daß die Angelegenheiten dieser wenigen Leute minder wichtig wären als etwa die Interessen Londons, wäre ja töricht zu behaupten. Aber die Form, in der sie ihre Sache führen, ist derart vollgepackt mit falschem Gepränge, mit Bombast, mit Staatspomp, daß mitunter die Kosten für eine pariser Legation einen erheblichen Teil des Staatsbudgets verschlingen dürften. Sie haben alles im Schaufenster.

Auch ihre Propaganda.

Die Komik, die darin steckt, daß ein ganzes Land wie eine Zahnbürstenfabrik inseriert, Reklame trommelt, Statistiken schminkt, piekfeine Protzprospekte auf Glanzpapier drucken läßt, geht ihnen nicht ein. «Hier noch der garantiert unabhängige Staat! Universität! Militär! Schutz des Mittelstandes! Gesundes Trinkwasser! Eigne Nationalheilige in der Geschichte!» Wie steht bei Walter Mehring? «Trete Sie ein! Trete Sie ein! Hier isse gutt! Hier isse fein!» Sehr fein sogar. Und einen Programmpunkt des Plakats bei allen hätte ich beinah vergessen: «Kein Bolschewismus!»

Die Niederwerfung des ‹roten Terrors› in Finnland anno 1918 ist Sache der Finnen und der Kommunisten. Eine politische Affäre, die die Parteien unter sich auszumachen haben. Ich werde allerdings immer ein bißchen mißtrauisch, wenn ich die Worte ‹roter Terror› höre. Von dem hysterischen Gekreisch des Renaissance-Helden Mereschkowski sehe ich ganz ab. Aber die Mittel, wie dieser ‹Terror› niedergeworfen wird...

«Wie alt bist du?» — «Sechzehn Jahre ...» antwortete gleichgültig der Gefangene. «Du hast dich freiwillig gemeldet? du Hundeblut!» schrie kalt und schneidend der Leutnant, und sein Russisch war mangelhaft. «Ja, freiwillig», antwortete gleichgültig der Gefangene, und der Stiefel des Leutnants zertrat ihm die Nase. «So, und warum hast du dich freiwillig gemeldet?» — «Ich bin Kommunist.» — «Was bist du?» und wieder zuckte dem Gefangenen der Stiefel ins Gesicht. Der spuckte ein paar Blutfetzen und antwortete gleichgültig: «Kommunist.» — «Was bist du, du Aas?» und der Stiefel brach ihm die obern Schneidezähne heraus. Eine Blutwelle quoll über sein Kinn, er wischte mit dem Ärmel über das Gesicht und antwortete gleichgültig: «Kommunist.» — «Hast du dirs noch nicht anders überlegt? Na warte, du —! Wenn du nicht mehr Kommunist bist, dann sagst dus.» Und nun klatschte des deutschen Leutnants Reitpeitsche über den Kopf des Gefangenen. Zehnmal. Zwanzigmal. Immer noch. Ein formloser blutiger Klumpen war der Kopf. Und immer noch. Bis der junge Kommunist genug hatte. Der Leutnant schoß ein paarmal auf ihn, ein Schuß trieb aus dem Blutkloß die eine Gehirnhälfte, wie eine runzlige Kröte aus Elfenbein blieb sie daneben sitzen, als wollte sie dort Wache halten. Als dann die fünf Reiter, die den Bolschewiken gefangen und beim Verhör festgehalten hatten, über ihn herfielen, um Rubel in den Taschen zu finden, da wurde sie freilich ganz breit getreten. (Aus der gar nicht genug zu empfehlenden Schrift: ‹*Es lebe der Krieg!*› von Bruno Vogel — wohl das wahrste, was über die Schandzeit geschrieben worden ist, dem Reichsarchiv angelegentlichst zum Studium empfohlen. Erschienen im Verlag Die Wölfe zu Leipzig-Plagwitz, Ernst-Kly-Straße 16.

Wie sich Finnland die Politik vorstellt, lerne ich aus dem Abschnitt VIII. «Das bolschewistische Rußland hat noch immer nicht aufgehört, Finnland als Brücke zur Weltrevolution zu betrachten, deshalb ist auch heute die kommunistische Wühlarbeit im Lande sehr rege, und die Massenverhaftungen kommunistischer Führer vor den letzten Wahlen haben wohl nur vorübergehende Erleichterung gebracht.» Das müssen ja hübsche Wahlen gewesen sein. Nun, das soll nicht nur in Finnland vorkommen.

Dank und Preis aber singt die herrschende Klasse Finnlands dem Befreiungs-General v. d. Goltz. Unter den Bildern, die immer wieder seine Truppen, den berüchtigten Mannerheim, weiße Gardisten und Schutzwehr zeigen, ist eines: ‹*Begrüßung des Grafen v. d. Goltz durch den Magistrat*›, (der Stadt Helsingfors). Das Bild gehörte so, wie es da ist, in unser Witzblatt der Zukunft. Das muß man gesehen haben. Das frech-bescheidene Gesicht des Offiziers, seine ‹Herren›, die echten Kasinotypen, die demütigen Zivilisten, wie aus dem Bilderbuch: einer sieht aus wie Herr Permaneder aus den *‹Buddenbrooks›*, einer ist ein Zylinder auf Beinen, einer ist ja so stolz, daß er um den Arm und um den weichen Hut Bänder geschlungen hat und innerhalb der Absperrung stehen darf, stramm, bleich, ein gottesfürchtiger Pfingstochse. Hinten die Landsknechte mit umgehängtem Gewehr. Und ein paar Seiten vorher die schurkischen Rotgardisten, bewaffnete Bauern auf der Chaussee. Wenn man aber schon Bilder fälscht, dann muß man das intelligenter anstellen. Der Leichnam im Vordergrund ist etwas blaß geraten und in der Perspektive verfehlt: er ist aus einem andern Bild herausgeschnitten und in dieses hineingeklebt worden. Aber wie sollte man sonst den ‹Terror› zeigen? Gegen ihn hat Goltz, den das Ganze einen Schmarrn anging, «scharf durchgegriffen».

Sein Wirken wird anderswo weniger günstig beurteilt. Die Konkurrenz – Lettland – urteilt so: «Man ist glücklich, über die Kulturperiode des Grafen Goltz hinweggekommen zu sein . . . Wenn Graf Goltz trotzdem bei seinen gefühlsbetonten, geringschätzigen Äußerungen (gegenüber Lettland) bleibt, so ist eben hierin nicht eine vorurteilslose Erkenntnis maßgebend gewesen, sondern die blinde, verärgerte Leidenschaft.» (M. Walters: *‹Lettland›*, 1923.) Aber der Condottiere behauptet in seinem Buch, eine «Sendung in Finnland und im Baltikum» gehabt zu haben . . . Die Urheber der Armenier-Morde hatten auch eine.

Wir haben kein Glück mit unsern deutschen Freunden im Ausland. Es gibt wirklich gute und anständige Leute darunter: Menschen, die immer noch auf Deutschland hoffen, auf jenes andre Deutschland; Menschen, die das Volk bedauern, die Opfer der Generale, der Nationalen, der Rotte Tirpitz. Der Rest bedauert nur, daß das schlechte Deutschland nicht gesiegt hat, weil sie sich ihm blutsverwandt fühlen.

Herr Oehquist, der die kitschige *‹Wacht am Rhein›* ins Deutsche übertragen hat, hats gut gemeint. Die Wacht am Rhein . . .

Vom Berg der Zeiten blickt sie in die Lande
Zum Henker, der sein schmachvoll Werk bestellt . . .

Man muß diesen übereifrigen Freunden Deutschlands sagen: Danke. Legen Sies inzwischen dahin. Wir kaufen nichts.

Es gibt eine andre deutsche Jugend. Es gibt eine militärfeindliche Schicht. Es gibt – in den dünnsten Keimen – ein andres Deutschland.

FARBENKLAVIER

Rot ist die Leidenschaft,
blau ist das Meer,
grün der Chef vom Hakenkreuz,
schwarz-weiß-rot das Heer.

Rosa ist die Heckenros,
blausa mancher Kreis;
Oberst Nicolai seine
Weste — ist sie weiß?

Grünblau ist der Arrestant
bei der Polizei,
reisgelb Fritz von Unruhs
Bücherschreiberei.

Blauweiß ist bayerisch,
grün macht die Gans,
gelb färbt der Wasserstoff ...

Wenn Sie meinen, daß das stundenlang so weitergeht ...

ALTER KÜMMEL

Im Mauritius-Verlag zu Berlin ist vor drei Jahren ein merkwürdiges Buch erschienen, das man, hat man es sich einmal angeschafft, jedes Jahr gern wiederansieht. Es sind dies: *‹Die Schwänke des Rheinländischen Hausfreundes›* von J. P. Hebel, mit 32 Originallithographien von Dambacher.

An Hebel haben sich ja schon alle germanischen Schmierer der nationalen Zeitungen die Finger abgewischt, was ihm aber nichts geschadet hat. Er ist bestes Deutschtum und so himmelweit verschieden von dem bramsigen Geschwätz dieser Promenadenmischung wie etwa Klaus Groth von Gorch Fock. Ihr wißt ja alle, wie Hebel bewußt für minder Studierte geschrieben hat: mit dem ganzen Gefühl, das der Rheinländer für den Humor hat, klar, sauber und in fast jeder dritten Erzählung an die höchsten epischen Leistungen, ja, an Kleist, streifend. Dieser Band enthält ausgewählte Schwänke. Aber wer ist Dambacher—? Ich bin ein harmloser Kunde und habe nie gefälschten Kaffee verkauft und auch keine Kunstgeschichte studiert. Wenn man diese eigentümlichen Zeichnungen sieht, zu denen ich keinen Parallelfall weiß, so wäre da etwas zu sagen von: atmosphärische Mosaiks, malerische Werte der gefühlten Natur, Sensibilität einer visionären Maurerkelle, und was man sonst noch so fürs Haus braucht. Hebel hat deutsch geschrieben — versuchen wirs auch.

Diese Lithographien sind von einem Maler gemacht, der nicht ordentlich hat zeichnen können. Seine Kinder sehen zum Beispiel alle aus, wie Erwachsene von fern gesehen — für die Jugend hat Herr Dambacher eine eigne Kinder-Perspektive. Und fast alle handelnden Personen sind, fratzenhaft gesehen, etwas bösartig, der Zeichner hat sich darin gefallen, die ganze Vermurkstheit eines Ochsenknechts, eines Amtsdieners, eines Chirurgus aufzuzeigen. Es ist etwas ganz Seltsames.

Aber Dambacher hat nicht nur illustriert, sondern er hat zu fast jeder Geschichte noch etwas Eignes hinzugetan. Beim Herrn Magister sitzt noch die Frau Magister, von der Hebel nichts sagt, eine ganz entfernte Großtante des jungen Beardsley; Wirtshausgäste wimmeln auf allen einschlägigen Blättern herum, die unglaublichsten Pflanzen, wie sie nur ein sehr einsamer Mensch zeichnen kann – sicherlich war Dambacher ein Wirtshausbesucher, der jeden Abend kümmelgeschlagenvoll nach Hause ging, mit sechs Kumpanen, so sind wir Psychologen –; ein Hatschier steht und sieht zu, «wie einmal ein schönes Roß um fünf Prügel feil gewesen ist», und hat in seinem Gesicht die ganze Stur- und Stumpfheit einer gehorchenden Amtsperson, die sich für ihren bezahlten Gehorsam an den Untertanen rächt; die Verbrecher sind Kobolde; als sich zwei Schlafkameraden, Herr und Diener, gegenseitig in der dunklen Angst der Nacht packen und prügeln, hat er sie gezeichnet, als just der Wirt (Oscar Sabo) hereinkommt und sie grinsend beleuchtet: sie sehen sich an, doof, mit aufgerissenen Augen – und der Diener macht eine enttäuschte Schnute; viele Leute haben keine untere Gesichtshälfte mehr geliefert bekommen, fühlen sich aber auch so ganz wohl, und überall ist der Himmel weißblau; hart und scharf stehen die Gebäude wie etwa in einer Stadt der Ostsee an einem schönen Sommertag. Und seltsam, wie sich Hebels Thema beim Zeichner wiederholt, er schlägt es irgendwo in einer Ecke als Stimme der linken Hand noch einmal an: über dem Mann, der sich einen Drachen in den Bauch hypochondert hat, fliegt der Papierdrache eines Knaben; da, wo im Wirtshaus der Offizier den Löffeldieb abführt, richtet ein Kind einen Hund ab, der macht schön, mit einem Löffel im Munde . . . ich habe solche Bilder noch niemals gesehn.

Übrigens kann man – wie sich das für ordentliche Illustrationen gehört – mit dem Finger auf ihnen herumfahren und sich alle Einzelheiten der Geschichte beangucken: der ist der Zundelfrieder, und das ist der betrogene Goldschmied, und das sind die Gerichtspersonen . . . Die Blätter sind viel besser als die Holzschnitte der Zeitschrift, in der Hebels Geschichten erschienen sind. Diese himmlischen Erzählungen, die die Moral mit ‹Merk› gleich angehängt bekommen, und deren eine zum Beispiel so schließt: «Dies Stücklein ist noch ein Vermächtnis von dem Adjunkt, der jetzt in Dresden ist. Hat er nicht dem Hausfreund einen schönen Pfeifenkopf von Dresden zum Andenken geschickt, und ist ein geflügelter Knabe darauf und ein Mägdlein, und machen etwas miteinander. Aber er kommt wieder, der Adjunkt.»

Merk: Man sollte sich das Buch anschaffen.

FRAUEN VON FREUNDEN

Frauen von Freunden zerstören die Freundschaft.
Schüchtern erst besetzen sie einen Teil des Freundes,
nisten sich in ihm ein,
warten,
beobachten,
und nehmen scheinbar teil am Freundesbund.

Dies Stück des Freundes hat uns nie gehört –
wir merken nichts.
Aber bald ändert sich das:
Sie nehmen einen Hausflügel nach dem andern,
dringen tiefer ein,
haben bald den ganzen Freund.

Der ist verändert; es ist, als schäme er sich seiner Freundschaft.
So, wie er sich früher der Liebe vor uns geschämt hat,
schämt er sich jetzt der Freundschaft vor ihr.
Er gehört uns nicht mehr.
Sie steht nicht zwischen uns – sie hat ihn weggezogen.

Er ist nicht mehr unser Freund:
er ist ihr Mann.

Eine leise Verletzlichkeit bleibt übrig.
Traurig blicken wir ihm nach.

Die im Bett behält immer recht.

DER 14. JULI

Eine Stadt, die tanzt –! Eine ganze Stadt, die tanzt –!

Nun, ganz so happig ist es damit nicht. Die Elektrischen tanzen nicht, die Untergrundbahn fährt und ist denn doch so voll, daß es – Zeichen und Wunder! – ganz kleine Ansätze von Krachs gibt, lange Straßenzüge liegen leer und undurchrummelt. Aber man darf doch sagen, daß ganz Paris auf den Beinen ist.

Die Nachricht von der Erstürmung der Bastille, deren sich ältere Abonnenten noch aus dem Jahrgang 1789 der ‹*Vossischen Zeitung*› entsinnen, wird in Paris alle Jahre einmal aktuell.

Dieses Mal gab es richtige kleine Sommerferien: Sonnabend, den 11., fing die semaine anglaise an, Sonntag war Sonntag, und weil Dienstag der Nationalfeiertag war, so bildete Montag einen ‹pont›, der für viele Berufe ein freier Tag war. Und Mittwoch ... es gibt auch blaue Mittwoche.

Vier Tage, vier freie Tage! – Eine Völkerwanderung in die Umgebung begann, hier hat fast jeder ein Häuschen, ein Grundstückchen, eine Holzhütte – und wenn nicht er sie hat, so gibt es jemand in der Familie, der Eigentümer ist. Und auch draußen die kleinen Kommunen hatten ihr Feuerwerk, ihre Illumination, ihr Clairon- oder Harmonika-Orchester ... Das Zentrum der Feier aber war Paris.

Sonnabend abend schon fing es an. Da waren an vielen Ecken Tanzplätze freigemacht oder ganz einfach improvisiert, die Kapellen saßen in Holzpavillons oder in den Cafés oder auf der Straße. Nun löst sich alles in Paris in Quartiers auf, Generalparolen sind selten, und wenn man sie gibt, werden sie kaum befolgt. Der Franzose ist ein Frondeur. Und die Quartiers sind untereinander verschieden wie Kleinstädte. Im vierzehnten tanzen die Fabrikarbeiter und ihre Mädchen, im dreizehnten ganz kleine Leute, Handlanger und Krämer, in einem Teil des fünften Provinzler, sie tanzen ihre heimischen Tänze, in Tracht und nach ihrer Musik, im zwanzigsten eine brodelnde Kleinbürgerlichkeit, im achtzehnten allerhand Straßenhändler und auch Leute mit dunkler Hautfarbe. Im sechzehnten tanzen die Mädchen der feinen Leute, im siebenten sind viele Fensterläden heruntergelassen, die Herrschaft ist auf dem Land, am Strand, in den Bergen ... adlige Damen und pensionierte Herren tanzen selten auf der Straße.

In der rue Montagne-Sainte-Geneviève tanzen sie. Es sind Leute darunter, die nicht übermäßig vertrauenerweckend aussehen, aber es geht – wie überall – sehr anständig zu. Wer hier ‹Romantik› erwartet, wäre heftig enttäuscht. Nichts verkehrter, als die Pariser für einen Haufen romanisch zappelnder, ungebärdig lärmender und schießender Kinder zu halten. Ein tiefer Zug von Bürgerlichkeit geht durch diese Stadt, bis hinunter in die tiefsten Schichten. Und noch ein anderer Zug: der von Fröhlichkeit.

Da haben sie nun die Fahrpreise erhöht, und das Gas, das Wasser, das Licht, die Posttarife ... die Arbeiter, deren Gehälter noch nicht mitgehen, merken das. Aber niemand ist verzweifelt, das Gleichgewicht ist überall da, die Freude, am Leben zu sein und diese Spanne, die gegeben ist, auszunutzen. Diese kleinen Volksfeste da bestehen äußerlich in nichts weiter als in ein bißchen Musik, ein paar Glas Wein (man sieht sehr wenig Betrunkene), Tanz und eben jener Atmosphäre, die nicht zu exportieren ist. Sie erinnert etwa an die Luft mittlerer deutscher Kurorte vor dem Kriege, wenn abends Réunion war: durchaus nicht der ganze Ort nahm daran teil, friedlich schlenderte man durch die halbdunkeln Straßen, aus einem Saal klang Tanzmusik, das berührte aber keinen sehr, es war eine große, stille, ruheliebende

Gemeinschaft. So gehen hier feiertags die Leute herum. Und alle ohne Ausnahme, bis zum letzten Bettler herunter, sind nicht unglücklich. Das ist die Grundstimmung.

Paris tanzt also. Befreit tanzen die jungen Gymnasiasten, die ‹distribution des prix› ist vorüber, jene feierliche Schulhandlung zum Schluß des Semesters, wo irgendein Abgeordneter, ein Minister, ein politischer Beamter eine Rede redet. (So sprachen der ehemalige Unterrichtsminister François-Albert und Herr Herriot; beim Vortrag dieses mußten erst ein paar reaktionäre Lärmmacher an die frische Luft gesetzt werden.) Um die kleinen Orchesterchen drehen sich die Paare (hier wird nicht so gut wie in Berlin, aber vergnügter getanzt, unsachlich, freundliche Dilettanten) – die halbe Straße guckt vergnügt zu. Es tanzen die Feuerwehrleute auf ihrem Hof in der Nähe der Place de la Nation, man kann hereinspazieren und zusehen, es tanzen Soldaten, Ladenmädchen, Bäckerfrauen und – auf dem Montparnasse – Schweden, Norweger, Polen und Amerikaner aller Couleuren.

Nach den Vorstädten zu werden die Damenbeine krummer, die Farben bunter, die Eleganz ist – wenn es welche gibt – aus zweiter Hand. In Montrouge begießen die alten Laubenkolonisten friedlich ihren Kohl und s'en fichent um den vierzehnten Juli, auf Gartenplätzen drehen andere auch hier ein Tänzchen.

Im Viertel von La Villette spielen die Musiker: *‹On fait une petite bellote›*, den Schlager der Mistinguett, einen Java, den sich die Leute zum gemütlichen Walzer gemodelt haben, und alle Fenster sind besetzt: im ersten Stock viele Kinderköpfe, im zweiten ein hemdärmeliger Mann, der die kräftigen Unterarme auf das kleine Eisengitter stützt, im dritten eine dicke Frau mit ungemachten Haaren.

Die Champs Elysées brodeln. Der ‹Cours de Flambeau› ist eben vorüber: schweißtriefend, eine Fackel in der Hand, ist der siegreiche Läufer einpassiert; die Staffeln sind in der Nacht von Verdun aufgebrochen, wo ein Kriegsverletzter ihnen die Fackeln angezündet hat, nun bringen sie das Feuer, von Staffel zu Staffel, über die zweihundertvierzig Kilometer nach Paris, zum Grab des unbekannten Soldaten. Die lange Prachtstraße herauf rast der Sieger, hinter ihm, zweihundert Meter hinter ihm, der Zweite. Feuer? Neues Feuer zum alten? Hoffentlich nur eine Erinnerung.

Da gehen sie spazieren. Alte Herren, mit einem steifen Hütchen und selbstverständlich – einem Bändchen im Knopfloch, man vermißt die Jahreszahl an ihnen: 1890; kleine verschmierte Kinder, die Blumen verkaufen; Mehlwürmer mit kleinen Täschchen und blitzenden Blikken; Fremde; pariser Kleinbürger; langsam wandelnde Ehepaare. Manche stehen um ein Kasperletheater herum, und da, am Straßenrand, paukt ein Mann auf einer Trommel, ganz allein auf einer Trommel ohne Orchester. Der Mann hat nur einen Arm, am Stumpf des andern ist ein Schlegel angebunden und der trommelt nun, unermüdlich, auf das Kalbfell, welch ein herzerweckendes Symbol! Am Etoile stauen sich die Menschen.

Abends flammt die Stadt auf. In der Ausstellung strömt es hin und her, Lichter spiegeln sich im Wasser, ein Feuerwerk steigt auf, noch eines, noch eines, Scheinwerfer spielen. Oben, vom Montmartre aus gesehen, erscheint der riesige Häuserhaufen wie in Zauberlichter getaucht: Brennpunkte, Flammen, weiße Lichtbögen, Flammenstraßen ...

Vor dem Parlament zittern die Flämmchen der Gasillumination: ‹R. F.› – der Wind spielt in den Emblemen der französischen Republik. Sogar der Eiffelturm leuchtet auf, und weil man seine Stahlkonturen nicht sieht, so stehen die Lichter auf dem Hintergrund der schwarzen Nacht.

Ein ganzes Volk ist fröhlich und guter Dinge, quand-même. Und alle Leute sind nett zueinander, nirgends ein böses Wort, fast nirgends Spektakel. Nie auch nur die leiseste Bewegung gegen die Fremden, niemals ein auch nur passiver Widerstand gegen deutsche Laute. Das interessiert sie gar nicht. Sie wollen in Frieden leben.

Die Feier des vierzehnten Juli in Paris ist nicht militaristisch, nicht imperialistisch, nicht ruhmredig.

Zu Feiertagen darf man Nationen etwas wünschen.

Ich für mein Teil wünsche dem französischen Volk Frieden mit Deutschland, Frieden, Zusammenarbeit und Verständigung.

ZWEI LÄRME

Ich möchte einmal da leben, wo es kein Hundegebell und kein Klavierspiel gibt.

Auf jedem Quadratmeter menschlicher Niederlassung schlägt ein Achtel menschliches Wesen auf ein Klavier, macht: ein Stück auf acht Quadratmeter. Sie kennen Laforgues *‹Complainte des Pianos qu'on entend dans les quartiers aisés›*? Hören Sie.

> Ces entfants, à quoi rêvent-elles
> Dans les ennuis des ritournelles?
>
> «Préaux des soirs,
> Christs des dortoirs!
>
> Tu t'en vas et tu nous laisses,
> Tu nous laiss's et tu t'en vas,
> Défaire et refaire ses tresses,
> Broder d'éternels canevas.»

Max Brod und Franz Blei haben das so übersetzt:

Die Mädchen, wovon träumen sie
Zu ihrer faden Melodie?

«Mein Heiland ach
Im Schlafgemach!

Du gehst weg und läßt uns da,
Läßt uns da und gehst vom Haus,
Und wir flechten unser Haar,
Sticken ewig Deckchen aus.»

So singt das Klavier, das Pianino, der Flügel. Es singt aber auch:

«Humtarumtatumta – das habe ich gestern im Varieté gehört, mit Max, und es macht mir Spaß, das noch einmal aufzuwärmen, den holden Rotkohl der Erinnerung! Humtarumta – da hat die Schulreiterin Maxn angelacht, und ich habe ihn geneckt und ihn gefragt: Willst du die? Da hat er mich gekniffen – – mich mochte er, aber nicht sie! Humtarumtatumta – nachher waren wir in einer Bar, wir sind vor Schluß des Programms weggegangen, damit Mama nichts merkt, und dann war ich bei ihm. Und niemand weiß es. Humtarumtatumta ...» So singt der Flügel, so spielt das Mädchen.

Und der brennende Ehrgeiz rast auf den Tasten, dreihundertmal dasselbe, und es wird nicht besser und wird nicht besser, es soll aber besser werden. Ich bin versucht, der Dame ein Pfefferkuchenverschen durch das stets geöffnete Fenster zu schleudern:

Zwei Mädchen spielten am Klavier.
Da sagt die eine: «Denke dir,
was ich nicht alles spielen kann.»
Die andre nahm sich einen Mann.

Diese nahm sich keinen Mann. «Ich will im Salon eine Rolle spielen und diese Sonate; sie ist so modern, daß ich mir alles und nichts dabei denken kann, und das ist grade das schöne dabei. So gut wie die Grigorjewa spiele ich schon alle Tage, und wenn sie das eben mit dem Geld und mit den Beziehungen – von vorn die Passage! – macht, dann mache ich das mit der Begabung. Ich bin sehr begabt. Der Professor hat es mir noch gestern gesagt. Ich darf die Stunden bei ihm fortsetzen, und wenn ich mir das Geld dazu absparen sollte – ich bin sehr begabt. Jetzt noch ein paar Tonleitern! Das Armband stört mich, ich wills ablegen. Die Grigorjewa legt nie ihre Armbänder ab, die Protzin. Das Cis klingt nicht mehr, die Taste ist entzwei – wovon mag das kommen?»

Ich weiß es. Und bin nur froh, daß sie nicht auch noch heult. Singende Frauen sind um eine Oktave selbstbewußter, dümmer und anmaßender als Tenöre. Und singen dasselbe.

Kinder üben und trainieren sich auf Beethoven. Weiber, die der Himmel ernährt, oder die gar für die Kunst hungern – ein ganz besonderer Fall von Derwischismus –, hacken Musik. Und ich habe die Musik bei mir, über mir, unter mir, bei mir. Darf jemand zu mir hereinkommen und mir Schuberts ‹*Sang an Ägir*› und Schrekers ‹*Hakenkreuz am Stahlhelm*› vorsingen? Nein. Aber durch Rabitz, Stein und Luftraum klingt es und singt es. Das darf er.

Duette sind hübscher. Und darum bellen die Hunde.

«Ausschlaggebend ist aber das Bellen des Hundes: die absolut verneinende Ausdrucksbewegung. Sie beweist, daß der Hund ein Symbol des Verbrechers ist. Goethe hat dies, wenn es ihm vielleicht auch nicht ganz klar geworden ist, doch sehr deutlich empfunden. Der Teufel wählt bei ihm den Leib eines Hundes. Während Faust im Evangelium laut liest, bellt der Hund immer heftiger: der Haß gegen Christus, gegen das Gute und Wahre.» Und: «Interessant ist es, wen der Hund anbellt: es sind im allgemeinen gute Menschen, die er anbellt, gemeine, hündische Naturen nicht.» Aber das hat einer gesagt, der schon mit zweiundzwanzig Jahren nicht mehr wollte, so nicht mehr wollte.

Was am dauernden Hundegebell aufreizt, ist das völlig Sinnlose. Wenn die armen Luder, die der Mensch anbindet, bellen, so ist das Hilferuf und Aufschrei eines gequälten Tiers. Ein Kettenhund ist etwas beinah so Naturwidriges wie ein Ziehhund oder ein dressierter Varieté-Affe. Aber das stundenlange, nicht ablassende, immer auf einen Ton gestellte Gebell – das ist bitter. Es zerhackt die Zeit. Es ist wie eine unablässig schlagende Uhr: wieder eine Sekunde ist herum, du mußt sterben, erhebe dich ja nicht in irgendwelche Höhen, bleibe mit den Sohlen auf der Erde, sterben mußt du, du bist aus demselben Staub wie ich Hund, du gehörst zu uns, zu mir, zur Erde, bau-wau-hau!

Und dann sieh hinaus und betrachte dir den da. Wen er anbellt. Was ihm nicht paßt. Wie ers nicht will. Der Wagen soll nicht fahren. Das Pferd soll nicht laufen. Das Kind soll nicht rufen. Er hat Angst, und darum ist er frech. Er ist auch noch da, will er dir mitteilen. Du willst es gar nicht wissen? Dann teilt er dirs noch mal mit. Er schaltet sich in alle Vorgänge ein; er spektakelt, wenn er allein ist, weil er allein ist, und wenn Leute da sind, weil Leute da sind; er muß sich bellen hören, um an sich zu glauben. Er bewacht, was gestohlen ist, verteidigt den, der gemordet hat, er ist treu um der Treue willen und weil er Futter bekommt. Hat nicht ein Philosoph die Empfindungen eines Wachhundes bei Nacht zerlegt? Sie sind so simpel und machen so viel Lärm. Im Grunde um nichts. Und so habe ich auch die Hunde bei mir.

Das Ohr transponiert. Allmorgendlich versammeln sich zwei singende Klavierspielerinnen und sechs Hunde in meinem Zimmer, treffen dort zusammen, die Hunde heulen Symphonien, die Klaviere bellen, die Sängerinnen jaulen. Sie zerstören das Beste: die Ruhe.

Was wächst nicht alles in der Ruhe! Was kommt nicht alles zur Blüte in der Ruhe! Alexander von Villers sagts in den *‹Briefen eines Unbekannten›*: «Ich liege im Bett und spüre die zitternde Succession der Sekunden . . .» Stille. Ich sehne mich nach Stille. Schweigen heißt ja nicht: stumm sein. Wenn man Pflanzen spazieren fährt, wachsen sie wohl nicht recht. Sechs Stunden tiefe Ruhe machen satt und schwer, der Atem geht gleichmäßig, die Pulse bewegen sich ganz leise. Der Tribut an das körperliche Leben ist gering. In Stille kann man hineinhorchen, sie durchzieht dich, du verlierst dich an sie und kommst gekräftigt zurück.

Horch! Hektor brüllt, und Fräulein Wegemann macht Musik, nach Noten.

Es gibt vielerlei Lärme. Aber es gibt nur eine Stille.

Wo es kein Hundegebell und kein Klavierspiel gibt – da möchte ich leben.

DEUTSCHE PLEITE

«Die Geschäfte gehn nicht. Kein Mensch hat Geld.
Es ist ein Elend auf der Welt!
Keine Kredite und keine Kunden!
Wie soll Deutschland dabei gesunden?
Geschäfte machen hat gar keinen Sinn.
Herzliche Grüße! Wir sitzen hier in
Lugano.»

«Heut habe ich wieder welche entlassen.
Wissen Sie, eins kann ich gar nicht fassen,
ununterbrochen frage ich mich:
Wovon leben die Leute eigentlich?
Kredite . . . Aufwertung . . . Großindustrie . . .
Agrarpolitik . . . Wo wohnen Sie?
Ich im Palace.»

Alle klagen und alle stöhnen;
keiner kann sich an Friede gewöhnen.
Alle stöhnen und alle klagen
und jammern nach alten Dollartagen.
Manche hört man aber nicht jammern.
Zu sechsen und zehnen in engen Kammern.

Ausgesperrt. Arbeitslos. Ohne Zeitung,
ohne Leitartikel zur Klagenverbreitung.
Die Tuberkulose sei ihnen gnädig ...
Die andern jammern in Rom und Venedig.
«Kein Geld!» in den Bergen. «Kein Kredit!» am Strand.
Armes Land.
Armes Land.

DAS SPRACHWUNDER

Der seltsamste Mensch, dem ich in meinem Leben begegnet bin, ist ein Bankangestellter aus der Provinz Brandenburg gewesen, ein geborener Berliner. Dieser Mann war ein Dichter, ohne ein Wort schreiben zu können.

Schon die Fähigkeit, eine Figur auf die Beine zu stellen und sie ihre Sprache sprechen zu lassen, ist nicht sehr verbreitet. Dieser rätselhafte Bursche aber entwickelte seine Figuren aus der Sprache, und zwar aus der berlinischen. Die Bank hatte kleine Leute zu Kunden, vielleicht hatte von da sein Ohr die letzten Schwingungen des Tones aufgefangen, jene feinsten Nuancen, die nie ein Fremder trifft – aber er erzählte keine berliner Witze, er erfand Leute, ließ sie ein paar Minuten leben und sprach dann von etwas anderem, als seien sie nie gewesen.

Vor allem konnte er sich in den gehobenen, organisierten, etwas kleinbürgerlichen berliner Arbeiter verwandeln. So stand er etwa an einem imaginären Telefon und war der Telegrafenarbeiter, der den Apparat kontrollierte. Das Gemisch von technischem und privatem Gerede war kostbar. «Jehm Se mah die Leitung B, Frollein!» Pause. «Ja, hier Schmorrke, Bautrupp III. Frollein, wie is die Vaständjung? Nein. Ja. Franz, bist du da?» (Jetzt sprach er mit einem Kollegen und riskierte eine kleine Privatunterhaltung, übrigens ohne den Ton zu wechseln, diesen etwas mürrischen, trockenen, dußligen Ton.) «Ick jehe von hier direkt in de Bamberjer Straße. Nein – is aledicht. Hast du mit Rabener jesprochen, wejn die Picke? Wir wahn jestern in seine Laube – die Bohnen komm janz jut. Ick weeß nich, meine wolln nich wern. Nein, hier Störungssucher. Leitung A, Frollein ...» Auf diese Art.

Er hatte das berliner Tempo weg, aber nicht jenes falsch-amerikanische, mit dem so viel Unfug getrieben wird, sondern dieses ruhige, fast behäbige in aller Hast, das Pathoslose, er war der Mann mit dem hängenden Hosenboden, der mit zwei Kameraden an der Ecke steht, einer erzählt eine endlose Geschichte, die nie aufhört, und kein Aas hört zu. Und er saß um einen runden Stammtisch herum, wieder erzählte einer, und mitten drin, grade an der Stelle, auf die der Erzähler den größten Wert legte, zog jener sein Zigaretten-Etui heraus und sprach: «Paul hat welche ohne Banderole . . .», was gleichermaßen die ganze Umwelt ignorierte und eine gewisse neidische Bewunderung für Paulen ausdrückte.

Einmal, im Winter, stand er nachdenklich vor dem Haus, in dem ich damals wohnte, es war spät abends, und er sah an der Fassade empor und sagte langsam, ohne jeden Zusammenhang und völlig aus einem unterirdischen Gedankengang heraus: «Machen laßt er nischt, der olle Jude. Aber Miete nehm, det kann er.» (Wobei zu bemerken wäre, daß der Wirt ein wilder Völkischer war.) Und dann fiel sein unzufriedenes Auge auf die großen Schneehaufen, die dort aufgehäuft waren. «Ick frahre nur: wo bleiben da die Arbeitslosen, frahre ick!» Und dann ging er zu etwas anderm über.

Einmal machte ich die Probe und bat ihn, alles zu sagen, was ihm zu dem Thema ‹berliner Chauffeur› einfiele. Er sprach, und ich stenographierte; die Bogen liegen noch vor mir.

«Wenn se schon so uff die Uhr gucken, denn weiß ick, det sie sinn ausjemist! – Die sagen, ick hätte mir mit jestohlnen Benzin bereichert – det war aber meine Schwester ihre Beßiehung!» (Hierbei wie im folgenden ist besonders das schöne Schriftdeutsch zu beachten, das man im Berlinischen sehr häufig antrifft.) – «Nee, eene Person – det jeht heite nich. Da hab ick ja mehr Polster als Fahrjeste! Mein Motor is doch keen Badeofen!» – «Wenn ick stehe, und wart, denn will mir keener ham. Aber kaum det ick mal ne Bockwurst essen due, denn kommse an!» – Und nun, mit dem ganzen Berufsstolz des alten Fahrers: «Der Mann hat auf Doktor studiert, die Eltern ham sich was zusammenjescharrt, und nu denkt der Mann, er kann mir belehren. Auf keine Art kann er das. Niemals! sage ich zu den Herrn. Ick unterstelle mir, das frühestens zu konschtatiern. Die Herrnfahrer, wo nie jearbeitet ham – mitn Anlasser fahrn se, die feinen Herrn; watn richtcher Schofföhr is, der braucht seine Bremse nich – der richt sich ein! Man muß ehmt mit Jefühl schalten! Sone Maschine, det isn Orjanismus. Aber der – hat mal rumjespielt an de Klingelleitung . . . nu meint der, er kann faahn . . .!» Und dann kam eine ganz wilde Geschichte aus dem intimsten Familienleben. «Wenn ick ahms nach Hause komme, denn stellt mir meine Braut imma die Milch ant Fensta – da is son kleenet Jitta. Der Wirt hat jesacht, sie hätt 'n Vahältnis mit Athua.» Entrüstetes Schnaufen. «Det is ja nischt wie Neid von den Mann!» Und das alles ganz langsam und ruhig, ohne die leiseste Überlegung, mühelos.

Das Allermerkwürdigste aber war, daß der Mensch noch etwas anderes sprechen konnte, bis zur Täuschung genau; wenn man die Augen schloß, sah man sie vor sich: die dicke, bewegliche, geschwätzige Frau aus dem Mittelstand des berliner Westens. Dann nahm seine Stimme eine etwas kreischende Färbung an, er plapperte wie ein Papagei, der Redestrom floß über alle Ufer, hemmungslos, wie die Sintflut.

«Meine hat gestern wieder zwei Teller zerschlagen, von den guten. Nimmst du Eier in die Bouillon? Ich lasse sie nie allein mit den Eiern wirtschaften. Neulich ...» Aber nun kam wirklich ein Dienstmädchen ins Zimmer, durchaus real und gleichgültig. Der Satz war wie mit der Schere abgeschnitten. In einem lächerlich gezierten und unnatürlichen Ton: «Die Butter wird ja jetzt auch immer teurer. Wir zahlen ... Was zahlst du ...?» Und, kaum war das Mädchen heraus: «Stiehlt deine –?»

Ich besinne mich noch sehr genau, wie wir einmal einen Kranken besuchten, der lag am Blinddarm danieder und hatte eine große Eisblase auf dem Bauch, er mußte ganz still liegen. Das erste Wort beim Entree lautete so: «Guten Tag! Hast du dir nicht den Blinddarm rausnehmen lassen? Jenny hat gesagt, sie läßt bei ihren Kindern sofort den Blinddarm rausnehmen! Bei Israel ...!» Der Kranke fiel fast aus dem Bett, die Eisblase verrutschte, und wir mußten jenen hinaustun. Noch im Korridor hörten wir ihn schwabbern: «Wenn du mal ne billige Quelle für Krepteschiehn hast ...»

Ich habe so etwas niemals wiedergesehn. Es gibt in der gesamten deutschen Literatur eine einzige Figur, die so berlinisch ist: das ist der Portier Quaquaro aus Hauptmanns *‹Ratten›*, diesem berlinischsten Stück, das in einem völlig verfehlten Dialekt geschrieben ist, in einem Jargon, den es überhaupt nicht gibt, und in dem doch das ganze Herz dieser Stadt schlägt. Der hat das auch: die filzenen Schuhe, den Bauch, die Mischung von Roheit, Sentimentalität und Kleinbürgertum, die Ruhe weg ... «Immer anzeijn, Herr Doktor, immer anzeijn ...» Man riecht den Burschen.

Der Bankbeamte ist nicht imstande, einen guten Brief zu verfassen. Er ‹labert› das so vor sich hin, wie die Schlesier sagen, denkt sich vielleicht sein Teil dabei ...

Und ich höre immer noch die rauhe, etwas kehlige Stimme, mit der er einmal in der Siegesallee sagte: «Ick bin jewiß in meine Jewerkschaft als radikaler Mann bekannt. Aber wenn ick det hier allens so ansehe, da muß ick doch sahrn: Ordnung muß sein, Herr Doktor! Ordnung muß sein –!»

DER TELEGRAMMBLOCK

Vor mir liegt ein Pack Blätter, durch zwei Kartonstücke zusammengehalten und auf sonderbare Weise geheftet: statt des dünnen Heftdrahtes hat man dicken Eisendraht genommen, etwa von der Art, wie er an den Kochgeschirren der Soldaten befestigt war.

Es sind blau gedruckte Formulare: «Station ... angenommen am ... aufgenommen am ... befördert am ...» Telegrammformulare. Telegramme der Station Neuflise, Fernsprüche vom 30. 9. 1918, 11.56 vormittags, bis 30. 9. 1918, 11.50 nachmittags.

Am 1. Oktober des Jahres 1918, nachmittags um fünf Uhr, erhielt ein französischer Offizier in der Gegend des Chemin des Dames den Befehl, zu erkunden, was sich in der Strohmiete zwischen den beiderseitigen Horchposten im Niemandslande befände. Die Horchposten lagen an dieser Stelle ungefähr dreißig Meter auseinander. Die Gräben an hundert. Es war schon dunkel, als die Patrouille ihren Weg antrat.

In der Miete stak ein deutscher Telegrafist. Er hob, als er der Fremden ansichtig wurde, den Revolver – der Franzose war schneller und schoß zuerst. «Es war ein großer, rothaariger Mensch», sagt der Offizier, der neben mir sitzt, «er trug eine Brille und war gleich tot. Diesen Block habe ich ihm abgenommen.»

Der Block enthielt keine militärischen Geheimnisse – man hat ihn dem Franzosen als Andenken gelassen. Urlaubsgesuche, Ablehnung und Bewilligung von Urlaubsgesuchen, in der Mitte einer jener verlogenen Berichte der deutschen Obersten Heeresleitung, die durch viereinhalb Jahre unentwegt siegte, ununterbrochen, von der Marne-Schlacht an bis zum letzen Tage: bis zur Desertion ihres obersten Kriegsherrn und seines Sohnes. «Örtliche Einbruchsstellen wurden im Gegenstoß wieder gesäubert ...» Welche Reinmachefrauen –!

Dieser ganze Dienstkram ist, mit Ausnahme der mit Fernschreiber aufgenommenen Münchhauseniade des Hauptquartiers, fein säuberlich mit der Hand geschrieben.

«gefreiter brannhalter erbittet nachurlaub wegen todesfall bruder bürgermeister sprottau», steht da zu lesen. Irgend so ein uniformiertes Stück Unglück hatte zwar das Recht, seine Familie sterben zu sehen – aber zur Beerdigung hatte er doch erst auf ein Amtszimmer zu laufen und sich alles mögliche bescheinigen zu lassen: daß es ihn gab, daß es das Amtszimmer gab, daß Tote tot sind und auch mitunter beerdigt werden ... Laufende Nummer, Name, Dienstgrad – es war alles in schönster Ordnung. Der Block ist musterhaft geführt: da fehlt kein Vermerk der Aufsicht, der Vorgesetzten ... Sogar der Gummistempel ist da, ohne den man heute keinen Krieg führen kann: 1. Batterie Fuß-Artl. Batl. 124. Und soweit wäre alles gut, wenn die letzte Seite nicht wäre.

Auf der letzten Seite sind noch alle Spalten genau ausgefüllt: die Zeit- und Ortsangaben, die Namen des Telefonisten, das Datum – unten steht noch: «An Absender zurück, mit Angabe, welches Wernow ...» Aber da ist kein Text mehr.

An Stelle des Textes finde ich viele mißgestaltete braune Flecke, Spuren einer Flüssigkeit, die auf das Blatt gespritzt sein muß. «Was ist das?» frage ich den Offizier. Er sagt es. Der Telegrafist muß den

Block gerade in der Hand gehalten haben. Er fiel offenbar auf den Block. Da, wo der Text stehen müßte, sind nun die Flecke. Weiter hatte er an diesem Tage nichts mehr zu bemerken.

Der Mörder sitzt neben mir. Es ist ein honetter Mann, Leiter eines Textilunternehmens, ein anständiger Kaufmann von reputierlichem Äußern, ein Mann, dem niemand einen Mord zutraute. Er sich auch nicht. Er erzählt die Ereignisse des ersten Oktober durchaus nicht ruhmredig. «Es war einfach Notwehr», sagt er. «Er oder ich – einer war geliefert. Sie hätten an meiner Stelle geradeso gehandelt.» Ja.

Es war ein anonymer Mord, ein Mord in der Kollektivität. Ein Massenmörder hat, wenn er acht Personen mordet, eine Idee – wahrscheinlich eine irrsinnige. Dies hier war die irrsinnig gewordene Ideenlosigkeit. Man kommt von der Patrouille zurück, bekommt ein Bändchen angeheftet, läßt sich entlausen und hat eine etwas trübe Erinnerung. Er oder ich.

Und wenn ich nun den Ermordeten kennte, wenn er vielleicht mein Freund gewesen wäre, so stände ich neben einem Mörder, dem ich nichts tun dürfte. Denn jetzt ist Friede – «der Mann hat seine Pflicht getan» –, und es hätte nur einer kleinen Wendung durch Gottes Fügung bedurft, so säße ich jetzt vielleicht in Sprottau neben einem rotblonden, großen Burschen mit Brille, der mir erzählte: «Also – am 1. Oktober – nachmittags – da kommen drei Franzosen in die Strohmiete . . .» Und eine Frau schleppte in Paris ihr zerbrochenes Leben weiter wie jetzt eine in Sprottau.

Vor vierzehn Jahren fing es an und ist doch schon halbvergessen. Nicht ganz: denn emsig probieren auf allen Seiten die Kommis des Krieges neue Apparate und schmieren die alte Gesinnung mit dem schmutzigen Öl des Patriotismus. Paraden, Orden, Gas, Wachtmeister mit den Generalsabzeichen: gefährliche, in Freiheit lebende Irre. Und so, wie sich ein Hexengericht im tiefsten verletzt gefühlt haben mag, als Friedrich von Spee jene Blutorgien bekämpfte, damit an den Grundlagen des Staates rüttelnd, so glauben heute nicht nur die Nutznießer der Abdeckereien, sondern Philosophen, Zeitungsleute, Dichter, Kaufleute, daß das so sein muß. Und es muß so sein, weil die Geschäfte daran hängen.

Keine illustrierte Zeitung, kein großes Blatt, kein Verlag wagt, gegen die Interessenten dieser Industrien zu sprechen: was weiß die junge Generation von den Schrecken des Krieges – wer sagts ihr so oft, wies nötig ist: also immer wieder? Wunderschön ausgeklügelte Resolutionen bezeugen das taktische Verständnis der Klugschnacker – das Triviale, das Wirksam-Banale ist fast nur auf der andern Seite.

Es gibt ein geistiges Mittel, es ist das Rezept Victor Hugos: «Déshonorons la guerre!»

AUF EIN SOLDATENBILD

Hoher Kragen, eingezwängt
in die Affenjacke;
der Zivilleib, angestrengt,
weicht dem Zeitgeschmacke.
    Fremd und leer blickt dein Gesicht.
    Du verstehst das Ganze nicht.

Letztes Bild und letzter Klang –
du bist weggegangen.
Und ich muß nun lebenslang
mich nach beiden bangen.
    Um dich pflügt der Bauernpflug.
    Du bist Lehm und hast genug.

Lieber, seh ich heut dich an,
häßlich und verkleidet,
hab ich oft dich toten Mann
grüßend sehr beneidet.
    Läuse, Leutnant, blutiges Gras –
    Sage, wofür tatst du das?

Auf uns sieht derselbe Mond,
sehn dieselben Sterne –
Deutschland, ewig knechtgewohnt,
lechzt nach der Kaserne.
    Qual, vier Jahr, gestohlnes Fressen
    sind vergessen – sind vergessen ...
    Brüllend rufen Rottenlieder:
    «Morgen wieder! Morgen wieder!»
Gruß dir –!
                Du bist dran zerschellt:
an dem letzten Dreck der Welt.

AH – ÇA ...!

«Sagen Sie bitte: bei dem gelieferten Kleiderschrank wackelt ein Bein. Das Bein hat vom ersten Tag an gewackelt. Das Modell, das Sie mir gezeigt haben, hat nicht gewackelt. Können Sie mir ein andres Bein nachliefern?»

Deutsche Ablehnung: «Ausgeschlossen. Wir haben den Schrank in einwandfreiem Zustand geliefert – Sie hätten sofort nachprüfen müssen, dann wäre Ihre Reklamation eventuell geprüft worden. Wahrscheinlich haben Sie Mäuse, und die haben das Bein angeknabbert. Oder Ihre Kinder haben damit gespielt. Jedenfalls muß meine Firma die Haftung ablehnen.»

«Sagen Sie bitte: bei dem gelieferten Kleiderschrank...» (wie oben).

Französische Ablehnung: «Ah — ça...!»

Bei ‹Ah› werden die Schultern leicht angehoben, es ist kein Zucken, sondern nur der leichte Ansatz dazu. Bei ‹ça› ist der Hals eingezogen, die Augenbrauen flattern empor, das Gesicht ist recht nachdenklich. Wenn der Franzose «Ah — ça» sagt, ist der Punkt erreicht, wo gewöhnlich nichts mehr zu machen ist. «Ah — ça» heißt: Force majeure. «Ah — ça» heißt: Auch dem menschlichen Wirken, mein Lieber, sind von den vernünftigen Mächten Schranken gesetzt. Hier ist eine solche. Bescheide dich.

Es gibt auch eine pantomimische Abkürzung des «Ah — ça». Sie besteht darin, daß die Unterlippe ganz leicht vorgezogen wird, die so entstehende Schippe läßt Luft ab. Hals und Schultern wie bei «Ah — ça...» Auch dieses populäre Pusten bedeutet: Aus. Nichts mehr zu machen.

«Ah — ça» ist allemal erreicht, wenn man in Frankreich zum Beispiel auf haarscharf exakte Einhaltung von Bedingungen hält. Das ist des Landes nicht der Brauch. (Übrigens lebt das Land damit weitaus glücklicher als die Korrekten.) «Ah — ça» ist der Stoßseufzer des indirekten Steuerzahlers, auf dem die Gewalten regieren. Er erkennt sie nicht an — jeder Franzose ist Frondeur —, aber er unterwirft sich, solange es nicht lohnt, sich aufzulehnen. Meist lohnt es nicht. So haben auch im Kriege neben den rigorosesten Strafen die Offiziere mit Überredung viel mehr ausgerichtet als mit: «Ich fordere Sie dienstlich auf...»

«Ah — ça» ist viel leichter und graziler als die deutsche Ablehnung. Aber man muß Ohren haben zu hören — der französische Mensch reagiert viel feiner, sein Seismograph schlägt bei der leichtesten Erschütterung haargenau aus. Ich habe immer gefunden, daß der Deutsche — ich auch — viel zu grob mit den Franzosen spricht; nicht etwa, daß er sich rüplig benimmt, sondern er ist grob, so wie ein Raster, ein Sieb zu grob ist — man braucht einfach eine Nummer feiner. Sie genügt auch. Ja: die grobe wird gar nicht verstanden. Die Franzosen fühlen auf dreihundert Meter gegen den Wind, daß jemand unzufrieden, entschlossen, unnachgiebig ist — man braucht ihnen das gar nicht erst ausdrücklich mitzuteilen. Es genügt, ganz leise anzuspielen ... Ball, Bande, Ball — es kommt an.

Und er wird, umgekehrt, genau so reagieren. Sein ‹Ja› ist kein rocher de bronze, sein ‹Nein› kein wilder Entrüstungsschrei. Da, wo es nicht mehr weiter geht, sagt er es, aber leise, ohne Geschrei, ohne Anrufung der Gesetzbücher und andrer Polizeiheiligen. «Ah — ça ... je ne peux pas vous le garantir...» Dann weiß man: Es ist aus.

«Wir möchten gern eine Republik machen, eine pazifistische, solange wir nicht schießen, eine zurückhaltende, solange wir noch nicht ganz fertig sind; leben Sie doch mit uns in Frieden, solange es uns gefällt; lassen Sie uns doch unsere Würde, die darin besteht, daß wir zu allem Ja sagen, was Sie fordern, aber im Innern den Vertragsgegner wüst beschimpfen, wir sind uns das schuldig – bitte sagen Sie uns: können wir so zusammenleben ...?»

«Ah – ça ...!»

PARIS, DEN 14. JULI

Ludwig Fulda, dieser – wie ihn Efraim Frisch einmal genannt hat – «Seiltänzer auf dem Parkett», weist unter seinen gedichteten Schriften auch das Drama eines dicken Seeräubers auf, der alt geworden ist und keineswegs mehr so romantisch kann, wie die Frauen das von ihm erwarten. Ich habe das Stück nicht gelesen, aber ich bin davon überzeugt, daß dieses schöne Thema rettungslos verpfuscht und verniedlicht ist. Ein dick gewordener Cäsar ... nein, mehr: ein bürgerlich gewordener Held, einer, der morgens beim Kaffee die Zeitung liest, hier und da einmal nachsieht, wie denn das damals in dem Seegefecht bei den Azoren war, und grundsätzlich auf keinen Dampfer mehr geht, weil es nun genug ist ... Aber er erinnert sich doch gern.

Nun haben sie also hier in Paris – wie alljährlich – den 14. Juli gefeiert. Vor 136 Jahren stürmten die wahrhaftigsten Revolutionäre der alten Welt das dicktürmige Gebäude, das heute nicht mehr da ist. Ein paar Steine stehen noch in Paris herum, einige davon stecken in der Concorde-Brücke, graue Linien bezeichnen auf dem Platz der Bastille das Ausmaß eines der Türme – das ist alles.

Feste pflegen sich lange zu halten – ihre Motive weniger. (Die Komik deutscher Tannenberg-Feiern, die ein gewonnenes Gefecht hochbrüllen und einen verlorenen Krieg darüber vergessen, macht eine Ausnahme.) Der 14. Juli ist ein französischer Nationalfeiertag, mit allem Brimborium eines solchen: mit behördlichen Feuerwerken, offiziellen Gratisvorstellungen, amtlichen Feiern, militärischen Paraden – in Paris hatte Painlevé übrigens auf eine Parade verzichtet –, mit einem freien Tag, wo die Leute ausruhen können. Der 14. Juli wird in Frankreich traditionell gefeiert: bunt, laut, vergnügt, ohne Drohungen gegen andre Völker, genügsam. Aber warum er gefeiert wird, und was da gefeiert wird, das verdickt sich doch langsam in den Gemütern, weil es schon so oft gesagt worden ist, als sei es nie gesagt worden, die Lorbeeren sind platt gesessen, sie stechen nicht mehr.

«Diese gemeinen Menschen, die, ohne zu arbeiten, die Früchte des Schweißes der Handarbeiter verschlingen, die der Nation nie irgendeinen Dienst erwiesen haben, hatten sich in den Kellern versteckt. Als sie sahen, daß die besitzlosen Klassen allein die Revolution machten, sind sie aus ihren Schlupflöchern gekrochen und haben uns wie Straßenräuber behandelt, denn als die Gefahr vorüber war, haben sie in den Distrikten intrigiert, um ihre Stellen wiederzubekommen, sie haben Uniformen und Achselstücke angelegt; heute, wo sie sich für die Stärkeren halten, möchten sie uns unter das härteste Joch beugen: sie vernichten uns ohne Mitleid und Gewissen.»

Das hat nicht etwa ein verzweifelter Kommunist in Deutschland oder sonstwo im Jahre 1925 gesprochen, sondern Marat drei Jahre nach dem Bastille-Sturm. Inzwischen ist die Revolution in ihren Gedanken siegreich gewesen und für die heute Regierenden zurechtgebogen, ihr sterbliches Teil ist voll konsumiert. Und so feiert man noch, aus alter Gewohnheit, jenen Tag.

Man stürmt heute keine Bastillen mehr. Das äußerlich greifbare Symbol ist seltener geworden, und man muß schon ein bißchen künstlich nachhelfen, wenn man einer modernen revolutionären Bewegung zu Gedenktagen verhelfen will. Die Unterdrücker sitzen nicht mehr in einem einzigen Palast der Stadt, der zu stürmen wäre, Banken stehen an jeder Ecke, selten gerinnen Reaktion, Nutznießertum und die Pest der Unterdrückung zu einem Mann, zu einem Haus, zu einer Fahne. Das Leben spielt sich heute auf dem Papier ab, in Telefondrähten, an der Börse. Schwer, das zu stürmen und den Sturm kenntlich zu machen.

Fröhlich tanzen die freundlichen französischen Kleinbürger auf den öffentlichen Plätzen. Sie denken sich nichts weiter dabei, als daß eben frei ist, und diese Freiheit heißt: einmal nicht arbeiten müssen. Und weil fast niemand in Frankreich so erbarmungslos proletarisiert ist wie die gleichen Schichten in Deutschland, weil es wenig Arbeitslose und viele zufriedene Menschen gibt, so wird dieser Tanz nicht mehr als Erinnerung an die Befreiung von einem Joch empfunden, das es nicht mehr gibt, und noch nicht als Ausdruck von Bestrebungen, von einem Joch loszukommen, das kräftig wächst. Es ist wie ein religiöser Feiertag für Leute, die nie in die Kirche gehen. Es ist eben heute frei.

Die Kleinbürger tanzen. Der dritte Stand, der sich sein geschichtliches Recht erkämpft hat, tanzt. Auf wem —? In Frankreich sicherlich noch nicht auf dem vierten. Aber der Steuerpächter Ludwigs XIV. wäre schön erstaunt gewesen, wenn man ihn, den honetten, mitunter gebildeten Mann, den Plauderer im Salon und den guten Gastgeber auf dem Schloß, eine ‹Pestbeule der menschlichen Gesellschaft› genannt hätte. Der Noble spottete damals über den Citoyen; der Citoyen macht sich heute über den Camarade lustig. Das ist der Lauf der Welt.

Der unverwelkliche Ruhm der französischen Revolution lebt. Solange Revolutionen entstehen und zur Vollendung getrieben werden, wird man sich dieser Männer erinnern, die gegen ihre Zeit für die Zukunft eine schlimme Vergangenheit in den Staub gestürzt haben. Nun sieht sich der dick gewordene Romantiker seine ehemaligen Erfolge gemächlich mit an und macht ein Tänzchen.

Wo stünden heute Robespierre, Marat, Danton? Was täten sie heute?

Henri Barbusse hat einen Protest der intellektuellen Arbeiter Frankreichs herausgeschleudert, der sich gegen den Kolonialkrieg in Marokko wendet. Die Reaktion der Geistigen hat wütend geantwortet, er sei nicht der Repräsentant der französischen Geisteswelt und habe nicht das Recht, allein für sie zu sprechen. Das ist richtig, denn eine homogene intellektuelle Schicht gibt es weder in Frankreich noch anderswo. André Germain hat ihm geantwortet, Victor Basch ... schonend, voll Anstrengung, zu verstehen, zu vermitteln, etwas zu überbrücken ...

Die französischen Sozialisten und das Kartell – sie haben sich noch nicht strikt und klar gegen diesen Krieg ausgesprochen. Er ist nicht populär, dieser Krieg, man mag ihn nicht, und niemand – mit Ausnahme des interessierten Militärs und eines Kerns der Reaktion – empfindet ihn als glorios. Das aktive Heer genügt zunächst. Freiwillige gibt es immer und überall, das Land geht seinen Geschäften nach und liest von diesen Dingen wie die Preußen von den Kriegen Friedrichs des Zweiten. Là-bas ...

Victor Basch entschuldigt und begründet das damit, daß er sagt: «Wir wissen nicht. Wir sind nicht unterrichtet.» Nun kann in der Tat niemand in dieses trübe Gemisch von Geschäften der Kolonialgesellschaften, Militärs, Abenteurer hineinsehen; sicher ist, daß bei beiden Parteien das Wasser, mit dem da gekocht wird, nicht das klarste ist, und daß wohl auch auf Seiten Abd el-Krims englische Kaufleute und deutsche Landsknechte mithelfen, das Land ja nicht zur Ruhe kommen zu lassen ... Und niemand weiß, ob der Vorwurf, den die Radikalen dem Marschall Lyautey machen, richtig ist – der Vorwurf, er, dessen Stellung heute erschüttert ist, habe diesen Einfall der Rifleute vorhergewußt, wenn nicht gar indirekt begünstigt ... Die Niederlage der Spanier gab das Signal. Es geht gar nicht gegen Frankreich. Es geht gegen die Kolonialmächte Europas überhaupt.

Die Franzosen spielen ein schweres Spiel. Sie haben den Sozialisten Malvy, den Schicksalsgenossen von Caillaux, nach Madrid geschickt, zu großem Mißvergnügen übrigens der spanischen Emigranten in Paris, die darin eine Anerkennung der Diktatur durch die Demokratie sehen. (Recht fraglich, ob beide Vokabeln glücklich gewählt sind.) Malvy hat dort verhandelt, und man hat sich zu einigen versucht, wie man heil aus dem Abenteuer herauskommen kann: der eine böse angestoßen, der andre nicht sehr glücklich.

Spanien, Abd el-Krim – und noch eine Front: die Kommunisten. Ich will nicht untersuchen, ob ihre Taktik in Frankreich bisher jemals geschickt gewesen ist. Immerhin ergibt sich aus ihrer durchaus diskutierbaren Anschauung über Kolonialreiche der merkwürdige Widerspruch, daß Arbeiterdeputierte Farbige – gegen wen unterstützen? Gegen den Kapitalismus? Aber zunächst gegen uniformierte Arbeiter, die da unten ihr ‹régiment› abdienen – kein sehr erfreulicher Anblick. Das Geschrei mit dem Hochverrat wollen wir ja nun beiseite lassen – aber selbst vom kommunistischen Standpunkt aus wirkt hier manches fatal. Denn darin haben noch die unmodernsten Liberalen Frankreichs recht: nur mit einer Förderung der Kabylen ist die Sache ja nicht abgetan.

Das Beispiel Englands, dieses kleinen Venedig mit der riesigen Seemacht und dem noch größern Kolonialbesitz, gibt für alle den Ausschlag. «Geben wir jetzt Afrika preis», sagt Victor Basch ungefähr, «dann nehmen es die andern. Wir geben es also gar nicht den Eigentümern zurück, sondern schaffen eine gewissermaßen herrenlose Sache, die sofort aufgegriffen werden wird.» André Germain zögert; er weiß keinen Ausweg. Paul Painlevé hält einige maßvolle Reden, aus denen doch deutlich genug etwas klingt, was einer Militärmusik nicht unähnlich ist ... Niemand weiß Rat. Die alten Dreyfusards nicht und die neuen Sozialisten schon gar nicht. Die Kontrolle durch das Parlament – wie überall – eine Farce.

Wo steht heute die Bastille –?

Sie tanzen.

So haben sie, beispielsweise, auch vor elf Jahren getanzt, zum Andenken und zu Ehren einer Freiheitstat, die ihnen wirklich etwas gegeben und bedeutet hat. Damals, im Jahre 1914, ahnten die Tänzer noch nichts ... Was heute Staub und Mergel und verdickte Erde in den Kalkgruben um Verdun ist, tanzte damals, fröhlich, sorglos, vergnügt ... Tränen sind getrocknet, Spuren verweht, Menschen zerbrochen an dem, was damals geschah. Die meisten trösteten sich, denn es geht ja immer weiter, auch Trauer verwächst, das ist schrecklich und gesund. «Dies aber kann ich nicht ertragen, daß so wie sonst die Stunden gehn ...» Doch, sie gehn.

Wo steht heute die Bastille –?

Wo –?

Der Eiffelturm ist illuminiert. Um im Stil seiner Erbauungszeit zu bleiben: mit bleichen Sternen und Figürchen und Schlangenlinien und blitzenden Punkten, und nur, wenn die feine Figur der schlanken Nadel, durch tausend Glühlampen nachgezogen, aufleuchtet, ist er hübsch anzusehen. Heute leuchtet und jubiliert er besonders in Farbe und Licht.

An Wochentagen aber strahlt er als Reklame. Herr Citroën hat sich das Recht gekauft, die Buchstaben seines Namens von oben nach unten auf den Turm zu malen, und nun flammen sie da in die Nacht hinaus, groß und deutlich und schreiend.

Heute, am 14. Juli, sieht man nur Figuren und Punkte und bleiche Sterne. Dazwischen aber, undeutlich, heute nicht voll geschaltet, Fetzen von Buchstaben, zu erratende Fragmente. Ein halbes C, vielleicht ein I, ein O ...

Da ragt der Eiffelturm in die Nacht, in den hellen Lichtern seines republikanischen Freudenfeuers. Darunter, fast verdeckt, undeutlich und doch erkennbar, die Buchstaben eines Namens, eines Programms, einer Ursache.

HERR WENDRINER HAT GESELLSCHAFT

«Auf Wiedersehn, Frau Doktor! Auf Wiedersehn, Herr Welsch! Kommen Sie gut nach Hause, guten Abend! Gunahmt ...! Uff.

Wieviel Uhr ist es? Herrgott, Viertel zwei! Mannheimers wollten um halb eins gehen, was hast du sie genötigt, noch zu bleiben ...? Der Rotwein muß zugekorkt werden, der ist noch sehr gut. Hua – bin ich müde! Hast du die Korridortür zugeschlossen? Wer kommt da? Ach so, Marie. Na, Marie? Sind Se zufrieden, ja? Mach mal die Tür zu. Ich bin überzeugt, daß Gerolds nicht zwei Mark gegeben haben, die Frau ist derartig knickrig ... Vera sah heute abend sehr gut aus, fandst du nich? Bis auf die Pickel – daß das Mädchen gar nichts dafür tut! Den Schlüsselring? Hab ich nich gesehn. Immer verlegste den Schlüsselring! Sieh doch mal im Nachttisch nach oder im Herrenzimmer! Nein, ich hab ihn nicht! Wie oft soll ich noch ... Halt deine Sachen zusammen! Übrigens: Tante Jenny lad ich zu so nem Abend nicht mehr ein. Was frißt diese Person! Das ist ja fürchterlich! Bitte, das ist deine Verwandtschaft. Meine Verwandtschaft frißt nicht, die macht bloß Pleite. Haste die Schlüssel? Na, Gott sei Dank. Paß doch bloß auf deine Sachen auf! Der Hasenbraten war ganz gut, findste nich? Das Eis war ein bißchen zerlaufen, das Mädchen muß besser aufpassen. Mit dem Likör hat mich der Marschall schön angeschmiert! Hat mir da erzählt, das wär eine Ausnahme und nur für mich – nicht zu trinken das Zeug. Nu ja – es muß ihnen doch geschmeckt haben, es ist fast gar nichts mehr drin in der Flasche. Schade. Wo ist denn mein Zigarrenetui? Hanne! Hanne! Haste mein Zigarrenetui nicht gesehn? Wo ist denn mein Zigarrenetui? Wahrscheinlich gestohlen. Natürlich, wo solls denn sonst sein – ich habs doch noch eben ... mach mich nicht nervös! Such lieber. So ein gutes Etui! Vielleicht hats einer aus Versehen mitgenommen ... ach, da ist es. Was packste denn noch so spät in der Nacht? Laß das das Mädchen morgen machen, nu komm zu Bett. Regierers scheinen übrigens die Geschichte mit Oskar doch zu wissen, ich hab gehört, wie sie über den Tisch zu Lotte gesagt hat: ‹Alte Möbel sind noch keine Mitgift!›

Frechheit. Hast du übrigens den Doktor Landmann gefragt, was du für die Bronchien tun sollst? Hätt ich ruhig getan — lächerlich. Für was ist der Mann Arzt? Jack lad ich nicht mehr ein — das sag ich dir —, allen Leuten will er seine Versicherungspolicen andrehn. Bei mir macht man keine Geschäfte, im Salon macht man keine Geschäfte. Ich hab übrigens vorhin mit Bräunling gesprochen: er sagt, Meyerhold will das Aktienpaket nicht nehmen, das, von dem ich dir erzählt habe. Nu hör doch schon mit dem Packen auf, es ist halb zwei. Haste das Tageblatt? Fritz sagt, der Artikel von T. W. wär heute so gut — ich wern mal lesen. Was sollen denn die ganzen Flaschen hier aufm Klosett? Laß doch mal die Flaschen rausnehmen ... Nu ist das Mädchen schon zu Bett! Die Flaschen hättste aber wirklich vorher rausnehmen lassen können — wo soll ich denn jetzt hier sitzen? Hanne! Wo ist der Kurszettel? Der Kurszettel liegt nicht dabei! Wie konntste übrigens zu Paul sagen, daß Meinicke uns Extrapreise macht! Du weißt doch, daß er morgen hinläuft, und mir macht Meinicke dann Vorwürfe! Nein, dir nicht! Mir. So —! Da stell die Flaschen nicht hierher! Nu heb schon mit auf — die ganze Badewanne ist grün, das geht nie wieder raus! Diese Gesellschaften! Es wird schon wieder rausgehn — stell dich nicht so an! Das hat alles in allem mindestens zweihundert Mark gekostet! Ich will gar nicht eingeladen werden — krieg ich dadurch mein teures Geld wieder? Außerdem revanchieren sich zum Beispiel Siegels nie — mal is ein Kind krank, mal haben sie kein Mädchen, soviel Ausreden möcht ich auch mal haben! Aber für die nächsten acht Wochen is nu Schluß mit Gesellschaft, das kann ich dir sagen! Nu mach, ich muß morgen früh aufstehen — komm schon, geh schon zu Bett. Ich komm gleich nach. Ich will bloß noch den Artikel lesen. Tritt da nicht rein. Ich bin froh, daß die Ferien kommen — ich kann sie schon alle gar nicht mehr sehn. Na — in Garmisch werden wir ja unsre Ruhe haben. Meyerholds kommen übrigens auch hin. Welschs auch, und der alte Regierer. Vielleicht bringt Lotte Greten mit. So ist man wenigstens nicht verraten und verkauft, da unten. Hanne! Hanne! Es ist wieder kein Papier da ...! Jetzt hat die Gesellschaft sogar das ganze Papier aufgebraucht! Na laß man — ich nehm die Zeitung ...!»

ALLE WELT SUCHT

An Walt Whitman

Von oben gesehen, sieht das ungefähr so aus:

Alle gehen um einander herum und suchen.

Fressen.
Der Bär tappt nachts durch den Wald und brummt, weil er hungrig ist — er sucht ein Bienenloch oder etwas andres zur Aufplusterung seiner Speckhülle;
der Arbeitslose wickelt mit frostzitternden Händen ein zerfetztes Zeitungspapier auseinander — vielleicht ist ein angebissenes Brot darin?
der Japaner rülpst höflich und nimmt noch ein hochwohlgebornes Schüsselchen Reis — mit den Augen sucht er das minder schöne, weil er wohlerzogen ist;
der Säugling stößt ungeduldig an der Mutter Brust.

Liebe.
Der Bankprokurist schwätzt schon zwei Stunden über Picasso und überhaupt die moderne Kunst — dabei zieht er sie mit den Augen aus;
Feldwebel greifen dem Bauernmädchen unter die Röcke;
ein Herr fragt zwinkernd den Hotelportier, wo man denn hier mal repunsieren könne;
ein Weicher sucht einen Weichen;
die harrende Lehrerin bestellt ihren inzwischen erwachsenen Schüler auf Dienstag abend;
die Tänzerin wirft während des Tanzes merkwürdige Blicke in die Loge, wo die Frau des Warenhausbesitzers geschmückt strahlt;
Hans sucht Grete;
Mätzchen, der Kanarienvogel, hüpft aufgeregt auf der Stange hin und her und schlägt mit den kleinen Flügeln, er muß mal.

Geld.
Millionen strömen morgens aus den grauen, rußigen Vorortbahnhöfen in die Stadt, ihre Schritte schlurren, eine Wolke von Menschendunst liegt auf ihnen;
Freunde verraten ihre Freunde, während sie suchen;
der Rentier entfaltet die Gewinnliste;
der Bettler sucht einen, der ihm glaubt, daß er blind ist;
Spieler suchen, halbirr, einen Pump unterzubringen;
der Bankier sucht fremdes Geld.

Alle suchen.

Das vom Sessel herunterrutschende Geldstück und das abstürzende Flugzeug suchen die Erde – geliebte Schwerkraft!
ein Mann sucht seinen Hund und der ihn;
meine Mama sucht ihren Schlüsselkorb;
Familien suchen eine Wohnung;
ein Verzweifelter sucht einen Grund, weshalb er auf der Welt ist.

Von oben gesehen, sieht das ungefähr so aus:

Niemand hat das, was er eigentlich braucht.

Alle Welt sucht.

EIN VORTRAGSBUCH

Vortragsbücher rezitierender Virtuosen sind meist ein Scheul und ein Greul. Neckische Humoresken der zierlichen Schießbudenfigur Presber, Kindermünder und Dialektscherze in so falschem Sächsisch, daß Hans Reimann einschreiten müßte, Schauerballaden und Genrestücke – was man am besten deutsch ausspricht – und zum Schluß patriotische Verse, daß man dem Wort Parademarsch rechtens einen Reim anfügen sollte. Also das nicht.

Hingegen hat Ludwig Hardt ein ‹*Vortragsbuch*› (bei Gebrüder Enoch in Hamburg) zustande gebracht, das im Grunde ganz etwas andres ist: nämlich ein wahres Schatzkästlein guter deutscher Literatur. Die Tatsache, daß Hardt diese vierhundert Seiten – und noch viele andre dazu – seit Jahren auswendig spricht, braucht für den Käufer nicht maßgebend zu sein: auch wer keinen hat, dem er etwas vorlesen will, findet hier eine wundervolle Anthologie dessen, was uns lieb und wert ist.

Ludwig Hardt, der Hunderttausenden die Kenntnis der schönsten deutschen Sätze vermittelt hat, liebt die Dichtung um der Dichtung willen – nicht, weil manche ihrer Stücke rollende Rrrs bergen, mit denen er etwa protzen wollte. Die Gleichzeitigkeit seiner Mittel ist selten: er ist ernst, hat Würde (ohne Vollbart), ein starkes Gefühl für echte Tragik und Humor. Und so ist auch das Buch.

Da manche Verleger ihre Mitwirkung versagt haben, ist es wohl nicht ganz so vollständig wie seine Programme: aber was da steht, ist doch noch schön genug.

Da finden sich: Jakob Michael Lenz und Matthias Claudius und Johann Peter Hebel und Kleist und Bürger und Mörike und Hebbel und Storm und Liliencron, Frank Wedekind, verblühte Verse von

Rilke und der einzige Kafka. Sowie der fast ganz vergessene große Lyriker Georg Heym, der mit acht Versen alles, was heute mit B anfängt, in die Westentasche steckt, und Wilhelm Busch und Verlaine — und es ist gar nicht so weit von einem zum andern: sie alle sind geeint durch die Zunge Hardts, die sich an ihnen und uns mit ihr delektiert.

Denn das ist das Geheimnis seines Erfolges, den ich ihm noch um vieles größer wünsche: er spricht gern und mit Liebe, was er spricht. Und wir lesens gern.

Er hat die Stücke oft mit Anmerkungen versehen, «Fußnoten» wie er sagt, «Worte zu Füßen der Dichtung», in einem merkwürdig verschnörkelten Stil, aber tiefer Liebe voll zu den Meistern am Wort. So hat er Claudius ganz verstanden, so hat er — nur durch seine Vortragskunst — Uhlands an sich gleichgültige *‹Schwäbische Kunde›* lustig verdreht oder den ursprünglichen Sinn oder Unsinn wiederhergestellt, und er begründet das kleine Kunststück recht fein.

Hardts Humor ist niederdeutsch — plattdeutscher Humor ist wohl ein Pleonasmus. Der ist breit und behäbig, bei Hardt nie spießig, nie nach angerauchten Pfeifen und Kneipenluft duftend, aber echt. Und weil er auch im Humor Ehrfurcht hat und grade da — so ist er deutsch, nicht teutsch, deutsch, wie es Rudolf Rittner war.

Vor Franz Kafka verstummt Hardt. Dieser große Prosaiker spricht durch seinen Mund aus dem Grabe — jedes Wort eine Kostbarkeit, schwer, ganz und gar erdenfern, ein Weiser. Die kleine Seite, die Hardt dem Andenken des Toten geweiht hat, ist erschütternd wie die Widmung, die der Dichter dem Sprecher einst in ein Reisewerk vor einer verabredeten Reise schrieb: «Als Vorbereitung zu einer gemeinsamen Italienfahrt.» Das Buch handelte von Sibirien. Aus dieser Reise ist denn auch nichts geworden, wohl aber für Kafka aus einer andern.

Wir haben Ludwig Hardt unsern Dank zu sagen für dieses schöne Buch, das uns an die Stunden erinnert, wo wir ihn gehört haben. Man möchte sich ihn manchmal abends bestellen, so, wie man früher einen Geiger geholt haben mag. Sprich eins. Und weil das nicht möglich ist — aber einmal wars doch möglich, Ludwig Hardt, und Dank für den Abend in Kurland! —, darum soll ihm Christian Lichtenberg seinen Gruß anbieten: «Wer zwey Paar Hosen hat, mache eins zu Geld und schaffe sich dieses Buch an!» Die Aufforderung ist übrigens bisexuell.

SCHNIPSEL

Ich gehe auf die Reise, alles wird noch einmal durchsucht, geordnet, hin- und hergelegt. Der quadratische Wahnsinn hat mich erfaßt: wozu soll es gut sein, daß auf einmal alle Mappen, Bogen und Brief mit den Kanten aufeinanderliegen? – es ist wohl so eine Art Versuch, die leblose Materie zu beherrschen. Die Fensterläden werden verschlossen, die letzten Zettel fortgefegt. Auf dem Schreibtisch liegen Schnipsel, kleine Späne von Papier. Das soll der Abschied sein. Da sind sie.

Neulich las ich in einem deutschen Blatt, Herr Soundso (ein deutscher Schauspieler) sei in Paris eine sehr populäre Persönlichkeit. Du lieber Gott . . . ! Vor ein paar Tagen fuhr Dranem, der Operettenkomiker, über die Boulevards, in einem kleinen Automobil. Wenn er abends auf die Bühne kommt, wird es warm im Hause, die Leute setzen sich auf den Sitzen zurecht, stoßen sich an und flüstern: «Dranem –!» An der Madeleine blieb er mit seinem Wagen stecken und schimpfte. Kein Aas kümmerte sich um ihn.

Da wurde ein dicker Curé aus der Bretagne jüngst von einem seiner Beichtkinder vor einem recht zugänglichen Hause mit einer großen Hausnummer betroffen. «Aber Herr Curé», sagte der Gläubige, «Sie gehen in solche Häuser –?» – «Wie können Sie so etwas von mir denken!» erwiderte der fromme Mann. «Ich habe da nur meinen Regenschirm vergessen.»

Manchmal fahren zwei Eisenbahnzüge nebeneinander her, in derselben Richtung. Die Insassen des schnellern Zuges machen dann fröhliche Gesichter, sehen genau forschend hinüber, ein ganz klein wenig mitleidig. Die des langsamen Zuges schauen gleichgültig drein oder gucken gleichgültig fort. Schnellere Züge interessieren nicht sehr.

Früher wurden die Beamten von ihren Herren Eltern sorgsam mit der Hand hergestellt. Vater und Mutter zogen das so gewonnene Kind auf, ließen es ordentlich nichts lernen und brachten es dann in dem Beamtenkörper unter, wo es ein sauberes, wenn auch kärglich gebürstetes Dasein führte. Heute sind die Beamten Maschinenware geworden. Und weil jeder Mensch Beamter ist, auf irgendeine Weise, so sterben sie nicht aus, sondern regieren sich gegenseitig. Man sollte reine Untertanen züchten – bald wird es keine mehr geben.

Es gibt Menschen, die sind so rechthaberisch und haben eine solche Fähigkeit, sich alles, was ihnen begegnet, zu ihren Gunsten zurechtzubiegen, daß man versucht ist, sie zu fragen: «Lieber, ist Ihnen noch nie aufgefallen, daß Sie in Ihrem Leben niemals Unrecht hatten, niemals Unrecht –?» Und sie werden hitzig antworten: «Was fällt Ihnen ein! Ich habe überhaupt nur Unrecht –!» So dickköpfig sind manche Leute. Man kann sie leicht und sofort erkennen, denn sie gehören alle demselben Volksstamm an. Es sind die andern.

Am 1. August 1925 betrat die etatsmäßige Fee Anastasia den deutschen Schauplatz und bot den Günstlingen des Glücks von ihrem Kräutlein ‹Vergiß mein› an. «Damit ihr die schreckliche Zeit vergesset, die hinter euch liegt!» sagte sie. Zuerst ging sie zu einem berühmten Filmschauspieler. «Ich mag dich nicht», sagte dieser, Emil geheißen, «ich vergesse sonst, wo ich morgen drehe, ob in Los Angeles, Rom oder Rüdersdorf. Hebe dich hinweg von mir!» Da ging die Fee zu einem berühmten Staatsmann, der seine Weisheit auf Bierflaschen zu ziehen pflegte. «Damit du die Schrecken der letzten Jahre vergessest!» sagte sie und bot das Kräutlein dar. «Menschenskind!» sagte Gustav, «ich habe sie ja schon alle vergessen!» Traurig ging die Fee zu einem Feldmarschall. «Damit du die Schrecken des Krieges vergißt, Exzellenz!» sagte sie. «Ich habe sie nie kennengelernt», sagte der alte Mann. Da fraß die Fee ihr Kräutlein selber und vergaß sich mit einem jungen Maler, einem Italiener, der hübsche Bilder malte, Alessandro hieß und sie prügelte, wenn er sie nicht liebte.

Manche kleinen Mädchen sehen aus wie ‹Mammi als Kind›. Es sind altkluge Fotografiergesichter, die später einmal von den Kindern dieser Kinder in die Hand genommen werden, und das suchende Auge entdeckt in dem kleinen Oval ‹schon damals› die vertrauten Züge der Mutter. Und dann sagt das Kind verwundert-glücklich: «Das ist Mammi als Kind.»

Dies ist, glaube ich, die Fundamentalregel alles Seins: ‹Das Leben ist gar nicht so. Es ist ganz anders.›

Das sind die Schnipsel. Aber nun klopft der Diener an die Tür und meldet: «Herr Regierungsrat! Der Wagen!» Ich lasse den Butler bitten, die Wirtschafterin erscheint, der Silberdiener . . . Im Sommer ist nur das kleine Personal bei mir. Ich gebe Weisung, Aljoscha, die Hündin, sorgsamst zu pflegen, Piperkarka, den Papagei, zu füttern, Semmel, die rote Katze, gut zu betten und auch hier und da einmal bei der gnädigen Frau nach dem Rechten zu sehen. Die gnädige Frau heißt Alice und daher Yane – sie darf nicht mit und liegt oben und heult. Ihr Weinen bricht mir das Herz, die Hündin kläfft, der Papagei schnattert, die Katze miaut, das Personal murmelt fromme Segenswünsche. Vornehm den Hut lüftend, trete ich ins Freie. Und sage noch beim Herausgehen, den Kopf leicht nach hinten gewandt: «Fegen Sie die Schnipsel heraus –!»

FRANZÖSISCHER WITZ

Der Sommer hat auf die französischen Bahnhofskioske einen Hagel von Anekdotenbüchern herunterprasseln lassen: Neuauflagen, Neuerscheinungen... Als da sind: ‹*T.S.V.P.*› von Bienstock und Curnonsky (Crès, 21 rue Hautefeuille, Paris). Von denselben Autoren im selben Verlag ‹*Le Wagon des Fumeurs*›. – ‹*Joyeuses Anecdotes*› von Max Frantel (Éditions Montaigne, Impasse de Conti 2, Paris VI). ‹*Histoires Marseillaises*› gesammelt von Edouard Ramond (Les Éditions de France, 20 Avenue Rapp, Paris). Im selben Verlag ‹*Histoires Gasconnes*› gesammelt von Edouard Dulac. – ‹*Histoires de Vacances*› gesammelt von Léon Treich (Librairie Gallimard, 3 rue de Grenelle, Paris VI) – uff!

Der Titel des ersten Buches ‹*T.S.V.P.*› ist gleichlautend mit der Inschrift an manchen Türknöpfen, an denen keine Klinken befestigt sind, und sie heißt ausgeschrieben: ‹Tournez, s'il vous plaît!› Nun, da laßt uns einmal an diesem Knopf drehn.

Der französische Witz und die französischen Witze sind nicht immer gleichbedeutend. Er ist stärker als sie, denn der Witz im Bühnendialog, in der Salonunterhaltung, in dem ‹mot›, das selbst der kleine Mann häufig blitzschnell und mit der äußersten Schlagfertigkeit in den Straßenlärm wirft, dieser Witz wird nicht immer in Witzen aufgefangen.

Daher denn auch die französischen Witzblätter nicht grade zwerchfellerschütternd sind: das Niveau der eingegangenen ‹*Assiette au Beurre*› ist bisher nie wieder erreicht worden, und man muß sich schon aus einem ganzen Wust von Scherzen die guten herauspicken. Das bezieht sich auf ‹*Le Rire*›, auf ‹*Canard Enchaîné*›, auf ‹*Le Merle Blanc*›, unterschiedlich an Wert, ungleich.

Die vorhin zitierten Sammlungen sind bedeutend besser, besonders ‹*T.S.V.P.*› und ‹*Le Wagon des Fumeurs*›. Wie sehn nun die französischen Witze von heute aus?

Zunächst muß man oft genug den Hut abnehmen, weil da so viel alte Bekannte vorüberziehn. Für den noch stattlichen Rest ergibt sich für den fremden Leser das Hemmnis, daß er die sachlichen Voraussetzungen des Witzes nicht in Fleisch und Blut hat. Ein Witz, den man erst erklären muß, ist keiner mehr, und es genügt auch nicht, jene Voraussetzungen zu wissen – man muß sie fühlen.

Das Spezifische des französischen Witzes sind seine Leichtigkeit, seine Delikatesse, seine Eleganz. Da schreibt etwa der zurückgetretene Minister an den Staatssekretär des Post- und Telegrafenwesens eine Stunde nach seinem Sturz: «Sehr verehrter Herr Kollege! Ich weiß nicht, ob Sie sich meiner noch erinnern...» Die Handbewegung, mit der eine Formulierung herausgebracht wird, ist ganz locker. Es wird von den Schrecknissen des Krieges gesprochen. Darauf sagt ein Diplomat vom Quai d'Orsay: «Der Krieg? Ich kann das nicht so schrecklich finden! Der Tod eines Menschen: das ist eine Katastrophe. Hunderttausend Tote: das ist eine Statistik!» Die Sprache der Diplomaten ist eben die französische, und die Definition des Berufes heißt so: «Ein Diplomat, mein liebes Kind, ist ein Mann, der das Geburtsdatum einer Frau kennt und ihr Alter vergessen hat!» Und so klingt in dieser Sprache vieles leiser und zarter als anderswo. Eine alte Dame empfängt den Besuch eines ihrer Freunde, der die vier Treppen zu ihrer Wohnung mit Mühe und Not heraufklettert. Noch pustend sagt er bei der Begrüßung: «Vier Treppen sind keine Kleinigkeit, gnädige Frau!» – «Lieber Freund», sagt die Dame, «das ist das einzige Mittel, das ich noch habe, um bei den Männern Herzklopfen hervorzurufen!»

Diese Sprache hat die feinsten Zahnräder, mit denen sie alles ergreift, was ihr zu nahe kommt. Albumeintragung von Jean Cocteau: «Italiener und Deutsche lieben es, wenn Musik gemacht wird. Die Franzosen haben nichts dagegen.»

Und selbst der leichte Tadel bekommt eine liebenswürdige Melodie, wenn er so ausgesprochen wird, wie es jener Curé tat, der am Weihbecken seiner Kirche eine bis zur Grenze der Unmöglichkeit dekolletierte Dame antraf. «Wenn Sie nur zwei Finger hineintauchen wollen, gnädige Frau», sagte er, «hätten Sie sich nicht auszuziehen brauchen!»

Selbst, wenn der Witz etwas delikat wird, bleibt er doch in dieser Form erträglich. Der Schaffner zum Reisenden, der aufgeregt auf der kleinen Station herumläuft: «Suchen Sie das Restaurant?» – «Nein, im Gegenteil», sagt der Reisende.

Wie konzis diese Sprache manchmal eine verworrene Situation erhellt, zeige dieses Beispiel: Gespräch durch die Tür. Die Männerstimme: «Ist Herr Paul da?» Die Frauenstimme von drinnen: «Nein, er ist nicht da. Sie können nicht hereinkommen, ich liege im Bett.» Die Männerstimme: «Das schadet doch nichts; machen Sie doch ein bißchen auf.» Die Frauenstimme: «Aber das geht nicht – es ist schon jemand bei mir!»

Es gibt unter diesen französischen Witzen natürlich viele, die überhaupt nicht zu übersetzen sind. So zum Beispiel der Ausspruch jener betagten Frau, der man Vorwürfe wegen der allzu großen Einfachheit ihrer Toilette gemacht hat. «A mon âge on ne s'habille plus, on se couvre.» Oder jener bezaubernd schöne Ausspruch eines marseiller Malers: «Quand on a mangé de l'ail (Knoblauch), il ne faut parler qu'à la troisième personne.»

Ich sprach vorhin von den vielen alten Bekannten, die man in diesen Anekdotensammlungen antrifft: *‹Der rechte Barbier›* von Chamisso, der ja auch bei Hebel dem cholerischen Kunden um ein Barthaar den

Hals abgeschnitten hätte, ist da, und es gibt nicht nur Volkswitze, die durch alle Literaturen wandern, sondern sogar eine scheinbar sprachlich so begrenzte Geschichte, wie die von der telefonierenden Dame, die das Wort Fackel buchstabiert: «F wie Fioline, A wie Ankpir, C wie zum Beispiel ...» selbst zu dieser Geschichte finden wir die französische Analogie. Es handelt sich um das Hôtel de l'Ourcq. «Was für ein Hotel?» – «L'Ourcq! L'Ourcq!

O comme Auguste
U comme Ugène (Eugen)
R comme Ernest
C comme Serge
et Q comme toi.»

Nun ist ja der französische Witz für die ganze Welt stofflich abgestempelt, und hier muß ich zu meinem großen Bedauern etwas bremsen, denn in dem Augenblick, wo man diese gewagten Scherze übersetzt, vergröbern sie sich meist unerträglich. Eine kleine Geschichte aber habe ich gefunden, die ist auf Deutsch möglich. Frida, geh mal solange raus!

Große Hochzeit in der Madeleine zu Paris. Vor der Kirchentür die übliche Schar der Gaffer: Midinettes, kleine Angestellte, Straßenjungen, Neugierige aller Art. Der Hochzeitszug! Er: sehr feierlich, ernst, in bestem, allerbestem, aber schon aller-allerbestem Alter, offenbar sehr reich. Sie ... allgemeines Ah! Eine entzückende kleine Brünette, sehr pikant, mit vollen Lippen, temperamentvoll, ein reizendes Kind. Der Zug hält einen Augenblick. Die Herrschaften werden fotografiert. Als sich das Brautpaar wieder in Bewegung setzt, löst sich das Brautbukett und fällt auf den Teppich. Eine kleine Midinette, die das bemerkt hat, stürzt gefällig hinzu, hebt die Blumen auf und übergibt sie der jungen Braut. Dabei kann sie sich nicht verkneifen, ganz schnell und ganz leise zu flüstern: «So viel Klimbim habe ich bei meiner Premiere nicht gemacht ...» Die beiden sehen sich einen Augenblick an und sind einen Augenblick Kameradinnen. Dann flüstert die Braut zurück: «Ich auch nicht!»

Frida, du kannst wieder reinkommen. Nächstes Mal erzählt der Onkel weiter.

Die französischen Witze haben viel mehr feststehende Figuren als die unseren. Da ist in erster Linie der ‹cocu›.

Das Wort ist nicht zu übersetzen. ‹Hahnrei› ist ein Wort, für das selbst der alles wissende Doktor Wasserzieher in seinem ‹*Ableitenden Wörterbuch der deutschen Sprache*› keine Erklärung gibt und das ein gesunder Mensch wohl nur ausspricht, wenn man ihn fragt, was ‹cocu› auf deutsch heißt. Und ‹betrogener Ehemann› ist eine kriechende Schildkröte für einen Schwalbenflug. (Daß das Wort, der Begriff und die Witzfigur die außerordentlich bürgerlich veranlagte Französin gänzlich verzerrt wiedergeben, sei nur nebenbei erwähnt.)

Da ist ferner der Geistliche, ein unerschöpfliches Thema französischer Witze, und wie jeder weiß, der einmal in katholischen Ländern gelebt hat, ist der Witz, der auf Kosten des Geistlichen gemacht wird, nur ganz selten eine Verhöhnung der Kirche: der Witz bemächtigt sich eben einfach aller zum täglichen Leben gehörenden Personen. Zunächst ist es sehr häufig der Mann der Kirche, der in dem Witz obsiegt, so zum Beispiel in dem gesalzenen Wort des Monseigneur Duchesne über den Tango: «Dieser Tanz ist wirklich sehr reizend anzusehen, mais je me demande, pourquoi elle se danse debout.» Manchmal geht es auch umgekehrt. Der Bischof hat Besuch vom Abt und bittet ihn zum Frühstück. «Nein, danke sehr.» – «Aber ich bitte Sie ...» – «Monseigneur», sagt der Abt, «erstens habe ich schon zweimal gefrühstückt, und zweitens ist heute Fasttag.» Dann gibt es auch im Französischen jene Scherze, in denen die verschiedenen Konfessionen sich necken. So in der Morgenunterhaltung eines Rabbiners und eines Curés im Schlafwagen. «Ich habe heute nacht», sagt der Curé, «geträumt, ich sei im jüdischen Paradies. Ein Gestank! Und ein Schmutz! Und Lumpen in allen Ecken! Und ein Haufen Leute ... entsetzlich!» – «Wie sich das trifft», sagt der Rabbiner. «Ich habe heute nacht geträumt, ich sei im christlichen Paradies. Wunderschöne Düfte umflossen mich, überall Blumen, herrliche Bäume – und kein Mensch.»

Auch hat der französische Witz selbstverständlich seine Berufswitze. Unvermeidlich die Ärzte. Der Doktor Z. begegnet auf dem Pont des Arts einem seiner Patienten. Kurzes Gespräch. «Nun, wie gehts ... ?» – «Aber, lieber Freund», sagt der Doktor, «Sie werden einen mächtigen Schnupfen bekommen; knöpfen Sie sich doch Ihren Mantel zu!» – «Da haben Sie eigentlich recht», sagte der andre. «Na und sonst ... Kennen Sie schon die Geschichte von dem ...» Sie plaudern noch eine Weile, der Doktor und sein Patient, dann gehn sie auseinander. Nach drei Tagen schickt der Doktor folgende Liquidation:

Eine Konsultation	20 Francs

Der Brückenpatient schickt auch eine:

Herrn Doktor Z. einen Witz erzählt	20 Francs
Gewartet, bis er ihn verstanden hat	20 Francs
	Summe 40 Francs
Davon gehen ab für die Konsultation	20 Francs
Meine Restforderung an Herrn Doktor Z.	20 Francs

Einen ganz großen Raum in Frankreich nimmt der regionale Witz ein, und da ist es vor allem der Süden, Marseille und die Gascogne, die den Haupttribut bezahlen. Wer Gelegenheit gehabt hat, den für deutsche Ohren schauerlichen ‹accent du midi›, den ‹assent›, einmal zu hören, der wird verstehn, daß aus dem französischen Sächseln eine Fülle von Komik herauszuholen ist. Kommt dazu, daß die Leute aus dem Süden für kolossale Aufschneider gelten und wohl auch tatsächlich im Überschwang ihres Temperaments ganz heitere Dinge von sich geben – die Kette dieser Geschichten reißt jedenfalls nie ab. Der Lokalton geht natürlich für uns verloren. «Vorigen Winter», erzählt der Mann aus Marseille, der immer Marius oder Olive heißt, «hat es bei uns geschneit, und da ist mehr als ein Meter Schnee gefallen.» – «Ein Meter breit?» fragt jemand.

«Est-ce que tu vois la mouche au sommet de la Tour d'Eiffel?» fragt ein Gascogner einen Marseiller. «Non! Mais je l'entends!» erwidert der. Es ist viel Bauernschlauheit in diesen Geschichten.

Eine Pflanze, die gar nicht im Französischen gedeihen will, ist der jüdische Witz. Es gibt sie alle, es gibt eine *‹Collection d'Histoires Juives›* im Verlag der *‹Nouvelle Revue Française›*, sie fehlen in kaum einer Sammlung. Aber sie sind nicht nach Vorschrift zubereitet; so etwas wie das Jiddish im Englischen gibt es im Französischen nicht, und der elsässische Akzent, der übrigens in der jungen Generation vielfach schwindet, ist ein kümmerlicher Ersatz.

Aber die Franzosen brauchen keine Anleihen bei Fremden zu machen, sie haben eigne gute Witze genug. Ganz besonders drollig sind die Kindermünder. «Großpapa, kommen die Löwen in den Himmel?» – «Nein, mein Kind.» – «Großpapa, kommen die Curés in den Himmel?» – «Ja, natürlich, mein Kind.» – «Großpapa, wenn nun aber der Löwe einen Curé frißt ...?»

Die folgende Geschichte hinwiederum muß man ins Berlinische übertragen, um ihre ganze Würze abzuschmecken. Da ist ein junger Rechtsanwalt, der seit vierzehn Tagen in seinem neuen Büro sitzt und auf seinen ersten Klienten wartet. Endlich, endlich klingelt es, das Mädchen öffnet. Der Rechtsanwalt hört eine Männerstimme und sagt zu dem Mädchen, ohne sie anzuhören: «Lassen Sie den Herrn warten!» Denn das ist er sich aus Prestigegründen schuldig. Nach zehn Minuten klingelt er, ergreift das Telefon, läßt den Besucher eintreten und sich in einer dringenden und hochwichtigen Unterhaltung überraschen. Er gestikuliert in den Hörer: «Selbstverständlich, Herr Oberregierungsrat! Das kann ich nicht versprechen, Herr Oberregierungsrat! Ich bin derartig beschäftigt ... Unter neunhunderttausend Mark kann ich für meinen Klienten nicht abschließen! Gewiß. Also dann auf Wiedersehen, Herr Oberregierungsrat! – Was wünschen Sie?» sagt er dann zu dem Mann. Darauf der Besucher: «Ick komme wejen det Telefong. Det is kaputt.»

Ganz französisch ist auch diese kleine Geschichte, in der die kleine sechsjährige Tochter einer Femme entretenue das Wort ‹demi-mondaine› aufschnappt und nun ihre Mama fragt: «Mama, wenn ich groß werde, darf ich dann auch demi-mondaine werden?» — «Ja», sagt die Mama, «wenn du artig bist!»

Zahllos sind die Witze über den ‹Nepp› der Restaurants, allwelches Wort auf französisch ‹coup de fusil› heißt. In einem sehr eleganten Lokal in Vichy moniert ein Gast die Rechnung. «Sie haben mir da für Keks fünf Francs aufgeschrieben, ich habe aber gar keine gehabt!» — «Verzeihung!» sagt der Ober, «darf ich um die Rechnung bitten? Ich werde das gleich in Ordnung bringen.» Auf der verbesserten Rechnung steht: Keks vier Francs.

Etwas fehlt dem französischen Witz fast völlig. Das ist die exzentrische Überkugelung, wie wir sie in amerikanischen und irischen Witzen antreffen. Findet man in den Anekdotensammlungen dergleichen, so kann man darauf schwören, daß die Geschichte aus dem Englischen übersetzt ist. So diese von dem weltberühmten Zwerg Tom Puce, der eines Tages in London zufällig im selben Hotel abgestiegen war wie der berühmte französische Sänger Lablache, ein Hüne von etwa zwei Meter Höhe. Da war nun eine neugierige londoner Dame, die wollte die kleine Weltattraktion einmal besichtigen, ließ sich im Hotel die Zimmernummer geben, irrte sich in der Tür und stand nun fassungslos vor diesem Gaurisankar. «Ich ... ich wollte den Zwerg Tom Puce sehen!» — «Der bin ich, gnädige Frau!» — «Sie? Sie sind der Zwerg Tom Puce?» — «Nur im Theater, gnädige Frau; zu Hause mach ich es mir bequem!»

Ein Kind beider Welten, der französischen und der englischen, scheint dieses Zwiegespräch zu sein: Der Kontrolleur: «Sie haben ein Billett dritter Klasse, werte Dame, und hier ist erste Klasse!» — «Entschuldigen Sie», sagt die Dame, «ich dachte, ich wäre in der zweiten.»

So. Nun sind da noch viele schöne Geschichten, die ich nicht erzählt habe, wegen Unpassendlichkeit derselben. Aber es dürfte nun genug sein. Und wenn ich durch diese Zeilen nur das Repertoire einiger Conférenciers bereichert habe, so fühle ich mich für meine gesamte Arbeit reichlich belohnt.

DER NEUE MORAND

Über dem neuen Novellenband Paul Morands: ‹*L'Europe Galante*› (bei Bernard Grasset in Paris) steht der Nebentitel: Chronik des zwanzigsten Jahrhunderts. Chronik des zwanzigsten Jahrhunderts? Cum grano cocaïni.

Der Liebesgott der reichen Leute ist mitunter ein Floh. Er sticht, und wenn man lange genug zögert, gewährt juckendes Kratzen eine völlige Befriedigung. Nicht zu früh: dann wars keine Sensation. Nicht zu spät: dann brennts nicht mehr. Morand trifft genau den richtigen Zeitpunkt. Er juckt gut.

Von der französischen Leihbibliothek aus stofflichen Gründen verschlungen, ist aus dem Oeuvre des jungen Meisters hauptsächlich zu nennen: ‹*Ouvert la nuit*›, ein sehr amüsanter Geschichtenkranz; ‹*Fermé la nuit*›, ein amüsanter; und ‹*Lewis et Irène*›, eine Finanzgeschichte der Liebe.

Das technische Niveau der romanischen Erzählungsliteratur liegt höher als das deutsche; gemacht sind diese Geschichten aus dem Handgelenk. Morand flirtet sich durch den Kontinent, wobei ‹flirten› in der Bedeutung jener englischen Anekdote aufzufassen wäre, wo vom Sergeanten berichtet wird, der 's Mädchen ohne Umstände in die dunkle Ecke drückt und dort gar nicht mehr verhandelt. Das Mädchen: «Oh – Sie Flirt!»

Manche Geschichten spielen in Paris, viele in Rußland, eine besonders unanständige in Lissabon. Was die russischen angeht, so muß ich ja sagen, daß ich sie nicht mehr lesen mag. Diese grelle Bilderbuchbuntheit, dieses dem Westen unverständliche Rußland, vom Emigranten aus gesehen, dieses ratlose Ironisieren einer Welt, die für den Betrachter in Wahrheit außerhalb seiner Geographie liegt – ich mag nicht mehr. Nicht mehr die Bartmänner, die so schön unmotiviert daherleben, wie wir das gelernt haben; nicht mehr die jüdisch-revolutionären Dichter, das beschneite Moskau und das nicht mehr oder doch schon wieder teilweise verlassene Petersburg, und schon gar nicht mehr die russischen Frauen mit ihren dreißig Epitheta. Rußland? Aber das ist so wenig Rußland wie diese gräßliche ‹Cave Caucasienne› in Paris, wo ein Harpyiengesindel von russischen Oberkellnern und die von elf bis drei Uhr schwermütigen Zigeuner englischen Vergnügungsreisenden und ihren Damen pariser Nachtleben vorgaukeln. Also das nicht. Aber weil Spiegelbilder meist mehr vom Spiegel als vom Gespiegelten aussagen, so ist am besten das eigne Milieu des Autors gelungen.

Morand ist Diplomat. Es sind ihrer mehrere, eine ganze Reihe, die da am Quai d'Orsay zu gleicher Zeit Akten und Bücher schreiben: der klug verspielte Giraudoux, Crémieux – daß noch bis vor kurzem Paul Claudel in Tokio als Gesandter saß, werden Sie wissen. (Bei uns könnte man sich Maximilian Harden, Thomas oder Heinrich Mann als Gesandte vorstellen – im übrigen passen Auswärtiges Amt und Literaten nicht zusammen, was auf beide kein gutes Licht wirft.) Ja, also Morand brilliert, wenn er Autotopographie gibt. Reiche Leute sind ein besonderer Volksstamm, über dessen Sitten und Gebräuche uns fast immer falsch berichtet wird. Die spöttische Kälte, die Sentimentalität mittags um zwölf Uhr in einem vollen Restaurant, die vollendete Routine in einem ausverkauften Bett, die glatte Selbstverständlichkeit, mit der das Schach der Gesellschaft gespielt wird, die Spielregeln, die immer dieselben bleiben und nur dann nicht gelten, wenn der andre sie anwendet, der Haufe von Klatsch, Beziehungen, Wissen, Ahnen, der nur Vorwand für den Erzählenden ist ... er hat seine kleine große Welt gut gesehn.

Eine Geschichte spielt an der Ruhr. Franzosen, die am Stadttheater in Halberstadt einen Possen-Marquis zu sehen bekommen, werden entweder lächeln oder böse sein: So etwas gibts in Frankreich nicht! Der Herr Walter v. Ruhm – merkwürdig, wie niemals ein Fremder fremde Namen erfinden kann! – existiert wahrscheinlich nicht, so nicht, nicht ganz so. Auch steht von ihm geschrieben: er habe eine reiche Heirat gemacht, weil er Geld brauchte, ruiniert durch den französischen Ruhr-Einfall. O ahnungsloser Engel du! Solch einen Ruhr-Einfall wünscht sich das Industriepack noch viele Male. Also ganz stimmts nicht. Aber es ist doch lustig zu sehen, wie sich dieser Industriellentypus in den Augen eines Franzosen darstellt, der die Deutschen nicht haßt (man haßt überhaupt keine Völker – sie sind einem unangenehm), wie sich der bewegt, mit dem Hakenkreuz im Manschettenknopf (unwahrscheinlich) und mit der leicht angesoffnen Erotik (wahrscheinlich). Die Geschichte ist ein wenig affenteuerlich, aber hübsch bunt. Die Gestalt der Francine sogar spitzendünn, reizend die kleinen Nebenbemerkungen. Das Heim v. Ruhms. «Picasso, Braque, niemals habe ich etwas von diesen Malern in Paris gehört.» Und: «Frauen sollten ihre Liebesbriefe nicht an das Objekt ihrer Liebe senden, sondern an Freundinnen, vielleicht an Zufallsvertraute; diese Briefe hätten mehr Chance, verstanden zu werden, oder: gelesen zu werden. So empfange denn, Liebste, diese etwas plötzlichen Geständnisse; sie sind übrigens authentisch.» Es geht dann zwischen dem Hakenkreuzmann und der Francine hin beziehungsweise her – aber nichts weiter. Mit allen Fingerspitzen zugleich ist ein alkoholisierter Abend gefühlt, der Mann ist dabei. (Anmerkung für die *‹Deutsche Allgemeine Zeitung›*: Welch eine degenerierte Nation!) Über den dreien schwebt eine Wolke von Spannung, eisgekühltem Alkohol, Kitzel, Zigarettenluft und Nachtstunde. «Alles konnte eintreten. Nichts geschah.» Von solchen Stellen wimmelt das Buch.

Wie es ja denn überhaupt mühelos das ist, wozu sich in der deutschen Literatur die Herren Autoren immer erst einen Ruck geben: mondän. Selbst Sternheim schreibt, wenn er von Paris spricht, gern mit der frisierten Schnauze, redet spitz und glaubt, alle Welt verachten zu müssen, weil er irgendwelchen kleinen Käse gegessen hat. Und Fritze Unruh? Da lachen ja die Hühner. Wie in dem Dingsda, dem *‹Flügel der Nike›*, Paris geschildert wird, das ist kaum zu glauben. Was mir da an Lakaien, Gobelins, feingeschliffenen Kristallen, edler Literatur, Grafen und Gräfinnen unter die Nase gerieben wird – hier! hier! siehst dus? merkst dus? –, und wie dann nebenbei auch nicht ein Komma mit der Wirklichkeit übereinstimmt ... das wird nur übertroffen von der Schilderung eines Diners beim deutschen Botschafter, einem Meisterstück ungewollten Humors. Wäre das pazifistische Wirken Unruhs nicht anständig und im Ausland nützlich gewesen: man wär versucht, ihn herzlich dumm zu nennen. «Neben meiner Tasse liegt ein langes Weißbrot ... ‹Warum›, fragt Jacques und hilft es mir zerschneiden, ‹sprechen Ihre Landsleute so schlecht über Sie?› – ‹Wo?› stotterte ich, von dieser unmittelbaren Frage getroffen. – ‹Hier in Paris! Fast jeder Schriftsteller, der mich besucht, hat eine schlechte Meinung von Ihnen!›» Weil, Jacques, er kein Deutsch kann, kein Snob, sondern ein taktloser Schnopp ist, und weil bis auf die Seitenzahlen keine wahre Angabe in dem Buche zu finden ist. Sie halten es doch für Deutsch? In einer alten berliner Faschingszeitung war einmal vor Jahren das Verfahren der Schundromane parodiert, die statt der Zwischenbemerkung ‹sagte er› die Tätigkeit des Redenden setzten. Davon verspricht sich Unruh eine ganz besondere stilistische Feinheit. «‹O Gott!› legt Victor die Stirn auf die Faust.» – «‹Nein, nein!› rückt sich der Diplomat die Krawatte.» Und, am treffendsten: «‹Vraiment›, muß er mehrfach aufstoßen, ‹exzellent, was?›» Da kann man nichts tun, als heftig ‹Vraiment!› sagen. Übrigens können diese Weltreisenden nur zu Hause mit den ausländischen Verwandten protzen, die draußen gar nichts von ihnen wissen wollen. «Das Paris Herrn v. Unruhs» – schreibt Geneviève Bianquis in der Revue *‹Les Langues Modernes›* – «besteht aus mehr oder minder beschäftigungslosen jungen Leuten, die sich hauptsächlich damit beschäftigen, Champagner zu trinken und durch die Nachtlokale zu ziehen.» Und eine deutsche Kollegin dieser Französin schreibt mir: «Ach, warum hat er nicht den Mut, so trivial zu sein, wie er wirklich ist –!» Weil das gebildete Bürgertum seiner Zeitung weltmännische Marke haben will, Fräulein. Die pariser Zeitschrift *‹Vient de paraître›* hat neulich eine ganze Reihe dieser Herren erheblich abgeführt. Eine Figur ‹Gavroche› zu nennen, stand da ungefähr, ‹mon petit chou› zu schreiben, genügt noch nicht, um als ein alter Bewohner von Montmartre zu gelten. Laßt das, junge Herren! Davon versteht ihr nichts und könnt ihr uns nichts erzählen. Erzählt uns von Berlin, von Deutschland, das ist eure Domäne. Unruh wurde in dem Blatt einfach ausgelacht. Aber, wenn man sonst nichts kann, was macht man da? Sich wichtig.

Entschuldigen Sie, Herr Morand, daß ich Sie habe warten lassen. Ja, am hübschsten ist die Confiserie in diesem Laden. «Rien ne l'atteint, mais tout le touche» – das ist wirklich ein Damenideal. Und die kleinen bösen Blinzler auf die Französinnen ... Bei einer zärtlichen Schlacht: «Elle ne s'écriait pas: ‹Qu'estce que je tiens!› comme les Françaises qui affectent de céder en délirant sous l'excès de la boisson et avec un oeuil prudent.» Das schmeckt lecker.

Und fast jede Geschichte hat eine Spitze und tausend kleine Dächer, manche ist gruselig wie ein Buch aus der Frankfurter Societätsdruckerei, und auch hier fällt mir auf, wie einfach das Leben zu sein scheint. Man möchts fast nicht glauben. Da lernt einer Chauffeur, der es vorher nie gewesen, und das klappt! und er kennt alle Wege! und während das Patrons-Ehepaar mit einem andern Ehepaar im dunkeln Wald eine Quatruole bildet – Annonce: Die Freuden des Landlebens –, sitzt der Chauffeur, ein rumänischer Student, am Steuer und lernt beim Schein seiner elektrischen Lampe das Pensum für das morgige Examen beim Professor Basch in der Sorbonne ... Morand! Nichts verschweigen und nichts hinzusetzen –? Wir wollen Sie lieber unvereidigt lassen.

Nein, dieser Chauffeur ist so wenig ein Chauffeur, wie der Finanzmann Lewis ein Finanzmann war. Das telefoniert, macht ein paar Reisen, gibt ein paar Anweisungen ... früher fragte man sich immer in den französischen Romanen: Wovon leben die Leute? Heute: Wie arbeiten diese Leute?

Es ist eine amüsante Welt. Manchmal von den Grenzen eines Arrondissements eingeschlossen, manchmal universell weit. Sehr selten spricht nicht der Mann, sondern das Männchen; sehr, sehr selten belauert mich ein rascher Blick, ob ich auch bemerkt habe, wie potent, wie international er ist ... Ja, ich habs bemerkt.

Aber die schönste Geschichte heißt: Madame Fredda. Eine ziemlich umfangreiche Dame spricht den jungen Herrn an der Madeleine an, man ißt abends zusammen, und sie entblättert sich als Blumenzüchterin aus Amsterdam, die da in Paris einkaufen will. Sie kauft ihn gleich mit. Sie ist für rasches Wachstum. Sie hat keine Zeit. Das hört, am Tisch, so auf: «Je vous ai abordé, monsieur le Joli, parce que je voudrais connaître l'amour avec un Français. Les Français ont, chez nous, une énorme réputation extraordinaire. Chambre 221. Garçon, payer.» Das sitzt. Vergleichbar mit jenem ausgezeichneten Aktschluß bei Georg Kaiser in *‹Nebeneinander›*, jenem Aktschluß, den der Schauspieler Forster noch durch einen guten Zusatz gesteigert hat: «In Geschäften kenne ich keine Gefühle. Lützow 2601.»

Und sehr gut setzt Morand noch einen Schnörkel an den Schluß. Der junge Mann will erst aufbegehren, beleidigt sein ... «Aber er gehörte zu jener Generation, die vor den Blumen die Waffen sinken läßt, vor den Blumen und vor diesem neuen Europa ... und die nicht gelernt hat, jemals nein zu sagen.»

Kein Zweifel: der Herr Morand lebt nicht nur in Frankreich, sondern auch im Jahre 1925, was in seinem Lande nicht überall das gleiche ist. Er hat einen gut sitzenden Stil, die Ironie der letzten Monate, den Hut des Jahres und das Tempo seiner Zeit. Manchmal gehts kindlich zu, da wird gespielt: Verwechsel, verwechsel die Geschlechterchen, manchmal laufen die Nuancen wie (mit der Feder) geschmiert – aber lustig ists doch.

Hulle, bekommen Sie diese Zeilen zu Gesicht? Dann packen Sie sich das Buch auf den Nachttisch. Und an einem regnerischen Juli-Abend, wenn aus unerklärlichen Gründen niemand weiter da ist, zünden Sie sich eine schwere Zigarette an, legen sich auf die Seite und beginnen, zu blättern. Sie werden die Liebesparoxysmen von vielen Paaren und mehr erleben. Sie werden lächeln. Und weils ja wunderschön ist, am Kamin zu sitzen, wenn draußen der Regen prasselt, werden Sie fühlen: Endlich allein.

MONOLOG MIT CHÖREN

Ich bin so menschenmüde und wie ohne Haut.
Die andern mag ich nicht – sie tun mir wehe.
Wenn ich nur fremde Menschen sehe,
lauf ich davon – wie sind sie derb und laut!
Ich bin so müde und wie ohne Haut!
(Chor der Arbeitslosen): Das ist ja hervorragend interessant, Herr Tiger!

Ich spinn mich selig in die Schönheit ein.
Schönheit ist Einsamkeit. Ein stiller Morgen
im feuchten Park, allein und ohne Sorgen,
durchs Blattgrün schimmert eine Mauer, grau im Stein.
Ich spinn mich selig in die Schönheit ein ...
(Chor der Proletariermütter): Wir wüßten nicht, was uns mehr zu Herzen ginge, Herr Tiger!

Ich dichte leis und sachte vor mich hin.
Wie fein analysier ich Seelenfäden,
zart psychologisch schildere ich jeden
und leg in die Nuance letzten Sinn ...
(Chor der Tuberkulösen): Sie glauben nicht, wie wohl Sie uns damit tun, Herr Tiger!

Ich dichte leis und sachte vor mich hin ...

(Alle Chöre): Wir haben keine Zeit, Nuancen zu betrachten!
Wir müssen in muffigen Löchern und Gasröhren übernachten!
Wir haben keine Lust, zu warten und immer zu warten!
Unsre Not schafft erst deine Einsamkeit, deine Stille und deinen Garten!
Wir: Arbeitslose, welke Mütter, Tuberkelkranke wollen heraus
aus euerm Dreck in unser neues Haus!
Wir singen auch ein Lied. Das ist nicht fein.
Darauf kommts auch gar nicht an. Und wir stampfen es euch in die Ohren hinein:

Völker, hört die Signale!
Auf zum letzten Gefecht!
Die Internationale
Erkämpft das Menschenrecht –!

MÄRTYRER

Für den Dr. S. in Paris

In der langen rue de Vaugirard, die so lang ist wie ein Darm, so lang wie die Geduld mancher deutscher Pazifisten mit dem Reichswehrminister, den sie ununterbrochen ‹fragen, wann er denn nun endlich ...›, die Armen, in der rue de Vaugirard, die so lang ist, daß man stundenlang durch sie hindurchspazieren kann, man tut es aber nicht, weil sie häßlich ist, die lange Straße, die, nach Südwesten laufend, vom Jardin du Luxembourg ausgeht, welcher dort den Senat aufgebaut hat, dem gegenüber das altberühmte Restaurant Foyot, das frühere Hôtel de l'Empereur Joseph II., welcher Name aber im Kriege unterdrückt ... also so lang ist die rue de Vaugirard.

In der langen rue de Vaugirard hätten wir die Nr. 70, die birgt ein katholisches Seminar, eine Kapelle ... die Straßenfront läuft ja unverändert fort, man sieht an der dunkelgrauen Steinmauer kaum auf, da ist wohl nichts. Doch, da ist etwas.

Ein guter alter Mann, der zunächst von dem Vorrecht aller Concierges Gebrauch macht, nicht da zu sein, kommt über den Hof geschlurcht, ja, ja, er wird uns das alles zeigen, er nuckelt mit dem Kopf, scheppert mit den Schlüsseln, und dann lassen wir die wirklich nicht schöne Kapelle da liegen, wohin sie gehört, nämlich links – er führt uns einen engen Gang zwischen zwei Hausmauern hindurch, und dann steigen wir in die Krypta hinunter.

Die Konstituante der großen französischen Revolution hatte dem Klerus am 12. Juli 1790 eine neue Verfassung aufgebrummt und sie durch Dekrete des Jahres 1791 und 1792 dahingehend verschärft, daß die Priester, die im Amt bleiben wollten, einen Eid auf die neue Verfassung zu leisten hatten, bei Strafe der Deportation. Man trieb die widerspenstigen Kleriker zusammen, und diejenigen, die den Eid weigerten, wurden in das damalige Carmeliterkloster gesteckt, 70 rue de Vaugirard. Es war das ein Kloster der reformierten Carmeliter, ein altes Ding, mit einer kleinen Kirche, in die man die Gefangenen stopfte. Aus allen Ecken wurden sie zusammengeholt, schließlich kampierten da hundertundsechzig. Dann erleichterte sich ihr Los etwas, sie durften im Klostergarten spazierengehen. Das war Mitte August 1792.

Es ging dem neuen Frankreich nicht gut, damals. Die Preußen hatten Longwy und eine Stadt namens Verdun eingenommen, in Paris waren alle Leute nervös, die sich mit Politik befaßten. (Nicht: ganz Paris brannte in Aufregung. Auch damals haben die Frauen morgens ihre Milch geholt, und so pathetisch und opernhaft ist keine Zeit und keine Stadt auf Monate hinaus, wie sich die Geschichtsschreiber und andre Filmregisseure das oft einbilden.) Danton hatte eine heftige Rede gegen konterrevolutionäre Umtriebe gehalten ... Es stand nicht gut um die Eingesperrten. Der Carmeliterorden war nicht unbeliebt und wurde auch im allgemeinen in Frieden gelassen – aber diese hatten starr und stark den Eid auf die neue Verfassung verweigert ... Da war ein gewisser Manuel, der revolutionäre Staatsanwalt, der sich angelegentlichst mit dieser Sache befaßte. Am 1. September war er so weit. Am 2. September waren sie so weit.

Der 2. September war ein Sonntag, und die Gefangenen ahnten, was ihnen bevorstand. Man hatte sie in den Garten getrieben, und um halb vier nachmittags erschien ein Haufe bewaffneter Leute, die anfingen, in die hin- und herlaufenden Gefangenen hineinzuschießen. Als sie bei der Arbeit waren – schon hatten sie den Erzbischof von Arles angeschossen und dann erschlagen –, erschien Manuel am Fenster und gebot aufzuhören. Das Morden stoppte ab. Der Revolutionär ließ die Lebenden in ein Zimmer des Refektoriums treten, setzte sich hinter einen Tisch auf dem Gang und rief sie namentlich auf. Sie kamen, zwei und zwei. «Wollen Sie den Eid auf die Verfassung leisten –?» «Nein.» – «Sie können gehen.» Sie gingen, ins Freie, in den Garten, in den Tod. Rechts und links vor der Tür standen die Soldaten der Revolution und erschossen die Kleriker. Insgesamt hundertundvierzehn.

Als es vorbei war, beerdigte ein beauftragter Unternehmer die Leichen auf zwei Wagen, und weil ihm das zu viel wurde, warf er den Rest in den Klosterbrunnen.

Die Krypta hat elektrisches Licht. Der gute alte Mann erklärt, und ein Geistlicher hat sich angeschlossen, er trägt seinen niedrigen Hut in der Hand und hat ein Käppchen darunter auf den weißen Haaren, seine klugen Augen sehen durch die Brille. Auch er erklärt, wirft ein Wort ein, eine Ergänzung, ein Datum ...

Die Kirche hat ihren Märtyrern eine Kapelle errichtet. Die Kirche hat die Gebeine aus dem Brunnen geholt, die Schädel, die Beinknochen, die Hölzer, Teller, Scherben; alles, was man damals hineingeworfen hat, ist sauber aufgebaut, in zwei großen Vertiefungen der Kapelle. Der Alte knipst das Licht an – da liegen zu Hunderten die Knochen, darunter eine Inschrift: «Ayant préféré la mort à la violence ...» Manche Schädel liegen besonders, in zwei Wandschränken, jeder in seinem Kasten, man sieht die Kugelspuren, die Säbelhiebe ... Die Namen sind in Marmor gegraben.

Im Nebenraum, unter Glas und Rahmen, ein großes Mauerstück mit einem braunen Widerschein: das ist von der alten Kapelle, vor der die Exekution vor sich ging. Das Braune ist Blut. Wir steigen wieder hinauf.

Da ist der Garten. Er ist ein kleines Stück Friede, zwischen Mietshäusern, damals mochte er fünfmal so groß gewesen sein. Da ist die kleine Treppe mit der Tür, aus der sie herauskamen, ein Holzschild hängt da:

Hic ceciderunt.

Hier sind sie gefallen. Da ist der Vorraum mit den alten Fliesen, auf denen der Tisch des Richters stand, hier der Raum, aus dem sie kamen, zwei und zwei, hier die Treppe mit dem Fenster, aus dem Manuel herausrief, sie sollten aufhören ... Und oben ist noch ein Zimmer, darin feierten die Revolutionäre ihr Werk, die Säbel hatten sie an die Wand gelehnt, das Blut rieselte herunter, sorgfältig ist auch dies unter Glas gesetzt. An der Wand eine dünne Bleistiftspur, von bestrittener Authentizität: Vve. Beauharnais. Ja, das wäre alles.

Im Jahre 1792 hat man sie erschlagen; ob das hat sein müssen oder nicht ...? Waren es wirklich Konterrevolutionäre? Waren es Harmlose?

Im Jahre 1867, also fünfundsiebzig Jahre später, hat die Kirche noch nichts vergessen und ihnen die Krypta gesetzt. Seit achtundfünfzig Jahren wird sie den Gläubigen, den Indifferenten, den Neugierigen gezeigt. Anschauungsunterricht: Sieh hier die Knochen, die Schädel — niemand, der nicht aufmerkte. Wenn du willst, kannst du die Inschriften lesen ... Niemand, der sie nicht läse. Dieser Baum stand damals schon, er war Zeuge der Vorgänge, diese Fliesen, jene Tür ... Ansichtskarten beim Pförtner.

Ganz leise, und daher um so eindringlicher, spricht hier eine Politik. Sie ist das beste Recht der Kirche.

Es sind aber zwölf Millionen gefallen, obgleich sie nicht wußten, wofür sie losmarschierten, zerfetzt, damit sich Herr Generaldirektor Bunkenhausen eine neue Villa bauen konnte, verstümmelt, weil sich Petroleumindustrien nicht einigen mochten, blind geschossen, weil der Massenwahnsinn sie faßte, wohlpräpariert von einer Presse, die schlimmer war als ein Geschäft: ein verkapptes Geschäft; angefeuert von Blasorchestern und Journalisten, die den Charakter nicht aufbrachten, einmal abseits zu stehen und die Vernunft zu bewahren.

Sorgfältig streicht die Kirche Blutspuren auf einer Steinmauer an — sie werden nicht verschwinden. Es kommt nicht auf die historische Wahrheit an, es kommt auf den Geist an, der nicht vergessen kann und nicht vergessen will. Die zwölf Millionen? Hier war die Schlacht bei Verdun, hier verblutete über eine Million Menschen. Da sind auch noch einige Gräber.

Zu Hause errichten die dankbaren Kommunen Denkmäler, auf beiden Seiten dankbar, weil auf beiden Seiten die armen Helden Haus und Herd gegen den Angreifer schützten. Aber was da auch an pratschigen Siegesgöttinnen, Poilus und Feldgrauen, segnenden Vaterländern und markig verreckenden Kriegern ausgemeißelt worden ist, modern, schlicht, klassisch, wilhelminisch, bramsig, kunstgewerblich – an keiner Stelle, die ich bisher zu Gesicht bekommen habe, steht:

Nie wieder!

An keiner Stelle auch nur ein Bedauern für die sittliche Minderwertigkeit der Idee, für die jene starben. An keiner Stelle ein Gelöbnis gegen das Morden. «Wir ehren die Toten ohne Politik . . .»

Das ist nicht wahr. Ihr ehrt sie mit einer tosenden Reklame für den Kasernenhofwahnsinn, mit bengalischer Beleuchtung des armen Luders, das nie gewußt hat, warum es so leiden mußte, mit Tam-Tam für das nächste Mal.

Racheschwurhände erheben sich aus deutschem Marmor, Fackeln lodern, steinerne Handgranaten werden abgezogen . . . Hic ceciderunt?

Hätten wir Pazifisten Märtyrer unsrer Sache so aufgebahrt, mit einem so niemals verlöschenden Gedächtnis, mit einer solchen Stärke unnachgiebiger und nie verzeihender Kraft, Grausen aufbewahrend, Mordtaten für die Jahrzehnte stempelnd, sinnliche Eindrücke mit der Moral so geschickt vermischend wie die katholische Kirche, die eine ungeheure sittliche Kraft sein könnte, befolgte sie ihre Evangelien –: es sähe anders um unsre Sache aus.

Was in der rue de Vaugirard steht, ist ein Beispiel.

Was wissen unsre Kinder vom Krieg? Daß man das Schlachtvieh ehrt, in Lesebüchern und Mausoleen, in Bürgermeisterreden und Denkmalseinweihungen. Ihr wollt Pazifisten sein? Ein Bedauern für die Opfer. Einen Fußtritt aber dem Andenken der Generale, Fürsten, Präsidenten, Minister und Journalisten, die das Leben der andern hingaben für die Ehre der Bilanz des Vaterlandes.

HERR WENDRINER BEERDIGT EINEN

«Gräßlich, so 'n feuchter Regentag! Haben Sie Ihren Schirm? Ich nehm immer 'n Schirm mit. Schrecklich, die arme Frau. Ich hab ihn noch gekannt, wie er in der Alexanderstraße seinen kleinen Laden gehabt hat – ein grundanständiger Mann. Nu – die Frau ist versorgt, der Mann hinterläßt mindestens seine achtmalhunderttausend. Ich weiß nicht: ich hab ihn immer gern gehabt. Noch vor zwei Monaten haben wir über Gruschwitz Textil gesprochen, ich hab ihm den Tip gegeben, da hat er nebbich noch zweitausend dran verdient! Ich kann Weißensee schon nicht mehr sehn. Sehr gut hat der Doktor Schwarz gesprochen, ein ausgezeichneter Redner. Die? Das ist eine angeheiratete

Kusine von seiner Frau, näher kenn ich sie auch nicht. Nu drehn Sie sich doch bloß mal um! Eine Geschmacklosigkeit, so zur Beerdigung zu kommen. Das ist doch hier keine Premiere. Da ham Se recht – eigentlich is es ja doch eine ... Hier weiter drüben liegt ein alter Onkel von mir, an den muß ich so oft denken, der hat immer gesagt: Ich wünsch dir, daß du nie so von der Börse kommst, wie du hingegangen bist! Recht hat der Mann gehabt. Diese Flaute ist was Fürchterliches. Ja. Haben Sie übrigens gehört, Esmarch und Ehrmann vergrößern ihr Kapital? Sehr gute Leute – können Sie sagn, was Se wolln. Entschuldigen Sie! Jetzt hab ich meinem Vordermann schon zweimal auf die Hacken getreten. Es ist aber auch eine kolossale Beteiligung. Kalt is. Ich wer mir noch wer weiß was holen. Aber ich habs mir nich nehmen lassen, zu kommen. Meine Frau hab ich zu Hause gelassen. Sie regt sich immer so auf. Beerdigungen sind nichts für Frauen. Außerdem hat sie heute Anprobe bei der Schneiderin. Sie waren doch neulich in Chemnitz? Sagen Sie mal, haben Sie da den kleinen Steinitz nicht gesehn? Der hat doch in eine Strumpffabrik reingeheiratet, sehr fixer Junge. Schade – ich hätt gern gewußt, was aus dem geworden ist. Ich arbeite gern mit Sachsen – die Leute gehn mit der Zeit mit. Ssss! Nicht so laut! Ach so, der Alte ist schwerhörig! Soll er nicht auf den Kirchhof gehn – es gehört sich nicht, so laut hier zu reden. Haben wir uns nicht schon mal hier getroffen? Komisch, immer treffen wir uns hier – das ganze Jahr sieht man sich nicht, und dann muß man sich hier treffen. Haben Sie Ihr Auto warten lassen? Ich hab mein Auto warten lassen – man kriegt hier draußen keins. Na, solls schon kosten. Meine Handschuhe sind ein bißchen kaputt – man merkts gar nicht, man trägt sie doch sonst nicht ... Wissen Sie, ich hab immer zu meiner Frau gesagt: Bei meiner Beerdigung möcht ich am liebsten keine Beteiligung haben. Musik, ein schönes Quartett, und weiter gar nichts. Sie auch? Nein. Und so schnell, nicht wahr? Vorvorige Woche war er noch auf der Börse und hat Witze gemacht. Sie haben sofort einen Spezialisten zugezogen, aber es war nichts mehr zu machen. Vernachlässigt, wahrscheinlich. Man müßt mehr Diät halten. Ich hab ihn immer sehr gern gehabt. Auf mich hat er zählen können. Was ist da vorn? Warum geht das nicht weiter? Was warten die? Ach so, die Träger haben abgesetzt. Na – wissen Sie, von mir aus kanns nu weitergehn. Ich hab schließlich noch was andres zu tun, in der Stadt. Man hat doch seine Zeit nicht gestohlen. Skandal, diese Warterei! Na, endlich ...! Mein Schwager hat übermorgen Geburtstag, wollen Sie ein Stündchen zu uns kommen? Ganz einfach, zum Butterbrot ... Schefflers kommen auch. Da können Sie ja gleich mal die Sache wegen der Anilin mit ihm besprechen. Meines Erachtens liegt die Sache wesentlich günstiger, als Sie glauben. Es klärt sich wieder auf. Ich bin doch nicht warm genug angezogen. Wissen Sie, wenn man das alles hier so sieht, die Steine und die Kränze – ich frag mich so oft: die Aufregungen und die Arbeit und die Kalkulationen – für wen ist das eigentlich alles? Man tuts doch nur für seine Familie. Zum Schluß liegt man hier und ist nicht mehr da. Meinen Zylinder hab ich schon zwölf Jahre. Fahren wir nachher zusammen zurück? Bezahlen Sie doch Ihren Wagen – natürlich kriegt der Mann hier eine neue Fuhre! Wir können uns ja teilen – das ist vorteilhafter. Gehen Sie nachher noch zu der Frau? Ich auch nicht. Da sind wir. Gehen Sie ans Grab? Man muß ans Grab gehn, glaub ich. Ziehn Sie Ihre Handschuhe an – man macht sich die Finger so schmutzig am Sand. Vor uns sind ja noch so viele – wir haben noch Zeit. Neulich, wie der Eisner gestorben ist, wissen Sie, der von Eisner & Eisner, hat seine Nichte drei Tage lang nichts gegessen. Ich finde das übertrieben. Erinnern Sie mich, daß ich Ihnen nachher den Witz mit dem Ochsen im Schaufenster erzähle – großartig. Ach, wissen Sie, wenn ich hier draußen bin und so manchmal dran denke in der Nacht, wenn ich nicht schlafen kann – ich kann manchmal nicht schlafen, ich nehm Brom, nehmen Sie auch Brom? –, dann sage ich mir immer das eine:

Nur lebendig soll man sein!»

LES ABATTOIRS

Ein grüngrauer, stumpfer Himmel liegt über La Villette, dem Arbeiterviertel im Nordosten der Stadt. Ein Stückchen Kanal durchschneidet quer die Straßen, von hier fahren die Kähne mit dem Fleisch durch rußige Wiesen. Es ist sieben Uhr früh.

Gegenüber dem begitterten Eingang zu den dunkeln Gebäuden des Schlachthofes hocken, sitzen, bummeln vor den Caféhäusern merkwürdige Männer und Frauen. Viele haben blutbespritzte Hosen, bluigetränkte Stiefel, ein grauer Mantel bedeckt das ein wenig. Einer ist nur in Jacke und Hose, unten ist er rot, als habe er in Blut gewatet, auf dem Kopf trägt er eine kleine, runde, rote Mütze – er sieht genau aus wie ein Gehilfe von Samson. Er raucht. Eine Uhr schlägt.

Die Massen strömen durch die große Pforte, hinten sieht man eine Hammelherde durch eine schattige Allee trappeln, mit raschen Schritten rücken die Mörder an. Ich mit.

Über den großen Vorhof, flankiert von Wärter- und Bürohäuschen, an einer Uhrsäule vorüber, hinein in die ‹carrés›. Das sind lange Hallen, nach beiden zugigen Seiten hin offen, hoch, mit Stall-Löchern an den Seiten. Hier wird geschlachtet. Als ich in die erste Halle trete, ist alles schon in vollem Gange. Blut rieselt mir entgegen.

Da liegt ein riesiger Ochs, gefesselt an allen vieren, er hat eine schwarze Binde vor den Augen. Der Schlächter holt aus und jagt ihm einen Dorn in den Kopf. Der Ochse zappelt. Der Dorn wird herausgezogen, ein neuer, längerer wird eingeführt, nun beginnt das Hinterteil des Tieres wild zu schlagen, als wehre es sich gegen diesen letzten, entsetzlichen Schmerz.

Eine Viertelminute später ist die Kehle durchschnitten, das Blut kocht heraus. Man sieht in eine dunkle, rote Höhle, in den Ochsen hinein, aus dem Hohlen kommt das Blut herausgeschossen, es kollert wie ein Strudel, der Kopf des Ochsen sieht von der Seite her zu. Dann wird er gehäutet. Der nächste.

Der nächste hat an der Stalltür angebunden gestanden mit seiner Binde. Die ist ihm jetzt abgenommen, er schnüffelt und wittert, mit geducktem Hals sieht er sich den Vorgänger an, der da hängt, und beriecht eine riesige weiße Sache: einen Magen, der, einer Meeresqualle gleich, vor ihm auf dem Steinboden umherschwimmt.

Auf einem Bock liegen drei Kälbchen mit durchschnittenen Kehlen, noch lange zucken die Körper, werfen sich immer wieder. Rasch fließt das Blut mit Wasser durchmischt in den Rinnsalen ab. Dort hinten schlachten sie die Hammel.

Zu acht und zehn liegen sie auf langen Böcken, auf dem Rücken liegen sie, den Kopf nach unten, die Beine nach oben. Und alle diese vierzig Beine schlagen ununterbrochen die Luft, wie eine einzige Maschine sieht das aus, als arbeiteten diese braunen und grauen Glieder geschäftig an etwas. Sie nähen an ihrem Tod. In der Ecke stehen die nächsten, sie sind schon gebunden, schnell nimmt der Schlächter eins nach dem andern hoch und legt es vor sich auf den Bock. Kein Schrei.

Drüben in der nächsten Halle wird à la juive geschlachtet. Der Mann, der schächtet, ist aus dem Bilderbuch, ein Jude: ein langes, vergrämtes Gesicht mit einem Käppchen, in der Hand hat er einen riesigen Stahl, scharf wie ein Rasiermesser. Er probt die Schneide auf dem Nagel, er nimmt irgendeine religiöse Förmlichkeit mit ihr vor, seine Lippen bewegen sich. Die süddeutschen Gassenjungen übersetzten sich dies Gebet so: I schneid di nit, i metz di nit, i will di bloß mal schächte!

Hier wird das Tier nicht vorher getötet und dann zum Ausbluten gebracht, sondern durch einen Schnitt getötet, so daß es sich im Todeskampf ausblutet. Ich bin auf den Schnitt gespannt.

Der Ochse ist an den Vorderbeinen gefesselt, durch den Raum laufen über Rollen die Stricke, und zwei Kerls ziehen langsam an. Der Ochse strauchelt, schlägt mit den Beinen um sich, legt sich. Der Kopf hängt jetzt nach unten, die Gurgel strammt sich nach oben... Der Jude ist langsam nähergekommen, den Stahl in der Hand. Aber wann hat er den Schnitt getan –? Er ist schon wieder zwei Meter fort, und dem Ochsen hängt der Kopf nur noch an einem fingerbreiten Streifen, das Blut brodelt heraus wie aus einer Wasserleitung. Das Tier bleibt so länger am Leben, unter der Rückenmuskulatur arbeitet es noch lange, fast zwei und eine halbe Minute. Ob es bei diesem System, wie behauptet wird, länger leidet, kann ich nicht beurteilen. Das Blut strömt. Erst dunkelrotes, später scharlachrotes, ein schreiendes Rot bildet seine Seen auf dem glitschrigen Boden. Nun ist das Tier still, der Augenausdruck hat sich kaum verändert. Neben ihm hat sich jetzt ein Mann auf den Boden gekniet, der das Fell mit einer Maschine ablöst. Sauber trennt der Apparat die Haut vom Fleisch, die Maschine schreit, es hört sich etwa an, wie wenn ein Metall gesägt wird, es kreischt. Dann wird dem riesigen Leib ein Schlauch ins Fleisch gestoßen, langsam schwillt er an: es wird komprimierte Luft eingepumpt. Das geschieht, wird gesagt, um die Haut leichter zu lösen. Es hat aber den Nachteil, daß diese Luft nicht rein ist, und das Fleisch scheint so schneller dem Verderben ausgesetzt zu sein. Und es hat den Vorteil, daß sich die Ware, da die Luft nicht so schnell entweicht, im Schaufenster besser präsentiert.

Karrees und wieder Karrees – der Auftrieb auf dem benachbarten Viehmarkt, der zweimal wöchentlich stattfindet, ist stark genug: gestern waren es 13 000 Tiere. Paris ist eine große Stadt, und es gibt nur noch kleinere Abattoirs, wie das an der Porte de Vaugirard, und eines nur für Pferde in Aubervilliers. Jetzt ist das Pferdefleisch annähernd so teuer wie das reguläre – der Verbrauch hat wohl etwas nachgelassen. La Villette hat das größte Abattoir – keineswegs das modernste –, mit dem in Nancy und den großen Musterschlachthöfen in Amerika und Deutschland nicht zu vergleichen.

Stallungen und Stallungen. Viele Tiere sind unruhig, viele gleichgültig. An einer Stalltür ist ein Kalb angebunden, das bewegt unablässig die Nüstern, etwas gefällt ihm hier nicht. Zehn Uhr zwanzig, da ist nichts zu machen. Ein Ochse will nicht, er wird furchtbar auf die Beine geschlagen. Sonst geht alles glatt und sauber und sachlich vor sich. An einer Tür stehen zwanzig kurz abgeschnittene Rinderfüße, pars pro toto, eine kleine Herde. Hier liegt ein Schafbock und kaut zufrieden Heu. Es ist ein gewerkschaftlicher Gelber.

Der wird an die Spitze der kleinen Hammelherden gesetzt, die da einpassieren, er führt sie in den Tod; kurz vorher verkrümelt er sich und weiß von nichts mehr, der Anreißer. Er ist ganz zahm und kommt immer wieder zu seinem Futterplatz zurück. Dafür schenkt man ihm das Leben. Das soll in den letzten Jahren schon mal vorgekommen sein.

Hier im großen Stall ist ein Pferch ganz voll von Schafen. Sie werden wohl gleich abgeholt, sie stehen so eng aufeinander, daß sie sich überhaupt nicht bewegen können, und sie stehen ganz still. Sie sehen stumm auf, kein Laut, hundertzwanzig feuchte Augen sehen dich an. Sie warten.

Durch Stallstraßen, an Eisfabriken und Konservenfabriken vorüber, zu den Schweinen. Eine idyllische Hölle, eine höllische Idylle.

In dem riesigen, runden Raum brennen in den einzelnen Kojen, die durch Bretterwände abgeteilt sind, große Strohfeuer. Die Rotunde hat Oberlicht, und die Schlächter, die Männer und Frauen, die die Kadaver sengen, sehen aus wie Angestellte der Firma Hephästos & Co. Die Schweine rummeln in den Kojen, durchsuchen das Stroh – der Schlächter mit einem großen Krockethammer tritt näher, holt, heiliger Hodler! weit aus und schlägt das Tier vor den Kopf. Meist fällt es sofort lautlos um. Zappelt es noch, gibt er einen zweiten Schlag, dann liegt es still. Keine Panik unter den Mitschweinen, kein Laut, kein Schrecken. Draußen, in den Ställen drumherum, schreien sie, wie wenn sie abgestochen werden sollen – hier drinnen kein Laut. Dem toten Schwein werden von Frauen die Borsten ausgerupft, mit denen du dich später rasierst, dann wird es ans Feuer getragen und abgesengt. Die schwarzen Kadaver, auf kleinen Wägelchen hochaufgeschichtet, fahren sie in den Nebensaal, wo man sie weiterverarbeitet. Hier, wie bei den Rindern, stehen Leute mit Gefäßen, die fangen das Blut auf. Das Blut raucht, es ist ganz schaumig, sie rühren ununterbrochen darin, damit es nicht gerinnt.

Die Schlächter stehen sich nicht schlecht: sie verdienen etwa zweihundert Franken die Woche. (Eine Umrechnung ergäbe bei den verschiedenen Lebensbedingungen ein falsches Bild; der Reallohn ist für deutsche Verhältnisse hoch: der französische Arbeiter wohnt schlechter als sein deutscher Genosse, ißt bedeutend besser, kleidet sich fast ebenso gut.)

Da an der Ecke stehen vor großen Trögen Männer und Frauen und kochen die Kalbsköpfe aus. Blutig kommen sie hinein, weiß kommen sie heraus. Auf dem Boden rollen die abgeschnittenen Köpfe mit den noch geöffneten Augen – ein Mann ergreift sie und pumpt sie gleichfalls mit der Luftpumpe auf. Jedesmal bläht sich der Kopf, jedesmal schließt das tote Kalb langsam und wie nun erst verlöschend die Augen ... dann werden sie gekocht.

Das einseitige Stiergefecht dauert noch an, bis elf wirds so weitergehen. An der Uhr, vorn am Eingang, hängen die Marktnotizen.

Da ist zunächst eine große erzene Tafel, den Toten des Krieges als Erinnerung gewidmet, aufgehängt von den vereinigten Großschlächtereien der Stadt Paris. Namen, eine Jahreszahl ... Ich studiere die Markttafeln. Und beim Aufsehen bleiben mir Worte haften, ein paar Worte von der Inschrift, die die Gefallenen ehren soll. So:

La Boucherie en gros
1914–1918

Die Parallele ist vollständig.

DAS SIEBENTE

Mit den Arrondissements in Paris ist das nicht so wie mit der ‹Gegend› in Berlin. Wenn einer vor Hunger nicht krauchen kann, so zieht er um des Himmels willen nicht aus der Geisbergstraße hinter den Alexanderplatz, weil ‹man in der Gegend doch nicht wohnen kann› — obgleich die Leute hinter dem Alexanderplatz mindestens so viele Vermögen aufzuweisen haben wie der Kurfürstendamm, nur besser fundierte. Mit einem Wort: pariser Arrondissements sind kleine Städte. Le quartier hat sein Kino, sein Theater, seine Stammeinwohnerschaft, seinen Charakter. Es gibt, zum Beispiel, auf dem linken Ufer, um die rue de la Convention, kleine Straßen und Plätze, die so nach Kleinstadt schmecken, nach Weltabgelegenheit, nach stillen Kleinbürgern ... Wenn aber einer von uns beiden stirbt: ich zieh ins Siebente.

Das Siebente liegt auf dem linken Ufer. Es ist ein großes rechtwinkliges Dreieck, mit der gebogenen Hypotenuse an der Seine, vom Eiffelturm bis zur Gare d'Orléans, und mit den Katheten der Avenue Suffren und einer Linie, die etwa vom Quai Voltaire bis zur Untergrundbahnstation Sèvres—Lecourbe führt. Da ist die Spitze.

Es hat von allem etwas:

Das schöne Champ de Mars, mit den vornehmen Straßen; von den obern Stockwerken aus sieht man über die weiten buschigen Flächen und die hohen Bäume, die bunten Anlagen vor der École Militaire, daran stille Alleen entlang führen, abends klappert der Maschinist in der kleinen Elektrizitätsbude auf dem Turm die ganze Lichtreklame herunter, und die Mieter können stolz sagen: Eignen Eiffelturm im Hause ... Hier wohnen auch feine Leute, Finanz, Beamte und sogar ein deutscher Legationsrat. Und dann ist da der Dôme des Invalides, der so still und weit auf die Seine hinausguckt, besonders, wenn nicht gerade Ausstellung gespielt wird, und östlich davon eine Menge kleiner Straßen, und die meisten sind still. Das war ‹le noble faubourg›, und heute liegt da noch ein Stück des Boulevard St.-Germain, in dessen Salons Proust so gut Bescheid wußte und so verdünnt darüber schrieb, und in dem die deutschen Schmöcke gar nicht Bescheid wissen und so verdickt darüber schreiben ... Eine Fülle von alten Palais liegt in diesem Teil der Stadt, keines hat die Fassade auf die Straße, alle verbergen Fronten, Vornehmheit und Architektur; die lange Straßenmauer schließt die Welt ab, und jene andre beginnt erst hinter dem großen Einfahrtstor.

Gleich hinter der Chambres de Députés fängt die Stille an, und alles, was um die Kirche Ste.-Clotilde herum liegt, hats gut: es ist mitten in der Stadt, und doch gehts da leise zu.

Ein feiner grauer Steinton ist in diesem Arrondissement, alles ist getönt, zart und doch kräftig. Wenn man schon in der großen Stadt wohnen muß, dann hier.

Du Unbekannte, die du mir einst dein ganzes Vermögen vermachen wirst, weil du dich seit zwölf Jahren allwöchentlich einmal mit der *‹Weltbühne›* zurückgezogen hast, hör mich an. In Paris, wohin meine Sehnsucht mich ruft, kann man keine Wohnungen mieten. Man muß sie kaufen. Laß es so viel sein, daß ich im Sommer in Dänemark leben kann, an den grünen und blauen Seen, wo die Butter und die Damen so frisch sind, daß man nie mehr Margarine essen mag – im Winter will ich eine Stadtwohnung haben. Darin soll dein Name gesegnet werden für und für, denn du wirst eine bessere Wohltäterin sein als Hebbeln seine. Vergiß es nicht: in Paris. Im Siebenten.

WAS WÄRE, WENN ...

W.T.B.
Wilhelm der Zweite ist heute abend 7.15 Uhr in Doorn an den Folgen einer Lungenentzündung gestorben.

Demokratischer Leitartikel
Der ehemalige Kaiser ist gestern in Doorn entschlafen, und wir drücken am Grabe eines Menschen selbstverständlich die anständige Trauer aus, die dem Menschen gebührt. «Et le combat cessa faute de combattants», heißt es in Corneilles *‹Cid›*. Es ist heute nicht der Tag, um zu schildern, was dieser Kaiser hat geben wollen, aber vielleicht nicht hat geben können. Mochte seine Impulsivität auch vieles verursacht haben, was besser unterblieben wäre, so ist doch sein reiner Wille und die Liebe zu seinem Volke ...

‹Deutsche Tageszeitung›, achtundvierzig Stunden später
Einzelheiten der Überführung stehen noch nicht fest. Doch kann heute schon so viel gesagt werden, daß der Trauerkondukt am Mittwoch, dem 17., abends gegen 9 Uhr, in Berlin ankommen wird, wo die Leiche im Schloß aufgebahrt werden wird. Der Reichspräsident Hindenburg hat Armeetrauer befohlen. Daß die Schulen schließen werden, halten wir für selbstverständlich. Näheres über den Trauerzug, der sich durch die Hauptstraßen Berlins bewegen wird, sowie die Absperrungen geben wir morgen bekannt.

Paul Warncke im ‹Kladderadatsch›
... Dein harter Lebensfaden liegt zerschnitten.
Du stiller Dulder hast nun ausgelitten,

Du, der du stets die Völker überragt,
Der Zahn der Zeit nur hat dich hohlgenagt.
In schwarzen Schleifen Trauerreiser,
Dies bringt dein Volk dir! – Deutscher Kaiser!

‹Berliner Lokalanzeiger›, schwarzer Trauerrand, Schlagzeile
Sämtliche Minister nehmen am Trauerzuge teil!

Wie wir hören, haben sich auch die sozialdemokratischen Minister bereit erklärt, am Trauerzuge teilzunehmen. Nur die Kommunisten haben sich ausgeschlossen. Ihre Verhaftung steht unmittelbar bevor.

Tagesbefehl des ‹Stahlhelm›, Ortsgruppe Belgard in Pommern
Sämtliche Abteilungen stehen morgen früh acht Uhr an der Ecke der Stettiner Straße. Abmarsch zur Trauerfeier auf dem Exerzierplatz 8.05. Kleiner Anzug, große Hose, Stiefel in denselben; Stock, Totschläger, Handgranaten. Keine Waffen mitbringen!

‹Vorwärts›
Die Massen Berlins, die gestern so ausgezeichnete Disziplin gehalten haben, konnten ein merkwürdiges Schauspiel beobachten. Während alle andern Regierungsstellen mit feinstem Takt die menschliche Rücksichtnahme mit der Achtung vor der Republik zu vereinigen wußten, hat das Reichswehrministerium, Dienststelle B, auf seinem Gebäude nur die Fahne in den preußischen Landesfarben gehißt. Hat man dort keine schwarzrotgoldenen Fahnen? Wir fragen den Reichswehrminister . . .

‹Deutsche Zeitung›
Fortgesetzt laufen noch Beileidskundgebungen aus allen Teilen der Welt ein. Ein besonderes Zeichen für die Beliebtheit, deren sich Kaiser Wilhelm überall zu erfreuen hatte, ist der Gruß, den der Eskimo-Fußballklub ‹Nanuk› aus Grönland an Seine Exzellenz den Generalfeldmarschall Hindenburg gesandt hat. Wahrlich, das deutsche Volk kann stolz auf seinen Kaiser sein.

‹Kreuzzeitung›
Die Nachricht, daß Kaiser Wilhelm hunderttausend Mark testamentarisch den deutschen Kriegskrüppeln vermacht hat, bewahrheitet sich nicht.

Gerichtskorrespondenz
Die Arbeiter Wilhelm Lawrentz, Heinrich Katschke, Fritz Demmert standen gestern wegen Landfriedensbruch, Körperverletzung, Beamtenbeleidigung, Widerstand gegen die Staatsgewalt und Vergehen

gegen die Gesetze zum Schutze der Republik vor der 12. Strafkammer des Landgerichts III. Sie waren beschuldigt, beim Vorbeiziehen des kaiserlichen Trauerkondukts die Hüte nicht abgenommen zu haben. Die unter Eid vernommenen Beamten gaben einstimmig an, von den Angeklagten mit schwerer Artillerie bedroht worden zu sein. Lawrentz wurde zu 8 Jahren, Katschke und Demmert nur zu 6 Jahren Zuchthaus verurteilt.

Bildunterschrift
Der Kronprinz im Trauerzug. Rechts oben: Der Kronprinz bei den Ruderregatten in Grünau.

Radio-Dienst
Die heutige Rundfunkstunde ist dem Andenken des verstorbenen Kaisers gewidmet. 7.15: Zeitangabe, Wirtschaftsnachrichten, Neueste Meldungen. 7.30: Vorspruch. Von Karl Rosner. Gesprochen von der Rundfunkprinzessin. 7.38: Was uns unser Kaiser war. Ansprache von Dr. Carl Diem, Generalsekretär der Hochschule für Leibesübungen. 8.05: Blasorchester ...

Annonce
Der Kaiser ist tot. Da hat wohl mancher sein Leben an sich vorbeipassieren lassen, angesichts dieser großen und klassischen Tragödie sowie dieses Stücks Geschichte, das er hier mit erleben durfte. Bei aller nationalen Verehrung aber sollte man auch sein leibliches Wohl nicht vergessen. Wenn Sie Hühneraugen haben ...

Vermischtes
Generaldirektor Dembitzer von der Misti hat Herrn Otto Gebühr für den demnächst fertigzustellenden Kaiser-Film ‹*Marsch-Marsch, Hurra!*› verpflichtet.

Lokales
Der Rentenempfänger Jakob Krewald hat sich gestern abend mit Leuchtgas vergiftet. Krewald war Schwerkriegsbeschädigter und erhielt 45% Rente. Er hat im Kriege das Augenlicht, die Beine, die Arme und den Unterkiefer verloren. Was den alten Mann in den Tod getrieben hat, ist noch nicht geklärt.

DIE FÜNF SINNE

Fünf Sinne hat mir Gott, der Herr, verliehen, mit denen ich mich zurechtfinden darf hienieden:
Fünf blanke Laternen, die mir den dunkeln Weg beleuchten;
bald leuchtet die eine, bald die andre –
niemals sind alle fünf auf dasselbe Ding gerichtet ...
Gebt Licht, Laternen –!

Was siehst du, Walt Wrobel –?

Ich sehe die entsetzliche obere Häuserfront der berliner Straßen, unerbittlich, scharf liniiert, schwärzlich kasernenhaft;
ich sehe neben dem unfreundlichen Mann am Schalter die kleine schmutzige Kaffeekanne, aus der er ab und zu einen Zivilschluck genehmigt;
ich sehe das Skelett des Tauchers, ausgestreckt auf dem Meeresgrund, der Taucherhelm ist aufgeplatzt, und durch die Luken des untergegangenen Schiffs fliegt ein Schwarm Fische an die ehemalige Bar, sie rufen: «Sherry-Cobler –!»;
ich sehe den ehrenwerten Herrn Appleton aus Janesville (Wisconsin) auf der Terrasse des Boulevard-Cafés sitzen, lachende Kokotten bewerfen ihn mit Bällchen, er aber steckt seinen hölzernen Unterkiefer hart in die Luft;
ich sehe das blonde Gesicht des jungen Diplomaten, der mit nachlässigem Monokel erzählt: «Seinerzeit, während der sojenannten Revolution ...»;
ich sehe den kleinen Jungen vor der Obsthandlung stehen und sein Pipichen machen, nachher stippt er den Finger hinein und malt Männerchen aufs Trottoir, das ist nicht hübsch von dem Kind –
Das sieht mein Gesicht.

Was hörst du, Walt Wrobel –?

Ich höre den Küchenchef in der französischen Restaurantküche rufen: «Ils marchent: deux bifteks aux pommes! Une sole meunière!» Und vier Stimmen unter den hohen weißen Mützen antworten: «Et c'est bon!»;
ich höre einen Ton in meinen Ohren klingen, mitten im Gespräch, wie eine Mahnung, wie eine Erinnerung, wie einen Trost;
ich höre vor den Fenstern des deutschen Stammtischlokals unterirdisch dumpf die Kegelbahnen donnern;
ich höre nachts die Lokomotiven pfeifen, sehnsüchtig schreit die Ferne, und ich drehe mich im Bett herum und denke: «Reisen ...»;

ich höre, wie über mir die Hausfrau, die Megäre, trampelt, sie macht die Wohnung rein und sich schmutzig, sie führt Krieg mit den Polstern;

ich höre, wie in Mitau Claire Waldoff aus dem Grammophon herausknarrte:

Als das Pauline hörte,
da rief sie überlaut:
«Viktoria! Viktoria!
Meine Mutter ist schon Braut —!»

Das hört mein Gehör.

Was schmeckst du, Walt Wrobel —?

Ich schmecke die untere Kruste der Obsttorte, die meine Tante gebacken hat; was die Torte anbetrifft, so hat sie unten ein paar schwarze Plättchen, da ist der Teig angebrannt, das knirscht im Mund wie Sand;

ich schmecke den kalten Tabak der Zigarre, die ausgegangen ist, und an der ich herumzutsche, weil ich es nicht weiß — die Zigarre lacht sich einen;

ich schmecke den Satz des türkischen Kaffees, die pulverdünn gemahlenen Körner bleiben zwischen den Zähnen sitzen;

ich schmecke den scharfen Geschmack von Kressenblättern; der preußische Kunstreferent im Ministerium kann das nicht schmecken, denn er hat keinen Geschmack;

ich schmecke die rauchige Würze alten Viktoria-Whiskys —

Das schmeckt mein Geschmack.

Was riechst du, Walt Wrobel —?

Ich rieche die warme, wassergeschwängerte Luft der öffentlichen Schwimmhallen, untermischt mit der Ausdünstung von nackten Leibern;

ich rieche an mir selbst und finde mich durchaus sympathisch riechend;

ich rieche die frische Stube im Gebirge, es riecht nach Sonne, Holz und Thymian;

ich rieche die kräftige Mannesatmosphäre des Kaufmanns, der es gut meint, mir aber zu nahe auf den Hals rückt;

ich rieche den Teer- und Wassergeruch im Hafen von Rostock, das Wasser steht still, und die Luft spricht plattdeutsch;

ich rieche den realpolitischen Redner in der Deutschen Demokratischen Gesellschaft, aber ich kann ihn nicht riechen —

Das riecht mein Geruch.

Was fühlst du, Walt Wrobel –?

Ich fühle in meinem Nabel eine kleine Wollkugel, die sich da weiß und dick aufhält, liebevoll grabe ich sie hervor;
ich fühle ein neues Gefühl an ungeahnten Orten, wenn mir der witzige Nasenarzt mit einer Stricknadel ins Ohr fährt;
ich fühle im Unterfutter einen Bleistift, den ich lange verloren wähnte, ein rundes Geldstück und ein unbekanntes Ding;
ich fühle den vertrauten Widerstand einer alten, bekannten Klinke;
ich fühle das harte Messingteil des Strumpfbandes meiner Geliebten auf meiner Backe, die ich daran gepreßt habe, als das Band auf dem Tisch lag;
ich fühle die Wollust, aber ich kann sie nicht beschreiben, denn in meinem Konversationslexikon steht: ‹Wollust (siehe Zeugung), nicht näher zu beschreibendes Gefühl . . .› –
Dies fühlt mein Gefühl.

Fünf Sinne hat mir Gott, der Herr, verliehen, mit denen ich mich zurechtfinden darf hienieden:
Gesicht, Gehör, Geschmack, Geruch, Gefühl.
Fünf Sinne für die Unermeßlichkeit aller Erscheinungen.
Unvollkommen ist diese Welt, unvollkommen ihre Beleuchtung.
Bei dem einen blakt die eine Laterne, bei dem andern die andere.
Sieht ein Maulwurf? Hört ein Dackel? Schmeckt ein Sachse?
Riecht eine Schlange? Fühlt ein preußischer Richter?

Gebt Licht, Laternen!
Stolpernd sucht mein Fuß den Weg, es blitzen die Laternen.
Mit allen fünf Sinnen nehme ich auf, sie können nichts dafür: meist ist es
Schmerz.

HERR MAURRAS VOR GERICHT

«Pas de cannes!» Die Wachtsoldaten unten, am Eingang des Palais de Justice, lassen mich passieren, doch den Stock darf ich nicht mitnehmen. Action Française, ja – aber nicht mit Stöcken. Ob es hier eine Garderobe gäbe –? Tödliche Beleidigung. Ein Gerichtssaal ist doch kein Museum! Na, ich weiß nicht, mitunter . . . Also wandert Stock mit Besitzer zu einer kleinen Kneipe, der Stock wird da in Pension gegeben, bekommt den Auftrag, sich recht ruhig zu verhalten, sieht mir schmerzlich nach . . . hinein.

Um halb eins wird vor der 10. Kammer Herr Charles Maurras erscheinen, der Mitstreiter und Leitartikler der *‹Action Française›*, einer ihrer Begründer, Hauptträger, Fahnenschwinger. Er hat den französischen Minister des Innern mit dem Tode bedroht. Es ist halb zwölf – warten wir.

‹L'Action Française› heißt in der Übertragung etwa: Deutscher Wille – hier wie da die Verwendung des geographischen Adjektivs als wertspendendes Beiwort, die tönende Vokabel, die patriotische Kesselpauke. Aber welch ein Unterschied!

Was bei uns, vom Barbiergehilfen Hitler bis hinunter zu den Professoren, Volkstum bumbert, hat mit Geistigkeit kaum etwas zu tun. Mit wenigen Ausnahmen arme Luder, schwach im Geist, voll Angst vor der fixern Konkurrenz der Romanen und Juden, die ‹landfremden Elemente› tretend und selber als landfremde Elemente frech, anmaßend, kriecherisch und vereinsbrödlerisch, wie es grade trifft. In allen Fällen: unlesbar.

Die *‹Action Française›*, als Organ sechsundzwanzig Jahre, als politische Bewegung zwanzig Jahre alt, ist dem Ursprung nach eine durchaus geistige Sache. Vaugeois, Pujo, Maurras, der übrigens mit seinem Vatersnamen nicht so heißt, die Klerikalen und die Royalisten, die sich da, zum Teil schon in und während der Dreyfus-Affäre, vereinigten, sind Denker, Philosophen, ernsthafte Menschen, oder waren es doch zum mindesten. Sie bekannten sich von jeher offen gegen die Republik, sind ausgesprochene Legitimisten; mit der Kirche, die sie benutzt, aber nicht voll billigt, innigst verbunden.

Ihr Einfluß darf nicht unterschätzt werden, darf nicht überschätzt werden. Die Camelots du Roy sind heute nicht mehr die Herren der Straße, aber sie sind doch mächtig genug; das Feuer flammt unter der Asche des Kartells weiter, und an Geld mangelt es nicht: in langen Listen quittiert Daudets Blatt den Monseigneurs, Vicomtes, Marquis ansehnliche Beträge. Und es mögen noch ansehnlichere sein, über die es nicht quittiert. Dieser Daudet ...

Eine seltsame Nummer. Ein dicker, kurzer Mann mit jüdischen Zügen, nach den Zertifikaten der Ärzte erblich belastet, vom Vater Alphonse her, der auf den letzten Fotografien jenen müden, zerbrochenen Ausdruck des Tabetikers zeigt. Der Sohn ein Talent, eine Mordsfresse in seinen Pamphleten, keinen guten Geruch um sich verbreitend. Lebt in und von Affären. Die letzte war der geheimnisvolle Tod seines Sohnes Philippe, dessen Sarg der Alte an alle Straßenecken malte. Liest man ihn, über ihn, von ihm, so wird man ein unbehagliches Gefühl nicht los. Es ist wie die Vorahnung eines Juckens, irgend etwas kriecht über die Haut, reizt die Härchen ... kein angenehmes Fluidum. Die Zusammenhänge zwischen der Finanzpolitik des Blattes und seinen Überzeugungen sind etwas duster, der ganze Kerl immer in Ekstase, spionewitternd, weltuntergangprophezeiend, herumspektakelnd. Ist jüngst bei der Wahl zum Senator durchgefallen. Einer seiner Feinde, André Gauché, hat den sehr gefährlichen Versuch unternommen, mit Hilfe der alleinseligmachenden Psychoanalyse den Sohn des kranken Alphonse zu einem Besessenen – *‹L'Obsédé›* heißt das Buch – zu stempeln; aus seinen Werken wird Zitat auf Zitat auseinandergehäkelt, durchgeschnüffelt, und seltsamerweise hat Sigmund Freud seinen päpstlichen Segen zu diesem bösen Tun gegeben, das deswegen völlig belanglos bleibt, weil es im Vorurteil unternommen wurde: das gewonnene Resultat sollte erreicht werden, und es wurde erreicht.

Also Daudet riecht nicht gut. Charles Maurras scheint persönlich anständig zu sein.

Ein Fanatiker. Ein Mann, dem alle politischen Morde, beginnend mit Jaurès, angekreidet werden, einer, der alle Überfälle nach rechts hin seinen Gegnern ebenso anrechnet, ein blutiges clearinghouse, die Rechnung wird wohl nie aufgehen. Ein Schriftsteller von Rang. Ein klarer Kopf. Ein überzeugungstreuer Mann. (Daran zweifelt man mitunter: es ist nicht denkbar, daß er sich alle persönlichen Anwürfe glaubt.) Ein Mann der graden Linie. Hat großen Einfluß auf viele junge Leute – nicht auf die französische Jugend überhaupt, aber auf einen nicht unerheblichen Teil. Schreibt, für ein paar hundert Francs im Monat, jeden Tag lange Riemen von Leitartikeln, die nie aufhören, und in denen Deutschland eine große Rolle spielt: die Rolle des Bubus.

Die Anschauung der *‹Action Française›* von Deutschland ist kindlich. Sieht man von der Prophezeiung der Präsidentschaft Hindenburgs ab, die das Blatt vor Jahren gegeben hat, so hat man den Eindruck, daß diese Männer ein Deutschland bekämpfen, das es nicht gibt. Nicht einmal das, was sie an sich rechtens gegen die deutschen Nationalisten und Offiziere vorbringen, stimmt. Alles ist romantisch, indianerbunt, merkwürdig primitiv – sie trauen ihrem Gegner zu viel und zu wenig zu. Zu viel: geheime Zusammenkünfte preußischer Offiziere in französischen Provinznestern und in Paris, wo die alten Generalstäbler die kommunistische Revolution säen sollen – zu wenig: sie kennen den neudeutschen, gefühllosen, skrupellosen Typus überhaupt nicht. Der ist kalt – das verstehen sie nicht. Der ist falsch kollektivistisch, hat sein Gewissen in der Garderobe abgegeben und schiebt die Verantwortung auf konstruierte Gebilde wie Staat, Regiment, Ministerium ab, feige und grausam zugleich. Von der wahren Gefahr, die Frankreich von Deutschland droht, ist in der *‹Action Française›* nichts zu lesen.

Jetzt hat sich die Vorhalle gefüllt. Etwa zwanzig Mann der Garde Républicaine sind erschienen – aber es war doch verboten, Stöcke mitzunehmen? Immerhin stehen da Leute mit Stöcken, gedrungene Gestalten, auch kleinere darunter. Es sind ‹ces messieurs›, wie sie genannt werden, die Kriminalbeamten. Der Typus ist unverkennbar, und da stehen sie: etwas Lauerndes, Glitzerndes im Blick, etwas Hartes in der Hosentasche, die rotgestreifte Legitimationskarte und den Dienst am Herzen. Die Tür des Saales ist besetzt.

Ein Murmeln geht durch die Leute: Maurras. Fast alle grüßen. Er grüßt wieder, sehr höflich, und drückt auf eine komisch altmodische Art die Augen ein. Er ist ein kleinerer Mann, schmal, mit graumeliertem Backenbart, stark gelichtetes Haar, hinten eine Glatze. Er sieht aus wie ein Volksschullehrer, der Briefmarken sammelt, hat kleine, fast verkrüppelte Hände, einen kleinen Fuß, ist fast taub und hört nur, wenn sich der Redner ganz in sein Ohr kuschelt. Die Leute sehen ihn bewundernd an. Ein Mann der ‹*Action Française*›, mit dem ich mich lange unterhalte, sagt voll Ehrfurcht: «C'est un homme, ça—!» Das ist das allgemeine Gefühl.

Was hat er getan?

Am 9. Juni 1925 erschien in der ‹*Action Française*› ein Offener Brief an Herrn Schrameck, den Minister des Innern, und darin stand etwa zu lesen: Sie wissen, daß die Befehle, die aus diesem Hause herausgehen, befolgt werden. Nun wohl: Ich befehle, daß in dem Augenblick, wo Sie unsre Freunde entwaffnen und den Kommunisten die Waffen lassen, gegen Sie Repressalien ergriffen werden, der schärfsten Art! Wörtlich: «Dieses Mal gebe ich die Weisung aus, den Gegenstoß gegen Sie zu führen. Es ist nur ein Mann vonnöten, der das Herz auf dem rechten Fleck hat – wir haben Tausende zu unsrer Verfügung. Ich gebe die Weisung, Ihr Hundeblut zu vergießen ...» Man wundere sich nicht über den Dialekt – in der ‹*Action Française*› wird statt mit dem Federhalter oft mit der Klosettbürste geschrieben. Daudetn seine ist die größte. (Manchmal malt er sogar lustige Figuren, Bonifacius Kiesewetter gleich, damit an die Wand. Von einem Gegner: «Man müßte ihn köpfen, wenn man damit nicht eingestünde, daß er einen Kopf hat.») Also gut: Bedrohung mit dem Tode. Vor die Strafkammer.

Truppweise werden wir hereingelassen. ‹Ces messieurs› sind schon drin – eine Kette Uniformierter schließt die hintere Bankreihe ab. Ausverkauft. Der Richter: ein gutmütiger dicker Vorsitzender, als Beisitzer eine nicht sehr gelungene Kopie Napoleons des Dritten sowie ein neutraler Mann. Die Arme sind aufgestützt, der Talar fällt leicht herab, zwei Manschettenpaare sind angewachsen, der dritte Mann trägt Röllchen. Im Saal Journalisten, Fotografen, Zuschauer: sie haben Vorkriegsgesichter – solche Gesichter sieht man bei uns nicht mehr. Bärte wallen, tiefe Ausgeglichenheit in allen Augen, 1912. Der dirigierende Wachtmeister sieht noch aus wie von Thöny, noch nicht wie von Grosz – nur wenn er feixt, wirkt er bitter.

Es beginnt.

Das französische Pressegesetz hat einen bösen Haken: vor der

Strafkammer gibt es in diesem Fall keinen Wahrheitsbeweis. Wohl aber vor den Geschworenen. Und man erlebt nun im Saal ein seltsames juristisches Schauspiel.

Maître de Roux liest mit dem ganzen Pathos eines ersten Heldenspielers aus der Provinz den Artikel noch einmal vor; noch einmal spritzt das Blut des Innenministers, noch einmal rollen die Drohungen. Die Richter hören unbeweglich zu. Dann lehnt der Anwalt den Gerichtshof ab und fordert das Schwurgericht.

Das hört sich sehr pathetisch an: Ich bin ein solcher Verbrecher, daß ich vor ein großes Forum gehöre! Und außerdem kann man da den Wahrheitsbeweis führen – was Wahrheitsbeweis! man kann auspacken, Briefe verlesen, Akten wälzen, Beschuldigungen vorbringen ... Es wird nichts damit. Das Gericht lehnt den Antrag ab – Maurras hat den Brief nicht nur publiziert, sondern ihn auch dem Minister vorher mit der Post zugeschickt –: das Gericht erklärt sich für zuständig. Man tritt in die Verhandlung ein.

Welch ein Unterschied zu deutschen Strafkammern! Nichts von diesem albernen Getue, das sich bei uns erhebt, wenn ein geistiger Mensch vor Gericht steht. Hier wissen die Richter selbstverständlich, wer Charles Maurras ist. Hier wird nicht gespielt: «Sie sind also Schriftsteller – und da schreiben Sie so Artikel gegen Bezahlung, wie?» Hier zieht nicht dünkelhafte Ignoranz die Augenbrauen hoch, weil ein nichtbeamteter Bürger an den Maßnahmen eines Ministers Kritik zu üben wagt. Kein Zweifel, daß der Publizist das Recht hat, zu kämpfen – ob er sich strafbar gemacht hat, wird man ja sehen. Nicht diese Eiseskälte, die Ungehörigkeit, die sich als Würde gibt – ich besinne mich noch, wie vor Gericht so ein Stückchen Talar einmal zu George Grosz sagte: «Wenn Sie Kunstmaler sein wollen, dann müssen Sie doch ...» Also hier geht es in den Formen anständig zu.

Während der Staatsanwalt plädiert, auf sehr strenge Bestrafung plädiert, haben Maurras und Pujo, der ihm nicht von der Seite geht, den Saal verlassen. Maurras hat fast gar nichts gesprochen; er saß erst, mit der Hand am Ohr, da und lauschte seinem Verteidiger, dann sagte er nur ein paar Sätze, ganz leise, fast unverständlich, mit dem ein wenig farblosen Tonfall der Schwerhörigen. Das Publikum paßt auf wie die Schießhunde.

Ein Alter ist da, mit riesig wallendem Haarwuchs und schütterm Bart – der hält in den Pausen eine große Rede zu seinem Nachbar, der geniert lächelnd nickt und den Alten, zu den andern gewendet, dauernd mit den Augen verrät: ich gehöre nicht zu diesem extravaganten Trottel ... Hinter mir disputieren zwei junge Leute eifrig über die *‹Action Française›*, über Frankreich, über ihre Zeit. Es ist stickheiß. Die Polizisten schwitzen. Kein unhöfliches Wort; sie unterhalten sich mit dem Publikum, als sie merken, daß die Luft rein ist und es keine Manifestationen geben wird. Eine elegante junge Dame, die mit einem Advokaten hereingekommen ist, hört gepudert und gelangweilt zu, die müden Augendeckel sagen bei dem hallenden Pathos des Anwalts: Das ist hier so – da kann man nichts machen ... Die weiten Ärmel des Talars flattern da vorn, Finger spreizen sich, übrigens glaubt man das alles nicht oder doch nur halb.

Unter den Journalisten sitzt der, der vorhin am Eingang festgestellt hat, ob durch die Polizei die Öffentlichkeit gehindert würde, in den Saal zu treten. Als man ihm selbst den Eintritt verweigert, sagt er schwer beleidigt: «Nur um zu sehen! Nur um zu sehen! Ich komme schon hinein!» und geht wieder. Er ist ein Anhänger dieser Leute. Zum erstenmal in Frankreich sehe ich das harte, kalte, glatte, seelenlose Gesicht aus dem deutschen Offizierskasino. Es muß in der Familie liegen.

Der Staatsanwalt. Der Verteidiger. Ganz unvermittelt und ohne Kunstpause sagt plötzlich der Vorsitzende: «A demain» – und dann ist es für heute aus, und alle gehen. Ces messieurs bekommen nichts zu tun.

Am nächsten Tag, als das Urteil gesprochen wird, ist Herr Maurras nicht mehr erschienen. Zwei Jahre Gefängnis, tausend Francs Geldstrafe. Es kostet in Frankreich etwas, einen Minister herauszufordern. In Deutschland hätte ers billiger haben können, denn für zwei Jahre Gefängnis und weniger kann man ihn da schon ermorden.

Herr Maurras wird appellieren. Wer weiß, ob und wann er seine Strafe verbüßen wird.

Und mir bleibt eine Erinnerung haften.

Vor mir ging am ersten Tag ein junger Mensch hinaus, er mochte etwa vierundzwanzig Jahre alt sein. Aber er hatte sich – der Würde wegen – einen Vollbart stehen lassen, einen dunkelbraunen Vollbart. Und dieses junge, weiche Gesicht mit dem Bart ... Man war versucht, auf ihn zuzutreten und an dem Bart einmal zu zupfen, um zu sehen, ob er auch angewachsen wäre. Aber sicherlich war er angewachsen. Der Kerl trug einen echten geklebten Bart.

Und so sieht denn auch der Faschismus in Frankreich aus.

So sähe er aus, wenn nicht neben Verbrechern, Rohlingen, Totschlägern, Rowdys und Léon Daudet das heiße Bemühen in der ‹*Action Française*› und besonders in Maurras flammte, gegen die Zeit *das* zu suchen, was sie die Wahrheit nennen. Diese Leute haben einmal isoliert gestanden, völlig allein – so allein, wie Harden dreißig Jahre in Deutschland, mit dem ganzen Mut, mit der Zivilcourage, nein zu sagen, auch gegen die Festdiners. Diese Jugend hat ekelhafte Roheiten begangen, feige Überfälle, ist auf Phrasen hereingeplumpst ... Aber wer ihr zuallerletzt etwas erzählen darf, ist der ‹fortschrittliche› Opportunismus, jene Auchsozialisten, jene liberalen Kulturbesitzer, die, zu faul, das Bestehende zu ändern, zu beteiligt an allem, nicht den leisesten Anlaß haben, mit vornehmen Gesten Radikalimus abzulehnen. Organisierter Schmutz ist noch keine Reinheit, historische Ungerechtigkeit keine Ordnung. Das Gewäsch der Scheindemokraten gegen den Faschismus ist Angst. Er verdiente kräftigere Gegner.

HERR WENDRINER LÄSST SICH DIE HAARE SCHNEIDEN

Für Morus

«Entschuldigen Sie mal – ich war zuerst dran! Allerdings warte ich länger wie Sie, Herr! Allerdings T–! Haare schneiden, hinten recht kurz wie gewöhnlich, was? Und nicht soviel Pomade wie voriges Mal, Sie haben mir das ganze Hutleder verdorben! Warten Sie mal – ich will mir erst'n Krahrn abbinden ... So. Ja. Na, was Sie haben – Illustrierte oder irgend ne Zeitung – is egal. Ja – *‹Lokalanzeiger›*. Gehm Se her. Nee – hab ich nicht gelesen. Ach, das? Olle Kamellen, stand ja heute schon in der *‹B.Z.›*. Nö – find ich gar nicht – mir können die Franzosen nicht imponieren. Falsche Bande. Paris ist nicht zu trauen. Ihre Maschine ziept. Meines Erachtens nach ist der Handelsvertrag gar nicht nötig mit den Leuten – immer rankommen lassen! Die Leute wern schon kommen, wenn sie uns brauchen. Autsch! Schlechtes Bild von Eckener. So sieht er gahnich aus. Nee – ich habn nich gesehn. Kolossale Leistung von dem Mann – darauf können wir direkt stolz sein. Hier vorn auch noch 'n bißchen, was? Der Mann hat was geleistet für das ganze deutsche Volk. Sehn Se sich vor da hinten, da hab ich immer meine Furunkeln. Nee, den Eckener macht uns kein Mensch nach. Passen Sie auf, der wird noch mal nach dem Nordpol fliegen. Kolossaler Rekord. Gestatten Sie die *‹Lustigen›*, Herr? Danke sehr. Bitte sehr. Danke sehr. Ach – die Nummer kenn ich. Na, dann wer ich man 'n *‹Lokalanzeiger›* weiterlesen. Die *‹Lustigen›* sind frei – ja. Das neue Rußland. Denkmalsenthüllung des Arbeiterdenkmals ... Faule Bande. Die Leute sind heute an der Macht – jetzt genießen die eben. Natürlich sollte man ein Bündnis mit Rußland schließen – sehn Se mal: wenn England gegen Rußland wegen Indien geht, dann muß Deutschland Rußland helfen. Dann kriegt Frankreich die Platze. Das ist mal klar. Na und hinterher – da wern wir die Brüder schon einseifen. 'n Abend, Herr Welsch! Na, Sie auch hier? Ja, Sie müssen noch warten – hier ist Hochbetrieb. Wozu zwei Handtücher? Ihr habts ja! Ach so, fürn

Hals! Na, Herr Welsch, wie gehts denn? Danke, es geht. Was macht Ihre Frau Mutter? Noch immer krank? Gott, ne alte Frau ... Wir hatten mal ne Großtante bei uns, die lebte bei uns, bis sie starb, die sagte immer, wenn mal Krach war: ‹Wer weiß, wie lange ihr mich noch habt —!› Na, wir hatten sie ziemlich lange ... Ich sage eben zu Lauch: Wir müßten 'n Bündnis mit Rußland schließen. Meinen Sie nicht auch? Nicht wahr? Selbstverständlich. Ausgeschlossen. Na, ohne alle Frahre. Wieder Lohnerhöhung? Die Leute sind ja verrückt. Ham Sie ganz recht: man hat leider viel zu wenig an die Wand gestellt. Ich bin gewiß für sozial, ich meine, die Leute müssen ihren Lohn haben, aber sie können uns doch nicht erwürgen. Die Leute richten ja den gesamten Mittelstand zugrunde. Natürlich, die Industrie doch auch! Woher soll denn das alles kommen? Sie, daß mir das nicht auf die Stiebel trippt, Ihre Teerseife! Und nach dem Schampuhn mit was Scharfem. Buff ... Aaah — das tut wohl. Sehn Se mal, hübsches Mädchen, was? Schade, daß das Bild da schon aufhört. Hähähä ... Sie! aber ordentlich nachtrocknen, man holt sich ja den Tod mit dem nassen Kopf. Was? Wie? Direkt vor Ihrem Haus? Ein ganzer Trupp Reichsbanner? Nee — ich habe meinem nicht erlaubt, daß er dabei ist! Hat er nötig, sich auf der Straße rumzuschlagen! Bloß keine Extreme! Überhaupt: Politik gehört nicht auf die Straße. Sehr richtig — und die Jugend nicht in die Politik. Haben wir in unserer Jugend Politik getrieben? Und wir sind auch was Anständiges geworden. Sehr richtig. Was meinen Sie, was die Reklame hier kostet — eine ganze Seite! Mindestens achthundert Mark! Na, natürlich. Die Leute müssen verdienen ... So — jetzt ham Sie mir glücklich die Kappe verrutscht ... nein! noch nicht die Kappe! — ich hab Ihnen doch gesagt, mit was Scharfem! Nicht Ihr Zeug, das stinkt so. Nehm Sie doch von meinem Haarwasser ... schon wieder alle? Herrschaften, ich glaube, ihr trinkt das aus! Kucken Sie mal, Welsch, die Negri ist wieder nach Amerika gefahren. Sehr pikante Person. Nee, leider nicht, kleiner Schäker. Ja, hab ich auch gesehn. Bei Reinhardt. Wunderbare Aufführung. Wissen Sie, die Aufführungen bei Reinhardt sind immer wunderbar. Erstklassige Besetzung hat der Mann. Sicher 'n Geschäft. Haben Sie das auch gelesen? Ich bin dagegen. Wieso? Würden Sie sich mit der Politik das Geschäft verderben lassen? Na also. Politik gehört nicht ins Geschäft. Nein, auf 'n Rennplatz auch nicht. Ich wer Ihnen sagen, wo sie hingehört: Da wo sie hingehört, gehört sie hin! Früher hat sich kein Mensch um den ganzen Klimbim gekümmert, und es ist auch gegangen. Ich geh heut abend noch aus ... Wo ist denn mein Schlips? Wo ist denn mein Schlips? Sie — wenn Sie mir den in Ihre Seifensuppe ... nein, ach, da ist er ja. Na, dann lassen Sie sich man schön machen. Hier, das ist für Sie. Nichts zu danken.

Erhöhung der Eisenpreise? Nee, hab ich noch nicht gehört. Sie, lesen Sie mal da hinten, hier, nein, da, Herrgott, sind Sie ungeschickt! Hier! Lesen Sie mal da den Artikel mit der Amerikanerin, die drei Männer auf einmal gehabt hat... Sehr interessant. Vorhin habe ich eine junge Person gesehen, die hatte den Rock bis dahin hochgeschlagen gehabt; beim Sitzen, wenn ein Windstoß kam, sah man die ganze ... Herrgott! Dreiviertelsieben! Ich erzähl Ihnen ein andermal weiter! Ich hab heute abend noch was vor. Auf Wiedersehn, Herr Welsch! 'n Abend! 'n Abend! Das ist ne Tür, Herr! Die ist zum Rausgehn! 'n Abend! 'n Abend!»

BEI DEN VERRÜCKTEN

Albert Londres ist eine Nummer für sich. Man stelle sich einen Egon Erwin Kisch vor, der nicht aus Prag stammt — das geht nicht —, also man denke sich einen gebildeten Mann, der von einer großen Reporterleidenschaft wirklich besessen durch die Welt getrieben wird. Londres ist ein Reporter und nichts als das: keine langatmigen Untersuchungen, keine exakten Dokumente, sondern: Wo ist etwas los? Ich will dabei sein! Ihr werdet lesen.

Wir haben gelesen. ‹*Au Bagne*› (das ist ins Deutsche übersetzt) — Londres beschreibt da das französische Sibirien, die Deportationsorte in dem mörderischen Klima Südamerikas. Wir haben ‹*Dante n'avait rien vu*› gelesen — das ist die Schilderung ‹Biribis›, der französischen Strafbataillone im Norden Afrikas. Beide Male große Aufregung im Lande, großer Bucherfolg beider Bände, für Biribi fand sogar eine offizielle Untersuchung statt, die jetzt mit allgemeinem Freispruch der angeklagten Unteroffiziere und Offiziere vor dem Kriegsgericht in Oran geendet hat. «La routine, la vraie maîtresse de la France», hat Stephan Lauzanne einmal geschrieben. Bagno, Biribi ... was nun —?

Auf der ersten Seite des neuen Buches von Londres steht folgendes Gespräch zwischen ihm und einem Kollegen:

«Si j'allais au bagne?» — «Allez.» Huit mois plus tard: «Si je partais pour Biribi?» — «Partez.» Au retour de Biribi: «Si je faisais les fous?» — «Faites.» Er hat die Verrückten bearbeitet, und da ist das Buch:

‹*Chez les Fous*› (bei Albin Michel, Paris, 22 rue Huyghens). Eine sehr interessante Sache.

Hier ist nun noch gar nichts von Psychoanalyse, und das Irrenhaus hat für Autor und Publikum Schrecknisse wie die Geisterstunde, huhu, für Kinder. Ein alchimistisches Buch zur Zeit des Chlorgases. Es ist aber gut gesehen, wenn man nichts Wissenschaftliches verlangt, und es ist noch besser gemacht, weil es verboten war, es zu tun. Fast überall hat sich Londres in die Irrenhäuser eingeschlichen – man wollte ihn nicht.

Mit gutem Grund.

Die Einzelschilderungen sind sehr instruktiv und, soweit man das bei so einem Thema sagen darf, amüsant. Wie, zum Beispiel, der mittelalterliche Teufel in den Visionen so vieler Geisteskranker von modernen Erfindungen abgelöst ist, Radiowellen, Elektrizität und, sogar, Sowjet; wie richtig geschildert ist, daß die Frauenabteilungen viel, viel schlimmer sind als die Männerabteilungen; wie die Verrückten essen, fressen, brüllen und hungern; wie die Familien auf der sonst immer leeren Straßenbahn, die ‹hinaus› fährt, am Sonntag mit ihren Vorratskörben kommen und das entsetzliche Schauspiel mitansehen; geisteskranke Verbrecher und geisteskranke Kinder – nie werde ich vergessen, was ich in Herzberge sah: die Altweibergesichter der Säuglinge und jenen totenblassen Jungen, der, als die Besucher zur Tür hereinkamen, eine seltsam verlorene und unbewußte Bewegung nach seinem Hosenschlitz machte –: Londres hat gut und soweit ich das beurteilen kann, richtig fotografiert.

Und er hat nicht nur fotografiert, er hat auch kritisiert. Die Zustände in französischen Irrenhäusern müssen – immer nach diesen Schilderungen – zum großen Teil entsetzlich sein. Paris und einige andre Anstalten nimmt er ausdrücklich aus.

Weil man nie weiß, wer einen mißbräuchlich ausnutzt: das ist Sache der Franzosen. Wir sollten uns um unsern eignen Kram bekümmern. Ich möchte nicht sehen, wie es auf dem Lande, in Pommern, in Bayern, von dem Fridericus Rex in seiner markigen deutschen Art gesagt hat: «C'est un paradis, habité par des animaux» – wie es da um die Unterbringung der Geistesschwachen, die kein Geld haben, bestellt ist. Wem die Arbeitshäuser unterstehen, wo Männer und Frauen, wie die Fürsorgeerziehung aussieht, wo Kinder gequält werden ... Und schließlich haben wir ja unsre Gerichtsärzte. Also wir wollen doch zu Hause ausfegen.

Um auf Londres zurückzukommen:

Er berichtet, daß die Geisteskranken geschlagen und gebunden werden; daß man sie miserabel beköstigt, weil kein Geld für sie da ist; daß die Überwachung minderwertig und die Garantien für die persönliche Freiheit gering sind; und – das Schlimmste –: daß Geheilte und Rekonvaleszenten im Irrenhause bei den Kranken gehalten werden. Die Verantwortung für diese Behauptungen muß ich ihm überlassen, aber sie hören sich scheußlich genug an.

Das ist durchzogen von den buntesten Geschichten: wie die von jenem Verrückten, der Kissen bemalt, und dem ein pariser Warenhaus auf eine Offerte schreibt: «Wir finden Ihre Preise sehr vernünftig ...» –

aber ein fünfzehnjähriges gesundes eingesperrtes Mädchen; ein Irrengesetz von 1838; und, selbstverständlich, die Ärzte.

Da hat Londres mit Recht zugeschlagen, denn kein Priester hat einen solchen Größenwahn sein eigen genannt wie der moderne Arzt, den man zu kritisieren wagt. Man braucht aber kein Fachmann zu sein, um unter ihm zu leiden.

Das Buch ist verdienstvoll, wenn auch nicht sehr tief. Und es wird vielleicht jenen zu denken geben, die so feierlich in der Sorbonne das Andenken des großen Lehrers unsres einzigen Freud gefeiert haben: Charcots.

Europa soll sich nicht dicke tun: das Mittelalter war wie die neue Zeit, nur konsequenter, aber sicherlich mit derselben Verachtung der tempi passati.

EULENBURGIANA

‹Aus dem Leben des Fürsten Eulenburg-Hertefeld› von Johannes Haller (Gebrüder Paetel Verlag zu Berlin), ein kulturgeschichtliches Werk allerersten Ranges, das Arthur Eloesser in Nummer 49 des XX. Jahrgangs der *‹Weltbühne›* gewürdigt hat, liegt seit Tagen auf meinem Tisch. Aus dem Buch kann man fürs ganze Leben lernen.

Da sind zunächst die Herausgeber politischer Memoiren. Es ist sehr lustig, zu sehen, wie jeder der kaiserlichen Helden, bis herunter zu IHM, einen bürgerlichen Trabanten gefunden hat, der vor Eifer platzt, seinen Heros aus dem Malheur herauszuhauen. Der Kronprinz, Hötzendorf, Kiderlen-Wächter – jeder hat seinen jungen Mann gefunden, der, bitte sehr, bitte gleich, dem Herrn die arg bespritzten Stiefletten blank wichst. (Nur Ludendorffs Bücher sind derart schlecht gemacht, daß man auf Originalarbeit schließen darf.) Das Komische ist nun, daß den Adjunkten die hohe Ehre bald zu Verstand steigt, und nach sechs Wochen Archivarbeit glauben sie wirklich und aufrichtig den gesamten Kram, den jener ihnen eingeblasen hat. Vor Diensteifer und Aufregung verfallen nun alle in denselben Fehler: sie schimpfen entsetzlich auf die Konkurrenz. So ergibt sich ein freundliches Bild deutscher Politik.

Johannes Haller ist insofern ein anständiger Mann, als er seine Tendenz sogleich offen zugesteht: er will Partei sein und ist es. Dagegen ist nichts zu sagen. Nur, natürlich, niemand ist so fürstlich wie ein Kammerdiener, und ich bin sicher, daß Eulenburg keinesfalls einen Satz geschrieben hätte wie den: «Das Buch schämt man sich eigentlich zu erwähnen, da es seinem Inhalt nach zu der Literatur gehört, die auf Bahnhöfen und üblern Orten ihren Absatz findet.» Nun, nun ... da geht der Fürst Haller aber scharf ins Zeug; er glaubt gar nicht, wieviel Memoirenliteratur auch heute noch auf den Bahnhöfen ausliegt. Und man höre nur den gefürsteten Ton des vornehmen Mannes (immer Haller), wenn er von einem bayerischen Hofrat Klug schreibt: «Dieser ehemalige Theaterkassierer hatte sich beim Prinzregenten so unentbehrlich zu machen gewußt...» Es kann, zum Glück, nicht jeder Universitätsprofessor sein.

Dieser Eulenburg war, wie schon aus dem ersten, von ihm selbst geschriebenen Buch *‹Aus fünfzig Jahren›* hervorgeht, ein feiner und kenntnisreicher Schriftsteller. Ich spreche nicht von seinen dilettantischen Kunstleistungen, die Haller lächerlich überschätzt, die berüchtigten *‹Rosenlieder›* sind eine böse Duftei – aber in dem Augenblick, wo der Diplomat Briefe schreibt oder seine persönlichen Eindrücke notiert, ist er anschaulich, witzig und von der angenehmsten Leichtigkeit. Man nehme dieses kleine Pastell, das wie aus einem Roman von Fontane herausgeschnitten scheint (es handelt sich um eine Freundin seines erbittertsten Feindes, Holstein): «Ich war als Legationssekretär bei einem Diner des Kriegsministers v. Kameke, eines Freundes meiner Eltern, 1887 gebeten, Frau Geheimrat v. Lebbin zu führen. Sie schnitt mich und sagte nur ja und nein, denn ich war ja nur ein Attaché. Gegen Ende des Diners hatte ihr der andre Nachbar zugeflüstert, ich sei der Freund des Prinzen Wilhelm. ‹Sie sind der Freund des Prinzen Wilhelm!› rief sie aus, und ihre lange Nase und ihre runden braunen Augen glänzten in Neugier und Liebe. ‹Weshalb haben Sie mir das nicht gesagt?› Dann ging es los – aber jetzt sagte ich nur ja und nein. Das war meine einzige Begegnung mit Frau v. Lebbin.» Und so hundertmal.

In Eulenburgs Briefen sind die besten Stellen die, wo er jemand bekämpft, eine Meinung durchsetzen will und zu diesem Zweck schildert. Da finden sich Glanzpunkte. Die Sonne über ihnen ist der große Bericht, den Eulenburg, gefragt, wie denn Holstein gewesen sei, im Jahre 1919 für einen Freund niedergeschrieben hat. Das ist ein Meisterstück der Darstellungskunst, ein Porträt bester Schule – da fehlt auch nichts. Und mit welchen Mitteln ist das gearbeitet! Der Feind wird geschildert – aber wie! Man sieht diesen ganzen merkwürdigen Menschen vor sich, schlau, durchtrieben schlau, ein bedeutender Kopf mit einer Welt von grauen Schatten dahinter. Der Schluß des Berichts kommt nahe an die Sätze: «Handwerker trugen ihn. Kein Geistlicher hat ihn begleitet.» Sie lauten so:

«Holstein starb im November 1909, und wohl wesentlich in Folge der moralischen Erschütterungen, die er durch die Genehmigung seines 15. Abschiedsgesuches im April 1906 erlitten hatte. Der Unglückliche wurde oft in Nachtstunden einsam in der Wilhelmstraße beobachtet, wenn er zu den Fenstern des Auswärtigen Amtes hinaufspähte. Ein ergreifender Vorgang, der das völlige Verwachsensein dieses nun hinschwindenden Geistes mit den Räumen darstellt, die er in gesunden Tagen erfüllte.»

Im gleichen Anhang ein rührendes Zeugnis von Menschenliebe des guten Herausgebers. Der empfiehlt seinen Fürsten wie ein Kopfwasser und versieht die Reklame mit Empfehlungen. «4. Ein Zeugnis über den Fürsten Eulenburg.» Darin steht das Beste und Schönste, wo man hat. Seit ich Ihr Kopfwasser benutze, bin ich ein andrer Mensch ... «gez. Bertha Nitschke, Oberschwester an der Berliner Charité.» Wenn das nicht hilft ...

Aber das ist ja alles nicht der Kern des Buches. Gleichgültig die Betriebsamkeit des Herausgebers, Nebensache Eulenburgs Stilkunst. Hauptsache: die Schilderung, wie damals Politik gemacht wurde.

Keinem der Beteiligten – weder dem Fürsten noch seinem Haller noch den erwähnten Figuren – kommt auch nur einmal zum Bewußtsein, daß das, was da getrieben wird, ein verbrecherischer Wahnsinn ist. Man denke sich Hunderte und Hunderte von Seiten angefüllt mit dem lächerlichsten Personalklatsch, um den sich kein Mensch jemals kümmern würde, wenn nicht eine Sache dabei auf dem Spiel gestanden hätte: Deutschland. Und seine sechzig Millionen.

In der Mitte, Zapfen und Zentrum: der Kaiser.

Der Mann wird einem mit jedem Buch, das man über ihn liest, unsympathischer. Seine Fahrigkeit, seine Faulheit, sein vollkommener Mangel an Takt und Manieren, sein rüdes Herumfuchteln mit Worten, Briefen, Dekreten und Untergebenen: das macht eine Atmosphäre verständlich, die Eulenburg einmal mit dem Stoßseufzer «Dalldorf!» erledigend gekennzeichnet hat. Aber er sah bis zum Tode die Gründe nicht.

Das ist Politik? Dieser komplette Affentanz umeinander, gegeneinander, ohne einander – das soll Weltpolitik sein? Krisen ... wenn Eulenburg von Kanzlerkrisen spricht, denkt man an Nervenkrisen einer Romanfrau aus dem Jahre 1900, mit zerknautschten Taschentüchern und unbeherrschtem Geweine ... Das ist Politik? Das ist ein frecher Mißbrauch von Staatsgeldern und Menschenkräften.

Es gibt keinen von Sterblichen erschaffenen Organismus, der ohne persönliche Reibungen arbeitete. Die nehmen immer einen Teil der Arbeitskraft weg – sie sind die tote Last im Motor. Aber wenn diese tote Last so groß wird, daß fast die ganze Kraft des Motors draufgeht, nur um sich selbst vom Ort zu bewegen, so kommt eben das heraus, was 1914 herausgekommen ist. Wie konnte das anders sein!

Man sehe sich nur an, womit sich die ganze Gesellschaft – auch der süddeutsch-demokratische Kiderlen übrigens – beschäftigt! Mit einem Ressortstunk, der den Beteiligten kaum noch Zeit läßt, sich in ihrer

Epoche zurechtzufinden. Welche falsch angewandte Arbeitskraft! Welche vertane Schlauheit! Welche verschwendete Intelligenz! Ein Jammer.

Denn es war ja nicht nur dieser lächerliche Provinzschauspieler, der da in der Mitte taumelte, und den man ‹fassen› mußte, wenn er grade gut sein Wild abgeschossen hatte, der Schießer; Holstein, Bülow, die andern — neben ihrer bodenlosen Feigheit nach oben, befaßten sie sich zu drei Vierteln des Tages mit nichts als mit Ressortkriegen und Personalnachrichten. Das ist Politik? Das mag deutsche Politik sein. Weltpolitik ist es nicht.

Und das scheint mir der größte Fehler der sozialdemokratischen Presse zu sein, daß sie verabsäumt hat, nach 1918 ihre Leser als erstes einmal wissen zu lassen, wie eigentlich regiert worden ist. Da hat man wohl die Marginalien des Kaisers herangezogen, die schnoddrig, aber bei weitem nicht das Schlimmste sind, was er von sich gegeben hat — die Hauptsache hat man nicht getan: man hat vergessen, Jahre hindurch dem Arbeiter an Hand von Tatsachen, von Selbstgeständnissen der Verbrecher, von Dokumenten zu erklären, was die herrschende Klasse mit ihm getrieben hat. Er weiß es heute noch nicht.

Woher sollt ers denn wissen? Als im Jahre 1918 versucht wurde, auch nur die Telegramme des Tennisspielers von Verdun aus dem Haupt-Telegrafenamt zu Berlin und ähnliche Korrespondenz aus dem Schloß Bellevue herauszubekommen, verweigerte Ebert seine Unterschrift, und der famose Wolfgang Heine rettete den Staat und verhinderte es völlig. Den Soldaten, die in die Archive zur Beschlagnahme kamen, wurden von diensttuenden Offizieren ‹Ausweise› abverlangt, die hatten sie nicht, und brav zogen sie wieder ab. Am nächsten Tag war alles verschwunden. Ich habe neulich einmal deutsche Adlige von der Revolution sprechen hören — das Herz im Leibe zog sich einem zusammen . . . Aber sie hatten recht. Die Niederlage ist verdient.

Von alten Sünden lese ich nichts im ‹*Vorwärts*›. Und wenn, dann mit der ganzen Ungeschicklichkeit aufgemacht, die hochmütige Doktrinäre in der Verachtung aufbringen, gute Journalisten zu sein. Und so sieht das Blatt ja auch aus. Wenn aber die Kurden den Franzosen in Syrien eine Niederlage bereiten — kein Parteiblatt, das es nicht breit und dick brächte. Ich wüßte auch nicht, was für den Arbeiter von heute wichtiger wäre. Die Ursachen seines Elends wird er durch diese Genossen niemals kennen lernen.

Die Orden. Holstein an Eulenburg: «Schlagen Sie doch mal S. M. vor, daß er an Robert Koch eine ganz außerordentliche Auszeichnung gibt. Damit wird S. M. viel Beifall ernten und wird dem eitlen Virchow, dem Unterdrücker des wissenschaftlichen Nachwuchses, einen großen Ärger machen.» Viel Vergnügen.

Die Presse. Eulenburg: «Die Rede, die der Kaiser bei dem Abschied der Truppen halten wollte, war mir aus seinen Äußerungen ungefähr bekannt geworden. (‹Pardon wird nicht gegeben! Gefangene werden nicht gemacht!›) Da zum Abschied der Truppen einige Reporter aus Berlin eingetroffen sein mußten, ließ ich mir diese durch einige Beamte der Polizei zu einer Besprechung auf die ‹Hohenzollern› bitten, und zwar so, daß sie grade die Rede des Kaisers verpassen mußten. Ich war sehr höflich mit ihnen ... S. M. habe mir gesagt, wie er sich ungefähr ausdrücken werde. Ich hielt ihnen darauf die Rede ... Mir war ein Stein vom Herzen, daß mir die Überlistung dieser übeln kleinen Reportergesellschaft geglückt war.»

Hier haben oft harte und scharfe Urteile über die Presse gestanden. Diese Reporter haben aber in Kiel ihre Arbeit getan – im Gegensatz zu Herrn Eulenburg, der die seine hätte tun sollen: den Kaiser von tölpelhaften Sinnlosigkeiten abzuhalten. Seine Rolle scheint mir wesentlich übler. Die Sache ist ihm außerdem auch noch schief gegangen. Die Rede wurde von der Presse veröffentlicht.

Dieser ganze Tratsch hatte keine finanziellen Hintergründe. Keiner dieser Gesandten, Kanzler, Staatssekretäre hätte jemals solche Einladungen angenommen, wie sie heute üblich sind – die Wirtschaft spielte noch nicht die erste Geige, sondern einen meist opponierenden Brummbaß. Die Diplomaten waren unabhängig, frei, pekuniär gesichert – aber besessen von Ehrgeiz, Streben nach Macht ... und dann diese Resultate. Der Proletarier, der einen Lastwagen umschmeißt, fliegt ins Loch. Der Staatsmann, der ein Volk ins Verderben chauffiert, schreibt Memoiren. Der Lokomotivführer hat die Verantwortung. Der Staatsmann trägt sie. Und dabei halten wir heute noch.

Wenn ich die Wahl hätte zwischen Eulenburg und Ulrich Rauscher: ich wählte Gladstone.

Alle haben das Unheil richtig vorausgesehen und prophezeit; alle haben es gleich gesagt, daß die Nebenmänner schuld seien; alle bürgerlichen Herausgeber pauken den Titelhelden heraus und den politischen Gegner hinein; alle Nebenleute taugten nichts. Hat man die ganze Memoirenliteratur hinter sich, kennt man die Urteile aller Tischgäste, die dem vis-à-vis zugeprostet und ihm das Schlimmste nicht ins Gesicht, sondern in die Kehrseite gemurmelt haben, so kann man wie Hans v. Bülow über die Gesanglehrer sprechen: «Jeder sagt dem andern nur Schlechtes nach. Und sie haben alle recht.»

CLÉMENT VAUTEL

Fremde machen sich häufig falsche Vorstellungen von Ländern, deren Vertreter sie nur bei sich zu Gesicht bekommen haben. Daher die merkwürdige Tatsache, daß es in allen europäischen Staaten Leute gibt, die einen enormen Auslandskredit haben, in ihrem Vaterlande aber nichts gelten, und es sind gar keine Propheten. Wüßten die Deutschen, wen zum Beispiel die Franzosen von Deutschen kennen und schätzen, sie staunten. Und auch die Deutschen sind leicht geneigt, kleine Kreise und noch kleinere Leute für ‹Frankreich› zu halten, obgleich sich in Frankreich niemand um die kümmert. Nun kann man immer einen großen Künstler propagieren, auch wenn er unbekannt ist – in der Politik und in der Kulturbeschreibung ists schon gefährlicher. Man muß um die Gewichtsverteilung Bescheid wissen und nicht den Äußerungen von Außenseitern eine Bedeutung beilegen, die ihnen nicht zukommt. Der gebildete André Germain kann in Frankreich schreiben, was er lustig ist – irgendeinen Einfluß hat das überhaupt nicht. Das mag bedauernswert sein, aber es ist so, und man muß es wissen. Wer beeinflußt nun zum Beispiel die große Masse in Frankreich?

Jeden Tag, den Gott scheinen läßt, geht die Sonne in Paris auf, und wenn man sie nicht immer sieht, so liegt das am Wetter. Das *‹Journal›* aber sieht man immer, und pünktlich wie das himmlische Gestirn erscheint dort, jeden Tag sichtbar, *‹Mon Film›* von Clément Vautel, ein kleiner Artikel auf der ersten Seite, ein Glößchen, eine Handspanne lang. Jeden Morgen.

Dieser Mann ist der lebendig gewordene Durchschnittsfranzose, aus Belgien. Die pariser Butterhändler schreiben keine Feuilletons – schrieben sie aber welche, so schrieben sie genau so: vernünftig, nicht überspannt, klar an Verstand und kurz an Verstand, im Umkreis der heimischen Rindsbrühe richtig tippend, und todsicher falsch, wenn das Ziel ein bißchen weiter entfernt liegt. Das ist Herr Vautel, aus Belgien.

Jahraus, jahrein beschäftigt sich *‹Mon Film›* mit dem, was das kleinbürgerliche Herz bewegt: mit der Steuer, mit der Erhöhung der Fahrpreise, mit den vielen Fremden in Paris, mit der Steuer, mit der schlechten Beleuchtung in manchen Straßen, mit dem letzten Mord, mit der Steuer, mit dem Parlament. Und immer gemäßigt, immer hübsch die Mitte haltend, immer das nächste scharf ins Auge fassend, pathetisch und pathoslos, immer sinnfällig und fast immer oberflächlich. Diese Artikelchen sind nicht einmal besonders gut geschrieben, aber sie sind platt, da gibt es keine Rätsel, und was die Sache etwa komplizieren würde, wird ausgelassen. Auf diese Weise kann nichts geschehen. Das ist aber auch nicht nötig.

Denn Clément Vautel spricht täglich zu etwa einer Million Leser. Und um das durchführen zu können, muß man tun, was in jenem

Gleichnis Buddhas von einem Büßer erzählt wird, der einstmals ein Wagner gewesen war und nun einem ehemaligen Kollegen zusah, wie der ein Rad reparierte. «Möchte ers doch soundso machen!» dachte der Büßer mit aller Kraft. Und der Schmied am Rad tat so. Da rief der Büßer frohlockend: «Er hobelt mir recht aus dem Herzen!» Vautel hobelt den Millionen aus dem Herzen.

Um populär zu werden, kann man seine eigene Meinung behalten. Um populär zu bleiben, weniger. Vautel und seine Leser – sie sind ein Herz und eine Seele. Er braucht vielleicht nicht einmal unters Joch zu kriechen: der Mann empfindet so gewinnbringend.

Und peinlich wird die Sache nur, wenn sich der Duval-Koch vermißt, besseren Herrschaften ins Handwerk zu pfuschen. Der Mann hat Nerven wie eine Schildkröte, und wenn er über moderne Kunst schreibt, dann wird einem die Orthographie sauer. Es ist nicht hübsch anzusehen, wie der arrivierte Groß-Schriftsteller jungen Leuten, die noch eine Flamme im Herzen tragen, strafende Klapse austeilt. Aber das tut er wohl nicht nur in seiner Eigenschaft als Zeitungsmann, sondern als Künstler. Denn Clément Vautel schreibt auch Romane.

‹Mon Curé chez les Riches› steht heute, wenns wahr ist, im 335. Tausend. Es ist aber nicht wahr. Denn die Auflagenziffer auf dem französischen Buchdeckel ist erlaubte Reklame. Wie sieht nun so etwas aus –?

‹Mon Curé› hat den Krieg als Krankenträger und Sanitäter mitgemacht, nun sitzt er wieder in seinem Dorf und predigt den Armen. Und zwar in einer Sprache, die ein Teil seiner kirchlichen Vorgesetzten ganz und gar nicht billigt: er spricht etwas, das unserm Kommißjargon entspricht, ‹l'argot des poilus›, eine sehr ausgebildete und kräftige Sprache. Schickt sich das für einen Geistlichen? Nichts und niemand kann ihn daran hindern. Beschwerden beim Erzbischof, Probepredigt in der Kathedrale, er darf fortfahren. Und wird von den Neureichen, die das alte Schloß des guten Grafen gekauft haben, herangezogen, um den Millionär in seinem Wahlkampf zu unterstützen, was er nur mit halber Kraft tut; der junge Sohn des alten Grafen entführt die Millionärsfrau, einen ehemaligen Star des Casino de Paris, der gute Curé holt sie beide zurück, der Millionär wird Deputé, überfährt dem guten Curé seinen guten Hund, der beerdigt den treuen Kameraden feierlich im Garten und fliegt wegen dieses Sakrilegs in ein Kloster. Aus.

Davon ist nicht eine Seite ins Deutsche zu übertragen. Nicht etwa, weil wir kein Schützengrabendeutsch hätten («Meine Herren! Da haben wir vielleicht Fettlebe gemacht –!»), sondern weil die Stabilität des französischen Volkskörpers viel größer ist als die des unseren, weil die Begriffe fester stehen, und was hier im Leben eine Sensation an Kühnheit ist, würde im neuen Deutschland nur ein Achselzucken verursachen. Der Riesenerfolg erklärt sich so:

In diesem Buch wird zunächst auf sämtlichen Drüsen gefingert, die der Mensch hat. Essen, Trinken, Glaubenstreue, Behaglichkeit, Liebe zum Tier, Patriotismus, Kriegserinnerungen, soziale Bewegung, Spott über die Neureichen, erschütternde Schilderung der alten depossedierten Royalisten, kirchliche Gefühle – und eine Erotik, die viel weiter geht als das gleiche Ingredienz im deutschen Familienroman, weil französische Sprache und Überlieferung eine größere Freiheit gestatten.

Und das Buch ist platt und ohne jeden festen Standpunkt: es entspricht also allen Erfordernissen, die zu einem großen Erfolg nötig sind.

Es ist nicht katholisch, und es ist nicht antikatholisch. Es spielt in gerissener Weise einen sentimentalen Christus gegen den gefrorenen Christus der großen Kathedralen aus, ohne nun etwa wieder ins Urchristentum zu verfallen; die Kirche darf schon Helferin des Kapitals bleiben, aber mit Maß und Ziel, und Wohltun bringt Zinsen; und ein und das andere Mal entwischen dem tüchtigen Autor merkwürdige Selbstbekenntnisse. Von der Predigt des guten, ungehobelten, herzensguten Curé: «Diese flammende und roh zupackende Beredsamkeit ist nicht mehr von unserer Zeit, die die gemächlichen Banalitäten liebt, die vorsichtigen Euphemismen, das Arrangement mit den nun einmal nötigen Heucheleien . . .» Und diese Zeit schafft sich ihre Tagesschriftsteller. Die haben Erfolg, wenn sie Bücher schreiben, die noch im letzten Komma für Frauen geschrieben sind . . . «Mais que voulez-vous? Il faut marcher et même courir avec son temps!» Und nach Rührungs- und Ehebruchsszenen und ernsten soziologischen Diskussionen, die etwa, während draußen die Internationale gesungen wird, so enden: «Verrückte!» spricht der sterbende royalistische Graf; «Dummköpfe!» sagt der republikanisch-liberale Arzt; «Unglückliche!» murmelt der Curé – nach alledem und in alledem das Porträt eines Schriftstellers, den man sich zum Wahlkampf bestellen kann wie eine Droschke:

«Seit dreißig Jahren und mehr schrieb er für sehr wenig Geld in den Zeitungen, die die Religion, die Familie und vor allem das Privateigentum verteidigten. So, wie er da war, mit seinen verbrauchten Zügen, seinen übernächtigen Augen, seinem Gummikragen und seinem traurigen Gesichtsausdruck, war er der Typus des Zeitungsschreibers, der sein ganzes Leben lang gehungert hatte – bei seiner Arbeit für die Reichen.» Das ist eine Figur aus diesem Roman. Und Herr Vautel.

Es gibt auch schon eine Fortsetzung: *‹Mon Curé chez les Pauvres›*, und *‹Madame ne veut pas d'Enfants›* ziert alle Bahnhöfe.

‹Mon Curé chez les Riches› ist dramatisiert und wird allabendlich im alten Theater der Sarah Bernhardt gespielt, das an der Place du Châtelet liegt. Und auch hier hat Vautel seinen Erfolg, wie er ihn immer hat, weil er genau ist wie seine Leser und nur gerade um so viel klüger, daß es keinen reizt.

Nicht nur Gerhart Hauptmann repräsentiert die deutsche Literatur, sondern auch die Herren Herzog und Hoecker. Und nicht nur Marcel Prévost repräsentiert die französische Literatur (Exportbräu), und nicht nur Marcel Proust (nicht versandfähig), sondern vor allem die kleinen Leute wie Vautel.

Wenn die französische Literatur ein Haus ist – Proust wohnt in einem Seitenflügel à part; die Académie in der ersten Etage; Pierre Hamp wäscht in der Küche Geschirr; Valéry Larbaud geht im Vorgarten spazieren; Daudet steckt den Kopf zum Fenster heraus und schreit, daß man glaubt, das ganze Haus gehöre ihm allein; Maurras ist Schornsteinfeger und ruft fortwährend: «Feurio!»; Maurice Rostand wohnt nach hinten, und Paul Morand hat eine sturmfreie Bude –: wenn die französische Literatur ein Haus ist, dann sitzt vorn in der Portierloge ein Mann, mit rundem, glattrasiertem Gesicht und breiten Naslöchern, fast wie ein verkrachter Schauspieler anzusehen. Sie klingeln, Sie wollen eintreten, Sie müssen an ihm vorbei. Es ist Clément Vautel, der Nationalconcierge des französischen Volkes.

HERR WENDRINER BETRÜGT SEINE FRAU

«Nein, Sie stören gar nicht. Kommen Se rein – das ganze Personal ist schon weggegangen. Ja, ich hab noch ze tun. Setzen Se sich solange dahin, nein, nicht auf die Kuverts! Dahin. Ja. Na, was tut sich? Gott, sosolala. Ja, meine Frau ist immer noch in Heringsdorf. Ich habe mich heute mittag verspätet. Welsch war da, wir haben zusammen gegessen, nu muß ich nachholen. Sie sehn nicht gut aus, Regierer – was haben Sie? Ich unterschreibe inzwischen die Post, Sie erlauben doch ...? Danke. Nein. Vorigen Sonnabend? Ich? Mich haben Sie in der Scala gesehn? Da müssen Sie sich getäuscht haben. Das muß ein Doppelgänger gewesen sein! Ausgeschlossen. Nu, ich sag Ihnen doch ... Nein! Wann soll das gewesen sein, um zehn in der Pause? Mit ner großen Blondine? Lächerlich. Gott weiß, wen sie da erkannt haben. Sie haben meine Stimme im Gedränge gehört ...? Was hab ich gesagt? ‹Ich würde gern mal die Probe machen, liebes Kind›? Das soll ich gewesen sein –? Regierer, ich wer Ihn mal was sagen. Nehm Sie ne Zigarre?

Also hören Se zu, und machen Sie mir da keine Unannehmlichkeiten. Ich hab Ihnen doch gesagt, daß meine Frau erst in acht Tagen wiederkommt. Hier haben Sie Feuer. Da ist der Aschbecher. Also neulich hatt ich bei Kraft zu tun, er zeigt mir da ein paar neue Muster, ich will meiner Frau was anschaffen, wenn se zurückkommt, fürn Winter ... der Mann schwimmt im Geld, das sag ich Ihnen ... da geht eine fabelhafte Blondine durch. 'n Mannekäng. Ich sage zu Kraft, wer ist das, sage ich. Also er erzählt, das ist ein Frollein ... Name tut ja nichts zur Sache, eine sehr anständige Person, hat einen Freund, natürlich ...

aber sonst: nich rühr an. Na, dacht ich... Wissen Sie, ich bin sonst gar nicht so – aber in der letzten Zeit, ich weiß nicht, ich fühl mich noch verflucht jung. Jetzt kann ich doch den Brief von Schleusner nicht finden! Also wir reden noch so, Kraft gibt mir sonst immer fünfzehn Prozent, an dem Tag wollt er bloß zehn geben, weiß ich, warum – da wird er ans Telefon gerufen. Er geht raus, und wie ich noch so in den Sachen rumwühl, kommt die Person rein. ‹Ist Herr Kraft da?› sagt sie. Ich sage: ‹Nein, aber wenn Sie mit mir vorlieb nehmen wollen?› Na, ich streichel ihrs Händchen, sie sagt: ‹Mit so alten Seegn will ich überhaupt nichts zu tun haben›, so gibt ein Wort das andre – und schließlich hat sie mir dann versprochen, daß sie mit mir zusammen sein will. Na, haben Sie sowas gesehn, der Brief ist weg! Wo ist denn der...? Ich hab sie also für Sonnabend bestellt, ausgehen. Sie wollte durchaus in die Scala – ich hab ihr gesagt, das ist doch Wahnsinn, wo mich alle Leute kennen – sie hat gesagt, ach Unsinn, jetzt sind alle Leute weg, ich weiß doch aus dem Geschäft. Da sind wir also zusammen ausgegangen. Ja, also sie ist achtundzwanzig Jahr alt, hat ne Wohnung in der Bayreuther Straße, die bezahlt ihr Freund, der ist Prokurist bei Erdölundfette – übrigens eine sehr gute Sache... nicht Reißner, der ist doch nicht szerjeehs...! sie verdient sehr schön, vierhundert bei Kraft und manchmal Provision, der Freund gibt ihr auch noch tausend, also sie kommt aus. Die tausend versteuert sie natürlich nicht. Ihre alte Mutter wohnt in Landsberg. Der Brief ist weg – autsch! jetzt hab ich mir die Finger geklemmt... Gegessen haben wir in der Rüdesheimer Klause, kennen Se das? Ich kenn das noch von früher, 'n sehr nettes Lokal und gar nicht teuer. Sie wollt erst zu Hessler, ich hab gesagt, mein liebes Kind, das geht nicht, auch deinetwegen nicht. Das hat sie dann eingesehen. Na, und dann hat sie mir ihre Wohnung gezeigt. Reizend, sag ich Ihnen! Ein kleines Eßzimmer, sehr gemütlich, ein Gelegenheitskauf, noch aus der Inflation, dann ein Rauchzimmerchen, entzückende Kissen, behsch, hauptsächlich – und ein Parfum! Sie hat mir auch gleich ne Quelle für Parfums gesagt, ich wer hingehn und meiner Frau ein Fläschchen besorgen ... Na und wies dann so weit war, wah se sehr vernünftig, hat sich gar nicht gesträubt, ach, wissen Se, das kann ich nicht leiden, diese Geschichten, man ist doch schließlich kein grüner Junge mehr, aber sie war wirklich Klasse...! Sie ging raus, und dann kam sie zurück im Pyjama, violett mit unten rosa abgesetzt – famos, eine famose Person! Wissen Sie, mir ist ganz anders geworden, ich hab sie so genommen und hab gesagt: ... Sitzen Sie vielleicht auf dem Brief? Nein? Na, und dann hat sie mir ihr Schlafzimmer gezeigt. Ein riesiges Bett, von hier bis da, eine englische Kommode, 'n sehr schöner Teppich und Fenstervorhänge, Filets, Handarbeit, ich hab sie mir genau angesehn, nachher. Nebenan war gleich das Badezimmer. Na, die Frau – Ihnen gesagt! Grinsen Se nich so,

Sie oller Heuchler! Sie hätten auch nicht nein gesagt, wenn sie ja gesagt hätte. Und, wissen Sie, Regierer, ganz unter uns: ich bin noch gar nicht so alt, wie ich immer gedacht habe ... Ich habe nachher mit meinem Hausarzt gesprochen, der war sehr vernünftig, er hat mich bei der Gelegenheit untersucht, nein, das nicht, ausgeschlossen, sie ist doch ihrem Freund treu – er hat einen sehr guten Befund festgestellt. Nein, öfter. Das glauben Sie nicht? Lieber Freund, ich habs auch nicht geglaubt. Aber es war so. Morgens hat sie mir Kaffee gemacht, haben wir Kaffee zusammen getrunken, nein, unser Mädchen ist nicht da, sonst hätt ichs ja gar nicht machen können ... Wollt sie nicht nehmen. Nichts zu machen. Ich hab ihr angeboten, zweimal, dreimal – nichts zu machen. Ich wollt ihr erst was schicken, dann dacht ich: Ach ... Wirklich: ne famose Frau. Der Brief ist weg. Ja, ich komm gleich mit. Und wissen Se, was Kraft gemacht hat? Er hats natürlich gleich gewußt, weiß Gott, woher – sie hat ihm nichts gesagt, ausgeschlossen –! So, hat er gesagt, aber fünfzehn Prozent kriegen Sie diesmal nicht, Wendriner. Eigentlich müßt ich Ihnen noch was abziehn, für Platzmiete. Ein Hund. Aber deuten Sie nichts zu Hause an, ich will mein Haus rein halten. Ich hab meiner Frau das Kostüm gekauft und eine Flasche Parfum, sie kriegt auch ne Bonbonniere ... Was heißt das? Sie hat sich am Strand erholt. Ich hab mich hier erholt. Am meisten hab ich mich über mich selbst gefreut. Da ist der Brief. Nein! Ich will mich doch da nicht attaschieren. Vielleicht später mal. 'n Augenblick! Nur noch die Post. So.

Lieber Freund! Wenn Sie jeden Abend Fußbäder nehmen müssen, wollen Sie auch mal brausen –!»

NATIONALES

Der Deutsche fragt: Was ist der Mann? Der Amerikaner fragt: Wie viel ist der Mann wert? Der Franzose fragt: Aus welcher Familie ist er? Der Wiener fragt: Wo schreibt er? Der Budapester fragt gar nicht: er kennt den Mann und ist ihm Geld schuldig.

Vier Männer hatten ein Gelübde abgelegt, am ersten Januar je hundert Mark in eine Wohltätigkeitskasse einzuzahlen: ein Hamburger, ein Berliner, ein Rheinländer und ein Sachse. Der Hamburger hielt das Gelübde. Der Rheinländer vergaß es. Der Berliner zahlte am 15. Juni eine Mark achtzig a conto, mit der Begründung, sein Sozius sei verreist. Der Sachse wußte ärschd gahrnischd von dr Sache, wurde verklagt, stellte vor der Urteilsverkündung einen Wechsel über die Summe aus, ließ ihn zu Protest gehen ... Ich komme gelegentlich vorbei, um zu sehen, was aus der Geschichte geworden ist.

Die Serbin ist ihrem Manne treu. Die Rumänin ist ihren Männern nicht treu. Die Französin macht ihren Mann anstandshalber zum cocu. Die Berlinerin will es ganz genau wissen. Die Sächsin wirtschaftet, daß das Bett kracht. Und die Bernerin versteht gar nicht, worum man sie gebeten hat.

Mrs. Atkerson wurde an einem schönen Sommermorgen in den Rocky Mountains von einem wilden Räuber angefallen und etwas vergewaltigt. Sie beschwor ihn, von seinem Vorhaben abzustehen, da man am Sonntag keine Arbeit tun solle. «Wären Sie in die Kirche gegangen, Missis!» entgegnete der Räuber und fuhr fort.

Wenn der Londoner aus New York, der Pariser aus London, der Berliner aus Paris und der Gubener aus Berlin kommt, dann stellt er sich vor Piccadilly, Place de l'Opéra, den Potsdamer Platz und das Stettiner Tor und sagt: «Dieser Verkehr hier ... also das sind ja Witzchen. Da müßtet ihr mal ...!» Niemand ist so stolz auf die Großstadt wie der Kleinstädter.

Über die Familie der Zukünftigen muß man sich erkundigen. Der Berliner fragt auf der Börse, der Engländer im Club, der Franzose befragt ihre Concierge, der Wiener erkundigt sich im Caféhaus, und der Ungar haut auf alle Fälle seinem besten Freund ein paar hinter die Ohren.

Berlin S. arbeitet, Berlin N. jeht uff Arbeet, Berlin O. schuftet, Berlin W. hat zu tun.

Als Gott der Herr die Trompete des Jüngsten Gerichts hatte erschallen lassen: da standen die Deutschen ausgerichtet in zwei Reihen, mit einem besonders zuwidern Kerl vor der Front; die Engländer kamen pünktlich und gelassen angestelzt, ihre Köpfe trieben sie mit Golfschlägern vor sich her; aus der Ecke der Franzosen hörte man gar fröhliches Hämmerklopfen: sie schlugen sich kleine Löcher in die dritte Querrippe, um ihre Bändchen darin unterzubringen; die Schweizer brummelten, aufgeweckt seien sie noch nie gewesen; die Spanier blieben liegen und sagten: «Mañana! Morgen!» und die amerikanische Abteilung des Friedhofs hatte illuminiert:

Heute Jüngstes Gericht!
Das jüngste der Welt!
Von Pastor Higgins von der chicagoer Sonntagsschule vorausgesagt!
Pastor Higgins und lieber Gott persönlich anwesend!

Als Gott der Herr dies aber alles mitansah, da jammerte ihn der Affenstall, und er vertagte die Sitzung auf unbestimmte Zeit.

ZUM FÜNFZIGSTEN

Lieber Alfred Polgar,
wenn Ihnen am Morgen das Hausmädchen hochroten Kopfes die Torte mit den einundfünfzig brennenden Lichtern hereinträgt und gratuliert, dann wird sie gleich hinter dem Glückwunsch sagen: «Es ist ein Mann draußen!» – und Böses ahnend werden Sie den Mann hereinlassen. Und da stehe ich nun dick und dumm vor Ihnen mit einem weltbühnenroten Blumenstrauß und gratuliere namens aller Leser des Blättchens. Ich bin so ungefähr derjenige mit der kleinsten Qualifikation dazu.

Denn bei aller Liebe oder wegen aller Liebe wird mir niemals gelingen, herauszukristallisieren, was eigentlich in Ihnen den Charme, den Reiz, den Wert und die Qualität ausmacht. Warum und zu welchem Ende studieren wir Alfred Polgar?

Sie haben die Millesimalwaage der Kritik erfunden. Mit Ausnahme des alten Fontane weiß ich keinen Theaterkritiker deutscher Sprache, der so aufs Augenhärchen genau sagen kann, was er sagen will. So haben Sie einmal das größte Kunststück fertiggebracht, der alternden Duse zu sagen, daß sie altert, aber daß sie die Duse ist; Sie haben von Pallenberg erzählt, als noch niemand diesen Namen buchstabieren konnte, und in dem kleinen Absatz ist schon der ganze Kerl und seine bunte Karriere. Und wenn Sie einmal in den Himmel kommen, so wird Ihnen der liebe Gott aus seinem Hauptbuch wahrscheinlich viele Sünden vorlesen, aber eine wird nicht dabei sein. Wir andern sind jeder schon einmal ausgerutscht, wir haben jeder schon einmal in der Hitze des Gefechts Dinge gesagt, die besser ungesagt geblieben wären, und es gibt keinen von uns, der sich nicht einer Entgleisung in Sachen des Taktes schuldig gemacht hätte. Sie nicht.

Dieser feinste Takt verbindet sich mit einer Ehrfurcht ... Sie sind gar nicht mehr im Zimmer? Wo sind Sie? Das Hausmädchen kommt herein und sagt: «Der Herr läßt sich entschuldigen. Dem Herrn ist nicht ganz wohl!» Das kann ich Ihnen nachfühlen. Aber wie soll ich gratulieren?

Wie soll ich aufzählen, was ich alles von Ihnen gelesen habe – und wie ich es gelesen habe? Wie ich die alten Bände der *‹Weltbühne›* (soweit sie ein Inhaltsverzeichnis besitzen) nach Ihren Beiträgen durchforscht und geblättert und gesucht ...? Jetzt sitze ich hier in Toulouse, das beinah so häßlich ist wie Stettin, Ihre gesammelten Werke habe ich nicht bei der Hand, aber ich lese aus dem roten Hotelteppich:

Wie Sie von einem Stück geschrieben haben, sein Esprit knallte: piff, paff, puff, besonders puff; wie Sie von einer Figur gesagt haben, sie sei der Unterleib ohne Dame; von Millenkovich, er sei der Laube des Burgtheaters, der Gartenlaube; wie Sie den Versen Fuldas erst jüngst subalterne Anmut nachgesagt haben; von jenen zwei Krondiamanten *‹Scharlach›* und *‹Wie der Goethe entstand›* ganz zu schweigen.

Und wie müssen wir dem lieben Gott danken, daß er einen Schönherr schuf! Jenen Schönherr, dem man später den Bart abnahm und Hans Müller nannte. Es gibt nichts Komischeres als Ihre Inhaltsangaben solcher Monumente aus Kaugummi.

Sie haben aber nicht nur immer Bühnenkunst durchleuchtet, sondern auch einmal jenes große Affentheater von 1914 bis 1918. *‹Kleine Zeit›* heißt der Band mit Recht, und die reichsdeutschen Redakteure haben mit Wonne gedruckt, was Sie über die Habsburger zu sagen hatten, denn die Habsburger abonnieren keine reichsdeutschen Zeitungen.

Ich weiß, daß man Geburtstagskinder halb krank ärgert, wenn man ihnen nun auch noch Geist in der Unterhaltung nachrühmt; aber Sie können sich ja bei meinem Fünfzigsten rechtens mit dem Gegenteil revanchieren. Ich für meinen Teil habe nicht vergessen, wie Ihnen einmal ein berliner Theaterdirektor den Vorschlag gemacht hat, eine politische Revue zu schreiben. Sie sagten ja, wollten aber nicht recht mit Ihrem Namen heran. Darauf bot er Ihnen – die Ziffern weiß ich nicht mehr – statt 18 000 Mark 14 000. Worauf Sie: «Da kann man also durch Subtraktion feststellen, wieviel mein Name wert ist!» Und als man Sie dann befragte, was Sie nun beschließen würden, entschieden Sie sich für folgende Lösung: «Ich werde 16 000 verlangen und Alfred signieren!»

Lieber Alfred Polgar: ein Gratulant ist noch um eine Kleinigkeit lächerlicher als ein Geburtstagskind, besonders wenn er aus Berlin stammt und nicht jene österreichische Leichtigkeit besitzt, die vom Oberkellner bis herunter zu Hermann Bahr Ihre Landsleute so oft kompromittiert haben.

Unser gemeinschaftlicher lieber Gott, Knut Hamsun, ist, wie Sie wissen, heftig gegen das Alter eingenommen. «Man sagt, mit dem Alter sollen andre Freuden kommen, die man früher nicht gehabt hat, es kommen tiefere Freuden, bleibendere Freuden. Das ist Lüge. Ja, du liest richtig: das ist Lüge. Nur das Alter selbst sagt das, der für sich selbst Interessierte, der mit seinen Resten großtut. Er erinnert sich nicht mehr daran, als er auf dem Gipfel stand, er selbst, sein eigner alias, rot und weiß, wie er in die goldene Posaune blies. Jetzt steht er nicht – nein, denn er hat sich gesetzt, ja, denn es ist leichter zu sitzen. Und da kommt nun zu ihm, leise und schleichend, dick und dumm, die Ehre des Alters. Was soll ein sitzender Mann mit Ehre tun? Ein stehender Mann kann sie gebrauchen, ein sitzender Mann kann sie nur haben. Aber die Ehre ist dazu da, daß man sie gebraucht, nicht, daß man sich damit hinsetzt. Gebt einem sitzenden Mann warme Strümpfe.»

In diesem einen Fall will ich mit einer Reverenz nach Norden eine kleine Ausnahme gemacht haben: Ihre Schriften werden immer besser, wie alter Wein.

Erlauben Sie mir, lieber Alfred Polgar, Ihnen zum Fünfzigsten keine warmen Strümpfe zu schenken, sondern Verehrung. Verehrung und Hochachtung vor dem feinsten und leisesten Schriftsteller unsrer Generation.

Danke, keine Torte. Aber einen Händedruck.

AUF DEM GRASPLATZ

Die Umgebung von Paris ist viel schöner als der Midi, in den die Maler jetzt alle reisen, damit sie unter ihre Bilder setzen können: *‹Wäldchen bei Bandol (Mittelmeer)›* – als ob die Erwerbung einer Fahrkarte das Talent steigerte. Aber der Betrachter hat Respekt – denn was kann schon an einem dran sein, der in der Lüneburger Heide malt . . .! Also gut: Paris.

Da steht an einem kleinen See ein Restaurantchen, und noch eins – in der ‹boîte chic› sind kleine Tische mit Lämpchen und Sonnenschirmchen aufgebaut, eine kleine Terrasse und ein Orchester, das geigt vor sich hin. Aber niemand trägt ein Monokel, und niemand sitzt da, als habe er soeben den ganzen Platz mit eigner Hand genommen und vom Feinde gesäubert. Vor diesem Restaurant stehen auf einem großen Grasplatz lange Holzbänke, darauf trinkt ein Verein mit Damen seinen Kaffee. Eine englische Parklandschaft umschließt das, die Bäume spiegeln sich im Wasser, ein feiner, grauer Nebel liegt über den Grasflächen, es ist sieben Uhr abends.

Was mag das für ein Verein sein –?

Ein Mann hat eine schwarze Brille auf, noch einer, noch einer . . . Der steht auf und faßt seine Frau unter, er geht so seltsam willenlos, wie wenn die Kleider allein spazierten . . . Die Brillenmänner sitzen da und hören zu, was die Kleine auf dem Holzpodium ihnen vorsingt, sie macht Gesten, wiegt ein Coupletkindlein, sie hören zu, mit eingesunkenem Hals, heben den Kopf nicht . . . Es sind Blinde. Kriegsblinde. Ein ganzer Verein. Welcher Gruppe mögen sie angehören? Es gibt in Frankreich zwei Organisationen von Kriegsverletzten: eine neutrale und eine kommunistische. Sie tragen keine Abzeichen.

Sie haben einmal unvorsichtig über den Grabenrand gesehen, da kam es geflogen. Sie sind in der Marschkolonne mitgestolpert, da kam es geflogen. Sie haben, leicht verwundet, im Wäldchen gelegen und waren froh, so davongekommen zu sein – da kam es geflogen. Blut, schwarz war der Himmel, Schreie . . . Dann das Lazarett, der dicke Verband, die Binde über den Augen, wochenlang . . . «Es wird schon werden, Geduld, es wird schon werden . . .» Dann die schonende, vorbereitende Stimme des Arztes, des Priesters, einer alten Schwester . . . Und das erste ‹Wiedersehen› mit denen zu Hause.

Das ist lange her. Man hat sich eingewöhnt, die Frauen scherzen und lachen, die Blinden lachen und sprechen, man stützt sie beim Aufstehen, aber das ist mehr eine gesellschaftliche Formalität, die allen ganz natürlich vorkommt. Da geht einer vorsichtig eine Treppe herunter, der Stock tastet vor, einer tanzt, zwei gehen langsam über den Rasen, unmerklich bewegt sich die Frau, die treue Wächterin, hinter ihnen ...

Du hast ihnen das Augenlicht genommen, Herr. Sie waren sehend und sind blind in die Schlächterei gezogen; du hast sie blind gemacht, und wer weiß, ob sie sehend geworden sind. Sie bekommen eine staatliche Unterstützung, sie haben eine Gedenkmünze zu Hause, damit sie ja nicht in die Versuchung kommen, den Krieg zu vergessen, ein Endchen buntes Band und ein paar Quadratzentimeter Blech, Eisen oder Emaille – der Staat gedenkt der Seinen. Drum herum sitzen die andern.

Auch denen hast du das Augenlicht genommen, Herr. Sehenden Auges haben sie sich wie die Verrückten auf Spione, Landesverräter, den Feind gestürzt – sie konnten Fahnenfarben unterscheiden und Abzeichen, aber nicht, was Zivilmord war und Militärmord. Sie werden es morgen noch einmal tun, Herr. Lasset uns beten.

Gib uns einen fröhlichen Krieg, mit Hunger, Läusen und Typhus, mit Brandgranaten und Handgranaten und mit Gas, das die Augen deiner Kinder auf Lebenszeit verschließt. Vielleicht, wenn du ihnen die Augennerven nimmst, Herr du unser Gott, daß sie dann nichts mehr ablenkt, und daß sie in schwarzer Nacht, die sie umgibt, sehend werden und ihnen das Licht scheine in der Finsternis. Denn siehe, sie sind heute blind, alle miteinander. Mach sie völlig blind, Herr, auf daß sie sehend werden. Denn es steht geschrieben: Sie sehen nicht, sie hören nicht, und der irdische Staat mordet sie doch. Geheiligt werde sein Name. Amen.

WANDERTAGE IN SÜDFRANKREICH

Daß man den lieben Herrgott um seine Jahreszeiten betrügen kann –!

Bestimmt schickt jetzt in Berlin Herr Prokurist Protzekuchen zum Wirt hinunter und läßt fragen: wann er denn nun endlich und ob er denn nun nicht endlich zu heizen gedächte – es sei immerhin November! Hier, vor Toulon, ist es Sommer.

Allerdings eine eigene Art von Sommer. Die Sonne scheint den ganzen Tag schräg, und am Nachmittag gegen fünf Uhr gibt sie es auf, dann wird es lila, dann hellblau, dann dunkelblau – und dann ist es aus. Aber am Vormittag brät man auf dem kleinen Strändchen, das die zwei Inseln miteinander verbindet, und spielt: Badeleben. Ich und noch fünf andere.

Das hier heißt Les Sablettes und liegt vor Toulon, wo die großen, grauen Kriegsschiffe liegen. Toulon, wo Farrères ‹*Petites Alliées*› spielen, dieses amüsante Buch von den Schiffsoffizieren und ihren kleinen Freundinnen, Toulon ist eine freundliche Stadt mit ein paar wunderschönen alten und krummen Gassen, einem winzigen, überdachten Fischmarkt, Kirchen, in Häuser eingemummelt . . . Auch die alte Stadtmauer ist noch da, nur ist die Stadt – wie alle alten Städte – aus den Fortifikationen herausgequollen, weil sie ihr zu eng geworden sind. Aber wir drehen Toulon den ganzen Tag über den Rücken – denn was ist Toulon gegen diese Sonne!

Sie wärmt. Sie strahlt. Sie vergoldet die Bucht und macht das Wasser blau, weil sich der Himmel darin spiegelt, der rein ist von Wolken. Lange habe ich nach einem solchen stillen Ort gesucht. Die tripots an der Mittelländischen Küste, wo sie am feinsten ist, sind noch leer; und ich habe noch nicht heraus, was mir unangenehmer ist: Nizza, wenn es voll ist, oder Cannes, wenn es leer ist. Westlich davon war Sanary-sur-Mer und Bendol – kleine Nester, aber sie waren nicht das richtige. Diese ganze Küste hat nur einen Fehler: längs des Meeres führt die große Automobilstraße von Marseille bis nach Nizza, und aus ists mit Ruhe, Abgeschiedenheit und Stille, die nichts hören und nichts sehen und nichts riechen will. Hier in Les Sablettes liegt der Strand, durch die Badeanstalt und die Mauern des Parks abgetrennt von der Straße; sie wird noch nicht allzu oft befahren.

Überall lungern Hunde herum und Katzen. Es sind sehr feine Herrschaften dabei. In Sanary lag ein Hund quer über die Straße gestreckt, offenbar der pensionierte Angestellte einer Schlächterei. Er stand nicht einmal auf, als das Postauto herangebummert kam – er sah kaum auf. Der Chauffeur fuhr auch brav um ihn herum. (Was folgt daraus über das Verhältnis romanischer Völker zu den Haustieren sowie ... Gar nichts.)

In Les Sablettes muß einmal etwas anderes gewesen sein als ein Hotel. Eine Tür steht halb auf, unter der Lackschicht lese ich im Sonnenlicht: Chef Médecin. Ein Hospital? Ein Hospital im Kriege. Draußen, auf der Terrasse, da, wo der warme Wind über die Palmen streicht, die man gepflanzt hat, und über die Bäume, die dort wachsen, da haben sie gelegen, die Rekonvaleszenten: Lagerstatt an Lagerstatt. Engländer. Als Soldaten verkleidete Engländer. Nach einem Fußballspiel um Menschenköpfe.

Und eines Morgens, als ich an den kleinen Strand hinuntergehe, ist die Bucht und das Meer und der Strand und der ganze Tag verzaubert. Der Mistral weht. Er hat den Himmel reingefegt, silberne Konturen gesetzt, vielleicht wirbelt er weiter drinnen im Lande die Staubwolken zusammen – hier ist die Luft glasklar, das Ferne ist nah, alle Häuser am Meer leuchten, der Wind ist Champagner, eine Art frischer Wärme, die Natur aus flammend blauem Stahl. Die Lungen atmen tief.

Manchmal zieht am Horizont ein großes Schiff vorbei auf seiner Seeroute von Marseille nach dem Suezkanal, nach China – das gibt dann für die alte Engländerin am Nebentisch unerschöpfliche Gesprächsthemen. Sie ist ganz aufgeregt über das Schiff, überhaupt über Schiffe, sie kürzt sogar ihr ewiges Wettergespräch aus dem großen Plötz um einige Feuchtigkeitsgrade ab. Sie spricht eine Art Französisch ... aber es hilft alles nichts – es ist ja doch Englisch. Ja, gnädige Frau, es ist ein großes Schiff! Nein, gnädige Frau, heute werden die Passagiere keine stürmische Fahrt haben. Augenscheinlich ... gewiß, gnädige Frau ...!

Untrügliches Merkmal für gute Erholung: die Tage fangen an zu laufen. Ein ängstlicher Blick auf den Kalender sagt jeden Tag: Es ist Zeit! Es ist hohe Zeit! Die Provence wartet und die ‹*Weltbühne*› auch. Aber noch einen Tag – noch einen einzigen – und noch einen – es ist zu heiter und sonnig und warm.

Zwischen Les Sablettes und Toulon liegt La Seyne, ein kleiner Hafenort. Sein Häfchen sieht aus wie ein Enkel von Marseille – auch hier die kleinen Häuschen, die unmittelbar um das Hafenbassin herumstehen, ganz nahe. Am Sonntag spielen alle Männer Boules; wie die Spielregeln sind, weiß ich nicht – aber es scheint Haupterfordernis zu sein, daß man sich dazu wie beim Kegeln die Jacke auszieht. Und alle haben so weiße Hemdsärmel. (Das kommt daher, weil das Spiel hauptsächlich sonntags gespielt wird.) Wie beim deutschen Kegeln? Aber ich sehe an keiner Stelle, daß dabei getrunken wird. Neulich haben sie versucht, die Boules in einen richtigen Sport zu verwandeln. Turnier, Preise, Schiedsgericht, Zeitschriften, ‹Wie man ein Champion der Boules wird› ... Für diesen Stumpfsinn ist das Spiel sicherlich zu schade; fällt es erst einmal dem Sport in die Finger, so hört es auf, ein Sonntagsspiel zu sein. Es wird sich dann mehr um ‹Spitzenleistungen› handeln. Weil aber diese Südfranzosen gar nicht so große Sehnsucht haben, sich in tausend Organisationen und Gruppen zusammenzuschließen, bei denen der gesellschaftliche Vorgang des Zusammenschlusses mit seinen Komplikationen die Hauptsache und der Stoff Nebensache ist, und weil sie ihre kleine Sehnsucht danach anderswo befriedigen, wird es wohl so bald keinen ‹Boules-Sport› geben.

Ist es schon Herbst –? Die Luft sagt: Nein. Aber eine Partie Bäume ist da, die feiert, weil sie orthodox ist und nicht von der südlichen Gegend, Herbst: ihr helles Braun und flammendes Gelb stehen gegen den leuchtend blauen Himmel. Ewig stumpfgrün, stehen die silbrigen Olivenbäume dabei und spielen den Herbst nicht mit. Es ist Sommer. Mitten im November ist Sommer! Man kann also um den Herbst herumkommen. Das ist keine ‹Entdeckung›. Was könnte man denn auch heute noch auf der weiten Welt entdecken? Aber so scharf habe ich noch nie gewußt, daß man sich warme Jahreszeiten kaufen kann. Gletscher im heißen Sommer und warme Küsten im Herbst und weiche Luft im Winter — wem gehören die —?

Aber nun jagt mir der Kalender einen Schreck ein, und ich fahre ab.

Die große Eisenbahnlinie an der französischen Südküste hat streckenweise einen kleinen Konkurrenten — dieser Konkurrent fährt von Toulon aus näher am Wasser entlang. Hin zu ihr! Die Bahn ruckelt davon.

Die Küste wird immer schöner, je weiter man ostwärts kommt. In geschwungenem Bogen schäumt das blaue Wasser um bebuschte Felsen, um kahle Steine, in flache Buchten. Einmal weht der Wind vom Lande her, er rauht die glatte Wasserfläche auf, daß sie stäubt — die Wellen sind ganz klein, Embryowellchen . . .

St. Tropez steht auf allen Karten als Winterkurort aufgemalt. Bei aller Liebe — aber dann schon lieber Neuruppin! Es ist dunkel, als ich ankomme — der Wind durchheult den Ort, stößt sich an den Häuserkanten wund und heult noch mehr . . . Dunkel sind die Gassen, ein Betrunkener durchschimpft sie, aus einem braunen Hause hört man einen Zank . . . Die Laternen brennen trübe. Am Hafen liegt ein Gewirr von Tauen und Segelleinewand, überall drücken sich Männer herum, es ist schmutzig und dürftig.

Am Morgen sieht es schon besser aus. Vor der kleinen Stadt liegt auf einem Hügel die alte Zitadelle — jetzt erholen sich dort skrofulöse Kinder. Ich klettere die Anhöhe hinauf. Ringmauer, Festungstor und dicke Wälle — dahinter bleiche Kindergesichter, dünne Ärmchen, ein kleines Mädchen auf Krücken. Sie zeigen mir den Hof und die ganze Befestigung. Sie warten, daß ich aus dem Hof hinausgehe — da gibt es doch nichts zu sehen. Ich kann mich nicht losreißen. Welches Wunder, immer wieder: Burg- und Klosterhof! Wie die Wände einschließen und zurückwerfen! Wie man immer wieder sich und seine Welt vor Augen hat! Wie geschlossen alles ist! Hier kann man nachdenken; hier ist man geborgen, hat Distanz zu den andern, die draußen sind und nicht hereinkommen dürfen. Oben leuchtet der Himmel in die Hofstille. Und ganz oben auf der Plattform, wo die dicken Türme stehen, hat man einen Rundblick über Meer und Land. Drüben liegt Sainte-Maxime.

Das ist ein ander Ding. Durch die Berge vor dem Mistral sanft geschützt, sehr sauber und adrett und freundlich. Unten am Hafen ein kleiner Quai mit überdachten Gaststätten und Segelbooten, die im Wasser schwanken.

Auch hier ist noch Sommer, tagsüber strahlender, warmer, im Winde nadelduftender Sommer. Es ist wenig Laubwald da — der Wald liegt hoch — immer sieht man das Meer. Unten wohnt Victor Margueritte, der Mann der *‹Garçonne›* — wir erzählen uns etwas, und er zeigt mir sein ganzes Besitztum: vom Strand aus reichts bis oben zu einer kleinen

Anhöhe, wo er sich ein winziges Belvedere, eine neue Ruine, gebaut hat. Ich bekomme Nußwein zu trinken und seine Frau zeigt eine Übersetzung von Rilkes ‹*Malte Laurids Brigge*›, die sie zärtlich liebt. Er spricht über Deutschland. Auf seinem Arbeitstisch liegen die historischen Quellenwerke des deutschen Zusammenbruchs, Material für ein neues Buch, ‹*Les Criminels*› wird das heißen. Er ist voll guten Glaubens, hofft zuversichtlich auf die deutsche Demokratie und zeigt sich als ein Mann von umfassender Bildung und Geschmack. Um ihn herum stehen und hängen gute Sachen: auch ein paar lustige bunte Bilder von Kießling, der im Sommer drüben in St. Tropez malt.

Heute ist Sonntag, es muß etwas geschehen. Es geschieht, daß ich unten am Quaiwasser in dem kleinen Restaurant esse. Die Sonne brennt auf das buntgestreifte Dach, die kleinen Hunde bellen herum und betteln, manche Leute sitzen an Tischen mitten auf dem freien Platz unter den Palmen, alle sind beim Kaffee, munter-träge. Manchmal fährt ein Automobil vorbei und lädt ein Rudel lärmender und lachender Menschen ab. Es ist so warm, beinahe heiß . . . Hautes-Sauternes ist ein schwerer Wein, wenn man ihn mittags trinkt. Man wird müde danach. Ans Klavier des Saales drinnen im Haus hat sich ein junger hübscher Bursch gesetzt, im gestreiften Hemd der Cowboys, mit aufgekrempelten Ärmeln. Er spielt nicht laut. Er spielt, was man weder von ihm noch hier erwarten sollte: ganz moderne Musik. Puccini wirkt in der Melange wie ein Gassenhauer. Er holt aus dem alten Restaurationskasten, auf dem nachmittags eine Jazzband rackert, die gleitenden Nuancen der neuen Musiker heraus, keine Melodie, kaum Ansätze dazu. Wie kompliziert diese Freude ist! Aber diese Musik ist wahrer als Waldesrauschen und Symphonieroutine. Die Töne plätschern über den kleinen Platz, ein paar Leute klatschen gedämpft. Der junge Mann lächelt und spielt weiter, für sich allein. Alles ist getaucht in Musik, Sonne und eine mittägliche Schläfrigkeit.

Sonnig sind die Tage und so schön – wie mag das in den Bergen aussehen?

Plan-la-Tour liegt ein paar Kilometer entfernt vom Meer – das ist der erste Ort, den ich durchwandere. Es ist Montag, gestern war Totensonntag, alle Arbeiter machen noch einen so, wie soll ich sagen, ergriffenen Eindruck. Die Wirtin hat auch kaum etwas zu essen, aber dreihunderttausend Fliegen und alle minderbemittelten Hunde des Dorfes zu Gast. Wir essen, Fliegen, Hunde und ich, essen alle eine Kleinigkeit, ich bezahle, und dann geht es in die Berge. Oben auf den Höhen läuft ein Weg, an dem noch gebaut wird. Erst ist er glatt und fahrbar, dann nur gangbar, dann wird er steinig und steiniger, holprig und mündet schließlich in die Holzpantinen der Arbeiter, die da hacken, man muß durch Geröll und Steinbrocken hindurch. Die Sonne sticht. Ich bleibe stehen und sehe mich um.

Da liegen die Täler. Menschenleer, kein Dorf ist zu sehen, manchmal ein Gehöft. Und endlich, endlich ist hier das, was ich so lange und so vergeblich gesucht habe: Stille. Hier ist es still. Die Uhr hört man ticken. Wohlig lassen die Nerven nach und entspannen sich. Welche Wohltat! Wie hatte neulich Willibald Krains kleiner Proletarierjunge im Walde der Ferienkolonie gesagt? «Ach, Frollein, hier riecht et so scheen – nach jahnischt!» Glück, sagt schon der Weise, ist etwas Negatives. Vollkommene Stille ringsum. Und ich bin so glücklich-dankbar für das, was nicht da ist.

Und denke so im Weitergehen nach: Was haben sie mit uns in den letzten zehn Jahren gemacht! Wie zerrauft! Wie ausgeschlossen von aller Welt! Wie zerprügelt! Wie abgestumpft! Und wofür –? Alles, damit am Wannsee und in Dahlem neue Herren einziehen konnten, wahre Gewinner des Mordes, Plusmacher aus einem allgemeinen Defizit . . . Es ist nicht schön, zurückzublicken – aber vergessen ist so schwer. Und es ist sehr, sehr schwer, sich wieder in den Zustand des alten Glücks einzufühlen, wenn man einmal den Boden unter sich hat schwanken fühlen. Es ist da etwas geschehen, was nicht mehr ausgelöscht werden kann, für uns wenigstens nicht. Die Welt hat übrigens schon vergessen.

Sacht geht der Weg hinab. Und während ich so ausschreite, singe ich laut und kräftig unsere guten alten deutschen Marsch- und Wanderlieder, und die französischen Kiefern und Tannen bewegen erstaunt die Köpfe, haben sie doch noch nie so markige . . . Nein, das ist aus einem Leitfaden für einen Reichswehrunterricht. Oder aus einem republikanischen Lesebuch.

In La Garde-Freinet haben sie offenbar die ganze Stadt in Salz verzaubert. Die Fensterläden sind alle zugeklebt, die Straßen sind leer, meine Tritte klappen. Vor mir wackelt ein Hund, ein runder, fetter, mit langen Wollfäden bekleideter Hund, ein Prachtexemplar von einem Hund. Es ist ein älterer Herr, vom Leben gereift und zu gar keinen Späßen mehr aufgelegt. Er geht so fürbaß, dreht nicht einmal den Kopf, als ich ihm einen guten Tag wünsche. Er wünscht dergleichen nicht. Der würdige Greis stellt sich schließlich vor eine Haustür und bellt. Total heiser, um drei Töne zu tief und im letzten Winkel seiner Magengrube um irgend etwas tief gekränkt und schwer beleidigt. Dann rollt er ins Haus.

Bewohner hat diese Stadt nicht. Aber ein Automobil kann man mieten. Eine halbe Stunde später trudelt der alte Wagen (Ford Nummer 1) aus dem Städtchen, die glatte, absteigende Chaussee hinunter. Das Auto war redlich verdient: achtundzwanzig Kilometer sind genug für einen beleibten Herrn.

In Grimbaud hält der Mann. Es ist schon halb dunkel – aber man kann noch alles sehen. Ich klettere durch die winzig kleine Stadt, auf die Burg.

Das ist eine wahrhafte Ruine –! So eine, wie sie immer auf den Bildern in den alten schweizer Hotels abgemalt ist, und vor denen man sich vergeblich fragt, wo in aller Welt denn solche pittoresken Ruinen vorkämen. Das ist sie. Ich stapfe in den Trümmern herum und sehe ins Tal. Unser Zeitalter liebt keine Ruinen. Heiße ich Herr Biedermeier –? Also. Aber hübsch ists doch.

Wir fahren ab, die Scheinwerfer sind schon angezündet. Immer, wenn uns ein anderer Wagen entgegenkommt, blinzeln sich die Autos an, beide Chauffeure blenden die Lichter ab, es ist wie ein Gruß im Dunkel. Durch die schwärzlich verhüllten Straßen rollt der Wagen. Ich bin müde.

(«Sagen Sie mal – apropos: Ich meine . . . so . . . mit den Weibern . . . Die Französinnen sollen ja dolle Nummern sein!» Hm. «Erzählen Sie mal!» Ja, also in Toulon, in einem . . .puschpuschpuschpusch . . . «Ah! Wirklich! Hat sie ganz einfach . . .? Großartig! Faaabelhaft!» Das möchte Ihnen so passen, Sie altes Ferkel! Kein Wort wahr! «Schade. Man hörts doch immer wieder gern.»)

Über eine Bahnstrecke springen die Räder, eine weiße Frau taucht am Wege auf, mit einem Kinderwagen . . . dann bin ich zu Hause. Noch einen Tabak . . . Alle Sterne blitzen und der Mond auf dem Meer. Man sieht noch das regelmäßige verlöschende Blinkfeuer am Horizont und einen stillen weißstrahlenden Leuchtturm, milchigen Schein auf dem Wasser, Glitzern, den hauchigen Glanz am Himmel – dann gar nichts mehr.

DER SOZIOLOGISCHE HORIZONT

Vor achthundert Jahren, als noch rechts der Elbe Kaschuben, Wenden und die Vorfahren jener Männer saßen, die heute das Wort ‹Rassereinheit› im Munde rollen, vor achthundert Jahren wußte der märkische Bauer nichts von den Ureinwohnern Australiens. Hätte man einem von ihnen die Abenteuer Nanuks oder die kaiserlichen Gebräuche in Peking berichtet – wahrscheinlich wäre man aus dem Dorf herausgeprügelt worden. Heute haben wir den Aufkläricht, heute wissen alle Leute alles. Oder sie bilden es sich doch wenigstens ein.

Denn sie sind ‹herumgekommen in der Welt› – so sagen sie. Und damit meinen sie die lokale Verschiebung auf Reisen, sie haben den geographischen Schauplatz gewechselt, sie sind gereist, gewandert, gefahren, haben Touren unternommen . . . Aber sie haben doch die ökonomische Schicht so selten verlassen, jene Umwelt, der sie fast unabänderlich angehören, und aus der man fast niemals heraufsteigen kann und nur schwer und künstlich herunter . . . Wie groß ist der soziale Horizont eines Menschen –? Er ist doch wohl viel kleiner als man glaubt.

Die große Menge der Urteile beruht auf Überlieferung, auf angelesenen Urteilen, auf fertiggenähten Schilderungen, die einer dem andern konfektioniert überreicht. Der kleinste Teil ist empirisch erworben. Und auch da gehts sonderbar zu.

Natürlich ist ein Kollektivurteil ohne Verallgemeinerung von Einzelerfahrungen gar nicht denkbar. Es ist nicht möglich, alle Islandfischer zu frequentieren, oder auch nur die Mehrzahl aller sächsischen Fabrikarbeiter – wenn man über diese Klasse ein gültiges Urteil abgeben will. Man wird sich immer auf mehr oder minder zahlreiche Einzelfälle beschränken müssen und nach ihnen, zusammenfassend, urteilen. Das geschieht oft drollig genug.

So, wie Tony Buddenbrook durch ihr ganzes Leben die kleinen verliebten Kollegs über Politik des jungen Herrn Schwarzkopf mit sich führt, so tragen die meisten Menschen – ausgenommen du und ich und der Redakteur und der Setzer, natürlich – gewisse Erfahrungen aus der Jugendzeit als unabänderliche und fest fundierte empirische Tatsachen mit sich herum. Auf nichts ist der Mensch so stolz wie auf das, was er selbst gelernt hat – und wenn es auch blanker Unsinn war, er hats doch einmal begriffen, und da ist dann nichts mehr zu machen. «Sie werden mir das doch nicht erzählen! Ich habe doch selbst . . .» Renn mit dem Kopf gegen eine Wand aus Stahl – aber den da gib auf.

Sehen wir von den Menschen ab, deren Beruf es mit sich bringt, daß an ihnen zahlreiche Schichten, Klassen, Menschenschicksale vorüberziehen (etwa die Richter, wobei zu bemerken wäre, daß gerade solche am ehesten abstumpfen und zum Schluß nicht mehr sehen) –: so sind es Raritäten, die wirklich mit allen Wassern gewaschen, mit allen Hunden gehetzt, in allen Sätteln gerecht sind. Das ist selten, selten wie die blaue Mauritius. Der Rest . . .

Der Rest hat einen fix und fertigen Vorrat von Begriffen im Kopf, zu denen nicht einmal immer das ökonomische Interesse treten muß, um sie zu färben. Daß ein Glasfabrikant keine Gesellschaftsordnung bejahen wird, in der das Glas für eine gotteslästerliche Sünde erklärt wird, ist glasklar – daß die Schauspieler keine begeisterten Antialkoholiker sind, auch. Aber selbst in Dingen, die jeden persönlichen Interesses entbehren, begnügt sich wohl die Mehrzahl aller Menschen mit Gehörtem, Gelesenem oder mit ein paar Einzelerlebnissen, die dann als Richtschnur für ein ganzes Leben gelten.

«Die Einwohner dieser Stadt haben rote Haare und stottern . . .» Ach, wie viele solcher Schilderer gibt es. Und wenn man jemand – durch ein Zaubermittel – veranlassen könnte, die volle Wahrheit, sogar vor sich selbst, zu sagen und nicht einmal mehr sich selber zu belügen: was müßte er da als Fundus, als Beweisgrund, als Ursache seiner Werturteile über Klassen, Kasten, Gesellschaftsschichten angeben! Welche Nichtigkeiten kämen da zu Tage! Wer hat wochenlang mit Gutsbesitzern verschiedener Artung und verschiedener Provinzen zusammengelebt, um über sie zu urteilen? Wer kennt die Leiden und Freuden eines Kellners wirklich? Wer weiß, wie es in Spielklubs und zugleich in Nähstuben der Heimarbeiterinnen und zugleich im Gefängnis und zugleich in Botschaften zugeht?

Dichter, sag nicht: der Dichter.

Das langt heute nicht mehr. Balzac war ein Genie — es dürfte kein Zufall sein, daß es heute keinen solchen gibt. Bestenfalls unterrichten sie uns vorzüglich über eine Klasse, etwa über die ihre oder manchmal über eine, die sie besonders hassen — aber über mehrere? Und authentisch? Ihr wißt ja, wie die Bankbeamten, Zahnärzte, Buchbinder, Arbeitsleute, Finanzgrößen in der modernen Literatur aussehen ... Schießbudenfiguren.

Es scheint so etwas wie einen soziologischen Flair zu geben, eine untrügliche Ahnung, daß das, was man soeben gesehen hat, nichts Typisches war, sondern etwas Einmaliges, Exzeptionelles, Besonderes . . . Einen Flair, der von fern her wittert, daß dies der normale berliner Gepäckträger war, daß alle etwas von ihm haben müssen, daß dieser kein Original, sondern ein Fabrikat darstellte . . . Die meisten Beobachter hauen hierbei daneben.

Wie schief und krumm sind die meisten soziologischen Urteile! Wie vorschnell! Oder wie urgründlich, aber ohne jeden Instinkt! Es muß wohl eine besondere Veranlagung sein.

Den Tanganjika-See erforschen, das kann jeder. Aber die Gemütsart von mitteldeutschen Fabrikbesitzern grundlegend schildern, die Denkweise von ausgesperrten Arbeitern aus dem Rheinland, die Gefühle von jungen Studenten in Königsberg, lokale und gesellschaftliche Besonderheiten auch durch die Mechanisierung hindurch zu sehen — das können wenige, fast begnadete Forscher.

Der soziologische Horizont der meisten Menschen ist klein wie der Boden einer Konservenbüchse. Sie wähnen sich im Himmel. Eine neue Gesellschaftsliteratur sollte sie aus diesen schönen Träumereien reißen und ihnen die Erde zeigen, wie sie ist. Bunt, eintönig, abwechslungsreich, bis zur tödlichsten Langeweile individuell, von uralter Frische. Aber die Herren Schriftsteller haben keine Zeit. Sie lösen Probleme, sie bekümmern sich um die außerordentlich wichtigen Modalitäten einer Fortpflanzung, sie bauen eine Nebenwelt auf. Freilich: um einer Zeit den Spiegel vorzuhalten, muß man ein guter Glasmacher sein.

DER PLATZ IM PARADIESE

Die Bretagne ist das Bayern Frankreichs. (Protest der Bretagne, Protest Bayerns, schwere internationale Verwicklung der beiden Staaten —.) Denn man will auch dort schon wieder immer wie die Geistlichkeit.

Daß Plouézec nirgends anders als in der Bretagne liegen kann, ist für den Kenner außer Zweifel.

In Plouézec wohnt ein Kerl, der war einmal Leuchtturmwächter in Algerien gewesen, il a fait les colonies, ist also ein weitgereister Mann. Weil er denselben dicken Kopf wie die umwohnende Landbevölkerung hatte, ihren harten Geiz, ihre Geschäftstüchtigkeit, aber flinker war als sie, gerissner, schneller dachte, brachte er es bald zu viel Geld. Dieser Bursche nun erzählte neulich eine absonderliche Geschichte. Die Bretagne trinkt Cidre. Cidre macht betrunken. Aber in vino veritas, in der Lüge auch.

Der Leuchtturmwächter a. D. hatte einen Vetter, der war Priester. Zu dem kam eines Tages ein gutes altes Frauchen und ließ in der geistlichen Unterhaltung so nebenbei fallen: «Jaja . . . Die Zeiten sind schwer . . . Jung bin ich auch nicht mehr: ich möchte mir gern einen Platz im Paradiese sichern, aber ich hörte, das ist sehr teuer. Sehr teuer soll das ja sein.» Der Priester spitzte die Ohren. Meinte sie das symbolisch? Eine Seelenmesse? Geistliche Tröstung? Nein, nein, sie meinte es ganz wörtlich. Sie wollte wirklich und wahrhaftig einen Platz im Paradiese. Das fiel dem Priester auf.

Es begannen nun durchaus ernste Verhandlungen, der Priester bedang sich einige Tage Zeit aus, um sich mit den zuständigen Stellen in Verbindung zu setzen, und kam nach einer Woche mit dem Bescheid an: ein Platz koste 60 000 (sechzigtausend) Francs. Die Frau setzte sich schweratmend auf einen Stuhl.

Zur größten Überraschung des Priesters, der ja allerhand gewöhnt war, dergleichen aber denn doch noch nicht erlebt hatte, rückte sie nach ein paar Wochen an, hatte Geld flüssig gemacht und händigte dem frommen Mann Gottes 60 000 Francs ein. Für einen Platz im Paradiese. Die Sache schien in Ordnung zu sein.

Der Priester aber konnte nicht mehr schlafen. Es waren weniger Gewissensbisse, die ihn plagten, als der tödliche Zweifel: Habe ich auch genug gefordert? Solch ein Lamm hätte doch ganz anders geschoren werden können! Warum – bei Gott in der Höhe – warum habe ich nicht 80 000 gesagt? Achtzigtausend . . . Und da brachte ihm der frische Meerwind eine Idee, einen Gedanken, unmittelbar von seiner himmlischen Behörde inspiriert. Er ging hin – das war im Jahre 1924 –, er ging wirklich hin, stellte die Frau und sprach:

«Liebe Frau. Ihr Platz im Paradiese ist Ihnen sicher. Für 60 000 Francs. Betrag dankend erhalten. Aber – damit Sie sich keinen Illusionen hingeben und mir etwa im Jenseits Vorwürfe machen: es ist ein Stehplatz!»

Die Frau setzte sich abermals. Was . . . was man denn da tun könne? Ja, sagte achselzuckend der Priester, man könne ja vielleicht einen Sitzplatz kaufen – obgleich die sehr, sehr gesucht seien. Es sei fast ausverkauft. Aber er habe Beziehungen ... Übrigens koste ein Sitzplatz 80 000 Francs. Und da beschloß die Frau, auch noch die 20 000 flüssig zu machen, und sie begründete das auch. Cidre macht trunken – aber keine Dichter. Diese Antwort kann nicht erfunden sein. Sie sagte:

«Ich werde Ihnen auch noch die 20 000 geben. Denn ich möchte einen Sitzplatz, parce que c'est pour l'éternité!» – Weil es doch für die Ewigkeit ist ...

Nun aber griff der liebe Gott ein, seines Zeichens bekanntlich langsam, aber sicher mahlender Mühlenbesitzer. Die gute Frau hatte Verwandte, denen die Wirtschaft in den Renten- und Aktienbeständen ihrer Tante, Großmutter und Schwester nicht unbekannt blieb, sie forschten nach, die Sache wurde ruchbar, es gab einen mächtigen, aber lautlosen Skandal – und der Priester wurde exkommuniziert. Alle frommen Seelen durften aufatmen. Aber nicht lange.

Der verjagte Priester gab das Geld nicht her. Er begründete vielmehr damit – wer wollte es ihm verübeln! – eine Milchwirtschaft und reiste im Lande umher; übrigens immer noch in der Soutane, weil das mehr zog, er hatte die modernsten Milchmaschinen und verdiente in kürzester Zeit einen gehörigen Haufen Geld. Da saß er nun.

Seinen Vetter, den Leuchtturmwächter, sah er oft; beide waren gewaltige Fresser und Säufer, und sie setzten sich häufig um eine mächtige Seezunge und die erforderlichen Bouteillen Weines. Bei einer solchen Zusammenkunft nun geschah es, daß dem Priester der Kragen zu eng wurde, die Augen quollen ihm heraus, ein kleiner Schlaganfall meldete sich, er begann zu röcheln ... Der Vetter fühlte seine Stunde gekommen. (In der Erzählung äußerte er: «Maintenant je savais: il est à moi!») Und er sprach zu dem Sünder: «Das ist die Strafe Gottes! Da hast du es!»

Dem Ex-Priester wurde mulmig um die Brust. Er begann nachdenklich umherzugehen, sonderbares Zeug vor sich hinzumurmeln, und eines Tages kam er recht klein zu seinem Cousin: ob ihm der nicht zum Wiedereintritt in die Alleinseligmachende verhelfen könne ... Selbstverständlich. Der Vetter ging ans Werk.

Zunächst machte er einen Besuch bei dem zuständigen Erzbischof. Der flammte auf. Nie. Niemals! Als sich das geistliche Gewitter ausgetobt hatte, zog der Vetter ganz leise und vorsichtig seinen Trumpf aus dem Hosensack. Der Ex-Priester besäße eine halbe Million ...

Dumpf grollte es noch einmal aus dem Bischof – dann dachte auch er nach. Und sprach, um sich ganz zu vergewissern, die geflügelten Worte: «Est-ce que la bête est bien morte –?» Ist der Kerl auch ganz und gar auf dem Aussterbeetat? Dafür könne er garantieren, sagte der Vetter eifrig. «Ça je vous le garantie, Monseigneur!» Sieg auf der ganzen Linie. Und zehn Prozent für den Leuchtturmmann – für freundliche Vermittlung.

Der Priester durfte sich demütig der Kirche nahen, er wurde in ein Kloster für reuige Mönche gesteckt, in eine strenge und härene Sache. Und da bereut er nun noch und hat sein Geld der Kirche vermacht.

Es ist aber zu erwägen, ob das Mütterchen aus Plouézec nicht zeit ihres Lebens glücklicher gewesen wäre, wenn sie einen Platz im Paradiese ihr eigen geglaubt hätte. Einen Sitzplatz, versteht sich. Einen Sitzplatz.

DER SCHLAFLOSE TOTE

Da, wo das Grab war, schlief er nicht,
er konnte da nicht schlafen;
denn rechts war eine Zuckerfabrik
und links ein Treidelhafen.
So spukte er denn überall umher.

Er spukte an der Kasernenwand,
da stand ein Fenster offen –
doch weil es nach Leder und Leutnants roch,
so ist er davongeloffen.
Und das von Rechts wegen.

Er spukte im Kirchenchor. Da begann
der Pfaff auf den Knien zu krauchen:
«Bist du vielleicht Christus, du weißer Mann?
Dann können wir dich nicht gebrauchen.
Was haben wir aus dir gemacht –!»

Er spukte auf einer Redaktion.
Da erhob sich der Hauptschriftleiter
und sagte: «Ich verstehe Sie schon –
aber gehen Sie ein Haus weiter!
Unser erstklassiges Publikum besteht leider
aus lauter Idioten!»

Er ließ die Gewänder im Reichstag wehn,
da hatte ers gut getroffen:
Einen Geist, einen Geist, den kannten sie nicht,
das Maul stand ihnen offen.
Haben Sie übrigens die feinpointierte Rede
des Abgeordneten Breitscheid gelesen –?

Er spukte im Landgericht III zu Berlin.
Was bot sich da seinem Blicke:
Die deutsche Themis – welch ein Schreck:
Eine alte gespenstische Zicke.
In den Zellen winselten Zehntausende.

Er spukte in der Wilhelmstraße:
Rayonchefs und Bürokraten,
sowie die Kommis der Diplomatie
und ehemalige Soldaten.
Dafür bluten nachher sechzig Millionen.

Dies alles sowie Addalin
wirkten nichts gegen sein Getue.
Ein schlafloser Toter weht durch die Welt –
Gott gebe ihm ewige Ruhe!
Amen.

DURCHEINANDER

Hering ist gut. Schlagsahne ist gut. Wie gut muß erst Hering mit Schlagsahne sein –!

Am Place de la Concorde fragte ich einen Schupomann: «La rue de Rivoli, s'il vous plaît?» – «Da gehn Sie man hier gleich rüba!» sagte der. «Aber immer schön auf dem weißen Strich –!» Es war gar keiner da, kein weißer. Aber ich bog wirklich in die lange Straße ein, und da war das Warenhaus. Vor dem ersten großen Schaufenster stand eine zierliche Blondine. Original-Blondinen sind so selten – ich habe eine Brünette doppelt, vielleicht kann man tauschen ...? «Verzeihung!» sagte ich, «gestatten Sie vielleicht, daß ich Sie anspreche –?» Die Blondine hatte hinten am Nacken dunkle Härchen und sah mich erstaunt an. «Qu'est-ce qu'il me chante, celui-là?» sagte sie. Ganz verwirrt trat ich zurück, einem älteren Major von der Reichswehr, mit dem Bändchen der Ehrenlegion im Knopfloch, genau auf die Lackstiefel. «Pardon –!» sagte ich. «Wollen Sie bitte mit mir deutsch sprechen?» sagte er. Was ist das –?

Also Socken. Socken im Warenhaus sind immer woanders, man muß sich herauf- und herunterbemühen, und das tat ich. «Gute, dicke, grauwollene Socken», sagte ich. «Monsieur?» lächelte die kleine Verkäuferin. «Nee Socken – nich Mißjöh! Was ist denn hier – –!» – «Monsieur est Anglais?» sagte die kleine Verkäuferin. «Un interprète ...» Da stand ich wie Pröppke auf dem Witwenball und wußte nicht ein noch aus. Aber sie mußte doch verstanden haben, was ich meinte, denn ich hatte so in den Socken herumgekramt, und sie wickelte mir ein Paar ein. Sie sahen aus wie Fausthandschuhe.

«Et avec ça—?» sagte die kleine Verkäuferin. Da nahm ich die Socken und lief davon, und alle Leute hinter mir her, aber ich entkam glücklich durch einen Notausgang in die Damentoilette und von da auf die Straße.

«B. Z.!» rief ich zu einem Zeitungsverkäufer. «Paris-Soaaaah!» hauchte er mich an. Und ich wich erschrocken zurück. Wo war ich hier —? Das werden wir gleich haben. «La Tour Eiffel?» fragte ich einen jungen Menschen, der mit einem Paket hinter mir ging. «Dir ham se woll mit'n Klammerbeutel jepudert—?» fragte er mich. Aber ich verstand ihn nicht. Und da hing ein Plakat, daß Dranem heute abend auftrete, aber er hatte die Züge Max Pallenbergs — und die Raquel Meller hing da, und darunter stand: Fritzi Massary ... Was war das—?

Nun gingen da Pfadfinder und ein paar Engländer mit Hosen, in denen sie offenbar ihre Reisenecessaires untergebracht hatten, so weit waren die, und eine rundbusige Dame zwinkerte so mit den kleinen Äuglein ... Ich war gerade dabei, mich zurechtzufinden, da fuhr ein Wagen vorüber, eine schöne Limousine. Halt! die Straße war versperrt, der Wagen hielt. Darin saß ein Mann, den kannte ich — das war Herr Painlevé. Ich konnte hören, wie er zu seinem Begleiter sagte: «Hier stehe ich — ich kann nicht anders ...» Aber das hatte doch ein anderer gesagt! Das hatte doch ... Wer war dieser Mann—?

Und da kam ein Lümmel die Straße heruntergefegt, er trug eine Zigarette hinterm Ohr und pfiff: «Wenn du meine Tante siehst — complimente — la de ma part!» Allmächtiger Nelson! Wo war ich—?

Ich war im Whisky-Nebel. Und hatte das Ideal der Ideale erträumt: Paris an der Panke.

FRANZÖSISCHES MILITÄRGERICHT IN PARIS

Conseil de Guerre. Ein kleiner Saal mit kahlen Wänden, der einzige Schmuck ist eine alte Wanduhr. Die Fenster sind grün verhangen, der Zuschauerraum ist durch Eisenstangen abgeteilt. Hinten an der Wand, dem Gerichtshof gegenüber, eine lange Bank mit sechs Soldaten darauf. Das Ganze liegt im Militärgefängnis zu Paris.

Das Gericht besteht aus dem Vorsitzenden und sechs Dienstgraden in verschiedenen Uniformen. Die Gesichter sind — mit einer Ausnahme — anständig; immerhin ist in den Augen meist etwas, das einen den Wunsch aussprechen läßt, mit den Herren dienstlich und zu

Kriegszeiten lieber nichts zu tun zu haben ... Links der Staatsanwalt, le commissaire du gouvernement, ein dicker, hindenburgartiger Mann mit einem leichten Tick in den Schultern; neben ihm der greffier, ein Herr mit merkwürdig kleinem Hinterkopf. Das, was man in Deutschland gern als ‹Kasernenfresse› bezeichnet, ist hier seltner. Rechts der Angeklagte, und zwar einer in Zivil. Hinter ihm sein Verteidiger und die der nächsten Affären – drei in Zivil, einer in Uniform.

Die französischen Militärgerichte richten sich in ihrer Zusammensetzung nach dem Grade des Angeklagten; in Verhandlungen der Art, wie ich sie mitansah, sitzen gewöhnlich 1 Colonel oder 1 Lieutenant-Colonel als Vorsitzender, 1 Bataillonschef, 2 Capitaines, 1 Lieutenant, 1 Unterlieutenant und 1 Unteroffizier als Beisitzer. Das ist die Regel. Es gibt ein Revisionsrecht an die Conseils de revision. Revisionsgründe sind: Bestimmungswidrige Zusammensetzung des Gerichts; Kompetenzfehler, gesetzwidrig ausgesprochene Strafe; Verkennung des Delikts; Formfehler; Beschränkung der Verteidigung oder der gesetzlichen Machtbefugnisse des Staatsanwalts durch das Gericht. Die nächste Instanz, die Cour de Cassation, kann nur bei Inkompetenz angerufen werden. Die Strafen sind die in Militärkoden üblichen: wie so oft liegt auch hier der Schwerpunkt in den Ausführungsbestimmungen.

Verletzung der Dienstpflicht. Der greffier verliest den Eröffnungsbeschluß und den aufgenommenen Tatbestand. Der Vorsitzende: «Was haben Sie zu Ihrer Verteidigung anzugeben?» Der Angeklagte spricht leise. Er habe seine Adresse nicht absichtlich verschwiegen, er habe nicht gewußt ... Das Verhandlungstempo ist eilig, diese Sachen benötigen allerdings keine Zeugen; das Verfahren ist insofern nicht rein mündlich, als sehr stark auf den Inhalt der Akten Bezug genommen wird, die nicht alle herangezogen werden. Der Ton ist von allen Seiten konziliant; nirgends mit dem vieler deutscher Strafkammern zu vergleichen, wo das persönlich ungehörige Verhalten des Richters sofort zeigt, auf welcher Seite er steht. Das Verhör hat noch keine fünf Minuten gedauert, sämtliche Beteiligte verzichten aufs Wort. Der Staatsanwalt.

Der dicke Mann hebt sich langsam hoch, steht da wie ein Turm und hält ein maßvolles Plädoyer. Er scheint seiner Leute sehr sicher zu sein. Ein Strafmaß beantragt er nicht. Der Verteidiger spricht nicht sehr Erhebliches. Der Angeklagte? Nichts? Der Gerichtshof erhebt sich. Hinten die Wache auch: ein halblautes Kommando, sie präsentiert. Der Gerichtshof zieht sich zurück. Fünf Minuten Pause.

Dann klingelt es, die Wache ruckt hoch, macht die Ehrenbezeigung, die Richter treten ein. Bleiben stehen. «Au nom du Peuple Français ...» Sieben weiße Handschuhe fahren flüchtig an die Mützen, und dann eine lange Formel, die stereotyp abgelesen wird – dann die Strafe: drei Monate Gefängnis. La séance continue.

Die Fälle klappern automatisch ab. Es sind meist arme Teufel von Proletariern, die da stehen, und von denen die Mehrzahl sich ihrer Dienstpflicht durch fehlende Anmeldung, Flucht und Ausflüchte entzogen haben soll. Die Strafen bewegen sich in einem Ausmaß von drei bis neun Monaten, je nach dem Vorleben und den Vorstrafen. Manche weinen, fast alle haben diese seltsame Angewohnheit so vieler Menschen, in Augenblicken stummer Erregung lautlos mit den Kiefern zu arbeiten ... Nach dem Verhör und den Plädoyers werden sie wieder ins Gefängnis abgeführt: das Urteil wird ihnen später verkündet, eine arge Quälerei.

Nun eine Uniform auf der Anklagebank, eine lehmbraune. Soldat de deuxième classe. Hat sich gut geführt, bis er eine Lues attrappiert hat, wird von den Kameraden fortan gemieden und gehänselt, begeht Fahnenflucht und wird gefaßt, als er in den Straßen von Paris herumzigeunert. Bei der Verhaftung durch zwei Unteroffiziere das typische und historische Geschimpfe: «Ah – les vaches! Ils m'arrêtent lorsque je n'ai rien fait!» Les vaches ... Es ist eigentlich unvorstellbar, wie man durch die traditionell harten Urteile die Bedeutung dieses Schimpfwortes so durch die Jahrzehnte retten kann. Aber es ist – gegen Schutzleute und Unteroffiziere des Heeres ausgesprochen – die tödlichste Beleidigung, die nie verziehen wird. Sechs Monate.

Und dann zwei Fälle, die aufhorchen machen.

Im Jahre 1915 ist ein französischer Soldat in die Schweiz desertiert. Er lebte dort schon vor dem Kriege, war mit einer Deutsch-Schweizerin verheiratet und rückte artig und gehorsam im Jahre 1914 ein, um auch für sein Teil ein Vaterland gegen ein Vaterland zu schützen. Im Jahre 1915 verwundet, bittet er um Urlaub, um seine Angelegenheiten zu ordnen. Man verweigert ihm das. Nun reißt er vom Lazarett aus, geht zu seiner Frau, wird nicht mehr fortgelassen oder bleibt freiwillig – kurz: er sieht sich den Krieg von einem Platz aus an, wo sonst nur Prediger, höhere Generalstabsoffiziere und Industrielle sitzen. Nach zehn Jahren – im Jahre 1925 – stellt er sich dem französischen Konsul in Lausanne. Was den Mann dazu bewogen haben kann, bleibt unverständlich. Reue? Spekulation, begnadigt zu werden? Der Wunsch, nach Frankreich zurückzukehren, was ihm bis dahin verwehrt war? Nescio.

Der Mann weint. Der Verteidiger macht geltend, daß seine Frau, die Deutsch-Schweizerin, seine fünf Kinder deutsch erzogen habe, daß diese Kinder Schweizer werden, wenn der Mann, was er als Deserteur aber nicht kann, ihre französische Staatsangehörigkeit nicht beim Konsul reklamiert – kurz: er macht in nicht ungeschickter Weise alles geltend, was seinen Klienten in den Augen der Gestrengen als ‹bon garçon› erscheinen lassen kann ... Das hat Erfolg: sechs Monate.

Der Nächste hats nicht so gut. Er ist einer von den vielen, die wegen Desertion zu einer formation pénitentiaire verdonnert wurden, also eine Art Strafbataillon, deren schlimme Geschichte in Marokko, in ‹Biribi› liegt, eine Kulturwidrigkeit, die auch der tapferste Kampf französischer Kommunisten und der französischen Liga für Menschenrechte bisher noch nicht hat ausrotten können.

Vergebens macht der — diesmal uniformierte — Verteidiger geltend, daß der Mann, wird er wieder ins Gefängnis geschickt, unfehlbar in den Abgrund taumelt, besinnungslos von den vielen Strafen, unfähig, sich den neuen Qualen anders zu entziehen als dadurch, daß er neue Straftaten begeht; vergebens macht er auf das Alter des Mannes aufmerksam, dem höchstens noch durch die Möglichkeit, sich in anständiger Umgebung zu bessern, geholfen werden kann — man wandelt sich nicht mehr mit vierundvierzig Jahren; vergebens bietet er im Namen des Angeklagten freiwillige Meldung nach Marokko an: es hilft nichts. Zwei Jahre. Der Mann ist erledigt.

Diese Verhandlung ging in dem sanftesten Tone der Welt vor sich. Niemand schnauzte den Angeklagten an, er wurde fast freundlich behandelt. Das Urteil knallte wie ein Hieb herunter; der Verteidiger bekam einen roten Kopf und ging frische Luft schöpfen. Der Angeklagte saß schon wieder in seiner Zelle. La séance continue.

Militärgerichte sind Zweckeinrichtungen, ihre Urteile sind als administrative Maßnahmen zu werten. Es ist in Deutschland besonders gegen die französischen Kriegsgerichte sehr viel gewettert worden, als sie im besetzten Gebiet funktionierten. Was Schlageter angeht, so haben sie recht getan — und im übrigen ist Militärjustiz in allen Fällen vom Übel: nicht nur, weil sie vom Militär kommt, sondern weil sie sich als Justiz gibt, was sie niemals sein kann.

Nun halte ich aber diese braven Bürgerproteste gegen die Justiz anderer Länder in den meisten Fällen für feige, leer, zu nichts verpflichtend. Es gehört gar kein Mut dazu, als Franzose gegen die diktatorische Innenpolitik Primo de Riveras, als Deutscher gegen Horthy und als Österreicher gegen die Bolschewisten zu manifestieren — es ist viel schwieriger, gegen das Wüten der Justiz im eigenen Lande wirksam etwas zu sagen, ohne ihr in die Finger zu fallen. Aber es ist Pflicht.

Wer so viel auf dem Buckel hat wie die Scheindemokratien Europas, sollte sich um sich selbst kümmern.

Wir hatten die Militärgerichte und haben sie innerhalb der Reichswehr noch. Wir haben — was viel gefährlicher ist — eine Rechtsprechung in politischen Strafprozessen, die es in Voruntersuchung, Verhandlungsführung und Richtervorbildung mit jeder Auslandsjustiz im schlimmsten Sinne aufnimmt. Und wir haben das Reichsgericht.

Was da — fast unbeachtet von der Öffentlichkeit — allmonatlich an Urteilen in den sogenannten ‹Spionageprozessen› geleistet wird, spottet jeder Beschreibung. Heute noch, nach so langer Zeit, werden Kriegsurteile gefällt, die an Härte und an Begründung nichts zu wünschen lassen. Die Verhandlungen finden mit vollem Recht unter Ausschluß der Öffentlichkeit statt, und es hagelt nur so: zehn Jahre Zuchthaus, acht Jahre Zuchthaus, fünfzehn Jahre Zuchthaus ... Nun ist außerordentlich schwer, sich der Opfer anzunehmen, weil die meisten wirklich Dreck am Stecken haben, weil dieses Milieu trübe ist, weil es sich nicht um Fechenbach oder um Leviné handelt. Aber die Strafen stehen zu den Straftaten in keinem Verhältnis, sie sind mit einem bösen Koeffizienten multipliziert worden: mit dem Patriotismus der Richter. Daß sechs Jahre nach dem Krieg einer – Heinrich Wandt – verurteilt worden ist, und zu sechs Jahren Zuchthaus, weil er Belgier kompromittiert hat, die nun ihrerseits wieder durch flämische Sonderbestrebungen ihr ‹Vaterland› verraten haben sollen, wurde damit begründet, daß die Verwertung dieser Bestrebungen dem deutschen Staat eines Tages noch nützlich sein könnte ... ein durchaus richtiges Prognostikon. Wir haben also allen Anlaß, vor unserer eigenen Tür zu kehren. Die französischen Militärgerichte zu bekämpfen ist Sache der Franzosen.

Hier in Paris und dort in Leipzig verteidigen sich die Angeklagten gewöhnlich damit, daß sie sagen, sie seien an sich gute Patrioten, wie das Gesetz es befahl, sie seien nur gestrauchelt, ein Mißverständnis ... das heißt: sie erkennen die Prinzipien der Richter als bindend an, versuchen aber, sich zu exkulpieren. Einer hat eine rühmliche Ausnahme gemacht.

Hölz hat die Sittengesetze negiert, die jene verkünden. Neben wenigen andern hat er den bewundernswerten Mut gehabt, den Vorwurf ‹Verräter›, dem Sinne nach, mit der ins Schwarze treffenden Antwort eines französischen Kommunisten zurückzuweisen: «Ich habe Ihnen nichts versprochen, was ich verraten könnte!»

Und weil es Kriegsgerichte in Zivil gibt, weil der Talar den Richter äußerlich verkleidet, ohne ihn innerlich zu wandeln – weshalb denn auch mit Recht die Hosenbeine unten heraussehen und der Kopf oben –, deshalb sind die Sprüche dieser Leute so zu werten, wie sie abgegeben werden: als notwendige, rein administrative Abwehrmaßnahmen gegen die einzige wirkliche Gefahr, die diese Demokratien bedroht. Der äußere Feind bestärkt sie. Der innere will sie auflösen. So binden sie sich den Talar um, legen eine Mullbinde um die Augen, durch die man alles genau erkennen kann, und sprechen Recht. Es sollte ihnen gesprochen werden. Und es wird ihnen eines Tages gesprochen werden.

La séance continue.

DIE UNPOLITISCHE

«Ist Frau Zinschmann zu Hause –?» fragte der Mann, der geklingelt hatte. Das kleine, runde Kind stand da und steckte die Faust in den Mund. «Aaaoobah –»

«Hier hängt se. Wat jibbs 'n –?» sagte die Frau des Hauses. Der Mann an der Tür machte eine Art Verbeugung. «Komm Se man rin», sagte die Frau. «Es is woll weejn den Jas. Ja, bester Herr . . .!»

«Es ist nicht des Gases wegen», sagte der Mann und ließ das Hochdeutsch auf der Zunge zergehen. «Ich komme vom Kriegerverein aus – von Vereins wegen, sozusagen. Sie wissen ja, Frau Zinschmann, der Kriegerverein, dem Ihr Mann angehört. Ja. Es ist wegen . . . Wir haben beschlossen, daß wir eine Umfrage machen, wie die Frauen unsrer alten Kameraden über die Lage denken . . . Und auch etwaige Beschwerden zu sammeln. In betreffs der politischen Lage. So ist das.»

«Ja, also was diß anjeht», sagte Frau Zinschmann und jagte die Katze von der Kommode, «mit Polletik befaß ick mir ja nun jahnich. In keine Weise. So leid es mir tut. Nehm Se Platz.»

«Unrecht von Ihnen, sehr unrecht von Ihnen, liebste Frau Zinschmann. Die Politik greift auch in das Leben der Frau tief hinein.»

«Entschuldjn Se man, det ick Ihnen unterbrechen due – aber wat hier so anjebrannt riecht, det is man bloß die Milch. Es is Magermilch, aba stinken dut se . . .! Aber wat wollten Sie sahrn –?»

«Ich meinte: sie greift hinein. Und seit unser ehrwürdiger Präsident Hindenburg an der Spitze dieses Staatswesens steht, ists besser um uns bestellt.»

«Na ja», sagte Frau Zinschmann. «Er ist ja auch man erscht kurze Zeit da. Der ewije Wechsel – det is ja ooch nischt. Wissen Se, da, wo ick frieha reinejemacht habe, bei Hackekleins, Drekta Hackeklein, Se wern valleicht von den Mann jeheert ham – da hatten se'n Meechen, mit der wahn se ja nu jahnich zefriedn. Erst jingt ja: Emma hinten und Emma vorn, aber denn waht doch nischt. Nu ham se doch die Lina jemiet, die, die de da bei Rejierungsrats jedient hatte. Fuffzehn Jahr wah se da – keen Mensch im Hause hätte jedacht, det se da ma wechmachen täte. Denn hatte der Olle Pech, er fiel de Treppe runta und wurde pennsioniert, da jing se, Knall und Fall jing se bei Hackekleins. Se saachte: wen se bekochte, sacht se, det wär se janz eejal. Ja, det is nu die Neie. Aber wissen Se: besser kochn dut se ooch nich.»

«Gewiß sind diese Hausangestellten in ihren Dienstobliegenheiten oft nicht recht zufriedenstellend», sagte der Mann. «Wenngleich . . . immerhin ist ein Mensch wie unser Außenminister Stresemann . . .»

«Otto!» schrie Frau Zinschmann durch das offene Fenster. «Wißte runta von de Schaukel! Der Limmel sitzt den janzen Tach nischt wie uff de Schaukel!» Und, zum Gast gewendet: «Un dabei kann er nich mal richtich schaukeln —! Aba ick habe Ihn untabrochn!»

«Ich wollte sagen: die Richtlinien unsrer äußern Politik passen sich nur schwer den wirtschaftlichen Belangen an. Der Feindbund ... Aber da haben wir ja unsre herrliche Reichswehr mit einem doch recht tatkräftigen Minister und einem Manne, der ihm zur Seite steht ...»

Zwei brüllende Kinder brachen in das Zimmer ein. «Mutta! Mutta!» schrie der größere Junge. «Orje haut ma imma! Er sacht, ick soll mir in Mülleima setzen un die Wacht am Rhein blasn! Wir spieln Soldatn. Ick will aba nich in Mülleima sitzn, Mutta!» — «Woso laßt du dirn det jefalln, du oller Dösknochen! Oller Schlappschwanz — do!» Der Junge zog ein kräftiges Licht hoch und sagte: «Wo er doch mein Vorjesetzta is —»

«Entschuldjen Se man», sagte Frau Zinschmann und warf die Jören wieder heraus. «Son langer Lulatsch und noch so dammlich. Herrjott —! Wie meintn Se soehmt?»

«Ja, sehen Sie, Frau Zinschmann, es ist ja vieles faul in dieser — ehimm — Republik. Aber, Gott sei Dank, unser altes preußisches Richtertum, das hält doch noch stand. Das hält stand.»

«Ach, hörn Se mal», sagte Frau Zinschmann, «wo Se nu doch vom Vaein sind — könn Se ma da valleicht 'n Rat jehm ...? Also — da is doch det Frollein Hauschke, die von dritten Stock, newa —? Wissen Se, wat die is? Wo wir hier alleene sind, kann icks Ihnen ja sahrn: also eine janz jeweehnliche, also det is eene, die, wissen Se, wenn da eena kommt und — also so eene is det. Und nu, seit eine ßwei, drei Jahre ... da tut sie so fein und tritt uff int Haus und hat sich feine Pelze anjeschafft, ick weeß nich, wovon. Na, neilich, wie se hier langjemacht kam, da haak se nachjerufn: Ham Se sich man nich so, Sie olle Vohrelscheuche! Ohm 'n Pelz und 'n Ding uffn Kopp — aber unten die alten Beene kucken doch raus! Sahrn Se mal: is det strafbar —? Newa, det is doch nich strafbar? Wa? Na, wollt 'ck meen ...!»

«Ihr Mann hat doch gar keine Verbindung mehr mit den Sozialdemokraten?» nahm der Vereinsabgesandte das Gespräch wieder auf. «Diese verdammten Roten ...»

«Na allemal. Nee — Hujo jeht da nich mehr hin, er saacht, et lohnt nich. Neilich, in die kleene Kneipe, wo se imma ham ihrn Zahlahmt, da ham se zwei mächtig vahaun — det wahrn sonst anständche Jeste. Un vatobackt ham sie die! A richtich! 'n nächsten Morjen ham se noch uff'n Hof jelejn. Der Wirt wollt se nich so uff de Straße raustrahrn — bei den Hundewetter ... Det is 'n Jemiet, is der Mann. Ja, un wissen Se: 'n nächsten Morjn — da ham die beedn doch von jahnischt jewußt! I! die kam ausn Mustopp. So war det.»

«Ja», sagte der Mann und trocknete sich mit einem Taschentuch die Stirn. «Die sozialdemokratische Bewegung — das is so eine Sache. Nur gut, daß wir den ehernen Wall der Gutsbesitzer haben! Das Land, Frau Zinschmann! Die preußische, die deutsche Erde –!»

«Entschuldjn Se 'n kleen Momang!» sagte Frau Zinschmann. «Ick heer die Katze wirjn; det Aas hat sich wieda ibafressn. Wissen Se: die frißt, bis se platzt – un denn schreit se vor Hunger! Wißtu! Husch, husch! Pusch! Wat sagten Sie doch jleich –?»

«Ja, ich meine: wir wollen zusammenhalten, bis wieder einst bessere Zeiten herankommen, herrliche Zeiten, Frau Zinschmann! Frontgeist wirds schaffen!»

«Na jewiß doch. Na allemal. Da draußen nach den Rummel missn Se jahnich nach hinheern – des sind Meßackers ihre, ne dolle Bande! Siehm Jungs. Aber ick kenn se: jroße Schnauze un nischt dahinter.»

«Nun, Gott befohlen, Frau Zinschmann! Eine schwarz-weiß-rote Fahne haben Sie doch im Hause?» fragte der Mann, der schon auf der Treppe stand.

«Ja, Huro hat eene», sagte Frau Zinschmann. «Sehn Se sich da draußen vor – det Jeländer is frisch jestrichn, un die alte Farbe kommt imma wida durch. Die neue doocht nischt – et müßte mal ibajestrichn wern! Und nischt fir unjut, Herr Sekatär, nischt für unjut –! Denn sehn Se mal, also mit Polletik – da befasse ick mir nu jahnich –!»

STAATSMORPHIUM

Neulich mittag saß auf einer deutschen Anklagebank – also einem durchaus reputierlichen Ort – ein Ding, das der ziemlich guten Nachahmung eines Menschen glich. Es war ein ehemaliger Soldat.

Als der Stumpf noch ein Mensch war, hatte er während des Krieges derart schwere Verletzungen erlitten, daß die jahrelangen ununterbrochen anhaltenden Schmerzen nicht anders zu dämpfen waren als mit Morphium. Der Staat, der seinem entlaufenen Kaiser monatlich 50 000 Mark zahlen kann, ungerechnet die Werte, die ER sich hat über die Grenze schieben lassen – der Staat hatte für das Bündel Schmerzen kein Geld, aber Morphium in natura. Der Mann bekam also, wie im Gerichtssaal angegeben wurde, ‹Staatsmorphium›. Alle paar Tage ein paar Gramm.

Immer, wenn die Nerven dumpf aufheulen wollten, piekte die kleine Spritze in die schmutzige Haut, und dann legten sie sich wieder zu scheinbarer Ruhe. Wie hinter Watte tat es nur noch weh.

Sie hatten den Stumpf wegen Bettelei angeklagt, was gleichgültig ist, und der Staatsanwalt kam zu irgendeinem juristischen Resultat, die Einstellung des Verfahrens betreffend, was noch gleichgültiger ist. Verwaltungsmaßnahmen sind auch dann nicht der Nachprüfung wert, wenn sie sich Urteile nennen. Der Mensch ging im Dämmerzustand heraus. Er wußte gar nichts von sich. Er lebt ständig im Dusel: voll von Staatsmorphium.

Er ist nicht allein, sondern hat Kollegen: 60 Millionen.

DER GALLENBITTRE

Beim Kaiser Franz Joseph war Langlebigkeit schon beinahe ein Verdienst: zu denken, was er alles miterlebt hatte! Man tut bei alten Leuten gern so, als wären sie wirklich Teilnehmer an allen den Ereignissen gewesen, die sich da zu ihren Lebzeiten abgespielt haben – als ob Kriege, Friedensschlüsse, Morde und Hochzeiten nicht einfach kalendermäßig an ihnen vorbeigeglitten wären.

Georges Clemenceau aber hat teilgenommen. Der dreißigjährige Arzt war zur Zeit der pariser Kommune Bürgermeister eines Arrondissements auf Montmartre – und was ist seitdem nicht durch seine Hände gegangen, woran hat er nicht alles mitgewirkt! Es gehört schon die ganze politische Instinktlosigkeit kleiner nationaler Provinzler dazu, ununterbrochen gegen Poincaré zu donnern und dabei zu vergessen, wer der Papa des Friedens von Versailles gewesen ist. Wer –?

Ein gallenbitterer, allem Pathos abholder, böser Knabe: Arzt, Politiker, Journalist, Angreifer, Besetzer eroberter Stellungen, hartnäckig wie ein Büffel, geschmeidig – und dann ein alter Mann, der still seine Devisenspekulationen begießt. Er züchtet auch Rosen und liebt ihre Hausse. Memoiren –?

Aber er hat eine Fülle von gesprochenen Memoiren hinterlassen, und das sind seine Witzworte: lange harte fünfzöllige Nägel, die er erbarmungslos in die Köpfe der Gegner trieb. Das Buch *‹L'Esprit de Clemenceau›*, von Léon Treich gesammelt und in der Librairie Gallimard zu Paris erschienen, ist ein Nagelkasten.

Es beginnt mit einer Stecknadel. Im Jahre 1906 war Clemenceau Minister des Innern, und er ging mit seinem ersten Bürodirektor von Saal zu Saal, morgens um zehn Uhr. Alle Tische waren leer – so früh fingen die Herren nicht an. Der Chef sagte kein Wort. Im dritten Saal saß ein Beamter, aber der schlief. Der Bürodirektor wollte den Mann wecken. «Tun Sie das nicht!» sagte Clemenceau. «Sonst geht er auch noch weg.» Aber dann werden die Stecknadeln dicker, und nun kommen die Nägel. Da war Clemenceau schon Ministerpräsident, als er mit seinem ganzen Kabinett bei einem Senator zur Jagd eingeladen war. Neben ihm saß ein Romanschriftsteller. «Sind Sie ein großer Jäger vor dem Herrn?» fragte ihn Clemenceau. «Ich schieße miserabel», antwortete der. «Ich habe immer Furcht, meinem Nachbar eins aufzubrennen.» Da machte Clemenceau eine liebenswürdige Handbewegung auf alle seine Minister hin und sagte: «Bitte bedienen Sie sich!» Und zum Hausherrn: «Geben Sie ihm einen recht guten Platz, nicht wahr?» Es ist ein Humor mit der Zitrone im Wappen.

Eines Tages kam Herr Mandel, sein getreuer Adlatus zu ihm – es wäre zu langwierig, hier auseinanderzusetzen, wer Herr Mandel war, kurz: Herr Mandel – und bat den Alten um einen Rat. Er wolle zum Journalismus. Darauf Clemenceau: «Schreiben kann jeder. Machen Sie hübsche, kurze Sätze: Verbum, Subjekt, Objekt ...» Pause. Dann: «Wenn Sie ein Adjektiv schreiben wollen, kommen Sie vorher zu mir!» Seine Journalisten kannte er. Als er noch Direktor der *‹Aurore›* war, wurde auf seine Veranlassung in den Redaktionsräumen ein Schild angepappt: «Die Herren Redakteure werden gebeten, nicht eher aus dem Dienst zu gehen, als bis sie gekommen sind.»

Und nur hier und da liegt zwischen den Nägeln eine harmlose kleine Eisenkugel, die da zur Erinnerung aufbewahrt ist. So erzählt Clemenceau von einem seiner Besuche an der Front, wo ihn ein Hauptmann durch die Gräben führte. Der brachte sich reinweg um: «Vorsichtig, Herr Präsident! Hier muß man sich etwas bücken! Bitte, hier ist eine Stufe ...» Und alles das ganz, ganz leise. Schließlich fragte der ‹Tiger›, natürlich ebenso leise: «Sind wir denn ganz nahe an den feindlichen Gräben, daß Sie so leise sprechen?» – «Aber nein, Herr Präsident», flüsterte der Hauptmann. «Die Deutschen sind ein paar Kilometer von hier. Ich bin nur furchtbar erkältet!»

Nägel, Nägel. So bekam er eines Tages die Zuschrift einer großen Zeitung, die eine Enquete machte, zur Abwechslung so: «Was halten Sie von der gegenwärtigen Regierung?» Clemenceau nahm einen Briefbogen und schrieb: «Sehr geehrte Herren! Wie können Sie nur glauben, daß ich meiner Meinung über Politiker Ausdruck geben würde, die grade an der Macht sind?» Unterschrift. Aber bevor er den Brief zuklebte, nahm er ihn doch noch einmal her und schrieb ein Postskriptum:

«$0+0+0+0=0$.»

Im großen und ganzen kann man das Urteil von Lloyd George nur unterschreiben, der von dem ‹dear old tiger› gesagt hat: «Herr Clemenceau ist ein furchterweckender Greis. Jedesmal, wenn ich ihn sehe, hat er ein Jahr weniger auf dem Buckel und eine Klaue mehr.» Das ist richtig, denn grade die Urteile über die jüngsten Zeitgenossen sind die schärfsten. Vom Ministerium Herriot im Juni 1924: «Die armen Verwandten», eine nicht auszuschöpfende Bosheit. Und sind nicht in diesem Diktum die zwei Männer, um die es sich handelt, beinah völlig eingefangen? «Dieser Poincaré ... der weiß alles, alles, alles – aber er versteht nichts. Briand weiß nichts, nichts – aber er versteht alles.»

Mitunter haben ihn die andern ebenso scharf beurteilt, und er hat es nie übelgenommen, im Gegenteil. Nach der blendenden Rede eines jungen Politikers im Palais Bourbon beglückwünschte Clemenceau seinen Kollegen und sagte ihm lächelnd: «Ein ausgezeichnetes Debut, junger Mann. Kommen Sie an mein Herz!» Der andre verzog keine Miene: «Das kann ich nicht, Herr Präsident. Ich habe den horror vacui.»

Dieses Herz war leer. Über das Gehirn läßt sich streiten. Für den Frieden von Versailles, wo die Hartnäckigkeit eines alten Mannes die Erfüllung einer Jugendsehnsucht erzwang, ohne daß er bedachte, wie inzwischen alles anders geworden war, für diese anachronistische Tat erscheint mir nichts so bezeichnend wie jene kleine Geschichte, in der erzählt wird, daß ein Justizminister im französischen Parlament plötzlich ohnmächtig wird. Man schickte nach einem Arzt. Zufällig kam Herr Clemenceau vorbei. «Was gibt es denn? . . . Weiter nichts? Lassen Sie mich sehen, ich bin Arzt.» Er untersuchte den leblos Hingestreckten, hob dessen Augenlid, zuckte die Schultern und gab die Diagnose. «Nichts. In fünf Minuten ist alles wieder in Ordnung.» Sprachs und ging davon. Etwas später kam der diensttuende Arzt und untersuchte seinerseits. Der Minister war tot.

Vielleicht hat der Tiger selbst gewußt, daß seine Diagnosen nicht immer gestimmt haben, und in einem Schlußwort ist mehr Wahrheit, als er selber weiß. Jemand machte ihm ein Kompliment über seine Klugheit. «Aber ich bin nicht klug», sagte der damalige Ministerpräsident. «Sehen Sie, wenn ich klug wäre – wissen Sie, was ich dann täte? Ich würde noch heute abend sterben. Dann wäre ich wenigstens sicher, eine schöne Leiche zu haben. Aber wenn ich nur bis übermorgen warte . . .»

Er hat bis übermorgen gewartet, und Europa wird seines Erbes nicht froh.

BÜCHERTISCH

Wie alljährlich, so breiten wir auch heuer für unsere Leser die Gaben der deutschen Literatur auf den Weihnachtstisch aus, damit jeder sich für die kerzenflimmernde Tanne das aussuchen möge, was ihm besonders am Herzen liegt. «Wer vieles bringt, wird manchem etwas bringen», denken wir mit Oskar A. H. Schiller, und ist doch ein gutes deutsches Buch wie kein anderes geschaffen, ja bestimmt, neben dem nervenstärkenden Fußball und der Gesundheitswäsche auf dem Gabentische zu prangen. Wohlan –!

Da liegt uns zunächst Walter von Molos «Pankraz Lausebums» vor. Molo, der offenbar in seine dritte Schaffensperiode hineingetreten ist, hat uns hier sein Bestes, wo nicht Allerbestes gegeben. Der Leser lasse sich durch den Titel nicht irreführen: hier ist kein ‹Roman› in der landläufigen Bedeutung des Wortes, eine lesbare, amüsante Unterhaltungslektüre – hier ist, wie sich das für einen deutschen Roman gehört, ein Problem aufgerollt. Das Problem dieses zähen Werks ist die Durchschauung der kosmischen Kultur schlechthin, im Wirbel der Folgehaftigkeit ihrer Geisteskonflikte — wahrlich: eine alle Heutigen tief bewegende Frage! «Jeder ist Partner, in allen Räumen des Seins!» — das lehrt uns dieser groß angelegte Roman, mit seinen spiralhaft empfundenen Typen, unter denen ein Verehrer Friedrichs des Zweiten ganz besonders gelungen sein dürfte. Niemand kann an diesem Roman vorbeigehen — er wird es immer aufs neue tun.

Dem zunächst steht Max Schelers «Persönlichkeitsrhythmus und Kulturgenius» (nicht wie in der vorigen Nummer irrtümlich angegeben: «Kulturrhythmus und Persönlichkeitsgenius»). Das Buch dieses tiefsten Kopfes unter der heutigen Philosophengeneration zeigt eine klare Einstellung zu den Dingen der Zeit: Scheler legt endlich den Unterschied zwischen dem Sein als solchen und dem Sein in Hegelscher Auffassung klar dar — und wir wüßten nicht, was uns im Augenblick nöter täte. Die Haltung dieses echt deutschen Mannes im Krieg ist uns allen unvergessen — er setzt sie würdig fort.

Den Kriegsgeschichtler wird besonders «Zwischen Château d'Auve und Chemin des Embusqués» von Generalmajor Rudolf Marsch interessieren. Marsch weist hier überzeugend nach, daß die OHL im Jahre 1917 nicht, wie bisher allgemein angenommen wurde, den linken Flügel südlich Verdun zurückgenommen hat, sondern daß sie ihn nicht zurückgenommen hat — eine strategische Feststellung, die ein ganz neues Licht auf die Kriegsforschung zu werfen geeignet ist. Wenn die ausländische Propaganda ein klares Bild des deutschen Militärs haben will, so kann sie das am Marsch feststellen.

Mit besonderer Freude weisen wir auf Sven Fleurons «Sudebambel, Erlebnisse eines Mistkäfers» hin (bei Eugen Titerich, Gena). Die Kraft, mit der sich hier ein echter Dichter in das Seelenleben dieses mit Unrecht verachteten Tieres eingelebt hat, zeigt so recht, daß das germanische Tierbuch hoch über allen anderen steht. Nicht zu Unrecht sagt schon Hermann Löns in seinem Buch «Der Gewehrwolf» sowie Gorch Fock in «Erhöhung des Marineetats tut not!» — beide sagen fast übereinstimmend: «Die deutsche Seele flüchtet sich gern aus der harten Wirklichkeit des rauhen Alltags in das Paradies der Tiere.» Im Anschluß hieran machen wir auf die famose «Anleitung zu schwierigen Laubsägearbeiten» (bei Holzapfel, Eutin, in Mecklenburg) aufmerksam.

Die bekannte Operette *‹Anneliese von Dessau›* von Chaskel und Meirowitz hat Hans Harringer zu einem echt deutschen Roman inspiriert. Wie hier noch einmal alle historischen Figuren der Reihe nach vor uns auftreten, der derbgemütliche, aber herzensgute Herzog, das Anne-Liser'l, der Leibjäger Franz — nicht zu vergessen Friedrich der Große —: das bedeutet eine echt deutsche Herzstärkung in dieser so echt deutsch beschimmelten Zeit.

Josef Jansen hat *‹Das Nibelungenlied›* neu bearbeitet und uns damit etwas völlig Neues gegeben. Er hat sich nicht ganz an die zeitlichen Grenzen gehalten – so führt er aufs glücklichste in Wotans Sagenkreis Friedrich den Zweiten ein –, aber hier ist doch in mustergültiger reiner Prosa etwas Gewaltiges entstanden. (Broschiert 6,50.)

Die «Deutsche Volkheit des Volks der Deutschen» (bei Diederichs in Jena) setzt ihre Sammlung fort: sie wird volkhafter von Nummer zu Nummer, wie wir das so häufig antreffen.

«Als Mundschenk im Großen Hauptquartier» ist ein geschichtliches Dokument allerersten Ranges. Oberkellner Jensch hat es geschrieben, Arthur Doepler der Ältere hat die frischen Bildchen beigesteuert. Jensch war drei Jahre lang Obermundschenk bei Wilhelm dem Zweiten und ist also wie kein zweiter befähigt, über die Stimmung des Heeres Allgemeingültiges auszusagen. Nach ihm war die Stimmung bis zum Frühjahr 1917 ausgezeichnet – dann setzte langsam der Dolchstoß ein, ohne welchen wir seiner Ansicht nach noch jahrelang hätten kämpfen und durchhalten können. Ein echt deutsches Buch.

Gleichfalls einen geschichtlichen Rückblick – wenn auch etwas trüberer Art – gibt Parteifunktionär Albert Konzowski (Leipzig) über die traurigen Tage um den 9. November. Nach ihm hat die Sozialdemokratie das Verdienst, den Bolschewismus zurückgedämmt zu haben; so berichtet Konzowski von einer Äußerung Eberts, der im Januar 1919 zu ihm (Konzowski) gesagt habe: «Albert – noch zwei solcher Siege wie die über Liebknecht und Luxemburg, und wir haben gesiegt!» Ein lehrreiches Büchlein.

Die Gymnastik pflegt: «Mit Blitzlicht und Büchse durch Mary Wigman» – mehr dem Sport zugewendet ist: «Anleitung zur Anlegung von Jahrestabellen und Leistungsprüfungsverordnungen in der Hochschule für Leibesübungen» von Reichsobersportwart Hagedorn.

Das Kochbuch von Dr. theol. hon. caus. Hedwig Heyl ist in achtzehnter Auflage erschienen – moderne Speisen, wie «Falscher Hase nach altem Fritz» und «Verlorne Eier nach Ludendorff», würzen die Neubearbeitung.

Fügen wir noch Erich Rümelins «Der Zivilprozeß bei den Tungusen» und das entzückende Bilderbuch «Wenn du groß bist, Fridolin – kommt der Uhu zu dir hien!» sowie «Was junge Mädchen kurz vor der Hochzeitsnacht wissen müssen» hinzu – so haben wir wohl des Guten und Besten genug aufgezählt.

So zeigt sich auch hier wieder, daß der Born deutscher Kunstkraft auch in diesem Jahr unverstopft quillt, und daß Künstler, Schriftsteller und Dichter ihre Zeit so recht verstehen – so daß auf Deutschland das Dichterwort:

«Seine Sorgen und Rothschilds Geld»

die vollste Anwendung finden dürfte.

MAURICET

ist so:

Ein hübscher Kerl mit Scheitel und wegamüsiertem Haar sitzt nach sehr erklecklichen Leistungen vor der Dame des Hauses in beiderseitigen Pyjamas, er raucht eine Zigarette. Die Dame sieht ihn an und lächelt. Sie spricht eine Befürchtung aus — vielleicht ihres Mannes oder ihrer Freundin wegen, aber er macht ein Gesicht wie ein Schuljunge, der dem Lehrer faulen Backsteinkäse unter den Stuhl geklebt hat ... es wird schon nichts herauskommen. Pö! Es ist noch nie nichts herausgekommen. Hierauf zerdrückt er sorgfältig die Zigarette im Aschbecher, wirft sie auf den Boden und löscht das Licht. Die Dame ists zufrieden.

Übrigens tritt er bei sich — also bei Fursy und Mauricet — auf und singt, wenn er sich nicht einen Bart geklebt hat und sich darüber sowie über die Sätze, die er sprechen muß, lustig macht, Chansons im Smoking. ‹Frech› ist nicht das Wort. Es ist der Extrakt der Frechheit. Sein Mitsänger ist der alte Fursy, der, wenn Gott genauer hinsieht, Dreyfus heißt und auch mit jenem verwandt ist, und dessen politische Lieder meist auf dem Niveau einer Kaffeepause im Kriegerverein stehen; er, der an die dümmsten Kleinbürgerinstinkte mit Erfolg appelliert, sollte sich anhören, wie Mauricet ein politisches Couplet dichtet, hinnäselt, vormeckert ... Er sagt die unglaublichsten Dinge, aber so glatt und schnell, daß er nicht hängenbleibt, schon reingetreten und weg. Vieles ist nicht übertragbar, das meiste nicht. Ehe ich erklärt habe, warum er Maurice Rostand sagen läßt:

«Mon Cu—
ré chez les Riches —»

sind wir alle tot. Aber er pfeffert noch schnell das tiefsinnige Chanson hin, das sich auf die großen Anzeigen der Firma bezieht, die da die kleingehackten Makkaronis anpreist, damit man sie bequemer essen kann. Mauricet:

«Les macaronis, pour être bons,
doivent-ils être courts
ou doivent-ils être longs?»

Schnell fertig sind die Damen mit dem Wort: gibt es da ein Zögern? Nein. Der Wind hat Herrn Mauricet schon hinter die Kulissen geweht, woher er bebartet herauskommt und mit Rip den entzückendsten ‹quetch› spielt, den man sich denken kann.

Rip — das ist einer der tausend Julius Freunds von Paris, er schmeckt nach Polgar. Er sitzt in einer roten Hausjacke auf der Bühne, telefoniert, singt Vulkslieder mit Flammriebibbern in der Stimme, streut neue Couplettechniken um sich herum, als fiele ihm dergleichen jede Nacht und jeden Mittag beim Aufstehen ein — und das tuts auch, denn die pariser Bühnen sind voll seiner lustigen Gesänge. Rip-pip-pip ... Hier, in der kleinen Butike, sind seine Texte noch viel besser als in den großen Operetten, frecher, spitzer, schaumiger, und als ich nach einer halben Stunde wünsche, es solle immer so weitergehen, sitzt er wieder am Tisch, in derselben Haltung wie am Anfang und telefoniert ... Wenn ich mich nicht schämte, würde ich am Bühnentürl auf ihn warten.

Eine Dame kommt heraus und weimert ein altes französisches Lied, das ganze Biedermeier ist darin:

«On dit que tu te maries ...»

Und Groffe ist noch da, wie alle andern in der eigentlichen Theaterkunst ‹unnatürlich zu sprechen›, Nummer sechs — aber welch ausverschämte Texte und welche Piknase! Wenn euer Charme der Frechheit Nahrung ist, gebt volles Maß ... Ick amüsier mir wie Bolle uffn Milchwagen und wünsche, es möge nie, nie aufhören.

EINE SCHRECKENSKAMMER

Hier in Paris preist die große illustrierte Zeitschrift *‹L'Illustration›* ihr großes Kriegsalbum an allen Ecken und auch auf der Kunstgewerbeausstellung an. Ich habe mir die beiden schweren Bände gekauft, und ich kann nur jedem Friedensfreund raten, desgleichen zu tun. Das Album ist auf sehr schönem Kunstdruckpapier gedruckt und in Leder gebunden. Die Adresse der *‹Illustration›* ist: 13 rue St. George, Paris IX.

Dies ist die vollendetste Bildchronik des Weltkrieges, die ich bisher zu sehen bekommen habe, und es gibt zu ihr kein deutsches Gegenstück.

Die Sache fängt an mit dem Attentat in Serajewo, man sieht die beiden Särge, von denen einer, dem Willen eines rachsüchtigen Zeremonienmeisters gemäß, niedriger steht als der andere, war es doch eine morganatische Ehe. Man sieht Poincaré beim Zaren, um ein Bündnis abzuschließen, das ihm die Torheit und Fahrigkeit des deutschen Kaisers leicht gemacht hat, und man sieht auf Seite 18 Wilhelm selber. Sie müssen da irgend etwas in seinem Gesicht retuschiert haben: das Gesicht glänzt vor Falschheit, und falsch ist der Kaiser nie gewesen. Der Verdacht der Retusche liegt um so näher, als die Gesichter vieler deutscher Soldaten und U-Boot-Leute in diesem Album einen Ausdruck tragen, den der Typus des Muschko nicht hatte: etwas Blutgieriges, Rohes ist darin, und der deutsche Soldat hat als Individuum viel weniger Roheiten begangen als etwa der romanische: dafür hat keine gegnerische Heeresleitung solche verbrecherischen Befehle herausgegeben wie die deutsche.

Das Album zeigt den Rechtsbruch in Belgien und die ersten Tage der Kriegsbesoffenheit. Auf beiden Seiten der Grenze werden Hüte geschwenkt, Mäuler aufgerissen, Generale anhurrat: Bilder vom Geisteszustand einer aus Rand und Band geratenen Menschenmasse, die Zeitung, Schule, Kino und Kirche gleichmäßig verdreht gemacht hat.

Ich habe niemals zu denen gehört, die die Erschießung von Franktireurs durch deutsche Offiziere angeprangert haben. Hinterher hat man leicht moralisieren. Die Truppe wurde von hinten angeschossen, war wütend gemacht, konnte den Gegner nicht erwischen, und hat sicher in der schrecklichen Aufregung die furchtbarsten Fehler begangen. Diese Dinge sind heute sehr schwer nachzukontrollieren. Mir scheint allerdings, als ob die systematische Erschießung von Kindern und Frauen unter keinen Umständen zu entschuldigen wäre. Sie hat stattgefunden.

Seite 90. Im Schloß von Gué ist ein feindliches Lazarett eingerichtet worden: die Mannschaften, die hier gestorben sind, hat man im Park beerdigt, ihre Stiefel und schmutzigen Sachen bedecken den Boden. Man sieht das. Vor einem Haus im Park liegt ein Haufe durcheinandergeworfener Militär-Effekten, und deren Inhaber sind nicht mehr da. Sie sind ermordet worden. Denn man soll sich doch ja abgewöhnen, einen Kollektivtod anders als mit den Worten des Strafgesetzbuches und der Bibel zu bezeichnen, die beide die gewaltsame Tötung eines Menschen durch den Menschen verhindern wollen. Mord bleibt Mord, auch wenn man sich vorher andere Kleider anzieht, um ihn zu verüben.

Die ersten Gefangenen. Diese Deutschen sehen noch gut aus. Gut gekleidet, gut genährt, es war das erste Kriegsjahr. Dazwischen ausgesprochene nationale Gemeinheiten, wie wir sie ja auch von deutscher Seite her kennen, z. B. jenes berühmte Bild, das schon Avenarius in seiner Schrift ‹*Das Bild als Lügner*› reproduziert hat. ‹*Der Hinterhalt*› – eine Gruppe deutscher Soldaten, unter Führung eines Offiziers, steht und hält die Kolben hoch, sie wollen sich also ergeben. Unter ihnen, vom Feind aus nicht sichtbar, ein Maschinengewehr und ein Mann, der es kniend bedient. Ich bin fest davon überzeugt, daß dergleichen nirgends vorgekommen ist.

Jetzt kommen die ersten Gräben. Sie sind schon vollgefüllt mit Toten, die da liegen und nicht wissen warum; die verkleideten Proletarier der anderen Seite sehen sie mit grimmem Gesichtsausdruck an und fühlen nicht, daß sie sich selbst ins Fleisch geschossen haben. Aus dem Kampf an der Meuse ein Grabenstück. Aber das ist genau der Anblick eines Wirtshausplatzes, auf dem sich betrunkene Bauernburschen ihre Messer in den Bauch gejagt haben. Zwischen mondbeschienenen Schlachtfeldern, zerrupften Bäumen, schiefen Laternen, elenden Menschenfetzen in Krümperwagen –: die Generale.

Ich kann beim besten Willen nicht verstehen, warum man diesen sauberrasierten und wohlgekleideten Verwaltungsbeamten das Prädikat des Soldaten anhängt. Ob ihr Wirken verdienstvoll war oder nicht, ob es einer großen Geistesanspannung für ihr Werk bedurfte oder nicht, das ist eine andere Frage. Aber Soldat im Weltkriege sein, hieß: unabsehbare Mühsale der Tage auf sich nehmen, kleine Plackereien, die an den Nerven rissen; Läuse, Hungern, kein Wasser, Schmutz, nie allein sein, gedrückt gehorchen müssen und dann der Kampf, dessen Risiko bei alledem noch nicht das Schlimmste war. Solcherlei Werk haben die Generale nicht getan und nicht tun können, das liegt im Wesen der Sache. Aber es ist ungerecht, verkleideten Rechnungsräten die Qualifikation von Kämpfern zu geben, was ja für manche geistig zurückgebliebene Leute eine Ehre bedeutet. Der Kommerzienrat, der in der Aufsichtsratssitzung die Geschäftspolitik eines Eisenwerks dirigiert, mag ein schöpferischer und großer Mann sein. In der Welt des Eisenarbeiters, der vor dem Hochofen glüht, ist für ihn kein Platz. Der moderne General ist so wenig ein Soldat, wie der Kommerzienrat ein Handarbeiter.

Gefangene. Wie wurden sie behandelt? Abgesehen von der Sinnlosigkeit, die dem feindlichen Leuteschinder, wenn er nur eine silberne Borte trug, Ehre und gute Behandlung zuteil werden ließ, die man dem Kranken verweigerte, hat auf beiden Seiten ein Teil der Gefangenenlager unter dem Kommando größenwahnsinniger Spießer gestanden, die sich heute noch vor Gericht rühmen dürfen, ‹stramm mit den Kerls verfahren zu sein›, und deren Seele viel zu klein war, um die fürchterliche Gabe einer schrankenlosen Macht vertragen zu können.

Greueltaten der Deutschen. Die beschränken sich in diesen beiden Bänden eigentlich immer auf die Fliegerangriffe und die Unterseebootkämpfe. Nun, das ‹Belegen› mit Bomben, wie sich dieser Gaunerjargon ausdrückt, ist eine viehische Sache, weil ja wahrscheinlich in fast allen Fällen Zivilbevölkerung, Kinder und Frauen betroffen worden sind, aber in unserer Zeit ist doch wohl der Unterschied zwischen Zivil und Militär sehr gering. Ist Granatendrehen keine Kampfhandlung? Prallt die Gaswolke vor den Zivilisten zurück? Es ist zu wünschen, daß es im nächsten Kriege kein Hinterland gäbe, damit auch die Frauen der Männer, die heute noch in einem Massenmord eine gewaltige Leistung sehen, zu spüren bekommen, was er bedeutet.

Das beschämendste Zeugnis für die Deutschen aber befindet sich auf der Seite 630 des ersten Bandes. Dort ist zu sehen: «Die Ruinen des Rathauses von Péronne, das aus dem 16. Jahrhundert stammt, und die Inschrift, die der Feind zurückgelassen hat.» An dem total zerschossenen Haus auf dem Marktplatz hängt im ersten Stock eine riesige Holzplanke, auf der steht sorgfältig gemalt: «Nicht ärgern – nur wundern!»

Ich muß sagen, daß mir eine solche gemeine Roheit, die selbstverständlich nur im Einverständnis mit den Offizieren erfolgt sein kann, einfach unverständlich ist.

Zweiter Band. Die ersten russischen Revolutionsaufnahmen, hier und da deutlich retuschierte Bilder. Nun werden die deutschen Gefangenen ganz jung. In der überwiegenden Anzahl sind es die Kleinbürger und Proletarier, die da ihr Blut für etwas vergossen haben, was sogar Gustav Stresemann als einen Wirtschaftskrieg bezeichnet hat. Und seltsam, wie im Vordergrund aller dieser Bilder immer wieder deutsche Gefallene liegen, so wie auf den deutschen Bildern französische Leichen den Boden zieren.

Man sieht den Zaren und den französischen Boelcke: Guynemer, einen hübschen jungen Menschen, der am 11. September 1917 heruntergeschossen worden ist. Und dann neigt es sich dem Ende zu. Siegesfahnen im Elsaß, Erzberger in den nächtlichen Automobilen im Walde von Compiègne, das einzige Bild, auf dem ich nun wirklich einen General vermisse. Wo war der, der an diesem Tage hier zu erscheinen hatte? Seit wann unterzeichnen Zivilisten einen Waffenstillstand, der die Sache der Offiziere ist? Aber an verantwortlichen Tagen hat ja diese Gesellschaft stets rückwärtige Stellungen bezogen. Und dann die deutschen Tage eines Ereignisses, das man Revolution genannt hat; diese Fotografien erfüllen einen mit Schmerz: verkümmert ihre Wirkung, verraten ihre Ergebnisse.

Le jour de gloire ... Es muß das Brausen dieses Sieges zum Himmel gestiegen sein, und doch ist er mit seinen fast dreißig Nationen ein Ehrendenkmal für ein unterlegenes, irregeleitetes Volk. Für Deutschland. Siegesfeiern in allen Ländern. Der erste Gefallene auf französischer Seite, noch ein paar Bilder und dann jene große Platte vom Grabe des Unbekannten Soldaten.

Ist das ein niedriges Presseerzeugnis? Das mögen Oberpräsidenten entscheiden, wie sie Lust haben.

Weil aber in einem solchen wirren Schlachten die Verantwortung unter so viele Köpfe aufgeteilt ist, daß sie zum Schluß keiner mehr trägt, weil es die, die befehlen, nicht ausführen, und die, die ausführen, nichts befohlen haben, weil ein Teil der jungen Leute Luftmord und Wassermord als eine sportliche Betätigung angesehen hat, weil am Anfang die zwanzig leitenden Männer genau gewußt haben, worum es geht, und am Schluß von sechzig Millionen keiner mehr: deswegen ist es statthaft und notwendig zu sagen:

Diese gewaltigen Leistungen des Krieges sind nur durch Blutvergießen möglich gewesen, und jeder hat auf jeder Seite geglaubt, daß er seinen Heimatboden gegen den feindlichen Einfall der anderen verteidigt. Wenn es auf den guten Glauben ankommt, so ist auch noch die ärgste Roheit im Stierkampf erlaubt und legitimiert. Wir haben hier immer gegen philiströse Beschränktheit historisch ungeschulter Kleinbürger und gegen die Großmäuligkeit der Interessierten für den Frieden gesprochen, und es steht jedem frei, den pazifistischen Standpunkt abzulehnen.

Wenn aber einer kommt und uns mit krähender Kasinostimme erzählen will, daß seine Ideale, die er knapp buchstabieren kann, die einzig richtigen wären, daß zum Dienst gepreßte Arbeiter dadurch, daß sie auf andere Arbeiter schießen mußten, einen Heiligenschein als ‹Frontkämpfer› mit nach Hause gebracht hätten und nicht viel mehr Ekel vor Mord, ein gestörtes Familienleben und einen Rheumatismus, für den ihnen der Staat ein paar Bettelpfennige in die Mütze warf, weil er ja den Kaiser dotieren muß, wenn jemand ein sittlich hohes Ideal mit ein paar Kasernenhofausdrücken abzutun versucht, so rufen wir ihm zu:

Ihr habt vier Jahre euer Maul aufgerissen und jeden wahrhaft christlichen und jeden wahrhaft ethischen Gedanken zu Tode getrampelt. Die paar hochstehenden Männer, die in den Irrenhausjahren den Mut aufbrachten, lieber ins Gefängnis und auf den Sandhaufen zu gehen, als sich von den minderwertigsten Schreiern ihrer Nation in die Blutjauche schicken zu lassen, denen sei unser ehrendes Gedenken gewiß. Diese vier Jahre sind vorüber, und jetzt sind wir dran. Und wir werden jeden Atemzug dazu benutzen, um euch die Ideale herunterzuschlagen, um euch die Versuche, durchs Reichsarchiv und Räuberromane in die Geschichte einzuziehen, zu zerstören. Wir wollen den Krieg der Nachwelt so überliefert haben, wie er wirklich ausgesehen hat.

Mars der Moderne war kein antiker Kriegsheld. Verlaust, feige, schmutzig, die Schwachen niedertrampelnd, mit einem bösen linken Auge den Auswurf von Weiblichkeit anblinzelnd, der um das Heer schwärmte, so hat er die Seelen gemordet. Wir wollen ihm und den Völkern seine Minderwertigkeit austreiben.

Nieder mit der Armee. — — —

PARISER TAGE

Vorgestern.

In Frankreich muß mit den Finanzen etwas nicht in Ordnung sein. Seit meiner verflossenen Ausbildung in einer Bank bin ich nicht imstande, einen Kurszettel zu lesen — aber wenn hier keine Inflation ist, dann will ich Münchhausen oder Ossendowski heißen. Es gibt ein untrügliches Anzeichen.

Auf dem Boulevard des Italiens geht ein dicker Paletot mit einem Mann drin. Der Mann hat ein blaurotes Gesicht, wulstige Lippen, eine Kartoffelnase. Das Ganze bewegt sich wie eine Walze vorwärts, neben einem Begleiter. Die Walze sagt mitten in Paris: «Der Mann ist ein Herzchen. Das laßt sich nicht streiten —!»

In Frankreich ist Inflation.

Gestern

war ich bei Louis Verneuil im Gymnase, wo Elvira Popescu spielt. ‹*La Joie d'aimer*› heißt das Stück. Der Autor steht an der Kasse und hat einen wunderschönen japanischen Pelz an, aus Tant-Yemen. Im Theater ist alles besetzt, sogar die Nebenräumlichkeiten. Kein Wunder. Erstens hat die pariser Kritik das Stück in Stücke gerissen, wobei man sich fragt: wozu diese unendliche Mühe, die Kritiker günstig zu stimmen, sie zu umschmeicheln, anzudonnern, zu loben, wenn sie Gott behüte ihrerseits Stücke schreiben — wozu dieser Geschäftstrubel, wenn ich mich vorsichtig ausdrücken darf, rund um die Zeitungen — wozu das, wenn die Kritik nicht den geringsten Einfluß auf den Kassenrapport hat? — Das ist ein tiefstes Geheimnis. Die pariser Theaterkritik also hat Verneuil beschimpft: er wäre ein erfolgreicher Dramenautor (das ist so ziemlich die schlimmste Beleidigung, die man einem Menschen zufügen kann — es kommt gleich hinter Generalstrottel mit Bommeln) — er hätte vergeblich versucht, ein Seelengemälde zu malen, er solle gefälligst bei seinem Fabrikskitsch bleiben, Stückeproduzent, Schießbudenfigur, erfolgreicher Dramatiker. Das geht übrigens in aller Form vor sich — eine französische Kritik: «Wir sind von dem Stück nicht restlos entzückt» ist meisthin der Höhepunkt an Grobheit. Gut — großer Durchfall in den Zeitungen — großer Sieg an der Kasse. Inhalt:

Frau Popescu richtet unter Glucksen und rollenden Rrrs einen Dichter zugrunde, der seinerseits einen alten Angestellten seines toten Vaters bis zur Erschlaffung anpumpt und auszieht. Das geht nicht gut ... Krach, Trennung, endlich allein — der Vierwaldstätter See sieht die glücklich Geeinten, die sich in die Arme fliegen. Man hat sich in diesem Fall Herrn Verneuil als den Kollegen des Schneiders vorzustellen, der Elvira Popescu anzieht. Sie sah bezaubernd aus, manchmal zu bezaubernd — aber Stück und Kostüme saßen wie angegossen: jedes Kostüm ein Gedicht, jeder Akt ein Maßkleid.

Die Popescu ist so pariserisch wie Bukarest, und so etwas gefällt in Paris sehr. Ihre Mittel sind beschränkt, aber dafür wendet sie sie auch oft an, und im übrigen ist sie Frau, Schlange, Affentheater und komische Oper in einem. Die Bretter bogen sich. Während oben die treue, aber weißhaarige und infolgedessen gekränkte Wirtschafterin des Dichters an Hand ihrer Ausgabenbücher nachwies, wie immer mehr Geld verbraucht wurde — jedesmal, wenn eine finanzielle Unregelmäßigkeit aufgedeckt wurde, ging ein Rauschen durch das kleinbürgerlich gepfropfte Haus — während dieser traurigen Ereignisse paßte ich schon wieder nicht ordentlich auf, und statt für die *‹Vossische Zeitung›* die Seelenschwingungen der Balkanistin aufzunotieren, sah ich den ganzen Abend auf drei Logen.

Die drei Logen lagen genau übereinander und waren folgendermaßen besetzt:

Unten, in der Proszeniumsloge, saß eine reiche junge Frau mit schönem Schmuck, sehr diskret angezogen, mit einem etwas älteren Herrn, der zu meinem großen Ärger ihr Mann zu sein schien. Die Loge war mit einer matten Goldleiste eingefaßt, und sie saß auf dem dunkeln Fond darin wie ein altes Bild. Sie lächelte kaum – meist über die harmlosen Scherze; wenns dramatisch wurde oder sich die Dame Popescu gar zu niedlich machte, verzog sie keine Miene. Der Mann sah, sauber gebadet und gut zu Abend gegessen, freundlich zu. Übrigens war man hier im Theater, Verneuil, man weiß, was das ist, man hat das Gefühl, sich einen Likör zu bestellen, die Marke ist bekannt und nicht einmal schlecht.

Einen Stock höher, im ersten Rang, wurde die Sache weitaus ernster genommen. Über den hüpfenden Putten mit dem Goldpopo aus Stuck saßen da mehrere Damen der feineren Stände und hatten rote Backen und ließen sich kein Wort entgehen. Eine, mit einem besonders kräftigen, energischen Kinn, hielt den Mund halb offen, und wenn eine Kraftstelle kam, sah sie lächelnd oder erfreut-empört auf ihre Freundin. Ja, hier wurde ihre Sache verhandelt: das mit dem Mann und das mit der Liebe. Die da wollte ihren ganz haben, ganz ihr eigen nennen, ihn völlig aussaugen – das versteht sich. Manchmal schoß wie ein kleiner Blitz auf Elvira ein Blick: es war die Konkurrentin, die Nebenfrau, die andere – sah sie wirklich so gut aus wie der Dichter aufsagen ließ? Die Augen im ersten Rang wurden schmal, und sie hatten so viel zu sehen: Kostüme, Männer, Handlung, Kostüme, Hüte und den Guerillakrieg der Liebe. Bravo –!

Im zweiten Rang hingen geschwärzte Hände über die Köpfe der Engel – die Plätze waren wohl billiger – hier saßen Portiers. Nichts gegen Portiers, aber sie nahmen sich merkwürdig genug aus, da oben. Vater ließ den Kopf etwas trübsinnig über die Brüstung hängen. Was ging ihn das Ganze an –! Mochten die da doch machen, was sie lustig waren ... Mutter war klein und dick wie ein Gummiballon und hervorragend bei der Sache. «Fünfhunderttausend Francs ... Hat man schon so etwas gesehen! Na, das waren Leute! Hatten sie denn keine anständige Concierge, die ein bißchen aufpaßte! Das wäre ja, gelacht wäre das ja!» Und alle Kinder sahen zu und sogen die Ereignisse da unten auf, zogen die dramatischen Schnüre, an denen die Puppen tanzten, gleichsam zu sich hin ... Wenn es auch Freibillette waren, man wollte doch was fürs Geld haben ...! Da, jetzt schüttelt Mutter mit dem Kopf, entrüstet, ganz ausgepumpt vor Entrüstung, denn sie sah wohl, wie das enden würde ... Und Vater zog ein langes, gleichmütiges Gesicht: «Wat se all maket, die Studenten ...!»

Das waren die drei Logen. Und so kommt es, daß ich nur einen Satz aus dem Stück behalten habe, einen einzigen. «Tu serais peut-être plus heureux, sans bonheur.» Und das soll vorkommen.

Heute

muß ich nach Berlin schreiben. Da habe ich neulich von Clemenceau berichtet, und davon, wie gallenbitter er stets gewesen sei. Wahr ist vielmehr, daß er manchmal milde sein konnte, so milde ... Da begegnete ihm eines Tages eine Dame, die hatte — wie das in Frankreich manchmal zu sehen ist — den kräftigen Anflug eines Schnurrbarts. Als sie gegangen war, murmelte der Alte: «Und ich hatte immer geglaubt, sie trüge Vollbart —!»

Morgen

will ich hingehen und das Trümmerfeld der Exposition ansehen. Sie hat zugemacht, und die Nekrologe waren nicht alle sehr schmeichelhaft. Ein gehauchtes «Gottseidank!» war auch dabei. Gewiß, es ist eine ingeniöse Idee, eine große Ausstellung in das Stadtinnere zu verlegen — aber der große Platz vor dem Dôme des Invalides und die Brücken — sie waren doch schöner ohne diesen Budenzauber. Es gibt eine mächtige Gruppe, die für Wiedereröffnung der Ausstellung im nächsten Jahr ist — vielleicht, weil sie nicht auf ihre Kosten gekommen ist ... Es sieht nicht so aus, als ob man mit den Aufräumungsarbeiten bremsen wird.

Der Einfluß der Ausstellung in Frankreich ist unverkennbar. Man sieht in den Warenhäusern schon viel mehr ornamentlose Gegenstände, glatte Sessel, glatte Schreibtische, glatte Beleuchtungskronen ... Und wer den Geschmack der breiten Massen in Frankreich kennt, der weiß, was das für ein Opfer, für ein Risiko, für ein Wagnis bedeutet. ‹Il faut tout de même quelque chose!› bedeutet: hier noch ein Kränzchen und da noch ein Sternchen und da ein Rändchen und hier ein Blümchen ... Daudet setzt an die Spitze seines Blattes: die französischen Könige hätten Frankreich geschaffen. Mag sein. Sie haben aber auch den Kunstgeschmack für Gebrauchsgegenstände auf Jahrhunderte verfälscht, weil diese Generation zu schwach ist, sich selbst etwas zu ersinnen. Sie leben gern in den Salons ihrer Vorfahren. Vor dem Fenster, auf der Straße, hält der Citroën.

400 000 INVALIDEN UND 1 GESUNDER

Dein eines Bein ist in Flandern,
das andre mit dir in Berlin;
du kannst aber mit dem andern
nicht die Bettelwege ziehn.
Du hast keine gute Prothese.

Deine Lungen sind dir zerschossen
du brauchtest eine Kur,
auf Inseln, meerumflossen,
und sei es auf Monate nur ...
Du hast aber kein Geld.

Du tastest dich tappend weiter,
Blinder. Du lachst nie mehr, und
du ersehnst so einen Begleiter –
du hast nur deinen Hund.
Mit dem sprichst du.

Eure Gesundheit, Kuren, Prothesen
frißt einer für sich allein.
Er ist euer Kaiser gewesen
und (von hinten) die Wacht am Rhein.

Hört ihr die Zahl, Verdammte?
Sechshunderttausend im Jahr
zahlen kaisertreue Beamte
dem Feigling mit Kaiseraar!

Er führt sein altes Leben,
er ist der alte Fex,
von teuern Nullen umgeben:
Imperator Rex.

Er kann sich Pelze kaufen,
sein Vermögen steigt hoch, hoch, hoch!
Ist einer von euch entlaufen,
der sitzt im Zuchthausloch.

Ihr und eure Frauen,
elender Abfall vom Krieg –:
Bedankt euch bei dieser flauen
bei dieser Republik –!

DIE DEKADENTEN

Wenn neben den Treibereien des Flotten- und Wehrvereins und neben der bösartig-ungeschickten Haltung der deutschen Diplomatie etwas zum Kriege beigetragen hat, so sind das die Berichte der ‹unpolitischen› Korrespondenten aus Frankreich vor dem Kriege.

Die haben unentwegt und durch Jahre hindurch behauptet, dieses Land sei am Ende, sei krank, dekadent, schwach, kernfaul ... Daß sechzig kriegerische Millionen vierzig nichts als ruhebedürftige Millionen besiegen können, leuchtet ein. Daß aber eine wunderbare Kraft, die in keinem Bizeps in die Erscheinung tritt, den Franzosen die Fähigkeit verlieh, während des Krieges niemals die Nerven zu verlieren, davon hat man uns nichts gesagt. Im tiefen Unglück, vor der Marne-Schlacht, im höchsten Glück, im November 1918, immer gemessen zu bleiben, immer das Gleichgewicht zu behalten – das scheint mir gar nicht dekadent. Aber die Schilderer brauchten das. Sie setzen ihr Werk heute fort.

Wir können uns auf den Kopf stellen – kein Literat wird so gelesen wie der namenlose Schmierer, der die ausländischen Zeitungen ausschlachtet. Welche Messerstechereien –! Welche Vorstadtmoral –! Welche Hurengeschichten –! Der fremde Leser muß den Eindruck gewinnen: So ist Frankreich. Daß aber einem – gewöhnlich aufgeblasenen – Skandalfall Millionen ruhige und arbeitsame Menschen gegenüberstehen, davon ist nichts zu lesen.

Ich spreche nicht einmal von den Auswüchsen des Kriegswahnsinns. Da haben Betriebsame, die ihren Ruf, ihr Geld und ihre Stellung Frankreich verdankten, auf der Terrasse von Saint-Germain gedankenvoll empfunden, dieses alles müsse ein Ende nehmen und könne nicht dauern ... während doch grade der Thron ein Ende nahm, vor dem sich – jenen zufolge – die letzten drei Deutschen verneigten und von vorn anfingen ... Manche Leute sind nur bei einem schlechten Gedächtnis zu ertragen.

Aber wenn ich heute die deutschen Zeitungen lese – was muß ich da alles über das Land erfahren, wo ich lebe! Die Frauen bekommen nie Kinder, die Mädchen sind nur für wenige Stunden des Tages vertikal anzutreffen, die Männer schießen sich Löcher in den Bauch oder stehlen Geschmeide ... das muß ja ein dolles Land sein! Ist es auch.

Denn so etwas von ruhiger Zufriedenheit, von allgemeiner Ausgeglichenheit, von tiefer, tiefer Bürgerlichkeit war noch nicht da. Politiker mögen die bekämpfen, scharfe Beobachter mögen alles Mögliche in ihr sehen – aber sie ist vorhanden, unbestreitbar vorhanden, sie ist das Allerunromantischste von der Welt.

Überschrift, fett: «Greisenmorde in Paris!» Na, gewiß doch. Die einzigen, die leider Gottes aus diesem allgemeinen pariser Morden lebend davonkommen, sind jene Reporter, die schon einmal dem deutschen Volk eingeredet haben, jenseits des Rheins wohnten die Verderbnis, die Degeneration, die Dekadenz. Es wohnen aber Menschen da, die ihre fünf Sinne beisammen haben, und deren Seele man nicht kennen lernt, wenn man ihre Zeitungen ausschmiert.

PSYCHOANALYSE

Drei Irre gingen in den Garten
und wollten auf die Antwort warten.

Der erste Irre sprach:
«O Freud!
Hat dich noch niemals nicht gereut,
daß du Schüler hast? Und was für welche –?
Sie gehen an keinem vorüber, die Kelche.
Ich kenne ja wirklich allerhand
als Mitglied vom Deutschen Reichsirrenverband –
aber die alten Doktoren sind mir beinah lieber
als das Getue dieser
Ja.»

Der zweite Irre sprach:
«Schmecks.
Ich habe hinten einen Komplex.
Den hab ich nicht richtig abreagiert,
jetzt ist mir die Unterhose fixiert.
Und ich verspüre mit großer Beklemmung
rechts eine Hemmung und links eine Hemmung.
Vorn hängt meine ältere Schwester und
in der Mitte bin ich ziemlich gesund.
Ja.»

Der dritte Irre sprach:
«Wenn
heut einer mal muß, dann sagt ers nicht, denn
er umwickelt sich mit düstern Neurosen,
mit Analfunktionen und Stumpfdiagnosen –»
(«Ha! – Stumpf!» riefen die beiden andern Irren,
konnten den dritten aber nicht verwirren.
Der fuhr fort:)
«Vorlust, Nachlust und nächtliches Zaudern –
es macht so viel Spaß, darüber zu plaudern!

Die Fachdebatte – welch ein Genuß! –
ist beinah so schön wie ein
Ja.»

Die drei Irren sangen nun im Verein:
«Wir wollen keine Freudisten sein!
Die jungen Leute, die davon kohlen,
denen sollte man kräftig das Fell versohlen.
Erreichen sie jemals das Genie?
O na nie –!

Jeder Jüngling von etwas guten Manieren
geht heute mal Muttern deflorieren.
Jede Frau, die in die Epoche paßt,
hat schon mal ihren Vater gehaßt.
Und die ganze Geschichte stammt aus Wien,
und darum ist sie besonders schien –!

Wir drei Irre sehen, wie Liebespaare
sich gegenseitig die schönsten Haare
spalten – und rufen jetzt rund und nett:
Rein ins Bett oder raus aus dem Bett!

Keine Tischkante ohne Symbol und kein Loch . . .
Wie lange noch –? Wie lange noch –?»

Drei Irre standen in dem Garten
und täten auf die Antwort warten.

WIESO

soll ich eigentlich Zeitungen lesen? Um zu erfahren, was auf der Welt vorgeht? Aber ich erfahre ja höchstens, wie man das Vorgegangene darzustellen beliebt.

Objektivität gibt es nicht. Was hingegen die modernen großen Zeitungen treiben, das ist doch wohl grotesk. Wenn man mit Redakteuren spricht, welcher Nationalität sie auch immer seien, so hört man, wie sie alle nur eine Sorge bewegt: Wie mach ichs, daß die Schreiberei nun mit Bedeutung auch gefällig sei? Wem . . .? Das kommt ganz darauf an.

Man muß einmal einer Unterhaltung von Nachrichtenmännern beigewohnt haben, die darüber beraten, ob man dieses oder jenes ‹geben› könne. Sie denken an alles: an die Wirkung der Nachricht auf die

Börse, auf die Rechte, die Linke, auf das Inland und das Ausland – und sie pflegen gern die Größe dieser Wirkung zu überschätzen –; nur auf einen einzigen Gedanken kommen sie überhaupt nicht: daß man etwa die Dinge so schreiben könnte, wie sie sich zugetragen haben, also: wie man sie sieht. Von den Redaktionen, die die Berichte ihrer Korrespondenten nach Belieben zurechtstutzen, zu schweigen.

Aber das ist überall so. In Frankreich noch viel stärker als bei uns. Die französischen Journalisten sind Meister in der ‹Aufmachung› einer Nachricht. Sie geben dem Ding erst die richtige Farbe, nicht, indem sie es lang und breit kommentieren, nicht durch den Leitartikel, der im *‹Matin›*, im *‹Journal›*, im *‹Petit Journal›* und im *‹Petit Parisien›* einen viel kleinern Raum einnimmt als in den deutschen Zeitungen gleichen Kalibers, nein: indem sie die Nachricht richtig zurechtmachen. Stilisierung, Placierung, Längenabmessung – und, das Wichtigste: die typographischen Mittel. Der *‹Temps›* und das *‹Journal des Débats›* beschreiben die Ereignisse, die andern drucken sie.

Und da können die modernen französischen Soziologen, die hier sehr in Blüte stehen, das alles aussprechen, wie es wirklich ist – Lucien Romier tuts in seiner *‹Explication de notre Temps›* und der verstorbene Jouvenel, der Bruder des ehemaligen Ministers und *‹Matin›*-Politikers, tats in seinen *‹Vingt Leçons de Journalisme›* –: es nützt alles nichts. Hundertmal kann man von Franzosen hören: «Peuh! Bourrage de crâne!» (was etwa heißt: tendenziöse Stimmungsmache) – es nützt nichts. Denn während Hunderte es einsehen, glauben Millionen daran.

Die Zeitung ist ein Geschäft? Aber sie ist schlimmer: ein von tausend Interessenten beeinflußtes Geschäft. Und äfft unter der Maske einer Zeitung eine Zeitung: bieder und noch atemlos von der Radiographie kommt die Nachricht angelaufen und berichtet, berichtet ... Sie hat vorher die engsten Siebe passiert, und was etwa Gefährliches, Unerwünschtes, Revoltierendes an ihr war, liegt zurückgeblieben oder gar nicht erst aufgeschrieben. Kommt dazu, daß die meisten Leute nur ein Blatt lesen, ihr Blatt ...

Selbst die Nachrichten, die nicht in der Zeitung stehen, sind erlogen.

DR. DOLITTLE UND SEINE TIERE

Die Geschichte des Kinderbuches ist – von wenigen Ausnahmen abgesehen – eine Geschichte der Enttäuschungen und der Kindereien. Schon Karl der Große ... (folgen acht Spalten über die Geschichte des deutschen Kinderbuches. Der Leser überschlägt sie mit Recht. Darauf:) *‹Dr. Dolittle und seine Tiere›* von Hugh Lofting aber ist ein gutes Kinderbuch – auch für Erwachsene.

Wenn ein Buch Tiere sprechen läßt, so gibt es dafür nur ein Kriterium: ob mans glaubt. Diesem Dolittle-Bericht glaubt man nach der zweiten Seite alles – es ‹hat› den Leser sofort, und selbstverständlich sprechen Dab-Dab, die Ente, Jip, der Hund, Göb-Göb, das Ferkel, Polynesia, der Papagei, und die Eule Tuh-Tuh. Sie sind bei dem Doktor Dolittle, dem kleinen Landarzt, in Behandlung, es ist so eine Art Tier-Sanatorium, das sich der Mann da aufgebaut hat, und langsam verscheucht er sich die menschliche Kundschaft. Und als er nun nichts mehr zu essen hat, ernähren ihn die Tiere, und sein Ruf breitet sich aus, und die Affen aus Afrika rufen ihn, denn sie haben die große Affenkrankheit, und er zieht mit seinen Tieren dorthin, erlebt, was es zu erleben gibt, und kehrt wieder heim. Eine ganze kleine Welt von Güte ist in diesem Buch.

Um nicht mißverstanden zu werden:

Wir werden in letzter Zeit mit Tierbüchern etwas reichlich versorgt. Jeder Verlag, der etwas auf sich hält, hat mindestens einen Norweger oder Amerikaner oder Australier, der ihm einen rührenden Roman über das Seelenleben der Rentiere, über die Hochzeitsfeierlichkeiten bei den Küchenschwaben liefert – und je übler es auf der Welt zugeht, desto bereitwilliger flüchtet sich das deutsche Gemüt in die Tierbücher. Es ist eine so schöne Ablenkung ... Der geniale Kipling hat die Tür aufgemacht, und nun wimmelt das nur so von Tierbüchern. Sieht man von den wenigsten guten ab, so bleibt eine literarische Mode – und je anthropomorpher sie sind, desto besser ziehen sie. Ein Fall des Übels geht auf Konto des maßlos überschätzten Hermann Löns – aber die andern sind auch nicht viel schöner. Also so ist das hier nicht.

Das macht: Herr Lofting hat Herz und ist ein Dichter. Ich kenne nur die deutsche Ausgabe, die mir von E. L. Schiffer meisterhaft übersetzt zu sein scheint, weil sie einen einheitlichen Stil hat, weil sie die Andersen-Töne auf das glücklichste vermeidet, und weil man ihr Wort für Wort glaubt, weils wahr ist, was da steht – weil die Tiere natürlich so und nicht anders sprechen. Alles ist so selbstverständlich.

«Der Papagei Polynesia saß im Fenster, sah dem Regen zu und sang ein Matrosenlied vor sich hin.» Es ist das Jungenhafte im Engländer, das diesen Humor so bunt und farbig macht – in dem ganzen Buch ist kein Witz, aber alles strahlt vor Humor. Ob den Kinder empfinden, ist fraglich – Kinder haben keinen Humor. Sie werden sich an die tausend und eine Einzelheit halten, von denen eine immer schöner ist als die andere – an das, was geschieht, und daran, wie es geschieht.

Es wird beraten, was auf das Afrika-Schiff mitgenommen werden soll. «Eine Glocke brauchst du», sagte der Papagei. «Warum?» fragte der Doktor. «Um die Zeit zu messen», sagte der Papagei. «Du läutest sie jede halbe Stunde, und dann weißt du, wie spät es ist.» Das ist ganz logisch. Bemerkenswert scheint mir ferner, wie dieser kluge Papagei

— dem Namen nach ist es ja eine Mamagei — immer hinterher sagt, wie das, was soeben geschehen ist, heißt. «Das nennt man einen Trick», sagt sie nach einem gut geglückten Streich. Und: «Das nennt man einen blinden Passagier» sagt sie. Sie ordnet alles ein. Und wenn die Tiere nicht sprechen, spricht der Autor — so still und ruhig, wie der englische Humor oft geartet ist, spricht auch er. Vor der Abreise hatten die Mäuse in der Schreibtischschublade gewohnt — denn wo sollten sie sonst wohnen! Als er zurückkommt, bringt er alles in Ordnung. «Er kaufte ein neues Klavier für die weißen Mäuse — denn sie sagten, daß es in der Schreibtischschublade zöge.»

So ist das. Und an einer Stelle erhebt sich die leise Prosa zu dichterischer Höhe — als Jip, der Hund, auf dem Verdeck des Meerschiffs liegt und wittert, wo der verlorene Onkel wohl sein könnte. (Es ist da ein Onkel verloren gegangen.) Er stellt sich hin, zieht die Luft ein und analysiert. Dabei murmelt er: «Teer, spanische Zwiebeln, Petroleum, nasse Regenmäntel, zerquetschte Lorbeerblätter, brennender Gummi, Spitzengardinen, die gewaschen werden — nein, ich irre mich, Spitzengardinen, die zum Trocknen aufgehängt worden sind, und Füchse — zu Hunderten — junge Füchse — und —» Eine Welt, durch das Nasenauge des Hundes gesehen. «Ziegelsteine», flüsterte er ganz leise, «alte gelbe Ziegel, die vor Alter in einer Gartenmauer zerbröckeln; der süße Geruch von jungen Kühen, die in einem Gebirgsbach stehen; das Bleidach eines Taubenschlages — oder vielleicht eines Kornbodens — mit daraufliegender Mittagssonne, schwarze Glacéhandschuhe in einer Schreibtischschublade aus Walnußholz; eine staubige Straße mit Trögen unter Platanen zum Pferdetränken; kleine Pilze, die durch verfaultes Laub hindurchbrechen; und — und — und —» Das ist nicht gemacht — das ist gefühlt.

In dem Buch (das im Verlag Williams u. Co., Berlin-Charlottenburg, erschienen ist) sind viele Zeichnungen, und die hat der Verfasser selbst gemacht. Es ist ein ganz merkwürdiger Illustrationsstil, es sind nur die Sachen gezeichnet, die im Text vorkommen — manches, wie zum Beispiel das kleine Blatt auf Seite 34 «Und eines Abends, als der Doktor in seinem Stuhl eingeschlafen war», könnte geradenweges aus einem alten Kinderbuch stammen, und das ist ein Kompliment. Auch in diesen Zeichnungen ist die Beobachterfreude: Güte. Woher rührt sie?

Der Verfasser hat diese kleinen Märchen als Brieferzählungen seinen Kindern nach Hause geschrieben — denn er war nicht zu Hause. Er war an der Front, da, wo geschlachtet wurde. Und es war wohl die letzte Ecke, in die damals das Gefühl eines anständigen Menschen flüchten konnte: in die Natur — im tiefen Bewußtsein, daß gegenseitige Hilfe ein ebenso primärer Zug in dieser Natur ist wie der Drang, den Nachbarn aufzufressen. Und so entstand dieses Buch in seiner fast biblischen Einfachheit und Herzlichkeit.

Ich sah Lofting in Paris, in einer stillen Abendstunde. Er zündete die kleine Lampe in dem großen kahlen Atelierraum an, in dem er gerade an einem neuen Dolittle arbeitete – es sind in England und Amerika noch viele Dolittle-Bände desselben Autors verbreitet –, er sprach leise und war freundlich. Und es ist wohl seinem Wesen gemäß, wenn er diesen Satz «Wie ich dazu kam, den Dr. Dolittle zu schreiben» gesetzt hat: «Etwas aber erzwang sich mehr und mehr meine Aufmerksamkeit: die Rolle der Tiere im Weltkrieg, wo sie gleich den Menschen mit der Zeit Fatalisten zu werden schienen . . . Aber ihr Schicksal war anders als das der Menschen.»

Ja, es war anders, Hugh Lofting. Es war noch schwerer. Doch war es auch wiederum gleich: beide wurden von ihren Besitzern in den qualvollen Tod geschickt, sie verstanden den Schmerz nicht und ihr verlöschendes Auge fragte: Warum? Sie setzen hinzu, Hugh Lofting, was die Qual der Tiere betrifft: «Das schien mir nicht ganz gerecht zu sein.» Nein, ganz gerecht war es nicht. Es war die größte Schmutzerei der Menschheit.

Dolittles Tiere aber sollten viele Kinder erfreuen.

DER BRÖTCHENTANZ

Ist der neue Chaplin-Film schon in Berlin? Ich glaube nicht. Vergessen Sie nicht, auf den Brötchentanz zu achten, und verlangen Sie ihn Dakapo. Warum gibt es keine Dakapos im Film?

‹Die Jagd nach dem Gold› (‹The Gold rush›, ‹La Ruée vers l'Or›) ist ein Goldgräberabenteuer aus Alaska; daß es eine Parodie sein soll, wüßte man nicht, wenn mans nicht wüßte. Es beginnt mit dem Zug der Zehntausende in die Schneeberge – und schließlich geht ein Rauschen durchs Parkett. Er. Er hat einen Sack auf dem Buckel und einen Schal, aber sonst ist er ganz so ausgestattet wie immer: Hütchen, Stöckchen, Schnurrbärtchen . . . Er wandelt frohen Mutes auf dem schmalen Rand einer Felswand, wankt und klettert . . . Plötzlich taucht aus einer Höhle hinter ihm ein riesiger Bär auf, das Publikum kreischt, was wird jetzt werden? Nichts – Charlie geht still seines Weges, die braune Gefahr immer hinter ihm her, schließlich verschwindet der Bär in der Felshöhle, und etwas später dreht sich der Goldgräber um und visiert die Gegend. Indianer? Raubtiere? Nein. Weiter. Dieser Ritt über dem Bodensee leitet das Fest ein.

In dem, was folgt, ragt an erster Stelle der Brötchentanz.

Chaplin hat in seiner Blockhütte schöne junge Mädchen zu Gast geladen – er wartet auf sie. Sie kommen nicht, er schläft ein und träumt, sie seien gekommen. Und das ganze kleine Fest zieht an seinen Augen vorüber, und zum Schluß, zum Nachtisch, muß er doch den Damen eine Unterhaltung servieren, und weil er nicht singen kann und auch kein Grammophon hat, tanzt er ihnen etwas vor. So:

Er pikt auf zwei Gabeln zwei lange Brötchen, stellt die Gabeln auf den Tisch und packt sie. Und nun sind es plötzlich zwei Beine, Tänzerinnenbeine, oder seine eigenen. Die Brötchen sind seine quer gestellten Schuhe, und das unsichtbare Gabelwesen fängt an, zu tanzen. Es ist eine der genialsten Erfindungen dieses genialen Komikers.

Zu den Klängen eines Foxtrotts wirft das Ding die Beine, rutscht und schleift, einmal macht es dieses Kunststück, ganz weit zu grätschen, daß man glauben muß, es werde gleich in der Mitte aufplatzen, es grüßt mit den Beinen und kokettiert mit den Beinen – und man vergißt völlig, daß es ja nur zwei Brötchen, auf Gabeln gespießt, sind, die uns da etwas vortanzen ... Diese schlumpige Grazie, dieser Spitzentanz in Lumpen, den wir so oft von ihm selbst gesehen haben: Chaplin wiederholt das mit einem Nichts, mit etwas, das gar nicht da ist, mit der kindlichen Andeutung von Beinen. Er muß das tagelang vorm Spiegel geübt haben. Wenn einem der Atem vor Lachen ausgegangen ist, verbeugt sich das Ding mit einem zierlichen Knicks. Husch, husch, die Waldfee ... mit zwei Sechserbrötchen.

Es geschieht vorher und nachher viel Komisches, aber dies ist doch die dickste Perle. Ich habe den Film in Narbonne gesehen, und wenn Sie mich nach den Sehenswürdigkeiten dieser Stadt fragen: ich weiß nur diese eine, den Brötchentanz.

ABREISSKALENDER

8. Dezember
Deutsch sein heißt eine Sache um ihrer selbst willen tun.

Griesgrütze
Falscher Hase
Gedämpftes Apfelkompott

Es gibt in Deutschland eine ganze Reihe gebildeter Abreißkalender – wenn nichts Besonderes dabeisteht, sind sie deutsch-national und fälschen Geschichte und Geographie, um das Andenken des Rentenempfängers in Doorn hochzuhalten. Also davon wollen wir nicht reden. Es gibt doch auch andres.

Der Verlag Carl Hoym in Hamburg hat für das Jahr 1926 einen Arbeiterkalender herausgebracht, der als eine Illustrierung unsrer alten Forderung gelten darf: hier haben wir die Tendenzfotografie in ihrer höchsten Vollkommenheit. Als ich hier neulich davon sprach, daß die Fotografie eine gefährliche Waffe im politischen Kampf sein könnte, wenn man sie nur benutzen wollte, griff die nationalistische Provinzpresse das auf, und von Bogenhausen bis Palmnicken ergoß sich ein Strom von Talentlosigkeit in unser Ausschnittbüro. «Man sollte Herrn Wrobel und Ludendorff neben einander fotografieren – da wollen wir einmal sehen, wer besser abschneidet!» Gut gegeben. «Die vergiftende Waffe, die hier von dem berüchtigten Ignaz Wrobel vorgeschlagen wird ...» Oh, diese Dackel ...! Kurz: *‹Fliegende Blätter›*. Von mir gefordert war: die Verwendung der Fotografie, wenn möglich unretuschiert – die Tendenz nur in der Auswahl der Bilder und in der Unterschrift. Hier ist die Erfüllung.

Der Kalender enthält in klarem Druck auf schönem Papier:

Auf der Rückseite jedes Blattes gut ausgewählte Stellen aus der politischen Literatur; Abdrucke von Zeitungsausschnitten; Blamagen der Gegner; Mahnungen, Rufe, Erinnerungen – sehr schätzenswerte und notwendige Erinnerungen. Auf der Vorderseite das deutliche Datum, kommunistische Gedenkdaten und eben *das*, weswegen er hier angezeigt werden soll: auf jedem Blatt ein Bild.

Es sind in den meisten Fällen Fotografien, die da abgebildet sind – und soweit ichs beurteilen kann, ist keine einzige retuschiert. Es sind also keine fotografischen Scherze, die man gemacht hat – gegen die freilich nichts einzuwenden wäre –, sondern es ist das Abbild der Wirklichkeit hergenommen, eine kurze, schlagende Unterschrift besagt: «Seht, so war das!» – und nun sehen die Leser:

«15. Januar, Freitag. *‹Karl Liebknecht nach seiner Einlieferung als Unbekannter im Leichenschauhaus.›*» Auf der Holzpritsche liegt der Erschlagene – mit nacktem Oberkörper, die Augen sind schon zugedrückt. Ich weiß noch alles: die begeisterten Straßengespräche der Bürgerlichen, als der ‹Kerl› endlich ‹erledigt› war, die Komödie von Gerichtsverhandlung, wo sechs Offiziere der allerübelsten Prägung teils logen, teils sich brüsteten, und es waren Söhne guter Familien darunter – haben Sie sich noch ein kleines Andenken an den Fez aufbewahrt, Herr Liebmann? Ja, da liegt er also – und für Freitag, den 15. Januar, wird die Erinnerung wohl reichen.

Politische Hiebe folgen. Eine Fotografie der Nationalversammlung ist mit der erledigenden Unterschrift versehen: *‹Am Grabe der ersten deutschen Revolution.›* *‹Ruhe und Ordnung herrscht wieder in Berlin›* – und man sieht sie herrschen. *‹Im Stechschritt durch die deutsche Republik›* – nun, man weiß, wem diese Beine und wem diese Gesichtskopien gehören ... Bilder aus dem Proletarierleben folgen: Elendsszenen, mit einer Schärfe fotografiert, die nur noch von der Schärfe der Texte überboten wird. *‹Proletarisches Feierstündchen›* – aber diese Bitterkeit ist gerecht, kommt aus brennendem Herzen, bleibt haften.

Sehr schöne Bilder aus Rußland wechseln mit den Porträts der russischen Revolutionsführer, es sind Aufnahmen dabei, die man sicherlich nicht wegwerfen wird; wenige, aber schlagende Karikaturen, Greuelbilder aus den politischen Kämpfen unsrer Zeit, Gehenkte und Zerstückelte, Rebellen fremder Länder – und fast hätte ich unsern Entlaufenen vergessen: den reich dotierten Imperator Rex. Was dieser Kalender gegen Wilhelm unternommen hat, gehört zu dem Stärksten seiner Art und steht sogar noch über dem Zivilbild des Kaisers in Emil Ludwigs Buch; ja, es läßt sich auch neben dem Wagenbild sehen, wo Eduard der Siebente den feixenden Feldwebel dick und peinlich berührt von der Seite anblickt. Der Kalender hat weiter nichts getan, als den Kaiser bei einem Manöver fotografiert – da steht dieses Stück Unglück, hält den Arm in die Höhe und grinst. «30. März. Dienstag. Jetzt wollen wir sie dreschen. Wilhelm beim Kaiser-Manöver.» Neben ihm ein fetter Junge, als Kürassier angezogen, der strahlt über sein ganzes deutsches Sektgesicht. Und ER ...! Es ist der ganze Mann: die große Geste, die Hohlheit, die Schwäche, der kleine Oberleutnant, der hinter allem Gerassel stak – das Bild erklärt Niederlage, Flucht und nachfolgende Rente.

Zwischendurch bekommt die Republik, wie sie geworden ist, eins aufs Dach. Dazu ist vielleicht etwas zu sagen.

Es findet sich in diesem Kalender das Äußerste an Hohn und Spott, an Wut und Empörung gegen Fritz Ebert, in Bild und Wort. Der Mann ist tot, und wenn man die sentimentale Saite im Deutschen anschlägt – «Mutter!» und «De mortuis nil ...» –, so kann man seines Erfolges ziemlich sicher sein. Der Mann wird in diesem Kalender als Verräter an seiner Klasse gezeichnet – und hier wird vielleicht der Republikaner stocken. Er sollte das nicht tun.

Die persönliche Rechtlichkeit des ersten Präsidenten steht hier nicht zur Diskussion – sie ist kein Verdienst, sondern eine Selbstverständlichkeit. Wenn aber heute allen Ernstes versucht wird, diesen mittelbegabten Funktionär, der seine eigne Stunde, aber niemals die des Reiches begriff, neben Bismarck zu stellen – so muß man doch wohl den übereifrigen Demokraten, die dergleichen aus tiefer Brust herausrollen, raten, sich Beffchen umzubinden, damit sie sich nicht bepredigen. Die Herren, die im Prozeß Cossmann für Ebert aussagen wollten, haben ihn vernichtend belastet. Richtig ist, daß die Soldatenräte nicht allzu viel taugten; daß da ein Chaos geherrscht hat; daß schlechte Elemente unter den Aufrührern wider Willen und ohne Willen dabei waren. Aber vom Mittag des 9. November an Angst vor dem Bolschewismus haben; Auswüchse einer Revolution verhindern wollen, die überhaupt noch nicht da war; nach rechts und immer nur nach rechts sehen; mit Hilfe der übelsten Erscheinungen des Militärs eine Heeresmacht wiederaufrichten, die die Pest dieses Landes gewesen ist: das ist Verrat an der Arbeiterklasse und an der Idee der Revolution. Und Fritz Ebert durfte das nicht, er hatte nicht das Recht, so zu handeln, denn er war ein Beauftragter, ein vom Volk Beauftragter. Vielleicht war das seine persönliche Politik ... Es waren aber die Arbeiter, die ihn zum Vorsitzenden gemacht hatten, die Arbeiter, die ihre Knochen im Krieg zu Markte getragen hatten, während er in Stabsquartieren den artigen Sozialdemokraten machte, die Arbeiter, die reinen Tisch haben wollten. Diesen Willen hat er verfälscht, aufgefangen und abgeleitet. Er ist schuldig.

Und weil die Genossen, die er sich ausgesucht hat, noch schlimmer waren, weil in diesen Jahren die anständige Opposition der Sozialdemokratischen Partei nie zu Worte gekommen ist, durch Geschäftsordnungsmanöver geknebelt, an ihrer schwachen Stelle, an der falsch verstandenen Disziplin gepackt: deshalb ist auch Ebert und sein Regime schuld an den Arbeitermorden, die er verschwiegen und Herr Noske vergessen hat, an diesem Richtertum, an der feigen Personalpolitik in den Ämtern – an dieser Republik.

‹*Reichsbanner! Zurück zur Klassenfront!*› heißt eine eindrucksvolle Fotografie des Kalenders. Man sollte sich auch hier besinnen, und ich hoffe, daß man nachdenkt. Der Weg, den die Sozialdemokratische Partei gegangen ist, sie, die heute noch nicht weiß, wie man ihr das Fell gegerbt hat, noch in der tiefsten Niederlage stolz auf eine Charakterlosigkeit, die sie Taktik getauft hat – der Weg ist glatt, bequem, verlockend. Der Reichsbanner sollte ihn nicht auch noch gehen.

Der Kalender aber ist ein Zeugnis und ein Dokument. Ein Zeugnis für eine Partei, die trotz der allerelendesten Führung eine immanente Kraft besitzen muß, größer als die Sturheit ihrer Bezirksfeldwebel. Ein Dokument unsrer Zeit – unsrer Kämpfe, dessen, was uns angeht.

Haben das die andern nicht –? Doch. Warum wirkts da nicht –? Weil es so aussieht:

«Das Jahrbuch Kinderland, der bekannte und beliebte Kalender für die Buben und Mädels des Proletariats, ist für das Jahr 1926 erschienen. Text und Bild, von denen unsre Streubilder eine Probe geben, fesseln und agitieren in dezenter Weise für die sozialistische Ideenwelt.» 1789–? Moskau –? Viel zu indezent!

Die Vollbärte, die da noch aus der friedrichshagener Zeit Wilhelm Bölsches übrig geblieben sind und zu ihrem wenigen nichts dazu gelernt haben – sie lähmen die Sozialdemokratische Partei, sie stecken die Jungen an, und vierzigjährige Redakteure und Funktionäre sind an Verkalktheit und Parteitrott kaum noch von den Hundertdreißigjährigen zu unterscheiden. Man hat sie aus allen Stellungen herausgeworfen; wird schon mal einer Landrat, dann verwaltet er, wie Ebert, sein Amt ‹selbstverständlich nicht nach parteipolitischen Grundsätzen›, worauf man sich zu fragen hat, weshalb er denn eigentlich die Macht erstrebt, wenn er sie doch nicht anzuwenden gewillt ist; vor Gericht werden sie behandelt wie die Stiefelputzer; die Reichswehr geht mit den sächsischen und thüringischen Genossen um, wie eben die Reichswehr mit Sozialdemokraten umgeht; sie taumeln von Niederlage zu Niederlage, nichts erreicht, nichts gewonnen, alles verloren ... Aber dezent.

Man berufe eine Redaktionskonferenz von Durchschnittsrepublikanern, von kindlich ehrgeizigen Kongreß-Pazifisten, von sozialdemokratischen Partei-Redakteuren (Ausnahme: Frankfurt am Main, Leipzig und noch ein paar Orte) – und lege diesem Gremium diesen Kalender vor: jedes Mitglied würde drei Stunden über jedes Blatt sprechen und haarscharf beweisen, warum ‹das nicht geht›. Hier ist es gegangen.

Wer einen solchen Abreißkalender herausgeben kann, so frisch, so neu, so spritzig-jung, so kämpferischen Geistes und der Unbedenklichkeit voll – der zeigt, daß er lebt.

Wenn die KPD nun noch Führer hätte, dann könnte jeder Tag von den 365 ein Gedenktag fürs nächste Jahr werden.

DEMETRIOS

«A la foule qui est ici» stand im Programm.

«O Foule! Te voici dans le creux du théâtre –»

Also davon war nun keine Rede. Die Comédie des Champs Elysées war ganz hübsch ‹gestopft›, aber zu einer foule langte es nicht. Immerhin wird da beachtenswert gespielt.

Erst plätscherten drei sanfte Akte von Charles Vildrac, dem Verfasser des auch in Deutschland bekannten *‹Paketboot Tenacity›*, auf das Publikum. Herr Vildrac ist kein Stückemacher, sondern ein Dichter, in unendlicher Verdünnung.

Worauf: *‹Demetrios›* von Jules Romains. Ja, Bruder, das ist ganz was andres.

Das Ganze dauerte etwa fünfundzwanzig Minuten, aber sie waren bis zum Platzen gefüllt, die Minuten. Man denke sich eine sanfte Dicke und ein aufgeregtes Dienstmädchen: «Ein Kerl ist draußen, gnädige Frau!» Palaver; was mag das für ein Bursche sein? Herein geistert ER, der möblierte Stubengraf Demetrios. Louis Jouvet sah aus, wie noch nie ein lebender Mensch ausgesehen hat, offenbar hatte ihn Paul Scheurich gezeichnet. Er war schön, o so entsetzlich und furchterregend schön! Mit schwarzem Brillantineschnurrbart und einer merkwürdigen Kommode von Zylinder, den er in der Hand hielt. Ein Havelock umwallte ihn, er glich einem edeln Schwan bei Gewitter.

Die sanfte Dicke war nicht im Bilde. «Was ... was solls denn sein ...?» Da war er schon in den Asphodeloswiesen und den Rosinenhainen der Insel Rhodos – weißt du noch? «Weißt du noch?» sagte er. «Du bist mir dreißigmal im Traum erschienen, du meine Göttin, du mein Ideal, an den blauen Wogen des Meeres ...» Alles mitten im Salon, auf dem guten Teppich. Die Göttin wußte nichts, reineweg gar nichts. «Mein Hörr! Was örlauben Sie sich –?» Da ließ er fettige Begeisterung ab, knoblauchduftende Götter durchschritten den Hain ... Es kam der Herr Papa, und die dicke Tochter entschwand. Der Papa setzte sich. Geschäftlich: «Bitte –?»

Die Levante setzte sich gleichfalls und entwickelte mit einer gewissen Lyrik, aber unter keineswegiger Außerachtlassung seriöser Vorschläge hundertprozentige Geschäftspläne. Belege? Verzinsung? Anzahlung? Nichts half dem geschäftlichen Papa – die Levante hatte alles bei sich, wogte grüne und weiße Papiere aus der Tasche und log so entsetzlich, daß auch der Dümmste fühlen mußte: Dieser Mensch ist im Grunde wahrhaftig. «Ich habe die Majorität in Wahrheit!» sagte er. «Sie muß heraus, Herr!» Der Papa, erst mißtrauisch, dann geängstigt, weil die Levante Briefe auf dem Herzen hatte und scheußlich genaue Auskünfte, trat in die Geschäfte, die herzbrechend schön waren wie die Asphodeloswiesen. Die dicke Tochter trudelte herein und erinnerte vorsichtig an die Götterhaine, die Levante verstand nichts und verriet sie. Da warf sie den Papa hinaus, der vorsichtshalber seinen Schreibtisch abschloß, und nach kurzem Austausch von Lyrik und spitzem Räsonnement sank sie dem Schwarzen an sein friseurduftendes Herz ... Das Dienstmädchen kam einen Augenblick zu früh, die Tochter löste sich in nichts auf, die Levante hatte auf der ganzen Linie gesiegt ... Und nahm mit einem Knick der langen Beine Platz, aber richtig Platz, wer weiß für wie lange ...

Das Mädchen ergriff Hut und Havelock ... «Wollen Sie nicht auch meinen Stock mitnehmen –?» sagt er. Er ist hier schon zu Hause. Und dann fällt der Vorhang.

Die schauspielerische Leistung Jouvets war reizend: er ritt auf der Rosinante des klugen Unsinns, steckte die Hand in die Tasche und ließ den kleinen Finger draußen, damit man den Funkelring sehen konnte; wenn er sich aufrichtete, sah er aus wie ein Abruzzenhauptmann am Sonntagnachmittag, und sein Französisch hatte einen Klang ... wenn man eine Flasche Houbigant in eine Balkanschlucht wirft, sagt das Echo: «Mißjéé!» Er log und wurde ganz grün vor Eifer. Es war herrlich.

Ich habe den Akt mit Gülstorff und Werner Krauß besetzt und mich doppelt und vierfach amüsiert.

WIE ALTERN DIE –?

Wie die heutige Generation in der Karikatur aussieht, wissen wir von den harten Spiegelbildern von Grosz bis Sternheim, und leider gibt es noch keinen deutschen Sittenroman wie den amerikanischen ‹*Babbitt*› von Sinclair Lewis. Wie sie ist, wäre also nicht ganz unbekannt. Aber wie wird sie sein —?

Großpapa mit dem Bart, in dem die Vöglein nisten, Großpapa, dess' Knie die Enkelkinder treu umspielen, Großmama mit der Haube, das gute alte Paar — das wird im Kino rührend dargestellt. Die lieben betagten Leute kommen in allen Filmen wild vor — in Staaken und Tempelhof, in Weißensee und Babelsberg. Nur im Leben sind sie immer seltener und seltener anzutreffen.

Ich will von der Generation, die den Krieg durchspekuliert hat, alles gern glauben — aber daß sie idyllisch altern wird, das geht mir nicht ein. Man lasse Revue passieren:

Kalte Geschäfte und heiße Geschäfte; gesteigerter Eigentumssinn; Angst vor Revolution und erleichtertes Aufatmen; wüste Jahre der Inflation; starkes Gefühl für die Macht des Geldes: die Welt ein Schaufenster; Hetzjagd und keine Zeit, keine Zeit, Liebe in Eile, Erholung in Eile, Bildung in Eile; Krachs, Bekanntschaften an Stelle von Freunden; die Großstadt, nicht Amerika und schon nicht mehr Berlin — ewiges Treiben.

Frauen aus einer bestimmten Schublade (ja nicht: die Frau — aber viele Frauen):

Snobismus der Mode und bösartiger Klatsch; Medisance bis zur Tödlichkeit; wenig Kinder; Erotik des Kostümballs; Versachlichung gewisser Beziehungen; Lärm; Eile; Telefon; ein Heim wie eine Menschenschachtel.

Wie altern die —?

Denn eines Tages wird es doch aus sein: vorbei mit den tobenden Geschäften — vorbei mit den erregten Diskussionen am Schalterfenster der Bank; vorbei mit Konferenzen und Börsentrubel — auch Sanatorien sind ein angemessener Aufenthalt. «Papa wird alt.» Was nun —?

Denn eines Tages wird es doch aus sein: vorbei mit den flirrenden Ballabenden — vorbei mit den Blicken aus dem Augenwinkel, die auf einmal so farblos geworden sind — vorbei mit heimlichen Nachmittagsausgängen und sehr späten Nächten . . . «Mama wird alt.» Was nun —?

Zunächst werden sie es herausschieben — bis zur letzten Unmöglichkeit. Alte Herren mit den Sakkos, die noch stramm auf Taille sitzen, mit dem Strohhütchen, mit den Einsatzstiefeln — ja, aber es ist nicht mehr das Alte, erst wirken sie lächerlich, und dann kommt eines Tages der Augenblick, da glauben sie es sich selbst nicht mehr — und dann ist es aus.

In Paris, sagen die Damen, fängt die Frau mit vierzig Jahren erst an — was ist denn das, ein junges Mädchen! Das ist überhaupt nichts. Wir sind die Erfahrung, das Wissen, die Routine und die Männerkenntnis! Aber da kommt dann etwas, das ist stärker als Schminke und die Friseurin und die Maniküre — stärker als sie alle zusammen. Und dann ist es aus.

Ich glaube: diese Generation liefert keine gütigen alten Leute. Resignieren? Sie und resignieren? Sanft im Alter verdämmern —? Nein, dann schon lieber ein kurzes, schmerzloses Ende — nur das nicht, nur nicht untätig in der Ecke sitzen! Mein Gott, nicht mehr herumwirtschaften können! Unmöglich.

Die Aktivität im großen ist dahin, aber noch gibt es ja einen Ersatz — für viele.

Was das Geschäft nicht mehr hergibt, was die Erotik nicht mehr gibt: Aufregung, Enttäuschung, Niederlage und Sieg; Bekräftigung des Lebensgefühls und Rauschen in den Adern, Krampf und Kampf und Erlösung, so oder so —: das ist für viele alte Leute die Familie.

In diesem Mikrokosmos kann man sich noch einmal ohne große körperliche Anstrengung austoben, kann kämpfen, siegen, unterliegen, wieder ansetzen, sich hochrappeln, drohen, am Leben sein — noch bin ich vorhanden, meine Herrschaften! Viel Vergnügen.

Aber die Familienbande — nach Karl Kraus eines der tiefsten Worte der Sprache — sind gelockert, die Sippe ist auseinandergefallen, die Zusammenhänge sind dünn geworden, schlaff ... «Hast du eigentlich die Adresse von Tante Anna?» — Man muß sich auf Tante Anna erst besinnen — und dieses Königreich für die alten Leute schmilzt zusehends zusammen ...

Wie werden sie altern? — Was werden sie tun, wenn sie nicht mehr ihr Leben führen können, dieses harte, stets ein wenig gehetzte, niemals zur Ruhe kommende Leben —? Ein Mensch kann vor Alter mit dem Kopf wackeln — aber Maschinen —? Wie werden sie altern —?

Erinnerungen hervorholen? Aber es ist ja lächerlich: es gibt keine Erinnerungen, man hat niemals Zeit gehabt, sie zu befestigen, sollen wir vielleicht alte Haarlocken sammeln, he? In der Ecke sitzen und auf die neue Zeit schimpfen? Das wäre ein Eingeständnis: daß wir nicht mehr dazu gehören. Wir gehören noch dazu. Immer gehören wir dazu.

Es ist unvorstellbar. Wenn nicht die Krankheit des Alters ein tiefes Wort spricht, bleibt es unvorstellbar. Und es wird bitter sein.

Die Härte, mit der die junge Generation über die alte hinweggeht, ist gewachsen — da ist nichts zu verzeihen und zu begreifen — es hat keiner um Erlaubnis gefragt. Jetzt sind sie dran. Aber wie sind sie dran —! Nicht immer hat sanfte Liebe die Alternden umgeben — das ist in den Bilderbüchern so. Doch das verächtliche Achselzucken, mit dem Sohn und Tochter über die Ratschläge des Alten hinweggehen, die eindeutige Handbewegung, mit der er beiseite geschoben wird ... er darf froh sein, wenn er aufs Altenteil gesetzt wird — denn er kann keine Geschäfte mehr machen. Laß ihn reden — er kann keine Geschäfte mehr machen.

Du bist groß in deiner Güte, lieber Gott. Viele werden alt und wissen es nicht. Viele sind schon so alt — und wissen es nicht. Du umgibst ihre Augen mit einem sanften Schleier, sie schwatzen noch fröhlich mit, nehmen noch an allem Teil, «so läuft ein Rad noch, dessen Antrieb längst gehemmt ist» — wie tragikomisch nehmen sie sich aus! Neulich sah ich einen großen internationalen Klaviervirtuosen — er war altmodisch gealtert: sein Kopf, den er noch vor dem Kriege so hoch getragen, war ihm in die Schultern gesunken, und der Rücken hatte sich gerundet ... So altert man heute nicht mehr. Sie sind alle kräftig dabei, und wenn sie die alten Signale hören, dann spitzen sie die Ohren, die alten Grauschimmel, und treten noch einmal an ... Welch eine leise Lächerlichkeit weht durch diese Parade ...

Bis sie verlöschen werden. «Das möchte ich», mit Fontane, «das möchte ich noch erleben.» Ich habe keine Phantasie, es mir vorzustellen. Abgehastet werden sie zu ihrer eigenen Beerdigung kommen, nervös, gehetzt, überbeschäftigt. Sie werden kommen — wenn sie Zeit haben.

Aber was wird vorher sein —? Wie werden sie altern —?

DUO, DREISTIMMIG

Götz von Berlichingen und der General Cambronne
(derselbe, der damals in der Schlacht von
Waterloo nicht gesagt hat wie im Heldengedicht:
«Die Garde stirbt, doch sie ergibt sich nicht!»
Sondern er sagte nur schlicht:
«Merde!») —
dieser General Cambronne und Götz von Berlichingen
trafen sich neulich im Café und täten daselbst singen:

«Wir, die Nationalheiligen zweier Nationen,
die man uns anruft, wo nur Franzosen und Deutsche wohnen,
haben uns hier pro Nase einen Mokka Dubel bestellt
und betrachten zur Abwechslung einmal den Lauf der Welt.»

Der Götz begann:
«Was hältst du, Bruderherz, von den Demokraten,
die noch in jeden Wein ihr Wasser abschlagen taten,
vorsichtig,
umsichtig,
nachsichtig,
kurzsichtig —
nd liegen immer unten. Was hältst du davon —?»
«Merde —!» sagte Cambronne.

Und fuhr fort:
«Was aber hältst du, Bruder, von den preußischen Richtern,
diesen Vollzugsbeamten von Denkern und Dichtern?
Wie sie nichts hören und nichts sehn – aber zuschlagen
und um sich Jammer verbreiten und Klagen.
Wie sie die Wehrlosen fangen in ihren Schlingen . . .?»
«. . . . . .!» sagte der Götz von Berlichingen.

Und fuhr fort:
«Kennst du aber die uniformierten Burschen in allen Ländern,
die in ihren bekleckerten Indianergewändern
den nächsten Krieg vorbereiten? Mit dem Anspruch aufs Panthéon?»
«Ah merde –!» sagte Cambronne.

Und fuhr fort:
«Kennst du aber die Theaterdirektoren?
Jedem ist gerade ein neues Genie geboren,
und besiehst du dir näher die göttliche Ware,
ists ein Genie vom vorigen Jahre.
Haben einen Augenfehler: schielen auf die Kritik
und sitzen in einer Konjunktur-Fabrik.
Wär gar nicht übel. Nur:
es ist immer die falsche Konjunktur.
Wirr. Unzuverlässig. Ja, was können sie denn vor allen Dingen –?»
Da sagte es der Götz von Berlichingen.

Und fuhr fort:
«Was hältst du aber hingegen von den Parlamenten?
Mit ihren Kommissionssitzungen und ihren Re- und Korreferenten?
Bruder, sag mir, ist es bei euch das gleiche
wie in unserm republikanischen Kaiserreiche?
Das Ganze nennt man Demokratie –
ist aber nur eine politische Schwerindustrie.
Gut vor hundert Jahren. Heute: so alt, so alt –
Kluge verlangen eine neue Staatengestalt.
Dumme beharren bei ihrem kindlichen Eifer –
Habt ihr auch sozialdemokratische Dudelsackpfeifer?
Wir haben sie. Prost, lieber Bruder, du!
Was sagen nur unsre respektiven Wähler dazu –?

Pfeift das nicht alles auf dem vorletzten Loche:
Demokraten,
Theater,
Offiziere,
Richter –
Was sagen sie überhaupt zu dieser Epoche –?»
Da standen beide auf: der Götz und der General Cambronne
und zogen laut rufend die Konsequenz davon.
Jeder sagte seinen Spruch. Die Tassen bebten. Und allen schien,
als werde hier einem Weltenwunsch Ausdruck verliehn . . .
«Merde –!» sagte Cambronne. Und der andre der beiden Recken:
«Sag ihnen allen, sie könnten mich und so weiter beklecken!»

An der Wand, ganz heimlich, in guter Ruh,
steht Theobald Tiger und gibt seinen Segen dazu.

WOFÜR?

Gleich Kindern laßt ihr euch betrügen,
Bis ihr zu spät erkennt, o weh! –
Die Wacht am Rhein wird nicht genügen,
Der schlimmste Feind steht an der Spree.
Georg Herwegh

Am 1. August habe ich hier auseinandergesetzt, wofür zwölf Millionen Menschen in vier Blutjahren ihr Leben gelassen haben. Die wenigen Zeilen haben genügt, auf einer Tagung des Reichsbanners einen Teil seiner Führer zu einer feierlichen Bannbulle gegen *‹Das Andere Deutschland›* zu veranlassen. Nachdem der Streit nun eine Weile hin- und hergegangen ist, scheint es mir, als seinem Veranlasser, richtig, ein paar Worte dazu zu sagen.

Der moderne Krieg hat wirtschaftliche Ursachen. Die Möglichkeit, ihn vorzubereiten und auf ein Signal Ackergräben mit Schlachtopfern zu füllen, ist nur gegeben, wenn diese Tätigkeit des Mordens vorher durch beharrliche Bearbeitung der Massen als etwas Sittliches hingestellt wird. Der Krieg ist aber unter allen Umständen tief unsittlich. Es ist nicht wahr, daß in unsrer Epoche und insbesondere in der Schande von 1914 irgend ein Volk Haus und Hof gegen fremde Angreifer verteidigt hat. Zum Überfall gehört einer, der überfällt, und tatsächlich ist dieses aus dem Leben des Individuums entliehene Bild für den Zusammenprall der Staaten vollkommen unzutreffend.

Wer Zeit und Lust hat, mag einmal einen gebundenen Jahrgang seines Morgenblattes aus dem Jahr 1914 durchblättern. Im April, im

Mai, Anfang Juni wußte auf allen Seiten kein Redakteur und kein Leser, was zwei Monate später geschehen würde; präpariert war nur die Massenbereitschaft, sofort anzutreten, wenns klingelte. Sie sind angetreten, ohne mehr von den Ursachen des Alarms zu wissen, als was ihnen die Telegrafenagenturen der Regierungen vorzusetzen beliebten. Wir wissen heute, daß damals auf allen Seiten schändlich gelogen worden ist.

Um eine Wiederholung zu vermeiden, gilt es also, den sittlichen Unterbau einer unsittlichen Idee zu zerstören. Dieser Unterbau heißt: Es ist süß und ehrenvoll fürs Vaterland zu sterben.

Was die Süße anbetrifft, so wird ja auch der verlogenste Kriegshetzer nicht mehr wagen (wenn es nicht gerade ein Militärpfarrer ist), von diesem Bonbon des Patriotismus zu sprechen. Wer ihn einmal geschmeckt hat, wer am nebelgrauen Wintermorgen Verwundete mit blutdurchtränkten Verbänden aus einem Wäldchen hat hinken sehen, wer den Zerschossenen, dem die Eingeweide heraushingen, hat brüllen hören: «Schießt mich tot, schießt mich tot!» – wer das gesehen und gehört hat, der weiß, wie süß es ist.

Ist es ehrenvoll? Nein.

Die Ehre wohnt einer Sache nicht inne, sie wird ihr erst beigelegt. Wenn die überwiegende Mehrheit eines Staates soweit aufgeklärt und erzogen ist, daß sie den Massenmord von Einzelmord nicht mehr unterscheidet, so ist es mit der Ehrung des Soldaten vorbei. Es bleibt das tiefe Bedauern für die Gefallenen, Mitleid mit den Hinterbliebenen, Pflicht, für diese Hinterbliebenen zu sorgen (dieser Pflicht kommt der kriegerische moderne Staat nicht nach –), und es bleibt die tiefste Verachtung für einen wirtschaftlichen Vorgang, der sich mit den Zutaten des Films behängt, um sich populär zu machen, und der seine Bilanz im stillen zieht. Sie ist nicht mit roter Tinte geschrieben.

Wer ein modernes Schlachtfeld gesehen und zu innerst erlebt hat, wer auch nur die Fotografien dieser internationalen Greuel kennt, Fotografien, die das böse Gewissen der Offiziere und solcher, die es werden wollen, sorgfältig vor der Öffentlichkeit versteckt, wer die Fleischpakete in den Massengräbern und die eklen Stümpfe der zerhackten Überlebenden – welch ein Leben! – kennt: wer davor nicht zurückschrickt, wer das nicht mit allen erdenklichen Mitteln verhindern will, wer hier nicht der jungen Generation ein Fanal aufrichtet –: der ist kein Mensch, der ist ein Patriot.

In diesem Sinne habe ich am 1. August meinen kleinen Aufsatz geschrieben und in diesem Sinne kämpft *‹Das Andere Deutschland›*.

Wir strecken dem Reichsbanner unsere Hand hin, und wir erwarten vom Reichsbanner das gleiche.

Im Anfang nach dem Kriege war der Nationalismus, die Freikorps, die nationalistischen Jugendverbände, die verhetzten und irregeleiteten

Gruppen junger Leute. Das Reichsbanner steht heute noch in der Defensive, wie alles, was in Deutschland Republik ist. Die Verneinung eines gegebenen Gedankens genügt, um eine Gruppe zu bilden; sie genügt nicht, um auf die Dauer tatkräftige Gruppenarbeit zu leisten. «Ich bin kein radaulüsterner Nationalist» – das ist sehr schön. Aber was bist du denn?

Das etwas verblasene Ideal ‹Republikaner› heißt noch gar nichts. Es hat in der Geschichte Monarchien gegeben, die weitaus liberaler, pazifistischer und sozialgesinnter waren, als die Regierung der jetzigen deutschen Republik, und das allgemeine Bekenntnis zur Republik besagt nichts und verpflichtet zu nichts.

Nimmt das Reichsbanner Rücksicht auf die ihm angehörenden Frontsoldaten?

Aber man höre doch endlich mit dem Unfug auf, zum Kriegsdienst gepreßte Arbeiter und Kaufleute mit Landsknechten zu vergleichen. Die im Jahre 1914 freiwillig gegangen sind, wußten nicht, wohin sie gingen, sie kannten den modernen Krieg überhaupt nicht. Und so verständlich es menschlich ist, daß der, der die schrecklichsten Qualen dieser Hölle hat durchmachen müssen, einen Ausgleich für das Ausgestandene in der Bewunderung seiner Mitbürger sucht, so sehr niemand die Pein, vier Jahre lang seiner Menschenrechte beraubt gewesen zu sein, nutzlos erlitten haben will, ein so starkes Erlebnis für ihn selbst der Krieg gewesen sein mag: eine menschliche Klassifizierung ‹Frontsoldaten› gibt es nicht.

Wir haben keine Zeit*, uns mit demokratischen Rechtsanwälten über das Wesen des Krieges zu unterhalten, und nun etwa die Bewegung dafür büßen zu lassen, daß jene in ihrer Jugend keine gute Seelenpflege genossen haben. Wir können auch nicht darauf warten, bis die nächste Generation von Sozialdemokraten oder Demokraten heranwächst, die vielleicht aus dem Kriege gelernt haben könnte. Viel Aussicht ist dafür nicht vorhanden. Wir wenden uns direkt an die junge Generation und sagen:

Die Ideale, die man euch gelehrt hat, sind falsch.

Es gibt kein staatliches Interesse, kein wirtschaftliches Interesse, kein Volksinteresse, für das solche schweinischen Ungeheuerlichkeiten begangen werden dürfen, wie sie im Kriege auf allen Seiten begangen worden sind. Niemand ist so ein Ungeheuer, daß er allein getan hätte, was jeder Instanzenzug getan hat. Kein Mensch war ein so großer Verbrecher, daß er den Tötungsplan selbst entworfen, ihn selbst in allen Einzelheiten ausgeführt und selbst die Früchte des Sieges davongetragen hätte. Weil jeder immer nur etwas tat, merkte er nicht, was getan wurde.

Wir wenden uns an euch, weil ihr das Deutschland vom Jahre 1940 sein werdet. Und ohne uns zum Wortführer der Millionen Gefallener zu machen, unter denen es Pazifisten, Gleichgültige und Kriegsfreudige gegeben hat, machen wir uns zum Wortführer trauernder Frauen und Kinder und zum Wortführer einer durch Gasgranate und Feldsyphilis im tiefsten verletzten Volkskraft, und wir beschwören euch, mit uns gegen kleinbürgerliche Ängstlichkeit und vorbei an unaufgeklärten Konfusionsräten den sittlichsten Kampf zu führen, der jemals gekämpft worden ist:

Den Kampf gegen den Krieg.

DAS BUCH VOM KAISER

Emil Ludwigs Buch über Wilhelm II. (erschienen bei Ernst Rowohlt) ist einzig nach seiner Wirkung zu beurteilen.

Hier ist zum ersten Mal eines aus der Opposition, das an indifferente Intellektuelle der Provinz herankommt, an Schichten, die wir niemals erreichen, und die unsre Bestrebungen nur aus den Verleumdungen ihrer schlecht besoldeten, also überzahlten Redakteure kennen. Die hundert Auflagen, die das Werk voraussichtlich haben wird, tun gute Arbeit.

Die bis dahin versäumt worden war. Sie kommt ein bißchen spät. Die bedächtig schlafenden Demokraten, die übervorsichtigen Sozialdemokraten, der dümmsten Einwände voll, wenn es galt, aufzuklären – die oppositionelle Presse mit Ausnahme ganz weniger Organe hat die entscheidenden Monate nach dem Kriege nicht ausgenützt. Damals war das Eisen heiß: da war zu sagen, was das Volk im Kriege gefühlt hat, da war auszusprechen, was gelitten und heruntergeschluckt worden war . . . nichts. Wenn ich bei dieser Gelegenheit immer wieder an Felix Stössingers ‹*Freie Welt*› erinnere, so zeigt das, wie allein sie stand. Der Rest verpaßte den psychologischen Augenblick.

Die fast schon zu einer fixen Idee ausartende Beschäftigung mit den vergangenen Dingen setzte erst ein, als die geschlagenen Militärs die Frechheit hatten, aus ihrer Niederlage, Flucht und Desertion einen Sieg zu konstruieren – was heute republikanisch in Deutschland ist, steht in der Abwehr. Dieses Buch Emil Ludwigs aber ist eine Attacke und ein voller Sieg. Es ist die schwerste Niederlage, die der Kaiser jemals erlitten hat – und das will etwas heißen.

Im Buch finden sich elf Fotografien des Kaisers – die für den Kenner jeden Text fast überflüssig machen. Sie sind vernichtend. ‹Als Admiral› steht unter einer, und ‹Als . . .› könnte unter jeder stehen. Es sind Aufnahmen eines mäßigen Provinzschauspielers in seinen Rollen. Das Schlimmste freilich ist das Bild: ‹In Zivil›.

Der sauber gewaschene Inhaber eines Wäschegeschäfts der Mark Brandenburg, Reserve-Offizier, ordentlich verheiratet, respektabel rasiert – zum Heulen. Es ist im übrigen aus diesem Bild zu lernen, wie der Typus die Nation verseucht hat, und wie sehr er der Ausdruck seiner Epoche gewesen ist. Ein Tyrann? Eine bemusterte Offerte.

Der Text faßt schlicht und scharf zusammen, was Eulenburg, Eckardstein, Hohenlohe, Moltke, Tirpitz, Waldersee und andre Freunde des Kaisers ausgesagt haben – also nichts Neues? Für die Hunderttausende von Lesern ist es neu – weil sie nicht Geld und Zeit hatten, diese Memoiren zu lesen, und weil man nicht genug für ihre Verbreitung getan hat. Das Bild, das sich ergibt, ist klar und sieht so aus:

Ein innerlich haltloser, selbst zum Schlechten zu schwacher Mensch wird die Katastrophe seines Volkes, weil alle seine schlimmen Eigenschaften den verborgenen und offenen Nationallastern entgegenkommen: Repräsentationssucht, Parvenütum, Lautheit, Betriebsamkeit, hinter der sich Faulheit verbirgt – Organisation ist, wenn die andern arbeiten –, maßlose Herrschsucht, ohne daß er zum Herrschen legitimiert gewesen wäre ... und eben jene Umgebung.

Hier scheint mir das Hauptverdienst des Buches: mit welchem Takt Ludwig diesen trüben Morast passieren läßt. Die dünne Stelle – der Grund des Einflusses von Holstein – wird kaum berührt, wahrscheinlich hätte man mit Gasmasken lesen müssen. Hier hat sich Ludwig jedes persönlichen Angriffs enthalten und nur die Tatsachen sprechen lassen.

Ob das Seelenbild des Kaisers ganz geglückt ist, läßt sich schwer sagen. Man tut Emil Ludwig keinen Gefallen, wenn man ihn ‹den Plutarch seiner Zeit› nennt – davon ist gar keine Rede. Aber erstens mußte dieses Buch kommen – spät kommt ihr, doch ihr kommt! –, und zweitens scheint mir die Gestalt des Kaisers nicht so interessant, daß man alle psychologischen Künste daran üben sollte. Wäre der Mann nicht zufällig auf diesen Platz gelangt, er wäre gewiß kein Stoff für einen Seelenforscher. Er ist nicht einfach – aber seine Kompliziertheit reizt nicht, man wendet sich schließlich gelangweilt von so viel Fahrigkeit, Haltlosigkeit, Oberflächlichkeit ab.

Ich habe viele Briefe bekommen, die mir gezeigt haben, wer dieses Buch liest: Leute, die sonst an solche Fragen überhaupt nicht mehr herangingen, und denen die außerordentlich geschickte Formulierung, diese unterhaltsame Prosa, die Glätte der Darstellung einging wie Öl. Das Buch wird – für deutsche Verhältnisse gewiß Anlaß zum Tadel – auch von Frauen gelesen.

Die Mitwirkung und Mitschuld des deutschen Volkes an diesem Stück Unglück geht aus dem Werk unzweifelhaft hervor. Sie haben alle mitgetan, alle Vögel, alle: und es ist beschämend zu sehen, daß dieselben Bürger, die damals an der Hoftafel ihren Kotau machten, heute über Republik sprechen dürfen, als seien sie mit ihr aufgewachsen. Maximilian Harden, der diesen Kaiser schon bekämpfte, als noch Festung drauf stand (und zweimal verhängt wurde), hatte nicht viele

Bundesgenossen. Das Bürgertum – auch Walther Rathenau – war für ihn. Solange er an der Macht war.

Das Buch mußte geschrieben werden. Nur die vollendetste Instinktlosigkeit wird verkennen, wie nötig, wie nützlich, wie außerordentlich dankenswert ein solches Buch ist. Es gibt keinen Leser, der nicht zum mindesten zum Nachdenken veranlaßt wird – und das ist viel für viele.

Ich glaube nicht, daß die dem Autor imputierte Formel: ‹Der Kaiser hat den Krieg verloren, weil er einen zu kurzen Arm hatte›, dem Buch gerecht wird. So einfach hat sichs Ludwig nicht gemacht – obgleich er sichs gewiß nicht schwer gemacht hat. Aber die deutsche Demokratie hat viel zu wenig für die Aufklärung breiter Massen getan, als daß sie heute das Recht hätte, mit Besserwisserei und ästhetisch-psychologischer Splitterrichterei an einer Leistung herumzunörgeln, die an Wirkung die zweite Heirat des Kaisers noch übertrifft. Kein Hund wird heute mehr von dem ein Stück Brot nehmen. Außer den Redakteuren der *‹Kreuzzeitung›*.

Das Umschlagbild enthüllt eine ganze Epoche. Da sitzt er, bei Bieber von der Schokoladenseite aufgenommen, mit allem behängt, was ein Kaiser so auf der Bühne zu haben pflegt, geschmückt wie ein Indianerhäuptling zur Hochzeit. Lassen wir ihn sitzen. Aber dahinter, die graue Atelierwand: das ist das Land, das ihn bejaht hat. Das Land, das ihm zujubelte, in seiner Verehrung die eigne Nationaleitelkeit ehrte, den Lokalehrgeiz pflegte, die kleinen Beamten, die ihre Herrschsucht mit diesem Bild drapierten, die Klassen, die ihn vor sich her trugen, um hinter ihm ihre Geschäfte und vor allem ihre politischen Machinationen zu betreiben. Er ist schuld. Vielleicht mildernde Umstände. Dem Lande können sie nicht gewährt werden.

Und wenn dieses Buch eine Wirkung haben kann, so ist es eine, die sich nicht nur rückwärts erstrecken sollte.

Der Mann ist geflohen, wie ein Köter auskneift. Kein Wachtposten an einem Pulvermagazin im Frieden hat jemals so erbärmlich gehandelt wie Wilhelm der Zweite, der davonlief, als zum ersten Mal in seinem Leben die Lage für ihn brenzlig wurde. Was zwölf Millionen vier Jahre lang ertragen mußten (weil sie es so wollten) – für ihn war es zu viel.

Und diesem Mann zahlt die Kaiserlich Deutsche Republik 50 000 Mark monatlich, also 600 000 Mark jährlich. Ein Prozeß, den die weißen Juden in Doorn gegen den Fiskus angestrengt haben, wird wahrscheinlich zu einem Vergleich führen, der dem da noch mehr in den Rachen fallen läßt, als er schon über die Grenzen hat schieben lassen.

Hier kann eine Wirkung des Buches liegen.

Jeder Pfennig, der diesem Kaiser weiterhin ausbezahlt wird, ist ein Verbrechen, dem deutschen Volk zugefügt. Er hat Anspruch auf nichts. Es gibt keine juristische Trennung zwischen ‹Privat-Eigentum› und

‹Hohenzollern-Eigentum› – denn die Hohenzollern sind niemals Privatleute gewesen, und der Thron war keine Gesellschaft mit beschränkter Haftung und kein Sondergut. Die politische Verblendung, mit der sogar die Unabhängigen sich auf die juristische Ebene haben locken lassen, die lächerliche Ordnungssucht, das Bestreben, ‹gerecht› zu sein, wo ein politisches Exempel zu statuieren war – das hat zur schlimmsten Ungerechtigkeit geführt. Zur Ungerechtigkeit an seinen Opfern.

Es gibt in Deutschland Hunderttausende von Invaliden, die bittern Hunger leiden, die hinken, sich in Krämpfen winden, blind sind, das Gehör verloren haben. Die beschämenden Verhandlungen vor den Rentenämtern zeigen, wie mit diesen Leuten umgegangen wird – nicht nur ungehörig im Ton, sondern herzlos in der Sache. Für sie ist kein Geld da.

Es ist für sie Geld da.

Die Marksummen, die allmonatlich nach Doorn gehen, sind ein Diebstahl an der deutschen Nation und an ihren wehrlosesten und ärmsten Gliedern: an den armen, betrogenen, zerschossenen und verkrüppelten Soldaten.

Emil Ludwigs Buch hat uns eine Erkenntnis vermittelt. Wenn es nicht bei der Erkenntnis bleibt, hat es den schönsten aller Erfolge davongetragen.

Beispiele aus Büchern und Briefen: Wie man zu Geld kommen kann

«Kredit? Wozu Kredit? …

... Schämen Sie sich, schämen Sie sich! Sie hätten sich direkt an mich wenden sollen. Es war Ihnen peinlich, mich um Geld anzugehen, aber es war der Göttin nicht peinlich, in einer solchen Baracke zu hausen! Sie, unsere leichtbeflügelte Fee, haben wohl Ihre ganze Macht vergessen? Eine Geste nur – und diese Baracke wird sich in einen Palast verwandeln.

LYDIA: Was für eine Geste, Papachen?

KUTSCHUMOW: Sowohl als Fee wie als Frau müssen Sie das besser wissen als wir törichten Männer. Feen und Frauen haben viele Gesten zur Verfügung.

LYDIA (wirft sich ihm an den Hals): Diese Geste, Papachen?

KUTSCHUMOW: Ja, ja, ja ... (Drückt die Augen zu und läßt sich auf einen Stuhl fallen.) Wird dir zunächst mit vierzigtausend gedient sein?»

Weibliche Schönheit, an den Hals eines reichen Mannes geworfen, ist ein Kapital, das reiche Zinsen werfen kann. Allerdings: Es bringt nur «Tolles Geld» (so der Titel der Ostrowskij-Komödie), tolles Geld, «das man unter keinen Umständen in der Tasche halten kann».

Summa summarum: In Büchern und Briefen kommt man leichter zu Geld als mit Büchern und Briefen, es seien denn Sparbücher und Pfandbriefe.

1926

NEUES LEBEN

Berlin, den 31. Dezember 1920
Berlin, den 31. Dezember 1921
Berlin, den 31. Dezember 1922
Berlin, den 31. Dezember 1923
Berlin, den 31. Dezember 1924
Berlin, den 31. Dezember 1925
(abends im Bett)

Von morgen ab fängt ein neues Leben an.

Der Doktor Bergmann hat einen ordentlichen Schreck bekommen, als er mich ansah, und ich bekam einen noch viel größeren. «Was machen Sie denn, lieber Freund?» fragte er leise. «Was ... was ist denn, Doktor?» sagte ich. «Haben Sie etwas mit der Leber?» fragte er. «Ihre Augen gefallen mir gar nicht. Kommen Sie mal in den nächsten Tagen zu mir!» Natürlich gehe ich hin. Ich weiß schon, was er mir sagen will, und er hat auch ganz recht. So geht das nicht mehr weiter.

Also von morgen ab hört mir das mit dem Bier bei Tisch auf. Wenn mir Mutter wieder Hamann-Schokolade durch Emmy schicken läßt, gebe ich sie den Kindern. Und Edith darf nicht mehr so fett kochen. Gestern hab ich ihr noch gesagt ... Nein, gestern hab ich gefragt, ob noch Stopfleber da ist – das ist wahr. Aber das hört mir jetzt auf.

Der Sandow-Apparat – wo ist der Sandow-Apparat? Er liegt auf dem Boden. Das Mädchen soll ihn morgen herunterholen. Von morgen ab fange ich wieder an, regelmäßig jeden Morgen zu turnen. (‹Wieder› – denke ich deshalb, weil ich mir das schon so oft vorgenommen habe.) Und fünfzig Kniebeugen, wenn ich fleißig trainiere, kann ichs mit Leichtigkeit auf hundert bringen. Ich war doch ein sehr guter Turner, seinerzeit – wenn ich nicht gerade dispensiert war. Na ja, aber heute ist das ja ganz was anderes.

Von morgen ab stehe ich früh auf. Dieses ewige Lange-im-Bett-herum-Geliege – das führt ja zu nichts. Ich stehe einfach um sechs auf, turne ordentlich, dann schön brausen und frottieren – ah – darauf freue ich mich. Ob ich nicht doch anfangen soll, zu reiten ...? Na, das ist vielleicht zu teuer – aber ein Stündchen durch den Tiergarten – großartig! Ich werde ins Geschäft gehen! Das härtet ab – in drei Monaten bin ich ein anderer Kerl. Schlank, elegant, gesund – Bergmann wird sich wundern.

Von morgen ab nehme ich den spanischen Unterricht wieder auf. Jeden Tag abends im Bett ein halbes Stündchen Spanisch – das geht ganz gut und bringt einen auf andere Gedanken. Dann kann ich die Reise nach Südamerika machen – ich werde Edith nichts sagen – das wird eine Überraschung, wenn ich auf dem Dampfer so ganz lässig Spanisch spreche ... Als ob sich das von selbst verstände ... Hähä ...

Übermorgen fängt ein neues Jahr an – ich werde ein anderer Mensch.

Von übermorgen ab wird das alles ganz anders. Also erst mal muß die Bibliothek aufgeräumt werden – das wollte ich schon lange. Aber jetzt gehts los. Von übermorgen ab mache ich nicht mehr diese kleinen Läpperschulden – eigentlich sind das ja gar keine Schulden –, aber ich will das nicht mehr. Und die alten bezahle ich alle ab. Alle. Von übermorgen ab höre ich wieder regelmäßig bildende Vorträge – man tut ja nichts mehr für sich. Ich will wieder jeden Sonntag ins Museum gehen, das kann mir gar nichts schaden. Oder lieber jeden zweiten Sonntag – den anderen Sonntag werden wir Ausflüge machen –, man kennt die Mark überhaupt nicht. Ja, und neben die Waschtoilette kommt mir jetzt endlich die Tube mit Vaseline – das macht die rauhe Haut weich, so oft habe ich das schon gewollt. Übermorgen ist frei – da setze ich mich hin und lerne Rasieren. Diese Abhängigkeit vom Friseur ... Außerdem spart man dadurch Geld. Das Geld, was ich mir da spare – davon lege ich eine kleine Kasse an – für die Kinder. Ja. Das ist für die Ausstattung, später. Von übermorgen ab beschäftige ich mich mit Radio – ich werde mir ein Lehrbuch besorgen und mir den Apparat selbst bauen. Die gekauften Apparate ... das ist ja nichts. Ja, und wenn ich morgens durch den Tiergarten gehe, da werde ich vorher Karlsbader Salz nehmen – so weit ist es bis zum Geschäft gar nicht ...

Man kommt eben zu nichts. Das hört jetzt auf.

Denn die Hauptsache ist bei alledem: man muß sich den Tag richtig einteilen. Ich lege mir ein Büchelchen an, darin schreibe ich alles auf – und dann wird jeden Tag unweigerlich das ganze Programm heruntergearbeitet – unweigerlich. Von morgen ab. Nein, von übermorgen ab. Im nächsten Jahr ... Huah – bin ich müde. Aber das wird fein:

Kein Bier, keine Süßigkeiten, turnen, früh aufstehen, Karlsbader Salz, durch den Tiergarten gehn, Spanisch lernen, eine ordentliche Bibliothek, Museum, Vorträge, Vaseline auf den Waschtisch, keine Schulden mehr, Rasieren lernen. Radio basteln – Energie! Hopla! Das wird ein Leben!

Anmerkung des *‹Uhu›*: Wir wollen mal nächstes Jahr wieder vorbeifliegen.

AUTOBIOGRAPHIE

Soweit ich mich erinnere, wurde ich am 9. Januar 1890 als Angestellter der *‹Weltbühne›* zu Berlin geboren. Meine Vorfahren haben, laut *‹Miesbacher Anzeiger›*, auf Bäumen gesessen und in der Nase gebohrt. Ich selbst lebe still und friedlich in Paris, spiele täglich nach Tisch mit

Doumergue und Briand ein halbes Stündchen Schafkopf, was mir nicht schwer fällt, und habe im Leben nur noch einen kleinen Wunsch: die Rollen der deutschen politischen Gefangenen und ihrer Richter einmal vertauscht zu sehen.

FRANZÖSISCHE FRAUEN

Und willst du wissen, was sich ziemt,
So frage nur bei den Majoren an ...
Walter Flex

«Der edlere Teil der Wissenschaft macht neuerdings jedes Wissensgebiet in asketischer Weise und aus der mystischen Tendenz dieser säkularen Epoche zu einer Sakramentangelegenheit der Idee.» Was ist das —? Der Aufsatz eines hornbrillenden Literasten? Ein neuer Spengler? Eine Kulturgeschichte? Mit nichten.

Manchmal erscheinen Bücher, die eigentlich sonst nicht erscheinen. Kuriosa: ich besitze das Werk jenes ehrlich Verrückten, das Freud einmal untersucht hat; Gedichtsammlungen von Dilettanten, denen die bezahlten Verlagskosten aus allen Versen gucken; Gelegenheitsdrucke, Seltenheiten aus Gefangenenlagern ... Solch ein Buch habe ich aufgetrieben, es heißt *‹Französische Frauen›*, bei Ernst Guenther in Freiburg erschienen, als Verfasser ist ein Maximilian Delmar angegeben. «So einen Kerl», sprach der Wirt, «hab ich zeit meines Lebens nicht gesehen.»

Dieser hier stand im Kriege als Major in Frankreich und hat es sich nicht nehmen lassen, seine Erfahrungen über die dortigen Frauen aufzuzeichnen. Das Buch ist vollständig toll, von der ersten bis zur letzten Zeile. Man denke sich ein Gemisch aus Clauren, Kasinoferkelei, falsch angelesener Bildung und komplettem Rassewahnsinn — und man hat den Mann noch lange nicht. Da muß man hineingetreten sein.

Zunächst hat der Franzosenkenner eine fixe Idee: er ist Erotomane. Er kann nichts in Frankreich sehen, was ihn nicht ‹daran› erinnert. So:

«Um aber auf die Klimatik Frankreichs und seine Jahrestemperatur ... zu kommen, haben wir vornehmlich in den für die menschliche Brunst entscheidenden Frühjahrsmonaten den allen verliebten Launen schöner Frauen so angenehmen Wechsel zwischen lauen Tagen und abkühlenden Nächten zu beobachten, der das seinen Honigmond feiernde Paar unermüdlich aus dichtem Heckenbusch in die heimliche Kammer und aus dieser wieder morgens zu den erfrischenden Lauben eines neuen Lebenstages hinführt.»

Und als der Major die französischen Schlafzimmer beschreibt, fällt er glatt aus dem Stahlhelm.

«Überreste orientalischer Einflüsse sind die Springbrunnen der Wintergärten, die so kühl und träumerisch die heiße Glut des sommerlichen Leibes umplätschern. Vielleicht kann man sogar nach den Theorien des Meisters Freud aus dem Aufstieg des Strahls ein Sexualsymbol empfinden.»

Doch, das kann man. Aber nun:

«Am tiefsten trägt aber das Bett den Eindruck der Frau. Ich habe in den Quartieren der vergangenen Kriegszeit wahre Wunderwerke der Federung und Vibration kennengelernt. Die natürliche Anlage der an diesem Körperteil vom Schöpfer so vorsorglich mit Fettpolstern versehenen Frau wird dadurch noch bedeutend erhöht. Die mechanischen Nebengeräusche übertönen niemals die animalischen Töne der Liebe und stören ihre Weltvergessenheit nicht mit der kreischenden Litanei höhnischer Spiralfedern. Die Überlegenheit der französischen Kultur läßt sich im Hinblick auf die glänzende Mechanik des Ehebetts, die bei aller Gründlichkeit doch eine sehr diskrete Behandlung der Umarmung ermöglicht, nicht verleugnen.»

Und wer suchet, der wird finden, und wer da öffnet – besonders Nachttischschubladen – dem wird aufgetan, und so findet er denn eines Tages zu seinem «Entzücken das erotische Handwerkszeug der geflüchteten Schönen». Was der Bursche mit dem Konsolateur treibt, wie er an unanständigen Fotos, die ein offenbar seltsames Paar hatte anfertigen lassen, herumschmatzt: das hat Clauren auch nicht besser gekonnt.

«Das war mein erster Einblick, den ich mit eigenen Augen in das Schlafzimmer einer französischen Frau der vornehmen Gesellschaft getan habe.»

Man hört ordentlich: «'rrnanz! Noch ne Pulle Rotspon! Was ich sagen wollte, meine Herren: die Französinnen – das sind ja tolle Nummern!»

Der Major sieht aber immer nur ‹das› und nichts als das. Jeder vernünftige Mann weiß, daß die Durchschnittsfranzösin eher etwas kalt, gutbürgerlich, erotisch wenig neugierig, daß sie *natürlich* ist – dieser weiß es anders. In Paris ist er ja ‹leider› nicht eingezogen. Aber man kann ihm da nichts erzählen. Welch eine «erotische Metropole» –!

«Gekrönte Häupter und berühmte Proletarierführer aller Länder begegnen sich dort mit dem Lächeln der Auguren.»

Das kann man hier in Paris alle Tage sehen. Neulich erst, auf der Place Pigalle: der Prinz von Wales und Hermann Müller. «Na, oller Augur?» sagt der Prinz von Wales. «Königliche Hoheit!» antwortete unser großer Proletarierführer, «ich bin hier, um mit den Französinnen einen Kompromiß zu schließen.» Ja, und wovon Paris alles strotzt!

«Alle Gegenstände der Mode, auf Liebesreiz verrucht abgestimmte Wäscheausstattungen, elegante Bekleidungsstücke, kokette Strümpfe,

Hüte, Schmuck, Schminken, Puder ... alle Instrumente der Körperpflege, sämtliche Mittel zur Verhütung der Empfängnis, Mobiliar, Teppiche, Vitrinenbibelots –»

und?

«– und wie die Notwendigkeiten der Aufmachung zum Geschlechtertanz alle heißen mögen.»

Denn wer möchte etwa ohne Bibelots tanzen? Ich nicht.

Dabei hat er manchmal einen lichten Moment, erkennt auch an, daß Paris schließlich eine europäische Hauptstadt sei wie jede andere auch – und doch übertreffen seine Schilderungen noch die Komik des Stiesels der Nike, der auf der Place de la Concorde Frauen mit Einholekörben herumlaufen sieht.

Überhaupt Frankreich!

«Nur einem Barbaren mit der imponierenden Kraft des Bären könnte es heute noch gelingen, die ‹elegante› Pariserin im Beischlaf zu schwängern. Das würde ihre letzte Sensation. Schon schaut sie nach dem Neger.»

Das täte ich auch, wenn ich zwischen ihm und einem solchen Major zu wählen hätte. Nein, Frankreich und seine eleganten Weiber – aber die sind ...

«Je erlesener sich die Französin die Glieder bekleidet, um so lieber, mein Freund, steigt sie dir nackt ins Bett.»

Im Pentameter. Man sollts nicht für möglich halten.

E. R. CURTIUS' ESSAYS

Ein Führer durch die französische Literatur

Wenn hier öfter von französischen Büchern und Neuerscheinungen die Rede sein soll, so werden die Berichte, wie sie ein einzelner zu geben vermag, kleine Landpartien in ein fremdes Gebiet sein. Die große Landkarte liegt vor und kann nicht genug gerühmt werden: *‹Französischer Geist im neuen Europa›* von Ernst Robert Curtius (Deutsche Verlags-Anstalt Stuttgart). Es ist die beste deutsche Publikation über Frankreich, die mir aus den letzten Jahren bekannt geworden ist.

Curtius ist der Typus des deutschen Gelehrten, der fast verschollen scheint: er kennt seine Sache, versteht mit dem Mikroskop umzugehen, ohne kurzsichtig zu sein – und er ist politisch ehrlich objektiv. Wir sind nicht verwöhnt: das Gros der Professoren macht, schlecht versteckt, üble Propaganda für ebenso üble Ideen, und dazu steht dieser gesamte ‹völkische› Kram ungefähr auf dem Niveau schlechter Volksredner.

Es kann vor allem Curtius nicht hoch genug angerechnet werden, daß er nicht im Sumpf des Snobismus steckengeblieben ist. Bei ihm werden wir belehrt, und nicht kaltlächelnd verachtet, weil wir irgendeine französische Modegröße nicht gelesen haben, die es meist auch nur für Berlin ist. Hier spricht einer, der beide Völker, das deutsche und das französische, genau kennt, beiden von Herzen zugetan ist und nach genauer Durchforschung ihrer Geschichte urteilt und urteilen darf.

Der Leser findet in dem Band eine minutiöse Untersuchung über Marcel Proust, Essays über Paul Valéry, Valéry Larbaud und die wichtigsten Kritiker Frankreichs, die insofern eine größere Rolle als die Kollegen in Deutschland spielen, als ihre Kritik schöpferischer ist.

Was ganz besonders lobend erwähnt zu werden verdient, ist die kluge und feine Mischung von Formenverständnis und materieller Beurteilung. So vertieft sich etwa Curtius in den Rhythmus der Prosa Prousts, in die letzten feinsten Schwingungen dieses komplizierten Stils – und sagt, genau so klar, genau so bestimmt, genau so fest: dieses Leben, dieses Werk, diese Gesellschaftsschicht basieren auf einer Rente. Sie sind ohne Reichtum nicht möglich. Das ist eine objektive Feststellung, sein Lied kann sich nun jeder selbst darauf singen.

Und je länger ich die literarische Wasserscheide der Vogesen betrachte, um so klarer kommt mir zum Bewußtsein, daß Werturteile über fremde Kulturen zunächst nur etwas über den Beurteiler aussagen und herzlich wenig über den Beurteilten. Behauptet etwa einer, er könne mit Proust und Valéry überhaupt nichts, dagegen mit Larbaud sehr viel anfangen, sagt er etwa, die letzten Feinheiten in der Beschreibung eines Fliederstraußes sagten ihm nichts, solange Leute hungerten, Leute totgeschossen würden, Leute in Gefängnissen heulten – so ist das ein durchaus verständlicher politischer Materialismus –, aber an die fremden Dichter kommt man nicht so heran. (Noch weniger freilich, indem man kritiklos vor ihnen auf dem Bauch liegt.)

Curtius ist der einzige mir bekannte Literarhistoriker, der sich erlauben darf, den Satz auszusprechen, daß die ersten, sublimsten Ausschläge des Geschichts-Seismographen in der Geistigkeit eines Landes wahrgenommen werden und nicht in seiner Wirtschaftslage. Darüber kann man sich unterhalten – er aber darf es sagen, weil er neben den Formwerten niemals den Grund und Boden vernachlässigt, auf dem jene erwachsen sind.

Um die ganze Höhe und Weite dieses Werks zu ermessen, braucht man nicht einmal in jene engen Tiefen zu steigen, in denen die deutschen Professoren des Patriotismus hausen, wie etwa jener Josef Hofmiller von den ‹*Süddeutschen Monatsheften*›, ein Mann, der vor dem Kriege durchaus brauchbare und gute Versuche veröffentlicht hat. Wie tief einer sinken kann, zeigt das Zitat, das Curtius von ihm gibt, und in dem Hofmiller erklärt, die französische Literatur sei eine solche aus zweiter Hand und zweiten Ranges, auch sei die französische

Sprache ‹nasal getrübt›. Dieser Professor, den man sich nicht ohne einen baumwollenen Regenschirm vorstellen kann, ist nicht nur nasal getrübt, und wir wollen ihn getrost seinen Lesern überlassen.

Dieses Buch aber sei empfohlen. Man liest es mit Gewinn, man lernt daraus, man sieht weiter, über die Grenzpfosten hinweg. Man ersieht daraus, wo das so komplizierte Geistesleben Frankreichs heute steht; man erkennt die Gründe für die scheinbare Nichtachtung des Fremden, man unterscheidet die Kräfte, die von einem festen Mittelpunkt aus nach draußen streben – man versteht aufs neue die lebendigen humanistischen Tendenzen der Lateiner.

Und man wünscht sich über die Bindung der Geistigen hinweg eine festere Bindung beider Länder. Daß Max Scheler nach Frankreich fährt und dort diskutiert, will mir noch nicht viel bedeuten. Ich habe behalten, was er im Kriege geschrieben hat, das Gute und das Schlechte. Ich wünschte – und sicherlich viele mit mir – daß, von solchen Unterhaltungen ausgehend, sich die Massen der arbeitenden Klassen durchdringen und verstehen. Eine größere gegenseitige Befruchtung durch zwei Völker ist nicht denkbar.

VORWÄRTS –!

Wer, wie wir, vom ersten Tag nach dem Waffenstillstand an für Aufklärung über das Verbrechen der deutschen Militärs und ihrer Helfer gesorgt hat, ist wohl berechtigt, vor den lawinenhaften Publikationen, Diskussionen, Vorträgen, Büchern, Zeitungsartikeln, Broschüren und Streitschriften über den Krieg ein Wort zu sagen, das erklärt werden muß, wenn man uns recht verstehen soll. Dieses Wort heißt:

Genug.

So, wie die deutsche Linke den psychologischen Moment im Jahre 1918 verpaßt hat, damals, als der Alldeutsche Verband und die nachmaligen Fememörder, die Rupprechte und die falschen Wilhelms, die Richter und die Staatsanwälte still zu Hause saßen und in richtigem Instinkt ängstlich warteten, daß etwas geschähe, was sie jedenfalls rechtens über ihre Gegner verhängt hätten – so hat der deutsche Pazifismus den Augenblick verpaßt, wo ein Volk bereit war, auf ihn zu hören. Dieser Augenblick lag in den Monaten, die unmittelbar dem Kriege folgten.

Da waren die Leiden frisch, und die Wunden schmerzten; da brannte die Erinnerung, und da zitterte das ungeheure Erlebnis lebendig nach; da wußte jeder zu bestätigen und zu erzählen und tats gern, weil er endlich, endlich sprechen durfte – da war viel zu machen. Es ist so gut wie nichts getan worden. Als die Generale ihre Memoiren beendet hatten und die Uniformierten ihre Reichswehr: da war es zu spät.

Weil aber das deutsche Volk ein besinnliches Volk ist, deshalb gelang der gegnerischen bewußt betriebenen Propaganda etwas, das bei sonst keinem Volk der Welt gelungen wäre – nämlich jahrelang nach der Katastrophe die Walze der Zeit zurückzudrehn und mit einer Lügenaufklärung einzusetzen, die bei andern sofort oder niemals gewirkt hätte: mit der endlosen, rückwärts gekehrten Debatte: Wer ist schuld?

Dieses Gesellschaftsspiel währt jetzt sieben Jahre. Seit sieben Jahren hören wir ununterbrochen die Taten der einen rühmen und die der andern verdammen, aber nicht, um aus den Irrtümern, die begangen worden sind, zu lernen – sondern: um neuer politischer Propaganda willen. Und alle gehen mit. Wir sehen, heute noch, im Jahre 1926, rückwärts.

Daß wir Pazifisten aus einer Weltkatastrophe immer, unser ganzes Leben lang, Bilder und Material beziehen werden, um seine herannahende Wiederholung zu bekämpfen, ist klar. Daß der Tod von zwölf Millionen Menschen nicht einfach an den Menschen unsrer Generation vorübergehen darf, ist selbstverständlich. Aber es gibt nur eines, womit wir arbeiten sollten: mit den fertigen Lehren, die wir zu ziehen immerhin Zeit gehabt haben. Mit dem abschließenden Urteil. Wir treten immer wieder in die Verhandlung ein. Statt hinzurichten, vernehmen wir Zeugen.

Die Tatsache der deutschen Niederlage allein erklärt das nicht. Es gibt kein Volk auf der Erde, das noch so viel vom Krieg spricht wie wir und so vom Krieg spricht wie wir. England ist längst darüber hinaus, und auch Frankreich sieht den heutigen Tag, ohne den gestrigen zu vergessen. Wo leben wir? Im Jahre 1926 –? Blickt man in unsre Zeitungen, Zeitschriften, Literatur, Versammlungssäle, so glaubt man, im Jahre 1920 zu stecken. Warum –?

Daran ist zunächst die betrübliche Tatsache schuld, daß nichts bei uns so überaltert ist wie Publizistik und Politik. Und weil jeder Mensch die Erinnerungen, die Erlebnisse, die er in der Vollkraft seiner Jahre oder in der Jugend gehabt hat, meist bis an sein Lebensende weiterspinnt und stets glaubt, diese Ereignisse seien das Wichtigste nun für alle, während sie doch nur für ihn wichtig waren, der sie so scharf aufgenommen hat wie nie mehr andre, weil es Leute gibt, die sich ihr ganzes Leben lang immerzu erinnern: deshalb werden wir und namentlich die nach uns kommen mit keinem Quentchen Einzelheiten verschont, die jene uns mitzuteilen haben – ohne die bündigen Lehren zu ziehen, ohne ihre gewonnenen Erfahrungen zu nützen, ohne mit fertigen Urteilen zu wirken. Es ist eine Erinnerung um der Erinnerung willen. Da ist aber noch etwas.

Wir dürfen nicht vergessen, daß die gesamte Rechte in den Blutjahren so eine Art Hoch-Zeit erlebt hat, eine innigst wiederherbeigesehnte Epoche, wo Ärzte zu Halbgöttern, Polizei-Supernumerare zu Göttern und Privatdozenten zu leibhaftigen Hauptleuten aufrückten ... Das vergißt sich nicht. Und davon sprechen sie nun ununterbrochen, kramen ihren Stammtischtopf vor uns aus, berichten und widerlegen, schnabbern wie alte Weiber und übertreiben wie grüne Jungen. Und wir hören artig zu.

Die unendlich geschickte Propaganda des Dolchstoßes kam hinzu. Es ist ja nicht wahr, wenn heute gesagt wird: die Dolchstoßlegende sei zerstört. Sie hat ihr Werk getan. Ob in belanglosen Gerichtsformalitäten ihre ‹Wahrheit› oder ‹Unwahrheit› erwiesen wird, tut dem, was sie geschadet hat, keinen Abbruch. Ihr Sieg ist nur erklärlich, wenn man weiß, daß wir fast die ganze Zeit in der Defensive gestanden haben.

Die andern haben den Ton angegeben – nicht wir. Die andern haben bestimmt, was in der uns aufgedrungenen Geschichtsstunde durchgenommen werden sollte – nicht wir. Die andern haben Friedrich den Zweiten aufs Pflaster gezerrt. Wir durften abwehren, gegenbeweisen, uns mit der Widerlegung von Lügen plagen. Wir verteidigten. Wir griffen selten an.

Ich denke, daß es nach sieben Jahren genug ist.

Wer abgeschlossene Urteile bringt, soll uns immer willkommen sein. Wer an diese oder jene Einzelheit aus den Mordjahren erinnert, kurz und knapp, um einen bereits vorhandenen Schluß mit einem neuen Argument zu stärken – her zu uns! Wenn aber ein pensionierter Hauptmann zum dreihundertsten Mal seine taktischen und politischen Künste wiederkäut, wenn uns bis zur Erschlaffung eingetrichtert werden soll, warum damals die fünfte Brigade bei Pushbideize zurückgenommen worden ist, und warum der Staatssekretär v. Bogenhausen dem Vorschlag aus Rom am 23. März 1917 nicht nähertreten konnte: so jage man diese verstaubten Burschen mit einem Fußtritt in die Ecke und rufe: Kusch! Wir wollen das nicht mehr wissen.

Wir wollen es auch von unsrer Seite nicht mehr wissen. Pazifisten, Kriegsgegner, Kommunisten – sie haben allen Anlaß, zurückzugreifen, wenns die Sache erfordert. Aber nicht mit dieser heillosen Verehrung vor dem Geschehnis, nicht mit dieser historischen Herrschermiene, als besage die minuziöse Auseinanderwicklung jener Verhältnisse irgend etwas für uns Heutige. Sie gibt uns nichts. Denn noch niemals haben Menschen aus der Geschichte gelernt, und sie werden es auch in Zukunft nicht tun. Hic Rhodus.

Hat denn keiner den Mut, den aufgewärmten Rotkohlern endlich einmal zu erwidern: Das interessiert uns nicht, weils belanglos geworden ist –? Wir stärken ja das Hochgefühl und die Überzeugung von der persönlichen Wichtigkeit der andern, wenn wir jedem sanft geröteten Brigadekommandeur den Gefallen tun, auf sein Denkmalsgewäsch zu antworten, einzugehen, staubige Quellenstudien zu machen und ewig in einer Bücherkiste zu wühlen, die längst muffig geworden ist. Niemals haben wir denen die Hinfälligkeit ihres Systems durch Schweigen erklärt, niemals durch Interesselosigkeit auf der ganzen Linie gezeigt, daß wir neues wollen und andres, in dem sie keine Rolle zu spielen bestimmt sind. In Wahrheit steht noch ein halbes Volk vor den Machthabern der alten Tage stramm, und noch in der Grußverweigerung ist so viel heimliche Angst. Schweigen und vorübergehn. Das sollten wir tun.

Das fertige Urteil soll immer wieder angenagelt werden, wenn möglich: als Steckbrief. Das Urteil, in dem steht: wer seine Sache schlecht geführt hat; wer ausgekniffen ist; wer heute Geld bekommt und wer nicht; wer die Katastrophe verursacht, nicht verhindert, wer sie gefördert, vorbereitet hat; wer schuld ist. Die Verhandlung selbst ist vorbei.

Und so gibt es einen Wunsch zum Jahreswechsel:

Schaut nicht mehr rückwärts und begebt euch nicht aller Rechte, indem ihr euch mit uniformierten Verbrechern auf eine Stufe stellt. Ist ihre körperliche Bestrafung, durch unsre eigne Schuld, nicht mehr möglich, so straft sie, so gut ihr heute noch könnt. Treibt die Zeit an ihnen vorbei. Und haltet euch nicht auf.

Haben sie Nachwuchs gezüchtet, der der Epoche zuwiderlebt, so schlagt auf den. Der verdients. Aber ignoriert die Alten, die Abgetakelten, die Geschlagenen, die, die ihrer Zeit nicht gewachsen gewesen sind. Die Welt hört nicht mit Herrn Hindenburg auf und nicht mit Herrn Noske; der Kaiser schließt die Geschichte nicht ab und nicht Herr Scheidemann. Wie jeder im einzelnen Moment gehandelt hat, ist ganz und gar gleichgültig. Die Fehler sind gemacht worden, die Verbrechen sind begangen worden, die Fahnenflucht ist begangen worden. Und man soll diese ausgedienten Bälge dahin werfen, wohin sie gehören: zu den ollen Kamellen.

Rückwärts blickend, die Arme verlangend, abwehrend, lockend und drohend in die Vergangenheit gestreckt, den Hintern der Gegenwart zugekehrt, langsam schreitend, immer rückwärts, rückwärts blickend – so geht ein Volk seine Bahn.

Eines wünsche ich uns allen:

Daß wir endlich vorwärtsblicken.

HERRN WENDRINERS JAHR FÄNGT GUT AN

«'n Morgen, Herr Freutel, warum sind Sie noch nicht da –? Ach so, hier is keiner ...! Skandal, halbzehne – immer ist man der erste im Büro! Ach, da sind Sie ja! Wo wahn Sie denn so lange? Draußen? Ich bezahl Sie nich für draußen – ich bezahl Sie für drin! Danke. Prost Neujahr, ich Ihn auch. Was is mit John und Eliasberg? Sie, das muß mir heute noch raus – wir schreiben 1926 – das wird mir jetzt anders! Herein. Was wolln Sie? Prost Neujahr. Ja, ich weiß, danke, nein, weiter nichts. Den Mann wern wir bei nächster Gelegenheit rausschmeißen, Freutel – ich kann das Gesicht schon nicht mehr sehn. Werfen Sie die Tinte nich um! Herein. Prost Neujahr. Sie mir auch ... ich Ihn auch. Ja. Danke. Freutel, riegeln Sie die Tür ab! – die Leute machen mich rein verrückt mit ihrem Prost Neujahr! Alle komm se am selben Tag damit! Der Kalender hängt schief, Freutel – ham Sie noch 'n Jammer von gestern? Da klinkt jemand an der Tür ... Nein, lassen Se! Ach, Sie sinds, Kipper! Padong! Ich hab abgeriegelt, um ungestört ze arbeiten ... Prost Neujahr. Danke. Gut amüsiert? Ihre Familie wohlauf? Ja? Na, das freut mich. Nehm Sie Platz! Danke, wir auch. Nehm Sie ne Zigarre? Ja, lieber Freund ...! Ich hab Ihnen gesagt, sprechen Sie im nächsten Jahr vor, ich wer mein Möglichstes tun – gewiß. Was? Was? Bis übermorgen abend? Kipper, machen Sie Witze? Wo soll ich bis übermorgen abend fünfzehntausend hernehmen? In bar? Lieber Freund, bin ich Schacht –? Gehn Sie zu dem – der gibt Ihnen auch nichts, aber er ist wenigstens prima. Ende der Woche? Ausgeschlossen. Lieber Kipper, gedulden Sie sich – nu hörn Se, nehm Sie Vernunft an! Ich bitte Sie – was ist das für ne Einstellung! Hier, ham Sie heute den Artikel im *‹Börsen-Courier›* gelesen? Sehr vernünftig; als ob er uns beide hier sitzen sieht – der Mann sagt: ‹Die wirtschaftspolitische Krise ist ein Problem ...› Sie wollen keine Artikel, Sie wollen Geld? Was meinen Sie, wie gern möcht ichs Ihnen geben! Aber, lieber Kipper, wer zahlt mir –? Wir haben jetzt die Weihnachtsgratifikationen ausgeschüttet – auch schon was? Das sagen Sie nicht! Es multipliziert sich. Aber ich kann aus meiner Haut keine Riemen schneiden – ich kann nicht, nu machen Sie was! Kein Mensch zahlt Ihnen heute. Nu – prolongieren Sie schon – wir sind ein Haus von Renommee, das wissen Sie ganz genau, wir lassen keine Wechsel zu Protest gehn – wir prolongieren bloß ... Fünfzehntausend ...! Na, also gut: zweihundertfünfzig bar. Ende der nächsten – warten Sie mal – übernächste Woche ... und den Rest am 30. Juni – nun, ich hab doch gewußt, mit Ihnen kann man reden. Mein erstes Geschäft in diesem Jahr. Noch ne Zigarre? Nu – ich will Sie nicht aufhalten – vielleicht haben Sie noch Gänge ... Jeder hat ja heute Gänge. Prost Neujahr! Auf Wiedersehn, Kipper. Freutel! Ist das die ganze Post? Kinder, ihr feiert zu viel. Weihnachten und Neujahr und dann noch der Sonnabend – das ganze Jahr nichts wie Feiertage! Lassen Sies klingeln – na, gehn Se schon ran! Wer is da? Mein Schwager? Gehm Se her. Morgen, Max. Ja, danke. Prost Neujahr! Schon zurück aus Glogau? Was machen die Schwiegereltern? Na, das 's ja fein. Gut bekomm?

Danke, wir auch. Ja. Nein. Weihnachten wars sehr gemütlich – wir wahn natürlich bei uns, ang Famiich. Hanni hat sich sehr gefreut. Mir? 'ne sehr aparte Flügeldecke. Ich hab se mir selbst gekauft – aber Hanni hat se mir geschenkt, als Überraschung. Fritz hat sich natürlich 'n Magen verdorben – wir sitzen bei Tisch, auf einmal kommt ihm der ganze Karpfen wieder raus. So 'n teurer Fisch. Ein Jammer. Es geht ihm schon wieder besser. Silvester –? Ich wollt ja zu Hause bleihm, aber Hanni und Lotte wollten ausgehn – sind wir ausgegangen. Erst warn wir im Schauspielhaus, zur Premiere – 'n sehr schöne Aufführung – Fuchsens warn auch da – sag mal, hast du mir nicht neulich erzählt, der Mann is in Schwierigkeiten? Sie saßen jedenfalls Parkettloge. Vorderplätze. Ja. Hinterher warn wir im Esplanaht. Erich hat 'n Tisch reservieren lassen. Sehr elegant. Ja, unverschämte Preise. Die Leute nehm für eine Flasche französischen Sekt fünfundsiebzig Mark. Wir ham nur eine Flasche genommen – den andern deutschen. Gehn Sie aus der Leitung! Sie Ochse, legen Sie doch den Hörer hin! Ungebildeter Lümmel! Ich führe meine geschäftlichen Gespräche, wanns mir paßt! Max! Max! Bist du noch da? Na ja, weiter wär wohl nichts. Ja, grüß schön. Danke. Hach ... Was is nu schon wieder? Mojn, Blumann! Bitte, nehm Se Platz. Prost Neujahr. Danke. Was? Was –? Was wolln Se –? Reden Sie – ohne Umschweife. Was? Ich soll stunden? Ja, sagen Sie mal – das ist mir denn doch noch nicht vorgekommen – in diesem Jahr noch nicht! Sie versprechen mir – Sie versprechen mir, im Jahr 1926 wern Sie zahln, ich hab schlaflose Nächte Ihretwegen, die ganze Silvesterfeier is mir verdorben – gestern hab ich noch zu meiner Frau gesagt, du wirst sehen, Blumann zahlt – das ist ein anständiger Mensch – und jetzt sitzen Sie ganz kalt da und sagen: nicht vor Mai? Ja, lieber Freund, was glauben Sie denn? Meinen Sie, mir gibt einer Aufschub? Eben war einer da, bar aufn Tisch hat er bekomm, so schwers mir auch gefallen ist! Wechsel! Ich will Ihre Wechsel gar nicht sehn! Ich kenn Ihre Wechsel! Da wern Sie nächstens anbauen müssen, für die Prolongationen! Nein, keinen Tag. Was heißt das: Sie ham Frau und Kinder? Ich hab auch Frau und Kinder. Hätten Sie nicht heiraten solln. Nich eine Minute. Zahln Se. Ham Sie heute den Artikel im ‹*Börsen-Courier*› gelesen? Hier, lesen Sie, was der Mann schreibt: ‹Die wirtschaftspolitische Krise ist ein Problem ...› Nicht eine Sekunde Aufschub! Sie richten mich zugrunde, mich und mein Geschäft mit! Ist das ein Anfang vom Jahr! Wenn ich das gewußt hätte, wär ich überhaupt nicht ins Büro gekommen! Wenn man ne Verpflichtung eingeht, soll man sie halten – sind Sie 'n anständiger Kaufmann oder sind Sie ein Wechselschieber? Also? Hab ich mir gleich gedacht. Wenn ich bis nächsten Freitag mein Geld nicht hab – lassen Sie mich auch mal zu Worte komm – da solln Se sehn! Gut, liegen Sie auf der Straße! Sie wern schon nicht auf der

Straße liegen! Mit mir nich, ich sag Ihnen ... Nein, ich bin für Sie nicht eher zu sprechen, bis Sie nicht ... Atchö. Hast du das gesehn! Was wolln Sie, Freutel? Natürlich hab ihn rausgeschmissen —! Wie ich so zu mein Geld kommen werde —? Lieber Freund, ich wer Ihn mal was sagen: Wenn ich nicht prolongier, zahlt er ein bißchen was. So viel hat er. Prolongier ich aber — da zahlt er gar nicht. Ich kenn doch das von mir. Ich bin jetzt nicht zu sprechen! Prost Neujahr. Prosit Neujahr, Frollein Richter, Prost Neujahr! Freutel, machen Sie die Tür zu, zum Himmeldonnerwetter! Ach so, die *‹B. Z.›*. Prost Neujahr, Schulz. Prost Neujahr!!! Freutel, ich geh mal raus — man ist doch auch nur 'n Mensch ...

Das ist ein neues Jahr ... Hier könnt mal gestrichen werden, wie oft hab ich das schon gesagt ... So! Jetzt ist mir der Hosenknopp abgesprungen ...! Besetzt! Besetzt! Gehn Sie von der Tür weg. Sie könn doch hören, daß besetzt ist! Hach — Locarno-Geist in allen Parlamenten. Paris, den 2. Januar. Wie Havas meldet ... Man ist ein geplagter Mensch. Die einzige ruhige Stunde, die man am Tage hat, is hier draußen —!»

DICHTKUNST 1926

Was werden die Dichter heuer schreiben —?
Das wird auch in diesem Jahre so bleiben:

Wenn der Sekundaner, sanft erhitzt,
vor einem nackerten Bilderbuch sitzt,
steigt ihm das Blut in die Gefäße,
er wackelt leise mit dem Gesäße;
hochrot der Kopf, hochrot das Ohr,
stellt er sich etwas Schönes vor:
eine züngelnde und rundbauchige Fee —
und dann spielt er mit seiner Lieblingsidee.

So auch der Deutsche.
Alle Knaben,
die eine Schreibmaschine haben,
verfassen heute radikal
die Weltgeschichte noch einmal.

Der alte Fritz sagt mürrisch: «Er ...!»
und plaudert mit dem Affen Voltaire;
er kann zwar nicht richtig deutsch buchstabieren,
doch das tut der Krückstock remplacieren —
davon leben die Biographen.

Die Juden vom Film gehn mit Bismarck schlafen
und stehn mit Moltken wieder auf –
das ist so der deutsche Lebenslauf.
Arminius, der Große Kurfürst und Stein
spielen einen schönen Bierskat zu drein;
Blücher und Barbarossa mit Bart
kiebitzen dazu auf deutsche Art;
und inmitten dieses großen Geschreis
steht Turnvater Jahn und riecht nach Schweiß.
Und segnend schwebt über alle diese
die gute Königin Luise,
eine wahrhafte, echte, deutsche Frau.

Fällt einem nichts ein, schreibt er: Gneisenau.
Und auch die Operetten aus Wien
benötigen Landes-Dynastien
(mit Renten).
So besinnt sich weit und breit
der Deutsche auf seine Vergangenheit:
Hochrot der Kopf, hochrot das Ohr,
stellt er sich etwas Schönes vor
in Büchern, Theaterstücken, Journalen –
und dann spielt er mit seinem Nationalen.

Denn dieses Deutschtum mit Sonnenstich
ist eine Beschäftigung an und für sich.
Es gibt Leute, die statt Kinder zu zeugen, schreiben.
Das wird auch im kommenden Jahre so bleiben.

BEIM SCHNEIDER

Nun lasse ich mir einen neuen Anzug anmessen, und das ist eine seltsame Sache. Männer sind nie so komisch, als wenn sie rasiert werden oder beim Schneider vorm Spiegel stehn; was an kokettem Magdtum im Manne steckt, kommt sprühend ans Licht. So schön, wie sich jeder Mann beim Friseur vorkommt, möchte ich einmal sonntags sein. Freilich, beim Schneider sind wir nicht eigentlich schön, da sind wir nachdenklich.

Hier sind die drei Spiegel, einer für von vorn, und die beiden andern für die Seiten und gegebenenfalls für das Revers. Ja, da stehst du nun.

Während der dicke Schneider mit einem halben Pfund Stecknadeln im Mund und einem scheußlichen Schnupfen, den er mir sicherlich überlassen wird, seine Bänder um mich schlingt, an mir herumzupft, sehe ich mich, nach so langer Zeit, im Profil. Pfui Deibel! Das Profil, sagt der Weise, ist am aufschlußreichsten ... Und mit diesem Profil laufe ich also ganz nichtsahnend und selbstverständlich herum? Sehr unvorsichtig! Die Augen gehn ja noch an – aber welche Unterpartie! Das ist bitter. Und diese verkniffnen Lippen –! Ich habe immer gefunden, daß Leute mit leicht hervorstehender Unterlippe reich sind, sie schlürfen gewissermaßen das Geld auf, es gibt ihnen einen gesicherten, unbekümmerten Ausdruck ... Ich stecke die Unterlippe ein klein wenig vor, gleich sehe ich viel wohlhabender aus, ich will jetzt immer so herumlaufen, mit einer ganz unmerklichen Schnute – das wird das Geld anziehn. Nur nicht vergessen –! Die roten Haare sind böse. Man kann eigentlich nicht sagen, daß sie lichterlohrot sind, aber etwas Ähnliches ist es schon. Also sagen wir: rot, aber interessant. Und diese fettigen Locken ... haben nicht die Neger in Amerika ein Mittel erfunden, um Kraushaar zu glätten? Neulich hat ein völkisches Blatt über mich geschrieben: «Dieser degenerierte Wüstensohn ...» Doch, das ist wahr.

So, jetzt pikt mich der Schneider mit der Nadel in die Haut, sagt: «Oh!», das macht er immer so, und das nächste Mal legt er mir Zeuglappen um, die plötzlich ganz anders aussehen, als ich das bei der Bestellung gehofft hatte. Da hatten sie mir so feine Modeschnitte gezeigt, auf denen langbeinige, elegante Herren zur Promenade spazierten, sogar die Bäume im Hintergrund waren leicht übergebügelt ... Und jetzt steht da ein großer, viereckiger Lümmel vorm Spiegel, mit etwas zu kurzen Beinen und einem Eierkopf ...

Was den neuen Anzug betrifft, so gibt es zweierlei Arten von Menschen. Ich gehöre zu der andern. Die einen meinen nämlich, nun käme das große Glück, sehen verächtlich auf ihren alten herunter und ersehnen gierig den neuen. Ich für meinen Teil umfasse den treuen, alten Anzug mit zärtlichen, ja, liebenden Blicken – der sitzt, Gottseidank. Aber was wird das mit dem neuen werden? Er wird hinten an der Achsel eine Falte werfen, und vorn wird er sich spannen ... Mißtrauisch sehe ich an mir herunter ... «Na?» sagt der Schneider.

Ich habe nichts in den Taschen, der Anzug tut so, als säße er wie angegossen, das hat ihm der Schneider vorher beigebracht. Kaum bin ich draußen, stopfe ich eine dicke Viehhändler-Brieftasche in die Brust, ein Portemonnaie über den Popo links, einen riesigen Gefängnisschlüsselbund rechts, in die Seitentaschen ‹*L'Europe*›, ‹*L'Europe Nouvelle*›, ‹*L'Intransigeant*› und, selbstverständlich, die ‹*Weltbühne*›. Und nun sehe ich aus wie ein Filmdirektor, als er noch soo klein war, bei einem Anzug darf man nicht sehn, daß er neu ist, meiner sieht schon, wie ich nach Hause komme, aus, als sei ich in ihm auf die Welt gekommen, und ich werde mir wohl bald einen neuen Anzug anmessen lassen.

«Und das ist nun, angesichts der kulturpolitischen und wirtschaftskulturellen Probleme, Ihre Einstellung, Herr Panter?»
Ja, sieh mal an –

ZEPPELIN-SPENDE

Herrn Eckener dargewidmet

Hier ist ein wahrhaft deutscher Mann.

Spannt den Ballon für den Ozean an,
und alle Leute mögen ihn leiden:
so aufdringlich schlicht und so laut bescheiden ...
Es steigt sein Ruhm in die Höhe und weiter –
niemand gedenkt der Mitarbeiter.
Es steigen die nationalsten Faxen –
niemand gedenkt der Angelsachsen,
die den Flug immerhin zuerst unternommen.
Und als er drüben angekommen,
brüllt auf ein Volk: Es ist erreicht!
Die Stammtischgehirne sind sanft erweicht.
Ehrendoktor. Geschrei. Baldachin:
«Zeppelin –! Zeppelin –!»

Das läßt den wahrhaften Deutschen nicht schlafen.

Aus dem nationalen Luftschiffhafen
bittet er um milde Gaben.
Weil wir sonst keine Sorgen haben:
Der Nordpol! Er muß zum Nordpol fliegen!
Deutschland liegt vorn! Und Deutschland muß siegen!
Wer darf das bezahlen? Arbeiter. Kinder.
Auch schwere Kriegsbeschädigte nicht minder,
kurz: die Geld haben. Er wird führen,
15% Verwaltungsgebühren,
Reklame auf Postkarten und Plakat,
Direktoren, Briefbogen, Apparat ...
Stumm bleiben die Massen, auf dem Land, in Berlin:
«Zeppelin ...? Zeppelin ...?»

Keinen Pfennig.
Eine Million
Männer hungern seit Monaten schon,

haben kein Geld für deine Taten,
pfeifen auf Nordpol und Luftakrobaten;
suchen sich hier das kleine Stück
trocken Brot und Arbeit, ihr bißchen Glück . . .
Fahr immerzu!
Pack ein! Pack ein
in deinen Ballon den ganzen Verein
der großmäuligen Militaristen,
der Fememörder, Gerichtssadisten –
Singt bei der Abfahrt brausende Lieder!
Nimm sie mit und komm nie mehr wieder!
Beglücke die Eskimos! Laufe Ski
und begründe da eine Monarchie!
Du bist nicht Deutschland. Du bist nicht der Staat.

Das ausgehungerte Proletariat
sieht dich ohne Bedauern ziehn –
Zeppelin –! Zeppelin –!

DIE EBERT-LEGENDE

Antwort auf eine Antwort

Ich habe hier, in Nummer 50 des vorigen Jahrgangs, daran erinnert, wie Ebert im Jahre 1918 seine Aufgabe verkannt, seine Auftraggeber verraten und uns den jetzigen herrlichen Zeiten entgegengeführt hat. Einer seiner frühern Pressechefs ist, in Nummer 52, andrer Meinung.

Jeder Vergleich der Jahre 1789 und 1918 ist unhaltbar und lenkt von der Sache ab. Der 9. November hat uns niemals die völlige Umgestaltung der Wirtschaftsform, der Verwaltung und der Arbeitergesetzgebung eines Landes bringen können, das dazu weder reif noch präpariert gewesen ist. Von Ebert die Taten der echten französischen Revolutionäre verlangen, heißt der Geschichte und dem Mann Unrecht tun.

Es war aber im Jahre 1918 im Keim etwas da, das der beflissene Volksbeauftragte im Keim bekämpft hat: der energische demokratische Wille, in Verwaltung und Gerichtswesen, in Diplomatie und Universität Schluß zu machen und neu zu beginnen. Dieser Reformsinn war keineswegs bolschewistisch: er war auch auf Seiten der Arbeiter recht bürgerlich und wäre niemals imstande gewesen, etwa große Sozialisierungen durchzuführen.

Der Verräter Ebert hat zweierlei mißgetan:

Er hat diesen latenten, immanenten Willen nicht begriffen und nicht aufgefangen. Er hat ihn abgefangen. Er war so verstrickt in den allerübelsten Vorstellungen von der Unentbehrlichkeit der ‹Spezialisten›, daß er sein Amt lieber von seinem etwas verwunderten reaktionären Inhaber verwalten ließ, als diesen zu entfernen und einen Gewerkschaftsmann einzusetzen, dessen Kollegen sich, wie die Beispiele zeigen, überraschend gut eingearbeitet haben. Es gibt keine revolutionäre Bewegung, die eine fix und fertig ausgebildete Schar von Beamten zum Beginn ihrer Machtentfaltung vorweisen kann. Der da übersetzte ‹revolvere› wörtlich mit ‹zurückwälzen›. Die immense antimilitaristische Bewegung wurde von ihm niemals verstanden; die neuaufglänzenden bürgerlichen Ideale der Demokratie auch nicht. Daß er die Revolution des Vierten Standes nicht machen konnte, mag sein geschichtliches Verhängnis gewesen sein. Daß er nicht einmal die des Dritten gemacht hat, ist seine Schuld.

Die Gereiztheit der Parteigenossen, die dieser geborene Regierungsrat ‹Bolschewisten› nannte, rührte ja eben daher, daß in den entscheidenden Tagen um den 9. November nichts, nichts und noch einmal nichts von den Ebert-Leuten unternommen wurde. Der Instinkt der Masse fühlte vollkommen richtig: Jetzt ist der Augenblick da; kein Gutsbesitzer wunderte sich, wenn er expropriiert würde, kein Offizier, kein Richter, wenn er abgesetzt, keine Verwaltung, wenn man ihr das Oberste zu unterst kehrte. Es geschah nichts. Da muckten sie auf.

Und als hier Ebert das böse Gewissen schlug, da wurde seine Schuld positiv. Wer so wenig politisches Gefühl hat, um nicht zu sehen, daß es in diesem Moment das Äußerste an verbrecherischem Wahnsinn war, einen Staat, der grade an seinen Lastern zusammengebrochen war, mit eben diesen Lastern wiederaufzubauen, dem ist nicht zu helfen. Hinter Ebert standen wenige Tage lang Millionen von Arbeitern – er holte sich entlaufene Offiziere und baute mit denen etwas auf, was er die Ordnung nannte, und was die Arbeiter bald als Gefängnis erkannten. Hinter ihm standen wochenlang zahllose Studenten, Rechtsanwälte, selbst Beamte – er beließ die Richter und Landräte in ihren Stellungen und baute auf. Was dann begann, ist frisch in aller Erinnerung.

Es ist ja nicht wahr, wenn gesagt wird: der 9. November konnte keine Entscheidung bringen. Er hat eine gebracht. Den vollständigen Sieg der deutschen Reaktion. Und das ist Eberts Schuld, von der ihn niemand reinwaschen kann.

Die allereinfachsten Reformen aus Angst versäumen, die simpelsten Notwendigkeiten verkennen, das Sinnfällige nicht tun, seine Rücksicht noch auf die Symbole der alten Herrschaft ausdehnen – das heißt nicht: ein Experiment vermieden haben, das heißt: ein Feigling und ein Verräter an der eignen Sache sein, die man also umsonst, vergebens, sinnlos ein Leben lang geführt, um sie wegzuwerfen, als man die Möglichkeit hatte, sie wenigstens stückweise durchzusetzen.

In dieser Sache gibt es keine Diskussion. Hier heißt es nur die Augen aufmachen. Wo stehen wir heute—? Wo stehen wir nach fünfzig Jahren Sozialdemokratie—?

Auf dem Land die niemals geduckte Herrschaft der Amtsvorsteher und der Gutsbesitzer; in den Gerichten dieselben Richter wie unter dem Kaiser, nur: grausamer, nur kälter, nur rücksichtsloser; in der Verwaltung abgesprengte und halb verlachte Einschiebsel, die sich zu assimilieren oder zu verschwinden haben — und oben drüber, wie Öl auf dem Wasser, hier und da ein sozialistischer Minister, der bestenfalls tut, was er kann, und das ist nicht viel. Auf den Universitäten und in den Schulen die böseste Vorbereitung zu einer imperialistischen Revanche, ungeistig, aber mit organisierten Freiübungen. Das ist das Resultat von Eberts Wirken.

Man hat uns so oft das Wort ‹Realpolitiker› entgegengeschleudert. Wir wollen es sein. Die realpolitische Lage Deutschlands ist trostlos, und sie hätte es nicht zu sein brauchen, wenn Eberts ‹Verdienst› nicht eben bodenlose Charakterlosigkeit gewesen wäre. Angst vor dem Wagnis ist noch keine Abkehr von der Romantik. Und weil wir hier nicht in der Pressekonferenz sind: Arbeitermorde kann man ableugnen — aus der Welt schaffen kann man sie nicht.

Niemals wäre unter dem Kaiser ein Militäreinmarsch in Thüringen und Sachsen möglich gewesen, obgleich er möglich gewesen wäre — niemals hätte das kaiserliche Imperium gewagt, die Rechte der Bundesstaaten derart zu zerstören. Niemals war das Leben Oppositioneller unter dem Kaiser so wohlfeil — «sie haben uns doch wenigstens nicht totgeschlagen», sagte mir Harden eines Tages. Unter Ebert war es möglich. Lügen hilft da nicht.

Im Bürgertum und in einem Teil der Arbeiterschaft waren im November 1918 alle Voraussetzungen zu einem Umschwung gegeben, und unterstützt wurden sie durch die fast einheitliche Gesinnung des müden Heeres. Herr Scheidemann schmeichelte am Brandenburger Tor den niedrigsten Kino-Instinkten der Zurückkehrenden und begrüßte sie als ‹Unbesiegte›. Sie waren in Wahrheit so besiegt wie er.

Es steht also fest:

Ebert hat nicht nur den vorhandenen Voraussetzungen keine Wirklichkeit verliehen — er ist noch weiter gegangen und hat bis ins Mark das oppositionelle Bürgertum, die Indifferenten und die eigne Partei zur Reaktion herübergezogen. Daran können wir jahrzehntelang knabbern. Und von vorn anfangen.

Weil wir aber von Ebert nichts Unmögliches erwartet, sondern nur Mögliches verlangt haben, deshalb darf unter keinen Umständen die Legende bestehen bleiben, als hätten diese verschlafenen Wichtigmacher um ihn etwa dem Vaterlande genützt, als sei das der naturgewollte Ablauf einer Bewegung, die in unsrer Generation zum ersten

— und wahrscheinlich leider auch zum letzten — Mal den preußischen Boden hat wanken lassen. Wer nicht fühlt, was damals in den Straßen für ein Wind geweht hat, der soll sich nicht mit Politik beschäftigen.

Erfahrungsgemäß ist ja nun niemand ideologischer als jene Sorte von Menschen, die die ‹materialistische Geschichtsauffassung› gepachtet haben und im tiefsten deutschen Elend den Umfang ihrer Niederlage noch nicht einmal sehen. Daß der Fall Wandt, diese Rache eines blamierten Militarismus, heute ohne die Leisetreter des November nicht möglich wäre, sehen sie nicht. Daß und wie heute allüberall Sozialdemokraten behandelt werden, fühlen sie nicht. Auf Warnungen hören sie nicht. Ihnen ist ‹Evolution› eine schöne Entschuldigung für ein gedeihliches Bürowirken mit langsamer Arbeitererziehung durch Schreibmaschinenerlasse. Und wenn sie an der Laterne hängen, so zappeln sie erlöschend mit den Beinen, und ihr letztes Wort heißt: «Ein historisch belangloser Einzelfall.»

Um in Zukunft Fehler zu vermeiden, muß man die der Vergangenheit erkannt haben:

Die Männer des November haben nicht erreicht, was zu erreichen war: Personalreform an allen Gliedern des Staates; Aufhebung des Militarismus; demokratische Erziehung der Jugend, und — vor allem — die Unterstützung einer neuen geistigen Atmosphäre, deren Ansätze vorhanden waren. Sie haben sie zerstört.

Die Männer des November haben den Ungeist der andern Seite mit allen ihren Machtmitteln unterstützt, mit Geld, mit Ämterverleihung, mit staatlicher Hilfe jeder Art; in der Wahl ihrer Mittel waren sie unbedenklich — bis zum Mord. Dieses Blut wischt kein noch so gelehrter Aufsatz von ihnen ab. Manche Mörder sind Oberpräsidenten geworden, manche sind gestorben. Ihr Andenken sei verflucht — aber Kleinbürger kann man nicht verfluchen.

Jeder Anhänger dieser Männer hat das Recht verwirkt, auf Herrn Cuno, Herrn Luther und Herrn Helfferich zu schelten — sie haben es weitaus schlimmer getrieben als diese drei, und wenn sich heute jeder nationale Minierer im Amt in Sicherheit fühlen darf, so kann er sich bei ihnen bedanken.

Zuviel verlangt, daß auch wir es tun.

Haben wir eine Klassenjustiz: Ja oder Nein? Haben wir ein antirepublikanisches Heer? Ja oder Nein? Haben wir eine reaktionäre Verwaltung? Haben wir eine schändliche Jugenderziehung auf den Universitäten? Hier gibt es keine Jahreszahlen zu memorieren — hier gibt es eine, nur eine Antwort.

Und wenn wir die erteilt haben, laßt uns nicht länger bei dem Andenken von Männern verweilen, die das nicht wert sind. Geht weiter in der Zeit, fangt von vorn an und führt euch, wenn ihr je wieder an die Macht kommt, anders und wahrhaft revolutionär auf. Veröffentlicht Akten und enteignet die Fürsten. Werft die Richter auf die Straße und ersetzt mißliebige Beamte. Baut das Haus neu auf, aber nicht die Abtritte. Und laßt nicht zu, daß Feigheit historisch entschuldigt wird.

Von der französischen Revolution ist heute noch etwas übrig geblieben: ihre Siege. Von Ebert ist heute noch etwas übrig: seine Niederlagen, sein Mangel an Mut, sein Verrat der Genossen.

Und so lebte er fort, wenn er fortlebte.

Neue Taten über sein Andenken –!

DIE EINSAMEN

In jeder großen Stadt gibt es einen Ohrenschmalzsalon, einen schön ausgestatteten Laden, in dem Leute mit zwei Gummischläuchen an den Ohren dasitzen und auf etwas horchen.

Das gab es schon vor dem Radio; unten im Keller brodeln die Grammophone und trichtern Musik ins Volk. *‹8576 Hans, was machst du denn mit deinem Knie–?›* und: *‹5611 C'est moi qui fais la vaisselle–›*. Das ist international. In Paris zum Beispiel sieht es so aus:

Abends gegen acht Uhr, wenn alle ordentlichen Leute essen, weht der Boulevard ein paar Einsame in einen Musikladen. Sie kaufen beim Kustos eilig ihre Marken, setzen sich an die Musiktische und blättern in den Katalogen. Vor ihnen ist ein rechteckiger Spiegel, in dem sehen sie sich. Dann gehts los. Im Spiegel kann ich sie alle auch sehen.

Zuhörende Menschen haben einen starken Willensausdruck in den Augen; es ist, als ob sie bei der Empfängnis, nach dem Rezept Whitmans, dem Fremden etwas Eigenes entgegensetzen, um nicht unterzugehen, – die Frauen sehen meist weicher drein. Da horchen sie.

Manche summen mit und nicken bekräftigend an den Kraftstellen, fröhlich feixend, wenn sie wiedererkennen, was ihnen da vorgemacht wird. In einer englischen Revue gab es einmal eine solche Grammophonszene – immer kam einer herein, setzte sich vor seinen Kasten und summte leise mit; zum Schluß heulte die ganze Bühne. So laut ist es hier nicht. Nur manchmal hört man aus den Schläuchen einen Tenor krähen, einen Alt schmettern, eine Dame sengend zischen. So dringt Musik ins Volk.

Es ist wohl ein Stück metaphysischen Bedürfnisses, daß sie hier sitzen. Wo sollten sie sonst auch bleiben? Zu Hause –? Ich sehe jedes der kleinen möblierten Zimmer, so schwarz, so langweilig, so entsetzlich einsam. Hier kann man ausspannen, sich ein bißchen verlieren, hier ist Zusammenhang, Menschennähe, die ganze musizierende Welt. Neue Schlager und alte Weisen, Orchesterkonzert und rührselige Lieder, Bekräftigung, Trost und Stütze.

Ich für meinen Teil lasse für fünfundzwanzig Centimes Hawain in mich hineinweinen, und bis zur Erschlaffung Jazz, man versteht nachher Politik und Geschäfte viel besser. Tote singen, verstorbene normannische Volkssänger, und wenn ich Aufschluß über das kleine französische Mädchen haben will, dann bestelle ich Lieder aus den Varietés, *‹Si l'on fait le même chemin›* und *‹Pars!›*, mein Lieblingslied. Hier klingt die Seele eines Volkes, — eines Teils gewiß. Leute kommen und gehen, der Boulevard speit sie aus und verschluckt sie wieder, mit hochgezogenen Augenbrauen sitzen sie alle da. Fremde und Franzosen, und horchen. Auf Musik, auf ihre Zeit, auf sich selbst.

BERLINER AUF REISEN

Das mit dem Jägerhütchen ist ja schon längst nicht mehr wahr, und auch die Brille ist kein untrügliches Kennzeichen. Doch unter dem dicken Ulster, dem schnittigen Jackett und dem nach Maß gearbeiteten Oberhemd klopft das alte Herz. Welches —?

Es gibt zwei Sorten von Berlinern: die ‹Ham-Se-kein-Jrößern?›-Berliner un die ‹Na — faabelhaft›-Berliner. Die zweite Garnitur ist unangenehmer.

Der nörgelnde Berliner ist bekannt. Er vergleicht alles mit zu Hause, ist grundsätzlich nicht begeistert, und, viel zu nervös, um in Ruhe etwas Fremdes auf sich wirken zu lassen, bekleckert er, was er sieht, mit faulen Witzen. Seine Stadt hat für diese Tätigkeit das schöne Wort ‹meckern› erfunden. Dieser Berliner meckert.

Sein Kollege, der ‹Unerhöört›-Berliner, tut etwas andres, nicht minder Schauerliches.

Ich habe jetzt seit etwa achtzehn Monaten lobende Berliner vor Augen gehabt, und wenn sie anerkennen, machen sie das so:

Der lobende Berliner hebt sich zunächst selbst, wenn er lobt. Sein Lob, das meist kritiklos und unbegründet ist, bringt ihn in innige Verbindung mit dem gelobten Objekt, nach der Melodie: «Was ich mir ansehe, ist eben immer gut — sonst seh ichs mir gar nicht erst an!» Ein Glanz des Belobten fällt auf ihn zurück, sein «Faabelhaft» gilt auch dem auserlesenen Publikum, das sich diese Sehenswürdigkeit ansehen darf, und enthält ein erhebliches Quantum Verachtung für die armen Luder, die nicht dabei sind.

Die Monomanie dieses Volksstamms ist größer als bei jedem andern. Daß Hundebesitzer auf ihren Köter stolz sind und sich in die Brust werfen: «Meiner läuft aber schneller!», das ist auf der ganzen Welt so. Aber die ‹Aura› des Berliners, sein unkörperlicher Körper reicht noch viel weiter: er erstreckt sich auf Zahnbürsten und Unterhosen, auf sein Automobil und auf seinen Füllfederhalter, auf alles, was bei ihm und mit ihm ist ... Denn was er hat, ist wohlgetan, und so etwas gibts zum zweiten Mal nicht auf der Welt. Er sagts auch: «Wenn Se mal richtjen Kaffee trinken wolln, müssn Se zu mir kommen!» Und da der andre selbstverständlich nicht die einzig wahre Kinderflaschenquelle, nicht *den* Schneider, nicht *den* Zahnarzt hat, so strahlt die Sonne allein im Universum. Und hat der Nebenmann etwas, das er nicht auch haben kann, ja, an dessen Bewunderung sogar er nicht teilnehmen kann, dann ist es aus, und das Zeug verfällt der Verdammnis. Überall dabei sein; von allem verstehn; nur nichts auslassen: das sind die drei Farben seiner Stadt.

Hat der Berliner aber einmal gelobt, dann gibts keine Widerrede und vor allem nichts mehr am Ort, was nun noch des Lobes wert wäre. «Wenn Se den nich jesehn ham, ham Se übahaupt nischt jesehn –!» Dixit.

Die Form des berliner Lobes läßt deutlich erkennen, wie sehr der Tadel in dieser Stadt das Primäre ist – es wirkt immer wie ein ins Freundliche umgebogener, für dieses Mal nicht anwendbarer Tadel. «Das ist schon sehr begabt!» – wieviel Huld, wieviel Leutseligkeit steckt darin! Dies Lob grüßt wie eine dicke Hand aus einer hochherrschaftlichen Limousine.

Bevor der Berliner aber tadelt oder lobtadelt, setzt er sich gestrafft aufs Richterstühlchen, und niemals, unter keinen Umständen, ist er locker und unbefangen. Er will diss nu mal genau feststellen – und die eingezogenen Lippen und das leicht zurückgenommene Kinn demonstrieren, wessen sich das Objekt der Kritik zu gewärtigen hat. «Na, nu zeijen Sie mal, was Sie könn!» Worauf sich Notre-Dame, Sacha Guitry, die Seine und die Sonne in Chantilly abzuschwitzen haben.

Rasch fertig ist die Jugend mit dem Wort –? Dann scheint der Berliner ewig jung, jünger, noch jünger. Seine grauenhafte Unausgeglichenheit und seine ewig schwabbrige Nervosität lassen keinen Klang ausklingen – mit zitternden Nervenenden wartet er auf den ersten Eindruck, und hat er den, bleibt er dabei. Den wiederholt er dreitausendmal – unmöglich, ihn davon abzubringen. «Die Unterpartie ist zu kurz», entscheidet er nach zehn Sekunden – den ganzen Abend zieht sich das wie ein Leitmotiv durch Unterhaltung, Kritik und Zwiegespräch, und noch abends im Bett, wenn er das Licht löscht, murmelt er, leicht beleidigt: «Ja, aber die Unterpartie war zu kurz ...»

Der Berliner ist bekanntlich einer der schlechtesten Zuhörer – er will selber. (Daher können ihm auch die Frauen im allgemeinen nichts tun.) Und ich habe mich immer gewundert, warum weitgereiste Berliner so gar nichts von ihren Reisen mit nach Hause bringen ... Jetzt weiß ich es. Sie hören nicht zu. Wenn die Sonne über dem Meer untergeht, wenn einer singt und eine tanzt, wenn Paris silbrig leuchtet, und wenn die Damen aus Lemberg abends lebende Gruppen stellen: der Kerl hört nicht zu. Er bringt das Subjekt, das zum Begriff ‹Welt› bekanntlich hinzukommen muß, erst richtig zur Geltung. Ohne ihn ist sie nicht.

Die armen Leute ... Sie sind sich selber im Weg, ihr Bauch ist ein optisches Hindernis, und wenn sie sich mal richtig amüsieren wollen, gucken sie sich in den Spiegel. Ihr Tadel ist ein persönlicher Frontalangriff, ihr Lob eine Ordensverleihung an sich selbst, und man greift kaum fehl, wenn man dahin geht, wohin der Berliner keinen Schritt rührt. Berlin ist so groß: es hat vier Millionen Einwohner. Berlin ist so klein: auf Reisen sieht der Berliner nicht über den Spittelmarkt. Und ewig werde ich an das Wort eines Landsmanns denken, der nach vierwöchigem Aufenthalt das Wort der Worte über Paris gesprochen hat. Dieses:

«Paris — wat is denn det für ne Stadt! Hier jibts ja nich mah Schockeladenkeks —!»

Der dies sprach, war aber gar nicht aus Berlin, und da kann man sehen, wie vorsichtig man sein muß.

DER NAMENSFIMMEL

Ein Theaterzettel von heute sieht komisch aus. Früher stand da: Regie: Franz Durchfaller. Heute haben wir:

Spielwart — Regie — Künstlerische Oberleitung — Entwurf und Ausführung, es muß alles angegeben werden. Daß man auch einmal anonym arbeiten kann, um der Sache willen, das wäre ja gelacht —! Der Film tobt sich in diesem falschen Individualismus noch weit mehr aus, und wenn einer ein Pissoir anstreicht, dann kleckst er bestimmt seinen Namen unten in eine Ecke; es könnte wichtig sein.

Denn weil der Handwerker mit Gewalt ein Kinschtler sein will und alle Welt auf das Niveau pfeift, jede Arbeit so zu einem gewaltigen Einzelfall steigernd, sind wir das Land, in dem ein sauber geformter Löffel ‹Entwurf von Professor Bruno Paul› ist, und es soll mich nicht wundern, wenn nächstens ein Esel, einen Klacks gemacht habend, iat: ‹Entwurf Lucian Bernhard›. Das muß wohl so sein.

Wir Schreiber sind die Dummen. Da setzen wir einfach unsern Namen unter unsre Arbeit — einen einzigen, kümmerlichen Namen. Ich schlage vor, in Zukunft folgendermaßen zu verfahren:

‹Der Namensfimmel›
von Ignaz Wrobel
Interpunktion: Thomas Mann
Fremdwörter: Hans Reimann
Druckfehler: Reinhold Wulle
Künstlerische Oberleitung: S. J.

«Reklame muß sind!» sagte der Einbrecher — da hinterließ er etwas am Tatort.

ANGESTELLTE

Auf jeden Drehsitz im Büro
da warten hundert Leute;
man nimmt, was kommt – nur irgendwo
und heute, heute, heute.
    Drin schuften sie
    wies liebe Vieh,
sie hörn vom Chef die Schritte.
Und murren sie, so höhnt er sie:
    «Wenns Ihnen nicht paßt – bitte!»

Mensch, duck dich. Muck dich nicht zu laut!
Sie zahln dich nicht zum Spaße!
Halts Maul – sonst wirst du abgebaut,
dann liegst du auf der Straße.
    Acht Stunden nur?
    Was ist die Uhr?
Das ist bei uns so Sitte:
Mach bis um zehne Inventur ...
    «Wenns Ihnen nicht paßt – bitte!»

Durch eure Schuld.
            Ihr habt euch nie
geeint und nie vereinigt.
Durch Jammern wird die Industrie
und Börse nicht gereinigt.
    Doch tut ihr was,
    dann wirds auch was.
    Und ists soweit,
    dann kommt die Zeit,
wo ihr mit heftigem Tritte
und ungeahnter Schnelligkeit
herauswerft eure Obrigkeit:
    «Wenns Ihnen nicht paßt –: bitte!»

DER DICKE IN RUSSLAND

Henri Béraud, der Verfasser des entzückenden ‹*Martyre de l'Obèse*› und andrer guter Bücher, ist Journalist und hat jüngst im Auftrag des ‹*Journal*› Rußland besucht. Was er da gesehen hat, steht nicht nur in dem kleinen Buch ‹*Ce que j'ai vu à Moscou*› (Les Éditions de France, 20 Avenue Rapp, Paris), sondern war auch, Artikel für Artikel, im

‹Journal› abgedruckt. Die Auflage des *‹Journal›* wird auf etwa 800—900 000 geschätzt, das Blatt kann also mit 3 Millionen Lesern rechnen. Daher scheint mir Bérauds Reisebericht einer Betrachtung wert zu sein — nicht Bérauds wegen, sondern um zu erfahren, wie eine so breite Schicht des französischen Bürgertums über fremdes Land informiert wird.

Im ersten Kapitel fährt Béraud in die pariser Russische Gesandtschaft. «Gibt es in ganz Paris einen Chauffeur, der nicht wüßte, wo Herr Krassin wohnt? Nein. Das kommt sicherlich daher, daß alle Taxi-Chauffeure mehr oder weniger Russen sind.» Der *‹Progrès Civique›* hat ein famoses *‹Schwarzes Buch›* von Paul Allard erscheinen lassen, worin — getreu nach dem Vorbild Flauberts — die Assoziationen aufgestellt sind, die das französische Durchschnittsgehirn auf Reizworte automatisch produziert. Da findet sich unter «Chauffeurs (de taxi) . . .: Sont tous d'anciens colonels russes.» Gut. Wohlversehen mit den nötigen Papieren, tritt nun der Informator seine Reise an. Mit der Kenntnis Rußlands und seiner politischen Geschichte scheints weniger gut bestellt zu sein. «Ich erwartete etwas Außerordentliches, etwas Unmenschliches, eine Art von städtischem und sozialem Futurismus.» Hat der Dicke nichts über Rußland gelesen, vorher? Weiß er nicht, daß die pathetische und heroische Epoche des Bolschewismus vorbei ist? Er scheint es nicht zu wissen.

Lenin. «Lenin, der ehemalige Geächtete, der herumirrende pauper, spielte in seinen letzten Tagen die Rolle des Zaren . . . Welch ein Weg vom möblierten Zimmer auf Montparnasse bis zum Kreml!» Und welch ein Journalist, der zwar weiß, woher Lenin stammt, der aber keine Schlußfolgerungen aus der Tatsache zieht, daß Lenin — im Gegensatz zu den deutschen Sozialdemokraten, die heraufgekommen sind — heruntergestiegen ist, alles aufgegeben hat, das blanke Nichts für die mögliche wohlsituierte Lebensstellung eintauschte, um einer Idee willen.

Und nun spaziert Herr Béraud in Moskau umher. Die typischen Klischee-Beschreibungen fremder Städte, unplastisch, glatt, gleichgültig — und hierbei kommt nun zu Tage, daß der Journalist kein Wort Russisch kann. Das ist kein Vorwurf — ich kanns nicht, viele Leser auch nicht, und viele Reisende, die nach Rußland gegangen sind, erst recht nicht. Aber man muß das doch abziehen — man muß doch immer fühlen, wieviel einem entgeht, und nun noch in einem Lande, dessen Wandlung so auf geistige Vorgänge gestellt ist. Von dieser Bescheidenheit ist hier nichts zu merken. Er sieht alles, versteht alles, weiß alles, zieht aus allem seine Folgerungen. Meist die falschen.

«Die Kutscher sind ausnahmslos Konterrevolutionäre.» Bum. Wahrscheinlich haben sie, wie alle Proletarier in der ganzen Welt, auf die Regierung geschimpft — Schimpfen ist eine Lebensnotwendigkeit wie

Atmen –; aber Béraud weiß: Konterrevolutionäre. Und nun kommt er mit Kommunisten in Berührung; soweit die französisch sprechen können, erzählen sie ihm etwas, er gibt es wieder ... Wie verachtungsvoll erzählt er dieses hier, welches Achselzucken setzt er bei seinen Lesern voraus! Einer sagt ihm, dem Franzosen: «Aber selbst eure Kommunisten – was sind denn das für Kerls! Weiße. Sie singen die Internationale im Parlament, aber beim Abendessen erzählen sie mit Heldenmiene vom Krieg und von ihrer guten Führung, von ihren Kriegsorden ...» Gemein, diese Russen. Aber sie scheinen mir mehr von Paris (und Berlin) zu wissen als Herr Béraud von Moskau.

Der Kenner der russischen Literatur spricht von einem so platten Kleinbürger wie Mereschkowski, den die Revolution schonungslos enthüllt hat – er nennt ihn den ‹Großen›. Ja, über Renaissance schreiben und Renaissance erleben, das ist freilich zweierlei ...

Einer der Höhepunkte des Buches scheint mir das sechzehnte Kapitel: *‹Sur le toit›*. Es handelt sich um das Dachrestaurant Na Kryche. Da erzählen dem Forscher zwei jüdische Kommunisten, wie es in Rußland zugeht, und das hat die Welt noch nicht gehört. Ich weiß nicht, wen er da zu Tisch gehabt hat – entweder haben die beiden schlecht französisch gesprochen, oder Béraud hat sie nicht verstanden, oder er hat sich auf dem Dach etwas dazugeschrieben ... aber ein so ausgemachtes Geschwätz über russische Zustände soll man sich noch mal suchen. Die vollkommene Verständnislosigkeit, mit der über die Neue Ökonomische Politik gefaselt wird, der Mangel an jeglicher Dokumentation ... es gibt in Paris eine kleine Bar, die Herr Béraud kennen wird. An sie habe ich gedacht, als ich dieses Kapitel las. Die Bar heißt: Le Bœuf sur le Toit.

Herausgerissene Fetzen aus Trotzkis Büchern würzen das Heftchen. Und Herr Béraud ist so klug – ihm macht man keine Potemkinschen Dörfer vor. Ihm nicht. Die andern Besucher – er hat das selbst gesehen – werden in Autocars herumgefahren, denen zeigen die Sowjet-Beamten das Rußland, wie sie es aufgefaßt wissen wollen, alles Betrug und Lüge, gestellt, arrangiert ... Daß man aber den pariser Journalisten unbehelligt überall herumlaufen ließ, fällt ihm nicht auf, und auf den Gedanken, auch andre könnten wohl von dieser Freiheit Gebrauch machen, kommt er nicht. «Die Leute, die an diesen Fahrten teilnehmen, sind meist Arbeiter und Lehrer aus Westeuropa, zum größten Teil gute, anständige Leute, aber doch schließlich durch ihren Beruf durchaus nicht qualifiziert, eine Untersuchung anzustellen.» Man muß wohl schon am *‹Journal›* mitarbeiten ... Dann weiß man alles ganz genau.

Zum Beispiel, daß diese lächerliche russische Kommunisten-Partei ganz klein ist – was sagen Sie nun? «An diesem Granitblock zerschellen alle Erklärungen.» Sogar die, daß die Kommunistische Partei den

Anhängern, die eintreten wollen, die ärgsten Schwierigkeiten macht, daß sie die Eingetretenen siebt, siebt, daß sie klein bleiben will, um ihre Intensität zu erhalten ... nein, das ist gewiß keine Erklärung. Das ist eine Ausrede.

Der Pariser in Moskau ... Sonntag in der Vorstadt und plötzlicher Regenguß. «Da sehe ich nun, in welchem Maß die Fröhlichkeit in Rußland verschwunden ist. Man stelle sich vor, was bei uns geschähe, wenn dergleichen etwa in Robinson (Paris-Treptow) vor sich ginge: wie die geputzte Menge davonläuft, alle lachen, singen, machen Dummheiten, die Munterkeit des Volks, das sich den Teufel um den Himmel und seine geöffneten Schleusen kehrt, sich selbst und seine Wasserpartie verspottet ...» Und das gibt es nun alles in Rußland nicht! Ja, dann ist dem Lande nicht zu helfen.

Ein Kenner. Er hat Herriot gelesen, und was Herr de Monzie über Rußland geschrieben hat – aber bei aller schuldigen Sympathie: es wäre vielleicht nicht falsch gewesen, nun auch noch andre Autoren zu Rate zu ziehn. Welcher Plattkopf! Der französische Arbeiter würde nicht mit dem russischen tauschen! Aber mit dem deutschen auch nicht – denn grade der Franzose hängt an seiner Heimat, an den kleinen Nichtigkeiten, an jener Summe von winzigen Sachen, die eine Atmosphäre ausmachen ... Und die Russen sind keine Franzosen. Eine Teilstrecke auf der elektrischen Bahn in Moskau kostet 1 Franc 20 Centimes ... Womit denn also Trotzki endgültig erledigt sein dürfte.

Herr Béraud nennt sich einen Sohn des Volkes. Er hat da seinem Papa keinen guten Dienst erwiesen. «Vielleicht haben unsre Arbeiter noch nicht alles, was man ihnen wünschen könnte ...» Nein, doch wohl vielleicht nicht durchaus alles. Aber man muß den fettgedruckten Erlösungsschrei im *‹Journal›* gesehen haben, das einen Satz seines dicken Korrespondenten als Schlagzeile am Kopf des Blattes abdruckte – so erfreut war es. Endlich! «Dieser Volksstaat, das gelobte Land der Arbeiter, dessen Bild man unsre Leute in Puteaux und Saint-Denis (Arbeiterviertel von Paris) bewundern läßt, dieser Staat ist in der Tat nichts als ein kapitalistisches Regime, das, genau wie die andern, auf der Ungleichheit der Menschen fundiert ist, auf der Verzichtleistung der Schwachen ... Das ist die Wahrheit.» Gottseidank! sagen 3 Millionen. Also auch in Rußland: Ungleichheit, Resignation der Bedrückten ... dann ist ja alles in schönster Ordnung. Aber so einfach ist das Ding wohl nicht.

Herr Béraud fühlt, daß bei ihm etwas nicht in Ordnung ist, denn er verteidigt sich. Im Vorwort. (In dem übrigens der schöne Satz steht: «Bei uns haben die Arbeiter die einzige Revolution gemacht, die mitzählt: die Revolution der Löhne.») Er verteidigt sich, stellt sich mit der ganzen Breitseite hin und sagt, ihm wären die faulen Äpfel ganz gleich. Wenn er die Sowjets gelobt hätte, dann würde ihn eben die *‹Action Française›* angreifen ... Ach nein.

Daß ein westlicher Demokrat die Unfreiheit der russischen Presse tadelt, ist schon komisch genug – ist Herr Béraud immer nur in den Redaktionsräumen des *‹Journal›* gewesen und nie in der kaufmännischen Abteilung? Daß der Reisende die Duplizität zwischen dem Wirken der Internationale in Europa und der Tätigkeit der kommunistischen Regierung im Innern Rußlands anmerkt, ist verständlich. Daß er aber nichts weiß, nichts gelesen hat, nichts kennt – so hält er die russische Doktrin für pazifistisch und zuckt jedesmal zusammen, wenn er das Wort ‹Marokko› schreiben muß –, daß er nichts gelernt, nichts scharf gesehen, nichts verstanden hat: das ist bitter. Es ist eine Frechheit, eine Studie über die russische Presse zu schreiben, wenn man nicht russisch lesen und schreiben kann; es ist eine dumme feuilletonistische Oberflächlichkeit, mit ein paar angeleimten Worten einem so komplizierten Land das Urteil sprechen zu wollen. Man sehe sich daraufhin die bescheidenen und anständigen Berichte des Generals Schönaich an: der kann auch kein russisch, aber er sagts; er ist vorsichtig, er gibt meist die Quellen an, aus denen er geschöpft hat, und die ganze Reinlichkeit und saubere Menschlichkeit des Mannes spricht aus diesen lehrreichen Beschreibungen – die ebenso gut zu einem negativen Resultat hätten kommen können. Meinungen gelten hier gar nichts. Tatsachen alles. Béraud kennt sie nicht.

Die Komik, daß der Angehörige einer Geistesrichtung, die das entsetzlichste Morden der Welt geduldet hat, andere Leute Moralität lehren will, geht gar nicht in meine kleine Arbeit – die Abwehr wird über das Ende hinausschäumen, und ich werde noch ein Postscriptum ansetzen müssen. Der Sohn des Volkes, der nichts, nichts, nichts von dem wenigen, was er an Lektüre über Rußland zu sich genommen, begriffen hat – nicht einmal der kundige, klardenkende und gescheite Jules Moch, der Sohn Gaston Mochs, hat reinigend auf ihn gewirkt –, er ist ein Reporter, der seiner eigentlichen Aufgabe, viel zu sehen, zu hören, zu riechen, untreu wird, der Mann, der vom Hotel aus ein Land beurteilt ... aber wenn das Buch sowjetfreundlich wäre, taugte es auch nichts. Von der russischen Seele, von den wirtschaftlichen Vorgängen, von den innenpolitischen Ereignissen, von den Versuchen, den heldenhaften Niederlagen – kein Wort. Was würde Béraud sagen, wenn einer, der kein Französisch kann, in den Verlag der *‹Nouvelle Revue Française›* ginge und von da aus ein Buch *‹Frankreich›* in die Welt setzte. Und von so etwas beziehen Millionen Franzosen ihre Kenntnis über Rußland.

Auf dem Dachrestaurant in Moskau gehts folgendermaßen zu:

«Der zweite Mann am Tisch stimmte düster zu. Er hatte, vom ersten Glase Wodka an, kein Wort gesprochen, ganz vertieft, sich ein merkwürdiges Essen zusammenzubauen: er ließ die Butter im Rotwein schwimmen, schmierte Käse auf die Birnen, begoß den Braten mit Zitronenlimonade . . .»

Ich weiß nicht, ob Herr Béraud eine Waschfrau hat. Wenn er aber eine hat, tut er gut, ihr das zu erzählen.

P.S.: Auch sie wird es nicht glauben.

CHEVALIER, RIP UND DIE ANDERN

Das pariser Theater ist keine sehr erfreuliche Sache, und man mag sich hundertmal vorbeten: Die Nuance – es kommt auf die Nuance an!, so bleibt doch zum Schluß als dominierender Baß der altindische Spruch brummend stehen: «Eure Sorgen möcht ich haben!» Ich weiß, daß viel aus dieser Literatur übersetzt wird, und daß ganze Geschäfte davon leben. Aber diese Erfolge beruhen doch größtenteils auf Mißverständnissen, die beweisen, daß andre Stücke noch unbrauchbarer sein müssen. Da wird vom Übersetzer und von den Schauspielern die Fabel ernst genommen, diese Fabel, die dem französischen Autor ja nur als Vorwand gedient hat, Sprache, Ironie und Kulturbildchen aufglitzern zu lassen. Die Handlung – was ist ihm die Handlung! Dazu kommt, daß das meiste überhaupt nicht übersetzbar ist. Was fängt um Gottes willen Berlin mit einem Stück wie ‹*Les Nouveaux Messieurs*› an? Es beginnt damit, daß es den Titel mit ‹*Die neuen Herren*› übersetzt, während etwa ‹Die neuen Herrschaften› gemeint sind, ‹Die neue Schicht› oder so etwas – und ich frage mich immer wieder, wie man das verstehen zu können glaubt, wo auch nicht eine der Voraussetzungen dieses Stückes gegeben sind. Ich spreche nicht von den persönlichen Anspielungen, sondern von dem Boden, auf dem diese Pflanzen wachsen. Treibhaustheater.

Weil die ernsten Stücke in Paris, von ganz wenigen Ausnahmen abgesehen, langweilig, kindlich, zurückgeblieben, aus Geschäftsgründen geschrieben, leer sind – deshalb wendet sich der Gast mit Grausen gern zum Varieté, zur kleinen Revue und auch einmal zu einer großen. Zur großen dann, wenn Chevalier spielt. Im Casino de Paris spielt er.

Um ihn herum jene Mädchen, von denen ‹*Comoedia*› für 1926 prophezeit hat, sie würden demnächst ohne Haut auftreten, archi-nues, Sie müssen das Wort nicht mißverstehen. Aber dann tritt ER auf, und dann ist alles ganz anders.

Seltsam: der Mann ist im Coupletvortrag durchaus zweiten Ranges, seine Gesangsstimme ist eher heiser denn schön – also was ist es? Es ist nicht nur der Tanz. Gewiß: er hat die schlaksigsten Beine, die man sich denken kann, sie sitzen locker und lose in den Gelenken, und wenn er, im silbergrauen Zylinder, im silbergrauen Frack, in silbergrauen

Schuhen eine Reihe Girls kommandiert, sieht das schon anders aus, als wenn Herr Kutzner dergleichen vollführt. Nein, es ist noch etwas.

Der Bursche ist sympathisch. Man mag ihn gern. Alles grinst, wenn er kommt, auch die Männer. Denn die Frauen sind durchaus für ihn, fühlen sich sicher in so viel Frechheit und wenn die blauen Augen in den Zuschauerraum sehen und sich eine kesse Unterlippe vorschiebt, dann ists richtig. Er spielt, und die Bühne ist voll von dem, was so wenige Schauspieler haben: von einer Aura, von Charme, von einer Persönlichkeit. Diesmal hat er zwei Höhepunkte.

Einmal steht er mit seiner Partnerin Yvonne Vallée, die ohne ihn nicht vorhanden, aber mit ihm reizend ist, als Bauernpaar vor zwei Häuschen. ‹Quand on est deux›, steht über dem Hoftor, in Abwandlung eines pariser Operetten-Refrains «Quand on est trois» – und der Hund hat sich über seine Hütte geschrieben: ‹Quand on est un›, das arme Tier. Und nun erhebt sich die schwere Frage: «Savez-vous planter les choux –?» Denn die kleinen Franzosen werden nicht vom Storch gebracht, sondern, wie schon aus einer Novelle Maupassants ersichtlich, unter einem Kohlkopf aufgefunden ... (Maupassant läßt im Coupé eine Dame ein plötzliches Eisenbahnkind bekommen, und der Erzieher der beiden anwesenden Knaben heißt seine Zöglinge zum Fenster hinaussehen. Auf der Station sagt der Jüngere mit boshaftem Lächeln, ganz leise: «Ich – ich habe den Kohlkopf gesehn ...» Aber das gehört nicht hierher.) Ja, also das ist die Frage:

Savez-vous planter les choux
A la mode – à la mode –
Savez-vous planter les choux
A la mode de chez nous?

Nein und große Verlegenheit.

Je ne le sais pas du tout,
Voyez-vous, du tout, voyez-vous
Je n'sais pas planter les choux
A la mode de chez nous ...

Wat nu –?

Es erscheinen nacheinander eine Bäckerin, ein Bauer – aber die Antworten befriedigen nicht, denn seit wann pflanzt man Kohl mit dem Finger? Worauf Chevalier in eine Loge fragt, und die dortige Dame pflaumt ihn an, und schließlich erscheint die preisgekrönte Tugendjungfrau des Dorfes. Die sagts.

On les plante avec le ...
voyez-vous, le ...
voyez-vous, voyez-vous –

und das ist ja schließlich auch eine Antwort. Herr und Frau Chevalier ziehen sich, mit ihren rotgepunkteten Schürzen, befriedigt in das Bauernhaus zurück, der neubelehrte Liebesgärtner schließt von innen die grünen Fensterläden. ‹Wegen Heirat geschlossen› steht drauf – und nach zwei Minuten erscheinen zwei ausgewachsene Kohlkinder, die junge Mutter achtern, und dann: ER. Er sieht ins Parkett, deutet auf die eben hergestellten Kinder, klopft sich auf die Brust: «Von mir –!» und macht eine derart rüde Bewegung, daß die vielleicht noch Wegener wagen dürfte, aber sonst niemand. Und man möchte sich das dreimal vorspielen lassen.

Und dann hat er noch ein Couplet: *‹Valentine›*.

Elle
avait
de tout petits petons –
Valentine – Valentine –

und das Lied dieser Dame mit den kleinen Füßchen ist weiter nichts Bedeutendes. Aber zum Schluß fragt er die Leute: «Wie soll ich den Refrain jetzt singen?» und sie rufen ihm zu (Falle): «Auf englisch!», «Auf patriotisch» – und auf patriotisch ist es besonders schön; er stellt sich hin wie ein Denkmal – «On voit tout un peuple glorieux, ce-pas?» – und donnert, als Männergesangverein:

Elle
avait
de tout petits petons –
Valentine –!

und zwischendurch trifft ihn die feindliche Kugel, die Fahnen knattern, und es fehlt nur noch etwas bengalische Beleuchtung, um einen Aktschluß zu haben, wie er in Schöneberg so üblich ist. Und wie diskret wird das alles gemacht! Nie singt er den ganzen Refrain zu Ende, er spielt die Idee, auf englisch, auf jiddisch niemals durch – und das Prachtstück liegt zum Schluß, wenn er sich den Hut schief aufsetzt und einen pariser Luden vormacht. Er hat da einen Schritt auf der Straße aufgefangen, jenen Schritt des die Straßen entlangfegenden ‹mec›, der, fast achtlos, alles sieht, sämtliche Damen des quartier kennt und hier und da in der Eile des Spaziergangs vom Damm aufs Trottoir und vom Trottoir auf den Damm hippelt – dieser Hupfer ist so echt, daß die acht Franzosen, die im Theater waren, aus dem «C'est épatant!» gar nicht herauskamen. Es gibt in Berlin wenige Künstler, die so berlinern können, wie der hier parisert. Die Leute klatschten den ganzen kleinen Zwischenakt hindurch.

Und weil er eben französisch ist, bis ins Mark französisch, so schien es mir ein gewaltiger Fehler, ihn mit den Dolly Sisters, diesen vom Klatsch angenehm umwehten Damen (sind sie nicht mit dem englischen Königshaus leicht verwandt?) – mit ihnen also einen langen englischen Song tanzen zu lassen. Ah – nein. Das macht jeder Angelsachse besser, und es ist verwunderlich: warum zwingen eigentlich die Amerikaner die ganze Welt, so zu sein und Theater zu spielen und zu fußballern wie sie? Dazu reist man doch nicht. Ist die Welt noch nicht genug mechanisiert? Kaum aber sind sie eine halbe Stunde von New York fort, so bekommen sie Heimweh und fühlen sich im fremden Lande erst richtig wieder wohl, wenn da vorn die Mädchen und die Knaben «Sweet heart!» zwitschern. ‹Pavillon Mascotte› in der Behrenstraße und Chevalier auf englisch – ich habe das nicht gern.

Nun, Herr Chevalier ist umrahmt von Gleichgültigem, Langweiligem und Farbenzusammenstellungen für den Geschmack eines südamerikanischen Mädchenhändlers – wir wollen uns da nichts vormachen. Die kleinen Revuen aber sind schon besser. Zum Beispiel die von Rip, im Théâtre du Palais-Royal!

Rip, ‹notre maître à tous›, wie ihn die Kollegenschaft nennt, und mit Recht, Rip hat leider eine kleine Revuefabrik und liefert alle Größen und alle Sorten. Dies hier ist von der harmlosern, und die himmlischen Ideen sind recht dünn ausgeführt. Eine Szene, wo die französischen Schriftsteller als Damen auftreten, könnte reizend sein – man denke sich: die Fräulein Mann, Waldine Bonsels, Hermine Keyserling, Thusnelda Bartels und Emilie Ludwig –; aber das ist alles Tanz von Chormädchen geblieben. Schade. Einer tritt in der Maske Rips auf und wird mächtig belacht, denn so sieht er wirklich aus. Einer will schon mit zwölf Jahren in die Académie, damit die nicht überaltere, und sagt in der Bendow-Weis' herrliche Vierzeiler auf, denen er nachher Dramentitel gibt – und das alles wäre nichts als nett, wenn Marguerite Pierry nicht dabei wäre.

Sie ist die wahre Muse Rips: sie zeigt die Zähne, um zu lächeln – und Gussy Holl möge mir verzeihen: ich habe mich ein Häppchen verliebt. Die Dame Pierry ist nicht mehr jung und nicht sehr schön, und sie kann auch nicht übermäßig viel – aber sie hats. Wenn sie, als Vogelscheuche aufgetan, eine pariser Portierfrau nachmacht, die det Kino kennt, Sie! bei uns wohnt Jannings im Haus! mir kenn Sie doch nischt assehln! – und wenn sie tanzt und hopst und mit ihren großen Augen herumguckt: das ist nun zum Entzücken gar. In einer Szene mit ihrem ami de cœur löst sie – was sollten sie auch sonst tun? – Kreuzworträtsel, und weil eine Reihe bedeutet: «Was Frauen in der Umarmung sagen», gehen sie es ausprobieren, es geht ja ganz schnell. Inzwischen kommt der racheschnaubende Mann mit Revolver, hört hinter der Szene ein ihm wohlbekanntes Gekreisch, sieht aber das

Kreuzworträtsel, vergißt Rache und Frau und Freund und löst gleichfalls. Pierry kommt heraus, in Pyjama, welch eine Dünnität! und hats gefunden: «Aaah —!» sagen die Frauen. Gott schenke allen Schauspielerinnen diese Leichtigkeit, solche kleinen Ferkeleien zu sagen.

Nun, ich überschätze dergleichen Abende gewiß nicht. Es gibt auch in Paris Cabarets, wo es häßlich reaktionär und albern zugeht — so die ganz unmögliche Lune Rousse, ein böser Laden, in dem kleinbürgerlich gepatzt wird —, es gibt gleichgültige Unternehmungen, und sehr modern sind sie alle zusammen nicht. Aber es sind doch sie, die am lustigsten im pariser Kunstleben sind, am spritzigsten, am amüsantesten, Chevalier, Rip und die andern.

DURCHAUS UNPASSENDE GESCHICHTEN

Wenn einer von pariser Apachen zu schreiben beginnt, kann man darauf schwören, daß er aus Prag oder aus Charlottenburg stammt — es gibt auch Fälle der Idealkonkurrenz. Kommen solche Reporter nach Paris, dann ist kein Halten mehr; ihre Frechheit wird nur noch von der Dummheit ihrer Redakteure überboten, die diesen ausgemachten Lügenbrei über ‹*Kokain auf dem Montmartre*›, ‹*In den Salons des Faubourg Saint-Germain*› und ‹*Nachts auf La Villette*› mit Behagen drucken. «Unser Publikum will das.» Bedauerlich ist nur, daß dieser Kram einer anständigen Verständigungsarbeit zuwiderläuft — die verfälschten Berichte von den «japanischen Dirnen in Paris», von den «Stadtgesprächen in London», von dem gesamten verlogenen Stadtbild werden gelesen und, wenn sie illustriert sind, gefressen. Und sie bleiben haften — im Gegensatz zur Wahrheit, die grauer ist, nicht immer amüsant, manchmal langweilig. Aber das Paris der Schmöcke, das Paris Carl Sternheims gibt es nicht: die einen müssen mit ihren Unwahrheiten Zeilengeld verdienen, der andre verfällt in epileptische Zuckungen, wenn er nur auf der Gare du Nord ankommt — und alle drei beide soll der Teufel holen.

Wenn es schon schwer ist, die Verbrecher des eignen Landes wirklich zu kennen — um wieviel mehr wachsen die Schwierigkeiten für den Fremden, die Zuhälter und Dirnen und Einbrecher von Paris aus der Nähe zu betrachten, sie zu begreifen, sie nicht zu verkennen. Man müßte mit ihnen leben.

Ich habe einiges aus diesem Milieu gesehen, aber ich halte einen ephemeren Beobachter nicht für legitimiert, andres als nur kurze Eindrücke darüber auszusagen — denn ich muß mir so vieles erst mühsam übersetzen, was sie da heraussprudeln; ich höre nicht die Unterschiede in den Dialekten der Arrondissements, und während ich ziemlich genau angeben kann, ob ein Berlinisch aus der Klosterstraße oder vom Wedding stammt, fehlt mir vorläufig eine solch genaue Kenntnis von Paris.

So kann ich nur sagen, daß mir die Schilderungen in einem Buch, das ich hier anzeigen will, nach allem, was ich gesehen und gehört habe, ziemlich richtig erscheinen, wenn auch um eine Kleinigkeit zu pointiert. Es handelt sich um *‹Histoires de Filles et d'Affranchis›* von Edouard Ramond (Les Éditions de France, 20 Avenue Rapp, Paris). Schon für das Wort ‹Affranchis› gibt es kaum ein deutsches Analogon. Es heißt nicht, wie im Lexikon steht: ‹Freigelassene›; es hat vielmehr den Sinn von ‹affranchi de préjugés›, einer, der über Gewissensbedenken hinaus ist, der den Rummel kennt, der weiß, was gespielt wird, etwa: «Der Junge ist richtig.»

Das Buch, das Geschichten aus dieser Sphäre enthält, ist von Francis Carco eingeleitet, dem Mann von *‹Jésus-la-Caille›*, einem in Deutschland als Bibel gebundenen dichterischen Schmöker. Carco wohnt im ersten Stock, aber mit Mansardenfenster – er ist wohl einer jener nicht seltnen Fälle, wo das Publikum nach einem Anfangserfolg den Autor zwingt, nun ewig dieselbe Walze zu spielen. Will er Geschäfte machen, muß er es tun; und er tuts.

Carco sagt in seiner Einleitung etwas über die Seelen der ‹mecs› (der Luden) und der ‹mômes› (etwa: der Trinen, der Nutten). Von der gesellschaftlichen Struktur sagt er gar nichts, von den wirtschaftlichen Notwendigkeiten, die diese Zustände herbeigeführt und begünstigt haben, kein Wort; auch seine Kenntnis von den medizinischen Untergründen ist etwas kümmerlich. Man hat den Eindruck eines romantischen Stahlstichs, der eine amerikanische Automobilfabrik darstellt.

Von den nun folgenden Geschichten sind viele auch nicht annähernd zu übersetzen; wie nicht ganz unbekannt, eignet sich die französische Sprache dazu, die unglaublichsten Dinge zu sagen, zu drucken, zu schreiben – nein, es ist nicht die Sprache. Es ist die Grundanschauung eines Volkes, das keine Brillen trägt, das nicht überall ‹Probleme› und ‹Tendenzen› sieht, sondern das natürlich geblieben ist. Keine Geschichte zwinkert, keine.

Es finden sich – wie bei Zille – schreckliche Inzestberichte, Bilder der grausigsten Familienprostitution, die ein klein wenig, ein ganz klein wenig moralisch-witzelnd herausgestellt werden; das unübersetzbare «Alors dis, môme, on s'mélange?» ist natürlich auch da; merkwürdige Anklänge an die Kirche: Jesus spielt mitunter eine Rolle, zu der wir in der ganzen deutschen Literatur, außer bei Panizza, keine Analogie haben. Außerordentlich echt sind die Kleinbürgerlichkeit, die Wohlanständigkeit in den ‹Häusern› getroffen, wo etwa beim Mittagessen eine der Damen ein hartes Fachwort oder «Merde!» sagt und sofort der Herr oder die Frau des Hauses eingreift: «Sie scheinen nicht zu wissen, wo Sie hier sind ...?», und das ist durchaus keine Ironie. Die rohesten Witze der Päderastie sind in Formen gekleidet, die sie erträglich machen; und wer Franzosen kennt, weiß, daß diese ‹mots› nicht erfunden zu sein brauchen. Der ganze Jammer enthüllt sich einmal in einem einzigen Satz, den ein Mädchen zum Kunden sagt. Sie sprechen vom Weibergefängnis in Saint-Lazare, das nun endlich aufgehoben werden soll. «Saint-Lazare! Saint-Lazare! vaut mieux que je te dise pas ce que c'est.» Warum nicht? fragt er. «Parce que c'est tellement dégueulasse (abscheulich) que tu voudrais plus toucher aux femmes.» Wie kann man die Männer so überschätzen . . . Und wie natürlich reagiert jene andre, die sich über die harte Arbeit in einem Haus beklagt – nein, da kann sie nicht mehr bleiben. «Habt ihr denn so anspruchsvolle Kunden, Spezialisten . . .?» wird sie gefragt. «Nein, das macht nichts», sagt sie. «Aber das verfluchte Treppensteigen –!»

Ich habe versucht, ein paar Geschichten zu übertragen. Die Aufgabe ist nicht lösbar. Hochdeutsch gäbe es ein falsches Bild – denn dies Französisch steht in keinem Lexikon. Ein deutscher Lokaldialekt gibt ein falsches Bild – denn in dem Augenblick, wo die Anekdote berlinert, erweckt sie einen Haufen von Assoziationen, die nicht hergehören. Hier und da habe ich ein paar berlinische Ausdrücke gesetzt, nur um in Gänge zu gelangen, die unterhalb der offiziellen deutschen Grammatik entlanglaufen – und ich habe Berlin und nicht München oder Leipzig gewählt, weil es eine große Stadt mit den Ansätzen zu ähnlichen Schichten ist, wie sie hier geschildert werden. Eine Übertragung in hamburger Platt käme der Sache gleichfalls nahe.

Die kleinen Anekdoten, die hier folgen, scheinen mir eine gute Eigenschaft zu haben. Mit Ausnahme von vielleicht einer oder zweien schmecken sie nach Wahrheit. Das kann man nicht erfinden.

Im Weibergefängnis Saint-Lazare herrscht Ordnung.

Eine ganz junge Gefangene, die man bisher zu den leichten Fällen zählte, bittet eines Morgens, dem Direktor vorgeführt zu werden.

«Nun, mein Kind, was gibts denn?»

«Herr Direktor», sagt die junge Person mit sanfter und leiser Stimme, «ich wollte Ihnen nur sagen: wenn die Schwester Maria von den Heiligen Drei Engeln mich weiter so behandelt wie bisher, dann werde ich ihr wohl mein Kochgeschirr in die Fresse schlagen –!»

Auf dem Boulevard de Sébastopol bereden zwei Zuhälter, wie es so ist im menschlichen Leben.

«Mensch!» sagt der eine. «Mir ist heute mächtig . . .»

«Und mir erst!» sagt der andre. «Aber wie! Je crois que je serais capable de prendre un chien . . .»

Da geht die Sappho, ein weiblicher Knabe, vorbei und hat es alles mitangehört und sagt ganz leise:

«Wau-wau –!»

Carmen hat eine hübsche Stimme, und obgleich sie seit fünfzehn Jahren die Insassin vieler Häuser gewesen ist, ist sie so hübsch zurechtgemacht, daß sie allgemein verlangt wird.

«Du hast ja eine reizende Stimme», sagt eines Tages ein Besucher zu ihr. «Warum bist du nicht zum Theater gegangen? Du hättest sicherlich Karriere gemacht.»

«Zum Theater? Ah, la la!»

«Warum nicht?»

«So siehst du aus, Kleiner!» sagt Carmen. «Zum Theater? Das hätten meine Eltern niemals erlaubt!»

«Der Krieg? Sind die Weiber dran schuld», sagte Niemen, der Boxer, verächtlich. «Ich wer dir das beweisen ...»

«Nämlich?»

«Ich wer dir das beweisen», sagte er. «Wie sie mobil gemacht haben, was haben die Mädchen da gesagt? Da haben sie gesagt: Na, denn machs gut, Junge! Hier hast du noch Strümpfe mit und Schokolade und einen Füllfederhalter und ne Buddel von wegen innerlich zu gebrauchen! Nich wahr? So war das gewesen. Ohne die Mädchen wären wir niemals gegangen!»

«Wahrscheinlich!»

«Ja, nu stell dir aber mal vor, die Weiber hätten in die Generalpappkartonstraße gemußt. Hä? Was hättst du gesagt, wenn deine Trine auf einmal erzählt, sie muß zur Musterung? Nu sahre mal ...!»

«Ich ...»

«Also ich hätt ihr gesagt: ‹Marie, hätt ich jesacht, hau ab! Drück dich! Dicke Luft!› Und da kannste Gift drauf nehmen: sie wärn alle hier geblieben —!»

Ich saß in der kleinen Bar, nachts; am Nebentisch ein Betrunkener, ein gutmütiger Kerl, der viel sprach. Er hieß Felix.

Nach einer einstündigen Verhandlung und je drei Schnäpsen wollte ich bezahlen. Felix warf sich förmlich über meine Brieftasche, aber nicht, um sie mir wegzunehmen.

«Pardon!» sagte er. «Ich weiß, was sich gehört.»

Steht auf und geht zur Tür, öffnet sie, steckt zwei Finger in den Mund und pfeift. Pause ...

Es erscheint eine Frau, dann noch eine.

Felix hebt den Daumen und deutet über seine Schulter auf die Untersätze, die auf unserm Tisch stehen, jede Frau legt stillschweigend einen Zehnfrancschein auf die Theke, Felix nickt zur Tür hin, sie dürfen wieder gehen. Es wird kein Wort gesprochen.

Darauf Felix, zu mir:

«Et voilà, monsieur, ça, c'est de l'amour —!»

Frau Soundso ist nicht davon abzubringen gewesen, mit mir das aufzusuchen, was sie etwas pompös ‹die Lasterhöhlen der Großstadt› nennt.

Man kann sich denken, wo wir hingegangen sind: ich führte sie in die besten Häuser an der École Militaire und sagte, sie sei meine Sekretärin.

Alle Mädchen bemühten sich um uns, und es wurde ein reizender Abend. Alles sprach in gewähltem Ton, höflich; alle benahmen sich anständig, und wenn ein Mädchen einmal mit einem Klienten für kurze Zeit nach oben gehen mußte, dann verbeugte es sich erst vor meiner Dame von Welt und sagte:

«Sie gestatten doch, gnädige Frau —?»

‹Gras-du-Genou› war eine allererste Nummer. Als Soldat an der Yser und bei Verdun hat er die ganze Todesverachtung, die ganze Verve und das Draufgängertum gehabt, für die er in Belleville berühmt und berüchtigt war. Er ist gefallen.

‹Seine›: eine kräftige blonde Person mit einem schweren Chignon, hochgeschnürt. Sie heißt allgemein ‹die spanische Fliege›. Zur Zeit sitzt sie im Frauengefängnis Saint-Lazare.

«Siehste», sagt sie während des Rundgangs auf dem Hof zu einer Freundin, «ich will nich mehr. Der da, das war meiner. Das war mein einziger; danach kommt nischt mehr. Dich hab ich gerne; ich mag sonst keine Frauen ... aber du bist nicht wie die andern, deshalb erzähl ich dir das.

Also, wie ich in der Zeitung gelesen hab, daß man sich die aus den Soldatengräbern zurückholen kann, da hab ich bloß noch das im Kopf gehabt: ihn von da oben herbringen lassen, und denn mit ihm in einen Kirchhof bei Berry-au-Bac. Ja. Und dann wollte ich ihm ein schönes Grab spendieren. Aber schnieke! Dazu brauchste Zaster, verstehste ... Na, und du weißt doch, unsereiner kann sich nichts sparen.

Da hab ich versucht, ein Ding zu drehen ... Wegen Pinkepinke. Ich hatte mächtjes Schwein: ich hab da einen Dummen gefunden, der hat eine dicke Marie bei sich gehabt ... Dafür hab ich meinen gleich in Sarg packen lassen, un denn is er zurückgekommen, und denn hab ichn sein Grab bauen lassen ... Aber knorke, sag ich dir! Mit ner großen Platte obendrauf, alles aus Marmor, do! so mit feinen Ketten und Blumentöppen und alles ...

Der Kunde hat mich angezeigt. Sie konnten mir nischt beweisen, aber natürlich bin ich hochjegangen. Ich hatte mächtig ville Geld ausgegeben, aber es war doch noch was übrig jebliehm. Diß hab ich ins Grab jestochen. Diß finden se nich. Da könn se suchen, bis se schwarz wern. Na, und denn solln se man imma machn, det se hinjehn und sich den Zaster holn ...

Er paßt auf.»

WIE SICH DER DEUTSCHE STAMMTISCH PARIS VORSTELLT

Alle Woche habe ich hier in Paris einmal eine vergnügte Stunde: das ist, wenn ich mir von den deutschnationalen und deutschvölkischen Zeitungen erzählen lasse, wie es in Paris zugeht.

Eine Tageszeitung wird bekanntlich vom Leser geschrieben. Da der Leser keine Zeit hat, sie selbst zu schreiben – denn eine Talentfrage ist dies nicht –, so beauftragt er damit die Redakteure. Die schreiben genau das, was der Leser schriebe, wenn er schreiben könnte. Soweit Paris in Frage kommt, sieht das so aus:

Paris ist eine Stadt, deren weibliche Bewohner meistens in horizontaler Lage anzutreffen sind, und deren männliche, champagnerbesoffen, hysterisch nach dem Kopf Hindenburgs rufen. Das degenerierte Volk der Franzosen wälzt sich in nackten Paaren auf den Boulevards, ruft abwechselnd «Gloire!» und «à Berlin!» und hat überhaupt kein Nationalgefühl, darum wird es nächstens untergehen, und viel zu viel Nationalgefühl, darum wird Deutschland nächstens untergehen. Das Nähere siehe bei Otto Ernst, der, nach seinen Schreibereien zu schließen, den Nachttopf seines lieben Enkelchens als Tintenfaß benutzt.

Allen voran die ‹*Deutsche Zeitung*›. Die hat meines Wissens in Paris keinen Berichterstatter, der sich als solcher ausgibt, zitiert ihn aber munter, wenn sie ihre Lügen über Frankreich an den Stammtisch bringt. Von einer französischen medizinischen Erfindung: «In der Seinestadt brüllen es die Zeitungsverkäufer in den Straßen, in Deutschland spricht man nicht darüber. Da ist es akademische und wissenschaftliche Selbstverständlichkeit. Hier aber muß auch die Wissenschaft in ekelhafter sensationeller Weise ausgebeutet werden.» Nicht ein Komma davon ist wahr.

Und es scheint mir an der Zeit, diesen verbrecherischen Lügen, diesen halbgebildeten Schmöcken gegenüber, die von ‹Inflationsorgien›, von ‹Hunger in den pariser Straßen›, vom ‹Großstadttaumel› sprechen, die Wahrheit zu sagen, die deren Leser freilich nicht erreichen wird.

Die französische Inflation ist mit der deutschen Inflation nicht zu vergleichen. Hier ist keine Regierung, die die Inflation böswillig anzettelt, um ihre auswärtigen Gläubiger zu täuschen, hier ist kein betrügerischer Bankrott, und hier ist eine viel größere Disziplin des kleinen Mannes und ein viel größeres Vertrauen zum Land.

Die tägliche Lebenshaltung der kleinen Beamten, der Angestellten und der Arbeiter ist, mit dem Frieden verglichen, schwieriger geworden; die bürgerliche Geselligkeit hat darunter gelitten, die Kultur leidet darunter. Von Erscheinungen, wie sie der tragische Karneval der deutschen Inflation gezeitigt hat, ist in Frankreich überhaupt keine Rede, und es ist eine böswillige Erfindung, von «Lockerung der ohnehin leichten französischen Moral» zu sprechen. Das französische Bürgertum ist, in Paris und in der Provinz weitaus spießiger, kleinlicher und zurückhaltender als die gleiche deutsche Schicht – jeder deutsche Großstädter, jeder deutsche Mittelstädter wirkt diesen Leuten gegenüber fast amerikanisch-smart. Es handelt sich nicht darum, hier Urteile abzugeben oder Vergleiche zu Gunsten der einen oder der andern Nation anzustellen: es handelt sich darum, Tatsachen mitzuteilen.

Neben der ausgesprochenen Böswilligkeit der Redakteure vom *‹Berliner Lokalanzeiger›* bis zu den völkischen Organen steht ihre Unfähigkeit zu sehen. So weit diese Tröpfe überhaupt französisch können, schreiben sie französische Zeitungen aus und ab, und so kommen diese Radau- und Skandalberichte zustande, die sich meistens auf die ‹faits divers› (zu deutsch Schmus) der französischen Presse stützen. Es gibt aber ein ganz falsches Bild, wenn man Nachrichten aus dem *‹Matin›* nach ihrer Aufmachung mit dem Auge des deutschen Zeitungslesers beurteilt. Die französische große Nachrichtenpresse ist sehr stark auf den Einzelverkauf abgestellt und befriedigt auch sonst, heftig amerikanisiert, die Tatsachenneugier der kleinen Leute. Man findet im *‹Matin›* und noch mehr im *‹Journal›* und im *‹Petit Journal›* auf der ersten Seite den letzten Raubmord mit Fotografie, aber es ist geradezu widersinnig, danach auf die wirkliche Geistesverfassung des französischen Volkes und auf die wirklichen Zustände in Frankreich zu schließen. Die Zeitung übt in Frankreich denselben Einfluß aus wie überall; aber sie wird lange nicht so ernsthaft genommen, wie beispielsweise in Deutschland, sondern sie wird gelesen und häufig mit einem Achselzucken weggeworfen.

Weil nun aber die traurigen Abgesandten des Herrn Hugenberg und der deutschnationalen Telegrafenagenturen nichts von Frankreich kennen als sich selbst und vierzig Zeitungen, so ergäbe sich schon dann ein total falsches Bild, wenn diese Journalisten ehrlich arbeiteten. Das tun sie aber nicht, sondern sie fälschen. Sie fälschen den Volkscharakter dieses ultrabourgeoisen Landes zu einer tobsüchtigen und bösartigen Gesinnung um, sie fälschen die Figur der arbeitsamen und anständigen französischen Frau zur Allerweltskokotte, sie fälschen den wahrhaft friedfertigen französischen Volkswillen, der seine Ruhe haben will, zur Mentalität eines heulenden Irrenhauskandidaten.

So geht das jahraus, jahrein, und der von der Republik reichdotierte Pensionsoberst in Prenzlau spürt seine Hämorrhoiden weniger, wenn er mit Wonne liest, wie verderbt, wie degeneriert, wie verkommen Frankreich sei. Nun, solche Fememorde wie anderwärts sind hier nicht an der Tagesordnung; auch hat Frankreich eine Justiz. Aber immerhin ist dieses lügenhafte Geschwätz nicht ungefährlich.

Es ist heute zwölf Jahre her, daß das deutsche Volk geglaubt hat, zwei Fensterreden des Filmschauspielers Wilhelm und ein Aufmarsch an der französischen Grenze genügen, um ein ganzes Volk in den Boden zu rennen. Die Deutschen sind damals über den wahren französischen Volkscharakter, der in schlimmen Augenblicken seltsam kaltblütig die letzte Kraft zusammenzureißen pflegt, ebenso getäuscht worden, wie über die wahre Weltgeltung Frankreichs, die ein guter Werwolfmann nicht gelten läßt, weil er sie nicht kennt. Er wird darin auf das prächtigste von seinen Zeilenschindern unterstützt.

Man hat dieser Tage in Paris ein großes Institut für die geistige Zusammenarbeit der Völker Europas eingeweiht. Das ist für die Katze, so lange der Einfluß dieser käuflichen und gemeinen Presse weiter bestehen bleibt, so lange der deutsche Stammtisch seine politische Weisheit aus solchem Augenwischpapier bezieht.

Sie haben uns schon einmal in einen Krieg hineingehetzt, sie werden es wieder tun. An uns ist es, den verderblichen Einfluß dieser Presse mit den äußersten Mitteln zu bekämpfen.

DEUTSCHE WOCHE IN PARIS

Im Januar hatten wir zwei deutsche Gäste: Thomas Mann und Alfred Kerr haben vor Franzosen in Paris gesprochen. Mann in der Dotation Carnegie, Kerr in der Sorbonne, in einer öffentlichen Veranstaltung der Friedensgesellschaften und auf einem Empfang der Zeitschrift ‹*Comoedia*›.

Der Empfang durch die Presse war, von kleinen Ausnahmen abgesehen, interessiert, viele Zeitungen brachten Fotografien. Beide Schriftsteller wurden durch den Professor Lichtenberger patronisiert, der ein ausgezeichneter Kenner der deutschen Literatur ist. Mann sprach ein paar Einleitungsworte französisch, die Rede selbst deutsch; Kerr sprach französisch. Wer da weiß, wie unendlich schwer es ist, vor einem französischen Publikum als Fremder französisch zu sprechen, auch dann, wenn man die Sprache so gut beherrscht wie Mann und Kerr, wer weiß, wie die Seele einer französischen Zuhörerschaft so ganz, ganz anders ist als die einer deutschen, wird keine Kritik der Einzelheiten vornehmen. Kerr erzählte über deutsches Theater, das ihm eine Möglichkeit zur Völkerversöhnung zu sein scheint; Mann sprach über deutsche und französische Geistigkeit nach dem Kriege. Da kurz vorher Elisabeth Rotten von einer französischen Patriotin in demselben Saal, wo Kerr sprach, angepfiffen worden war, hatte man Einladungen ergehen lassen; die Kontrolle war streng, vielleicht zu streng. Welchen Eindruck diese Vorträge auf Franzosen gemacht haben, ist sehr schwer zu sagen.

Wer als Deutscher in Paris diese seine Landsleute hat sprechen hören, muß bei der Beurteilung ihrer Wirkung auf die deutsch-französische Annäherung jede interne literarische Erinnerung völlig beiseite lassen. Es ist in diesem Zusammenhang ganz gleichgültig, wie ich zu Kerr oder Mann ‹stehe› – ob ich sie liebe oder nicht lese –: Franzosen sehen diese Abgesandten deutschen Geistes mit ganz andern Augen an als wir, die wir sie nah kennen, und es kommt in diesem Falle nur auf die Franzosen an.

Der deutsche Botschafter, Herr v. Hoesch, hatte einen Abendempfang veranstaltet, auf dem zum ersten Mal nach dem Kriege wieder französische Minister die deutsche Botschaft besuchten. Aber schließlich ist ja seit sieben Jahren Friede ... Herr v. Hoesch ist ein außerordentlich liebenswürdiger Herr, dessen gewandte Propaganda durch Literatur dem polternden Auftreten einiger seiner Kollegen in Südamerika vorzuziehen ist. Ich hatte den Eindruck, daß Kerr und Mann von ihrer Verständigungsarbeit befriedigt waren.

Nichts gegen diese Arbeit.

Und nichts für sie.

Eine solche Annäherung ist nicht nur auf eine kleine Zahl von Leuten beschränkt – sie bleibt es auch. Dergleichen dringt erfahrungsgemäß niemals durch, dringt niemals in die Massen, und man sage ja nicht, daß so etwas ein Anfang ist. Es ist ein Ende.

In Berlin liegt das noch etwas anders als in Paris. Der Kreis von Gebildeten, die für einen Fremden Interesse haben, ist dort viel größer als in dem egozentrischen Paris, das nicht angelaufen kommt, sondern zu dem man kommen muß. Nicht der Vortragssaal ist hier das Zentrum, sondern der Salon. Durch diese Salons geht aber seit altersher ein solcher Strom von Fremden aller Kontinente, daß die Gewohnheit die Neugier auch dann getötet hätte, wenn sie vorhanden wäre. Sie ist nicht vorhanden. Der Franzose hält es heute noch für durchaus natürlich, daß die Vertreter fremder Völker von ihm etwas annehmen, er will bei ihnen nichts lernen. Er spricht ihre Sprachen nicht, er kennt ihre Kulturen nicht, denn er reist nicht. Die wirklich internationale Schicht schwimmt wie Öl auf dem Wasser. Da ist aber noch ein andres.

Die Kernfrage ist überhaupt nicht, ob uns gelingt, die französische und die deutsche Lebensauffassung einander nahe zu bringen, was schwer, beinahe unmöglich ist – es handelt sich darum, Kriege zu vermeiden. Und die werden so nicht vermieden.

Reden deutscher Schriftsteller in Paris; Ausstellung französischer Bilder in Berlin; Gastspiel Max Reinhardts in Paris; Reden französischer Schauspieler in Berlin; Entsendung intellektueller Deputationen in beide Länder –: alles das bewirkt noch nichts. Es erweitert vielleicht den Horizont einzelner Leute, es stärkt das Wissen von der Weltlage – aber es wird nicht ein Schuß weniger abgefeuert werden, wenn die Vaterländer rufen.

Solange die Staatsmacht, über das Leben der Volksangehörigen zu verfügen, unangetastet bleibt, ist diese Art pazifistischer Annäherung ein harmloses Gesellschaftsspiel. Solcher Pazifismus verpflichtet zu nichts. Man ist des besten Willens voll, zu verstehen, sich verständlich zu machen, die Völker zu nähern – doch wenn die Trompeten blasen, ist das alles vergessen. Und das ist keine pessimistische Theorie – dafür gibt es einen unwiderlegbaren Beweis. Deutsche Intellektuelle in Paris, französische in Berlin ...

Genau so weit waren wir im Jahre 1912 auch.

Auch damals kamen Pariser nach Heidelberg, lernten und lehrten; kamen Berliner nach Paris, malten und wirkten auf die Malerei ein; hielten wir einander Vorträge und klatschten uns zu; konnten sogar Fahnen entfaltet werden, die nicht abgerissen wurden – und wohin hat das geführt? was hat das genützt? Gräber geben die Antwort.

Wollen wir daraus keine Lehre ziehen –? Soll dieser ganze Affentanz würdig gebildeter Männer um das Idol einer hochverehrten Weltanschauung von vorn beginnen? Er ist lächerlich und gefährlich.

Lächerlich: weil sogar die Leute, die im Jahre 1914 auf beiden Seiten den Veitstanz bekommen haben, wiederum mittun, auf beiden Seiten. Da sitzen dieselben bösartigen Greise, die mit ihren bescheidenen Kräften den Abdeckern der Generalität geholfen haben, so gut sie konnten; n'ayant pas pu mourir à la tête de leurs troupes, ils mettaient leurs plumes dans les mains des officiers ... Dieselben Kriegsdichter, die noch zur Zeit der Ruhrbesetzung als Vaterlandsretter figuriert haben, Gesinnung so unsauber wie Verse, strecken heute die Hände als Versöhnungszeichen hin. Es waren nicht einmal Leithammel.

Gefährlich: weil es den guten Willen Gutgläubiger absorbiert und abfängt. Sie glauben, wirklich etwas für den Pazifismus zu tun, wenn sie solchen Organisationen angehören, Beiträge bezahlen, eine grüne Mitgliedskarte haben; sie glauben, ernstlich ihrer Pflicht zu genügen, wenn sie in einem Vortrag des Fremden nicht pfeifen, sondern klatschen. Das ist gar nichts. Ich betone ausdrücklich, daß ich die Lage auf der französischen Seite genau so ansehe wie auf der deutschen. Zugegeben, daß Herr Geßler nicht in die französische Botschaft ginge, wenn dort Herr Valéry zu Gast wäre: sein gewinnendes und schlagfertiges süddeutsches Wesen käme da vielleicht nicht so recht zur Geltung ... Herr Painlevé geht in die deutsche Botschaft. Na und –?

Und es ist nichts geändert, und es kann so nichts geändert werden, und es ist alles für die Katze. Nicht darauf kommt es an, ob ein deutscher Literat in Paris ‹richtig› spricht oder nicht – meist haben sie viel zu viel Scheu, messen ihren Worten eine viel zu große Bedeutung bei und glauben, es hänge weiß Gott was davon ab, wenn sie etwa ein ‹unvorsichtiges› Wort sprächen ... Während doch nur die unvorsichtigen Worte etwas zu Wege bringen.

Diese brave Annäherung ist deshalb von der ersten bis zur letzten Minute zwecklos, weil sie nichts ändert, weil sie nicht ins Volk geht, weil sie Machtverhältnisse anerkennt, statt sie bis aufs Messer zu bekämpfen. Das Getue erinnert an die übermütigen Schelmenstreiche guter Schüler in einer Festvorstellung der Anstalt: schmunzelnd sitzen die Lehrer dabei und freuen sich; es ist so schön erlaubt.

Sehr bezeichnend ist das Publikum dieser pseudo-pazifistischen Veranstaltungen. Was sofort auffällt, ist der fast vollkommene Mangel an Jugend. Wo ist die —? Auf der andern Seite. Aber wäre ich zwanzig Jahre: ich ginge auch dorthin, wo etwas getan wird, wo Schwung sitzt, Kraft, Aktion, blutgeschwellte Adern. Wenn man in der Liebe stets zwanzig Jahre ist, dann ist man in der demokratischen Politik immer hundert. Manche werden gleich so geboren.

So gehts nicht. Es geht nicht, weil die Zeit der gediegenen Bürgerbildung, wie sie etwa die ‹*Frankfurter Zeitung*› repräsentiert, ein für alle Mal vorbei ist; weil es keine Kunst, keine Wissenschaft, keine Technik gibt, die über den Klassen schwebt wie eine weiße Fee. Das neutrale Gebiet, auf dem sich die Schriftgelehrten dieser Gattung würdig treffen, objektiv gebügelt und mit herrlich neutraler Hemdbrust — dieses Gebiet gibt es nicht und hat es nie gegeben. Es schmeichelt den Trägern, ich weiß es; es tut weh, auf die Sinnlosigkeit eines so schön humanen Tuns aufmerksam gemacht und mit der Nase auf die Gasgranaten gestoßen zu werden, die im Keller, grade unter der Bibliothek, liegen — aber es ist die Wahrheit. Die Wahrheit, die keinen braucht, der sie verkündet; die Herren selbst verkünden sie in dem Moment, wo's ernst wird; kaum können sie den Patriotismus halten, schon spritzt er unter den kühlen Sätzen der Wissenschaft in Literatur und Kunst eklig hervor. Das Bezirkskommando wartet, die Wirtschaft wartet, und in den Zwischenpausen spielen sie Völkerversöhnung.

Es gibt heute eine Locarno-Heuchelei, wie es eine patriotische Heuchelei gibt. Das Institut de la Coopération Intellectuelle ist zu Paris mit vielen schönen Reden eröffnet worden — ich verspreche mir nicht das geringste davon. Wir haben dergleichen vor dem Kriege gehabt, es hat nicht gehalten, und es wird wieder nicht halten. Ehren-Doktordiplome sichern keinen Frieden.

Den Frieden sichert eine kapitalistische Konjunktur, die der einen Gruppe aus rein wirtschaftlichen Erwägungen verbietet, gegen die andre Gas abblasen zu lassen. Das wäre, auf der Basis der gegebenen Gesellschaftsordnung, eine echte und wahre Friedensmöglichkeit.

Ich wünsche mir eine andre. Das schöne französische Wort: «On est toujours le réactionnaire de quelqu'un» ist mir gut bekannt, und ich beabsichtige nicht, wohlmeinenden und anständigen Männern Knüppel zwischen die Beine zu werfen. Ich halte nur ihre Bemühungen und ihre Schriften, ihre gemäßigten und liberalen Anstrengungen für zwecklos.

Nicht, weil ihre Personen unzulänglich wären, sondern weil die Sache, der sie zu dienen glauben, ihrer spottet. Nichts ist gegen die Arbeit guter Mittler zu sagen – aber alles gegen ihre Bewertung.

Diese Wirtschaftsordnung kann keinen Frieden halten, weil sie den Krieg zum Leben braucht, wie ihn die alten Dynastien gebraucht haben. Diesen latenten Kriegszustand bekämpft man nicht, indem man gemeinsam Schmetterlinge sammelt und kunstgewerbliche Gebrauchsgegenstände ausstellt, sondern: indem man die Verursacher und die Ursachen dieser Wirtschaftsunordnung beseitigt. Da es in der Geschichte keinen freiwilligen Verzicht von Klassen auf ihre Vorrechte gibt: mit Gewalt. Denn dies ist das Wesen der Revolution: daß die althergebrachten Begriffe eben nicht mehr gelten, daß man eben nicht gerecht ist, daß es eben nicht nach Paragraphen und Verdienst, sondern nach der Notwendigkeit geht, daß jene Ordnung, die sich das nur gebildete Gehirn nicht wegzudenken vermag, erschüttert und eingeschlagen wird. Eine Luftreinigung.

In diesem Sinne bin ich für eine deutsch-französische Verständigung.

LÜTZOWS WILDE JAGD

Was glänzt dort vom Walde im Sonnenschein?
Hörs näher und näher brausen.
Es zieht sich herunter in düstern Reihn,
und gellende Hörner, sie schmettern drein
und erfüllen die Seele mit Grausen.
Und wenn ihr die schwarzen Gesellen fragt:
Es ist

eine Formation, die nicht existiert, deren Angehörige lediglich die Ertüchtigung der Jugend betreiben, Waffen nicht besitzen und mit denselben äußerst vorsichtig umgehn, sodaß von einer unmittelbaren Gefahr für die Republik nicht gesprochen werden kann

Lützows wilde verwegene Jagd.

Was streift dort rasch durch den finstern Wald
und jaget von Bergen zu Bergen?
Es legt sich in nächtlichen Hinterhalt;
das Hurra jauchzet, die Büchse knallt,
es stürzen die jüdischen Schergen.
Und wenn ihr die schwarzen Jäger fragt:
Es ist

leider nicht möglich, Ihnen Auskunft zu geben, bester Herr: sie sind das Land, und das Land darf man nicht verraten, denn

die Richter, die Reserveoffiziere gewesen sind, erinnern sich gern an die Schlacht bei Sedan, wissen aber noch nicht, daß sie schon aus ist, und schließen sich von der Öffentlichkeit aus
Lützows wilde verwegene Jagd.

Die wilde Jagd und die deutsche Jagd
auf Henkersblut und Tyrannen!
Drum, die ihr uns liebt, nicht geweint und geklagt!
Das Land ist ja frei, und des Reimes wegen der Morgen tagt,
wenn wirs auch erst sterbend gewannen!
Und von Enkeln zu Enkeln seis nachgesagt:
Das war

in Döberitz, im Monat Mai, deinen Großvater haben sie beschlagnahmt, deinen Onkel eingesperrt, deine Tante in Schutzhaft genommen, ich laß sie grüßen, deinen Bruder auf der Flucht erschossen und deinen Vater verhaftet, er lahmt heute noch. Die Republikaner? Gehirnattrappen, die nicht einmal merken, wie verprügelt sie sind, Leute, egalweg gerecht von einer Niederlage zur andern, immer gerecht, Gefahren einrichtend und sie hinterher beschwörend, taktisch von Malheur zu Malheur taumelnd, besiegt, geschlagen, zurückgeworfen und noch stolz darauf, im tiefsten Wurstkessel, und wissen es nicht und wissen es nicht einmal, und wer bleibt den Jeistigen gegenüber Sieger, Triumphator über Millionen Geknechteter –?
Lützows wilde verwegene Jagd.

WAS BRAUCHEN WIR –?

Hermann Schützinger hat in der ‹*Berliner Volkszeitung*› von dem Kampf um die Deutsche Linke gesprochen, der hier geführt wird. Dabei geht er mich heftig an. Mit den Angriffen der ‹*Schlesischen Zeitung*› und der ‹*Deutschen Tageszeitung*› wische ich mir seit Jahren die Augen aus – aber wenn ein politischer Freund und noch dazu ein so tapferer und reiner Mann wie Schützinger angreift, hat er Anspruch auf eine Antwort. Die kann ihm umso leichter erteilt werden, als seine Arbeit, bis auf einen häßlichen Satz gegen Zeigner, dem Wunsch entspricht, durch Kritik zu klären, also mitzuarbeiten. Arbeiten wir.

Schützinger spricht, ein bißchen spöttisch, davon, wie wenig offizielle Anerkennung wir gefunden hätten, wie die Reichstagsfraktionen uns keine Beachtung schenkten, wie unfruchtbar wir blieben. Darf ich ihm aus dem schönen Aufsatz über Leo Trotzki – in ‹*Schatten der Geschichte*› von Valeriu Marcu (bei Hoffmann & Campe zu Berlin) – diese pariser Geschichte aus dem Jahre 1916 erzählen:

«Ein Freund Trotzkis, ein Deputierter, sagt mir: ‹Ach, diese Russen – sie sind in der Emigration für uns eine Plage. Reden jetzt während des Krieges vom Zarismus. Sehen Sie Trotzki, sicherlich ein fähiger Journalist – doch auch er kann politisch nur im Keller und als Sektierer denken. Haben eben keine Ahnung von den tatsächlichen Machtverhältnissen.› Der so sprach, war ein Radikaler und stand auf der äußersten Linken, war sogar bereit, einen Frieden ‹ohne Annexionen› zu schließen. Und trotzdem trug er die Sorgen der ganzen Generalität und Admiralität. In diesem Palais Bourbon, umgeben von der Tradition eines Jahrhunderts, war der Abgeordnete der Opposition ein Teil der Staatsmacht, ein kleiner Zahn am Rade der Staatsmaschine. Er war kein Vagabund, kein Literat, kein Vaterlandsloser, er konnte den Vertreter Joffres in irgendeinem Ausschuß zur Rede stellen, er konnte sogar gegen den Kriegsminister stimmen.

Und Trotzki? Konnte Trotzki zum Oberbefehlshaber Nikolai Nikolajewitsch gelangen? Er konnte höchstens einige hundert Kilometer von Petersburg entfernt in Paris einen Leitartikel gegen Nikolai Nikolajewitsch schreiben. Was gab ihm diese Starrheit, diese Impertinenz gegen eine ganze Welt? Er legte sein Ohr auf die Erde und hörte von weitem inmitten des Gebrülls der Kanonen verzweifelte Stimmen, die kein Realpolitiker vernehmen konnte. Trotzki wurde indes das neue Machtverhältnis. Der französische Realpolitiker aber durfte bis ans Ende seines Lebens radikaler Deputierter seines Departements bleiben und die Machtverhältnisse genau kennen.»

Ich weiß schon: wir haben keinen Trotzki unter uns. Aber Umwälzungen haben immer so angefangen, mit zunächst unbeachteten Konventikelunterhaltungen, und alles, was später eine Partei wurde, war zuvor eine Sekte. Wir säen Keime. Einer wird schon aufgehen.

Er kann nur aufgehen, wenn wir uns zuvor verstehen. Schützinger schilt uns Ästheten. Dieser Vorwurf schmeckt nach Bier und Rauchtabak. «Ich weiß, daß in den Parteivorständen mancher Parteien mit viel mehr Geist und Kultur gearbeitet werden könnte, als es tatsächlich geschieht.» Ach nein, das kann es eben nicht: denn Geist und Kultur sind ein Ausdruck, keine Zutat, die man ankleistern kann. (Ich erinnere mich, wie mich einmal ein sozialdemokratischer Redner in den Reichstag bat und mir dort vorschlug, ich solle ihm doch «die Witze in seine Reden machen».) Auf die Kultur pfeife ich – und auch von der Schönheit der äußern Form, von der Schützinger spricht, ist hier niemals die Rede gewesen.

Eben jene ‹Willens- und Charakterbildung›, die in der *‹Berliner Volkszeitung›* als das Zeichen wahren Führertums gedeutet wird, vermissen wir. Wir haben sie an Ebert nicht gesehen, wir haben sie an

Scheidemann nicht gesehen, und daß wir sie am Schandfleck der Partei: an Noske nicht bemerkt haben, wird auch Schützinger verstehen.

«Der Literat sieht nur die Kulisse, sieht nur die Form, und so verstehe ich sehr wohl, daß die Stürmer und Dränger der Deutschen Linken sich ganz andre Führer ersehnen.» Nein, der Literat sieht nicht nur die Form. Er sieht ganz etwas andres.

Wir sehen, daß ihr, die ihr uns Taktik, Realpolitik, Toleranz und andre schöne Dinge predigt, in den vergangenen acht Jahren nichts, nichts und noch einmal nichts erreicht habt. Daß ihr Prügel bezogen habt, wo ihr euch nur sehen ließet. Daß man euch alles genommen hat: eure kleinen Errungenschaften aus der Vorkriegszeit und das bißchen Sieg, das euch im Jahre 1918 in den Schoß gefallen ist. Verprügelt seid ihr, daß ihr nicht grade stehen könnt. Der Achtstundentag ist hin. Eine Reichswehr ist – durch eure Schuld – aufgebaut worden, die ihr heute mit vielen Künsten zu beschwören versucht. Ihr könnt ihr nicht einmal eine Kompanie streichen. Versuchts doch: sie gäbe die Waffen nicht ab. Das Heeresbudget wird von Jahr zu Jahr höher, ihr steht machtlos daneben und seid taktisch. Wir sehen die Genossen, die Pazifisten und die echten Republikaner von einem Richterstand malträtiert, der sich die unbequemen Kritiker dadurch vom Leibe hält, daß er als Angeklagter in eigner Sache richtet. Wir sehen eine reaktionäre Verwaltung, die in Schule und Universität, in der Polizei und auf der Steuer schlimmer haust, als unter dem Kaiser jemals möglich gewesen ist. Das sehen wir.

Und wir bewerten euch gar nicht literarisch und gar nicht ästhetisch und gar nicht formal; sondern einzig nach dem, was mit dieser eurer Taktik bisher erreicht worden ist. Für die Beurteilung eines aktiven Politikers ist nur sein Erfolg maßgebend. Hat er den, darf er jedes Manöver entschuldigen. Aber Verrat üben, sich drehen und winden, das Wort ‹Kompromiß› von Kompromittieren herleiten und nachgeben, immer nachgeben: das ist doch wohl kläglich. Wie sehen diese Größen aus? Herr Wels hat, sagen Sie, am 9. November Heldentaten auf einem berliner Kasernenhof verrichtet. Wo war Herr Wels im Januar 1918? Wo war Herr Ebert im Januar? Ich werde Ihnen das sagen, wo sie waren: in voller Deckung. Und von da aus haben sie den Munitionsarbeiterstreik abgewürgt, eine der tapfersten revolutionären Taten, die während des Krieges getan worden sind.

Wie jämmerlich verteidigt ihr euch heute gegen den Vorwurf, die Revolution gemacht zu haben! Immer verteidigt ihr euch, immer steht ihr in der Defensive. Hättet ihr sie nur gemacht! Aber in allen Prozessen, vor allen Untersuchungsausschüssen wimmert ihr dasselbe traurige Lied: Wir sind es nicht gewesen – wir waren brav.

Und es nützt euch nicht einmal. Ihr behaltet den Namen ‹Landesverräter›, einen Ehrentitel, den der alte Liebknecht und der junge gern angenommen haben.

Sie fragen des weitern, ob denn unbedingt nötig sei, «daß der demokratisch-sozialistisch-republikanische Einzelmensch sich hineinmengt in – um einige Beispiele zu gebrauchen – den Streit zwischen Reichsbanner und Westdeutscher Friedensgesellschaft». Nun, ich zum Beispiel, habe mich eingemengt, weil ich ihn entfesselt habe. Ich sagte damals, der Soldat aller Länder sei für einen Dreck gefallen. Hörsing verbot daraufhin *‹Das Andre Deutschland›* wo diese Äußerung gestanden hatte, für das Reichsbanner; vielleicht hielt er seine Leute für sexuell noch nicht aufgeklärt.

Und als sich gar der jüdische Rechtsanwalt Ludwig Haas erhob und herausdonnerte, «wir Juden würden, wenn es das Vaterland gebeut, noch einmal ...» oder so etwas, da habe ich schon zugeschlagen, und ich bin auch heute noch der Meinung, daß die Angst vor dem Antisemitismus etwas viel Schlimmeres verbirgt: eine geistige Minderbemitteltheit, die bei Juden selten, aber wenn vorhanden bodenlos ist.

Sie sagen zum Schluß, Sie seien niemals ein Ebert-Schwärmer gewesen, und ich kann mir auch nicht denken, wie so ein Lebewesen wohl aussehen sollte. Sie hätten aber zu allem, was er tat, geschwiegen, besonders in Versammlungen – aus einem Gefühl heraus, das uns leider fehle, und das uns so sehr nötig tue: aus Disziplin.

Nun gibt es sicherlich eine richtige Disziplin. Hätte ich das Vergnügen, in einem kleinen Ort neben Ihnen mit Sozialisten, Kommunisten und Reichsbanner gegen die Fürstenabfindung zu kämpfen, so sagte ich kein Wort wider Ebert und gewisse Bonzen der sozialdemokratischen Fraktion, und ich nähme noch Partei für den lauesten Demokraten, wenn der Pfarrer, der Amtsrichter oder der Gutsinspektor den Mund auftäten. Aber hier sind wir unter uns, und wollten wir immer erwägen, daß und wie unsre Äußerungen vom Kyffhäuserbund oder von nationalistischen Schmierern aufgegriffen und mißbraucht werden könnten, so wäre jede offene Diskussion so unmöglich wie etwa im *‹Vorwärts›*.

Und ich sage Ihnen, daß diese falsch verstandene Disziplin das Verderben der deutschen Sozialdemokratie ist, in deren Presse und Partei so viel wertvolle Kräfte vorhanden sind, aber schlummern und schlummern müssen. Dieses Unteroffizierstum mit dem umgekehrten Vorzeichen, noch in den Niederlagen, das Einschwenken auf einen Befehl, der eben nicht durch eine geistig anständige Diskussion zustande gekommen ist oder durch die wahre Überlegenheit diktatorischer Führer, sondern durch elende Geschäftsordnungspraktiken wie die des Herrn Wels, der, «ein robuster, stiernackiger Fechter mit wenigen Worten und mit harter Faust», gegen wen wirtschaftet –? Gegen seine Arbeitergenossen, die andrer Meinung sind als er, dieser dürftige Funktionär.

Eben diese Disziplin haben wir nicht, und wir wollen sie nicht haben. Und wir, die wir uns nicht «an Ebert reiben», wie Sie sagen, sondern ihn, der sein lebelang in mildernden Umständen gewesen ist, einen Klassenverräter und einen Renegaten nennen – wir glauben, daß wir ganz etwas andres brauchen als solche Disziplin.

Es gibt zwei Mächte in Europa, die durchgesetzt haben, was sie wollten: der Faschismus und die Russen. Das entscheidende Moment ihrer Siege war eine tapfere Unbedingtheit, die sich erst später, nach dem Sieg, die Taktik erlaubt hat. Ihr lernt nichts. Und am allertragischsten finde ich, daß ihr nicht einmal seht, in welchem Wurstkessel ihr sitzt, daß ihr nicht einmal die Tiefe eurer Niederlage ermeßt, daß ihr nicht fühlt, wie ihr von Tag zu Tag tiefer rutscht. Die Felle sind davongeschwommen, die Taktik ist geblieben und die Toleranz.

Und wir brauchen eure Taktik und eure Toleranz nicht und nicht die Disziplin, sondern gegen eitle alte Leute, die ihre ganze Kraft auf die Aufrechterhaltung ihrer Stellung verwenden, und gegen eine Jugend, die nie jung gewesen ist – gegen sie brauchen wir etwas andres. Den revolutionären, unnachgiebigen, intoleranten und klassenkämpferischen Erfolg.

NEUES AUS DEN UNTERSUCHUNGS-AUSSCHÜSSEN

Der Untersuchungsausschuß für die Vorkommnisse des Dritten Kreuzzugs hat seine Vorarbeiten beendigt, die nunmehr, gesammelt in sechs Bänden, vorliegen. Daraus geht hervor, daß Kaiser Friedrich der Erste im Kalykadnus am 11. – nicht, wie zuerst irrtümlich angegeben wurde, am 10. – Juni ertrunken ist, weil er an diesem warmen Tage ins Bad unmittelbar nach dem Frühstück ging, zu dem er eine große Portion eines dort landesüblichen Gerichts (Grieben) zu sich genommen hatte. Der Untersuchungsausschuß hat ferner festgestellt, daß die erste Umkehr Richards Löwenherz vor Jerusalem auf folgenden Umstand zurückzuführen ist: R. Löwenherz traf in einer Vorstadt Jerusalems seinen Schwager, Anton Löwenherz, der mit dem Ruf: «Nu, was tüt sach?» auf den englischen König zueilte. Zur Vornahme und zum Abschluß eines nunmehr abzuwickelnden Geschäfts begaben sich beide nach Jaffa. Eine Schuld ist somit der verbündeten Heeresleitung nicht zuzumessen. Löwenherz (i. Fa. Löwenherz & Hasenfuß) trug gegen das brennende Sonnenlicht des Orients eine blaue Brille, war farbenblind und sah alles rosa.

Der Ausschuß wird noch weitere Vernehmungen vornehmen und sodann späterhin in die Hauptverhandlung eintreten; sämtliche Beteiligten sind einbalsamiert, sodaß ein Verfaulen derselben bis zur Beendigung der Untersuchung nicht zu befürchten steht.

Der Ausschuß mißbilligt die voreiligen Veröffentlichungen der Untersuchungsergebnisse durch sein Mitglied, den Abgeordneten Dittmann, und spricht sein Bedauern darüber aus. Gründlichkeit und Objektivität seien für die Vornahme dieser Arbeiten die Hauptsache.

Der Untersuchungsausschuß für die Vorkommnisse im Weltkriege, der leider einige wüste Ereignisse gezeitigt hat, hat von seinem Mitglied Herrn Professor Ramskuchen (Deutsche Volkspartei) mehrere Erinnerungen geschichtlicher Art mit Interesse entgegengenommen. Danach ist der pariser Untersuchungsausschuß aus dem Jahre 1792 zu dem Ergebnis gekommen, daß der damalige König von Frankreich durch unvorsichtige Aufwendungen dem Lande Schaden zugefügt, durch Duldung von Mißständen in Verwaltung und Justiz dem niedern Volk drückende Lasten auferlegt und durch eine in allen Punkten nicht immer glückliche Finanzpolitik der Generalpächter die Sorgsamkeit hat vermissen lassen, die von einem ordentlichen König vielleicht hätte erwartet werden dürfen.

«Der Untersuchungsausschuß von 1792 hat es auf das Bestimmteste abgelehnt, in die Strafrechtspflege des Landes einzugreifen, da niemand seinem ordentlichen Richter entzogen werden dürfe, die Verfassung im übrigen bestimme, daß der König oberhalb des Gesetzes stehe und eine Verfassung auch nicht vorhanden sei. Der Untersuchungsausschuß dient lediglich der Feststellung der geschichtlichen Wahrheit und ist keinesfalls willens, in die Ereignisse handelnd einzugreifen. Er erwartet aber auf das Bestimmteste, daß die vorerwähnten Mißstände nunmehr abgestellt werden.»

Der hiesige Untersuchungsausschuß für den Weltkrieg schließt sich dem vollinhaltlich an.

Der Ausschuß für die Regelung der Fürstenabfindung hat in den § 6 des vorzulegenden Gesetzes eine Bestimmung aufgenommen, wonach jeder Mißbrauch der den Fürsten zuzubilligenden Kapitalien oder Renten ausgeschlossen ist. Die Fürsten sind gehalten, sich von den an sie gezahlten Summen lediglich zu kaufen:

1. Schaukelpferde;

2. Kleinere Haushaltungsgegenstände, soweit sie nicht als Wurfgeschosse zu verwerten sind, die bei der heutigen Lage der Republik dieselbe zu erschüttern vermögen;

3. Stehkragen, die ‹*Gesammelten Werke*› von Rudolf Herzog und andre Objekte des kulturellen Lebensbedarfs.

Einer Verwendung der Gelder zu wohltätigen Zwecken steht nichts im Wege; doch sollen sog. ‹Verhältnisse› möglichst nicht den Stadttheatern entnommen werden; die Fürsten werden zu diesem Zweck auf die Mitglieder der Ballettschulen verwiesen: Annäherungen haben in Form von Adoptionen durch die betreffende Ballerina zu erfolgen.

Bei Zuwiderhandlung kann Geldstrafe bis zu 3 Mark (drei) verhängt werden.

Für den während der Revolutionstage umsonst ausgestandenen Schreck sowie für die damals verbrauchten Fahrgelder tritt ein Aufschlag von 10% in Kraft; läßt sich die Auszahlung mangels Bargeld aus Staatsmitteln nicht tätigen, so tritt eine Enteignung der deutschen Steuerzahler nur nach vorheriger Entscheidung des Reichspräsidenten ein. Die letzte Bestimmung kann bei Regenwetter aufgehoben werden.

Es unterliegt gar keinem Zweifel, daß durch diese Bestimmungen eine Verwendung der Gelder, etwa zu Putsch- und andern Staatszwecken, vollkommen unterbunden ist. Deutsche Fürsten haben übrigens niemals mit ihrem eignen Geld irgendeine Politik gemacht, sondern stets mit dem der andern. Wie wir hören, hat sich der größte Teil der Fürsten bereit erklärt, ihre Verpflichtungen zu beschwören, was bei der Routine der in Frage kommenden Männer nur als durchaus günstig betrachtet werden kann.

Der Direktor des Reichstags veranstaltet demnächst eine Auktion der im Wallot-Haus nicht mehr benötigten Einrichtungsgegenstände, vornehmlich solcher, die infolge ihrer abgenutzten Beschaffenheit ausgewechselt werden müssen. Die Ware ist von Sachverständigen als Ausschuß bezeichnet worden.

NATIONALES

Die Engländer wollen etwas zum Lesen, die Franzosen etwas zum Schmecken, die Deutschen etwas zum Nachdenken.

Einmal tauchte eine falsche Tausend-Francs-Note auf.

Der Franzose sparte sie. Der Engländer steckte sich seine Pfeife damit an. Der Deutsche lieferte sie an seine Fürsten ab, bekam sie zurück und zahlte eine Lebensrente als Entschädigung. Der Ungar erkannte sie wieder, nahm sie und gab falsch heraus.

In einem Hotel waren einst je fünfzig Angehörige aller Länder versammelt.

Die Engländer sah man. Die Deutschen hörte man. Die französischen Köche schmeckte man. Und als es nach Knoblauch roch, da stritten sich zwölf Nationen um die Ehre.

Grenzvölker habens nicht leicht. Sie meiern sich zunächst an den Mächtigern an, werden wegen Überpatriotismus zurückgewiesen, ziehen sich nunmehr voll Haß auf ihren eignen Patriotismus zurück und entrollen ‹Grenzprobleme›. Zum Schluß glaubt ihnen niemand mehr. Sie sich übrigens auch nicht.

Der Jude ist die Zirbeldrüse im Völkerorganismus. Niemand weiß, wozu sie eigentlich da ist – aber herausschneiden kann man sie nicht.

Die Holländer wollen Frieden; der Franzose will keinen Krieg; der Engländer will unter Umständen keinen Frieden; und der Deutsche will, daß die andern mit ihm Krieg anfangen.

Wenn die Amerikanerin so lieben könnte, wie die Deutsche glaubt, daß die Französin es täte –: dann würde sich die Engländerin schön freun. Sie hätte einen herrlichen Anlaß, sich zu entrüsten.

Es gibt keine geborenen Großstädter.

Der Berliner sagt, er sei in Breslau geboren, stammt aber aus Posen; der Pariser ist aus Tunis und bestenfalls aus Frankfurt, der Wiener aus Czernowitz und der New Yorker aus Württemberg. Nur die Prager sind aus Prag, und das ist ihnen ganz recht.

Wenn sie beerdigt werden, machen sie das so:

Der Deutsche läßt sich seine Orden auf einem Kissen nachtragen und ist noch im Sarge stolz auf Trauerrede und Beteiligung.

Der Franzose bestellt sich ein Leichenbegängnis I. Klasse, die Leiche vermerkt mit Bedauern, daß nur vierundvierzig Kerzen in der Kirche brennen.

Der Grieche kommt eine Kleinigkeit zu spät zu seiner Beerdigung – er war noch rasch beim Friseur.

Der englische Lord hält auf respectability und gibt nicht zu erkennen, daß er gestorben ist, er bleibt im Oberhaus würdig sitzen.

Der Wiener liegt im Grabe zunächst verhältnismäßig still, aber zum ersten Wurm, der angekrochen kommt, sagt er: «Sie! I hab g'hert, die Ada hat an Italiener g'heirat? Woos? Das is nich wahr? In meinen Augen sind Sie an Wurm, an dreckiger!» Und das stimmt dann auch.

DAS ALTE VERTIKO

Claire Waldoffn, der Löns-Verehrerin

Zu Haus, in unsrer guten Stube,
da stand, gleich neben dem Trümoh,

mit einem Griff an jedem Schube
ein altes braunes Vertiko.
Es war verziert und reich gedrechselt
mit Knöpfen, Köpfen weit und breit;
den Stil hat niemand nicht verwechselt:
Diß war noch aus der Muschelzeit.

Mir schiens ein Sinnbild unsres Lebens.
So kam zu mir in jungem Jahr,
leicht schielend, aber nie vergebens,
ein Mädchen schön und wunderbar.
Ich habe gern mit ihr gemuschelt;
und wenn mein kleiner Anton schreit,
mit Silberblick sich an mich kuschelt ...
Der ist noch aus der Muschelzeit.

Das gute Kind! Heut machts noch Faxen,
es inkelt mit und ohne p;
doch ist der Junge mal erwachsen,
dann kommt er in die SPD.
Da gibt es Leute, die noch glauben
an Taktik, Maß, Gerechtigkeit ...
Das will ich ihnen auch nicht rauben.
Mein Gott, ihr seid
ja so gescheit ...
Und stammt noch aus der Muschelzeit.

LE ‹LIED›

Bétove ist kein Druckfehler, sondern ein Klavierhumorist. Er hat eine Brille, einen schadhaften Fuß und lange Haare. Er spielt eine ganze Oper vor: mit Chor, Liebesduett und Racherezitativ, genau so schön von vorvorgestern wie die meisten Aufführungen in der Opéra Comique – neulich sah ich daselbst einen älteren, etwas asthmatischen Herrn als Figaro umherrollen, und jedesmal, wenn die Damens die Noten Wolfgang Amadeus Mozarts gesungen hatten, raste das Haus, und das Ganze erinnerte an den Humor, der unter Hartmann in Charlottenburg entwickelt wurde und wohl in Görlitz noch entwickelt wird. Becher her, stoßt an! Und dieselben Leute, die in der Opéra Comique solchem Gewerke applaudieren, gleich hinter den Boulevards, da, wo der kleine Platz Boieldieu abends so aussieht, als müßten gleich alle Passanten im Takt zu singen anfangen, und als käme hinter einer Ecke ein Page mit einem rosa Billett herausgelaufen, kommt aber keiner – dieselben Leute freuten sich sehr über Herrn Bétove, weil seine harmlose Parodie lustig anzuhören war. Er parodierte, was hier für die Musikabonnenten im Schwange ist: ‹*Die Regimentstochter*›.

«Manche Völker sind musikalisch – dem Franzosen ist die Musik nicht unangenehm», hat Jean Cocteau einmal gesagt. Oh, sie sind hier sehr gebildet. Vor einiger Zeit haben sie sogar einen Abend gegeben: ‹*Le lied à travers les âges*› – die geschichtliche Entwicklung des deutschen ‹Liedes›, mit gesungenen Beispielen.

Bétove fährt also fort; jetzt singt er etwas Spanisches, er kann kein Wort dieser Sprache, soviel ist einmal sicher, aber er gurgelt und lispelt ein Spanisch, wie er es auffaßt; er hats gehört, wenn die spanischen Paare auf dem Varieté in die kontraktliche Leidenschaft kommen. Sogar die Pause ist da, in der nur die Schritte der Tanzenden rhythmisch auf den Planken schleifen, tschuck-tschuck-tschuck – da setzt die Musik wieder ein. Das ist gewiß nicht neu; wir haben das hundertmal gehört, wie einer englische songs kopiert, französisch näselt. Pallenberg kann das meisterlich und Curt Bois auch ... Aber Bétove kündigt nun noch mehr Nationallieder an, nennt einen Namen, den ich nicht genau verstehen kann. Fritz ...? und beginnt ein Vorspiel. Still –

Das Präludium ist edel-getragen, und der kleine Mann am Klavier macht ein trauriges Gesicht, bekümmert den Kopf schüttelnd blickt er offenbar in das goldige Grün des Waldes, was mag sein blaues Auge sehn? Und nun beginnt er zu singen, und mir läuft ein Schauer nach dem andern den Rücken herunter.

Das ist kein Deutsch. Der Mann kann wahrscheinlich überhaupt nicht Deutsch, aber es ist doch welches. Es ist das Deutsch, wie es ein Franzose hört – Deutsch von außen. Da klingt: le ‹lied›.

Ein deutscher Mann schreitet durch den deutschen Wald, die Linden duften, und die deutsche Quelle strömt treuherzig in einem tiefen Grunde.

Im grünen Wallet
zur Sommerzeit –

Ich verstehe kein Wort, es hat keinen Sinn, was der da singt, aber es kann nichts anderes heißen. Die Musik ist durchaus von Loewe – es ist so viel dunkles Bier, Männerkraft, Rittertum und Tilsiter Käse in diesem Gesang. Soweit ich vor Grauen und Lachen aufnehmen kann, hört es sich ungefähr folgendermaßen an:

A-ha-haa-schauppptttt
da-ha-gerrächchzzz –!

– an die weichen Stellen der Melodie setzt der Kerl jedesmal einen harten Konsonanten und erweckt so den angenehmen Eindruck eines, der lyrisch Lumpen speit. Aber nun wird die Sache bewegter.

Der Eichwald rauschet, der Himmall bezieht sich, im Baß ringt dumpf die Verdauung, der deutsche Mann schreitet nunmehr hügelan, Tauperlen glitzern auf seiner Stirn, die kleinen Veilchen schwitzen, der Feind dräut heimtückisch im Hinterhalt, jetzt schreit der Waldes-Deutsche wie beim Zahnbrecher, vor mir sehe ich Herrn Amtsrichter Jahnke, der am Klavier lahnt und mit seinem weichen, gepflegten Bariton unterm Kalbsbraten hervorbrüllt, und in den Schoß die Schönen – jetzt Welscher, nimm dich in acht! und ich höre so etwas wie

schrrrrachchchchttttt –!

da bricht die Seele ganz aus ihm heraußer, das Pianoforte gibt her, was es drin hat, und es hat was drin, die Melodie wogt, der kleine Mann auch – und jetzt, jetzt steht er oben auf dem steilen Hügel, weit schaut er ins Land hinein, Burgen ragen stolz beziehungsweise kühn, laßt es aus den Kehlen wallen, ob Fels & Eiche splittern, die Lanzen schmettern hoch in der Luft, das Banner jauchzet im kühlen Wein, frei fließet der Bursch in den deutschen Rhein, jetzt hat Bétove alle zweiundzwanzig Konsonanten mit einem Male im Hals, er würgt, er würgt – da kommt es hervorgebrochen, der Kloß ist heraus! das Klavier ächzt in allen Fugen, der Kaiser ruft zur deutschen Grenz', die Deutschen wedeln mit den – da steht er hehr, ein Bein voran, wenn kein Feind da ist, borg ich mir einen, den blitzenden Flamberg hoch in Händen, mein Weib an der Brust, den geschliffenen Helm im Nacken, der Neckar braust, der Adler loht, im deutschen Hintern sitzt das Schrot, es knallt das Roß, ein donnernd Halt, o deutscher Baum im Niederwald, mit eigenhändiger Unterschrift des Reichspräsidenten —!

Die Franzosen klatschen, wie ich sie noch nie habe klatschen hören. Neben mir kämpft der dicke Morus mit einem Erstickungsanfall. Wird gerettet.

Zum erstenmal seit zwei Jahren fühle ich: Fremde. Ich denke: wenn sie wüßten, daß du, einer der Verspotteten, unter ihnen sitzt ... Würden sie dich zerreißen? Unfug. Gewiß, manchmal habe ich nicht gefühlt wie sie, habe nicht mitgelacht, nicht mitgeweint ... aber heute ist da, zum ersten Mal, das andre, das fremde Blut, auf einmal sind sie drüben, und ich bin hüben.

Das war unsre deutsche Sprache? Die, in der immerhin «Füllest wieder Busch und Tal» gedichtet ist? Das ist Deutsch –? So hört es sich für einen Fremden an? Es muß wohl. Und ich brauche nicht mehr auszuziehen, das Fürchten zu lernen. Ich habe mich gefürchtet.

Es war, wie wenn man sich selbst im Film sieht. Viel schlimmer: wie wenn sich das Spiegelbild aus dem Rahmen löste, sich an den Tisch setzte und grinsend sagte: «Na – wie gefalle ich dir?» Da stehe ich auf, weiche einen Schritt zurück und sehe den da, mich entsetzt an ... Das bin ich –

Den ganzen Abend und noch am nächsten Tage getraue ich mich nicht, deutsch zu sprechen. Vor mir selber traue ich mich nicht. Ich höre überhaupt keine Vokale mehr, immer nur Konsonanten. Die Sprache ist wieder in ihren Spiegelrahmen zurückgekehrt, fremd sehen wir uns an, ich mißtrauisch, sie könnte vielleicht jeden Augenblick wieder auskneifen, mir gegenübertreten ... Wir kennen uns nun schon so lange. Zum erstenmal habe ich sie nackt gesehn.

WAFFE GEGEN DEN KRIEG

Ich trete heute an meine Leser mit einer Bitte heran.

Wir sind uns alle darüber einig, daß die pazifistische Arbeit der letzten Jahre nicht kräftig genug gewesen ist, und die Gründe hierfür sind oft genug dargelegt worden. Jetzt haben wir einmal Gelegenheit, etwas Wirksames für die Ausbreitung unsrer Ideen zu tun – und wir sollten es tun.

Im Verlag der Freien Jugend (Berlin C 2, Parochial-Straße 29) ist ein Bilderalbum erschienen: *‹Krieg dem Kriege!›* Die Unterschriften der Bilder sind deutsch, englisch, französisch und holländisch. Ernst Friedrich hat es zusammengestellt.

Durch einen Zufall bin ich darüber unterrichtet, mit welcher Selbstaufopferung, mit welchen Schwierigkeiten, mit welcher Mühe dieser Band mitten in der Inflationszeit zustandegekommen ist. Friedrich hat eine übermenschliche Arbeit getan, und er hat sie gut getan. Es dreht sich jetzt nicht darum, das Buch geschwollen zu zensieren und ihm irgendwelche kleinen Mängel vorzuhalten – dazu haben wir an solchem Propagandastoff viel zu wenig, eigentlich gar nichts. Wir müssen etwas andres tun.

Das Buch, das fast zweihundert der entsetzlichsten und grausigsten Dokumente wiedergibt, sollten wir bestellen und verbreiten. Und zwar sollten wir es nicht nur unsern Freunden zeigen, denen, die schon Pazifisten sind, also nicht den alten Fehler wiederholen, der so oft gemacht wird: Missionare nach Rom zu schicken – sondern wir sollten es den Gegnern zeigen. In Versammlungen, in Schulen, in Vereinen, an Stammtischen – dieses Grauen kennt ja keiner von denen.

Und man sollte das Buch auch Frauen zeigen, grade Frauen zeigen. Möglich, daß eine in Ohnmacht fällt. Aber es ist besser, sie fällt beim Anblick eines Buches in Ohnmacht als nach Empfang eines Telegramms aus dem Felde ...

Friedrichs lächerlichste Gegner standen, wie er selber erzählen kann, nicht auf der militaristischen Seite. Die Schwierigkeiten, die jedem radikalen Friedenssoldaten von den eignen Gesinnungsgenossen gemacht werden, von jenen, die aus den ‹Bedenken› nicht herauskommen, sie sind uns allen bekannt. Weil er sie überwunden, soll man sich einer Waffe bedienen, die er uns geliefert hat.

Die Fotografien der Schlachtfelder, dieser Abdeckereien des Krieges, die Fotografien der Kriegsverstümmelten gehören zu den fürchterlichsten Dokumenten, die mir jemals unter die Augen gekommen sind. Es gibt kein kriminalistisches Werk, keine Publikation, die etwas Ähnliches an Grausamkeit, an letzter Wahrhaftigkeit, an Belehrung böte.

Das böse Gewissen, mit dem die Offiziere und Nationalisten aller Art verhindern und natürlich verhindern müssen, daß das wahre Gesicht des Krieges bekannt werde, zeigt, was sie von solchen Veröffentlichungen zu befürchten haben. Geschriebene Bücher schaffen es nicht. Kein Wortkünstler, und sei es der größte, kann der Waffe des Bildes gleichkommen.

Und weil im Reichsarchiv, das völlig in den Händen von Kriegspropagandisten ist, niemals eine derartige Publikation gegen den Krieg anzutreffen sein wird, weil dort Anreißerei für den Krieg in der schlimmsten Form eingestandenermaßen betrieben wird —: deshalb soll man sich einer Gegenwaffe bedienen, die die Bemühungen jenes von der Allgemeinheit bezahlten und überflüssigen Instituts lahm legt. Hier ist die Waffe. Wer das sieht und nicht schaudert, der ist kein Mensch. Der ist ein Patriot.

Denen, die mir so oft bejahend zugehört haben, lege ich nahe:

Das Buch in einem oder mehreren Exemplaren zu kaufen und für seine Verbreitung zu sorgen.

WIR IM MUSEUM

Wenn einem Lebenden ein Denkmal gesetzt wird, so pflegt man beide etwas spöttisch zu betrachten.

Aber nun ist einmal die Gelegenheit geboten, uns selbst im Glaskasten der Unsterblichkeit zu sehen, unsre Zeit, unsre Nöte, unser Elend. Da stehen wir: noch vom Alltäglichsten ist das Alltägliche abgestreift, wir sind parat für die Ewigkeit — fertig präpariert für die Urenkel, die gleichgültig-interessiert an dem vorbeigehen werden, was einmal unsre Epoche gewesen ist. Diese seltene Gelegenheit ist das französische Kriegsmuseum in Vincennes.

Das Museum ist vom Unterrichtsministerium eingerichtet worden und verrät an keiner Stelle eine nationalistische Stellungnahme. Daß es in seiner Gesamtheit nationalen Charakter hat, ist selbstverständlich. Da, wo es Deutschland betrifft, ist nirgends eine niedrige Beschimpfung des Gegners zu sehen.

Ungefähr die Hälfte aller ausgestellten Gegenstände sind Bilder. Ölgemälde, Aquarelle, Tuschzeichnungen, Bleistiftskizzen — es sind ein bißchen viel Bilder da. Fotografien wären angebrachter — um so mehr, als die Mehrzahl der Werke nicht grade Meisterwerke sind, aber auch keine authentischen Dokumentationen. Einmal läßt mich ein Bild aufmerken: ein Militärfriedhof, Kreuz an Kreuz, die namenlose Quantität ist gut gesehen. Ich trete näher und suche die Signatur. Und finde sie: Felix Valloton. Das schreckliche ossuaire, die Knochenhalle des Forts Douaumont ist da — aber es ist in Wahrheit viel entsetzlicher anzusehen, dieses Warenhaus des Mordens. ‹Heldengebeine aus dem sechsten Sektor? Hier, bitte, gleich links!›

In großen beweglichen Wandständern die Anleiheplakate aller Länder. Grotesk die gleichen Aufrufe, die gleichen Schlagworte, die gleichen Versprechungen! Da sind die Anreißereien zu allen deutschen Kriegsanleihen — mit welchen Gefühlen mag das heute der betrogene, getäuschte, ‹aufgewertete› Zeichner ansehen, der damals seinem Staat vertraut hat ...! Die deutschen Plakate sind künstlerisch höherstehend als die französischen, als Propaganda scheinen sie mir nicht so wirksam. Einen Schlager wie *‹On les aura!›* von Abel Favre, jenes famose Plakat der Franzosen, auf dem der poilu die eine Hand hochgestreckt hält, ist in seiner mitreißenden Wucht unter den deutschen nicht zu finden. Forains hängen da herum, jene Schwarz-Weiß-Zeichnungen, die seinerzeit in der französischen Presse erschienen sind: gut hingehauen, von sehr unangenehmer Gesinnung ... Die Kunst im Dienst des Kaufmanns.

Die meisten Zeichner haben sich vom Stoff überwältigen lassen, weil sie ihn nicht meistern; nur wenige Bilder ragen heraus. Da ist der bayerische Kriegsgefangene Linderer, gezeichnet am 6. Februar 1917 im Lager Souilly: ein graues, ausgehungertes Stück Elend, mit tiefliegenden Augen, der ‹Blutblase› auf dem Kopf, ein Kleiderlumpen. Daneben, weitaus phantastischer und fast gespensterhaft: *‹Das Verhör›*. In einem blaugrauen Raum steht vor dem bläulichen Eisenofen mit dem langen Rohr ein Ding, ehemals wahrscheinlich ein Mensch. Es ist lehmbraun, hat etwas um, was ein Brotbeutel sein kann, den Verhörenden sieht man nicht. An der Wand stehen in lässiger Haltung zwei Franzosen, bleu horizon mit den weichen, blauen, runden Mützen. Und das allerschrecklichste ist: das Menschending, das da verhört wird, hat die Hände artig an die Hosennaht gelegt — eine teuflische Ironie auf seine ganze sinnlose Epoche. Verreck — aber verreck stramm. Und so sind sie ja auch verreckt.

Bilder aus den deutschen Kriegsgefangenenlagern fehlen nicht. In Würzburg haben sie Theater gespielt, Soldaten in Frauenrollen, in Frauenkleidern; ein Szenenbild aus dem *‹Schlafwagenkontrolleur›* ist da, in seiner szenischen Starre genau an die Boulevardtheater erinnernd, alle Mann vorn in einer Reihe am Souffleurkasten, wie es sich gehört. Die männlich-weiblichen Stars noch einmal als Großaufnahme ... Kein Bild sagt, was hier an sexueller Not, an Verirrung steckt ... Bilder aus dem Lager zu Wetzlar – Bilder aus andern Lagern: angebundene Franzosen, an Pfähle gebundene Menschen – sehr gut einmal davor die jämmerliche Gestalt eines deutschen Soldatenersatzes, verhungert, kläglich, mit jener Brille, bei der sogar die stählernen Bügel durch ein Tuchband ersetzt waren ... der Sieger. Und wieder Franzosen am Pfahl, zu zweien, Rücken an Rücken; zwei deutsche Offiziere, Blüten der Nation, gehen vorüber und gucken gar nicht hin, die Ritter. Und wieder Bilder und Bilder; nur einmal sehe ich eine böse Roheit: ein deutscher Graben wird in die Luft gesprengt, man sieht Menschen und Glieder und Steine umherwirbeln, und darunter: *‹On fait danser les Boches›*. Aber da besinne ich mich, daß Gustav Noske, der Sozialdemokrat, als Kriegsberichterstatter eine herzerhebende Schilderung des gleichen Vorgangs gegeben hat, durchaus bejahend, fein heraus und begeistert – und da freue ich mich, daß es ihm gut geht, und daß ihm niemand etwas tut und seine Partei schon gar nicht. Englische Plakate: malerisch nicht sehr gut, textlich ganz ersten Ranges. Auf einem der berühmt gewordene Kitchener-Offizier, der dem Betrachter winkt: Komm! Komm! Man hat ihn ganz groß fotografiert, halb mannsgroß, er ist wundervoll ausgestattet, hat die Reitgerte unterm Arm, alles an dem Kerl ist aus feinstem Tuch und Leder ... Er grinst. So lächelt der Tod. Komm! Komm! Und Bilder von dem sinnlosen Bombardement der Stadt Paris – zerstörte Friedhöfe, Kirchen, Straßenzüge ... Tiefe Scham steigt auf.

Fotografien aus französischen Gefangenenlagern fehlen. Namentlich solche aus den Kolonien und aus den ersten Tagen der deutschen Gefangenen im Viehwagen wären sicherlich fesselnd gewesen.

Und nun kommen Ehrenmünzen, ganze Glaskästen voll – und nun: Zuckerkarten, und da wird die Geschichte schon ähnlicher. Da liegen die abgegriffenen grauen Dinger, das ist doch ein echtes Stück Geschichte, wie –? Ja, das ist es schon – aber irgend etwas fehlt daran. Es ist nicht das Richtige. So war es – und so war es doch nicht. Gehen wir so in die Nachwelt ein –? Dann gehen wir falsch ein. Es fehlt etwas. Es fehlt: das Grauen, der Jammer, die Niedergedrücktheit, die Hoffnungslosigkeit, die Sinnlosigkeit, der Stumpfsinn, die Atmosphäre von Kollektivwahnsinn ... Nein, die Nachwelt wird uns nicht verstehn. Wie wir ja auch unsre Vorfahren niemals verstanden haben.

Folgen die Niederschläge des Krieges im Kunstgewerbe. Militärteller, Siegestöpfe, Begeisterungsschüsseln, Durchhaltekaffeekannen – auf einer voll Gold und Gemüt: «Gott strafe England! Nehmen Sie auch noch 'n Täßchen ...?» Die Begeisterung und der Kaffee, echter Rübenersatz.

Ein ganzer Kasten ist diesem ‹ersatz allemand› gewidmet, jenem tapfern und sinnlosen Versuch, das Letzte aus den Letzten zu pressen und den Ersten alles zu lassen. Da stehen Stiefel und Sohlen und Kinderkleidchen und Mützen – und alles aus Papier, alles aus Zeitungspapier.

Und wieder die fremden Nationen: die Engländer haben für ihre Propaganda sogar die ehrwürdige Mutter Whistlers bemüht; die feine alte Dame hat irgendeinen feurigen Text daruntergedonnert bekommen, aber sie sitzt noch genau so still und gütig da wie ehedem und ist wohl für diese Schande nicht verantwortlich zu machen.

Und die armselige deutsche Propaganda ist vertreten: die Ultraschlauen haben hohle Schwimmer aus Blech von der Schweiz aus den Rhein heruntergeschickt, in denen steckten Flugschriften, wohl aus demselben Material, und einer der lächerlichen Zettel – ‹Siegfried Balder› gezeichnet –, zum Frieden ermahnend, ist in einer Sardinenbüchse untergebracht. Friede in Aspik.

Und da hängt er: Willy, der Ausgerissene, mit emporgezwirbeltem Schnurrbart, in scheußlichem Postkartenbuntdruck, ihm durchaus angemessen, ein Histrione aus der Provinz. «Durch Not und Tod zum Sieg!» So siehst du aus. Wilhelm Pape hat ihn gemalt. Pape ist mir piepe – ich pfeife auf Pape. Die Desertion ist dem Friedensfürsten teuer zu stehen gekommen: fünfzigtausend Mark monatlich. Das arme Geschöpf.

Und nachdem ich nun alles gesehen habe, Stück für Stück ganz langsam und sorgfältig, schüttle ich den Kopf und vermisse etwas. Was?

Uns.

Das sind wir nicht. Da stehen wir lebensgroß im Museum und sind es nicht. Ich kann die Noten lesen, weil ich das Stück mitgespielt habe – wie soll das einer entziffern, der dem Konzert nicht beigewohnt hat? Hier fehlt etwas. Hier fehlen – unvorstellbar, unausstellbar – die Imponderabilien. Die Zwischentöne.

Und weil Kriege so auf die Nachwelt kommen: so unvollständig, so falsch, so skeletthaft, deshalb vererbt sich Erfahrung nicht. Eine alte, zu Staub zerfallene Patronentasche, ein Fetzen Papier, ein rotes Plakat ... das war es? Nein, das war es nicht.

Es war: Bereicherung der Fixen; Abschlachtung der Wehr- und Beziehungslosen; Dreck; Hunger; menschliche Niedertracht; der verkleidete Zigarrenhändler und Baurat als Napoleon der Zweite und Friedrich der Große, je nach Veranlagung; nationale Spezialitäten der Grausamkeit, selbstverständlich auf allen Seiten: mit der ethischen Idee der Repressalien, die nur vorgetäuscht war, durften sich der kaltschnäuzige Feldwebel, der tropenkollrige sous-off', der Italiener und der österreichische Feschak ihren Herrschgelüsten überliefern, straflos, verantwortungslos, frei. Die Lagerkommandanten, die ihre Hunde auf die Geschlechtsteile der Gefangenen hetzten, waren Neros, aber kleine; eine ekelhafte Spielart. Größenwahnsinnig gewordene Postsekretäre entschieden über das Schicksal von Menschen. Ärzte deckten die Verbrechen. So war es.

Und als es vorbei war, als die Kaufleute und die dummschlauen Diplomaten Halali bliesen (‹Hirsch tot!›): da liefen sie alle auseinander, zwängten sich in den Zivilkragen – und nun ist es keiner gewesen. Jeder hat die Verantwortung getragen, jeder hat nur die Reglements befolgt, jeder hat nur die Reglements ausgearbeitet, die nötig waren – «Sie glauben nicht, wie nötig!» –: keiner konnte dafür. «Es mögen Fehler vorgekommen sein . . .»

Aber muß man den ordensgeschmückten Rechnungsräten, die sich heute noch Generale nennen, sagen, daß sie unumschränkter geherrscht haben, als Gott es jemals getan. Der ist vor sich selbst verantwortlich – sie nicht einmal jenen kindlichen Untersuchungsausschüssen, die es in die Akten schreiben und es dabei bewenden lassen. Und jeder kleine Geometer, Rechtsanwalt, Kaufmann, Ingenieur: sie sind alle nur mitgelaufen, sie haben in der Notwehr gehandelt, sie konnten nicht anders – und sie bereuen nicht.

Wir kommen falsch auf die Nachwelt.

Man stopfe ein paar dieser Generalfeldmarschälle aus, ein paar Journalisten, ein paar Staatssekretäre, ein paar Feldprediger, vielleicht als freundliche Attrappen, etwa als Schirmständer oder mit einer Visitenkartenschale im Maul, damit sie doch einmal zu etwas gut sind im Leben – man stelle diese Puppen in die Vitrinen und schreibe darunter:

AUS GROSSER ZEIT

Dann wird die Nachwelt staunend davorstehen, schaudernd betrachten und mitleidsvoll begreifen.

NATIONALES

In Europa ist viel über den Krieg nachgedacht worden.

Die Engländer taten es vorher, die Franzosen während des Krieges, die Deutschen nachher.

Die Nationen wurden aufgefordert, einen Kreis zu zeichnen.

Der Amerikaner trat an mit einer Kreiszeichnungsmaschine, the biggest of the world; der Engländer zeichnete freihändig einen fast einwandfreien Kreis, der Franzose ein reichgeschmücktes Oval, der Österreicher sagte: «Gehns – mir wern uns do net herstelln» und pauste den englischen Kreis durch. Die Deutschen lieferten ein Tausendundsechsundneunzig-Eck, das fast wie ein Kreis aussah, es war aber keiner.

Ein Kommunist war eingekerkert worden, und die ersten europäischen Schriftsteller wurden gebeten, sich dazu zu äußern.

Der Franzose schrieb einen blendenden Aufruf, gebrauchte hierbei die Form ‹que vous doutassiez› und entfesselte damit eine bewegte Diskussion in seinem Vaterlande; G. B. Shaw verfaßte ein außerordentlich ironisches Drama, worin er sich über seine Landsleute derart schonungslos lustig machte, daß auf Wochen hinaus kein Billett zu haben war, von dem Gefangenen war übrigens in dem Stück nicht die Rede; der Deutsche unterzeichnete den Protest nicht, weil er mit dem Verhafteten nicht in allen Punkten übereinstimmte. Zwei aber drangen tatkräftig in das Gefängnis ein. Als erster kam der Russe in die Zelle. Da lag der Gefangene und war tot: der Faschist hatte ihn schon erschossen.

Einmal machten die Völker einen Wettbewerb: wer am weitesten sehen könne.

Der Franzose sah bis zum nächsten Arrondissement. Der Engländer sah über die ganze Welt, sie spiegelte ihn. Der Berliner sah vom Kurfürstendamm über die Spree hinweg bis zum Alexanderplatz und glaubte, was dazwischen läge, sei Amerika und der Atlantische Ozean. Der Wiener sah gar nicht hin: er las einen herrlichen Beleidigungsprozeß in seiner Zeitung.

Nach dem Sündenfall vergißt der Franzose eine Frau, der Engländer heiratet sie, der Rumäne verschafft ihr einen Mann, der Deutsche fängt einen Prozeß mit ihr an, und der Amerikaner heiratet sie vorher.

Sieben internationale Züge fuhren einmal langsam hintereinander auf einer Strecke, und der Mann im Bahnwärterhäuschen sollte sie an einer bestimmten Stelle durch Zuruf aufhalten.

Zum französischen Lokomotivführer wurde heraufgerufen: «Alle Eisenbahner haben Steuerermäßigung! Halten verboten!» – da bremste er sofort;

zum Spanier: «Stiergefecht! Hier gleich in der Nähe!» – da wollte er bremsen, vertagte es aber auf morgen;

zum Deutschen: «Die reine Apperzeption des Seins in der relativ scheinenden Bewegung wird hierorts bestritten!» – da sagte der Deutsche: «Sooo –?» und stieg ab, um alles recht zu bedenken, und wenn er nicht in den Krieg gezogen ist, steht er da heute noch;

zum Italiener: «Bitte stoppen!» – «Giovinezza!» sang der und legte ein wildes Tempo vor, weil er das für faschistischer hielt, der Weichensteller kam merkwürdigerweise mit dem Leben davon;

und zum Sachsen: «Wenn Sie anhalten, kriegen Sie gratis einen Rundfunksender!» – da kletterte der Sachse im Fahren von der Maschine, holte sich den Sender, grüßte reisfreundlich und fuhr weiter.

Nur zwei ließen sich auch durch die schönsten Zurufe nicht beirren. Der Engländer, weil er es so wollte. Und ein deutscher Demokrat. Der hatte nichts gesehn und nichts gehört und fuhr still seine Bahn.

BELLA

Romeo aus dem Hause Montague liebt Julia aus dem Hause Capulet, heimlich, nur des Morgens früh, denn diese Julia ist eine junge Witwe. Streit und Versöhnung. Der oberste Capulet ist drauf und dran, die Montagues endgültig zu verderben, schon sitzen sie in seinem Ministerzimmer vor ihm, da erscheint Julia, sie hat die belastenden Akten vernichtet, sie bricht nach dem Geständnis zusammen und stirbt an innerer Verblutung.

Das ist der Inhalt des neuen Buches *‹Bella›* von Jean Giraudoux (Bernard Grasset, 61 rue des Saints-Pères, Paris). Die italienischen feindlichen Häuser heißen hier Dubardeau und Rebendart, aber in Wahrheit heißen sie ganz anders. Das Buch ist ein Schlüsselroman.

Mit den Schlüsselromanen ist es wie mit der Bearbeitung historischer Stoffe: der Autor verdankt einen Teil der Wirkung einer Sache, die außerhalb seiner selbst liegt. Sagt er «Königin Luise», so ist die Hälfte der Arbeit schon getan; eine «Frau von Müller» hätte er erst zu erschaffen. Ein Porträtmaler, der spricht: «Sie hätten ihn kennen sollen, den ich da gemalt habe!» — ist ein schlechter Maler. Er soll ihn mir ja gerade erst näherbringen. Das Buch von Giraudoux wäre aber auch ohne Benutzung lebender Personen ein starkes und gutes Buch. Die lebenden Personen heißen: Berthelot und Poincaré.

Giraudoux, der französische Pressechef im Ministerium des Auswärtigen, hat Wahrheit und Dichtung gemischt, also etwa ein ähnliches Verfahren, wie es Heinrich Mann im *‹Kopf›* angewendet hat. Dichtung ist hier zum Teil wahrscheinlich die Liebesgeschichte, Wahrheit die Familien der Berthelots und der Poincarés.

Berthelots sind die Guten, die Weißen. Diese Familie, die der französischen Politik, der Wissenschaft Frankreichs so viel Menschen und Werke gegeben hat, erscheint hier in ihren Spitzen: Daniel, der Mediziner, Philippe, der Politiker, René, der Philosoph — und ihr intimstes Leben. An ihnen ist kein Fehl und Tadel. Das erzählende ‹Ich› gehört dieser Familie an.

Poincarés sind schwarz, sie schillern in allen Nuancen des schwärzesten Schwarz, mit Ruß ist dieses Bild gemalt. Gerecht —? Der Erzähler ist Partei.

Ihm erscheint Poincaré kalt, steinern, voll von beschränktester Selbstgerechtigkeit, der Gott der Korrektheit. Nach Jahren des Irrtums, des künstlich entfachten, fabrizierten Hasses, der zweitdümmsten Politik

Europas, schlägt das französische Pendel zurück: der französische, individualistische Mensch spricht wieder laut und vernehmbar zur Welt (er war immer am Leben, auch im Kriege; es darf nie vergessen werden, daß Henri Barbusse hier im Jahre 1917 den Goncourt-Preis für ‹*L'Enfer*› erhalten hat).

Es ist der Poincaré jener berüchtigten Denkmalsreden, die allsonntäglich auf Frankreich herunterprasselten; der strenge, unerbittliche, nationalistische, geistig und leiblich stets verstopfte Poincaré, der aus seiner Familie heraus erklärt wird. Außerordentlich fein und bösartig, wie die Poincarés in zwei Zweige aufgeteilt werden: in die Korrekten und die Tunichtguts, die ein wenig liederlich sind, saufen, es zu nichts bringen – aber dafür auch ihren Landbezirk nicht verlassen dürfen. Die Rechtschaffenen verhindern es. Und es wird sogar behauptet, die Leiden, die der mindere Zweig der Familie im besetzten Gebiet von den Deutschen hätte erdulden müssen, wären vom obersten Poincaré zur patriotischen Propaganda ausgenutzt worden: dazu seien sie ihm gut genug gewesen ... Einmal trifft Giraudoux den Typus ins Herz, und ich glaube, an dieser Stelle hat er ihn völlig richtig, ohne Voreingenommenheit charakterisiert; das ist da, wo er sagt, der Advokat sei es gewesen, der regiert hat, der Rechtsanwalt, der ein vollstreckbares Urteil erlangt habe, und der nun auf Zahlung dringe. «Ein Erbschaftsstreit.» Das ist es. Dieser unermüdliche Aktenarbeiter bewegte sich im luftleeren Raum; er hatte theoretisch völlig recht und praktisch gar nicht, weil ein großes Land keine Partei in einem Zivilverfahren ist und weil – weitaus schwerwiegender – Frankreich mangels Unterstützung nicht vollstrecken konnte. Nie war ein Realpolitiker ideologischer.

Sonst kommt Poincaré so böse weg wie die Berthelots gut. Diese Schwarz-Weiß-Technik geht bis in die kleinsten Kleinigkeiten: bis in die Äußerlichkeiten des Daseins. Hier habe ich ein wenig gestockt. Auch wäre noch rasch zu vermerken, daß die Komposition des Buches wenig straff ist; Giraudoux erzählt: von den beiden feindlichen Familien, von der Liebe des jungen Berthelot zu Bella, der Schwiegermutter Poincarés, vom Vater Bellas und seinen merkwürdigen Schicksalen ... und das ist aufgelöst in eine Unzahl kleiner und kleinster Züge, Analysis auf Analysis, die Synthese mag sich der Leser selbst machen.

Die Analysen freilich sind ersten Ranges.

Sie sind so gut, daß ich nicht weiß, ob das Buch ins Deutsche übertragbar sein wird. Es ist nicht nur der Stil, der einer Übersetzung die größten Schwierigkeiten in den Weg legt, diese graziös verwickelte Logik, die stilisierte Geometrie – es fehlt vor allem in Deutschland eine Gesellschaftsschicht, die diesen Politikern, diesen Familien entspricht. Die alten Familien in Deutschland sind so ganz anders geartet und haben mit diesen kaum etwas gemein. Aus der Fülle der bezaubernden Einzelheiten seien einige herausgegriffen.

Die Moderne steht, was das Schicksal der Menschen betrifft, der Antike nicht nach, wird gesagt. «Für die Eltern der Schlaganfall – für die Söhne die Fliegerei: wir sind gar nicht so schlecht daran.» – Von den Bankiers: «Dem Kapital näherten sie sich wie im Ornat. Sie hatten die Bärte von Popen und die Hände von Prälaten; wenn sich die Leitung der Fabrik zusammensetzte, erinnerte nichts mehr an einen Aufsichtsrat. Auf das Gold warfen sie einen rituellen Blick: Kapitalserhöhung bedeutete erhöhten Glanz ihres Gottes und ihrer Heiligkeit, und nur der Kassierer, der das Geld so niedrig einschätzte, wie es das verdiente, ging Sonnabend nachmittags auf Rennen.» – ‹Moïse› ist da, ein pariser Finanzmann, außer dem Sekretär Poincarés die schönste Figur des Buches. Der Mann ist Witwer, und seine Frau hat ein herrliches Erbbegräbnis. Er geht an jedem Jahrestag ihres Todes hin, sie zu besuchen, «er öffnete das Türschloß ihres Grabes mit demselben Kennwort, das er für seinen Safe benutzte...» Dann schließt er sich dort ein. «Freunde von ihm behaupteten, er erzähle der Verstorbenen laut, was sich im vergangenen Monat ereignet hätte, und Lauscher, das Ohr an den durchbrochenen Eisenblumen des Marmor-Safes, hätten schon versucht, auf diese Weise etwas über die Bewegung auf dem Valutenmarkt zu erfahren.» – Eine kleine Schilderung der Liebesmorgen zwischen dem Erzähler und Bella ist da, die zu dem Duftigsten gehört, das seit langem in französischer Sprache zu lesen war – sie treffen sich des Morgens früh, die Stadt ist frisch, noch haben sie mit keinem gesprochen, es sind die primeurs des Tages, die sie pflücken. – Und später, während des Zerwürfnisses, als der Liebende Bella im Klub trifft, durch Tische sind sie voneinander getrennt, wie da die lächerliche gleichzeitige Bestellung von Kaffee beide eint – das ist meisterhaft. Die Herren aus dem Automobilklub, die sie wieder zusammenbringen wollen, werden anläßlich eines kleinen Automobilunfalls, dem ein Hund zum Opfer fällt, so charakterisiert: «Vor lauter Eifer, Bella bei den Dubardeau (der ihr feindlichen Familie) einzuführen, entdeckten sie sogar in ihren Taschen ein Stückchen Zucker, das der Hund zu lecken begann, aber bald ließ er es sein, denn er schmeckte etwas Bitteres, und er fragte sich, warum sich Menschen damit amüsieren, verwundeten Hunden Salz zu geben...» Von solchen Zügen wimmelt das Buch.

Noch mehr von andern, die die großen Familien bis ins letzte malen, und hier liegt für den deutschen Leser die Schwierigkeit. Haben *wir* in der Politik kultivierte Leute, für die der Fluß der Hauptstadt, weil sie ihr Gut an seiner Quelle haben, immer ein schattiger Bach bleibt, aus dem die Kuhherden trinken? Haben wir so nuancierte Gesellschaftsbegriffe, die mit unendlich feinen Unterschieden arbeiten, mit den winzigsten Ausschlägen des sozialen Kompasses? Ich denke: nein.

Aber wir haben freilich so etwas wie den Sekretär Poincarés, eine himmlische Zeichnung von Echtheit, boshafter Beobachtung, Schärfe – diese liebliche Blüte ist völlig entblättert. Aus dem Wurm in *‹Kabale und Liebe›* ist ein Drache geworden, der Tinte speit. (Mit der vorzüglichen Beobachtung: der Chef schiebt ihm die häßlichen Frauen zu, die langweiligen Professoren, die leeren Generale; alles, was er nicht empfangen will, schiebt er dem da zu. Nur mit diesen hat er nähern Umgang, neben diese wird er bei Tisch gesetzt. «Infolgedessen hielt er sich für schön, unabhängig und unbestechlich.»)

Wie ein schwarzer Schatten geistert Poincaré durch das Buch. Es bleibt kein gutes Haar an ihm. Seine Advokatenkorrektheit, dieser andere Teil des französischen Geistes, ist eben diesem verhaßt, es gibt keine Lächerlichkeit, die ihm nicht zugeschrieben wird. Nichts wäre übrigens verkehrter, als das in deutschem nationalistischem Sinne auszunutzen, so hats Giraudoux nicht gemeint, und wenn einer gegen Mussolini ist, so ist er noch lange nicht für Ludendorff.

‹Bella› wird eine Fortsetzung bekommen: *‹Bellita›*, es ist ihre Zwillingsschwester. Und ich habe noch nicht einmal den ganzen Inhalt des Buches erschöpft, nichts vom Vater der Zwillinge gesagt, der Unglück mit seinem Sohn hat und der den Band mit einem unübersetzbaren Dialog beschließt. Ich nehme von Giraudoux Abschied, mit einem Gruß und leicht befangen; denn wenn ich nun die Türklinke ergreife und hinausgehe, wird sein Auge mit einem einzigen Blick den Besucher zusammenfassen und alles erkennen: die ungeschickte Bewegung beim Aufstehen, Krawatte, Hut und Charakter.

ARBEIT FÜR ARBEITSLOSE

Herrn Ebermayer zur Beschlagnahme
freundlich empfohlen

Stellung suchen Tag für Tag,
aber keine kriegen.
Wer kein Obdach hat, der mag
auf der Straße liegen.
Sauf doch Wasser für den Durst!
Spuck aufs Brot – dann hast du Wurst!
Und der Wind pfeift durch die Hose –
    Arbeitslose.
        Arbeitslose.

Schaffen wollen – und nur sehn,
wie Betriebe schließen.
Zähneknirschend müßig gehn ...
Bleib du nicht am Reichstag stehn –!
Geßler läßt was schießen.
Zahl den Fürsten Müßiggang;
Friere nachts auf deiner Bank.
Polizeiarzt. Diagnose:
    Arbeitslose.
                Arbeitslose.

Wart nur ab.
            Es kommt die Zeit,
darfst dich wieder quälen.
Laß dir von Gerissenheit
nur nichts vorerzählen:
    Klagen hilft nicht,
    plagen hilft nicht,
    winden nicht und schinden nicht.
    Dies, Prolet, ist deine Pflicht:
        Hau sie, daß die Lappen fliegen!
        Hau sie bis zum Unterliegen!
        Bleib dir treu.
                Die Klasse hält
    einig gegen eine Welt.
Auf dem Schiff der neuen Zeit,
auf dem Schiff der Zukunft seid
ihr Soldaten! Ihr Matrosen!
    Ihr – die grauen Arbeitslosen!

DER PROZESS

> Es war ein lächelnder Gerichtshof, vor dem er dringend sich seinen Freispruch verbat. Ludwig Hardt

Wenn ich das unheimlichste und stärkste Buch der letzten Jahre: Franz Kafkas ‹*Prozeß*› (im Verlag Die Schmiede zu Berlin) aus der Hand lege, so kann ich mir nur schwer über die Ursachen meiner Erschütterung Rechenschaft ablegen. Wer spricht? Was ist das?

«Erstes Kapitel. Verhaftung. Gespräch mit Frau Grubach. Dann Fräulein Bürstner. Jemand mußte Josef K. verleumdet haben, denn ohne daß er etwas Böses getan hätte, wurde er eines Morgens verhaftet.» So fängt es an. Es ist ein Bankbeamter, um den es sich handelt – und die zwei Gerichtsboten, die da morgens in sein möbliertes Zimmer kommen, wollen ihn verhaften. Aber sie verhaften gar nicht – der ‹Aufseher› stellt an einem Nachttischchen ein Verhör mit ihm an, dann darf er in die Bank gehen. Er ist frei. Bitte, Sie sind frei... Der Prozeß schwebt.

Wir alle, die wir ein Buch zu lesen beginnen, wissen doch nach zwanzig oder dreißig Seiten, wohin wir den Dichter zu tun haben; was das ist; wie es läuft; obs ernst gemeint ist oder nicht; wohin man im groben so ein Buch zu rangieren hat. Hier weißt du gar nichts. Du tappst im Dunkel. Was ist das? Wer spricht?

Der Prozeß schwebt, aber es wird nicht gesagt, was für ein Prozeß. Der Mann ist offenbar eines Vergehens angeklagt, aber es wird nie gesagt, welches Vergehens. Die irdische Gerichtsbarkeit ist es nicht – also welche sonst? Eine, um Gottes willen, allegorische? Der Autor erzählt, erzählt mit unerschütterlicher Ruhe – bald merke ich, daß es nichts Allegorisches wird – deute nur, du deutest nie aus. Nein, ich deute nie aus.

Josef K. wird zum Verhör geladen – er geht. Das Verhör findet unter seltsamen Umständen im fünften Stockwerk eines Außenviertels statt – man liest, weiß nicht...

Und ganz unmerklich hat sich die Idee festgehakt, sie greift über, und nun gibt es nichts zu freudianern, und keine gebildeten, geschwollenen Fremdwörter helfen hier weiter.

Es ergibt sich, das Josef K. in eine riesenhafte Maschinerie geraten ist, in eine bestehende, arbeitende, geölt laufende Maschine des Gerichts. Er vernachlässigt seine Stellung in der Bank, er berät mit Advokaten, er geht zu den Verhören, obgleich er sich geschworen hat, nicht hinzugehen, er beschwert sich über das Betragen der Gerichtsdiener in seiner Wohnung – es sickert auch langsam durch, daß er einen ‹Prozeß› hat, es scheint, daß alle Leute davon wissen, oder doch viele, es ist wohl etwas Legitimes. Bis es ihn in der Bank selbst erwischt.

«Als K. an einem der nächsten Abende den Korridor passierte, der sein Büro von der Haupttreppe trennte – er ging diesmal fast als der Letzte nach Hause, nur in der Expedition arbeiteten noch zwei Diener im kleinen Lichtfeld einer Glühlampe –, hörte er hinter einer Tür, hinter der er immer nur eine Rumpelkammer vermutet hatte, ohne sie jemals selbst gesehen zu haben, Seufzer ausstoßen.» Er öffnet. Da steht ein Mann in dunkler Lederkleidung und vor ihm die beiden Gerichtsdiener. «Was tut ihr hier?» fragt er sie. «Herr! Wir sollen geprügelt werden, weil du dich beim Untersuchungsrichter über uns beklagt hast.» In der Bank? In dieser so realen Bank? K. unterhandelt mit ihnen, versucht, den Prügler zu besänftigen – so hart habe er seine Beschwerde nicht gemeint . . . Aber sie müssen sich ausziehen, die Gerichtsdiener, schon sind die Oberkörper nackt, die Rute tanzt . . . Da schlägt K. die Tür zu. Der Schrei der Geprügelten wird jäh abgeklemmt.

Am nächsten Tag geht er scheu an der Tür vorbei, die sein Geheimnis vor der Bank verbirgt. Er öffnet, aus Gewohnheit . . . «Vor dem, was er statt des erwarteten Dunkels erblickte, wußte er sich nicht zu fassen. Alles war unverändert so, wie er es am Abend vorher beim Öffnen der Tür gefunden hatte. Die Drucksorten und Tintenflaschen gleich hinter der Schwelle, der Prügler mit der Rute, die noch vollständig angezogenen Wärter, die Kerze auf dem Regal und die Wächter begannen zu klagen und riefen: Herr! Sofort warf K. die Tür zu . . .»

Ich gebe diese Probe, um die grausame Mischung von schärfster Realität und Unirdischem zu zeigen – wie neben den Büroboten der lederschwarze Prügler, aus einer Masochisten-Fotografie geschnitten, die Rute schwingt . . . Und K. wirft die Tür zu – nein: «er schlug noch mit den Fäusten gegen sie, als sei sie dann fester verschlossen». Der Prozeß schwebt.

Der Prozeß braucht einen Advokaten. K. findet ihn, aber hier hat das Buch nun schon beinah ganz die Erde verlassen – wie eine schwarze Kugel schwebt es durch den Raum. Beim Advokaten ist ein Leidensgefährte, ein jämmerlicher zerprügelter kleiner Mensch – und es gibt untere und obere Advokaten, und das Schrecklichste ist, daß niemand die Spitze dieser Pyramide absehen kann, niemand dringt jemals in diese Höhen, scheint es . . .

Also eine Justizsatire? Nichts davon.

So wenig, wie die *‹Strafkolonie›* eine Militärsatire ist oder die *‹Verwandlung›* eine Bourgeois-Satire – es sind selbständige Gebilde, die niemals auszudeuten sind.

Der treuste Freund Max Brod, der dem Buch ein wunderschönes Nachwort geschrieben hat, und dessen unermüdlichen Anstrengungen wir erst die Drucklegung dieses Schatzes und fast aller andern Bücher Kafkas verdanken – Brod erzählt uns, das Buch sei ein Fragment geblieben. Man merkt das auch; ich fühle in diesem Punkt ein klein wenig anders als Brod. So erscheint mir bei diesem herrlichen Prosaiker zum ersten Mal dies und jenes nicht ganz ausgeglichen – auch steht für mein Empfinden das grandiose Schlußkapitel etwas unvermittelt an dem vorletzten Abschnitt, der übrigens eine Meisterleistung für sich ist. Auf meine Bitte war Max Brod so freundlich, mir seine Ansicht über den ‹Prozeß› mitzuteilen; hier ist sie:

«Der Prozeß, der da geführt wird, ist der ewige Prozeß, den ein zart empfindender Mensch mit seinem Gewissen auszufechten hat. Held K. steht vor seinen innern Richtern. Das gespenstische Verfahren vollzieht sich an den unscheinbarsten Schauplätzen und so, daß scheinbar

K. immer recht hat. Ganz ebenso sind wir rechthaberisch gegen unser Gewissen und versuchen, es zu bagatellisieren. Das Besondere ist nur die fatale Feinfühligkeit gegen die innere Stimme, die auf Schritt und Tritt immer lebendiger wird.

Mit Kafka selbst konnte man natürlich nie über Deutungen sprechen, auch bei der größten Intimität nicht. Er selbst deutete so, daß die Deutungen neuer Deutungen bedürftig wären. So wie ja auch sein Prozeß nie recht entschieden werden kann.»

Dieser Prozeß ist selbstverständlich, wie auch aus Brods Darlegungen im Nachwort hervorgeht, niemals eine Allegorie gewesen. Er ist sofort als Symbol konzipiert, tatsächlich hat sich das Symbol selbständig gemacht, es lebt sein eignes Leben. Und was für ein Leben ...

Da ist eine Szene bei einem etwas verkommenen Maler, von dem man dem Angeklagten K. gesagt hat, er könne ihm im Prozeß durch Fürsprache bei den obern Richtern nützlich sein. Zu dem geht er. Der Mensch wohnt oben im Haus, in einer kleinen, unaufgeräumten Stube. Zum Schluß der Unterredung bittet der Maler, ihm doch ein Bild abzukaufen, vielleicht mehrere Bilder ... Und holt nun immer dieselbe Heidelandschaft unter seinem Bett hervor, immer dieselbe ... Und dann geleitet er den Hilfesuchenden zur Tür hinaus, und K. ist wieder in den gefürchteten Gerichtskorridoren. «Woher staunen Sie?» fragt der Maler. «Es sind die Gerichtskanzleien. Wußten Sie nicht, daß hier Gerichtskanzleien sind? Gerichtskanzleien sind doch fast auf jedem Dachboden, warum sollten sie grade hier fehlen?»

Also ein Traum? Nichts ist für mein Gefühl verkehrter, als mit diesem verblasenen Wort Kafka fangen zu wollen. Dies ist viel mehr als ein Traum. Das ist ein Tagtraum.

Etwas Ähnliches an Zügellosigkeit gibt es nur noch in geschlechtlichen Kindheitsphantasien, wo Schule, Haus, die Stadt und die Welt einer, einer einzigen Idee untergeordnet sind – wo die Menschen Glaskleider tragen oder halt! noch besser: vorn kleine Glasluken, damit man sie besser sehen kann ... Das Buch ist nicht wahnsinnig – es ist vollkommen vernünftig, es ist in seiner Idee so vernünftig, wie manche Irre vernünftig sind, logisch, mathematisch in Ordnung: es fehlt eben jene leise Dosis von Irrationalem, die erst dem vernünftigen Menschen den innern Halt gibt. Nichts schrecklicher als ein reiner Mathematiker des Verstandes – nichts unheimlicher.

Nun ist aber Kafka ein Dichter seltenen Formats, und diese ultralogische Grundidee ist berankt mit realen Phantasiegebilden. Es gibt gar keine Frage mehr, ob es das alles gibt – das gibt es, das ist so wahr, wie in der Strafkolonie eine Tötemaschine steht, so wahr, wie sich der Geschäftsreisende damals in einen Käfer verwandelte ... das ist so.

Das vorletzte Kapitel enthält die theologische Ausdeutung einer kleinen Geschichte Kafkas, die sich in dem Band *‹Ein Landarzt›* findet, sie heißt: *‹Vor dem Gesetz›*, ein Muster reiner Prosa. Hier im Buch schwillt die Geschichte auf, wird, nach des Autors eignen Worten, unförmlich; ein Gefängniskaplan im Dom erklärt sie dem lauschenden und disputierenden Josef K., verstrickt ist er, nichts kann ihn retten.

Wie er stirbt, mag man selber nachlesen. Die letzte Minute ist eine Vision von einer nie gehörten Stärke. «Seine Blicke fielen auf das letzte Stockwerk des an den Steinbruch grenzenden Hauses. Wie ein Licht aufzuckt, so fuhren die Fensterflügel eines Fensters dort auseinander, ein Mensch, schwach und dünn in der Ferne und Höhe, beugte sich mit einem Ruck weit vor und streckte die Arme noch weiter aus. Wer war es? Ein Freund? Ein guter Mensch? Einer, der teilnahm? Einer, der helfen wollte? War es ein Einzelner? Waren es alle? War noch Hilfe? Gab es Einwände, die man vergessen hatte?»

Das Buch schließt mit einem optischen Bild, das ich hier nicht aus dem Zusammenhang reißen möchte, einer alten Fotografie von unvergeßlicher Grausigkeit.

Seit Oskar Panizza ist so etwas an eindringlicher Kraft der Phantasie nicht wieder gesehen worden. Das Deutsch ist schwer, rein, bis auf wenige Stellen wundervoll durchgearbeitet. Wer spricht?

Franz Kafka wird in den Jahren, die nun seinem Tode folgen, wachsen. Man braucht niemand zu ihm zu überreden; er zwingt. Wände beleben sich, die Schränke und Kommoden fangen an zu flüstern, die Menschen erstarren, Gruppen lösen sich auf und bleiben wieder wie angebleit stehen, nur der Wille zittert noch leise in ihnen. Man sagt von Tamerlan, er habe einmal seine Gefangenen mit Mörtel zu einer Mauer zusammenmauern lassen, zu einer brüllenden Mauer, die langsam verzuckte. So etwas ist es. Ein Gott formt eine Welt um, setzt sie neu zusammen, ein Herz steht am Himmel und scheint nicht, sondern klopft; ein Fetisch wandelt, eine Apparatur wird lebendig, nur, weil sie da ist, die Frage Warum? ist so töricht, beinah so töricht wie in der realen Welt.

Deren Teile sind da – aber sie sind so gesehen, wie der Patient kurz vor der Operation die Instrumente des Arztes sieht: ganz scharf, überdeutlich, durchaus materiell – aber hinter den blitzenden Stücken ist noch etwas andres, die Angst brüllt der Materie in alle Poren, erbarmungslos steht das Operationsbett, hab doch Mitleid! sagt der Kranke, auch du! Das Bett ist so fremd, aber es ist doch im Bunde.

Ein solcher Wille begründet Sekten und Religionen – Kafka hat Bücher geschrieben, einige wenige, unerreichbare, niemals auszulesende Bücher. Hätte sich der Schöpfer anders besonnen, und wäre dieser in Asien geboren: Millionen klammerten sich an seine Worte und grübelten über sie, ihr Leben lang.

Wir dürfen lesen, staunen, danken.

GUT MORD!

Eine niedrige Stirn, zwei Augenritzen,
ein breites Kaschubengesicht;
die da auf der Anklagebank sitzen,
die waren es eigentlich nicht.
Der schoß. Der hat den Revolver getragen.
Beweis? Aber wird er gestehn?
Er kanns ja nicht sagen, er kanns ja nicht sagen –
    er weiß was auf wen.

Auf den Vorgesetzten. Der wird ihn schon decken.
Er muß. «Sonst pack ick hier aus –!»
Sie werden sich hüten, zu vollstrecken;
was käme da alles heraus!
Packt man den Anstifter auch beim Kragen?
Leider wird das nicht gehn.
Er kann ja nichts sagen, er kann ja nichts sagen –
    er weiß was auf wen.

Auf die Vorgesetzten. Auf gegebene Befehle,
auf Minister und Büros.
Es zittern Richter und Generäle.
Hände weg – sonst gehts los!
Der Letzte ists, den die Hunde jagen
unter Ausschluß der Öffentlichkeit.
Ihr braucht nicht zu fragen, ihr braucht nicht zu fragen –
wir wissen alle Bescheid.
Wer ist taub gegen herzzerreißende Klagen
der Frauen, tränenleer –?
    Ich kanns ja nicht sagen, ich kanns ja nicht sagen.
        Aber wir wissen alle: wer.

STANDESDÜNKEL UND ZEITUNG

> «Sehr geehrte Redaktion! Bestelle hiermit Ihr Blatt ab, da ich als Telegrafenbauobersekretär Anstoß nehme, wie unsre Belange . . .»

Der Berufsdünkel sitzt dem Deutschen tief im Blute – und statt nur über die Junker zu wettern, sollte er sich einmal die Geschichte der alten Zünfte ansehen, wie da nicht nur die ‹Bönhasen› verfolgt wurden, was eine wirtschaftliche Maßnahme war, sondern wie der Schneider und der Schuster eine ins Mystische spielende Scheu vor dem eignen Tun hatten, einen Respekt vor sich selbst — was mehr zum Moralischen gehörte.

Die Industrie hat nun merkwürdigerweise nicht den Ackerbau und die Beamten industrialisiert, sondern sie selbst ist verjunkert und administrativ überorganisiert worden — und was früher der Ritterstiefel und das treffliche Schwert waren, das ist heute das Wort ‹Großindustrieller› und ein Kollektivwahnsinn, der nahezu alle Gruppen des Wirtschaftslebens erfaßt hat.

Jede Gruppe schwitzt zunächst einen Sekretär aus — und es ist kein Zufall, daß die Arbeiter und Werkmeister, die dergestalt ‹aufrücken›, nicht zu den Tüchtigsten ihres Fachs gehören. Es ist meist der schwach befähigte, der minderbegabte oder der minder fleißige Arbeiter, der sich nach einem Loch umsieht, durch das er sich drücken kann. Dieses Loch gibt ihm die Organisation. Einmal Funktionär geworden, hat er das größte persönliche Interesse daran, seinen Aufgabenkreis zu erweitern und aufzuplustern und seiner Gruppe eine Art Weltenmonomanie einzutrichtern, die der eingeht wie warmes Öl.

Der Respekt, womit in Deutschland jeder ‹Fachmann› bewundernd zu seinem eignen Kram aufsieht, ist mehr als lächerlich. Es hat den Anschein, als habe es noch niemals Ingenieure, Buchbinder, Fleischermeister und Ärzte gegeben — als gäbs auch anderswo keine, und wenn man die meist mittelmäßige Ausbildung des Durchschnitts kennt, der seine Sache eben so recht und schlecht macht, wie es zu allen Zeiten alle Menschen gemacht haben, mutet diese Feierlichkeit doppelt komisch an.

Ich spreche nicht von der verständlichen Art der Interessenvertretung. Daß die Landwirte oder die Grubenbesitzer auf die öffentliche Meinung mit allen Mitteln — auch mit denen der Erpressung — ihren Druck ausüben, ist ein ökonomischer Vorgang, den mein Kollege von der Wirtschaft glossieren und im einzelnen erklären mag. Hier soll vom Berufsstolz gesprochen werden, und der hat besonders in Deutschland ein Ausmaß angenommen, das nur von der Engstirnigkeit seiner betriebsamen Träger übertroffen wird.

Daß die Herrschaften, fast ohne Ausnahme, sich auf ihren Kongressen besoffen reden, mag in der menschlichen Natur begründet sein. Da sind sie unter sich, und wenn die Zahnärzte, die Buchhändler, die Schriftsteller, die Farbenfabrikanten ihren ‹Reichskongreß› abhalten, dann möchte sich der harmlose Zuhörer einen dicken Vollbart umbinden, unter dem sichs lächeln läßt.

Daß in der deutschen Privatunterhaltung der Fachmann dem Laien gegenüber fast immer ungezogen wird, hat seinen Grund allerdings auch darin, daß dieser Laie sein Laientum niemals eingestehen, sondern ‹von der Sache gründlich informiert sein› will, und daß so der Kranke dem Arzt ein wissenschaftliches Kolleg hält, statt brav und naiv seine Laienmeinung zu äußern, die nicht unbedingt dümmer zu sein braucht als die abgestempelte.

Gefährlich und weitaus übler wird diese übersteigerte Berufseitelkeit, wenn sie sich auf die Zeitung erstreckt. Hier wird von sämtlichen Berufsgruppen wahrhaft gemein gewirtschaftet.

Kurt Hiller hat ja hier einmal auseinandergesetzt, was geschieht, wenn man Geistesrichtungen angreift: gehört man der Gruppe an, heißt es, das eigne Nest dürfe nicht beschmutzt werden – gehört man ihr nicht an, wird einem die Kompetenz abgesprochen. In den Berufen ist es noch viel schlimmer.

Jeder Schlosser hat heute ein ‹Berufsproblem›, und jeder Privatdozent hält sich für den Nabel der Welt; mit der Stirn am Boden, über dem demütig gebeugten Kopf ein Opfertier (wahrscheinlich einen Hammel) haltend, so hat sich der Gläubige dem Tempel zu nahen. Es ist aber gar kein Tempel da.

Vorhanden ist nur – von den Laternenanzündern bis herunter zu den Richtern – ein Berufsgrößenwahn, dem zu huldigen die Zeitung mit allen Mitteln gezwungen wird. Argumentiert wird so:

«Die Verhältnisse in unserm Beruf liegen so kompliziert, daß ein gewöhnlicher Mensch überhaupt nicht in der Lage ist, über uns ein Urteil abzugeben. Dazu sind wir da, und dazu haben wir die Fachzeitschriften, in denen – immer unter Wahrung der Tempelidee – das Nötige gesagt werden darf. Die Zeitung hat zu schweigen.»

Loben darf sie. Noch niemals hat sich ein Beruf gegen ein Lob von außen gewehrt, noch niemals habe ich gelesen, daß die Schreibmaschinenindustrie etwa sagt: Du kannst uns nicht loben, denn du kennst uns nicht. Und weil es eben ein schwerer deutscher Aberglaube ist, daß man in alles tief hineinsteigen müsse, und daß nicht aus allen Untersuchungen unten eine einfache Formel herausfallen könne, die eben eine Formel ist: ungerecht scheinend, vergröbernd, aber, ist sie gut gefaßt, schließlich gerecht – deshalb haben wir in allen Berufen diese Burschen, die das Leben bewußt komplizieren, um hinter den so geschaffenen Komplikationen ungestraft und unbeobachtet ihren Unfug treiben zu können. Tabu.

Die Beamten sind überhaupt nicht zu fassen. Daß vor dem Kriege selbst die sozialdemokratische Presse Furcht hatte, es mit ihnen dadurch zu verderben, daß sie etwa eine Verminderung des Staatsapparates forderte, mußte einen wunder nehmen – denn vor dem Kriege gab es eine mutige sozialdemokratische Presse. Sie hatte Angst, Wähler zu verlieren; arbeitete also gegen die Interessen ihrer Arbeiterwähler, indem sie vorgab, es käme alles auf die Stimmenzahl an; so ließ sie sich lieber von Leuten mitwählen, die eigentlich gar nichts bei ihr zu suchen hatten. Mit solchen Brocken im Fundament fiel sie denn auch in sich zusammen, als Taten gefordert und erwartet wurden.

Aber auch heute wagts keine Zeitung. Die Beamten sind ausgezeichnet organisiert: Massenabbestellung, Inseratenboykott sind die prompten Folgen eines wahrhaften Aufsatzes. Dementsprechend ist denn auch die Zeitungspolitik zu werten.

Dem einzelnen Redakteur ist kein Vorwurf zu machen. Die Zeitung ist ein Geschäft und nichts als das: alles, was sich in ihr als ‹Kulturgut› ausgibt, ist entweder harmlos und zu nichts verpflichtend – oder Fassade. Die Zeitung hat nicht die Macht, die sie hat – die Inserenten haben sie. Die anständigen Blätter können diesen Tatbestand verhüllen und sogar abschwächen, mehr können auch sie nicht. In ihnen wie in den dienstbaren Zeitungen tobt sich also der Standesdünkel ungehindert aus. Und sieht so aus:

Der ‹wissenschaftliche Charakter› des Standes wird betont. Man sollte nicht glauben, daß der lächerliche Doktortitel auch in die praktischen Berufe hinüberspukt, die ums Verrecken nicht als solche gelten wollen. Eine Hochschule wollen sie alle – sonst ist ihnen nicht wohl. Scharfer Instanzenzug in der Innenorganisation des Standes – mit Ehrengerichtshöfen und Standeskammern und allem Klimbim. Großer Nebel vor dem eigentlichen Tun, unter strengem Ausschluß des ‹Laien›. Der Arzt hat an solchem Hokuspokus noch ein gewisses verständliches Interesse: die Suggestion auf den Kranken wird größer. Was aber an der Bedienung einer Turbine, an einer Hypothekenbank, am Bankbeamten, am Zuschneider gar so welterschütternd sein soll, wissen nur die, die erschüttern wollen, und die, die sich erschüttern lassen. Das Militär, dieser tiefste Ausdruck der deutschen Seele, hats ja nur deshalb so leicht gehabt, weil an das Letzte im Deutschen gerührt wurde: an das Gefühl vom Unwert des Individuums und an den Gruppenstolz. Heute findet der doppelten Ausdruck, und Herr Lupatsch zeichnet nicht: Lupatsch, sondern: Dr. jur. et rer. pol. Lupatsch, Leiter der Propaganda-Abteilung des Stadt-Museums.

Denn leiten wollen sie alle. Sie leiten in Wahrheit zwei Schreibmaschinendamen und ihre eigne Arbeit – an der man einmal Diener gewesen ist. Aber niemand hat solche Gier, für einen Herrn gehalten zu werden, wie der Knecht. Hierhin gehört auch der ‹Pressechef›, wie überhaupt die Vorliebe für das Wort ‹Chef›, welche Vorliebe wohl aus dem Kriege stammt. Sie überladen sich mit Titeln, und unter einem ‹Direktor des Nachrichtenamts› tuts keiner. Und hier finden wir nun diese Merkwürdigkeit: statt die staatliche Wirtschaft nach den Gesetzen der Privatwirtschaft zu vereinfachen, verwickelt sich die Privatwirtschaft in staatlichen Formelkram.

Jede Gruppe kopiert den Staat auf das lächerlichste. Haben Sie einmal eine Verbandszeitschrift gesehen? Da gibt es, bei den Fußballspielern und bei den Messingfabrikanten: ‹*Amtliche Mitteilungen*›, womit die Nachrichten des Vereins gemeint sind – und als mir neulich ein braver Gewerkschaftler etwas von ‹Führerbeschimpfung› schrieb, schmeckte ich die ganze Würze einer immanenten Majestätsbeleidigung. «Ils veulent codifier tout», sagte mir einmal ein Franzose, als wir über die Deutschen sprachen. Ja, sie sitzen auf ihrem Codex. Und schreien über ‹Verallgemeinerungen›, wenn man ihnen die Wahrheit sagt.

Kein Stand hat aber das Recht, sich über generelle Urteile zu beklagen, wenn er auf seinen Verbandstagen nichts gegen den herrschenden Gruppengeist verlauten läßt; wenn er nicht scharf protestiert, so etwas faul ist; wenn er den Korpsgeist über die Wahrhaftigkeit setzt. (Beispiel: die Richter.) Beurteilt wird rechtens jeder Beruf und jeder Stand nach seinem mittlern Typus, nicht nach den Spitzen und nicht nach den Außenseitern. Und erfahrungsgemäß kreischt ja niemand so wie der, dem recht geschieht.

Die Unart, sein Werk aufzublasen, bis es vor Wichtigkeit dem Platzen nahe ist, nimmt derart überhand, daß der Standesdünkel heute auf alle Berufe übergegriffen hat – der Titelwahnsinn ist nur ein äußeres Zeichen dafür. (Daß sich auch die Frauen mit den Berufsbezeichnungen ihrer Männer anreden lassen, wird man einem Fremden nur schwer begreiflich machen.)

Und so drückt dieser Fasching der Eitelkeiten auf die Zeitung, die seufzend nachgibt, aber nachgibt. Sie muß. An ihre ‹Objektivität› wird appelliert, leise wird gedroht, dann lauter – und ein in seiner Standesehre (was ist das?) verletzter Stadtrat rührt die Zeitung, die einmal eine unfreundliche Bemerkung über die Stadträte gemacht hat, nicht mehr an.

Sehr typisch ist ferner, daß auch die vernünftigen Leute diesen Unfug so entschuldigen: «Wissen Sie, ich halte ja nichts davon – aber man braucht das wegen der andern – man dringt sonst nicht durch.» Denn dies ist wahrhaft deutsch:

Die gesamte Anstrengung, die anderswo einer dauernd an sein Leben setzt, gilt hier der Erringung einer nach außen hin gekennzeichneten Stelle mit vertraglich garantierter Autorität. Ist die einmal erreicht, dann will der Autoritätsinhaber nichts mehr tun, um sich zu behaupten – man soll ihn anerkennen, der Stelle wegen. Wieviel Schwäche steckt darin, wieviel Faulheit, wieviel Unsicherheit! Behaupte dich, wenn du was gelten willst! Beweise es täglich aufs neue, daß du ein Führer bist! Kämpfe –! Sie aber sind, nach schwerem Kummer, ‹Leiter des Betriebsrats› geworden, und dann: Gute Nacht.

Der Standesdünkel liegt in derselben Schublade wie der Patriotismus. Vom Feuerwehrverein bis zum Vaterland sind nur wenige Schritte. Und daher sieht bei uns der Skatverein wie ein Staat und der Staat wie ein Skatverein aus.

DAS RECHT DES FREMDEN

Der Fremde in Europa ist rechtlos.

Die Staaten, verschuldet, ausgehalten, geduldet von der Hochfinanz und vom heimischen Unternehmertum, in ihrer Existenz nur möglich durch Zollbarrieren; die Staaten, deren Grenzen keine Rassen umschließen, ja, nicht einmal mehr feste Wirtschaftsgebiete – die Staaten spielen gern: mittelalterliche Burg, Vaterland, Heimat. Und weil die Autorität zu Hause nicht weit reicht, weil der Bauer keine Steuern bezahlt und der Grubenbesitzer nicht pariert, sondern parieren läßt, deshalb regiert sichs so schön auf wehrlosen Individuen herum, auf den einzigen, die nicht mit einem Fußtritt antworten, wenn die ‹höchste Gewalt› regierend eingreift. Hier fühlt sich der Staat. Das arme Luder will auch einmal wissen, wie das tut: etwas durchsetzen. Und da hats der Fremde nicht leicht.

Vergnügungsreisende werden im allgemeinen nur schikaniert, aber nicht ernsthaft bedroht, besonders nicht, wenn sie den besser gekleideten Ständen angehören. Abgesehen von den Flapsigkeiten der Polizeistuben, von den Rüpeleien der Zollbeamten läßt man sie von dieser Seite her ungeschoren, das übrige besorgen später die Hoteliers. Nur Amerika vergreift sich auch an harmlosen Besuchern, die nichts wollen als Geld ausgeben: die ganze Dummdreistigkeit geschäftetreibender Kleinbürger liegt in seinem System, zu moralischer Überwachung pappene Gesetzestafeln aufzurichten, hinter denen jemand geschobenen Whisky trinkt.

Bei Auswanderern liegt die Sache anders.

Das kapitalistische System handelt folgerichtig, wenn es neben den Waren auch den freien Verkehr menschlicher Arbeitskräfte verhindert, der ja alle Staatssysteme im Nu ins Wanken brächte. Durchbrochen wird dieser Grundsatz nur mit Genehmigung von herrschenden Klassen: so haben die deutschen Grundbesitzer das Recht, die Arbeitslöhne durch die Einfuhr polnischer Arbeiter zu drücken; in diesen Kreisen wird dann gern von ‹Landflucht des deutschen Arbeiters› gesprochen. Was richtig ist: der Arbeiter flieht Schweinekoben, Schweinefraß und schweinische Behandlung.

Die Komik moderner Staaten offenbart sich am klarsten in der Heidenangst vor reisenden Kommunisten. Die politische Situation ist einfach: Fährt Frau Zetkin nach Frankreich, um dort Propaganda gegen Kolonial-Politik zu betreiben, so ist sie ein Feind des französischen Staates, und der wehrt sich. Das ist sein gutes Recht. Der Fall liegt selbstverständlich in allen Ländern gleich. Und nicht gegen die Ausweisungen, Auslieferungen, Vertreibungen, Maßregelungen wende ich mich, sondern gegen zwei andere Dinge.

Zunächst gegen ihren Modus.

Der Fremde ist rechtlos, weil es in keinem ‹zivilisierten› Staat ein kontradiktorisches Verfahren, ja überhaupt eine Rechtsordnung für Ausweisungen gibt. Wehrlos jeder Denunziation preisgegeben, vollständig in der Hand der Polizeiorgane von meistens höchst zweifelhaftem Wert, weiß der Fremde gewöhnlich nicht einmal, weshalb er denn ausgewiesen wird. Neben der großen Zahl begreiflicher Fälle, wo überführte Verbrecher, Mittellose, Landstreicher ausgewiesen werden, die sonst der fremden Armenpflege zur Last fielen, liegen jene Zehntausende von Fällen, die jede Schutzorganisation, jede Liga für Menschenrechte kennt.

Klatsch der Nachbarn; böswillige Mißverständnisse; anonyme Anzeige – kein Ding ist zu dumm, als daß die Polizei nicht freudig danach griffe. Sie wird selten von oben korrigiert. Sieht man von den Bestechungsfällen ab, so bleibt die völlige Verständnislosigkeit dieser obern Stellen, ihre sture Dumpfheit, ihr schlechter Wille, sich überhaupt in die Einzelheiten zu versenken. Nichts hilft: zehn Jahre Aufenthalt nicht, keine ehrliche Arbeit, kein neu begründeter Hausstand – es ist ein ‹Fremder›, und er muß hinaus.

In Deutschland, wie in manchen andern Staaten, greift dieses empörende System auch noch auf die Rechtsprechung über –: man muß erlebt haben, wie in Moabit Kleinbürger im Talar das ‹Ausland› erziehen, das ihnen da vorgeführt wird. «Wir sind hier in Deutschland, und Sie haben sich ...» Wobei auch sieben Semester Jura und die Ausbildungszeit als Referendar noch nicht die Erkenntnis ermöglicht haben, daß im Hyde Park die Leute nicht nackt herumlaufen, und daß selbst in Kowno, Bukarest und Konstantinopel wenig Kinder gefressen werden.

Denn stramm sind alle der Meinung: der ‹Fremde› ist ein Fremder.

Waren werden ausgetauscht und haben die Welt so mechanisiert, daß einer, der vom Mond herunterfiele, zunächst nicht sagen könnte, wo er ist: Straßenbahnen, Kino, Presse, Giletteklingen und Whiskyplakate sind überall gleich, uniformiert von der für alle gültigen Produktion. Das hindert sie nicht, immer noch zu glauben, der Fremde bemale sich seinen Körper mit wilden Farben, säße nachts auf den Bäumen und fletsche grimmig die Zähne, man kann sich alles von ihm gewärtigen. Und so pauken sie denn munter auf ihm herum, mit dem Horizont von Talbewohnern, die nicht über die Berge zu blicken vermögen, und sind wer weiß wie stolz, wenn sie die Gnade haben, sein Geld zu nehmen.

Manchmal nehmen sie auch das nicht einmal.

Und zwar dann nicht, wenn, zweitens, der Kommunist zu Besuch kommt. Man darf ohne Übertreibung sagen, daß bekannte kommunistische Führer heute in Europa behandelt werden wie Sträflinge, selbst wenn sie im fremden Land nicht politisch tätig sind. Die

Komödie der Paßverweigerungen, der Verhaftungen, der Ausweisungen läßt sich nicht beschreiben. In die wahnwitzige Angst schlechter Gewissen mischt sich ein Pomp, ein Pathos, eine gereckte Würde des Staats, die man diesem armseligen Popanz gar nicht zutraut, wenn man ihn nur kennt, wie er vor den Banken kuscht. Hier ist er Herr, hier darf ers sein! Und er ists.

Was dabei so besonders widerwärtig wirkt, ist die unaufhörliche Beteuerung aller dieser Länder, daß und wie demokratisch sie seien. Sie sind für Pressefreiheit – und sehen zu, wie sich die Presse in den Händen der Wirtschaftskonzerne befindet. Sie sind für politische Freiheit – und unterdrücken jede Betätigung, die ihnen auch nur gefährlich erscheint.

Und nicht, daß sies tun, ist das niedrige. Daß sie nicht den Mut haben, es einzugestehen, richtet sie.

Wie die Erde zu ändern ist, steht dahin. Ob wir eine Sowjet-Internationale haben werden, die auch in der Produktion jedes Land möglichst unabhängig vom andern erhalten will – das ist zu diskutieren. Was aber gar nicht zu diskutieren ist, das ist der augenblickliche Zustand eines halbinternationalen Kapitalismus, der de facto die Grenzen verwischt und sie lächerlich macht – und willkürlich, aber mit allen Kräften den kleinbürgerlichen Instinkt unterstützt, der ja seiner Zeit immer nachhinkt, als hätten wir noch ein ‹Vaterland› mit dicken Mauern.

Keine Gemeinde ist mehr Herr auf ihren Wiesen. Verschuldet bei amerikanischen Bankiers, die Fabriken verpfändet und im Besitz von Menschen, die das Land und seine Produktion niemals gesehen haben und es auch nicht zu sehen brauchen, weil der Besitz durch die Aktien mobil geworden ist; geknechtet und verprügelt an allen Börsen, ein Spielball jeder Industrie –: so spielen sie Heimat. Das unfreieste aller Wesen veranstaltet einen Karneval, Saturnalien, wo sich auch der letzte Sklave noch für frei hält. Ein Bürgerspaß.

Aber ein trauriger für die Opfer.

Im Kriege haben sich die Staaten benommen wie die Räuber; die Enteignung von Privatvermögen, der Ruin Hunderttausender von Existenzen durch gemeinen Vertrauensbruch um des Passes willen ist heute noch nicht gutgemacht. England voran – die Prozesse hageln. Was die Deutsche Republik von den fremden Staaten zurückbekommen hat, wird in voller Höhe auf das Reparationsguthaben abgeschrieben; das Reich behält die Summen ein und zahlt den unschuldigsten Kriegsopfern ein paar Pfennige. Ein gutes und nationales Geschäft.

Im Frieden siehts ähnlich aus, solange man unterhalb einer gewissen Vermögens- und Einkommensgrenze bleibt. Darüber hinaus gilt plötzlich alles nicht mehr: Gesetze, Verfügungen, Sperren neigen sich, fallen matt zu Boden. Der Weg ist frei.

Es gibt kein Asylrecht, keine Freiheit, keine Sauberkeit für den Fremden. Er sitzt auf dem Pulverfaß und darf warten, bis etwas knistert. Fliegt er in die Luft, so werden die Erben eingesperrt: wegen Abhaltens einer öffentlichen Lustbarkeit ohne behördliche Genehmigung. Und diesen Taumeltanz tanzen sie alle mit: die großen Staaten und die kleinen, die Schweiz, die nordischen Staaten, Finnland – alle.

Da hats dann vielleicht eines Tages der Fremde satt. Angewidert von den Parlamentsphrasen, in denen geschäftige Minister über Grundsätze schwätzen, die sie im Ernst niemals anwenden, die Anarchie zwischen diesen künstlichen Gebilden, denen sie vorstehen, künstlich verhüllend; gelangweilt durch die trübe Phantasielosigkeit seiner Quäler kehrt der Fremde nach Hause zurück. In die Heimat, in die Heimat . . .

Und tritt hier in Dienst, verdient sich sein Brot, merkt, daß alles, alles genau dasselbe ist wie draußen, läßt die Arme sinken und sieht sich um.

Ein Fremder.

WAS BRAUCHEN WIR – ?

Als falsche Extrablätter riefen,
da traten wir in Reihen an;
und schrieben nur in Feldpostbriefen,
was man doch laut nicht sagen kann.
Gewiß, wir waren Sozialisten
(nach innen); in den Kompanien
gabs keine bessern Infanteristen –
aus Disziplin.

Als Noskes Lümmel Blut vergossen,
da schwenkten wir in Reihen ein;
gewiß: da lagen die Genossen –
wir drohten tapfer übern Rhein.
Wenn sie den Klassenkampf verpfuschten,
auf ihren Sesseln in Berlin –:
dann hielten wir das Maul und kuschten
aus Disziplin.

Hat Hermann Müller uns verraten,
hat Onkel Hörsing falschen Tritt,
sind wir von Richtern und Soldaten
zerstampft –
wir machen immer mit.

So werden wir nach dreißig Jahren,
besiegt, blamiert, verhaun, verschrien,
getreulich in die Grube fahren.
Aus Disziplin.
Aus Disziplin.

ALTE SCHAUSPIELERBILDER

Manchmal findet man alte Schauspielerfotografien. Illustrierte Zeitschriften von gestern gehören bekanntlich zum Rührendsten und Vergnüglichsten, wo man hat – und unter ihnen sind es wieder die Bilder von den Bühnen, die das Herz schmelzen. So:

Der gute Schauspieler weiß eine Maske zu machen, die sich von den Masken auf der Straße gar sehr unterscheidet. Sein König Lear blickt wild; dergleichen kommt auf der Untergrundbahn nicht vor. Sein Kaiser Napoleon leuchtet ein wenig fett und geschichtsbedeutend; das erhabene Gefühl, später auswendig gelernt zu werden, gibt ihm eine Aura kalt-dünner Unterschiedlichkeit; so ein Kerl ist auf keinem Postamt zu finden. Gygesse und Holofernesse, Ophelias und Falstaffs, sie alle blicken uns heute so oder so an, aber immer unalltäglich, besonderlich, anders als ... «Rechts oben: der Künstler in Zivil.»

Wenn aber zwanzig Jahre ins Land gegangen sind, hat sich auch der Mensch des Alltags verändert, und nun geht eine seltsame Veränderung mit diesen Bildern vor. Schlag auf, und du siehst:

Der Komiker ist ein albern geschminkter Hanswurst, der recht gewöhnlich aussieht; der Shakespeare-König Heinrich ein höchst braver Bürger jener Tage, mit geklebtem Bart und mühselig funkelnden Augen, er sieht recht gewöhnlich aus; Boris Godunow scheint zu sagen «Da hinten ist noch ein Tisch frei, Amalie!» – und Napoleon ist ein Statist mit zu engen Hosen. Allen hängt die Verkleidung um die Beine wie ein leerer Sack, sie ist ihnen nicht konform, man glaubt sie ihnen nicht.

Und man begreift nicht, wie sich die damalige Menschheit von solchen Schießbudenfiguren hat täuschen lassen, obgleich sie hat getäuscht werden wollen. Denn uns ist der Klang der Stimmen verhallt, die Namen sagen uns wenig oder gar nichts mehr, das Mysterium um den Künstler ist verflogen, und selbst, wenn es ein anerkannt großer war, mit Gedenktafel, Rede des Regierungsvertreters im Gehrock und Benutzung des Namens im Silbenrätsel: Maske hat er nicht machen können, sagen die neuen Beschauer.

Denn weil sich auch die Gesichter der Generationen wandeln und weil man vor alten Fotografien stets sagen darf: «So sieht man nicht mehr aus!» – so ist jener für uns nur noch ein alter Tepp und jene eine dumme Zuckernaive, denn der Unterschied zu den Alltagsbürgern fällt weg: der Schauspieler ist selber einer geworden. Moden wachsen nach innen, verwandeln den Geist und kehren als Ausdruckssymptom wieder; in schwarzgefärbten Augenwinkeln schluchzt ein Zigeunerwalzer, den die Jazzleute verlachen, und ich möchte nicht dabei sein, wenn sie uns in zwanzig Jahren beim Zahnarzt durchblättern, alle miteinander.

Die Mode von gestern ist lächerlich. Selig, wer das Übermorgen erlebt. Seiner ist das Klassische, ein ewiger Wert ist er geworden, und so geht er ein in die Unsterblichkeit: Fritz v. Unruh, die bekannte Schöpfung des ‹*Berliner Tageblatts*›; Paul v. Hindenburg, der Vater der Republik; und Kukirol, der Erfinder der schwarzen Füße. Ihrer ist das Himmelreich.

PARS – !

Der dressierte Affe ist nun endlich ins Bett gebracht worden, er hat noch zum Juchhei aller Damen imaginär das Töpfchen benutzt, Herrgott, daß den Dresseuren auch gar nichts anderes einfällt! Die Springer sind gesprungen, die Leute am Reck haben sich gereckt, und nun haben sie einen schwarzen Samtvorhang herabgelassen, die Bühne bleibt einen Augenblick leer, das Orchester spielt hastig den kommenden Refrain ... da ist sie. Keine langen Beine, die Finger, wie so oft bei Französinnen, kurz – das ganze eine erste Nummer für Dijon. Gott weiß, wer sie nach Paris engagiert hat. Sie singt.

Pars –!
Sans te retourner,
Pars –!
Sans te souvenir!
Ni mes baisers, ni mes étreintes,
En ton cœur n'ont laissé d'empreintes ...

Ein Groschenlied, natürlich. Eines von denen, die unter einem runden, weißrot gestreiften Sonnenschirm auf der Straße verkauft werden, drumherum steht im Ring das Publikum und lauscht dem Orchester: Geige, Harmonika, Mann mit Megaphon und eine Frauenstimme. Sie singen es dreihundertsechzigmal am Tag – nachher verkaufen sie die Noten.

Je n'ai pas su t'aimer,
Pas su te retenir ...
Pars –!

Sans un mot d'adieu,
Pars –!
Laisse-moi souffrir –

Merkwürdig, daß man das alles gar nicht übersetzen kann. «Meine Küsse nicht und nicht meine Umarmungen haben Spuren in deinem Herzen zurückgelassen ...» Gut, Kammholz; nun noch mal das Ganze auf französisch ... Schon: ‹pars› – wie soll man das sagen? Geh? Schieb ab? Hinfort mit dir. Es gibt im Deutschen kein einsilbiges Wort dieser Bedeutung mit einem a, das man so schön singen könnte wie ‹pars› –

Le vent qui t'apporta t'emporte
Et, dussé-je en mourir qu'importe
Pars –!
Sans te retourner!
Pars –!
Sans te souvenir ...

Da bleibt das Lied in der Terz hängen und verhallt. Die Dame steigt in die zweite Strophe.

Ne t'excuse pas, tu n'es pas coupable ...

Nein, du bist nicht schuldig! Du hast ausgehalten bis zu allerletzt – ich, ich bin schuldig, ich krummer Hund auf meinem Parkettsitz. Fremde sitzen neben mir, links ein fetter Mann, rechts ein alte Dame mit weißem Haar. Mit mir spricht niemand. Zu mir sagt keiner: «Da vorn sitzt ein neuer Bräutigam vor mir – ein ungewöhnlich schöner Junge!» Ich bin unabhängig, ein freier Mann –

Tu ne sauras pas toute ma détresse
Tout le vide affreux de ton abandon –

Gar nicht. «Die schreckliche Leere, seitdem du weggegangen bist ...?» Gar nicht. Gar nicht. Doch.

Prends dans un baiser l'ultime caresse –

Diese Moorbäder von Tröstungen, ein schmutziges Opium mit bösen Reaktionen ... Nur diese Ersatzfrauen nicht wiedersehen – nur das nicht – in den fremden Augen steht eine unendlich kleine Fotografie von mir selbst, in welcher Aufmachung! In welcher Haltung! Ah, nein. Aber es ging schließlich nicht länger.

Nous ne sommes plus que des étrangers –

Aber es ging doch nicht mehr – nicht wahr, es ging doch nicht mehr weiter? Das wußten wir doch beide, nicht wahr? Noch diese Zwietracht eint – letzte Bindung: wir, wir haben uns gezankt – nein, auseinandergelebt.

Poursuis ton chemin –

Wie zwei Bahnlinien, die sich einmal gekreuzt haben, jetzt ist der eine Zug schon längst in Flandern, der andere vor Paris – aber einmal haben sie sich gekreuzt. Übrigens ist das alles ausgesprochen kindisch: in dieser riesigen, rotgoldenen Halle gibt es hundert Unglückliche, zehn Kranke, acht Entlassene, die noch keine neue Stellung haben und die nicht wissen, wie das nächsten Monat werden soll – und seinen kleinen Herzensjammer wird wohl jeder haben. Ach ja – jeder wird ihn haben, soll ihn haben – ich kann doch hier nicht allein sitzen und mich zum Narren machen. Ich bewahre aber gute Haltung, und man sieht mir gar nichts an. Pars –! Natürlich heißt das: Schieb ab.

Und nun muß dieses verfluchte Weib eine Zeile singen, eine einzige –:

Le souvenir est un chemin très long!

Eine weiche Faust schnellt von der Bühne herunter, preßt mich, würgt, mein Speichel trocknet aus, die Augen sind verschleiert ... Ich schlucke. Und stehe vorsichtig auf und störe die alte Dame, der fette Mann sieht mir verwundert nach, da gehe ich auf Zehenspitzen hinaus. Sie singt:

Pars –!
Sans te retourner,
Pars –!
Sans te souvenir ...

Ein Mann, der in einem kleinen Kabinett steht und heult – das ist wohl etwas hervorragend Lächerliches. Man hört noch ein ganz kleines bißchen Musik. Übrigens stirbt keiner im höchsten Schmerz. Alles arrangiert sich, es geht ein langsamer Wechsel der Zellen vor sich – und weil niemand in fortgesetzter Ekstase leben kann, verfliegen Töne und Musik und Tränen, als wären sie nie gewesen.

WO WAREN SIE IM KRIEGE, HERR—?

Que faisiez-vous en 1870? Cette interrogation, si fréquente aujourd'hui encore, n'aura plus de sens pour la prochaine génération. Léon Bloy

Als die Druckerschwärze um den Tod Paul Cassirers haushoch aufspritzte, gewann eine nationale Zeitung über sich, dem Toten einen schwarzweißroten Lappen ins Grab nachzufeuern: der schwärzeste Tag in seinem Leben sei der gewesen, wo man ihn in den feldgrauen Rock habe stecken wollen; da habe er den Tod gefürchtet, der ihm jetzt so willkommen gewesen sei. In goldenen Lettern leuchte auf diesem Grabstein: Drückeberger.

Ich weiß nicht, was Paul Cassirer im Kriege getan hat, und es ist mir auch ganz und gar gleichgültig. Weil ich aber weiß, was die meisten Deutschen — auch Pazifisten — antworten, wenn man ihnen die Frage stellt, wo sie denn im Kriege gewesen seien, so scheinen mir einige Bemerkungen angebracht.

Für einen anständigen Menschen gibt es in bezug auf seine Kriegshaltung überhaupt nur einen Vorwurf: daß er nicht den Mut aufgebracht hat, Nein zu sagen. Einem Pazifisten zu erzählen, er sei kein begeisterter Soldat gewesen, ist ungefähr so, wie einem Vegetarier vorzuwerfen, daß er auf einem Schlachtfest gekniffen habe. Aber im Pazifismus, in der Demokratie, unter der Opposition gibt es leider so viel Halbseidene, die dem Gegner den Gefallen tun, auf etwas, was ein Lob ist, als auf einen Vorwurf hereinzufallen. Sie verteidigen sich, anstatt anzugreifen.

Neben der großen Masse der Indifferenten hat es, besonders zu Anfang des Krieges, viele junge Leute gegeben, denen schlechte Schulbildung, mangelnde Erziehung, die Hetzarbeit von Universität, Presse und Kino eine Erkenntnis des modernen Krieges nicht ermöglicht haben. Sie glaubten ganz ehrlich, einer guten Sache zu dienen; sie glaubten fest daran, daß Deutschland überfallen worden sei, so, wie die Franzosen und die Russen dasselbe von ihren Ländern glaubten — diese jungen Leute meldeten sich freiwillig und gingen in den sinnlosesten Tod. Für sie hatte er Sinn. Ihre umnebelten Gehirne, ihre niedergehaltenen Instinkte sahen hier das Abenteuer, Buntheit, Sport, Gefahr — und die niedrigste Menschensorte, die Feldpfaffen der drei großen Konfessionen, versicherten ihnen, daß ihr Tun nun auch noch, zu allem Überfluß, moralisch sei. Die Opfer dieser Massenbesoffenheit sind nicht zu tadeln, sondern zu bedauern. Wer im Kriege gefallen ist, ist für einen Dreck gefallen.

Wie verhalten sich nun bei einer solchen Sachlage viele Pazifisten, wenn man sie fragt: «Wo waren Sie im Kriege —?»

Sie drehen sich. Sie winden sich. Sie reden sich aus. Sie wollen ihren ethischen Standpunkt nicht verlassen, wollen aber auch nicht zugeben, feige gewesen zu sein. Im Gegenteil: es gibt sogar manche, die noch stolz auf ihre Mordtaten sind und erklären: Durch diese Morde habe ich erst das Recht erworben, Pazifist zu sein. Ich war ein tapferer Soldat – hier meine Orden, meine Kriegsandenken, meine Papiere –: ich war kein Drückeberger.

Es gibt Ausnahmen. So hat der tapfere Sekretär der republikanischen Beschwerdestelle einer Provinzzeitung in Braunschweig die richtige Antwort erteilt, als die aufschäumte: crimen laesae rei militaris! Der Sekretär schrieb ihnen, er tue der Uniform noch viel zu viel Ehre an, wenn er sie ‹Militärkostüm› nenne, und das Blättchen fiel vor Schreck aus der deutschen Grammatik. Aber dieser Republikaner ist ein bißchen allein. Andre paktieren.

Ich halte diese Taktik und diese Halbheit für falsch. Man kann, wie die Schönaich und Schützinger, sagen: Wir haben damals nicht gewußt – heute wissen wir. Wir waren im patriotischen Dämmer – heute sehen wir klar. Verzeiht uns, daß wir getötet haben! Daß aber erst Grabenkampf und vertiertes Soldatensein zum Antimilitarismus legitimieren, will mir nicht einleuchten. Was hier fehlt, ist Zivilcourage.

Ich habe mich dreieinhalb Jahre im Kriege gedrückt, wo ich nur konnte – und ich bedaure, daß ich nicht, wie der große Karl Liebknecht, den Mut aufgebracht habe, Nein zu sagen und den Heeresdienst zu verweigern. Dessen schäme ich mich. So tat ich, was ziemlich allgemein getan wurde: ich wandte viele Mittel an, um nicht erschossen zu werden und um nicht zu schießen – nicht einmal die schlimmsten Mittel. Aber ich hätte alle, ohne jede Ausnahme alle, angewandt, wenn man mich gezwungen hätte; keine Bestechung, keine andre strafbare Handlung hätte ich verschmäht. Viele taten ebenso.

Und das nicht, weil wir etwa, im Gegensatz zu den Feldpredigern, Feldpastoren, Feldrabbinern, die Lehren der Bibel besser verstehen als sie, die sie fälschten – nicht, weil wir den Kollektivmord in jeder Form verwerfen, sondern weil Zweck und Ziel dieses Krieges uns nichts angehen. Wir haben diesen Staat nicht gewollt, der seine Arbeiter verkommen läßt, wenn sie alt sind, und der sie peinigt, solange sie arbeiten können; wir haben diesen Krieg nicht gewollt, der eine lächerliche Mischung von Wirtschaftsinteressen und Beamtenstank war, im wahren Sinne des Wortes deckte die Flagge die Warenladung. Wir hatten auch nicht den kümmerlichsten Einfluß auf die Gestaltung der Politik, und Sieg und Niederlage berührten uns nicht. Was hätten wir davon gehabt, wenn Nancy, Antwerpen und Warschau deutsch geworden wären? Wir hätten uns unser Brot genau so verdienen müssen wie vorher – genau so leicht und genau so schwer, denn Beamte im neueroberten Gebiet haben wir nicht werden wollen. So, wie einem Calvinisten wohl verständlich gewesen ist, daß man gegen ihn war, aber nicht, daß man sich um den Streit der Sekten überhaupt nicht kümmerte, so kümmert uns der Nationalismus, dieser Nachfolger der Religion, nur insofern, als es gilt, ihn zu bekämpfen. Er läßt uns kalt.

Und das ist die einzige Antwort, die an die Sachwalter des falschen Kollektivwahns zu erteilen ist:

Ihr interessiert uns nicht. Wir erkennen die Pflichten nicht an, die ihr uns auflegt — möglich, daß es Gebote gibt, die unser Blut und das unsrer Kinder fordern: der Patriotismus, der Kampf für diesen Staat gehören nicht dazu. Wenn sich der Russe in die Rote Armee einreihen läßt, so kämpft er für seine Idee — ihr wirtschaftet für die Ideenlosigkeit und für ein Vaterland, das es nicht mehr gibt. Nicht das ist ein Einwand gegen die Telefon-Generale, daß viele unter ihnen feige gewesen sind und roh, nicht nur das, daß Ungerechtigkeiten vorgekommen sind und die empörende Praxis der Militärgerichte, nicht, daß ein höherer Grad den Offizier aus der Sphäre der Soldaten heraushob und einen Verwaltungsbeamten aus ihm machte: der Sinn des staatlichen Krieges selbst wird von uns verneint. Und käme der edelste, der reinste, der tapferste Mann und forderte uns auf, für die Rohstoffabteilung seines Ministeriums in den Tod zu gehen: wir schüttelten das Haupt und ließen ihn seinen Krieg allein machen.

Solche Sätze müssen gesprochen werden, dreimal am Tage. Ich kenne alle diese vorsichtigen Pazifisten, den Führer des Reichsbanners, diesen unsäglichen ‹Reichsbund jüdischer Frontsoldaten› oder wie das Monstrum heißt, wo sich geprügelte Deutsche an prügelnde Deutsche anmeiern: Seht uns an! auch wir sind imstande, die Peitsche zu führen! auch wir wollen Reklamedenkmäler für den nächsten Krieg, Weihegesang und Lüge um die Toten. Und es nützt ihnen nicht einmal. Mit Recht dreht sich der Monokelträger um, läßt das Monokel fallen und feixt. Verachtet und die Aufrechten verachtend, zieht so etwas vom Empfang beim Reichspräsidenten wieder nach Hause: Auch wir sind eine nationale Organisation . . . ! Arme Luder.

Unser Leben gehört uns. Ob wir feige sind oder nicht, ob wir es hingeben wollen oder nicht —: das ist unsre Sache und nur unsre. Kein Staat, keine nationale Telegrafenagentur hat das Recht, über das Leben derer zu verfügen, die sich nicht freiwillig darbieten. Und so gewiß der nächste Nationalkrieg unter den Farben Schwarz-Rot-Gold geführt werden wird, so gewiß diese mannhaften Republikaner aufstehen werden wie ein Waschweib, die Belange des Staats der andern zu schützen: so nötig ist es, den Antimilitarismus rein zu halten von Kompromißlern. Deine Rede sei Ja — Ja oder Nein — Nein; was darüber ist, gehört in den Verlag Eugen Diederichs.

Da gehen sie umher und schnüffeln die alten Militärpapiere durch, und die Inhaber stehen gehorsam stramm und geben Auskunft. Hat der Abgeordnete Dittmann auch seinen Stubendienst gut gemacht? Hat der Kommunist Obuch beim Griffekloppen nicht nachgeklappt? Mögen sich andre dagegen verteidigen. Wir, wir greifen an.

Wir fragen den Bankprokuristen: «Wo waren Sie im Kriege, Herr —?» und sehen auf ihn herab, wenn er sich rühmt, einen Schwarzen erwürgt zu haben, um eines Geschäftes willen, von dem er nichts nach Hause trug als ein Stückchen Blech. Wir bedauern den Einbein, dem sie für seinen Fuß ein eisernes Kreuz gegeben haben, und es gibt wohl nur einen Menschen, dem man diese Frage mit vollem Recht stellen darf: das ist der, auf dessen Namen vierzehn Millionen Mann vereidigt worden sind. Der Kaiser. Dieser Feigling, erzogen im militärischen Geist, entband sich von einem Schwur und kniff aus, als zum ersten Mal in seinem Leben die Lage gefährlich wurde. Dafür bezahlt ihn heute noch die Republik.

Wir andern aber geben keine Rechenschaft und stehen nicht artigwartend da, wenn man uns fragt, und erröten nicht, wenn wir gleichgültig davon sprechen, wie wir es gemacht haben, um einen Tropf von Regimentsarzt zu täuschen, einem Bataillonskommandeur ein Schnippchen zu schlagen, ein Bezirkskommando zu hintergehn. Wir haben eine Antwort auf diese Frage: «Wo waren Sie im Kriege, Herr —?»

In einer Affenjacke.

DER JUNGE MANN

François Mauriac, ein französischer Schriftsteller, den man der Rechten zuzählen kann, hat bei Hachette ein Büchlein ‹*Le Jeune Homme*› erscheinen lassen. Frage: wie sieht die junge französische Generation aus —? Antwort:

Mauriac unterscheidet sehr gut zwei Arten unter den jungen Leuten: die Eroberer, Geschäftsleute, Praktiker des Lebens — und die Fliehenden, die aus dem Leben davonlaufen und sich in die Kunst oder sonstwohin flüchten, in dunkle Höhlen esoterischer Werke. Er sieht in der geistig revoltierenden Jugend ein Ende, keinen Anfang. «C'est une jeunesse de survivants», heißt es an einer Stelle, hiermit umfaßt er die Jungen, die jene etwas blasphemischen Theorien ihrer aufbegehrenden Väter aus dem Jahr 1880 in die Tat umsetzen wollen: keine Bibliotheken, keine Museen mehr ... Mauriac spricht von dem Jugendrummel, wie ihn auch Frankreich kennt: «Nichts ist heute so schwer, als noch nach dem fünfzigsten Jahr zu bestehen.»

Bei Betrachtung der andern Spezies: der praktischen jungen Leute kippt Mauriac um; da langts nicht. Nach der üblichen Charakterisierung: Heut sind sie alle hinter dem Geld her, Auto, Jazz, Börse ... kommt keine klare Schlußfolgerung. Aber das führt ja zu gar nichts. Diese stereotypen Vergleiche mit der leisen Gitarrenbegleitung: «Als der Großvater die Großmutter nahm» beweisen nichts, als daß sich Zeitbegriffe gewandelt haben. Und das haben wir gewußt. Es handelt sich nicht darum, festzustellen, ob diese neue Jugend mit den alten Idealen zusammengeht oder nicht, ob sie besser ist, als die alte gewesen zu sein vorgab – es handelt sich darum: zu verstehen, zu erklären, mit Menschen zu rechnen, wie sie sind, nicht: wie sie sein sollten. Das fehlt bei Mauriac.

Einen unverhältnismäßig großen Raum in diesem Buch nimmt die Liebe ein. Mauriac überschätzt sie maßlos. Diese feinsinnigen psychologischen Tüfteleien wirken so altmodisch, so von vorvorgestern, manchmal bis zur Lächerlichkeit. «Oft hat man von einer Frau nichts zu nehmen, ihr nichts zu geben als die Lust; außer dieser köstlichen Vereinigung (die man freilich in diesem Alter ohne zu ermüden wiederholen kann) ...» Seine Impotenz, der Herr Verfasser, lassen grüßen.

Die hohen Qualitäten des Schriftstellers wie seines Buches liegen in den unendlich feinen Bemerkungen, die neben dem Thema herlaufen. «Nicht der Tod nimmt uns die, die wir lieben – im Gegenteil: er bewahrt sie uns; Tod, das Salz der Liebe. In nichts aufgelöst wird die Liebe durch das Leben.» Und: «Alt werden – das heißt: leben, als ob wir ein Herz besäßen, ebenso abgenutzt, wie es unser Aussehen ist. Reife: eine gelehrte Scheinheiligkeit! Wir brauchen uns nicht einmal eine Maske aufzusetzen, wir haben sie schon: der Körper ist diese Maske, dieser dick gewordene oder ausgetrocknete Körper, keine wahrnehmbare Bewegung verrät das Vorhandensein eines jungen Herzens, das er verbirgt.» (Der Gedanke findet sich auch bei Wilde: «Die Tragik des Alterns liegt nicht darin, daß man alt wird, sondern daß man jung bleibt.») Und: das Mißverständnis zwischen Vätern und Söhnen liege nicht an den jungen Leidenschaften der Söhne, sondern daran, daß die Väter noch viel zu sehr mit sich selbst beschäftigt seien. «Es sind die Leidenschaften der Väter, die sie von ihren Kindern trennen.» Daneben ein sehr schöner Vergleich: wie die Jugend in der Arena auftaucht, die Zuschauerschaft sieht gespannt zu, glaubt, wer weiß was da käme – später sitzt der Neuhinzugekommene im Schatten der Tribüne und sieht zu, wie die andern.

Doch nichts erfahre ich über den wahren Zustand des französischen jungen Mannes. Und warum nicht –?

Weil diese bürgerlichen Schriftsteller keine Soziologen sind. Eine Stelle spricht Bände: «Das ist ein wunderbares Schauspiel, daß jeden Morgen so viele Millionen junger Menschen aus allen Klassen denselben Arbeitsplatz aufsuchen wie am Tag vorher, ihre Kräfte für Aufgaben ausgeben, von denen Briefmarken abstempeln und Untergrundbahnbilletts durchlochen noch nicht die geringsten sind.» Nein, Mauriac, du irrst.

Hier und nur hier ist der Angelpunkt deiner Betrachtung, hätte er sein müssen. Liebe und Seelenzerfaserung und junge Künstler und noch einmal junge Künstler ... Diese jungen Menschen haben nicht nur eine Seele. Sie haben einen Beruf.

Und das scheint mir der Fehler so vieler junger Schriftsteller zu sein, daß sie an diesem Bollwerk vorbeischleichen, zu freundlichern Plätzen, zu hellern Hainen, mit einem bösen Gewissen. Aber da ist es, da sitzt es, da hockt es: in diesem dunkeln Bollwerk.

Liest man Romane, Dramen, Untersuchungen wie diese von Mauriac, so hat es den Anschein, als lebe diese ganze Generation ausschließlich von Renten, und wenn von einem Beruf die Rede ist, so wird er romantisiert und dramatisch, während doch das Berufsleben indifferent ist, glatt-gleichgültig. Indifferent das Liebesleben, indifferent der Tag, die Nacht, das Dasein.

Nun, das ist unbequem zu sagen, uninteressant zu schildern, wenn man entführte Herzoginnen, ausgeklügelte Seelenprobleme und knatternde Fahnen für interessant hält. Der völlige Mangel an einer soziologischen Betrachtung aber macht diese Schriften scholastisch, es ist ein Begriffsschach, das mit dem Leben gar nichts zu tun hat. Die Welt besteht nicht aus jungen Bürgersöhnen, die Zeit, Geld und Raum haben, über ihre unsterblichen Seelen nachzudenken, sondern aus jungen Leuten, die Geld verdienen müssen, Brot, Kleidung. Und diese Generation hat andre Sorgen, andre Ideale, andre Schmerzen.

Schade, daß Mauriac das Buch zu seinem Titel nicht geschrieben hat.

HERR WENDRINER KANN NICHT EINSCHLAFEN

«Herrgott, daß die Frau nicht still liegen kann! Manche Frauen schlafen, wie man sie hinlegt, und da schlafen sie dann! Nu lieg doch schon still! Wenn ichs Licht ausmache, liegste auch nicht still. Gut – ich wer ausmachen.

... Nicht möglich, zu schlafen. Ich weiß nicht, was das ist. Das Glas Bier abends kanns nicht sein, geraucht hab ich heute auch nicht – ich muß mal mit Friedmann drüber sprechen. Sport! sagt er immer – treiben Sie Sport! Wir können ja Fußball auf dem Kurfürstendamm zusammen spielen ... lächerlich! Seine letzte Liquidation ist auch noch nicht bezahlt – na, soll er warten. Andre warten auch. Was hat er mir da neulich für 'n Witz erzählt ...? Ach so — ‹Sagen Sie mal: Aaa!› Blendender Witz, den werd ich mal morgen Welsch erzählen, der kugelt sich über gute Witze ... Was ist das für ein Schein ... Die Feuerwehr? Nein, ein Auto ... Gute Autos hat jetzt Berlin, ich sag immer, ihr sollt euch noch mal solche Autos in Paris suchen; die londoner taugen auch nicht viel. Was juckt mich denn da immer? Herrgott, jetzt wollt ich heute abend baden und habs vergessen ... Na, morgen. Nein — morgen hab ich wieder keine Zeit — na, also morgen abend. Wir gehn ja nicht auf Brautschau. 45 000 in zwei Jahren zu 18% macht ... 18% — die Leute sind ja wahnsinnig ... Jetzt weiß ich das Wort. ‹Amorph› — den ganzen Tag ist mirs nicht eingefallen. ‹Amorph› — Lucie wollts für ihr Kreuzworträtsel wissen, im Geschäft ists mir den ganzen Morgen durch den Kopf gegangen — komisch, was einem so manchmal durch den Kopf geht ... Freutel sollte mir doch die Bilanz von Esmarch & Ehrmann vorlegen — wieder hat ers vergessen — man müßt 'n Notizblock am Bett haben — morgen leg ich mir einen hin ... Das Bein juckt wie verrückt. Ist das noch mein Bauch —? Ich wer dick. Wie ich noch die Sache mit Greten gehabt habe, da hat sie mich immer im Bett gekitzelt und hat gesagt: ‹Na, Dickchen ...?› Ja. — Schläfst du schon ...? Immer schläft sie. Nu, man is ja kein Kind mehr. Wo ist denn Wasser — ich wer 'n bißchen Wasser trinken. Beinah ist die Uhr runtergefallen. Was is morgen abend —? Morgen abend muß ich im Büro bleiben und aufarbeiten, Dienstag, Mittwoch ... übermorgen gehn wir zu Regierers, Trude kommt mit, die wollt Bescheid haben wegen der Perserbrücke — kriegt sie sehr billig ... Der Joe ist ein ganz ungezogener Bengel, wer ich dem Vater mal bei Gelegenheit sagen, seh ich gar nicht ein — Freitag ham wir Billetts für die Oper, nachher sind wir im Bristol — Sonnabend ist die Modevorführung, hat sie mich richtig breitgeschlagen, daß ich hingehe ... Ich hab da nur Interesse an Mokka ... Ausspannen sollt man. Aber da ist jetzt gar nich dran zu denken — vor Juli wirds nichts ... vielleicht Bozen, Bozen ist mir sehr empfohlen worden ... Vater wollt immer so gern nach Bozen ... er is nie hingekommen ... Wonach riecht denn das hier ...? Ich hab doch Hanni gesagt, ich will das Parfüm hier nicht mehr haben ... Schreckliches Parfüm! Wenn ich nicht Mitleid mit Oskarn gehabt hätte, hätt ichs ihm gar nicht abgekauft. Der hats auch zu nichts gebracht im Leben. Man muß es zu was bringen. Ich hab ... ich wer mal rechnen: hundertdreißigtausend sind im Geschäft, viertausend sind da, dann die zwanzigtausend von Benno, das ist ja wie bar Geld ... Fritz sagt, den ‹*Zauberberg*› sollt ich mal lesen. Der hats gut. Ich komm kaum noch zum Lesen. Nich mal die Memoiren von Wagner, die ich zu Weihnachten bekommen habe, hab ich gelesen. Man kommt zu gar nichts mehr. Ich denk jetzt so oft an den Tod. Quatsch. Doch, ich denk oft an Tod. Das kommt von der

Verdauung. Nein, das kommt nicht von der Verdauung. Man wird älter. Wie lange sind wir jetzt verheiratet ...? Nu, für sie ist ja ausgesorgt, so weit bin ich schon, Gott sei Dank. Wenn ich tot bin, wern sie erst wissen, was sie an mir gehabt haben. Man wird viel zu wenig anerkannt, im Leben. Hinterher ist zu spät. Hinterher wern sie weinen. Damals, bei dem alten Leppschitzer warn ja enorm viel Leute. So viel kommen bei mir mindestens auch ... Jetzt kommt das Dienstmädchen erst nach Hause —! Die Tür könnt sie auch leiser zumachen ... Was macht nu son Mädchen abends? Geht zu Freundinnen ... Na, Emma hat ja 'n Bräutjam. Eigentlich 'n ganz hübsches Mädchen! Vorn noch alles da — Lieg doch still! Was denken nu sone Leute über unsereinen? Schimpfen sicher mächtig auf die Herrschaft, wenn sie abends zusammensitzen. Wie ich Lehrling war, gabs sone Bolschewistensachen nicht. Wir mußten schuften ... hähä — wenn ich noch dran denke, wie wir dem alten Buchowetzki die Papierschere auf den Tisch geklebt haben ... Und er zog und zog und kriegte sie nicht hoch — hähä! Aber wenn ich tot bin, wern sie weinen. Stresemann hat ne glänzende Rede gehalten, neulich auf der Wirtschaftstagung — kann man sagen, was man will. Das Brom hilft auch nicht mehr — vielleicht hab ichs zu früh genommen. Was —? Nichts. Das war nichts. Das war bloß eine Sprungfeder, unten an der Matratze ...

Schrecklich, wenn man nicht einschlafen kann. Wenn man nicht einschlafen kann, ist man ganz allein. Ich bin nicht gern allein. Ich muß Leute um mich haben, Bewegung, Familie, Arbeit ... Wenn ich mit mir allein bin: wenn ich mit mir allein bin, dann ist da gar keiner. Und dann bin ich ganz allein. Hinten juckts mich. Ich kenn das. Jetzt wer ich gleich einschlafen ... Na, denn gut'n —»

WAS HABEN WIR —?

Flake meldet sich zu Wort und ist, in Nummer 11 der *‹Weltbühne›* nicht für, nicht gegen die Deutsche Linke: er wünscht, ohne sie zu sein. Er diagnostiziert: völlige Hoffnungslosigkeit. Ich habe den Optimismus nicht mit Löffeln gegessen, aber so sehe ich das Ding nicht an.

«Wer soll die Linke bilden?» fragt er und antwortet mit der Liste eines Gemischs von Gothein über Gerlach bis zum Rechtsanwalt Obuch. Nein, so soll die Linke gewiß nicht aussehen. In dem von Hiller entworfenen Mindestprogramm ist zu finden, daß eben ein Minimum an wirtschaftlichen und politischen Forderungen aufgestellt wird — man kann nicht gut klarer, nicht gut weniger verblasen sein. Ganz etwas andres ist die Realisierbarkeit dieses Programms.

Ich sehe mit Flake, daß wir vor Leuten sprechen, die zunächst im Negativen völlig einig sind. Da gibt es unzufriedene Demokraten,

Reformer, Verärgerte, lammfromme Pazifisten mit der Kornblume der Ethik im Knopfloch; zu diesen gehört übrigens Hiller nachweislich nicht. Er hat in seinem Buch ‹*Verwirklichung des Geistes im Staat*› und anderswo immer wieder Kriege und Kriege unterschieden. Da gibt es Kritiker des Kaiserreichs, die nie zu Hause sind, wenn jemand in der Republik ein Haar findet – da gibt es von allem. Also: keine Gruppe, die etwa die Ambition haben könnte, morgen geschlossen anzutreten, die etwa präpariert ist, morgen die Macht zu übernehmen – nichts davon. Dergleichen ist überhaupt keine Partei.

Also was denn –?

Ein Ideenzentrum, das Energien ausstrahlt.

Ein Kräftepunkt, von dem aus Männer der befreundeten Lager angefeuert, vor Irrtümern bewahrt bleiben, vorwärts gepeitscht, mit der Nase auf Wichtiges gestoßen werden können. Ist das wenig –?

Von hier aus ist, wie Flake weiß, manches Schlagwort ausgegangen, manche Parole ausgegeben worden, die ihre praktischen Folgen gehabt haben. Wir hören sonst immer: Ah – Kandidaten auf einen Vorstandssitz! Warum auf einmal der Vorwurf, daß wir es in Wahrheit nicht sind?

In alledem scheint mir ein deutscher Intellektuellen-Fehler zu stecken.

Eine Politik, die sämtlichen deutschen Denkern gefällt, gibt es nicht. Darauf kommt es auch gar nicht an. Das, was in Deutschland heute ‹geistige Diskussion› genannt wird, ist meist nicht mehr als ein Gesellschaftsspiel, und selbst der so gemäßigte Schönaich empfahl neulich einmal, nach Versammlungen keine Diskussionen zuzulassen, weil ja da jeder nur immer seinen kleinen Vers aufsage. Ich halte in der Tat die Geste des deutschen Geistigen, mit der er sich jedesmal zurechtrückt, wenn eine neu geschaffene Sache an ihn herantritt: «So, nun wollen wir einmal sehen, welche Zensur wir der Arbeit geben können; auch scheint die Gelegenheit nicht ungünstig, alles zu sagen, was ich über Staat, Film, Blumenpflege und Homosexualität ungedruckt im Busen hege» – diese Geste halte ich für unerheblich. Stellenweise (nicht bei Flake) für überheblich. Wir können noch dreitausend Jahre warten, bis jeder jedes gesagt hat – und zum Schluß sind wir auch nicht einen Deut weiter. Jeder Aktivismus hat zwar mit Doktrin angefangen, jede Tat mit dem Gedanken. Der Fehler ist nur, daß die Deutschen so lange bei der Theorie stehen bleiben, bis die andern gehandelt haben.

Sicherlich sind wir unter uns, wie Flake mit leichtem Spott zitiert. Sollen wir ostpreußische Regierungsräte in die Deutsche Linke bitten? Oder Herrn Hindenburg das Ehrenpräsidium anbieten? Selbstverständlich meint Flake nicht das, sondern er beklagt, sicherlich mit einigem Recht, die mangelnde Auswirkung der von hier ausgehenden Ideen. Aber wir bemühen uns ja grade, diese Ideen in die handelnden Gruppen hineinzutragen. Das glückt nicht immer – es ist aber schon oft geglückt, und wir werden auch weiterhin Erfolg haben.

Bleibt als Hauptgrund für Flakes Austritt unsre Zusammensetzung.

Aber ich würde bis zum letzten jede Meinungsverschiedenheit nur dann durchpauken, wenn wir eine aktive politische Partei wären. Meint er, ich hätte keine trennenden Bedenken gegen manche, die hier schreiben, so wie sie gegen mich, wie viele von uns untereinander? Ich kämpfe aber diese Turniere, bei denen sich die Ritter ständig umeinander drehen, nicht mit. Hier gibt es nur eins: Ehrlichkeit und Überzeugtheit, und das innerhalb eines Mindestprogramms.

Und Flake —? Den Ausweg, den er für sich gefunden hat, habe ich nicht verstanden; ich weiß nicht, wie man unter Ausschaltung der Politik seine Kraft darauf verwendet, Charaktere, die nicht stur sind, und Menschen, die Menschen sind, zu bilden — ich weiß es deshalb nicht, weil mir das Modewort ‹Menschen› nichts mehr zu besagen scheint. «Ich mache den Strich darunter und erkläre für erledigt, was niemand lösen kann. Neue Methoden, neue Menschen, Menschen.» Es ist nicht schwer, etwas für erledigt zu erklären. Aber es ist nicht erledigt. Um so vorzugehen, wäre ein bethlehemitischer Greisenmord nötig. Flake weiß, daß sich Gesellschaftskörper nicht mit einem Schlag neu formen, sondern, von ganz seltenen Ausnahme- und Glücksfällen abgesehen, sich durch stete Ergänzung und Einschiebung des Neuen umbilden. Und so genau, wie ich weiß, daß es auch unter uns, wie überall, Leute gibt, die ihrer Zeit nicht mehr gewachsen sind, so wie ich denke, daß auch meine Stunde einmal kommt, in der ich ‹die Welt nicht mehr verstehe› — so gewiß weiß ich, daß die einfache Radikalforderung nach einer neuen Welt eine Forderung der Literatur ist. Mondland, Utopia, Fortschrittsroman von Bellamy, darin Müdigkeit, Sehnsucht und lasch wollendes Gemüt ihre Befriedigung finden.

Ein Mann wie Flake hat freilich Anspruch darauf, nicht mit dem Wort ‹Fahnenflucht› angeprangert zu werden. Er ist geistig frei und muß wissen, was er tut. Nur ist ein Mann ohne eine Deutsche Linke genau so denkbar wie die Deutsche Linke ohne den Mann — und das Ganze ist die Privatangelegenheit eines, der gute Gründe zu seiner Haltung hat. Flakes Redlichkeit, sein Mut, seine hilfreiche Aktivität sind so oft zu groß gewesen, als daß ich mir einfallen ließe, seine stets wertvolle Meinung einfach abzutun. Er mag mir aber erlauben, seine zweifelnde Frage: «Deutsche Linke?» mit der müden Antwort: «Nein» als das zu charakterisieren, was sie ist: eine Familienanzeige.

Wir andern wollen weiter. Weiter in der klaren Erkenntnis, daß wir niemals eine klassenkämpferische Partei in Deutschland überflüssig machen; daß es Blindheit wäre, etwa an Kommunisten und Sozialdemokraten, die es noch sind, vorbeizugehen; daß jeder von uns, bei Wahlen und politischen Handlungen aller Art, ohne Bedenken einer Parteidisziplin gehorchen solle, wenn die nur förderlich ist; weiter in der Erkenntnis: daß wir ohne die Massen nichts sind. Denn der denkende, rechtschaffene,

Ja und Nein scheidende Charakter, von dem Flake spricht, ist alles, wenn er eines Tages mit der arbeitenden Klasse zum Handeln übergeht.

Vor uns liegt, um nur das Allernächste zu nennen:
die Abwendung der Enteignung des deutschen Volkes durch die Fürsten
das neue Strafgesetz
diese Reichswehr
diese Richter
dieser Strafvollzug.

Arbeit genug. Andre sind mit uns, denen Stärkung willkommen sein mag.

Wir wollen unsre Arbeit tun und uns nicht beklagen, daß wir einen Kameraden verloren haben. Kehrt er wieder, wird er uns immer willkommen sein.

DER NEUDEUTSCHE STIL

«Ah – die Herren sprechen geistreich aus dem Munde?» Käthe Erlholz

Leser mit einem ausrasierten Vollbart besinnen sich vielleicht auf Leo Berg, den ungewöhnlich gebildeten und begabten Kritiker aus dem Anfang des Jahrhunderts, der unter anderm einen grimmen Kampf mit Wilhelm Bölsche, dem Pächter des Liebeslebens in der Natur, geführt hat. Dem warf er rechtens neben der Verlogenheit seiner Embryonal- und Ei-Lyrik auch seinen Stil vor, oder vielmehr: natürlich seinen Stil vor, da ja eins aus dem andern, der Stil aus der Gesinnung hervorgegangen war. Beschäftigt man sich heute mit vergilbten Büchern und Tagesbroschüren des fin de siècle, so muten einen die Terminologie, das Vokabularium, die Ausdrucksweise unsäglich komisch an. Kunst bleibt. Mode von gestern ist lächerlich.

Manche ist schon heute von gestern. Da bekomme ich ein Buch zugeschickt: ‹*Girlkultur*› von Fritz Giese; das Buch trägt den Untertitel: ‹*Vergleiche zwischen amerikanischem und europäischem Rhythmus und Lebensgefühl*›. Der Verfasser, ein beachtenswerter, sauberer Schriftsteller, der gute Bücher geschrieben hat, so ein mustergültiges über Kinderpoesie, hat dieses Mal in einen bösen Topf mit Schleim gegriffen: in den modernen Literatenjargon.

Aber er ist einer von Hunderten. Nachdem ich mir die schönen und interessanten sechsundfünfzig Fotografien angesehen habe, fange ich an zu lesen und erkenne einen Stil, der einer ganzen modischen Schule gemeinsam ist, und ich lese und lese und gebe es, erschöpft, dreiunddreißigmal wieder auf und fange von neuem an und werde ohnmächtig hinausgetragen ...

Und ich würde, schon des mir bekannten Autors wegen, schonungsvoll über dieses Malheur schweigen, wenn nicht fast alle so schrieben, in Zeitungen, Büchern und Zeitschriften; wenn es nicht eine verdammte Unsitte wäre, solche überfütterten Sätze auch noch zu sprechen; wenn nicht dieser Stil Allgemeingut wäre, so aufgequollen, so übermästet, mit solchen Stopflebern im Hals. Vom Clown Edschmid wollen wir gar nicht reden. «Von einer Unanständigkeit und einer Wiederbelebung mittelalterlicher Dichtheit und Kompaktheit der Formung, die an Squenz und Straparola erinnert, und die ich in der Fülle der Muskulatur der Phantasie heutigen Deutschen nicht zugetraut.» Soweit über einen Sechserhumoristen; aber das ist noch gar nichts. Die ganze Klasse mauschelt schon.

Die Kennzeichen des neudeutschen Stils sind: innere Unwahrhaftigkeit; Überladung mit überflüssigen Fremdwörtern, vor denen der ärgste Purist recht behält; ausgiebige Verwendung von Modewörtern; die grauenhafte Unsitte, sich mit Klammern (als könne mans vor Einfällen gar nicht aushalten) und Gedankenstrichen dauernd selber — bevor es ein anderer tut — zu unterbrechen, und so (beiläufig) andere Leute zu kopieren und dem Leser — mag er sich doch daran gewöhnen! — die größte Qual zu bereiten; Aufplusterung der einfachsten Gedanken zu einer wunderkindhaften und gequollenen Form.

Im Anfang war das Problem. Was mit diesem Wort in Deutschland zur Zeit für ein Unfug getrieben wird, spottet jeder Beschreibung, die wahrheitsgetreu angeben müßte, daß dieser verblasene Ausdruck nun zum Glück auf die gebildeten Köchinnen heruntergekommen ist. Eine illustrierte sozialdemokratische Zeitschrift beschrieb neulich in Bildern, wie junge Lehrer in einem Heim ausgebildet werden. Fotografie: die jungen Leute unterhalten sich, Butterbrot essend, vor der Tür. Unterschrift: Pausenprobleme. «Na jewiß doch», sagt Hauptmanns Schiffer Julian Wolff. «Da soll er man immer machen, det er hinkommt —!»

Der gesamte neudeutsche Stil wimmelt von ‹Problemen›. Das ist ein Modewort genau wie: Einstellung, Symptom, gekonnt, Absenkung, Überbau — was diese beiden bedeuten, ahne ich nicht — und: irgendwie ... Dieses ‹irgendwie› heißt überhaupt nichts; man kann es einfach weglassen, ohne daß sich der Sinn des Satzes ändert, es drückt nur die Schludrigkeit des Autors aus, der zu faul war, scharf zu formulieren.

Die Wandervögel, die Kunsthistoriker, die Tanzphilosophen, die Nationalökonomen verfügen jeweils über einen schönen Vokabelschatz von Modewörtern, die man, ohne Unheil anzurichten, beliebig durcheinanderwerfen kann. Kaum ein Gedanke wird durchgeführt, ohne daß der gebildete Autor drei andere einschiebt. Alles wird angeschlagen, nichts wird zu Ende gedacht, die ‹Komplexe› häufen sich, und wie verdeckte Bleikessel werden Begriffe, Personen, Anspielungen herumgereicht. Man höre sich das an: «Wir haben niemals Optimismus kultiviert. Niemals kannten wir jene Einstellung, die das Lachen will.» Und: «Dieses Lachen ist eine Haltungsweise, die zwei andere Möglichkeiten differenzieren läßt.» Heiliger Simmel! Man kann gewiß nicht alles simpel sagen, aber man kann es einfach sagen. Und tut man es nicht, so ist das ein Zeichen, daß die Denkarbeit noch nicht beendet war. Es gibt nur sehr, sehr wenige Dinge in der Welt, die sich der glasklaren Darstellung entziehen. Hier ist Schwulst Vorwand. Mensch, sag Problem –!

Und hast du es gesagt: dann laß den Artikel weg. Sag nicht: «Die Auswanderung ließ nach.» Wo kämen wir da hin! Sag: «Emigration ist ein völkergeschichtliches Problem, dessen Diminution zu dieser Epoche ein beachtliches Phänomen darstellt.» Und sag immer dazu, in welche Wissenschaft das gehört, was du gerade erzählst, sag: «Wir haben also zwei rhythmische Erlebnisse heute, und es fragt sich dann nur rein erzieherisch, ob wir ...» Haben Sie sich schon mal rein erzieherisch gefragt? Ich nicht.

Der Ursprung dieser dritten schlesischen Dichterschule fällt ungefähr in die Zeit des Krieges. War damals ein ‹Exposé› zu verfertigen, so hatte der reklamierte Reservehauptmann das größte Interesse daran, seinen Pflichtenkreis so weit wie möglich zu schlagen, und wenn er Bohnen anforderte, sprach er bombastisch wie ein Narr von Shakespeare. Statt daß die Literatur den gesunden Menschenverstand der Kaufleute annahm, wurden die Schleichhändler zu Philosophen, und es gibt heute in Deutschland kaum einen längern Geschäftsbrief, worin nicht eingestellt und tendiert und symptomatisiert wird. Es ist einfach eine Modesache; wer früher von Blauveiglein sang, der sagt heute: «Die Elemente unserer naiven Menschenvorstellung sind in dieser Kunst zu Gebilden einer höhern Organisationsstufe umgewandelt.» Früher Baumbach – heute: «Geistige Ebene der Tiefenschicht.» Dieser Stil läuft von ganz allein; man braucht nur einige dieser abstrakten Begriffe aufs Rad zu setzen, und das Rennen geht vor sich. Und alle diese Rennbrüder zusammen fallen wohl unter die Erklärung Knut Hamsuns:

> «Die Literatur schwoll an. Sie popularisierte die Wissenschaft, behandelte die sozialen Fragen, reformierte die Institutionen. Auf dem Theater konnte man Doktor Ranks Rücken und Oswalds Gehirn dramatisiert sehen, und in den Romanen war noch freierer Spielraum, Spielraum sogar für Diskussionen über fehlerhafte Bibelübersetzung. Die Dichter wurden Leute mit Ansichten über alles; die Menschen fragten sich untereinander, was wohl die Dichter über die Evolutionstheorie dächten, was Zola über die Erblichkeitsgesetze herausgefunden, was Strindberg in der Chemie entdeckt habe. Daraus ergab sich, daß die Dichter zu einem Platz im Leben aufrückten, wie sie ihn nie vorher innegehabt hatten. Sie wurden

Lehrer des Volkes, sie wußten und lehrten alles. Die Journalisten interviewten sie über den ewigen Frieden, über Religion und Weltpolitik, und sobald einmal in einer ausländischen Zeitung eine Notiz über sie stand, druckten die heimischen Blätter sie sofort ab, zum Beweis, was ihre Dichter für Kerle wären. Schließlich mußte ja den Leuten die Vorstellung beigebracht werden, daß ihre Dichter Weltbezwinger seien, sie griffen übermächtig in das Geistesleben der Zeit ein, sie brachten ganze Völkerschaften zum Grübeln. Diese tägliche Prahlerei mußte natürlich zuletzt auf Männer, die schon vorher Hang zur Pose gehabt hatten, wirken. Du bist ja ein wahrer Teufelskerl geworden! sagten sie wohl auch zu sich selbst. Es steht in allen Blättern, und alle Welt sagt es, also ist es wohl so! Und da die Völker niemand andern dazu hatten, so wurden die Dichter auch Denker, und sie nahmen den Platz ein, ohne Widerspruch, ohne ein Lächeln. Sie hatten vielleicht so viel philosophische Kenntnisse, wie jeder notdürftig gebildete Mensch hat, und mit dieser Grundlage stellten sie sich also auf ein Bein, runzelten die Stirn und verkündeten dem Zeitalter Philosophie.»

Und in welcher Form! Geschwollen, stuckbeklebt, behängt von oben bis unten. Giese, der übrigens nicht alle herangezogenen Beispiele verschuldet hat: «Als soziologisches Kräfteverhältnis erinnert Amerika etwas an deutsches Mittelalter.» Daß nicht die Küchen beider Länder und Epochen verglichen werden sollen, geht aus dem Buch klar hervor. Die Worte «als soziologisches Kräfteverhältnis» sind also nichts als gespreizte Wichtigmacherei.

Führt man das verdreht gewordene Vokabular der Essayisten auf seine Elemente zurück, so bleiben etwa hundertunddrei Vorstellungen, die immer wiederkehren, immer wieder: Rhythmus und Genius und Typus und Apperzeption und Freud und falsch verstandene Salonhistorie und ein Spiel mit halbem Wissen, das verlogen ist bis in seine Grundtiefen. Begabte Oberprimaner. Und sie sehen es noch nicht einmal, was sie da anrichten! «Man wird der geistigen Jugend von heute einmal alles Mögliche absprechen können, man wird ihr jedoch zubilligen müssen, daß sie schärfer als je eine frühere auf phrasenlose Wahrheit drang, und daß sie an nichts so wenig zu wünschen übrig ließ wie an Wirklichkeitssinn.» Der sieht so aus: «Wahrheit ist an sich Zielhaftes. Wir gehen unter dem Zügelband des Gewissens nicht in voller intellektueller Freiheit auf sie zu. Der, der die Wirklichkeit liebt, bleibt dagegen am Ort. Er hat nur die Funktion der Erkenntnis. Sein äußerstes Los ist das des gebärenden Gestalters: nämlich aus dem empfangenden Schauenden Nachschöpfer des Hingenommenen, Sichtbarmacher und Sinnlichträger der erfaßten herrenhaften Substanz der Weltenbilder zu werden.»

Also spricht der Weise:

«Statt auf jede Weise berühmt zu seyn, seinem Leser deutlich zu werden, scheint er ihm oft neckend zuzurufen: ‹Gelt, du kannst nicht rathen, was ich mir dabei denke!› Wenn nun jener, statt zu antworten: ‹Darum werd' ich mich den Teufel scheeren› und das Buch wegzuwerfen, sich vergeblich daran abmüht, so denkt er am Ende, es müsse doch etwas Höchstgescheutes, nämlich sogar seine Fassungskraft Übersteigendes seyn und nennt nun, mit hohen Augenbrauen, seinen Autor einen tiefsinnigen Denker.» Und: «Nun, da wird die arg- und urtheilslose Jugend auch solches Zeug verehren, wird eben denken, in solchem Abrakadabra müsse ja wohl die Philosophie bestehn, und wird davongehen mit einem gelehrten Kopf, in welchem fortan bloße Worte für Gedanken gelten, mithin auf immer unfähig, wirkliche Gedanken hervorzubringen, also kastriert am Geiste.» Sowie: «Als einen belustigenden Charakterzug des Philosophierens dieser Gewerbsleute habe ich schon oben bei Gelegenheit der ‹synthetischen Apperzeption› gezeigt, daß, obwohl sie Kants Philosophie, als ihnen sehr unbequem, zudem viel zu ernsthaft, nicht gebrauchen, auch solche nicht mehr recht verstehen können, sie dennoch gern, um ihrem Geschwätze einen wissenschaftlichen Anstrich zu geben, mit Ausdrücken aus derselben um sich werfen, ungefähr wie die Kinder mit des Papas Hut, Stock und Degen spielen.»

Sich auch noch etwas auf seine Fehler einzubilden —! Giese zum Beispiel spricht von deutschen Professoren, die nach Amerika gegangen sind. «Es ist amüsant zu sehen, wie oft in diesen Professorenbüchern, etwa bei Behandlung des Lohnproblems, der der Achtstundenarbeitszeit, schüchterne Fragen und Andeutungen erfolgen, die über die Zahl, über das Formale hinausgehen wollen.» Ich weiß nicht, auf wen das zielt. Wenn er aber den Professor Julius Hirsch meint, der neulich *‹Das amerikanische Wirtschaftswunder›* hat erscheinen lassen, dann gehört ihm eins auf die Finger. Es ist gar nicht amüsant zu sehen, mit welcher Überheblichkeit ein Fremdwörterlexikon einen so kenntnisreichen, vernünftigen und klaren Mann abzutun versucht. Gebe Gott, Giese, auch Ihr Buch hätte erzieherisch-stilistisch irgendwie diese hochwertigen Tendenzqualitäten ...

Das Modedeutsch der wiener und berliner Schmalzküchen mit den frech hingenuschelten ‹Nebenbeis› und der Bildungsmayonnaise, diese künstlich hochgetriebene Hefebildung, dieser neudeutsche Stil hat wie eine Seuche um sich gegriffen. Jeder Barbier spricht von ‹kulturbedingter Motorik der Neger›, und man wird nicht glauben, wie komisch dergleichen im Jahre 1940 aussehen wird. Aber da wird es ja auch niemand mehr lesen.

Wer ist in Deutschland heute einfach? Die Schafsköpfe. Rudolf Herzog. Die treudeutschen Oberförster. Wenn sie nicht den schrecklichsten der Schrecken vollführen: die germanische Nachahmung romanischer Beweglichkeit. Aber ist es nicht eine Schande, daß die andern ‹simpel› und ‹einfach› verwechseln? Sie denken im Grunde nicht komplizierter als du und ich. Doch diese Knaben haben Nietzsche gelesen und falsch gelesen, und Simmel verdaut, aber halb verdaut, und Spengler ausgelacht und sich angesteckt.

Kommt hinzu, daß jeder ein Fachmann für jedes sein will, daß keiner ums Verrecken zugeben möchte, er verstehe etwa von einer Sache nichts; kommt dazu, daß sie, analog ihren Vorfahren, den wallenden Oberlehrern, in das Leben Papiermühlen voll ‹rhythmischer Typen› hineininterpretieren, mit denen sie sich wichtig machen wollen: so darf gesagt werden, daß der neudeutsche Stil ein wahrer Ausdruck der nachwilhelminischen Epoche ist. Preußisches Barock.

Ich habe oft genug zum Spaß versucht, für französische Freunde dies oder jenes aus solcher Literatur ins Französische zu übersetzen, und daß es mir nicht gelungen ist, liegt sicherlich auch an mir. Aber meistens fehlte es mir nicht am Französischen, sondern an Verständnis für dieses Rackerlatein. Und dabei kommt man nicht nur zu der Erkenntnis, daß: «Was steckt an Kulturgut in ihr? Was ist bedingt daran durch ein Anderssein als wir» — daß es dergleichen im Französischen nicht gibt: man entdeckt auch rasch etwas anderes. Daß es das überhaupt nicht gibt. Und nun will ich euch einmal etwas sagen.

Als sich Emil Jannings eines Winters im Harz erholte, da saß im Hotel bei den Mahlzeiten ein piekfeines Paar: er klein und dick, aber gescheitelt vom Kopf bis zur Sohle, sie so elegant, wie sich Frau Potzekuchen Paris vorstellt. Sie sprachen wenig, hauchten nur hier und da ein paar Worte. So fein waren sie.

Und eines schönen Schneetages, als Emil gerade im Gelände umherschlenderte, da sah er sie kommen, ohne von ihnen bemerkt zu werden. Er stellte sich hinter vier Fichten, machte sich dünn, Schauspieler können alles, und wartete ab. Das Paar stapfte heran: sie voran, in hochelegantem Sweater — gute Ware! — und er hinterher, klein und dick. Und da hörte Emil zum erstenmal während seines Aufenthalts das feine Paar laut sprechen.

Sie wandte den Kopf halb herum und sagte das erlösende Wort, eines, das der ganzen Qual eines gedrückten Herzens Luft machte: «Wenn ich bloß dein dämliches Gequatsche nicht mehr anzuhören brauchte —!»

Gott segne den neudeutschen Stil.

FÜRSTENABFINDUNG

Im Kriege stand in Berlin ein Blinden-Lazarett, in dem lagen die unglücklichsten der Soldaten. Das besuchte von Zeit zu Zeit die Frau eines Hohenzollernprinzen, huldvoll lächelnd und stramm begrüßt von den klirrenden Stabsärzten. Die hohe Frau ging von Bett zu Bett und richtete Ansprachen an die Blinden. Gut, und was noch —? Sie verteilte. Nämlich — ?

Ihre Fotografie mit Unterschrift.

Verlorenes Augenlicht kann nicht wiederkommen. Aber wenn das deutsche Volk noch einen Funken Verstand hat, dann gibt es für die blinden Kameraden eine andre kleine Ansichtskarte mit Unterschrift ab: einen Stimmzettel.

Als Dank, Quittung und Anerkennung für ein taktvolles Fürstenhaus.

GRUSS NACH VORN

Lieber Leser 1985 —!

Durch irgendeinen Zufall kramst du in der Bibliothek, findest die ‹*Mona Lisa*›, stutzt und liest. Guten Tag.

Ich bin sehr befangen: du hast einen Anzug an, dessen Mode von meinem damaligen sehr absticht, auch dein Gehirn trägst du ganz anders ... Ich setze dreimal an: jedesmal mit einem andern Thema, man muß doch in Berührung kommen ... Jedesmal muß ich es wieder aufgeben — wir verstehen einander gar nicht. Ich bin wohl zu klein; meine Zeit steht mir bis zum Halse, kaum gucke ich mit dem Kopf ein bißchen über den Zeitpegel ... da, ich wußte es: du lächelst mich aus.

Alles an mir erscheint dir altmodisch: meine Art, zu schreiben und meine Grammatik und meine Haltung ... ah, klopf mir nicht auf die Schulter, das habe ich nicht gerne. Vergeblich will ich dir sagen, wie wir es gehabt haben, und wie es gewesen ist ... nichts. Du lächelst, ohnmächtig hallt meine Stimme aus der Vergangenheit, und du weißt alles besser. Soll ich dir erzählen, was die Leute in meinem Zeitdorf bewegt? Genf? Shaw-Premiere? Thomas Mann? Das Fernsehen? Eine Stahlinsel im Ozean als Halteplatz für die Flugzeuge? Du bläst auf alles, und der Staub fliegt meterhoch, du kannst gar nichts erkennen vor lauter Staub.

Soll ich dir Schmeicheleien sagen? Ich kann es nicht. Selbstverständlich habt ihr die Frage: ‹Völkerbund oder Paneuropa?› nicht gelöst; Fragen werden ja von der Menschheit nicht gelöst, sondern liegen gelassen. Selbstverständlich habt ihr fürs tägliche Leben dreihundert nichtige Maschinen mehr als wir, und im übrigen seid ihr genau so dumm, genau so klug, genau so wie wir. Was von uns ist geblieben? Wühle nicht in deinem Gedächtnis nach, in dem, was du in der Schule gelernt hast. Geblieben ist, was zufällig blieb; was so neutral war, daß es hinüberkam; was wirklich groß ist, davon ungefähr die Hälfte, und um die kümmert sich kein Mensch – nur am Sonntagvormittag ein bißchen, im Museum. Es ist so, wie wenn ich heute mit einem Mann aus dem Dreißigjährigen Krieg reden sollte. «Ja? gehts gut? Bei der Belagerung Magdeburgs hat es wohl sehr gezogen . . .?» und was man so sagt.

Ich kann nicht einmal über die Köpfe meiner Zeitgenossen hinweg ein erhabenes Gespräch mit dir führen, so nach der Melodie: wir beide verstehen uns schon, denn du bist ein Fortgeschrittener, gleich mir. Ach, mein Lieber: auch du bist ein Zeitgenosse. Höchstens, wenn ich ‹Bismarck› sage und du dich erst erinnern mußt, wer das gewesen ist, grinse ich schon heute vor mich hin: du kannst dir gar nicht denken, wie stolz die Leute um mich herum auf dessen Unsterblichkeit sind . . . Na, lassen wir das. Außerdem wirst du jetzt frühstücken gehen wollen.

Guten Tag. Dies Papier ist schon ganz gelb geworden, gelb wie die Zähne unsrer Landrichter, da, jetzt zerbröckelt dir das Blatt unter den Fingern . . . nun, es ist auch schon so alt. Geh mit Gott; oder wie ihr das Ding dann nennt. Wir haben uns wohl nicht allzuviel mitzuteilen, wir Mittelmäßigen. Wir sind zerlebt, unser Inhalt ist mit uns dahingegangen. Die Form war alles.

Ja, die Hand will ich dir noch geben. Wegen Anstand.

Und jetzt gehst du.

Aber das rufe ich dir noch nach: Besser seid ihr auch nicht als wir und die vorigen. Aber keine Spur, aber gar keine –

GEGEN DEN STROM

Ein erschütterndes Zeitdokument liegt vor mir: *‹Gegen den Strom›*, Aufsätze aus den Jahren 1914–1916 von N. Lenin und G. Sinowjew (bei Carl Hoym in Hamburg). Die fünfhundert bedeutendsten Seiten, die im Kriege geschrieben worden sind.

Die Verfasser flüchteten bei Kriegsausbruch aus dem österreichischen Galizien in die Schweiz, dort gaben sie den *‹Sozialdemokraten›* heraus, dann eine Nummer des *‹Kommunisten›*, dann zwei Hefte des *‹Sammelbuchs des Sozialdemokraten›*. Dieser Sammelband eben hieß: *‹Gegen den Strom›*. Gegen welchen –?

Die Sozialdemokraten der großen kriegführenden Länder waren gleich zu Beginn glorreich umgekippt. Noch in den letzten Julitagen konnte man in Frankreich und in Deutschland sozialistische Proteste lesen, die den Krieg als das charakterisierten, was er war: als einen imperialistischen Streit kapitalistischer Gruppen, dessen Ausgang dem Proletarier auf keinen Fall Gutes bringen konnte; Sieg und Niederlage waren in der Tat für den Arbeiter, der kein Vaterland hat, gleichgültig. Zu Beginn des August las mans anders. Da erließ jede Fraktion in jeder Hauptstadt der europäischen Reiche eine Erklärung, daß dieser Krieg auch ihr Krieg sei. «Das Vaterland ist in Gefahr ... Verteidigung des Landes ... Kultur und Unabhängigkeit unsres eignen Landes ... kein Eroberungskrieg ...» Es war das Ende der Internationale, auf die sich übrigens die Waschlappen alle beriefen. Gegen diesen Nilschlamm kämpft das Buch.

Diese Aufsätze sind stilistisch fast völlig schmucklos, sind gewiß nicht schön ‹geschrieben›. Aber ich glaube nicht, daß ein Ertrinkender auf die kunstgewerbliche Ausführung seines Rettungsringes sieht. Lenin ist womöglich noch trockener, noch sachlicher, noch karger als Sinowjew – fast immer, wenn ein Artikel ein wenig lebendig anfängt, wenn Rede und Gegenrede zitiert werden, rührt er von Sinowjew her. Lenin ist ganz Tatsache, ganz Dokument, ganz Tendenz, ganz Eisen.

Was zunächst auffällt, ist der ununterbrochene, trommelnde, niemals nachlassende, nie aussetzende Kampf gegen die Verpfuscher des Klassenkampfes. Die militärische und kapitalistische Gegenseite wird als bekannt unterstellt, sie ist wissenschaftlich festgelegt, hier wundert nichts mehr. Was aber den paar Russen beinah noch gefährlicher erschien und es auch war, ist dies: eine ‹Klassenkampf› plakatierende Partei lockt die Massen zu sich, lullt sie ein, verspricht ihnen Befreiung und Umsturz, verrät sie, als es zum Klappen kommt – und beabsichtigt, das Spiel nach dem Kriege fortzusetzen. Hier war einzusetzen, hier haben sie eingesetzt.

Das ganze Kriegsverbrechen der II. Internationale, der königlich preußischen, der braven französischen, der revisionistischen russischen Sozialdemokratie geht aus diesen Aufsätzen hervor, die anklagen, nachweisen, das Urteil sprechen.

Uns interessiert am meisten das Urteil über die deutschen Kriegskreditbewilliger, über die Herrliches gesagt wird. «Ebert», so schrieb neulich ein Leser der *‹Weltbühne›*, «hätte doch nicht die von Wrobel gewünschte Haltung einnehmen können; vor 1918 wäre er bestimmt zum Sandhaufen verdammt worden.» Lenin: «Man hätte uns verhaftet! soll in einer Arbeiterversammlung in Berlin einer der Reichstagsabgeordneten gesagt haben, die am 4. August für die Kriegskredite stimmten. Darauf riefen ihm die Arbeiter zu: Na, wenn schon!» Es ist ganz richtig, wenn von Feiglingen, die ‹Wissenschaftlichkeit› über ihren traurigen Mangel an Mut und Charakter decken, heute gesagt wird: Eine Revolution konnte man damals nicht machen – weil man überhaupt keine Revolution ‹machen› kann. Wer hat das verlangt? Lenin: «Über die Stellungnahme zum Kriege konnten sich (1914) einigermaßen frei nur eine ‹Handvoll Parlamentarier› äußern, das heißt: ohne sofort gepackt und in die Kaserne geschleppt zu werden, ohne von unmittelbarer Erschießung bedroht zu sein, ausschließlich eine Handvoll Parlamentarier. Sie stimmten frei, rechtsgemäß, sie konnten noch dagegen stimmen – dafür wurde man nicht einmal in Rußland geschlagen oder mißhandelt, ja nicht einmal verhaftet...» Und wenn sie es getan hätten? fragt die Gegenseite. Wäre dann der Krieg abgebrochen worden. Nein. Aber die Massen, Unorganisierte und besonders Organisierte, hätten Mut bekommen, hätten den Krieg besser durchschaut und hätten *das* getan, was man ihnen heute in Deutschland vorwirft, und was sie leider nicht getan haben: sie hätten die Front erdolcht.

Denn hier scheiden sich die Wege: der breite der Kautsky, Bernstein, Südekum, Scheidemann, Ebert – und der schmale, der zum Ziel führt. Der Arbeiter hat kein Vaterland; er kämpft, wenn er dieses ‹Vaterland› verteidigt, einzig und allein für den Wechsel seiner Ausbeuter, und im großen ganzen kann ihm gänzlich gleichgültig sein, unter welcher Fahnenfarbe er ausgenutzt wird. Was wir erlebt hätten, wenn Deutschland gesiegt hätte, ist nicht auszudenken. Daß Staaten nach ihren Niederlagen meist weniger reaktionär sind als nach einem Sieg, den sie als Reklame für ihr System plakatieren, zeigt nur, welche immense Schuld die deutsche Sozialdemokratie nach dem Kriege auf sich geladen hat: es ist gradezu ein Kunststück, einen besiegten Staat in so kurzer Zeit weit unter sein Vorkriegsniveau zu treiben und noch reaktionärer werden zu lassen.

Karl Kautsky wird immer sachlich widerlegt. Die großen Verdienste Eduard Bernsteins werden stets anerkannt, wenn der entsetzliche Schaden, den er seiner Sache beigebracht hat, gezeigt wird. Bernstein... Ich sah ihn zum ersten Mal in den Tagen des Kapp-Putschs; meine ersten Worte nach der Begrüßung waren eine gerechte Charakterisierung Noskes, der damals grade auf Reisen war: er immer vorneweg, seine Schützlinge hinterher. Leider haben sie ihn nicht bekommen. Bernstein lief rot an und nahm hitzig den Renegaten in Schutz. Ich stand da, mit dem Hut in der Hand: vor mir der, von dem ich wußte, daß er durch Duldung der Verbannung sein Bestes für die Partei gegeben hatte, ein Mann, dessen Haar grau geworden war in Uneigennützigkeit. Ich schwieg. Es war schwer, zu schweigen. Denn er war die Gefahr.

Die Gefahr, der Millionen erlegen waren. Die Gefahr des Klassenkampf-Plakats, hinter dem nichts stand, nichts als kleinbürgerliche Demokratie, Reformmeier, kleine Weltverbesserer, die ‹Mißstände abstellten›. Betrogen die Arbeiter, betrogen die Gläubigen, die Opfernden, die jungen Menschen und die ergrauten. Und wofür —? Ein Glanzstück des Werkes: ‹*Die deutsche Sozialdemokratie und die zukünftige Internationale*› bringt ein Zitat aus den ‹*Preußischen Jahrbüchern*›, das das ganze Elend in einen einzigen Satz fängt. Es ist nach der ‹patriotischen› Haltung der Sozialdemokraten im Reichstag. «Selbstverständlich haben unsre sozialdemokratischen Mitbürger durch die Erfüllung vaterländischer Pflichten keinen besondern Anspruch auf Entschädigung erworben.» Judas, und nicht einmal dreißig Silberlinge.

Abgefangen war das Streben der Massen nach Klassenkampf, die Friedenssehnsucht, das dumpfe Streben, aus den Gräben herauszukommen ... abgefangen und unschädlich gemacht. Sie zahlten noch immer ihre Mitgliedsbeiträge — aber die Partei war längst tot.

Immer wieder überrascht in dem Bande die fast prophetische Gabe, mit der die Weltgeschehnisse angesehen werden. Man denke dagegen an das Geschrei der Parlamentarier im Kriege; an die Forderungen der Industrie; an die Leitartikel, besonders an die, die ohne den Druck der Militärbehörden zustande kamen; an das Wirken all dieser ‹Realpolitiker›, die nicht über das nächste Bezirkskommando sehen konnten; an Paulchen Rohrbach, dieses Waldhorn der Politik (der heute noch munter schreibt, nach so vielen Blamagen immer noch Leser findet, die nicht alle werden) — man denke an alles das und entscheide, auf wessen Seite die Klarheit und die Wahrheit stand. Ach, wie haben diese beiden recht behalten!

Und wie kläglich wirkt solchem Buch gegenüber der maßgebende Typus des deutschen Sozialdemokraten, der es wagt, Wilhelm Liebknecht zu feiern, den Mann, auf den er jedes Anrecht verloren hat. «Wilhelm Liebknecht gehörte der agitatorischen Periode des Sozialismus an.» So kann mans auch nennen. «Reinhardt», sagt der Schmierendirektor der Provinz, «muß historisch erklärt werden.» In solchem Wust von Charakterlosigkeit, Bequemlichkeit, Beharrungsvermögen und Blindheit vor den eignen Niederlagen wirken die Russen wie die ersten Chemiker im Zeitalter der Alchimie; wie die ersten Astronomen inmitten astrologischer Quacksalber. In diesem Scheidewasser lösen sich auch die künstlichsten Kristalle: ich weiß, wie schmerzlich es ist, eingeordnet zu werden, alles sträubt sich dagegen, wenn Barrès ein ‹Reaktionär› genannt wird, weil er ja auch noch eine Kleinigkeit mehr war. Aber doch nur eine Kleinigkeit, und auf die kommt es nicht an. Nein, es kommt nicht auf sie an. Das ist hier mit stählerner Mathematik bewiesen.

Dazwischen einmal, ein einziges Mal ein Sentiment. ‹*Zu Tode gemartert*›: ein Nachruf auf den russischen Revolutionär W. Lomtadidse, der in Saratow elend zu Grunde ging. Wie ein kleines schwarzes Kreuz starrt das in diesen grauen Artikeln.

Überzeugend ihre Stellung zu den Pazifisten.

Zunächst: sie sind gar keine. «Wir sind gar nicht gegen alle Kriege. Wir sind gegen ihre Kriege» – und ‹ihre› ist kursiv gedruckt und enthält eine Welt. Endgültig festgestellt ist das Wesen der Kriege – denn immer wieder legen beide den größten Wert darauf, daß es das nicht gebe: den Krieg. Sie schälen den wahren Grund, die wahren Ursachen des jedesmaligen Krieges heraus: den Nationalkrieg; den imperialistischen Krieg, wie der letzte einer war; den Krieg, den die Kolonie zu ihrer Befreiung von der Kolonialmacht führt ... und so fort. Und sie entscheiden danach, ob die ausgebeutete Klasse von ihrer Teilnahme einen Vorteil hat oder nicht. Nur dies gilt.

«Also hätte Deutschland sich 1914 unterwerfen sollen?» So fragt die Dummheit. Was fehlte, war die revolutionäre Propaganda gegen den Krieg auf allen Seiten, der Massenstreik auf allen Seiten, der Bürgerkrieg auf allen Seiten. Dazu gehörten: Vorbereitung, Mut, illegale Organisation und Führer, die nicht schon während des Verrats fest entschlossen sind, sich hinterher zu ‹amnestieren›. «Wenn wir diese Zeit der Ungeheuerlichkeiten überstanden haben werden, wird es erst Pflicht sein, einander nicht bei Wort zu nehmen», sagt noch einer der Besten, der Sozialdemokrat Victor Adler. Man denke das zu Ende: wir toben jetzt wie die Wilden mit den Kapitalisten, um ihren Krieg zu machen, ihre Interessen zu vertreten, wir feuern unsre Leute noch an, die Genossen der andern Seite zu schlachten, selbst zu krepieren wie das Vieh – und hinterher sagen wir: Es ist nichts gewesen. Für wen wird das nationale Wort denn gesprochen, wenn es nachher nicht gelten soll? Sagen wirs getrost: es ist aus Angst gesprochen worden.

Freilich sah das auf allen Seiten gleich aus.

Die französischen Sozialisten waren meist um keinen Deut besser – manche Überlebende, die ich kenne, unterscheiden sich in nichts von Scheidemann, es sei denn durch ihren Intellekt –, und auch Jaurès ist zeitig gestorben. Mit feinstem Instinkt wird er von den Russen immer ein bißchen à part behandelt; sie sind mit Recht überzeugt, daß auch er in die Regierung gegangen wäre, für die ‹Verteidigung des Vaterlandes› – aber wenigstens hat er sich bis zum letzten Tag seines Lebens, der allerdings der entscheidende war, tapfer gehalten.

Von Herrn Vandervelde ist eine reizende Szene aufbewahrt. Dieser Arbeitervertreter war Minister ohne Portefeuille, als es losging – die belgische Regierung wußte, warum. Er sollte die russischen Sozialisten beruhigen, doch nur wenigstens jetzt nicht (wo es drauf ankam) Opposition zu machen. Er wollte ihnen telegrafieren, brauchte dazu aber die Zensur des russischen Botschafters in Brüssel. Hier der Bericht des Botschafters:

«Am Tage darauf machte ich die Bekanntschaft Vanderveldes ... Das Gespräch kam auf das Telegramm, und Vandervelde las mir den ursprünglichen Text vor. Er begann so: ‹Wir kämpfen gegen den Militarismus und Imperialismus . . .›

‹Ich muß Ihnen zu meinem Bedauern sagen, daß ein solches Telegramm nicht durchgelassen wird. Sie rufen die Untertanen des russischen Reiches auf, gegen den Imperialismus zu kämpfen . . .›

‹Ja, aber doch nicht gegen den russischen —› unterbrach er mich rasch — ‹sondern den deutschen, den kriegerischen Imperialismus, der alle bedroht . . .›

‹Warum also nicht: gegen das preußische Junkertum?›

‹Ach, ausgezeichnet! natürlich gegen das Junkertum!›

So wurde das Telegramm abgefaßt . . .»

Und das vertritt heute den Weltfrieden in Genf.

Der Kampf gegen die falschen Freunde, die schlimmsten Feinde in einem Kriege, der, wie sich heute deutlich zeigt, gegen die Arbeiter geführt worden ist — dieser Kampf tobt durch das ganze Buch. Und doch ist der Zorn dieser beiden so ganz anders als die Wut auf der andern Seite.

Ich kenne viele deutsche Sozialdemokraten, die gradezu Krämpfe bekommen, wenn von den Leuten, die links von ihnen stehen, die Rede ist. Diese blauroten Köpfe, diese kippenden Falsettstimmen, dieses Gefuchtel mutet sonderbar an. Woher der Eifer —? Die Wut dieser Arrivierten, dieser kleinen Beamten, die in ihrer ‹Organisation› nicht gestört werden wollen, dieser Knaben, die in dem Augenblick, wo sie in der Regierung sitzen, alles vergessen, was sie vorher gepredigt haben, um in die Regierung zu kommen — diese Wut ist mit dem Seelenzustand eines angebundenen Haushundes zu vergleichen, dem sich das Fell sträubt, wenn nachts, in der Ferne, die Stimme des Wolfs ertönt. Es ist nicht der Wolf, der heult. Es ist der Bruder, der ruft, der fast vergessene Bruder, den der Hund verraten hat, als er des Fressens halber zum Menschen ging, um die Herden zu bewachen . . . Der Hund reißt an der Kette und kläfft. In seinem wütenden Gebell ist Haß, Furcht und ganz, ganz zu unterst Reue, Scham, Gewissensbisse und die längst mit Gewalt unterdrückte Sehnsucht nach der Freiheit, die der andre, der hungrige Vagabund, genießen darf. Zurück Sehnsucht! Weg Freiheit! Ich bewache die Hütte meines Herrn! Zweifle ja nicht an meiner satten Treue . . . Kein Haß ist so groß wie der des Haushundes gegen den Wolf.

Diese beiden haben gehandelt und haben gesiegt. Und sie wußten nicht, daß sie siegen würden — wieviel Lenins, wieviel Sinowjews sind vor 1914 als Emigranten verhungert, ungekannt untergegangen, in Sibirien erfroren! —, aber sie wußten, daß die Idee eines Tages siegen würde. Sie sind glücklich zu preisen: sie haben es erlebt.

Und weil diese Kommunisten es erlebt haben, weil sie die Ausbreitung ihrer Idee haben wollen – gegen die Sozialchauvinisten, die noch heute, dieselben Männer, die Partei weiter täuschen dürfen, über die Köpfe träumerischer Demokraten hinweg, die in dem Augenblick zurückschrecken, wo es ernst wird, und denen nachzugeben in manchen Gehirnen ‹taktisch› heißt –: weil sie gesiegt haben und weiter siegen wollen, sollten sie einen, einen einzigen Fehler vermeiden.

Sie sollten uns besser kennen, wenn sie bei uns arbeiten und arbeiten lassen. Aber darüber ein andres Mal.

FANTASIA

«. . . sattsam bekannte Ignaz Wrobel. Ja, glaubt denn dieser degenerierte Wüstensohn . . .»

Nationale Zeitungsnotiz

Der Löwe hinter meinem Hause schlug kurz an.

Vom Felsgestein der sieben Lüste, das sich grade an der Wegbiegung erhob, schritt ein Mann, in einen ehemals fast weißen Burnus gehüllt, majestätisch auf mich zu. Es war Reimann-Effendi, der Führer der sächsischen Mohammedaner. «Batschari-Aleikum!» sagte ich, würdevoll die Hand auf meine orientalische Brust legend. «Wie gähds dr denn?» sagte der Effendi und holte aus seiner Toga ein Gaffeegännchen, das er schlürfend leerte. «Der Name des Propheten sei gelobt!» sagte ich. «Nimm Platz und rauche diese Nargileh – wenn du ziehst, kommt Rauch; wenn du bläst, spielt sie: Deutschland, Deutschland über alles!» Der Effendi setzte sich, zog, blies und schwieg. Die Sonne glühte, um eine Zeile zu füllen.

Der Effendi blinzelte durch die offene Tür meines Harems; leise hörte ich ihn vor sich hinmurmeln: «Eene gleene Digge hädch gern . . .», aber schon tauchte der riesige Schatten meines Leibeunuchen Lissauer auf – solange er da war, konnte ich unbesorgt sein: denn was der unter den Händen hatte, das wurde nichts. Um meinen Gast abzulenken, begann ich, höflich mit ihm zu plaudern.

«Habt Ihr schon einmal eine Fantasia gesehn?» fragte ich ihn. Reimann-Effendi sah mich mit listigen Äuglein an, schwenkte den Kaffee und sprach die Verse:

«Dein dämliches Gefrage ehrt den gemeinen Mann – der Majestät des Todes kann niemand entgehn –
Wenn Sie meinen, daß Fantasia gut ist – mir soll sie nicht zu dick sein.»

Darauf sagte ich die Verse:

«O Adamskind, laß nicht die Hoffnung höhnen – Fantasia ist kein Mädchen, sondern eine Art Reitervergnügen –

Wenn ich aber Anschluß mit Damaskus bekomme — dann kriegst du die Fantasia.»

Und ich forderte «Damaskus Neunundneunzigneunundneunzig» und bekam es dreimal fast, und schließlich sah Allah-el-Telefon wohlgesinnt auf mich herab, und ich bereitete alles vor, wie es vorgeschrieben steht in den heiligen Büchern, und wir saßen still auf unsern Matten und kratzten uns und warteten. Nur einmal unterbrach Reimann-Effendi die Stille und sprach: «Wenn die Araber 'n Geenj häddn, wär alles viel besser!» — und dann war es wieder still.

Mit einem Satz sprangen wir auf.

«Ululululululululu —» heulte es durch die siedend-heiße Luft, und da brauste es heran. Wir stiegen uns aufs Dach und sahen hinunter auf Damaskus mit seinen Minaretts und seinem Moscheegekuppel, und dies war es, was wir sahen:

Vornweg sprengte die Reiterkavalkade der Samisischen Fischer: an der Spitze der alte Scheich Hauptmann, dem der Koran den Wein verboten hatte; hinter ihm ein Sklav' aus dem Stamme der Schmoggs; dann Thomas-al-Raschid auf einem Zauberpferd, das hatte vier Beine und kam nicht vom Fleck; dann Johab-il-Wassermann, der gern inkognito ausging; dann Trebitsch, der es lieber kognito tat; danach Shaw-Effendi, der Töpfer, der mit leeren Tongefäßen gute Geschäfte machte, und Rudolf Herzog, der Schuster . . .

«Ululululululu —» heulte die Kavalkade, und Tausende von arabischen Wüstensöhnen folgten, in Staub gehüllt, nach.

Da ritt, in prächtiger Haltung, der Reichsbund der deutschen Verleger, es waren einundvierzig Mann: Ali Baba und die vierzig andern; nach ihnen Alfred Sindbad der Seefahrer, der sieben Reisen gemacht hatte; Hedwig Scheherezade-Mahler, die sich dem Kalifen in der tausendundeinsten Nacht zum Fraße angeboten, aber er hatte gesagt: «Erzähle gottbehüte weiter!»; der junge Prinz Sternheim-al-Snob, der sich im Glanze einer Perlenkette sonnte, es war aber nur eine Perle daran; der Prinz von Theben; der Leibarzt des Kalifen, Unruh-Pascha, der Erfinder des immanenten Durchfalls; Omar-Klabund, ein vornehmer Perser, der hinter einem Steinklöpfer herjagte, weil der ihm einen Film weggenommen hatte; der junge Seeler-Hassan, der schoß, kaum, wurde er unser gewahr, auf unsre Wasserpfeife, er mochte Pfeifen nicht; Abdullah Zuckermayer, der Besitzer eines berühmten Weinbergs, um den allabendlich, in der Dämmerung, die Säue grunzten; Fatme Geßlerine, eine bekannte Märchenerzählerin; der alte Kümmeltürke Bahr der Mohammedaner geworden war, von der letzten Bekehrung her hatte er noch ein Kreuz um den Bauch baumeln. Auch zwei vermummte Gestalten bemerkte ich im Zug, die waren in weiße Tücher gehüllt, weil der Herausgeber der ‹*Weltbühne*› mir verboten hatte, sie anzugreifen, die alten Teppen — und so zogen sie ungenannt dahin.

Und ich reichte dem Reimann-Effendi mein Riechbüchschen mit Sago, und er hielt es an die edel geformte Nase und sagte die Verse:

«Wer ist der schöne Reiter dort, der keines unbeschnittenen
Christenhundes Wut wich?
Gännsde dähn? Das ist wohl Aemil Ludwig!»

und ich antwortete mit den Versen:

«Wer ist der edle Moslem dort – mit jenem rosa Pickele?
Gännsde dähn? Das ist wohl René Schickele!»

und so sprachen wir noch viele schöne Verse.

Und es ritt ein Fremdling im Gedränge mit, den niemand kannte – in einem sonderbaren Kostüm. Wie sich später herausstellte, hatten wir den Ritter von Hofmannsthal gesehen, einen Christen, den die Türken bei der Belagerung von Wien im Jahre 1529 dort zurückgelassen hatten, als einzigen seines Stammes; der hatte sich zur Abwechslung als Orientale verkleidet, und daher erkannte ihn im Morgenlande kein Mensch. Auch trieb sich ein Gaukler in der Schar umher, mit einem Tigerfell, darunter eine Panterhaut, darunter die Federn eines Wrobels – und unter alledem ein magerer, blau rasierter Kerl mit einem Gesicht, wie wenn er Essig gesoffen hätte.

Und es folgten, auf Pferde gebunden, die Kriegsgefangenen der Kavalkade: die verfluchten Söhne des Sozi-al-Demokrat. Auf daß sie weicher säßen, hatte man ihnen einige Kompromisse untergelegt, und doch waren sie braun und blau am ganzen Leibe, Allah weiß, von wem sie ihre Prügel bezogen hatten; und es war einer dabei, Hörsing aus Bagdad, das war ein Barbier und ein fürtrefflicher Schaumschläger vor dem Herrn. Und nach ihnen tänzelte noch ein junger, aber falscher Prinz, in Wahrheit ein Edschmid von Beruf, hier aber hieß er der Aufgewachsen-Bey, und das war der allerletzte.

Und als sie alle versammelt waren, siehe, da wurden wir Zeugen eines unvergeßlichen Schauspiels. Aufbäumten sich die Pferde der Fantasia, der Staub wirbelte, einer der Reiter erhob die Flinte und gab einen Schuß ab. Bestürzt und erschreckt hielt die Kavalkade der Tausende – sie dienten jetzt fünfundvierzig Jahre der Fahne des Kalifen –: aber einen Vorschuß hatten sie noch nie erlebt.

Und als sie alle, alle so auf ihren Pferden regungslos in der untergehenden Sonne hielten, horch, da sang der Muezzin vom Turm der nahen Moschee sein Abendgebet. Und also sprach der Muezzin:

«Allah-il-Allah – es gibt nur einen Gott, und Mohammed, der Heilige von Mokka und der ganzen Medine, ist sein Prophet!

Höret, Gläubige!

Lobet den Brecht, denn der Bronnen ist nicht weit – und ein Thomas in der Hand ist besser als ein Klaus auf dem Dach ...

Wenn dich Kerr lobt, ist es Fatum; wenn dich aber Ihering tadelt, ist es Kismet, und so spielen sie das Spiel: Haust du meinen Moslem, hau ich deinen Moslem . . .!

Gedenket in Liebe Paul Valérys, der da Mode ist unter den Völkern; wer ihn aber lesen kann, dem will ich was prousten . . .

Herrgott, wie groß ist deine literarische Welt, wie erhaben deine ‹*Weltbühne*› und wie mannigfaltig dein Tierreich . . .

Und wer da eingeht in die Gesamtausgabe, dem ist das Paradies sicher, mitsamt den Houris, die da rufen: Na, Kleener –?

Es ging ein Fischer aus, einen Wolff zu suchen, aber es war eitel Reiß in seinem Netz, und als er sich den Schaden besah, da war die himmlische Schmiede leer . . .

Zeucht hin in Frieden, vermehret euch wie die Sandflöhe am Meer, denn wir haben noch nicht genug . . .

Allah-il-Allah –!»

Da erhob sich ein brausender Ruf aus tausend und aber tausend brauner Kehlen. «Wem sagen Sie das –!» riefen die degenerierten Wüstensöhne.

Der östliche Abend verdämmerte langsam im Westen, mein Gast Reimann-Effendi war längst gegangen, und ich sann noch lange unter den rauschenden Palmen über die Wunder des Morgenlandes.

DU HAST EIN BETT

Auf dem Nebengeleis, in Bayonne, rangieren zwei Männer einen Güterwagen, pfeifen und schwenken eine Fahne, springen dem Rollenden auf den Leib und hüpfen wieder ab . . . Übrigens habe ich noch keine Wohnung in diesem überfüllten Laden, und alle Leute drängen schon mit ihren Koffern auf dem D-Zug-Gang und wollen heraus. Was wird das werden –?

Man mag nicht gern in einen Ort fahren, von dem man weiß, daß es schwer ist, unterzukommen. Hier ists besonders schauerlich: denn gleich von nebenan, aus Biarritz, kommen die Minderbemittelten, die da nur am Tage mondän sind, und wohnen in Bayonne. Kein Bett frei. Schließlich lande ich wieder beim Hotel Terminus, das im Bahnhof liegt, und der Mann an der Theke empfiehlt mir ein Häuschen, ein Stübchen, ein Bett . . .

Bis dahin sah ich die Stadt an, in unbehaglich frierende Haut gehüllt. Die Adour und die Arkaden und die Basken – alles sehr schön und gut, aber welche Wanze wird mich heute nacht beißen? Das war gar nicht romantisch, aber so war das.

Nein, so ist das immer.

Landschaftsschönheiten und tröstende Auskünfte und freundliches

Schultergeklopfe und herzinnige Kopfnicker – du hast ein Bett, ich habe noch keines. Neid noch auf den letzten Kohlenträger – er ist hier eingeschaukelt.

Schließlich werde ich eins finden. Aber wenn ich es nicht bezahlen könnte, wenn ich Hunger hätte? Was nützten mir da liebe Auskünfte, vollbärtige Ratschläge, tröstende Bibelsprüche, gesalbte Leitartikel? Sie machen mich nicht satt, und ich höre nur immer heraus: Du hast ein Bett, du hast ein Bett, ich habe keins.

Woher denn vielleicht diese merkwürdige Gleichgültigkeit der arbeitslosen Klassen den feinern Postulaten der Kunst gegenüber herrührt; sie haben so gar kein Verständnis für die Adjektiva bei Proust! Und wie undankbar sind sie! Sage ihnen, daß Deutschland wieder empor müsse – sie verstehen dich nicht. Sage: wir alle wollen untergehn, wenn der Staat nur gerettet wird – sie bleiben stumm. Setze ihnen die ökonomischen Grundlagen der Krise auseinander: sie blicken verloren in die Weite und hören auf das Knurren eines Magens, der ihr eigner zu sein scheint. Kurz: undankbare Geschöpfe.

Aber immer, wenn ich Präsidentenreden, Wohltätigkeitssprüche, patriotische Rote-Kreuz-Damen, abwiegelnde Sozialdemokraten, Zahlabendbonzen und Reichstagsabgeordnete höre, tönt eine angeschlagene Saite in mir fort, ein lang hinhallender Ton wie von einer Stimmgabel: Du hast ein Bett, du hast ein Bett. Wir frieren.

IN DER ERSTEN REIHE

Unmittelbar vor mir bummert der Mann auf seinem Flügel – ich höre nur Rhythmus, und das ganze große Orchester macht die Begleitmusik dazu. Kaum habe ich Zeit, mich herumzudrehen und zu gucken, was sie aus dem Tanzlokal Moulin Rouge gemacht haben: ein großes Theater – dann muß ich nach vorn sehen, was es da alles gibt.

Die Mistinguett ist noch nicht da, vorläufig hopsen noch die halb- und dreiviertelnackten Mädchen umher; manche, die feineren, tragen ein enggewickeltes Leibchen von zweifelhafter Weiße, dunkelweiß, sozusagen. Eine ist rührend dünn, sieht aus wie ein gerupfter Sperling. Eine wackelt mit den Brustspitzen, hat aber durchaus schwarze Zähne. Man sieht von hier vorn ein bißchen zu genau; man sieht: die Fratze der Revue.

Ah, wie ich das kenne:

Die Hausvertraulichkeit; die winzigen Späße während der Arbeit; das gelangweilte Interesse an allen Vorgängen auf der Bühne – einmal ist große Heiterkeit im Orchester: der Kapellenmeister lächelt, die Bratschen feixen, das Saxophon grinst, und mein Pauker am Flügel reißt den Mund auf. Die nackte junge Dame, die an der linken

Säule lehnt, weiß, warum gelacht wird, sie verbeißt sich aber ihre privaten Empfindungen. Sie wechselt nur einen schnellen Blick mit den Musikarbeitern, dann bewegt sie die Arme, wie es ihr Tanzmeister befohlen hat. Dafür wird sie bezahlt. Und nun hüpft die ganze Bühne.

Diese Revue hat einen Vorzug vor allen andern in Paris: Tempo. Das geht wie geschmiert, eine Nummer rattert nach der andern herunter, und es sind recht gute dabei. Karikierte Herrenmoden: drei Männer mit riesig weiten Pluderhosen, mit noch größeren Mützen, mit ungeheuren Westen ... sehr hübsch. Jetzt singt oben eine beklagenswerte dicke Dame ein schmachtendes Lied zu all der Nackigkeit, das Orchester seufzt auf, der Mann am Flügel wiegt sich. Und dann wird es plötzlich ganz laut, die Pauke sitzt glücklicherweise auf der andern Seite des Theaters, die Saxophone quäken, ein Takt, den ich kenne, tönt, ‹*Valencia!*› singt das Orchester – da ist Mistinguett.

Sie ist alt, aber das Publikum nimmt sie immer noch auf den Arm. Wenn sie parisert, rauscht es durch die Stehplätze – da fühlen sich alle zu Hause. Sie singt ‹*Valencia*›, das Lied mit der Pause und dem Trommelrhythmus, wie eine Maschine arbeitet der Takt. Sie ist frech und steht allemal in der ersten Reihe; sie hat die größten Reiher und die grünsten Kostüme. Aus der Kulisse langt die Hand des Beleuchters, das Orchester tost; krack! macht es vor mir, da ist dem Flügel eine Saite aus dem Leib gesprungen, traurig liegt sie da und leuchtet matt. Oben geht Mistinguett umher und macht das Gesicht ihrer Jugend.

Ja, sie ist noch gut. Einmal kommt sie im braunen Röckchen, mit wirren Haaren; sie balgt sich mit bösen Männern im Wald herum, spielt mit einem Affen – da ist ein Augenblick, ein ganz kurzer nur, in dem versagt ihr die Stimme, als sie dem Affen erklärt, wie das mit der Liebe ist ... gut. Dann quetscht sie wieder die Stimme, ist ‹richtig›, sagt ‹nib› statt ‹rien› und erfreut die Fremden, die sie kaum verstehen, kaum fühlen, und alle Franzosen, die da sind. Die Lokalanspielungen verpuffen hier.

Und ich sehe jedes Puderkörnchen, die Falten, die verlängerten Augenbrauen – auch dies ist schön. Auch weiß ich schon immer vorher, was kommen wird: in den Soffitten stehen die Auftretenden und warten, ungeduldig mit den Füßen scharrend, auf ihr Stichwort; einmal geht die Mistinguett im braunen Kittelchen ab und sieht noch eine Sekunde auf die nächste elegante Tänzerin; mit einem himmlischen Gassenjungenblick umfaßt sie die feine Dame und tanzt dann ab, die ganze Unsinnigkeit der tanzenden Eleganz in den Beinen, alles im braunen Kittelchen; von oben baumeln ein paar nackte Beine auf die Bühne; das ist eine ganze Vogelstange voll nackter Mädchen, die wohl gleich heruntergelassen werden, richtig, da sind sie ... und so geht diese Revue hin.

Ich lerne eine neue Technik der Couplets kennen, aus der sich auch für Berlin viel machen ließe, aber ich werde doch keine Geschäftsgeheimnisse verraten. Ein darstellerischer Schlager ist da: «Ich bin nicht so eine, wie Sie glauben», danach: «Was wollen der Herr denn anlegen?» – und das auf alle Geschlechter übertragen, auf die Politik ... Und immer wieder ‹Miss›, die die Leute hopp nimmt.

Unmöglich, mit dem Bankier aus Berlin neben mir ein Wort zu sprechen. Ich sehe nur, wie er die Lippen bewegt; was er sagt, wird von dem alles zermalmenden Lärm der Musiker verschlungen. Jetzt winkt er dem Klaviermann, er solle leiser spielen. Der lächelt und spielt lauter. Mein Nachbar kommt von der berliner Börse und ist lärmempfindlich: ein seltsames Naturspiel.

Und dann ist es aus: noch einmal singt alles *‹Valencia›*, auf der Szene stehen hundert junge Damen mit leuchtenden Trommeln und trommeln den unerbittlichen Takt, das Orchester macht einen Höllenlärm, ich weiß jetzt endlich – mitten in Paris –, was die hinter uns sitzende berliner Rechtsanwaltswitwe für eine Geborene ist – und nun gehen alle nach Hause. Das Orchester ist noch sitzen geblieben und schmettert uns *‹Valencia›* nach. Nein, es schmettert nicht – jetzt sitzen sie ganz still und singen leise, ohne Instrumentenbegleitung, den Refrain, der populär gemacht werden soll. Es hört sich an wie verhallender Gesang auf der Wolga. Nun bin ich auf der Straße, klappe den Kragen hoch und gehe aus dem Fremdenzimmer wieder nach Hause, wieder nach Paris.

INTERVIEW

Ich sage: «Sagen Sie mal», sage ich, «was schreiben Sie denn jetzt so –?»

«I», sagt er, «wir schreiben doch heute nicht mehr», sagt er.

«So?» sage ich, «Sie schreiben nicht mehr? Wie kommt denn das?»

«Sehn Sie mal», sagt er, «das ist so:

Wo die andern schon alles geschrieben haben – wozu sollen wir nochmal? Was Neues erfinden wollen wir nicht, weil wir nicht wollen – und da arbeiten wir um, ja. Da haben sie *‹L'Aiglon›* geschrieben – das machen wir nochmal; da ist der *‹Kean›* – den schreiben wir auch – einrichten nennt man diß. Nächstens werden wir einen *‹Faust›* und einen *‹Hamlet›* und einen *‹Fuhrmann Henschel›* schreiben ... ja.»

«Aha», sagte ich.

«Ja!» sagt er. «Wir sind die Reclam-Dichter», sagt er. «Und denn», sagt er, «das enthebt uns sozusagen von aller Erfindung.»

«So –» sage ich.

«Allemal», sagt er. «Wollen Sie mir vielleicht sagen», sagt er, «wozu die gute Königin Luise gelebt hat? Die hat gelebt, damit Herr Berger aus Frankfurt ihr Schicksal gestalten kann», sagt er. «Wenn die gute

Königin Luise auch aus Frankfurt wäre, hätt er das valleicht nicht getan», sagt er, «aber so –. Und dann haben wir den großen Preußenkönig – von dem schneiden wir die Romäne man bloß immer so runter», sagt er. «Der Mann war ja so interessant! Der Mann hatte ja solch ein Herz für sein Volk! Und für seine Leiden! Und für die Blasenleiden seiner Kammerdiener –! Ja. Na, und denn Joethe! Kenn Sie Joethen? Sie, da kommt keiner mit – son Stoff ist der Mann! Und Schiller? Kenn Sie Schillern? Das arme Luder hat Walter von Molon nicht mehr erlebt – sonst hätt er einen dreibändigen Roman aus ihm gemacht. Eine Tirolojieh nennt man diß. Ich sage Ihnen das eine», sagt er. «Wenn Sie schlau sind, dann stellen Sie man immer eine markige Gestalt aus dem Konservationslexikon auf die Beine, das sind schon zwei Akte, jedes Bein einer. Und dann stellen Sie noch eine Gestalt auf die Beine – das sind wieder zwei Akte, macht vier Akte. Und denn lassen Sie die beiden Persönlichkeiten miteinander reden, das sind schon fünf Akte, und wenn Sie eenen vajessen ham, denn sahrn Sie: dichterische Freiheit. So macht diß Robert Neumann und Alfred Neumann und Hansjörg Neumann – so machen das alle unsre Neuleute. Ja.»

«Aha!» sage ich.

«Ja», sagt er. «So macht man diß, wenn man Grips hat. Das Publikum», sagt er, «hat Respekt vor seiner eignen Bildung», sagt er. «Da kann Ihnen gar nichts passieren. Sehen Se mal, früher: Pippa, Ophelia, der olle Moor, der junge Carlos – wat denn? wat denn?» sagt er. «Man muß die Leute mit seine Phantasmajohrjen nich irre machen. Künstlerische Wirklichkeit, Herr!» sagt er.

«Hindenburg?» sage ich.

«Zu nah», sagt er. «Es steht uns nicht an, die lebende Größe zu beleuchten», sagt er. «Nee: Wolfjang von Gneisenau! Hermann der Cherusker! Michel Anschelow», sagt er. «Nappolium, das pathetische Aast. Zeppedäus von Ziethen; Rinnesanx; der olle Pappenheimer – Geschichte, Herr! Historie! Bildung! Bildung!»

«So is diß!» sage ich.

«Ja», sagt er. «Es bringt die Bedeutung der verflossenen Vergangenheit dem deutschen Volke nahe», sagt er. «Was meinen Sie, wie viele Judenjungs heute in fremde Reiterstiebeln rumjehn! Die Geschichte ist die Mutter aller Dinge. Und denn», sagt er, «es ist auch leichter. Dies ist die Wiedergeburt des deutschen Dramas.»

«Na, denn hatchö!» sage ich.

«Einen deutschen guten Tag», sagt er.

«Sie mir auch!» sage ich. Aber da war ich schon draußen.

DIE ANGELEGENHEIT

Bei meiner Jagd auf Modewörter springt ein seltsam schwarz-weiß gestreiftes Ding durch die Grammatik-Bäume, ich lege an, es bekommt die Ironie-Ladung grade in den ... ich habe vergessen, wie wir Jäger diesen Teil des Wildes nennen, und als ich näher trete, erkenne ich die Beute. Es ist ‹die Angelegenheit›. Das ist ja eine dolle Angelegenheit.

In dem Wort schnoddert so viel Offizierskasino, und dorther kommt es wohl auch. Noch vor drei Jahren gebrauchte man den Ausdruck richtig für ‹affaire›, für ein Gefüge von Ereignissen, Sachen, Personen, die alle zusammen eine Angelegenheit ausmachten. Das hat sich geändert.

Der Gebrauch des Wortes hat sich zunächst ausgedehnt; es wird, wie fast alle Modewörter, wahllos auf halbfertiggedachte Begriffe angewendet, so daß eine Definition kaum noch möglich ist. Alles ist eine Angelegenheit, und sie geht selten ohne Adjektiv aus. Sie hat leicht pejorativen Sinn; wenn einer ‹Angelegenheit› sagt oder schreibt, ist es, als rümpfe er verächtlich die Nase.

‹Angelegenheit› wird auch recht reizvoll burschikos verwandt. «Martha – eine verwandtschaftliche Angelegenheit.» Auch wird das Wort da gesetzt, wo früher ein Adjektiv stand, also etwa so: «Das Stück ist eine verjährte Angelegenheit» – es klingt mongdäner, mehr aus der linken la main, wir schreiben das zwischen Frühstück und Golf.

Neulich traf die Angelegenheit im Walde ein Tier, das ihm merkwürdig ähnlich sah. Sie beschnupperten sich, sie waren sich sympathisch, sie konnten sich riechen. «Wer bist du?» sagte die Angelegenheit. Das andre Tier hob stolz den Podex. «Ich bin das Problem –!» sagte es. «Ah – drum!» sagte die Angelegenheit. Und im frischen Waldesgrün zeugten sie ein Kind, das hieß: Einstellung.

Mit Hilfe dieser Wörter fallen den Schreibern die fertigen Artikel aus dem Munde, es genügt, diese Ausdrücke aneinanderzusetzen, und man hat einen Aufsatz. «Meine Einstellung zu diesem Problem ist schon irgendwie eine komische Angelegenheit.» Es ist, wie wenn ein Kommis ein Monokel trägt. Eine halbe Brille.

HINTER DER VENUS VON MILO

Hinter der Venus von Milo, im pariser Louvre, steht ein kleines Bänkchen, auf das habe ich mich neulich gesetzt. Von der Venus sah ich nur den dunkeln, unbeleuchteten Rücken. Die Besucher standen in voller Tageshelle.

Es rückten an die Völker der Erde, in schlendderndem Museumsschritt, schon ein wenig müde vom vielen Spazierengehen, und von weitem sah man die Stumpfheit ihrer Gesichter. Wenn sie sich aber der Venus näherten, dann wechselte der Ausdruck.

Die meisten waren etwas befangen und traten mit einem Gesicht näher, das Männer machen, wenn sie einen Frack anhaben und einen etwas zu hohen Kragen. Sie gaben sich innerlich alle einen Bildungsruck und ‹nahmen Haltung an›. Also das ist sie . . . Selbst die Frauen machten häufig eine halbe Verbeugung – aber nur, wenn sie allein waren –, manche lächelten wie ertappt. Es gab auch Offensivgeister, die traten rasch und resch in den kleinen hohen Raum: «Na sahrn Se ma – sind Sie denn nu wirklich so schön, wie es immer heißt? Das wollen wir gleich ma sehn –!»

Sie traten vor und traten zurück, sie suchten einen ‹point de vue› und hielten die Hand vor Augen, um das ungehörige Licht abzublenden; sie buchstabierten die kleine Drucktafel, auf der drauf stand, daß dies die Venus von Milo sei, ich sah in weitaufgerissene Nasenlöcher und auf funkelnde Brillengläser. Manche kamen schnell angetrabt, mit etwas in den Augen, das sagte: «Na, da bist du ja!» Und: «Du hängst übrigens bei uns in der guten Stube!» Und: «Wirklich sehr schön!» Für viele hätten blaue und rote Gläser da sein sollen, mit denen man sich das Schauspiel hätte bunter gestalten können.

Männer mit schweren Schritten, steifer Haltung und zu kleinen Hüten rückten an, die mußte ich schon mal gesehen haben; französisch waren nur die Wächter, und das Schrecklichste der Schrecken umringte die stille Statue: die reisende Mittelstands-Amerikanerin. Laut, frech, aufdringlich, taktlos, ein unangenehmer Papagei. Ein englisches Mädchenpensionat saß auf den Bänken, wie die Vögel auf der Stange – sie schnatterten ziemlich laut und zeigten sich Bonbons und Ansichtskarten. Ein grausiges Gestell aus Chicago verhandelte mit einem Aufseher, der gutmütig Auskunft gab in einer Haltung, die verriet: «Ich bin schon achtzehn Jahre in dieser Anstalt, ich wundere mich über gar nichts mehr!» – Und ein Liebespaar auf einer Bank in der Ecke blieb eine halbe Stunde – hier und nur hier fühlte es sich ungestört vom pariser Klatsch . . .

Und es kam die junge Generation, Sportfiguren und glatte Gesichter. Die sahen ganz anders zur Venus auf. «Ewig», steht in den Kunstbüchern, «ist der Schönheitswert dieses Körpers . . .» Ewig? Wirklich: ewig –? Diese jungen Leute, denen das Saxophon schon einiges erzählt hatte, dachten darüber vielleicht anders. Viele schnupften kurz auf, sahen hinauf, wieder hinunter, umstanden den Sockel und gingen wieder fort. Ihre Venus sieht vielleicht anders aus.

So saß ich noch lange, lange Zeit. Und muß sagen:

Ich persönlich möchte ja nicht die Venus sein. Hinterließen Augen Flecken: sie müßte aussehen wie eine Pardelhaut. Und wieviel Gleichgültige sehen sie an! Wieviel Konvention ist dabei, Mußbesuch, Pflichtspaziergang im Louvre – («Und nun noch der Eiffelturm und die Oper – und dann ham was geschafft –!») Ein Museum ist eine Sache.

Aber vielleicht darf man sich überhaupt nicht hinter die Objekte setzen. Denn was man da so im Laufe der Zeit zu sehen bekommt, läßt einen bald abstumpfen, weil es sich tausendfach wiederholt, weil die Phantasie der Menschen gering ist und ihre Spielarten noch kleiner – und weil Clowns, Richter, Ärzte und manche Damen Bescheid wissen, wie es wiederkommt, alles miteinander.

INTERESSIEREN SIE SICH FÜR KUNST –?

> «Dieser unaufhörliche Musiktrieb gab ihm zu denken. ‹Der Blinde hört gut›, fiel ihm ein. An Stelle des verkümmerten Sehens scheinen die meisten Menschen eben mit etwas musikalischem Schwachsinn behaftet. Auch ist ja insofern Musik die bequemste Kunst, als ihre Reproduktion bereits die Illusion selbständiger Schöpfung gibt. Schließlich gilt es schon beinah als eine Art Leistung, in einem Konzert gewesen zu sein. Er dachte: schlappschenklig dasitzen, dösend recipierend, ohne daß die dicken Augenlider dabei aufgehen müssen, das ist bei übriger Denkfäule und Stagnation noch eben möglich. Hatte aber etwa ein Fremder hier noch nicht jedes Musikwerk und in jeglicher Bearbeitung gehört, wich man vor ihm zurück wie vor einem Aussätzigen, kam sich maßlos überlegen vor.»
>
> Sir Galahad

Der Bürger mitteleuropäischer Staaten hat es mit der Kunst; darauf ist er sehr stolz. Das macht er so:

Papa liest in den Abendstunden ein ‹gutes Buch›, womöglich eines, das seiner alten Schulbildung schmeichelt und über das man nachher wunderschön reden kann. Mama liest den neuen Roman, in dem sie die Fährnisse der Geschlechtlichkeit erlebt wie ein alter Matrose die Beschreibung fremder Stürme – Ellychen liest denselben Roman heimlich, und dabei puppert ihr nicht nur das Herz; Karl war in der Kunstausstellung und erklärt die grünen Bilder für ‹blödsinnigen Kitsch› und die roten für ‹außerordentlich modern›. So tut jeder, was er kann.

Das bliebe ja nun das Privatvergnügen der Herrschaften, wenn sie sich nicht noch gar so viel darauf einbildeten. Sie halten diesen Kunstrummel ernsthaft für das, was sie in ihren Salons ‹Kultur› nennen – und sie glauben ebenso ernsthaft, es sei bereits etwas, wenn einer mehr oder minder gescheit über Hodler, die Epigonen C. F. Meyers, Honegger und Rodin mitreden könne. Es gibt auch schon eine ganze Menge Familien, in denen die Kunst ohne Snobismus gepflegt wird, recht vernünftig und gemessen – aber welche Überschätzung dieses Tuns –!

Es ist natürlich immer noch besser, wenn sich kleinere Gesellschaften über Strawinsky unterhalten, als daß sie pokern. Ich halte nur den Unterschied nicht für gar so gewaltig. Um das begreiflich zu machen, denken wir ein bißchen an eine Salon-Unterhaltung aus dem achtzehnten Jahrhundert, die wir imaginär miterleben wollen. Eine halbe Stunde unsichtbarer Gast in einem solchen Kreis, der sich die Zungen über die kleine Modeliteratur des Tages, über die Malerchen und Musikerchen zerbricht – und wir sprächen: «Sonst haben die Herrschaften keine Sorgen –? Das ist es, womit ihr euch beschäftigt? Seht ihr nicht um euch? Wie es den Bauern geht? Wie es in euern verlausten Gefängnissen aussieht? Wie die Warenproduktion geregelt ist? Daß Mädchen von ihren Aushältern gequält werden – ?» Indigniert hätten sich alle Lorgnonträger abgewandt ... Welch ein kulturloser Flegel!

Es ist heute genau so.

Sie sind nicht nur stolz auf die Tatsache, daß sie Kunst genießen – noch viel stolzer sind sie, wenn sie ein Urteil fällen. Ein junger, begabter Dramatiker Frankreichs, Marcel Belvianes, schrieb mir jüngst: «Der Leser fühlt sich dem Autor überlegen, einfach durch die Tatsache, daß er sein Urteil über ihn abgibt.» Moderne Literatengespräche, moderne Kunstgespräche unterscheiden sich in nichts von einer Börsenunterhaltung: notierte und unnotierte Werte schwirren in der Luft umher, der ist gut, jener ist besser, der dritte ist ganz schlecht – und eine hitzige, völlig sinnlose Debatte hebt an und endet nie. «Wie findest du Rilke? Wie, du findest ihn gut? Findest du ihn noch gut oder schon wieder gut? Malt Klee besser als Cézanne? Und ich sage dir, Pfitzner ist kein Wert für die moderne Musik ...» Man kann das jahrelang fortsetzen. Der Kunsttrottel aber ist in seinem Kram so befangen, daß er ehrlich glaubt, mit diesem Geschwätz eine Leistung vollbracht zu haben.

Wer die Enge seiner Heimat ermessen will, reise. Wer die Enge seiner Zeit ermessen will, studiere Geschichte. Er sehe sich einmal alte literarische Zeitschriften an, ältere Kunstbücher – und er wird staunend erkennen, wie wenig bleibt: die Vokabeln, die Begriffe, die Schlagworte haben gewechselt, zergangen ist alles wie Staub im Wind.

Und es ist mit Recht vergangen.

Fragt mich einer nach den letzten schweizer Musikern, so fangen meine Gedanken an, zu wandern, und ich frage dagegen, ob es wahr ist, daß in gewissen schweizer Gefängnissen absolutes Sprechverbot besteht. Besteht es, dann können mir sämtliche schweizer Kunstbewunderer den Buckel herunterrutschen und ihre braven Frauen hinterdrein. Besteht es nicht, dann wollen wir weiter sehen.

Kunst ist in gemäßigten Bürgerkreisen ein Gesellschaftsspiel. Sie hat genau den Wert eines solchen und wiegt nicht ein Gramm mehr.

Richard Strauss, die Wertung des Kellerschen Einflusses auf die moderne Prosa, blinde Kuh, italienische Frühgotik und französische Spätrenaissance — es geht alles in einem hin. Dafür gibt es einen schlüssigen Beweis.

In dem Augenblick, wo solche Kunst Tendenz wird, spielt der Bürger nicht mehr mit. Er, der so entsetzlich stolz ist, wenn in seinem Literaturvereinchen Georgesche Verse mit denen Valérys verglichen werden, erstarrt zu Eis, wenn solche Verse etwa den Aufschrei einer vom Arbeitgeber gequälten Kreatur wiedergeben. Nur sehr große Snobs sprechen dann noch von der ‹Schönheit der Form› —. Die andern gehen lieber zu Proust über. Nur nichts ändern —!

Und diesem Getu ist entgegenzusetzen: alles ändern.

Das bürgerliche Kunstspiel ist die Ablenkung vom wesentlichen. Es führt zu gar nichts, als ohnehin satten Leuten die Zeit zu vertreiben. Es ist an sich vielleicht nicht schädlich — aber es wird maßlos überschätzt, und es wird bewußt überschätzt, weil es so schön ungefährlich ist, weil kein Zinswucher, keine Ungerechtigkeit des Besitzes an Grund und Boden, keine Agrarreform damit verbunden ist. Ein Musikenthusiast frißt selten andre Menschen.

Soweit also die bürgerliche Kunstduselei keine Lüge ist, die den vom Wucher ermatteten Kaufmann abends freundlich aufheitert wie der Rundfunk und ihm die Möglichkeit gibt, einen richtigen — denken Sie nur! — ‹Salon› aufzutun — ist sie gleichgültig. Hie und da unnütz. Auf alle Fälle unbeträchtlich.

Nicht das ist Kultur, daß irgendein Oberlehrer schöne Verse nachzuschmecken vermag, ein Musikstück versteht, ein Gemälde zeitlich richtig einordnet — nicht das ist Kultur. Das ist überkommenes Spiel.

Wertvoll darf heute ein Volk genannt werden, wenn seine Polizei in Ordnung ist. Wenn seine Geschworenen keine Mörder freisprechen, die unbequeme Reformer aus Rache ermorden. Wenn seine Arbeiter arbeiten können und dabei ihr Auskommen finden. Wenn die Verteilung von Einkommen und Lasten gerecht verteilt ist. Dann mögen sich die Leute die Köpfe über die Lyriker heiß reden. Aber erst dann.

Denn es kommt eben nicht mehr darauf an, welches Land die schönsten Theaterstücke, die besten Tänzer, die kompliziertesten Musiker hervorbringt, sondern es kommt darauf an, daß jeder tätige Mensch gesund und anständig wohnt, sich gut nährt, sich waschen kann und sein Leben nicht den Wirtschaftsoperationen des Staates schuldet. Dafür zu sorgen ist wesentlich undankbarer, weniger amüsant, mitunter gefährlicher als Fräulein Minna die Schönheiten Thomas Manns schwärmend auseinanderzusetzen.

Die Kultur fängt da an, wo Bankdirektors aufhören: bei der tätigen radikalen Politik, die die Welt nach oben reißen will.

KEINEN MANN UND KEINEN GROSCHEN –!

Man denke sich einen Feuerwehrhauptmann, der allwöchentlich in der Stadtverordnetensitzung seines Heimatortes aufmuckt und folgende Rede hält:

«Wir Feuerwehrleute sind die ersten im Staate! Ihr habt für uns zu zahlen, daß euch die Knochen knacken! Wer nichts bewilligt, ist ein Schuft! Wir, die Feuerwehrleute, geben den Ton bei euch an! Wir Feuerwehrleute allein haben den echten deutschen Geist! Wir, wir, wir –!»

Spräche er so, so klopfte ihm nach der zweiten Ansprache sicherlich ein verständiger Mann auf die Schulter und sagte: «Lieber Herr Hauptmann! Regen Sie sich wieder ab! Die Feuerwehr ist eine Notwendigkeit, denn mal brennt es immer irgendwo. Aber dafür, daß Sie Ihre sicherlich schwere Pflicht tun, bekommen Sie bezahlt – Sie sollen auch die Gerätschaften haben, die Sie brauchen. Was aber den echten deutschen Geist betrifft, die Gesinnung und alles das . . . das ist nicht Ihre Sache. Tun Sie Ihre Pflicht, überlassen Sie den Bürgern und Steuerzahlern, was die für Ihre Feuerwehr ausgeben wollen, und im übrigen: schweigen Sie.»

So spräche ein Mann mit seinen fünf gesunden Sinnen.

Dieselben Reden wie die eines aus dem Leim gegangenen Feuerwehrhauptmanns hören wir ständig von unsrer Reichswehr. Nur liegt da die Sache weitaus schlimmer.

Von Geßler wollen wir nicht ernsthaft reden. Der Mann ersetzt, was ihm an Macht in seinem Bereich fehlt, durch Unverfrorenheit im Auftreten jenen Parlamentariern gegenüber, die es nicht besser verdienen, weil sie sichs gefallen lassen. Der wahre Reichswehrminister heißt Hans von Seeckt.

Wenn wir Seeckt den besten deutschen Politiker nennen, so heißt das zunächst nicht viel, denn ernsthafte Rivalen hat er nicht. Er ist aber nicht nur der Mann, der mit der weitesten Sicht seit Jahren unbeirrbar auf sein unheilvolles Ziel zustrebt, sondern er ist der Mann, der, völlig befangen in der kaiserlichen Offizierserziehung, die Interessen seiner Kaste, nicht die seiner Person, über die wahren Interessen seines Landes setzt. Geht das so weiter, ist uns der Krieg im Osten sicher.

Zur Zeit des Noske, vor dem Kapp-Putsch, acht Tage vor der Ermordung Rathenaus habe ich mich jedesmal wegen ‹Unkens› auslachen lassen, und wer sich die Mühe nehmen will, die alten Nummern der ‹*Weltbühne*› nachzulesen, kann das feststellen. Ich bin bereit, auch dieses Mal mitanzusehn, wie die Herren Realpolitiker die Achseln zucken werden – das beweist aber, wie richtig unsere Politik ist. Und dies ist unsere Politik:

In einer Zeit, in der wir in Deutschland nicht Geld genug haben, um tuberkulöse Arbeiterkinder zu versorgen, um Notwohnungen zu bauen — in einer Zeit, die selbst dem, der arbeitet und arbeiten will, grade das knappe Auskommen gibt, ohne die leiseste Garantie, was denn nun im Alter mit ihm werden wird — in einer Zeit, in der alle kulturellen und sozialen Bedürfnisse der Nation aufs äußerste gefährdet und darniederliegen — in einer solchen Zeit scheint es mir ein verbrecherischer Wahnsinn, die Militärausgaben fortlaufend von Jahr zu Jahr zu steigern.

Das Heer, so wie es da ist, mit seinen 100 000 Mann (offiziell), mit seinem Mangel an Flugzeugen und schwerer Artillerie (offiziös) — dieses Heer ist für einen Angriffskrieg, ja, selbst für einen Verteidigungskrieg gegen eine gerüstete Macht nach außenhin vorläufig unbrauchbar. Nun will Seeckt zweierlei:

Er sagt in seinen Erlassen deutlich, daß er auf seinen Kriegsschulen mit einem Heer rechnet, wie es sein könnte und sein sollte — aber nicht, wie es ist. Er schafft zweitens eine entsetzlich gefährliche Waffe, gefährlich in den Händen der Arbeitergegner, denen schon der zahmste Demokrat als Umstürzler erscheint. Die Waffe hat schon zweimal zugeschlagen: in Sachsen und Thüringen. Jeder der Geschlagenen weiß, wie es damals zugegangen ist.

Ich rede gar nicht von dem überheblichen Ton, in dem uns immer wieder versichert wird, daß uns der Geist von Sedan not täte, daß die Armee dazu da sei, den Deutschen ein Ideal vorzuleben, und nicht von andern schönen Lesebuchphrasen, mit denen man höchstens einem nationalen Studenten der Juristerei imponieren kann. Ich rede hauptsächlich von dem, was bezahlt werden soll.

Der Heeresetat jeden Jahres ist ein Musterbeispiel von Verworrenheit und unübersichtlichem Kram. Es gibt kaum zehn Parlamentarier, die überhaupt wissen, was sie da bewilligen — weil sie viel zu faul oder zu fleißig, auf alle Fälle zu überladen und zu falsch beschäftigt sind, um diesen gradezu ungeheuerlichen Etat wirklich durchzuarbeiten. Daß die sozialistische Partei ihn nicht, schon als Geste gegen Seeckt und dessen Untergebenen Geßler, ablehnt, zeigt, wie volksfremd dieses Parlament geworden ist. Wir wollen ihm ein bißchen unter die Arme greifen.

Genau so, wie das Parlament mit seinem Kuhhandel um den Volksentscheid den klaren Willen der Massen, die es doch vertreten soll, *verfälscht*, genau so wenig kümmert es sich um uns, die wir es ja erst delegiert haben, um unsern Willen, das Heer betreffend. Unser Wille ist klar.

Wir wollen keinen Krieg.

Wir wollen keine sinnlosen Milliardenausgaben für eine Sache, die uns kulturfeindlich erscheint, deren einzelne Vertreter ehrenhafte Leute sein mögen, die aber im ganzen nichts als Unheil im Reich anrichtet. Wir arbeiten nicht dafür, daß die Offiziere morgens, nach alter schlechter Sitte, von ihrem Burschen begleitet, spazieren reiten können; wir arbeiten nicht dafür, daß Zehntausende von jungen Bauernsöhnen von nützlicher Arbeit abgehalten werden und unproduktiv ihr Leben in einem geschäftigen Müßiggang verlungern; wir arbeiten nicht dafür, daß der Kasernenhofgeist in Familien und Gemeinde dringt – und wir arbeiten nicht für den Mord. Wir haben das satt.

Und so gewiß, wie wir uns abwenden, wenn die «Militärmusik mit blitzenden Instrumenten forsch, daß einem das Herz im Leibe lacht», dahermarschiert, so gewiß wenden wir uns von einem Mechanismus ab, dem wir sittliche Werte überhaupt absprechen und der der Feuerwehr weit, weit unterlegen ist. Diese Leute verhüten das Feuer nicht. Sie bereiten es vor.

Und weil das Parlament schläft und sich in Geschäftsordnungsdebatten erschöpft, wo es zu handeln gilt – deshalb wollen wir die Steuerzahler aufklären, damit endlich einmal Ordnung in den Laden kommt. Ich habe absichtlich nicht von dem gesprochen, was in Geßlers Häusern und Lagern in den letzten Jahren vor sich gegangen ist. Selbst, wenn um die Schwarze Reichswehr nicht Hunderte von Menschen unschuldig ins Zuchthaus gegangen wären, selbst, wenn niemand ermordet worden wäre, lehnen wir die Reichswehr ab, die wir nicht nötig haben.

Es ist nicht wahr, daß die Welt über uns herfallen wird, wenn wir kein Heer mehr besitzen; kein Heer wird sie davon abhalten, nicht einmal die Maschinerie des kaiserlichen Heeres hat das vermocht. Die Armee ist heute in Deutschland politischer Selbstzweck.

Und im Namen der Mütter, die den nutzlosen Tod ihrer für einen Dreck gefallenen Söhne beweinen, im Namen jener Millionen junger Menschen, die von diesem aberwitzigen Tun genug haben und den einfachsten Steinklopfer höher schätzen als einen Telefongeneral – im Namen aller dieser wehren wir uns gegen die Vergeudung unsrer Steuergroschen, die man uns abpreßt, und rufen:

DIESER REICHSWEHR KEINEN MANN UND KEINEN GROSCHEN –!

NÄCHTLICHE UNTERHALTUNG

Der Landgerichtsdirektor schnarchte im Bett.
Seine Garderobe lag – ziemlich komplett –
auf dem Stuhl. Die Nacht war so monoton ...
Da machten die Kleider Konversation.

«Ich», sagte die Jacke, «werde ausgezogen.
Ich hänge – ungelogen –
im Beratungszimmer
und habe keinen Schimmer,
was mein Alter da treibt.»

«Wir sprechen Recht!» sagte die Weste.
«Aber feste –!
Wir schnauzen die Angeklagten an –
wir benehmen uns wie ein Edelmann.
Wir verbieten allen sofort den Mund
und reden uns selber die Lippen wund.
Wir verhängen über Wehrlose Ordnungsstrafen
(nur, wenn wir Beisitzer sind, können wir schlafen).
Zum Schluß verknacken wir. Ohne Scherz.
Unter mir schlägt übrigens kein Herz.»

«Wir», sagten die Hosen, «wir habens schwer.
Neulich kam der Landgerichtspräsident daher
und hat revidiert. Er saß an der Barriere,
und es ging um unsre ganze Karriere.
Vor uns ein Kommunist. Da haben wir wie wild
geschmettert, geschnattert, gestampft und gebrüllt.
Aber wie es manchmal so geht hienieden:
der Präsident wars noch nicht zufrieden.
Und da blieb uns die ganze Rechtswissenschaft weg,
und da bekamen wir einen mächtigen Schreck.
Und zum Schluß besahen wir uns den Schaden:
Wir Hosen hatten es auszubaden!»

So sprachen die Kleider in dunkler Nacht
und haben sich Konfidenzen gemacht.

An der Wand aber hing ein stiller Hut,
dem waren die Kleider gar nicht gut.

«Erzähl was, Hut! Erzähl uns was!»
Der Hut aber sprach verlegen: «Das –
das wird nicht gehn.
Ich armer Tropf
ich sitze nämlich bei dem auf dem Kopf.
Und so hab ich, ihr müßt mich nicht weiter quälen,
nicht das geringste zu erzählen –!»

DER GENERAL IN DER COMÉDIE

Als ich hinkam, standen mehr Schutzleute da als Theaterbesucher, und alles drängte sich im grauen Abendregen um ein geklebtes Plakat, dicht am Denkmal von Musset: das Stück war abgesagt! An Stelle des Stückes wird heute abend ‹*Hernani*› gespielt. Und hundert Trillerpfeifen sanken enttäuscht in schwarze Manteltaschen. Da stand die patriotische Jugend von Paris und war ihres schönsten Vorrechts beraubt: Skandal zu machen, Skandal in der Comédie Française!

Das Stück hieß ‹*La Carcasse*›, das Gerippe – und war von den Herren Denys Amiel und André Obey, die nicht zum ersten Mal zusammengearbeitet hatten. Sie haben gemeinsam schon ‹*La souriante Madame Beudet*› gegeben, und von Amiel allein kenne ich einen entzückenden Akt ‹*Café-Tabac*›, der eine kleine Kneipe auf die Bühne setzt und so nebenbei ganz Paris. Die Autoren haben einen guten Ruf – aber dieses Mal haben sie in den Mostrichtopf gegriffen. Ein General wird in diesem Stück lächerlich gemacht!

Durch die pariser Kritik ging bereits am Tag nach der Generalprobe ein düsteres Raunen. Rechts räusperte man sich bereits, und die ältesten Knacker bewegten ihre Federn im Takt des Gassenschlagers ‹*La Trompette*›; die Wut der Wilden, denen ein Vorübergehender ein Manoli-Plakat auf den Vitzliputzli geklebt hatte, entlud sich in ärgerlichen Kritiken, die zunächst so halb und halb literarisch blieben. Die Premiere stieg, das Stück ging so lala durch, und die Herren, die ihre Theaterkritik wöchentlich schreiben, waren noch nicht so weit.

Inzwischen erschienen die maßvoll tadelnden Kritiken der Kanonen, die feinen Leute begannen sich zu regen – es kam der Donnerstag, und mit ihm die erste Abonnementsvorstellung. Seit dem ‹*Tombeau sous l'Arc de Triomphe*› war so ein Spektakel nicht dagewesen, von des seligen Bernstein Zeiten gar nicht zu sprechen. Die Leute zischten, machten «Huhu –», und einer stand im Parkett auf und hielt dem Darsteller des Generals, Herrn de Feraudy, eine schöngesetzte Rede: man dürfe nicht und solle nicht und könne nicht... Huhu – die Abonnenten waren bessere Leute, hatten gedient und dienen lassen und wußten, was sich gehört. Und nun gings los.

Pujo von der ‹*Action Française*› war an diesem Abend im Theater gewesen, man hatte ihn bemerkt, und schon sprach sichs herum: eine Manifestation, eine Manifestation! Zu früh. Die sollte erst kommen. Und worum handelte sichs denn nun?

Die Komödie der beiden Autoren ist ein Stück braver Sittenschilderung. Ein General, bereits zu Beginn des Krieges pensioniert – ‹limogé› der französische Fachausdruck –, ist ein Schuft. Vorsichtshalber hatten ihn die Dichter zu einem ‹général d'habillement› gemacht, was es nicht gibt – es gibt zwar Kammerunteroffiziere, aber keine Kammergenerale.

Dieser General also, der Hund, hat nicht nur einen Sohn, der Kavallerie-Unteroffizier und keineswegs brav ist, sondern auch eine Frau mit Liebhabern, von denen er ein bißchen lebt. Jener Sohn macht eine Unterschlagung in der Schwadronskasse und nimmt sich das Leben. Spielschulden. Große Szene: wie soll man dem Alten das beibringen? Die Köchin, die das Telegramm hat, wagts nicht abzugeben; der Bürgermeister der kleinen Stadt schickt einen Stadtrat, der will kondolieren, erfährt, daß der General noch von gar nichts weiß, redet hin und redet her ... Schließlich versteht ihn Seine Exzellenz miß, deutet den offiziellen Besuch falsch und sagt etwas unvermittelt: «Ja, ich werde betrogen, und ich weiß es.» Und dann ist das Stück, sanft verkluckernd, aus ... Etwas dünn.

Desto dicker war der Hallo. Man sollte nicht glauben, in wie gutem Geruch Generale stehn, die offenbar keine untern Extremitäten, keine leichtfertigen Frauen, keine bösen Söhne haben ... Die vernünftigen unter den Kritikern brachten zunächst nur ein Argument vor, über das man immerhin diskutieren kann: das Stück eigne sich nicht für ein Staatstheater. Schön. Selbst Herr Antoine, der heute Theaterkritiker der ‹*Information*› ist, war dieser Meinung — hatte er seine große Vergangenheit vergessen? Man vergißt das manchmal. Daß Clément Vautel, der Sechser-Feuilletonist, dabei war, versteht sich — und auch der alte General Castelnau im ‹*Echo de Paris*› blies in die Trompete und knackte mit den rostigen Gelenken. Diese wildere Gattung begnügte sich nicht mit zahmen Argumenten.

Generale tun so etwas nicht. Generale sind Frankreichs Stolz. Generale haben, sind und können alles. Was sollen die Fremden von uns denken! Das ist der Beginn des Bolschewismus. Die Respektlosigkeit der untern Klassen ... und was man so nach dem Abendbrot zu sagen pflegt.

Einige schrieben, man dürfe nicht ‹generalisieren›, was in diesem Zusammenhang besonders lustig wirkt; manche schlugen den Dichtern vor, dieses Fabelwesen an Scheußlichkeit doch einen anonymen Beruf ergreifen zu lassen, und einer machte sogar das Angebot, den Kerl zum Senator zu ernennen, dann sei das Land gerettet. Im übrigen: die feindliche Propaganda wird sich des Stückes bemächtigen. Wir kennen diese Musik.

Umsonst wandte der eine Verfasser, Amiel, ein, daß Dichter immerhin das Recht hätten, sich ihr Milieu auszusuchen; daß dies kein Angriff gegen das Militär sei; daß die Notare bei Becques ‹*Raben*›, die Beamten bei der ‹*Roten Robe*›, die Ärzte bei ‹*Knock*› von Romains ja auch nicht protestiert hätten ... Umsonst. Ein General, ein General —!

Was Herr Desjardins, ein Abgeordneter aus dem Aisne-Departement, in der Kammer aufsagte, bewies die Vorzüglichkeit seiner Schulbildung sowie seinen Umgang in bessern Kreisen. «Cette pièce est une offense à la famille, à la dignité de chacun . . .» Ablehnung seines Antrags, das Stück abzusetzen, mit 380 gegen 170 Stimmen. Der Unterrichtsminister, Herr Lamoureux, sagte, er pflichte der Entscheidung seines Vorgängers Delbos, der das Stück erlaubt habe, bei. Aus.

Aber noch lange nicht in den Zeitungen. Am unverhülltesten drohte die *‹Action Française›*. Nach dem richtigen Satz: «Es gibt keinen Standpunkt, der nur und ausschließlich literarisch wäre», nach der Beschimpfung: «Es war vielleicht ein republikanischer General» (da gehts auf einmal!), nach dem Hinweis auf den guten Musterschüler Bernstein, bei dem immer alles so fein zugehe, auch wenns nicht fein zugehe – danach kam am Sonntag morgen die Drohung: «Maintenant, ils sont prévenus . . . das Stück zurückziehen, sonst . . . die Comédie Française zum Schlachtfeld . . .» Die Parole war gegeben.

Sonntag abend sollte die Aufführung sein. Sonntag mittag um halb zwei telefonierte Herr Amiel den Generalverwalter des Staatstheaters an: Das Stück wird zurückgezogen. Nachmittags Interpellation in der Kammer: Laßt ihr euch das gefallen? Antwort vom Regierungstisch: «Ja . . . wie es so manchmal zugeht im menschlichen Leben . . . selbst die Autoren wollen nicht . . .» Abends allerseits große Enttäuschung, das Eintrittsgeld wird zurückgezahlt, die Jeunesses Patriotes, die der Comédie schon einen gepfefferten Drohbrief geschrieben hatten, schoben ab. Sieg oder Platz?

Ich kann im Schlaf (nur im Schlaf) aufsagen, was bei uns darüber geschrieben werden wird. «Herr Wrobel ist mit seinen geliebten Franzosen nicht zufrieden: ein Zeichen, daß sich auch in Frankreich der Wille zur Nation zu regen beginnt, der ja dort stets . . .» Gute Nacht. Aber ich will euch mal was sagen.

In meinem Leben habe ich noch nicht gehört, daß Pazifisten ein Stück mit allen Mitteln boykottiert haben, wenn telefonierende Menschenschlächter darin belobt werden; wenn die ekelhafteste Manier, Menschen in den Tod zu schinden, besungen wird; wenn der Friede bespien und die Menschlichkeit mit Kommiß-Stiefeln zertrampelt werden. Da ist kaum einer da. Kein Kino, kein Theater hat Angst vor euch – weil ihr eure Macht nicht ausnutzt. Nicht eine Zeitung, die vor acht Briefen an den Verleger erzittert, kennt euch – wer je Redaktionspost gelesen hat, weiß, daß es immer die Generale, die Feldwebelleutnants, die Säbelträger sind, die ein Blatt wirklich abbestellen, ihm die Inserate entziehen, es wirtschaftlich schädigen, wo sie nur können. Die andern –? Wo sind die andern –?

Daß das Militärpack Mitläufer hat, Mitesser des Ruhms, ist bekannt. Daß sie ihm Beihilfe leisten, nicht minder. Militärfromme Justizräte, brave Bürgerväter, die lieber den Tod dreier Söhne als eine Kapitalzusatzsteuer verschmerzen, gute Gefreite im Herrn – das wackelt alles hinterher. Und entdeckt seinen Takt des Herzens, wenn unsereiner den

Krieg das nennt, was er ist: eine Schweinerei. Man darf doch nicht generalisieren ... Vielleicht ist das in der Charge zu hoch gegriffen. Aber ich weiß, was man darf.

Man darf den Militärbonzen aller Länder ihren Stand und ihre Fahnen um die Ohren schlagen, daß ihnen der Lesebuchruhm zu den Ohren herausspritzt; man darf sich ausbitten, daß auf einer Bühne, die wir bezahlen, in einer Zeitung, die wir bezahlen, vom Krieg mit jenem Abscheu und jenem Grauen gesprochen wird, wie sich das gebührt, wenn von einem Massenverbrechen die Rede ist; und man darf nicht nur alles boykottieren, was den Krieg anpreist wie eine Badekur, sondern es ist unsre Pflicht, das zu tun.

Da liefen sie auseinander, die hoffnungsvollen Knaben der guten Gesellschaft und solche, die es werden wollen. Die Schutzleute zerstreuten sich, drin rollten sie ‹*Hernani*› herunter, die Kasse buchte und raschelte mit den Francscheinen, und ich sah den Demonstranten nach, die es heute abend nicht geworden waren. Ich sah ihnen nach und beneidete eine Bewegung, die über Fäuste verfügt, wenns not tut, über Lungen, die brüllen, und über Arme, die zuschlagen. Und die uns zwingen wollen, für sie Kinder in den Tod zu schicken, die weiter kein Verbrechen begangen haben, als einen braunen oder grünen Paß zu besitzen. Ich sah ihnen nach und verstand, was uns fehlt.

Die Soldaten des Friedens.

HERR WENDRINER IN PARIS

«Mohjn, Welsch! Na, wie gehts? Ja, wir sind wieder zurück. Seit vorgestern. Komm Se rein. Na, erst an der Riwjera und denn noch 'n kleinen Abstecher nach Paris. Wies war —? Gott ... wissen Se ... wissen Se: Paris is nischt ... manches ist ja schon faabelhaft. Nehm Se ne Zigarre —?

Also wie wir ankomm, regnets in Strömen. Ich denke: schon faul. Richtig: erst mußten wir zehn Minuten aufs Auto warten, der Kerl verstand erst nicht, na, dann gings. Ich hatte mir'n Zimmer reservieren lassen — Grang Hotel, ganz ordentlich. Na, und am nächsten Morgen sind wir dann los. Da hab ich meiner Frau mal Paris gezeigt. Nee, ich war vorher noch nicht da. Na, also die Buhlewars — ein faabelhafter Autoverkehr, na, unerhört. Da stehn die Autos man immer so in sechs, acht Reihen. Das ist schon imponierend. Und fahren tun die Kerls —! Man denkt immer, sie wern einen überfahn, oder man wird umkippen. Kippt aber keiner. Regierer war übrigens auch in Paris — wir trafen ihn auf der Plahhß an der Oper; mir war das sehr angenehm, er hatte die letzten Kurse aus Berlin telegrafisch bekommen, man hört doch immer gern von zu Haus. Sie, hörn Se, schmeißen Sie mir die

Asche nich aufn Teppich, meine Frau kann das nicht leiden, hier ham Sie 'n Aschbecher! Na, meine Frau hat eingekauft, nicht zu halten war sie. Wissen Se, soo billig ist Paris nu auch nich. Ich hab ihr unter anderm 'n Jackenkleid gekauft und zwei Kleider, ein großes Abendkleid, dann was fürn Strand, wenn Gott will, wird sie das in Heringsdorf tragen – dafür hab ich bezahlt, zusammen, im ganzen also 3550 Francs, das macht, warten Se mal, das wahn damals ... circa 510 Mark. Dafür hat sies in Berlin auch. Aber sehr schick. 'ne sehr schicke Verkäuferin hat uns bedient ... Gegessen ham wir natürlich bei Prünjeeh. Haben Sie mal bei Prünjeeh gegessen? Nein? Na, faabelhaft. Sehr elegantes Publikum – Engländer, große Amerikaner, offenbar auch viel Diplomatie. Bei Ssiroh? Nein da war ich nicht, das soll ja nicht so gut sein. Im allgemeinen find ich die Portionen 'n bißchen klein, die Orrdöwas sind ja phantastisch, aber die Portionen sind doch 'n bißchen klein. Ein Freund von dem Bruder meiner Frau, der hat einen Vetter, der lebt in Paris, der hat uns in ein Lokal mitgenommen, da komm sonst Fremde nie hin, das war echt pariserisch. Na, und dann wahn wir im Louwer, sehr interessant, wahn Sie auch im Louwer?, ja, das muß man ja. Na, und denn sind wir noch so rumgebummelt, abends warn wir in der Revue, bei der Mistuingett. Ham Sie die Mistuingett mal gesehn? Ach, Sie ham sie gesehn ... Na ja, die ist ja nicht so doll. Die Revue war ja faabelhaft. Aber dann haben wir in einem kleinen Theater da eine Person gesehn, ich weiß nicht mehr, wie sie heißt ... ich komm nicht auf den Namen ... die wern Sie nicht kennen – na, die war faabelhaft. Das hab ich noch nicht gesehn. Die Lichtreklame fand ich ja nicht so aufregend. Ich meine, das haben wir in Berlin auch. Dann wahn wir abends auf Mongmachta – kennen Sie das? Ach, Sie kennen das ... Ja, ich war auch nicht so begeistert. Apachen sieht man gar nicht. Aber dann wahn wir im Perrokeeh – kennen Sie das? Das kennen Sie nicht? Was, Sie kennen Perrokeeh nicht? Na, das ist faabelhaft. Wir ham bezahlt, warten Sie mal, Sekt natürlich, alles in allem 320 Francs. Das sind ... das waren damals 45 Mark. Im Café de Paris? So, wahn Sie da? Ich war da nicht, das soll ja nichts sein. Dann haben wir Freunds getroffen, wir hatten grade Strümpfe für meine Frau gekauft, und wie wir noch so vorm Laden stehn und umrechnen, wer steht da? Freund. Mit Frau. Ich mag ihn ja nicht. Hat er übrigens den Kredit aus Stuttgart bekommen? Sie, ich wer Ihnen was sagen: das ist ein ganz unverschämter Gauner ist das! Er hat gewußt, ich will den Kredit haben, schließlich haben wir zuerst mit den Leuten unterhandelt ... Er sieht übrigens nicht gut aus. Regierer hat im Klärritsch gewohnt – ich möcht wissen, wie der Mann das macht. Was wir noch gesehn haben? Prünjeeh, die Revuen, die große Opa, Mongmachta, Notta Damm, den Louwer – na, das Wichtigste ham wir gesehn. Weiter ist ja dann auch nichts.

Ja, und einen Abend bin ich allein ausgegangen. Wissen Se ... also ich hatt doch erst den Doktor Hauser aufgesucht, ja, der immer in der ‹*Weltbühne*› diese berliner Sachen schreibt. Jedesmal, wenn ich das lese, sag ich zu meiner Frau: ‹Regierer – wie er leibt und lebt!› Na, er war kolossal erfreut, er freut sich wohl immer, wenn er Landsleute sieht. Ja. Na, und den hab ich nach Adressen gefragt. Seh ich gar nicht ein – wozu bin ich auf die ‹*Weltbühne*› abonniert? Er hat gesagt, er wüßt keine ... na, Regierer wußte aber welche, und an der Börse hab ich mir auch welche sagen lassen – und eines Abends hab ich zu meiner Frau gesagt, mein liebes Kind, du wirst müde sein, ruh dich aus, ich wer mir 'n bißchen die Schaufenster ansehn gehn. Da haben wir uns dann 'n Auto genommen, Regierer und ich, allein war mir die Sache zu riskant. Na, wissen Se ... Vorm Haus standen schon andre Herrschaften, ich dräng mich so vorbei, auf einmal hör ich, wie einer sagt ‹Boches!› – na, ich muß ja nicht von allem haben und wollt schon vorbei, aber auf einmal hör ich, die Leute sprechen deutsch! Da bin ich ran und hab dem Kerl aber ordentlich meine Meinung gesagt! Wissen Sie die Deutschen auf der Reise ... Na! Ich habn aber ordentlich Bescheid gestoßen. Es war so ein ganz Kleiner, dem hab ichs aber gesagt! Na, und drin war denn alles voller Spiegel, und ein ganzer Saal mit nackten Weibern. Ein ganzer Saal voll. Na, nich rühr an, natürlich. Ich hab die obligate Flasche Sekt bezahlt, die Mädchen haben auch ein bißchen getanzt, eine hat was vorgemacht, eine sehr nette Person, sie sprach auch 'n bißchen deutsch. Ich war eigentlich etwas enttäuscht. Ich hatt mir die Pariserin eleganter gedacht. Überhaupt, nu frag ich Sie: wo ist in Paris die Eleganz? Auf den Buhlewars sind ja manchmal ganz schicke Personen – aber ich meine, sowas sieht man bei uns in der Premiere auch. Ich wer Ihnen mal was sagen: es is sehr viel Blöff dabei. Verstehn Sie? Sehr viel Blöff. Das sag ich Ihn. Na, und am Dienstag sind wir dann weg. Meine Frau wollte noch bleiben. Aber ich hab gesagt, mein liebes Kind – nu is genug Paris. Mein Bedarf ist gedeckt.

Und ich wer Ihn mal was sagen, Welsch – Herrgott, schmeißen Sie doch die Asche nicht immer aufn Teppich! Tun Sie das bei sich zu Hause auch? 'n Gemüt. Ich wer Ihnen mal was sagen: ich reise gewiß gern. Aber wissen Sie, wenn man so lange weg war, zur Erholung, immer in den Halls und in den eleganten Kasinos da unten, an der Riwjera, jeden Abend im Smoking – wenn dann der Zug so nach der Paßkontrolle über die Grenze fährt, und ich seh wieder den ersten Stationsbeamten in Preußisch-Blau – und man hat wieder seine Ruhe und seine Ordnung nach all dem Trubel – Paris hin, Paris her – könn Se sagen, was Sie wollen –: am schönsten is doch ze Hause –!»

SÜDFRÜCHTE

Wenn einer und er ißt Mittach –
feine Leute nennen diß «friehsticken» –
also: wenn er friehstickt un bestellt sich zum Schluß
wat Sießet: Appelsinenauflauf mit Guß,
und nu wird ihm der Kellner eine Gurke bringen –
so sagt der: «Nehm Sie das wieder fott!
Denn, lieber Herr Ober:
Saure Jurke ist keen Kompott!»

So auch im Leben.
Da glauben Biederbrillen und Fortschrittskneifer,
das deutsche politische Leben würde immer reifer und reifer.
Und sprechen davon, bei Tage, abends und in der Nacht,
wie wir es doch so herrlich weit gebracht.
Und wir hätten eine Republik und eine Verfassung
und ein freies Wahlrecht dazu –
wat sagste nu –?
Ich sage: Das Schild hat gewechselt, sag ich – im Laden der alte Trott:
Saure Jurke is keen Kompott!

Und ich sage: Wenn ich so abends die Herren Ministersch seh,
und die Herren Staatssekatäre im Frack, im Bristoll und Theata pareh –
wie sie doch so gern möchten mongdän sein mit ihre Damens
und vor jeden fremden Dippelmaten zusammenknicken,
wegen des Namens;
wie sie Fettlebe machen bei Rechtsanwälte und bei Bankiers,
wie sie so rumscharwenzeln auf die feinsten Modetees –
selig, wenn einer hinter sie herzischelt: «Diß is Geßler! Das ist Koch!»
wie manche fressen und spinkulieren noch und noch –
wenn ich das so sehe und denke: Die bilden sich nu ein,
große, internationale, politische Welt zu sein . . .
Dann sag ich bei mir: Die –? Ach, du lieber Gott . . .
Lauter saure Jurken. Und kein Kompott.

EINE AKADEMIE

Der preußische Kultusminister Becker, ein feingebildeter Mann, hat den Plan zur Errichtung einer Akademie für Literatur ersonnen. Eine Akademie der Künste ist schon da – ihr soll eine Sektion für die Dichter angegliedert werden.

Der Plan ist überflüssig.

Es ist auch ganz und gar gleichgültig, ob neben die Dichter als erwachsene Aufsichtspersonen noch einige Universitätsprofessoren gesetzt werden, damit kein Unglück geschehe — es ist ebenso einerlei, ob man wirklich, wie es verlautet, zwei so bedeutungsvolle Dichter wie Gerhart Hauptmann und Thomas Mann berufen wird oder nicht: der Staat möge um Gottes willen nicht ‹Kunst und Wissenschaft› pflegen, sondern die Hände davon lassen. Er hat ganz andre Aufgaben.

Zunächst ist die Form einer Akademie etwas Altertümelndes. Sie setzt voraus, daß es keine andern Mäzene gäbe als die Landesherren; sie setzt die unbestrittene Macht des Staates voraus — und alles das ist nicht mehr richtig. Das geistige Leben in seinen wichtigsten Teilen spielt sich heute nicht mehr an den Universitäten oder an andern vom Staat ausgehaltenen Stellen ab, der Staat ist dem Handel schwer verschuldet und in seiner Hand — und wir würden uns freuen, wenn die Straßen gut wären und die Beleuchtung funktionierte. Mehr wollen wir gar nicht.

Wollen wir aber mehr, so gibt es für den Kultusminister dringlichere Aufgaben als eine Akademie der Eitelkeiten. Wird in seinen Schulen zum Kriege gehetzt — ja oder nein? Wird dort eine verfälschte und verlogene Geschichte gelehrt — ja oder nein? Erfährt der preußische Gymnasiast vom letzten Kriege, wie er wirklich gewesen ist — ja oder nein? Befindet sich diese Pseudobildung auch nur im entferntesten Einklang mit den Regierungsgrundsätzen von Locarno? Nein.

Die preußische Schule ist ein Hort der Reaktion.

Die preußische Schule tut heute noch das, was sie immer getan hat: sie verdummt und verplattet die Gehirne. Und macht aus jungen Leuten, die zu gebildeten Männern erzogen werden sollten, drillfertige Unteroffiziere und aufgeblasene Assessoren, Untertanen und Obertanen.

Von den Universitäten zu schweigen.

Die liefern das beste Freikorpsmaterial und diese Richter, diese Oberpräsidenten, diese Landräte.

Hier und nur hier liegt das Arbeitsgebiet des Kultusministers. Er beseitige die schreienden Ungerechtigkeiten, die auf den Universitäten gegen Republikaner, Sozialisten und gar Kommunisten begangen werden; er kümmere sich um seinen Geschichtsunterricht; er reinige sein Lehrpersonal. Für die Förderung der Dichtung braucht er sich nicht einzusetzen.

Demgegenüber will mir bedeutungslos erscheinen, wer in die Akademie hineingeht und wer nicht. Viel mehr als sanftes und repräsentatives Geschmuse wird man von den amtlichen Dichtern nicht erwarten können; denn nicht sie werden das amtliche Milieu beeinflussen, sondern sie werden sich von ihm beeinflussen lassen. Und die Frage, ob denn auch die junge Generation von dieser Akademie etwas haben könnte, ist vielleicht nicht ganz richtig gestellt. Es liegt im Wesen einer Akademie, auf Seiten der Tradition, des Reifen, des Fertigen zu stehen – nicht immer gegen die Jungen, aber zum mindesten doch ohne sie zu sein. Eine revolutionäre Akademie ist keine.

Es ist eine alte optische Täuschung, den Preußen-Maßstab als gültig anzunehmen und sich nachher zu wundern, wenn etwa Liebermann oder der zukünftige Akademiker Mann ‹gar nicht so schlimm› sind. Die Akademiker werden sich sicherlich nicht törichter und nicht eben klüger betragen, als sie es immer getan haben, wenn man von der mattgoldenen Aureole der Journal-Nummer und der Registratur absieht. Der Versuch aber, mit Hilfe eines auf Grün und Braun gestimmten Raumes und einiger hochlehniger Armstühle deutsches Geistesleben zu erzeugen, sollte lieber unterbleiben.

Wenngleich das Manifest der Akademie zum nächsten polnischen Kriege als nicht unbedeutsam veranschlagt zu werden verdient.

DEUTSCHENHASS IN FRANKREICH

Auf meine neulich hier erhobene Frage: «Haßt der Franzose den Deutschen?», die ich mit Nein beantwortet habe, schreibt mir, unter andern, ein berliner Studienrat und fragt seinerseits nach den französischen Schulbüchern. Er führt an, eine nationalistische deutsche Monatsschrift habe erst jüngst einen Aufsatz mit Zitaten aus französischen Schulbüchern veröffentlicht, die angeblich alle im Gebrauch seien, und habe diese Methoden einer verhetzenden Kindererziehung als Waffe gegen den Pazifismus ausgespielt. Der Studienrat fügte hinzu, daß ihm diese Monatsschrift als in solchen Dingen nicht zuverlässig erscheine.

‹Nicht zuverlässig› ist sehr höflich. Es handelt sich um die *‹Monatshefte›* des Herrn Cossmann, und es ist natürlich nicht möglich, nach der Dolchstoßlüge sich ernsthaft mit einem Organ abzugeben, dessen objektive Sorgfalt bei Zitaten mehr als fraglich erscheint. Also diese Veröffentlichung besagt natürlich weder für noch gegen die Franzosen irgend etwas.

Es gibt in Frankreich nationalistische Schulbücher: Lesebücher mit nationalistischen Erzählungen. Geschichtsbücher, die mehr als nötig den gesamten Plunder an Kriegstaten und Daten, bezopften Dynastiehistorien, von Geschichten vom bösen Feind und dem guten lieben Vaterland enthalten. Daran ist gar kein Zweifel. Es wird auch in fortschrittlichen Kreisen darüber geklagt.

Diese Schulbücher sind, soweit ich das nachprüfen konnte, nicht die Mehrheit. Hier ist sorgfältig zwischen ‹national› und ‹nationalistisch› zu unterscheiden – der Durchschnitt der französischen Schule ist, der

Zusammensetzung des Parlaments, der allgemeinen Gesinnung und der Verfassung gemäß, noch lange nicht ‹paneuropäisch›. Aber wer dumm und starr nach dem Buchstaben zitiert, begeht bei der Betrachtung französischer Zustände einen womöglich noch größeren Fehler als er ihn dadurch anderswo beginge: der Franzose ist nicht autoritätsgläubig.

Der geradezu märchenhaften Überlastung der französischen Schulkinder durch Hausaufgaben steht eine ungleich größere Gewissensfreiheit gegenüber. Selbstverständlich ist die Möglichkeit einer Infektion, einer Beeinflussung gegeben: aber der Druck, der auf dem Kinde lastet, ist lange nicht so groß wie in Deutschland. Das oberste Prinzip des französischen Lehrers ist: abwarten, zusehen, lenken, aber nicht vorwärtspuffen.

Kommt dazu, daß die sozusagen politische Selbständigkeit der höhern Lehranstalten verhältnismäßig groß ist, was sich bei der Wahl der politischen Redner anläßlich der Verteilung der Schulpreise ausdrückt, so wird man ermessen, wie schwer ein allgemeines Urteil zu fällen ist. Ich glaube aber sagen zu können:

Wenn in größerem Ausmaß, als mir bekannt ist, eine nationalistische Verhetzung der Kinder durch die Schule besteht, so scheitert sie in ihrer Wirkung an dem durchaus friedlichen Gesamtgeist der Bourgeoisie. Dieser immanente Pazifismus hat einen viel gefährlicheren Feind, als es die Schule ist – und das ist die Kirche.

Es kann nur immer und immer wieder davor gewarnt werden, etwa die Begriffe ‹Zentrum› und ‹Clergé› gleichzusetzen. Der französische Klerus ist reaktionär, durchaus nationalistisch, verhetzt und verhetzend und leistet dem Staat seine wie er glaubt unschätzbaren Dienste hauptsächlich, um sie ihm eines Tages vorrechnen zu können. Was er ununterbrochen tut: das Konto ‹Geistliche und Ordensangehörige im Kriege› wird hier noch dauernd präsentiert. Da steckt nun wirklich die Quelle einer die Tatsachen bewußt entstellenden Haß-Propaganda. In diesen Kreisen ist auch die etwas blutrünstig ausgemalte Greuel-Sage noch am Werk, die immer nur den Gegner sieht, von aufgespießten Witwen und Waisen spricht und den protestantischen Staat des Feindes meint – diese Gefahr ist nicht akut, aber schleichend vorhanden.

Betrachtet man das Ganze, so ist sie klein.

Ich halte, zusammenfassend, die Jugenderziehung in Frankreich für national, aber nicht für nationalistisch.

Der Studienrat erlaube mir zum Schluß eine kleine Anmerkung. Er schreibt: «Wenn diese Bücher in irgend nennenswertem Maße in französischen Schulen gebraucht werden, dann kann tatsächlich von einem Abbau des Hasses auf französischer Seite nicht gesprochen werden, und dann wäre es würdelos, wenn wir die Hand ausstrecken wollten, gewärtig, daß hineingespuckt wird.» Nun, das wird nicht geschehen. Jeder, ausnahmslos jeder ehrliche Kenner des heutigen Frankreichs weiß, daß es tatsächlich unmöglich ist.

Aber ich setze den Fall, Frankreich wäre so geartet, wie (nicht mein Briefschreiber, aber) sich der Stammtisch zu Belgard in Pommern das vorstellt. Ist der wirklich würdelos, der die Hand zum Frieden ausstreckt? Man wird sich auf jene Sätze Schopenhauers besinnen, der unsere Ehre niemals vom Verhalten des andern abhängig macht, sondern immer nur von unserem eigenen. Selbst wenn der andere spuckt, haben wir uns nichts vergeben – das ist ein Korpsstudenten-Standpunkt – immer nur der Speiende sinkt.

Frankreich ist ein Land, das schwer zu behandeln, in das einzudringen außerordentlich diffizil ist. Das wird aber nicht nur lohnend, sondern auch im Interesse eines europäischen Zusammenlebens notwendig und durchaus möglich sein.

Ich habe hier so viel guten Willen gesehen, zu einer Verständigung zu kommen, daß ich nur raten kann, mit dem Maximum von Verstand, Takt und Geschicklichkeit – und mit einem absoluten Minimum an dem, was man so gemeinhin nationale Würde nennt, für eine Annäherung zu wirken.

STUDIO DES URSULINES

Wer Paris besucht, sollte nicht versäumen, sich das kleine Kino in der rue des Ursulines anzusehen. Er wird da immer neue und merkwürdig interessante Filme finden. Es ist sozusagen ein cinéma d'avant-garde.

In dieser Woche gab es zum Beispiel ‹*Faits divers*›, einen französischen Film von Claude Autant-Lara, ein immerhin eigentümliches Experiment. Da war ein an sich banales Eifersuchtsdreieck zu sehen, aber in neuartigen Ausschnitten (der Film ist übrigens schon zwei Jahre alt). Man sah Gesichtsteile, das Arbeiten eines verzweifelten Mundes, das Spiel der Hände, wenn einer zweifelte, verwandelte er sich in zwei Personen, dazwischen Wasser und Sonne als stimmungtönende Faktoren – kurz: viel Literatur, noch mehr Symbol, und das Ganze wirkte wie ein altbackner Napfkuchen in einer Kubistenkiste. Aber immerhin mußte man unaufhörlich zusehen.

Dann gab es, wie immer, eine Wochenschau aus dem Jahre 1910 – und die hatte allerdings einen tollen Heiterkeitserfolg. Es war aber auch zu schön: die Moden in Auteuil (Riesenfederhüte, lange Kleider, kleine Fräckchen der Damen) – die alten Minister, darunter auch der jetzige Präsident, Herr Doumergue, der schon vor sechzehn Jahren so freundlich lächeln konnte wie heute – auch trat ein uns bekannter uniformierter Herr auf und nahm eine Parade in Bonn oder sonstwo ab, und weil der Film etwas rasch lief und die Soldatenbeine strampelten, gab es leise Pfiffe, die aber rasch erstickten. Der Skandal kam erst viel später.

Es war nämlich der in Deutschland schon bekannte ‹absolute› Film des Malers Ruttmann auf dem Lichtspielplan – und dazu gab es gratis einen herrlichen Radau. Es ist nicht zu glauben, wie einfache Linien und Farbflecke, Spiralen und drehende Kreise eine Menschenmenge so zum Überkochen bringen können. Die Leute pfiffen und sangen und schrien, manchmal fragte einer: «Est-ce qu'il y a quelqu'un qui comprend?» und dann antworteten wieder die andern: «Wer das nicht versteht, braucht ja nur hinzusehen!» und so ging das unter mächtigem Krach eine schöne Viertelstunde. Ohrfeigen waren nicht gefragt, Hinauswürfe unter Pari. Besonders herzlich und dumm lachten die anwesenden Damen – und die allgemeine gute Laune kam erst wieder, als ein alter Verbrecherfilm gezeigt wurde, in der der alles verloren habende Spieler in Monte Carlo mit einem zu kleinen Hut und wilden Gesten ans Meer stürzt und dort – halt dir feste! – einen Mann in weißen Hosen niederknallt. Das Verbrechen wird aber entdeckt, als der böse Mann ein herzinniges Mädchen als Braut umärmelt. Die Leute lachten Tränen, und man sollte auch in Berlin einen alten Herzenswunsch von mir erfüllen: alte Filme zu geben. Das ist eine Kurzweil von zehn Minuten, und die Direktoren werden sich die Hände reiben. Mehr wird bei Chaplin auch nicht gelacht.

FLAGGENLIED

In einer kleinen Ecke
da ist dein Flaggenreich.
Du wehst auf dem Verdecke
wohl übern großen Teich.
Du wehst am Steuerruder
und in Amerika;
du bist ein armes Luder,
weißt nicht, wie dir geschah –
  Republik!
  Republik!
  Hast du das gewollt?
  Schwarz die Reichswehr.
  Weiß die Zelle.
  Rot die Schande.
    Kehre um!
    Kehre um!
  Zu Schwarz-Rot-Gold!

In Rio de Janeiro
da steht ein Stammtisch rund.
Dran sitzt der Caballero
und schimpft dich auf den Hund.
Und nun trägst du die Farben,
die einen Krieg geschürt,
die uns schon mal verdarben
und in den Tod geführt –
　Republik!
　Republik!
　Hast du das gewollt?
　　Kehre um!
　　Kehre um!
　Zu Schwarz-Rot-Gold!

Die ihr bis jetzt geschlafen:
seid ihr nun endlich wach?
In jedem großen Hafen
bekommt ihr eins aufs Dach.
In jedem fernen Lande
umflattert euch der Hohn
und zeigt der Welt die Schande
von deutscher Reaktion –
　Republik!
　Republik!
　Hast du das gewollt?
　Schwarz die Reichswehr.
　Weiß die Zelle.
　Rot die Feme,
　　Kehre um!
　　Kehre um!
　Zu Schwarz-Rot-Gold!

P. S. Im übrigen ist das gar nicht so wichtig.
Zum ersten Mal firmiert ihr richtig –!

DIE NEUTRALEN

Mir ist in ganz Frankreich, in Paris und in der Provinz, ein Menschentyp aufgefallen, den es in Deutschland kaum noch gibt –: der Neutrale. Das ist so:

Am Sonnabend nachmittag kommt eine Hausbesitzerin aus ihrem kleinen Haus herausgestürzt, in dem sie wohnt, und macht unten dem

Posamentierwarenhändler große Vorwürfe: er verbrauche zuviel Wasser, um das Trottoir zu reinigen. Die Frau scheint angetrunken und vollführt auf der Straße großen Spektakel – beides für hiesige Verhältnisse eine außerordentliche Seltenheit. Drum herum stehen etwa zwanzig oder dreißig Personen, die da auf Bekannte warten, Leute, die in der Nähe Einkäufe machen, die schon vor dem Zusammenstoß da gestanden haben. Und nun begibt sich ...

Und nun begibt sich gar nichts.

Nicht einer mischt sich ein. Nicht einer gibt laut sein Urteil ab. Nicht einer belehrt die Frau, den Posamentierwarenhändler, die andern. Alle bleiben neutral. Der Zank ist eine Sache, die nur die Beteiligten angeht.

Und das kann man in Frankreich tausendfach sehen: auf der Straße und in der Bahn, im Restaurant und im Theater. Die Leute kümmern sich nicht um einander. Um das ganz zu verstehen, muß man sich die Lage in Deutschland vergegenwärtigen.

Da kümmern alle sich um alles. Jeder reibt sich an jedem. Benimmt sich einer schlecht, so sind gleich zwanzig da, die ihm das sagen, dreißig, die Partei gegen die zwanzig nehmen, und hundertundfünfzig, die ihre individualpsychologischen, wirtschaftspolitischen und allgemeinen Erwägungen an diesen Fall lehrhaft knüpfen. Das gibts hier nicht.

Denn der Deutsche ist nicht nur ein Schulmeister, sondern vor allem ein öffentlicher Schulmeister. Er belehrt die Welt, er nimmt sie entsetzlich ernst, und besonders da, wo sie das gar nicht verdient, wo es nicht lohnt. Bei deutschen Zwischenfällen hat man immer das Gefühl, als seien sie nur Anlaß zur Entladung aufgespeicherter Energien, die nur darauf gewartet hätten, herauszupuffen. Die Deutschen sind mit Offensivgeist getränkt. Der Aufwand an Radau steht meist in gar keinem Verhältnis zur Sache – aber das Prinzip, das Prinzip muß durchgefochten werden.

Die allgemeine Nervosität, die viel mehr ist als nur das, liegt auf der Lauer. Die Luft ist geladen. Ein unbedachtes Wort – und der Straßenbahnwagen verwandelt sich in eine Tobsuchtszelle. Belehrend, protestierend, gegen den Protest aneifernd, schreiend, rechthaberisch – so keifen sie durcheinander.

Schwer, einem solchen Volk begreiflich zu machen, daß die ‹Atmosphäre› eines französischen Coupés, eines Restaurants, eines Wartesaals nicht vorhanden ist. Man kann es nicht anders ausdrücken: sie ist nicht vorhanden.

Die Leute sitzen stundenlang nebeneinander und sprechen kaum ein Wort mit Fremden. Sie fahren lange zusammen und zanken sich nicht über Politik. Kommt überhaupt ein Gespräch zustande, so bleibt es höflich-neutral, bewußt an der Oberfläche, sehr, sehr zurückhaltend. Es ist eine Wohltat für deutsche Nerven.

Haß und Liebe werden nicht öffentlich begründet. Man spricht Frauen nicht auf der Straße an; sie mögen es nicht einmal. Das ‹Ekel› ist so gut wie unbekannt. Die Leute noch in den kleinsten Städten sind viel großstädtischer als die Berliner, die sich gar so viel darauf einbilden. Die Franzosen wissen aus einem jahrhundertealten Instinkt heraus, daß es nicht lohnt, jede Kleinigkeit bis zum Äußersten zu verfolgen, daß es sich mit Höflichkeit bequemer lebt, daß es praktischer ist, sich anständig zu benehmen. Nur abgeschliffene Steine stoßen sich nicht.

Was geschieht bei einer französischen Auseinandersetzung?

Die Gegner versuchen, einander zu überzeugen. Es wird materielles Recht abgehandelt, keine Prozeßordnung. Es wird gesagt: «Dieses Glas hat einen Fehler – ich mag nicht den vollen Preis bezahlen!» Und: «Alle meine Gläser sehen so aus – urteilen Sie selbst!» Und: «Dann sind eben alle Ihre Gläser fehlerhaft – ich kann dafür nicht den vereinbarten Preis bezahlen!» Es wird aber nicht gesagt: «Vor allen Dingen benehmen Sie sich mal in diesem Geschäft anständig!» Es wird aber nicht gesagt: «Ich verbitte mir ...» Und das dritte Wort ist: Arrangement. Capus: «Alles im Leben endet mit einem Arrangement.» Im französischen Leben unbedingt.

Streitende wissen hier aus Instinkt, daß nie einer ganz recht hat und der andre ganz unrecht. Man trifft sich in der Mitte. Und man kann das umso leichter, als jeder Franzose das ist, was unsre Kaufleute ‹kulant› nennen. Und er kann das sein, weil seine ‹Ehre› nicht davon berührt wird, wenn er nachgibt. Wer etwas durchgesetzt hat, ist kein Sieger – wer nachgegeben hat, kein Unterlegener. Diese Betrachtungsweise fällt hier fort – sie mutete den Franzosen etwa so an wie die Frage, ob das neue Musikstück mehr auf den schwarzen als auf den weißen Tasten gespielt wird. Die Frage stellt sich nicht.

Es sind keine Engel – und zutiefst ist das Verhältnis des Arbeitnehmers zum Arbeitgeber ökonomisch begründet, wenn auch patriarchalisch abgeschwächt. Es ist ein ‹Noch› – es ist kein ‹Schon›. Nur ist dieses vollendete ‹Noch› dem durchlöcherten ‹Schon› tausendmal überlegen. Und aus Klugheit, aus Weisheit selbst, sind so viele Beziehungen zwischen Menschen in Frankreich neutralisiert.

Da wird nicht ‹Stellung genommen›, da wird nichts ein für allemal entschieden, wenn ein kleiner Hund in den Briefkasten fällt, da wird nicht zur Geschäftsordnung gesprochen, und da gibt es keine Probleme, keine Einstellung und kein Holterdipolter. Es gibt – in allen Schichten – nur vernünftige, sehr klare, sehr rationelle Menschen, die in Kleinigkeiten keine Prestigefragen kennen.

Ich las neulich, daß der deutsche Rundfunk doch auch Anstandsunterricht geben könne, etwa: wie man den Kellner behandeln soll, wie man ihn zum Zahlen zu rufen habe ... Unmöglich, das einem Franzosen klarzumachen. Eine Fragestellung über solche Dinge liegt außerhalb seiner Vorstellungswelt. Zum Kellner spricht er wie zu aller Welt: ohne verhaltenen Grimm, ohne Oberhoheit, neutral. Das macht: er ist kein Ritter, der im Visier schlottert und daher mit dem Schwert rasselt, wie es der Selige zu tun pflegte. Er ist ein Mensch, einfach ein vernünftiger Mensch. Es ist die Humanität, die in Frankreich in ausnahmslos allen kleinen Vorgängen des Lebens siegt. Gewiß nicht immer in den großen.

Und wie viele Deutsche im Leben unendlich weit von Humanität entfernt sind, weil sie glauben, Menschlichkeit und Sentimentalität sei eins, das merken wir erst im Ausland.

Es ist selbstverständlich nicht richtig, wenn etwa behauptet wird, im Ausland klappe alles besser, sei alles besser, schmecke alles besser. Dergleichen sagen kleine und große Moritze aus Frankfurt am Main.

Aber das öffentliche Leben im westlichen Ausland spielt sich geräuschloser ab, glatter, geölter. Man findet viel mehr Bereitwilligkeit bei allen Leuten, und die ist ganz grundsatzlos, nicht etwa diktiert von dem Wunsch, ‹durch gesittetes Benehmen den für das Land nützlichen Faktor des Fremdenverkehrs zu heben›. Davon ist gar keine Rede. So lange man von den Franzosen nichts weiter will als eine Auskunft, als für sein Geld zu fahren und zu sitzen, zu plaudern und zu leben – so lange gehts ausgezeichnet. Aber das ist schon sehr viel. Welch eine Fülle von Ärger in Deutschland, von Nervenbelastung, von Konfliktstoff! Und wie unnütz und überflüssig ist das –! Wie vertan der Aufwand, lächerlich das Gespreize, gockelhaft das Kollern von Männern, die ihren Bezirkskommandos gegenüber nie gewußt haben, was Freiheit ist –! Sklaven auf dem Maskenball, als freie Männer verkleidet. Freigelassene.

Ich bin dem Herausgeber dieser Blätter dankbar, daß er meine hymnischen Ergüsse aus meinen ersten pariser Tagen nicht zum Druck befördert hat. Sie waren verständlich – ich kam aus dem schlimmsten Inflations-Deutschland in die Freiheit –: aber sie waren falsch, weil gar zu subjektiv. Heute hingegen nach Jahren, wo der erste Rausch verflogen ist, und wo ich Frankreich nüchterner, aber viel klarer ansehe als damals, wo ich auf den Knien lag und so nicht viel sehen konnte – heute erkenne ich, was den ungeheuern Vorzug dieses Landes ausmacht. Es ist die Humanität, die Neutralität des öffentlichen Lebens.

Wir aber sind auf unsre Fehler stolz und bemühen uns – oho! –, sie nach Kräften zu vergrößern.

KONVERSATION

Magda spricht. Arthurchen hört zu.

Magda (presto)

«Gott, Sie verstehen doch was vom Theater – endlich mal einer, der was vom Theater versteht. Ich werde Ihnen das also ganz genau erzählen.

Die Leute hatten zunächst die Straub engagiert, die sollte den Dragonerrittmeister spielen. Ich die Lena. Ich habe gesagt, neben einer Hosenrolle komm ich nicht raus. Ich komme doch nicht neben einer Hosenrolle raus –! Mit mir kann man das nicht machen. Wenn ich mir mal was in den Kopf gesetzt habe, alle meine Freunde sagen, ich bin so eigensinnig, und das ist auch wahr. So bin ich eben. Nicht wahr, Sie finden das auch –? Nicht wahr? Ja. Und da habe ich dem Direktor gesagt, ich sage, wenn ich die Lena nicht spielen darf, dann schmeiß ich ihm seinen Kram vor die Füße. Papa sagt auch ... Finden Sie richtig, nicht wahr –? Ja. Da hat der Direktor natürlich nachgegeben, soo klein war er, ich kenn doch die Schwester von dem Kammergerichtsrat Bonhoeffer, der der Onkel von seinem Geldgeber ist – wissen Sie übrigens, daß Klöpfer die neue Rolle nicht spielen will? Er hat gesagt, so einen Drecktext spricht er nicht. Klöpfer geht zum 1. Juni auf Tournee. Ich sollte erst mit, aber ich mach mir nichts aus Tourneen. Gott, ich hätts ja vielleicht getan – aber wenn jetzt die neue

Arthurchen (denkt)

Das kann man wohl sagen, daß ich was vom Theater verstehe – das hat sie ganz hübsch gesagt. Natürlich versteh ich was vom Theater. Nu leg mal los.

Sie ist ja doch pikant, sie hat was. Nette Beine. Ob sie einen Büstenhalter trägt? Nein, sie trägt wohl keinen. Wenn sie schnell spricht und dabei lacht, dann hat sie so ein nettes Fältchen um die Augen. Sie sollte sich übrigens die Wimpern nicht färben, das steht ihr gar nicht. Aber eine nette Person. Eigentlich ... Wer hat die eigentlich –? Na ja, Franz – aber das füllt sie doch nicht aus! Dabei spricht sie immer von Papa und Mama, wie macht sie das mit dem Ausgehn? Lebt sie zu Hause? Wenn sie auch zu Hause lebt, das kann man arrangieren ...

Die Schwester von dem Kammergerichtsrat? ein übles Aas. Wer weiß, ob die Leute überhaupt so viel Geld haben ... Was hab ich denn heute für einen Schlips um? Sie guckt mir immer so nach dem Hals ... Das ist doch eine neue Krawatte – hab ich da 'n Fleck ...? Nein, das war wohl nichts. Wenn sie die Augen zu-

Trustdirektion kommt, dann werden wir ja sehn! Ich hab in diesen Sachen so was Kindliches. Ich bin überhaupt ein großes Kind. Finden Sie nicht auch—? Nicht wahr? Ja. Kennen Sie Gerda, die blonde Gerda? Die, die'n Verhältnis mit der Frau Petschaft hat — na ja, sie hat auch'n Freund, aber bloß so nebenbei. Der Freund weiß das, natürlich. Mit mir hat sie ... ach, Sie sind'n gräßlicher Mensch — was Sie immer alles gleich denken! Die Gerda ist völlig talentlos. Und frech ist die Person —! Das Gretchen will sie spielen. Was sagten Sie —? Nein. Ja. Ich meine: die Frau darf das einfach nicht spielen. Geht auch gar nicht, weil die neue Kombination Fischer-Hirsch dagegen ist. Und wenn die Kombination nicht dagegen wäre — Himmel, es ist sechs Uhr! Nein, wie man sich mit Ihnen verplaudert! Sie reden so nett und anregend ... Grüß Gott, Doktorchen. Seins nicht bös — aber ich muß fort. Auf baldiges —» macht, sieht sie nett aus. A un certain moment — stand neulich in dem Roman. So sieht sie dann aus. Nett. Sie kann doch sehr lustig sein. Es kann doch sehr lustig werden. «Ja, das finde ich auch. Gewiß, gnädiges Frollein.» Reizende Person. Wie spät mag das sein? Sie erzählt ja 'n bißchen viel. Aber jetzt kann ich nicht nach der Uhr sehn. Verdammt, die Uhr im Salon kann man von hier aus auch nicht sehn. Ich wer mal so ganz nongschalang aufstehn ... Sieht man die Uhr auch nicht. Die Gerda —? Die Gerda mit ihr zusammen — wär gar nicht übel. Was ist das fürn Parfum, das sie hat? Was ich gesagt habe? Ich hab doch gar nichts gesagt. Mein Gott, spricht die Frau! Mein Gott — aber man müßte sehen, zu irgendeinem Schluß zu kommen, so oder so ... Schnupfst du eigentlich Kokain, mein Engel? Hoffentlich nicht. Sechs? Schockschwernot, Hilde wartet nie so lange. Und nachher ist die Wohnung zu, und ich habe keinen Schlüssel. Na, dann diese hier. Bin ich heute abend frei? Ja. Sind Sie vielleicht heute abend ... «Auf Wiedersehn!» Wupp. Jetzt ist sie weg.

PARISER DANKGEBET

In Nummer 20 hat Peter Panter geschrieben:
«Ich bin dem Herausgeber dieser Blätter dankbar, daß er meine hymnischen Ergüsse aus meinen ersten pariser Tagen nicht zum Druck befördert hat.» Auf diesen Satz hin hat man mich der Feigheit geziehen: ich Internationalist hätte vermutlich aus Angst vor den deutschen Nationalisten nicht gewagt, die Wahrheit über Frankreich zu drucken. Bekanntlich ist Angst die Signatur dieser Blätter. Aber diesmal wars bei mir keine Angst, sondern einfach aus besserer Kenntnis der Stadt die Voraussicht, daß mein Mitarbeiter sich spätestens nach einem Jahr freuen würde, mit einem ungerechten Überschwang, wie er sich etwa in diesem Gedicht hier entfaltet, nicht Woche um Woche zu Worte gekommen zu sein.

Hier tritt mir keiner auf die Stiebeln. Hier sind die Leute höflich und nett.
Und wenn mir doch mal einer rauftritt, dann sagt er: «Ah pardon, monsieur!» überall, in Malakoff und in der rue Lafayette.
Kyrie eleison!
Hier fahren die Autos glatt und schnell. Und geraten sie wirklich mal aneinander mit leichtem Buff,
dann sagt keiner: «Dir hol ick jleich runter vom Bock, du oller Mistkutschenfahrer, pass mal uff —!»
Kyrie eleison!
Hier ist der Schaffner kein Vorgesetzter, und der Verkäufer teilt keine Gnaden, sondern Schnitzel aus.
Hier geht man frühmorgens heiter und pfeifend aus seinem Haus.
Amen.
Hier kann man sich noch freuen, weil eine Markise so schön gelb leuchtet. Hier hat jeder Arbeit und doch Zeit,
ein Mensch zu sein, aufzuatmen allein und zu zweit.
Kyrie eleison!
Rekonvaleszenten sehen aus den Fenstern der Krankenhäuser, ungehetzt und voll Ruh.
Alte Herren gucken im Luxembourg den Spielen der Kinder zu.
Kyrie eleison!
Hier ist Wolke noch Wolke und Stein noch Stein.
Hier hat es noch einen Sinn, am Leben zu sein.
Amen.
Hier sind die Professoren keine Staatssklaven und die Studenten keine Hausknechte.
Hier muß man gebildet und kultiviert sein — das verlangt die Linke wie die Rechte.
Kyrie eleison!

Hier können sogar die Royalisten gute Artikel schreiben – es sind
Leute von Witz und Esprit.
Und von schimmernder Wehr und Großfrankreich sprechen die
Blätter fast nie.
Kyrie eleison!
Wenn sich hier die siegreichen Generale so benehmen wollten wie
unsre geschlagenen zu Haus ...!
Ein ganzes Land streckt friedfertig die Arme aus –
Amen.
Wie schön ist es, hier zu leben: ohne diese Gesichter, die keine sind;
ohne Krach und Krakeel – ohne den staubigen berliner Sommerwind.
Zehn Jahre zu spät! Und doch darf ich nicht klagen.
Es tut so wohl, auch einmal Ja zu sagen.

HERR WENDRINER ERZÄHLT EINE GESCHICHTE

«Mahlzeit! Guten Appetit! Na, dann wolln wir anfangen! Na, was ist –? Du hast uns zum Essen reingerufen, und das Essen steht nicht auf dem Tisch! Hundertmal hab ich schon gesagt, wenn ich reinkomm, will ich, daß das Essen aufm Tisch steht. Das Mädchen ...! Das Mädchen ...! Entschuldigen Sie, Welsch, aber wir haben 'n neues Mädchen ... Na, ich will mich am Sonntag nicht ärgern. Ja, also was ich sagen wollte: ich wollt Ihnen doch erzählen, was mir da neulich passiert ist. Ich komm also – ah, endlich, die Suppe! Guten Appetit! tu auf – ich komm also nachm Theater, ich glaube, es war im Schauspielhaus, nein, doch nicht ... im Deutschen Theater, richtig, komm ich raus und geh so auf die Straße – mir nicht so viel Klößchen – Welsch, nehm Sie von den Klößchen, die sind excillent, ich soll sie bloß nicht essen, ich wer so dick, sagt der Arzt – komm ich raus, spricht mich ein wildfremder Mensch an. Ganz jung, ein ganz junger Mensch ... Soo! Walter, kannste dich denn nicht vorsehn! Jetzt haste wieder alles danebengespritzt! Nächstens wern wir dir 'n Pichel umbinden! So ein großer Junge! Weiß oder rot, Welsch? Ich nehm auch lieber roten ... 'n ganz junger Mensch, ich kenn ihn nicht – gib mir mal 'n bißchen Salz – und spricht mich an. Er hätt nichts zu essen. Ich sage, lieber Freund, sag ich, ich hab auch manchmal nichts zu essen, aber deshalb spricht man doch nicht gleich jeden Menschen auf der Straße an! Ausgerechnet mich! Als ob nicht reichere Leute aus dem Theater ... Lächerlich, Welsch, was Ihnen meine Frau auftut, könn Sie essen! Genieren gibts hier nicht, nu nehm Sie schon ... Also ich sag zu dem jungen Mann, hörn Sie mal, sag ich, Sie sehn doch ganz anständig aus, wie kommt das, daß Sie nichts zu essen haben ...

Also, Welsch, jetzt tun Sie mir den einzigen Gefallen und zieren Sie sich hier nicht! Nehm Se doch! Nu nehm Sie noch 'n bißchen Zander! Nu nehm Sie doch! Bedienen Sie sich! Genötigt wird hier nicht. Ja, sagt der junge Mann, er wär aus Breslau, ich horch natürlich auf – Walter, du sollst nicht so viel Buttersauce essen! Iß nicht so viel! Das bekommt dir nicht! Neulich hat er sich erst übergeben! Iß nicht so viel Buttersauce! Kannst du nicht hören? Nimm ihm mal die Buttersauce weg! Nehm Sie noch 'n bißchen, Welsch! Vorjen Sonntag war Regierer hier, der hat sich für drei Wochen voll gegessen! Ein gesunder Appetit! Nehm Sie noch 'n bißchen, Welsch! Jetzt hast du wieder das gehackte Ei vergessen! Paß doch 'n bißchen besser auf! Nie paßte auf. Was sagen Sie, Welsch? Volksentscheid? Ich weiß nicht, ich bin nicht dafür. Ich hab son unbehagliches Gefühl! Damit fangen sie an, und mitm Auto hörn sie nachher auf. Und ich will Ihnen mal sagen – unterbrich mich doch nicht immer! – ich will Ihnen mal sagen ... grade die Juden sollten ... La domestique ... Jaa, ja, das Fleisch ist sehr schön durch! Ich erzähl Ihnen nachher weiter. Jetzt nicht. Sagt der junge Mensch also zu mir, er wär aus Breslau. Ich hab mich unterbrochen, ßis nicht nötig, daß das Mädchen alles hört. Sie gehn bloß nachher rum und erzählen wer weiß was. Nehm Sie doch 'n bißchen Kompott! Kompott ist sehr gesund. Essen Sie auch Fruuhtsoohlt – ich meine, son Salz – es ist kein richtjes Abführmittel ... Hilde, siehst du eigentlich von deinen Eltern, daß sie sich bei Tisch in der Nase bohren? Bei Tisch bohrt man nicht in der Nase. Tut man überhaupt nicht, hat Welsch ganz recht. Ja, um auf den jungen Mann zurückzukommen, er erzählt also von Breslau, kommt raus, er hat als kleiner Junge meinen verstorbenen Vater gekannt – er hat manchmal Bobongs von ihm bekomm. Ich hab mich natürlich nich zu erkennen gegeben, überhaupt war es schon spät, und es war auch 'n bißchen dunkel auf der Straße – ich konnt ja nicht wissen, wer der junge Mensch war ... Ist kein Brot da? Siehste, wieder haste kein Brot reingestellt – du weißt doch, daß ich Brot beim Essen aufm Tisch haben will! Zieh dich eben vorher an! Das Bild hängt schief – Kinder, was macht ihr bloß den ganzen Tag! Keiner paßt auf – wenn ichs nicht sehe ...! Ja, 'n ganz hübsches Bild – ich sammel son bißchen. Impressionisten natürlich. Von der modernen Kunst halt ich nichts. Ja, also richtig: er sagt, er wär stellungslos, er hätt keine Wohnung – und – Mahlzeit! Mahlzeit! Mahlzeit, Hilde! Mahlzeit, Walter! Mahlzeit, Welsch! Komm Se, 'n Likör ... Kaffee trinken wir drin. Komm Se, wir rauchen ne Zigarre. Hier, die is leicht. Nein, nehm Sie die – die is besser. Hier ham Se Feuer. Ja, um auf die Geschichte zurückzukommen – Sie, meine Frau ist grad mal rausgegangen, kennen Sie schon den Witz von dem alten Grafen, der heiratet und im Hotel vor der Hochzeitsnacht noch schnell in die Bar geht? Ja. Er verlangt Pilsner; sagt der Barkiehper, Herr Baron, nehm Sie kein Pilsner, das schlägt nieder. Nehm Sie lieber 'n Glas Scherri. Tut er. Wie er am nächsten Morgen runterkommt, sagt er zu dem Kellner: Wissen Se was, geben Sie mir zwei Glas Scherri und meiner Frau schicken Sie ne Kanne Pil – Ach, da bist du ja – ich sage grade zu Welsch, mit der Mietsregelung müßte man das anders regeln. Ist der Kaffee fertig? Ja? Komm Se, Welsch, wir wolln Kaffee trinken. Ein oder zwei Stück Zucker? Milch? Ich nehm nie Milch. Hat mir der Arzt verboten. Kaffee hat er mir auch verboten. Man kann bloß nicht alles tun, was einem die Ärzte sagen. Ja, nu passen Sie auf, wie das mit dem jungen Mann war. Er hat mich um meine Adresse gebeten ... na, das hab ich nu nicht getan – ich wer doch einem fremden Menschen nicht meine Adresse geben ... Wo soviel Schwindler in Berlin rumlaufen. Dabei fällt mir ein: haben Sie eigentlich Oberbedarf verkauft? Ich weiß nicht ... ich hab kein rechtes Zutrauen ... Was! Was denn! Sie gehn doch noch nicht! Ach, Welsch, machen Sie doch keine Geschichten! Wird Ihre Schwägerin eben 'n bißchen warten! Komm Se immer noch früh genug hin! Lächerlich! Bleiben Sie doch noch 'n bißchen! Ih – bleiben Sie doch noch! Na, wenn Sie durchaus wollen. Warten Sie, ich bring Sie raus. Hier – das ist Ihr Überzieher. Das ist meiner. Ja, ich laß bei Kropat arbeiten – ich bin ganz zufrieden ... er macht mir Extrapreise. Der Meister bedient mich immer selbst. Welsch, ham Sie das Papier hier hingeschmissen? Ach, das is von Ihren Blumen. Walter! Nimm mal das Papier hier weg! Hilde soll hinten nicht sonen Krach machen; sag ihr mal, Papa will das nicht. Und schick mir mal das Mädchen vor. Na, denn auf Wiedersehn, Welsch! Auf Wiedersehn! Komm Se gut nach Hause!

Wo bist du denn? Ich weiß nicht: der Welsch gefällt mir nicht. Nerwöhs is der Mann! Ich hab ihm ne Geschichte erzählen wollen – weißt du, das von dem jungen Mann, was ich dir schon erzählt habe, neulich vom Theater ... die Sache is ja auch sehr interessant ... Welsch kannste nichts erzählen. Weißte, was er tut? Er hört nicht zu.»

DER RASENDE KOMMIS

Namentlich hat Heine große Furcht
vor dem reisenden Vaterlande.
Ludwig Wihl, Oktober 1837

«Jetzt war ich rund. Trat der Jungfrau von Orleans, die herausfordernd ihre goldene Standarte auf der Place Rivoli in die Wintersonne reckte, keck entgegen. Weise dich wieder aus, Dame! Kein gealteter Bernard Shaw macht als Symbol einer hysterischen Protestantin, kein Joseph Delteil dich uns Heutigen als Gleichnis einer geilen Kuhmagd, die nach Stall und –»

Ja, wer tommt denn da —? Ja, wo hattu denn dein Wehwehchen? Wer ist hier so keck? So rund? So erschröcklich verwegen —? Es ist nur Sternheims Carl, den sie nach Paris hereingelassen haben, und das traurige Ergebnis ist ein Heft, «Heinrich Heines Unsterblichkeit gewidmet» und ‹*Lutetia*› betitelt, ‹*Lutetia, Berichte über europäische Politik, Kunst und Volkswesen 1926*›. Das Buch ist nach dem Rezept jenes hamburger Maurermeister gearbeitet, der da sprach: «Erst bau ich 'n Haus, nöch? Und dann mach ich 'n büschen Stil an!» Dieser Stil zum Beispiel ist so:

«Jetzt wird Ordnung in mir, der Standpunkt ist klotzig da!» — «Dreißig bedeutende französische Menschen, mich mit ihnen bekannt zu machen, hatte ein pariser Bekannter abends zu sich geladen.» — «Und damit erscheint zu dem das westliche Europa vernichtenden, verpestenden Phänomen, aus Befangenheit vor erledigten Metaphern keine zeitgenössische Urteile bilden zu wollen ...» — Am schönsten offenbart sich die Grammatik des ehemaligen Komödiendichters an der Stelle, in der man das Wort ‹deutsch› beachten wolle: «Ich bat eine junge Dame, der ich auf den Fuß getreten hatte, um Verzeihung. Tut nichts, rief sie deutsch, man ist es, Männer denken, spazierengehend, Problemen nach, wieder gewöhnt.»

Dies ereignete sich dem Buch nach in Paris.

Was mir an den Besuchen des ‹reisenden Vaterlandes› in Paris ausnahmslos auffällt, ist die maßlose Selbstüberschätzung, die hier ein wenig provinziell wirkt, sowie die Überschätzung der eigenen Wirkung. Sieht man von den jüngsten Beispielen ab, unter denen ein älteres Stiftsfräulein der deutschen Literatur abwechselnd als précieuse ridicule und als Schulamtskandidat Germaniae auftrat, so ist Sternheims Büchelchen der billigste Artikel in dieser Branche. Was er über Paris schreibt, ist von vorn bis hinten falsch.

«Am infamsten, wie der allgemeine Verzicht, selbständig zu sein und fühlen zu wollen, der Frau äußere Erscheinung in Grund und Boden gerammelt hatte. Jede war zu einer der Nachbarin aus demselben Milieu gleichenden Larve erstarrt und fertiggepinselt —» Falsch. Eben das gilt in einem kultivierten Lande nicht als Originalität, sich eine Zigarrenkiste auf den Kopf zu setzen, um nur ja anders auszusehen als der Nachbar, und eine Sechserindividualität verfängt in Frankreich kaum. «Immer noch werden bei Duhamel Hamp Radiguet Morand de Montherlant Valéry Cocteau ... Spleene der Herrschenden verherrlicht.» Abgesehen davon, daß diese Reihe, deren Glieder ums Verrecken nicht durch Kommata getrennt werden, etwa der Zusammenstellung: Albrecht Schaeffer, Max Kretzer, Rilke, Loeser u. Wolff entspricht, soll der Monokeljunge eine Stelle, eine einzige, bei Pierre Hamp, dem Schilderer der menschlichen Arbeit aufzeigen, in der Spleene der Herrschenden verherrlicht werden. Er hat wahrscheinlich niemals ein Buch dieses Schriftstellers in der Hand gehabt.

Er spricht mit der Comtesse de Noailles, die das Unglück hat, deutsche Literaten in Flegel zu verwandeln: nach der letzten Unruhe nun dieser. Der nennt sie «eine herrlich aussehende Frau», schreibt von ihr, sie habe ihn «unter den kaum vorgestellten, die uns gespannt umstanden, auf einen Stuhl» genagelt – im übrigen gleicht er vor ihr dem Liebhaber eines kleineren Sommertheaters.

«Der Sieger im Weltkrieg nimmt neugierigen Anteil an deutscher Literatur, den er nie vorher bewiesen hat.» Falsch. Bis auf eine gewisse Literatengruppe kümmert sich der französische Leser wenig um ausländische Literatur; vier pariser Salons sind noch nicht Frankreich, und die beiden Länder kennen sich nicht gut. Sternheim weiß von Paris wenig, aber dieses wenige hat er nicht verstanden. Unerträglich wird er erst, wenn er sich sein Monokel aufsetzt und pariser Restaurants, Frauen, Baulichkeiten, Läden und Theater vorbeidefilieren läßt, wobei sich denn freilich der heimliche Sachse, der in ihm steckt, offenbart, wenn er von einem Restaurant ‹Boccardi› schreibt; zwar sind dort die Spaghetti weich, aber das B ist hart, und der Mann heißt Poccardi.

In dem Buch ist gleichfalls von Berlin, von München, von der Schweiz die Rede, und das mögen die einzelnen Orte mit ihm auspauken. Es lohnt nicht recht, denn er steht noch bei jenem wilden Inflationshaß auf Deutschland, bei jener kindischen Überschätzung der Fremde, weil sie die Fremde ist – und leider spricht er auf jeder dritten Seite auch von sich selbst, das ist keine sehr interessante Landschaft.

Wir hören von Van Gogh, «dessen Lebensbeschreibung aus meiner Feder im . . . Verlag das heutige Publikum nicht genügend liest». Recht hats. Und wir erfahren, daß der Palmnickener Anzeiger für Stadt und Land an Dichter Sternheim eine Rundfrage gerichtet hat («Gibt es eine christliche Dichtung und wie sehen Sie ihr Bild, oder was spricht dagegen?») – und auf dieses Gelalle antwortet er mit einem Fleißaufsatz, dem die Note IV/V zu geben ich mich in die traurige Lage versetzt sehe. Und wir erfahren, daß er im Kriege zunächst in Belgien gewohnt hat . . . «Bei unserm Fortgang auf elendem Einspänner bei strömenden Regen hatte ein Teil der Dorfbevölkerung, unser belgisches Personal, das den Wagen umstand, Tränen in den Augen.» Das war damals, Carl, als dir die Köchin, die dir immer deine Aufsätze korrigiert, noch ein Buch auf den elenden Einspänner reichte: es war die deutsche Grammatik. Aber du wendetest dich ab und sprachst: «Nicht brauche sie ich» – und die Grammatik fiel in den Modder, und da liegt sie heute noch. Und wir erfahren, wie er massiert worden ist: «Meine Masseure im Bad waren so unvergleichliche Kerle, wie ich sie in der ganzen Welt nicht getroffen habe . . . Diese meist über fünfzig Jahre alten Burschen von morgens bis abends in heißem Wasser mit hundertundzwanzig Mark Monatsgehalt stehend . . .» Vor solchem Stil lob ich mir die Kindsmagd Marie. «Jedes Mal bei der Fahrt durch das milchfließende Allgäu fällt mir unser niederbayerische Kindsmagd Marie ein, die, als ich sie beim Apfelkompottessen eines Verstoßes wegen zur Rede stellte, mir den Teller mit Mus auf dem Kopf plattschlug.» Selten habe ich bei einer dramatischen Situation so eine Befriedigung empfunden wie hier. Bravo, Marie!

Übrigens hat der Stilkünstler einen durchaus kongenialen Kollegen, und mit dem ist es so: «Denn vor kurzem schrieb mir mein Kamerad Kasimir Edschmid, dessen deutsche Prosa ich von der zeitgenössischer deutscher Autoren mit am höchsten schätze, Baden-Baden stehe vor wirtschaftlichem Zusammenbruch . . . Ich schrieb ihm, sich als Kur- und Theaterdirektor an die Spitze aller dortigen Veranstaltungen zu stellen, Behörden und Einwohnern Baden-Badens wenn nicht zeitgenössische Ideen, doch Umgangsformen beizubringen.» In schlaflosen Nächten hat mich oft die Frage geplagt, was man mit Edschmid um Gottes willen beginnen solle, wenn diese Sorte Literatur ihren Mann nicht mehr ernährt. Ich hatte auf Barbier geraten, auf Damenschneider für ältere Amerikanerinnen . . . jetzt weiß ich es endlich: dieser Mann ist der geborene Kurdirektor, und auch Sternheim wäre als Renommiergast nicht eben schlecht zu gebrauchen.

Über dieses lächerliche Heft wäre zur Tagesordnung überzugehen, aber nicht ohne daß im Ernst einige Worte über Herrn Sternheim hinzugefügt werden.

Der Hypothekenfürst bildet sich ernsthaft ein, überlegen-weltmännisch, international, mondän, kurz etwas zu sein, was man in seinen Kreisen ‹große Klasse› nennt. Er ist nicht groß, und er ist nicht Klasse, und ich will ihm sagen, was er ist. Er ist ein Kommis Wilhelms des Zweiten. Er ist genau dieser Typus des zum Reserveleutnant als unerreichbarem Ideal heraufschielenden Heringsbändigers aus dem Kaiserreich, der nichts mit einem anständigen kaufmännischen Angestellten, aber alles mit der Karikatur einer schlechten herrschenden Klasse gemein hatte. Kommishaft das fatale Grinsen, mit dem pariser Absteigequartiere beschrieben werden, kommishaft das Sonntagsmonokel, kommishaft dieser erste Gedanke beim Anblick junger Amerikanerinnen: «Bestimmt waren sie nicht lesbisch, weil es anstrengend persönlich, darum shocking gewesen wäre.» Kommishaft die schmatzende Wonne, mit der Mayonnaisensauce, Van Gogh, Paris und die eigene Wohlhabenheit genossen werden, kommishaft der Jargon, die kindlichen Übertreibungen, für irgendeine Clique ‹Paris› zu setzen, Kommis der ganze Kerl.

Und es gibt eine Stelle in dem Buch, die nicht der literarische Kritiker, sondern jener Chauffeur, der Herrn Sternheim zu seiner größeren Sicherheit abends in Bayern begleitete, rezensieren sollte, und das mit der größten Handschuhnummer. Es ist von der Beerdigung Eberts die Rede, und die Stelle lautet: «Daß dem Sarg des einstigen Sattlers erzgeschiente Bataillone, Schwadrone, berittene Haubitzbatterien vorausgingen und folgten, schien denkerisch unfaßbar.» Die Form der Beerdigung des ersten Reichspräsidenten ist diskutierbar wie der ganze Mann, und ich weiß, daß der politische Gegner das Recht hat, die politischen Fähigkeiten Eberts auf das schärfste zu verneinen. Einen Sozialdemokraten aber, der sich von unten nach oben gearbeitet hat, nur deshalb zu brandmarken, weil er einmal Sattler gewesen ist, scheint mir die niedrigste Art politischer Betrachtungsweise und daß die möglich ist, beweist, daß Herr Sternheim fremde Länder, die ehrlich demokratisch sind, ohne Erfolg besucht hat. Sie ist so recht die Äußerung eines verkleideten Freigelassenen im gutsitzenden Frack.

Ich habe den deutschen Handlungsgehilfenverbänden viel abzubitten, wenn ich Herrn Sternheim als das bezeichne, was er ist: einen rasenden Kommis.

DREI BIOGRAPHIEN

«Sie sind der ungeborene Peter Panter —?» sagte der liebe Gott und strich seinen weißlichen Bart, der stellenweise etwas angeraucht war. Ich schwamm als helle Flocke in meinem Reagenzgläschen und hüpfte bejahend auf und nieder. «Für Sie gibt es drei Möglichkeiten», sagte der himmlische Vater und zerdrückte in unendlicher Güte eine Wanze, die ihm über das Handgelenk lief. «Drei Möglichkeiten. Wollen Sie sie bitte überprüfen und mir dann mitteilen, welche Wahl Sie getroffen haben. Es liegt uns viel daran, bei dem herrschenden Streit zwischen Deterministen und Indeterministen es mit keiner von beiden Parteien zu verderben. Suchen Sie hier oben aus, was Sie einmal werden wollen — unten können Sie nachher nichts dafür. Bitte.» Der alte Mann hielt mir einen großen Pappdeckel vor das Gläschen, auf dem stand zu lesen:

I

Peter Panter (1. Verarbeitung). Geboren am 15. April 1889, als Sohn armer, aber gut desinfizierter Eltern, zu Stettin auf der Lastadie. Vater: Quartalssäufer, das Jahr hat fünf Quartale. Mutter: Abonnentin des *‹Berliner Lokal-Anzeigers›*. Studiert das Tierarzneiwesen in Hannover und wird 1912 städtisch approbierter Kammerjäger in Halle. Zwei Frauen: Annemarie Prellwitz, edel, Schneckenfrisur, in Flanell (1919—1924); Ottilie Mann, sorgfältig, korrekt, von großem Gebärfleiß, in Ballonleinen (1925—1937). Vier Söhne; danach Anschaffung eines deutschen Perserteppichs. 1931: Reinigung des Bartes von Hermann

Bahr, Bahr kommt heil davon, P. wird katholisch. Wird im Juni 1948 nach Wien berufen, um die Wanzen, die sich in der Feuilletonredaktion der *‹Neuen Freien Presse›* angesammelt haben, zu vertilgen. Da die Operation selbstverständlich mißlingt, wird Kammerjäger P. trübsinnig. Hört in dieser Geistesverfassung am 20. April 1954 einen Keyserling-Vortrag. Tod: 21. April. Panter geht mit den Tröstungen der katholischen Kirche versehen dahin, nachdem er kurz zuvor mit großem Appetit ein Mazze-Gericht verzehrt hat. Beerdigungswetter: leicht bewölkt, mit schwachen, südöstlichen Winden. Grabstein (Entwurf: Paul Westheim): 100,30 Mark, Preis des Marmors: 100 Mark. Stets in Ehren gehaltenes Andenken: acht Monate.

«Nun –?» sagte der liebe Gott. «Hm –» sagte ich. Und las weiter:

II

Peter Panter (2. Verarbeitung). Geboren am 8. Mai 1891 als ältester Sohn des Oberregierungsrats Panter sowie seiner Ehefrau Gertrud, geborener Hauser. Das frühgeweckte Kind hört schon als Knabe auf dem linken Ohr so schwer, daß es für eine Justizkarriere geradezu prädestiniert erscheint. Tritt in das Korps ein, in dem ein gewisser Niedner alter Herr ist –

Der liebe Gott behakenkreuzigte sich. Ich las weiter:

– und bringt es bald zu dem verlangten korrekt-flapsigen Benehmen, das in diesen Kreisen üblich ist. 1918: Kriegsassessor, gerade zu Kaisers Geburtstag. Schwört demselben ewige Treue. 1919: Hilfsbeamter im Staatskommissariat für öffentliche Ordnung; der Staatskommissar Weismann sitzt, aus altpreußischer Schlichtheit, in keinem Fauteuil, sondern auf einer Bank und hält dieselbe Tag und Nacht. Landgerichtsrat Panter leistet der Republik die größten Dienste sowie auch ihrem Präsidenten. Schwört demselben ewige Treue. Beteiligt sich 1920 am Kapp-Putsch, berät Kapp in juristischen Fragen und schwört demselben ewige Treue. Durch das häufige Schwören wird man auf den befähigten Juristen aufmerksam und will ihn als obersten Justitiar in die Reichswehr versetzen. Inzwischen wird Rathenau ermordet, weshalb die Republik einen Staatsgerichtshof über sich verhängt, wo ohne Ansehen der Sache verhandelt wird. Dortselbsthin als Richter versetzt, verstaucht er sich im Jahre 1924 beim Unterschreiben von Zuchthausurteilen gegen Kommunisten den Arm. Eine Beerdigung entfällt, da ein deutscher Richter unabsetzbar ist und auch nach seinem Tode noch sehr wohl den Pflichten seines Amtes nachkommen kann.

«Wie kann man so tief sinken –!» sagte der liebe Gott, weil ich inzwischen auf den Boden des Reagenzgefäßes gekrochen war. Ich wackelte mit dem Schwänzchen, der liebe Gott erriet richtig «Nein!», bedavidsternte sich und gab mir

III

zu lesen:

Peter Panter (3. Verarbeitung). Geboren am 9. Januar 1890 zu Berlin mit ungeheuern Nasenlöchern. Seine Tante Berta umsteht seine Wiege und hat es gleich gesagt. Gerät nach kurzen Versuchen, ein anständiger Mensch zu werden, in die Schlingen des Herausgebers S. J., der ihn zu mannigfaltigen Arbeiten verwendet: er darf zu Beginn der Bekanntschaft Artikel und Gedichte schreiben, bringt es aber schon nach fünfzehn Jahren zum selbständigen Briefefrankieren und andern wichtigen Büroarbeiten. Nimmt nacheinander die Pseudonyme Max Jungnickel, Agnes Günther, Waldemar Bonsels und Fritz von Unruh an. Kann aber niemand darüber hinwegtäuschen, daß hinter diesen Namen nur ein einziger Verfasser steht. Wird von Professor Liebermann in Öl gestochen und schenkt ihm als Gegenangebinde einen echten Paul Klee, den Liebermann jedoch nicht frißt. Panter stirbt, als er alles weiß und nichts mehr kann – denn so kann man nicht leben.

«Nun –?» fragte der liebe Gott. «Hm –» sagte ich wieder. «Könnte man nicht die drei Biographien kombinieren? Vielleicht so, daß ich als Sohn des Oberregierungsrats Kammerjäger bei der ‹*Weltbühne*› . . .»

«Beeilen Sie sich!» sagte Gottvater streng. «Ich habe nicht viel Zeit. Um zehn Uhr präsidiere ich drei Feldgottesdiensten: einem polnischen gegen die Deutschen, einem deutschen gegen die Polen und einem italienischen gegen alle andern. Da muß ich bei meinen Völkern sein. Also – wählen Sie.»

Und da habe ich dann gewählt.

DAS MITGLIED

In mein' Verein bin ich hineingetreten,
weil mich ein alter Freund darum gebeten,
ich war allein.
Jetzt bin ich Mitglied, Kamerad, Kollege –
das kleine Band, das ich ins Knopfloch lege,
ist der Verein.

Wir haben einen Vorstandspräsidenten
und einen Kassenwart und Referenten

und obendrein
den mächtigen Krach der oppositionellen
Minorität, doch die wird glatt zerschellen
in mein' Verein.

Ich bin Verwaltungsbeirat seit drei Wochen.
Ich will ja nicht auf meine Würde pochen –
ich bild mir gar nichts ein . . .
Und doch ist das Gefühl so schön, zu wissen:
sie können mich ja gar nicht missen
in mein' Verein.

Da draußen bin ich nur ein armes Luder.
Hier bin ich ich – und Mann und Bundesbruder
in vollen Reihn.
Hoch über uns, da schweben die Statuten.
Die Abendstunden schwinden wie Minuten
in mein' Verein.

In mein' Verein werd ich erst richtig munter.
Auf die, wo nicht drin sind, seh ich hinunter –
was kann mit denen sein?
Stolz weht die Fahne, die wir mutig tragen.
Auf mich könn' Sie ja ruhig «Ochse» sagen,
da werd ich mich bestimmt nicht erst verteidigen.
Doch wenn Sie mich als Mitglied so beleidigen . . .!
Dann steigt mein deutscher Gruppenstolz!
Hoch Stolze-Schrey! Freiheil! Gut Holz!
Hier lebe ich.
Und will auch einst begraben sein
in mein' Verein.

HERR SCHWEJK

Neulich habe ich hier davon erzählt, wie mir in den sechs so sehr zu empfehlenden Bänden des *‹Welthumors›* von Roda Roda (erschienen bei Albert Langen) im letzten Band ein Mann aufgefallen ist, dessen Humor völlig neuartig erscheint: Jaroslav Hašek. Ein pariser Leser der *‹Weltbühne›* hat uns dann einiges vom Lebenslauf dieses seltsamen Menschen mitgeteilt, der, vierzigjährig, vor drei Jahren gestorben ist, und auch davon, wie populär, ja, berühmt Hašek bei den Tschechen ist. Ich wäre schrecklich stolz auf meine Entdeckung, wenn die eine wäre, und wenn Hašek nicht so groß wäre, daß er sofort auffallen muß.

Das Kapitel im ‹*Welthumor*› ist der Anfang von Hašeks Hauptwerk, dessen erster Band jetzt in deutscher Übersetzung vorliegt. ‹*Die Abenteuer des braven Soldaten Schwejk während des Weltkrieges*› (bei Adolf Synek in Prag). Zu diesem Buch ist mir in der gesamten Literatur kein Gegenstück bekannt. Deshalb will ich erzählen, was ich darin gefunden habe.

Herr Schwejk ist dumm-pfiffig, klein, völlig unbekümmert um alles, was mit ihm geschieht, aber voll des größten Interesses für alles, was um ihn herum vorgeht. Wo bei andern Pathos ist, da blinzelt er treuherzig-gelassen, und oft fragt man bei so viel Unbekümmertheit, ob er spaße. Nein, es ist ihm nur leicht ums Herz.

Diesen Schwejk nun stellt der Verfasser in den Weltkrieg, und es begibt sich, daß der kleine Tscheche die gesamte österreichische Monarchie übers Ohr haut, wozu nicht viel gehört – mehr: daß er ihrer Herr wird, daß er sich mit der unschuldigsten Miene von der Welt über sie lustig macht, und daß alles vor diesem idiotisch-schlauen Kerl versinkt, Sieg, Niederlage, Ehre, Ruhm, General und Krankenschwester. Die Gespräche des Herrn Soldaten sind alle von leichter Blödelei angefüllt, an jeder Gesprächsecke überfallen ihn die Erinnerungen seiner Gasse, und wenns ernst wird, beginnt er, dem erstaunten Partner mit einer Geschichte aufzuwarten. So etwas von Pointenlosigkeit soll nochmal geboren werden. Aber um von dem Wesen des bekanntesten aller Soldaten einen Begriff zu geben, setze ich den Anfang des Buches hierher.

«‹Also sie ham uns den Ferdinand erschlagen›, sagte die Bedienerin des Herrn Schwejk, der vor Jahren den Militärdienst verlassen hatte, nachdem er von der militärärztlichen Kommission endgültig für blöd erklärt worden war, und der sich nun durch den Verkauf von Hunden, häßlichen, schlechtrassigen Scheusälern ernährte, deren Stammbäume er fälschte. Neben dieser Beschäftigung war er von Rheumatismus heimgesucht und rieb sich grade die Knie mit Opodeldok ein. ‹Was für einen Ferdinand, Frau Müller?› fragte Schwejk, ohne aufzuhören, sich die Knie zu massieren. ‹Ich kenn zwei Ferdinande. Einen, der is Diener beim Drogisten Pruscha und hat dort mal aus Versehn eine Flasche mit irgendeiner Haartinktur ausgetrunken, und dann kenn ich noch den Ferdinand Kokoschka, der was den Hundedreck sammelt. Um beide is kein Schad.› – ‹Aber, gnä Herr, den Herrn Erzherzog Ferdinand, den aus Konopischt, den dicken, frommen.› – ‹Jesus Maria›, schrie Schwejk auf. ‹Das is aber gelungen. Und wo is ihm denn das passiert, dem Herrn Erzherzog?› – ‹In Sarajewo ham sie ihn mit einem Revolver niedergeschossen, gnä Herr. Er ist dort mit seiner Erzherzogin im Automobil gefahren.› – ‹Da schau her, im Automobil, Frau Müller, ja, so ein Herr kann sich das erlauben und denkt gar nicht dran, wie so eine

Fahrt unglücklich ausgehn kann ... Der Herr Erzherzog ruht also schon in Gottes Schoß? Hat er sich lang geplagt?› – ‹Der Herr Erzherzog war gleich weg, gnä Herr, Sie wissen ja, so ein Revolver is kein Spaß. Unlängst hat auch ein Herr bei uns in Nusle mit einem Revolver gespielt und die ganze Familie erschossen, mitsamt dem Hausmeister, der nachschaun gekommen is, wer dort im dritten Stock schießt.› – ‹Mancher Revolver geht nicht los, Frau Müller, wenn Sie sich aufn Kopf stelln. Solche Systeme gibts viel. Aber auf den Herrn Erzherzog ham sie gewiß was Bessres gekauft, und ich möcht wetten, Frau Müller, daß sich der Mann, der das getan hat, dazu schön angezogen hat.›»

Schwejk also setzt sich den Hut auf und geht ins Wirtshaus. Dort sitzt schon, beim Wirt Palivec, der Polizeispitzel Bretschneider, der auf Hochverräter aus ist. Es gelingt ihm, dem Wirt und dem eintreffenden Schwejk hochverräterische Redensarten gegen das kaiserliche Haus herauszulocken, und Schwejkn nimmt er gleich mit. So kommt Schwejk via Polizeigefängnis, Irrenhaus und Garnisonarrest als Bursche zum Feldkurat Katz, später zum Oberleutnant Lukasch. Was sich da unterwegs begibt, ist nicht aufzuzählen. Das völlig Absonderliche des Buches ist sein Humor, der aus Flaschenbier und Schnaps anmutig gemischt ist. Nicht nur Schwejk ist blöd, sondern auch die kleine Welt, die da vor uns aufgebaut wird: verzerrt, schief und krumm und schauerlich wahr. Es gluckert ein Hohn unter den Zeilen, eine solche hassende Verachtung Österreichs, des Militärs, der Kriege, dieses ganzen militärischen Gehabes, daß der Autor, wäre Ludendorff nicht nach Schweden ausgerissen, hätte alt werden müssen wie Methusalem, um alles abzusitzen. Der Höhepunkt dieses Trubels ist Schwejk.

Dem kann nichts passieren: er hats gut, er ist blöd. Er sagts auch – und wenn ihn der Oberleutnant anbrüllt: «Kerl, ich glaube, Sie sind ein großer Idiot», dann spricht er sanft und freundlich: «Melde gehorsamst, Her Oberlajtnant, jawohl. Ich bin sogar für völlig blödsinnig erklärt worden. Da hatten wir mal in der Gasse bei mir zu Hause ...» Und dann wird er rausgeschmissen.

Dabei ist er dankbar und bescheiden und freut sich dessen, was das Leben beut. «Heutzutag ist eine Hetz, eingesperrt zu sein», sagt er. «Kein Vierteilen, keine spanischen Stiefel, einen Tisch hamr, Bänke hamr, wir drängen uns nicht einer auf den andern, Suppe kriegen wir, Brot geben sie uns, einen Krug mit Wasser bringen sie uns, den Abort hamr direkt vorn Mund. In allem sieht man den Fortschritt.» Und so ganz nebenbei erzählen die Zellengenossen Schwejks ihre Schicksale, und die sind in ihrer Unsinnigkeit, ihrer Qual, ihrem Wahnsinn die hohnvollste Satire auf das kaiserliche Österreich, die mir jemals unter die Augen gekommen ist. Vor allem deshalb, weil gar kein Wesens aus diesem Bruhaha gemacht wird. Das Narrenhafte ist das Primäre.

Manchmal spricht Schwejk die gehobene Sprache kleinerer Provinzblätter, dann ist er besonders erheiternd. Wimmert ihm ein Arrestant etwas vor, so tröstet er ihn, und das macht er so, daß er dem die Folgen seiner Verhaftung recht grauslich schildert, immer ganz pomadig. «Ja, so ein Augenblick der Lust, wie Sie ihn sich vergönnt ham, zahlt sich nicht aus. Und hat Ihre Frau mit Ihren Kindern von was zu leben, für die Zeit, wo Sie sitzen wern? Oder wird sie betteln gehn und die Kinder verschiedene Laster lernen müssen?» Verschiedene ... Schwejk denkt an alles.

Und er ist gelehrig und ein Mann von Welt. «Zu mir kommen Damen zu Besuch», sagt der Oberleutnant, «manchmal bleibt eine über Nacht hier, wenn ich früh keinen Dienst habe. In so einem Fall bringen Sie uns den Kaffee zum Bett, wenn ich läute, verstehn Sie?» – «Melde gehorsamst, daß ich versteh, Her Oberlajtnant, wenn ich unverhofft zum Bett kommen möcht, könnt es vielleicht mancher Dame unangenehm sein. Ich hab mir mal ein Fräulein nach Haus geführt, und meine Bedienerin hat uns grad, wie wir uns sehr gut unterhalten ham, den Kaffee ans Bett gebracht. Sie is erschrocken und hat mir den ganzen Rücken begossen und hat noch gesagt: ‹Guten Morgen wünsch ich!› Ich weiß, was sich schickt und gehört, wenn irgendwo eine Dame schläft.»

Man sieht: durchaus nicht der Wurstl von Offiziersbursche, diese alte, tausendmal gebrauchte Figur, die dumm war zum Ruhm des so klugen Leutnants, schmutzig vor dem, ach, in allen Wassern gewaschenen General ... Sondern etwas ganz andres.

Es ist der kleine Mann, der in das riesige Getriebe des Weltkriegs kommt, wie man eben da so hineinrutscht, schuldlos, ahnungslos, unverhofft, ohne eignes Zutun. Da steht er nun, und die andern schießen. Und nun tritt dieses Stückchen Malheur den großen Mächten der Erde gegenüber und sagt augenzwinkernd leise, schlecht rasiert die Wahrheit. Man stellt alles Mögliche mit ihm an, man gibt ihm Klistiere und Arrest, steckt ihn zu den Verrückten und zu den Offizieren – nichts hilft. Er bleibt ernsthaft dabei, unmöglich zu sein – und hat das Gelächter einer ganzen Welt für sich, weil nur er ausspricht, was alle gefühlt haben. Und es wird doppelt gelacht, weil sich die Würdenträger so anstrengen, ihn hinzumachen, und weil es nicht gelingt, denn er ist aus Gelatine, Gummi und Watte – ein runder Kullerball der Dummheit. Die – oh, Hegel! – so gesteigert ist, daß sie in ihr Gegenteil umkippt.

Denn so ist dieser Humor beschaffen:

Schwejk, der nicht weiß, wo Gott wohnt, geschweige denn, was er mit ihm anfangen sollte, weil der liebe Gott ja keine Hunde kauft, Schwejk, der von seinem Feldkuraten im Kartenspiel gesetzt und an den Oberleutnant Lukasch verloren wird – Schwejk ist der einzige kleine Kreis unter Millionen Rechtecken. Sie trudelt so dahin, die kleine Kugel – und man muß unbändig lachen, weil in diesem gesalbten Trottel das letzte Restchen heruntergetretenen Menschenverstandes inkarniert ist, der auf den Kasernenhöfen noch übrig war. Er ist der ewige Zivilist unter verkleideten Soldaten; die Uniform macht ihn nur noch ziviler, noch nie in seinem Leben hat er so wenig Paraden mitgemacht wie beim Militär. Er wirkt, wie wenn im feierlichsten Augenblick einer Fürstenbesichtigung der rechte Flügelmann einmal schnell in die Luft spränge – gezogen am Schnürl der Komik. Kasperle hat immer recht; vor ihm sind Stabsärzte, Feldintendanten, Obersten und Feldmarschälle nichts als putzige Figuren. Nur die Betrunkenheit des edeln Feldpredigers, der doppelt sieht, auf Schwejk zeigt und sagt: «Sie haben schon einen erwachsenen Sohn?» kann an Wahnsinn mit ihm wetteifern. Während jener aber nur vom Alkohol angefüllt ist, lebt Schwejk klar dahin, besonnen, ein Tell im See des Militarismus, die letzte Hoffnung der Vernünftigen. Daher seine ungeheure Popularität, daher unsre Freude, und daher die knockout gehauten Vorgesetzten: ihre gereckte Würde wird völlig zuschanden vor diesem kleinen dicken Kerl. Es ist immer schön, wenn der Schwächere der Stärkere ist.

Es ist die urgesunde Volkskraft, die gegen die Brillen- und Monokelmenschen revoltiert. Schwejk hat einen entfernten Verwandten in Amerika, einen kleinen Mann mit Hütchen und Stock ... Aber er ist verschmitzter als der, von einer bösartigen Harmlosigkeit, die da meldet, die Angorakatze habe den Schuhcreme gefressen. «Und ich habe sie in den Keller geworfen, aber in den von nebenan» ... «aber» – eine der seltsamsten Schuldrechnungen, die jemals aufgemacht worden sind. Dieser Katze übrigens gibt Schwejk die drei Tage Kasernenarrest weiter, die ihm verliehen sind, er hat den Herrn Vorgesetzten so verstanden und führt getreulich einen Befehl aus, der gar keiner war. Die Katze kriecht wieder unter das Kanapee. Schwejk und die österreichische Würde bleiben oben sitzen.

Könnte der deutsch-nationale Student lesen und läse er dieses Buch, so wäre er schnell bei der Hand, etwa zu sagen: «Solch einen Feldkuraten hats sicherlich nicht einmal bei den Nazis gegeben.» Vielleicht hats ihn nicht gegeben. Die schwerflüssige Besoffenheit dieser Figur ist himmlisch, wenn auch um eine Kleinigkeit zu gedehnt beschrieben, und im übrigen kommt es gar nicht darauf an, obs das gegeben hat. Was Hašek aber über die Offiziersburschen und die Gefängnisse, in denen ein Zigarrenstummel, sonntags aus einem Spucknapf aufgeklaubt, mehr galt als das ganze Evangelium, was er über die Kasernen sagt und über die Arreste – das klingt verdammt echt und wird schon stimmen. Schwejk sieht demgegenüber sanft darein, ihm ist der eine Vertreter der Militärmacht so viel wie der andre, und wir schließen uns dem vollinhaltlich an. Nur tut er etwas, was nicht allen gegeben ist: er lächelt freundlich, ist noch eine Kleinigkeit gerissener als die andern und nimmt nichts ernst. Und das ist das Klügste, was er tun kann.

Das Buch ist aus dem Tschechischen ins Deutsche übertragen worden — soweit ich das beurteilen kann, nicht sehr glücklich. Vielleicht ist es gut übersetzt, aber der Eindruck dieses Jargons, den Schwejk spricht, ist nicht lustig. Seine Grammatik ist farblos und steht in gar keinem Verhältnis zu den herrlichen Sachen, die er zusammenphilosophiert — man ahnt, was einem da alles verloren gegangen sein mag. Ich gebe zu: dergleichen überträgt sich nicht. «Du bist woll mit de Muffe jebufft?» heißt nicht: «Hat Sie jemand unsanft mit einem Pelzmuff angerührt?» — sondern etwas anders. Und das bleibt freilich am Bodensatz des Dialekts kleben, es kommt nicht herauf, und hier steckt die Tragik des Buches.

Schwejk ist einen halben Millimeter von der Unsterblichkeit entfernt. Er ist nur zu lokal. Er fühlt tschechisch, was ein Vorzug ist — aber er fühlt nur tschechisch, was ein Nachteil ist. (Gegenbeispiel: Tolstoi.) Im Vorwort nimmt die Übersetzerin den Mund etwas voll und sagt, was der Leser sagen müßte: Tschechischer Cervantes ... und dergleichen. Man kennt die Intensität der kleinen Staaten! Ungarn besteht ja nur aus ‹berühmtesten› Künstlern — und wenn sie die Landesgrenzen einmal verlassen haben, ist es nachher halb so schlimm. Hašek ist ein großer Satiriker — nur daß er das Unglück hat, in der tschechischen Sprache zu dichten, aus der man ihn erst herausholen muß, ist bitter. Hätte er englisch geschrieben, wäre der Mann eine Weltberühmtheit. Nicht nur, weil ihn Millionen automatisch verstünden — sondern weil Millionen in denselben Formen empfinden wie er. Die Gefühle Schwejks sind universal komisch — ihre Ausdrucksform kaum. Und erklären kann man da nichts. Er ist um den entscheidenden Hauch zu provinziell.

Noch zwei Bände stehen bevor, und ich freue mich, sie nicht zu kennen, den Genuß noch vor mir zu haben. Hoffentlich werden sie kräftiger übertragen, hoffentlich schreibt man nicht mit beharrlicher Bosheit ‹Sie› in der Anrede klein, und hoffentlich ändert sich die Ausstattung. Wenn Schwejk nur bleibt.

Schwejk, der unerschütterlich ruhig lächelt, wenn alle andern vor österreichischem Weh aufstöhnen, Schwejk, der keinem Menschen Ungelegenheiten bereiten will: dem Polizeikommissar nicht, dem er alles, alles unterschreibt, was der nur will, um des lieben Kriegs willen; den Ärzten nicht, denen er schöne und lehrreiche Geschichten erzählt; und seinem lieben Feldkuraten nicht, dem er in den besoffensten Lagen des menschlichen Lebens hilft. Und käme, meinen Namen sollt ihr nie erfahren, der Kaiser Franz Joseph selber: Schwejk empfinge ihn freundlich und erzählte ihm sicherlich, er habe ein kleines Kind gekannt, das habe auch Franz Joseph geheißen, es sei aber unrettbar blödsinnig gewesen, weil seine Aufwärterin es einmal habe vom Tisch fallen lassen . . . Ja.

Hašek, du bist jetzt drüben, im Himmel, in dem es keine Prohibition gibt. Eine Frage, guter Hašek:

Wo wäre Schwejk heute –? Die österreichische Militärmonarchie, eines der schuftigsten Gebilde der Welt, malträtierte ihn nicht mehr. Sie ist dahin. Aber fände er um Prag gar keine Soldaten? keine Spitzel? keine Nationaltrottel? Feldkuraten? Oberleutnants? Garnisonarreste? Was meinst du, Hašek?

Du wirst mich richtig verstehen, und in diesem Sinne ruf Schwejk her, hol die Flasche mit dem Nußschnaps und laß uns anstoßen: auf euch beide, Hašek. Auf einen großen Dichter und auf den braven Soldaten Schwejk.

DIE FEHLENDE GENERATION

Denen, die sich nicht getroffen fühlen

Die deutschen Jahrgänge 1890 bis 1900 haben im Kriege schwer gelitten – in ihrer vollen Stärke sind sie nicht mehr da. Ersetzt wurden sie durch Frauen, durch ganz junge Leute und durch die Alten; man hat das Alter sozusagen ‹gestreckt›. Noch nie ist so viel Geschrei um die junge Generation gemacht worden, und noch nie waren wir so überaltert wie heute.

Es ist immer verdächtig, wenn um eine so selbstverständliche Sache, wie es die nachrückende Folge der Geschlechter ist, gar zu viel Lärm geschlagen wird – und der Spektakel täuscht auch nicht. Es kommt ja nicht darauf an, welches Alter die Dramatiker haben, auch bin ich für mein Teil lieber mit Raabe alt als mit Herrn Unruh jung – es kommt nur darauf an, wer in den maßgebenden Stellen sitzt. Wer –? Geistig überalterte Leute.

Der Krieg hat sie in ihren Stellen belassen, und niemals waren alte Leute so alt. Zwischen Vater und Sohn liegt ein Weltgeschehen, und weil es ja nicht wahr ist, daß man sich mit der Zeit wandelt, sondern unwandelbar die Bahn zu Ende läuft, getreu der Schulung, in der man angetreten, so sitzt an hunderttausend Stellen noch eine Generation, die den guten alten Walzer tanzt, als gäbe es kein Saxophon auf der Welt.

Der außerordentliche französische Schriftsteller Bainville hat neulich auseinandergesetzt, daß der Faschismus neben andern Entstehungsmotiven eins habe, das besonders für Frankreich bemerkenswert sei: die italienische Politik wird von einer jungen Generation gemacht. Das ist aber leider nicht nur für Frankreich ein bizarrer Gedanke, sondern auch für uns.

Deutschland wird heute auf tausend Gebieten von Leuten geführt, die den Krieg als einen ärgerlichen Zwischenfall ihrer graden Lebensbahn ansehn. (Thomas Mann hat ihn in Paris zu den ‹wüsten Ereignissen› gerechnet.) Die wüsten Ereignisse haben diese Leute selbstverständlich nicht wandeln können – sie leben ihr Leben zu Ende, wie der Pfeil vom Bogen schnellt. Daher ihre gradezu kindische Sehnsucht nach der alten Zeit; daher die Bezeichnung ‹Friedensware›; daher ihre Ankündigungen, die etwas als ‹im Stil der Vorkriegszeit› anzeigen, was ein Lob sein soll; daher ihr alberner Gesichtsausdruck, der schafsromantisch in die Vergangenheit stiert. «Alles kommt einmal wieder» sang ein aufs Podium verschlagener Konfektionär.

Nein, es kommt nichts wieder. Welch eine Erinnerung, die zwölf Jahre zurückdrehen will –! Welch eine Vertrottelung, die da glauben machen will, es sei nun alles vorüber; jetzt regnets nicht mehr, spannen wir die Regenschirme wieder zu, und kehren wir zu den friedlichen Beschäftigungen von damals froh und strebsam zurück –! Das ist Verkalkung.

Und weil man in entscheidenden Jahren diese alten Leute in den entscheidenden Stellen faute de mieux hat arbeiten lassen, so sitzen sie heute noch da, sind vieltausend Jahre alt und sind schon lange tot und wissen es noch gar nicht. Nun hat der Alte eine unverwüstliche Zähigkeit, wenn er jüngere Leute hindern will, nachzurücken, und was da an Energie, Kampf, Intrige, Kraft ausgegeben wird, wäre einer bessern Sache würdig. Sie kleben, sie sind da, sie weichen nicht.

Wobei eines Typus gedacht werden mag, der mir immer als besonders schrecklich erschienen ist: das ist der Greis in kurzen Hosen. Es gibt, allerdings hauptsächlich in der Kunst, wo es nichts kostet, eine Menge alter Leute, die den letzten Schmarren der Saison ehrfurchtsvoll umtanzen, damit um Gottes willen keiner glaube, sie seien schon über sechzehn. Von diesem Mißverständnis leben manche jüngern Dichter.

Wo es aber ernst wird, wie etwa im Gerichtswesen, in der Schule, in den Arbeitshäusern, in den Gefängnissen: da weht kein frischer Hauch. Da sind sie noch alle da – und sie unterdrücken die Jugend, von der sie rund zweitausend Jahre entfernt sind, mit Gewalt.

Mehr.

Es ist ihre Schuld, es ist die Schuld dieser vierfach überalterten alten Leute, wenn die Jugend den großen Schritt rückwärts tut. Sie haben die Kinder in den Krampfaderhänden; sie leiten die Mädchen; sie überwachen die jungen Menschen. Da kommt keiner auf. Mag der einzelne junge Lehrer mit den besten Absichten den riesigen ‹Lehrkörper› angehn, mit den schönsten Vorsätzen, mit den jüngsten Theorien –: er wird erbarmungslos niedergeknüppelt. Und weil es der Schulrat ist, der über Avancement, Versetzung, Titelverleihung entscheidet, so fügen sie sich. Tun sies nicht, fliegen sie.

Wer nicht grade eine Kunst ausübt, hats als junger Mensch in seinem Beruf außerordentlich schwer. Denn er trifft heute nicht nur auf den alten Mann, der ihn hindernd belehrt, wie das immer der Fall gewesen ist, sondern er hat einen Saurier vor sich, der noch übrig geblieben ist, und den sie nicht ins Museum gesperrt haben, sondern der fröhlich grunzend umherkriecht. Das ist ein schwerer Kampf.

Diese Karikatur des Alters schadet dem Alter. Vor Leuten, die etwas in ihrem Leben geleistet haben, die etwas gewesen sind, soll man Achtung haben. Als ich Anatole France ein paar Monate vor seinem Tode noch einmal sprechen hörte, rieselte mirs über den Rücken. Das war einer. Aber der hat ja auch keinen gehindert hochzukommen, weiterzuarbeiten, sich seinen neuen Weg zu suchen. Greulich ist nicht das Alter. Schauerlich sind nur diese geschäftigen alten Leute, die jede Eingangstür abschließen.

Und sie sind auch gefährlich.

Denn was sie leisten, ist nicht nur gänzlich wertlos – es ist auch unsinnig, verfault, eine anachronistische Onanie. Ich will nicht mehr vorgekaut haben, daß ‹wir› vor dem Kriege das immer so und so gemacht haben, daß die alten guten Grundsätze wieder zu Ehren gebracht werden müssen. Die alten guten Grundsätze haben neuen guten zu weichen, und meistens waren die alten nicht einmal gut. Eine Generation, die den Jüngeren diesen Krieg gebracht hat, hat jedes, aber auch jedes Recht verloren, uns in irgendeiner moralischen Frage zu belehren. Schlimmer konnte sich ihre völlige Impotenz nicht erweisen. Und wenn ein Tor aus Lust an der Opposition von allem das Gegenteil wie diese machte, käme er noch gar nicht einmal zu schlechten Resultaten.

Die alten Leute von heute haben Glück gehabt. Es fehlt hinter ihnen eine ganze Generation. Die ist dezimiert, auseinandergetrieben, direktionslos gemacht, in schlechtem Gesundheitszustand und selbst um Jahre nach vorn geworfen. Die Alten sitzen fester denn je, weil keiner nachdrückt und keiner nachrückt, weil der natürliche Wechsel der Generationen gestört ist – und so dürfen sie ihren geordneten Wahnwitz ruhig weiter betreiben. Man sollte Tausende von ihnen aus den entscheidenden Stellen hinauswerfen, und ihnen, die das Morden mit weisen Reden von hinten begleiteten, einen Kampf liefern, wie ihn bis jetzt nur die Theater, die Kunstausstellungen und die Buchverlage siegreich durchgepaukt haben.

DIE HERREN GASTGEBER

Fast die ganze deutsche Presse—die eine strenge, aber ungerechte Überwachung fremder Korrespondenten als eine ihrer politischen Aufgaben ansieht – erteilt dem berliner Korrespondenten des ‹*Petit Parisien*› die Note: mangelhaft. «Ein gewissenloser Korrespondent.» Was gabs –?

Pierre Loutre, der übrigens nicht nur den ‹*Petit Parisien*› in Berlin vertritt, und der zu den bestunterrichteten französischen Journalisten in Deutschland gehört, hat nach Frankreich unter den zahllosen richtigen, wahren und gut informierten Berichten der letzten Zeit telegrafiert, man frage sich in Berlin, was aus den deutschen Generalstabsoffizieren werden solle, die den Kampf der Kabylen gegen Frankreich und Spanien geleitet hätten. Ich halte diese Information für falsch. Übrigens nicht für falscher als die hundert deutscher Korrespondenten auch ... solche Irrtümer sollen vorkommen, und wenn sie nicht vorkommen, werden sie manchmal durch Streichungen in den Berichten verursacht. Nun mischt sich aber W.T.B. ein und dementiert.

Dementis des Wolffschen Telegraphenbüros sind wertlos und keine Diskussionsbasis. Auch diese offiziöse Auslassung enthält die knüppeldicke Lüge, niemals hätten deutsche Blätter in dem Sinne geschrieben, daß Afrika vom französischen Joch befreit werden müsse. Nachweislich falsch: nicht nur kommunistische, sondern auch nationale Blätter haben das geschrieben. Das Dementi enthält aber einen Satz, den man diesen aufrechten Patrioten doch nicht durchgehen lassen soll.

«Bedauerlich ist, daß Herr Loutre die ihm gewährte Gastfreundschaft dazu benutzt ... gegen Deutschland aufzuhetzen.»

Hier wird gar keine Gastfreundschaft gewährt, Herr Loutre bezahlt seine Wohnung und sein Essen, und Steuern zahlt er wahrscheinlich auch. Dieses Fibelgeschwätz, als sei ein Land heute noch eine Kinderstube, das die braven Kinder einlädt und die unartigen nicht, hat zu verstummen. Wenn dieser infame und dumme Satz eine Anspielung darauf sein soll, daß Fremde in Europa heute rechtlos sind, daß Ausweisungen nach Gutdünken der beamteten Lügner vorgenommen werden können – wenn dieser Satz eine Drohung sein soll, so protestiere ich dagegen, nicht nur, weil ich ein Kollege des Herrn Loutre bin. Es ist eine Taktfrage, ob ein Fremder in einem fremden Land in die dortige Politik eingreift, wozu er selbstverständlich das Recht hat – es ist aber gar keine Diskussionsbasis, daß ein Korrespondent das Recht hat, nach Hause zu berichten, was er will. Hier gibt es keine Gastfreundschaft, und hier gibt es keine guten und schlechten Zensuren – diese traurige Demokratie sollte wenigstens den Mut aufbringen, in derart nebensächlichen Fragen so zu tun, als sei sie eine.

Pierre Loutre möge sich das Dementi des W.T.B. nicht zu Herzen nehmen. Man möchte beinah glauben, die Nachricht sei wahr.

LORBEEREN DER HERRSCHENDEN KLASSE

Für Max Hölz

Du sitzt für uns alle.
Unerschütterlich.
Wir gedenken deiner. Wir grüßen dich.
Als es aus war, hast du deinen Kopf hingehalten.
Gegen die Presse, die Bürger, die Polizei – gegen alle Gewalten.

Als es aus war, hast du vor Gericht gestanden.
Als ein Mann!
Alle Paragraphen wurden zuschanden.
Der Richter funkelte – weiß vor ohnmächtiger Wut.
Du sahst ihn nur an wie der Hauptmann den dummen Rekrut.

Der Richter kreischte und schimpfte unflätig – gemein.
Da standest du auf! Und spieest der Justiz mitten in ihr Gesicht hinein!
«Wer seid ihr?» Und: «Ich erkenne dies Gericht nicht an!»
Und: «Was könnt ihr mir schon –?»
Die zappelnden Talare übertönte dein Ruf:
«Es lebe die Weltrevolution –!»

Jetzt sitzt du im Zuchthaus.
In der Hand von Gefängniswärtern und Direktoren.
Du wirst schikaniert, geschlagen, gequält . . .
Du hast den Mut nicht verloren.
Tausende sitzen wie du. Tapfer, ohne zu klagen, stumm.
Opfer der Richter. Wer kümmert sich drum –?

Wer –?
Wenn wo Proletarier zusammenstehn,
wenn sie deinen Namen hören, dein Bildnis sehn –
dann wird es ganz still. Die Köpfe neigen sich.
Du sitzt für sie alle.
Sie geloben Rache. Schweigen . . .
Und grüßen dich.

DIE TAKTISCHEN

Im Zeitungsstand hing das Blatt so geknickt, daß nur zu lesen war:

EIN REPUBLIKANISCHER MISSERFOLG

– das konnten nur wir sein. So: ‹*Le Journal*›. ‹*L'Œuvre*› sah das Ereignis als einen Erfolg der Republikaner an – nun, das ist Geschmackssache. Aber wenn in der Fürstennacht von Potsdam bis Doorn die Sektgläser geklungen haben, dann sollen die ‹großen Familien›, wie das in China heißt, nicht nur Herrn v. Loebell danken und dem alten ewigjungen Hindenburg und andern Inkarnationen deutschen Geistes – sondern sie sollen ihren Dank in ein Lager hinübersenden, an das sie wahrscheinlich gar nicht denken, und das sie ganz zu Unrecht dem feindlichen zurechnen.

Sie sollen sich bei unsern eignen Leuten bedanken: bei den Taktischen.

Wir haben in unsern Reihen bis zu den Demokraten hin Leute, die Taktik für etwas halten, das sie gepachtet haben. Diese Taktik sieht so aus:

Man muß den Herrn Lehrer nicht erzürnen. Denn wenn wir den Herrn Lehrer nicht erzürnen, dann hat er keinen Anlaß, uns den Popo vollzuhauen. Wir sehen wohl den Rohrstock. Aber wir, schlau, wie man uns hat, lassen uns nicht provozieren, wir sitzen artig in unserm Eckchen, und wenn er uns doch haut – dann begeht er eine Ungerechtigkeit. Die weisen wir ihm dann nach. Die Kehrseite haben wir allerdings voll. Aber wir sind im Recht.

So wird da gesprochen.

Die Rechte macht ja viele Torheiten in Deutschland – aber eine hat sie noch nie gemacht: sie hat noch nie den Massen Viertelideale vorgehalten. Getan hat sie meistens das Sechzehntel, das Zweiunddreißigstel – aber paradiert hat sie immer mit dem Ganzen. Nicht so unsre Klugschreiber.

Von der Wahl des Herrn v. Hindenburg an haben wir immer wiederholt: Es ist ein Unfug, mit dieser lächerlichen Miene von Verehrung an den Mann heranzugehen oder vielmehr: nicht an ihn heranzugehen. Kein Grund, ihn zu beleidigen – aber ebensowenig ist da ein Grund, über ihn zu schweigen, nicht zu sagen, wer da auf dem Präsidentenstuhl sitzt. Ein geschlagener General. Ein Mann, der sich selbst, bewußt und angenehm offen, als ungeistig gibt.

Die Taktischen leihen dazu, was jenem an Geist fehlt. Sie haben nicht gehört – der Hindenburg-Brief war die Quittung. Seine Wirkung basiert auf einem Vertrauen, das den Taktikern tabu war.

Man muß das böse Gewissen verspürt haben, mit dem seine Kandidatur bekämpft wurde – und als wir, die kleine Gruppe derer, die falsch prophezeiende Wetterfrösche gern ‹Literaten› nennen, immer wieder darauf hingewiesen haben, daß es falsch ist, bei jeder Art Massenbeeinflussung in der Mitte des Weges stehen zu bleiben: da tobte uns derselbe Orkan von Dummheit entgegen wie dem Abgeordneten Rosenfeld, als der dem Präsidenten ‹Wortbruch› vorwarf. Ach, sind in solchen Augenblicken die Taktischen klug –! «Wie kann man», lächelt das überlegen, «dem Gegner nur solche Handhaben bieten . . .» Aber der greift ja nur zu, weil er die Schwäche fühlt, die Angst; weil da keiner ist, der sofort zurückstößt und ruft: Noch viel mehr als Wortbruch – noch viel mehr.

Beim Volksentscheid darf allerdings nicht vergessen werden, daß ein großer Teil seiner Anhänger den Sieg gar nicht gewollt hat; daß ihnen mau war vor der eignen Courage; daß sie nur so leise mitgingen, um hinterher sagen zu können: Und ich war auch dabei. Was soll man dazu sagen, daß ein sonst so aufrechter Demokrat wie Anton Erkelenz ganz offen vor dem Entscheid predigt: Wird er angenommen, dann können wir immer noch den Fürsten eine Schenkung machen . . .!

Sie sind alle so schrecklich vornehm, so fein, so taktvoll, so zurückhaltend – darunter übrigens Männer, die durch eine lebenslange Tapferkeit bewiesen haben, daß diese falsche und in der Politik völlig unangebrachte Reserviertheit nicht Angst ist. Aber fühlen sie nicht, wie ihnen diese Vornehmheit, dieser Takt, diese Taktik nicht einmal nützen? daß sie nichts einbringt, nicht einmal Anerkennung? daß alles nicht hilft? daß nichts hilft als – in solchen Augenblicken –: dreinschlagen. Sie fühlen es nicht – denn sie haben kein Fingerspitzengefühl. Sie sind stumpf. Sie leben nur unter sich.

Wer da weiß, mit welchen kleinen Mitteln in diesem letzten Kampf, wie in jedem andern der letzten zehn Jahre, von der Rechten gearbeitet worden ist, wer da weiß, wie diese kleinen Mittel die großen sind, der wird gewiß nicht unsern Leuten den Vorschlag machen, seinen Gegner nun im Bett aufzusuchen oder solche widerlichen Stänkereien zu vollführen, wie sie auf der andern Seite gegen republikanische Beamte unternommen werden. Aber wenn doch unsre Zweigroschen-Diplomaten nur ihre Taktik zu Hause lassen wollten –! Taktik heißt: Gerissenheit. Skrupellosigkeit. Frechheit. Schnelligkeit. Politische Taktik ist aber nicht: Reserve. Seelenadel. Feinheit. Die ist völlig unangebracht – damit mistet man keinen Stall aus. Und mit Kuhknechten verhandelt man nicht in Maeterlincks Idiom.

Was aber immer wieder erstaunlich ist, das ist dies:

Wie die Leute ihre eignen Niederlagen nicht fühlen. Wie sie noch so stolz auf ihre Taktik sind, auf dieses kindische Amüsement, den Gegner ‹logisch› abgeführt zu haben – und das immer in den eignen Blättern, in den eignen Vereinen, in den eignen Versammlungen. An den Gegner selbst reichen diese Taktiker nicht einmal heran. Sie bleiben fern vom Schuß – aber sie sind vornehm.

Und weil sie eben immer, immer in der Defensive stehen, sich stets entschuldigend, niemals angreifend, immer abwartend, abwehrend, vornehm beschwörend oder vornehm historisch-nachweisend, weil sie immer nur zu den Eignen sprechen und die ‹Überzeugung der andern achten›, bekanntlich das Kennzeichen wahrer Demokratie – so stehen sie da, wo sie heute stehen: im Mustopf.

Wenn der Topf nun aber ein Loch hat –?

Sie gingen nicht heraus, sie blieben drin. Denn es wäre unritterlich, solchen durch die äußern Verhältnisse gegebenen Vorteil auszunutzen; auch wäre erst festzustellen, wie es sich denn mit der Geschichte der Mustopflöcher verhält – und so bleiben sie denn da sitzen, wohin Gott sie gesetzt hat. Und wohin sie gehören.

Wir werden aber noch manchen entzückend geschriebenen und klug durchdachten Leitartikel von ihnen zu erwarten haben.

Dieser Taktik gegenüber gibt es nur eine: falsche Freunde den Feinden zuzurechnen.

EIN LUMP

Ich entsinne mich noch sehr genau des Skandals, den es setzte, als inmitten der Inflationszeit Maximilian Harden beschuldigt wurde, er hätte gegen die Auslandshilfe gehetzt. Seine Informationen, die er an das Ausland gegeben hätte, seien geeignet gewesen, Kreditgeber zu verjagen – und so habe er hungernde deutsche Kinder und Notleidende geschädigt. Vaterlandsverräter . . . und die ganze preußische Musik.

Nun war das nicht einmal richtig. Harden hatte einige Lügen offizieller deutscher Amtsstellen berichtigt – weiter nichts. Aber jetzt:

Als dem Deserteur in Doorn der Aar mit Grundeis ging, gab er dem ‹*New York American*› ein Interview, worin er nicht nur seine Befürchtungen darlegte, sondern Amerika aufforderte, einem Lande, das Enteignungen vornähme, keine Kredite zu geben.

Dieser entlaufene Monarch wagt also, die Handelsbeziehungen eines Landes zu stören, weil man ihm nicht rechtswidrige Forderungen erfüllen will.

Wir sind seit Jahren gewöhnt, daß im Kampf zweier Parteien die eine immer den guten Onkel aus Amerika an die Wand malt: Wart, wart! Wenn du nicht willst, was ich will – dann wird dir der Onkel keine Dollars geben! Diese Prophezeiungen sind erlaubt, wenn auch etwas kindlich. Daß aber einer hingeht und den Amerikaner – selbstverständlich erfolglos – aufzuputschen versucht, das ist denn doch neu. Immerhin: kein Zeilenschinder vom ‹*Berliner Lokalanzeiger*› läßt ein Wörtchen verlauten – in der ‹*Deutschen Tageszeitung*›: kein Muck.

So soll denn wenigstens hier stehen, wie er da gehandelt hat, für Geld, für sein eignes Geld.

Wie ein Lump.

KOCHREZEPTE

Aus einem völkischen Kochbuch. Man schneide einen alten Juden in nicht zu dünne Scheiben, wälze ihn in einer Mehlschwitze und überstreue ihn vorsichtig mit etwas gestoßenem ‹*Berliner Tageblatt*›. Die Mischung lasse man in einem Stahlhelm dreimal aufkochen und serviere heiß. Ein Hakenkreuz aus Mazze wird den Appetit jedes deutschen Gastes anregen.

Aus einem demokratischen Kochbuch. (Vorrede). Wir enthalten uns hier ausdrücklich jeder Politik, da wir der demokratischen Auffassung sind, daß die Hauptgebiete des Lebens, wie zum Beispiel die Nahrungszufuhr, unpolitisch sind und es auch bleiben müssen. Daher folgen hier die Rezepte in der ungekürzten Fassung der Vorkriegszeit, ohne Rücksicht auf die Zeitereignisse –
(Eine Seite darauf)

Unserer ersten deutschen Hausfrau:
der jeweiligen deutschen Kaiserin
ehrfurchtsvoll dargewidmet
von einer deutschen Familienmutter.

Aus einem sozialdemokratischen Kochbuch. Man nehme nach Anhörung des Parteivorstandes drei frische Eier und zerschlage sie bei einem vorliegenden Beschluß der Reichstagsfraktion. Während man umrührt, berufe man einen Parteitag ein und lasse über die Menge des zu verwendenden Mehles abstimmen. Will man ein brauchbares Rezept haben, verwende man die Angaben der Opposition. Ist Einstimmigkeit zwischen Fraktion und Vorstand erzielt, setze man die Speise aufs Feuer, ziehe sie aber bei Bedenken der Gewerkschaften sofort zurück. Auf diese Weise hat man zwar keinen Eierkuchen, wohl aber ein höchst anregendes Gesellschaftsspiel.

Aus meinem Privatkochbuch. Man fülle guten, alten Whisky in eine nicht zu flache Suppenterrine, rühre gut um und genieße das erfrischende Getränk, soweit angängig, nüchtern. Ein Zusatz von Mineralwassern empfiehlt sich nicht, da selbe oft künstliche Kohlensäure enthalten, daher gesundheitsschädlich sind.

Anmerkung: Der Whisky muß von Zeit zu Zeit erneuert werden.

KARTENGRUSS AUS DEM ENGADIN

Unten im weißen Nietzsche-Haus
geht Ludwig Fulda ein und aus und ein und aus.
Wegen kongenial.
Drum herum wallen und ziehn
Menschenbrocken, ausgespien
aus Berlin.
Herr Wendriner, Frau Wendriner.
Lauter ringfeine Smoking-Berliner.
Wenn sie durch die Landschaft gehn,
wird ihnen hintenrum so mondän.
Sie machen mit den Kellnern Krach,
sie sind wie im Geschäft: überwach.
Der Fexgletscher leuchtet in eisiger Ruh –
ihr Gesicht sagt: Das steht mir nämlich zu.
Ich hab es bestellt. Ich hab es bezahlt.
Für mich ist der Zauber hier aufgemalt.
Nachts unter den ewigen Sternen
werden sie in grauen Kasernen
untergebracht. Da, in den Riesenhotels,
schlummern die großen Frauen voll Schmelz
selig im Arm der Liebe. Na, Arm . . .
Die Leipziger Straße hat ihren Charme
hier hinaufgeschickt in sauerster Süße . . .

Du guter Leser – herzliche Postkartengrüße!
Hier gletschern die Gletscher. Der Fexbach rauscht.
Die Sonne brennt. Das Zeltdach bauscht
sich im heißen Mittagswind.
Ein Kindlein pflückt bunte Blumen lind.
Da sitzt Theobald und fühlt innerlich:
Und wer pflückt mich?

DER SULTAN IM THEATER

Ich und der Sultan von Marokko waren neulich abend im Théâtre de la Madeleine – ich heiße Peter, er heißt Moulay-Youssef. Wir waren da, um uns eine Galavorstellung von ‹*Manneslist*› anzusehen, ein arabisches Stück von Herrn Theaterautor Si Kaddour Ben-Ghabrit. Der Stückeverfasser war auch da und wimmelte aufgeregt im Turban, im Burnus und im Theater umher: ein älterer Mann mit harten, schlauen Augen und einem Spitzbärtchen.

Unten, am Eingang, standen die Statisten der Garde Républicaine, mit Roßhaaren auf dem Kopf und je einem Säbel in der Hand. Auch eine arabische Kapelle war vorhanden, in bunten Röcken. Und die beste Gesellschaft von Paris im Sommer, und das ist nicht die beste.

Um neun Uhr zehn erschien der Sultan, der nach seinem Triumph über Abd el-Krim besonders angeregt aussah, und begab sich elastischen Schrittes. Hinter ihm eine arabische Suite, aber auch europäische Männer im schwarzen Rock, mit bedeutenden Glatzen und Röllchen mit großen, goldnen Knöpfen. Auch sah ich mit meinen eigenen Augen ein menschliches Wesen, das trug zum Smoking einen weißen Schlips. Es war furchtbar, meine Begleiterin mußte gelabt werden.

In der ersten Reihe des ersten Ranges nahm der Sultan Platz, er hatte einen wundervollen Diamantring am Finger. Neben ihm saß der Gouverneur, Herr Steeg, und als die kleinen Prinzen gereicht wurden, zog der Gouverneur seine goldne Uhr mit Schnappdeckel und hielt sie dem prinzlichen Kleinen ans Ohr, einem ältern Sanitätsrat nicht unähnlich; das Ganze so recht ein herziges Bild von der Versöhnung der Völker.

In der Suite ausgezeichnete Köpfe; reiche Araber erinnern stets an erfolgreiche Bankdirektoren voll außerordentlicher Gewitztheit. Auch ein ebenholzschwarzer Mohr saß im Gefolge, eingesunken in seine weißen Gewänder wie ein schwammiger Pilz. Keine Frauen — mit Ausnahme eines Admirals, der, gehalten von riesigen Schwalbennestern auf seinen Schultern, neben dem Sultan saß, eine herrlich anzusehende Figur aus einem Roman Claude Farrères: Sinneslust und Admiral in einem. Unten im Foyer war er durch die Massen geschritten, ehrfurchtsvoll hatten sie ihm Platz gemacht, und ein fetter Kaufmann hatte ihm so bejahend und bewundernd nachgesehen, wie fette Kaufleute überall Admiralen nachzusehen pflegen. Inzwischen fing das Stück an.

Der reiche und vornehme Händler Seif-Eddin aus Bagdad, der seit sechs Monaten in Fes Handel treibt, ist an Frauenerfolge gewohnt und bildet sich ein, Männerlist stehe über Frauenlist. Er hat sogar in arabischen Lettern diese seine Überzeugung in seinem Laden anschlagen lassen. Hei! das läßt den Dichter nicht ruhen. Er schickte viele verkleidete französische Schauspieler und Schauspielerinnen aus den Kulissen heraus, die den Tollkühnen durch Belehrung, durch List und durch die Nase von dieser seiner Überzeugung abzubringen hatten. Aber vergebens! Das Stück hört nicht auf, und hört nicht auf, und wenn sie nicht gestorben sind, dann spielen sie heute noch.

Der Sultan bekam Eiswasser zu trinken, die bunte Kapelle spielte so falsch, daß sie mich an die Sterndampfer meiner Heimat erinnerte, und drei empörend schöne Frauen aus dem Orient schritten durchs Publikum und ließen die Geblüter aufkochen. Und dann fing es wieder an, und bei den besonders lehrreichen Stellen klatschten die Leute, und am Schluß des achten Bildes begannen die Araber, in hohen Kehlkopftönen zu trillern: «Ulululululululu—!» Die anwesenden Europäer kamen sich maßlos europäisch vor, denn sie tun so etwas bei Premieren nicht.

Was es mit dem Besuch des Sultans in Paris auf sich hat, mögen die Politiker entscheiden. Ich für mein Panterteil hatte den Eindruck, einer Kindervorstellung beizuwohnen, die man einem wohlgelittenen, weil artigen, Knaben gegeben hatte. Und aber in dreihundert Jahren will ich desselben Weges fahren — und dann wird vielleicht ein weißer Sultan zu einem gelben Volk huldvollst eingeladen, darf dort ein Museum einweihen, bekommt ein Festessen, und abends sitzt er im Theater, und ein freundlicher Japaner hält einem kleinen weißen Prinzen aus dem Abendlande einen Apparat ans Ohr. Kolonialvölker soll man nett behandeln.

BEI NÄHERER BEKANNTSCHAFT

Praesentia minuit famam

Von ferne gleichen die Großen im Geist
den Göttern, den hehren.
Solange du nichts von ihnen weißt,
kannst du sie verehren.
Doch hast du mit Deutschlands Musenpracht
erst nähere Bekanntschaft gemacht,
dann schick deine Illusionen man pennen:
Du mußt sie nicht kennen! Du mußt sie nicht kennen!

Der flicht an der alten Griechen Statt
die tragische Kette —
doch verreißt ihn das ‹*Nordhausener Tageblatt*›,
dann fällt er aus't Bette.
Der meckert im Alter wie ein Bock
und kriecht einer Tänzerin unter den Rock.
Und was sie an Damen ihr Eigen nennen:
Du mußt sie nicht kennen! Du mußt sie nicht kennen!

Denn mit etwas hat Gott sie schön angeschmiert:
mit ihren Frauen.
«Mein Mann, mein Mann!»
Dergleichen blamiert:
ein Weibstück, scheeläugig und verschmiert,
in den himmlischen Gauen.
Der sitzt in der Höhle, ein krötiger Greis,
der spricht nur von sich, weil er sonst nichts weiß . . .

Von weitem! Laß sie am Himmel brennen!
In Büchern und an Rundfunkantennen …
Aber: Du mußt sie nicht kennen. Du mußt sie nicht kennen!

NIEDER MIT DEM ROTEN KREUZ!

Bei einer Rettungsübung des Roten Kreuzes ist unter den Klängen eines Militärmarschs ein kleiner Junge ertrunken.

Und als sich der Schwarm verlaufen hatte, wards still in der Runde, und es ist nichts geschehen. Die Fäden, an denen dieses rote Kreuz schaukelt, reichen zu hoch hinauf.

Daß eine große Organisation einmal Pech hat, daß in einem solchen Rahmen auch Fahrlässigkeiten vorkommen können, wäre keiner öffentlichen Behandlung wert, wenn nicht etwas Grundsätzliches dahintersteckte.

Das Rote Kreuz ist eine durchaus wilhelminische Einrichtung geblieben.

In den leitenden Stellen wimmelt es von Adligen, von ehemaligen hohen Militärs und andern Rentenempfängern, von Oberstabsärzten, von Leuten, die aus dem Kriege her in unangenehmster Erinnerung sind. Der Damenflor setzt sich aus Blüten zusammen, die viel zu wenig karikiert werden: diese maßlos hochmütige, egoistische, rafferische Kastenfrau, die alles vom Staat beansprucht, weil sie ihn als ihr gehörig ansieht, und ihm nichts gibt als ein Rudel Jungen, die Mamachen flott imitieren. Es ist das jene Gattung, für die Wohltun Zinsen bringt – 6 Prozent –, und die das Almosen dem Armen nur darreicht, wenn der die Hacken zusammenschlägt, also ‹eine ordentliche Gesinnung› hat. Vorgesetzte einer Nation, die sich still und dämlich nachsetzen läßt.

Der Herr Pressechef im Roten Kreuz – wer wäre heute ohne einen solchen! –, der das hier liest, möge nun ja nicht nachsichtig die Achseln zucken und sprechen: «Der bedauerliche Unfall wird zu einigen verallgemeinernden und verhetzenden Angriffen gegen das Rote Kreuz benutzt …» Diese Melodie können wir im Schlaf singen. Es handelt sich hier um den Unfall als Anlaß, einmal einem Gefühl Ausdruck zu geben, das viele teilen. Das Rote Kreuz ist seiner Organisation, seiner Personalzusammensetzung, seiner Fürstenverehrung nach: militärisch, reaktionär, antidemokratisch.

Man muß also abraten, dieser Einrichtung auch nur einen Groschen zukommen zu lassen. Sie verdient ihn nicht. Wer für die öffentliche Pflege der Unfallsverletzten etwas tun will, der gebe den Arbeiter-Samaritern oder der Roten Hilfe. Nicht dem schwarz-weiß-roten Kreuz.

WEGE DER LIEBE

Alle Wege führen nach Moskau, dachte Frau Kollontai und schrieb *‹Wege der Liebe›*, drei Erzählungen, von denen der Malik-Verlag zu Berlin eine schöne Ausgabe gemacht hat.

Die erste Erzählung ist gut, *‹Die Liebe der drei Generationen›* heißt sie. Die Mutter der Erzählerin dieser Geschichte ist mit dem Regimentskommandeur verheiratet, liebt aber den Kreisarzt: Krach, Schwangerschaft und Verlassen des Ehemanns – eine liberale Ehetragödie, wie sie in der Zeitung steht. Die Erzählerin selbst lebt mit einem Genossen zusammen, wird aber im Strudel an einen Ingenieur getrieben, kommt wieder fort von ihm ... vorbei. Die Tochter lebt gleichfalls mit einem Genossen – daneben noch mit andern, sie findet nichts dabei. «Aber welcher Zusammenhang ist zwischen der Partei», sagt sie, «der Revolution, der weißgardistischen Front, dem Zusammenbruch und allem, was du angeführt hast – und dem, daß ich mich mit Andrei und noch einem andern küsse ...?» Sehr fein, wie in diesen drei Generationen jede Mutter immer nur ihren eignen Fall, aber keineswegs den der Tochter versteht. Jede schüttelt den Kopf und versteht die Welt nicht mehr ...

Folgt noch eine Erzählung: *‹Schwestern›* (französischer Realismus aus dem Jahre 1895), und dann die Haupterzählung: *‹Wassilissa Maligyna›*. Ja, das ist nun so eine Sache ...

Also, ich kann mir nicht denken, daß das die neue bolschewistische Welt, die neue Liebe, die neue Generation ist. Ist sies aber wirklich: dann ist Frau Kollontai eine höchst mäßige Schriftstellerin. Über solche Dinge, Rußland betreffend, muß man in Deutschland ja immerzu nach zwei Fronten hin reden, und ich brauche wohl nicht zu betonen, daß zunächst und vor allem einmal die Nationalen im Unrecht sind, bevor sie noch den Mund aufgemacht haben. Auch erwarte ich keinerlei Romantik, und ich empfinde nichts so komisch wie den Einwand, den neulich ein deutscher Romantiker gemacht hat: das politische Leben der Russen sei ohne alle ‹Schönheit› – in schmutzigen Redaktionsstuben debattierten sie endlos und drehten sich Zigaretten ... Möge jener in Schönheit sterben. Nein, der Mangel an Romantik ist es nicht. Es ist nur, halten zu Gnaden, belanglos.

Daß die Grete den Hans liebt, der aber hinwiederum es mit der Lotte hat, wird dadurch nicht interessanter, daß sich die handelnden Personen mit ‹Genosse Diensthabender› anreden. Selbst wenn man, in verständlicher Mißachtung des Westens, nicht zeigen will, wie ökonomische Zustände Urtriebe verändern oder es nicht zu tun vermögen: es gibt ein Kunstgesetz, das ewig ist: Wir wollen nicht gelangweilt werden! Und dies ist zum Gähnen langweilig. Auch hat diese Liebesgeschichte etwas, was Fontane so schön ‹sechserhaft› nennt: es sind Murks-Liebesschmerzen, Murks-Ausschweifungen, murksig das Ganze.

Also ein gleichgültiges Buch, wie es deren Hunderte gibt.

Aber mitnichten möchte ich in den Topf der snobistischen Antibolschewisten geworfen werden, die ‹schon wieder› dagegen sind, worauf es gewiß nicht ankommt, und denen sich, zu meinem Schmerz, in einem unsäglich albernen Buch auch Sir Galahad angeschlossen hat. Das kommt sich gar so mutig vor, wenn es etwas gegen Dostojewski, und weil wir grade bei den Russen sind, auch gleich gegen die Bolschewisten sagt... So geht das wirklich nicht. Da drüben steht eine politische Leistung, wie sie nur alle paar Jahrhunderte einmal vorkommt. Mäßige Literatur ist kein Einwand gegen ein Land.

Frau Kollontai ist sicherlich eine gute Politikerin. Bücher schreiben kann sie nicht. Aber schließlich haben wir ja auch von Kanzler Marx kein Lyrikbändchen *‹Heckenros' und Vergißmeinnicht›*, und so scheint mir zunächst wichtiger, daß die Leute in Rußland zu essen haben und nicht ausgenutzt werden, als daß sie, den Antiquaren zu Gefallen, in Leder zu bindende schöne Bücher verfassen. Was sie, übrigens, dennoch tun.

HABEN SIE SCHON MAL...?

Für Ernst Toller

Haben Sie schon mal, Herr Landgerichtsdirektor,
als Gefangener eine Nacht durchwacht?
Haben Sie schon mal vom Herrn Inspektor
einen Tritt bekommen, daß es kracht?
Standen Sie schon mal, total verschüchtert,
vor dem Tisch, wo einer untersuchungsrichtert?
Ihnen ist das bis zum Ruhestand
dienstlich nicht bekannt.

Haben Sie schon mal acht heiße Stunden
ein Verhör bestanden, das Sie nicht verstehn?
Haben Sie schon mal die Nachtsekunden
an der Zellenwand vorüberlaufen sehn?
Oben dämmert ein Quadrat mit Gittern;
unten liegt ein Tier und darf nur zittern...
Diese kleinen Züge sind in Ihrem Stand
dienstlich nicht bekannt.

Aber Kommunistenjungen jagen,
wegen Hochverrat ins Loch gesperrt;
vor Gericht die Spitzel mild befragen,
Saal geräumt, wenn eine Mutter plärrt;
Fememörder sanft verschoben,
mit dem leisen Schleierblick nach oben,
Existenzen glatt vernichtet,
die von Waffenplätzen was berichtet ...
Unglück rings verbreitet, Not und Qual –:
Ja, das haben Sie schon mal –!

TSCHECHEN UND RUSSEN

Ich kann zwei schöne Bändchen aus der verdienstvollen Malik-Bücherei (im Malik-Verlag zu Berlin) anzeigen: tschechische Lieder und russische Revolutionserinnerungen.

Übertragungen aus der slawischen Sprache sind selbstverständlich immer Nachdichtungen. Diese scheinen mir geglückt. Auf eine sehr gute Einleitung von F. C. Weiskopf folgen Gedichte der jüngern tschechischen Literatur, darunter das wunderschöne ‹*Ritten, ritten Adjutanten ...*› von Frana Sramek, das im Ton – bis auf manches Reimwort – so nachgeschaffen ist, als habe es Roda Roda unter den Fingern gehabt.

Ritten, ritten Adjutanten
wie der Wind.
Melden, daß die Rebellanten
wieder auf den Beinen sind.
Schlag die Trommel, Trommler,
rühr die Schlegel strack,
daß wir heut nicht schonen
Rebellantenpack.

Und so noch viele. Am schönsten darunter die Volkslieder. Ein paar Perlen: ‹*Böhmisches Rekrutenlied*›, ein ‹*Mährisches Volkslied*› und ein slowakisches. Das slowakische ist so traurig wie eine alte Melodie ...

Das andre Bändchen ist von Wera Figner und heißt: ‹*Das Attentat auf den Zaren*›. Da erstarrt einem allerdings das Blut.

Die Frau, die heute noch lebt (und deren Erinnerungen übrigens gleichfalls im Malik-Verlag erschienen sind), schildert hier Vorgeschichte, Vorbereitung und Ausführung der Attentate aus den Jahren 1875 bis 1883. Das ist denn doch was andres als diese trüben Gesellen aus den nationalen Verbänden. Die haben Geld, Auslandspaß, Hilfe bei allen offiziellen und privaten Stellen, ein mit ihnen sympathisierendes Land – hier: Askese, übermenschliches Leiden, Not, Hunger, Verrat auf allen Seiten, ständige Todesgefahr. Denn die russischen Richter waren wie die deutschen, nur behandelten sie schuldige Terroristen wie unsre Richter die Kommunisten, bevor die noch etwas ausgefressen haben. Im Hintergrund blitzt Sibirien auf. Und schlimmer: die Schlüsselburg.

Wie da das kleine Häuflein der Terroristen arbeitet, wie sich der Charakter, die Opferwilligkeit, der fast mönchische Verzicht auf das Leben vereinen, um für die Idee zu wirken: das packt und ist Vorbild in einem Lande, wo es noch dem traurigsten Schiffahrtsdirektor hoch angerechnet wird, wenn er das ‹Opfer› bringt, den Reichskanzlerposten zu übernehmen. Von gewissen Sozialdemokraten ganz zu schweigen, die sich still in die Ecke zu verkriechen haben, wenn von diesen Männern und Frauen, von echten Helden die Rede ist.

Das Vorwort verhehlt nicht, wie der Bolschewismus zu ihnen steht. Er billigte diese Einzelaktionen nicht, er achtete die Täter. Und Wera Figner hat das gradezu phantastische Schicksal gehabt, die Öffnung der polizeilichen Geheimarchive noch zu erleben, was ihr das eigne Leben nun von der andern Seite noch einmal zeigte. Was müssen das für Stunden gewesen sein, als sie in Akten und Spitzelberichten alles noch einmal durchlebte: als sie erfuhr, wer verraten hatte, und wem die Bewegung dieses Opfer und jenen Mißerfolg zu verdanken hatte . . .!

Voll Trauer legen wir das Büchlein aus der Hand. Bei uns werden keine derartigen Archive geöffnet, weil das nicht ‹opportun› ist; wir behalten dieselben kaiserlichen Beamten in der Regierung, weil sie doch ‹die Verordnungen› so schön kennen, und so hat jedes Land, was es verdient: das eine seine Bestimmung und das andre seine Bestimmungen.

TRAUM

Die braunen kleinen Adler saßen lebendig, aber die Füße zusammengeschnürt, auf halbhohen Klötzen und blickten still, wie ausgestopft, vor sich hin. Hinter jedem saß das Ding. Es war ausgemacht, daß das Ding das Gehirn der Adler ausfraß, während sie noch lebten – das sah man aber nicht, ich wußte das nur. Auch hatte in den Büchern gestanden, daß die Augen ausgepickt würden. Der Traumverstand seinerseits hielt dafür, daß die Adler es waren, die fraßen und pickten.

Jedenfalls blieb während des Fressens dies von den Tieren übrig: Eine schwankende und zuckende fleisch-helle Banane, eine konische Form, in die das noch bestehende Leben hineingepreßt war – es lebte noch, aber selbst, wenn man jetzt dazwischenträte und das noch retten wollte, wäre nie wieder ein Tier daraus herzustellen gewesen. Das war vorbei. Aber es lebte. Es litt, blutete unsichtbar und lebte.

Und es war so entsetzlich nah, und der wehrlose Zuschauer sah, wie es litt, und wie es zuckte – und daß das tierische Opfer noch, während es gefressen wird, eine Verbindung mit dem Fresser eingeht, es tut mit, es spielt das Spiel mit, auf dem Blutgrund ist noch so etwas wie Liebe. So schwankten die fleisch-hellen Stangen, so standen sie, so sahen sie dich blind an. Noch vor einer halben Stunde waren wir unversehrt, Tiere wie wir alle – jetzt sind wir das. Es ist unwiderruflich, was da mit uns geschehen ist. Zurück geht es nicht mehr.

Die nächste Ration Adler saß schon auf ihren Klötzen, sah starr gradeaus und war in fünf Minuten dran.

VIER SOMMERPLÄTZE

Von der Normandie habe ich schon erzählt. Das ist ein heiteres, grünes Land, mit kleinen Badeständchen und großen mondänen Plätzen, um die bequeme Wege herumführen. Bevölkert wird dasselbe von Eingeborenen und einigen Fremden, die französisch sprechen; die Landessprache ist englisch. Kleiner Mittelstand, der über die Schienenstränge schlägt, ist bekanntlich das schauerlichste, was es gibt – nicht zu Unrecht sind die Franzosen manchen Reise-Amerikanern und Valuta-Engländern gegenüber gereizt. Die affenartige Wiederholung einiger Inflationssymptome zeigt aufs neue, was es mit dem Nationalstolz auf sich hat: Romantik von gestern, vorgehängt vors Geschäft von heute. Wenn zum Beispiel kleine Ausschreitungen gegen Fremde vorkommen, dann sagt auch nicht ein Blatt: Dies ist blödsinnig – sondern jedes sagt: Es schadet unsern Handelsbeziehungen. Das haben wir alles schon einmal gehört. Im übrigen weiß vom normannischen Bauern keiner was, der nicht bei seinen Erbteilungen, Hypothekenaufnahmen und Grundstücksauflassungen dabei gewesen ist. Die Originalität von ‹Sitten und Gebräuchen› liegt hauptsächlich da – der Stamm der Spittelmarktindianer macht keine Ausnahme.

Der Übergang von der Normandie nach Garmisch war etwas schroff.

Wir sind vor Jahren die ersten gewesen, die den Ruf «Reisende – meidet Bayern!» ausgestoßen haben, damals, als es sehr, sehr nötig gewesen ist. Etwas geholfen hat er. Und auch heute noch lockte es mich nicht in das Land, von dem der ursaupreußische Fridericus in seiner echt kernig-deutschen Sprechweise gesagt hat: «C'est un paradis, habité par des animaux» – aber ich war gewiß nicht zu meinem Vergnügen in Garmisch. Das muß auch schwer sein.

Auf den Wegen stapfen unwirsche Norddeutsche, Sachsen, als Diroler verkleidet, und solange sie nicht den Mund auftun, ist die Täuschung vollkommen: dann hält man sie für Berliner. Die Männer sehen alle viereckig aus, auf dem Hals tragen sie eine kleine Tonne, daran ist vorn das Gesicht befestigt. Morgens setzen sie es auf, und was für eines –! Die Frauen schlapfen daher. Alles baumelt an ihnen, auch die Seele. Ich war seit zwei Jahren zum ersten Male wieder in Deutschland; in der Heimat kann ich nicht sagen, weil es sich ja um Bayern handelt – wir würden uns das beide verbitten.

Das erste, was auffällt, ist: Ganz Deutschland besteht aus Augen. Große Telleraugen, blanke Glasscheibchen, trübe Wasserflecke – sie starren dich an. Alle sehen alle an, ganz genau. Sie mustern, machen Inventur, prüfen, überprüfen, riechen mit den Augen. Auch machen sie eine unendliche Wirtschaft aus allem, sich und den andern das Leben schwer und das Reisen zu einer Dienstpflicht, der sie mit zusammengepreßten Lippen und angestrengtem Gesichtsausdruck obliegen; noch nie habe ich auf einer französischen Bahn einen solchen Trubel um nichts erlebt. Wo einer sitzt, ob das Fenster auf oder zu ist, und wie der Handkoffer liegt, und was es da alles gibt ... es sind typische deutsche ‹Probleme›: anderswo gibt es sie gar nicht, oder sie sind keine. Muß das Dasein hier Kräfte kosten –!

Kostet es auch. Die Luft ist geladen mit Spannung – man empfindet das nie so stark, wie wenn man von draußen kommt, wo das Leben keineswegs paradiesischer, aber geölter dahinläuft, auch da, wo es stockt. Ein französisches Verkehrshindernis erfordert von den Beteiligten weniger Nervenkraft als der deutsche glatt abgewickelte Verkehr.

Alle sind gestrafft, ihrer Zuständigkeitsrechte sich durchaus bewußt, scharf abgegrenzt gegen den lieben Fernsten. Einmal bin ich durch eine Gruppe Sprechender auf einem Korridor mit einem leise gemurmelten Gebet hindurchgegangen – ich durchschnitt eine pappendeckelfeste Atmosphäre von Übelwollen und Offensivgeist. Stramm, stramm.

Dabei ist äußerlich alles praktischer, aber auch beinahe alles hübscher als in Frankreich: Konditoreien, Hotels, Straßen, Häuschen, Zigarrendüten. Und dennoch –

Leider haben sie auch eine Bar, wo Prokuristen und Zahnärzte so auszusehen sich bemühen, wie es in ihren Dienstvorschriften – den illustrierten Zeitungen – vorgeschrieben steht. Inferno. Mit heißen, roten Köpfen drehten sich prustende Klumpen in einem bonbongelben Licht zu den Klängen eines synkopierten Parademarschs. Einer trank eine Flasche Sekt und nahm damit zu sich: klassenbewußte Lebensbejahung, wohlverdientes Urlaubsglück, Distanzierung gegen die da unten. Ein guter Popo ist ein sanftes Ruhekissen.

Auch schwebten wir die Zugseilbahn hinauf, ich paßte auf, daß Fritzi Massary nicht herausfiel, und daß mir nicht übel wurde. Die befohlene Aufgabe wurde voll erfüllt.

Die Zugspitzbahn ist ein Triumph menschlichen Erfindergeistes, ein Wunderstück deutscher Technik, die Überwindung der Elementargewalten durch die Kraft der Beharrlichkeit und etwas völlig Blödsinniges. Wenn ich Zugspitze wäre: man müßte sich ja zu Tode schämen. Sieht man von den Ski-Leuten ab, die sich ‹mit die Brettln› im Winter da heraufziehen lassen können, um herrlich wieder herunter, zu Tal, zu fahren – der Berg ist gar kein Berg mehr. Entzaubert, von seinem Thron jäh heruntergeholt, eine Plattitüde von dreitausend Metern. Oben stehen die Leute und wissen nicht genau, was sie da sollen. Manche lassen sich anseilen, um bis zum noch unasphaltierten Gipfel zu steigen: grinsend zog an uns ein bayerischer Führer vorbei, seine Opfer, das Seil über den Sommerüberziehern, zog er hinter sich her. Ihre Augen sagten: Ihr Lümmels in der Etappe ... ! Ein Grammophon mit Schinkensemmeln zeigte an, bis zu welchen Gebirgshöhen heute die menschliche Zivilisation vordringen kann. Polgar, der mit heraufgeschwebt war, suchte eine Ansichtskarte, die er an Hans Müller schicken könnte. Dann schwebten wir wieder herunter.

Von dem nun folgenden Fex-Platta oberhalb Sils-Marias kann ich diesbezügliche Aussagen nicht machen. Mein dort ansässiger Brotherr, S. J., schloß mich bei meiner Ankunft gerührt in seine bärtigen Arme, wies mir kurz das Nietzsche-Haus, drohte mit Ludwig Fulda, der darin sein Wesen trieb, und bedeutete mir streng: «Und dann ist hier noch viel Natur – setz dich hin und arbeite.» Darauf sperrte er mich in einen hängenden Stall, den er als Balkon ausgab, legte mir einen Band Reichsgerichtsunterscheidungen unter den wackelnden Stuhl, weiße Rückseiten alter Korrekturfahnen auf den Tisch und schloß ab. Zu den Mahlzeiten wurde ich ein Stündchen herausgelassen. Das Fextal soll eine sehr schöne Landschaftlichkeit besitzen.

Dann fuhr ich nach Hause.

Unterwegs stießen rauhe Schweizerkehlen noch manchmal einen alten schwyzerischen Schlachtruf: «Passug!» aus, was ich für den Anfang eines Landsknechtsliedes hielt, es ist aber ein Mineralwasser, ich kaufte auf einer Station ein Lokalwitzblatt und erwachte in Tränen gebadet, in Basel umgurgelten mich zum letzten Mal die Kehllaute der Saalmädchen, und am frühen Morgen, als auf dem Gare du Nord jemand neben mir sagte: «Na nu mah rin ins Vajniejen!» – da hatte Paris mich wieder.

Jetzt sitze ich in der Bretagne und lerne Englisch, um durchzukommen. Zum Abschied in Bayern hatte ich Pallenberg gebeten, mir etwas Französisch aus seiner reich assortierten Sprechkiste zu holen; er tat es sofort und erklärte mit aufgeweichten Konsonanten, er sei ein armes Mädchen, das man im Kriege in einer belgischen Kupplerei beschäftigt – man braucht hier übrigens in der Bretagne kein Französisch. Doch, man brauchts, wenn man die kleinen windstillen Ecken aufsucht.

Nun senken sich langsam die Eindrücke der Reise nieder, wie weitflüglige Vögel nach einem langen Flug fallen sie sacht aus der Luft: In Quimper lag im Stadtfluß ein toter Hund, starr wie ein zackiger Baumstamm; der Speisewagen von Chur nach Basel hatte mattfarbene Ornamente, wie vom vorjährigen Picasso; bayerische Beamte sind manchmal höflich; kein hübsches Mädchen diesmal neidisch vorbeiziehn gesehn; es gibt einen gewissen norddeutschen Frauentypus, der nur mit Prügel zu regalieren ist, diese Frauenzimmer fühlen sich an wie gegen den Strich gebürstete Zylinderhüte; man möchte sein ganzes Leben lang allein sein; in der Schaukel der Zugspitzbahn stand ein einarmiger famoser österreichischer Offizier; man möchte nicht mehr allein sein.

Aus der Luft kommt noch ein Vogel matt herabgefallen.

Man möchte doch allein sein.

ZWEI SEELEN

Ich, Herr Tiger, bestehe zu meinem Heil
aus einem Oberteil und einem Unterteil.

Das Oberteil fühlt seine bescheidene Kleinheit,
ihm ist nur wohl in völliger Reinheit;
es ist tapfer, wahr, anständig und
bis in seine tiefsten Tiefen klar und gesund.
Das Oberteil ist auch durchaus befugt, Ratschläge zu erteilen
und die Verbrechen von andern Oberteilen
zu geißeln – es darf sich über die Menschen lustig machen,
und wenn andre den Naseninhalt hochziehn, darf es lachen.

Soweit das.
Aber, Dunnerkeil,
das Unterteil!
Feige, unentschlossen, heuchlerisch, wollüstig und verlogen;
zu den pfinstersten Pfreuden des Pfleisches fühlt es sich hingezogen –
dabei dumpf, kalt, zwergig, ein greuliches
pessimistisches Ding: etwas ganz und gar Abscheuliches.

Nun wäre aber auch einer denkbar – sehr bemerkenswert! –,
der umgekehrt.

Der in seinen untern Teilen nichts zu scheuen hätte,
keinen seiner diesbezüglichen Schritte zu bereuen hätte –
ein sauberes Triebwesen, ein ganzer Mann und
bis in seine tiefsten Tiefen klar und gesund.

Und es wäre zu denken, daß er am gleichen Skelette
eine Seele mit Maukbeene hätte.

Was er nur andenkt, wird faulig-verschmiert;
sein Verstand läuft nie offen, sondern stets maskiert;
sogar wenn er lügt, lügt er; glaubt sich nichts, redet sichs aber ein –
und ist oben herum überhaupt ein Schwein.

Vor solchem Menschen müssen ja alle, die ihn begucken,
vor Ekel mitten in die nächste Gosse spucken!
Da striche auch ich mein doppelkollriges Kinn
und betete ergriffen: «Ich danke dir, Gott, daß ich bin, wie ich bin!»

Was aber Menschen aus einem Gusse betrifft in der schönsten der Welten –:
der Fall ist äußerst selten.

BEGNADIGUNG

Das Preußische Justizministerium, das es – oho! – trotz allem als Aufsichtsbehörde gibt, hat sogenannte ‹Beauftragte für Gnadensachen›. Diese Begnadigungen gehen, obgleich ein Teil der Justiz, im Dunkel des Verwaltungsweges vor sich, wie ja auch eine Kontrolle der Strafvollstreckung kaum besteht. Was geschieht –?

Das Gericht spricht in einer politischen Strafsache seine ebenso politische Meinung aus. (Wir sollten nicht mehr den Fehler machen, diese Veranstaltungen als Rechtsprechung anzusehen – damit hat diese rein administrative Betätigung nichts zu tun.) Nehmen wir einmal an, daß ein nationaler Angeklagter zu einer, selbstverständlich milden, Strafe verurteilt wird. Wie verbüßt der Mann seine Strafe –?

Davon wissen wir gar nichts. Wir wissen nicht, welche Vergünstigungen er genießt, wer sie ihm gibt; ob man aus seiner Gefängnisstrafe nicht eine milde Haftstrafe macht – ob aus der Festungsstrafe nicht eine Farce wird . . . wir wissen das nicht.

Wann wird er begnadigt? Das gelangt in den seltensten Fällen in die Öffentlichkeit – eine Kontrolle über die politische Handhabung dieser Begnadigungsakte ist also nicht vorhanden.

Wird umgekehrt ein linker Mann zu Zuchthaus oder zu Gefängnis verurteilt – wer hilft dem Sträfling, wenn er schikaniert wird, daß ihm die Augen übergehen? Keiner. Denn die vorgesetzte Behörde, oder wie sich dieses Gremium nennt, wo immer einer die Verantwortung auf den andern abschiebt, braucht nur ‹sinngemäß› die Bestimmungen anzuwenden – und der Mann tut gut, sich aufzuhängen.

Blast euch nur dem Mittelalter gegenüber auf –! Wir, wir haben eine Geheimjustiz.

Der Verteidiger bekommt die Akten nicht zu sehen, bis Polizei und Untersuchungsbehörde sie schön gar gebacken haben; was man mit juristisch ungeschulten Leuten in Verhören anfangen kann, weiß jeder Jurist. Das bißchen Verhandlung ist öffentlich: so oft unverständlich ohne Aktenkenntnis, eine überflüssige Formalität – zwar wird das Urteil da gesprochen, aber nicht gebildet. Strafvollzug und Begnadigungsakte stehen außerhalb jeder Kontrolle – dieses Parlament hat sich selbst geköpft und sich so in kindischer Autoritätsfurcht jedes Ansehen genommen. Was ist ein Abgeordneter im Gefängnis? Höchstens ein Sträfling – sonst hat er da nichts zu suchen.

Die deutsche Strafjustiz in politischen Prozessen verdient das Vertrauen, das sie genießt.

FUSSBALL MIT MENSCHENKÖPFEN

Um nur ein Beispiel zu nennen:

Das Infanterie-Regiment Nummer 7 der Reichswehr, das in Schweidnitz liegt, gibt *‹Sportnachrichten›* heraus. Wie sieht so etwas aus –?

Außer gleichgültigen und schlecht geschriebenen Aufsätzen, neben denen, in zwei Nummern, einer über *‹Langlauftraining des Skiläufers›* anständig und sachlich gehalten ist, ein paar verzeichnete Akte, Vereinsknatsch und ein dummer Zukunftsroman, wo Deutschland die Führung in Europa hat, weil Frankreich und England sich inzwischen zerfleischt haben – aus Deutschlands Reihen wird das Oberhaupt der Vereinigten Staaten Europas gestellt ... neben diesem Hintertreppengewäsch dieses:

> «Wir kennen unser festgelegtes Ziel und verfolgen es unbeirrbar: Zusammenfassen aller Volksschichten zu kraftvoller Geschlossenheit auf dem Wege der körperlichen Ertüchtigung, die die geistige Wiedergeburt selbsttätig mit sich bringt. Wir gehen unsre Bahn zweckbewußt im Bestreben, die Zahl der Anhänger ständig zu mehren um der heiligen Sache willen, für die wir eintreten: Deutsche Einheit. Wir verachten die Kleinlichen, Selbstsüchtigen, Nörg-

ler, Besserwisser und Halsstarrigen und bekämpfen um des Leides willen, das sie dem Vaterlande brachten, die Schwärmer von Weltfrieden und Weltverbrüderung.»

Abgesehen davon, daß es ‹gebracht haben› heißen muß: wir wußten noch gar nicht, daß Hindenburg und Ludendorff Schwärmer von Weltfrieden gewesen sind – wir wußten bisher nur, wer achtundvierzig Stunden Frist für Abschließung eines Waffenstillstands gegeben hat: die Oberste Heeres-Leitung. Aber was wird denn nun hier gespielt –?

Die Angehörigen der Reichswehr sind dafür angestellt und bezahlt, eine Wehr des Reiches zu bilden – weiter nichts. Trotz aller gegenteiligen Betätigung des Herrn Geßler: weiter nichts. Unter gar keinen Umständen hat aber der, der da «In Gruppen rechts schwenkt – marsch!» kommandiert, seinen Volksgenossen, und zwar genau der Hälfte, zu erzählen, wie er über Weltverbrüderung, verzeihen Sie das harte Wort: denkt. Wir wünschen nicht, uns von diesen Elementen belehren zu lassen. Dafür sind sie nicht da. Und auch nicht qualifiziert.

Auf diesen Ton einer vaterländischen Instruktionsstunde ist die Publikation gestimmt, die deutlich merken läßt, wie die Offiziere ‹zum Kerl heruntersteigen› und eine Kameradschaft betätigen, die einer Mausefalle verdammt ähnlich sieht. Mit welcher falschen Liebe da Schach gespielt, Schneesport, Rundfunkbastelei und ähnliche Betätigungen betrieben zum Wiederaufbau des durch Schikanen und Mißhandlungen in die Binsen gegangenen Mannschaftsvertrauens! Ziel der Hefte:

«Förderung des Sportgedankens unter dem Gesichtspunkt der allumfassenden völkischen Sportgemeinschaft, die über den kleinlichen Parteihader als machtvolle Kundgebung hinauswächst, und so den Weg zur Einheit des Wollens weist.»

Die Wahrheit sieht so aus:

«Machen wir uns nichts vor! Der begeisterte Sportsmann hat nicht das Endziel, seinen Körper zu stählen. Sondern diese Stählung ist nur ein Mittel zu seinem einzigen, wahren Ziel, welches heißt: Kampf und Sieg.»

Ob die sich da etwas vormachen, weiß ich nicht. Daß wir uns aber von dieser Reichswehr nichts vormachen lassen, das ist einmal sicher. Die Ideologie, die da den Satz aufstellt: «Kämpfen dürfen ist eine Ehre» – einen Satz, den man in allen Abdeckereien anschlagen sollte, damit das Schlachtvieh doch wenigstens weiß, woran es ist … diese Ideologie ist verwerflich, nichtsnutzig und hassenswert.

Daß die meisten Reichstagsabgeordneten ihre Pflicht nicht tun und das Parlament zu einer traurigen Bewilligungsmaschine haben herabsinken lassen, kann uns nicht abhalten, ununterbrochen – im In- und Ausland – die Wahrheit über diese Reichswehr nach Kräften zu verbreiten, ohne jede Rücksicht darauf, daß das in geselligen Kasinokreisen als ‹Hochverrat› angeprangert wird, ohne Rücksicht darauf, wie verhetzte Korpsstudenten, die einmal im Jahre 1930 den Talar tragen werden, darüber denken. Die Reichswehr ist überflüssig, verdient, abgeschafft zu werden und ist in ihrer heutigen Zusammensetzung gefährlich. Wer das nicht einsieht, mag alle schätzenswerten Eigenschaften eines Vereinsvorstands haben – mit Politik sollte er sich nicht befassen.

Und wenn leider Gottes die meisten Sozialisten und viele von denen, die sich Pazifisten nennen, Vornehmheit der Gesinnung betätigen, Takt, Taktik, Strategie, Besonnenheit, alles, alles – nur kein echt revolutionäres Gefühl, so glaube ich, daß mangelnde Geschichtsbildung und fehlendes Fingerspitzengefühl kein Grund sein sollte, die Bewegung des anständigen Republikanertums in Deutschland durch diese Leisetreter schänden zu lassen. Die eines Tages sehen werden, wohin die geschwellte Männerbrust führt: in die Kalkgrube.

Wir andern aber betrachten diese Heftchen der völkischen Reichswehr als das, was sie sind – trotz der Besserwisserei lächerlich blamierter Demokraten, die bisher auch nicht eine richtige Voraussage in der Innenpolitik gemacht haben. Gegen diese Jammerlappen mit der falschen Prätention von vorgestern ist festzustellen: Was ist diese Reichswehr –? Nun spitzt aber der Oberreichsanwalt seine langen Ohren. Laß hängen.

Sie ist die Auflösung der Reihe 7 des Kastenrätsels in einem der Heftchen. «Etwas Einzigdastehendes.»

KLEINE STATION

«– 'menau!» rufen die Schaffner. «– 'menau!» Mit dem Ton auf der letzten Silbe. Wir sehen hinaus.

Da rauschen ein paar Bäume, der Stationsvorsteher hat sich Sonnenblumen gezogen, die aus der Zeit herrühren, wo er noch nicht Fahrdienstleiter hieß, da steht ‹Männer› dran und da ‹Frauen›, und für die Zwitter ist auch noch ein Güterschuppen da. Die Lokomotive atmet. Niemand steigt aus. Niemand steigt ein. Aber hier ist: Aufenthalt.

Von «– 'menau» ist nichts zu sehen, das liegt wohl hinter den Bäumen. Doch, hier ist ein kleines Stückchen Straße, wenn nicht alles täuscht: die Bahnhofsstraße, maßlos häßlich, hoffen wir, daß es da hinten hübscher aussieht. Sicherlich tut es das.

Da steht ein Schillerdenkmal (1887) und ein Kriegerdenkmal – nein, zwei: eins von dunnemals und eins von heute, eins mit einer Zuckerjungfrau und eins mit einem Stahlhelmmann. Eine Kaiser-Wilhelm-Straße ist da, und die lange Chaussee trägt den Namen der nächsten großen Stadt. Die Kirche ist aus romanischem Stil und das Postamt aus Backsteinen.

Einer ist der reichste Mann von «— 'menau» — einer muß doch der Reichste sein. Er ist viel in der Stadt und weilt nicht oft im Orte, wie das Blättchen schreibt. Am Stammtisch sorgen der Amtsrichter, der, ach Gottchen, Referendar, der Apotheker und der Postinspektor für die Aufrechterhaltung der Republik, wie sie sie auffassen. Manchmal darf da auch der Redakteur sein Bier trinken.

Wenn Markt ist, schwitzen dicke Bauerngesäße in der Kneipe, alles ist voll Dunst und Rauch und Geschrei. Der Lehrer hat ein bißchen die Tuberkulose, aber das macht nichts: im Sommer fällt ohnehin der Unterricht so oft aus, wie der Gutsbesitzer die Kinder zur Feldarbeit braucht. Es ist ein Arzt da, der viele Kinder hat, merkwürdig. Am Marktplatz wohnt Fräulein Grippenberg, sie spielt Klavier; wenn nachts der Mond geschienen hat, singt sie am nächsten Tage, die Hunde haben das nicht gern. Ein Polizeibüro ist da, worin es grob und säuerlich riecht; der amtierende Polizist hat hervorstehende Augenbrauen, fast kleine Buschen; er war aktiver Wachtmeister, seine Einjährigen hatten nichts zu lachen, aber er hatte was.

Wo die Liebespaare wohl hingehen? Wahrscheinlich in die Felder. Die Gemeinde zählt 1245 Seelen, da heißt es fleißig sein; der Kaiser braucht Soldaten ... ach nein! Ja doch. Telefonieren kann man beim Doktor, sonst im Gasthaus, aber da ist das Telefon kaputt. Auf einem brachliegenden Felde in der Gemarkung VIII des Kätners Römmelhagen steht ein Runenstein. Schadt nichts, laß ihn stehen.

Möchte man hier leben —? Auf dich haben sie nicht gewartet; sie haben ihre Schicksale, sterben, saufen, handeln, lassen Grundstückseintragungen vornehmen, prügeln ihre Kinder, stecken der Großmama Kuchenkrümel in den Mund und verzweifeln — höchst selten — an der Welt. «— 'menau!»

Ja, und dann fahren wir wieder.

RECHENAUFGABEN

1 Bauer besitzt 1 Feld von 18 Hektar, das ihm sein Nachbar im Alter von 54 Jahren streitig macht. Wie hoch sind die Gerichtskosten, wenn der Rechtsanwalt auf gegnerischer Seite Cohn XVII heißt?

Das Mundwerk eines Oberpräsidenten ist 4 Meter lang und 2 Meter breit. Wie lange kann der Mann Mitglied der SPD sein, wenn er 1100 Arbeitermorde auf dem Gewissen hat?

1 Untersuchungsrichter läßt 1 im Verdacht des Judentums stehenden Kaufmann 11 Wochen in Haft sitzen. In welcher Zeit avanciert der Richter zum Landgerichtspräsidenten?

Aufgabe mit imaginären Größen:

1 sozialdemokratische Partei hat in 8 Jahren 0 Erfolge. In wieviel Jahren merkt sie, daß ihre Taktik verfehlt ist?

1 Volksstaat Sachsen macht sich seinen Dreck alleene. Wieviel Auguste von Sachsen braucht man, um alle Reimann-Anekdoten allein zu machen?

1 Kaiser kostet monatlich 50 000 Mark Arbeitslosenunterstützung. Was kosten 2 Kaiser auf dem Thron einer Republik im Alter von 8 Jahren? (Berechne dasselbe mit der deutschen Republik – Gleichung mit einer Unbekannten!)

1 deutscher Richter sperrt in 1 Tage 1 Kommunisten ein. Wieviel deutsche Richter sperren alle deutschen Kommunisten in wieviel Tagen ein –?

1 Kronprinz hat 1 uneheliches Kind. (Es handelt sich hier um eine theoretische Aufgabe.) Wieviel Kronprinzen sind nötig, um die Mongolei zu bevölkern, wenn der dortige Sittlichkeitskoeffizient mit 218 angenommen wird?

(Die Auflösungen sind nur für die Herren Lehrer bestimmt.)

L'ESPRIT

In jedem Lande fängt zur Zeit eine junge Generation völlig von vorn an. Dabei bleibts gewöhnlich. Immerhin soll man sich um jeden ernsthaften Versuch kümmern; wir habens nötig. Wenn ich ein französisches Beispiel wähle, so geschieht das nicht nur, weil ich grade in diesem Lande lebe – in Deutschland wirds einem verdammt schwer gemacht, sich mit dergleichen zu befassen. Die Wertvollsten und Anständigsten der jungen Leute schweigen oder sprechen sich in Konventikeln aus, woraus sie schwer zu lösen und zu erlösen sind, und von der ‹jungen Generation›, die sich schmockig fotografieren läßt – im Hintergrund das tiefe schmerzliche Wissen um die letzten Dinge –, von diesen uralten Journalisten um einundzwanzig herum wollen wir uns nicht weiter unterhalten. Es ist eine Familienangelegenheit.

‹L'Esprit›, 1. Heft (erschienen bei F. Rieder in Paris, 7 Place Saint-Sulpice).

Es ist eine Gruppe junger französischer Philosophen, die sich da zusammengetan haben; sie setzen eine begonnene Arbeit fort. Dieser Beginn hieß: *‹Philosophies›*, eine kleine Zeitschrift, die sich für Rußland gegen die französische Kolonialpolitik aussprach und plötzlich zu erscheinen aufhörte; wer daran schuld war, soll hier nicht untersucht werden. Das vorliegende Heft scheint mir in seiner Unvollkommenheit lesenswert, grade deshalb – selten bringen Verleger den Mut auf, solchen Anfängen ans Licht zu helfen.

Bemerkenswert erscheint mir, der ich mich keinesfalls legitimiert glaube, den Windungen dieser philosophischen Straßen überallhin zu folgen, ein guter allgemein einleitender Aufsatz Pollitzers: *‹Introduction›*; dieser junge Mensch hat Schelling ins Französische übersetzt, und er ist es wohl auch, dem die Gruppe ihre Neigung zu Hegel verdankt. In der Einleitung stehen gute, jugendliche Sätze wie der hier: «Die Philosophen ohne Substanz sind immer zu tief, viel zu tief, um wahr zu sein – und durch ihre übergroße Tiefe schießen sie über das Ziel hinaus, um nicht an den Grundlagen des Staates zu rütteln.» Der Aufsatz, der eine merkwürdige Verbindung französischer Philosopheme und deutscher Denker darstellt, zeigt, was die Gruppe ablehnt, stellt sich zwischen Scholastik und Revolution, wendet sich mit Recht gegen jene, denen keine Demonstration genügt, gegen die Nieüberzeugten, die Nie-zu-Überzeugenden und kündigt Positives erst an.

Das Heft enthält ferner einen Abschnitt aus Hegels *‹Phänomenologie des Geistes›* – wie muß die französische Sprache gestöhnt haben, als man ihr das zumutete! Den Beschluß macht das Haupt der Gruppe: Pierre Morhange, ein tapferer, sauberer und unendlich fleißiger junger Mensch, der schon viele Leute hat aufhorchen machen. Ich bekenne, von seinem Aufsatz *‹La Présence›* kein Wort verstanden zu haben, und will gern die Schuld auf mich nehmen: sei es, daß mir die nötige Vorbildung mangelt, dergleichen zu verstehen, sei es, daß ich nicht lesen kann – genug, ich kann darüber nichts aussagen.

Am wirklichkeitnahesten scheint mir eine sehr interessante Arbeit zu sein: *‹Ils ont perdu la partie éternelle d'euxmêmes›*. Da weiß man, wo und wie, und liest alles von Anfang bis zu Ende. Wie dieses Ende aussieht?

Der Verfasser – Georges-Philippe Friedmann – nimmt auf etwa fünfzig Seiten zunächst ein höchst erfreuliches Schlachten vor. Da lacht einem das Herz im Leibe. «Schaum, Schaum ist alles, was ich berühre ...» Schaum die Wirtschaft, die Philosophie, Schaum die Afterreligionen, die keine mehr sind. «Das asketische und mystische Ideal des Christentums ist keinesfalls Sieger. Im Gegenteil. Sicherlich: die Menschen leben nicht für das Jenseits. Ob sie ungläubig oder Namenschristen sind (wie so viele Christen): sie glauben nicht an das Reich Gottes, aber sie leben wiederum auch nicht mehr im Diesseits; denn unfähig ... das Leben der ratio zu leben, begeben sie sich in eine Welt hinauf, die sie sich erst hergestellt haben.» Das ist gut – hier scheint mir der Angelpunkt der neuen Metaphysik zu liegen, jenes faulen

Religionsersatzes, der selbstverständlich keineswegs ausreicht. Kolonialreichs Ende, das neue Asien, zwei Völker, die jung geblieben sind: Rußland und Italien – dann die große Totenklage um das Weltbild, das nicht da ist.

Wir kennen diese Klage – wer nicht Katholik ist, hat sie in Europa erhoben, erheben müssen –: sie irren und suchen und finden nicht.

Sehr gute Hiebe gegen die falsche ‹Objektivität› der Gelehrten, eine gradezu vorzügliche Abhandlung gegen einen Typus, den Friedmann «le disponible» nennt, jenen, der es alles in sich aufsaugt, dessen Seele für alles wahllos offensteht, der keine Partei nimmt, und der schrecklich stolz ist auf das, was hier mit Recht als Schwäche entlarvt wird ... diese kleine Skizze: *‹Esquisse d'un type de jeune Disponible›* ist beste französische Machart – und daneben und dazwischen höchst erfreuliche Schläge auf alles, was da behutsam kreucht und zu fliegen versucht. Paul Valéry bekommt es nicht schlecht ab, auch er ein ‹Disponible›, Proust zu dem Teil, wie ers verdient – hierbei eine schöne Bemerkung: es gäbe keine starken Unberührten, eingekapselt in der angeblich so festen Hülle des Individuums – «ils sont les grands complices de l'être».

Und –?

Und dann wirds dünn. Dann kommt ein kleines positives Endchen, das kümmerlich hinten dran baumelt: Spinoza war ein großer Philosoph. Sicherlich, das war er, wer wüßte es nicht. Aber erlöst mich das? Bringt mich das fort? Hilft mir das aus meinen Zweifeln?

Ich möchte diesem saubern und klaren Versuch, unternommen mit allen Mitteln einer Jugend, die etwas will, ohne vielleicht ganz genau zu wissen, was sie will – ich möchte ihm nicht das Unrecht antun, dergleichen etwa mit den schöngeistigen Gesellschaftsspielen unsrer süddeutschen Universitäten wie Heidelberg oder Göttingen zu vergleichen, wo die Eingeweihten von sich und untereinander sprechen wie Mönche aller Grade – mit heiligen Äbten und je einem Papst, der immer des Kaisers neue Kleider trägt –: damit hat das hier nichts zu tun. Aber was nützt dies alles?

Es wäre nicht gerecht, zu sagen, daß etwa Friedmanns Arbeit nichts sei als nur eine verkappte Literaturkritik, in der nun alle, alle ihr Sprüchlein abbekommen – mehr ist sie bestimmt. Es wäre auch nicht richtig, die Gruppe mit einem Gedicht T. S. Eliots zu belasten, das in diesem Heft abgedruckt ist, eine Mischung von Symbolismus, Dada, mit einem Schüßchen Whitman ... und den allerkomischsten Anmerkungen, die jemals ein Autor seinem eignen Gedicht angehängt hat, darin er zitatenmäßig genau nachweist, wo er sich den Schnupfen seiner Inspiration zugezogen: bei Wagner, Shackleton, Hermann Hesse, und wo zu dem Vers: «Avec un bruit sourd au dernier coup de neuf heures» treuherzig angemerkt wird: «Dieses Phänomen habe ich oft beobachtet.»

Das alles sind Schönheitsfehler. Kein Schönheitsfehler aber ist die maßlose Überschätzung dessen, was hier ‹das Geistige› genannt wird.

Ob ‹das Geistige› etwas bewirkt oder nur etwas Geschehendes ankündigt, steht dahin. Daß der Bolschewismus auch einmal Theorem gewesen ist, abstrakt von Habenichtsen, die jeder Esel von Realpolitiker verlacht hat, ausgeklügeltes Programm – das wissen wir. Aber wenn hier – in der Gruppe des *‹Esprit›*, die sich übrigens von den Surrealisten ausdrücklich getrennt hat – irgend etwas Lebensfähiges stecken sollte, so muß noch viel Fett herunter. Das Fett der falschen Lyrik, der Dichtung überhaupt, das Verschwommene – der Meister Hegel wird den Schülern noch vielen Kummer verursachen, und ein bißchen Schopenhauer täte ihnen trotz allem ganz gut.

Und anstelle des Fetts brauchen sie Sehnen und Muskeln: die Meditation über das Leben, basiert auf Technik – denn es heißt nicht: Fort von der Technik, fort vom Spezialistentum, fort von der Maschine! Man muß da hindurch – man muß nur aufzuhören wissen, sonst droht der Fluch, ein Fachmann zu werden: aber man muß einmal ein Fachmann gewesen sein. Und zwar gewiß kein Fachmann der Schuhsohlenfabrikation, aber einer des Lebens.

Wie hat Lenin Jahrzehnte lang gerufen? «Seid bereit! Seid bereit! Seid bereit!» Sind es diese jungen Franzosen?

KLEINE DIENSTREISE

In Frankfurt haben sie eine Brucken geschlagen;
über den Main herüber tut sie nunmehr ragen.
Und um sie einzuweihen, haben die Frankfurter eine große Feier
arrangiert – mit Böllergeläute und Festzug und Äppelwoi und gedichteter Sangesleier.
Gut.

Dazu haben sie auch den diensttuenden Reichspräsidenten eingeladen.
Bei dem steht aber die Stadt Frankfurt nicht recht in Gnaden,
und so ist er auch zur Mainbrücken-Feier nicht gekommen.
Denn er hat, glaube ich, den Frankfurtern übel genommen,
daß sie – pfui Deubel! – Demokraten sein.
Und darauf sagte er: «Nein!»
Gut.

Die Frankfurter haben sich den Schmerz von der Nase gewischt
und machten sich aus der präsidentlichen Abwesenheit weiter nischt.

Wo aber – das fragen wir uns – war der hohe Gast,
der fast
in eine republikanische Demokratenstadt hineinzufallen in die schmerzliche Lage gekommen wäre?
In Berlin? Nein. In Köln? Nein. In Königsberg? Nein. Vielmehre,
weil man ihn dorthin zu einer Familienfeier lud:
In Stolp. (Hinterpommern.)
Gut.

Ja da –!
Da gehts noch zu wie in einem altdeutschen Napfkuchen.
Da kann man sich die Republikaner mit der Reichswehrlaterne suchen.
Da kommen noch abends die Honoratioren zusammen,
sitzen breitährig da und tun die verfluchte Judenrepublik verdammen.
Da ist noch deutsche Ordnung, Zucht, Sitte und Gottesfurcht in schönem Quartett
und kein Wasserklosett.

Dortselbst weihte unser Oepperster ein Stadion ein.
Stolp (Hinterpommern) scheint wichtiger als eine Brücke über den Main,
die Nord und Süd verbindet, eine schöne Allegorie aus Granit.

Jeder, wohin es ihn zieht.

ÜBER DEN SOGENANNTEN ‹LANDESVERRAT›

Die Talarvereinigung, die sich in Deutschland ‹Reichsgericht› nennt, hat seit jeher über Landesverräter geradezu barbarische Strafen verhängt. Diese rein administrativen Maßnahmen werden in geheimen Sitzungen vorgenommen; es ist immer wieder zu betonen, daß eine juristische Kritik hier nicht vorzunehmen ist: mit Rechtsprechung hat das, was da getrieben wird, nichts zu tun.

Wer sind nun diese Landesverräter, und was ist Landesverrat?

Die üblichen Spionagefälle betreffen meist Leute, derer man sich nur schwer annehmen kann: es sind im allgemeinen üble Existenzen, die da ihr etwas schmieriges Gewerbe ausüben. Ihr Beruf erfordert in den Spitzenleistungen sehr viel Intelligenz, Geistesgegenwart, Gerissenheit – muß sich aber doch meist derart schmutziger Mittel bedienen, daß es auch beim besten Willen nicht möglich ist, diesen Handel mit Geheimnissen hoch zu bewerten. Schmutzig die Mittel, schmutzig der Zweck, sehr oft ein Geschäft und nichts als das, mit Alkohol, Bestechung, Weibern und Diebstahl arbeitend ... es ist nichts.

Daß die richterliche Bewertung dieser Straftaten danebenhaut, ist verständlich, wenn man die Vorbildung dieser Richter kennt; ihre durchaus nationalistische Erziehung, ihre Klassenherkunft setzen sie nicht in die Lage, über staatliche Interessen so objektiv zu denken, wie das nötig wäre.

Ganz etwas anders aber ist die *moralische* Wertung der Personen und der Sache. Und da erhebt sich die Frage:

Darf der Pazifist, wenn es ihm richtig erscheint, natürlich, ohne daß Geld im Spiel ist, Fremden das mitteilen, was man bei ihm zu Hause als ‹geheim› bezeichnet?

Diese Frage ist zu behandeln ohne jede Rücksichtnahme auf die herrschende Bürgerideologie von der ‹Heiligkeit des Staates›.

Es ist grundfalsch, wenn lammfromme Pazifisten oder Sozialisten vor ausländischen Freunden plötzlich zusammenknicken, weil dies oder jenes ‹aus taktischen Gründen› vor Ausländern nicht gesagt werden dürfe. Das ist entweder Feigheit oder Verkennung der eigenen pädagogischen Belastung.

Wenn man mir in Frankreich das Ansinnen stellte, die trüben Geheimnisse der deutschen Reichswehr an Franzosen auszuliefern, so würde ich folgende Überlegung anstellen:

Wer stellt das Ansinnen an mich? Sind es pazifistische Freunde? Was werden diese pazifistischen Freunde mit meinem Material tun? Nützen sie damit unserer Bewegung? Besteht Gewähr, daß dieses Material so verarbeitet wird, daß seine fälschliche Ausnutzung durch fremde Nationalisten in gewissem Maße verhindert wird? (Ganz verhindern kann man dergleichen nie, ist auch nicht nötig.) Schädige ich mit der Preisgabe solchen Materials deutsche Arbeiter und Angestellte, die unschuldig an den Rüstungen sind?

Hätte ich diese Fragen nach bestem Wissen und Gewissen so entschieden, daß sie *für* die Preisgabe des Materials sprechen, so lieferte ich das Material aus.

«Und wenn Sie späterhin von einem deutschen Richter gefragt werden, ob Sie es getan haben – dann haben Sie doch hoffentlich den Mut, zu bekennen?»

Dann hätte ich nicht das dazu nötige Maß Torheit, zu bekennen.

Ich sehe noch die blauen Augen eines tapferen und anständigen Pazifisten vor mir, der mir während einer gegen ihn gerichteten Voruntersuchung sagte: «Ich werde doch natürlich nichts verschweigen!» – Falsch. Der Korpsstudentenstandpunkt des Untersuchungsrichters, den ich nicht dazu gemacht habe, auf dessen Ernennung und Absetzung ich niemals Einfluß gewonnen habe, weil meine Volksvertreter zu schlapp sind – dessen Ehrenstandpunkt ist mir vollständig gleichgültig. Gleichgültig seine Fibelsprüche von der Heiligkeit seines Staates, von dem, was er unter Feigheit, unter Tapferkeit versteht ... Es gehört mitunter mehr Mut dazu, ‹feige› zu sein, als eine Mensur auszupauken.

Unter revolutionären Pazifisten kann es nur eine einzige Front geben. Pässe sind gleichgültig, Grenzpfahlfarben, Uniformabzeichen, Gerichtshöfe: über die braven Vorschulideale hinweg soll der Pazifist seine eignen Ideale zur Geltung bringen.

Und deshalb halte ich es für den schwersten Fehler, den unsereiner begehen kann, wenn er den andern immer wieder den Gefallen tut, auf ihre vaterländischen Bibelverse hereinzufallen und entschuldigend zu rufen: «Nein, ich bin kein Vaterlandsfeind! Ich bin ein Pazifist, *nur* ein Pazifist! Nein – so böse bin ich gar nicht, wie du mich da hinmalst! Ich bin staatsfromm – auch ich!» – Es nützt nicht einmal etwas.

Diesen Leuten ist nur beizukommen, wenn sie den Gegner spüren, mit dem sie rechnen, den ernsthaften Gegner, den militanten Pazifisten, den kämpfenden Friedensfreund. Ob die das ‹Landesverrat› nennen, was wir tun, ob sie uns beschuldigen, Antideutsche zu sein, Vaterlandsverräter und Staatsfeinde: das ist alles völlig unerheblich. Wir haben sie nicht gefragt.

Daß es in den meisten Fällen für den internationalen Pazifisten nicht einmal für seine eigene Sache günstig sein muß, den fremden Imperialismus gegen den eigenen auszuspielen, ist eine andere Sache. Daß diese allsonntäglich gepriesene, und allwöchentlich verhohnepipelte Republik eine Zeitlang auf den Spitzen fremder Bajonette gestanden hat, daß die entsetzliche Enttäuschung, die Frankreich der deutschen Linken bereitet hat, noch nicht verwunden ist, steht dahin. Aber was gar nicht dahinsteht, ist dies:

Eine moralische Verurteilung durch die Vaterländischen ist für uns manchmal ein Lob, meistens gleichgültig. Denn das Land, das ich angeblich verrate, ist nicht mein Land, dieser Staat ist nicht mein Staat, diese Rechtsordnung ist nicht meine Rechtsordnung. Mir sind ihre Farbenzusammenstellungen so gleich wie ihre lokal begrenzten Ideale; hier habe ich nichts zu verraten, denn man hat mir nichts anvertraut.

Den braven Bürgersprüchen nachzugeben, zu schweigen, wo wir sprechen sollten, uns zu beugen, wo wir zurückschlagen müßten –: nur dies wäre Verrat, Verrat an unserer eigenen pazifistischen Sache.

DER SIEG DES REPUBLIKANISCHEN GEDANKENS

In diesem Zusammenhang kam Hörsing auf die Kleinkaliber-Frage zu sprechen und erklärte, das Kleinkaliber-Schießgewehr sei nicht alleiniges Privileg der sogenannten Vaterländischen. «Das, was die können, können wir auch.»
(Brausender Beifall)

Jeden Sonntag treten völlig heterogene Menschen zusammen, singen brausend das wirklich schlechte Gedicht *‹Deutschland, Deutschland über alles›* und schwenken schwarz-rot-goldene Fahnen. Dabei trägt der Wind die Worte des Redners über das Feld, über den Marktplatz, und wenn man genau hinhört, so kann man etwas von ‹demokratischer Republik› und vom ‹Sieg des republikanischen Gedankens› hören. In der letzten Zeit siegt der republikanische Gedanke ein bißchen viel in Deutschland. Wie sieht der eigentlich aus —?

Die zahllosen vaterländischen Verbände, die sich nach dem Kriege unter dem Protektorat von staatrettenden Sozialisten und Demokraten bildeten, hatten zunächst keine rechten Ziele, kaum Ansätze zu einem Programm — sie waren aus einer Mischung von Wut, Vereinsmeierei und jener verblasenen Ideologie zusammengekommen, die sich in das abstrakte Land der Gruppenbeschlüsse flüchtet, weil das Individuum allein mit dem Leben nicht fertig wird. Erst später bemächtigten sich wirtschaftliche und kleinstaatliche Klassen- und Kasteninteressenten der vorhandenen Gefäße, um ihren schmutzigen Wein dahineinzuschütten. Dieser Qualligkeit von Kommerz, Vereinskram, Drillsehnsucht republikanisch dotierter Offiziere und Größenwahn der ‹Jungführer› setzte Hörsing eine Tages ‹das Reichsbanner› entgegen. Also etwas völlig Negatives — wir sind nicht so wie die andern. Was aber sind wir denn?

Das Positive ließ nicht lange auf sich warten.

Fritz Ebert hatte einen ‹republikanischen Gedanken› erfunden, der eine einzige treffliche Eigenschaft besaß: er tat keinem Menschen weh. Man konnte ihn propagieren — noch die dickste Achselklappe konnte eigentlich nur dazu blitzen: Höchst brav! Es war ein Bekenntnis zur Republik wie etwa die *‹Neunte Symphonie›*. — Jeder hört das mit seinen Ohren, und was in die Töne hineingelegt wird, ist Privatsache. Hier bot sich dem Reichsbannerführer ein weites Feld. Er beschritt es.

Nun hat das Reichsbanner — besonders in Untergruppen, besonders da, wo es nicht offiziell arbeitet, und besonders auf dem Lande — seine größten Verdienste. Es hat als Saalwache so und so oft Leute geschützt, die von der nationalen Übermacht ohne Zweifel glorreich verhauen worden wären, was um so risikoloser war, als die Sache nachher vor deutsche Richter gekommen wäre – und der Idealismus, die persönliche Anständigkeit, die Uneigennützigkeit seiner meisten jungen Anhänger steht überhaupt nicht in Frage. Aber wo ist sein positiver Gedanke –?

Nicht nur die Tatsache ist leicht komisch, daß die ältern Führer des Reichsbanners und der ihm nahestehenden Organisationen Sonntagsrepublikaner sind, für die die Weimarer Verfassung etwa die Rolle spielt wie für den Industriellen die Heilige Schrift – wochentags gilt das Strafgesetzbuch –, nicht nur das ist komisch, daß diesen bramsigen Reden kaum etwas als positiver Machtfaktor entspricht: die Redner sind ja nicht imstande, auch nur die Brutalisierung eines Polizeigefangenen zu verhindern, haben kaum einen Einfluß auf die Besetzung der mittlern Beamtenstellen, auf die soviel ankommt – und sind sicherlich sehr stolz, wenn einer der ihren durch die edle Zentrale für Heimatdienst zum Polizeipräsidenten von Altona gemacht wird. Nicht nur das ist lustig, wie sie der eignen deutschen Justiz ohnmächtig gegenüberstehen, auf eine Evolution hoffend, der nur sie selbst unterliegen, und der sie zum Teil schon unterlegen sind.

Pathos, Ideengänge, Ideologie und Vokabularium dieser Sonntags-Republikaner sind Imperialismus-Ersatz.

Sie sind großdeutsch, propagieren den Anschluß an Österreich, lösen die paneuropäische Frage zunächst einmal so, daß die deutschen Grenzen so ausgedehnt wie möglich sein sollen – wem das frommt, das fragen sie nicht. Unklar, verblasen, zu nichts verpflichtend, wolkig und verquollen zeigt doch dieser merkwürdige Republikanismus eines:

Die Person des Kaisers ist dahin – seine Ambitionen sind geblieben.

Sie sehen nicht, daß die Frage: Republik – Monarchie ganz sekundär geworden ist, sie sehen nicht, daß sich im tiefsten Grunde in Deutschland allerdings etwas geändert hat: Es ist schlimmer geworden.

Es gibt heute eine republikanische Verlogenheit, so, wie es eine kaiserliche gab, und diese neue Gesinnung ist im besten Zuge, sich die Schulaula und den Leitartikel zu erobern. Die Gleichheit vor dem Gesetz aufgehoben, ein Streich, der sich auch noch gegen die Urheber kehrte; eine in politischen Strafsachen überall auftretende Verkommenheit, wie sie unter dem Kaiser auf diesem Gebiet niemals von Dauer hätte sein können; dem Tüchtigen freie Bahn: ins Freie – und dieser Zustand gekrönt von einer wirtschaftlichen Versklavung der Arbeiter. Wehe, wer mit Worten daran rührt –!

Da entrollen sich die Fahnen im Wind; da schallen die Sprüche;

da wird das umlogen und vertuscht — ohne das leiseste ökonomische Glaubensbekenntnis, auf das es so sehr ankommt; da sollen Sentenzen vom Niveau Emanuel Geibels über eine neue Zeit hinweghelfen. Sie helfen nicht.

Der Sieg des republikanischen Gedankens ist eine optische Täuschung. Das Ufer bewegt sich nicht — der Dampfer fährt aufs Ufer zu.

Der Sieg des republikanischen Gedankens bedeutet nicht etwa, daß diese Republikaner durch die Mächtigkeit ihrer Ideen, durch die Unerbittlichkeit ihres politischen Kampfes die andern bezwingen — er bedeutet vielmehr:

Sie geben Tag für Tag eine Position nach der andern auf. Sie rücken den alten, verfaulten, verbrecherischen Idealen immer näher, bekennen sich zur absoluten Souveränität des Staates, zum Recht, Kriege zu führen, zur wirtschaftlichen Autokratie, zum Großdeutschtum, zum Autoritätsgedanken — nur sagen sies mit ein bißchen andern Worten. Und man fühlt gradezu, wie das die Gegner umwimmert, die ja tausendmal mehr gesunden politischen Instinkt haben; wie sie wortlos bitten und betteln: «Auch wir sind Patrioten! Fühls doch! Auch wir wollen ja nur das Beste für unser Vaterland — auch wir! Komm doch, stoß dich nicht an den paar Äußerlichkeiten — im Grunde sind wir doch deutsche Brüder!» Sie sinds.

Schon die Feigheit, am 9. November keine Feier zu wagen, zeigt, wes Ungeistes Kinder hier ihr Spiel treiben. Alles, was gegen das Regime, das Deutschland in so unnennbares Unheil gerissen hat, sprechen könnte, ist sorgfältig ausradiert, und der zu nichts verpflichtende 11. August ist so recht ihr Wahrzeichen. Eine Verfassung zu feiern, deren öffentliche Lektüre Lachsalven wecken müßte, von der — bis auf den § 48 — auch nicht ein Buchstabe jemals befolgt worden ist, die man getrost beschwören kann, weil sich das hübsch fotografiert — solche Verfassung an einem Tage zu feiern, der noch dazu in die Schulferien fällt: das ist ein schöner republikanischer Gedanke.

Und weil von Jahr zu Jahr immer mehr kluge Leute der deutschen Reaktion, des deutschen Imperialismus, des deutschen Militarismus begreifen lernen, daß die Brüder auf der andern Seite ja im Grunde gar nicht so gefährliche Löwen sind, sondern lauter Weber, Zettel geheißen, weil sie allmählich merken, daß man auf trocknem Wege viel weiter kommt als auf blutigem, daß man auch mit diesen da ‹arbeiten› kann — so arbeiten sie. Gut drei Viertel ist schon verarbeitet. Führe einen mit verbundenen Augen in eine republikanische Versammlung — er wird lange nachsinnen müssen, wo er sich befindet: die Couleur sieht er nicht, und das ist auch der einzige Unterschied.

In Frankreich hält man diese neue Art von deutschem Republikanertum für abgefeimten Schwindel, für ein Betrugsmanöver ... Ach, so schlau sind diese braven Nationalliberalen nicht einmal! Es gibt ein gut Teil unter ihnen, die ehrlich glauben, was sie da predigen – die nicht nur brav und gottesfürchtig einen Pazifismus betätigen wie der Herr Bergsträsser, der in Bierville vor allem zu sagen hatte, daß die Franzosen aus dem Rheinland herausgehen sollten, weil doch Deutschland solche Wohnungsnot habe – sie glauben wirklich und sehen diese grausige Reaktion nicht, die dabei herauskommt, wenn geschmeichelte und plötzlich nach oben geworfene Kommunalbeamte in einem richtigen Staatsministerium herumwirtschaften dürfen: schlimmer als die adligsten Oberregierungsräte. Und sie glauben an den Sieg des republikanischen Gedankens, sie glauben, daß Hindenburg den Frieden will, sie glauben an die Friedfertigkeit des pulverlosen Mannes, der nicht schießt, weil sein vergrabenes Gewehr grade nicht in Ordnung ist ... sie glauben das alles in ihrer bodenlosen Instinktlosigkeit. Weil das neue System ihnen erlaubt, sich wichtig zu machen. Weil sie sich fühlen. Weil sie mit dabei sind. Weil sie ‹gehört werden›. (Getan wird nachher allerdings das Gegenteil.)

Dieser ‹republikanische Gedanke› ist nichts wert, weil er zu nichts verpflichtet. Seine allgemeinen Grundsätze sind so weit, daß man bequem alle Welt unter diesem brüchigen Dach zusammentreiben kann. Seine Programmlosigkeit machte ihn zu einem nur ungefährlichen Vereinsunfug, wenn er nicht den guten Willen so vieler junger Leute ablenkte und gefangen nähme. Eine Sackgasse.

Dies aber ist die wirkliche Gefahr daran:

Wenn übermorgen wegen des polnischen Korridors oder wegen des Saargebiets oder wegen sonst einer Frage, die für die Nation von Belang sein kann, ein Konflikt ausbricht, so wird diese Art Republikaner, ohne Ausnahme, der Hypnose des Nachrichtendienstes unterliegen, weil keine ideologische Impfung sie davor schützt. Sie werden besinnungslos umknicken.

Und es stehe hier, zum Nachschlagen:

Dieselben Phrasen, mit denen Deutschland 1914 in den Krieg getaumelt ist, werden dann zu lesen und zu hören sein; dieselbe Denkart wird Siege erträumen, wo nur Aktienkonsolidierung und menschliches Elend zu holen ist, Erweiterung der Beamtensphäre und Befriedigung von Kasteneitelkeit – dieselbe falsche Philosophie und wirtschaftliche Ignoranz wird alle zu Etat-Bewilligern machen und noch die widerwärtigsten Militärverbrechen bejahen, weil die ‹dienstlich notwendig› sind. Brave Kinder.

Ihre heutige Begeisterung gleicht Schülerscherzen auf einem Ausflug: es ist alles so erlaubt, so legitim, so artig. Sie sind stolz, stramm stehen zu dürfen, stolz, Abzeichen, Uniform, Fahnen tragen zu können, stolz, einem Verband anzugehören. Merklich und unmerklich rücken sie den schlechtesten Elementen Deutschlands immer näher, freuen sich dessen und bejubeln – «was die können, können wir auch» – den Sieg des republikanischen Gedankens.

DER LETZTE TAG

Heute bin ich schon den ganzen Tag fein angezogen, denn heute abend fahren wir fort – dies ist der letzte Tag an der See. Ich komme mir so unwohnlich in meinen Stadtsachen vor ... Vier Wochen lang bin ich hier bunt wie ein Gockelhahn herumgelaufen, mit gestreiften Strandjacken und ultravioletten Jacketts und weißen Hosen – mitunter trug ich auch den hellgrauen Anzug, den ich mir einst von einer Weihnachtsgratifikation des Herausgebers zugezogen habe, das Ding sah schon am zweiten Tag aus wie ein stark benutzter Sack. Und jetzt bin ich so fein –

Ich gehe noch einmal durch alle Sträßchen und auf die Mole und an den Strand und an die große Bucht und an meine kleine Privatbucht. Die Erinnerungen der vier Wochen lösen sich wie Briefmarken, die man aufgeklebt und gleich wieder heruntergenommen hat. Sie haben die Gegenstände noch nicht infiltriert, sind noch nicht aufgesogen worden – sie fallen ganz leicht ab. Hier hat die kleine Engländerin, die wie ein Junge aussieht, gesagt: «Perhaps–», was doch bekanntlich auf Damen-Englisch «Ja –» heißt – und am nächsten Tag fuhr sie ab. Aber der schmale Felsweg und dies ‹Perhaps› sind noch nicht eins geworden, sind nicht untrennbar miteinander verbunden, sondern sie sagte es, zufällig, hier, und der Felsweg ist ganz ohne sie auch denkbar. Stolz gehe ich vorbei.

Stolz an den bunten Windzelten, die, wenn der Wind sie füllt, aussehen wie Araberturbane; stolz am Tabakladen vorbei, wo die alte Frau mir Schokolade, Claude Farrère, Streichhölzer und alle vierundneunzig Zeitungen aus Paris verkauft hat. Zur Käsefrau, die immer so viel spricht und so liebenswürdig-streng mit mir war, gucke ich gar nicht mehr hinein; die schwarze Katze vom Obstmann grüße ich nicht zurück, sie sieht mir verwundert nach. Da unten liegt, noch einmal, das Meer.

Die langen Stunden, in denen gar nichts geschah, wo nur der Wind, das arme Ding, über mich hinwegfächeln mußte – wo die Sonne den Bauch erst beschien, dann bestrahlte, dann in eine wie Feuer brennende Tomate verwandelte, schließlich ging er braun wie eine Kaffeebohne unter. Das ist ein schönes Bild. Die langen Stunden, wo der verschleierte Blick ins Wasser sah, die Linie am Horizont nach nichts absuchend, wo die Sandkörner rieselten und die Strandhüpfer unendlich geschäftigen Geschäften nachhüpften, sie kamen sich sicherlich sehr amerikanisch vor. Wenn man genau hinhorchte, konnte man sie etwas vom ‹Rhythmus dieser Zeit› wispern hören. Die leeren Stunden, wo sich Energie, Gehirnschmalz, Verstand und Gesundheit gewissermaßen aus dem Reservoir des Nichts ergänzten, aus jenem geheimnisvollen Lager, das eines Tages leer sein wird. «Ja», wird dann der Lagermeister sagen, «nun haben wir aber nichts mehr . . .» Und weil ich nicht schon vorher auf die leisen Warnungen des Ressorts gehört habe, werde ich mich dann wohl hinlegen müssen . . . Die langen Stunden –

Da kehre ich mich auf dem Absatz meiner dicken Reisestiefel um, sehe das Meer kaum an, streife es so mit einem fast beleidigenden Blick: «Ich bin ein Stadtmensch, kennst du meine Schlipse?» und nun kenne ich es auf einmal nicht mehr.

Wenn Sie mich fragen, wo ich diesen Sommer war, werde ich gleichgültig antworten: «Irgendwo – in der Bretagne – an der See –»

AN MEINEN SOHN

Wenn du mal groß bist, Leopold,
dann sieh dich um in Deutschland-Preußen,
wo eure Flagge Schwarz-Rot-Gold
im Wind weht über lauter Preußen.
Stell dich auf einen Aussichtsstand,
und vor dir liegt dein Vaterland:

Ganz oben thront die Schicht mit Geld,
die hat die Kohlen, Stahl und Rüben;
die lenkt den Lauf der deutschen Welt,
die läßt die Reichswehr kräftig üben.
Augen gradeaus!

Gehorsam harret ihres Winks
das Korps der Rache in Talaren:
die segnen rechts und wüten links,
so lernten sies auf Seminaren.
Im Namen des Volkes –!

Da schwätzt der Reichstag, lieber Gott!
Hörst du den alten Breitscheid reden?
Er ist voll Ironie und Spott –
zum Schluß bewilligen sie dann jeden
Etat.

Und unter allen den Gewalten
da kannst du, Leopold mein Sohn,
dein Leben lang die Schnauze halten –
von wegen Subordination.
Aber lauter Republikaner,
lauter Republikaner!

Und willst du wissen, wem du das
verdankst, dies Reich von kleinen Strebern:
dann wein dir nicht die Äuglein naß –
dann wandle du zu deutschen Gräbern.
Auf jedem ein Gedenkstein:

Da liegen, die zu meiner Zeit
aus Angst vorm Volk die eignen Ziele
verrieten – taktisch so gescheit!
und klug! und überhaupt Schlemihle.

Sie machten schon im Umsturz schlapp
und saßen ängstlich auf der Banke.
Charakter war bei denen knapp ...
Leg einen Kranz auf jedes Grab
und dann sag leise, leise:
Danke.

EVELINE, DIE BLUME DER PRÄRIE

«Hugh!» sagte der Reichstag. «Ich habe gesprochen.»

Als der selige Brunner noch die preußische Sittlichkeit zugedeckt hielt, besuchte ich ihn einst in seinem Moralladen der Leipziger Straße. In einem schönen Zimmer des Wohlfahrtsministeriums, desselben, das für die Wohlfahrt der kranken Untersuchungsgefangenen sorgt, fand ich einen ältern, hagern Herrn, der alle unanständigen Bücher und Fotografien durchzusehen hatte, und der infolgedessen recht angegriffen aussah. Wir unterhielten uns so über dies und das, meistens über das – und so ganz nebenbei gab mir der Mann, dem die verbogenen Hemmungen zu allen Knopflöchern herausguckten, das Filmgesetz zu lesen. Und sprach dazu sein einziges vernünftiges Wort. «Sehen Sie», sagte er, «so hat die Reichsregierung das Gesetz dem Reichstag überreicht – und in dieser Form hat es dann der Reichstag verabschiedet. Sie sehen: in wesentlich verschärfter Form.»

Das war richtig.

Aus dem ziemlich vorsichtig abgefaßten Entwurf war eine dehnbare, moral-philiströse und gefährliche Sache geworden, die ja dann auch dazu geführt hat, daß heute die Filmzensur ein politisches, selbstverständlich reaktionär geführtes Machtinstrument geworden ist. Der ‹*Fridericus*›-Film wurde überhaupt nicht vor dem Ausschuß geprüft – dem ‹*Potemkin*›-Film die größten Schwierigkeiten gemacht. Woher die Verschärfung im Reichstag –? Das wollen wir gleich sehen.

Das neue Zensurgesetz gegen unwillkommene Literatur, das im Jahre 1925 der Minister Schiele dem Reichstag unter dem Namen: ‹Gesetz zur Bewahrung der Jugend vor Schund- und Schmutzschriften› vorgelegt hat, ist ein Erzeugnis, das raffinierter, gefährlicher und bösartiger in der Wirkung sein kann als jenes Zensurgesetz des Films.

Zunächst sind die Einleitungsworte des § 1: «Zum Schutze der heranwachsenden Jugend werden Schund- und Schmutzschriften in eine Liste aufgenommen» eine Unwahrheit. Beabsichtigt ist nicht der Schutz der heranwachsenden Jugend – gewollt ist die Bevormundung der Erwachsenen.

Das Gesetz will den Werken, die in die ‹Reichsschundliste› aufgenommen werden, womit nicht das Strafgesetzbuch gemeint ist, fast ganz den Weg zur Öffentlichkeit versperren. Diese Werke dürfen

1. von umherziehenden Kolporteuren weder feilgehalten noch angeboten noch angekündigt werden; auch dürfen von diesen Händlern keine Bestellungen angenommen werden;

2. Buchhändler dürfen sie in ihren Läden weder feilbieten noch ausstellen noch irgendeine Reklame für sie machen;

und nun erst – unter Ziffer 3 – wird gesagt, daß Personen unter 18 Jahren diese Werke nicht erwerben dürfen. Der vorgeschobene Schutz der ‹Jugendlichen›, wie dieses widerwärtige Wort heißt, steht also erst an dritter Stelle und ist den Inspiratoren des Gesetzes ja auch tatsächlich gleichgültig. Daß das Werk überhaupt für Kinder bestimmt oder hauptsächlich von ihnen gelesen wird, ist zur Unterdrückung nicht nötig.

Die Begründung, die, wie meistens, keine ist, gibt zu, mit diesen unerhörten Bestimmungen weit über die §§ 42a und 44 der Gewerbeordnung und die §§ 184, 2 und 184a des Strafgesetzbuchs hinausgegangen zu sein. Ein auf die Liste gesetztes Werk ist mit seiner Aufnahme in die Reichsliste tatsächlich erledigt.

Wie kommt nun so ein Buch in die Liste –?

Jedes Land hat das Recht, eine Prüfstelle zu errichten, und jedes Land kann allein das Buch für das ganze Reichsgebiet verbieten lassen! Wenn also in Thüringen fünf Männerchen der Ansicht sind, ein Buch beschmutze und beschunde die Jugend, so wird das Buch vom Handel de facto ausgeschlossen. Man lasse sich durch die amtliche Terminologie nicht täuschen: Das Buch wird vom Handel ausgeschlossen.

Das gilt auch für Zeitschriften: werden mehr als zwei Nummern innerhalb eines Jahres auf die Liste gesetzt, so kann auch diese Zeitschrift für drei Monate bis ein Jahr tatsächlich vom Handel ausgeschlossen werden.

Diese Prüfstellen nun sollen sich folgendermaßen zusammensetzen: Ein Vorsitzender (Beamter), je ein Sachverständiger aus den ‹Kreisen der Kunst und Literatur, des Buch- und Kunsthandels, der Jugendwohlfahrt und der Volksbildung›.

Berufung gegen die Zensurfeme, nur vierzehn Tage lang möglich, geht an einen Ausschuß von Beamten, die der Minister des Innern und der Reichsrat bestimmen. Strafen: Gefängnis bis zu einem Jahr oder Geldstrafe, Einziehung der Bücher oder Zeitschriften.

Die ‹Begründung› begründet, die bisherigen gesetzlichen Handhaben reichten zur Bekämpfung der schädlichen Schriften nicht aus: «Insbesondere aus den Kreisen der Lehrerschaft und der Geistlichkeit, der Volksbildung und der Jugendpflege ist immer wieder auf die schwere geistige und sittliche Schädigung breiter Volksschichten durch die Verbreitung der Schund- und Schmutzliteratur hingewiesen worden» – auch hätten diese Kreise angeblich immer wieder so ein Gesetz verlangt, und die Deutsche Nationalversammlung hat im Jahre 1920, weil sie damals keine andern Sorgen hatte, tatsächlich die Reichsregierung ersucht, so ein Gesetz auszuarbeiten.

Die Begründung weist dann sehr fein auf den subtilen Unterschied zwischen Schmutz und Schund hin, sagt ferner die Unwahrheit, wenn sie behauptet, die Aufstellung der Liste geschehe zentral durch das Innenministerium, während das in Wahrheit nur die Formalität erfüllt, die die gesetzlich bindenden Beschlüsse der Länder ihm auferlegen, und betont voll Freude, daß der ordentliche Rechtsweg, also die nochmalige Prüfung der Schrift vor Gericht, ausgeschlossen ist.

Ausgehängt ist dann eine erste Liste, die in sehr geschickter Weise als Köder für die sozialistischen Abgeordneten auch patriotische Hintertreppenwerke enthält: neben *‹Harry Piel, der Verächter des Todes›* und *‹Eveline, die Blume der Prärie›* finden sich: *‹Unter deutscher Flagge›*, *‹Von deutscher Treue›*, *‹Das eiserne Kreuz›*, *‹Unsre Feldgrauen›* – und kein Werk, das etwa nach Sozialismus oder Bolschewistenverherrlichung auch nur riecht.

Dieser Entwurf ist der schärfste Angriff auf die geistige Freiheit Deutschlands, der seit Jahrzehnten verübt worden ist. Die große Zeit ausgenommen. Seit den Tagen der Generalkommandos, die das Kriegsverbrechen durch Niederknüppelung jeder kritischen Äußerung so lange verlängerten, wie ihnen das möglich war, ist Ähnliches nicht dagewesen.

Im Parlament aber wird folgendes vor sich gehen:

Wie bei dem Gesetz über die Fürstenabfindung, wie bei der schändlichen Kommissionsberatung über den neuen § 218, wo Sozialdemokraten immer munter für den Gebärzwang ihrer Arbeiterwählerinnen stimmen, wie beim Gesetz über die Filmzensur rollt sich immer, immer dasselbe Schauspiel ab:

Die G'schaftlhuberei siegt.

Die erste Liste des Entwurfs ist allein von 10 (zehn) ‹Organisationen› unterzeichnet, von denen sich eine immer wichtiger vorkommt als die andre – wenn man nur die Namen hört, weiß man Bescheid: ‹Rat für künstlerische Angelegenheiten› (Frankfurt am Main), ‹Reichsjugendring› –, ohne Kompetenz, ohne daß diese Herrschaften auch nur gebeten worden sind, zu beraten, zu hüten oder zu bewahren, wirtschaftet das in Vereinen umher, um den Beamtenkoller, der sonst keine Luft bekommt, austoben zu lassen. Verhinderte Polizeipräsidenten.

Und weil nun der politische Instinkt dieses Parlaments gleich Null ist, so werden die Tölpel ‹Sicherungsvorschläge›, ‹Schutzparagraphen›, ‹Milderungsbestimmungen› einfügen, die dann in verwaschener, kautschukhafter, dehnbarer Form aufgenommen werden, und über die ein interpretationskundiger Jurist mit Recht zur Tagesordnung seines Urteils übergeht.

Wie das aussieht, was im allgemeinen ‹aus den Kreisen der Kunst und der Volksbildung› zur Prüfung entnommen wird, wissen wir. Es taucht dann der bekannte Schriftsteller Konrad Horst Pröppke auf, der Verfasser von ‹Waldesrauschen auf Helgoland› sowie Frau Jugendpfleger Annemarie Silberpuntz, die die ganze versetzte Erotik ihres dickbeinigen Lebens in die Zone der Jugendpflege verlegt hat. Kurz: es wird eine Auswahl ähnlich der, wie sie bei Geschworenen üblich ist; durch ein paar amtliche Manipulationen werden Intellektuelle und Oppositionelle aller Schattierungen ihrer sogenannten bürgerlichen Ehrenrechte beraubt, mit Zuchthäuslern auf eine Stufe gestellt und gelangen niemals in einen solchen Ausschuß. Gelangen sie schon hinein und versuchen da, die allerärgsten Dummheiten zu verhindern, so sehen sie sich – wie etwa Julius Bab – aus Gewissensgründen genötigt, auszuscheiden, weil sie das nicht mehr mittun wollen und können.

Diese ‹G'schaftlhuberei› der Vereine kann auch die Ursache für eine Verschärfung des Gesetzes sein. Das stumpfsinnige Listenwahlsystem ermöglicht heute den langweiligsten Parteisekretären, den unbedeutendsten Bonzen, den lokalsten Funktionären den Eintritt ins Parlament, und so sieht das ja auch aus. Und man muß nur sehen, wie kleinbürgerlich sich diese Geschäftigkeit aufspielt, welche Fibel- und Bilderbuchwelten sich da entrollen, wenn einmal ernsthafte Fragen der Weltanschauung aufs Tapet kommen. Die Spitzen langen etwa bis Bölsche. In ihrer Sucht, auch dabei zu sein, auch mitzuregieren, auch Gesetzgeber zu sein, werden sie mit wallender Würde die Seele der Jugend bewahren und die zarten Keime der Volksentwicklung dem Pilz der Gemütsvergiftung entreißen. Und nur eines werden sie nicht begreifen: daß sie überflüssig sind.

Dieses Gesetz ist ein frecher Eingriff in die kümmerliche Freiheit deutschen geistigen Wirkens. Es ist in Bausch und Bogen abzulehnen.

Sicherheiten gegen seinen Mißbrauch gibt es nicht.

Das hehre Beispiel des kläglichen Schutzgesetzes gegen die Republik hat es gezeigt: was dieser Staat, so wie er da ist, in die Finger seiner Verwaltung bekommt, zu der die politische Justiz rechnet, ist unrettbar verloren. Diese Prüfungskammern werden sich aus lokalen Hampelmännern zusammensetzen, aus ‹zuverlässigen› Leuten, aus gesiebten Volksschullehrern, deren man, obgleichs nicht leicht ist, die nötige Menge an Reaktionären zusammentrommeln wird, aus Roten-Kreuz-Damen, aus diesen entsetzlichen Spießerinnen der Volkswohlfahrt, die für drei Pfennige Gutes tun und dafür acht Mark an Spesen, Spektakel und moralinsaurer Wirtschaft aufwenden – aus Pastoren werden sie sich zusammensetzen und ein paar Buchhändlern, die die Konkurrenz töten wollen. Jedes im Parlament gegebene Versprechen, jedes Geschwätz in der Rede eines Ministers ist, wie der genau weiß, juristisch unverbindlich und verhallt. Es bleibt das Gesetz.

Es darf nicht bleiben, und es muß ganz und gar und bis auf den letzten Buchstaben abgelehnt werden.

Es darf nicht bleiben, weil es schon nach Monaten in der niedrigsten und politisch schmierigsten Weise ausgenutzt werden wird. Gegen wen –? Gegen uns. Gegen Pazifisten und Revolution; gegen Sozialismus und Freiheitlichkeit – nichts ist vor diesem Metternich-Gesetz sicher. Heute ist es noch *‹Der Junggeselle›* und das *‹Berliner Leben›*, heute sind es noch die nackten, unwahrscheinlich dünnen Beine jener Figurinen in usum masturbantium; morgen ist es eine unwillkommene Wandervogelzeitschrift, eine Schulpublikation für revolutionär empfindende Schüler – und übermorgen sind es, woran kein Zweifel: wir.

Die bestehende Gesetzgebung reicht aus, um das in der Literatur zu verbieten, was wahrhaft schädlich und häßlich ist: die Auslegung der Paragraphen durch die Gerichte ist weit genug. Mehr brauchen wir nicht. Und mehr hieße, unter anderm, die Wirkung dieses Schundes überschätzen.

Gegen das andre da, wogegen dieser Polizeientwurf angehn will, gibt es ein Mittel, das freilich Geld kostet, der Reichswehr abzuziehendes Geld – ein Mittel, das freilich schwerer zu erreichen ist als durch Kommissionssitzungen vereinswütiger Vorstandsdamen, ein Mittel, das freilich peinlich revolutionär ist:

Die Umbildung der anarchischen Gesellschaftsform in eine, die der Jugend vor allem einmal körperliche Hilfen gibt, die ihr Licht, Luft, Wohnraum, Gesundheit verleiht, die sie vor gemeiner Ausbeutung hütet und vor Tuberkulose. Auf dieser Basis kann man dann das tun, was heute nur vereinzelt und nur unter Aufopferung von wahren Jugendpflegern gelingt, deren Arbeit kein Mensch anständig bezahlt, die kaum gekannt sind, die im Dunkel wirken, Männer und Frauen: dann, wenn jene wirtschaftlichen Forderungen erreicht sind, kann man die Seelen der Kinder immum machen gegen solchen Schmutz; sie werden dann stark genug sein, solche Ansteckungsstoffe gar nicht aufzunehmen. Langweilig soll ihnen das Laster sein.

Davon wissen die mit dem Polizeiknüppel nichts. Sie verkriechen sich hinter ein lächerlich unwirksames Verbot – und sie sind unehrlich: denn sie wollen das gar nicht treffen, was sie da als Schießscheibe aufstellen. Dahinter steht etwas ganz andres.

Der Schutzverband Deutscher Schriftsteller und die mit ihm arbeitenden Gruppen werden kämpfen müssen. Auf das Parlament ist nicht zu hoffen.

Wer an diesem Gesetz mitarbeitet, wer die vorgespiegelte Absicht ernst nimmt, bereitet das vor, was die Gesetzesmacher gewollt haben: die administrative Zensur und die Unterdrückung der Meinungsfreiheit, soweit sie noch besteht.

Dieses Gesetz gegen Schmutz und Schund fällt unter sich selbst.

FELDFRÜCHTE

Sinnend geh ich durch den Garten,
still gedeiht er hinterm Haus;
Suppenkräuter, hundert Arten,
Bauernblumen, bunter Strauß.
  Petersilie und Tomaten,
  eine Bohnengalerie,
  ganz besonders ist geraten
  der beliebte Sellerie.
Ja, und hier –? Ein kleines Wieschen?
Da wächst in der Erde leis
das bescheidene Radieschen:
    außen rot und innen weiß.

Sinnend geh ich durch den Garten
unsrer deutschen Politik;
Suppenkohl in allen Arten
im Kompost der Republik.

Bonzen, Brillen, Gehberockte,
Parlamentsroutinendreh ...
Ja, und hier —? Die ganz verbockte
liebe gute SPD.
Hermann Müller, Hilferlieschen
blühn so harmlos, doof und leis
wie bescheidene Radieschen:
außen rot und innen weiß.

DIE KOKAINSCHACHTEL

Neulich begab sich in einem pariser Kabarett diese Szene:

Eintritt die ‹poule de luxe› – was gewiß nicht ‹Luxushuhn› heißt; übersetzen Sie bitte: ‹eine feine Dame, die keine feine Dame ist›. Sie hat einen Smoking an, eine viel zu kurze Figur und ist von ärmlicher Eleganz. Weil sie aber mannequinhaft wedelt, darf sie als verderbt gelten. Sie ist es auch – denn man hat sie übernächtigt, und wir werden gleich sehen, was das für eine ist.

Denn sieh, dort naht, fröhlich singend, und durchaus blond: ‹la Française moyenne› – die Durchschnittsfranzösin, deutsche Variétés nennen das: ‹ein echtes deutsches Weib›. Die beiden stoßen heftig, aber liebenswürdig aufeinander.

«Ja, ich bin immer vergnügt», sagt die Französin etwa, «ich bin meinem Mann treu, ich habe nur den einen, ich sorge für die Wirtschaft, ich fühle mich wohl dabei, früh gehe ich ins Bettchen, früh stehe ich wieder auf, ich bin Johanna, die muntere Seifensiederin!» –

Die ‹poule de luxe› aber, was tut dieses lasterhafte Weib? Sie zieht verächtlich die schön geschwungenen Mundwinkel herunter, wie ein Portokassenjüngling, wenn er Sekt trinkt – zieht sie herunter und aus der Tasche des verderbten Smokings: was –?

Eine Prise Kokain. Das Luder schnupft.

Aber sie schnupft aus einer kleinen Pappschachtel, und das fand ich rührend und nett. Da, wo ich her bin, da haben die bessern Damen, die etwas auf sich halten, kleine Emailledöschen, und zum Schnupfen bedienen sie sich eines kleinen goldenen Ohrlöffelchens, damit schaufeln sie den weißen Staub in die Nase. Emaille und Gold – unter dem tun sies nicht.

Und diese Verderbte hier hatte eine Pappschachtel, und mir fiel ein, wie der berliner Schauspieler Schroth einst, bei den Rotters, einen falschen Kavalier zu spielen hatte, und als er Zigaretten zu rauchen anbot, tat er das aus einer Papierdüte –! Da war ein Rauschen durchs Parkett gegangen, und alle Welt war sich einig gewesen: Der Kerl hat nicht einmal ein goldenes Zigarettenetui – das kann kein feiner

Mann sein –! Hat man je gehört, daß Kokain aus einer Pappschachtel geschnupft wird –?

Aber so ist es oft im menschlichen Leben:

Die einen glauben von den andern, sie hätten Mäuse im Keller; doch wenn sie sich in ihren eigenen bemühen wollten: da quiekt es nicht schlecht. Aber wer wird denn in seinen eigenen Keller gehen –!

EIN KLEINER DRUCKFEHLER

Der Pazifisten-Kongreß zu Bierville, dessen weitherziger Veranstalter Marc Sangnier alle, alle eingeladen hatte, die sich im Frieden zum Frieden bekennen wollten, hat in der französischen Presse erfreulicherweise einen ziemlichen Spektakel hervorgerufen. Leider nur in der Presse – ich glaube nicht, daß sich das große Publikum sehr mit diesem Gericht (Reisauflauf mit Gitarrenbegleitung, kalt zu servieren) beschäftigt haben wird. Aber es ist recht bezeichnend, daß man den jungen Leuten alles hingehen ließ: Wandervogellieder mit Apostroph, wann wir schreiten Seit' an Seit', Fackelzüge und Freilichtinszenierungen, Zeltlager und liebe Reden – das war zur Not noch gestattet. Bedenklich schien den Franzosen schon, daß Herr Nitti mitwirkte, jener italienische Minister, den sie stark im Verdacht der Deutschfreundlichkeit haben, und der es heute genau weiß, wie man es damals hätte machen müssen . . . Aber als es wirklich – ein einziges Mal – ernst wurde, da merkten es doch gleich alle, und nun ging es los.

Ein deutscher Pazifist, Ehlen, hatte den Antrag eingebracht: «Der Kongreß sieht im obligatorischen Heeresdienst eine unbillige Einmischung in die Souveränität des persönlichen Gewissens» (ich zitiere nach dem französischen Text). Dieser doch sehr milde Satz wurde in der Kommission von den Pazifisten Ferdinand Buisson und Marc Sangnier angegriffen, in derselben Kommission angenommen und im Plenum verworfen. Der *‹Temps›* runzelte die grauen Brauen. Was? Die Zwangspflicht, sich töten zu lassen und andre zu töten, verstoße gegen die Gewissensfreiheit? Und noch dazu ein Deutscher, der das sagte! «Enfin, il y avait quelque audace et même quelque indélicatesse . . .» Wie delikat die Brüder sind, wenn es sich um die Internationale der Abdecker handelt! Selbstverständlich hat ein deutscher Pazifist trotz der enormen Belastung durch seine Kriegsgeschichte das Recht, vor internationalen Pazifisten dergleichen zu vertreten, und Herr Ehlen verdient alle Anerkennung für seinen Mut und seine Initiative.

Zu lesen stand im *‹Temps›* dann noch, daß es doch ein unmöglicher Zustand sei, jedem Esel von Staatsbürger die Prüfung zu überlassen, ob denn die vorliegende ‹nationale› Sache auch wert sei, sich totschießen zu lassen – das könne er nicht beurteilen. Und in Zeiten der Not vernünftige Prüfung? Wo kämen wir da hin! «In einem Augenblick, wo die Solidarität von Menschen derselben Rasse, derselben Traditionen, desselben Blutes unumgänglich notwendig ist...!» Kurz: die Behauptung in die Voraussetzung gestellt, denn es handelt sich ja grade darum, zu beweisen, daß diese Solidarität notwendig ist und nun gar noch bis in den Tod zu gehen hat.

Der Kongreß, der mit diesem nicht einmal angenommenen Beschluß kaum mehr getan hat als das harmlose internationale Manifest, das da den Völkerbund auffordert, die Abschaffung der Heeresdienstpflicht vorzuschlagen, hat anläßlich dieser Wendung eine böse Presse gehabt. Bis dahin war er enthusiastisch überschätzt worden – maßlos angeblafft oder orgiastisch gelobt –, und nur Fouchardière hatte im *‹Œuvre›* mit bezaubernd leichter Hand auf diese eigenartige Art von Pazifismus hingewiesen, wie sie auch Estournelles de Constant repräsentiert habe, und wie sie heute der katholisch gefärbte Marc Sangnier, dessen Vorname die boshaften Nationalisten auf französischer Seite mit einem ‹k› schreiben, in Reinkultur vertritt. «Denn», sagte Fouchardière, «wenn es selbst für Marc Sangnier schwer ist, eine Kanone zum Schweigen zu bringen, so ist es für die Kanone ebenso unmöglich, Marc Sangnier zum Schweigen zu bringen.»

Über die eigentümliche Mitwirkung von Mitgliedern eines Kabinetts, das grade eine finstere Spionin – heute, nach acht Jahren – für ihr gradezu ekelerregendes Wirken öffentlich belobt hatte, über die Mitwirkung der Kirche zu schweigen. Wenn sich Freidenker und Äbte die Hand reichen, kann man mit Bestimmtheit darauf rechnen, daß einer der Dumme dabei sein wird – und es ist immer derselbe. Eine Kirche, die sich über vier Jahre lang an der Schlächterei durch Einsegnung der Abdecker und der Schlächtermesser beteiligt hat, sollte sehr vorsichtig auftreten, wenn von Pazifismus die Rede ist. Katechismus der Diözese Paris, vom 12. Juli 1914: «Ist es manchmal erlaubt, seinen Nächsten zu töten?» – «Ja, es ist manchmal erlaubt, seinen Nächsten zu töten: 1. um einen Verbrecher zu töten, der gerichtlich dazu verurteilt ist; 2. um sein Vaterland gegen den Feind zu schützen...» So weit die Praxis einer Religion, deren Papst ja einmal in einer Audienz ausgesprochen hat, daß die «Apostel zu ihrer Zeit gewiß sehr nützlich gewesen sind; heute aber – wenn sie heute wiederkehrten, würden wir ihnen sagen: Ihr müßt zunächst einmal unter die kirchliche Disziplin». Ein Unternehmen, das sich vor einem wirklich zu schämen hat: vor seinem Begründer.

Am tollsten aber heulte die *‹Action Française›*. Das Gekläff Léon Daudets, dem in letzter Zeit etwas in die Kehle gekommen sein muß, weil er sich wohl heiser geschrien hat, übertönte das ganze Blatt.

Der Mann, der vor dem Kriege berühmt gewordene Prophezeiungen über das, was kommen werde, ausgestoßen hat, sieht auch heute noch in Deutschland die große Gefahr für Frankreich. Nur: wie er das sieht, wie er das schildert, das zeugt zwar von einem vielleicht vorhandenen ungewissen Instinkt, aber von seltener Ahnungslosigkeit, was Zusammenhänge, Milieu, Gründe und Ursachen betrifft. Was er davon schildert, ist meist nachweislich falsch; von den wirklichen Gefahrenzentren ahnt er kaum etwas. Das müßte mal ein Deutscher in die Hand nehmen.

Daudet sieht in diesen Wandervogelscharen, in diesen deutschen Pazifisten, in allen pazifistischen Demokraten Heuchler, Lumpen, Betrüger, Intriganten, ja Leute, die ihrer Überzeugung nur Ausdruck geben, um Frankreich hinters Licht zu führen. Das ist die Phantasie eines Harry Piel-Films.

Was Daudet nicht weiß, ist, daß diese Menschen in ihrer Mehrzahl absolut ehrlich, gläubig, anständig sind, daß sie wirklich glauben, das deutsche Bürgertum von heute sei gegen den Schwertglauben immun, und daß sie ihre eignen Volksgenossen nicht kennen. Die etwas ungeschickte Bierviller Rede Ludwig Bergsträssers, der sofort den Pazifismus bei der Besetzung des Rheinlandes anpackte, mag zu diesem Eindruck beigetragen haben. Er ist falsch.

Etwas andres ist zu sagen:

Diese Leute sind völlig einflußlos.

Sie sprechen für niemand; sie repräsentieren nichts, wobei nicht an eine vereinsmäßige Delegierung gedacht ist, sondern an eine typisierte Darstellung von Gesellschaftsklassen; es sind Außenseiter.

Denn da, wo es auf Entscheidungen ankommt, sitzen nicht sie, sondern ihre Gegner. Und wenn sie einmal zur Entscheidung zugelassen werden, dann fallen sie um.

In einem lichten Augenblick hat Daudet an die schmählichen Sozialistenkongresse vor den Kriegen 1870 und 1914 erinnert; die letzte derartige Zusammenkunft fand in Basel statt, Jaurès und Hermann Müller und viele andre versicherten sich damals – ein paar Tage vor Beginn der großen Zeit – ihrer unverbrüchlichen internationalen Solidarität. Dann spielten die Bezirkskommandos höhere Gewalt, und blutenden Herzens zogen die völkerumspannenden Sozialdemokraten in den Krieg, Marx im Herzen und die realpolitische Gasgranate in der Hand.

Daran erinnert Léon Daudet, finstere demokratische Verschwörer witternd, wo brave, gehorsamtüchtige Bürger sind, Konspiratoren bei Fackellicht sehend, wo charakterlose und feige Verdiener ihre Reichswehr und ihr Auswärtiges Amt bis zu Katastrophen geruhig weitermachen lassen. Und da heißt es:

«Genau wie die Boches von Bierville schwor Hermann Müller mit der Hand auf dem Herzen, daß die deutschen Sozialdemokraten bei Kriegsgefahr die Kredite verweigern würden. Unter dem Beifall von Jaurès und seinen Freunden erklärte er wörtlich: ‹Je considère comme exclue l'hypothèse d'un vote des crédits de guerre...›» Und um nun zu zeigen, wie authentisch diese klassische Äußerung ist, gibt Daudet sie auf Deutsch hinterher, und dabei geschieht nun ein kleines Malheur, Vater Freud, dein Name sei gepriesen, und die Übersetzung sieht so aus:

«Daß man für die Kriegskredite stimmt, halte ich für ausgesprochen.»

Ich auch.

Und ich halte für ausgesprochen, daß man wieder für sie stimmen wird, weil:

Das deutsche Parlament sich kein Kontrollrecht über die wirkliche Führung der außenpolitischen Geschäfte verschafft hat; weil die übergroße Mehrheit der Arbeitervertreter kleinbürgerlich orientiert ist, eine Sicherheit, die Hungerlöhne bringt, einem Kampf vorziehend, der der Parteiorganisation und einem Apparat schaden kann, der längst Selbstzweck geworden ist; weil die Arbeiter durch ihre schlechte Presse unaufgeklärt und müde sind; weil die Macht der Sozialdemokratie auf der Zerfahrenheit der Kommunistischen Partei basiert — und weil es in Deutschland noch keinen tatkräftigen, kämpferischen, wahrhaft antimilitaristischen Gedanken in den Massen gibt. Unlust ist keine Waffe, Verärgerung kein Prinzip, Gleichgültigkeit keine Idee.

Der Druckfehler hat die Wahrheit gesprochen, Daudet soll wieder ins Körbchen gehen und andre Leute in die Waden beißen: es fehlt eine pazifistische Mobilmachung für den Krieg.

DREI AUF DEM BODENSEE

Er:

ist ein Geschäftsmann auf Urlaub. Über dem harten Kinn ist der Mund wie ein Säbelschnitt eingehauen — mit ihm Kirschen essen und Geschäfte machen muß kein Vergnügen sein. Die grauen Augen erstaunen nicht mehr — dahinter denkt es noch weiter, wenn auch das Schiff schon im Sinken wäre. Es sinkt aber nicht. Auf den großen Händen mit den Sommersprossen wachsen rötliche Härchen. Der Mensch ißt gut, er fühlt sich gesund, kräftig, im Vollgefühl einer Macht. Ich weiß nicht, welcher. Jetzt sitzt er auf der langen Bank an der Bordbrüstung, leicht angelehnt, manchmal sieht er auf seine kleine Familie, und seine freundlichen, erbarmungslosen Augen lachen alle aus, die da vorüberziehen: die aufgeregte dicke Madame, die einen Koffer, zwei Schirme und ihre Seelenruhe verloren hat; den Mann, der schon zum zweitenmal das Schiffsmenü herunterißt; eine Mama, mit einem Hühnerhof voller Kinder, die sie laut umgackern. Er hat nichts verloren, er will jetzt kein Menü, ihn umgackert nichts. Er ist auf Urlaub, atmet die freie Seeluft ein. Sieht kaum auf die Seeufer, die da vorüberziehen – jedesmal steht ein Zollmensch am Landungssteg und spielt: Staat. Interessiert hierorts nicht. Er ist auf Urlaub. Aber bis zu mir herüber vibrieren noch die in der Stadt angeschlagenen Nerven, wittern Gegner, Widersacher, wollen kämpfen ... Er kann noch nicht lange von Hause fort sein. Es macht noch in ihm: Tack-tack ... Manchmal sieht er auf

Sie.

Sie ist gut und gern ihre hmzig Jahre alt, aber nur, wenn sie so den Kopf dreht – so, wie jetzt –, dann fällt das glänzende Wellenlicht zu scharf auf den Puder. Aber wenn sie anders herum sitzt, das ist schon etwas anderes! Das ist eine Frau in den besten, aber schon in den allerbesten Jahren – neben ihr steht, in Leder gehüllt, das Bündel Golfschläger. Sie weiß, was sie will. Sie hat: abends ein gutes Hotel, in das sie mit kühlem Gruß eintritt, Schlafzimmer, Badezimmer, morgens den Tee – dann Golf – dann Frühstück – dann den riesigen Wagen, der langsam vor die Hoteltür gebrummt kommt – abends das Essen, etwas Tanz ... Seltsam, wie ihr Gesichtsausdruck vom Licht umgeformt wird, wie das hin und her spielt ... Freundin ist sie jetzt, Freundin des Mannes; dann: Dame, glatt, undurchdringlich; einmal ein kleiner Blitz aus den Augenwinkeln – ah? Und in allem eine so ruhige Selbstverständlichkeit, die sich über nichts wundert, weil alles vorhergesehen ist. Sie hat das Leben so fest in der Hand wie das Lenkrad ihres Wagens. Sie trägt große Lederhandschuhe. Und nun auf einmal ist sie nicht mehr Freundin, nicht Dame, nicht jenes andere – jetzt ist sie Mutter. Sie spricht mit ihrem Jungen.

Es

ist etwa elf Jahre, sieht blond und englisch erzogen aus, sauber gebadet, gerade an der Grenze entlangkippelnd, wo das spielende Kind ganz leise schon in den Rayon für Männer herüberblinzelt. Es hat eine breite Nase, ein klein wenig ungelenke Gelenke, vereselt sich schon oder noch und befühlt sachverständig die Golfschlägergriffe. Es kennt das Leben von Papa und Mama nur von der mühelosen Seite, hat es nicht miterwerben helfen, es wunderte sich nur, wenn es nicht so wäre. Das gibt ihm einen fast grausamen Zug um die Jungenslippen: es kann maßlos verachten, auch schon ein bißchen quälen, wer gerade da ist, ein Tier, einen Spielkameraden ... Dem flößt kein Geschäftsführer des Hotels mehr Angst ein. Der kann schon befehlen.

Und ein Band umschlingt alle drei – das Band des jahrelangen Zusammenlebens, Reisen, Essen, die Mauer des Geldes und der Geltung. Sie benehmen sich so ruhig, so unauffällig, so leise, wie man das nur tut, wenn man sehr, sehr viel ist. Es sind kleine Könige mit zahllosen kleinen Reichen, die man überall aufrichten kann, wo es einem beliebt: in Rorschach und in St. Moritz; in Scheveningen und in Biarritz. Kulissen, die man wählen kann. Drei Augenpaare sehen ruhig auf die kräuselnden Wellen des Kielwassers. Sie sitzen acht Schritt von mir entfernt, und sind zwei Welten weit. Glückliche Reise —!

Übrigens soll man Fahrtgenossen nicht so scharf ins Auge nehmen.

WAS MACHEN MENSCHEN, WENN SIE ALLEIN SIND —?

Diese Frage hat Maxim Gorki einst gestellt, und er hat sie fast tragisch beantwortet. Vor allem: er hat sie für Russen beantwortet. Was aber tun brave Mitteleuropäer?

Zunächst ist festzustellen, daß in dem Augenblick, wo der Mann allein ist, etwas von ihm fällt, eine dünne Haut — eine zarte Maske... Einer der größten deutschen Denker, Lichtenberg, hat einmal die Beobachtung aufgezeichnet, wie Menschen in Nebenstraßen ein anderes Gesicht aufsetzen als in Hauptstraßen. Daran ist viel Wahres. Was also tut der Mann, wenn er allein ist?

Ist er ohne feste Beschäftigung, so wird fast jeder Mann um etliche Jahre jünger: er beginnt, wenn auch nicht zu spielen, so doch seinem Spieltrieb leise nachzugehen. Es ist viel Jungenshaftes, was sich da meldet. Ich glaube, daß kinematographierte Menschen, die allein sind und sich unbeobachtet glauben, zu dem Komischsten gehören müssen, was es gibt.

Die Tür ist also zugefallen, du bist allein. Was nun?

Die Sache fängt gewöhnlich damit an, daß man bei ganz vernünftigen Handgriffen mit etwas völlig Sinnlosem beginnt. (Ein kaum wahrnehmbarer Schleier von Irrsinn liegt auf Leuten, die allein sind.) Du nimmst die Bürste, das ist wahr — aber dabei hebst du einen Kamm auf, und wenn du auch nur eine Minute Zeit hast, balancierst du den ein bißchen, und wenn du nicht balancierst, dann fängst du an, irgend etwas in Reih und Glied zu legen, und wenn du nicht in Reih und Glied legst (was sehr beruhigt), dann trommelst du mit dem Nagelreiniger auf einer Seifenschale... Welcher Oberregierungsrat hätte noch nie im Bad mit dem Thermometer Schiffchen gespielt!

Auch ist sehr schön, Männer, die allein sind, singen zu hören. Daß die Majorität so schön singt wie Suzanne Lenglen, mag noch hingehen. Aber was sie so singen! Zunächst: fünfzigmal dasselbe Lied, nein, denselben Liedfetzen, dieselben paar Takte, immer sentimentaler, immer falscher – immer im Rhythmus dessen, was sie grade tun ... Auch verwandelt sich der Text leicht in einen völlig wahnsinnigen Indianergesang:

Valencia!
Laß mich wippen, wippen, wippen
auf den Klippen, Klippen, Klippen –
mit der ganzen Kompanie –!

Das klingt nach der einundsechzigsten Wiederholung ganz menschlich. Auch kann man es pfeifen.

Dann gibt es etliche, die sprechen sehr leise mit ihren Sachen. Es erhebt sehr, wenn man die Arbeit mit frommen Sprüchen begleitet. «Wo ist denn der Schuh? Wo ist denn der Schuh?» (Jetzt kleiner Opernchor: Schuhschuh – Schuhschuh – Schuuhuuhuu –!) Dann: «Na, da bist du ja! Vielleicht läßt du dich noch drei Stunden suchen. Hund!» (Rrrumms, an die Wand.) Großes Orchester: «Trararaaha –!» Gesprochen: «Das Zahnwasser ist alle.» Gejodelt: «Alléhallé –!» So an sonnigen Tagen.

Für alle Tage aber gilt eines, das bei allen Alleinseiern zu beachten ist, wenn die nicht gerade in acht Minuten sich anziehen müssen, um ins Geschäft zu stürzen: das sind die amüsanten kleinen Umwege, die ihre Betätigung vornimmt. Sie macht Kurven, schlägt Bogen, spielt unterwegs, verbraucht den Kräfteüberschuß, den jeder gesunde Mensch inne hat ... Und das ist bei der Arbeit nicht anders.

In Sinclair Lewis' herrlichem ‹*Babbitt*› steht zu lesen, wie der Held dieses amerikanischen Romans arbeitet, wie er Zettelchen vollschmiert, und ich bin überzeugt, daß wir alle so zu ‹malen› beginnen, wenn wir das tun, was wir mit Denken bezeichnen. (Es ist bekannt, daß die meisten Menschen keinem Redner zuhören können, ohne Männerchen zu zeichnen.) Es ist, als ob neben der eigentlichen Kraft des Arbeitsmotors noch ein Nebenstrom herliefe, der Schnitzel und Späne auf einer Säge produziert. Nutzen hat das keinen, aber ohne den Strom geht es auch nicht ... Arbeitet einer mit andern zusammen im großen Büro, so läßt er seinen Eigenheiten im allgemeinen nicht so ungehinderten Lauf, hat er aber ein ‹Privatkontor›, so schöpft er aus dem großen Reservebehältnis einer angeblichen Kraftverschwendung neue Kräfte. Dazu hat der Mensch seine Nägel, die Ohren, die Krawatte – die Beschäftigung mit diesen Dingen stärkt sehr. Und aus der unergründlichen Tiefe eines Spiels mit dem Manschettenknopf und einem Blaustift steigen schwerwiegende Entschlüsse auf ... Soweit die Männer, diese ewigen Jungen.

Kinder sind oft allein, auch wenn sie gar nicht allein sind. Sie spielen, in einer Hülle von Jugend und Unbekümmertheit, die nur selten zerreißt: wenn sie Hunger haben oder sonst etwas Wichtiges wollen.

Was Frauen tun, wenn sie allein sind, ahne ich nicht. Ein Weiser hat behauptet, eine Frau sei überhaupt nie allein – sie stelle sich stets jemand vor, und sei es auch nur einen Spiegel. Ich denke, daß sich ein Mann da kein Urteil erlauben kann: denn ist er mit einer Frau allein, dann ist sie nicht mehr allein, er stört sehr, und so mag diese Frage eine Frau entscheiden.

KÖNIGSMACHER IN DER BRETAGNE

Hinter der Garnison Saint-Brieuc, an einer bretonischen Bucht, liegt ein kleines Nest, da hopst der französische Mittelstand ins Meerwasser und wundert sich nicht, wenn auf jeden Franzosen eine ausgetrocknete Amerikanerin kommt. Das ist bei uns so Sitte ...

Vier Wochen wars still und stumpf: in den Felsen pfiff der Wind, die Sonne ging abends blutrot unter oder ließ sich durch Regenwolken entschuldigen; die kleinen Kinder brüllten wie am Spieß, wenn sie ins Wasser getunkt wurden, und die süße, junge badende Engländerin entpuppte sich erst am vierundzwanzigsten Tag als Mädchen – meine anatomischen Kenntnisse hatten mir bis dahin erlaubt, sie für einen Jungen zu ästimieren. Am fünfundzwanzigsten Tage aber ruhte mein Auge mit Wohlgefallen auf ihr, und am Abend dieses Tages wurden wir alle jäh aus unserer bescheidenen Idylle aufgestört. Die ‹Action Française› war da!

Wirklich: die ‹Action Française› läßt Reiseredner herumrollen, und die klappern nun Strand auf Strand in der Bretagne ab und scheuchen die erholungsbedürftigen Leute aus ihren Windzelten auf – Versammlung! Politik! Politik mitten in den Ferien –!

Der kleine Kasinosaal, in dem sonst *‹Comment j'ai tué mon enfant›* und der Lichtschatten des armen Valentino zu sehen waren, füllte sich höchst langsam: als es losging, waren wir etwa hundertundfünfzig Menschen, darunter drei Viertel Frauen und sehr viele junge Mädchen in Weiß. Nein, der englische Damenjunge ist nicht da – hier sind, fast zum ersten Male, die Franzosen unter sich.

Oben, auf dem kleinen Bühnchen mit den Zimmerkulissen, steht der Vorstandstisch, über den die Bäuche und die Bärte hängen. Der Vorsitzende erhebt sich.

Man soll Reden nie vorlesen. Nicht nur, weil eine Rede keine Schreibe ist, sondern weil es mitunter schief gehen kann. «Ich danke Ihnen, meine Damen und Herren», liest der Vorsitzende aus seinem Papier vor, «daß Sie sich hierher bemüht haben. Besonders aber danke ich Ihnen, meine Herren», liest er vor, «daß Sie Ihre Erntearbeiten im Stich gelassen haben, um zu uns zu eilen ...» Ich sehe mich um, ich denk: Nanu? denk ich – hier ist doch keiner, aber kein einziger Mensch, der heute auch nur einen Blumentopf begossen hat? Diese angeredeten Bauern also waren nicht da.

Der erste Redner: «Die Situation der Lage». Alles kann man von der ‹Action Française› sagen, nur eins nicht: daß sie greisenhaft sei. Dies aber war ausgegraben alt. Man denke sich einen an Schlafsucht leidenden Christlich-Sozialen aus Wien, und man hat ungefähr diesen Redner: Steuern müssen wir zahlen, und überhaupt ist das Leben teuer und häßlich anzusehen, und wer ist daran schuld? Die Republik! Die Freimaurer! Kurz, wie die Franzosen sagen: An Kini muß her –!

Manchmal, wenn der Redner Wasser trank oder die Stimme mit unendlicher Anstrengung erhoben hatte, klatschten die kleinen Mädchen wie im Theater. Ich sehe mich um.

Die Frauengesichter nicht sympathisch: sehr viel Verkniffenes, Schmallippiges, was man sonst in Frankreich nur in Kirchen zu sehen bekommt – harte, böse Augen, Klassenerste, die voller Verachtung auf die sitzengebliebene Mitschülerin sehen. Als sich vier Arbeiter, schweißig, mit Mützen, in den Saal schieben, steht ein Action-Jüngling auf, ein bildhübscher Bengel, weist ihnen Sitze an und paßt genau auf, daß sie auch nicht zischen oder «Huhu!» machen. Sie schlafen aber sanft vor sich hin.

Auch noch, als der zweite Redner antritt, ein Herr von etwa hundertundachtundsechzig Jahren: ein Admiral. Wenn es einen Vorwurf gegen die †††-Republik gibt, so etwa den: wie kann so etwas Admiral werden? Der legt nun los.

Die Schimpffreiheit in Frankreich geht sehr weit; man kann in Versammlungen amtierende Minister Idioten, Hammelhunde und ‹salauds› betitulieren, das wird dann heftig belacht, und im übrigen geschieht weiter nichts. Von dieser Freiheit macht der Admiral ausgiebigen Gebrauch. Seine Bildung steht etwa auf der Stufe eines Oberprimaners; er sagt die höchst mäßige Broschüre auf, die man uns in die Hand gedrückt hat – und mich wundert das.

Denn man muß ja nicht vergessen, daß die Radaupraxis der Action an Brutalität, Lärm und Feigheit durchaus dem Niveau mancher hannoverschen Studenten entspricht – aber die geistige Untermauerung sieht denn doch wesentlich anders aus. Charles Maurras ist nicht nur ein bedeutender Schriftsteller, sondern ein Denker, übt also eine Beschäftigung aus, die in unsern nationalistischen Kreisen nahezu unbekannt ist. Aber was ist von seinen Ideen, von seiner oft fruchtbaren Kritik, von der häufig witzigen Schlagkraft Daudets geblieben!

Nichts. Es ist kümmerlich, was der Admiral vorträgt. Die Mängel des parlamentarischen französischen Systems zugegeben: so kommt man der Sache denn doch nicht näher. Nichts Positives, kein Wort von neuen Vorschlägen – eine mitleiderregende Sache.

Aber dies verdient festgehalten zu werden: Solch ein durchaus reaktionärer Mann verlangt vom französischen Regime was –: Frieden. Und versucht, nachzuweisen, daß unter den französischen Königen immer Friede geherrscht habe und unter den verschiedenen Republiken immer Krieg – und man fühlt, wie er auf die zweifellos vorhandene Friedenssehnsucht seines Publikums nicht nur Rücksicht nimmt, sondern ebenso empfindet wie seine Zuhörer.

Auch, daß er Poincaré, der in Deutschland so oft klobig verzeichnet an die Wände gemalt wird, Vorwürfe macht, ist nicht unpikant. Der ist – nun? Ein Antimilitarist! Und das will keineswegs heißen, daß seine Maßnahmen Deutschland gegenüber zu schwach gewesen seien, sondern diese Kennzeichnung zeigt, wo Poincaré in der französischen Innenpolitik steht: im Zentrum, durchaus nicht rechts.

Nun fährt das Admiralsschiff langsamer, seine Flagge pendelt in der Flaute, das Publikum wird müde, manche gehen. Und da holt der alte Mann zu seinem großen Schlag aus. Er spricht von «Jean III.» – von seinem im Exil aufbewahrten König, von Duc de Guise.

Ein Ausschreier vor einer Jahrmarktsbude kann das nicht besser. Doch – er kanns viel besser. Denn der würde nicht so weinerlich-pathetisch sprechen, so kümmerlich-bittend, so untertänig-flehend. «Hier noch ein gut erhaltener Original-König! Er lebt mit seinen Landpächtern zusammen, wie ein einfacher Mann – er studiert den ganzen Tag – er kennt alles – er bereitet sich auf sein schwieriges Amt vor – er lebt nur für Frankreich. Nehmen Sie keinen andern! Und diese Königin! Wir, die wir die Ehre hatten, ihr vorgestellt zu werden, waren tiefgerührt von so viel Lieblichkeit, Klugheit und andern schönen Eigenschaften! Billig abzugeben! Durch Zufall frei!» Mit tränenerstickter Stimme – es kann aber auch ein Schlucken sein – redet der olle Mann auf die zukünftigen Untertanen ein, die es gar nicht so genau wissen wollen. Und dann schreien alle noch ein bißchen «Vive le roi!» und «Vive Daudet!» – und dann gehen sie nach Hause.

Nein, so wird das wohl nichts. Daß das Zentrum der Action-Studenten an der Sorbonne immerhin ein bißchen anders aussieht als diese Kläglichkeit, ist eine andere Sache. Aber so groß auch die geistige Beeinflussung der französischen Jugend durch diesen Kreis sein mag –: so tief kann der Franken gar nicht fallen, daß diese kleinbürgerlichen Spektakelmacher wirklich zur Macht kommen könnten. Es gilt hier in manchen Milieus für schick, reaktionär zu sein – und solche feinen Herren waren auch im Saal. Ein König –? Für den König –? Die Frage ist ja so sekundär ... Und ich dachte an jenes Wort Clemenceaus, das der vor der Wahl Loubets in Versailles ausgesprochen haben soll. «Ich – ich stimme für den Dümmsten.»

BERLINER VERKEHR

Bezüglich dem berliner Verkehr steht an jeder Ecke ein Mann,
der müllert
und hält alle Autos und Kinderwägen und Invaliden auf Rollen an.

Weiße Handschuhe heben sich, Lampen blinken, Signale blitzen,
während gelangweilte Fahrgäste in den Wagen sitzen,
auch haben wir leuchtende Schildkröten, bitte sehr –
und das einzige, das uns noch fehlt, ist der Verkehr.

Aber wo nichts ist, haben nur S. M. der Kaiser das Recht verloren,
nicht aber wir deutschen Organisatoren –
denn ist auch unser Wagenpark noch so klein:
organisiert muß sein.

Es läßt uns nicht ruhen.
Und genau so, wie wir dies tun,
wie wir den nicht vorhandenen Verkehr in Klein-Rülpsig und Groß-Berlin befestigen und organisieren,
regieren
wir im ganzen Lande umher.
Das deutsche Leben gehört dem Aktenverkehr.

Wir organisieren Kleinkinder-Gärten und das Groß-Hamburger Hafenlogis,
den Radiumverbrauch auf dem Lande, den Weinbau in Ostpreußen sowie
Aufzucht von Ammen und Seidenraupen im Spreewald, auch desgleichen
den Wohnungsbau und die Reform der Aktenzeichen.

Sinn hat unser Tun keinen, in allen Fällen.
Wir sind so, wie wir uns die Amerikaner vorstellen.
Wir sind nicht mehr Posen, noch nicht Amerika,
sondern stehen inmitten
beider in emsiger Leere da,
halten den Verkehr auf und uns für sehr fortgeschritten.

PARISER CHANSONNIERS

Der Senior ist etwa siebenundsechzig Jahre alt und heißt Hyspa – ein sauberer, weißbärtiger Herr in schwarzem Röckchen, der mit einer historisch knarrenden Stimme leise Lieder von großen Papierbogen absingt. Ab und zu glückt ihm ein Schlager allererster Güte, wie der vom ‹*Sans rien dire – sans rien dire* –›, ohne Worte, ohne Worte... Da hat er ein altes Kitschlied neu bedichtet, nun geht es auf den Präsidenten der Republik, der immer lächelt. «Avec son plus beau sourire» tut er alles: «er trinkt sauern Ehrenwein, sans rien dire, sans rien dire; er hält lange Reden, sans rien dire, sans rien dire; er schießt, auf einer Jagd bei Rambouillet, Herriot in den Popo, avec son plus beau sourire.» Wenn Hyspa das singt, funkeln seine kleinen schwarzen Äuglein wie lackierte Knöpfe.

Bastia ist dick und sieht aus wie der Sohn eines Raubvogels und eines jüdischen Kammerdieners. Er kommt heraus und muschelt erst einen langen Salm durch die Nase, es ist eine Art Einführung, die er gleichgültig zu Boden fallen läßt. Da liegt sie. Über sie hinweg singt der Kammervogel.

Seine Texte gehören zum Allerbesten, was die politische Liedersatire von Paris zur Zeit herzugeben hat. Da ist ein Chanson: ‹*Les prisons de France*›, eine monotone Beklagung des hin und her geworfenen Caillaux, gradezu ein Musterbeispiel von witziger Frechheit. Bastia hat gar keine Stimme, aber so viel Witz! Von ihm stammt jene unverschämte Verquickung von Psalm und Politik: zu fingierten Harmoniumklängen des Klaviers spricht die modulierende, verquetschte Stimme einen biblischen Text. «Und Herriot ging aus, an den Golf von Lyon, und er verteilte hundert Painlevés unter das hungernde Volk – und er redete so lange, bis alle satt waren...» Bastias Technik, die Pointen fallen zu lassen, erinnert sehr an Berlin.

Was das betrifft, so dürfte Dorin gradezu an der Panke geboren sein. Wenn er an der Spitze des Witzes angelangt ist, zieht er ganze Sätze zu einer Silbe zusammen, das Refrainwort «Pourquoi pas?», das er allen Ereignissen anhängt, besteht überhaupt nur noch aus einem Schnaufer – und auch ihm verdankt man eine Kunstperle bester Güte: das Gedicht von der Ehe. Zwei sitzen zusammen, seit fünfundzwanzig Jahren, rein zum Ekel wird man sich, wie es bei Wilhelm Schäfer heißt – und auch Geschichten zu erzählen hat wenig Wert. Jeder weiß alles vom andern – und der andre weiß das...

«Car je sais que tu sais,
et je sais que tu sais que je sais,
et je sens que tu sens,
et je vois que tu vois que je vois que tu vois –»

Heiliger Strindberg, ist das eine Geschichte! Und das alles in einer

Silbe, und das Publikum bekommt Erstickungsanfälle und erholt sich erst, wenn jener von der Bühne abgetobt ist.

Jetzt aber wollen wir einen gebührenden Zwischenraum frei lassen, denn es naht Martini. Auguste Martini. Der ist allerdings das Ende von weg.

A. Martini, ein runder Mann mit Flatterschlips, mit freundlich runder Brille und ebensolchem Sitzgestell, ist ein ganz böses Luder. Er schreibt nicht nur hervorragend gehässige Antirepublikanismen im ‹*Charivari*›, er sagt sie auch auf, und wenn er seine dicksten Unverschämtheiten losläßt, die durchweg reaktionär sind, dann zeigt er die Zähne und lächelt wie seine eigne Tante und überhaupt wie eine Tante — und manchmal legt er auch ein kleines Tänzchen ein und gaukelt mit den dicken Händen, und alles erklärt er mit dem dicken Zeigefinger, so wie ein kleiner Junge, der eine Geschichte erzählt ... Und so sind diese Geschichten auch. Man muß hören, wie er die Hochzeitsnacht der nicht mehr jungen Schauspielerin Cécile Sorel, einer berühmten tête de Turque, beschreibt: «Notre chère Sénile Sorel» — wie er treuherzig berichtet, jene habe zur Feier ihrer Vermählung 43.50 Francs für die Armen gestiftet. «On ne peut pas perdre tout à la fois ...» Dann zeigt er die Zähne.

Und dazwischen erzählt er gute alte Witze und hervorragend gute neue, und dann sammelt er für den armen Loucheur, der so arm ist, daß er seit Jahren denselben Hut tragen muß: im ersten Jahr hat er das Hutleder erneuern lassen, im zweiten das Hutfutter, im dritten das Band — und im vierten hat er ihn im Café vertauscht ... Und alles erklärt der kleine, dicke, kindliche Zeigefinger.

Martini, du Aas. Sei froh, daß du nicht in Deutschland lebst. Da nehmen sie alles ernst: den eignen Beruf, sich selbst und nun gar die Revuen und das Cabaret! Du wärst soziologisch-kapitalistisch-biochemisch eingestellt, rechts orientiert und überhaupt ein Problem. Sing weiter, Dicker. Gibs der Republik ordentlich. Und wenn du König geworden bist, dann will ich dir huldigen, denn ein Martin I. ist immer noch besser als ein Wilhelm II. oder ein Bürovorsteher imaginärer Größe.

ALTBEWÄHRTE ESEL

Es gibt überhaupt nur noch ‹altbewährte Fachleute›. Wir haben alte bewährte Segelflieger (3 Jahre Praxis), bewährte alte Radiofachleute (2 Jahre) — wenn sie alle zusammen über Berufliches reden, so quatscht das, daß ihnen die Schnauze schäumt, und wenn sie gar noch so sprechen können, wie es im amtlichen Bericht steht: so unpersönlich, so darüber stehend, so vornehm abgeklärt, dann strahlen sie über das ganze Antlitz. Etwa so:

«Gestern abend wurde in der Wohnung des Berufszwerges Jakob Nietzke von dem diensthabenden Sohn Nietzkes, dem acht Jahre alten Fridolin, das dortige Wasserleitungsrohr als verstopft gemeldet. Die Meldung lief bei Frau Nietzke abends 9.10 Uhr ein.

Frau Nietzke gab die Meldung sofort ihrer Hausangestellten, Fräulein Anna Koschmann, weiter, die allerdings, da sie keinen Dienst mehr hatte, Weiteres zunächst nicht veranlassen konnte. Der gegen halb zwölf Uhr von ernster Berufspflicht aus der Scala heimgekehrte Ehemann Nietzke wurde gleich nach seiner Rückkehr verständigt. Die Operationen wurden auf seine Anordnung hin bis zum nächsten Tag verschoben.

Am nächsten Tage – also heute morgen – begab sich zunächst eine Kommission, bestehend aus dem Berufszwerg Nietzke, dessen Ehefrau als Beraterin sowie dem elfjährigen Sohn Hadubrand, zu dem fraglichen Rohr; geleitet wurde die Kommission von Herrn Zwerg Nietzke. Zwerg Nietzke erkannte sofort, daß das Wasserleitungsrohr nicht funktionierte, weil es verstopft sei, und begab sich daraufhin persönlich zu dem Hauswart Schippanofsky, obgleich derselbe seinen Dienst noch nicht angetreten hatte. Schippanofsky forderte dementsprechend Nietzke auf, welcher Aufforderung dieser aber nicht nachkam. Die Privatbeleidigungsklage ist eingereicht.

Am Nachmittag erschien dann, auf erneute Vorstellung, Frau Schippanofsky; die Wasserrohrbereinigungskolonne war folgendermaßen zusammengesetzt:

Technische Leitung: Frau Hauswart Schippanofsky; Personalaufsicht: Frau Zwerg Nietzke; Leitung der Hilfsmannschaft, bestehend aus dem Sohn Hadubrand Nietzke: Hadubrand Nietzke. Oberleitung: Herr Nietzke.

Umgeben von seinem Stabe, machte sich Direktor Nietzke persönlich an die fachtechnische Arbeit.

Die Beratung ergab folgendes: Vom volkswirtschaftlichen Standpunkt aus wäre die Anlegung eines neuen Wasserrohrs anstelle des alten allerdings empfehlenswert, doch bestanden aus allgemeinen wirtschaftlichen Erwägungen sowie auch wasserbautechnisch einige Bedenken. Während ästhetisch gegen die Einführung eines sogenannten Schrubbers in das Wasserrohr Einwendungen nicht bestanden, konnte doch dieselbe zunächst nicht vorgenommen werden, da von Seiten der Personalaufsicht hauswirtschaftlich eingewendet wurde, daß ein solcher Schrubber nicht vorhanden sei. Die Technische Leitung erklärte, daß sie ihrerseits zur Materialbeschaffung nicht beitragen könne, was die Personalaufsicht sowie die Leitung der Hilfsmannschaft heftig bestritten. Die Oberleitung entschied schließlich, daß aus hygienischen sowie aus ernährungswissenschaftlichen Gründen die sofortige Beschaffung des Wasserrohrreinigungsbehelfsmittels in augenblickliche Erwägung zu ziehen sei, da die Leitung der Oberleitung als langbewährter Fachmann darüber fachmännischen Rat zu erteilen sehr wohl in der Lage sei. Die Benennung ‹Alter Kuhkopp!› vonseiten der Technischen Leitung lehnte der Leiter der Oberleitung, als lange im Berufsleben stehend, ab.»

Ja, da lachste!

Wenn aber drei Beamte einen Nagel einschlagen sollen und deshalb einen solchen Betrieb veranstalten, der weiter keinen Sinn hat, als Bedeutung, Notwendigkeit und Wichtigkeit der beamtlichen Existenz möglichst aufzublasen – da lacht keiner. Denn Deutschland ist ein gründliches Land: kein Kind ohne Nachttopf, kein Erwachsener ohne fachliche Hochschulbildung, ohne Titel und einen ganzen Kopf voller Einbildung.

WENN JENER WIEDERKÄME . . .

In Holland ruht des Holzhauers Hacke.
Da ist eitel Freude und Koffergepacke –
au Backe!
Da legen Lakaien in die ganz enormen
Kisten die feldgrauen Uniformen . . .
«Er kehrt uns zurück», sagt der Zeitungsbericht.
Warum eigentlich nicht –?

Warum eigentlich nicht –?
Im Fall eines Falles
fände er ja doch schließlich alles
unverändert . . .
Seine Richter. Sein Militär.
Seine Untertanen. Und noch viel mehr:
Seinen Feldmarschall. Seinen Schulunterricht.
Also warum eigentlich nicht –?

Er fände auch seinen Reichstag wieder.
Hörte die alten, lieben Lieder
der Sozialdemokraten . . .
Da sitzen noch dieselben Leute,
die mit ihm gebrüllt – damals wie heute.
Die seine Kriegsverbrechen gebilligt.
Keine Sorgen – alles bewilligt!
Und was auch die Republik verspricht:
Warum eigentlich nicht –?

Dem Reisenden ist Ruhe zu gönnen.
Die Flucht hätte er sich sparen können.
    Sie sind ja so artig ...
Denn eine deutsche Revolution, die eint,
ist niemals nicht persönlich gemeint.
    Fahr nicht nach Homburg. Komm nach Berlin!
    Kehr zurück! Hier wird dich alles verziehn.

EIN DIKTATOR UND SEIN PUBLIKUM

Das Noske-Stück hat in Deutschland keiner geschrieben: das Drama vom Sozialisten, der auf dem Rücken seiner Klassengenossen hochgewirbelt wird, oben sein bißchen Kopf und Charakter verliert und nun auf die alten Freunde schießen läßt ... In Frankreich hat dieses Stück jetzt seine Premiere gehabt: *‹Le Dictateur›* von Jules Romains.

Die vier Akte zeigen den Aufstieg zweier Sozialisten aus den kleinen Bierkneipen in die hohe Politik – der eine, Herr Denis, wird von einem imaginären König in die Regierung berufen, nimmt an, übt Verrat an seinem alten Sozialistenfreund, den er verhaften läßt, weil es dem mit der Revolution ernst ist ... Wie kommt uns das bekannt vor –! Und auch die Franzosen dürften sich, wenn im Stück von einem niedergeknüppelten Eisenbahnerstreik die Rede ist, an einen Minister erinnert haben, der mit dem Anfangsbuchstaben Briand beginnt ... Aber lassen wir das Persönliche beiseite.

Man kanns nur nicht beiseite lassen.

Mit den Stücken, die eminent politisch sind und in einem erfundenen Lande spielen, mit einem erfundenen angenehm zivilen König, der sicherlich Porzellan sammelt, mit einer erfundenen hocheleganten Königin, mit einem erfundenen Kabinettschef – mit diesen Stücken ist das so eine Sache. Sie lassen, soweit die Politik in Frage kommt, leicht kalt. Denn die Entschuldigung, die es für die Politik gibt, ist die, daß sie real ist – politische Märchen sind fast immer nur Märchen. Fingierte politische Ereignisse wirken nie sehr stark.

Und es gibt keinen Zuschauer, der nicht Parallelen zieht, und es gibt keinen Dichter solcher Stücke, der nicht seinerseits Partei nimmt. Romains hat Partei genommen, und der Regisseur, der ausgezeichnete Schauspieler Jouvet, desgleichen.

Der ehemals sozialistische Parteiführer, der sich, oben angekommen, diktatorische Macht vom König geben läßt, vom König, der, wenn der Boden seines Reichs erzittert, vornehm wie ein Flammri mitzittert – der Diktator ist mit einem sympathischen Komödianten besetzt, also richtig. Der mahnende Freund, das dumme Aas von Revolutionär, aber hat ein schiefes Karpfenmaul und wird vom Publikum leicht ausgelacht.

Und dieses Publikum war so:

Gut Abendbrot gegessen habend, saßen da weichmündige Herren und brave Damen und paßten hier und da auf, wenn sie nicht mit Recht schliefen, und klatschten. Wann –?

Immer dann, wenn ihr Konto, wenn ihr Automobil, wenn ihre Hausordnung verteidigt wurde; wenn gesagt wurde, daß alles so weiterlaufen müsse wie bisher. Und sie waren gar nicht zufrieden, wenn die Königin, in höchster Angst vor der Straße, zum sozialistischen Ministerpräsidenten gelaufen kam und zu miauen anfing wie ein Kätzchen, das den Durchfall hat. Was? Eine feige Königin? Das gibts gar nicht! Protest! Um mich herum zischelte es: «Idiotisch! Das ist eine Köchin!» Und es war doch eine Königin, und das soll ein ganz gewaltiger Unterschied sein, höre ich.

Da machte der König schon andre Figur. Voll Freude stellte das gutgekleidete Publikum fest, daß dieser Herrscher auch in Zivil vornehme Umgangsformen und majestätisch gestärkte Manschetten zur Schau trug, ein sauber gebadeter Familienvater und Klubmann mit weltmännisch leichtem Vollbart – enfin, ein König. Der Sozialist knickte vor ihm langsam, aber sicher zusammen – es war also alles in Ordnung. Als der neue Mann im Amt war, und der König ihn mit den Worten: «Mein lieber Präsident!» begrüßte, empfand ich das tiefste Mitleid mit dem ehemaligen Sozialisten: da hatten sie ihn. Da stand er, war der liebe Präsident und hatte verraten und war verkauft und war überhaupt ein armes Luder. Vergessen die feurigen Stunden in den möblierten Zimmern, die hitzigen Diskussionen mit den Freunden, die Treue, die Klarheit, der Funke – er verbeugte sich leise, mit etwas Männerstolz vor Königsthronen, wie das in Schöneberg so üblich ist, und er sagte einen Satz, mit dem der Übersetzer seine liebe Mühe haben wird. «Je m'excuse d'être si gauche.» Was heißt hier: gauche? Links oder linkisch? Wahrscheinlich beides.

Aber wenn er sich entschuldigte, links zu sein – er war es nicht mehr. Die Wände des Ministeriums hatten schon angefangen, zusammenzurücken, sie engten ihn ein, strahlten jene geheimnisvolle Luft aus, die die Besten verdirbt – und als der Freund aus bessern, schlechtern Tagen kommt, ihn zu warnen, er solle nicht auf die meuternden Arbeiter schießen lassen: da bricht er aus.

«Hier stehe ich – ich kann auch anders! Mein Lieber, an diesem Platz, in diesem Zimmer fühlt man erst die ganze Verantwortlichkeit, die auf einem lastet! Der Staat! Der Staat muß erhalten bleiben! Hier dieses Kursbuch! Wie sieht es mich plötzlich an, wie schwer drückt es – Politik hin, Politik her:

Il faut que les trains partent –! Die Züge müssen laufen!»

Il faut que les trains partent –?

Nein!

Die Züge sollen auf offener Strecke verrosten und verkommen – il faut que les trains partent? Es ist gänzlich gleichgültig, ob der Betrieb stockt oder nicht. Das Standesamt muß funktionieren? Die Gerichtsbarkeit darf nicht angetastet werden? Handel und Wandel dürfen nicht gestört werden?

Daran erkenn ich meine Pappenheimer. Stationsvorsteher, Weichensteller, Bürobeamte, armselige Hampelmänner eingebildeter Pflicht. Il faut que les trains partent –? Aber das setzt voraus, daß der Unterbau, auf dem die Züge dahinrollten, gut war; daß alles aufs beste bestellt war, daß es der großen Masse des Volkes so gut ging, wie es Menschen gehen kann; daß sie Gerechtigkeit hatten, Licht, Luft, Selbstbestimmungsrecht ...

Nichts von alledem hatten sie. Eingepfercht in schmutzigen kleinen Stuben, deren Zinsnutznießer mit feinem Schmatzen Utrillos sammelten, dumm gemacht von dem tobenden Schwachsinn ihrer Straßenpresse, geduckt von Polizisten, verfolgt und gequält von ihren infamen Richtern, betrogen von den eignen Parteiführern – so lebten sie dahin. Man hatte sie gelehrt, daß das ‹Ordnung› sei – und wer wollte es wagen, die Ordnung zu stören! Il faut que les trains partent! Hochaufgerichtet stand das Diktatorchen da, hinter ihm der König: der Chef und sein Prokurist – der Herr und der Hund.

Und an dieser Stelle brauste der Beifall des gesättigten Publikums auf: der Beifall gegen die Kerls, der Beifall gegen alles, was den lichten Wohnraum, die Geltung, die Polizeiverbrechen stören könnte – der Beifall der wahrhaft echten Internationale: der des Besitzes.

Als der Diktator seine Gewissensskrupeln heiß kochte, als er schmerzlich die Augen mit den Händen bedeckte: wie schwer hat mans mitunter, die besten Freunde muß man verhaften lassen, wenns die Pflicht gebeut, ach ja, auch wir harten Diktatoren haben ein reich ausgestattetes Innenleben, man merkts nur nicht immer ... da nuckelten die Leute gleichgültig mit dem Kopf. Das mochte er mit sich abmachen. Wenn er nur funktionierte. Einer im Parkett rief: «Huhu! Nieder mit der Diktatur!», und da wachten sie auf, und ein vornehmer Mann mit Monokel sprach verächtlich: «Allez! Pauvre ridicule!»

Oben stand der Diktator und blickte visionär in den ersten Rang. Der Freund in den Händen der Gendarmen, draußen die brüllende Straße, die er nun zusammenschießen lassen wird. «Du beginnst immer mit Lyrik und endest dann mit einem Ultimatum», hatte der Freund gesagt. Das schwarze Jackett straffte sich, und eine harte Hand faßte den Telefongriff ... Jeder Zoll ein Hofhund.

Junge Huren – alte Betschwestern. Junge Sozialisten – alte Ministerpräsidenten. Die einen kuschen, demokratisch, wie man sie hat, vor den fremden Diktatoren und machen die Fremden im Lande rechtlos, aus Angst, aus Angst – die andern geben Position auf Position auf, bekommen den Hintern ausgehauen, werden heimlich und offen verlacht; aber sie sind Minister. Realpolitische Minister, Realpolitiker, getreue Diener ihrer alten Herren; aus Untiefen bricht, schäumt das Untertanenblut auf, und Selbsthaß und enttäuschte Liebe verwandelt sich in Roheit und Schuftigkeit.

Man sollte das Stück von Romains in Deutschland aufführen. Zum Schluß steht da der Diktator, preßt die Lippen aufeinander — und wenn er nicht gestorben ist, regiert er heute noch als Untergebener einer Reichswehr oder als Minister des Innern.

ANGST DES KAPITALISTEN VOR DER EINIGKEIT DER ARBEITER

Früher hatte ich *einen* Feind:
Die verdammten Proleten!
Wie waren die Luder feste geeint —
Spitze — kurz treten!
Ein Stand — ein Kommando —
Ein Wille — ein Schritt —
Und alle mit —

Im November hing ich an einem Haar.
Die verdammten Proleten!
Meine Bank, mein Heiligstes, war in Gefahr —
Kopf ab — zum Beten ... ?
Ein Tag — eine Welle —
Ein Volk — ein Riß — —
Und ich hatte Schiß.

Heute gibt es viele Sozialistenpartein,
Die dummen Proleten!
Laß sie doch durcheinander schrein,
Dann kann ich sie besser treten!
Ein Chaos — ein Kampf —
Ein Krach — ein Gerauf — Gottseidank:
Und ich obenauf! —

DIE DREI

Den Gutsherrn mit den fetten Backen,
den Ringen und dem Speck im Nacken,
mit Haus und Hof und mit Gesinde,
mit junger Frau und gutgenährtem Kinde;
den Gutsherrn mit dem Schloß in Fliederranken,
mit der Pension und seinem Konto auf den Banken,
mit seinem Speck und seiner Wuchersaat:
den schützt der Staat.

Den Unternehmer, der die tiefen Schächte
ausraubt nach eignem, freiem Rechte,
der Herr ist über tausend Leben,
dem tausend Räder Ware weben;
den Unternehmer, dessen Schlote
auch qualmen bei dem Streitgebote –
als ob die Not der andern gleich wär:
den schützt die Reichswehr.

Doch den, der mit den harten Händen
von früh bis spät die Dividenden
erst schafft, die jener lächelnd handelt,
der Stein und Stoff in Gold verwandelt;
den Mann, des Sorge seinem Kind flucht,
des Frau verröchelt an der Schwindsucht,
der ohne Hoffnung auf ein Morgen
sich windet um die Alltagssorgen . . .
grau wird der Kopf, die Löhne kleiner,
den Mann schützt keiner –!

VERFASSUNGSSCHWINDEL

«Und wenn das hundertmal in der Reichsverfassung steht – hier in der Anstalt bin ich die Verfassung!»

Auf meinen Angriff gegen die neurepublikanische Verlogenheit hat mir – neben vielen andern – ein Reichsbannerführer einen vornehmen und sachlichen Entgegnungsbrief geschrieben, worin er mir erklärt, warum das Reichsbanner zur deutschen Verfassung steht. Der Verfassungstag liege zwar in den Schulferien, verhinderte also so die wichtigste Propaganda: nämlich die republikanische Beeinflussung von

Kindern – aber das mache nichts. «Wir stehen und fallen mit dieser Verfassung.» Na, da fallt man.

Eine Verfassung ist, so sie diesen Namen überhaupt verdient, der Extrakt aller Grundgesetze, staatlicher Einrichtungen, wichtigster Praxis des Landes. Diese da ist ein Hütchen, das sich ein gänzlich ungewandelter Koloß spaßeshalber aufs linke Ohr setzt – eine Papiertüte zum politischen Bockbierfest und für höhere Feiertage. Bei der Arbeit nimmt man sie ab.

Denn nicht eher ist an eine ehrliche Wandlung Deutschlands zu glauben, als bis diese Wandlung sich da zeigt, wo sie am allerschwersten durchzusetzen ist: in den kleinen Zellen der Gemeinschaft, im Dorf, im Schulzenamt, in der Reichswehrkompanie, im Konferenzzimmer der Schule, im Direktorialzimmer der Fürsorgeanstalt – da, nicht in der Verfassung. Da, nicht im Oberbau des Reichs, pulst das Leben, schlägt der Takt des Daseins, da leben und leiden Menschen – nur da. Und wie sieht es da aus –?

Ungewandelt.

Für den Häftling ist sein Gefangenenwärter und der Direktor die Reichsverfassung; für den Fürsorgezögling: der Leiter der Anstalt; für den Referendar: der Amtsrichter der ersten Station und später irgendein Landgerichtspräsident – höher hinauf reicht ihrer aller Erleben nicht, und ein sogenannter republikanischer Minister in Berlin kann die in Gumbinnen nicht trösten. Tatsächlich ist die Autorität der sabotierenden, autokratischen, wilhelminischen, größenwahnsinnigen Beamten und Vorgesetzten aller Art nicht gebrochen, sondern gestärkt.

Hier zeigt sich die ganze Machtlosigkeit der gutwilligen und die ganze Macht der böswilligen Republikaner. Staatsformen sind viel eher diskutierbar als die wirkliche Reform auf einem Gutshof, und eher kann man den berüchtigten Ebert-Artikel 48 der Reichsverfassung ändern als die Machtvollkommenheit eines Gutsinspektors oder eines Anstaltsarztes. Wer das am wenigsten von allen einsieht, ist diese Volksvertretung, die so ganz in ihren lächerlichen Geschäftchen aufgeht.

Man frage einmal einen ausgekochten Parlamentarier, was er denn so im Laufe seiner Amtszeit zur Verbesserung des bejammernswerten Loses derer getan habe, die das Unglück hatten, der deutschen Justiz in die Hände zu fallen. Wenn wirklich einmal, wie in diesem Jahr, von Parlamentariern eine Besichtigungsreise durch die Gefängnisse unternommen wurde, so war die halbe Wirkung selbstverständlich von vornherein sabotiert: die Reise war angekündigt. Kein Volksvertreter hat das Recht, unangemeldet ein Gefängnis zu inspizieren. Also hat er praktisch nur die halbe Möglichkeit, Mißstände aufzudecken. Diese Reise, zum Beispiel, ergab die widerlichsten, die schlimmsten und abscheulichsten Mißstände, anerkannt von Demokraten, ja, selbst von

Sozialdemokraten: unmögliche hygienische Zustände; Schikanen höherer Beamter, die nicht dulden, daß Leute aus überfüllten, stinkenden, alten Gefängnissen in modernere Häuser, die halb leer stehen, überführt werden; völlige Straflosigkeit solchen Tuns; unnütze und sinnlose Quälereien der Sträflinge ... Was wird nun geändert? Die Volksvertreter treten in Erwägungen ein, und die Eingesperrten abends wiederum in die nach Fäkalien duftende Zelle. Schade, daß man sie nicht austauschen kann.

Im kleinen Kreis Revolutionen durchzuführen: erst das wäre wirklich eine Umwälzung. Die kleine Gruppe ist viel starrer organisiert; ihre Machtverhältnisse sind einfacher aufgebaut, drücken sich täglich und stündlich bei allen Handreichungen aus und werden ängstlich innegehalten. Der Justizminister kann bei einer Kompetenzstreitigkeit schon einmal nachgeben; der Kompaniefeldwebel unter gar keinen Umständen.

Und er gibt auch nicht nach.

Zwei Stunden vor den Toren Berlins treten die Gutsarbeiter morgens zum ‹Appell› an; drei Stunden von der Wilhelmstraße entfernt pfeift alles auf wahre Demokratie. Und manchmal braucht man gar nicht einmal so weit zu gehen. Der kleine Machthaber, unerbittlich, ungewandelt, viel gefährlicher noch als der große, vereint in sich alle schlechten Eigenschaften dieses Landes: Herzlosigkeit, Brutalität, wo sie nichts kostet, sechserhaftes Nerotum ... sie sind alle noch da.

Und werden es bleiben, bis aus unsern ‹Realpolitikern› Politiker der Realität geworden sind: Männer, die einsehen gelernt haben, daß man das Dorf reorganisieren muß, wenn man ein Land umwälzen will – daß Wandlung nicht oben, sondern unten, nicht außen, sondern innen zu beginnen hat. Erst dann werden wir anstelle dieser lächerlichen Fassadenrepublik eine echte haben können: über Akademieklüngel, Examenskommissionen, Personalreferenten, Baupolizeistellen, Konzessionserteiler, Ämterverleiher siege der republikanische Gedanke.

Wenn er einer ist.

DIE MUSIKALISCHEN

Ich bin unmusikalisch. Wenn ich es sage, antworten die Leute mit einem frohen Gefühl der Überlegenheit: «Aber nein – das ist ja nicht möglich! Sie verstehen gewiß sehr viel von Musik ...» und freuen sich. Es ist aber doch so. Musik läßt mich aufhorchen; wenn ich sie höre, habe ich ein Bündel blödsinniger Assoziationen – und dann verliere ich mich im Gewirr der Töne, finde mich nicht mehr heraus ... Und um rat- und hilflos zu sein, dazu brauche ich schließlich nicht erst in eine Oper zu gehen. Gut.

Was aber die Musikalischen sind, so ist das eine eigenartige Sache mit ihnen.

Ganz vernünftige Menschen, solche mit einer Stellung oder einem Mann oder einer oder mehreren Überzeugungen – diese also fallen plötzlich in das Musikfeld ein. Gurgelnd jagen sie durch die Notenstoppeln. Was gibts –?

Plötzlich sind sie drin, und ich bin draußen. Auf einmal sind sie alle verwandt, und ich bin eine Waise. Der Name eines Dirigenten fällt: und Haß leuchtet aus ihren Augen, ihre Zähne zermalmen ein Gekeif, sie ereifern sich, Hitze bricht aus den Kühlsten – was gibts, um Gottes willen? Sie sind eine große Familie, wenn sie über Musik sprechen, ja, sie zanken sich, wie man sich nur in Familie zankt, mit jenem kundigen Haß der Nähe, jeder Hieb sitzt, weil man weiß, wo es weh tut, sie schnattern, wirtschaften im Irrgarten ihrer Musik – was gibts? Ich weiß es nicht.

Auch ist viel Stolz in ihnen und schöne Gesinnung, weil daß sie so musikalisch sind, was sie oft mit musisch verwechseln – besonders die Frauen hassen das Gemeine, sind unentwegt edel und schweben hörbar eine Handbreit über dem Erdboden. So: «Ich bin eine Hohepriesterin der Musik, und das will ich mir auch ausgebeten haben.»

Auch zeichnen sich Musiker durch einen fühlbaren Mangel an Humor aus – das ist grauslich. Sie verständigen sich schon von weitem durch kabbalistische Terminologie; kaum haben sie sich berochen, so bricht es aus ihnen hervor, jeder hat ein Klavier im Stall oder einen schwarzen Steinway-Rappen und erzählt von seinen Feldzügen auf diesen geschundenen Tieren ... Stehn Sie einmal so kulturlos draußen herum, vor der Tür, so durchum und durchaus nicht dazugehörig ...

Horch! Wie sie murmeln! «Furtwängler habe ich doch noch gehört, wie er ... Also von Mahler versteht er nichts, davon soll er die Finger lassen ... Die Baßlage bei der Kulp ist in der letzten Zeit nicht so ...» Beschämt, zerknirscht, ein Trällerliedchen aus ‹*Palestrina*› auf den Lippen – so schleiche ich betrübt aufs Lavabo.

P. S. Selbstverständlich habe ich die falschen Musiker kennengelernt, Karikaturen musikalischer Menschen – Ausnahmefälle. «Denn Sie werden doch nicht leugnen, daß die Musik ...» Gute Nacht.

WOHNUNG SUCHEN IN PARIS

Es gibt in Paris 1600 Wohnungen, die die Stadt gebaut hat – und demgegenüber stehen etwa 60 000 Familien, die offiziell um Unterkunft gebeten haben. Das sieht in der Praxis so aus:

Wohnungsämter gibt es nicht; das nötige Quantum Umständlichkeit, Korruption, Heuchelei und Unannehmlichkeiten bringen die Wohnungsagenturen auf. So ein Agent hat in der Stadt mehrere ‹démarcheurs› herumlaufen, die ihm anzeigen, wo eine Wohnung frei ist. Der Agent ist in den seltensten Fällen vom Hausbesitzer legitimiert, die Sache zu vertreten – er weist nur Adressen nach. Kommt der Abschluß zustande, so erhält er vom Mieter 10% der ersten Jahresmiete – und um überhaupt kontrollieren zu können, ob der Mieter durch seine Vermittlung gemietet hat, tritt häufig wiederum der démarcheur in Tätigkeit, und der erfährt das seine durch die Portierfrau.

Die Portierfrau ... Mund, hier hast du zu schweigen, Worte sagen es nicht ... Dieses alte Polizeiinstrument vertritt sehr häufig den ‹gérant›, den Hausverwalter, so daß wir also an folgender Stufenleiter ehrfürchtig emporsehen: Hausbesitzer – gérant – concierge.

Wie jede private Nachfrage in Paris, so ist auch diese durchaus patriarchalisch und unobjektiviert geregelt – das fast völlig mangelnde Angebot hat zu den groteskesten Erscheinungen geführt. Wohnungen von etwa fünf und sechs Zimmern, die für den, der heute mieten will, über 30 000 Francs im Jahr kosten, sind jederzeit ziemlich leicht zu haben – dazu kommen dann noch die sogenannten ‹charges›, Steuerlasten, die durchweg mit 10 Prozent, also mit weiteren 3000 Francs berechnet werden. In dieser Preislage gehts. Darunter aber ists fürchterlich.

Wonach leere Wohnungen eigentlich vergeben werden, ist ein tiefes Geheimnis; Eugène Sue hätte dem vierzehn weitere Bände seiner ‹*Mystères de Paris*› widmen sollen. Es ist nicht einmal immer das Geld. Eine leere Wohnung ist ein Machtfaktor, ein Trumpf, den man nicht ohne weiteres aus der Hand gibt. Dafür bekommt man Geld, viel Geld natürlich – aber dafür kann man auch andres bekommen als Geld: nämlich Empfehlungen, Beteiligungen, vielleicht eine reiche Braut, und wenn ich Henri Béraud wäre, so schriebe ich: auch die Ehrenlegion.

Denn so ohne weiteres in ein französisches Haus zu treten und an die Portierfrau die Frage zu stellen: «Ist hier eine Wohnung zu vermieten?» – – also eher kann man in den Salon einer fremden Familie hineinpoltern und sagen: «Ach, entschuldigen Sie: ich möchte gern die Tochter des Hauses heiraten!»

Versuchs. Tritt ein. Frage.

Die Portierfrau – die sozusagen eine femina tantum ist, sie hat manchmal einen Mann, aber den gibt es eigentlich nicht – die Portierfrau sieht dich finstern Blicks an und spricht allemal: «Von wem sind Sie empfohlen?» – Ja, das ist nicht einfach. Bei den ersten Besuchen sagte ich: «Aber von niemand!» und dann flog ich prompt hinaus. Darauf erfand ich einen Herrn Doulou aus Toulon, einen kleinen, dicken Herrn, Sie kennen ihn gewiß, so ein kleiner, dicker ...? Nein, sie kannten ihn nicht, aber er half doch ein wenig, der Herr Doulou – und ein Tuscheln hub an. Türen wurden geschlossen, Fenster verhängt – und mit leisem Flüstern sprachen sie von der leeren Wohnung, wie Mädchenhändler von ihrer Ware oder wie die bootlegger vom teuflischen Whisky ... Und dann kam der große Moment, und ich durfte die Wohnung wenigstens *sehen.*

Man bekommt da oft die typische Großstadtwohnung zu sehen, ein bißchen kleiner als in Berlin, etwas eng — auch haftet Paris neben vielen anderm der falsche Ruf an, es gäbe daselbst keine Badezimmer und was so damit zusammenhängt. Es gibt sie. Es gibt auch einen schwanken Fahrstuhl, der sich auf einer Riesensäule vorsichtig nach oben schiebt, und in dem man nicht hinunterfahren darf; es gibt alles, was man braucht, nur keine Wohnungen.

Denn mit dem Besuch ist es nicht abgetan. Weder der Agent, der die Adresse nachgewiesen hat («Und sagen Sie nicht, daß Sie von einer Agentur kommen!»), noch die concierge weiß nun etwa, ob die Wohnung überhaupt noch zu vermieten ist. Das — das weiß nur der gérant. Hin zum gérant.

Meist ist sie ‹gerade› vermietet. Wenn sie aber ungerade frei ist, dann kann man mit einer Summe von 3 bis 5000 Francs für gérant oder concierge rechnen; wer der militärischen Erziehung durch das preußische Militär teilhaftig geworden ist, der weiß, wie sich der junge Rekrut der Schusterstube zu nahen hatte: anklopfen — vorsichtig die Tür aufmachen, leise ein Markstück hineinreichen, Tür wieder zumachen, und dann erst wurde in die Besohlungsverhandlungen eingetreten ... So auch im pariser Leben.

Die Agenturen nehmen erhebliche Vorschüsse, wenn sie etwas auf sich halten; weißt du eine Adresse, so mußt du im Auto hinfahren, so rasch gehts da («Il y a déjà plusieurs personnes qui sont là-dessus!» sie sitzen bereits darauf), — wird einer krank, so verbreitet sich in der Nachbarschaft ein Gemurmel, und die Portierfrau muß den Wartenden sagen: «Schlechte Nachrichten. Es geht ihm besser.» — Einmal gab mir ein Agent eine Empfehlung an eine Portierfrau, nur, damit sie mich empfänge — für später einmal — man könne doch nie wissen ... Es war sehr heiter.

Es ist auch schon vorgekommen, daß ich in ein Haus eintrat, so ich nie gesehen hatte, frisch, fromm und gottesfürchtig eine Wohnung erfragte, zu allem Ja sagte und auch wirklich eine gezeigt bekam, eine ganz heimische, eine noch möblierte Wohnung, der es schon in allen Möbeln zuckte, und die ganz still bei sich wußte: Ich bin frei! Ich bin frei! — Und dann bekam sie ein anderer.

Und ein der *‹Vossischen Zeitung›* nahestehender Journalist — dem haben sie eine Wohnung angeboten, aber es ist da eine junge Hausbesitzerin, und sie stellt so ihre privaten Bedingungen ... Und er will nicht, und jetzt hat er immer noch keine Wohnung, und ich habe ihn gebeten, mich zu schicken — aber er hat gesagt, dazu gehöre schon ein Mann, die Wohnung sei recht geräumig.

Ich habe nun alles hinter mir, ich habe alle Mittel versucht, alles gesehen: Portierswohnungen, wo plötzlich, mitten in der Verhandlung mit ‹ihr›, oben unter der Decke, wie im Wirtshaus zum ‹Rosenkavalier›, ein Kerl seinen schreckhaften Kopf durchsteckte und fragte: «Was ist denn hier los?» – ich habe die jungen Damen der Agenturen zum Tanz ausgeführt und ins Kino – mir blieb nichts erspart.

FORT MIT DEM SCHUNDGESETZ!

Gegen das schlechte und böswillig eingebrachte Schund- und Schmutzgesetz haben sich viele Stimmen ernsthafter und berufener Leute erhoben – es besteht also alle Aussicht, daß es im Reichstag angenommen wird. Das darf nicht sein.

Mit welchem frechen Leichtsinn hier von den sogenannten Gesetzgebern verfahren worden ist, zeigt die Tatsache, daß in der Entwurfsliste der Indexwerke Romane von Zapp, Dominik, Hackländer und Hauff enthalten waren, daß diese Romane von über dreihundert deutschen Tageszeitungen veröffentlicht worden sind, und zwar von Blättern aller Richtungen: von der *‹Germania›* bis zur *‹Berliner Morgenpost›*. So wird hier gearbeitet.

Das Gesetz verdankt der beispiellosen Naivität des Sozialdemokraten Heinrich Schulz seinen Ursprung, obgleich der die exceptio plurium geltend machen kann. Aber soll sich durch Kautelen jemals erreichen lassen, daß dieser Fetzen von Gesetz durch eine deutsche Verwaltungsbehörde nicht mißbraucht wird? Um das zu glauben, dazu gehört schon eine jahrzehntelange Vorbildung als Parteifunktionär. Wir andern sind nicht so pflaumenweich gläubig.

Denn schon wird der Schwerpunkt der Diskussionen auf diese Kautelen gelegt – schon wird eine Reichskommission gefordert, Einstimmigkeit bei der Abstimmung und ähnliche Kindereien, die nichts helfen werden. Das ganze Gesetz hat zu fallen.

Dieser Staat ist in seiner jetzigen Form weder legitimiert noch befähigt, Kulturgesetze zu erlassen; die tiefe Spaltung, die durch die Nation geht, hat in ihm keinen Niederschlag gefunden; er tut noch immer, als habe ers mit einer einigen Nation zu tun. Das ist nicht wahr. So wenig, wie der Oberreichsanwalt, der Reichspräsident, der Reichsinnenminister die ganze Nation vertreten, so wenig täte das einer der von den Soldaten hingemordeten Revolutionäre. Hier gibt es kein Kompromiß.

Und weil dieser Zwiespalt nicht zu lösen ist, weil diese farblose und öde Gesetzesmaschine die subtile Frage: Bewahrung der Kinder vor Schund nicht sauber und gut zu lösen vermag – deshalb soll sies nicht schlecht tun und solls nicht so tun, daß dabei ein dunkler und übler Nebenzweck, nämlich eine politische Zensur mitaufgerichtet wird. Es gibt keine Schutzbestimmung gegen den Mißbrauch dieses Gesetzes – keine einzige. Die Taktiker werden, zu spät wie immer, merken, was sie angerichtet haben. Sie haben es nicht gewollt? Sie sehen nicht über die Türflügel ihrer Kommissionszimmer hinweg.

Wer von den Linksparteien sich bei diesem Gesetz nach berühmten Mustern der Stimme enthält, wer nicht dagegen stimmt, der lügt den Willen seiner Wähler um, die keine Zensur wollen. Der Schundentwurf darf in gar keiner Form Gesetz werden – denn die Bewahrung einer ausgepowerten, wirtschaftlich rechtlosen Jugend vor ästhetischem Schmutz ist lange nicht so wichtig wie das kleine Eckchen Geistesfreiheit, das noch da ist. Laßt euch nicht einschläfern: die neunmal Weisen werden die Dummen sein. Was gebührt diesem Entwurf –?

Ein Fußtritt.

FRIEREN UND FRIEREN LASSEN

In England streiken die Bergarbeiter.
Na, was ist da weiter?
Da müssen die Engländer ihre Kohlen
eben bei uns bezohlen!
Das ist ein altes Gesetz in der Welt:
Deutschland dient andern gerne. Für Geld.

Was aber jene betrifft, die Briten:
die sitzen inmitten
ihrer Zimmer an einem leeren Kamin,
lesen ein liebliches Magazin . . .
Nachgeben? Mit denen da parlamentieren?
Lieber frieren.

Die Minister, aus englischem Pfeifenholz,
bleiben stolz,
Erst der Staat. Dann die Wirtschaft. Dann der Profit.
Wer streikt, ist ein Kommunistenbandit.
Auf die Bergherren drücken? Kapitulieren?
Lieber frieren.

Die Arbeiter hungern. Kinder weinen.
Mutter hat Wasser für die Kleinen.
Nagt selbst an den Nägeln. Schnupft auf. Wartet geduldig.
Monat für Monat. Bleibt Miete schuldig.
Liegt auf der Straße . . . Überlegt . . .
Da! Polizei kommt angefegt.
«Straße frei!» Überlegung vorbei!
Nieder mit der Streikbrecherei!

Nachgeben? Zehn Stunden am Tag? Desertieren?
Lieber hungern und frieren.

So geht das seit einem halben Jahr.
Jetzt wird es kalt. Dezember, Januar ...
Und wenn dabei Tausende zu Grunde gehn:
Das ist Ordnung. Das muß bestehn.
Licht im Ofen und Licht in Kaminen
kann nur scheinen, wenn welche verdienen –
Wärme in Stube und Wärme im Saal:
nur mit Prozenten fürs Kapital!
Oben: Behaglich durchwärmte Zimmer.
Oben: Blitzender Lampenschimmer.
Toast-Röster, Heißluft-Ondulieren.
Unten:
Frieren.

IDYLL AN DER LEINE

Ich weiß: es ist nicht recht. Der Mann ist tot, und die Frau hats so gut gemeint ... Aber ich kann es mir nicht verkneifen, es zuckt in allen Lachmuskeln, und so möchte ich mir denn den Scherz erlauben, «welchem eine Stelle zu gönnen in diesem durchweg zweideutigen Leben kaum irgendein Blatt zu ernsthaft seyn kann». Es handelt sich um die Erinnerungen an Hermann Löns.

Kein Wort über den Mann. Er hat im Krieg einen Tod gefunden, den er vielleicht gesucht hat – der Klingklang seiner Verschen tönte im Unterstand wider, und sein großer Erfolg: der ‹*Werwolf*› ist genau so unangenehm wie dessen Bewunderer: Sadismus mit ethischem Gesamtziel. Gut. Aber die Erinnerungsbändchen ...

Es gibt zwei. Löns hat allerhand Frauengeschichten gehabt, die uns nichts angehen – und da ist zunächst ‹die Swaantje›, eine Romanfigur gewordene Romanfigur, die da ihre Erinnerungen hintergelassen hat. Das ist so recht jene Mischung von Blondhaar, wehenden Zweigen, blauen Stunden, Hermanns Bett und Buchenstämmen – und von einer Seelenqual, die in alle Winde zerstiebt, wenn man einmal das Waldweben mit seinem richtigen Namen benennt. Uterus vobiscum.

Das zweite Bändchen aber stammt von der ersten Frau – ‹*Meine Erinnerungen an Hermann Löns*› von Elisabeth Löns-Erbeck (bei Gebrüder Lensing in Dortmund) –, und wenns nicht also gedruckt in der Öffentlichkeit vorläge, wagte ich niemals, auch nur daran zu rühren.

Man denke sich eine Atmosphäre von: mittlerer Provinzstadt, dem Briefkasten der ‹*Berliner Morgenpost*› (eine Sonntagslektüre, die jedermann herzlich zu empfehlen ist), Muschelsalon, roten Samtstühlen und 1893 ... «Die Herren radelten» und «Ich schilderte ihm begeistert ein herrliches gotisches Prunkbört mit dazugehörigem Schranke ...» Löns heißt erst Löns – aber als der Segen herniedergeprasselt ist, da heißt er nur noch ‹meinmann-meinmann›, was man immer in einem Wort schreiben sollte. (Ich höre, daß es solche Frauen geben soll, die das sagen.) Wer kann zum Beispiel dies erfinden –?

«Als wir dann in kleinem Familienkreise bei fröhlichem Mahl saßen, gab mein Mann mir einen langen Musquetairhandschuh und sagte: ‹Bei unserm ersten Begegnen verlorst du diesen Handschuh; ich kam zurück und hob ihn auf; seitdem trage ich ihn bei mir, um ihn dir an unserm Hochzeitstage zurückzugeben. Das geschieht hiermit.›» Ein Parademarsch der Liebe.

Aber nicht nur ‹meinmannmeinmann› spielt eine rührend-peinlich-komische Rolle in diesem absonderlichen Heft – es gibt auch andre deutsche Gestalten. Da ist etwa ein Verleger – was der einmal sagt, ist derartig echt, von einer so treffenden Lebenswahrheit ... die ganze Film-, Zeitungs-, Buchbranche spricht aus ihm. Der Verleger hatte zufällig ein Gedicht Rilkes gesehen, nämlich *‹Klage›*:

Alle Mädchen erwarten wen,
wenn die Bäume in Blüte stehn;
wir müssen immer nähn und nähn,
bis uns die Augen brennen.

Und mit diesem Gedicht in der schwieligen Verlegerfaust trat er vor den ahnungslosen Löns und sprach die unsterblichen Worte:

«So was müßten wir auch mal haben!»

So, genau so, sieht der Kaufmann mit dem künstlerischen flair aus.

Und wenn man sich durch das Bändchen durchgelacht hat, durch Schilderungen von Schützenfestbummeln und Kellnerinnen, aber alles mit sittlichem Maß und Ernst und Zielstrebigkeit ... dann bleibt ein Wort haften, das man nie mehr vergißt. Es gibt einen, der solche Sätze erfinden kann, das ist Georg Hermann, aber er möge mirs verzeihen: dieses hier ist nicht zu übertreffen. Hier ist es:

«Im ersten Jahr unsrer Ehe erkrankte ich schwer und mußte lange, bange Wochen liegen. Ich war aufgefordert, einen Vortragsabend in Pyrmont abzuhalten, und wir waren grade fertig zur Abreise, als ich zusammenbrach. Als ich das Bewußtsein verlor, hörte ich noch Hermanns Aufschrei: ‹Sie stirbt, ich laufe zum Doktor!›, aber da hatte meine sonst so sanfte, stille Mutter mit festem Griff seine Hand gefaßt, ihn vor mein Lager geschoben und gesagt:

‹Wenn deine Frau stirbt, bleibst du bei ihr!›»

Das ist ein Satz fürs Leben, er hat allgemeine Gültigkeit, und so sei er auf das freundlichste dir, guter Leser, mit den besten Wünschen für die Zukunft eingeprägt.

WO BLEIBEN DEINE STEUERN –?

Wenn einer keine Arbeit hat,
    ist kein Geld da.
Wenn einer schuftet und wird nicht satt,
    ist kein Geld da.
Aber für Reichswehroffiziere
und für andre hohe Tiere,
für Obereisenbahndirektionen
und schwarze Reichswehrformationen,
für den Heimatdienst in der Heimat Berlin
und für abgetakelte Monarchien –
    dafür ist Geld da.

Für Krankenhaus und Arbeiterquartier
    ist kein Geld da.
Für den IV. Klasse-Passagier
    ist kein Geld da.
Aber für Wilhelms seidne Hosen,
für prinzliche Zigarettendosen,
für Kleinkaliberschützenvereine,
für Moltkezimmer und Ehrenhaine,
für höhere Justizsubalterne
und noch eine, noch eine Reichswehrkaserne –
    dafür ist Geld da.

Wenn ein Kumpel Blut aus der Lunge spuckt,
    ist kein Geld da.
Wenn der Schlafbursche bei den Wirten zuguckt,
    ist kein Geld da.
Aber für Anschlußreisen nach Wien,
für die notleidenden Industrien
und für die Landwirtschaft, die hungert,
und für jeden Uniformierten, der lungert,
und für Marinekreuzer und Geistlichkeiten
und für tausend Überflüssigkeiten –
    da gibts Zaster, Pinke, Moneten, Kies.
        Von deinen Steuern.
        Dafür ist Geld da.

BROT MIT TRÄNEN

Manchmal, wenn etwas Fürchterliches passiert ist, muß man nachher essen. Das ist eine seltsame Art zu essen ...

Ekel vor dem Alltag, Scham, ihm unterworfen zu sein, sind überwunden — denn erst hat der Gedanke so weh getan, nun, nach solchem Geschehnis, etwas zu essen. Dann erfüllt das Gefäß des Schmerzes eine Formalität.

Es ist gar kein Essen. Ja, es wird wohl dem Körper eine Nahrungszufuhr vermittelt, das ist wahr, und es rutscht auch hinunter. Aber die Augen brennen noch verschleiert von Tränen, salzig fällt es auf die Butterbrote, vom Pathetischen zum Trivialen ist es nur eine Nasenspitze weit. Die Backen kauen, die Kehle schluckt, die Hand umklammert irgend etwas Brotiges. Aber es schmeckt nach nichts, es ist eine unnütze Geste, dieses Essen. Es widert einen an, das da.

Einmal, da starb einer Verwandten der Mann. Das war um sieben. Als er tot war, saßen nachher alle bei Tisch, gezwungenermaßen, wie nach einer geschlagenen Schlacht, nach einer Niederlage. Es war aus. Niemand sprach. Dann aber sprach jemand, und ich werde nie die Stimme der Frau vergessen, die da zu ihrer Schwester sagte, schluchzte, naß stöhnte: «Wo hast du die Eier her —?» Und die andere, tonlos, leergeweint, am Ende: «Von Prustermann. Sind sie nicht gut —?» Seht, so holt sich das Leben seine Leute wieder, die ins Land der Trauer auf Urlaub gehen.

GEBRAUCHEN SIE EINEN BADE-THERMOMETER?

Zu jener Zeit, als ‹das Bad am Samstagabend› noch eine große Sache war — so mit Badeofenvorherheizen sowie Ausräumen der Wanne, in der immer altes Gerümpel stand, wenn sie nicht mit einem schönen, gestickten Tuch überdeckt war — zu jener Zeit hatte man ein Bade-Thermometer. Wenn die alte Kanonenröhre von Badeofen gurgelnd und zischend das heiße Wasser hergab, so wurde das hölzerne Ding ins Wasser getunkt, herausgezogen, nachgesehen, wieder hineingesteckt; kaltes Wasser wurde dazugetan und heißes abgelassen, bis genau jene vom *‹Hausbuch für gesunde Familien›* angeratene Temperatur erreicht war: 29 Grad. Es war furchtbar aufregend.

Dann wurden die Zeiten schwerer: der Diskont wurde heraufgesetzt, die allgemeine Sittlichkeit ging bedenkliche Wege, und die Leute fingen an, oft und öfter zu baden. Es kam jene Zeit, wo es fein war, in gefälliger Form Witze darüber zu machen, daß man gebadet habe, sehr wohl wisse, daß es zu tun richtig sei — aber man tat so, als habe man nicht ... Dann sprach überhaupt kein Mensch mehr vom Baden, alle badeten. Alle baden. Gut.

Was aber Allgemeingut und Alltagsgut wird, das verliert Feierlichkeit und Formalität – und so, wie sich heute nur noch wenig Menschen des Hexameters bedienen, so bedienen sich immer weniger Leute eines Bade-Thermometers.

Von medizinischen Bädern sei hier abgesehen. Aber: benutzen Sie ein Bade-Thermometer –?

Leute, die ein Bade-Thermometer benutzen, sind sehr ‹eigne› Leute – dieses Wort reicht von ‹sorgfältig› bis ‹egoistisch›. Sie wollen es ganz genau wissen; stehen ihnen dreiunddreißig Grad zu, dann sollen es nicht einunddreißig sein – und sie haben sich so lieb ...! Sie nehmen das Bad ernst.

Wobei denn also die feinere Menschheit in zwei Klassen einzuteilen wäre: in die Bade-Thermometristen und die A-Thermometristen (Alpha privativum).

Die mit dem Thermometer hat das Automatenleben noch nicht herunterbekommen. Für sie ist das Bad noch ein Bad, eine gediegene Sache, die jedesmal aufs neue mit der gebührenden Wichtigkeit abgewandelt wird – die Augen prüfen die Quecksilberskala, die Lippen schmecken das Wasser ab – «Ich werde noch eine Kleinigkeit warmes Wasser hinzutun», spricht der Badgourmand. Wenn sie das Bad so sorgfältig vorbereiten, dann werden sie es wohl auch mit dem Rest ähnlich halten: ihr Geburtstag wird ein Geburtstag sein, ganz echt und richtig: mit Lichtern und einer leicht verhaltenen Feiertagsstimmung und jenem dämlich-komischen Gefühl, das Geburtstagskinder die Glückwünsche anderer so entgegennehmen läßt, als handelte es sich um ein, wenn auch bescheidenes, Verdienst ... Eine Reise ist eine Reise: mit ernsten, vorgefaßten Plänen, mit zweckentsprechender Belehrung, aber auch hier und da eingestreutem Naturgenuß, mit vorher geregelter Pension (morgens zwei Eier) und garantiert rauschendem Wasserfall. Ein Geschäft wird ein Geschäft sein, eine Gerichtsverhandlung eine Gerichtsverhandlung – alles ganz richtig. Ernst ist das Leben.

Die ohne Bade-Thermometer – –

Das sind Leute, die den täglichen Mechanismus schon nicht mehr so ernst nehmen; die jeden Morgen baden und mal rasch mit der Hand durchs Wasser fahren, obs schon gut ist (es gibt da nur Extreme: bliebe die Hand im Eis stecken, ist es zu kalt – geht die Haut ab, dann ist es heiß). Aber die ohne Thermometer sind Leute, denen der tägliche Ablauf der technischen Wunderbegebnisse nichts mehr bedeutet – so, wie sie, niest einer, nicht mehr sagen: «Helf Gott», so fliegen sie, hören Radio ab, lassen sich die Nase verschönern ... Es ist ihnen selbstverständlich geworden.

Ihre Hand ist für Feinheiten abgestumpft, sie haben keine Zeit, mit ihren Nerven auf Gradunterschiede zu reagieren, weil es nicht lohnt. Es ist Kräfteersparnis, privates Taylor-System, kürzester Weg zwischen zwei Punkten: die gerade Linie. Die ohne Bade-Thermometer haben ein altfranzösisches Wappenschild, auf dem steht:

«Moi je m'en fous!»

Solange der Badeofen nicht explodiert, das Amerikaschiff nicht untergeht, der Flieger nicht kleine Personalböen einlegt – solange ist es ihnen gleich, sie nehmen es hin. Windhunde. Heiter ist die Kunst.

Goethe hat ein Bade-Thermometer benutzt, Schiller desgleichen – auch Karl der Dicke sowie, vorkommendenfalls, der Turnvater Jahn. Von lebenden Schriftstellern benutzen ...

Nein. Man möchte ja auch mal in die Akademie kommen.

Immerhin ist dieser Gegenstand ein untrügliches Zeichen für die Form eines Charakters. Und ich kann mir sehr gut denken, daß der Bräutigam, anstatt den Graphologen aus dem Tintensatz lesen zu lassen, zur künftigen Braut leise, aber ernst spricht:

«Eine Frage, mein Fräulein. Benutzen Sie ein Bade-Thermometer –?»

DER LIEBE GOTT IN KASSEL

Eines Morgens, um neun Uhr, erschien im Hause des Schriftstellers Ernst Glaeser, in Groß-Gerau bei Darmstadt, ein Stadtpolizist und begehrt mit rauher Stimme, jenen zu sprechen. Das fiel auf, der alte Herr Glaeser ist Amtsrichter in Groß-Gerau. Der Polizist führte den jungen Mann durch die Straßen ins Rathaus, wo der Delinquent verhört wurde. Er hatte Gott gelästert, das wurde zwischen den Bauern, die um Lieferung ihrer Bullen ins Rathaus gekommen waren, festgestellt. Man kann sich die Wirkung des Transports eines Amtsrichtersohns in einer kleinen Stadt vorstellen. Die Folge dieses polizeilichen Fehlgriffs war: Ausweisung des Sohnes aus dem Elternhaus, der Junge stand auf der Straße. Und da steht er heute noch und wartet auf das Hauptverfahren, das ihm die Anklage der Oberstaatsanwaltschaft in Kassel einbringen wird. Denn dies war vorangegangen:

Ernst Glaeser hat ein Stück geschrieben: *‹Seele über Bord›* (das kürzlich in Berlin aufgeführt worden ist). In der dritten Szene dieses Stücks nähert sich in einer katholischen Kirche ein Detektiv einem Mädchen in der Verkleidung eines Priesters und will sie vergewaltigen. Er wird daran durch den Liebhaber des Mädchens gehindert – und in dieser Szene wird Christus von dem rasenden Verführer angeschrien. Das Mädchen wendet sich an den Erlöser still um Hilfe – der Detektiv verkleinert ihr diese Aussichten ... Das Drama geht nachher ganz andre religiöse Wege; an keiner Stelle ist auch nur im geringsten angedeutet, welcher Meinung denn nun der Verfasser sei. *‹Seele über*

Bord› ist im Kleinen Theater zu Kassel mit Erfolg gegeben worden. Die Presse war gut, kein Kritiker nahm Anstoß.

Erst später brachte die *‹Kasseler Post›* ein ‹Eingesandt›, worin sich ein Leser über das Stück beschwerte. Bei der ersten Wiederholung stürmte ein Trupp nationaler Herren unter Führung eines Rechtsanwalts Freisler das Theater, störte die Vorstellung und mißhandelte einen Zuschauer, der für den Dichter Partei nahm. Das Stück wurde polizeilich verboten; irgendein Verbändchen zur Bekämpfung von Schmutz und Schund hatte darum gebeten. Der Unterzeichner des Antrags war ein Oberregierungsrat.

Die Anklage enthält aus dem Zusammenhang gerissene Sätze des Dramas und stellt als Gotteslästerung fest:

«Der Angeschuldigte spricht hier von dem Erlöser mit der feuchten Wimper, der Mädchen erwecke, Menschen zurückwarf ins Hinterbliebene, aber doch einen Gott braucht, um zu sterben von der Nacktheit, die sich peinigt am Holz, von dem himmlischen Bräutigam, auf Erden ein Knabe, vor Gott eine Laus ...» – «Der schöne Feigling» heißt es einmal. «Der kesse Verräter.»

«Diese Äußerungen», setzt der Staatsanwalt hinzu, der immerhin einmal sein Assessorexamen gemacht hat, «müssen als Kundgebungen der Geringschätzung und als Frivolitäten aufgefaßt werden, die im höchsten Grade geeignet sind, das religiöse Gefühl des Menschen, einerlei welcher Konfession er angehört, zu verletzen.» Also etwa das des Mohammedaners. Aber selbst die Angehörigen jener Korporationen, die den Rechtsschutz des kindlichen § 166 genießen, können sich ja wohl nicht alle verletzt fühlen ... Wenn aber ein Jurist schreibt: «Der Angeschuldigte hat zweifellos das Bewußtsein gehabt, daß seine Darstellung und seine Ausdrücke als beschimpfend und Ärgernis erregend aufgefaßt werden könnten» – dann ist doch zu sagen, daß dieses Assessorexamen etwas dünn ausgesehen haben muß. «Meine Herren», pflegte der selige Liszt in seinen Seminarübungen zu sagen, «schreiben Sie nie: zweifellos. Zweifellos sagt der Jurist immer dann, wenn er nicht mehr weiter weiß.» Dieser da hat wahrlich nicht mehr weiter gewußt. Er wird auf verständnisvolle Richter stoßen.

Die werden, was das ‹Ärgernis› angeht, leichtes Spiel haben. Der laute Rechtsanwalt Freisler, eben jener Theaterkämpfer, ein Apotheker und ein Versicherungsinspektor werden ein schönes Zeugnis von ihrem Konfirmationsunterricht ablegen, und so weit wäre alles in Ordnung.

Nicht in Ordnung ist aber, daß mit leichtsinniger und unsorgfältiger juristischer Arbeit einem Angeschuldigten ein dolus unterschoben wird, der nicht nur nicht zu beweisen, sondern dessen Annahme töricht ist. Wenn ein Anfänger durch Gotteslästerung Sensation machen will, wenn er beschimpfen will und weiß, daß diese

Beschimpfungen Ärgernis geben, dann fängt er das anders an. So sieht dann ein solches Stück nicht aus. Der Staatsanwalt schützt Gott, weiß aber nicht, wo er wohnt. Ich will ihm ein bißchen helfen.

Es geht nicht an, daß eine Justiz, die den schmutzigsten Fememördern das Bewußtsein der Rechtswidrigkeit abspricht, eine Justiz, die eben bei einem gräßlichen Mißhandlungsprozeß der Reichswehr entschieden hat: «Das Gericht ist der Meinung, daß die Beteiligten auf Grund erhaltener Befehle an die Ausübung einer disziplinellen Handlung hätten glauben können», damit also zugebend, daß man in dieser Reichswehr offenbar mit Brutalitäten ‹erzieht› — es geht nicht an, daß eine solche Justiz einen völkischen Stadtskandal zu einer Lästerung aufbauscht, die nicht vorhanden ist.

Haben diese Größen da Ärgernis genommen? Ein drittes Semester weiß, daß das selbstverständlich nicht genügt, sondern daß auch der objektive Tatbestand gegeben sein muß. Nur der ist hier zu prüfen. Wie wird er geprüft werden —?

Gotteslästerungsprozesse in der deutschen Rechtsprechung haben nicht nur einen lächerlichen, sondern auch einen böse politischen Aspekt. Der Eindruck ist jedesmal derselbe: in diesen Prozessen soll der ‹umstürzlerische, zersetzende Geist dieser Zeit› getroffen werden, womit, von dem Blickpunkt der Urteilenden aus, zunächst jeder Geist und dann eine politische Richtung gemeint ist, die ihrer Kaste unangenehm ist. «Wir werden denen das mal zeigen: hier in Kassel gibts das nicht!»

Es ist aber doch zu fragen:

Wie lange noch will sich die ‹Republikanerschaft› dieses Landes das mitansehen? Leben wir unter der Herrschaft von religiösen Medizinmännern? Geht uns dieser lächerliche Lokalspektakel etwas an? Kann man überhaupt Gott lästern, wenn man nicht an ihn glaubt? (Nur Katholiken können eine schwarze Messe zelebrieren.) Selbst der dogmatisch Gläubige kann nur an rohen Religionsstörungen Anstoß nehmen, die — und nur darauf kommt es an — abzielen, ihn zu verletzen, ein Tun, das nur unter ganz bestimmten Voraussetzungen entschuldbar wäre (etwa in der Defensive). Unter gar keinen Umständen aber hat irgendeine Religionsgemeinschaft das Recht, die Einbeziehung ihrer Einrichtungen in Dichtwerke zu verbieten — umso weniger, als sie sich selbst bei jeder Gelegenheit dem öffentlichen Leben aufdrängt.

Hier ist aber nicht einmal antikirchliche Kritik. Hier ist grelle Farbenbuntheit, ein gewisses Abenteurertum, Jugendromantik, wirres Rufen: wer sich hier verletzt fühlt, birgt nationale Hemmungen in seinem Busen, verklemmtes, nicht abreagiertes Zeug. Mit dem Strafrecht darf das nichts zu tun haben.

Es ist nicht einmal sicher, ob die Denunzianten von der Geistlichkeit vorgeschickt worden sind. Ich möchte das verneinen. Es sind immer dieselben Typen, die ‹Anstoß nehmen› und die Schundgesetze vorbereiten: jene Burschen mit der stillen Wut im Leibe, mit den verkapselten Wünschen, die die Gattin nicht gewährt, mit der maßlosen Gereiztheit auf das Neue, auf die Jugend, auf frischen Wind. In Geistesäußerungen Pornographie wittern? Eine Art Selbstbefriedigung. Pornographie hassen? Man haßt nur, was man selber ist. Man haßt nur, was man liebt.

Das Schöffengericht in Kassel steht vor der Aufgabe, unbefangen zu prüfen, ob die tatsächlichen Voraussetzungen für eine strafbare Handlung gegeben waren. Dazu gehört nicht nur, daß Menschen Ärgernis genommen haben, sondern daß das Ärgernis auch gegeben worden und mit Vorsatz gegeben worden ist. Es gibt Staatsanwälte, die nichts von Juristerei verstehen – aber es gibt keinen Literaten, der in diesem Stück Ernst Glaesers etwas andres sehen kann als den brausenden Versuch eines tastenden jungen Menschen. Das Verfahren da unten ist ein Kettenglied mehr in der geistigen Versklavung eines Landes.

IF...

Es gibt ein englisches Theaterstück, darin wird gezeigt, wie ein junger Mensch einen Untergrundbahnzug erreichen will, er kommt zu spät, und an der Sperre lassen sie ihn nicht durch... der Zug fährt ihm grade vor der Nase weg. Zweite Szene: das noch einmal – aber nun stößt er den Mann an der Sperre beiseite, fliegt vor, taumelt noch grade in den abfahrenden Zug. Und darin sitzt ein Mädchen, mit dem er ins Gespräch kommt – in dem Zug sitzt ein Schicksal: sein Schicksal, das er erlebt hätte, wenn er damals den Zug erreicht hätte...

In Paris habe ich neulich eine Wohnung gesehen – das war meine Wohnung. (Du hast keinen Sperrdruck, S. J.? Sperr: ‹meine› – es war meine, meine, meine Wohnung.) Einen Nachmittag lang habe ich geglaubt, ich könnte sie vielleicht haben.

Sie lag im fünften Stock, oder war es der sechste? Jedenfalls schob sich der Fahrstuhl nicht weiter hinauf, die Treppen hörten scheinbar auf – und dann kam eine kleine Privattreppe, und da hinauf gings. Oben war eine Tür, ein Korridorchen... Und dann das Arbeitszimmer aller Arbeitszimmer: ein riesiges, hohes Atelier; an der Breitwand führte noch eine kleine gewundene Treppe hinauf, da standen die Borde einer Bibliothek... Und von da in den Nebenraum, man sah durch die breiten Glasfenster über die vielen Giebel und die grauen Häuser. Totenstill. Und von da in ein Zimmerchen und noch eins und noch eins... Das dritte war mit einer Doppeltür versehen, die war mit hellblauem verschossenem Tuch gepolstert, «und die Schreie der Lust erstickten in dem Schlafgemach des teuflischen Verführers». Alles in der Miete miteinbegriffen. Und ein Badezimmer war da – nie hätte man unter zwei Stunden darin verbracht; man hätte Gäste dazu einladen müssen. Davor lag eine Sonnenterrasse. So eine Wohnung war das.

Wenn Paris zu laut, zu bunt, zu lustig ist, dann fahre ich da hinauf – und es hat mich verschluckt. Ich gehe langsam die kleinen Stufen der Privattreppe nach oben; während der Fahrstuhl erdwärts surrt, schließe ich vorschmeckend die Tür. Da wird der Hut hingehängt, da der Mantel, die Tür schnappt zu – wie der Griff vertraut in den Fingern liegt – da ist das Atelier. Da die Post, oben brennt matt eine Lampe – nun der Tisch in warmer Helle. Sie liegt auf dem kleinen Diwan und liest furchtbar eifrig. «Was liest du da?» sage ich. «Paul Valéry», sagt sie, «sag mal: was will der Mann eigentlich?» Ich lehne indiskrete Fragen ab – ich bin ein einfacher Arbeiter im Weinberg des Herrn, und das ist feinste Literatur, viel zu teuer für mich. Sie steht auf und verjagt die graue Seidenkatze, die buckelt. «Ich für mein Teil», sagt sie, «gehe ins Bett. Lisa ist schon da.» Lisa heißt gar nicht Lisa. Übrigens sind wir drei. Ich lasse das Duo schlummern und krame ein bißchen am Tisch.

Vormittags ist es manchmal ganz hellgrau, dieses lichte Grau der pariser Vormittage. Es ist so still, daß man die Kanarienvögel singen hört. Meiner singt nicht, die faule, gelbe Kugel. Er sitzt da und blinzelt heimtückisch. Es ist so still ... Auf dem Tisch liegen die Notizen von gestern abend – man muß seine Gefühle aufbewahren können – los gehts. Es hat mich, der Kopf läuft langsam violett an, die Schreibmaschine klingelt lieblich.

Nun lebe ich schon seit Jahren in dieser Wohnung – ich kann gar nicht denken, daß ich jemals anderswo gelebt hätte – hier ist Heimat. Elli ist längst nicht mehr da, aber sie hat einen Spiegel dagelassen – der grüßt immer zurück, man muß aber zuerst grüßen. Manchmal kommen Leute aus Berlin; die sagen: «Sie haben aber hier ... Donnerwetter noch mal – ich suche nämlich auch eine Wohnung in Paris – wissen sie nicht ...» Nein, ich weiß nicht.

Manchmal wache ich an späten Nachmittagen auf; da liegen oben an der Decke schon schräg die Lichtkringel – so lange habe ich geschlafen. Heute abend ist das hinter der École Militaire – es kann sehr heiter werden, wenn die braune Kommerzienrätin da ist. Pfeifend schlurre ich ins Badezimmer – unterwegs werde ich durch widrige Winde in die Küche getrieben, wo noch etwas Büchsenananas steht. Hat die Wirtschafterin sie aufgefressen? Büchsenfrüchte sind manchmal giftig. Gott segne sie alle beide.

Jetzt ist es schon so lange her. Wann bin ich eigentlich hier eingezogen . . .?, rechne ich einmal. Vier, fünf, warten Sie mal: sechseinhalb Jahre! Was ist hier alles entstanden? Bücher – zwei dicke Bücher – und sonst noch allerhand; liebevoll streicheln die Augen alles Erreichbare und alle Wände. Wenn ich verreist bin, sage ich manchmal so ganz nebenbei: «Meine pariser Wohnung – in meiner pariser Wohnung . . .»

If . . . Einen Nachmittag lang. Der Vertreter des Architekten, der die Wohnung für den gérant an Stelle des Hausbesitzers verhökerte, besaß einen copain, der war Prix de Rome und hatte eine Submission der Stadt Nantes zu vergeben. Unter diesen Umständen ist leicht zu begreifen, daß mir die Tochter der concierge, als ich auf Zehenspitzen das Haus anschlich, freundlich, aber ernst sagte: «Monsieur – il vient d'être loué.»

3 rue de la Terrasse, falls Sie die Adresse wissen wollen.

VOR ACHT JAHREN

Ja, damals –!
Da hat zum ersten Mal
in Preußen die Erde gezittert.
Da fühlte der letzte Korporal:
Dicke Luft! es gewittert!
Sie rissen den Kesseln die Feuer heraus.
Gewehre herunter! Und alle nach Haus.

Ja, damals . . .
Wo waren sie damals doch:
die Kaisers mit Ordensketten?
Sie saßen zitternd im Mauseloch,
auf Autos und Damentoiletten.
Kronprinz, Offiziere – mucksmäuschenstumm.
Keiner stand grade. Alle fielen um.

Ja, damals . . .
Heut ist das so lange her . . .!
Sie sind alle wieder oben.
Justizverbrecher. Schimmernde Wehr.
Alles wieder erschoben.
Halts Maul, Deutscher! Verdien! Verdien
das Fressen für zwanzig Monarchien.

Ja, damals –!
Wie haben sie das getauft?
Revolution? Das war keine.
Sie haben dich verraten und verkauft.
Du denk immer das eine:
1918? Gesegnete Zahl.
Nächstes Mal besser.
Nochmal. Nochmal.

«AH, M...!»

«Die Garde stirbt, doch sie ergibt sich nicht», ist bekanntlich nicht ganz so gesprochen worden. Man findet in Hugos ‹*Les Misérables*› die richtige Version: der gute alte General Cambronne, dieser französische Götz von Berlichingen, hat bei Waterloo den Engländern vielmehr ein einziges Wort entgegnet, sein Wort – «ein derbes, aber im Soldatenmunde nicht ungewöhnliches Wort», wie Büchmann bemerkt.

Dieses Wort, das, wie wir aus zuverlässiger Quelle erfahren, in Frankreich auch hier und da von Zivilisten gebraucht werden soll (und das der deutsche Soldat in seiner Sprache nicht minder häufig anwendete) – dieses Wort ist jetzt, ohne daß die Kuppel einstürzte, in der französischen Akademie ernsthaft diskutiert worden. Louis Bertrand, der auf dem Stuhle von Maurice Barrès sitzt, war da, Jean Richepin desgleichen und andere mehr.

Ist ‹Merde› französisch? Darf mans anwenden? Gehört es in das Große Wörterbuch der Akademie? Das sind schwierige Fragen. Nach langen Beratungen ergab sich folgendes Resultat:

‹Merde› ist ein französisches Wort, aber nur als Substantiv. Als Ausruf, als Antwort, als Urteil – etwa in der Bedeutung: «Ich bin mit der Ansicht des Herrn Vorredners nicht ganz einverstanden!» ist es dagegen nicht zugelassen. Frankreich, das ist ein Fleck auf deinem Wappenschild.

Wie? Dafür ist dieses kurze, so kurz malende und prägnante Wort während viereinhalb Jahren in allen Lagen des menschlichen Lebens tausend- und tausendmal gesagt worden? Ein Unbefangener hätte meinen können, die Soldaten beteten zu einem neuen Heiligen, der so hieße. Dazu das Wort geschrien, gebrüllt, herausgelacht, Gegenstände mit ihm zierend versehen, ganze Heeresberichte tadelnd mit dem einen Wort abgetan, es war Substantiv, Adjektiv, Adverb und Interjektion in einem – und nun auf einmal ist alles aus –? Das kann nicht sein.

Was, zum Beispiel, o Akademie, soll als Ausruf verwandt werden, wenn unsereins nationale Hetzromane diesseits und jenseits des

Rheins zu lesen bekommt? Was, wenn der Steuerbogen kommt? Was, wenn eine telefonische Verbindung nicht kommt? Soll: «Oh, Himmel!» gerufen werden? Oder: «Bei Jupiter!» – du wirst uns das nicht antun wollen, Akademie.

Die französische Sprache büßte eine ihrer Hauptwürzen der feingebildeten Unterhaltung ein, fiele dieser Ausruf. Nur als Substantiv? Nein: es ist ein Hauptwort, unentbehrlich für die Allgemeinheit. Und ich fürchte, die ganze Nation wird diesen Beschluß ihrer Akademie zur Kenntnis nehmen und dann darauf schlicht entgegnen: «Ah, Merde –!»

ALTES VOLKSLIED

Wem habe ich zu danken
  – sag an, mein Herz, sag an –:
Wer knebelt die Gedanken?
wer setzt der Freiheit Schranken?
  wer ist der brave Mann?

Der Leutnant, schlank gewachsen –
  sag an, mein Herz, sag an –
der Reichswehr? die in Sachsen
und Thüringen blutige Faxen
  unmöglich getan haben kann?

Ist es der Hauptschriftleiter
  – sag an, mein Herz, sag an –,
der dem schwarz-rot-goldenen Streiter
ein gebildeter, steter Begleiter
und noch nie einen Kampf gewann?

Es ist der deutsche Richter
  – sag an, mein Herz, sag an –,
der sperrt das rote Gelichter
in die Zellen – und hinterher spricht er:
  «Es gibt keine Klassenjustiz.»
  Man siehts, mein Herz, man siehts.

Denn die es besser wissen,
die schlafen auf strohenen Kissen;
und die nach dem Lichte streben,
die stehn hinter gitternen Stäben;
und die die Freiheit begehren,
die können sich nicht mehr wehren.

Was verdienen unsre Richter?
Sag an, mein Herz, sag an!
Paragraph juhu!
Paragraph juchei!
Wir wissen es ja schon:
Viel hundert Taler im Jahr, mein Herz –
Unsere Liebe.
Vertraun.
Und Pension.

DIE TOTE LAST

Die tote Last ist jenes Gewicht beim Fahrzeug, das erst einmal von der antreibenden Maschine überwunden werden muß, auch wenn es leer ist: es darf also nicht zu groß sein, denn für den Nutzungswert ist diese Kraftanspannung verloren. Ist ein Gebrauchsmotor zu schwer, so kann er sonst wer weiß wie viel gute Eigenschaften haben: er taugt nichts – er muß sich ja selbst schleppen. Das ist eine technische Binsenwahrheit. In Deutschland wächst sie nicht.

Was an der deutschen Überorganisation so lästerlich und so lächerlich ist, scheint mir eben dies zu sein: die Deutschen haben nicht begriffen, daß jedes Geschäft, jedes gesellschaftliche Tun, jede Arbeit ein Maximum an Organisationsmöglichkeiten in sich trägt, das ohne Schaden nicht überschritten werden darf. Es hat noch einen Sinn, für den Erwerb von Grundstücken ein vielspaltiges Grundbuch anzulegen – es hat aber keinen mehr, minder bedeutende Handlungen wie etwa die Rückgabe einer nicht benutzten Fahrkarte mit so viel Formalien zu belasten, daß die Nebenhandlungen zum Endergebnis in keinem Verhältnis mehr stehen. Bei uns wird die Organisation um ihrer selbst willen betrieben, um persönlicher Vorteile willen, um der Wichtigkeit willen – an das Resultat denkt nachher keiner. Gar nicht zu reden von den Behörden, die in ihrer kümmerlichen Schnurrarbeit so grotesk anzusehen sind: auch die einfachsten Dinge sind bei uns organisatorisch und nun gar gedanklich überladen, überlastet, vollgestopft – die tote Last ist zu groß. Ein Gebiet, auf dem diese Erscheinung besonders auffällt, ist die Jugendbewegung.

Ich habe hier neulich einmal gefragt, was denn aus den alten Wandervögeln würde – was neben der Befriedigung des einzelnen als Resultat für das Land herausgekommen sei. Ich habe das recht negativ beantwortet – und je kleiner die Kreise, die Verbändchen, die Vereinchen waren, desto mehr verübelten sie die Feststellung, daß außer einer Klampfe an der Wand nicht viel bliebe. Sie sollten sich besinnen.

Man denke sich einen Auslandsdeutschen, der seine Heimat seit dem Jahre 1900, also etwa der Zeit des Wandervogelanfangs, nicht gesehen hat. Er kehrt im Jahre 1926 nach Deutschland zurück und liest unterwegs auf dem Sonnendeck viel wertvolle und andre Literatur über die Jugendbewegung. Ich setze den Fall eines Mannes, der guten Willens ist, der sich wirklich unterrichten will, und der nimmt nun Kenntnis von dieser ungeheuern Literatur, die sich vom Wandervogel bis Wickersdorf mit allem beschäftigt, was dazu gehört. Er liest von einer Aufwallung in der Jugend, von ihren kräftigen und mutigen Versuchen, mit alten, dummen Vorurteilen aufzuräumen – er liest von ihrem Kampf gegen Tabak und Alkohol, von Organisationen und Spaltungen, von einem anscheinend sehr starken Leben dieser hundert und aber hundert Verbände. Nun landet er, und was sieht er da –?

Ist der Mann halbwegs gescheit, so wird er wissen, daß auch die stärkste Jugendbewegung, wenn sie nicht eine soziale Revolution einleitet, aus seiner alten Heimat nichts gänzlich Neues gemacht haben kann. Er wird auch nicht so vieles, was faul ist im Staate, der Jugendbewegung ankreiden. Das wäre töricht. Und er wird unter gar keinen Umständen faule Witze machen oder einzelne Männer und junge Leute persönlich herausgreifen und anklagen. Er soll nur die Augen auftun. Er passiert Zoll- und Polizeibehörden; er besucht Verwandte und Freunde, vor allem: er schließt Geschäfte ab, mietet, kauft, verkauft, kommt in Amtszimmer und Kasernen, schult seine Söhne ein – was sieht er?

Er wird, unter neuen Formen, schmerzlich erkennen:

Es hat sich so gut wie nichts gewandelt.

Und er hat mit dieser Feststellung recht.

Der ungeheure Aufwand, der in der Jugendbewegung geleistet wird, ist für die Umgestaltung der Gesellschaft in Deutschland fast vertan. Es sind Monologe, die da gehalten werden – Monologe und bestenfalls Chorgesänge einflußloser Leute, die einflußlos bleiben, die entweder an keiner Stelle des Staates sitzen, wo es etwas zu entscheiden gibt, oder die dort sitzen und den Träumen ihrer Jugend keine Achtung mehr tragen. Das ist beweisbar.

Wo sind auch nur lebensfähige Ansätze eines neuen Geistes in: Examenskommissionen, baupolizeilichen Stellen, die etwas zu bewilligen haben, in der Polizei überhaupt, in der Justiz, in der protestantischen Kirche – kurz: in jenen Gruppen, die durch ihre Alltagsentscheidungen das Leben einer Gesellschaft maßgebend bestimmen? Der heimgekehrte Auslandsdeutsche wird an eben diesen Stellen den alten Geist, den alten Ungeist finden. Nur auf diese Stellen aber kommt es an.

Sieht er näher hin, so wird er für den einzelnen manchen Nutzen der Jugendbewegung entdecken können: einen gewissen Rückgang des Alkoholkonsums, des Tabakkonsums, eine hier und da freier anmutende Auffassung sexueller Hygiene, obgleich die an vielen Orten durch eine dunstige, wolkige, ‹schwögige› Verdrängung abgelöst ist. Die jungen Menschen wandern, was sie früher nicht getan haben, sie sind der Natur näher — das ist, immer für den einzelnen betrachtet, unbestritten von Nutzen. Wie sieht es aber mit der Rückwirkung solcher Bestrebungen auf die Gesellschaft aus?

Die ist nicht vorhanden.

Das Mißverständnis zwischen den gradezu sektiererischen Aufregungen der Klüngel und ihrer tatsächlichen Wirksamkeit ist schlichtweg lächerlich. Man sehe sich irgendein Heft dieser ehrlichen, saubern und tapfern jungen Menschen an — man findet da eine *‹Secessio›* aus Wickersdorf, einen *‹Kampf zwischen Blüher und Antiblüher›*, und das mit einer Wichtigkeit aufgemacht, als hingen wer weiß welche Interessen und Folgeerscheinungen für alle davon ab.

In Wahrheit bleibt die Wirkung durchaus auf den einzelnen Kreis beschränkt, geht fast niemals darüber hinaus — und einige dieser Gruppen sind ja bewußt esoterisch. Mehr: man hat oft den Eindruck, als werde das praktische Leben, das Draußen, die soziologische Wirkung als etwas Profanes störend empfunden — sie wird nicht einmal immer gewollt. Es sind eben Kreise, wie es die gleichen geometrischen Figuren sind: sie kehren der Welt den konvexen Rücken, und wer nicht drinnen ist, ist draußen.

Man kann sich in Deutschland schon dafür bedanken, daß es nicht Rechtecke sind, nicht quadratische Kasernenhöfe, sondern Gebilde, die nicht ‹aufgehen›. Aber damit ists nicht getan.

Am gefährlichsten die Prätention, dieses: «Oho! Wir sind Idealisten und so edel!» Dadurch wird die Mehrzahl der bürgerlichen Jugend in den Irrtum hineingerissen, zu glauben, sie täten wirklich schon etwas, wenn sie dieser und nicht jener Gruppe angehörten. Wieviel anständige Gesinnung, wieviel wahrhaftiger Idealismus wird hier abgefangen, in eine Sackgasse geleitet — langsam verdunstender Dampf, der nie ein Rad getrieben. Es ist eine Lokomobile, die das Holz sägt, mit dem sie gefeuert wird.

Ich weiß, daß kein Vorwurf einen tätigen Mann in Deutschland so maßlos reizt wie der, daß sein Wirken überflüssig ist — er empfindet sich stets als den Nabel der Welt und hat im allgemeinen wenig Relativitätsgefühl. Aber dies geht doch zu weit.

Auf der einen Seite ein Trubel, eine ganze Philosophie, eine neu ausgebildete Terminologie, Pläne, Entwürfe, Verfassungen, romantische Manifeste — und auf der andern Seite ein ganz unromantisches Land, das die Romantik höchstens zum Aufputz für Staatsfeiertage benötigt, eine gesellschaftliche Struktur, die die ‹brausende Jugend› grade noch gelten läßt, solange sie nicht gegen die polizeilichen Bestimmungen verstößt, die aber gar nicht daran denkt, sich auch nur im geringsten zu ändern, die auch nicht ein Rädchen im Organismus ihrer Maschinerie auswechselt. Es bleibt beim alten System.

Sehen unsre Schulen wirklich so sehr anders aus? Hat sich auf den Universitäten etwas zum Guten gewandelt? Muß jener hypothetische Auslandsdeutsche nicht nur in kleine private Siedlungen, in Versuchsanstalten, in winzige Oasen geführt werden, wenn man ihm etwas zeigen will? Das darf er aber rechtens ablehnen. Er kann verlangen:

Ohne Führung, ohne geschwollene Kommentare sein Land zu durchreisen, mit Müller und Schulze zusammenkommen, wo Müller und Schulze zu sagen haben, irgendeine Schule aufzusuchen und noch eine, irgendein Amtszimmer zu betreten und noch eins, irgendeine Firma von innen her kennen zu lernen und noch eine – dann darf er sein Urteil abgeben. Und dieses Urteil muß lauten:

«Auf dem Sonnendeck las mans anders. Damals, als ich herfuhr, habe ich geglaubt, dieser Riesenrummel führe zu etwas und fände seinen Niederschlag in der Gesellschaft, im Staat, im täglichen Leben. Ich habe mich täuschen lassen. Die deutsche Jugendbewegung ist eine Wellenbewegung: scheinbar vorwärts, in Wahrheit auf und ab. Der Literatur, dem Vokabularium, der Bewegung entspricht so gut wie nichts. Der Motor ist viel zu schwer. Er ist eine tote Last.»

CHANSON

Aus dem Ungarischen
Gesungen von Gussy Holl

Da ist ein Land – ein ganz kleines Land –
  Japan heißt es mit Namen.
Zierlich die Häuser und zierlich der Strand,
  zierlich die Liliputdamen.
Bäume so groß wie Radieschen im Mai.
Turm der Pagode so hoch wie ein Ei –
    Hügel und Berg
    klein wie ein Zwerg.
Trippeln die zarten Gestalten im Moos,
fragt man sich: Was mag das sein?
  In Europa ist alles so groß, so groß –
  und in Japan ist alles so klein!

Da sitzt die Geisha. Ihr Haar glänzt wie Lack.
  Leise duftet die Rose.
Vor ihr steht plaudernd im strahlenden Tag
  kräftig der junge Matrose.

Und er erzählt diesem seidenen Kind
davon, wie groß seine Landsleute sind.
Straße und Saal
pyramidal.
Sieh, und die Kleine wundert sich bloß –
denkt sich: Wie mag das wohl sein?
In Europa ist alles so groß, so groß –
und in Japan ist alles so klein!

Da ist ein Wald – ein ganz kleiner Wald –
abendlich dämmern die Stunden.
Horch! wie das Vogelgezwitscher verhallt ...
Geisha und er sind verschwunden.
Abendland – Morgenland – Mund an Mund –
welch ein natürlicher Völkerschaftsbund!
Tauber, der girrt,
Schwalbe, die flirrt.
Und eine Geisha streichelt das Moos,
in den Augen ein Flämmchen, ein Schein ...
In Europa ist alles so groß, so groß –
und in Japan ist alles so klein.

KATZENMUTTER IN PARIS

Es war ... Wo es nicht war, weiß ich ziemlich genau. Es war nicht im Viertel des Palais Bourbon, wo die französischen Abgeordneten an versetzten Reden elend zugrunde gehen, wo Poincaré zur Zeit das Budget nach der Melodie berät: «Wir beraten nunmehr das Budget – wenn jemand was zu sagen hat, gehe ich!», keiner sagt was, und es steigt das nächste Kapitel – da war es nicht. Es war auch nicht am Fort Monjol, wo sie neulich die Mieter der elenden Baracken hinausgeworfen haben, denn ihre Wohnungen wären sonst über ihnen zusammengestürzt. Das ist oben bei La Villette: aus elenden Stumpfen von Häusern stehen abends, beim Schein einer Petroleumlampe, schlampige Weiber vor den Türen, wie im Schaufenster, und stieren stumpf auf die Straße, hinter ihnen ein schmieriges Zimmer mit einem Bett ... da war es auch nicht. Es war ...

Wenn ich mich recht erinnere, war es irgendwo auf Montmartre, der ja am Tage eine Kleine-Leute-Gegend ist, mit grünem Gewimmel von Marktbuden und schwatzenden Hausfrauen, die so gar nichts von dem wissen, was man da nachts den weinseligen Amerikanerinnen und andern Nationen, die es glauben wollen, vorspielt. Paris hat damit nichts zu tun. Da war es.

Ich hatte vor, eine Katze zu kaufen, womöglich eine, die noch vom seligen Angora persönlich abstammen sollte – und da hatte man mir die Adresse gegeben. Diese Frau, hieß es, leitet so eine Art Tierschutzverein, und die hat Katzen. Und weil in Frankreich alles, aber auch alles: Heirat, Möbeleinkauf und Präsidentenwahl – auf streng persönlichem Wege vor sich geht, so hörte ich auf die Stimme der Vernunft und nicht auf Ladenschilder und kletterte das Quergebäude hoch. Schon, als ich nach meiner Adresse fragte, gaben mir die Leute so sonderbaren Bescheid. Guten Tag.

Da stand eine Dame mit einem Bombenbusen, zwei Kanonenkugeln groß, und fragte nach meinem Begehr. Bitte, ob ich nicht eintreten wollte? Das hat die Welt noch nicht gesehen, was ich da sah.

In einem hohen Atelierraum lagen, liefen, schliefen, räkelten und wälzten sich Katzen aller Größen, Arten und Rassen. Sie rochen alle zusammen mehr, als gut war. Auch ein kleines Hündchen war da, das kroch unentwegt und beharrlich einer Katze nach. Die Kanonendame erklärte: «Ja, also das ist mein kleiner Joujou – die Katze hat ihm neulich ein Auge ausgekratzt, weil er ihr an ihre Wunde gekommen ist – sehen Sie?» Ich sah, es war nicht sehr heiter. «Aber er läuft ihr trotzdem nach?» – «Ja, das tut er so. Und diese da habe ich halb verhungert aufgelesen, und die da auch – diese ist schon zwölf Jahre bei mir und diese dreizehn.» Die mit den dreizehn Dienstjahren saß alt und still in einer Ecke und tat, offenbar vor Alter, etwas, das ich noch nie an einer Katze gesehen habe: sie ließ die Zunge heraushängen wie ein Hund im Hochsommer. Sie döste so vor sich hin.

«Und Sie behalten alle diese Tiere?» – «Oh, wo denken Sie hin!» sagte die Katzenmama. «Die meisten töte ich. Sie bekommen eine kleine Spritze – es ist ganz schmerzlos ... ja.» – Nun wurde eine Frau gerufen, die sollte die Katze vorführen, die mir vielleicht gefallen könnte. Die Frau zögerte. «Sie schläft!» sagte sie ehrfürchtig. «Holen Sie sie trotzdem», entschied die dicke Dame. Inzwischen hatte sich ein Nachtfalter in den Fenstervorhängen verfangen, und eine Katze sprang nach ihm, auf und ab, auf und ab. Der Falter wurde sorgfältig gefangen, das Fenster geöffnet, das Tier an die frische Luft gesetzt ... die Katze trottete enttäuscht zurück.

Es herrschte eine ganz leise, kaum wahrnehmbare Atmosphäre von Verrücktheit im Raum. Es lag nicht daran, daß die Dame alle diese kleinen, verhungerten und verkommenen Tiere aufbewahrte und pflegte, hätschelte und hier und da mit Zyankali behandelte – es lag einfach in der Luft. Hier war etwas nicht in Ordnung – draußen war die Straße, Leute, die ihren Geschäften nachgingen, und eine Religion, die dem Tier keine Seele zusprach ... weit davon abgerückt, ver–rückt saß die Katzenmutter da und betreute ihre Tiere mit einer Liebe, deren Farbe ganz leicht nach Anilin roch. Bete für sie, heiliger Freud.

Dann wurde meine Katze gereicht, ich mochte meine Katze nicht, es war ein kleiner ruppiger Tintenwischer ohne Rasse und Grazie. Die Katzen mauten und dufteten leise vor sich hin, ich hatte das nicht sehr gern. Sie sprach mit den Tieren, jedesmal, wenn sie gesprochen hatte, machte sie eine kleine Pause, und dann antworteten die wohl irgend etwas, das nur sie verstand. Dann gab sie mir die Hand und rollte zur Tür. Grüß Gott, alle zusammen.

Es ist gar kein Zweifel, daß sich die Katzenmutter eines Nachts leise vom Ehebett erheben wird – denn sie ist verheiratet! – ihre Augen werden im Dunkel leuchten, und ganz leicht, wie eine Feder so leicht, wird sie auf Stühle und Tische klettern und einem Falter am Fenster nachjagen, der sich in der Gardine verfangen hat. Aber wer wird sich denn vor Zauberei und Hexen fürchten! Dergleichen gibt es, miau, höchstens in der Politik.

WENN EINER EINE REISE TUT...

Die Königin von Rumänien
war jetzt in Amerika. Da konnten diejenigen
Seifenhändler, die für das Königliche inklinieren,
eine Majestät hofieren –
das ist für Geschäft und Gefühl stets ein Gewinn,
und überhaupt: eine Königin ist eine Königin.

Was erzählt denn die Königin von Rumänien in Amerika?
Von ihrer lieben Heimat? von Jassy? vom Horatanz? ja?
Wenn die Amerikaner sie danach fragen,
dann soll sie nur alles, alles sagen –
nur möge sie bei den Empfängen und festlichen Essen
ja nichts vergessen.

Hat sie erzählt, die Gute, die drüben so sehr beliebt,
was sich, zum Beispiel, in den rumänischen Gefängnissen begibt –?

Wie die Leute da nächtelang geschlagen werden,
wie es da kein Recht gibt und keine Beschwerden?
Und daß gefangene Arbeiter in stehenden Särgen krepieren
und nichts zu trinken haben, wenn sie nicht grade urinieren?
    Erzählt das die gute Königin? ja?
    Drüben in Amerika –?

Und davon, wie jeder, den man für einen Kommunisten hält,
nichts mehr gilt in der rumänischen Welt?

Und daß er vogelfrei ist und geprügelt wird und halbtot geschlagen,
und daß niemand wagt, die Schinder anzuklagen?
 Erzählt das die gute Königin? ja?
 Drüben in Amerika —?

Und daß bei ihr die Bauern gehalten werden wie Schweine?
Und daß es bei ihr statt Recht und Gesetz nur die eine
Macht: die Siguranza gibt?
Wer darüber die Wahrheit sagt, der ist nicht beliebt . . .
Und daß die Perlen, die an ihr schimmern,
Tränen von denen sind, die in den Särgen wimmern?
Und daß die Rubinen, die an ihr blitzen,
Blutstropfen derer, die in den Erdlöchern sitzen?
Und daß die Polizisten nach eignen Methoden
unbequemen Leuten die Hoden
abquetschen und Geld, Geld unterschlagen,
und keine Zeitung darf darüber was sagen —?

Das alles sollte die Königin nicht verfehlen
ihren lieben Amerikanern zu erzählen.
Denn das wissen wohl nur die wenigen.
Und das ist gut. Denn schon in Brooklyn
würde sie sonst verdientermaßen angespien,
die gute Königin von Rumänien.

ZWEI BILDERBÜCHER

Die teure und schöne Ausgabe des *‹Stundenbuches›* von Frans Masereel ist jetzt (bei Kurt Wolff in München) durch eine billige, nicht minder zu empfehlende ersetzt, und dazu gibt es noch ein Holzschnitt-Buch: *‹Die Sonne›* vom selben Maler. Man mag das gern.

In einer schönen Einleitung zum *‹Stundenbuch›* zeigt Thomas Mann, was es mit diesem Zeichner auf sich hat. Seine Technik ist bekannt: es ist die von vielen Japanern, von Felix Valloton und andern gern geübte Art, das Weiß auszusparen, und das kann man nur, wenn man die Vorgänge auf die letzte einfache Formel bringt. Was tut nun Masereel —?

Er erzählt.

Er erzählt eigentlich nicht so sehr das Leben eines Mannes wie: unser aller Leben. Die durchgehende Gestalt, die durchgehende Idee — das ist der Faden, an dem die Steine aufgereiht sind, und welche Steine! Es scheint mir sehr bezeichnend, wie immer wieder das Einfache vorkommt: Feldarbeit, Wasser, Luft und Baum und Wald. Als brodelnder

Hintergrund grollt und glitzert die Stadt, die graue, gesprenkelte, komplizierte, gehaßte und geliebte Stadt. Tausend Einzelheiten: wie nach dem Tode der kleinen Geliebten alles aus ist, wie ihn das Leben sacht wieder einfängt, wie er über die große Brücke geht, unten liegt das Tal und die Fabrik, das Auge sieht, Luft umweht ihn, Landschaft saugt die Trauer auf, es ist nicht alles aus. Ganz erstaunlich, wie die subjektive Gestalt und die Welt draußen manchmal brüsk gegen einander gestellt sind, dann wieder in eins schmelzen ... Musik kann man nicht erklären.

In der *‹Sonne›* ist alles klarer, gradliniger: wie da der Mensch die Sonne vom Himmel herunterreißen will, wie er überall die Sonne sieht, wie er enttäuscht, abgestoßen davonläuft, wie er wieder angelockt wird von neuem Glanz... Auch hier ist die Stadt eine Landschaft; das glaub ich: wenn man aus so einem Arbeitszimmer vom Montmartre den ganzen Tag heruntersehen kann! da liegt Paris wie ein Wald, Menschen sind die Pilze, eine Eisenbahnstrecke ein Fluß, nachts glimmt das auf.

Das tiefe revolutionäre Gefühl, das in dem Mann stets wach auf der Lauer liegt, die absolute Selbstverständlichkeit, mit der er immer auf der Seite der Unterdrückten steht, sein hartgeschmiedetes Herz und sein fühlender Verstand machen diese kleinen Bücher zu dem schönsten, das es unter den Bildererzählungen gibt. Man kann sie immer wieder durchblättern und findet immer neues. Ein Könner mit Gesinnung – das ist selten.

Die geborenen Geschenke für einen Freund.

OLD BÄUMERHAND, DER SCHRECKEN DER DEMOKRATIE

«In der linken Hand das treffliche Schwert, in der rechten den geladenen Revolver und in der dritten die todbringende Nudelrolle...» Wenn Theodor Heuss und Gertrud Bäumer, die guten Eltern des Reichs-Schund-Gesetzes, nicht wissen, daß diese Sätze Hans Reimanns Spaß sind, dann nehmen sie die Sache ernst und lassen Buch und Autor auf die Liste setzen. Heute können sie das: eine Schande ist Gesetz geworden.

Wer ist daran schuld –?

Als in den schweren Jahren, die auf den Revolutionsersatz von 1918 folgten, die Deutschen das Wort Chaos mit ‹Unordnung› übersetzten, da tauchte im Film- und Zeitschriftenhandel manches auf, das man lieber nicht gesehen hätte. Dumme, ungraziöse Pornographie, grobes Zeug, das auf grobe Nerven grobe Wirkungen hervorbrachte ... Diese Erscheinungen vervielfältigten sich, ließen dann nach und tauchten, sublimiert, wieder auf: Abenteurerlust, Freude am Schock, Lust zu gaffen, Pubertätsblasen, ethisch verkleisterte Roheiten – das kroch anderswo als grade bei der Literatur unter und fand in Sport, Radio und vaterländischen Verbänden sein gutes Asyl. Das Übel war von heute. Die Bekämpfer von vorgestern.

Denn die Jugendbewegung der Erwachsenen ist etwa zur Hälfte von jenen durchsetzt, die nicht einmal mehr auf den schönen, alten Namen ‹Steißtrommler› Anspruch machen können: sie spielen im Gegensatz zu denen im ganzen Orchester mit. Aber diese Kleinbürger, denen der deutsche Bevormundungsdrang in allen Fingern kribbelte, verstanden ihre Zeit nicht, und weil sie in ihrer Jugend einmal etwas von Hintertreppenliteratur gehört hatten, sahen sie in jedem der kleinen Schundhefte, deren Einfluß täglich abnahm, den Deckel zur Urne der ganzen Nation.

Unterstützt werden sie dabei von Frauen, die während Männe im Geschäft den Lohn der Mantelnäherin drückt, ihre freie Zeit mit einer herzlich harmlosen Betätigung verbringen: sie sind ‹sozial eingestellt›. Sie sahen auf ihren Amateur-Spaziergängen das hoffnungslose Elend im Proletariat; neue Wohnungen bauen konnten sie nicht, die Tuberkulose aus den ausgemergelten Arbeiterleibern herauskurieren konnten sie nicht, sie hatten wenig kräftiges Essen zu vergeben, Licht, Luft, Sonne, menschenwürdige Arbeit, das hatten sie alles nicht. Aber sie konnten die ‹Schmutzschriften› abschaffen, also ein Symptom von achtrangiger Wichtigkeit beseitigen. An den Krankheitsherd selbst gingen sie nicht heran.

Der Unfug dieser G'schaftlhuber verdichtete sich unter der Führung Gertrud Bäumers und des Sozialdemokraten Heinrich Schulz zu einem Gesetzentwurf, der etwa anderthalb Jahre unbeachtet blieb. Die ursprünglichen Absichten dieser Gesetzesmacher waren wenig tief, aber in ihrer Art gut. Kein Schriftsteller konnte in der Absicht, diese Räuberromane zu verbieten, irgend eine Bedrohung der geistigen Freiheit erblicken. Nun ist aber Gertrud Bäumer eine Demokratin aus der Naumannschen Schlafwagengesellschaft Mitropa, und das ist eine sehr merkwürdige Gesellschaft.

So wie diese Gruppe der böseste Eideshelfer der Militärs im Kriege gewesen ist, so wie Bäumers Patriotismus da, wo er wacklig war, ein Buch unterschoben bekam, so sehen jene, die sich für die Eltern des Schundgesetzes halten, bis auf den heutigen Tag nicht, was sie angerichtet haben. Ihr Zusammenhang mit der Wirklichkeit läuft immer durch die Bürokratie irgend einer Organisation; sicherlich hat Frau Bäumer viel mehr Berichte über Schmutz und Schund gesehen, als unser neuer Nobelpreisträger Haare auf dem Kopfe hat. Aber sie fühlt weder die Wirklichkeiten des sozialen Lebens noch die Wirklichkeiten der Politik. Sie ist ohne die leiseste Ahnung von dem, was Politik wirklich ist: gewollte Änderung von staatlichen Machtverhältnissen.

Daß Theodor Heuss, der wacker mitgeholfen hat, verführt von dem

Beifall kleinbürgerlicher Versammlungssäle, ein ehrlicher, überzeugungstreuer und rechtschaffener Mann ist, verschlimmert die Sache noch. Wäre er politisch begabt, er könnte von mir aus weniger anständig sein. Der leicht säuerliche Knastergeruch eines tübinger Seminars durchzitterte die Luft, wenn der ehemalige Vorsitzende des Schutzverbandes Deutscher Schriftsteller im Reichstage sprach, und wie er, der geistige Arbeiter, die Interessen seines eignen Standes an die Banausen verriet, das war umso übler, als er die Mittel dazu von den Schriftstellern entlehnt hatte. Mit Bildung, Lexikonkenntnis und einer sanften Philosophie wurde hier ein böses Werk getan.

Was Bäumer und Heuss für das Gesetz gesagt haben, das uns alle bedrücken wird, ist nachweislich Unfug.

Die Praxis wird zunächst keinen Skandal verursachen. Die Landesprüfstellen mit der Bezeichnung werden zunächst ausschließlich wirklichen Schund konfiszieren, eine Maßregel, gegen die nur zu sagen wäre, daß sie überflüssig ist; dann wird es still um das Gesetz werden. Die öffentliche Meinung wird sich nicht um jeden kleinen Mißgriff erregen, aber schon in dieser Ruhezeit wird es bei Besetzung der Laienrichterstellen durch reaktionäre Buchhändler (die gibts!) möglich, Erstlingswerke junger Schriftsteller zu verbieten. Die Verleger werden also noch weniger als bisher geneigt sein, das Risiko auf sich zu nehmen, radikalen jungen Menschen zum Wort zu verhelfen, und so wird wahrscheinlich eine Abwanderung dieser Verleger, ihrer Papierhändler und ihrer Buchbinder in das deutschsprachige Ausland erfolgen. Für die Steuereinnahmen sicherlich sehr nützlich, aber das braucht Frau Bäumer nicht zu wissen.

Der große Augenblick für das Gesetz wird erst gekommen sein, wenn einmal ein wichtiges politisches Werk, wahrscheinlich eine Broschüre, mit andern Mitteln nicht gefaßt werden kann. Die lächerlichen Sicherungsbestimmungen im Gesetz sind für die Katze, und es ist fast unbegreiflich, wie Frau Bäumer nach dieser Filmzensur ernsthaft fragen kann, ob denn «wirklich die Gefahr bestände, daß morgen die ‹*Wahlverwandtschaften*› oder der ‹*Simplicissimus*› auf die Schundliste kämen»!

Die demokratische Partei, die der aufrechte Theodor Wolff daraufhin erfreulicherweise verlassen hat, war in dieser Frage gespalten: unter den Ja-Sagern finden sich Fischbeck und Kopsch. Fischbeck ... Kopsch ... selige Erinnerungen tauchen auf ...

Wenn unter dem damaligen Theaterdirektor des Opernhauses, der im Nebenberuf deutscher Kaiser war, alle Jahre wieder der Etat für kunstähnliche Verrichtungen preußischer Staatsbeamter im Abgeordnetenhause beraten wurde, dann stand gewöhnlich der Rektor Kopsch auf und zeigte dem Volke, daß er die Obertertia mit Erfolg besucht habe. «Man müßte sehr jung sein», schrieb S. J. hier am 24. April 1913, «um für möglich zu halten, daß bei solcher Gelegenheit Hörer und

Leser ein Gefühl von den Interessen, den Kämpfen, den Lebensbedingungen der Kunst oder einer Kunstgattung bekommen. Was sie bekommen, sind vorwiegend geschwollene Reden, für die man sich notdürftig informiert hat, weil das die Wähler verlangen können. Wie sollte es sonst auch sein! Ein Mann dieses geistigen Schlages ist eine Session lang bemüht gewesen, bei dem Kuhhandel, der bei uns Innere Politik heißt, keinen Fehler zu machen, und wird plötzlich im Frühjahr vor die Notwendigkeit gestellt, sich um Dinge zu kümmern, die zwar hundertmal wichtiger sind als sein parlamentarisches Tagewerk, die er aber nie für voll genommen hat.» Bei dieser Gelegenheit also erhob sich denn gewöhnlich so eine liberale Gestalt und brachte, meist mit schüchternem Augenaufschlag nach oben und heftigem, vorahnendem Kitzel in der untern Rückengegend, vorsichtige Sprüche von allgemeiner Bedeutung vor; wie etwa: daß zwar einerseits der Staat, aber doch andrerseits auch die Freiheit der Kunst ... und was man so als Liberaler zu sagen hat. Die Herren müssen heute je rund hundertundzweiundvierzig Jahr alt sein, und es ist immerhin erstaunlich, welche Wandlung diese Vorkämpfer eines geschändeten Liberalismus noch im hohen Alter zu verzeichnen haben. Rüstige Greise.

Sie bestätigen aber unsre Auffassung, daß die Rechtsbrüche, die Morde, die ungeheuerlichen Vergewaltigungen freier Menschen, die wir heute alle Tage erleben, unter dem Kaiser niemals möglich gewesen wären. Für Politiker, deren ganze Sorge um das Zustandekommen einer Großen Koalition kreist, ist das wahrscheinlich politisch abträglich gesprochen. Aber es ist wahr.

Die Demokraten, diese Handlanger der Reaktion, haben das Gesetz vorbereitet, und ihr Briefträger Külz, Maire von Zittau, hat die Geburtsanzeige zugestellt. Heuss strahlt, Frau Bäumer hält das Malheur der neuen Zensur für eine Erziehungsschule der Demokratie ... Aber wer sind die wahren Eltern von dem Kind? Und hier wird die Geschichte sehr ernst.

Das Schundgesetz ist ein Gesetz des Zentrums.

Die Demokraten in ihrer tapsigen Blindheit haben sich herausgestellt, und das kluge Zentrum mit dem Herrn Marx hat innenpolitisch etwas getan, was außenpolitisch der Viscount d'Abernon jahrelang zum Schaden Frankreichs in Berlin getrieben hat. Der Täter ist nicht immer der Täter.

Es ist für die Geistlosigkeit der heutigen parlamentarischen Politik ungemein charakteristisch, daß dieser stumme und mächtige Einfluß des Zentrums von den Berufspolitikern nur mit einer großen Sorge quittiert wird: was wird aus der Großen Koalition? Die Innenpolitik des Reichs, seit jeher ein schönes und aufregendes Gesellschaftsspiel für lange Winternachmittage, leidet arg unter dem, was geschehen ist. Und was ist geschehen?

Die gescheite und nützliche Außenpolitik, für die man dem Zentrum jahrelang hat dankbar sein müssen, ist auf Kredit geliefert worden, und jetzt wird die Rechnung, über Raten lautend, präsentiert. Schon sind die wichtigsten Posten im Kultusministerium mit Zentrumsleuten besetzt, und der tapfre und fortschrittliche Muckermann dient den Windthorst-Leuten nur als Schaufensterpuppe. Drin im Laden wird ganz etwas andres verkauft.

Langsam, sehr langsam, bezieht das Zentrum eine Offensivfront. Mit zunehmender außenpolitischer Konsolidierung, die wir dieser Partei verdanken, rückt es unmerklich nach rechts, und es zeigt sich immer mehr, daß in allen Kulturfragen für einen fortschrittlich gesinnten Menschen mit dieser sonst so gescheiten Partei kein Paktieren möglich ist.

Dies Schundgesetz war die Generalprobe zum Reichsschulgesetz.

Wenn Gertrud Bäumer, eine gute alte Mama, im Silberhaar und Häubchen dasitzen wird, wenn Enkel ihre zitternden Knie umspielen, und sie ihnen, unter Vermeidung sittlich anstößiger Stellen, aus dem ‹*Struwwelpeter*› vorliest; wenn Theodor Heuss einen Bierfilz von der Wand herunterholt und leuchtenden Auges seinem fünfzigjährigen Sohn erzählt: «Ja, den haben sie mir damals vor Begeisterung an den Kopf geworfen!», wenn Heinrich Schulz schon lange zu seinen Vätern versammelt ist, der Parteivorstand es aber noch nicht bemerkt hat, weil kein Mehrheitsbeschluß darüber vorliegt —: dann werden unsre Gesinnungsfreunde jener Epoche merken, was dies verkappte Zensurgesetz angerichtet hat. Und wenn ihre Eltern, unsre, leider unsre Zeitgenossen, entschuldigend sagen werden: «Wir haben es nicht gewollt!», so werden sie ihnen antworten: «Dann versteht ihr nichts von Politik.»

HERR WENDRINER GEHT INS THEATER

Für Paul Graetz

«Sehn Se, es hat schon angefangen!»

«Verräterei wird nicht vererbt, mein Fürst,
Und überkämen wir sie von Verwandten,
Was gehts mich an? Mein Vater übte keine.»

«Wo ist denn — wo sind wir denn? Wo ist denn unsere Reihe? Hier? Nein, da! Entschuldigen Sie. Padong! Bitte sehr. Danke sehr. Nanu? Ach, da ist unser Platz. Uff — Ich hab Ihn gleich gesagt, wir hätten 'n Auto nehmen solln!»

«Du Törin, du! Sie stiehlt dir einen Namen —»

«Haben Sie 'n Zettel? Zeigen Sie mal – man kann jetzt nichts sehn. Wer ist das? Ausgeschlossen ist das die Bergner. Ich kenn sie doch: wir waren neulich zusammen mit ihr eingeladen bei – Pst! Psst! Ekelhaft, daß die Leute nicht pünktlich kommen können! Ein Miesnick, der da reinkommt! Nu sehn Sie sich die Beine an! So was muß Schauspielerin werden! Psst! Man versteht kein Wort, so leise sprechen die. Sehr schöne Ausstattung. Ja, Reinhardt.»

«O arme Rosalinde, wohin willst du?
Willst du die Väter tauschen? So nimm meinen!»

«Schönes Kleid, was die da anhat. Sehr schön ... Ich kann nicht genau erkennen, aber ich glaube, da oben sitzen Korders. Doch, das sind sie, ich kenn doch den Kopp. Von wem ist die Musik? Na, ich wer nachher sehn. Die Bergner war noch nicht, was? Nein, sie war noch nicht. Nanu –? Schon Pause –? Ach so, Zwischenakt.

Nu sehn Sie sich mal an, da kommen immer noch Leute! Gut besucht. Die Kritiken waren ja auch sehr gut. Ich habe nur durch meinen Schwager die Billetts bekommen, sonst hätt ich sie gar nicht bekommen. Nein, meine Frau ist heute bei Welschs, die spielen Britsch. Spielen Sie gern Britsch? Ich mach mir nichts aus Britsch. Donnerwetter, ich glaube, ich hab vergessen, zu Hause das Gas am Badeofen auszumachen! Sehn Sie mal, die da! Die Nase find ich nicht hübsch; ja, die Augen gehn. Ah – da fängts wieder an. Erinnern Sie mich, daß ich Ihnen nachher den Witz mit dem Durchbruch erzähle!

Sehn Sie – das ist die Bergner! Ich kenn sie gleich, das ist sie. Schrecklich, wenn die Leute vor einem immer mit dem Kopf wackeln. Als ob das so schwer ist, den Kopf stille zu halten! Rücksichtslosigkeit. Reizend, nicht wahr? Ja, neulich bei Tisch, wo wir mit ihr eingeladen waren, war sie auch reizend. Eine reizende Person. Sagen Sie mal, haben Sie gesehen, daß ich den Brief eingeworfen habe, den ich vorhin in der Hand hatte? Ich glaube ja, was? Ja, ich glaube, ich hab ihn eingeworfen.»

«Könnt ich vom Glück nur diesen Lohn erwerben,
Nicht Schuldner meines Herrn und sanft zu sterben!»

«Pause. Sehr schön. Die Bergner ist fabelhaft. Die andern find ich nicht so gut. Nu hören Sie bloß, wie die da oben klatschen. Na, na –! Gehn wir bißchen raus? Ich geh 'n bißchen raus, kommen Sie mit? Entschuldigen Sie nur, daß ich hier durchgehe! – ssississ! Natürlich waren das Korders, was hab ich Ihnen gesagt – den Kopp kenn ich. Kommen Sie, wir gehn 'n Glas Bier trinken! 'n Abend! Keine Ahnung, wer das war – man hat soviel Bekannte ... Wer war das? Das war der? Den hab ich mir ganz anders vorgestellt – hat der nicht neulich die Geschichte gehabt mit dem Verhältnis von Kestenberg? Ich weiß nicht, sie hat abgetrieben, aber er wollt nicht, und dann hat er doch gewollt ... Eine Fülle! Wir haben ganz gute Plätze, was? Ich sitz nicht gern Loge, ist doch nicht nötig! Sehn Sie mal vor uns: reizende Person! Famos angezogen, famose Figur! Kommen Sie, wir gehn mal vorbei – Donnerwetter! Fabelhaft! Haben Sie den Blick gesehn, den sie mir zugeworfen hat? Lieber Freund, die wär gar nicht so ohne. 'n Augenblick mal, meine Krawatte sitzt nicht, da is 'n Spiegel – so. Sehn Se, da kuckt sie wieder. Na, die Frau ist schon Klasse! Überhaupt sehr gutes Publikum hier. Ich freu mich, daß wir so gute Plätze haben – ohne meinen Schwager hätt ich sie gar nicht gekriegt. Sehn Sie mal den – sicher 'n Attaché, was? Skandal, so kleine Kinder mit ins Theater zu nehmen! Kleine Kinder gehören ins Bett. Na ja, 'n klassisches Stück ... Ich geh sonst nie in klassische Stücke – aber das hier ist ja was anders. Nu sehn Sie sich mal die an, den Schmuck! 'n Ahmt! Regierer! – na, Sie auch hier? Ja, wir sind auch hier. Was machen Sie denn in soner guten Vorstellung? Ich meine ... Sie interessieren sich nicht für Theater, denk ich? Na ja, die Kritiken waren ja sehr gut. Die Bergner ist fabelhaft. Ich sahre eben zu Epstein: ich mach sonst keine klassischen Vorstellungen, aber das hier ist ja was anders. Ja, natürlich. Selbstverständlich. Nein, wir waren gestern im Kino, zu Schepplien: ganz nett. Morgen gehn wir ins Philharmonische. Ich glaube links, hinten im Gang. Viel Vergnügen! 'n Ahmt! Wissen Sie, der Regierer gefällt mir nicht. Seit er die Sache mit seinem Sozius gehabt hat ... Was? das wissen Sie gah nicht? Der Sozius hat heimlich spekuliert, er ist erst dahintergekommen, wie der jeden Tag mit nem neuen Pelz ins Geschäft gekommen ist, und dann hat er doch die Aufregung mit dem Sohn, ja, der nach Italien gegangen ist mit der Person, wie heißt sie – Pst! da ist er. Na, haben Sie gefunden? 'n Ahmt, Regierer! 'n Ahmt! Viel Spaß! Alt geworden, der Regierer. Na ja, die Sorgen ... Es grassieren jetzt überhaupt wieder viel Krankheiten, die Grippe, die Cousine meiner Frau hat auch Milzschwellung, der Arzt weiß noch nich ... Kommen Sie, wir trinken 'n Glas Bier! Nicht doch so drängeln! Wissen Sie, wenn man hier nicht drängelt, kommt man überhaupt nicht ran. Wieviel? Unverschämtheit! achtzig Pfennig für ein kleines Glas Bier! Son Geschäft möcht ich auch mal haben! Ach so, richtig, ich wollt Ihnen ja den Witz mit dem Durchbruch erzählen. Also ... und da rufen die: Verrat! Verrat! wir sind im – – ahhahhaha! Gut, was? Hab ich heut im Geschäft gehört. Nein, das Stück hab ich nicht gesehn. Ach wissen Se, Tendenzstücke, wenn ich das will, les ich meine Zeitung. Kunst ist keine Politik, verstehn Sie mich?

Kommen Se, wir lassen uns die Garderobe rauslegen. Ach, Frollein, legen Sie mir doch nachher die Garderobe raus, ja? Hier – haben Sie dreißig Pfennig – ssiss gut so. Sie, ob das Gas zu Hause brennt? Das wär mir sehr unangenehm – meine Frau kommt nehmich eher nach Hause als ich. Sie haben da 'n Fussel auf Ihrem Anzug. Es klingelt. Gehn wir wieder rein. Fixen Sie eigentlich Franken? Ich weiß nicht ... Übrigens haben Divan & Wronker ihr Geschäftsjubiläum gehabt – ich war da zum Essen. Haben Sie gratuliert? Müssen Sie tun – man kann nie wissen. Ja, es war 'n großes Dineh, 's Essen war ganz gut, der Dings hat gesprochen, der von der Handelskammer; neben mir saß Kirsch, das möcht ich auf der Bank haben, was der schon in seinem Leben verloren hat – kommen Sie, wir müssen uns beeilen.

So, da sitzen wir. Ich geh ab und zu ganz gern ins Theater. Wissen Se: es lenkt ab –!»

WINKE-WINKE

Dem Andenken des
ermordeten Hans Paasche

Nun schwimm man ab.
Wir haben lang genug gehört:
«Ich weiß von nichts. Ich bin es nicht gewesen.»
Und immer, wenn wer deine Leutnants stört,
dann konnten wir ein klein Dementi lesen.
Das wertete dann jeder nach Gebühr.
Denn du kannst nichts dafür.

Wie stark ist denn dein werter Schießverein?
«Die Finger weg! Das Heer ist stets geheiligt!»
Auf allen Fußballplätzen übt sich wer was ein,
und niemals ist die Reichswehr dran beteiligt.
Die Wehrverbände? Fememordgeschwür?
Nie kannst du was dafür.

Du übernahmst das Heer der Republik.
Was tatest du? Du wahrst die Traditionen.
Und die die Wahrheit sagten in der Politik,
die dürfen heut – dank dir – im Zuchthaus wohnen.
Scharf schnappt ins Schloß die kleine Zellentür.
Und du kannst nichts dafür.

Nun schwimm man ab, du süßes Ornament.
Sieh, deine kleine Schwarze ist erwachsen heute ...

Du wirst wahrscheinlich Oberpräsident;
denn so belohnt man hierzuland die großen Leute.
Wir können uns bei dir bedanken. Rühr
dich endlich, Otto.
Du kannst nichts dafür.

WO BIST DU—?

Ich möchte mal fragen, ob vielleicht jemand weiß, wo es geblieben ist.

Als ich noch ein ganz kleiner Junge war, Tanzstunden nahm und glaubte, daß Richter Leute seien, die Recht sprächen, da besuchte ich zusammen mit einem dicken Freunde den Max Brod in Prag. Brod war freundlich und nett, zeigte uns seine schöne Stadt, machte uns mit Oskar Baum bekannt, dem blinden, feinen Dichter — es waren leuchtende Tage. Eines Tages fielen wir in ein Café am Bahnhof — und der Oberkellner, der aussah wie der Sohn eines Fiakerkutschers, einer Bardame und Kaiser Franz Josephs, kam auf uns zu und fragte, ob wir neben dem Kaffee auch etwas zu lesen haben wollten. Ja, das wollten wir. «Etwas zu lesen oder Lektüre?» fragte er. Ich sah ihn an mit einem ratlosen Ausdruck in meinen Kinderaugen. «Zu lesen ... Lektüre ...» sagte ich. «Lektüre, bitte sehr, bitte gleich!» sagte er. Und eilte herbei, einen Packen Bücher und Hefte auf dem Handteller wie ein Tablett mit vielen Tassen Kaffee balancierend. Und gab uns das.

Heilige Gertrud Bäumer! Es waren die gesammelten Schweinereien des Jahrhunderts: Bücher mit Dialogen, die nur in begeisterten Ausrufen bestanden, sorgsame Schilderungen gesellschaftlicher Vorgänge, wie: «Die Baronin riß sich das Hemd vom Leibe, ergriff eine Peitsche und ——» Auch hatte der vorsorgliche Mann uns mit Bilderbüchern versehen: Fotografiealben mit allgemein verständlichen Aufnahmen, auf denen der brave Gesichtsausdruck der Handelnden in sonderbarem Gegensatz zu ihrem Tun stand, auch Zeichnungen und Gemälde aller Art. Ich sah um mich: da saßen neben mir viele Freudensgefährten, die stierten mit hochroten Köpfen in ebensolche Alben, und wenn sich eine Dame durch die Tische schlängelte, dann klappten sie ihr Heft nonchalant zu. Wir fanden das sehr interessant und sahen es uns alles an.

Unter den Büchern war eins, das machte mächtigen Eindruck auf mich. Es hieß: *‹Liebe›* und bestand aus vierzig Lithographien eines russischen Malers, des Grafen Zichy. Sie waren nicht unwitzig. In Erinnerung blieb mir manche Szene: emsiges Treiben nachts im Knabenpensionat, viele leicht und zierlich hingehuschte Bettbilder von lockender Wärme der Frauenkörper, in den Bildecken saß gewöhnlich eine kleine freche Unterschrift, so: «J'avais une tante qui m'aimait beaucoup» und «Bons souvenirs!» und ähnliches. Die letzte Seite bestand nur aus Skizzen von Händen, die sich mit allerhand beschäftigten, eine teilte einen Nasenstüber aus. Es war recht heiter.

Kaum staken wir wieder in Berlin, da ging ich zum sel. Meyer in der Potsdamer Straße, demselben, der seine Kunden als Begrüßung gern auf den Bauch zu klopfen pflegte, und befragte ihn nach diesem Werk. Er grinste und zog es aus einem Stapel seiner Bücher, unter denen nur er sich herausfand. Da hatte ich es, und es war nicht einmal teuer gewesen: fünfundsiebenzig; handeln hatte Meyer nicht gern, wenn er es nicht selber tat. Ich ließ es binden: in einem Anfall von Größenwahn in Ganzpergament, das ganz große Ding in Pergament, mit hellgelbem Seidenvorsatz. Es war ein rechtes Prachtalbum geworden.

Vierzehn Jahre ist das Buch bei mir geblieben. Es bekam langsam Daumenabdrücke von allerlei Damen: auch von Frau Knautschke, meiner damaligen, nunmehr in Gott eingegangenen Wirtin, die es sich während meiner Abwesenheit genau ansah. «Man will doch auch mal was haben!» sagte sie, als wir darüber sprachen. Dann packte ich es fort, man wird dicker und älter, in den Krieg habe ich es nicht mitgenommen, wir Soldaten lesen seit unserer Kadettenzeit nur noch militärische Bücher, und dann sah ich es immer weniger und weniger an.

Und als sie dann meine Siebensachen packten, weil Poincaré mich rief, da legte ich es obenauf, unvorsichtigerweise uneingewickelt. Die Kisten reisten über Kehl, rollten über den Rhein, den deutschen Strom, nicht Deutschlands Grenze, und als der ganze Schwung in Paris ankam, da fehlte etliches. Das schöne Buch von Prinzhorn ‹*Bildnerei der Geisteskranken*› und dies und jenes, und auch der Zichy. Was nun –?

Ah, Ersatz in Paris, nein, das war es nicht. Es ist doch ein kleines Stückchen Leben gewesen, das sich losgelöst hatte – und nur, weil ein Möbelpacker seinen Mund von einem Ohr bis zum andern aufgerissen hatte, als er es sah, sollte ich es entbehren ...? Das war bitter. Auch war immerhin möglich, daß ein Zollbeamter ... ich wage es nicht zu Ende zu denken. Kurz: der Zichy war weg.

Und da wollte ich mal fragen, ob es vielleicht jemand gesehen hat.

Es wäre ja denkbar, daß es sich einer gekauft hat, zu Studienzwecken, der Wissenschaft halber, nur um sich so etwas mal anzusehn, und was man so sagt. Der Pergamentdeckel ist leicht fleckig, das Buch gut erhalten, nur unten, an den rechten Ecken, sind manchmal die Seiten ein wenig eingerissen, wie wenn es da jemand beim Umblättern furchtbar eilig gehabt hätte.

Und wenn es einer hat, dann soll er mirs doch bitte sagen. Ich kaufe ihm ein neues, aber das da möchte ich gern wiederhaben. Es hat so viel aufgesaugt; an Gegenständen bleibt ja bekanntlich, wie auch an Wänden, das Leben haften, man lebt sie voll ... Es ist eine

Art Erinnerung, eine Erinnerung an die schönen Zeiten, als wir noch jung waren und erheblich neugieriger als heute. Eine Erinnerung an die Zeit, wo noch nicht ein Auge immer zuguckte, wenn das andere leuchtete — darin lebt ein Jahrzehnt. So wie in einer alten Grammophonplatte, die ein nun Verstorbener besungen hat, wie etwa der erschossene Chansonnier Fragson, in den Atempausen die damalige Zeit rauscht: 1910, vorbei, vorüber — aber doch einmal gewesen.

Wo bist du? In guter Pflege? Sind sie nett zu dir? Wo bist du —?

SCHWEJK DER ZWEITE

ist erschienen — der Dritte und der Vierte stehen uns noch bevor — also für die Lachlust in diesem Winter ist ausgesorgt: kein Artikel eines preußischen Kunstkonservators, keine deutsche Briefmarke, kein deutscher Juristentag ist vonnöten, um ungeheure Heiterkeit zu erregen — Schwejk ist da! Schwejk der Zweite. (Wiederum bei Adolf Synek in Prag.)

Dieses Mal ist der liebenswürdige Held dem Kriege bereits nähergerückt: er treibt sich im Etappengebiet herum, und was er da aufstellt, ist in seiner Mischung von Blödheit, Drolerie, völliger Ignorierung der großen Zeit etwas ganz Herrliches. Gott weiß, was uns durch diese unmögliche Übersetzung verloren geht — aber es bleibt noch genug.

Hašek? Der muß am Hals einer Flaschenbierflasche zur Welt gekommen sein — er war kein Politiker, sondern besoffen.

Es sind wieder Geschichten von so atembeklemmendem Wahnwitz in dem Buch, wie sie nur ein ungeheurer Bierbräu- und Schnapssäufer in tiefen Nachtstunden erfinden kann, die Übergänge sind so schön in Unordnung ... So, wenn Schwejk den Rechnungsfeldwebel mitten im Krach fragt: «Was sind Sie denn in Zivil, Herr Rechnungsfeldwebel?» Und der die glatte Antwort gibt: «Ich bin sozusagen der Drogist Wanek aus Kralup.» Ach ja, sie waren allesamt verkleidete Drogisten, und ich besinne mich noch sehr gut, wie unser Kompaniekoch Fulte, sozusagen Kellner in einem Nachtlokal, von mir vergeblich auf die Ankunft eines hohen Brigadiers aufmerksam gemacht wurde ... «I!» sagte Fulte. «Deine Brigadekommandeure — das sind ja auch man sone Zigarrenvertreter ...» Und er hatte ja recht, denn das große Übel der kaiserlichen Armee war eben, daß wir keine Generalfeldmarschälle der Reserve hatten.

Um auf Schwejk zurückzukommen, so erzählt er jenem Drogisten-Feldwebel sogleich, bei wem er, Schwejk, einmal in der Lehre gewesen, und wie es da zugegangen sei, um dann plötzlich die verblüffende Frage zu stellen: «Erzeugen Sie auch Gewürz für Kühe?» Wanek schüttelte den Kopf ...

Am zweitschönsten eine herrliche Abschiedsszene zwischen Schwejkn und Woditschkan; jeder wird von einer Militärpatrouille zum Schlachtfeld abgeführt, damit da unterwegs nicht wieder Dummheiten vorkommen – und über den Kasernenhof rufen sie sich nun noch die letzten Abschiedsworte zu, die letzten Grüße ... Sie wollen sich wieder treffen, später, im ‹Kelch›, in der Na Bojischti, in Prag. Woditschka: «Also schau aber bestimmt, daß du eine Unterhaltung zustandbringst, bis ich hinkomm!» Und Schwejk: «Komm aber bestimmt, bis der Krieg zu Ende sein wird!» Dann entfernten sie sich voneinander, und nach einer hübschen Weile konnte man hinter der Ecke von der zweiten Reihe der Baracken her abermals Woditschkas Stimme vernehmen: «Schwejk! Schwejk! Was für Bier ham sie beim ‹Kelch›?» Und wie ein Echo ertönte Schwejks Antwort: «Großpopowitzer.» – «Ich hab gedacht: Smichover!» rief Sappeur Woditschka von weitem. «Sie ham dorten auch Mädeln!» schrie Schwejk. «Also nachm Krieg, um sechs Uhr abends!» schrie Woditschka von unten. «Wenn Menschen auseinandergehn, dann sagen sie auf Wiedersehn!» fügt der vorsorgliche Autor hinzu. Zwei Engel au dessus de la mêlée.

Ich bin neugierig, was nun noch alles kommt. Mich wundert gar nichts mehr – und wenn der Oberleitnam Lukasch dem Schwejk sagte: «Schwejk, bereiten Sie mir ein Bad!», so tuts Schwejk, und ordentlich, wie er ist, wird er dann wahrscheinlich oben an der Wanne ein Schild befestigen: *Kopfende;* und unten: *Fußende;* und in der Mitte: *Mittelende.*

Wie glücklich ist doch ein Volk zu schätzen, das solche Helden sein eigen nennt! Unsre haben Schnauzbärte, viereckige Köpfe und klirrenden Küraß. Dafür kommen sie dann auch in die deutsche Walhalla, jener Heldenretirade, wo Otto Geßler den Unsterblichen das Handtuch hinreicht und auf den Buckel geklopft kriegt. «Man bittet, den Mann, der hier reinemacht, nicht zu vergessen.»

So hat jedes Land seine Eigenarten und völkischen Werte. Wir aber freuen uns auf die nächsten zwei Bände vom Soldaten Schwejk.

DER SCHLIMMSTE FEIND

Für Ernst Toller

Der schlimmste Feind, den der Arbeiter hat,
das sind nicht die Soldaten;
es ist auch nicht der Rat der Stadt,
nicht Bergherrn, nicht Prälaten.
Sein schlimmster Feind steht schlau und klein
in seinen eignen Reihn.

Wer etwas diskutieren kann,
wer einmal Marx gelesen,
der hält sich schon für einen Mann
und für ein höheres Wesen.
    Der ragt um einen Daumen klein
    aus seinen eignen Reihn.

Der weiß nichts mehr von Klassenkampf
und nichts von Revolutionen;
der hat vor Streiken allen Dampf
und Furcht vor blauen Bohnen.
    Der will nur in den Reichstag hinein
    aus seinen eignen Reihn.

Klopft dem noch ein Regierungsrat
auf die Schulter: «Na, mein Lieber ...»,
dann vergißt er das ganze Proletariat –
das ist das schlimmste Kaliber.
    Kein Gutsbesitzer ist so gemein
    wie der aus den eignen Reihn.

Paßt Obacht!
                Da steht euer Feind,
der euch hundertmal verraten!
Den Bonzen loben gern vereint
Nationale und Demokraten.
    Freiheit? Erlösung? Gute Nacht.
    Ihr seid um die Frucht eures Leidens gebracht.
        Das macht: Ihr konntet euch nicht befrein
        von dem Feind aus den eignen Reihn.

KAMPFMITTEL

«Barmat», habe ich neulich bei den Edelnationalisten gelernt, «ist das Symbol des Marxismus.» Da kann man nichts machen. Nur vielleicht nachdenken, wie hier politisch gekämpft wird.

Unbequeme Oppositionelle werden bekanntlich nicht mehr gekillt, sondern ‹unmöglich gemacht›. Man dreht das so, daß man diesen Leuten irgendwelche persönlichen Vorwürfe anhängt; die brauchen nicht einmal ehrenrührig zu sein – es genügt schon, wenn sie in den angreifenden Kreisen als solche empfunden werden. Der Republikaner auf dem Lande und in der kleinen Stadt weiß davon zu sagen.

Die Leute, die sich Republikaner nennen, verhalten sich aber nicht immer richtig dabei. Sie verteidigen sich ernsthaft. Falsch.

Man muß den Lümmeln, die mit ‹Gelagen›, ‹ausschweifendem Lebenswandel›, ‹Geschäftstüchtigkeit› politische Kämpfe führen, über das Maul fahren, daß ihnen die Lust zu solchem Tun vergeht – man darf ihnen aber unter gar keinen Umständen den Gefallen tun, auf ihre polizeilichen Führungszeugnisse einzugehen.

Ob Ludendorff seine Scheidung mit saubern Mitteln durchgesetzt hat, ist für uns gleichgültig. Weder besagte das bei dem geltenden Eheunrecht irgend etwas gegen den Mann, noch sind wir legitimiert, über sein privates Leben zu urteilen. Das ist ausschließlich seine Sache. Nur soweit er in der Öffentlichkeit wirkt, darf er angegriffen werden. Der Rest ist Feigheit. Dieser Feigheit machen sich die andern dauernd schuldig, und mit Erfolg.

Damals, als sie gegen den blitzsaubern Severing hetzten, hieß die Antwort: Er hat das nicht getan, was man ihm vorwarf. Warum steht keine Zeitung, keine Partei auf und sagt: Kusch! Solange der Mann keine amtlichen Schweinereien macht, habt ihr den Mund zu halten! Wir denken gar nicht daran, uns zu verteidigen. Was ist denn das für eine freche Anmaßung, von den Gegnern einen Heiligenschein zu verlangen? Haben die kaiserlichen Landräte den getragen? Hat Bismarck ihn gehabt? Und dieses Manko war ihr kleinstes. Darauf kommts gar nicht an.

Leider, leider wirkt so ein ‹Angriff›, mit der Klosettbürste geführt, heute noch am meisten in den Kreisen der Angegriffenen. Nie haben die den Mut, zu sagen: «Eure Ehrbegriffe sind uns vollständig schnuppe. Hat unser Führer nachts kleine Mädchen empfangen? Viel Vergnügen. Das geht euch einen Eierkuchen an.»

Stattdessen halten sie Sitte und Ehrbarkeit hoch, daß es nur so knackt, ziehen den dümmsten Bonzen, wenn er nur philiströs lebt, einem genialen Unordentlichen vor und befolgen also artig die Vorschriften der andern Welt. O tränke doch Hermann Müller einmal einen über den Durst und über die ratio! O tanzte doch Wels einen kleinen Charleston! O bliese doch Külz das Saxophon! Aber sie sind ordentlich und brav, und über ihre private Führung ist diesseits Nachteiliges nicht bekannt. Bleibt die öffentliche.

Man schlägt den Brüdern die übel duftenden Kampfmittel nur aus der Hand, indem man sich die Nase zuhält und sich abkehrt. Und indem man weite Kreise erzieht, ebenso zu tun.

DEM ANDENKEN SIEGFRIED JACOBSOHNS

gestorben am 3. 12. 1926

Die Welt sieht anders aus. Noch glaub ichs nicht.
Es kann nicht sein.
Und eine leise, tiefe Stimme spricht:
«Wir sind allein.»

Tag ohne Kampf – das war kein guter Tag.
Du hasts gewagt.
Was jeder fühlt, was keiner sagen mag:
du hasts gesagt.

Ein jeder von uns war dein lieber Gast,
der Freude macht.
Wir trugen alles zu dir hin. Du hast
so gern gelacht.

Und nie pathetisch. Davon stand nichts drin
in all der Zeit.
Du warst Berliner, und du hattest wenig Sinn
für Feierlichkeit.

Wir gehen, weil wir müssen, deine Bahn.
Du ruhst im Schlaf.
Nun hast du mir den ersten Schmerz getan.
Der aber traf.

Du hast ermutigt. Still gepflegt. Gelacht.
Wenn ich was kann:
Es ist ja alles nur für dich gemacht.
So nimm es an.

SIEGFRIED JACOBSOHN †

Siegfried Jacobsohn ist nicht mehr.

Eine zweiundzwanzigjährige Arbeit ist da unterbrochen, wo der Arbeiter zu ernten begann – ein schmerzloser Tod hat ihn genommen. Er ist nicht ganz sechsundvierzig Jahre alt geworden.

Was er hier aufgebaut hat, lebt; sein Verstand, sein Gefühl, sein Lachen rauschten durch diese Seiten. Dies Blatt war sein Geschöpf, sein lebendiges Geschöpf.

Ihm ganz allein verdanken wir, was er uns hinterlassen hat: Tag für Tag, Heft für Heft hat er sein Erbe errichtet, und weil es schön gewesen ist, ist es Mühe und Arbeit gewesen. Das artistische Feingefühl, mit dem er sein Theater ansah, saß ihm in den Fingerspitzen: so wie ein großer Direktor seine Schauspieler liebte er die Menschen, zog sie zu sich heran und formte aus ihnen ihr eigenes Ideal: ein unermüdlicher Menschen-Regisseur.

Wir alle, die wir unter seiner Führung gegen dieses Militär, gegen diese Richter und gegen diese Reaktion gekämpft haben, kennen seinen tiefsten Herzenswunsch: die Wahrheit zu sagen. Die Wahrheit Mozarts, die Wahrheit Schopenhauers, die Wahrheit Tolstois — inmitten einer Welt von Widersachern: die Wahrheit.

Jeder andre hat geschwiegen, wo er in den letzten Jahren sprechen ließ, viele haben Reklame blasen lassen, wo er schweigend vorüberging; er kannte in der Politik und in der Kunst keine Furcht.

Er hat uns, Mitarbeiter und Leser, zu seinem Werke bekehrt; er liebte, wie wir, Deutschland und wußte, daß dessen schlimmste Feinde nicht jenseits, sondern diesseits des Rheines wohnen.

Siegfried Jacobsohns Arbeit soll nicht umsonst gewesen sein. Organisches Leben zieht Leben an — es soll nicht untergehn.

Gib deine Waffen weiter, S. J. —!

DER GRABEN

Mutter, wozu hast du deinen aufgezogen?
Hast dich zwanzig Jahr mit ihm gequält?
Wozu ist er dir in deinen Arm geflogen,
und du hast ihm leise was erzählt?
Bis sie ihn dir weggenommen haben.
Für den Graben, Mutter, für den Graben.

Junge, kannst du noch an Vater denken?
Vater nahm dich oft auf seinen Arm.
Und er wollt dir einen Groschen schenken,
und er spielte mit dir Räuber und Gendarm.
Bis sie ihn dir weggenommen haben.
Für den Graben, Junge, für den Graben.

Drüben die französischen Genossen
lagen dicht bei Englands Arbeitsmann.
Alle haben sie ihr Blut vergossen,
und zerschossen ruht heut Mann bei Mann.

Alte Leute, Männer, mancher Knabe
in dem einen großen Massengrabe.

Seid nicht stolz auf Orden und Geklunker!
Seid nicht stolz auf Narben und die Zeit!
In die Gräben schickten euch die Junker,
Staatswahn und der Fabrikantenneid.
Ihr wart gut genug zum Fraß für Raben,
für das Grab, Kamraden, für den Graben!

Werft die Fahnen fort!
Die Militärkapellen
spielen auf zu euerm Todestanz.
Seid ihr hin: ein Kranz von Immortellen –
das ist dann der Dank des Vaterlands.

Denkt an Todesröcheln und Gestöhne.
Drüben stehen Väter, Mütter, Söhne,
schuften schwer, wie ihr, ums bißchen Leben.
Wollt ihr denen nicht die Hände geben?
Reicht die Bruderhand als schönste aller Gaben
übern Graben, Leute, übern Graben –!

INHALT

INHALT

INHALT

1926

INHALT

INHALT

Kurt Tucholsky

Das Kurt-Tucholsky-Chanson-Buch
Texte und Noten.
368 Seiten. Kartoniert

Gesammelte Gedichte
Sonderausgabe.
832 Seiten. Gebunden

Als Taschenbücher liegen vor:

Gesammelte Werke
10 Bände in Geschenkkassette

Zwischen Gestern und Morgen
Eine Auswahl (50)

Panter, Tiger & Co.
Eine Auswahl (131)

Ein Pyrenäenbuch
Bericht einer Reise (474)

Politische Briefe
(1183)

Politische Justiz
(1336)

Politische Texte
(1444)

Schnipsel
Aphorismen (1669)

Kurt Tucholsky
dargestellt von Klaus-Peter Schulz (rm 31)

rororo

C 143/30b

Albert Camus

Nobelpreisträger 1957

Als Taschenbuch-Ausgabe erschienen:

Die Pest
Roman
Aus dem Französischen von Guido G. Meister. rororo Bd. 15

Der Fremde
Erzählung
Aus dem Französischen von Georg Goyert und Hans Georg Brenner
rororo Bd. 432

Kleine Prosa
Aus dem Französischen von Guido G. Meister. rororo Bd. 441

Der Fall
Aus dem Französischen von Guido G. Meister. rororo Bd. 1044

Verteidigung der Freiheit
Aus dem Französischen von Guido G. Meister. rororo Bd. 1096

Fragen der Zeit
rororo Bd. 4111

Tagebücher 1935–1951
Aus dem Französischen von Guido G. Meister. rororo Bd. 1474

Der Mensch in der Revolte
Essays
Aus dem Französischen von Justus Streller und George Sclocker unter Mitarbeit von François Bondy. Neu bearbeitete Ausgabe. rororo Bd. 1216

Der Mythos von Sisyphos
Ein Versuch über das Absurde
Mit einem kommentierenden Essay von Liselotte Richter
«rowohlts deutsche enzyklopädie» Bd. 90

Christliche Metaphysik und Neoplatonismus
Diplôme d'Études Supérieures de Philosophie, 1936, aus dem Nachlaß herausgegeben. Übersetzt und eingeleitet von Michael Lauble
«rowohlts deutsche enzyklopädie» Bd. 385

Albert Camus
in Selbstzeugnissen und Bilddokumenten dargestellt von Morvan Lebesque.
Aus dem Französischen von Guido G. Meister
«rowohlts monographien» Bd. 50

Rowohlt

18/31–31a

Jean-Paul Sartre

Der Idiot der Familie
Gustave Flaubert 1821-1857
I: Die Konstitution (dnb 78)
II: Die Personalisation I (dnb 89)
III: Die Personalisation II (dnb 90)
IV: Elbehnon oder Die letzte Spirale (dnb 114)
V: Objektive und subjektive Neurose (dnb 132)

Sartres Flaubert lesen
Essays zu «Der Idiot der Familie»
Hg. von Traugott König (dnb 116)

Sartre. Ein Film
Von Alexandre Astruc und Michel Contat. Unter Mitwirkung von Simone de Beauvoir, Jacques-Laurent Bost, André Gorz, Jean Pouillon. 12 Abbildungen (dnb 101)

Jean-Paul Sartre
in Selbstzeugnissen und Bilddokumenten dargestellt von Walter Biemel (rm 87)

Das Spiel ist aus
(Les Jeux sont faits) (rororo 59)

Die Fliegen. Die schmutzigen Hände
Dramen 1 (rororo 418)

Zeit der Reife
(rororo 454)

Der Aufschub
(rororo 503)

Der Pfahl im Fleische
(rororo 526)

Die Eingeschlossenen
(Les Séquestrés d'Altona) (rororo 551)

ro ro ro

2050/2

Jean-Paul Sartre

Krieg im Frieden 1
Artikel, Aufrufe, Pamphlete 1948-1954
(rororo 4904)

Krieg im Frieden 2
Reden, Polemiken, Stellungnahmen
1952-1956 (rororo 4973)

Wider das Unrecht
Die Affäre Henri Martin (rororo 5096)

Schwarze und weiße Literatur
Aufsätze zur Literatur 1946-1960
(rororo 5199)

Perrin / Sartre
Mit Sartre im deutschen Kriegsgefangenenlager
Mathieus Tagebuch. Ein Fragment
Bariona oder Der Sohn des Donners
Ein Weihnachtsspiel (rororo 5267)

Briefe an Simone de Beauvoir
1926-1939 (rororo 5424)

rororo
2050/2 b

KURT TUCHOLSKY

GESAMMELTE WERKE

IN 10 BÄNDEN

HERAUSGEGEBEN VON

MARY GEROLD-TUCHOLSKY

FRITZ J. RADDATZ

KURT TUCHOLSKY

GESAMMELTE WERKE

BAND 5

1927

rororo

ROWOHLT

Umschlagentwurf Werner Rebhuhn

70.–119. Tausend April 1985

Veröffentlicht im Rowohlt Taschenbuch Verlag GmbH,
Reinbek bei Hamburg, September 1975

Gesamtherstellung Clausen & Bosse, Leck
Printed in Germany
ISBN 3 499 29005 7

1927

EIN PYRENÄENBUCH

Dem Andenken Siegfried Jacobsohns

«– Shanghai? La ville la plus riche du monde. Le Cercle français? Le plus beau ... Leur bar? Le plus grand ... Leurs hôtels? Les plus confortables ... Leurs banques? Les plus puissantes ...»

«Savez-vous ce qu'on attend du voyageur? Qu'il mente. Le mensonge, c'est le cachet d'authenticité. Vous voyez-vous racontant à votre retour que le ciel des tropiques est gris? Jamais de la vie! Il est admis qu'on doit le voir bleu, bleu comme la Côte d'Azur, bleu comme une boule de blanchisseuse, et tout ce que vous écrirez là-dessus n'y changera rien. Croyez-vous qu'on vous prendra au sérieux si vous prétendez qu'il a au Japon plus de morts par les accidents de tramways que par le harakiri? Pas du tout ... La tâche du voyageur n'est pas de détruire des légendes, c'est d'en créer. Il faudra que vos Hindous soient majestueux, vos Chinois impénétrables, vos nègres lubriques, vos Nippons courtois. Ça n'est pas vrai! Tant pis! La réalité, c'est la monnaie de ceux qui ne savent pas mentir.»

Roland Dorgelès: *‹Partir›*

Und Inger war freundlich und gutherzig. Sie erzählte von der Domkirche in Drontheim und begann: «Ihr habt wohl die Domkirche in Drontheim nicht gesehen? Nein, ihr seid ja nicht in Drontheim gewesen!»

Diese Domkirche war gleichsam Ingers eigene Domäne, sie verteidigte sie, prahlte mit ihr, gab Höhe und Breite an, sie sei wie ein Märchen!

Knut Hamsun: *‹Segen der Erde›*

Der Beichtzettel

Geographie hatten wir beim roten Gierke. Der Mann war ein Lehrbeamter mit vielen kleinen Äderchen im Gesicht, die ihm ein kupferrotes Aussehen gaben; wegen seines Spitznamens hatte er sich anstandshalber einen roten Bart umgebunden. Er mochte uns nicht, und wir mochten ihn nicht. Er galt für falsch und rachsüchtig, Urteile von Schulklassen sind immer richtig – es wird schon gestimmt haben.

«Hast du Geographie gemacht?» – «Ich habe keine Ahnung!» – Woher sollte ich auch eine Ahnung haben? Das kümmerliche Geographiebuch verzeichnete ein paar Namen und stotterte in holprigem Deutsch etwas von «Bodenbeschaffenheit» und «Sardinenhandel», der Rote hatte dazu mit einem Rohrstock an der Karte entlanggestrichen, und die Klasse hatte korrekt geschlafen.

«Wir kommen nunmehr zu den Pyrenäen», sagte der Rote. Ich weiß nicht, ob er heute auch noch dazu kommt – aber bis auf das schöne Wort «Maladetta», was kein Fluch, sondern ein Berg ist, habe ich nichts behalten. Es ist alles wie ausgelöscht. Das gute Schulgeld –! Die schöne verlorne Zeit –!

«Pyrenäen» – das war so eine rostbraune Sache auf der sonst grünen und schwarzen Karte, darin ein paar Bergkleckse standen, rechts und links gefiel sich die Karte in Blau, das war das Meer ... Ja, und sie trennten Spanien und Frankreich. Auch mußte man jedesmal ein kleines bißchen nachdenken, bevor man den Namen schrieb.

Dies waren die wissenschaftlichen Kenntnisse, die mir die deutsche Schule in Bezug auf die Pyrenäen mitgegeben hatte.

Aber der Rote lehrte nicht nur Geographie, sondern auch Geschichte, und da ging es wesentlich muntrer her. Es war eine Mordsgeschichte, in der es nichts wie Schlachten, Fürsten und Staaten gab. Was ein Staat war, hatte er uns nie erklärt, aber das Leben holte das rasch ein. Wenn man zum Beispiel in die Pyrenäen fahren will, braucht man einen Paß.

Viele europäische Staaten fordern zur Zeit noch Eintrittsgeld, und das kann ihnen niemand verdenken. Autorität übt man am besten dem Schwachen gegenüber aus – dem, der keinen Fußtritt zurückgibt, wenn der armselige verschuldete Popanz mit dem Wappen fuchtelt. Bauern, die für ihren ganzen Besitz so viel Steuern bezahlen wie ein Schreibmaschinenfräulein, Aktiengesellschaften, die, wenn es ans Zahlen geht, nur mit ihrer französischen Bezeichnung «Sociétés Anonymes» auftreten ... bei denen gehts nicht. Das arme Luder von Staat muß sich doch ein Mal, ein einziges Mal fühlen! Der Ausländer ist eine schöne Gelegenheit.

Über die Kuppen und Grate der Pyrenäen hinweg läuft eine kleine gekreuzelte Linie, die Grenze. Der Fall lag wunderschön kompliziert; ich wohne in Paris, und es waren drei Mächte zu bemühen: Deutschland, Frankreich und Spanien. Ich bemühte sie.

Es kostete vier Arbeitstage sowie zweihundertachtunddreißig Francs. Die Sache spielte sich in Liebe und Freundschaft ab: niemand benahm sich irrsinniger, als seine Vorschrift ihm das vorschrieb, es wurden weder Kniebeugen noch Freiübungen verlangt, auch vom Einzelvorbeimarsch wurde allgemein abgesehen. Regiert wurde ich bei den Deutschen von einem sehr wohlschmeckenden, großen Mädchen, bei den Franzosen von einem höflichen, staubigen Mann, bei den Spaniern von einem Botschaftssekretär und zwei dunkelgetönten Konsularbeamten. Jeder stempelte, trug in Bücher ein, schrieb und fertigte aus, ließ von unbekannten Mächten, die hinter geschlossenen Türen thronten, unterschreiben ...

Das Ministerium des Innern ordnet an, das Ministerium des Äußern mischt sich ein, die Grenzüberwachung weiß von allen beiden nichts und macht ihre Dummheiten selbständig.

So, genau so war einst die Herrschaft der Kirche.

Ein Mann ohne Beichtzettel war ein verlorner Mann, ein ausgestoßner Mann, eine unmögliche Erscheinung, ein Auswurf. Der Geist war von Jugend an in das Eisenkorsett des Glaubens eingezwängt, so daß er gar nicht anders denken konnte. «Hat er den richtigen Glauben?» Allenfalls verstand man noch, daß er den falschen hatte – aber gar keinen? Davor bekreuzigte der Gläubige erst sich und verbrannte dann den andern.

Und die Hexenrichter waren keine schwarzen schleichenden Schufte, wie der aufgeklärte Liberalismus sie so oft abgebildet hat – es waren anständige, reputierliche Leute, mit einem ordentlichen Studium hinter sich, einem festen Pflichtenkreis um sich, einer geachteten Laufbahn vor sich ... Trommelten die Trommeln, brodelte das Volk auf den großen Plätzen, surrten die Gebete der Mönche um die Verurteilten? Sie sahen das mit ruhigen Augen an. Die Feuer brannten, die Schreie stiegen zum Himmel auf, wie hätte das anders sein können? Das mußte so sein.

Es mußte so sein, weil das mittelalterliche Europa an einer Sache hing, die es von Natur aus nicht gab, sondern die sich der Mensch erst gemacht hatte: an der Kirche. Wer hing am Kreuz? Der Gläubige selbst: röchelnd, mit herausgequollnen Augen, in seiner Bewegung gehemmt, an die Hölzer gebunden, glücklich, gestützt und nicht allein – so hing er da.

Und steht heute auf, sieht das Kreuz mit langem Blick an, schüttelt sich und geht ...?

Er ist von einem Kreuz zu einem andern gelaufen.

Er stiert auf die Fahnen wie ein Huhn, das man mit der Nase vor den Kreidestrich hält, unbeweglichen Auges, er sieht nur das. Hat er die richtige Staatsangehörigkeit? Allenfalls versteht man noch, daß er die falsche hat – aber gar keine? Davor schrickt der Polizeimann zurück und jagt den andern davon.

Und sie sind so stolz auf ihren Beichtzettel!

Von den Reichen beachtet und benutzt, von den Angestellten als Krippe geliebt, tausendmal verkauft an die wahren Gewalten der Erde, deren Grenzen ganz, ganz anders laufen, als es die Geographiebücher angeben, machtlos, wo wahre Macht ihm gegenübersteht: so bläst sich der Staat auf und hat das scheußlichste getan, das es gibt, er hat dem praktischen Zweck eine sittliche Idee angekleistert.

Heimlich zugebend, daß die Bergpredigt für ihn nicht gelte, daß die vom Individuum geforderte Moral für ihn nicht gelte, daß die einfachsten altruistischen Gebote für ihn nicht gelten, will er Gott verdrängen und sich an seine Stelle setzen. Und glückt das nicht, so stellt er sich hinter das noch aufrechte Kruzifix, und der Betende ahnt nicht, vor wem er kniet. Drücke die Schwachen – aber schwenke die Fahnen! Bestrafe die Kranken – aber liebe den Präsidentensitz! Schände die Heimat – aber achte den Staat! Und keiner, keiner ist ohne Beichtzettel.

Gibt es denn nicht wenigstens ein paar Tausend in Europa, die unberührt davon bleiben, wenn sich die Unteroffiziere ihrer Länder in die fettigen Haare geraten? Muß uns das berühren, daß die Stahlindustrie des einen Landes die Kohlen des andern braucht? Daß man dafür Kriegslieder geheult, Menschen geblendet, Tiere zerrissen, Häuser zerknallt, Gebete gebetet, bekannte Soldaten geprügelt und unbekannte Soldaten beerdigt, Generale sauber rasiert und Arbeiter mit Artillerie beschossen hat – muß uns der Fibelvorwand rühren? Geht uns der fingierte Grund etwas an? «Über die Köpfe hinweg, Bruder, reich mir die Hand –!» Ich will keinen Beichtzettel haben, ich will nicht zur Beichte gehen, ich will nicht.

François, Gaston, René – ich liebe euch, nicht obgleich ihr Franzosen seid; ich liebe euch, nicht weil ihr Franzosen seid – ich liebe euch, weil ihr François, Gaston, René seid. Mich interessiert es nicht, zu wissen, an wen ihr eure Steuern zahlt, wer bei euch an den Denkmälern die Reden im Gehrock hält, wer an euern Straßenecken den Verkehr behindert ...

Die Feuerwehr ist ein nützliches Instrument im Leben der Gesellschaft. Ich bete nicht zur Feuerwehr.

Und da habe ich nun meinen Paß, den Beichtzettel.

Ich sehe die blauen und roten Stempel an, blättere voller Bewunderung in unlesbaren Unterschriften und vielsprachigen Tintenklecksen, falte fromm die Hände ... Dann stecke ich den Paß in die hintere Gesäßtasche und begebe mich auf die Reise in die Pyrenäen.

Stierkampf in Bayonne

Auf den weiten Feldern der Ganaderia, der Zucht, schweift er: der König der Herde. Er weiß nicht, daß er sechstausend Francs kostet – aber daß er der unumschränkte Kaiser ist, der Alleinherrscher über die Jüngern und über alle Kühe – das weiß er. Er sieht keinen Menschen. Er läuft, wenn ihn die Lust ankommt, durch das saftige Gras, über kurzgebrannte Stoppeln, er wälzt sich in duftigem Heu, grast, äugt ... So vergehen die Jugendjahre – fern in einer Stadt lebt schon der, der ihn einst töten wird. Er zieht die herbe Luft ein, die von den Bergen herunterweht, und brüllt.

Eines Tages kommen sie auf Pferden und mit dressierten Ochsen, den verschnittnen, dumpfen Ex-Stieren. Die wilde Herde wird getrieben, er wird abgesondert, er läuft mit den Städtern mit ... Und findet sich in einem Waggon wieder, in einem dunkeln, rollenden Stall. Von der Bahnrampe aus trottet die Herde, sorgfältig vor Neckereien beschützt, zu einem runden, hohen Haus. Vierundzwanzig Stunden steht er allein im Verschlag, gereizt, unruhig. Nachmittags um vier Uhr vierzig öffnet sich die Tür, die grelle Sonne scheint herein, er stürzt heraus ... Und steht in der Arena.

Während sie ihn geholt hatten, war ich über Bordeaux gerollt, wo ich zum ersten- und letztenmal auf dieser Reise, im Chapeau Rouge, ein ernsthaftes Abendessen zelebrierte, mit einem Rotwein, weich wie Samt; fort von Bordeaux, über die große Garonnebrücke hinweg – nach Bayonne. Sonntag? Sonntag ist Stierkampf.

In Paris hatten sie sich im vergangenen Jahr sehr groß getan: es bestände ein Gesetz, wonach in Frankreich der Stierkampf mit Pferden und Tötung des Stiers verboten wäre – und wenn die Leute aus der Provence oder sonstwoher im pariser Buffalo Stierkämpfe vorführen wollten, so dürften sie das keineswegs in der blutigen Ausgabe tun. Das taten sie auch nicht. Sie begnügten sich mit den provenzalischen Stierspielen – da bleibt der Stier am Leben. Bayonne aber liegt so nahe an der spanischen Grenze, daß die bunte Farbe, womit auf den Atlanten Spanien angemalt ist, abgefärbt zu haben scheint; es sind auch so viel Fremde da, vorzüglich Spanier ... In Lille, wo niemand den Wunsch danach verspürt, darf man nicht stierkämpfen, in Paris auch nicht. In Bayonne darf man.

Die hohe runde Arena liegt im Nordosten, etwas außerhalb der Stadt – ich war noch gar nicht recht zur Besinnung gekommen, wo ich denn eigentlich wäre, Fluß und Brücke (die Adour) lagen schon hinter mir, da war schon die ganze Stadt auf den Beinen und rollte, lief, spazierte, hupte und kutschierte zur Arena. Die Sonne schien nicht, der Himmel war gefleckt blau und grau, die gesteckt volle Straße roch nach Staub und Blut.

Haben die Römer in ihren Arenen auf Steinstufen gesessen? Auch sie werden sich weiche Unterlagen mitgebracht haben – man kann Kissen mieten. Alle Welt klettert mit den kleinen Kissen über die Stufen, nimmt Platz, winkt, ruft, lacht ... Eine schauerliche ‹banda›, die vorher rotbemützt die Stadt durchblasen hat, trompetet sich die Seele aus dem Hals. Stille. Tusch! Der ‹Präsident› hat seine Loge betreten.

Jeder Stierkampf geht unter dem ‹Präsidium› irgendeines Mächtigen vor sich – in Madrid ist es der König mit der Unterlippe, in den großen spanischen Provinzstädten der Präfekt, in den kleinen der Bürgermeister oder irgend ein uniformiertes Stückchen General – ihm und seiner Familie weihen die Kämpfer den Stier und das Spiel, die Geschicklichkeit und den Tod.

Der Herr Marquis ist mit seinen Damen aus Biarritz im Auto herübergekommen, nun tritt er an die Brüstung seiner Loge, die im Rang liegt, nimmt mit einer steifen Armbewegung den grauen Zylinder ab und begrüßt das Volk. Aber es ist ganz ausgeschlossen, daß der Filmregisseur Ernst Lubitsch diesen Mann auch nur dreißig Meter lang einen Grafen spielen ließe – er würde ihm vielleicht das Stativ zu tragen geben, aber als Komparse: nichts zu machen. Es ist so viel kleine Provinzeitelkeit auf diesem zerlederten Gesicht, der Ritter ist von seinem Schloß heruntergestiegen und begrüßt die lieben Leibeignen ... Die Leibeignen vollführen einen großen Lärm und schwenken mäßig begeistert die Hüte. Der Graf aus Spanisch-Bautzen setzt sich. Es darf anfangen.

Die Truppe hält ihren Einzug. Es ist etwas kümmerlich damit, gar so viel sinds nicht, und sehr blitzend sieht das alles nicht aus. Die ersten Kämpfer, deren einer vorhin in einem großen Landauer angerollt kam, in der vollen Pracht seiner Ausrüstung, mit dem runden aufgerollten Zöpfchen am Hinterkopf, sie knien vor der Präsidentenloge nieder, der Zylinder erhebt sich mit dem Marquis, die unten murmeln die herkömmliche Formel. Die Besetzung in der Arena und oben auf den Bänken: es ist nicht Madrid, das uns hier umfängt; die Kämpfe gehen zwar streng formell wie in Spanien vor sich – aber das Ganze ist doch Provinz.

Los.

Der erste Stier von den sechsen kommt aus dem Stall gebraust. Da steht er. Musik, Licht nach dem Dunkel der Haft und so viel Menschen – was soll das? Das wird sich gleich erweisen.

‹Juego do Capa›. Die flinken Männer mit den roten Mänteln laufen vor der pathetischen Kuh auf und ab, sie schwenken die Tücher, hüpfen beiseite ... Alles, was mit Vollkommenheit gemacht wird, sieht leicht aus. Das ist gar nichts, denkt man, und denkt falsch. Auf Alpenwegen bringen diese schweren, kräftigen, großen Tiere dem Spaziergänger das volle Bewußtsein dessen bei, was eigentlich ein Stier ist ... Die da necken ihn wie ein Hündchen. Da kommen die ersten Pferde.

Es sind alte Kracken, gut für den Abdecker, abgearbeitete Kreaturen, die ihr ganzes Leben lang geackert, gezogen und getragen haben. Jede Arbeit ist ihres Lohnes wert: ihre offenbar dieses Lohnes. Ein Auge hat man ihnen mit einem Tuch zugebunden, was ihnen ein sonderbar verkommenes, verludertes Aussehen gibt. Sie lassen an Pferde von Strauchdieben denken, an Landschenken im Dreißigjährigen Kriege ... Mit dem zugebundnen Auge der Innenseite des Kreises zugewendet, werden sie in die Arena geritten. Auf ihnen sitzen die Picadores.

Aber ich habe immer geglaubt, der Picador sei ein Mann, der, beritten, mit dem Stier kämpfte, ein Kampf, der dann manchmal für das Pferd ein böses Ende nähme ... Der Picador ist ein Schlächter.

Niemand kann mit einem ausgewachsenen Stier kämpfen, wenn der nicht vorher zwei, drei Pferde erledigt hat, und nimmt er sie nicht an, so ist das für den Toreador eine böse Belastungsprobe. Das, was der Stier mit den Pferden macht, ist eine große körperliche Anstrengung für ihn, er arbeitet sich mit dem besten Teil seiner Kraft erst einmal an diesen Opfern ab ... Ein Mann in roter Bluse führt das erste Pferd am Zügel. Es schnaubt.

Der Stier sieht das Pferd an. Der Picador riskiert eine mutige Geste mit seiner Lanze. Der Stier nähert sich; der Rotblusige hält das Pferd noch immer fest, wendet die Breitseite dem Stier zu, damit der es recht bequem hat. Der Stier nimmt dankend an. Er geht mit leichtem Anlauf an das Pferd heran, kracht mit ihm zusammen und bohrt das rechte Horn in den magern Leib. Er senkt den Kopf tiefer, er wühlt darin herum, das Ganze sieht aus, als erfülle er ohne alle Leidenschaft eine unumgängliche Formalität. Das Pferd trappelt, so gut es kann, auf den freien Hufen, zwei schweben in der Luft. Dann zieht der Stier das Horn heraus.

Das Pferd ist unten offen. Einige Därme und etwas Schleim hängen aus ihm heraus, es möchte sich hinlegen. Nichts. Der Picador ist abgestiegen, macht die Steigbügel zurecht und steigt auf den Fetzen Pferd zum zweitenmal. Der Stier soll noch einmal stoßen. Der Stier stößt noch einmal.

Nun baumelt dem Pferd ein graurosa Beutel zwischen den Beinen, einmal verfängt es sich in dem Geschlinge und tritt hinein. Der Picador ist abgestiegen ... Und nun läuft doch wahrhaftig dieses gute, alte Tier – immer ohne einen Laut – durch die ganze Arena, es möchte hinaus, dahin, woher es gekommen ist, in den Stall, fort von hier ... Man läßt es hinaus. Und alles wendet sich wieder dem Stier zu.

Ich sehe mich um.

Ich kenne das, was in den Augen mancher Beschauer und Beschauerinnen liegt, wenn Schmeling dumpf auf Samson-Körner boxt. Kein Sport ist vor Mißbrauch sicher. Hier ist nichts davon. Ich versäume die schönsten Kunststücke der Mantelleute, die mit dem Stier einen großen Fandango tanzen: aber in keinem Gesicht, in keinem Auge, in keiner Miene ist auch nur der geringste Blutrausch zu sehen. Sind diese Leute grausam?

So spricht der Weise:

«Ein anderer Grundfehler des Christentums ist, daß es widernatürlicherweise den Menschen losgerissen hat von der Thierwelt, welcher er doch wesentlich angehört, und ihn nun ganz allein gelten lassen will, die Thiere geradezu als Sachen betrachtend ... Die bedeutende Rolle, welche im Brahmanismus und Buddhismus durchweg die Thiere spielen, verglichen mit der totalen Nullität derselben im Juden-Christentum, bricht, in Hinsicht auf Vollkommenheit, diesem letzteren den

Stab; so sehr man auch an solche Absurdität in Europa gewöhnt sein mag.» Und:

«Man sehe die himmelschreiende Ruchlosigkeit, mit welcher unser christlicher Pöbel gegen die Thiere verfährt, sie völlig zwecklos und lachend tötet oder verstümmelt oder martert, und selbst die von ihnen, welche unmittelbar seine Ernährer sind, seine Pferde, im Alter auf das äußerste anstrengt, bis sie unter seinen Streichen erliegen.» Denn:

«Man muß an allen Sinnen blind oder durch den foetor judaicus völlig chloroformiert sein, um nicht einzusehen, daß das Thier im wesentlichen und in der Hauptsache durchaus dasselbe ist, was wir sind, und daß der Unterschied bloß im Akzidenz, dem Intellekt liegt, nicht in der Substanz, welche der Wille ist. Die Welt ist kein Machwerk und die Thiere kein Fabrikat zu unserm Gebrauch.» Daher:

«Nicht Erbarmen, sondern Gerechtigkeit ist man dem Thiere schuldig.»

Also keine Grausamkeit. Mangel an Gefühl.

Neben mir sitzt ein hervorragend unangenehmer junger Herr, er ist mit zwei Brautens erschienen und hat einen gar großen Mund. «Ho!» und «Ohé!» schreit er, er erteilt Noten an Stiere, Pferde und Matadore, er leitet die Sache gewissermaßen. Als der Stier einmal dringend in einem Pferd beschäftigt ist, ruft er dem Pferd hinüber: «Das hast du nicht gern, was? Das kann ich dir nachfühlen!» Mit dem setze ich mich ins Gespräch. Und er sagt, ganz und gar bezeichnend, in einem besonders scheußlichen Moment: «Mais regardez donc le toréador – le reste n'existe pas!» Für ihn nicht. Für keinen.

Immer noch Pferde. Der erste Stier ritzt eins auf und erledigt die zwei nächsten. Jetzt ist er böse und ermüdet. Und nun bekommt er es mit den Menschen zu tun.

Alles, was hier geschieht, hat seine jahrhundertalten Riten. Jede Bezeichnung, jede Bewegung, jede Möglichkeit ist traditionell. Zu dieser Tradition gehört die ‹suerte› der Banderillas. Diese Piken, die dem wütenden Stier in den Nacken gesetzt werden, um ihn noch wütender zu machen, werden ihm vorher gezeigt, es ist ritterlich, ihn darauf aufmerksam zu machen, was nun kommt, und vielleicht interessiert es ihn auch. Der Banderillenmann stellt sich also zehn Meter vor dem Tier auf, dessen Flanken wie ein Blasebalg gehen, hebt die Piken hoch, senkt sie langsam, es ist, als wolle er den Stier mit zwei Zauberstöckchen beschwören: dann läuft er den Stier an. Es ist die graziöseste und eleganteste Bewegung, die ich in diesem Stierkampf gesehen habe: das Leben des Mannes hängt an zwei Zentimetern. Der Stier sieht ihn kommen, er schnaubt ihm entgegen, er stößt nach ihm – in die Luft, da hängen die Banderillas an seinem dicken Nacken, schwanken auf und ab, etwas Blut rieselt an ihnen herunter ... Der Läufer hat nur eine ganz kleine Bewegung gemacht, um dem Stoß auszuweichen, der eben erst die Pferde aufgeschlitzt hat.

Jetzt ist der Stier ernsthaft wütend. Er brüllt, klagend und drohend, er wirft mit dem Vorderfuß Sand auf, versucht die langen Stäbe mit den Widerhaken abzuschütteln – und bohrt sie sich tiefer ins Fleisch. Wieder umspielen ihn die Mäntel der Capeadore, ein zweites Paar Banderillas wird ihm gesetzt, diesmal war der Läufer so dicht dran, daß er fast zwischen den Hörnern stand – das Publikum rast. Und nun noch ein drittes Widerhakenpaar. Inzwischen ist ein ruhiger Mann vor die Präsidentenloge getreten.

Der Stier sieht nichts, denn er ist mit seinen Tüchern befaßt. Aber was da zwischen dem Präsidenten und dem Mann in der Arena mit Kniefall und Zylindergruß ausgemacht wird: das ist der Tod. Der Mann läßt sich einen Degen und ein rotes Tuch geben.

Der Stier stürzt sich auf das rote Tuch wie ein Stier auf das rote Tuch. Der Mann hat kaum einen Schritt beiseite getan. Und nun zeigt er ihm den scharfgeschliffnen Degen. Der Stier sieht dumm herüber – er steht jetzt ganz nahe vor mir, es ist ein schwarzes großes Tier, an der nassen Haut läuft das rote Blut in kleinen Bächen herunter. Alle paar Sekunden blitzt etwas Weißes in seinem Auge auf, wie ein Funke, ein Lichtschaum. Der Toreador geht auf ihn zu, zielt . . .

Da steht der Stier mit dem Degen oben im Rücken und seinen drei Paar Widerhaken und tobt. Ist das das Ende? Die Zuschauer sind begeistert – aber es ist nicht das Ende. Einen zweiten Degen, bitte.

Es ist das Ende. Die rötesten Mäntel bringen ihn nicht mehr zum Aufsehen, er brüllt dumpf, fällt zur Seite, zuckt . . . Aus. Gruß an die Loge, grauer Zylinder, Hüteschwenken, Bravo, Hoch und Dank. ‹L'Arrastre›: ein sechsfaches Eselgespann schleift den Stier und die beiden Pferde hinaus. Der nächste.

Der nächste ist ein junger, aufgeregter Herr, der wie ein Bajazzo aus seinem Stall herausgepurzelt kommt. Er macht den Leuten viel zu schaffen, und das soll er ja wohl auch. Er zerstößt das Pferd, das ihm sein Vorgänger leichtverwundet zurückgelassen hat, zu einem bösen Klumpen, der Picador fällt herunter, es geschieht ihm aber nichts. Der Stier zerquält ein Pferd, so daß es sich schon nach dem ersten Stoß nicht mehr erheben kann – und da liegt es. Ich kann genau das Auge sehen, das große, sanfte Auge. Das Auge versteht nicht. Es sagt: «Warum? warum?» – Es dauert lange, bis der Mann mit dem kleinen handfesten Messer kommt, das schnell wie ein Keil in den Schädel geschlagen wird . . . es dauert so lange. Die Kapelle spielt, ein sanfter Walzer wogt über das sterbende, graue Pferd hin, weich und schaukelnd – ich weiß, wie der im Sand ruhende Körper unten aussieht . . . Da kommt der Abdecker. Le reste n'existe pas.

Dieser Stier hat einen schweren Tod. Der Toreador verbraucht 6 (in Buchstaben: sechs) Degen, bis er ihn so weit hat – und das Publikum wird ungeduldig. «Schlächterei!» schreien die fein empfindenden Leute.

Weiße Taschentücher wehen zum Präsidenten hinauf – aber der rührt sich nicht, sondern sieht, den Kopf auf die Brüstung gelehnt, gelangweilt zu. Seine Damen gucken gar nicht hin. Nun fällt der Stier. Erlöster, nicht einstimmiger Beifall.

Aber während alles um den sterbenden Stier beschäftigt ist, liegt an der Ostwand des Zirkus im Sand das graue Pferd. Sie haben es mit einer Decke zugedeckt, man sieht das Hinterteil und den Schwanz. Es ruht. Und mir ist, als glänze dieser Kadaver mit einem sanften Schein um sich.

Nummer drei will gar nicht aus dem Stall. Hohngebrüll der Arena: «Feigling!» Das kann er nicht auf sich sitzen lassen. Er kommt, passiert die beiden Torwächter, die ihm zwei ganz kleine Haken applizieren ... dann machte er seine siebenundsiebzig Stationen durch.

So sechs. Schnaubende Mäuler, sich bäumende Pferde, Pferde, die nicht wollen, aber herangezerrt werden, einmal ein Kunststück des Matadors: er neckt sitzend den böse gemachten Stier im Nacken, er rückt auf dem kleinen Holzstreifen, der die Arena innen wie eine runde Bank umgibt, immer näher an ihn heran, gibt ihm also die Zehntelsekunde vor, die er zum Aufstehen braucht – in diesem Spiel, wo es um die Zehntelsekunde geht ... Und auch dieser Stier ist in einer Viertelstunde draußen, gezogen von den Mauleseln mit den roten Pompons. Ein Torero, Emilio Mendez, steht wie eine Bildsäule, bevor er zusticht, in einer vornübergebeugten Haltung leicht, wie auf dem Theater ... Es ist ein dunkler, schwarzer Mann, in diesem Augenblicke sieht er genau aus wie Walter Hasenclever. Ein Stier wandelt mit einem Widerhaken im Nacken umher, als gehe ihn das Weitere nun nichts mehr an. Die Tücherleute machen die Muleta: Kein Allotria! Hier! Sterben gehn! Und da bequemt er sich denn.

Bei alledem ist kein Stierkämpfer ohne Schrammen und Wunden; bekommt ihn der Stier auch nur selten zu fassen, so ritzt er ihn doch oft mit dem Horn. Was viel gefährlicher auslaufen kann, als es den Anschein hat: ist das Horn vorher in den Eingeweiden der Pferde gewesen oder hat es auch nur Erde aufgewühlt, so riskiert der so leicht Verwundete den Tetanus.

Kurz vor Schluß gehe ich hinaus. Draußen umlagern die Kutscher, die Chauffeure, Knechte und Volk das Arenagebäude. Es steht hoch gegen den Himmel und sieht auf einmal böse aus. Ein Stierkampf von draußen ... Ich weiß jetzt, was da drin geschieht – ich höre es an den Schreien. Zunächst bleibt alles still. Jetzt, jetzt muß er an sein Pferd geraten sein, ich fühle bis hierher den dumpfen Zusammenstoß. Die Arena schreit. «Hjai!» wie aus einer Kehle. «Hjai –!» Und dann ein langes Brausen und wirres Rufen ... Langsam schlendere ich durch die Wagen.

Sind das Lieblinge, die Toreadore! Die Spanier verehren ihre Stierhelden wie die Halbgötter. Der große Tenor der Arena, Nacional II, hat vor ein paar Tagen, nachdem sie ihm bei einer Meinungsverschiedenheit den Kopf mit einer Weinflasche eingeschlagen haben, ein Begräbnis gehabt wie ein General. Kein Panthéon wäre ihnen für die großen Männer zu schade. Nun, das ist wohl überall dasselbe – nur gibt es sich anderswo wissenschaftlicher, gebildeter, immer mit dem Kulturfortschritt im Prospekt ...

Herrgott aus Spanien! Wenn du Sonntag vormittags auf dein Land heruntersiehst, so steigen dir wohlgefällige Düfte in die Nase, süßer Weihrauch und die Lobreden deiner fetten Pfaffen. Wenn du aber nachmittags herunterhörst, so hörst du aus dreißig und vierzig Arenen: «Hjai –!», hörst das Blasen der Bandas, das wirre Rufen und das Brüllen der sterbenden Tiere. Jeden Sonntag. Im Jahre 1924, lieber Gott, war es zweihundertachtundvierzigmal, daß du das in Spanien hören konntest – und dabei sind nicht die simplen Spiele mitgerechnet, die sich halbwüchsige Bauernknechte in kleinen Flecken mit den ganz jungen Tieren erlauben. Nur die offiziellen: zweihundertachtundvierzig. In Frankreich für dasselbe Jahr: sechzehn. Nicht viel – aber immer noch mehr als damals, als man im Jahre 1857 die Stierkämpfer zum Lande hinausjagte. Das Verbot ist praktisch längst außer Kraft gesetzt. Sie sind alle wieder da. Und sie heiligen deinen Feiertag.

Da kommen die Leute zu Hauf aus dem Mordturm – wenn ich noch einen Wagen haben will, muß ich mich beeilen.

Eine Barbarei.

Aber wenn sie morgen wieder ist: ich gehe wieder hin.

Ausflug zu den reichen Leuten

Wer weniger Geld hat als wir, dem fehlen die materiellen Voraussetzungen, das Leben voll zu genießen. Sicherlich schlummern auch im Arbeiter unerlöste kulturelle Bestrebungen, aber Sie müssen nicht vergessen, Herr Ministerialrat, die Tiefergestellten wollen vielleicht, aber sie können nicht. Ich bitte Sie, was haben denn diese Leute für Interessen!

Wer mehr Geld hat als wir, ist ein Trottel. Er hat wohl materiell alles, was er braucht, aber ihm fehlt doch unsre Kultur. Die neuen Reichen, Herr Ministerialrat, können alle, aber sie wollen ja gar nicht. Ich bitte Sie, was haben denn diese Leute für Interessen!

Die armen Reichen. Sie haben wirklich keine gute Presse.

«... jene feierliche Ironie, die ich bei allen Leuten mit bescheidnem Einkommen bemerkt habe, mit denen ich in Beziehung stehe», heißt es in dem reizvollen Tagebuch des Milliardärs A. O. Barnabooth, von Valéry Larbaud. «Ich rede sie ohne Hintergedanken an, von Mensch zu Mensch, ganz familiär, wie das zum Beispiel die Amerikaner lieben.

Aber sie verbeugen sich, und wenn der Kopf ganz unten ist, stecken sie mir die Zunge heraus. Sie drücken mir die Hand wie auf einem Begräbnis, und ich fühle die ganze Verachtung, die sie für mich haben. Sie verstecken ihre Gefühle nicht einmal; denn wenn sie ihr hochachtungsvoll ergebenes Gesicht aufziehen, halten sie einen Milliardär für viel zu dämlich, als daß er etwa merken könnte, wie man ihm schmeichelt. Es sind sehr subtile Herrschaften. Ich habe erst geglaubt», sagt der Reiche, «daß diese stillschweigende Ironie das Grinsen des Neides ist ... Aber nein, das ist kein Neid: es ist die Unfähigkeit, die Augen aufzumachen und über gewisse Vorstellungen hinauszusehen. Es ist einfach Beschränktheit.»

Denn weil sich jeder eine Welt macht, in deren Mittelpunkt er selber steht, so verneint er die der andern, deren Weltbild ihn etwa an die Wand klemmen könnte. So heben denn silbergepunzte Demokratenfrauen die armen Arbeiter, die es nicht besser wissen, und verachten die reichen Milliardäre, die es nicht besser wissen. Reiche Leute haben eine gefügige Presse. Reiche Leute haben keine gute Presse.

In Biarritz kommen sie wild vor. Der nach Fischen riechende Winkel, als den Taine den Ort noch in den fünfziger Jahren angetroffen hat, ist durch den spanischen Adel und vorzüglich durch die Queen, der die englische Aristokratie todesmutig nachfolgte, erst zu dem geworden, was es heute ist. Es liegt entzückend: die silbrig-blaue Küste mit Felsen, die kunstvoll durchbrochen sind, so daß man darin spazierengehen kann, Blumenanlagen: es wächst da ein niedriger Baum mit hellgrünem, zartgefiedertem Laub, der wie ein Mohrrübenbaum aussieht, und an bestimmten Stellen zu bestimmten Stunden geht es auch recht elegant her, nur das allgemeine Straßenbild ist nicht elegant. Allerdings spielt sich ‹Biarritz› auf den Besitzungen der reichen Leute ab, in den Klubs, den Parks, den kleinen und großen Villen am Meer und in den Schlössern, die von der Küste entfernt liegen. Will man französische Eleganz beschreiben, so muß man nie vergessen, daß die Begriffe ‹Kempinski› und ‹Esplanade› deutsche Begriffe sind und daß Frankreich nicht das besitzt, was einmal ein sehr witziger Mann mit dem Wort «Berlin hat eine Mittel-Volée» bezeichnet hat. Die französische Mitte liegt in der äußern Lebensführung und in den Ansprüchen wesentlich unter der deutschen, aber dafür gehts dann auch oben ganz hoch hinauf. Der große Reichtum ... Davon kann ich nun wenig berichten. Nicht etwa aus Verachtung, sondern weil ich diesen Kreis des Lebens nicht abgeschritten habe, weil er mir fremd ist, weil meine finanziellen Mittel nicht ausreichen, ich mir also meine Nase an der Glasscheibe platt drücken müßte. Mir ist es nicht selbstverständlich, im Hôtel du Palace abzusteigen, der Apparat würde auf mir lasten, und ich käme über jene gequälte Ironie nicht hinweg, die der Reporter anwendet, um zu zeigen, daß ihm das alles in keiner Weise imponiert und daß er doch der bessere Mensch ist.

Nach Biarritz bin ich aus Pflichtbewußtsein gegangen. Die Fotografien in den Zeitschriften hätten mich nicht gelockt: auf allen waren die weißbehosten Tennisspieler mit ihren Damen zu sehen, das Meer und das Auto im Hintergrund, sie saßen – wie ländlich! – am Wegesrand oder an kleinen Tischen mit Teekännchen und roten Sonnendächern.

Die Kurliste sagt, wer alles in Biarritz ist. Sie finden das in Ihrer eleganten Zeitschrift, wenn die es nicht vorzieht, Heringsdorf zu fotografieren. Die Mistinguett soll auch da sein. Aber Missia habe ich selbst gesehen, Missia, das dicke Stück aus dem Theaterchen Perchoir zu Paris, eine himmlische, nicht mehr junge Person mit einem Gesicht wie ein, sagen wir, Mond, einer Himmelfahrtsneese und frech! Frech wie Anton. Sie geht mit einem jungen Mann über die Straße, tut recht vertraut mit ihm, und ich bin maßlos eifersüchtig. Ich auch . . .!

In dem kleinen Restaurant, wo ich das Frühstück nehme und beileibe nicht esse, da sitzt mit Papa und Mama und Brüderchen eine ganz junge Engländerin, ein Kind, sie ist vielleicht fünfzehn oder sechzehn Jahre. Sie hat ein bißchen Sommersprossen, einen langen Kopf, lange Finger – sie ist gar nicht hübsch. Aber sie ist unanständig, sie hat das, was ältere Herren zu erheblichen Unvorsichtigkeiten verleitet, etwas Verdorben-Frauliches, sie lockt . . . einmal rasch hinter der Hoteltür, wenn Mama nicht hinsieht . . . Vielleicht machts ihr gar keinen Spaß, aber sie hat in ihren verbotenen Büchern gelesen, daß es Spaß macht. Nun, man wird sie gut verheiraten, und dann wird es wohl vorbei sein.

Übrigens, das ist nun in so einem fernen Badeort ganz besonders hübsch, daß nicht alle zehn Schritt jemand auf der Straße wie angewurzelt stehenbleibt, einen mit idiotisch erfreutem Gesichtsausdruck ansieht und brüllt: «Nein –!» Dergleichen ist Stenographie und heißt: «Traue ich meinen Augen? Sie sind es natürlich nicht, denn Sie können ja gar nicht in demselben Ort sein wie ich!» Und dann gehts los, und der ganze Vormittag ist flöten.

Ciboure. Ich muß in die Réserve de Ciboure, das habe ich in Paris aufbekommen. Nicht in die Hotels, nicht zum Père Tolstoi, der mit schütterm Bart und schöner Tochter ein Nachtlokal leitet – ich soll in die Réserve de Ciboure. Wenn ich muß . . .

Der große Wagen flitzt durch den Abend, läßt Biarritz hinter sich und biegt dann weit ins Land hinein. Auffällig ist die vorzügliche Straßendisziplin der Fahrer. Nein, es ist viel mehr als Disziplin und Verkehrsordnung und Angst vor dem ‹procès-verbal›, dem Protokoll, der Strafanzeige: es ist echte, gegenseitige Rücksichtnahme. Nicht ein Mal auf allen Fahrten in den Pyrenäen habe ich gesehen, daß die Chauffeure sich Hindernisse in den Weg fahren, sich anärgern, es dem andern ‹aber ordentlich besorgen wollen›. Sie veranstalten keine Wettrennen, die dem Herrn schmeicheln sollen – «Na, Klumpke, nun zeigen Sie mal, was Sie können!» – «Jawoll, Herr Generaldirektor!» – sie streiten sich nicht an den Wegkreuzungen, wer das Vorfahrtrecht habe; es geht wie geölt. Daß die Wagen abends die Scheinwerfer ausschalten und sich zwinkernd, um den andern nicht zu blenden, grüßen wie Schiffe, die nachts sich begegnen – das geschieht ja wohl in Deutschland auch. Aber diese fast ritterliche Art: Bitte nach Ihnen! die ruhige Freundlichkeit, mit der auch die schnellen Touren ausgefahren werden – das ist angenehm zu sehen. Man fühlt sich sicherer.

Bidart, Guéthary, über den kleinen Marktplatz von Saint-Jean-de-Luz mit den lustigen verkrüppelten Bäumen . . . dann biegt der Wagen an einem Hafen rechts ab und fährt vor.

Die Réserve de Ciboure ist eine kleine Terrasse, die an einer Bucht liegt: die Lichter von Biarritz flimmern herüber, es ist schon ein bißchen kühl, und die Kapelle wird sich erst warm arbeiten müssen. Kleine Tische mit Lämpchen, in der Mitte eine Tanzfläche. Man muß vorher reservieren lassen, es gehört zum guten Ton, hier einmal zu soupieren, was man sagen darf, ohne prätentiös zu erscheinen, denn es wird erst um zehn Uhr abends gegessen.

Leider nicht sehr gut. Wenn ich zu den Indianern fahre, will ich es indianisch haben. Auch über den Sekt gibt es nichts zu lachen. Und da sitzen sie also.

Sehr viel Fremde: Südamerika, die Staaten, England, Amerika, England. Dessen Männer sehen wie immer gut aus, die Amerikanerinnen fürchterlich. Wenn man sie so dasitzen sieht, denkt man an Klavierlehrerinnen, die sich einen feinen Sonntag gemacht haben; sie tragen Schmuck, den man ihnen gekauft hat, aber er blitzt verräterisch zu andern hinüber: er fühlt sich nicht wohl bei ihnen. Sie sind völlig an ihn gewöhnt; aber er tut ihnen nicht den Gefallen, sie zu schmücken. Sie wissen, daß sie hier in einem Amüsierlokal sind, und so amüsieren sie sich denn. Und weil dies kein einheitlicher Kreis von guten Leuten ist, der zusammengehört, sich kennt, aufeinander abgestimmt und eingespielt ist: so fehlt jene Luft, die erst den Reiz und den Witz großer Empfänge und garden-parties ausmacht; es ist einfach eine bezahlte Sache. Ich empfinde zum dreihundertsten Male auf dieser Erde: ‹große Welt› kann man nicht kaufen, indem man in einem Hotel ein Diner bezahlt; das ist Aberglaube. Man wird hineingelassen, aber man gehört nicht dazu. Und wäre nicht das geschwellte Bewußtsein so vieler Snobs, die hier keine Réserve de Ciboure, sondern nur ihre falsche Überlegenheit über die armen Luder zu Hause erleben – sie langweilten sich noch mehr. Übrigens glauben sie, Vornehmheit färbe ab, und sie sind so stolz auf das Geld der andern.

Eines allerdings muß man hier allen nachloben: die Haltung ist selbstverständlich. An keiner Stelle findet sich: «Na, was sagt ihr nun? Hier sitze ich und trinke so teuern Sekt!» Nirgends. Diese abendlichen Tische, diese Tanzkapellen, dies Essen und dieser Wein – das ist ihr Leben, sie sind nicht darüber erstaunt, und sie verlangen von keinem, daß er sie bewundere.

Der Nebentisch ißt. Andere Leute soll man nicht beobachten – und es wird hier auch nirgends getan. Man kann durch ganz Frankreich, einschließlich Paris, fahren, ohne daß einen alle Leute anstieren, einsortieren, die Bilanz ziehen, das Inventar aufnehmen. «Was mag der sein –? Akademiker? Industrie? Diplomat? Weniger als ich? Hurra! Mehr als ich? Dann wollen wir ihn wenigstens bewundern –!» Ich brauche auch gar nicht hinzusehen, ich weiß, wie sie essen.

So oft ist mir schon aufgefallen, was geschieht, wenn die reichen Leute zu essen bekommen: sie sehen dem Kellner auf das herbeigebrachte Futter, mit einem scheinbar gleichgültigen, aber doch gespannten Ausdruck, es rinnen ihnen sozusagen die geistigen Appetitfäden aus dem Gehirn, schwer sitzen sie da: ‹Das steht mir zu, das ist meins›, und ich bin überzeugt, sie fingen an zu knurren, wenns ihnen jetzt einer wegnehmen wollte. Es ist eine heilige Handlung, ihr Essen, nicht nur, weil es so gute Sachen sind, sondern weil der Herr nun bedient wird. Die Käfigwärter tun alles, um diesen Glauben zu stärken. Sie tragen die dünnste Gemüsesuppe wie eine Hostie heran, sie schöpfen behutsam ein, sie tranchieren wie ein Chirurg, subtil, mit äußerster Aufmerksamkeit, und sie halten den Pudding, wie man ein Kindchen wiegt. Stille! Der Herr ißt.

Worauf die Musiker *‹Tea for two›* spielen und die Leute tanzen. Sie tanzen geschäftlich: sehr ernst, ganz und gar egoistisch, durchaus mit sich beschäftigt, die andern Paare gibt es nicht. Mit Erotik hat das so wenig zu tun wie ein Telefongespräch: es kann damit zu tun haben, aber im Wesen der Sache liegt es nicht.

Jetzt, nachdem alle gegessen haben, breitet sich jene weltversöhnliche Stimmung aus, die einen so nach vollkommner Sättigung beschleicht. Sie ist der konservativen Weltanschauung durchaus förderlich: ein Verdauender empfindet es als störend, wenn jemand giftige Gespräche führt. Nicht, nicht ... die Welt ist doch so schön ...!

Übrigens wird es jetzt wirklich kühl, gleich werde ich aufstehen und so tun, als ob ich gar nicht auf den Gedanken käme, man könne nach Biarritz auch zu Fuß gehen. Der Wagen soll vorfahren.

In Biarritz hängt vor einer erleuchteten Scheibe das Bild van Dongens, das er von Yvonne George gemalt hat, der Diseuse. Soll ich noch ...? Aber der Manager, der herausgestürzt kommt, ist derartig beflissen und das Lokal derartig leer, daß es wohl ein Reinfall werden würde, und so wollen wir denn lieber nach Hause fahren.

Geld –?

Erfolgreiche Prokuristen pflegen mit einer Stimme zu sprechen, die nach gebratenen Gänsegrieben schmeckt, etwas Geld ist scheußlich. Viel

Geld ist schön. Und bis in den Schlaf verfolgt mich der müde, völlig gleichmütige, ausgeglichene Blick des blauen Augapfels mit den schweren Augenlidern: das Gesicht der wahrhaft reichen Leute.

Zwei Klöster

Das ist meine erste Begegnung mit den Pyrenäen:

Hinter mir die glatte, große, geteerte Automobilstraße, die von Biarritz nach San Sebastian führt, nun schlängelt sie sich ans Meer, und links, im Osten, liegen die blauen Berge: die Pyrenäen. Sie sind nicht allzu hoch – ihre Linien sind sanft geschwungen, der scharfe Grat ist hier selten, und alle Kuppen sind rund. Es ist wie erstarrte Musik in diesen Höhenzügen. Bei Hendaye stoßen die letzten Ausläufer fast ans Meer. Wir fahren an der Küste entlang.

‹Côte d'Argent› ist ein guter Name für sie – die Wellen blitzen silberweiß. Rechts fällt die Küste steil ab, im Geröll suchen Männer nach Vogeleiern. Links stehen die ersten Felsen, nicht sehr majestätisch, aber für eine Anfangsbegrüßung Felsen genug. Der Wagen schnurrt um die Kurven. Wir fahren nach Spanien – zum Kloster des Ignatius von Loyola.

Vorläufig am Wasser entlang, immer am Wasser, und manchmal bremst der Chauffeur und erklärt uns die Landschaft. Wir rollen durch Saint-Jean-de-Luz und dann durch Hendaye, wo Pierre Loti gestorben ist, wo Unamuno zum großen Ärger der Spanier wohnt und Claude Farrère sich ein Haus bauen läßt – und das da: das ist der Bidassoa-Fluß, die Grenze. Nächtlich, an der Bidassoa lispeln ... ich weiß schon: es hat anderswo gelispelt. Aber dies ist auch sehr schön.

Zollwächter, Gendarmen, Pässe, Hände an den Mützen, bitte sehr, danke sehr, Grenzpfahl, dasselbe auf der andern Seite: Spanien. Guten Tag.

Wie Balkons ein Straßenbild verändern! Fuentarabia, als pittoresk gepriesen, aber so leid es mir tut: blitzsaubere Straßen. Wie ich überhaupt auf allen meinen Reisen durch den Süden Frankreichs nicht habe finden können, daß das Geschrei von dem «verlodderten Süden» heute noch seine Richtigkeit hat. Marseille riecht um den alten Hafen herum wie eine Sardinenschachtel, das ist wahr, und in den engen Gassen hinter der Cannebière wird man kaum eine Wohnung mit allem Komfort finden. Aber die kleinen Städte im Midi, die südlichen Städte, die ich hier an den Pyrenäen gesehen habe, sind nicht schmutziger und nicht sauberer als jede kleine deutsche Stadt.

Vor Zumaya, da, wo die Route das Meer verläßt, um nach Süden zum Kloster abzubiegen, begegneten wir einer eleganten Limousine. «Das wird er sein!» sagte der Chauffeur unvermittelt. «Wer?» fragte ich. Es war, wenn ihn nicht alles täuschte, ein großer spanischer Tenor aus Madrid, der grade in San Sebastian gastierte. Er hatte ihn gehört. Und im Klappern des Viertaktmotors sang er ein paar schöne Stellen von Verdi, und nur in den Kurven legte er kleine Pausen ein. Anch'io sono pittore –! Er hätte eine schöne Stimme, teilte er mit, aber leider, leider fehle es ihm an Geld, sie auszubilden. Denn was jener Tenor heute sei, das vermesse er sich in spätestens zwei Jahren auch zu werden! Und so chauffiere er denn an der Unsterblichkeit vorbei, die Bremsen unter den Füßen, das Steuer in der Hand und eine unerfüllte Künstlersehnsucht im Herzen.

Der Tenor besuche übrigens wahrscheinlich Zuloaga, und er zeigte mir dessen große Villa im Grünen. Da malte er nun.

Jetzt bot die Landschaft nichts Bemerkenswertes, und der Chauffeur wurde gesprächig. Zigeuner zogen an uns vorbei, und er stellte fest, daß diese ‹bohémiens› aus der Bohéme kämen, also aus Böhmen. Das war mir neu. Und dann sprachen wir über die Spanier und über das Elend, das den kleinen Mann bedrückte – in der Tat begegneten uns hier, wie überall auf den spanischen Grenzfahrten, die ich gemacht habe, Gendarmen, Pfaffen, Pfaffen und Gendarmen, Gendarmen und Pfaffen. Hier wären alle Leute katholisch, sagte der Chauffeur. Zum Beispiel Protestanten, die gäbe es ja gar nicht. Die Protestanten hätten aber auch ihre Geistlichen, sagte er, man nenne sie Rabbiner. Ich erwiderte schonend, daß es auch Protestanten gäbe, die Pfarrer ihr eigen nennen – und das glaubte er schließlich. Und wir fuhren und fuhren.

Nach ein paar Stunden öffnen sich die Berge, ein Tal erscheint, der Wagen rollt auf einer breiten Zufahrtsstraße grade auf das Kloster zu. Mir bleibt das Herz stehen.

Die Basilika mit der hohen Kuppel ragt auf, zwischen grauen Fronten, rechts und links mit vielen holzverschlossenen Fenstern. Sie ladet den Weg ein, in ihren runden Portalen zu münden – er tut es. Weiter hinten, rechts der Chaussee, liegen die Seminargebäude für die hundertfünfzig Novizen der Jesuiten, die hier untergebracht sind – mit diesen Häusern stehen die Basilika und das Heilige Haus des Ignatius ganz allein in den Bergen. Das Tal rundum ist still; hier in den Bergen werden die schwarzen Eier ausgebrütet. Das große Haus, mit der Kirche und den paar Nebengebäuden – von hier ist die spanische Welt regiert worden, von hier wird auch heute noch so viel leise Regierung vorbereitet ...

Der Ordensgründer hatte gewußt, was er tat. Die verblüffende Ähnlichkeit seiner geistlichen Übungen mit denen der Yogis ist längst aufgedeckt – es ist in der Sache wohl kaum ein Unterschied. Was das Militär aller Länder mit roher Gewalt versucht und nie zu Ende geführt hat, hier ist es mit der glänzendsten Geschmeidigkeit gelungen: Menschen ergreifen, umformen, in den Zustand der Halblähmung bringen, um dann aus den Geschwächten die größte Stärke herauszuholen.

Innen gleißt es vor Gold. Der Fußboden ist aus gehämmertem Silber, die Truhen und Altäre aus allem edeln Material zusammen, das es überhaupt gibt: Gold und Silber und Halbedelsteine und Alabaster und Marmor . . . Aber wie ist das gemeistert! An keiner Stelle schreit die Kostbarkeit — alles dient, scheinbar demütig, Gott.

Man darf sich einen Hausflügel ansehen. Und während wir in dem breiten, dunkelgetäfelten Treppenhaus umhergehen, dringt Stimmengewirr an mein Ohr. Vielleicht kann man hier nicht eintreten? Der spanische Führer macht eine einladende Kopfbewegung.

Da beten die Jesuiten.

Im dunkeln Halblicht des grauen Nachmittags sehe ich:

Den, der die Gebetsübung leitet, ein wundervoll feiner Kopf mit goldner Brille, schmallippig, mit grauen Augen. Ein andrer steht daneben. Die kleine Kapelle ist durch ein Gitter abgeteilt, da drinnen sitzen sie, die schwarzen Soutanen auf Dunkelbraun. Ich darf in einen kleinen Nebenraum treten, er hat einen hellen Teppich und ein kleines Fensterchen, das zur Kapelle führt. Davor kniet, aus irgendeinem Grunde von den andern ausgeschlossen, ein junger Novize, ein schöner, schwarzer Mensch von vielleicht zwanzig Jahren. Sein Gewand hat sich auf den Boden gebreitet. Ich stehe bewegungslos. Und lausche.

Die Stimme des Leiters hebt sich klar heraus. Aber was ist jenes andre? Es rollt, es kehrt wieder, ich kann nicht verstehen. Es sind offenbar viele Männerstimmen — und da sehe ich im Hintergrund der Kapelle zehn oder fünfzehn Novizen, die den Chor bilden. Jetzt höre ich: «Ora pro nobis — ora pro nobis — ora pro nobis — ora pro nobis —»

Es hat mich. Es kehrt immer wieder, und da die Wiederholung die einzig wirklich künstlerische Form ist, die es überhaupt gibt, was Buddha und sein genialer Übersetzer Neumann gewußt haben, weil das Ohr nach dem achten Mal nichts mehr zum Gehirn leitet, sondern eine feine Erschlaffung die Nerven befällt, so dringt das Gift in alle Poren ein. Durch Wiederholung wird das Wort fremd und kehrt verwandelt wieder. Welche wundervollen Handbewegungen! welche Köpfe! welche Summe von Charakter, Intelligenz, Wissen, Geistigkeit! Der Schmuck an den Wänden glänzt matt, weiche Teppiche dämpfen den Schritt — ich habe nie so elegant beten sehen.

Und plötzlich weht mich etwas an, eine lange Satzfolge — Worte . . . «Spinnfabrik — Vorarbeiter . . .» Ich habe später nachgesehen, was es war. Es war eine Seite des großen Oskar Panizza: gestorben, verdorben; die Bücher verboten, in alle Welt verstreut, vergriffen, das Wichtigste nie wieder aufgelegt . . . Es war die Seite über das Gebet. Hier ist sie:

«Auf einer meiner Reisen kam ich eines Tages in einer wundersamen Gegend, in Tirol, in eine Dorfkirche. Sie war edel und freundlich gebaut; im Innern luftige Hallen; an den Säulen und Wänden auf den

Postamenten standen Apostel und Heilige in verzückten Stellungen, ihre Marterwerkzeuge ostentativ in der Hand haltend; und unten in den Stühlen lagerten schwarze, gebeugte Massen: lebendige Menschen. Gleich beim Eintritt empfing mich ein eigentümliches Plätschern, Klirren, Schnurren und Rasseln, wie von englischen Webstühlen. Ich glaubte wirklich anfangs, es seien irgendwo im Keller versteckt Häckselmaschinen, die arbeiten, oder hinterm Chor eine Lokomobile, die Getreide drischt. Aber bald fiel mir auf, daß in den schnurrenden Geräuschen regelmäßig wiederkehrende Perioden von bestimmter Länge zu unterscheiden waren, und daß, vergleichbar dem auf jenen Webstühlen Gewobenem, bestimmte Dessins und Farbeneinschüsse in maschinensicherer Abwechslung immer wieder kamen und gingen. Und hier waren diese Dessins zu meiner nicht geringen Verwunderung Sprachperioden und Satzkomplexe. ‹Maria, Gebenedeite!› und ‹jetzt und in der Stunde des Absterbens› waren die stets wie auf Stramin gewobenen, vorüberrauschenden Figuren und Lautnuancen. Und nun merkte ich wohl, daß es die im Kirchenschiff kauernde Menge war – lebende Menschen –, von deren Lippen und Zähnen dieses Schnurren und Brausen kam. Vorn, ganz weit vorn, stand in einem weißen Kittel der Vorarbeiter, und was er lallend und gurgelnd – und wie ich wohl sah, in seiner Arbeit eminent geschickt – angab, woben und schnurrten die andern nach; zuerst die Alten in den vorderen Kirchenstühlen; und dann hinten die Fabrikmädchen; und was diese mit den fleißigen Zähnchen lieferten, klang, als wenn man Erbsen in irdene Töpfe prasselnd fallen läßt; so hellen Diskant woben die kleinen Finger. Lang, lang blieb ich stehen, wohl eine halbe Stunde, stumm und erstarrt, und konnte es nicht fassen. Fast so lang, wie vor dem Rheinfall bei Schaffhausen; eingelullt von dem ewig gleichen Rauschen und Brausen und ganz versunken in Gedanken, und in Gedanken fortgetragen in eine kleine, ferne protestantische Kirche im Norden, wo ich als Knabe mein stummes Gebet still zu Gott sprach – bis endlich der Wasserfall aufhörte, und das Brausen ein Ende nahm; und ich erwachte; und nun wohl erkannte: das, was ich gehört hatte, waren die *Gebetgeräusche der katholischen Kirche*; und das Webestück, die Arbeit, die sie vollbracht hatten, nannten sie –: *Gebet.*»

Das war es.

Langsam verließ ich den Raum, langsam fuhr der Wagen davon. Hinten in den Bergen, in denen jetzt der Nebel aufstieg, lag das Kloster des heiligen Ignatius von Loyola.

Das Kloster zu Ronceval ist jenseits der Grenze.

Der Botschaftssekretär an der spanischen Botschaft in Paris hatte gesagt: «Die Erlaubnis zur mehrmaligen Überschreitung der Grenze können wir Ihnen nicht geben. Die Franzosen haben Ihnen das erlaubt?

Wenn Sie das wollen, müßten wir nach Madrid telegrafieren . . .» Nein, dachte ich. Primo de Riveran persönlich angehen, ihn am Ende stören, wenn er grade kühnlich sein Haupt in einer Untertanin Schoß legt – nein. Und jedesmal, wenn ich die spanische Grenze überschritt, ohne Bestechung, ohne Beziehung, ohne Schleichwege, jedesmal gedachte ich des Sekretärs in Dankbarkeit und gehorsamer Liebe. «Ich bin ein anständiges Mädchen!» rief die spanische Grenze in Paris. Aber wenn man nachher der Sache näher trat, da gings schon.

Ronceval – ganz richtig: das ist da, wo Roland erschlagen wurde. Man zeigt heute noch die Kampfkeulen, mit denen . . . aber das will ja niemand wissen.

Das Kloster liegt ein paar Wegstunden hinter Saint-Jean-Pied-de-Port, und man fährt durch schöne Waldschluchten, über denen Geier kreisen; sie äugen herunter, ob sie nicht in einer Schafherde etwas einkaufen können. Der Weg dreht sich höher, bis etwa zu tausend Metern, dann klettert er über einen Gebirgspaß, und da steht das gemütliche Gebäude.

Das Kloster war einmal. Es gibt da noch einen Abt und elf Mönche, die immens reich sind, alles Land im Umkreis gehört ihnen – aber Ronceval ist längst nicht mehr, was es war. Ein großes Trumm Häuser ist zu einem Gefüge miteinander verbunden, er umgibt Innenhöfe und die Kirche. Die Dächer haben sie mit einem scheußlichen Blech belegen lassen, und innen ist Zentralheizung, denn es ist sehr kalt hier im Winter. Aber ich glaube: ein Kloster mit Zentralheizung, das ist überhaupt kein Kloster.

Der Sakristan zeigt die Kirchenschätze. Aufgehäuft liegen da Kleinodien, Reliquien, Gold- und Silbergesticktes, ein Dorn von . . . ein Stückchen Knochen des . . . Der Sakristan muß wohl irgendeine Störung der innern Sekretion haben: er ist wachsgelb, er hat dünne, blutleere Lippen, einen merkwürdigen Mikrokephalenschädel. Er ruht nicht, bis ich alles gesehen habe, und verschont mich mit keiner Einzelheit.

Oben in der Kirche sitzen die Mönche und beten fett und laut ein Nachmittagsgebet. Ihre Stimmen hallen. Unten beichtet einer, sein Kopf verschwindet hinter dem Vorhang des Beichtstuhls, und ein herauslangender Priesterarm legt sich dem Sprechenden beruhigend um die Schulter. «Nichts», hat ein kluger Mann gesagt, «macht dem Spanier soviel Vergnügen, als einen Menschen totzuschlagen und nachher in der Kirche ausführlich und zerknirscht darüber zu sprechen.» Auf Zehenspitzen gehe ich durch die Kirchentür ins Freie.

Von außen sieht das Kloster aus, als säßen in den wohlgeheizten Stuben zwölf Mönche und drehten die Daumen gemächlich umeinander. Aber man kann einen großen, schön eingerichteten Lesesaal sehen, und sie haben auch eine Bibliothek. Ich unterhalte mich mit einem spanischen Geistlichen, wir sprechen lateinisch. Das heißt: er spricht lateinisch. Ich sage alle meine Fehler aus alten Schulaufgaben auf, konstruiere ut mit dem Indikativ und benehme mich recht scheußlich. Si vales, bene est – ego valeo. Zum Abschied sage ich gar nichts mehr. Denn wenn ich jetzt noch «Bonus dies!» rufe, dann wird mir der geistliche Herr wohl eine kleben.

Saint-Jean-Pied-de-Port: Die Basken

Ein Graf von Montmorency rühmte einst vor einem Basken das Alter seines Namens, seines Adels, seiner Familie, rühmte, von welch großen Männern er abstammte. Der Baske erwiderte: «Wir Basken, Herr Graf: wir stammen überhaupt nicht ab!»

So alt dünken sie sich. Sie haben es gut: man kann ihnen nichts beweisen. Man weiß nicht, wer sie sind, weiß nicht, woher sie stammen, was für eine Sprache das ist, die sie sprechen – nichts. Denn kein Latein, keine romanische, keine nordische Sprache hilft dir hier. Eine Sprache, in der die Worte:

«Wer durch diese Türe tritt, mag sich wie zu Hause fühlen»:

Atehan psatzen dubena bere etchean da

heißen – die ist für uns wohl nicht zu enträtseln. Es hat sie auch keiner enträtselt. Versucht habens viele. Eine unaufgeklärte wissenschaftliche Sache? Das läßt keinen deutschen Professor ruhen. So sehen wir denn eine ganze Reihe Deutscher unter den Forschern Eskual Herrias, wie die Basken ihr Land nennen: Wilhelm von Humboldt verstand und sprach baskisch, und Hübner, Uhlenbeck, Linschmann, der Begründer einer Baskischen Gesellschaft zu Berlin; Phillips, Schuchardt in Graz und viele andre haben an diesem Rätsel gearbeitet. Gelöst hats keiner. Es gibt da Schulen und Gruppen; erste Theorie: die Basken seien vom Süden gekommen, zweite: sie seien vom Norden gekommen, dritte: sie seien Asiaten ... für alles gibt es Beweise, für nichts gibt es Beweise. Nur für eine traurige Sache gibt es ein Anzeichen: diese Sprache kann eines absehbaren Tages aussterben.

Zunächst bildet sie sich schwer fort. Sie formt keine neuen Wörter für neue Begriffe, und wenn die Basken ‹Bleistift› sagen wollen, so müssen sie sich, da die Sprache das Ding nicht kennt, des französischen Wortes bedienen, dem sie die baskische Endung ‹a› anhängen: ‹crayona›. Die alte Generation sprach nur baskisch, und ich habe Leute gesehen und ihnen zugehört, mit denen ich mich gar nicht verständigen konnte; die jüngere Generation versteht fast durchweg französisch und spricht also beides – aber es gibt schon junge Leute und ganze Dörfer, da ist es aus, und die baskischen Forscher unter den Franzosen schildern mit Trauer, wie man sie auf Forschungsreisen von einem Dorf ins andre geschickt hat: Ja, bei uns spricht man nicht mehr baskisch ... Aber vielleicht in Izaba ... Die Sprache kann erlöschen.

Die Rasse sobald nicht. Sie sind ungefähr fünfhunderttausend Leute, nicht mehr — vier Provinzen liegen auf spanischem Boden, drei auf französischem: Labourd, das ist die westlichste, mit Bayonne und Saint-Jean-de-Luz; Nieder-Navarra mit Saint-Jean-Pied-de-Port und Soule mit Mauléon. Die Basken kehren sich nicht an die bürokratische französische Departementseinteilung, die ja offiziell alle die schönen Namen wie Bretagne, Normandie überhaupt nicht kennt, sie nennen ihre Provinzen mit den alten Namen. Aber so stolz sie auf sich sind: es ist nichts Aggressives dabei, und eine ‹baskische Frage› gibt es nicht. Hier will niemand erlöst werden, weil sich niemand bedrückt fühlt.

Der erste Eindruck ist, mitten im Gebirge: Seeleute. Für dieses Gefühl gibt es keine rationale Begründung; ihre Gesichter, ihre ruhige Art, sich zu geben, die selbstbewußte Kraft, die innere Freiheit — alles das läßt an das Meer denken, an Fischerboote und Hafenmenschen. Ob ihre Vorfahren ein seefahrendes Volk gewesen sind — wer weiß das. Aber der Unterschied zum Franzosen aus dem Binnenland ist außerordentlich groß. Die Männer sehen gut aus, sie haben schmale Köpfe, durchgearbeitete Züge, man fühlt bei jedem Bauernkopf: das ist einer für sich!

Die Sitten waren lange ganz patriarchalisch und sind es zum Teil heute noch. Der pater familias hat eine unbegrenzte Regierungsgewalt, die Frau dient, aber ungedrückt; das Züchtigungsrecht der Eltern wird fast bis zur Volljährigkeit der Kinder ausgeübt. Ich habe mich erkundigt, ob denn nicht die Tatsache, daß viele Basken im französischen Heer in so ganz andern Gegenden gedient hätten, diese Familienverfassung langsam über den Haufen wirft. Man hat mir mit Nein geantwortet, und ich denke, daß das richtig ist. Diese konservative Tradition hat ihren guten Grund.

Großgrundbesitzer gibt es in diesen Landstrichen wenig, die Bauern sind frei. Aber sie haben alle das größte Interesse daran, sich ihren Landbesitz ungeschmälert zu erhalten, und dem steht das französische Erbrecht entgegen, das kein Fideikommiß kennt. Was nun —?

Nun haben wir dieselbe Erscheinung wie damals beim preußischen Landadel, als sein Fideikommiß gesetzlich abgeschafft wurde. Die preußischen Adligen wie die Basken: beide Gruppen halten das alte Familienrecht durch Übereinkunft fest, die benachteiligten Erben verzichten, und es gibt bei beiden Gruppen keinen Fall, wo die jüngern Geschwister dem Ältesten das Vatergut durch einen Prozeß streitig machten, den sie unfehlbar gewinnen würden. Die Eltern verschaffen dem Ältesten die Möglichkeit, den Jüngern ihren Erbteil abzukaufen, manchmal wird diese Schuld hypothekiert; ist ein Sohn im geistlichen Stand, so verzichtet er als Angehöriger einer Kirche, die an dieser alten Landeinteilung auf das äußerste interessiert ist — auf alle Fälle umgehen sie das ihnen unbequeme Gesetz. Der Landbesitz soll ungeteilt erhalten bleiben. Und er bleibt erhalten. (Auch in Andorra habe ich etwas Ähnliches gefunden.)

Dieses Land der Basken nun ist weich, angenehm, begrünt und wellig, soweit es vor den Pyrenäen in der Ebene liegt, wie überhaupt der Fuß dieses Gebirges das Schönste ist, was ich dort zu sehen bekommen habe, und das fast überall: von Bayonne bis Perpignan, vom Atlantischen Ozean bis zum Mittelländischen Meer. Les Basses-Pyrénées bergen noch genug Klüfte und schwierige Bergspitzen, davon hält sich der Landbesitz natürlich fern. Ihre Häuser sind geweißte Steinbauten unter zierartiger Verwendung von dunkeln Holzbalken – die modernen Architekten haben diesen Stil für Villen und Landhäuser der Gegend adaptiert. Diese Holzbalken finden sich hauptsächlich in Labourd; in Navarra weniger, da sehen die Häuser düstrer aus und in Soule sind sie lediglich aus Stein. Alle Häuser stehen mit der fensterlosen Rückwand nach Westen, von da kommt der böseste Wind. Die Kirchen konnte man so nicht bauen, wollte man nicht mit allen liturgischen Vorschriften brechen: die Kirchentür ist also häufig durch eine Mauer gegen den Wind geschützt.

Fast alle Häuser haben kleine Balkons. Es gibt elende Bauernbaracken und gepflegte Häuser, die gut im Stand sind. Die Kirchen haben mitunter merkwürdige alte Glockentürme, in denen primitiv die Glokken baumeln. Und sie haben innen etwas sehr Merkwürdiges: Galerien für die Männer. Diese Trennung wird sonst nicht oft gefunden, und sie hat einen eigentümlichen Grund.

In den baskischen Provinzen gibt es viele Schafe. Wenn man nun wissen will, wo in Frankreich im Mittelalter die Zauberei zu Hause gewesen ist, so braucht man sich nur auf der Karte die Gegenden anzumerken, wo Ziegenbock und Schafbock vorkommen – dann hat man sie unweigerlich. Diese Zauberei, deren letzte Rudimente heute noch in plumpem Aberglauben vorhanden sind, ist rein katholischen Ursprungs: es ist sozusagen eine gotische Magie. Da ist keinerlei Beeinflussung vom Osten her, nichts Asiatisches – es ist der gute alte römische Teufel, der da sein Wesen treibt. Bauernmagie ist eine verwickelte Sache: ein so flacher Materialist wie der Herr Hellwig aus Potsdam, Landgerichtsrat und preußischer Spezialist gegen Okkultismus, würde nicht viel Ersprießliches aus ihr herausholen. Nun gab es im zwölften Jahrhundert eine Ketzerbulle nach der andern, die auf das arme Land herunterdonnerte – die Kirche rückte auf einmal in den Mittelpunkt des Interesses; da reichten die Kirchenräume nicht aus, und in dieser Zeit hat man die Galerien angebaut. Man findet diese schweren alten Holzgalerien in fast allen baskischen Kirchen. Eine besonders schöne, dreistöckige in der großen Kirche zu Saint-Jean-de-Luz, das in der Nähe von Biarritz am Meer, kurz vor der spanischen Grenze liegt; dort ist Ludwig der XIV. getraut worden, und auch das Haus Haraneder steht noch dort, in dem die Infantin Maria-Theresia vor ihrer Hochzeit gewohnt hat.

Die Kirche spielt eine große Rolle in diesem Lande, das freiwillig fromm ist. Protestanten gibt es kaum — wenn man ‹die Stadt› oder ‹das Dorf› sehen will, so braucht man sich nur nach der Sonntagsmesse vor die Kirchentür zu stellen. Da strömen sie denn alle heraus. Aber gar nicht in bunter Landestracht, romantisch, trutzig, wie aus dem Roman. Die städtische Kleidung überwiegt; die Bauern tragen ihre schwarze Bluse wohl auf dem Viehmarkt, aber nicht am Sonntag, und nur das ‹béret› trägt jeder. Das ist eine runde Mütze, ohne Rand, ohne Schirm, sie sieht aus wie ein Eisbeutel aus Tuch, mit einem kleinen Zippelchen oben drauf, manche pariser Kinder tragen etwas ganz Ähnliches, und viele Autofahrer. Bergstiefel sieht man kaum — die ‹espadrilles› sind weiße Sandalen, den Strandschuhen nicht unähnlich, der Fuß geht in diesen dünnen Tuchüberzügen außerordentlich sicher, und an die Steinchen gewöhnt man sich rasch.

Aber man mag sich noch so oft vor die Kirchentür stellen: eine vollständige baskische Sippe wird man nicht zu sehen bekommen. Einer fehlt immer. Und der ist in Amerika.

Die Auswanderung ist in der Tat sehr stark. Die Basken sind gute und erfahrene Viehzüchter, und man muß sich diese Auswanderung ja nicht als ein Notventil gedrückten Proletariats vorstellen. Freie Bauern gehen hinüber, um Geld zu machen: nach Kalifornien, um Hammel zu züchten; nach Argentinien zu den Rindern und die Minorität nach Chile, um Handel zu treiben. Es sind hauptsächlich die jüngern Söhne, die auswandern, die, die nicht erben und die im eignen Lande nicht in fremde Dienste treten wollen. Drüben finden alle sofort Anschluß: einen Onkel, einen Freund, einen Bruder. Und das Allermerkwürdigste ist: sie kommen alle zurück. Sie sparen in Amerika das Geld, das sie in den langen, einsamen Weidemonaten nicht ausgeben können und nicht ausgeben wollen — sie kommen als ältere Leute zurück mit durchaus beachtlichem Vermögen, das heute, der Valuta wegen, größer ist als vor dem Kriege; viele haben zu Hause eine, die auf sie wartet und nicht umsonst wartet. «Les Américains» heißen die Zurückgekehrten, und man zeigt mit Stolz ihre hübschen Landhäuser. Es sind zielbewußte Leute.

Was tun nun diese baskischen Bauern abends und am Sonntag, wenn sie nicht arbeiten?

Als ich nach Saint-Jean-Pied-de-Port kam, klebte an allen Ecken ein blauweißes Plakat: Morgen, Sonntag:

La Pelote

La Pelote ist für den Basken, was für den deutschen Stammtischler der Skat, für den Spanier der Stierkampf, für den Franzosen das Manille-

Spiel: Leib- und Magenzweck seines Hierseins. «Man sollte die Basken in einem Turm bei Silber und Gold konservieren!» sagte eines Tages ein Bewunderer des Landes. «Ja», erwiderte ein Baske. «Aber es muß ein Pelotenspiel im Turm geben!» Ein Ballspiel – aber was für eins!

Im kleinsten Dorf steht ‹le fronton›: eine viereckige graue Steinmauer, sie steht frei, oben ist sie zierlich geschwungen, davor ein freier Platz. Auf dem springen die Spieler umher, die ‹pelotari›, sie schlagen, entweder mit der Faust oder mit der chistéra, einem schnabelartigen, gehöhlten Schläger, den kleinen steinharten Ball an die Mauer, von der er mit scharfer Wucht zurückspringt. Es spielen vier oder sechs Mann: zwei oder drei auf jeder Partei. Es wird abwechselnd geschlagen: Partei A gibt, der Ball springt zurück, Partei B hat ihn aufzufangen und zurückzuschleudern, wiederum A und so weiter. Die Schärfe, mit der sie schlagen, wird nur noch von der Behendigkeit übertroffen, mit der sie den kleinen, fliegenden, grauen Punkt auffangen und zurückschleudern. Die Anstrengung für den ganzen Körper ist sehr groß: das Spiel ist Tanz, Sport, Athletik und Kopfarbeit in einem. Eine Pelote –? Hin.

Am Sonntagvormittag steckten alle pelotari in der Kirche. Ein bekannter Spieler war angekündigt, Léon Dougaïtz; eine begehrockte und uniformierte Sportkommission war auch anwesend, mit einem richtigen General. (Es kann aber auch ein Feldwebel gewesen sein – ich kenne mich in diesem Klan nicht so aus.) Die kleine Kirche war gedrückt voll, unten die Frauen, oben auf den Galerien brummten und sangen die Männer. Ein junger Geistlicher betritt die Kanzel. Er spricht über ...? Johannes? Matthäus? Markus? Er spricht über die Pelote von heute nachmittag. Sein leichter Versuch, diesen Sport mit Mystik zu umkleiden, mißlingt: es ist einfach ein ziemlich geschickt gesungenes Preislied auf ‹uns Basken›. Eine Masse kann man gar nicht deutlich genug loben: aber da ist schon jener kleine fatale Funke von zu genauer Kenntnis über sich selbst. «Wenn ein Fremder heute in die Kirche käme, so würde ich ihm sagen: Sieh dir diese Ballspieler an, den Kern unseres Volkstums ...» Schon faul. Das sicherste Zeichen dafür, daß mit einem Volksgebrauch etwas nicht in Ordnung ist, sind Lehrer- und Pfarrervereinigungen zu seiner Konservierung. Niemand tut etwas für den Gebrauch von Tinte, und einen Verein zur Erhaltung des weichen Umlegekragens gibt es nicht. Nur Sachen, die sich nicht von selbst verstehen, werden so hallend betont. Der Prediger lobt also seine Ballspieler – und das ist durchaus keine Entweihung des Gottesdienstes: gibt es doch viele baskische Äbte und Vikare, die selber mitspielen. Mit hochgerafften Soutanen springen sie umher und sind nicht einmal die schlechtesten beim Spiel. Wie ja überhaupt der katholische Geistliche dem Volk viel näher steht als der fast stets etwas säuerlich reservierte protestantische Pfarrer. Katholische Kirchen sind immer geöffnet, protestantische nur sonntags. Die Geistlichen auch. Und so predigt eben dieser über das Ballspiel. Wohlwollend hält er die Hände darüber hin; denn was die Kirche nicht verhindern kann, das pflegt sie wenigstens zu segnen.

Chorgesang, Schluß, alles strömt auf die Gasse.

Mittags gehe ich ein bißchen durch die Stadt. Saint-Jean-Pied-de-Port liegt hügelig-befestigt; was außerhalb der alten Fortifikation steht, ist hübsch, aber belanglos. Eine schnurgrade, grüne Allee führt auf die Berge zu. Aus dem Hause des Notars perlt Mozart. Das Wetter ist schön und still.

Das ist der Friedhof – da stehen die eigenartig geformten Grabsteine: auf niedrigem Fuß eine runde dicke Scheibe. Schrift und Verzierung wirken in ihrer Verwitterung wie Runen. Auch das Hakenkreuz kann man in baskischen Inschriften finden – gewiß ein schönes Beispiel für seine Popularität. (Wohl selten ist ein geschichtliches Symbol schmutziger mißbraucht worden.) Und welch merkwürdige Namen auf den Steinen stehen! Maria Ladeveze, Landerreiche Gabriel, Kurutze Hunen – –

Hier in der engen krummen Straße, die so bergan steigt, liegt ein Haus, in dessen Keller war einst das Gefängnis, in das die Bischöfe ihre besten Feinde stecken ließen. Ein hoher, fast dunkler Raum – ein paar Halseisen hängen noch an den Wänden. Ein Kabuff ist abgeteilt – das ist völlig schwarz und ohne jede Luftzufuhr, mit einer dicken Holztür. Da saßen die zum Tode Verurteilten, lange Wochen, und warteten auf ihre Hinrichtung.

Aber es ist unmöglich, irgendwo auf der Welt ein Gefängnis zu sehen, ohne daran zu denken, was deutsche Richter mit politischen Kämpfern treiben und treiben lassen; wie bei uns gefoltert wird, körperlich und unkörperlich; wie Angeklagte in Deutschland vor Gericht behandelt werden.

Oben auf dem Hügel liegt das Fort. Das ist ein alter Kasten mit Zugbrücke und stillem, weißem Hof, in dem das Gras wächst. Nur ein alter Arbeiter wohnt noch da. Aber es sieht alles so reinlich aus und nur wenig zerfallen – und man liest Inschriften an allen Türen und Plakate in den Stuben ... was ist das? Hier in der Zitadelle staken im Kriege ungefähr fünfhundert deutsche Kriegsgefangene, aber weil Fluchtversuche vorkamen, fünf, sechs, zur nahen spanischen Grenze: so wurden sie bald wegtransportiert. Nach ihnen zog ein französisches Strafbataillon ein, ‹des fortes têtes›, besonders widerspenstige Leute, die von einem Loch ins andere flogen. Ich sehe ihre engen Steinzellen, die sie sich selbst gebaut haben, es muß eine böse zweite Garnitur gewesen sein. Der Schullehrer hat sie gesehen und erzählt noch lachend von ihnen: tätowiert waren sie wohl fast alle, aber einer hatte sich seinen Kriegswahlspruch: MERDE auf die Stirn einbrennen lassen, und wenn ihm ein Caporal oder ein höheres Tier einen Befehl gab, der ihm nicht paßte, so schob er einfach seine Kappe hoch, daß die Stirn freilag, und der andre konnte ihm so von den Gesichtszügen ablesen, was er zu sagen hatte. Man kann sich dem nur vollinhaltlich anschließen.

Nachmittags um vier Uhr steigt die Pelote. Ausverkauft. Kein Wunder in einem Lande, wo an jedem vierten Haus zu lesen steht: Défense de jouer à la pelote! – denn keine Mauerwand bleibt von den Jungen verschont, die einmal Matadore des Landesspiels werden wollen. Der junge Geistliche, der gepredigt hat, sitzt bei den Öppersten, die Sportkommission ist auch da. Zum Glück ist die Pelote noch überall mehr Spiel als Sport. Es gibt allerdings schon Vereinigungen mit Kommissionssitzungen und Komitees, mit Disqualifikationen und Jahreskongressen – aber das Publikum liebt das Spiel, das Spiel in der frischen Luft, sein Spiel, und schert sich den Teufel um den lächerlichen Kram der Organisation. Jede Zeit hat ihren Hanswurst: der unsre blickt mit gefurchter Stirn und düstern Brauen auf spielende Leute und legt sich und denen eine Bedeutung bei, die er mit ‹Hebung der Pferdezucht›, ‹Ertüchtigung der Jugend›, ‹Disziplinierung des Geistes› und andern schönen Sachen umkleidet. Nichts ist alberner als dieser von Brillen und glattrasierten Aktuaren präparierte Sport, bei dem die Ausschußsitzung das Wichtigste ist. Soweit ist es da unten noch nicht.

Die beiden Parteien treten an. Zwei spanische Basken: ein Kleiner und ein Langer, und auf der andern Seite Léon Dougaïtz, der Franzose, mit Partner. Der Mann sieht aus wie ein Maurerpolier, er hat einen unternehmenden, weichen Schnurrbart, trägt weißes Hemd, Espadrillen, aber wie alle diese Spieler kein béret. Sein Partner ist ein stämmiger junger Mensch. Es wird ohne chistéra, mit den bloßen Händen, geschlagen. Die Spieler treiben, um die Gelenke zu ölen, die ersten Bälle an die Mauer. Anfangen? Anfangen.

Eine Kapelle spielt. Léon gibt. Er steht mit der Nase zur Mauer, einen Meter von mir entfernt, und schlägt den kleinen Ball mit einer unbegreiflichen Wucht an den Stein. Der Ball flitzt zurück, hinten wird aufgepaßt, sie boxen ihn vor. Und nun spielen sie.

Sie springen vor und zurück, manchmal bewegen sie sich kaum, und besonders Léon, der vorn spielt, scheint gar nicht aufzupassen, wann der Ball kommt. Daß er ihn trifft, darum ist ihm wohl nie bange – aber ob der Schlag auch kräftig genug sein wird? Der Schlag kann einen Ochsen töten – es wird so leicht, so elegant geschlagen. Sie tragen keinen Schutz an ihren Händen.

Das Publikum paßt auf wie die Schießhunde. Wenn der Ball von hinten nach vorn fliegt, drehen sich alle Gesichter mit genau der gleichen Wendung nach vorn: es sieht aus, als wären alle diese Köpfe auf Stöcke gesetzt und von einem Mechanismus bewegt. Sie kritisieren sehr genau, und ein klein bißchen Lokaleitelkeit ist wohl auch im Spiel.

Neulich haben die Spanier gewonnen — wirds Léon ihnen geben? Léon gibts ihnen. Dabei ist er keine Kanone, sondern nur gute Feldartillerie —, aber der einzige, der mit Kopf spielt. «Bravo, Léon —!» Sein Gesicht bleibt glatt und gleichgültig, sein Hemd ist naß, der Schweiß hat den groben Stoff in durchsichtige Seide verwandelt, ein Schuh ist durchgestoßen und wird unter allgemeinem Hallo ersetzt . . . weiter, weiter!

Das Publikum bildet eine schöne Einheit, es sind wohl wenig Fremde darunter. Man kennt sich, man lacht sich an, drei Freunde, ein Dicker in der Mitte, sitzen Arm in Arm und sehen einer feinen Dame, die gewiß hoch zu Automobil hergekommen ist, ironisch-bewundernd nach. Männer untereinander sind eine harmlose Gesellschaft. Ein Mönch von Grützner steht da: ein dicker Bauer mit einer Knubbelnase, hochrot, ein agiler, sanguinischer Alter. Er ist über irgendeine Sache im Spiel furchtbar aufgeregt und wirft abwechselnd die Hände über dem Kopf zusammen oder seine Mütze unter Geschrei in die Luft. Er hopst und tanzt aufgeregt auf seinem Platz und ist Feuer und Flamme. Es ist aber auch ganz schrecklich, was da vorgeht! Die Spanier holen ihren Verlust ein —! Das darf nicht sein! Nein! Pause.

Die Spieler bekommen Wein zu trinken und schwitzen zum Davonschwimmen. Der Mönchs-Bauer hat sich langsam beruhigt, und der Dicke unterhält sich mit Freunden über acht Bänke hinüber.

Und bevor es wieder anfängt, hat die Kapelle ein Lied intoniert, eins, das alle mitsingen, eins von den Liedern, vor denen man sofort spürt: dies ist viel mehr als ein Schlager, das ist ein Volkslied. Sie wiegen sich im Sitzen auf ihren Plätzen, viele summen nur mit, wie man etwas summt, von dem es nicht erst lohnt, die Worte noch auszusprechen. Sie summen gewissermaßen die Worte. Da strahlt die buttergelbe Spätnachmittagssonne durchs Gebüsch und über die hohen Bäume, der Himmel ist blitzblau, die Kapelle bläst, gleich werden sie anfangen, zu spielen — und ich fühle: Dies ist einer von den Nachmittagen, der mitgedacht wird, wenn die Basken denken: Heimat! Dieses Glück, mit keinen Worten ausdrückbar, in nichts anderm bestehend als eben in der fünfhundertsten Wiederholung dessen, was schon die Väter und deren Väter Sonntag nachmittags getrieben haben — in nichts anderm als in einer Vereinigung, die nur zu Hause möglich ist: dieser Schein der Sonne und kein andrer, dieses Lied und die geschweifte Ballmauer, die vertrauten Bänke und die altvertrauten Scherze und Zurufe — das sind die Stunden, nach denen sich der Baske in Amerika sehnt, wenn er zurückdenkt: an den Ballplatz, die Pelote und an noch etwas: er wird Freunde auf der Welt haben, auch anderswo, gewiß. Er wird sie gern haben. Aber er wird nirgends, nirgends auf der ganzen Erde, noch einmal dieses Zusammengehörigkeitsgefühl haben wie hier, die Tuchfühlung, den tiefen Ruck im letzten Winkel der Herzgrube: Heimat.

Merkwürdig, wie eng dieses Heimatgefühl ist. Hier hat kein Staat die Finger und die Fahnen hereinzustecken – niemals meint man ihn, wenn so gefühlt wird. In Deutschland habe ich dieses Empfinden besonders in der frankfurter Gegend und in Hamburg angetroffen; auch die Berliner wollen es für sich in Anspruch nehmen. Otto Reutter, der verflossene Coupletsänger, der im letzten Hosenknopf mehr Witz und Humor hatte als heute ein ganzes Weincabaret mit garantiert exklusivem Publikum, Otto Reutter hat im Laufe seiner vierhundertachtundachtzig Couplets auch eines gesungen, das den Refrain hatte: «Da bin ich stolz, daß ich ein Deutscher bin!» – Und die siebzehnte Strophe dieses Liedes schilderte, wie er in einem feinen französischen Seebad abends auf dem Kai spaziert und sich plötzlich eine piekfeine Halbmondäne an ihn heranmacht.

Die Kurkapelle spielt so ihre Weise,
die Dame drängt sich sachte zu mir hin . . .
«Na, Dickchen, auch aus Preußen –?» sagt sie leise.
Da bin ich stolz, daß ich ein Deutscher bin –!

«Bravo, Léon –! Bravo, Léon –!» Léon hats gemacht. Die Spanier haben eins aufs Dach bekommen, aber man spendet ihnen ritterlichen Beifall. Alles trubelt durcheinander, keiner geht. Es wird noch getanzt.

Das Orchester setzt sich auf die Zuschauerbänke: ernste schnauzbärtige Männer, denen man solch einen Lärm gar nicht zutrauen möchte, und eine ‹xülüla› hat sich dazugetan, eine kleine gellende Flöte. Der Spielplatz ist jetzt frei. Und die Männer tanzen.

Diese ‹baskischen Sprünge› werden ausschließlich von Männern getanzt. Auf den baskischen Festen zu Mauléon im Jahre 1896 hat ein junges Mädchen mitgewirkt, und das ist eine Sensation gewesen. Da diese Tänzer hier nicht in Festkleidung – weiß mit roter Schärpe – sind, so nimmt sich der Tanz absonderlich genug aus. Sie bilden einen Kreis und tanzen, jeder für sich. Ein Dicker walzt da sein Fett auf und ab, daß einem himmelangst wird, ich zum Beispiel sehe Schlaganfälle nur ungern. Ein Junge tanzt entzückend, er hält den Oberkörper ganz still und tanzt so leicht! Bald dreht sich der Kreis links, bald rechts herum, sie berühren sich aber nicht mit den Händen, sie tanzen ganz allein. Beifall. Bis –!

Bis.

Darauf: Fandango. Den tanzen, immer ohne sich anzufassen, zwei kleine Gruppen, aus zwei Männern bestehend.

Aber nun bleiben die Männer nicht allein. Zwei Spanierinnen, die hier zu Besuch sind, haben sich dazu gesellt und tanzen den Fandango. Auf einmal wird klar, was der Tanz eigentlich ist und bedeutet; er bekommt Farbe und hat offenbar einen weit, weit entfernten Verwandten bei den Mauren: den Bauchtanz. Aber die jungen Mädchen tanzen so diskret, sie schnipsen mit den Fingern, weil niemand Kastagnetten hat, sie wenden sich und drehen sich, schneller, schneller ... Die Spanierinnen haben ihren Spezialbeifall. Die jungen Herren ziehen einen sauren Mund: das ist eine unehrliche Konkurrenz. Mit Röcken ... Und das Ganze von vorn.

Nach jeder Pelote wird getanzt – das ist so. Und ebenso traditionell sind die beiden Männer, die das Volk dabei in allen Pausen ansingen: die Improvisatoren. Sie sind immer zu zweien: und es ist stets eine Art Sängerkrieg, den sie miteinander haben. Besingt der eine ‹Die Freuden des Junggesellen›, so der andre ‹Die Freuden des Ehemanns›; ‹Automobil und Ochsenkarren› – ‹Meer und Land› – ‹Wasser und Wein› – ‹Sandale und Holzschuh›, das sind herkömmliche Themen. Herkömmlich auch, daß man sie lange bitten muß, anzufangen – sie zieren sich, lange. Dann aber hören sie nie wieder auf. Sie begrüßen an diesem Nachmittag erst alle Erschienenen, werden heftig belacht und beklatscht und treten nach jedem Tanz aufs neue in die Mitte. Sie heben beim Vortrag die Arme, ihr Gesang ist stets ein Rezitativ, und jede Strophe besteht aus vier langen Zeilen mit dem gleichen Endreim. Darauf sind sie besonders stolz – vier Reime! Die spanischen Basken nehmen die Zeile länger, bis zu zwanzig Silben – welch ein Atem! Als sie fertig sind, will ich mich mit den beiden unterhalten. Mit dem einen wird das nichts werden – er versteht nur baskisch. Der andre erklärt mir, was sie gesungen haben. Er sagt, es gehöre viel Routine und Schlagfertigkeit dazu, und Nachfolger gebe es wenig. Rostand habe ihn noch gehört und sei voller Bewunderung für seine Reimfertigkeit gewesen. «Ist das nun ein scharfer, witzgespickter Streit, den ihr da habt?» frage ich. «Il faut toujours respecter l'autre», sagt er. Und dann gehen alle Abendbrot essen.

Sie essen nicht schlecht. Sie trinken einen kräftigen, etwas säuerlichen Wein; auch den Wein von Jurançon, der aus der Gegend von Pau kommt, findet man überall im Lande, er ist gut und mild. Auf dem Markt und unterwegs trinken die Bauern und Hirten aus Lederflaschen, kleinen Weinsäcken, die den Wein schön frisch halten.

Abends ist Ball auf dem Marktplatz. Er ist festlich mit Lampions beleuchtet, und bald rutscht und schleift alles, besonders unter einer dunklen Baumreihe. Wo ist die Grazie der Kreistänzer geblieben? Dieselben jungen Leute, die eben noch so hübsch ihre Landestänze getanzt haben, anspruchslos, ohne die leiseste Pose, tanzen jetzt Foxtrott und Twostep, und auf einmal ist alles vorbei. Das sind gar keine jungen Bauern mehr – das sind Arbeiter aus der Vorstadt, die verrutschte Kopie nimmt ihnen alles und gibt ihnen nichts. Ich habe einmal im Holsteinischen Bauernburschen und Bauernmädchen moderne Tänze tanzen sehen – ihre schweren Füße bumsten auf den Boden, und ihre

Grazie glich der junger Kälber. Es war zum Gotterbarmen. Etwas Ähnliches geht auch hier vor. Denn das, was da herankommt, ist unentrinnbar. Die weinerlichsten Schilderer der baskischen Eigenart müssen zugeben, in jedem Buch dreimal: es verschwindet! Alles das verschwindet. Sprache, Eigenart, Sitten und Gebräuche, Aberglaube – denn man mache uns doch ja nicht weis, daß sich dergleichen bei einer so umwälzenden Umgestaltung der Erde erhalten kann! Ihr fahrt in der Stadt Untergrundbahn, und der tumbe Bauer soll ewig derselbe bleiben, ewig derselbe. Er wird euch was husten.

Immerhin vollzieht sich hier die Umwandlung leise, leise. Aber bei aller Erhaltung der Eigenart: als die Reblaus die Weinberge verwüstete, und die Amerikaner eine neue Pflanze auf den Markt brachten, da waren doch die konservativsten Basken dabei, die neue einzuführen. Chicago siegt – ihr könnt machen, was ihr wollt. Gute Nacht, Marktplatz.

Am nächsten Tag wimmelt er von Vieh. Welch eine Qual für das Vieh, so ein Markttag! Nein, ich bin nicht wehleidig, und sie werden ja auch geschlachtet – aber es ist doch ein Stück Arbeit, mit der sie sich den Tod erkaufen. Die Schweine während eines stundenlangen Marschs hinten mit einem Strick an die Wagen gebunden und furchtbaren Spektakel vollführend, immer mit jener Komik, die ein Schwein für unsere Augen auch im Sterben nicht verläßt; in der Sonne liegt eine Reihe Enten, sie klappen die Schnäbel auf und zu und gluckern nur noch leise, vor Durst, eine Kuh beleckt ihr Kälbchen, dem sie das Maul mit Stroh umwickelt haben, damit es jetzt nicht trinke. Die schreckhaften Schafe werden von den Käufern befühlt. Welch scharfe, feine Bauernköpfe! Welch gute Gesichter! Welch ruhiger, selbstbewußter Ausdruck in den Augen! Diese Leute versetzen einen in Wohlbehagen.

Mittag essen manche, die zum Markt gekommen sind, im Hotel. Das hat ein hohes Zimmer, mit einer großblumigen, hellen Tapete – und die schwarzrockigen Bauern heben sich scharf von der Wand ab. Sie sitzen und essen, gut und reichlich und nicht zu schnell; ein Violinspieler kommt und geigt ihnen etwas vor, vielleicht ein Bauer, der ins Unglück geraten ist, sein Kind sammelt mit dem Teller und bekommt seine Sous. Am Ecktisch sitzen Majors. Pensionierte Offiziere scheinen auf der ganzen Welt gleich zu sein. Alle haben sie diese anständige, etwas verblühte Frau, die unschöne, eckige Tochter, und Papa bestellt so laut Käse, als ob er eine Brigade kommandiere. Aber dieser ist harmlos und brav und hebt nur dann und wann den quadratischen Soldatenschädel, um nach dem Rechten zu sehen.

Draußen geht ein Seminarist vorbei. Man hat ihm lateinische Gebete beigebracht, die er auswendig hersagen kann, ohne sie zu verstehen, er trägt sein Gebetbuch unter dem Arm.

Heute hat er die Konkurrenz nicht mehr zu befürchten, die seinen

Vorfahren so viel Mühe gemacht hat: den Jansenismus, der hier geboren ist. Die Pyrenäen haben religiöse Phänomene in Fülle hervorgebracht: der Spanier Loyola hat auf der spanischen Seite sein erstes Haus gebaut, und man weiß, was daraus hervorgegangen ist. Und ehemals waren die Basken in Religionssachen ein recht kriegerisches Volk: die Abgesandten des Bischofs von Oloron, eines der ersten Calvinisten der Gegend, wurden in Mauléon zunächst mit Eseln umritten, und als der Alte selbst kam, um den Schimpf zu rächen, schlugen sie ihn mit einer Hacke tot.

Das mit dem erschlagenen Bischof aus Oloron ist kein Einzelfall. Die mittelalterlichen Stadt- und Landfehden waren hier, wie überall, von großer Grausamkeit. Da haben sie einmal an die sechs oder sieben Basken, die aufgemuckt hatten, an die Adourbrücke in Bayonne gebunden, bei Ebbe, und die haben warten dürfen, bis die Flut zu ihnen hochstieg. Es waren Vater und Sohn darunter, und das ganze Volk stand am Ufer und wartete auf das herrliche Schauspiel. Den Sohn faßte es zuerst; er gurgelte schon, da beschimpfte der Vater die Henker. Sie warfen ihm das linke Auge mit einem Stein aus, aber die Flut kühlte das rasch sowie das übrige.

Da am Brunnen haben zwei Männer einen großen Disput. Ob das Baskische schön ist, kann ich nicht beurteilen. Es klingt nicht schön und nicht häßlich. Seine Liebhaber und besonders die baskischen Schriftsteller selbst überschätzen natürlich die ihm innewohnende Poesie, die wie jede Sprachpoesie subjektiv empfunden wird. Einer erzählt, wie viele Gedichte sich mit der Jagd auf Holztauben beschäftigen. Holztaube heißt auf baskisch: usua. Der Baske setzt hinzu: «Dieses Wort ‹Holztaube› besagt wenig. Um die ganze Poesie von ‹usua› auszukosten, muß man . . .» Gar nichts natürlich. Diese Lokalverzücktheit, ehrlich und begreiflich, erinnert mich immer an die Vortragenden in den deutschen Konzertsälen, die fremde Volkslieder vorsingen und vorher, sich leicht niedlich machend, den Inhalt auf deutsch erzählen. «Das Mädchen kommt morgens an den Brunnen und sagt: O Brunnen! Wie läufst du doch so schön, du guter Brunnen! Wo aber ist mein Geliebter hingelaufen? Weißt du das vielleicht? Wenn du ihn triffst, du guter Brunnen, dann grüß ihn doch von mir!» Des freut sich das Parkett — und man ist ganz verwundert, wenn nachher ein reizendes kleines Lied aufsteigt, bei dem es einem vollständig gleichgültig ist, ob der Brunnen plätschert oder nicht, und dessen Rhythmus und Farbe schon das ihrige tun. Volkspoesie kann man nicht übertragen. Man kann sie bestenfalls nachschaffen.

Nicht nur an der Sprache merkt man, daß man in einem besondern Winkel Frankreichs ist. «Bei Gott!» will die Hotelfrau zu mir sagen, und um das noch mehr zu bekräftigen, hebt sie die rechte Faust über den Scheitel, der kurze Unterarm liegt nahe am Kopf. Ich frage später nach dieser wilden Tomahawk-Geste. Es sind die baskischen Schwurfinger: «Bei Gott . . .!» Und nun weiß ich, daß sie gelogen hat.

Sie gelten für nicht sehr zuverlässig, die Basken, und vielleicht trügt der erste angenehme Eindruck. «Die Leute in Bayonne», sagte mir einer in, aber nicht aus Bayonne, «sind liebenswürdig, freundlich und falsch wie Galgenholz.» Nun, das sind Urteile . . . Auch andre sind nicht gut auf sie zu sprechen und sagen ihnen eine Habsucht nach, die ich nicht zu spüren bekommen habe.

Wie sieht ein Volk seine Stämme an? Für die französische Salonliteratur ist das Baskenland, wie übrigens auch Andorra, eine herrliche Gelegenheit zu unkontrollierbarer Romantik. Pierre Lotis berühmter *‹Ramuntcho›* (224. Auflage) ist eine parfümierte Sache, die nach sehr gutem Feldblumenparfum duftet – aber eben nach Parfum, und nicht nach Feldblumen. Merkwürdig: mäßige Schriftsteller behandeln den Bauer entweder ganz leicht von oben herunter, mit liebevollem Wohlwollen – ‹Machs gut, braver Mann!› – oder sie packen in die Bauernseele einen Klumpen Mysterium hinein, der da gar nichts zu suchen und gewiß nichts zu finden hat. Man hat manchmal das Gefühl, als habe sich Loti alle landesüblichen Ausdrücke des Baskischen auf einen Zettel notiert und habe nun eine seiner Liebesgeschichten zur Abwechslung in dieses Kostüm gesteckt. Auch ist bei ihm die wilde Gebirgsleidenschaft diskret gemäßigt, so daß sie noch in den besten Salons genossen werden kann. Und wenn der Held auch bis an den Hals im Kummer steckt: immer edel, immer edel! Ich glaube, solche Romane sind mehr für den Hersteller als für das geschilderte Land charakteristisch.

Eine Frau passiert die Straße, mit der ‹herrade› auf dem Kopf, dem gehenkelten, konisch nach oben sich verjüngenden Wasserkrug. In den französischen Nachbarprovinzen kennt man das nicht: Krüge auf dem Kopf zu tragen, das ist eine baskische Sitte.

Baskische Sitten . . . Eine ist in ganz Frankreich bekannt; das erste Wort, das einem entgegentönt, wenn man von den Basken spricht, heißt: Schmuggler.

Im Museum zu Bayonne hängt ein entzückender alter Druck: *‹Der Pyrenäen-Schmuggler›*. Da läuft er, mit einem Sack auf den Schultern und einer Flinte in der Hand, durchs Gebirge, so ein richtiges Gebirge, wie es auf Drucken zu sehen ist, die in schweizer Hotelzimmern hängen, und im Hintergrund zeigen ihn sich zwei Gendarmen, den gefährlichen Mann. Ach, das ist lange vorbei . . . Es lohnt heute nicht mehr.

Ich hatte die Absicht, mit einem Gendarmeriekapitän die Zollposten abzugehen – aber als ich sah, wie er sein Auto ankurbelte, um abzufahren, da war es mit meiner Lust vorbei. Schmuggel –? Die Valuta hat ihn zerstört. Die Vorbedingungen waren glänzend. Tabak und Alkohol . . . In Frankreich und Spanien hatten die Kaufleute das allergrößte Interesse daran, die Preise durch den Zoll hochzuhalten und die natürliche Entwicklung zu hemmen, wie ja überall – und auf beiden Seiten der Grenzen saßen und sitzen Leute, die dieselbe Sprache sprechen, die ihre Zugehörigkeit zu verschiedenen Staaten hauptsächlich empfinden, wenn sie Steuern zahlen und dienen müssen, und die doch zusammengehören. Es wurde unsagbar geschmuggelt. Die Gendarmen wußten das, aber es war ein anständiger Kampf. Auf beiden Seiten wurde damals unter keinen Umständen geschossen: wer erwischt wurde, zahlte oder brummte – aber deshalb keine Feindschaft nicht. Du bist Schmuggler – das ist dein Beruf; und ich bin Gendarm – das ist meiner. Die Mühe war groß und der Verdienst klein. Meist wurden nicht einmal Maultiere benutzt, die ja noch auf den abenteuerlichsten Wegen klettern können, sondern die Schmuggler trugen Sack und Pack auf dem Buckel – und welche Wege! Nachts, im Regen, die steilsten Abhänge hinauf und die bösesten Geröllhalden wieder herunter – und das alles für ein paar Francs! Schmuggeln galt immer als ein durchaus ehrenhafter Beruf, jeder wußte, daß sich der andre damit befaßte, und keiner hätte niemals verraten. Aber heute ...

Die französische Inflation ist sehr langsam gekommen, und die Spanier haben Zeit gehabt, zu merken, was ihre Pesetas in Frankreich wert sind. Sie wissen das zum großen Leidwesen der Basken sehr genau, und wenn man die nach ihrem alten Handwerk befragt, so hört man Klagen, gegen die die Stoßseufzer der berliner Pleitevögel eitel Wonnegeschrei sind. «Es ist nichts mehr! Kein Geschäft! Die Spanier bezahlen nichts! Was sollen wir denn noch schmuggeln ...!» Es ist herzzerreißend.

Vorbei die Zeiten, wo die Schmiere stehenden Kinder und Frauen beim Nahen des Gendarmen den Schmugglern: «Otsoa! Otsoa! Der Wolf! Der Wolf!» zuriefen; der Wolf ist Vegetarier geworden, weil es keine Schafe mehr gibt. Vorbei Romantik, zerrissenes Abendgewölk, durch das der bleiche Mond die heimlichen Contrebandiers bescheint, Schmugglerliebe und Schmugglertod ... vorbei.

Vor allem deshalb, weil ja heute keinem vernünftigen Menschen die Grenze noch eine solche herzklopfenverursachende Ehrfurcht einflößt. Wir wissen doch. Wir wissen doch, wer da für wen wacht. Das Getreide soll nicht daher kommen, wo es billiger ist, die Klaviere nicht daher, wo man besser versteht, sie zu machen – künstlich hochgehalten werden Industrie, Kapital und Erwerbsmöglichkeit. Ein wirtschaftlicher Vorgang. Streicht eure lächerlichen Grenzpfähle doch nicht so feierlich an! Setzt drauf: Müllers Fettvaseline ist die beste! Das käme der Wahrheit schon wesentlich näher.

Und nun muß ich ja wohl abfahren.

Fort von der kleinen Bergstadt im Grünen, hinaus auf die Landstraßen, wo mir die Ochsenkarren begegnen werden, mit den sorgfältig in bunte Leinentücher eingewickelten Tieren, die schweren Köpfe durch ein Netz gegen die Fliegen verhängt. Ich habe nie gesehen, daß sie geschlagen werden. Nur die Esel haben hier viel Leid, Kummer und Stockprügel auszustehen. Die alten Karren knarren in den Radachsen, das quietscht und kreischt – wie ein Baske einmal erklärt hat: «Damit sich die Ochsen unterwegs nicht so langweilen.» Gemüt ist eine schöne Sache. Also fort. Aber wie –?

Die gesamten Pyrenäen werden von einer großen Automobilstraße durchzogen, die das weiter im Norden liegende Eisenbahnnetz aufs glücklichste ergänzt. Denn eine Automobillinie ist biegsamer als die Eisenbahn, kann aussetzen, wenn kein Bedarf vorliegt, ist leichter zu amortisieren ... Merkwürdig, wie diese Zeit überall, hier und in Schottland und in der Schweiz, die alte Postkutschentradition wieder aufnimmt. Der Herr Schwager hat aber ölgeschwärzte Finger, sein Posthorn hupt, und auf dem offnen Wagen sitzen die Engländer und, was noch schlimmer ist, ihre Frauen, und lassen an ihren kalten Fischaugen die ihnen zustehenden Pyrenäen vorübergleiten. Es gibt da so eine Art Rundreisebillett, von Bayonne bis Perpignan – zweimal darf man unterbrechen –, sonst aber werden sie mitleidslos durch Busch, Feld, Wald, Klamm und Tal gejagt, an Abgründen vorüber, über Brücken und neben den schäumenden Bächen her, ‹gaves› genannt, immer weiter, immer weiter – bis alles aussteigen muß. Das ist den Engländern recht. Sie nehmen es auf sich, sie müssen auch das gesehen haben, und wenn die Engländer nun gar Amerikaner sind, dann kennt ihr landschaftlicher Stumpfsinn keine Grenzen. Ich habe neben welchen gesessen, denen hätte man nur den Kopf immerzu auf die Felsplatten schlagen mögen: «Hier! Sieh dir das an, du Trottel! Damit du wenigstens etwas von deinem Geld hast!» Er aber saß da und sah geradeaus, denn er hatte für geradeaus bezahlt. Menschenexport ist selten gut.

Mit so einem Postauto möchte ich wohl fahren. Sie nehmen wenig Gepäck mit, und man muß sich das einrichten, auch sind sie immer besetzt. Aber ‹on s'arrange›. Ich arrangiere mich wirklich und klettre brav und bieder zu den Leuten mit den großen Unterkiefern. Sie sitzen stumm da, sprechen in drei Fahrstunden vier Sätze; sie sind kalt ergriffen von der Landschaft, ich von ihnen – ich sitze vorn beim Chauffeur, das ist mein Lieblingsplatz. Man hat immer warme Füße, es riecht so schön nach Benzin und Natur, der Chauffeur erzählt Schwänke aus seinem Leben, und neben ihm ist ein kleiner Spiegel. In dem sehe ich hinten meine Amerikaner. Beinah vergesse ich die ganzen Pyrenäen – wenns so weitergeht, werde ich einen Führer schreiben: *‹Anleitung zur Zucht von gut legenden Amerikanern›*. Ich kann mich gar nicht losreißen – ein grüner Schleier weht im Winde, die ausdruckslosen Fahrstuhlgesichter schwanken ein wenig in den Kurven ...

herrlich. Wer jetzt nach hinten schießen könnte! Aber es ist Friede, wer wird denn schießen … Und so fahren wir durch das Land der Basken.

Lieber Jakopp!

Haben wir dafür Schulter an Schulter so manches rumänische Nachtfest überstanden, daß du mir nie mehr schreibst —? Dafür mit Karlchen und einem richtigen Hund einen Nachmittagsschlaf zusammen abgezogen, so daß die Ordonnanzen, die hereinkamen, sich wunderten, einen dreiköpfigen Polizeikommissar im Bett liegen zu sehen? dafür Zuika, oder wie man diesen Pflaumenschnaps schreibt, getrunken, den Alten betrogen, Dienstreisen nach Sinaia geschunden, den guten, alten Mackensen überwacht, als er Craiova passierte — ich kam um eine Kleinigkeit zu spät und sah den ritterlichen Mann gerade abfahren — alles, damit du nie schreibst? Ich aber schreibe dir, weil du ein Oberregierungsrat und mir so sympathisch bist. Du hast kein rühmliches Ende genommen, ich habe dich studieren lassen, und jetzt regierst du im hamburger Kanalisationswesen … aber ich schreibe dir doch.

In Mauléon war ich aus dem Pyrenäenauto gestiegen, und ich kletterte in der kleinen Stadt umher. Auf dem Marktplatz Kriegerdenkmal und Pelotenmauer, alte Bäume, ein schönes, stehengebliebnes Renaissancehaus und eine himmlische Stille. Vor dem Café die Provinzausgabe der Massary. Es war offenbar der Sündenengel des Ortes: die Frau des Cafétiers, eine mit den schwarzen Augen alles versprechende und mit dem Rest sicherlich nichts haltende jüngere Dame, die an das Wort jenes Engländers erinnerte: «Die Französinnen wirken so stark auf uns, weil sie zu sein scheinen, was die andern Frauen zu sein sich nicht getrauen.» Gut, daß Karlchen nicht da war — er hätte erst sie von der Seite angesehen, dann uns und hätte gesagt: «Na … mit der würde ich gern mal ein Sätzchen reden!» Und dann hätte er ja wohl dringende Geschäfte im Ort gehabt, etwa seinen dort wohnenden Vetter besucht, und uns verlassen … Karlchen war aber zum Glück nicht da, und so hatte man mich als Alleinherrscher. Wir wurden rasch intim, ich und sie; als der Mann nicht hinsah, zeigte sie mir sogar das Privé; Gott, man ist Weltmann.

Von Mauléon führt eine kleine Schnaufebahn nach Tardets.

«Tardets, Spiegel des Baskenlandes! Tardets, du unbekannter Winkel, der du nichts als Licht bist …» So Francis Jammes. Und er hat recht: Tardets ist wirklich hübsch.

Es war grade Markt, und die Bauernfrauen, manche bis zu acht Unterröcken stark, standen zwischen ihren Äpfelkiepen, saßen auf ihren Gemüsen und wühlten hinter ihren Budchen. Ein Kerl brüllte über sein Porzellan hin: man dachte, er rufe eine kleine Republik aus, er war ganz blaurot im Gesicht, und er schrie wie ein Marktschreier. Ich stieg in die Höhlung der dunkeln Zimmer – da war ein altväterliches, gemütliches Hotel, mit bauchigen Wasserkannen und wunder-, wunderlieblichen Bildern: «Japanische Heiden foltern christliche Missionare» – und von oben sah ich auf das Gewühl herunter, was ja zu den schönsten aller menschlichen Beschäftigungen gehört. Wir schrieben den 1. September.

Jakopp, ich glaube, es ruft dich einer. Du sollst mal nachsehen: er wäre in der Küche verstopft. Pust mal durch sein Wasserrohr. Hast du? Gut.

‹Les Gorges de Cacaoueta› – aber das war auf allen Karten verzeichnet, eine einwandfreie Sache. Die Schlucht von Cacaoueta ... ‹Guide nécessaire› stand im Gebetbuch. Einen Führer! Haben wir nicht auch allein den Weg nach Hause gefunden, morgens früh um vier, mit Bindfaden immer einer an den andern gebunden, und Karlchen sang sein Lied von den zwölf Nonnen, und alle Milchkannen sprangen erschreckt beiseite? Waren wir selbständige Männer oder nicht? «Nächstdem erfordert sein hoher Beruf Mut in allen Dienstobliegenheiten ...» stand in deinen Kriegsartikeln. Ich brauche keinen Führer.

Ich sah noch im abendlichen Tardets zu, wie ein Pferd pedikürt wurde, hörte, wie sich vor allen Kneipen baskische Bauern die letzten Marktpreise in die Ohren riefen; vor dem Friseurladen saß die Friseurin und war so schrecklich schön und bunt angemalen, daß einem ganz schwül wurde ...

Am nächsten Morgen, am Sedantage, ging ich auf der langen Straße, die von Tardets nach Licq-Athéry führt, bis ich an ein kleines Gasthaus kam, und da wohnte der Besitzer der Schlucht von Cacaoueta. Er hatte sie gepachtet, er hatte sie mit Geländern eingefaßt, den Wasserfall abgestaubt, ihm gehörte sie – nichts verständlicher, als daß man eine Eintrittskarte in die Natur zu lösen hatte. Zwei Frank fünfzig. Guten Morgen.

Eine kleine Stunde noch war der Weg karossabel, dann verlief er sich in den Steinen, und man mußte auf einer kleinen, einsamen Schienenspur entlangklettern, die jungfräulich dalag: kein Lokomotiverich fuhr über sie hin. Unten lag ein Stau-Becken, die Sonne färbte es hellgrün, das Wasser war wundervoll durchsichtig und klar. Nehmen wir an, Fischlein spielten auf seinem Grund. Ein Zigarrenkistendeckel, an einen Baum genagelt, mit einem stummen Pfeil. Ah – nicht was du denkst! Nein, das war wohl der Weg zur Schlucht. Vorbei an einer Hütte, in der eine Mama aus einer Töpfin trank und das Baby aus der Mama – durch ein ausgetrocknetes Flußbett hindurch, ein Hügel ... und da öffnete sich die Schlucht.

Es war neun Uhr. Oben lag die helle Sonne auf den begrünten Höhen – hier unten war es schattig und kühl. Der Weg schlängelte sich an dem Gebirgsbach entlang, dann hörte jede Fußspur auf. Was nun? Nun mußte man klettern.

Ich kletterte eine halbe Stunde. Eine halbe Stunde ist lang, mitunter. Dann kam eine rostige Eisentür, die stand offen, von hier ab begann also die bezahlte Natur. Die Schlucht wurde immer schluchtiger, die Felsen immer felsiger, der Gebirgsbach immer wirbliger. Nun standen die Wände etwa zweihundert Meter hoch und in der Mitte ich. Wo war der Weg?

Was als solcher auf der Karte verzeichnet stand, war eine Art Untertassenrand, links der nackte Felsen, rechts der Brodelbach, manchmal umgekehrt. Beim Dahinwandeln hielt ich mich an dem nassen Stein fest, und weil ich ganz allein war, sprach ich mit mir und auch mit dem Stein, ich redete ihm gut zu, mich nicht ins Wasser zu stoßen, ich würde schon wieder herauskommen, so ein Affe! Er stieß auch nicht — aber manchmal setzte ich den Fuß auf eine Kante, das Sohlenleder glitt ein bißchen, und meine Eingeweide schoben sich ein ganz kleines Stückchen nach oben. Derart ging ich etwa zwei Kilometer, obgleich gehen nicht das richtige Wort dafür ist. So ein Geschöpf aus dem Flachland wie du! Wie soll ich dir das beschreiben, auf welche Weise wir uns hier fortzubewegen hatten, meine Beine und ich...? Hast du einmal einen Mann seiltanzen sehen?

Alle fünfzig Meter hatten sie ein paar Bohlen über die ‹gave› gelegt, mit kümmerlichen und schwankenden Andeutungen einer Art Geländer. Ich schob mich hinüber, drei Meter unter mir gähnte der Abgrund. Manchmal wippten die Brücken so sonderbar, das hatte ich nicht gern, links glänzte der Wasserfall und rechts die Grotte, in die kletterte ich hinein, da standen weiße Sandsteinmänner und sahen mich an. Wie still war es hier! Draußen warf ich meinen Reiseführer fast absichtlich in den Bach — ich brauchte ihn nicht mehr.

Und nun hörte jeder Weg überhaupt auf. Ich hatte bis zur spanischen Grenze gehen wollen, heraus aus der Schlucht, und auf einem andern Weg wieder nach Tardets zurück, in das Großvaterhotel. Aber da war kein Weg. Keiner.

Ich stand da, mit der kleinen übriggebliebnen Karte, wie ein großer Heerführer: sehr wichtig, aber etwas ratlos. Und da tat ich etwas, weswegen ich dir diesen Brief schreibe.

Ich kletterte die Wände herauf.

Ich dachte so:

Oben wird sich schon ein Ausweg finden, ich sehe besser, wo ich bin — auf! hinauf! Der grasige Abhang hatte eine Steigung von 91°.

Erst ging es ja ganz gut; da standen Bäume, an denen man sich heraufziehen konnte — aber das hörte streckenweise auf, ich trat fest auf den krümligen Boden, er rutschte fest weg, und ich hielt mich an der Luft. Das kann man nämlich. Vor wem spielt man eigentlich so ein

Theater, wenn man allein ist? Immer wenn ich haarscharf am Hinunterrollen war, machte ich ein energisches und männliches Gesicht: Nur ruhig – nur ruhig – es wird ja gehen! Aber dann ließ das plötzlich nach, und ich sah aus, wie ich in Wirklichkeit aussah: rot wie ein Puter, furchtbar prustend und entsetzlich wütend. Ich hatte noch keinen entdeckt, der an der Sache schuld war, aber ich würde schon einen Dolchstoßer finden.

Der Schluchtenbesitzer wird schöne Augen machen, wenn er wiederkommt. Ich habe ihm die ganze Geschichte rettungslos ruiniert. Man mußte kreuz und quer klettern, und du mit deinen alten Wasserröhren kannst das nicht nachfühlen, du Plattlandkerl du! Einmal stand ich still und dachte: wenn jetzt Jakopp da wäre, würde er sofort den guten Wasserbach unten abfangen und eine Toilettenspülung aus ihm machen. Ich dachte mir es ganz genau aus, wie du hier anfangen würdest zu graben, und wie alle Bauern, anstatt wie jetzt nach hinten in die Tannen zu greifen, wenn sie sich im Walde wieder aufrichten, an einer Schnur ziehen könnten, und wozu das eigentlich gut sein sollte, zum Himmeldonnerwetter! Laß du deine Kanalisation laufen und uns Basken hier in Ruhe. Und dann stieg ich weiter.

Nach fünfundvierzig Minuten war ich so weit. Es war halb elf Uhr vormittags.

Jetzt saßest du in Hamburg und blättertest in deinen Akten, schön ausgeruht und in kühler Wäsche, denn sauber bist du. An der Wand hängt eine bunte Karte: Hamburg – mit allen Straßen und Wasserentnahmestellen, damit du im Bedarfsfalle gleich zum Neuen Wall laufen kannst, Nr. 17, zur Witwe Brenkemeyer: «Wer läßt denn hier so lange die Wasserleitung laufen! Das ist ja unerhört!» Administration muß sein.

Wenn du aber das Opernglas der Märchenprinzessin gehabt hättest, so hättest du mich zur gleichen Zeit sehen können.

Da saß ich. Da saß ich hoch im Grünen, ein armer Vogel auf einer Stange, die Füße gegen einen morschen Ast gestemmt, einen Zug von Leiden und Ergebung um die Nase. Herztätigkeit und Atmung beschleunigt, der Puls ging vor. Mein Bauch stieg auf und ab – ich lebte noch. Hinauf ging es nicht mehr und hinunter auch nicht.

Oben zogen die Wolken über mein Gefängnis. Von unten rauschte der Gebirgsbach, mein Gebirgsbach, den du nicht zu kanalisieren hast, und das Rauschen wurde immer leiser, immer leiser. Ich war so müde ... Zurück? Diesen ganzen übeln Weg mit den Schwankebrücken und den Klettersteinen zurück? Aber wie denn? Wie sollte ich hier herunterkommen?

Da war Hamburg: die Mädchen mit den strohblonden Zöpfen saßen grade artig auf den Bänken in ihrer Schule und sagten etwas im Chor auf; es war nach der großen Pause, und sie hatten Buttersemmelstimmen, weil keine Zeit zum Räuspern gewesen war. Zwei Schauerleute hatten einem feinen Herrn nachgesehen und murmelten in ihren Kautabak: «Wer is he denn? He hett ok bloß man 'n Mars ut twe Helften!», und bei dir klingelte das Telefon. Du logst eine herrliche Geschichte in die schwarze Muschel: leider, leider könntest du heute nicht zum Mittagessen in die ‹Harmonie› kommen, vielleicht nächste Woche ...? Und dabei erglänzte dein Gesicht in teuflischer Freude – denn auf der andern Seite sprach der böse Feind, und mit dieser Ablehnung hattest du ihn ordentlich angepflaumt. Und ich saß hier noch immer auf meiner Wand.

Ewig konnte ich da wohl nicht sitzenbleiben. Ich stand mit einem schweren Seufzer auf, fiel beinahe um und hielt mich an dem Ast, aber der wollte das nicht und sagte: knack – und da setzte ich mich wieder hin. Ich setzte mich ganz nonchalant hin, weil ich noch etwas müde war. Jetzt standest du auf und gingst in deinem glatten, ebenen Nichtstuerzimmer auf und ab. Die Wasserspülungen rauschten und schwollen, von dir aus konnten die Hamburger jetzt alle zugleich Pflaumen essen, deine Sache war in Ordnung. Ich erhob mich, leise, sehr, sehr vorsichtig – und zur gleichen Zeit versuchtest du vor lauter Lebensfreude zu pfeifen, etwas ganz und gar Abscheuliches. Denn du pfeifst, wie Karlchen reitet und wie ich schwimme – und das will etwas heißen. Und nun war ich völlig aufgestanden.

Mit irren Blicken sah ich mich um. Noch einmal machte ich den Versuch, vor einer unsichtbaren Reisegesellschaft so zu tun, als sei gar nichts, aber auch nicht das Geringste passiert – dann gab ich es auf und kletterte artig und bescheiden auf allen Vieren ein Stück herunter. Rrums – da rollte Schlucht dahin, für annähernd achtzig Francs Schlucht, das war unwiederbringlich verloren, ich würde es jedenfalls nicht wieder heraufbringen. Man mußte hier wohl etwas zur Seite klettern; wir Bergsteiger klettern manchmal zur Seite, aus technischen Gründen.

Und hier war nun eine Stelle, wo es keine Bäume mehr gab, und da vergaß ich meine Menschenwürde und setzte mich auf das Runde und fuhr recht schnell zu Tal, hundertfünfzig Meter, dahin, woher ich gekommen war. Unten kam ich richtig auf die Beine, stäubte mich etwas ab, nun hatte ich rostbraune Hände. Und ich wollte grade pfeifen, denn ich kann pfeifen, viel schöner als du, du alter Bedürfnismann, – da tat ich einen schweren Fall.

Grinse nicht über deine unschönen Züge mit der niedrigen Trinkerstirn! Ich fiel genau auf die Schienenbeine, auf alle beide – und am rechten Bein schwoll kindskopfgroß eine Beule auf. Andenken aus den Pyrenäen: ‹Zum Zeichen, daß ich dein gedacht, hab ich dir dieses mitgebracht ...› Und dann marschierte ich die ganze Tonleiter zurück.

Ich habe es immer bedauert, daß du und Karlchen, daß ihr zwei beide nicht dabei wart. Ich sehe uns den wilden Bach entlangklimmen: du mutig, aber furchtbar schimpfend, Karlchen vor Freude mit den Zähnen fletschend, wenn einer einen Fehltritt tat – und von Zeit zu Zeit sagend: «Hier ist es etwas dünn –!» und ich mit der gemessenen Würde, die mich auszeichnet, wenns schief geht. Aber ihr seid ja nie da, wenn man euch braucht.

Da kamen alle Brücken noch einmal, alle glitschrigen Stellen, an denen mich der Wildbach von unten herauf ansah und sagte: «Na? Wie ist es? Ein bißchen ins Wasser fallen?» – alle wackligen Geländer, alles kam noch einmal wieder. Einmal begegneten mir Menschen: ein Mann mit einem verbundnen Kopf (vielleicht machte er diese Tour schon zum zweitenmal), ein Mädchen und eine Frau von rund hundertzweiunddreißig Jahren, gewiß ein Zeichen für die Gefährlichkeit dieser Gebirgspartie. Guide nécessaire.

Ach, wer mich jetzt fotografiert hätte! Leise vor mich hin brabbelnd, tolpatschte ich dahin – und eine Wut im Leibe! Nie wieder Gebirge! Verdammt, warum war ich nicht an die See gefahren, an einen ganz und gar glatten Strand –! Die Felsen und die Bäume redete ich gar nicht mehr an, die waren Partei. Aber ich fragte meinen Bergstock, ob ich das vielleicht nötig gehabt hatte, in so eine gänzlich irrsinnige Schlucht hineinzuklettern, in eine ganz und gar fremde Schlucht. Cacaoueta! Was ist das überhaupt für ein Name! So heißt man nicht. Laßt mich nur hier herauskommen – ich will der Länge lang im Bett liegen, nie mehr aufstehen, überhaupt nie wieder in meinem ganzen Leben einen Fuß in so ein vertracktes Gebirge setzen ...

Und dann kam die Gittertür, der Weg wurde immer glatter – und was das für ein Gefühl war, als ich wieder Wiesengrund unter den Füßen hatte ...! Ich sah zurück und fand die Schlucht ganz passabel. Menschen sind so eingerichtet.

Ein Uhr. Jetzt kamen die Schulkinder in Hamburg aus den Klassen, du hattest noch schnell deinem Stubennachbar einen Akt zugeschrieben, den er heute nachmittag auf seinem Platz vorfinden würde, eine besonders knifflige und unangenehme Geschichte, und es gab gar keine Möglichkeit für ihn, sich die Sache vom Halse zu schaffen ... Und jetzt gingen alle Leute mal eben frühstücken. Ein Rundstück wahm –

Der Weg stieg an, und eine Minute später lag ich platt auf dem Boden in der hellen Sonne. Er lebt! er ist da! es behielt ihn nicht.

Beinah –

Beinah, und die schönen Verse des verdrehten Konrad Weichberger waren anwendbar:

Wirst du im Album einst entdecken
mein Antlitz, rund vor Bier,
dann sage: Wo mag der wohl stecken?
Das war ein Freund von mir.

Lieber Jakopp, ich wünsche dir, daß du recht bald Senator wirst. Nur, damit ich einmal zu dir sagen kann: «Herr Senator! Hummel, Hummel!»

Was hast du darauf zu erwidern —? Dein lieber

Pau

Von der Terrasse der Place Royale in Pau über die Ebene zu sehen — auf die Gebirgskette der Pyrenäen: das ist wie eine Symphonie in A-Dur. Mit Graten und Spitzen, hohen Nasen und graden Linien, mit den geschwungnen Vorbergen steht weit die große Wand der Berge und davor die kerzengraden Pappeln. Vom Gebirge her weht der Wind. Das ist schön.

Drehe ich mich herum, so steht da, mit dem Rücken zu mir: Er. ‹Er› ist in Pau allemal Heinrich der Vierte. Hier ist er geboren, hier hat er gelebt. Das ist nun nicht einfach, zu einem fremden Fürsten in Beziehung zu treten. In der Schule haben wir ihn nur unter dem Kleingedruckten gelernt, er sitzt nicht so fest drin wie etwa Friedrich der Zweite, der heute unter die Räuber gefallen ist, oder wie Barbarossa, der sich nie rasieren ließ. Henri Quatre, Le Vert Galant, der Mann, der «Ventre-Saint-Gris!» rief, wenn es etwas zu fluchen gab — es dauert eine Weile, bis man «'n Morgen, Heinrich!» zu ihm sagt. Aber wenn es soweit ist, dann sagt man es nicht mehr.

Er war der Eduard der Siebente seiner Zeit, was eine Schmeichelei für den dicken Engländer bedeutet. Er hatte dessen Sinn und Freude fürs Wohlleben, die gleiche Verschlagenheit, Geschicklichkeit, Menschenkenntnis, verschmitzte Ruhe — und wieviel mehr! Das schillert in seinen Briefen, er verteilt Schmeicheleien wie Ringe, und niemand sieht in der ersten Freude nach, ob sie echt sind — er setzt alles durch, was er will, fast alles. Er liebt die Jagd, den guten Wein, eben den von Jurançon, und die Frauen. Um uns zu erklären, wie er die liebte, gibt es nur eine Vergleichsmöglichkeit: das ist d'Andrade als Don Juan. So einer war er. Er hatte einen Spitzbart, und unter dem Schnurrbart, der sich leicht kräuselte, dünne, kräftige Lippen, mit denen man lächeln, einen Wein abschmecken, küssen konnte. Die Totenmaske Friedrichs des Zweiten im Schloß zu Monbijou sagt: Ich will nicht mehr leben; ich bin hinüber. Die Totenmaske Heinrichs des Vierten im Schloß zu Pau sagt: Ich habe gelebt, und es war sehr schön zu leben; jetzt muß ich schlafen gehn. Und ein leiser Zug von Verachtung ist auch dabei. Sie haben ihn in Paris erstochen, er war siebenundfünfzig Jahre alt, ein Mann im besten Alter. Er war immer im besten Alter.

Wie haben sie ihn geliebt! Er war so schlau — er wollte geliebt werden, und sie liebten ihn. Er hatte keinen Krückstock, mit dem er herumwankte und schrie: «Wartet! Ich will euch mich lieben lehren!»

Gott bewahre. Er lächelte, teilte Spitznamen und eine Gunst aus, die nicht einmal viel kostete, obgleich er so viel Geld ausgab ... Die Rechnungslegung seines Hofes ist noch völlig erhalten, da gibt es keine Ausgabe, die nicht ihre Begründung hätte, und was für Begründungen! Die Damen erhielten Geld, Sänften, Pferde, Schmuck; einmal: «Für einen Freundschaftsdienst». Er muß die beiden Arten der Liebe gut gekannt haben.

Das Schloß ist restauriert, aber trotzdem gut erhalten. Es hängen da flandrische Gobelins, vor denen man gar nichts mehr sagt, und bestände nicht auch hier die verdammte Unsitte, Besucher während der Besichtigung zu entmündigen und unter Kuratel eines früheren Unteroffiziers zu stellen, der von Tuten und Blasen keine Ahnung hat, so fühlte man sich restlos glücklich. So aber treibt jener die Hammelherden unter Absingung eines törichten Rezitativs durch die Räume, und man hammelt traurig mit. Das hohe holzgeschnitzte Geburtsbett steht noch da, in dem Heinrichs Mutter mit dem Großvater sang, um den Schmerz der Wehen zu übertönen, mit Wein hat man den Kleinen abgerieben und genetzt, als er erschien. Es ist ihm sehr gut bekommen. Davon wußte der Hammelhirt nichts, aber ich erkannte das Bett nach den Bildern wieder, und wir waren sehr erfreut, uns endlich persönlich kennenzulernen.

Was die Wiege, eine große Schildkrötenschale, anlangt, so hat sich schon der Graf Pückler-Muskau halb krank über ihre Aufstellung geärgert. Er war im Jahre 1834 in Pau und schalt heftig über den Trödelbudengeschmack, mit dem das Schloß hergerichtet war. Nun, besser ist es damit heute schon, der Konservator ist ein sehr beschlagener und kenntnisreicher Mann, und wenn er noch seine Unteroffiziere abschaffte, so wäre alles gut. Die dicken Mauern, deren ganze Tiefe erst an den Fenstern sichtbar wird, die hohen Wände, die riesigen Tische ... man versteht das Leben dieser Leute, wenn man ihre Wohnungen kennt. Es ist ein bißchen schwer, das Museumshafte wegzudenken und sich wirkliche Wohnräume vorzustellen, so wie ja auch Goethe nicht in dieser kalten Pracht gewohnt hat, die sie, mit Ausnahme von zwei unvergeßlichen Stuben, da in Weimar aufgebaut haben. Wenn man aber in Pau versucht, sich die leise Unordnung vorzuträumen, die erst eine bewohnte Wohnung ausmacht, jenes praktische Durcheinander, zurechtgerückte Stühle, einen Säbel, an die Wand gelehnt, einen Hut auf dem Tisch ... dann versteht man. Freilich mußten achttausend Bauern schlecht wohnen und hart arbeiten, damit der hier so leben konnte, aber als Symbol geraubter Arbeitskraft ist es immer noch schöner als eine große Hypothekenbank. Der König hats gewagt – der Bankier hat heimlich ein böses Gewissen und das merkwürdige Gefühl, als rutschte ihm etwas unter dem Hintern weg. Was am Schloß von Pau so besticht, ist die massive Lebensfreude, die gleichzeitig sublimiert ist: ein Hammelbraten auf dem Tisch, so groß, daß man vom Hinsehen Magenerweiterung bekommt – aber die bezauberndste Innenarchitektur, die sich denken läßt. Er hat gern gelebt, und vom groben bis zum feinen beherrschte er alle Raster.

Sicher gabs auch Kummer und Ärger. Gar nicht zu sprechen von den Stänkereien mit den Lieferanten – hatten ihn nicht einmal sogar die ‹cagots› verklagt? Ist das zu glauben?

Die Cagots ...

Man sagt, sie stammten von den Sarazenen ab; es waren degenerierte Menschen, deren Schilddrüse nicht in Ordnung war, wie man das im Gebirge häufig vorfindet. Die ‹Großkropfeten›, sozusagen. Aber wie verschieden haben im Mittelalter Tirol und die Pyrenäen auf diese Kranken reagiert! Die Cagots in Frankreich waren eine ‹race maudite›, fast völlig von aller Gemeinschaft ausgeschlossen: sie durften keine Bäckerläden betreten, sie durften lediglich untereinander heiraten, wodurch sich die Degeneration nur noch verschlimmerte, und sie hatten eigene Kircheneingänge, denn ganz wollte die Allesumfassende sie denn doch nicht ausstoßen. In Luz, südlich von Lourdes, hat die uralte Kirche, die aussieht wie eine Festung, noch eine kleine Extratür, da sind sie hindurchgeschlüpft. Sie hatten einen roten Lappen auf dem Kleid zu tragen, damit man sie schon von weitem erkennen konnte. Es stand schlimmer mit ihnen als mit dem Henker.

Im Tal von Argelès gab es viele, bei Luchon und im Distrikt Ariège. Heute sind sie fast ausgestorben, man muß schon sehr suchen, wenn man sie sehen will. Es sind nicht eigentlich Kretins – es ist eine allgemeine körperliche Verkümmerung, gegen deren Folgen sie zum Teil immun geworden sind.

Und weil sie sich damals hauptsächlich als Zimmerleute ihr Brot verdienten, so bauten sie auch für den König, sie gerieten in Zahlungsstreitigkeiten mit ihm und konnten es doch wagen, ihn zu verklagen. Ganz rechtlos waren sie nicht.

Der König hatte so seinen Kummer: politischen und finanziellen, denn er verfügte über viel Geld und gab stets eine Kleinigkeit mehr aus als er hatte – und da war seine Frau, die immer dieselbe blieb, und seine Geliebten, die nicht immer dieselben blieben ... Erfaßte ihn nicht zum Schluß diese widersinnige, also echte Leidenschaft zu Charlotte von Montmorency, die er verheiratete, um sie bequemer und unauffälliger in seiner Nähe zu haben? Und wie war er aufs Ehrlichste erschrocken, verstört und beleidigt, als ihr Mann, der Prinz von Condé, sie nach Belgien brachte! «Ich bin nur Haut und Knochen», schrieb er. «Nichts macht mir mehr Spaß, ich will allein sein ...» Er hat sie nie wiedergesehen.

Wie sie ihn liebten! Schon um 1680 wollten sie seine Büste aufstellen, aber Ludwig der Vierzehnte schickte ihnen, hochmütig, die eigne. Sie bauten das königliche Geschenk auf und versahen es mit einer Unterschrift. «Celui-ci est le petit-fils de notre bon Henri.» Und im Jahre 1843 bekamen sie nun ihren guten Heinrich, ‹Lou nouste Henric›, wie es im Dialekt heißt. Er steht noch auf dem Platz, aber ich habe ihn gut gekannt: er ist nicht getroffen.

Jetzt klingt rund um den Guten das Konzert aus einem Musikpavillon der achtziger Jahre, aus denen sich auch die Kapelle, der Dirigent und das Publikum herübergerettet haben. Ist das noch sein Pau –?

«Die Leute haben dabei gewonnen, ich weiß. Sie haben keinen Krach mehr mit den Nachbarn und leben friedlich; aus Paris schickt man ihnen die neuen Erfindungen und die Zeitung: Ruhe, Umsatz und Wohlbefinden sind zweifellos größer geworden. Aber wir haben doch dabei zugesetzt: an Stelle von dreißig kleinen Hauptstädten, die alle brodelten und eigene Gedanken hatten, stehen da nun dreißig Provinzstädte, ohne Leben: Filialen. Die Frauen wollen einen neuen Hut haben, die Männer rauchen ihre Zigarette im Café – das ist ihr Leben; aus dümmlichen Zeitungen klauben sie sich alte, abgenutzte Ideen heraus. Früher hatten sie politische Köpfe, Höfe und das Lautenspiel der Liebe.» Soweit Taine.

Ist das noch Heinrichs Stadt –? Pau hat alles, was so ein Ort braucht, der im Winter das Zentrum des Schneesports ist: große Hotels, Kanalisation, Licht, gaunernde Geschäftsleute, es ist alles da. Sie haben sich bei der Stadt ein ‹Palais d'Hiver› aufgebaut, eine Scheußlichkeit aus Glas und Eisen; ein verstaubter Bakkarat-Saal gähnt mit eingemummten Fauteuils, und wer verloren hat, sieht sich die Innenausstattung an und stirbt am Schlag.

Das Kurkonzert spielt noch immer wie eine Spieluhr, jetzt haben sie eine Carmen-Ouvertüre am Wickel, sie hört sich an wie «Schlaf, Kindchen, schlaf ...!» Die Damen wandeln, die Männer trinken Bier und stärkende Limonaden, sanfte Winde wehen. Oben steht Heinrich der Vierte und lächelt. Er lächelt über die Nachkommen seiner Schreiber, die sich da Musik vormachen lassen; hier muß etwas vorgegangen sein, denkt er ... «Ist denn kein Condé da?» Nein, es ist keiner da. Der König sieht sich um. Er steht ganz allein.

Eaux-Bonnes

Eaux-Bonnes, in ehrlichem Deutsch ‹Gutwasser› geheißen, besteht eigentlich nur aus einem langen Platz, mit Bäumen darauf, von hochstöckigen Häusern eingeschlossen, dahinter sind die Berge, die passen auf, daß sich keiner erkältet. Denn Eaux-Bonnes ist einer jener zahllosen Kurplätze der Pyrenäen, in denen Kranke baden, brausen, gurgeln, inhalieren und sich sicherlich oft genug heilen können. Die

Schwefelquellen, deren jedes dieser Bäder viele besitzt, kommen heiß aus dem Boden geschossen, riechen therapeutisch und tun viel Gutes.

Früher scheinen diese heißen Quellen auch andern eigentümlichen Zwecken gedient zu haben, denn ich finde in einem alten Schmöker *‹Voyage aux Pyrénées Françaises et Espagnoles par J. P. P., Paris 1832›* eine merkwürdige Stelle, in der der Verfasser von den Praktiken kranker Damen berichtet; sie benutzen die Quellen gegen ihre Leiden viel zu heiß und nun gar noch innerlich, was ihnen Schaden brächte. Motiv: «Le besoin des plaisirs, plus encore que le besoin de sa santé, inspire le gout des bains et l'usage des injections minérales. Des cris, des exlamations de plaisir échappent et trahissent la baigneuse, qui ne cherche que des sensations.» Wie gut, daß die Welt fortschreitet und heute solches nimmermehr vorkommt; jeder Mann eine Quelle.

Weil mich die hohen Häuser auf dem Platz in Eaux-Bonnes so hohl ansehen, gehe ich davon; Eaux-Bonnes ist leer, die Saison ist im Absterben. Da stehen nur noch wenige Männer in der Halle des Thermal-Gebäudes und gurgeln mit Schwefelwasser. Burr, machen sie und gurr – «Zu Zeiten Franz des Ersten», sagt Taine, «waren die Quellen von Eaux-Bonnes gut für Verwundungen, sie hießen Arkebusier-Quellen, und man schickte die Soldaten dahin, die bei Pavia verwundet worden waren. Heute heilen sie mehr Kehlkopf- und Lungenkranke. In hundert Jahren werden sie vielleicht wieder etwas anders heilen, denn in jedem Jahrhundert macht die Heilwissenschaft neue Fortschritte.»

Ich will nicht Burr-gurr machen – der Nebel steigt und verhüllt das Tal, die ‹Promenade Horizontale› ist entzwei, alle Leute warnen, man solle da nicht gehen, mit den Laufbrücken sei das so eine Sache . . . Im Hotel schleicht die graue Langeweile durch alle Gänge.

Sonderbar, welch altmodischen Eindruck diese Pyrenäen-Badeorte machen! Die Mode, in die Pyrenäen zu gehen, stammt etwa aus dem Jahre 1860, und Napoleon III. hat damals nach sich gezogen, was an Snobs gut und teuer war. Aber diese Leute stiegen nicht auf die Berge, sie sahen sich ein Schauspiel von unten an, das für sie eine Art Theaterdekoration war. Und daher schmecken wohl so viele Pyrenäen-Badeorte nach Vergangenheit.

Nicht etwa, als ob sie nicht hübsch eingerichtet wären! Die Engländer haben sich überall das laufende Wasser erzwungen, das ihnen von den Wildbächen in die Hotels gluckert; kein Zimmer daselbst, in dem man nicht etwas fände, was eine baltische Baronin einmal mit dem Wort ‹Intimitäten-Schüssel› bezeichnet hat – nein, soweit ist alles in Ordnung. Aber die Leute, der Schmuck in den Gebäuden, das Gehaben des ganzen Ortes, selbst die Bäume und die Gärten – alles sieht aus wie 1875. Jetzt komme ich in das Lesezimmer hinunter, und da hätten wir eine Gruppe, einen Holzschnitt aus der Offenbach-Zeit, nur die Kostüme sind schwach erneuert. Ein junges Mädchen wippt im

Schaukelstuhl, eine Mama paßt auf, und ein alter Herr steht hinter den Damen und sagt süße Sachen. «Der Graf, ein gut erhaltener Fünfziger, beugte sich leicht über die Schulter der schweigsamen Juliette. ‹Comtesse›, sagte er, ‹wenn Sie wüßten ...›» Fortsetzung im nächsten Heft.

Soweit Gutwasser.

Heißwasser – Eaux-Chaudes – ist noch viel ausgestopfter. Das ist nun auch wirtschaftlich pleite. Der betrübte Badediener führt mich durch das Bad, das unter Sequester steht, sie haben in keiner Zelle mehr einen Stuhl, wegen Gepfändetwordenseins. Das Badehaus ist ein riesiger alter Kasten, mit sicherlich guten Quellen, aber trotz der schönen Namen, die sie führen: ‹L'Esquirette Chaude› und ‹Le Rey› und ‹Minvielle› – sind sie zur Zeit nicht hoch im ärztlichen Kurs notiert, und so hat sich eine plötzlich hinzugekommene Überspekulation, gegen die es keine heißen Quellen gibt, gerächt – das Bad ist nur noch eine sich mühsam dahinschleppende Sache.

Es ist so still hier, besonders wenn niemand badet ... Das Hotel hat ein Fremdenbuch; es reicht weit zurück.

18. Juni 1857
Otto Freiherr von Ende
Königl. Preußischer Offizier.

Sein Kollege aus dem Jahre 1916 ist ausführlicher.

«Wer hier nicht zufrieden war, braucht nur in die
Schützengräben zu gehen – vielleicht gefällts ihm
da besser!»

Das hat der Kapitän Passepoil eingetragen, und er war sicherlich sehr stolz darauf ... Das gleicht sich überall, diese da.

Für den Abend gibt es ein wanderndes Zeltkino. Weil ein Grammophon hinter der Leinwand steht, wird behauptet, der Film spreche. «Tadellose Nachahmung von Wasser, Menschenschritten und Pferden, Kanonengebrüll und Platzen der Granaten ...» Wer möchte das nicht hören! Aber was sind das für blutrünstige Leute! *‹Die Tanks bei Verdun›* – *‹Im Bagno›* – und: «Dritter Teil. *‹Rache und Sühne!›* Im letzten Bild: *‹Die Guillotine›*. Vorher Pause von zwei Minuten, um nervenschwachen Personen die Möglichkeit zu geben, den Saal zu verlassen.» Nervenstark blieb ich bis zum Schluß und durfte noch sehen: *‹Originaltorpedierung der Lusitania›* und: *‹Die Märtyrer der Inquisition›* sowie *‹Chirurgische Operationen›*. Das erinnerte mich lebhaft an die verbotenen Filme, die ich einmal im Berliner Polizeipräsidium gesehen habe und die für alle Geschmäcker etwas boten: Injektionen in das Weiße des Auges (Großaufnahme), Fliegerabsturz und Szenen aus dem Harem, die den Zuschauer dem nächsten Landbriefträger in die Arme zu treiben geeignet waren.

Ab nach Laruns.

So heißt der kleine Ort im Tal, zwischen Eaux-Bonnes und Eaux-Chaudes, da fängt die Eisenbahnlinie an, und von da aus möchte ich weiter. Ich streiche in dem dunkeln Ort umher, es ist schon spät. Und aus Neugierde und Langerweile leuchte ich mit einer Taschenlampe eine Steinsäule ab, die da herumsteht, und falle vor Überraschung fast auf den ‹lächerlichen Gegenstand›, wie Rousseau das genannt hat. Da haben sie einem einen Gedenkstein gesetzt.

Wem –?

Sechs Fuß hoch aufgeschossen,
Ein Kriegsgott anzuschaun,
Der Liebling der Genossen,
Der Abgott schöner Frauen –

Hier ist die andre Seite. Hier erinnert sich das dankbare Laruns an sein berühmtes Kind: an den Kavallerieunteroffizier J.-B. Guindey von den zehnten Husaren, der am 10. Oktober 1806 im Gefecht bei Saalfeld Prinz Louis Ferdinand von Preußen erschossen hat. Eine Unterschrift besagt: «À nous le souvenir, à lui l'immortalité.» Wat dem eenen sin Uhl, is dem annern sin Nachtigall, und welch schöne Sache ist doch der Krieg! Jedes Los gewinnt.

ab Laruns 21.56

Es ist drei Viertel zwölf. Ja, dann wären wir wohl soweit.

Lourdes

I Der Soldat Paul Colin

Der Soldat Paul Colin von den elften Husaren, aus Liart (Ardennen) gebürtig, fuhr am 6. August 1914 zu seinem Truppenteil, der bei Tarbes in Garnison lag. Er traf alle seine Freunde aus der Dienstzeit. Am 15. September hielten dieselben jungen Bauern, Handwerker, Angestellten, als Husaren verkleidet, vor der großen Kirche in Lourdes – zum Abschiedsgottesdienst. Der Bischof von Lourdes und Tarbes, Monseigneur Schoepfer, stand in vollem Ornat auf dem weiten Platz, mit der gesamten Geistlichkeit. Zehn Schritt von ihm entfernt: der Regimentsstab. Armee und Kirche – beide fühlten ihre Zeit gekommen, beide wußten: Autorität gedeiht im Kriege. Sie standen Schulter an Schulter. Da richtete sich der Regimentskommandeur, Herr de la Croix-Laval, vor der Front im Sattel auf und wandte sich erst zu seinen Leuten und dann zum Prälaten. Die Tausende hörten diese Worte:

«Und nun, Priester des ewig lebendigen Jesus Christus, fleh auf uns den Segen des Allmächtigen herab! Er soll mit uns sein und mit denen, die uns teuer sind! Er soll vor allem aber mit unsern Degen sein und uns den Sieg verleihen!» Zum Regiment: «Sabre en mains!»

Und der Bischof von Lourdes und Tarbes segnete die elften Husaren und flehte auf die Streiter Jesu den Segen des Himmels herab.

So schied der Soldat Paul Colin von der Heimaterde, gesegnet von seiner Kirche.

Der Soldat Paul Colin bekam an der belgischen Grenze in einem Wäldchen, dessen Namen er sich niemals merken konnte, einen Schuß in den rechten Oberarm. Anfangs war das eine leichte Wunde, und das erste Feldlazarett behandelte ihn entsprechend. Er wollte seiner Truppe wieder nachgehen, als es im Arm zu zucken begann. Da mußte er bleiben. Und dann transportierten sie ihn in ein größeres Lazarett und von dort in das Asyl von Unsrer Lieben Frau zu Lourdes (Hilfslazarett Nr. 32), und da lag er nun. Das Zucken war längst zum schneidenden Schmerz geworden, und sie hatten ihm gesagt, daß es ein innerlicher Bluterguß wäre; was sie aber nicht gesagt hatten, war ein kleines Wort, das über sein Schicksal entscheiden konnte. Brand.

Blut und Eiter liefen aus der Wunde, Geruch und Schmerzen waren gleich unerträglich, und weil es damals, wie man weiß, etwas hart herging, so schafften sie den zukünftigen Kadaver in die Leichenhalle, die grade leerstand. Da belästigte der Soldat Paul Colin keinen, und außerdem lag er gleich da, wohin er sicherlich in ein paar Stunden gehörte.

Die Schwester Mathilde, vom Schwesterorden aus Nevers, dem Orden, dem die selige Bernadette angehört hatte, die Schwester Mathilde gab den Mut nicht auf. Sie betete für den Soldaten Paul Colin und tränkte seinen übelriechenden Verband mit dem Wasser aus der Grotte von Lourdes.

Er blieb am Leben.

Ärztliches Attest, Bericht und Krankengeschichte finden sich im großen Werk von Fr.-Xavier Schoepfer, des Bischofs von Tarbes und Lourdes, ‹*Lourdes pendant la Guerre*›, nach vielen Hirtenbriefen für das Wohl Frankreichs, gegen die lutherischen Modernisten Deutschlands, was der Bischof genau wissen muß, denn er ist zu Wettolsheim im Elsaß geboren. Die Kirchenparade in Lourdes ist authentisch, die Beteiligung grade dieses Soldaten ist erfunden.

Und so wurde der Soldat Paul Colin vom Tode gerettet, bewahrt und gesegnet von seiner Kirche.

«Mit Gott, Soldaten!» – «Nimm dieses Wasser, mein Sohn . . .»

Denn die christliche Kirche treibt nicht nur die Gläubigen in die Gräben und segnet die Maschinen, die zum Mord bestimmt sind – sie heilt auch die Wunden, die der Mord geschlagen hat, und ist allemal dabei.

II Ein Tag

In den kleinen schmutzigen Straßen ist noch kein rechtes Leben, da gehen und kommen einzelne Leute, die Pilger schlafen wohl noch, denn mitternachts ist eine Messe, und während der ganzen Nacht knien Betende in der Basilika.

Jedes Haus ist ein Hotel; vom mittlern Gasthof bis zur Ausspannung sind alle Arten vertreten, und in jedem zweiten Haus ist ein Andenkenladen. Aber alles das will ich jetzt gar nicht sehen. Zur Grotte! zur Grotte!

Nun wird das Gewühl stärker, Wagen quetschen sich zwischen den Leuten hindurch, die elektrische Bahn poltert, noch mehr Läden, noch mehr Straßenverkäufer, die da brave Gruppenaufnahmen, Andenken, Kerzen und Vanille feilhalten – die ganze Luft riecht nach Vanille. Da: die Basilika.

Eine moderne hohe graue Kirche, rechts und links mit zwei weitausladenden Rampen, die den Platz wie zwei Arme umfassen. Einzelne Leute gehen durch einen Torbogen der Rampe zur Grotte. Und da sind auch die ersten Kranken.

Sie wanken auf Krücken, sie schleppen sich am Stock, sie werden auf Wagen dorthin gebracht, zweirädrige Sitzstühle, an denen vorn ein blaues Schild hängt: «Schenkung von Fräulein M. P. 1904». Die Wägelchen werden von Krankenträgern geschoben: das sind Leute, die einen Ledergurt um die Schultern gehängt haben, es ist der Tragriemen, an den sie die Bahren knüpfen. Ich gehe ihnen nach.

Rechts ist eine Hügellandschaft, von einem Eisenbahndamm durchzogen. Links ragt die Längsseite der Kirche auf, Bäume stehen davor, und unter ihnen schallt es. Da stehen die Leute und beten. Und hier sind die Badezellen.

Es sind drei Abteilungen, in denen befinden sich die eingelassenen Wannen mit dem Quellwasser. Davor ist ein eingezäunter Platz, hier steht Krankenwagen an Krankenwagen. Man sieht bleiche, abgezehrte, fiebrige Gesichter. Männer auf der einen Seite, Frauen auf der andern. Vor ihnen ein Geistlicher. Er betet laut. Die Masse unter den Bäumen, an die Gitterstangen gedrückt, spricht die Worte nach. Wie *eine* Stimme steigt das auf.

Der Priester: «Seigneur, nous vous adorons!»
Die Masse: «Seigneur, nous vous adorons!»
Der Priester: «Seigneur, nous vous adorons!»
Die Masse: «Seigneur, nous vous adorons!»
Der Priester: «Seigneur, si vous voulez, vous pouvez me guérir!»
Die Masse: «Seigneur, si vous voulez, vous pouvez me guérir!»

Jede Formel wird dreimal gesprochen, die Worte hämmern sich ein. «Seigneur, dites seulement une parole et je serai guéri!» Die Pilger, die Angehörigen der Kranken und Fremde wiederholen sorgfältig Satz für Satz. Manche – besonders Frauen – stehen demütig da: ich will ja auch alles tun, wie es vorgeschrieben ist... Viele nehmen die Kreuzstellung ein.

Hier hängt alles vom Vorbeter ab. Ist das ein Mann mit schwacher Stimme, der schlecht artikuliert, dann gibt es Vormittage, an denen vierhundert Leute einfach Gebete aufsagen. Steht da aber einer, der, breitschultrig und robust, seine Stimme aufklingen läßt, die Vokale singt und Konsonanten herausschnellt, hat er den Funken: dann rieselt es durch die Menschen, es zündet, und nun ist es da.

«Jesus, Fils de Marie, ayez pitié de nous!»

Der Vorbeter setzt die Worte scharf an, er betont sie auf der ersten Silbe – «piiitié!» sagt er – «piiitié» sagen die Leute. Rings um mich angespannte Lippen, konzentrierte Augen, verhauchende Hingabe. Es ist so viel Wille in ihnen!

Und nun wie ein Schrei, ein Ruf aus tiefster Not, ein Befehl, ein Kommando –!

«Seigneur, faites que je voie!»
«Seigneur, faites que je voie!»
«Seigneur, faites que je voie!»

Hörst du es, Gott! Dein Kind ist blind, wir haben gebetet, geglaubt, sind zur Messe gegangen und stehen nun hier, bittend, heischend, verlangend, befehlend –!

«Seigneur, faites que je marche!»

Jetzt haben sie ihn: Er ist ihr Gott, gewiß, und er kann mit ihnen machen, was ihm beliebt. Aber der Priester hat nun einen roten Kopf bekommen vor Anstrengung und Kraft, mit Klammern hat er die Masse gepackt, und wenn es auch ausgestreckte Hände sind: Fäuste ragen da auf, sie drohen, sie wollen die Gnade vom Himmel herunterreißen, sie haben sie verdient, her damit –!

Die Kranken sitzen bleich in der Mitte. Es ist so wohltuend, Mittelpunkt zu sein! Endlich einmal heraus aus den engen Stuben, wo man sich schon an ihre Leiden gewöhnt hatte, ohne das matte Mitleid der abgestumpften Verwandten, die sanften Zusprüche der Geistlichen und die gleichgültigen Sprüche der Ärzte, die ja doch nicht helfen können... Nichts da. Hier wird eine Schlacht geschlagen. Hier sind es die Kranken, die in der Mitte stehen, alle sehen sie an, aller Blicke umfassen sie, das stärkt. Und dann wird einer nach dem andern in den Baderaum geschoben.

Hier soll niemand dabei sein. Die Krankenwärter passen scharf auf, daß keiner während der Bäder den Innenraum betritt. Kein profanes Auge soll das Mysterium sehen.

Schlägt man den Leinenvorhang zurück, der den innern Baderaum von der Außenwelt trennt, so sieht man, wiederum hinter Vorhängen, die eingelassenen Steinwannen. Hier stehen die Kranken an der Wand und entkleiden sich langsam – viele steigen mit dem Hemd hinein, manche, die Schwerkranken, werden nackt ausgezogen. Ununterbrochen schallt das Beten von draußen herein, wie ein dumpfer Marschchor, scharf, rechthaberisch, laut. Auch hier drinnen wird gebetet. Da heben sie einen Krüppel ins Wasser, die Krankenwärter beten dabei und schwenken ihn auf und ab, tauchen ihn bis zum Hals ein. Ein kleiner Junge schreit, er will nicht gebadet werden, nein! Ich befühle das Wasser – es ist eiskalt. Einer nach dem andern steigt hinein, wird hineingehoben, wie ein Wickelkind, und sie beten und beten. Priester stehen dabei und sehen zu.

Sei es, daß sie Furcht haben, die heilige Quelle könne nicht so viel hergeben, sei es aus diesem seltsamen und verständlichen Glauben heraus, Wasser, über das so viele Gebete hingebraust sind, wirke stärker als frisches –: dieses Wasser wird nur zweimal am Tage gewechselt, nachmittags und abends. Hunderte baden also in demselben Bad, und das Wasser ist fettig und bleigrau. Wunden, Eiter, Schorf, alles wird hineingetaucht. Nur wenn sich jemand vergißt, erneuern sie es sofort. Niemand schrickt zurück; vielleicht wissen sie es nicht. Ein völlig Degenerierter zittert nackt auf einem Stuhl, auf den man ihn hingesetzt hat, er hat Beinchen wie ein Kind; vorsichtig wird ein verklebter Verband abgenommen, ein Gesicht verzieht sich. Das eilige, brummelnde Gebete der Badewärter hebt sich vom dunklen Lautteppich des Chors ab.

«Mère du Sauveur, priez pour nous!»

«Mère du Sauveur, priez pour nous!»

Vor Kälte schlotternd ziehen sich alte Männer an, das nasse Hemd unter dem Rock, andere werden angekleidet wie Puppen. Ein Strom von Elend rinnt durch diese Kabinen. Ich war gebeten worden, nicht in die Frauenkabinen zu gehen, und ich habe es nicht getan.

Daneben liegen die Wasserhähne, aus denen man Trinkwasser schöpfen darf, da stehen sie mit Blechkannen und Bechern und Gläsern, manche schöpfen aus der hohlen Hand. Man sieht Bauern, die unglaubliche Mengen Wasser zu sich nehmen – viel hilft viel. Ich drücke mich zur Grotte hindurch.

Es ist eine kleine Felsgrotte, ein paar Meter tief, mit einem schmiedeeisernen Gitter. ‹Entrée› und ‹Sortie› steht daran, auf blauen Emailschildern in weißer Schrift; einen Augenblick lang zieht ein Straßenschild an meinem Auge vorüber ... Seitlich an der Grotte steht eine Kanzel, auf ihr ein Geistlicher im Ornat, der die Betenden ermahnt, tröstet, anfeuert. Seine Worte hallen über die Köpfe hinweg und zerflattern in der Luft. Es ist sehr schwer, im Freien zu predigen ... Langsam, unendlich langsam schiebt sich die Menge an der Kanzel vorbei, in die Grotte. Alle halten Kerzen in den Händen, und da flammt ein großer Lichtständer, das Stearin tropft und bildet merkwürdige Figuren. Zwei Meter vom Boden entfernt, in einer Höhlung oben in den Steinen, steht sie: Notre-Dame de Lourdes, Our Lady of Lourdes, Onze Lieve Vrouw van Lourdes, Gospa od Lourda, Nuestra Señora de Lourdes, Miesac Mary i Lourdes, Nossa Senhora de Lourdes – die Jungfrau Marie. Hier ist sie dem kleinen Bauernmädchen aus Lourdes zum erstenmal erschienen und hat Quelle und Heilung vorausgesagt. Vor ihr bekreuzigen sich alle, dann küssen sie den Stein, auf dem sie steht, der Stein ist glatt und speckig von den vielen Händen, die ihn gestreichelt haben. Ich denke an die verzückte, rasche Gebärde, mit der unter der Erde, in den Grotten von Bétharram, in der Nähe von Lourdes, eine Frau jenen Stalaktiten anfaßte, von dem es hieß, er bringe Glück. Sie sprang auf ihn zu, um keinen Augenblick zu versäumen. Nun preßt die Menschenmauer nach vorn. Ein Altar ist aufgerichtet, da brennen die Kerzen, fortwährend klappert Geld in die Kästen, und die Erde ist bedeckt mit Briefen, Kupfermünzen, Bildern, Blumen, Glasperlen, Weihgeschenken. Langsam, langsam werden wir wieder hinausgedrückt. Am Ausgang hängen alte Krücken, die haben die Geheilten aufgehängt, und ein Gipskorsett ist auch dabei.

Vor der Grotte, in Wagen und Bahren: die Kranken. Sie sitzen und liegen da, die Augen zum Himmel aufgerichtet, die Träger, die sie umgeben, beten – die Verwandten beten, manche sind halb bewußtlos und haben die Augen geschlossen und fiebern. Sie halten Rosenkränze in den Fingern. Viele singen.

Neugierige und Touristen stehen unter den Leuten, es wird fotografiert, gesprochen, in Büchern geblättert.

Bahren im Getümmel, Krankenwagen, gestützte Kranke – alles geht leise und freundlich vor sich. An der Kirche, an den Plätzen, überall sind im Freien Kanzeln aufgestellt, da predigen die fremden Priester, die mit den Pilgerzügen gekommen sind, in ihren Sprachen. Und nun ist es Mittag, und dann leert sich langsam der Platz.

So fängt der erste Tag der Pilger an, die in den ‹trains blancs› ankommen, den großen Krankenzügen, mit Liegevorrichtungen für die Kranken, gestopft voll, mit Krankenschwestern und Pflegern, mit dem Bischof oder Erzbischof der Diözese, dem weltlichen Leiter, der die ermäßigten Billetts besorgt, und mit einem Arzt. Wenn sie ankommen, verteilen sie sich in der Stadt – die großen Unterkunftsbaracken gibt es nicht mehr.

Die Frommen gehen gleich nach der Ankunft zum Gottesdienst, zum Quellenbad, zur ‹piscine›; große Anschläge verkünden überall in der Stadt den Dienst des betreffenden Zugs, alles ist Tradition, alles ist vorausgesehen und eingespielt.

Ich sehe mich in den Hospitälern um: im Krankenhaus Notre-Dame-des-Douleurs, das trägt seinen Namen mit Recht; im Asyl, das nahe der Basilika liegt. Da ist der große Speisesaal mit den langen Tischen, sauber gedeckt; wird die Querwand beiseite geschoben, so sehen die Kranken in eine Kapelle und können so dem Gottesdienst beiwohnen, der für sie abgehalten wird. Im Vorgarten, auf allen Wegen Kranke. Man sieht schreckliche Gesichter.

Bevor es wieder beginnt, gehe ich durch die Kirchen. Die Basilika hoch oben, eine kleinere Kapelle und eine Krypta. Alles blinkt vor Neuheit, die Wände überladen mit Gold, Schmuck und Ornamenten. Votivtafel an Votivtafel. Kriegsorden, Haarlocken – eine Verkrüppelte hat unter Glas und Rahmen die braunen Nägel aufbewahrt, die ihr durch die Hand gewachsen waren und von denen sie nun befreit ist. Auf den Tafeln selten ein voller Name, immer nur die Anfangsbuchstaben. Die Bänke sind jetzt nicht so überfüllt, auch einige Beichtstühle sind leer, was sonst den ganzen Tag nicht vorkommt. Die Gläubigen, die hier umhergehen und alles bewundern, tragen Abzeichen – jeder Pilgerzug hat das seine. Man sieht silbrige Münzen und bunte Bänder aller Farben und Länder. Einmal höre ich deutsch sprechen.

Um drei Uhr nachmittags ist der große Platz gesperrt, hinter den Rändern summt und wimmelt es an den langen Leinen, mit denen er abgegrenzt ist. Hier wird nachher die große Prozession entlanggehen, und obgleich es noch lange nicht halb fünf ist, stehen und sitzen da schon viele Frauen mit Kindern und auch Männer. Sie haben sich Klappstühle mitgebracht, die man für drei Francs kaufen kann, und warten unter den Bäumen. Noch werden viele Kranke an die Grotte gerollt und zum Bad; nachmittags sind es nur die Schwerkranken, die gebadet werden. Wieder stehen alle dichtgedrängt um den Priester, wieder ruhen die Kranken auf den Stühlen, wieder schallen die Gebete. Lauter, lauter.

«Hosanna, hosanna au Fils de David!»

Erst klingt mir das Wort ‹Hosianna› in der französischen Version fremd, dann bleibt es haften, sie sprechen es mit vielen ‹n› in der Mitte, wiegen sich im Klang. Und nun kommen schon die ersten Fahnenträger, sie stellen sich an der Grotte auf und singen, die Kranken werden einzeln abgefahren, man stellt sie auf den großen Platz in die erste Reihe. Da liegen sie auf Bahren, sitzen auf ihren Stühlen. Hinter ihnen die Massen.

Halb vier Uhr. Eine riesige Prozession formt sich, die Spitze steht auf der langen Esplanade, alle haben die Basilika im Rücken – denn sie werden erst den Rasenplatz umschreiten, mit dem Heiligen Sakrament in der Mitte. Oben, die Plattform der Kirche, ist schwarz vor Menschen, die beiden Rampenarme sind frei und leer. Die Träger sperren sie ab. Da kommt die Prozession.

Nach der Augenschätzung mögen es vielleicht zehntausend Menschen sein, die Nachprüfung ergibt annähernd die Richtigkeit. Sie schreiten langsam, Gesang schallt, man kann noch nicht hören, was sie singen.

In der Mitte des Platzes knien jetzt Priester, sie beten, und alle beten nach.

«Bienheureuse Bernadette, priez pour nous!»

Alle:

«Bienheureuse Bernadette, priez pour nous!»

Der Platz braust. Spricht der Priester da vorn auf dem Platz lateinisch, so fallen alle ein, und die langen Sätze schnurren unter den Bäumen. Beginnt er zu singen, so singen sie mit.

«Seigneur, nous vous adorons!»

Das ist ein Franzose. Aber da kniet nun ein paar Meter weiter von ihm, schräg, ein Priester der Pilger, und das ist ein Italiener. Und als der seine Stimme erhebt, da verschwindet alles andere neben ihm. Welch ein Tenor!

«Signore –!»

Ah –! Durch Mark und Bein geht diese Stimme, sie peitscht die Leute auf, sie singt ganz allein unter den Tausenden. Jetzt ist die Sache in der richtigen Kehle.

Da naht die Prozession.

Von weitem sieht man die langen Arme schwarzer Priester in der Luft herumfuchteln: sie dirigieren den Gesang, rühren in den Massen. Brennt, Flammen–! Dann kommen sie.

Erst die Marienkinder, junge Mädchen in weißen Schleiern, sie singen mit hellen Stimmen. Man dirigiert sie auf die Freitreppe, da bleiben sie eng gedrängt stehen, und ihre weißen Schleier zieren die geschwungenen Balustraden. Dann die Männer, sie tragen Kerzen in den Händen und singen laut. Das Sakrament. Alles fällt auf die Knie, die Kranken neigen die Köpfe. Der Erzbischof zieht unter dem Baldachin dahin, den ein Mann in Reitstiefeln trägt, davor die Weihrauchkessel, die ununterbrochen geschwungen werden.

Nun macht das Sakrament die Runde, und es ist ganz still auf dem großen Platz. Nur zwei Priesterstimmen sprechen ein Gebet. Der goldne Stab wandelt langsam an den Kranken vorüber, zeigt sich, neigt sich ... Nasse Augen, wohin ich sehe. Jetzt steht der Bischof unter seiner Geistlichkeit, grade vor dem Haupteingang der Basilika, da fallen die Geistlichen auf die Knie, er hebt die Hand, das Glöckchen klingt ... totenstill ists unter den Bäumen. Und nun kommt der eindrucksvollste Augenblick des Nachmittags.

Der Gottesdienst hat geendet. Was nun –?

Jetzt brodeln die Leute aufgeregt durcheinander, dies ist der große Moment ... Hat Maria geholfen –? Sie *wollen* ihr Wunder, sie suchen danach, sie stecken die Köpfe zusammen, die Luft ist geladen vor Erwartung.

Aus einer Ecke springt es auf, wer hat zuerst gerufen —? «Un miracle! Un miracle!» Alle laufen, da ist kein Halten mehr. Ein Hauchlaut der Verwunderung ertönt, wie beim Chor im Drama, der mit leisem «Ha —» vor einem Helden zurückweicht ... «Un miracle! Un miracle!» Im Nu ist die Tür des Bureau des Constatations umlagert.

Das liegt in einer Seitenwand der Rampe, die Tür ist zugesperrt, denn die Ärzte drinnen wissen, was sich jetzt ereignen wird. Die Pilger würden die geheilte Kranke zu Boden reißen, sie betasten wollen, ihren Segen wünschen, sich ihre Kleider teilen zum Andenken. Viele Frauen schluchzen.

In den kleinen Zimmerchen des Bureaus warten Priester, fremde Ärzte, die Angehörigen. Die Kranke breitet ihre Zeugnisse aus, die besagen, daß und wie sie erkrankt war, sie wird untersucht, befragt, ausgehorcht ... Die Kommission ist sehr vorsichtig, sehr skeptisch, sehr behutsam ... Nun ja, eine Besserung ... Vorläufig wird die Kranke ins Hospital entlassen. Draußen bilden Tausende Spalier und klatschen ihr zu, jubeln; strahlend durchfährt sie die Hecke der Begeisterten und heimst so etwas wie einen persönlichen Erfolg ein. Die Heilige Jungfrau hat sie ausgewählt, hat sie für würdig befunden, sie und keine andre.

Die andern werden nun in die Krankenhäuser abgefahren. Diesmal war es mit ihnen nichts. Vielleicht aber kommt noch die Heilung ...

Ein Zug rollt an. Der Krankenträger, der hier die Ordnung aufrechtzuerhalten hat, trennt ihn nach Nationen. «Français?» fragt er. «Italien?» Ein schrecklicher Stumpf von einem Menschen sitzt in einem Stuhl, mit ganz großem Kopf, winzigen Gliedmaßen, eine Masse Fleisch. Das Ding nickt mit dem Kopf. Frauen mit wunderlichen Auswüchsen fahren vorbei, manchen hat man Tücher über das Gesicht gelegt, man ahnt nur das Entstellte darunter. Ein rothaariger junger Mensch wird herangefahren, er klappert mit den Zähnen, er hat Fieber, und seine langen gelben Zähne ragen seltsam aus dem spitzen Gesicht. «Français?» fragt der Krankenträger. «Italien?» Der Fahrer scheint es nicht zu wissen, und der junge Mensch antwortet nicht. Da will der Ordner nach dem Abzeichen sehn. Er lüftet die Decke ... Aber das ist eine Frau, die darunter liegt! eine junge Frau mit welken Brüsten, und jetzt hat sie die Augen geschlossen und sich hintenübergelegt und sagt überhaupt nichts mehr. Sie verschwindet im Asyl. Und so kommen noch viele.

Die Menge diskutiert die Heilungen, die sich in den Gerüchten minütlich vergrößern, an Zahl, an Schwere, an Kraft des Mirakels. Sehr langsam zerstreuen sich die Massen im Staub der Nachmittagssonne.

Für den Abend ist die große Fackelprozession angesetzt, schon kurz nach dem Abendbrot laufen alle Leute in Lourdes mit kleinen Fackelchen herum, wie man sie uns auf den Kinderfesten in die Hand gesteckt hat. Blaugedruckte Papierschirme mit dem Bildnis der Jungfrau umhüllen die Kerze. Aber bevor das angeht, sehe ich doch noch etwas anderes.

Die Kranken können die Hospitäler nicht verlassen, sie können den Fackelzug nicht verstärken. Wenn der Pilgerzug groß genug ist, dann versammeln sich manchmal die Angehörigen vor dem großen Krankenhaus und ziehen an ihren Kranken vorbei. Und das ist das Erschütterndste, das ich in Lourdes gesehen habe.

Zum Fackelzug wird das ‹*Ave Maria*› gesungen. Verfasser und Komponist ist der Abbé Gaignet, ein Geistlicher aus der Vendée, er schuf dieses Lied im Jahre 1874. Es hat unzählige Strophen, einfache Vierzeiler zu einer simpeln Melodie, und als Refrain ist ihm das Ave angesetzt, das in der französischen Liedbetonung ungefähr folgendermaßen klingt:

Avé
Avé
Avé Mariaa –

Es ist so einfach, daß es ein Kind nachsingen kann. Und da stehen sie nun vor dem Hospital de Notre-Dame-des-Douleurs und singen:

Sur cette colline
Marie apparut
Au front qu'elle incline
Rendons le salut:
Avé – Avé –

In den hohen hallenartigen Krankenzimmern ist helles Licht angezündet. Kerzen aller Art, kleine Tische sind aufgebaut mit beleuchtetem Kirchenschmuck. In den Betten liegen die Kranken und sehen mit glänzenden Augen auf den Zug, der da heransingt. Wir ziehen durch alle Gänge, durch die Korridore, in den Höfen sind wir, wir gehen durch alle Zimmer, durch alle, es soll keiner ausgelassen werden. Ave – Ave – Ave Maria …

Auf den Backenknochen liegt hektisches Rot, die Gesichter sind mit Schweißperlen besetzt, der Ausdruck ist fiebrig, aufgeregt … Ein Kind streckt die Hände nach den bunten Lichtern aus … Eine alte Frau schluchzt und kann nun gar nichts sehen vor Tränen. Ein Alter liegt mit gekreuzten Händen, ich weiß zufällig, wie sein Körper aussieht – er leidet Schmerzen. Wir steigen die Treppen hinauf, zum ersten Stock, zum zweiten … Die Mauern hallen wider vom Chorgesang. Wachsbleiche Frauengesichter sehen uns an, es ist so viel Zärtlichkeit in diesen Augen, kraftlose Hände liegen auf Decken, einmal weint ein ganzer Saal. Mir steigt etwas in der Kehle auf.

Inzwischen haben sie sich vor der Kirche und um die Kirche versammelt. Auf den Rampen stehen sie Kopf an Kopf, die Plattform ist gedrängt voll, der Platz ist leer, aber weit unten, an der Esplanade, tauchen Feuerfünkchen auf … Sie fangen an.

Und da leuchtet die Basilika, ihre Konturen sind mit Glühlämpchen nachgezogen, ein Scheinwerfer erhellt die Spitze des Turmes, der liegt in bleichem Licht und sieht aus, als verschwinde er in den Wolken; oben auf dem Pic du Jer, einem Berg in der Nähe von Lourdes, blitzt ein Feuerkreuz. Und nun setzt sich die Prozession in Bewegung.

Hier hört jede Schätzung auf, es ist einfach ein breiter Lichtstrom, der sich dahinbewegt, die Pünktchen ergießen sich glitzernd über den tiefen Abgrund vor der Kirche. Bevor sie sich auf der Esplanade versammeln, gehen sie über die Plattform, sie ziehen an mir vorbei, und ich höre alle einundfünfzig Strophen des Marienliedes. «Espérance» – und «France» kann ich hören, und auch von der Wahrheit wird gesungen …

La France l'écoute
Se lève soudain.
Et se met en route
Chantant ce refrain:
Avé – Avé
Avé Maria –!

Aber nun sind die letzten hier oben vorüber, und der große Feuerzug ist auf dem Platz angekommen. Sie marschieren in Schlangenlinie, sie nähern sich auf dem gewundnen Lichtpfad immer mehr der Kirche … Und als sie nun alle, alle vor dem Tor der Kirche stehen, wie um Einlaß singend, da zischen einige: Ssss! – es wird einen Augenblick still, und dann steigt unter den Fackeln das Credo zum Himmel.

Credo in unum Deum, Patrem omnipotentem …

Sie singen es, Männer und Frauen, auswendig, alle die schwierigen lateinischen Worte, die sie französisch aussprechen: Spiritüs sanctüm … Das steht wie ein Wall da unten. Unerschütterlich, voller Kraft klingt das Credo.

Et exspecto resurrectionem mortuorum. Et vitam
venturi saeculi. Amen.

Das ist ein Tag in Lourdes.

III Siebenundsechzig Jahre

Vor siebenundsechzig Jahren fing es an. Lourdes war damals «ein Haufe trüber Dächer, von traurigem Bleigrau; so stehen sie da, unterhalb der Straße eng zusammengedrückt». Taine hat seine Reise im März 1858 abgeschlossen, er kam grade einen Posttag zu früh. Sonst hätte er folgendes beobachten können:

In Lourdes lebte zu dieser Zeit eine kleine Müllerstochter, Bernadette Soubirous, sie war vierzehn Jahre alt. Das Kind war immer krank, es litt an Asthma, an Atemnot, an schweren Hustenanfällen. Die Alten hatten viele Kinder und wenig Brot, es ging ihnen nicht gut.

Im Sommer hütete die Kleine die Schafe in Bartrès, in der Nähe von Lourdes, bei einer Frau, die ihr Kind verloren und die kleine Soubirous genährt hatte; diese Frau ist heute noch am Leben. Lesen und schreiben konnte das Kind nicht – an kalten Wintertagen, wenn in den Hütten abends kein Feuer brannte, um zu wärmen, und kein Licht, um zu leuchten, versammelten sich die ärmern Bauernfrauen und ihre Kinder in der kleinen Kirche zu Lourdes, und da erzählte der Curé fromme Geschichten, von göttlichen Erscheinungen, wunderbaren Quellen, Segen und Heilungen der Gebenedeiten. Die Pyrenäen sind reich an solchen Legenden. Ihnen gemeinsam ist die plötzlich auftauchende Erscheinung, meist eine weiße Frau, sie vertraut dem ahnungslosen Hirten ein gutes Geheimnis an, das er nie verraten darf, sie gibt ihm einen Auftrag, sie zeigt ihm eine Quelle, die Quelle heilt Kranke. Um Lourdes wimmelt es: Unsre Liebe Frau in Barbazan, Unsre Liebe Frau von Nestè, Médoux, Bétharram, Garaison Bourisp – so viel Namen, so viel Wundererscheinungen, weiße Frauen, Heilquellen, Geheimnisse. In der abendlichen Kirche, wohlgeborgen vor den Schneestürmen, im Flimmer der Kerzen, die die Schatten im Halbdunkel auf Goldgrund tanzen ließen, saß die Kleine und sog in sich auf, was es da zu hören gab. Manchmal war sie traurig: in ihrer Atemnot hatte sie husten müssen und das Schönste nicht gehört.

Der Bruder ihrer Ziehmutter war ein Priester, er brachte oft bunte Bildchen mit und auch die Bibel und Heiligengeschichten, die das Mädchen nicht lesen konnte ... Aber die Bilder konnte sie betrachten, die schönen Bilder mit der Heiligen Mutter Maria im weißen Gewande, mit den Rosenornamenten, die ihr fromme Maler zu Häupten gesetzt hatten, und sie sah sich diese Bilder gern an. Das, was ihr die Priester an solchen Winterabenden erzählten, war ihr geistiges Leben; denn sie war noch nicht eingesegnet und wußte nichts von Religion als diese vagen und frömmelnden Historien. Da war von Gott-Vater die Rede, von der Heiligen Jungfrau, von Jesus und von der Dreieinigkeit und wohl auch von der unbefleckten Empfängnis.

Denn drei Jahre vorher, am 8. Dezember 1854, war von Pius IX. das Dogma der conceptio immaculata verkündet worden, das beinah so viel Aufsehen gemacht hat wie das von der Unfehlbarkeit des Papstes. Diese Tatsache wird in der gesamten populären Bernadette-Literatur verschwiegen. Wir werden sehen, warum.

Am Donnerstag, dem 11. Februar 1858, fror es in Lourdes, der Himmel war grau, die Bauern machten, daß sie ihre Arbeit draußen beendigten, und beeilten sich, in die Hütten an den Herd zu kommen. Der Müller Soubirous brauchte sich nicht zu beeilen: es war kein Holz im Hause. Die Kinder sollten Holz holen. Bernadette ging in die Kälte hinaus, ihre jüngere Schwester Toinette und eine Freundin, Jeanne Abadie, begleiteten sie. Die drei stiegen an den Abhängen herum, überquerten den Bach, der jetzt, abgeleitet, am Eisenbahndamm entlangfließt, und kamen schließlich in die Grotte. Winterstille und Geriesel von trocknem Laub. Da hörte Bernadette ein dumpfes Geräusch. Sie hob den Kopf ...

«Ich konnte nichts mehr sagen, und ich wußte gar nicht, was ich denken sollte, denn als ich den Kopf zur Grotte wendete, sah ich an der Felsöffnung einen Busch, aber nur einen, hin- und herschwanken, wie wenn großer Wind wäre. Beinah zu gleicher Zeit kam innen aus der Grotte eine goldene Wolke und danach eine junge und schöne Dame, so schön, wie ich niemals eine gesehen hatte. Sie stellte sich an der Öffnung auf, oberhalb des Buschs. Sie sah mich an, lächelte und machte mir ein Zeichen, näher zu kommen, grade wie wenn sie meine Mutter wäre.»

Die beiden kleinen Begleiterinnen hatten nichts gesehen, nur Bernadette allein. Erst war es in ihren Berichten ‹etwas Weißes›, dann eine Dame, dann eine wunderschöne Dame, mit weißem Gewand, blauem Gürtel und gelben Rosen zu Füßen – aber die sprach zunächst nicht, sie lächelte, Bernadette ging immer wieder in die Grotte. Die Mutter wollte das nicht. Die Grotte stand in keinem guten Ruf, Liebespaare pflegten sich dort zu verstecken, und wenn man wieder einmal am Morgen leere Flaschen und sonstige schöne Sachen dort gefunden hatte, stießen sich die Bauern in die Rippen und grinsten: «Heute nacht haben sie wieder Dummheiten in der Grotte gemacht!» Aber Bernadette ging wieder und wieder hin. ‹Sie› erschien ihr achtzehnmal.

Beim drittenmal sprach die Dame. Sie bat die Kleine, während vierzehn Tagen in die Grotte zu kommen. Bernadette versprach das. Und dann: «Trink aus der Quelle und wasch dich in dem Wasser!» Es war aber keine Quelle da, das Kind kratzte die Erde auf, da lief ein dünnes Rinnsal über die Erde. Die Wunderquelle war geboren. Und später: «Sage den Priestern: sie sollen hier eine Kapelle bauen und in Prozessionen hierherkommen!» Und nun auf inständige Fragen, endlich, endlich: «Ich bin die conceptio immaculata.» Die Dame sprach das bäurische Platt. «Qué soy ér' Immaculada Councepsiou.» Und da war Bernadette schon nicht mehr allein.

Die Sache war durchgesickert, die Polizei mischte sich ein, mißtrauisch, liberal, halb aufgeklärt und durchaus dagegen. Der Priester des Orts war vorsichtig, skeptisch, außerordentlich klug. «Ein Wunder!» verlangte er als Bekräftigung, «ein Wunder!» Und vor der Namensgebung: «Sage deiner Dame, daß ich sie nicht kenne – sie solle sich vorstellen.» Sie stellte sich vor, und nach jeder Halluzination wurde das Publikum größer, der Glaube stärker, die Legendenbildung wilder.

Bei alledem hat man sich die kleine Bernadette als ein bescheidenes, artiges, schwächliches Kind zu denken, das kein Wesens aus der Sache machte. Sie hatte einen schweren Stand: der Geistliche wollte nicht heran, die Polizei drohte sie einzusperren, wenn dieser Unfug nicht aufhöre, und das Dorf verlangte seine Wunder. Ein alter Abbé, der als kleiner Junge sie noch gekannt hat, zeigte mir in Lourdes eine Fotografie, die angeblich an der Grotte während der Ekstase aufgenommen sein soll — ein offenbar gestelltes Bild, ohne jeden visionären Zug in dem kleinen Bauerngesicht. Das arme Ding, mit seinen Läusen unter dem Kopftuch, bekam von allen Seiten zugesetzt, es prasselte nur so auf sie herunter: Klagen, Bitten, Beschwörungen, Segenswünsche ... Schon wollten einige durch Handauflegen von ihr geheilt werden.

Ein Zug, ein einziger in diesen zahllosen Berichten, ist rührend, er zeigt, wie tief sich die Halluzination in das Kind eingefressen hat und beweist ihre wirkliche Herzensunschuld. Sie hatte dem Steuereinnehmer Estrade und seiner Schwester ihre Geschichte erzählt. «Also, die Dame bat mich, vierzehn Tage lang in die Grotte zu kommen.» — «Sag einmal genau, wie sie gesprochen hat!» sagte der Steuereinnehmer. «Die Dame sagte: Wollen Sie so gut sein ...» Und hier unterbrach sich Bernadette, senkte den Kopf und flüsterte: «Die Madonna hat Sie zu mir gesagt ...»

Und nun gings los.

Die Presse nahm sich der Affäre an, Artikel für und wider setzten ein ohne Ende, und die Polizei ließ die Grotte mit Brettern versperren. Die Gegend stand auf dem Kopf.

«Ein Wunder! Ein echtes Wunder! Hat sie nicht von der conceptio immaculata gesprochen? Aber das Kind hat das Wort nie gehört, kann es gar nicht gehört haben!» — Die Bernadette-Literatur legt auf diesen Punkt den allergrößten Wert. Man könne nichts als Erinnerungen produzieren, während man halluziniere, sagen sie, was falsch ist — dieses schwierige Wort und der noch kompliziertere Begriff seien dem Kinde unbekannt gewesen. Nein, das waren sie nicht. Man wird nun verstehen, warum die Bernadette-Traktätchen so ängstlich darüber schweigen, daß das Dogma schon drei Jahre, ex cathedra verkündet, vorgelegen hat. Es war also nicht nur möglich, sondern höchst wahrscheinlich, daß das Kind diesen Ausdruck von den Priestern aufgeschnappt hatte, ohne zu begreifen. Und man weiß, wie Latein auf die wirkt, die es nicht verstehen.

Die Grotte gesperrt? Streik der Bauarbeiter, Rumor unter den Bauern, die Grotte mußte wieder geöffnet werden. Bis zum Kaiser drang der Lärm, denn nun war aus den Halluzinationen eines kranken Kindes eine politische Affäre geworden. Kulturkampf? Napoleon III. tat das, was er immer getan hatte: er zögerte. Aber die Kaiserin lag ihm in den Ohren, es war das wohl auch kein casus belli, die innere Politik erheischte Frieden ... er gab nach. Der Polizeikommissar wurde versetzt, der Präfekt von Tarbes wurde versetzt — das Land hatte sein Wunder. Die ersten Heilungen wurden ausgerufen.

Denn die Quelle war da, das war kein Zweifel. Jetzt war es eine große Quelle geworden: sie gab zwölfhundert Hektoliter am Tage her. Nun glauben sogar die orthodoxesten Katholiken nicht, daß Bernadette dieses Wasser aus dem Nichts gerufen habe. Der Abbé Richard hielt schon im Jahre 1879 dafür, daß nicht das Kind die Quelle erschaffen habe, sondern Gott – die Kleine habe nur durch das Wunder eine bestehende Quelle entdeckt. Leute, die mit einer Wünschelrute umgehen, wissen, wie manche Personen auf Wasser, Metalle und Steinarten reagieren.

Herr Fabisch aus Lyon fabrizierte eine Statue der Jungfrau, eben jene, die heute noch in der Grotte steht. Er ließ sich von Bernadette die Erscheinung beschreiben, war tiefgerührt von der weichen Frömmigkeit der Kleinen und lieferte das Äußerste an Talentlosigkeit. Die Statue hat siebentausend Francs gekostet, genau die gleiche Summe zu viel. Als man Bernadette das Werk zeigte, lief sie zunächst fort, ein beachtliches und gutes Zeichen von Kunstverstand. Dann wurde sie beruhigt, noch einmal an die Figur herangeführt, die aussieht, wie wenn sie aus Seife wäre, und man fragte sie: «Ist das deine Jungfrau, so, wie du sie gesehen hast?» – Und sie: «Keine Spur.» Aber Fabisch kassierte ein, und die Priester aus Lourdes stellten auf.

Bernadette hatte kein Glück mit den Statuen. In der Ordenskapelle der Schwestern von Nevers zu Lourdes steht eine, von der hat sie gesagt: «C'est la moins laide de toutes!»

Diese Madonna steht da, wo die Kleine bei den Schwestern im Klostergarten herumgehüpft ist, und die Oberin zeigte mir Kloster, Säulenhalle, Garten und eben diese Kapelle. Wenn die kluge und energisch aussehende Frau von Bernadette und ihren Wundertaten berichtete, glaubte man, eine Walze rolle ab. Sie sprach wie ein Museumserklärer. Sie hatte das wohl schon so oft erzählt . . . Diesen eingelernten Eindruck machten übrigens viele Geschichten, die ich in Lourdes zu hören bekam.

Bernadette blieb bei ihrer Familie, und als sie es dort nicht mehr ertragen konnte vor Besuchern, Fragen, Verhören, Freunden und Feinden, die sie alle, alle sehen wollten, als sie immer und immer wieder ihren Bericht erzählen mußte, brachte man sie ins Hospital. Das hatte noch einen andern guten Grund: das Mädchen kränkelte. Im Krankenhaus wurde sie zunächst gepflegt, die Besuche wurden ferngehalten, später verrichtete sie Arbeiten in der Küche und machte sich auch sonst nützlich.

Die Kirche rechnet mit Jahrhunderten und in eiligen Fällen mit Jahren. Erst vier Jahre nach diesen Erscheinungen, am 18. Januar 1862, erschien der große Hirtenbrief des Bischofs von Tarbes, des Monseigneur Bertrand-Sévère. «Ja», sagte der Brief.

Kollekten, Gläubige, Kirchenbauten, Zusammenlauf aus aller Welt.

Die Pilgerzüge setzten in voller Stärke ein. Im Jahre 1867 waren es schon 28 000 Menschen, die kamen. Das Wunder war im Gang.

Das ging nicht ohne die bösesten Zänkereien ab. Der Curé von Lourdes bekam den Monseigneur-Titel, aber das tröstete ihn wenig, er fühlte sich zurückgesetzt; Prozesse prasselten, die Orden bekriegten sich bis aufs Messer, warfen einander Habsucht, Neid, Mißgunst und übergroße Geschäftstüchtigkeit vor, und auch die Einwohner wüteten umher. Die Kirche hatte in kluger Voraussicht die Grundstücke gekauft, die der Grotte gegenüberlagen, um alle neugierige Nachbarschaft zu vermeiden. Welches Geschäft war den Lourdesen da aus der Nase gegangen! Was wäre das gewesen! ‹Hotelzimmer mit direkter Aussicht auf die Wundergrotte und alle Zeremonien! Abends Dancing!› Ein Jammer. Es roch nicht gut zum Himmel, was da aufstieg.

Und dann war da diese kleine Bernadette, die der Anstrom der Neugierigen immer noch suchte. Eine unangenehme Konkurrenz, dieses Werkzeug Gottes ... Sie durfte fernerhin nicht mehr in Lourdes leben, vor allem: unter gar keinen Umständen durfte sie dort begraben liegen. Nur keine Ablenkung! Sie lebte auch nicht mehr da, sie starb nicht da. Man hat sie nach Nevers gebracht, einer kleinen Stadt südöstlich von Orléans, in das Mutterkloster des Ordens des Soeurs de la Charité de Nevers, und dort erlosch sie im Alter von fünfunddreißig Jahren. Sie hat keine Wunder mehr angezeigt und auch keines tun wollen, sie war eine schwächliche Person, die in Ruhe leben und sterben wollte. Sie ist sehr krank gewesen.

Jetzt, zu ihrer Seligsprechung im vorigen Jahr, haben sie sie exhumiert: der Körper war gut erhalten, ihr linkes Auge, das der Erscheinung zugewendet war, soll offen gewesen sein, ihr Grab so nach Blumen geduftet haben, daß, wie in Lourdes erzählt wird, Briefe, die dort gelegen hatten, dufteten ... Man hat sie in einem Glassarg ausgestellt, es kommen viele Gläubige. Ich habe eine Reliquie geschenkt bekommen, ein Stückchen von ihrem Totengewand.

Eine Heilige —? Noch nicht.

In Lourdes wird ein alter Mann aufbewahrt, es ist ihr Bruder, der einen Andenkenladen gehabt und sich vorzeitig vom Geschäft zurückgezogen hat. Er empfängt viele Besuche, will aber keine haben — er ist ein stiller und ruhiger, etwas bäurischer Mensch. Nein, ich habe sein Ruhebedürfnis geehrt und ihn in Frieden gelassen. Er weiß auch nicht viel von damals zu vermelden — er war sieben Jahre alt, als Bernadette ihre Erscheinungen hatte. Aber wenn er einmal gestorben sein wird und wenn alle persönlichen Erinnerungen verflogen sind, wenn die Gestalt der kleinen Bernadette weit, weit hinten im grauen Nebel der Geschichte verschwindet —: dann wird sie heilig gesprochen werden. Die Kirche ist so klug ...

Denn über Bernadette Soubirous, die Müllerstochter, kann man heute noch kleine persönliche Bemerkungen machen, *sie ist zu nah* —. Jeanne d'Arc aber ist heilig und entlockt selbst einem so wilden Spötter wie Bernard Shaw — außen Stacheldraht, innen Gummibonbon — ein schönes Pathos.

Das ist die Geschichte der seligen Bernadette, zu der Hunderttausende in Lourdes beten. Tagaus, tagein ... Aber immer andere. Denn das ist das Gefährliche an der Sache: tagaus, tagein darf man dergleichen nicht sehen. Der Mechanismus wird sichtbar.

Jede Pèlerinage ist höchstens vier, fünf Tage in Lourdes, und das ist sehr gut eingerichtet. Längerer Aufenthalt geht auf Kosten der Intensität. Man sieht zu viel.

Man sieht:

Die Ausstattung in den Kirchen. «Aber das übersteigt die kühnsten Träume. Mit Kunst, selbst mit Kunst in ihrer niedrigsten Entartung, hat das hier überhaupt nichts zu tun. Das ist nicht einmal schlecht ...» Nein, es ist grauslich. «Das ist alles so häßlich! Wenn es wenigstens naiv wäre — aber leider: grade das ist es nicht.» Das sagt ein Freigeist? ein frecher Aufklärichtsmann? ein Kerl, der vom Katholischen nichts versteht —? Ach, es ist J.-K. Huysmans, dessen *‹À rebours›* Oscar Wilde zum Dorian Gray angeregt hat; der in den Schoß der Kirche Zurückgekehrte, der reuige Sünder. Und der muß es ja wissen. Er erklärt uns auch den Jammer dieser Geschmacklosigkeiten.

«Unzweifelhaft: solche Attentate können nur den rachsüchtigen Possen des Dämons zugeschrieben werden. Es ist das seine Rache gegen die, die er verabscheut ...» Sein Buch *‹Les Foules de Lourdes›*, eines der interessantesten Dokumente über diese Stadt, ist das Zeichen eines beklagenswerten Geisteszustandes, mit vielen lichten Momenten. Er beobachtet außerordentlich scharf, aber alle seine Schlußfolgerungen sind falsch. Der Teufel —? Hier irrt der Großvater Dorian Grays; es ist nicht der Teufel, der Lourdes so scheußlich gemacht hat. Es ist der Bürger.

Lourdes ist ein einziger Anachronismus.

Diese organisierten Pilgerzüge mit der Eisenbahn und dem ermäßigten Billett, diese elektrisch erleuchtete Kirche, die aussieht wie ein Vergnügungslokal auf dem Montmartre, der grauenhafte Schund, der da vorherrscht, nicht nur in den dummen Läden, sondern in den Kirchen selbst, diese unfromm bestellten Altäre, Schreine, Ornamente, Decken und Beleuchtungskörper —: mit Industriearbeit ist das eben nicht zu machen. In Carcassonne steht in der Kathedrale ein altes Taufbecken, das ist siebenhundert Jahre alt, und man möchte davor knien, so fromm ist es. Aber der, der es gemetzt hat, hat geglaubt, er hat seinen Glauben in den Stein versenkt; er machte ein Geschäft, indem er es lieferte, gewiß — aber es war doch ein Taufbecken, und der Mann wußte sehr wohl, was er da unter den Händen hatte und was es galt. Heute –? ‹Und liefern wir Ihnen einen Posten Ia Qualität Taufbecken zu besonders kulanten Bedingungen.› Es ist aus. Die kirchliche Kunst kopiert sich selber, und wenns gut geht, sind die Kopien wenigstens anständig. Die Versuche, zu modernisieren, mißlingen kläglich – zwischen Erfrischungsraum im Warenhaus und Bahnhofshalle ist da keine Dummheit ausgelassen. Gefühle kann man nicht fabrizieren.

Sind daran nicht die Juden schuld? Daran sind die Juden schuld. Huysmans: «Die Priester sollten daran denken, wie sehr heutzutage das jüdische Element unter den Verkäufern von frommen Andenken dominiert. Getauft oder nicht: es hat den Anschein, als ob diese Kaufleute neben der Sucht, Geld zu verdienen, nun auch das unfreiwillige Bedürfnis verspüren, den Messias noch einmal zu verraten: indem sie ihn in einer Gestalt verkaufen, die ihnen der Teufel eingeblasen hat.» Da kann man nichts machen.

Solch ein Wunderglaube, dessen Form die absolute Herrschaft der Kirche zur Voraussetzung hat, ihre Herrschaft besonders über die Finanzmächte der Länder – und ihm gegenüber diese Zeit: es ist eine Dissonanz der Epochen, die hier aufeinanderstoßen. Es klingt nicht. Und Kunstwerke bringt so etwas schon gar nicht hervor.

Und weil alles auf der Welt ein greifbares Symbol findet, so leuchtet zwar abends die Basilika, oben strahlt das Kreuz in der Luft auf dem fernen Berge – aber heller als alles andre brennt eine Flammenzeile im dunklen Nachthimmel:

HOTEL ROYAL

Unten klingt das Credo. Keine Zeit hat solche Sehnsucht nach Verkleidung wie die, die keine hat.

Ja, man sieht zu viel. Treibe dich vierzehn Tage in der Stadt herum, und du fühlst nie mehr nasse Augen, aber manchmal ein verdächtiges Zucken im Gesicht. In den Läden klingelt das Ave Maria, das einmal so schön geklungen hat, im Bauch von heiligen Jungfrauen, die man innen erleuchten kann; Ansichtskarten, Bilder, Rosenkränze sind von auserlesener Scheußlichkeit ... Nebenerscheinungen? Ich weiß doch nicht. Die Pilger fassens nicht so auf. Und während ich mich in Rumänien so oft gefragt habe: «Wo, in aller Welt, kann man nur einen solchen ausgemachten Plunder kaufen?» – jetzt weiß ich es.

Ich sehe:

Die fetten Bischöfe, die hier Gastspiele geben, und die andern, die hier zu Hause sind – man sagt ihnen Schauspielergesichter nach, aber man müßte das differenzieren. Da gibt es ältere Heldenspieler, denen das Tripelkinn tragisch auf das Ornat fällt, da gibt es Bonvivants und Väterrollen, und einer sah aus wie ein listiger, verschmitzter Komiker – es hätte mich keinen Augenblick gewundert, wenn er die Soutane an zwei Zipfel angefaßt und ein Couplet getanzt hätte. Ich gehe durch die Verkäufer am Gitter, wo sich der dürre Gebetlaut von drinnen fortsetzt, aber hier ist es kein Latein, sondern: «Les cierges — les cierges — les cierges —» und «Vanillevanillevanille . . .» Soll ich ihnen etwas abkaufen? Wenn ich sparsam sein will, tue ichs nicht. Denn im Hotel hing eine Tafel.

Pilger . . . welch altes, schweres Wort. Man denkt an Männer mit Bärten und großen Stöcken, mit einem Bettelsack und einem Heiligenschein um den Kopf . . . «Die Herren Pilger», stand im Hotel, «die ihre Einkäufe an Andenken im Laden des Hotels machen, erhalten eine Ermäßigung von 50 Prozent.» Hierauf sehn sich freudig an Pilgerin und Pilgersmann.

Und ich sehe: die Brancardiers.

Die Krankenträger leisten eine aufopfernde Arbeit. Es sind sämtlich Freiwillige, sie bekommen keinen Franc Bezahlung. Ihr Dienst ist unendlich ermüdend, er erfordert sehr viel Körperkraft, sehr viel Geduld, sehr viel Hingabe. Ihr Benehmen zu den Kranken ist rührend. Aber der angenehme Umstand, daß in allen Prozessionen und bei allen Veranstaltungen niemals ein Schutzmann zu sehen ist, wird dadurch aufgewogen, daß gewisse Träger sich schlimmer benehmen als acht Polizisten zusammen. Sie teilen ein und ordnen an, sie geben Befehle und sind nervös, lassen die Kranken in Frieden, aber treiben die Gesunden zu Scharen, obgleich das gar nicht nötig wäre — kurz: manche unter ihnen spielen die Rolle des dummen August, der herumwirtschaftet, während andre arbeiten. Da waren so schnurrbartgezwirbelte Gesichter, die krähten — Huysmans hat mal einen sagen hören: «Wir werden jetzt die Heilige Kommunion austeilen!» Mir war sonderbar zumute, als ich sie herumtanzen sah — das hatte ich doch schon einmal im Leben gesehen. . . «Il y a beaucoup d'anciens officiers parmi eux!» sagte mir ein Abbé. In Ordnung.

Über den Eisenbahndamm fahren die Züge, da flattern die weißen Tücher zur Begrüßung und zum Abschied, und die Leute singen, nach dem Wort eines katholischen Dichters, während der Fahrt so schön falsch, nicht als ob es nach Lourdes, sondern als ob es ins Fegefeuer ginge.

Vieles hiervon steht bei Huysmans. Sein Fanatismus hat ihn, den Frischbekehrten und also lächerlich Überhitzten, nicht gehindert, in Lourdes die Augen aufzumachen. Auf einen Teil der schwarzen Flecke hat er mich erst aufmerksam gemacht, und wenn ich zögerte, mir Luft zu machen, so stärkte mich ein Blick in sein Buch. Da stands noch viel schlimmer. Aber freilich: er glaubte an das Wunder.

Sein Resumé sieht so aus:

«Das steht fest: in Lourdes erreichen wir die letzten Niederungen der Frömmigkeit.» Sowie: «Lourdes ist ein riesiges Krankenhaus auf einem ungeheuern Jahrmarkt. Nirgends sonst gibt es einen solchen Tiefstand von Frömmigkeit, von Fetischismus bis zu postlagernden Briefen an die heilige Jungfrau . . .»

Man darf nicht verweilen. Man sieht zu viel. Doch nirgends Betrunkene, nirgends Leute, die in den Lokalen juchhein.

Tagaus, tagein Prozessionen, Menschenversammlungen, Fackelzüge . . . nach dem achten Mal spürt man die treibende Macht und die Räder.

Und zu allen diesen Prozessionen, Menschenanhäufungen, Fackelzügen ist zu sagen, daß meine Generation den Krieg gesehen hat, wo sich oft Zehntausende auf einem Platz zusammenballten oder im Karree aufgestellt waren — zur Schlachtung. Der Respekt vor der Quantität an sich ist vorbei. Und wenn es nicht meine eigne Sache ist, die da durch eine Menschenmenge gefördert oder bekämpft wird, wenn es mich nicht berührt, was die vielen Lichter aufflammen läßt — dann greift es mir nicht ans Herz, und ich würde lügen, wenn ich mich in den Strom der Begeisterung stürzte. Das Faktum allein, daß dreißig- oder vierzigtausend Menschen zusammenkommen, ist mir gleichgültig. Ja, wenn es der Weltfriede wäre, den sie da mit Gesang und Fackellicht verlangten! Wenn es ein einziger tobender Protest gegen den staatlichen Massenmord wäre, erhoben von Müttern, Witwen, Waisen . . . ich hätte wahrscheinlich geweint wie ein kleines Kind. So aber schlug die Quantität nicht in die Qualität um.

Man sieht zu viel. Man sieht, bei längerm Aufenthalt, wie es gemacht wird, sieht am Häuschen hinter der Basilika die Aufschrift ‹Hommes› — ‹Femmes› und ‹Cabinets Reservés›, woraus also zu schließen wäre, daß die Geistlichen, denen man sie reserviert hat, weder Männchen noch Weibchen sind . . . Man sieht die Kinoplakate an den Ecken, Fanale eines unentrinnbaren Zeitalters. Dies ist anders als der Jahrmarkt, der auch im Mittelalter jede religiöse Zeremonie und jede Hinrichtung begleitet hat. Dies hier ist mehr, selbständig richtet es sich neben der Kirche auf. Mady Christians, muß ich hier dich wiederfinden —? Wahrhaftig: da hingst du.

Oh, man hat auch religiöse Filme. Da läuft zum Beispiel ein Bernadette-Film, der in seiner Herstellung, mit seinen Schauspielern und Dekorationen an die dunkeln Filme gemahnt, die man vor dem Kriege in Budapest herzustellen pflegte . . . Es ist über die Maßen schauerlich. Der Vortrag des jungen Abbé aber ist es gar nicht, und die Worte, die er zum Film spricht, stehen an Geschicklichkeit, berechneter Wirkung und Wirksamkeit tausendmal über dem Schund. Man will übrigens einen neuen Bernadette-Film herstellen. Der Abbé läßt es nicht an freundlichen Beschimpfungen derer fehlen, die nicht an Wunder glauben, und fordert jeden auf, ungestört seine gegnerische Meinung hier zum Ausdruck zu bringen. Kenner der Materie entsinnen sich des

Geschreis, das es einmal gegeben hat, als die französischen Freimaurer als Demonstration einen ihrer Kongresse in Lourdes abhalten wollten. In solchen Fällen ist ja wohl der Staat nicht in der Lage, die öffentliche Ordnung zu garantieren . . .

Und wenn man diesen Film hinter sich hat, darf man das ‹Römische Museum› ansehen, ein Wachsfigurenkabinett mit wilden Löwen, zerrissenen Christen und einem herrlichen Erklärer. Er redete wie eine Gebetmühle. Der Bruder der seligen Bernadette sei zwar kein Römer, aber er kenne ihn sehr gut: der Mann habe seine Schwester niemals richtig geschätzt, nein, nein. Da sagen sie, sie liege in Nevers begraben . . . Er, der Erklärer, wisse mehr – er dürfe nur noch nicht darüber reden. Das ist schade.

Die einzig wirkliche Erholung sieht anders aus. Oben, auf einer Anhöhe, liegt das Schloß und darin das Pyrenäische Museum. Es ist das schönste Museum, das ich in diesen Bergen gesehen habe – weil es klug angelegt ist. Französische Provinzmuseen stehn auf keiner sehr hohen Stufe, sie haben herrliche Kunstwerke, aber die Stücke werden nicht immer gut präsentiert. Hier in Lourdes aber hat ein kunst- und landeskundiger Mann, Herr Le Bondidier, die bäuerlichen Gerätschaften, die Bilder, gute Diapositive, Bücher und Kinderspielzeug, Pilgermünzen und Andenken so fein geordnet und mit einer solchen Liebe aufgebaut, daß einem das Herz im Leibe lacht. Ich konnte mich gar nicht trennen. Die kleinen Burgzimmerchen haben Nummern, die den Besucher ohne Katalog automatisch durch das ganze Schloß führen, und was man sieht, geht einen etwas an, steht hübsch da, langweilt nicht.

Herrn Le Bondidier habe ich in seinem Büro besucht. Er erinnert im Aussehen – o ihr Rassenphysiologen! – an Wilhelm Raabe. Er darf sich rühmen, die schönste Aussicht von ganz Lourdes zu besitzen: sein Arbeitszimmer sieht grade auf die Basilika – drei riesige große Fensterbögen zeigen ihm von hoch oben Kirche, Massen, Prozessionen und Fackelzüge. Die Wände sind mit hellbraun getöntem Holz getäfelt, bunte baskische Bilder hängen da . . . endlich, endlich einmal einer, der nicht im Directoire-Stil sitzt und nicht in Louis I-XVI. Als der hochgewachsene Mann, von dem im Museum eine lustige Karikatur als Bergsteiger, der alles bei sich hat, hängt, das Zimmer einen Augenblick verläßt, sehe ich auf die Bilder an den Wänden und finde etwas. Da reitet ein dunkler Reiter durch blutige Nacht, hinter ihm ballen sich erschreckte Massen, der Reiter hat etwas auf dem Kopf, das ist ein Kürassierhelm, und als ich genauer hinsehe, entdecke ich die zwei Schnurrbartspitzen, *‹Kain›* steht darunter. Es ist immer hübsch, wenn ein Volk durch seine Fürsten gut im Ausland repräsentiert wird.

Und wieder hinunter nach Lourdes.

Da rollt der Betrieb ab, der kirchliche und der kaufmännische. Bei Huysmans habe ich gelernt, daß es Ungläubige und Freimaurer aller

Grade sind, die da ihre Geschäfte machen, es soll ganz schrecklich sein. Aber diese wilde Rotte nimmt den Pilger nicht einmal sehr hoch; die Preise sind nirgends unverschämt, wenn auch nicht niedrig. Selbst die Stadt will ihre Position nicht ausnutzen: sie beansprucht keine Beherbergungssteuer (taxe de séjour), verzichtet so auf Millionen und ist nur eine mäßig begüterte Gemeinde. Das hat seinen Grund:

Lourdes ist eine Stadt der kleinen Leute.

Der Tourist ist sofort kenntlich – er gehört meistens, wie Tante Julla das nennt, den ‹besser gekleideten Ständen› an; in den Pilgerzügen aber dominieren Bauern und Küstenfischer der Bretagne und kleines und kleinstes Kleinbürgertum: Gärtner, Dienstmädchen, Portiers, kleine Beamte, Handwerker. Das sind nicht die Gesichter organisierter Industriearbeiter.

Und wenn die feinen Leute dabei sind, dann in so aufdringlicher und aufreizender Form ...

Nach dem Allerheiligsten in den Prozessionen gehen sie. Da sah ich den Herrn Grafen und den Herrn Baron und dessen Söhne und so vornehme Herrschaften ... Sie gingen in einer kleinen Gruppe, für sich: fromm, aber erster Klasse. Vor Gott sind alle gleich, gewiß, doch muß man das nicht übertreiben.

Es sind nun Leute von so vielen Nationen da, aber es ist immer derselbe Typus. Der bäuerliche, der kleinbürgerliche. Besonders die Frauen erinnern an Klatsch im Schlächterladen, an kleine Schneiderinnen, an Hebammen ... Jede Nation hat ihre Eigenart; jemand beklagt sich über die ‹Engländer, die alles für sich haben wollen, die besten Plätze, die Spitze bei den Prozessionen› – und die dann nach ein paar Tagen die ganze Geschichte satt bekommen und Ausflüge in die Umgebung machen. Polen, Italiener, Spanier, Belgier, Holländer, Franzosen vieler Provinzen ... es ist alles da. Und alle aus derselben Schicht.

Es riecht nach Muff, nach unaufgeräumten Schlafzimmern, nach jenem Typus, der in Europa nicht leben und nicht sterben kann, nach kleinem Mittelstand, *der nicht weiß, daß ers ist.*

Er bestimmt die Atmosphäre in Lourdes, er gibt das Tempo an, auf ihn sind Vergnügungen, Hotels, Romantik, Prozessionen zugeschnitten. Es ist die Stadt der kleinen Leute.

Aber die Heilung –?

IV Der Sardellenkopf

> Man kann auch zum Kopf einer Sardelle beten, es kommt nur auf den Glauben an.
>
> Japanisches Sprichwort

Durch eine Wallfahrt nach Lourdes kann man organische Krankheiten heilen. Das ist der Fundamentalsatz der Gläubigen.

Erklärt wird er nicht. Bewiesen werden soll er durch das Bureau des Constatations Médicales.

Dieses Bureau besteht aus einem Chefarzt sowie mehreren andern Ärzten, die in Kommissionssitzungen die Heilungen prüfen und späterhin beglaubigen. Fremde Ärzte werden mit der größten Bereitwilligkeit zugelassen; sie dürfen an allen Sitzungen teilnehmen und bekommen Einsicht in alle Akten.

Niemand wird gezwungen, sich dem Bureau vorzustellen – wer sich geheilt glaubt, stellt sich selbst vor.

Das Bureau des Constatations ist vorsichtig, die Presse ist es minder. Die klerikalen Blätter, deren Verkäufer auf den Straßen von Lourdes schreien wie die Wilden, sind mit einem Wunder schnell bei der Hand. Die ‹*Annales de Lourdes*› und ‹*La Revue de Lourdes*› sind ernster zu nehmen, doch strotzen beide von pseudowissenschaftlichem Ernst und zelotischem Eifer gegen die, so nicht glauben.

Sämtliche persönlichen Anwürfe gegen die Mitglieder des Bureaus halte ich für falsch. Der törichte Vorwurf, sie seien bestochen, wird ja heutzutage kaum noch erhoben. Ganz abgesehen davon, daß die Ärzte, die dort tätig sind, den Eindruck rechtlicher und anständiger Männer machen und es sicherlich auch sind: bestechen . . .! Die katholische Kirche ist viel zu klug dazu. Nur der Unbegabte stiehlt, der Kluge macht Geldgeschäfte.

Es darf auch nicht gesagt werden, daß diese Ärzte etwa zu gutgläubig wären – die sehr kluge Praxis des Bureaus ist vielmehr Skepsis. Mächtige Waffe der katholischen Kirche gegen die Zweifler: dieses Bureau ist so streng in seiner Nachprüfung, daß die Kranken ihm den Spitznamen ‹Bureau des Contestations› gegeben haben: Bestreitungsbüro. Und hat nicht eine Frau nach langem ärztlichem Examen aufgeschrien: «Dieser Mensch, der mir da gegenübersitzt, ist sicherlich ein Freidenker – er glaubt nichts!» Der Mann war der verstorbene Chefarzt, Herr Boissarie, ein frommer Katholik.

«Lourdes . . . wer glaubt denn das schon –!» Die Sache ist wohl nicht damit abgetan, daß man durch die Nase bläst, ein in Norddeutschland sehr beliebtes Argument. «Ich kenne keinen Menschen, der noch solches Zeug . . .» Du kennst keinen? Aber du vergißt, daß es nicht die andern sind, die die Ausnahme bilden, sondern du, du selbst, Freigeist oder Faulgeist oder wirklich Überlegner – du bist es, der auf einer großen Insel sitzt. Nach Lourdes sind gewallfahrt:

1873	140 000
1883	213 000
1908	401 000

nach dem Kriege jährlich etwa 500 000–800 000 Menschen.

Das sind die Zahlen der offiziellen Wallfahrer; Einzelpilger, Touristen, Neugierige sind nicht einbegriffen. Bisher mögen etwa zwölf Millionen Pilger dort gewesen sein. Das ist ein Welterfolg.

Kommen nun in Lourdes übernatürliche Heilungen vor –?

Ich behaupte:

Das Bureau des Constatations ist in der Mehrzahl der Fälle überhaupt nicht in der Lage, eine Heilung festzustellen.

Die Konstatierung einer Heilung ist eine Vergleichung: die des Zustandes vor dem Wunder mit dem Zustand nach dem Wunder.

Nun: das Bureau kennt den Zustand vor dem Wunder gar nicht.

Da es undurchführbar wäre, die Hunderttausende von Kranken vor dem Bad in den ‹piscines› zu untersuchen, so stellt sich der angeblich Geheilte, den das Bureau jetzt zum ersten Mal zu sehen bekommt, mit einem Attest vor. Der Geheilte kommt also mit dem Zeugnis fremder Ärzte, die besagen, was ihm gefehlt hat. Nun untersucht das Bureau den Kranken nach der Heilung, es kennt also nur die eine Seite des Waagebalkens.

Denn wer sind diese attestierenden Ärzte? Professoren? Kleine Landdoktoren? Welchen wissenschaftlichen Wert haben ihre Gutachten? Wann sind diese Atteste ausgestellt?

Diese Atteste sind wochenlang vor der Heilung ausgestellt, in den seltensten Fällen eine Woche vorher. Aber jeder Kurpfuscher sieht seine Kranken vor und nach seinen Praktiken und ist wenigstens in den Zeitangaben gedeckt, wenn er sich bescheinigen läßt: «Nach Ihrer Behandlung fühle ich mich bedeutend besser.» Und die behandelnden Ärzte zu Hause sehen den Kranken erst nach Wochen wieder, frühestens nach einer – sie vermögen also wenig über eine exakte und sofortige Wirkung der Wallfahrt auszusagen.

Die Statistik ist so minutiös: sorgfältig gibt das Bureau des Constatations an, wieviel fremde und wieviel französische Ärzte dort gewesen sind ... Aber das besagt gar nichts, denn sie können ja nichts sehen. Man öffnet ihnen alle Türen – aber es gibt wenig zu beobachten. Was sie untersuchen, sind kranke Männer und Frauen in einem bestimmten Zustand – was vorher war, wissen sie aus eigenem Augenschein nicht.

Die populäre Literatur wimmelt von Fotografien der Geheilten, eine Beweisführung, die etwa an die plattdeutschen Märchen denken läßt, in denen jemand vom Gnomenfürsten träumt, der da auf dem morschen Ast ritt und dann herunterpurzelte. «Und zum Beweis dessen, daß die Geschichte wahr ist – hier ist der Ast.»

Natürlich kämpfen die Lourdes-Leute wie die Mamelucken für ihre Sache. Und das ist nun ausnahmsweise kein Wunder. «Ce que l'amoureux fait pour sa maitresse», sagt Sighele einmal, «l'artiste le fait pour son art, le savant pour sa science, le sectaire pour la secte.» Und sie passen auf –! Ein kleiner Irrtum des Zweifelnden, ein Versehen des Kritikers im winzigsten Nebenumstand, und es erfolgt ein allgemeines Schütteln des Kopfes. Da seht ihrs! Der Mann ist nicht exakt, also nicht glaubwürdig, also haben wir recht. So wird hier gekämpft.

Worum wird gekämpft –?

Die offiziellen Zahlen der Heilungen sind verhältnismäßig klein.

1858	27	
1864	3	gänzlich unkontrolliert. Das
1874	31	Bureau besteht erst seit 1884
1883	145	
1893	101	
1903	133	

Die Zahl für 1924 wurde mit 22 angegeben. Im Jahre 1925 wird sie aller Voraussicht nach noch geringer sein.

Unter den Propagandaberichten finden sich ein paar besonders schöne Fälle.

Da ist Herr Gargam, der im Dezember 1899 bei einem Eisenbahnzusammenstoß böse verletzt wurde: Fleischwunden, Schlüsselbeinbruch, Lähmung und Muskelsteife des gesamten Unterkörpers vom Gürtel an. Man hat große Schwierigkeiten, ihn überhaupt zu ernähren. Die Schadensersatzklage gegen die Eisenbahngesellschaft Paris-Orléans führt zum obsiegenden Urteil: 3000 Francs jährliche Rente, die später auf 6000 erhöht wurde, sowie eine einmalige Auszahlung von 6000 Francs. Am 12. August 1901 verzichtet die Gesellschaft auf weitere Rechtsmittel und erklärt sich bereit, zu zahlen. Acht Tage später, am 20. August, ist Herr Gargam in Lourdes unter den Geheilten.

Da ist Frau Rouchel aus Metz, einer der bösesten Fälle von Lourdes. Die alte Frau litt an einem Lupus; ihr Gesicht war entsetzlich entstellt, es bestand aus einer einzigen Wunde. Sie kam am 4. September 1903 nach Lourdes; eine grauenhafte Qual, sie anzusehen, eine Plage für die Nachbarn. Die Wunde roch stark und eiterte. Sie wußte, daß sie allen lästig fiel und wollte nicht im Menschengetümmel bleiben, das stets vor ihr zurückwich; sie flüchtete sich in eine kleine Seitenkapelle der Kirche. Als das heilige Sakrament an ihr vorbeikam, fiel ihr Verband, mit Blut und Eiter getränkt, auf ihr Gebetbuch. Als sie ins Hospital zurückkam, war sie geheilt. Mirakel –!

Nachschrift: Frau Rouchel starb im Krankenhaus zu Bondecours mit völlig zerfressenem Gesicht. Und das war kein Lupus. Es war das tertiäre Stadium der Syphilis, von der ihr Arzt in dem Attest aus Gefälligkeit nichts gesagt hatte. Sie hatte beide Krankheiten. Die Geschichte machte in Metz einen Höllenspektakel, der Arzt wurde von seinen Kollegen fallen gelassen, die alle sehr wohl wußten, daß solche Erscheinungen des tertiären Stadiums oft ebenso rasch verschwinden, wie sie gekommen sind.

Und so gibt es noch viele schöne Fälle.

Die Kirche verlangt nun von einem Wunder, damit sie es als Wunder ansähe:

Es darf sich um keine nervöse Erkrankung handeln. Unmittelbarkeit der Heilung.

Der Ausschluß der Hysterischen ... das ist nicht immer so gewesen. Denn es ist ja unzweifelhaft, daß der größte Teil der Wunderheilungen im Mittelalter Neurastheniker, Hysteriker, Hysterische, Nervöse betroffen hat – gaben die sich für geheilt aus, so sah man sie als begnadet, ausersehen und durch Gott und die Jungfrau geheilt an. Seit die Wissenschaft dieses Feld besetzt hat, hat es die Kirche geräumt. Sehr früh schon – etwa um 1734 – hat der Kardinal Prospero Lambertini, der spätere Papst Benedikt XIV., davor gewarnt, Nervöse in die Wundergeschichten einzubeziehen. Was aber wäre, wenn die Psychologie und die Psychiatrie den nervösen Krankheiten nicht so nahegerückt wäre? Die Kirche nähme diese Kranken noch heute für sich in Anspruch.

Vorläufig schwerer angreifbar steht sie auf dem kleinern Feld, das ihr geblieben ist: auf der wunderbaren Heilung organisch Kranker. Da läßt sie sich nichts abhandeln. Sie verlangt nur die Unmittelbarkeit der Heilung.

Von einer Unmittelbarkeit kann nun zunächst in keinem Fall die Rede sein. Bechterew sagt einmal, als er in seiner ‹*Bedeutung der Suggestion für das soziale Leben*› von Wunderheilungen spricht: «Der Boden für zukünftige Heilungen beginnt sich bereits in dem Augenblick vorzubereiten, wo der Kranke zum erstenmal das Gerücht von der Wunderkraft des Heiligtums vernimmt und in seiner Seele der erste Hoffnungsfunke entfacht ist.» Reißt also ein aufgegebener und scheinbar unheilbarer Kranker seine letzte Willensreserve zusammen und beschließt, nach Lourdes zu gehen, so beginnt der seelische Prozeß in diesem Augenblick: wochen-, vielleicht monatelang vor der Reise. Das später ausgestellte Attest besagt wenig.

Nun tagt die Kommission in Lourdes. Aber was sind denn das für Ärzte –! Ich habe mehr als hundert Befunde und Bescheinigungen dieser Leute gelesen, und ich muß sagen, daß mir so etwas noch niemals unter die Finger gekommen ist. Sie haben eine Heilung unter den Augen, sie sehen sie, sie können die neu funktionierenden Organe befühlen, radiographieren – und sie setzen an den Schluß aller ihrer Zeugnisse: «Solche Heilungen kommen in der Medizin nicht vor – sie haben also übernatürlichen, keinen medizinischen Charakter.»

Das unglückselige Wort Richets von der Unwandelbarkeit der physikalisch-chemischen Gesetze, so recht ein Zeugnis von Kurzatmigkeit des Verstandes, flachstem Glauben an die Unfehlbarkeit der Wissenschaft und leiser Überheblichkeit, dieses noch dazu aus seinem Zusammenhang gerissene Wort hat denen in Lourdes grade noch gefehlt. Und hierin gleicht Richet zu seinem Nachteil gar nicht den Theologen, und Rousseau hat allen Orthodoxen der Ratio dies ins Stammbuch geschrieben: «Tout au contraire des théologiens, les médicins et les philosophes n'admettent pour vrai que ce qu'ils peuvent expliquer, et font de leur intelligence la mesure des possibles.»

«Dieses Rückenmarksleiden wird niemals von uns geheilt – also ist es nicht heilbar. Ein Wunder! Ein Wunder!»

Ein Wunder von Ärzten.

Aber dann macht doch die Augen auf, wenn ihr dergleichen seht! Ihr habt solche Heilungen noch nie beobachtet? Dann steckt die Nase in die Bücher, lernt etwas und denkt nach, warum dennoch geheilt worden ist, auf welchem Wege, durch welche Einwirkungen ... Zu grobfingrig, um diese Gewebe aufzudröseln, transponieren sie Kräfte, die sie nicht kennen, nach außen, und die Mutter Maria steht in aller Pracht vor ihnen.

«Kräfte, die sie nicht kennen ...» Ach, dieses Wort darf man in Lourdes gar nicht aussprechen, ohne daß man von einem Hohngeschrei überfallen wird. Es gibt keine Kräfte, die wir nicht kennen! Das wäre ja noch schöner! Schwatzt nicht von unbekannten Kräften! Eben die sind Gott.

Nun habens ihnen die Gegner nicht so schwer gemacht.

Wundt: «Es hat keinen Sinn, alle seelischen Erscheinungen, von der normalen Assoziation und Assimilation an bis zu mehr oder minder phantastischen Illusionen und Sinnestäuschungen, unter dem Begriff der Suggestion zu vereinigen und diesen so zu einem Allerweltsbegriff zu machen, der, weil er alles bedeuten soll, in Wahrheit nichts mehr bedeutet. Das Wort ‹Suggestion› erklärt ja überhaupt nichts. Es gewinnt erst einen psychologischen Wert, wenn man die elementaren psychischen Prozesse aufzeigt, deren besondere Verbindung in diesem Ort zusammengefaßt wird.» Und weil das die Gegner so oft schuldig bleiben – deshalb haben es die Wundergläubigen so leicht.

Die katholische Wundererklärung, auch die durch die Ärzte, grade die durch die Ärzte, ist scholastisch durchgearbeitet. Bleibt zum Beispiel eine kleine Narbe vom alten Leiden übrig, so scheut sich doch ein erwachsener Mann nicht, das als ‹Signatur Gottes› anzusehen, gewissermaßen ein Fabrikzeichen: ‹Nur echt mit ...›

Die Anschauungen, denen man in dieser katholischen Ärzteliteratur über Suggestion begegnet, sind zum Teil wahrhaft kindlich. Bertrin nimmt allen Ernstes das Diktum eines Laienhypnotiseurs auf, der ihm in Lourdes sagte: «In Lourdes gibt es überhaupt keine Suggestion. Die Priester, die die religiösen Beschwörungen vornehmen, denen die Menge respondiert, beten anstatt zu befehlen. So suggeriert man nichts.» Ich weiß nicht, wo der betreffende Herr hypnotisieren gelernt hat – aber ich möchte mich nicht von ihm behandeln lassen.

Eine der exaktesten Definitionen der Suggestion steht bei Bechterew. «Suggestion beruht auf unmittelbarer Überimpfung bestimmter Seelenzustände von Person auf Person mit Umgehung des Willens, ja, nicht selten auch des Bewußtseins des Aufnehmenden.» Und: «Nicht durch den Haupteingang, sondern sozusagen von der Hintertreppe aus gelangt der Eindruck ... unmittelbar in die innern Gemächer der Seele.» Die Definitionen von Liébault, Löwenfeld, Forel, Wundt, Binet und den großen Franzosen erreichen das nicht an Klarheit – wetteifern kann nur noch Moll, bei dem es etwa heißt, Suggestion sei der Fall, wo eine Wirkung dadurch bedingt wird, daß man die Vorstellung ihres Eintretens erweckt. Und das ist der Fall Lourdes.

Wird nun hier ‹ohne Mithilfe von Logik› suggeriert, wie Bechterew das als typisch angibt –? Viel klüger: es wird mit einer Scheinlogik gearbeitet. Die Legende der seligen Bernadette, die Geschichte der Wunderheilungen, ihre etwas mystische Theorie, die da auf Erklärung verzichtet, wo man Erklärungen wünscht, und so das schöne Halbdunkel erzeugt, in dem der Glaube gedeiht – das alles greift ineinander wie die Zähne eines Räderwerks, und diese Wissenschaft für die kleinen Leute geht denen ein wie Öl. Die Kleriker haben auf alle Angriffe einen Einwand, für jeden Beweis einen Gegenbeweis, und es ist wie mit den Juristen: folgt man ihnen erst einmal auf diesen Morastboden der Klopffechterei, dann ist alles verloren. Sie nennen das beide – Kirche und Rechtswissenschaft –: die Gesetze der Vernunft. Und vergessen nur, daß sie stets herausinterpretieren, was sie vorher stillschweigend hineininterpretiert haben.

Nun ist aber Suggestion kein krankhafter Vorgang, sondern etwas dem menschlichen Leben durchaus Natürliches, eine Sache, mit der die Gesellschaft steht und fällt; ohne Suggestion ist kein Zusammenleben denkbar. Diese Spezialsuggestion von Lourdes setzt zunächst die Behauptung in die Voraussetzung, supponiert den Gott, den sie ja grade beweisen will, und appelliert außerdem an viel tiefere Instinkte.

«Unser ganzes Bestreben geht danach, geliebt, bewundert, beneidet oder wenigstens bemitleidet zu werden, ... die Gedankenwelt andrer zu bevölkern, die uns lieb sind oder die uns imponieren.» (Gleichen-Rußwurm.) Das ist es. Es ist der Geltungsdrang.

Ich habe im Bureau des Constatations ein junges Mädchen gesehen, das wollte sich eine Wunderheilung attestieren lassen. Die Unterhaltung war der Typus eines Kuhhandels. «Tun Sies doch, Herr Doktor!» – «Eine gewöhnliche Besserung von Sodbrennen – das genügt nicht, Fräulein!» Die Augen des Mädchens glänzten, sie hatte einen puterroten Kopf und kämpfte um ihr Leben. Draußen hatten sie eben eine scheinbar Geheilte vorbeigetragen, das Klatschen und die begeisterten Zurufe lagen noch in der Luft . . . sie auch! sie auch! Eine Rolle spielen, bewundert werden, auserlesen sein unter Tausenden . . . sie auch! Sie entfernte sich, enttäuscht, gekränkt, in ihren tiefsten religiösen Gefühlen getroffen, wie nach einem verlornen Gefecht.

Aber suggeriert der behandelnde Arzt nicht auch? Hypnotisiert er nicht? Ist nicht ein Teil seiner Wirkung eingestandenermaßen in seiner persönlichen Suggestion zu suchen?

Und hier scheint mir Zola, der mitgedacht wird, wenn Lourdes gedacht wird (was nach einem Raabeschen Wort ‹Ruhm› bedeutet) – hier scheint mir dieser tapfere und wirkungsvollste Vorkämpfer, dessen Roman in Deutschland berühmter ist als bekannt, einen Schuß nicht abgefeuert zu haben. Wie haben sie ihn bespien! Wer erinnert sich nicht noch des Unflats, der bei den Frommen aufdampfte, als er tödlich verunglückte! Sie haben ihm sogar vorgeworfen, er habe in *‹Lourdes›* die Geistlichen beschimpft, wofür es keine Stelle als Beleg gibt . . . Nein, es sitzt anderswo. Das Wort ‹Suggestion› reicht in der Tat nicht aus.

Die Literatur über das Individuum in der Masse ist klein. Ganz zu schweigen von Experimentalpsychologen, deren lächerlichste Vertreter an Apparaten herumhantieren und Versuchsreihen aufstellen, die so lang sind wie ihr Instinkt kurz – es ist auch grundfalsch, die Natur der Massenerscheinungen am Individuum zu studieren und in verkehrter Gründlichkeit bei ihm anzufangen. Das Wesen des Meeres ist aus dem Tropfen nicht ersichtlich. Lourdes ist ein Massenphänomen und nichts als das.

«In eine Menge zu gehen, ist, wie in ein Choleradorf gehen», hat ein englischer Soziologe gesagt. Der Gedanke, daß eine Versammlungsrede in kleinem Kreise leicht komisch wirkt, ist nicht neu, aber viel zu wenig ausgearbeitet. Denn hier sitzt der Kern. Was tut nun Lourdes mit den Massen –?

Es versetzt zunächst die fernen Kranken durch seinen Ruf, der künstlich genährt und gesteigert wird, in sanften Schwindel. Die Wallfahrten sind ja nicht spontan, sondern sorgfältig organisiert, die Beteiligung an ihnen ist häufig unter mehr oder minder starker Beeinflussung erfolgt. Die Millionen strömen zusammen, nicht nur von individuellem Willensimpuls getrieben, die Reisen rühren nicht aus lauter voneinander unabhängigen Einzelentschlüssen her, sondern sie sind kollektiv zustande gekommen. Die Disposition für die große Massensuggestion, die da einsetzt, ist also denkbar günstig. Kommt die manchmal ungenügende ärztliche Pflege hinzu, das Mißlingen von ärztlichen Kuren, die scheinbare oder wirkliche Unmöglichkeit, geheilt zu werden – so wird sich der Kranke um so eher dem neuen Hoffnungsstern hingeben.

Nun reist er nach Lourdes.

In dem Augenblick, wo der Patient den Zug betritt, kommt er aus der Masse nicht mehr heraus. Er ist nie mehr allein. In den Hospitälern liegen sie zu zwanzig, dreißig. Er ist fast ständig unter Tausenden, meist unter Hunderten, die Leidensgefährten sprechen miteinander. Die Ärzte unter meinen Lesern kennen die ‹Wartezimmer-Gespräche› in den Polikliniken, wo Frau Knautschke Fräulein Lindemüller von ihrem großen Ding am Knie erzählt, und was der Doktor gesagt hat, und was man da tun müsse, und was man nicht tun dürfe ... Jeder gibt seinen Senf dazu, Schauergeschichten steigen zur Decke, und alle sind schwere Fälle, und alle wollen bemitleidet und sehr ernst genommen werden. An guten Ratschlägen fehlts nicht. Das, genau das, ist die Luft von Lourdes. Ich habe die Unterhaltungen alter Frauen auf dem großen Platz während der Prozession mitangehört: kein Komma war anders als in der berliner Charité vor der allgemeinen Sprechstunde. «Un denn, Frau Millern, ick hab mein Mann imma heiße Linsen hinten ruffjepackt – das hatn ja sehr jut jetan ...» Auf die Art.

Gruppen sind *ein* Leib. Aber das ist überall so. Ein Soldat wurde bei einer Besichtigung gefragt: «Sie stehen im Feuergefecht mit dem Gegner, der energisch vordringt. Ein Schütze neben Ihnen ruft, daß man sich nicht mehr halten könne, man müsse zurückgehen. Was tun Sie?» – «Ich gehe zurück!» sagte der Soldat. – «Warum?» – «Weil wir uns nicht mehr halten können.» Ganz Lourdes in einem Satz.

Man betrachte ja nicht die Massen in Lourdes als einen Haufen Ekstatischer und religiös Verzückter. Im Gegenteil: die Atmosphäre ist recht kleinbürgerlich; es sind Bauern und kleine Bürger, die da zur Heilung kommen, und tobende Ausbrüche sind recht selten. Als Hellpach noch Nervenarzt war, hat er einmal davon gesprochen, daß «nicht jede Epidemie, in der ein paar Hysterische sich herumtreiben, eine hysterische Epidemie ist; von den wirklichen hysterischen Epidemien ist die große Menge der bloß mit hysterischen Zügen Geschmückten sorgfältig zu sondern». So auch hier. Nein, es ist ganz etwas anderes als Hysterie.

Es ist das Beispiel. Es ist die Nachahmung. Es ist die Geste.

Man falte einer Hysterischen in der Hypnose die Hände – und ihr Gesicht nimmt einen flehenden Ausdruck an. Man versetze sie mit zornigen Gesten in einen zunächst fingierten Zustand der Raserei, und das Blut steigt ihr langsam zu Kopf. (Der Schauspieler sei hier ausgenommen.) Espinas, der französische Tierpsychologe, erklärt so die geistige Ansteckung unter Tieren. Vom Gesumm der Wespen: «Die andern Wespen hören dieses Geräusch, können es sich aber nur vorstellen, indem diejenigen Nervenfasern, die es gewöhnlich auslösen, gleichzeitig mehr oder minder erregt werden ... Wir denken nicht nur mit unserm Gehirn, sondern mit unserm ganzen Nervensystem.» Nun, hier in Lourdes wird nicht nur gesummt. Hier wird der Heilwille angespannt.

«Die Wunden der Sieger schließen sich schneller als die der Besiegten»; das gilt auch körperlich. Die Seelenheiterkeit, die gute Stimmung, der Wille, gesund zu werden – wer kennt das nicht! Und der wird hier aufgereizt, angespannt, hochgepeitscht ...

Ein besonders schönes Beispiel von Massensuggestion sind die Lungenkranken aus der Heilanstalt zu Villepinte, deren Belegschaft jedes Jahr wiederkam. 1896 werden acht von vierzehn Personen geheilt; 1897 acht von zwanzig, darunter nur vorübergehende Besserungen, 1898: vierzehn von vierundzwanzig. Unnötig, auszumalen, was sich das ganze Jahr hindurch in der Lungenheilanstalt abgespielt hat – die Gespräche, die gegenseitigen Ermunterungen, die ununterbrochenen Wach-Suggestionen, die Zeitungsartikel ... Einen günstigeren Boden gibt es nicht.

Nun könnte man sagen: aber wie verhält es sich mit der Heilung von Kindern, die kaum oder noch gar nicht sprechen können, auf die also die Wirkung einer normalen Wort- und Bildsuggestion nicht in Frage kommen kann? Der Professor Bertrin führt eine große Anzahl an: 1897 ein Kind von knapp drei Jahren, 1896 ein Kind von zwei Jahren, er geht sogar bis auf das Jahr 1858 zurück ... Aber grade bei Kindern erscheint mir die Sache besonders zweifelhaft: denn da sind es die Krankheitsberichte der Eltern, die ihr Kind geheilt haben wollen, und die nicht wissen, daß es grade bei Kinderkrankheiten verblüffende Fälle von raschen Zustandsveränderungen gibt.

Liest man die kirchlichen Bücher, so hat man den Eindruck, wie wenn sich dergleichen noch nie ereignet hätte. Damals, als der Präfekt von Tarbes die Grotte schließen wollte, erhob sich die ganze Gegend. «Von dem Tage an, als die Gendarmen erschienen und die Leute von Strafe hörten, war die Aufregung so stark, daß sich die ganze Gemeinde und auch die Nachbargemeinden, wie vom Widerspruchsgeist getrieben, für diese Neuerung begeisterten.» Aber das ist nicht Lourdes, sondern stammt aus einer Wundergeschichte, die in Trennfeld im Jahre 1892 spielte. Es kommt alles wieder, auch die Wunder, grade die Wunder. Sie haben ihre Gesetze.

Dergleichen ist ja nicht neu. Der Doktor Vachet aus Paris, der übrigens eine sehr verdienstvolle Aufklärungsschrift über Lourdes geschrieben hat, zeigt genau dieselben Methoden bei einem Mann auf, der sogar in Paris einen Saal knüppeldick voller Menschen hatte: Herr Béziat, ein Landwirt, der die Leute durch Zuspruch heilte. Und der sagte offen, was es ist: es ist der Wille. Wobei er die Bemerkung macht, daß der Kranke durch den fremden Appell an die ‹Lebensquelle›, die sich nun gegen die Krankheit aufbäumt, zunächst noch mehr leide – eine sehr feine und treffende Beobachtung.

Von den zahllosen Analogien und Kopien von Lourdes nur zwei.

Die schwindsüchtige Maria Bashkirtseff war im Jahre 1881 in Kiew. Ihr Tagebuch ist heute mausetot – aber es bleibt doch das rührende Zeugnis eines armen Vögelchens. Da betete man für sie, ihre Eltern beteten, sie auch; aber sie glaubte nicht an die Heilung. Und so wurde es denn auch nichts. Ihre kleine Schilderung von Kiew, die unter dem 21. Juli eingetragen ist, wirkt wie ein dünnes Abziehbild von Lourdes.

Und da ist das Heiligtum von Oostakker in Belgien, eine gradezu barocke Geschichte. Die Marquise von Courtebourne hatte sich in ihrem Schloß, wie es um 1870 Mode war, ein ‹Aquarium› anlegen lassen, mit Teichen und Wasserkunst und allem übrigen. Ihr Abbé zeigt ihr ein Bild der Grotte von Lourdes – das möchte sie auch haben. Es wird eine Nachbildung bestellt und ausgeführt, mit der Statue der Madonna und allem, was dazu gehört, auch dem exportierten Wasser aus Lourdes. Und nun fangen doch wahrhaftig die Gläubigen an, hierher zu wallfahrten –! Unter den Geheilten strahlt das Glanzstück: de Rudder. Der Mann war ein Bettler, dem ein Sturz vom Baum sein Bein zerschmettert hatte. Bruch des Schienen- und des Wadenbeins, Operation ohne Asepsis: schwere Eiterung, in der Wunde sollen die Knochenenden deutlich zu sehen gewesen sein. Diesem Mann wuchsen am 7. April 1875 die verkürzten Knochen zusammen, und wenn man sieht, daß der Metallabguß dieses Mirakels im Bureau des Constatations hängt, so wird man füglich nicht mehr zweifeln. Wenn man nicht wüßte, daß der Abguß ein Jahr nach dem Tode von dem exhumierten Leichnam abgenommen worden ist, abgenommen worden sein soll ... So ungefähr sieht das wissenschaftliche Material der Kirche aus.

Lourdes ist lediglich ein Phänomen der Massensuggestion.

Es gibt einen klaren Beweis von der Richtigkeit dieser These, einen Beweis e contrario. Das ist der Winter.

Im Winter finden keine Wallfahrten statt, weder die großen französischen noch die internationalen. Im Winter kommen lediglich ein paar versprengte Touristen, Neugierige, Hochzeitsreisende, die gelobt haben, nach ihrer Verbindung dorthin zu pilgern – es kommen aber auch Kranke.

Die Kirchen sind geöffnet, die Grotte ist geöffnet, man kann beichten und beten, wie im Sommer, man darf baden, wie im Sommer; man darf das heilige Wasser trinken, wie im Sommer.

Und es gibt keinen Fall der Heilung im Winter – keinen einzigen!

Es kann keinen geben, weil die Masse fehlt, die brodelnde, Gebete plappernde, dahinziehende, sich pressende, chorsingende Masse. Der Pilger ist mit seinem Gott und seiner Grotte allein.

Und da langt es nicht. Da springt kein Funke über, da bäumt sich nichts auf, da peitscht nichts auf den Willen ein, da raunt nichts: Gesunde! da ruft nichts: Gesunde! da brüllt nichts: Steh auf und wandle! Im Winter geschlossen.

Der Arzt mit seinen Hilfsmitteln: Persönlichkeit, Wartezimmer, Operationssaal, weißer Mantel, Assistenten – er reicht Lourdes nicht das Zauberwasser. Er ist allein, der Kranke im Winter ist allein. Lourdes ohne die Masse ist nicht Lourdes.

Und nicht nur zeitlich ist das Wunder begrenzt – auch örtlich. Es gibt in den letzten vierzig Jahren keinen Fall, daß jemand aus Lourdes selbst geheilt worden wäre. «Wir sind zu nah», sagte mir einer. Die Kirche läßt die Pilger nur wenige Tage zur Grotte wallfahren – frisch sollen die Eindrücke sein, gewaltig die Intensität, mit der gewollt und gebetet wird; Gewöhnung ist der Tod. Ein klarerer Beweis ist nicht möglich.

Am tiefsten hat hier, wie immer, Freud sondiert. In seiner Untersuchung über ‹*Totem und Tabu*› findet sich das finstre Loch aufgerissen. «Mit der Zeit verschiebt sich der psychische Akzent von den Motiven der magischen Handlung auf deren Mittel, auf die Handlung selbst ... Nun hat es den Anschein, als wäre es nichts andres als die magische Handlung ... die das Geschehen erzwingt.» Die magische Handlung in Lourdes ist das Bad.

Die Quelle hat, wie die Kleriker triumphierend feststellen, nachgewiesenermaßen nicht den geringsten therapeutischen Wert, sie ist eine Gebirgsquelle wie hundert andre auch. Aber das symbolhafte Bad, das an Heilbäder erinnert, gemahnt den Kranken, daß hier etwas zu seiner Gesundung vorbereitet wird, er kennt das, ja, ja, es ist ein Bad, gewiß, er ist in einem Kurort. In einem seelischen.

Um sich herum Kranke ... «Man fühlt sich nicht so allein in seinem Malheur», hat einmal ein Krüppel gesagt – Leidensgefährten, Bemitleidende und das Höchste: das Allerheiligste mit dem Erzbischof selbst dem Kranken zu Ehren! Hier wird das Ich groß geschrieben. Mit der äußersten Konzentration kehrt sich der Heilwille nach innen, ringt mit der Krankheit, kämpft: du oder ich!

Und nun ist die große Frage:

Wie weit reicht dieser Heilwille –?

Sieht man von allen Schauergeschichten, von allen Übertreibungen, von allen liederlichen Dokumenten ab, von den Luftblasen, die da aus dem Sumpf hochgurgeln – ein einziger Fall genügte. Ich nehme ihn an.

Und damit wäre eben nur erwiesen, daß der Wille des Menschen, dieser allmächtige Wille, dem so viele Weise so verschiedne Namen gegeben haben, daß dieser Wille fähig ist, Veränderungen im Gewebe hervorzubringen. Die Kirche, die sich seit Marx mit dem Sozialismus beschäftigt wie eine Hausfrau mit Wanzenpulver, hat auch Medizin studiert und unterscheidet in ihrer medizinischen Scholastik sehr scharf. «Eine Hysterie kann nur eine Funktion hervorrufen, niemals ein krankes Organ ersetzen.»

Wenn aber ein Fall, ein einziger erwiesen wäre, von demselben Arzt unmittelbar vor und nach der Heilung beobachtet, attestiert, radiographiert –: wenn der erwiesen wäre, dann sind eben die Theorien falsch, denn es ist die Naturerscheinung, nach der die sich zu richten haben, nicht, wie der Theoretiker gern möchte, umgekehrt.

Also doch Unsre Liebe Frau von Lourdes –?

Nein.

Sie ist die Personifikation des menschlichen Willens, dem die Kirche das genommen hat, was sie der Gottheit gab. Innen sitzt es – nicht außen.

So ist es immer gewesen.

Da ziehen sie hin, die Schafe – Walter Mehring hat sie gesehn.

Durch die Jahrtausende geht ihr Zug
Mondhell leuchtenden Steißes –
Immer ein schwarzes, ein weißes –
Heiliger Nepomuk!

Da ziehn sie hin.

Ich weiß nicht, ob schon wieder deutsche Katholiken nach Lourdes wallfahrten. In großen Zügen tun sie das meines Wissens noch nicht. Sie werden keinen leichten Stand haben. Die französischen Katholiken sind, im Gegensatz zu den deutschen, die wildesten Nationalisten; es gibt zwar keine Pan-Franzosen, und selbst die ‹Action Française› will keinem andern Volk etwas fortnehmen – aber wenn *Κατ'ὅλος* erdballumspannend heißt, so ist das ein Erdball mit Hindernissen. Es ist mir nie klar gewesen, wie ein frommer Katholik dem andern ein Bajonett in den Leib jagen kann – fühlt er nicht, daß es die eklatanteste Religionsverletzung ist, die es gibt? Dafür zum selben Gott gebetet, dasselbe Sakrament verehrt, dieselben Bitten gesprochen, dafür ...? Mir sind sämtliche Kunstgriffe der Kriegstheologen bekannt, man kann ja alles beweisen. ‹Gebet dem Kaiser, was des Kaisers ist› und ‹Gehorchet der Obrigkeit› – aber in der deutschen Kriegsliteratur zum Beispiel ist doch den Katholiken bei Aufstellung dieser kümmerlichen Sätze nicht so kannibalisch wohl gewesen wie der protestantischen Konkurrenz. Die jungen pazifistischen Katholiken in Deutschland, etwa die Leute um Vitus Heller, werden jedenfalls noch eine schwere Arbeit haben, wenn sie mit diesen französischen Glaubensgenossen zusammentreffen wollen. Denn da katholische Deutsche vor dem Kriege in

Lourdes gewesen sind, zum Beispiel Bayern, so ist es theoretisch nicht ausgeschlossen und praktisch mehr als wahrscheinlich, daß Männer, die gemeinsam vor der Kirche das Credo gesungen haben, sich späterhin bis zur Unkenntlichkeit zerfetzt haben, als Soldaten, die sich damit noch brüsten, zum Beispiel Bayern.

Ich weiß sehr wohl, daß im allgemeinen dem deutschen Publikum nicht sehr wohl ist, wenn es gegen die Übergriffe der katholischen Kirche geht. Der Katholik ist dagegen; der Protestant hat Furcht, daß das Feuer auf sein Haupt übergreife, und der Jude sagt: politische Rücksichten und meint: Angst vor dem Antisemitismus. Mit einem kämpferischen freien Geist ist es bei allen dreien nicht weit her.

Die Aufgabe wird einem doppelt schwer gemacht: durch die wanzenplatten Monisten und die unzweifelhaften Verdienste des deutschen Zentrums in der Außenpolitik bis zum Jahre 1924. Aber das soll uns nicht hindern, die Wahrheit zu sagen.

Und sie kann um so leichter gesagt werden, als nur Renegaten und Angsthasen katholischer sind als die Katholiken selbst. Die verlangen nicht, daß man an Lourdes glaube; ich kenne katholische Franzosen, die mit Feuer und Schwert gegen die Trennung von Kirche und Staat kämpfen und über Lourdes mit einem Achselzucken zur Tagesordnung übergehen. Furcht vor dem Kulturkampf ist noch keine Toleranz.

Toleranz! Aber ich habe noch nie erlebt, daß die andern auf unsere Gefühle Rücksicht genommen hätten, etwa, wenn von der Wehrpflicht die Rede ist. Ihnen ist die Sache so selbstverständlich ... Weicht nicht immer zurück, falsche Taktiker, Taktiker eurer Niederlagen. Und setzt auch einmal dem, der zugreift, die alte Formel der kirchlichen Druckerlaubnis aufs Heft: Nihil obstat. Imprimatur.

Hier soll kein Wort der persönlichen Verunglimpfung Geistlicher stehen. Die Tatsache bleibt, daß Lourdes Hunderttausenden eine Tröstung und eine Herzstärkung bedeutet. «Aber wenn nun die Leute ungeheilt zurückkommen», fragte ich einen Abbé, «sind sie da nicht enttäuscht?» — «Im Gegenteil!» sagte er. «Es ist auf alle Fälle eine kräftigende Reise.»

Auf der manche sterben. Denn der Transport so schwer Kranker, die zum Teil gegen den ausdrücklichen Rat der Ärzte reisen und noch stolz darauf sind, ist anstrengend, qualvoll, trotz allem gefährlich. Von der öffentlichen Hygiene dieser nicht immer sauber zu haltenden Massentransporte gar nicht zu reden. Also Schließung? Es gibt keine Regierung, die das wagen dürfte. Es ist zu spät.

Und ich will nun den Frommen zum Schluß alles einräumen: daß es wundertätige Heilungen gibt, daß diese Heilungen von einem Wesen ausgehen, das Jungfrau Maria heißt ... Was beweist das —?

Wunder sind eine Reklame. Wunder beweisen nichts für die Richtigkeit eines ethischen Systems.

Und wenn einer aus Feuerland daherkäme und mir das Abbild seines Gottes zeigte und sagte: «Sieh! Er tut Wunder! Er gibt Regen und Sonnenschein! Er heilt die Kranken und fördert die Gesunden! Er schließt die Wunden und trocknet Tränen, er erweckt Tote und trifft mit dem Blitz das Haupt unsrer Feinde! Er ist ein großer Gott!» — spräche er also, so prüfte ich das Gebäude und die Untermauerung seines Glaubens und seiner Metaphysik, seiner Lehren und seiner Sittengesetze.

Und fände ich dann etwa, daß es eine Religion ist, die von ihrem Schöpfer gute Lehren auf den Weg bekommen hat, diesen Schöpfer aber verraten hat um irdischer Güter willen; daß sie die Reichen begünstigt und die Armen mit leeren Tröstungen im Elend geduckt hält; fände ich, daß sie die Tiere nicht miteinbezieht in den Kreis des Lebens, und daß sie klüger ist als fromm, gerissener als weise, politischer als wahrhaftig; daß sie das gute Heidnische im Menschen tötet und den Verkrüppelten sorgfältig bewacht; daß sie gottlose Fahnen in ihren Tempeln aufhängt und segnet, die da töten, und verflucht, die den Staatsmord verhindern wollen — fände ich das alles:

ich schickte den Mann aus Feuerland zurück und pfiffe auf seine Wunder.

Cirque de Gavarnie

Der Cirque de Gavarnie ist nicht nur ein Gebirgskessel, sondern eine nationale Zwangsvorstellung. Unmöglich, in Paris von den Pyrenäen zu sprechen, ohne daß der andere sagt: «Vous faites le tour des Pyrénées? Alors il faut voir le Cirque de Gavarnie.» Ja doch.

Das Reisepublikum des Landes hat diese Attraktion sogar schon auf die Briefmarken setzen wollen: sodaß es sich also um eine himmlische Schönheit oder um eine künstlich aufgeplusterte Sache handelt. Wenn die Erwartung vorher so aufgereizt worden ist, gibt es meistens eine Enttäuschung.

Die Straße führt über die Napoleon-Brücke, ein Bogen, der sich hoch über den Bach da unten wölbt. Aber dreihundert Meter davon, wo die Straße noch steigt und ihr Rand sich siebzig Meter über den Abgrund erhebt, da fuhren dreiundzwanzig Menschen in den Tod. Am 3. August 1923 kehrten zweiundzwanzig Holländer, die aus Lourdes nach Gavarnie gekommen waren, vom Cirque zurück, Männer und Frauen, fröhliche Leute auf einem fröhlichen Ausflug. Sie fuhren eine halbe Stunde an ihrem Grab entlang, und was es dann mit dem Chauffeur gegeben hat, der als zuverlässiger Mann in der ganzen Gegend bekannt gewesen ist, weiß man nicht; jedenfalls tobte der schwere Tourenwagen über die kleine Mauerböschung nach unten. Sie stürzten siebzig Meter, ein einziger Mann fiel ins Wasser und blieb unverwundet am Leben. Er kroch unten in eine kleine Höhle, die der Felsen gebildet hatte, an ein Heraufklettern war an diesem Abend nicht zu denken, und ein mutiger französischer Student ließ sich an einem Seil hinunter und brachte dem Halbirren Rum und Zucker. Für die Nacht blieb er allein. Am nächsten Morgen holten sie ihn herauf; er lebt heute noch in Holland. Die andern wurden einzeln zusammengesucht, den Chauffeur fand man nach drei Monaten, die Strömung hatte ihn entführt. Das Chassis des Wagens liegt, ein Eisenskelett, im Abgrund: wenn man sich hart über die niedrige Mauer beugt, kann man es unter den Büschen sehen. Es ist der einzige ernste Unglücksfall, der den Reiseautomobilen hier zugestoßen ist.

Aus Lourdes kommen so viele Ausflügler hierher. Ein Automobildienst ist eingerichtet, und ein Wagen nach dem andern befördert die Menschenpakete an den Cirque de Gavarnie. Die Straße lärmt und rattert den ganzen Tag, die Restaurants sind überfüllt, es gibt dumme Andenken zu kaufen, und das Ganze erinnert ein bißchen an die Sächsische Schweiz. Die Leute auch: geschwätziges, naturkneipendes Kleinbürgertum.

In Gavarnie hört die Straße auf, da macht der Weg eine Biegung, und nun liegt der Stolz der Pyrenäen vor seinem Publikum. Die Felswände stehen im gigantischen Halbkreis, oben liegt etwas Schnee, und das Ganze ist schön anzusehen. Aber mehr nicht – und warum so ein Geschrei daraus gemacht wird, weiß ich nicht. Um heranzukommen, braucht man eine Stunde, wie täuschen doch die Entfernungen im Gebirge und auf der See! und dann wird der Zirkus nicht etwa großartiger: da ist zwar ein hoher Wasserfall, aber weil die Vergleichsmaßstäbe fehlen, überwältigt er nicht. Brav und mit vorgeschriebner Begeisterung wandeln die Lourdes-Sachsen die klassische Strecke.

Ein Gutes aber hat Gavarnie doch gehabt. Ein französischer Zeichner schöpfte sich hier sein Pseudonym: Gavarni, Daumiers Zeitgenosse; Hunderte amüsanter Mode- und Theaterzeichnungen liegen uns vor. Er schrieb sich ohne e – bei mir hatten Gavarnie und Gavarni bisher immer in zwei verschiedenen Schubladen gelegen, so wie ja kein vernünftiger Mensch bei Goethes ‹*Faust*› an eine geballte Hand denkt.

Im Dorf Gavarnie selbst fand sich ein Schild vor: «Zur Kirche, XVI. Jahrhundert». Ah – wie gebildet! zur Kunstgeschichte gleich hier gradeaus . . . In der Kirche stand ein Priester und erklärte einer Reisegesellschaft eine Sammelbüchse. «Diese Kasse ist für die Errichtung einer Madonna bestimmt, die hier stehen und Gavarnie gegen die Lawinen schützen soll.» Wer etwas geben wolle . . .? Spende man aber fünf Francs, so dürfe man sich in jenes goldne Buch eintragen. Alle spendeten, alle trugen ein. In der Ecke stand eine bescheidne Holzbüchse. Für die Armen. Keiner gab einen Sou.

Das Dorf war gesteckt voll, sie waren sämtlich da, die dagewesen sein mußten, kein Wagenplatz, kein Pferdesattel, kein Eselsrücken war frei.

In Gèdre aber biegt ein kleiner Weg ab, und den geht niemand. Fünf Stunden weiter liegt ein andrer Cirque, der von Troumouse, kein Auto fährt dahin, auf dem ganzen Spazierritt bin ich zwei Männern begegnet, und die kamen nicht von Troumouse. Es ist ein bißchen mühselig, und der Franzose wandert nicht. Daher fern von den großen Straßen wenig Wegweiser, wenig Fußwandrerkarten und himmlische Einsamkeit.

Ich bekam nur ein Pferd. Pferde können sich mit den Mauleseln dieser Berge an Sicherheit nicht messen. Das Pferd klettert, der Esel geht Schritt vor Schritt, wie in einer Ebene. Der Gang des Esels ist den holprigen Steinen und dem Auf und Ab der steilen Wege wesentlich angemeßner.

Ein paar hundert Meter ist da noch eine Straße, und weil man an ihr vor dem Kriege bis zum August 1914 gebaut hat, so kann man an diesem steinernen Kalender so recht sehen, wie es gewesen ist: erst ist sie geschottert, dann mit spitzen Steinen übersät, dann ist nur noch die Erde an den Seiten aufgeworfen, nun wird sie ganz schmal, ein Pfad bleibt übrig ... Zum Bau von Straßen war damals keine Zeit mehr — sie mußten welche zerstören.

An Héas kommt man vorüber, einem kleinen Weiler. Schon vorher, im Steingeröll, steht eine heilige Jungfrau, weil sie dort den Schäfern erschienen ist und um ein Bildnis gebeten hat. Héas hat eine Kapelle. Diese Kapelle und ein Haus sind die einzigen Opfer einer Lawine, die da zu Tal kam. In dem verschütteten Haus starben Mutter und Kind; die Nachbarn hatten in der Sturmnacht nicht einmal den Zusammensturz gehört. Die Kapelle wird wieder aufgebaut; den Gottesdienst für die Handvoll Leute, die da noch wohnen, halten sie nebenan ab, in einer kleinen Stube.

Durch Pferdetrupps und Rindviehherden hindurch; die Pferde auf Urlaub wiehern dem, auf dem ich sitze, die neusten Nachrichten aus dem Gebirge zu, und das Pferd nickt mit dem Kopf: Ja, ja, die Zeiten werden immer teurer ... Stunden und Stunden. Dann: Troumouse.

Wir stehen in der Mitte des riesigen Kessels. Er ist größer als der von Gavarnie, in seiner völligen Verlassenheit viel schöner. In der Mitte, in dieser ungeheuren Mitte steht die ‹Vierge des Neiges›, in seltener Instinktlosigkeit weiß gegen den hellgrauen Hintergrund gestellt und fast verschwindend. Das Standbild war ursprünglich aus dunkler Bronze, aber sie haben es angepinselt. Von einem schneebedeckten Gebirgspaß her weht ein eisiger Wind. Der Führer zeigt mir ganz hoch oben einen kaum erkennbaren Maultierpfad: da hinüber sind früher die Schmuggler nach Spanien gezogen. Unbegreiflich, wo Maultiere noch gehen können. Weit sieht man über die Berge; Felsen, etwas Schnee, und dieses stumpfe, büschelweis aufgesetzte Dunkelgrün, das in den ganzen Pyrenäen zu finden ist. Stille.

Stunden und Stunden reiten wir zurück. Oh, der immer wiederkehrende Rhythmus der Bergausflüge! Die ersten zwanzig Minuten am grauen Morgen sind stumpf, der Leib wandelt, aber die Seele liegt noch im warmen Bett und schläft. Dann kommt das Erwachen, die Sinne werden munter; sehen und einatmen und hören und aufpassen, so geht das bis zum Höhepunkt, der meist kurz nach der Mittagszeit liegt. Dann fällt der Tag langsam ab – die Schatten werden länger, die Stunden auch; geht es denselben Weg zurück, so wundert man sich, wie man so lange hat gehen können und möchte ihn nun aber ganz bestimmt nie wieder gehen; alle Schwierigkeiten des Marsches sind auf einmal so groß, heute morgen war das doch ganz leicht ...? Und dann tiefer in die Täler hinunter, die Luft wird wärmer, die ersten Büsche stehen da, und die Bäche fließen breiter; die ersten Bauerngärten sind zu sehen, bunt, knallbunt, und in den Knochen ist jene angenehme Müdigkeit wie nach guter körperlicher Arbeit, als habe man ein nützliches Werk getan. Und dann kommen die schwersten hundert Meter: die letzten – und einen Todmüden siehst du ins Dorf einmarschieren. Sich dann am Geländer im kleinen Berghotel die Treppe hinaufziehen, die Beine sind so schwer, nein, danke, nichts zu essen ... Schlaf.

Auf dem Ritt nach Troumouse hatte sich das Pferd öfter mit einem seltsamen Blick nach seinem Reiter umgesehn, aber ich hatte nicht darauf geachtet. Ich saß oben wie ein Stück Butter auf einer heißen Kartoffel und träumte vor mich hin. Ich dachte an allerhand, auch an einen meiner Freunde, der gar nicht wußte, daß er da hinter der Grenze im spanischen Gebirge lag und eigentlich eine Stadt war: Roda hieß sie. An ihn dachte ich, den ein Militärpferd zum Dichter geschlagen, aber weil er nur ‹humoristische Kleinigkeiten› schreibt, darf man das nicht so sagen. Hopla – da stolperte das Pferd ... Paß doch auf! Wieder sah sich das Tier um.

Und als wir zu Hause ankamen, in Gèdre, und ich grade abgestiegen war und neben dem Sattel stand und meine Beine zählte, die leblosen Klumpen –: da wandte das Pferd noch einmal den Kopf, sah mir mit großen, feuchten Augen genau auf die Nase und sprach mit einer tiefen, deutlichen Stimme:

«Ich habe ja schon viele Leute auf meinem Rücken getragen – aber eine so schweinemäßige Reiterei ist mir denn doch nicht vorgekommen –!»

Sprachs, gab ein Geräusch von sich und wandelte schwanzschlagend in den Stall.

Cauterets

Nun grade nicht.

Rings umragt von dunklen Bergen

Bin ich verpflichtet, überall philologischen Assoziationen nachzugehen und bei Flandern gleich den Grafen Egmont, bei Granada das Nachtlager ...

Die sich trotzig übergipfeln

und bei Roncevaux das ‹*Rolandslied*› zu zitieren? Ich will aber nicht. Im Grunde will ja der Hörer auch nicht.

Und von wilden Wasserstürzen,
Eingelullet wie ein Traumbild,

Es schmeichelt ihn nur, dem Schreiber um eine Nase vorausgewesen zu sein und es gleich gewußt zu haben, denn man ist ja unter gebildeten Menschen. Wenn also von Cauterets die Rede ist, so hat zu erfolgen:

Liegt im Tal das elegante
Cauterets ...

Aber entweder sie kennen den ‹*Atta Troll*› genau, und dann ist das Zitat nicht nötig – oder sie besinnen sich nicht gut auf ihn, und dann hat es keinen Zweck. Besser wäre, die Reisebriefe Heines wären bekannter als sie sind, auch die aus den Pyrenäen, und alle seine Berichte aus Paris, in denen er sich als einen Jahrhundertkerl seltnen Formats, als einen Propheten und als einen Allesüberschauer zeigt. («Man müßte wirklich mal abends den Heine wieder heraussuchen ...!» Ja, man müßte wirklich einmal.)

So elegant ist Cauterets auch gar nicht. Hier ist das ‹*Heptameron*› der Königin von Navarra geboren – aber auch das kann uns nicht trösten. Cauterets liegt in einem engen Tal. Enge Täler ... das drückt leise auf die Seele, man fühlt sich ein bißchen zu gut geborgen, das schwere dunkle Grün der Wälder lastet, klettert langsam den Berg hinan, man sieht ihm nach. Wie ein Gitter stehen die Stämme.

Die Kurkapelle spielt einen dünnen Walzer, die Gurgler gurgeln, die Bresthaften baden sich, die Stubenmädchen stehen zusammen und beraten, wer von wem das nächste Kind bekommen wird.

Von mir nicht. Auf und davon –!

Pic du Midi

Wenn man von Barèges lange genug auf gewundenen Wegen hinaufgeklettert ist, kommt man an die Hotellerie, die sechshundert Meter unter dem Gipfel liegt – also zweitausendzweihundert. Noch sechshundert Meter ...

Der Gipfel steht vor mir – hoch oben blinkt ein Märchenschloß mit der weißen Kuppel einer Moschee. Das ist das Observatorium. Das kleine Zauberhaus grüßt herunter — es ist auf einmal noch so weit bis dahin ...

Unterhalb der großen Hütte liegt ein See, und noch einer. ‹Gebirgsseen, das Auge Gottes›. Diese da strahlen dunkelgrün zwischen den Steinen. Es ist kalt.

Wird die Aussicht oben gut sein —? Taine hatte es seinerzeit nicht gut getroffen, und er legt einem fingierten Reisekameraden folgende Notiz ins Tagebuch:

«Abmarsch vier Uhr morgens im dichten Nebel. Beginn der steilen Böschung; langsamer Aufstieg im Gänsemarsch. Erste Stunde: Rückenansicht meines Führers sowie eines Pferdehinterteils. Der Führer hat eine Jacke aus flaschengrünem Samt, rechts und links ist der Stoff etwas ausgebessert, das Pferd ist schmutzigbraun und hat Striemen. Große Steine auf dem Weg, ich muß an die deutsche Philosophie denken. Zweite Stunde: Es klärt sich auf, jetzt kann ich das linke Auge des Führerpferdes sehn. Das Tier ist auf diesem Auge blind — es verliert aber nichts. Dritte Stunde: Die Aussicht wird immer weiter. Ich sehe jetzt zwei Pferderücken und zwei Jacken von Touristen, die fünfzehn Schritt unter uns sind. Graue Jacken, rote Gürtel, Mützen. Sie fluchen. Ich fluche auch, das tröstet etwas. Vierte Stunde: Große Begeisterung. Der Führer verspricht uns, wenn wir oben angekommen sind, ein Wolkenmeer. Wir sind oben, wir sehen das Wolkenmeer. Leider sind wir grade mittendrin. Die Sache sieht aus wie ein Dampfbad — vom Dampfbad aus gesehn. Bilanz: Schnupfen, Reißen in den Füßen, Hexenschuß, Frost, wie wenn man acht Stunden in einem ungeheizten Wartezimmer gesessen hätte.» — «Kommt das oft vor?» fragt Taine seine Figur. «Von drei Malen zwei», sagt die. «Die Führer geben das große Ehrenwort: es kommt überhaupt nicht vor.»

Und während ich noch in der Hotellerie frühstücke, die sauber ist und schön kalt, bezieht sich der Gipfel mit weißen Wolken, die vom Tal aus hinauffegen, ganz gewiß, jetzt wird er eine Mütze bekommen — und ich bin ... «Je suis chocolat» sagen die in Paris. Mit einem halben gebratenen Fisch und etwas Heu im Hals reiten wir nach oben: der Esel und ich. Nach einem kleinen Stündlein sind wir oben.

Sie haben neun Jahre daran gebaut, und im Jahre 1882 war es fertig. Nun ist ein Observatorium da, mit einer Kuppel und einem großen Fernrohr, und ich lege zur größten Heiterkeit des Astronomen einen schönen Kindermund hin, als ich frage, ob hier geheizt ist. Ich weiß nicht einmal, daß die Luke, durch die das Fernrohr in den Himmel schießt, immer offen sein muß! Siehst du. Sie haben für den Wetterdienst viele gebildete Apparate, und ein Wohnhaus und Zimmer und Küchen, und alles ist durch einen gedeckten Gang verbunden, so daß sie im Winter nicht hinauszugehen brauchen. Meist können sie das auch gar nicht, das Haus schneit ein. Sie sind vier im Winter, die oben bleiben, oft für Wochen unerreichbar, und Lebensmittel haben sie immer für ein halbes Jahr voraus. Herr Daupère macht schon fünfunddreißig Jahre Dienst; im Tal, auf Urlaub, fehlt ihm etwas, und er langweilt sich. Der jetzige Direktor heißt Herr Latreille; und eine Hilfe haben sie auch, einen kräftigen, hübschen jungen Menschen. Von hier kann man nach Bagnères telefonieren und telegrafieren, und sie sind grade dabei, eine Funkstation aufzumontieren. Der grau lackierte große Apparat steht schon da. Wie mag man das alles nach oben geschafft haben? Mein Führer erzählt, er habe als junger Mensch beim Bau geholfen, es sei eine bittere Sache gewesen.

Und nun sehe ich mich um.

Man sieht: in der Ebene, nach Toulouse hin, ein Wattemeer von Wolken – unten ist also jetzt schlechtes Wetter, und die Leute sagen: «Wenn doch nur die Sonne einmal scheinen wollte!» Hier scheint sie. Ab und zu ziehen graue Schwaden über die Kuppe, dann steht man im Nebel. Die Pyrenäen sind wie mit einem Messer in den blauen Himmel geschnitten, so klar stehen sie da. Ich grüße alte Bekannte: Gavarnie und die Rolandbresche und viele andre. Manche tun furchtbar fein und erkennen mich nicht wieder.

Arbeiter graben auf der Plattform, legen Leitungen und haben alles voller Planken und Erdhaufen vollgepackt, man glaubt, in einer Großstadtstraße zu sein. Ein Hühnervolk scharrt und kakelt: einmal stehen sie alle, von der Sonne beschienen, grade am Abhang vor einer blitzenden Wolkenlandschaft, die einen schönen Hintergrund für ihre Leiber abgibt. Der Hahn weiß, daß ihm Wolke gut steht, und benimmt sich entsprechend.

Sie sollen bald eine Zahnradbahn bekommen, hier oben – der Ingenieur ist mit mir zusammen hinaufgeritten und mißt die Felsen ab. Und weil man oben nicht übernachten kann, steige ich wieder zur Hotellerie hinunter, den morgigen Sonnenaufgang abzuwarten.

Es wird kalt und kälter, das große Feuer in der Küche, in der alle zusammensitzen und viel esssen, wärmt und leuchtet dunkelrot. In der Stube, wo ich unter zahllosen Decken eingepackt liege, ist es bitterkalt. Fast die ganze Nacht hindurch machen die Führer und die Leute, die mit Pferden und Traglasten heraufgekommen sind, musikalischen Lärm, unter gütiger Mitwirkung einer Ziehharmonika. Sie singen gewiß alte baskische Lieder, die im Herzen des Volkes … Gute Nacht! Sie singen alle, immer, in den kleinsten Löchern der Pyrenäen, ohne Ausnahme, auf allen Bahnhöfen, auf den unglaublichsten Örtern, vom Atlantischen Ozean bis zum Mittelländischen Meer, das ‹*Valencia*› von gestern: den Java der Mistinguett.

On fait un' petit' belote
Et puis ça va –

On belote, on rebelote
À tour de bras –

Es ist die Pest. Sie pfeifen, summen, trommeln es ... überall. Aus dem Java ist einfach ein Ländler geworden, ein gemütlicher alter Walzer, das erklärt wohl seine Popularität. Alte Baskenlieder? Weniger.

Ich stehe dreimal auf: um halb vier, um vier und um halb fünf. Die Sonne wird Verspätung haben. Kein Wunder – hier müßte mal Ordnung in die Bude jebracht werden! Aber dann scheint es doch etwas zu werden mit der Sonne.

Noch haben die Felsen keine Farbe – der Gipfel ist verhüllt, ich brauche also nicht in die Wolken zu steigen, da wäre gar nichts. Hier unten sehe ich den kaltdunkeln Horizont, und dann seine Kolorierung, und dann färbt sich der See und ein Stück grasbewachsener Felsen, nun schwimmt da hinten die Luft in rosigem Grau ...

Und alles wartet
wie mit niedergeschlagenen Augen
auf den Tag.

Die schönen Zeilen Werfels durchfliegen mich ... Nicht wahr, das dürfen sie doch, von Werfel; wie? Schade, daß sie gar nicht von ihm sind. Ihr Verfasser war ein kleiner, dicker, ehemaliger Offizier, ich darf den Namen gar nicht sagen – dann ist es mit meiner literarischen Reputation vorbei. Es wird heller ... Gold blitzt auf. Nun kommt der Wirt des Hauses und teilt mir mit, daß es heute kalt sei, daß die Sonne gleich aufgehen werde, daß man sie schon sehen könne und daß wir einen schönen Tag bekommen würden, freilich mit etwas Regen und Windstößen ... Ich beneide die Esel, die sich im Geröll Gras suchen, und die man kauen hört.

Jetzt ist die Sonne da. Es ist eine ganz gewöhnliche Sonne, wie alle Tage, niemand kann einsehen, warum man solange auf sie gewartet hat. Sie scheint ihrs, wärmt nicht ... Der Wirt schlägt mir die letzten Goldplomben heraus, nimmt mir die Uhr fort und entläßt mich mit einem fröhlichen: Glück auf!

Hinter der untersten Wegbiegung verschwindet oben das Zauberhaus mit der weißen Kuppel einer Moschee.

Figuren

Vor den Schaltern der Eisenbahn in der französischen Provinz kann man noch unwahrscheinliche Gestalten sehen. Da gibt es alte Damen mit langen, schwarzen Röcken und vielen Unterröcken, mit einem Großmamabusen, rund, aber ehrfurchterweckend, und mit einem schwarzen Kapotthütchen. Sie stehen und warten geduldig, bis die Reihe an ihnen ist. Vor dem Schalterfensterchen kommt wie der Blitz die Erkenntnis über sie: Dazu braucht man Geld! Zum Bezahlen! Allmächtiger Gott! Und die alten Hände graben hinterwärts in eigentümlichen Schlitzen und Grotten und produzieren ein altes Lederportemonnaie. Daß der Billettmann ihnen den Preis genannt hat, haben sie längst vergessen. «Wieviel?» Und dann zählen sie und verzählen sich, haschen herunterwehende Geldscheine, reichen hin und nehmen wieder zurück (solange man die Schachfigur mit der Hand berührt, darf man zurücknehmen), bekommen Geld heraus und zählen es mißtrauisch, fragen noch einmal vorsichtshalber, wie man fahren muß, wenden sich und vergessen das Billett. Ich habe drei Züge durch sie versäumt – aber man kann ihnen nicht böse sein, den guten, alten Winterfliegen.

Einmal saßen wir zu fünf in einer kleinen Kneipe, vier Franzosen und ich. Da war einer, der kannte Deutschland von manchen Reisen her, und er sprach auch etwas Deutsch, und gar nicht schlecht. An diesem Abend aber ritt ihn der Teufel, und er vermaß sich, mir einen deutschen Witz zu erzählen, und an der Art, wie er die Pointe vorwegschmunzelte, sah ich, daß es ‹une bonne› werden würde, eine haarige Geschichte. Richtig. Er erzählte zunächst deutsch, und die andern hörten bewundernd zu. Es handelte sich da um ein lockres Dienstmädchen, eine, die nachts außerhalb zu schlafen pflegte, und die nun natürlich mit ihrer gnädigen Frau zusammenlief. Großer Krach in der Küche. «Was hatten Sie mit diesem Mann . . .?» rief die gnädige Frau. Das Mädchen antwortete irgend etwas hervorragend doppeldeutiges und fügte nach Angabe des Franzosen hinzu: «Und dann – liebe Frau – dann ist er gefobel!» – Und den erstaunt Lauschenden zur Erklärung: «Gefobel – en allemand ça veut dire . . . enfin . . . c'est une expression très forte!»

Da hat man nun Gräfinnen verführt, Briefträgerstöchter geküßt, ältern Damen zu einer Erinnerung fürs ganze Leben verholfen – und weiß nicht einmal, was das ist: gefobel! Grandeur et décadence d'un Don Juan.

In Lourdes sitzt an der Ecke der rue Basse und der rue Baron Duprat im Korbwagen ein dicker Bettler. Er ist im besten Alter, eine Kugel an Fett, ununterbrochen schüttelt er in den Händen eine Blechbüchse, in der etwas klappert. Und nähert sich der Ecke ein Passant, so schüttelt er heftiger und sagt mit rostiger Stimme: «La charité, messieurs-dames, la charité!» Ich kaufte regelmäßig bei ihm, weil es hübsch war, daß einer abstrakte Gegenstände anpries. Eines Tages aber geschah etwas Unerwartetes. Es näherte sich ihm eine tropfnasige Alte, ein gekrümmtes, zusammengedrücktes Mütterchen, und schlurchte nahe an ihn heran. Die ‹charité› blieb ihm im Halse stecken. Er sah sie an, öffnete die Büchse und gab ihr ein Kupferstück. Hüstelnd und Segenswünsche brummelnd entfernte sich die Alte.

Das hatte ich noch nie gesehen, einen Bettler, der angebettelt wird. Überschrift: Der Unterbettler.

Die Oberin der Soeurs de la Charité de Nevers, des Ordens, in den die selige Bernadette eingetreten ist: «De quelle nationalité êtes-vous, Monsieur?»

Ich: «Je suis Allemand, ma Mère!»

Sie: «Oh . . . ça ne fait rien!»

Über Naturauffassung

Ein Mann aus den Pyrenäen sagt zu einem Freund: «Sehen Sie – hier hat sich alles verändert! Die Sache ist ruiniert, es ist aus! Seit man vor zweiundvierzig Jahren die großen Landstraßen ins Gebirge gelegt hat . . .» Der Satz, im Jahre 1788 gesprochen, ist alt wie die Welt. Der Mann beklagte, was Henri Béraldi in seinem Werk ‹*Hundert Jahre in den Pyrenäen*› «La vulgarisation» nennt – und dies Lamento reißt nicht ab. Seit den Eisenbahnen . . . seit der Erfindung des Autos . . . jede Generation glaubt, nun sei es mit der Gemütlichkeit und mit der Naturbewunderung ein für allemal vorbei.

Das macht, sie fühlen den endlosen Wechsel, in dem die jungen Leute die Natur anders sehen als ihre Väter, und die tun nun so, als verständen die Jungen von der Welt überhaupt nichts mehr. «Da bin ich seinerzeit gewesen, als es noch keine Zahnradbahn gab . . .» Na und? Dann hast du eben einen andern Eindruck gehabt als wir – nicht immer einen bessern.

Man kann wohl nicht aus seiner Zeit heraushüpfen, und so sind denn die Menschen meisthin felsenfest davon überzeugt, daß man die Natur immer so angesehen habe, wie sie es tun, daß man sie auch gar nicht anders ansehen könne und daß der ein verstockter Tropf und Modegeck sei, der es auf eine andere Art versuche. Die Erde hält gutwillig still, wenn die Reisenden über sie dahinklettern, und es ist ihr gleichgültig, wie man sie anschaut. Schilderungen sind auch für den Schilderer charakteristisch.

Wie lange ist es her, daß den Menschen die Augen für die Schönheit des Meeres aufgegangen sind? Wie lange werden sie das Meer noch so ansingen?

Die Liebe zu den Bergen jedenfalls ist noch gar nicht alt.

Die Griechen waren Leute, die die Ebene brauchten und das Gebirge mieden – eine ästhetische Wertschätzung der Berge findet sich bei ihnen nicht. Die Lateiner liebten das Gebirge kaum – aber sie besiegten es, weil sie es besiegen mußten. Das junge Christentum hat seine Einsiedler in die Berge geschickt, und die Berge, das war: Einsamkeit,

Stille, etwas Negatives. Schüchtern näherte sich der Pilger der wundertätigen Quelle im Gebirge – die Berge ringsherum waren ihm nicht freundlich gesinnt, sie drohten. Er betete gegen sie.

In der Renaissance wurde das Gebirge entdeckt: die Schweizer, berggewohnt, im Gebirge geboren, erzogen, gealtert, begannen die seltsame Mär in die Welt zu setzen, daß Berge schön seien. Konrad Gesner (nicht Salomon, der Idylliker), stand erst ganz allein auf den Bergkuppen und rief die andern herbei, die wohl oft ein Gebirge durchquert, es aber niemals so angesehen hatten, wie man eine Statue ansieht. Das sechzehnte Jahrhundert rühmte die hohen Berge, und liebte sie, zum mindesten platonisch. Das siebzehnte liebte sie durchaus nicht. Der sauber gezirkelte Naturgeschmack, der die Natur rational zu überwinden trachtete, der Bäume in Formen preßte und den Erdboden in ein künstliches System, jener Geschmack, der allem Wilden abhold war, verachtete das Gebirge. «Das ist etwas für Bergbewohner!» war eine Beleidigung. Die Berge störten das geregelte Landschaftsbild der Ebene, die man so schön aufteilen konnte; über die Höhen und Felsen fiel die Literatur fast einstimmig her. Die reichen Leute ließen sich ihre Schlösser da anlegen, wo die Mode die schönsten Plätze fixierte: also in der Ebene, im langweiligsten Plattland, nur nicht im Gebirge. Aus dem Garten konnte man ‹etwas machen›, die Berge ließen sich das nicht gefallen. Und es war doch der Mensch, der die Natur zu beherrschen hatte! *‹Von der gesunden Luft zu Rostock›* heißt eine Dissertation, die noch aus diesen Anschauungen heraus im Jahre 1705 gedruckt worden ist, und es war durchaus kein Konkurrenzneid, wenn es dort von der Gebirgsluft in der Schweiz und in Tirol hieß, sie mache die Menschen schwachsinnig. Die Berge . . . das war eine grobe Sache, pfui! Sie fügten sich in kein ästhetisches System ein, unübersichtlich und frech lagen sie da, roh, unbehauen – da war keine Klarheit und keine Vernunft. Das Achtzehnte machte alles wieder gut.

Seitdem sind viele Theorien des Schönen über das Gebirge gegangen; hier sind schon so viele Melodien gesungen worden, aber die Bewunderung war doch immer der Unterton. Das Romantische, das Malerische, das Sentimentale, das Heroische, das Idyllische – so viel Bilder, so viel Hymnen, so viel Beschreibungen, so viel Verzückte.

Und nun stellt sich vor diese Dekoration, deren Soffitten man so oft ausgewechselt hat, ein Kerl mit einem kräftigen Stock, mit benagelten Stiefeln, mit wolligem Sweater und treibt Sport! und das ist etwas ganz Neues. Mühen um ihrer selbst willen zu unternehmen; hinaufzuklettern, nicht um oben ein Liedchen zu singen, sondern nur und lediglich, um zu klettern; Kampf, Niederlage, Wiederanstrengung und Sieg –: das ist das neunzehnte Jahrhundert. Die Zeit der Ideen scheint für die Wandrer bis auf weiteres vorüber – es ist die Zeit der Tat.

Weil aber trotzdem der Wandervogel gern im Rucksack den gesamten Kosmos mit sich trägt, ist es vielleicht nicht unbescheiden, daran zu erinnern, daß auch der Wandrer nicht verpflichtet ist, so und nicht anders zu fühlen, wenn er eine sanfte, von der Sonne beschienene Böschung sieht. Da ist vor allem jener fatale Gegensatz von Automann und Fußwandrer. Einer lacht den andern aus, und sie sagen sich gegenseitig nach, daß man *so* natürlich nichts von einem Lande habe. Ich glaube: beide haben unrecht. Es ist da etwas wie eine Breite der Bewegung in die Reisen gekommen, und das geht auf Kosten der alten Intensität – schafft aber ein völlig neues Lebensgefühl. Ich habe das einmal vor Bourg-Madame, an der spanischen Grenze, zu spüren bekommen: das eine Mal polterte ein Überlandauto mit mir die große Straße herunter, und das zweite Mal bin ich gegangen. Es war jedesmal eine andere Allee.

Die grünen Blätter, die einem entgegengeweht kommen; streifende Zweige; das unermüdliche Brummen des Wagens; der Takt des Motors; der Blick, der schon aus Langerweile weit in die Landschaft hineinsieht und den Horizont absucht; Felder, die sich fächerartig vorbeidrehen, keine Einzelheiten, viel, wenn möglich alles –: das ist das eine. Die Erde unter den Füßen fühlen; ein Steinchen mit der Fußspitze beiseite schleudern; ein Blatt im Gehen abreißen; stehenbleiben und sehen, was denn da im Bach herumkreiselt; aus dem Bach trinken; an die Häuser herangehen und sie mit den Händen befassen, kennst du diesen Stein? nicht so sehr die Weite kontrollieren als genau die kleine Umwelt –: das ist das andere. Müßt ihr immer Vereine bilden –?

Natürlich sieht der Fußwandrer quantitativ weniger. «Die Landschaft im Auto – das ist das, was man sieht, wenn man den Wagen aus dringlichen Gründen halten läßt.» Nun, dies Wort wäre auch sehr hübsch, wenns wahr wäre. Da haben sie einmal einen berliner Generaldirektor vom Film fotografiert, durch zwei Büsche hindurch, grade, als er das Auto aus diesen Gründen hatte halten lassen. Ich habe das Bildchen gesehen, und es ist eines der schönsten menschlichen Dokumente, das sich denken läßt. Endlich, endlich einmal die Fotografie eines, der mit sich allein ist! Die Ansicht ist durchaus dezent, das war Zufall, der Generaldirektor saß im Grünen wie ein Osterhase und machte so ein Gesicht... «Ich freue mich, daß ich hier sitze, und übrigens ist es ein gedeihliches Werk.» Dies nebenbei.

Die Poesie des Wanderns...! Vielleicht kommt es eines Tages dazu, daß die nachtdunkeln Felder, Wälder, Berge und Täler von Zentralflammen beleuchtet sind, daß man sich in ihnen bewegt wie auf dem Broadway und daß kein Mensch mehr auf den Gedanken verfällt, darin zu wandern – so wie man ja auch in einer großen Stadt und auf den Chausseen nicht gern marschiert. Wozu auch? Die Fahrt ist nicht nur bequemer, sondern gibt erst den wahren Reiz der künstlichen Landschaft.

Was nun die schwellenden Schilderungen der Sonnenuntergänge betrifft, der Wassersturzbäche und des Felsengerölls, so habe ich immer das Empfinden, als langweilte man sich dabei rechtens zu Tode. Ich wenigstens überschlage solche Absätze in einem Buch stets, und es muß wohl schon ein sehr großer Stilist sein, wie etwa Stifter, der eine Landschaft nicht abmalt, sondern neu schafft. Heute, aus unserer Autozeit heraus ... Drei Viertel aller Naturbeschreibungen sind auf Vergleichen aufgebaut, und ich habe es wirklich satt, zu hören, daß die Mondscheibe wie eine ... und der feine Sprühregen wie ein ... anzusehen war. Vergleiche sind meistens Ausflüchte, und für den, der nicht dabei war, sagt das Ganze sowieso nicht viel. Dazu kommt noch ein andres.

Welcher Reisende hat denn den Mut, zu sagen, was ja so oft die Wahrheit ist:

daß die Landschaft *leer* war, leer wie eine aufgemalte einfarbige Fläche –!

Man sagte ihm Empfindungslosigkeit nach, befürchtete er – Stumpfheit, Mangel an Poesie, an Gefühl, an Frömmigkeit, was weiß ich. Aber es war doch so.

Sieht man von Spezialanschauungen ab: von dem geübten Blick eines Skifahrers, der keine Natur, sondern Gelände sieht, vom harten Auge des Bauern, der keine Natur, sondern Nutzland sieht, vom MG-Schützen, der keine Natur, sondern Schußfeld sieht – es ist ja in den allermeisten Fällen nicht wahr, daß der Reisende, frisch aus der Eisenbahn, mehr zustande bringt als eine Dreiminutenverzückung, die etwa auf demselben Niveau liegt wie die bunten Glasscheiben, die man auf altmodischen Aussichtstürmen antrifft und die dem Abgestumpften die Natur wenigstens einigermaßen erträglich machen sollen. «Die Natur ist niemals leer.» Sie haben noch eine Linse im Bart, Herr. Wer dreißig Jahre Asphalt tritt, wer in Steinmauern aufwächst und fast das ganze Jahr nichts andres sieht, für wen es keine Dämmerung gibt, sondern nur dunkel wird, wer nicht angeben kann, was am vorigen Montag für Wetter war – für den ist die Natur nicht leicht zu erobern. Wenn er sich nichts vormacht, bedeutet sie: gute Luft, Ruhe, Ausspannung, keine Stadt. Lade das große Publikum, und besonders seine Beauftragten, die Literaturlieferanten, um zwei Uhr aus dem Auto –: und um drei Viertel drei hast du einen Hymnus auf den Busen der Natur, daß dir angst und bange wird. Wir wollen ehrlich sein –: wir haben uns schon oft im Freien gelangweilt.

Und daher kann ich auch nicht solche Beschreibungen von den Pyrenäen geben, in denen es nur so braust von ungewöhnlichen Adjektiven – denn ich habe das nicht empfunden. Die Höhepunkte lagen auf dieser Reise, wie bei allen Menschen, die unter denselben Lebensbedingungen aufgewachsen sind wie ich, sehr oft in kleinen Nebenumständen, im Wohlbefinden an einem sonnenbeglänzten Nachmittag, in dem Geschrei von Gänsen, das sich anhörte, wie wenn sie sich selbst ironisch nachahmten; in dem Drum und Dran von ländlicher Arbeit, die ich nicht mitzutun gezwungen war, deren Anblick mir also für die erste Zeit Vergnügen bereitete; in der Freude, in den Bergen zu sein, wo keine Elektrischen fahren, keine Zeitungsausrufer brüllen, keine Schutzleute stehen. Und manchmal ... drei-, vier-, fünfmal —: mehr.

Sind die Amerikaner nicht ehrlicher —? Ihre Stumpfheit, die mich genau so reizt wie jeden andern Europäer ... Aber sie heucheln wenigstens keine innere Anteilnahme. Sie stören ein bißchen, genau wie manche Engländerinnen, die wie ein albernes Reklameschild die Landschaft verschandeln. Vor hundert Jahren hat sich George Sand über sie gegiftet und gefragt: «Wozu reisen diese Leute eigentlich —?» Das ist ihre Sache.

Es gibt keine richtige Art, die Natur zu sehen. Es gibt hundert. Es gibt für einen Menschen nicht nur eine richtige Art, zu reisen; es gibt einige, die grade ihm adäquater sind als andere. Das ist alles.

Wind, der ins Gesicht schlägt, Rausch der Schnelligkeit, die Hupe, die die Straße zerteilt, durch einen Wagenpark hindurchschießen — auch dies ist Reisen.

Auf einem Esel sitzen, Stufe vor Stufe einen Berg heraufwackeln, das nasse Fell des Tieres mitleidsvoll von oben ansehn, aber nicht absteigen, Blumen am Wege betrachten und zwei Ohren, die sich ab und zu hochstellen und nach hinten legen, wenn etwas Außergewöhnliches herankommt, langsam die Gegend passieren, ohne sich anzustrengen —: auch dies ist Reisen.

Wandern, sich abmühen, klettern, rutschen, klimmen, herausholen, was in einem Körper drin steckt —: auch dies ist Reisen.

«Jeder versteht nur seine eigene Poesie.» Jede Zeit versteht nur ihre eigene Naturauffassung. Der ist reich, der viele hat.

Von Barèges bis Arreau

Es rieselte vom Himmel herunter, und die Esel, der Führer und ich, dies ist keine Apposition, waren schon naß, als wir aus dem Dorf herauskamen. Eine halbe Stunde Chaussee, dann ein Maultierpfad rechts. Das war bitter.

Es bedeutete schon eine böse Anstrengung, da hinaufzureiten, und was die Esel ausgestanden haben, weiß allein der Herrgott, Abteilung für Pyrenäenesel. Auf der Karte stand eine Seenplatte verzeichnet, auf den Bergen stand der dicke Nebel. Manchmal wehte ihn ein Windstoß fort, dann sah man wie eine Halluzination einen Gebirgssee, der freundlich dalag und nach vier Minuten wieder verschwunden war. Der Nebel rauchte davon, und nun sah es aus wie eine verfluchte Gegend — ‹chaos› nennen sie das hier; Geröll, Steine, Felsen, Klippen, durch die sich die Esel mühsam durchmanövrierten. Sie rochen den Weg – wir andern konnten ihn auch sehen; hier und da standen kleine Steinchen auf den Felsen aufgetürmt, und manchmal hatten die Felsblöcke rote Ölstriche. Ein kleiner See nach dem andern kam an, schwarze und grüne und metallgraue, der Wind strich drüber hin, und die Oberfläche rauhte sich auf. Nun ging es aufwärts, zum Paß hinauf.

‹Lacets› heißt auf deutsch für glückliche Menschen ‹Schnürsenkel›, aber für mich hieß es während zweier Monate ‹Serpentinen› – und wenn man ihrer dreißig hinauf- und hinuntergemacht ist, dann kann man das Wort deklinieren. Die letzten waren die bösesten – wir stiegen ab, die Esel gingen leer hinauf, geduldig und sicher; mir holperten die Steine unter den Füßen weg, und das fiel mir auf. Der Weg war stellenweise nicht da, Steine waren darüber hinweggeströmt, und unten lag ein tiefer Kessel. In diesem schrecklichen Augenblick erinnerte ich mich eines Rezepts meiner guten Großmama, die bis in ihr achtzigstes Lebensjahr eine rüstige Bergsteigerin gewesen ist: kurz einmal kräftig in der Nase bohren. Ich tat es und dankte der alten Frau in kurzem Stoßgebet. (Kein Wort wahr, aber das ist in den alten Büchern so.) Und ich fluchte mich die letzten fünfzig Meter hinauf und gelobte, wenn ich erst einmal oben sein sollte, dem Führer aber ordentlich Bescheid zu stoßen und seinen Eseln auch.

Oben saß der Führer auf der Erde und aß Käse, die Esel weideten im Gras, und ich vergaß alle drei: vor mir lag eine Landkarte mit blauen Seen, Wolken in den Tälern, in wunderschöner Klarheit. Hinunter.

Wir kamen an einen schiefergrauen See, wo lag der? In den Pyrenäen –? Aber das war Ostpreußen, das war östliches Deutschland, die Ufer mit kargen Kiefern besetzt, sandige Ränder, gedämpfte Farben – und ich dachte an Kurland, das schönste Land der Welt, den Prospekt des lieben Gottes, als der Deutschland erschaffen wollte. (Es ist nachher nicht ganz so schön geworden wie die Musterreklame.) Von dem See mochte ich gar nicht wieder fort – es war so still hier, ich schickte den Führer mit der Kavallerie voraus; ich kroch am Ufer umher, ließ Hölzchen im Wasser schwimmen und atmete eine Luft, die mir gar nicht französisch schien. Dann machte ich mich wieder beritten.

Was haben eigentlich Esel immer auf der Straße zu riechen –? Meiner zum Beispiel fand oft Kuhfladen, die ließ er liegen. Aber wenn er an Pferdeäpfel von Eseln kam, stand er still, beroch die Sache ausführlich ... dann hob er den Kopf in die Luft und lachte. Wahrscheinlich erinnerte ihn der braune Klacks an einen guten Bekannten, der ihm irgend einen guten Witz erzählt haben mochte. Er war nicht vorwärtszubringen, er stand da und lachte. Da beugte auch ich mich hinunter und sah das Ding genau an und lachte gar nicht. So verschieden ist es manchmal im menschlichen Leben.

Wollige Gebirgshunde begegneten uns, die sahen aus wie mittelgroße Bernhardiner. Der Führer versprach eine kleine halbe Stunde Weg – dann seien wir am Lac d'Orédon. Da wußte ich, daß noch mit zwei ganzen zu rechnen wai. Und ein Hotel gäbe es da auch.

Würden sie mich sehr ausrauben –? Im allgemeinen war es ja gut gegangen, aber die Reiseschilderer hatten mir in Paris nicht schlecht Angst gemacht. Die Fremden seien für die Pyrenäenleute das, was für die Nordlandfischer das angeschwemmte Strandgut: legale Beute. Und einer hatte, um die mörderische Raubsucht der Leute genau zu charakterisieren, hinzugefügt, daß im vorigen Jahrhundert ein Präfekt einen Bauern wegen der Steuern gemahnt und daß der geantwortet habe: «Exzellenz, ich tue, was ich kann! Seit vierzehn Tagen stehe ich täglich mit meiner Flinte auf der Chaussee und warte, daß jemand vorbeikommt. Meinen Sie, es kommt einer? Kein Aas. Aber das verspreche ich Ihnen, Exzellenz: wenn einer kommt, dann bezahle ich meine Steuern.» Regt es sich im Gebüsch –? Seis. Für das Vaterland bis in den Tod. Exklusive.

Aber als ich triefend im Gasthaus anlangte, da ging es dort wundermild zu, und ein schöner Gebirgssee war auch da, von hohen Bergen eingeschlossen, ganz einsam. Hätten sie nicht auch hier ein Stauwerk errichtet, es wäre still gewesen, so aber rauschte der Wasserfall die ganze Nacht, gegen das Gesetz, denn ein See hat still zu sein, und er rauschte mich in Schlaf.

Was sich aber zwischen dem See von Orédon und Arreau abgespielt hat –: darüber verweigere ich die Aussage.

Die Täler

Ich will sie gewiß nicht alle aufzählen. Viele laufen von Norden nach Süden, so daß man bei der Durchquerung der Pyrenäen immer wieder neue Gebirgspässe übersteigen muß, die guten Straßen oder gar die Eisenbahnlinien liegen nördlicher, und wenn man sie benutzt, kommt man zu weit aus den Bergen heraus.

Steigt man ein wenig von den Tälern in die Berge, so liegt da die halbhohe Zone, die schon der Graf Russel so gerühmt hat, er, der die Pyrenäen erobert, kartographiert, nach allen Richtungen hin durchforscht hat. Dieser Bergstrich ist meist einsam, er entbehrt der großen pompösen Schönheiten, aber er hat seinen Stil für sich. Gebüsch kriecht am Boden, hin und wieder flattern noch Vögel, es ist noch nicht kalt und nicht mehr warm, nicht mehr bewachsen und noch nicht kahl, noch nicht eisbedeckt ... Was den Schnee in den Pyrenäen anbetrifft, so ist das mit ihm nicht so wie in den Alpen, wo man mitten im Sommer viele Bergkuppen antreffen kann, die strahlend weiß sind. Ein Reiseführer rühmt, durchaus unironisch, den Pyrenäen etwas nach, was mit einem einzigen Wort unsere leise Enttäuschung über die steingrauen Gipfel in einen schönen Euphemismus verkehrt: «Une neige discrète.» Weniger Diskretion wäre mehr.

Die Täler ... Eins ist ihnen allen gemeinsam, und ganz besonders denen um Barèges und Luz herum, also ungefähr in der Mitte der Pyrenäen —: ihr starker Sinn für Abgeschlossenheit. ‹Barèges den Leuten aus Barèges!› Und weil es ein altes soziologisches Gesetz ist, daß man Näherstehende viel mehr haßt als Fremde, die jenen gegenüber fast sympathisch erscheinen—: so hassen Rumänen die Österreicher, haben aber nichts gegen die Reichsdeutschen, und so verachten die Leute aus Barèges die, so ein Tal weiter wohnen, haben aber nichts gegen die durchreisenden Engländer. Aus verschiedenen Gründen, versteht sich.

Diese Bauern haben ihre alten Sitten, die zum Teil noch merkwürdig unberührt sind, ihre herkömmlichen Riten bei der Trauer, wo die Witwe eine Kapuze in der Kirche tragen muß, Stolz auf ihre Wäsche, die sie zu weben beginnen, wenn ein Kind geboren wird, ihre Lieder und Sprüche ... Es gibt einen, der das seit Jahren systematisch beobachtet und aufgezeichnet hat — weil er nicht ehrgeizig ist, gibt ers nicht heraus, sondern sammelt lieber Schmetterlinge. Das ist der Schullehrer von Gèdre, ein Mann, dessen Manuskripte wie kalligraphiert aussehen. Das Werk nun auch noch verlegen ...? Die Welt interessiert hier nicht übermäßig.

Man findet keine besonders großen Vermögen; jedes Tal mag, wo keine Industrie ist, kaum fünf, sechs reiche Familien zählen — der Rest arbeitet, niemand geht müßig, aber niemand reißt sich ein Bein aus. Und die Leute sind auch so glücklich und zufrieden.

Was gemacht wird, wird ordentlich gemacht; jemand, ders verstand, machte mich auf die intensive Art aufmerksam, in der hier gemäht wird: so ein Feld sieht wie rasiert aus. Und hinterher treiben sie noch ihr Vieh über die Fläche.

Die Technik trifft man stellenweise ... Pflüge sind zu sehen, von einer Primitivität, die erkennen läßt, wie sich durch Jahrhunderte und Jahrtausende nichts gewandelt hat, und von einem Dampfpflug wird hier kein ehrlicher Ochse etwas wissen wollen.

Weil wir grade von Rindvieh sprechen: auch die Politik bringt diese Bauern nicht auf den Trab. «Wen wählen sie —?» fragte ich. «Den Sohn des alten Deputierten», sagten die Kenner, und so war es häufig. Sie wählten oft die Person und den Familiennamen, nicht die Parole und die Partei. Der Vater hats gemacht, der Sohn wirds auch machen. Das ist politisch sicherlich rückständig, aber ebenso sicher immer noch besser, als ein abstraktes Listensystem, bei dem der Vorsitzende des Verbandes Deutscher Steuerassistenten zur Wahrung seiner Berufsinteressen ins Parlament geschickt wird, ohne daß mans eingestehen will. Und so sieht das Parlament ja auch aus.

Die Bauern in den Ostpyrenäen verstehen von der Schule her alle Französisch, aber sie sprechen daneben und unter sich ihren Lokaldialekt. Der ist in vielen Tälern ein seltsames Gemisch aus Französisch, Spanisch, Lateinisch und Arabisch, die Sarazenen sind einmal hier gewesen. «Harri!» treiben sie ihre Esel an, und das ist ein altes sarazenisches Wort. Die Dialekte sind von Tal zu Tal abgestuft, Aussprache und Lautnuancen, besonders in den Vokalen, verschieden. Sprechen sie französisch, so hat es die Färbung des Mididialekts, eine schauerliche Sache. Mit vielen «Hé» und singenden Tönen am Satzende ist der französischen Sprache das ausgetrieben, was sie so liebenswert macht: ihre Musik.

Wer die Alpen kennt, weiß, wie sich Bewohner benachbarter Täler voneinander unterscheiden und wie doch der Reisende die gemeinsamen Züge herausfinden kann, eben weil er den Kleinkämpfen ein unbeteiligter Zuschauer ist. Ist man aus dem Lande der Basken heraus und durchreist Béarn (ganz richtig, das Land mit der Sauce), Bigorre, die Vier Täler und später eine Landschaft, Roussillon geheißen — so hat man das typische Bild der Gebirgslandleute. So ein Gespräch wäre sehr wohl auch hier möglich: «Der Rüderer! Das ist ja ein Fremder! Sein Großvater ist übers Dachauer Moos nach München gekommen!» Dixit Ludwig Thoma, und er wollte damit durchaus keinen Witz machen. Das gibts hier allenthalben.

Die Unterschiede dieser Täler sind um so größer, als sie verschiedene politische Verfassungen besessen haben, und viele früher frei und unmittelbar gewesen sind. Sie hatten schon im vierzehnten Jahrhundert eigene kleine Volksvertretungen, andere wurden feudal regiert, und alle wachten ängstlich über die Erhaltung ihrer föderalistischen Grundlagen. Sie haben sich nicht schlecht dabei befunden. Heute sind diese Zeiten vorbei, aber ihre Folgen sind im Familienleben und waren bis vor kurzer Zeit auch noch in der Tracht zu spüren.

Lichtlein im Tal ... dabei sieht man immer einen Öldruck vor sich. Aber was ‹Tal› ist, das empfindet man ganz, wenn man aus den Bergen herunterkommt, abgemattet, hungrig, es ist kalt — und da glänzen die ersten Lichter. Zum Beispiel: Barèges.

In Barèges habe ich drei Regentage verwartet, bis ich auf den Pic du Midi heraufreiten konnte — denn oben lag Neuschnee, und es war im Ort schon empfindlich kalt. ‹Ort› ist übertrieben. Es ist eine lange Straße mit einem Badehaus und nicht viel Bemerkenswertem.

Nachmittags um halb vier ereignete sich auf dieser Straße ein Ereignis. Der Jäger war von der Jagd zurückgekommen und hatte seinen Hund neben sich, dem hing die Zunge aus dem Maul, und müde war er auch. Sie hatten sich einen Hasen besorgt, die beiden.

Vor der Tür des Fleischerladens aber saß Rudolf I., Schlächterhund und Straßenkaiser. Ob in der Mittagssuppe zu wenig Knochen waren, ob der verdammte Rheumatismus die Laune des Alten beeinträchtigte, kurz: der Jagdpeter ärgerte ihn, er nahm sich kaum Zeit, zu knurren... dann sprang er an. Erst hörte man dieses schnurrende Geräusch, das entsteht, wenn zwei Hunde sich ineinander verbeißen – dann lag der Jagdpeter unter dem großen Doggenkaiser. Der saß auf ihm, als wollte er ihn ausbrüten. Der Jäger rief und schimpfte, er näherte sich mit der Flinte, aber nur des Eindrucks halber, den er auf Rudolf völlig verfehlte. Der Jagdgenosse lag immer noch im Straßenstaub, der Riese auf ihm, und der da unten telegrafierte seinen Herrn an: er wedelte. Er tat einem so leid . . . «Ich weiß ja, daß ihr da seid», sagte der Wedel. «Schafft mir doch nur diesen Lümmel vom Hals – er beißt mich ja tot! Das geht doch nicht –!»

Die ganze Straße war in Aufruhr, es fehlte nicht viel, so hätte man den Gendarmen alarmiert. Keiner wagte sich an die Mordgruppe . . . schließlich stand Rudolf I. auf und schickte sich an, die Straße hinunterzutraben. «Huh!» schrien die Damen, und die Ladenfrauen gingen alle in ihre Läden, wie wenn Mikosch des Weges daherkäme. Der arme Jagdgehilfe stand auf, schüttelte sich, sah seinen Herrn an: «Das war ja eine schöne Bescherung!» – und dann gingen sie fort.

Rudolf I. spreizte die Straße herunter, den Schweif hoch erhoben, außerordentlich stolz und zufrieden – das wäre ja auch noch schöner! Einzug durchs Brandenburger Tor, Gladiatorenmarsch. Da aber geschah etwas ganz Seltsames. Ein Schlächterbursche sah ihn kommen, und als sie auf gleicher Höhe waren, warf er ihm mit erschreckender Schnelligkeit einen Besen auf den Rücken. Bautsch! Er hatte genau getroffen. Der große Hund machte einen Satz zur Seite . . . und nun war es auf einmal gar kein Held mehr, sondern ein lächerlicher Raufbold, der rechtens die Kehrseite voll bezogen hatte, weil er schwächere, ehrliche Leute malträtierte. Er lief schaukelnd und grollend davon, und alle Leute lachten ihn aus.

Nichts ist förderlicher für Diktatoren als ein Besen ins Kreuz.

Das ist in allen Tälern so.

Drei Tage

Luchon ist ein großer Badeort, besonders wenn niemand da ist.

Wie schön und erholsam sind Badestädte, die leer sind –! Die Brust der Badegöttin atmet nur leise, die Geschäfte sind zwar geöffnet, ja, ja . . . aber die Kaufleute haben sich satt und müde geneppt und winken nur noch schlaff mit dem Finger, wenn ein Badegast vorüberwandelt. Die Luft steht still, die Wege sind rein, und das Schönste, was es nun gibt, ist eine leere Straße. Auf dem saubern Platz am Badegebäude spielt die Kurkapelle – sie bläst und fiedelt, ohne rechte Überzeugung von ihrem Tun, denn nur drei Dackel und etliche Kinder hören ihr zu. Alle Leute machen ein Gesicht wie eine Frau in einem Zimmer ohne Spiegel und ohne Männer. Es lohnt nicht.

Das Kasino steht in seiner gebackenen Pracht da, müde hängen die Stuckornamente herab, und im Park fallen die gelben Blätter. Der ganze Ort hat sich mit einem schleierdünnen Tuch zugedeckt... gleich schläft er.

Oben, in Super-Bagnères, wohin die Zahnradbahn hinaufklettert, haben wir das Hotel – noch nicht, nicht mehr. Der Sommer ist vorbei, und die Leute vom Wintersport sind noch nicht da. Für mich ganz allein wird ein Frühstück geschlachtet, und träumerische Einsamkeit umfängt mich im weißen Lavabo.

Wenn sich der Schwarm verlaufen hat, lasset uns schwärmen.

In Foix gibt es ein trutz'ges Schloß; es ist nicht einmal so sehr hoch und nicht einmal so sehr groß – aber die Felsen mitten in der Stadt fallen so schroff ab, daß ein amerikanischer Zeichner unter sein gutes Bild gesetzt hat: *‹Schloß zu Foix: Typus der Feudalherrschaft›*. Es ist Stein gewordener Wille.

Hier haben sie einmal, im Jahre 1808, eine Verrückte eingesperrt, eine Schwester Kaspar Hausers. Man fand die unbekannte Frau völlig nackt in den Bergen, rufend, kletternd wie eine Gemse, Beeren essend ... sie jagte davon, als die Hirten hinter ihr her waren. Sie bekamen sie doch – sie entfloh aus dem Arrest. Sie fingen sie ein zweites Mal, nachdem sie im Gebirge überwintert hatte; niemand weiß, wo; niemand weiß, wer ihr Nahrung gegeben hat, und sie steckten sie in das Schloß zu Foix. Der Präfekt hatte seine liebe Not mit ihr: sie war nervenkrank, das war klar, aber im Departement war keine Irrenanstalt, und die Nachbardistrikte wollten die Fremde nicht aufnehmen. Man berichtete nach Paris. Fouché war damals Polizeiminister, die Sache lief ihren Aktengang.

Da meldeten sich eines Tages zwei Gefängniswärter auf der Polizei in Foix und gaben an, die Unbekannte sei im Gefängnis ‹plötzlich gestorben›. Nun, das kommt vor ... wir haben junge Beispiele.

Die Frau hatte aber in ihren Anfällen gerufen: «Was wird mein armer Mann sagen!» und ein romantisch veranlagter Unterpräfekt veröffentlichte etwas später einen langen Artikel über die ‹Irrsinnige aus den Pyrenäen› im *‹Journal de l'Empire›* in der Nummer vom 17. Januar 1814. (Es ist dies das nachmalige *‹Journal des Débats›*, das noch heute besteht.) Darin ließ er manches Geheimnis durchschimmern, ohne eines zu lüften; nun nahm die Hintertreppenliteratur die Geschichte auf und überschwemmte Frankreich mit schönen und schauerlichen Romanen von der entführten Gräfin und Räubersbraut ... Sie ist nun längst tot und hat ihr gut Teil zur Unterhaltung des Publikums beigetragen. Die Irrengesetze tun es noch heute, aber das ist nicht so harmlos.

Wenn man von dem dickgemauerten Schloß heruntersteigt und zum Beispiel ins Rathaus zu Foix geht, so kann man, wenn es sich grade trifft, Zeuge eines Schulexamens sein, das da abgehalten wird. An diesem Tage standen die kleinen Mädchen mit hochroten Köpfen auf den Korridoren herum und tuschelten sich die Ergebnisse und ihre Befürchtungen ins Ohr. Milde Lehrer stellten in einer Stube Fragen – sie halfen nach, aber die jungen Damen schwitzten Blut und Wasser vor Angst.

Ich saß noch ein Stündchen bei den Rathausbüchern in der kleinen Munizipalbibliothek.

Und dann ging ich durch die Straßen und sah alles an und guckte überall hinein und freute mich des Glücks der Fremden: dabei zu sein, ohne dabei zu sein.

Ein paar Wegstunden von Luchon, in der Ebene, steht die Kirche und das Kloster von St.-Bertrand-de-Comminges. Die hat die schönsten Holzschnitzereien, vor denen ich gestanden habe.

Es ist eine alte Kirche mit einem verwitterten Portal; die Pförtnersfrau, die mich herumführt, ist so asthmatisch, daß ich Luftbeklemmungen habe, wenn sie lange Sätze in Angriff nimmt. Aber als sie die innere Gittertür aufschließt, höre ich gar nicht mehr zu, was sie betet – ich sehe nur.

Innen in der Kirche steht ein Chor mit Holzstühlen und einer rechteckig herumlaufenden Holzwand. Es ist unfaßbar, was sie da gemacht haben.

Es wimmelt von Figuren, Emblemen, Wappen, Köpfen, Körpern, Blumen und Gruppen. Keine Verzierung wiederholt sich auch nur ein Mal; alles ist bis ins letzte durchgearbeitet. Ein verrückter Bildhauer hat einmal seinem Arzt erklärt: «Ich sehe das Holz an, und dann sagt es mir, was es werden will»; so etwas ist auch hier vorgegangen. Es gibt da wilde Anhäufungen: indische Reminiszenzen; zwei Mönche, die sich um einen Bischofsstab streiten, sie haben Affenzüge und zerren am Stock, als ob sie damit sägen wollten; hervorragend unanständige Details; Apostel. Klappt man die Sitze hoch, so zeigt sich ein kleiner Untersitz, der aus einem Kopf besteht, und jeder Sitz hat seinen besondern – es ist ganz erstaunlich. Adam und Eva sind zu sehen: man möchte die Konturen der Körper nachfühlen, so laufen die Linien. Ein Holzwunder, den Altar, haben sie farbig zugerichtet; es soll zwanzigtausend Francs kosten, die Kolorierung und Vergoldung wieder abzukratzen.

So lange habe ich da herumgestanden, daß ich schnellen Schrittes gehen mußte, um nach Gargas zu kommen. Zur Höhle von Gargas. Nun, es ist eine Höhle wie andere auch.

Aber der neue ‹*Pitaval*› kennt den Ort, und auch ich kannte ihn:

Blaize Ferrage, der Menschenfresser, hat da gewohnt. Das war ein kleiner, übermenschlich starker Bursche, ein Maurer, der sich 1779 vom Leben der Menschen losgelöst hatte und einsam in dieser Höhle wohnte. Sie war wohl damals nicht so zugänglich wie heute; er hauste da, ganz für sich, stahl ab und zu, was er sich allein nicht herstellen konnte, und fraß Menschen. Er stieg wahrhaftig in den Bergen umher, und wenn ihm junge Frauen in die Hände fielen, schlachtete er sie. Männer fraß er nur, wenn er Hunger hatte, Kinder mochte er besonders gern.

Die Gegend flammte in Entsetzen. Schließlich fingen sie ihn – sie hatten ihm einen Sträfling heraufgeschickt, der sich die Begnadigung verdienen wollte, mit dem schloß er Freundschaft, der Freund verriet ihn. Am 13. Dezember 1782 wurde er gerädert.

Und nun werde ich ja wohl vom Reichsverband Deutscher Menschenfresser einen Prozeß angehängt bekommen: wegen Berufsstörung.

Allein

Wenn das Stubenmädchen Wasser und Handtücher gebracht hat, sagt es: «Brauchen Sie noch etwas?» Das ist eine rhetorische Frage, und dann zieht es die Tür hinter sich zu. Nun bin ich allein.

In einem fremden Hotelzimmer öffnet man das Fenster und macht es wieder zu und geht hin und her. Die Bilder an den Wänden sind töricht, natürlich. Wenn man sich gewaschen hat, kann man pfeifen. Dann lege ich den Kopf an die Scheiben und mache ein dummes Gesicht. Die Nägel könnte ich mir auch mal schneiden.

Was tue ich eigentlich hier –?

Jetzt wäre schön, bei Gauclair in Paris mit einer runden, bequemen Dame zu sitzen, mit einer, die weder Hemmungen noch Probleme geliefert haben will, sie sagt: «Iß nicht so schnell – mein Gott, ich nehms dir doch nicht weg –!» Ja, Paris.

Die Pyrenäen gehn mich überhaupt nichts an. Da treibe ich mich nun schon seit zwei Monaten umher, laufe und fahre von einem Ort in den andern, wozu, was soll das. Für morgen steht im Notizbuch eine besonders schwierige und mühselige Sache, und zwei ältere Bücher darüber muß ich auch noch lesen, vielleicht hat sie die Bibliothèque Nationale . . . das ist ja alles lächerlich. Wie kalt die Fensterscheibe ist –

Jetzt schnurren die Gedanken in affenhafter Geschwindigkeit, die kleinlichsten Geschichten kommen wieder angetrabt, kein blutiger Schatten – viel schlimmer: Dummheiten. Herein! Es hat wohl nur einer an die Wand geklopft. Was sind das für –

Alles kommt wieder. Es plagen und zwicken mich die verpaßten Gelegenheiten, die Antworten, die ich nicht gegeben habe, die kleinen Demütigungen, eingesteckt und bitter heruntergeschluckt, aber ein Nachgeschmack bleibt. Da stehe ich nun im Hotelzimmer und sage mir alles vor, was ich einstmals hätte sagen sollen, aber versäumt habe, zu sagen — aus Torheit, aus Mangel an Geistesgegenwart, aus Furcht ... Jetzt hole ich es alles nach. Ich sage:

«Achttausend Mark, zahlbar am ersten Januar. Etwas andres kommt gar nicht in Frage.» — Ich sage: «Unmöglich? Tun Sie nur erst Ihr Mögliches, Herr — das Weitere wird sich finden!» — Ich sage: «Deinen Ring, Lisa.» — Ich sage: «Hier liegt wohl ein Mißverständnis vor, ich habe Sie um eine sachliche Angabe, nicht um private Meinungsäußerungen gebeten.» Da war ein Brief ... den habe ich nicht geschrieben, ich schreibe ihn jetzt. Ich gebe es allen ordentlich — sie fragen so recht dummdreist, und meine Antwort kommt wie aus der Pistole geschossen.

Wie dunkel es ist und wie kalt. Sie könnten hier wirklich heizen, das schadete gar nichts. Aber dieser Repräsentationskamin da ... pah! Ich mag morgen gar nicht aufstehen. Soll ich krank werden? Ich werde einfach sagen: ich bin krank. Dem Führer mit seinen Pferden wird das übrigens gleich sein, denn er ist bestellt, und ich muß ihn bezahlen. Und hier im Hotel macht das Kranksein auch keinen rechten Spaß. Aber ich gehe ganz früh zu Bett, das sage ich dir. Wem ...? Das sage ich dir.

Wenn sie guten Rotwein haben, werde ich mir fürchterlich einen ansaufen. Vielleicht gibt es Vieux Marc, aber nicht in diesen kleinen Gläsern.

Jetzt ist es blaudunkel.

Wenn jetzt einer hereinkäme und mich fragte: «Sagen Sie mal, was machen Sie eigentlich hier —?» ich müßte antworten:

«Ich vertreibe mir so mein Leben.»

Die Republik Andorra

Sie waren vier Schwestern: Andorra, Liechtenstein, San Marino und Monaco — und wir durften sie beim Roten in der Geographiestunde rasch aufsagen: Andorra, Liechtenstein ... und die Hauptstädte — und aus. Inzwischen hat sich die Familie bedeutend vermehrt, denn was wir da alles an kleinen Staaten in Europa dazubekommen haben, tut diesen vieren keinen Abbruch, sondern macht sie zu ganz respektabeln Anwesen.

Die Andorraner sind 5200 Menschen, also ein paar Straßen voll. Aber die Täler, die sie bewohnen, sind nun einmal seit Jahrhunderten eine Republik, eine selbständige Sache — zuletzt wurde das im Jahre 1806 geregelt, und Spanien und Frankreich bekommen noch heute das Überbleibsel eines Tributs: an den Präfekten der Ostpyrenäen gehen 900 Francs im Jahr, an den Bischof von Urgel 450 Pesetas. Im übrigen läßt man die Andorraner in Ruhe.

In Bourg-Madame ging ich über die Grenze – zunächst nach Spanien. Eine hellgelbe Baumallee durchfuhren wir, der Herbst setzte ein, und die Blätter schrien im Licht. In Puigcerda standen die Bauern auf dem Markt, von wegen Sonntag; ein altes Überlandauto nahm mich auf, ein Kasten, der kurz vor Erfindung des Automobils in Gebrauch genommen worden war. Es war aber erstaunlich, wo diese Arche fahren konnte! Mit einem Pferdewagen wäre es auf den spanischen Landstraßen schon nicht sehr heiter gewesen, aber nun –! Das riesige Boot schwankte und taumelte von einer Seite auf die andre, der Hund, der auf dem Verdeck angebunden war, machte sich vor Angst in die Hosen, und daher regnete es – und die Fahrt nahm nie ein Ende. Aber sie war schön. Wir fuhren, dreiunddreißig Bauern und Bauersfrauen, neunundneunzig Bündel, Stücke, Körbe, Koffer, Kisten, Käfige ... wir fuhren in eine weite Ebene, die großen, weißen Wolken standen da oben unbeweglich, und ich war so froh, einmal aus dem Gebirge hinausgekommen zu sein und nach Monaten endlich wieder die flache Erde zu sehn. Wir passierten zweihundert Gendarmen und dreihundert Pfaffen. Hier und da sah man auch Menschen.

In Seo de Urgel, dem Bischofssitz, war umzusteigen. Ein riesiges Bischofshaus stand da, es sah aus wie eine Kaserne, und das war es ja wohl auch. Und dann blätterte noch einmal ein spanischer Gendarm in meinem Paß, kratzte sich hinterm Ohr, holte sich eine Fibel, lernte rasch die großen Buchstaben ... und dann war ich in Andorra.

Die Täler sahen aus wie alle Pyrenäentäler dieser Gegend – aber als wir nach Andorra-la-Vella kamen, der Hauptstadt, da sah ich den Unterschied. Die Hauptstadt hat fünfhundert Einwohner, und diese Belegschaft eines berliner Ackerstraßenhauses verteilt sich in graubraunen, primitiv gebauten Häusern, die Feldsteine sind nicht übertüncht, sondern liegen nackt. Die Ritzen sind mit Erde verstopft.

Es war später Nachmittag. Ich klapperte durch die grob gepflasterten Straßen, und was nie in Frankreich geschehen war, geschah hier: Kinder bettelten mich an. Bitten, ausgestreckte Hände – und ein paar ganz kleine Steinchen. Das Hotel war ein altes Haus wie die andern auch, der Wirt sprach Katalanisch, wie alle Leute in Andorra, aber wir kamen einigermaßen zurecht miteinander. Ich wollte ‹das Haus› sehen. ‹Das Haus› – als ob es nur dies eine gäbe; Casa de la Val ist das Regierungsgebäude.

Es war grade keiner drin. Es erschien ein riesiger Schlüssel mit einem Mann hinten dran, beide schlossen auf. Außen war ein bißchen Latein an der Tür, innen war ein Schulraum mit alten Fresken und nackten Bänken und einem Lehrertischchen. Daneben das Beratungszimmer des Rats. Es sind vierundzwanzig Männer, die das Land verwalten, vier aus jeder der sechs Gemeinden: Canillo, Odeillo, La Masana, Encamps, Andorra, San Julia de Loria. Dieser Rat wird alle zwei Jahre zur Hälfte erneuert; das ist seit Jahrhunderten so. Zwei Vögte führen die Verwaltungsgeschäfte, einer ist von den Franzosen, der andre von den Spaniern ernannt. Sie sind Chefs der Landesmiliz. Es gibt aber keine.

Neben dem Beratungszimmer lagen der Eßsaal und eine kleine Kapelle. Ich wußte, was sich in dieser Kapelle befinden mußte, und ich suchte es mit den Augen. Eine alte Kopierpresse lag in der Ecke, das konnte es nicht sein, ich getraute mich nicht recht, zu fragen ... Da hob der Schlüsselmann die Presse in die Höhe und sagte, das wäre es: la garotte – die Schraube, mit der man Leute erwürgen kann, wenn man will. Der Schlüsselmann sagte, er hätte das noch in seiner Jugend mitangesehn.

Und er zeigte mir die Amtskleidung der Räte, die Galaröcke der Vögte, ihre Dreispitze – alles zeigte er mir. Trutz'ge Bauern, die da ihre stolze Unabhängigkeit bis auf den heutigen Tag bewahrt haben. Aber auf der Pappschachtel, in der die guten Staatshüte lagen, stand: ‹Columbia U.S.A.› Ich sah ein, daß ich dem deutschen Ideal ganz nahe war: Mittelalter G.m.b.H. Trotz aller Sprüche der Andorraner: ‹Toca hi so goses› heißt einer etwa: ‹Fire, but don't hurt the flag!› – es sind doch keine Ritter mehr. Ritter bezogen nur ganz selten ihre Hüte aus Amerika. Und dann ging ich wieder auf die Gasse.

Die war mittlerweile dunkel geworden, und ich schlich mich auf den kleinen Marktplatz, der sonderbar und finster dalag. An der Kirche vorbei ... Das Pfarrhaus lag am Marktplatz, und eines der Häuser war so wunderlich bemalt mit blassen Farben und Figuren ... Die Traumstadt *‹Perle›* von Kubin gibt es nicht. Aber hier lag sie. Eine Katze huschte an meinen Füßen vorbei. Ich drehte mich um: durch die krummen Gassen schleifte die Cholera ihre Gewänder, ein Laken fegte um die Ecke ... es wäre ein bißchen kalt, fand ich, nun könnte man wohl nach Hause gehen.

Es gab, mit einem süßen spanischen Wein, so viel zu essen, daß mir himmelangst wurde. Ein spanischer Handlungsreisender war auch da, und wir begannen eine merkwürdige Unterhaltung, die ihr Fundament in romanischen Wörtern eigener Prägung hatte ... Es war nicht leicht. Am nächsten Morgen ritt ich ab.

Ich zog mit einem Führer die Nationalstraße Andorras entlang; sie ist einen Meter fünfundsiebzig breit und höckrig. Eine Fahrstraße durch das Land gibt es nicht. Die Staatspost ging mit uns und erzählte sich ellenlange Geschichten mit dem Eselstreiber; sie marschierten in gleichmäßigem Schritt, und dabei sprachen sie ununterbrochen. Ich verstand kein Wort – aber wenn sie ihre Feinde nachahmten, das verstand ich gleich. In ihrer Rede kam nach dem schreienden Diskant des Gegners der ruhige Männerton zur Geltung – das war dann der Berichterstatter selber, der gesprochen hatte, ein umsichtiger, vernünftiger Mann.

Wir kamen an Eskaldas vorbei, einem kleinen Flecken mit etwas feinern Häusern; ein schwacher Ansatz war zu bemerken, das Ding als Badeort auszugeben, aber sie schämten sich wohl selber ein bißchen und so blieb es bei einigen Aufschriften. La Mosquera erschien und Meritxell, da stieg ich ab. Ich wollte die Kirche sehen, zu der die Leute gewallfahrt kommen. Es war eine weißgetünchte kleine Bergkirche, mit hübschem gedecktem Gang draußen vor der Tür; drin stak alles voll Weihgeschenken und frisch gekauften Statuen. An einer versteckten Stelle schien die Sonne hindurch und warf ein hellgrünes Mondantlitz auf die gegenüberliegende Wand, das war offenbar ein himmlisches Gesicht. In Soldeu blieb ich sitzen.

Der Briefträger und der Eselstreiber aßen mit mir zusammen Mittag – um wieviel anständiger benehmen sich oft Romanen als manchmal andere Leute! Es waren doch Bauern, aber da war nichts Schmeichlerisches und nichts Rohes – es war ein Mittagessen unter drei Gleichberechtigten, und sie hatten gute Tischmanieren und aßen appetitlich. Nur mit dem Trinken war das nicht einfach; da gab es so eine Glasflasche mit einem dünnen Rohr, das man sich eine Spanne breit vom Gesicht weghielt, und dann ergoß sich ein dünner Strahl in den Mund. Bei mir auf den Fußboden. Nachmittags legte ich mich ins Gras.

«Jede Provinz, jeder Winkel auf der Erde gibt dem Vorüberkommenden, der keine Zeit hat, lange zu verweilen, etwas mit, was ich ein Stückchen Herz nennen möchte. Manchmal ist es ein Schritt Tanzender; ein paar Töne, vom Fels zurückgeworfen oder vom Wind getragen, ein Nichts ... irgend etwas ganz Simples ... ein Stein, das bemooste Kreuz an der Straße, ein verfallenes Grab ... und alles spricht.» So stand in einem Reiseführer durch Andorra, und das ist richtig. Was war es denn –?

Ein heißer Tag und das herrliche Gefühl, in der roten Hitze eisig kaltes Wasser aus einem blitzenden Glas zu trinken, die Müdigkeit nach dem Ritt und dann die Ruhe im Gras. Eine Stute beschnupperte mich und ging langsam weiter; ein paar Schweine kamen und brachen mit großem Gegurgel einen Kohlgarten auf, daraus verjagte sie die Bauersfrau: «Hé, Hé! Porc! Porc!» Das bezogen die Schweine auf sich und liefen eilig davon; dann schlief ich ein. Als ich aufwachte, stand die Sonne schon tiefer, und drüben, auf der andern Seite des Tales, sang eine helle Männerstimme ewig dieselben sechs traurigen Töne: d, b, g; c, as, f – Die kleine Melodie verwob sich mit dem Grillenzirpen und dem leisen Wind zu einem weichen Netz ...

Dann überkam mich unbändige Lachlust: ich mußte an das Buch von Isabelle Sandy denken: *‹Andorra oder Die Männer aus Erz›*. So sah das Land grade aus. Das ist die Räubergeschichte von einer andorraner Familie, die wegen des Erbrechts, mit dem es ähnlich stand wie bei den Basken, viel Sorgen hatte. Der Vater wollte den Jüngern zum Erben, also zum Alleinerben machen, und der Ältere tötete und mordete wie ein Marder die ganze Konkurrenz, die ihm in den Weg kam. Da ging es zu —! Geballte Fäuste, geknirschte Zähne, mit Pulver gefüllte Holzscheite für den heimischen Herd, verführte Mädchen, erschossene Schmuggler, geschluchzte Gebete und zum Schluß Absprung des Bösewichts in den Schlund der Hölle. Von dem Edelmut, mit dem das uneheliche Kind heimlich mit Land dotiert wurde, gar nicht zu reden.

Nun, die andorranische Jugend in Andorra-la-Vella hatte am Sonntag zum Klang eines mechanischen Klaviers Onestep getanzt, und was die Rechnungen dieser treuherzigen Landbevölkerung anbelangt, so hatte man das Gefühl, unter die Räuber gefallen zu sein. Sie machten kräftige Frankenpreise und setzten hinter die Ziffer: Peseta. Was eine romantische Multiplikation mit dreieinhalb bedeutete.

Man kennt ein Land natürlich nicht, wenn man es nur bereist, ohne darin zu leben. Aber Salontiroler ... nein: die ganze Sehnsucht einer zu kurz gekommenen Klavierlehrerin sprach aus dem Buch, die Verachtung, mit der die poesielose Stadt Paris beiseitegeschoben wurde — da droben, bei euch, ihr Starken, da wohnt das Glück! Heirate, mein gutes Kind. Aber das macht den Leuten in der Stadt so unendlich viel Vergnügen, Romane in die Natur zu verpflanzen. Bäuerliche Heldenverehrung ist die Romantik der Dummen.

«Wenn ich den Wald besinge, tue ich das deshalb, weil die Fabrik wütet ...» So Isabelle Sandy. Wo wolltest du leben? In dem muschelförmigen Tal Andorras, umgeben von Faunen und Waldgöttern? Gegen Morgen hätten sie dir eine Rechnung präsentiert:

Eine Waldorgie ... 85 Pesetas.

Von Hospitalet, im Französischen, ging früh ein Auto ab, das mußte ich haben. Dazu war es nötig, nachts zu marschieren. Ich verabredete mit dem zweiten Briefträger der Staatspost das Nötige und verließ den Ort morgens, um vier Uhr.

Der Mond hing hoch über dem Tal, es war kalt, und alle Sterne flimmerten. Totenstille. Den Weg hatte ich nach der Karte auswendig gelernt; verfehlte ich ihn, war ich meinen Briefträger los, der hinter mir heraufstieg. An verschlossenen Häusern kam ich vorbei, an einer dunkeln Scheune und an einem Steinbruch. Er bewegte sich. Da lag, im kaltbleichen Mondschein, eine Schafherde im Pferch, wie versteinert ruhten sie, nur die vordersten kauten leise und hoben die Köpfe. Ich blieb stehen — hundert Augen sahen mich an.

Dann entfärbte sich der Himmel, auf den Hügeln wurde es Licht, jetzt stieg der Weg an, und nun hörte ich unten den Briefträger pfeifen.

Ich wartete. Dann wurde es immer heller, die Felsen gegenüber waren rosenrot, der Mond blieb oben stehen, um ja nichts zu versäumen – jetzt mußte die Sonne aufgegangen sein, aber wir sahen sie noch nicht, der Paß verdeckte sie.

Der Briefträger legte ein Tempo vor ... Er ging, wie Älpler gehen: ganz leicht. Man sah ihm an, daß er sich nicht anstrengte, sein Schritt war von vollendeter Gleichmäßigkeit, hinauf, hinunter, kein Unterschied. Ganz oben auf dem Paß lag Reif.

Wir stiegen zu Tal. Wir kamen an die kleine graue Brücke: die Grenze. Nun war ich wieder in Frankreich, und das freute mich. Der Mann lief, aber man sah das nicht; welche Beine –! Die Sonne ergoß sich noch purpurrot auf den breiten Weg, die Täler lagen still, nur einmal begegneten wir ein paar Füllen. Hoch oben stand das Eingangshaus zu einer verlassenen Eisenmine.

Die Fünftausend da hinter mir sind Bauern, und kleine Bauern. Es gibt etwa sieben oder acht wohlhabende Familien – der Rest schlägt sich so durch. Die Gemeinden nehmen durch die Pacht der Berghalden dies und jenes ein; großer Wohlstand herrscht da jedenfalls nicht. Was die Viehzucht nicht bringt, macht natürlich der, sagen wir, Transithandel. Da gab es einfache Andorrabauern, die bestellten sich aus Frankreich die teuersten Mähmaschinen, die mehr kosteten, als ihr ganzer Besitz wert war. In Andorra wurden diese Maschinen auseinandergenommen und über die Berge nach Spanien getragen: auch hier eine große Kraftanspannung, körperliche Arbeit, Mut – und eine elende Bezahlung. Alle Welt weiß das, hier an der Grenze erzählten mir zwei französische Gendarmen voller Bonhomie die schönsten Schmugglergeschichten und suchten mit ihren Ferngläsern die kahlen Bergwände ab. Es kam aber keiner, und in meinen Morgenschuhen war kein Tabak.

Republik Andorra ...! Dieser Staat hat – im Gegensatz zu Hamburg – in Berlin keinen Gesandten. Wenn aber die Republik Andorra in Deutschland läge, hätte sie einen, aber dann wäre es keine Republik.

Waren die Mädchen Andorras eigentlich hübsch –? So sehr nicht, aber schließlich ... Die Andorraner brauchen nicht zu dienen – weder in Spanien noch in Frankreich. Und wenn man eine Andorranerin heiratet, dann erwirbt der Mann ihre Staatsangehörigkeit.

Ewig werde ich mich nach den Frauen dieses Landes zurücksehnen. Welcher Seelenadel! Welcher Zauber! Welches Feuer –! Und welch schöne Staatsangehörigkeit.

Auf der Wiese

Nun bin ich aus den stillen, kalten Tälern heraus, in einem großen Halbkreis bin ich durch Andorra gezogen, und da stehe ich nun wieder in Bourg-Madame. Die weite Ebene –

Die Hitze brennt, ich habe den ganzen Vormittag Zeit; der kleine elektrische Zug, der nachher rings um dieses ungeheure Loch in den Bergen herumfahren wird, ist noch nicht da. Jetzt liege ich auf der Wiese unter den blitzenden Bäumen, ziehe Grashalme aus dem Boden und freue mich meiner Faulheit.

Das sind also die Pyrenäen? Sieh an. Wollen wir nochmal zurück ... bis zum Ozean? Es war doch ein weiter Weg, wie? Wenn ich jetzt ganz grade in die Luft aufstiege, kerzengrade, sagen wir: tausend Meter hoch – dann sähe ich mit einem Zauberauge alle kleinen Kirchen in den Bergen. Es waren hübsche alte Gotteshäuser dabei; merkwürdig, was die Geistlichen damit machen. Immer steht neben den schönsten Schnitzereien Schund aus dem Fünfzig-Pfennig-Basar – sehen sie das nicht? Nein, sie sehen es wohl nicht. Was mögen das für Leute sein, diese Geistlichen?

Einmal, bei St. Girons, saßen drei in dem Verkehrsmittel, mit dem ich fuhr. Die Mutter dieses Wagens war eine Kleinbahn, der Vater ein Tourenomnibus. Da saßen sie also und beteten aus ihren Gebetbüchern. Sie hatten bäurische Gesichter. Und der Landmann verleugnete sich bei keinem; stand eine Kuh auf den Schienen, wurde eine Gänseherde vorbeigetrieben, dann ließen sie das Brevier sinken, der Geistliche sank mit, und zum Fenster hinaus sah ein interessierter Bauer, der die ländlichen Dinge kannte, sie scharf ins Auge faßte und abschätzte ... Und dann beteten sie wieder. Einer blies die Luft von sich, als er fertig war: Uff! das wäre nun glücklich überstanden! Aber es sind tüchtige politische Agenten.

Und junge Geistliche habe ich gesehen, nein, Küken von Geistlichen, unsicher schwankend in den faltigen Röcken, unten sahen ein paar riesige Füße heraus. Es waren noch Jungen, man konnte sich diese Gesichter ganz gut bei einem Kellner, einem Handwerker, einem jungen Kaufmann denken ... Aber wenn sie ein bißchen älter waren, dann lag auf dem Gesicht schon eine dünne Patina von Katholizismus: besonders um den Mund war das andre, etwas, das früher nicht dagewesen war, dieser Mund war wohl viel gebraucht worden. Und alle fünf Minuten verloren sie ihre Würde, wie man eine Mütze verliert, und wenn sie das merkten, setzten sie die Würde rasch wieder auf und sahen sich erschrocken um, obs auch keiner gemerkt hätte.

Die Armen! Werden sie wirklich niemals erfahren, was Frauenliebe ist –? Der katalanische Bauer sagt: «A oune femme faut oun homme, soit oun mari, soit oun amant, soit oun directeur de conscience.» Oun heißt ein – und das andre dürfte wohl verständlich sein.

Da hinten , in Bourg-Madame, schreit ein Esel. Der Kerl, der aufgebracht hat, daß Esel ‹I–a› schreien, stammt aus der Stadt. Ein Bauer wäre auf solche Dummheit niemals verfallen. Ein Esel schreit überhaupt nicht – er pumpt. Er hat eine Pumpe im Hals und zieht Luft aus einem tiefen Brunnen. «Hüü — bcha . . . Hüü — bcha . . .» Vielleicht muß man ihn hinten am Schwanz ziehen, damit er vorn so jämmerlich schreit.

Man konnte den Esel nicht sehen — der Eisenbahndamm lag davor. Das war eine merkwürdige Eisenbahn. In Aix-les-Thermes endet die Strecke, die vom Norden, über Foix, kommt; bis Bourg-Madame an der Grenze gibt es dann nichts mehr. Aber die neue Transpyrenäische Bahn ist stückweis schon da: da steht ein Tunnel von sieben Kilometern fix und fertig, die Eisenbahndämme sind aufgeschüttet, die kleinen Brükken über den Straßen und die Bahnübergänge, alles ist schon gebaut. Sogar die Schranken. Nur die Schienen lagen damals noch nicht da. Aber das Allermerkwürdigste war, daß um diese Bahn, die gar nicht vorhanden war, schon eine Luft lag, wie wenn sie da wäre: die Straße am Bahnhof sah schon aus wie die Bahnhofstraße, es roch nach Rauch, die Gegend unmittelbar an den Orten, wo die Schienen einmal hinkommen sollten, war langweilig.

Diese Bahn wird die Gegend aufschließen; daran ist gar kein Zweifel. Auch Andorra wird sein Teil abbekommen, denn wenn man so bequem nach Hospitalet fahren kann, werden viele Leute die kleine Republik besuchen. Glückliche Reise —! Und das ganze Land wird in Hotels ersaufen, denn es ist ein schönes Land, die Berge sind nicht zu hoch und nicht zu niedrig: es ist grade so etwas für Leute, die sich erholen wollen. Das liegt heute alles so versteckt . . . Frankreich stellt sich nicht hin und ruft: Seht! Wie schön ist es bei mir! Kommt einmal alle hierher! Nein, wenn du die Schönheit des Landes aufsuchen willst, dann mußt du sie suchen — findest du sie, ist es gut; findest du sie nicht, ists den Franzosen auch gleich. Aber das ist ja mit Paris genau dasselbe. Frankreich liegt nicht auf dem Präsentierteller.

Es ist ein großes Werk, das da in den Pyrenäen im Entstehen ist: die Elektrifizierung der Eisenbahn. Überall laufen riesige Rohre zu Tal, in denen das Wasser herunterpoltert, die Rohre sind fast alle braun und grün gefleckt, so daß sie von oben aussehen wie Landwege. Fliegerdeckung. Denn es gibt ja nichts, was nicht gegen die Zerstörung durch den schlimmsten Moloch der Welt geschützt werden müßte. Im Jahre 1910 haben sie mit der riesigen Arbeit begonnen. Zwei große Elektrizitätswerke sollen die Strecke versorgen: eins in Eget, beim Cirque de Troumouse, und das andre, in Soulom, das nimmt die Wasser von Cauterets und Pau auf. Das zweite verfügt über etwa zwanzigtausend Pferdestärken. Viele Strecken sind bereits elektrifiziert, und so wächst da in aller Stille eine moderne Eisenbahn.

Das nimmt natürlich den Gebirgsbächen, den ‹gaves›, mitunter die Kraft, und manchmal sieht man in den schönsten Tälern einen stillen Bach dahersäuseln: sein Bett ist ihm drei Nummern zu groß, er fließt artig dahin, mit wenig Wasser und ohne unnötiges Gebrause, es ist, als ob er sonntags zur Kirche fließt. Dem haben sie das Wasser abgegraben, und mit seiner Kraft kann ich oben schnell an ihm vorbeifahren.

Zerstört die Bahn die Poesie? Keine Spur. Sie verwandelt sie nur. Aber der Grund des Landes bleibt doch. Raymond Escholier, der lustig und bunt das Bauernleben beschreibt, erzählt einmal im ‹*Cantigril*› von den zahllosen Kommissionen und Aufträgen, die so ein Postillion der alten Schule mit auf den Weg bekam. Die Pferde ziehen schon an, da wird ihm noch nachgerufen: «He! Sag Finotte, das Schwein beim Schwiegervater wird Donnerstag geschlachtet! Hörst du? Donnerstag . . .!» Und da ist die Postkutsche schon davongerasselt. Nun, das hat sich gar nicht geändert. Auf einer Kleinbahnstation stand im rinnenden, nachtdunkeln Regen der Zug, und im Lichterschwenken rief eine grelle Frauenstimme grade vor dem Wagen, in dem ich saß, den Schaffner an: «Was ist mit der Salbe für den Hund? Die ist wieder nicht mitgekommen! Sag doch, der Hund wär so krank!» – «Abfahren!» pfiff der Schaffner, aber ich konnte doch noch sehen, wie er ernsthaft mit dem Kopf nickte. Ob er sie mitgebracht hat? Darüber schlafe ich ein.

Als ich wieder aufwache, sagt mir der Wegweiser unter den Bäumen, wo ich bin. ‹Nach Bourg-Madame 0,2 km . . .› Wegweiser . . . Viele habe ich in den Bergen nicht getroffen. Auf manchen stand: ‹Geschenk von Citroën› – und viele stammten vom Touring Club de France. Der nimmt heute noch, 1925, keine Deutschen auf, steht also an kleinbürgerlichen Vorurteilen dem Deutschen Alpen-Verein keineswegs nach. Es sind wohl überall dieselben Kommerzienräte und Geheimen Oberbaudirektoren, die bei solchen Dummheiten den Ausschlag geben.

Da kommt ein Mistkäfer angekrochen. Ich frage ihn, ob er weiß, wie er auf lettisch heißt. «Nein», sagt er. Ich sage ihm: «Sie heißen Ssudebambel.» Ob er keinen andern Namen bekommen könne? Nein. Da kriecht er weiter –

Auf dem Weg geht eine Bauersfrau mit einem erheblichen Popo. In Andorra-la-Vella . . . da war im Gasthaus eine Frau bedienstet, die hatte eine leichte Andeutung von Steatopygie. (Der Deutsche Sprachverein: «Warum sagen Sie das nicht deutsch?» – Ich kann nicht. – «Warum nicht?» – So . . . – «Sagen Sies!» Fettsteiß. Sprachverein ab.) Dergleichen kommt bei Spanierinnen manchmal vor; ich weiß das aus den Büchern.

Ich weiß so viel aus Büchern über die Pyrenäen. Aber was habe ich gesehen? Was kann überhaupt ein Fremder sehen?

Ich denke immer: Wenn ein Berliner die Schilderung eines Amerikaners über seine Stadt liest, dann ist er amüsiert, gekränkt, geschmeichelt – aber auch ein bißchen unbefriedigt. Der Midi-Mann, der dieses Buch vielleicht in die Finger bekommt, der Pariser, dem ich zeige, was ich aus seiner Stadt nach Hause berichte, sie sagen bestenfalls: «Es sind keine groben Fehler in Ihrer Arbeit. So ungefähr sieht es aus.»

Aber — aber es ist nicht *das*. («Ce n'est pas ça» ist ein sehr guter französischer Ausdruck.) Es fehlt für den einheimischen Leser irgend etwas, er kennt das doch anders; es ist eben der Fremde, der das geschrieben hat, einer, der ‹Sie› zu Paris sagt.

Der Engländer fährt durch Driesen an der Drüse und sieht, daß es ein kleines Amtsgericht hat, und schreibt sich das auf. Aber von dem Antrittsbesuch des Referendars, der da seine erste Station abmacht, von der einmaligen Wintergesellschaft bei Amtsrichters, vom Stammtisch und dem Knatsch mit dem Apotheker ahnt er nichts. Und wenn man es ihm zeigte, verstände ers nicht. Und wenn ers verstände, könnte ers nicht richtig wiedergeben. Und gäbe ers richtig wieder, dann faßten es seine Leser nicht. Weil es fremd ist, vom andern Ufer, und weil sie unter der abweichenden Form das Gemeinsame nicht wiedererkennen. Berliner Weißbier ist nicht exportfähig.

Ich habe immer Furcht, daß mich ein Baske, ein Katalane, ein französischer Unterpräfekt eines Tages auf der Straße anhalten wird, sich meine Notizen geben läßt, sie liest und dann spricht: «Mensch! Was weißt denn du —?»

Ist einer eine langweilige Type, dann nimmt er alle Tatsachen korrekt auf und darf schreiben: ‹Reise durch die Pyrenäen›. Jeder kann den Wittenbergplatz fotografieren, damit hat er alles gesagt und nichts.

Ist einer ein Kerl, dann steht er sich selbst im Wege, bei allen Schilderungen, und wenn er fertig ist, darf er nicht sagen: ‹Reise durch die Pyrenäen›. Er müßte sagen: ‹Reise durch mich selbst›.

Das Fort

Von Bourg-Madame nach Villefranche-de-Conflent führt eine Aussichtsbahn erster Ordnung.

Villefranche ist von alters her befestigt und hats schwer, sich auszudehnen; das Tal ist an dieser Stelle sehr schmal. Oben, hundertundachtzig Meter über der Stadt, liegt das Fort.

Vauban, der Baumeister Ludwigs des Vierzehnten, hat es verstärkt, und es ginge mich ja weiter nichts an, wenn da oben nicht deutsche Gefangene gesessen und einen Fluchtversuch gemacht hätten, von dem das Land heute noch weiß, und der nur einem geglückt ist. Das wäre anzusehn.

Man kann in Serpentinen nach oben steigen, aber weil die Dämmerung schon da war, schlug die Pförtnerstochter vor, innen hinaufzusteigen. Innen? sagte ich. Ja, es führten tausend Stufen hinauf, das Fort ist mit der Stadt im Fels durch eine Treppe verbunden. Ich rechnete rasch nach. Tausend Stufen: das waren gut und gern acht Miethäuser vom Keller bis zum Boden — hm. Nun, wenn es keinen Fahrstuhl gäbe . . . Nein, einen Fahrstuhl gäbe es nicht.

Das Mädchen schloß unten die große Bohlentür auf, noch eine Tür, und dann stiegen wir in einem hohlen Gang kerzenbeleuchtet auf Treppen nach oben. Das war eine massiv gebaute Sache, ich sah keinen abgebröckelten Stein. Mit den damaligen Kanonen war die unterirdische Verbindung unerreichbar. Wenn wir pausierten, gingen meine Schulterblätter auf und nieder, und um zwei Pfund leichter kam ich oben an.

Da sperrte die nächste Tür. Die Pförtnerstochter stemmte sich dagegen, ich half ihr ... nichts. Etwa drei Meter über dem Boden stand ein Fenster auf. «Ich werde hinaufklettern!» sagte die Pförtnerstochter. Sie stellte also eine alte Tür gegen die Mauer, kletterte und eskaladierte die Wand hoch. Ich stand dick und dumm daneben. (Edschmid wäre mit der Riesenwelle nach oben geflogen, Ewers hätte der Dame ein Kind verursacht, und Bonsels hätte in ihrer Seele geblättert.) Ich stand also daneben. Sie kam hinauf, schwang sich durch das Fenster, ich hörte einen dumpfen Sprung, dann öffnete sie die Pforte. Welch ein Mädchen –!

Da waren wir nun im leeren Fort. Das Fort ist eine kleine Stadt für sich, mit Kasernen und Wirtschaftsgebäuden und Wachthäuschen und Türmen. Und da hatten die Deutschen gelegen.

Am 9. Oktober 1916 lösten sie oben die Alarmkanonen. Zwölf Gefangene waren entflohen. Sie hatten unter der Latrine einen Gang ins Freie gegraben, das war eine monatelange Arbeit gewesen, man kann die Stelle noch sehen. Dann hatten sie sich gegen sechs Uhr abends an einem Strick aus Bettüchern am Felsen heruntergelassen, ein paar Meter, nun standen sie auf dem Weg. Und von da waren sie im Dunkel heruntergeklettert. Einer ging die Bahnschienen entlang, den fingen sie gleich. Die andern wurden in den Bergen gefunden, und nur ein einziger, erzählte die Pförtnerstochter, sei über die Grenze entkommen. Was wäre, wenn ich ihr jetzt ganz still sagte: «Ja, Fräulein. Das war ich»? Aber ich war es nicht. Die elf andern kamen dann in die Festung Cette.

Ich sehe die Zimmer, in denen die Deutschen gewohnt haben; an einer Tür steht noch ein Zettel: Leutnant Kieffer. Und das hier waren ihre Gemüsebeete, sie haben auch Kaninchen gehabt. Was war das für ein Gefangenenlager?

Es war ein Offizier-Gefangenenlager. Und nun ist meine Neugier fast ganz verglommen. Du lieber Gott: sie hatten ihre Ordonnanzen, die gingen in Zivil zur Stadt und kauften für sie ein, sie hatten alle möglichen Freiheiten, und so wenig es irgendeinem Menschen einfallen wird, sie glücklich zu nennen: die Stuben waren ganz passabel und mit den Baracken großer Mannschaftslager nicht zu vergleichen.

Denn dieser Stand ehrt sich nach absonderlichen Gesetzen, die er sich selbst gemacht hat, und schützt noch den Kollegen von der andern

Firma, ohne den es keine Existenzberechtigung für ihn gäbe. Daß es Volksheere sind, die sich da auf Befehl der Geldgeber totschießen – davon wissen sie nichts. Sie spielen noch immer Landsknecht, und die gefangenen Offiziere halten Kaninchen und pflanzen Gemüsebeete. Der Disziplin wegen. Die Berichte der deutschen Mannschaften, die in Frankreich gefangen gewesen sind, klingen ein wenig anders.

Worauf wir wieder den kleinen Eiffelturm im Felsen heruntersteigen – manchmal sieht man durch Fensterchen ins Freie. Da glitzern die Lichter im schwarzblauen Tal, ein schwacher Peitschenknall ertönt, und die Fledermäuse schwirren um das Fort. Gute Nacht, schöne Pförtnerstochter (ohne Kuß).

Eine halbe Stunde von Villefranche, in den Bergen, liegt Vernets-les-Bains. Unterwegs, in Corneilla, kann man in die uralte Kirche eintreten, wo schöne Madonnenfiguren lieblos in eine Ecke gestellt sind. Von Vernets hat man auf den Canigou zu klettern.

Das war ein Gebirgsmarsch wie aus dem Bilderbuch. Der Nachtportier schließt frühmorgens das Hotel auf, im Rucksack ist das Frühstückspaket, weil ich nicht weiß, wann ich wieder herunterkommen werde, und kaum sind acht Stunden vergangen, bin ich oben. Mir war das Meer versprochen worden, doch dick verhängt lag das Land. Aber darauf kam es ja gar nicht an. Unterwegs war es viel schöner als oben.

Unterwegs gab es lange Grashalme, die absonderlich schmeckten, aber ohne Grasstengel im Mund kann man nicht marschieren. Unterwegs war eine Rinderherde mit Kühen, Ochsen und Ochsen mit Gebommel. Die Kälber liefen vor mir weg, ich sprach mit den noch rüstigen Vätern, und wir kamen überein, uns gegenseitig nichts zu tun. Der Weg war durch ein Gatter abgeteilt, damit sie nicht vorzeitig nach unten liefen, und alle wollten mitkommen, sie sahen mir lange nach. Unterwegs waren drei Quellen, eine immer frischer als die andre. Ich füllte die Thermosflasche in der obersten und trank noch unten im Tal das eisige Quellwasser. Unterwegs war ich ganz allein, und daher sang ich schöne Lieder. Unter anderm das Soldatenlied, das ich aus dem wahrhaftigen Kriegsbuch ‹*Gaspard*› gelernt habe:

Paraît que la cantinière
A de tous les côtés,
Par devant, par derrière,
Des tas de grains d'beauté.
Elle en a des pieds jusqu'aux seins;
On raconte un tas de machins ...
Vous n'y qui qui
Vous n'y com com
Vous n'y comprenez rien!

Und alle Sträucher riefen: «Nochmal!» wenn ich vorbeikam, und dann sang ich es nochmal und nochmal, und unten lagen die kleinen Städte im Tal, Prades und die Eisenbahn. Und weil ich wußte, daß dies der letzte Marsch in den Pyrenäen sein würde, deshalb preßte ich das letzte Glückströpfchen aus allen Wegen und trank mein Eiswasser und zerbrach beinah meinen Stock und war sehr glücklich.

Französische Provinz

Das Hotel heißt Hôtel de France, und das Café heißt Café du Commerce; der Bahnhof liegt meistens draußen vor der Stadt, wo die neuen Häuser stehen, als schämte man sich seiner, und von da rumpelt ein Omnibus bis zum Marktplatz. Wenn das Rathaus alt ist, ist es schön, wenn es neu ist, weniger. Am Fuße der Kirche steht eine blecherne, runde Anstalt. Der Gendarmerie hängt eine rote Fahne zum Halse heraus. Das ist die Schule, das ist die Sparkasse, das ist die Post. Noch etwas? Nein, nichts weiter. Keine Sehenswürdigkeiten, keine historischen Gedenkstätten, keine Aussichtstürme — gelobt seist du, kleine Stadt!

Der erste Eindruck der Dörfer und der ganz kleinen Städte in den Pyrenäen ist: tot. Das macht, die Leute halten die Fenster mit Holzläden geschlossen, die mitunter aus zwei groben Planken bestehen, der Fliegen wegen, des Lichts wegen, damit die Luft auf den Plätzen frisch bleibt . . . ich weiß nicht. Aber am hellerlichten Vormittag in einen Flecken zu kommen — das ist gespenstisch. Abends gehts noch an: da sitzen die Menschen vor den Türen, spazieren auch wohl herum und gehen vor dem Café auf und ab.

Unter den abendlichen Bäumen warte ich das Menü ab. Ich weiß schon, was da aus den offenen Fenstern herausschmurgelt: eine Suppe mit weichem Brot, ein Scheibchen Wurst als hors und ein Scheibchen Sardelle als d'œuvres, gebratene Fische, Rindfleisch, Huhn, meist beides nacheinander; wenn man dann dem Ersticken nahe ist, eine kräftige Schüssel Gemüse, und ein bißchen Käschen, Obstchen, Nachspeischen und Kaffeechen. Dazu, wenns schief geht, rauchende Salpetersäure; sonst einen angenehmen Landwein.

Da sitze ich nun und lese meinen französischen Roman, in dem unweigerlich vorkommt: «Il huma l'air frais», dann spiele ich das Nationalspiel — ich versuche, mir mit den Regiestreichhölzern die Zigarette zu verderben: die Streichhölzer sind aus Schwefelwasserstoff und imprägniertem Holz angefertigt — brennen sie nicht, so riechen sie doch schön.

Soll ich in das Syndicat d'Initiative, ins Reisebüro, gehn, das es in jeder Stadt gibt? Sie sind groß an freundlicher Bereitwilligkeit und klein an Bücherbestand, und um Landkarten zu bekommen, muß man wahrscheinlich den Ministerpräsidenten selbst bemühen. Es gibt schöne Karten, aber es gibt sie nicht. Erst habe ich versucht, mich an Hand der Generalstabskarte zurechtzufinden. Wenn die Franzosen mit diesen schwarz besprenkelten Drucken den Krieg geführt haben, so ist das eine ganz große Leistung. Diese Karten sind wohl, wie so viele weibliche Gegenstände im Kriege, nur für Offiziere bestimmt gewesen. Dann habe ich eine Karte entdeckt, die das französische Ministerium des Innern herausgebracht hat, und die ist vollendet: in Druck, Klarheit, Aufmachung. Aber sie ist nirgends zu haben.

Mit dem *‹Guide Bleu›* von Hachette versuche ichs erst gar nicht. Das ist eines von jenen Reisebüchern, deren Verfasser man immer gern bei sich hätte, um sie mit der Nase an alle Mauern zu stoßen, die man einrennen würde, wenn man ihre törichten Ratschläge befolgte. Das Kartenmaterial ist mäßig, die Stadtpläne sind voller Fehler, die Angaben über die Hotels unzuverlässig, die Wegbeschreibungen von entwaffnender Kindlichkeit, das Nachschlageverzeichnis wimmelt von Druckfehlern. Das hübsch ausgestattete Bändchen kostet, in schmiegsames blaues Leinen gebunden, fünfundzwanzig Francs. Nun wird es wohl Zeit zum Abendessen.

Suppe mit weichem Brot, Wurstscheiben und Sardellen, gebratene Fische ... schade, daß es kein französisches Wort für ‹Mahlzeit!› gibt. Man soll nicht undankbar sein: mein Seufzer ist der Tadel eines ächzenden Schlaraffen.

Im Hotel essen die Junggesellen und auch ein paar verheiratete Herren aus der Stadt. Man sieht an ihren Servietten, daß es Stammgäste sind. Sie führen ihre ernsten Gespräche; an den ganz wichtigen Stellen beugen sie sich vor, und ihre Augen sehen umher: Hast du auch nichts gehört –? Ich habe nichts gehört, auch sage ich nichts weiter. Einer präpariert einen Mordsspaß: er legt auf den Platz des Nachbarn, der noch nicht da ist, ein kleines Paketchen neben den Teller. Alle haben es gesehen und schmunzeln. Sagen Sie, sind eigentlich Frauen auch so harmlos und nett miteinander, wenn man sie allein läßt?

Und dann gehe ich auf mein Zimmer.

Das Auge bekommt ein Hotelzimmer für eine Person allein zu mieten – das Ohr nicht. Hotels sind die lautesten Niederlassungen der Menschen. Da, wo die Tür sitzt, ist das Brett einer Streichholzschachtel angebracht, damit man gut hört, wann nachts der böse Dieb kommt; morgens früh, wenn die Hausdiener krähn, fährt schwere Artillerie im Korridor auf, und nebenan gurgelt sich jemand ausführlich den Rachen. Oben, eine Etage höher, geht ein Gewitter nieder. Man schläft eigentlich mit allen zusammen, wie in einer Scheune. Nein, es ist nicht nur das Ohr. Jedes gute Hotelzimmer hat mindestens drei Türen, damit man sich nicht so allein fühlt – und mindesten drei davon haben Glasscheiben. Dein Licht darfst du auslöschen, das der andern hast du umsonst. Aber das liegt wohl so im Wesen aller Hotels, mit Ausnahme der ganz vornehmen, in denen Boxer, Diplomaten, Verleger und andere feine Leute wohnen, und die französischen sind im allgemeinen nicht eben schlecht. Man muß nicht in alle Küchen gucken, wo man zu Gast ist – ich komme aus der Literatur und weiß das.

Stille. Wenn einen nicht das Sinnloseste stört, das es auf Gottes Erdboden gibt: Hundegebell. Meine Freundin Grete Walfisch hat mir neulich geschrieben: «Kein Hund bellt ohne Grund. Das ist eine alte Bauernregel, die Du ohne vorlaute Bemerkungen anzuerkennen hast.» Sicherlich hat er Gründe. Aber sie gehen mich nichts an, und die Beharrlichkeit, mit der er Löcher in die Stille bau-haut ... Ich muß wohl ein schlechter Mensch sein. Ich mag keine bellenden Hunde. Aber man sollte nicht den Hunden einen überziehen, sondern ihren Besitzern, die sie anbinden.

Lärm sackt tief ins Gehirn, das saugt ihn auf wie Löschpapier das Wasser. Zum Schluß ist man ganz durchtränkt mit Lärm, niedergeknüppelt und unfähig, zu denken.

Nebenan brabbeln zwei Stimmen: eine Engländerin spricht und spricht und hört nie wieder auf. Wie kommt es, daß ich sie nicht mag? Daß der Satz: «Ich bin fest überzeugt: ein fluchender Franzose ist ein angenehmeres Schauspiel für die Gottheit als ein betender Engländer» mir aus dem Herzen geholt ist, und daß ich derselben Meinung wie sein Verfasser über den tiefen Grund dieser Abneigung bin: «Ich gestehe es, ich bin nicht ganz unparteiisch, wenn ich von Engländern rede, und mein Mißurtheil, meine Abneigung, wurzelt vielleicht in den Besorgnissen ob der eignen Wohlfahrt ... Und jetzt ist England gefährlicher als je, jetzt, wo seine merkantilischen Interessen unterliegen – es giebt in der ganzen Schöpfung kein so hartherziges Geschöpf, wie ein Krämer, dessen Handel ins Stocken gerathen, dem seine Kunden abtrünnig werden und dessen Waarenlager keinen Absatz mehr findet.» Was ist das für eine Orthographie? Das ist die deutsche Orthographie aus dem Jahre 1842, die man auch anwendete, wenn man in Paris saß. Nein, nicht Börne. Der andre. Der andre.

Am nächsten Morgen klettere ich noch ein bißchen umher.

An einer Mauer klebt ein altes Wahlplakat, immer, in jedem Dorf, unweigerlich.

«Mes chers concitoyens!» Und nun gehts los. Bis zum heutigen Tag hat noch nie ein Deputierter die Interessen des Distrikts wahrgenommen – das muß anders werden. «Agriculteurs! Qu'a-t-on fait pour vous? Rien. Petits propriétaires! Qu'a-t-on fait pour vous?» Das frage ich mich auch. Aber der Neue wirds ihnen schon besorgen: er ist für Ordnung, Privateigentum, den Schutz der wirtschaftlich Schwachen, die Besteuerung der andern – es ist ganz großartig. Unterschrift: «Jean Lenoir, Ancien Député, Maire de Capotanville, Président de la Ligue pour l'Ordre et la Liberté.» Trommelwirbel. Schade, daß das Plakat der vorigen Wahl nicht noch dahängt. Demokratie in der Praxis ist eine lustige Sache.

Das mit den Wahlplakaten ist übrigens halb so schlimm; die Wahlbeteiligung war nicht schlecht, aber bei den Bauern auch nicht übermäßig stark.

Immerhin ist hier in der Provinz der große Umschwung in der parlamentarischen Politik des Landes vorbereitet worden. Was nachher freilich die Parlamentarier damit anfangen . . .

In fast allen Pyrenäenstädten herrscht eine weiche, geruhsame Luft, besonders in den hübschesten unter ihnen, die am Anfang der Ebene liegen – freundlich geht es da zu. ‹T'en fais pas!› ist ein schöner Grundsatz. Bring dich nicht um! Nun, hier bringt sich keiner um.

Ab und zu trifft man auf Fabriken, aber das ist, wenn man von gewichtigen Ausnahmen absieht, nicht gar so erheblich. Die Bedürfnisse der bürgerlichen und bäuerlichen Provinzfranzosen sind nicht groß, viel wichtiger ist ihnen: zu leben. Sie wissen alle, wozu sie da sind, hienieden. Und es ist gar kein Zweifel, daß sie mit solchen Gaben mehr vom Leben haben als jene, die sich abrudern. Alle diese Städtchen, Oloron und Mauléon und Tarbes und St.-Girons und Gaudens und Foix und Perpignan erinnern mich immer an die Sonntagnachmittage zu Stettin, an denen mein Vater auf dem Balkon saß, eine Pfeife rauchte und auf die Sonntagsausflügler sah, die furchtbar eilig auf den Paradeberg wallen mußten. Er sprach das Wort, das ich von ihm geerbt habe, mehr vielleicht, als gut ist. «Wie sie rennen! Wie sie rennen!» Die Leute in der französischen Provinz rennen nicht. Sie leben.

Man darf nicht übertreiben. Bis zur reinen Idylle gehts doch nicht immer. Wenn ich so bei dem entzückenden Francis Jammes – etwa im ‹*Monsieur le Curé d'Ozéron*› – zu lesen bekomme, wie heiter, wie blumig, wie lächelnd-sonnig es in diesen Gefilden zugeht, so überkommt mich ein leiser Zweifel. Ich weiß doch nicht recht . . . Der ‹*Hasenroman*› von Jammes ist eine reizende Idylle, die man gern genießt, im schönen ‹*Dichter Ländlich*›, wie die deutsche Übersetzung glücklich genannt ist, gehts noch an – aber dieser gute Curé: das ist ein bißchen viel. Ja, gewiß, auch bei Jammes gibt es wohl schon Zinsen und Kapital und Banken und Ausschweifungen mit wollüstigen Tänzerinnen, aber das liegt weit, weit dahinten . . . bis nach Ozéron dringt das gar nicht, hier herrscht eitel Herzenseinfalt. Und wenn einmal von jenen anderen Dingen der wilden Welt die Rede ist, dann mit einer so geschickt-linkischen Unbeholfenheit, etwa wie die Kindersprache einer verheirateten Frau, die sich zur Abwechslung ein bißchen niedlich machen möchte, hasche mich, ich bin der Frühling . . . Selbst der Böse ist noch lackiert und eigentlich gar kein Böser. Dieses Buch ist stellenweise nicht mit Zucker, sondern mit Sacharin bestreut.

Aber die französische Provinz an den Pyrenäen ist doch nett. Wenn man abends ankommt, verhüllt nur die wohltätige Dunkelheit die dunkle Masse, die da auf dem Marktplatz steht, und sie steht immer da. Das Kriegerdenkmal. Die französischen Kriegerdenkmäler sind nicht weniger schauerlich als die unsern – aber nicht so aggressiv. Oft tragen sie einfach auf einem schlichten Obelisk nur die Namen der Gefallenen ... mir wurde jedesmal heiß, wenn ich das las; welche Listen in den kleinsten Orten! was hat dieses Land gelitten! Wenn sie mehr als das aufgerichtet haben, dann sind sie sentimental und rührend empfindsam. In Mauléon zum Beispiel steht so eine Gedenktafel – und da ist gleich der ergriffne Beschauer mitgemeißelt worden: ein alter Bauer mit einem Kind an der Hand, die sich dem Denkmal grade nähern. Man schämt sich zu lächeln – aber man muß doch. Meistens freilich ragt, besonders vor Kirchen, irgendein Soldat auf, fix und fertig aus der Fabrik, derselbe mit Friedenspalme 2500 Francs, Fracht zu Lasten des Bestellers.

Es sind freundliche Städtchen, und man ist gern in ihnen. Liegen sie weit entfernt vom Brausen der Welt? Aber das ergreift sie ja mit. Wissen sie das? Nein, die meisten Menschen wissen das nicht. Das Neue ist da. Es hat sich nur noch nicht herumgesprochen. So hat das Trotzki formuliert: «Das Alltagsleben setzt sich zusammen aus der angesammelten spontanen Erfahrung der Menschen, es verändert sich ebenso spontan unter der Wirkung von Stößen, die von der Technik ausgehen oder von gelegentlichen Stößen seitens des revolutionären Kampfes, und» – hier sitzt es – «spiegelt in Summa viel mehr die Vergangenheit der menschlichen Gesellschaft als ihre Gegenwart wider.» Und daher wirken diese kleinen Städtchen so idyllisch.

Die Republik, hat ein witziger Franzose gesagt, war nie so schön wie unter dem Kaiserreich.

Paris ist nie so schön wie in der französischen Provinz.

Abschied von den Pyrenäen

Das ist mein Abschied von den Pyrenäen:

Aus Perpignan fährt die Bahn nach der spanischen Grenze – bis Cébère. Da kommt das tiefe Tunneltor, drüben, hinter den Bergkuppen liegt Spanien. Hier stoßen die Pyrenäen an die See.

Schiffer fahren mich auf dem Meer spazieren, wir führen ernste Gespräche und unterhalten uns über die teuern Bodenpreise in Cébère, wo alle Welt Grenzhandel treibt und alle Welt Geld verdient. Und davon reden wir, daß da im Norden Banyuls liegt, wo neulich abend das Kutterboot gekentert ist.

Da fahren wir nun in eine Grotte am Wasser; es ist eine kleine, kümmerliche Höhlung im Stein, das Boot schaukelt zwischen den Felswänden. Hinten brummt dumpf das Wasser – wenn es im Fels rollt, hört es sich an, als ob er einstürzen wollte.

Und mit meinen Händen befühle ich noch einmal, zum letzten Mal, den nassen Stein, den Berg in den Pyrenäen. Ich sehe durch die Erde bis zum andern Ende, bis zum Ozean, nach Hendaye und Bayonne. Höhlen liegen dazwischen – unten in Bétharram steht, fünfzig Meter tiefer unter der Erde, ein Grenzstein mit zwei Tafeln:

Basses-Pyrénées / Hautes-Pyrénées

Es ist die Departementsgrenze. Ordnung muß sein.

Wann wieder, Berge –?

Die Fischer stoßen ab, sie rudern noch ein bißchen um das Kap herum, in die offene See... Und dann sind wir in dem kleinen Häfchen von Cébère. Oben laufen die Zollbeamten auf dem Bahnsteig auf und ab und befühlen die Koffer, und die Gendarmen prüfen die Pässe und tun recht geschäftig und staatserhaltend. Der Zug pustet Rauch aus.

Da verschwinden die Berge im dunstigen Blau, längs der Eisenbahn werden sie immer niedriger, jetzt sind wir wohl schon in der platten, unendlich weiten Ebene. Sieh – eine Station! Palau-del-Vidre. Und die Höhenzahl: 22 m 706 mm über dem Meeresspiegel.

Es ist aus.

Erlöst vom Gebirge – erlöst vom Steigen und Klettern.

In meinem Herzen liegt eine kleine Flocke, eben geboren, ein Ei: Sehnsucht nach den Pyrenäen.

Einer aus Albi

Zugabe. Über Toulouse muß gefahren werden – da kann der kleine Abstecher nur Freude machen. Um so mehr als Toulouse um drei Karat häßlicher ist als Lyon. Reste schöner Architektur stehen museal dazwischen. Unglücklicherweise ist es auch noch Sonntag, und auf den Straßen spazieren: achthundert Francs Monatsgehalt und neuer Sonntagsanzug; kalte Verlobung mit Wohnungseinrichtung; achtundvierzig Jahre Buchführung mit kleiner Pension und eigener Zusatzrente – die Leute wissen nicht recht, was sie mit ihrem freien Nachmittag anfangen sollen, sie gehen so umher: kurz, eine Stadt, wie Valéry Larbaud formuliert, où l'on sent tout l'après-midi une désespérante odeur d'excrément refroidi. Also: Albi.

Als ich abends ankomme, liegt der Ort grade in tiefem Dunkel, nur am Gefängnis brennt einladend eine kleine Laterne. Es muß doch nicht leicht sein, ein Elektrizitätswerk zu leiten. Im Hotel brennt eine Kerze auf einem Tisch. Ich trete in die Tür, strahlendes Licht flammt auf – kein schlechter Auftritt. Im Speisesaal tagt noch eine schöne Tabled'hôte, dieser Kotillon der Mahlzeiten. Alle Provinzherren stopfen sich die Serviette in den Hals und werden nun hoffentlich gleich rasiert.

Am nächsten Morgen gehe ich langsam durch die gewundenen Straßen, an den Häusern de Guise und Enjalbert vorüber, zwei Renaissancebauten mit herrlichen Portalen.

Da steht die Kathedrale.

Ich bin kein weitgereister Mann und kann nicht nachlässig hinwerfen: «Das Haus des Dalai-Lama in Tibet erinnert mich an der Nordseite an die Peterskirche in Rom ...» Diese Kathedrale in Albi hat mich an gar nichts erinnert – doch: an eins. An Gott. Ihr Anblick schlägt jeden Unglauben für die Zeit der Betrachtung knock-out.

Wie ein tiefer Orgelton braust sie empor. Sie ist rot – die ganze Kirche ist aus rosa Ziegeln gebaut, und sie ist eine wehrhafte Kirche, mit dicken Mauern und Türmen, ein Fort der Metaphysik. Hier ist der Herrgott Seigneur in des Wortes wahrster Bedeutung. Ihr Bau wurde im dreizehnten Jahrhundert begonnen, ihr Stil ist so etwas wie eine Gotik aus Toulouse. Der riesige Turm verjüngt sich nach oben, seine Fenster werden immer kleiner und täuschen eine Höhe vor, die in Wirklichkeit gar nicht da ist. Ach was ... Wirklichkeit! Diese Kathedrale ist nicht wirklich. Sie ist, im Gegensatz zu den Ereignissen in Lourdes, ein wahres Wunder.

Und rosa schimmern die Bischofsgebäude, die danebenstehen, der Himmel nimmt eine rosa Färbung an –

Innen ist die Kathedrale nicht so schön, es gibt zwar gute Einzelheiten, aber es ist eben eine hohe Kirche, deren Raum man leider aufgeteilt hat. Ich trete wieder heraus und gehe zwergenhaft von allen Seiten an dieses Monstrum heran. Es ist zum Erstarren.

Die Gärten des erzbischöflichen Schlosses liegen im Herbstlaub, mit rosa Ziegel als Fond. Von drüben schimmert der Fluß, le Tarn, ich sauge das alles in mich auf.

Im erzbischöflichen Schloß ist ein Museum, eine Bilderausstellung; ach, wer wird denn das jetzt sehn wollen! Aber da fällt mein Blick auf ein kleines Ausstellungsplakat ... Ich muß mich wohl verlesen haben. Nein. «La Galerie de Toulouse-Lautrec.»

Toulouse-Lautrec? Hier? Im Bischofsschloß? Hier im Bischofsschloß. Und da stak ich nun den ganzen Tag.

In Albi ist Toulouse-Lautrec geboren, in Albi ist er gestorben (1901). Und ihm zu Ehren haben sie diese Ausstellung in drei Sälen zusammengebracht. Da hängen:

Die großen Plakate mit Aristide Bruant, das rote Tuch verachtungsvoll-königlich um den Hals; La Goulue, die die Beine wirft, daß man ihr in eine Wäscheausstellung sehen kann; ein altes Schwein, das sich über ein junges Gemüse beugt; die harten Fressen strahlend blonder Luder; der Urgroßvater des Jazz: Cake-walk in einer Bar; ein Kostümball, auf dem Börsenmakler als Marquis Posas mit Pincenez zahlend amüsiert schwitzen; ein kalkiger Jüngling auf grauem Karton, ein schlaffer, käsiger Mensch, sein ganzes Leben ist auf den paar Quadratzentimetern aufgezeichnet – und Yvette.

‹*Yvette Guilbert, saluant le public*›. Ich bin kein Bilderdieb – außerdem ist das Bild zu groß gewesen. Sie stand da, den Oberkörper etwas vorgebeugt, und stützte sich mit einer Hand am zusammengerafften Vorhang. Die langen schwarzen Handschuhe laufen in Spinnenbeine aus. Sie lächelt. Ihr Lächeln sagt: «Schweine. Ich auch. Aber die Welt ist ganz komisch, wie?» Durchaus «halb verblühende Kokotte, halb englische Gouvernante», wie Erich Klossowski sie charakterisiert hat. Es ist da in ihr ein Stück Mann, das sich über die Frauen lustig macht, selber eine ist, durchaus – und ganz tief im Urgrund schlummert ein totes, kleines Mädchen. Dieser Mund durfte alles sagen. Und er hat alles gesagt.

Und auf jedem zweiten Blatt immer wieder das Theater – das Theater, das Toulouse-Lautrec mit Haßliebe verfolgt hat, ausgezogen, wieder angezogen, abgeschminkt, geküßt, geschminkt und verhöhnt hat. Weiche Mimen legen vor einem Spiegel Rouge auf; ist das eine lächerliche Profession, sich abends, wenn die Lampen brennen, in schmutzigen, kleinen Ställen Butter ins Gesicht zu schmieren! Da liegt eine Palette, dort ein Lithographiestein mit dem Bart Tristan Bernards. Spitze Schreie steigen von diesen Blättern auf, Brunst, Inbrunst, Ekel, Genuß am Ekel, in der vollendeten Verkommenheit liegt der Ton auf vollendet.

Ein weher Mund sieht dich an, sah ihn an – alles andere in diesem Frauengesicht ist dann dazugeworfen, wegen dieser Lippen ist er gezeichnet. Zarte Pastellkartons: ein weißes Jabot ist so auf Grau gesetzt, daß man den hauchdünnen Stoff abheben kann, und alle ernsthaften Bilder zeigen, was dieser Mann an technischem Können, an Fleiß, an Gewissenhaftigkeit des Handwerks in sich gehabt hat. Den Ungarn, die ihm heute in Paris frech nachschmieren, sollte man ihre Blätter um die Ohren wischen – es genügt eben nicht, in ein ‹Haus› zu gehen und grinsend zu kolportieren. Ah, davon ist hier nichts.

Tierstudien sind da, von einer Einfühlung in die Form, Porträts, kleine Landschaften ... und immer wieder Pferde, deren Bewegung er so geliebt hat. Dazwischen alte Kanaillen, mit halbentblößter Brust; wie haargenau sind die Quantitäten von Verfall, gesundem Menschenverstand, ja selbst von so etwas wie anständigem Herzen ausbalanciert ...! Eine hat etwas Mütterliches. Und ein ganzer Salon ist da, der große Empfangssalon im Parterre, da sitzen die Damen, bevor sie nach oben steigen. Ein Salon –? Es ist der Salon. Die Totenmarie und die Stupsnase und das dicke, hübsche Mädchen, und die Gleichgültige und die, die ewig nackt umherläuft ... Und das Schönste von allem: ‹*Etude de Femme 1893*›. Ein junges Ding läßt frierend das Hemd gleiten, eine Brust sticht gespitzt in die Luft. Ein herbstlicher Frühling.

Drum herum Gemälde. Zweimal: seine Mutter. Porträts des Malers, Porträts anderer: ein bärtiges Gesicht mit Kneifer und aufgeworfenen Lippen. Einmal eine Verspottung seines verwachsenen Körpers.

Er ist in Albi geboren und gestorben. Wo?

Die Straße heißt heute rue de Toulouse-Lautrec, es ist das Haus Nummer 14. Außen eine glatte Front, eine hohe verschlossene Tür ... Sein Vetter, der Doktor Tapie de Céleyran, empfängt mich.

Es ist ein älterer Herr mit schwarzem Käppchen auf dem Kopf: er führt mich ins Allerheiligste. Da liegt in Kästen das Œuvre Lautrecs: die Lithographien, die Originale und viel Unveröffentlichtes. Und er zeigt mir eine Geschichte, die der Knabe illustriert hat – seltsam gemahnen die angetuschten Federzeichnungen an Kubin. Er hat so viel gearbeitet ... Und ich bekomme zu hören, daß die Familie und der Hauptverwalter des Nachlasses, Herr Maurice Joyant in Paris, der an einem großen Werk über den Maler arbeitet, seine Einschätzung durch das Publikum nicht lieben. «Er ist nicht nur der Zeichner der Dirnen gewesen, des Zirkus, des Theaters –! Er hat so viel andres gekonnt!» Zugegeben, daß sich ein Teil seiner Bewunderer stofflich interessieren. Aber hier liegt das Einmalige des Mannes, der bittere Schrei in der Lust, der hohe, pfeifende Ton, der da herausspritzt ... Daß dahinter eine Welt an Könnerschaft lag, wer möchte das leugnen –! Und daß Toulouse-Lautrec kein wollüstig herumtaumelnder Zwerg war, oder ob er es war ... gebt volles Maß! Und wir scheiden mit einem Händedruck.

Nachmittags bekomme ich im Museum zu sehen, was nicht ausgestellt ist: Entwürfe über Entwürfe, hingehuschte Skizzen, Angefangenes, Wiederverworfenes und Schulhefte, in denen die lateinischen und griechischen Exerzitien ummalt sind von Girlanden und Figuren. Da ist die Feder träumerisch übers Papier geglitten, weit, weit weg von Cicero und hat Pferde im Sprung aufgefangen, Füchse ... die Männerchen, die der hier gemalt hat, sind schon kleine Menschen.

Und als der freundliche Konservator alles wieder zusammengepackt hat, gehe ich noch einmal in die hohen Zimmer und nehme Abschied, von Yvette Guilbert, von den zarten Farben und von dem dröhnenden Schlag eines Spazierstockgriffs auf einen Sektkühler. Es gibt das alles nicht mehr; man ist heute anders unanständig. Mit der Zeit – das geht so schnell! – sinken Gefühle zu Boden, optische Anspielungen, nur von denen einmal verstanden, die sich mitgekitzelt fühlten. Vor manchem stehe ich nun und kann es nicht mehr lesen. Aber ich verstehe es mit dem andern Nervensystem, dem Solarplexus – es springt da etwas über, von dem ich nur weiß, daß es zwinkernd, züngelnd und doch nicht verrucht ist. Es ist das Knistern, das entsteht, wenn sich Menschen berühren: Haßknistern, Spott ... und eine etwas lächerliche Formalität. Die Liebe after dinner.

Von Albi sehe ich dann gar nichts mehr. Oder wenigstens: ich habe alles vergessen. Ich weiß nur noch, daß ich in eine Flaschenfabrik hineingehen wollte, wie mögen wohl Flaschen gemacht werden, dachte ich – und da standen zwei ältere Arbeiter vor dem Portal. Sie sagten: «Heute nicht.» – «Warum nicht?» fragte ich. «Es wird gestreikt», sagten sie, «Marokko.» Nun, es war das ein Teilstreik, und sie wußten das auch sehr genau. Sie sagten, es nütze ja doch nichts. Ich schwieg – denn ich bin in Frankreich. Aber ich wußte: es nützt immer. Nichts ist verloren. Es ist ein Steinchen, wenn ein paar Fabriken gegen den Staatsmord protestieren, wenn sie nicht mehr wollen, wenn die Arbeiter ihre Söhne nicht mehr hergeben wollen ...

Und dann fuhr ich nach Toulouse zurück. Da wohnte noch jemand, den ich zu besuchen hatte.

Eine alte Dame empfing mich in ihrer Wohnung, die in einer stillen Straße liegt. Die Comtesse de Toulouse-Lautrec ist heute vierundachtzig Jahre alt. Sie geht langsam, sie ist frisch, freundlich, gut. Da kam sie auf mich zu, sah mich durch ihre Stahlbrille an ... und dann begann sie von ihrem Sohn zu sprechen.

Sie spricht von seiner Jugendzeit, als er so fleißig in Paris gelernt hat; von seinem festen Willen, und –: «Er war ein so guter Schwimmer, wissen Sie!» sagt sie. Nur eine Mutter kann das sagen. Und nun wird sie lebhafter und macht mich auf die Kohlezeichnungen aufmerksam, die da hängen: die Köpfe zweier alter Damen, es sind die Großmütter Lautrecs. Wieder sehe ich:

In der Kunst gibt es kein Mogeln. Der Mann war in seiner Ausbildung ein Handwerker, ein Akademiezeichner wie Anton von Werner, und auf diesem Grunde hat er gebaut. Wissen die Leute, daß George Grosz zeichnen kann wie ein Fotograf? Man kann nur weglassen, wenn man etwas wegzulassen hat. Mogeln gilt nicht.

Und die Mutter zeigt kleine Bildchen, Illustrationen zu einem Werk Victor Hugos, niemals vollendet; der Verleger machte Geschichten, und Lautrec zerriß langsam das Bild, das er grade unter den Händen hatte. Und ein Album mit den ungelenken Zeichnungen des Knaben, schon sieht hier und da etwas andres heraus als nur die Kinderhand, die das Zeichnen freut.

Und sie spricht von seinem Leben und erzählt seine kleinen Schulgeschichten. Wie er stets gearbeitet hat ... «Ich bin immer nur ein Bleistift gewesen, alle meine Tage», hat er einmal von sich gesagt – und wie er niemals ohne sein Notizbuch ausging, in das er eine Unsumme von Details aufzeichnete; wie er lebte, und wie sie ihn doch nicht lange gehabt hat. Er starb mit siebenunddreißig Jahren. Zum Schluß, als er so krank gewesen ist, hat sie eine Reise nach Japan mit ihm machen wollen; er liebte Japan, da hängt noch ein japanischer Druck, den er sich gekauft hat. Aus der Reise ist nichts mehr geworden. Und die alte Dame sagt: «Il est si triste d'être seule.»

Und dann gehe ich von der, die diesen Meister geboren hat.

Wenn Er bläst: wird das Jüngste Gericht gerechter sein als die Verwaltungsbehörden auf Erden, die sich für Gerichte ausgeben? Wenn Er bläst, wird auch dieser kleine, etwas vornehme Mann erscheinen. «Henri de Toulouse!» ruft der Ausrufer. «Huse —» macht es. «Lautrec!» ruft der Ausrufer. «Meck-meck!» — lachen die kleinen Teufel. Da steht er.

«Warum hast du solch einen Unflat gemalt, du?» fragt die große Stimme. Schweigen.

«Warum hast du dich in den Höllen gewälzt . . . deine Gaben verschwendet . . . das Häßliche ausgespreizt — sage!»

Henri de Toulouse-Lautrec steht da und notiert im Kopf rasch den Ärmelaufschlag eines Engels.

«Ich habe dich gefragt. Warum?»

Da sieht der verwachsene, kleine Mann den himmlischen Meister an und spricht:

«Weil ich die Schönheit liebte —» sagt er.

Dank an Frankreich

> «Ich vermisse von Ihnen noch immer den hemmungslosen und kritiklosen, tiefen und erlösenden Aufschrei über das unendliche Glück, in Frankreich leben zu dürfen.»
>
> Aus einem Freundesbrief

Der lange D-Zugwagen schaukelt sanft von der Gare d'Austerlitz bis zur Gare d'Orsay. Ohne Ruck hält er. Das weiße Deckchen auf dem Polster ist verrutscht, ich streiche es sorgsam glatt. Und steige aus.

Da rollt und flimmert Paris. Die kleinen roten Lampen an den Autos glitzern wie funkelnde Rubine, die Hupen gellen, hinterher seufzen sie so sonderbar erschöpft auf; der kleine Nebenton sagt: Guten Tag! — Guten Tag, sage ich.

Und da gehe ich ganz allein über die Brücken der Seine und sehe, wie die Ausstellung noch immer illuminiert ist und wie der Concorde-Platz im bleichen Licht daliegt, auf ihm die Inselchen der rollenden Wagen . . . Guten Tag.

Und jetzt, wo niemand es hört, bewegen sich ganz leise meine Lippen, eine warme Welle schießt mir zum Herzen auf, und ich sage: Dank.

Dank, daß ich in dir leben darf, Frankreich. Du bist nicht meine Heimat, und ich bin kein alter Franzose, der auf einmal kein Deutsch versteht. Ich habe deine Kinderverse nicht auswendig im Kopf, ich muß mir erst vieles übertragen; nicht bei dir habe ich Männerchen auf die Zäune gemalt und eine lange ungehörige Zeichnung auf das Häuschen an der Ecke. Nicht bei dir bin ich verliebt durch die Straßen gelaufen, mit einem kleinen Brief in der Brusttasche und einem großen Schauder über dem Rücken ... Keine Ecke sagt: hier bist du einmal ... kein Haus sagt: hier oben hat sie einmal ... Und doch bin ich bei dir zu Hause.

Du warst gastlich vom ersten Tage an. Du hast niemals den Fremden verspottet, wenn er Vokabeln, Bräuche, Stadtviertel verwechselte. Du hast dich nie gespreizt, du hast dich nie versagt. Wer dich zu suchen ausgeht, kann dich finden.

Du siehst von außen mitunter besser aus, als du bist – in einer Parfumfabrik riecht es nicht immer sehr gut. Du liegst in Europa, man kann dich nicht losgelöst von Europa betrachten, und du bekommst es nun zu fühlen, daß du dazugehörst, auch wenn du dich einen Teufel um das Fremde scherst. Ich kann nicht zu allem, was hier geschieht, ja sagen. Auch du hast deine Justiz, deine Verwaltung, deine Eisenhüttendirektoren und deine Arbeiter ... Das ist deine Sache.

Darüber schwieg ich stets – aus Liebe. Und ich bekam es von zu Hause nicht schlecht zu hören: Franzosenliebling, Französling, landfremdes Element, Undeutscher. Und von andern bekam ich nicht schlecht zu hören: er lobt nicht alles, was in Paris geschieht – er versteht nichts von dieser himmlischen Stadt. Nein, ich lobte nicht alles in dieser himmlischen Stadt.

Aber heute abend, wo ich auf der Brücke stehe und ins strahlende Wasser sehe, heute abend, wo ich wieder da bin und diese feine, graue Luft einatmen darf, das Brausen der Stadt höre, die Laute, die ich kenne und zutiefst fühle – heute abend laß mich dir danken.

Ja, du hast das größte Glück gegeben, das eine Umgebung verleihen kann. Lieben kann man überall, Geld gewinnen kann man überall, das äußere Wohlsein erreichen kann man überall. Aber um nichts glücklich sein, durch die Straßen streichen und die Häuser mit dem Blick umfangen: Gott sei Dank, daß ihr alle da seid! zum Nachbar ja sagen, immer nur runde Ecken vorfinden, betrunken sein, weil man diese Luft einatmet: das kann man nur bei dir. Deine Vergnügungen sind es nicht, deine Frauen sind es nicht, deine Kunstwerke sind es nicht. Nichts ist es und alles zusammen – du bist es.

Und deine Menschen sind es.

Oft, wenn wir an die Frage kamen: «Und Sie sind ... Engländer?» und ich sagte dann das Wort, dann entstand eine winzig kleine Pause, und eine Welt war in der Stille. Eine Welt von vier Jahren. Aber nie, nie, nie mehr als das – nie ein böses Wort, nie eine heftige Anspielung, ein Versuch, den Krieg nun noch einmal unter vier Augen zu gewinnen.

Wer nicht mit Deutschen umgehen will, tut es nicht. Wer sich über den Nationalkram hinwegsetzt, tut es. Die Majorität ist neutral und hat Herzenstakt.

Und es sind besonders ‹die kleinen Leute›, die so liebenswert sind – Gevatter Epicier und Handschuhmacher, Herr Un Tel, Herr Chose, Herr Machin. Sie denken mit dem Herzen, sie fühlen mit dem Kopf, es sind vor allen Dingen einmal Menschen – on s'arrange. Ja, es gibt sogar höfliche Polizeikommissare.

Manchmal habe ich fast vergessen, wie gut ichs hatte. Es begann, selbstverständlich zu sein, und ich fing an, undankbar zu werden. Ich will das wieder gutmachen.

Ich habe mich nicht in dir verloren – ich habe mich wiedergefunden, wenn ich mich verloren hatte. Du hast gegeben und gegeben, geliehen und verschenkt . . . ich war so arm. Ich bin so reich. Und nun gibt es keine Vorbehalte mehr, keine Kritik und keine Betrachtungsweisen –: da stehe ich auf der Brücke und bin wieder mitten in Paris, in unser aller Heimat. Da fließt das Wasser, da liegst du, und ich werfe mein Herz in den Fluß und tauche in dich ein und liebe dich.

«'N AUGENBLICK MAL—!»

Daß der Berliner, an welchem Ort auch immer allein gelassen, nachdenklich dasitzt, den Boden fixiert und plötzlich, wie von der Tarantella gestochen, aufspringt: «Wo kann man denn hier mal telefonieren?» — das ist bekannt. Wenn es keine Berliner gäbe: das Telefon hätte sie erfunden. Es ist ihnen über, und sie sind seine Geschöpfe.

Man stelle sich einen kühnen jungen Mann vor, der einen ernsten Geschäftsmann während einer wichtigen Verhandlung stören will. Es wird ihm nicht gelingen. Hellebarden versperren den Weg, Privatsekretärinnen werfen sich vor die Schwelle, nur über ihre Weichteile geht der Weg, und jeder Angriff des noch so kühnen jungen Mannes muß mißlingen. Wenn er nicht antelefoniert.

Wenn er nämlich antelefoniert, dann kann er den Präsidenten bei der Regierung, den Chefredakteur bei den Druckfehlern, die gnädige Frau bei der Anprobe stören. Denn das berliner Telefon ist keine maschinelle Einrichtung: es ist eine Zwangsvorstellung.

Klopft das Volk drohend an die Türen, macht der Berliner noch lange nicht auf. Klingelt aber ein kleiner Apparat, so winkt er noch dem adligsten Besucher ab, murmelt mit jener Unterwürfigkeitsmiene, wie man sie sonst nur bei gläubigen Sektierern findet: «'n Augenblick mal —!» und wirft sich voll wilden Interesses in den schwarzen Trichter. Vergessen Geschäft, Hebamme, Börse und Vergleichsverhandlung. «Hallo? Ja, bitte? Hier da — wer dort —?»

Einen Berliner fünfzehn Minuten lang, ungestört von einem Telefon, zu sprechen, ist ein Ding der Unmöglichkeit. Wieviel Pointen verpuffen da! Wieviel angesammelte Energie raucht zum Fenster hinaus! Wie umsonst sind Verhandlungslist, Tücke und herrlich ausgeknobelte Hinterhältigkeit! Das Telefon ist keine Erfindung der Herren Bell und Reis — der V-Vischer hat die ganze Tücke des Objekts in diesen Kasten gelegt. Es klingelt nur, wenn man das gar nicht haben will.

Wie oft habe ich nun schon erlebt, daß die kräftige Rede eines Besuchers den ganzen Raum überzeugt, gleich ist er auf der Höhe, der Sieg ist nahe, hurra, noch ein Schritt . . . da klingelt das Telefon, und alles ist aus. Der dicke Mann am Schreibtisch, der eben noch, dreiviertel hypnotisiert, schon das Doppelkinn auf die Krawatte hat sinken lassen und friedlich die Unterlippe vorgeschoben hat, läßt eine eisige Maske über das gleiten, was er als Gesicht ausgibt. Die nervigte Hand am Telefonhörer, vergißt er Partner, Geschäft und sich selbst. «Hier Dinkelsbühler — wer dort —?» Emsig strudelt er im fremden Gewässer, völlig gefangen vom andern, untreu dem Partner der letzten Minute, ganz hingegeben in Betrug und Verrat.

Der andre ist der Dumme. Hohl und leer sitzt er dabei, das eben noch ausgesprochene pathetische Wort ragt ihm sinnlos aus dem Mund wie eine alte Fahne im Zeughaus, Flagge einer Truppe, die längst gestorben ist. Beschämt sitzt er da, haltlos und nackt, und in ihm kocht dumpf der unerfüllte Wille. Was nun —?

Nun redet der dicke Mann am Schreibtisch so lange, wie man eben in Berlin am Telefon spricht, und es gibt nur noch einen, der mehr redet: das ist der am andern Ende. Der muß wohl rauschen wie ein mittelgroßer Wasserfall: die Augen des Schreibtischmannes schauen gedankenvoll auf ein Löschpapier, wandern über das Tintenfaß, blikken irr und leer dem betrogenen Partner auf die Glatze, nun beginnt er gar Männerchen aufs Papier zu malen und Quadrate, und der andre scheint, wie die Membrane quakend verkündet, ganze Wörterbücher ins Telefon brausen zu lassen.

Schon ruckelt der Gast ungeduldig auf seinem Stühlchen, da nahen sich im unendlichen Gespräch die ersten Anzeichen des Schlusses. «Na denn ...!» — «Also dann verbleiben wir so ...» Dem Gast wirds freudig zumute: so eilt die Seele des Konzertbesuchers in die Garderobe vorauf, wenn es im Orchester bedrohlich laut wird, wenn das Flügelschlagen des Dirigenten Blech und immer mehr Blech ins Getöse wirft ... aber es ist noch nicht so weit. Sie verbleiben noch eine ganze Weile so, setzen immer wieder zu Schlußwendungen an, der Schluß kommt nicht. Langsam steigt in dem Wartenden der Wunsch auf, dem Telefonierenden das Handelsgesetzbuch auf den Kopf zu schlagen ... «Na dann — auf Wiedersehn!» sagt der endlich. Und legt den Hörer hin.

Und das ist der schlimmste Augenblick von allen. In den Augen des Schreibtischmannes wechselt die Beleuchtung, man hört es förmlich knacken, wie er sich umstellt; mit etwas schwachsinnigem Ausdruck wendet er sich zwinkernd dem alten, verratenen Partner wieder zu. «Ja, also — wo waren wir stehengeblieben ...?»

Nun fang du wieder von vorne an. Nun klaube die zerbrochenen Stücke deiner Rede wieder vom Boden zusammen, nun hole tief Atem, bemühe dich, wieder in Zug zu kommen ... Gute Nacht. Der Schwung ist dahin, der Witz ist dahin, der Wille ist dahin. Lahm geht die Unterredung zu Ende. Nichts hast du erreicht. Das hat mit ihrem Singen die Lorelei getan.

Nun legt der Leser das Buch still und freundlich aus der Hand und denkt einen Augenblick nach. Dann springt er wie ein gejagter Hirsch auf, die *‹Mona Lisa›* lächelt am Boden ... Er eilt zum Telefon.

DIE PAROLE

In Berlin ist das so:

Diese Stadt hat das Kollektivinteresse erfunden. Alle interessieren sich immer zu gleicher Zeit für ein und dieselbe Sache. Neugier, Klatsch und Telefongespräch zittern im selben Rhythmus; die Setzmaschinen fetter Zeitungszeilen werden vom selben Motor getrieben, latente, ewig auf der Lauer liegende Spannung lagert sich uniform um jeweils ein einziges Objekt. Berlin gibt immer eine Parole aus.

Alle vier Wochen haben sie etwas Neues im Kopf, aber das beschäftigt sie ausschließlich. Daneben gibt es dann nichts. Eine der vielen Charakteristika für die Provinzhaftigkeit der Stadt, die Frank Harris sehr treffend «Das Weltdorf» nennt, ist eben dies, daß alle immer von einer Sache besessen sind. Die pumpen sie dann künstlich hoch, blasen sie auf, schwelgen in konstruierter Wichtigkeit. «Grock? Haben Sie schon Grock gesehn? Na, faabelhaft! Wir waren schon dreimal da –!» Vorher waren es Paul Whiteman, Josephine Baker, die Polizeiausstellung, heute ist es der Diktator und Herr André Germain, und für morgen werden sie sich schon etwas Neues ausknobeln.

Die tiefe Unsicherheit gewisser berliner Typen, die um Gottes willen auch nicht um eine Nasenlänge hinter dem garantiert Modernsten zurückbleiben wollen, denen beim Lauf um das Arriviertsein die Zunge aus dem Maule hängt – wie kläglich ist das mit anzusehn! Und noch, wenn sie nach Tibet reisen, so tun sies vor allem in dem wonnevollen Gefühl, daß die Konkurrenz noch nicht da war, und Konkurrenz ist jeder. Nur nicht hinten liegen! Nur immer dabei sein!

Das ruht nicht in sich gefestigt. Das hat keinen Mittelpunkt und weiß noch nicht, daß das wahre Kennzeichen eines Weltstädters gelassene Indifferenz ist. Der Durchschnittspariser etwa ist, äußerlich betrachtet, in seinen Alltagsgewohnheiten ein Kleinstädter, aber er fällt vor einem chinesischen Attaché nicht auf den Bauch, und kommt ein Fremder, so hat der erst sich und seinen Wert zu legitimieren. Das führt beim Franzosen mitunter zu übergroßer Selbstgenügsamkeit und zu einer freiwilligen Begrenzung, die die Klügern im Lande tadelnd beklagen. Aber wie viel sympathischer ist sie als die jappende Angst der berliner Snobs – ich auch! ich auch! –, ja nicht zu spät zu kommen. Und weil diese Stadt nun einmal nicht an den großen Straßen der Welt liegt, so macht sie sich Sensationen, wenn sie keine hat. Ihr klarer und unbeirrbarer Verstand läßt sich auf die Dauer nicht bluffen, das ist wahr. Aber das Geheul und Getobe um Mittelmäßigkeiten, um die Affen der Zahlenden, die für ihr Geld auf alle Fälle ein dickes Erlebnis verlangen, ist eine lächerliche Sache, besonders, weils alle vier Wochen wechselt. Da ist zunächst der Fremde. Zur Zeit wird Französisch getragen.

Es ist gewiß schön und gut, wenn Franzosen die deutsche Hauptstadt besuchen, und wenn alles getan wird, um ein vernünftiges Verhältnis mit einem Nachbar herzustellen, dessen wohlwollende Neutralität man ebenso braucht wie seine Flugzeugmotoren. Aber wie kindlich wird dabei verfahren: welche maßlosen Übertreibungen! welche snobistischen Frühstücke! welches Blähen mit der mehr oder minder ramponierten französischen Grammatik! Wer die letzten französischen Errungenschaften der berliner Salons von Paris her kennt, wer weiß, wie die vernünftigen Franzosen ihren Modeliteraten genau die Stellung geben, die ihnen angemessen ist, der wird nicht verkennen, daß die geistige Mutter Berlins Breslau heißt. Dieser politisch gänzlich einflußlose Internationalismus steht auf derselben Stufe wie das patriotische Brotkartengeschrei der großen Zeit, und er ist, ein dummes Gesellschaftsspiel, nicht einmal pazifistisch auswertbar.

Logiert grade kein mittelmäßiger französischer Schriftsteller im Adlon, so schafft sich die Feuilletonleserschaft andre Berühmtheiten. Mit denen kann man zusammen sein, die kann man näher kennenlernen; die eigne Bedeutung schwillt erheblich, wenn man daneben gestanden hat, und so rentieren sich Auslagen und Mühe, die der neue Stern reichlich zurückgibt. Ein Clown oder eine Tänzerin, ein Film oder ein Inder, eine Ministersfrau, die Salon macht, oder ein gerissner Jobber. Da genügt irgendeine kleine hervorstechende Eigenschaft, mäßige Qualitäten, gefällig aufgemacht; fällt einmal das Jupiterlicht des berliner Ruhms auf das Bild, dann zischen in allen Zeitungen die Scheinwerfer auf, und, geblendet und überrascht, niedergeschmettert von so viel Konjunktur, steht der neue Mann oder die neue Frau im Rund der Arena.

Meist gehts nicht gut aus.

Der Halbjahrsruhm macht sie betrunken. Sie schwanken unter der Last der Popularität und liefern bald Schluderarbeit. Wozu auch mehr? Sie werden bezahlt und überzahlt. Lächelnd sehen sie, wie alte ergraute Leute an die eigne Generation, mag die noch so verdient sein, rasche Fußtritte austeilen, nur um von der neuen Ruhmesfunzel auch einen Strahl zu erhaschen; wie sie ohne den leisesten Funken von Takt die neue Höhensonne spottend mit der alten Sonne vergleichen, nur, um dabei zu sein, wie sie undankbar vergessen, nur, um dabei zu sein. Dann kommt der Rückschlag.

Ein neuer Ausländer taucht auf, ein neuer Star, ein neuer Bursche, über dessen Genie sich die Maßgebenden rasch geeinigt haben. Nun ist der dran.

Der Alte ist vergessen. Die Augen noch geblendet vom Licht seines kurzen Ruhms, sitzt er im dunkeln Winkel und weint. Er kann es nicht fassen. Aber eben war doch noch . . . Eben hatte man doch noch seinen Namen gerufen, Bücher über ihn geschrieben, ihn sich flüsternd auf der Straße gezeigt! Auf einmal ist alles vorbei. Die Inflation seiner Laufbahn ist vorüber, und aufwerten mag ihn keiner.

Es hat so etwas namenlos Trauriges, diese lächerliche Anilinbegeisterung für immer neue Halbgrößen zu sehen. So kritisch und negativ der Berliner oft mit Recht ist: das Kind will seine Puppe haben und spielt am liebsten mit buntbedruckten Lappen, die es um einen Ball wickelt – keine ist schöner als jene Puppe, die sich die Phantasie ausstattet.

So aber wächst keine Tradition, und über diese Partie des berliner Kulturlebens könnte man dieses Plakat setzen, das da an allen Restaurants pappt:

GÄNZLICH NEU RENOVIERT.

Monatlich wechseln die Parolen, und alle werden von allen befolgt. Die Uniformität des Denkens ist beim Deutschen bis zur Lebensgefährlichkeit ausgebildet, was wir 1914 schaudernd erlebt haben. Wagt wirklich einer, sich aufzulehnen, so kann man in neun von zehn Fällen darauf schwören, daß ers aus Egoismus tut oder um einer befreundeten Gruppe eine Gegenparole zu bauen.

Das geht merkwürdigerweise sehr tief herunter. Anderswo befolgt eine Clique ihr Losungswort, und der Rest kümmert sich nicht darum. Daher in den seltensten Fällen man zu Recht sagen darf: «Ganz Paris hat...» Das ist Zeilenschwindel kleiner Journalisten. Aber in Berlin werden die geistigen Moden brav und bieder vom Bürgertum aufgetragen, und jeder sieht immer eine Steuerklasse höher, weil er in sich keinen Kompaß trägt. So entsteht ein Aschinger-Strindberg und ein Kempinski-Freud, und da ist nichts auf Bütten, was nicht bei Wertheim endet. Sie entscheiden ungern allein: es muß ihnen einer sagen. Konfektion ihr Innenleben, Fabrikerzeugnis die Individualität. Maschinenprodukte mit dem nachgeahmten Zeichen des Handwerks. Und alles andre als echter Kollektivismus.

Die Parole unterjocht ganz Berlin.

Die Krankheitskeime der Suggestion übertragen sich in den Cafés und im morgendlichen Telefongespräch der Frau Wendriner, wo der Ruhm des Tages gekocht wird. Keiner bleibt zu Hause, alle laufen sie mit. Denn wo käme man hin, wenn man in sich ginge! Und immer, wenn ich die eiligen, hetzenden und drängenden Berliner sehe, wie sie emsig und hart um sich blicken, daß auch ja keiner mehr habe als ihm zusteht, also, als sie selbst besitzen: dann fällt mir jener alte Mann ein, der vom Fenster seiner Parterrewohnung aus die Leute in der Gasse narrte: «Am Neuen Tor läuft ein Lachs!» Und er schmunzelte nicht schlecht in seinen Bart, als sie davoneilten, den laufenden Lachs zu sehen. Als aber die Gasse schwarz war von Schwatzenden und Drängenden, da wurde ihm nachdenklich zumute, und er sah seinen

Spazierstock an und ergriff ihn und sprach: «Vielleicht läuft doch ein Lachs —?» Und schon stand er auf der Gasse.

Berlin gibt sich alle vier Wochen eine neue Parole, verhöhnt die alte und sucht den Lachs.

VELHAGEN & KLASING

haben zwar den Krieg auch nicht gewonnen, aber sie tun doch ihr möglichstes.

In dem großen Andreeschen Handatlas, den sie herausgeben, findet sich in der Ausgabe 1920 eine Weltkarte der internationalen Kolonial-Verteilung, die – auf Seite 21 – für Afrika, zum Beispiel, so aussieht: Deutsch-Südwest-Afrika – Deutsch-Ostafrika und so weiter ... Ganz klein und versteckt steht unterhalb der Karte ein kleines Farbfleckchen in entsprechender Couleur und verkündet recht bescheiden und petit: «Ehemals deutsche Kolonien». Die Karte selbst fälscht.

Zur Rede gestellt, beruft sich der Verlag in einem lahmen Schreiben auf das farbige kleine Heftpflaster und verschweigt, daß das Gesamtbild für jeden unbefangenen Betrachter einen vielleicht für die Kolonial-Assessoren und Hundspeitschenschwinger wünschenswerten Zustand zeigt, keineswegs aber die politische Wirklichkeit. Die ist ja nun leider gottseidank wesentlich anders.

Diese Sorte von National-Geographen tobt umher, wenn ein deutscher Atlas die richtigen tschechischen oder polnischen Städtenamen in annektierten Gebieten politisch wahrheitsgemäß und untendenziös angibt, wie sich das gehört. Denn es heißt wohl Nanzig und Sankt Kwentihn, aber wenn wir auch durch die Schuld tobsüchtiger Militärs den Krieg verloren haben: die Kolonien in den Atlanten lassen wir uns nicht nehmen. «Den Finger drauf! Die nehmen wir!» Für deine Steuergroschen, Atlaskäufer.

DIE NAIVEN

Neulich, in einer jener Reichstagsuntersuchungskommissionssitzungen, wo die Ursachen des Dreißigjährigen Krieges verspätet, aber nicht minder herzlich festgestellt werden, rief jemand Philipp Scheidemann zu: «Sie wissen doch, wie oft von der Polizei falsche Pässe ausgestellt werden!» Und Philipp: «Ich hoffe, daß ich es nie zu wissen brauche.» Da soll einem doch gleich der große Zeh verdorren!

Denn so sehen diese Naiven aus:

Wenn die bayerische Polizei einem ihrer Fememörder einen falschen Paß zur Flucht ins Ausland ausstellt, so wird so getan, als sei dies der erste falsche Polizeipaß, der je auf der Welt ausgestellt worden ist — und jener hofft, daß er dergleichen nie zu wissen brauche. Es ist, bei der völligen Instinktlosigkeit dieser Sorte Politiker, sogar möglich, daß er es wirklich nicht weiß, und wenn er nicht geheuchelt hat: um so schlimmer.

Was ist denn das für eine alberne Unkenntnis der einfachsten Gesetze vom Staatsmechanismus, so zu tun, als ginge stets alles ‹ordnungsmäßig› vor sich! Leben wir in einer Fibelwelt? Wissen Scheidemann und die Seinen, die sich immer noch bemühen, das Märchen von der Reinheit des öffentlichen Lebens aufrechtzuerhalten, nicht, wie unter dem Kaiser, in dieser Republik, in andern Kaiserreichen und in andern Republiken, wie überall auf der Welt regiert wird, immer regiert worden ist? Daß noch niemals ein Staat ohne Fälschung, Mord, Justizverbrechen, falsche Pässe und richtige Provokateure ausgekommen ist? Daß er ‹moralisch› immer nur für die andern ist, die diese Moral befolgen sollen, aber niemals für sich selbst, der er sie gar nicht befolgen kann, will er sich nicht selbst aufgeben? Weiß er nicht, wie jede Polizei, ohne Ausnahme jede, von Anbeginn der Welt gearbeitet hat? Es gibt da Nuancen: außer der alten venetianischen Staatspolizei wird es nicht so bald wieder eine geben, die so unterrichtet, so geschickt, so machtvoll ist wie etwa die französische Sûreté Générale — aber das sind doch nur Gradunterschiede. Im Grunde sind sie alle gleich, müssen sie alle gleich sein.

Und an diese Staatsmaxime, die das Recht den Zweckmäßigkeitsgründen unterordnen muß, kommen diese Lacknaiven und «hoffen, daß sie es nicht zu wissen brauchen». So ist denn auch ihre Politik: vom 9. November bis zum Schundgesetz, immer dieselbe. Das bietet einen Anblick wie ein rumänisches Haus: der Salon ist furchtbar fein, aber frage mich nicht, wo die Dienstboten schlafen, und wo sie sich waschen. So ist denn auch grade die Polizeitätigkeit in Republiken der sogenannten Kontrolltätigkeit der Parlamente fast völlig entrückt: Personalpolitik, Verwendung der mehr oder weniger düstern Fonds, Praxis und Exekutive spielen sich völlig im Dunkeln ab und verbleiben von Anbeginn bis zu Ende im Schoß der Bürokratien, die häufig einen kleinen Staat im Staate bilden. Davon weiß Scheidemann nichts.

Traurig, wenn erwachsene Menschen so im Dogma, in ihrer kleinmuffigen Bürgerwelt, in Lüge verstrickt sind, daß sie wirklich nichts mehr sehen. Die Ohnmacht, die Einflußlosigkeit, der Mangel an Ahnung, die die Parlamente bekunden, zeigt sich nirgends so deutlich wie ihrer eignen Polizei gegenüber. In Deutschland wird das nur noch von der jämmerlichen Rolle übertroffen, die der Reichstag dem Heere gegenüber spielt. Es sind artige Kinder, die sich ungeheuer erwachsen vorkommen, den Wolf für einen Vegetarier halten, weil er sie noch nicht gefressen hat, und die stets guter Hoffnung sind, keine falschen Polizeipässe sehen zu müssen. Graviditas chronica.

Schade, daß Philipp Scheidemann keinen Sohn hat, der in Spionageverdacht gerät. Er lernte schnell alle miteinander kennen: Polizei, Staatsanwälte und Reichsgericht. Aber es ist ihnen nicht zu helfen. Denn noch, wenn sie verlöschend an der Laterne hängen, zappeln sie mit den Beinen und murmeln: «Ich bitte Sie ... ein nicht zu verallgemeinernder Einzelfall ... Ich hoffe ...» Und dann sind sie tot.

MAN SOLLTE MAL ...

Man sollte mal heimlich mitstenographieren, was die Leute so reden. Kein Naturalismus reicht da heran. Gewiß: in manchen Theaterstücken bemühen sich die Herren Dichter, dem richtigen Leben nachzuahmen – doch immer mit der nötigen epischen Verkürzung, wie das Fontane genannt hat, der sie bei Raabe vermißte, immer leicht stilisiert, für die Zwecke des Stücks oder des Buchs zurechtgemacht. Das ist nichts.

Nein, man sollte wortwörtlich mitstenographieren – einhundertundachtzig Silben in der Minute – was Menschen so schwabbeln. Ich denke, daß sich dabei folgendes ergäbe:

Die Alltagssprache ist ein Urwald – überwuchert vom Schlinggewächs der Füllsel und Füllwörter. Von dem ausklingenden «nicht wahr?» (sprich: «nicha?») wollen wir gar nicht reden. Auch nicht davon, daß: «Bitte die Streichhölzer!» eine bare Unmöglichkeit ist, ein Chimborasso an Unhöflichkeit. Es heißt natürlich: «Ach bitte, sein Sie doch mal so gut, mir eben mal die Streichhölzer, wenn Sie so freundlich sein wollen? Danke sehr. Bitte sehr. Danke sehr!» – so heißt das.

Aber auch, wenn die Leute sich was erzählen – da gehts munter zu. Über Stock und Steine stolpert die Sprache, stößt sich die grammatikalischen Bindeglieder wund, o tempora! o modi!

Das oberste Gesetz ist: Der Gesprächspartner ist schwerhörig und etwas schwachsinnig – daher ist es gut, alles sechsmal zu sagen. «Darauf sagt er, er kann mir die Rechnung nicht geben! Er kann mir die Rechnung nicht geben! Sagt er ganz einfach. Na höre mal – wenn ich ihm sage, wenn ich ganz ruhig sage, Herr Wittkopp, gehm Sie mir mal bitte die Rechnung, dann kann er doch nicht einfach sagen, ich kann Ihnen die Rechnung nicht geben! Das hat er aber gesagt. Finnste das? Sagt ganz einfach ...» in infinitum.

Dahin gehört auch das zärtliche Nachstreicheln, das manche Leute Pointen angedeihen lassen. «Und da sieht er sie ganz traurig an und sagt: Wissen Sie was – ich bin ein alter Mann: geben Sie mir lieber ein Glas Bier und eine gute Zigarre!» Pause. «Geben Sie mir lieber ein Glas Bier und eine gute Zigarre. Hähä.» Das ist wie Selterwasser, wenn es durch die Nase wiederkommt...

Zweites Gesetz: Die Alltagssprache hat ihre eigene Grammatik. Der Berliner zum Beispiel kennt ein erzählendes Futurum. «Ick komm die Straße langjejangn — da wird mir doch der Kuhkopp nachbrilln: Un vajiß nich, det Meechen den Ring zu jehm! Na, da wer ick natierlich meinen linken Jummischuh ausziehen un ihn an Kopp schmeißn...»

Drittes Gesetz: Ein guter Alltagsdialog wickelt sich nie, niemals so ab wie auf dem Theater: mit Rede und Gegenrede. Das ist eine Erfindung der Literatur. Ein Dialog des Alltags kennt nur Sprechende — keinen Zuhörenden. Die beiden Reden laufen also aneinander vorbei, berühren sich manchmal mit den Ellenbogen, das ist wahr — aber im großen ganzen redet doch jeder seins. Dahin gehört der herrliche Übergang: «Nein.» Zum Beispiel:

«Ich weiß nicht (sehr wichtige Einleitungsredensart) — ich weiß nicht: wenn ich nicht nach Tisch meine Zigarre rauche, dann kann ich den ganzen Tag nicht arbeiten.» (Logische Lässigkeit: es handelt sich um den Nachmittag.) Darauf der andere: «Nein.» (Völlig idiotisch. Er meint auch gar nicht: Nein. Er meint: mit mir ist das anders. Und überhaupt...) «Nein. Also wenn ich nach Tische rauche, dann...» folgt eine genaue Lebensbeschreibung, die keinen Menschen interessiert.

Viertes Gesetz: Was gesagt werden muß, muß gesagt werden, auch wenn keiner zuhört, auch, wenn es um die entscheidende Sekunde zu spät kommt, auch wenns gar nicht mehr paßt. Was so in einer ‹angeregt plaudernden Gruppe› alles durcheinandergeschrien wird — das hat noch keiner mitstenographiert. Sollte aber mal einer. Wie da in der Luft nur für die lieben Engelein faule Pointen zerknallen und gute auch, wie kein Kettenglied des allgemeinen Unterhaltungsgeschreis in das andere einhakt, sondern alle mit weitgeöffneten Zangen etwas suchen, was gar nicht da ist: lauter Hüte ohne Kopf, Schnürsenkel ohne Stiefel, Solo-Zwillinge... das ist recht merkwürdig.

Ungeschriebne Sprache des Alltags! Schriebe sie doch einmal einer! Genau so, wie sie gesprochen wird: ohne Verkürzung, ohne Beschönigung, ohne Schminke und Puder, nicht zurechtgemacht! Man sollte mitstenographieren.

Und das so Erraffte dann am besten in ein Grammophon sprechen, es aufziehen und denen, die gesprochen haben, vorlaufen lassen. Sie wendeten sich mit Grausen und entliefen zu einem schönen Theaterstück, wissen Sie, so eines, Fritz, nimm die Beine da runter, wo man so schön natürlich spricht, reine wie im Leben, haben Sie eigentlich die Bergner, find ich gar nicht, na also, mir ist sie zu...

Man sollte mitstenographieren.

EIN EINFACHER LEHRER

Neulich hat ein Gemeindeschullehrer vor dem Schöffengericht gestanden, weil er dem Zoologischen Museum der Berliner Universität und der Entomologischen Gesellschaft Bücher und Insektenpräparate entwendet hatte. Der Mann war offenbar überarbeitet, hat seine Delikte in maßloser Überreizung begangen, ohne irgendwelchen pekuniären Nutzen, aber er wurde trotzdem freigesprochen.

Bei der Zeugenvernehmung stellte sich heraus, daß der Lehrer eine Kapazität der Naturforschung war – er hat aus Lust und Liebe zur Sache, aus wissenschaftlichem Ehrgeiz den Universitätszoologen Jahre lang geholfen und wertvolle Mitarbeit geleistet. Darüber wurde der Kustos des Zoologischen Museums vernommen, Herr Kuntze. Herr Kuntze:

«Der Angeklagte hat für seine Tätigkeit keinerlei Vergütung erhalten, aber es war für ihn, als einfachen Lehrer, doch eine große Ehre, daß er für das Museum Forschungsreisen ausführen durfte . . .»

So siehst du aus. Wer den grenzenlosen Hochmut kennt, mit dem diese studierten Kuntzes auf die ‹einfachen Volksschullehrer› heruntersehen, wird die Melodie dieses Satzes abschmecken können. Es besteht ja doch nicht der geringste Grund, die Arbeit eines kenntnisreichen Lehrers etwa geringer einzuschätzen als die von Universitätsprofessoren – aber während die Resultate dieser Aufopferung den Professoren gehören, ist die Ehre ganz auf seiner Seite. Er ‹durfte› für die Hochmögenden arbeiten, er durfte lange Jahre lang seine Freizeit opfern – und dafür bekommt er nun auf die Schulter geklopft.

Kuntze ist richtig, und die Volksschullehrer dürfen sich bei ihm bedanken: so klar hats vor ihm noch keiner gesagt.

Schade, daß die Volksschullehrer solchen Examensbrüdern den Gefallen tun, eine Überlegenheit anzuerkennen, die wesentlich in Zeugnissen, Diplomen und Titeln, aber weniger in der Leistung liegt. Der ganze Volksschullehrerstand geht, in durchaus falscher Empfindlichkeit, hoch, wenn einer mit dem Abiturium die Nase über sie rümpft. Sie sollten ihn auslachen. Denn Kinder gut zu erziehen ist viel schwerer, als den Kustos zu spielen, und Generationen heranzubilden wertvoller, als ein kümmerliches Stellchen in einem kümmerlichen Universitätsklüngel auszufüllen. Das Honorar der Ehre sollten sich die Lehrer verbitten, ohne in den gleichen Fehler wie die Hochmögenden zu fallen: nun für ihr Teil eine ‹Standesehre› zu stabilisieren.

Was aber Kuntzen betrifft: es war selbstverständlich eine Ehre für das Museum, daß ihm einer eine Arbeit besorgt hat, für die es offenbar keinen geeigneten Mann in den eignen Reihen gefunden hatte. Auch, wenn es nur ein einfacher Lehrer war.

DER MANN MIT DER MAPPE

Der Nationalökonom Alfons Goldschmidt hat mir neulich die Augen geöffnet. «Das Kennzeichen Berlins», sagte er, «ist der Mann mit der Mappe.» Ich sah um mich, und dies war es, was ich sah:

Alle Männer auf der Straße tragen eine Mappe. Es ist nicht auszudenken, was in Berlin täglich für Papier herumgetragen wird: die ganze Stadt schleppt emsig Ballen Schreib- und Druckpapiers von einem Fleck zum anderen. Was mag in den Mappen sein —?

Das Frühstück natürlich, dann Bindfaden, ein zerbrochener Füllfederhalter und etwas zum Lesen. Diese Lektüre wird kaum angefaßt, wie ja überhaupt alle Leute von dem Aberglauben besessen sind, gewisse Sachen ‹unterwegs erledigen zu können› — aber niemals wird etwas daraus. Abends zieht der Mappenmann seinen Kram genau so unberührt aus der Mappe, wie er ihn hineingelegt hat. Bei dem allgemein gültigen Bestreben, nicht unter acht Sachen zugleich zu tun, belastet diese Vorratsarbeit die Mappenträger, aber sie lassen nicht davon ab. Was ist aber noch in der Mappe?

In der Mappe ist das, was der Besucher nach den einleitenden Sätzen mit den Worten herauszieht: «Ich habe hier eine Sache . . .» und dann gehts los. Meist findet er sie nicht auf Anhieb, er sucht sie erst aus den Verträgen, Heiratspapieren, Korrespondenzen, Korrekturfahnen heraus, fischt im Papierteich, angelt — schwupp! Wenns gut geht, hat er sie zu Hause liegen lassen.

Mappe muß sein.

Die Mappe ziert den gemeinen Mann und deutet auf jeistige Arbeit — daher sie denn wohl auch der Schnorrer mit steifer Grandezza in der Hand baumeln läßt. Kümmerlich zusammengeschrumpft hängt die Verhungerte armselig neben seinem abgeschabten Überzieher . . . Es gibt aber auch wohlhabende Mappen; bis zum Platzen gefüllt, leuchten sie herrlich gelackt oder gewachst im Sonnenschein, die Nickelbeschläge protzen: «P! Wir! Uns kann keiner, und uns können sie alle —!» So feine Mappen sind das.

Manche Menschen mit gestörtem Empfindungsleben tragen zwei Mappen mit sich herum, aber das ist selten: ein besserer Herr ist in dieser Sache monomapp.

Warum tragen aber alle diese die Mappe mit sich —?

Weil sie Dienst haben, den ganzen Tag. Weil die Arbeit sie auffrißt, täglich, stündlich, weil sie «ze tun» haben — etwa in dem Tempo, in dem der Komiker Otto Wallburg spricht. Ginge es logisch zu in der Welt, so müßte ja der Mann in der Mappe liegen und sich nur gelegentlich, zu dienstlichen Zwecken, ans Tageslicht ziehen. Ja, die berliner Mappe hats in sich.

Sie regiert den Kerl, der sie trägt, sie bestimmt dessen Dasein, nicht umgekehrt. Er durchraschelt alle Papiere, die er schleppen muß – er durchstöbert ihren Wust, er rummelt darin umher, und wenn es hochgekommen ist, dann ist es Mühe und Arbeit gewesen, und es muß ja wohl Leute geben, die glauben, zu diesem Behufe auf der Welt zu sein. Mappe, du traurige Mappe, wie beschwerst du das Leben! Nie läßt du die Leute schlendern, mit den Händen in den Taschen, ohne dich, frei! Was einer nicht im Kopf hat, das muß er in der Mappe haben.

Nikolassee trägt seine Weisheit in die innere Stadt, Moabit transportiert das Jus nach dem Osten, der Alexanderplatz wedelt mit der Mappe nach dem Westen, kein Papier darf da bleiben, wo es geboren ist – trage, Liebchen, trage!

Dabei sind die meisten Mappen unvollständig: sie müßten eine kleine Karthotek eingebaut haben, etwas Wasserspülung und einen zusammenklappbaren Pokertisch ... Mappen sind lebensnotwendig: wie könnte die deutsche Wirtschaft funktionieren ohne die Mappe! In England sollen die Leute auch mit Mappen herumtraben, hat man mir erzählt; aber daß sie es in Paris nicht tun, das weiß ich ganz gewiß. Denn der Franzose ... also, was ist denn das überhaupt für ein Mensch! Der glaubt, daß man die Arbeit in seinem Geschäft tut, und wenn er über die Schwelle hinausgetreten ist, dann ist es aus damit, und selbst im Café de Commerce, wo die bessern Sachen abgeschlossen werden, geht das ohne Mappe zu. Aber er schreibt wohl nicht immer das Nötige ...

Wir schreiben. Denn sonst hätten wir nichts, was wir durch unsere Brillen ansehen können, und wohin kämen wir wohl ohne das –! Wenn einer geboren wird, und wenn einer stirbt, wenn ein Stück Drama von Unruh aus dem Fenster fällt, und wenn ein Filmband zerreißt, wenn Frau Helen uns mit den großen blauen Augen Ja zuwinkt und Nein meint, wenn einer einen Verkehrsturm umfährt, und wenn in einem nationalen Blatt eine Sicherung durchbrennt: wir schreiben. Und was wir geschrieben haben, das tun wir dann in die Mappe.

Und es ist nur schade, daß wir auf den Presseball ohne Mappe kommen – es würde das wesentlich zur Verschönerung des Bildes beitragen.

Schilt die Mappe nicht, Peter! Sie hat eine heilige Mission zu erfüllen hienieden – sie läßt ihren Träger an die Wichtigkeit seiner Arbeit glauben, und das ist mitunter gar nicht so einfach. Gott segne sie, die gute, treue, rindslederne; schier dreißig Jahre ist sie alt, hat manchen Sturm erlebt ... Sieh ihr gefältetes Gesicht! Die zerfurchten Züge, die morschen Nähte! Was barg sie nicht schon alles in ihrem Bauche ...?

Wenn aber einmal alles untergegangen ist von unserer Epoche, die Holzbarrieren auf den Straßen, die die Autos anlocken sollen, die Fußgänger zu hindern, den Fahrdamm zu passieren; wenn der Funkturm dahin ist und das letzte Sechs-Tage-Schieben und die Professorentitel unserer Theaterdirektoren: eines sollte übrigbleiben von dieser Zeit, als Denkmal aere perennius.

Ein Mann, aus Marmor, ordentlich in Stein ausgehauen, mit ernster Miene und sorgenvollen Naslöchern, eilig dahinschreitend, unter dem Arm sein geistiges Wickelkind, ganz der Papa aus Rindsleder.

Der Mann mit der Mappe.

DIE GENIALEN SYPHILITIKER

Was in des viel zu früh verstorbnen Christian Bry *‹Verkappten Religionen›* so gut auseinandergesetzt ist: die Überwertigkeit von Teilgebieten in den Gehirnen der Lebensreformer: das macht den deutschen Bildungsspießer so unerträglich. Die Humorlosigkeit, mit der er – jeder einzelne ein Fachmann, Gottseidank! – dasitzt, wenn sein Kram dran ist, die Überheblichkeit, die aus jedem Fachwort spricht, die Wichtigkeit, die alles der Vereinsidee einordnen möchte und nur übersieht, daß die Welt nicht von Gabelsberger, Prohibition, Frauenstimmrecht und Pazifismus her zu begreifen und zu verändern ist –: alle diese Steinchen zusammen ergeben das Mosaik des ‹gebildeten› Kaffern, der, in Deutschland, auch noch die Seele eines Schulmeisters in sich trägt. Unfähig, etwas zu sehn, ohne Zensuren zu geben, teilt er sie auch dann aus, wenn ihn keiner darum gebeten hat, ein lästiger Besserwisser, kein Gutwisser; kein Mann, ein Fachmann; einer, der mit seiner Zeit geht, Gott hab ihn selig.

«Das Leben der Menschheit hat – im Lichte der Ewigkeit – keinen Sinn, solange es die Syphilis gibt.» Und: «Der Geist der Menschheit wird syphilisfrei sein oder er wird nicht sein.» Na, na? Was hätten wir denn da? Das sind Anfang und Ende eines Büchleins *‹Die genialen Syphilitiker›* von Brunold Springer (im Verlag der Neuen Generation, Berlin-Nikolassee). Dem wollen wir einmal eine kleine Blutprobe entnehmen.

Seine geschichtliche Darstellung der Krankheit ist außerordentlich fesselnd; sie wäre es noch mehr, wenn das ein Arzt geschrieben hätte, der wirklich Bescheid weiß. Man muß über Springern, der zum Beispiel von sich gibt: «Der Absolutismus ist die Ausschweifung. Die Ausschweifung ist die Syphilis» – man muß über Springern hinweglesen, der Stoff verlohnt das. Wie entsetzlich diese Krankheit eingesetzt hat, wie sie im sechzehnten Jahrhundert in Europa wütete so wie später nur noch bei Naturvölkern, die sie mit dem Christentum und dem Schnaps frei ins Haus geliefert bekamen; wie sie grauenhafte Symptome von heute ungekannter Wucht zeitigte, wie die Ansteckung durch ein Nichts erfolgte, durch einen Hauch – wie die Krankheit dann wellenförmig stieg und fiel, bis auf den heutigen Tag, wo eine gewisse Degeneration der Spirochäten festzustellen ist, heute, wo eine ganze Hautklinik zusammengetrommelt wird, wenn ein Tertiärfall hereinkommt: den staunen sie dann an, wie eben einen Tertiärmenschen. Übrigens steht das alles nicht so bei Springer. Der weiß nichts von der seltsamen Pause, die etwa in Deutschland zur Zeit zu beobachten ist, der spricht verächtlich von Salvarsan, was man wohl nur tun sollte, wenn man wirklich klinisch damit gearbeitet hat — statt guter Statistiken lesen wir verquetschte Lyrik, die mit der Realität bizarr zusammenstößt. («Man muß dem Gorgohaupt in die Augen sehn. Die Syphilis beginnt mit der Bildung eines harten Knotens (Schanker) an der Stelle der Ansteckung.»)

Was dann folgt, ist eine recht gescheite und erfreulich offne Auseinandersetzung über die Maßregeln zur Verhütung der Syphilis. Wenn es auch in den großen Städten nicht so liegt, daß «die Kundwerdung der Lustseuche in fast allen Fällen der bürgerliche Tod ist», so haftet ja tatsächlich auch heute noch der Krankheit ein Makel an, der sie herrlich gedeihen läßt. Das ist vor allem die Schuld der Kirche.

Der gradezu verruchte Gedanke, daß der außereheliche Geschlechtsverkehr eine Sünde sei und Gott die Syphilis als Zuchtrute gesandt habe, ist rein katholischen Ursprungs. Es ist immer wieder das Zentrum gewesen, das eine gesunde und anständige Aufklärung der Kinder in den Schulen verhindert hat, und das Wenige, das auf diesem Gebiet überhaupt erreicht worden ist, wurde gegen diese Partei durchgesetzt. Vor ganz kurzer Zeit ist ja, unter gänzlicher Teilnahmlosigkeit der Nation, ein Gesetz zur Bekämpfung der Geschlechtskrankheiten durchgegangen, das noch zu betrachten sein wird: die Schande des Listenwahlsystems ließ die besten Vorkämpfer gegen die Seuche dabei kaum zu Wort kommen. Der lächerliche Zufallsbrei, den da Beamte, parlamentarische Wichtigtuer und Duckmäuser zusammenkochen, heißt nachher Gesetz und wird einer mächtigen Bürokratie willkommner Anlaß sein, auch weiterhin auf den schafsgeduldigen Deutschen herumzuregieren. Erfolg? Schade, daß Spirochäten so selten lachen.

Richtig und gut ist, was Springer über die Grundsätze dieser Bekämpfung sagt: statt überall Automaten mit billigen Schutzmitteln aufzustellen, statt die Behandlung möglichst kostenlos zu ermöglichen, was freilich hinter dem Bau von Schlachtschiffen an Wichtigkeit zurücksteht, mogelt auch hier der Staat ganz wacker. § 270 des Entwurfs zum neuen Strafgesetz bedroht öffentliche Ankündigung oder Ausstellung einer «zu unzüchtigem Gebrauche bestimmten Sache» mit Gefängnis bis zu zwei Jahren, eine glatte Konzession an die katholische Lüge von der Unzüchtigkeit des Geschlechtsverkehrs. Da kann sich die Kirche auf das Reichsgericht verlassen.

So weit also gut und schön. Aber schon in diesen Kapiteln des Buches fällt eine kindliche Ausschließlichkeit der Ideen auf; man kann eben nichts ‹ausrotten›, radikal beseitigen, das Leben ist stärker ... Und nun werden die Geschichtshelden durchgehechelt. Das ist allerdings bitter.

Wenn man sich schon einen ganzen Korb voller Namen hernimmt und aufzeigt, daß alle diese Leute: Napoleon und E. Th. A. Hoffmann und Beethoven und Lenau und Schopenhauer und Schumann und Lassalle und Gauguin und Lenin und Manet Syphilitiker waren: dann muß man das anders machen.

Zunächst einmal sind die Behauptungen miserabel dokumentiert. Bei Lenin steht, gleichzeitig für die Krankheit Wilsons, als Quelle in der Anmerkung: «*‹Schweizer Frauenblatt›* vom 9. Februar 1924», und dann wirds ja wohl stimmen; von Léon Daudet weiß Springer nachweisbar nichts und benutzt eine politische Schilderung aus diesen Blättern, um ein paar spießige Sätze über eine Familie zu sagen, die denn doch mehr Fingerspitze verdient ... die gesamte Dokumentation des Buches ist mehr als kläglich. Entweder oder. Schweigen oder alles sagen. Aber dazu muß man freilich etwas wissen.

Angenommen aber, daß die Klassifikation der Leute stimmt: von welcher Froschperspektive her ist das gemacht! Der Fußtritt, den der alte Schopenhauer einem Kritiker ausgeteilt hätte, der von ihm sagt: «Welch schöner Beweis ist er selbst gegen seine Lehre von der Unveränderlichkeit des Charakters» – dieser Fußtritt wäre nur mit dem jenes Maultiers bei Daudet père zu vergleichen, das sich diese Rache sieben Jahre aufbewahrt. Von Manet: «Bei den kranken Malern erhält sich meistens ein Rest ihrer Fertigkeit, ihrer Hand, so daß sie nicht ganz ihrem Schaffen entzogen werden; so hat auch Manet noch in der Zeit seiner Krankheit sehenswerte Blumenstilleben gemalt, während andrerseits Hans Makart, sein Kunst- und Leidensgenosse, sogleich nach Ausbruch seiner Krankheit den Pinsel sinken lassen mußte.» Herzlichen Glückwunsch.

Bei Maupassant wird die meisterhafte Novelle *‹Le Horla›* als «Sinnestäuschung» rubriziert, und: «Lenins Nachtseite ist durch die Krankheit entschuldigt», so daß von einer Bestrafung dieses Schülers noch einmal abgesehn werden kann. Napoleon aber erhält eine Stunde Nachbleiben: er ist «herzlos, übergeräuschvoll» und «ein Aktionsepileptiker». Und muß nun wahrscheinlich dreißigmal abschreiben: «Ich soll nicht so viel Geräusch machen.»

So sieht die Welt natürlich nicht aus. Es ist erlaubt, über die Krankheit Heinrich Heines zu schreiben; dann muß man das mit der genauen Kenntnis des Materials tun: des medizinischen und des dichterischen. Denn der Unfug, der heute in der Literatur durch zeugende Eunuchen getrieben wird, die, viel zu unfähig, auch nur eine Figur selbständig zu erfinden, dem Fridericus-Rummel mit literarischer Rückversicherung Konzessionen machen, die Pfoten an der alten Fahne, das eine Auge im Parkett, das andre seitwärts zur Kritik gewandt und so stolz darauf,

Gneisenau heroisch aufzufassen oder gar anders als es das Abiturium vorschreibt: dieser Wachsfiguren-Unfug wird nur noch von den falschen Fachleuten übertroffen, die die gesamte Historie auf Homosexualität oder auf Psychoanalyse oder auf Geschlechtskrankheiten untersuchen.

Der hier kennt nicht einmal seinen Stoff.

Sonst hätte er einen der größten deutschen Dichter zitiert, einen, der zerfressen worden ist und gesiegt hat, einen, der den wildesten Fluch in die Hölle des Himmels geschleudert hat, weil ihm dort eine Krankheit erfunden schien, die die Menschheit ‹erlösungsfähig› hielt. Von dem weiß Brunold Springer, der Verfasser eines ‹*Schlüssels zu Goethes Liebesleben*› nichts. Panizzas ‹*Liebeskonzil*›, in dem jener Fluch eingemeißelt steht, ist verboten, und wir werden nun alles mögliche bekommen: ein katholisch gefärbtes Schulgesetz, ein Reichskonkordat, aber niemals einen Kulturkampf und niemals wieder dieses Buch. Mein Exemplar steht in Frankreich, und ich bin bei ihm und streichle das grüne Pergament und blättre in den gelblichen Seiten. Der da hat einen erfundnen Gott gelästert, und er hat wohl daran getan, für Millionen, die stumm gemacht sind.

Die Untersuchung Springers aber ist die Schreibe eines eifervollen Aufklärers mit Einjährig-Freiwilligem-Zeugnis, weißem Wohnungsberechtigungsschein und einer garantiert fortschrittlichen Weltanschauung. Geistiger Wassermann: positiv negativ.

OPPOSITION! OPPOSITION!

Jetzt gehts aber los! Jetzt werden wir was erleben!
Jetzt wird sich eine Opposition erheben:

Da werden die Mäuler aufgerissen!
Da schlägt das nationale Gewissen,
da schütteln sich Fäuste im ganzen Land,
gegen Hindenburg! Da wackelt die Wand.
Jetzt ist alles freiheitlich und sozial . . .
Auf einmal –?

Auf einmal: Verteilung des Steuergewichts?
Auf einmal taugt der Geßler nichts?
Auf einmal: Freiheit der Denker und Dichter?
Auf einmal: die Schande der deutschen Richter?
Hohn, Satire und Ironie?
Das war doch noch nie . . .
«Für die Freiheit der Schule! Der Republik ein Spalier!»
Ausgerechnet ihr.

Im Kampf gegen die Militärschweinerein
standen wir jahrelang ganz allein.
Da war keiner von euch zu sehn.

Wann sind denn die schlimmsten Dinge geschehn?
Als ihr an der Macht wart. Mit euern Leuten.
Das hat auf einmal nichts zu bedeuten.
Jetzt, wo es in euern Parteikram paßt,
tut ihr, als ob ihr mit uns haßt,
was hassenswert zwischen Rhein und Weichsel.
Ihr hieltet dem Karren acht Jahre die Deichsel.
  Ihr habt erst ermöglicht, was heute geschehn.
  Ihr laßt Kinder in diese Schulen gehn.
  Ihr habt Arbeiterblut vergossen.
  Ihr habt auf alles, was frei war, geschossen.
  Die sich da die Macht erschoben:
  ihr habt sie erst in den Sattel gehoben;
  die da lasten auf Arbeitermassen:
  ihr habt sie erst in die Ämter gelassen.
    Scherz, Satire und Ironie?
    Ihr seid genau, genau so wie die:

Untertanen. Zu allem erbötig.
Opposition –?
                    Ihr habts nötig.

OTTO WALLBURG

kommt herausgetrudelt, Atem hat er draußen geschöpft, und was er nun sagt, hört sich ungefähr folgendermaßen an:

«Also – erlauhm Sie mal, wie komm Sie überhaupt dazu, einfall-lächerlich! Sie haben mir doch erst gestern am Telefon – liieber Freund! Dann gehört der Kerl ins Zuchthaus! Ins Zuchthaus! Sag ich Ihnen! Sie mit! – Ham Sie ne Zigarre?» Diese Fettkugel spricht Stenographie (Debattenschrift); die Sätze fallen, fertiggenäht, aus dem Mund, sind hundertmal gesprochen, werden als bekannt vorausgesetzt und daher nur leicht angeschlagen. «Es erscheint mir nicht nötig, hier noch umständliche Einwendungen zu machen» heißt: «Al' machn Se doch keine –», und den Rest hat man sich zu denken.

Er ist immer ein bißchen naß, weil er schwitzt, immer in Bewegung, und was er einmal in einer Posse zu sagen hatte, könnte sein Wahlspruch sein: «Nehmen Sie nur! Ich habe davon vierhundert Stück.» Er hat von allem vierhundert Stück, auch von jeder Gemütsbewegung. Er muß, dem Akrobaten gleich, immer trippeln, sonst fällt er von der Kugel, Ruhe ist Tod, Stillstand Verderben. Da bewegt er sich lieber.

Ein Teil seiner Komik liegt darin, daß er die Glaswände der Würde, die um jeden Menschen enger oder weiter aufgerichtet sind, unbekümmert durchbricht: für ihn gibts das nicht, er sieht sie nicht einmal. Wenn die Wände klirrend zu Boden krachen, und der Angepackte den Eindringling betroffen anstarrt, fuchtelt er mit Händen und Füßen, und die Hörer lachen, weil es immer Spaß macht, dergleichen zu sehen. Der Wallburgsche Spießer, durch Konversationslexikon, etwas Radio und viel Zeitung genau so weit aufgeklärt, wie das fürs Geschäft der andern notwendig ist, geht ran, respektiert keine Würde und böte auch noch einem Shakespeareschen König eilig und gutmütig eine Zigarre an.

Denn gutmütig ist er. Im Grunde schüchtern, wird er leicht frech – das soll in Deutschland vorkommen, niemand war ja feiger als der Selige aus Doorn, und daher auch dessen große Schnauze. Wallburg ist häufig sein getreuer Untertan, forsch, maßlos beschäftigt und immer hinter irgend etwas her. Nur hat er – im Gegensatz zu dem Hermine-rich – Herz.

Und ist daher kein hoffnungsloser Spießer. Ob er wirklich dem König im ‹*Macbeth*› eine Zigarre reichte? Vielleicht wendete er sich an das Hofmarschallamt, aus Respekt, aus irgendeinem vagen Gefühl für Größe. Das ist denkbar. Wie man sich ja überhaupt diesen Komiker zum Beispiel an einem Grab denken könnte, er weinte wirklich, er mag Kinder gern, er hat eine dickliche weiche Hand, sein Fett wackelt gutmütig, und wer ihm nicht grade in Geschäften im Wege steht, dem ist er hold gesinnt. Eine Spur kesser: und er wäre ein idealer Wendriner.

So aber hopst er über die Bühnen, verhapselt, verhaspelt, verhapselt sich, ververspricht sich, «Tante Emmy hat mir aber doch selber gesagt, sie paßt aufs Kind auf, wenn das Kind in die Badewanne fällt, wer läßt denn eine Badewanne ohne Aufsicht ... 'n Augenblick mah! 's Telefong klingelt! Marie! Marie! Warum geht denn keiner ...!»

Man hats nicht leicht in den Stürmen des menschlichen Lebens. Auf den weißen Wogenkämmen aber tanzt der Dicke, ein Badeengel aus Zelluloid.

KOFFER AUSPACKEN

In der Fremde den Koffer auspacken, der etwas später gekommen ist, weil er sich unterwegs mit andern Koffern noch unterhalten mußte: das ist recht eigentümlich.

Du hast dich schon ein bißchen eingelebt, der Türgriff wird leise Freund in deiner Hand, unten das Café fängt schon an, dein Café zu sein, schon sind kleine Gewohnheiten entstanden ... da kommt der Koffer. Du schließt auf –

Eine Woge von Heimat fährt dir entgegen.

Zeitungspapier raschelt, und auf einmal ist alles wieder da, dem du entrinnen wolltest. Man kann nicht entrinnen. Ein Stiefel guckt hervor, Taschentücher, sie bringen alles mit, fast peinlich vertraut sind sie dir, schämst du dich ihrer? Wie zu nahe Verwandte, denen du in einer fremden Gesellschaft begegnest; alle siezen dich, sie aber sagen dir: Du —! und drohen am Ende noch, sprichst du mit einer Frau, schelmisch mit dem Finger. Das mag man nicht.

Wer hat den Koffer gepackt? Sie? Eine warme Welle steigt dir zum Herzen empor. So viel Liebe, so viel Sorge, so viel Mühe und Arbeit! Hast du ihr das gedankt? Wenn sie jetzt da wäre ... Sie ist aber nicht da. Und wenn sie da sein wird, wirst du es ihr nicht danken.

Die Sachen im Koffer sprechen nicht die Sprache des Landes, nicht die Sprache der Stadt, in der du dich befindest. Ihre stumme Ordnung, ihre sachliche Sauberkeit im engen Raum sind noch von da drüben. Da liegen sie und sprechen schweigend. Mit etwas abwesenden Augen stehst du im Hotelzimmer und erinnerst dich nicht ... nein, du bist gar nicht da — du bist da, wo sie herkommen, atmest die alte Luft und hörst die alten, vertrauten Geräusche ... Zwei Leben lebst du in diesem Augenblick: eines körperlich, hier, das ist unwahrhaftig; ein andres seelisch, das ist ganz wahr.

Ein Mann, der sich lyrisch Hosen in den Schrank hängt! Schämen solltest du dich was! Tuts ein Junggeselle, dann geht es noch an; mit sachlich geübten Händen baut er auf und packt fort, glättet hier und bürstet da ... Ein Verheirateter, das ist immer ein bißchen lächerlich; wie ein plötzlich selbständiges Wickelkind ist er, ohne Muttern, etwas allein gelassen in der weiten Welt.

Der Bademantel erinnert nicht nur; in seinen Falten liegen Stücke jener andern Welt, aus der du kamst. Das ist schon so. Aber faltest du ihn auseinander, dann fallen die Stücke heraus, verflüchtigen sich, auf einmal hängt er vertraut und doch fremd da, ein gleichgültiger Bademantel, den das Ganze nicht so sehr viel angeht ... Und da ist etwas praktisch zusammengerollt, hier ist ein besonderer Trick des Packens zu sehn, hast du die Krawatten gestreichelt, alter Junge? Als ob du noch nie gereist wärst!

Leicht irr stehst du im Zimmer, in der einen Hand einen Leisten, in der andern zwei Paar Socken, und stierst vor dich hin. Gut, daß dich keiner sieht. Um dich ist Bäumerauschen, ein Klang, Schmettern dreier Kanarienvögel und eine Intensität des fremden Lebens, die du dort niemals gefühlt hast. Tropfen quillen aus einem Schwamm, den du nie, nie richtig ausgepreßt hast. So saftig war er? Hast du das nicht gewußt? Zu selbstverständlich war es, du warst undankbar — das weißt du jetzt, wo es zu spät ist.

Eine Parfumflasche ist zerbrochen, das gute Laken hat einen grünlichen Fleck, ein Geruch steigt auf, und jetzt erinnert sich die Nase. Die hat das beste Gedächtnis von allen! Sie bewahrt Tage auf und ganze Lebenszeiten; Personen, Strandbilder, Lieder, Verse, an die du nie mehr gedacht hast, sind auf einmal da, sind ganz lebendig, guten Tag! Guten Tag, sagst du überrascht, ziehst den alten Geruch noch einmal ein, aber nach dem ersten Aufblitzen der Erinnerung kommt dann nicht mehr viel, denn was nicht gleich wieder da ist, kommt nie mehr. Schade um das Parfum, übrigens. Die Flasche hat unten ein häßlich gezacktes Loch, es sieht fast so aus, wie etwas, daraus das Leben entwichen ist . . . Also das ist dummer Aberglaube, es ist ganz einfach eine zerbrochene Flasche.

Unten, auf dem Boden des Koffers, liegen noch ein paar Krümel, Reisekrümel, Meteorstaub fremder Länder. Jetzt ist der Koffer leer.

Und da liegen deine Siebensachen auf den Stühlen und auf dem Bett, und nun räumst du sie endgültig ein. Jetzt ist das Zimmer satt und voll, fast schon ein kleines Zuhause, und alle Erinnerungen sind zerweht, verteilt und dahin. Noch ein kleines – und du wirst dich auf deiner nächsten Station zurücksehnen: nach diesem Zimmer, nach diesem dummen Hotelzimmer.

LARISSA REISSNER

Die ist in ihrem eignen Saft gekocht. Wir haben so viel alte Weiber unter den Journalisten – eine so kluge, eine so kräftige war noch nicht dabei. Ihre ausgewählten Schriften liegen nun unter dem Titel ‹*Oktober*› im Neuen Deutschen Verlag zu Berlin vor.

Im Inhaltsverzeichnis fehlt zunächst ‹*Hamburg auf den Barrikaden*›, das ein ungerechtfertigtes und politisches Edikt der Republik unter Zuhilfenahme einer sogenannten Justiz dem legalen Verkauf entzogen hat. Ich besitze das Buch und schätze es als eins der besten Revolutionsdokumente, das so ganz nebenbei eine Meisterschilderung Hamburgs enthält, das Paradigma eines Städtebildes, etwas ganz und gar Einzigartiges. Die Konfiskation dieser Broschüre nützt natürlich, wie alle derartigen Kindereien, zum Glück wenig. Und im ‹*Oktober*› bleibt noch reichlich genug Schönes.

Nach einer sehr guten Vorrede Radeks fängt es mit der ‹*Roten Front*› an, einer Schilderung der russischen Revolution aus den Jahren 1918 und 1919. Schon hier fällt etwas auf, das so selten anzutreffen ist: Larissa Reissner sah zugleich das Nahe und das Ferne. Ihre aus dem Kampf mitgebrachten Fotos sind ganz klar, scharf bis in die letzte Baumspitze («Der Kommandeur spuckt ärgerlich in seine verwundete Handfläche»); es ist jener Naturalismus Tolstois, der noch in Todeskrämpfen sehen läßt, daß der operierende Arzt sein Zigarrenstummelchen, um es nicht mit Blut zu beflecken, zwischen dem Daumen und dem Ringfinger geklemmt hält. So nahe kriecht die Reissner an die Gegenstände heran, saugt sie in sich auf und fühlt besonders das dynamische Spiel scheinbar toten Materials. «Einzelne Wagen stehn zu zweit, zu dritt, weit voneinander entfernt. Es ist, als wenn sie miteinander spielten. Als wenn man sich nur abzuwenden brauchte, damit sie wieder weiterlaufen, um dann, beim ersten Blick, den man ihnen zuwirft, wie überrascht in ungeschickten Stellungen stehn zu bleiben.»

Da ist die Szene, wo sie aus Zufall, aus unverschämtem Glück einem weißen Offizier entwischt. Das ist in seinem dramatischen Aufbau großartig. Sie spielt alle Register: so, wenn sie von den weißen Offizieren sagt: «Mein Gott, wie gut war das weiße Regime am dritten Tage seiner Schöpfung! Wie wohltuend wirken die bescheiden zur Schau getragnen Merkmale der Geisteskultur auf dem Tuche der Beamten und Militärs; Merkmale der wahren Aufklärung und Bildung. Wie kokett schimmern seine akademischen Abzeichen, wie wohltuend wirken sie auf die allgemeine Atmosphäre!» Solcher Bilder gibt es Hunderte, und was wichtiger ist: man versteht Heroismus, Pathos und Größe jener einzigartigen Epoche. Natürlich kann man einwenden, daß ja auch auf der andern Seite solche Soldaten, solche Kerls und solche Männer standen – aber ich glaube nicht, daß die so von einer Idee durchblutet waren, wie diese hier.

Die Skizzen aus Afghanistan, im Jahre 1920 entstanden, zeigen das große Format einer Internationale, wie sie in amsterdamer Gewerkschaftskreisen weniger bekannt sein dürfte. Folgen die Schilderungen aus russischen Bergwerken *‹Im Lande des Platins›*, aus denen man nun einmal wirklich lernen kann, wieviel Opfermut, wieviel Kühnheit und wieviel Größe in jenem Lande vorhanden war, von dem der gepflegte Kulturdichter Rudolf G. Binding im Kriege geschrieben hat: «Rußland bietet in diesen Tagen ein Bild, das sich immer wiederholen wird. Pöbel ist immer arrogant. Er bemächtigt sich der Herrschaft ohne das geringste Bedenken, aber auch ohne die leiseste Fähigkeit zu herrschen. Winkelanwälte, Winkeladvokaten, Bankrotteure auf allen Gebieten sind die Führer, und Unwissenheit, Dünkel und Größenwahn sitzen zusammen zu Tisch.» So weit der verhinderte Generalstabsoffizier mit der gebügelten Seele. Ach, wie wäre jener heute mit den Russen zufrieden! Ich wünschte, er wäre es nicht.

Eine wie große Journalistin aber die Reissner gewesen ist, können wir Deutsche ganz genau beurteilen, weil wirs nämlich kontrollieren können. *‹Im Lande Hindenburgs›* spielt bei uns. Hier sind wir sachverständig, hier leben wir, sie ist eine Fremde, nun soll sie zeigen, was sie kann. Sie kann.

Die große Arbeit über *‹Junkers›* ist in diesen Blättern erschienen und noch gut in Erinnerung; wie da positives Material, Zeitnotizen, Indiskretion und prägnante Beobachtung ineinander verbunden sind, das macht dieser Frau keiner nach. Dann das stärkste Kapitel aus diesem Werk ‹*Im Lager der Armut*›. Das ist nun allerdings ein großer Überlandmotor, der da läuft, ein gigantisches Kraftwerk von Haß gegen die Unterdrücker und Liebe zu den Unterdrückten.

Von Armen, die in einer alten Kaserne biwakieren dürfen: «Aus Angst und im Bestreben, das feindselige Haus, dessen Wände jedes Wort, jeden Schritt laut und ausdruckslos wiederholen, zu bestechen, wäscht die Frau des Schusters jeden Tag den endlos langen Korridor auf. Sie tut es, um mit dieser Wohnung in gute Beziehung zu treten; sie gibt der Kaserne einen Vorschuß menschlicher Wärme, die diese Mauern gleichgültig hinnehmen, wie ein Unteroffizier das Geschenk eines Rekruten. Nachts lassen sich die gemalten Adler von der Decke herunter, schleichen sich in den Hof und durchwühlen die Müllgrube nach Überresten, die die Hühner des Schusters übersehn haben. Sie tauchen ihre rissigen, mit dem spärlichen Gefieder des Kaiserreichs geschmückten Glatzen tief in den schmutzigen Abfall hinein.»

Folgt Frau Fritzke, eine Frau, die in Ermanglung eines andern sich selbst verkauft hat. So: «Die Liebeserfahrung hat auf ihrem Gesicht große, graue Säcke abgelagert. Während des Krieges verlor Frau Fritzke ihren Mann. Jeder verkauft, was er hat. Hunderte von Händen knutschten und rissen seit der Witwenschaft ihre Brüste, wie man an dem Spülhahn in der Toilette reißt. Das trug nicht zu ihrer Schönheit bei.» Davon weiß Külz wieder nichts. Aber diese zwei Druckseiten sind eine erschütternde Schilderung proletarischer Prostitution. Folgt ‹*Das eiserne Kreuz*›, folgen ‹*Die Pantoffeln*›, und dann etwas, von dem ich nie begriffen habe, wie ein Fremder es hat schreiben können. Aber es ist eben kein Fremder, der es geschrieben hat, es ist die Freundin des internationalen Proletariats, gleich ausgebeutet in allen Ländern, gleich belogen von den Aktuaren und Brillenmenschen der aus ihm entstiegnen kleinen Bourgeoisie, gleich verraten und verkauft von den Hermann Müllers an die wahren Mächte dieser Erde. Das Kapitel, von dem ich hier spreche, heißt: ‹*Er, Kommunist – Sie, Katholikin*›. Es schildert das Leben einer kleinen Familie, deren Ernährer arbeitslos wird. Die Frau macht die Aufwartung in einem wohlhabenden Hause, und er muß nun zu Hause ihre Hausarbeit tun. Er wird Tagelöhner und Waschfrau bei ihr, er darf noch bei ihr schlafen, fühlt sich schon als Zuhälter, die Familienperspektive liegt schief. Nun ist er schon drei Jahre ohne Arbeit, und das Aas, die Frau, läßt ihn doch nicht los. Übrigens hat er auch in Bezug auf die Kinder zu tun, was sie will: Die werden katholisch erzogen, denn so hats der Pfaffe die Frau gelehrt. Seine alten kommunistischen Anschauungen bäumen sich dagegen auf, vergeblich: sie hat das Essen und das Geld. Er kneift aus, er kehrt wieder. «Das Allerschlimmste beginnt, wenn die Kinder schlafen, wenn die Türen verschlossen, die Fenster verhängt sind, wenn das ganze kleinbürgerliche

Haus tückisch schweigt. Sie zieht sich schon aus. Das eiserne Korsett wird abgelegt, über ihr Gesicht huschen feindselige Gedanken, die jedes seiner Gefühle, jedes Buch auf seinem Tisch hassen. Der Mann weiß es: die Frau freut sich über seine Niederlage, ist glücklich mit seinen Feinden, aber schamlos im Bett, geil, wie es eine Straßendirne nicht sein kann. Keine Prostituierte ist so erfinderisch, wie diese fromme, tugendhafte Frau, die sich hinter verhängten Fenstern ausleben will, die sich auf das Gesetz stützt und von ihrem Mann verlangt, daß er sie wenigstens liebe und befriedige, wenn er seiner idiotischen kommunistischen Ideen wegen zu nichts anderm taugt! Wer nicht arbeitet, der soll auch nicht essen. Je zügelloser der Bettkampf, desto größer die Niederlage. Wie eine gesättigte Milbe fällt die befriedigte Frau auf ihre Kissen zurück. Um sofort, noch ehe sie sich das Haar und die verknüllten Röcke geordnet, unzweideutig zu verstehn zu geben, daß dies in ihren Beziehungen natürlich nichts zu ändern vermag. Alles bleibt beim alten. ‹Erinnre mich morgen daran, Hans, daß ich die Bibel für Lieschen kaufe! Hörst du? Das alte und das neue Testament . . .›»

Und nun will ich euch einmal etwas sagen.

Diese fast genialen Enthüllungen, die uns die Frau über Krupp und über Junkers, über die Russen und die Afghanen hinterlassen hat, sind schon selten genug. Dies hier aber, diese Schilderungen aus dem Lager der Armut, liefert in Deutschland keiner, weil es bei uns kaum Ansätze einer großen gesinnungsvollen und scharfen Reportage gibt.

Die großen Zeitungen können das nicht riskieren, und man solls von ihnen auch nicht verlangen. Dazu sind sie gar nicht da. Der *‹Vorwärts›* schläft wie gewöhnlich, druckt lieber Essays über die Entstehung der Ameiseneier und weiß nicht, wo Gott wohnt. Die kleinere sozialistische Presse im Lande, die in Betracht käme, möchte schon, soweit sie nicht unter dem bürokratischen Diktat des erblich eingesetzten Parteivorstandes ächzt; sie hat aber keine Mittel. Denn solche Reportage kostet zunächst einmal Geld. Dazu muß man herumgehn, horchen, im zu beschreibenden Milieu eine Zeitlang leben . . . Aber ich glaube, daß sich solches Geld schon fände, wenn auch nur der Ansatz von Begabung dazu zu finden wäre. Es ist ja nicht wahr, daß man, um gedruckt zu werden, großer Protektion bedarf. Alle Kollegen, die um mich herum im Bau tätig sind, Freunde und Gegner, wissen, daß nichts an Trostlosigkeit dem Posteingang einer Redaktion gleicht: diesem Gemisch von Makulatur, Eitelkeit, verkappter Geschäftsstreberei und belanglosem Geschmier. Es sind, neben den Vielzuvielen, immer dieselben sechzig oder achtzig guten Literaten, die nach Farbe, Politik und Gruppenzugehörigkeit jeweils die Tagesblätter und Zeitschriften beliefern, und selbst aus denen einen neuen Funken herauszuschlagen, ist außerordentlich schwer. Wie seltsam von der Zeit abgewandt ist diese Literatur! Ich will gar nicht einmal von der Narretei der historischen Stücke und

Bücher sprechen, die, schön wie Scheffel, edel wie Ebers und doof wie Dahn, mit Napolium prahlen. Jeder trägt heute gern alt auf neu. Aber ist denn keiner da, der ein Ohr hat zu hören und ein Auge zu sehn –?

Die großen Bucherfolge in den angelsächsischen Ländern beruhn fast alle darauf, daß ein soziales Milieu beschwingt und exakt wiedergegeben ist. Natürlich genügte der fotografische Naturalismus nicht. Demgegenüber kann der Leser wirklich sagen, er habe das ja nicht nötig, denn wenn er das wolle, gehe er in sein Büro. Bekommt er aber diese Schilderung so naturgetreu, wie etwa im *‹Babbitt›*, versehn mit einem Schuß Ironie; so spiegelnd wie im *‹Gentlemen prefer Blonds›*, versehn mit einem unterirdisch gluckernden Gelächter; mit solcher Freude am ‹Nachmachen›, wie sie etwa Schüler empfinden, denen der Klassenaugust den Direx kopiert –: wenn so etwas geboten wird, fressen es die Leute. Wir haben hunderterlei Arten deutsch: keiner hört sie. Wir haben zwar kein Cockney und kein Argot, aber tatsächlich spricht ja die blonde Gutsbesitzersfrau anders als deine dicke Tante Jenny und beide wieder nicht so wie ein hamburgischer Reeder. Sie sprechen nicht nur verschieden – sie denken auch verschieden. In den Romanen befleißigt sich das alles einer albernen, nie und nirgends sonst verwandten Allerweltsgrammatik, gespickt mit Lokalausrufen, die doppelt deplaciert wirken. Hören die Leute nicht? Daß in Berlin Stücke mit Erfolg aufgeführt werden, in denen falsch berlinisch gesprochen wird, wollen wir noch gar nicht einmal anführen. Aber daß unter den jungen Literaten keiner ist, der statt uhländischer Lyrik und aufgewärmtem Kraus-Pathos nicht die Augen aufmacht, nicht herausgeht, um zu sehn und zu hören: das fällt auf. Ich weiß, aus dem Ärmel geschüttelt, zwanzig Themen, die alle Leute wirklich interessieren und die uns niemand schreibt.

Nun haben wir in Deutschland Pech: wer wirklich Bescheid weiß, kann nicht schreiben. Ich sehe hier ganz von der Frage des Mutes ab, von der Möglichkeit, daß ein vielbeschäftigter Arzt sich einmal, sagen wir, mit der kitzligen Frage der ärztlichen Verschwiegenheit beschäftigen will, wie denn überhaupt der Fetisch des Standes, der Gruppenkoller und die Vereinswürde jeden Schwung dämpfen. Der Außenstehende wieder möchte schreiben, versteht aber nichts von der Materie, in die sich einzuarbeiten er meist zu faul und zu unfähig ist. Hinterher stimmts nicht, und der Kritisierte kann ein großes Geschrei machen, weil der Kritiker nicht weiß, daß die Preußische Gesindeordnung aufgehoben ist. Mit wiener Literaturschmus ist die Sache nicht zu machen. Wissen, Beobachtungsgabe und Stil zusammen: das ist selten. Denn hier liegen die wirklichen Aufgaben unsrer Zeit, und was Egon Erwin Kisch angefangen hat, ist ein Anfang. Diese Straße sollte man weiter gehn.

Die Ministerialbürokratie hat ihre eignen Gesetze: wird schon darüber geschrieben, so kann man darauf schwören, daß ein kleiner Ressortstänker dahinter steckt, der seinen Büronachbar ärgern will. Was in den Schulen geschieht, kommt nur verzerrt und vereinzelt ans Tageslicht. Die Kundigen schweigen, die Unkundigen leitartikeln. In den Institutionen des Roten Kreuzes tobt sich ein Frauentypus aus, den man mit einem Waschlappen erschlagen sollte: niemand malt ihn uns. In den Fürsorgeämtern werden Kriegsverletzte gequält und im Aktengang um ihren letzten Rest Nerven gebracht: niemand schildert uns das. Geschiehts einmal, dann so langweilig, so unpersönlich, so dumm-individuell, daß man es nicht drucken kann. Da ist der Tag eines Banklehrlings, wie er nun aber wirklich verläuft; der Tag des Herrn Stresemann, wie er wirklich ist; die Nacht eines Barkellners; die Morgen-Telefongespräche einer Kupplerin; die amüsanten Geldgeschäfte eines geachteten demokratischen Grundstücksschiebers: niemand schreibt uns das. Und jeder ist verwundert, daß uns allen die ‹Problematik der europäischen Mentalität› zum Halse herauswächst. Wir bekommen unser Leben und unsre Zeit stilisiert und schlecht stilisiert, umlogen von Interessenten, oder wir bekommen gar nichts, verschwiegen von Feiglingen.

Larissa Reissner: Du bist für Rußland zu früh gestorben. So eine wie Dich haben wir nie gehabt. So eine wie Dich möchten wir so gerne haben. Eine, die liebt und haßt und in dem Papierkram das sieht, was er wirklich ist: Handwerkszeug. Wir grüßen Dich, Larissa Reissner. Du bist eine Erfüllung gewesen und eine Sehnsucht. Die Sehnsucht nach einem, der den Garten Gottes bis zu den Mistbeeten herunter durchwandert, scharf abmalt, die Gemälde voller Liebe aufhängt oder den Betrachtern um die Ohren schlägt. Einer, der Bescheid weiß und nicht damit prahlt. Einer, der aus seinem Wissen eine Waffe macht für uns und für die Millionen Stummer, deren Stimmen nicht gehört werden. Ein Landsknecht des Geistes.

CONFESSIO

Wir Männer aus Berlin und Neukölln,
wir wissen leider nicht, was wir wölln.
Mal . . .

Mal konzentrieren wir uns auf die eine,
spielen mit ihr: die oder keine,
legen uns fest, ohne Bedenken,
wollen auch einem Söhnlein das Leben schenken,
verlegen den Sitz der Seele, als Gatte,
oberhalb des Tisches Platte –
Und sind überhaupt sehr monogam.

Wie das so kam ...

Da lockten die andern. Ihrer sind viele.
Sie lockten zu kindlichem Zimmerspiele
– Bewegung lächerlich, Preis bedeutend –
Immer nur eine Glocke läutend?
Immer an eine Frau gebunden?
So sollen uns alle Lebensstunden
verrinnen? Ohne boshafte Feste?
Liegt nicht draußen das Allerbeste?
Mädchen? Freiheit? Frauen nach Wahl –?

Gesagt, getan.
Mal ...

Mal trudeln wir durch bläuliche Stunden,
tun scheinbar an fröhlichem Wechsel gesunden;
können es manchmal gar nicht fassen,
welch feine Damen bei uns arbeiten lassen.
Und jede Seele, die eine hatte,
liegt unterhalb des Tisches Platte.
Und sind überhaupt sehr polygam.

Wie das so kam ...

So herumwirtschaften? Lebenslänglich?
Plötzlich werden wir recht bedenklich.
Sehnen uns beinah fiebrig zurück
nach Einsamkeit und Familienglück.
Und fangen als ein ganzer Mann
die Geschichte wieder von vorne an.

Wir Männer aus Berlin und Neukölln,
wir wissen leider nicht, was wir wölln.
Wir piesacken uns und unsre Fraun;
uns sollten sie mal den Hintern aushaun.
Bileams Esel, ich und du.
Gott schenke uns allen die ewige Ruh.
Amen.

EIN BRIEFWECHSEL

Die Weltbühne 30. Dezember 1926

Herrn
Geheimrat Galle, Direktor beim Reichstag
Berlin

Sehr geehrter Herr Direktor,
als Nachfolger des verstorbenen Herrn Siegfried Jacobsohn erlaube ich mir ergebenst um die Ausstellung zweier Karten zu bitten, die mir, dem Herausgeber der ‹*Weltbühne*› und meinem parlamentarischen Hauptmitarbeiter das Betreten des Reichstages gestatten. Da mir bekannt ist, daß an die Ausstellung einer Tribünen-Karte zunächst nicht zu denken ist, wäre ich Ihnen zu besonderem Dank verpflichtet, wenn uns zu informatorischen Zwecken wenigstens diese beiden Karten bewilligt werden könnten.

Indem ich Ihnen im voraus verbindlichst für Ihre Freundlichkeit danke, bin ich

mit den besten Empfehlungen
Ihr ergebner
Tucholsky

Reichstag Berlin NW 7, den 10. Januar 1927

Auf das gefällige Schreiben vom 30. Dezember.
Wegen des ständig zunehmenden Fremdenverkehrs im Reichstag muß die Ausstellung weiterer Eintrittskarten aufs äußerste beschränkt werden. Ich bedauere daher, Ihrem Wunsche nicht entsprechen zu können.

Hochachtend
Galle, Direktor beim Reichstag

Die Weltbühne 12. Januar 1927

An den
Präsidenten des Deutschen Reichstags
Herrn Paul Löbe
Berlin NW
Reichstag

Sehr geehrter Herr Präsident,
in einem Schreiben vom 30. Dezember 1926 habe ich den Direktor beim Reichstag, Herrn Geheimrat Galle, um eine Karte für die Galerie gebeten; da mir die schwierigen Verhältnisse beim Reichstag bekannt

sind, habe ich ausdrücklich von der Bitte um eine Presse-Tribünen-Karte abgesehen. Mein Blatt, das ich für den verstorbenen Siegfried Jacobsohn leite, dürfte Ihnen bekannt sein.

Ich erhalte nun vom Büro des Reichstages eine von Herrn Geheimrat Galle unterzeichnete Postkarte, daß «wegen des ständig zunehmenden Fremdenverkehrs im Reichstag» meine Bitte abgelehnt wird. Abgesehen davon, daß mir der Reichstag kein Kurort mit Fremdenverkehr zu sein scheint, glaube ich, daß eine politische Wochenschrift von der Bedeutung der *‹Weltbühne›* im 23. Jahr ihres Bestehens wohl Anspruch auf die Erlaubnis hat, ihren politischen Mitarbeiter in den Reichstag zu entsenden, und da mir die Ablehnung meiner Bitte nicht gerechtfertigt erscheint, erlaube ich mir, Ihnen diese Bitte noch einmal vorzutragen.

Ich bin mit den besten Empfehlungen
Ihr sehr ergebner

Tucholsky

Der Präsident des Reichstags Berlin NW 7, den 19. Januar 1927

Herrn Kurt Tucholsky
Berlin-Charlottenburg
Königsweg 33

Sehr geehrter Herr Tucholsky!
Die Reichstagsverwaltung trifft ihre Entscheidungen über die Zulassung neuer Bewerber um Karten zur Pressetribüne des Reichstags und um Zutrittskarten zum Hause im Einvernehmen mit der Vereinigung der Parlamentsjournalisten. Die Herren haben sich nun in Ihrem Falle ablehnend geäußert, weil nach ihrer Auffassung ein dringendes Bedürfnis zum Besuch des Reichstages für die Redaktion der *‹Weltbühne›* nicht bestehe. Daher sind Ihnen die beiden gewünschten Karten von der Verwaltung abgeschlagen worden.

Wenn Sie in Ihrem geschätzten Briefe vom 12. Januar 1927 den Passus über den ‹Fremdenverkehr› bemängeln, so möchte ich zu Ihrer Orientierung mitteilen, daß außer den rund 250 Vertretern und Angestellten der Presse gegenwärtig etwa 354 nicht dem Reichstag angehörige Personen im Besitz von Zutrittskarten zum Hause sich befinden, und daß wiederholt im Vorstand des Reichstags eine Einschränkung des Kreises dieser ‹fremden› Besucher verlangt worden ist. Einen Anspruch auf die Erlaubnis zum Besuch des Reichstagshauses, den Sie mit Rücksicht auf das 23jährige Bestehen und die Bedeutung Ihrer Wochenschrift erheben, bedauere ich grundsätzlich nicht anerkennen zu können.

In vorzüglicher Hochachtung Löbe

Die Weltbühne 22. Januar 1927

An den Präsidenten des Reichstags
Herrn Paul Löbe
Berlin NW 7

Sehr geehrter Herr Präsident,
auf Ihr Schreiben vom 19. d. M. erlaube ich mir, Ihnen ergebenst zu erwidern:

Daß es Parlamentsjournalisten gibt, die einem alten politischen Blatt, wie der *‹Weltbühne›*, das Bedürfnis absprechen, einen Mitarbeiter in den Reichstag zu entsenden, wundert mich nicht. Daß aber ein ehemaliger Kollege, den ich mir in Ihnen zu sehen gestatte, einen moralischen Anspruch mit einem amtlich abzuweisenden juristischen verwechselt, hätte ich nicht geglaubt. Selbstverständlich steht die Entscheidung darüber, wer in den Reichstag einzulassen ist, bei Ihnen und Ihren Herren; daß heute 354 nicht dem Reichstag angehörende Personen im Besitz von Zutrittskarten sind, zeigt, in welchem Sinne die Ausgabe der Karten gehandhabt worden ist.

Die behördlichen Stellen des Reiches und der Länder beklagen so oft die mangelnde Mitarbeit von Intellektuellen. Ich glaube nicht, daß man sie auf diese Weise fördert.

Mit den besten Empfehlungen bin ich
Ihr sehr ergebener

Tucholsky

So weit eine Bürokratie, in der sich Herr Galle neben Herrn Löbe durch eine fast hüpfende Grazie auszeichnet. Dieser Präsident des Reichstages ist rettungslos in seinen ‹Bestimmungen› verhaspelt und hat längst vergessen, daß er einmal, bis zu Gefängnisstrafen, mit Typen gekämpft hat, deren einer zu werden er auf dem besten Wege ist.

Leider scheint die Reichstagsverwaltung der Meinung zu sein, daß die dort tätigen Journalisten so eine Art Anhängsel zum Hauspersonal darstellten. Kürzlich haben ein paar flegelhafte Bemerkungen des Herrn A. Stein über die Gattin des Reichstagspräsidenten in seinen Rumpelstilzchen-Briefen, von Celsus im vorigen Heft der *‹Weltbühne›* zitiert, Herrn Galle veranlaßt, diesem Pressevertreter die Reichstagskarte zu entziehn. Herr Löbe hat jedoch diese Maßnahme sofort rückgängig gemacht, weil er nicht wünscht, daß Herrn Steins persönliche Entgleisung dienstlich geahndet werde. Man kann fragen, was fataler sei: die von Herrn Galle verschriebene Entziehungskur oder die von Herrn Löbe also begründete Amnestie. Die Herren übersehn, daß sich Journalisten nicht ‹dienstlich› im Reichstag befinden, sondern in der Ausübung ihres Berufs. Wenn Herr Galle einen Journalisten zurechtweist, der es nicht lassen kann, auf die Gänge zu speien, befindet er sich durchaus in den Grenzen seiner amtlichen Zuständigkeit. Wenn dieser Journalist jedoch sein Sputum zu Artikeln zu verarbeiten pflegt, steht er jenseits der Disziplinargewalt der Parlamentsdirektion.

Herr Stein schreibt kein gutes Deutsch und verstehts auch nicht. Sonst läse er Schiller. Schweizer: «So wollt ich doch, daß du im Kloak ersticktest, Dreckseele du! Bei nackten Nonnen hast du ein großes Maul, aber wenn du zwei Fäuste siehst – Memme, zeige dich jetzt!» Und da wäre es nun Sache der Zeitungsleute, die es so oft mit der Würde der Presse haben, nicht die Machtgelüste der Büros zu unterstützen, sondern ein talentloses Großmaul aus ihren Reihen zu entfernen, das über Frau Löbe, Frau Ebert und Fräulein Wels politische Siege davonträgt, die es gegen Männer nicht erringen kann.

GESCHWORENE

Bürger! Dummkopf! Steuerzahler!
Apotheker! Stubenmaler!
Setz dich auf dein Bänkchen, du,
    und hör zu.
Höre, was der Richter spricht.
Frag und unterbrich ihn nicht!
    Fühl des Schwurgerichtes Weihe!
    Blutiger Laie! Blutiger Laie!

Wer sich angeklagt da rührt,
ist ja längst schon überführt.
Was der spricht, hat keinen Sinn!
    Hör nicht hin.
Lausche nur dem Staatsanwalt!
Horch, wie seine Suada hallt!
    Tanze ja nicht aus der Reihe,
    blutiger Laie! blutiger Laie!

Hinten im Beratungsraum,
gibts dich armes Luder kaum.
Da bedrückt dich immerdar
    der Talar.
Du warst manches liebe Mal
gar zu weich und sentimental . . .
    Doch nie so schlimm wie die Gesichter
    blutiger Richter, blutiger Richter.

BESUCHE BEI PETER PANTER

Von demselben

«Der Gast so lästig er ist,
muß geehrt werden, Herr Krause.»

«Es läutet, Herr Panter!» sagte die Haushälterin.

«Dagegen gibt es ein gutes Mittel, Frau Truelsen», sagte ich. «Machen Sie auf!»

Sie sah mich an mit einem Blick, wie man einen Kanarienvogel ansieht, der zum zweihundertstenmal einen kleinen Klack auf die seidene Steppdecke gelegt hat: das Tier kann nichts dafür. Sie öffnete. Ich verabscheue Besuche.

«Ein Mann ist draußen!» sagte die Haushälterin.

«Ich habe Ihnen nun schon so oft gesagt, Sie möchten nach dem Namen fragen oder um die Karte bitten!» sagte ich.

Truelsen schob ab und kam mit einem riesigen Teetablett wieder herein, darauf lag eine winzige kleine Karte. Sie hatte das wohl im Kino so gesehen ... Ich las den Namen ... «Aber bitte! Ich lasse bitten! Der Herr möchte hereinkommen!» – Es war Sherlock Holmes.

Auf langen Beinen stelzte er herein, grüßte kalt und setzte sich stumm. «Darf ich Ihnen einen Stuhl anbieten» – ich klappte etwas nach. Er bewegte die Lippen, bevor er sprach, das war eine Angewohnheit – dann fing er an.

«Wissen Sie einen Beruf für mich?» sagte er.

«Iche ... bä ... wo ... ta ...»

«Recht einfach, das, denke ich. Ob Sie einen Beruf für mich wissen?»

«Herr Holmes belieben zu scherzen? Sie sind Detektiv. Da, auf dem Bord stehen alle sechzehn Bände!»

Er sah kurz hin: «Der dritte Band ist neulich von einer tiefbrünetten Bäckerstochter mit Bubikopf in Ihrer Abwesenheit herausgenommen worden – sie hatte einen kleinen Hund bei sich und zwei hohle Zähne – –»

Ich erstarrte.

«Einen Beruf. Ja», fuhr er ruhig fort. «Sehen Sie, Herr – wie war doch der werte Name... Panter – das ist so:

Ich habe es satt. Seit fünfunddreißig Jahren reise ich durch die ganze Welt – ich weiß alles, kann alles, ich errate alles. Sie glauben nicht, wie sich alles wiederholt. Die Menschen haben so wenig Phantasie: weder eine heimlich im Keller eingemauerte Schwiegermutter, noch ein geraubtes Kollier, noch ein gefälschter Scheck – höchst, höchst selten ein durchgebrannter Bankdirektor – es ist immer, immer dasselbe.» Er seufzte tief.

«Darf ich Ihnen eine Zigarre anbieten?» wandte ich schüchtern ein.

Er sah still auf die Zigarren. «Ich bin Detektiv», sagte er leise. «Ich errate, was in den Zigarren drin ist. Danke ...»

«Sie – Sie haben es satt?» fragte ich. Ich sah ihn näher an. Der Mann sah müde aus – sein Haar war schon gelichtet und sein Anzug ein klein wenig abgeschabt und blank. Gingen die Geschäfte nicht mehr?

«In Madagaskar war ich und in Wilmersdorf, bei den Eskimos und bei den andern wilden Völkerstämmen. Zum Beispiel beim Film. Lieber Herr, ich bin durch tausend und tausend Filme gezogen – mit einer Lupe in der Hand, einer Reisemütze, die mir stets um zwei Nummern zu groß war, und mit einem Revolver in der rechten hinteren Hosentasche. Ich habe tausendmal den Mund streng zusammengekniffen, ich habe zweitausendmal eine verräterische Spur in einem Aschbecher gefunden, dreitausend Fahrstühle inspiziert, viertausend Irrtümer der Kriminalpolizei nachgewiesen ... ich mag nicht mehr, hören Sie: ich mag nicht mehr!»

«Woran liegt es?» sagte ich. «Woran liegt es? Sie sind so bekannt!»

«Zunächst habe ich Familie bekommen», sagte er. «Ich habe mich fortgepflanzt – Nick Carter hat Kinder, jedes Land hat seinen Detektiv. Sie wissen, warum? Das Leben ist so grau, heutzutage – so durchaus berechenbar – die Leute brauchen etwas Romantisches, etwas Unvorhergesehenes, und sei es auch nur in der Phantasie. Da hatten sie mich, mich und die Verbrecher.»

«Und –?»

«Und –! Die Verbrecher sind heute reputierliche Leute geworden, mit Reichsverband, guter Kleidung, anständigem Auftreten – – es ist vorbei. Wir sind nicht mehr beliebt, ich und meine Familie. Ja, es gibt uns noch – zu kleineren Kriminalfällen zieht man uns heran, gewiß – aber es ist nicht mehr das. Das ist es nicht mehr. Es ist vorbei.»

Der große Mann ließ den Kopf sinken, seine Lippen zuckten.

«Herr Holmes», sagte ich ihm leise. «Glauben Sie an die Seelenwanderung?»

«Gewiß – ja. Warum?»

«Weil der Leib sich wandelt, Herr Holmes – Ihr unsterblich Teil wird bestehen bleiben. Gestern war es die Räubergeschichte, mit Jaromir und Rinaldo Rinaldini, dem edeln Räuber – und heute ist es der Detektiv, der große Mann, und der Verbrecher, etwa Herr Philipp Collins (hier zuckte Holmes zusammen) – und übermorgen ... übermorgen wird es etwas andres sein: der Rundfunk, die Fliegerei, es ist immer etwas.»

«Es ist immer etwas ...» wiederholte er träumerisch.

«Es ist immer etwas», sagte ich bekräftigend. «Hören Sie:

Die Menschen brauchen Ablenkung, Unterhaltung, Flucht aus dem

Leben, das gefahrlose Abenteuer. Verzweifeln Sie nicht. Ein Mensch wie Sie kommt immer unter. Ich werde Sie übermorgen wieder treffen – und Sie werden Ihren Beruf gefunden haben.»

«Es ist alles so anders geworden –» sagte er.

«Menschen wandeln sich nicht», sagte ich. «Es ist immer dasselbe.»

«Aber es kommen Jüngere, Neue –» sagte er.

«Auch Sie sind einmal gekommen, Herr Holmes», sagte ich. «Es kommt alles wieder, alles – der Kreis ist so klein . . .»

Er erhob sich erleichtert. «Glauben Sie –?» fragte er, fast getröstet. «Ich weiß es», sagte ich fest.

Er ging zur Tür, zog ein Taschentuch und schneuzte sich gerührt. «Sie sollten auf Ihre Freundin besser aufpassen», flüsterte er halblaut. «Neulich hat sie hier recht erregt telefoniert, dabei fast geweint, dann vor Vergnügen gekreischt, mit den Füßen aufgeschlagen – sie hat sehr niedliche Füßchen – aber, entschuldigen Sie, mit der Treue . . .»

«Auf Wiedersehen, Herr Holmes!» sagte ich. «Alles Gute –!»

Die Truelsen kam herein und sah mit runden, blanken Augen um sich. «Er hat mir ein fremdes Geldpapier gegeben!» sagte sie. «Was soll ich damit tun?»

«Legen Sie es unter Ihre Kommode, wenn sie wackelt, Frau Truelsen!» sagte ich. «Und wenns klingelt: ich bin nicht da, krank, vor kurzem gestorben, ordnungsmäßig verbrannt!»

Gekränkt trollte Frau Truelsen hinaus. Ich für mein Teil verabscheue Besuche.

ÜBERSETZER

Der Deutsche ist – etwa im Gegensatz zum Franzosen – neugierig und will genau wissen, was in anderen Ländern vorgeht. In keinem andern Lande der Welt ist das Interesse an fremden Kulturen und Literaturen wohl so groß wie in Deutschland, was Stärke und Schwäche zugleich bedeutet. Bei uns wird ungeheuer viel übersetzt.

Was wird übersetzt? Neben der Übertragung wichtiger und bedeutsamer Erscheinungen neuer und alter Zeit: wahlloser Krimskrams. Liest man so die gängige Marktware des Übersetzungshandels, so muß man doch fragen, ob wir solchen Kitsch nicht auch zu Hause fabrizieren. Und man muß antworten: wir können das sogar viel besser, weil nämlich die deutsche schlechte Literatur für Deutsche berechnet ist und hier wenigstens wirkt. Ich halte es für ganz und gar verkehrt, wenn der erfolgreiche Unterhaltungsroman fremder Länder mit der Verlagsbauchbinde ‹In Timbuktu 450 000 Stück verkauft!› legitimiert wird. Eintagserfolge der Unterhaltungsliteratur beruhen auf ganz bestimmten Voraussetzungen: auf solchen der Sprache, auf solchen der

Gesellschaft; und so, wie es schon schwer genug ist, den Franzosen Proust in Deutschland einzubürgern, weil es die Welt seiner Modelle hier nicht gibt, so ist es unmöglich, französischen oder englischen Kitsch herüberzubekommen: er wird nicht verstanden. (Schulbeispiel: *‹Gentlemen prefer Blonds›*.) Man braucht nur die umgekehrte Erwägung anzustellen, um ganz klar zu sehen: was sollten die Amerikaner mit den *‹Briefen des Landtagsabgeordneten Filser›* von Ludwig Thoma anfangen? Was die Franzosen mit der Courths-Mahler? Sie läsen keine Zeile – nicht etwa, weils nichts taugte, sondern weil die Welt, die Ausdrucksweise, die Färbung dieser guten und schlechten Werke an das Entstehungsland gebunden sind: es kommt nichts herüber.

So irren sich ja auch häufig deutsche Theaterdirektoren, die in wirrer Hast alles mögliche wild durcheinander übersetzen lassen und sich nachher wundern, wenns keinen Erfolg hat. Ich will nicht prophezeien: aber ich glaube nicht an die großen Erfolge gewisser französischer Boulevardstücke, die wir hier nächstens zu sehen bekommen werden, und ich glaube nicht an die Erfolgsmöglichkeiten amerikanischer Sensationsschmarren. Ja, wenn man sie bearbeitete! Das, Clément Vautel, wäre ganz was anders. Aber dann müßte man wieder bei solchen drittrangigen Göttern so viel fortlassen, hinzusetzen, umbauen und verändern, daß etwas Neues herauskommt. Und das lohnt wieder nicht.

Auswahl der Übersetzungen ist also häufig durch einen instinktlosen Geschäftsgeist diktiert.

Wie wird übersetzt? Nicht sehr schön. Es ist das ja eine schwere Sache, das ist wahr, und man kann sehr darüber streiten, wie eine ideale Übersetzung eigentlich aussehen soll. Soll die fremde Sprache hindurchschimmern? Soll der Sprachenkundige noch durch den Teig der Übersetzung, womit sie farciert ist, hindurchschmecken? Soll er Redewendungen anklingen hören? Den fremden Pulsschlag noch leise fühlen? Das ist die eine Möglichkeit. Oder soll sich die Übersetzung glatt lesen, so daß es ein Lob bedeuten soll, wenn einer sagt: «Man merkt gar nicht, daß das hier übersetzt ist.» Das ist die andere Möglichkeit. Eines aber kann man verlangen: daß der Übersetzer beider Sprachen mächtig ist. Nicht immer ist ers.

Ich will noch gar nicht einmal davon reden, daß sich in einer pariser Posse, die hier in Berlin läuft, die Personen mit «Mein Herr» anreden – was ja wohl in einer Gesellschafts-Konversation nicht gerade üblich ist. Aber schon Christian Morgenstern merkte in seinen herrlichen *‹Stufen›* an, daß der deutsche Übersetzer holprig und fremd daherstelzt und, wenn er vertraulich tut, die dummen Modewörter seiner Alltagssprache gebraucht, wobei er sich denn auch noch meistens verhaut und so derb wird, wie es drüben, in angelsächsischen und lateinischen Ländern, nicht immer der Brauch ist. Man muß eben nicht nur ein Lexikon, man muß auch Fingerspitzen haben. Die meisten haben nicht einmal ein Lexikon.

Ich besinne mich noch sehr gut, wie mir ein Freund einst in Paris ein französisches Manuskript zeigte, das schon kurze Zeit in einem deutschen Verlag gewohnt hatte. Der Übersetzer hatte das Werk des Franzosen bereits mit einem feinen Spinnennetz von Bleistiftanmerkungen überzogen, und da stand: «Dans le bar, il y avait quelques poules . . .» Und der deutsche Übersetzer hatte ‹poules› unterstrichen und an den Rand geschrieben: «Was heißt das? Keine Ahnung!» Natürlich, Hühner konnten es nicht sein, die da pickten, und daß es ‹Mädchen› mit dem Unterton von ‹Nutten› waren, wußte er nicht. Dann sollte er aber nicht übersetzen. *‹Babbitt›* von Sinclair Lewis soll, wie Fachleute nachgewiesen haben, von Fehlern wimmeln, und bei vielen anderen Modebüchern ists grade so. Woran mag das liegen . . .? Es liegt daran,

wer übersetzt. Übersetzungen werden leider miserabel bezahlt, und so wimmeln auf dem Literaturmarkt Legionen von kleinen Parasiten herum, die den wenigen verdienstvollen Übersetzern das Brot von der Schreibmaschine weg übersetzen. Da gibt es arme Luder, die die sogenannten ‹Rohübersetzungen› machen; der Mann mit der anerkannten Übersetzungsfirma ‹bearbeitet› das dann, eine ganz und gar abscheuliche Arbeitsteilung, denn schon in der Rohübersetzung kommen die bösesten Dinge vor, und die sind schwer wieder herauszubekommen. Wenn man einmal mit angesehen hat, mit welcher Unverfrorenheit sich die meisten Übersetzer ans Werk machen, mit welch völligem Mangel an Kenntnis von Land, Grammatik und Lebensgewohnheiten der andern, dann wird einem himmelangst, und man wundert sich über gar nichts mehr. Zum Übersetzen von guten Sachen ist der Beste gerade gut genug — machen tuts irgendein Stückchen Unglück, das sich seinen Lebensunterhalt kümmerlich damit verdienen muß, und daher Tempo, Flüchtigkeit und Qualität der Übersetzung.

Es ist ein Jammer. Das internationale Urheberrecht hat diese so wichtige Sache kaum geregelt, und wenn es sich nicht um einen sehr mächtigen Autor handelt, dann ist der Schöpfer des Werkes ziemlich ohne Einfluß auf die Gestalt, in der sich sein Kind im andern Lande präsentiert. Wenn er erst erschrickt, ist es zu spät.

Da es schon ein großer Kerl sein muß, der die Wogen der heimischen Sprache so überragt, daß sein Kopf auch noch von fern her sichtbar ist, so verlohnt es sich, den Übersetzungen mehr kritische Aufmerksamkeit zuzuwenden. Ob Snobs, die so tun, als hätten sie mit der Mistinguett noch gespielt, wie die so klein war, falsch oder richtig über Frankreich unterrichtet werden, ist ziemlich gleichgültig. Wir andern aber hätten gern Hamsun, Tolstoi, Lewis und Kipling auf deutsch so gelesen, wie sie wirklich geschrieben haben.

IN UNIFORM

Der alte Herr in der Wilhelmstraße, der die deutsche Republik nach außen zu repräsentieren hat, zeichnet des öftern Veranstaltungen durch seine Anwesenheit aus, die sich durch seine Anwesenheit ausgezeichnet fühlen. Dafür sind Präsidenten da, in Frankreich ist das nicht anders. Butterweich glänzt das Gesicht Doumergues gleich freundlich über Automobil-Ausstellungen, Lyzeums-Eröffnungen, Kanal-Durchbrechungen, Krankenhaus-Grundsteinlegungen und was man so hat. Unsrer bevorzugt, das darf man wohl sagen, im allgemeinen Zusammenkünfte, die eines gewissen militärischen Charakters nicht entbehren. Max Reinhardt, ders aushalten kann, feiert das Jubiläum seiner fünfundzwanzigjährigen Arbeit: nichts rührt sich. Ein Schießplatz wird eingeschossen, ein Truppenübungsplatz wird zum ersten Mal ausprobiert, eine Anstalt zur Erlangung von Offiziersfertigkeiten wird eingeweiht —: in solchen Fällen hat der Präsident der Deutschen Republik Zeit, dabei zu sein. Wie macht er das —?

In den letzten Tagen hatten wir hier in Berlin ein Reitturnier, und neben den markanten Reiterfiguren guter Aristokratie ergoß sich ein merkwürdiges Gemisch von Provinz-Pferdehändlern, alten Offizieren, Jockeis und kleinern Gutsbesitzern über die Stadt. Nun hebt sich ja in Deutschland kein Pferdebein und kein Fußballstiefel, ohne daß dabei nicht brausend betont werde, solches Tun sei gut, um späterhin Menschen für Petroleum abzuschlachten; denn andres bedeutet die Phrase von der ‹Ertüchtigung der Jugend› nicht. Wir sind wohl das einzige Volk, das es fertig bekommt, noch am Barren aggressiv zu sein. Gut.

Hindenburg erscheint auf diesem Turnier; das Publikum erhebt sich wie ein gedienter Mann, Kommentare und Zeitungsaufsätze lassen keinen Zweifel, wer hier begrüßt wird. Der Präsident der Deutschen Republik? Die nennt sich ja nicht einmal in ihrer Verfassung beim richtigen Namen. Also wer sonst —? Begrüßt wird der kaiserliche Generalfeldmarschall.

Als solcher ist der Präsident auch zu diesen Gelegenheiten gekleidet.

Ich weiß, daß Hindenburg formal völlig im Recht ist. Er hat das ‹Recht zum Tragen der Uniform›, und es ist ja dieser ‹Revolution› genannten deutschen Volkssehnsucht, Weihnachten 1918 wieder bei Muttern zu feiern, vorbehalten gewesen, einen staatsrechtlichen Umschwung mit ‹wohlerworbenen Rechten› einzuleiten. Dazu gehört auch die Duldung jener Provokation, Uniformen eines Regimes zu tragen, das in Wahrheit niemals gestürzt wurde. Soweit wäre alles in Ordnung.

Über Takt läßt sich allerdings nicht streiten. Haben die alten Kriegskameraden, die beim alten Herrn unangemeldet vorgelassen werden, hat der Major v. Hindenburg noch keine Gelegenheit gehabt, seinem Papa mitzuteilen, wie es im deutschen Volk wirklich aussieht —? Daß hinter den verhältnismäßig kleinen Zeitungen der KPD eine riesige graue Millionenmasse steht? Daß die Größe der demokratischen Blätter die Machtlosigkeit der Demokratie nur notdürftig verhüllt? Daß es Millionen von Deutschen gibt, die die Uniform der alten kaiserlichen Armee verabscheuen, was ihr ebenso gutes Recht ist wie das der alten Offiziere, mit dieser Uniform zu paradieren, wenn es ungefährlich ist? Weiß der alte Herr in der Wilhelmstraße das nicht? Dann muß es ihm gesagt werden.

Am Abend des Tages, als Herr Wels die Mitglieder des Reichsbanners mit viel Männerbrust und wenig Courage an den zweiten Todestag Fritz Eberts erinnerte, an diesem Tage, an dem eine ehrlich gemeinte Gedenkfeier für den ersten Präsidenten stattfand, ließ sich Herr Hindenburg von einem ehrfürchtig grüßenden Spalier im abgesperrten Rheingold begrüßen. Da tagten die geschlagnen Generalstabsoffiziere einer rechtens besiegten Armee, jener Armee, die in verbrecherischem Leichtsinn Fehler auf Fehler gehäuft und, zu feige, sie einzugestehn, andern die Verantwortung an ihrer Niederlage aufgebürdet hatte. Es war der Direktion des Rheingold gelungen, Herrn Mackensen (geschlagen in Rumänien), Wilhelm III. (geschlagen in Frankreich) und viele andre bekannte Militärstars für die Mitwirkung an diesem ‹Schlieffen-Tag› zu gewinnen. Daß der General Heye von der Reichswehr bei einem Essen nicht fehlte, wo des Obersten Kriegsherrn gedacht wurde, braucht nicht betont zu werden.

Hier also nahm der Präsident der Deutschen Republik teil — natürlich nicht in seiner Eigenschaft als . . ., sondern in seiner Eigenschaft als . . ., ich kann das nicht so genau unterscheiden.

Überlegen lächelnd sehens die parlamentarischen Republikaner. Laßt doch dem alten Herrn seine Freude! sagen sie. Und: eine Uniform ist ja nur ein Symbol. Und: wir haben größre Sorgen. Doch, die haben sie.

Wenn man das Niveau der Reichstagsberatungen eines Parlaments betrachtet, das sich in braver Selbsterkenntnis weigert, auch nur das Plenum dem Rundfunk anzuschließen, so überkommt einen der Menschheit ganzer Jammer. Das Listenwahlsystem hat uns grade noch gefehlt: nun sind auch diese Volksboten Beamte geworden, die es bleiben, weil sies einmal waren, und wenn nicht ihre aufopfernde Arbeit im Dienst einer Geselligkeit wäre, die sich mit einem Reichstagsabgeordneten schmückt wie mit einem Tafelaufsatz: wozu wären sie wohl da? Früher stellte man etwa die silberne Nachbildung der Büste Marie Antoinettens auf die Tafel, und ich muß ja sagen, daß ich dergleichen als Tafelaufsatz dem Kopf Rudolf Hilferdings bei weitem vorziehe... Aber irgend eine sittliche Sendung muß der Mensch haben.

Hätten die Parlamentarier wirklich eine und verkehrten sie nicht unter mißbräuchlicher Benutzung des Satzes, daß der Abgeordnete keine gebundnen Aufträge annehmen dürfe, ihre Aufgabe in das Gegenteil, sodaß also jede Beeinflussung der Abgeordneten durch ihre Wähler wie die Störung eines Berufes erschiene, der ja grade auf dieser ständigen Beeinflussung basiert, wäre das alles wahrhaft demokratisch —: sie griffen ein. Sie bleiben sitzen.

Wer schützt uns —? Welche Wirkung hat diese Zurechtweisung einer falsch verstandenen Ehre, die sich mit der Gesinnung von Millionen Deutscher nicht verträgt?

Über dem roten Heft der ‹*Weltbühne*› sitzen, aufmerksam lesend, zwei Staatsanwälte und vier Oberregierungsräte, Angehörige eines Clans, der faucht, wenn man an seine Symbole auch nur tastet, und der die unsern zerstampft, in den Dreck tritt, wo er nur kann, verbietet, konfisziert, die Träger einsperrt... Eins meiner Exemplare wird mit Buntstiften zerarbeitet und durchpflügt, mit Randbemerkungen versehn; ich weiß, wofür wir unsre Steuern zahlen. Das abstellen, was wir rügen? Auf den Präsidenten in taktvoller Form, wie sich das dem Alter gegenüber gehört, einwirken? Ihm leise beibringen, daß er durch sein Auftreten das Empfinden von Millionen deutscher Volksgenossen verletzt, von Männern, die genau so gut wie er das Recht haben, als gute Deutsche angesprochen zu werden? Das sinnt auf nichts als darauf, wie ‹man dem Wrobel da irgendwie beikommen kann›, ich höre ordentlich die juristischen Konstruktionen, und wofür gäbe es keine!

Wer schützt uns —?

Wir sind zur Zeit fast wehrlos einem Beamtentum ausgeliefert, das, unter der Maske der Justiz, seine Verwaltungsmaßnahmen durchführt, und was für welche! Da haben sie damals, als ihnen wieder einmal ein Minister von ihren stets geschonten Todfeinden niedergeknallt wurde, ein Republikschutzgesetz erlassen, das das Äußerste darstellte und das dem Satz ins Gesicht schlug, daß keiner seinem ordentlichen Richter entzogen werden dürfe. Ausnahmegericht? Meinethalben. Aber sich das Ausnahmegericht nun auch noch aus der Hand winden lassen, seine alten Feinde da hineinzusetzen und sich plötzlich auf der andern Seite der Schranke wiederzufinden: nämlich als Angeklagter —: man muß deutscher Republikaner sein, um dann noch den Mut zu haben, den Leuten Gedenkreden ins Gesicht zu schmettern, bei denen grade noch das polizeiliche Strafmandat wegen öffentlicher Ruhestörung wegbleibt. Ein Opernchor mit Holzschwertern.

Wer schützt uns —? Schützen wir uns selber —? Die Besten der Kommunisten im Zuchthaus oder erschlagen, die Masse fast führerlos; die Führer der gemäßigten Linksparteien ohne Initiative, ohne Murr in den Knochen, ohne das leiseste Gefühl für Schwung, mit Bier in den Adern — so dösen sie dahin und erben sich, wie ihre Gesetze und ihre Unrechte, als eine ewige Krankheit fort.

Über Arbeitslosen aber, die nichts zu fressen haben und unschlüssig auf den großen Kladderadatsch und die kleine Unterstützung warten, über sozialistischen Hornbrillen und Privatdozenten der Politik, die nicht verfehlen, in den ärgsten Stürmen des Klassenkampfes noch den Titel ‹württembergischer Gesandter a. D.› hinter ihren Namen zu setzen; über Parteisekretären und Fachbonzen, die nur deshalb nicht mit dem Kopf durch die Wand laufen, weil sie keinen haben: über denen thront markig, wie sein eignes Denkmal anzuschaun, der Königlich Preußische Generalfeldmarschall dieser Republik. In Uniform.

BERLINER BÄLLE

«Mit dir – mit dir – möcht ich mal sonntags angeln gehn –
Yes, Sir, that's my baby!
Mit dir – mit dir – da denk ich mir das wunderschön! –
I wonder, where my baby is to night –»
Junge Rechtsanwälte biegen sich im Boston –
dies Mädchen ist nicht von hier; die ist aus dem Osten!
Kleine Modezeichner schlenkern viel zu viel mit die Beine –
ein dubioser Kerl tanzt im Rund seinen Charleston alleine.
Der Saal kocht in Farben, Musik, Lärm, Staub und Gebraus –
die Frauen schwimmen im Tanzmeer, das spült sie aus den Logen heraus –
In dreißig Sälen dieselben schwarzen Jüdinnen, in Silber eingewickelt wie die Zigarren, beturbant; dieselben Melodien…
Heute nacht tanzen sechzigtausend Menschen in Berlin.

«Wo
sind deine Haare –
What did I kiss that girl,
du mußt nach Berlin,
Barcelona – Parlez-vous français?»
In allen Ateliers näseln die Grammophone;
weinrot stehn die Lampions in der grauen Luft – die Frau ist gar nicht so ohne –
Kein Licht machen! Treten Sie nicht auf die Paare!
Wo sind deine Haare –?
August . . .
Jetzt sinkt das Fest sachte zu Boden wie ein müdes Blatt,
Gehst du schon? Wohl dem, der jetzt eine bunte kleine Wohnung hat.
In allen nächtlichen Hauswürfeln dieselben Neckrufe, Gelächter, ratschenden Nadeln, Seufzer, feinen Melancholien.
Heute nacht tanzen sechzigtausend Menschen in Berlin.

Sachliche Liebe, die du mit ohne Seele blühst;
berliner Knabe, der du dich kaum noch bemühst!
Das Wo ist meistens schwieriger als das Ob –
Aphrodite mit dem berliner Kopp!
Aphrodite, schaumgeborne, laß mal sehn,
wie sie alle, alle mit dir angeln gehn!
«Hallo? Wie is Ihn denn gestern bekomm? Gut? ja? Ausgeschlafen?
Hach! Daran kann ich mich gahnich erinnern. Nein. Der hat doch
Sonja das Chinesenkostüm geliehn ...!»

Als wär nie nichts gewesen
telefonieren dreißigtausend Paare in Berlin.

EINIGKEIT UND RECHT UND FREIHEIT

Was die Freiheit ist bei den Germanen,
die bleibt meistens schwer inkognito.
Manche sind die ewigen Untertanen,
möchten gern und können bloß nicht so.
Denn schon hundert Jahr
trifft dich immerdar
ein geduldiger Schafsblick durch die Brillen.
Doof ist doof.
Da helfen keine Pillen.

Was Justitia ist bei den Teutonen,
die hat eine Binde obenrum.
Doch sie tut die Binde gerne schonen,
und da bindt sie sie nicht immer um.
Unten winseln die
wie das liebe Vieh.
Manche glauben noch an guten Willen ...
Doof ist doof.
Da helfen keine Pillen.

Was die Einigkeit ist bei den Hiesigen,
die ist vierundzwanzigfach verteilt.
Für die Länder hat man einen riesigen
Schreibeapparat gefeilt:
Hamburg schießt beinah
sich mit Altona;
Bayern zeigt sich barsch,
ruft: «Es lebe die Republik!»

Jeder denkt nur gleich
an sein privates Reich . . .
Eine Republike wider Willen.
Deutsch ist deutsch.
Da helfen keine Pillen.

GEDENKMÄLER

Die atavistische Sitte, für Verdienste Denkmäler zu setzen, die nachher keiner anguckt, ist immer noch im Schwange, und was sich unter dem Seligen romantisch gab, hats heute mit der schlichten Sachlichkeit: trutzig-karg recken sich da Stahlhelmsoldaten, kantigen Kinns werfen sie marmorne Handgranaten auf Marktplätze, und kein anständiger Ort, der nicht ein Reklame-Kriegerdenkmal sein eigen nennt: ‹Immer wieder Krieg!› Auch werden gern sogenannte Individuen mit Mälern gefeiert, und weil der Cut ein unkleidsames Kleidungsstück für Statuen ist und weil man nicht jeden Fraktionssekretär in eine Toga hüllen kann, die ihm anstände wie ein Nachthemd, so tuts auch eine Marmortafel und irgend etwas Allegorisches, bei dem sich jeder jedes und keiner nichts denken kann. Soweit gut und schön.

Aber warum feiern wir immer nur das Andenken der guten Menschen, wie: Generale, Reichspräsidenten, Könige, Kaiser, Professoren? Warum nicht auch einmal das Andenken der bösen Menschen wie: Generale, Reichspräsidenten, Könige, Kaiser, Professoren? Das wäre so übel eben nicht. Zum Beispiel:

Marmorstatue auf dem Platz vor einem Gericht. Ein alter, verhungerter Sträfling, auf einem kleinen Sockel, unten Frau und Kind, die der Schmerz zu Boden geworfen hat, die Gesichter in den Staub gewühlt, die ohnmächtigen Arme nach oben gestreckt. Inschrift: ‹Zum Andenken an die Justizopfer des Landgerichtsrat Brausewetter.›

Erztafel im Gang eines Polizeipräsidiums: ‹An dieser Stelle wurde der widerrechtlich verhaftete Untersuchungsgefangene Schulz von einem toll gewordenen Beamten auf der Flucht erschossen.› Und ein Kränzchen aus immergrünen Blättern . . .

Reiterstatue: ‹Dieser Verwaltungsbeamte zog sich im Jahre 1914 eine Uniform an und jagte sinnlos achttausend junge Menschen in den Maschinengewehrtod. Ehre seinem Andenken. Die dankbaren Mütter.›

Warum immer lobende Denkmäler? Warum nicht einmal solche voller sanften Tadels? Warum nicht —?

Weil die Diktatur, unter der wir leben, nur ein Sittengesetz kennt: das ihre. Weil dieses Gesetz schlecht ist. Weil die Verdienste, die der Staat anerkennt und durch Sandstein, Erz und marmornen Tortenaufsatz feiert, die Unwahrheit sagt. Weil wir die Wahrheit nicht sagen dürfen. Die ewige Wahrheit, daß Menschen gemartert, unterdrückt, gepeinigt werden, solange ein Lump sich hinter ein Amt verkriechen darf.

DAS

sollte man jeder großen Schauspielerin sagen: daß sie die gefährlichste Rivalin an sich selbst hat. Der Wiener Oscar Sachs, diese letzte Nestroyfigur, hat einst folgenden Ausspruch getan: «Mir hat geträumt, daß i auf einem großen Friedhof umhergeh, und dort liegen alle, alle Komiker – und i spazier da ganz allein –!» Nur Komiker haben noch diese Naivität der Ausschließlichkeit, die sonst Frauen vorbehalten ist. Was also tut eine Schauspielerin, die es zu etwas gebracht hat –?

Sie achtet mit minutiöser Sorgfalt darauf, daß keine, keine neben ihr besteht. Sie beißt sie alle weg: die Schönen, die Begabten, die Grotesk-Komischen, die Langbeinigen, die Beliebten – Nacht muß es sein, wo Fräulein Friedlands Sterne strahlen, und so hat fast jeder weibliche Star eine Wüste um sich, darinnen sie das Oäslein. Denn dies ist der erste Regierungsakt, den sie tut: den Regisseur, den Direktor, den Geldmann zu veranlassen, im selben Stück keine Kollegin zu beschäftigen, die vielleicht auch gefallen, interessieren, Erfolg haben könnte... Sie verbietet es. Er darf es nicht. Und wir langweilen uns.

Ich sehe niemand an, denn es ist wenig unterhaltsam, in diese Schlinggewächse des Klatsches zu steigen, auch ist es gar nicht wichtig. Das Theater aber lamentiert, es werde nicht mehr so beachtet wie früher – tragen diese Frauen nicht einen Teil der Schuld, die sonst die Zeit auf sich nehmen mag –? Wollen wir den ganzen lieben langen Winter nur Frau Pietsch und noch einmal Frau Pietsch und nichts als Frau Pietsch sehen? Wie rasch nutzt sich ihr Ton ab, wie schnell wird er blechern, auch das Ohr ist eines Tages übersättigt. Qualvoll diese Augenblicke, wo der Star nicht auf der Bühne steht, nervenzerpflückend das kindische Geplapper sechster Größen, die gerade noch auftreten dürfen... Und das alles, weil SIE diese törichten Filmmanieren eingeführt hat: «Adam, Eva und die Schlange? Die Titelrollen spiele ich!» Wie schlau, wie fein kalkuliert, wie dumm!

Laß dich nicht tyrannisieren, Direktor. Bleibe hart, Regisseur! Enteile dem Schlafzimmerzauber, glaub nicht an den Kritiker im Bärtchen, gib nicht nach. Stich dem Star den Star: gib uns die fruchtbare Vielweiberei, die Vielgötterei, das Ensemble.

FRAGE UND ANTWORT

Ich sage: «Sagen Sie mal», sage ich neulich
zu einem Reichsgerichtsrat;
«das ist ja ganz und gar abscheulich,
das mit dem vierten Senat!
    Ob ich dafür wohl meine Steuern bezahle?»
    sag ich. «Ihr macht ja nicht schlecht...
        Seid ihr die Filiale,
        seid ihr die Filiale
            vom Recht –?»

Da nuckelte der aus dem Reichsgerichtshaus
und sagte: «Sehn wir vielleicht so aus –?»

Ich sage: «Sagen Sie mal», sag ich nun wieder,
«verehrter Herr Reichsgerichtsrat:
ihr knüppelt die Kommunisten nieder
mit Hoch- und Landesverrat.
    Hinter euerm Sandsteinportale
    da gehts los! Da geschiehts!
        Seid ihr die Filiale,
        seid ihr die Filiale
            der Justiz –?»

Da nuckelte der aus dem Reichsgerichtshaus
und sagte: «Sehn wir vielleicht so aus –?»

Ich sage: «Sagen Sie mal», sag ich geduldig,
«bitte! Besinnen Sie sich!
Ihr sprecht die politischen Gegner schuldig –
Wer seid ihr denn eigentlich –?»
    Da lachte der Richter zum ersten Male:
    «Fragen Sie nicht so dumm!
        Wir sind die Filiale,
        wir sind die Filiale
        vom Rrrrr... rataplan!
        vom Rrrrr... rataplan!
vom Reichswehrministerium –!»

DES DEUTSCHEN VOLKES LIEDERSCHATZ

Ein Rundfunkvortrag

Schon Gneisenau, Regierungsrat bei der Filmzensur, hat in seinem ziemlich unsterblichen ‹*Wolfgang von Goetz*› darauf hingewiesen, daß das deutsche Volk als das sangesfreudigste der Welt mit Fug angesehen werden kann. Der wahre Gesang ist der Männergesang. Sagt doch bereits die deutsche Bibel für das Wochenende, das Strafgesetzbuch, über die Männergesangvereine so schön: «Wenn sich eine Menschenmenge öffentlich zusammenrottet und mit vereinten Kräften gegen Personen oder Sachen Gewalttätigkeiten begeht...», und auch der Ausdruck ‹Rädelsführer› deutet ja klar auf den Dirigenten solchen musikalischen Tuns hin. Aber ach! nicht jeder gehört einem Männergesangverein an; ja, es gibt unter den Deutschen sogar einige, wenn auch wenige verworfene Wesen, die überhaupt keinem Verein angehören. Aber das soll mit Rücksicht auf die zarter Besaiteten unter unsern Hörerinnen hier nicht erörtert werden; diese Menschen gehören in das Gebiet der Psychopathia sexualis. Genug davon. Wenden wir uns von den Verirrungen des Geschlechtslebens mehr heitern Gegenständen zu.

Was zum Beispiel Gertrud Bäumer betrifft, so hat sie, eine gebildete Mitteleuropäerin, das Singen von sogenannten ‹Hausgesängen›, die vorher einen Zensurwolf passiert haben, gestattet – auch ist das Mitsingen dieser Lieder an öffentlichen Orten, Rundfunk-Zapfstellen und andern Bedürfnisanstalten zunächst nicht strafbar. Es ist gewiß von allgemeinem Interesse (Thema am Ende der Einleitung), solche Gesänge an Hand eines kleinen, uns heute vorliegenden Liederbuches einmal wissenschaftlich zu betrachten.

Die deutschen Trällerlieder zerfallen in drei Abteilungen. Da hätten wir zunächst jene, die auf einem Namen beruhn.

Liebe Katharina,
komm zu mir nach China!

ist hier zu nennen, sowie:

Luise – Luise – warum bist du denn so blaß?

gewiß eine berechtigte Frage, wenn man bedenkt, daß auch Luise durch die ihr von den uns im Schmachfrieden von Versailles abgetretenen polnischen Kühen stammende fehlende Milch um ihre beste Manneskraft gekommen sein mag. Deutsche, kauft deutsche Kolonien! Auch:

Wo sind deine Haare,
August – August?

ist ein schönes Lied. Zeigt sich doch auch hier die deutsche Überlegenheit deutschen Wesens deutscher Namen: mit dem Vornamen des bekannten Baruch Stresemann wären solche echt deutschen Gesänge nicht zu erzielen gewesen. Hep-hep!

Dies führt uns zur zweiten Abteilung: den romantischen Liedern, die ihrerseits wieder zerfallen in die a) wild-romantischen und b) mild-romantischen. Die wild-romantischen Lieder lauten etwa:

In der Hafenbar von Rio bei Laternenlicht
hatte Jim zum ersten Mal gesehen ihr Gesicht,

und malen uns diese Verse so recht die bewegte und jeder Polizeistunde spottende Atmosphäre Südamerikas vor Augen. An unsern Alt-Reichskanzler Luther, an dessen Wesen um ein Haar die Welt genesen wäre und der auch auf hoher Warte niemals seine schlichte Herkunft als Kommunalbeamter vergessen läßt, gemahnen uns die Verse:

Hoch zu Roß mit seinem stolzen Troß
der große Picador,

wobei denn noch festzustellen wäre, wer bei diesem getätigten Geschäft der Ochse gewesen ist.

Wir kommen nunmehr zu den mild-romantischen Liedern. Da wird uns warm ums deutsche Herz. Deutsche Weise und deutsches Land sprechen uns hier an, und jedes Gemüt schlägt Wellen, wenn es hört:

Am Rüdesheimer Schloß steht eine Linde!
Der Frühlingswind zieht durch der Blätter Grün,
Ein Herz ist eingeschnitzt in ihre Rinde,
Und in dem Herzen steht ein Name drün.

Da ist nichts vom nervenpeitschenden Rhythmus der Großstadt, ewiger Gehalt klingt uns hier an und zeigt so recht, daß das Erbe der Birch-Pfeiffer und Courths-Clauren in guten Händen liegt. Der Text des Rüdesheim-Liedes stammt von einem wiener Juden.

Was aber sind alle diese schönen Lieder, wie:

Am Hügel, wo der Flieder blüht,
und eine Rosenhecke glüht

und:

Wißt, dort im Bergrevier,
da ist die Heimat mein,
thüringer Waldeszier,
treu denk ich dein!

sowie:

Am Rhein, da hab ich das Licht erblickt,
am Rhein, da wuchs ich heran,
am Rhein, da ist mir manch Streich geglückt –

woraus also zu ersehen, daß dieser Streich hier jedenfalls nicht am Rhein entstanden ist – was ist dies alles, sage ich, gegen das unsterbliche Lied:

Ich hab mein Herz in Heidelberg verloren,
in einer lauen Sommernacht –?

Da mögen Welsche und Polen, Tschechen und blatternasige Kosaken dräun: solange wir solche Lieder haben, kann Deutschland nicht untergehn. Der Text stammt von zwei wiener Juden.

Die dritte Abteilung endlich möge die der schlichtweg idiotischen Texte genannt werden, wie etwa:

Wer hat die liebe Großmama
verkehrt rum aufs Klosett gesetzt?

und:

Das war bei Tante Trullala
in Düsseldorf am Rhein,
da haben wir die Nacht verbracht
voll Seligkeit beim Wein –

Noch zahllose Lieder gibt es, schlichte Äußerungen des Volksgemütes, geeignet, am deutschen Herd, im deutschen Haus, im deutschen Hof gesungen zu werden, wofern nicht dort Teppichklopfen und Musizieren verboten ist. Wo man singt, da komme ruhig nieder, böse Menschen haben keine Lieder.

So zieht sich der Sangesfaden von Geschlecht zu Geschlecht, nimmer rastend, ewig blühend. Haben unsre Mütter und Urmütter noch gesungen:

Sone ganze kleine Frau,
sone ganze kleine Frau –
sone ganze, ganze, ganze, ganze
ganze kleine Frau!

und:

Weißt du, Mutterl, was mir träumt hat?
I hab im Himmel die Engerln g'sehn ...

so singen wir mit nicht minder herber Kraft:

Schatz, was ich von dir geträumt hab,
hätt ich dir so gern erzählt

sowie:

Valencia –
Sieben, achte, neune, zehne,
Bube, Dame, König, As –

und sind gewiß, daß unsre Altvordern, behaglich ihr himmlisches Pfeifchen schmauchend, voller Beifall auf Deutschland heruntersehen. Und darum benötigen wir eine Reichswehr, die uns stark, seetüchtig und schlagfertig erhält, wenn Hindenburg, oder wer sonst gerade da ist, uns einmal ruft.

Wir stehen am Ende.

Wir haben gesehen, wie das deutsche Lied und die deutsche Seele eines sind, und wie die deutsche Muse immerdar an der Spitze aller Musen marschiert. Möge sie vorne herum schwellen, hintenrum gedeihn und noch recht oft der unsterblichen Verszeile unsres großen Dichters, des Kalligraphielehrers Marcellus Schiffer, eingedenk sein:

Mir ist schon mies vor mir –!

In diesem Sinne auf Wiederhören in fünf Minuten zum Vortrag des

Herrn Geheimrats Professor Doktor Fritz Haber, Mitglied der republikanischen Kaiser-Wilhelms-Akademie: *‹Der Harn im Familienleben sowie die Konservierung älteren Büchsenfleisches.›*

Auf Wiederhören in fünnef Minuten –!

MUFF

Am 2. Januar zündet der dresdner Arbeiter Herzog in der Stube den Weihnachtsbaum an, bereitet in der Küche das Abendbrot, räumt seine paar Quadratmeter Wohnung festlich auf ... Und sagt zu seiner vierjährigen Tochter Ilse, die in der Tür auf der Schaukel baumelt: «Ich hol jetzt Hans und Erna – laß den Baum stehn!» Und dann geht er auf die Straße, um die beiden andern Kinder, die da spielen, heraufzupfeifen ... Ilse klettert von der Schaukel und schleicht an das Helle, das da leuchtet. Und macht eine Bewegung ... Das brennende, schreiende Ding, das auf den Hausflur tobt, alarmiert die Nachbarn, und was noch zu retten ist, wird gemacht. Als die Flammen erstickt sind, bleibt ein zuckendes Bündel Schmerzen, das am nächsten Tag erlischt.

Vor dem Schöffengericht unter dem Vorsitz eines Herrn Ambrosius weint der Mann wie ein Kind. Sagt nur immer: «Ich habe das ja nicht gewußt ...» Und bekommt vier Monate Gefängnis. Wegen fahrlässiger Tötung.

Der Staatsanwalt selbst hatte in einer dieser Kategorie sonst nicht eignen Erkenntnis gesagt, der Angeklagte sei bereits hart genug gestraft, er überlasse die Festsetzung einer Strafe dem Ermessen des Gerichts ...

Nach Richtergrausamkeit, wie wir sie gewöhnt sind, sieht das Urteil nicht aus. Dieser Prozeß war nicht politisch, auch stand keinerlei irgendwie geartete Autorität auf dem Spiel, das unsre Richter dann stets begeistert auf der Seite des Mächtigen mitspielen. Wer der Unhold war, der diese Strafe ausgesprochen hat, läßt sich nicht feststellen. Wahrscheinlich die Schöffen.

Wer die heimlichen Siebungsmethoden der Justizverwaltung kennt, die einseitig, bewußt die braven Untertanen bevorzugend und unzulänglich die Schöffen und Geschworenen sich so heraussucht, daß den Richtern möglichst wenig Opposition entsteht, der weiß, welche Gesichter unter Laienrichtern anzutreffen sind. Besonders in kleinern Städten und in der Provinz sind es, neben den Fabrikbesitzern und Besitzenden feinster Stände, matte und satte Kleinbürger. Bevorzugt wird der Erzeuger jenes Kleinwohnungsmuffs, der die überkommenen Fibelvorstellungen stumpf und dumm durchs Leben schleppt, die Hände an der Hosennaht, mit treuem Hundeblick zum Vorgesetzten aufblickend, und es ist immer, immer ein Vorgesetzter da. Ich weiß zwar nicht, wie das auf sächsisch heißt, aber ich höre den Bürgersatz, der ebenso gut in Gumbinnen wie in Celle gesprochen sein kann: «Der Mann muß einen Denkzettel haben!» Es ist nachweislich ausgeschlossen, daß das Schöffengericht jemals gewagt hätte, bei einem bessern Steuerzahler mit Dienstmädchen und hölzernem Verdienerkinn solche Fahrlässigkeit anzunehmen, obgleich solch einer doch Personal hat, um kleine Kinder zu bewahren. Geschieht so etwas in einer feinen Familie, so wird wahrscheinlich kaum Anklage erhoben, höchstwahrscheinlich niemals das Hauptverfahren eröffnet, bestimmt freigesprochen. Und hätte der Arbeiter Herzog sein Kind windelweich geschlagen, so daß sein Körperchen nur noch eine einzige Farbenpalette gewesen wäre —: mit 150 Mark wäre das abgemacht, denn das ist etwa der Satz, für den man in Deutschland Kinder und Tiere quälen darf, daß ihnen die Augen herausquellen. Aber hier mischten sich Todesgruseln, Volksstück und eine vage Vorstellung von göttlicher Rache in den Gehirnen, und der Schrei des Opfers: «Wenn ich aus dem Gefängnis komme, mache ich mich tot!» erreichte kein Ohr und kein Herz.

Gott schütze uns vor diesen Schöffen. Reißt die Fenster auf —! Es mufft.

WIE WERDEN DIE NÄCHSTEN ELTERN?

Von der durch die Nase zu sprechenden Bemerkung «Der Alte ist ja verrückt!» bis zu anerkennender Dankbarkeit gibt es alle Skalen im Verhältnis meiner Generation zu ihren Eltern. Aber im großen ganzen waren wir nicht recht zufrieden; wir fühlten uns nicht verstanden, und auch ohne daß wir zur Pistole des Hasencleverschen Sohns gegriffen haben: es war doch verdammt weit von uns bis zur ‹alten Generation›. Beschwerdebuch —!

Unsere Mütter hatten entsetzlich viel zu tun, aber nichts zu arbeiten — und das brachte sie oft auf krause Gedanken. Da gab es neben guten Müttern viel leere Vogelgehirne, Papas, die nur aus Berufsarbeit, Schrullen und einer knarrenden Zugstiefel-Weltanschauung bestanden, Mamas, die einkauften und großreinemachten, wie man eine heilige Handlung vornimmt . . . und wir immer mitten drin, ein wenig hin- und hergestoßen, das Ganze für herzlich überflüssig empfindend. Möchten Sie noch einmal jung sein? Ich für meinen Teil habe reichlich genug.

Ja, und nun wachsen um mich herum die kleinen Kinderchen hoch, sie sprießen aus dem Boden wie die Pilze nach dem Regenwetter, alle meine Schulfreunde sind so langsam Eltern geworden, manche sagen schon: «Junge, komm mal her —!» — Ich sehe mir das so an . . . Was werden das nun für Eltern —?

Werden sie freier werden? Werden sie ihre Kinder auch mit so überflüssigem Zeug plagen, mit dem wir einst geplagt worden sind? Mit Fibelstrafen, die niemand so kindlich empfindet wie Kinder, die ja immer um drei Grad erwachsener sind, als Erwachsene sich das einbilden – mit brüllenden Strafgerichten und mit jener dreimal verwünschten Dickköpfigkeit, die da befiehlt, um zu befehlen, verbietet, um zu verbieten, sich mausig macht, kurz: das vertrackte Elternspiel spielt …? Werden die nun anders werden?

Versprochen haben sies alle. «Wenn ich mal Kinder haben werde — —» Ich bin ein wenig mißtrauisch. Erst sehen … Jetzt haben sie die Kinder: Maud legt trocken und gibt zu trinken, Georg hat sich von den blödsinnigsten Emanationen verzückter Vaterschaft freigehalten, das ist wahr, «Dutzi-Dutzi» wird zwar immer noch an Kinderbettchen gemacht, aber wohl etwas weniger als früher, und die Wunderkinder, die schon alles mögliche können, sind dünner gesät, scheints. Aber ich weiß doch nicht recht …

Noch haben die kleinen Dinger keinen eigenen Willen, dem sie sprachlich spürbaren Ausdruck verleihen können; noch sind ihre Wünsche verhältnismäßig bequem, noch weiß die junge Mutter in den meisten Fällen nicht, daß sie nun, in diesen Jahren, den Grund zu ganzen Epochen legt. Was wird das werden –?

Was geschieht, wenn das, was da heranwächst, nun eigene Wege geht? Sieht man so die jungen Eltern an, so kann man ziemlich deutlich zwei Sorten unterscheiden: die einen, die ein bißchen viel gehen und geschehen lassen und die sich ‹moderne Erziehung› mit ‹Bequemlichkeit› übersetzen. «Das Kind wird schon wissen, was es tut – meine Kinder werden ganz modern erzogen –.» Und die andern, die erstaunlich altmodisch geblieben sind und in deren Familie die alten Refrains wiederklangen. «Wenn du das nicht sein läßt, darfst du keine Süßspeise essen!» und: «Laß das! Laß das! Du sollst das nicht tun! Komm mal her! Laß das sein!» Das muß ich doch schon mal irgendwo gehört haben …

Fast möchte ich meinen, daß die Generation, die sich da um mich herum vermehrt, im allgemeinen vernünftigere Eltern hat als es – verzeihe es, o lieber Leser – die unsern gewesen sind. Sie haben doch mehr Kummer durchgemacht; Krieg und Inflation haben ihnen ein bißchen von der Relativität der irdischen Dinge gezeigt; sie glauben nicht mehr gar so absolut an die absoluten Werte – sie haben es einmal im Gebälk knistern hören, das ist ein Geräusch, das ein kluger Mensch nie mehr vergißt …

Wollte Gott, es hätte etwas genützt.

Das mit dem Fortschritt ist ja so eine Sache, aber es wäre den kleinen Petern, Tobiassen und Haralds zu wünschen, daß es ihnen besser ergehen möchte als ihren immerhin ziemlich geplagten Eltern. (Beifall links, Zischen rechts, Glocke des Präsidenten.) Daß diese junge Generation ohne gewisse törichte Zwangsvorstellungen aufwachsen wird –

das ist einmal sicher. Daß sie neue akquiriert, desgleichen: «Unsere tägliche Selbsttäuschung gib uns heute», sagte der alte Raabe.

Ich bin nur neugierig, wie sich eine Elternschaft aufführen wird, die so viel über sich nachgedacht hat und die so vieles bewußt tut, was man früher unbewußt ausführte. Angefressen von Skepsis, überfüttert mit Theorie, bis zum Platzen geladen mit Pathos, Zweifel, Ausbruch und Not der Zeit beugt sich diese Generation über die Kinderwagen. Welche Augen blicken ihnen entgegen? Wie immer: Augen kleiner Menschen, die da gefühllos blicken werden, wo die Alten in Haß oder Liebe zerschmelzen – die weinen oder lachen, wo die Alten stumm bleiben: «Wie man drüber lachen kann, verstehe ich nicht...» Es kommt ja wohl alles wieder, hienieden.

Jetzt seid ihr dran. Hinter Türen und den Bäumen des Ferienwaldes, nach der Verlobung und auf den Kaffeegesellschaften der Mädchen, auf den kleinen Kneipereien der Jungen habt ihr genugsam über eure Alten geruddelt. Jetzt seid ihr dran.

Was werdet ihr für Eltern werden –?

BERLIN! BERLIN!

Berlin hat keine sehr gute Presse im Reich; voller Haß wird diese Stadt kopiert. Was geht da vor?

Einer der Oberschreier im Kampf der Wagen und Gesänge ist Hugenberg. Der hat sich aus den übelduftenden Restbeständen der schmutzigen wiener ‹*Stunde*› ein paar Schaufensterdekorateure herangeholt, die, Bonifacio Kiesewettern gleich, die Mauern mit merkwürdigem Farbstoff beklecksen und ihr ottakringer ‹Hoppauf!› in das gute ‹Gib ihm Saures!› täppisch zu übertragen versuchen. Wie da Hunderttausende von Lesern sich selbst ausnehmen, wenn Berlin als radikale Lasterhöhle beschimpft wird, wie gleichzeitig der schlecht gelüftete Amtsgerichtsrat in der Provinz sein Germanentum attestiert bekommt und Berlin als bolschewistisches Judennest angeprangert wird – immer mit Ausnahme der geehrten Abonnenten, die wir besonders auf unsern Anzeigenteil verweisen –: das wäre zum Entzücken gar, wenn das Blatt nun auch noch auf Rollen gedruckt wäre. Nur Wilhelm der Zweite las dieses Papier in unzerschnittnem Zustande.

So weit Hugenberg, der ja wissen muß, wie er mit diesem ungeschickten Geschrei von der ‹roten berliner Rotte› so ganz nebenbei die Geschäfte seiner Leute stört. Während die Stadt auf der einen Seite etwas komisch anmutende Versuche macht, einen ‹Fremdenverkehr› zu organisieren, dabei außer acht lassend, daß sich kein Mensch auf dieser Welt für Geld gern unhöflich behandeln läßt (‹vorbestraft› und ‹Ausländer› sind für viele Polizeibüros Synonyme) – während Messeamt und Oberbürgermeister miteinander wetteifern, besudelt auf der andern Seite der tüchtige Hugenberg die eigne Stadt und das eigne Eiernest.

Die Provinz hat andre Motive.

Da erscheint vor allem der Gedanke unerträglich, daß ‹die Leute in Berlin› alles besser wissen wollen, und Lokaldünkel, Unfähigkeit, weiter als bis zum nächsten Kirchenturm zu denken, und Ämterehrgeiz werden gern als ‹kulturbedingte Interessen des Föderalismus› plakatiert. Berlin, Berlin!

Nun hats Preußen den Leuten in der Provinz nicht leicht gemacht. Dieser berliner Überlegenheitston, der die andern wie verständlich so maßlos reizt, diese törichte Attitüde, die sich aus Herrschergelüste, Überlegenheitsfimmel und Postenjägerei zusammensetzt, hat unendlich geschadet. Die Vormachtstellung Preußens muß fallen, auch, wenn seine Regierung uns heute besser zusammengesetzt scheint als die des Reiches. Hier allerdings liegt der seltene Fall vor, wo ein Land bedingungslos vor dem Reich kuscht, kapituliert, sich nicht mehr rührt — man stelle sich dasselbe etwa von Bayern vor, das ja in Wahrheit dem Reich nur lose angegliedert ist. Die Vormachtstellung Preußens muß fallen, wie die der Bundesstaaten, lächerliche Überbleibsel dynastischer Schachereien, fast ohne Kulturinhalt; denn es wird uns wohl kein Mensch im Ernst einreden wollen, daß die Grenzen der wahren Kulturkreise in Deutschland mit denen zusammenfallen, so durch Prinzessinnen-Prostitution und Landkauf festgesetzt worden sind.

Mein München lob ich mir; es ist ein Klein-Berlin und bildet seine Leute! Die Anti-Berliner, die am liebsten in der Landestracht ins Bett kriechen würden, die sich mit der Betonung der partikularistischen Eigenart gar nicht genug tun können, putzen sich nämlich brav den Mund mit Kaliklora, gurgeln mit Odol, benutzen das Reklame-Vaseline ihrer Zeitschrift, unterliegen denselben Einwirkungen der deutschen Allerweltsreklame . . . Denn die Wirtschaft läßt sich nichts vormachen, und da hören die heimischen Belange (sprich aus wie: Melange) auf.

Im übrigen kopiert *das* Berlin, wo es nur kann. Nicht etwa, weil Berlin gar so schön und nachahmenswert sei. Aber es muß doch dem deutschen Volkscharakter sehr weit entgegenkommen . . . Die Diele und die Bar, die illustrierte Zeitung und die Verkehrsampel, Mode und Theater, Klamauk und Kunst: es gibt kaum eine Sache, mag sie noch so verdienstvoll oder noch so dämlich sein, die in der Provinz nicht ihren Nachahmer fände. Was die Herrschaften nicht hindert, voll heimlichen Gruselns und auf das Dümmste gegen Berlin, den verruchten Herd des Umsturzes, zu wettern. Oh, wäre es das —!

«Ich verstehe nicht, wie man in seinem Alter noch so radikal sein kann!» sagte einst Goethe, grade als er wieder einmal den Ernst Ritter von Possart spielte. Es goethelt sich da etwas zurecht in deutschen Landen. Bis an den Hals mit jener Sucht gefüllt, dem andern um Gottes willen eine Spirale weit vorauf zu sein, lächeln diese Kulturbadewärter leise und vornehm auf die ‹berliner Radikalen› herunter. Ich spreche gar nicht einmal von den dummen völkischen Zeitschriften, die für sich alle paar Monate ein neues teutsches Genie entdecken, einen Bildhauer, der keusches Blond knetet, heiligen Mutterschoß und betenden Krieger; einen Maler, der von alten Kirchenbildern klaut, was ihm erreichbar ist; zur Zeit haben sie Hans Grimm beim Wickel, einen falschen Frenssen, und der echte war schon Tomback . . . Also von denen wollen wir uns gar nicht unterhalten.

Aber ihre Terminologie, ihre dumme Verachtungspose gibt es noch ein andres Mal, jene matten Gesten, die immer den Eindruck erwekken, als habe man einem lebhaften Ostjuden während der Rede die Hände festgebunden, und nun wedelt er nur noch [illegible]se mit dem Charakter . . . alles das gibt es zum zweiten Male bei den falschen Konservativen des Geistes.

Zu blutarm, um von der Zeit aufgepeitscht zu werden, zu bequem, etwas zu riskieren, sehen sie vornehm überlegen auf die windigen, die altmodischen, die berliner Radikalen.

Zu leugnen, daß es auch unter diesen des Unliebsamen, des Monomanen, des Abzulehnenden genug gibt, hieße, den deutschen Fehler begehn: alles sündhaft zu heißen, nur die eigne Gruppe nicht. Die dekorativen Philosophen, die unter ‹Berlin› einen Radikalismus verstehn, der ihnen peinlich ist, können noch nicht einmal treffen, wenn sie schießen: Soll ich einmal —? Ich kann denen erzählen, wie oft tönende Stimme und geistiges Format im Mißverhältnis stehn, eine Erscheinung, die mein lieber Freund O. C. einmal ‹Schreib-Riesen› getauft hat; wie snobistisch vieles ist, wie unglücklich sich diese entwurzelten Bürger, nicht wieder angewachsenen Proletarier fühlen; wie sie anlehnungsbedürftig, im Winde schwanken . . . Aber der letzte Schwätzer dieser ‹berliner Radikalen› ist mir immer noch lieber als irgend eines Kaufmanns gesättigter Schwiegersohn, der maßvoll-gebildet historisches Fachwissen, chinesische Wandsprüche und die Kenntnis von wiener Porzellan gegen das auszuspielen versucht, was uns bewegt.

Vor dem Kriege vertrat Oscar A. H. Schmitz den Typus des Philosophen mit Bad und allem Komfort — heute haben wir deren viele. Das gedeiht besonders unter Privatdozenten. Aber wenn man näher hinblickt, was sie denn zu so vornehmer Ruhe befähigt, wie sie denn dazu kommen, so fein das Gewissen der andern zu analysieren, leise abzuwinken, wenn draußen auf der Straße geschossen oder auch nur geprügelt wird —: es ist immer, immer dasselbe. Sie sind vornehm, still und leise, weil Papa ein gutgehendes Papiergeschäft hat; weil die Zeitung, die sie anstellt, gute Inseratengeschäfte macht; weil da eine Rente mit einer Tante ist; weil sie gut gegessen haben, sauber gebadet sind, es friert sie nicht –: von sicherm Port läßt sich gemächlich raten. Aber dann doch lieber den entwurzelten Bürgerssohn, der das Maul zu weit aufreißt, dessen Lebensführung mit seinen Theorien nicht in Einklang steht –: er fühlt wenigstens, was da leidet auf der Welt; er hat ein Ohr, zu hören, ein Herz, das schlägt . . . «Man muß protestieren.»

Ich liebe Berlin nicht. Seine Wendriners hat Gott in den Mund genommen und sofort wieder ausgespien; seine Festlichkeiten sind sauber ausgerichtet; seine Dächer sagen nicht zu mir: «Mensch! Da bist du ja!» Ich liebe diese Stadt nicht, der ich mein Bestes verdanke; wir grüßen uns kaum. Aber wenn man diese Kulturtrottel in allen Orten des Reiches sieht, ist zu sagen:

Es ist ein kindliches Spiel, die Angst vor der Aufteilung der Bankkonten, Angst vor Unbequemlichkeit, Kasteneitelkeit und unfruchtbare Bildung, die mit dem Blick auf Laotse über den mißhandelten Zuchthäusler nicht einmal stolpert, auf eine Schießbudenfigur ‹Berlin› zu pappen und nun nach der Scheibe zu schießen. Scheibe. Verfaule in deiner faulen Bildung, Gebildeter. Versauf in feinen Formulierungen, Brillenkerl. Lächle überlegen – ach, bist du kultiviert!

Wenn *das* Berlin ist: Radikalismus in Militärfragen, Unbedingtheit gegen den Stahl- und Kohlen-Patriotismus; Haß gegen Verblödung durch die Pfarrer Mumm und Pfarrer Heuss; Sabotage der Vorbereitungen zum nächsten Schlachten durch Kriegsminister Geßler, Judikatur und Schule, wenn das alles ‹Berlin› ist –: dann sind wir und unsre Freunde im ganzen Reich, in Hagen und an der Wasserkante, in der Mark und im sächsischen Industriebezirk, dann sind wir für diese Stadt, in der immerhin Bewegung ist und Kraft und pulsierendes rotes Blut. Für Berlin.

FINISH

Früher, wenn mal etwas Komisches war:
ein Rednerschwupper an Thron und Altar,
der Kindermund eines Generals,
der Duft eines Reichsgerichtsskandals,
Adele Sandrocks herrlicher Baß,
ein dämlicher Kabinettserlaß;
wenn mit Recht ein Verleger Pleite gemacht,
wenn ein Tisch sich mit Literaten zerkracht –
dann tat eine innere Stimme befehlen:
Das mußt du gleich S. J. erzählen!

Dahin.
Jetzt sitz ich ganz allein.
Keinen hör ich vor Beifall schrein;
hör nie mehr das schmetternde Gelach,
nie mehr die Herzensfreude mit Krach ...
Doch dreimal am Tage, wenn was passiert,
wenn die Filmzensur sich selbst parodiert;
wenn Deutschland mit Polen zusammenschliddert,
wenn ein Parteivorstand um die Ämter zittert —:
dann denk ich: Das darf er nicht verfehlen —
das mußt du gleich S. J. erzählen!

Das machen wir noch so dreißig Jahr.
Dann ist alles nicht mehr wahr.
Dann pflanzen sie uns mit Chorälen ein,
wir liegen still und ziemlich allein ...
und die Seele steigt aus dem engen Verlies
mit der Pressekarte ins Paradies.
Dann will ich ihn wiedersehn.
Und alles, was bis dahin geschehn:
deine Arbeit und meine Malheure,
den letzten Radau der Regisseure,
eure Treue und unsre Mühn,
und die besten Witze aus ganz Berlin,
Manna für die unsterblichen Seelen —:
Das will ich dann alles S. J. erzählen.

BUDJONNYS REITERARMEE

Wenn ein Buch erschienen ist, dann machen sie sich darüber her, und die Redaktionen hallen wider vom Rascheln der Manuskripte, die alle, alle dasselbe mitteilen: Man lese das neue Buch ‹Schwester Maria und frühes Leid› von Gebr. Mann! Und dann vergeht eine Zeit; ein Literat, der grade die Grippe gehabt hatte, kommt hinterher geklettert ... und dann wird es ganz still. Ein neues Buch steigt am Horizont auf.

Um *‹Budjonnys Reiterarmee›* von I. Babel, im Malik-Verlag zu Berlin erschienen, sollte es nicht so bald still werden. Ich und mein Kater ‹Parteivorstand› (verschnitten, weiß es aber nicht): wir haben es schon dreimal gelesen und nicht schlecht dabei geschnurrt.

Der Betroffne, der General Budjonny, soll außer sich sein über das Buch. Das ist möglich. Ebenso möglich wie die Tatsache, daß auch nicht ein Buchstabe darin der Wahrheit entspricht. Aber darauf kommt es ja gar nicht an.

Das, was dieses Buch auszeichnet, ist vor allem sein Ton. Ich kann mich nicht besinnen, eine so seltsame Mischung von Gelassenheit, Verdrehtheit, Anteilnahme, Hitze und Kälte noch einmal angetroffen zu haben. Von der Großaufnahme: «Roter Remonten-Kommandeur reitet ein halbtotes Pferd wieder lebendig» bis zur Weltanschauung ist alles da. Die Bauern und die einhertosenden Scharen der Roten Armee: das berührt sich kaum, dringt gar nicht ineinander ein, unvermischt stehen die beiden etwas irren Lager einander gegenüber und sehen sich an. Und schütteln übereinander die Köpfe und sind doch so tief verbunden ... Söhne einer Mutter, Söhne der Matuschka, der Muttersau Rußland.

Manchmal erscheint ein jüdischer Kopf und läßt vorsichtig die Pajes durch die Türspalte hangen. Und sagt seins. Etwa so: «Der Pole hat mir die Augen verschlossen, der Pole, der böse Hund! Er nimmt den Juden und reißt ihm den Bart aus, ach, der Hund! Und nun wird er geschlagen, der böse Hund! Das ist bewundernswert! Das ist die Revolution! Und später kommt sie zu mir, die den Polen geschlagen hat, und sagt: Gib dein Grammophon dafür her, Gedalje! – Ich liebe die Musik, Panje, antworte ich der Revolution. – Du weißt nicht, was du liebst, Gedalje; ich werde auf dich schießen, und dann wirst du wissen, was du liebst, und ich muß schießen, Gedalje, denn ich bin die Revolution ...» Und dann: «Ja, rufe ich der Revolution zu, ja, rufe ich ihr zu, aber sie versteckt sich vor mir und macht sich nur durch Schießen bemerkbar ...» Und so hundertmal.

Auf welchem Planeten diese Geschichten spielen, weiß ich nicht. Die Leute auf den Kampfwagen, und die verrückten Heiligenmaler, und der Mann, der neben dem Toten schlafen muß, und dieses unbegreifliche Durcheinander ... Die Perle aber ist die Geschichte eines Pferdes.

«Sawitzki, unser Divisionskommandeur, hatte seinerzeit Chlebnikow, dem Kommandeur der ersten Schwadron, seinen weißen Hengst weggenommen.» Diese Schmach muß gerochen werden, und jener rächt. Er bekommt sein Schriftstück, wonach der böse Feind verpflichtet ist, das Pferd zurückzugeben, auch ist der Divisionskommandeur nicht mehr Divisionskommandeur ... Nichts wie hin. Hundert Kilometer – aber Rache muß sein. «Mit Parfum begossen, Peter dem Großen nicht unähnlich, lebte der Geächtete mit der Kosakin Pawla, die er einem Intendanten, einem Juden, samt zwanzig rassigen Pferden weggenommen hatte.» Dieser Lustmensch nun schmeißt den schimmelheischenden Chlebnikow, den Genossen, den Mitkrieger mit dem Revolver in der Faust vom Hof herunter. Und die Kosakin sieht die Schande mit an! («Und sie ging auf den Divisionskommandeur zu, ihre Brüste bewegten sich wie Ferkel im Sack.») Und Chlebnikow, der Geschlagne, entweicht und setzt einen Schrieb auf, eine Beschwerde an den Militärkommissar, und will überhaupt nicht mehr mitspielen. Wie in diesem

Edikt gekränkte Eitelkeit, falsche Grammatik, mißverstandene Zeitungsphrasen und anständige Monomanie durcheinandergehen... wäre ich du, ich ginge hin und überredete den Sortimenter, das Buch anzuschaffen. Der Gehilfe wird versuchen, dir die Erinnerungen des Malers Vogel, die der an unsern Hindenburg hat, als Ersatz anzudrehen: ich nähms nicht. Ich bestände auf Budjonny. Dem Buch, das von Rußland erzählt und so bunt ist, wirklich so bunt, wie der Umschlag aussagt:

«Schwarze Wolken – blaue Bohnen – rote Soldaten – grüne Wälder – graues Elend – weiße Armee.»

KEINEN MANN UND KEINEN GROSCHEN

Der Kriegsminister Geßler hat dem demokratischen Abgeordneten Erkelenz einen schweren Vorwurf gemacht. Der soll in der *‹Hilfe›* die antimilitaristische, kritische und pazifistische Haltung von *‹Weltbühne›* und *‹Tagebuch›* gelobt haben. Was hat Herr Erkelenz in Wahrheit gesagt?

> «Auch diese Presse hat zweifellos einen sachlichen Wert, vorausgesetzt, daß sie von reifen, politisch erzogenen Menschen mit eigner scharfer Kritik gelesen wird. Damit soll keineswegs bestritten werden, daß diese Kritik gelegentlich auch einen berechtigten Kern haben kann und hat. So haben z. B. *‹Weltbühne›* und *‹Tagebuch›* seit Jahren auf die Mißstände in der Reichswehr hingewiesen und werden leider durch die Enthüllungen dieser letzten Tage damit gerechtfertigt. Wenn an den Fememorden einige Zipfel gelüftet sind, so ist das ein unbestrittenes Verdienst dieser Presse. Wir sind also weit entfernt, ihren politischen Wert zu verneinen. Nur wollten wir feststellen: demokratisch ist diese Presse nicht. Und mit wirklichem Nutzen kann sie nur gelesen werden, wenn sie von politisch reifen Menschen mit Mißtrauen und Kritik durchgearbeitet wird.»

Daß wir im Gegensatz zur *‹Hilfe›* – Tummelplatz des männlichen Oberzensurrats Bäumer und der Oberzensurrätin Heuss – nur von reifen, politisch erzognen Menschen gelesen werden, ist richtig. Daß ein oft vernünftiger und immer reinlicher Politiker wie Erkelenz die Freundlichkeit hat, den Wert von Mordenthüllungen nicht zu verneinen, die seine Presse erst aufgriff, als nichts mehr zu riskieren war, stimmt mich weich. Das ist aber nichts gegen unsern Freund Geßler.

Der hat wahrscheinlich weder die *‹Hilfe›* noch die *‹Weltbühne›* gelesen, sondern seine verkleideten Leute hatten ihm den Ausschnitt irgendeines Käseblättchens vorgelegt, in dem Herr Erkelenz unvorschriftsmäßig sitzender Gesinnung verdächtigt worden war.

Geßler brauchte, gereizt und unsicher, diesen Angriff, weil es einen Augenblick so ausgesehn hatte, als könnte man seinem Riesenbaby von Etat ernstlich zu Leibe gehen. Also hielt er zur Durchpeitschung seiner Forderungen eine Rede, in der ‹republikanische Ideologien› den Idealen des Soldaten: Pflichterfüllung, Treue und Festhalten an seinem Eid gegenübergestellt wurden, was eine lehrreiche Schlußfolgerung auf den republikanischen Eid des Kriegsministers zuläßt.

Es ist nun ungemein bezeichnend, wie dieser Minister unterrichtet wird und was er überhaupt liest und lesen darf. Da wird nicht etwa geprüft, ob die schweren Vorwürfe, die meine Freunde und ich hier seit Jahr und Tag gegen ihn erheben, auch stimmen: von der schmachvollen Tötung Hans Paasches, über die Schreckensszenen in Sachsen und Thüringen bis zu den strohdummen Gutachten der Heeresjuristen für das Reichsgericht. Ich gebe zu, daß die Presseoffiziere andres zu tun haben; wenn man im Jahre 32 300 Mark für ausländische Zeitungen und Übersetzungen ausgibt (Etat: B, Kapitel 1, Titel 11, Anmerkung e, Seite 19), dann bleibt für die inländische nicht genug Sorgfalt und Kenntnis übrig, und man muß auch in der parlamentarischen Praxis so liederlich und unsorgfältig arbeiten, wie eben der ganze Etat gearbeitet ist.

Gedrängt von der Empörung der Wähler, deren geduldigster einzusehen beginnt, daß diese sinnlose Geldverschleuderung nicht mehr angeht, raunen die Abgeordneten dumpf im Reichstagsrestaurant. Und etwas Groteskes hebt an. Sie wollen am Etat 10 Prozent streichen.

Wenn das ein Parlamentarier alten Stils erführe, einer, der den Etat noch las und nicht, wie das heute üblich ist, ihn nur bepredigte: er würde im Grabe rotieren. Denn damit geben diese Realpolitiker zweierlei zu: ihre bodenlose Unfähigkeit, in die einzelnen Etatposten überhaupt einzudringen und, zweitens, die handfeste Spekulation des Kriegsministeriums, das wie bei jedem andern Pferdehandel zunächst einmal einen gehörigen Aufschlag fordert, den es sich dann entsprechend herunterhandeln läßt. Ein Zehntel abstreichen heißt: gelogen worden ist doch, nachprüfen können wir das nicht, handeln wir ein bißchen! Ein Zehntel abstreichen heißt: wir müssen für die Wähler so tun, als ob ..., aber im Grunde ist es ja nicht so schlimm. Daß diese 10 Prozent auch halbwegs vernünftige und vertretbare Forderungen treffen, soweit solche im Reichswehretat überhaupt vorhanden sind, berührt diese Abgeordneten nicht. Der Kriegsminister wird nun also nicht mehr, wie bisher eine Million Mark zu seiner eignen Verfügung haben, ohne Rechenschaft ablegen zu müssen — sondern nur 900 000 Mark. Und er wird so viel haben, wie er will: denn eine Anzahl von Positionen tragen den trefflichen Vermerk «die Mittel sind übertragbar», so daß also ihre Verteilung erfolgen kann, ganz nach Gutdünken.

Die Reichswehroffiziere, die mit ihren Burschen morgens durch den Tiergarten traben, können sich die frische Frühlingsluft beruhigt ins Gesicht wehen lassen: vom Reichstag her droht keine Gefahr – der schluckt alles.

Ob Otto Geßler aber geht oder bleibt, ob er weiterhin seinen Demokraten die Belobigung der ‹*Weltbühne*› vorwirft, oder uns beim Reichsgericht verbellt: er kann sich darauf verlassen, daß die Zahl der Deutschen, die ihn und die Welt seiner Ideenlosigkeit durchschauen, im Zunehmen ist. Es gibt heute schon zu viele Arbeiter, zu viele Angehörige der freien Berufe, zu viele Angestellte, von Herrn Erkelenz feinkomisch «kritische Individualisten» genannt, weil sie sich den Parteistempel nicht aufdrücken lassen, Leute, die sich um die Ehrbegriffe der Herren Geßler und Konsorten nicht bekümmern. Gegen die feige Abwiegelei kleiner Funktionäre, gegen die Vertuschungsversuche der herrschenden Klasse, gegen die Diktatur des Militärs, werden wir laut und deutlich in Deutschland sagen, was gegen diese Reichswehr zu sagen ist:

Der Armee keinen Mann und keinen Groschen –!

WIEDERSEHEN MIT DER JUSTIZ

Amnestie –! Amnestie –!

Es ist noch alles da.

Wenn man das drei Jahre lang nicht genossen hat: die moabiter Justizfabrik und die unhöflichen Gerichtsdiener und diese Richterköpfe und die kleinen verschreckten Schöffen, Mikrozephalen oder Kolonialwarenhändler, und die artigen Verteidiger, die immer ein bißchen etwas vom Komplicen an sich haben, und die Angeklagten, die nicht wissen, wie ihnen geschieht – wenn man das drei Jahre lang nicht genossen hat, so darf man erfreut feststellen, daß noch alles da ist. Justitia ... Ein Vormittag, und die Binde sitzt hinten.

Das letzte Mal stand ich vor den Talaren neben Siegfried Jacobsohn und bewunderte seine kluge Zurückhaltung und überlegene Kälte einem Geschöpf gegenüber, das einundeinehalbe Stunde, ohne Atem zu holen, sprach: da hatte das Abonnement des ‹*Berliner Lokal-Anzeigers*› treffliche Früchte getragen, und die Stunde patriotischen Anschauungsunterrichts, die wir bekamen, war gratis. Und umsonst.

Was ich in letzter Zeit in Moabit und am Alexanderplatz vor den Gerichten zu sehen bekommen habe, zeigt wieder das alte Bild: die Strafen sind gar nicht einmal so grauslich, so drakonisch, so ganz und gar unsinnig, und vom Standpunkt eines Verteidigers, dem es lediglich auf das Resultat anzukommen hat, kann sich im allgemeinen der deutsche Angeklagte nicht mehr beschweren als irgendeiner seiner ausländischen Schicksalsgenossen. Damit ist natürlich nicht gesagt, daß die deutschen Richter gut richten. Sie richten schlecht.

Da ist der redende Richter: jener Typus, der die Angeklagten, Zeugen und Verteidiger überhaupt nicht zu Worte kommen läßt, sondern der für sie alle spricht. Ganz abgesehen von den äußeren Ungehörigkeiten, die sich diese Richter dauernd zuschulden kommen lassen: (während der Aussagen und der Plädoyers nicht zuzuhören, Akten zu schmieren, ungeduldig mit den Fingern auf dem Tisch herumzutrommeln, wenn der Verteidiger etwas zu sagen wagt), ganz abgesehen von solchen kleinen Äußerungen, die trefflich auf das Innere schließen lassen, ist der ganze Wahnwitz von Überheblichkeit, Folgen einseitiger Auswahl und Kastengeist immer noch da.

Vor allem wirkt der deutsche Richter wie einer, der seinen Beruf als Berufsstörung auffaßt. Man hat von diesen zweifellos zu schlecht bezahlten Beamten den Eindruck, daß sie ihre Arbeit unlustig tun und daß sie nichts als das eine und einzige Bestreben haben: möglichst rasch fertig zu werden. Es kommt nicht so sehr darauf an, in welcher Weise eine solche Sache erledigt wird, wie darauf, daß sie erledigt wird. Auf dem Wege zur ‹Erledigung› von Prozessen und Personen liegen die Steine des Anstoßes, die da stören: ausführlicher Zeugenbericht, Plädoyers, unvorhergesehene Anträge ... kurz, alles, was über die angesetzte Zeit hinausgeht. Daher mürrisches, eiliges Wesen, hochfahrende Handbewegungen, Wegräumung aller Schwierigkeiten, die Zeit kosten können.

Zweiter Wahnwitz: confessio regina probatorum. Was das Mittelalter mit Hängegewichten und Daumenschrauben erzielte: das Geständnis, dieses Kronjuwel aller Beweismittel, das erzwingt der deutsche Richter mit dem weder materiell-rechtlich noch prozessual zu begründendem Satz: «Ich mache Sie darauf aufmerksam, Angeklagter, daß Sie durch ein Geständnis Ihre Lage verbessern!» Hinter dieser Fibelpsychologie steckt in erster Linie Bequemlichkeit. Einem geständigen Angeklagten braucht nichts nachgewiesen zu werden, Zeugenaussagen fallen fort oder werden doch wesentlich vereinfacht, und die ganze Sache kann rasch zu Ende sein. Der rechtlich unzulässige Satz beruht ferner auf der kindlichen Annahme, daß Reue eine simple Empfindung sei, jederzeit herzustellen, jederzeit greifbar, und solche Annahme entspringt eben dem gottähnlichen Getue von Funktionären, die da glauben, sie hätten das Recht zu strafen, das heißt also: moralische Urteile zu fällen wie jenes imaginäre Wesen, das die Zeugen im Eid anrufen, weil sie — entgegen den Bestimmungen — meist niemand darauf aufmerksam macht, daß diese religiöse Formel durchaus vermeidbar ist. Der Richter hat aber lediglich die Aufgabe, die Gesellschaft, so wie sie heute ist, vor Menschen zu schützen, die die Sicherheit dieser Gesellschaft bedrohen. Davon ist in Moabit und am Alexanderplatz nichts zu merken. Dort wird gestraft. Wie wird gestraft –?

Aus einer einzigen Sitzung:

Ein Schupomann nimmt einen Betrunkenen auf die Wache mit; der Betrunkene fühlt sich, ob zu recht oder unrecht, zu hart angefaßt und bittet während der Sistierung die Umstehenden, ihm Zeugenadressen aufzuschreiben. Der Richter: «Das wäre ja noch schöner, wenn jeder Sistierte unterwegs auf dem Wege zur Wache Anträge stellen könnte!» Falsch: Abgesehen von der Papierredensart, die einen Besoffenen im Rinnstein Anträge stellen läßt, hat natürlich jeder das Recht, sich Zeugenaussagen zu erbitten. Der Richter zum Angeklagten: «Erst betrinken Sie sich, und dann benehmen Sie sich dem Beamten gegenüber disziplinwidrig!» Falsch: Der Mann ist dem Beamten überhaupt keine Disziplin schuldig. Wir leben nicht in einer Reichswehrkaserne, und das einzige, was ein Polizeibeamter bei einer Sistierung verlangen kann, ist etwas Negatives: nämlich das Fehlen von Widerstand gegen die Staatsgewalt. Hier wird nicht befohlen; hier wird nicht gehorcht. Der Richter zu dem Zeugen: «Haben Sie mit dem Angeklagten etwas getrunken?» Der Zeuge: «Ich ja, er nicht.» Der Richter: «Er hat überhaupt nicht getrunken?» Der Zeuge besinnt sich: «Doch, der Angeklagte hat zwei Glas Bier getrunken.» Der Richter zum Angeklagten: «Also Sie haben auch getrunken!» Falsch: Der Konsum von zwei Glas Bier hat nichts mit Trinken zu tun; der betreffende Richter würde sich mit Recht beleidigt fühlen, wenn ihm jemand sagte, er ‹tränke› vor der Sitzung, und diese Behauptung mit dem Konsum von zwei Glas Bier begründen wollte.

Aus einer einzigen Sitzung: «Das ist also dieselbe Geschichte, die wir eben gehabt haben – wieder Widerstand gegen die Staatsgewalt!» Der Angeklagte kann für die Reihenfolge der angesetzten Termine nichts, und es ist eine Willkür, ihn die vorige Sache entgelten zu lassen.

«Nach den jüngsten Vorkommnissen auf den berliner Straßen sind wir Richter zu der Überzeugung gekommen, daß es unsre Pflicht ist, die Beamten besonders zu schützen; das sind wir den Beamten schuldig.» Grober Unfug: Der Richter sieht die letzten politischen Vorkommnisse, die mit der kleinen Polizeiübertretung eben dieses Angeklagten überhaupt nichts zu tun haben, so an, wie es eben ein Leser der *‹Täglichen Rundschau›* tut, und läßt den Angeklagten einen politischen Meinungskampf entgelten.

Dritter Wahnwitz: Anrechnung der natürlichen Begleitumstände eines Delikts als strafverschärfend. Beispiel: Ein Straßenhändler stiehlt seinem Freunde eine Summe von 42 Mark. «Als strafverschärfend kommt hinzu, daß der Angeklagte einen Mann bestohlen hat, der selber nicht in günstigen Vermögensumständen lebt und sich sein Brot sauer verdienen muß.» Wahrscheinlich glaubt der Richter, daß sich Straßenhändler bei Diebstählen an ein Vorstandsmitglied der Dresdner Bank zu halten haben oder doch zum mindesten an einen gutverdienenden Filmschauspieler. Steigt ein Einbrecher nachts heimlich in eine Wohnung, so donnert nicht nur der § 250 Ziffer 4 auf ihn herunter, sondern seine Heimtücke, seine Tätigkeit zur Nacht, seine Hinterlist werden ihm außerdem noch als strafverschärfend angekreidet. Er wird also bestraft, weil er sich zur Nachtzeit zur Begehung eines Raubes in ein bewohntes Gebäude eingeschlichen hat, und dann noch einmal besonders dafür, daß er sich zur Nachtzeit zur Begehung eines Raubes in ein bewohntes Gebäude eingeschlichen hat. Nichts dümmer als die Begründung dieser Urteile.

Was in Moabit an Moral gelehrt wird, gehört auf den Kehrichthaufen.

Es ist noch alles da. Eines sogar ist hinzugekommen, das habe ich noch nie gesehn und sah es zum erstenmal: den Schnellrichter. Der verfährt nach § 212 StPO.

Der Mann sitzt, um auch äußerlich darzutun, was er ist, gleich im Berliner Polizeipräsidium, in einem Zimmerchen, an dem die Stadtbahnzüge vorbeidonnern. Die Angeklagten werden ihm unmittelbar aus der Haft vorgeführt. Nachteile: Der Richter kennt die Aktenzeichen der Kommissare, weiß also, daß dieser Angeklagte von der Polizei als ein gewerbsmäßiger Ladendieb angesehn wird und jene Frau als eine gewohnheitsmäßige Kupplerin, und er richtet sich, hopp-hopp-hopp, darauf ein. Der Schnellrichter ist ein Herr Krönker, ein Mann von der Wasserkante, und es ist nicht unlehrreich, zu sehen, was dieser Landgerichtsrat treibt.

Seine Urteile sind, soweit ich das gesehen habe, nicht gar so schlimm wie etwa die des Herrn Siegert. Krönker steht in dem Ruf, ‹noch nicht einer der Schlimmsten› zu sein. Aber wie der Mann Recht spricht: das als Opfer zu erleben, gönne ich keinem seiner Kinder, wenn er welche hat.

Erste Ungehörigkeit: Ton und Haltung des Richters. Ein solches Benehmen würde etwa einem Geschäftsmann alle Viertelstunde ein paar schallende Ohrfeigen eintragen. Der Mann hat eine Art, mit den Angeklagten, die er kaum ansieht, herrisch, hochfahrend und ungezogen zu sprechen, die jedem Menschen auch noch den letzten Rest von Ehrgefühl aus dem Leibe treibt. Es ist mir kein Paragraph der Strafprozeßordnung bekannt, wonach ein Angeklagter verurteilt ist, solche menschliche Erniedrigung zu erdulden.

Zweite Ungehörigkeit: Der Schnellrichter weist nicht jeden Angeklagten darauf hin, daß er nach § 26 GVG. das Verfahren ablehnen kann. Nun stelle man sich die Lage solcher Proletarier, immer ohne Verteidiger, vor: entweder macht der Richter den Angeklagten überhaupt nicht auf die immerhin eigenartige strafprozessuale Lage aufmerksam, oder er tuts in unzulänglicher Weise. «Wollen Sie lieber eine Schöffengerichtsverhandlung?» Der Angeklagte, der in Haft ist, befürchtet nun, weiter in Haft zu bleiben, wenn er die Schöffen verlangt, er wird auch so und so oft weiter in Haft belassen und ist auf alle Fälle der Dumme.

Dritte Ungehörigkeit, und dies ist die schlimmste: Nach Verkündung des Urteils pflegt Herr Krönker die Leute im Ton eines gereizten Feldwebelleutnants zu fragen: «Nehmen Sie das Urteil an, ja oder nein?» Der Justizminister Doktor Schmidt wird in seinem Leben eine Menge verwickelter juristischer Situationen gesehn haben, und es geht ihm der Ruf eines anständigen Menschen voraus. Ich frage ihn, ob er es für loyal hält, wenn ein Richter wie dieser die Angeklagten nicht darauf aufmerksam macht, daß sie das Recht auf Berufung haben, daß meist nach einer solchen Verhandlung Verdunkelungsgefahr nicht mehr besteht und daß mithin Haftentlassung zu erfolgen hat. Es ist vollständig gleichgültig, ob Herr Krönker durch Bestimmungen verpflichtet ist, die Angeklagten in dieser Weise zu belehren oder nicht: die einfachste richterliche Gewissenspflicht gebietet, Wehrlose über ihre Rechte aufzuklären.

Das Schöffengericht taugt schon nicht viel, weil die Siebung der Schöffen ganzen Volksschichten die bürgerlichen Ehrenrechte abspricht; du und ich, wir werden niemals Laienrichter werden. Was aber in diesem ‹Schnellgericht› getrieben wird, geht denn doch noch über alles hinaus, was Moabit wagt. Es ist natürlich gleichgültig, ob ein von der kapitalistischen Gesellschaft zermürbter lungenkranker Mensch wegen Bettelns drei Wochen oder vier Wochen in Haft kommt: der Richter kann von sich aus die soziale Frage nicht lösen, auch er ist nur ein Vollstrecker. Aber es muß wohl verlangt werden, daß dieser Schnellrichter, daß die langsamen Richter in Moabit vor allem einmal die einfachsten Menschenrechte respektieren.

Auf keiner Tagung des Deutschen Richtervereins ist von den Schmerzen des Volkes etwas zu hören. Jedes Volk hat die Richter, die es verdient.

SUBKUTAN

Ich geh mit etwas weichen Knien
und träumerisch durch ganz Berlin
leicht angeknockt und ein wenig schwach:
ernsten Berufsgeschäften nach.

Der Ordner hieß ‹Helvetia›;
von den Packpapierbogen ist nichts mehr da;
die Lieferung hätten wir noch ergattert –
Telefon schnurrt, Schreibmaschine schnattert . . .
Chinesisch-fett ruht mein Gesicht,
und was gestern war, weiß keiner nicht.

Da gibt es im Märchen einen Zwerg,
der glaubt sich mit allem längst über den Berg;
an einem unbewachten Ort
sagt das Dummchen sein Zauberwort
und tanzt dazu auf einem Bein
und steht nicht an, vor sich hin zu schrein:
«Ach, wie schön, daß niemand weiß,
daß ich Rumpelstilzchen heiss –!»

Vor mir schreibt ein gebeugter Scheitel . . .
Männer sind manchmal bodenlos eitel.
Und in mir gluckert ein Freudengebraus:
ich hab euch allen etwas voraus!
Und beschaulich, in guter Ruh,
seh ich den Geisteskranken zu,
die sich im Reichstag wichtig machen,
hör still erfreut die Schlagzeilen krachen
von Morgen-, Mittag- und Nachtausgabe . . .
Macht, macht . . . Ich persönlich habe
meinen Teil weg. Und bin angenehm matt.
Wer hat, hat.

Nur kein Neid.

Das ist die schönste Tageszeit:
die nach der Erfüllung. Da läßt man sich treiben,
möchte immerzu die Hände reiben
und hat zu eignem Privatgebrauch
so etwas wie Schadenfreude im Bauch.
Denn jeder Kerl glaubt dann und wann,
er sei ganz alleine ein Mann.

Kein Feuer, keine Kohle
kann brennen so heiß
wie die heimliche Liebe,
von der niemand nichts weiß.

Kennst du das?

Zu dem, was an solchem Tage geschieht,
zu allem, was dein Auge sieht,
zu allen Reden und Diskussionen,
zu allen Reichsgerichts-Konstruktionen;
zu Vollbärten, die sich gebildet bekleckern –:
immer hörst du ein Stimmchen meckern:
  «Ach, wie schön, daß niemand weiß,
  daß ich Rumpelstilzchen heiß –!»

Mensch, sei diskret! Ein Dummkopf, wer sich spreizt.
Fremder Hunger langweilt.
                Fremdes Glück reizt.
Und dann sieht dich jemand in ihrem Haus.
Und dann ist die ganze Bescherung aus.

DER MANN AM SCHLAGZEUG

Der kleine fast dreieckige Mund tut sich ein wenig auf.

Du
nur du –
raubst mir meine Ruh –

Rammpammpammpamm – klatschten die Schlägel auf das trockne Holz des Paukenrandes. Viele Paare tanzen; die Sitzenden sehen zu und sind, weil sie sitzen, ironisch-überlegen; Gents gehen durch den langen Raum, die Hände lässig in den Hosen, mit gelangweiltem Gesicht und einer leichten Angst vor dem Ober.

Dein, nur dein –
will ich sein

singt der Mann am Schlagzeug. Seine Augen liegen tief in den Höhlen, er hat eine kantige Reiternase, schwere Lider, einen runden Verbrecherkopf. Singt Idiotien. Das ist dieselbe Stimme, die damals in Lichtenberg auf dem Hof herumgebrüllt hat: «Komm her, du Aas! Da stell dich hin! Du Sau! Deine Frau kann zusehen, wie wir mit euch Arbeiterschweinen umgehen! Hund, verfluchter ...» Und ein Schuß. Über das leichte Fettkinn steigen die Melodien:

Ich erwart dich schon
in Yokohama –

Die eisesglatte Kälte des Rhythmus klappert; die ganze Kapelle zusammen ist nur wenig älter als das Opfer von damals, auf dem Hof. Es war nicht das einzige ...

Denn das ist so hübsch mit anzusehen:

Die Verbrechernaturen, die den Drang, ihre Orgasmen mit Blut zu ölen, dadurch legitimierten, daß sie in die Freikorps eintraten, sind unbestraft; der Volkskörper hat sie aufgesogen, sie sind alle noch da. Und arbeiten. Und sind Weinagenten. Und Bahnhofs-Gepäckträger. Und Schlagzeugmänner.

Nur manchmal, wenn der Tag schön war und das Lebensgefühl stärker, steigt eine kleine Erinnerung auf. Wie Stimmengewirr schlägt es an ihr inneres Ohr. «Gnade! Ich war das nicht! Meine Frau! Meine Kinder!» Und: «Halt die Fresse, du Bolschewisten-Sau! Halt Schnauze! An die Wand! Schwein! An die Wand!» –

In Nischni-Nowgorod
da gibts kein Kußverbot –

Der Mann am Schlagzeug bricht mit einem gestopften Laut ab, die Melodie auch. Vornehm erhebt er sich, ein fataler Duft von Jodoform ist um ihn. Er geht mit jenem seltsamen Schritt durchs Lokal, wie ihn Leute haben, die nie genau wissen, ob sie gerade Lakaien oder Herren sind. Er ist sauber rasiert, dreieckig hängt sein Taschentuch aus der Brusttasche, ein Herr . . .

Ein Wunder, daß er keine Pension bezieht.

MEIN NACHRUF

Auf eine Rundfrage

Wie mein Nachruf aussehen soll, weiß ich nicht. Ich weiß nur, wie er aussehen wird. Er wird aus einer Silbe bestehen.

Pappa und Mamma sitzen am abgegessenen Abendbrottisch und vertreiben sich ihre Ehe mit Zeitungslektüre. Da hebt Er plötzlich, durch ein Bild von Dolbin erschreckt, den Kopf und sagt: «Denk mal, der Theobald Tiger ist gestorben!» Und dann wird Sie meinen Nachruf sprechen. Sie sagt:

«Ach –!»

AN DEN BOTSCHAFTER

der Vereinigten Staaten ist folgendes Schreiben abgegangen:

Euer Exzellenz!
Ich habe die Ehre, Ihnen folgende Angelegenheit zu unterbreiten:

Wie in politischen Kreisen bekannt ist, hat der oberste Gerichtshof in Boston in den Vereinigten Staaten die Wiederaufnahme des Verfahrens gegen die Arbeiter Sacco und Vanzetti abgelehnt, so daß formal einer Vollstreckung des Todesurteils nichts mehr im Wege steht. Als Herausgeber einer Wochenschrift, die seit langen Jahren für die

Gerechtigkeit und die Freiheit eingetreten ist, erlaube ich mir, Euer Exzellenz den Protest eines großen deutschen Kreises von Intellektuellen und Angehörigen der arbeitenden Klasse gegen die geplante Hinrichtung dieser beiden Männer zu übermitteln. Wenn ich das tue, so liegt mir nichts ferner, als mich in die innerpolitischen Verhältnisse der Vereinigten Staaten einmischen zu wollen. Als Angehöriger eines Volkes aber, das Justizirrtümer und Schlimmeres aus eigner Anschauung kennt, möchte ich zu bedenken geben, wie das Ansehen jeden Staates, also auch der Vereinigten Staaten, durch solche Vorkommnisse leiden muß. Selbst wenn Sacco und Vanzetti Taten begangen haben sollten, die nach dem amerikanischen Gesetz strafbar sind, was bei der Qualität der belastenden Zeugenaussagen auch nach amerikanischen Presseäußerungen nicht feststeht, scheint mir und meinen Freunden die jahrelange Todesangst dieser Leute eine ausreichende Kompensation für ihre Handlungsweise zu sein. Ich darf Euer Exzellenz ergebenst darauf aufmerksam machen, daß die Sympathie politisch denkender und aktiver Schichten Deutschlands durchaus auf Seiten der Verurteilten ist. Die Verletzung der einfachsten Menschenrechte bedarf einer Reparatur; die Begnadigung der beiden Leute ist in unsern Augen das Mindeste, was von der amerikanischen Regierung erwartet wird. Wir protestieren auf das Schärfste gegen die beabsichtigte Hinrichtung von Sacco und Vanzetti.

Ich erlaube mir hinzuzufügen, daß dieser Protest in der nächsten Nummer meines Blattes erscheinen wird.

Ich bin mit den besten Empfehlungen Euer Exzellenz ergebener

Tucholsky

DEUTSCHE RICHTER

Von einer Vertrauenskrise der Justiz kann in Wahrheit keine Rede mehr sein. Eine Krise ist jener ungewisse Zustand, in dem sich etwas entscheiden soll: Tod oder Leben – Ja oder Nein. Die deutsche Arbeiterschaft hat entschieden: Nein.

Abgesehen davon, daß es keinen unpolitischen Strafprozeß gibt, weil in der Welt überhaupt nichts unpolitisch ist, darf gesagt werden, daß wir eine Rechtsprechung und eine Rechtsfindung bei politischen Tatbeständen nicht haben.

Bei einer administrativen Maßnahme, etwa der Verweigerung einer Schankkonzession, nimmt kein vollsinniger Mensch an, daß die verweigernde Behörde mit der Begründung ihrer Ablehnung einen objektiven Befund festgestellt habe; sie hat nur vom Verfügungsrecht einer verwaltenden Staatsbehörde Gebrauch gemacht. Die Konzessionsverweigerung entehrt den abgewiesenen Schankwirt nicht, sie besagt auch nichts über das tatsächliche Bedürfnis nach Schankstätten. Ein solcher Beschluß ist nichts als eine Maßnahme der Verwaltung, vorgenommen aus Zweckmäßigkeitsgründen. Folgerungen sind nicht daran zu knüpfen – jede Tätigkeit einer Verwaltungsbehörde sagt nur über sie selbst etwas aus.

So, genau so sind die Gerichtsurteile der letzten Jahrzehnte anzusehn, soweit sie sich mit rein politischen Tatbeständen befassen.

Sie sind ausschließlich als Kampfmomente im Streit der Klassengegensätze zu werten. Das deutsche Volk hat in seiner überwiegenden Mehrheit, soweit es politisch aufgeklärt ist, kein Vertrauen mehr zu dieser politischen Justiz, und sie verdient auch keins.

Daran konnte weder ein feierliches Edikt des geölten Herrn Simons etwas ändern, noch der lustige Gedanke der Bestellung von ‹Justiz-Pressechefs›. Wir haben von der offiziellen Pressekonferenz reichlich genug und wissen, was dort im Kriege und nach dem Kriege zusammengelogen worden ist; es ist ein bemerkenswerter deutscher Aberglaube, eine Sache damit zu entschuldigen, daß man ihren technischen Hergang erklärt. Unbeachtlich, wenn von den Justiz-Pressechefs eingewendet wird, man dürfe nicht in ein schwebendes Verfahren eingreifen; unbeachtlich, wenn auf angeblich vorhandene Bestimmungen hingewiesen wird; unbeachtlich der ganze Hokuspokus größenwahnsinnig gewordener Bürokraten. Das Vertrauen zur Justiz, besonders nach den letzten Reichsgerichtsentscheidungen, nach den kümmerlichen Versuchen, Haß gegen politisch Andersdenkende unter dem Deckmantel von Landesverratsprozessen zum Ausdruck zu bringen, ist rechtens entschwunden.

Über die politischen Strafprozesse ist also im Ernst nicht zu reden – ich glaube auch nicht, daß der etwas flau geführte Kampf der reinlichen und gut gemeinten Zeitschrift *‹Die Justiz›*, herausgegeben von Mittermaier, Radbruch, Sinzheimer und Kroner, nützen wird. Deren Programm ist nicht schlecht. Es handelt sich um die Überschätzung der technischen Jurisprudenz in unsrer Zeit und um die Unterschätzung der Menschlichkeit in der deutschen Rechtspflege. Das ist recht zart gesagt und nicht allzu konkret. Und ganz abgesehen davon, daß der eine Herausgeber der Zeitschrift, Radbruch, in der Praxis versagt hat, und daß ein Mitarbeiter wie Wolfgang Heine ein ebenso bösartiger wie unfähiger Politiker ist, so gehts nicht. Der einzige Ernst Fuchs aus Karlsruhe immer ausgenommen. Ehre seinem Andenken!

Eine deutsche Justizreform ohne die gesetzliche Aufhebung der heute überhaupt erst vorhandenen Unabsetzbarkeit der Richter ist undenkbar.

Wie sieht denn der Eintritt eines idealistischen, jugendlich in die Zukunft stürmenden Referendars in den Richterstand aus?

Der, der neu eintritt, hat immer unrecht. Das fängt im Eisenbahncoupé an und hört im Berufsstand auf. Die technische Unfertigkeit des Neuen, seine Jugend und vor allem die Tatsache, daß die andern länger da sind als er, setzen ihn zunächst in die schwächere Position. Er muß sich ‹einarbeiten›, wobei das: «Wir haben das hier immer so gemacht» und «Ich gebe Ihnen die Weisung ...» dominierende Rollen spielen. Zunächst also ist er machtlos. Dann wird er vom schleichenden Gift der Routine imprägniert, und wenn er einmal später in eine leitende selbständige Stellung kommt, ist es meist zu spät. Und löckt er da gegen den Stachel, so ist erfahrungsgemäß seines Bleibens in der Gruppe und im Stand nicht mehr allzulange. Oder aber, er darf bleiben: unter so entwürdigenden, seine Arbeit so erschwerenden Umständen, daß er den ungleichen Kampf aufgibt und quittiert.

Tatsächlich ist bei den Richtern die Auslese, die der Stand erbarmungslos vornimmt, gefährlicher und schlimmer als bei der ihnen gesinnungsverwandten Reichswehr. Es liegt bei beiden der Fall einer klaren Kooption vor: die Gruppe wählt sich hinzu, wer sich dem Gruppengeist anpaßt – immer adäquate, niemals heterogene Elemente. Das fängt bei der Justizprüfungskommission an, und mit dem feinen Siebe der Personalreferenten gehts weiter. Das Resultat ist dieser Richterstand.

Der deutsche Richter schaut durch die Brillengläser seiner Klasse: des mittleren und gehobenen Bürgertums. Was sich darüber und darunter bewegt, findet kaum Platz im Richterstand und hat als Opfer und Objekt wenig Aussicht, vor Gericht verstanden zu werden – von Außenseitern sehe ich ab. Und innerhalb dieses mittleren Bürgertums ist es wiederum der starre, der hölzerne, der eingeengte Typus, jener, der von Hunderten von Tabu-Gebräuchen umgeben ist und in Schranken liegt, die er sich zu seiner Sicherung selbst aufgerichtet hat, genährt von einer Strafpsychologie, die der alte Villers in seinen *‹Briefen eines Unbekannten›* einmal so formuliert hat: «Jedes du sollst – heißt: ich kann nicht. Jedes du sollst nicht – heißt: ich darf nicht.»

Kollektivurteile sind immer ungerecht, und sie sollen und dürfen ungerecht sein. Denn wir haben das Recht, bei einer Gesellschaftskritik den niedersten Typus einer Gruppe als deren Vertreter anzusehen, den, den die Gruppe grade noch duldet, den sie nicht ausstößt, den sie also im Gruppengeist bejahend umfaßt. Also ist der bestechliche Richter niemals als Typus des deutschen Richters zu nennen; sollte jemals ein solcher Fall vorkommen, so darf er dem deutschen Richterstand nicht aufs Konto geschrieben werden, weil der einen bestechlichen Justizbeamten ohne Gnade ausschlösse. Übrigens ist zu sagen, daß diese lächerliche Überbetonung einer Selbstverständlichkeit: nämlich der Unbestechlichkeit, Ablenkung vom Wesentlichen ist. Keine Kindermißhandlung begangen zu haben, heißt noch nicht tugendhaft sein.

Es darf vom mittleren Typus des deutschen Richter gesagt werden, daß ein geistig und intellektuell gehobener Mensch wenig Aussicht hat, mit ihm während einer Verhandlung Kontakt zu bekommen. Abgelehnt sein Pathos und seine Versuche, Moral zu predigen; abgelehnt sein sittliches Empfinden und sein Humor; abgelehnt seine Reaktion auf Schmerz, Freude, Leid und Autorität; abgelehnt seine Bilder an der Wand, seine Frau, seine Ferienstunden, abgelehnt die Luft, in der er lebt, das Bier, das er trinkt, die Kinder, die er erzieht. Abgelehnt sein Geist, abgelehnt seine Kaste, abgelehnt seine Welt.

Bezeichnend sind die Gehilfen, die er sich holt. Das nachtwandlerisch sichere Gefühl der Gerichtsbeamten für Schöffen und Geschworene bevorzugt kleinköpfigen, bramsigen Mittelstand, Untertanen, die einmal, wie Polgar das genannt hat, den Obertanen spielen wollen. Jeder umgibt sich nur mit sich selbst, und steht unsereiner vor denen, so findet er eine fremde Welt.

Warum hat denn niemand den Mut zu sagen, daß Hunderttausende von Angehörigen der freien Berufe, Hunderttausende von aufgeklärten Arbeitern mit diesen Richtern überhaupt nichts mehr zu tun haben, daß sie durch Lichtjahre der Entfernung von ihnen getrennt sind, und daß natürlich jeder von uns mit irgendeinem erfahrenen Verteidiger, mit einem fortgeschrittenen Deutschnationalen, mit einem gewandten Auslandskaufmann bei aller Verschiedenheit der politischen Auffassung rascher in Verbindung kommt als mit einem Landgerichtsdirektor? Wir sprechen zwei Sprachen, wir denken zwei Gedankenreihen. Man stelle sich vor, daß die Opfer der Justiz mit einem solchen Richter etwa eine Nordlandreise zusammen unternehmen sollten: vom Mondaufgang bis zum Trinkgeld gäbe es eine einzige Kette von Mißakkorden und Dissonanzen. Sie redeten aneinander vorbei.

Und weil unsereiner im Richterstand nur so vereinzelt vertreten ist, daß meist schon nach wenigen Jahren Assimilation eintritt, so daß der Fortschrittsmann Schulz als Referendar noch angeht, aber schon als Amtsrichter nicht mehr wiederzuerkennen ist: deswegen lehnen wir den Geist dieses Richtertums ab, weil wir, wenn schon demokratisch gedacht werden soll, das volle Recht beanspruchen, auch unsererseits dort vertreten zu sein, wo man ‹im Namen des Volkes› zu urteilen vorgibt. Das Volk hat aber mit dieser Rechtsprechung nichts zu tun.

Fühlt sich jedoch diese Richterkaste diktatorisch, geht man dem Gedankengang eines Juristen nach, der sich souverän wähnt, weil er seine paar Examina bestanden und die Billigung seiner Kaste gefunden hat, so wäre dann wenigstens eines zu fordern: Diktatur der Besten. Die hätten das Recht, im Interesse des Guten eine Majorität zu tyrannisieren. Wie aber sehen diese Despoten aus?

Man sehe diese Richter an, man höre diese Menschen sprechen, und man wird finden, daß ganze Literaturen umsonst geschrieben sind, daß unsre Bäume nicht für sie blühen, unser Gelächter nicht für sie lacht, unsre Tränen nicht für sie fließen. Wir sind so weit von ihnen entfernt, wie ein Planet vom andern, wir haben nichts mit ihnen zu tun. Und wir wollen nichts mit ihnen zu tun haben.

Was unsre Justizreformer, die sich vielfach aus Anwaltskreisen rekrutieren, vorbringen, ist Übersetzung der eignen Gedankengänge in die fremde Sprache der Richter, ist taktisch schlauer Versuch, den Gott durch Opfer milde zu stimmen, ihm leise das Schwert schartig zu machen, ihn vom Gebrauch des Donnerkeils abzulenken.

Reform von oben gibt es nicht. Ein selbst fortschrittlich gesinnter Justizminister schwimmt schillernd wie Öl auf dem Wasser, aber Wasser und Öl vermischen sich nicht. Reform von unten ist auf friedlichem Wege nicht möglich, denn es hieße, die einfachsten Vorgänge in einer Gesellschaftsgruppe ignorieren, wollte man an rasche grundlegende Veränderungen von innen her glauben, die nicht in äußeren Umständen ihre Voraussetzungen haben. Also ist diese Justiz, von einer Klasse über unterjochte Klassen ausgeübt, nicht durch gutes Zureden langsam zu verbessern, nicht durch Flickwerk sachte zu korrigieren.

Der Grundfehler des Verhaltens der deutschen Richter liegt in der völlig abwegigen Vorstellung von dem, was sie Strafrecht nennen.

Es gibt kein staatliches Recht des Strafens. Es gibt nur das Recht der Gesellschaft, sich gegen Menschen, die ihre Ordnung gefährden, zu sichern. Alles andere ist Sadismus, Klassenkampf, dummdreiste Anmaßung göttlichen Wesens, tiefste Ungerechtigkeit. Besteht man die Nervenprobe, einer deutschen Gerichtsverhandlung beizuwohnen: mit dem überheblichen Ton des Richters, der verächtlichen Behandlung der Verteidiger, der Primadonnenrolle des Staatsanwalts und der Ungezogenheit der Gerichtsdiener –, so ist man versucht, jeder ethischen Reflexion des Richters ein ‹Eben nicht!› überzuziehen. Die dort geäußerten sittlichen Maximen stehen auf dem Niveau eines mittleren Konfirmandenunterrichts und muffen nach Kaserne, kleiner Beamtenwohnung und Pastorenehe. Da trägt der Bestohlene einen Teil der Schuld, wenn er es dem Dieb «durch leichtsinniges Herumliegenlassen seiner Sachen» leicht gemacht hat; da ist der außereheliche Verkehr unsittlich und belastet jeden Angeklagten; da ist der Mangel deutscher Staatsangehörigkeit ein strafverschärfender Umstand, wie überhaupt bei der Motivierung von Urteilen die Zeile jenes Trinkliedes herangezogen werden kann, die da fragt, warum man trinken solle: «Siebentens: jeder andre Grund»: Psychoanalyse, Sexualforschung aller Grade, sie können hundertmal hohle Tempelsäulen umgestoßen haben – das gilt nur außerhalb der Gerichtsgebäude.

Man muß hören, wie Staatsanwälte ums Verrecken nicht Frau Graßmann, sondern immer «die Graßmann» sagen; man muß hören, wie Richter mit Angeklagten umgehen, um zu ermessen, aus welcher Öffnung diese trübe Justizquelle fließt. Man muß sehen, wie etwa Polizeibeamte von den Richtern noch aufgereizt werden, das Publikum so schlecht wie möglich zu behandeln; man muß hören, wie ‹Widerstand› nicht nur als Delikt, sondern als Sakrileg geahndet wird. Man muß die feine oder blöde Beeinflussung der Zeugen durch suggestive Fragen hören: wie die Antwort in die Zeugen hineingepreßt wird, wie unbequeme Zeugen vom Staatsanwalt in ungehöriger Form angefahren werden, wie der Richter mit ihnen umspringt, wie keiner das oberste Gesetz einer Vernehmung kennt: den Mund zu halten und zuzuhören. Sie haben ja auch wenig wahre Opposition. Gewohnt, mit gerissnen Verteidigern zu tun zu haben, die die ehernen Gesetze der Taktik befolgen: bei vollendetem Mord den Getöteten als ein Scheusal hinzustellen, bei versuchtem Mord von dem noch lebenden Opfer nett zu sprechen; gewohnt, immer nur mit Menschen zu diskutieren, die unter grundsätzlicher Anerkennung der richterlichen Macht sie nur umgehen wollen, denken diese Richter über die Basis dessen, was sie tun, überhaupt nicht mehr nach. Kleine Funktionäre biegen das Leben nach den Begriffen des Strafgesetzes zurecht, und man fragt sich selbst in Berlin oft, wo diese Menschen eigentlich ihre Freizeit zubringen und ob sie denn gar nicht wissen, wie es draußen in der Welt richtig zugeht und was des Landes der Brauch ist. Ein Blick auf die Uhr, halb eins! fertig werden, fertig werden.

Man nehme noch den Wahnwitz hinzu, der da die Richter glauben läßt, ein Freispruch sei nicht nur eine Niederlage des Staatsanwalts. Derselbe Richter, der hundertmal an den schematisch gefaßten ‹Eröffnungsbeschlüssen› mitgewirkt hat, glaubt beim Anblick seines Angeklagten ernsthaft, ‹irgend etwas müsse schon an der Sache dran sein, denn sonst stände der Kerl ja nicht hier!› Über die anfechtbaren Vernehmungsmethoden von Polizei, Staatsanwaltschaft und Untersuchungsrichtern während des Vorverfahrens, von dem stillen, zähen und kleinlichen Feldzug, der da gegen Angeschuldigte und Angeklagte im Halbdunkel geführt wird, weiß er nichts; nichts von der Wehrlosigkeit, in der Ungeübte im Frühstadium solcher ‹Rechtsvorgänge› zappeln; nichts vom bösartigen Ausschluß der Verteidiger, denen man die Akteneinsicht so schwer wie möglich macht ... davon ist unserm Richter nichts bekannt. Auch nichts von der Wirkung der Strafen, die er verhängt: ich bestreite, daß es mehr als dreißig Strafrichter in Berlin gibt, die überhaupt begreifen, welch Unterschied zwischen den drei und vier Jahren Zuchthaus ist, die sie täglich verhängen. Was wissen denn die Talare vom Strafvollzug —? Das, was im Examen darüber gefragt wird. Gar nichts.

Der deutsche Richter hat sich aus der Seele seiner Kaste und der

Lebensanschauung seiner Gruppe einen Ideal-Angeklagten konstruiert: den artigen. Dieses Fibelvorbild, das da vorgestellt wird, beherrscht den gesamten deutschen Strafprozeß, bis herauf zum Reichsgericht. «Der gute Sohn, der seine Mutter unterstützt»; «der verheiratete Mann, der mit einer Frauensperson eine Reise nach London unternimmt» – diese verlognen Lebensbilder, die da aufgerollt werden, stehen durchaus auf dem Niveau ihrer Hersteller. Kleine Leute, kleine Leute. Die tiefste Sexualmoral: die des Neides; die platteste Beurteilung von Motiven – das regiert. Richterliche Sittenzeugnisse sehen meist aus wie Dienstzeugnisse für einen Kuhknecht, dessen Treue, Arbeitsamkeit und Bescheidenheit von einer Gutsherrschaft gerühmt werden, die diese nützlichen Eigenschaften sehr von oben herab, wohlwollend und streng feststellt. Die Tatsache, daß ein des Mordes Verdächtigter nachts liest, am Tage schläft und zwei Frauen zu gleicher Zeit liebt, dürfte den Mann ziemlich erledigen. Dergleichen wiegt schwerer als alle Indizien, die ihm vorgehalten werden. Er hat sich – und das scheint mir das Allerschlimmste – gegen diese Anwürfe auch noch zu verteidigen. Es sind *Straftaten*, die ihm so vorgeworfen werden; von der Seite des Verteidigers fällt kein Wort und darf aus taktischen Gründen keines fallen, das grundsätzlich die Berechtigung des Richters zu solchen Moralausflügen bestreitet und grade die sittliche Ebene, auf der das Tribunal hockt, zerschlägt. Artig soll der Angeklagte sein, ein Untertan, ein Fibelkind, in den Augen jenen hündischen Ausdruck, mit dem deutsche Soldaten vor ihren Schindern stramm stehen mußten. Hände an die Hosennaht! Stehlen darfst du.

Etwas ganz und gar Grausliches, wenn die ‹akademische Bildung› einem falsch deutsch sprechenden, einem unbeholfen nach Worten suchenden Angeklagten gegenübergestellt wird – wenn teutonisch geredet wird, in albernen und billigen Phrasen, mild stiefväterlich, stets die Burschenschaft oder den Stammtisch als imaginären Zuhörer ... das geht bis zum geschmacklosen Hohn, bis zu kindischen Feststellungen, die nicht zur Sache gehören und für die so ein Richter aus dem Amt gejagt werden müßte. Und aus alledem spricht immer, immer: «Wozu halte ich mich eigentlich solange mit Ihnen auf? Mein Urteil ist längst fertig.» Worauf zu antworten: Also warum denn noch die Verhandlung? Warum nicht eine Postkarte mit dem Urteil frei ins Haus gestellt? Und eine Gegenfrage: Warum wirst du überhaupt Richter, wenn es dich langweilt, zuzuhören; wenn es dich reizt, daß sich Leute verteidigen; wenn es dich ekelt, dich mit ihnen abzugeben –?

Fassungslos das Staunen, daß es Diebe und Mörder gibt – wie falsch klingt der Schall über dem Kopf zusammengeschlagener Hände, welche Verworfenheit! wie konnten Sie! ... als sei es das erste Mal, daß in einer Großstadt eingebrochen, gestohlen, vergewaltigt, betrogen wird. Immer wieder fällt ein gewisser Richtertypus aus allen Himmeln der Wohlanständigkeit. Auszubaden hat das Erstaunen der Angeklagte.

Ein deutliches Symptom der Klassenauswahl und des Gruppengeistes ist die Stellung des deutschen Richters zu jeder Autorität. Man betrachte sich tausend Strafprozesse: man kann darauf schwören, daß sich der deutsche Richter in allen, in ausnahmslos allen Fällen der Autorität annimmt und nicht nur der staatlichen; daß er dem, der auch nur irgendeine vermeintliche oder wirkliche Autorität ausübt, volles Recht gibt. Noch die schlimmsten Mißbräuche und Ausschreitungen wird er entschuldigen, wenn es sich nur um einen ‹Vorgesetzten› handelt. Ein Gutsknecht zerschlägt seinen Peitschenstock auf dem Rücken des Hütejungen: da kann ein deutscher Richter nichts machen oder doch nur wenig: denn wohin kämen wir, wenn der ‹Oberaufseher› dem ‹Unteraufseher› nicht beibrächte, daß es in Deutschland eine soziale Stufenleiter gibt? Man sehe sich daraufhin die Strafprozesse an, und man wird finden, daß in fast allen Fällen der ‹Vorgesetzte› recht bekommt.

Daher auch die schmählich milden Urteile in den Kindesmißhandlungsprozessen. «Die väterliche Autorität . . .», eben weil diese sehr diskutable Autorität mißbraucht worden ist, sollte ein unmenschliches Ehepaar, eine Megäre von prügelnder Mutter für so viele Jahre im Zuchthaus sitzen, wie das geschlagne Kind Tränen geweint hat. Je engstirniger, je kleiner, je schmalhorizontiger der Standpunkt eines Menschen — um so unnachgiebiger wird er vertreten. Und was so maßlos in diesen kleinen Prozessen reizt, wo sich die Richterschaft überhaupt nicht kontrolliert fühlt, ist die Überheblichkeit des Tones. «Sie hätten —», «Sie sind ein ganz . . .» Aber der Richter irrt sich. Er ist gar nicht berufen, sittliche Urteile abzugeben, zu denen er unter den heutigen Verhältnissen weder qualifiziert noch legitimiert ist. Niemand hat ihn nach seiner unmaßgeblichen Meinung gefragt.

Nun ist nicht einmal Berlin für die Beurteilung des deutschen Richterstandes sehr maßgeblich. In einer großen Stadt sind, bei aller Grauenhaftigkeit, die Umgangsformen der Richter, Milieu und Luft doch ein klein wenig menschlicher; das Verfahren ist mitunter wenigstens einigermaßen liberal, wenn nicht in der Sache, so doch in der Form. Auch sind die Erfahrungen, die Publizisten und Politiker vor Gericht gemacht haben, nicht sehr wesentlich, weil da die Möglichkeit der öffentlichen Beschwerde besteht, so daß ein ausgesprochen ungehöriges Verhalten der Richter in solchen Fällen — unter dem Kaisertum — Ausnahmefälle waren. Seit 1918, in dieser Republik, bei dieser politischen Opposition, genieren sich die Herren weniger.

Die verfehlte Prozeßführung des deutschen Richters ist aus seiner

Gruppenauslese herzuleiten, und es kann niemals besser werden, wenn Vorbildung und soziologische Auswahl nicht von Grund auf geändert werden. Angemerkt mag sein, daß der heutige Typus noch Gold ist gegen jenen, der im Jahre 1940 Richter sein wird. Dieses verhetzte Kleinbürgertum, das heute auf den Universitäten randaliert, ist gefühlskälter und erbarmungsloser als selbst die vertrockneten alten Herren, die wir zu bekämpfen haben. Während in der alten Generation noch sehr oft ein Schuß Liberalismus, ein Schuß Bordeaux-Gemütlichkeit anzutreffen ist, ein gewisser Humor, der doch wenigstens manchmal mit sich reden läßt, lassen die kalten, glasierten Fischaugen der Freikorpsstudenten aus den Nachkriegstagen erfreuliche Aspekte aufsteigen: wenn diese Jungen einmal ihre Talare anziehen, werden unsre Kinder etwas erleben. Ihr Mangel an Rechtsgefühl ist vollkommen.

Ich fasse zusammen:

Die Kaste, aus der sich der deutsche Richterstand rekrutiert, repräsentiert nicht dasjenige Deutschtum, das etwa von Goethe über Beethoven bis Hauptmann jene Elemente enthält, um derentwillen wir das Land lieben, um derentwillen wir gern deutsch sprechen, um derentwillen wir der geistigen Einheit Deutschland angehören. Der Richterstand, so wie er da ist, repräsentiert nur einen klassenmäßigen Ausschnitt aus dem Lande; er ist das Resultat einer Auswahl von Menschen, die nicht berechtigt sind, im Namen des Volkes Recht zu sprechen: sie sollten es in ihrem eignen tun. Satz für Satz, Begründung für Begründung, Idee für Idee sind ihre in den Urteilen niedergelegten Anschauungen bekämpfenswert, widerlegbar, zu verwerfen. Ihr subjektiv guter Glaube ist in vielen Fällen zuzugeben: die Wirkung ihrer Tätigkeit ist unheilvoll.

Gibt es keine Gegenwehr? Es gibt nur eine große, wirksame, ernste: den antidemokratischen, hohnlachenden, für die Idee der Gerechtigkeit bewußt ungerechten Klassenkampf.

Daneben gibt es einige kleine Mittel, Vorschläge, Pillen und Mixturen für jene unheilbare Krankheit.

An kleinern Mitteln seien genannt:

Schutz durch öffentliche Kontrolle. Diese öffentliche Kontrolle ist zur Zeit dünn. Zunächst setzt die vom Vorsitzenden ausgeübte ‹Sitzungspolizei›, die keine Ausschreitung der Gerichtsdiener, wohl aber das leiseste Wackeln eines Zuschauerkopfes bemerkt, jeden Richter in die Lage, sich unbequeme Publizisten vom Halse zu halten. Beschwerden dagegen werden vom Kollegen, also unsachlich erledigt.

Immerhin wäre die Beaufsichtigung der Gerichtsverhandlungen durch die Presse recht förderlich, besonders in den kleinern Städten. Es ist eine von den Zeitungen aller Schattierungen fast durchgängig vernachlässigte Pflicht, diese Kontrolle durch eigne gesinnungstüchtige und kenntnisreiche Leute ausführen zu lassen – dazu gehören freilich Männer von Menschenkenntnis, juristischer Vorbildung und mit einer Feder versehen, die ein lesbares Deutsch zu schreiben versteht. So aber benutzen fast alle diese Blätter bis herauf zu den größten Tageszeitungen irgendeine Korrespondenz, die, sachlich nicht immer einwandfrei, eine fade und verlogene politische Neutralität aufweist, und die so keine Möglichkeit der Kritik des öffentlichen richterlichen Verhaltens bietet. Auch hat ein gut Teil der Korrespondenzangestellten das Geschäftsinteresse, es mit den Richtern nicht zu verderben.

Ferner ist als mindeste Abschlagszahlung bei der Reformierung unsres minderwertigen Strafprozeßrechtes die Öffentlichkeit des Verfahrens zu fordern. Der hilflose Untersuchungsgefangene ist der schlimmsten Willkür ehrgeiziger Kriminalkommissare und Untersuchungsrichter ausgeliefert, die oft Haft verhängen oder aufheben, ohne daß mehr als Vorwände dazu vorhanden sind und die alle von dem fressenden Ehrgeiz passionierter Jäger befallen sind, nicht: die Wahrheit zu suchen, sondern: ein Wild zu jagen. Es erscheint ihnen als eine persönliche Kränkung, wenn der Angeschuldigte unschuldig aus der Sache herauskommt oder wenn er, was sein gutes und bestes Recht ist, lügt, daß sich die Balken biegen. Es ist immer wieder merkwürdig, zu sehen, wie kleine Angestellte großer Organisationen den Gruppenstolz hochhalten, wie sie bei kümmerlichem Gehalt wenigstens für die Ehre ihres Ladens eintreten, und so wird auch das leiseste Symptom von Aufsässigkeit zum Schaden des Angeschuldigten auf das Konto der Sache böse verrechnet. Was in Vorverhandlungen gesündigt wird, weiß der Jurist am besten, er will es aber nicht wissen.

Denn hier im Vorverfahren zeigt sich so recht die Unsicherheit in Rechtssachen, in der man den deutschen Untertan bewußt leben läßt. Fragen Sie unter Ihren Bekannten, ob einer polizeilichen Aufforderung, auf das Revier zu kommen, Folge zu leisten ist und wann: Niemand wird Ihnen über diesen Alltagsfall Bescheid geben können, und niemand weiß, daß, von geringen Ausnahmen abgesehen, die Polizei zu solcher Vorladung im vorbereitenden Verfahren nicht berechtigt ist, und daß ihr gegenüber keine Aussagepflicht besteht. Fragen Sie, ob es eine solche Aussagepflicht von Angeschuldigten im Vorverfahren gibt oder nicht: neunzig von hundert Deutschen werden sich durch einen kleinen Amtsrichter einschüchtern lassen, wenn dieser mit ihnen ein Protokoll aufnehmen will, und keiner wird ahnen, welche Schlingen und Fallen in der Formulierung eines Protokolls stecken können. Davon weiß der Schulunterricht nichts, davon wissen die Fortbildungsschulen nichts. Die kümmerlichen Rechte der Deutschen, die ihnen die sogenannte ‹Verfassung› garantiert, sind so gut wie unbekannt, und die wenigen Kautelen, die die Strafprozeßordnung dem Angeklagten reserviert, sind es erst recht. Die deutsche Strafprozeßordnung liest sich im großen ganzen wie die Lieferungsverträge, die sich bei uns eingebürgert haben: was auch immer geschieht, geht zu Lasten des Bestellers, und die ausführende Firma haftet für gar nichts. Genau so ergeht es dem Angeklagten: er wird vom Augenblick der ersten Vernehmung an wie eine Schachbrettfigur im Verfahren hin- und hergeschoben und hat darin nicht viel zu vermelden. Weil aber die regierende Kaste die regierte Schicht gern in Unkenntnis darüber läßt, wie die Ausweismarken von Kriminalbeamten und wie die staatsbürgerlichen Rechte von Steuerzahlern aussehen, um so einer Ausbeuterorganisation den Nebel nationaler Metaphysik zu lassen, deshalb weiß noch nicht der hundertste Deutsche, wie er im Strafverfahren um sein bißchen Recht gebracht wird. Hier tut Aufklärung not.

Da diese Aufklärung freiwillig nicht gewährt werden wird, so ist es Sache der proletarischen Organisationen, vom Klüngel abgesprengte und gesinnungstüchtige Juristen ihren Zwecken dienstbar zu machen und den Arbeitern wenigstens den allernötigsten Rechtsschutz zu gewähren, damit sie nicht ganz ungestählt in den Kampf mit dem bürgerlichen Richter eintreten.

Es täte, beiseite sei es angemerkt, auch gut, wenn fortschrittliche Organisationen ihre Anhänger öfter in die Gerichtsgebäude schickten. Die meisten Leute besuchen keine Strafprozesse, machen sich von der Luft, die da herrscht, keine Vorstellung, und weil es ihnen an juristischer Vorbildung mangelt, sprechen sie bei Diskussionen ins Blaue, ohne den Gegner zu treffen.

Im Kampf gegen die Diktaturjustiz ist ferner wichtig, ihr den kleinen Rest von Vertrauen, den sie hier und da noch genießt, zu nehmen.

Noch immer wird dem Spruch eines Gerichtes, besonders in politischen Strafprozessen, zu großer Wert beigemessen. Diese Aktie ist mitunter über ihrem wahren Wert notiert. Hat ein deutsches Gericht in politischen Strafsachen seinen Spruch abgegeben, so ist es unsre Pflicht, alle tatsächlichen Feststellungen, die dort getroffen worden sind, zu ignorieren. Es ist grundfalsch, irgendwelche Folgerungen an diese Verwaltungsmaßnahmen zu knüpfen. Diese Urteilssprüche zählen nicht.

Ganz besonders gilt das, wenn es sich um Diffamierung oder Freispruch von Angehörigen der herrschenden Klasse handelt. Es ist bedauerlich, daß die SPD und große sogenannte republikanische Verbände nicht den Mut aufbringen, sich den völlig gleichgültigen Anschauungen von Ehre und Patriotenpflicht, die diese Richter proklamieren, zu entziehen. Was diese Richter Landesverrat nennen, berührt uns nicht. Was sie als Hochverrat ansehen, ist für uns keine unehrenhafte Handlung. Was sie als Meineid, Aktenbeschädigung oder Landfriedensbruch deklarieren, läßt uns völlig kalt. Man sollte die Opfer solcher Rechtssprüche in der Arbeiterbewegung besonders auszeichnen, schon um zu zeigen, daß jene in den Talaren nur physische Gewalt auszuüben vermögen, und auch die nur heute. Als selbstverständliche Voraussetzung, die von den mich zitierenden nationalen Zeitungen fortgelassen werden wird, ist die persönliche Sauberkeit der politischen Kämpfer zu fordern. Und sie sind sauber, wenn sie diese Straftaten lediglich im Interesse des Klassenkampfes begangen haben.

Die moralische Wertung, die der deutsche Richter auch in scheinbar unpolitischen Strafprozessen seinen Opfern angedeihen läßt, ist politisch. Was er schädlich nennt, kann schädlich sein. Gewöhnlich ist es gut. Was er für strafverschärfend hält, ist für uns gleichgültig, meistens ist es strafmildernd. Das moralische Recht, der moralische Fortschritt, die sittliche Erziehung des Volkes werden nicht auf deutschen Universitäten gelehrt, nicht von deutschen Gerichten stabilisiert. Die kalte Härte des Reichsgerichts in allen Sittenfragen, seine völlige Verständnislosigkeit den Forderungen des Lebens gegenüber, seine scheinbare Objektivität, die niemals eine gewesen ist, gibt uns das Recht, dieser Richterkaste jede Qualifikation zur moralischen Erziehung des Volkes abzusprechen. Es ist ja nicht wahr, daß die Reichsgerichtsräte lediglich dem kodifizierten Recht zur Wirkung verhelfen, die Voraussetzungen oben in den Justizapparat werfen und unten auf das Resultat warten: denn es gibt kein Strafverfahren, wo nicht an einem bestimmten Punkt das Gefühl mitspricht, die Erziehung, die Klassengesinnung; und weil in diesem kritischen Augenblick besonders der Reichsgerichtsrat die Nadel nach rechts pendeln läßt, woran er subjektiv unschuldig sein mag, woran aber die Kaste, die ihn hochgepäppelt und eingesetzt hat, schuldig zu sprechen ist —: deshalb lehnen wir die geistige Legitimation dieser Richter zur Erteilung irgendwelchen Rechtes ab und pfeifen auf ihre Richtersprüche.

Es hat immer eine Minorität von anständigen Juristen gegeben, die gegen die Untaten ihrer Kollegen, gegen die offenkundigen Mängel des Systems, gegen ein größenwahnsinnig gewordenes Strafrecht gekämpft haben. Aber mit welchen braven Mitteln! Ich glaube nicht an eine Evolution im Strafrecht. Administrative Evolution ist ein Schlagwort für Ängstliche. Seine Erfolglosigkeit ist durch die Zahl eines Jahres bewiesen, in dem man nicht gewagt hat, diese Beamten und diese Richter auf die Straße zu setzen, ‹weil sie doch die Bestimmungen so schön kannten›: 1918.

Es gibt, um eine Bürokratie zu säubern, nur eines. Jenes eine Wort, das ich nicht hierhersetzen möchte, weil es für die Herrschenden seinen Schauer verloren hat. Dieses Wort bedeutet: Umwälzung. Generalreinigung. Aufräumung. Lüftung.

Erwachsene lernen nicht mehr zu. Zu warten, bis sich die historische Strafrechtsschule, die Universitäten, Hergt und Ebermayer dazu bequemt haben, von der Dreistigkeit zu ‹strafen› abzustehen und nur die Gesellschaft und nicht nur ihre Klasse zu schützen —: das dürfte teuer erkauft sein. Erkauft mit der Qual Zehntausender, die gepeinigt werden, noch unter dem Niveau ihrer Taten, gequält und wehrlos einem schlecht bezahlten oder gar aus höhern Militärkreisen gewählten Gefängnispersonal ausgeliefert. Diese Strafen sind keine Sühne. Das hat kaum einer verdient, was diese Gefangenen heute an moralischer Qual durchmachen müssen. Diese Strafen sind auch keine Abschreckung; das beweist die Praxis. Sie sind keine Besserungsversuche; darüber kann nur ein Pfarrer schwätzen, der nie ein Gefängnis gesehen hat. Sie sind Qual auf der einen Seite — Sadismus, Herrschsucht, Faulheit und Lässigkeit auf der anderen.

Und gegen diese Vereinigung von Menschen, die sich eine Macht anmaßen, die ihnen niemand gegeben hat, gegen diesen Haufen dickköpfiger Burschen, deren Qualifikation einzig darin besteht, daß sie sie zu haben glauben, und deren Gruppenzugehörigkeit man nicht gegen ihren Willen erwerben kann — gegen diese Zahl von Männern, die einen Selbstzweck und eine unsittliche Wirtschaftsform verteidigen, gegen sie gibt es nur eine Waffe, nur ein Mittel, nur ein Ziel.

Die Schande dieser Justiz, die Schande solchen Strafvollzuges —: nieder mit ihnen. Und das Gesetzbuch um die Ohren aller, die sich mit Erwägungen, mit Bedenken und mit wissenschaftlichen Hemmungen dem wichtigsten Ziel entgegenstellen, das einen anständigen Menschen anfeuern kann:

Recht für die Rechtlosen.

CHEF-EROTIK

«... und dann hat er seine Sekretärin geheiratet.» Wie war das möglich?

Als sie eintrat, war da gar nicht viel — er hat das Mädchen kaum beachtet. Die Diktatprobe hatte genügt, die Referenzen waren gut, das Äußere soweit in Ordnung. Auch spielte damals die Geschichte mit Lux, und er hatte, weiß Gott, den Kopf viel zu voll ... «Überhaupt: im eignen Betrieb! nicht rühr an. Lieber Freund, wenn ich das will, kündige ich und fange mit ihr später was an! Ja.»

Monatelang war gar nichts; sie tat ihre Arbeit, und er ließ sie tun. Die Gewöhnung kam leise und langsam, ganz langsam. Sie war eben immer da, gehörte zum Mobiliar; er merkte das erst, als sie einmal krank wurde, da fehlte etwas im Büro, er konnte gar nicht arbeiten in diesen Tagen. Das fremde Gesicht der Aushilfe ... Er atmete auf, als sie wieder da war.

Er genierte sich gar nicht vor ihr; er telefonierte in ihrer Gegenwart mit Hanna und auch einmal mit dem dänischen Fratz, der sich damals in Berlin herumtrieb. Sie hörte das unbewegten Angesichts mit an. Das war kein Stenogramm; das ging sie nichts an. Aber auf dem Schreibtisch war noch ihre Hand spürbar, die Art, wie sie die Bleistifte hinlegte, die sanfte Ruhe, mit der sie ihn betreute. Und dann wuchsen die Leiber zusammen. Es lag einfach daran, daß er eines Tages sachte zu fühlen begann, wie auch dies eine Frau sei, mit Beinen, Schenkeln, Oberarmen. Es war nichts, aber auch nichts als die Nähe, die ihn dahin trieb; man kann doch nicht dauernd neben einer Quelle liegen, ohne zum mindesten einmal spielerisch die Hand ins Wasser zu stecken. Durst? Nein. Es war nur eine Quelle da.

Befehlen können und hier nicht befehlen können – Chef sein und Mann zugleich wie jeder andre; und eben die leise Gewöhnung. Der spielerische Drang vergessener Knabenjahre war wieder da, den andern einmal genau anzusehen, aus Neugier, aus Langerweile, aus tastendem Grauen ... Einmal, einmal muß man hinter jeden geschlossenen Vorhang sehen – das ist so. Und dann hat sie nicht mehr losgelassen.

Übrigens hat er es nicht bereut; sie ist ihm eine gute Hausfrau und brave Mutter der Kinder geworden, und in der großen Stadt im Rheinland weiß niemand von der Vergangenheit der Frau, die ja nicht schändet, nein, gewiß nicht, aber es ist ja nicht nötig, nicht wahr? Die Ehe blieb, was sie war: eine Arbeitsgemeinschaft. Ohne die bunten Stunden, aber mit viel Erinnerungen an gemeinsame Kampagnen, Geschäftsfreunde, Betriebskollegen ... Er hat jetzt einen Sekretär. Oder eine kleine käsige Tipse.

Zur Zeit ist er sterblich verliebt in die Inhaberin eines Modesalons: ein strammes Prachtweib mit weißen, blitzenden Zähnen und schwarz angelacktem Haar. Im allgemeinen ist er seiner Frau treu, ein anständiger Familienvater. Aber er ist so neugierig; er möchte nur ein einziges Mal den Vorhang jenes Kleides heben. Und das wird er ja wohl auch tun.

ZUR PSYCHOLOGIE DES MARXISMUS UND DER «RADIKALEN» LITERATEN

Lieber Herr Willy Haas!

Ich möchte Ihnen zunächst persönlich für den so freundlichen und interessanten Brief danken, den Sie an mich gerichtet haben.

Sachlich haben Sie leider allzusehr recht.

Ich hatte mir vorgenommen, in der nächsten Zeit einmal auf die Brüchigkeit, Neurasthenie und die völlige Lebensuntüchtigkeit mancher Kreise hinzuweisen, die sich ‹radikal› nennen, und ich weiß, daß es vom Wandervogel bis zu Leuten, deren Namen ich zunächst nicht nennen will, eine böse Entrüstungskampagne geben wird. Das vertragen die Herren nämlich am allerwenigsten, daß ihnen einer sagt: mir ist ein Erzreaktionär als Kapitän eines Passagierdampfers lieber als ein zerfahrener Literat, der unpünktlich, fahrig und unfähig ist, zu disponieren. Natürlich ist gegen Kant kein Einwand, daß er vielleicht ein schlechter Chauffeur gewesen wäre: aber gerade diese Herrschaften, die ständig zur Tat aufrufen, lassen eine Lebenstüchtigkeit vermissen, die der Geistesmensch Lenin bei 28 geschriebenen Bänden auf das Vorzüglichste bewiesen hat. Ich für meinen Teil möchte bei den meisten unsrer Radikalen nicht mitansehen, wie sie auch nur einen Umzug in die Wege leiten oder wegen eines Mietvertrages verhandeln oder den Streit zwischen zwei Angestellten schlichten – und unter gar keinen Umständen möchte ich unter diesen Leuten arbeiten. Ich habe das bisher noch nicht gesagt, aber ich fürchte, es ist sehr an der Zeit, daß man es tut.

Denn, sehen Sie, das, was am Preußentum gut und gesund ist, besitzen diese Leute leider wenig oder gar nicht, sehr zum Schaden unsrer Sache, die, wie jede andere, eben nicht ohne ein gewisses Mindestmaß von Pflichterfüllung, Fleiß und vor allem von gesundem Menschenverstand geführt werden kann. Eben dieser gesunde Menschenverstand scheint mir bei so vielen unserer ‹Radikalen› zu fehlen: die Leute haben kein inneres Maß, kein Gefühl für die Notwendigkeiten des Lebens, mit denen man doch rechnen muß, wenn man etwas erreichen will. Mit Dialektik und Neurasthenie allein ist die Sache eben nicht zu machen.

Ich habe die Absicht, in der *‹Weltbühne›* einmal ausführlich auf dieses Thema zurückzukommen, und bis ich das tue, mögen Sie bitte mit diesem Brief beginnen, was Ihnen richtig erscheint.

Inzwischen bin ich, wie immer, mit den kameradschaftlichsten Grüßen

Ihr sehr ergebener Tucholsky

WEEK-END

Erst sagt es einer.

Denn ists ne Weile still,
weil keiner will.

Dann kommen aber zu Haufen
die Organisationsorganisatoren gelaufen:
Beamte und Journalisten
und andre Juden und sogar Christen –

und ein ganzes Komitee
und Offiziere a. D.
Propaganda? Famos!
Jetzt gehts los.

Sie kleben Plakate
und Bildinserate
und sind nie alleine
und gründen Vereine;
Deutschlands ältester Soldat
hat das Ehrenprotektorat...
und es läßt sie nicht ruhn,
und sie haben ze tun.

Wahrheit breitet sich nicht aus,
hast die Zeitung du im Haus.

Und bald sind die Gehirne bei allen
von einem linden Wahnsinn befallen:
«Week-end!» nuckelt der Embryo;
«Week-end!» flüstert der Großpopo.
Vergessen die Wirren um Tschiang Kai-schek;
vergessen der ganze Stahlhelmdreck;
vergessen der Volksbühne tiefer Fall...
es braust ein Ruf wie Donnerhall:
    Week-end –!

Wiek-ent-Gamaschen und Wik-end-Zigarren,
Wiehk-end-Windeln und Wigent-Knarren;
Wieghennd-Nachttöpfe (mit drei Henkeln),
Wieckänt-Stiefel mit Wiegänd-Senkeln...
Weegent-Häuschen und Wiekent-Bauch,
und was London kann, das können wir auch.

Bloß:
Die Gehälter der kleinen Angestellten
erhöhen sich in Deutschland selten...
Mit 145 Mark
fühlt sich nicht jeder week-end-stark.
    Die Villa auf der einen Seite
    mit dem Maybach in imposanter Breite...
    auf der andern das Bild von dem Week-end-Haus –:
        So sieht bei uns der Klassenkampf aus.

STAHLHELM ODER FILZHUT?

Der Stahlhelm ist wieder aus Berlin abgezogen, und wenn die Zeitungen rechts und links nicht so ein furchtbares Geschrei von seinem kümmerlichen Aufmarsch gemacht hätten, wüßte ein gut Teil der Berliner überhaupt nicht, daß jemals ein paar abgetakelte Offiziere die Stadt haben erobern wollen.

Das Getreibe dieser Mannen erinnerte im großen ganzen an die Passage, die von den Linden nach der Friedrichstraße führt und die einen so unendlich abgestorbenen Eindruck macht. Ich sah einen Teil der jungen Helden in Potsdam auf der Straße wandeln. Sie gingen in angehaltenem Atem einher und befanden sich in eingebildeter Lebensgefahr, unschlüssig, ob sie Potsdam für die Sehnsucht ihrer Träume halten oder wie eine Stadt im besetzten Gebiet behandeln sollten. Verstaubt die blechernen Kreuze, verschlissen die Ordensschnallen, vergilbt die Bänder: Puppen eines Wachsfigurenkabinetts, die man zur Versteigerung auf die Straße gesetzt hat.

Berlin hat im allgemeinen dieser Gilde den Empfang bereitet, den sie verdient: nämlich gar keinen. Die Teilnahmslosigkeit war ungeheuer. Die Ausflügler zogen zu Hunderttausenden ins Freie und taten das nicht einmal aus Furcht vor Krawallen, sondern aus grenzenloser Langerweile über einen Klamauk, den wir hier bis zum Überdruß auswendig gelernt haben. Die Diskussionen, Verhandlungen, Zurufe, Zusammenstöße, Streitereien auf der Straße ... alles das steht in der Form und im Ablauf fest, bringt, bis auf die Schimpfwörter, nichts mehr Neues und wird sich nun wohl bald endgültig zu Tode gelaufen haben. «Sie Ochse!» — «Wahrscheinlich auch so einer, der den Krieg von hinten mitgemacht hat!» — «Mit Ihnen gebe ich mich überhaupt nicht ab, dazu sind Sie mir viel zu wenig!» — «Juden raus!» —, das muß ich schon einmal gehört haben ... Sieht man davon ab, daß selbst bei diesen kleinen Straßenzusammenstößen der Republikaner der vornehmere war, der klügere, der, weil er eine so gute Sache vertritt, immer nachgibt ... so ergibt sich die Eintönigkeit eines Bildes, das man nun bald nicht mehr sehen mag.

Wie die Deutschen jede spontane Regung sofort kodifizieren, weil sie gegen nichts solche Abneigung haben wie gegen die unliebsamen Überraschungen, die das Leben nun einmal jedem vorbehält, so haben sie auch die ihnen eigentlich fremde Form der Straßendemonstrationen zu einer beschaulichen Herren-Partie gemacht. Was 1919 noch von Blut erfüllt, von einer Flamme überflackert war, was aus Haß und echter Erregung sich zusammensetzte, das ist heute ein mäßiges Amüsiervergnügen kleiner Vereinsmeier, die ihre Schläfrigkeit gegenseitig vergeblich wachzubrüllen versuchen. Jede Wahlrechtsdemonstration, die unter dem Kaiser mit Knüppeln auseinandergeschlagen wurde, ist echter, ursprünglicher, natürlicher als der kommandierte Auflauf, den die politischen Köche heute alle Sonntage servieren und der keinem mehr recht schmeckt.

Was dem Stahlhelm zujubelte, wohnte meistens in den westlichen Vororten Berlins, in Friedenau, in Lichterfelde, in dem grauslichen Steglitz, wo gelbsüchtige Stadträte, schwarzzahnige Obersekretäre, vermuffte kleine Beamte und ein paar Großverdiener der Inflation mit rosigem Schweinskopf ihre Fähnchen herausgesteckt hatten. In der Kaiserallee hatte sich Papa bei einer guten Zigarre die ingeniöse Idee erraucht, am Abend neben die alte Fahne die Lampe auf den Balkon zu stellen, und nun flackerte sie, wie eben eine echte und rechte Fahne der Inventur. Ausverkauf. Die verbissenen und kleinlichen Anstrengungen dieser verhetzten, ausgepowerten und moralisch verkommenen Kleinbürgerlichkeit, in der eine gewisse Sorte megärenhafter und erotisch mangelhaft befriedigter Hausfrauen die unangenehmsten Melodien mitkreischen, werden nichts helfen: mit den Idealen der Bataillonskommandeure und Bahnhofskommandanten, patriotischer Huren und lümmliger Offizierstypen ist es in dieser Form vorbei.

Als der Mißerfolg in Berlin eklatant wurde, bestellten sich Hugenberg und Konsorten ff Referenzen aus dem Ausland. Kein Handelsblättchen in Amsterdam, keine Käsezeitung in Glasgow war unbedeutend genug, als daß nicht deren Vertreter von den ‹machtvollen Kundgebungen› berichtet hätten, die ja, wie bekannt, der Welt erst die wahre Liebe zu Deutschland einflößen. Nur imponieren! Aber imponieren wollen, dem Ausland dauernd in die Fresse schlagen und dabei von der Hochachtung desselben Auslandes zehren: das ist im schlechten Sinne deutsch.

Berlin soll sich den Stahlhelmtag nicht als Sieg ankreiden.

Natürlich ist es unmöglich, daß irgend ein provinzialer Dummkopf dieser großen Stadt nun endlich beibringt, was ‹Frontgeist› ist. Die lächerliche Lüge, als seien Frontsoldaten solche Männer, die sich ihr Schicksal ausgesucht hätten, und nicht vielmehr solche, die von der unsittlichen Staatsmacht ergriffen worden seien, um das Unsittlichste zu tun, das es gibt, nämlich einen Militärmord zu begehen: diese Lüge kann in Berlin nicht siegen, weil es so viele Dumme auf einen Haufen zusammen nicht gibt. Aber der Triumph der Republikaner über den Stahlhelm ist zwiefach falsch.

Wahr ist, daß der Stahlhelm in Berlin nichts zu melden hat.

Wahr ist aber auch, daß die Insel Berlin in den kleinen Provinzstädten nichts zu sagen hat: daß es dort eine Gegendemonstration gegen die kriegerischen und von der Reichswehr unterstützten Aufzüge nicht gibt; daß dort der Kriegervereinsgeist aufs uneingeschränkteste dominiert, daß die Bezirkskommandos des Kriegsministeriums schalten und walten, wie sie wollen, und daß sich die Rolle der so häufig verfluchten zentralstaatlichen Wilhelmstraße eigentlich mehr auf Schikanen der untergeordneten Behörden und auf freundliche Überredung der Lokalinstanzen beschränkt. Die Wilhelmstraße denkt (was leicht übertrieben ist) — der Kreisausschuß lenkt.

Ich habe hier vor acht Tagen einem Föderalisten das Wort gegeben, weil man ehrliche Überzeugungen, soweit sie uns interessieren, immer zu Worte kommen lassen soll, aber ich halte es bei der Wesensart der Deutschen für eine unendliche Gefahr, statt eines Einheitsstaates das Land dezentralisierend aufzulockern. Wichtig ist immer die kleinste Zelle. Wenn es einen berliner Fortschrittsgeist gibt, was hat er dann in Fürsorgeanstalten, in kleinen Volksschulen, in ländlichen Amtsgerichten, in Gefängnissen, in großen Dörfern und in kleinen Städten zu vermelden? Ist nicht der dreimal gesiebte republikanische Landrat verraten und verloren, wenn er nicht auf Schritt und Tritt paktiert? Könnte sich denn auch nur einer von uns auf dem flachen Lande halten, wenn er dort ehrlich oppositionelle Lokalpolitik machte? Die Republikaner in der Deutschen Volkspartei und die Demokraten sind so entsetzlich stolz, weil sie in Berlin Leitartikel schreiben dürfen. Das ist Makulatur, gut genug, den leeren Raum auszufüllen, den die Inserate nicht in Anspruch nehmen. Wenn es aber an den Ernst des Lebens geht: wenn die Asphaltlieferung vergeben wird, wenn ein neuer Hauptlehrer angestellt wird, wenn über einen Unterstützungsfonds in der Stadtverordneten-Versammlung abgestimmt wird — dann siegt der finsterste Kleinstadtgeist, dann siegen alle schlechten preußischen Eigenschaften, dann siegt die Reaktion; nicht der Stahlhelm. In Frankreich gibt es eine linke Provinz; in Deutschland —?

Die große Gefahr für den europäischen Frieden, die Deutschland durch den immanenten Explosivstoff, den es in sich birgt, heute noch ist, liegt nicht im Stahlhelm, nicht in einer Karnevalsgesellschaft von vorgestern, nicht allein bei der Reichswehr.

Die wirkliche Gefahr in Deutschland ist der interfraktionelle Stresemann-Typus, den man von den Deutschnationalen bis zur Demokratischen Partei in allen Schattierungen vorfindet. Es ist der lebenstüchtige, verschlagene, grundsatzlose, großfressige und kleinmütige Kaufmann, der Organisationshuber, der ‹Mann des realen Lebens›, der gebildete Kaffer, dem es bei aller Liebe zur Republik ein bißchen mulmig um die Brust wird, wenn einer gar zu sehr gegen die Ideale des alten Regimes vorgeht. Sie sehen immer noch das leere Katheder, der Lehrer ist schon eine ganze Weile hinausgegangen ... aber man kann nie wissen.

Die Diktatur dieser Bourgeoisie ist vollständig. Jener Typus des

Intellektuellen, der den sozialen Schäden ein willig Ohr leiht, der sich in den Dienst ‹der nationalen Gemeinsache› stellt, jener falsch-liberale, neudeutsche Mensch, der Kritiken zuläßt, soweit er nicht selber gemeint ist, und nur soweit Kritik ihm die Möglichkeit verschafft, seinen ‹Standpunkt› ausführlich darzulegen oder gar ein Amt anzutreten, dieser Mensch wird, wenn man ihm den neuen Krieg, die neue Verwicklung, die neue Diebsgenossenschaft nur plausibel genug macht, mit allen Fasern seines Herzens noch einmal dabei sein.

Die entsetzliche Blutschuld, die Deutschland wie jeder andre kriegführende Staat 1914 auf sich geladen hat, war nur möglich, weil die Geister für diesen Augenblick gedrillt, präpariert, eingepökelt waren. Nichts hat so gut geklappt, wie die Mobilmachung der Köpfe.

Diese Köpfe sind in Deutschland heute noch nicht abgerüstet. Der Stahlhelm gehört in einen Affenkäfig und nicht in einen politischen Leitartikel. Aber es ist nicht wahr, daß der normale Typus der Deutschen Volkspartei und der Indifferenten auf die ekelhaften Grundsätze des Imperialismus verzichtet hat; es ist nicht wahr, daß diese Typen, die heute die deutschen Geschicke lenken, andre Ideale als die eines schwachsinnigen Wettlaufes, einer rücksichtslosen Machtpolitik, einer kindlich antieuropäischen Wirtschaftsauffassung haben. Sie können sich persönliches Glück und nationales Wohlergehen nur so vorstellen, daß es den andern möglichst schlecht geht. Was übernationale Zusammenarbeit ist, wissen sie nicht.

Das Mißtrauen der Nachbarstaaten Deutschlands, insbesondre Frankreichs und des allzu aufgeregten Polens, ist begründet. Die Deutschen sind Landsknechtsnaturen: gibt ihnen der Unheilstifter England auch nur die leiseste Möglichkeit, ihre klobigen Meinungen auszutoben, so greifen sie zu und führen – zum wievielten Mal in der Geschichte! – die Geschäfte eines klugen Kaufmannes, der sich nicht selbst die Finger schmutzig macht. Dafür hat er seine Leute. Dafür hat er seine Deutschen.

Jede Nation hat einige Kassandren, die es gleich gesagt haben, die man, weil sie unbequem sind, links liegen läßt, und die sich nicht einmal den kleinen Triumph gönnen dürfen, auf die Erfolge ihrer Prophezeiungen hinzuweisen. Ich gehöre seit dem Jahre 1913 zu denen, die den deutschen Geist für fast unwandelbar vergiftet halten, die nicht an eine Besserung glauben, die die verfassungsmäßige Demokratie für eine Fassade und für eine Lüge halten, und die auch heute noch, entgegen allen Zusicherungen und optimistischen Anwandlungen, einen hohlen Stahlhelm für lange nicht so gefährlich halten wie einen seidigen Zylinder.

DER INNERE MONOLOG

Ça c'est du monologue de théâtre, une de ces choses qu'il se surprenait à dire, ou même seulement à penser, pour des spectateurs imaginaires.
Valéry Larbaud:
‹Mon plus secret conseil›

Seit James Joyce, der Ire, sein Buch *‹Ulysses›* in die Welt geschleudert hat, dieses Buch, das die Engländer verbrennen, wo sie es nur bekommen können, und das daher in Paris hat neu aufgelegt werden müssen, voll von dubliner Lokalanspielungen, so verzwickt, daß sie sogar für einen Dubliner nicht ganz leicht verständlich sind – seit diesem merkwürdigen Buch hört in Frankreich die literarische Diskussion über eine Sache nicht auf, die man den ‹Inneren Monolog› getauft hat.

Was gemeint ist, läßt sich leicht erklären. Es handelt sich um die literarische Darstellung jener Denkvorgänge, die sich im Menschen abspielen, wenn er ein unhörbares Selbstgespräch führt, wenn er, etwa während einer schlaflosen Nacht oder vor einem wichtigen Entschluß, bei sich meditiert, mit sich zu Rate geht, im Inneren monologisiert.

Die literarische Form ist uns nicht neu. Schnitzler, der sie jetzt wieder in seinem letzten Werk angewandt hat, hatte uns schon damals im *‹Leutnant Gustel›* etwas Ähnliches gegeben, die gesamten Erinnerungsbilder, Empfindungen und Gefühle eines einzelnen Menschen. In der modernen französischen Literatur hat sich Valéry Larbaud (der übrigens verdiente, in Deutschland recht bekannt zu werden) dieser Form in bewußter Anlehnung an Joyce bedient, zum Beispiel im *‹Amants, heureux amants!›* und er führt ihren Ursprung seinerseits auf das Buch Edouard Dujardins *‹Les lauriers sont coupés›* zurück, das im Jahre 1887 erschienen ist. Was hat es nun mit diesem inneren Monolog auf sich?

Die literarische Form ist reizvoll und interessant. Das Individuum wird scheinbar ganz im Inneren belauscht, gibt sich scheinbar so, wie es wirklich ist, wird vom Leser völlig durchschaut; dazu kommt der Reiz der indirekten Darstellung: vieles wird nicht geradezu gesagt, sondern muß aus dem Monolog heraus erraten werden ... kurz, für einen Dichter ist da viel zu holen. Aber entspricht nun diese Form der psychologischen Wirklichkeit?

Es gibt wohl keinen gesunden Menschen, der jemals in seinem Leben in folgender Form gedacht hat: «Obgleich es heute regnet, werde ich meinen Regenschirm nicht mitnehmen.» Wenn seine Gedanken überhaupt in grammatikalische Sätze gekleidet sind, so geht diese Überlegung in folgender Form vor sich: «Es regnet. Soll ich da 'n Regenschirm mitnehmen? Ach, ich werde lieber keinen mitnehmen!» So primitiv und abgehackt denkt man tatsächlich sehr häufig. Das kann der Dichter aber nicht gebrauchen, weil dergleichen lange Seiten hindurch nicht zu halten ist, und so fälscht er die grammatikalische Form. Er fälscht nicht nur sie.

Tatsächlich denken wir meist überhaupt nicht in grammatikalischen Sätzen, was schon mit der ungeheuren Schnelligkeit, mit der gedacht wird, nicht vereinbar wäre, sondern die Gedanken wälzen sich, rollen und passieren vorüber je nach der Veranlagung des Individuums, optisch, akustisch, Nervenreiz kopierend, oder in der Mehrzahl der Fälle in jenen blitzschnell laufenden Abstraktionen, die man ‹Ideen› genannt hat. Man prüfe sich ehrlich und überlege, was einem alles in schlafloser Nacht ‹durch den Kopf› gegangen ist, welche unermeßliche Fülle von Reminiszenzen an Personen und Sachen, von Plänen, Befürchtungen, Hoffnungen, peinlichen und angenehmen Empfindungen. Ganz abgesehen von dem Tempo dieser Gedankenvorgänge, entspricht auch ihre Form niemals der eines literarischen inneren Monologes. «Und nächstes Jahr, dann kommt es wohl vor, daß sie den jungen Menschen als Ehemann wiederfindet, schon mitten drin im Trott seines Lebens und ohne Abenteuer, ein Honoratior», heißt es in solch einem Monolog einmal bei Larbaud. Den lebenden Menschen möchte ich sehen, der so denkt. Das heißt den abgeschossenen Pfeil vom Boden aufheben und ihn seine Laufbahn mit erhobenen Händen noch einmal entlangtragen. Seht, so ist er geflogen! Aber er ist eben geflogen, und dies hier ist eine Karikatur. Das, was wir mit uns treiben, wenn wir allein sind, ist auch bei langsamer denkenden Menschen im Vergleich zur literarischen Darstellung immer noch ein Automobilrennen. Alles wird nur angeschlagen, nur getippt, und selbst wenn es einmal im Übermaß des Schmerzes oder der Lust voll ausgedacht wird, so ist es ein seltsames Scheinleben, das die Personen dieses inneren Theaters da führen. Sie sind an nichts gebunden, an keine Grammatik und an keine Logik, an keinen Rhythmus der Realität und an keine Form.

Dazu kommt ein anderes. Der Dichter, der den inneren Monolog wiedergeben will, kann bei der Darstellungskunst, die unserer Literatur zugrunde liegt, immer nur einen Gedanken nach dem andern abwickeln. So denken wir aber nicht. Zivilisierte Menschen denken polyphon, und eben das kann der innere Monolog überhaupt nicht wiedergeben. Dieser Grundbaß: «Meine Mutter ist gestorben», und darüber die zweiten, dritten und vierten Stimmen, die die Melodie halten oder scheinbar verlassen, die plötzlich vom Thema abspringen und still für sich Achteltakte lang ein kleines, fast nicht mehr trauriges Menuett tanzen, dieses Orchester der Gleichzeitigkeit kann der Schriftsteller nicht wiedergeben. Aber eben das macht das Wesen des inneren Monologes aus, daß er nicht eindimensional ist. Ob man an dreierlei

Dinge zu gleicher Zeit denken kann, steht dahin. Daß man aber bei der ungeheuren Schnelligkeit, mit der das Gehirn arbeitet, vielerlei Empfindungen haben kann, die für den Empfindenden so schnell erfolgen, daß er sie gleichzeitig empfindet, ist sicher.

Mir scheint dieser innere Monolog ein Fressen für Psychologen und Psychoanalytikers. Gelingt es ihnen, durch die Tiefenforschung der Seele Ausdrucksmittel für diese bisher dunkeln Vorgänge zu finden, so hätte damit die Literatur ein ungeheures neues Feld und eine neue Darstellungsmöglichkeit gewonnen. Die abstrusen Sätze: «Ha, dachte der Graf, ich werde dem Mädchen, wenn ich es wiedersehe, die fünf Franken schenken, die mir meine Tante gegeben hat», werden damit aufhören, die Dichter hätten nicht mehr nötig, die Gedankenmusik des inneren Monologes in Worte zu übertragen, die ihnen allen Reiz nehmen, und die Literatur gewönne etwas wirklich Neues, das es bis heute nicht einmal in seinen kümmerlichsten Anfängen gibt: den inneren Monolog.

WARUM STEHEN

eigentlich Angeklagte vor dem Richter? Es strengt an, stundenlang zuzuhören, sich zu verteidigen, und dabei ununterbrochen zu stehen. Die Attitüde soll wohl die Wehrlosigkeit des Angeklagten nach außen so recht manifestieren, seine Subordination, die der da von ihm verlangt, nach der Melodie: «Vor allen Dingen stehen Sie mal auf, wenn Sie mit mir reden!» Denn Hochachtung und geistige Überlegenheit spielen sich in Deutschland meistens in jenen Formen ab, wie sie zwischen westpreußischen Gutsbesitzern und polnischen Saisonarbeitern üblich sind. So auch vor Gericht.

Humane Richter, also solche, die unter dem Talar keine Reserveoffiziers-Uniform tragen, erlauben manchmal den Angeklagten — als ganz besondere Gnade — sich hinzusetzen. Selbstverständlich ist, daß auch der Angeklagte sitzen darf; habt ihr weiter keine Mittel, um ihm klarzumachen, daß er sich hier zu verantworten habe?

Nein, sie haben keine. Und sie können keine haben, weil sie sich ja einer Amtsanmaßung schuldig machen: nämlich einer göttlichen. Das bestandne Assessorexamen und die Bestallung irgend eines Beamten scheint zu genügen, um aus Herrn Landgerichtsrat Blumenkohl den Stellvertreter Christi auf Erden zu machen: er straft. Er hat nicht zu strafen. Er hat keine Verhaltungsmaßregeln zu erteilen, er hat nicht Moral zu blasen, er hat zu schweigen, zu verstehen und dann das einzige zu tun, wozu ihn Menschen allenfalls delegieren dürfen: die Gesellschaft zu schützen.

Sitzend stülpt er dem vor ihm Stehenden eine Strafe über den Kopf, deren Nuancen er nicht kennt. Unter hundert Richtern sind wahrscheinlich nicht vier, die den Unterschied zwischen zwei und drei Jahren Zuchthaus überhaupt abzumessen vermögen. Für die körperlichen, die seelischen, die sexuellen Nöte eines eingesperrten Verbrechers haben sie nicht viel Verständnis – woher sollten sie auch? «Wir geben in solchen Fällen immer zwei Jahre», hat mal einer im Beratungszimmer gesagt. Das schien sein fester Satz, billiger tat ers nicht.

Nun, und später sitzt ja der bis dahin stehende Angeklagte genug... Nur einmal wünschte ich, daß Angeklagte stehen, solange stehen, bis sie zum Umsinken müde sind. Das ist dann, wenn so ein Richter vor dem Seinen steht. Und weil auf die himmlische Instanz nicht viel Verlaß ist: vor einer irdischen.

EIN FERNGESPRÄCH

«Hier ist nochmals das Fernamt. Ich möchte Sie darauf aufmerksam machen, daß Sie möglichst langsam und möglichst dialektfrei sprechen müssen; der Telefonverkehr für solche Gespräche, wie Sie eins angemeldet haben, ist zwar freigegeben – aber nur unter der Bedingung, daß der dortige Überwachungsbeamte den Gesprächen folgen kann. Wir haben nun die Erfahrung gemacht, daß regelmäßig getrennt wird, wenn die Teilnehmer Dialekte oder fremde Sprachen sprechen. Wir weisen Sie in Ihrem Interesse darauf hin.»

«Ja doch. Allemal. Na jewiß doch.»

«Au Backe! Et klingelt. Det is det Fernjespräch! Emma, sperr ma die Jehrn in die Kiche, det sie nich so brillen!

Jaaa –? Emil, bist du da? Emil! Wat sacht der? Emil! Emil! Bist du da? 'n Tach, Emil! Hier is Pauel! Ja! Ick spreche nehmlich jewählt, damit daß die Beamten heern solln, det wir nischt Vabotnes sprechen! Heer ma, Emil! Wie jehts dir denn? Jut, ja? Saufst du noch so viel? Det mußte nich! Det jreift die Nieren an – die Nieren! die Nieren! – liecht det an die Vaständjung, oda haste dir de Ohrn nich jewaschen? Emil! Paß ma uff! Ick rufe wejen Minnan an! Paß ma uff:

Minna wollt doch nu heiratn, weißte, wa? Nu will sie ihrer aber nich heiraten – neien! Er will nich! Er sacht, det dritte Kind wär nu auch nich von ihn – er sacht, ßweemal hätt er sich det mitanjesehn, aber det dritte Mal, sachta, akennt er det nich an! Er wär keene Kleen-Kinder-Bewahranstalt! Emil! Bist du noch da? Nu hat Erwin sein Schwager, ja, der Dusslige, der imma beit Billjardspiel so mohrelt – ehmderselbige! Ja, der hat ihr doch nu die Wohnungseinrichtung besorcht, det Bett und die Kommode und den Schrank – allens aus Mahachoni — nu sitzt sie damit da. Emil! Bist du noch da? Wat sachste du? Klahren? Dir ham se woll mitn Klammerbeutel jepudert? Wat denn — klahren? Der laßt ihr hochjehn, det weeßte doch janz jenau! Natierlich — det wirst du mir nich lernen, wie man diß macht! Ochse! Een Ochse bist du — allemal! Nein. Neien! Mensch, wenn du so lang wärst wie de dumm bist, könntste aus der Dachrinne saufen! Ick bleibe bei mein Wort. Also paß ma uff:

Nu sitzt se da mit den Amöblemang. Nu hatten wir jestan bei Schippanowsky ieber die Sache jeredt — Lottchen wah ooch da und der dicke Mattberg, der immer den Stolzen markiert, und denn Hejemann. Also ick bringe det Jespräch so janz pee a pee uff sehr feine Art uff die Sache... ick ha se erscht 'n bisken wat injejehm, na, nich Medessin... Emil? Emil! Bist du noch da? Und nach ne halbe Stunde wahn se denn so weit. Ja. Hejemann wah jleich fett... mit die andern konnt ick noch redn. Ick habe sie det anjebotn... und bei die Jelegenheit hat sich noch 'n andret Jeschäft ajehm... Emil? Emil — hättste Lust, deine olle Laube jejen einen Rennkahn umzutauschen — det heeßt — den nimmt dir der Mattberch wieda ab, det is bloß die Form wejen. Er nimmt die Laube, und denn jibt er dir den Kahn... det heeßt: der Kahn jeheert 'n jahnich... er jibbt 'n bloß so lange aß seinen aus, bis daß er die Forderung beijetriehm hat... von Hejemann junior! Den kennste doch, wa? Emil? Emil! Wat hältst du von die Sache? Wacht ma! Emma rummelt hier so mit die Meebel! Emma! Wißte jleich stille sind! Na, laß mir man hier fechtig sein — denn kriste aba von Vatan eene jeklebt, dette dir um dir selber trieselst! Emil! Emil — wat hältst du von die Sache? Wat? Det willste nich machen? Woso nich? Warum willste det nich machen? Det is 'n dodsichres Jeschäft! Wat? Na, Mensch, du mußt da aba orntlich eenen jehohm haben — du saufst ooch, bis daß dir der Schnaps aus de Ohren looft. Warum wißte denn det nich machen? Mattberg tritt die Forderung ab, wattn, wattn... Sicherheit? Wir sind hier nich bei de Reichsbank, do! Wat sachste? Det willste nich? Det willste nich? Na, denn werk dir mah wat sahrn:

Du bist eene janz dusslige Rotzneese, wo nich in de Zeit paßt! Ja, nu — wos mit die Dollaren aus ist, da paßt er! Na, vor dir machen se keene neue Inflation! Vor dir nich! Na, jeh doch! Na, mach doch! Du wirst den Zaun nich pinseln! Du nich! Aber det wick dir noch sahren — ick wer dir mal sahren, wat du mir kannst — du kannst mir —

Emil! Emil! Emil! Ja? Ick plauderte jrade mit den Herrn! Wat sacht er —? Na, is dett die Menschenmeeglichkeit!

Jetzt hat der jetrennt, weil ich ihm nich hochdeutsch jenuch jesprochen habe! Fernamt! Frollein, ick habe jesprochen wie unsa Pastor in de Kirche, und der trennt?

So wie ick hier spreche — ach wat, Dialekt! Dialekt! Ick spreche keen

Dialekt – ich spreche Deutsch, vastehn Se mir? So wie ick spreche: mir vastehn ja die Nejer. N wie Nathan ... Wech.

So, Emma, nu kriste dein Fett von Vatan!»

CHAPLIN IN KOPENHAGEN

Die dänische Fähre rauschte davon, und die Eisenbahnwagen und ich – wir machten ein ziemlich dummes Gesicht, weil wir nicht wußten, wie uns das bekommen würde. Vor Warnemünde die Wellenbrecher sahen wir gar nicht an – welch ein bezügliches Wort ...! Aber nun befahl der Kapitän den Kolben, zu stampfen, und die langen D-Zug-Wagen begannen leise zu zittern, Kellner sprangen im Speisesaal auf und ab, Hühner waren geschlachtet worden, Heringe hatten sich in Zuckeressig gewälzt, Bier war auf Flaschen gezogen worden, die Fähre fuhr, und die dänische Eisenbahn rollte, und ein Hotelbett war gedeckt, Staubsauger heulten, der Panter stolperte durch Kopenhagen und merkte kaum, daß er angekommen war – denn dieser ganze Aufwand wurde vertan, weil in der Stadt ein kleiner Mann mit Hütchen auf einer Filmleinwand das deutsche Heer aber gründlich besiegte und Kaiser, Kronprinz und Hindenburg total gefangen nahm ... Hin.

Die Sache spielte sich in einem Kinotheaterchen achtundvierzigsten Grades ab – die andern siebenundvierzig hatten schon gelacht, seit zehn Jahren hatten sie gelacht ... General Chaplin ließen auf sich warten: zwei amerikanische Filme schoben sich vorüber, Gottbehüte uns, und nahmen nie ein Ende, und immer, wenn ich geglaubt hatte, nun aber perfekt dänisch zu können, zeigte sich, daß das nächste Bild etwas ganz anderes besagte als der vor mir hin her und übersetzte Text. Und zwischendurch schlief ich ein und gedachte wehmütig der Schule der Weisheit und fuhr mit einem leichten Schrei wieder auf, und dann war es immer noch nicht aus, und die Monate gingen vorüber, es wurde Herbst und wieder Winter, und immer waren da noch die beiden Großaufnahmeköpfe auf der Leinwand zu sehen, und will sich nimmer erschöpfen und leeren ... Und dann, und dann kam Er.

Es beginnt mit einer vollendeten Verhöhnung des Militärs – so etwas von schiefen Kehrtwendungen und Gewehrjonglierübungen und Getrapple ... pfui Deubel, Herr Major! Worauf der junge Rekrut Charlot in einem Zelt zu träumen beginnt ...

Er stand im Schützengraben, hinter ihm schlugen die Granaten ein, was ihn jedesmal zu einem schmerzlichen Zusammenzucken bewog ... man hat seine Nerven – und wenn eine Flasche nicht zu entkorken war, hob er sie hoch, und der böse Feind schoß den Hals ab, und wenn es eine Zigarette zu entzünden galt, hob er sie hoch, und Krupp schoß sie in Brand – es war alles in bester Ordnung. Regnete es? Dann stak der ganze Unterstand im Wasser, aber jeder Mann, wie man das gelernt hatte, lag ordnungsmäßig zugedeckt, zweimal: mit der Decke und mit Wasser, einer sah nur noch mit dem Mund und den Zehen heraus, und dem trieb Charlie ein Bootchen mit dem Nachtlicht hin, auf daß es ihm die Füße briete . . . Tats, ergriff den Lautsprecher und zog sich unter das Wasser zurück, durch die Röhre atmend . . . Läuse? Für Läuse hat der Soldat ein Reibeisen, das man an die Wand nageln kann: zwecks Rückenschubberung. Der Krieg war restlos erledigt.

Dann ein echter Chaplin-Augenblick: alle bekommen Post, nur er nicht. Da lehnt er traurig am Unterstandpfosten und guckt verstohlen einem Soldaten, der den Heimatbrief liest, in das Papier . . . und lacht mit, wenn es etwas zu lachen gibt, und ist ernst und gefaßt und heiter — alles auf der Nebenleitung, bis es der andre merkt und ihm hinter die Ohren haut, und dann ist es aus. — Sturmangriff!

Sieh da, die Deutschen! Es sind derartige Schießbudenfiguren, daß sich ein ernster Mensch nicht gut verletzt fühlen kann, es sei denn, er wäre humorlos wie ein deutscher Beamter. Diese Soldaten da haben Bärte wie die Urwälder und sind dick wie die Tonnen oder lang wie die Zäune, nur der kleine Leutnant, der sie alle in den Hintern tritt, ist ein kurzer Daumen. (Wahr ist vielmehr, daß der deutsche Offizier seine Soldaten nicht in den Hintern, sondern in die Seele getreten hat.) Na, und dann läuft Chaplin zum Feind über und überlistet denselben mit Tücke und einer Kostümierung als Baumstumpf (der beinahe gefällt wird), und die Deutschen halten immerzu die Hände hoch und werden ununterbrochen besiegt, beinah so wie die Franzosen in dem Weltkriegsfilm des Herrn Hugenberg. Der Unterschied zwischen den beiden Filmen ist überhaupt nicht so sehr groß — nur ist Chaplin seiner eine Spur seriöser. Und dann erscheint ein Auto, und die beiden Chauffeure haben breite Mützenbänder mit Adlern drauf, aber was Sie denken, ist nicht. Kein Kronprinz wird hier gefangengenommen, kein Kaiser wird hier gefangen genommen, kein Hindenburg wird hier gefangengenommen. ‹Ein› Offizier . . .

Ja, wir wahren unsre Würde im Ausland.

Es gibt kaum eine deutsche Auslandsvertretung, die offen und ehrlich zur Republik steht, und es gibt überhaupt keine, in der etwas von Demokratie zu merken wäre — aber unsre Würde, die wahren wir. Wir trauen uns nicht, die Fahne der Republik im Ausland zu zeigen, denn unsre Republik ist auf den Feiern des Reichsbanners soo groß und in der Gösch soo klein — aber nun haben sie glücklich die Filmbilder, in denen Hindenburg und die andern erscheinen, herausgestrichen, und nun wirkt der Film wirklich deutschfeindlich, obgleich ers gar nicht ist. Denn während vorher die Farce durch die vollkommene Sinnlosigkeit übersteigert war, sich so von der Wahrheit gänzlich entfernend, liegt nun eine Spur von Gesinnung in dem zusammengeschnittenen Film, von dem Chaplin nichts weiß. Es geht nichts über Diplomatie.

Und wie ich mir so die Lachtränen wegwische, denke ich, was das für eine Nummer von Republik ist. Wenn zum Beispiel ein höherer deutscher Polizeibeamter in Kopenhagen mit seinen französischen, dänischen, schwedischen Kollegen am Tisch sitzt, dann läßt er als Tafelfähnchen die alten Farben seines Kaisers aufziehen ... «Die Herren lieben die neue Fahne nicht», sagt der Wirt. «Sie nennen sie: Heringssalat.» Mit dem Takt ist das so eine Sache: man hat ihn, oder man hat ihn nicht. Wozu sollte ihn dieser haben? Die Republik bezahlt ihm sein Gehalt, das er grinsend einstreicht, Achtung verlangt sie nicht von ihm, und es geht nichts über die Lümmelhaftigkeit von nationalen Deutschen, die sich im Ausland herumtreiben. Über Ernst Tollers Aufenthalt in Kopenhagen gibt es nur eine Stimme des Lobes. Aber das ist freilich ein Landesverräter, der hier den billigen Ruhm verschmäht hat, vor Fremden auf Deutschland zu schelten. Ein Beamter darf das tun, und er tut recht daran. Mancher verdients nicht anders.

Der Film *‹Das Gewehr über!›* aber sollte an einer Stelle gespielt werden, wo er noch nie gespielt worden ist, und wohin er gehört. Ob dieser Film heute noch im Ausland von jener innern Aktualität ist, die seine Wiederaufnahme rechtfertigt, ist Sache seiner Beschauer. Auf einen Fleck Erde aber gehörte er, vor eine Gattung Menschen, die den Mut nicht aufbringen, zu Ende zu denken, die in Lüge leben und in Kompromissen.

Dieser helle Film gehört in das dunkelste Deutschland. Übern Rhein, Chaplin, übern Rhein –!

KLEINES GLOCKENSPIEL

Die Uhr schlägt 12 –
Gott allen braven Lesern helf!

Die Uhr schlägt 1 –
Das Zentrum handelt, Hilferding redet ...
jeder seins.

Die Uhr schlägt 2 –
Wenn England einen Raufbold braucht: Deutschland ist allemal dabei.

Die Uhr schlägt 3 –
«Es lebe die Republik!» ist ein zu nichts verpflichtendes Geschrei.

Die Uhr schlägt 4 –
Es war einmal ein republikanischer Reichswehroffizier.
(Uhr bleibt vor Angst stehen.)

Die Uhr schlägt 5 –
In Deutschland ist man viel zu vernünf-
tig, sich wegen jeden juristischen Drecks
– die Uhr schlägt 6 –
zu erregen. Laßt uns lieber in die Zuchthäuser abschieben
– die Uhr schlägt 7 –
wer etwas Kommunistisches in die Straßen macht –
die Uhr schlägt 8.

Gleich darauf schlägt die Uhr 9 –
Sollte das ein Fehler im Uhrwerk seun?

In Deutschland kann doch nichts vor-, da muß alles zurücke gehn –
die Uhr schlägt 10.

Die Uhr schlägt 11 –
Ausnahmezustand ist ein Zustand und ein schöner Notbeh-11.

Die Uhr schlägt 12 –
Gott immer noch allen Lesern helf!

Es war einmal ein Sozialist, der tät die Arbeitgeber reizen –
da schlug die Uhr 13!

Die Uhr schlug 14, 15, 16, 17, 18, 19 und 20 ...
Wir wollen die deutschen Brüder in Danzig befrein, wer aber nicht will,
ist Danzig.

So schlägt die Uhr bei Tage und bei Nacht,
denn dafür ist sie Uhr und als solche auf dem Turm angebracht.
Großfressig nach außen – nach innen verprügeltes Zivil –:
das ist das deutsche Glockenspiel.

EINE SCHÖNE DÄNIN

«Daß die Leistungsfähigkeit der Kühe unter diesen Umständen sehr gering war», stand in dem schönen Führer durch Dänemark, den man mir freundlicherweise im Außenministerium gegeben hatte, «ist selbstredend. Die durchschnittliche Milchleistung pro Kuh –» Gut. Wovon aber gar nichts in diesem Buche zu lesen war, das waren die Frauen des Landes.

Nordische Frauen —! Was habt ihr doch für einen falschen Ruf! Da heißt es von der Französin, sie sei locker, kokett, der Liebe ergeben, und was weiß ich. Und ist doch das treueste Heimchen am Herd, das sich denken läßt — es gibt keinen Frauenberuf in Frankreich — keinen! oh, ihr nordischen Schwestern — in dem das nicht zu spüren wäre. Ihr hingegen ... Das ist ein weites Feld.

Guten Tag, Kopenhagen! Wohlschmeckend schritten die jungen Damen dahin und guckten Esperanto und sprachen ihre Sprache. Wenn die Dänen das, was sie zu sagen haben, auf Schilder gedruckt dem Fremdling entgegenhielten, ließe es sich allenfalls erraten — so viel Plattdeutsch und Englisch verstehen wir auch bei Regenwetter. Zum Sprechen eignet sich die dänische Sprache weniger — sie zerschmilzt den Hiesigen auf der Zunge und eilt leichtsilbig dahin, und alles ist ein einziges Wort, und es ist sehr schwer. Und wenn man also im ‹Fiske-Restaurant› gar nichts sagt, bekommt man zu viel zu essen, und wenn man etwas sagt, erstickt man in kalten und warmen Speisen; und ich glaube: wenn einer richtig Dänisch kann und etwas bestellt, dann bekommt er den Wirt in Gelee. Gott segne die dänischen Kalorien.

Ja, die Frauen ... Ich war den ganzen Tag herumgelaufen und freute mich auf den Abend. Für den Abend hatte ich mir etwas ausgedacht. Da stand an einem Tanzlokal — soviel konnte ich lesen —, daß da also getanzt werden würde, und daß da zwei Orchester spielten, und dann:

INGEN PAUSER

‹Ingen› — das war wohl die dänische Form für ‹Inge› —, welch ein schöner Name! Ingen Pauser ... Wie mochte sie aussehen? Lang, weiß, schlank, blond — mit einer Schnuppernase und fest im Fleisch. Ja, das wollten wir also wohl einmal sehen.

Inzwischen war Lange Linie zu besichtigen und im Hafen herumzufahren, und es waren alle jene netten Überflüssigkeiten zu exekutieren, die im Führer stehen. Nach der vierten begann ich zu schwänzen ... es war viel amüsanter Klatsch zu hören und den Nebel, in dem die dänischen Berühmtheiten für uns dahinschreiten, sich zerteilen zu sehen — und siehe da: da hatten sie hochgeschnürte kleine Provinzbusen und lispelten und schielten und waren dreimal geschieden, und ein Glitzerwerk von Ironiegeflitter ging über die Armen dahin, vor denen ich zu Hause, vor dem Bücherschrank, so eine große Hochachtung gehabt hatte. Richtig — Inge!

Ich würde nach den ersten Formalitäten ‹Inge› sagen — ‹Ingen› das ist nichts. Wenn sie einen Funken Nettigkeit im Leibe hat, besitzt sie eine Tante auf Jütland. Wir wollen nach Jütland fahren — in Kopenhagen ist sie vielleicht zu bekannt. In Jütland soll eine kleine Stadt dastehen mit einem Backsteinkirchturm und abendlich erdunkelnden Bäumen auf dem Marktplatz ... Vor dem Schlafengehen spazieren wir ein bißchen durch die Sträßchen und Straßen und dann einen Feldweg entlang, und Inge erzählt von ihrer Schwester, die in Amerika lebt, und von einer Reise nach London — dann blinzelt der erste Stern herunter, und dann sagen wir gar nichts mehr ...

Ja, sie kann Deutsch. Natürlich kann sie Deutsch. Sie spricht es auf diese entzückende Art, in der es hier viele Leute sprechen: lehrreich und bezaubernd falsch. «Soll ich das Essen heißen?» fragen sie, und — warum soll man das eigentlich nicht sagen? Wenn es ‹erwärmen› gibt — warum soll es nicht ‹heißen› geben? Und sie sagt mir: «Kopenhagen ist selbstfroh», was wohl so etwas wie ‹mit sich zufrieden› bedeutet — und es tut den Ohren und allen Sinnnen wohl, Deutsch auf eine so neue und so überraschende Art zu hören. Es ist, wie wenn jemand die Sprache neu zu schaffen unternähme ... Schmeckt ihr Kuß salzig? Das werden wir ja sehen. Das werden wir ja alles sehen —

Das Gold auf dem Rathaus erglänzt im letzten Sonnenlicht. Aus den Schaufenstern der Kinos blicken geschmalzte Fotografien auf die Straßen, und die Gesichter der Stars sehen süß und fett aus wie die dänischen Kuchen, und vor dem Tivoli steht ein Mann und singt ein Lied, das ich schon einmal gehört haben muß ... ‹*B. Z.*› sagt er —

Und im Tivoli hängt in den Bäumen die Sehnsucht aller dänischen Matrosen, die gerade auf hoher See sind, ‹Tivoli› denken sie, wenn sie in die Wanten klettern, und ‹Tivoli› in den Kohlenbunkern und ‹Tivoli› auf dem Broadway ... Und hoch oben, gegen den hohen blauen Abendhimmel, steht ein deutscher Artist im weißen Trikot, bereit, zu einem Looping abzuspringen: «Achtung!» ruft er — und da lachen Leute vor einem Freilicht-Kino, und da kreischen sie auf der Rutschbahn ... Und ich denke an Inge. Ingen Pauser —

Und bei Vivel wedeln die Kellner ungeduldig mit den Servietten, und wenn jetzt der Oberkellner mit dem Finger winkt, dann ergießt sich aus dem doppeltgeöffneten Tor eine ganze Heringsflottille hervor, man möchte ein Hering sein, nur um zu wissen, wie ein dänischer Magen von innen aussieht, es ist nicht vorstellbar.

Jetzt aber ist es neun Uhr, und nun will ich zu Inge gehen. Ja, und wenn wir in der jütländischen Stadt angekommen sind, dann soll aus einem geöffneten Fenster der kleine Walzer ‹*Allways*› herausklingen, das denke ich mir besonders hübsch, und dabei wollen wir einschlafen. — — —

Schade, ‹Ingen Pauser› ist kein Name. Es heißt ‹Keine Pause› — und pausenlos spielen die beiden Orchester in dem Tanzlokalchen, es ist gar keine Inge da, und auf leicht nach innen gesetzten Füßen stiefle ich ins Freie, sanft begossen vom Schein des Mondes und einer umsonst geliebten Liebe.

BESUCH BEI J. V. JENSEN

Das kleine Dänemark hat ein großes Auge, mit dem es die Welt sieht – und dieses Auge ist der, der hier oben mit einer Abkürzung ‹Johannes V.› genannt wird. Darf man guten Tag sagen?

Dem dunkelroten Ziegelhaus mit den platten Fenstern gegenüber liegt eine königliche Brauerei, und während ich die kleinen Treppenabsätze hinaufklettere, mache ich eine ethnographische Reise: da wohnt Herr Warncke und Herr de Fontenay und Herr Salomon, und ganz oben erst wohnt Columbus, der größte Reisende unserer Zeit.

Er hat den schmalen Kopf eines gütigen englischen Landpfarrers, aber wenn sich die Mundwinkel biegen, wenn die großen Augen hinter den Brillengläsern manchmal hart im Ausdruck werden, dann ist da noch etwas anderes. Die Stirn ist hoch und ausgebuchtet, die blassen Hände wirken mitunter ein klein wenig entmaterialisiert. Aber es ist wohl besser, Herrn Liebermann zu zeichnen ... Er spricht deutsch.

Das Gespräch beginnt, wie es sich für ein ordentliches Gespräch gehört, beim Wetter – ja, der häßliche Frühling – und wie lange wollen Sie denn noch in Kopenhagen ...? Die Worte laufen, und ich kann ihm doch nicht gut einen Lorbeerkranz auf die Stirn drücken, das fiele entschieden auf, ich habe auch gar keinen bei mir. Immerhin ist es der Mann, der *‹Arabella›* geschrieben, aus dem Nichts geholt, geschaffen hat; der *‹Louison›* durch Paris wandeln ließ, durch Paris, das der Glückliche noch erlebt hat, als er auf dem ‹Imperial› der Omnibusse fahren durfte; der den chinesischen Kuli sprechen ließ und die spanischen Stiere schnaufen machte – und weil jeder Schriftsteller neben seinem Werk steht, kann ich ihm das nicht so sagen. Aber da hat sich das Gespräch nun gefangen, die Vorfühler haben sich ineinander gehakt – nun haben wir uns.

Natürlich hat er Whitman, den großen Abenteurer, übersetzt und eingeleitet, und nun spricht er über ihn, wie er ihn hört – «Es sind niemals Rhythmen, die man abmessen kann, keine Daktylen, keine Jamben – das wäre verkappter Vers. Nein, das ist es nicht.» – «Ein unterirdischer Rhythmus?» – «Ja. Und weil Whitman einmal Typograph gewesen ist, auch mit dem Auge wahrnehmbar – er hat beim Schreiben gewußt, wie das Geschriebene gesetzt aussehen wird. Er ist heute noch so modern wie damals vor vierzig Jahren, als er lebte und dichtete: ‹eine Synthese aus Annonce und Bibel›.»

Wir sprechen von Jensens geistigen Vätern – und was die freien Verse (die leider im Deutschen noch nicht nachgeschaffen sind) anbetrifft, zeigt er auf Heine und den Goethe des *‹Prometheus›*. – Kipling? Nein. Bei aller Bewunderung seines Könnens nennt er dessen Haltung während des Krieges infam – «Er muß doch immerhin eine Schulbildung genossen haben — welche Barbarei!» — und er erklärt das mit der von Kipling bis zur Raserei abgestrittenen Mischblütigkeit. Kipling? — «Kennen Sie sein ‹*Rikki-Tikki-Tavi*›?» Ja, das kenne ich — es ist die Geschichte von dem Mungo, dem katzenartigen kleinen Raubtier, das mit den Schlangen im Garten kämpft. «Da haben wir ihn ganz: genau so ist er selber.»

Und weil wir bei den englisch sprechenden Völkern sind: Sinclair Lewis — ja, das ist sein Mann. Ich erzähle ihm vom Autor ‹*Babbitts*› das wenige, das ich von einer Zusammenkunft in Paris weiß — er hört aufmerksam zu. Wie er aussieht, und was er gesagt hat, und wie er wirkt ... «Das ist die Kollektivseele — sehen Sie, da steht schon einer auf gegen das Horden-Amerika.» — «Auch gegen die mechanisierte, durch Radio und Kino und Ford egalisierte Welt?» — «Das ist die mindere Gefahr. Viel schlimmer ist die Überproduktion an Menschen. Es gibt zuviel — es ist eine Übervölkerung der Erde da. Und weil ja, wie Sie aus der Geschichte wissen, alles Wichtige und Wertvolle aus der Isolierung entstanden ist, geht den neuen Menschen natürlich etwas verloren.» Pessimismus? Gar nicht. J. V. Jensen ist in den letzten Jahren immer mehr Biologe geworden, einer, der die Natur ansieht, der ihre ewig gleiche Bewegung zu erkennen versucht. Es ist ganz besonders bedauerlich, daß diese Essays, diese Fülle von Erkenntnissen nicht ins Deutsche übersetzt worden sind; ich fürchte, daß man eines oder das andere übertragen wird, und das wird man dann — ohne die voraufgehenden zu kennen — nicht verstehen. Ein Schriftsteller ist ja schließlich ein Mikrokosmos — mit Stückwerk ist da nichts getan. Verleger, wo bist du?

Und dann sprechen wir vom Reisen.

Ja, seinen einzigen wirklich würdigen Nachfolger liebt er und schätzt er wie ich: das ist Arthur Holitscher. Der sähe aus ... «Es gibt ein sehr gutes Bild von ihm, kennen Sie es?» — «Das von Gulbransson?» frage ich. — «Nein. Eines, das vor vierhundert Jahren gemalt worden ist. Es stammt von Velasquez.» Und Frau Jensen bringt den Band mit den Bildern von Velasquez und Johannes V. schlägt ihn auf: das ist allerdings Holitscher, und ich soll ihn grüßen und ihm bestellen, daß er da also leibhaftig im Prado hängt und ‹Aesop› heißt, und er ist es wahr und wahrhaftig.

«Ich habe ja eine Menge Stätten und Orte besucht, die er bereist hat — ich kann es kontrollieren — er ist ehrlich und weiß zu beobachten — er hat noch das Staunen eines Kindes. Er kann sehen», sagt Jensen dann. «Man hat mich so oft gefragt, wie ich arbeitete, und wie denn meine Methode sei. Methode ... Bei mir geht alles durch das Auge. Ich spreche fast nie mit den Leuten — das stört mich eher. Ich *sehe* ja die Leute. In China ist das sehr bequem — man reist ungestört, weil man kein Wort von dem versteht, was sie sagen.» So spricht

Intuition, und so kann man freilich keinen Wirtschaftsbericht über die Petroleumquellen in Baku machen – aber man kann, was vielleicht mehr ist, von der Seele fremder Völker etwas sagen.

In Deutschland? Ja, das letztemal mit dem Zeichner Anton Hansen auf der Rückfahrt von Palästina acht Tage in München. Und kurz einmal in Berlin bei S. Fischer.

Die Welt zerfällt natürlich nicht in ‹Deutschfreundliche› und ‹Deutschfeindliche› – das ist eine monomane Vorstellung. Aber die Art, wie sich Jensen in Dänemark während des Krieges gehalten hat, war gerecht und wahrhaft europäisch, und das ist sicherlich nicht immer leicht gewesen.

Einen Händedruck. Und eine freundliche Einladung, einmal auf sein Landhaus zu kommen, oben bei Tisvildeleje ... Eine Kompaßnadel aus edelstem Stahl, hart und auf den leisesten Ausschlag nach Norden zu gehorchend – leb wohl, Reisender, Columbus, leuchtendes großes Auge im kleinen Dänemark.

KOPENHAGENER KRABBELN AUF EIN KRIEGSSCHIFF

Die hohe Mauer an Lange Linie war gesteckt voll, und alle sahen zu den englischen Kriegsschiffen hinüber, die sich da ins Wasser gestellt hatten: hintereinander und nebeneinander, es war wohl ein ganzes Geschwader. Die schwimmenden Filialen der englischen Börse hatten ihre Kommis schon tagelang vorher in die Stadt geschickt – überall sah man die Matrosen mit den Tütenhosen, sie sahen vergnügt aus wie Reklamebilder für einen mittelkräftigen Whisky, der zu seinem Glück nicht in ‹Deutschland auf Flaschen gezogen› war. Ja, das wollten wir uns nun also auch einmal aus der Nähe betrachten ...

Die imposante Breite des Schiffes gab uns zu denken. Ich, als alter Fachmann, sah natürlich sofort, daß es sechs Unzen, vier Komma drei breit und achtundachtzig Gallonen schwer war; es handelte sich um einen Mittelkreuzer aus der Klasse «Tirpitz» mit einem schwarzen Stern achtern. Wie unvorsichtig von den Engländern, solche alten Seekenner unbeobachtet auf ihre Schiffe heraufzulassen ...

Die dicken Röhren, die durch das Schiff liefen wie die Adern eines kranken alten Mannes, die Kajütenhitze, sanft gefächelt von den saugenden und pustenden Ventilatoren – die mit Metall vollgestopften Maschinenräume, die die Vision entstehen ließen: was geschieht hier, wenns da oben schief geht? – das war alles nichts gegen die Mädchen.

Die Mädchen gingen auf den Planken des Kriegsschiffes wie in einem Dampfbad. Sie badeten in der wohligen Atmosphäre von Männerbegehren – ihre Gelenke wurden biegsamer, ihr Fleisch weicher, ihre Nasenflügel schlugen Wellen ... Wenn sie an den blauen Riffen der Matrosen vorbeisegelten und es auf den Männerfelsen lebendig wurde, wurden sie noch einmal so dick. Im Klumpen der seebefohrnen Männer regte sich manchmal nichts – nur ein Auge blinzte, funkte die bessern Sachen hin und her ... ich wunderte mich, daß die Mädchen nicht laut gackerten ...

Sie lustwandelten, die lieben Kopenhagenerinnen, unter den englischen Matrosen – – aber das waren keine Matrosen für sie: es waren verkleidete Männer, so wie die Mädchen auf den alten Buntdruckpostkarten, an denen sich unsre Herren Väter ergötzten und denen vielleicht so mancher von uns seine Erschaffung verdankt – so, wie auf denen ‹Die weibliche Parade› oder ‹Die Frau als Lokomotivführer› abgebildet waren, eine amüsante Verkleiderei – so wandelten die Mädchen unter den Matrosen, und die Matrosen sahens gern und ließens sichs wohl sein und waren frisch rasiert und hatten wohl abends Landurlaub. Skal –!

Die Knaben aber aus Kopenhagen, die da aufs Schiff geklettert waren, hatten andres im Kopf. Hallo, ein Kriegsschiff!

Schon von weitem war aufgefallen, daß die Winker, die da auf den Gefechtstürmen umherstanden, winkten und winkten, sie kugelten sich fast ihre schwarz-weißen Arme aus den Gelenken ... Das waren die Herren Knaben, die an ihnen herumspielten, das durften sie, kein englischer Offizier, kein Matrose verbot ihnen etwas, jeder ließ sie machen. Und sie zogen Fahnen auf und ab, sie senkten die Strickleitern und holten sie wieder empor, versuchten, die Kanonenrohre abzubrechen – sie hatten so viel zu tun! Das ganze Kriegsschiff war ein einziges Spielzeug für sie – sie hampelten darauf umher und hätten es am liebsten auseinandergelegt und wieder zusammengesetzt, den Kapitän inklusive. Aber der Kapitän war nicht zu sehen, und so unterblieb das, leider.

Einen sah ich, der drehte ununterbrochen am Winkerapparat, er sah nicht einmal hin, was er da zusammenwinkte – er drehte nur. Er hatte sich vor der kleinen Maschine hingekniet, sein Kopf war ganz rot vor Anstrengung, und in diesem Badeschwamm von Jungengehirn war nur der eine einzige Gedanke: Wenn ich hier unten drehe, dann dreht sich das da oben, und jetzt bin ich der Kapitän, und ich winke dem bösen Feind ...

So entsteht die Lust am Krieg.

Kriegsschiffe spazieren fahren lassen –: das ist eine der besten Kriegsreklamen, die es gibt. Hat man schon je erlebt, daß ein richtiger Junge vor einem so herrlich blinkenden Apparat nach der sittlichen Idee des Ganzen fragt? Das tun nicht einmal Erwachsene, Professoren, Kriegsberichterstatter, Redakteure ... warum sollten es die Knaben tun? Sie wissen nur: es ist groß und bunt und stahlgrau, und wenn man unten dran dreht, dann bewegt sich oben etwas – und wofür das Ganze gemacht wird, ist ihnen vollkommen gleichgültig, wenn es sie nur unterhält, wenn es ihnen nur gefällt – «Nehm Se Kriech! det hebt Ihnen!»

Und das bleibt fürs Leben; Kindereindrücke haften. Und weil niemand dieser Generation (was so leicht wäre) in der Schule den Krieg so zeigt, wie er wirklich ist, so springt der Funke, den die Matrosen in den lustwandelnden Mädchen erzeugt haben, gewandelt auf die Knaben über, beide kommen auf ihre Kosten, beide bejahen den Handlanger des Kaufmanns, weil er bemalt ist wie ein Papagei, weil er ein Mann ist, hol mich dieser und jener, und eben, weil er da ist.

Da lagen die Kriegsschiffe des Geschwaders im blauen Hafen von Kopenhagen, und die Besucher brachten ihre Neugier mit und nahmen sich etwas andres von Bord mit: Lust am Mann und Lust an der Apparatur. Das genügt, wie sich gezeigt hat, für vier Jahre, und wenn sie noch so blutig sind.

So möge auch Gott mit unsrer herrlichen Flotte sein, die die Republik an der Gösch besuchen kann. Denn so fahren die Flotten aller Länder in der Welt umher, Achtung um sich verbreitend und Reklame für den jeweiligen Heldentod:

Hier bei uns werden Sie am komfortabelsten getötet! Glückliches Dänemark! Bleibe Zuschauer – sieh dir den Wahnwitz der andern an, du brauchst ihn nicht mitzumachen, bleib Zuschauer, fare well!

PUTZMITTEL

Wenn einer und er fühlt begossen,
daß er nunmehr alle Patronen verschossen,
und daß er nicht mehr so kann wie ehedem,
und daß lästige Verpflichtung, was früher bequem –:
dann bekommt er immerhin noch etwas verschrieben,
ein süßes Pulver ist ihm geblieben –
in zwei Packungen – sagt die Reklame:
Silber für den Herrn und Gold für die Dame.

So auch im Leben.
Wenn zum Beispiel die Verwaltungsfritzen
es satt haben, auf ihrem B.-A. zu sitzen,
dann spielen sie, statt friedlich in ihren Büros zu schlafen,
Länderkonflikt um den hamburger Hafen.
Dienstreisen nach Altona! Keinen Fußbreit von preußischer Erden!
Damit kann man schnellstens Oberregierungsrat werden.
Sowas bringt Leben in die Bude. Und solche Verwaltungsdramen
sind Silber für die Herren und Gold für die Damen.

Es tun sich unter kosmischem Wimmern
viele um vieles auf der Welt bekümmern.
Da sieht das Auge des Vortragenden den Himmel offen –
kommen auch gern auf alle Kongresse geloffen –
schwabbeln über Klassen und über Rassen
und vergessen nicht, sich fotografieren zu lassen.
Kommt nichts dabei raus. Bleibt alles am selben Fleck.
Aber es täuscht so schön über das eigene Manko hinweg.
O falsche Humanität – Karin Michaelis ist dein Name! –
Schweigen ist Silber für den Herrn und Gold für die Dame.

DIENSTUNTERRICHT FÜR DEN INFANTERISTEN

Und ruft das Vaterland mich wieder
Als Reservist und Landwehrmann,
So lege ich die Arbeit nieder
Und folge Deutschlands Fahnen dann!

Der Musketier Pietsch von der 8. Kompanie, mit dem ich neulich wieder einmal beim schäumenden Pilsner alte Erinnerungen aus unsrer Dienstzeit ausgetauscht habe, erzählt noch heute gern von den Jahren, da es ihm vergönnt gewesen ist, einen von des Kaisers Röcken zu tragen. Pietsch, ein hochgewachsener und breitschultriger deutscher Mann, der mit dem Vertrieb von Abziehbildern sein gutes Auskommen hat, pflegt gern leuchtenden Auges von den Kaisermanövern zu berichten, wo er am Horizont den Staub sah, den Majestät da aufwirbelte – von den Putzstunden und von den freudigen Vormittagen auf dem Kasernenhof, da er seine Knie rollen ließ, daß es nur so eine Art hatte. Pietsch gibt an, daß er erst durch seine Dienstzeit zum brauchbaren Mann geworden sei, und seine Frau, eine echte deutsche Hausfrau von deutschem Schrot und Korn, bestätigt es. «Siehst du», sagte er zu mir und ging auf das kleine Nußbaumschränkchen zu, das ihm seit Jahr und Tag zur Aufbewahrung seiner kleinen Bibliothek dient, «siehst du, hier habe ich sozusagen den Schlüssel zu meinen Erfolgen.» Und damit überreichte er mir ein grünes Heftchen, in dem ich staunend blätterte, während er schmunzelnd dabeistand und an seiner Reservistenpfeife zog. ‹Transfeld›, las ich. *‹Dienstunterricht für den Infanteristen des Deutschen Heeres›*. Unwillkürlich nahm ich Haltung an. «Ja», sagte Pietsch und stieß eine riesige Wolke aromatischen Tabaks aus, so daß der Kanarienvogel in seinem Bauer tot von der Stange fiel, «das war also sozusagen meine Bibel. Und ich kann dir sagen, mein Junge, wir haben gut gebetet, damals! Wenn ich noch dran denke ...» Pietsch versank in süße Träumerei, während derer ich ins Nebenzimmer ging, um mit seiner Gattin ein Stündchen die Ehe zu brechen. Als wir wieder herauskamen, erhob sich Pietsch zu seiner ganzen imposanten Höhe. «Nimms mit, mein Junge!» sagte er. «Sollst auch was lernen!» Und ich nahm es mit.

Ich muß wohl sagen: dies ist ein wahrhaft humoristisches Buch – man kommt aus dem Lachen gar nicht heraus. Möchtest auch du, lieber Leser, aus dem Büchlein Belehrung und Unterhaltung ziehen?

Das Ding beginnt mit einer Darstellung der preußischen Geschichte, an der auch nicht ein Komma wahr ist. Das verlogenste Zeug war offenbar gerade gut genug, um Millionen von Deutschen als Leitfaden für die Geschichte ihres Landes zu dienen. Folgt eine Tabelle der ‹wichtigsten Kriegsgedenktage 1914–16›, die aus einer Kette von deutschen Siegen besteht. Von der Marne-Schlacht war damals nur den Beteiligten etwas bekannt – jedenfalls findet sich in der Tabelle von ihr kein Wort. Dazwischen die Bilder des Herrscherhauses; auch der von Oels ist da, hält seinen Helm auf den Knien, die schon so manches geschaukelt haben, und sieht genauso aus, wie er war. Auch eine Dame ist zu sehen, die deutsche Kaiserin genannt wird – aber da sie nicht Hermine heißt, muß es sich wohl um einen Irrtum handeln.

Zweiter Abschnitt: *‹Wehrpflicht, Fahneneid und Kriegsartikel›*.

«Wohl gibt es viele, die von allgemeinem Völkerfrieden und Abrüsten sprechen; aber die Geschichte lehrt, daß kriegerische Zusammenstöße der Völker unvermeidlich sind.» Das ist ja eine schöne Geschichte! «Wir Deutschen brauchen ein besonders starkes Heer, da wir keine natürlichen Grenzen haben, und da wir Nachbarvölker haben, die uns unsre Weltstellung, die ständige Aufwärtsbewegung unsres Volkes in Industrie und Handel, in Kunst und Wissenschaft und unsern Wohlstand nicht gönnen.» Für diesen Satz verdient der Verfasser, an eine solide Laterne gehängt zu werden. Ist es denkbar, daß man, nur, um seinen Machtgelüsten eine Position zu schaffen, vernünftigen Menschen einredet, es gebe auf Gottes weiter Erde auch nur ein vollsinniges Wesen, das ‹aus Neid› in den Krieg zieht? In Deutschland war so etwas denkbar, und mit Erfolg.

Folgt der Fahneneid, bei dem die kleingedruckten Israeliten nur: «So wahr mir Gott helfe!» zu murmeln hatten, und wenn sie es gar nicht murmelten, machte es auch nichts. (Wer sitzt denn hier dauernd herum und schreibt mit? Es ist der Presse-Referent der Reichswehr, der wie ein Schießhund aufpaßt, ob auch keine Beleidigung seines Ladens wie ein Haken herausragt, an dem er seinen Helm und mich aufhängen kann ... Stellen Sie sich bequem. Sie werden nachher gerufen, wenns soweit ist.) Ja, also die Fahne.

«Die Fahne vertritt fortan für den Soldaten die Person des obersten Kriegsherrn.» Das ist nicht auszudenken. Der oberste Kriegsherr zusammengerollt auf der Kammer; der oberste Kriegsherr eingemottet – und doch ist etwas Wahres daran: Fahnen wurden niemals in das Gefecht mitgenommen, sie spielten nur nachher, bei den Besichtigungen in tiefster Etappe, eine große und wehende Rolle.

Der zweite Kriegsartikel aber befaßt sich mit der Treue. Ja, das ist nun so eine Sache ... «Von jeher ist die Treue eine der vornehmsten Tugenden unsres Volkes gewesen ...» Das ist, von jeher, eine Lüge, aber laßt uns doch sehen, welche Vergehen gegen die Treue möglich sind. Da ist zum Beispiel die Fahnenflucht. «Die eidlich gelobte Treue bricht, wer sich der Fahnenflucht schuldig macht ...» Davon steht nun nichts in der ‹Geschichte des Herrscherhauses›, wohin es doch gehörte. «Das schwerste Vergehen gegen Mut und Tapferkeit», heißt es in einem Deutsch, das das ewige Geheimnis des Gamaschenknopfes ist, der es gedichtet hat, «ist die Feigheit.» Da hätten wir einen Kaiser, der auskniff, als er in die einzig prekäre Situation seines Lebens kam; da hätten wir den Feldherrn Ludendorff, den sie aus Dänemark und Schweden erst hinausjagen mußten, weil sie ihn auch da nicht haben wollten – da hätten wir den ganzen Stall voller Würdenträger, die nicht da waren, als es ein wenig, ein ganz klein wenig gefährlich zu werden versprach. Sind aber heute noch sehr geehrt und auf allen kameradschaftlichen Veranstaltungen gern gesehen.

Wir kommen nunmehr zum Gehorsam. Da sind eine Reihe schrecklicher militärischer Vergehen aufgezählt, und es ist sehr amüsant, zu sehen, wie in den ‹Beispielen› die Opfer niemals Offiziere sind; der Verfasser hat dabei das sehr richtige Gefühl gehabt, es sei besser, den deutschen Soldaten gar nicht erst auf den Gedanken zu bringen, daß man auch einem Offizier seinen Deckel vom Kopf schlagen könne. Die angenommenen Vergehen richten sich alle gegen Unteroffiziere.

Was die ‹ehrenhafte Führung› anbelangt, so ist von diesem Kapitel etwas zu sagen, was für das ganze Buch gilt: es ist in einem Fibelstil geschrieben, der sich an komplette Idioten wendet. Der Standpunkt des Herrn Transfeld ist durchaus der eines lieben Gottes auf dem Gutshof, wo er weit und breit der einzige ist, der halbwegs lesen und schreiben kann – und der so viel ‹Kultua› hat, daß er weiß, wie man jemandem Feuer anbietet. Die ‹Kerls› wußten das nicht.

Ernsthaft lehrreich ist ein andres.

Die ‹Ehre› des Soldaten wird stabilisiert, als sei sie etwas Vorhandenes, etwas, das eben a priori da ist. Da ist es eine ‹Ehre›, einen Schießprügel tragen zu dürfen; da ist es eine andre, diesem oder jenem Bataillon anzugehören, da hat jede Korporalschaft eine ‹Ehre›, kurz: man findet sich unter so viel Ehren gar nicht heraus. Sehr typisch ist auch dieser wahnwitzige Standpunkt, daß die eigne Ehre durch das Verhalten andrer verletzt werden könne ... o du mein Preußen!

Was hingegen die Reinlichkeit des Körpers betrifft, «so wäscht sich der Soldat nach dem Aufstehen mit kaltem Wasser und Seife Gesicht, Hals, Ohren, Brust und Achselhöhle, reinigt die Hände im Seifenwasser mit einer Handbürste und entfernt den Schmutz unter den Fingernägeln mit einer Nagelschere oder einem Nagelreiniger (aber nicht mit dem Taschenmesser, mit dem er auch Eßwaren schneidet).» Wobei einem der Gedanke kommt: wie kommt es, daß man sich so oft die Hände wäscht und niemals nicht die Füße? Jedoch: «Im Winter muß sich der Soldat mindestens einmal wöchentlich, im Sommer öfter die Füße waschen.» Das Brausebad scheint der Kaisersgeburtstagsfeier vorbehalten gewesen zu sein.

In der Tat: wer diese Anleitung liest und weiß, daß es nirgends größere Schweine gegeben hat als beim Militär; wer einmal gesehen hat, wie sich ein Unteroffizier sonntags zum Ausgehen fertigmachte: was sich das Ferkel da alles nicht wusch, wenn es nur seine Bartbinde trug —: der freut sich der Gediegenheit solcher Erziehung und sehnt sie sogar bald wieder herbei. (Herr Presse-Referent sind immer noch nicht dran.)

Folgt die Behandlung von Anzug und Vorgesetzten. Der Anzug muß gründlich ausgeklopft werden. Hingegen dem Vorgesetzten gegenüber «hat der Soldat ein bescheidenes, militärisch strammes, offnes und unbefangenes Benehmen zu beobachten». Tritt also zum Beispiel der Herr Vorgesetzte den Soldaten in den hierzu angebrachten Hintern, so hat derselbe demselben militärisch stramm und unbefangen ins Auge zu sehen.

Dieser Affendrill war gut organisiert.

Die blödsinnige Anrede in der dritten Person (Molnár: «Das muß ich Herrn Doktor aber sagen — wie Herr Doktor mit der Gesundheit von Herrn Doktor umgehen ...!»), die dauernd an den Tag zu legende Hundedemut, das Abtöten jedes Willens in den Untergebenen: da war die ganze deutsche Armee. Niemand konnte dafür auch einen Menschen so als eine Sache ansehen, wie das deutsche Vorgesetzte mit Untergebenen fertigbekamen, die es sich gefallen ließen.

Urlaub. «Rauchen im Ordonnanzanzuge auf der Straße ist verboten. Das Rauchen ist sämtlichen Militärpersonen bei Tage auf folgenden Straßen und Wegen verboten:

Unter den Linden vom Königlichen Schloß bis zum
Brandenburger Tor,
Hofjäger-Allee,
Sieges-Allee,
Leipziger Straße von Wilhelmstraße bis einschließlich Potsdamer Platz...»

Das gabs. Und es gab auch eine schöne Analogie solcher Vorschriften: das waren die Polizeibestimmungen für Prostituierte: die durften an keiner Kirche wohnen und nicht um die Schulen herumstreichen und nichts und gar nichts. Nur auf offner Straße Männchen machen: das durften gerade sie nicht.

Worauf man den ständigen Aufenthaltsort des kaiserlichen Hofschauspielers sieht: seinen Hofwagen, in dem er seine Eitelkeit umherhetzte, und wieder und wieder wird darauf hingewiesen, wie die ‹Ehre› des Soldaten, des Truppenteils, der Garnison und der umliegenden kleinen Ortschaften auch auf Urlaub in seine nicht mit dem Taschenmesser gereinigten Hände gelegt war.

Beschwerden. Der Soldat durfte sich beschweren.

Aber nicht nur die Beschwerde, auch das Gewehr 98 hatte seine hohen Reize. Das konnte man auseinandernehmen und reinigen und damit präsentieren, und einfetten konnte man es ... Richtig: auch schießen. Nun darf man natürlich die minutiösen Vorschriften über «Reinigen des Gewehres mit dem Wischstock», an die sich später kein Mensch mehr kehrte, nicht belächeln. So dumm waren die Offiziere nun wieder nicht. Es waren das lediglich pädagogische Übungen – man hätte den Soldaten geradeso gut eine Puppe in die Hand geben können. Gehorchen sollten sie. Kuschen. Und das Maul halten.

Das zeigt sich deutlich an den Vorschriften über den Wachtdienst. Wie da die absolute Vorherrschaft des Militärs gepredigt wurde; wie die Wachtposten gegen das ‹Zivil› immer recht hatten; wie da mitten im Frieden Krieg im Frieden gespielt wurde: wie in den Beispielen feindliche ‹Kerls› umherwimmeln, die natürlich, nach Lage der Dinge, wohl nur Arbeiter oder so ein Pack sein konnten –, das atmet die Luft der preußischen Kinderstube, in der der Soldat lernte, auf Vater und Mutter zu schießen, wenn der oberste Kriegsherr, so er nicht gerade auskniff, es befahl. Es ist nicht anders geworden.

Folgen die Vorschriften für das Gefecht. Das ist nun schwachsinnig ganz und gar, und hier sind die Offiziere auf ihrem eignen Felde zu schlagen. Ich weiß nicht, wie man am besten Menschen totschlägt. Daß es aber nicht mit Kindereien, wie diese eine ist, geschieht, ist klar: «Der Angreifer ist von vornherein dem Verteidiger überlegen, denn seine Kraft und Entschlossenheit schüchtern diesen ein, und er kann sich die Stelle, wo er angreifen will, auswählen, so daß dem Verteidiger die Vorteile seiner Stellung nicht zugute kommen.» Aber: «In der Verteidigung muß jeder Mann den festen Willen haben, nicht von dem Platze zu weichen, den er halten soll. Er darf dies mit vollem Vertrauen, denn je näher der Feind herandrängt, desto vernichtender für ihn wird unsere Feuerwirkung. Mit guter Feuerzucht vermag eine gut ausgebildete Infanterie jeden Angriff zurückzuweisen.» Und einen solchen Unfug hat ein ganzer Generalstab drucken lassen! Für die Kerls war das Dümmste gerade gut genug.

Folgt ein ungemein heiteres Kapitel des kleinen Moritz über «Zweck und Wesen der fremden Spionage», dessen Wirkungen sich in der Psychose der Augusttage 1914 herrlich gezeigt haben, sowie ein herzbewegendes über die französische Fremdenlegion, in der es die Soldaten so schlecht haben: sie müssen für ein paar Pfennige in der größten Hitze marschieren, sie dürfen nicht einmal desertieren, die Armen, und jeder Mann ist ja nur «eine namenlose Nummer, wie im Zuchthause»! Schrecklich, schrecklich, was es alles gibt! In Frankreich.

«Ein Abschiedswort an die Reservisten»: «Denkt daran, daß Ihr fürs ganze Leben Euerm Kaiser Treue geschworen habt. Ein deutscher Mann hält aber seinen Eid (denk mal, Wilhelm!); nur mit dem Tode löst er ihn ein.» In Doorn. Mit einem Vermögen, das ihm seine Völker noch nachgeworfen haben ...

Allezeit
Treu bereit
Für des Reiches Herrlichkeit!

Und nun, o Presse-Referent der Reichswehr, dürfen Sie wieder hereinkommen! Und schön zuhören, was Ihnen erzählt wird:

Ihre Dienstvorschriften sind heute ein wenig intelligenter. Sie haben nicht mehr die Masse des Volkes hinter sich, sondern einen Stamm von hunderttausend Unteroffizieren mit andern Zielen, mit andern Ausbildungsmöglichkeiten, als sie damals bestanden haben. Einen solchen Bockmist verzapfen Sie nicht mehr, obgleich das, was Ihr Herr Hube an Hohn und politischer Torheit ungestraft zusammenschreiben darf, auch schon ganz hübsch ist. Sehr viel besser als Transfeld ist er auch nicht und seid ihr auch nicht. Denn was Sie in Parlamentsreden und Verfügungen, in der Praxis und in der Theorie auch weiterhin verzapfen, ist dies:

Daß Menschenmord eine Ehre sei. Daß Soldaten in ihren Forderungen, in ihrer Stellung, in ihrer Denkart jeden andern Stand überragten. Daß Gesetze und Zivilforderungen für dieses Militär nicht gälten. Daß der Soldat tabu sei. Und Sie sollen wissen, daß ein militanter Pazifismus diese Forderungen für falsch hält, für nicht vereinbar mit moralischen Forderungen, die Sie übrigens, wenns Ihnen paßt, in der Kirche bejahen lassen. Diese Forderungen und ihre Moral gelten für uns nicht. Sie dürfen gehn.

Wir andern aber sind uns wohl über eines klar:

Die geistige Militarisierung Deutschlands macht Fortschritte wie nie zuvor – nur die Form hat gewechselt. Was früher dümmlich und dickfäustig für Bauernjungen zurechtgehauen wird, ist heute aus bestem Stahl, biegsam und wesentlich moderner. Diese geistige Militarisierung, der fast alle Parteien hemmungslos unterliegen, ist unsittlich, verabscheuenswert und infam. Sie wird ihre blutigen Früchte tragen – und auch das nächste Mal wird niemand, niemand schuld sein. Was deutsche Richter über den Wert und Unwert des Militarismus in ihren Urteilen sagen, ist gleichgültig. Militarismus im Dienst einer hochstehenden Idee ist schon keine Freude. Militarismus für die niedere Idee des Patriotismus ist ein Verbrechen an der Menschheit, auch dann, wenn er Individuen in Bewegung setzt, die das Joch masochistisch auf sich nehmen, um die letzten Gelüste zu befriedigen, die das Menschentier in sich trägt: sich rauschartig an eine Gruppe zu verlieren und unter Mißbrauch der Gruppengewalt Macht über andre auszuüben.

Das ‹Vaterland› ist der Albdruck der Heimat.

Wenn es in jedem Lande eine Schicht Männer gibt, deren sexuelles, seelisches und ökonomisches Bedürfnis die Schaffung von Armeen verlangt, so soll uns das gleich sein. Es liegt aber keine Veranlassung vor, diese Männer anders ernst zu nehmen, als sie lachend zu bekämpfen.

PFEIFEN ANRAUCHEN

Das tut sich wohl des öftern begeben:

Mal beginnt jeder sein ganzes Leben
von neuem. Wirft hin, was er nur kann,
und fängt alles wieder von vorne an,
mit gänzlich neuer Melodie . . .
Die Franzosen nennens ‹refaire sa vie›.

Refaire sa vie . . . das ist gar nicht einfach.
Refaire sa vie . . . ist leider mein Fach.
Dazu sind wir zu gebrauchen . . .
Refaire sa vie – ist wie Pfeifen anrauchen.

Du glaubst erst gar nicht, daß es sich lohnt.
Der Tabak schmeckt schwer und ungewohnt –
es legt sich das Nikotin auf den Magen,
du hast über Seelen- und Bauchweh zu klagen;
das macht:
das Ding ist nicht abgenutzt,
und die Pfeife ist viel zu wenig verschmutzt.

Aber so eine zwei, drei Jahr –
da schmeckt die Pfeife wunderbar.
Ihr Hals ist dir so vertraut gebogen,
das Holz ist voller Tabak gesogen
bis zur letzten Faser. Und du kratzst nichts ab.
Diese Pfeife nimmst du ins Grab . . .

Bis zur nächsten. Bis zur nächsten Ecke.
Da krauchst du hervor aus deinem Verstecke,
der Boden bekommt eine neue Schichtung,
das Leben nimmt eine andere Richtung –
Und du bist ein Kerl und ganzer Mann
und steckst eine neue Pfeife an.

Wenn du einmal am Ende stehst,
wenn du die letzte Wende gehst,
wenn du dann klug bist, blickst du zurück,
auf das ganze geschlängelte Stück.
So viel Pfeifen! Viel Änderungen!
so oft hast du eine neue geschwungen!
Und hat die Neue genützt?
Seife.

Es war immer dieselbe Pfeife.

DER REISEGOTT ZIPPI

Ich habe einen Reisegott, und er ist aus Gummi, man kann ihn aufblasen. Er kommt überall mit.

Mit seinem richtigen Namen heißt er ‹Zippi Oloron› – weil er aus einer kleinen Stadt in Frankreich stammt, die heißt Oloron. Da lag er in einem verstaubten Schaufenster und sah trübsinnig drein, weil sich niemand um ihn kümmerte. Er hatte etwas durchaus Götzenartiges –: er war hellgelb, mit grünen Gesichtszügen, die unentwegt grinsten, als Uniform hatten sie ihm so etwas wie einen Frack der großen französischen Akademie aufgemalt. Auf dem Kopf saß ihm eine spitze, hohe, rote Tüte. Ich kaufte ihn sofort.

Von Oloron habe ich wenig gesehen – ich blies den ganzen Tag Zippi auf. Er hatte es mir gleich mitgeteilt, daß er Zippi hieße, Glück bringe und von Beruf Reisegott sei.

Man konnte ihn auf tausenderlei Weise aufblasen. Man konnte ihn rapide aufpusten, daß wir beide ganz dick vor Anstrengung wurden – auch konnte man ihn andante beblasen, säuselnd sozusagen ... Dann lernte er manches: er konnte, wenn man ihn dazu anhielt, stramm stehen oder die Hände auf dem Rücken verschränken, ach! und dann kamen die beiden kleinen dicken Wurstärmchen wieder nach vorn geschnellt, wenn er es gar nicht mehr aushalten konnte vor lauter Atmosphärendruck.

Zu seiner ganzen Geltung aber kam Zippi erst in Lourdes.

Ich hatte mir über einer Baumwurzel ein Bein aufgeschlagen, und mußte nach Lourdes zurückfahren, um mir von einem richtigen Menschenarzt im Bein herumschneiden zu lassen. Mit der Wunderquelle hatte ich es nicht so im Sinn ... Der Arzt, ein tüchtiger pieksauberer Mann, schnitt, verband und packte mich für zehn Tage ins Bett. Zippi immer mit.

Da regierte er den ganzen Laden. Er stand auf dem Kopf, las alles mit, bekam zu essen und machte alle seine Kunststücke auf einmal. Nachts kuschelte er sich unter das Bettdeck, und einmal wäre er um ein Haar in den Verband mithineingewickelt worden. «Was ist denn das —?» sagte der pieksaubere Doktor. «Das ... eh ... das ist eine Puppe!» sagte ich. (Was eine Gotteslästerung war. Zippi ist keine Puppe.) Der Arzt sah mich scheu von der Seite an, ob mir vielleicht auch noch andere Pflege not täte. Nein, danke.

Zippi bringt Glück auf der Reise — das ist erwiesen. Gepäck, das mit dem Zuge nicht mehr mitkommen kann, weil es — immer mal wieder — zu spät aufgegeben wurde, kommt auf geheimnisvollen Wegen nachgetrudelt; Züge, die traditionelle Verspätung haben, kommen pünktlich an, und er, der Gewaltige, hat sogar schon einem Mitropa-Kellner anständigen Kaffee entlockt. Da waren wir aber beide sehr stolz.

Zippi fährt nicht gern im großen Schrankkoffer; er wohnt in der Handtasche. Er trinkt nur ein wenig Zahnwasser, sonst benimmt er sich recht manierlich, und auch Opfer will er nicht dargebracht haben, der Gott. Von Zeit zu Zeit nur — ich fühle das in meinem Herzen — will er hinaus. Dann mache ich die Tasche auf und blase den Flachgeglätteten auf. Er darf dann aus dem Fenster sehen. Sind junge Damen im Coupé, so halten sie das für eine höchst dämliche Art der Anknüpfung, und die Luft wird ganz hellkalt, sie sehen mich gar nicht mehr an. Sind es ältere Damen, so erwachen Mutterinstinkte in ihnen, und eine besonders nette, freundliche, alte Dame hat sich Zippi denn auch einmal herüberreichen lassen. Aber er wollte nicht, schüttelte sich, oben fiel der Propf aus seinem Hutzipfel, pfiff! machte es — und die entsetzte Greisin hielt einen weichen Gummilappen in der Hand.

Zippi ist widerstandsfähig und sehr tapfer. Zwischen Basel und Bern habe ich ihn einmal einem schrecklichen Kerl unter den Sitz geschoben, der fuhr auf, wie vom wilden Affen gebissen, und warf Zippi in die Ecke. Ich hob ihn still auf und tuschelte ihm etwas zu — da verließ der Kerl das Coupé und wollte es nicht mehr wissen.

Man kann Zippi auch an die Gasleitung anschließen, doch ist das nicht sehr fein, und er hat es auch nicht gern. Ich drohe ihm manchmal damit, wenn er mir meine Wünsche nicht erfüllt. Er hat maßlose Angst davor: wenn er ganz voller Gas ist, sieht sein Kopf aus wie ein älterer Gummiball, mit leichten Rissen, und sein Gelächter klingt dann krampfhaft, er grinst nur noch vor Anstrengung, nicht aus dem

Leim zu gehen. Übrigens kann er so ziemlich alle Sprachen, die wir brauchen: französisch und englisch und schweizerisch und grob – und jetzt habe ich ihm die aufgemalten Zähne wegradiert, nun hat er kein Gebiß mehr, und nun kann er auch dänisch.

Ich bete ihn selten an, wir glauben uns beide das nicht so recht. Er ist zwar als Hausgötze angestellt – aber schließlich bei dem Gehalt ... Es ist ein Gott, mit dem man sich duzt; ich sage, wenn ich in eine fremde Stadt komme, so beim Auspacken: «Na, du – Zippi ...!» und dann grinst er. Wir sind uns zu nahe, um Gläubiger und Gott zu spielen – dazu gehört Distanz. Merkwürdig, wenn man einen Lachenden, wie diesen Zippi, sehr lange ansieht, dann wird das lächelnde Gesicht erst zur Maske, dann zum bemalten Ball, dann unerträglich – und auf einmal ist es ganz ernst. Da gleitet nun alles so an ihm vorüber – unbeweglich bleibt er, wohin lacht der Kerl –?

Ich bin ihm neidisch – er sieht etwas, was ich nicht weiß. Nachts habe ich ihn manchmal heimlich belauscht; einmal lehnte er an der Whisky-Flasche, und ich guckte um die Ecke und sah ihm zu. Vielleicht würde ich es jetzt herausbekommen, worüber er lacht ... Aber als ich fünf Minuten und zehn Minuten gestanden hatte, da sah ich: er hatte mich schon lange bemerkt, grinste vor sich hin und über mich und nach wie vor über sein großes Unbekanntes. Habe ich dich dafür, mit deinen kurzen Batterbeinen, der Katze aus dem Rachen gezogen, sehr vorsichtig und unter frommem Gemurmel? Du Gummigott.

Sieh, wie er lacht! Ja – sei still. Bald wirst du eingepackt, wenn wir hier oben fertig sind, in dem fetten Dänemark, und dann rumpelt es eine ganze Weile, und du wirst ein bißchen von den Zollmännern revidiert – und dann, wenn du aufwachst, wenn du wieder aufwachst, du dummer ewiger Hausgötze: dann sind wir wieder zu Hause, bei dir zu Hause – in Frankreich. In Paris.

MÄDCHENHANDEL IN BUENOS AIRES

Hier, in Kopenhagen, unterhielt ich mich jüngst über den Mädchenhandel mit einer Frau, deren Gesellschaftsroman viel dänischen Staub aufgewirbelt hat. Sie wies eine amerikanische Publikation vor mit schönen Fotos, auf denen zu sehen war, wie bebrillte Krankenpflegerinnen ihren gefallenen Schwestern mitleidig – oh, so mitleidig! – einen Weg ins sittliche Heim zeigten. «Come in! There is hope for all!» Der selige Wedekind hätte seine ungeläuterte Freude gehabt. Aus mir muß wohl ähnliches zu spüren gewesen sein, denn die Dame schwoll an vor sozialem Kämpfermut. «Hier! sehen Sie!» und sie wies auf eine Abbildung hin, auf der ein elendes Stück Frauenzimmer vor einer dreckigen Cauane breitbeinig saß – «ist das menschenwürdig?

Das ist das Niedrigste, was einer Frau zugemutet werden kann . . .» Hm.

Ich mag die Frauen nicht, die den Mädchenhandel bekämpfen. Erstens gibt es keinen. Es gibt nämlich den nicht, den sie bekämpfen, gibt diese lächerlichen Filmereignisse nicht, wie sie in Berlin erst jüngst in den Kinos gezeigt worden sind, es gibt die unschuldigen Opfer kaum, und diese Bewegung hat etwas peinlich Puritanisches, zu kurz Gekommenes, Vermurkstes. Und weil, zweitens, Frauen, deren Betätigungsdrang nachts keine rechte Stütze findet, am Tage häufig rabiat werden, so sind jene würdigen Frauengestalten der Bourgeoisie, die da Rosen ins irdische Elend weben, zu jener Karin Michaelis, der ungefährlichen Alten, zu legen, deren banales Geschnatter so viele gute Handlungen begleitet und kompromittiert. Das ist nichts.

Es gibt in Deutschland – außer ein paar kümmerlichen Statistiken – wenig gescheite Literatur über das, was die Leute so Mädchenhandel nennen. In Frankreich ist jetzt ein Buch darüber erschienen, das wenigstens instruktiv ist. Es stammt von einem der geschicktesten Journalisten, Albert Londres, heißt ‹*Le Chemin de Buenos Aires*› und ist bei Albin Michel in Paris erschienen. Ich habe meinen Wedekind nicht bei mir – aber von dem hätte ein Motto vorn stehen sollen.

Londres hat sich auf den Weg gemacht und ist nach Argentinien gegangen, um einmal zu sehen, was denn Wahres an der ‹traite des Blanches› sei, von der man drüben so viel hört. Nicht ohne erst einmal die Cafés zu frequentieren, wo die pariser Händler dieses Artikels verkehren. Ich habe sie da sitzen sehen, habe mit ihnen gesprochen – diesen Teil der Schilderung Londres' kann ich als authentisch garantieren.

Da zeigt er diese merkwürdige Familienvertraulichkeit der Sittenpolizei mit der Händlerschaft, die gegenseitig etwa wie der Kaufmann zur Kundschaft stehn – alles kennt sich, wie an der Börse –, man macht eben Geschäfte zusammen, meistens peinliche . . . Das schwirrt von Fachausdrücken: «Ein falsches Gewicht transportieren», heißt: ein Mädchen, die noch nicht volljährig ist, herüberbringen – und das ist verboten. Nicht verboten ist nach französischem Gesetz hingegen, ein Mädchen mit jenem ausdrücklich vorher verabredeten Zwecke nach Südamerika zu schaffen. Die Mädchen sind, gesetzlich, frei. Daß ein Mädchen gegen ihren Willen verschleppt wird, kommt wohl überhaupt nicht vor – das sind Wunschträume schlafloser alleinliegender Damen. Daß die Mädchen unter falschen Vorspielungen herübergelockt werden, mag sich öfter ereignen. Wer schafft sie hinüber –?

Was das Buch von Londres so überaus anziehend macht, ist die Bestätigung vom völlig kleinbürgerlichen Charakter des ‹Lasters›. Die Händler und Zuhälter, die das Geschäft betreiben, sind sehr gevifte Jungen, aber in ihren Idealen durchaus bourgeois. Zuerst mutet es komisch an, wenn man die bewegten Klagen dieser Leute liest: «Sie ist wie verdreht, wenn man sie ohne Aufsicht läßt! Sie sauft und fängt mit den Weibern was an und beträgt sich überhaupt nicht anständig!» Das ist ihnen aber mächtig ernst, und für jemand, der das ‹milieu›, wie es sich selbst nennt, auch nur mehrere Male besucht hat, durchaus natürlich. Ein wirklich ungeregeltes Leben führt ja zu gar nichts. Denn was wollen diese Menschen? Sie wollen – und das ist durchaus französisch: ‹la vie bourgeoise›. Noch zwei, noch vier Jahre Arbeit; denn es ist, von ihnen aus gesehen, eine Arbeit, die sie da leisten, dann wird man sich eine kleine Kneipe in Marseille kaufen – «et puis ça sera la vie bourgeoise».

Ich sagte, daß es eine Arbeit ist, was sie tun. Man muß sich wohl abgewöhnen, mit geringschätzigem Lächeln von der Tätigkeit eines zu reden, dessen Ziele unsittlich erscheinen oder sind. Zum Einbruch gehört eine Summe von Geschicklichkeit, Mut, Umsicht und Lebenskraft – zur Kriegführung auch – zum Mädchenhandel auch. Man lese einmal bei Londres die Lebensläufe dieser Leute, und man wird das verstehen.

Da sind Flüchtlinge aus Guayana dabei, die sich hier rehabilitieren wollen. Rehabilitieren: indem sie eben auf diese Weise Geld verdienen. Guayana ... das ist eines der dunkelsten französischen Kapitel. Ich habe dem jetzigen Generalgouverneur des Landes sehr nahe gestanden, als er noch in Paris lebte – er ist einer der edelsten und reinsten Franzosen, mit denen ich umgehen durfte. Was er tun kann, um das Geschick dieser Unglücklichen zu erleichtern, wird er tun – aber was kann er tun? Das Prinzip ist irrsinnig – jenes Prinzip übrigens, das neuerdings einer der gefährlichsten und übelsten Reaktionäre des Strafvollzuges, Herr Heindl, in Deutschland zu propagieren versucht. Man sollte ihn eine Weile nach seinem Rezept behandeln.

Ja, aus Guayana sind da also welche, die natürlich unter einem falschen Namen leben, und dann richtige pariser Jungen, die auf diese Weise Geld verdienen, denen Paris nicht mehr gefällt, oder die unter das berüchtigte ‹interdict de séjour› fallen, das Aufenthaltsverbot (das das deutsche Recht nicht mehr kennt) –: das sind so die Leute, die zwischen Europa und Argentinien hin- und herreisen. Mit wem –?

Londres hat die ‹Ware› kennengelernt.

Es sind das meist Mädchen, die stellungslos sind, oder die der Zuhälter aus der Fabrik herauslockt, und das gelingt ihm sehr leicht – denn was haben die Mädchen da zu verlieren? Den Arbeitslohn? Und welches Leben? Das frage du bei der Villa des Fabrikdirektors. Nun ist Londres' Buch kein sehr tiefes Buch, weil dieser Journalist einer Schule angehört, die etwa der Wiener entspricht – er macht sichs leicht. (Allerdings ohne die Klugschmuserei der Österreicher. Wenn ein kluger Wiener über einen Gegenstand spricht, denkt man immer, er habe ihn bis auf den Grund studiert – er hat aber meist nur zugesehen, wie ihn ein andrer studiert hat.) Londres also macht sichs leicht: so erklärt er uns nicht recht, woher dieser ungeheure Import für die argentinische Prostitution nötig ist.

Die Bedarfsfrage allein machts nicht. Die ist übrigens sehr lustig geschildert: wie die Argentinier in den kleinen Häusern, deren jedes von einem Mädchen bewohnt wird, anstehen wie unter Ludendorff die Zwangs-Patriotinnen nach Butter – «welche Rasse!» ruft Londres aus. Diese Augenblicksbilder, wie die Wartenden Zeitungen lesen und «Bitte, nach Ihnen!» spielen – das ist sehr gut gesehn.

Ja, in den kleinen Häusern werden nur die bessern Mädchen von ihren Händlern untergebracht. Ihre Beschäftigung ist dort enorm – Londres erzählt von vierzig, sechzig Besuchern am Tage, was lamentabel zu lesen ist. Und doch lieben sie ihren Kerl. «Du willst mein Geld nicht mehr nehmen?» sagte eine. «Ja, liebst du mich denn nicht mehr?» Das fällt nun schon ein wenig aus der Vorstellungssphäre amerikanischer Sittlichkeitspastöre und moralbrünstiger Frauen heraus – aber es ist doch so. Und wie sie überhaupt noch lieben können? «Ein Weinkellner», sagt Londres, «kann hundertmal am Abend probieren, ob die Flasche nach dem Korken schmeckt – einmal wird er doch auf eigne Rechnung trinken wollen ...»

Und wenn die Händler die Mädchen nicht so reich ausstatten und nicht so viel Geld in das Unternehmen hineinstecken wollen, dann tun sie sie in die gewöhnlichen Bordelle, aber da werden sie von ihren Aushältern regelmäßig überwacht. Die Reichen haben zwei Mädchen: und die zweite weiß genau, daß sie nicht diejenige ist, die vielleicht einmal geheiratet werden wird. Und doch –

Die Händler sind keß, sie sind gewitzt, sie sind sehr, sehr lebenstüchtig – und sie leben von der Reputation der französischen Frau, der ‹Franchucha›! Argentinien, sagt Londres einmal, importiert die Maschinen aus Deutschland, den Mostrich aus England, die Rasierapparate aus Amerika und die Frauen aus Frankreich.

Die Händler sind natürlich unter sich diskret organisiert. Sie müssen das schon gegen die argentinische Polizei sein, deren Lumpenhaftigkeit auch aus diesen Berichten herrlich ins Auge springt. Was da an Erpressungen verübt wird, gehört eigentlich schon zum Kapitel ‹Steuerwesen› – und die Kenner nehmen es mit Langmut, mit Schlauheit und mit Gelassenheit hin. Das gehört so zum Leben ...

Londres hat den Überseetransport gesehen – einen von jenen Transporten, wo die Mädchen, deren Papiere nicht in Ordnung oder die minderjährig sind, wochenlang in den Ventilationsröhren der Dampfer versteckt bleiben, wo von Offizieren und Mannschaften die Ware ans Land verschoben wird – und er hat die Mädchen aufgesucht.

Da war eine, deren Eltern hatten Geld von ihr bekommen (darauf halten die Zuhälter sehr), und die Mutter hatte an das französische

Konsulat geschrieben: ihr käme die Sache nicht geheuer vor, sie möchte ihre Tochter zurückhaben, und sie bäte doch den Herrn Konsul ... Der Herr Konsul lud das Mädchen vor. Das Mädchen kam, heulte, log — und weigerte sich, zurückzugehen. Auch Londres konnte nichts ausrichten. Nein, sie hätte es hier sehr gut, und sie wollte nicht. Daneben gibt es natürlich Tausende, die nicht zurückkommen können, die elend verrecken, die verlassen, krank, zerschlagen zugrunde gehen.

Am besten ist jenes Kapitel, wo beschrieben wird, wie Londres mit zwei Zuhältern und ihrem Mädchen in der kleinen Haushütte, im Atelier, sozusagen diniert. Der letzte Kunde wird hinausbegleitet, Madame hat zwischendurch nach dem Essen gesehen, und während des Essens wickeln sich nun weise und schöne Gespräche darüber ab, wie es so zugeht im menschlichen Leben. «Zieh dein schwarzes Kleid an!» hat er zu ihr vorher gesagt. «Na klar!» sagt sie. «Oder meinst du, ich werde im Arbeitsmantel erscheinen ...?» Während sie so sitzen und essen und plaudern, klingelt es, das Häuschen scheint sehr, sehr gesucht zu sein. Aber niemand öffnet — jetzt ist Feierabend. Und als es dann zum sechsten Mal und immer stürmischer klingelt, da sagt der Oberlouis: «Bon dieu! on n'a jamais vu de cochons pareils!» So sieht das Leben von hinten aus.

Und Londres gibt eine Schilderung der polnisch-jüdischen Prostitution, die in Buenos Aires neben der französischen wirkt, die aber auf der sozialen Skala drei Stufen tiefer liegt, und wenn er nicht die kindliche Angewohnheit hätte, sich die verdienten Beträge der Mädchen in Francs umzurechnen, so einen ganz falschen Eindruck ihrer Revenuen erweckend, dann wäre es noch schöner.

Im ganzen also: ein Prospekt zur Auswanderung? So töricht ist Londres nicht.

Aber er sagt — viel zu wenig scharf sagt ers —: Wer ist schuld? Wer ermöglicht das? Die Händler? Die Zuhälter? Die Polizei? Nein, ganz jemand anders.

Er sagts zu leise — also muß mans lauter sagen.

Jede Prostitution niederer Art ist nur möglich, wenn es sich für die Mädchen nicht zu arbeiten lohnt. Wie stark müssen Widerwille, Hemmungen, Erziehung sein, wenn Tausende von Mädchen bei den schmierigen Gehältern, die sie beziehen, nicht auf die Straße gehen! Es ist ja nicht nur die Erbärmlichkeit der Löhne, die freche Ambition der Unternehmer — es ist die Aussichtslosigkeit dieser Arbeit, die die Mädchen in allen Ländern zu Hunderttausenden untergehen läßt. Wozu ein Leben in Arbeit und Ehren?

Dazu: damit sie am Schluß dastehn, mit schlaffen Brüsten, und leer gearbeitet, gearbeitet, ein paar Bettelpfennige in der Kommode, und, wenns gut gegangen ist, ohne Tuberkulose. Meist gehts aber nicht gut. Und da gehen sie denn so oft, in Frankreich, nach Buenos Aires.

HEIMGEFUNDEN

Na, Gottseidank! Nun sind wir ja soweit,
daß jeder: Hoch die Republike! schreit –
es war auch höchste Zeit.

Ja, früher! Ohne daß du es verlangst,
da hatten alle vor dem Dingrichs Angst –
man kann nie wissen, wie? Sie schlichen dumm
mißtrauisch um den neuen Balg herum.
Und faßten leise tappend auch mal hin . . .
Beißt sie? Beißt sie nicht? Beißt sie? Beißt sie nicht? . . .

Der armen Republik war nicht danach zu Sinn.
Die biß nicht, als der Wilhelm kniff;
die biß nicht, als der Kapp was pfiff;
die biß nicht, als Erzberger fiel,
als Rathenau fiel,
und als Haase fiel –
die biß keine Reichswehrkompanie –
die biß nie.

Hat sich, im Gegenteil, schön gewandelt.
Hat nachgelassen und kuhgehandelt,
mal lag sie unten, mal lagen die andern oben,
und heute darf jeder das Dingrichs loben.
Kaiserreich? Republik? Welches von beiden?
Sie sind kaum noch zu unterscheiden.

Und nun kommen in hellen Haufen
alle, alle angelaufen.
Die schlimmsten, ältesten Reaktionäre,
Pastöre, Generale – ganze Heere – –
ist das ein Konjunkturisten-Rennen!
Man darf sich, ob Sies glauben oder nicht,
ruhig zur Republik bekennen.
Die ist nicht aus Eisen – die ist aus Holz.
Und die Republikaner sind noch so stolz –!

Gut ausgestopft und richtig gemischt.
Gehn Sie ruhig ran.
Die tut Ihnen nischt.

HUH, WIE SCHAUERLICH!

Ist es vorstellbar, daß in einer mitteleuropäischen großen Stadt eine Arena errichtet wird, in der vor einem tausendköpfigen Publikum lebende Menschen an Pfähle geknüpft, angeschossen und ihren Qualen überlassen werden? Nein.

Ist es vorstellbar, daß solche Arena errichtet wird und daß in ihr solche Grausamkeiten vollführt werden – aber ohne Publikum? Nein.

Soweit sind öffentliche Meinung und das Publikums-Gefühl für Roheiten immerhin schon verfeinert – sei es durch Erziehung, durch die Zeit...

Wie aber, wenn solches nun im öffentlichen Leben geschieht? Dann kommt es ganz auf die Schule, auf die Kirche, auf die Zeitungen an, die einer auf sich hat wirken lassen.

Was zum Beispiel jetzt in China geschieht, ist mordsschauerlich – man kann sich gar nicht lassen. Es hat aber niemand das Recht, sich auch nur über einen Blutstropfen, der in einer Revolution fließt, aufzuregen, solange er diese Massengemeinheit, die der imperialistische Krieg darstellt, zuläßt und billigt. Entweder – oder.

Entweder es ist jemand gegen das Blutvergießen überhaupt: dann darf er nicht 12 000 000 Tote, die das System ‹Ordnung› auf dem Gewissen hat, verschweigen und zwölf Einzelne hervorheben. Darin steckt ein bewußt verlogner Kniff.

Der Kniff nämlich, nur scheinbar Bluttaten zu tadeln, die man ja durchgehen ließ, als sich die Mörder vorher uniformiert hatten – in Wahrheit aber die Sache zu meinen, die hinter diesen revolutionären Bluttaten steht. Hier ist eine falsche Sittlichkeit am Werk. Gemeint ist die Angst vor der Beraubung des Kassenschrankes. «Du sollst nicht töten!» heißt es nur; gemeint ist: «Du sollst die Dividende nicht antasten.»

Ich für mein Teil halte revolutionäre Bluttaten für gerechtfertigt. Revolution kann – im Gegensatz zum Krieg – Elementarereignis sein.

REGENSCHWERE PAUSE

Bezogen ist der Himmel, und ich nähere mich dem Hühnerzaun, der das Geviert abschließt, wo sie wohnen. Es ist ganz still in der Luft, die schwarzen Balken der Häuser stehen so naß da, noch regnet es nicht. Es blinkt von alten Pfützen. Die Hühner stehen regungslos und sehen mich an. Keines pickt.

Da ist der Hahn, der, wie Jules Renard entdeckt hat, uns immer so ansieht, als sei er im Begriff zu sagen: «Ja, wollen Sie nicht grüßen –?»

Sein rundes, kleines Auge rollt wie ein Flammenkreis; wenn man lange hineinguckt, kann man vielleicht Buchstaben lesen: NUR PERMAPUDER! Eine Pfote hat er angehoben, und nun wartet er, um zu erfahren, worauf er wartet. Die Hennen wenden kaum die Köpfe; sie warten alle mit ihm. Die Küken stehen; die halbjungen Hennen, die gerade anfangen, es zu sein, stehen. Der ganze Hühnerhof sieht mich an.

Futter wartet in den Näpfen, Wasser in der Tonröhre, die Steine am Wege, und wir sehen uns alle an, untertan einem gemeinschaftlichen Bann, Teilhaber einer akuten Verzauberung, regungslos. Die Hühner sehen jetzt aus, als seien sie aus Seife, manchmal wedelt ein Kamm und fällt lasch nach der einen Seite herunter, da schämt er sich und hängt nun auch still, ganz still... Ein Tropfen fällt vom Dach und versickert im Maisfutter, kein Huhn beachtet es, wir stehn und warten...

Da sprüht es plötzlich von oben herunter, dann rauscht der Regen schnell, in dichten Schnüren. Wir gehen alle in unsre Häuser, erlöst, wir dürfen wieder gehen, jetzt haben wir gar nichts mehr miteinander zu schaffen.

Als wir uns von neuem sehen, scheint die Sonne – es ist heiterster Tag. Niemand spricht mehr von der Pause, in der wir uns so nahe gewesen sind. Wir sagen wieder Sie zueinander.

DER RECHTSSTAAT

> Vous êtes dans le rêve; moi, je suis dans la vie. Croyez-moi, mon ami, la Révolution ennuie: elle dure trop... Et mettez-vous dans la tête que personne ne s'intéresse plus à la Révolution et qu'on ne veut plus en entendre parler.
>
> Anatole France: ‹*Les Dieux ont Soif*›

Während die demokratische Republik Deutschland den dunkeln Spießbürger Herrn Külz in den ‹Welt-Nothilfe-Verband› des Völkerbundes gegen Erdbeben und Überschwemmungen delegiert, wo der Maire von Zittau zusammen mit dem reaktionären Roten Kreuz gute Figur machen wird; während der Reichskanzler Luther, jeder Kubikfuß ein Kommunalbeamter, den aufhorchenden Journalisten fromme Märchen aus Südamerika erzählt, während auf allen Kongressen, Festessen, Ausstellungen und Fliegerempfängen deutsche Tüchtigkeit in den geduldigen Himmel gehoben wird – während Deutschland so in schön geschwungenem Bogen dem Jahr 1913 entgegentaumelt, sich wiederum einen Platz an der Sonne erobernd, den man mit viel Blut eines Tages wird aufwaschen müssen: währenddessen ist ein kleines gelbes Buch erschienen.

Ernst Toller. *‹Justizerlebnisse›*. (Laubsche Verlagsbuchhandlung, Berlin.)

Das Buch zerfällt in zwei Teile: in den ersten, der meist Vorkommnisse aus dem bayerischen Bürgerkrieg erzählt – und aus jenem andern, der Tollers und seiner Gefährten Erlebnisse in der Haft wiedergibt.

Der erste Teil ist historisch zu werten. Daß damals, in einem Agrarland, eine Revolution versucht worden ist, die das bayerische Volk in seiner Gesamtheit nicht hat haben wollen, daß diese Revolution mißglückt ist, und daß nun die weißen Sieger ihre Rache genommen haben, das sind geschichtliche Tatsachen, die heute kein Pathos, sondern nur noch sorgfältige Untersuchung durch solche Revolutionäre verdienen, die aus Mißerfolgen lernen wollen. Toller hat das Pathos fast ganz zugunsten einer glücklichen Sachlichkeit vermieden – er erzählt. Er gibt Tatsachen wieder; wenn er das Urteil gegen Leviné für einen Justizmord hält, so kann ich ihm da nicht folgen. Das Urteil war niemals juristisch zu werten, und es wäre von den bayerischen Richtern ehrlicher gewesen, sich nicht lange mit Paragraphen aufzuhalten, um ein Verdikt zu fällen, das vorher feststand. Der lächerliche Versuch, die Erschießung Levinés juristisch zu begründen, ist ein Nonsens. Seine Widerlegung scheint mir überflüssig.

Was folgt, verdient grade heute unsre Beachtung, weil sich kein Mensch mehr darum kümmert. Man soll diese Beamten stets mit der Nase in ihren eignen Unrat stoßen – sie werden zwar nicht stubenreiner davon, aber tut mans nicht, werden sie übermütig. Sie sind es schon.

Der zweite Teil des Buches ist die maßvoll ruhige Aufzeichnung eines Mannes, der wie ein Tier unter seinen bayerischen Peinigern – gegen Gesetz und Recht – gelitten hat. Die Verurteilung Tollers, der sich übrigens keinen Augenblick lang seiner Verantwortung entzogen hat, anders etwa als die geschlagenen und heute gefeierten Heerführer, – die Verurteilung seiner Genossen – die sinnlose Erschießung durch die Ordnungsbestien der damaligen Zeit – ja, selbst noch die viehische Ermordung Landauers sind Erscheinungen, die in einem Bürgerkrieg nicht wunder nehmen dürfen. Diese Justizuntaten sind zum Teil begangen, als die Täter in des Wortes wahrster Bedeutung rot sahen – die Urteile sind Rache- und Haßäußerungen, die mit Justiz gar nichts zu tun haben: bis dahin ist das alles begreiflich. Was aber dann vor sich gegangen ist, ist eine Schande. Eine Schande für die bayerischen Beamten und eine Schmach für die Reichsregierung, die es jahrlang mit angesehen hat.

Toller und seine Genossen sind zu Festung verurteilt worden. Das Gesetz versteht darunter eine Haft, deren Hauptschwergewicht in der

Entziehung der Freiheit liegt. Die Festungsstrafe ist bisher fast überall sehr milde vollzogen worden – man hat den Gefangenen hundert Erleichterungen gestattet, ihnen kleine Ausgänge gewährt, Besuche in der freisten Form erlaubt ... Hier war nichts davon.

Hier wurde Rache genommen. Hier wurde durch ein ausgeklügeltes und rohes System von Brutalität, Feigheit und Herrscherwahnsinn mittlerer Spießbürger und kleiner Unteroffiziersnaturen gequält, gefoltert, gedrückt und gepeinigt.

Die Tabelle der ‹Disziplinarstrafen›, die während eines Jahres über die Wehrlosen verhängt worden sind, schreit zum Himmel. Es ist ganz ausgeschlossen, daß auf Seiten dieser Männer eine dreihundertundfünfundsechzig Tage währende Renitenz vorlag – hier muß ein System auf Seiten der Quäler vorgelegen haben, und es hat vorgelegen. Die Hälfte des Jahres saßen manche in Einzelhaft, die Hälfte des Jahres lag über vielen das Schreibverbot, das Verbot, Pakete zu empfangen, das Besuchsverbot, das Verbot, auf dem Hof spazieren zu gehen und schlimmeres. Bettentzug, Kostentzug, Bücherentzug – es wimmelt nur von solchen Quälereien. «Männlein wurde am 28. Juli 1921 mit Einzelhaft bestraft, weil er eine Bewegung mit dem linken Fuß beim Rapport machte, mit der er dem Vorstand seine Nichtachtung bezeugen wollte.» Es gibt keine Bewegung, mit der man diesem Vorstand seine Nichtachtung nicht bezeugen soll – aber man kann aus dem Beispiel ermessen, welch Ton in der bayerischen Hölle geherrscht hat. Leute, die Mut und Rückgrat hatten, kamen in die Zwangsjacke. Haben Sie einmal eine gesehen? Nein, Sie haben sie vielleicht nicht gesehen, wir leben achttausend Schritt von unsern Zuchthäusern, aber wir kennen sie nicht. Nun darf man bei Betrachtung dieser Dinge eines nicht vergessen, das ich stets anführe, wenn zum Beispiel von Hölz gesprochen wird.

Was dem Mann in der Freiheit als eine Lappalie erscheint, ist im Gefängnis von eminenter Wichtigkeit für die Seelenverfassung der Gefangenen. Wir dürfen nie außer acht lassen, daß das Gesichtsfeld und die Erlebnissphäre des Gefangenen auf ein Minimum zusammengeschrumpft ist, daß das Feld, in dem er körperlich und geistig lebt, sehr beschränkt ist. Nimmt man selbst an, daß jeder Gefangene während seiner Gefängniszeit abstumpft, so bleibt doch noch mindestens die Hälfte seiner gewöhnlichen Energie übrig, die nun statt auf Quadratkilometer auf Quadratmeter seelischer und körperlicher Erlebnisse angewiesen ist. Die Folge davon ist, daß jedes Erlebnis, jede Sinnenreaktion tausendmal stärker ist; daß jedes Vorkommnis tausendmal größern Eindruck hervorruft, als es das im freien Leben zu tun pflegt, wo es sofort wieder von andern verdrängt wird. Hier bleibt es haften, stockt, verstopft die innern Kanäle und ist dem, der so viel Zeit hat, zu denken, eine ständige Folter. Da wird eine vielleicht sachlich harmlose Beleidigung durch die stets zu schlecht bezahlten Gefängniswärter zur blutigen Schmach, die den nächsten Zwischenfall noch mehr und noch schärfer empfinden läßt – und dieses Moment muß man immer in die Rechnung einsetzen, wenn man von Gefangenen spricht. Kommt dazu die Quälerei, erwachsenen Männern auf Jahre hinaus die Frauen zu nehmen, so kann man sich die Atmosphäre vorstellen.

In Niederschönenfeld ging es zu wie in einem Tollhaus. Nur saßen die gefährlichen Irren nicht in den Zellen.

Die Briefzensur für ankommende und abgehende Briefe: ein einziger Willkürakt; unter keinen Umständen Urlaub, auch nicht, wenn alle Sicherheitsmaßregeln angeboten wurden und es sich etwa um den Tod einer alten Mutter handelte; sinnlose Verschärfung der Haft während des Kapp-Putsches, der ja immerhin nicht von linken Revolutionären ausgeführt wurde; lügnerische Denunziationen durch das Personal; Hunger; Peinigung, Qual ohne Ende. Das endete im Fall Hagemeister mit dem Tod.

Die Bayern haben sich durch ihre Richter, also durch eine Instanz, die für die Feststellung des Sachverhalts ohne Bedeutung ist, attestieren lassen, daß sie am Tode Hagemeisters nicht schuld seien – die Tatsachen im Buche Tollers sprechen lauter, reiner und wahr. Der Mann ist in seiner Zelle verreckt wie ein Hund; ohne ärztliche Hilfe, ohne Zuspruch, ohne Freund. Wer ihm helfen wollte, verfiel der politischen Rache des obersten Personals, das wahrhaft an dieser Schande schuld hat.

Da ist zunächst der damalige Justizminister Müller-Meiningen zu nennen, ein Bursche, der sich seinerzeit ‹Demokrat› nannte, und den die Demokratische Partei niemals wegen seiner Haltung zur Verantwortung gezogen hat. Also hat man das Recht, die Partei für mitschuldig zu erklären. An ihr wäre es gewesen, von einem solchen Menschen abzurücken. Einer der schlimmsten war ferner ein Herr Hoffmann, der inzwischen befördert worden ist – er leitet heute den gesamten Strafvollzug in München; man kann sich ungefähr vorstellen, wie der aussieht. Sie alle übertraf Herr Kraus.

Kraus, der heute, zur Belohnung, mehr Gehalt bekommt als damals, scheint auf die Gefangenen losgegangen zu sein wie ein Berserker. Toller hat ihn in diesem Buche bewußt und vorsätzlich beleidigt und ihn herausgefordert, ihn zu verklagen – er wird sich hüten. Denn der Wahrheitsbeweis sähe wahrscheinlich vernichtend für ihn aus, und er hat alle Ursache, zu schweigen. «Ich bin Festungsvorstand, Sie Gefangener! Ich befehle, Sie gehorchen. Ich weiß, warum ich hier bin. Ich bin hergekommen, um durchzugreifen, und ich greife durch, wenn es sein muß, mit Waffengewalt!» Das etwa ist die Tonart jenes Noske, der heute noch die SPD ziert – und genau so regierte Kraus. «Es ist selbstverständlich, daß die Angehörigen vom Strafvollzug betroffen werden müssen.» – «Wer seine Gesinnung nicht ändert, wird nicht entlassen.» – «Beschwerden sind Vielschreiberei und beweisen hetzerische Unzufriedenheit.» Soweit die Festung, auf der sonst Duellanten anders behandelt werden ...

Man kann sich danach ausmalen, wie es in den bayerischen Zuchthäusern ausgesehen hat und noch aussieht, in denen politische Gefangene sitzen – es ist natürlich völlig gleichgültig, was die bayerische Regierung als ‹politische Gefangene› ansieht – diese da sind sämtlich so politisch, wie es die Richter sind.

Alle Beschwerden Tollers an den Reichstag, den damaligen Präsidenten Ebert blieben erfolglos. Ebert war viel zu feige, um es mit Bayern, das kräftig zurückgeschlagen hätte, anzulegen – er tat das lieber mit Sachsen und Thüringen. Aber wo er euch doch vom Bolschewismus ‹gerettet› hat ...

Was lehrt aber nun das Buch Tollers –?

Die Tatsache, daß im Rechtsstaat Deutschland Hunderte und Hunderte von solchen Männern, wie es Hoffmann, Müller-Meiningen und jener Kraus sind, ungestraft, frei und in allen Ehren umherlaufen. Hier scheint mir das Gefährlichste, das Grausigste, das sittlich Depravierendste zu liegen.

Diese Leute sprechen natürlich von ihren Taten, sie erzählen sich die Einzelheiten dessen, was sie damals angerichtet haben, am Stammtisch, in ihrer Familie, sie erzählen es ihren Kindern – und loben es. Und die, denen sie es erzählen, lernen also daraus, daß es gottgefällig, ersprießlich und vorteilhaft ist, so zu handeln – und so erzieht jeder dieser Übeltäter zehn andre. Das gleiche gilt für die uniformierten Totschläger; für Polizeibeamte aller Farben – für alle jene, die «den lausigen Kommunisten mit dem Gesicht an der Wand mal erst acht Stunden haben stehen lassen», wozu sie meist mit bewunderungswürdigem Mut ein MG dahinter aufbauten ... Diese alle sind frei.

Verschickt Mussolini seine Feinde in die Kolonien, lassen die Bolschewiki weiße Monarchisten in den Gefängnissen erschießen, geschieht etwas Gewalttätiges in China, dann können wir uns gar nicht lassen vor lauter Entrüstung. So etwas von moraltriefenden Leitartikeln war noch nicht da. Weil aber diese wackern Bürger gern etwas fordern, was sie ‹Staatsbejahung› nennen, so sei ihnen empfohlen, mit ihrer Entrüstung zu Hause anzufangen. Hic Rhodus.

Aber dazu sind sie zu feige. Dazu langts nicht. Kein Wort in der großen Presse über das, was da in Bayern geschehen ist, was heute noch, stündlich und täglich, mit mißliebigen Oppositionellen geschieht, kein Hahn kräht danach, wenn es sich um anonyme Proletarier handelt.

Und was am unangenehmsten an diesen Scheindemokraten wirkt, das ist ihre Verlogenheit. Sie wagen niemals, das zuzugeben, was sie täglich und stündlich tun. Sie knütteln jede Freiheit nieder – aber wenn man sie an ihren schrecklichen Festtagen reden hört, glaubt man, es seien lauter Freiheitshelden. Hätten sie doch den Mut, einmal, nur einmal das zu bejahen, was sie tun – man könnte sich mit ihnen unterhalten. So aber gibt es keine Verständigung. Menschen leiden lassen und dann nicht einmal den Mut aufbringen, es zuzugeben – Demokratie, du Phantom! Feiertagsgespenst! hohles Nichts! Katheder-schmuck! Zierat am Gefängnisportal! Ornament der Kredit-Konten!

Das Buch Tollers hat eine Wirkung gehabt:

Die bayerische Regierung hat ihn nach Erscheinen des Werkes aufgefordert, die noch ausstehenden Verpflegungsgelder für seine Festungszeit zu bezahlen, und es ist zu hoffen, daß er den Brüdern eine ähnlich tapfere Erklärung abgegeben hat, wie er das bei seiner Zeugenvernehmung in Berlin durch einen bayerischen Beamten getan hat.

Toller ist den Sozialdemokraten, die an seinem Unglück mitschuldig sind, unangenehm, und den Kommunisten zu sehr ‹bürgerlicher Ideologe›, oder was sie sonst für einen falschverstandenen russischen Ausdruck kopieren. Schon deshalb ist es unsre Sache, für ihn zu sein. Dabei lasse ich das dichterische Phänomen Toller ganz außer Betracht – ich halte es für gleichgültig, ob der Mann ein großer Künstler ist oder nicht. In diesem Zusammenhang interessiert der Kämpfer Ernst Toller, dessen Mut, dessen Charakterstärke und dessen saubere Sachlichkeit über allem Zweifel erhaben sind.

Ehre seinem Werk.

Dieser Rechtsstaat aber hat jedes Anrecht verloren, uns durch den Mund seiner führenden Kleinbürger irgend eine Moral zu predigen. Er schweige, gehe in sich und fange mit seelischer Reinigung bei sich zu Hause an.

HARFENJULIUS KLABUND

Ja, und dann hat er die reizende Idee gehabt, seinen Kleinkram an Gedichten genau, genau so zu drucken wie meine Lieblingshefte, die ich so oft im Papierladen gekauft habe: «Wo ist der Himmel so blau wie in Wien? sowie hundert andre Schlager der Saison.» Er: das ist Klabund, und seine neue Gedichtsammlung, die sehr lustig ist, heißt ‹*Die Harfenjule*› und ist im Verlag der Schmiede zu Berlin erschienen. Zum für in die Tasche zu stecken.

Sehr reizvoll ist zunächst, daß die Gedichte, wie das in den Zwanzig-Pfennig-Heften der Operetten-Texte üblich ist, in langen Prosazeilen ausgedruckt sind. Das gibt den Versen so etwas kurz Abgehacktes, auch weiß man nicht genau, wann eigentlich eine Zeile aus ist, man muß mit dem Finger lesen, und manchmal bleibt ein entzückendes

Reimwort klein und ärmlich dastehen. «niedertauen». Punkt. Aus. Wie stark und sicher müssen Gedichte gebaut sein, mit denen man sich diesen Scherz erlauben kann!

Klabunden seine sind das. Sie sind mehr als das.

Die meisten freilich sind Notentexte; sie pfeifen, brüllen, schreien und orgeln nach Musik. So ein Ding wie die *‹Hofsänger›* sind ein Chanson erster Güte – außer Mehring weiß ich keinen, der das kann. (Klammer auf. Mehring, warum schreibst du keine Lieder mehr! Es ist eine Affenschande. Klammer zu.) Sehr schön ferner das *‹Bürgerliche Weihnachtsidyll›*, in dem die Gesangbuchverse so lustig mit berliner Keßheiten kollidieren.

O Kind, was hast du da gemacht?
Stille Nacht, heilige Nacht.
Leis hat sie ihr ins Ohr gesungen:
«Mama, es ist ein Reis entsprungen!»
Papa haut ihr die Fresse breit,
Oh, du selige Weihnachtszeit!

Dann ist mein Lieblingslied in dem Heftchen enthalten: *‹Liebeslied›*, Klabund hat es mir einmal leise am Klavier vorgesungen – er hatte es in sein Notizbuch gekritzelt, und da saß er so still und bräunlich am Klavier, er hätte ruhig zum Schluß mit dem Hut einsammeln gehen können. «Hui über drei Oktaven, Glissando unsere Lust! Laß mich noch einmal schlafen an deiner Brust.» Das ist ein schönes Lied. Was: *‹Und ich baumle mit die Beene›* anbetrifft, so hat dieses Lied, wenn ich recht bin, der Ebinger ihre Marke gegeben.

So ein Versband ist immer ungleich – manches ist aus Pappdeckel, manches wie aus Stahlplättchen zusammengesetzt, vieles aus einem Guß. Es glückt nicht immer. Wunderschön die große *‹Ode an Zeesen›*.

Das ist eines von den Heften, das ich einmal – in achtzig Jahren – vergilbt und halb zerbröckelt zur Nachkontrolle lesen möchte. Mindestens zwanzig dieser Lieder werden dann noch frisch sein. Und das ist sehr viel.

ZWEI KÄFIGE

Hier in Dänemark, wie wohl auch anderswo, setzen sie die Klucke mit den Küken in den Hof oder auf die Wiese, die ganze Familie überdacht von einem vergitterten Gestell, wie der Käse von der Glocke. Darunter pickt und kluckt und gurrt es den lieben, langen Tag. Sieh, da stehen zwei nebeneinander.

In einem geht es sehr honett und ordentlich zu. Die große Henne hat etwa fünfzehn oder sechzehn ‹Kukkelchen›, wie man in Kurland sagt, zu betreuen; die rechte Seitenleiste des Gittergestells ist durch zwei Feldsteine etwas angehoben, und die Kleinen können auch herauslaufen. Die Mama wirtschaftet drin umher und lockt.

Es gibt da eine völlig ausgebildete Sprache der Henne. «Kommt mal alle, alle her!» und: «Na–na–na!» und «Hiiier–gibts was zu fressen! – Wer will? – Wer will? Wer will?» und viele andere Signale. Die Küken verstehen das genau. Sie sind noch so klein: vier Tage sind sie alt, und eigentlich sind es noch laufende Eier, mit einem kleinen weichen Hundefell; daß dieser Plüsch einmal zu Federn werden wird, muß man auf gut Glauben hinnehmen. Seht doch nur, wie sie laufen! ...

Der Käfig ist ständig von einem niemals aussetzenden leisen Gepips erfüllt, das alle fünfzehn am Klingen erhalten: der Ton schwebt über der pickenden Familie, stets gehalten von vier, von sechs, von acht kleinen Hälsen. Die Alte geht schwer umher, zertritt niemals eines, paßt auf, ordnet es alles an, und manchmal steckt auch sie gierig den Hals vor und nascht ein paar Krümel mit. Aber nicht viel: wann essen Kellner? Wann lesen Dichter? Wann fressen Hennen? Die Verbindung aber zwischen Mutter und Kindern ist sehr eng – manchmal randalieren die Kleinen wohl, manchmal laufen sie weg – aber immer kommen sie bald wieder, verstehen den mütterlichen Lockruf, hören ihn ganz genau – es sind Mitglieder derselben Familie, selbst Uneinigkeiten spielen sich auf derselben Ebene ab. Diese zwei Generationen bilden eine einzige.

Nebenan steht ein anderer Käfig.

Darin ist auch eine Glucke, sie hat vier Kinder. Hier sieht es ganz anders aus.

Die Mutterhenne steht in der Mitte, wie mir scheinen will, traurig, bedrückt und sehr allein. Die vier kümmern sich kaum um sie. Sie watscheln da herum, sie sind dunkler als die andern, sie sind auch wohl schon größer ... Die Alte lockt: – sie hören sie nicht. Die Alte ruft – sie hören nicht. Die Alte warnt, liebkost, zeigt etwas, verbietet, erlaubt – sie hören nicht. Verstehen sie es nicht –?

Die Alte sagt: «Die Moral des Hühnerstalls, meine guten Kinder, gebietet, daß man nach Körnern pickt, und, so man welche gefunden hat, sie auch aufißt – sonst nimmt sie der andre!» Sie sagt: «Küken sind noch klein – die müssen vorsichtig sein, hört ihr? Immer vorsichtig!» Sie sagt: «Man hat niemals genug, nug, nuck, nuck ...» Die Kleinen hören nicht. Was ist das –?

Sie piepsen leise, auch sie. Aber als ich nun genau hinhöre, da ist es eine andre Sprache, eine ganz andre als die, die ihre Hühnermama spricht. Sie piepsen: «Fliegen – über dem grauen See, wenn der Wind darüber hinstreicht – Fliegen!» Sie piepsen: «Raus–raus–raus!» Sie piepsen: «Was tun wir hier? Hier? Hier? Hier?» Sie kümmern sich gar nicht um die Alte.

In der Mitte ist ein ganz kleines Bassin, mit schmutzigem Regenwasser gefüllt. Dahinein wackeln sie und schwimmen und fressen, was da schwimmt. Und fressen alles. Ihre Schnäbel sind schwarz. Ihre Federn dunkelgrau. Sie haben Schwimmhäute.

Es sind junge Wildenten, deren Eier der Wirtsjunge im Röhricht gefunden hat, die Henne hat sie ausgebrütet.

Sie sind nur zu Besuch hier. Eines Tages wird man sie freilassen, und dann werden sie fortfliegen über den blauschimmernden Wald, den man da hinten sehen kann, weit fort, über die Seen . . .

Sie sprechen untereinander – aber sie sagen nichts zu ihrer Brutmutter. Deren Lehren sind gut und schön – aber nicht für sie. Sie sind von anderer Art. Sie sind eine wirklich andre Generation. Sie sprechen eine andre Sprache.

Sie verstehen einander nicht.

DIE HERREN KOLONISATOREN

Müßt ihr wieder Kolonien haben?
Müßt ihr wieder Diamanten graben,
die Herr Dernburg findt?
Müßt ihr die Hereros kujonieren?
Süd-West-Afrika mit Blut regieren?
Seid ihr taub und blind?
Habt ihr solchen Drang zum Pionier?
Hier:

Hier in Deutschland liegen tausend Meilen
naß und unter Schlamm – ein grüner Sumpf.
Eine Wildgans schreit; an alten Seilen
hängt die Brücke überm Weidenstumpf . . .
Sucht ihr Arbeit für den Pionier?
Hier:

Keine Leute trocknen euch die Moore –
dazu sind die Löhne viel zu klein.
Strafgefangene stehn im feuchten Rohre,
schuftend . . . schmunzelnd steckts der Bauer ein.
Sucht ihr Arbeit für den Pionier?
Hier.

Euer Land liegt schon seit tausend Jahren
faulend, ungenutzt morastig, brach.
Ihr schickt bramsige Beamtenscharen
nach Australien – werft noch Gelder nach.

Müßt ihr wieder Kolonien haben?
Müßt ihr wieder Diamanten graben?
Laßt die Welt mit euern Kolonialmandaten
nur in Ruh! ihr wollt noch mehr Soldaten ...
Admirale, Gouverneur und Offizier!
Fangt zu Hause an!
Die Moore warten.
Hier.

DER PFAU

Ich bin ein Pfau.
In meinen weißen Schwingen
fängt sich das Schleierlicht der Sonne ein.
Und alle Frauen, die vorübergingen,
liebkosten mit dem Blick den Silberschein.

Ich weiß, daß ich sehr schön bin.
Meine Federn
auf meinem Kopf stell ich oft kapriziös ...
Ich hab das weißeste von allen Pfauenrädern;
ich bin sehr teuer, selten und nervös.

Ich habe leider ziemlich große Krallen,
und wenn ich fliege, sieht es kläglich aus.
Doch, wer mich liebt, dem werde ich gefallen,
und alle Welt steht vor dem Vogelhaus.

Klug bin ich nicht. Klugheit ist nicht bei allen,
viel liegt nicht hinter meiner Vogelstirn.
Ich will gefallen – immer nur gefallen –
Ich bin ein schöner Pfau. Ich brauche kein Gehirn.

Nur singen darf ich nicht. Das ordinäre
Gekrächz ist nicht zu sehen – wie mein Bildnis zeigt.
Ich bin ein Pfau.
Und eine schöne Lehre:
Wer dumm und schön ist, setzt sich. Siegt. Und schweigt.

Beispiele aus Büchern und Briefen: Wie man zu Geld kommen kann

«Aber kaum hatte er jenen Wechsel unterzeichnet …

... als ihm ein kühner Gedanke kam, der nämlich, sich von Lheureux tausend Francs zu leihen. Mit verlegener Miene fragte er also, ob es nicht Mittel und Wege gebe, sie zu bekommen, wobei er erwähnte, es solle für ein Jahr sein und zu einem beliebig hohen Zinsfuß. Lheureux lief in seinen Laden, brachte das Geld und diktierte einen weiteren Wechsel, durch den Bovary sich verpflichtete, auf seine Order am nächsten 1. September die Summe von eintausendundsiebzig Francs zu zahlen, was mit den bereits anerkannten hundertachtzig Francs genau zwölfhundertfünfzig ergab. Er verlieh demnach zu sechs Prozent, dazu ein Viertel der Kommissionsgebühr, und weil die Lieferungen ihm mindestens ein gutes Drittel abwarfen, ergab das im Jahr einen Gewinn von hundertdreißig Francs; und er hoffte, daß es dabei nicht bleiben würde, ... daß sein armes Geld, nachdem es sich im Hause des Arztes wie in einem Sanatorium vollgepäppelt hatte, eines Tages wohlgenährt zu ihm zurückkehren werde, so dick, daß der Sack in den Nähten krachte.»

Man kann zu Geld kommen durch Leihen, wie der Mann der «Madame Bovary», oder durch Verleihen, wie Lheureux, der namentlich Glückliche. Allerdings: Verleihen ist ein Sparstrumpf, Leihen stopft nur die Löcher darin.

Summa summarum: In Büchern und Briefen kommt man leichter zu Geld als durch Bücher und Briefe, es seien denn Sparbücher und Pfandbriefe.

GESCHICHTSWISSENSCHAFT

«Glauben Sie an Geschichte?»

«Nein.»

«Warum nicht?»

«Weil ich nicht einmal daran glaube, daß man von Stockholm bis nach Berlin restlos übertragen kann, was sich da ereignet hat. Die Ereignisse wohl – die Zahlen wohl – aber das Letzte nicht. Das nicht, worauf es eigentlich ankommt. Die Nuance, mehr: die Farbe, der Ton, die Musik – ohne die das Tun der Menschen nicht verständlich gemacht werden kann. Ich sehe, daß man es nicht übertragen kann. ‹Chameau› heißt nicht immer: Kamel; das englische ‹fair› ist nicht das, was die Deutschen mit ‹fair› bezeichnen; ‹Humor› heißt nicht ‹humour› – es geht nicht. So schwer ist es nun schon bei gegebener Gleichzeitigkeit – bei räumlichen Unterschieden von ein paar hundert Flugkilometern. Soll es da mit der Zeit besser sein?

Zwischen Stockholm und Berlin gibt es immerhin eine Menge vermittelnder Faktoren – ganz abgesehen von der Ähnlichkeit der Kulturen, vor allem den, der im ständigen Verkehr von Reisenden besteht. Der Berliner war in Stockholm, der Stockholmer kennt vielleicht Berlin – da nähert sich so etwas schon rascher. Aber bei Verschiedenartigkeit der Epochen?

Ich glaube nicht an Geschichte, weil ich sehe, wie wir auf die Nachwelt kommen. Wie mag sich da ein Historiker in tausend Jahren herausfinden! An Hand der offiziellen Geschichtsschreibung? Aber Sie lächeln selbst. Und die andern zeitgenössischen Werke? Diese Flut von Tendenz, von versuchter Tendenzlosigkeit, die es ja nicht gibt, nicht geben kann – die verkappte Tendenz, die verlogene, umgelogene; alles ist viermal, fünfmal pro Gattung da. Und wie viele haben überhaupt keinen Delegierten in der Geschichtsschreibung! Wie viele Menschen, Stände, Klassen gibt es, über die wird geschrieben – aber sie schreiben niemals selbst. Sie sind also stets Objekte der Geschichtsschreibung. Wer soll da urteilen! Wer soll sich herausfinden! Der Historiker?

Er kocht eine Suppe, die ist zusammengesetzt aus: den trüben Quellen, die er zu benutzen gezwungen ist; aus den Fehlern, die durch lange Überlieferung entstanden sind, denken Sie an die Zeit der unvollkommenen Druckerkunst; aus der mehr oder weniger willkürlichen, zufälligen, von tausend Umständen abhängigen Wahl, die er unter diesen Quellen trifft; aus seiner Person; aus der Erziehung, die er genossen hat; aus seinen politischen Ansichten, die er verheimlichen, aber nicht verstecken kann – aus alledem setzt sich die Geschichtssuppe zusammen.

Was dann herauskommt, nennen wir: Geschichte. Es ist übrigens jene, die da – nach dem Dichterwort – ‹richten› wird. So möchte ich auch einmal gerichtet werden. Es tut nicht weh. Ich soll an Geschichte glauben? Ich glaube nicht daran. Glauben Sie an Geschichte?»

«Ja.»

«Sie glauben daran? Warum?»

«Weil es gar nicht so schlimm aussieht, wenn Sie in allem recht hätten. Ich will es annehmen. Ich glaube an Geschichte, weil die Variationen, die mit der Menschheit spielen, nicht so zahlreich sind. Alles kommt einmal wieder – immer wieder. Die Motive, die Leidenschaften, die Beziehungen zwischen Frau und Mann – ja, sogar die Formen, unter denen sich das abspielt, werden stets aus demselben großen Schrank geholt. Es ist ein Kaleidoskop – es gibt da eine Menge Nuancen, das ist wahr, aber die Steinchen sind doch immer dieselben.

Sicherlich ist es unmöglich, genau dieselbe Atmosphäre noch einmal herzustellen, die bei einem römischen Wagenrennen geherrscht hat. Das gibt es nicht – niemand kann das. Auch der gescheiteste Franzose bekommt eben *das* nicht heraus, wenn er Spottverse vom Hof Ludwigs des Fünfzehnten wiederholt, neu aufzeichnet – irgend etwas fehlt, natürlich. Aber ich glaube doch, daß wir das Wesentliche der alten Geschichte verstehen können, wenn wir uns nicht belügen und nicht belügen lassen.

Ich glaube an Geschichte, weil jede Epoche lange nicht so neu, so interessant, so einmalig, so grundsätzlich von allen andern verschieden ist, wie sie sich das einbildet. Jede Zeit hält sich für einen Anfang, für etwas ganz und gar Großartiges. Schade, daß man nicht achthundert Jahre leben kann – schade, daß, wenn man es könnte, man jenen Greisen bei Swift gliche, die nur über ihre ersten vierzig Jahre gut im Bilde sind. Aber wenn man es könnte, wäre man ein ewig agiler Mann, kein alter Mann, sondern ein wirkender, schaffender, stets neu aufnehmender . . . Was sähe man –?

Was man sähe? Die Gleichartigkeit, die Struktur unter dem Formenwechsel, die Wiederholung, die Gesetzartigkeit des Ablaufs – vielleicht die Gesetze selbst. Es verändert sich viel – es ändert sich nichts. Ich glaube an Geschichte.»

«Ich glaube nicht an Geschichte. Was machen wir da –?»

«Einigen wir uns wie bei einem gesunden Konkurs.»

«Bitte: klar und bestimmt! Ist an Historie etwas daran – ja oder nein –?»

«An der Geschichtswissenschaft ist nichts dran, was nicht an ihr dran ist.»

DER RHEIN UND DEUTSCHLANDS STÄMME

Es fließt ein Strom durch das deutsche Land,
drin spiegeln sich Schlösser und Zinnen;
er ist in den deutschen Gauen bekannt,
kein Refrain kann demselben entrinnen.
Und alle Romantik hat hier ihr Revier,
und je lauter das Rheinlied, je kälter das Bier
der kleinen und großen Verdiener.
Zum Beispiel so der Berliner:
«Ein rheinischet Meechen – beim rheinischen Wein –
Ja, Donnerwetter nich noch mal!
Na, det muß ja der Hümmel auf Erdn sein –!
Wat, Lucie –?»

Wer Lieder für Operetten schreibt
aus Prag, aus Wien und aus Bentschen –:
den Rhein möcht ich sehn, der da ungereimt bleibt –
es sind halt geschickte Menschen!
Und was sie dichten, ganz Deutschland grölts,
von Aachen bis Dirschau, von Kiel bis nach Ölz;
wo nur Treue und Weinbrand wachsen.
Zum Beispiel so unsere Sachsen:
«Ein rheinisches Mädchen – beim rheinischen Wein –
Nu heere mal, Agahde, was hasdn dn
Krachenschonr nich midgenomm? 's is doch
so giehle uffm Wasser?
Diß muß ja der Himmel auf Erden sein!
Eicha . . .!»

Im Rhein, da quillt unsere Mannesbrust,
da liegen dicke Tantiemen;
und befällt den Deutschen die Sangeslust:
hier kann er das Ding unternehmen.
Es reimt sich der Rhein
auf Schein und auf Sein
und auf mein und auf dein,
auf Jüngferlein, Stelldichein, Gänseklein . . .

Und ist auch zerklüftet das Deutsche Reich:
im Moorbad der Lyrik verstehn sie sich gleich.
Viel schneller als bei Richard Dehmel.
Zum Beispiel so jener aus Memel:

«Äin rhäinisches Mädchen – bäim rhäinischen Wäin –
äi, das muß ja der Himmel – auf Erden säin –
Wäißt, wenn dir der Wäin nich schmeckt,
jieß noch 'n kläin Schnaps-che räin! –
Äi, das muß ja der Himmel auf Erden säin –!
Oder mäinst näin –?»

So ist der Rheinstrom ohne Fehle,
das Familienbad der deutschen Seele.

DÄNISCHE FELDER

Da liegen sie: sonnenüberglänzter Wind geht drüber hin, die Grasbüschel werden hin- und hergerissen, pflaumenblau ziehen sich da hinten die Wälder entlang. Die Chaussee läuft ein Stückchen bergan, dann ist sie von der Kuppe gerade abgeschnitten und führt in den Himmel. Zwei solcher Treppen gibt es in Versailles...

So hat doch diese dänische Landschaft auch im Jahre 1917 hier gestanden? Natürlich – warum denn nicht? Die da führten keinen Krieg.

Diese Bäume durften Bäume sein – niemand schoß sie zusammen. Über diese Grasflächen stampfte keine lange Schlange von Marschierenden. Die Wege wurden nicht von ratternder, schimpfender, polternder Artillerie aufgeweicht und verdorben. Diese Landschaft war reklamiert.

Herrgott in Dänemark, welch ein Wahnsinn! Hier war Mord Mord; dort war Mord ein von den Schmöcken, den Generalen und den Feldpredigern besungenes Pflichtereignis. Hier durfte man nicht – dort mußte man.

Und so selbstverständlich, wie die Mücken tanzen, so selbstverständlich ist den Mördern und ihren Kindern Untat, Fortsetzung der Untat und Propagierung der Untat. Es geschieht so wenig gegen den nächsten Krieg, bei dem euch die Gedärme, so zu hoffen steht, auch in den Städten über der Stuhllehne hängen werden. Jeden Abend müßte in den Kinos zu sehen sein, wie sie wirklich gestorben sind.

Möge das Gas in die Spielstuben eurer Kinder schleichen. Mögen sie langsam umsinken, die Püppchen. Ich wünsche der Frau des Kirchenrats und des Chefredakteurs und der Mutter des Bildhauers und der Schwester des Bankiers, daß sie einen bittern qualvollen Tod finden, alle zusammen. Weil sie es so wollen, ohne es zu wollen. Weil sie herzensträge sind. Weil sie nicht hören und nicht sehen und nicht fühlen. Leider trifft es immer die Falschen.

Wer aber sein Vaterland im Stich läßt in dieser Stunde, der sei gesegnet. Er habe seine schönsten Stunden in einer dänischen Landschaft.

DER KRIEG UND DIE DEUTSCHE FRAU

Neben den evangelischen Pastören hat es im Kriege noch eine Menschengattung gegeben, die gar nicht genug Blut saufen konnte: das war eine bestimmte Schicht, ein bestimmter Typus der deutschen Frau. Die hat wirklich himmlische Blutrosen ins irdische Leben geflochten.

Der Typus, von dem hier gesprochen wird, findet sich besonders im Adel, im gehobenen Mittelstand – bei den Arbeitern ist er seltener, obgleich da häufig der kleinbürgerliche Charakter der Frau vieles zerstört, was der Mann aufzubauen sich müht.

Wer aber mitangesehen hat, wie zur Zeit, als die Oberste Heeresleitung das deutsche Volk täglich einmal herrlich belog, beim Eintreffen der scheußlichsten, widerwärtigsten Nachrichten diese deutschen Frauen vor Freude hüpften, mit glänzenden Augen Hurra schrien, den hat es geschüttelt, wenn er ein Herz in der Brust hatte und nicht nur einen Brustbeutel davor. Jene deutschen Mütter, die ernsthaft und kleingehirnig ausriefen: «Ich bedaure nur, nicht noch einen Sohn zu haben, damit ich ihn dem Vaterlande geben kann» – dieses Geschmeiß von Eltern ist mitschuldig an dem Mord von Hunderttausenden. (Ihr Vermögen geben sie nicht gern her, da wehren sie sich bis zum letzten – aber die Söhne werden dem Vaterland vom Elternhaus gratis und franko in den Rachen geworfen.)

Und weil Frauen Männerwerk, mit dem sie sich einmal befassen, meist viel ernster nehmen als Männer und weil die Frauen selten skeptisch sind, so glaubten diese da und opferten Kinder und Gatten und konnten gar nicht genug bekommen.

Das hat sich kaum geändert. Wie sollte es auch? Die Republik, diese Republik tut nichts für, aber alles gegen den Pazifismus, und Schule, Kino, Kirche und Presse bearbeiten die Frauen, daß Rote-Kreuz-Damen herauskommen oder gar noch Muffigeres.

Weil wir gerade von Muff reden:

Da hat unsere Gertrud Bäumer, die Mutter des Schmutzgesetzes, Verdun besucht. Davon hat sie einen abstrusen und schlecht geschriebenen Bericht gegeben; soweit dieser Stil überhaupt zu verstehen war, wand und drehte sich die Patriotin, fand aber den Mord, der da eine Million Menschen um eine Stadt unter die Erde gebracht hat, nicht ganz und gar herrlich. «Man spürt es bedrückend: die Magie des Heldentums hat ihre Grenzen in der menschlichen Trägheit des Herzens!» Meine Bildung erlaubt mir nicht, dieses Abrakadabra zu verstehen, und es ist nur schade, daß Schopenhauer das nicht erlebt hat. Kurz und gut: keine Hurrapatriotin, sondern schlimmer: eine, die unter gebildeten Redensarten Patriotismus predigt. Aber immer mit der tiefern Einsicht im Strickstrumpf.

Nun gibt es eine ‹*Frauenkorrespondenz für nationale Zeitungen*›, und in der tobte eine Frau Hindenburg-Delbrück gegen Bäumer nicht schlecht. «Bemakelung der Volksheiligtümer», und das «deutsche Herz» – und was man so schreibt, wenn die Etatsstellen der Söhne und die Vormachtsstellung der Gutsherrschaft angetastet wird und in Gefahr ist. Mangel an Patriotismus –?

Das ließ Bäumer nicht auf sich sitzen.

Sie schickte an die nationalen Frauen einen offenen Brief; die nationalen Frauen ließen ihr Herz in die Schlüpfer sinken, und Bäumer mußte sich mit ihrem Brief anderswohin flüchten.

Man muß nur einmal lesen, wie diese Demokratin da Pazifismus macht. Sie ringt sich es ab, zu sagen, daß «die Massenopfer des Weltkrieges sich in einem letzten Sinn nicht lohnen» – wobei also wohl zu unterstellen ist, daß sie es in einem ‹ersten Sinn› allerdings lohnen – und es wird dann gesagt, daß «die seelische Größe des Kriegs in der Form, die er schließlich annahm», von Bäumern geleugnet wird. Und dann steht da noch etwas von «Einstellungen» und von der «Treue des einzelnen . . .» Aber dazu haben wir ja wohl keine Zeit.

Diese ganze pflaumenweiche Demokratie, die in der Praxis, wie Naumann es getan hat, der Reaktion aus Dumpfheit, aus Schlappschwänzigkeit, aus Halbbildung, aus Instinktlosigkeit die allerübelsten Vorspanndienste geleistet hat und heute noch leistet –: diese Demokratie taugt nichts und ist eine Gefahr, weil sie den guten Willen ihrer Anhänger abfängt. Die halten sich für Republikaner, für Pazifisten, für was weiß ich – und sind es nicht, weil ihre Haltung zu gar nichts verpflichtet. Es ist – wie die Literatur, die diese männlichen und weiblichen alten Weiber produzieren: ein kümmerliches Gesellschaftsspiel.

Wie sich das dreht und windet –! Wie das dienert und angstvoll sich verneigt, wenn die andern die Fahne aufziehen! Wie sie auch dem kaiserlichen Lappen die Achtung nicht versagen! Wie tolerant sie sind! Wie verständnisvoll! Wie gebildet! Klugschieter.

Wir dürfen uns aussuchen, wer unangenehmer und gefährlicher ist: die mit der Erotik der Uniform leicht durchsetzte Gutsfrau, deren Rätsel auch der nachmals so patriotische Ludwig Thoma nachgespürt hat, weil ja, so sagte er, die Liebe zur bunten Uniform nicht verständlich sei, maßen jener sie sich immerhin dabei auszöge – oder die fein gebildete Demokratenfrau, die Fichte zitiert und Arndt; die das Schlachtfeld von Verdun besucht und darüber leitartikelt – und die, kommts zum klappen, Söhne und Brüder und Gatten ‹aus Disziplin› für das Volksganze in den Dreck hetzt, so daß sie nachher mit Armstümpfen und zerschossenen Unterkiefern und leeren Augenhöhlen nach Hause kommen. Das macht nichts. Wenn nur das Volksganze heilbleibt.

Bäumer wird sich jetzt sicherlich sehr ‹umstritten› vorkommen.

«Unbeirrt, trotz der Angriffe von rechts und von links ...» Laß nur, Kindchen. Du bist nicht umstritten. Du bist eindeutig bestimmt.

Als Art- und Volksgenossin eines Geschlechts, das das Niedrigste darstellt, was es zur Zeit gibt: Mitläufer, Zutreiber und Zuhälter des Vaterlandes.

Ich wünsche jedem meiner Leser eine Frau, die ein tapferes Herz hat und ihre Heimat liebt, und die ihre Kinder groß ziehen will – zu einem andern Schicksal, als dekoriert in einem Ackergraben zu verrecken.

DAS IDEAL

Ja, das möchste:
Eine Villa im Grünen mit großer Terrasse,
vorn die Ostsee, hinten die Friedrichstraße;
mit schöner Aussicht, ländlich-mondän,
vom Badezimmer ist die Zugspitze zu sehn –
aber abends zum Kino hast dus nicht weit.

Das Ganze schlicht, voller Bescheidenheit:

Neun Zimmer, – nein, doch lieber zehn!
Ein Dachgarten, wo die Eichen drauf stehn,
Radio, Zentralheizung, Vakuum,
eine Dienerschaft, gut gezogen und stumm,
eine süße Frau voller Rasse und Verve –
(und eine fürs Wochenend, zur Reserve) –,
eine Bibliothek und drumherum
Einsamkeit und Hummelgesumm.

Im Stall: Zwei Ponies, vier Vollbluthengste,
acht Autos, Motorrad – alles lenkste
natürlich selber – das wär ja gelacht!
Und zwischendurch gehst du auf Hochwildjagd.

Ja, und das hab ich ganz vergessen:
Prima Küche – erstes Essen –
alte Weine aus schönem Pokal –
und egalweg bleibst du dünn wie ein Aal.
Und Geld. Und an Schmuck eine richtige Portion.
Und noch ne Million und noch ne Million.
Und Reisen. Und fröhliche Lebensbuntheit.
Und famose Kinder. Und ewige Gesundheit.

Ja, das möchste!

Aber, wie das so ist hienieden:
manchmal scheints so, als sei es beschieden
nur pöapö, das irdische Glück.
Immer fehlt dir irgendein Stück.
Hast du Geld, dann hast du nicht Käten;
hast du die Frau, dann fehln dir Moneten –
hast du die Geisha, dann stört dich der Fächer:
bald fehlt uns der Wein, bald fehlt uns der Becher.

Etwas ist immer.

Tröste dich

Jedes Glück hat einen kleinen Stich.
Wir möchten so viel: Haben. Sein. Und gelten.
Daß einer alles hat:
das ist selten.

DAS ‹MENSCHLICHE›

Das Wort ist seit etwa zehn Jahren in die Umgangssprache eingegangen: ‹menschlich›. – Herr Kulicke sagt: «Ich habe eine Enttäuschung an ihm erlebt – menschlich.» – Und: «Wie ist er menschlich?» Das ist so zu erklären:

Deutschland ist, wie seine Sprache in tausend Einzelheiten anzeigt, so verfachlicht, in Berufskategorien eingeteilt, ständisch schematisiert, daß es immer besonders hervorgehoben werden muß, wenn jemand den andern nicht ‹als› Kommunalbeamten ansieht, sondern als das, was er wirklich ist. Die Fiktion, jemand könne nur ‹dienstlich› etwas tun, jemand habe überhaupt den Anspruch, nur sachlich und fachlich gewertet zu werden, rächt sich bitter: sie treibt den Wesensgehalt scheinbar aus dem Menschen aus, aber er kommt fürchterlich zurück, und meist verborgen. Was eine herrliche Gelegenheit ist, Verantwortungen von sich abzuwälzen, sich hinter den Dienst zu verkriechen und wesenlose Schemen eine Verantwortung tragen zu lassen, die das Individuum zu tragen zu feige und zu charakterlos ist.

Wie so viele Fachwörter der falschen Innerlichkeit heißt das Wort ‹menschlich› in Wirklichkeit etwa: ‹und überhaupt und so› – denn eine exakte Bedeutung ist da nicht zu finden. Die Entdeckung eben dieses Menschlichen hinter dem Fachwerk der Berufseitelkeiten ist lustig genug – vollkommen irreal und in Wahrheit nicht vorhanden.

Der zweite Bürgermeister tut sich etwas darauf zugute, nur Beamter im Dienst zu sein und nichts als das – das ‹Menschliche› holt er in Mußestunden hervor und zu ganz besonders schönen Anlässen – dann heißt dergleichen ‹human›. Es ist die ehemals preußische Furcht darin, alles Menschliche sei von vornherein verdächtig, unangemessen, ungehörig – und es wird darum verjagt wie Singvögel von einem Kasernenhof.

Unsere Schlagwortsprache ist zur Zeit ein bißchen gedunsen – ‹menschlich› ist eine der zahlreichen Beulen, die zu verarzten wären. In diesem modernen Seelenjargon ist so viel schwerer Augenaufschlag, so viel falsches Drama, so viel Romankram. Die Trivialität kleidet sich heute so schön bunt und apart, daß nichts Apartes übrig bleibt – Originalität ist zum Schluß eine banale Mode, die ja auch manchmal darin bestehen kann, um Gottes willen nicht originell zu sein.

«Sie ist menschlich schon sehr fein ...» (man beachte das scheußliche ‹schon›, das wie eine falsche Perle in der Kunstseide dieses Satzes blinkt). Natürlich ist sie ‹menschlich› sehr fein – wie denn: Welch Unfug, durch solche Adverbia alles kastenmäßig einzuordnen! Aber das trägt man so. Und es ist recht beliebt.

Das wäre ja nun nichts als ein Aufputz billiger Waren durch ein billiges Goldfädchen, wenn sich die Fabrikanten nicht gar so bedeutend vorkämen, so geschwollen, so kompliziert, so seelisch verwickelt. Und sind doch nur armselige Straßenhändler von Massenartikeln.

In der Industrie hat man das längst heraus; eine gute, brauchbare Ware täuscht kein falsches Material mehr vor, das ist vorbei – und täuscht vor allem nicht vor, eine Handarbeit zu sein. Wir wissen, daß die Handarbeit für den Luxus oder die Liebhaberei reserviert ist; wir andern haben uns im täglichen Leben mit Massenfabrikaten zu behelfen, nein: uns ihrer zu bedienen – und Aufgabe der Industrie ist es, diesen Massenartikel, so ornamentlos, so sauber, so glatt, so billig und so praktisch wie möglich herzustellen. Ford.

Aber im Seelischen haperts. Da wird ‹menschlich› gemogelt. Da spukt das gute alte Handwerk, das schlechte alte Handwerk, Biedermeier, falsche Individualisation, kleine Eigenarten zu eins fünfzig und der ganze Humbug einer Privatseele. In summa: der Mensch zu dieser Zeit ist in Mitteleuropa noch nicht geboren – er hinkt den Ereignissen um ein betrübliches nach. Schade – er wäre ‹menschlich› höher zu werten, wenn er seine Zeit und sich selbst begriffe.

Die unerbittliche Wirtschaft nivelliert erbarmungslos; die Leute wohnen schon unverlogener, besonders in Deutschland; sie disponieren mit ihrem Geld genau der harten Wirklichkeit entsprechend. Die Rache des Individuums, das sich vergewaltigt fühlt, wirft sich aufs ‹Menschliche› und will mit aller Gewalt, bockend, zurück. Vergebens. Es wird nach vorn gerissen, es muß, es muß.

Hoffen wir, daß die ‹Menschlichen› des Jahres 1980 soweit sind, wie die Welt aus dem Jahre 1926. Dann wäre sie sachlicher und weniger unmenschlich.

DIE SCHWEIZ UND HINDENBURG

Im Schweizer Nationalrat zu Bern hat der Sozialdemokrat Schmid den Bundespräsidenten Motta zur Rede gestellt, weil der bei einer offiziellen schweizerischen Veranstaltung gesagt hat, Hindenburg lebe im Bewußtsein des deutschen Volkes wie ein Heros der Legende fort. Der Sozialdemokrat, so sagen die deutschen Berichte, bestritt dem Bundespräsidenten das Recht, durch solche Sätze die Gefühle eines großen Teiles des deutschen Volkes, das über Hindenburg denn doch anders dächte, zu verletzen. Motta verteidigte sich wenig geschickt, und, so sagen die deutschen Berichte, «der Sozialdemokrat ging nun sogar so weit, davon zu sprechen, daß Hindenburg eine stark umstrittene Persönlichkeit sei. Noch schlimmer wurde die Sache, als der sonst sehr gemäßigte Sozialistenführer Graber eine Unterscheidung zwischen dem Reichspräsidenten Hindenburg und dem Generalissimus der deutschen Armeen im Weltkriege aufstellte, der trotz allem für gewisse Scheußlichkeiten des Krieges die Verantwortung trägt und den als Held zu feiern vom schweizerischen Bundespräsidenten ein starkes Stück war.» Motta entschuldigte sich damit, daß er Hindenburg neben Foch und Joffre stellte, was offenbar als Lob gedacht war.

Wir danken dem tapfern schweizer Sozialdemokraten, daß er, ein Vertreter von Arbeitern, gegen den Hindenburgrummel aufgetreten ist — seine Parteigenossen, die im deutschen Vorstand der SPD sitzen, sind von solcher Tapferkeit weit entfernt; es muß dazu wohl erst ein Ausländer kommen. Bundespräsident Motta hat durch seine Rede weite Teile des deutschen Volkes verletzt. Das Schaumwasser der Begeisterung wird ja um den achtzigjährigen Geburtstag des Präsidenten besonders hoch spritzen; da mag denn angezeigt sein, einmal zu untersuchen, wer zur Zeit Präsident der deutschen Republik ist.

Wilhelm der Zweite hat von den Tugenden und Lichtseiten des alten Preußen nicht viel übrig gelassen. Sein billiges Komödiantentum, seine Fahrigkeit, sein mangelnder Fleiß und seine Maulfertigkeit fielen in eine böse Zeit: der industrielle Aufschwung des deutschen Volkes brachte keine Stärkung der Charaktere mit sich — sie beeinflußten sich gegenseitig, dieser Kaiser und sein Volk: und so entstand jener Typus vom Kommis-Untertan, einem nach unten sadistischen, nach oben masochistischen Gebilde, das sich vor andern Völkern vor allem durch seinen Phantasiemangel Leidenden gegenüber auszeichnete. Die Leute taten das, was sie ihre ‹Pflicht› nannten – aber sie ließen sich ihren Dienst teuer bezahlen: bezahlen mit kritiklosem Gehorsam, mit Kadavergehorsam, mit tierischem Ernst, auf den ihre Eitelkeit ein Glanzlicht setzte – und mit jener vollkommenen Ideenlosigkeit, die immer und überall nur den Apparat sah.

Paul von Hindenburg war von diesem wilhelminischen Geiste viel weniger angekränkelt als seine Berufskollegen im allgemeinen. Er wurzelte eher in der Zeit des ‹alten Herrn›, in der Atmosphäre von Sachlichkeit und persönlicher Bescheidenheit, die man dem Einfluß Wilhelms des Ersten zugeschrieben hat. Auch hier eine Abkehr vom Geiste, aber die war wenigstens prätentionslos, still, leise – es waren getreue Kärrner, die da ihren Karren schoben.

Gegen den Offizier Hindenburg wäre an sich nicht viel zu sagen gewesen – was sie im Kriege mit ihm gemacht haben, wissen wir alle, und selbstverständlich ist diese Unterscheidung ‹Präsident› und ‹Generalfeldmarschall›, die da zum Entsetzen der deutschen Demokraten in der Schweiz vorgenommen worden ist, zutreffend. Es geht nicht an, einem Verwaltungsbeamten, der fälschlich heute noch mit dem altmodischen Wort ‹General› bezeichnet wird, zuzujubeln, wenn er gesiegt hat und dann, aber nur dann, zu erklären: Ja – er war der Kopf; die andern haben nur seine bedeutenden Einfälle realisiert und Befehle befolgt. Wenn man schon dieser Meinung ist, die mir strittig zu sein scheint, muß man sie auch dann anwenden, wenn der Feldherr seinen Krieg so verloren hat wie Hindenburg. Nimmt man die Siege für ihn in Anspruch, so dürfen die Opfer sich auch an ihn halten, wenn sie sich von der Soldateska so geschädigt glauben, wie etwa die Franzosen und Belgier im besetzten Gebiet, wo beim Rückzug auf die Siegfried-Linie von den Deutschen geradezu bestialisch gehaust worden ist. Das haben wir nicht vergessen.

Der Soldat Hindenburg könnte bei Seite gestellt werden, wenn außerdem noch etwas andres da wäre. Als er sich damals zur Ruhe setzte, hätte auch der schärfste Pazifist ihn nicht in den Streit zu ziehen brauchen – er gehörte der Kaste der Berufsoffiziere an, die für uns nichts Glorioses an sich hat; die Idee des imperialistischen Krieges war zu bekämpfen, die Person eines alten Mannes konnte füglich aus dem Spiel bleiben.

In dem Augenblick aber, wo der reaktionäre Teil der Deutschen sich einer durch Kriegs-Pressekonferenzen und die niedrige Taktik des Herrn Nicolai infiltrierten Popularität bedienten, um ihre Geschäfte mit einer Firma und mit einem Namen zu machen, kam alles darauf an, ob der alte Herr das mit sich geschehen ließ oder nicht. Es gelang dem Flottenverderber Tirpitz, Herrn Hindenburg umzustimmen, er nahm die Kandidatur an, vielleicht aus jener echt preußischen Idee heraus, daß es ein ‹Dienst› sei, zu dem man ihn abkommandiere ... Von diesem Augenblick an war er eine politische Persönlichkeit geworden, und nun durfte man sich mit ihm befassen.

Die braven Deutschen, die heute Zeter schreien, wenn ein schweizer Arbeiterführer den Mut aufbringt, die Wahrheit zu sagen, haben sich mit ihm befaßt. Etwas Kläglicheres als ihr damaliger Wahlkampf ist kaum denkbar – aber immerhin lese man heute ein paar Leitartikel nach, die damals für den Präsidentschaftskandidaten Marx geschrieben worden sind –: sehr viel schärfer konnten diese ehemaligen Gefreiten und Reserveoffiziere nicht schreiben. Für einen Wahlkampf war es eine Kinderei – für ihre Verhältnisse war es allerhand. Heute soll das alles nicht mehr wahr sein?

Weil Hindenburg den Eid, den er der Verfassung geschworen, gehalten hat, ist er für sie bereits das Palladium der Demokratie, der Republik, des Fortschritts, des neuen Deutschland. Davon ist keine Rede.

Ich spreche nicht einmal davon, daß es einer gewissen Komik nicht entbehrt, wie dieselbe Person von Stahlhelmern und Reichsbannerleuten mit gleich starkem Hurra begrüßt wird; jede Partei ist fest überzeugt, daß sie den richtigen Helden akklamiere und daß die andre nur Staffage sei ...

Man braucht nur die Gesichter der empfangenden Gehrocksherren, der Magistratsbeamten, der Offiziere und der ‹Spitzen der Behörden› in den einzelnen Ländern zu sehen, um genau zu wissen, was die Glocke geschlagen hat. Das Deutschland, das diesen Präsidenten feiert, mit stramm zusammengeschlagenen Hacken, mit gedrilltem Kinderspalier, mit der alten Ehrfurcht vor der alten Uniform, die der Präsident nach vollem ius noch heute trägt, dieses Deutschland ist ebenso umstritten wie der Gefeierte.

Es ist dasselbe Deutschland, das sich eines Tages diesen Krieg holen mußte, man spielt nicht mit seinem Schicksal. Es ist dasselbe Deutschland, das Unterordnung haben will, wo andre Zusammenarbeit wünschen; das auf allen Gebieten des täglichen Lebens seinen ‹Siegfrieden› braucht, das sich ‹durchsetzt›, und das nie verstanden hat, daß sogar ein imperialistischer Sieger aus Lebensklugheit den Gegner nicht niederknüppelt. Von sittlichen Grundsätzen schon ganz zu schweigen.

Das Gefühl des Schweizers war richtig. Herr Stampfer wird dreihundert Jahre alt werden, ohne jemals einen solchen psychologischen Scharfblick sein eigen zu nennen. Der Mann ist umstritten, weil seine Schildträger von breiten Schichten der Deutschen abgelehnt werden. Nicht er – seine Leute scheinen uns ein Verderben.

Deren moralische Leitsätze haben den Horror einer Welt gebildet, die in allem uneins war, aber einig in einer Sache: in der Ablehnung gegen das, was die Leute fälschlich ‹Preußentum› nannten. Die Sucht, aus Feigheit und Bequemlichkeit, also aus Lebensuntüchtigkeit, das Leben vorher durch aufoktroyierte Bestimmungen zu ‹fassen›; die

Ambition, nicht nur eine verletzende Überlegenheitspose zu markieren, sondern sie auch anerkannt haben zu wollen; die falsche Ordnung fürs Auge; die Verlogenheit, die aus einem Betriebsfunktionär einen Gott machte und für ihn, um des einmal erteilten Ranges willen, bedingungslose Unterordnung forderte – solche Vergewaltigung des Lebens begeht man nicht ungestraft. Der deutsche Körper wand sich in Qualen, verzuckte und verstummte. Von jenseits der Grenze kam Hohn zurück, Haß, Verachtung und scharfe Ablehnung. Die instinktive Abneigung, die der so beschaffene Deutsche gegen das Ausland hatte, beruhte auf dem ganz richtigen Gefühl, daß diese Leute da ‹nicht Order parierten›, daß es Zigeuner seien, Kerls, die keine richtige ‹Ordnung› kannten ... Desto unumschränkter war dann die Herrschaft auf dem Gutshof und im Bergwerk.

Ein Tyrann macht viele.

Ein solches System züchtete Wachthunde, ein kläffendes Korps von kleinen Kaisern, kleinen Generaldirektoren, kleinen Neros, die jeder in seiner winzigen Stellung den Großen erfolgreich nachahmten und dadurch das deutsche Leben zu einer Hölle machten. Wenn sie nur brutal waren, ging es noch an. Grauslich aber, wenn sie theoretische Unterlagen zu ihrem Tun suchten und fanden; wenn sie sich eine Ideologie konstruierten, die ihre Pfeiler im Fressen und in der Knute hatte und die sich sanft gab, kirchlich, und wenns hoch kam, auch lyrisch. Ihr vollendeter Ausdruck war der Männergesang.

Wenn in dieser preußischen Ebene eine Masse vorkam, so war sie stets Staffage für irgend ein glitzerndes Ding, das sich vor der Front als Individuum aufspielte, ohne es zu sein. Masse war das Gemeine an sich, gut genug, einen dadurch zu heben, daß er vor ihr stand. Und es gelang oft genug, dieser Masse einzureden, daß solches Treiben dem Spalier zur Ehre gereiche. In kleinern Gruppen durften sie dann mit andern Masse und Herr spielen, was sie auch taten.

Von Güte; von Herz; von dem, was das Leben lebenswert macht; von tiefem Verständnis für das Irrationale war in diesen Kreisen nichts zu merken und ist nichts zu merken. Man sehe sich daraufhin diese Strafrichter an, einen großen Teil der Gefängnisbeamten, der Soldaten und der ihnen angegliederten herrschenden Kaufleute – man tue einen Blick in diese Gesichter, und man weiß auf Anhieb: hier gibt es keine Verständigung. Es ist eine andre Welt.

Eine, die im besten Begriff ist, Deutschland wieder in dieselbe Situation zu hetzen, in der es ausgeblutet, ausgehungert, halb verkommen ist. «Deutschland», hat Karl Kraus einmal gesagt, «Deutschland, die verfolgende Unschuld.»

Wenn der Generalfeldmarschall von Hindenburg, den sie zum deutschen Präsidenten gemacht haben, seinen achtzigsten Geburtstag feiert, wirds hoch hergehn. Seine besten Anhänger, die Mitläufer, werden ihn feiern, daß es nur so raucht. Sie, die sich den etwaigen Folgen ihrer politisch sinnlosen Angst schon durch Beziehungen zu entziehen wissen; sie, denen der Drill so tief in den Knochen sitzt, daß sie die theoretische Ablehnung der moralischen Grundsätze ihres Verehrungswürdigen schon als Sakrileg empfinden – sie haben sich erst eine historische Größe zurechtgemacht, um nachher gebildet vor ihr zu erschauern. Deren Ablehnung bedeutet Ablehnung ihrer selbst; daher das Zusammenzucken der so fein empfindenden Männer, wenn jemand zupackt und sagt, was ist. Die Wahrheit über den Krieg, über die Kriegsschuld, über die verruchte Kriegführung, die sinnlos, für den Pour le mérite, Zehntausende geopfert hat und sinnlos Grausamkeiten über Zivilisten hinstreute, wo es auch mit Milde abgegangen wäre – die Wahrheit über Deutschland: das ist für diese Mitläufer der frechsten Reaktion, von der sie verachtet wird, dasselbe, wie wenn ihnen jemand Asche auf die Klavierdecke streut. Das tut man nicht.

Hindenburg ist für uns weder ein Heros der antiken Legende, noch ein verehrungswürdiger Mann. Wenn schon hier Legenden gesucht werden sollen, so mag man die in den Kriegsberichten der Obersten Heeresleitung suchen. Der schweizer Präsident Motta hat sich vergriffen.

Hindenburg bleibt für die Frauen und Mütter der im Kriege Gemordeten, für die Opfer der Arbeitslosigkeit und Aussperrungen, für die Zermalmten in den Gefängnissen und Zuchthäusern der Repräsentant nur eines: Repräsentant einer Lebensanschauung und einer Geistesrichtung, die wir nicht wünschen.

WIEDERKÄUER

Käut ihr manchmal wieder –? Ich für meinen Panterteil kaue. Nämlich so:

Wenn ich ganz allein bin, steigen mitunter, wie bunte glänzende Bälle, alte gute Witze in mir hoch, und, ‹selig lächelnd wie ein satter Säugling› belächle ich sie alle noch einmal, ein kindliches Gemüt. Manche haben erst dann die volle Reife, wenn sie ein bißchen abgelagert sind; wenn man sie schon zweimal belacht hat; wenn sie noch einmal auftauchen ...

An den letzten, den S. J. noch redigiert hat, denke ich oft; wie Liebermann erzählt, er habe Hauptmann im Tiergarten getroffen und ihm gleich gesagt: «Sie sind doch zu beneiden! – Er fracht warum. Nu wird er denken, ick wer sagn: Weil Sie so talentvoll sind oder: weil Sie so viel Erfolch ham. Ick sage: Weil Sie so schön sind, Herr Hauptmann!» Dazu höre ich immer noch den kleinen Mann lachen ... Und dann den andern, der einmal vor dem Krieg bei uns gestanden hat; wie da ein Backfisch von sechzehn Jahren seinen lieben Eltern zur silbernen Hochzeit gratuliert hat – der Backfisch und seine zwei jüngern Geschwister. Blumen, Kranzüberreichung, Ansprache in Versen.

«Wir nahen uns an diesem Tage
als Kleeblatt, das ihr selber habt gepflückt,
wir machten euch beim Bücken viele Plage,
denn dreimal habt ihr euch nach uns gebückt.»

Das ist eine stille, glucksende Freude, die man bei solchen alten Witzen empfindet – das Gesicht glänzt, man muß leise lachen, der Mund wird noch breiter als er schon von Natur ist. Manchmal denke ich auch an ganze Szenen. So an die unsterbliche im *‹Goldrausch›*, wo Chaplin an des Abgrunds Rand einherwackelt, auf steiler Felsen Grat, und sich umsieht, ob nicht Gefahr dräut. Nein, dräut keine. Da geht er weiter – von hinten, aus einer Höhle tappt ein Bär hinter ihm her, er immer weiter, der Bär verschwindet in der nächsten Höhle, der Wandrer sieht sich wieder um, ob keine Gefahr dräut. Es dräut, wie gehabt, keine. Also hat er recht. Ich kann gar nicht sagen, wo dieses Maximum an ästhetischem Vergnügen steckt: in dieser Überhüpfung eines Gliedes der Kette, in der absoluten Ahnungslosigkeit vor der Gefahr – Diese Stelle ist eine der reinsten Verkörperungen dessen, was man Humor nennt. Er ist eben doch unser Größter, da gibts nichts.

Und manchmal belache ich mich privatim auch noch über die ganz, ganz alten Soldatenscherze («Det mach du man. Die Kaiserin runter von der Elektrischen, dir 'n paar in die Fresse jehauen, wieder ruff uff die Elektrische –»), ja, ich schäme mich nicht, zu sagen, daß ich ein paar Freunde habe, mit denen ich manchmal alte Witze abschmecke – wir machen gewissermaßen eine Schau und reichen uns dies und das. «Kennen Sie diesen hier?» Es ist eigentlich keine Witzeerzählerei, das wäre schrecklich. Es ist eine wirkliche Weinprobe, ein Nachgeniessen, ein Echo des Echos. Wobei es denn keinen, aber auch keinen meiner Generation gibt, der: «Da ist ja auch der Morgenstern – das Schwein!» nicht als besten aller Jahrgänge hoch verehrt.

Diese Flasche liegt gleich neben jener ... wie da einer in ein rituelles Lokal kommt und sich gefüllte Milz bestellt. «Milz ist alle», spricht der Kellner. Da sieht der Gast den Kellner mit feuchten Augen an und sagt ganz leise: «War sie fett –?»

An dem ‹goldnen deutschen Humor› ist so viel Messing. Laßt uns von Zeit zu Zeit die paar Goldkörner, die im Ledersäckchen ruhen, heimlich herausnehmen, sie betrachten und selig lächeln.

HERR KONFERENZRAT ANDERSEN

> Das war ein merkwürdiger Koffer. Sobald man an das Schloß drückte, konnte der Koffer fliegen. Er drückte, und wips! flog er mit ihm hoch über die Wolken hinauf ...
>
> Andersen: ‹*Der fliegende Koffer*›

Freundlicher Mann im Reisebüro zu Kopenhagen! Du hast mir zwar verboten, nach Odense zu fahren, wo der Märchenerzähler und spätere Staatsrat H. C. Andersen geboren ist – aber ich bin doch seinem Leben nachgeklettert, so gut ich konnte. Sei mir nicht böse, Reisemann – das ist die Liebe, die dumme Liebe.

Es ist ja immerhin der, der die schönsten Märchengeschichten der Welt erzählt hat – gesungen hat – hörst du den leisen Pfeifenton, in dem er sie sang? Perlmuttmatt spiegelt sich seine Ironie in der Abendsonne – einmal: «Sein Bart war eher rot als weiß – denn, er war rot», von einem Mops: «Er ist gleichsam ein Mitglied der Familie, anhänglich und wütend»; und wenn gar die Gegenstände, die der Tor als ‹tot› anzusprechen gewohnt ist, zu reden beginnen, dann nicken wir allesamt mit dem Kopf – denn so, genau so reden natürlich Halskragen, Zinnsoldaten und Teekessel. Und weil es nicht selten vorgekommen ist, daß Leute aus Japan nach Dänemark gekommen sind, nur, um zu sehen, wie denn der Dichter von ‹*Des Kaisers neue Kleider*› gewohnt hat – so darf ich es auch.

Geboren also in Odense, wo in einem Häuschen, das nicht einmal authentisch das Geburtshaus ist, Bilder, Zeichnungen, Stiche und Erinnerungen aufgebaut sind – viele davon waren wohl auch in Berlin, als dort vor zwei Jahren eine Andersen-Ausstellung stattfand. Aus Odense nach Kopenhagen – und dann an die Lateinschule. In die Lateinschule von Slagelse, wo er ins Tagebuch schrieb: «Unglücklicher! Ich habe im Latein elend abgeschnitten. Handwerker oder eine Leiche ist deine Bestimmung!» Das waren Andersens Leiden, und es ist überhaupt reizvoll zu lesen, wie dieser leise, bescheidene und feine Schriftsteller im Leben ein recht betriebsamer und fast aufdringlich zu nennender Herr gewesen ist, der sein Stammbuch mit allerlei Berühmtheiten zu füllen eifrig bestrebt war; der, von innerer Unruhe getrieben, reiste und reiste und sich in der Spiegelgalerie seiner Eitelkeit nicht oft genug sehen konnte, dieser unermüdliche Vorleser seiner selbst. Zugegeben: er kam ganz von unten herauf, und der Weg nach oben war weit. Das knatterte unterwegs von törichten Ratschlägen der Wohlmeinenden. «Können Sie nicht tun, worum ich Sie so oft gebeten habe: nicht so viel an sich selbst zu denken? Sie müssen doch begreifen, daß auf diese Art nie etwas anderes aus Ihnen wird als Sie selber.» Und dies Schreckliche ist ja denn auch eingetreten.

Merkwürdig, daß er sofort mit dem Allerstärksten begann: *‹Die Prinzessin auf der Erbse›* findet sich bereits im ersten Märchenbändchen, auch *‹Der große und der kleine Klaus›* und *‹Das Feuerzeug›*. Vorher waren da allerlei Versuche («Gott bewahre uns!» würden seine Kobolde sagen) — und ich weiß nicht, ob Sie wissen, was ich nicht gewußt habe, daß nämlich *‹Es geht bei gedämpfter Trommel Klang›* die Übersetzung eines Andersenschen Gedichtes durch Chamisso ist. Und dann kam also die Berühmtheit. Aber bis es soweit war...

Andersen ist durch Mäzene unterstützt worden — und für einen so eminent unpolitischen Menschen war das ja nur ein Glück. Gibt es eigentlich heute noch Mäzene? Musiker bedürfen ihrer und dürfen annehmen, ohne daß ihre Seele Schaden erleidet — bei uns andern ist es ja eine doppelschneidige Sache; denn man weiß doch nie genau, was der Herr Großkaufmann für die Rente erwarten: an Geschriebenem und noch mehr an zu Verschweigendem... Andersen bekam, nahm, wuchs... Was war das für ein Mensch?

Sieht man das Bild Grahls an, das aus dem Jahre 1846 stammt (und auch in Berlin hing), so ist da der Kopf eines Literaten der Zeit, weich, monoman, nicht angenehm — wen hat dieser Mensch geliebt? Was hat er geliebt? Es gibt da die überlieferten romantischen Frauenverehrungen, das ist wahr — aber es ist etwas Verkümmertes in diesem Kopf, etwas nicht Gereiftes, Heruntergeschlucktes... Nachher, im Alter, das gefaltete Gesicht eines Rezitators — später die Idylle des Greises...

Gewohnt hat er als ganz junger Mensch, damals, als er noch zum Theater gehen wollte, in der Holmensgade Nr. 8 zu Kopenhagen, und das Haus steht noch. Das war im Jahre 1821 — aber das schmiedeeiserne Geländer des Treppenhauses ist noch gut erhalten... Auch die dicken Damen, die das Haus von oben bis unten lächelnd erfüllen, scheinen noch aus der Zeit zu stammen — sie sind ‹de l'époque›, sozusagen. Sehr fett sind sie alle, auf dem Kopf superoxydblond gefärbt, und im Papierladen gegenüber kann man *‹Erlebnisse aus der Hochzeitsnacht›* kaufen, Gott bewahre uns! Die Straße war schon damals nicht sehr fein, und heute ist sie es erst recht nicht, obgleich sie nur ein paar hundert Meter von der kopenhagener Börse entfernt liegt, an ganz respektabeln Straßen. Und keine Prinzessinnen auf der Erbse wohnen da.

Das Haus, in dem der arrivierte Andersen wohnte, liegt Nyhavn 20, an einem der Kanäle, wo die Masten ragen — und keine Tafel kündet, daß einer der größten dänischen Künstler dort gewohnt hat. Im Hof liegen Speicher mit den Rollen der Krane — verachtungsvoll sah eine Katze auf mich herab... Ich sprach sie auf katzisch an, aber sie hatte wohl Andersen nicht gelesen, und sie verstand mich nicht.

Ja, das war der, der den *‹fliegenden Koffer›* geschrieben hat... Das war sicherlich eine romantische Sache: denn Koffer, die fliegen, gab es nicht. Und dem jungen Kaufmann, der da im Koffer herumflog und sich der Prinzessin als Türkengott vorstellte, war recht unwohl, als er da so durch die Lüfte flog und der Boden des Koffers leise knackte ... Wir flogen in unserm Koffer zu vier – von Kopenhagen nach Hamburg –, und es war so ziemlich das Gegenteil von Romantik. Einer schnarchte, einer reinigte sich die ganze Zeit die Nägel, einer las, und ich sah hinaus: wie wir über Dänemark durch das gute Wetter flogen, über den Wolken, und in Deutschland durch graues Wetter, unter den Wolken, und ich verkniff mir jede Allegorie. Und auf der Erde sah ich keine Türken, die da hüpften, daß ihnen zur Freude die Pantoffeln um die Ohren flogen – und keine türkische Prinzessin stand auf dem flachen Dach ihres Hauses und wartete auf uns ... Oh, Andersen – wie hat sich das alles geändert! Keine Elfen tanzen mehr, und keine Kobolde laufen durchs Gras, und wenn du einen Teekessel reden hören willst, mußt du schon ins Parlament gehen – ach, Andersen!

Du hast so nach Anerkennung gelechzt, dein Leben lang! Wenn Herr Konferenzrat erlauben und wenn es Herrn Konferenzrat Freude macht: Herr Konferenzrat sind unser Aller-Allerbester! In diesem Sinne, Herr Konferenzrat, mit einem Gläschen Fliederblütentee: Skal –!

WAS WEISS DER FRANZOSE VOM DEUTSCHEN?

Es ist hier neulich davon die Rede gewesen, welche gemeinen Hetzbücher gegen Deutschland in Frankreich erscheinen, heute noch erscheinen. Die vernünftigen Franzosen beklagen das, und man darf die Wirkung dieser Unsauberkeiten nicht überschätzen. Nun gedeihen aber nationalistische Sumpfblumen am besten auf dem Boden der Ignoranz, und wie sieht der Boden aus?

Wie männiglich bekannt, hat das französische Volk nicht gar so viel Interesse für das, was außerhalb seiner Grenzen vor sich geht; es strebt vielmehr nach seinem Mittelpunkt und nimmt gelassen zur Kenntnis, was ‹là-bas› geschieht. Das gilt nicht nur für Deutschland – wenn auch die junge Generation Frankreichs wenigstens schon ein bißchen reist, gar so schlimm ist es auch damit nicht – und ‹là-bas› ist das was die Griechen mit ‹Barbaren› bezeichnen – übrigens ohne jede böse Nebenbetonung. Was also weiß der Franzose vom Deutschen?

Ich will einmal so fragen: Was kann er eigentlich wissen? Und woher soll er es wissen? Um heute nur *eine* Seite der Sache anzupacken: aus seinen Zeitungen erfährt er gewißlich nichts.

Die große pariser Informationspresse mit den Auflagen, die zählen, beschäftigt sich manchmal tagelang mit Deutschland nur in winzigen kleingedruckten Meldungen von Überschwemmungen, dreizeiligen

Unglücksfällen aller Art, einem Mord und irgendeiner aus dem Zusammenhang gerissenen Depesche vom Zusammentritt des Kabinetts. Selbst einem gelernten Deutschen ist es nicht möglich, sich aus diesen kümmerlichen Meldungen ein Bild zu machen.

Auszunehmen ist hier der *‹Temps›*, der brillant informiert wird – (von der Färbung, vom politischen Gehalt dieser Aufsätze sehe ich hier ganz ab). Aber der Rest ist, wenn man von der Tagespolitik absieht, geradezu kläglich zu nennen.

Es ist eine Tragik, daß diese beiden großen Völker Nachbarn sind. Wären sie es nicht –: vielleicht liebten sie sich. So aber – –

So aber weiß der Franzose vom Deutschen noch weniger als der Deutsche vom Franzosen; bei uns befaßt sich doch wenigstens die Allgemeinbildung rein quantitativ mit Frankreich ziemlich stark. Und weil bekanntlich die sogenannten ‹unpolitischen› Aufsätze viel mehr wirken als Telegramme über Kammerdebatten, weil sich die Masse der Zeitungsleser fast immer dem Amüsanten, dem Bunten zuerst zuwendet, so geht Deutschland dabei in Frankreich fast leer aus. Zunächst einmal ist die Zahl der laufenden Aufsätze über deutsche Aktualitäten, die nicht der Politik angehören, sehr gering. (*‹Comoedia›* beschäftigt sich oft und mit einem gewissen guten Willen mit dem deutschen Theaterleben.) Aber weil die große französische Presse das Feuilleton in ganz anderer Weise pflegt, als wir das gewohnt sind, und für lange unaktuelle Berichte wenig Raum hat, so weiß der Leser des *‹Petit Parisien›*, des *‹Matin›*, des Abendblattes *‹Intransigeant›*, des *‹Paris-Soir›* wenig von uns oder gar nichts.

Das ist schade.

Denn wäre dem anders, so gediehen eben Lügenblüten nicht so üppig, wie sie heute gedeihen können – zum Glück sind sie rar. Zu viel Franzosen haben den Deutschen während des Krieges gegenüber gelegen, viele waren in Gefangenschaft, so daß der Deutsche nicht mehr schlechthin der Mann ist, der Sauerkraut frißt (was er übrigens niemals in der pariser Quantität getan hat). Aber einem Menschen, den man nicht kennt, traut man schnell das Böse zu, schneller als das Gute, und wenn man von den wahrhaft Gebildeten absieht, ist die Kenntnis deutscher Literatur, deutschen Lebens, deutscher Lebensauffassung in Frankreich gering zu nennen.

Ich halte diesen Zustand für gefährlich. Daß Schulaufklärung allein nicht hilft, haben wir 1914 und während der Monate der Kriegspsychose gesehen – daß sie, wahrhaft pazifistisch geführt, doch etwas helfen kann, halte ich für sicher.

Aber meistens gelangt ja vom Innenleben eines Volkes nur das über die Grenze, was die Gerichts-Berichterstatter aufregt – was vor dem Kriege Eulenburg in Frankreich gewesen ist, das war dann Haarmann – und zur Zeit ist es außerhalb der Politik gar nichts. Bis . . .

Bis jemand die Trompete bläst und tausend Verleumdungen von den Bäumen wehen. Wenn diese Blätter erst einmal auf die Frühstückstische fallen, ist es zu spät.

Man kennt in Frankreich wenig von dem, was in Deutschland vorgeht. Selbst die gut geleitete ‹*Action Française*› bringt wenig Gescheites über Deutschland, was sie doch, unbeschadet ihrer Haltung, tun könnte. Käme Reinhardt nach Paris —: er würde sich über die Tiefe des Mißverständnisses wundern, denen er außerhalb der Dinerstunde begegnen würde. Und die kleinen deutschfreundlichen Wochenschriften, die wahrhaft pazifistischen Revuen — sie allein schaffen es nicht. Die große französische Presse telegrafiert. Aber sie berichtet wenig. Und dann wundern sich die deutschen Vertreter bei Handelsverträgen, bei Zusammenkünften, auf Reisen, wenn die Räder nicht ineinandergreifen. Europa —?

Es gibt hüben und drüben viele Leute, die wissen in Tibet und in Japan besser Bescheid als in dem schicksalsvollen Land jenseits des Rheins.

AUF DER REEPERBAHN NACHTS UM HALB EINS

Im ‹Grenzfaß›, da, wo Preußen an Hamburg stößt, gibt es morgens um halb fünf eine herrliche Hühnerbrühe, die gut tut, und nun tanzen sie nicht mehr, nirgends — nun hat es sich ausgetanzt. In der ‹Finkenbude› dürfen sie auch nicht schlafen — sie dürfen überhaupt nicht mehr in den früheren Logierhäusern schlafen, fast nirgends mehr — die Kommunalbehörden haben das aufgehoben, Gott weiß, warum. In der ‹Finkenbude› (Finkenstraße) war, als wir eintraten, jener schnelle kühle Luftzug durch das Lokal geflitzt, der immer hindurchzuziehen pflegt, wenn Leute eintreten, die da nichts zu suchen haben — telepathisch geht ein unhörbares Klingelzeichen durch den Raum: «Achtung! Polente!» Und dann sehen die Leute so unbefangen drein, und die Kartenspieler spielen so eifrig und so harmlos, und alle sind *so* beschäftigt ... Mit vielen «Hähäs» setzte uns ein langer Berliner auseinander, daß er nun bald wieder Arbeit auf einem Schiff annehmen würde ... «Denn, nicha, Herr Wachtmeister — schöne Aussicht hier — was?» Gott weiß, was sie da kochten ...

Im chinesischen Restaurant sangen sie beim Tanzen, die ganze Belegschaft, einstimmig und brausend — eine kleine Blonde hatte eine Kehle aus Blech — es klang wie aus einer Kindertrompete. Südamerikaner tanzten da und Siamesen und Neger. Die lächelten, wenn die kleinen Mädchen kreischten. Ich suchte, ob die Somali von Hagenbeck Vertreter entsandt hätten — aber so schön war hier niemand ...

Im ‹Hippodrom› trabten die Pferde für zwanzig Pfennig, und wenn man eine Mark aufwendete, durfte man sie galoppieren lassen; der Stallmeister drehte sich unentwegt um sich selbst, als stände er auf einer rotierenden Scheibe, und wippte mit der Peitschenschnur, die er manchmal aufknallen ließ ... Die Pferde hatten müde, traurige Augen, weil sie nachts hier unten, ein paar Kellerstufen unter dem Trottoirpegel, herumlaufen mußten, ohne jemals ans Ziel zu kommen ... Es waren nicht nur Nachtbräute da, auch Tagesdamen und Familien mit Schwägerin, Tante und Großmama, denn es war Sonnabend.

Da, an der Ecke, wollte uns der Portier hineinlocken – die Damen seien alle in Schwimmhosen, versicherte er. Aber das konnten wir uns gar nicht vorstellen ...

Und in der rechteckig gewinkelten kleinen Gasse, die auf beiden Seiten durch Tore abgeriegelt war, standen und latschten viele junge Leute; und vor dem Eingang, an der Kleinen Freiheit, stand ein Zettelverteiler von der Deutschen Mitternachts-Mission und sprach die jungen Leute an: Hier, in den Häusern mit den verschlossenen Fensterläden hätten sie nichts zu suchen ... «Was suchen Sie hier?» stand auf seinen Traktaten. Um den Redner herum standen zwanzig Menschen, und wenn sie ihn angehört hatten, gingen sie alle, einer nach dem andern, durch das Tor.

So leid es mir tut:

Sankt Pauli ist sehr brav und fast gut bürgerlich geworden. Der stöhnende Trubel der Inflation ist dahin; und es gibt keine ‹Sailors› mehr, die vier Monate auf dem Meer mit dem Schiffszwieback und den Ratten und dem Kapitän allein waren, und vier salzige Monate lang keine Frau mehr gesehen hatten; und es gibt nicht mehr diese tobenden Nächte und nicht die bunten Verbrechen ... Oder liegt es an uns, an unsern Augen –?

Menschen sind romantisch. Gegenstände sind es nicht. Die Romantik liegt im Auge des Beschauers.

Sieh die jungen Leute an, die da mit ihren Mädchen Sankt Pauli durchziehen – es ist ganz unleugbar, daß der Sport auch hier Wellen schlägt. Das sind neue Leute, unromantisch auch sie. Die älteren haben den Krieg gesehen, und alle die Inflation, und sie wundern sich so leicht nicht mehr. Bei aller Naivität: es wundert sie so leicht nichts mehr. Der Schauer vor dem ‹Laster› ist dahin, und die Geheimnisse und vieles andere noch. Kühler sind die Augen, härter die Falten um den Mund, kälter und glatter die Gesichter. Die Polizeirapporte sind nüchterner –. Und es ist gut so.

Denn ich wünschte, daß wir die Reeperbahn, nachts um halb eins, so ansehen, wie man gesellschaftliche Vorgänge jeder Art nun einmal ansehen soll: sachlich, kühl, möglichst unromantisch – klar. Mit den Geschlechtskrankheiten ist es erst besser geworden, seitdem man ohne Schauer, ohne dummes Grinsen, ohne moraltriefendes Gewäsch davon und darüber sprechen darf – das ist mühsam erkämpft worden, aber es hat genützt. Tausende sind so bewahrt worden – Hunderttausende leichter geheilt. So soll man auch soziologische Vorgänge: Prostitution, Arbeitslosigkeit von Angehörigen der Handelsmarine; Konzessionsentziehungen; Zwistigkeiten zwischen Leuten, die unter Polizeiaufsicht stehen, und der Polizei; Wohnungsnot; Alkoholkonsum; Vergnügungsbetrieb –: kurz, Sankt Pauli – so soll man auch dies sachlich betrachten. Man kommt weiter damit. (Und das ist mit dem Nationalismus nicht anders.)

Längst bin ich aus Altona fort – ich stehe auf dem nächtlich leeren Gänsemarkt zu Hamburg und sehe eine kleine enge Gasse herunter, die brav und bieder geworden ist, seitdem sie die öffentlichen Häuser hier geschlossen haben. Niemand steht dort mehr in den Haustüren und winkt; wenn man herunterging, plapperte die ganze Gasse mit einem Male. «Na Kleiner! Komm! Dich kenn ich doch noch aus Honolulu!» Ich war niemals in Honolulu... es muß eine Personenverwechslung vorliegen... In meinen Ohren klingt noch wirre Musik von der Reeperbahn, nachts um halb eins.

MIT RUTE UND PEITSCHE DURCH PREUSSEN-DEUTSCHLAND

Was Harry dem Ersten, Prinz von Preußen, geglückt ist, das haben Frau Inez Seckel, die den ältern Abonnenten vielleicht noch erinnerliche Gräfin Strachwitz, und Madame Aida (Ses Relations Mondaines, Curiosités, 111 rue Grand-Machin, Paris XXI) – das haben sie nicht geschafft: einen solchen Posten von Masochisten wie dieser einzelne junge Mensch haben sie alle zusammen nicht vereinigen können. Was hat dieser in das Goldene Buch des Goldenen Adlers zu Weimar eingetragen? «In fide robur.» So ist es.

Das Buch, das Harry Domela soeben im Malik-Verlag hat erscheinen lassen (‹*Der falsche Prinz*›) ist ein Kulturdokument ersten Ranges und etwas völlig Einzigartiges. Wer zu lachen liebt und wer sich, nachdenklich geworden, dieses Lachens nachher nicht schämen will –: der lese dieses Buch.

Die Aufzeichnungen sind zunächst einmal sehr sympathisch, der Autor ist es.

Nichts hätte näher gelegen, als in den Manolescu-Ton zu verfallen, Rühmens aus einem lustigen Abenteuer zu machen, die Opfer hinterher noch arg und klobig zu verspotten – davon ist kein Gran in dem Buch. Über ein Drittel des Werkes befaßt sich zunächst überhaupt nicht mit diesem genialen Streich, sondern mit ganz etwas anderm.

Die Erinnerungen, die hier aufgezeichnet stehn, sind erschütternd, so durchaus von unsrer Zeit, so fesselnd, daß man sie auch dann in einem Zuge läse, wenn der Verfasser nicht dieser Republik das schwarz-weiß-rote Hemd aufgehoben hätte.

Domela kommt aus Kurland; seine Jugend hat er in Bauske verlebt. Das ist ein kleines Städtchen mit den üblichen holprigen Sträßchen – ich sehe noch, wie eine kleine Jüdin, die ich um Äpfel ansprach, vor dem Rock meines Kaisers zurückschreckte. Es war nicht das erste und nicht das letzte Mal, daß ich mich geschämt habe, diesen Rock zu tragen ... Ja, also aus Bauske kam der Junge dann über Riga in ein ‹Erziehungsheim›. Man weiß, was man von staatlichen und städtischen Asylen im allgemeinen zu halten hat. Bis auf wenige Ausnahmen: Pflanzschulen der übelsten und rohesten Verbrecher, gewöhnlich verantwortungslose und unbegrenzte Herrschaft von Schindern und Feldwebelnaturen – kurz: Ordnung. Von dort trat Domela in die baltische Landeswehr ein.

Es ist das einzige Buch, das ich kenne, in dem die Wahrheit über diese Landeswehr steht. «Wenn wir keine Feinde gehabt hätten, hätten wir uns welche erfunden.» Die Kameraden Domelas wußten eigentlich gar nicht, wofür sie sich schlugen – aber sie schlugen sich gern. Kein Wunder: man denke sich als Dekorum eine deutsche Landschaft von unvorstellbarer Schönheit und Innigkeit, von bezaubernden Farben, mit den herrlichsten alten Wäldern – und dazu ein ungebundenes Leben junger Leute, die in den Tag hineinmarschierten ... Ja, das versteht sich. (Nur hat es beileibe nichts mit ernsthafter Politik, nur hat es gar nichts mit nationaler Tugend, dieser contradictio in adjecto, zu tun.) Von da hat Domela wohl seine Entschlußfähigkeit, die Raschheit seines Impulses, auch seine Diktion übernommen. («Ich sah so verheerend aus ...»)

Folgt eine grausam klare Schilderung des Lebens eines jungen Menschen, der arbeiten will, der hart gearbeitet hat und dem die Gesellschaftsordnung nicht einmal die harte Arbeit, die schlecht bezahlte Arbeit mehr gewährte. Das ist so unsentimental, so durchaus ehrlich geschrieben, daß der innere Kern wahr sein muß, wenn schon vielleicht nicht alle Tatsachen wahr sein sollten, woran zu zweifeln übrigens kein Anlaß vorliegt. Lehrreich: das Schinden der Ziegeleiarbeiter; der Ton auf der Polizei, die Unzulänglichkeit dieser lächerlichen Wohlfahrtseinrichtungen ... Aber wir haben das gewußt.

Ganz besonders wichtig der Teil, in dem Domela seine Erlebnisse bei den Bauern erzählt. Wie da – bei den Kleinbauern und noch viel ärger bei den Großen – Geld gemacht wird – diese maßlose Roheit in der Ausnutzung menschlicher Arbeitskraft, das Elend der schlechten Unterkünfte, die saumäßige Ernährung, die Unterbezahlung –: aber das wundert sich, wenn «die Arbeiter nicht aufs Land gehen wollen, die Schweine» und holt sich, immer mit Unterstützung der Regierung, in der ja so oft Sozialdemokraten gesessen haben, polnische Landarbeiter herein, um die deutschen Proletarier noch mehr zu drücken – heute noch, in dieser Epoche der Arbeitslosen! Dieser Staat, der das Maul nur Wehrlosen gegenüber aufreißt, wagt nicht und kann es nicht wagen, auch nur einem polnischen Lohndrücker die Grenze zu sperren. Diese armen, ausgenutzten, ausgepowerten Menschen, die es nicht besser wissen, zerstören so die Gesundheit, das Lebensglück und die Arbeitskraft ihrer deutschen Klassengenossen. Es lebe die Republik –!

Nach Irrfahrten und Wartesaal-Nächten; nach kleinen Haftstrafen und nach Gefangenentransporten in der Bahn, von deren barbarischer und sinnloser Grausamkeit heute kaum zehntausend Menschen der Freiheit etwas wissen, eine Barbarei, die aus dem Transportierten einen erstarrten Klotz werden läßt, tagelang ohne Licht, ohne Luft, gefesselt – – danach rutscht Domela unmerklich, und eigentlich, ohne daß er es von vornherein darauf angelegt hat, in eine Hochstaplerkomödie großen Stils. Und hier wird die Sache eminent politisch.

Harry Domela hat als Prinz bei den Saxo-Borussen, Deutschlands exklusivstem Korps, und später als Prinz von Hohenzollern lange in adliger Gesellschaft gelebt. Die schildert er.

Es ist außerordentlich selten, daß ein, sagen wir einmal, Spion in ein gesellschaftlich höher gelegenes Lager dringt. (Der umgekehrte Fall ist schon eher möglich.) Und wenn es gelingt, so haben diese Eindringlinge gewöhnlich alles Interesse zu schweigen, zum mindesten schreiben sie doch das nicht auf, was sie da erlebt haben – und wenn sie es aufschreiben, wirds nicht gedruckt. Bleiben solche homines novi aber, dann assimilieren sie sich, sind für gewöhnlich päpstlicher als der Papst und werden sich auf alle Fälle schwer hüten, Nachteiliges über das neue Milieu auszusagen.

Hier ist der seltene Fall, daß einer von unten die von oben besucht hat, daß er wieder ausgestoßen wurde, natürlich – und daß er nun unbefangen geschildert hat, was er sah. Kein Heinrich Mann kann das erfinden.

Es spricht für den genialen Weitblick des Künstlers, der den ‹*Untertan*› geschrieben hat, daß nichts, aber auch nichts, was in diesem Buche steht, so übertrieben ist, wie seine Feinde es gern wahr haben möchten. Man hat mir von rechts her immer wieder, wenn ich das Buch als den Anatomie-Atlas des Reichs rühmte, entgegengehalten: «Das gibt es nicht – das kann es nicht geben! Karikatur! Parodie! Satire! Pamphlet!» Und ich sage: bescheidene Fotografie. Es ist in Wahrheit schlimmer, es ist viel schlimmer.

Die Einzelheiten, die der von der deutschen Republik bezahlte Richter im Domelaprozeß auszubreiten verhindert hat, weil es ihm gegen sein Autoritätsgefühl ging, die gottgewollten Spitzen der Kaste der Lächerlichkeit preiszugeben —: diese Einzelheiten werden im Buche schonungslos aufgezeigt.

Der Literat, der diese Unterhaltungen der Korpsiers erfinden könnte, wäre ein zweiter Sinclair Lewis — aber das kann man nicht erfinden. Es ist nicht anzunehmen, daß Domela ein so begabter Schriftsteller ist, um so viel Glanzlichterchen aufzusetzen; es ist nicht anzunehmen, daß ein andrer so grandios gefälscht haben sollte. Die Dikta des Herrn von Gemsdorf über seine Klitsche; die Tischsitten der Saxo-Borussen; diese Mischung von Stallmanieren und feinen Gebräuchen; der alkoholisierte Humor, manchmal harmlos barock — manchmal widerwärtig, meistens widerwärtig — das gibt eine Schicht, die uns keiner nachmacht. Die völlige Abwesenheit jeden Geistes in diesem Korps; das Niveau dieser Unterhaltungen; das Niveau der Gehirne, die da tonangebend sind —: ich weiß keinen meiner Gesinnungsgenossen, der sich mit so etwas an einen Tisch zusammen setzte.

Und diese Horde von dumpfen, versoffenen Burschen, diese Box voll alkoholisierten und nichtsnutzigen Erben —: das ist die Führerschicht des deutschen Volkes. Noch heute ist sie es. Ganz selten, daß in diesen Schilderungen einmal jemand auftaucht, der wirklich das ist, was man ‹vornehm› nennen darf, ohne falsch verstanden zu werden; ganz selten einmal ein wirklicher Hofmann, so etwas wie ein Seigneur — sehr selten ist das. Der Durchschnitt ist genau das, was sie so zu verachten vorgeben: Koofmichs mit Schmissen.

Die Prinzenzeit des Verfassers ist noch aufschlußreicher.

Daß diese Kreise, die in Opposition zu einer Republik stehen, die ihnen niemals etwas getan hat, die ihnen nie etwas tun wird; immer in Opposition zu einem Staat, dessen kümmerliche Ansätze zur Demokratie oder was er schon so nennt, ihnen noch viel zu weit gehen —, daß diese Kreise vor ihren Idolen auf dem Bauch herumrutschen, wußten wir. Niemals hätte ich es für möglich gehalten, daß man sich so im Staube wälzen kann.

Die ‹Umgangsformen› sehen so aus: «Jeder, über den ich meinen Blick dahingleiten ließ, nahm sofort die Zigarre aus dem Munde oder die Hand aus der Hosentasche.» Ist das nicht der geprügelte Muschkot, wie er im Instruktionsbuch steht? Das ist ihre Hochachtung — das sind ihre feinen Sitten.

Diese Schilderung ist ja deshalb so schrecklich, weil die Tatsache, daß es sich um einen falschen und nicht um den richtigen Prinzen handelt, gar nichts an der Beurteilung dieser Großbourgeoisie, dieser Adligen, dieser Hoteldirektoren ändert. Daß sie einen richtigen Prinzen so und eben so empfangen hätten und natürlich heute noch empfangen, ist das Niederdrückende. Daß die Beamten dabei nicht fehlen, braucht nicht erst erwähnt zu werden. Der Eisenbahnbeamte im Fundbüro des Anhalter Bahnhofs gehört dahin. (Schade, daß so einer nicht klagt; man würde sonst dem Patron begreiflich machen, daß er sich bei dem Verlust der Brieftasche Seiner Königlichen Hoheit eines schweren Amtsvergehens schuldig gemacht hat — er hatte ‹dienstlich› auf der Leitung nach Halle nichts zu suchen.) Aber man lese selbst nach, wie der staatliche Apparat der Republik ungestraft vor einem Prinzen auf dem Bauche liegt. Wir zahlens ja.

Das Buch ist ein einwandfreier Beweis jener These, die hier seit neun Jahren verfochten wird: In Deutschland hat sich in der herrschenden Klasse so gut wie nichts geändert. Diese Revolution war keine. Es war eines der schlimmsten Verbrechen, es war die dumpfe Dummheit Eberts und seiner Parteigenossen, sich über die ersten Voraussetzungen einer wirklichen Revolution niemals im klaren gewesen zu sein. Sie haben für diese da gearbeitet — gegen ihre Klassengenossen, die sie verraten haben.

Denn es kommt auf die Änderung der kleinsten Zelle an — nicht der größten allein. Und an diese kleinsten Zellen, an die Individuen, kommt man im guten nicht heran. Daß heute noch und grade wieder heute jeder zweite Personalchef, fast jeder Bankdirektor, jeder ‹Chef›, jeder Kuhbauer großen und kleinen Formats genau dem Typus des Seligen entspricht — jeder Zoll ein ‹Herr im Betriebe›, durchaus erfüllt von den ihm zustehenden Rechten, durchaus abgewandt von den Pflichten, die ein Führer hat —: das zeigt, wie sehr man von vorn anfangen kann und muß. Und eben so naturnotwendig, wie dieser Typus den großen Krieg im Jahre 1914 hat mitentfesseln helfen, so wird er das zum zweiten Male tun. Lüge die Mär von der Republikanisierung Deutschlands, wenn man darunter auch nur irgend etwas verstehen will, was mit echter Demokratie, mit Pazifismus, mit Sozialismus auch nur das leiseste zu tun hat; Lüge die Meldungen von der langsamen Besserung, Lüge und schlimmer als das: Blindheit. Man sage doch nicht, daß ‹Deutschland den Krieg nicht wolle›! Erstens gibt es genug Leute, die die Erneuerung dieses Verbrechens wünschen — und zweitens ist es ja grade jener ‹unpolitische› Typus, der so gefährlich ist. Diese ‹Unpolitischen› («Wissen Se — ich kümmer mich nich um Politik! Ich will Ordnung und Ruhe, und jeder soll haben, was ihm zukommt, und bei mir im Geschäft soll alles klappen!») — grade diese sind Mitläufer, Handlanger und Bejaher der schlimmsten Untaten, wenn sie nur reglementsmäßig geschehen. Und sie geschehen. Wir werden das, zum zweiten Mal, erleben.

Daß die Beamten wie Leim zusammenhalten, um die Veröffentlichungen solcher Blamagen zu verhindern, ist klar. So hats man ja auch im Falle Kolomak getan. Es wird ihnen nicht viel helfen.

Was aber den falschen Prinzen angeht, so wollen wir hoffen, daß er in richtiges Fahrwasser kommt, damit sein junges Leben nicht wieder abwärts rutscht. Es wäre schade.

Ein Fälscher? Ein Hochstapler? Zunächst einer mit sehr viel Witz: ferner einer, der wenig Geld von seinen Fahrten hat mitbringen wollen, auch wenig oder gar nichts mitgebracht hat... Also sind die andern freizusprechen? Ich weiß nicht.

Laßt uns einmal überlegen, ob es denn ebenso leicht möglich ist, auch uns andre zu hintergehen. Was geschähe denn, wenn zum Beispiel ein Spanier sich als Ibáñez oder ein Norweger als Hamsun ausgäbe? Zunächst lägen wir vor ihm nicht auf dem Bauch, sondern behandelten ihn mit Hochachtung, sehr höflich, aber wohl nicht mehr. Es würde sich des fernern bei einer Unterhaltung immerhin herausstellen, ob man es mit einem wahrhaft gebildeten und kultivierten Menschen zu tun hat – und wäre der Fälscher so ein Mann, so hätte ers doch nicht lange so leicht: lebte er etwa in Deutschland, so müßte er doch etwas schreiben, und dann wäre wahrscheinlich alles aus. Vor allem aber wären in keinem saubern Milieu solche Folgen eines Schwindels denkbar. Denn was an diesen Handwerkern, Hofdamen, Oberforstmeistern, Hoteldirektoren und Offizieren so anwidert, ist ihre unbedingte Ergebenheit, die sich – wie Domela sehr fein beobachtet hat – sofort in Verachtung derer umsetzt, die sich nicht im gleichen Staube wälzen dürfen. Ein falscher Adliger könnte etwa in einer französischen Gesellschaft sehr viel Amüsantes berichten: wie er von den Royalisten stürmisch begrüßt wurde; wie man ihm Diners gegeben habe; wie man von ihm entzückt gewesen sei – vielleicht sogar, wie man ihm Geld anvertraut habe, für die Monarchie –: aber eines wird er niemals berichten können. Daß ihm die Leute in den Dickdarm gekrochen seien. Denn diese Wanderung ist Deutschland zu eigen, wo es (verzeihen Sie das harte Wort) am dunkelsten ist.

Man muß hören, wie bei uns der Oberkellner mit dem Unterkellner spricht, um zu ermessen, was noch zu tun bleibt. Den niedrigsten Drang, den es im Menschen gibt, nämlich verantwortungslos zu herrschen, fördert der Patriotismus. Patrioten? Gute Deutsche? Diese Sorte ist nichts als verhinderte Unteroffiziere.

Und weil in Deutschland immer einer tritt und der andre getreten wird, verachten wir die Taktik der braven Sozialisten, die da warten, daß der Mann mit dem Stiefelabsatz einmal aufhören wird. Da bin ich mehr der Meinung:

Wenn schon überhaupt getreten werden muß, dann wir.

SEKTION

Der Charité in Züchten

Ein Mediziner, namens L.,
zersägte neulich scharf und schnell
 Iwan Kutisker.
 Der lag da vor ihm hüllenbar,
so wie er aus der Haft gekommen war –
 der tote Iwan Kutisker.

Der Mediziner, namens L.,
sprach also in des Bauches Fell
 des toten Iwan Kutisker:
«Der Mann, der hier vor Ihnen liegt,
hat lange nicht genug gekriegt:
 er hieß Kutisker, war ein Jude –
 (Sie sehen das schon an der Zude) –
 er war ganz nikotinisiert
 und syphilitisch infiziert –
 na ja, ein Jude!»

Das Messer knirscht. Der Kantus stieg
voll ärztlichen Takts. Die Leiche schwieg.
 Laßt uns die Zähne zusammenbeißen:
 es kann nicht jeder Lubarsch heißen.

DICKE BÜCHER

Da hat sich eine neue Verleger-Unsitte eingebürgert, die für Bücherverkäufer, Autor und Buch die gleichen bösen Folgen hat.

Es wird schon geraume Zeit von fast allen Verlegern darauf hingearbeitet, ein Heft als dicke Broschüre, eine Broschüre als Buch, ein Buch als Wälzer ‹aufzumachen›. Die Mittel dazu sind:

Dickes Schwindel-Papier, das so tut als ob. Ist aber weich und bauschig wie Löschpapier, bläht das Buch auf, täuscht wer weiß was vor. Kleiner Satzspiegel: falsch verstandne Lehren vom Rand und von Breiten- und Höhen-Proportionen haben dazu geführt, daß der Text bei manchen Büchern wie eine einsame Briefmarke im weißen Meer dasteht. Pompöser, dickpappiger Einband – innen Kapitelüberschriften auf besonderm Blatt; jeder Aphorismus fängt auf einer neuen Seite an – der Text wird wie ein Strudel auseinandergezogen.

Das sieht wie ein richtiges Buch aus, kostet auch so viel und mehr.

Ist aber in den meisten Fällen ein Heftchen, ein dünnes murksiges Ding, das, hätte man es gesetzt wie sichs gehört, noch nicht sechs Bogen füllte. Der Verleger macht zwölf daraus.

Der Bücherkäufer wird, erstens, damit getäuscht. Denn er liest den ganzen Kram, für den er vielleicht sieben Mark bezahlt hat, in einer Stunde herunter; er hat die Ware überzahlt.

Der Autor wird, zweitens, geschädigt; denn diese Sorte Bücher sind alle viel zu teuer, und darunter leidet der Absatz und also der Schriftsteller. Und das alles, weil angeblich am billigen Buch nichts verdient werden kann, und das alles, weil die Organisation des Sortiments nicht gut ist: weil die Leute nicht Bescheid wissen, trotz aller Kurse, weil sie ihre Ware verkaufen wie ich Kriegsschiffe verkaufen würde, wenn ich welche hätte – und das alles, weil sich die meisten Verleger übernehmen, weil sie sich viel zu viel aufhalsen, und nachher gar nicht imstande sind, für ihre Autoren wirklich etwas zu tun. So müssen sie teuer verkaufen.

Und so müssen sie das Publikum, das Bücher und keine Papierberge bestellt hat, täuschen.

Man sehe sich einmal an, wie früher anständige Bücher gedruckt worden sind; wie heute noch gute wissenschaftliche Werke aussehen; und ohne nun der Meinung zu sein, daß man einen Unterhaltungsroman so setzen kann wie etwa eine Geschichte der Philosophie, müssen wir doch die Verleger bitten, ihre Produktion nicht künstlich zu blähen. Diese ‹Romane› von zweihundertundachtzig Seiten sind in Wahrheit mittlere Novellen von hundertundvierzig; die dick angeschwollenen Tierbücher kleine Bändchen, die bei anständigem Satz gut und gern ihre zwei Mark wert sind, aber nicht sechs – es ist ein Unfug, der in dieser Ausstattung steckt, ein Unfug und eine bewußte Täuschungsabsicht. «Das Publikum will was in der Hand haben.» Ein Buch, meine Teuren – keinen Packen weiches Papier.

Und dann wundert ihr euch, wenn eure Bücher nicht gehen. Es gibt viele Gründe: einer ist dieser hier. Ihr seid zu teuer. Und ihr müßt es sein, weil ihr falsch ausstattet.

DAS VERZAUBERTE PARIS

Im August ist Paris die zweithäßlichste Stadt der Welt: staubig, heiß, stickig, grau und reizlos. Auf den Boulevards kann man manchmal auch einen Franzosen sehen – der ist dann aus Algier und sieht auch so aus. Die Original-Franzosen sind in Trou-sur-Mer und werden dort mit Flintenschüssen empfangen. ‹Nepp› heißt: le coup de fusil – es gibt in Paris an der Kirche Saint-Philippe-du-Roule ein Restaurant, das gleich schießt. Und in diesem Sommer hats immerzu geregnet, immerzu, und dazwischen war es heiß, und hochmütig sahen die gerippten Flächen der geschlossenen Fensterläden auf uns herunter, die wir im Staube krochen ... Auf einmal war alles ganz anders.

Heute ist Mariä Himmelfahrt, und über Nacht ist der Herbst gekommen. Ah, noch nicht der mit den gefärbten Blättern und den jagenden Wolken und den Windstößen an der Ecke – wir sind ja erst im August. Aber es gibt einen Anfang des Herbstes, den spürt man in der Luft; es hat da so einen kleinen Ruck gegeben – ‹knack› hat es in der Natur gemacht, und nun ist auf einmal kein Sommer mehr, nun ist da etwas Neues.

Die Luft steht still.

Die Bäume stehen still und rühren sich nicht in der milden, schon eine Spur herben Sonne. Sie warten. Alles wartet auf etwas. Die Schatten im Laub sind dunkler, die Schatten in den Mauerwinkeln, wo die Spatzen wohnen, sind schwärzer, das Licht goldener, die Luft blauer, härter, klarer. Es beginnen die Spätsommertage, jene Tage, die man festhalten möchte, und bei denen man nicht genau weiß, wo der Sommer aufhört und der Herbst beginnt ... Schon ...? Schon.

So ein Tag ist das also heute.

Paris ist leer. Seit Sonnabend mittag sind nun selbst die ausgeflogen, die nicht an die See, nicht ins Gebirge gereist sind: sie haben den halben Sonnabend, den ganzen Sonntag und den ganzen Montag, der ein Feiertag ist. Paris ist leer. Paris ist verzaubert.

Man kann die großen Boulevards hinuntergehen; da sind noch einige Menschen, auch noch Wagen ... Aber die langen Avenuen meiner Lieblingsviertel sind leer geblasen – man kann sich durch das Siebente träumen und durch das Achte – man kann auf dem Fahrdamm stehenbleiben und einer Katze zusehen, die hochmütig an der Tür sitzt, eine Concierge auch sie – aber sie zeigt viel weniger Interesse für ihre Mieter als die geschäftige Frau, die in jedes pariser Haus diesen Schuß von Kleinerleuteluft, Klatsch, Gemüsekram und Polizeispitzelei hineinträgt ... Guten Tag, Katze. Hört nicht.

Leer ist Paris.

Die Stadt sieht straßenweise aus wie die alten Aufnahmen aus dem Kaiserpanorama unserer Jugendzeit, vor denen man sich immer gefragt hat, wann in aller Welt sie denn wohl aufgenommen sein mögen. Gibt es so leere Straßen –? Es gibt sie – und nicht nur um sieben Uhr morgens – nein, jetzt, am hellichten Tage, mittags um zwölf Uhr ist es hier fast überall wie auf dem Dorf. Da gehen Frauen einkaufen, und sauber gewaschene Paare tragen neue Handschuhe und unwahrscheinliche Halbschuhe spazieren, und alle jungen Männer haben viel zu hohe Kragen, und sie sind sehr glücklich.

Unter der Erde, in der Métro – kein Mensch. Leer rollen die Wagen dahin, fast unnütz. Viele Läden haben geöffnet, die nämlich, in denen man sich etwas zu essen kaufen kann. Und Zeitungen kann man kaufen – aber es kauft sie fast niemand. Daudet hat gut Artikel aus Belgien schreiben – zur Zeit langweilt er sich und also uns mit schönen Primaneraufsätzen über die französische Romantik ... Man fühlt ordentlich, wie das linke Auge des Schreibenden nach Paris schielt, nach Paris, wohin er zur Zeit nicht zurück kann. Es dürfte das eine kleine Dummheit gewesen sein, Herr. Die Leute haben ja nicht schlecht gelacht, als er aus dem Untersuchungsgefängnis, der ‹Santé›, von seinen Freunden befreit wurde («À votre Santé!» war noch das mindeste –), und an Orten, die ich gar nicht nennen kann, steht angeschrieben: «As-tu vu Daudet?» Haben Sie nicht den kleinen ... Nein, wir haben ihn nicht gesehen.

Apfelblau ist Paris, und von einer reinlichen, ganz leichten Herbstluft durchflossen. Ob die Luft so gut ist, weil alle Politiker in den Ferien sind –? Der *‹Matin›* hat sie abgebildert – man kann sie da hängen sehen –, und es sieht nicht schön aus. Politiker im hellen Sonnenlicht – das erinnert immer an das, was unter einem Stein kriecht, den man plötzlich hochhebt ... Und oben stehen die Setzmaschinen des *‹Matin›*, und da wird nun alles gesetzt – nichts verschweigen und nichts hinzusetzen, die reine Wahrheit ... ach, du lieber Gott!

Ich entdecke ganz neue Sachen, die ich noch niemals gesehen habe – bisher stand sich die Stadt immer selbst im Wege. Ich gehe umher, neugierig, beklommen, es ist fast ein bißchen unheimlich. Sind Sie einmal als Junge während der Ferien im Schulgebäude gewesen? So etwas ist es.

Alles wartet. Es ist eine Atempause.

Über ein Kleines.

Und die Lavaströme der Zurückgekehrten werden sich aus den Bahnhöfen in die Straßen ergießen, alle Minister und andere Leute vom Theater werden wieder da sein, die Zeitungen werden wieder lebhafter, niemand ist mehr ‹i. V.›, und dann wird Paris regnerischgrau werden, angefüllt mit silbrigem Nebel, Musik, leuchtenden Festen, gelben Lichtern und aufgeregten Tänzen in den Couloirs des Parlaments.

DER DEUTSCHE MENSCH

In der vorbildlich noblen und sachlichen Art, in der der Verlag S. Fischer seine Autoren fördert, hat man dort auch den fünfzigsten Geburtstag Hermann Hesses begangen. Hugo Ball hat ein Buch über das Leben und das Werk des Geburtstagskindes geschrieben. (Hugo Ball *‹Hermann Hesse›*. S. Fischer, Berlin.)

Der Dichter hat es in den Zeitungen und Zeitschriften ja nicht schlecht zu lesen bekommen – der Trivialität solcher Gratulationen haben sich viele dadurch zu entziehen vermeint, indem sie kräftig auf die Kongratulanten schimpften; sie haben sich wohl auch zu Unrecht vor Hessen etwas geschämt, als sie mit dem Sträußchen kamen ... Ball hat mehr getan als sie: er hat ein ganzes Buch verfaßt, in dem sehr beredte Fotografien Hesses von vielen Lebensaltern zu sehen sind.

Inzwischen scheint es zum Gemeingut des deutschen Lesepublikums geworden zu sein: daß Hesse ein unglücklicher Mensch ist, daß er ein zwiegespaltenes Herz in der Brust trage; daß er sich gewandelt habe, und alles das setzt Ball recht ausführlich auseinander.

Der Idylliker Hesse, der für meinen Geschmack fast niemals süßlich gewesen ist, verwandelt sich verhältnismäßig früh in einen zerrissenen, mit sich zerfallenen, tappenden, suchenden und unzufriedenen Romantiker, der keiner sein will, der doch einer sein will, der sich einen Turban aufsetzt und darunter ganz leicht pietistisch schwäbelt ... Die Wandlung lag früh am Tage; Hesse hat, in unbeirrbarer Reinlichkeit, niemals eine Marke ausgewalzt. Im April 1914 schrieb ich hier:

«Nun hat er sich gewandelt; er ist älter geworden, und es bereitet sich da irgend etwas vor. Wenn nicht vorn auf dem Titelblatt der Name Hesses stünde, so wüßten wir nicht, daß er es geschrieben hat. Das ist nicht unser lieber, guter alter Hesse: das ist jemand anders. Eine Puppe liegt in der Larve, und was das für ein Schmetterling werden wird, vermag niemand zu sagen. Es ist schön, daß jemand im besten Mannesalter noch einmal frische Triebe ansetzt und wieder neue Blüten entfalten läßt.» Das war, als *‹Roßhalde›* erschienen war.

Dann kam diese Wandlung, und Hugo Ball bemüht sich, sie mit liebevoller Umständlichkeit zu erklären. Sehr schön, wie er diese ‹bürgerliche Epoche› charakterisiert. «Er ist der Steppenwolf und Outsider, der Knulp und Wanderer, der Antiphilister und Leidende; auch in der Ehe. Auch im eignen Hause ist er ein Fremder, den man beherbergt; ein fahrender Geselle, den man füttert, und der sich der Hauskatze näher fühlt als all seinem schönen Besitz.» An dieser Stelle ist dann übrigens auch von einem Freund Hesses die Rede – aber jeder Vergleich Hesses mit dem ist eine Beleidigung. Es ist der Rosendoktor Ludwig Finckh. Daß der Mann schlechte Bücher geschrieben hat, besagt gar nichts gegen ihn. Aber einen Burschen sanft anzufassen, der im Kriege dieses geschrieben hat:

«Unser Eichbaum wächst – glücklich, wer ihm den Boden mit seinem Herzblut düngt» und:

«Das Glück der Schlachten» und:

«Nun schießt dem Feinde ins Gesicht, damit die Welt uns zuletzt noch unsre Liebe glaubt» – und das alles von Gaienhofen aus: ich habe für diese Sorte Mensch kein Verständnis und kann nicht begreifen, wie der blutvolle Kriegsablehner Ball sich mit so etwas überhaupt abgibt.

Hermann Hesse selbst hat sich im Kriege sehr sauber benommen: er hat für die Kriegsgefangenen in der Schweiz gearbeitet; mir ist von ihm kein gedrucktes Wort bekannt, das jemals zum Kriege aufgehetzt hätte. Die Zurückhaltung, die er während der Kriegszeit geübt hat, ist seine Sache.

Somit wäre also nur, verspätet aber nicht minder herzlich, gleichfalls zu gratulieren; wenn mir nicht das Buch Hugo Balls einige Gedanken eingäbe, die mit der modischen Überschrift, die ich diesem Aufsatz gegeben habe, in engem Einklang stehen.

Da wird uns auf zweihundertsiebenunddreißig Seiten genau auseinander gesetzt, was es denn mit Hesse für eine Bewandtnis habe, und inwiefern er und warum er nicht, und wo er stehe, und die Psychoanalyse wird bemüht, wobei sich übrigens der uns nicht überraschende Eindruck einstellt, daß mit fortschreitendem Gebrauch dieser Terminologie ihre Banalität wächst, und daß es bald überhaupt nichts mehr besagt, wenn einer die Neurosen seines Objekts recht herrlich präsentiert. Es ist schade: noch ein paar Jahre, und die Vulgär-Psychoanalyse wird auf die Köchin gekommen sein. «Warum ich die Vase zerbrochen habe? Gnätche Frau, ich habe Hemmungen, wenn ich Vasen sehe — —!» Und dann ist es aus, denn wenn Köchinnen sogar schon Hemmungen haben, dann sind sie nicht mehr fein.

Es erhebt sich also in dem Buch Balls ein unendlicher Trubel an Erklärungen. Da gibt es eine «Klingsor-Periode» und eine «Demian-Zeit» und noch eine Epoche und noch einen Lebensabschnitt ... und das wollen wir auch gewiß glauben.

Was ist damit ausgesagt —?

Etwas für das Lebewesen Hesse? Jedes Lebewesen hat wahrscheinlich solche Epochen, Perioden, Abschnitte, sofern es überhaupt denkt und geistig sich entwickelt. Für den Künstler —? Nichts ist für den Künstler damit ausgesagt. Es gibt nur eines:

«Speelt man god —!»

Hermann Hesse hat, fern vom Problematischen, immer gut gespielt: seine naturalistischen Schilderungen sind fast unübertroffen, kräftig im Ton, bunt in der Farbe, sauber, voll Blut und Luft und Atmosphäre ... Das Zerrissene hat er mir niemals zu recht gestalten können, und daß ein Künstler zerrissen ist, geht uns wohl wenig an. Er soll das bilden.

Aber angenommen selbst, er hätte es gebildet —: was will das besagen?

Mir scheint es ein deutscher Nationalfehler zu sein, mit ungeheuerm Seelengeräusch im Resultat nicht viel mehr als andre Völker zu produzieren. Ich kann den Unterschied zwischen einem unmystischen Amerikaner, der die Schande Sacco und Vanzetti, und einem mystischen Deutschen, der diese Justiz duldet, nicht als gar so groß empfinden. Und nichts nehmen einem die Herren mehr übel als diese rationalistische Frage nach dem Resultat.

Hugo Ball wittert das. Daß Hesse nicht sozial funktioniere, wird erklärt, umschrieben, begründet — also zu entschuldigen versucht. Ball muß das Postulat fühlen, die stumme Forderung, bei der da einer gepaßt hat. Er fühlt sie. Und weil es so schwer ist, in diesem Volk der Richter und Henker als geistiger Mensch nicht anzuecken, so wird nun der Spieß herumgedreht und jeder, der gesellschaftliche Fehlleistungen vollbringt, ist schon ein innenwendiger Held, ein großer Mann, ein verkannter Heiliger. Ball vermerkt die Anmerkung Thomas Manns, «daß die namhaften Franzosen meist als Musterschüler gelten können und solche gewesen sind». Ein Primus sieht viele. Aber Ball fährt richtig fort, indem er von Frankreich sagt: «Es könnte sein, daß die jungen Leute weniger Widerstand finden; daß ihr Enthusiasmus mehr getragen, daß die Absonderlichkeit leichter eingeordnet, mit einem Wort, daß die Lehrer frischer, beschwingter, lebendiger sind. Der Beruf des Schriftstellers ist wohl mehr anerkannt; der Bezug auf die Gesellschaft ebenso. Eine Elite, die von Idealen getragen ist, scheint dort mehr vorhanden, gegenwärtiger zu sein. All dies verbrückt den Unterschied zwischen Begabung und Umwelt. Gestalten wie Rimbaud sind dort Ausnahmen; bei uns fast die Regel. Wir haben theoretisch ein Erziehungswesen, eine Reformbestrebung in Permanenz, die hinter keinem Lande zurücksteht; aber das ist ein in sich geschlossner Staat, der seine hochinteressanten Debatten eigentlich beständig für sich und um der Übung willen betreibt. Dieser Reformbestrebungsstaat scheint weit entfernt, in praxi einen erheblichen Einfluß zu gewinnen oder gar eine Änderung zu bewirken.»

Das will er auch gar nicht.

Und es ist eben um so vieles leichter, in Frankreich zu leben und als Geistiger zu leben, weil die Leute natürlicher sind: zunächst die Ungeistigen, aber die andern auch. Diese Pfauengrandezza der ‹deutschen Menschen›, diese bombastische Schwerfälligkeit, mit der jeder seinen kleinen Sparren in Szene setzt, aufpustet, ernst nimmt — das ist drüben seltner. Und wird verlacht. Wie ja denn überhaupt Beschaffenheit und Reputation der Deutschen und der Germanen im umgekehrten Verhältnis zueinander stehen: so, wie die einen in den Augen der Welt aussehen, so sind die andern.

Was fehlt aber Hesse, was fehlt dem ‹deutschen Menschen›, das ihn so unleidlich macht, das seine Vorzüge aufhebt, seine Fehler verdoppelt? Was fehlt ihnen —?

Eine Geburtstagskritik, eine einzige von allen, die ich gesehen habe, nannte den Begriff, der Hesse fehlt. Das stand in der *‹Stuttgarter Sonntagszeitung›* Erich Schairers. «Es wäre denn, daß ihm die Vereinigung der beiden Seelen in einer Brust, die Bändigung des Steppenwolfs doch noch gelänge. Einen Weg dazu gäbe es, gibt es: den des Humors.»

Ave.

Hesse hat keinen Humor. Der ‹deutsche Mensch›, der da, den ich meine: er hat keinen Humor. Hätte er ihn, er wäre so nicht.

Das Wort liegt in falschen Schiebkästen – ich will es schnell herausholen. ‹Humor› hat fast gar nichts mit Witz zu tun – noch weniger mit dieser schrecklichen Kneipenseligkeit, die man als ‹deutschen Humor› ausschenkt. Wenn ich mein Latein nicht ganz vergessen habe, hängt die Urbedeutung des Wortes mit dem Begriff ‹Feuchtigkeit› zusammen. Sie sind trocken – trocken sind sie.

Dieser ‹deutsche Mensch› hat den tierischen Ernst einer Kuh, eines Hundes, eines Möbelstücks. Dergleichen lacht nicht. Von Selbstironie, diesem seltenen Artikel, will ich gar nicht reden. Aber man betrachte einmal dieses Pathos von der Nähe, auf die Nähte hin – wie das klafft, wenn man dran wackelt, wie das reißt! Hesse hats gespürt, sonst wäre er heut nicht gespalten, sonst wären die Leser nicht gespalten, die ihn lieben – denn er ist wichtig als Exponent. Er ist wichtig wegen seiner Auflageziffern, hinter ihm sitzt eine Welt. Und liest.

Humor hat er nicht. Humor: zu wissen, daß es, nachdem man tapfer gewesen ist, alles nicht so schlimm ist. Humor: zu fühlen, daß es von oben reichlich unsinnig aussieht, was wir hier aufführen. Und dennoch zu seiner Sache stehn. Und abends um neun, wenn alles fertig ist, zu wissen: Es lohnt sich kaum – aber man muß ran.

Humor ist kein Weg, liebe *‹Sonntagszeitung›*.

Humor ist ein Element, das dem deutschen Menschen abhanden gekommen ist.

Dies nun bewegt sich auf einer Ebene, die Hesse bewohnt und der man sich mit dem Hut in der Hand zu nähern hat: vor der Reinlichkeit, vor der Künstlerschaft, vor der Begabung des Bewohners. Um so schärfer aber muß dies gesagt werden:

Nie zuckt der ‹deutsche Mensch› so zusammen, wie wenn man ihn fragt, welchem Zweck denn der vielzitierte Spektakel in seiner Seele eigentlich diene. Ich habe das neulich die deutsche Jugendbewegung gefragt, zwei Mal. Der Krach war nicht schlecht, der sich da erhob. Und erst kürzlich hat mir einer in der *‹Vossischen Zeitung›* geantwortet.

«Wrobel mißt an der Literatur, am Vokabularium der Jugendbewegung die wirklichen Zustände der Gegenwart und kommt zum Schluß, daß die Jugendbewegung unwertig sei, weil ihrer Literatur so gut wie nichts an Gesellschaftsgestaltung entspricht ... Wenn Wrobel es der Jugendbewegung zur Last schreibt, daß sich in unsern Schulen, auf unsern Universitäten, im Polizeiwesen nichts gewandelt hat, so wird er sich dessen offenbar nicht bewußt, welch eine enorme Meinung er von der Jugendbewegung hat.» Nein. Aber die Jugendbewegung hat diese enorme Meinung von sich, und nach der habe ich gemessen und das Nullergebnis festgestellt. Das wird zugestanden. Der Mann fährt fort und beantwortet die Frage, was denn die Jugendbewegung geleistet habe.

«Sich selbst hat die Jugenbewegung geleistet.»

Da will ich nicht stören.

Dies aber ist deutsch:

Daß dieser unendliche Innenrummel Selbstzweck ist; Selbstzweck jene Wandlungen und Verkündigungen der Wandlung; Selbstzweck die Bünde und Spaltungen; Selbstzweck die Bekenntnisse und die Ableugnungen — Selbstzweck das Prunken mit Neurosen, das Verstecken von Neurosen, Selbstzweck Leidenschaften, innere Stürme, neue Romantik.

Es ist kein Zufall, daß diese Innenkünstler fast immer reaktionär sind oder aber — und das ist der schlimmere Fall — von Reaktionären benutzt, ausgenutzt und mißbraucht werden können. (Mit Shakespeare geht das nicht. Mit Tolstoi geht das nicht. Mit dem echten Goethe geht es nicht.) Und es kann einer etwas für den, der ihn ausschlachtet.

Es ist ja nicht nur das, daß diese Idylliker nur mit der Rente vorstellbar sind; da werden doch bäurische Besitzverhältnisse, Ausbeutungsverhältnisse, Gesellschaftsverhältnisse als festbestehend vorausgesetzt, sogar als gebilligt vorausgesetzt — sonst kann kein Hermann Klaras Lockenband entwenden — sie hätte keines oder doch ein sehr schmutziges, und Hunger hätte sie und röche nicht gut. Das allein ist es nicht.

Es ist auch so, daß solche behaglichen Idyllen von Reaktionären gern gelesen werden; sie lesen sich doppelt schön; die Seele geht auf wie ein Butterkuchen, wenn man vorher einen Polizeihäftling leichtsinnig in Untersuchungshaft hat sitzen lassen. Vater kommt nach Hause, zieht den Hausrock an und ‹ist ein gebildeter Mensch›. Musik tut übrigens dieselben Dienste.

Und nicht das allein mache ich dieser Literatur, diesem Innenleben und diesem deutschen Menschen zum Vorwurf. Ihr Selbstzweck ist die Erbsünde.

Natürlich haben wir das Recht, zu fragen: Wem nützt es? Natürlich lange ich mir so einen Korb voll Jugendbewegung, hebe ihn hoch und frage: «Nun? Und was wird das, wenns fertig ist?» Daß die Jugendbewegung die Polizeistuben nicht ändern kann, weiß ich allein.

Daß sie aber nicht die Menschen hervorbringt, deren Einzug in die Ämter die Ämter wandelt —: das ist ihre Sünde! Wie die der deutschen Innenwelt.

Wenn sich der ‹deutsche Mensch› nach diesen Schlachten des Seelenlebens, nach diesen Geißlungen, Aufblähungen, pathetischen Herzenstrillern nicht nach außen dokumentiert, dann ist sein Tun eben das, als was ich es hier schon einmal charakterisiert habe: eine tote Last und ein Gesellschaftsspiel.

Denn was anders als Gesellschaftsspiele unbeschäftigter Herren und Damen sind jene vulgären Psychoanalysen auf jüdischer und jene ästhetischen Untersuchungen über «Raum und Rhythmus im Geist der Zeit» auf christlicher Seite; wobei die Kongreßteilnehmer der Ästhetik den Rekord der Substanzlosigkeit schlagen. Die unterhalten sich überhaupt über gar nichts mehr – ihre Reden, etwa zu Darmstadt und anderswo, sind fast immer völlig allein. Irgend einen Einfluß hat das Zeug von ihnen allesamt nicht.

Dieser Aufwand–! Diese Terminologie–! «Von der Verantwortung des deutschen Nachwuchses». – «Grundlagen und Ziele bündischer Erziehung». – «Neudeutsche Wirtschaftsproblematik». – «Deutsches Schicksal . . . Das Führerproblem in der Jugendbewegung . . . Die studentische Einheitsbewegung . . . Älterenbund . . .» Und? Na und? Was kommt dabei heraus –?

Dieses Deutschland. Diese Richter. Diese Reichswehr. Diese Behandlung von Proletariern. Diese Wirtschaft. Dafür der Auflauf? Dafür atavistische Züge und südlicher Zauber und Gottgefühl und einsame Wanderer und «er kommt her von . . .» und «für ihn bedeutet Seele . . .» und Überbetonung und Neurose und Instinktfehler und die ganze türkische Musik –?

Geschenkt.

Mir bedeuten diese jugendlichen Bündler und die deutsche Seele und die neukatholische Mystik und der deutsche Mensch einen Schmarrn, wenn sich das Brodeln ihrer Seele nicht nach außen in die Tat umsetzt. In solche nämlich, die nicht das Paradies auf Erden schafft. Die aber wenigstens blutigstes Unrecht verhindert, die zerstörtes Rechtsgefühl aufbaut und das eigne Volk nicht mit Honigbroten füttert, sondern den Mut aufbringt, ihm die Wahrheit zu sagen. Wenn euer Innenleben, auf das ihr so unendlich stolz seid, ihr traditionellen Individualitäten, einen Wert haben soll: hier ist eure Insel. Hier springt an.

Hermann Hesse aber unsre verspäteten, aufgewärmten und schmackhaftesten Glückwünsche.

7,7

Sieben Jahre und sieben Minuten
mußten zwei Arbeiterherzen bluten.

Sieben Jahre?
Zellenenge,
Nächte – Luft! – Visionengedränge.
Zehnmal in die Todeskammer –
zehnmal den allerletzten Jammer –
zehnmal: jetzt ist alles aus.
Zehnmal: Grüßt uns die zu Haus!
Zehnmal: vor der eignen Bahre.
Zum Tode verurteilt sieben Jahre.

Sieben Minuten:
Das Blut gerinnt.
Wißt ihr, wie lang sieben Minuten sind –?
Sieben Minuten Krampf und Qual,
Muskeln zucken noch ein Mal –
Blut kocht in Venen – Hebelgekreisch –
es riecht nach angesengtem Fleisch –
irr drehn sich Pupillen – das Ding sitzt gebunden
420 lange Sekunden ...

Strom weg. Tot? Hallelujah!
Bravo! Bravo, U.S.A. –!

Sieben Jahre und sieben Minuten
mußten zwei Arbeiterherzen bluten.
Sieben Minuten und sieben Jahre –

Diesen Schwur an ihrer Bahre:

Alle für zwei. Ihr starbt nicht allein.
Es soll ihnen nichts vergessen sein.

GEBET DES ZEITUNGSLESERS

Zimmer. Der Zeitungsleser im Schlafrock. Auf dem Tisch, auf Stühlen verstreut und zerknüllt, liegen Zeitungen aller Größen. In einer Ecke ein größerer Packen aufeinander geschichteter Zeitungen. An der Wand quellen aus einem Regal Zeitungen.

Die Begleitmusik geht durch alle Möglichkeiten: vom Jazz bis zum Choral.

Du lieber Gott, so hör mein leises Flehen!
Tu auf den Packen hier heruntersehen!
Du lieber Gott, ich pfeif am letzten Loche:
das sind die Zeitungen von einer Woche!
Die muß ich alle, alle lesen:

Vom Bürgerkrieg bei Nord- und Südchinesen;
vom Turnerfest mit Grätsche und mit Kippe;
vom Flaggenstreit in Schaumburg-Lippe;
von Abegg, Lübeck, Ahlbeck, Becker;
von Schnillers Testamentsvollstrecker;
vom Prinz von Wales und von Richard Strauss –
das fliegt mir alles so ins Haus!
Ich kaufs auch noch. Sobald ichs seh,
fixe Idee:
«Acht-Uhr-Abendblatt! Acht-Uhr! B. Z.! Die Nachtausgabe!»

Wo nur eine Zeitung ist, da trabe
ich hin – aus Gier
nach Papier – immer nach Papier –
bleib auf der Straße stehn und lese hier:

Die westliche Ostsee ziemlich bewegt;
Pola Negri endgültig trocken gelegt;
Churchill gestürzt – die Kammer tobt;
der Papst mit Mary Wigman verlobt;
(das ist ihm recht!) – Sturm auf den Azoren;
Ludendorffs Dackel hat seinen Schwanz verloren;
in Grönland Badehosenhausse;
Pallenberg hundertmal in einer Posse;
Verfilmung des Dramas Ain und Kabels;
Prämiierung des kleinsten Damennabels;
Mussolini und das schwarze Hemd seiner Amme –
Nachrichten, Nachrichten, Telegramme, Telegramme, Telegramme –

Jazz

Was geht denn mich das an?
Das geht mich gar nichts an!
Das geht mich gar nichts an!

In den Beilagen raschelt und zischelt der Wind –
Ich bin ein armes zerlesenes Kind ...
Hat keiner mit mir Armen
Erbarmen?

Man sagt von IHM, daß ER doch auch nen Sohn hat ...
Das sind die Zeitungen von einem Monat!
Wenn ich sie seh: mich schaudert und mich graust –
was kommt da noch auf mich herabgebraust?

Choral

Befrei mich Du vom irdischen Bösen.
Warum muß ich denn Silbenrätsel lösen?
Was kostets mich für lange Stunden
bis ich: «Mätresse unter Ludwig XVI.» gefunden –
Auflösung: «Nichtswürdig ist die Nation.»
Oder: «Du sollst nicht töten, spricht der Gottessohn!»
Es ist manchmal ein Kreuz mit Deinem Wort!
nimm doch die Kreuzworträtsel fort ...
So plätschert das tagaus, tagein,
auf mich, den armen Leser herein –

Es regnet Zeitungen

Papier! Papier! Von welchem Riesenbaume
verflattert das in unserm Erdenraume?
Papier! Papier! Genug! Genug des Segens!
Ertränk mich nicht, du Flut des Zeitungsregens!

Marseillaise

Hier sind die Fahnen aller Staaten!
Allons, journaux de la patrie!
Ich kann in Zeitungen schwimmen – in Zeitungen waten –
aber ohne Zeitungen sein: das kann ich nie!
Wie sie mich quälen,
töten beinah –
Und wie sie mir fehlen,
wenn sie nicht da ...!
Was soll mir das? Was hats für einen Sinn?
Mein ganzes Leben ging in Kleinigkeiten hin ...
Am jüngsten Tage des Gerichts,
da werd ich sehn:

4 Paukenschläge

Ich kam zu nichts.

Zerteilt. Zerspielt. Zerspellt. Zerzettelt.
Mein Lebtag hab ich nur um eins gebettelt:
um Ruhe.
Du gabst sie nicht. So muß ich dienen,
als Sklave aller Rotationsmaschinen.

Du lieber Gott, gebleicht ist all mein Haar.
Hier sind die Zeitungen von einem Jahr . . .!
Du hast mich ihnen gänzlich preisgegeben –
war das ein Leben – das mein Leben –?

Ich merkte, welche Tageszeit grad war,
nur am *‹Matin›*, *‹Paris-Midi›*, *‹Le Soir›* . . .
Bis in die letzten Winkel meines Heims
kam deine *‹Zeit›*, *‹Le Temps›*, die *‹Times›* –

Verflucht die Bilder, die Plakate!
die Leitartikel, Inserate!
die Neuigkeit, die, kaum geboren, alt!
das Blatt am Baum – der ganze Blätterwald!
Verflucht! Verflucht die Menschenfibel!
verflucht die Inseratenbibel!
Ruhm: Durch die Zeitung. Heirat: durch die Zeitung.
Krieg: Durch die Zeitung. Friede: durch die Zeitung.
Nimm sie von mir! Die Zeitung triumphiert!

Totenstille. In der Musik aufgelöste Akkorde.
Ruhe nach einem Sturm, ganz sanft.

Es hilft ja nichts.
Du bist ja sicher
selber
abonniert . . .

mit ausgestreckten Armen nach oben – Vorhang

KLAVIERSPIEL NACH DEM ESSEN

Manchmal, nach dem Essen, setzt sich ein Gast oder eine Gästin hin und spielt etwas auf dem Pianino. Die Dame streift sich die Armbänder ab, der Herr zieht die Halshaut aus dem Kragen – aber habt ihr schon einmal, ein einziges Mal erlebt, daß euch dieses Spiel Vergnügen und Freude gemacht hätte? Kuchen.

Sie ‹spielen vor›, die Affen. Sie produzieren sich. Sie geben ein kleines Konzert. Sie machen etwas vor. Sie wollen angestaunt sein, bewundert, beglückwünscht. Die Mitgäste dürfen dabeisitzen, und das tun sie auch. Sie blicken gelangweilt zur Decke auf, verzweiflungsvoll an den Fußboden, sie bestarren ihre Nägel und sondern viel Innenleben ab. Nachher pritscheln sie diskret in die Handflächen . . .

Wie schön wäre das, wenn einer einmal, nur ein einziges Mal, so spielte:

Eine Erinnerung an Mozart; ein Stück Symphonie, die aus irgendeinem Grunde dem Freundeskreis ans Herz gewachsen ist, Erinnerung auch sie; ein altes spanisches Volkslied, auf einer Reise gehört; einen dummen Schlager, in Moll und in Dur, als Boston und als Charleston; ein paar Töne aus malayischen Tempelgesängen — und noch ein Häppchen Mozart. Und eine Arie. Und einen alten dunkelgebeizten Walzer von Chopin.

Das befriedigte unsern musikalischen Appetit. Das wäre erst Musik — an Stelle jenes dummen Jahrmarkts der Eitelkeiten. Aber darauf können wir wohl lange warten . . . «Wollen Sie uns nicht die Freude machen, lieber Meister, uns zu erfreuen . . .? Ach, bitte, bitte! — Ich weiß, daß es für Sie ein Opfer . . . Wir haben uns so gefreut . . . Herr Professor Klotzekuchen wird sich erlauben — darf ich bitten, meine Herrschaften, vielleicht hier Platz zu nehmen, Emmi, sei doch still . . .»

Aber nun nichts wie raus.

DAS MUSEUM DER EITELKEITEN

«Et croyez-moi, cher monsieur, je n'ai rien fait pour cela —!»

Neben der Gare d'Orsay, an der Seine, liegt das feine, graue Palais Salm, erbaut vor der Revolution, niedergebrannt in der Kommune, neu erbaut nach dem Kriege 1870/1871. Dieses Haus hat eine seltsame Bestimmung: es ist vollgestopft mit Akten und mit Registraturen — und unten, an der Querseite, ist ein kleines Museum untergebracht. Lasset uns eintreten: hier wohnt die Légion d'Honneur.

Hier ist zu sehen, wie durch die Geschichte der Jahrhunderte die Menschen äußerlich, durch ein handfestes Symbol, anerkannt zu haben wünschten, was sie etwa geleistet hätten: von der kindskopfgroßen Goldplakette bis zum Miniaturkreuzchen ist alles da. Orden auf Flächen und Orden auf Tassen; Orden auf rosa Stramin und Orden in Perlen gestrickt — sogar eine Uhr, in der wackelt das Kreuz der Ehrenlegion hin und her, wenn sie tickt . . .

Und ein Ahne der Ehrenlegion ist da: ein Orden vom Heiligen Geist;

und Bilder und Bilder: Napoleon (der die Ehrenlegion begründet hat) verteilt seine Kreuze und heftet sie den Grenadieren an, und durch Jahrhunderte machen die Geschmückten dabei dasselbe gehobene, stolze und ein wenig schafsdämliche Gesicht ... Das ist wohl auf der ganzen Welt so. Und Bilder, auf denen die Schildwache den Ehrenlegionär grüßt, und der grüßt zurück, in Zivil, wie er ist, und seine ‹bourgeoise› knixt geschmeichelt mit; und sterbende Patrioten, und eine ganze Verleihungsparade aus Bleisoldaten und eine aus Kartonsoldaten – und einmal regnet es auf einen Mann mit Regenschirm rote Bändchen herunter («Quel vilain temps!») und Bilder der Ordensritter, unter denen, wie männiglich bekannt, sich auch viele Deutsche befinden. Denn Paul Lincke, Goethe und Ludwig Fulda hatten und haben sie, und Er, der zu Eckermann einmal gesagt hat: «Schelten Sie mir die Orden nicht – sie halten manchen Puff ab im Gedränge», er hat sich, wie man aus einem hier ausgestellten Briefe ersehen kann, am 12. November 1808 sehr freundlich für das Bändchen bekannt. «Flatté d'avoir reçu ce Gage précieux ...» Und nun dürfte er ja wohl bei den Deutsch-Völkischen endgültig unten durch sein.

Und auf einem alten Revolutionsbild ist zu sehen, wie verschieden manchmal so die Insignien sind: ‹Das Wappen des Volkes› – und darauf die phrygische Mütze und die Rutenbündel, ein Besenstiel und – schon damals – eine Sense.

Und wie ich nun nachdenke, was von hier aus, aus diesem kleinen Palais, alles ausstrahlt, da fühle ich mich wie in einer riesigen Ordenssonne, die ihre blitzenden Lichtpfeile nach allen Provinzen Frankreichs und weiter, bis nach Amerika, aussendet ... Wie macht sie das?

Als Napoleon noch Erster Konsul war, hat er die Ehrenlegion begründet: das war im Jahre 1802. Damals bekamen das Bändchen hauptsächlich seine Soldaten, und nur später, im 1870er Kriege, hat man noch einmal versucht, die Ehrenlegion nur den Militärs zu reservieren. Aber das wurde bald wieder aufgehoben ... Am 15. Juli 1804 wurde einem Soldaten das erste Kreuz angeheftet, und wie oft seitdem –! Die ungeheure Menschenklugheit, die Erkenntnis vom Wesen seinesgleichen hat Napoleon auch bei dieser Schöpfung ausgezeichnet. Wie hat er die Menschen verstanden –! Denn sie wollten das so, sie haben es immer gewollt, sie wollen es heute noch! Traum eines Franzosen, Traum des Menschen, zum Unterschied von den andern ‹gewöhnlichen› Sterblichen mit irgendeinem Flitter behängt zu werden! Zur Zeit gibt es in Frankreich etwa 113 000 gewöhnliche Ritter der Legion, etwa 19 000 ‹Officiers›, 2700 ‹Commandeurs›, 391 ‹Grands-Officiers› und 64 ‹Grands-Croix›. Auch Fahnen können die Ehrenlegion bekommen, auch Städte (Verdun hat sie). Unter den

Dekorierten sind über zweihundert Frauen, hauptsächlich um ihrer Verdienste um die Krankenpflege im Kriege.

Was der Dekorierte davon ‹hat›? Äußerlich einen kleinen jährlich ausbezahlten Geldbetrag, der übrigens nicht pfändbar ist: staffelweise geht das von 250 bis 3000 Francs. Viele verzichten darauf; es geht hier nicht ums Geld. Es geht übrigens auch nicht bei der Verleihung ums Geld: im vorigen Jahr platzte eine Skandalblase, weil inzwischen abgestrafte Beamte behauptet hatten, für eine große Summe Geldes die Ehrenlegion verschaffen zu können. (Es wurden damals viele zehntausend Francs gefordert und gezahlt.) Ich halte es nach meinen Erkundigungen für ganz ausgeschlossen, daß auch nur in einem einzigen Falle die Kanzlei des Ordens als Gegenleistung selbst für großherzigste Spende direkt das Bändchen verleiht. So einfach ist das hier nicht...

Welche ‹Schritte›; wieviel Besuche, Briefe, Telefongespräche; wie mühsam muß immer wieder das mitunter knarrende Uhrwerk der Beziehungen in Gang gesetzt werden – welche unerhörte Fülle von Arbeitskraft, Energie, Intrigen, Rankünen, Händedrücken, Lügen, Kabalen und Halbwahrheiten! Jedes Ministerium hat das Vorschlagsrecht – die Kanzlei der Ehrenlegion prüft dann ihrerseits nach, und was fällt dabei unter den Tisch und wird ächzend wieder heraufgeholt und noch einmal präsentiert und noch einmal und noch einmal...

Dabei geht es mitunter merkwürdig zu. Doumergue zum Beispiel, der in seiner Eigenschaft als Präsident Großmeister der Ehrenlegion ist und auch nach seiner Amtszeit ‹Grand-Croix› bleibt – Doumergue war vor seiner Präsidentenschaft gar nichts, nicht einmal Chevalier. Durch Briand haben wahrscheinlich Tausende die Ehrenlegion bekommen, er selbst hat sie nicht.

Und dieses Streben nach der Légion d'Honneur ist nicht mit der Erlangung der unmittelbaren, gesetzlich fixierten Rechte und Vorteile erklärbar: nicht mit der Möglichkeit, Töchter in den drei Erziehungsinstituten der Legion, in Saint-Denis, in Exouen und im Walde von Saint-Germain, unterzubringen; nicht mit der Tatsache, daß alle Zivilpapiere den Zusatz ‹Chevalier› tragen müssen; nicht einmal damit, daß die ‹Grands-Croix› und die ‹Grands-Officiers› nur vom höchsten französischen Gerichtshof abgeurteilt werden können. Nicht Geld und nicht Freierziehung der Kinder; nicht die Bevorzugung im Strafprozeß und nicht der Vortritt bei öffentlichen Feiern (stark modifiziert nach dem Beamten- oder Militärrang des Dekorierten) – das alles ist es nicht. Auch nicht die trotz der immensen Zahl der Dekorierten ängstlich bewahrte Exklusivität des Instituts, das sich seine Ehrengerichtsbarkeit bis zu dem Grade vorbehält, daß kein Legionär auf seine Würde verzichten kann – wohl aber kann die Legion ihm das Kreuz wieder aberkennen (Fall von Victor Margueritte unter der jetzigen Großkanzlerschaft des Generals Dubail) – alles das ist es nicht.

Es ist Macht, die verliehen wird, um Macht auszuüben – Delegierte, Untertyrannis, Köder und Möglichkeit zu neuem Fischfang – es ist ein Teuerungsindex, Passepartout und Dietrich, Phiole mit Öl, das Wogen glättet und das geschmeidig macht, was knirscht... Direkt bedeutet es wenig oder gar nichts – indirekt fast alles. Mit der Légion d'Honneur kann man vielleicht gar nichts erreichen – ohne sie noch weniger. Sie bewahrt und sie schützt. Sie ist Schild und Lanze zugleich. Sie entflammt die ältesten Adelsmütter und die jüngsten Beamten. Sie spielt in die dörflichen Wahlkommitees hinein und kittet Verlobungen – mancher schießt sie auf der ersten Pirsch und mancher läuft ihr, mit heraushängender Zunge, ein dreiviertel Leben lang nach. Französischer Minister sein heißt unter anderm: dem schweren Ansturm der Bittenden zu widerstehen, die zu lebenslänglichen Feinden oder zu undankbaren Freunden werden, je nachdem, ob die Sache ‹dans le lac› oder ‹dans le sac› ist.

Es ist die tief im Menschen wurzelnde Sucht, äußerlich zu erkennen zu geben, was er erlangt hat. Wenn man es nicht *sieht*, macht ihm das ganze Verdienst keinen Spaß, nicht einmal der ganze Verdienst. Was dem einen seine Ehrenlegion, ist dem andern sein Zeughaus – wir wollen uns da nichts vormachen. Nur ist das rote Bändchen, das Sie so oft in Paris sehen können, ein eminent politischer Köder, mit dem die Regierung viel, sehr viel, unvorstellbar viel erreichen kann. Man darf getrost sagen, daß sie mit dem vorgehaltenen Zentimeter von Moirée – «Komm! komm! komm!» – eine kleine Armee von Menschen hinter sich her lockt, die sie so ziemlich in die äußersten Winkel führen kann. Sie folgen.

Nicht nur in den Krieg. Nicht nur die Offiziere, die ja an Bändchen und Orden gewöhnt sind. Nein – eine ganze Nation, sagen wir: eine dreiviertel Nation. Jeder Mensch macht in Frankreich über die Ehrenlegion seine Witze – mitunter sogar sehr gute – aber jeder nimmt sie, wenn er sie bekommt. Obgleich doch jeder weiß, wofür sie verliehen wird, und welche kleinen Feldzüge geführt, welche Schlachten geschlagen werden müssen, bevor der ersehnte Augenblick gekommen ist, wo endlich der Name des Dekorierten im ‹*Journal Officiel*› steht. «Ach, ewig ist so lang!» sagt ein alter Spruch.

Jeder weiß Bescheid, zum mindesten jeder, der zum Bau gehört. Und trotzdem diese unbedingte Anerkennung ihres Wertes; die neidvolle Bewunderung; der Stempel; es ist eine Charakteristik, wenn eine Zeitung schreibt: «Un monsieur très bien, chevalier de la Légion d'Honneur...» Ein mystischer Doktortitel.

Und ein Machtmittel ersten Ranges. Zeitungsbesitzer, Parteiführer,

Beamte; Kritiker und Literaten; Maler und Schauspieler – sie haben alle schon davon gegessen. Und wer einmal davon gegessen hat, kann dem Koch nicht mehr gut in die Suppe spucken – wenigstens nicht in einer Form, die ihm gefährlich werden kann. Die Légion d'Honneur gehört zu jenen fast unnachahmlichen Mitteln, mit denen hier regiert wird. Leise Mittel, unhörbare Pressionen, das kommt gleich nach der Regierungskunst der katholischen Kirche ...

Das rote Bändchen der Franzosen ist ja im Grunde nichts dem Lande Eigentümliches, wenn man durch Allegorien hindurchzuschauen vermag. Es drückt eben die soziale Rangordnung aus, unterstreicht sie noch, und plutokratisch, wie das Land ist, sickern nur wenig Bändchen nach unten, in das Proletariat. Dieser Tage hat der Minister Bokanowski einem Briefträger, einem ganz gewöhnlichen Landbriefträger, das Kreuz verliehen – und die Zeitungen kochten über vor so viel Demokratie.

Aus den hundertundfünfunddreißigtausend Akten der Lebenden, aus den Millionen der Toten, aus all den Akten, die in diesem Hause aufbewahrt liegen, steigt ein betäubender Duft auf – eine Staubwolke von Gier, Neid, Glück und Lust am Erfolg; Gesichter erscheinen, grün vor Ehrgeiz; verkniffene Gesichter von Professorengattinnen und verkrampfte Lippen von Präfektenfrauen; von Seidenkaufleuten aus Lyon und Varietédirektoren aus Paris. Alle Vöglein sind schon da.

Wer die französische Bürokratie kennt, kann ermessen, was dazu gehört, ehe sich einer durch dieses Labyrinth von Akten, Papier, Eingaben und Papieren hindurchgewunden hat – bis er hochaufatmend am Ziele steht. Da darf er denn dieses Wort sagen, das, mit einer leichten Handbewegung, fast jeder Franzose gleichmütig den gratulierenden Freunden hinwirft, die ihn, je nachdem, ob sie es haben oder nicht, herablassend oder ehrfurchtsvoll begratulieren, ein Wort, das sich auf die stets vorausgesetzten bitteren Kämpfe um das Bändchen bezieht, und das ein Courteline ersonnen haben könnte, weil es so humoristisch-doppeldeutig ist:

«Et vous savez – je n'ai rien fait pour cela –!»

WENDRINERS SETZEN SICH IN DIE LOGE

Szene aus einer Revue von Alfred Polgar und Theobald Tiger

Er: Wir hätten doch 'n Auto nehmen sollen.

Sie: Ich habs gleich gesagt. Du hast nicht gewollt.

Er: Du hast nicht gewollt.

Sie: Das ist großartig! Wer hat nicht gewollt? Du! Wie wir an der

Ecke Geisbergstraße gestanden haben, da kam noch eins – mit dir ins Theater zu gehen, das ist ein Vergnügen.

Er: Es hat doch überhaupt nicht angefangen.

Sie: Natürlich hats längst angefangen! Sieh dir doch die Leute an – die kommen doch nicht alle pünktlich! Wir haben mindestens drei Bilder versäumt. Hast du 'n Zettel?

Er: Nein. Es war keine Zeit mehr –

Sie: Nie kaufste den Zettel. Gib mal das Opernglas her. Was kommt jetzt?

Er: Was Russisches.

Sie: Russisch? Kann ich nicht mehr sehen. Paß auf, sie werden die Köpfe durch eine Dekoration stecken und ‹*An der Wolga*› singen... das kennt man doch.

Er: Ausgeschlossen!

Sie: Sage mal: haste das Licht im Schlafzimmer ausgedreht?

Er: Nein. Du bist doch zuletzt rausgegangen!

Sie: So! Jetzt haste vergessen, das Licht auszumachen! Nachher wunderst du dich über die Elektrizitätsrechnungen! Ssississ... ha!

Er: Na, vielleicht hast du 's doch ausgemacht –?

Sie: Nein, das ist deine Sache, das Licht auszumachen. Regierers sind da.

Er: Wo?

Sie: Da links.

Er: Das sind nicht Regierers.

Sie: Natürlich sind das Regierers. Widersprich nicht immer! Was summst denn die Melodie mit? Du kennst doch die Melodie noch gar nicht!

Er: Na, deshalb kann ich sie doch mitsingen!

Sie: Wenn ich an das Licht denk, könnt ich platzen.

Conférencier (vor dem Vorhang): Wir beginnen mit einem ergreifenden Bild aus dem russischen Volksleben: ‹*An der Wolga*›.

Sie: Nun, was hab ich gesagt. Aber du mußt immer streiten!

Vorhang auf

Cabaret-Szene. Durch eine russische Landschaftsdekoration mit aufgemalten Körperchen steckt ein Quartett die Köpfe und singt langsam und getragen, durchaus ernst, eine Strophe von ‹An der Wolga›.

Vorhang

Wendriners in der Loge

Sie: Genau wie im blauen Vogel bei Junitz.

Er: Jushni.

Sie: Was heißt Jushni? Ich mein den Conférencier vom blauen Vogel.

Er: Der heißt Jushni.

Sie: Junitz.

Er: Herrgott, ich weiß es doch!

Sie: Streit nicht immer. Wissen möcht ich, ob das schwer ist, so lange dazustehen und den Kopf hinzuhalten.

Er: Geh hinter die Kulissen.

Sie: Du tust grade so, als ob ich das nicht kann. Wenn ich zu Löwy ein Wort sag, der kennt die Kusine vom Theaterarzt und führt mich hinter die Bühne!

Er: Na, und was würdest du da schon sehen?

Vorhang auf

Dieselbe Dekoration wie vorhin – aber von hinten gesehen. Auf kleinen Fußbänken stehen die vier Sänger und Sängerinnen und singen ausdrucksvoll noch einmal ‹An der Wolga›. Daneben steht der Direktor im Gespräch mit einem andern Schauspieler; sie trinken Kognak und erzählen sich Witze. Die Vortragenden kratzen sich, einem fällt ein Notizbuch herunter, das er aus der Tasche gezogen hat, der Nebenstehende zieht es mit dem Fuß zu sich heran, es entspinnt sich ein Fußkampf. Der Direktor geht vorbei und klopft einer Sängerin väterlich auf den Popo.

Vorhang

Wendriners in der Loge: Hast es!

HARMONIKA

Drüben am Waldesrand sitzen durchaus keine zwei Dohlen – sondern da spielt ein Mann Schifferklavier. Er spielt es auf dänisch, aber ich höre es auf deutsch. Du Leier asten der Erinnerung!

Die Harmonika, besonders die Mundharmonika, erinnert mich immer an den Krieg. Ihr Geblase hat so etwas Dußlig-Trauriges; der Spieler putzt sich gewissermaßen musikalisch die Zähne und paßt gar nicht auf, was da aus ihnen beiden herausquillt, aus seiner melodischen Zahnbürste und aus ihm. Da spielt er nun so –

Ich sehe das alles wieder vor mir:

Den grau verhängten Himmel, die stille, stumme und tote Landschaft – ein Wald, der den Atem anhielt; eine Wiese, die ausgegangen war und eine kümmerliche Stellvertreterin dort belassen hatte; Wege, die nur mißmutig und getreten Wege waren ... so sah das aus auf dem östlichen Kriegsschauplatz. ‹Das Betreten des Kriegsschauplatzes ist Offizieren streng verboten› – aber diese Tafel wollte der Kompaniehandwerker nicht malen, das wäre ja noch schöner.

Ja, und durch diese Unlandschaft zog sich das quecksilberne schwere Band des Harmonikagesangs.

So bliesen sie, genau, genau wie der da drüben. Die Töne waren leer, Stumpfsinn war darin, Langeweile und jenes grenzenlose Gefühl: Was sollen wir eigentlich hier? Warum ist das alles? So klagt eine Larve unterm Wagenrad: man hört sie nicht, sie gibt dem fahrenden Wagen nichts Wesentliches hinzu. Nur ihren Tod. Frei? Ein Soldat hatte niemals frei. Wenn grade kein Appell war und kein Sturmangriff und keine Halsbindenrevision und kein Postenschieben und kein Essensempfang und kein Parademarsch, dann döste er so herum und spielte manchmal Mundharmonika. «Wir waren einmal Menschen», sang der kleine Holzbalken mit dem Metallgebiß, «wir sind es zur Zeit nicht mehr. Tralala – Gestern abend hat es Marmelade gegeben, und heute abend wird es auch wieder Marmelade geben – tralala –.» Die Augen des Spielenden blickten starr und stumpf, wie die eines Tieres, das frißt, oder die eines Mannes, der in fließendes Wasser sieht . . . Diese Augen sahen nichts mehr.

So ein Krieg war das. Aufgebaut auf der Eselsgeduld eines überdrillten Volkes, das längst vergessen hatte, wozu es auf der Welt war, fortgeführt nach dem Gesetz der Trägheit («Warum soll ich sterben, Herr von Tirpitz?» – «Weil andre gestern gestorben sind, Esel! Marsch!» – «Ia!»), geschoben von Jahr zu Jahr, endlos, sinnlos, leer wie die Musik einer Mundharmonika.

Drüben am Waldesrand . . . Spiel weiter, guter Mann! Man hörts doch immer wieder gern.

BUCH VOLLER TIERE

Dies also war Jules Renard, der Autor von ‹*Poil de Carotte*›, einem Buch, das jeder Franzose kennt. Von dem ist dieses entzückende kleine Werkchen ‹*Histoires Naturelles*› (mit hübschen Zeichnungen bei Flammarion, 26 rue Racine, zu Paris erschienen). Damit ist es so:

Es ist bewußt anthropozentrisch.

Es ist vom Menschen her gesehen, aber mit einer so feinen Ironie, mit so viel dichterischem Gefühl, mit einer solchen Wärme und mit so viel bezaubernder Bosheit! Bei uns können das Alfred Polgar und die Fürstin Lichnowsky, von der ja bekanntlich die verblüffend schöne Entdeckung stammt, daß die Katzen katholisch sind . . . Bei den Franzosen machen das viele – Colette und andere –, aber durch dieses Buch muß man sich hindurchschmunzeln; Renard liebt die Natur, macht sich leise über sie lustig, wie ein Mann, der den Schöpfungskatalog des lieben Gottes mit Figurinen bemalt, von oben bis unten. Vom Epigramm bis zum silbernsten Essay ist alles da.

Meinen Lieblingssatz von ihm: «Der Hahn sieht uns immer so an, als ob er sagen wollte: Ja, wollen Sie denn nicht grüßen?» den habe ich hier nicht gefunden, muß wohl anderswo stehen. Aber was gibt es da sonst nicht noch alles!

Die Tauben: «Sie bleiben ein bißchen kindisch, ihr ganzes Leben lang. Sie wollen mit aller Gewalt glauben, daß man Kinder mit dem Schnabel macht. Und auf die Dauer ist die hereditäre Manie unerträglich, immer etwas in der Kehle zu haben, was nicht heruntergeht . . .» Und dann, natürlich unübersetzbar, ein Taubengespräch: «Viens, mon grrros . . . viens, mon grrros . . . viens, mon grrrros!» (Die deutsche Entenmama sagt zu ihrer Tochter, nach deren Hochzeit: «Brav – brav – braav – braav –»)

Der Pfau wartet auf seine Braut. Der Schwan frißt Wellenköpfe, die er zuckend abpflücken will; davon wird er dick, dick wie eine Gans . . . Das Kapitel über den Hund habe ich nicht gelesen – ich bin im Reichsverband Deutscher Hundegegner e. V. – Vom Bullen: «Die Frauen erkennen den Stier an den Haaren, die er in die Stirn frisiert trägt.» Der Esel ruft nicht: I–A, er ist eine Pumpe. (Endlich mal einer, der das sagt!) Der Ziegenbock heißt Alexander, natürlich. Herrlich, die Maus. Sie wagt sich aus der Mauerritze, klabastert im Zimmer umher, nagt, läuft . . . jedesmal, wenn sich der Dichter am Tisch bewegt, bleibt sie wie versteinert stehen . . . Dann schreibt er wieder, und dann läuft sie wieder. Nun ist sie am Tischbein, nun an seinem Fuß, da nagt sie seinen ländlichen Holzschuh an . . . Jetzt darf er sich nicht mehr bewegen: «Ich muß weiterschreiben, ich muß, und weil ich Angst habe, daß sie mich in meiner Einsamkeit wieder allein läßt, fange ich an zu malen, ich schreibe kleine Nichtse, so dünn, so dünn, wie das, was sie knabbert.»

Manchmal nur winzige Dialoge. So dieser:

Die Mauer: «Welch Schauer läuft mir über den Rücken?» – Die Eidechse: «Das bin ich.»

Die Schlange. Da steht erst auf einer Seite, als Kapitelüberschrift, feierlich und allein: Die Schlange. Dann kommt eine gemalene Schlange. Dreh um die Seite, da ist das Kapitel:

Die Schlange. Und nun der Text:

«Zu lang.»

Und die Frösche und die Schnecken und die Spinnen; und die Raupen und die Schmetterlinge und die Wespen; und dann ein herrliches Kapitel von den Ameisen. Das heißt so:

«Jede Ameise sieht aus wie die Ziffer 3.

Und es gibt so viele – so viele –!

Es gibt 3 33 333 3333 33333 3333333 . . . in infinitum.»

So eine Naturgeschichte ist das; eine, die uns belehrt, daß der Floh eigentlich, seiner wahren Beschaffenheit nach, ein Tabakkrümel mit Sprungfeder ist, und daneben Szenen im Garten und alles, was du willst.

Das müßte einer oder noch besser: eine nachdichten. Mit Übersetzung ist da nichts getan. Man muß die Tiere so lieben, die französische Sprache, die deutsche Sprache und diesen kleinen König der Tiere: Jules Renard.

WAS WÄRE, WENN ...

Schlagzeile der ‹B. Z.›. Kommt die Prügelstrafe? –

Wie wir erfahren, ist soeben im Reichsjustizministerium ein Referentenentwurf fertiggestellt worden, der sich mit der Einführung der Prügelstrafe befaßt.

Alle Morgenblätter. Die von einer hiesigen Mittagszeitung verbreitete Meldung von der Wiedereinführung der Prügelstrafe ist falsch. Im Reichsjustizministerium haben allerdings Erwägungen geschwebt über eine gewisse, natürlich partielle und nur für ganz bestimmte wenige Rückfallsdelikte zu verhängende körperliche Züchtigung; doch haben sich diese Erwägungen zu einem Referentenentwurf, wie das betreffende Mittagsblatt behauptet, noch nicht verdichtet.

14 Tage Pause

Die Nachtausgaben. Die Prügelstrafe ist da! – Der hauende Minister! – Schlagen Sie Ihre Kinder, Herr Minister? – Endlich eine kräftige Maßnahme! – Immer feste druff! – Pfui! – Die Rohrstockregierung! – Rückkehr zur Ordnung!

Sozialdemokratischer Leitartikel. ... sich tatsächlich bewahrheitet. Wir finden keine parlamentarischen Ausdrücke, um unsrer flammenden Entrüstung über diese neue Schandtat der Reaktion Ausdruck zu geben. Nicht genug damit, daß dieses Ministerium das Volk mit Steuern überlastet – nein, der deutsche Arbeiter soll nun auch noch, wie es unter dem Regime des Zaren üblich war, mit der Knute abgestraft werden. Die Reichstagsfraktion hat bereits schon jetzt zu verstehen gegeben, daß sie gegen diesen neuen Plan schärfsten Protest ...

Zentrums-Leitartikel. ... Jes. Sir. 12, 18. Diese bisher angeführten Bibelstellen scheinen allerdings dafür zu sprechen, und so wird man dem Plan des Ministeriums christliche Gesinnung nicht ganz absprechen können ... um so mehr, als es den kirchlichen Interessen nicht in allen Punkten zuwiderlaufend ist.

‹Kreuz-Zeitung›. ... immerhin nicht vergessen, daß auf dem Lande schon lange nach guter altpreußischer Art bei Ungehorsam und offener Widersetzlichkeit der Stock manches Gute getan hat. Wir

vermögen nicht einzusehen, warum grade diese Strafe nun so besonders entehrend sein soll. Es ist selbstverständlich, daß ihre Anwendung auf solche Kreise beschränkt bleiben muß, die die Prügelstrafe gewissermaßen von Haus aus gewöhnt sind. Für eine Reinigung unsrer politisch verhetzten Atmosphäre . . .

‹Münchner Neueste Nachrichten›. . . . wir sagen müssen: der erste vernünftige Gedanke, der aus Berlin kommt.

5 Monate Pause

Volksversammlung. «Eine Schmach und eine Schande! Ich könnte es keinem der Geschlagenen verdenken, wenn sie nachher hingingen und ihren Quälern ihrerseits in die Fresse . . .» (Ungeheure Aufregung im Saal. Die Leute stehen auf, schreien, werfen die Hüte in die Luft und winken mit Taschentüchern. Es werden 34 Portemonnaies geklaut. Redner steht in einer Pfütze von Schweiß.)

Demokratischer Leitartikel. . . . natürlich absolute Gegner der Prügelstrafe sind und bleiben. Es ist allerdings bei der gegenwärtigen Konstellation zu erwägen, ob diese in der großen Politik doch immerhin nebensächliche Frage für die Deutsche Demokratische Partei ein Anlaß sein kann, die unbedingte Unterstützung, die sie der gegenwärtigen Regierungskoalition zugesagt hat, abzublasen – besonders wenn man bedenkt, daß ihr durch die Zusicherung der Straflosigkeit des Tragens von republikanischen Abzeichen doch ein ganz gewaltiges Vorstoßen des republikanischen Gedankens gelungen ist. Andrerseits . . .

Protestversammlung der Kommunisten. (Verboten.)

Tagung des Reichsverbandes der mittleren Unterrichtsbeamten für die obere Leerlaufbahn der Vollgymnasien. «. . . οὖ παιδεύεται. Schon die alten Griechen, meine Herren . . .»

Telefonzelle im Reichstag. «. . . Halloo! Hallo, Saarbrücken? Allô, allô – Je cause, mais oui, mademoiselle – aber bitte! Ne coupez-pas! Ja, deutsch! Sind Sie da? Also . . . Zusatzantrag der Frau Gertrud Bäumer beraten, haben Sie? dem zufolge das Gesäß der Geprügelten vorher mit einem Lederschurz verhüllt – – hallo! Saarbrücken . . .!»

Telegramme an den Reichspräsidenten. . . . flammenden Protest! Nordwestdeutsche Arbeitsgemeinschaft höherer Volksschullehrer. . . . in zwölfter Stunde inständigst bitten. Reichsverband freidenkerischer Rohköstler. . . . Ansehen Deutschlands im Auslande. Verein der linksgerichteten ziemlich entschiedenen Republikaner. . . . aber auch die nationalen Belange der deutschen Wirtschaft nicht zu vergessen! Verband der Rohrstock-Fabrikanten.

Überschrift eines demokratischen Leitartikels. «Jein –!»

Reichstagsbericht. Gestern wurde unter atemloser Spannung der Tribünen die 1. Lesung des neuen ‹Gesetzes zur Einführung der körperlichen Zwangserzüchtigung›, wie sein amtlicher Titel lautet, durchberaten. Das Haus war bei der vorhergehenden Beratung der Schleusen-Gebühr-Reform für den Bezirk Havelland-Ost sehr gut gefüllt, weil diese Vorlage von allen Parteien als ein Angelpunkt für die drohende Belastung der jetzigen Koalition angesehen wird; ihre Annahme wurde rechts mit Händeklatschen, links mit Zischen begrüßt. Bei der Lesung des Erzüchtigungsgesetzes leerte sich das Haus langsam, aber zusehends. Als erster sprach der Senior der deutschen Kriminalistik, Professor Dr. D. Dr. Dr. hon. Kahl. Er führte aus, daß die Wiedereinführung der Prügelstrafe ihn mit schwerer Besorgnis erfülle, er aber andrerseits eine gewisse Befriedigung nicht zu unterdrücken vermocht habe. Sein alter Kollege Kramer habe ihm schon im Jahre 1684 gesagt ...

Der sozialdemokratische Abgeordnete Breitscheid verkündigte nach einer ausführlichen Ehrung des Abgeordneten Kahl in außerordentlich glänzender und ironischer Rede das klare Nein seiner Partei. (Siehe jedoch weiter unten: ‹Letzte Nachrichten›.) Unter dem Beifall der Linken bewies Abgeordneter Breitscheid ...

Es sprach dann, nach entsprechenden Ausführungen des Kommunisten Rothahn, für die Demokraten der Abgeordnete Fischbeck. Seine Partei, so führte er aus, stehe dem Gesetz sympathisch gegenüber. Allerdings hätten wir ja alle schon einmal als Kinder die Hosen stramm gezogen bekommen. (Stürmische, minutenlang anhaltende Heiterkeit.)

Inserat.

> ... von weitern Meldungen abzusehen, da die in Aussicht genommenen Stellen für Zuchtbeamte bereits heute achtundneunzigmal überzeichnet sind.
>
> I. A. Heindl, Ober-Regierungsrat

Sozialdemokratische Parteikorrespondenz. ... Wasser auf die Mühle der Kommunisten. Der klassenbewußte Arbeiter ist eben so diszipliniert, daß er weiß, wann es Opfer zu bringen gilt. Hier ist eine solche Gelegenheit! Schweren Herzens hat sich der Parteivorstand dem Gebot der Stunde gebeugt. Es ist eben leichter, vom Schreibtisch her gute Ratschläge zu erteilen, als selber, in hartem realpolitischem Kampf, die Verantwortung ...

Interview mit dem Reichskanzler. ... dem Vertreter der ‹*World*› fast feierlich zugesagt, daß natürlich die Ausführungsbestimmungen der Humanität voll Genüge tun werden. Es wird, wie regierungsseitlicherseits bestimmt zugesagt werden kann, dafür gesorgt werden ...

8 Monate Pause

Kleine Nachrichten. Gestern ist im Reichstag das Gesetz für die Einführung der körperlichen Erzüchtigung mit den Stimmen der drei Rechtsparteien gegen die Stimmen der Kommunisten angenommen worden. Sozialdemokraten und Demokraten enthielten sich der Abstimmung.

Demokratischer Nachrichtendienst. ... Erwartungen, die sich an den Erlaß der Ausführungsbestimmungen knüpften, leider nicht erfüllt. Es ist zu hoffen, daß die den Ländern gegebene Ermächtigung doch noch zu humanitären Verbesserungen ... unbeugsame Forderung, als Reichserzüchtigungs-Kommissar wenigstens einen Demokraten zu ernennen.

W. T. B. Gestern ist in Celle die erste Prügelstrafe vollstreckt worden. Es handelte sich um einen Arbeiter, Ernst A., der der versuchten Tierquälerei an jungen Maikäfern bezichtigt war. Dem Verurteilten wurden 35 Hiebe verabfolgt. Das Züchtigungspersonal arbeitete einwandfrei; Oberpräsident Noske wohnte der Prozedur persönlich bei. A. ist Mitglied der KPD.

Pressekonferenz. ... Zahl der Schläge war ursprünglich auf 80 angesetzt. Dem Verurteilten sind indessen auf Grund der Amnestie, die zum 90. Geburtstag des Reichspräsidenten ergangen ist, zwei Hiebe geschenkt worden. Der Verurteilte weinte nach der Exekution vor Rührung.

Pommerscher Frauenbrief. «... Dir nicht denken, wie wir gelacht haben! Es war zu reizend! Das Wetter war herrlich, und wir fuhren im Wagen vier Stunden nach Messenthien, wo wir alle kräftig zu Mittag aßen. Otto war auch da – er ist jetzt Oberzuchtmeister geworden und sieht in seiner neuen Uniform famos aus. Ich bin direkt stolz auf ihn, und der Dienst bekommt ihm auch sehr gut. Wir haben gleich eine Fotografie von ihm gemacht, die ich Dir beiliegend ...»

‹Ärztliche Mitteilungen›. ... geradezu auffallende Steigerung der unter das Erzüchtigungsgesetz fallenden, meist politischen Delikte, wie Sinzheimer mitteilt, eine eigenartige Aufklärung gefunden. Ein Teil dieser Verurteilten wälzte sich nach Empfangnahme der Prügel verzückt am Boden, schrie: «Weiter! Mehr! Noch!» und konnte nur mit Mühe daran gehindert werden, Stock, Peitschen und Züchtigungsbeamte zu umarmen. Es handelt sich um notorische Masochisten, die auf diese Weise billig ihrer Libido gefrönt haben und denen nun wahrscheinlich der Prozeß wegen rechtswidriger Aneignung von Vermögensvorteilen gemacht werden wird.

8. März 1956. «... auf die arbeitsreiche Zeit von 25 Jahren zurückblicken. Wenn das Reichserzüchtigungsamt bis heute nur Erfolge gehabt hat, so dankt es das in erster Linie seinem treuen Stab der im Dienst erhauten Beamten, der vollen Unterstützung aller Reichsbehörden sowie dem Reichsverband der Reichserzüchtigungsbeamten. Die bewährte Strafe ist heute nicht mehr wegzudenken. Sie ist eine politische Realität; ihre Einführung beruhte auf dem freien Willen des ganzen deutschen Volkes, dessen Vollstrecker wir sind. Das Gegebene, meine Herren, ist immer vernünftig, und niederreißen ist leichter als aufbauen. In hoc signo vinces! So daß wir also heute voller Stolz ausrufen können:

Das deutsche Volk und seine Prügelstrafe – sie sind untrennbar und ohne einander nicht zu denken!

Das walte Gott!»

AMNESTIE –! AMNESTIE –!

> Die Besprechung der Justizminister der Länder bestätigte den Eindruck, daß nirgends eine allzugroße Amnestiefreudigkeit vorherrscht.
>
> Amtliche Kundmachung

Aus den kleinen vergitterten Fenstern strecken sich unsichtbare Arme, und ein Gewinsel ist zu hören, das von einem andern Gewinsel draußen beantwortet wird: das sind die hungernden Familien der Eingekerkerten, denen der Ernährer fortgerissen worden ist. Diesmal steht eine Einheitsfront aller anständigen Menschen da und fordert zum Geburtstag des greisen Generalfeldmarschall Paul von Hindenburg, Ritter des Pour le mérite, des Großkreuzes des Eisernen Kreuzes und Präsidenten der deutschen Republik: die Amnestie, die völlige und uneingeschränkte Generalamnestie für die politischen Strafgefangenen aller Grade.

Mißglückte Revolutionen pflegen im Blut zu ersticken und im Zuchthaus, mit der deutschen ist das nicht anders. Heute, wo nach siegreich beendetem trocknem Putsch der Reaktion, die so ziemlich alles hat, was sie braucht, sich die Gemüter beruhigt haben, können wir die Strecke unsrer Richter übersehen. Wir wissen, was sie angerichtet haben, und wir wissen, wer davon betroffen worden ist.

Es unterliegt keinem Zweifel, daß das, was nach dem mitteldeutschen Aufstand, nach dem Kapp-Putsch, nach den Vorgängen in Bayern, Sachsen und Thüringen von den jeweiligen Gerichten verübt ist, einem Gefühl des Ressentiments entspricht, dessen saubere Charakterisierung diese Richter Richter in eigner Sache werden läßt, wobei niemand so glatt funktioniert wie der Angeklagte, der den Richter zu spielen in der glücklichen Lage ist. Lassen wir sie stehn, und blicken wir zurück.

Für politische Vergehen gibt es keine ‹gerechten› Strafen. Hier versagt das Vokabularium einer sterbenden Ideologie vollständig: das

Recht ist in diesen Fällen ein reiner Zweckbegriff. Was also an Strafen gegen ‹Landesverräter›, ‹Revolutionäre› und ‹Hochverräter› verhängt worden ist, zeigt höchstens das Maß der richterlichen Erbitterung an, die Einschätzung der Angeklagten durch Richtbeamte, den vermeintlichen Grad ihrer Gefährlichkeit und die Vorbildung der richtenden Kaste. Mit dem objektiven Befund haben Verfahren, Urteilsspruch und Vollstreckung wenig oder gar nichts zu tun.

Der Staat steht heute so gesichert da, wie er das den Umständen nach verlangen kann. Eine Milde, die die schlimmsten Untaten korrigiert (denn sühnen kann man diese Leiden nicht, aufheben kann man sie nicht), die Milde einer Generalamnestie wäre also das mindeste, was wir verlangen können.

Für beide Teile –? Für beide Teile.

Selbst wenn diese vorbildlichen deutschen Richter, die sich ihre Unabhängigkeit, ihre Unbestechlichkeit, ihre Gradheit monatlich mindestens ein Mal selbst attestieren, die Leute von rechts auch nur annähernd in demselben Maßstab ins Zuchthaus gesteckt hätten wie die Leute von links –: selbst dann plädieren wir für eine Generalamnestie, die den unschuldig verurteilten Max Hölz ebenso beträfe wie die Schuldigen am Rathenau-Mord. «Es war eine unmenschliche Zeit», hat einer der Verteidiger von rechts einmal gesagt. Versuchen wir, human zu sein.

Der Anlaß ist nicht schlecht gewählt.

Achtzig Jahre ist ein hohes Alter, und wer im Abendlicht auf den letzten Höhen steht, sieht sich wohl um, alles noch einmal recht bedenkend. Ein Greis darf verzeihen, und wenn in seinem Namen hier verziehen wird, so ist das fast eine Pflicht.

Es ist aber ein unanständiges Ausweichen, wenn von traurigen kleinen Ablässen gesprochen wird; wenn der schöne Gedanke einer allgemeinen Amnestie verfälscht, umgelogen, verdorben wird, indem «die Länder an Hand von Ausführungsbestimmungen . . .» Wir kennen die Melodie.

Der Sinn einer Amnestie ist ja grade, die regulären Organe der Rechtsprechung auszuschalten, und eine höhere Macht der Staatsgewalt ordnend in die blutigen Räder greifen zu lassen. Diese Amnestie, die da von den Beamten vorgeschlagen wird und von ihnen ausgeführt werden soll, ist überhaupt keine und kann nicht befriedigen.

Wie die Juristen bei uns schon erzogen sind: sie halten eine Amnestierung der von ihnen verurteilten Männer für einen Tadel, für eine Niederlage, für eine Schlappe ihrer eignen Tätigkeit und ihrer Gesinnung. Sie sind Fleisch vom Fleisch der Richter, die die Urteile ausgesprochen haben. Krähen sind schwarz und tragen Talare, sie hacken einander kein Auge aus.

Die Durchführung der Amnestie muß den Justizbeamten, die als politisch neutral nicht anzusprechen sind, aus den Händen genommen werden. Sie sind ja erst die Ursache dieser Maßnahme. Es ist Sache des Reichspräsidenten, sie auszusprechen – es wäre Sache des Parlaments, die Ausführungsbestimmungen zu genehmigen.

Was die ‹Länder› anbetrifft, so ist auf eine humane Vollstreckung der Amnestie durch sie nicht zu rechnen. Ganz abgesehen davon, daß Bayern niemals auch nur einen Revolutionär begnadigen wird, nachdem es schon so viele Mörder, die auf Seiten der Reaktion standen, begnadigt hat, wird das Reich mit dem sanften Druck allgemein gehaltener Wünsche einen solchen renitenten Bundesstaat, über den es ja de facto gar keine Macht besitzt, niemals veranlassen können, wirklich zu amnestieren. Was da herauskommt, ist eine Bierfarce.

Der Hohn, mit dem die amtliche Verlautbarung von der nicht «vorhandenen Amnestiefreudigkeit» spricht, läßt Bittres erwarten. Ich weiß nicht, ob in den Amtsstuben der Herren Justizminister die Freudigkeit sehr groß ist, das dünnste Minimum für die Wiederaufrichtung humaner Gedankengänge in der Rechtspflege zu tun – ich glaube es nicht. Tatsächlich gibt es auch nur in einem einzigen Kreise eine brennende, eine aufpeitschende, eine glühende Amnestiefreudigkeit: das ist der Kreis derer, die auf den Gefängnishöfen im Kreis spazieren getrieben werden. Und nur auf ihn kommt es an. Der gehobene Amtsrichter, der da grade auf dem Sessel des Justizministers sitzt, ist uns ziemlich gleichgültig.

Was die deutsche Justiz gesündigt hat, kann sie wenigstens zu einem Teil heute gutmachen. Niemand erwartet es von ihr. Alle verlangen es von ihr. Man weiß nicht, was bei den wenig Amnestiefreudigen größer ist: ihre Phantasielosigkeit, sich fremde Leiden vorzustellen, ihre Herzenskälte oder ihre teuflische Korrektheit, die die Verantwortung so lange aufgeteilt hat, bis sie zum Schluß keiner mehr trägt. In Frankreich exzediert der einzelne, wenn das System, ‹la routine›, schlägt; in Rußland erschießt der Henker im Winter ein altes Mütterchen, das ganz hinten in der Reihe steht, vorher, damit es nicht so friert – in Deutschland quälen wir die Leute korrekt zu Tode.

Bevor wir sie eines Tages – sehr inkorrekt – wieder herausholen können, sprechen Bibel, Weisheit, das simpelste Gefühl des Herzens und Anständigkeit für die völlige, vorbehaltlose und generelle Amnestie der politischen Strafgefangenen.

EIN FRANZOSE IM ALTEN BERLIN

Das Wappen von Berlin ist ein Bär,
der auf seinen Hinterpfoten schön macht.
Jules Laforgue

Die Gattin des alten Kaiser Wilhelm hatte einen Vorleser, das war ein Franzose. Daß er auch ein Dichter war, wußte sie nicht und niemand – so ängstlich verbarg Jules Laforgue seine Qualitäten vor der Welt. Bei meinem alten Verleger Axel Juncker (Gott strafe ihn!) ist ein kleines Bändchen erschienen, von dem ich nicht weiß, ob es noch zu haben ist: Franz Blei und Max Brod haben darin einige der schönsten Gedichte und Szenen Laforgues nachgedichtet, zärtliche, feine und bezaubernd leichte Gebilde. Die Gedichte Laforgues und das, was man so ‹Werke› nennt, sind im Verlag des Mercure de France erschienen, und was sonst von dem jungen Menschen, der mit siebenundzwanzig Jahren starb, übrig geblieben ist, sind melancholische Briefe und eine dünne Freundes-Literatur . . .

Lassen wir den komplizierten Fall Laforgue beiseite, so gut es geht. Der kaiserliche Vorleser war einundzwanzig Jahre alt, als er im Jahre 1881 über Koblenz an den Berliner Hof kam; er blieb – mit Unterbrechungen und Urlaubsreisen – bis zum Jahre 1886; 1887 starb er.

Er hat nun (Éditions de la Sirène, 29 Bd. Malesherbes, Paris) ein kleines Skizzenbuch über *‹Berlin, La Cour et la Ville›* hinterlassen, das für uns sehr spaßig zu lesen ist. Aquarell, verblichenes Foto und Vexierbild in einem.

«Berlin», hat ein Zeitgenosse Laforgues geschrieben, «das ist Frankreich vor 1789.» Das ist etwas bitter und zu hart – aber laßt uns das Bilderbuch des jungen Mannes betrachten, der sich – besonders anfangs – schrecklich einsam und verlassen und heimatlos in Berlin vorkam.

Wenn wir mit der Schale beginnen, so ist es die berliner Kleidung, die dem Franzosen auffällt, und nicht angenehm auffällt. Nun, es ist die Zeit, da sich der Kaiser aus dem Hotel de Rome Unter den Linden sein Holzfaß warmen Wassers zum Bad ins Schloß fahren ließ, und wenn auch körperliche Ungepflegtheit nach alten Vorstellungen Eleganz nicht ausschließt: das militärische Berlin war gewiß nicht elegant. «Alle Zylinderhüte, die man in Deutschland sieht, müßten erst mal aufgebügelt werden», sagt Laforgue, und: «Ein gut geschnittner Frack ist hier eine sensationelle Seltenheit.» Das ist übrigens nicht bösartig gesagt – es ist eine einfache Beobachtung, und eine, die damals richtig war. (Inzwischen ist die Geschichte, was die Kleidung der Männer in Paris und Berlin angeht, fast umgekehrt. Wovon leben eigentlich die pariser Schneider, die Anzüge aufbügeln?)

Und Zug für Zug taucht jenes alte, längst verschollene Berlin in den Beschreibungen Laforgues auf, Beschreibungen, die übrigens fast gar nichts Dichterisches an sich haben, die beinah merkwürdig nüchtern und naßkalt sind ... offenbar ein Symptom des Seelenzustandes, in dem sich der Papa eines spleenigen Pierrots damals befunden haben muß. Du gutes, schlechtes, dußliges altes Berlin!

Der Dienstmann Unter den Linden, auf dessen roter Mütze EXPRESS stand, im alkoholdunstigen Kielwasser dieses Expreßkutters konnte wohl niemand folgen ...; das Geklingel der alten brüchigen Schlitten, mit den hohen klapprigen Droschkengäulen davor und den bezylinderten Droschkenkutschern, die sich in diesem romantischen Winterschnee wohl selber etwas dämlich vorkamen; die Verse – Herz, glüh auf! – die Verse der Goldenen 110! Junger Mann, das wissen Sie nicht, das war vor Ihrer Zeit: da gab es an der Neuen Brücke und später in der Leipziger Straße ein Geschäft mit billiger Konfektion, das seine Hausnummer als Refrain von Reklamegedichten verwandte, die grün an den Litfaßsäulen klebten, eine gradezu unerhörte Sensation. Besonders schön war der ‹Dreh›, mit dem der Reklamedichter von einem allgemein gültigen hochpoetischen Thema auf seinen Laden kam ... Etwa so:

Im Walde singt die Nachtigall,
die Pilze blühn am Bachesrande;
es zieht der süße Frühlingsschall
wohl klingend durch die deutschen Lande.
Drum, Jüngling, zieh auch du durchs Land,
mit deiner Liebe in der Hand –
Willst wie ein Frühlingsgott du gehn –
dann komm zur Goldenen 110!

Auf die Art.

Und wie das alles wieder lebendig wird ... Da beklagen wir dicken Herren uns heute, wenn sich die jungen Damen bei Tisch bepudern, frisieren, beschminken und wieder abschminken ... Aber was haben wir einst getan? Schilderung eines berliner Restaurants: «Ein Gast kommt herein; wenn er sich an deinen Tisch setzt, grüßte er erst mal und wünscht dir eine ‹Gesegnete Mahlzeit!› Darauf, ob General, sonst ein Offizier oder Zivilist, vergräbt er beide Hände in die Schöße seines Rocks und holt da aus den Taschen zwei kleine Bürsten, und nun bringt er, mit beiden Händen, rasch seinen Scheitel auf dem Hinterkopf in Ordnung und kämmt sich die Haare über die Ohren ...» Wie bist du weit ...! Und wie vieles hat sich von Grund auf geändert. («Na, wollen Sie vielleicht damit sagen ...?» Nein, ich will nicht.)

Immerhin: die Bahnhofsrestaurants, über deren mindere Qualität Laforgue sich aufhält, sind besser geworden, wenn auch nicht gut – und was die berliner Bälle anbetrifft, so kennt der kaiserliche Vorleser deren vier: den Subskriptionsball, den Kavalierball, den Presseball und den Schauspielerball. Es sollen, bestem Vernehmen nach, inzwischen einige mehr geworden sein. Und wenn er von den Schaufenstern sagt, daß sie in Paris gar so schön und in Berlin gar so häßlich seien, so hat sich auch das geändert, und zwar ganz gewaltig und sicherlich nicht zum Nachteil von Berlin – trotz der rue de la Paix. Das Niveau liegt, wie in vielen Kleinigkeiten, in Berlin wesentlich höher. Freilich: eines hat sich kaum geändert, oder doch wohl nur in der Form.

«Das ist ein mehr als monarchistisches Schauspiel: ein asiatisches Spektakelstück ist es, was man wöchentlich ein oder zwei Mal Unter den Linden und den benachbarten Straßen sehen kann.» Nämlich? Begrüßung irgendwelcher Prinzen durch das Volk ... Und davon ist die Rede, wie ein Abgeordneter im Rang nach dem jüngsten Leutnant kommt ... Nicht wahr, wir sind ja so republikanisch geworden, das gibt es alles nicht mehr. Nun, was dem einen sein Hofball, das ist dem andern sein Landesverratsprozeß. Und Laforgue findet die Formel, wie der Franzose stets die Formel findet: «Berlin riecht immer nach dem kleinen Belagerungszustand.» Mit dem bekanntlich jeder Kriegsminister regieren kann.

Die Politiker werden ihren Spaß an diesen alten Erinnerungen haben. Dieser bezaubernde kleine Satz, der in die Bismarck-Biographie Ludwigs gehört: es ist davon die Rede, daß dieser Diktator den alten Kaiser in Briefen immer «Mein allergnädigster Herr» ansprach und sich selbst «alleruntertänigster Diener» unterzeichnete. Und blitzschnell, wie die streichelnde Klinge eines Floretts, der Nachsatz: «On n'est pas plus réaliste.»

Und wer tommt denn da –?

«Er sieht (auf einem Hofball) nach rechts und nach links, mit affektierter Lebhaftigkeit, er schüttelt Hände und das alles mit einem Lachen, das freier klingen soll als es klingt ... mit dieser falschen Lebhaftigkeit, die gegenüber den Botschaftern bis zur Formlosigkeit geht ... trägt Manieren zur Schau, die ...» Das ist er. Das ist unser Herminerich.

Das Buchchen ist gleich charakteristisch für Berlin wie für den Franzosen, der es schrieb. Natürlich sind eine Menge Beobachtungen darin, die entweder nicht richtig oder deren Schlußfolgerungen einfach falsch sind. Wie man einen preußischen Postbriefkasten – und besonders den damaligen – schön finden kann, ist mir unbegreiflich; wenn Laforgue von den Briefträgern spricht, bedauert er, daß sie so viele Treppen steigen müssen, sagt aber kein Wort davon, daß diese Art der Briefbestellung immerhin der Pariser vorzuziehen ist, wo die Portierfrau ihre polizeilich lackierte Nase in die Korrespondenz des ganzen Hauses, soweit die nicht eingeschrieben ist, steckt ... kein Wort. Und daß er das Weißbier ein «horrible liquide» nennt – ja, das also ist unvereinbar: der, der die Verse von «Je suis la femme. On me connaît» geschrieben hat und dann die kühle Blonde mit'm Schuß. Wenn der Band mit den Gedichten Laforgues vor mir liegt, so schön gebunden, und wenn es dann in Paris ganz heiß und staubig ist, dann traue ich mich manchmal fast, eine kleine Sehnsucht nach dem ‹horrible liquide› zu haben, die einem so angenehm kitzelnd in die Nase steigt . . . Horreur! Prost.

Merkwürdig, sich in einer andern Sprache wiederzufinden. Wie vertraut-fremd das klingt! Wie tönt es von einem deutschen Kirchturm?

Va toujours fidèle et probe
Jusqu'à ton tombeau froid,
Et ne t'écarte pas d'un pas
Du chemin du Seigneur.

Üb immer treu und Redlichkeit . . . Immerhin: dieser Künstler hat sie geübt, mehr als jener unsägliche Henri Béraud, der in Paris über Deutschland nicht nur ein Buch voll infamer Verleumdungen veröffentlicht hat, sondern schlimmer: der ein hundschlechter Reporter ist und seinen Beruf nicht gelernt hat. So werden Kriege vorbereitet . . .

Laforguen aber wünscht man schmunzelnde Leser. Man kann auch aus solchen Büchern viel lernen. Nämlich, wie ein Volk von großen Qualitäten, hündisch dressiert, versehen mit den Tugenden seiner Fehler, sich von seinen verkörperten Lastern in den Krieg jagen ließ, in den es hereinschlidderte und sich erst dann, aufwachend, besann, daß es ihn nie gewollt hatte, obgleich es ihn immer gewollt hatte. À la prochaine!

SAXO-BORUSSEN

Möchten Sie Saxo-Borusse sein?

Domela hat sie genau beschrieben:
was sie auf ihrer Kneipe trieben –
    (Rülps)
wie sie fechten, fressen und saufen,
sich niemals ein Kollegheft kaufen –
jeder ein hochfeudales Schwein . . .
        Ein feiner Verein.

Möchten Sie Saxo-Borusse sein?
Ramsch . . . Manieren: frech und beflissen –
«Werde zu Hause zu rühmen wissen!»
    (Rülps)
Füchsegetriez und Chargenspiel;
Ideal: der uralte Leutnantsstil . . .
«Kein Bürjerlicher kommt hier zu uns rein –»
        Ein feiner Verein.

Möchten Sie Saxo-Borusse sein?
Das ist gar nicht übel. Im Westen und Osten
gehören ihnen die Botschafterposten –
sie beherrschen Deutschland. Sie sind dran.
Sie intrigieren. Mann für Mann.
In Peking, in Rio und in Madrid:
immer läuft ein Korpsband mit.
Und mit diesem Korpsband zieht die Blase
ein ganzes Volk an seiner Nase.
Wir fressens aus. Sie brockens uns ein.
Wer möcht da nicht Saxo-Borusse sein –!

TRAKTAT ÜBER DEN HUND, SOWIE ÜBER LERM UND GERÄUSCH

1. Scherz

a) Das Tier

Wie dem Hund, dem auf dem Wege vom Herzen zum Maule alles zum Gebell wird. Alfred Polgar

Der Hund ist ein von Flöhen bewohnter Organismus, der bellt (Leibniz). Dieser Definition wäre einiges hinzuzufügen.

Im Hund hat sich der bäuerische Eigentumstrieb des Menschen selbständig gemacht; der Hund ist ein monomaner Kapitalist. Er bewacht das Eigentum, das er nicht verwerten kann, um des Eigentums willen und behandelt das seines Herrn, als gebe es daneben nichts auf der Welt. Er ist auch treu um der Treue willen, ohne viel zu fragen, wem er eigentlich die Treue hält: eine Eigenschaft, die in manchen Ländern hoch geschätzt wird. Sie ist für den Betreuten recht bequem.

Einem Hund, der etwas bewacht, zuzusehen, kommt dem Erlebnis gleich, einen Urmenschen zu beobachten. Er ist stets unsicher, unruhig und macht sich mit Lärm Mut – er greift an, weil ihn seine Angst nach vorn treibt.

Der Hund ist ein anachronistisches Wesen.

Der Hund lebt ständig im Dreißigjährigen Krieg. In jedem Briefträger wittert er den fahrenden Landsknecht, im Milchmann die schwedische Vorhut, im Freund, der uns besucht, den Gottseibeiuns. Er bewacht nicht nur den Hof seines Herrn, sondern auch den Weg, der daran vorbeiführt, und versteht niemals, daß die Leute, die dort gehen, neutral sind – diesen Begriff kennt er nicht. Seine Welt zerfällt in

Freunde (seines Futternapfes) und in gefährliche Feinde. Undressierte Hunde leben noch im Urzustand der Erde.

Der Hund bellt immer.

Er bellt, wenn jemand kommt, sowie auch, wenn jemand geht – er bellt zwischendurch, und wenn er keinen Anlaß hat, erbellt er sich einen. Er hört auch so bald nicht wieder auf, ja, es scheint, als besäßen die Hunde eine Bellblase, die man nur anzustechen braucht, damit sie sich entleere. Ein besserer Hund bellt seine vier, fünf Stunden täglich. (Weltrekord: Hund Peschke aus Königswusterhausen; bellte am 4. Oktober 1927 zweiundfünfzigtausendvierhundertachtundsiebzigmal in sechzehn Stunden. Als das vorbei war, sprach sein Herr: «Ich weiß gar nicht, was der Hund hat – er ist so still?»)

Wenn ein Hund sehr lange bellt, hört es sich an, als übergebe sich einer.

Ein Hund bellt, wenn er mit den Sinnen etwas wahrgenommen hat; daraufhin, weil ihn sein Bellen erschreckt und aufregt, und des weiteren, weil sich das wahrgenommene Objekt um ihn kümmert, nicht um ihn kümmert oder davonläuft. Dieses Geschrei wird von vielen Leuten als Wachsamkeit ausgelegt; schon der französische Kynologe Hispa sagt: «Der Hund ist ein wachsames Tier, das mit seinem Gebell den Herrn nachts aufweckt, damit der aufsteht und ruft: ‹Halt die Schnauze!›» Da Hunde immer bellen, so dient ihr Gebrüll lediglich dazu, daß sich die Einbrecher vor ihrem Geschäft Gift besorgen und es dem Hundchen streuen.

Niemanden haßt der Hund so wie den Wolf; er erinnert ihn an seinen Verrat, sich dem Menschen verkauft zu haben – daher er dem Wolf seine Freiheit neidet, ihn hassend fürchtet und sich durch doppelten Verrat beim Menschen lieb Hund zu machen sucht.

Hunde blaffen mit Vorliebe schlecht gekleidete Menschen an, wie sie überhaupt die mindern Eigenschaften des Besitzers personifizieren. Nachts, wenn kein Fremder da ist, machen sie eine alte Familienfehde mit dem Mond aus. Der Mond, den das nächtliche Gebell auf der Erde stört, kehrt ihr darum seit Jahr und Tag sein blankes Hinterteil zu. Wir kommen nunmehr zu dem Tierhalter.

b) Der Tierhalter

Hundebesitzer sind die rücksichtslosesten Menschen auf der Welt.

Hier soll nicht einmal von jenen gesprochen werden, die ihrem Mistbatzen das Fressen aus Restaurationsschüsseln reichen; der Hund, frisch aus dem Popo einer Hundedame entronnen, steckt seine feuchte Nase in deinen Teller ... Aber auch sonst können Hundebesitzer zum Beispiel nicht begreifen, daß der Lärm, den ihr Liebling macht, andern Leuten nicht angenehm ist. Kein grünes Rasenstück, das er nicht verbellt.

Die Ausdehnung einer Lärmglocke, die ein bellender Hund seinen Nachbarn über den Kopf stülpt, beträgt etwa achtzehnhundert Kubikfuß; auf diese Entfernung hin hat alles an den Entzückungen, Anfällen und Aufregungen eines mittleren Hundes teilzunehmen. Es ist also unsre Pflicht, uns mit ihm zu erheben, sein Vormittagsgeschrei sowie sein Nachmittagsgebell mit ihm zu teilen, und nachts zu lauschen, wie er, wenn Nachtigallen fehlen, das Mondgesäß beschimpft.

Auf diese Weise sind Villen-Vororte großer Städte fast unbewohnbar geworden, weil sich jeder gegen jeden mit einer Bellmaschine gesichert hat, die angeblich gegen Einbrecher gut ist. Es muß danach angenommen werden, daß in Vororten niemals mehr eingebrochen werden kann. Wird aber.

Ich habe mich schon so an das Gebell gewöhnt, daß ich es hier, am Kap der Roten Grütze, sehr entbehre. Kunstschriftsteller Hasenclever hat sich jedoch erboten, jeden Morgen zum Frühstück zu kommen und ein Stündchen zu bellen.

Es ist nunmehr die Stelle des Aufsatzes gekommen, wo der Hundebesitzer seinem Flohtier über die Nase streicht, mit der jener die kleinen Hundewürstchen und den Urin der Verwandten aufriecht, und spricht: «Was schreiben sie denn da alles von dir! Jaa! Nicht wahr, du bellst nicht? – nein!» Und zu mir, fortfahrend: «Sie sind aber nerfeehs!»

Hätte einer im Zeitalter Ludwigs des Quecksilbernen bemerkt: «Nun wollen wir uns einmal alle jeden Morgen die Füße waschen!» – so hätte er sich mit einem hohen katholischen Heiligen entschuldigen müssen, sonst hätten sie ihn verbrannt. Hätte er für frische Luft plädiert, für Hygiene der Säuglinge – er wäre genau so ausgelacht worden wie einer, der heute für Stille plädiert. Was Stille bedeutet, wissen sie noch nicht.

«Ich höre das gar nicht!» sagen sie. Es ist nicht wahr; sie hören es doch. Davon wissen ihre Untergebenen zu sagen, die Lärm, Geratter, Wagenstöße, Klavierspiel und Hundegebell ausbaden müssen. «Was der Alte nur hat?» sagen sie dann. Es ist der Lärm. Seine schlechte Laune ist der Lärm, der aus ihm herausbrodelt und der wieder ans Licht will; er hat ihn von den Ohren her nach innen gesogen; es hilft ihm aber nichts, er kommt wieder hochgegurgelt. Um es ‹nicht zu hören›, verbrauchen sie so viel unnötig vertane Kraft, die man besser anwenden könnte. Der Beweis dafür ist die Steigerung aller Lebenskräfte, wenn es einem gelingt, in das Reich der ungebrochenen Stille einzudringen; in den Bergen, im Luftballon über dem Meer, auf dem Segelboot, am windstillen Tag im Wald. Da lassen die Nervenstränge nach, da entspannt sich der Wille, da ruht der Mensch. In der vollkommenen Stille hört man die ganze Welt. Nur so ist wahre Erholung möglich; sie ist aber fast unerreichbar. Gegen diese wohltuende Wirkung der Stille auf den Intellekt gibt es nur ein einziges Gegenargument: das sind die Regierungsgebäude, die gewöhnlich in stillen Parks liegen.

Menschen, die sich lebende Hunde in Mietwohnungen halten, sollten mitsamt ihrem Köter aus der Wohnung gejagt werden.

Menschen, die einen Hund anbinden oder einsperren, verdienen, ihrerseits angebunden zu werden. Es ist das äußerste an Quälerei, ein jagendes, laufendes und unruhiges Tier zu fesseln und in seiner Freiheit zu beschränken. Diese Leute haben gar keinen Hund – sie haben nur ein Stückchen Hund; der Rest ist unterdrückt und rächt sich mit flammendem Gebell.

Ich habe noch nie gesehen, daß Hundebesitzer mit Erfolg ihren Hunden, wenn sie unnütz kläffen, zu schweigen befehlen. Weil jene stumpfohrig sind, hören sie das Gebelfer nicht und bürden nun andern die Plage auf.

Dafür haben Hundebesitzer den Tick, als ‹bessere Menschen› durchs Leben zu gehen. Sie haben erfunden, daß es ein Zeichen von Seele sei, Hunde zu lieben, ihren schmutzigen Geruch zu ertragen, ihr lästiges Geschrei mitanzuhören. Ihre Persönlichkeit kriecht in den Hund, wo sie den Kampf ums Dasein noch einmal mitkämpft: «Mein Hund läuft aber schneller als Ihrer!» Das ist ein großer Sieg.

Etwas gegen den Hund zu sagen, heißt für viele, am Heiligsten rühren, wo der Mensch hat. Die Hundenarren sind häufig ganz erbarmungslose Menschen; Leute, die einen Kommunisten vor ihrer Tür verbluten ließen, nicht eine Mark für entlassene Gefangene geben, überhaupt nichts Gutes tun – ihren Hund lieben sie mit jener stummen Aggressivität, die das beste Zeichen eines hohlen Affekts ist. Der Hund ist ihnen nicht nur Schutz, sondern auch Selbstbetätigung.

Nie legt ein Hundebesitzer in das Tun der Menschen a priori so viel Gutes wie in den Blick seines Hundes. Wenn ihn der ansieht, zerschmilzt er vor Lyrik. Ein Bettler wird ihn vergebens so ansehen. Der sentimentalitätstriefende Blick jenes aber heischt mit Erfolg verschmiertes Mitleid.

So ist der treue Hund so recht ein Ausdruck für die menschliche Seele. Allerseits geschätzt; nur selten in der Jugend ersäuft; gehalten, weil sich der Nachbar einen hält, von feineren Herrschaften auch als Schimpfwort benutzt – so bellt er sich durchs Leben. Und ich will nicht länger murren, wenn es kaum noch einen Fleck gibt, den er nicht verunreinigt: mit Unrat, nassem Geruch und mit nimmer endendem Lärm. Seiner Gnade ist unsre Ruhe ausgeliefert.

Eine fortgeschrittene Zivilisation wird ihn als barbarisch abschaffen.

2. Satire

Die Wahrheiten müssen Akrobaten werden, damit wir sie erkennen.
O. W.

«Über Lerm und Geräusch.» So schrieb Schopenhauer: ‹Lerm› — mit einem E; plattköpfig und stumpf kroch das um ihn herum, was er, außer Hegeln, am meisten haßte. Den Lärmempfindlichen hat er Komplimente gemacht, die wir bescheiden ablehnen ...

Da habe ich über die Hunde traktiert, eigentlich mehr über das nervenabtötende Gebell dieser Tiere, und man muß schon das Vaterland, das teure, und was an Generalen, Zeitungen und deutschen Männern drum und dran hängt, beleidigen, um einen solchen Lerm zu erleben. Die Aufregung, die aus Prag herüberkam, kann ich mir nur so erklären, daß Schwejk dort mit herrlich gefälschten Hunden gehandelt hat; was ich daselbst gedruckt zu hören bekommen habe, war allerdings freundlich und ging noch an. Aber die Briefe, die die Hundefreunde geschrieben haben, die kann man nicht erfinden. «Ich bin noch nie von einem Hund verbellt worden — der Hund bellt nur schlechtgekleidete Sujets an» und: «Wollte mal fragen, ob Sie keine Würstchen unter sich lassen — erfinden Sie doch mal einen Nachttopf für Hunde!», und ein ‹Reichsbund zur Wahrung der Hundebelange› schloß seinen Brief: «Wir zeichnen, weil es so üblich ist, mit Hochachtung» — da haben wir Glück gehabt, und so in infinitum zur Morgen- und zur Abendsuppe. Wenn ich ein Hund wäre: solche Freunde möchte ich nicht haben.

Abgesehen von der triefäugigen Sentimentalität, die alle Vorwürfe akkordiert, wenn sie gegen menschliche Säuglinge gerichtet sind, die ohne Grund brüllten, sich einmachten und überhaupt, im Gegensatz zu den süßen Hündlein, abscheulich seien — abgesehen von der göttlichen Liebe, die sich da verklemmt hat: ich habe keine leichte Zeit hinter mir. Wilhelm Speyer, der etwas von Tieren versteht, hat mir in mein hochfein möbliertes Haus geschrieben, ich sei wohl vom wilden Strindberg gebissen — ein Mann in meinen Jahren! Kurz: keiner der obbezeichneten Hunde möchte hinfürder noch ein Stück Brot von mir nehmen, wenn er eins bekäme. Lasset uns beten. Und ernsthaft untersuchen, was es denn da gegeben hat.

Durch nichts, aber auch durch nichts kann man Menschen so aus dem Häuschen bringen als dadurch, daß man ihnen verbietet, gewohnten Lärm zu machen. Du kannst eine Monarchie durch eine gleich minderwertige Republik ablösen — darüber läßt sich reden. Aber der Lärm ist geheiligt.

Der Städter ist ein armes Luder.

Zu essen bekommt er, was ihm die Händler geben, es wird nicht sauberer durch die Hände, die es passiert; vom Grund und Boden weiß er nur, daß er den andern, immer den andern gehört, und widerstandslos erduldet er die satanische Komik von Grundstücksspekulanten, die mit der Haut der Erde handeln, unter die man sie – sechs Fuß tief – herunterläßt, wenn alles vorbei ist, und in deren wahre Tiefen niemand dringt; unfrei ist der Städter, gebunden an Händen, Füßen, Valuta, Schullesebuch und Vaterland. Aber eine Freiheit hat er, nimmt er sich, mißbraucht er – einmal besauft sich der Sklave und spielt torkelnd den Herrn. Er macht Radau.

Daß einer eng am andern wohnt, weiß der eine; daß man nicht Feuer im Hof anzünden, nicht nachts in einer Wohnung, dem überzahlten castle, Pferde zureiten darf; daß man nicht aus dem Fenster schießt: das hat sich allmählich herumgesprochen. Belästigungen durch Rauch, durch Geschosse, durch Rohr- und Drahtleitungen, ja, durch Aufstellung von Reklametafeln sind Gegenstand braver bürgerlicher Prozesse.

Lärm aber darf gemacht werden.

Die Hundefreunde, denen man untersagt, ihren Köter zu quälen, ihn einzusperren, ihn stundenlang bellen zu lassen, fühlen sich im Heiligsten getroffen: in ihrer, verzeihen Sie das harte Wort, Freiheit.

Hat der Parzellenmensch eine Prärie um sich? Er ist in Schubladen wohnend untergebracht und richtet sich auch in allem danach – nur das Ohr des Schubladennachbarn ist Freigut; die Gehörsphäre braucht nicht geschont zu werden. Alles, was an Einfluß auf Krieg und Frieden, auf Verwendung der Steuern nicht vorhanden ist, tobt sich im Hause aus. Darin nähern sich besonders Frauen dem Urzustand der Primitiven.

Als ich das letzte Mal in Berlin wohnte, da rollte jeden Morgen eine Stunde lang eine reitende Artillerie-Brigade über die Decke dahin: eine deutsche Hausfrau (e. V.) ackerte dort ihr Schlafzimmer, anders war der Lärm nicht zu erklären.

Nun sind aber die Lebensgewohnheiten im bürgerlichen Haushalt keinem Wechsel der Geschichte unterworfen; «der bürgerliche Haushalt wird nur deshalb betrieben, damit der archäologische Forscher dort noch heute die Arbeitsmethoden der Steinzeit studieren kann» (Sir Galahad). Hier eingreifen stößt auf Mord. Keine Zeitung, die es wagen könnte, in diesen Muff eine wettersichere Grubenlampe hinunterzulassen – das Geschrei von Hausfrauen, klavierübenden und gesangsheulenden Damen beiderlei Geschlechts, von organisierten Tierfreunden und reinmachewahnsinnigen Besessenen dampfte ihr entgegen. In meiner Wohnung kann ich machen, was ich will – das wäre ja gelacht.

Es ist zum Weinen.

Denn da und nur da sind die Wurzeln ihrer Kraft. Das ändere du mal.

Da zeig mal, was du kannst. Sie machen sich das Leben schwer, den andern zur Hölle – und sie sind so stolz darauf! Die Reinmachenden machen nicht rein: sie unterliegen gewissen Zwangsvorstellungen einen Hausgott ehrend, der unerhörte Opfer verlangt – mit Sauberkeit hat das wenig zu tun. Es ist Recht, Pflicht und göttliches Gebot, dem Nachbarn den Teppichstaub in den Suppentopf zu schlagen; wie Kanonenschläge hallt das durch die steilen Steinhöfe. Ordnung muß sein. Der schwarze Hals des Lautsprechers gurgelt im schweren Übelsein heraus, was er zuviel an Lärm gefresssen hat – dazu öffnet man füglich die Fenster, damit der Nachbar auch etwas davon habe, und wenn Ihnen det nich paßt, denn missen Se ehm inne Wieste ziehn.

Aber das wird nicht gut auslaufen. Denn in der Wüste steht das Zelt des Forschungsreisenden Karbumke, und der hat einen Hund. Und der Hund steht, am Zeltpflock angebunden, und bellt alles an, was sich ringsum bewegt. Es soll sich, außer seinen Flöhen, nichts bewegen.

Bleiben wir im Lande und nähren wir uns redlich, die Ohren mit Wachs verklebt wie die Gefährten des Odysseus, die die Musik-Etüden des Sirenen-Konservatoriums nicht hören sollten. Schrei: «Ruhe!» Eine Flut von Schimpfworten, Geheul, Rufen, eine Wolke von geschwungenen Federbesen, eine Welle von Papierfetzen, alten Pappdeckeln, Holzstücken und Müllwasser rauscht auf. Ich weiß, wo sie verletztlich sind. Es juckt, sie da anzufassen. Da, in der Abwehr, auch da, wo sie recht haben, zum Beispiel in der Beurteilung ihrer Hunde, sind sie ganz sie selbst. Die Haut reißen sie sich herunter, so nackt sind sie da. Und keine Zeitung, keine Broschüre, kein Buch kann sie in diesem Punkt ändern. In der Stickluft dieser ungelüfteten Treibhäuser gedeihen die Mikroben der Religion, des Berufskostüms und des Vaterlandes.

Und zu wissen, daß man dazu gehört und einer von ihnen, und daß da kein Grund ist zu überheblichem Mitleid, daß das Spiel mitzuspielen ist, Gleicher unter Gleichen, und daß man helfen soll und lieben. Denn manchmal weinen sie und paaren sich seufzend und lallen mit ihren Kindern und sind selber welche und machen mancherlei Lerm und Geräusch.

3. Ironie und tiefere Bedeutung

> Der Schlaf kommt nicht, will nicht kommen. Unweit im Hundezwinger fangen die Jüngsten von ihnen ihr ohrenbetäubendes Jaulen und Winseln an. O Schrecken, das geht die ganze Nacht hindurch. Aus den Zellen brüllt es – brüllt Ruhe und flucht – und es geschieht nichts – es bringt nur wieder die schlaflose Nacht, dieses Bewußtsein der Gefangenschaft.
>
> Schilderung eines Gefangenen

Hätte Goethe die Hunde geliebt, so wäre der Spektakel, den ich da heraufbeschworen habe, noch größer geworden, wenn er hätte größer sein können.

Goethe aber liebte die Hunde nicht. Warten Sie ...

Johannes Falk: ‹*Goethe aus näherem persönlichem Umgange dargestellt*›. Kapitel IV. Goethes wissenschaftliche Ansichten. Gespräch über Monaden.

«An eine Vernichtung ist gar nicht zu denken; aber von irgendeiner mächtigen und dabei gemeinen Monas unterwegs angehalten und ihr untergeordnet zu werden, diese Gefahr hat allerdings etwas Bedenkliches, und die Furcht davor wüßte ich auf dem Wege einer bloßen Naturbetrachtung meinesteils nicht ganz zu beseitigen.»

Indem ließ sich ein Hund auf der Straße mit seinem Gebell zu wiederholten Malen vernehmen. Goethe, der von Natur eine Antipathie wider alle Hunde besitzt, fuhr mit Heftigkeit ans Fenster und rief ihm entgegen:

«Stelle dich wie du willst, Larve, mich sollst du doch nicht unterkriegen!» Höchst befremdend für den, der den Zusammenhang Goethescher Ideen nicht kennt; für den aber, der damit bekannt ist, ein humoristischer Einfall, der eben am rechten Orte war!

«Dies niedrige Weltgesindel», nahm er nach einer Pause und etwas beruhigter wieder das Wort, «pflegt sich über die Maßen breitzumachen; es ist ein wahres Monadenpack, womit wir in diesem Planetenwinkel zusammengeraten sind, und möchte wenig Ehre von dieser Gesellschaft, wenn sie auf andern Planeten davon hörten, für uns zu erwarten sein.»

Und:

Riemer: ‹*Mitteilungen*›.

«Einem anderen Befremden ist auch noch zu begegnen: wie Goethe die Hunde nicht habe leiden können.

Da der Hund eine solche allgemeine Protektion des Menschen genießt, daß gegen die Verwendung und das Halten desselben von Zeit zu Zeit sogar polizeiliche Verordnungen erlassen werden müssen, so will es vielen nicht eingehen, daß ein Naturforscher wie Goethe, der über komparierte Anatomie gedacht und geschrieben, eine solche Aversion vor den Hunden könne gehabt haben, wie andere kaum vor Spinnen und Kröten, wogegen die Natur selbst dem Menschen einen Abscheu eingeflößt zu haben scheine; daß er also einen gleichsam aristokratischen Haß auf sie, als auf die mit Recht so genannte Kanaille, geworfen, und darüber fast mit einem mächtigeren zerfallen.

Zuvörderst ist der soupçonnierte und zur Tradition, besonders durch Falks fabelhafte Anekdote, gewordene Hundeabscheu nicht von der Ausdehnung, die man annimmt, noch irgendeiner anderen Bedeutung, als daß Goethe eben kein besonderes Vergnügen an dieser Tiergattung finden konnte.

Zwar spricht er seine Abneigung im allgemeinen gegen sie in seinem Gedichte aus; doch ist es besonders nur ihr Gebell, das kläffend sein Ohr zerreißt.»

Und:

«Wundern kann es mich nicht, daß Menschen Hunde so lieben,
Denn ein erbärmlicher Schuft ist wie der Mensch so der Hund.»

Soweit Goethe.

Mit dem Lärm und Geräusch aber ist es so:

Geräusch anhören ist: an fremdem Leben teilnehmen. Ein guter Diagnostiker hat ‹empfindliche› Hände – sie fühlten sonst nämlich nichts. Ein Gehirnmensch hat ein ‹empfindliches› Gehirn – es könnte sonst nicht denken und nicht produzieren.

Nun stören Kollektivgeräusche kaum; mit Recht gewöhnt man sich daran, daß die Straße wie ein Meer erbraust, daß die Bahnen fahren, daß die Stadt jenes brodelnde Geräusch von sich gibt, das da ihr Leben anzeigt. Aber das freche Einzelgeräusch nadelt das Ohr, weil Teilnahme des fremden Lebensrhythmus erzwungen wird. Ein Übermütiger hupt fünfzehn Minuten vor einem Haus – ich warte mit ihm. Fräulein Lieschen Wendriner ‹übt› etwas, was sie nie lernen wird: nämlich Klavier spielen – ich übe mit. Ein Hund bellt, er schlägt einmal an – das Ohr hört es nicht. Aber wenn der angebundene, eingesperrte, unzufriedene Hund stunden- und stundenlang bellt ...

Der Hund setzt an. Irgend etwas hat seine Aufmerksamkeit erregt. Er teilt das mit. Und schweigt nun nicht mehr; für ihn freilich hat das Gebell einen Sinn, für den zu bewachenden Herrn hat es kaum einen, für uns gar keinen. Er bellt und bellt. Alles, was nun geschieht, spielt sich vor dem Hintergrund dieses unablässig bohrenden Lautes ab, er bellt Primen, das Aas, von dem einmal angeschlagenen Ton geht er nicht mehr herunter; schließlich kann niemand verlangen, daß er wie eine Nachtigall singt. Er bellt und bellt. Nun hört er auf – wie dankbar bist du für diese Stille, sei gesegnet, Stille! Wie nach einem Schiffbruch sinkst du zerschlagen am Strand der Stille nieder, so klein, so glücklich, so unendlich dankbar ... Und dann zerreißt er sie wieder und wieder, nun ist es doppelt schmerzlich, gedemütigt ist man durch so viel Krach, ein Spielball dieser albernen Laune, dieser falschen Wachsamkeit, dieser Angst, diesem Anzeiger des übersteigerten Eigentumbegriffes. Gute Nacht, stille Stunde –!

«Ausschlaggebend ist aber das Bellen des Hundes: die absolut verneinende Ausdrucksbewegung. Sie beweist, daß der Hund ein Symbol des Verbrechers ist. Goethe hat dies, wenn es ihm vielleicht auch nicht ganz klar geworden ist, doch sehr deutlich empfunden. Der Teufel wählt bei ihm den Leib eines Hundes. Während Faust im Evangelium laut liest, bellt der Hund immer heftiger: der Haß gegen Christus, gegen das Gute und Wahre.» Und: «Interessant ist es, wen der Hund anbellt: es sind im allgemeinen gute Menschen, die er anbellt, gemeine, hündische Naturen nicht.» Aber das hat einer gesagt, der schon mit zweiundzwanzig Jahren nicht mehr wollte, so nicht mehr wollte: Otto Weininger.

Ein Kettenhund oder ein Hund im Zwinger ist etwas so Naturwidriges wie ein Ziehhund oder eine dressierte Varietékatze. Aber das stundenlange, nicht ablassende, immer auf einen Ton gestellte Gebell – das ist bitter. Es zerhackt die Zeit. Es ist wie eine unablässig schlagende Uhr: wieder ist eine Sekunde herum, du mußt sterben, erhebe dich ja nicht in irgendwelche Höhen, bleibe mit den Sohlen auf der Erde, sterben mußt du, du bist aus demselben Staub wie ich Hund, du gehörst zu uns, zu mir, zur Erde, bau-wau-hau!

Und dann sieh hinaus und betrachte dir den da. Wen er anbellt. Was ihm nicht paßt. Wie ers nicht will. Der Wagen soll nicht fahren. Das Pferd soll nicht laufen. Das Kind soll nicht rufen. Er hat Angst, und darum ist er frech. Er ist auch noch da, will er dir mitteilen. Du willst es gar nicht wissen? Dann teilt er dirs nochmal mit. Er schaltet sich in alle Vorgänge ein; er spektakelt, wenn er allein ist, weil er allein ist, und wenn Leute da sind, weil Leute da sind; er muß sich bellen hören, um an sich zu glauben. Er bewacht, was gestohlen ist, verteidigt den, der gemordet hat, er ist treu um der Treue willen und weil er Futter bekommt. Sie sind so simpel und machen so viel Lärm. Im Grunde um nichts.

Was wächst nicht alles in der Ruhe! Was kommt nicht alles zur Blüte in der Ruhe! Alexander von Villers sagts in den ‹*Briefen eines Unbekannten*›: «Ich liege im Bett und spüre die zitternde Sukzession der Sekunden ...» Stille. Ich sehne mich nach Stille. Schweigen heißt ja nicht: stumm sein.

Schriebe ich aber dasselbe von einem Motorzweirad, wenn es so pufft und knallt und rattert – da wären sie alle einer Meinung (die keins besitzen). Was dem einen sein Motor, ist dem andern sein Hund — aber mir will es widersinnig erscheinen, in der ohnehin lärmenden Stadt Wagen herumzufahren, von Hunden bewacht, die stunden- und stundenlang die Leute, die andern Wagen und sich selbst ankläffen; es will mir hündisch erscheinen, die Vororte der großen Städte, die Stadtwohnungen selbst und das stille Land durch einen Lärm zu verpesten, der unnötig ist.

Denn in Wahrheit ist es der Hundebesitzer, der allen Tadel verdient, nicht das Tier, das ja nicht zu seinem Vergnügen bellt, sondern das so oft gequält wird. Niemand hat das Recht, aus Gedankenfaulheit Tier und Mensch so zu peinigen, wie der es tut, der nicht mit Hunden umzugehen versteht, also die Mehrzahl derer, die einen Hund besitzen.

Man muß das erstaunte Gesicht eines Hundebesitzers sehen, wenn ihm einer sagt, er könne des Gebells wegen nicht schlafen. Wie? Nicht schlafen? Ja, was geht denn das den Hund an? Meinen Hund? Mein Hund sollte nicht bellen dürfen ... na, das wollen wir ja mal ... so ein schönes, gutes, ordentliches Gebell, das die Einbrecher abschreckt...! Schlafen will der —! Hö. Und das Erstaunen wird sehr bald zur Feindschaft; sie fassen es einfach nicht, daß ihnen der Luftraum eben nicht gehört, und daß wir zu eng aneinanderwohnen, als daß wir uns durch überflüssige Liebhabereien belästigen dürften. Niemand hat ein solches Recht, und gegen Rücksichtslosigkeit dieser Gattung ist jede Gegenwehr erlaubt. Denn sie sind auch moralisch im Unrecht.

Wer hat das Tier lieber: der es zu stark egoistischen Zwecken hält, nämlich um sich als Herr zu fühlen, ohne der Eigenart des Tieres entgegenzukommen, die darin besteht, daß es laufen, jagen, springen, sich schnell bewegen will; der Schuft, der es anbindet und der die erschütternden Sätze Schopenhauers über diese gemeine Tierquälerei lesen sollte, sie aber nicht begreifen wird; warum soll er auch ein lebendiges Wesen nicht zu lebenslänglicher Hundehütte verdonnern?

Oder hat der das Tier lieber, der ihm die größtmögliche Freiheit wünscht, ohne im übrigen von ihm belästigt werden zu wollen?

Was aber ein regelmäßiges, stumpfes, sinnloses und sich stundenlang wiederholendes Geräusch angeht, so müssen die Gehirne wohl verschieden gebaut sein. Ich denke mir die Hölle so, daß ich unter der Aufsicht eines preußischen Landgerichtsdirektors, der nachts von einem Reichswehrhauptmann abgelöst wird, in einem Kessel koche — vor dem sitzt einer und liest mir alte Leitartikel vor. Neben dieser Vorrichtung aber steht ein Hundezwinger, darin stehen, liegen, jaulen, brüllen, bellen und heulen zweiundvierzig Hunde. Ab und zu kommt Besuch aus dem Himmel und sieht mitleidig nach, ob ich noch da bin — das stärkt des frommen Besuchers Verdauung. Und die Hunde bellen ...!

Lieber Gott, gib mir den Himmel der Geräuschlosigkeit. Unruhe produziere ich allein. Gib mir die Ruhe, die Lautlosigkeit und die Stille. Amen.

BEI UNS IN EUROPA

Ihr schickt uns aus dem Lande von Ford
einen ziemlich miesen Menschenexport:
überschwemmt sind Paris und Griechenland
von euerm mäßigen Mittelstand.
Diese Reisenden, laut und prahlerisch,
legen geistig die Füße auf den Tisch,
fallen lästig an allen Orten;
und jeder zweite Satz beginnt mit den Worten:
«Bei uns in Amerika . . .»

Bei euch in Amerika gibts zweierlei Rechte
(für Arme und Reiche) – gibt es Gute und Schlechte;
gibt es solche und solche: Lewis und Mencken,
und Dollardiener, die in Dollars denken.
Bei euch in Amerika gibt es Republikaner
und richtende blutige Puritaner.
Ihr habt Kraft, Jugend und Silberlinge –
aber ihr seid nicht das Maß aller Dinge,
bei euch in Amerika.

Bei uns in Europa ist das Weib
keine Haremsfrau ohne Unterleib –
bei uns in Europa ist die schwarze Haut
kein Aussatz, dem man Extra-Bahnwagen baut;
bei uns in Europa kann wer ohne Geld sein
und dennoch, dennoch auf der Welt sein –
bei uns in Europa kann man bestehn,
ohne in die Sonntags-Schule zu gehn,
weil fast keiner so am Altare steht:
eine plärrende nüchterne Realität –
wie bei euch in Amerika.

Das wissen natürlich bei euch die Guten
ganz genau. Der Rest hat von Blasen und Tuten
keine Ahnung. Hört nur den Schmeichelchor
seiner news-papers; kommt sich so erstklassig vor . . .
Hör nicht hin, Arbeitsmann. Laß sie ziehn,
die Eitelkeiten der Bourgeoisien.

Pässe, Fahnen und Paraden
das sind lächerliche Zementfassaden . . .
Denn die wahre Grenze, zwischen Drohnen und Fronen,
läuft quer hindurch durch alle Nationen –
bei euch in Amerika.
Wie bei uns in Europa.

ACHT JAHRE POLITISCHER JUSTIZ

Mit diesem Buch wird man sich noch sehr lange beschäftigen müssen – und immer wieder. Es ist von unsrer Deutschen Liga für Menschenrechte herausgegeben worden, bei Hensel & Co. in Berlin erschienen (W 30, Nollendorfstr. 21 a) – ihr solltet euch das aufbauen. Es lohnt sich.

Es ist die erschütterndste Übersicht, die man sich denken kann.

Es enthält, unwiderleglich, Schlag auf Schlag, die gradezu ungeheuerlichen, als ‹Urteile› ausgegebenen politischen Meinungsäußerungen der Justizbeamten dieser Republik. Ein Fall nach dem andern – die Landesverratsschande; die als ‹Hochverratsanklagen› frisierten Revanchegelüste der Korpsiers; die Abwürgung der Republikaner, von denen einer Dritter Klasse gefahren war und ein zweiter liquidiert hatte (was bei ostpreußischen Landräten nie, niemals vorkommt) – von denen der andre den berüchtigten Meineid geschworen hatte . . . (Bei dieser Gelegenheit: es empfiehlt sich immer, in deutschen politischen Strafprozessen, in die man wider Willen hineingezogen wird, möglichst wenig auszusagen. Diese Leute lohnen keine andre Behandlung. Ihr seid viel zu zag mit ihnen.)

Die Fälle sind meistens ausführlich erzählt, sehr gut dokumentiert, und das Buch soll gewiß nicht dazu dienen, die Richter von ihrer Schuld zu überzeugen. Die, mit diesem Reichsgerichtspräsidenten an der Spitze, wissen es noch nicht. Wir dürfen draußen warten, und die drinnen in den Zuchthäusern dürfen warten, bis es sich bei jenen herumspricht, was sie da eigentlich anrichten. Aber die Klügern wissen es ja längst . . .

Einen Fall habe ich übrigens in dem Buch vermißt – wenigstens habe ich ihn nicht gefunden. Er stand in der ‹*Weltbühne*›.

Da hat ein Rechtsanwalt Ebenau eine Hochverratsanzeige erstattet gegen: den Prinzen von Baden, Ebert, Scheidemann, Landsberg, Dittmann und Emil Barth. Was tat der Oberreichsanwalt? Er ließ den Mann einsperren? Wegen aller jener Delikte, die heute sofort zur Verfügung stehen? Nein.

Der Oberreichsanwalt hat die Strafanzeige zurückgewiesen, weil «die Tat der Beschuldigten als politisches Verbrechen angesprochen werden müsse, das durch den Aufruf des Rats der Volksbeauftragten vom zwölften November 1918 amnestiert, daher einer strafrechtlichen

Verfolgung entzogen sei». Und das darf weiter amtieren und bezieht heute die verdiente Pension.

Ganz abgesehen davon, daß diese Entscheidung ein juristischer Bockmist erster Güte ist, – denn die Tat der Denunzierten war ja nur von der Verfassung des Kaiserreichs aus gesehen ein Hochverrat; die bestand nicht mehr, der Oberreichsanwalt war republikanischer Angestellter – also hatten die Leute keinen Hochverrat begangen, den er noch hätte aburteilen können – abgesehen davon: welch Hohn liegt darin, welche unangenehme Drehung, welche Winkligkeit! Die ‹Hochverräter› haben sich also selbst amnestiert – hätten sie das vergessen: wer weiß, vielleicht hätte sie der Reformator unsres zukünftigen Strafrechts verfolgt ... So viel Mut hätte er übrigens wahrscheinlich nicht gehabt ...

Solchergestalt sind diese Richter. So daß also die praktischen Forderungen des ausgezeichneten Buches, bei dessen Lektüre einem ein Schauer nach dem andern über den Rücken herunterjagt, das Minimum darstellen:

Wiederherstellung der Schwurgerichte. (Es gibt bekanntlich heute keine.)

Völlige Öffentlichkeit des Disziplinarverfahrens gegen die Richter, und zwar in allen Fällen.

Änderung der Personalpolitik bei den Justizministerien.

Änderung der parteilichen und einseitigen Geschäftsverteilung bei den Gerichten.

Entlastung der Richter. Es werden viel zu viele Hauptverfahren eröffnet.

Nach gänzlichem Wechsel des Justizpersonals: erhöhte Bezahlung der Richter (nicht dieser Richter).

Ordnungsmäßige Aufklärung der Laienrichter vor und in der Hauptverhandlung.

Es werden sich noch viele Menschen die Fäuste in Arrestzellen wundhämmern, bis auch nur eine dieser Forderungen, und vor allem die letzte, durchgesetzt sein wird. Der Mangel an Rechtsgefühl in Deutschland ist fast vollkommen. Lest: *‹Acht Jahre politischer Justiz›* !

ÜBER WIRKUNGSVOLLEN PAZIFISMUS

Frei – das heißt doch wohl: befreit.
Ferdinand Hardekopf

Die Mutter, die in einigen zwanzig Jahren an der zerkrümmten Leiche eines kleinen Kindes heulen wird, neben sich den Schlauch einer unnützen Sauerstoffflasche und einen bedauernden Arzt: «Gegen dieses

Giftgas, gnädige Frau, sind wir zur Zeit noch machtlos – Ihr Kind ist nicht das einzige Opfer in der Stadt . . .» – diese Mutter wird sich in ruhigen Stunden immerhin fragen dürfen, wo denn eigentlich der vielverschriene Pazifismus in den letzten zwanzig Jahren gewesen sei; ob wir denn nichts getan hätten; ob es denn keinen Krieg gegen den Krieg gebe . . .

Tatsächlich wird der Pazifismus von den Mordstaaten sinnlos überschätzt; wäre er halb so gefährlich und wirkungsvoll, wie seine Bekämpfer glauben, dürften wir stolz sein. Wo stehen wir –?

Die historische und theoretische Erkenntnis der anarchischen Staatsbeziehungen ist ziemlich weit fortgeschritten. Die Friedensgesellschaften der verschiedenen Länder, die inoffiziellen Staatsrechtslehrer, Theoretiker aller Grade arbeiten an der schweren Aufgabe, aufzuzeigen, wo die wahre Anarchie sitzt. Langsam schält sich das Bild des wirklichen Zustandes der Erde heraus: der Staat, noch bis vor kurzem Subjekt und Götze und Maßstab aller Dinge, unterliegt nun selbst einer ihm peinlichen Untersuchung, er wird Objekt, und ein lamentables dazu, und muß sich gefallen lassen, in seinen Grundfesten angezweifelt zu werden. Immer mehr zeigt sich, was wahre Kriegsursache ist: die Wirtschaft und der dumpfe Geisteszustand unaufgeklärter und aufgehetzter Massen.

Was aber fast überall völlig fehlt, das ist die pazifistische Propaganda im Alltag, auf der Gasse, in der Vierzimmerwohnung, auf öffentlichen Plätzen – der Pazifismus als Selbstverständlichkeit. Vier oder fünf Mal im Jahr sind wir da, auf Kongressen, oft in Versammlungen. Und dann gehen alle nach Hause, und das ‹Leben› tritt in seine Rechte; das Leben – das ist in diesem Falle die offizielle Staatsgesinnung, die den Krieg lobt; das Kino, das den Krieg verherrlicht; die Zeitung, die den Krieg nicht in seiner wahren Gestalt zu zeigen wagt; die Kirche, die zum Kriege hetzt (die protestantische mehr als die klügere katholische); die Schule, die den Krieg in ein bombastisches Panoptikum umlügt; die Universität, die den Krieg feiert –, überall der Krieg.

Wie weit das geht, zeigt das Verhalten derer, die im Kriege gelitten haben wie die Tiere.

Kein Mensch vermag eine ganze Epoche seines Daseins als sinnlos zu empfinden. Er muß sich einen Vers darauf machen. Er kann seine Leiden verfluchen oder loben, zu verdrängen versuchen oder sie lebendig halten – aber daß sie sinnlos gewesen seien, das kann er nicht annehmen. Der Pazifismus hat seinen großen Augenblick versäumt, welcher das Ende des Jahres 1918 war. Wir haben den Millionen, die zurückgekehrt sind, kein seelisches Äquivalent für ihre Leiden gegeben – hätte man die Krüppel als Opfer einer Idee gefeiert, so wäre das im Menschen wohnende Element der lebensnotwendigen Eitelkeit

Triebfeder zum Frieden, zur Kriegsverneinung geworden. Die andre Seite hat diese geborenen Agenten des Pazifismus eingefangen.

Das wahrhaft katholische Raffinement, mit dem die schwer in ihrer Gesundheit Geschädigten, mit dem die neuen Hammel für den neuen Krieg überall bearbeitet werden, ist erstaunlich und doppelt erstaunlich, weil fast niemals dagegen Einspruch erhoben wird, daß in dieser Staatspropaganda die Behauptung in die Voraussetzung geklemmt wird. Daß der Krieg nützlich, ethisch gut, zu bejahen und überhaupt lobenswert ist, darüber wird nirgends diskutiert; zweifelhaft ist immer nur die Form, wie man ihm opfern müsse. Die Schande ist überall gleich groß: in Amerika paradiert die kriegshetzerische amerikanische Legion auf öffentlichen Plätzen, ein übler reaktionärer Kriegerverein; in Deutschland schmoren die Kyffhäuserverbände in der Sonne der Gunst geschlagner Generale; in Frankreich enthüllen sie heute Kriegerdenkmäler über damals mit Recht verabscheute Greueltaten — und so verschieden die Nuancen sind, so gleichartig ist die Grundgesinnung. Von der Dankbarkeit, die wir unsern lieben, hochverehrten, heldenhaften, gesegneten und zum Glück stummen Gefallenen schulden, von diesem Hokuspokus bis zum nächsten Krieg ist nur ein Schritt. Was hier gemacht wird, ist Reklame.

Ich denke, daß wir der einen Knüppel zwischen die Räder werfen sollten.

Die einzige katholische Kirche hat begriffen, daß man große Erfolge nur mit der Arbeit im kleinen erringen kann; die Nationalisten aller Länder haben davon einen Tropfen Öles empfangen. Nur wir, nur die Pazifisten, fast gar nicht.

Eine Mobilisierung ist nur möglich, wenn jede Wickelgamasche greifbar auf dem Bord liegt, und wenn die Gemüter so präpariert sind, daß eine geistige Mobilmachung durch eine herbeigepfiffene Zeitungsmeute in vier Tagen entfesselt werden kann. Wenn man zwanzig Jahre um sich herum immer nur hört, daß man dem Staat Gehorsam, Leben und — aber darüber ist zu reden — Steuern schulde, so springt alles gehorsam an, wenn die Trompete bläst. Am 1. August 1914 war es zu spät, pazifistische Propaganda zu treiben, war es zu spät, militaristische zu treiben — tatsächlich ist auch damals von den Militaristen nur geerntet worden, was sie zweihundert Jahre vorher gesät haben. Wir müssen säen.

Jeder Psychologe weiß, daß es hart und schwer ist, die Schwelle des Widerstands zu überwinden, die die Dressur in die Seele eines Individuums gelegt hat. Theoretische Schriften über den Staatsgedanken des Pazifismus, Diskussionen über dieses Thema müssen sein — sie bleiben völlig wirkungslos, wenn sie nicht in die Terminologie, in die Vorstellungswelt, in das Alltagsleben des einzelnen übersetzt werden.

Da es keinen Staat gibt, für den es zu sterben lohnt, und erst recht keine Prestigefrage dieser größenwahnsinnigen Zweckverbände, so muß Symbol für Symbol, Äußerlichkeit für Äußerlichkeit, Denkmal für Denkmal umkämpft, erobert, niedergelegt werden. Es steht kein pazifistisches Kriegerdenkmal, die einzige Art, der für einen Dreck hingemordeten Opfer zu gedenken – es gibt nur trübe Anreißereien, das Beispiel der trunken gemachten und Helden genannten Zwangsmitglieder des betreffenden Vereins zu befolgen. Was die Generale mit ihren ehrfurchtsvoll gesenkten Degen, mit Fahnen und ewigen Gasflammen; mit Uniformen und Hindenburg-Geburtstagsfeiern; mit Legionsabzeichen und Filmen heute ausrichten und ausrichten lassen, ist das schlimmste Gift. Entgiften wir.

Das kann man aber nicht, wenn man, wie das die meisten Pazifisten leider tun, dauernd in der Defensive stehen bleibt. «Man muß den Leuten Zeit lassen –» und: «Auch wir sind gute Staatsbürger –» Ich glaube, daß man weiterkommt, wenn man die Wahrheit sagt:

Daß niemand von uns Lust hat, zu sterben – und bestimmt keiner, für eine solche Sache zu sterben. Daß Soldaten, diese professionellen Mörder, nach vorn fliehen. Daß niemand gezwungen werden kann, einer Einberufungsorder zu folgen – daß also zunächst einmal die seelische Zwangsvorstellung auszurotten ist, die den Menschen glauben macht, er müsse, müsse, müsse traben, wenn es bläst. Man muß gar nicht. Denn dies ist eine simple, eine primitive, eine einfach-große Wahrheit:

Man kann nämlich auch zu Hause bleiben.

Und man kann nicht nur zu Hause bleiben. Wieweit zu sabotieren ist, steht in der Entscheidung der Gruppe, des Augenblicks, der Konstellation, das erörtert man nicht theoretisch. Aber das Recht zum Kampf, das Recht auf Sabotage gegen den infamsten Mord: den erzwungenen – das steht außer Zweifel. Und, leider, außerhalb der so notwendigen pazifistischen Propaganda. Mit Lammsgeduld und Blöken kommt man gegen den Wolf nicht an.

Und wir sind nicht nur zu wenig Kämpfer des Friedens – wir sind es auch viel zu abstrakt, viel zu hoheitsvoll, viel zu theoretisch. Die kleinste Zelle ist zu bearbeiten, also die Familie, die Frau und die Gemeinde. Hier sind immer das ‹Werk von Locarno›, die interparlamentarischen Konferenzen, der Völkerbund so sehr skeptisch betrachtet worden, weil die Einweihung eines Krieger-Gedenksteins; der Mißbrauch von Schulkindern zur Demonstrierung unsittlicher Ideen; die amerikanischen Kriegsfilme, die für alle Welt gemacht sind und von aller Welt nach verschiedener Melodie beklatscht werden, wirkungsvoller sind als alles Gerede in feierlichen Sälen. Der gute Wille des Herrn Löbe, der nicht vorhandene Wille des Herrn Breitscheid und der schlechte Wille gewisser französischer Sozialisten bewirken gar nichts. Aber eine Straßenabsperrung, Bilder in den illustrierten Zeitschriften, Filme, Predigten und Schulfeiern – die bewirken etwas. Wir dringen lange nicht genug dahin, wo allein unsre Wirkungsmöglichkeit sitzt: in den Bauernhof, in die Werkstatt, in die Schulklasse, in das Büro und in die Familie. Und warum nicht –?

Weil wir nicht die Sprache der Leute reden.

Um propagandistisch verstanden zu werden, muß man vereinfachen und verdicken, untermalen und übertreiben – man muß klar und simpel sein und allen verständlich. Hier und nur hier steckt die Mobilisierung des Friedens.

Wir kennen den Geisteszustand, der in allen Ländern im ersten Kriegstaumel geherrscht hat. Ihn hat man heraufzubeschwören, ihn genau auszumalen – und ihn zu bekämpfen. Prophezeit: so und so wird es sein. Ihr werdet zu euern sogenannten Staatspflichten gezwungen werden, die nichtig und verdammenswert sind – befolgt sie nicht. Ihr werdet eingeredet bekommen, daß drüben der Feind steht – er steht hüben. Man wird euch erzählen, daß alle Letten, Schweden, Tschechen oder Franzosen Lumpen seien – die Erzähler sind es. Ihr seid dem Staat nicht euer Leben schuldig; ihr seid dem Staat nicht euer Leben schuldig; ihr seid dem Staat nicht euer Leben schuldig.

Und die Fahne, die da im Wind flattert, weht über einem zerfetzten Kadaver. Und wenn euch ein Auge ausgeschossen wird, bekommt ihr gar nichts oder sechzehn Mark achtzig im Monat. Und jeder Schuß, den ihr abfeuern müßt, ist ein Plus im Gewinnkonto einer Aktiengesellschaft. Und ihr karrt durch den Lehm der Straßen und stülpt die Gasmasken auf, aber ihr erntet nicht einmal die Frucht eures Leidens. Und die wahre Tapferkeit, der echte Mannesmut, der anständige Idealismus des guten Glaubens – sie sind vertan und gehen dahin. Denn man kann auch für einen unsittlichen Zweck höchst sittliche Eigenschaften aufbringen: aufopfern kann man sich, verzichten, hungern, die Zähne zusammenbeißen, dulden, ausharren – für einen unsittlichen Zweck, Getäuschter, der man ist, Belogener, Mobilisierter … seiner primitiven Eigenschaften, der barbarischen.

Stoßen wir vor –? Sagen wir das den Leuten –? Befreien wir sie von der fixen Idee des Staates, der kein Recht hat, über sie zu verfügen, und der sich dieses Recht anmaßt, indem er Religion, Ethik, Geschichte und Rechtsvorstellung verfälscht? Ich halte die Kleinarbeit etwa des ‹*Andern Deutschlands*› in Hagen für wertvoller, für wirkungsvoller, für eindringlicher als die Tätigkeit ganzer Friedensgesellschaften, die zu Leuten sprechen, die schon überzeugt sind. Wer ‹hat› den sogenannten ‹Neutralen›, den Indifferenten, den Kaufmann, den Angestellten, den Niemand –? Die andern. Nicht wir.

Das ist unser Fehler. Was ist das für eine Propaganda, die immer mit einer Art bösen Gewissens herumläuft! Aber es gibt bei der pazifistischen Arbeit ein paar Grundsätze, über die gar nicht mehr zu reden ist. Die sind:

Jedes Gedenken der Gefallenen, also Ermordeten, ohne die klare Ableugnung der Kriegsidee ist eine sittliche Schande und ein Verbrechen an der nächsten Generation. Es gibt keine Staatsgrenze, die die Verbrüderung mit Gleichgesinnten sperren könnte. Man muß schon offizieller deutscher Freimaurer sein, einer von denen, die ‹die Existenz einer Menschheitsidee› leugnen, man muß Priester sein oder deutscher Universitätsprofessor, um zu glauben, daß das Ethos in Saarbrücken oder in Herbesthal ende. Da fängt es an. Sich im Kriege zu drücken, wo immer man nur kann – wie ich es getan habe und Hunderte meiner Freunde – ist das Recht des einzelnen. Jubel über militärische Schauspiele ist eine Reklame für den nächsten Krieg; man drehe diesem Kram den Rücken oder bekämpfe ihn aktiv. Auch wohlwollende Zuschauer sind Bestärkung.

So denken Hunderttausende und schweigen.

Ich weiß, daß nach einer wilden Tirade eines braven Rechtsanwalts, der im Reichsbanner seinen Patriotismus absonderte, nachher am Biertisch einer gesagt hat: «Kinder, hat der Wrobel nicht eigentlich recht?» Und dann gab es ein verlegenes Schweigen, und dann waren sich alle einig, daß man ‹so etwas eben nicht sagen könne›. Man kanns sagen. Man muß es sogar sagen. Ich habe diese Gesinnung weder erfunden, noch halte ich ihre Formulierung für eine geistige Tat. Aber das Einfache sagen, das Allereinfachste, das, was jede Mutter verstehen sollte, die nicht verhetzt ist, zu sagen, was jedes Kind begreift – das ist so bitter nötig und wird so wenig getan. Ich habe gar kein Gefühl für die staatspolitische Bedeutung von Ministerreden, wenn während der Zeit, wo diese Ansprachen gehalten werden, sich die jeweiligen Kriegsminister wie die Tollen gebärden; wo sie wieder und immer wieder ihre Reklame-Denkmäler einweihen; wo sie wieder und immer wieder die ermordeten Mörder ehren und an das allerdumpfeste Gefühl im Menschen appellieren: an das Hordengefühl, das aufheult, wenn der Schritt der Kolonnen vorbeidröhnt. Ich auch! ich mit! ich mit!

Hier hat die Propaganda einzusetzen. Hier ist mit jedem, selbstverständlich auch mit den jeweils verbotenen Mitteln, aufzuklären: wie ein Staat wirklich aussieht; wie die Struktur der Gesellschaft ist; wie die wahren Grenzen in Europa und anderswo laufen – und wie das Leben noch des letzten Generalfeldmarschalls zu kostbar ist, um auch nur eine Patrone, einen Säbelhieb und die Übertretung eines uralten Gebots an ihm zu verschwenden.

LIED DER KUPPLERIN

Szene aus einer Revue von Alfred Polgar und Theobald Tiger

Suchen zwei
nachts um drei –
«Pst» mach ick – «hier is 'n Zimmer frei –!»
Treppe kracht,
in dunkler Nacht –
«He – fall mir keener in den Fahrstuhlschacht!»
Rin ins Zimmer.
Matter Schimmer.
Ick davor.
In 'n Korridor . . .
Jedoch:
Feiern die die Orchideen –
Ick stopp mein'n Mann seine Strümpe.
Ick will den Rummel jahnich sehn –
ick stopp bis frieh um fimfe.
Masochisten,
Homosexwalisten,
frisch jelehrje
Minderjährje
vaitressiern mir nich so sehr
als wie mein Mann seine Strümpe.

Ick sitz stur.
Manchmal nur
Schlägt in unsan Salon die Uhr.
Wäsche bauscht
sich – Wasser rauscht –
ick hör, wie eena Küsskens tauscht.
Da jehts hart auf hart . . .
Matratze knarrt.
Nebenbei
ein doller Schrei –!
na, na . . .
Ich gucke durch keen Schlüsselloch
Ick stopp mein Mann seine Strümpe.
Ick laß sie muddeln noch und noch –
ick stopp bis frieh um fimfe.

Junge Meise
Zittergreise –
Rennbanditen –
Transchvestiten –
lauter Bruch aus 'n Ausverkauf –
wie mein Mann seine Strümpe.

Jahr für Jahr –
det is klar –
horch ick, wat in die Stuben war.
Wie sie sich quäln,
und krakeehln –
mir kann keiner was erzähln.
Neulich kam vorbei
eener von die Polissei.
Und statt Platz zu nehm,
sagt er: «Sie solln sich was schäm –!»
Nanu –?
Ick bin eine brave Frau –
ick stopp mein Mann seine Strümpe.
Mit die Wirtschaft nehm icks ganz jenau –
ick stopp bis früh um fimfe.
Det Jelichter,
die Bühnendichter,
wat die da schreihm
von unsan Treihm –:
die ham ja keene Ahnung nich
von mein Mann seine Strümpe –!

ALTES LICHT

Die Französische Fotografische Gesellschaft und der Pariser Foto-Klub haben eine kleine Ausstellung von Fotografien arrangiert; in der rue de Clichy Nr. 51 ist sie zu sehen.

Vorausgeschickt sei: Wer ist eigentlich für die Beteiligung von Deutschen bei ausländischen Ausstellungen verantwortlich? Was da auf der kleinen Tafel ‹Deutschland› hängt, ist mit ein, zwei Ausnahmen mehr als kümmerlich – von Perscheid, der Frau Rieß und den ausgezeichneten großen deutschen Fotografen ist auch nicht eine Spur zu sehen. Wir haben in Deutschland für jedes Ding dreiundfünfzig Organisationen – und wenns zum Klappen kommt, liegen sie sich in den Haaren, und keiner kann dafür . . .

Die deutsche Perle, die da hängt, heißt *‹Schaffende Hände›* und stammt von einem Mann, der im Katalog als ‹Renger Patzsch (Albert D. W. B.) Bad Harzburg› figuriert, Gott mag wissen, wie der Mann wirklich heißt. Dargestellt sind auf dem Bild zwei Hände eines Tonkneters über der Drehscheibe, der fette Ton hat die Finger eingesalbt, die triefen vor Ton und Arbeit — eine ganz erstaunliche Leistung: man kann den Ton fast abheben, so reliefartig ist er getroffen. Diese reine Augenfreude am konkreten Ding, am Material, an der lebenden Sache findet sich in dieser Ausstellung sonst nur noch bei den Amerikanern, die am besten abgeschnitten haben.

Sie haben zum Beispiel (‹*In the kitchen*›) nur den Wasserhahn am Ausguß fotografiert, mit einer Emailleschüssel davor ... aber wie da jeder Wassertropfen glänzt, wie das blinkt, mit welcher Eindringlichkeit so etwas gegeben ist, das ist nun zum Erstaunen gar. Das ist, um ein dummes Modewort abzuwandeln, ‹alte Sachlichkeit›, jene, die nie ausstirbt, weil sie auf dem gesundesten Empfinden beruht und weil es allerbeste handwerkliche Arbeit ist, die dahinter steckt. Der Fotograf heißt Coster und wohnt in Baltimore.

Sie haben vor einer körnig gekalkten Mauer eine Winde fotografiert, nichts als etwas Blättergerank und diese duftige, papierdünne, windige Blüte — und es kribbelt einem in allen Fingern, man will das anfassen, darüber hinstreichen, du atmest diesen unendlich dünnen und kaum wahrnehmbaren süßen Geruch, den das Blütchen ausströmt ...

In Ohio haben sie ein paar Teller auf einen Tisch gestellt, und die kühle Glätte des Porzellans füllt alle Gehirnzellen; in Los Angeles kommen ein paar Mädchen einen abschüssigen Weg heruntergegangen, und man kennt Licht, Luft, Landschaft und Atmosphäre; sie spielen mit Masken und Frauenköpfen, mit dem Ku-Klux-Klan; aus Kanada haben sie einen Waldbrand geschickt, der trägt eine Brise von Asche, von angesengtem Holz und träg rauchenden Baumstümpfen herüber ... Das sind Wunderwerke der Fotografie.

Dagegen verblaßt fast die ganze übrige Ausstellung. Herr John Rise aus Norwegen gibt einige schöne, fast kunstgewerbliche Bilder, die Polen sind gut vertreten — aber der Rest, besonders Frankreich, hat leider nur, in völliger Verkennung des Wesens der Fotografie, ‹schöne Bilder› ausgestellt, mehr oder minder schön, «so gut nachgemacht, wissen Sie, daß man gar nicht glauben möchte, es wäre eine Fotografie» — also der vollendete Stilunsinn.

Aber ein Zimmer ist da, ein einziges kleines Zimmerchen, in dem schweigt jeder Einwand, hier kann man nur die Augen aufmachen, sich ein kleines Schauerchen den Rücken herunterlaufen lassen ... hier sind alte, ganz alte Fotografien. Hier ist altes Licht.

Die älteste Fotografie auf Papier ist da zu sehen: sie stammt aus dem Jahre 1839, ist fahlgrün, und wenn man genau hinsieht, kann man Dächer erkennen und Umrisse von Häusern, das ist Paris, das alte Paris, aufgenommen vom hochgelegenen Fenster eines Ministeriums . . .

Neben rührenden Daguerreotypien hängen da die ersten Momentaufnahmen, die je gemacht worden sind: so eine von einer Prozession, die durch die rue des Batignolles zieht – aber da brennt es ja auf dem Bilde! Rauchschwaden schlagen aus den Häusern, aber zum Glück sind das nur fotografische Kickser, da hat die Linse nicht so gewollt, wie der Herr Fotograf, und die Dunkelkammer auch nicht. Auf einer Caféterrasse sitzen sie da, seit dem Jahre 1877 sitzen sie da unbeweglich auf dem Bild: mit jenen reizvoll hohen Hüten, die Damen in langen Kleidern, und die Männer in langen Bärten, und man möchte sie alle zusammen streicheln. Und manchmal geht es gespenstisch zu auf diesen Bildern: da steht ein altes Pferd vor einem Planwagen (es ist nun schon längst tot), und leider sind Pferd und Wagen etwas durchsichtig geraten, man kann durch sie hindurch die Gartenmauer dahinter sehen, wie ein Filmgespenst stehen sie im Bild, wie eine Vision . . . Und vom Brand der alten Opéra-Comique sind schreckliche Verwüstungsbilder zu sehen, und es gibt auch noch eine Aufnahme des alten, seinerzeit riesigen Platzes vor dem Louvre, wo noch keine Gartenanlagen waren; merkwürdig, welchen horror vacui die modernen Stadtväter in allen Ländern haben, sie können keinen leeren Platz sehen. Ein Platz ist aber nur ein Platz, wenn er leer ist – dann erst singt seine Struktur, die beschwingten Linien der angrenzenden Häuser fangen an zu sprechen. – «Ich bin ein Platz!» sagt der Platz. Heute haben sie überall ‹Anlagen› daraufgesetzt, und nun schweigen die Plätze und sind gar nicht mehr da.

Alte Fotografien! Alle sind schon tot, die auf euch zu sehen sind; die Wagen sind zerhackt, die Gartenstühle vermodert, die Seidengarnituren zu Staub zerfallen; von den Menschen sind vielleicht einige Grabsteine übrig geblieben, und die Straßen gibt es gar nicht mehr . . . Es hat doch aber einmal alles gelebt, was da zu sehen ist, gelebt wie wir – es war doch da. Es ist wie ein Gruß aus einer verschollenen Zeit, durch den Nebel der Vergangenheit tönt deutlich das Radio-Ticken des Lichts – ohnmächtig tastet die Hand rückwärts, will etwas erfassen, aber es entgleitet. Zeit, du lautloser Gott! Und wenn einer sich zum Eremiten machte und in einer Höhle die Sünden der Vorväter abbüßte –: dem kann er nicht entrinnen. Die Rathausuhr auf dem großen Platz schlägt auch für ihn; der kleine Sekundenzeiger an der Zeitscheibe des *‹Matin›* auf den Boulevards rast auch für ihn. Da hängen an den Wänden die alten Fotografien und zeigen unbeweglich das alte Licht, das einst auf sie fiel – der Leierkasten der Vergänglichkeit spielt ein schönes, nachdenkliches Lied, was uns nicht abhalten soll, die Sache mit dem Kerl, dem Meier, die wir für morgen vorhaben, für die wichtigste, für die allerwichtigste der Welt zu halten. Vorwärts! Vorwärts –!

WIEDERSEHEN MIT PARIS

«Zu Hause» sagt das kleine Hotel, in dem ich vor drei Jahren angefangen habe; «zu Hause» sagen die quietschenden Bremsen der Autobusse; «zu Hause» die Apparatur des Essens mit den süßen und belanglosen Zeremonien um jeden Salatteller ... wie geölt geht das alles. Da bin ich wieder. Und ich sehe mich um.

Unverändert. Wenn man nach zehn Jahren hierher käme, so könnte man wahrscheinlich geschlossenen Auges in dieselben Restaurants, dieselben Läden, dieselben Tabacs gehen – da wären noch dieselben Kellner, dieselben Portiers, dieselben Freuden, Klatschereien – hier ändert sich scheinbar nichts. Der nonchalante Trott der Straßen ist noch da –, langsam gehe ich alles ab, ob es auch noch da ist: die Place Dauphine und der Schutzmann mit dem wehenden Windbart an der Porte Saint-Denis und das Möbelhändlerviertel und die Kleiderbörse und die französischen Amerikaner in der rue Saint-Honoré und die Hure mit dem Stelzbein und die kleinen Boote auf der Seine ... Es ist alles noch da. Vorhanden ist das Paris der Tangente, das Rad der Zeit rollt an der unabänderlichen Linie der Tradition entlang, und da, wo sich die beiden berühren: da liegt Paris. Hinter dem Hispano fährt eine Kutsche, richtig eine lackierte Equipage aus der Zeit, wo feinere Hausärzte in so etwas fuhren: darin sitzt eine ganz alte dicke Katze in Menschengestalt einer schlaff aufgeblasenen Erbtante, in einem unmöglichen Kostüm, starr sitzt sie, ein Vermögen bebrütend, auf das sicherlich zehn Anverwandte warten, die von ihr maßlos schikaniert werden ... Vorüber. Nun suche ich eine Wohnung, da tut sich auf einmal die ganze Stadt auf; schlecht gelüftete Schlafzimmer öffnen sich, ausrangierte Damen lächeln im Morgenrock – «Vous allez nous excuser, monsieur – nous sommes en train de ...» Immer sind sie en train de, so sieht es auch aus.

Wenn man mit ihnen unterhandelt, fällt dem Deutschen auf, was ihm auffallen muß. Ich verhungerte in Paris – nie könnte ich hier auch nur einen Sou verdienen. Hier kann man schwer verdienen, aber leicht leben. (In Berlin scheint mir das umgekehrt.) Sie haben ein Telefon, das ein Witz ist, aber ein schlechter – und sie haben so viel Zeit. Nein, sie haben überhaupt keinen Sinn für Zeit – es ist vielleicht möglich, in Frankreich alles durchzusetzen – nur eines darf man nicht: man darf nicht eilig sein. Sie sind grade nicht zu Hause, oder sie sind nicht aufgelegt, oder sie brauchen den Anlauf – unmöglich, hier in ein Zimmer zu treten und grade heraus zu sagen, was man will. Was in Deutschland kaufmännische Tugend, wäre hier eine dicke Unmöglichkeit. Am besten, wenn man sehr viel Zeit hat und erst einmal mit dem Mann seiner Wahl frühstücken geht. Ah, es ist ihm nicht um das Geld! Aber nach dem Fisch wird er aufgekratzt, und beim Kaffee ist er umgänglich, auch in Geschäften, grade in Geschäften — beim Kaffee werden die meisten Abschlüsse gemacht, nicht im Büro. Es ist alles so anders —.

Wenn man zwei Monate in einem fremden Land lebte, versteht man es gewöhnlich herrlich — es ist ja so klar ... Dann wirds dunkler, und ich befinde mich zur Zeit in jener Periode, die jeder kennt, der reist —: ich verstehe fast gar nichts mehr. Alles, was ich gelernt habe, kommt mir falsch vor — alles, was ich von den Franzosen weiß, zu wissen glaube, geschrieben habe, dünkt mich schief ... Ich tappe so herum. Was ist das für ein Volk?

Griechen mit einem Zopf?

Etwas Ähnliches ist es schon. Und wie bei den Chinesen und wie bei den Griechen ist es nicht so sehr eine Zollunion, nicht so sehr eine durch Militär oder Verwaltung zusammengehaltene Sache, sondern ein fester Kulturkreis, in den nur eindringen kann, wer seine Geschichte, seinen sprachlichen Unterbau und seine Literatur genauestens kennt. «Ihr seid alle Zaungäste» hat Morus einmal zu uns gesagt, als er noch in Paris war. Und er hat so recht.

Es gibt hier drei oder vier wirklich tüchtige und kenntnisreiche Journalisten — aber wir stehen doch allesamt vor dem Gitter und sehen zwischen den Stäben hindurch. Das liegt nicht nur an dem Widersinn, mit dem die großen Verlage ihr Geld zum Telefon hinauswerfen, gierig diese sinnlosen ‹Nachrichten› sammelnd, Fetzen, mit denen kein Mensch etwas anfangen kann, der die Zusammenhänge nicht kennt. Was da zusammentelefoniert wird, geht monatlich in die Zehntausende — wird zu Hause mit einer schönen dickzeiligen Überschrift versehen und hat mit Frankreich auch nicht das leiseste zu tun. Ein Reporter könnte hier viel ausrichten — dazu brauchte er in erster Linie einen Salon. Erst, wenn er ein Haus aufmacht und dazu gehört, lebt er mit; erst wenn er mitlebt, kann er mitreden. Es ist kein Zufall, daß die französischen Arbeiten Kischs, der doch auf seinem Gebiet eine Nummer ersten Ranges ist, zu seinen schwächsten gehören. Was der Impressionist hier mit den Augen von außen nehmen kann, ist oft amüsant, niemals erschöpfend. Das ist ein verwickeltes Land ...

Aber so sehr ich auch zur Zeit im Dunkeln tappe, eins weiß ich gewiß —: daß nämlich nichts so schauerlich ist wie das Getue der Snobs, die dieser Stadt herablassend auf den Popo klopfen, die sie falsch vertraulich duzen, die so tun, als ob ... Diese verkehrten Betonungen, diese falschen Töne — welch Aufwand um dumme Einzelheiten! Jedesmal, wenn ich sehe, wie in Berlin, besonders bei den Kunstfritzen, irgend eine pariser Sechserware mit feiner Miene abgeschmeckt wird, immer nach der Melodie: «Ätsch — das habe ich entdeckt, ich, ich, ich — und du hast es noch nicht», dann wird mir angst und bange, wie weit es doch von Paris bis Berlin ist. Affen, die mit dem fortgeworfenen Kamm der gnädigen Frau spielen und sich einbilden, zum Hause zu gehören.

So kommt man nicht herein. Der einzige Curtius hat neulich einmal darauf hingewiesen, wie der Franzose aus seiner Literatur zitiert – aber es ist viel mehr als ein Zitat. Es ist die stillschweigende und absolute Voraussetzung der gleichen Bildung, der gleichen Bildungsstoffe, der gleichen literarischen Jugenderlebnisse – sind die nicht vorhanden, fühlt er die Fremdheit. Man ist ihm gleich viel näher, wenn man expressis verbis auf den gemeinsamen stock zurückgreift. Es genügt manchmal, wenn man das gleich ihm fühlt. Und wenn ich mich keine Minute in der Comédie Française zu Hause fühlen kann, so beweist das alles gegen mich und nichts gegen den Kunstausdruck von Millionen. (Angefeindet von Zehntausenden – es beweist nichts.)

Wo bist du, Frankreich –?

Ein kleines Stückchen war neulich abend auf den Boulevards.

Sacco und Vanzetti sind, nach unmenschlicher Qual, zu Tode geröstet worden, und nun verprügelte die eine Hälfte der Leute auf den Boulevards die andre; ich habe vergessen hinzuzufügen, daß die Prügelnden kostümiert waren. Der Präfekt von Paris und der französische Innenminister, Sarraut, hatten jede Demonstration verboten, und weil unter den Manifestanten auch wirklich üble Burschen waren, die Schaufenster einschlugen und vor lauter Justizempörung Waren klauten, so wußte schon nach einer halben Stunde kein Mensch mehr, warum er da eigentlich auf den großen Boulevards herumgestoßen wurde und stieß. Es fing ganz gemächlich an – aber schon um zehn Uhr waren viele Uniformkragen oben ein bißchen aufgehakt, und in den Augen lag jenes böse, kalte Glitzern, das wir so gut kennen ... Nun, was Hauen angeht: das können sie. Der Schneid, mit dem ein Trupp die Straße schräg überschritt, an der Spitze ein Mann mit gesticktem Käppi: «Nun wollen wir sie dreschen ...» Und das taten sie denn auch.

Blutrot leuchteten die Reklamen an den Fronten der Läden.

LANCEL

stand auf einer. Lancel –? Das ist ein Lederhändler, der, als er vom Verrat seiner Frau erfuhr, hinging und den jungen Herrn, bei dem sie grade stak, in dessen Garçonnière erschoß.

Totschlag oder Mord? Er hatte sich vorsorglich einen Revolver eingesteckt, er war sehr entschlossen da heraufgestiegen ... Die beiden Italiener mußten fort. Ihn haben sie freigesprochen. Ja, Lancel, das ist ganz was anders ...

Nichts widerstrebt einem Lande so, einem Staat so, wie: kühl und marxistisch beurteilt zu werden. Da wehrt sich alles, da bäumt sich alles auf: Romantik, Staatsräson und ein Intellektuellentum, das es gar nicht kompliziert genug haben kann; im Dunkeln ist gut munkeln. Aber es hilft alles nichts:

Wer einmal das Skelett des Staates gesehen hat, der vergißt es nie mehr. Vergißt nie, wie schmal die Kante der ‹Freiheit› ist, auf der sie alle balancieren dürfen; wie dürftig diese verlogene Demokratie, die von gesicherter Position der okkupierten Presse, der besetzten Kirche, der eroberten Kinos, der fest am Band gehaltenen Schule den armen Ludern eine Freiheit läßt, die keine mehr ist. Kein Gran wird nachgegeben, wenn es sich um Schankstättengesetz und Strafrecht, um Kriegsministerium und Polizeifonds, um Konkordat und Agrarsteuer handelt — aber den guten Demokraten gehen die Augen über, wenn sich das Reichsbanner, diese pathetische Ideenlosigkeit, zu Fackelzügen vereint. Wie viel guter Wille, wie viel Tapferkeit, wie viel ehrliche Jugend wird da mißbraucht! «Nieder mit dem Einfuhrzoll!» — das ruft keine Masse. «Es lebe die Republik!» — das verpflichtet zu gar nichts.

Guten Tag, Paris. Ich kenne das Skelett und liebe dich doch. Kann ein Frauenarzt noch lieben?

Aber sehr, hörte ich.

Und es ist vielleicht die tiefste und stärkste Liebe, die einer lieben kann: die unromantische, klar erkennende und doch verehrungsvolle Zuneigung, eine gleichmäßig brennende Leidenschaft zur schönsten Stadt der Welt.

ZEUGUNG

Die biochemischen Vorgänge sind bekannt.

Äußerlich sah es so aus, daß das nackte, gardinenlose Fenster erst hellgrau, dann graublau schien, schließlich wurde der Himmel weißlich. Die Frau wachte zuerst auf — in einem schmutzigen Hemd, mit zerzausten, ins Gesicht hängenden Haaren blickte sie trübe umher. Das Rumpeldurcheinander des Zimmers sah sie an. Durch die verklebten, zusammengekniffenen Augen erblickte sie: den Herd mit Töpfen und Papier, auf dem Tisch die leeren zwei Flaschen und eine halbvolle, ihren Unterrock auf einem Stuhl, seine Sachen über eine Stuhllehne geworfen, Stiefel, Körbe, Brocken, unabgewaschenes Geschirr, Zeitungsbogen, einen Hammer. Je weniger die Leute besitzen, desto voller sind ihre Stuben. Diese hatten nur eine: Küche, Eß- und Schlafzimmer zugleich. Darin hatten sie gestern das Kind gezeugt.

Daß es ein Sohn werden würde, wußte die Frau noch nicht. Sie sah auf den Mann; der schlief mit halboffnem Mund, schlecht rasiert, schwitzig um die Nase herum. Der Blick weckte ihn. «Koch Kaffee!» sagte er halblaut. Sie wollte zärtlich sein, in der Fortsetzung. Er küßte sie und schob sie, nicht unfreundlich, fort. Sie stand auf. Er sah sie vom Bett aus hantieren und mit den Töpfen klappern, der Vater.

Das Zimmer sah aus wie eine Tatbestandsaufnahme, wie die Fotografie einer Mordstube. Der Mann richtete sich hoch und langte sich das Wollunterzeug herüber. Dann schlurrte er in Pantoffeln auf den Gang, auf den Abtritt. Die künftige Mutter legte Brotkanten, ein Messer auf eine Tischecke, setzte zwei Kaffeetöpfe daneben. Er kehrte zurück, und sie aßen. Sie sprachen nicht. Es war nichts zu sagen. Er sah kauend aus dem Fenster. Da lag die Stadt.

Er sah über die Dachschornsteine, ohne sie zu sehen. Weil der Mensch nur hinter sich sehen kann und nicht vor sich, sah er nichts. Zwei Höfe weiter stand ein Pferd, ein junges Tier, das würde ihm in zwei Jahren einen Tritt gegen den Unterleib versetzen, an dem er lange Monate krank liegen würde, arbeitslos und krank. Um die Ecke saß ein Schreiber in einem Büro, der spitzte seinen Bleistift – mit ihm würde die Frau weglaufen, einem jungen, käsig-bleichen Burschen, finnig. Hinten, weit am Horizont, wohnte der Arzt, der auch nichts für ihn tun konnte – und weiter, im Westen, sein Fabrikant, der ihn dann entließ. Vorläufig kaute er noch stumpf vor sich hin.

Das, was in der Mutter war, wurde ein Sohn, die weiße Flocke. Er verreckte bei Verdun, an demselben Tage, an dem der General Falkenhayn den Orden Pour le mérite bekam.

Die Herren Eltern erhoben sich.

UND WER SPRICHT FÜR EUCH?

Wenn deutsche Minister Reden halten, wenn Herr von Hindenburg in Tannenberg die Fensterscheiben von Locarno einschlägt, wenn deutsche Richter Recht sprechen, dann kehrt immer, immer ein Satz wieder, – und der heißt so:

«Das deutsche Volk ist einmütig des Glaubens . . .»

Dieser Satz ist eine Anmaßung und eine Lüge dazu. Es gibt kein ‹einmütiges deutsches Volk›.

Es geht ein tiefer Riß durch die deutsche Nation, und niemand ist heute berechtigt, als Sprecher für das gesamte Volk aufzutreten.

Wir nicht: denn unserer Friedenssehnsucht, unserer schärfsten Ablehnung des Soldatenmordes und der Kriegsschlächterei stehen kräftige und herrschende Schichten des deutschen Volkes gegenüber, die den Krieg und die Anarchie zwischen den Staaten wollen.

Die andern nicht: denn unmittelbar neben ihren Trompetenfanfaren, ihren Posaunenstößen und ihrer Lust an viehischer Unterordnung und an viehischer Überordnung gibt es uns.

Es gibt zwei Deutschland.

Wir verbitten es uns aber, daß irgend einer – sei es der Präsident oder ein Minister oder ein Richter – seine und nur seine Auffassung als die allein gültige ausschreit. Dazu hat er nicht das Recht, – niemand hat ihn dazu beauftragt.

Es ist noch gar nicht einmal heraus, wer in der Minderheit steht. Uns steht die große Presse nicht in dem Maße zur Verfügung, wie wir das wünschen, Hunderttausende von Arbeitern haben weder die Zeit, noch die Möglichkeit, noch die anständige Volksschulbildung, die nötig wäre, um ihrem Willen wirksamen Ausdruck in der Öffentlichkeit zu verschaffen; die Diktatur der Bourgeoisie, unter der wir leben, verhindert jene der Wahrheit entsprechende Volksvertretung, von der die Demokratie faselt. Sie ist nicht vorhanden.

Wir wissen es und haben es immer offen gesagt: Wir allein sind nicht das deutsche Volk. Dessen Interessen sind gespalten: da gibt es welche, die verdienen an Krieg und Kriegsgeschrei; da gibt es eitle ‹echt deutsche Männer›, die sich den Gehrock fester ziehen, wenn sie ein richtiger Generalfeldmarschall angesprochen hat; da gibt es in allen Kirchen Kultusbeamte, die das Volk gern so dumm halten möchten wie sie selber schlau sind, . . . niemand von uns Pazifisten kann diesen in sich so ungleichartigen Volkskörper restlos repräsentieren.

Aber die andern dürfen das auch nicht.

Herr von Hindenburg hat nicht das Recht, für das ‹einmütige deutsche Volk› zu sprechen, denn das steht nicht geschlossen hinter ihm. Wir sind auch noch da. Wenn irgend ein kleiner Landrichter, irgend ein Reichsgerichtsrat die begrenzten Anschauungen seiner Kaste, seine Interessen und seine Vorbildung zum Angelpunkt seiner Welt macht, so haben sie dabei den Namen des deutschen Volkes nicht zu mißbrauchen, – das ist eine Mißachtung der mühsam erkämpften Wahrheit von Millionen, die der Präsident, der Richter und der feierlich daherredende Minister ja gar nicht um ihre Meinung gefragt haben! Haben wir sie beauftragt? Sie gehen über uns hinweg, als wären wir nicht vorhanden.

Wir sind aber vorhanden.

Ich habe Hindenburg nicht gratuliert. Ihr –?

Und es muß bei allen offiziellen Gelegenheiten – und grade da – zum Ausdruck gebracht werden, daß unser Wille zum Frieden und zur Völkerversöhnung vorhanden ist, daß ein erheblicher Teil Deutschlands kämpft, um nicht mehr kämpfen zu müssen – daß uniformierte Schießbudenfiguren nichts mit uns zu tun haben, – mit uns nicht! Wir haben allerhand Mittel.

Man kann nationalistische Feiern, auf denen Vertreter von Stadt und Staat den Volkswillen umlügen, sabotieren; man kann ihnen fernbleiben oder man kann sie stören (nur keine falsche Rücksicht!) – auf alle Fälle aber muß immer, in Versammlungen und in Zeitungen, zum Ausdruck gebracht werden, daß der aufgeklärte deutsche Arbeiter, daß die radikal denkenden Angestellten von den Prahlhänsen nicht um ihre Ansicht gefragt worden sind. Laßt euch nicht den Mund verstopfen! Euch gibts auch noch! –

Das gilt besonders für alle Beziehungen nach dem Ausland hinüber.

Da haben sie so ein falsches Schamgefühl erfunden: man dürfe vor Fremden niemals die volle Wahrheit sagen, das schicke sich nicht; und man vergebe sich da etwas, und man solle doch die schmutzige Wäsche im Hause waschen. Das ist dummes Zeug.

Ich werde mich in Paris gewiß nicht auf die Redaktion einer nationalen Zeitung begeben, um den dort sitzenden Schreibern des Petroleumkapitals und des Militärs mitzuteilen, was bei uns zu Hause in der Reichswehr gespielt wird. Es ist für uns Pazifisten aller Länder schon nicht immer angenehm, zu sehen, wo unsere Artikel im Ausland erscheinen und wer sich ihrer für die eignen schmutzigen nationalen Zwecke bedient.

Aber dieser Übelstand muß in den Kauf genommen werden. Taktik ist wichtig – wichtiger ist die Wahrheit. Und wenn ich heute mit radikalen Pazifisten Frankreichs zusammen bin, so sage ich diese Wahrheit und schreie sie heraus, ganz gleich, ob Schlappschwänze auf beiden Seiten diesen Schrei als stillen Vorwurf empfinden und gereizt widersprechen. Wir erkennen die ‹Ehre des Vaterlandes› nicht an, wir erkennen die ‹Heiligkeit der Fahne› nicht an; unser Vaterland ist ein *geeintes Europa,* aber nicht ein durch kaufmännische Interessen zerklüftetes Deutschland.

Es gilt, einer Internationale der Blut-Generale die wahre Internationale der Pazifisten gegenüberzusetzen. Wer nicht *für* uns ist, der ist *wider* uns. Schweigt nicht! Laßt euch nicht an die Wand drücken! Es ist nicht wahr, daß ‹das deutsche Volk einmütig gegen die Kriegsschuldlüge steht›. Es gibt nur eine einzige Kriegslüge: die des ‹Vaterlandes›, das sich ein Recht anmaßt, seine Steuerzahler zum Krepieren in den Ackergraben zu schicken.

Und es gibt zwei Schichten in jedem Volk, – da läuft die wahre Grenze, nicht an den lächerlichen Grenzpfählen entlang: die Ausgenutzten; die, die ihre Arbeit für Tuberkulose, schlechte Wohnung und ungenügende Ernährung verkaufen müssen – und die, die davon profitieren. Mit der Lyrik von Tannenberg haben wir nichts zu tun – sie ist uns ferner als der saubere englische oder französische Friedensfreund. Die festredenden Bürgermeister und Oberpräsidenten aber sollen die Ohren aufsperren. Dann werden sie ein Brausen vernehmen und ein Rufen: «Nie wieder Krieg –!» Den Ruf des andern Deutschland.

JOACHIM DER ERSTE (GENANNT RINGEL)

Die Textmacher der illustrierten Blätter haben den Titel ‹Dichter› erfunden. Da ist zu sehen: «Der Dichter Heinrich von Torfkopp in seinem neuesten Pebecco-Wagen» sowie: «Bildnis des Dichters Wildfisch in seiner schloßartigen Wohnung am Pietzensee» und so fort. Ich meine, daß diese Betitulierung etwas dümmlich anmutet, und man sollte das fortlassen. ‹Die Tänzerin Lore Sellerie› ist nicht immerzu Tänzerin, sondern hat nur ein Engagement abgezogen, lasset uns wahrhaftig sein, lieben Freunde! Und was unsern eignen Kreis betrifft, so gibt es mitnichten so viele Dichter.

Ringelnatz aber ist einer.

Es fällt mir gar nicht ein, über ein Pathos, das mir nicht zugänglich ist, Witze zu machen — aber mir sagt Heroisches wenig, Pathetisches wenig, Hymnisches wenig, das ist ein Manko des Aufnahmeapparates. Dagegen sehe ich in manchem Blankverschen Ringelnatzens tiefstes Leid — man kann dasselbe auch sehr ernst sagen, aber dann ist es nicht ganz so wirksam. So ist mir eine seiner Figuren, die nachts, mit durchaus bemachten Hosen durch die Straßen schleicht, immer als wirklicher Gott des Leidens erschienen. Er denkt, nun sei alles aus — eine Wohnung hat er nicht, frische Hosen auch nicht ...

Weil aber der Morgen kommt,
der alle Tränen trocknet —

Das heißt bei Storm:

Dies aber kann ich nicht ertragen,
daß so wie sonst die Stunden gehn;
daß so wie sonst die Uhren schlagen —

und noch viel Größere haben das auszudrücken versucht, welche Affenkomödie darin steckt, daß es weiter geht, daß es immer weiter geht.

Wollte sagen, daß die *‹Reisebriefe eines Artisten›* (bei Ernst Rowohlt in Berlin erschienen) mindestens auf jeder zweiten Seite eine kleine Dichtung zu stehen haben — und das ist sehr viel. Am schönsten da, wo die Form ganz lapidar da steht, wie aus der Sprache gewachsen:

Wie seine eigene Spucke schmeckt,
das weiß man nicht.

Das erinnert mich an eines der konzisesten Gedichte, die es in deutscher Sprache gibt: Konrad Weichberger heißt der merkwürdige Mann, und A. R. Meyer hat ihn einst ausgegraben.

Laß du doch das Klavier in Ruhe,
es hat dir nichts getan.
Nimm lieber deine Gummischuhe
und bring mich an die Bahn.

Wenn in diesen Zeilen nun auch noch etwas drinstände, wäre es ein unsterbliches Gedicht ... Von solchen Versen wimmelt es bei Ringelnatz. Manche haben hier früher in der *‹Weltbühne›* gestanden; so das von den Karpfen in Kassel und andre.

Neben den spaßhaften Gedichten, in denen Ringelnatz den risus interruptus erfunden hat, stehen jene Verse, die wir wohl alle lieben, weil sie unsre, unsre Melancholie enthalten, eine, deren man sich niemals zu schämen hat. Dieses ‹Vorbei› —

Und die reine Liebe wird vergossen
im Vorbei.

Wie verzaubert die Städte manchmal sind; wie allein der ist; wie er etwas liebt, was es gar nicht gibt; die Privatsprache, die so schön isoliert – manchmal geht er auf die Sprache, wie man auf den Topf geht; und von ‹Überalldas a. d. Elbe› wird noch sehr ernsthaft zu reden sein. Und daß S. J. ‹den Fisch Plattunde› nicht mehr hat lesen können ...

Wie schön leuchtet ihm manchmal der Morgenstern! Das schadet nichts. Wenn es eine solche Welt gäbe! solches Land! solche Städte! Gut, daß dem nicht so ist. Denn dann gäbs keinen solchen Ringelnatz.

HÄUSER

Mittleres Haus in der Köpenicker Straße, in der Avenue des Ternes,
am Harvestehuderweg –
du bist vollgelebt.

Hinter deinen Tapeten hat sich Angelebtes versammelt,
nachts knistert es,
tagsüber dünsten dort hundert Leben aus,
mittleres Haus.

Kotdurchrieselt stehst du,
von Drähten durchzuckt,
ein lebendiger Leib;
oben fassen die Gabeln deiner Antennen in die Luft und ziehen die
Musik heran, die Helferin der Gemeinheit;
mit Recht spannen sich die Radiotrapeze, auf denen die Ätherwellen
turnen, auf dem Dach aus,
neben den Hypotheken –
denn wer könnte Hypotheken handeln,
ohne die abendliche Hilfe Beethovens!

Du bist nicht wie jene Hausgreise,
in denen das Mauerleben längst abgestorben ist;
tot ruht der Kalk,
die Wanzen weinen
und beißen, angefüllt mit Verzweiflung der Isoliertheit;
nichts mehr sagt die Treppe,
schweigsam ist die Tür wie ein gefalteter Greisenmund.
So alte Leute sagen nichts mehr –
sie haben zu viel gesehn.

Du bist ein mittleres Haus.

Du bist nicht wie die Neubauten, die Gefäße des Unglücks,
in deren weißgetünchte Schubschachteln der Mensch hineinfällt,
hier seine Scheidung, seine neugebornen Kinder, seine Malheurbriefe zu erwarten;
kindisch gluckert die Badewanne, das junge Ding,
albern blitzen die Klinken,
und tapsig stuckert der eben konfirmierte Fahrstuhl in die Höhe und macht sich mausig –
wie mühsam ist es, ein so funkelnagelneues Behältnis vollzuwohnen!
So junge Leute sagen nicht viel –
sie haben noch zu wenig gesehn.
In ihnen vergeben die Mieter ihre Kraft – seelische Trockenwohner.

Du bist ein mittleres Haus.

Du hast schon viel in dir gehabt, Mutter der Möbel,
aber noch nicht genug.
Empfang, schlürf ein, spei aus:
Jeder Umzug eine kleine Geburt.

Du bist grade dabei, zu leben.
Deine Rohre rauschen, es kocht in den Ausgüssen, es brodelt im Badeofen.
Durch deine Steine sickert Weinen,
deine Ziegel schwitzen Elend aus
und gerinnendes Stöhnen der Komödien der Nacht.
Kalkiger Querschnitt!
Durchbrüllt vom Lärm der Wirtschaften,
vom sinnlosen Klingeln
und vom Quäken näselnder Phonographen!
Mancher wohnt oben in dir,
mittleres Haus.
Und abends,
wenn der Film der Geschäftigkeiten ruht,
steckt ein Hund seinen Kopf zum Fenster heraus,
ernsthaft wie Gottvater die Straßenwürmer betrachtend,
seine Pfote hat er aufs Fensterbrett gestellt –
das ist für ihn eine zweite Erde.

Mittleres Haus.

UND IMMER WIEDER MAX HÖLZ!

‹Briefe aus dem Zuchthaus› von Max Hölz (bei Erich Reiß in Berlin erschienen). Während ihr das lest, sitzt er noch immer in seiner Zelle.

Egon Erwin Kisch hat die Briefsammlung mit einem brillanten Nachwort versehn, und der Verlag Erich Reiß hat sich ein wahres Verdienst erworben, so tapfer für einen unschuldig Verurteilten einzutreten. Das wagt nicht jeder (wie der im Buch enthaltene Aufruf zeigt, in dem ich viele sehe, die nicht da sind).

«Meine Ausdrucksformen sind ärmlich», heißt es in einem der Briefe. Nun, Max Hölz ist kein Literat und will gar keiner sein. Die Briefe, die ich von ihm empfangen habe und auf die ich stolz bin, zeigen ebenso wie die hier gedruckten in keiner Zeile einen Mann, der sich nun künstlich heraufschraubt, zeigen keine weinerliche Sentimentalität – sie zeigen den Mann, der die mutigste Rede vor einem deutschen Gericht gehalten hat, die mir bekannt ist. Unser Ernst Toller, der sich zutiefst auf die Psychologie von Gefangenen versteht, vermag sicherlich am besten zu beurteilen, wie echt das alles ist: das grüblerische Nachdenken, die unbedingte Konsequenz, das anständige Empfinden für den noch ärmern Nebenmann. Hölz hat nicht nötig, sich unsre ‹Sympathie zu verdienen› – wir ehren in ihm unsre Sache, auch da, wo wir uns mit seinen Taten nicht identifizieren, zu denen er ja heute anders steht als damals, wo er sie beging ... Und wir verabscheuen, indem wir seine Sache vertreten, ein System.

Was dazu gehört, in einer solchen Lage eine Begnadigung abzulehnen, vermag nur der ganz zu würdigen, der einmal eingesperrt gewesen ist. Hölz hat nie bittend die Hände ausgestreckt – Hölz will etwas, das er verlangen kann: Gerechtigkeit. Das, was sie da mit ihm gemacht haben, ist keine.

So verengt auch der Gesichtskreis eines Gefangenen mit der Zeit wird: dieser weitet sich die Mauern seines Käfigs. An Schnüren hängen seine Briefe und sein Geschriebenes von der Decke, neben dem Abtrittseimer schreibt da einer den ganzen Tag, den ganzen Tag. Und kann sich nur unvollkommen wehren. Wir müssen ihm helfen.

Dieser Mann hat die lebenslängliche Strafe nicht verdient. Ob er wegen Hochverrats abgeurteilt werden wird, ob er dieselben milden Richter finden wird wie die Leute von Kapp, das ist eine spätere Sorge. Aber er ist wegen einer Tat abgeurteilt worden, die er nicht begangen hat, die ein andrer getan und eingestanden hat. Das darf nicht sein.

Der Reichsgerichtspräsident, der so oft über das Wesen der Gerechtigkeit öffentlich gesprochen hat, vernehme diesen Schrei:

Her mit dem Wiederaufnahmeverfahren für Max Hölz!

DIE PHRASENDRESCHER

Eine Begegnung

«Tach, wie gehts?»

«Danke, macht sich. Kommen Sie 'n Stück mit – ich geh da runter!» – «Ja, da hab ich auch zu tun. Kommen Sie – wir gehn hier lang ... Meine Frau hat mich gebeten, ihr Tinte fürn Füllfederhalter mitzubringen – meine im Geschäft ist auch alle. Scheußliches Wetter, was? Ich hab gelesen, das Wetter soll nach dem Kriege schlechter geworden sein, aber ich glaub das nicht. Es könnt ja sein, daß die atmosphärischen Einflüsse durch die Schießerei mit den Kanonen ... Apropos: Kanone! Die Frau Mattberg läßt sich scheiden! Wie finden Sie das? Ich will Ihn' mal was sagen: Die Ehe ist auch nicht mehr das richtige, nach dem Kriege – wissen Sie, rein menschlich ... Meine Einstellung zu dem Problem ist so: Unsere Zeit steht im Zeitalter der Technik. Also daran ist ja gar nicht zu tippen. Der Einfluß von Amerika amerikanisiert uns alle, meinen Sie nicht auch? Seit die Frau sich die Haare kurz schneiden läßt – und dann bei diesem Diskont ist das ja überhaupt nicht anders möglich! Wie? Ach, erzählen Sie mir doch nichts von politischen Sachen! Politik! Glauben Sie an Politik? Lieber Herr, ich will Ihnen mal was sagen: Ethik und Politik und solche Sachen, also das gibts bei mir nicht! Sehn Sie mal: Wir stehen mitten in einem Übergang, also da können Sie sagen, was Sie wollen. Was morgen sein wird, weiß kein Mensch! Ich meine, schon rein nationalökonomisch gesehen, ist das ja ganz klar – also so eine Leistung von Ford, das ist doch fabelhaft! Amerika schluckt uns noch mal alle ein, das sag ich Ihnen! Die Leute haben eine Spannkraft, das ist ja unerhört! Phantastisch! Sehn Sie mal, diese lächerlichen Sachen mit dem Dawesplan – ich meine, das ist doch höchst übel, was sie da machen – ich meine, wer kaufmännisch etwas modern denkt, der muß doch das Gesicht der Zeit empfinden, in der man lebt ... ! Ich will Ihnen was sagen: Die Zeit ist nicht einfach! Einfach isse nich! Ich hab schon zu meiner Frau gesagt: Vor Tisch ein gutes Geschäft und nach Tisch meine Zigarre – mehr will ich gar nicht! Ich rauch nach Tisch immer ne Zigarre!»

«Nein. Ich rauch nie nach Tisch, das ist nicht gut für mein Herz. Was Sie da sagen, hat viel für sich. Nur, vergessen Sie eins nicht: Sie vergessen die Mentalität. Schon rein körperlich ist das doch anders. Sehn Sie mal, wenn Sie die Komponente nehmen zwischen unserer Epoche und ... nehmen Sie sich in acht, treten Sie da nicht rein! – Ich wollte sagen: Den Einfluß des Milieus können Sie doch nicht wegleugnen! Mit der Erotik allein kommen Sie da auch nicht weiter! So primitiv ist unsere Zeit nicht! Ich meine, man will doch weiterkommen! Sentimental ist ja ganz schön — aber nur sentimental? Nein. Wer ist heute noch gesund? Ich seh das menschlich anders an. Rein als Mensch muß man darüber anders denken — wir fallen von einer Sensation in die andere, und was kommt dabei heraus? Na ja, das Taylorsystem — Hören Sie mich an: Das mit dem fließenden Band wird maßlos überschätzt, da wird auch mit Wasser gekocht — erzählen Sie mir nichts, mein Schwager war drei Jahre lang drüben, ich bin kompetent! Eine gewisse Bodenständigkeit können Sie auch nicht wegleugnen, ohne die kommen wir nicht voran! Ich meine, wer ein bißchen geistiger Mensch ist, der horcht ab! Verstehen Sie, was ich meine? Man muß eben Fingerspitzengefühl haben! Lesen Sie mal die Berichte der Handelskammer, da werden Sie sehen, was bei der Umstellung herauskommt! Ich bin gewiß kein Dutzendmensch; aber das kann ich Ihnen sagen: Wenn einer was redet, dann muß er auch was zu sagen haben! Gun Tach! Grüßen Sie Ihre Frau!»

(Jeder für sich): «Ein Ochse! Kein Wort hat er verstanden von dem, was ich ihm gesagt habe!»

GEHEIMNIS

Jüngst betraf mich ein Japaner,
und in des Gespräches Wellen,
als wir von Matrosen sprachen,
ließ er ein klein Wörtlein fallen:
‹Skibi›.

«Was bedeutet das, Geehrter?»
fragt ich leicht und glatt und höflich.
«Nie noch hört ich diese Silben:
Skibi —?

Ists ein Laster? Ein Gesellschafts-
spiel? Kann man es konsumieren?
Tun Matrosen es? Mit wem wohl?
Skibi —?»

Der Japaner nickte höflich,
lächelte und schwieg. Und seitdem
hockt auf mir der Skibi-Wahnsinn.
Skibi! zwitschern alle Spatzen.
Skibi-skibi! gellt die Hupe.
Und die Stadtbahn-Wagenachsen
rattern: Skibi-skibi-skibi . . . !

Skibi! piept die Bodenmaus.
Und so sieht die Sonne aus:

skibiskibiskibiskibiskibiskibiskibi

Traurig krauche ich durchs Leben.
Kann mir niemand Rettung geben?
Auf, nach Japan laßt mich fahren,
seekrank, heiß, mit Möwenscharen,
wochenlang in Schiffsbewegung,
II. Klasse (mit Verpflegung) –
Und ich seh nicht Palästina,
Indien nicht an und China –
Bombay nicht und nicht Kalkutta,
in Port Said die Kuppelmutter …
Ungegessen, ungeschlafen,
fahr ich.

Auf dem Quai im Japan-Hafen
spring ich auf den ersten besten,
halt ihn an am Knopf der Westen –
schreiend frag ich:
«Was ist Skibi –?»

Der Japaner, kalten Blutes,
spricht: «Das fragt man nicht. Man tut es.
Skibi-skibi-skibi-skibi –!»

In die Heimat fährt ein Greis.
Stumm. Zerbrochen. Haar schlohweiß.
Geht ins Kloster als Trappist,
weil er nicht weiß, was Skibi ist.

FRANZÖSISCHER KRIEGSFILM

‹Les Gueules Cassées› – die zerhauenen Visagen – heißt eine Vereinigung französischer Schwerkriegsverletzter. Die haben, mit Unterstützung des französischen Kriegsministeriums, zugunsten ihrer Kassen einen Film herausgebracht, der, vor abendlich ausverkauften Häusern, zur Zeit in Paris läuft.

Der Film heißt bezeichnenderweise *‹Pour la Paix du Monde›* und so wirkt er auch. Denkt man an den unsäglichen Hugenberg-Film, der in Deutschland ungestraft die Leute zu neuen Kriegen aufhetzen darf (für dieses Delikt gibt es keinen Paragraphen im neuen Strafgesetz), dann wird man traurig. Dort gestellter Kitsch und Geschichtslügen – hier die nackte Realität.

Die Filmstreifen, die hier laufen, haben vier Operateuren das Leben gekostet; vier weitere sind bei den Aufnahmen schwer verwundet worden. Man sieht aber auch fast alles:

Aufmarsch der Truppen und die unsäglichen Qualen in den Ackergräben; Essenholer und im Schlamm versinkende Kanonen, Menschentiere holen sie wieder heraus; schwindelerregende Luftkämpfe, Absturz eines Flugzeuges – es ist übrigens merkwürdig, wie in solchen Filmen fast immer nur der Feind fällt; zerschossene Dörfer, eine Operation im Lazarett und geradezu grauenerregende Aufnahmen der Gefallenen: Bündel, Fetzen, faulende Stücke von Leichen – und das Allerstärkste: eine Patrouille, die aus dem Graben steigt, sich an einen deutschen Posten heranschleicht und nun Gefangene mitbringt . . . Man sieht diese Gefangenen: arme Irre, laufen sie mit emporgeworfenen Armen in den französischen Graben.

Und die langen Züge der deutschen Gefangenen, diese jungen, ausgemergelten, zu Tode erschöpften Gesichter . . . Einmal kam ein ganzer Trupp von vorn und begegnete nun unterwegs einem zweiten französischen Stoßtrupp, der vorrückte. Mir wird die Bewegung, mit der die vordersten deutschen Soldaten die Arme hochhoben, fast wie zum Gruß, so selbstverständlich, eilig und nichtssagend, ewig unvergeßlich bleiben: die einzige humane Geste in diesem Treiben. Und brennende Städte und die zurückkehrenden Bauern, und als Rahmen die Ansprache eines blind geschossenen französischen Generals, der seine Mitkämpfer vorstellt: da tauchen sie, in Zivil, aus dem Dunkel auf, einer nach dem andern, wie eine Vision: zerschossene, zerschlagene, verstümmelte, schreckliche Gesichter, die kaum noch Gesichter sind. Aber nun haben die Opfer einen Sonntagsrock an und sind keine Soldaten mehr, sondern wieder brave Leute, denen man nichts mehr ansieht.

Eine schwere Stille lastete auf dem Saal. Nur einmal klatschten ein paar Frauen: eben, als die Franzosen die deutschen Gefangenen heimbrachten – die Schule hatte es ihnen wohl nicht besser gesagt. Aber als sie nachher die Leichen sahen, da war es ganz still ...

In der seltsamen Zusammensetzung, wie sie Franzosen manchmal lieben, hatte man vorher ‹*Charlot Soldat*› gegeben, diese im ersten Teil himmlische Kriegsgroteske. Kein anderer hätte wagen dürfen, mit dem Entsetzlichen so Spott zu treiben, wie es sein Genie getan hat – diese Verhöhnung des Militarismus, diese skurrile Komik der Bewegungen, dieser blitzschnelle Wechsel von Sentimentalität, echtem Gefühl, Klamauk und Karikatur, das ist etwas völlig Einzigartiges. Einmal kommt in diesem herrlichen Film ein zerschossenes Haus vor – nachher, als es ernst wurde, zeigte das Bild fast genau dasselbe Haus ... Und ich suchte immerzu auf der Leinwand der Historie den kleinen zappelnden Mann, der durch ein Augenzwinkern das ganze Pathos in den Mond jagt ...

Ach, er war nicht da. Aber es muß doch einmal gefragt werden, ob sich denn in allen Ländern, die dabei gewesen sind, keine Regierung findet, die den Mut aufbringt, auch einmal fremde Kriegsfilme im eigenen Lande laufen zu lassen. Dann würde sich nämlich zeigen (was man zum Beispiel auch in dem schönen Soldatenbuch von Dos Passos ‹*Drei Soldaten*› sehen kann): daß es überall das gleiche gewesen ist. Daß auf allen Seiten anständige Kerls gekämpft haben und Rohlinge, Verbrecher und Getäuschte, Idealisten und ein paar wirkliche Helden. Man zeige einmal alles: man zeige die Nahkampfaufnahmen, die in allen Generalstäben existieren, man zeige, wie Leute fallen, hinsinken, sich auf dem Boden zerquälen – man zeige Trümmer und zerfetzte Pferde, denen die Eingeweide herausquellen, vergaste und brüllende Menschen, hingemordete Jünglinge und blutende Männer. Man zeige das, und es wird sich herausstellen, ob die Menschheit, die phantasieloser als böse ist, sich nicht erhebt und nach diesen Verlusten, nach diesen Leiden und nach diesen Schmerzen in millionenfachem Schrei etwas zurückweist, das nicht sein muß: das Verbrechen des Krieges.

MAXIMILIAN HARDEN

Maximilian Harden ist tot. Es ziemt sich, auf das Grab dieses großen Schriftstellers einen Kranz zu legen. Aus welchen Blumen –?

S. J. pflegte, wenn von Harden die Rede war, zu sagen: «Dem schreibe ich einmal meinen schönsten Nekrolog –!» Er hätte es getan; denn er kannte ihn nicht nur ganz, sondern er hatte auch die so seltene Gabe, einem Toten nachrufend ein Leben zu rekonstruieren und eine Figur auf ihre platonische Idee zurückzuführen. Diesen Nekrolog nun hat er nicht schreiben dürfen. Ich glaube, daß wir damit eine der besten Charakteristiken Maximilian Hardens verloren haben – niemand hat das Zwiespältige, das in diesem Essayisten war, so gut erkannt wie sein Freundfeind S. J. Aus welchen Blumen sei der Kranz –?

Es wird bei fünfzigsten und sechzigsten Geburtstagen so viel zusammengelogen, daß wir angesichts eines Todes aussagen wollen, als gäbe es keinen Schmerz. Also die Wahrheit.

Harden ganz zu begreifen und abzuschildern vermag nur der, der mit ihm groß geworden ist. Er ragte in unsre Generation hinein wie ein Turm: ein historisches Bauwerk. Das Mordattentat, das deutsche Offiziere auf ihn verübt hatten, war nicht der Grund seines letzten Schweigens – es war der Anlaß. Er verstand diese neue Welt sehr gut, weil er ihre geschichtliche Entstehung kannte – aber er verstand diese Welt nicht mehr, von der er behauptete, sie liefe falsch. Das gibt es nicht. Die Realität ist niemals falsch. Sie ist.

Maximilian Harden hat den Deserteur Wilhelm bekämpft, als der noch Kronprinz war – ‹Phaeton› nannte er ihn – und es kostete auch damals schon allerhand, die Wahrheit zu sagen: Harden hat seine Festungsstrafe abgesessen. Sein glitzernder Feind war sein eignes Widerspiel: er fiel fast automatisch zusammen, als der nicht mehr war; sein Gleichgewicht war von Stund an gestört, ihm fehlte etwas. Er hat über Ebert die erfreulichsten Sätze geschrieben – ein Ersatz war der nicht.

Wenn Schriftsteller Analogien im Tierreich haben –: dieser war eine Schlange. Schön, gefährlich, giftig, böse, im Jagdeifer herrlich anzusehen, nimmersatt. Er stand turmhoch über den deutschen Journalisten, deren erster er war – die Gockel des Leitartikels, die ihn heute bekrähen und sich überlegen dünken, nur, weil jener tot ist und sie leben, dürfen auch nicht im selben Zimmer mit ihm genannt werden. Sein Fachwissen war fast so schmerzlich groß, wie seine Personalkenntnis, und es spricht für die ganze Dumpfheit und Beschränktheit der deutschen Beamtenkaste unter zwei Regimen, daß kein Amt mit diesem Mann jemals zusammengearbeitet hat. In Frankreich hätten ihm alle politischen Karrieren offen gestanden – niemals haben die Franzosen solche Begabungen in fressender Negativität verkümmern lassen. In Deutschland – Freilich: er hatte kein Konsulatsexamen gemacht.

Maximilian Harden war einer der wenigen deutschen Journalisten, die eine Macht bedeuteten. Davon gibt es nicht viele: der deutsche Zeitungsbesitzer will keine Macht, sondern Geld verdienen (daher ist die deutsche Zeitung im allgemeinen sauber und wenig korrupt) – der deutsche Journalist braucht nicht bestochen zu werden, er ist so stolz, eingeladen zu sein, ein paar Schmeicheleien ... Er ist schon zufrieden, wie eine Macht behandelt zu werden. Er übt sie nicht aus. Zu Harden floß der breite Strom der Information, die Abwässer des Klatsches, die

Springbäche der witzigen Verleumdungen ... er wußte alles. Und er verwertete es auf eine gradezu meisterhafte Weise. Wie das Gehörte in der Klammer wiederkehrte, in kleinen fingierten Gesprächen aufblitzte, wie eine Intimität unsicher machte, die dem Angegriffenen zeigte, daß der Angreifer längst innerhalb der Festungsmauern stand, während die Besatzung ihn noch draußen wähnte — das wurde nur abgeschwächt durch einen Stil, mit dem sich unsereiner niemals hat befreunden können.

Der Stil war nicht der Mann. Karl Kraus, der ‹den im Grunewald› vernichtend geschlagen hat, hat nicht die ganze Armee besiegt — da waren noch Reserven, die nicht im Kampf gestanden hatten. Der Mann war überhaupt nicht zu schlagen, weil er zu vielfältig, zu gespalten, zu vibrierend war — er war niemals ganz zu fassen. Zu fassen war der Stil, jener belächelte, nachgeäffte, parodierte, übersättigte und überpfropfte Stil, von dem ein Boshafter einmal gesagt hat, er sei eine Landschaft, durch die Mayonnaise fließe. Manchmal aber trug der Strom klarstes Gebirgswasser, und merkwürdigerweise allemal dann, wenn Harden nicht für sein Blatt schrieb. So ist zum Beispiel sein Nachruf auf Erzberger — als echte Journalistenarbeit in der stärksten Eile für das berliner *‹Acht-Uhr-Abendblatt›* geschrieben — ein Meisterstück schärfster und feinster Charakterisierung. Er konnte so schreiben, daß ihn auch der Mann auf der Straße verstand. Hätte er stets so geschrieben —: er wäre keines natürlichen Todes gestorben.

Der junge Harden ist Schauspieler gewesen, der alte ist es geblieben. Aber seine zweite Natur war ihm zur ersten geworden, und was vielen als Pose erschien, war seine Art, sich zu geben, — die war ganz echt. Freilich war er nie liebenswerter und bezaubernder wie dann, wenn er sie verließ. Dann ... wie war er dann?

Ich habe Maximilian Harden erst nach jenem Mordversuch kennen gelernt, bei dem übrigens der preußische Justizminister gefragt werden darf, ob denn die Attentäter, deren schmutzige Gesinnung aus jedem Wort sprach, ihre Strafe auch zu Ende abgesessen haben. Es sollte mich nicht wundern, wenn sie im Dunkel der Verwaltungsmaßnahmen heimlich begnadigt worden wären ... Damals also sah ich ihn zum ersten Mal, und was mir da entgegentrat, war ein Europäer. Abneigung hin, Kritik her —: ich habe jedesmal wieder diesen kleinen Schauer der Ehrfurcht gehabt, wenn ich mit ihm sprechen durfte. Das war jemand.

Das war einer, der die Unterhaltung wie eine Florettklinge führte — seine Ähnlichkeit mit Josef Kainz war nicht nur äußerlich. Er sprach nicht so schnell, nicht mit jenem Furor der Rede — er dachte, wie Kainz sprach; aber er sprach langsam, überlegt, die Pointen liefen haardünn aus, oben blitzte das Licht und ein Tröpfchen Gift, wenn er wollte. Es kitzelte, tat kaum weh – erst zu Hause merkten die Opfer, daß sie tödlich getroffen waren. Er liebte es, in ernste Gespräche bewußt grobe Berlinismen zu flechten; sie wirkten in seinem Munde niemals roh, er veredelte noch die derbsten Wörter, es war etwas sehr Seltsames. Einen Eindruck aber wurde man niemals los, wenn man mit ihm sprach – und ich besinne mich noch genau, wie erschütternd das besonders in der Inflation gewirkt hat: er war ein Europäer. Verknüpft mit allen Ländern dieses Kontinents, geistig verwandt mit den Geistigen, die sie leiteten – er bewegte sich mühelos unter ihnen, war kein Geduldeter, kein geschmeicheltes Schreiberchen, das von der Atmosphäre in Genf schon beschimpft wurde – ein Gleichberechtigter unter Gleichen, so lebte er dahin.

Und das wußten sie. Harden hat unter allen deutschen Journalisten das größte Echo im Ausland gehabt – er gehörte zu ihnen, sie fühlten das, hier war eine Brücke zu dem sonst unzugänglichen Deutschland. Sie glaubten ihm; sie verstanden die Methodik seines Denkens, seine Dialektik, seine Bildungselemente – er war ihnen vertraut. Nie hat das einer genützt. «Ein Zeitungsschreiber . . .» hieß es bei den Kaiserlichen. «Ein Außenseiter . . .» bei den Republikanern. Er verachtete beide.

Wenn der Schriftsteller packte, dann packte er mit Zangen. Unvergeßlich ist mir der Jugendeindruck, den ich bei der Lektüre seines Artikels über den sadistischen Erzieher Dippold empfing. Der hatte einen Jungen des Bankdirektors Koch zu Tode gequält – und wie Harden die Herren Eltern hernahm, wie er sie öffentlich auspeitschte, weil sie aus Unachtsamkeit, aus Lässigkeit, aus Faulheit ein junges Leben hatten zerstören lassen . . . das erinnerte an die besten Pamphlete aller Literaturen. «Jede Proletarierfrau», so stand da ungefähr, «wäre auf einen Notschrei ihres Kindes sofort zum Tatort gefahren. Frau Rosalie Koch schrieb einen Brief.» Mene mene tekel – – so ein Satz stand wie ein Flammenzeichen am dunkeln Himmel der Bourgeois. Was bleibt davon –?

Es bleibt immer viel weniger als man glaubt. Die Geschichtsfälscher sind schon an der Arbeit, und die emsigen Handlanger des Herrn Eulenburg schreiben ein wackres Buch nach dem andern; welcher Historiker wird die Warnungsrufe Maximilian Hardens nachschlagen; seine Prophezeiungen (Frühjahr 1914: «In diesem Sommer wird Schicksal») – wütenden Angriffe, seine Hiebe und seine Attacken?

Moritz Heimann hat einmal von Maximilian Harden gesagt: «Er lügt nicht. Er ist eine Lüge.» Hart: wenn es ein ethisch vernichtendes Urteil ist. Wahr: wenn es den Schein meint, der dieser Mann war, eine Zwiebel, deren Blätter du abstreifen konntest, immer wieder neue Blätter, immer wieder – und was kam dann? Dann kam nichts. Er ist nie weise geworden wie etwa der alte Clemenceau, dessen

Lebenserfahrungen zum Schluß eine Art Extrakt ergeben haben. Maximilian Harden ist nicht alt geworden – er war, als er starb, nicht mehr jung.

Mit ihm ist ein Typus dahingegangen, der für die nächsten fünfzig Jahre kaum wiederkehren wird: ein Einzelgänger von Format und Einfluß. Er hat in den letzten Jahren seines Lebens wiederholt davon gesprochen, die ‹*Zukunft*› wieder aufleben zu lassen – ich glaube nicht, daß diese Gattung Zeitschrift in Mitteleuropa heute möglich und wünschenswert ist. Denn es kommt nicht mehr darauf an, die Welt originell, isoliert, ganz von oben zu sehen – gegen alle zu sein und fern von allen –: sondern es kommt darauf an, bei der Masse zu bleiben, mit ihr zu sein – als Führer oder Widersacher oder Aristokrat oder Mönch – aber bei der Masse. Die Zeitschrift, in der es einer ‹allen aber gehörig sagen kann›, ist eine gute Sache; die Tat, die man mit allen und für alle tun kann, eine bessere.

Eine ‹*Zukunft*› ist Vergangenheit geworden. Ihrem Schöpfer gebührt, als einem Gulliver unter Pygmäen, die Ehre, die die mittlern Beamten der Journalistik und der Politik ihm nur formal und aufatmend gewähren werden. Sie waren sein – aber ‹er war nicht unser›. Wir grüßen das Andenken Maximilian Hardens.

FLAGGENFRIEDE

Da, wo die Spitzen der Behörden,
sich zeigen, um gezeigt zu wörden,
in den großen Hotels:
Da weht vom Dach jetzt frisch und munter
das neue Ding von Weimar runter –
A la vôtre! Your health!
Der Demokrat ruft freudig: Sieg!
Und der Fremde staunt in der Republik.

Nur du stehst grollend noch bei Seite
und hältst es für deine persönliche Pleite,
o du echt deutscher Mann!
Du bist gekränkt und schwer beleidigt:
dich hätten sie doch nicht vereidigt –
böse siehst du sie an.
Und beizend weht das Privileg
wie englische Sauce in dein Steak.

Mußt an die Flagge dich gewöhnen,
darfst sie nicht schmähen und nicht höhnen,
du holdes Schaf.
Dahinter stehn dieselben Richter,
dieselben Spießer und Vaterlandsdichter,
gehorsam und brav.
Hab vor dem Tuch nur keine Bange!
Erkenntnis dauert bei dir lange.
Dann merkst du nach geraumer Frist:
daß es ganz genau,
daß es ganz genau,
daß es ganz genau dasselbe ist.

EIN KATZENBUCH

Da ist ein entzückendes kleines Buch erschienen, zu dem man einmal aus ganzem Herzen Ja sagen kann. *‹Katzen›* von Axel Eggebrecht (bei Herbert Stuffer in Berlin erschienen). Es ist das höchste Kompliment, das ich dem Verfasser machen kann, wenn ich es ganz nahe an Alfred Polgar heranrücke. Laßt uns sehen.

Die Morallosigkeit und die Sinnlosigkeit der Katze; ihre Ungreifbarkeit und substanzlose Körperlichkeit, die leisen Funken, die dauernd aus den Pelzen sprühen und dann noch das andre ... das nicht Nennbare ...: solches ist in diesem Büchlein, das übrigens sehr reizvoll ausgestattet ist, eingefangen. «Sie gleitet», steht da zu lesen, «sie gleitet zwischen den Fugen unsres undichten Lebens hindurch» – das ist gut. Jedes Stück der kleinen Sammlung ist eine Kostbarkeit: der witzige historische Abriß, wie hübsch ist die Langeweile umgangen, die bei einem Kapitel *‹Die Katze von Karl dem Großen bis auf die Gegenwart›* herandroht! Katze und Kind – Katze und Blumen: diese Seite 79, fünfzehn Zeilen lang, ist eine echte kleine Perle. Eine sehr schöne Katzengeschichte sowie die Katze in der Menschenschlächterei des Krieges – welche Fülle von bildkräftigen Sätzen! Die Katze im Film ... die Katze und das Wasser – das ist so rein, so unverbildet, und doch gebildet, so neu, es glänzt vor Neuheit und Frische. Die Katze und ihr Traum (Karl Valentin hat einmal gesagt: «Was die Tiere träumen, das werden wir nie wissen. Sie können es nicht sagen. Nur der Papagei ...»). Und nur ein einziges Kapitel hätte ich noch stärker, noch tiefer, noch böser gehabt. Es ist das über *‹Grausames Spiel›*.

Ja, die Katze ist ein Tier, das gern in Schubladen schläft – zum Beispiel in der Schublade, wo gleich nebenbei der Blutrausch liegt. Eggebrecht zeigt gut auf, wie die Katze nicht grausam ist, es ist ihr

Leben, das da, sie tut das mit jener unheimlich glatten und kalten Sachlichkeit, die den einer Hinrichtung beiwohnenden Sadisten (o Sprache!) erschauern läßt. Es geht wie bei einer Nähmaschine . . . Halt ein! Hör doch, du! Hast du ein Herz? Aber die Maschine schnurrt.

Die Katze ist das Irrationale, also hat sie der Deutsche nicht, wohl aber der Franzose nötig. Der Deutsche hat zum Ausgleich für Keyserling den rational braven Hund. Der bellt sich seins, man versteht so schön, was er will, und man kann ihn ausdeuten. Die Katze versteht kein Mensch . . . «Angstvoll wie in unergründliches Wasser starren wir in den Spiegel unsrer Verlassenheit und frieren.»

Ein Buch voll japanischer Zartheit und einem fast englischen Humor, leise, geschmackvoll und von einer hohen, gepflegten Sprachkunst. Sie sollten, Katzenkenner, jedes Jahr ein so schönes Buch schreiben, und jedes Jahr ein umfangreicheres. Die feine Hitze des Gehirns, die Formgewandtheit, die leichte Geschmeidigkeit — wir haben nicht soviel Autoren, die das können. Axel Eggebrecht hat sich, leise und unhörbar, mit diesem kleinen Buch ganz vorn an die Rampe gespielt. Heraus mit deinem Flederwisch!

ENTHÜLLUNG

> «Es gibt keinen Mädchenhandel», sagt Kurt Tucholsky. — Was hat er für ein Interesse, die Mädchenhändler zu schützen? Nationale Zeitungsnotiz

Frühmorgens, wenn, mit Verlaub zu sagen, die Hähne krähn, springe ich fröhlich aus dem Bett, reibe mir den Beischlaf aus den Augen, gürte meinen Galanteriedegen, und — hei! — fort gehts, meinem heimlichen Beruf entgegen, von dem niemand, niemand nichts weiß. Rasch den Kuppelpelz umgelegt, und hinein in den Rolls-Royce jüngerer Linie, der schon vor der Tür, abgezahlt bis auf das linke Hinterrad, auf mich wartet. Fahr zu, Johann, und laß die Pferdekräfte traben —!

Bei der pariser Polizei bin ich als Schriftsteller gemeldet. In Wirklichkeit habe ich, allein in Paris, fünf Häuser, mit zweihundertachtundvierzig Insassinnen, zwölf Oberschwestern, einem Generalkuppelwart, und alle sind Tag und Nacht geöffnet.

«Glückauf!» begrüßt mich der stattliche Pförtner der Zentrale in der rue Louletrou. Mit echt kapitalistischem Kopfnicken grüße ich zurück und betrete die samtgeschwollenen Büroräume. «Was Neues?» frage ich kurz. Herr Friedrich, der Direktor der Zuhaltei, legt mir respektvoll in der Unterschriftsmappe die Post vor. Ich durchfliege sie.

— «Blondinenbaisse an der Mädchenhändlerbörse in Buenos

Aires» – «... die von Ihnen vorgebrachte Reklamation leider nicht anerkennen können, da der Schade auf dem Transport entstanden ist, wir also keinerlei Haftung ...» – «... Ihnen meine so gut wie neue, und nur von ersten Kavalieren getragene Kusine anzubieten, die ...» – «... daher bestimmt mit einer Erhöhung des Grundtarifs auf 1,84 Mark rechnen zu können uns in die sicherste Erwartung zu setzen glauben zu müssen. Der Betriebsrat des Hauses ‹Chez Neppine›.»

– «Sonst was?» frage ich Herrn Friedrich mit jenem leichten Vibrieren in der Stimme, das andeutet, er zähle zwar zu den höhern Beamten, das ihn aber nicht vergessen macht, daß auch er nur ein Angestellter ist. Hier in diesem mächtigen Zimmer laufen die Fäden der großen Geschäfte zusammen: Umsatz in Nordafrika flau; Transitverkehr mit Australien überwiegend fester; der Konzern internationaler Mädchenhändler beschließt, die Abberufung des Sowjet-Gesandten aus Paris zu erzwingen, da er sich in unzulässiger Weise gegen unsere Interessen ausgesprochen hat, ein kleiner Krieg zieht leise am Horizont auf, und wir werden gut an ihm verdienen ... «Sonst nichts», sagt Herr Friedrich.

Elastischen Schrittes begebe ich mich zur Einkaufsabteilung. Auf dem Korridor steht schon eine Schar Mädchenfänger, zum Ausrükken bereit, an der Tür.

Die Mannschaften tragen große Netze, mit denen sie in einsamen Gegenden, in Stadtparks und an leeren Kanalböschungen unschuldige Mädchen einfangen und mir hierher bringen; die Leute vom Salontrupp haben sich kleine schwarze Bärtchen geklebt, die ihnen ein verführerisches Aussehen verleihen: so schleichen sie sich in die feinen Familien ein und flüstern dort mit heißer Stimme den Haustöchtern verlockende Angebote in die Öhrchen; erst gestern war man auf diese Weise einer reichen Bankierstochter habhaft geworden, der wir eine Stellung als Dienstmädchen in Rio de Janeiro angeboten hatten. Ich musterte den Trupp, der militärisch grüßte. «Zweiter Stoßtrupp der Mädchenfänger zum Ausmarsch angetreten!» meldete der Führer. Ich winkte ab. Und trat in die Einkaufsabteilung.

Meine Augen sahen alles: da standen große Kisten, in denen lagen die chloroformierten Opfer der letzten Streifzüge, etliche hatte man bei der Lektüre des *‹Zauberbergs›* erwischt, und sie waren gar nicht gewahr geworden, daß man sie noch einmal eingeschläfert hatte ... andere waren frisch aus dem Filmatelier oder bei der Konfektion weggefangen worden, und müde hatten sie sich gegen den überflüssigen Umzug gewehrt. In einer Ecke war die Arbitrage-Abteilung, dort wurden die Mädchen ausgetauscht, streng nach ihrem Wert: zwei kleine zu fünfzehn gegen eine große zu dreißig und so fort. Denn hier ist das, mit Verlaub zu sagen, Becken, in dem sich alle Vorräte sammeln: hier werden die Mädchen verteilt und repartiert, von hier gehen die bemusterten Offerten heraus, die Mädchen auf Abzahlung und die gröberen Dessins für das Militär. So passen sich die Kollektionen jedem Land und jedem Kontinent an: die für die Vereinigten Staaten bestimmten Mädchen – Marke ‹Petting› – sind garantiert sexuell unaufgeklärt und bleiben das auch ihr Leben lang. (Man beachte die Banderole.) Auch wurde hier unser Patent-Präparat für einsame Farmer hergestellt: ‹Das Weib in der Tube.›

An der linken Glastür gabs Lärm. «Was ist –?» fragte ich. Der Rayonchef stürzte beflissen vor.

«Herr Präsident werden erstaunt sein, zu hören ...» sagte er, «daß wiederum, trotz aller Absperrungsmaßnahmen, zwei Damen zur freiwilligen Meldung gekommen sind. Sie begehren durchaus Aufnahme!» – «Um wen handelt es sich?» fragte ich. «Es sind vier!» meldete der Aufsichtsbeamte vom Dienst. «Es ist der gesamte Vorstand vom Reichsbund zur raschen Niederkämpfung des außerehelichen Geschlechtsverkehrs!» – «Sagen Sie den Damen», befahl ich, «daß wir komplett sind!» Ein vierstimmiges Jammergeheul vor der Tür bewies, daß edlere Teile getroffen waren.

Brummend rollte mein Wagen mit mir davon.

Im ‹Garten des Paradieses› war gerade großes Reinemachen. Wasser floß von den Wänden, Staubsauger sogen an den Türen, die laut polizeilicher Vorschrift die heißen Schreie der Lust zu ersticken hatten ... Die Vertrauensdame, Frau Wedderbein, trat mir entgegen und grüßte mit erfahrener Verbindlichkeit. «Glück auf!» sagte sie. «Glück wieder runter!» sagte ich. Wir begaben uns ins Vorstandszimmer.

Alles in Ordnung.

Im Inventarbuch fehlte kein Bett und keine Rute; es war, wie der illustrierte Führer durch das ‹Paradies› zeigte, für jeden Geschmack gesorgt, und auch der kleine Mann konnte hier nach den Mühen des Tages Begierden frönen, auf die er nach harter und ernster Berufsarbeit wohl Anspruch hatte. Sexuelle Traumen; Spiegelzimmer für minderbemittelte Ipsisten sowie Separatabteilungen für Fetische in allen Größen waren da: hier konnten die Leute einen schönen Stiefel lieben; prima Affekttaumel waren schon von acht Mark das Stück zu haben, und auch Fernbehandlung wurde gern übernommen. Wir standen durchaus auf der Höhe. Und während die Frau Vorstand mir eine Seite des Hauptbuches nach der andern aufblätterte und meine Augen mechanisch die Kolumnen musterten:

«... dasselbe mit ff. Ödipuskomplex ... 12,65 M»

da schweiften, mit Verlaub zu sagen, meine Gedanken zurück in die ferne Vergangenheit, in die Zeiten meines Anfangs.

's ist nun acht Jahre her, daß ich das erste Haus eröffnet habe: eine kleine kümmerliche Etage am Dönhoffplatz, und neben den stolzen Prachtbauten des Viertels konnte sich mein kleiner Betrieb gar nicht sehen lassen. Vier Damen beschäftigten wir damals – und wenns gar hoch herging, dann half wohl Stiefmütterchen in der Not mit aus, und ich saß an der Kasse und überzählte die Scheine. Und welcher Aufstieg seitdem!

Haus reiht sich heute an Haus, Werk an Werk; da rauchen die Schlote, da gellen die Sirenen, da richten sich riesige Schornsteine freudig zum Himmel empor, und durch eine selbstverständlich horizontale Vertrustung ist es mir gelungen, den gesamten Mädchenhandelsmarkt zu kontrollieren. Medaillen prangen auf meinen Briefbogen; ich bin Hoflieferant, wenn auch ein aufrechter Republikaner, allerdings die guten Seiten des alten Regimes schätzend, aber natürlich durchaus verfassungstreu. Ein eignes Ressort ist damit befaßt, genau darauf zu achten, daß die Häuser – je nach der Kundschaft – auch die richtige Fahne heraushängen. Bei uns an der Gösch!

Ja, wenn ich so zurückdenke ... Was hat allein die, mit Verlaub zu sagen, Revolution in Deutschland uns für Schwierigkeiten bereitet! Am idealsten ist die Sache in unserm ‹Anschlußheim› gelöst: das hat eine doppelte Straßenfront, rechts flattert Schwarz-Weiß-Rot, und links weht, im jeweiligen Winde, Schwarz-Rot-Gold. Rechts ist alles volkhaft eingerichtet, wie es der echte deutsche Mann liebt: zierliche Girlanden ziehen sich durch echt deutsche Rheinzimmer, sinnige Plakate schmücken die Wände – «Deutsche, vergewaltigt deutsche Mädchen!» – und deutscher Wein rollt durch deutsche Kehlen. Links hingegen können sich die Besucher an allen Freuden der Demokratie gütlich tun: kein Zimmer ohne Schaukel und ohne Filzpantoffel.

Befriedigt verließ ich den ‹Garten des Paradieses› und begab mich zum Bijou meiner Betriebe: in den von mir gegründeten Kammerpuff. Mit dem hatte es eine eigne Bewandtnis.

Der ‹Kampu›, wie er in vertrauten Kreisen gern genannt wird, war errichtet worden, um auch den raffiniertesten Ansprüchen einer subtil empfindenden Kundschaft gerecht zu werden. Hier gab es sonderbare und seltsame Einrichtungen – «Jedem das Seine» stand über der dekorativen Haustür – und da hatten wir als Attraktionen: ein Mitglied vom sozialdemokratischen Parteivorstand, das zugleich Pazifist war, es war äußerst zerbrechlich und wurde nur von weitem gezeigt, was vielen mit Recht genügte; einen deutschen Minister, der Deutsch konnte und es auch schrieb – ja, wir standen sogar im Begriff, uns einen Redakteur anzuschaffen, der bei seinem Verleger etwas durchsetzen konnte, aber bisher hatten wir noch keinen gefunden. In einem engen, vaterländisch ausgeschlagenen Raum konnte ein Richter Recht sprechen, und wo sollte er das auch sonst tun! Wir hatten einen lesbischen Regierungsrat und einen Major, der war Transvestit: er zog sich fortwährend sein Zivil aus und die lakaiserliche Uniform an; wir hatten Tauchermädchen, die stundenlang unter Wasser repunsieren konnten, und wir hatten Elefanten und Schaukelpferde, chinesische Enten und die Dolden edler Lilien. Das kostete nicht billig. «Bei Kisch!» rief ich aus, «so ein Haus macht uns keiner nach!»

Nur eins hatten wir nicht: es waren Staatsanwälte zu uns gekommen und wünschten die gleiche Sensation zu haben, die sie bei der Konfiskation unsittlicher Bücher empfänden; aber da hatte sich das ganze Personal einhellig geweigert: solchen Ansprüchen, sagte es, könne es nicht gerecht werden.

So ging ich von Zimmer zu Zimmer, umgeben von meinem Stab, den Hausvorständen, dem Betriebsleiter und den Anstaltsgeistlichen: von Moltke, Feldrabbiner; der Kaplan Eusebius Brenda, dessen Amt sich seit Generationen vom Vater auf den Sohn vererbt hatte; sodann der Superintendent D. Dr. Raucheysen, der neidete dem Juden die Schläue und dem Pfaffen die politische Macht und ersetzte, was ihm fehlte, durch rücksichtslose Würde. Das war der seelsorgerische Beistand, und wenn man genauer hinsah, konnte man die drei gar nicht voneinander unterscheiden.

Doch nun war es dämmrig geworden, und ich rollte in meinem Wagen mit Rückkupplung davon.

Durch dunkle Straßen kamen wir, vorbei an Fabriken, die ihren Menscheninhalt ausspien. Da bewegten sich die lebenden Maschinenarme, stießen, schoben sich im Gedränge um meinen Wagen – ausgemergelte Männer mit müden, stumpfen Gesichtern, Frauen mit schlaffen Brüsten; mir schien, als seien sie mir feindselig gesinnt, besonders die Weiber. Pfiffe... Und ich begriff gar nicht, wie diese Frauen jemals auf den Gedanken verfallen konnten, ihre schöne Arbeit aufzugeben und Anstellung in unseren Betrieben zu suchen. Hatten diese nicht alles, was ihr Herz begehrte? Eine geachtete ehrliche Arbeit? Und zehn Stunden dazu? Und einen Wochenlohn von achtzehn Mark fünfzig?

Ich hielt erst vor der ‹Blauen Grotte›, dem größten meiner Häuser, das grade in vollem Betrieb war. Und voyeurte durch die Gucklöcher.

Da lagen sie.

Da lagen sie und lachten verschmitzt, als hätten sie dem lieben Gott etwas abgeluchst, was ihnen eigentlich nicht zustände – viele hatten ernste und verbissene Gesichter, nie waren sie so außer sich, wie wenn sie in sich gingen. Die Kunden zerflossen irr, alle Temperamente waren vertreten, verliebt war keiner, alle eilig. Keine Geste war mir fremd – ich kannte sie, die Monomanen, die zutiefst im andern nur sich selbst spiegelten: Kasperlefiguren ihres Ich, das im Rhythmus des in sie gelegten Schicksals auf- und abzuckte. Herkömmlich ihre Individualität grade in dieser Stunde, traditionell ihre Besonderheit, in jeder Kabine wähnte sich einer Gott und war Serienartikel, Leben, das nur Wiederholungen kennt, weil in der Wiederholung das Leben ist – kleine mechanische Püppchen, zu meinem Vergnügen an einer Schnur aufgereiht . . . Ich auch? Ich auch.

Versonnen schritt ich auf die matt erleuchtete Straße, in der schwarz und drohend der Wagen stand. Der Chauffeur schlief. Da traten vier ältere Herren auf mich zu, feierlich, lüpften die Zylinder, und nannten leise, wie fragend, meinen Namen. «Gewiß . . .» sagte ich. Der Längste trat vor. Und sprach:

«Wir danken Ihnen im Namen der Sittlichkeitsvereine, daß Sie auf der Welt sind. Denn wären Sie nicht –: was sollten unsere Frauen tun? Wir sind alt, Herr Präsident; wir sind müde, Herr Präsident; wir sind ernste Geschäftsleute: wir wollen abends in Ruhe unsere Zeitung lesen und eine Zigarre rauchen. Durch die blauen Wölkchen der Havanna aber blicken unsre Frauen träumerisch ins Weite, weit fort vom Großreinemachen und der täglichen Wirtschaft; Sumatra erscheint und Celebes, wilde schwarze Männer zerren halb bekleidete weiße Mädchen ins Bordell, spitze Schreie steigen auf, und gepeinigt sinken die armen Opfer der Wollust auf die harte Bettstatt ihrer Schande. Aber da naht der Retter. Die blauen Jungens unsrer edeln Handelsmarine, unter Führung des Grafen Luckner, greifen mit kräftigen Fäusten ein, deutsche Hiebe hageln, der schurkische Mestize sinkt entseelt zu Boden, und stolz weht vom Heck des sittlich gereinigten Mädchens die Flagge Schwarz-Weiß-Rot!» Erschöpft schwieg der Sprecher. Der Nächstlängste fuhr fort:

«Und darum danken wir Ihnen! Denn jetzt haben unsre Frauen eine Beschäftigung – und eine, die sie, mit Verlaub zu sagen, befriedigt. Ja, sogar der Völkerbund bekämpft den Mädchenhandel – denn wer sollte die billige Nachtarbeit in den Fabriken tun, wenn Sie uns die Mädchen stehlen? Aber handeln Sie nur so fort – wir sind wie das Militär: ohne einen Feind müßten wir elend verkümmern. Ihr Gewerbe ist abscheulich – doch muß es sein: Sittliche Entrüstung führt unsre reinen Frauen zur selben Entspannung, die Sie mit fluchbeladener Sünde zu erreichen in der beneidenswerten Lage sind!

Und nun bitte ich um eine Karte Ihrer Häuser –!»

VORGANG BEIM TREPPENSTEIGEN

Ich habe Friedrich zu mir geladen, auf den Montag. Ich wohne vier Treppen hoch – das weiß er aber nicht. Er setzt sich an der Place du Panthéon in sein erschriebenes Auto und fährt gemächlich zu mir – es ist nicht nah und auch nicht weit. Unten, vor dem Haus, steigt er ab, nennt vor dem Portier in fließendem Französisch meinen Namen und beginnt zu klettern. Er hat genau gehört, wo ich wohne – er hats aber nicht bedacht.

Die erste Treppe steigt er hinauf, ganz beschäftigt damit, Stufen zu steigen, in jener seltsamen Geistesabwesenheit, die einen auf allen Treppen der Welt befällt, wenn man allein hinaufsteigen muß. Auf der zweiten ist es grade noch so. Hier macht er eine unmerkliche Atempause, genau so lang, um zu lesen, daß er erst auf der 1. Etage ist, Zwischenstock wird nicht mitgezählt, mogeln gilt nicht, alle Hauswirte mogeln. Auf der dritten Treppe schicken die Beine eine kleine Karte ins Gehirn: was das wäre. Ob sie hier immer noch so weiterklettern sollten! – sie wären nunmehr müde. Na ja, sagt das Gehirn, gleich.

Hier hebt sich Friedrichn die Brust, und nun steht er auf dem dritten Treppenabsatz, liest: ‹2ème Escalier› – da wird er nachdenklich.

Auf der vierten Treppe gehen wilde Sachen in dem Besucher vor. Blitzschnell dieses: «Donnerwetter, ist das hoch! Ich werde zu dick, mich strengt das zu sehr an –», und sofort, automatisch, kehrt sich diese winzige Ohnmacht gegen den Verursacher der Ohnmacht, er ist schuld, nur er! Dolchstößer! und nun, sehr allgemein: «Wie kommt es, daß dieser Kaspar eigentlich so hoch wohnt? Hat er kein Geld? Liebt er das? Was soll das?» Und dann, weit ausholend: «Was ist das überhaupt für ein Mensch, der Hauser?» Sprunghaft arbeitet das Gehirn, ameisenhaft krabbeln sehr schwarze Gedanken darin umher, und grade, grade schlängelt sich wie ein länglicher Wurm eine aalige Bosheit in die Cerebralgänge, etwa: «Verlohnt denn der Herr eigentlich die vier Trep –» da hat er die letzte Stufe erklommen, ist oben, atmet tief auf und klingelt.

Welch fröhliches Gelärm höre ich an der Tür! 's ist mein lieber Gast, der Friedrich! Er hat sein liebenswürdigstes Gesicht angelegt.

«Guten Tag, gnädige Frau! Guten Tag, mein lieber Hauser! Na, wie gehts d – –»

Du Hund.

DAS WIRTSHAUS IM SPESSART

Würzburg; Sonnabend. Die beiden Halbirren brechen frühmorgens in meine Appartements im ‹Weißen Lamm›. «Aufstehen! Polizei!» und «In dieser Luft kannst du schlafen?» Jakopp in einem neuen Anzug, greulich anzusehen, Karlchen, die Zähne fletschend und grinsend in einem Gemisch von falschem Hohn und Schadenfreude. Die seit einem Jahr angesagte, organisierte, verabredete, immer wieder aufgeschobene und endlich zustandegekommene Fußtour beginnt. Du großer Gott –

Abends. Wir hätten sollen nicht so viel Steinwein trinken. Aber das ist schwer: so etwas von Reinheit, von klarer Kraft, von aufgesammelter Sonne und sonnengetränkter Erde war noch nicht da. Und das war nur der offene, in Gläsern – wie wird das erst, wenn die gedrückten Flaschen des Bocksbeutels auf den Tisch gestellt werden ...! Oben auf der Festung ist ein Führer, der ‹erklärt› die alte Bastei und macht sich niedlich, wie jener berühmte Mann auf der Papstburg in Avignon. Aber hier dieser feldwebelbemützte Troubadour singt denn doch ein anderes Lied: er sieht Friderikusn in jedem Baumhöcker, beschimpft die aufrührerischen Bauern wie weiland Luther und überhäuft einen Mann namens Florian Geyer mit Vorwürfen: der habe unten in der Ratsstube gesoffen, während die Bauern hier oben stürmen mußten. Das muß ich in den letzten Jahren schon einmal gehört haben. Der Brunnen ist so tief, daß ein angezündeter Fidibus ... wie gehabt. In der Burg liegt Landespolizei und kann auf das weite gewellte Land heruntersehn. Wir hätten sollen in der Gartenwirtschaft Steinwein trinken.

Ochsenfurt; Sonntag. Als die Uhr auf dem Rathaus sechs schlug, ließen wir die Würfel liegen und stürmten hinaus, um uns anzusehen, wie die Apostel ihre Köpfe heraussteckten, die Bullen gegeneinander anliefen und der Tod mit der Hippe nickte. Dann liefen wir aber sehr eilig wieder in die Wirtsstube, wo die Würfel auf dem Tisch plärrten, weil man sie allein gelassen hatte. Wenn wir nicht das Barock des Landes würdigen und, den geschichtlichen Spuren der großen historischen Ereignisse folgend, dieselben auf uns wirken lassen, dann würfeln wir. Wir spielen ‹Lottchen guckt vom Turm›, ‹Hohe Hausnummer rasend› und ‹Kastrierter Waldaffe› sowie die von mir erfundenen, schwereren Dessins: ‹Nonnenkräpfchen›, ‹Gretchen bleibt der Kegel weg› und ‹Das Echo im Schwarzwald›. Wir müssen furchtbar aufpassen, weil mindestens immer einer mogelt. Ich würde nie mogeln, wenn es jemand merkt. Auch muß alles aufgeschrieben werden, damit nachher entschieden werden kann, wer den Wein bezahlt. Ich habe schon viermal bezahlt. Es ist eine teure Freundschaft.

Iphofen; Montag. Ich werde mich hüten, aufzuschreiben, wo wir gewesen sind. Als wir das erste Glas getrunken hatten, wurden wir ganz still. Karlchen hat eine ‹Edelbeeren-Trocken-Spät-Auslese› erfunden, von der er behauptet, sie sei so teuer, daß nur noch Spinnweben in der Flasche ... aber dieser war viel schöner. Ein 21er, tief wie ein Glockenton, das ganz große Glück. (Säuferpoesie, Säuferleber, die Enthaltsamkeitsbewegung – Sie sollten, junger Freund ...) Das ganz große Glück. Das Glück wurde noch durch ein Glanzlicht überhöht: der Wirt hatte einen 17er auf dem Faß, der war hell und zart wie Frühsommer. Man wurde ganz gerührt; schade, daß man einen Wein nicht streicheln kann.

Iphofen ist ein ganz verschlafenes Nest, mit sehr aufgeregten Gänsen auf den Straßen, alten Häusern, einer begrasten Stadtmauer und einem ‹Geologen und Magnetopathen›. Habe Karlchen geraten, sich seine erdigen Fingernägel untersuchen zu lassen. Will aber nicht.

In *Ochsenfurt,* auf dem Wege hierher, haben wir am äußersten Stadttor einen Ratsdiener gesehen, der stand da und regelte den Verkehr. Die Ochsenkutscher, die Mist karrten, streckten den linken Arm heraus, wenn sie ans Tor kamen – hier muß eine schwere Seuche ausgebrochen sein, die sich besonders an Straßenecken bemerkbar macht. Schrecklich, die armen Leute! Das kommt davon, wenn sie auf dem Broadway den Verkehr regeln. Wir nehmen uns jeder zwei Flaschen von dem ganz großen Glück mit, um es unseren Lieben in der Heimat mitzubringen. Jeder hat noch eine Flasche.

Kloster Bronnbach; Mittwoch. Der Herbst tönt, und die Wälder brennen. Wir sind in Wertheim gewesen, wo der Main als ein Bilderbuchfluß dahinströmt, und wo die Leute mit einer Fähre übersetzen wie in einer Hebelschen Erzählung. Drüben, in Kreuzwertheim, war Gala-Pracht-Eröffnungs-Vorstellung des Welt-Zirkus. Vormittags durfte man die wilden Tiere ansehen: einen maßlos melancholischen Eisbären, der in einer vergitterten Schublade vor sich hinroch und schwitzte; etwas Leopard, und einen kleinen Panther, den die Zirkusjungfrau auf den Arm nahm, das Stück Wildnis. Da kratzte er. Und die Jungfrau sagte zur Wildnis: «Du falscher Fuffziga!» Das konnten wir nicht mitansehen, und da gingen wir fort.

Hier in Bronnbach steht eine schöne Kirche; darin knallt das Gold des alten Barock auf weißgetünchten Mauern. Ein alter Klosterhof ist da. Mönche und die bunte Stille des Herbstes. Wie schön müßte diese Reise erst sein, wenn wir drei nicht da wären!

Hier und da; Donnerstag. Große Diskussion, ob man eine Winzerin winzen kann. Miltenberg, Mespelbrunn und Heiligenbrücken: vergessen. In Wertheim aber stand an einem Haus ein Wahrspruch, den habe ich mir aufgeschrieben. Und wenn ich einst für meine Verdienste um die deutsche Wehrmacht geadelt werde, dann setze ich ihn mir ins Wappen. Er hieß: «Jeder hat ja so recht!»

Lichtenau; Sonnabend. Die Perle des Spessarts. Dies ist nicht das Wirtshaus im Spessart, das liegt in Rohrbrunn – aber wir benennen das um. Hier ist es richtig.

Unterwegs wurde Jakopp fußkrank; er taumelte beträchtlich, ächzte und betete zu merkwürdigen Gottheiten, auch sagte er unanständige Stammbuchverse auf, daß uns ganz angst wurde, denn wir haben eine gute Erziehung genossen. Wir waren froh, als wir ihn gesund nach Lichtenau gebracht hatten, den alten siechen Mitveteranen. Und als wir ins Gasthaus traten, siehe, da fiel unser Auge auf ein Schild:

«Autoverkehr! Automobil-Leichenwagen nach allen Richtungen»

Des freute sich unser Herz, und froh setzten wir uns zum Mahle. Der Wirt war streng, aber gerecht, nein, doch nicht ganz gerecht, wie sich gleich zeigen wird. Wir gingen ums Haus.

Dies ist eine alte Landschaft. Die gibt es gar nicht mehr; hier ist die

Zeit stehengeblieben. Wenn Landschaft Musik macht: dies ist ein deutsches Streichquartett. Wie die hohen Bäume rauschen, ein tiefer Klang, so ernst sehen die Wege aus ... Die Steindachlinie des alten Hauses ist so streng — hier müßten altpreußische Reiter einreiten, etwa aus der Zeit Louis Ferdinands. Die Fenster sind achtgeteilt; um uns herum rauscht der abendliche Parkwald. Wir sitzen zu dritt auf einer Stange und bereden ernste Sachen. Dann gehen wir hinein.

... Wir schmecken einmal, zweimal, dreimal. «Dieser Wein», sage ich alter Kenner, «schmeckt nach Sonne.» — «Und nach dem Korken!» sagen die beiden andern gleichzeitig. Herr Wirt! Drohend naht er sich. Nun heißts Mut gezeigt! Auf und drauf!

«Herr Wirt ... es ist nämlich ... also: probieren Sie mal den Wein!» — Er weiß schon, was ihm blüht. Und redet in Zungen, ganz schnell. «Wo ist der Korks? Erst muß ich den Korks haben! Also zuerst den Korks!» Der ‹Korks› wird ihm gereicht — er beriecht ihn, er schnuffelt an der Flasche, er trinkt den Wein und schmeckt ab; man kann es an seinen Augen sehen, in denen seltsame Dinge vorgehen. Urteil: «Ich hab gleich gesehen, daß die Herren keine Bocksbeuteltrinker sind! Der Wein ist gut.» Berufung ... «Der Wein ist gut!» — Revision ... «... ist gut!» Raus.

Da sitzen wir nun. Ein mitleidiger Gast, der bei dem Wirte wundermild zur Kur weilt, sieht herüber. «Darf ich einmal versuchen —?» Er versucht. Und geduckten Rückens sagt dieser Feigling: «Meine Herren, der Wein schmeckt nicht nach dem Korken! Wenn er nach dem Korken schmeckt, *dann möpselt es nach* —!» Natürlich möpselt es. Wir hatten keine Ahnung, was das Wort bedeutete — aber es ging sofort in unsern Sprachschatz über. Jeder Weinkenner muß wissen, was ‹möpseln› ist. Aus Rache, und um den Wirt zu strafen, trinken wir noch viele, viele Flaschen Steinwein, von allen Sorten, und alle, alle schmecken sie nach Sonne.

Lichtenau; Sonntag. Bei uns dreien möpselt es heute heftig nach.

In einem Weindorf; Montag. Auf der Post liegt ein Brief der schwarzen Prinzessin, den haben sie mir nachgeschickt. Sie sei zufällig in Franken; sie habe gehört, daß ich ... und ob ich nicht vielleicht ... und ob sie nicht vielleicht ... Hm. Sie liebt, neben manchem andern, inständig ihr Grammophon, das ihr irgendein Dummer geschenkt hat. Einmal spielte das Ding — mit der allerleisesten Nadel — die ganze Nacht. Sie hat da so herrliche amerikanische Platten, auf denen die Neger singen. Eine, das weiß ich noch, hört damit auf, daß nach einem infernalischen Getobe von Gegenrhythmen der Bariton eine kleine Glocke läutet, die Musik verstummt, er läutet noch einmal und sagt: «No more!» Ich telegrafiere ihr.

Abends ist Festessen. Wir haben uns eine Gans bestellt, die aber ohne inwendige Äpfel erscheint. Eine Gans für drei Mann ist nicht viel – besonders wenn einer so viel ißt wie Jakopp, so schnell wie Karlchen, so unappetitlich wie ich. Wir nehmen uns gegenseitig alles weg; den Wirt graustS. Jakopp hat die s-Krankheit. Er sagt ‹Ratshaus› und ‹Nachtstopf› und ‹Bratskartoffeln›. – «Das sind Bratskartoffeln, wie sie der Geheimrat Brats aus Berlin selbst erfunden hat.» Beim Würfeln gewinne ich furchtbar, und die beiden wollen nicht mehr mit mir spielen. They are bad losers.

Heimbuchenthal; Dienstag. Wie arm hier die Menschen sind! Alle Kinder sehen aus wie alte Leute: blaß, gelb, mit trüben Augen.

Zu Fuß gehen ist recht schön. Manchmal sagen wir gar nichts – wir haben uns ja auch alles gesagt. Wir freuen uns nur, daß wir beisammen sind. Stellenweise hält einer ein Kolleg, keiner hört zu. Manchmal ... wenn Männer untereinander und allein sind, kommt es vor, daß hie und da einer aufstößt. Es ist sehr befreiend. Bei einer Freundschaft zu dritt verbünden sich meist zwei gegen den Dritten und fallen über ihn her. Das wechselt, die Fäden laufen auf und ab, teilen sich und vereinigen sich; die Dreizahl ist eine sehr merkwürdige Sache. Eine Vierzahl gibts nicht. Vier sind zwei oder viele.

Würzburg; Mittwoch. Abschiedsbesuch in der Residenz; das grüne Spielzimmer mit den silbernen Wänden, unter dem Grün glänzt das kalte Silber in metallischem Schein. Hier hat Napoleon geschlafen ... schon gut. Das Gehen fällt uns nicht leicht – der Steinwein fällt uns recht schwer. Die älteren Jahrgänge vom Bürgerspital wollen getrunken sein. Wir trinken sie.

Würzburg; Freitag. Ich habe die beiden auf die Bahn gebracht, mit dem festen Vorsatz, sie nie wiederzusehen. Welche Säufer! Jetzt rollen sie dahin: der eine in sein hamburger Wasserwerk, der andere in sein Polizeipräsidium. Der gibt sich als ein hohes Tier aus; ist wahrscheinlich Hilfsschutzmann. Und mit so etwas muß man nun umgehen! Um Viertel vier läuft die Prinzessin ein.

Veitshöchheim; Sonnabend. Die Sonne strahlt in den Park, die Putten stehen da und sehen uns an, die Prinzessin plappert wie ein Papagei. Sie sagt ‹daddy› zu mir, eigentlich höre ich das gerne. Nun ist die Sonne röter, der Abend zieht sachte herauf, und die Prinzessin wird, wie immer, wenn es auf die Nacht geht, Mutter und Wiege und Zuhause. Wir sagen gar nichts – wir haben uns lange nicht alles gesagt, aber das muß man auch nicht, zwischen Mann und Frau. Der 25er wirft uns fast um. Wir fahren nach Würzburg zurück, das Grammophon spielt, Jack Smith flüstert, und ich höre allen Atelierklatsch aus ganz Berlin. Gute – – Wie bitte? Gute Nacht.

Würzburg, den ich weiß nicht wievielten. Auf einmal ist alles heiter, beschwingt, vergnügt – die Läden blitzen, wir trinken mit Maß und Ziel, ich pfeife schon frühmorgens in der Badewanne. Wir werden noch aus dem Hotel fliegen – das tut kein verheirateter Mann.

Auf der schönen Mainbrücke steht ein Nepomuk – wir gehen hin und legen ihm einen Glückspfennig zu Füßen, um die Ehrlichkeit des Heiligen und der Bevölkerung zu prüfen. Morgen wollen wir nachsehen ... (Wir sehen aber nicht nach, und nun liegt der Pfennig wohl heute noch da.) Die Prinzessin lugt schelmisch in die Schaufenster und unterhält sich auffallend viel über Damenwäsche, Kombinations, seidene Strümpfe ... Der schönste Schmuck für einen weißen Frauenhals ist ein Geizkragen.

Gar kein Ort; gar keine Zeit. – – – –

Zwischen Nancy und Paris; heute. Der Abschied war gefühlvoll, unsentimental, wie es sich gehört. Jetzt flutet das alles vorbei, in schweren Wellen: Jakopp und das vom Wein leicht angegangene Karlchen; die Barockpuppen im Park der Residenz, das Wasserschloß und der möpselnde Mann; Lichtenau und Miltenberg. Es ist sehr schwer, aus Deutschland zu sein. Es ist sehr schön, aus Deutschland zu sein. Ich sage: «Nun dreh dich um und schlaf ein!» Sie dreht sich, aber zu mir. Gibt die Hand. Am Morgen ist das erste, das ich sehe, ein gelbes seidenes Haarnetz. Und ein Mund, der vergnügt lächelt. Wie die Bahn rattert! Tackt wie eine Nähmaschine, Takt und Gegentakt. Der Neger singt: «Daddy – o Daddy!», die Musik arbeitet, eine kleine Glocke läutet, jemand sagt «No more», und dann ist alles zu Ende.

ULYSSES

Und falls dieses Buch eine neue Odyssee ist –: ich will mich lieber vor der Odyssee blamieren, als, getreu nach Vaihinger, so tun, als ob ... Los.

Wenn 1585 Seiten auf einen heruntergedonnert kommen, dann darf man wohl zunächst eine Weile verdutzt schweigen. Mit ‹fabelhaft› und ‹Bluff› ist es nicht getan – der verdienstvolle Rhein-Verlag in Basel, der das Werk von James Joyce ‹*Ulysses*› als Privatdruck herausgebracht hat, stimmt seinen Einführungsprospekt allerdings auf den Ton: aut-aut ab. «Valéry Larbaud, ein französischer Kritiker, begrüßt den ‹*Ulysses*› mit der gleichen Ehrfurcht, wie Boccaccio die ‹*Divina Comedia*› begrüßte. Er veranstaltete in Paris Diskussionsabende über ‹*Ulysses*› und suchte den Schlüssel in Homers unsterblichem Werk.» In England sind Exemplare, die sie zu fassen bekommen hatten, verbrannt worden – wie ja überhaupt die geistige Freiheit der verantwortlichen Engländer mitunter enge Grenzen hat; in Amerika haben sie die ‹*Little Review*›, die Kapitel aus dem ‹*Ulysses*› abgedruckt hat, beschlagnahmt und den Verantwortlichen angeklagt und verurteilt. Das Buch mußte, im englischen Text, in Paris gedruckt werden; eine tapfere Engländerin hat das ermöglicht. Stimmen erheben sich.

«Ich möchte die jungen Leute zu Klubs organisieren mit dem Zweck, den ‹*Ulysses*› zu lesen, damit sie die Frage erörtern können: Sind wir so? und wenn die Abstimmung ein Ja ergibt, zu der weitern Frage fortschreiten: Wollen wir so bleiben?, die, wie ich hoffe, verneinend beantwortet würde.»

Ein protestantischer Superintendent? Ein Pastor der anglikanischen Hochkirche? Der Dean von St. Pauls? Nein – Bernard Shaw.

Der erste Eindruck ist so:

Unmöglich, alles hintereinander zu lesen. Die Personen verwirren sich; wenn eine Handlung darin ist, habe ich sie nicht verstanden – ich weiß nicht immer, was real, gedacht, geträumt oder beabsichtigt ist. Aus einer Inhaltsangabe des Verlages ergibt sich, was an diesem einen Tage, der dem Buch zugrunde liegt, vorgeht –: ich habe das nicht gemerkt. Zwei gewaltige Ausnahmen: eine Walpurgisnacht und ein riesiger innerer Monolog, beide im dritten Band. Bis dahin wogt der Nebel.

Hier ist nun, da wir es nicht mit einem Originaltext, sondern mit einer Übersetzung zu tun haben, sogleich zu untersuchen, ob dieser Eindruck an der Übersetzung liegen kann.

Ich habe noch keinen Mann gesehen, der den englischen Text von ‹*Ulysses*› gelesen und verstanden hat; ich kenne zwar merkwürdige Ruhmesfanfaren von Literaten, die ihn nachweislich nicht gelesen hatten – und ich erinnere mich, daß der englische Lektor der École Normale in Paris, ein Ire aus Dublin, mir einmal sagte, er vermöge das Buch nicht zu bewältigen. Das kann an ihm gelegen haben. Mögen Anglisten entscheiden, wie der Übersetzer Georg Goyert seine Riesenaufgabe bewältigt hat, bei der ihn übrigens der deutsch verstehende Verfasser unterstützte. Es handelt sich hier auch gewiß nicht darum, dem Übersetzer, der jahrelang gearbeitet haben mag, Fehlerchen anzukreiden. Das kann ich nicht.

Wohl aber kann ich nach Hunderten von Stichproben bei der ersten Lektüre eines sagen:

In welchem Stil dieses Buch abgefaßt ist, steht dahin. Dichterisches Deutsch ist es bestimmt nicht.

Ich will gar nicht von den Unreinheiten sprechen. «Ich erinnere noch die Hungersnot» ist einfach ein grammatischer Fehler, eine französierende Konstruktion, die vielleicht angewendet werden darf, wenn damit die Sprechweise eines gezierten Menschen oder ein Provinzialismus gekennzeichnet werden soll. Das ist aber nicht die Absicht. «Der siebte» ist ein infamer Lapsus, den Schopenhauer zu seinem Glück nicht mehr zu erleben brauchte. Es sind nicht diese Unreinheiten; nicht das fatale Modewort «irgendwie»; es ist auch nicht die Unmöglichkeit, alles in einem solchen Werk zu übertragen – es ist etwas andres.

Ich nehme eine Stelle des glatt laufenden Textes.

«Als er an Blooms zahnärztlichen Fenstern vorbeischritt, bürstete sein wehender Staubmantel einen dünnen, tastenden Stock aus seiner Richtung, fegte weiter und traf dann einen schwachen Körper. Der blinde Jüngling wandte sein krankes Gesicht hinter der davonschreitenden Gestalt her.»

Das ist nichts. Das ist tot. Das hat keine Musik, tönt nicht, die Worte sind, wie Jacobsen das einmal ausgedrückt hat, «aus dem Wörterbuch» genommen; sie sind richtig, ja ja – aber es schwingt nichts unterhalb der Prosa, die Sprachmelodie fehlt. So geht das durch das ganze Buch. Seine Sprache ist stumpf.

Nun wird mir Goyert sagen: «Du kennst das Original nicht. Das ist ja grade das Feine daran, daß es eben nicht das ist, was du dichterisch nennst – Joyce will das gewöhnliche zeigen, er will die Sprache dem Alltag nähern. Er will nur wie ein Grammophon wiedergeben, wenn ihm das paßt.» Und das lasse ich mir nun nicht erzählen. Wenn er das wirklich will, und wenn das hier gut übersetzt ist –: dann hat er das nicht gekonnt.

Wir haben in Deutschland viel zu wenig Bücher, die Sprachmelodien exakt wiedergeben, und ich wüßte nichts, was amüsanter (und was schwerer) wäre. Es gibt da eine innere Wahrhaftigkeit, eine Echtheit, die man nicht philologisch beweisen kann – jeder unterscheidet sofort die echten und die falschen Töne. Lasse ich einen Berliner etwa sagen: «Ick komm da rieba und hol mir 'n Ssiehjarn – indem wird er ausholn und haut Emmyn direkt mit die Fauste unter de Auhrn. Sie is jleich nachn Wasserkran jejangen –» so gibt es keinen Mann von der Panke, der nicht sofort unterbricht und das Wort ‹Wasserkran›, das theoretisch richtig angewendet ist, beanstandet. Das sagt eben ein Berliner nicht. Von solchen Wasserkränen wimmelt es im Buch.

Schlußurteil über die Übersetzung:

Hier ist entweder ein Mord geschehen oder eine Leiche fotografiert.

Der Gong klingt nur an wenigen Stellen. Aus welchem Metall ist er gemacht –?

Fortschrittliche Professoren haben für den ‹*Ulysses*› eine Vorliebe gefaßt, und es ist nicht nur das, was mich mißtrauisch macht. Ich habe 1585 Seiten bekommen – aber eben mit Ausnahme jener zwei grandiosen Stücke ist da nichts auf meinem Teller; bis jetzt kann ich das nicht essen – es ist irgend etwas Künstliches an der Sache, etwas Konstruiertes, und, nun will ich mich getrost steinigen lassen: etwas Phantasieloses.

‹Zu Ende› schreiben bedeutet ja noch gar nichts. Das ist Geduldssache des Fleißes, vielleicht sogar der Graphomanie oder andrer Veranlagung. Es wird mir kein Mensch einreden, daß etwa die ‹*Blech-*

schmiede› von Arno Holz ein geniales Kunstwerk sei – man ertrinkt in Staub, weil alles zu Ende gesagt ist. Ganze Partien des *‹Ulysses›* sind schlicht langweilig.

Wenn er von seinen Figuren oder von seinen Straßen spricht; von Hunden oder Kupplerinnen; von Meeresbuchten oder von Kneipen, so habe ich immer den Eindruck, als sei das alles nur fingiert: wie die Säcke Hafer in Rechenaufgaben oder wie die paar anständigen Seiten in einer Pornographie. Ist in den *‹Memoiren einer Sängerin›* von einem Salon die Rede oder steht da: «Sie begab sich hinaus, um dem Diener einige Befehle zu erteilen ...» so ist der Diener nicht da, und der Salon nicht und gar nichts. Das ist nur gesagt. Was ich vom ersten Band des *‹Ulysses›* verstanden habe, scheint mir gesagt. Der Autor teilt mir etwas mit – aber ich glaube es ihm nicht.

Worauf es James Joyce angekommen ist, weiß ich nicht; das Buch besteht zu seinem Hauptteil aus etwas, worauf es ihm scheinbar nicht angekommen ist, aus Nebensächlichkeiten; darauf zu achten, ist so, wie wenn man sich in der Physikstunde freut, daß das Versuchspräparat des Lehrers so schön rubinrot ist. Darauf kommt es aber nicht an. Hier ist ein Versuch gemacht. Was soll bewiesen werden? Was ist das für ein Versuch –?

Das zeigt sich sehr klar im dritten Band. *‹Mabbot-Straße. Eingang in die Nachtstadt›*. Das ist, für den ersten Eindruck, eine großartige Vision.

Wie da Gestalten aus dem Dunkel auftauchen und verschwinden; wie die Figuren aufgerissen werden, daß Blut, Eingeweide, Mordgedanken und die letzten Wünsche aus ihnen herausquillen; wie Träume, Heniden, Affekte und die ganze türkische Musik Freuds lebendig werden –: dazu ist Ja zu sagen. Und tiefer geht es, in unterirdische Stromgebiete – dergleichen kenne ich bei den Dahingegangenen nur von dem großen Panizza. Wahrscheinlich ist das mehr als Literatur – auf alle Fälle ist es die allerbeste. Die Schlußvision ist zum Greifen nahe.

> «Auf der dunkeln Mauer erscheint langsam eine Gestalt, ein schöner elfjähriger Knabe, ein Wechselbalg, gestohlen, in der Tracht der Etonboys, mit Glasschuhen und kleinem Bronzehelm; er hält ein Buch in der Hand. Er liest leise, von rechts nach links, lächelt, küßt die Seite.
>
> Bloom (ergriffen, ruft kaum hörbar): Rudy!
>
> Rudy sieht, ohne zu sehen, in Blooms Augen und liest weiter, küßt und lächelt. Er hat ein zartes, malvenfarbiges Gesicht. An seinem Anzug hat er diamantene und Rubinknöpfe. In der freien linken Hand hält er einen dünnen Elfenbeinstock mit violetter Schleife. Ein weißes Lämmchen guckt ihm aus der Tasche.»

Allerdings geht auch hier die Sprache nicht mit, folgt nicht, bleibt stecken. Die Derbheiten der Huren, die Roheiten der Straße sind in einem erfundenen Dialekt geschrieben. Wobei zu fragen ist, warum sich in aller Welt alle deutschen Übersetzer, die englische Werke bearbeiten, einbilden, sie müßten Cockney-Englisch in einem völlig idiotischen Dialekt wiedergeben. Die Cockney-Leute sprechen in deutschen Übersetzungen meistens so, wie ‹Dör Zwickauer› im seligen ‹*Kladderadatsch*› gesprochen hat – mit verkrempelten, getrübten Vokalen: etwas ganz und gar Unsinniges, das nie ein lebendiger Mensch über die Zunge gebracht hat. (So ist zum Beispiel die schön ausgestattete Kipling-Gesamtausgabe im Listschen Verlag dadurch halb entwertet: Kiplings drei Soldaten reden einen Phantasie-Dialekt, der wie übergegangene Milch schmeckt.) Doch stellen diese Visionen im ‹*Ulysses*› vielleicht Anforderungen an den Übersetzer, denen grade noch der allergrößte Sprachkünstler gewachsen wäre. Und der übersetzt nicht, sondern schreibts selber.

Der dubliner Tag nähert sich seinem Ende. Und ganz zum Schluß des Buches beginnt jenes eigentümliche Verhör, eine Art Examen, mit Frage und Antwort.

«Welche Parallelwege gingen Bloom und Stephan, als sie zurückkehrten? – In normalem Spazierschritt verließen beide den Beresford Place und gingen dann der Reihe nach ...» Und: «Wurde diese Behauptung von Bloom angenommen? – Nicht wörtlich. Substantiell.» So fragt sich Joyce ab. Bis Bloom nach Hause kommt, sich – immer noch in Frage und Antwort dargestellt – auskleidet, sich neben seine Frau legt, die schon liegt ... «In welcher Stellung? – Zuhörerin: halb auf der linken Seite liegend, die linke Hand unter dem Kopf, das rechte Bein gradeaus gestreckt, es ruhte auf dem linken gebogenen in der Haltung der Gea-Tellus ...» Und da fahren sie. Wohin?

Und hier setzt nun der ‹innere Monolog› ein, der so viel Aufsehen gemacht hat, über hundert Seiten erstreckt er sich, und es muß gesagt werden, daß dies der stärkste Eindruck von allem ist. Er läuft ohne Interpunktion vorüber.

> «Ja weil er so was noch nie verlangt hatte nämlich ihm sein Frühstück ans Bett zu bringen mit ein paar Eiern seit dem City Arms Hotel wo er öfters liegen blieb und behauptete er wäre erkältet und spielte dann den Vornehmen um sich bei der alten Ziege der Frau Riordan interessant zu machen von der er was zu erben dachte und sie vererbte uns keinen Heller alles für Messen für sich selbst und ihre Seele war der größte Geizhals der je lebte hatte wirklich Angst 4 d für ihren denaturierten Spiritus auszugeben erzählte mir all ihre Krankheiten –»

Man schmeckt schon aus der kleinen Teelöffelprobe das Gericht: das leise Asthma, das einen dabei beschleicht, die tiefe Echtheit; das Springen der Gedanken; die Übersetzung, über die man stolpert –

aber dieser innere Monolog ist eine Leistung, eine bewundernswerte Leistung an Könnerschaft, künstlerischem Mut, Seelenkenntnis.

Mit den winzigen Versuchen Arthur Schnitzlers und Carl Spittelers hat diese Orgelsymphonie der Gedanken nichts zu tun. Hier ist tatsächlich alles, aber auch alles gesagt. Mit viel größerer Kraft als etwa bei dem unappetitlichen Harris, dessen Unterhosenanekdoten mir peinlich erscheinen und von denen ich nichts wissen möchte. Hier rollt und gluckert es; blitzschnell springen die Ideenflöhe hin und her, klammern sich an Wortähnlichkeiten; wundervoll, wenn zum Zeichen des Tadels etwas zweimal gedacht wird (Berlinisch: «Er will einen Bruchbandschlüssel haben – P! Bruchbandschlüssel!») – ganz ersten Ranges, wenn die Sprache sinnlos tönt, ein dummes Echo. (So hallt die Gehirnschlucht, als vom Wort ‹Vagina› die Rede ist, mit ‹Cochinchina› wieder.) Denkt man nun so –?

Ich glaube, daß überhaupt nicht wiedergegeben werden kann, wie einer denkt. Man denkt grammatisch nicht folgerichtig; darüber kann es keine Diskussion geben. Schon komplizierte Nebensätze kommen nicht vor – von Bildern, hingewischten Fetzen und Heniden ganz zu schweigen. Wie unrichtig diese Technik da ist (die vorläufig die einzige ist, die uns bleibt), zeigen die derben Stellen. Ihretwegen ist das Buch wohl verfolgt worden.

Natürlich denkt eine Frau, die nicht einschlafen kann, auch an sexuelle Dinge. Ich glaube aber nicht, daß einer von uns dergleichen im Halbschlaf mit groben Worten zu Ende denkt – meist sieht er vielmehr, was er denkt, oder er denkt Begriffe, und die haben in uns keine Namen. Erst war das Ding, dann der Name. Joyce hat hier bewußt die ordinärsten Gassenworte gesetzt, und man hat ihm zu danken, daß er den Mut aufgebracht hat, es zu tun. Die Tagträume der halben Wünsche; der rüde Kitzel; der ins psychische versetzte physiologische Vorgang (Blutandrang, schwerer Magen, unruhiges Herz) – das ist ganz einzig getroffen. Ein Arzt, der Joyce einmal war, müßte die jeweilige Pulszahl an den Rand schreiben können. Die narzistische Eigenliebe, mit der der Körper behandelt ist, das Kreiseln um einen Gedanken, der Unflat, der da nachts ausbricht – ecce homo. Am besten die kleinen Seitenlämpchen, die am Wege blitzen.

> «Wenn ich dran denke wie er morgens die Treppe rauffällt die Tassen rasseln auf dem Brett und dann mit der Katze spielen sie reibt sich an einem weils ihr Spaß macht ob die wohl Flöhe hat ist genauso schlecht wie eine Frau immer sind sie am lecken aber ich hasse ihre Krallen ob die wohl was sehen was wir nicht sehen gucken immer so starr wenn sie oben so lange auf der Treppe sitzt und horcht –.»

Diese letzten Zeilen sind eine einzige Kostbarkeit: das sind wirklich Nachtgedanken, und gute dazu, worauf es ja zunächst nicht ankommt. Aber so ähnlich denkt man.

James Joyce hat eine Tür aufgestoßen; ich glaube, daß sie nach Freud nur noch angelehnt war. Auch dem Können dieses Iren sind natürliche Grenzen gesetzt: solche des menschlichen Gehirns und solche des Buchdrucks: man denkt ungeheuerlich schnell, man denkt auch manchmal polyphon – während ein schwerer Gedanke wie ein Glockenton in der Tiefe brummt, hüpfen oben die Affen der Assoziation auf und ab. Das kann man nicht aufschreiben. Was gemacht werden konnte, hat Joyce gemacht. Denn so sieht es in einem menschlichen Gehirn aus.

Was Vater Shaw da gepredigt hat, ist falsch. Man kann nicht anders ‹werden› – weil man nun einmal so ist.

So:

Zersplittert und hundsgemein böse und geil und niederträchtig und gut und gutmütig und rachsüchtig und ohnmächtig-feige und schmutzig und klein und erhaben und lächerlich, o so lächerlich! Nachts kommt das alles herausgekrochen, schlängelt sich in die Schwärze um das Bett, vergiftend und vergiftet, durch alle Poren kommt es heraus. Töte ihn! fressen! ich will ihn haben – er müßte mich ... gibt auch zu viel Geld aus – mein dicker Oberschenkel! müßte mal wieder zum Friseur gehen – und ...

> «Ja und wie er mich unter der maurischen Mauer küßte und da dachte ich er so gut wie ein andrer und dann sah ich ihn an mit meinen Augen mich wieder zu fragen ja und dann fragte er mich ob ich wollte ja sagen meine Gebirgsblume und dann umschlangen ihn meine Arme ja ich zog ihn herab zu mir und er konnte meinen duftenden Brüste fühlen ja und ganz wild schlug ihm das Herz und ja ich sagte ja ich will. Ja.»

So schließt dieses außergewöhnliche und merkwürdige Buch.

Liebigs Fleischextrakt. Man kann es nicht essen. Aber es werden noch viele Suppen damit zubereitet werden.

UNART DER RICHTER

Eine der unangenehmsten Peinlichkeiten in deutschen Gerichtssälen ist die Überheblichkeit der Vorsitzenden im Ton den Angeklagten gegenüber. Diese Sechser-Ironie, verübt an Wehrlosen, diese banalen Belehrungen, diese Flut von provozierenden, beleidigenden und höhnischen Trivialitäten sind unerträglich.

Da haben sie neulich einige Fürsorgezöglinge am Kanthaken gehabt, weil die ihren Vorsteher verdroschen hatten, und es ist natürlich ohne genaue Kenntnis der Vorgänge nicht möglich, über das Materiell-Rechtliche etwas auszusagen; wir wissen nicht, ob die Erziehungsanstalt Berlinchen anständig und sauber geleitet worden ist oder nicht.

Was wir aber wissen, ist, wie sich deutsche Richter und besonders die Vorsitzenden im Gerichtssaal betragen. Dieser – ein Herr Barsch aus Landsberg an der Warthe – zum Beispiel so:

«Das Essen», so ungefähr sagt der Hauptangeklagte, «war unzureichend. Es gab zwar genug zu essen, aber es wurde sehr schlecht gekocht.» Mit diesem Satz will sich der junge Mensch verteidigen, und das ist sein Recht. Darauf der Vorsitzende:

«Es gab wohl nicht genügend Delikatessen?»

Dieser Satz ist eine Ungehörigkeit. Was soll das? Soll diese Bemerkung ein Witz sein? Für wen wird der gemacht? Für den beifällig lächelnden Beisitzer? Für die Presse? Für den Zuschauerraum? Nein, das charakterisiert nur die Dienstauffassung dieser Juristen, die einen unheilbaren Größenwahn in sich tragen. Sie sind das Maß aller Dinge, sie wissen alles, sie haben für alles Verständnis, und sie belehren und erziehen mit solch ungezogenen Bemerkungen, die ihnen nicht zustehen, ein ganzes Volk, das sich zuviel gefallen läßt.

Ein Zeuge, der unmittelbar beteiligte Anstaltsleiter Hoffmann, der das größte Interesse daran hat, mit einer guten Nummer aus diesem für ihn peinlichen Prozeß herauszukommen, zählt auf, was es alles zu essen gegeben habe. Wir kennen diese offiziellen Küchenberichte vom Militär her, wo kein Diebstahl, begangen durch die Offizierskasinos, jemals ans Tageslicht gekommen ist. Der Zeuge verliest die Liste der Gerichte, die er angeblich hat kochen lassen.

Der Vorsitzende: «Nun hören Sie aber auf, sonst erlebt die Fürsorge noch einen Ansturm!»

Was soll das? Wozu auf den Angeklagten, die die Richter ja sowieso in ihrer Macht haben, herumtrommeln? Um sie zu ducken? Zweifellos.

Keine Verteidigung kann dagegen remonstrieren – es ist als sicher anzunehmen, daß sich eine Zurechtweisung des Richters wegen solcher Ungehörigkeiten bestimmt in einem Strafzuschlag bemerkbar machte. Also hält der Angeklagte den Kopf gesenkt und schweigt. Nur der einzige Max Hölz und ein paar andre tapfre Proletarier haben den Juristen die Meinung gegeigt.

Wenn der deutsche Richterstand sich das verlorene Vertrauen wieder erringen will, dann soll er, ganz abgesehen von den Sprüchen der Justiz, zunächst einmal darauf halten, daß die Vorsitzenden das elementare Gebot einfachsten Anstands beachten und einen Unglücklichen nicht noch durch Beleidigungen demütigen, die in ihren Kreisen prompt mit einer Forderung bedacht werden.

BRIEF AN EINEN KATER

Paris, den heutigen.

Lieber Mingo,
du liegst grade, ein weißer Knäul, unter dem Sofa, im Zimmer des blonden Engels, und wartest auf Konrad, der dir aus seiner Fabrik etwas mitbringen wird; einen Wurstzippel oder einen Knochen vom Kalbskotelett oder sonst etwas Eingewickeltes. Hättest du die Freundlichkeit, einmal zuzuhören? Komm heraus! He! Komm! Mies – mies – mies! Mingo! Mingo!

Du wärst keine richtige Katze, wenn du kämst. Und so muß ich mich denn vor das Sofa legen, platt auf den Boden, und dir unter die geschweiften Beine des Möbels herunterflüstern, was ich dir zu sagen habe ... Hör zu.

Daß du in die Malerei eingegangen bist, weißt du ja. Die Japaner ... Ja, mach die Augen zu und schnurre im traumlosen Schlaf – es ist nicht neu. Aber in der Literatur, da muß man dich schon suchen; so viele gute Katzenbücher gibt es nicht. Wenn ein Sohn einmal promoviert, kannst du ihn ja eine Dissertation schreiben lassen ‹*Die Katze in der Geschichte der Völker mit besonderer Beziehung auf die Literatur des achtzehnten Jahrhunderts*›. Sieh, was ich hier habe! Du siehst kaum auf. Fauler. Atmendes Kissen. Es ist ein kleines Buch, weiß wie du, heißt ‹*Katzen*› und ist von Axel Eggebrecht. Und – zerkratz den Deckel nicht – und ist bei Herbert Stuffer in Berlin erschie – – du sollst die Pfoten vom Deckel nehmen! Untier! Drache! Geschöpf! Mingo, das ist das allerreizendste Buch, das mir seit langem unter die Kritikerkrallen gekommen ist.

Der muß dich sehr liebhaben, der Eggebrecht – der muß dich sehr genau kennen, dich und die ganze Katzenfamilie. Er versteht dich, weil er zugibt, dich nicht zu verstehen. Deine Zähigkeit, mit der du am Leben hängst; die Sinnlosigkeit dieses Lebens ... Und wie noch eine verwilderte Katze eine Dame ist, bis in die letzte Schwanzspitze, und wie man eigentlich immer ein bißchen Angst vor dir haben muß, solche Angst, wie man sie vor einer Pistole hat, von der man nicht weiß, ob sie geladen ist oder nicht ... Man weiß nicht. Mingo, was denkst du? Ach, lach mich nicht aus.

Ja, großmütig bist du, voll von einer stillen Verachtung für uns alle. In einem seiner ersten Romane hat Max Brod entdeckt, wie sich die Tiere über die Menschen heimlich lustig machten ... Du verschmähst sogar das. Du siehst uns gar nicht mehr. Wie du ins Leere schaust! Wohin blickst du? In welcher Zeit lebst du? In deiner eigenen – in unserer nur, wenn du etwas zu fressen haben willst. Übrigens sehe ich dich nicht gern essen; die kleinen ruckenden, bösen Bewegungen, mit denen du schluckst ... Verzeih. Und hör mal, Eggebrecht schreibt da zwei Dinge, die ich ihm gar nicht glauben will, du weißt das ja besser... Lieben sich Katzen auf dem Frühstückstisch? Am hellerlichten Tag? Und läuft eine Katze von ihren noch nassen Jungen fort, nach einem Tag? Sag mal – Mingo! Schläft. Nein, schläft nicht – blinzelt durch den dünnsten Spalt der Augenlider mich an, ich kann doch den Kopf nicht dauernd auf den Fußboden legen, wenn man auch von ihm – natürlich – essen könnte... Mingo! Komm heraus. Kommt nicht.

Mingo, du kannst lesen, ich weiß es, du zeigst es nur nicht. Dieses Buch. Es ist so unsüßlich, so gar nicht verniedlicht, so unheimlich – und es ist in der Form so edel, wie du es bist. Es muß wohl Katzenmenschen und Hundemenschen geben. Magst du den Hund? Ich auch nicht. Er brüllt den ganzen Tag, zerstört mit seinem unnützen Lärm die schönsten Stillen und wird in seiner Rücksichtslosigkeit nur noch von der seiner Besitzer übertroffen. (Protest des Reichsbundes Deutscher Hundefreunde. Kusch.) Man kann dich nicht fangen, ich weiß. Aber bist du in diesem Satz nicht ganz enthalten? «Die Katze ist eine anarchistische Aristokratin, mit gesundem proletarischem élan vital.» Das bist du.

So, nun stehe ich wieder auf. Und sitze plötzlich in dem silbergrauen Paris und denke an dich, an dich und den blaugrauen Angorakater, der so klein war, daß er nicht einmal einen Namen hatte; er konnte einem grade entgegenwackeln, wenn man ins Zimmer kam, und dann aß er nichts mehr und dann starb er, und nun liegt er in meinem Garten a. D. von Fontainebleau.

Einen Gruß, Mingo! An dich und an alles, was schön ist und rätselhaft, überflüssig und geschwungen, unergründlich und einsam und ewig getrennt von uns: also an die Katzen und an das Feuer und das Wasser und an die Frauen.

Mit einem herzlichen Fellgestreichel
und Grüßen an die Herrschaften, die bei dir wohnen.

Dein Peter Panter

GEDENKEN AN SIEGFRIED JACOBSOHN

Am 3. Dezember 1926 ist S. J. gestorben – das ist nun ein Jahr her, und wir wissen alle, was er uns gewesen ist.

Tote leben fort – meist legendär; je länger ihr Scheiden zurückliegt, um so idealisierter wird ihre Persönlichkeit gesehen, aber man soll Tote nicht heilig sprechen. Besonders diesen nicht, der eine so große Ehrfurcht vor wertvollem Leben hatte, daß er auf ölige Trauer pfiff; bei ihm feierten Dahingegangene fröhliche Urständ, wann es ihm grade behagte, und das meist außerhalb aller Kalender-Gedenktage. Sie lebten in ihm fort, viele waren für ihn nicht tot; sie wirkten in ihm. So wirkt auch er in einer Reihe seiner Freunde weiter – wir haben nicht nötig, ihn zu verklären.

Beziehungen von Literaten untereinander sind eine merkwürdige Sache. Meist nie ganz frei von Falschheit, von hinterhältigen Reservaten, gemengt mit Neid, halber Freundschaft, gemütlicher Feindschaft, Klatsch ... die Einwohnerschaft dieser Ebene ist reizbar und streckt viele Stacheln aus. Es wäre ganz lächerlich, heute zu erklären: himmlisch-rein wie im Paradies sind wir miteinander gewesen, ungetrübt floß unser Leben mit ihm dahin – Engel auf duftiger Wiese. Davon ist natürlich nichts wahr.

Jeder von den Weltbühnen-Leuten ist einmal andrer Meinung als S. J. gewesen – manche haben sich mit ihm verfeindet und wieder versöhnt, aus sachlichen und aus persönlichen Gründen, und es gibt noch heute einige seiner Gegner, die ihm nie verziehen haben. Ich liebe starke Hasser – in ihnen ist Reinlichkeit, Sauberkeit und männliche Kraft. Was mich betrifft, so weiß ich, daß S. J. mich manchmal angepfiffen hat, und daß ich des öftern auf ihn geschimpft habe wie ein Rohrspatz. Aber immer zu Hause, und nie vor andern. Denn stärker als jeder Kleinkram des täglichen Betriebes, über den man streiten konnte, war das Band, das uns alle, die wir ihn lieb gehabt haben, an ihn fesselte.

Man brauchte nicht immer mit ihm einverstanden zu sein; man konnte wider ihn wettern und mit ihm diskutieren – ich für meinen Teil schäme mich nicht, die absolute Überlegenheit anzuerkennen, die dieser Mann, ohne in vierzehn Jahren auch nur einmal zu verletzen, mich jederzeit empfinden ließ. Er war einfach stärker. Er wußte mehr. Er konnte sein Handwerk besser. Man mußte sich beugen, und es war gut, nachzugeben – denn von allen seinen Ratschlägen, von allen Winken, von allen Kampfbefehlen weiß ich keinen, der nicht zum Nutzen der Sache und nicht zu unser aller Nutzen ausgeschlagen wäre. Wir Berliner neigen zu einer natürlichen Respektlosigkeit – dieser war einer der ganz wenigen, denen gegenüber ich sie mir niemals erlaubt hätte. Und das ergab sich ganz von selbst; wir haben uns geduzt, Witze miteinander gemacht, aber es blieb die Distanz des Wertes. So ist es sicherlich vielen von uns ergangen.

Ich bin damals, vor einem Jahr, nicht imstande gewesen, über S. J. ruhig zu sprechen, nicht über unsre Beziehungen, nicht über seine Persönlichkeit, über gar nichts – ich war ziemlich zu Ende. Arbeit hilft. Heute, wo wir engern Freunde seinen Verlust zwar nicht verwunden haben, wohl aber sprechen können, ohne daß sich die Kehle zusammenzieht, läßt sich eher darlegen, was das mit ihm gewesen ist. Der Mann war der idealste deutsche Redakteur, den unsre Generation gesehen hat.

Ich besitze zwei dicke Briefordner seiner Briefe, und ich habe eine schmerzliche Totenfeier mit ihnen abgehalten, als ich sie las. Es war außerordentlich bezeichnend für den Mann, wie er schrieb.

Er antwortete zunächst pünktlich. Das ist so grausam selten, daß man es anmerken muß – und wenn ich und wohl noch einige seiner Leute Sklaven ihrer Post sind, so haben sie das von ihm geerbt. Er antwortete sofort und außerordentlich gewissenhaft. Das klingt banal – wer aber im Literaturbetrieb steckt, der weiß, daß nichts so reizt, nichts so unzufrieden macht wie einseitige Korrespondenz. Ob Ja oder Nein, darauf kommt es gar nicht an; eine Antwort will man haben. Es soll ein Austausch von statten gehen, das Kind des Briefwechsels soll entstehen. Er ließ nichts unter den Tisch fallen.

Dabei hatte er eine außerordentlich konzise Art der Beantwortung; er pflegte seine Briefe in lauter kleine Absätzchen aufzuteilen, die er numerierte, und wenn ich aus Spaß eine Anfrage unter 117 rubrizierte, dann kam bestimmt unter 117 etwas zurück. Die Sätze waren schneidend scharf, biegsam; die letzte Nuance dessen, was er sagen wollte, stand in ihnen. Und gar nicht ex cathedra, gar nicht voller Würde, obgleich er ein würdiger Mensch war – aber seinen Vollbart hatte er sich schon in früher Jugend abnehmen lassen. Er trug keinen.

Diese Akkuratesse war der Hauptpfeiler jeder Zusammenarbeit mit ihm. Dazu kam das, was Alfred Polgar an ihm einmal die «Treibhausluft der Liebe» genannt hat. Seine Förderung war aus Egoismus altruistisch: es machte ihm nämlich wirklich Vergnügen, wenn er etwas Gutes bekam. Er kitzelte das aus uns heraus, er peitschte es hervor, er lockte, rief, schalt, half, verbesserte – es machte Freude, ihm Freude zu machen. Alles das wären nur interne Redaktionsvorgänge, von denen hier nicht zu sprechen wäre, wenn eben nicht dieser kraftvolle Lebensstrom alle seine ständigen Mitarbeiter durchströmt, gekräftigt, hochgerissen, an der Stange gehalten hätte. Und das kam nun der Sache zugute.

Was mir den Durchschnittsredakteur so leid macht, ist sein Mangel an Geduld. Er hat fast gar keine. Es soll immer alles gleich da sein und von Anfang an vollkommen; er will alles sofort haben, telegrafisch, am liebsten gestern ... Und immer: den ‹Schlager›. So gehts nicht. Wertvolles muß wachsen; wenn man nicht grade die *‹Tägliche Rundschau›* oder sonst ein unlesbares Blatt ist, hat man die journalistische Pflicht, zu experimentieren, tastend zu versuchen, von vorn anzufangen: Das hat S. J. immer getan.

Hier sei angemerkt, wie er ‹dazu gehört› hat, ohne dazu zu gehören. Er ging in keine Salons, er mied, wo er konnte, die Premieren, er interessierte sich so gar nicht für das, was Snobs ‹prominente Abende› nennen – darüber lachte er. Aber die Leute aus den Salons kamen zu ihm; seine Eindrücke aus den dritten Vorstellungen waren tiefer als die der hitzigen Premierenbesucher, und was die ‹Prominenz› betraf, so hatte er für sie das schöne Wort Rudolf Rittners parat: «Lahs ihm! Lahs ihm! Gott wird ihm schon strafen!» Dieser Berliner hatte wirklich einmal alle guten Eigenschaften seiner Stadt.

«Ich warne dich, abergläubisch, wie ich bin», schrieb er vier Wochen vor seinem Tode, «mich den glücklichsten aller Menschen zu nennen, weil solche Behauptungen gewöhnlich den Erfolg haben, Glück in Unglück zu verwandeln.» Er war aber der glücklichste. Er hat sein Leben lang nur getan, was ihm Freude gemacht hat – ist immer frei gewesen, innerlich und äußerlich, und er hat aus Natur und Menschen und Kunst den letzten Glückstropfen gesogen. Von diesem Glück ist auf uns etwas übergegangen – dergleichen stärkt. Und ich glaube, daß es auch über das Grab hinaus stärken kann.

Wenn es im anständigen Sinn so etwas wie eine Tradition gibt, dann ist er eine. Heute noch frage ich mich oft, was wohl er in diesem oder jenem Fall getan oder gesagt hätte – und ich weiß, daß ich es nicht immer treffe, denn niemand kann sich in einen Toten hineinleben. Aber er ist doch ein Leuchtfeuer, ein Leitstern, ein Pol – schlug bei ihm die Nadel haargenau aus, so werden wir hoffentlich die Himmelsrichtung nicht verfehlen.

Es kann – in seinem Andenken – nur eine geben: die der Wahrheit.

DER FALL RÖTTCHER

In Wiesbaden ist der Redakteur der *‹Menschheit›* unter dem Verdacht des Landesverrats verhaftet worden: am 29. Juli dieses Jahres hat sein Blatt Nachrichten von Verbindungen zwischen Reichswehr und Stahlhelm veröffentlicht, die der belgische Kriegsminister de Broqueville dazu benutzt hat, Rüstungsforderungen im belgischen Senat durchzudrücken.

Röttcher wurde, so berichten die Zeitungen, «auf den wiesbadener Bahnhof gelockt». Das ist richtig – aber nötig war es nicht. Die deutsche Polizei hatte das formelle Recht, eine solche Verhaftung in Wiesbaden vorzunehmen, ohne die Besatzungsbehörden – in diesem Fall die Engländer – auch nur zu fragen; genau wie die später erfolgte Haussuchung ohne Einwilligung der Engländer vorgenommen werden konnte. Maßgebend ist da eine Abmachung der Londoner Konferenz vom 30. August 1924, in der es im Artikel 7 heißt:

> «Um eine gegenseitige Befriedung herbeizuführen und soweit als möglich tabula rasa mit der Vergangenheit zu machen, sind die Alliierten Regierungen und die Deutsche Regierung über die nachstehenden Bestimmungen übereingekommen: ... Dabei besteht Übereinstimmung darüber, daß hinsichtlich etwaiger künf-

tiger Geschehnisse die Gerichtsbarkeit und Gesetzgebung Deutschlands, namentlich in Ansehung der Staatssicherheit, sowie die Gerichtsbarkeit der Besatzungsbehörden, namentlich in Ansehung ihrer Sicherheit, gemäß dem Friedensvertrag von Versailles und dem Rheinland-Abkommen ihren normalen Lauf nehmen werden.»

Die Rechtslage ist so, daß der deutschen Gerichtsbarkeit nur solche Strafverfahren entzogen sind, die sich gegen Mitglieder der Besatzungstruppen sowie deren Angehörige richten oder die solche Personen als Rechtsverletzte zum Objekt haben. Fritz Röttcher fällt nicht unter diese Rubrik – seine Verhaftung war formal in Ordnung. Daß die Verhaftung auf dem Bahnhof stattfand, hatte einen polizeilichen Grund: in der unmittelbaren Nachbarschaft Röttchers wohnen englische Beamte – ein höherer und ein mittlerer –, die von einem Widerstand Röttchers Skandal befürchteten, was ihnen nicht grade gelegen gekommen wäre. Auf dem Transport nach Berlin hat man dann sorgfältig das von Franzosen besetzte Gebiet vermieden.

Eine solche Verhaftung wird vorgenommen, wenn die Schwere des in Frage stehenden Delikts augenscheinlich ist und wenn Fluchtverdacht vorliegt. Röttcher hatte sich aber bisher immer auf alle Ladungen gestellt – das letzte Mal in Frankfurt; er ist von einer pariser Reise nach Wiesbaden zurückgekehrt ... es ist also nicht recht einzusehen, warum hier Fluchtverdacht oder gar Verdunkelungsgefahr angenommen wird, die bei der Charakterveranlagung des aufrechten und mutigen Mannes ausfällt. Das Verfahren ist eine politische Quittung für das, was die ‹*Menschheit*› getan hat, geboren aus einer Angst-Neurose vor dem, was sie tun wird. Fritz Röttcher sitzt jetzt in Moabit und wartet auf Leipzig.

Rheinauf, rheinab gehen seit Jahren die ‹Enthüllungen›. Jeder, der einmal bei der deutschen Abteilung III b oder in einem französischen Deuxième Bureau gearbeitet hat, weiß, wie glitschrig dieser Boden ist, auf dem sich die merkwürdigsten Existenzen bewegen: ehrenhafte Patrioten, Schufte, geheimnistuerische Dummköpfe, legalisierte Verbrecher und, in den allermeisten Fällen, Doppelspione, also solche, die von beiden Seiten bezahlt werden und für beide Seiten arbeiten.

Im Juni 1927 wurden dem belgischen Nachrichtendienst in Aachen ‹Dokumente› angeboten, die das angebliche Programm der ‹Reichswehr- und Stahlhelm-Politik› enthielten. Die kamen dem belgischen Kriegsminister in die Hände, und er tat damit, was jeder nationale Politiker an seiner Statt getan hätte: er machte mit ihnen im Senat Stimmung für die Bewilligung neuer Kriegsrüstungen, die sonst auf härtern Widerstand gestoßen wären, obgleich von den Belgiern noch nicht vergessen ist, was die Deutschen ihnen während der Besatzungszeit angetan haben. Der Kriegssozialist Vandervelde stand diesen

Dokumenten übrigens skeptisch gegenüber. Die englischen Nachrichtenoffiziere, die französischen Nachrichtenoffiziere bissen gleichfalls nicht an – bis auf einen. Der betrieb die Veröffentlichung. Es ist nicht klar zu sehen, inwieweit diese Dokumente mit den in der ‹*Menschheit*› veröffentlichten übereinstimmen: die Hinterleute des Blattes haben heute noch sehr gute Beziehungen zu den illegalen deutschen Formationen, und die Leute der ‹*Menschheit*› verbürgen sich für die Echtheit ihrer Publikationen. Hier mag eingeschaltet werden, daß die Reinheit F. W. Foersters und Fritz Röttchers über allen Zweifel erhaben ist; ich glaube auch nicht, daß dies der Augenblick ist, zu sagen, was uns von diesen Männern und ihrer Taktik trennt. Wenn Leute in Seenot sind, fragt man nicht nach der Religion. Man hilft.

Die Enthüllungen in der ‹*Menschheit*› vom 29. Juli hatten ein ziemlich ernstes Gesicht. Für uns ist das nichts Neues: aber eine so doof-gerissene Ideenwelt, eine so ausführlich dokumentierte Darstellung der vorsichtigen Beziehungen der Reichswehr zu ihren gesinnungsmäßig gleichwertigen Schwesterverbänden war doch neu. Die Darstellung zeigte wieder, wo die energischen, schlauen, lebenstüchtigen Politiker des deutschen Volkes sitzen. Rechts.

Bestimmt echt ist sicherlich das Wort, das in diesen Besprechungen gefallen ist: das von der ‹nüchternen Loyalität› der Reichswehr der Republik gegenüber. Das kann man nicht erfinden. Man stelle sich das unter dem Kaiserreich vor: die Wehrmacht streicht dem Staat gutmütig über den Kopf, verspricht, ihn nicht sofort und bei lebendigem Leibe zu fressen und erklärt sich für ‹neutral›. Nein, das kann man sich nicht vorstellen. Nicht neu und schon an andern Stellen veröffentlicht ist ferner die Ablehnung von allgemeiner Wehrpflicht und Miliz durch die Reichswehr: die allgemeine Wehrpflicht führt zu viel sozialistische oder gar kommunistische Elemente in ihre Reihen, wofür sie Frankreich als warnendes Beispiel vor Augen hat, und die Miliz gibt ihnen nicht die tauglichen Soldaten, deren sie bedarf. Schön ist auch die völlige und verdiente Nichtachtung des Parlaments, das überhaupt nicht in Rechnung gestellt wird. Bekannt ist die Italienfreundlichkeit der deutschen Militärs: begründet in dem ihnen sympathischen Faschismus sowie in der französisch-italienischen Spannung. Zu denken gibt die Skrupellosigkeit, mit der die zweifellos vorhandenen pazifistischen Tendenzen Frankreichs ausgenutzt werden: schadenfroh wird das lediglich als Möglichkeit der Schwächung angesehen.

Wie hat nun das Ausland auf die Verhaftung Röttchers reagiert –?

Von England sehe ich ab. Seine Kontinentalrolle ist, wie fast immer in den letzten Jahren, außerordentlich zweideutig: seine Nachrichtenoffiziere haben jeder zwanzig Finger, wobei nicht einmal gesagt ist, daß das Foreign Office über jeden Schritt unterrichtet ist, wahrscheinlich wird auch hier viel Politik auf eigne Militärfaust gemacht. Erst Öl ins Feuer – und dann hinterher in Berlin bedauerndes Achselzucken: «Wenn wir irgend etwas für Sie und die Beruhigung mit Frankreich tun können ...?»

Die kleinern Grenzstaaten sind beunruhigt, glauben aber steif und fest an ihre etwas altmodisch erscheinende Bündnispolitik: Polen befindet sich in solcher Lage, die Tschechoslowakei desgleichen. Und Frankreich –?

Vor der Annahme eines Aufstandes der öffentlichen Meinung in Frankreich zugunsten Röttchers, zugunsten des deutschen Pazifismus muß gewarnt werden. Ein offizieller französischer Schritt kommt natürlich nicht in Frage: er würde Röttcher schaden, ergäbe das falsche Bild von seiner Beauftragung durch Frankreich und ist in Europa bei dem Heidenrespekt, den alle diese ‹souveränen› Staaten vor den ‹lediglich innenpolitischen› Fragen haben, überhaupt nicht denkbar. Zwischenstaatlich organisiert sind in Europa nur das Verbrechen und der Kapitalismus.

Die Lage in Frankreich beruht nicht nur auf den beiden historischen Fehlern, die nie wieder gut zu machen sind: auf der falschen Beendigung des Krieges und auf der pädagogisch durchaus verfehlten Behandlung, die Deutschland seit neun Jahren zuteil geworden ist: drohende Gesten, überspannte Forderungen, ein Friedensvertrag, der ein Kompromiß zwischen einem überalterten Willen und europafremden Intelligenzen gewesen ist – und auf der andern Seite Schlappe auf Schlappe, Nachgiebigkeit, Laschheit, diplomatischer Formalismus. Wie sehen Kinder aus, die man so behandelt? Wie Deutschland? Sie wollen nicht sehen.

In Frankreich dreht sich zur Zeit jeder politische Akt um die nächsten Wahlen. Zerstreut hört der Außenpolitiker auf das, was draußen vor sich geht –: nur jetzt nichts ändern! nur jetzt nicht! Nach der Wahl wird man sehen, nach der Wahl. So ist die Gesamtstimmung diffus, ein wenig nervös, unsicher... Die Wahlen werden einen Ruck nach links ergeben, ebenso wie wahrscheinlich die in Deutschland. Aber es bedeutet doch eine sinnlose Überschätzung dieses Linksrucks, wenn man nicht sagt, wie denn eine solche ‹Linke› eigentlich aussieht. Diese Sozialdemokratie ist ja – auf beiden Seiten – längst keine mehr; sie ist in Wahrheit, nach innen und nach außen, eine brave, arbeiterfreundliche Bürgerpartei, und oft nicht einmal mehr das. Es ist lächerlich, die neue Erde mit den alten Vokabeln bewältigen zu wollen.

Deutlich zu unterscheiden sind in Frankreich trotz der Verwaschenheit der Parteien zwei Lager. Die Rechten, wie in Deutschland, energisch, stramm, ziemlich einsichtig. Kein Wunder: sie sind in der Minorität; nichts ist so gut für den politischen Charakter wie Opposition. Diese Männer wissen natürlich, was in Deutschland vorgeht. Falls

Herr Geßler einmal eine wichtige Kader-Aufstellung verliert, soll er sich getrost nach Paris wenden, da wird er sie sicher finden. Die Schlußfolgerungen aber, die die französischen Nationalisten aus ihren Kenntnissen ziehen, können wir nicht mitmachen. Ich wünsche nicht, diesen Artikel im ‹*Temps*› oder im ‹*Echo de Paris*› zu sehen – denn etwas Graueres als die dort gezogenen Konsequenzen aus pazifistisch gewonnenen Erkenntnissen ist nicht denkbar. Noch ein Kriegsschiff! Und noch ein Regiment! Und noch eine Kanone!

Der Wunsch, sich eines zahlenmäßig überlegenen Gegners, von der Gesinnung Deutschlands zu erwehren, ist begreiflich; die Mittel sind veraltet. So geht es eben nicht, und so wird es nie gehen.

Links stehen die mehr oder minder sozialistisch Angehauchten und die vor dieser Wahl maßlos überschätzten Kommunisten, die mit allen, auch den schmutzigsten Mitteln, bekämpft werden. (Wir wissen zwanzig Mal mehr von dem, was in Rußland wirklich vor sich geht als der Durchschnittsfranzose, den sie jetzt von klerikaler Seite her gegen den Kommunismus mit Hetzplakaten überschwemmen.) Aber was haben diese französischen Linksleute seit Jahren getan!

Das kommt mit deutschen Sozialisten zusammen und tänzelt aufeinander zu, hebt den Zeigefinger wie Figuren einer Chinoiserie, verbeugt sich und reibt die Nasen aneinander. Und jeder erzählt dem andern, wie mächtig seine eigne Partei sei, und wie einflußreich und wie im Wachsen begriffen, und wie herrlich es alles gehe mit dem fortschreitenden Sozialismus; und, zurückgekehrt, lügen sie sich und den Parteigenossen die Hucke voll, ehrfurchtsvoll umstaunt ob des internationalen Ansehens und der Kenntnis einer fremden Sprache. Eitel und müde und ironisch, ohne Veranlassung dazu, und faul; oder: geschäftig, immer dabei, immer besänftigend, alles besser wissend, die kleinen parlamentarischen Intrigen zu Weltgeschehnissen aufblasend –: ecce homo.

Jetzt sind die Franzosen der Linken ein klein wenig aufgewacht. Jetzt erkennt doch wenigstens schon einer oder der andre, – so auch Victor Basch, der Präsident der Französischen Liga für Menschenrechte –, was da in Deutschland vorgeht. Die Verhaftung Röttchers war ein Alarmschuß; hoffentlich schläft die Feldwache nicht wieder ein. Oder hält sie sich die Ohren zu –?

Zutiefst steckt im Deutschen die Sucht, seinen verständlichen Expansionsdrang ethisch zu untermauern und dem widrigsten und ruhestörenden Imperialismus, von dem er, ohne es zu wissen, besessen ist, eine sittliche ‹Idee› auf den Weg zu geben. Der Mann in der Mitte –? Aber er wäre selig, wenn Warschau deutsch wäre – ihn, der nichts dazu getan hat, als daß er die Landsknechte seines Reichs in tiefer Unkenntnis ihres Treibens oder unter stillschweigender Duldung hat gewähren lassen, ihn erfüllte es mit Stolz, wenn er «in einer Tour, denken Sie mal!» von Berlin nach Warschau fahren könnte. Von den Geschäften zu schweigen.

Man muß schon ‹Realpolitiker› sein, um die Diagnose nicht klar und scharf zu stellen. Natürlich ist Gustav Stresemann nicht einmal ein bösartiger Verschwörer; aber ich kann mir nichts dabei denken, wenn man mir erzählt, daß «das Auswärtige Amt geschlossen gegen die Reichswehrpolitik» stehe . . . Aber sie wird doch gemacht!

Es gehört die ganze Weltfremdheit des Herrn Simons dazu, sich in seiner Eigenschaft als Reichsgerichtspräsident aufzubauen und davon zu sprechen, daß die Landesverratsprozesse überwunden seien.

Aber es hagelt doch Landesverratsprozesse, und es gehört die ganze Stirn Stresemanns dazu, sich in Wien hinzustellen, und bei einem imperialistischen Anschluß den Pazifisten zu markieren. Sehen unsre Leute das nicht? Sehen es die Franzosen nicht —? Sie sehen es zum Teil schon.

Nun machen allerdings Stresemann und Geßler keine Politik; sie wird mit ihnen gemacht.

Was hier in Paris an Locarno-Schnaps verschenkt wird, ist verschnittnes Zeug. Briand muß wissen, was in Deutschland vor sich geht, und er weiß es. Aber es paßt ihm nicht in den für mein Empfinden etwas dürftigen Ruhmeskranz, den er sich da um die Stirn windet, welch Europäertum! Wo schärfstes Mißtrauen am Platz ist, werden Reden gewechselt, denen nichts, auch nichts in der Innenpolitik der beiden Länder entspricht. Locarno bleibt Locarno.

Die Franzosen haben jetzt ihre Wahl im Kopf und nichts als das. Wer dieses Land aber liebt, der muß ihm sagen, wie sehr es in Gefahr. Nicht für heute und nicht für morgen. Aber nie wieder wird die Konstellation kommen, wo sich eine Welt für Frankreich gegen Deutschland zusammenfindet. Die Sympathien haben sich nicht geändert — wohl aber die wirtschaftlichen Interessen. Frankreich hat viele Freunde auf der Welt; wer ihm aber dann einmal helfen wird, steht dahin.

Was Fritz Röttcher enthüllt hat, ist vielleicht zu einem Teil Stammtischgeschwätz gewesen, Wichtigmacherei von pensionierten Offizieren; Bramarbasieren politisierender Nichtstuer. Ich beschäftige mich nicht mit Bataillonszahlen, sondern mit Gesinnungen. Und das Deutschland, so, wie es da heute ist, hat sich in der Form gewandelt, nicht innerlich. Wenn der Autobesitzer vom Kurfürstendamm, den er für die Welt hält, im Auto durch die Provinz Brandenburg fährt, so stößt er manchmal auf Trupps junger Leute, die da einen kleinen Übungsmarsch machen . . . Er kommt sich so überlegen vor; er macht so ironische Witzchen, aus dem Auto heraus, er weiß es alles besser und er lächelt, wenn ihm einer sagen wollte, daß das Wort ‹Republik› überhaupt noch nichts bedeutet: eine farbige Ideenlosigkeit, unter der sich jeder etwas anderes vorstellt. Aber so hat er im Juli 1914, vierzehn Tage vor der Katastrophe, auch gelächelt, und ich kann nicht finden, daß diese ältern politischen Führer, diese Journalisten, diese Kaufleute auch nur im kleinen Finger legitimiert wären, uns politische Lehren zu erteilen. Wer so versagt hat, hat zu schweigen.

DER ANDERE

Für wen bin ich eigentlich unglücklich? Für wen verpasse ich alle Gelegenheiten, alle großen Lose, alle günstigen Zuganschlüsse? Wenn es eine Wahrscheinlichkeitsrechnung gibt, dann muß doch auch eine andre Seite da sein; ich werfe die schwarzen Scheiben, gut, aber einer muß doch dann auch die weißen werfen . . . «Unter 2786 Würfen sind nur 2 . . .» Ich bin unter den 2784 – die helfe ich auffüllen, Komparse fremden Glücks, Hintergrund glatter Aktschlüsse des andern.

Muß der ein Glück haben –!

Wir sind, denke ich, miteinander verbunden wie die Figuren an den alten Wetterhäuschen: wir stehn auf einem drehbaren Brettchen, und wenn ich ins Haus zurücktrete, tritt er hinaus . . . Immer ist er draußen, das Luder.

In den letzten Jahren, zum Beispiel, wohnt er stets auf der Sonnenseite, hat von morgens elf Uhr bis abends sechs Uhr Sonne in seinem Arbeitszimmer; er arbeitet in der äußersten Stille, manchmal macht er Krach, läßt das Grammophon laufen, liest sich laut etwas von Edschmid vor, spült sich dann den Mund aus . . . nur um etwas Leben in die Bude zu bringen. Wenn er einen Untergrundbahnhof betritt, zischt, kaum hat man sein Billett geknipst, der Zug herein, den er benötigt – keine Sekunde wartet er. Die Damen fliegen ihm zu und, worum ich ihn besonders beneide, sie fliegen auch wieder davon; wenn er sich Geld wünscht, bekommt er es nicht in drei Monaten, wo es ihm nichts mehr nützt, sondern er hat es dann, wann er es braucht; seine Verleger tun etwas für seine Bücher – daß dem Kerl nicht ganz unheimlich wird! So viel Glück hat er in den letzten Jahren.

Ich bin es, der es ihm gibt. Er hat es nur durch mich. Damit die göttliche Wahrscheinlichkeitsrechnung aufgehe, verpasse ich die Züge, die er erwischt; horche ich den Lärm auf, um den er herumwohnt; gewähren sich mir plappernde und bunte Frauen und versagen sich zur Unzeit wie kann man so undelikat sein dergleichen aufzuschreiben; für mich geht alles schief, damit es ihm gerade gehe. Bedankt er sich –?

Weiß er überhaupt etwas von meiner Existenz? von meiner unendlichen Arbeit, mit der ich ihm das Unglück abnehme und mir aufbuckle? Ahnt er denn, daß ich ihm Hilfsstellung leiste, daß ich die punktierte Linie bin, mit der man in der Quarta geometrische Sätze bewies, nachher wurde sie wieder wegradiert, und siegreich stand der Pythagoras da? Weiß er das?

Er geht herum, dieser Großprotz, und sagt: «Mein Instinkt, müssen Sie wissen ...» Du Affe. Du Prahlhans. Du Luftballon des Glücks. Ich trage dich, ich stütze dich, ich ermögliche dich – ohne mich wärst du nicht da, ohne mich wärst du eine Null, ein Krümel, hör doch! Meine Stimme dringt aus einem tiefen Brunnenschacht; tief unten, wo der vom Fremdenführer geworfene angezündete Fidibus verlöscht, hocke ich, rufe dumpf herauf, aber der Hall dringt zu keinem Glücklichen.

GEDANKEN EINES ARBEITERS AN EINER KREISSÄGE

Kreisch –
kreisch –
das Holz schreit, als ginge es ihm ins Fleisch ...
Kalt heute.
Während ich hier steh,
laufen andere Leute durch den dicken Winterschnee.
Oben, auf den Bergen. Ja.
Die habens feiner
als unsereiner.
Dies Jahr
ist es das erstemal, daß ich auf Urlaub war –
seit dem Krieg. Acht Tage war ich in Ostpreußen oben –
Verflucht! jetzt hat sich der Antrieb nach links verschoben –
Willi! Schalt aus!
Schalt ein!
Kreisch – kreisch – – –

Die fahren Schlitten und auf so langen Dingern: die
heißen Ski.
Ich kann das nie.
Ich steh hier, in der Fabrik, tagaus, tagein
und schiebe Holz in die olle Molle rein.
Kaum, daß ich mich mal an die Maschine lehne ...
Und die Sägespäne
fliegen rum und bringen einen zum Husten!
Saugvorrichtung? Der Alte wird dir was pusten!
Jetzt rutschen sie da in München immer munter
die beschneiten Berge runter –

Mensch, einmal raus aus dieser verdammten Kluft!
Junge, einmal in die frische Winterluft!
Sich ausruhn, laufen, springen, sich sielen im Schnee –
hinterher tun einem so schön die Beine weh –
Und zu sehen, wie der Himmel glasig wird ...
und jetzt können wir nicht mehr weiter, wir haben uns verirrt –
und ich trage der Marie die Dinger, die Skier – und dann kommen wir nach Haus ...
Willi! Schalt aus!
Ausschalten –!
Kreisch – kreisch – – –

AUF DEM NACHTTISCH

Brom, Bromural, Pantopon, Bromopon, Pantoral ... es geht nichts über ein gutes Buch. Einschlafen –

Die Räderchen laufen noch, bei gehemmtem Antrieb, es grübelt, selbst der Pyjama ist noch wach und will gar nicht still liegen. «Eine schreckliche Angewohnheit!» sagte meine gute Großmama. «Im Bett zu lesen! Ein junger Mann legt sich ins Bett und schläft!» Die gute Großmama; sie übertrieb so gern. Gibt es etwas Schöneres, als im Bett zu lesen? Auf der Kurve heult eine verspätete Elektrische; Stimmen tönen herauf; ein Auto pustet; einer geht auf der Treppe – und du liegst in der Kajüte deines Betts, niemand kann dir etwas tun, und du blätterst und liest, Bücher rutschen über die schräge Decke auf den Boden, du hörst es nicht, du legst dich von einer Seite auf die andre Seite, schade, daß man nicht mit den Füßen lesen kann, es wäre eine große Erleichterung ... Lesen. Lesen.

Obenauf liegen zwei bunt gekleidete Bücher. Von Rudolf Kircher: *‹Fair Play›* und *‹Engländer›* (beide bei der Frankfurter Societätsdruckerei in Frankfurt am Main erschienen).

Es ist sehr merkwürdig: England ist für die deutsche Presse noch nicht entdeckt. Ob die sinnlose Überschätzung von Paris darin ihren Beweggrund hat, daß die maßgebende Generation der maßgebenden Redakteure auf der Schule Englisch nur als Fakultativfach gehabt hat oder woran immer es sonst liegen mag: England gibt es kaum. In Paris braucht sich nur die Spinelly ihren Oberschenkelschmuck stehlen zu lassen, und Prenzlau, Königsberg und Darmstadt sind auf das ungenauste informiert. Es blitzt nur so von pariser Informationen. London? C'est là-bas ... wie sie hier in Paris sagen. Davon spricht man in feinen Zeitungen nur im politischen Teil. Es soll sich aber auch dort eine Art Leben abspielen, hörte ich ... Hier bei Kircher, dem ausgezeichneten Korrespondenten der ‹*Frankfurter Zeitung*›, kann mans kennenlernen.

Das Buch ‹*Engländer*› ist instruktiver: es gibt da Porträts großer Briten, und, soweit das jemand beurteilen kann, der nicht in London gelebt hat, sind sie gut und überzeugend. (Ganz besonders anzumerken: die hervorragenden Fotografien.) Wir lernen, was es mit der englischen Aristokratie auf sich hat; wie das konservative Element drüben aussieht und das liberale und das sozialistische, und wie das konservative sie alle drei durchdringt ... wir sehen Reinhold Schünzel, als Churchill verkleidet, und den Deutschenfresser Northcliffe, den die Deutschnationalen jetzt bei uns, das ist die große Mode, mit einem Radauantisemiten vergleichen, was die Rolle der Deutschen unter den Nationen gut beleuchtet; wir lernen etwas von den englischen Geschäftsleuten kennen und zum Glück gar nichts von G. B. S. Ganz außerordentlich fesselnd das Kapitel über den Pfarrer von St. Pauls – dazu eine Fotografie! Daß es so etwas gibt! Herrlich. In ‹*Fair Play*› wird die Untersuchung Englands fortgesetzt; Kircher versucht, mit vollem Recht, den englischen Nationalcharakter aus dem Sport zu erklären. Wie schön, daß er es nicht mit den ‹Sportlichen Hochschulen für Leibesübungen› hat – das soll mal einer ins Englische übersetzen –, sondern daß er sagt: «Der Sinn der englischen Sportfeste ist nicht, sich und andre zu ärgern, sondern fröhlich das Leben zu genießen, wie es sich bietet.» Wo kämen wir denn da hin –! Kurz: diese beiden Bücher, besonders das erste, das dicke, soll man lesen. Man wird viel Gewinn davon haben.

Was ist das? Mann mit Monokel auf Umschlag? Franz Molnár ‹*Die Dampfsäule*› (im Verlag Paul Zsolnay, Berlin). Sehr amüsant. Schmeckt wie fast immer bei Molnár, nach ... ja: Paprika ist es nicht. Die Butter, mit der er kocht, ist gut, kein Zweifel, aber irgend etwas ist billig, schmeckt ein wenig, ein klein wenig nach Speisehalle – es ist, wie wenn unter den vier Küchenchefs eines großen Hotels einer ist, der aus einem billigen Laden kommt, und jeweils ein Gericht im Diner ... Immerhin: die Erfindungskraft dieses Ungarn ist stark, das quillt nur so von Einfällen. Und hat ‹*Spiel im Schloß*› geschrieben und sei gesegnet.

Über Rußland ... Ich weiß: ihr habts beinah satt, ich auch. Aber nun kristallisiert sich aus dem Wust dafür und dagegen, aus diesen dummen Flüchen und den noch dümmern Kriegsberichten langsam etwas Vernünftiges heraus. Hier zum Beispiel ‹*Moskau*› von Karl Anton Prinz Rohan (bei G. Braun in Karlsruhe). Ich habe dem Mann manches abzubitten. Mir ist seine ‹*Europäische Revue*›, die er einmal herausgegeben hat, in der Seele zuwider gewesen – das Blatt war genau so wie die Anekdote, in der jemand den Prinzen auf das snobistische Getue der reichen Leute um den Völkerbund aufmerksam macht und tadelt wie albern das alles sei ... «Was hams gegen die Elite –?» sagte er.

Aber dieses Buch ist anständig, fleißig, sehr lehrreich und vernünftig. Es ist etwas reichlich rosig – auch kann sich der Verfasser nicht abgewöhnen, ‹Konferenzen› abzuhalten und seine Unterhaltungen mit den russischen Staatsmännern in einem Tone zu schildern, als habe die Welt derweil den Atem angehalten – und doch ist es ein lesenswertes Buch. Freilich, lange nicht so gut wie das Beste, das ich in der letzten Zeit über Rußland gelesen habe:

E. J. Gumbel *‹Vom Rußland der Gegenwart›* (E. Laubsche Verlagsbuchhandlung in Berlin). Hundert Seiten – aber das hats in sich.

Das Beste scheint mir diese Stelle, wo Gumbel von den tintenschwarzen und den brustzuckerrosa Schilderungen spricht, die wir so über Rußland zu lesen bekommen. «Wesentlich ist ..., daß Rußland ... weder mit dem ersten noch mit dem zweiten Bild übereinstimmt, erst recht aber nicht in der Mitte liegt, sondern auf einer ganz andern Ebene.» Das ist es. Und auf diesen Ton ist das Buch gestimmt. Nicht in der Mitte – auf einer andern Ebene.

Man muß, sagt Gumbel, Rußland mit sich selbst vergleichen: das Land vor dem Kriege und das Land nach dem Kriege – dann kommt man vielleicht zu einem Resultat. Er zeigt, wie der ‹Bolschewismus›, der niemals Kommunismus gewesen ist, damit begonnen hat, daß er den Landhunger der rückkehrenden Soldaten aufzufangen verstand – «zu dieser schon vorhandenen Bewegung schufen sie die notwendige Theorie. Dieser Akt staatsmännischer Klugheit, eine vorhandene starke volkstümliche Bewegung auszunutzen, auch wenn sie der Parteidoktrin widerspricht, kennzeichnet die ganze Politik der Kommunisten.» (Man vergleiche damit die nichtsnutzige Haltung der deutschen Sozialdemokratie im Jahre 1918.) Gumbel erzählt, wie Lenin dann die große historische Umkehr vollzog – mit welchem Mut er umkehrte, und wie trotz alledem der ‹Privatbesitz› in Rußland, «um den der Spießer bangt, wenn er von Sozialismus hört» besteht, und wie das mit der Staatswirtschaft gar nichts zu tun hat. (Auch das Erbrecht ist geblieben!) Ganz besonders erquickend die Stelle, wo von der Staatstheorie und der Rechtstheorie der Sowjets die Rede ist. Es gibt keine Demokratie – das ist eine Fiktion. «Von allen andern Staaten unterscheidet sich nun der russische dadurch, daß er diese Fiktion aufgibt und seine klassenmäßige Struktur offen zugibt. Das gilt auch für seine Rechtsprechung.» Und da es eine Gesellschaftsstruktur ist, die wir bejahen, so bejahen wir auch den Mut, mit der die Folgerungen gezogen sind.

Aber Gumbel ist durchaus nicht so begeistert, wie die übereifrigen Reisenden, deren Hallo stets ein bißchen kindlich anmutet: die guten

Russen! und alles so schön und sauber! und so gerecht! Die haben Sonne im Herzen . . . Gumbel hat Verstand. «Das wahre Symbol dieses Staates ist nicht Sichel und Hammer, die man verschwenderisch, womöglich vergoldet, überall sehen kann, sondern das Kugelrechenbrett, das neben jedem Beamten liegt. Denn die Kenntnis des großen Einmaleins ist nur schwach verbreitet.» Wobei allerdings zu sagen ist, daß das im gebildeten Kurland genau so gewesen ist: eine Sitte, keine Schwäche. Scharfe Schilderungen aus dem Leben der Strafgefangenen; scharfe Kritik an der russischen Presse: «Das Bild, das die russischen Zeitungen vom kapitalistischen Europa entwerfen, ist genau so grotesk verzerrt, wie das Bild, das die meisten europäischen Zeitungen von Rußland bieten.» Was sich leider an den Weisungen kontrollieren läßt, die die deutschen und französischen Kommunisten von Moskau empfangen. Daß sie Weisungen, Führer und Geld ‹vom Ausland› beziehen, ist rechtens; daß Führer und Befehl nicht besser sind, beklagenswert. Und von der Wohnungsnot ist die Rede, die nur in Moskau herrscht — und: «Kein Priester darf eine Schule betreten» — ach, ist das weit von Berlin bis nach Moskau! So weit! Und es ist lehrreich, zu sehen, in wie winzige Nichtigkeiten die modernen Staaten zusammensinken, wenn man ihr Tun und Treiben gewissermaßen medizinisch betrachtet: also marxistisch — dann ist es auf einmal aus mit der Würde und den Fahnen und den Senatoren und dem Reichsrat — dann kommt die Wahrheit heraus, und die sieht elender aus als das, was der tapfere und wahrheitsliebende Gumbel in diesem vorzüglichen Buch über Rußland zu berichten weiß.

Friedrich Ebert *‹Kämpfe und Ziele›*. Das wollen wir uns nicht antun. Einseitige Kritik ist feige, der Mann kann sich nicht wehren und auf die kindlichen Bewunderer Eberts, die diesen Mann, von dem in zwanzig Jahren kein Mensch mehr sprechen wird, zum ‹Staatsmann› aufplustern, wird an andrer Stelle geschossen. Es war keiner da, um die Revolution zu machen? Der war immer da. Und weil er immer da war, drängelte er sich zum Reichspräsidenten hinauf, ein mittlerer Bürger, die schlimmste Mischung, die denkbar ist: persönlich rein und sachlich schmutzig. Der hat viele Arbeiterjahre Zuchthaus auf dem Gewissen . . . Die Sammlung seiner Aufsätze ist trostlos; dagegen kann man nicht polemisieren. Ich weiß, daß man die Tagesarbeit von Gewerkschaften nicht mit Hallo und Pathos machen kann — aber jede Arbeit hat doch ihren Klang, ihren ganz bestimmten Ton . . . diese ist pappen, dumpf klein, schlau und dumm. Vorn wird in Vater-Sentimentalität gemacht, ich kann mich nicht besinnen, daß dieser Mann jemals solche Gefühle für seine Klassengenossen aufgebracht hätte, die er den Militärs und den Richtern überliefert hat; hinten erzählt — wie unvorsichtig! — ein Vollbart eine ‹Anekdote›. Ein Fotograf habe Ebert gebeten, etwas mehr nach rechts zu rücken, und der Erzähler habe dazu gesagt: «Noch mehr nach rechts kann er ja gar nicht!» Der so sprach, war der württembergische Gesandte in Berlin, Herr Hildenbrandt; für seine Staatstreue, für seinen realpolitischen Blick, für seine ‹staatspolitische Mitarbeit› hat er denn auch von Herrn Bazille einen Tritt bekommen und ist geflogen. Auch Noske ist in dem Buch vertreten. Niemand schämt sich. Nur wenige sagen dieser Gesellschaft Bescheid... Um etwas ernsthaft Politisches anläßlich Eberts anzuschneiden: was ist das für eine neue Verlegerunsitte, die Bücher mit Prospekten vollzustopfen, die man vor der Lektüre erst alle herausschütteln muß? Einer fängts an, und alle machen es nach. Das lacht mich nicht an.

Nein, wenn man schon lachen will: dann über Hans Reimanns *‹Sächsische Miniaturen›* (bei Carl Reißner in Dresden). Die Geschichten des ‹Geenijs›, der trotz aller humorlosen einstweiligen Verfügungen als solcher ins Elysium eingehen wird (halt dich bereit, Biograph!), – die bezaubernd formulierten kleinen Geschichten . . . einmal, bei der Sache mit den Elefantenfladen, ist Reimann dem, was Humor ist, so nahe gekommen wie noch nie. Die Geschichte hat überhaupt keine Pointe – sie löst sich völlig in ein behagliches, wortloses Schmunzeln auf. Es ist der echte, dem Volk abgehörte Humor – man lese *‹Estremadura›* und bleibe ernst, wenn man kann. Die schöne Geschichte von der klemmenden Himmelstür, die ich ihm erzählt habe, ist auch drin. Ih! 'ch werd se doch nich nochemal uffschreihm – nu, das wäre gelachd! Darin bin 'ch säcksch.

Ziemlich schauerlich, wenn nachts im Bett einer allein lacht! War da jema – –? Nein. Plötzlich werde ich ganz ernst und sehe an mir herunter. Da rinnen die Bücher über das ganze Bett, halb aufgeschlagen liegt der Kircher, verbogen *‹Moskau›* und unten, unter dem Bett, da wo er sonst zu stehen pflegt, die *‹Tägliche Rundschau›*. Halb drei –! Und morgen kommt um acht der Postfritze mit den Fahnen, und die ganze Post liegt unerledigt da, hungrig sperren die Umschläge die Mäuler auf, welche Familie! Brom, Bromural, Pantopon, Pantoral, Bromopon – – Allerherzlichst gute Nacht.

ALL PEOPLE ON BOARD!

Das ist nämlich so in Berlin:
Einer ist plötzlich für Biographien.
Und aus einem Grunde, grad oder krumm,
gefällt diese Sache dem Publikum.
Das Publikum mag das Neue gern kaufen . . .

Nun kommen sie aber alle gelaufen!

Jetzt schießen, mit und ohne Komfort,
die Biographien aus dem Boden hervor:

Kaiser Gustav der Heizbare; Fürstenberg;
der Herzbesitzer von Heidelberg;
Frau Neppach, Einstein und Lindberghs Sohn
und vom Landgericht III der Justizrat Cohn —
sie alle bekommen ihre Biographie
(mit Bild auf dem Umschlag) — jetzt oder nie!
Heute so dick wie ein Lexikon,
und morgen spricht kein Mensch mehr davon.

Denn morgen ist da ein neues Glück:
das englische Grusel- und Geisterstück.

Da kommen aber in hellen Haufen
die Theaterdirektoren gelaufen!
‹Die Gräfin auf der Kirchhofswand›,
‹Sherlock Piel zwischen Lipp und Kelchesrand›,
‹Das Bidet im Urwald› — oder wie das so heißt,
und plötzlich hat jedes Theater nen Geist.
«Das kenn Se nich? Das haben Sie noch nicht gesehn —?
Da müssen Sie unbedingt hingehn —!»

Und auf einen, ders nicht gesehn hat, spucken . . .
Morgen sind die Achseln ganz müde vom Zucken:
«Wenn ich schon Geisterstücke seh —
Passé!»

Mal Punktroller und mal Negerplatten;
mal Freud und mal Kreuzworträtsel-Debatten;
mal Tiergeschichten und mal Autorennen;
mal muß man den ganzen Brockhaus kennen —
(«Frag mich was!» — Sie mir auch.)
Und so haben nun
die Berliner immer was zu tun.

Denn so ist das in diesem Falle:

Was einer macht, das machen sie alle.
Macht einer Film mit Neckarstrand,
dann nehmen das tausend in die Hand.
Schreibt einer ein Buch vom Dauerlauf,
dann greifen das hundert Verleger auf.

Sie begehren immer, die guten Knaben,
des Nächsten Vieh –
«Müssen wir auch mal haben!»
Sie möchten niemals die eigenen Sachen.
«Das? das müssen wir auch mal machen –!»

Lasset uns dieserhalb nicht weinen.
Wo nichts ist, da borg ich mir einen.
Nur ist da eines – o völkische Schmach! –
komisch:
uns macht keiner nach.

DER STREIT UM DEN SERGEANTEN GRISCHA

Wenn die Operettenautoren Haskel und Jablonski einen Schmarren *‹Anneliese von Dessau›* zusammenschustern und ein fetter Tenor, ein bieriger Baß und zwei kreischende Sopran-Nutten unter Zuhilfenahme von etwas Statisterie, bengalischem Licht und einem Eßlöffel voll ‹Deutschland, Deutschland über alles!› dergleichen in einem Theatersaal hinter der Rampe aufbauen –: dann gehen vierundzwanzig Männer hin und machen Theaterkritik.

Ich weiß, daß das Theater ein Massenerlebnis ist, eine lebendige Sache (mit leichtem Schlaganfall) – aber ich vermag nicht einzusehen, warum es gar so wichtig sein soll, wenn Hollaender, denken Sie mal, wieder die Neher verrissen hat, er hat was gegen die Neher, überhaupt das Achtuhrabendblatt... «Es wird alles», spricht der Weise, «maßlos überschätzt.» Läßt Kerr die Schreibmaschine aufklappen, so reicht das weit über alles Theater hinaus, über den windigen Zank der Leute vom Bau, diese Talmiaufregungen, die schon erkaltet sind, wenn sie noch heiß serviert werden; weit über Nervenkrisen, Telefonattacken, wild gewordene Telegrammformulare... Kunst ist schon kein Selbstzweck – wie sollte Theaterkritik einer sein –!

Dies voraufgeschickt, mag von Zeit zu Zeit versucht werden, bedeutende Bücher mit derselben Sorgfalt und derselben Liebe zu betrachten, mit der sie geschrieben worden sind. Denn es ist nicht einzusehen, warum Werke, denen ein begabter und intelligenter Mensch Jahre seines Lebens gewidmet hat, in der Zeitung nur deshalb mit vierzehn Zeilen ‹Buchbesprechung› wegkommen, weil sie keine Theaterstücke sind. Das Buch, von dem hier die Rede sein soll, kann sich nicht beklagen; es hat auch in der großen Presse die Beachtung gefunden, die es verdient.

Arnold Zweig, Producer, beehrt sich vorzuführen: *‹Der Streit um den Sergeanten Grischa›* (bei Gustav Kiepenheuer, in Potsdam, o Ironie des Schicksals!) Ein Kriegsbuch? Ein Friedensbuch.

Dem russischen Kriegsgefangenen Grischa Iljitsch Paprotkin glückt ein Fluchtversuch aus dem Lager, er irrt in den weiten Bezirken der Etappe Ober-Ost umher, stößt auf ein Häuflein von Marodeuren und Deserteuren; eine Frau gibt ihm Uniform und Erkennungsmarke eines russischen Soldaten, der in diesem Bezirk beheimatet gewesen ist; wenn Grischa gefaßt wird, soll er angeben, er sei durch die Front gekommen, um seine Eltern wiederzusehen ... Er wird gefaßt. Es ist ein Befehl da, wonach sich alle Russen, die durch die Front kommen, binnen drei Tagen bei einer deutschen Etappenbehörde melden müssen. Grischa hat das nicht getan. Er wird, getreu nach dem Befehl von einem Divisionsgericht, zum Tode verurteilt. Da erst erkennt er seine Lage, schreit, wehrt sich, sagt die Wahrheit: er sei er selbst, er sei Grischa, nicht der andre — er sei gar nicht von vorn gekommen, sondern aus einem Gefangenenlager entwischt ... Die Akten gehen an den Oberbefehlshaber.

Der Sergeant Grischa wird, obgleich er doch gar nicht unter jenen Befehl fällt, erschossen, weil Division und Oberkommando sich nicht riechen können, weil die beiden maßgebenden Offiziere sich im Aktengang anstänkern, weil Ressortkämpfe aufflackern, erlöschen, wieder aufbrennen ... Grischa steht am grasigen Abhang und wird, du deutsches Gemüt, er wird ‹umgelegt›. Da liegt er. Und es ist gar nichts. Ein Russe, du lieber Gott ...

Daraus hat Arnold Zweig einen Roman gemacht. Wie er in der Nachbemerkung angibt, ist die zugrunde liegende Geschichte wahr. Das wundert keinen, der die Preußen kennt. Was hat nun Zweig aus dieser Sache herausgeholt?

Es ist ein gut Stück Kriegswahrheit in dem Buch, ein Teil des Soldatenlebens der Deutschen im Osten: ihr aufgeplusterter Bürobetrieb, ihre leer laufende Geschäftigkeit, ihr emsiges Nichtstun, ihre faule Betriebsamkeit; ihre Sauberkeit und Fürsorge für sich selbst, und, wenn was abfiel, auch für die Bevölkerung, ‹Panjes› geheißen; und das Leben der Ostjuden, deren unendliche Überlegenheit über die kriegführenden Parteien, ihre äonenweite Weisheit und ihre tiefe Philosophie. Einzelheiten sind in diesem Roman mit einem gradezu bienenhaften Fleiß zusammengetragen, ein gehobener Naturalismus, die schärfste realistische Beobachtung, sauber stilisiert — man merkt oft, wie der Autor warm geworden ist, nirgends riecht es nach Schweiß.

Über die Gesinnung des tapfern Friedenssoldaten Arnold Zweig ist nicht zu reden. Das Buch könnte, bei stärkster pazifistischer Wirkung, schwach sein — es ist sehr stark. Es wird wahrscheinlich mehr Menschen zum Nachdenken über das Wesen des Krieges bringen als alle Propagandaaufsätze der letzten Jahre — es bohrt sehr tief und wendet sich an ganz einfache Empfindungen; es sagt gewissermaßen: «Wir beide wollen uns doch nichts vormachen, wie —?» Endlich einmal wird der Krieg gar nicht diskutiert, sondern mit einer solchen Selbstverständlichkeit abgelehnt, wie er und seine Schlächter das verdienen. Erst heute —?

Es ist merkwürdig genug: nach neun Jahren stößt den Deutschen der Krieg sauer auf. In Frankreich ist das längst vorüber: *‹Les Croix de Bois›* von Roland Dorgelès und *‹Gaspard›* von René Benjamin liegen weit zurück; hier haben sie nur noch die aus Amerika importierte Mode der Kriegsfilme; die Literatur beschäftigt sich kaum noch mit dem Krieg. Bei den Deutschen hatten, bitte nach Ihnen, die Generale den Vortritt: die Pension der Republik gab ihnen die Muße, auf ihren Gütern und in den hohen Zimmern alter Wohnungen ihre Lügengeschichten zu erzählen: trockner Aktenkram, am Schluß mit blechernem Pathos, vertrauliche Briefe oder gestohlene Akten, die ganze Leere dieser Hirne fürchterlich erweisend. Es ist ungemein bezeichnend, daß unter dieser Memoirenliteratur auch nicht ein einziges lesbares Buch ist — sie sind alle gleich schlecht geschrieben, und wenn einer, der sich die Finger nicht am Füllfederhalter schmutzig machen wollte, einen Literaten engagierte, dann ließ er bei der Auswahl seinen Geschmack sprechen, und was herauskam, hieß Karl Rosner. Da haben wir Glück gehabt.

Und nun, nachdem das alles vorbei ist und selbst das Geschmier der von der Reichsbahnverwaltung vorzugsweise beförderten Hermine von niemand mehr ausgelacht wird —: nun kommen die Soldaten, die den Krieg am eignen Leibe erlebt haben, und wagen sich hervor und sagen die Wahrheit. Es war höchste Zeit.

Nach neun Jahren ... Aber was heute die Reichswehr treibt; was in den kleinen Garnisonen, wo sie unter sich sind, vor sich geht; was da ‹auf Stube› gemacht wird und bei den Sportsleuten; was die Werbeoffiziere für Leute sind und die Wehrkreiskommandeure; wie die Leute auf Urlaub gehen und wie sie sich beschweren, und worüber sie sich freuen und worunter sie leiden —: davon hören wir kein Wort. Die Reichswehr fühlt sich sehr wohl unter diesem Schweigen; sie hat es nötig. Und wir werden wohl erst in vierzig Jahren, wenn lebendige Wirklichkeit ‹Geschichte› geworden ist, einen Roman zu lesen bekommen: ‹Der Streit um den Sergeanten Noske› oder ‹Die 11. Traditions-Kompanie›. Wir sind gründliche Leute. Wir sind ungefährliche Leute.

Warum wird der Roman von Zweig überall gekauft? Weil er ein anständiges Stück Ware ist. Weil er gut gearbeitet ist. Weil das Publikum einen fast untrüglichen Instinkt für sorgsame Mühe hat (die ein Künstler sich gibt) — weil keine Seite, kein Satz hingeschwindelt ist. Ich gehe nicht so weit, wie der vortreffliche Lion Feuchtwanger, zu sagen, daß dergleichen nun die Zukunft der deutschen Literatur sei — im Kielschwert des Zweigschen und des Feuchtwangerschen Detailfleißes liegt die dichterische Kraft; fehlte die, kippte das Fahrzeug im leichtesten Wind. Wie groß der Kunstwille bei Autoren dieser Gattung ist, steht dahin – ihre handwerkliche Anständigkeit ist unbestreitbar. Aber lockert die Schleusen nicht! Ströme von Schweiß ergössen sich durch das Land, denn fleißig sind sie bei uns. Beschütze uns, heilige Staatsbibliothek, vor den Neumännern, die die Geschichte romanisieren! Also so geht das nicht. Die Modeschluderer lassen es allerdings doppelt schätzen, wenn einer arbeitet. Der Dichter Zweig hat gearbeitet. (Daher auch die Vorliebe der angelsächsischen Länder für solche Bücher, bei denen sich der Käufer nicht betrogen fühlt.)

Wir hier wissen das, was Zweig uns aus dem Krieg erzählt. Wie viele Männer haben ihn erlebt und gar nicht erlebt; wie viele Frauen ahnen bis auf den heutigen Tag überhaupt noch nicht, was der Krieg gewesen ist. Es sind herrliche, ganz und gar echte Züge in diesem Buch.

Der Feldwebel Matz geht auf Zehenspitzen zum Generalmajor Schieffenzahn hinein, um ihm ein Telefonat zu überbringen. Schieffenzahn ist am Schreibtisch vor Müdigkeit eingeschlummert. Matz, auf Zehenspitzen, will ihn nicht wecken. Nun so:

«Der siegt für uns, der plagt sich für uns, nu laß ihn man schlafen, Matz. Die Welt wird ja nicht einstürzen und Deutschland nicht ins Wasser fallen, bloß wenn er das 'ne Stunde später erfährt.» Absatz. «Damit entnahm er der Zigarrenkiste zwei der großen Brasil, um sich für seine Rücksicht zu belohnen und kopfschüttelnd, voll aufrichtiger Bewunderung, nach einem letzten Blick auf den Ruhenden, zog er ganz leise die Tür hinter sich zu.» Neid ist immer ein gutes Kriterium: Diese Sätze möchte ich geschrieben haben.

Ganz echt der Abschied der Arresthauswache von Grischa, als der zum Umlegen geführt wird. Sie haben den Russen lange Monate bei sich gehabt, er hat ihnen die Öfen geheizt, die Zigaretten mit ihnen geteilt, jeder hat den Russen gern gehabt. «Die Deutschen bringen keinen Laut heraus, nur ein junger, blaß und mit aufgerissenen Augen, erwidert ihm» – ... was? Etwas völlig Blödsinniges, denn er weiß ja, wohin es mit jenem geht – aber etwas ganz und gar Echtes. Er sagt:

«Machs gut, Kamerad, leb wohl!»

Es wimmelt von sprachlichen Feinheiten, jede der letzte Extrakt sauberster Arbeit, quellender Einfälle. Bei der Erschießung: «Der Priester murmelt und priestert». Einmal, als Grischa in seiner Zelle verzweifelt liegt: «Der Russe sprach mit sich selbst; halblaut und ununterbrochen raunte er in seiner Sprache Worte.» Und sofort die Reaktion des pathoslosen Soldaten daneben: «Er sabbert, dachte Sacht, es läuft ihm vom Munde weg wie Spucke ...» Einmal das ganze deutsche Militär in einem Satz: «Macht der Angeklagte einen guten Eindruck – steht er militärisch stramm und sauber da, geweckt, aber nicht zu intelligent ...» In Ordnung.

Ein Dichter ist ein Mensch, der seine Gefühle aufbewahren kann. Welch ein sorgfältiger Arbeiter dieser Zweig ist, zeigt die Stelle, in der beschrieben wird, wie der zum Tode verurteilte Russe sein eignes Grab graben muß. Der Keim zu diesem Thema liegt schon in einer Novelle Zweigs, die hier in der *‹Weltbühne›* im Jahre 1914 erschienen ist (*‹Die Bestie›*), und derentwegen unser Blatt damals vom Oberkommando in den Marken beschlagnahmt worden ist. Da ist es ein belgischer Bauer, der sich sein Grab vor der Erschießung gräbt, und beide Mal ist der schöne dichterische Gedanke ausgeführt, wie den Grabenden die Erde freut: die fette, fruchtbare, saubere Bauern-Erde.

Wenn es manchmal mit dem Stil der gesprochnen Sprache für mein Empfinden nicht so recht klappt, so hängt das mit einer sehr, sehr schwer zu entwirrenden Sache zusammen. Ich will nicht von den kleinen Spritzern reden; merkwürdig, wie ein musikalischer Autor so etwas stehen lassen kann: Ein Militär-Lokomotivführer unterhält sich vorn auf der Lokomotive mit seinem Heizer. «Weißt du noch, wie du immer Wild zu sehen glaubtest ...?» Nun gibt es im Volk wenig erzählende Imperfekta; da steht fast allemal das Perfektum, und natürlich hat der Mann gesagt: «Weißt du noch, wie du immer gedacht hast, da wär Wild ...» Und daß das Wort ‹Triumph› mit einem f geschrieben ist und das Wort ‹Atmosphäre› auch: das hat mich einen Löffel Fruchtsalz gekostet. Ich weiß, daß die Sprache fortschreitet und sich wandelt: dies ist kein schöner Wandel, wenn auch ein diskutierbarer.

Aber das ist es nicht; es ist nicht nur dieser Satz und jener – es ist etwas andres, schwereres.

Es gibt einen Realismus, der mit der fotografischen Abbildung der Wirklichkeit eine Freude am Abbilden vereint; einen Naturalismus der Tuchfühlung, des leichten Puffs mit dem Ellenbogen: «Du weißt doch, wie ichs meine?» Hauptmann hat das im großen Stil; der Vorgang ist so unerklärlich wie jeder biochemische; das, was herauskommt, lebt einfach, ist ein warmer Organismus, der zuckt. Die Gefahr für schwache Autoren ist zu große Nähe des Objekts. Bei Zweig liegt die exakteste Beobachtungsgabe zugrunde: sie ist aber häufig in eine Sphäre heraufgehoben, die mir zu ‹edel› erscheint. Das Buch fängt so an:

«Es steht ein Mann im dicken Schnee, unten am Fuße eines schwarz angekohlten Baumes, der spitzwinklig in gute Höhe ragt mitten im verbrannten Walde, schwarz auf vielfach zertretener Weiße. Der Mensch, gekleidet in viele Hüllen, versenkt die Hände in die Taschen – –» Nein, so fängt es leider nicht an. Sondern so:

«Die Erde, Tellus, ein kleiner Planet, strudelt emsig durch den kohlschwarzen, atemlos eisigen Raum, der durchspült wird von Hunderten von Wellen, Schwingungen, Bewegungen eines Unbekannten, des Äthers, und die, wenn sie Festes treffen und Widerstand sie aufflammen läßt, Licht werden ...» O du mein Deutschland! Aber könnt ihr denn nicht begreifen, daß der liebe Gott benebst anhängendem Kosmos im Zwiebelmuster einer Kaffeekanne zu finden ist und nicht in dem, was ihr als ‹Relativität› ausgebt? Wozu das? Entehrt Naturalismus? Erscheint er euch zu niedrig, wenn ihr ihn nicht durch pathetische Beziehungen zum ‹All› adelt? Ein neuer Adel. Taugt nicht viel.

Und hier ist das Manko des Buches.

Die Sache geht noch an, wenn es sich um die Juden handelt; die versteht der Vollblutjude Zweig sehr gut. Schon bei den Soldaten wird die Sache zweifelhafter. Es stimmt alles: er ist der erste Autor, der den Mut hat, zu sagen, daß das Telefongespräch zwischen einer Krankenschwester und einem Schreiber durch einen Mann im Keller vermittelt wird, der da stumpfsinnig stöpselt, er hat einen Brief von seiner Frau bekommen: zu Hause klappt es nicht mit der Kriegsunterstützung ... Es stimmt vieles: wie sie geschlafen haben und gegessen; sehr oft, auch wie sie reden; wie die Formationsbürokratie viel wichtiger war als der ganze Krieg ... Alles, was da gegen den dreimal verfluchten deutschen Militarismus steht, stimmt. Aber wenn Zweig von den Offizieren spricht, dann stimmt etwas nicht. Shakespeare ist auch Hamlet. Zweig betrachtet – sehr gehirnlich, sehr überlegen – seine Figuren. Aus weiter Nähe.

Natürlich ist er viel zu klug, nun das umgekehrte Militär-Buch zu schreiben: der pechrabenschwarze General und der gute Muschkot; das wäre ja kindisch. Diese Rangordnung hat man nicht umzukehren, sondern zu ignorieren. Das tut er. Er zieht seinen Leuten Zivil an. Aber diese Offiziere sind, Zweig, seien Sie mir nicht böse, sie sind von unten gesehen. Auch Exzellenz von Lychow, geb. Fontane. Sie sind mit den feinsten Mitteln psychologisch erklärt. So waren sie auch – so waren sie nicht.

Der Generalmajor Schieffenzahn wird sondiert; er schlummert, wie dargetan, am Schreibtisch ein, nachdem er sich seiner Kadettenjugend erinnert hat, er wird biologisch expliziert, es ist alles in schönster Ordnung. Aber es fehlt das Einfach-Kräftige, das diese Burschen bei aller Schlauheit hatten – Schieffenzahn ist jüdisch gesehen, er ist ganz durchtränkt mit Judentum, und er trägt Schläfenlocken, sozusagen Gardepeies.

Es ist zunächst das jüdische Element, das sich hier hindernd einschiebt. Ich spreche gar nicht von der Zuneigung Zweigs zu seiner Figur Posnanski, dem ironischen und Gutes wirkenden Kriegsgerichtsrat und von meiner Abneigung gegen solche Männer: ja, sie waren so witzig und haben es alles durchschaut und die stumpfsinnige Brutalität der Preußen gemildert, wo sie nur konnten, und sie hatten die herrlichsten Talmudworte für alles und waren schnell in der Auffassung und blendend. Und haben mitgemacht.

Das Heer aber war in seinen Grundtönen deutsch: bayerisch das Fluchen und niederdeutsch der Furz; plattdeutsch das Schmalzpaket und säcksch das Kaffeegelabber. Eine pommersche Gänsebrust rituell gekocht? Ja, aber es ist nicht ‹das›.

Arnold Zweig hat das beste deutsche Kriegsbuch geschrieben – immer neben Vogels ‹*Es lebe der Krieg!*›. Das deutsche Kriegsbuch ist noch nicht geschrieben.

Die Küche der Befehlsempfänger, wo die Ordonnanzen und die Reiter und die Chauffeure auf den Bänken lümmeln und dem Stabskoch von weitem ehrfurchtsvoll in die vorgesetzte Suppe sehen; die dicke Luft in der Schreibstube, wo geduckte Schreiber sich das Wohlwollen der niedern Götter durch fingiertes Nichtvorhandensein erkauften, ihnen gegenüber war der fremde, eben eintretende Soldat ein Freier; der Kriegsschauplatz, der stets aufgeräumt sein mußte, ein Hund spielt mit einem Knochen, an einem Ende der Hund, am andern der Gefreite Fulte, und der Unteroffizier König steht dabei und grinst – da kommt der Hauptmann aus dem Unterstand. Hund und Fulte ab wie der Blitz. «Uoffzieh Köönch!» – «Hahaumann!» – «Was ist das für ein Knochen?» – «Eh ... Da hat wohl der Hund vom Herrn Leutnant mit gespielt!» – «Der Hund? Na, das kennt man schon –!» Aus. Keine Spur von Pointe – es ist der vollendete Stumpfsinn aller dreihundertundfünfundsechzig Tage aller vier Jahre. «Wie wars auf Urlaub, Mensch?» – «Zu kurz! Aber vielleicht hier ...!» (ausgestreckter Arm, geballte Faust, Einknicken des Unterarms: Soldatengeste für einen stattgehabten Beischlaf); die sinnlosen Brocken, die in den schläfrigen Gehirnen hängen blieben – irgend etwas, eine aufgeschnappte Redensart, die tausendmal wiederkam, Fetzen aus einer bekanntgegebenen Feldherrntirade ... «Empfangen haben wir drei Büchsen Schmalzersatz, Dörrgemüse, Marmelade, achtzehn Brote – Sie wollen Deutschland niederringen, es wird ihnen nicht gelingen. Nu wer'ck mal jehn, Löhnung empfangen!» Dixit. Das Soldatengespräch, dessen Charakteristikum war, daß immer einer sprach und drei nicht zuhörten, niemand hörte zu, sondern jeder redete seins, der eine hier lang, der andre da lang ... In welchem Buch steht das –?

Das Wesen der Offiziere: die Aktiven, mit denen man umgehen konnte, weil sie das Befehlen gewohnt waren und es ihnen kaum noch Spaß machte, so selbstverständlich war es ihnen geworden; die Kasinogespräche, die sich um Gehaltsfragen drehten, unermüdlich, wie eine Töpferscheibe: um Reglementsauffassungen, um Stunk und um Gehaltsfragen, zwitschernd unterbrochen von säuischen Witzen ältester Observanz; dazwischen die sehr klugen schmalen Köpfe des guten Adels und des I a (während der von III b schmutziger war als gerissen; du hast nicht überall gute Schüler gehabt, o Nicolai!); die

Reservebolzen, die alle militärischen Vögel der Welt in ihren Köpfen hatten, wo sie sie flattern ließen; die maßlose Wichtigkeit, die sie sich beimaßen, auf den Wogen des Lebens getragen von der Uniform und einem Zuchthausreglement ... warum schreibt das keiner?

Alle haben es erlebt, viele haben es gesehen, manche könnten es schreiben. Man muß sie erzählen hören; wie das vor Echtheit tönt, wie es uns warm und kalt den Buckel herunterläuft; diese Freude, wenn zwei zusammenkommen und in drei Worten, einer kopierten Geste, sich als solche legitimieren, die das Typische erkannt haben — also nicht: «Da hatten wir einen Feldwebel, der ...» sondern, merkwürdig ruhig, unterirdisch, noch nicht grollend: «Machen Sie mal den Knopf zu!» — warum schreibt das keiner?

Weil die Deutschen alles, alles sehen, nur eins nicht. Nur das Einfache nicht.

Arnold Zweig unsern Gruß! Sein Buch ist voll wärmster Güte und voller Mitgefühl, voller Skeptizismus und voller Anständigkeit, voller Verständnis und oft voller Humor. Sanft hat er das getan, was im November durch die Schuld und das Unverständnis der Arbeiterführer versäumt worden ist: er hat einem seelenlosen Götzen die Achselstücke und die Knöpfe abgetrennt, nein, sie fallen von selbst ab, so gleichgültig sind sie ihm, und nackt und dumm steht das Ding da und glotzt mit blinden Augen in die Welt. Keine Sorge, die ‹Tradition› wird es schon wieder mit rauschendem Leben anfüllen und mit Blut. Mit dem Blut der andern.

Dieser *‹Streit um den Sergeanten Grischa›* ist ein schönes Buch und ein Meilenstein auf dem Wege zum Frieden.

DIE HEINRICH UND DER ZIVILIST

Neulich hat ein Reichswehrsoldat, der in Altdamm bei Stettin Posten schob, einen Arbeiter erschossen, den er in der Dunkelheit für einen Einbrecher gehalten hat. Die Waffen gehen immer noch reichlich schnell los in Deutschland — die niederträchtigen Schießerlasse aus den Jahren schlimmster Verkommenheit der Sozialdemokratie sind noch nicht alle beseitigt, und ein Menschenleben ist noch genau so billig zu haben wie im Kriege. Während im Reichstag beschämend niveaulose Debatten über die Todesstrafe geführt werden, kann diese Todesstrafe leicht und gefahrlos von einem Kriminalbeamten, von einem Schutzpolizisten, von einem Reichswehrsoldaten verhängt werden, unter Umständen, die seine vorgesetzte Behörde prüft, was sehr objektiv vor sich geht. Also: jener Posten, der da Traindepots bewachte, mußte schießen. Auf wen —? Der Bericht sagts.

Auf einen ‹Zivilisten›.

Diese geistesschwache Terminologie stammt noch aus der Zeit Wilhelms von Abfundien; ein ‹Zivilist› ist einer, der merkwürdigerweise keine Uniform trägt – was es nicht alles gibt auf der Welt! Die Vokabel geht von der richtigen Vorstellung aus, daß der Mensch zunächst einmal eine Uniform zu tragen habe – und erst, wenn er diese primäre Voraussetzung nicht erfüllt, dann ist er ein ‹Zivilist›. Wobei zu bemerken ist, daß auf diesem Gebiet Übergänge vorkommen: so war zum Beispiel der Kriegsminister Geßler ein militärischer Zivilist. Der Fall ist äußerst selten.

In die gleiche Kategorie dieser Kasernenwelt gehört die ständige Beflegelung von Zeugen und Angeklagten durch die deutschen Richter. Bei diesen Juristen gibt es das Prädikat ‹Herr› und ‹Frau› nicht. Beispiel:

Ein Hypnotiseur wird verurteilt, weil er sich an einem Stubenmädchen vergangen haben soll. Der Prozeß wird von der Staatsanwaltschaft geführt, um das Rechtsgut einer Verletzten zu schützen – also für die Hauptzeugin. Was aber die gesamte Besatzung nicht hindert, diese zu schützende Zeugin dauernd ‹die Heinrich› zu nennen.

«Gegen einen vollendeten Beischlaf spricht die vorhandene Intaktheit der Heinrich.»

Nun sagt man wohl ‹die Justitia›, und das mit Recht – aber man muß sich doch fragen, ob denn keine Aufsichtsbehörde da ist, die diesen Richtern, diesen Staatsanwälten und Untersuchungsrichtern die einfachsten Formen des Anstands beibringt. Für den Herrn Landgerichtsdirektor ist die Zeugin allemal Fräulein Heinrich – und weiter nichts. Kein Talar berechtigt zu Umgangsformen, die einfach eine Ungezogenheit sind und eine Nichtachtung derer, die durch ihren Lohnabzug zum Gehalt der beamteten Juristen beitragen.

DIE BILDERAUSSTELLUNG EINES HUMORISTEN

Wie es Sonntagsreiter gibt – so gibt es Sonntagsmaler. Deren Bilder hat der französische Schriftsteller Georges Courteline sein Leben lang gesammelt. Und diese Sammlung ist ausgestellt bei Bernheim-Jeune in Paris in der rue du Faubourg St.-Honoré. Das ist die merkwürdigste Bilderausstellung, die ich seit langem zu sehen bekommen habe.

Courteline, ein Franzose mit Humor, ist Jahr um Jahr friedlich auf dem linken Ufer in die kleinen Antiquitätenläden gegangen, hat hier herumgestochert und da Zeit vertrödelt, hat Dilettanten besucht und malende Schutzleute, malende Gasarbeiter, malende Volksschullehrer – ja, sogar malende Zollbeamte. Denn er hat wirklich und wahrhaftig einige Rousseaus besessen, aber er hat sie zu früh verkauft, und weil er Humor sein eigen nannte, wird er wohl nicht geweint haben.

Heute sind sie viel Geld wert. That is the humour of it. Jedoch, was ihm geblieben ist, das ist schon heiter genug.

Die ganze Menschengüte dieses seltenen Mannes spricht aus der Bemerkung, mit der er jetzt in den französischen Zeitungen dagegen protestiert, daß man seine Sammlung ein ‹Schreckenskabinett› benenne – und das ist sie auch wirklich nicht. Er hat diese Bilder Namenloser liebgehabt, und tatsächlich ist ja solche Pinselei nur durch einen haardünnen Strich von manchen großen Werken getrennt. Sehr schwer zu sagen, wo die blinde Naivität aufhört und die Kunst beginnt. Perlen hängen da an den Wänden bei Bernheim.

Den malenden Laien reizt vor allem die Anekdote sowie das Gegenständliche. Diese Bilder erzählen entweder eine Geschichte, oder sie bilden die Natur, den Menschen, die Tiere, die Sachen mit einem solchen Respekt ab, daß nur das mangelnde Können zum Lachen reizt, nicht die Auffassung, nicht die Anschauung. Vom Auge bis zum malenden Arm war es einfach zu weit.

Eine Landschaft aus der Auvergne . . . ach, wenn die Natur so schön wäre! Wenn wir sie noch so sehen könnten! Eine Zwergenfamilie . . . das heißt: man weiß bei dieser Art Privatperspektive der Herren Sonntagsmaler nie, ob es Zwerge, Kinder oder Verzeichnete sind, die da stehen. Ganz ersten Ranges: die Ermordung der Familie Kink durch Herrn Mörder Tropman.

Mörder Tropman steht inmitten einer düstern Nachtlandschaft, in deren Hintergrund ein einsames, hohes, weißes Haus sehr unheimlich leuchtet. Auf dem Boden liegen blutig Vater, Mutter und viele Kinder, sie sind sämtlich sorgfältig rot angemalen, damit man auch weiß, was hier vor sich geht. Mörder Tropman ist grade im Begriff, einen Knaben, den er am Schlafittchen hat, niederzumachen; sogar seine Manschetten hat sich der Kerl besudelt, wie weit geht doch die menschliche Verworfenheit! Der Mond bricht – also darauf legt der Maler das größte Gewicht – der Mond bricht durchs Gewölk, das ist bei Morden so. Es ist ein sehr lehrreiches Bild.

Ein Badebild mit weißer Hosenromantik; wunderschöne Soldatenbilder – merkwürdig, wie oft das Militär, das bunte, dazu dient, leere Köpfe zu füllen; seltsame Anklänge an James Ensor, Bilder mit zahllosen kleinen visionären Männerchen; am allerschönsten die Blumenstücke und die klaren Landschaften. Wir wollen uns nichts vormachen: so mancher snobistische Salon fiele brav herein, präsentierte man ihm diese Gemälde als letzte Neuheit.

Man kann diese Bilder kaufen; nun gehn sie in alle Welt und werden in Privatgalerien hängen und in Vorhallen, in Arbeitszimmern – sie werden lächeln machen und nachdenken.

Daß Georges Courteline so etwas gesammelt hat, wundert keinen, der diesen Mann kennt und liebt. Er ist übrigens nicht der einzige;

so hat zum Beispiel der Maler Maurice Vlaminck etwas Ähnliches – aber Courteline ist kein Maler. Er ist ein Dichter, und was für einer!

Das Schönste, das Allerschönste an dieser Ausstellung steht im Katalog, den Robert Rey, der Kunsthistoriker vom Luxembourg, sehr klug eingeleitet hat. Das ist das Wappen, das sich Courteline selbst entworfen hat. Ein heraldischer Scherz mit Spaßlöwen und Scherzornamenten, nichts Bedeutendes. Aber unten, unter dem Wappen, zieht sich ein gemaltes Band, und auf dem steht ein Spruch.

Auf dem steht, Georges Courteline, der Spruch Ihres Lebens, und – verzeihen Sie – der des meinen auch. Nie wird mir einer glauben, daß dieselben Worte, genau dieselben Worte, seit Jahren in meinem Arbeitsbuch stehn, vorn auf der ersten Seite. Ihr ganzes Wesen ist darin, Courteline, genau das, weshalb wir Sie lieben. Es sind nur zwei Worte und eine ganze Welt. Die Worte heißen:

«Et après –?»

Na und –?

Die Welt verachten – das ist sehr leicht und meist ein Zeichen schlechter Verdauung. Aber die Welt verstehen, sie lieben und dann, aber erst dann, freundlich lächeln, wenn alles vorbei ist –: das ist Humor. Courteline, Sie sind ‹nur› in der Académie Goncourt gewesen, und nicht in der ‹großen› Akademie, nicht in der richtigen – et après? Ich weiß auch, daß manche meiner Landsleute Sie viel lieber haben als manche Franzosen. Die Franzosen, die so sagen: «Ja, aber immer diese Geschichten von Soldaten und von solchen Häusern und von Rauchtabak und dem kleinen Café – das ist gewiß sehr amüsant, ja, ja ...» und dann sprechen sie von ihrer gebildeten Literatur, von ihrer feinen, so psychologischen Literatur. Viele aber lieben Sie.

Ich weiß nicht, ob Ihre Geschichten auf deutsch wirken, und ob das herauskommt, was in Ihnen an Weisheit ist, an Güte, an Skeptizismus, an Schmerz, an optimistischer Hoffnungslosigkeit. Wie im ‹*Train de 8 h 47*› die Soldaten, die endlich, endlich eine Dienstreise machen dürfen, sich im Coupé benehmen wie die losgelassenen Jungens, unanständige Lieder braven Damen, die einsteigen wollen, ins Gesicht brüllen: Braaaah! – und durch ihr tölpelhaftes Geschrei überhören, daß sie umsteigen müssen und sich verfahren ... und wie das alles vor Echtheit blinkt und knallt ... wie das fugenlos stimmt! Oder wie in der einzigen Geschichte von den ‹*Ronds-de-Cuir*› (den Bürokraten) der kleine Roman auf der Erde anhebt, ganz real, o so wirklich! und sich dann langsam in den hellen Wolken des Wahnsinns verliert, um wieder zurückzukehren ... Möglich, daß man das überhaupt nicht übersetzen kann, nur nachdichten, vor allem: nur nachfühlen. «Un homme de mon age ...!» protestiert ein Beamter während eines Streites. Und der Gegner: «Taisez-vous, homme de votre age!» Das ist ein blitzender Kreisel an Ironie. Wie in den zahllosen Ausgaben der kleinen Szenen (‹*Théâtre*›) fast in jedem Dialog, fast in jeder kleinen Szene ein Satz, eine Wendung weit, weit über den Ulk hinausgeht, wie auf einmal ein Herz klopft, wo eben nur noch ein lachender Mund war — das bringt uns Deutschen den Courteline so nahe. Ich habe ‹*Boubouroche*› in der Comédie Française gesehen und habe auf die Bühne springen wollen, um den Leuten zu sagen, wie man das spielt. Also fühlen wir es anders, also legen wir in diese Vase andre Blumen hinein — und wenn sie tausendmal nicht auf französischem Boden gewachsen sind: Victor Arnold hat den Boubouroche gespielt, und da wollen wir eine kleine Minute Schweigen einlegen.

Ja, Courteline. Alles, was ich von ihm weiß, entspricht genau seinem Wappenspruch. Er war unneugierig, er schrieb nicht sehr viel, man durfte ihn, wenn man will, getrost faul nennen — aber das, was er gemacht hat, ist voll von Leben. Und bei allem Gefühl für das nötige Pathos, das um eine Geburt, um einen Schicksalsschlag, um Geld und um den Tod ist, er ist so schön pathoslos. Es ist nicht die flaue und billige Überlegenheit des Spießers — es ist die echteste Überlegenheit des großen Künstlers.

Sie malen und malen. Sie dichten, komponieren, schmieren Papier voll und streiten sich um Richtungen, das muß sein. Sie sind expressionistisch und supranaturalistisch; sie sitzen neben dicken Damen auf dem Sofa, kriegen plötzlich lyrische Kalbsaugen und sprechen mit geziertem Mündchen, sie sind feige und lassen sich verleugnen oder lügen telefonisch; sie dirigieren Symphonien und fangen einen kleinen Weltkrieg an, und sie haben für alles eine Terminologie. Welche Aufregung —! Welcher Eifer —! Welcher Trubel —! Horch: sie leben.

Du aber, Georges Courteline, sitzt wie ein Buddha, eine Handbreit über der Erde, die du so genau kennst, träumst Tarock und hörst schläfrig aus dem Nebenraum des kleinen Cafés die Billardkugeln klappern. Zu Hause wartet deine Frau — die gute. Es ist spät, nun wirst du bald heimgehen. Aus einem Augenwinkel aber, man sollte es gar nicht glauben, blitzt es wie ein Blick über die Erde, weit über die Erde, über die Académie Française, die so fein ist, und über die kleinen Damen der Straße, die gar nicht fein sind — du hörst das Leben. Und ein Lächeln rieselt dünn unter deinem Schnurrbart hinweg. Du denkst deinen Wappenspruch. Du denkst:

«Et après? Na und —?»

DER TRAUM – EIN LEBEN

Szenen aus einer Revue von Alfred Polgar und Theobald Tiger

1. Vor dem Schalter

Der Schalterraum eines Postamts. Querschnitt: man sieht zugleich vor und hinter den Schalter. Hinter dem Schalter ein Postbeamter in einer Jacke, die vorn etwas offen steht. Der Beamte ist unhöflich, barsch, kalt, ja nicht übertrieben. Eher gemessen unfreundlich und ungefällig. Vor dem Schalter ein kleines Mädchen, das sich auf die Zehenspitzen stellt, um heraufzulangen, danach ein Mann, danach Pallenberg, der ungeduldig von einem Fuß auf den andern tritt, hinter ihm eine Frau.

Das kleine Mädchen (weinerlich und monoton): Zwei Zehnpfennig zu fünf –

Der Beamte: Was heißt denn das?

Das kl. Mädchen: Zwei Zehnpfennigmarken zu fünf –

Der Beamte: Das gibts nicht!

Kl. Mädchen: Aber Mama hat gesagt – –

Der Mann: Vielleicht hast du dich verhört?

Kl. Mädchen: Nein. Zwei Zehnpfennigmarken zu fünf.

Pallenberg: Geht das da vorn endlich weiter! Darf ich den Herrschaften vielleicht einen Stuhl anbieten! Ich habe später noch zu telegrafieren, das Telegramm ist eilig!

Die Frau: Mein Gott!

Der Beamte: Der nächste.

Der Mann: Na, warten Sie doch mal! Das kleine Mädchen – –

Der Beamte: Das geht Sie gar nichts an! Was wünschen Sie – und fertig!

Das kl. Mädchen: Zwei Zehnpfennigmarken zu fünf!

Pallenberg: Ich habe Eile, weil ich ein eiliger Geschäftsmann bin! Wir Geschäftsleute in Berlin sind eilig. Erst warten wir drei Monate, und am letzten Tag schicken wir ein Telegramm! Wird das da vorn! – –

Der Mann: Sie könnten aber wenigstens die kleinen Kinder hier höflich behandeln! Dieses kleine Mädchen – –

Kl. Mädchen: Zwei Zehnpfennigmarken zu – –

Pallenberg: Natürlich! Bravo! Man kann doch hier wenigstens die kleinen Kinder! Kleine Kinder gehören nicht auf eine Post! Der Mann hat ganz recht. Worum handelt es sich? (Zur Frau hinter ihm): Treten Sie mir nicht immer auf die Hacken.

Die Frau: Ich trete Sie nicht.

(Jetzt alle zusammen:)

Der Beamte: Sie habe ich nicht gefragt – und fertig!

Das kl. Mädchen: Zwei Zehnpfennigmarken – –

Der Mann: Man sollte doch wenigstens die kleinen Kinder –!

Pallenberg: Bravo! Ich bin eilig! Wird das da vorn! Treten Sie mir nicht auf die Hacken!

Die Frau: Mein Gott!

(Kleines Mädchen weinend ab. Es stellt sich hinten noch ein stattlicher Mann auf.)

Der Mann (am Schalter, wird abgefertigt –): Stille.

Pallenberg: Vergeht er sich wieder an kleinen Kindern? Ich werde ihm das beibringen! (ran an den Schalter): Zwei Fünfpfennigmarken zu zehn!

Der Beamte: Was ... ah ... dra ...

Pallenberg: Und eine Postanweisung, drei Telegrammformulare und das Beschwerdebuch!

Beamter: Also erst mal die Marken. Also was für Marken?

Pallenberg: Zwei zu fünf und fünf zu zwei und dreiunddreißig zu dreiunddreißig!

Beamter: Dreißig – 65 ... 75 ... und fertig. Noch?

Pallenberg: Zunächst mal diese Postanweisung.

Beamter: Wollen Sie das Bestellgeld bezahlen?

Pallenberg: Wenn ich nicht muß, nein.

Beamter: Müssen nicht. Können.

Pallenberg: Können. Dann will ich. Ja, ich bezahle.

Beamter: Also dann fehlt: Bestellgeld bezahlt.

Pallenberg: Ja, also wenns fehlt: da schreiben Sies doch rauf.

Beamter: Das ist nicht meine Sache.

Pallenberg: Natürlich – ist das Ihre Sache!

Beamter: Das ist nicht meine Sache. Sie haben die aufzuliefernden Postsachen auflieferungsfertig abzuliefern.

Pallenberg: Natürlich müssen Sie das raufschreiben!

Der Beamte: Nein.

Pallenberg (tobend): Nein? Nein? Ist das Publikum vielleicht in Ihren Augen ein Reiskörnchen? Ich werde Ihnen schon zeigen, wegen Reiskörnchen! Ich stehe hier als Publikum, und wenn ich hier als Publikum stehe – dann haben Sie –

Beamter: Gar nichts – und fertig.

Pallenberg: Aber, lieber Herr, Sie können das doch grade so gut drauf schreiben wie ich! Ich bin eilig, – aber es ist ein Prinzip. Es handelt sich um mein Prinzip!

Der Stattliche: Unerhört! Mal los da vorn!

Pallenberg: Was haben Sie denn dareinzureden! Sie stänkern, wenn Sie dran sind! Eher nicht!

Der Stattliche: Halten Sie Ihren Schnabel!

Pallenberg: Selber! Herr! Selber!

Der Stattliche: Lümmel!

Pallenberg: Ochse!

Stattlicher: Wahrscheinlich auch so eine Art Bolschewist!

Pallenberg: Man müßte diesen Brüdern mal geben – (in den Schalter): Nun schreiben Sie das doch rauf, ich bin eilig! (Zu dem Stattlichen): Wo waren Sie denn überhaupt im Kriege, Herr?

Stattlicher: Wahrscheinlich tiefer in Feindesland, als Sie, Herr! Frechheit!

Pallenberg: Ausverschämtheit!

Die Frau (von vorn und hinten bedrängt): Mein Gott!

Pallenberg: Also nun schreiben Sie mir das rauf – Bestellgeld – mit nem großen B – Lieber Freund, sind Sie doch vernünftig – da hinten ist kein Federhalter. Und der da ist, der schreibt nicht. Und ich habe Gicht in den Füßen – ich kann überhaupt nicht schreiben!

Der Beamte: Ich bin nicht zu derartigen Schreibarbeiten verpflichtet. Und fertig.

Pallenberg: Das ist doch – um einem andern in die Haut zu fahren! (dreht sich zu der Frau um): Sie meine ich nicht!

Die Frau: Mein Gott!

Pallenberg: Mein Gott! Mein Gott! (In den Schalter): Sie schreiben das nicht herauf? (Nach hinten): mein Gott! Wer ist hier mein Gott! Wir sind hier auf der Post! (In den Schalter): Sie schreiben das also nicht drauf?

Beamter: Nein. Und fertig.

Pallenberg: Und wenn ich soll bis zum Kaiser gehn! Und wenn ich soll bis zu Kaisers Stellvertreter gehn – treten Sie mir doch nicht immer auf die Hacken! – wie sich das Publikum hier gebärdigt! Das werden wir ja sehen, ob Sie hier das heraufschreiben – es ist doch nur eine Gefälligkeit – ich als Geschäftsmann –

Der Stattliche: Ich als Mitglied des Allgemeinen deutschen Reichsbundes zur (er bekommt einen Hustenanfall) muß dagegen protestieren!

Die Frau: Ich als Mutter – meine Kinder warten allein zu Haus!

Pallenberg: Ich als Geschäftsmann – als eiliger Geschäftsmann! (In den Schalter): Soviel ich weiß, ist da ein Erlaß herausgelassen worden, wegen der Höflichkeit der Beamten – Gottverdammtnichtnochmal!

Beamter: Das geht Sie gar nichts an! – und fertig.

Pallenberg: Das geht mich gar nichts an? Das geht mich gar nichts an? Wie sitzen Sie überhaupt da? Vorn ist Ihre Jacke auf? So halbnackt kommen Sie zum Dienst? Und ich sage Ihnen – (Schalter zu) Ahaa! Jetzt frühstückt er! Hören Sie ihn frühstücken? Es ist unerhört! Er schmatzt. Mir hat der Arzt jede Aufregung ärztlicherseits verboten! Ich bin Krankenkassenempfänger! Ich verklage die Postverwaltung, sie kann mich ... (Schalter auf).

Beamter: Nun?

Pallenberg: Nicht davon überzeugen, daß es so weitergehen muß. (Schalter zu.) Es muß nicht. (Schalter auf.) Schreiben Sie das hinauf, herauf? hinauf?

Beamter: Ich bin nicht dazu verpflichtet. Und wozu ich nicht verpflichtet bin, dazu bin ich nicht verpflichtet. Ich bin hier im Dienst.

Pallenberg: Dann schreiben Sie es nicht herauf! Dann schreib ichs selber! Aber das werden Sie sehen! Ich inseriere in die Zeitung! Mitten hinein! Ich kenn Viktor Hahn persönlich! Sie werden sich wiederfinden, so dick und so fett und auf der ersten Seite! Das sag ich Ihnen – Gehm Se her – die Postanweisung – Sie!

Der Stattliche: Skandal!

Der Beamte: Hier – und fertig.

Die Frau (wird am Schalter abgefertigt).

Pallenberg (sinkt total erschöpft auf eine Bank, wischt sich den Schweiß von der Stirn): Uff! Das ist ja kaum glaublich! Diese Nervensubstanz, die dabei draufgeht! Damit kann man zwei Familien gründen! (Zu dem Stattlichen, giftig): Na, sind Sie nun zufrieden –?

Der Stattliche (antwortet gar nicht).

Pallenberg: Da sieht mans. Das Publikum auf der Post – ist die Post eigentlich der Post wegen oder das Publikum des Publikums wegen da? Das frage ich mich. Ich bin so müde – dieses lange Stehen – und der weite Weg in der Hitze – das Publikum sollte anständig und mit Milde behandelt werden – höflich, weltmännisch wie in andern Ländern, zum Beispiel in Postugal – wenn ich Beamter wäre – wenn ich Postbeamter wäre – – (er schläft ein).

(Dunkel. Sanfte Musik.)
Dann:

2. Hinter dem Schalter

Hinter dem Schalter Pallenberg als Postbeamter; die Jacke nur übergehängt, vorn steht das Hemd auf, ein Mützchen tief im Nacken, der Schalter ist heruntergelassen; von innen ist noch eine Fußbank dagegen gelehnt. Vor sich hat Pallenberg Teller und Kaffeekanne und Tassen und Obstschale. Frißt. Vor dem Schalter dieselben Leute wie vorher, darunter jetzt der Postbeamte, in Zivil. Schalter auf.

Pallenberg: Hm?

Kl. Mädchen: Zwei Zehnpfennigmarken zu fünf – (Rrums, Schalter zu. Schalter wieder auf.) – Zwei Zehnpfennigmarken zu fünf.

Pallenberg: Schämst du dich nicht? Ja, schämst du dich denn nicht? Wie alt bist du?

Kl. Mädchen: Neun Jahre.

Pallenberg: Und da schwätzest du hier einen solchen Unfug? In einer Behörde? Marsch nach Hause und störe hier nicht den Dienst! Unerhört! (Schalter zu. Kl. Mädchen ab.)

Der Mann: Z! z! z! Man könnte doch wenigstens die kleinen Kinder hier anständig behandeln — — (Schalter auf).

Pallenberg: Was geht das Sie an? Das geht Sie gar nichts an! Ich bin hier im Dienst! und fertig! Wenn ich im Dienst bin, bin ich ein Viech, und ich bin immer im Dienst! Was wollen Sie?

Der Mann: Vor allen Dingen: sprechen Sie mit mir mal anständig!

Pallenberg: Ich spreche anständig mit Ihnen, Herr! Ich spreche sogar viel zu anständig! Viel zu anständig für so eine große Post! Da sollten Sie mal meine Kollegen hören — und fertig.

Der Mann: Also — zwei Nachversicherungsstempelabführungsdienstlösemarkenwertzeichen! (Bleibt, abgefertigt, noch am Schreibpult stehen und schreibt.)

Der Postmensch (nunmehr in Zivil): Hier — diese Postanweisung!

Pallenberg (gibt sie lautlos zurück).

Postmensch: Was soll das heißen?

Pallenberg: Fehlt.

Post: Fehlt? Wer?

Pallenberg: Fehlt was.

Post: Ja, was fehlt denn zum Donnerwetter!

Pallenberg: Herr! Fluchen Sie hier nicht!

Postmensch: Also, was fehlt?

Pallenberg: Da fehlt: Bestellgeld bezahlt!

Postmensch: Ja, also wenns fehlt, da schreiben Sies doch bitte rauf!

Pallenberg: Was? Ich? Ich soll das raufschreiben! Für was halten Sie mich? Bin ich ein Briefsteller? Bin ich ein Schriftsteller? Ich bin Beamter, Herr! Ich bin im Dienst! Dienstlicher Beamter! Merken Sie sich das! (Schalter zu.)

Postmensch (zu den anderen): Ist Ihnen schon sowas mal vorgekommen?

Die Frau: Unerhört!

Der Stattliche: Der Beamte ist völlig in seinem Recht! Ordnung muß sein.

Der Mann: Nein! Der Herr hat durchaus recht — die Beamten sind heutzutage derart unhöflich . . .

Der Stattliche: Diese Indisziplin der Novembertage hört nun auf.

Pallenberg (fressend, hinter dem Schalter): Bravo!

Der Mann: Kein Wunder — heutzutage, wo die Reaktionäre wieder am Ruder sind — man müßte da mal —

Der Stattliche: Was müßte man! Was müßte man! Verteidigen Sie etwa die Haltung der Kommunisten beim letzten Etat? Natürlich — aber wenns nachher an die Pflichten gegenüber dem Staat geht – Sie sind wahrscheinlich auch so einer –!

Der Mann: Das wird mal eines Tages noch ganz anders kommen! Da werdt ihr ja sehen (Pallenberg frühstückt derweilen, liest die Zeitung, zieht sich den Schnurrbart), ihr wert ja sehen – aber sie wern euch schon kriegen ...

Der Stattliche: Der Damm der Ordnung muß eben wieder aufgerichtet werden –

Der Postmensch (der ja immerhin die Hauptperson ist, hilflos): Aber, meine Herren – –

Die beiden andern (fortissimo): Halten Sie Ihren Mund! (Zugleich): Der gute alte Preußengeist – der Mut der Massen – unser ehrliches deutsches Kaiserreich – Umsturz der ausgebeuteten Proletarier –

Der Stattliche: Jeder muß heutzutage Opfer bringen! (Schalter auf.)

Der Postmensch: Bitte, ich habe keinen Federhalter – könnten Sie nicht, es sind doch nur diese zwei Worte –

Pallenberg (Schalter zu. Frißt weiter).

Der Postmensch: Da solln sie sich aber nicht wundern, wenn hier mal Rußland Ordnung reinbringt. Ich bin gewiß kaisertreu –

Der Stattliche: Unerhört! (Schalter auf.)

Der Mann: Bravo!

Der Stattliche: Skandal!

Der Mann: So kommt ihr nicht hoch! So nicht!

Der Stattliche: Hoch!

Der Mann: Nieder! (Schalter zu.)

Pallenberg (Schalter auf): Hm?

Postmensch: Ach, machen Sie mir doch keine Geschichten – Schwierigkeiten ...

Pallenberg: Geschichten? Schwierigkeiten? Ich wer Ihnen mal was sagen, wer ich Ihnen mal was. Ist die Post vielleicht Ihretwegen oder unsertwegen da, oder sind wir der Post wegen da oder sind Sie des Publikums wegen da? Aha! Dies ist hier eine Dienstbehörde – verstehen Sie mich – wenn Sie Gefälligkeiten haben wollen, da gehn Sie zur Deutschen Demokratischen Partei, die ist aller Welt gefällig – vielleicht –

Der Postmensch: Ich werde mich beschweren!

Pallenberg: Ha! Haa! Er wird sich beschweren. Ich sitze hier auf meiner Pensionsberechtigung – und worauf Sie sitzen, Herr, das ist noch gar nicht raus! Haben Sie sich schon mal über einen preußischen Beamten beschwert? Das tun Sie man! Da werden zwei befördert: erst der Beamte und dann Sie die Treppe runter!

Der Postmensch: Ich werde mich mit der Presse in Verbindung setzen!

Pallenberg: Lieber Herr, was in der Zeitung drin steht, das is ja so egal! Was nicht drin steht – das ist der Witz! (Schalter zu.) Das Publikum ist nicht reif für den Verkehr mit den Behörden ...

Der Postmensch: Überhaupt sollte man diese Schalter abschaffen! Davon kommt der ganze Betrieb!

Der Stattliche: Lächerlich!

Der Mann: Bravo!

Die Frau: Meine Kinder brennen an!

Pallenberg: Was hören meine dienstlichen Ohren? Schalter abschaffen? Ja, weiß denn dieser Zivilist nicht, was ein Schalter ist? (Streichelt den Schalter.) Der Schalter ist die Grenze zwischen Behörde und Publikum. Wir schaltern wie wir wollen –. Das könnte dem Publikum so passen, daß es hier hintergucken könnte, in alle Dienstgeheimnisse (eine Tasse fällt um). Wer das Pech hat, als Publikum auf die Welt zu kommen – dem ist nicht zu helfen.

Die Frau: Ja, ich kann hier nicht länger warten! (ab)

Pallenberg: Ein ehrlicher Deutscher ist Beamter und nicht Mensch – Mensch ist jeder. Vor einem Schalter stehen: das ist das deutsche Schicksal. Hinter dem Schalter sitzen: das ist das deutsche Ideal. Dafür ist der Schalter da! Dieser Ärger – dieser aufreibende Dienst – die Verantwortung – (er schläft ein).

Dunkel. Sanfte Musik. Dieselbe Szene wie anfangs. Pallenberg schlummernd auf der Bank im Schaltervorraum. Leute vor dem Schalter; darunter das kleine Mädchen.

3. Vor dem Schalter.

Pallenberg (aufschreckend): Wa . . . was . . . wo bin ich? Ah – ich habe hier die Bank entlanggeschlafen – (sein Taschentuch fällt herunter).

Das kleine Mädchen (hebts ihm auf): Bitte. Was hast du denn, Onkel? Du machst ja so ein dummes Gesicht? Was war das –?

Pallenberg: Das war ein deutscher Traum.

ALFRED KERR

Nu schicken alle Bäcker Kuchen
nach Ihrem Haus in'n Jrunewald.
Schohspieler kommen Sie besuchen
von wegen hmzig Jahre alt.
    Ich schieb mir leise mit se ran,
    mit Orska und Herrn Sudermann,
und ruf aus der pariser Ferne:
  «Ick kann mir nich helfen – ick hab Ihnen jerne –!»

Sie haben, als wir angefangen,
uns doch das Laufen beigebracht.
Ick bin nich imma mitjejangen –
zum Beispiel: bei die Russenschlacht . . .
Doch einen, der die Sprache packt,
und nie Bolljong – und stets Extrakt –
des such dir man mit die Lanterne:
Ick kann mir nich helfen – ich hab Ihnen jerne.

Musik! Musik vor allen Dingen!
Sie heben eine schmale Hand
und lassen Ätherwellen klingen
und spielen den Dichter an die Wand.
Sie zogen manchem stramm die Hosen
bei uns und in den U.S.A.,
und trugen ein Florett in Rosen;
es pfeift Ihr Nein, es ehrt Ihr Ja.
Sie haben unsere Tränen geweint,
Ihr Lachen hat uns alle vereint.
Sie sehen die Erde
und die Sterne –:
Ick kann mir nich helfen – ick hab Ihnen jerne.

MIT 5 PS

So heißt der Titel eines Auswahlbandes dessen, was hier seit fünfzehn Jahren von mir geschrieben worden ist: vom 9. Januar 1913 bis auf den heutigen Tag. Wenn einer sein eignes Buch anzeigt, zieht er gern die Augenbrauen hoch und spricht von den ‹Intentionen›, die er dabei gehabt hat. Ich muß erst von den Korrekturen sprechen.

Ich habe mir im Sommer in Dänemark zusammengeklebt, was unter der Obhut S. J.'s im Laufe der Zeit zustandegekommen ist – und als der Stoß Blätter vor mir lag, da sah es aus wie das glatteste Manuskript der Welt. Die Setzer würden es leicht haben . . . Aber dann fing ich an, der Schriftsteller-Krankheit zu erliegen, jener Besessenheit, die nichts aus der Hand geben kann, weil man es noch besser, noch sauberer, noch kürzer sagen kann – und die aufgeklebten ‹*Weltbühnen*›-Seiten ersoffen in Tinte. Dann wurde es – bei Ernst Rowohlt in Berlin – gesetzt.

Die Fahnen kamen an, und die Korrekturen-Masern brachen herein. Die Revision flog von Berlin nach Paris – und hier liegt nun der gewiß seltene Fall vor, daß sich ein Autor bei seinem Verleger einmal für die Geduld bedanken muß, mit der es jener ertrug, daß auf seine Kosten aus einem Semikolon ein Komma und wieder ein Semikolon und aus einem Ausrufungszeichen ein Punkt gemacht wurden. Wenn man seine Arbeit in der Korrektur liest, dann vibriert das ganze innere Literatursystem in leisem Zittern: was in aller Welt könnte man nun noch ändern —! Rowohlt hat während der ganzen Inkubationszeit kein Wort der Ungeduld laut werden lassen, und dafür möchte ich ihm die Hand drücken.

Denn daran kann ja kein Zweifel sein: «Sie schütteln doch Ihre Arbeiten aus dem Ärmel —!» Ja, im Ärmel . . .

So gewiß dieser Satz das schönste Kompliment für unsereinen ist, so gewiß hat es noch keinen Autor der leichten Form in Deutschland gegeben, der es nicht nötig gehabt hätte, sich zu entschuldigen, daß er auf der Welt ist. Polgar hat das gefühlt und Kerr, Roda und Reimann, Klabund und Walter Mehring —: keiner, der nicht an einer Stelle einmal gesagt hätte, daß leicht nicht immer leicht ist. Die Kommilitonen von der Wälzer-Fakultät haben es viel leichter, weil sie es schwerer haben; der Deutsche liebt es, wenn sein Autor schwitzt und man es nachträglich gewahr wird. Mir ist die Stelle aus der Biographie Wilhelm Buschs erinnerlich, wo der einem Leser seiner Werke auf eben jene Ärmel-Frage in etwas lauterem Tonfall als sonst erklärt: «Erlauben Sie, nur zwei Zeilen wie: ‹Das Gute, dieser Satz steht fest, ist stets das Böse, das man läßt›, haben mich sogar sehr viele Mühe gekostet» — und sein Leser hats ihm gewiß nicht geglaubt. Denn allgemein verbreitet ist das Mißverständnis, daß, was sich leicht lesen ließe, auch leicht hingeschrieben sei.

So ein Buch hats nicht einfach: die Leute, die politisch nicht einverstanden sind, lassen den Autor den Besitz ihres Parteibuchs gern mit ästhetischen Einwürfen entgelten, und kaum einer hat den Mut, dabei die eigne Farbe zu bekennen. So ist, wer den Typus Hellpach satirisch vornimmt, veraltet oder schwach in der Form oder nur feuilletonistisch, oder was man so sagt, wenn eben Literaturkritik versetzte Politik ist. Was nach Wahrheit schmeckt, nennt man oft geschmacklos, und den Feind muß man bagatellisieren. Dichter der Gegenseite sind keine.

Von Herrn Wendriner zum siebenten Arrondissement; von *‹Rheinsberg›* zu zwei Leuten, die auf den Wolken ihre Beine baumeln lassen; von Liebesgedichten zum pariser Bordellbesitzer ist es ein weiter Bogen, der zu schlagen war. Möglich, daß ein Druckfehler stehen geblieben ist. Aber eines ist nicht darin:

Falsche Rücksichtnahme. Ich habe die Dinge bis zu dem Punkt zu Ende gesagt, bis zu dem meine Erkenntnis reicht, und ich habe, wo ich nur konnte, verschärft. Vieles, was etwa im Jahre 1914 entstanden ist, würde ich heute anders formulieren, aber nicht anders denken.

Geh, Buch, und sage dem Leser, ich ließe ihn grüßen. Was sich an Freundschaft, an Gesinnungsgleichheit, an sachlicher Hilfe dargeboten hat, das hat daran mitgewirkt, und oft habe ich nur ausgesprochen, was andre besser und schärfer gefühlt haben. Wenn ihnen das Herz voll war, ging mir der Mund über, weil wir uns in einem trafen: in dem Gefühl für Wehrlose, Niedergeknüppelte, Leidende, Stumme. Denen gilt dieses Buch.

ILLUSTRIERTE WELT

Gehören Sie vielleicht zur Zeitgeschichte –?
Wenn ich Sie im Profil veröffentlichte,
gehört mir Ihr Gesicht.
Sind Sie dagegen nur ein ganz Privater,
ein armer, pensionierter Landesvater:
dann darf ich sowas nicht.
Die Prinzen, die ich niemals knipsen kann,
gehören nicht der Zeitgeschichte an.

Doch wer gehört nun so zur Zeitgeschichte?
Herr Rosner, der die Heldenliedgedichte
von einem Reisenden in Waffen schrieb?
Der selige Sternheim, Asthma deutscher Szenen?
Die Karin Michaelis, Schmockbild aller Dänen?
ein Pfreudenmädchen? ein Millionendieb?
Auch diese da – ich zweifle kaum daran –
gehören nicht der Zeitgeschichte an.

Jedoch die Richter, schwarz-rot-gold vernickelt,
die wie die Fotos vielfach unentwickelt,
mitunter nicht so recht belichtet sind;
die Richter, die den letzten Prinzen schützen
und jeden Wunsch aus Holland unterstützen,
für neun Jahr Zeitaufnahme gänzlich blind –:

Ja, diese Richter – das sieht jedermann –
gehören –
wie sie gebacken und gebraten sind –
Im Namen des Volkes!
gehören unsrer Zeitgeschichte an.

THEATER

Szenen aus einer Revue von Alfred Polgar und Theobald Tiger

Die Bühne stellt die Stube des kleinen Mannes dar, in der aus Stühlen, Bänken, Kisten und anderen Sitzgelegenheiten eine Art Zuschauerraum gebaut wurde. Hinten ein Fenster, mit Vorhang abgeschlossen, der wie ein Theatervorhang bemalt ist. Davor Lichter, in der Art von Rampenlichtern. Die ganze Familie ist als Theaterpersonal beschäftigt. Der Vater als Sitzanweiser, die Mutter sitzt an der Kasse, die Tochter verkauft Programme, der Sohn Schokolade und Eis, ein anderer Sohn sitzt am Klavier.

Mutter: Wir haben nur noch ein paar Sitze in der dritten Reihe, Papa.

Vater: Die Freikarten für die Presse schneiden uns ins Fleisch.

Tochter: Kommt Ihering?

Sohn: Die Redaktion hat angefragt, ob die Vorführungen neue, dynamische Ausdrucksmöglichkeiten haben und die Polarität des Zeitgeschehens sich in ihnen anständig emaniert.

Vater: Was hast du geantwortet?

Sohn: Ich habe geantwortet: Nein.

Tochter (traurig): Dann kommt er nicht.

(Es erscheinen die ersten Gäste, werden vom Vater placiert.)

Der Sohn (durch die Reihen): Limonade, Eskimo-Eis, belegte Brötchen!

Die Tochter (ebenso): Programme, Zettel!

Ein Herr von der Presse kommt.

Direktor: Oh, Herr Doktor — —

Der Herr von der Presse: Warum schicken Sie keinen Ecksitz? Ein Kritiker muß einen Ecksitz haben, damit er jeden Augenblick weggehen kann. Versprechen Sie sich viel von dem neuen Stück?

Vater (lachend): Ich kenne es ja selbst noch nicht, Herr Doktor. Ja, natürlich.

Kritiker: Aber es ist doch heute bestimmt Premiere?

Vater: Bestimmt, wie jeden Samstag. Jeden Samstag wechselt die Dame vis à vis die Liebhaber. Nach den Vorbereitungen in der Wohnung drüben zu schließen, wird es eine sehr interessante Vorstellung. Das Kanapee ist frisch überzogen worden, und die Mutterrolle ist neu besetzt.

2. Kritiker (kommt): Guten Abend, Herr Kollege (Begrüßung).

1. Kritiker: Nicht bei der Premiere im Deutschen Theater heute?

2. Kritiker: Nein, Theater der Fiktionen ödet mich an. Hier ist die wahre, neue Sachlichkeit. Hier ist der Durchbruch des Theaters in die Realität.

1. Kritiker: Ein geschickter Mann, der Direktor!

2. Kritiker: Blendender Einfall, den Umstand, daß man von der Wohnung hier in das Zimmer der Kokotte vis à vis hinübersieht, theatergeschäftlich auszuwerten. Gar keine Regie. Die Familie macht allein den ganzen Betrieb, und die Darsteller kosten gar nichts. Sind Schauspieler, ohne es zu wissen.

1. Kritiker: Wie wir alle ... Bitte, mein Gedanke. Werde ich in meinem Referat tiefer ausführen (er macht sich Notizen).

Ein Amerikaner (kommt): Please, the Festspiele sein here?

Tochter: Yes, Sir!

Amerikaner: At what o'clock do you begin?

Vater: Das überlassen wir ganz den Schauspielern, wann sie wollen. Auch die Dauer der Vorstellung.

Amerikaner: Oh, you are really a pleasant manager!

Liebespaar im Zuschauerraum.

Der Mann (liest vom Theaterzettel): Heute: ‹*Die Liebhaber der Dame von vis à vis. Eine Studie nach dem Leben.*› Das kann fein werden!

Die Frau: Wird das sehr unsittlich sein?

Der Mann: Hoffentlich.

Die Frau: Aber die Kunst soll doch den Menschen reinigen und ihn stärken für den Alltag, sagt Lessing.

Der Mann: Wenn ich das will, geh ich ins Dampfbad.

Der Sohn: Limonade, Eskimo-Eis, belegte Brötchen!

(Ehepaar kommt.)

Sie: Gott sei Dank, es hat noch nicht angefangen.

Er: Ein Wunder, daß ich einmal einen ersten Akt seh!

Vater: Orchester, zweite Reihe ... hier, bitte.

Der 1. Kritiker: Jawohl, hier ist Theater, projiziert auf das Leben.

Der zweite: Und umgekehrt.

Der erste: Wieso umgekehrt? (Sie sprechen weiter.)

Der Besucher (den der Fremdenführer hergeschickt hat): Man soll hier prachtvolle Schweinereien zu sehen kriegen.

Vater: Das kommt ganz auf Sie an, wie Sies auffassen.

Der Besucher: Dann ist schon gut.

Der Polizeimensch kommt. Begrüßung: «Oh, Herr Polizeikommissar!» *Der Sohn mit den Bäckereien gibt ihm auf einen Wink des Vaters ein paar belegte Brötchen. Da der Kommissar Miene macht, zu zahlen:*

Vater (ablehnend): O bitte, Zensur-Exemplar!

Der 1. Kritiker (im Gespräch mit dem zweiten): Glänzender Einfall.

Der 2. Kritiker: Das hätte uns einfallen müssen.

Der 1. Kritiker: Es wird uns schon noch einfallen.

Der 2. Kritiker: Man sagt ohnehin, daß die Idee von Ihnen ist.

Der 1. Kritiker: Noch nicht.

Der Vater: Die Damen werden gebeten, die Hüte abzunehmen!

(Ein Klingelzeichen. Rufe: Pst! Ruhe! Setzen! Es wird dunkel.)

Stimme des Vaters aus dem Dunkel ...: Meine Damen und Herren! Wenn der Vorhang hochgeht, sehen Sie in die gegenüberliegende Wohnung, in dieser Wohnung wohnt eine Dame, die jeden Abend um diese Stunde ihre Liebhaber empfängt. Ich habe die Sache in drei Akte eingeteilt, wenn der Vorhang hochgeht, sieht man grade in das Boudoir der Dame ...

(Wieder Klingelzeichen. Das Klavier beginnt.)

Der Vorhang am Fenster geht auf, der Vorhang des Theaters schließt sich.

WERBEKUNST

oder:
Der Text unsrer Anzeigen

«Sags ihr mit Schmus!» Henry Ford

Die hängenden Gärten der Semiramis waren ein Weltwunder. Nur ungern läßt die Dame von Welt auch heute noch ihren Büstenhalter auf dem zierlich gedeckten Frühstückstisch liegen. Sie sollte in der Tat nie versäumen, ihn anzulegen; unsachgemäße Behandlung der überaus empfindlichen Haut verstärkt einen Mangel, an dem schon manches Herzensbündnis jäh zerschellt ist. Welch ein Staunen, wenn ein Geschenk auf dem Gabentisch liegt, das mit vornehmem Takt einen geheimen Wunsch errät! Schenken Sie ‹Tetons Büstenformer›, Marke ‹Eierbecher›!

Die blaue Stunde des Harems naht heran. Vom nahen Minarett ertönt der Gesang des bärtigen Moslems, der dort Allah ehrt, und die zarten Wölkchen der Zigaretten kräuseln sich um die entschleierten Angesichter schwarzäugiger Türkinnen. Der Fachmann atmet ihren Duft ein und spürt sofort am blauen Dunst: ‹Die gute Haberland-Zigarette!› Unsre besonders bewährten Fachleute eilen im fernen Osten von Tabakfeld zu Tabakfeld und graben selbst die zarten Tabakpflänzchen ein, ordnen die Blätter in alphabetischer Reihenfolge und überwachen ihre sachgemäße Mischung mit den guten heimischen Kräutern der Uckermark. Es ist uns gelungen, den Herstellungspreis unsrer Qualitätszigarette auf 2 Pfennig herunterzudrücken. Versuchen Sie also unsre 15-Pfennig-Zigarette ‹Bilanz›, und Sie werden eine Zigarette finden, die, edel, schnittig und rassig im Format, ein vornehmes Geschenk darstellt. Keine Qualität, nur Ausstattung!

«Was kann es nur sein?» denkt sich jener Tänzer, um den sich früher die reizvollsten Erscheinungen der großen Salons geschart haben, während er heute allein und verlassen in der Ecke sitzt. Ist es der Tabaksgeruch, den er ausströmt? Oder gar andere Charakterfehler? Nein. Der junge, elegante Mann hat leider vergessen, einen Hosenknopf zu schließen, und indigniert und beschämt sehen die Damen von Geschmack beiseite, weil ein inkonsequenter Charakter auf Frauen keinen Eindruck hervorzuzaubern versteht. Gebrauchen Sie ‹Automatos›, den selbsttätigen Reißverschluß, und Ihre Haut wird niemals spröde und rissig werden.

Ein problematisches Symbol ist für so viele die sitzende Lebensführung bei ernster Berufsarbeit im Amt und Büro. Unsre Zeit ist eine Übergangszeit, und trutzig ragt manches deutsche Standbild in die deutsche Geschichte, Erinnerung und Wahrzeichen an harte Kriegsläufte und stolze Kämpfe um städtische Freiheit. Daher sollten auch Sie nicht versäumen, ‹Lissauers Stuhlzäpfchen› zu gebrauchen, die, rassig, edel und einfach in vornehmer Linienführung, dem Geist unsrer Zeit entsprechen.

Die Flaschen unseres Jahreskonsums aufeinandergestellt, ergeben die Höhe der Kölner Synagogenspitze. Nur eine Sektmarke international anerkannter Qualität, schnittig, edel und rassig im Geschmack, vermag sich solche Anerkennung zu erringen. Ein zarter Fichtennadelgeschmack ermöglicht es, unsern in Deutschland auf Flaschen gefüllten Sekt auch als Badezusatz zu verwenden.

Gehört diese Geste noch in unsre Zeit? So fragen wir uns, wenn wir den deutschen Ritter Götz von Berlichingen am Burgfenster stehen sehen. Der tadellos gepflegte Hauptmann, dem er seinen Gruß hinausruft, wird seiner Aufforderung wohl nicht Folge leisten; sicher ist, daß kein starres Gesetz ihm dies vorschreibt. Jedem ist dieser Ausdruck der Verehrung nach eignem Gefühl überlassen. Wenn aber das Mittelalter schon unser ‹Altes Lavendel› gekannt hätte, wird dieses Gefühl zum Gesetz. Verlangen Sie die kreuzweise Packung.

Im Banne der Liebe ermüdet man leicht. Die Nerven sind aufs höchste angespannt; die Luft im Raum ist heiß, drückend und schwül mit ü. In solchen Augenblicken erfrischt nichts so sehr wie eine Tasse klarer Nudelbouillon, die Sie aus ‹Lubarschs Suppenwürfel› gewinnen können. Ein Täßchen heißer Brühe bringt Ruhe und Sicherheit, vielleicht das Glück!

Wenn Baby die Tintenflasche ausgetrunken hat, geben Sie ihm einen Bogen von Hermann Burtes Löschpapier zu essen. Dieses Mittel wird von den Kleinchen erfahrungsgemäß gern genommen, und auch durchnäßte Erwachsene profitieren häufig davon. Gepflegte Kinder in gutbürgerlichen Haushalten sollten von Zeit zu Zeit diese Kur machen — der kleine Steppke, den Sie hier im Bilde sehen, weiß seit seiner Geburt nicht, was Feuchtigkeit ist. Kein Volk ohne Löschpapier! Hermann Burte & Hans Grimm, Löschpapier en gros.

Temperamentvolle Frauen halten sich bedeutend länger, wenn man sie nachts auf den Frigidaire legt; sie bleiben auf diese Weise schmackhaft und bekömmlich in jeder Jahreszeit. Die andauernd gleiche und trockne Atmosphäre konserviert jede Dame von Welt; unser Kühlapparat wird an gesundheitlicher Wirkung von keiner Ehe übertroffen.

Mehr als ein Souvenir — ein Zaubermittel wie vom Hexenmeister Cagliostro ist Rosens Toilettepapier. Edel, rassig und schnittig in der Linie, hat es sich rasch in die Aristokratie der Eleganz eingeschmeichelt. Vergessen Sie nicht, bevor Sie das zierlich gebundene Paketchen verschenken, die Ecken der einzelnen Blätter umzubiegen: Sie geben dadurch Ihrem Geschenk eine persönliche Note.

«Ach, wers ihr doch sagen könnte!» — so jung, so schön und schon so gemieden! Menschen mit unreinem Hauch, selbst wenn er dem Munde entströmt, sind einsam. Unter anderm sträubt sich meine Feder, mehr zu sagen: das junge Mädchen hat nicht ‹Eukal› verwendet, und daher wagt niemand, ihr mit Anträgen zu nahen, denen doch gerade ein sportgeübtes Girl unsrer Zeit gefaßt entgegensehen könnte. Schicken Sie uns Ihre Zähne ein — Sie erhalten sie postwendend gereinigt zurück, blitzend und blendend weiß.

Wenn Sie im Kranz Ihrer Geschäftsfreunde und schöner Frauen bei wohlgepflegtem, schäumendem Sekt sitzen, während Ihr behaglicher, vornehmer und taktvoller Haushalt Sie umgibt, dann vergessen Sie nicht, unsern Luxusapparat ‹Kokmès› bei der Hand zu haben. Die faszinierende Wirkung Ihrer festlichen Geselligkeit wird dadurch noch erhöht; keine elegante und gepflegte Frau von Welt ist ohne denselben denkbar. ‹Kokmès› ist ohne jede schädliche Nebenwirkung, weil es überhaupt keine hat. Wir fabrizieren es nur, um die hohen Anzeigenpreise wieder hereinzubringen, und wir inserieren, um fabrizieren zu können. Und so symbolisieren wir, was uns am meisten am Herzen liegt: die deutsche Wirtschaft —!

DER AUTOR DER SAISON

Mit diesem schmückenden Beiwort – «Der Autor der Saison» – ist jüngst ein wertvoller Literat von seinem sicherlich geschäftstüchtigen Verlag geziert worden, und der Verlag hat vielleicht gar nicht gewußt, wie bitter recht er damit hatte. Was ist der deutsche Ruhm, meine Brüder? Ein Ding, das da aufgehet im Oktober, und das untergehet im Februar, und wenns köstlich gewesen ist, so hat es fünf Monate gedauert. Muß das sein –?

Schon mucken die Verlage auf, weil es ihnen unheimlich wird. S. Fischer hat sich jüngst dagegen gewandt, daß das Publikum als Kriterium eines Buches das Erscheinungsdatum betrachtet. – «Das habe ich schon gesehn!» ist eine Ablehnung, und: «Es ist gerade erschienen!» eine herrliche Empfehlung. Woraus die Fischer-Leute mit Recht folgerten, daß hier etwas nicht in Ordnung sei und daß uns eines fehle: nämlich eine literarische Tradition. Sie fehlt in der Tat.

Bei der großen Buchproduktion Deutschlands versinken Jahr um Jahr Tausende von lesbaren Büchern. Hunderte von guten Büchern, weil sie es beim Start nicht schaffen. Es ist sehr, sehr selten, daß ein Buch das Schicksal der *‹Biene Maja›* hat, die jahrelang fast unbeachtet blieb, und dann plötzlich in die großen Auflagenziffern aufstieg. Gewöhnlich gehts gleich oder gar nicht. Und das liegt daran, daß wir, nach Krieg und noch nicht ganz überwundener seelischer Inflation, erst wieder lernen müssen, besinnlicher zu werden. Was mit Kleinstadt gar nichts zu tun hat.

Ein in Berlin erfundenes ‹amerikanisches Tempo› läßt die Leser sich fast genieren, daß sie das Neueste, das Allerneueste noch nicht gelesen haben, und daß gar – pfui! – ein Buch auf ihrem Nachttisch liegt, das schon voriges Jahr erschienen ist. Gute Ware hält sich; es spricht nicht immer für die Speisen, wenn man sie ganz heiß essen muß – meist sind es Omelettes soufflées, die mit Recht so serviert werden. Ganz abgesehen von den Klassikern und den schweren Büchern, die man ruhig nach vier, fünf Jahren immer wieder lesen kann: so sehr nötig und verdienstvoll es ist, sich um seine Zeit zu kümmern und aufmerksam zu betrachten, was Neues um einen herum entsteht, so wichtig ist das im Leser, was bei der Uhr merkwürdigerweise die ‹Unruhe› heißt und gerade eine solche verhindert: eine kleine innere Bremse, die bewirkt, daß der Mechanismus nicht mit einem Male abschnurrt, sondern eben vierundzwanzig Stunden lang läuft. Das fehlt in der modernen Literatur völlig.

Hinzu kommt ein anderer Grund, der fatale Auswirkungen hat. Das ist die ‹Parole›, die mit größter Disziplin befolgt wird. Ganz abgesehen davon, daß es Kritiker gibt (zu denen ich auch einmal gehört habe), die eine Reverenz nur dann erweisen können, wenn sie zu gleicher Zeit jemand in die Kehrseite stoßen und nie loben, ohne alle andern Nachbarn des Gelobten für verbrecherische Trottel zu erklären, wirken die genau ausgerichteten Reihen der in die jeweilige Moderichtung Einschwenkenden in Deutschland fast beängstigend.

Waren sie gestern alle expressionistisch, so haben sie es heute mit der ‹neuen Sachlichkeit›, und am gestern angebeteten Expressionismus ist auch nicht mehr ein guter Faden. Morgen werden sie ‹neu-amerikanisch› sein — alle Verleger geben dann im Grunde dasselbe Buch heraus, weil eines dieser Gattung Erfolg gehabt hat, alle Leser liegen vor der neuen Richtung auf den Bäuchen, und so viel Verachtung gibt es gar nicht, wie die armen gestrigen von Hauptmann bis zu Bronnen zu spüren bekommen. Natürlich überfrißt sich leicht, wer zuviel in sich hineinstopft, und übermorgen hat Amerika einen Tritt weg, an dem es — merkte es ihn — ins Meer versänke. Den Schaden bei dieser heißen Gierliebe und dieser übersättigten Treulosigkeit hat allemal die Sache und das allgemeine Niveau.

Was fällt, soll man noch stoßen? — Gemacht. Aber man soll nicht alles fallen lassen, was gestoßen wird; es geht auf diese Art viel Gutes zu Grunde, viele Entwicklungsmöglichkeiten verkümmern, und es werden nicht nur wirtschaftliche Existenzen vernichtet (was für die Kunst gleichgültig ist), sondern es kostet wertvolle Kräfte, was schwerer wiegt. Sieht man dieses tobende Treiben auf dem Literaturmarkt, wo einer den andern durch den allerletzten Schrei zu überbrüllen versucht, so ist man versucht zu rufen: «Immer kalt Blut und warme Strümpfe!»

Damit wir uns recht verstehen:

Kein durchgefallenes Drama stäubt mir in der Schublade, und ich glaube, daß jeder die Moden seiner Zeit überdauert, der etwas taugt und arbeitet. Aber es ist doch nicht recht: diese Siebenmonatskinder des Ruhms gehen elend zu Grunde, es bekommt ihnen nicht, heute über Gebühr verhätschelt und morgen unter Gebühr verstoßen zu werden. Keinem bekommt das.

Wäre der Autor, den sie da so angekündigt haben, wirklich nur ein ‹Autor der Saison› — er taugte nichts. Seinen Namen sollt ihr nie erfahren: es ist Arnold Zweig, und der wird, wenn mich nicht alles täuscht, noch viele Jahre hindurch gute und beste Literatur machen.

Ich denke, daß wir nicht mit Strohfeuer heizen sollten, sondern mit einer gleichmäßig wärmenden, stetigen Flamme. Literatur ist kein Wagenrennen, und wer da moderner, noch viel moderner, noch ganz bedeutend moderner sein möchte, den wollen wir nicht stören und ihn laufen lassen.

START

Wir sind fünf Finger an einer Hand.

Der auf dem Titelblatt und:

Ignaz Wrobel. Peter Panter. Theobald Tiger. Kaspar Hauser.

Aus dem Dunkel sind diese Pseudonyme aufgetaucht, als Spiel gedacht, als Spiel erfunden – das war damals, als meine ersten Arbeiten in der *‹Weltbühne›* standen. Eine kleine Wochenschrift mag nicht viermal denselben Mann in einer Nummer haben, und so erstanden, zum Spaß, diese homunculi. Sie sahen sich gedruckt, noch purzelten sie alle durcheinander; schon setzten sie sich zurecht, wurden sicherer; sehr sicher, kühn – da führten sie ihr eigenes Dasein. Pseudonyme sind wie kleine Menschen; es ist gefährlich, Namen zu erfinden, sich für jemand anders auszugeben, Namen anzulegen – ein Name lebt. Und was als Spielerei begonnen, endete als heitere Schizophrenie.

Ich mag uns gern. Es war schön, sich hinter den Namen zu verkriechen und dann von Siegfried Jacobsohn solche Briefe gezeigt zu bekommen:

«Sehr geehrter Herr! Ich muß Ihnen mitteilen, daß ich Ihr geschätztes Blatt nur wegen der Arbeiten Ignaz Wrobels lese. Das ist ein Mann nach meinem Herzen. Dagegen haben Sie da in Ihrem Redaktionsstab einen offenbar alten Herrn, Peter Panter, der wohl das Gnadenbrot von Ihnen bekommt. Den würde ich an Ihrer Stelle . . .»

Und es war auch nützlich, fünfmal vorhanden zu sein – denn wer glaubt in Deutschland einem politischen Schriftsteller Humor? dem Satiriker Ernst? dem Verspielten Kenntnis des Strafgesetzbuches, dem Städteschilderer lustige Verse? Humor diskreditiert.

Wir wollten uns nicht diskreditieren lassen und taten jeder seins. Ich sah mit ihren Augen, und ich sah sie alle fünf: Wrobel, einen essigsauern, bebrillten, blaurasierten Kerl, in der Nähe eines Buckels und roter Haare; Panter, einen beweglichen, kugelrunden, kleinen Mann; Tiger sang nur Verse, waren keine da, schlief er – und nach dem Kriege schlug noch Kaspar Hauser die Augen auf, sah in die Welt und verstand sie nicht. Eine Fehde zwischen ihnen wäre durchaus möglich. Sie dauert schon siebenunddreißig Jahre.

Woher die Namen stammen –?

Die alliterierenden Geschwister sind Kinder eines juristischen Repetitors aus Berlin. Der amtierte stets vor gesteckt vollen Tischen, und wenn der pinselblonde Mann mit den kurzsichtig blinzelnden Augen und dem schweren Birnenbauch dozierte, dann erfand er für die Kasperlebühne seiner ‹Fälle› Namen der Paradigmata.

Die Personen, an denen er das Bürgerliche Gesetzbuch und die Pfändungsbeschlüsse und die Strafprozeßordnung demonstrierte, hießen nicht A und B, nicht: Erbe und nicht Erblasser. Sie hießen Benno Büffel und Theobald Tiger; Peter Panter und Isidor Iltis und Leopold Löwe und so durchs ganze Alphabet. Seine Alliterationstiere mordeten und stahlen; sie leisteten Bürgschaft und wurden gepfändet; begingen öffentliche Ruhestörung in Idealkonkurrenz mit Abtreibung und benahmen sich überhaupt recht ungebührlich. Zwei dieser Vorbestraften nahm ich mit nach Hause – und, statt Amtsrichter zu werden, zog ich sie auf.

Wrobel – so hieß unser Rechenbuch; und weil mir der Name Ignaz besonders häßlich erschien, kratzbürstig und ganz und gar abscheulich, beging ich diesen kleinen Akt der Selbstzerstörung und taufte so einen Bezirk meines Wesens.

Kaspar Hauser braucht nicht vorgestellt zu werden.

Das sind sie alle fünf.

Und diese fünf haben nun im Lauf der Jahre in der ‹*Weltbühne*› gewohnt und anderswo auch. Es mögen etwa tausend Arbeiten gewesen sein, die ich durchgesehen habe, um diese daraus auszuwählen – und alles ist noch einmal vorbeigezogen ... Vor allem der Vater dieser Arbeit: Siegfried Jacobsohn.

Fruchtbar kann nur sein, wer befruchtet wird. Liebe trägt Früchte, Frauen befruchten, Reisen, Bücher ... in diesem Fall tat es ein kleiner Mann, den ich im Januar 1913 in seinem runden Bücherkäfig aufgesucht habe und der mich seitdem nicht mehr losgelassen hat, bis zu seinem Tode nicht. Vor mir liegen die Mappen seiner Briefe: diese Postkarten, eng bekritzelt vom obern bis zum untern Rand, mit einer winzigen, fetten Schrift, die aussah wie ein persisches Teppichmuster. Ich höre das «Ja –?», mit dem er sich am Telefon zu melden pflegte; mir ist, als klänge die Muschel noch an meinem Ohr ... Was war es –?

Es war der fast einzig dastehende Fall, daß dem Gebenden ein Nehmender gegenüberstand, nicht nur ein Druckender. Wir senden unsere Wellen aus – was ankommt, wissen wir nicht, nur selten. Hier kam alles an. Der feinste Aufnahmeapparat, den dieser Mann darstellte, feuerte zu höchster Leistung an – vormachen konnte man ihm nichts. Er merkte alles. Tadelte unerbittlich, aber man lernte etwas dabei. Ganze Sprachlehren wiegt mir das auf, was er ‹ins Deutsche übersetzen› nannte. Einmal fand er eine Stelle, die er nicht verstand. «Was heißt das? Das ist wolkig!» sagte er. Ich begehrte auf und wußte es viel besser. «Ich wollte sagen ...» erwiderte ich – und nun setzte ich ihm genau auseinander, wie es gemeint war. «Das wollte ich sagen», schloß ich. Und er: «Dann sags.» Daran habe ich mich seitdem gehalten. Die fast automatisch arbeitende Kontrolluhr seines Stilgefühls ließ nichts durchgehen – kein zu starkes Interpunktionszeichen, keine wilde Stilistik, keinen Gedankenstrich nach einem Punkt (Todsünde!) – er war immer wach.

Und so waren unsere Beiträge eigentlich alle nur Briefe an ihn, für ihn geschrieben, im Hinblick auf ihn: auf sein Lachen, auf seine Billigung – ihm zur Freude. Er war der Empfänger, für den wir funkten.

Ein Lehrer, kein Vorgesetzter; ein Freund, kein Verlagsangestellter; ein freier Mann, kein Publikumshase. «Sie haben nur ein Recht», pflegte er zu sagen, «mein Blatt nicht zu lesen.» Und so stand er zu uns, so hat er uns geholfen, zu uns selbst verholfen, und wir haben ihn alle lieb gehabt.

Wir beide nannten uns, nach einem revolutionären Stadtkommandanten Berlins, gegenseitig: Kalwunde.

«Kalwunde!» sagtest du, wenn du dreiunddreißig Artikel in der Schublade hattest, «Kalwunde, warum arbeitest du gar nicht mehr –?» Und dann fing ich wieder von vorne an. Und wenn das dicke Kuvert mit einem satten Plumps in den Briefkasten fiel, dann hatte der Tag einen Sinn gehabt, und ich stellte mir, in Berlin und in Paris, gleichmäßig stark vor, was du wohl für ein Gesicht machen würdest, wenn die Sendung da wäre. Siehst du, nun habe ich das alles gesammelt ... Und du kannst es nicht mehr lesen ... «Mensch!» hättest du gesagt, «ick wer doch det nich lesen! Ich habe es ja alles ins Deutsche übersetzt –!»

Das hast du.

Und so will ich mich denn mit einem Gruß an dich auf den Weg machen.

Starter, die Fahne –! Ab mit 5 PS.

INHALT

INHALT

INHALT

INHALT

Kurt Tucholsky

Schloß Gripsholm
Eine Sommergeschichte.
240 Seiten. Gebunden und als rororo 4

Deutschland, Deutschland über alles
Ein Bilderbuch von Kurt Tucholsky und vielen Fotografen. Sonderausgabe.
240 Seiten mit 180 Abbildungen.
Broschiert und als rororo 4611

Rheinsberg
Ein Bilderbuch für Verliebte.
180 Seiten. Gebunden und als rororo 261

Wenn die Igel in der Abendstunde
Gedichte, Lieder und Chansons.
200 Seiten. Gebunden

Wo kommen die Löcher im Käse her?
Glossen und Grotesken.
157 Seiten. Gebunden

Briefe an eine Katholikin 1929-1931
90 Seiten. Broschiert

Briefe aus dem Schweigen 1932-1935
Briefe an Nuuna.
312 Seiten. Gebunden und als rororo 5410

Unser ungelebtes Leben
Briefe an Mary.
624 Seiten. Gebunden

Die Q-Tagebücher 1934-1935
448 Seiten. Gebunden

C 143/30a

Kurt Tucholsky

Das Kurt-Tucholsky-Chanson-Buch
Texte und Noten.
368 Seiten. Kartoniert

Gesammelte Gedichte
Sonderausgabe.
832 Seiten. Gebunden

Als Taschenbücher liegen vor:

Gesammelte Werke
10 Bände in Geschenkkassette

Zwischen Gestern und Morgen
Eine Auswahl (50)

Panter, Tiger & Co.
Eine Auswahl (131)

Ein Pyrenäenbuch
Bericht einer Reise (474)

Politische Briefe
(1183)

Politische Justiz
(1336)

Politische Texte
(1444)

Schnipsel
Aphorismen (1669)

Kurt Tucholsky
dargestellt von Klaus-Peter Schulz (rm 31)

rororo

C 143/30b

Die Erzählerbibliothek

James Baldwin
Sonnys Blues
Gesammelte Erzählungen
253 Seiten. Gebunden

Gottfried Benn
Der Ptolemäer
Sämtliche Erzählungen
252 Seiten. Gebunden

Albert Camus
Jonas oder
Der Künstler bei der Arbeit
Gesammelte Erzählungen
251 Seiten. Gebunden

John Collier
Blüten in der Nacht
Gesammelte Erzählungen
318 Seiten. Gebunden

Roald Dahl
Georgy Porgy
Gesammelte Erzählungen
446 Seiten. Gebunden

Ernest Hemingway
Die Stories
497 Seiten. Gebunden

Kurt Kusenberg
Mal was andres
Phantastische Erzählungen
511 Seiten. Gebunden

D. H. Lawrence
Verliebt
Gesammelte Erzählungen
428 Seiten. Gebunden

HEINRICH MANN

Die Jugend des Königs Henri Quatre

rororo Band 689

Die Vollendung des Königs Henri Quatre

rororo Band 692

Professor Unrat

rororo Band 35

Novellen

rororo Band 1312

Heinrich Mann

in Selbstzeugnissen und Bilddokumenten dargestellt
von Klaus Schröter
rowohlts monographien Band 125

---

rororo

156/10

KURT TUCHOLSKY

GESAMMELTE WERKE

IN 10 BÄNDEN

HERAUSGEGEBEN VON

MARY GEROLD-TUCHOLSKY

FRITZ J. RADDATZ

KURT TUCHOLSKY

GESAMMELTE WERKE

BAND 6

1928

rororo

ROWOHLT

Umschlagentwurf Werner Rebhuhn

70.–119. Tausend April 1985

Veröffentlicht im Rowohlt Taschenbuch Verlag GmbH,
Reinbek bei Hamburg, September 1975

Gesamtherstellung Clausen & Bosse, Leck
Printed in Germany
ISBN 3 499 29006 5

1928

KURT TUCHOLSKY

Peter Panter · Theobald Tiger · Ignaz Wrobel
Kaspar Hauser

haßt:	*liebt:*
das Militär	Knut Hamsun
die Vereinsmeierei	jeden tapfern Friedenssoldaten
Rosenkohl	schön gespitzte Bleistifte
den Mann, der immer in der Bahn die Zeitung mitliest	Kampf
Lärm und Geräusch	die Haarfarbe der Frau, die er gerade liebt
‹Deutschland›	Deutschland

HOROSKOP 1928

Prophezeiungen eines alten Chinesen

Ich werde, meine Herren Mitchinesen,
euch nunmehr etwas aus eurer Zukunft lesen.
Diesen Goldlack lasse ich von dem Plättchen aufsaugen – – –
Und was sehen meine entzündeten Augen?

Im Jahre 1928 werdet ihr oft zu wiederholten Malen
zehn Prozent Einkommensteuer bezahlen –
aber zum Glück nicht aus eurer Vermögensvermehrung,
sondern nur nach eurer Steuererklärung.
Auch werdet ihr durch einen rosa Brief in euern Überziehertaschen
eure verehrte Frau Gemahlin auf das erfreulichste überraschen,
als welche euch, weil sie heftig erregt,
ihren Pantoffel um die Ohren schlägt.
Sa – sa –!

Ihr werdet in euern Zeitungen lesen,
daß die Südarmee wieder siegreich gewesen;
und daß der General Tuang-fu-tscho
besiegte den Kontregeneral Tschung-po-po.
Dieses braucht euch aber nicht die Ruhe zu rauben –
ihr müßt mitnichten alles, was in der Zeitung steht, glauben.
Denn dies ist der Zeitung tiefer Sinn:
die bessern Sachen stehen nicht drin.
Sa – sa –!

Ihr werdet ferner, hochverehrte Mitchinesen,
eines neuen Rundfunksenders genesen.
Daran wird der Oberchinese Al-phred-braun
eure Kinder betören sowie eure werten Ehefraun.
In den chinesischen Autobussen werdet ihr gepreßt sein,
und der Reis wird weich, und die Börse vorwiegend fest sein.
Toi – toi –!

Dieses alles ersehe ich aus meinen Zaubergeräten.

Zeuchet nunmehr hin und entbrennet die Neujahrsraketen!
Was aber den 2. Januar angeht, so prophezeie ich hier:
der Kater ist ein durchaus heiliges Tier.
Ich habe schon manchen gesehn, der beneujahrt nach Hause rollte,
weil er die ganze Nacht beim sa-cha-rin-sekt tollte,
weswegen er dem Weinstubenwirt am nächsten Morgen heftig grollte,
und seine liebe Frau ihm gleich zu Beginn des Jahres schmollte,
indem sie nicht wünschte, daß er sich so zurichten sollte.

Womit ich um ein kleines Trinkgeld oder Douceur gebeten haben wollte.

DIE LEIBESFRUCHT

Du bist so schwer, du bist so blaß –
was hast du, Mutter?
Du willst etwas und weißt nicht was –
was hast du, Mutter?
«Ich trag in meinem Leibe ein Kind;
ich weiß, wie seine Geschwister sind:
ohne Stiefel, ohne Wolle, ohne Milch, ohne Butter –
ich bin eine Mutter! Ich will keine Mutter mehr sein!
Laß mich schrein –!
Laß mich schrein –!»

Es darf und darf mir nicht zur Welt!
«Frau, was wollen Sie?»
Mein Mann ohne Stellung – wir haben kein Geld!
«Frau, was wollen Sie?»
Ich will nicht, daß man für eine Nacht
mich und die Kinder unglücklich macht!

Dieselben Rechte will ich wie die Reichen,
die ungestraft zum Abtreiber schleichen –
Warum will mich denn keiner befrein?
Laßt mich schrein –!
Laßt mich schrein –!

Mit Schreien ist da nichts getan –
Wacht auf, ihr Frauen!
Nieder mit kirchlichem Größenwahn!
Wacht auf, ihr Frauen!
Ihr krümmt euch vor Schmerzen, und in euer Ohr
tönt heulend der Unternehmerchor:
«Trag es aus! Trag es aus!
Trag es aus im Sturmgebraus!
Wenn der Staat bleibt bestehn,
könnt ihr alle zugrunde gehn!
Ihr habt nichts zu fressen?
Wir brauchen die Kinder für Dortmund und Essen,
für die Reichswehr und für die Büros –
und wenn ihr krepiert, dann sind wir euch los!»

Aus Jodoform und blutigem Leinen
kommt winselnd eines Kindes Weinen.
Es wartet an dem kleinen Bett
bereits ein mächtiges Quartett:
Fabrik. Finanzamt. Schwindsucht. Kirchenzucht.

Das ist das Schicksal einer deutschen Leibesfrucht.

RECHENMASCHINE AUS USA

Im Studio des Champs Elysées, einem der wenigen pariser Theater, in dem neben Jouvet überhaupt noch experimentiert wird, startet ein neues amerikanisches Stück: ‹*Die Rechenmaschine*› von Elmer L. Rice.

Haben Sie schon mal im Theater geschlafen? Ich treibe immer unter der Bank Allotria, besonders in Paris, aber dieses Mal war ich überwach, den ganzen Abend. Ich wollte kein Wort verlieren, und ich habe keins verloren. Das ist eine dicke Sache.

Es fängt gleich richtig an: nämlich mittendrin. Frau Buchhalter Null steht am Waschtisch und gurgelt sich die Zähne und enthüllt ihre ehelichen Reizlosigkeiten und kämmt sich und quatscht: vom Kino und von den großen und kleinen Filmen und von Buster Keaton und vom Privatleben der amerikanischen Filmdiven ... Herr Buchhalter Null zieht sich sachte aus und sagt kein Wort. Das ist ein Zahlenmensch, der fünfundzwanzig Jahre bei derselben Firma gearbeitet hat, immer mit Zahlen, neben Zahlen, über Zahlen gebeugt – sein Gehirn kann nichts als rechnen. Sie sagt: «Fünf Dollar kostet der Platz ...» und er, automatisch: «Fünf und fünf sind zehn mal fünf sind fünfzig ...» Sie sagt: «Die Gish verdient achtzigtausend Dollar im Monat», und er: «Das sind neunhundertundsechzigtausend im Jahr und in der Minute sind das ...» Und sagte sie: «Ich habe so gelacht, daß ich nicht mehr auf meinen vier Buchstaben sitzen konnte» – so sagte er: «Vier mal vier sind sechzehn, mal vier sind vierundsechzig ...» So eine Ehe ist das.

Zweites Bild. Am hohen Pult sitzt Herr Null seiner Mitarbeiterin Daisy gegenüber, und was sich da begibt, das ist noch nie geschrieben worden. Georg Kaiser ist der Sache sehr nahe gekommen – aber auf diese letzte Formel hat es, scheint mir, noch keiner gebracht. Sie sagt die Rechnungszettel an, er wiederholt die Summen, das Lied der Zahlen ertönt, und eintönig klappert der Geschäftsapparat: «4 Dollar fünfzig; 8 Dollar dreiundneunzig; 10 Dollar; 2 Dollar; 2 Dollar zehn – –» nur das Klappen der Löscher ist zu hören. Und während die Zahlen sumsen, fangen die Angestelltengehirne an, ganz leise privat zu summen; zunächst schnauzt Herr Null Fräulein Daisy an, weil es zu schnell geht und zu langsam, und dann schweifen die Gedanken von den Dollars in die weite Welt. Was da an verblühter Romantik aufsteigt, an Blasen verkümmerter und niedergehaltener Gehirne, das ist herzbrechend schön. «Wie muß das sein», denkt sie laut, «wenn einen einer auf den Mund küßt – richtig auf den Mund!» – «Wie wäre das», denkt er, «wenn ich meine Frau totmachen könnte, ohne daß es einer merkt. Ich würde ...» Der Tagtraum läuft, Freuds Blähungen steigen auf, eigentlich lieben sich die beiden; nein, sie begehren sich nur, nein, sie langweilen sich nur. So mutig sind sie, während sie Dollars zählen. «... geh ich glatt zum Chef» und: «Im Hemd ist das Mädchen im Zimmer herumgelaufen, nur im Hemd ... acht Dollar zwanzig ... vier Dollar neunundneunzig ...» Es pfeift Mittag. Mit einer wundervollen fünfundzwanzigjährigen Geste steht Null an seinem Pult, legt die Büroärmel in die Schublade, dabei stülpt er sich den Deckel auf den Kopf, um ihn zu halten ... Da kommt der Chef.

Null hat ihn erwartet: heute ist er fünfundzwanzig Jahre dabei – «und ich habe nicht ein Mal gefehlt!» – Der Chef schmeißt ihn raus. Ja, die neuen Rechenmaschinen sind grade aufgekommen; er bedauert, einen so vorzüglichen und treuen Angestellten zu verlieren, aber die Geschäfte ... nationalökonomische Belange ... die Rationalisierung ... Die kleine Daisy kommt zurück, sie hat ihre Tasche vergessen; da stehen sich Chef und Angestellter gegenüber, der Chef gleichmütig, fett; der Herr Null drohend-demütig, mit erhobenem Arm. Wird Null den Chef töten?

Drittes Bild. Bevor der Vorhang aufgeht, sagt ein Chor: «Maschinen — Maschinen — Maschinen — schinen — sch ... st ... sch ...» und dann steht da der Mittagstisch der Nulls. Frau Null kommt hereingedampft: «Sch—sch—sch—» und schleppt eine kleine Dampfmaschine, das Essen herbei. Sie essen und bewegen die Arme wie die Ventile eines Kolbens, sie sprechen, und es ist das Geräusch, das Kurbelstangen erzeugen. Besuch. Sechs Menschenmaschinen kommen hereingefahren — sch—sch—sch—sch! —, sie werden auf Stühlen angebracht. Die zu diesem Zweck vorgesehenen Münder sagen Gespräche auf. Das typisch amerikanische Wettergespräch der Herrenmaschinen und das Klatsch-Gespräch der Damen; das Witzgespräch der Herren und das Gesundheitsgespräch der Damen; das Geschäftsgespräch ... und alles das mündet schließlich in ein herrliches patriotisches Gespräch, wo diese armseligen Räderwerke ihren eingelernten Haß herunterleiern: «Nieder mit den Negern! Nieder mit den Fremden! Hoch Amerika! Hoch das Vaterland!» Wenn das dem Regisseur Fehling in die Finger fällt: dann könnt ihr etwas erleben. Eintritt das Gesetz, der Staat, der Schutzmann. Und verhaftet Herrn Null: er hat seinen Chef erschlagen, weil der ihm gekündigt hat. Sch—sch— — sinken die Damenmaschinen in sich zusammen. Ab.

Viertes Bild. Verteidigungsrede des Herrn Null vor den (imaginären) Geschworenen. Um eine Kleinigkeit zu lang; um eine Kleinigkeit zu rhetorisch. Wie überhaupt der Autor das, was er in einem höllisch klugen Aufsatz über seine Figuren gesagt hat, nicht immer hat gestalten können: Null ist der Untertan, wie er also auch drüben in Amerika leben muß: ein heimlicher Sadist, ein unterdrücktes Geschöpf, «versehen mit einem Gefühl der Überlegenheit seiner Rasse, um seinen sadistischen Ideen einen moralischen Unterbau zu liefern, der sie veredelt. Er tötet seinen Chef», sagt Rice, «aber er wäre ganz außerstande, unhöflich mit ihm zu sprechen.» Und stellt — immer in der Vorrede — die höchste Forderung an sich und an das Stück, «Null ist zu gleicher Zeit ein Individuum und ein Typus». Ja, wer das kann ... Aber jeder heißt eben nicht Gerhart Hauptmann.

Wir wissen ja auch von andern Beispielen her — Dos Passos, Lewis und Dreiser —, daß es drüben Männer gibt, die die Mechanisierung ihres Landes nicht stolz empfinden, sondern als eine Vergewaltigung der Natur. Und die höhnen, weil sie leiden. Es gibt ein anderes Amerika, so, wie es überall zwei Länder gibt.

Da steht er also nun auf seiner Anklagebank, der Herr Null, und wartet; Stimmen aus dem Dunkel steigen auf: «Coupable — coupable — coupable — coupable —» zwölfmal. Es ist aus. Er wird hingerichtet werden.

Fünftes Bild. Auf dem Kirchhof. Ganz abgesehen von Wedekind, der das für uns beinah ein für allemal zu Ende gestaltet hat: hier taucht eine Figur auf, in die Rice verliebt ist und die uns Europäern nicht so sehr viel sagen kann. Das ist ein beerdigter Puritaner, ein Mann, der zwar seine Mama erstochen hat, aber sonst so fromm ist, daß sich die Bibelsprüche biegen. Unterhaltung zwischen dem toten Null und dem toten Puritaner.

Sechstes Bild. Im Paradies. Perlen in der Unterhaltung, in die sich die inzwischen vermittels eines offenen Gashahnes dazugelangende Daisy mischt. Als der Puritaner nicht hören will, sagt Null: «Nun sehen Sie! Er stellt sich tot!» Das Herz geht einem bei diesen Totengesprächen auf: «Wenn ich das gewußt hätte, daß Sie mich so gern gehabt haben, Herr Null!» – und: «Wir waren schön idiotisch!» – und dazu immer ein paradiesisches Grammophon; denn so ist das in den Gefilden der Seligen.

Null arbeitet – als Geist – im Bauch einer Rechenmaschine und ist selig. Er brüllt vor Zahlen, er hantiert an den Hebeln und werkt umher, er hat nun gar keinen Sinn mehr als Zahlen, Zahlen, Zahlen. Drei Trillionen, vierhundertachtzig Billionen, dreihundertundsiebenundneunzig – Komma acht! Ein leider etwas redseliger Erzleutnant löst ihn von seinem Posten ab. Er soll wieder von vorn anfangen. Das wird ihm erklärt (schwächste Stelle des Stücks: geredet, nicht gestaltet). Die ‹Hoffnung› erscheint in einer nicht allzu kostbaren Allegorie ... es hilft alles nichts: Null wird wieder ein zu puderndes Baby, es geht mit ihm alles von neuem an.

Achtes Bild. Sie stehen in derselben Haltung da wie vordem: der kündigende Chef, die kleine Daisy, die ihre Handtasche vergessen hat, und der gekündigte Herr Null. Er hat seinen Chef nicht getötet. Das Stück hat nur eine Schleife gemacht; in den winzigen Bruchteil einer Sekunde hat sich das ganze Drama eingeschoben. Was wäre, wenn ... Es war nichts. Null ist gekündigt. Ein Buchhalter ist gekündigt.

Nach einer nadelfeinen Psychologie, die auch nicht hat helfen können, uns vor einem Weltkrieg zu bewahren; nach einer Seelenzerfaserung, die anfängt, lächerlich zu werden, weil Typen als Individuen behandelt werden und Kollektivprodukte als Originalschöpfungen; nach diesem saftlosen und leeren Gerede ist das hier eine Erfrischung. Ja, es ist primitiv. Ja, es ist jung und einfach und manchmal zu einfach. Aber wohin muß sich das Mitleid mit der Menschheit flüchten? Wohin mit dem Schmerz über die Erde, über das, was sie aus unserm Leben machen? Wohin? Ins Kasperletheater. Und im Puppenhaften steckt hier mehr Herz als in den piekfeinen französischen Seelendramen und auch – halten zu Gnaden – mehr als in manchen Weltanschauungsklubs.

Das Publikum lachte mehr über die da oben als mit ihnen, also über sich. Es begriff so wenig wie die französische Kritik begriffen hat, die diesem Stück ziemlich hilflos gegenüber dastand. Wie man überhaupt solche Theater-Experimente in Paris niemals überschätzen darf: so ein Stück ist zum Beispiel niemals eine Sensation; es gehen wohl Leute – zu ermäßigten Preisen – hinein, sie sprechen auch davon, aber ‹ganz Paris› spricht bestimmt nicht davon. Parolen werden hier nicht ausgegeben. Das ausgezeichnete Studio des Herrn Baty ist ein Théâtre ‹d'avantgarde› – also steht es am Rande.

Das Stück aber ist von unserer Zeit. Oft sagen die Figuren wirklich genau das, was unsere Nachbarn auf der Untergrundbahn denken, und sie denken viel uniformer, als wir alle glauben. Manches ist vielleicht nicht übertragbar: eine Kündigung in Amerika ist etwas anderes als eine Kündigung in Frankreich. Aber es bleibt doch so viel. Was bleibt, ist: unser Leben.

Warum schreiben das die Leute nicht? Wo ist der berliner Geschäftsroman? Man muß sehen, was sich dafür ausgibt: dieser durchs Gehirn passierte Naturalismus, der keiner ist, weil er vor falscher Überlegenheit strotzt, weil er keinen Humor hat, weil der Autor sich gar nicht freut, ‹einen nachzumachen›. Ohne diese primitive Jungensfreude ist das aber nicht zu bewältigen. Wo haben die Leute ihre Ohren –? Warum schreibt keiner, keiner, was um uns ist –?

Fällt das Stück den Übersetzerwanzen zum Opfer, zu denen immer einer mehr gehört als jeder glaubt, dann ist es verloren. Es muß nachgedichtet werden. Dann hätte man zwar kein neues Genie entdeckt, aber einen höchst amüsanten, lebendigen, bunten und erquickenden jungen Autor.

Denn was suchen wir –? Erlösung durch die Gewißheit, Kameraden zu haben.

JOURNALISTISCHER NACHWUCHS

Woran es in Deutschland so merkwürdig mangelt, das ist die Möglichkeit für einen jungen Mann, in der Praxis und an der Praxis zu lernen: also arbeitend von einem Erfahrenen belehrt zu werden. Das Ideal aller Berufe ist die ‹Hochschule› – irgend etwas der veralteten Universitätsform Nachgeäfftes, mit Professoren, Studenten, Studentenverbindungen und einem Examen. Dieses Examen soll dem Kandidaten die ‹Berechtigung› geben, seinen Beruf auszuüben; er versteht das meist falsch und leitet ein Recht daraus her, wo doch nur eine theoretische Vorbereitungszeit gewesen ist. Am liebsten möchten sie eine ‹Hochschule für widernatürliche Unzucht sowie deren Abarten› haben.

Wie sieht, zum Beispiel, der Nachwuchs im Journalismus aus –?

Kümmerlich. Und das kann gar nicht anders sein.

Wer jemals einlaufende Post auf einer Redaktion gelesen hat, der weiß, wie so ein Einlauf aussieht. Wenig Hoffnungen, viel Entwürfe – sehr viel Dilettanten, sehr viel Männer und Frauen, «die gar nicht einsehen, warum sie sich in dieser schweren Zeit nicht etwas nebenbei verdienen sollten», die aber niemals auf den Gedanken kämen, sich etwa nachmittags zwei Stunden lang als Ingenieure einem Elektrizitätswerk zur Verfügung zu stellen. Schreiben kann jeder. Wie wird man Journalist—?

Man wird Journalist durch innere Berufung, weil man es werden muß. Und man kann es werden: durch Ermunterung. Die bleibt meist aus.

Ob das in andern Berufen auch so ist, weiß ich nicht: der deutsche Zeitungsmann ist ein sehr ungeduldiger Mensch. Das mag der Beruf so mit sich bringen—er wartet jedenfalls nicht lange ab, experimentiert selten, hält nicht aus. Gleich oder gar nicht. Das kann man nun mit jungen Menschen nicht machen, die ermutigt werden sollen, gefördert, beraten und geführt. Die Arbeitgeber im Zeitungsgewerbe aber wollen möglichst fertige Leistungen sehen, und da alle es wollen, also fast niemand halbfertige, entwicklungsmögliche Arbeiten druckt, so herrscht in der Zeitung der Routinier.

Das Gros der Redakteure liest Arbeiten wie Schulaufsätze; und zensiert sie. Ja—oder Nein: darüber hinaus gehts selten. Daß sich der Redakteur, der immer überlastet ist, mit seinen Leuten wirklich beschäftigt, ihnen die Unarten austreibt, ihnen nicht nur sagt, wie man es nicht machen darf, sondern anschaulich erzählt, wie man es machen solle. So züchtet man Nachwuchs.

Die Presse macht sichs bequemer und jammert hinterdrein, daß ‹keiner da ist›. Natürlich ist keiner da — sie jagen ja die meisten davon.

Da ist zunächst die Herrschaft der Geronten. Es ist gradezu kläglich, mitanzusehen, wie eine falsch angewandte Treue alte Knacker im Betriebe läßt, die schon in der Blüte ihrer Mannesjahre den Durchschnitt niemals überragt haben; Männer, die gar nicht alt werden können, weil sie nie jung gewesen sind. Arthur Holitscher oder Alfred Kerr oder Karl Scheffler werden niemals ‹passé› sein — das welkt nicht. Dagegen hat bei irgend einem Dutzendschreiber die Sache mit dem fünfundsechzigsten Jahr gewöhnlich ihr Ende; wenn er je die Berechtigung hatte, überhaupt so lange zu schreiben, so waren es die Manneskraft, das Handgelenk, das handwerkliche Können, und die lassen etwa um diesen Zeitpunkt erheblich nach. Aber das klebt und nimmt jüngeren Leuten die Plätze fort; mit dem ganzen starren Eigensinn des vergreisten Alters sitzt das und sitzt, und die Verlage sind auf einmal so zartfühlend, so scheu, so duldend... Nie hat man sie so gesehen. («Wen meint er—?» Ein System.)

Der Lernende aber läuft neben dem Betrieb her und wird nur selten herangelassen. Das Beispiel S. J.'s, der, noch nicht zwanzigjährig, als Theaterkritiker an die ‹*Welt am Montag*› zugelassen worden war, ist fast unerhört. Wo aber, in aller Welt, soll sich der deutsche junge Journalist die Feder glatt schreiben?

In der Provinz —? Da ist die Position des angestellten Journalisten viel kümmerlicher als man gemeinhin ahnt — ich besinne mich noch auf jenen journalistischen Schützling S. J.'s, der von Berlin an einen großen Generalanzeiger Süddeutschlands ging und mit der ‹*Weltbühne*› einen Tauschverkehr verabredete. Die ‹*Weltbühne*› ging heraus; der Generalanzeiger kam nicht. Anfrage. «Es ist mir leider nicht möglich, meinen Verlag zu überzeugen, daß . . .» Poincaré anrüpeln, das können sie; vor dem Zimmer des Verlagsprokuristen hören der Spaß und die Allmacht auf. In der Provinz wird der junge Mann nicht viel lernen, weil mit Ausnahme von ein paar Blättern das politische und künstlerische Gesichtsfeld dieser Zeitungen viel zu eng, die drückende Herrschaft der Abonnenten viel zu groß ist. Wir möchten schon, aber wir dürfen nicht . . .

In Berlin dürften sie schon eher. Aber wer hilft den jungen Menschen? Man müßte glauben, daß die sozialistischen und kommunistischen Blätter dazu noch am ehesten prädestiniert wären. Über die ‹*Rote Fahne*› als journalistisches Erzeugnis ernsthaft zu reden, ist leider nicht möglich — ich sage ‹leider›, weil mir ihre Grundgesinnung sehr nahe ist. Aber wie sieht das aus! Wie ist das geschrieben! — Der ‹*Vorwärts*› ist heute noch so verkalkt wie damals, als ich bei ihm anfangen wollte — über ein paar Glossen hinaus habe ich es da nie gebracht, und beim mechanischen Abdruck ist es geblieben. Von Ermunterung war wenig zu spüren.

Bleiben die großen demokratischen Zeitungen. Pro domo kann ich mich nicht beklagen — aber hier gehts um die Sache. Gewiß, es gibt hier und da junge Leute, die die große Zeitung weiter treibt; aber sehr häufig wird man den Eindruck nicht los, als habe das, was da steht, nur deshalb Wert, weil das Blatt eine so hohe Auflage hat. Lernen diese jungen Leute wirklich etwas? Beschäftigt man sich mit ihnen? Nicht schulmeisterlich, sondern fördernd? Mit wirklicher Zuneigung zu dem, was da entstehen will? Mit dem ‹Annehmen› ist es eben nicht getan, man muß so einen Menschen bilden, ihm Fingerzeige geben, ihn in die Schule nehmen (und ihm nicht auf die Schulter klopfen). Wer tut das —?

Ich glaube, daß der journalistische Nachwuchs in Deutschland nicht gut ist. Es wäre hübsch, wenn der Durchschnittsredakteur, der schwer von seiner Gottähnlichkeit überzeugt ist, seinen Stolz auf die Tarifverhandlungen verlegte und den Kollegen hülfe, nicht, wie man armen Leuten hilft, sondern indem er seine, ihre, unsere Sache fördert. Konkurrenz —? Aber ich wünschte, die Besatzung der ‹*Weltbühne*› bestände aus lauter Genies — das käme noch dem schwächsten Mitarbeiter zugute. Starwesen ist nicht nur geschmacklos — es ist dumm.

Es ist aber nicht nur die Angst vor der Begabung, nicht nur Eitelkeit und Greisenhaftigkeit.

Es ist auch häufig die Angst der Verlage, der Mann könne nach der Ausbildung davonlaufen. Aber das hat S. J. mindestens zehn Mal erlebt, und er hat nicht nachgelassen. Da ist weiter die Furcht, den Leser mit einer halbfertigen Leistung vor den Kopf zu stoßen. Grade eine Redaktion, deren Beiträge häufig anonym erscheinen, hat die Möglichkeit, kollektiv zu verbessern. Und da sind wir am Angelpunkt. Es wird zu wenig kollektiv gearbeitet. Lassen wir einmal die *‹Frankfurter Zeitung›* beiseite —: in den meisten Blättern ist die Leistung zu individual aufgefaßt; sie ist Einzelarbeit eines einzelnen, der sich gegen alle andern durchsetzen will, nicht: Resultat einer Gruppe, Deutschland hat die meisten Gruppen der Welt (Vereine, Verbände, Parteien, Orden), Deutschland ist das Land, in dem die Leute so schwer miteinander arbeiten. Sie können nur: untereinander und übereinander. Koordination ist hierzulande eine seltene Sache.

Ich glaube, daß sich ein starkes journalistisches Talent wie zum Beispiel Friedrich Sieburg auf alle Fälle durchsetzt. Aber der mittlere Mann, der fleißige, begabte, anständige Arbeiter — wo bleibt der —? Wer kümmert sich um den? Wer hebt den herauf? Wer beschäftigt sich mit ihm —?

Man hebt einen Stand am besten dadurch, daß man sich eine gute Konkurrenz schafft.

DER MANN AM SPIEGEL

Plötzlich fängt sich dein Blick im Spiegel
und bleibt hängen.
Du siehst:

Die nackt rasierten Wangen
— «Backe»: das ist gut für andere Leute —
den sanft geschwungenen Mund, die glatte Oberlippe,
die Krawatte sitzt — nein, doch nicht:
zupf!

Jetzt bist du untadlig.
Haare, Nase, Hals, Kragen, Rockschultern sind ein gut komponiertes
Bild —
tief bejaht dich dein Blick.

Wohlgefällig ruhst du auf dir,
siehst die seidigen Ränder der Ohrbrezeln,
unmerklich richtest du dich auf —
du bist so zufrieden mit dir
und fühlst das gesunde Mark deines Lebens.

Übrigens haben die Fliegen auf dem Spiegelglas gesessen,
oder ein chemischer Vorgang hat das Quecksilber bepickelt:
kleine blinde Pupillen sitzen darauf . . .

Nun stell den innern Entfernungsschätzer der Augen wieder um:

An der rechten Schläfe
– aber nur, wenn man schärfer hinsieht –
stehn ein paar kleine Runzeln,
Schützengräben der Haut –
nein, es sind noch keine Runzeln,
doch da, an dieser Stelle, werden sie einst stehen.

Dann bist du ein alter Mann;
dann sagen die Leute: «Der alte Kaspar –»;
dann wird ein Mädchen leise ausgelacht, der du etwas zuflüsterst –
«Mit dem alten Mann . . .?» sagen ihre Freundinnen.
Alter Mann.

Wie ihr euch anseht:
der Glasmann und du!
Nie
nie wird dich jemals ein anderer Mensch so ansehen,
ohne Beigeschmack von Ironie.
Du kannst dich gar nicht im Spiegel sehn.
Tat twam asi –?

Glatt ist dein Gesicht, sauber gewaschen und frottiert.
Zeit ist darüber hingespült.
Dein Gesicht, den Schuttplatz deiner Gefühle, hast du zusammengelogen,
zusammengelacht,
geküßt, geschwiegen, gelitten, geseufzt: zusammengelebt –
sieh, unterhalb des linken Auges bist du leicht fleckig.

Mach dein Spiegelgesicht!
Was in den letzten Jahren alles gewesen ist,
nichts davon ist dir anzusehen.
Alles ist dir anzusehen.

Fakire sollen sich manchmal allein hypnotisieren.
Wenn man sich lange in den Spiegel sieht, steht im Lexikon,
verfällt man in Trance . . .
du siehst den Spiegelmann an,
der sieht, wie du siehst –

du siehst, wie er sieht, wie du . . .
Reiß deinen Blick zurück! Erwache.

So, mit dem aufgestützten Arm, ergäbe das eine gute Fotografie
für die illustrierten Blätter:
ernst blickt der Dichter den Abonnenten an,
Ehrfurcht erheischend und einen zerstreuten Blick lang auch zugebilligt;
unnahbar, sehr sicher,
wie aus gefrorenem Schmalz gehauen – ein fertiges Ding.

In den zwei glitzernden Pünktchen, die
in der Mitte deiner Augen angebracht sind,
funkt das Leben.
Eigentlich sind wir ganz schön, wie –?
Du betrachtest dich, wie sich die Männer in den Friseurläden betrachten,
wenn sie, haargeschnitten, aufstehn:
«Es ist, Gott sei Dank, alles da, und wir sind repräsentative
Erscheinungen –!»
Mit einem langen Blick sehen sie sich im Spiegel an:
Kontrollversammlung der Kompanie, vorgenommen durch den
Feldwebel Auge –
nicht losreißen können sie sich,
dann ziehen sie ihre Weste herunter
und gehen neu gestärkt auf die Straße,
durchaus bereit zum Kampf mit den andern, denen man nicht die Haare
geschnitten hat.

Aber auf einmal
ist die glatte Sicherheit deines gebügelten Rockes dahin;
die Angst ist da.
Angst sitzt in den dunkeln Vertiefungen deiner Nase,
mit der du die Luft einschaufelst;
das Blech am Kamin erzittert leise,
du hörst mit den Augen –

Sag etwas!
Sprich!
Prophezeie, wie es weiter werden wird!
Ob ich gepflegt sterbe, im Bett: umgeben von einem ernsten Professor,
einer weißen Krankenschwester und süßlich riechenden Flaschen;
oder ob ich auf kalter Chaussee verrecke, ganz allein –
zu den andern Landstreichern habe ich manchmal französisch
gesprochen, weil ich doch etwas Besseres gewesen bin;
ob ich mich zerhuste oder sacht im Sessel zurücksinke . . .

In das Weiße der Augen steigt langsam Rot auf –
welch ein Mitleid hast du mit dir!
Du betest dich hassend an.

Sprich!
Prophezeie:
Erfolg – Ansehen – Vergessenheit – Geldmangel – Demütigung; es gleiten die wohlgenährten Kameraden vorbei und klopfen dir ermunternd auf die Schulter, in leiser Schadenfreude.

Flocke. Geküßter Mund. Belebte Kopfkugel.
Mit mobilisierten Muskeln seht ihr euch beide an.
Noch ist nichts zu sehn. Noch seid ihr beide schön.
Tief unten knistert die Angst.

«Sie haben», so sagt der Spiegelmann zu dem andern Mann,
«da ein Haar auf Ihrem Rockkragen!
Sehn Sie? es glänzt im Schein der abendlichen Lampe – das darf, merkwürdigerweise, nicht sein; nehmen Sie es bitte herunter –!»
Sorgsam entfernt ihr das Haar.

Ich gehe vom Spiegel fort.
Der andre auch –
Es ist kein Gespräch gewesen.
Die Augen blicken ins Leere,
mit dem Spiegelblick –
ohne den andern im Spiegel.

Allein.

‹mit›

Daß es ernsthafte Verlage gibt, deren Lektoren Vokabeln wie ‹unerhört›, ‹fabelhaft› und ‹ein unmögliches Hotel› durchgehn lassen, ohne daß der Schreibersmann damit die Sprachverschluderung von Snobs charakterisieren wollte, vielmehr die eigne aufzeigt, mag angemerkt werden. Diese großstädtischen Kleinstädter glauben wirklich, daß ihr ‹Kreis› die Welt darstelle oder zum mindesten die Pyramidenspitze der Welt.

Diese Sprachverderber, denen die vierhundert Modewörter fertig aus dem Munde kollern, und die keinen Satz mehr ohne ‹menschlich› und ‹ihn als Menschen› schreiben können, geben noch dem ärgsten Puristen recht, der der Meinung ist, daß man auch ohne ‹halluzinative Substantive› auskommen könne. «Diese undeskriptiven Substantive sind gehirnlich-empfindsame Summationen . . .» Kann man das auch auf deutsch sagen? Nein, das kann man freilich nicht auf deutsch sagen.

Und wenn die Grammatik in diesen Sprachsumpf taucht, dann bringt sie etwas ans Licht, das heißt: ‹mit›. Und sieht so aus:

Friedrich Nietzsche hat den snobistischen Superlativ erfunden; er milderte ihn durch ‹vielleicht›. Er schrieb fast nie: «Dieses Buch war im achtzehnten Jahrhundert von sehr großem Einfluß», sondern er liebte es zu sagen: «Dieses Buch hat im achtzehnten Jahrhundert vielleicht den größten Einfluß . . .» Die Schönheit der Prosa dieses Philosophen hat manche Früchte getragen; seine kleinen Höcker trägt die ganze Familie. «M. ist vielleicht unser größter deutscher Journalist», schreibt ein Reporter vom andern, das klingt, und darin steckt vor allem die Fiktion, als habe der Schreibende sämtliche deutsche Journalisten vor Augen, wähle unter ihnen aus, erwähle sich nun diesen einen . . . und er verdickt die Lüge, indem er sie durch ‹vielleicht› scheinbar mildert. In dieser Schublade liegt ‹mit›.

Der Gedankengang ist, an einem Beispiel gezeigt, dieser:

«In Gemeinschaft mit andern ist besonders Rathenau durch unklare Diktion dem philosophischen Bedürfnis der deutschen Masse entgegengekommen.» Hier setzt nun die stenographische Denkweise der Analphabeten ein; sie schlucken den Satz herunter, würgen ihn wieder hoch, und das Wiedergekäute sieht dann so aus: «Rathenau hat mit am meisten . . .» Es ist ganz und gar abscheulich: ‹mit› ist eine Präposition oder Suffix eines Verbums – so aber, wie es sich da im Satz herumtreibt, ist es gar nichts, ein elendes Wrack vom Schiffbruch eines deutschen Satzes.

Es ist ein Jammer um die Pflege der deutschen Sprache.

Kümmert sich schon einmal einer um sie, dann heißt er Eduard Engel; dieser unsägliche Hohlkopf hat es neulich fertig bekommen, den feinen Sprachkenner Wustmann zu beschimpfen, der in der kleinen Zehe mehr Sprachgefühl hatte als der Schöpfer der arabischen Zahlen auf den Eisenbahnwaggons im Kopf hat. Das Zeitungsdeutsch, das sich erheblich gebessert hatte, ist heute wieder im Begriff, in Modewörtern zu ertrinken. Erst denken sie nicht, und dann drücken sies schlecht aus. «Er ist menschlich mit einer der besten . . .», daß das einer schreiben, redigieren, setzen und durchgehen lassen kann! Diese Snobs schreiben, wie die Verkäufer von Seidenwaren sprechen: atemlos, eilig, alles im Superlativ, bewegt anpreisend. Alles wird auf eine Spitze getrieben, von der es wackelnd wieder herunterfällt. «Das 's ja faabelhaft! Na, unerhöört! Ein unmöglicher Patron . . .!» Wieviel Offizierskasino ist darin, wieviel Anreißerei!

Eine Rede ist keine Schreibe. Und dieses da ist weder eine solche noch eine solche.

TOURIST

Ich reise schon zwei Monate – bald bin ich gar nicht mehr da.
Die scharfen Schneidekanten der Eisenbahnschienen schälen mir im Gleiten die Aura herunter, eine Haut nach der andern – ich friere.

Jeden Abend: ein neues Zuhause.
Jeden Abend: das Klinkengefühl der Hand, der Orientierungsgang zu Toilette und Schreibzimmer –
«Wo ist denn hier die Post –?»

am nächsten Morgen will das anwachsen. Du sagen – nachmittags geht ein Zug.
Bekümmert gehe ich durch die langen Hotelkorridore, mit einem Schlüssel in der Hand: daran ist eine kindskopfgroße Kugel gebunden oder eine gewaltige Münze oder ein Stuhlbein –

der Schlüssel geht mit mir,

und unten werden wir beide abgegeben: er beim Portier, und ich im Eßsaal,

und dann habe ich keinen Schlüssel mehr.

Beim Essen lese ich, den Kopf in die Hand gestützt, ich esse vom Blatt.

Wieviel traurige Junggesellen sitzen um mich und tun ebenso; wer bessert ihnen die Wäsche aus, nimmt ihnen die Bettbeichte ab, leitet Jähzorn und gefleckten Mißmut in stille Kanäle –?

Manchmal stehe ich auf dem Aussichtsturm und sehe allein hinunter.

Da liegt eine Stadt, Gebrauchsmusterschutz angemeldet, da liegt eine Stadt.

Stumpfrote Dächer zeigen ihre Giebel, eine kleine Lokomotive rutscht über schwarze Fäden; der geschwungene Bogen des blanken Flusses beschämt meine Geographie . . .

Immer wird in der Stadt gehämmert und gebosselt, geklopft und gestampft, in der Stadt. Immer bauen sie, nie sind sie fertig, das ist das rauschende, zeugende Leben, müssen Sie wissen.

Wie schön wäre es, einmal in eine stille Stadt hinunterzusehen!

Wirbelnd im Meer der fremden Stadt, rette ich mich auf die beleuchtete und geheizte Insel: das Hotel.

Reisen. Reisen. Die Wurzeln schleifen, blasse, dünne Fäden, die so gern trinken wollen und einen Boden suchen, der ihnen schmeckt.

Jeder Mann seine eigene Erde.

SCHUTZ VOR SCHALL

Unsere Häuser sind fürs Auge gebaut. Da sind zwei, drei, vier Zimmer – aber es ist gar nicht wahr – sie sind nur für das Auge da. Das Ohr wohnt in einem einzigen Raum: nämlich in einem Haus, dessen gesamte Geräusche es in sich aufsaugen muß. Dagegen kann man keinen ‹Anti-Lärm-Verband› gründen – hier ist etwas anderes am Werk.

Es soll nicht davon gesprochen werden, daß es Mieter gibt, die die Geduld ihrer Mitmieter auf eine harte Probe stellen: Rücksichtslose, die kein Gefühl dafür haben, daß es nicht so sehr lustig ist, stundenlange Grammophonmusik, Hundegebell und Füßetrampeln zu ertragen. Aber schließlich kann man Menschen nicht verbieten, zu *leben* – und Leben ist Lärm. Daß es vermeidbaren Lärm gibt, ist sicher – wie aber schützen wir uns gegen den unvermeidlichen?

Ich glaube, daß man heute falsch baut: nämlich anachronistisch. Die alten Wohnungen, die etwa um das Jahr 1860, 1850 gebaut sind, weisen zum Teil solidere Mauern und festere Wände auf als die Häuser von heutzutage – die wirtschaftlichen Bedingungen, unter denen damals gebaut worden ist, haben sich eben geändert, und die Rabitzwand ist nicht nur eine Allegorie der Zeit. Aber diese alten Häuser waren auch für andere Menschen bestimmt – für weitaus ruhigere Leute, für Familien, die viel stiller lebten, als wir.

Nun ist aber sicher, daß die Empfindlichkeit der Menschen gewachsen ist – sie sind nicht ‹nervöser› geworden, sondern hellhöriger, schneller in der sinnlichen Auffassung; der Aufnahmeapparat des Organismus ist differenzierter, was das äußere Leben angeht; er wird mehr in Anspruch genommen, ist also früher abgenutzt, häufig überanstrengt. Die Architekten nehmen gar keine Rücksicht auf diese veränderte Gesamtlage des heutigen Menschen – sie bauen immer noch wie vor hundert Jahren, und sie bauen, was die Dichtigkeit der Wände angeht, schlechter als vor hundert Jahren.

Die sind aus Karton, aus Pappe, aus gar nichts. Der moderne Mieter in einem großen Haus hört vielerlei Leben mit. Das ist nicht nur störend; es ist ein falsches Prinzip der Lebensführung – es ist sinnlose Belastung der Nerven. Der Lärm, den die ‹andern› machen, ist nicht abzustellen: man kann Kinder nicht aus dem Fenster hängen, Klaviere nicht verbrennen, die Wirtschaft vielleicht etwas leiser und sehr viel zweckentsprechender führen, aber kaum viel leiser. Resultat:

Kaum jemand, von den sehr reichen Leuten abgesehen, lebt sein eigenes Leben, was das Ohr anbetrifft. Er lebt das Leben seiner Nachbarn mit. Er muß mit ihnen aufwachen und mit ihnen zu Bett gehen; er muß hören (also einen Teil seiner Energie und Nervenkraft draufgeben), wenn sie ihre Wohnung säubern; er muß mit ihnen singen, mit ihnen Klavier spielen, mit andern weinen und jauchzen . . . Fremder Rhythmus zieht unfehlbar mit – auch dann, wenn man es gar nicht empfindet. «Ich höre das nicht mehr», ist ein schiefer Satz – mit den Ohren vielleicht nicht. Lärm frißt.

Da es nun nicht möglich ist, an Stelle von Miethäusern alte Ritterburgen aufzuführen, so schreit die lärmende Zeit meines Erachtens nach einem schallerstickenden Medium bei der Konstruktion von Häusern. Es ist doch ein Unfug, wenn für die Miete, die im Budget jedes Arbeitenden eine große Rolle spielt, nicht einmal Ruhe eingekauft werden kann – wenn man von der Gnade, vom Zufall, vom guten oder bösen Willen der Nachbarn abhängt; wenn nicht nur der geistige Arbeiter, der zu Hause tätig ist, sondern auch der ermüdete Geschäftsmann abends nicht die Ruhe findet, ohne die kein tätiges, kraftvolles Leben denkbar ist: jeder Mensch braucht ‹schöpferische Pausen›. Dafür gibt es aber keine Architektur.

Mit ‹gegenseitiger Rücksichtnahme› ist es nicht getan, ich sagte es schon. Der Häuserbauer muß anders denken, wenn er baut: er zeigt uns die Häuser, wenn wir einziehen sollen; er ist nicht mehr dabei, wenn wir drin wohnen. Und viel wichtiger noch als das, was wir so schön ‹Komfohr› nennen, scheint mir die Lärmabdichtung der Wohnungen, die fast völlig fehlt. Ein gut Teil von allgemeiner Nervosität, Verärgerung, schlechter Seelenverdauung ist auf dies Konto zu schreiben: mit Prozessen, Hausordnungen, einstweiligen Verfügungen ist da wenig erreicht. Die Häuser sind falsch gebaut.

Es gibt, soweit ich weiß, heute schon Mittel, durch Korklagen und gepolsterte Türen den äußeren Lärm wenigstens etwas fernzuhalten – aber diese Mittel sind noch viel zu teuer. Die Rabitzwände schützen nicht – jeder von Ihnen hat schon einmal ein neues Haus gesehen, wenn es halb fertig dasteht: die Böden, die Decken sind fingerdünn, ein paar Planken . . . und die Eisenkonstruktion und die Röhren tragen den Musik-Lärm, den Hunde-Lärm, den Wirtschafts-Lärm vom ersten bis zum vierten Stockwerk. Hier sollte der neue Architekt einsetzen.

So, wie es ihm in Deutschland gelungen ist, den Ornamenten-Kitsch zu entfernen und glatte, äußerlich zweckentsprechende Häuser zu bauen, die, soweit ich Europa kenne, zu den besten und schönsten des

Kontinents gehören, so sollte er auf Mittel sinnen, uns wirklich Wohnungen zu geben und nicht nur äußerlich für das Auge abgegrenzte Hohlräume einer Scheune. Und wir sollten diese Mittel verlangen – gute Kräftedisposition ist ein Zeichen fortschreitender Erkenntnis und einer hohen Kulturstufe. Was mancher von uns durch Zufall hat, das sollten alle haben: Ruhe, eine wirklich abgeschlossene Wohnung und Schutz vor Schall.

AUF DEM NACHTTISCH

Den ganzen Tag hab ich mich schon darauf gefreut: ein neuer Chesterton ist da. Und wenn mir abends die schwarze Katinka Kulicke auf weißem Linnen entgegenblühte, so könnte ich nicht freudiger ins Schlafzimmer gehen, wie nun, da der gelb-rote Band auf dem Nachttisch liegt. (Verzeih, Katinka!) Das Buch heißt *‹Das Paradies der Diebe›* und ist im Musarion-Verlag zu München erschienen. Die erste Nacht –

Die Kriminalgeschichten G. K. Chestertons, deren eine Sammlung schon im selben Verlag vorliegt: *‹Der Mann, der zu viel wußte›* – sind eigentümliche Gebilde. Algebraischen Gleichungen nicht unähnlich, gehen sie in tödlicher Sicherheit mit Null auf, nicht ein Quentchen bleibt, nichts – außer der unerklärlichen Tatsache, daß ein «einfacher kleiner katholischer Priester», Pater Brown, untrüglich herausbekommt, wer wen wo wie bestohlen hat. Von den Morden zu schweigen. Er sagt zwar, wie er es gefunden hat, aber er sagt nicht, wie er es gefunden hat. Welche Reklame für die katholische Kirche: ihre Geistlichen sind neben allem andern auch noch Detektive, nein, natürlich Detektive.

Das Vergnügen, diese Vonhintennachvorn-Geschichten zu lesen, ist höchst reizvoll. Erst aalt man sich in der Vorfreude der Titellektüre: *‹Der Kopf Caesars›* und *‹Die purpurfarbene Perücke›* und *‹Der Salat des Oberst Cray›*, lauter zu lösende Spannungsaufgaben, und nun sind nur noch zwei Geschichten übrig, und nun nur noch eine, die allerletzte – nein! eine haben wir noch nicht gelesen ... Die kompliziert einfachen Lösungen sind mitunter wie eine hundertmal überdrehte Spirale. Ein Neger, der gemordet hat wie ein Marder, will ausreißen; die Häfen sind blockiert, kein Schwarzer kann ohne die gewichtigsten Legitimationspapiere hinaus. Wie also wird es er anfangen –? «‹Ich bin ganz überzeugt davon, daß er sein Gesicht niemals weiß anstreichen würde. Aber was könnte er denn sonst machen?› – ‹Ich glaube›, sagte Pater Brown, ‹er würde sein Gesicht schwärzen.› Flambeau stand regungslos am Geländer gelehnt da und lachte. Pater Brown lehnte auch regungslos am Geländer, hob einen Augenblick den Finger und deutete in die

Richtung der maskierten Negersänger mit rußgeschwärzten Gesichtern, die am Ufer eine Vorstellung gaben.» Das ist Chesterton.

Die kleinen Geschichten sind mit den amüsantesten Einzelheiten bepackt.

Die Journalisten, die sich immer, und manchmal zu Recht, beklagen, daß sie in Dramen und Filmen so schlecht wegkommen und so falsch abgebildet werden, können sich diesmal nicht beschweren. Von einem Chefredakteur: «Sein Leben —» ich gucke keinen an — «sein Leben war eine Reihe von aufreibenden Kompromissen zwischen dem Eigentümer der Zeitung, einem senilen Seifensieder mit drei unausrottbaren fixen Ideen im Kopf und dem sehr tüchtigen stock von Mitarbeitern, den er sich zur Führung der Zeitung gesammelt hatte; einige davon waren wirklich erfahren und ausgezeichnete Leute, die sogar (was noch schlimmer war) einen aufrichtigen Enthusiasmus für die politische Überzeugung des Blattes hatten.» Und: «Er nahm . . . einen kurzen Bürstenabzug zur Hand, überflog ihn mit blauen Augen und einem blauen Bleistift, änderte das Wort ‹Unzucht› in ‹Ungehörigkeit› um und das Wort ‹Jude› in ‹Ausländer›, läutete dann und schickte die Korrektur in die Druckerei hinauf.» Und dann ganz dick: «Ich weiß, das Wesen des Journalismus besteht darin, das Ende einer Geschichte an den Anfang zu stellen und das eine Überschrift zu nennen. Ich weiß, Journalismus besteht zum größten Teil darin, zu sagen: ‹Tod des Lord Jones›, und zwar zu Leuten, die niemals wußten, daß Lord Jones gelebt hat.» Und nun behüte uns Gott vor dem Reichsverband der deutschen Presse.

Mitunter freilich überkugelt sich die Klugheit des dicken Chesterton. Er sagt zum Beispiel von einem Mann, er erinnere in seiner Figur an eine Champagnerflasche — «und dies war auch der einzig festliche Eindruck, den der Mann erweckte». Das ist eine wildgewordene Metapher und ein typischer Beweis für die Schwäche eines zu starken Gehirns.

Sehr lustig, wenn er fremde Nationen schildert. Manchmal sitzt es. «Sie hatten beide schwarze Bärte, die nicht zu ihren Gesichtern zu gehören schienen, nach der seltsamen französischen Mode, die es zuwege bringt, echtes Haar wie künstliches erscheinen zu lassen. Mr. Armagnac hatte der Abwechslung halber zwei Bärte . . .» Manchmal sitzt es gar nicht — wie lustig ist es doch für unsereinen, wenn Fremde deutsche Namen erfinden! Nie wird das was.

Übersetzt ist Chesterton durchaus glatt und sauber. Nur ist ein Übersetzer, der das Modewort ‹irgendwie› in seine Arbeit hineinpappt, ein schlechter Übersetzer. «Ich schlug irgendwie die Fensterläden zu» — das machen Sie mal, Frau Clarisse Meitner!

Himmel, jetzt ist es halb drei, und ich habe die ganze Nacht mit Katinka Chesterton verbracht. Licht aus. Messer raus. Zwei Mann zum — Blute Nacht.

Man lebt in Paris, um — daran ist gar kein Zweifel — deutsche Übersetzungen englischer und amerikanischer Romane zu lesen. Herrschaften, seid nicht böse; in blauer Nacht darf man es sagen: mich langweilt die französische Literatur so, daß ich mich ernsthaft frage, ob ich vielleicht die Franzosen gar nicht verstehe. Ach, geht mich das nichts an! Ach, ist das begabt und ‹fin› und talentiert und gut gesagt und zart psychologisch und haardünn und graziös und gleichgültig. Also richtig: Wells. *‹Menschen, Göttern gleich›*. (Bei Paul Zsolnay in Berlin.) Die zweite Nacht —

Eine Utopie. Das Genre ist so alt wie die Welt; denn schon im Jahre 386 vor Christo ... (folgen zwei Seiten abgeschriebener Bibliographie über die Geschichte der Utopie). Abgesehen davon — eine leicht mechanische Utopie. So: die bösen Menschen sind alle böse oder doch sehr unvollkommen und kläglich — und die guten Utopianer sind alle gut und vollkommen und herrlich und überhaupt. Nicht so stark wie sonst, wenn auch, wie immer bei Wells, interessant und lesenswert; es gibt da doch etwas zu lernen. (Kein Vergleich mit der *‹Zeitmaschine›*, aus der sich die selige Minna von Harbou, doch: Minna, eine Filmidee abgekurbelt hat.) Manchmal ist dieser Band von Wells wie eine mit Phantastik dünn übertünchte These. «Der richtige Weg, die Dinge anzupacken, ist gefunden worden.» Sehr schön — aber was hat das noch mit Kunst zu tun? Daneben eine Fülle herrlicher Einzelheiten. Der Held ist auf dem fremden Stern nach wundersamen Abenteuern in eine Schlucht geraten. «Ein jüngerer Mann hätte die Einsamkeit in der Schlucht wahrscheinlich sehr schrecklich empfunden, aber Mr. Barnstaple hatte Ärgeres durchlebt: die Enttäuschungen der Zweisamkeit. Er hätte gern eine letzte Aussprache mit seinen Söhnen gehabt und sein Weib beruhigt, aber sogar diese Wünsche waren vielleicht mehr sentimental als wirklich empfunden.» Vielleicht? Sicher. Übrigens wird auch Sentimentalität wirklich empfunden, aber es ist doch schön, zu sehen, wie ein fast weise gewordner Mann männlichen Empfindungen auf den Grund geht, auf dem sie stehen. Und dann ist da allerdings etwas, das mich bewegen würde, gradenwegs auf den fremden Stern zu fliegen, mich als Strahl hinaufsenden zu lassen, oder wie man das nun macht. Denkt doch nur! «Hier gab es kein Gekläff und Heulen müder oder gereizter Hunde, kein widerliches Geschrei, Gebrüll, Gequieke und keinen jämmerlichen Aufschrei ängstlicher Tiere, keinen Wirtschaftslärm, keine Wutschreie, kein Geblöke und Husten, keinen Lärm von Hämmern, Klopfen, Sägen, Schleifen, Sirenengeheul, Pfeifen, Kreischen und ähnlichem, kein Rattern entfernter Eisenbahnzüge, kein Gerassel von Automobilen oder andrer schlecht konstruierter Mechanismen; die ermüdenden und häßlichen Geräusche mancher unangenehmer Wesen waren nicht mehr zu hören. In Utopien herrschte sowohl für das Ohr wie für das Auge Friede. Die Luft, einst von unentwirrbaren Geräuschen verseucht, war jetzt gereinigte Stille.» Ach, Utopien –! Wo liegst du? Wie kann man zu dir gelangen –? Ach, Utopien.

Die Übersetzung habe ich nicht kontrolliert. Ich habe aber zu einem Übersetzer kein Vertrauen, der «moving pictures» mit «lebenden Bildern» übersetzt (S. 221). Dies dürfte ein kleiner Skandal sein. Immerhin hat es sich wohl herumgesprochen, daß diese englischen Wörter ‹Kino› bedeuten. Wie mag das also wohl mit der Übertragung der andern Anglizismen bestellt sein?

Ich wollte nun *‹Manhattan Transfer›* meines großen Lieblings Dos Passos lesen, aber da hat sich ein Heftchen dazwischengeschoben, blutrot leuchtet es, voilà: *‹Zwei Märtyrerinnen der Keuschheit›* von einem italienischen Salesianer-Priester Ferdinando Maccono. (Verlag der Salesianer, München.) Also, das ist beispiellos.

Die Sache ist die, daß vor langen Jahren in Italien zwei kleine Mädchen: Clementina Sechhi, 14 Jahre, und Maria Goretti, 12 Jahre, an zwei verschiedenen Orten von zwei verschiedenen Männern ermordet wurden. Lustmord. Die Mörder sind hart bestraft worden; auch braucht nicht gesagt zu werden, daß sich die bejammernswerten kleinen Opfer nach Kräften gewehrt haben, als die psychologisch zu analysierenden Männer über sie herfielen. Bis dahin wäre an diesen Fällen eigentlich nichts Besonderes zu vermelden. Aber in diese winzige Blutpause, jene, in der sich das Menschentier, das Weibchen, die natürliche Scham kleiner Wesen gegen einen rohen Übergriff zur Wehr setzten, schiebt sich nun die Kirche ein, benutzt diese scheußlichen Vorfälle als herrlichen Propagandastoff und deklariert die zerfetzten armen Dinger als ‹Märtyrerinnen der Keuschheit›. Man höre diese Traktätchen-Überschriften: *‹Die engelgleiche Tugend›* – *‹Demut und Bescheidenheit›* – *‹Ihre Abscheu vor dem Bösen und ihre Einfalt›* – *‹Emsige Biene›* – *‹Ein Scheusal im Hause›* – *‹Die Versuchung überwunden und mit Abscheu zurückgewiesen›* – *‹Das Martyrium›* (das ist der Mord!) – *‹Die Verherrlichung auf Erden›*. Soweit die eine. Und die andere: *‹Liebe zur Mutter›* – *‹Welch brave Tochter!›* – *‹Die Taube und der Habicht›* – *‹Vorsichtsmaßregeln und Gebet›* – *‹Der Kampf und das Martyrium›* – *‹Von Stichen durchbohrt›* – *‹In der Heilanstalt von Nettuno›* – *‹Die Mittel zur Bewachung der Unschuld›*. In diesem Stil.

Ist das nicht verabscheuenswert? Ist eine größere Niedrigkeit denkbar, als kriminalistische Vorgänge, die man von allen Seiten betrachten kann, nur von einer nicht, als blutige Plakate an die Mauern zu kleben? So sieht die praktische Erziehungsarbeit der katholischen Kirche aus? Das Heft trägt die oberhirtliche Druckerlaubnis, ist also als offiziell anzusehen, und nicht als Entgleisung eines Übereifrigen. Einmal sieht aus den blutigen Tüchern ein gehörnter Fuß heraus. «Somit waren es die schlechte Erziehung, der Müßiggang und das Lesen schlechter Blätter, welche im jungen Serenelli die niedersten Leidenschaften aufweckten und ihn zu einem schrecklichen Menschenmorde verleiteten. Was muß man denken von all den Unbesonnenen, die ihn nachahmen in der Scheu vor der Arbeit, im Lesen schlechter Romane und verderblicher Blätter, in der Teilnahme an gewissen Zusammenkünften, worin man zum Hasse aufstachelt, im Besuch gewisser Kinos?» Man muß denken, daß gewisse Zusammenkünfte die Stimmenzahl des Zentrums gefährden könnten, und daß «Übeltäter der Feder und der Kunst» jene hundsgemeine Denkungsart nicht teilen, die auf die Geschlechtsteile stiert wie der Fakir auf eine goldene Nadel. Hier hat manches gute Wort für die katholische Kirche gestanden, für ihre Weisheit, ihre mitunter für Deutschland nützliche Außenpolitik (mit der es jetzt vorbei ist) – aber wenn die Erziehungsarbeit der Geistlichen so aussieht, dann lasse ich hundertmal die protestantischen Feiglinge in der Sozialdemokratie zusammenzucken und bin für Kulturkampf. Für einen Kampf gegen die Unkultur und für die Freiheit.

Da sieht ‹*Der Heilige Franziskus von Assisi*› eben jenes Chesterton (bei Josef Kösel und Friedrich Pustet in München) schon anders aus. Auf mich hat er wenig Eindruck gemacht; es ist das ein Buch, das den Glauben voraussetzt, zu dem es bekehren will. Ich habe es nicht verstanden; und drei Seiten aus den Reden Buddhas sagen mir mehr und erschüttern mich tiefer als das zweifellos ehrlich gemeinte Pathos des Dicken. Dazu brodelt leise in mir der Einwurf: «An ihren Werken sollt ihr sie erkennen» – und da habe ich sie dann erkannt.

‹*Pep*› ist kein Verdauungsmittel, sondern ein sehr lustiger Gedichtband Lion Feuchtwangers (dessen Werke ein besonders tüchtiger Verleger am Ende noch aus dem Englischen aufkaufen wird). Das Bändchen ist bei Gustav Kiepenheuer erschienen – und ich habe sehr gelacht. Vor allem ist die Form außerordentlich gut gegossen; die langen Zeilen, die im Deutschen sehr schwer zu meistern sind, sind gut geformt, wie immer bei Feuchtwanger: saubere Arbeit. Thema: das Erstaunen des Amerikaners, daß da noch etwas andres sein müsse, außer den Dollars. Die, I beg your pardon, Seele. Die Lieder, von denen ich ums Vergehen gern wissen möchte, was wohl ein Amerikaner von ihnen dächte, sind von Jaap Kool unter Musik gesetzt. Leider ist die Ausgabe auch bebildert – das ist schief gegangen: falsch primitiv, falscher Klamauk, ich werde es in fließendem Englisch sagen: No good. Wenn das Buch einen Fehler hat, kaum zu schmecken, so sagt es eine faksimiliert wiedergegebene Zeile besser als alles andre: «Er schwitzte stark in jenen Nächten und brauchte sich wenig mit ‹Hallo, dein Gewicht!› zu beschäftigen ...» Aber als europäische Beurteilung Amerikas, die mir sonst fast überall zu milde, zu wenig selbstbewußt erscheint, ist das eine gute und lustige Sache.

Die dritte Nacht. Es kann nicht alles auf meinem Nachttisch liegen. Erstens ist er dazu zu klein; zweitens bin ich nicht der praeceptor Germaniae, und drittens ist Schweigen nicht immer Kritik in der Melodie Nietzsches, die S. J. zuletzt so sehr geliebt hat: «Schweigen und Vorübergehn». Manchmal ist Schweigen auch: Zeitmangel, Ignoranz, Überbürdung, Mangel an den letzten, entscheidenden zehn Karat Interesse ... Aber da ist ein Buch, das kommt mir nicht vom Nachttisch und nicht vom Tagtisch herunter, ein kleiner hellgrüner Band in sanfter, grauer Antiqua gedruckt. Alfred Polgar: *‹Ich bin Zeuge›* (bei Ernst Rowohlt in Berlin). Hätte ich einen Degen, ich senkte ihn. So bleibt mir nur übrig, die Schreibmaschine dreimal auf- und wieder zuzuklappen. Den Daumen nach oben! Er hat gesiegt.

Ihr kennt das alles: seine Zartheit und seine bezaubernd starke Schwäche: seine Skepsis und den Glauben an diese Skepsis, welcher aber wiederum leicht an sich selbst zweifelt, das kann man bis in die tausendste Windung fortsetzen, und er tut es auch; seine Tapferkeit und seine Unbedingtheit, wenn er vom Kriege spricht — da hat es nie, niemals eine, auch nur eine einzige Zeile gegeben, die zum Lobe der Schlächterei ausgesprochen wurde, jeder Aufsatz, der aus dieser Zeit stammt, und die vorher und die nachher sind eine einzige Verhöhnung, Verspottung, Verneinung der niedrigsten Geistesverfassung, die es gibt: der militärischen — dazu zuckt es in dem Buche von Antithesen, die funkeln, ohne daß man je die Lichtquelle entdecken könnte. Es ist ein Spiel von Nordlichtern, etwas ganz und gar einzigartiges.

Man lese etwa die Geschichte der *‹Nichtbegegnung mit einer Frau›* — das ist von einer Zartheit, daß man die Seiten streicheln möchte, auf denen das steht; einmal: «Liebe: ein privates Weltereignis» — und jeder Scherz ist von einer warmen Güte durchzogen, die ganz unverfälscht rein und süß schmeckt. «Kunst», hat Polgar einmal geprägt, «kommt von Sein.» Gut — aber das Sein allein tuts nicht; es ist ihre Grundbedingung, — doch ohne Können ist sie nichts. (So, wie Kunst ohne Sein nicht ist.) Und der kann —! Ich kann das handgreiflich kontrollieren: wir haben nämlich einmal alle beide über dasselbe Thema geschrieben — eine Beeinflussung ist ausgeschlossen, ich bin sicher, daß Polgar meine Arbeit überhaupt nicht kennt, und ich habe die seine erst jetzt im Buch gelesen. Das Thema lag übrigens auf der Straße; nein, es ging auf der Straße. Das Thema: *‹Der Herr mit der Aktentasche›*. Was er da gemacht hat: das kann ich nicht.

Wie da der Ernst des Lebens feierlich-heiter genommen wird, mit einer leisen Angst, mit einem Scherzando, in dem im Baß ganz leise die Paukenschläge rummeln ... Der Mann mit der Mappe sitzt im Restaurant und ißt. «Zu Suppe, Fleisch und Süßspeise hat er die Beziehung eines Vorgesetzten zum Untergebenen ... Er ist der strikte Gegensatz zu dem andern Stammgast, der ein bescheidener Untergebener seiner Mahlzeit, den vorgesetzten Braten wie den Vorgesetzten empfängt, das Auge treu und stark auf ihn gerichtet, Messer und Gabel, faustumklammert, als ehrenbezeugende Schildwachen auf den Tisch gepflanzt.» Und dann, ein Donnerschlag an ernstem Witz: das Fazit. Was ist der Mann mit der Mappe? «Er ist die Schule. Er ist das Abiturium. Er ist die Kaserne. Er ist der Richter, der die Gesellschaft vor den armen Sündern schützt. Er ist das Amt. Er ist das Büro. Er ist der Aufseher in der Katorga und der Mustersträfling in ihr ... Er ist das tätige Leben, dessen Rhythmus den Unmusikalischen alle Musik ersetzt. Ich möchte aus seiner Haut eine Aktentasche haben.»

Und da erinnere ich mich, daß Polgar ‹notre maître à nous tous› neulich von Berlin geschrieben hat: «Hier bibbert noch, wer stille steht», und da stehe ich in meinem schönsten Pyjama auf und schwenke das Buch über meinem Kopf und rufe dreimal Hurra! Wenn es eine Gedankenübertragung gibt: der Meister wird nachts nicht schlecht aufgefahren sein. Wir sind Zeuge, wie einer Zeuge ist. «Ich schwöre ...» Filigran aus Stahlfäden, Taue aus Gold und die feinste Hand unsrer Zeit.

NEBENAN

Es raschelt so im Nebenzimmer
im zweiten Stock, 310 –
ich sehe einen gelben Schimmer,
ich höre, doch ich kann nichts sehn.
Lacht eine Frau? spricht da ein Mann?
ich halte meinen Atem an –
Sind das da zwei? was die wohl sagen?
ich spüre Uhrgetick und Pulse schlagen ...
Ohr an die Wand. Was hör ich dann
von nebenan –?

Knackt da ein Bett? Rauscht da ein Kissen?
Ist das mein Atem oder der
von jenen ... alles will ich wissen!
Gib, Gott, den Lautverstärker her –!
Ein Stöhnen; hab ichs nicht gewußt ...
Ich zecke an der fremden Lust;
ich will sie voller Graun beneiden
um jenes Dritte, über beiden,
das weder sie noch er empfinden kann ...
«Marie –!»
Zerplatzt.
Ein Stubenmädchen war nur nebenan.

War ich als Kind wo eingeladen —:
nur auswärts schmeckt das Essen schön.
Bei andern siehst du die Fassaden,
hörst nur Musik und Lustgestöhn.
Ich auch! ich auch! es greift die Hand
nach einem nicht vorhandenen Land:
Ja, da —! strahlt warmer Lampenschimmer.
Ja, da ist Heimat und das Glück.
In jeder Straße läßt du immer
ein kleines Stückchen Herz zurück.
Darfst nie der eigenen Schwäche fluchen;
mußt immer nach einem Dolchstoß suchen.
Ja, da könnt ich in Ruhe schreiben!
Ja, hier —! hier möcht ich immer bleiben,
in dieser Landschaft, wo wir stehn,
und ich möchte nie mehr nach Hause gehn.

Schön ist nur, was niemals dein.
Es ist heiter, zu reisen, und schrecklich, zu sein.
Ewiger, ewiger Wandersmann
um das kleine Zimmer nebenan.

ZEHN GEBOTE FÜR DEN GESCHÄFTSMANN, DER EINEN KÜNSTLER ENGAGIERT

1.

Laß ihn in Ruhe.

2.

Überlege dir vorher, ob der Mann für deinen Betrieb paßt; das machst du am besten so, daß du dir seine Werke ansiehst und dich bei jedem fragst: Kann ich das gebrauchen? Wenn du die Mehrzahl nicht gebrauchen kannst, dann engagiere den Mann nicht. Denn:

3.

Wenn ein Künstler anständig ist und etwas taugt, ändert er sich dir zuliebe nicht, nur weil du mit ihm einen Vertrag gemacht hast — ändert er sich aber, hast du nur einen Namen bezahlt, also einen Mann überzahlt.

4.

Laß ihn in Ruhe.

5.

Disponiere sorgfältig, damit sich dein Mann nicht zu überstürzen braucht – Kunst will Zeit wie eine saubere Bilanz. Man kann, wenn man Pech hat, Flöhe aus dem Ärmel schütteln; Kunstwerke nicht.

6.

Du sollst den Feiertag deiner Leute heiligen: du irrst, wenn du glaubst, daß es für Fremde ein Genuß ist, den Sonntag in deiner Familie zu verbringen. Es ist mitnichten einer.

7.

Wenn der Künstler, den du engagiert hast, am Werk ist, halte ihm täglich fremde Arbeiten vor die Nase und fordere ihn, in anerkennenden Worten für den andern, auf, dergleichen ‹auch mal› zu machen. Das ermuntert ungemein.

8.

Wenn du mit deinem Künstler verhandelst, besinne dich nur nicht, daß auch du eigentlich ein Künstler seist: du hast beinah studieren wollen, doch dein Vater hat dich ins Getreidegeschäft getan ... Zugegeben. Aber nimm deinen falschen Ehrgeiz nicht mit ins Büro: der Künstler redet dir ja auch nicht in die Abschlüsse hinein – o beschneide auch du die holden Maientriebe deiner vertrockneten Kunstanschauung, dieser Rose von Jericho!

9.

Höre auf die Stimme des Publikums, aber überschätze sie nicht – in dir selbst muß eine Kompaßnadel die Richtung anzeigen. Zwanzig Briefe aus dem Publikum sind noch nicht die Volksstimmung – vergiß dies nicht, und laß die Dummheit der Leute den Künstler nicht entgelten.

10.

Laß ihn in Ruhe.

SO VERSCHIEDEN IST ES IM MENSCHLICHEN LEBEN

Manchmal, wenn ich nachts nicht einschlafen kann, weil ich zu viel Plumpudding gegessen habe, wälze ich mich im Bett auf und ab, weil wie ein Albdruck etwas auf mir lastet: Hauptmanns siebzigster Geburtstag.

Wenn einer von einem Amt oder einem Beamten das Wort «verantwortlich» gebraucht, frage man sogleich: «Wem –?»

Es gibt mehrere Mittel, sich die Todfeindschaft eines Kunstkaufmanns zuzuziehen: man kann sein Haus schänden, man kann seinen Kredit gefährden, man kann ihn in der Öffentlichkeit prügeln. Aber das sicherste Mittel bleibt doch immer: ihn zur Innehaltung eines abgeschlossenen Vertrages zu zwingen.

Vor Geistlichen darf man nicht Gott lästern. Vor Nationalen darf man nichts gegen das Vaterland sagen. Vor Kapitalisten nichts gegen die Nase der Börse, die tausend Nasen hat und keine ... Die Empfindungen könnten verletzt werden. Aber ich habe noch nie gehört, daß in Deutschland irgend etwas getan wird oder unterblieben ist, weil sich Pazifisten in ihren Empfindungen verletzt fühlen.

Ein schlechter Journalist ist noch kein Philosoph.

Es ist ein großer Irrtum, zu glauben, daß Menschheits-Probleme ‹gelöst› werden. Sie werden von einer gelangweilten Menschheit liegen gelassen.

«Der Krieg», hat einmal ein sterbender französischer Offizier gesagt, «ist eine viel zu ernste Sache, als daß man ihn den Militärs anvertrauen könnte.»

Die Besucher einer berliner Premiere wollen Goethe, plus Dante, plus Brecht, plus Bronnen; die Besucher der 50. Aufführung wollen das Dreimäderlhaus. Nun mach du in Berlin Theater.

Wenn man auf dem Broadway nach dem 15. September einen Strohhut trägt, wird einem dieser, nach dem Sprichwort, vom Kopf geschlagen. Aber hast du schon einmal gehört, daß jemand einem Amerikaner, der in Europa geistig die Füße auf den Tisch legt, leise auf die Schulter klopft und sagt: «Sie! Bei uns dürfen Sie das nicht machen.»?

Ich möchte einmal eine Bücherbesprechung lesen, in der nicht das Wort «menschlich» vorkommt.

Wenn alle Leute erster Klasse fahren, ist die erste Klasse keine erste Klasse mehr. Berlin hat die Aristokratie des Durchschnitts erfunden.

Ganz Deutschland ist in Deutschland auf Flaschen gezogen.

Es gibt Schriftsteller, die werden gedruckt, weil sie so bekannt sind: das sind die freien Schriftsteller.

Und es gibt Schriftsteller, die sind so bekannt, weil sie gedruckt werden: das sind die Redakteure.

So verschieden ist es im menschlichen Leben.

BANGER MOMENT BEI REICHEN LEUTEN

Wenn ich bei den reichen Leuten eingeladen bin, also bei so reichen, daß es einen vor lauter Reichtum schon graust, dann ist da immer ein Augenblick, wo mir heiß wird, und wo ich denke, daß mir nun gleich der Kragen platzt. Es ist alles so fein und so wunderbar herrlich: die Katzen sind noch hochmütiger als anderswo, die Hunde sind gut gezogen wie artig gebadete Kinder, das Stubenmädchen funktioniert lautlos wie der Teetisch auf Rollen, den sie wie auf der Bühne vor sich herschiebt, die gnädige Frau spricht leise und fast halblaut, diskret, fein — alles ist selbstverständlich und gewiß nicht snobistisch, es klappt wie geölt: und ich habe das lebhafteste Bedürfnis, einmal in die Vorhalle zu gehen, mich in eine Ecke zu stellen und ganz laut: «Scheibenkleister!» zu rufen, nur, damit das innere Gleichgewicht wieder hergestellt ist. So fein geht es da manchmal zu. Was ist es —?

Also es ist zunächst und zu allerunterst: der Neid. Daran darf man nicht zweifeln. Nicht Mißgunst. Es ist die stille Wut, es nicht so weit im Leben gebracht zu haben wie jene — der tiefe Glaube, ohne den man sich ja selbstmorden müßte: genau so viel wert zu sein wie jene; die Ablehnung der Rangordnung, nach der diese den höheren Platz einnehmen, und ihre tiefste Anerkennung. Aber es ist doch noch etwas anderes.

Wenn es bei den reichen Leuten so fein zugeht, dann habe ich immer den Herzenswunsch, mir den Rock auszuziehen und zu der feinen gnädigen Frau und zu dem gnädigen Herrn zu sagen: «Kinder, nun laßt das mal alles beiseite — nun wollen wir uns einmal erzählen, wie es im menschlichen Leben wirklich zugeht —!» Aber das darf man doch nicht. («Man sieht, Herr Hauser, daß Sie noch nicht —» Komm raus in die Vorhalle.)

Sie leben wattiert. Es ist da etwas Anämisches, etwas von einem luftleeren Raum. Sie sind von der Erdkruste durch eine Schicht Geld getrennt — sie sind, media in vita, lebensfremd, unserm Leben fremd. Es gibt doch gewiß alte, reiche Familien, die es schon gewohnt sind, viel Geld zu haben, es zu verwalten, es verdienen zu lassen, solche, die sich höchlich wunderten, als selbstverständliche Geste etwa nicht zur Bank zu schicken: aber auch bei denen, gerade bei denen fühle ich schärfstens, daß ihre Natürlichkeit so oft nicht natürlich ist, daß sie einen zu engen weiten Anzug tragen, der ihnen übrigens ausgezeichnet sitzt, daß ihre Gelockertheit anerzogen ist, daß sich unter dem ganzen Gehabe von Selbstverständlichkeit etwas regt, das gar nicht reich ist. Ein Dickdarm ist nicht reich. Ein Herzmuskel ist nicht reich. Ein Oberschenkel ist nicht reich. Die Natur fühlt sich wohl im Reichtum – aber sie spielt das Spiel nicht mit; sie ist. Reich ist sie nicht.

Und darum dehne und strecke ich mich auf der kühlen Straße, wenn ich von den ganz reichen Leuten komme, und sage zu Paul: «Paule, wo jehn wir denn jetzt hin –?» Und dann gehn wir noch wohin und trinken einen Topf irgendeiner nassen Sache und bereden es alles miteinander und sind heilfroh, dem Backofen des Reichtums entronnen zu sein. Und für wen bin nun ich: ein Reicher? Wer beneidet mich?

Und dennoch hab ich harter Mann es immerdar gefühlt: mir ist ganz kannibalisch wohl, wenn ich wieder draußen bin.

BRIEFE AN EINEN FUCHSMAJOR

> «Meiningen hat ganz recht. Wir kommen schon von selbst in unsre Positionen, die ein für allemal für uns da sind. Wir übernehmen dazu einfach die bewährten Grundsätze, die Verwaltungsmaximen unsrer Väter. Wir wollen von gar nichts anderm wissen. Wozu –?» ... Der junge Reisleben begann jetzt zu kotzen.
> Leben und Treiben der Saxo-Borussen, aus Harry Domela: *‹Der falsche Prinz›*

Im fröhlichen Herbst, als ich mit unserm Carl von Ossietzky in Würzburg bei schwerem Steinwein saß, fiel mein Blick auf eine kleine Broschüre *‹Briefe an einen Fuchsmajor, von einem alten Herrn›*. (Verlag Franz Scheiner, Graphische Kunstanstalt, Würzburg.) Ich habe das Heftchen erstanden und muß dem anonymen Verfasser danken: außer dem *‹Untertan›* und den gar nicht genug zu empfehlenden Memoiren Domelas ist mir nichts bekannt, was so dicht, so klar herausgearbeitet, so sauber präpariert die studentische Erziehung der jungen Generation aufzeigt. Selbst für einen gelernten Weltbühnenleser muß ich hinzufügen, daß alle nun folgenden Zitate echt sind, und daß ich, leider, keines erfunden habe.

Unter den Milieuromanen der letzten Jahrzehnte gibt es zwei, die besonders großen Erfolg gehabt haben, wenn ich von dem seligen Stilgebauer absehe, der butterweichen Liberalismus mit angenehm erregender Pornographie zu vereinigen gewußt hat. Das sind Walter Bloems *‹Krasser Fuchs›* und Poperts *‹Helmut Harringa›*. Beide Bücher taugen nichts. Sie sind aber als sittengeschichtliche Dokumente nicht unbrauchbar. Bloem, ein überzeugungstreuer Mann, außer Walter Flex einer der ganz wenigen nationalen Literaten, die für ihre Idee im Kriege geradegestanden haben, gibt sanft Kritisches, das er für scharf hält. Popert, ein hamburgischer Richter, dessen sicherlich gute antialkoholische Absichten die hamburger Arbeiter damit karikierten, daß sie in der Kneipe sagten: «Nu nehm wi noch 'n lütten Popert!» (statt Köhm) – ist im politischen Leben eine feine Nummer und als Schriftsteller ein dicker Dilettant. Der Erfolg seines Buches basierte auf dem angenehmen Lustgefühl, das es in dem nicht inkorporierten Wandervogel wachrief, der nach solchen Schilderungen studentischen Lebens getrost sagen durfte: «Seht, wir Wilden sind doch bessere Menschen!» Er hat mit seiner Sittenfibel so recht, daß man ihm nur wünschen möchte, er hätte es nicht: einer der nicht seltenen Fälle, in denen ein unsympathischer Anwalt eine sympathische Sache vertritt.

Die *‹Briefe an einen Fuchsmajor›* sind nun kein Roman, sondern eine durchaus ernstgemeinte Anweisung, junge Füchse zu brauchbaren Burschen und damit zu Mitgliedern der herrschenden Kaste zu machen. Es ist wohl das Schlimmste, das jemals gegen die deutschen Korpsstudenten geschrieben worden ist.

Daß das Heft die Mensur verteidigt und damit das Duell, braucht nicht gesagt zu werden. Nun halte ich das zwar für wenig schön, jedoch kann ich mir kluge, gebildete und anständige Männer denken, die in der Billigung dieser Einrichtung aufgezogen sind. Der ‹Alte Herr› begründet seinen Standpunkt folgendermaßen:

> «Wo Hunderte, gar Tausende von jungen, lebensfrohen, heißblütigen Männern eng und dicht nebeneinander leben, wie auf Universitäten, da kann es nie und nimmer stets und jederzeit friedlich zugehen; wollte da jeder wegen jedes kleinen und großen Wehwehchens zum Richter laufen, so gäbs eine Atmosphäre der Angeberei, des Denunziantentums und aller ekelhaften Nebenerscheinungen, die nicht zum Aushalten wäre. Die üblichen Verbitterungen und Feindschaften brächten letzten Endes den Knüppelkomment, das Recht des rein körperlich Stärkeren, der zahlenmäßig Mächtigeren mit sich.»

Wem wäre das noch nicht in Paris, in Oxford und in deutschen Fabriken aufgefallen!

Was es wirklich mit dem Waffenstudententum auf sich hat, das sagt uns der ‹Alte Herr› besser, boshafter, radikaler, als ich es jemals zu tun vermöchte. Das hier ist zum Beispiel ein Argument für, nicht gegen das Duell:

> «Mit verhimmelnder Begeisterung werden lange Feuilletonspalten, geduldige Broschüren und gar dickleibige Bücher gefüllt, wenn irgendein deutscher Intellektueller bei irgendeinem fernen Volksstamm, seien es Ostasiaten, Südseeinsulaner oder Buschmänner, irgendwelche Überreste alter Gebräuche, alter Traditionen entdeckt.

Aber daß bei uns noch mitten im Alltagsleben eine derartige Tradition voll hoher und idealer Ziele lebendig ist –»

das zeigt allerdings, aus welcher Zeit sie stammt: aus der Steinzeit. Nur sehen die Schmucknarben der Maori hübscher aus als die zerhackten Fressen der deutschen Juristen und Mediziner.

Es ist selten, daß man so tief in das Wesen dieser Kaste hineinblicken kann, wie hier. In den Korpszeitungen geben sie sich offiziell; manchmal rutscht zwar das Bekenntnis einer schönen Seele heraus, aber es ist doch sehr viel Vereinsmeierei dabei, sehr viel nationale und völkische Politik, Wut gegen die Republik, die die Krippen bedrohen könnte und es leider nicht tut – kurz: jener Unfug, mit dem sich die jungen Herren an Stelle ihres Studiums beschäftigen. Hier aber liegt der Nerv klar zutage.

Man bedenke, was diese Knaben einmal werden, und ermesse daran die Theorie von der Gruppenehre:

«Wenn Herr Wilhelm Müller schlaksig mit den Händen in der Hosentasche, Zigarette im Mund, mit einer Dame spricht, interessiert das keinen, wenn aber ein Fuchs von Guestphaliae dasselbe tut, so ist für alle, die das sehen, Guestphaliae eine Horde ungezogner Rüpel.»

Wie da das Motiv zum anständigen Betragen in die Gruppe verlegt wird; wie das Einzelwesen verschwindet, überhaupt nicht mehr da ist; wie da eine Fahne hochgehalten wird – wie unsicher muß so ein Einzelorganismus sein! Das sind noch genau die Vorstellungen von ‹Ritterehre›, über die sich schon der alte, ewig junge Schopenhauer lustig gemacht hat. Noch heute liegt diese Ehre immer bei den andern.

«Wenn ohne Widerspruch erzählt werden kann, daß ein Waffenstudent oder gar einige Vertreter des Korporationslebens beschimpft oder verprügelt worden sind, so bleibt damit ein Fleck auf der Ehre des einzelnen und des Bundes.»

Nach diesem Aberglauben kann also die Gruppe ihre Ehre nicht nur verlieren, indem sie schimpfliche Handlungen begeht, sondern vor allem einmal durch das Handeln andrer Leute. Diese Ehre hats nicht leicht.

«Die Ehre des Bundes steht bei jedem Gang der Mensur auf dem Spiel.»

Dahin gehört sie auch. Der Kulturdichter Binding hat in seinen wenig lesenswerten Memoiren über die Korporationen mit jenem gutmütigen Spott des Liberalen geschmunzelt, der älteren Herren so wohl ansteht: billigend, mit einer leichten Rückversicherung der Ironie fürs Geistige, und überhaupt fein heraus. Gefochten muß sein.

Gesoffen aber auch. Dieser Satz ist nicht von Heinrich Mann:

«Ich schrieb einmal früher: Das Kommando ‹Rest weg› muß über der Kneipe schweben wie das ‹Knie beugt› über dem Kasernenhof.»

In der Praxis sieht das dann so aus:

«Unser gemeinsamer Freund R., der schon mehrere Semester herzkrank und schwer nervös studierte, wurde, eine unscheinbare, wenig repräsentative Erscheinung, nur auf Grund sehr dringlicher Empfehlungen aufgenommen, er fand Freunde und Kameraden im Bund, die ihn richtig leiteten, so daß er körperlich und geistig gesundend aufblühte, seine Mensuren focht, rezipiert und später sogar Chargierter werden konnte. Er hatte auf seiner Rezeptionskneipe, obwohl er sonst vom regulären Trinken wegen seiner schwächlichen Gesundheit dispensiert war, sehr kräftig seinen Mann gestanden. Bis in tiefster Nachtstunde hielt er sich in jeder Hinsicht so tadellos aufrecht, daß niemand ihm den schweren Grad seiner bereits herrschenden Trunkenheit anmerkte. Ich sehe noch den gespannten Blick, als gegen Morgen der letzte fremde Gast die Kneipe verließ. Im Augenblick, als die Tür zuging und mithin nur wir unter uns waren, brach er bewußtlos zusammen ... In ihm müssen wir das Musterbeispiel eines Menschen verehren, der in jeder Hinsicht den Sinn der waffenstudentischen Erziehung verstanden hatte.»

Stets habe ich mich gewundert, warum die Engländer keine Erfolge in ihrer Politik aufzuweisen haben; warum es mit Briand nichts ist, was an Goethe und Wilhelm Raabe und Tolstoi und Liebknecht eigentlich fehlt. Jetzt weiß ich es.

Die Luft, in der sich diese Erziehung abspielt, ist schwerer Gerüche voll. Man erfinde so etwas: Füchse haben, entgegen einem Verbot, nach der Kneipe noch ein Lokal aufgesucht. Da können sie von einem Angehörigen andrer Korporationen gesehen werden. Was wird der nun denken —?

«Wie leicht wird er bei einer gelegentlichen Frage über den Bund einmal äußern: ‹Fuchserziehung scheint nicht sehr straff zu sein.›»

Hört ihr den Tonfall dieser Stimme —?

Die Sexualfrage wird unauffällig gelöst:

«Soweit er es mit seinen früher schon besprochenen Pflichten als Aktiver unauffällig vereinbaren kann, ist dies letzten Endes Privatangelegenheit jedes einzelnen. Wenn wir auch den Grundsatz festhalten, daß ein ausschweifend vergnügtes Leben in sexueller Hinsicht, eben was wir burschikos als ‹Weiberbetrieb› zu bezeichnen pflegen, mit der Aktivität unvereinbar ist, so haben wir andrerseits keinesfalls mit unsrer Rezeption ein Keuschheitsgelübde abgelegt.»

Wie recht er hat, das lese man in dem ausgezeichneten Aufsatz Friedrich Kuntzes nach, den die ‹*Deutsche Rundschau*› jüngst veröffentlicht hat: ‹*Über den Werdegang des jungen Mannes aus guter Familie einst und jetzt*›. Sehr bezeichnend übrigens, wie auch an dieser Stelle, nach ungewollt vernichtenden Schilderungen der herrschenden Klasse der Vorkriegszeit, die Bilanz gezogen wird: «Seine äußerste Probe hat dieses System im Kriege bestanden. Er ist verloren gegangen, gewiß; aber wenn ein Chauffeur sein Automobil gegen einen Baum fährt – muß dann die Schuld am Konstrukteur liegen?»

Wofür, ihr Männer in den Kalkgruben Nordfrankreichs ... wofür –?

Zurück zum Alten Herrn, der ein feingebildeter Mann ist, besonders wenn es sich um die Frauen handelt, deren diese Gattung nur zwei Sorten kennt: Heilige und Huren.

> «Denn Heinrich Heines ‹berühmtes› Verschen: ‹Blamier mich nicht, mein schönes Kind ...› ist nicht nur zierliche Spötterei, es ist zynische Gemeinheit.»

Und nun wollen wir uns in die Politik begeben. Oder ist das am Ende gar nicht möglich? Sind denn diese Bünde überhaupt politisch? Die Korpszeitungen, die Akademikerzeitungen, die Broschüren brüllen: Ja! Der ‹Alte Herr› weiß zunächst von nichts. «Die waffenstudentischen Korporationen sind fast ausnahmelos im Prinzip unpolitisch.» In welchem Prinzip?

Seid verträglich, sagt er, denn:

> «Du weißt ja auch nicht, wie bald ihr in Ausschüssen und Ehrengerichten, vielleicht auch bei der Technischen Nothilfe oder gar unter Waffen mit ihnen allen zusammen am gleichen Strang zieht.»

O ahnungsvoller Engel du –!

Es ist der Strang des Galgens: der Strang von Mechterstedt, wo unpolitische Studenten Arbeiter ermordet haben und nicht dafür bestraft worden sind – wahrscheinlich studieren sie noch fröhlich oder sind schon Referendare und Medizinalpraktikanten und Studienassessoren und werden nächstens auf die deutsche Menschheit losgelassen.

Die Protektionswirtschaft der Korporationen wird verklausuliert zugegeben. Im übrigen ist der ‹Alte Herr› liberal und das, was man so in seinen Kreisen ‹aufgeklärt› und ‹modern› nennt. Man stelle sich so etwas unter gebildeten Menschen vor:

> «Geh auch ruhig einmal mit den Füchsen ‹offiziell› ins Theater, ein gutes Konzert oder gar in ein Museum. Erschrick nicht über diese Ketzerei, probiere es einmal.»

Wenn das nur gut ausgeht – diese stürmischen und überstürzten Reformen sind doch immerhin nicht unbedenklich: wie leicht können sie im Museum so einen gleich dabehalten!

Auch sollte man nicht Leute beschimpfen, spricht jener, wenn sie einer bürgerlichen Partei angehören – ja, dieser Revolutionär geht noch weiter. Füchse, geht mal raus – das ist noch nichts für euch. Nur Domela darf drin bleiben.

> «Jeder einzelne von uns kann an der innern Gesundung der Sozialdemokratie mithelfen und mitwirken, wenn er auch nur einen einzigen ihrer Angehörigen von der fixen Idee internationaler Einstellung heilt. Mag er ...»

Parteivorstand, hör zu!

«Mag er Sozialdemokrat sein und bleiben, wenn er nur in seiner Partei als ein Fünkchen mit daran wirkt und arbeitet, daß der Völkerverbrüderungsrummel, die Klassenkampfidee, die international gerichtete, zum großen Teil sogar landfremde Führerschaft an Boden verliert.»

Dann mag er. ‹Alter Herr›, du bist viel, viel näher an der Wahrheit, als du es wissen kannst. Und du bist doch nicht etwa Pazifist? Du scheinst so weich ...

«Stelle beispielsweise einmal zur Überlegung anheim, daß noch vor wenigen Jahrhunderten die Möglichkeit für den einzelnen, unbewaffnet und ohne Schutz von Stadt zu Stadt, von Land zu Land zu ziehen, eine Unmöglichkeit war, und daß ein Prophet, der damals die persönliche Abrüstung vorausgesagt hätte, als Phantast und Narr verlacht, bei praktischer Ausübung seiner Ideale und Utopien verprügelt, ausgeraubt oder totgeschlagen worden wäre, sowie er die schützenden Mauern seiner Stadt, die Grenzpfähle seines Ländchens überschritt. Und doch reisen wir heute unbehelligt durch den größten Teil der Welt, gesichert und geschützt durch selbstverständlich gewordene Gesetze aller zivilisierten Völker. Wenn jemand also heute pazifistische Ideale vertritt, so ist er deswegen kein Schuft, Lump und ehrloser Vaterlandsverräter, sondern seine hohen Ideale allgemeiner Völkerversöhnung werden hoffentlich in ferner Zukunft auch einmal Wahrheit werden.»

Ich denke: Nanu? Nanu? denk ich ...

«Aber er ist heute sicher ein Schädling, gegen den energisch-sachlich Front gemacht werden muß und dessen Anschauungen im Keime zu ersticken, Notwendigkeit der Selbsterhaltung für unser gesundes, noch nicht degeneriertes Volk ist. Als Schwärmer und Phantasten müssen wir ihn und die praktischen Folgen seiner Ideen bekämpfen und seine Anschauungen unschädlich machen, als Person können wir ihn trotzdem hochschätzen und ehren.»

Alles in Ordnung. Früh übt sich, was ein Reichsgerichtsrat werden will.

Hält man dergleichen für möglich? Ein Blick in die Gerichtssäle, in die Kliniken, in die Ministerien – und man hält es für möglich.

Und das hat Zuzug, stärker als vor dem Kriege – das blüht und gedeiht, nie waren die Korps zahlenmäßig so stark wie heute. Und muß das nicht so sein?

Hier ist nun die klarste Formulierung dessen, was seit dem Versailler Friedensvertrag in Deutschland vor sich gegangen ist. Hier ist sie:

«Denkt ... auch etwas daran, daß jeder junge Deutsche nach Abschaffung der allgemeinen Wehrpflicht sein eigner Unteroffizier sein, daß die Folge der Verödung der Kasernenhöfe das Entstehen von Hunderttausenden neuer, kleiner und kleinster idealster Kasernenhöfe sein muß, wenn das deutsche Volk noch nicht verfault ist bis ins Mark hinein.»

Und nun will ich euch einmal etwas sagen:

Wenn man bedenkt, daß Zehntausende junger Leute so, sagen wir immerhin: denken wie das hier (und man sehe sich die Fotografie an, die dem Buch voranprangt) – wenn man bedenkt, daß das unsre Richter von 1940, unsre Lehrer von 1940, unsre Verwaltungsbeamten, Polizeiräte, Studienräte, Diplomaten von 1940 sind, dann darf man wohl diesen Haufen von verhetzten, irregeleiteten, mäßig gebildeten, versoffenen und farbentragenden jungen Deutschen als das bezeichnen, was er ist: als einen Schandfleck der Nation, dessen sie sich zu schämen hat bis ins dritte und vierte Glied.

Die Professoren sind nicht schuld. Sie sind nicht so dumm, wie sie sich größtenteils stellen – sie sind feige. Denn der wüsteste Terror schwebt über ihnen; wehe, wenn sie sich auch nur für diese Republik betätigen! Was ihnen geschehen kann? Aber die gefährliche Vorschrift, daß ihre Einkünfte von den Kolleggeldern abhängen, besteht noch heute – und wenn selbst ein freiheitlicher akademischer Lehrer Mitglied einer Prüfungskommission ist: die Studenten boykottieren sein Kolleg, sie kaufen seine Bücher nicht, gehen an eine andre Universität, und das riskiert ein verheirateter, mäßig besoldeter Mann nicht gern. Die Professoren sind nicht allein schuld.

Die Ministerien sinds schon mehr. Der preußische Kultusminister tut allerhand, mitunter sogar sehr viel. Aber in wie vielen Fällen läßt man diejenigen, die für ihre Republik eingetreten sind, glatt fallen – so daß sich also so ein armer Ausgelieferter mit Recht sagt: «Dann nicht!» und den Kampf aufgibt.

Der Formalsieg, den der Staat mit der Auflösung der Deutschen Studentenschaft errungen hat, ist noch gar nichts. Was es auszurotten gilt, ist nicht ein Verband oder dessen offizielle Rechte –: es ist eine Gesinnung und eine Geisteshaltung. Ich glaube, daß diese Studentenkämpfe das Wesen des Studierenden völlig verkennen; sie machen aus einem Lernenden einen Stand; tatsächlich ist etwa drei Viertel der Energie, mit der diese läppischen Vereinskämpfe geführt werden, vertan. Ihr sollt nicht verwalten – ihr sollt studieren.

Diese Melodie ist nicht aktuell, sie war es im Jahre 1920, und sie wird es im Jahre 1940 wieder sein – wenns so lange dauert. Es ist ein hohler Raum entstanden, in dem die Klagerufe eines Teiresias überlaut widerhallen; billig zu sagen: «Es wird halb so schlimm sein!» Es ist achtfach so schlimm.

Denn das Schauerliche an dieser Geistesformung ist doch, daß sie den Deutschen bei seinen schlechtesten Eigenschaften packt, nicht bei seinen guten; daß sie das anständige, humane Deutschland niedertrampelt; daß sie sich an das Niedrige im Menschen wendet, also immer Erfolg haben wird; daß sie mit Schmalz arbeitet und einem Zwerchfell, das sich atembeklemmend hebt, wenn das Massengefühl geweckt ist. Und daß sie kopiert wird.

Diese Studenten sind Vorbild für alle jungen Leute, die keinen sehnlicheren Wunsch haben, als an möglichst universitätsähnlichen Gebilden zu studieren und es denen da gleichzutun, mit hochgeröteten Köpfen den Korpsier zu markieren und einer im tiefsten Grunde feigen Roheit durch das Gruppenventil Luft zu schaffen. Der Abort als Vorbild der Nation.

Und der da soll im Jahre 1940 Arbeiter richten dürfen? Ein solches Biergehirn, in dem auch nicht ein Gedanke über den sauren Muff seiner Kneipe reicht, entscheidet über Leben und Tod? Über Jahre von Gefängnis und Zuchthaus? Das will Provinzen verwalten? Ein solch minderwertiges Gewächs vertritt Deutschland im Ausland? verhandelt mit fremden Staaten? wird gefragt, wenns ernst wird? hat zu bestimmen, wenns ernst wird?

Das ist der Boden, auf dem die Blüten des deutschen Richterstandes gedeihen, welche Blumenlese! Man wundert sich bei Gerichtsverhandlungen und bei der Lektüre von Urteilsbegründungen oft, woher nur diese abgestandenen Vorurteile, die unhonorige Art der Verhandlungsführung, die überholten Anschauungen einer kleinbürgerlichen Beamtenschaft stammen mögen. Hier, auf den Universitäten, ist der Boden, in dem eine Wurzel dieser Produkte steckt. Niemand reißt sie aus.

Denn diese setzen sich durch. Die herrschen. Die kommen dran. Ich kann beim besten Willen nicht sehen, wo die aufhebende Wirkung der vielgerühmten Jugendbewegung ist, die Ignorieren für Kampf hält; wo das Gegengewicht steckt, wo die andre Hälfte der Nation bleibt, jenes andre Deutschland, das es ja immerhin auch noch gibt. Wenns zum Klappen kommt, ist es nicht vorhanden. Ungleichmäßig sind bei uns Gehirn und Wille verteilt: der eine hat den Kopf, und der andre den Stiernacken. Es gibt kaum eine intelligente Energie. Sie haben nicht nur das größere Maul, die dickern Magenwände, die bessern Muskeln, die niedrigere und frechere Stirn: sie haben mehr Lebenskraft.

Kein Gegenzug hält sie in Schach. Keine deutsche Jugend steht auf und schüttelt diese ab. Keine Arbeiterschaft hat zur Zeit die Möglichkeit, die Herren dahin zu befördern, wohin Rußland sie befördert hat. Sie herrschen, und sie werden unsre Kinder und Kindeskinder quälen, daß es nur so knackt. Diesem Land ist immer nur ein Heil widerfahren, und was nicht von innen kommt, mag getrost von außen kommen. Niederlage auf Niederlage, Klammer auf Klammer – Napoleon hat mehr für die deutsche Freiheit getan als alle deutschen Saalrevolutionen zusammen. Aber manchmal tuns auch die Niederschläge nicht, kein fremder Imperialismus hilft gegen den eignen. So tief ist das Laster eingefressen, daß der begreifliche Wunsch derer, die ihre Heimat lieben und ihren Staat hassen, umsonst getan ist.

Deutschland ist im Aufstieg begriffen. Welches Deutschland? Das alte, formal gewandelte; eins, das mit Recht nach seinen bösen Handlungen und nicht nach seinen guten Büchern beurteilt wird, und das bis ins republikanische Herz hinein frisch angestrichen ist, umgewandelt und ungewandelt: die wahrste Lüge unsrer Zeit. Das Deutschland jener jungen Leute, die schon so früh ‹Alte Herren› sind, und die für ihr Land einen Fluch darstellen, einen Albdruck und die Spirochäten der deutschen Krankheit.

IST DAS DEUTSCHE BUCH ZU TEUER—?

Es gibt in Deutschland eine Todsünde: einem Kaufmann vorzuwerfen, daß er seinen Verdienst lediglich durch Preiserhöhung, nicht aber durch Produktionsverbesserung erreichen wolle; alle ‹Reichsbünde für ...› springen dem Tadler mit gewaltigem Satz ins Gesicht. In der großen Presse ist so ein Kampf kaum auszufechten —: bedrängt von Syndicis, deren Tätigkeit darin besteht, sich eine auszudenken, von wilden Drohungen geängstigt, sagt sich der Zeitungsverleger schließlich: «Das haben wir doch wohl nicht nötig —!» und noch einmal senken sich die Boykottpistolen und Prozeßrevolver der wilden Räuber in den Geschäftsabruzzen. Lasset uns, ohne Eifer und mit Studium, betrachten, ob das deutsche Buch der schönen Literatur zu teuer ist.

Was kostet ein guter deutscher Roman von fünfundzwanzig Bogen, das heißt etwa 400 Seiten —? Gebunden: acht Mark, zehn Mark, manchmal zwölf Mark. Da der Deutsche broschierte Bücher nicht gern und nur für die Eisenbahnlektüre kauft, da von einem normalen Buch der schöngeistigen Literatur nur ein verschwindend kleiner Teil broschiert gekauft wird, so ist hier der Ladenpreis des gebundenen Buches zu betrachten. Von dessen Verkauf hat der Autor nichts — er bekommt seine Tantiemen lediglich vom broschierten Exemplar. Beide Fakten: die Neigung der deutschen Bücherkäufer zum gebundenen Buch und die Nichtbeteiligung des Autors am wirklichen Preise des gebundenen, also des meist gekauften Exemplars sollen hier nicht diskutiert werden. Sie sind Tatsachen, mit denen zu rechnen ist.

Nun scheint mir die Spanne, die zwischen dem Preise des broschierten und dem des gebundenen Buches besteht, zu hoch zu sein. Es gibt viele Verlage, deren Kataloge eine solche Spanne von 50 bis 60 Prozent des Broschurpreises aufweisen: kostet also das broschierte Exemplar drei Mark, so wird das gebundene mit etwa 5 Mark berechnet. Das steht in keinem rechten Verhältnis, hier ist etwas nicht in Ordnung.

Leser fremder Sprachen kennen die französische Methode, eine ganz billige, allgemeine Ausgabe herzustellen, miserabel broschiert, auf

Löschpapier mäßig gedruckt; und für Leute, die das Buch nach der ersten Lektüre in ihre Bibliothek stellen wollen, gibt es dann noch eine bessere Ausgabe, die aber nicht ganz unsern Luxusausgaben entspricht, sondern billiger ist und auch nicht so kostbar. Ob sich das in Deutschland einbürgern würde, muß leider bezweifelt werden. Das französische Alltagsbuch kann man fortwerfen; der Deutsche nimmt sein Buch zu ernst, daher entschließt er sich auch schwerer zum Kauf.

Mir erscheint das deutsche Buch als zu teuer, weil es seinen Preis nicht wert ist. Was bedeutet das —?

Absolute Maßstäbe gibt es nicht. Erwerbe ich ein Buch, so muß ich als klarer Rechner fragen — nicht: wieviel das in Francs oder in Dollars ist, worauf es gar nicht ankommt — sondern: «Wie lange muß ich für den Erwerb dieses Buches arbeiten?» Und da stellt sich meines Erachtens heraus, daß fast keiner von uns Autoren verlangen kann, daß Bücherkäufer so lange arbeiten, um uns zu lesen, wie sie es heute tun müssen. Wir wollen einmal alle witzige literarische Ironie beiseite lassen — aber Literatur ist diesen Preis nicht wert. Das ist eine Überschätzung ihrer Bedeutung.

Der arbeitende Mensch soll anständig und luftig wohnen, sich sauber waschen, angemessen gekleidet gehen, sich so gut und reichlich nähren, daß er arbeiten kann und bei guter Gesundheit bleibt; er soll die Seinen ernähren und fördern, er soll kleine Rücklagen machen und in der Lage sein, einen Arzt zu bezahlen. Erst, wenn er das alles mit seiner Arbeit geschafft hat, wird er daran denken, Geld für Kunst auszugeben. Dieses Kunstbudget kann, wie die Dinge in Deutschland heute liegen, nicht groß sein.

Das deutsche Buch ist deshalb mit acht und mit neun Mark zu hoch bezahlt, weil die Monatsgehälter der Angestelltenschaft, die Beamtengehälter und die Arbeitslöhne in gar keinem Verhältnis dazu stehen — die Spanne ist zu groß. Ein Mann mit einem Monatsgehalt von dreihundertundfünfzig Mark gehört schon zu den qualifizierten Angestellten; er muß irgendwelche Spezialkenntnisse haben, in deren Erwerb er Kapital investiert hat. Ein solcher Mann (also etwa einer, dem eine Kasse anvertraut ist) verdient bei fünfundzwanzig Arbeitstagen im Monat und achtstündiger Arbeitszeit 1,75 M. in der Stunde. Der Steuerabzug ist dabei nicht mitgerechnet: die wenigsten Angestellten machen sich klar, daß sie zweiundeinenhalben Tag im Monat für den Staat arbeiten, was man zum Beispiel vom Bauern nicht sagen kann. Der Angestellte muß demnach, um einen deutschen Roman für zehn Mark zu erwerben, etwa sechs Stunden arbeiten: den 33. Teil seiner monatlichen Arbeitskraft. Das ist zu viel. Es ist nicht zuviel für den Autor, wenn der etwas taugt; es ist zu viel im Budget des Angestellten.

Und wie sieht das nun erst bei denen aus, die die Masse der Bücherkäufer ausmachen sollen? Es ist auch hier immer an das Durchschnittsbuch gedacht – der ‹*Zauberberg*› war eine Ausnahme, und Ausnahmen gibt es immer. Tatsächlich ist aber die Schicht der deutschen Bücherkäufer nur begrenzt aufnahmefähig; es gibt ein ganz bestimmtes, beinahe zu errechnendes Quantum von Büchern, das diese Schicht in sich aufsaugen kann – mehr nimmt sie eben nicht auf.

In der Festsetzung der Bücherpreise liegt des fernern dieser Mißstand: sie sind zu abgerundet. Von der Inflation her ist ein häßlicher Fleck im deutschen Wirtschaftsleben geblieben: der Mangel an Verständnis für zehn und zwanzig Pfennig Unterschied. Dieses Verständnis für die Wichtigkeit kleiner Summen findet man nur bei Lohnfestsetzungen und Gehaltssätzen. Ein Buch kostet drei Mark (was einsilbig auszusprechen ist und ein einziger Begriff) und zwei Mark und vier Mark. Sicherlich kann man den Kommissionären nicht das Leben mit Fünfpfennigrechnungen sauer machen; aber vierzig und fünfzig Pfennig stellen einen erarbeiteten Wert dar, den man nicht einfach außer acht lassen darf. Jeder Hinweis, daß viele Leute diese beim Buch ersparten fünfzig Pfennig für Zigaretten ausgeben, sind Mathematik und Theorie: volkswirtschaftliche Budgeteinteilungen sind sehr, sehr schwer zu ändern. Man kann aus dem Volkskörper nur herausholen, was er freiwillig hergibt. Er ist zu beeinflussen, grundlegend zu ändern ist er nicht.

Ob die Bücherkäufer ihr ‹Buchbudget› bisher voll ausgegeben haben, scheint mir zweifelhaft. Der Erfolg der Buchgemeinschaften, die plötzlich ungeahnte neue Quellen erschlossen oder doch sehr scharf abgelenkt haben, beweist es nicht. Aber es zeigt sich in der Preisbildung eine Überschätzung des Wertes der Literatur, die mir unheilvoll zu sein scheint. An wem liegt das –?

Ich glaube nicht, daß an diesem Fehler der Autor starke Schuld trägt. Der verständliche Wunsch, ein ‹schön ausgestattetes Buch› herauszubringen, wird keinen vernünftigen Autor von Erfahrung veranlassen, auf sinnlos teuern Ausgaben zu bestehen: wir wissen alle, daß dadurch der Absatz gefährdet wird, oder wir sollten es wenigstens wissen. Die Eitelkeit eines Schriftstellers, der sich einbildet, sein Werk erfordere auch äußerlich das ‹edelste Material›, stammt aus der Rilke-Zeit und sollte füglich ad acta gelegt werden. Der Erfolg ist immer der, daß das Buch stecken bleibt, daß es immer wieder dieselben fünfundzwanzigtausend Käufer sind, die hohe Preise anlegen können und wollen, und wenn gar einer politische Schriftstellerei betreibt, so ist er durch diese falsche Auffassung von dem, was Literatur als Ware ist, äußerst geschädigt. Sein Weg ist verstopft, er dringt niemals zu den Leuten, für die er schreibt: zu den gebildeten Arbeitern, den Handwerkern, den kleinen Beamten und zu den geistig interessierten Angestellten.

Ich denke nicht, daß der Autor schuld ist. Dem steht auch entgegen, daß die meisten Verlagsverträge dem Verlag das Recht einräumen, Ausstattung und Ladenpreis zu bestimmen. Der Autor sieht machtlos zu. Also wer hat schuld –? Der Verleger –?

So einfach ist das nicht. Wenn irgendwo auf der ganzen Welt zwei Literaten zusammenkommen, dann schimpfen sie auf ihren Verleger. Dieses beliebte Schimpfen habe ich nie mitgemacht. Verleger sind Kaufleute wie andre auch, und da gibt es solide und tüchtige und gaunerhafte und leichtsinnige und unfähige und ehrenhafte und ahnungslose und falsch und richtig amerikanisierte. Mit einem generellen Urteil ist der Sache nicht beizukommen. Tatsächlich aber neigt der Verleger – wie überhaupt der deutsche Kaufmann – leider dazu, sein Geld lieber mit verhältnismäßig wenigen Abschlüssen über große Objekte zu machen, als durch zahllose Abschlüsse von jeweils kleinem Ausmaß. Das zweite ist nämlich mühsamer. (Trauriges Beispiel: die deutsche Automobil-Industrie.)

Es ist sehr viel schwerer, ganz weite Kreise für ein Buch zu interessieren, und auch nur drei Viertel aller in Frage kommenden Käufer an das Buch heranzubringen als ein Buch ruhig dahinlaufen zu lassen und es so teuer abzusetzen, daß auch der Absatz von fünf Auflagen genügt, um den Verleger mit angemessenem Profit herauskommen zu lassen. Also liegts an der Propaganda –?

Ein Autor, der glaubt, daß man ein Buch lediglich durch Propaganda und durch Riesenanzeigen ‹machen› könne, versteht nichts von seinem Beruf. Man kann es nicht. Die Wirkung von Anzeigen ist eine sehr merkwürdige Sache; es ist noch niemand ganz dahintergekommen, woraufhin sich eigentlich Leute Bücher kaufen. Günstiger Kritiken wegen? Sehr fraglich. Auf mehr oder minder große Anzeigen hin? Das weiß man nicht genau; denn der Käufer sagts im allgemeinen nicht. Die Verleger und die Kenner der Sache, die ich gehört habe, behaupten allgemein, es sei die sogenannte ‹Mundreklame› – etwa das morgendliche Telefongespräch der Frau Wendriner (in Berlin wird tatsächlich so der Ruhm gemacht). Das ist wahrscheinlich richtig. Ein Buch setzt sich sehr oft allein durch – wenn es richtig gestartet wird. Das Buch, das reiten soll, muß aber zunächst auf ein Pferd gesetzt werden. Wird es das –?

Was so im allgemeinen als Verlagspropaganda herausgeht, ist nicht sehr wirksam. Die Buchreklame ist nicht differenziert genug, sie wendet sich an einen Normalmenschen, den es nicht gibt, und berücksichtigt viel zu wenig die Interessen einzelner Schichten, die es gibt. Die Redigierung eines ‹Waschzettels›, einer Annonce, eines Prospektes gehört zu den schwierigsten Dingen, und ich glaube nicht, daß der Durchschnittsverleger hierzu Kräfte beschäftigt, die er gut genug bezahlt und die demnach qualifiziert sind. Da wird viel Schematisches getan.

Hat nun der Verleger eine wirksame Hilfe bei dem Sortimenter? Der Buchhändler ist einer der wenigen Kaufleute, der das Recht für sich beansprucht, seine Ware nicht genau zu kennen: ihre Quantität wachse ihm über den Kopf, sagt er. Tatsächlich gibt es in der mittlern Provinzstadt Deutschlands allerhöchstens jeweils eine Buchhandlung, die auf dem Gebiet der schönen Literatur gut Auskunft zu geben weiß und die gebildetes Verkaufspersonal hat. Niemand kann auch nur annähernd alles lesen, was erscheint – aber jeder Fachmann kann eine Übersicht haben, die fundiert ist. Im allgemeinen weiß ein bücherkaufender Literat besser über Verlage, Autoren und Richtungen Bescheid als der Sortimentsangestellte, und das ist eine Folge ungenügender Bezahlung. Hier wird falsch kalkuliert. Es wird immer derselbe Fehler begangen: statt die Produktion zu steigern, wird sie verteuert. Höhere Löhne der Sortimentsangestellten würden vielleicht für den Anfang den Preis des Buches erhöhen, denn die Sortimenter sind, nicht ganz ohne ihre Schuld, keineswegs auf Rosen gebettet; aber es rentierte sich. Ein Kaufmann soll aus seinem Markt herausholen, was drin ist. Der Buchhandel kann sich mehr nehmen, als er bekommt. Kann man zum Beispiel in deutschen Buchhandlungen der schönsten Beschäftigung frönen, die es gibt: in Büchern wühlen? Man hat so häufig den Eindruck, zu stören ...

Ich glaube, daß Verlage und Sortimenter mehr für den Buchabsatz und damit für die Verbilligung des zu teuern deutschen Buches tun können als es der Fall ist. Ich bin neulich, als ich vom künstlich aufgeplusterten, vom ‹zu dicken› Buch gesprochen habe, von einem Sortimenter auf die Pflicht der Presse hingewiesen worden, mehr Interesse für Literatur zu wecken. Ich sagte schon, daß die geschäftliche Wirkung unsrer Kritiken nicht ganz geklärt ist. Daß die fachliche, interessante und grundsätzlich bedeutsame Buchkritik gegen die maßlos überschätzte Theaterkritik zurücktritt, ist ihre eigne Schuld – drüben arbeiten Ihering und Polgar, und auf der Buchseite geht es nur von Fall zu Fall gut. Die Presse kann vieles für das Buch tun – das Entscheidende liegt anderswo.

Es liegt beim Verlag, der seine Propaganda quantitativ ein wenig und qualitativ sehr zu steigern hätte. Und es liegt beim Sortiment, das nicht dazu da ist, Bücher ‹zu besorgen›, sondern Bücher kaufwert zu machen.

Ich will mich gern belehren lassen, wenn ich geirrt habe.

EHEKRACH

«Ja —!»
«Nein —!»
«Wer ist schuld?
Du!»
«Himmeldonnerwetter, laß mich in Ruh!»
— «*Du* hast Tante Klara vorgeschlagen!
Du läßt dir von keinem Menschen was sagen!
Du hast immer solche Rosinen!
Du willst bloß, ich soll verdienen, verdienen —
Du hörst nie. Ich red dir gut zu ...
Wer ist schuld —?
Du.»
«Nein.»
«Ja.»

— «*Wer* hat den Kindern das Rodeln verboten?
Wer schimpft den ganzen Tag nach Noten?
Wessen Hemden muß ich stopfen und plätten?
Wem passen wieder nicht die Betten?
Wen muß man vorn und hinten bedienen?
Wer dreht sich um nach allen Blondinen?
Du —!»
«Nein.»
«Ja.»
«Wem ich das erzähle ...!
Ob mir das einer glaubt —!»
— «Und überhaupt —!»
«Und überhaupt —!»
«Und überhaupt —!»

Ihr meint kein Wort von dem, was ihr sagt:
Ihr wißt nicht, was euch beide plagt.
Was ist der Nagel jeder Ehe?
Zu langes Zusammensein und zu große Nähe.

Menschen sind einsam. Suchen den andern.
Prallen zurück, wollen weiter wandern ...
Bleiben schließlich ... Diese Resignation:
Das ist die Ehe. Wird sie euch monoton?
Zankt euch nicht und versöhnt euch nicht:
Zeigt euch ein Kameradschaftsgesicht

und macht das Gesicht für den bösen Streit
lieber, wenn ihr alleine seid.

Gebt Ruhe, ihr Guten! Haltet still.
Jahre binden, auch wenn man nicht will.
Das ist schwer: ein Leben zu zwein.
Nur eins ist noch schwerer: einsam sein.

‹NEU-ERSCHEINUNG›

Der, mit Verlaub zu sagen, Mann der *‹Gefangenen›*, Edouard Bourdet, läßt in Paris, im Théâtre de la Michodière, ein neues Stück laufen: *‹Vient de paraître›* – *‹Soeben erschienen›*. Es ist jeden Abend voll, und wäre das ganze Stück so gut wie der erste Akt, dann hätte es vielleicht einen Welterfolg wie die *‹Gefangene›*.

Der erste Akt sitzt wie ein Handschuh.

Die Bühne ist durch eine Wand in zwei Räume aufgeteilt: links die Expedition eines großen Buch-Verlages, und rechts das Privatbüro des Verlegers. Da gehts munter zu. Es ist gerade der Tag, an dem der imaginäre ‹Zola-Preis› verteilt werden soll, und alles ist in heller Aufregung: der Expedient, der die Exemplare des neuen Romans von Maréchal postfertig macht, eine Anzahl trägt schon, in sicherer Gewißheit des Sieges, die Bauchbinde: «Gekrönt mit dem Zola-Preis!», und die Postpakete fliegen nur so in die Waschkörbe; der junge Mann am Telefon telefoniert, daß sich der Hörer biegt, und der Verleger regiert napoleonhaft die literarische Welt. Da naht, leise und bescheiden und freundlich und ein bißchen doof: Victor Boucher, einer der bezauberndsten Schauspieler von Paris; ‹bon garçon›, umstrahlt von einer stets anhaltenden Atmosphäre der Nettigkeit. Er möchte den alten Freund seiner Dienstzeit, eben den Verleger Moscat, sprechen ... er hätte da auch ein kleines Manuskript ... So etwas von abgewimmelt war noch gar nicht da; jedesmal, wenn er kommt, fliegt er in hohem Bogen wieder hinaus, denn wir haben heute keine, gar keine, aber wirklich auch gar keine Zeit ... Denn drin, im Büro, braut sich Fürchterliches zusammen. Maréchal, der gefeierte, auflagenreiche, in einer halben Stunde mit dem Zola-Preis ausgezeichnet werden sollende Maréchal, hat, wie ein eifersüchtiger Literat atemlos berichtet, einen Generalvertrag mit dem Konkurrenz-Verleger gemacht ... Fünfundzwanzigtausend Francs Vorschuß. (Ach, ist das ein schönes Stück!) Der Literat hat die kleine Schreibmaschinistin, die den Vertrag aufgenommen hat, gleich mitgebracht; die Vertrags-Abschrift auch. Reizende Szene: die Kleine heult, ergriffen von ihrer eigenen Falschheit, Tapferkeit, Angst ... und bekommt etwas aus der verlegerlichen

Brieftasche. Und nun telefoniert Moscat sofort an das Restaurant, wo – wie bei dem richtigen ‹Prix Goncourt› – die Literaten tagen, und weil er da seine Vertrauensleute hat, so legt er den Preis um ... Man gehorcht ihm. Nun ist Maréchal da und soll – heute, warum gerade heute? – einen Generalvertrag mit dem Verleger unterzeichnen und kann es doch nicht und windet sich wie ein Aal und beißt sich in den Daumen, wie er sieht, daß er hier vierzigtausend Francs Vorschuß bekommen soll ... Und kann doch nicht unterschreiben! Da kommen die ersten Abstimmungsresultate.

Maréchal fiebert, siegesgewiß; Moscat hört am Telefon ab. Maréchal erbleicht – denn von Mal zu Mal wird seine Stimmenzahl geringer, er bekommt den Preis am Ende gar nicht? er bekommt ihn nicht? Er bekommt ihn nicht. Und platzt. Und sieht sich vom Verleger durchschaut. Und stürmt ab.

Den Preis hat ein gänzlich Unbekannter bekommen. Her mit dem Mann! Sofort! Ist nicht zu Hause. So wird wenigstens seine Frau vor den verlagshungrigen Verleger geschleppt. Und wer ist es? Es ist der Freund vom Regiment, der da draußen herumzappelt und nicht hereingelassen wird, weil wir heute so viel zu tun haben – das ist eine Schwanksituation, mit meisterlicher Geschicklichkeit herausgearbeitet, und wie nun der ‹gefeierte Meister› hineingelassen und begratuliert wird und fotografiert wird – und wie er schließlich nicht mit Frau und Verleger, sondern, das sehe ich gar nicht ein, allein auf die Fotografie kommen will ... das gibt einen Aktschluß, der eitel Freude im ganzen Theater verbreitet.

Die Leute amüsierten sich noch die ganze erste Pause lang wie die Itsche. (Bei dieser Gelegenheit: was mag wohl ein Itsch sein –?) An den Verlagswänden hatten die bekannten Fotos von Jean Giraudoux und Paul Morand und anderen Literaten gehangen, und der Verleger hatte wirklich gut gespielt (Jacques Baumer) – und die Regie war so anständig naturalistisch, so sauber und glatt, wie man das hier in Paris eigentlich nicht gewohnt ist. Boucher hatte die Regie – an keiner Stelle spielte er sich in den Vordergrund; da stand er aber, weil er am stärksten war.

Merkwürdig: die Franzosen fangen häufig ein Stück exzentrisch an, aber es endet dann fast immer im geschriebenen Geplätscher sanfter Konvention. (Bei den Deutschen ist das manchmal umgekehrt.) Auch diese Komödie läuft traditionell aus: an Stelle lebendiger Typen starre Figurinen. Es wird – zum wievielten Male! – eine possenartige Sache zwischen einem Ehepaar und dem zweiten Mann zum Skat: die Frau steht zwischen dem neu gekrönten Schriftsteller, der nun dichten muß, anstatt weiter in seinem Ministerium sanft dahinzuvegetieren – und dem Herrn Maréchal, der die Frau des Kollegen anbetet, eigentlich nicht anbetet, auf Geheiß des Verlegers doch anbeten soll, damit dem

Herrn Schriftsteller wieder etwas einfällt ... Que voulez-vous que cela me fasse –? Das Stück hält sich auf der Tiefe des zweiten Aktes und wird bis zum Ende des vierten nicht besser. Den beiden Schauspielern, Baumer und Boucher, zuzusehen, ist ein Genuß: Baumer resch, frech, einfallsreich und überlegen – Boucher zum Streicheln. Er hat in seiner Struktur etwas Proletarisches, etwas durchaus zum Volk Gehöriges – er kann unendlich mehr, als man sonst gemeinhin hier auf den Bühnen zu sehen bekommt; wenn seine Frau von ihm gehen will, was dem Publikum nur zu wünschen ist, dann werden seine Augen richtig umflort, er hat Angst vor dem Schicksal, einmal pocht – o französisches Wunder! – wirklich ein Herz auf der Szene: da, wo er mit den Händen die gleitende Minute halten will, geh nicht! bleib! – aber der Wagen rollt ... Das ist sehr schön; wenn für diesen Augenblick nun auch noch ein Stück da wäre ... Es ist aber keines da. Diskret parfümierter Staub.

Wird diese Komödie für Deutschland übersetzt, so kann man sie als französische Importware spielen, die Kenntnis der sehr merkwürdigen Literatursitten Frankreichs voraussetzend. In Paris wird keiner so leicht etwas ohne Protektion, niemals ohne Beziehungen, und wenn er hundert Jahre alt wird, während sich Berlin auf die Dauer nichts vormachen läßt und sich dort ein Talent fast immer durchsetzt – Berlin ist ein guter Boden für die Kunst. Paris ist ein guter Boden für das Kunstgeschäft. Übersetzt man ‹*Soeben erschienen!*›, so muß man entweder alles so lassen, wie es ist – damit befremdet man wahrscheinlich das deutsche Publikum, weil wir dergleichen in dieser Form nicht kennen.

Oder man muß das Stück umarbeiten, ohne dabei hoffentlich die guten Witze zu entfernen. «Kriegserinnerungen?» sagte der Verleger einmal. «Lieber Freund, wer will denn das heute noch wissen! Lassen Sie die doch bis zum nächsten Kriege liegen! Sehen Sie mal – da kommen Sie dann gleich mit heraus, und dann sind Sie allen andern über –!» Das ist ein guter Geschäftsmann. Wenn man umarbeitet, wird man vielleicht andere Sätze einfügen, wie sie eben in Paris nicht gesprochen werden. (Fett: «Schreiben Se sozial – das wird heute verlangt!»)

Bourdet ist kein wilder Kritiker der Literaturpreise, sondern ihr Kandidat; er läßt an dem pariser Literaturbetrieb, den ich für schauerlich halte: mit seinen bezahlten und beeinflußten Kritiken, seinem klaren Zusammenhang zwischen Geschäft und Besprechung, seinen ‹combines› und seinem Dreh – er läßt an diesem Betrieb viele gute Haare, und es ist eigentlich nur folgerichtig, wenn der Reklamescheinwerfer im Zwischenakt die Preisverteiler der Académie Goncourt in traulicher Gruppe zeigt. Kein Mensch lacht. Du lieber Gott, das machen wir hier so!

Und was sich da in den drei Rede-Akten begibt; wie die Literaten aus einem lächerlich kleinen Liebeserlebnis Stoff saugen, um Kunst-Honig zu produzieren, jeder einzelne ein Charlotterich Stieglitz –;

das läßt uns ziemlich kalt. So sieht Kunst nicht aus, und so sieht anständige Literatur nicht aus.

Aber in der Bourdetschen Komödie ‹*Vient de paraître*› schlummert ein ungeheurer deutscher Erfolg, ein Stück, das es nicht gibt, und das einer nur zu schreiben hätte, um viele Teiche aufzuwühlen. Gäbe es dieses nicht geschriebene Stück im Französischen, so hieße es ‹Vernissage› – bei uns müßte es ‹Kunsthandel› heißen oder ‹Hausse in Utrillos›. Und es dürfte kein Schlüsselstück sein; nicht etwa eine verschämte Karikatur der Herren M. oder C. oder A. – sondern deren Betrieb müßte darin sein und ihr trüber Handel. Die Snobs sollten abkonterfeit sein, die sich – statt der IG-Farben – hoch notierte Bilder an die Wände hängen (ein berliner Bankier hat einmal von einem andern gesagt: «Er hat die Majorität in Cézannes!») – der Kunst-Rummel müßte gezeigt werden und der Auktionsgrößenwahn und die Überschätzung der Kommissionäre und, ganz im Hintergrund, richtig, die gibts ja auch noch! die armen Luder, die die Leinwand vollpinseln: die Maler. Die dann reiche Luder werden, und dann ist es gewöhnlich aus. Das wäre kein dummes Stück, und wenn mir der Herr Autor einen Platz zur Premiere schickt, dann bin ich ganz zufrieden. Und vielleicht zehn Prozent seiner Einnahmen.

Bourdet aber hat aus der Schule geplaudert, die Schüler haben sich köstlich amüsiert, die Herren Lehrer waren auch da und nickten freundlich mit den Köpfen, und morgen sitzen sie alle wieder in ihren Klassenzimmern bei Kra und Flammarion und Calmann und Plon und Grasset und schuften für die nächste Neuerscheinung.

AUF DEM NACHTTISCH

Das Bett als Refugium vor dem Leben. Goethe und Mark Twain sind manchmal überhaupt nicht aufgestanden, bei Regenwetter oder wenn ihnen das Leben nicht gepaßt hat oder aus sonst einem schönen Grunde. «Von der Straße herauf», steht in einem Roman, von dem wir gleich hören werden, «vernahm sie ab und zu das Gerumpel eines Lastwagens. In der Küche unter ihrem Zimmer hatte sich ein klappernder Lärm erhoben. Von allen Seiten her kam das wachsende Getöse des erwachenden Verkehrs. Sie fühlte sich hungrig und einsam. Das Bett war ein Floß, auf dem sie als einsame Schiffbrüchige saß, ewig einsam, treibend auf einem grollenden Ozean. Ein Schauer lief über ihr Rückgrat. Sie zog die Knie dichter ans Kinn herauf.»

Wäre ich nun der Reklamechef des Verlages Georg Müller, so sagte ich: «Hätte die Dame unsere Kriminalromane Frank Hellers gekannt, so wäre sie niemals schlechter Laune. Gegen solche Angstzustände gibt es – abgesehen davon – nur unsre Original-Heller-Kriminalromane! Regenfeste Ironie! Dauerhafte Spannung! Herr Collin in allen Lebenslagen!» So spräche ich, und ich hätte nicht einmal so unrecht.

Was ich über diesen Herrn Collin schon gelacht habe, das geht auf gar keine Kuhhaut, geschweige denn auf eine Weltbühnenseite. Man lese, was auf Seite 17 von *‹Herr Collin ist ruiniert›* steht, und wer dabei stockernst bleibt, dem will ich etwas schenken: eine Nagelfeile oder einen Toilettepapierhalter mit Musik oder, was dasselbe ist, einen Band von Karin Michaelis. Meist amüsiert man sich vom Blatt – freilich gibt es schwache Bände, aber auch viele gute: *‹Lavertisse macht den Haupttreffer›* und *‹Karl-Bertils Sommer›*, die Ihnen sicher bekannten *‹Finanzen des Großherzogs›* (bester Offenbach!) und *‹Herrn Filip Collins Abenteuer›*. Und ehe ich einen erschwitzten historischen Roman lese (Die römische Hochzeit Seiner Impotenz des Achtzehnten), lese ich lieber Hellern. Man vergißt so schön das Leid der Welt – es ist wie Whisky.

Immer kann man aber nicht Whisky trinken – man sollte es wenigstens nicht tun. Es gibt auch andre Getränke.

Da ist *‹Manhattan Transfer›* von John Dos Passos (bei S. Fischer in Berlin). Dieser halbe Amerikaner, dessen *‹Drei Soldaten›* (im Malik-Verlag) gar nicht genug zu empfehlen sind, hat da etwas Gutes gemacht. Ich denke, daß die Mode der amerikanischen Romane, die uns die Verleger und die Snobs durch Übermaß sacht zu verekeln beginnen, nachgelassen hat – und das ist auch gut so. Nicht etwa, weil nervöse und wenig erfolgreiche Reaktionäre der Literatur, zum Beispiel in den *‹Münchner Neuesten Nachrichten›*, gegen die Übersetzungen aus dem Fremdländischen poltern –, sondern weil es zwischen der Hysterie der Anbetung und der Neurasthenie der Verdammung ein vernünftiges Mittelmaß gibt. Man soll fremde Länder kennen lernen – man soll sie nicht sofort segnen und nicht gleich verfluchen. *‹Manhattan Transfer›* ist ein gutes Buch – die Amerikaner haben sich da einen neuen Naturalismus zurechtgemacht, der zu jung ist, um an den alten französischen heranzureichen, aber doch fesselnd genug. Es sind Fotografien, nein, eigentlich gute kleine Radierungen, die uns da gezeigt werden; ob sie echt sind, kann ich nicht beurteilen, die Leute, die lange genug drüben gelebt haben, sagen Ja. Es ist die Lyrik der Großstadt darin, eine durchaus männliche Lyrik. Der Einsame auf der Bank: «Fein hast du dein Leben versaut, Josef Harley. Fünfundvierzig und keine Freude und keinen Cent, um dir gütlich zu tun.» Das hat einmal so geheißen: «Qu'as tu fait de ta jeunesse?», und das ist von Verlaine und ist schon lange her, aber doch neu wie am ersten Tag. Das Mädchen da liegt auf ihrem Zimmer in der großen Stadt, schwimmt in der Zeit und ist so allein. Sehr schön, wie ein Mann auf der Bettkante sitzt, und da ist eine Frau, seine Frau, und ein Kind, sein Kind – und plötzlich sieht er, daß er «hagere rötliche Füße hat, von Treppen und Trottoirs verkrümmt. Auf beiden kleinen Zehen saß ein Hühnerauge.» Und da hat er Mitleid mit sich und weint.

Das Buch ist auch formal gut – Dos Passos ist nicht nur ein Dichter, sondern auch ein begabter Schriftsteller. Sehr hübsch ist diese Denkfigur, der man öfter bei ihm begegnet: «Auf dem Treppenabsatz befand sich ein Spiegel. Kapitän James Merivale blieb stehen, um Kapitän James Merivale zu betrachten.» Und diese, die gradezu programmatisch ist und viel tiefer als sie, leichtgefügt, wie sie ist, zu sein scheint: «Nichts hat so viel Erfolg wie der Erfolg.» Eine ähnliche Drehtür des Stils steht bei Sinclair Lewis, im ‹*Elmer Gantry*›, einem Buch von dem hier noch ausführlich die Rede sein soll . . . Ein einziger Klub, heißt es da, wird Herrn Gantry, den Prediger, vielleicht aufnehmen. «Des Ansehens wegen. Um zu beweisen, daß sie unmöglich den Gin in ihren Schränken haben können, den sie in ihren Schränken haben.»

Die Übersetzung von ‹*Manhattan Transfer*› durch Paul Baudisch ist sauber und anständig. Kleine Anmerkung: Man sagt im Deutschen kaum: «Das macht mich zipflig» –, sondern wohl immer: «Das macht mich kribblig». Und was ist dies hier? «Dü Mauretania läuft öben eun; vürundzwanzig Stunden Verspötung» – Spricht eine alte gezierte Dame so? ein Oberhofprediger? Nein, das ist die Übersetzung irgendeines ‹slang›, und die Männer, die sich mit Übertragungen aus dem Englischen befassen, sollten sich das abmachen.

Weil wir grade bei Amerika sind: da ist eine Kümmerlichkeit über Ford erschienen. (S. Marquis ‹*Henry Ford*› bei Carl Reißner in Dresden. Das Buch ist übrigens zu teuer.) Vorn bewährt ein Mann, der offenbar Geistlicher ist, Männerstolz vor Dollarthronen, indem er zeigt, wie unfordisch der Automobilmann seine Angestellten behandelt; wie sie nicht auf anständige Art gekündigt, sondern verärgert und herausgedrängt werden, große Unternehmen haben ja zur Entlastung des Chefs gewöhnlich zwei bis drei Herren für den Meineid . . . und man bekommt überhaupt einen etwas gemischten Eindruck von dieser Seelenmühle der Humanität. Hinten steht von einem andern Autor das Gegenteil: welch ein großer, welch ein gütiger, gediegner, hilfsbereiter, sozial empfindender Mann dieser Ford sei. «Seinen gesamten Kriegsgewinn – 29 000 000 Dollar – hat Ford bedingungslos, ohne Einschränkungen und Rückhalt, an die Regierung abgeliefert. So handelte ein Pazifist.» Genau so.

Klapp. Ein Buch ist vom Bett gefallen, liegen lassen ist aus Prestigegründen unmöglich – die andern Bücher machten sich die Schwäche sofort zunutze und fielen alle gleichfalls. Was ist das –?

Es ist das ‹*Jahrbuch des Verlages Paul Zsolnay*› – eine sehr lesenswerte Sache. Dieser Verlag, der noch ganz jung ist, hat sich in wenigen Jahren zu einer beachtlichen Höhe aufgeschwungen, und grade, weil ich einen Teil seiner Autoren für umstritten halte und andre für einen gediegenen Zeitvertreib der gebildeten Mittelklasse, so ziemlich das unausstehlichste, das es in Deutschland gibt, blättere ich gern in seinen Büchern. Er hat Galsworthy, den ich nicht lese, und den großen Heinrich Mann; er hat Molnár und Max Brod, den ich immer lese, und er hat H. G. Wells. Das ist ein Kerl! Der einzige, dessen Optimismus über den Lauf der Welt nicht fade schmeckt; ein goethescher ‹Dilettant› im edelsten Sinne; ein gebildeter Unfachmann – ein Dichter und ein Mann des Fortschritts und tausendmal wertvoller als der ganze Shaw.

Sehr reizvoll ist in diesem Jahrbuch ein Kapitel Franz Werfels *‹Der Snobismus eine geistige Weltmacht›*. Das Negative daran ist zum Teil brillant; das Positive . . . es fällt mir schwer, das zu sagen: aber es ist etwas von Rentenphilosophie darin, von Geborgenheit, von etwas, das er «verwurzelt» nennt und das doch nur die Sicherheit ist, die ein Scheckheft gibt. Ich mag solche geborgenen Menschen nicht. (Was nichts mit Werfels großen dichterischen Qualitäten zu tun hat.)

Merkt man noch an, daß die Bücherpreise Zsolnays erfreulich vernünftig, weil so niedrig wie möglich kalkuliert sind, so kann man dem Verlag nur Glück auf den Weg wünschen.

Also Molnár ist auch bei Zsolnay erschienen – aber ein entzückendes kleines Buch Franz Molnárs hat er nicht; das hat E. P. Tal in Leipzig: *‹Die Jungen der Paulstraße›*. Das ist ein Bijou. Das Bijou ist infam ausgestattet: es hat einen niederträchtig schlechten Einband und ebensolche Zeichnungen; das wollen wir aber gar nicht. Entweder ihr laßt solche Jungens-Szenen von einem großen Künstler zeichnen – sagen wir einmal: von der Frau Sintenis – oder ihr zeichnet naturalistisch durch, wie es die Engländer oft tun: ich bin so altmodisch, zu verlangen, daß wir, wenn schon keine künstlerischen Visionen da sind, wenigstens deutlich erkennen können, wer wer ist. Diese Figuren da sehen aus wie Zeichnungen, die Jungen an die Mauern kritzeln – aber sie sind nicht halb so lustig. Das Buch hätte eine bessere Ausstattung verdient.

Ein Kapitel kannte ich schon: ich hatte es im *‹Welthumor›* gelesen, eine der wenigen erträglichen Anthologien; Roda Roda und Theodor Etzel haben sie bei Albert Langen in München herausgegeben, sechs sehr zu empfehlende Bände, an denen es viel zu lernen und zu lachen gibt. Darin steht die Sache vom *‹Kitt-Verein›*. Die Jungen der Paulstraße hatten nämlich, was streng verboten war, einen Kitt-Verein gegründet, Zweck: unbekannt, Tendenz: unbekannt, Sinn: unbekannt, und doch so bekannt. Zweck, Tendenz, Sinn: einen Verein zu gründen. Er heißt ‹Kitt-Verein›, weil der Präsident die Pflicht hat, den Vereinskitt (‹Gitt› geheißen, ja nicht: Kitt) zu kauen – und nun läuft das arme Kind den ganzen Tag mit diesem schmutzigen Kloß im Munde herum und kaut. Es ist ganz und gar herrlich. Im übrigen führen die Herren Knaben Krieg; sie führen Krieg mit den ‹Rothemden›, Jungen von einem andern Spielplatz, und die wollen ihnen den ‹Grund› rauben, einen leer stehenden Bauplatz ... Krieg! Krieg!

Besser ist das Wesen einer Gruppe, also eines Vaterlandes, noch selten gezeigt worden wie hier. Die Untergebenen des Oberführers salutieren in der Klasse. «Die andern Jungen, die nicht zu der Paulstraßengruppe gehörten, beneideten diese ungeheuer, als sie Boka salutierten, zum Zeichen, daß sie die Anordnung des Präsidenten zur Kenntnis genommen hatten —» Sollten wir das nicht schon mal erlebt haben —? Dann pappt der Präsident eine Proklamation an die Mauer, und die Heerestruppen gehen um sie herum und lesen sie.

AUFRUF! JETZT MUSS JEDERMANN AUF SEINEM POSTEN STEHN!
UNSERM REICHE DROHT EINE GROSSE GEFAHR!

«Einige können sie schon auswendig und trugen sie von der Höhe eines Holzstoßes in kriegerischem Ton den Umstehenden vor, die den ganzen Wortlaut gleichfalls auswendig wußten, aber doch mit offenem Munde zuhörten und, wenn sie zu Ende gehört hatten, zur Planke liefen, den Aufruf von neuem lasen, und dann selbst auf einen Holzstoß kletterten, um ihn von der Höhe herab zu deklamieren.» Wer wagt es zu streiken, wenn Hindenburg befiehlt? Und dann ihre Freude am Apparat! Da ist einer, der kann so schön auf zwei Fingern pfeifen. Und einmal unternimmt er eine sehr kriegerische Handlung, nur in der Hoffnung, dabei einmal herzhaft pfeifen zu können ... Und zwei haben sich gezankt, aber weil jetzt Krieg ist, müssen sie sich, laut Geheiß des Präsidenten, versöhnen. Sofort! Ohne Umstände. Das tun sie auch. Aber sie haben eine Bitte. Nun? «Daß ich, wenn uns die Rothemden nicht angreifen sollten, daß ich ... und Kolnay dann wieder Feinde sein könnten ...» Die Krise, steht manchmal in den deutschen Zeitungen, wird bis nach dem Weihnachtsfest vertagt.

Zum Schluß ist das Buch etwas weinerlich, eine grade noch erträgliche Leierkastensentimentalität steigt auf, unterbrochen von einem wirklich schönen Satz des schwerkranken kleinen Jungen, der sich für sein ‹Vaterland› die Erkältung und damit den Tod geholt hat. Du stirbst nicht, sagt ihm sein Freund. «Du sagst, es ist nicht wahr?» — «Ja.» — «Lüge ich vielleicht?» Man beruhigt ihn. Aber er läßt sich nicht beruhigen. «Also, ich gebe mein Wort darauf, daß ich sterbe!»

Ich glaube, daß Frauen mit dieser Erzählung sehr viel anfangen können — eine Mutter wird das Buch noch besser verstehen als ein Mann. Übrigens ist es ein Vorkriegsbuch — seltsam, daß die meisten Dinge erst dann literarische Gestalt annehmen, wenn sie schon lange vorbei sind; ferne Planeten zeigen sich Lichtjahre nach ihrer Entstehung an. Das Buch gilt ganz und gar für meine Generation — die Jungen spielen heute anders, fühlen anders, sprechen anders; nicht, als ob sich die Menschen änderten, aber die Ausdrucksformen ihrer seelischen Regungen ändern sich. Heute ist vieles wohl mehr ins Sportliche, ins Technische transponiert – wir wissen das noch nicht. Denn, was sich da als ‹heutige Generation› aufkakelt, ist gar keine. Da ist das Loch, das der Krieg gerissen hat: eine Generation fehlt. Ein Repräsentant wie etwa Erich Ebermayer ist überhaupt nichts – nur unbegabt und unjung, und leicht verschmockt sind sie fast alle. Man braucht nicht gleich auf das Niveau Klaus Manns herunterzusteigen, der von Beruf jung ist und von dem gewiß in einer ernsthaften Buchkritik nicht die Rede sein soll – aber wie alt sind sie! wie fertig! Wenn es noch Chaos wäre! Aber es sind fix und fertige Feuilletonredakteure mittlerer Provinzblätter, und keine guten.

Die Guten lassen leider fast überall eine Sitte durchgehen, die eine saubere Buchkritik auf das schärfste kompromittiert. Es ist da ein Lobgehudel ausgebrochen, das jede Empfehlung wertlos macht: es gibt keinen Verlag mehr, der nicht für jedes seiner Bücher ein Zeugnis vorweisen kann, wie es Dante, Balzac, Strindberg, Tolstoi und Dostojewski zusammen nicht bekommen haben. Das ist leicht erklärlich: es gehört nämlich gar nichts dazu, leere Ballons aufzupusten – und nichts wiegt leichter als diese kleinen Lobeshaufen, die man an jeder Straßenecke zusammenfegen kann. Da schreibt jeder über jedes, da wissen alle alles –. Aber es ist doch eine Lüge und ein Schwindel, wenn jede neue Verlagsentdeckung («In Amerika 80 000 000 000 000 Exemplare verkauft») vier, zehn, hundertundzehn Literaten findet, die nur darauf gewartet haben, dergleichen hochzuloben. Diese Snobs, die einen neuen Modeschriftsteller wie eine Krawatte tragen, sollte man nach Hause jagen – bald wird das Publikum auf kein Lob mehr hören und nichts mehr glauben, wenn man es so anlügt.

Meist lohnt es nicht, zu ‹verreißen›, wozu ein nur billiger Mut gehört – aber manchmal lohnt es, grundsätzlich etwas über ein Buch auszusagen, weil man dabei etwas lernen kann.

Da habe ich also gelesen, wie wunderbar schön die *‹Mikrobenjäger›* von Paul de Kruif seien. (Im Verlag Orell Füßli, Zürich und Leipzig.)

Das Thema ist eines der schönsten, das es gibt: der echte Sieg von Menschen über die Materie, und noch dazu über die lebende. Nichts ist so groß wie ein biochemisches Rätsel. Dazu kommt, daß diese Wissenschaft sehr, sehr jung ist, kaum ein Menschenleben alt – wieviel Heroismus, Geduld, Zähigkeit, Fleiß und Intuition haben dazu gehört, damit entdeckt werden konnte, woran lebende Organismen zugrunde gehen. Von der Therapeutik zu schweigen: diagnostisch ist ein Fortschritt da, daran ist kein Zweifel. Paul de Kruif ist ein junger amerikanischer Arzt, und was hat er nun mit seinem Thema gemacht –?

Er hat es verniedlicht. Er nennt die Mikroben «die Teufelchen», und er hat es fertig bekommen, aus den Willensmenschen Koch und Pasteur und Ehrlich Helden in baumwollgestrickten Rüstungen zu machen. «Ei, da gabs doch in der Nähe jene großartigen Farbenfabriken», wird anläßlich der Forschungen über die Syphilis gesagt, «aus denen die Großmeister der industriellen Chemie Tag für Tag ganze Buketts von entzückenden Farben in die Welt sandten.» Very nice, is'nt it? Daß er einmal im Zusammenhang mit den Mikroben das Wörtlein «Husch!» verwendet, nur nebenbei – ich dachte im ersten Augenblick, Hans Reimann hätte die Ausgabe ein bißchen bearbeitet.

Sagte ich ‹Forschungen über Syphilis›? de Kruif sagt das nicht gern. «Die gewisse ekelhafte Krankheit mit dem verpönten Namen» ... Und einmal: «Eine dicke Lage von einem Stoff, den wir lieber nicht nennen wollen» und: «... bessere und immer bessere Linsen herzustellen, wie er dann aber alles damit untersuchte, auch die heimlichsten und ekelhaftesten Dinge.» Was sind in der Medizin ‹heimliche Dinge›? Sperma? Exkremente? Es ist einfach eine Unanständigkeit, für ein Buch, das sich mit Fragen der Wissenschaft befaßt, die Sittlichkeitsanschauungen einer mittleren Amerikanerin zur Norm zu machen.

Unterbrochen wird dieser Unfug durch die Schilderung von Ärzten, die scheinbar raunzt, in Wirklichkeit aber diese Romanhelden goldisch findet. Pasteur klettert in seine kleine Dachkammer herauf, die er sich in der École Normale Supérieure eingerichtet hat – «Am nächsten Morgen flog er zu seinem gebrechlichen Inkubator, er wußte gar nicht, wie er hinaufgekommen war, natürlich ohne Frühstück!» Denk mal, Anne: ohne Frühstück! Und die Versuchstiere sprechen so niedlich: eine Schildkröte, an der experimentiert wird, «steckte ab und zu den Kopf aus dem Panzer und schien aus einem Auge zu zwinkern: ‹Fein schmecken sie, die Bazillen, bitte um mehr!›» So, genau so steht die reisende Frau Roseberry vor dem Capitol in Rom. Man weiß manchmal nicht, ob sich der Mensch, der das geschrieben hat, nur so lacknaiv stellt oder es wirklich ist. Von Frau Pasteur: «... nachdem sie die Kinder zu Bett gebracht hatte, deren Vater er in der Zerstreutheit geworden war ...» Als Witz wäre das sehr gut – aber ich fürchte, es ist ein unabsichtlicher. Mitunter jedoch ist dieser Entdecker der Sacharin-Mikroben, der seine Forscher Monologe im Geiste einer Sonntagsschule halten läßt, durchaus nicht naiv, sondern bösartig.

Die Art, in der der Franzose Pasteur und der Deutsche Koch gegeneinander ausgespielt werden, ist höchst unfair – doppelt unfair für einen, der solange in Frankreich am Institut Pasteur gearbeitet hat. Immer wieder wird die alberne Nationalitätenfrage in dieses Gebiet getragen – und mitunter steckt der echte, schlechte Amerikaner hundertprozentig seinen Kopf hervor. Von Ehrlich und seinem Assistenten Shiga: «Diese Bestien (die Mikroben) machen sich gar nichts daraus, wenn ein Jude und ein Japaner ihre Beharrlichkeit vereinigen, um sie mit leuchtenden Farben zu vergiften.» Es wimmelt von solchen Stellen, deren Geschmacklosigkeit so groß ist, daß man nicht weiß, ob sie auf Frechheit oder Dummheit oder auf stilistischem Unvermögen beruhen. Wenn einer von einem Professor schreibt, er gehe «in seiner saloppen Poetenhaltung» herum, dann ist er eben ein Kaffer. Peinlich, wenn sich so etwas an große Männer mit der Gehirnleere eines Fußballspielers anbiedert: «Er konnte aber auch, so beweglich war das Japchen, ein Dutzend Experimente zugleich durchführen.» Kurz: so sieht das aus, was der Übersetzer, der seine Sache recht gut gemacht hat, im Vorwort «vornehme Popularität» nennt.

Dabei hat das Buch echte und seltene Helden zum Thema: denn dies sind Helden, die sich die Lues und das gelbe Fieber zu Versuchszwecken injizieren ließen. Die Witwe eines Mannes, der dabei draufging, bekam vom amerikanischen Kongreß fünfzehnhundert Dollar jährlich, was drüben nicht viel ist und einer, der beinah draufgegangen wäre, erhielt eine goldene Uhr und 115 Dollar, und vom lieben Gott wurde ihm eine kleine Paralyse dazu verliehen. Das sind wahre Helden – nicht die Herren Hindenburg und die andern.

Das Buch ist selbst eine Mikrobe: die der amerikanischen Weltkrankheit. Dieser verniedlichte Tod, diese Karikaturen, die so aussehen, wie sich eine höhere Mädchenschulvorsteherin einen heldenhaften Arzt vorstellt: diese fatale Anmeierei an ein halbgebildetes Publikum, das solche Bücher gern liest, weil das «Thema ihm so hübsch nahegebracht», also heruntergebracht wird, so daß man nachher schön darüber mitreden kann: es ist das eine Verbreitung der ‹Bildung›, die mir auf das höchste zuwider ist. Und nicht das ist das Tadelnswerte, daß es hüben und drüben Lessinghochschulen gibt, sondern daß sich die Leute, die sie besuchen, wer weiß was darauf einbilden und sich nie gebildete Laien nennen, sondern als ‹ernste Kenner› durch die Welt spazieren.

Ohne uns. Wenn das drüben die Art ist, ein schwieriges und wichtiges Thema an die Massen zu bringen, so soll uns das nicht kümmern. Aber es ist doch wohl nicht nötig, in Europa noch einmal auf den infantilen Standpunkt eines jungen Landes zurückzugehen und wieder von vorn anzufangen. Immerhin hat es ja hier einmal so etwas wie einen Humanismus gegeben. Nicht einmal – auf 346 Seiten nicht ein Mal ein Aufblick zu den Sternen: kein Gefühl für das Geheimnisvolle in der Natur – gestrickter Pietismus und kein Gran von Frömmigkeit. Amerika hat wertvolle Leute. De Kruif ist ein guter Freund von Sinclair Lewis und ein geistiger Nährvater des *‹Dr. Arrowsmith›*? Es tut mir sehr leid: sie sollen ihn drüben behalten.

Jetzt haben wir uns aber richtig in Schlaf geärgert, das Licht erlischt, und die Gedanken kreisen um die Mikroben eines prohibitionistischen Kamillentees, gegen den es offenbar kein Toxin gibt. Doch: es gibt eines. Die lernbegierige Offenheit eines älteren Kontinents und das Selbstgefühl, auch den Wolkenkratzern gegenüber Europäer zu sein.

BERT BRECHTS HAUSPOSTILLE

Eine gute Eigenschaft Berlins: man kann die Stadt nicht jahrelang bluffen. Eine bessere Eigenschaft Berlins: ‹Beziehungen› in der Literatur nützen weniger als man glaubt; Besuche bei Kritikern wären lächerlich (sind in Paris gang und gäbe) –, in Berlin setzt sich die starke Kraft sehr oft allein durch. Eine schlechte Eigenschaft Berlins: seine grenzenlose Undankbarkeit. Es kann einer fünfundzwanzig Jahre hindurch die beste künstlerische Arbeit geleistet haben; wenn er im sechsundzwanzigsten aus irgend einem Grunde nachläßt oder seiner Zeit nicht mehr zu folgen vermag oder krank wird –: dann ist er vergessen und begraben und wird höhnisch abgetan. «Gott! (mit drei t) – der Mann ist doch passé!» Berliner Anilinruhm ist nicht ungefährlich.

Bert Brecht wird das eines Tages merken. Um wie viel er heute überschätzt wird, um so viel wird er eines Tages unterschätzt werden, und beides sehr zu unrecht. Dieser Mann ist auf dem Theater ein sehr beachtliches Talent, und in der Lyrik mehr als das. Da ist vor einiger Zeit seine *‹Hauspostille›* (im Propyläen Verlag zu Berlin) erschienen, und ich habe absichtlich gewartet, um zu sehen, wie diese Gedichte aussehen werden, wenn sie eine Weile lagern. So sehen sie aus:

Sie vermitteln den stärksten Eindruck, den unsereiner in der letzten Zeit in deutscher Lyrik gefunden hat. Es mag sich nun jeder seine Lieblingsstücke heraussuchen und auswendig lernen. Wenn ich die meinen zu analysieren versuche, so bedeutet das keine abfällige Kritik an allen andern – mit Ausnahme einer Gattung. Das sind die wildromantischen ‹songs›. An die glaube ich nicht.

Was das Land ‹Mahagonny› angeht, so ist es ein gut bürgerliches Land, es blüht daselbst der Nußbaum und die gute Eiche, aus der man die Bücherregale macht. Die *‹Drei Soldaten›* heißen George, Freddy und John und mit Nachnamen Kipling; und es ist ein großer Unterschied, ob ein Angelsachse solch ein Leben der Soldaten mitlebt oder ob ein Bayer, der seine Dumpfheit niemals ganz los wird, sie nachlebt. Es gibt da eine innere Wahrhaftigkeit, über die keiner hinwegtäuschen kann. Der Rest dieser Gattung ist – mit Ausnahme der wunderschönen Ballade von des Cortez' Leuten –: Freiligrath. Ich habe diesen Dichter, in dessen Werk sich große Gaben und Lächerliches absonderlich mischen, nun noch einmal nachgelesen – die Ähnlichkeit ist überraschend. Wie da die Liebe zum fremden Land erst ursprünglich war, dann immer mehr benutzt wird, wenn das Eigene nicht reicht – wie da die fremden Namen auf den verblüfften Leser herunterdonnern: Na? Siehst du? so exotisch geht es bei uns zu . . ., wie da dem fremden Kontinent alles, alles zugemutet wird, nur keine Spießer, während doch grade die bei den Cowboys genau so wild wachsen wie bei den Skatindianern, nur eben in andern Formen –: diese bunten Lieder Brechts sind bester

Freiligrath und schwächster Brecht. Dies vorweggenommen, hat man freilich den Hut abzunehmen.

Durch ‹*Apfelböck*› schon zieht ein Ton, der weit über Wedekind hinausgeht, und das will etwas besagen. Man durchblättere heute noch einmal die Gedichte Wedekinds, sie sind lange nicht so verstaubt wie seine meisten Dramen. Nun aber:

S. 24. ‹*Morgendliche Rede an den Baum Green*›. Das ist ein ganz neuer Ton, den wir noch nie gehört haben. Dieser Zusammenklang aus Keßheit, Scham, Kameradschaft, großer Stadt und ganz simpler Natur, der unwägbare Rhythmus, der durchgeht, das ist echte Kraft, hier wird nicht geprotzt, hier spricht ein Meister. Da öffnet sich die Faust eines Boxers und streichelt; die Liebkosung ist etwas hornig, aber wenn du genau hinfühlst, ist sie viel zarter als die einer Frau.

S. 27. ‹*Bericht vom Zeck*›. Das ist wie ein altes bayerisches Glasbild. Wunderschön, wie die Farbe Violett, die Baudelaire entzückt hat, auf diesen in den Knochen groben, im Leiden feinen B. B. wirkt. Violett – das will er nicht, das ist Fieber und Gift und Malaria und etwas, was zwischen den Farben ist. Hier übrigens wie in sehr vielen andern Gedichten sitzt jedes Wort wie mit Stahl genietet – unmöglich, auch nur eines herauszunehmen, der ganze Bau stürzte zusammen.

S. 33. ‹*Vom Mitmensch*›. Höhepunkt und Vorspiel zu der noch schönern ‹*Ballade von den Geheimnissen jedweden Mannes*› (S. 57). Die kindlich törichte Einteilung «Wir und die andern», die auch jenes «O-Mensch!»-Geschrei nicht hat durchbrechen können, ist hier völlig aufgelöst.

> Ihr, die ihr ihn werft in die schmutziggelben Meere
> Ihr, die ihr in schwarze Erde ihn grabt:
> In dem Sack schwimmt mehr, als ihr wißt, zu den Fischen
> Und im Boden fault mehr, als ihr eingescharrt habt.

«Weil er niemals», heißt es in dem Refrain, «weil er niemals den ihr kanntet, war. Und der Täter nicht nur seiner Tat.» Was an diesen Versen besonders merkwürdig berührt, ist, daß sie nicht gütig sind. Brecht hat überhaupt nichts Gütiges – es ist etwas Jugendlich-Grimmiges darin und Verzweiflung, Güte nicht. Gäbe es auch nur hundert deutsche Richter, die diese Gedichte verständen –: es stünde besser um unsre Justiz.

An reiner Lyrik scheint mir das Schönste – neben dem Baum Green – dies Doppelbildnis zu sein ‹*Vom Klettern in Bäumen*› und ‹*Vom Schwimmen in Seen und Flüssen*›. Hier ist das erreicht, was die Mahagonny-Männer mit viel Geschrei und deutschem Whisky niemals erreichen –: hier löst sich das Gedicht in Landschaft, der Mensch in Natur auf. Gegen einen bleichen, unbeteiligten Himmel steht schwarz der

Wald, diese Natur ist weder Folie für einen exorbitanten Kerl noch Kulisse noch Altar – sie ist; weiter nichts. Ich hätte es niemals für möglich gehalten, daß es im Zeitalter der Kollektivität noch einmal etwas so grenzenlos Einsames, so Losgelöstes geben könnte. Dieser Mensch, der da klettert und schwimmt, ist ganz allein. Während man bei der zünftigen Lyrik nie, niemals das Gefühl los wird: «Ja – aber mit Rente! und was wird, wenn du die nicht hast, alter Parkschlenderer?» – ist hier einer mit sich und neben seinem Gott ganz allein. Dieser Gott schwimmt abends wirklich in den Flüssen, und es ist alles wahr, was in diesem Gedicht steht. Kleines Merkzeichen für sehr große Lyrik: sie will nicht komponiert werden.

Über S. 125 brauche ich in der ‹*Weltbühne*› nichts zu sagen; da steht die ‹*Legende vom toten Soldaten*›. Wer die nicht kennt, sollte schon um ihretwillen das Buch in die Hand nehmen. Den Preußen hats ja mancher besorgt – so gegeben hats ihnen noch keiner. Sie graben den toten Soldaten aus, wie ihr euch erinnert, eine ganze

militär-
ische ärztliche Kommission

und nehmen ihn mit . . .

Und sie nahmen sogleich den Soldaten mit.
Die Nacht war blau und schön.
Man konnte, wenn man keinen Helm aufhatte
Die Sterne der Heimat sehn.

Und sie schütten ihm Schnaps ein, geben ihm 2 Stück Krankenschwestern zum Geleit und 1 Stück Feldgeistlichen und

Voran die Musik mit Tschindrara
Spielt einen flotten Marsch.
Und der Soldat, so wie ers gelernt
Schmeißt seine Beine vom Arsch.

Und so ziehen sie denn dahin, Sanitäter und noch ein Mann im Frack, alle Dörfer, durch die sie kommen, geraten in Aufruhr . . .

Die Katzen und die Hunde schrein
Die Ratzen im Feld pfeifen wüst:
Sie wollen nicht französisch sein
Weil das eine Schande ist.

Und so zieht er denn zum zweiten Mal in den ff. Heldentod.

Das ist eine lyrische Leistung großen Stils, und wie man mir erzählt hat, soll das Lied in den Kreisen junger Kommunisten beginnen, populär zu werden. Was zu hoffen steht.

Im Abgesang ‹*Vom armen B. B.*› ist noch einmal alles enthalten, was dieses Buch uns wert macht und auch das, was drum herumhängt: Pose, Verzweiflung, echter Schmerz, eine gemachte Kälte, die Wärme zu sein vorgibt, wo echte Kälte ist, und eine herrliche lyrische Diktion. Nur noch die Jugendgedichte von George Grosz haben diesen Ton – sonst wohl nichts.

Brecht ist ein Gehauter – und ich habe fast Furcht, mich an ihn zu verlieren. Er zwinkert – hat er uns hineingelegt? Ich glaube, er hat es ein paar Mal versucht, er ist wohl böse von Natur und ein bißchen tücksch und kann es nicht lassen. Aber mag er böse sein. Er kann nicht nur viel, er ist nicht nur ein Sprachmeister; er hat, um einen berliner Ausdruck zu gebrauchen, ‹er hat was drin›.

Er und Gottfried Benn scheinen mir die größten lyrischen Begabungen zu sein, die heute in Deutschland leben.

RIVIERA

Es gibt so viel süße Schilderungen der französischen Riviera; sauer macht lustig, warum soll man nicht einmal ...

Die Riviera liegt da und sieht aus.

Sie ist die zweidimensionalste Landschaft, die sich denken läßt: für den Küstendampferpassagier ist sie ein Traum, für den, der auf einer Klippe steht und in die Bucht hineinsieht, ein Paradies – man darf nur nicht in das Paradies hineingehen. Dann ist alles aus. Die französische Riviera ist nur gemalt, und zwar auf Blech.

Da, wo freie Plätze und Sanatorien für arbeitende Menschen stehen sollten, liegen Privatbesitzungen, die Gott im Zorn geschaffen hat. Die Flora erinnert an einen verkrüppelten Grunewald, in den sich einige unglückliche Palmen verirrt haben; sie stehen da herum, sich mit den übrigen Bäumen unterhalten können sie nicht, und nun blühen sie unentwegt afrikanisch vor sich hin. Auch sieht man Agaven mit fetten, harten Blättern, auf denen, mit dem Messer geritzt, eingewachsen zu lesen steht: «Yvonne et son Alphonse 1925.»

Abends sieht die Landschaft aus wie die Kulisse einer Operette beim Finale des zweiten Aktes: kleine Lichtpünktchen zwinkern an den Uferstraßen, die Konturen liegen in tiefem Schwarz-Blau gebettet, und während sich das zerzankte Paar mit den rudernden Armen flehendverliebt zuwinkt, fällt langsam der Vorhang.

Am Ufer des Meeres zieht sich die ‹corniche› hin, eine Autostraße, deren Sausen alles mit sich reißt: Stille und Luft und Atmosphäre. Dahinter pfeift die Eisenbahn, denn die ganze Riviera ist nur ein paar Meter breit. Dann kommen die guten Felsen und die schlimmen Häuser.

Hier und da treten die Besitzungen etwas zurück und lassen Platz für staubige Straßen. Wenn ein Kasino dabei steht, ist es eine Ortschaft mit vielen großen Hotels. Diese Hotels sind gar keine Hotels. Sie spielen alle Hotel.

«Von prominenten Gästen der letzten Jahre», sagt der Hotelprospekt, «sind zu nennen: Der Präsident der französischen Republik, Paul Deschanel; die Prinzessin Luise; die Herzogin von Argyll; Sarah Bernhardt ... Die große Schauspielerin», sagt der Prospekt, «saß eines Tages auf einer Loggia in der zweiten Etage, wo man nur den Himmel, Blumen und das Meer sieht; da sagte sie in ihrer poetischen Art, daß man sich hier auf dem Bug eines großen Schiffes wähnte.» Und dann keine Brause im Badezimmer.

Vor der Hoteltür steht ein Portier, der der erste Mann des Unternehmens ist; er ist so mächtig, daß ihn das Los, letzter Mann zu werden, niemals treffen könnte, denn in die Toilettenräume ginge er gar nicht hinein. In der hall stehen Palmen und vielhundertjährige Engländerinnen; wenn man sie herumwirtschaften sieht, so ist immer nur zu fragen: «Wer arbeitet eigentlich in England für alle diese Frauen?» Der Mittelpunkt eines modernen Hotels, in dem Leute ruhen und schlafen wollen, ist eine Musikkapelle.

Man stelle sich vor, jemand sei genötigt, zu Pfingsten in einer eberswalder Ausspannung zu übernachten; zu Hause wird er dann davon erzählen, wie er nachts beständig vom Grölen der Kutscher und von einem Orchestrion gestört worden sei. Ähnliches erlebt er in einem modernen Hotel, nur ist es an der Riviera um eine Kleinigkeit teurer, dafür ist aber das Essen in Eberswalde besser. Natürlich darf man nicht vergessen, daß in der Ausspannung keine vorgedruckte Speisekarte auf dem Tisch liegt; wenn es eine dünne Suppe, ein Pastetchen, bejahrten Fisch und ein bejammernswertes Huhn mit Kartoffeln gibt, so sieht das Menü so aus:

Potage à la Potage
Vol-au-Vent à la Valéry
Sole à la Reine de Portugal
Volaille à la Poule
Pommes à la Pomme
Fruits

Der letzte Plural ist eine Übertreibung.

Dazu spielt das Orchester in das Vichy-Wasser hinein, das sich die Engländer in den Magen gießen, es gluckert empört, wenn es unten ankommt, und schwappt leise im Takt der Musik. Diese Musik der französischen Kapellen, die Jazz spielen, hört sich an, wie wenn einer mit halbwegs richtiger Aussprache Englisch vom Blatt liest, ohne ein Wort zu verstehen. Erst, wenn sie den aktuellen Walzer aus der *‹Lustigen Witwe›* zersägen, fühlen sie sich wieder im nationalen Element.

Je schlechter das Essen, desto lieblicher der maître d'hôtel, der sich über mich wie über einen Kranken beugt: ob es mir denn schmecke, und ob es mir munde, und ob ich zufrieden sei ... Lieber Gott, gib mir doch den Mut, daß ich ihm einmal, nur ein einziges Mal, mit der Gabel in den Bauch pieke ...!

Es sind viele Deutsche da. Sie haben ein bißchen Angst vor der feinen Umgebung, und das sollen sie ja wohl auch. Sie sind auch unsicher vor den Fremden: den Franzosen, den Amerikanern, den Engländern – aber wenn sie merken, daß sie es mit Deutschen zu tun haben, dann entspannen sich ihre Glieder, eine leichte vertrauliche Frechheit steigt in ihnen auf, denn, denken sie mit Recht, was kann an einem schon dran sein, der auch nur ein Deutscher ist! (Diese Familienvertraulichkeit teilen die Deutschen noch mit einer andern Rasse.) Im großen ganzen aber bemühen sie sich, ihr mondänes Leben den illustrierten Zeitschriften anzupassen, in denen es abgebildet ist.

Aus den Hotels können die feinen Leute nur noch in ihre Autos steigen, die, lang wie ein Haus, vor dem Haus brummen. Einen Schritt darüber hinaus, und sie stapfen in Staub, ungepflegten Wegen, an grauenvollen Straßenfronten vorüber – denn die Riviera ist dreckig, ohne pittoresk zu sein: unmalerischer Schmutz. Man hat in allen Ortschaften das Gefühl, hinter Filmkulissen zu stehen; kein Mensch glaubt daran, die einheimischen Komparsen nicht, die Fremden eigentlich auch nicht, sie machen aber ein krampfhaft vergnügtes Gesicht und wagen nicht, sich einzugestehen, daß es an hundert andern Küsten schöner, weiter, kräftiger und naturhafter ist. Sie erliegen rettungslos der Zwangsvorstellung ‹Riviera›. Der Höhepunkt dieser fixen Idee ist Monte Carlo.

Monte Carlo ist ein frisch erhaltener Naturschutzpark aus dem Jahre 1880. Es ist ein lebendiger Anachronismus; ich war versucht, die Menschen anzufassen und an ihren Haaren zu ziehen, ob sie auch wirklich und wahrhaftig echt sind und nicht zu Staub zerfallen, wenn man sie anrührt.

Also das ist das Paradies, wo in unsrer Jugendzeit die Defraudanten mit ‹Weibern und Champagner› ihr Geld durchbrachten! So blödsinnig fingen sie das an! so völlig von Gott und allen guten Geistern verlassen! Da ist der kleine Park, in dem man verzweiflungsvoll umherzuirren hatte, wenn alles hin war, an diese Palmen konnte man sich hängen, von diesen Felsen herunterstürzen, über diese Grasflächen knallte abends der kleine Schuß, der einem verpfuschten Leben ... heiliger Lokal-Anzeiger!

Die Spielsäle sehen aus wie das selige Palais de Danse – gequollene Ornamente gerinnen an den Wänden, Puttengel stoßen mit Recht in vergoldete Posaunen, und ölgemalene Gemälde zeigen an, wovon unsere Väter nachts geträumt haben, wenn Mutter schon, mit aufgesteckten Zöpfen, schlief. An den Tischen spielen sie.

Spieler sind auf der ganzen Welt gleich. Hier muß man die Leidenschaft noch durch sechs dividieren, denn wenn sie zehn Francs setzen, dann sind es nur eine Mark und fünfzig, und sowas stört sehr. Auch ist heute die Flucht in die Romantik des Spieles minder groß als damals, als dein Papa und deine Mama hierher mit dir ihre Hochzeitsreise machten: Heereslieferanten, Kriegsgewinnler, Börsenspieler, Inflationisten: es gibt heute so viele Monte Carlos! Viele Spielende tragen in Bücherchen ein, was die kleine Kugel zusammenkugelt – und es ist besonders lustig, die Damens über ihre Kurven gebeugt zu sehen; sie haben keinen Schimmer von Wahrscheinlichkeitsrechnung, richten sich aber streng nach ihr. Auf diese Weise erzielt die Bank ihren Umsatz.

Die Fassade des Kasinos in Monte Carlo stammt von Garnier, dem Erbauer der Pariser Oper. Diese Fassade sieht aus ...

«Herr Graf, was denken Sie von mir? Ich bin eine anständige Frau!» – Komm mit mir in den kleinen Pawilljoohn! – Mit schmetternder Faust und mit trocknem Pulver – Wigalaweia – «Ich war mit ihr im Chambre-Séparée, und sie hat mit ihren Diamanten meinen Namen in den Spiegel gekratzt!» – Valse Bleue und Amoureuse, und das von Zigeunern ... – Spitzengeriesel und die Dessous und Frou-Frous – Wasmuths Hühneraugenringe in der Uhr – Eine Rokokoquadrille bei Hof – Ein Kuß ohne Schnurrbart ist überhaupt kein Kuß! – «Und sehn Sie wohl, darum ich bin: die Gigerlkönigin!» – Der Herr Kommerzienrat strich sich die braunen Favoris und sah den Besucher ernst durch seinen goldenen Kneifer an – Ein Weib mit so einem Busen! – Ihr Hochzeitsdiner hatte vierundzwanzig Gänge – Ich will auch mal Viere lang fahren! – in Laque und Claque – Schenk ihr doch Dahns ‹*Kampf um Rom*›! – Die königlichen Herrschaften begaben sich mit den Majestäten elastischen Schrittes – «Donnerwetter, Donnerwetter, wir sind Kerle!» – Ihre Tochter ist jetzt im Pensionat in Lausanne – Hier muß noch ein Pendant hin – Erst hat er sie verführt und dann ... geschnürt, in Lackstiefeletten – «Eine Dame kann doch nicht Veloziped fahren!» – Spitzentanz und Mondesglanz, und Grete findet ihren, sagen wir, Hans – –

So sieht die Fassade des Kasinos in Monte Carlo aus.

Übrigens erinnert Monte Carlo (1880) stark an Deutschland (1923). Eine leise, kaum wahrnehmbare Wolke von Inflation zieht durch die Promenaden: in den Augen der Leute liegt ein sanft flackernder Wahnsinn, die Menschen gehen in indifferentem Gleichgewicht einher, die

Anziehungskraft der Erde funktioniert hier nicht recht, alles ist so anders, und man tut gut daran, seine Uhr festzuhalten. Gemeine Gesichter werden ungeniert dem Tageslicht präsentiert; armselige Hürchen spielen große Welt, und eine fette polnische Riesendame in tiefem Violett geht mit einem Mann einher, der aussieht wie Professor Makart und ebensolchen blonden Vollbart und solche weichen Hände hat... Hier trägt Europa seine alten Moden auf.

Unten, am Meer, zerschießen sie Tauben; der kleine Grasplatz ist ganz besät von den weißen Flaumfederchen. Oben, auf dem Fels, liegt der Besitz des Mannes, für den sie alle an den Tischen arbeiten: das Palais des Fürsten von Monaco, zwei gekreuzte Nullen im schwarzroten Wappen, mit dem Spruch: «Passe ou Manque – Vive la Banque!» Und das tut sie denn auch.

Abends werden die Bürger in großen Autos nach ihren Hotels abgefahren, sie rollen durch die Nacht, sie sind müde, sie haben ein bißchen gewonnen und viel verloren und sind an der Riviera gewesen.

Am Tage aber scheint über alles dies eine leuchtende Sache, die sie alle, alle gepachtet haben, für die sie sich bezahlen lassen, und derentwegen wir hierher gefahren sind: die Sonne.

Während am Alexanderplatz, wo das schönste, weil treffendste Denkmal Berlins gestanden hat: die dicke Berolina, der Modder so hoch aufspritzt, daß die Fußgänger, wenn sie in die erleuchteten Autos hineinsehen, soziale Gefühle bekommen; während es in Kopenhagen in der Forhabningsholmsallee so friert, daß sich der lange Name der Straße vor Kälte zusammenzieht; während in Paris das Schnupfenwetter durch die Fensterritzen zieht und der Kamillentee hoch im Preise steigt; während die Eskimos ihre letzte Lebertranlampe anzünden und Knud Rasmussen lesen, um sich endlich über sich zu informieren –: währenddessen scheint an der Riviera die Sonne. Sie wärmt, sie strahlt; ich trage mich in Hellgrau und Marineblau und habe nur einen Sommerbauch; wenn ich jetzt noch jenen kleinen Schnurrbart hätte, von dem alle Männer glauben, sie glichen darin Adolphe Menjou, während sie in Wahrheit aussehen wie die Verbrecher – welch mondäner Lenz! Der Frühling, der lange Lulatsch, schwebt über die begrünten Hügel, der maître d'hôtel beginnt zu knospen, das verhältnismäßig blaue Meer leuchtet, und sanft vor sich hin neppend verdämmert im Sonnenglast die leuchtende Küste der Riviera.

DER MÖRDER UND DER STAAT

Antwort auf eine Umfrage

1. Die Vollstreckung der Todesstrafe wäre mit den Grundsätzen eines Kulturstaates nicht vereinbar, weil die Heiligkeit des Lebens höher steht als die schwankenden Forderungen der Sitte, deren Kodifikation das Gesetz darstellt. Der moderne Nationalstaat ist aber kein Kulturstaat: er nimmt nicht nur Mördern das Leben, sondern auch Unschuldigen, die zwangsweise in Uniform gesteckt werden, um für die Interessen von Kaufleuten und Beamten getötet zu werden, ohne selbst etwas dabei gewinnen zu können. Die Verhängung der Todesstrafe durch den Staat, der seine Versprechen nicht einlöst, der ein unredlicher und unsorgfältiger Kaufmann ist, stellt also nicht einmal das schwerste seiner Vergehen dar.

2. Trotzdem ist diese Todesstrafe abzulehnen. Es gibt keine Statistik, die beweist, daß die Kriminalität in einem Staat mit Todesstrafe höher ist als die in einem Staat ohne die Todesstrafe. Es erscheint mehr als fraglich, ob bei der Abwägung der Vorteile und des Strafrisikos, die in einem Gehirn vor Begehung der Tat stattfindet, die Existenz der Todesstrafe jemals eine ausschlaggebende Rolle gespielt hat.

Von einer erzieherischen Wirkung der Todesstrafe kann keine Rede sein. Die Befriedigung der primitiven Rachsucht der Geschädigten ist kein ethisches Postulat, sondern das Überbleibsel und die Vortäuschung individualistischer Epochen sowie die Abtretung der Blutrache an den Staat, dem hierzu jede sittliche Aktivlegitimation fehlt. – Die Vollstreckung der Todesstrafe in revolutionären Epochen halte ich für eine Notwendigkeit.

WIE BENEHME ICH MICH ALS MÖRDER?

Wenn einer einen Mord begeht, so halte er sich stets vor Augen, daß er später einmal nicht nur wegen Mordes abgeurteilt werden kann, sondern vor allem und hauptsächlich wegen seines Vorlebens sowie wegen der Begleitumstände, die seine Tat umgeben. Vor Gott wird er sich für das vergossene Blut rechtfertigen müssen – der Vorsitzende einer deutschen Strafkammer aber mißt mit strengerem Maß. Soweit man das einem Mörder zumuten kann, wird derselbe also guttun, sich in die Seele eines Landgerichtsdirektors zu versetzen, damit es nachher keine strafverschärfenden Momente gibt.

Der dicke Chesterton hat entdeckt, daß man einem Mörder alles verzeiht, nur nicht, daß er nach der Tat eine Zigarre raucht – Mörder haben keine Zigarren zu rauchen, weil dies ein Zeichen übelster Seelenroheit darstellt. Chesterton kennt die deutschen Gerichte nicht, sonst hätte er schon längst vor Schreck dreißig Pfund abgenommen – mit der Zigarre allein ist die Sache nicht getan.

Der Mord ist, wie jedem gebildeten Staatsanwalt bekannt, eine Tat, die in der äußersten Ekstase und mit der kältesten Roheit begangen wird. Dabei hat der Mond durch das Gewölk zu brechen; auch haben Mörder bereits vor der Tat finster entschlossen herumzulaufen, deutliche Zeichen von innerer Unruhe von sich zu geben und mit den Augen zu funkeln. Unehelicher Geschlechtsverkehr vor dem Mord ist tunlichst zu meiden, da dies ein schlechtes Licht auf den Charakter des Mörders wirft und jeder Akt eine rhetorische Pointe im Plädoyer des Staatsanwalts oder, was dasselbe ist, in der Urteilsbegründung des Vorsitzenden abgibt. Mit seinem Leben kann man überhaupt nicht vorsichtig genug umgehen, weil es eines Tages ein Vorleben werden kann, und dann erst wird man, vor den unerbittlichen Fischaugen des Gerichts, entdecken, was man da alles zusammengelebt hat.

Nach dem Mord meide der Mörder vor allem öffentliche Gaststätten, Sechstagerennen, Dirnen, Spaziergänge auf der Straße sowie die eigene Wohnung, die er keinesfalls ruhig, als ob nichts geschehen sei, aufsuchen darf. Wie sich ein Mörder nach der Tat eigentlich benehmen soll, damit er vor Gericht keinen Anstoß erregt, ist schwer zu sagen: jedenfalls so nicht. Um bei einem Doppelmord eine der verwirkten Todesstrafen im Gnadenwege zu ersparen, stellt sich der Mörder dem nächsten Polizeirevier unter genauer Angabe der Einzelheiten seiner Tat, der Motive und der nötigen Indizien. Nach dem Geständnis bricht er am besten völlig zusammen, wie er sich überhaupt mit Vorteil nach der Literatur, die in den Kreisen der Juristen gelesen wird, richtet: sein Verhalten sei also psychologisch leicht anormal, wirr, aber dem Verständnis eines Zwei-Bänder-Mannes gerade noch angepaßt. Verstiegenheiten sind, wenn irgend angängig, zu meiden. Sehr günstig ist es, wenn den Mörder nach der Tat die vorgeschriebenen Gewissensbisse foltern; sollte sich eine mahnende Traumerscheinung des Opfers einlegen lassen, so ist dieselbe unbedingt zu empfehlen.

Auf diese Weise kann jeder, der in die traurige Lage versetzt ist, einen Zivilmord begehen zu müssen, damit also ein Monopol des Staates schwer verletzend, getrost vor einem deutschen Gericht erscheinen: er wird, wenn er sich nur vor, während und nach der Tat den Vorstellungen seiner Richter gemäß verhalten hat, auf die Milde und das Verständnis derselben rechnen können, und er wird dann, mit allen Tröstungen einer Reichsgerichtsentscheidung sowie seines seelsorgerischen Beistandes versehen, dem Nachrichter als ein guter Christ und Untertan übergeben werden.

Für die Herren Ordnungsstifter, Straßenkämpfer und Kinder vom Feldwebel aufwärts gelten diese Bestimmungen nicht. Der deutsche

Mörder aber lasse sich gesagt sein, daß seine Tat ihn verpflichtet, durch und durch Mörder zu sein, und nichts als das. Er richte sich darin nach seinen Richtern, die Richter sind und nichts als das.

BERLIN UND DIE PROVINZ

Wenn der berliner Leitartikler von Deutschland spricht, so gebraucht er gern den fertig genähten Ausdruck ‹draußen im Lande›, was eine groteske Überschätzung der Hauptstadt bedeutet. Denn Niveau, Basis und Fundament Deutschlands liegen ‹draußen im Lande› – und wieweit Berlin davon auch nur ein Exponent ist, bleibt zu untersuchen.

Was den republikanischen Gedanken in jener abgeschwächten Form angeht, in der er bei uns hergestellt wird, so ist zu sagen, daß draußen im Lande nur fleckweise etwas von ihm zu merken ist. Östlich der Elbe sieht es damit faul aus, rechts der Oder oberfaul. Man muß so einen Bericht eines Diskussionsabends der Vereinigung der Republikanischen Presse lesen, um zu fühlen, wie geduldet sie noch alle sind. Ein Regierungsassessor in Arnsberg steht dem Reichsbanner nahe und darf deshalb im Kasino nicht mehr am ‹Regierungstisch› mitessen; er beschwert sich und wird versetzt: er, nicht der Regierungspräsident. Der gute Wille und der schwere Stand des preußischen Innenministers sollen nicht verkannt werden: die Tradition aus Severings guten Tagen ist noch da. Aber fast immer sind sie in der Defensive, so häufig treten sie schüchtern auf, oft hat man das Gefühl, als entschuldigten sie sich, auf der Welt zu sein. Das ist nicht nur, wie sie immer behaupten, Mangel an geeigneten Leuten – es ist Mangel an Kraft, an Mut, an Stärke.

Aber ganz abgesehen von der Politik wäre zu fragen, inwieweit Berlin die Provinz beeinflußt und wie sie denn mit oder ohne Berlin eigentlich aussieht.

Soweit das ein einzelner sagen kann, möchte ich behaupten, daß Berlin in vielen mindern und einigen guten Gebieten der äußern Zivilisation die deutsche Provinz sehr stark beeinflußt; zum mindesten geht die Entwicklung der Hauptstadt und der Provinzstädte hier parallel. Die Bar, das dumme Revue-Theater, der Amüsier-Betrieb; die ‹Aufmachung› – das alles findet sich in den größern Provinzstädten fast überall wieder, und sie sind auch noch sehr stolz darauf. Wo aber bleibt, wie man so schön sagt, die Eigenart der Länder?

Sie ist schon da, aber ich glaube, daß der innere Zentralisierungsprozeß große Fortschritte macht. Eine Mechanisierung, eine Automatisierung des Lebens haben eingesetzt, gegen die der föderalistische Gedanke Rückschritt und nicht ungefährliche Romantik bedeutet. Was zum Beispiel Fr. W. Foerster wiederaufbauen will, lebt nicht mehr — er übersieht, daß die Stärkung der kleinen Lebenskreise nicht eine Stärkung der Kultur nach sich zieht, sondern Vorwand für Lokaleitelkeit und eine spanische Wand bildet, hinter der man das bißchen Verfassung noch mehr sabotieren kann als es schon, etwa von Bayern, geschieht. Lieber ein einziges ‹Preußen› als sechsundzwanzig. Wobei auch für die große französische Presse anzumerken ist, daß Preußen heute einer der freiheitlichsten Bundesstaaten und schon lange nicht mehr der Hort der Reaktion ist.

Berlin aber überschätzt sich maßlos, wenn es glaubt, es sei Kern und Herz des Landes. Der berliner Leitartikler täte gut, inkognito einmal auf ein großes schlesisches Gut zu gehen, auf ein ostpreußisches, in eine pommersche Landstadt — und er wird etwas erleben. Was der Hindenburg-Tag seinerzeit nach Berlin an Schwankfiguren, an Kaiser-Wilhelm-Gedächtnis-Zylindern, an hundertjährigen Bratenröcken und Oberförsterbärten ausgespien hat, war nur eine kleine bemusterte Offerte: die Warenlager liegen in den kleinen Städten wohl assortiert und können jederzeit — nicht immer ohne Gefahr — besichtigt werden. Ohne Gefahr dann nicht, wenn etwa der ‹Berliner› versuchen wollte, Terror, Diktatur und Frechheit der dort herrschenden Bourgeoisie tatkräftig abzudrehen. Kein Gericht stützt ihn da, keine Verwaltungsbehörde, keine Zeitung. Er ist verloren und muß das Feld räumen.

Sieht es in der Kultur der Provinz besser aus —? Kaum.

Die Krisis des dessauer Bauhauses hat es erst jüngst gezeigt, wie es damit steht. Erst haben sie diese schwarz-rot-goldene Juden-Architektur aus Weimar herausgehauen; dann setzte auch in Dessau ein jahrelanger Verleumdungsfeldzug ein, und nun haben sie den Führer, Herrn Gropius, glücklich zur Strecke gebracht. Tatsache ist dies:

Im Augenblick, wo eine künstlerische Institution von den Kommunalbehörden in der Provinz oder Landesbehörden in der Provinz abhängt, ist es mit ihr aus: sie gerät widerstandslos in den reaktionären Muff engstirniger Kleinbürger; freiheitliche Männer werden gekündigt, herausgeekelt, herausgeworfen, und weil der manchmal großzügig denkende Fürst fehlt, der so oft Schöpfer der Landes- oder Städtekultur gewesen ist, so herrscht der kleinliche Provinzler absolut. Natürlich gibt es in den größern Provinzstädten Ausnahmen.

Die sind aber meist machtlos. Es gibt in jeder, ausnahmslos jeder Provinzstadt eine Opposition, die es sehr, sehr schwer hat, und die wir von Berlin aus lange nicht genug unterstützen. Erschütternde Briefe beweisen das, Artikel in kleinen Blättchen, die keiner liest, Broschüren ... man betrachte sich beispielshalber das aufschlußreiche Heftchen ‹*Würzburg eine Provinzstadt?*› (im Verlag der kulturellen Arbeitsgemeinschaft Würzburg 1927). Wie da gerungen wird; wie da versucht wird, das Gute von außerhalb zu adoptieren und das Eigne zu bewahren — und wie aussichtslos das alles ist, wie uneinheitlich, wie durchsetzt mit Romantik, Phrase, verhülltem Katholizismus (der gefährlicher ist als der offene) – machtlos verbluten diese kleinen Gruppen unter den Mächtigen der Stadt und der Provinz.

Die bürgerliche Provinzpresse ist daran nicht schuld, wie die gutgläubigen Eiferer wahr haben wollen; sie ist nur Symptom und Ausdruck der herrschenden Kaste, die mit allen Mitteln – denen des Boykotts, der Kündigung von Redakteuren, der Entziehung von Inseraten – die Zeitungen zu dem machen, was sie sind: zu einem fast uneinnehmbaren Bollwerk der Reaktion. Eine wirklich schwere Schuld hat die sozialdemokratische Provinzpresse. Von Ausnahmen abgesehen – Beispiel: Zwickau – wird hier dem ‹*Vorwärts*› nachgeeifert. Keine Schwierigkeit wird zu Ende gedacht; nichts steht da ohne Reserve; viel zu selten gehen diese Blättchen aus dem engen Parteitrott heraus, und die Folge ist dann, daß, genau wie in Berlin, die jeweilige ‹*Morgenpost*› die Massen hat und die Sozialdemokratie das Nachsehen. Das Gebrüll, «die Blätter der Bourgeoisie nicht im Hause zu dulden», taugt gar nichts; denn solange die Arbeiterblätter die Jugend nicht haben und nicht die Frauen, ohne die bekanntlich ein Erfolg überhaupt nicht denkbar ist, solange liegen eben die andern vorn.

Nun ist aber fast ausnahmslos jedes Gremium von Provinzlern: von Stadtverordneten, Parteisekretären, Kreisausschußmitgliedern oder Bürgerausschüssen künstlerisch reaktionär; ob es um die Kunst oder um die Kultur geht, immer werden diese wichtigmacherischen Konferenzen gegen den Geist entscheiden. Sie können das, weil sie die Macht haben. Die Eiertänze der ‹Intendanten›, wie sich städtische Theaterdirektoren heute gern nennen, die Kompromisse der freiheitlichen Experimentierer legen davon Zeugnis ab. Also bedeutet Berlin die Freiheit? Das ist ein schwerer Irrtum.

Berlin ist nur eine große Stadt – und in einer großen Stadt verschwindet der einzelne, kann die Gruppe ungestörter arbeiten, weil der Kreis derer, der in Köln nur achtzig oder hundert Menschen stark ist, hier in die Zehntausende geht; es ist eben alles mit hundert multipliziert. Aber mehr auch nicht. Denn so groß die negative Freiheit in Berlin ist («Hier kann man tun und lassen, was man will») – so klein ist die positive. Man gehe einmal dahin, wo wirklich eine Macht ausgeübt wird: in die Baupolizei, aufs Gericht, in die Schule – und man wird, von zahlreichen freiheitlichen Enklaven abgesehen, auf einen Provinzsumpf stoßen, auf Vorurteile gradezu diluvialer Art, auf unwahrscheinliche Typen, die der Beamtenkörper durch Kooptation aufgenommen hat und die in ihm herrlich gedeihen. Ihr habt alle in der Klasse einen sauren, etwas humorlosen, nicht so wunderschön gewaschenen Mitschüler gehabt, der meist unter den ersten zehn zu finden war – ihr könnt darauf schwören, daß er heute dasitzt und euch regiert. Er ist die unleserliche Unterschrift unter den amtlichen Verfügungen; er begeht die gradezu unverständlichen Schikanen der Verwaltung; er und kein anderer. Auch in Berlin.

Der Vorwurf der Provinz, das berliner Getöse sei nicht Deutschland, ist insofern berechtigt, als tatsächlich der Ruf der großen demokratischen Presse, der Künstler, der freiheitlichen Verbände in keinem Verhältnis zu ihrer wirklichen Macht steht: auf der andern Seite wirkt fast lautlos, immer vorhanden, bedeutend geschickter und vor allem bedeutend rücksichtsloser arbeitend, die Macht der Reaktion, unterstützt von den frommen Wünschen der Börse und der Kaufmannschaft, die in den berliner Premieren Beifall zu ungefährlichen Demonstrationen klatschen.

In der Provinz aber, an hundert verschiedenen Stellen, wird von unsern Leuten gekämpft: um Licht und Luft und Freiheit. Ich glaube nicht, daß ein neuer ‹Reichsverband zur . . .› ihnen helfen kann. Gäbe es aber ein geistiges Reichsbanner, dann wäre ihnen geholfen. Solange es das nicht gibt, scheint es mir Pflicht und Gebot der Klugheit für jeden, der in Berlin eine Machtposition innehat, Energie in die Provinz zu strahlen, statt ihr auf die Schulter zu klopfen. Auf das Geschrei des Landbundes gegen die eigne Hauptstadt gibt es nur eine Antwort: heraus mit der Kraft Berlins, das helle ist, in die Provinz, wo sie dunkel ist.

DIE GESCHICHTE EINES WITZES

Der Witz. Zwei Juden sitzen in der Eisenbahn, da sagt der eine zum andern:

«Ich komme mir schon vor wie der gottselige Hiob! Mein ganzes Geld hab ich verloren, mein Auto haben sie mir gestohlen, mein Haus ist abgebrannt und meine Frau ist durchgegangen! Was kann mir noch mehr passieren?»

Da sagt der andre:

«Jetzt kann noch passieren, daß die Frau zurückkommt!»

Sittlich gereinigte Fassung des Rundfunks. Zwei Herren sitzen in der Eisenbahn, da sagt der eine zum andern: «Ich komme mir schon vor wie ein vom Unglück verfolgter Pechvogel. Mein Geld habe ich verloren, mein Auto haben sie mir gestohlen, mein Haus ist, trotz der größten Anstrengung unsrer vorzüglichen städtischen Feuerwehr, abgebrannt, und meine Frau hat sich, wie ich fürchten muß, auf immer von mir entfernt. Was kann mir nun noch geschehen?»

Da sagt der andre Herr: «Nun können Sie noch hier in der zweiten Klasse ein Billett dritter haben!» Achtung, Achtung . . .!

Verlagsprospekt. Ein neues Werk von Arnolt Bronnen ist soeben erschienen: ‹Hiob in der Eisenbahn›. Aus einem einfachen Scherz blüht hier das ganze moderne Leben auf, das in tobendem Rhythmus eingefangen ist. Amerikanisches Tempo vereinigt sich mit dem Gefühl für Heldenverehrung, tanzender Mondänität und peitschender Leidenschaft. Die Art, in der Paris, London, und sogar New York in den Rahmen der Handlung einbezogen sind, wirkt sich genial aus. Broschiert 13,50, gebunden 22 Mark.

Thomas Mann. Ich stehe nicht an, zu erklären, daß mir Ihr epischer Versuch ‹Hiob in der Eisenbahn› immer des Gedenkens wert bleiben wird. Nach jenen verwirrenden Ereignissen, die in den Jahren 1914 bis 1918 (einschließlich) die Welt einigermaßen in Aufruhr versetzt haben sollen, ist mir platterdings nichts in Erinnerung, das mit solcher künstlerischen Energie, eines aktiven Helden würdig, den Ruhm einer getriebenen Männlichkeit zu singen sich unterfängt. Um der Gesinnung und der Gesittung willen wünsche ich dem wackern Buch eine zuverlässige Leserschaft.

Buchkritik. Mit seltener Mentalität hat Arnolt Bronnen in der Wiedererzählung eines alten orientalischen Volksschwankes erneut seine große Einstellung bewiesen. Da sitzen nicht mehr zwei arme Juden in der Eisenbahn, nicht zwei Figuren eines Witzes, sondern zwei Menschen, wie überhaupt das rein Menschliche hier so menschlich ist, daß man schon um Jahrhunderte zurückgreifen muß, um — etwa bei Dante oder in der Bibel — etwas Ebenbürtiges zu finden. Seit dem *‹Don Quichote›* ist nichts Ähnliches bei uns geschrieben worden. Leute, lest dieses Buch! Ein starkes Werk. Ein kühnes Werk. Ein in seiner Menschlichkeit menschliches Werk. Und abends in die Scala.

‹Tägliche Rundschau›. Der Kern des Bronnerschen Buches ist geeignet, das deutsche Empfinden auf das schwerste zu beleidigen. Die Heiligkeit des deutschen Familienlebens steht auf dem Spiel, und sind wir nicht gesonnen, müßig mitanzusehen, daß jüdische Verleger wie der Herr Rowohltleben und berliner Literaten wie dieser Herr Bronner die deutsche Seele in den Kot zerren. Ekelhafter Sinnenkitzel und Verachtung der deutschen Frau sprechen zu gleichen Teilen aus diesem undeutschen Buch. Wir fragen: Wo bleibt der Staatsanwalt?

Die Anklageschrift. ... sowie den ledigen Schriftsteller Arnolt Bronnen, nicht bestraft, klage ich an: zu Berlin und im Inlande in den Jahren 1927 und 1928 in nicht rechtsverjährter Zeit durch eine und dieselbe fortgesetzte Handlung insbesondere als Verfasser der Druckschrift ‹Hiob in der Eisenbahn›

a) den Versuch gemacht zu haben, die Verfassung des Deutschen Reiches gewaltsam zu ändern, Verbrechen gegen den § 81, Ziffer 2 StGB, sowie §§ 1, 2, 3, 4, 5, 6 des Gesetzes zum Schutz der Republik. Die konspiratorische Unterhaltung der beiden Juden, also landfremder Elemente, die geheimnisvolle Art, in der das Gespräch geführt wird, die Bezugnahme auf angebliche gestohlene Vermögenswerte, was gleichzeitig als eine Verdächtigung der Polizeibehörden, denen damit der Vorwurf der Pflichtwidrigkeit gemacht wird, aufzufassen ist, lassen erkennen, daß der zugrunde liegende ‹Witz› ein Angriff auf die Sicherheit des Reiches darstellt. Als besonders erschwerend ist der Umstand anzusehen, daß grade in diesem Augenblick das Reich durch die äußere Politik seiner derzeitigen Machthaber auf das schwerste erschüttert ist. Die Druckschrift ‹Hiob in der Eisenbahn› verletzt aber auch

b) das Schamgefühl (§ 184 Ziffer 1 StGB). Die der Darstellung zugrunde liegende Anekdote ist zweifellos unsittlich: die Annahme, daß die Rückkehr einer, wenn auch jüdischen Frau, deren Ehebruch offen zugegeben wird, als Übel oder Unglück aufzufassen sei, ist als unzüchtig im Sinne des § 184 anzusprechen. Es liegt für den normal empfindenden Leser klar zutage, daß die Vergleichung einer Frau mit einem Auto nur als grobe Zote gemeint sein kann; die Füllung eines Autos mit Wasser, die erfahrungsgemäß durch einen männlichen Chauffeur vor sich zu gehen pflegt (siehe Gutachten Band II, Blatt 518), die Geräusche, die das Auto dabei ausstößt, die regelmäßig zuckenden Bewegungen des Motors lassen darauf schließen, daß hier auf die niedrigsten Instinkte des Lesers spekuliert wird. Der Verlag Rowohlt verschleißt, wie gerichtsnotorisch sein dürfte, lediglich Schriften obgenannter Art.

Sitzungsbericht. Der Vorsitzende: «Ich gelange nunmehr zur Verlesung der Anekdote, die Gegenstand der Anklage bildet. Zwei Juden sit . . .»

Der Reichsanwalt: «Ich beantrage, die Öffentlichkeit wegen Gefährdung der Sittlichkeit auszuschließen!»

Der Verteidiger: «Ich möchte . . .»

Der Vorsitzende: «Ich entziehe der Verteidigung das Wort, da in diesem Stadium des Prozesses ihrerseits nichts zu bemerken ist.»

Der Verteidiger: «Ich bitte den Herrn Vorsitzenden —»

Der Reichsanwalt und der Vorsitzende gleichzeitig: «Sie haben . . .!»

Der Reichsanwalt und der Vorsitzende gleichzeitig: «Bitte nach Ihnen!»

Der Vorsitzende: «Ich mache den Herrn Verteidiger darauf aufmerksam, daß er, wenn er hier noch einmal das Wort ergreift, herausgeführt werden wird. Das Gericht wird beraten.» (Dumpfe Pause.)

Der Vorsitzende: «Die Öffentlichkeit wird wegen Gefährdung der Staatssicherheit ausgeschlossen, die Presse und die Verteidigung gleichfalls. Lediglich den Angeklagten, den Angehörigen des Gerichts und den Justizoberwachtmeistern ist der Aufenthalt im Sitzungssaal gestattet.» (Der Angeklagte Rowohlt bricht schluchzend zusammen. Wird draußen von dem Temperenzler Sinclair Lewis mit Kamillentee gelabt.)

Zeitungsnotiz. Justus Hobb und William F. Fox haben nach dem nunmehr umgearbeiteten Roman, für den Arnolt Bronnen seinerzeit zum Tode und einer Mark Geldstrafe, der Verleger zu dauerndem Verlust der bürgerlichen Ludwig-Rechte verurteilt worden ist, einen Film geschrieben, der voraussichtlich den Titel tragen wird: ‹Zwei Juden sitzen . . .›

2. *Zeitungsnotiz.* Wolfgang Goetz hat soeben nach der bekannten Anekdote von den zwei sitzenden Altpreußen ein historisches Stück in etwa fünf Akten beendet. Die Handlung ist in die Zeit Emmes des Sechzehnten, Königs von Irland, zurückverlegt.

3. *Zeitungsnotiz.* Alfred Neumann hat soeben nach dem neuen Stück von Wolfgang Goetz, ‹Emmes sitzt in der Eisenbahn›, einen geschichtlichen Roman fertiggestellt, dessen Handlung in die Jugendzeit des Demokraten Bernhard Dernburg zurückverlegt ist.

Doktorarbeit. «Die jüdische Anekdote in bezug auf die Sexualstörungen im infantilen Alter sowie auf die Stärkung des Kuppeltriebes bei der Frau. Meinen lieben Eltern gewidmet.»

‹Kleine Theater-B. Z.› Wie wir hören, wird Hugo von Hofmannsthal das alte katholische Krippenspiel ‹Zwei Jedermänner in der Sänfte› für die Salzburger Festspiele Max Reinhardts bearbeiten. Das Defizit trägt der new-yorker Bankier Otto H. Kahn.

Börsenbericht. Die Börse diskutierte heute die politische Lage und nahm die Erklärung Stresemanns, daß seine Rede durch die Antwort Briands, er habe seine, Stresemanns, Rede nicht so aufgefaßt, wie er, Briand, sie seinerzeit interpretiert wissen wollte, mit ziemlicher Ruhe auf. Montanwerte fester, bei leichter Abgabeneigung des Publikums.

Der neueste Börsenwitz. «Zwei Juden sitzen in der Eisenbahn; da sagt der eine zum andern — —»

DER TAKT DER SOLDATEN

«Die Deutschen an der Spitze des Festzuges bei der Eröffnung der Olympiade in St. Moritz» sehen so aus:

Ein Mann mit einer Tafel «Allemagne», ein Mann mit einer Fahne, und als dritter — ei, wer tommt denn da? — ein Reichswehroffizier. Den Mund hat er halb geöffnet, als sage er grade «Aeh —», was etwas altmodisch, aber desto wahrscheinlicher ist. Soweit gut.

Aber dieser Offizier trägt an Brust und Bauch: das Eiserne Kreuz Erster Klasse (Nichtraucher) sowie andre Schnallen und Blechstücke aus der großen Zeit. Nun liegt die Situation doch so:

Hinter den Deutschen marschieren im Festzuge die andern Nationen, darunter solche, für deren Bekämpfung der junge Herr von der Reichswehr seine Stoffrestchen verliehen bekommen hat. Nehmen wir einmal an, die Orden wären im Schützengraben verdient —: so klebt an jedem von ihnen das Blut von Landsleuten der Sportkameraden. Geschmack wird stets bei wenigen nur gefunden . . .

Soll also der Mann von der Reichswehr seine Orden ablegen? Nie und nimmermehr — welche Schmach und Schand'! Tragen vielleicht die Offiziere der andern Armeen ihre Kriegsabzeichen, die sie für Abschlachtung von deutschen Arbeitern und Angestellten bekommen haben, gleichfalls, wenn sie in der Schweiz Sport machen? Wenn sie es tun, so spricht das höchstens gegen ihren Geschmack und ihre militärische Erziehung und nicht für die deutsche Taktlosigkeit.

Ja, was hätte denn der deutsche Offizier tun sollen? Er hätte — Bellona, verhülle dein Haupt! — er hätte — man sollte es nicht für möglich glauben — er hätte — wie sag ichs meinem Soldaten? — er hätte sollen in Zivil gehen.

Aber das wäre dann keine Reklame für den nächsten Krieg, Deutschland wäre nicht würdig im Ausland vertreten, und für das Ressort Friede haben wir unsern Nobelpreisträger. Bei Orden denken sich die meisten nicht mehr, als daß es eben Orden sind, die da klunkern. Auch nicht einen Augenblick wird einem Teilnehmer der Olympiade der Gedanke gekommen sein, daß geronnenes Blut auf der Brust des Offiziers sitzt; daß vielleicht ein Bruder beim Anblick dieses Mordabzeichens den Bruder beklagen könnte; daß die Erinnerung an die niedrigsten Tage der Menschheit sich nicht schämt, ans helle Schneelicht zu kriechen. Der Rest weiht Kriegsdenkmäler ein, paradiert mit Totschlägerabzeichen noch im Sport und bereitet sich und die andern, zusammen mit einer tobsüchtigen Industrie, auf das nächste Naturereignis vor.

Und mobilisieren wir —?

ERSATZ

Aman Ullah-Chan in Berlin

Einen richtigen König? Wir haben keinen
und daher borgen wir uns einen.

Sei gegrüßt, du schöne Gelegenheit!
Alles ist wie in alter Zeit:

Straßenabsperrung und Schutzmannsgäule,
Neugier der Kleinbürger, Hurra-Geheule,
Monokel-Kerle die Kreuz und die Quer
und: Militär! Militär! Militär!
Endlich wissen die deutschen Knaben,
wozu sie eine Reichswehr haben!
Dazu.

Denn wenn Deutschland was feiert,
kommt immer die Reichswehr angemeiert,
als der vollendete Ausdruck des Landes
und zur Erfrischung des Bürgerverstandes.
Im Spalier aber steht bei Aman Ullah-Chan
Er: der deutsche Untertan.

Wo wird denn der fremde König wohnen?
Er kann doch nicht auf dem Bahnhof thronen . . .
Ein Palais? Ja, es tut uns furchtbar leid:
aber die Palais gehören zur Zeit
der republikanischen Fürstlichkeit.
Da mieten wir schon – laß die Arbeiter kollern! –
bescheiden ein Haus von den Hohenzollern.
(Von deinen Steuern.)
Und mit mächtigem Getos
gehts los:

Generale und Admirale.
Bürgermeister und Ehrenpokale –
oben, auf dem Brandenburger Tor,
lugt eine richtige Feldwache vor
– sie spielen Krieg – als ob sie drauf lauern,
vor der Macht eines Königs zu erschauern.
Und in allen Augen ein Glanz:
Heil Aman Ullah im Siegerkranz!
(Unsrer ist leider – Gott seis gepfiffen –
leise weinend ausgekniffen.)

Und wer tommt denn da –?
Der liebe gute republikanische Kronprinz ist auch noch da!
Mit dem Geschmack von Papa
und mit Tatü und Tata
fährt er im Auto durch die Linden,
um in den Pferdeäppeln eine verlorene Krone zu finden.
Das gute Kind –! Wie die Rücken sich beugen
wie die Fräcke sich demutsvoll verneigen!
Uniformen blitzen ordensbesternt!
Das können sie. Das haben sie gelernt.
Lacht da einer? Da lacht keiner drüber.
Die Zeitungen schwappen vor Schwachsinn über,
berichten vom Präsidenten-Salon,
von Gala-Oper und Hühnerbouillon.
Der braune König wird Ehrendoktor . . .

Und nur ein vaterlandsloser, verstockter
Roter sieht in der ganzen Musik
den schönen Traum einer Republik.

LENZLICHE LEITARTIKEL

‹Kreuz-Zeitung›
Der Lenz ist da. Auf den Feldern des deutschen Landmannes sprießt und wächst es, ernste Kirchenglocken mahnen zur Andacht, aber das Herz wird nicht so leicht den Frühling in sich einziehen lassen. Vergleicht man diesen republikanischen Lenz mit dem guten kaiserlichen Frühling, so wird jeder gute Deutsche feststellen, daß es da keine Vergleichsmöglichkeit gibt. Dort hoffnungsfrohes Lenzgefühl in schimmernder Wehr, wie sie schon die alten Germanen kannten – hier eitel Dolchstoß, Barmat, Lüge und knechtseliges Hofieren vor zur Macht gelangten Landesverrätern! Ein Blick in die Natur zeigt, woher allein das Heil kommen kann: aristokratisch wie die Natur, die nur die Herrschaft des Einen anerkennt, die Pöbelmassen rücksichtslos zu Boden stoßend, sei auch unser Land! Ein Volk, das fremde Fürsten importieren muß, ist zum Untergang verdammt. Wer, wie wir, dem angestammten Fürstenhaus in den schweren Tagen des Umsturzes die Treue gewahrt hat – – –

‹Rheinisch-Westfälische Zeitung›
Der Lenz ist da. Deutscher Frühling ist über die deutschen Lande gekommen, und echt deutsches Blühen sprüht aus deutschen Knospen. Die politische Situation sieht allerdings nicht so hoffnungsgrün aus. Die Sklaverei, in der der Feindbund Deutschland gefangen hält, sowie die Begehrlichkeit der Arbeiter wirft einen Schatten auf das frühlingshafte Gemälde. Ein Blick in die Natur zeigt, was Deutschland allein noch vom Untergang retten kann: Produktion und nochmal Produktion, und zwar eine solche, die sich nicht an den Acht-Stunden-Tag gebunden glaubt. Blüht der Kirschbaum nur acht Stunden? Bringen die Bienen nur acht Stunden den Honig ein? So wie der Generaldirektor eines Hüttenwerks unablässig, die Nacht zum Tage machend, für das Wohl der ihm unterstellten Arbeiter sorgt und die deutsche Wirtschaft fördert, so soll auch der deutsche Arbeiter einsehen, daß die Einflüsterungen, denen er unterliegt, von landfremder Seite herkommen. Eine Stärkung der Reichswehr, eine Erhöhung des Schutzzolles und eine scharfe, aber gerechte Lohnsteuer – das tut uns not!

‹Germania›

Der Lenz ist da. Durch Gottes unerforschliche Güte sprießt auch in diesem Jahr das frische Grün auf den Feldern, die ersten Maiglöckchen strecken ihre Köpfchen schüchtern aus der braunen Erde und lassen uns fragen, wer dies alles geschaffen hat, lassen uns dem Schöpfer für sein Werk danken. In die Frühjahrsglocken aber mischt sich die Sorge um das neue Schulgesetz, das leider nicht ganz so ausfallen wird, wie es die Interessen der katholischen Kirche verlangen. Solange es Eltern gibt, die die Möglichkeit haben, ihre Kinder ohne Religion aufwachsen zu lassen, solange steht es nicht gut um Deutschland! Der Terror der Freidenker nimmt groteske Formen an, die wir nicht dulden können. Ein Blick in die Natur belehrt uns, daß es dort keine Freiheit gibt – wir sehen Gebundenheit, wohin wir auch schauen –, also warum sollten sich die Menschen eine Freiheit anmaßen, die der Herr seinen Kreaturen selbst nicht gönnt? Die Simultanschule bedeutet die Entfesselung eines neuen Kulturkampfes, den wir aufzunehmen entschlossen sind. Ver sacrum! Blicken wir in diese Natur, so sehen wir nirgends einen Lutherfilm, können also auch nicht dulden, daß ein solcher das deutsche Volk in seinen tiefsten Gefühlen verletze!

Generalanzeiger-Presse

Der Lenz ist da! Die kleinen Krokusblüten entfalten langsam ihre zierlichen Blätter, die ersten Schwalben schwirren durch die lenzliche Luft, und ein kleiner Schulbub hat uns gestern einen jungen Maikäfer auf unsern Reaktionstisch gesetzt! Der Hirt zieht mit seinen Schafen von Tal zu Tal, auch unsre Leser sind aus ihrem Winterschlaf erwacht, und junge Birken bedecken sich mit zartem Grün. Auch der Politiker hat alle Ursache, Ausschau zu halten ins weite Land. Wenn auch einerseits nicht geleugnet werden kann, daß Deutschland in den letzten Jahren wieder eine Stellung gegenüber dem Ausland erlangt hat, die wir nur begrüßen können, so muß doch andererseits gesagt werden, daß die republikanischen Staatsmänner nicht immer mit jener Vorsicht und diplomatischen Kunst zu Werke gegangen sind, die wir von ihnen verlangen dürfen und können. Herr Stresemann geht auch jetzt wieder nach Genf, aber eine Schwalbe macht noch keinen Sommer, und wenn auch nicht geleugnet werden soll, daß ... so doch immerhin ... aber auch andererseits ...

‹Vorwärts›

Der Lenz ist da. Da zieht der klassenbewußte Arbeiter gern ins Grüne und vergißt für einige Stunden die ernste Berufsarbeit und die Fron des Lebens. Ein Blick in die dem Arbeiter vertraute Natur lehrt, woher allein das Heil kommen kann: aus der Zusammenarbeit aller für ein Gesamtziel, und auch die Natur, die keine Einzelführer kennt, sondern jede Gattung nur als Ganzes wirken läßt, bestätigt den Sozialismus und die Republik. Ohne etwa russische Experimente, deren Gefährlichkeit feststeht, billigen zu wollen, wird doch die Partei unerschütterlich, von staatsmännischem Kompromiß zu Kompromiß eilend, am Aufbau Deutschlands mitarbeiten, dem Völkerfrühling entgegen!

Modezeitschrift
Der Lenz ist da. Die Dame von Welt bevorzugt in diesem Jahr das leichte Kascha-Kostüm, das oben eine leicht erweiterte Linie gegen das vorige Jahr zeigt, unten aber streng zusammengerafft ist. Hellbraun, marinegrün und gendarmenblau sind die Farben des Frühlings. Die Schuhe für den Morgen sind aus leicht gefälteltem Bambusrohr, für den Vormittag ist natürlich nur pockennarbiges Walfischleder möglich; für den frühen Nachmittag weiß gesteppt es Bockleder, für den späten Nachmittag stumpfes Kalbleder, für den Abend Lackseide oder Alpacca-Chenille ...

Der liebe Gott nach der Lektüre der Morgenzeitungen:
«Dös wann i g'wußt hätt, nachher hätt i dös net erschaffn!»

APAGE, JOSEPHINE, APAGE –!

In Wien zuckte neulich die Baker mit ihrem Popo,
denn es zieren die Kugeln ihrer Brüste manch schönes Revue-Tableau.
Auch tanzt sie bald auf dem rechten, bald auf dem linken Bein –
und schielen kann sie, daß das Weiße nur so erglänzt in ihren Äugelein.

Dies haben die Zentrums-Schwarzen, die jungen und die alten,
leider für eine Anspielung auf ihre Kirche gehalten.
Auch fühlten sie sich bedroht in ihrer Sittlichkeit,
und sie ließen die Glocken läuten, ganz wie in schwerer Zeit.
Drei Sühnegottesdienste stiegen auf zum österreichischen Himmel,
und die Bußglocke gefiel sich in einem moralischen Gebimmel.

Denn:
Wenn eine Tänzerin gut gewachsen ist
und einen Venus-Körper hat, der nicht aus Sachsen ist;
und wenn sie tanzt, daß nur der Rhythmus so knackt,
und wenn sie ein ganzes Theater bei allen Sinnen packt;
und wenn das Leben bunt ist hierzulande –:
das ist eine Schande.

Wenn aber Christus, der gesagt hat: «Du sollst nicht töten!»,
an seinem Kreuz sehen muß, wie sich die Felder blutig röten;
wenn die Pfaffen Kanonen und Flugzeuge segnen
und in den Feldgottesdiensten beten, daß es Blut möge regnen;
und wenn die Vertreter Gottes auf Erden
Soldaten-Hämmel treiben, auf daß sie geschlachtet werden;
und wenn die Glocken läuten: «Mord!» und die Choräle hallen:
«Mord! Ihr sollt eure Feinde niederknallen!»
Und wenn jemand so verrät den Gottessohn —:
Das ist keine Schande.
Das ist Religion.

DIE GROSSEN FAMILIEN

Im Reichsgerichtsprozeß gegen unsre Freunde Küster und Jacob stand der Reichsanwalt, Herr Jörns, auf und sprach zu Berthold Jacob:

«Haben Sie einen Bruder in Paris?» — «Ja.» — «Was tut Ihr Bruder dort?» — «Mein Bruder treibt in Paris literarische und historische Studien. Nächstens wird ein Buch von ihm erscheinen.» — Der Reichsanwalt:

«Steht Ihr Bruder nicht in Beziehungen zum französischen Generalstab?» — «Nein.» — «Zum zweiten Büro des französischen Generalstabs?»

Und dann später noch einmal: «Steht Ihr Bruder nicht in Beziehungen zum französischen Kriegsministerium oder zum französischen Auswärtigen Amt?»

Berthold Jacob, dessen tapferes Benehmen vor diesen Richtern recht viele Nachahmungen verdient, gab dem ehemaligen Kriegsgerichtsrat Jörns, der den von deutschen Offizieren an Liebknecht und Luxemburg begangenen Mord ‹bearbeitet› hat—diesem Mann gab Jacob die nötige Antwort. Das kleine Intermezzo in einer sonst anständig und untadlig geführten Verhandlung verdient hervorgehoben zu werden, weil es für den Geist des Reichsgerichts typisch ist.

Der ehemalige Kriegsgerichtsrat weiß von dem Bruder nichts, außer ein wenig Klatsch. Zunächst gibt es nichts zu wissen: der Mann lebt hier in Paris, bearbeitet den alten historischen Fall Naundorff; er lebt im übrigen als Privatmann, dessen Gesinnung überhaupt nicht zur Diskussion steht, Herr Jörns interessiert sich für ihn. Ihm genügt die Tatsache, daß ein Deutscher beim welschen Erbfeind lebt, um ihn zu verdächtigen. Seine Fragen, die nicht zur Sache gehörten, waren Verdächtigungen und sind selbstverständlich als solche aufzufassen. Wüßte der Reichsanwalt Näheres und Belastendes über die Tätigkeit dieses Bruders, so müßte er ja von Amts wegen dagegen einschreiten, und man kann sicher sein, daß er es getan hätte. Er weiß aber nichts. Diese Ignoranz genügt, um einen Deutschen, der weder als Angeklagter noch als Zeuge mit der Sache zu tun hat, zu beschimpfen. Der Angeklagte allein ist dem Kriegsgerichtsrat zu wenig Beute: alles, was zu seiner Familie gehört, ist verdächtig.

Daß eine Beleidigung durch den Reichsanwalt vorliegt, steht außer Zweifel: in seinen Kreisen werden solche ‹Beziehungen› zum französischen Generalstab als Spionage, als Landesverrat, also als Verbrechen angesehen. Der Vorsitzende hat Berthold Jacob damit zu beruhigen versucht, daß er bemerkte: «Der Herr Reichsanwalt hat nur gefragt...» Was wäre zum Beispiel, wenn ich fragte, ob die Tochter des Herrn Reichsgerichtsrat X ein Luderleben führt, ob sich der Reichsanwalt Y jeden Abend besauft? Und was wäre, wenn ich vor Gericht im Verhör stammelte: «Aber ich bitte Sie ..., ich habe nur gefragt»?

Daß der Reichsanwalt Jörns einen unbeteiligten Mann, den er vor Gericht beleidigt, durch solche haltlosen Anwürfe in dessen Erwerbsleben schwer schädigen kann, daran denkt er offenbar nicht. Der Präsident des Reichsgerichts, Herr Simons, den die Schmöcke gern den «höchsten deutschen Richter» nennen, scheint seine Leute nicht ordentlich an der Schnur zu haben. Sieht er sich das ruhig mit an? Kann er ihnen nicht wenigstens die einfachsten Beamtenpflichten klarmachen? Will er deshalb nicht, weil er es grade so machen würde? Wie dem auch sei: der Bruder hat in diesem Prozeß nichts zu suchen. Wohl aber die große Familie der radikalen Pazifisten.

Von diesem Punkt aus ist manches im Prozeß zu erklären gewesen: unter anderm das Urteil. Zu dem hat wesentlich die forsche Haltung Küsters in jener leipziger Versammlung beigetragen, wo Tausende gegen die Abwürgung der Wahrheit durch das Reichsgericht protestiert haben, und wo die Stühle der eingeladenen Reichsgerichtsräte allegorisch leer blieben. Gerechtigkeit: Fehlanzeige. Nun hatte aber Küster tausend Mal recht: wird Landesverrat von Pazifisten begangen, ohne daß Geld im Spiel ist, so ist es in unsern Augen kein Verbrechen.

Dieser Landesverrat kann eine Notwendigkeit sein, um etwas Großes und Wichtiges abzuwehren: den Landfriedensbruch in Europa. Der europäische Friede steht über den niedern Interessen der Vaterländer.

Daß die beiden zu Unrecht Verurteilten eine solche Art Landesverrat im vorliegenden Fall nicht begangen haben, ist eine andre Sache. Sie haben schon deshalb gar nichts verraten können, weil es einen publizistischen Landesverrat kaum noch gibt – die uniformierte Konkurrenz ist viel, viel schneller. Sie haben nichts verraten können, weil drüben alles – aber auch alles – bekannt war, und es ist ein Skandal, daß kein Vorsitzender die Vertreter des Reichswehrministeriums in die Zange nimmt und sie fragt:

«Ist es wahr, daß im Juli 1925 die feindlichen Spionageorganisationen über die schwarze Reichswehr ausreichend Bescheid gewußt haben — ja oder nein? — Hat zwischen Münster in Westfalen und dem ‹Stahlhof› in Düsseldorf eine Verbindung bestanden — ja oder nein? — Hat in den *‹Bulletins Secrets›* alles Wissenswerte über die geheime illegale Bewaffnung aus der Zeit Geßlers gestanden — ja oder nein? — Kam ein ‹Vogel› geflogen und setzte sich nieder auf des Erbfeindes Fuß — ja oder nein? — Hat der französische Nachrichtendienst seit dem Sommer 1923 nicht alles gewußt, was von der Reichsmarine über Krupp zum patriotischen Ruhrwiderstand führte — ja oder nein? — Wollen Sie sich als Sachverständiger dazu äußern, wer zu den Herren Braun, Lux (dem Polyglotten), Schneider, Terre gegangen ist? Wollen Sie sich als Sachverständiger dazu äußern, wer den Franzosen erzählt hat, daß die drei in Bayern aufgestellten schwarzen Divisionen von Kahr, von Lossow und Seißer nordwärts marschieren werden und nicht etwa nach Westen?» Aber das hat keiner gefragt.

Der großen Familie der Pazifisten steht die große internationale Familie der Militärs gegenüber, die voneinander und übereinander viel mehr wissen, als je eine pazifistische Zeitschrift veröffentlichen kann. Die wirklichen, echten, und, wenn man so will, gefährlichen Landesverräter, sitzen nicht auf den Redaktionen, sie sitzen anderswo . . . Und sie sind nicht einmal so sehr teuer.

Uns radikalen Pazifisten aber bleibt, entgegen allen Schäden des Reichsgerichts, das Naturrecht, imperialistische Mächte dann gegeneinander auszuspielen, wenn der Friede Europas, wenn unser Gewissen das verlangt, und ich spreche hier mit dem vollen Bewußtsein dessen, was ich sage, aus, daß es kein Geheimnis der deutschen Wehrmacht gibt, das ich nicht, wenn es zur Erhaltung des Friedens notwendig erscheint, einer fremden Macht auslieferte.

Ob die deutsche Justiz vor den Uniformen stramm steht oder nicht, ist uns gleichgültig. Daß die Richter, von denen ein Teil auch politisch nach Revanche schreit, an den tapfern Pazifisten Küster und Jacob ihr Mütchen gekühlt haben, steht außer Zweifel. Der eine hat durch die ausgezeichneten Informationen seiner *‹Zeit-Notizen›* den General Seeckt entfernt, und der andre macht in seiner Wochenschrift *‹Das Andere Deutschland›* in Hagen und in ganz Westfalen die allerbeste pazifistische Propaganda. Beide sind ebenso radikal wie aktiv, und das verzeiht ihnen die reaktionäre deutsche Justiz nicht. Dem Reichsgericht aber sei dieses unser klares Bekenntnis ins Gesicht gefeuert:

Wir halten den Krieg der Nationalstaaten für ein Verbrechen, und wir bekämpfen ihn, wo wir können, wann wir können, mit welchen Mitteln wir können. Wir sind Landesverräter. Aber wir verraten einen Staat, den wir verneinen, zugunsten eines Landes, das wir lieben, für den Frieden und für unser wirkliches Vaterland: Europa.

CASANOVA IM SAFE

Der Verleger Brockhaus in Leipzig besitzt ein Casanova-Manuskript, das noch niemals veröffentlicht worden ist, und das er auch nicht veröffentlichen will. Ich habe ihn gefragt, warum er es nicht tun wolle – er hat sehr höflich geantwortet, daß er auch darüber nichts sagen möchte.

Juristisch ist alles völlig in Ordnung. Wie das Manuskript seinerzeit erworben worden ist, weiß ich nicht – jedenfalls ist Herr Brockhaus im Besitz der Urheberrechte, und niemand kann ihn zwingen, das Buch herauszugeben oder zu veröffentlichen. Ein Werk wird ja bekanntlich erst ‹frei›, wenn es einmal veröffentlicht worden ist. Der sicherlich interessante Band liegt nun also in einem Safe, und da wird er wohl noch eine ganze Weile liegen bleiben.

Die Gründe, die den Verleger bewegen, damit nicht herauszukommen, sind nicht recht ersichtlich. Wenn er etwa glaubt, daß das Werk für seinen Verlag zu frivol sei, dann braucht er es ja nur zu verkaufen. Die Interessen Lebender können kaum noch geschädigt werden; Enthüllungen irgendwelcher Art sind nicht zu erwarten; politische Unannehmlichkeiten ebensowenig – also was ist es?

Es scheint mir die Überspannung der Idee des Privateigentums zu sein, die ja überhaupt im Urheberrecht recht verhängnisvolle Niederschläge gefunden hat. (So haben Erben oft gradezu katastrophale Rechte an geistigem Eigentum.)

Was mir aber vor allem dubios erscheint, das ist die geistige Aktiv-Legitimation des Verlegers. Wie hat er das Manuskript erworben? Hat er es gekauft? Verleiht solch ein Kauf moralische Rechte? Hat Casanova ihn oder seinen Vorgänger zum Vollstrecker seines letzten Willens eingesetzt? Ist Brockhaus berufen, diese literarische Erbschaft zu verwalten? Ist es überhaupt eine?

Armer Casanova.

WARTEN VOR DEM NICHTS

Wer durch die berliner Straßen im Auto fährt, der erlebt so manches liebe Mal dieses: eine Lampe leuchtet auf, und stocksteif, angenagelt, geduldig warten drei, vier Wagen an einer Straßenkreuzung. Worauf –?

Auf die Auswirkung einer Idee.

Sie warten auf eine Möglichkeit, auf ein in die allgemeine Berechnung einbezogenes Ereignis, sie warten einer Theorie zuliebe – es könnten von der andern Seite Wagen kommen . . . Es kommen aber keine. So warten sie auf ein Nichts.

Ferne sei es von mir, die Regeler des Verkehrs, die im Lande leicht priesterliche Verehrung genießen, dieserhalb anpflaumen zu wollen. Ein Teil des Nationalstolzes ist ja auf die Anbetung des ‹Verkehrs› übergegangen, und zwar steht ihre Größe im umgekehrt proportionalen Verhältnis zu seiner, und niemand ist so stolz auf seinen Verkehr als Ochsenhausen, wenn ein Auto durchfährt. «Doch auch zum Herdenrhythmus hatten diese Wesen es noch nicht gebracht», steht in den höchst verdienstvollen *‹Kegelschnitten Gottes›* von Sir Galahad. «Das überstieß sich unaufhörlich und zuckte zurück vor Straßenbahnen, Autobussen, Elektromobilen. Dieses anders bewegte Tote trieb seine Rhythmen nicht als Keile in den Puls der Menge hinein, streckte — staute — zerriß ihn. Alle atmeten ja wie verstörte Frösche.» Nein, was den Wartenden so seltsam berührt, das ist die Unterwerfung denkender Geschöpfe unter eine Idee, deren praktische Anwendung sie so oft enttäuscht, nämlich jedesmal dann, wenn kein Wagen aus der Nebenstraße kommt. Lasset uns, während wir warten, ein wenig spintisieren.

Die Literatur hat öfter Menschen vom Mond herunterfallen, aus Persien, aus Japan ankommen, Europäer in Zwerg- oder Riesenstaaten reisen lassen, um Unbefangene zu schaffen, Leute, die nicht an den Ort gebunden waren, den sie zu beobachten sich vornahmen — nur solche schienen den Autoren geeignet, die volle Wahrheit über das menschliche Leben auszusagen. Wer immer da ist, wo er ist, der sieht zum Schluß nicht mehr. Er sieht die Bäume, die Zweige und die Äste — den Wald sieht am besten der, der noch nie einen gesehen hat.

Und wer sich losreißt vom Gebundenen, der wird — auf der ganzen Erde — immer wieder dasselbe Phänomen finden: wie die Leute auf das Nichts warten, weil sie vor dem Etwas Angst haben. Es gibt Tausende und Tausende von Verbesserungen, die man morgen früh um acht Uhr einführen könnte, wenn nicht diese Angst vor dem Nichts wäre. Die Angst heißt nicht Angst, sie hat viele Namen: aus technischen Gründen ist dies nicht möglich, aus Kompetenzgründen jenes nicht; geschriebene Worte stehen dem gebändigten Leben im Weg, das ans Licht will; da müssen wir erst ... so schnell wird sich das nicht ... die Ämter ... So warten sie auf das Nichts. Da stehen hundert um einen Brand herum, den sie nicht löschen, weil tiefe, niemals ganz zu ergründende Hemmungen, Bräuche, Komplexe, Angstzustände, blinde Willensstörungen sie daran hindern. Immer aber sind diese Vierradbremsen der Zivilisation rational begründet — nie wird eine als rätselhaft zugegeben.

Man sieht bekanntlich an winzigen Dummheiten mehr als an großen politischen Programmen. Da: unsere Straßen sollen abends erleuchtet sein, daran ist kein Zweifel. Mehr oder minder sind sie es. An den Häusern sollen Nummern stehen, damit man sich herausfindet, die Polizei verlangt das. Die Nummern stehen an den Häusern. Aber ab sieben Uhr abends sind die Nummern nicht mehr da, sind in Dunkel gehüllt, unbrauchbar. Kann man sie erleuchten? Es ist eine technische Winzigkeit, die dazu nötig wäre, gar nicht darüber zu reden. Werden die Nummern beleuchtet? Man muß gelesen haben, was sich anläßlich der Besprechung dieser kleinen Frage erhob: Staub stieg auf, um tausend Lungen in Hustenanfälle zu versetzen, die Polizei verbot die Beleuchtung, dementierte das Verbot, Erwägungen setzten ein, ja, es bildete sich sogleich, wie Gras zwischen Pflastersteinen, ein Verein zur Bestrebung der abendlichen Beleuchtung der Hausnummern e. V. Kurz, alle Beteiligten waren schrecklich erleuchtet — mit Ausnahme der Nummern. Die liegen heute noch im Dunkel, weil . . . ja.

Da liegen die Höfe der Schulen. Werden sie außerhalb der Schulstunden ausgenutzt, ausgebaut, belaufen von spielenden, schreienden, ballschlagenden Kindern? Manche vielleicht, viele kaum, alle sicher nicht. Die Plätze in der großen staubigen Stadt sind da, es fahren keine Wagen auf ihnen, die Kinder wären dort sicher — nutzt man sie voll aus? Sturm der Entgegnungen: wir können nicht . . . Sie müssen nämlich wissen, daß . . . die Schulbehörden haben . . . Horch, wie sie auf das Nichts warten.

So tun sie im großen und im kleinen. So führen sie Kriege, und so unterlassen sie, abends ihre Hausnummern zu beleuchten; so quälen sie Menschen, weil sie in Südtirol wohnen, obgleich sie in Südtirol wohnen, während sie in Südtirol wohnen — zu welchem Ende? («Ja, wenn Sie *so* fragen . . .!» Ja, so frage ich.) Das Treiben erinnert an die emsige, stille, kluge, zähe Politik der Jesuiten: welchem Endzweck dient die eigentlich, wie sieht der Idealzustand aus, den jene erhoffen, sich vorträumen, von dem sie sich lenken lassen? Nichts. Nichts.

Vielleicht will die Vernunft zu viel, vielleicht kann das Leben zu wenig. Sieh, jetzt ist gelb in der Wartelampe erschienen, nun grün. Lasset uns Gas geben, lieben Freunde, und weiterfahren.

«GESUNDER PAZIFISMUS»

Der neue Kriegsminister Groener hat den Parteien eine linde Kritik des kaiserlichen Regimes hingeworfen, damit er seinen Panzerkreuzer bewilligt bekommt, und sie sind auch prompt hereingefallen. In diesen Diskussionen, die mit den Worten «Der Etat des Landheeres wird bewilligt» schlossen, fiel das Wort vom «gesunden Pazifismus». Was ist das —?

Es gibt nur *eine* Sorte Pazifismus: den, der den Krieg mit allen Mitteln bekämpft. Ich sage: mit allen, wobei also die ungesetzlichen eingeschlossen sind: denn es kann von der Rechtsordnung des Nationalstaates, der auf der Staatenanarchie beruht, nicht verlangt werden, daß sie die Kriegsdienstverweigerung anerkennt – es wäre Selbstmord. Also müssen wir dem Staat, bis sich die Erkenntnis vom Verbrechen des Krieges allgemein Bahn gebrochen hat, ein wenig nachhelfen – mit allen Mitteln.

Jeder Pazifismus, der den Krieg für Petroleum, für Industrien, für Schutzzölle nicht rundweg ablehnt, ist weder gesund noch ungesund, sondern überhaupt keiner.

Da lesen wir in der demokratischen Presse etwas von der «Gefährdung des Wehrgedankens». Aber wir wollen ihn so gefährden, daß ihm die Luft ausgeht, und wir pfeifen auf jenen «gesunden Pazifismus», der die Heere aufbaut und erweitert, der den Massenmord präpariert, der sein Land ins Unglück stürzt und der ebenso verbrecherisch ist wie das, was er vorbereitet.

«Das Militär ist nur ein Schutz gegen die räuberischen Einfälle der andern.» Das kennen wir – es wird in Zukunft überhaupt nur noch ‹Verteidigungskriege› geben, aber unsere Generation wird auf diesen Schwindel nicht mehr hereinfallen. Jedenfalls lebt kein vollsinniger Kaufmann auf dieser Erde, der Milliarden und Milliarden in ein Geschäft hineinsteckt, das er niemals auszunutzen gedenkt. Das tut aber der Militarismus. Und es gibt da so eine Art Naturgesetz: was man jahrelang, mit dem Aufwand der äußersten Geldeinlagen, vorbereitet, das muß sich eines Tages von selbst auslösen. Geladene Gewehre gehen einmal los.

Es könnte den Generalen so passen, wenn wir diesen «gesunden Pazifismus» anerkennen wollten. Er äußert sich darin, daß der jeweilige Kriegsminister (den man immer mit seinem richtigen Titel ansprechen sollte), im Reichstag Reden hält, die zu nichts verpflichten, denen die uniformierten, faulen und charakterschwachen Abgeordneten freundlich zuklatschen – – und daß dann, wenns soweit ist, deinem Jungen der Dickdarm heraushängt, deinem Mädchen das Auge ausläuft, deinem alten Vater der Kopf zerschmettert wird ... ah! das wollen sie nicht hören! Krieg? Aber sehen Sie doch, in allen Ländern, wie hübsch die Soldaten marschieren; und wie nett sie blasen und tuten und trommeln; und wie schmuck sie aussehen; und wie wacker sie helfen, die organisierten Nichtstuer, wenn es einmal im Jahr einen Dammbruch zu verhüten gilt. Was haben Sie gegen das Militär –?

Wir haben alles gegen das Militär, denn wir wissen, was es vorbereitet, was es ankündigt, was es bedeutet. Wir haben nichts gegen die einzelnen Bauernjungen und Offiziere, die sich da ihr Brot verdienen; hier ist oft genug auseinandergesetzt worden, daß Anflegelungen von Militärpersonen nur ein Zeichen minderer Erkenntnis sind. Der Feldwebel Schulze kann nichts dafür. Das System ist bis aufs Messer zu bekämpfen.

Die Demokraten jubeln, weil sie einen Wehrminister haben, der, geschickter als der bösartige Noske und der unsägliche Geßler, wenigstens ihre Sprache spricht: die eines versöhnlichen Kompromisses. Dazu kommt, daß diese Generation von Abgeordneten, die zur Zeit im Reichstag sitzen, zum größten Teil zu den schlimmsten Kriegshetzern gehört haben: es sind Leute, denen der Respekt vor dem preußischen Militär in den Knochen sitzt und die noch aus den vier Jahren grauenhafter Fahrlässigkeit und verbrecherischer Nichtachtung aller Volksrechte an Händen und Füßen gebunden sind. Von denen ist wenig zu hoffen. Sie sind von Kindesbeinen an in der Ehrfurcht vor den Soldaten aufgezogen; das verlernt sich heute nicht mehr.

Auf die Lüge aber, als gäbe es so etwas wie einen ‹richtigen› und einen ‹falschen› Pazifismus, wollen wir nicht hereinfallen. Daß es anständige und brave Leute gibt, die sich Pazifisten nennen, ja, die sogar den Nobelpreis dafür bekommen, ohne doch den letzten, den entscheidenden Schritt je getan zu haben, steht auf einem andern Blatt. Ich halte zwar eine solche Rede, wie sie der höchst couragierte Professor Hans Driesch vor dem Reichsgericht gehalten hat, für falsch: es ist merkwürdig, wie wenig Gefühl für Takt und Taktik die Deutschen haben. Er mußte, sonst wäre er geplatzt, sagen, daß sich die «Deutsche Liga für Menschenrechte dem Linksradikalismus verschrieben» habe, und er mußte es dort sagen. Er wird erwidern, er habe damit für die Angeklagten wirken wollen, für die er im übrigen in verdienstvoller Weise eingetreten ist, er habe damit sagen wollen, daß er nicht so ein radikaler Geselle sei, er habe damit auf die Richter einwirken wollen. Mir scheint dies, wie vieles andere, was im deutschen Pazifismus geschieht, vielmehr darauf zu beruhen, daß jeder Deutsche einen Kosmos für sich braucht, sonst ist ihm nicht wohl. Der Deutsche will nicht sein – er will anders sein als der Nebenmann. Und ist es leider, wenns zum Klappen kommt, gar nicht ...

Also darf man an Pazifisten keine Kritik üben? O doch, es kommt nur darauf an, wo man das tut.

Ich habe zum Beispiel gegen Fr. W. Foerster allerhand zu sagen, zum Teil sogar sehr Schwerwiegendes, ich sehe Frankreich anders als er, mir gefällt vieles nicht, was er tut, schreibt, sagt ... aber eine Stätte gibt es, an der ich solche Einwände ganz bestimmt nicht erheben würde: die ist das Reichsgericht. So, wie ich über Foerster geschwiegen habe, solange Röttcher in Haft war, so schweige ich, wenn es gegen den gemeinsamen Feind: den deutschen Richter, den deutschen Spitzel, den deutschen Offizier geht. Man darf schon Kritik üben – aber unter uns. Hier, im *‹Andern Deutschland›* wäre einmal einiges zu erzählen über Quidde, der in Paris eine Rede gehalten hat, die eine Katastrophe gewesen ist; der heute nichts weiter zu tun hat, als gegen die französische Rheinlandbesetzung zu wettern, als ob hier der Angelpunkt für den europäischen Frieden läge. Er liegt anderswo, nämlich im

Osten – die Rheinlandbesetzung ist eine aufgepustete und maßlos überschätzte Sache. Es wäre dies und jenes über H. v. Gerlach zu sagen, der in seiner eigenen Taktik ertrinkt – aber alles das darf man nur unter uns sagen. Nicht vor dem gemeinsamen Feind.

Dem ist zu erzählen, daß unser Pazifismus so gesund ist wie ein rotbackiger Junge. Er strahlt, er brüllt, er zappelt mit den Beinen, und wir wollen uns alle Mühe geben, das Kind zu schaukeln. Das Fehlurteil gegen Berthold Jacob und unsern Küster soll uns Mahnung, Ansporn und Ruf an die Freunde sein:

Nun erst recht –!

WARUM EIGENTLICH? . . .

Kleine Dinge, die in der ganzen Welt gleich sind

Vor dem Kriege ist in Paris ein sehr merkwürdiges Buch erschienen: ‹*Les Petites Choses*› von Émile Berr, bei Bernard Grasset, Paris. Es beschäftigt sich mit Dingen, die so klein sind, daß man sie kaum wahrnehmen kann; es ist gewissermaßen eine Zeitlupenbeobachtung des Lebens, eine Mikroskopie des Lächerlichen.

Der Verfasser hat weiter nichts getan als einmal aufgepaßt, was so Leute alles machen, und dann hat er sich gefragt, warum sie es machen. Warum, fragt er, hat man vor Leuten Respekt, die sehr früh aufstehen? Warum sitzt das Monogramm im Taschentuch, wenn man es sucht, immer in der vierten Ecke? Diese Fragen sind nicht rein rational zu beantworten – es bleibt ein Rest, ein ganz winziger Rest von Irrationalem, von einer Art leichtem Irrsinn übrig, der nicht ausdeutbar ist. Daß sich zum Beispiel Leute freuen, die bei einem Glücksspiel gewinnen, ist recht begreiflich; daß sie sich aber noch dazu geschmeichelt fühlen, das rührt an die tiefsten Tiefen des Gemüts, an Urgründe von Götterglauben, Furcht, Sehnsucht nach himmlischer Bestätigung der Existenz und Freude an solcher Bestätigung. Warum es Leuten ein Hochgefühl verleiht, wenn sie einen andern durch ihre Brille gucken lassen und dieser andere sagt dann: «Ach, sind Sie aber kurzsichtig!» – das hat noch kein Mensch herausbekommen. Berr bekommt es auch nicht heraus – er stellt es nur fest, er wirft, vorsichtig lächelnd, die Frage auf . . .

WARUM?

Warum schneidet man sich meistens die Nägel, wenn man es sehr eilig hat?

Warum ärgert einen das Schnarchen eines andern, wenn man allein ist – und warum muß man lachen, wenn man es mit mehreren hört?

Warum ist das illustrierte Blatt im Wartezimmer eines Zahnarztes immer vom vorigen halben Jahr?

Warum hat die plötzlich eintretende Stille an einem Tisch, an dem gegessen wird, etwas Beängstigendes?

Warum ist einem die Person, die ins Abteil einbricht, zunächst – bis sie sich hingesetzt hat – unsympathisch?

Warum fühlt man sich leicht geschmeichelt, wenn einen ein Hund wiedererkennt?

Warum kann kein Mann mit Papier und Bleistift einem noch so interessanten Redner zuhören, ohne im Verlauf von fünf Minuten kleine Männerchen zu malen?

Warum schlägt es nachts immer halb, wenn man aufwacht?

KLEINE SACHEN, DIE SPASS MACHEN

Zu wissen, wo man sich erkältet hat.

An der immer geringer werdenden Zahl der Blätter eines Redners zu merken, daß er nicht mehr lange reden wird.

Auf dem Bahnsteig seine Koffer vorbeifahren zu sehen.

In ein Trauerhaus zu kommen, wo die Leute ganz gefaßt sind.

Diese winzigen Lächerlichkeiten sind nicht an Land und Zeit gebunden. Bekanntlich trennt uns von den Vorkriegsjahren eine viel größere Zeitspanne, als sie der Kalender anzeigt, es ist immerhin seitdem allerhand geschehen. Ebenso ist bekannt, daß die Franzosen in tausend kleinen Dingen des Lebens anders fühlen als etwa eine germanische Rasse. Und doch ... Und doch sind die Ähnlichkeiten so verblüffend, die Gefühlchen so genau dieselben wie unsere, die haardünnen humoristischen Lichterchen so kongruent den unsern, daß der Leser einen kleinen Schreck bekommt und sich sagt: «Also muß es doch etwas ganz Gleiches bei allen Menschen geben, die denselben Zivilisationselementen unterworfen sind.» Das muß es wohl auch.

Soweit sich überhaupt ein Sinn aus den Ungereimtheiten, die hier nun folgen, herauslesen läßt, so ist es der der grenzenlosen Eitelkeit des Menschen – sein immerwährendes, auch auf die kleinsten Nebenumstände ausgedehntes Bestreben, sich, sich und sich herauszustreichen, dem andern überlegen zu sein, sich zu betonen, sich zu fühlen, der erste, der allererste zu sein. Aber damit ist die Sache nicht ausgedeutet. Es bleiben eine Menge dieser kleinen Lächerlichkeiten, – und niemand kann sagen, warum.

Und wenn man dann zu grübeln beginnt, aus welchem Grunde das so ist, dann wird man «Tja –» sagen und gegen eine dünne Wand gelaufen sein, an der es nicht mehr weitergeht.

KLEINE SACHEN, DIE UNANGENEHM SIND

Während des Essens von einem beobachtet zu werden, der nicht ißt.

Einen Regenschirm zu finden, der ein kleines bißchen zu hübsch ist, als daß man ihn anstandshalber behalten könnte.

In einen Salon einzutreten, wenn grade alles still ist.

Auf einer sehr feinen Gesellschaft den Blick der Nachbarin auf sich zu fühlen, die beim Dessert grade sieht, wie man nicht weiß, welches das Käsemesser und welches das Obstmesser ist.

Sich von einem hochvornehmen Diener in einen Mantel helfen zu lassen, dessen Ärmel schon ein bißchen abgeschabt sind.

WAS EINEM SO SCHMEICHELT

An der Spitze einer alphabetischen Liste zu stehen.

In einem billigen Hotel vom Portier, nach einem kurzen Blick, das teuerste Zimmer angewiesen zu bekommen.

Neben einem Haus zu wohnen, in dem ein Mord begangen worden ist.

Auswendig eine Adresse zu sagen, derentwegen sich alle den Kopf zerbrechen.

Auf einem internationalen Bankett einen Redner zu dir gewendet sprechen zu sehen, von dem du kein Wort verstehst, und der dich gewissermaßen als Zeugen seiner Ausführungen nimmt.

Ein schlechter Schüler gewesen zu sein.

ZUSCHRIFTEN AUS DEM PUBLIKUM

Siegfried Jacobsohn hat einmal zu einem berliner Redakteur gesagt: «Ihr und frei —? Wenn über einen von euch beim Verlag zehn Beschwerde führende Briefe aus dem Publikum einlaufen, dann wird der betreffende Mann gekündigt!» Da antwortete der Redakteur: «Herr Jacobsohn, das ist nicht wahr. Es genügt *ein* Brief.» Wie ist das nun damit, und wie sehen diese Briefe aus —? Die Briefe sehen nicht schön aus.

Wenn man so die Redaktionspost eines großen Blattes zu lesen bekommt, dann ergibt sich als erster Eindruck: ganz Deutschland besteht aus Schulmeistern. Diese erhobenen Zeigefinger, diese Rechthaberei und Besserwisserei, der Ton, in dem diese Briefe verfaßt sind, zeigen, daß die wahre Höflichkeit des Geistes und des Herzens bei uns noch sehr selten sind. Als ob man nicht auch seinem schlimmsten Feinde einen formal unanfechtbaren Brief schreiben könnte! Sie können, scheints, es eben nicht. Und man braucht nur einmal die ‹offenen Briefe› in deutschen Zeitungen zu lesen, um zu sehen, wie das aussieht: was sich da enthüllt, was einem da an Muff und schlechter Luft entgegenströmt.

Aus diesen Briefen spricht zunächst die nationale deutsche Unart: «Mein Beruf ist der allerwichtigste, der allerschwierigste, der allernützlichste – und du alter Esel (euphemistisch mit dem furchtbarsten deutschen Schimpfwort: ‹Laie› genannt) verstehst überhaupt nichts davon –!» Aus den Briefen spricht ferner eine jener Eigenschaften, durch deren Anwendung der Krieg verloren wurde: der Glaube nämlich, daß einer absolut, von oben bis unten, nichts als Recht und sein Gegner nichts als Unrecht haben könnte. Diese niederschmetternden ‹natürlich›, ‹seffaständlich›, ‹zweifellos› donnern den andern zu Boden, ein völliger Mangel an Ritterlichkeit verhindert auch noch die leiseste Schonung.

Man blättere etwa in den Briefen an die ‹Liebe Morgenpost›, eine Fundgrube für Schürfarbeiten im dunkelsten Bergwerk Deutschland, und man findet des weiteren die deutsche Sucht, alles auf der Erde zu kodifizieren. (Die in dieser Beziehung sehr vernünftige Haltung der Redaktion kann daran nichts ändern.) Daß man das Leben eben nicht in ein für alle Mal von vornherein bestimmte Formeln, Gesetze, Vorschriften und Gebote pressen kann, geht dem Deutschen schwer ein. Es entspringt das seiner tiefen Lebensunsicherheit: er will *gesichert* sein gegen alle Zufälle, es soll für alles ein Paragraph da sein, der ihn des weiteren Denkens, der Rücksichtnahme, der Güte des Herzens enthebt. «Laut § 197 haben Sie . . .» Aus. Bis tief hinunter geht das – die kleinen Leute kopieren die schlechten Umgangsformen ihrer Herren, und jeder Grünkramhändler schreibt, wenn er schreibt, wie Napoleon aus der Köpenicker Straße. Das ist er auch.

Weiter oben aber haben sie es mit der ‹Logik› – und nichts scheint ihnen größere Sünde und Vorwurf als der Schrei: «Sie haben sich widersprochen!» – ein Satz, auf den einmal Karl Wolfskehl geantwortet hat: «Ja. Ich bin doch nicht mein eigenes Schulbeispiel –!» Aber diese phantasielosen Studienräte und Nationalökonomen suchen mit der Lupe und mit der Lumpengabel in allen Abfallkästen, um triumphierend einen Widerspruch ans Licht zu zerren. Und haben sie den, dann gnade Gott dem Schreibersmann, der ihn verschuldet hat. Der masochistischen Gutgläubigkeit des übertölpelten Publikums («Es hat aber in der Zeitung gestanden!») entspricht so gar nicht jene seltsame Schulmeisterei, die noch höher thront als Gott, der nur alles weiß. Sie aber wissen alles besser. Es ist grade so, als habe ein stets überwacher Widerspruchsgeist nur darauf gewartet, daß er geweckt werde; kaum ist ein Vorschlag da, ein Entwurf, eine neue Meinung – so springen dir hundert daumennagelgroße Oppositiönchen entgegen und geben dir Saures. Mit Erfolg –?

Eine große Zeitung, ein Verlag, eine Bewegung soll natürlich auf das aufmerksamste zur Kenntnis nehmen, was aus dem Publikum kommt. Tuchfühlung ist alles, der Elfenbeinturm gar nichts. Aber soll man sich auch folgsam danach richten?

Es gibt in der Tat nur sehr, sehr wenige Zeitschriften oder gar Zeitungen, die lediglich von den Herausgebern oder vom Verlag und nicht stillschweigend vom Publikum redigiert werden. Die größte Angst haben sie alle vor den ‹Verbänden›. (Alfred Kerr: «Ist ein Verein dafür da –? Es ist ein Verein dafür da.») Nun sind diese Verbände in der Tat nicht von Pappe. Beamtengruppen sachlich anzugreifen, wagt nicht einmal die sozialistische Presse; sie kann es, wie die Dinge liegen, kaum wagen, weil jedem solchen Angriff eine geschlossene Phalanx gegenübersteht, die vor keinem Mittel zurückschreckt: vor Boykott nicht und vor Abbestellungen des Blattes nicht, vor Inseratenentziehungen nicht, vor nichts. Da wagt so leicht keiner etwas. Grotesk wirkt sich diese Angst aus, wenn es um die Satire geht: schleudere deine Pfeile gegen wen du willst, aber mit den Stadthebeammen ist nicht zu spaßen, mit den Volksschullehrern ist nicht gut Kirschen essen, mit dem ‹Ansehen des Ärztestandes› jongliere du nicht. Und welche Empfindlichkeit! Die schlimmsten Leuteschinder verwandeln sich in zitternde Mimosen, wenn *sie* einmal dran sind. Das gibts nicht – und da stehen noch die ältesten Weiber auf wie ein Mann.

Tiefster Grund: wir haben Verleger, die Geld verdienen wollen – was begreiflich ist. Wir haben kaum einen Verleger, der *Macht* will – was unbegreiflich ist. Als sie neulich den Besitzer des *‹Matin›* in Berlin gefeiert haben, da glaubten die deutschen Verleger sicherlich, neben einem Kollegen zu sitzen. Es war ein Irrtum. Dem Mann ist seine Zeitung ein Mittel zum Zweck: er will natürlich auch Geschäfte mit ihr machen (und was für welche!) – aber er will die *Machtposition*, die eine solche Zeitung jemandem gibt, der sie zu benutzen versteht. Davon ist bei uns wenig zu spüren. Ist das besser? Sind sie bei uns sauberer?

Nein. Sie sind, leider, nicht korrupt, sie sind etwas viel Schlimmeres. Sie sind beeinflußbar, und das unterliegt keiner Kontrolle, wie etwa die ziemlich zutage liegende Käuflichkeit der französischen Presse, wo selten der einzelne Redakteur, fast immer das Wirken des Verlages gekauft wird. Sie haben solche Angst bei uns. «Herr Kommerzienrat Petzold hat erst neulich im Adlon gesagt, er verstände nicht . . .» Die Zeitung versteht, ein leiser Griff, und alles ist in Ordnung. Das Publikum hat seine Zeitung: ziemlich genau die, die es haben will. Wer in den Spiegel hineinschaut, darf sich nicht wundern, was da herausguckt. Er selber.

FÜR MAXIM GORKI

Zunge Rußlands!
Du hast für die Stummen gesprochen,
die nur mit den Armen winken konnten –

Mauern haben ihren Schrei erstickt,
Gendarmerieoffiziere haben ihnen den Mund geknebelt.
Trommeln haben gerasselt, wenn sie fielen –
du hast gesprochen.

Sie sind nach Sibirien gegangen,
während sich die falschen Genossen in der Duma so wichtig vorkamen
wie heute noch alle falschen Genossen in allen Parlamenten Europas ...
sie haben geweint, wenn es niemand gesehen hat,
und geklagt, wenn es niemand gehört hat –
du hast gesprochen.

Da steht Rußland,
sein Kopf hieß Lenin.

Du, Maxim Gorki, bist sein Herz.

HERR WENDRINER DIKTIERT EINEN BRIEF

Für Curt Friedmann

«Da hats geklingelt. Gehn Sie mal hin – wer ist das? Frollein Lachmann? Sehr gut. Da kann sie gleich mal ... Das wär ja noch schöner! Dem wer ich das besorgen. Dreihundert Mark, der Mann ist wohl verrückt! Da glauben sie, weil man 'n Pelz anhat, man verdient wer weiß was! Vielleicht hat er auch 's Auto vor der Tür stehn sehn! ... Dreihundert Mark! Was hat er denn schon groß gemacht? Gib mal her die Liquidation – 'n Morgen, Frollein Lachmann ... nein, nichts Besondres ... ich geh heut nicht ins Geschäft, ich fühl mich nicht wohl. Alles in Ordnung? Was? Was? Freutel ist nicht gekommen? Wieso ist er nicht gekommen? Er hat telefoniert, er hat Grippe? Deswegen braucht er doch nicht gleich zu Haus zu bleiben – da kämen wir ja weit, wenn jeder gleich zu Haus bleibt, wenn ihm was fehlt. Ja, ich hab son komisches Gefühl im Hals, so Schmerzen beim Schlucken, nein, es ist weiter nichts, meine Frau hat mir schon in 'n Hals gesehen. Also schreiben Sie mal gleich. Hanne! Hanne! Ich hab dir doch gesagt, du sollst mal die Liquidation von dem Kerl hergeben – wo isse denn nu? Gib mal her. So. Und nu stör hier nicht, ich will jetzt hier diktieren. Legen Sie die Post – haben Sie die Post mitgebracht? – legen Sie mal dahin, inzwischen ... ist was dabei? Na, nachher. Also schreiben Sie mal:

‹Herrn Professor Braun. Hier. Im Besitz Ihrer –› Nein, keine Anrede! ‹Im Besitz Ihrer Rechnung› – nein: ‹Im Besitz Ihrer Liquidation vom —› warten Sie mal — ‹vom sechzehnten dieses Monats spreche ich Ihnen mein Erstaunen aus, — ööm —, daß Sie als Arzt mir eine derartige Rechnung schicken.› Schicken. Schicken. ‹Sie scheinen nicht zu wissen . . .› Hanne! Hanne! Komm mal rein. Wie oft war er bei dem Kind? Was? Jeden Tag? Natürlich jeden Tag, wenn das Kind krank war. Wie oft? Warte mal — am achtzehnten waren die Flecken im Hals, das weiß ich noch, weil sie an dem Tag den Diskont raufgesetzt haben, achtzehnten, neunzehnten das wäre also . . . — wann war er zum letzten Mal hier? Vor vier Wochen? Eine Frechheit, einem schon nach vier Wochen die Rechnung zu schicken! Wer zahlt mir? Dann ist er also achtzehn, nein, neunzehn Mal ist er dagewesen. — Was sagen Sie, Frollein Lachmann? Der März hat einunddreißig Tage? Dafür kann ich nichts. Also schreiben Sie. ‹Herrn Professor Braun.› Nein, keine Anrede. Doch: Anrede. ‹Sehr geehrter Herr Professor! Im Besitz Ihrer — mnöö — offenbar irrtümlichen Liquidation vom sechzehnten dieses Monats spreche ich Ihnen› — was hab ich gesagt? — ja — ‹spreche ich Ihnen mein Erstaunen aus, daß Sie als Arzt mir eine derartige Liquidation schicken›, nein: ‹ze senden wagen.› So! ‹Sie scheinen zu vergessen, daß unsere Margot lediglich einen kleinen Halskatarrh hatte, untä — und daß das Kind heute gesund ist› . . . was? . . . ‹was nicht der Fall wäre, wenn es ein ernsterer Fall gewesen wäre.› Hanne, jetzt geh, du störst hier! Nein. ‹Ich fordere Sie auf› — jetzt lauf doch nicht immer raus! vielleicht brauch ich dich noch! — ‹ich fordere Sie auf, mir einen wesentlich mäßigeren Preis — öh — zu machen, da ich die Sache sonst meinem Rechtsanwalt . . .› Was hat er denn dem Kind schon gemacht? Er hat ihm in den Hals geguckt, ach! erzähl mir doch nichts! Was? Das war doch keine Operation! Das war ein Eingriff, das hat er selbst gesagt — ein ganz belangloser Eingriff, das Kind hat ja kaum geschrien, das hast du mir ja selbst erzählt! Was? Was bin ich mir schuldig? Jetzt stell dich noch auf die Seite von dem Mann! Er als Arzt muß wissen, was er seinen Patienten zumuten kann! Überhaupt die modernen Ärzte! Was können sie denn schon? Wie Jenny damals Wasser im Bauch gehabt hat, daß mans durch alle Zimmer hat gluckern hören, da haben sie um das Bett rumgestanden, und keiner hat . . . Frollein Lachmann ist lange genug im Geschäft, die kann das ruhig hören! — Laß mich in Ruh mit den Ärzten! Na ja, im Krieg — da sind sie ja manchmal ganz nützlich gewesen, aber wir haben jetzt keinen Krieg. Neulich stand in der Zeitung, bei den Chinesen werden die Leibärzte so lange bezahlt, wie der Patient gesund ist, und wenn er krank wird, kriegen sie nichts mehr . . . sehr vernünftig, was meinst du, würde der Professor Braun . . . Ich habn bloß kommen lassen, weil Regierer gesagt hat, er schwört auf ihn . . . vorher war ich bei Jensen, ich könnt mir was antun, daß ich da weggegangen bin! Wüllner! Wüllner versteht einen Dreck, der ist bloß Hausarzt. Wenn ihr mich immerzu unterbrecht, kann ich nicht diktieren! Also schreihm Se. ‹Sehr geehrter Herr Professor! Im Besitz Ihrer Liquidation vom sechzehnten dieses Monats erlaube ich mir — immm — Ihnen mitzuteilen, daß ich dieselbe leider nicht anerkennen kann. Mir scheint sie in Anbetracht der stattgefundenen achtzehn . . .› nein! schreiben Sie: vierzehn! — ‹vierzehn Besuche sowie in Anbetracht meines Einkommens reichlich — öh — hoch, und möchte ich Sie bitten . . .› Der Mann behandelt die ganze Börse, der wird einen guten kaufmännischen Brief schon verstehen. Red nicht immer dazwischen . . . Angst gehabt! Angst gehabt! Natürlich, wenn ein Kind Flecken im Hals hat, hat man Angst. Wieso? Was heißt Dankbarkeit? Er ist Arzt, das ist sein Beruf, dafür kriegt er bezahlt! Das wäre ja noch schöner! Wer ist mir dankbar! Das Leben ist kein Kinderspiel. Er hat ja gute Leute, das ist wahr: Simons und Löwenbergs und Regierer — wissen möcht ich, wovon Regierer sonen teuern Arzt bezahlt. Dem macht er wahrscheinlich nicht so hohe Rechnungen . . . Also schreihm Se. ‹Sehr geehrter Herr Professor! Im Besitz Ihrer werten Liquidation vom sechzehnten dieses Monats erlaube ich mir, Ihnen mitzuteilen, daß — eh — daß es mir in Anbetracht der derzeitigen Wirtschaftslage sowie des nur kleinen Eingriffs bei dem Kind lieb wäre, — mmm — wenn Sie dieselbe zu ermäßigen in der Lage wären. Ich erlaube mir, Ihnen anliegend einen Scheck› — wo ist denn wieder das Scheckbuch? ach so! — ‹einen Scheck über hundert Mark zu übersenden, und hoffe ich — öö — daß die Angelegenheit damit erledigt ist. Mit vorzüglicher Hoch —› Er wird die hundert Mark einstecken und mir gar keine Ungelegenheiten machen, das sag ich dir! Hundert sind reichlich, der Mann arbeitet mit zweihundert Prozent Verdienst, son Geschäft möcht ich auch mal haben . . . Ach, wem wird er denn das schon erzählen! Dafür hat er viel zu viel zu tun. Ich bin fest davon überzeugt, daß er die Rechnung gleich so hoch angesetzt hat, weil er genau weiß, daß ers mit Kaufleuten zu tun hat — da ist er doch gewöhnt, daß man sie runtersetzt. Wenn auch. Also gut: zweihundert. Schreihm Se: ‹einen Scheck über zweihundert›. Aber nicht einen Pfennig mehr! Er soll froh sein, daß man so prompt bezahlt! Das seh ich überhaupt nicht ein, daß ich gleich zahl — wer zahlt denn nach vier Wochen? Die Reichsbank. Seh ich aus wie die Reichsbank? Meinst du, er wird doch drüber sprechen? Das Kind wär auch so gesund geworden, was hats denn schon gehabt? 'ne kleine Erkältung. Fieber? Lächerlich! Dem sein Thermometer! Diphterie sagen sie, und Husten meinen sie. Dreihundert Mark . . . frag mal Frollein Lachmann, wie lange wir im Geschäft dafür arbeiten müssen, bis wir dreihundert Mark verdienen! Das ist kein kaufmännischer Standpunkt! Vom kaufmännischen Standpunkt . . . Die Leute können von unsereinem noch immer was lernen. Die Leute sollen Lehren annehmen und nicht alles besser wissen wollen, dabei lernen sie. Ich komme gewiß viel herum, ich habe praktische Erfahrungen und kaufmännisches Wissen ... Überhaupt: Wenn mans im Leben zu was bringen will, muß mans zu was gebracht haben —! Das ist mein Standpunkt. Also mir wächst schon die ganze Halsgeschichte zum Hals raus, man ist doch nicht der Affe von dem Mann, ich habe meine Nerven nicht gestohlen, wenn man ne verantwortliche Position hat, dann muß man eben ... Ich will nichts mehr davon hören! Einmal und nicht wieder! Das nächste Mal geh ich zu Jensen. Welsch sagt auch, Jensen is unsere erste Kapazität. Dann paß besser aufs Kind auf, dann wirds nicht krank werden. Wer ist überhaupt an allem schuld? Du —! Dafür geh ich nicht ins Geschäft, um für die Ärzte zu arbeiten. Dafür ist mir mein Geld zu schade. Hat Kistenmacher den Wein für heute abend geschickt? Dann telefonier — Du weißt, daß mir daran liegt ... Lehmann versteht was von Wein, er hat erst neulich gesagt: ‹Komisch, in jüdischen Häusern gibts immer so gut zu essen und so schlecht zu trinken!› Aufgewachsen bei. Du warst doch bei ihm — nein, nicht bei Kistenmacher, bei Braun! Ist er denn wenigstens modern eingerichtet? Ein Arzt ohne Apparate ist überhaupt kein Arzt. Is ja doch fabelhaft, wie weit sie in der letzten Zeit fortgeschritten sind. Neulich hab ich gelesen, sie können jetzt sogar Diphterie auf Blattläuse übertragen, oder wars umgekehrt? jedenfalls is es ein fabelhafter Fortschritt. Was, Frollein Lachmann? Ihnen hat auch schon mal ein Internist geholfen? Na, sehn Sie. Ich weiß nicht, was das mit dem Schlucken ist — Hanne, hol mir mal 'n Spiegel! Von den Internisten halt ich ja im allgemeinen nicht viel — oben gucken sie rein, und unten kommt nichts raus. Aber die Chirurgen — wissen Sie: was weg ist, wächst nicht nach, hat mein seliger Vater immer gesagt. Recht hat er gehabt. Also denn schreiben Sie mal. Das streichen Sie aus. Nein, das Ganze, und nu schreiben Sie ... So. Und lesen Sie nochmal vor. Wie sieht der Brief jetzt aus —?

‹Herrn Professor Dr. Braun
Hier

Sehr geehrter Herr Professor!
Im Besitz Ihrer Liquidation vom 16. d. M. erlaube ich mir, Ihnen in der Anlage einen Scheck über

Mark 300,— (Dreihundert)

mit bestem Dank für die ausgezeichnete Behandlung zu übersenden.
Mit vorzüglicher Hochachtung

Ihr sehr ergebener
H. Wendriner›»

DER NEUE KÜRSCHNER

Einst wurde Roda Roda von Freunden herausgefordert: er könne ja vieles erreichen, aber eines nicht. Nie, niemals würde er den ersten Platz im Kürschner einnehmen. Das Jahr ging zu Ende, der neue Kürschner erschien, und am Anfang stand:

Aaba, siehe Roda Roda.

(Wobei besonders schön das fürsorgliche Doppel-A ist: damit auch ja nichts passieren kann.) Aaba Aaba aber steht auch heute noch an erster Stelle in *‹Kürschners Literaturkalender›*.

Das dicke Buch präsentiert sich in schmuckem, rotem Leineneinband, sehr empfindlich, also für die Redaktionsarbeit durchaus geeignet: man sieht jeden Hauch, jeden Fingerabdruck darauf, und eine Diskussion mit nasser Aussprache in der Nähe des Buches ist nicht gut möglich. Der alte Satzspiegel ist beibehalten worden, aber ein weißer, breiter Rand ist neu, wodurch das Büchlein größer geworden ist, der Druck nicht deutlicher. Einige Fotos zieren den Band — aber das schadet nichts.

Wir sind unsrer achttausendzweihundert — die ‹Gelehrten› nicht eingerechnet, die, zwanzigtausend Mann hoch, in einem besonderen *‹Gelehrten-Kalender›* vereinigt sind. Achttausend ... ohne die Zerquetschten. Lasset uns ein wenig blättern.

Zunächst sieht jeder nach, ob er selber drin steht. Dann ziemt es sich, die Freunde aufzusuchen — ob vielleicht einer von ihnen mit einem Druckfehler gesegnet ist, ob sie auch alle da sind, wo sie wohnen, wo sie geboren sind, schau! schau! ‹20. Auflage› — wer hätte das gedacht! und: ‹Chef vom Dienst›, nimm nur das Maul nicht so voll ...

Manche sind verschwunden, andre sind neu hinzugekommen; statt Kurt Eisner steht da zum Beispiel:

Arco auf Valley, Anton, Graf, Geschichtspolitisch, Luftverkehr, Prokurist b. d. Süddtsch. Lufthansa München, Briennerstr. 50b

Diese Berufsangabe ist unvollständig — hier fehlt etwas.

Besuchst du deine Freunde im Kürschner, so fällt dir auf, daß da fast immer jemand ist, der ‹auch so heißt› — es gibt ja ganze Schriftstellergenerationen, bei denen das Dichten endemisch ist: die Hirschfelds von heute heißen Neumann oder Müller ... Wolfgang Gneisenau, geb. Goetz, gibt seine Arbeiten an; als erste: *‹Origines gentis Goetz›*. Der Ursprung der gens Goetz? Papier, Herr, Papier.

Bei manchen braucht man gar nicht erst das Geburtsdatum nachzusehen, das viele Damen ausgelassen haben — ein Blick auf die Buchtitel genügt. Roman: *‹Und sie rüttelte an der Kette›* — genug, ich weiß. Auch ist anzumerken, daß offenbar die unbekannten Schriftsteller am meisten geschrieben haben, und wie bei Rundfragen die di minores sich gewöhnlich über lange Seiten ausbreiten, die Gelegenheit, endlich einmal gedruckt zu werden, atemlos ausnutzend, so gibt es hier Kaninchenböcke, von deren unmäßiger Produktion wir uns nichts träumen lassen. Demetrius Schrutz (Adresse: Frau Rosa Obrist) hat eine ganze Kürschner-Spalte vollgedichtet; seit dem Jahre 1885 gehen dem Mann die Stücke jährlich wie die Bandwürmer ab, ringeln sich noch ein wenig und liegen dann still.

Wer aber alles noch lebt, das ist mitunter gespenstisch zu sehen. Von meinem alten Lehrer Hänschen Draheim will ich gar nicht reden – Mehring, du hast immer erzählt, er habe ein Buch geschrieben: *‹Ein falsches ‹Und› bei Lessing›*, das steht aber nicht drin; doch denkt nur: den alten Joseph von Lauff gibt es noch, und wirklich und wahrhaftig:

Eschstruth, Nataly v. (verw. v. Knobelsdorf-Brenkendorf), Romane, Majorswitwe.

Sie wohnt, wie nicht anders zu erwarten, in einer Kaiser-Wilhelm-Straße. Und inzwischen hat ihre Kunst die von Reimann erfundene Courths-M. übernommen; ob sich die beiden Damen wohl kennen?

Man lernt viel Neues aus dem Kürschner: es gibt, natürlich, ein Buch über *‹Eberswalde u. s. freiwillige Feuerwehr›*; der unzuverlässige Bearbeiter des *‹Richtigen Berliners›* hat ein Buch gebucht: *‹Die Bühnenanweisung im deutschen Drama›*, und wer nicht artig ist, muß es lesen – und Pseudonyme sind da, daß man vor Neid erblassen könnte. Neckische: ‹Hidigeigei› und ‹Latschenbock› und ‹Kiki› und ‹Joachim Friedenthal› ... nein, das ist wohl kein Pseudonym. Einer heißt Heinrich Wilhelm Hubert Evers, sein Pseudonym, das ihn der Menschheit verbirgt, ist: W. Heinz Evers. Nur ein Apotheker kann auf solche Idee kommen.

So stehen wir denn alle im Kürschner verzeichnet, und jeder der Achttausendzweihundert hat, wenn er darin blättert, sicher einmal gesagt: «Ich möchte nur wissen, wozu die Leute soviel Bücher schreiben!» (Anwesende ausgeschlossen.) Denn so geht das:

Das große Erlebnis, das sich vor einer Schreibmaschine, Bibliotheksbänden, einem Weib entzündet; göttlicher Funke, leuchtendes Auge, tiefe Einsamkeit, schwarzer Kaffee und was jeder so braucht; saubere Reinschrift und Paketsendung an eine Verlegerei; wehende Fahnen und haftende Druckfehler; vor Neuheit krachende Bände und verliebte Widmungen; boshafte Kritiken und Hymnen auf strikte Gegenseitigkeit; eine Postanweisung, ein Scheckchen Honorar; stockender Absatz und staubende Vergessenheit; gehäutete Schlange, Dummstolz und Skepsis; angegriffen, abgegriffen, vergriffen ... und dann eine halbe Petitzeile in *‹Kürschners Literaturkalender›*:

‹Agonie der Leidenschaft›. Roman. 1901.

DIE ÜBERLEGENEN

Deutsches Publikum, das auf Stühlen sitzt, fühlt sich Leuten, die vorbeigehen, überlegen. Die Stellung des falschen literarischen Kritikers entspricht dieser scheinbaren Überlegenheit des Sitzenden über den Laufenden – der Kritiker und der Sitzende glauben, daß der Künstler und der Laufende ihretwegen da seien. Außerdem riskieren beide nichts. «Das Publikum», hat ein französischer Literat einmal gesagt, «hält sich dem Künstler deshalb für überlegen, weil es ein Urteil über ihn abgibt.» Dieses ‹weil› ist eine ganze Abhandlung der menschlichen Seelenkunde.

«Der gute alte Tolstoi», schrieb neulich so ein Fortschrittgewächs, das offenbar gar nicht fühlt, daß man keinem Größern auf die Schulter klopfen kann. Aber da werden Giganten von kleinen Verwachsenen wohlwollend belobt oder mit jener Miene in die ‹verstaube Ecke› getan, da werden Eintagsfliegen mit Löwen zusammen genannt, damit man glaubt, die Insekten könnten brüllen, und es gibt eine ganze Literaturgattung, deren Autoren nur ein, ein einziges Bestreben haben: überlegen zu scheinen. Denn wären sie es, sie hätten nicht nötig, krampfhaft so zu tun, als seien sie es.

Das beste und beliebteste Mittel, Überlegenheit zu markieren, ist die Andeutung. Wilde, erotische Abenteuer werden lässig so angedeutet. Daß die meisten der Überlegenen mit Briand auf Sie und Sie und mit Stresemann auf Du und Du sind, versteht sich von selbst, und was das Leben im allgemeinen anbetrifft, so ist gar nicht zu sagen, wie sie es meistern. Die kleinen Mädchen und die großen Männer; die Gefühle und die Geschäfte; der Sport und die Künste – das haben wir alles im kleinen Finger, dessen sorgfältig polierte Nagelfläche wir dem Betrachter geziert entgegenhalten.

Daß junge Leute so tun, ist normal – das muß so sein und ist immer so gewesen. Aber daß ältere Knaben eine Haltung annehmen, die sie knapp bei andern richtig beobachtet haben, ohne sie je zu besitzen, daß sie in grenzenloser Eitelkeit ununterbrochen ihre Person vor das Stereoskop schieben, durch das sie den Leser gucken lassen sollen, der ja gekommen ist, ganz etwas andres zu sehen –: das ist bitter. Geltungsdrang und Minderwertigkeitskomplexe sind noch keine Literatur.

Wenn einer so überlegen tut, wäre zu überlegen, ob man ihn nicht überlegen soll.

... DAS GELD AUS DEM FENSTER!

In Cannes wohnt Herr Chanel aus den USA, und am 6. April dieses Jahres hat er zum großen Entzücken der ortseingesessenen und zugewanderten Bevölkerung eine Handvoll Tausendfranc-Scheine aus seinem Hotelfenster auf die Straße geworfen. Wie uns unser Spezialkorrespondent Theobald Tiger aus Cannes meldet, liegen die Scheine zur Zeit nicht mehr auf der Straße.

Oh, Herr Chanel ist nicht verrückt. Zunächst hat er das nicht zum erstenmal gemacht: schon einmal hat er die Cannesen mit den flatternden blaßblau-rosa Schmetterlingen erfreut. Herr Chanel ist nicht verdreht – er ist nur zu reich. Er muß *sehr* reich sein; denn der gewöhnliche Haus-Reiche (Homo pecuniosus communis) trägt als Panzer und Aura einen leichten Wams von Geiz; fahre nie mit einem reichen Mann nach Hause, der kein Auto hat – immer wirst *du* das Auto bezahlen ... Herr Chanel muß so reich sein, daß es schon nicht mehr schön ist: denn als er nach Europa herüberfuhr, da verfertigte er auf dem Schiff eine lange Drachenschnur, mit hundert Tausendfranc-Scheinen daran – pro Zettel immerhin 160 Mark – und so ließ er die Schnur im Wasser hinter dem Schiff hergleiten. Dann zog er sie heraus, die Scheine waren alle noch da. «Three cheers auf die Fische–!» rief der Herr Chanel. «Die Fische machen sich wenigstens nichts aus Geld–also sind sie besser als die Menschen!» Ich halte diesen Schluß für leicht anfechtbar; vielleicht nehmen die Fische nur Dollars oder gedeckte Schecks oder nur Naturalien von der Firma Jonas u. Cie., man weiß das nicht genau. Das tollste Stück aber hat Herr Chanel in New York vollbracht.

Dortselbst zog er nach einer Wette mit einem Korb in den Straßen herum, der war bis obenhin mit Dollarscheinen gefüllt, ungefähr eine Million! Und davon bot er allen Vorübergehenden an.

«Bitte, nehmen Sie doch – aber bedienen Sie sich, meine Damen und Herren! Wer hat noch nicht seinen Dollar? Schöne, frische Dollars – hier ganz umsonst –!» Und da geschah das Wunder.

Es nahm keiner. Die Amerikaner, die zwar sonntags fleißig aus ihren Gesangbüchern singen, hatten so etwas von Nächstenliebe noch nie gesehen, dieses Erlebnis lag völlig außerhalb ihrer Vorstellungssphäre, und Herr Chanel zog mit seinem Dollarkorb unangefochten durch die brausenden Straßen New Yorks. Nur ein schlichter Arbeiter erbarmte sich seiner und langte etwas zögernd in die raschelnde Masse ... Vier Zehn-Dollar-Scheine fischte der Mann, nur vier, mehr nicht, und damit ging er schnell ab, sie sicherlich sorgsam befühlend, ob sie auch echt seien, zweifelnd und sich oft umsehend, ob er nun auch nicht von dem Narren da etwa verfolgt würde ... Aber der rief weiterhin seine Ware aus, die keiner wollte. Hier war das Glück – da waren die Leute –: sie glaubten es nicht.

Herr Chanel wird wahrscheinlich eines Tages von seinen besorgten Verwandten in ein Haus getan werden, in dem er den Kaiser der Sahara und den Erfinder der Fliegenfalle beim traulichen Poker antreffen wird ... Bis dahin aber möge er nicht fortfahren, an der göttlichen Weltordnung zu rütteln. Denn es ist etwas Ärgerliches um einen, der da sein Geld zum Fenster hinauswirft.

Ich bin zwar nicht in Cannes dabei gewesen, aber ich kann mir – über den grapschenden Händen der Zugreifenden – die ärgerlich-belustigten Gesichter der Leute schon denken. Geld aus dem Fenster zu werfen –! Gutes, richtiges Geld aus dem Fenster –!

Das haben unsere Mamas zu uns gesagt, wenn wir uns für fünfzehn Pfennig Makronen gekauft hatten (nannten Sie das auch ‹knacken›? wir nannten das ‹knacken›) – und es war wohl mehr eine schöne Redensart, denn wer sollte Geld aus dem Fenster werfen! Nein, es war nur eine façon de parler – meine Verwandtschaft hat mir zum Beispiel immer geweissagt, ich werde noch einmal eine Kellnerin heiraten, was in meiner Jugend so ziemlich das Äußerste darstellte, das sich ein braver Mann vorstellen konnte ... Geld aus dem Fenster –!

Herr Chanel hat einer Redensart zur Wirklichkeit verholfen. Er hat uns endlich einmal gezeigt, wie so etwas tut, aber es tut nicht gut. Es ist Revolution gegen den Kosmos; wir werden das leise Gefühl einer Art Furcht nicht los – wohin soll das führen, wenn jetzt plötzlich aus den Fenstern der Babelsberger Straße und des Boulevard Malesherbes Schecks, Dollars, Francs, Hundertmarkscheine und das schönste Geld der Welt: die englischen schwarz-weißen Pfundnoten, auf uns heruntergeflattert kommen!

Dann stimmt auf einmal alles nicht mehr. Ja, gewiß: man kann sich vielerlei dafür kaufen ... Ich nichts wie hin, und los gehts: ein Ultraphon und eine englische Pfeife und gespitzte Bleistifte und etwas Liebe und die gesammelten Werke des Philosophen Keyserling (die werfe ich dann wieder aus dem Fenster) – und für Lottchen ein Auto, ein sechspferdiges, aber mit Scheinwerfern, so groß wie Eierkuchen ... man kann sich vieles dafür kaufen, das ist wahr.

Aber es ist nicht das richtige. Es bleibt ein unbehagliches Gefühl an den Schulterblättern, seelisches Juckpulver kriecht durchs Gemüt, hier stimmt etwas nicht. Es ist doch nicht recht ... «Na, mir wäre das gleich – ich nehme, was ich kriege!» Das sagen Sie so – wenn Sie es nachher haben, dann werden Sie sehen: hier ist etwas nicht in Butter.

Herr Chanel aus New York hat an der göttlichen Weltordnung gerüttelt. Denn das Geld soll man nicht zum Fenster hinauswerfen, sondern es soll da bleiben, wo es nun einmal von Gottes und Rechts wegen hingehört: da, wo es schon ist, in den Steuerkassen und bei denen, die es verdienen, ohne es zu verdienen.

Und jedesmal, wenn ich jetzt durch die Straßen von Cannes gehe, werde ich sehnsüchtig an den Häuserfronten emporsehen, mit einem langen Blick – zur Erinnerung an den Herrn Chanel.

RUNDFUNKZENSUR

Die Zensur des Rundfunks ist einer der Ausflüsse uneingestandener bürgerlicher Diktatur. Kurt Hiller hat hier einmal ausgeführt, daß gegen die Diktatur Mussolinis vor allem das zugrunde liegende Ziel einzuwenden sei – und sicherlich gibt es zwar nur eine Diktatur, aber tausend Zwecke, die man durch sie erreichen kann. Unter allen Arten solcher Diktaturen aber ist eine, die stets hassenswert erscheint, wo immer sie auftaucht: das ist die heimliche.

Was im Rundfunk und, etwas abgeschwächt, im Kino getrieben wird, würde, geschähe es in der Presse, alle Verwalter des unbesetzten Anzeigenraumes auf die Umbruchbarrikaden rufen; unter einer gleichen Knebelung, wie sie sich Rundfunkhörer und Kinozuschauer glatt gefallen lassen, litte nämlich der Absatz der Zeitungen, mithin das Inseratengeschäft, mithin der Verleger, und da pflegt denn meistens etwas zu geschehen. Beim tönenden Rundfunk bleibt fast alles stumm. Was geht da vor –?

Der Rundfunk befindet sich heute noch in der Lage der Presse vor dem Jahr 1848; weil er aber neu ist, fühlt die deutsche Öffentlichkeit die ungeheure politische Gefahr nicht genügend, die in der lächerlichen Bevormundung steckt, oder aber sie bejaht diese Zensur. Alle typisch deutschen Bedenken, die die Freiheit karikieren, um sie unmöglich zu machen («Da könnten ja dann –») sind falsch: das vorhandene, reichlich reaktionäre Strafgesetz genügt durchaus, um Beleidigungen, Hoch- und Landesverrat, und was man sonst so sagt, wenn man Polizeiherrschaft meint, unmöglich zu machen. Daß das Rauchen auf den vormärzlichen Straßen in Berlin verboten war, wird von den Demokraten heute schmunzelnd angemerkt – daß es im Rundfunk nicht rauchen darf, obgleich es daselbst heftig räucht, wird, von wenigen Ausnahmen abgesehen, schamhaft verschwiegen.

Im Rundfunk kann nicht ein Wort gesprochen werden, das nicht eine unkontrollierbare, unverantwortliche und fast geheim wirkende Schar von beamteten und freien Reaktionären, mittleren Bürgern, braven Geschaftlhubern verstanden und gebilligt hat. Mithin kann der Rundfunk niemals ein gewisses mittleres Maß übersteigen, was nicht allzuschlimm wäre – aber großen Volksteilen ist dadurch die Möglichkeit genommen, ihre Lebensformen, ihre politischen Forderungen, ihre Ideale, Wünsche, Anschauungen so zum Ausdruck zu bringen, wie das in einer Republik, die Demokratie plakatiert, der Fall sein müßte. Die Zensoren verstecken ihre wahren Ziele hinter zwei Ausreden: erstens, der Rundfunk solle unpolitisch sein; zweitens, der Hörer beschwere sich über zu krasse und radikale Vorträge.

Einen ‹unpolitischen› Rundfunk kann es deshalb nicht geben, weil es etwas Unpolitisches auf der Welt überhaupt nicht gibt. Es gibt es das so wenig wie etwa ein Mensch ‹unmedizinisch› sein kann — jeder unterliegt den Gesetzen der Natur, der Anatomie, der Biochemie; auch Goethe, auch Stefan George, auch Edison. Vernünftige Anschauung der Welt fordert, daß der Anschauende nicht alle Sparten des Lebens mit einem Mal betrachtet; untersucht jemand also das Lebenswerk Schopenhauers, so kann er dabei dessen ökonomische Lebenslage wohl als einen der Gründe für seine Arbeit anführen, aber dabei kann er nicht stehen bleiben; während gewisser Partien dieser Untersuchung wird er den wirtschaftlichen Befund beiseite lassen müssen. Damit schafft er ihn nicht aus der Welt. Auch der Rundfunk schafft seine politische Grundierung damit nicht aus der Welt, daß er sie scheinbar ignoriert. Sie besteht.

Sie besteht sogar so deutlich, daß der Rundfunk, weit entfernt, politisch neutral zu sein, was ihm offenbar vorschwebt, politisch durchaus Partei ist. Die leisen Revanche-Töne, die Reichs-Archiv-Töne, die Lebensanschauung von Grundbesitzern, ehemaligen Offizieren, jetzigen Richtern, Großindustriellen, ihre Moral und ihre sittlichen Überzeugungen —: sie finden im Rundfunk mit einer Selbstverständlichkeit Gehör, die eben aufzeigt, welcher Klasse die Zensoren angehören. Versucht ein Freidenker, ein radikaler Arbeiter, ein Gegner der Abtreibung, solchen Anschauungen, die uns zum Beispiel ebenso selbstverständlich sind wie den andern ihre eignen, Ausdruck zu verleihen, so kann er sicher sein, zensuriert zu werden. Das ist eine häßliche Ungerechtigkeit.

Der zweite Einwand für die Zensur ist, der Hörer wolle solche Vorträge nicht. Hier hat nun — grade wie beim Kino — eine Erziehung des deutschen Volkes einzusetzen, die ihm so sehr fehlt: nämlich die Erziehung zur Toleranz. Es gibt nur zwei Wege. Entweder übt eine herrschende Kaste eine klare, eingestandene und allen erkennbare Diktatur aus —: dann ists gut. Oder aber wir leben in einer Demokratie.

In solcher Demokratie hat jeder die Pflicht, den Gegner wirken und die Kraft der Argumente sprechen zu lassen, die Geschicklichkeit der Argumentierenden, die Umstände, die Kraft der Propaganda, bei gleichen Startmöglichkeiten. Ich halte kriegsverherrlichende Filme für ein Verbrechen; solange das gänzlich unzulängliche und verbrecherische Strafgesetzbuch, das wir bekommen werden, solches Delikt nicht vorsieht, habe ich kein Recht, die Vorführung derartiger Filme mit Gewalt zu verhindern. Ich kann in die Vorstellung hineinpfeifen, und ich tue es gewiß; ich kann den Film verreißen, ihn tadeln, gegen ihn arbeiten – aber ich darf seine Vorführung nicht verhindern. Will ein Pazifist einen Kriegsfilm nicht sehen –: dann soll er nicht hineingehen.

Genau so aber liegt es umgekehrt. Will jemand die Verhöhnung seines Heiligsten im Rundfunk nicht mitanhören, so soll er abstellen; er hat kein Recht, seine Anschauung mit Gewalt durchzudrücken. Eine Rundfunkverwaltung, die sich dem randalierenden Spießer fügt, und zwar mit größtem Vergnügen fügt, ist nicht unpolitisch, nicht einmal politisch neutral, sondern sie ist einfach die Vertretung der herrschenden Klasse und ihrer Moralanschauungen. Diese Zensur hat gänzlich zu fallen. Es ist nicht damit getan, daß etwa der Schutzverband Deutscher Schriftsteller seine Leute in die Kommissionen delegieren darf; daß die Dichterakademie, die merkwürdig einflußlos bleibt, diesen oder jenen Übelstand abstellt; daß ein schlechter Schriftsteller, aber ein im geistigen zweifellos so reinlicher und ehrlicher Mann wie Wolfgang Goetz zufällig Gelegenheit hat, in einer Zensurstelle besonders üble Streiche zu verhindern: die Rundfunk- und die Kinozensur müssen fallen.

Die künstlerischen Folgen dieser Zensuren sind bei Kino und Rundfunk gleich merkwürdig.

Da es unmöglich ist, im Rundfunk das durchzudrücken, was der mittlere Hörer in seinen Beschwerdebriefen als ‹verstiegen› ansieht; weil man wohl ein Buch für achthundert Leser drucken, nicht aber einen Film für achthundert Zuschauer inszenieren kann, von einem seltenen Mäzenatentum abgesehen, so bleiben Kino und Rundfunk stets auf einer mittleren Stufe stehen. Gelingt es einem so seltenen Ausnahmemenschen wie Chaplin, auf der Basis der Allgemeinverständlichkeit sein Genie zu entwickeln, so stellt das eben einen Einzelfall dar. Als Hans Siemsen vor Jahren als erster eine anständige und gebildete Kinokritik forderte, war ihm beizustimmen; er wird inzwischen selber eingesehen haben, wo die Grenze der Kinokunst liegt. Sie liegt eben an der Stelle, wo – nicht etwa die Phantasie des Zuschauers –, sondern die Phantasie des Herstellers versagt: es kommt nichts auf die Leinwand, wenn es Herr Generaldirektor Klitzsch nicht versteht, und so sieht das dann auch aus. Die beteiligten Künstler ziehen den Film nach oben – den Grund, auf dem er steht, können sie nicht heben. (Gegenbeispiel: *‹Potemkin›*.)

Daher fehlen im Film fast alle Feinheiten, deren man in der Literatur Tausende finden kann. Daher fehlen im Rundfunk fast alle neuen, bunten, zarten, haardünnen Experimente, kaum ein Ton geht da hinaus, der in die Höhe gelangt. Ganz abgesehen davon, daß das Ohr, wenn es sich nicht um Musik handelt, gröber aufnimmt und vor allem langsamer als das Auge, braucht der Rundfunkzensor, damit er nachts gut schlafen kann, die Anerkennung des Seltsamen: er läßt also wohl aus den Werken Stefan Georges vortragen, weil ‹man› den kennt

— niemals aber würde ein junger Stefan George dort zu Wort kommen, was andrerseits folgerichtig und sogar zu begrüßen ist. So, wie er ist, stellt der Rundfunk ein geistiges Zwischendeck vor.

Die Rundfunkzensur ist eine halb offen zur Schau getragene Waffe der Reaktion im schlechten und niedrigsten Sinne. Diese Kommissionen, Gremien, Instanzen und Ämter sind überflüssig, weil sie — wie ein großer Teil der deutschen Beamtenschaft — keine produktive Arbeit leisten, sondern die Arbeit andrer Leute hindern. Die Rundfunkzensur drückt auf das geistige Niveau des Volkes, es darin einem Teil der Presse gleichtuend: beide lenken tobend vom Wesentlichen ab. Die Rundfunkzensur muß fallen.

DEINE WELT

Trudele dahin! Verkehre bei Ingenieuren!
Laß dich als Redakteur von Staatsanwälten verhören!
Sei eingeladen bei Snobs, die wichtigtuende Diplomaten
schnurrend umschleichen, besonders die aus den kleinern Staaten!
  Entflieh der Familie! Rutsch die soziale Leiter hinauf und hinab —:
  es spielt sich alles unter zweihundert Menschen ab.

Wohn an der Weser, der Oder, der Weichsel, der Elbe —
deine Gesellschaft bleibt immer, immer dieselbe.
Immer dieselben Fahrt- und Leidensgenossen,
wie mit Gittern sind dir die andern Gärten verschlossen.
  Freunde sind Schicksal, aber nicht zu knapp.
  Es spielt sich alles unter zweihundert Menschen ab.

Fahr nach Amerika! Wer steht im Hotel auf den Herrentoiletten?
Rosenfeld. Und er spricht: «Was machen Sie in Manhattan?»
Flieh zu den Eskimos, in des Eises kreischende Masse:
der Dicke im Pelz ist bestimmt ein Kind deiner Klasse.
  Jag durch die Welt vom nördlichen bis zum südlichen Kap —:
  es spielt sich alles unter zweihundert Menschen ab.

Unsere Welt ist so klein. Dies mußt du wissen:
Ganze Klassen und Völker sind nur deines Lebens Kulissen;
du weißt, daß sie sind. Aber sei nicht verwundert:
du lebst ja doch nur inmitten deiner zweihundert.
Und hörst du auch fremde Länder und Kontinente erklingen:
du kannst ja gar nicht aus deinem Kreise springen!
  Von Stund an, wo sie dich pudern, bis zum gemieteten Grab
  spielt sich alles und alles und alles unter zweihundert Menschen ab.

DER MANN, DER ZU SPÄT KAM

«Jetzt? Jetzt kommen Sie hier in Frankfurt an mit Ihren Ostereiern? Sagen Sie mal ...»

«Ich bitte um Verzeihung. Sie meinen, es sei zu spät ...?»

«Lieber Herr ... wie war der werte Name? Lieber Herr, was denken Sie sich eigentlich? Sollen wir vielleicht unseren Lesern kurz vor Pfingsten etwas von Ostern erzählen? Was für eine Vorstellung haben Sie vom Betriebe einer großen Zeitung? Nehmen Sie Ihre Eier wieder mit. Für uns sind Sie erledigt. Aus und vorbei. Ostereier vierzehn Tage nach Ostern! Machen Sie das immer so?»

«Ja.» Der geflügelte Bote legte die bunten Eier sorgfältig auf die Schreibtischplatte des Redakteurs, schüttelte die bestaubten Flügel und schwieg. Dann sagte er:

«Ich bin der Mann, der zu spät kommt. Ich komme immer zu spät.»

Der Redakteur streifte die Asche seiner Zigarette in den Aschenbecher, denn es war kurz nach den Feiertagen, und die Zimmer waren schön sauber, daher tat er es. «Sie kommen – Sie kommen immer zu spät?» sagte er.

«Ich komme immer zu spät», sagte der Mann schlicht.

«Und wie wirkt sich das in Ihrem Leben aus?» fragte der Redakteur mit mitleidigem Blick.

«Das sieht so aus», sagte der Mann. «Ich bin das Ding, das immer zu spät kommt. Ich komme als Kind ziemlich abgehetzt, atemlos zur Schule, wenn sich die letzte Klassentür unerbittlich geschlossen hat – ich komme ängstlich trippelnd an, klopfe schüchtern und werde mit einem Donnerwetter begrüßt; ich komme ins medizinische Staatsexamen manchmal ein ganzes Jahr zu spät und ich habe meine Zeit verloren: ich bringe dem Polizeibeamten die Erleuchtung wegen des letzten großen Verbrechens, aber erst dann, wenn der Täter längst über den großen Teich gefahren ist und in Kanada Birnen pflanzt; ich weiß die allerbeste, die allertreffendste Antwort, die man dem frechen Patron von der Konkurrenz zu geben hat – aber erst dann, wenn der schon weg ist; ich lasse den Lotteriezettel mit dem großen Los in das Haus der armen Frau flattern, aber sie ist schon tot, und ihre grinsenden Erben freuen sich ein Loch in den Kopf; ich bereue, was ich dem armen Mädchen angetan habe, die mir ihr Leben gegeben hat und ihre Liebe – aber sie ist schon fort, mit einem anderen verheiratet, nicht sehr gut übrigens, – zu spät, zu spät; ich entwerfe einen herrlichen Lebensplan, ich weiß genau, wie man es anfangen muß, um Zeit, Geld und Kräfte zu sparen; aber das weiß ich erst, wenn ich ein alter Mann bin, und dann nützt es mir nichts mehr – zu spät; – alle Eisenbahnzüge fahren mir vor der Nase weg; ich verpasse Revolutionen und Ordenausteilungen; ich hätte damals Terrains kaufen sollen, aber ich bin zu spät gekommen; ich habe den psychologischen Augenblick nicht benützt, um Lisa zu küssen, es ist zu spät; ich habe die aktuelle Zeitschrift nicht begründet, und als noch niemand nach Mexiko fuhr, bin ich nicht hingefahren, und jetzt ist es zu spät. Überall komme ich an, wenn alles vorbei ist; ich bin der Mann, der zu spät kommt – und hier, Herr Redakteur, sind meine Ostereier.»

Der Redakteur warf in jähem Entschluß seine ausgerauchte Zigarette auf den Fußboden. Er sah seinen Besucher fest an und sprach, jedes Wort betonend: «Sie – sind – ein – Schlemihl.»

Der geflügelte Bote erhob sich langsam und wollte die Ostereier ergreifen, die hier offenbar nicht benötigt wurden; er machte eine ungeschickte Bewegung, sie kollerten langsam zu Boden und zerbrachen. «Man sagt», sprach er leise, «daß der Schlemihl keinen Schatten habe. Ich habe viele Schatten – viele Menschen sind meine Schatten.»

«Ostereier zu Pfingsten», grollte der Redakteur dumpf. «Wie ich Ihnen sage: Sie brauchen nicht mehr wiederzukommen – stellen Sie die Lieferung an uns ein. Ich brauche Sie nicht mehr. Guten Tag.»

Der Bote stand schon an der Tür, wandte sich noch einmal halb um und wiederholte mechanisch: «Guten Tag.»

«Wie war doch Ihr Name?» fragte der Redakteur. Der Bote hatte schon die Klinke in der Hand, er verharrte noch einen Augenblick und ließ seine Augen über die zerbrochenen Ostereier gehen.

«Ich heiße Glück ...» sagte er.

DER BÄR TANZT

Literatur:
F. M. Huebner: *‹Das andere Ich›*
F. M. Huebner: *‹Das Spiel mit der Flamme›*
Wolfgang Wieland: *‹Der Flirt›*

Dürfen darf man alles – man muß es nur können.

Es gibt einen großen Bereich der deutschen Literatur, in dem nichts getan wird als: Banalitäten feierlich gesagt, einfache Vorgänge barock dargestellt, das Leben ins ‹Literarische› transponiert. Das geht bis hoch hinauf ... Unten siehts aber auch ganz munter aus, und so will ich denn aus dem Rinnstein ein paar Blätter auffischen und, sie mit dem Spazierstock betrachtend, an ihnen lernen, wie man es nicht machen soll.

Ist es ein Zufall, daß im Werk jedes Klassikers die sexuelle Detailschilderung nur nebenher vertreten ist? Im Zeitalter der Bäumer und Konsorten muß man sich erst aus einer falschen Gesellschaft herauswinden, um zu sagen, daß es gute und zu billigende Gründe gibt, die

Koitusschilderungen verbieten. Da ist erst einmal, zu allererst und zu alleroberst, die Empfindsamkeit des Dichters: hat er die nicht, soll er die Hände von dergleichen lassen. Da ist auch, von den paar Fällen genialer Psychopathen abgesehen, der leise Verdacht der Spekulation, eben jenes Motiv, das unsereinen die Halbnacktkunst aller Art ablehnen läßt: man will nicht, frische Luft vorziehend, unter grinsenden Verhinderten sitzen. Jeder echte Kraftüberschuß gehört nicht hierher, nicht die Visionen der vom Geschlecht Besessenen, nicht das Spiel mit der Erotik.

Es besteht aber eine Sorte Literatur, deren Verfertiger verdienen, auf die Finger gehauen zu werden – und diese Beispiele da oben sind geradezu abschreckend schön.

Um Huebnern tuts mir leid. Der Mann ist noch unter S. J. ein anständiger und kluger Mitarbeiter der *‹Weltbühne›* gewesen, und was in ihn gefahren ist, mag der Külz wissen. Bei ihm gibt es zunächst, als Vorspeisen, hochfeine Gespräche mit der Dame seines, sagen wir, Herzens.

«Sie sprechen in Rätseln.» – «Die Sie hinlänglich durchschauen.» – «Sie scheinen sich auszukennen.» – «Worin?» – «In diesen Rätseln.» – «Nur . . . theoretisch.» – «Belehren Sie mich.» – Und so.

Des weiteren sind da Gesellschaftschilderungen, Darstellungen von pariser Bars, Restaurants – es gibt heute in allen Ländern eine solche Literatur, und immer ist sie nach demselben Rezept gearbeitet. «Der salonartige Raum wies vor der Hand mehr Hausangestellte denn Gäste auf.» Es ist ein Salon da. «Er schritt zum Kleiderständer, wo im Halter die Auslese javanischer Reitgerten hing . . .» Es sind javanische Reitgerten da. «Auf der Kommode, zwischen den hohen altchinesischen Vasen lagen Bücher größern Formats, die *‹Histoire des Peuples de l'Orient›* von Maspero, eine englische Ausgabe des *‹Rubaiyat›* und die *‹Reise ins Land der vierten Dimension›* . . .» es ist überhaupt alles da. Denn dies ist das hervorragende Stigma einer ganzen Literatur: es imponiert ihnen.

Josephine Baker tanzt: es imponiert ihnen. Ein Botschafter sitzt in der Loge: es imponiert ihnen. Jemand spielt Polo: sie liegen auf dem Bauch. Und statt erst einmal das, was geschieht, unfeierlich zu sehen, um dann seinen Zauber ganz zu empfinden, umbrodelt die Geschehnisse ein süßer Schmus. Erst imponiert es ihnen; dann aber geben sie sich einen Ruck, machen das hochmütige Gesicht, das der Deutsche vor dem Kellner aufsetzt, wenn ihm nicht ganz wohl zumute ist, und ein lauernder, blitzschneller Blick zum Leser fragt: «Hast du auch bemerkt, wie es mir gar nicht imponiert?» Und: «Was sagst du nun? Was bin ich für ein Kerl? In welchem Milieu bewege ich mich? Woher habe ich diese feinen Beobachtungen? Imponiert es dir?» Denn das soll es.

Aber es ist ein Irrtum zu glauben, eine Darstellung werde dadurch beschwingter, daß man einen amerikanischen Mann ‹Mister› nennt oder mit fuchtelndem Handgelenk Getränke aufzählt, die in fremden Ländern getrunken werden. Was dem einen seine Weiße, ist dem andern sein Apéritif, und damit muß man nicht protzen. Nichts komischer als diese berliner Superfranzosen, die mit verzücktem Schmatzen einen, man denke, Dubonnet auf der Zunge zergehen lassen. Dubonnet heißt auf Deutsch: Kahlbaum, wir wollen uns da nichts vormachen.

Das zweite Mittel, sich interessant zu geben, besteht darin, kein Ding so zu nennen, wie es wirklich heißt. Da hat nun leider, leider von oben her Thomas Mann ein schlechtes Beispiel gegeben; wenn bei dem einmal eine Tasse eine Tasse heißt, dann wird dieses gewöhnliche Möbel gewissermaßen in Anführungsstrichen ausgesprochen, so, wie der Polizeibericht gern von einer ‹Elektrischen› spricht. Was ist das? Das ist Impotenz. Denn nichts ist schwerer, nichts erfordert mehr Arbeit, mehr Kultur, mehr Zucht, als einfache Sätze unvergeßlich zu machen. «Handwerker trugen ihn. Kein Geistlicher hat ihn begleitet.» Die Worte mit der Wurzel ausgraben: das ist Literatur. Aber es ist gewiß bequemer, einfacher und imposanter, die Worte abzuschneiden und sie auf Draht zu ziehen. «Ihre Münder bissen sich an den Rändern der schlanken Sektkelche fest...» So siehst du aus. Aber so sehen auch die Sektgläser nicht aus, und ahnt denn so ein dürftiges, verquollenes Gewächs, wie schwer es ist, von den Zeitungsassoziationen abzusehen, sich ihrer eben nicht zu bedienen und die Wahrheit zu sagen?

So ist in dieser Literatur, deren Ab- und Unarten sich bis weit in die Höhen der bessern Autoren verfolgen lassen, das Leben herrlich veredelt. Die Leute gehen nicht, sondern schreiten stelzend hohe Schule, und was auch immer im Lichtkegel der Betrachtung liegen mag: hohe Politik, Sport oder das Geschäft – alles ist anders als im Leben, alles schwebt zwei Hand breit über dem Boden, und ferne davon, romantisch zu sein, ist dieser Klimbim nur verlogen. Ich sehe keinen an.

Das ginge ja noch. Aber wenn diese vollendete Ungrazie, die fetten Dunst für feinen Hauch, überladene Seelenornamentik für Kunst, Barock aus Gänsegrieben für den Inbegriff des Stils hält, wenn diese überstopften Literaten sich mit der Liebe befassen, dann muß das bei dem völligen Humormangel, der ihnen eigen ist, zu einem Unglück führen. Dieses Unglück hats gegeben.

Ihre gebügelte Pornographie hat wenigstens einen Vorteil: sie ist unmäßig langweilig, kann also keinerlei Schaden anrichten. In Frankreich wäre dies Zeug ein Lacherfolg, wenn man es überhaupt beachtete – Georges Courteline hat kaum nötig, die Worte zu sprechen: «J'ai l'horreur des grands mots. Ils ne démontrent rien, passent neuf fois sur dix la limite et n'étonnent que les ignorants.» Für die sind diese traurigen Lustbücher offenbar geschrieben; in diesen, die ich da oben notgedrungen zitiert habe, und in noch einigen, die ich gar nicht zitieren mag, gehts so hoch her, daß man kaum hinaufspucken kann, was so not täte. Pornographie? Ja, aber auf fein.

«Und damit hat sie sich wie von ungefähr niedergebeugt und hat sie den Kleidersaum hochgerafft und nestelt sie in der Hüftengegend und schlägt sie jetzt, von den Schenkeln bis hinauf zu den Schlüsselbeinen, mit einem Ruck den Stoff auseinander. Mir knickt vor Wollust der Kopf nach vorn. Ehe ich mich fassen kann, schließt sie die Hülle und ist die Lichterscheinung ausgelöscht.» Wie man dabei ernst bleiben kann! Wie man das wirklich und wahrhaftig aufs Papier setzen kann, ohne sofort mit einem dicken Blaustift einen beschämten Strich zu machen! Wie man nicht fühlen kann, daß das komisch ist und nichts weiter! Der tanzende Bär kann es – zum Gedudel eines literarisch verstimmten Leierkastens.

«Es ist keineswegs der altbekannte Schüttel der Wollust.» Dieses Wort, das ich in meinen privaten Sprachschatz aufgenommen habe, ist, mit Verlaub zu sagen, ein Griff – und solcher Untergriffe weisen diese Bücher nicht wenige auf. Am heitersten ist der Sechser-Casanova, wenn er Papierdeutsch schreibt und Orgien meint: «Indessen scheint es, daß sie keinerlei Neigung besitzt, unserer Schäferstunde den Verlauf bloßer Kurzweil zu geben.» Wenn er gegenständlich wird, ist er unappetitlich, sicherstes Zeichen künstlerischer Mannesschwäche. «Vom Umfassen ihrer Büste hat der Ärmel meines Jacketts ihren Duft mitgenommen. Ich hebe den Ärmel an die Nase.» Ich auch – aber um sie mir zuzuhalten. Und dann muß ich loslassen, weil man mit zugehaltener Nase nicht gut lachen kann. «Sie rollen wie Ringer umeinander. Einmal ist der eine, dann der andre oben, zitterte es aus ihrem Munde.» So geht es im deutschen Familienleben zu.

Was an dieser Sorte Schriftstellerei so außerordentlich erheiternd wirkt, ist ihre den Fabrikanten unbewußte Komik. Es ist unmöglich, solche körperlichen Vorgänge ohne das Bewußtsein von ihrer humorhaften Unzulänglichkeit, von ihrer Tierhaftigkeit, von ihrer Lächerlichkeit zu schildern – es braucht das nicht gesagt zu werden, wenn der Schilderer es nur fühlt, wenn ers nur weiß, wenn er sich nur einmal darüber klar geworden ist, daß er in keinem dieser Augenblicke vor seinen Nebenmenschen etwas voraus hat, daß er gerade in diesem Moment nicht herrscht, sondern unterworfen ist. Der feierliche Ernst, mit dem Liebesvorgänge als imponierendes Plus des Autors dargestellt werden; der männchenhafte Dummstolz; der Pomp, dem man nur einen Nachttopf an die Seite zu stellen braucht, auf daß alles aus ist – warum kann man Romeo und Julia nicht damit beschämen, daß man das Wort ‹Bauch› ausspricht? Weil ihr Pathos ebenso irdisch wie überirdisch ist; weil ihre Leidenschaft nicht klebrig haftet, sondern bei aller

Gegenständlichkeit wie Musik zittert und entschwebt, und weil jeder Schimpf auf den Zwischenrufer zurückfiele. «Den Schauspieler möchte ich sehen», hat der alte Fontane einmal gesagt, «der den Hamlet mit einem weißen Bändchen spielen kann, das ihm aus der Hose heraushängt!» Diesen Figurinen aber hängt es dauernd heraus, der Autor merkts nicht, und wenn er pathetisch wird, dann muß man lachen.

Im Augenblick aber, wo nicht von ‹Thema› geredet wird, verläßt den Literasten die Feinheit, ich bin ein Preuße, kennt ihr meine Farben, und das sieht dann so aus: «Die grauhaarige englische Lady, drüben zunächst dem Christbaum, ließ das Spielzeugäffchen, ein Weihnachtsgeschenk von seiten der Geschäftsleitung, aus dem tiefen Ausschnitt ihres Kleides heraus ...» Das kann der redaktionelle Hinweis auf das Inserat in unserer achten Beilage auch nicht besser.

Unterbrochen wird dieser Unfug durch Entgleisungen, die fast wehe tun. «Mit den Armen biege ich sie in der Taille ab, drücke sie vollends zu Boden, schlage von den Beinen, die sich schon spreizen, die Rockfalten zurück und tue mich gütlich wie der Soldat an seinem Sonntagsschatz.» Das ist nur mit einer Seekrankheit zu beantworten. Wenn die vorbei ist, muß — leider, leider — gesagt werden, daß in dem *‹Steppenwolf›* Hesses ähnliche Stellen stehen, deren Peinlichkeit nur durch die Tragik gemildert wird, die das Geschick des Autors darstellt. «Während wir schweigend in die geschäftigen Spiele unsrer Liebe vertieft waren ...» Welche Ungrazie! Es riecht wie in einem überfüllten Dampfbad, man mag das nicht, hinaus! hinaus!

Von schlimmeren Auswüchsen zu schweigen. Der Hanswurst, der das Buch über den Flirt geschrieben hat ... Es erinnert an die Geschichte von jenem englischen Sergeanten, der an einer dunkeln Hafenmauer ein Mädchen anspricht und ihr gleich zu Beginn der Unterhaltung, sein, sagen wir, kurzes Seitengewehr in die Hand drückt. Und sie: «Ach, du Flirt —!» Auch muß der Verfasser unbedingt Willi Schaeffers gehört haben, von dem das kurze Wort stammt: «Ich glaube, die läßt sich flirten.» So ein Buch ist das. Und wie altmodisch diese königlich preußischen Erotiker alle sind! Da wimmelt es von ‹Taillen› und ‹Spitzengeriesel› — wo rieselt denn das heute noch? «Und so erschöpft sich der aktive Flirt der Frau in Berührungen dieses Gliedes, das auf unauffällige Weise meist schon durch die Hosentaschen erreichbar ist ...» Es sind tobsüchtig gewordene Studienräte der Liebe.

Ganz besonders schlimm, wenn sie ihre medizinische Literatur gelesen, halb verstanden, kaum verdaut und unvollkommen vomiert haben. «Danach scheidet sich uns das ganze weite Reich sexueller Beziehungen der heutigen Kulturmenschheit in drei große voneinander scharf getrennte Gebiete.» Nun? «Beischlaf, Perversität und Flirt.» Was etwa der Skala: Sozialismus, Beethoven und Stachelbeerkompott entspricht. Aber solche Bücher werden von einem immerhin nicht ganz und gar windigen Verlag verlegt, sie werden wohlwollend besprochen, ausgestellt ... nur eines werden sie nicht: sie werden nicht gebührend ausgelacht.

Zugegeben: das sind Paradepferde des Geschmackmangels, der Taktlosigkeit, der erhitzten Impotenz. Aber es ist da ein Element, das sich durch Hunderte von Büchern zieht – es ist die offenbare Unfähigkeit des Deutschen, Erotik bildhaft und doch nicht klebrig wiederzugeben. (Bestes Gegenbeispiel gegen diese Schmierer: Heinrich Mann.) Das schwankt zwischen Brutalität und butterweicher Sentimentalität hin und her, ist unsicher, bekommt einen roten Kopf und schreibt nun, je nachdem, moralische Bücher oder dumme Schweinereien. Mit Erotik hat das nichts zu tun.

Ich habe einmal in Paris einen alten Freund Toulouse-Lautrecs besucht; in seinem Salon hingen einige Originale, Pastell, Öl, Skizzen ... Da war auch ein Paar im Bett, achtlos glitten meine Augen darüber hinweg – nichts ging von dem Bild aus oder doch wenig. Aber da war ein Halbakt, eine Frau, die vor der Waschschüssel steht – und eine Wolke von Parfum, von Frauenduft, von der sinnlichen Nähe des Fleisches kam herüber, und es war doch nichts zu sehen und alles.

Man hat es, oder man hat es nicht. Diese sanft aufgeilende Wirkung solcher Bücher aber sind nicht etwa ein «Schandmal unserer Zeit» – das mag die *‹Deutsche Zeitung›* und die Generalanzeigerpresse der Provinz ihren Lesern erzählen, deren praktische Erosgymnastik einen verstehen läßt, woher nur solche Schädel und solche staatserhaltenden Gesichter kommen – sie sind einfach schlechte Literatur und verdienen, restlos verlacht zu werden. Beschwingte Heiterkeit, Frechheit, Witz, Ironie, echtes Pathos: alles, alles ist möglich. Nur diese Quadratklacheln nicht, die sich zum Tönen einer Mozartschen Musik auf die Hinterbeine stellen, einen Ring durch die Nase, und brummend, mit offner Schnauze, aus der der Speichel tropft, tanzen, wie ein Bär tanzt.

HÄNDE AN DER SCHREIBMASCHINE

Meine Schrift kann niemand lesen,
nicht mal ich. Nur noch Chinesen
    pinseln wichtig.
Ich will kein solch Pinseler bleiben.
Mit acht Fingern laßt mich schreiben!
    Aber richtig!
  Hebel rauscht, und Glöckchen klingt,
  und die Schreibmaschine singt:

Firma Anton Eiermann
sel. Nachfolger
Würzburg an der Würze

Berlin NW 87, den heutigen

Sehr geehrter Herr!

Auf Ihr gefl. wenn auch ausverschämtes Schreiben vom 16. d. M. erlauben wir uns, Ihnen mitzuteilen, daß von einer unpünktlichen Zahlung unsrerseits überhaupt keine Rede sein kann.

Sie haben uns bisher erst 9mal (in vier Wochen) gemahnt, und kann das in Anbetracht der allgemeinen Geldknappheit nur als völlig normal

Übung kommt so mit den Jahren.
Und ich schalte wie beim Fahren
dritten Gang ein.
Hoppla, Kurve! Achtung, Liebe!
Und ich schalte wie beim Fahren
jeden Klang ein.
Hebel rauscht, und Glöckchen zirpt,
und die Schreibmaschine wirbt:

Dir nur sagen, daß ich Dich so *leidenschaftlich* liebe, daß es schon allen meinen Bekannten auffällt, wie schlecht ich aussehe. Ich habe im letzten Monat 8 (acht) Pfund abgenommen, und das alles auf Dich herauf. Mein kleines Mäuseschwänzchen, wenn Du es irgend einrichten kannst, dann komm doch Sonnabend schon ein bißchen früher, aber zieh Dir nicht die Schlüpfer an, weil ich Dir etwas Wichtiges

Tausend Finger laufen eilig
amtlich, dienstlich, polizeilich
auf den Tasten.
Aufgebote für die Heirat,
das Gesuch beim Polizeirat,
Steuerlasten.
Hebel schnattern, Walze steht,
und die Schreibmaschine fleht:

An den Herrn
Regierungspräsidenten
Magdeburg

In Erneuerung meines Gesuchs vom 5. 4. 23 erlaube ich mir ergebenst auf beregte Angelegenheit zurückzukommen und um eine Namensänderung nochmals dringendst zu bitten. Die Tatsache, daß ich Schlotterhose heiße, hat mir bereits im geschäftlichen sowie auch im privaten Leben außerordentlich geschadet, und bitte ich, mir wenigstens durch einen Gnadenakt das

L

zu erlassen, wovon ich mir eine wesentliche

Besserung

Unser Leben, eingefangen,
ist durch dich hindurchgegangen,
Guillotine!
Unsere Freuden, unsere Sorgen,
gestern, heute, übermorgen —
o Maschine!
Hebel wirbeln, Wagen knackt,
und die Schreibmaschine tackt:

Sie dämliches Luder nur davor warnen, sich noch einmal im Geschäft so mausig zu machen. Wo doch Ihre Tochter Lottchen in der ganzen Straße bekannt ist als Rumtreibersche und auch Ihre Frau abends immer sehr spät und nicht immer allein nach Hause komt wenn Sie mal auf Geschäftstuhr sind Dass Ihr Sauberer Herr Sohn ein Verfahren wegen der kleinen Wechselsache bei seiner Firma auf dem Hals hat, wird er Ihnen wohl nicht gesagt haben aber ich sage es Ihnen Sie Ochsenpantoffel!

Ein Freund des Hauses!

Alles weißt du, Maschine, immer stehst du startbereit!
In dir ist unser Beruf, unser Leben und unsre ganze Zeit.
Sogar auf Reisen kommst du mit, praktisch und gut verpackt,
bis eines Tages zum letzten Male dein Hebel knackt.

Millionen Konzerte steigen täglich auf aus Stahl und Papier.
Was wären wir ohne dich, du Geschäftsklavier —!

WER KENNT ODENWALD UND SPESSART?

«Ich hab mein Herz . . .»

Was ein richtiger Deutscher ist, so kennt der sein Italien und Sizilien und die Riviera und Schweden und Norwegen . . . aber ob er auch sein eigenes Land genau kennt, das steht noch sehr dahin. Wer ist schon einmal auf der Kurischen Nehrung gewesen? Wer kennt die naturerfüllte, menschenleere Struktur des böhmisch-bayerischen Waldes? Deutschland hat zwischen Holstein und Zugspitze mehr Schönheiten als sich seine Schulweisheit träumen läßt.

Was das Herz in Heidelberg anbetrifft, so haben wir davon genug gesungen, der Mensch besteht nicht nur aus dem Herzen allein, und drum herum ist es auch ganz schön. Von Heidelberg nach Nordosten zu gibt es viel zu sehen, noch mehr zu wandern und allerhand zu trinken.

Das sieht nun so aus:

Wer diese süddeutschen Waldgebirge im Auto bereisen will, was fast mühelos zu machen ist, der richte sich so ein, daß er hübsch langsam fahren kann, er wird sonst wenig Genuß von seiner Fahrt haben. Reisen ist eine Kunst – mit dem Auto zu reisen ist eine große Kunst.

Wer Spessart und Odenwald aber zu Fuß durchwandern will, wird wahrscheinlich den größeren Genuß davontragen. Er wird drei Schönheiten in sich aufnehmen können: den Wald, den Wein und die kleinen Städte.

Diese kleinen Städte – am Main und am Neckar – sind in jeder Jahreszeit schön, am schönsten aber im Herbst, wenn die Luft klar über den alten Dächern steht und die Architektur sich scharf gegen den hellen Himmel abhebt. Wundervoll, wie Fluß und Landschaft fast immer zusammenstehen, wie organisch so ein Städtchen um den Fluß herum und an ihm entlang gewachsen ist, so daß sich das breite Flußbett mühelos in das Bild einordnet. Selten nur stört ein Fabrikschornstein oder ein verständnislos angelegtes Gebäude den Gesamtaspekt, den man nicht: «malerisch» nennen sollte, sondern: «natürlich» – die Städtchen sind in diese Natur hineingewachsen, gehören ihr einfach an und bilden mit ihr ein Ganzes. So am Neckar, so die alten kleinen Orte am Main, die noch oft ihren alten Charakter voll bewahrt haben. Für sie alle gibt es nur einen einzigen Wink an den Reisenden: man laufe keinen echten oder eingebildeten ‹Sehenswürdigkeiten› nach, sondern lasse die Musik dieser süddeutschen Landschaft auf sich wirken wie einen Orgelklang. Wer sich vor der Reise in ein paar Landschaften Dürers versenkt, tut vielleicht mehr für eine gute Vorbereitung als der emsige Geschichtsjäger mit dem Führer in der Hand; es gibt ja Reisende, bei denen man das Gefühl nicht los wird, daß sie nur ausziehen, um zu sehen, ob auch noch alles da ist . . .

Besonders der Norddeutsche wird diese Gegend lieben, weil sie so anders ist als seine Heimat; sie ist, fast möchte ich sagen, gelassen, menschliche Ansiedlungen sind der Natur nicht abgerungen, sondern ruhen friedfertig im Grünen; bei allem Fleiß der Bevölkerung ist etwas Leichtes in der Luft, die Sorgen wiegen, scheints, nicht so schwer, und jeder freut sich, daß er auf der Welt ist.

Manchmal trifft mans ganz idyllisch: Kloster Bronnbach ist wie eine Fermate an Stille, nicht einmal der nahe Eisenbahndamm kann uns stören, Klosterhof und berankte Mauer atmen Ruhe und Beschaulichkeit; es sind das jene Flecken, die in jedem Großstädter unweigerlich den Wunsch erwecken: hier sollte man . . . hier müßte man . . . Und dann geht man weiter.

Das süddeutsche, spielerische, farbenfrohe Barock ist hier überall zu finden – es knallt mitunter vor Buntheit wie ein bunter Bauernstrauß, ist aber fast immer in künstlerischer Zucht gebändigt. Nebeneinander liegen stets der alte Fachwerkbau der Bürger, der Zünfte, der Arbeitenden – und das feierlichprunkhafte Barock der damals Herrschenden, der Bischöfe, der kleinen Fürsten. Es stimmt aber gut zusammen, weil dieses Bürgertum seinen Stolz nach oben gehabt hat, man siehts an der Architektur, die ja überall für den, der sehen kann, einen soziologischen Wertmesser ersten Grades darstellt. Oft liegt eine Burg über dem Ort, ihn beschirmend, beherrschend, für sich reklamierend – wer Zeit hat und vor der Reise ein bißchen gelesen hat, wird erkennen, wieviel deutsche Geschichte hier über das Land gefahren, gezogen, marschiert, gestürzt und getobt ist. Es ist auch etwas von ihr hängen geblieben, wie ja immer etwas zurückbleibt; man fühlt hier ungeheuer intensiv, was das ist: Deutschland.

Man fühlts auch in den Wäldern.

Hier herrscht der Laubwald vor, und wenn er auch nie mehr das werden kann, was er nach den alten Jagdberichten einmal gewesen ist: ein Ort, strotzend von Getier, erfüllt vom Kreischen, Singen, Kriechen, Hüpfen und Röhren der Tiere, wenn unser Wald fast überall schon eine mäßig belebte und bewegte Holzkammer geworden ist, so atmet er doch sehr viel deutsche Luft. Der Spessart hat stellenweise noch den Charakter der alten Wildparks bewahrt, die einmal in ihm gewesen sind, auch laufen noch viele Wildsauen herum (aber fürchten Sie sich nicht, gnädige Frau, sie tun nichts; nur der einzelgehende Eber ist ein böser Bürovorsteher des Waldes; wenn Ihnen aber eine dicke Mama mit ihren kugeligen Kindern über den Weg trudelt, bergen Sie sich nur getrost an der Brust Ihres Gemahls, dem zwar auch nicht ganz wohl dabei ist, der es aber doch nicht so zeigen darf . . .) – der Laubwald also herrscht vor, hügelig aufgebaut, mit hohen, weiten Wipfeln; manchmal, bei grauem Wetter, steht so eine dunkelgrüne Masse starr und still in der Luft, ruhend, unbeweglich . . . Es liegt ein musikalischer

Friede auf den Waldschneisen, weite sonnenbetupfte Wege gibt es, über die irgendein kleines Tier hoppelt, dann ist es wieder ganz still, und wenn nicht gerade, was selten ist, ein Flieger über die hohen Bäume dahindonnert, dann können Sie die Zeit vergessen und, wenn Sie wollen, auch sich selbst.

Ja, und dann der Wein.

Wer den Bocksbeutel gut kennt, dem werde ich nichts erzählen; wer ihn aber nicht gut kennt, der sei gewarnt. Er hat keine Blume, und man merkt ihm nicht so ohne weiteres an, was in ihm steckt — aber er hats in sich. Man trinke ihn möglichst auf den Weindörfern, und wenn die Zeit danach ist, versäume man niemals, den Most zu probieren (jeder verträgt davon ein Glas weniger als er glaubt) — und auch den jungen Wein des Vorjahres trinke man, den es überall offen zu kaufen gibt. Der Wein ist kräftig, hart, eine richtige Männersache — für die mitwandernde Dame werden Sie, in den meisten Fällen, irgend etwas Nasses bestellen, aber nicht gerade Steinwein. Wenn Sie einen ganz besonders schönen und süffigen Wein gefunden haben, dann nehmen Sie sich ein paar Flaschen mit oder lassen Sie ihn sich nach Hause schicken, wohin er in dieser Qualität fast niemals dringt.

Es ist keine Leierkastenpoesie in dieser Landschaft, und die dummen Kitschlieder haben im Grunde nichts mit dem Odenwald, nichts mit dem Spessart, nichts mit den süddeutschen Waldgebirgen zu tun. Wer zwischen dem Dreieck: Frankfurt — Würzburg — Heidelberg einmal langsam im Auto reist oder zu Fuß wandert, der hat an Wein, Städtchen und Wäldern ein Erlebnis, das ihn ins Mark Deutschlands führt, in jenes Deutschland, das der Deutsche nicht so gut kennt, wie es das verdient.

PETER PANTER

Privat-Sekretariat
Abteilung: Gefühle
Tgb.-Nr. 1427/28 G b 3

Paris, den heutigen.

Sehr geehrter Herr Uhu!
Bezugnehmend auf Ihre werte Anfrage vom neulichen dieses Monats, erlaube ich mir, im Auftrage von Herrn Peter Panter auf die Frage, ob sich derselbe schon einmal im Mai verliebt hat, folgendes ergebenst zu erwidern:

Laut Verordnung des Panterschen Leibarztes, Herrn Dr. Woronoff, verliebt sich Herr Panter im Mai grundsätzlich nicht. Etwaige Verliebtheiten werden in den November placiert, und auch diese nur in bescheidenem Umfange (etwa 1 Eßlöffel wöchentlich).

Für den Monat Mai sind – immer laut ärztlicher Verordnung – lediglich Auffrischungen alter Lieben vorgesehen. Sie haben den Vorteil, daß die Emotion Panters dieselbe oder doch fast dieselbe ist wie bei einer Neueinstellung. Wir halten es da wie das Publikum im Theater, von dem Tristan Bernard gesagt hat: «Es will überrascht werden, aber nur durch das, was es schon kennt.» Auf diese Weise hat die Abteilung ‹Gefühle› bisher nur Erfolge zu verzeichnen gehabt.

Für dieses Jahr werden wir Herrn Panter vorlegen:

Lisa (lfd. No. 436)
Kitty (No. 234)
Margot (No. 1003)

Die Kosten sind allerdings etwas höher zu veranschlagen als bei Neueinstellungen: so hat Lottchen im vorigen Jahr etwa 836 Mark für Futterkosten, 450 Mark für improvisierte Geschenke, 3,50 Mark für vorbereitete Geschenke verschlungen.

Herr Peter Panter sieht dem Mai gefaßt entgegen: wir haben ihn völlig renovieren lassen, er ist neu gestrichen und sieht, wenn man nicht genau hinsieht, aus wie Casanova bei Gewitter.

Indem wir von Ihnen dasselbe erhoffen, zeichnen wir
ohne Mehranlaß für heute
als Ihr sehr ergebenes
Privat-Sekretariat Panter
gez. *Erika*

MEINE FLIEGER – DEINE FLIEGER

Unsere Flieger haben über den Ozean gemacht –
deutsche Energie! deutsche Energie!
Unsere Flieger hatten eine Schreckensnacht –
so was war noch nie!
Hier ihre Biographie!
Kikeriki –!
Und wir brüllen, daß es durch die Straßen gellt:
«Unsere Flieger sind die ersten auf der Welt!»
Eure Flieger sind ganz nette Leute –
aber kleingedruckt, auf der zweuten Seute.

Unsere Flieger sind der Stolz des Landes!
Vive la France! Quelle rumeur!
Unsere Flieger sind der Gipfel ihres Standes –
Réception et la Légion d'Honneur!
Und dahinter stehn die Industrien,
und sie grinsen in Paris wie in Berlin . . .

Eure Flieger sind ja schließlich nur
eine kleine zweite Garnitur.

Unsere Flieger fliegen heut nach Mexiko!
Gods own country – our America!
Unsere Flieger halten das Niveau –
For the colonel:
Hip, Hip, Hurra!

Jede Zeitung hat uns das gesagt:
Hat da einer einen Flug gewagt,
wächst empor zum höchsten Firmament
noch der allerdümmste Abonnent.
– «Weil du, Landsmann, doch aus gleichem Holz bist,
bin auch ich ein Held, der johlend tanzt!»
Sage mir, worauf du stolz bist,
und ich sage dir, was du mir kannst.
Unsere Flieger! Unsere Flieger!
Die sind Sieger! die sind Sieger!
Eure Flieger, gar nicht zu vergleichen,
können unsern nicht das Wasser reichen.

Will der Stammtisch aller Welt nicht ohne Lust sein –:
braucht er
Kino, Kirche und das Nationalbewußtsein.

FRAGEN AN EINE ARBEITERFRAU

Bist du sein guter Kamerad
und stehst an seiner Seite – ?
Und bist du ihm auf jedem Pfad
im Kampf mit diesem Klassenstaat
Gesellschaft und Geleite – ?

Hat er die Frau, die ihn versteht?
Ist euch *ein* Lied erklungen?
Und weißt du auch, warum er spät
noch abends in Versammlung geht:
für dich und deinen Jungen –?

Und ist dein Herz denn auch dabei?
Seid ihr die richtige Zweiheit?

Und machst nicht nur die Kocherei?
und tust auch was für die Partei?
Für Licht und Luft und Freiheit –?

Und hilfst du ihm auch für und für
im Wirken und im Schaffen?
Und bildest du dich nach Gebühr?
und stehst nicht an der Kirchentür?
und hörst auf keinen Pfaffen –?

Und hältst du ihn auch nicht zurück,
wenn rote Fahnen rufen –?
Er kämpft für euer Lebensglück!
Geh mit ein Stück! Geh mit ein Stück!
Empor zu neuen Stufen –!

Du, Mutter, halt den Alten jung:
es kann ihm gar nichts schaden.
Du, Frau, trägst viel Verantwortung.

Und hoch ertönt im neuen Schwung
das Lied – das Lied
vom guten Kameraden –!

SONNTAGSMORGEN, IM BETT

Was – was ist?
Ach so. Heute ist Sonntag. Da kann ich noch liegen.
Mit den Schultern kuscheln. Mich ans Kopfkissen schmiegen –
Aus alter Gewohnheit wacht man sonntags immer
so früh auf wie wochentags – das kommt vielleicht von dem Schimmer
da von den Jalousien – was ist denn das für ein Geratter und Gebraus?
Na, jedenfalls heute muß ich nicht raus.

Ich kann heute ganz stille liegen und ruhn.
Und muß gar nichts. Und hier kann mir keiner was tun.
So ein Bett ist eigentlich eine schöne Sache –
da müßte noch so eine Sonnenplache
drüber sein, und dann fährt man damit überall hin.
Woher kommt das, daß ich heute so furchtbar müde bin –?

Gestern abend haben wir wesentlich zu viel Schwedenpunsch getrunken,
Paul war zum Schluß ganz in seinen Sessel versunken;

ich habe auch noch so einen komischen Geschmack im Mund
und — —

Halb neun! Da muß ich richtig wieder eingeschlafen sein.
Sonntagsmorgen im Bett, das ist fein.
Das heißt: Was nun noch kommt, ist weniger schön . . .
Heute muß ich zu Onkel Otto und Tante Frieda gehn —
Margot ist auch da, die keusche Lilie . . .
Warum, lieber Gott, ist man sonntags stets in Familie?
Vor Tisch sind sie beleidigt, und nach Tisch sind sie satt —
wenn ich dran denke, wird mir jetzt schon ganz matt.

Abends ist Theater . . . morgen muß ich unbedingt mal mit Kempner telefonieren:
Er muß mir die Diele billiger tapezieren —
achtzig ist zu viel — der Junge ist wohl nicht ganz gesund!
und — —

Halb zehn!
«Willi! Aufstehn! Aufstehn!»
Ja doch, ja!
Ich stehe ja schon auf, Mama —

Jetzt geht der Sonntag los! Nein: eigentlich ist er jetzt vorbei.
Jetzt kommen die Zeitungen und Briefe und Telefon und Geschrei.
Das ist nun weniger geruhsam und labend . . .

Aber so ist das im Leben:
Das Schönste vom Sonntag ist der Sonnabend Abend.

VOR UND NACH DEN WAHLEN

Also diesmal muß alles ganz anders werden!
Diesmal: endgültiger Original-Friede auf Erden!
Diesmal: Aufbau! Abbau! und Demokratie!
Diesmal: die Herrschaft des arbeitenden Volkes wie noch nie!
Diesmal.
Und mit ernsten Gesichtern sagen Propheten prophetische Sachen:
«Was meinen Sie, werden die deutschen Wahlen im Ausland für Eindruck machen!»
Und sie verkünden aus Bärten und unter deutschen Brillen
— wegen Nichtkiekenkönnens — den höchstwahrscheinlichen Volkeswillen.

Sprechen wird aus der Urne die große Sphinx:
Die Wahlen ergeben diesmal einen Ruck nach links.
So:

←————————————————————

Diesmal werden sie nach den Wahlen den Reichstag betreten,
diesmal werden sie zum Heiligen Kompromisius beten;
diesmal erscheinen die ältesten Greise mit Podagra,
denn wenn die Wahlen vorbei sein werden, sind sie alle wieder da.
Diesmal.
Und mit ernsten Gesichtern werden sie unter langem Parlamentieren
wirklich einen Ruck nach links konstatieren.

Damit es aber kein Unglück gibt in der himmlischsten aller Welten,
und damit sich die Richter nicht am Zug der Freiheit erkälten,
und überhaupt zur Rettung des deutsch-katholischen-industriellen Junkergeschlechts
machen nach den Wahlen alle Parteien einen Ruck nach rechts.
So:

————————————————————→

Auf diese Weise geht in dem deutschen Reichstagshaus
alle Gewalt nebbich vom Volke aus.

AUF DEM NACHTTISCH

Merkwürdig ist das, wenn der Leib da liegt und ein reger Verkehr im Organismus vor sich geht: die Milz klingelt bei der Leber an, wie es ihr denn gehe; das Reichsmagenamt teilt Pepsin aus; in den Krampfadern findet eine Betriebsversammlung statt («Die Abschaffung der Krampfadern würde die Brotlosmachung von Tausenden von Arbeitern bedeuten . . .»); in der Abteilung Herz sind kleine Unregelmäßigkeiten zu verzeichnen, offenbar ist dieses Herz unter dem Zeichen des Phöbus geboren . . . die Nasenscheidewand regelt den Verkehr, und in der Speiseröhre geht ein landfremdes Element herauf und herunter. So herrscht reges Leben allenthalben – nur die Großhirnrinde liegt scheinbar in tiefem Schlummer. Sie träumt . . .

Der Leib ruht in pariser Kissen; die Großhirnrinde turnt um den Potsdamer Platz, mit einem Gefühl, jenem nicht unähnlich, das man bei prasselndem Kaminfeuer verspürt, wenn draußen ein solider Landregen rauscht. Schön ist Berlin von weitem –

Valleicht nicht? wo wir Zillen haben, unsern Zille? Vater Zille, der du vom spitznäsigen Willi eines Abends mit vielen, vielen

Grogs im Leibe nach Hause gegangen bist, es war Glatteis, und du hattest in beiden Manteltaschen Sand, und streutest vor dich her, eine nicht immer grade Spur hinter dir lassend ... sei gegrüßt, Vater Zille, sei gegrüßt —!

Obenauf, auf dem Nachttisch, liegt dein neues Buch. ‹*Bilder vom alten und neuen Berlin*› heißt es und ist bei Carl Reißner in Dresden erschienen. Da geht mir das Herz auf. Frau Olga Ritz, Hebamme in Berlin NO: «Ob ich mir nu auch noch nen Bubikopf schneiden lasse —? Ach nee, nee — dann denken die Jeburten, da lauert een Mann und trauen sich nicht raus!» Man schmecke das Wort ‹Jeburten› nach und bleibe ernst, wenn man kann. Da lachen ja die Wanzen hinter der Tapete. Und zeichnen kann der Mann —! So eine Schanksohnette (aus dem Jahre 1905), gesehen bei Mutter Haberlandt, in der Münzstraße, eine, die grade singt: «Der kommt mir nicht in mein Medalljong hinein!» und damit deutet sie auf den geschnürten Bullerbusen, damit es keinen Irrtum gibt —: wie jeder Strich sitzt, wie das hingehauen ist, aber eben von einem Beobachter, der lange stille gesessen hat, um so etwas machen zu können. Und: «Mutta», fragt der kleine Junge, «wo ham wir uns eijentlich so kenn jelernt ...?» Ja, wo — — Das zeichnet er auch, wo. In den Kabuffs, die Vater Haberlands Politik und der deutsche Reichswehretat für die minderbemittelte Schützengrabenbevölkerung übrig gelassen haben. Und manchmal wirds schwer metaphysisch. Paul: «De olle Schulzen sagt, mit ner Zuckerschnur uffhängn wär een süßer Tod!» Sonja: «Wenn ooch — aber de Seele muß hinten raus!» Dieser Lehrsatz verdient längeres Nachdenken ... Und nur, wenn Meister Zille feine Leute zeichnet, dann gehts etwas bänglich und merkwürdig zu. Die sehen alle so aus wie aufgebügelte Proletarier aus dem Jahre 1905. Aber sonst — aber sonst ist das Buch so wie der fröhliche Kindervers am Schluß:

Kaisers Kinder habens fein
Eia — weia — kackestein!

Obenauf lag gar nicht Zille. Obenauf liegt ein Filetsteak ungewöhnlicher Größe, zu dem mich der Vorsitzende des Reichsbundes Deutscher linksseitig entwickelter Embryos eingeladen hatte: der Mann weilte in Paris, um den Franzosen klar zu machen, daß sie die Rheinlandbesetzung nun aber endlich aufgeben müßten. Das heißt: er sagte das hier mit halben Worten, lobte ansonsten die Franzmänner und sprach davon, wie schön Deutschland heute sei, wie pazifistisch, wie friedlich gesonnen und wie republikanisch von vorn bis hinten; ein ganzer Europäer sprach da. Dann, als der Vorsitzende wieder zu Hause war, wurde er stark national, behauptete, es den Franzosen aber ordentlich gegeben zu haben, und entfaltete jenes Raimundsche Taschentuch. «Ich war zwei Tage in Paris» stand darauf zu lesen. Solche deutschen Besucher haben wir hier viele, und die französischen Sozialisten, deren

Instinkt für das Trügliche untrüglich ist, haben diese Besucher gern. Von *‹Temps›* zu *‹Temps›* sickert dann etwas militärische Wahrheit über die jenseitigen Republikaner durch – aber nicht eben allzuviel...

Nach dem Steak benötigen wir etwas Leichtes. Greifen wir also zu *‹Teigwaren, leicht gefärbt›* von Franz Hessel (bei meinem Verleger Ernst Rowohlt, Berlin, erschienen). Bei meinem Verleger? Ha, Schmach! Schiebung! Verabredung! Korruption! Ossietzky! Sie haben neulich Bruno Frank zerrissen und mir das Herz: weil Sie der einzige waren auf weiter Flur, der dieser *‹Politischen Novelle›* das gesagt hat, was zu sagen war. Es ist unfaßbar, daß ein Mann, der so lange in Frankreich gelebt hat, der Frankreich so gut kennt wie Bruno Frank, etwas so ganz und gar Unfranzösisches hat produzieren können. Es wird sicherlich sehr höfliche Franzosen geben, die Frank bestätigen werden, wie schön und gut diese Novelle des Rapprochements sei, aber bestimmt keinen so unhöflichen Franzosen, der wie jener Sekretär des Herrn Briand (im Buch) mit dem Sekretär eines imaginären deutschen Staatsmannes eine solche Unterhaltung jemals hätte führen können, keinen Franzosen, der einem Deutschen ins Gesicht sagte, wie häßlich die deutsche Sprache sei... Die gibt es so wenig wie es jemals eine französische Frau gegeben hat, die sich selber vorstellt; der Hackenknall: «Oberbausekretär Flotsch», ist eine deutsche Erfindung. Und wie bombastisch ist das; wie geziert, wie ganz und gar verkannt; das ist jene hohe Politik, wie sie sich in neuern berliner und auch pariser Salons darstellt, wo die Bekanntschaft mit einem richtigen Diplomaten das persönliche Prestige erhöht... Ja, wenn Politik so dumm und so einfach wäre –! Zurück zu Hesseln.

Ganz abgesehen davon, daß ich neidisch auf den Titel bin: es stehen so bezaubernd leichte Dingelchen in dem Buch, so hingehaucht, wirkliche ‹soufflés› – zum Beispiel die von dem Lokomotivführer, der nicht mehr pfeifen durfte, sowie das gradezu himmlisch echte Gespräch im Modesalon – es ist fast unfaßbar, wie ein Mann so etwas schreiben kann. In den Zeitungen haben sie jetzt in Firma Niveaulos & Kultur schreibende Damen angestellt, die in der Tat so dumm daherplappern können wie Papageien, die lange bei einem Dichter gestanden haben... Man decke diese Vögel zu; es sind auch mondäne Kakadus aus Kunstseide darunter: die rupfe man. Das Hübscheste über Frauen sagen nicht Frauen – Männer sagen es. Die stärksten Stücke des Hesselschen Buches reichen an Robert Walser heran, und es ist eine Freude, immer wieder darin zu blättern.

Dann haben wir da, immer mal wieder, ein Buch über Amerika bekommen: J. Dorfmann, *‹Im Lande der Rekordzahlen›* (erschienen im Verlag für Literatur und Politik, Wien, Berlin). Das Buch hat einen russischen Ingenieur zum Verfasser; es ist sehr anspruchslos geschrieben, offenbar sind die Aufsätze gesammelte Briefauszüge. Der Mann ist mäßig gebildet, was bei der Betrachtung eines so komplizierten Landes heftig stört – solche Beschreibungen spiegeln ja immer den Beschreibenden. Aber man lernt allerhand, vielleicht grade, weil der Mann nur das ganz Einfache gesehen hat: daß zum Beispiel die Kraftstation am Niagara einen miserabeln Lichtstrom herstellt, so daß alle Lichtbirnen ununterbrochen flimmern – das geschieht aus Ersparnisgründen, und nun müssen sich zwei Millionen Menschen in 142 Städten, Dörfern und Flecken die Augen verderben. Auch geht aus dem Buch mit erfreulicher Deutlichkeit hervor, wie richtig die Sinclairschen Schilderungen in *‹Petroleum›* (Malik-Verlag, Berlin) sind. Die tobsüchtig gewordene amerikanische Bolschewistenhetze hat ihre Früchte getragen: häufig wird dem russischen Besucher als erste Frage von den Amerikanern diese da vorgelegt: «Und, sagen Sie, wie ist das mit der Nationalisierung der Frau?» Da gruselts den Spießern; von der Politik geht hier eine legitim aufregende Wirkung aus, und alle sinds zufrieden. Daß es nicht stimmt, schadet fast gar nichts, und so gemein und dumm wie die Berichte, die die französische Presse grade vor den Wahlen über Rußland brachte, sind die Amerikaner noch lange. John Heartfield hat wieder eines seiner meisterhaften Vorsatzpapiere geliefert.

Es gibt aber natürlich auch andere Amerikaner. So einer ist zum Beispiel Theodore Dreiser, der Verfasser der *‹Amerikanischen Tragödie›* (bei Paul Zsolnay in Berlin). Mir hat neulich Max Mohr geschrieben, eine Beurteilung der amerikanischen Romanliteratur sei ohne Kenntnis dieses Buches nicht möglich. Ich habe es sehr aufmerksam gelesen, und es war – bei Max Kretzer! – keine leichte Sache. Nun, ich habe gefunden, daß man uns nicht zumuten kann, wieder von vorn anzufangen. Es mag ja sein, daß so ein Werk für amerikanische Verhältnisse ein außerordentliches Wagnis darstellt, und als Kulturdokument ist es gewiß sehr aufschlußreich. Aber was ich damit anfangen soll, weiß ich nicht. Auf dem Umschlag bezeugen gute und beste Engländer und Amerikaner, daß hier das aller-, aber auch das aller-, allerbedeutendste Genie sei: ich habe es nicht entdecken können. Diese Geschichte von dem jungen Mann, der im Geschäft bei reichen Verwandten dient, der eine Liebelei mit einer reichen jungen Dame und ein Verhältnis mit einer Arbeiterin hat; der der Arbeiterin ein Kind macht, keinen findet, der es abtreibt und sie nun, mit dem dolus, aber ohne Absicht ins Wasser fallen läßt: das müßte so dargestellt sein, daß der Sturm neue Türen aufreißt, um uns zu packen. Es weht aber nichts, und es packt uns nichts. Daß es Gesetze gibt, die die Abtreibung verbieten, daß es heute noch – und nun erst in Deutschland! – fromme Juristen, starre Juristen, beschränkte Juristen gibt, die in das nächste, gradezu schmähliche Strafgesetz auch diesen verbrecherischen Paragraphen hineinschustern, ist hart. Dagegen anzukämpfen, ist für einen anständig gesinnten Menschen Pflicht. Nur dagegen anzukämpfen ist noch keine Kunst. Es ist sehr bezeichnend, daß Dreiser den einzigen, starken und ergreifenden Zug in seinem Roman so erzählt, wie eine Zeitung von einem Eisenbahnunglück berichtet, ohne die Möglichkeiten zu verspüren, die da liegen: Der zum Tode verurteilte Held des Buches sitzt im Zuchthaus und wartet auf seine Hinrichtung. Da warten noch andre Verurteilte, die er durch die Gitter seines Käfigs sehen kann. Und manchmal wird einer zum Todesstuhl geführt, dann werden Vorhänge vor die Türen gezogen, dann hören die Wartenden einen schleppenden Zug: das ist einer von ihnen, der dahin gestoßen wird, wohin sie bald alle gehen müssen. Und dann gibt es eine kleine Pause ... «Und dann, obwohl Clyde es nicht wußte und es ihm nicht weiter auffiel, ein plötzliches Nachlassen des Lichtes im ganzen Hause – das sinnlose Ereignis eines Systems, wodurch derselbe Strom Beleuchtung und Hinrichtung besorgen mußte ... Das dreimalige Nachlassen des Lichtes bedeutete den Todesstrom.» Viel trockner kann man das nicht erzählen. Ah, keine Deklamationen an dieser Stelle! Aber wie hätte ein Dichter das formuliert! Dies ein Genie? Ein pariser Chansonnier sang neulich:

«N'exagérons rien –
rien – rien – rien!»

Ein anständiger naturalistischer Roman, der uns nichts Neues sagt.

Die Landsleute dieses Chansonniers lieben den Abenteurerroman; da haben sie ihren Dekobra, dessen Erfolg mir ewig unverständlich bleiben wird, und der übrigens ein netter, bescheidener Junge geblieben und gar kein Edschmid geworden ist, obgleich er doch mehr kann als jener; und neulich hat ein Mann, der ‹Ch. Lucieto› zeichnet, ein sehr amüsantes, inzwischen verfilmtes Buch veröffentlicht *‹En Missions spéciales›* (bei Berger-Levrault, 136 Bd. St.-Germain, Paris). Darin war mit viel Geschrei und nicht gar zu viel Wolle aufgezeigt, wie im Kriege angeblich der Spionagebetrieb funkioniert hat, und das war ja denn auch angenehm gruselig zu lesen. Nun aber hat es jenen nicht schlafen lassen, und er hat sich etwas Neues zurechtgekocht: *‹Livrés à l'Ennemi›* (bei demselben Verleger). Mensch, du lachst dir dot! Das ist ein halb erfundener Kriminalroman, mit einem Meisterspion James Nobody, und der spioniert sich so sachte durch Deutschland und Rußland. Dabei hat der Herr Verfasser eine Menge richtiger Angaben verwandt: über die schwarze Reichswehr, über die IG-Farben-Gesellschaften und andres. Durchsetzt ist das aber mit einer Kellerromantik dunkelster Sorte, und das Kapitel, in dem der brave, sich selber dementierende Verwaltungsbeamte Geßler als furchteinflößender Friedrich der Zweite mit einem Krückstock erscheint, abzudrucken lohnt nur deshalb nicht mehr, weil der Mann, der vielen anständigen Arbeitern und Journalisten lange Jahre unschuldiger Haft verschafft hat, seine ‹Verantwortung› trägt, wie das eben bei Beamten üblich ist: in der Pension. Aus dem Buch spritzt auch jene französische Bolschewistenhetze, die um so gefährlicher ist, als die Ahnungslosigkeit von Redaktion und Leser, was fremde Länder betrifft, hier ungleich größer ist als in Deutschland. Bekanntlich gehört zu den festen Glaubenssätzen französischer ultranationaler Zeitungen, daß Deutschland Tag und Nacht Kokain nach Frankreich schmuggelt. (Was sicher vorgekommen ist – es kommt eben auf die Melodie an, in der so etwas vorgetragen wird.) Und nun läßt der Herr Nobody einen Deutschen sagen: «Das machen wir so. Für die Aristokratie in Frankreich haben wir das Kokain, für das Proletariat den Bolschewismus.» Da kannst nix machen. Und ich würde diesen Unfug, der zu der ehrlichen und anständigen Haltung der breiten Masse der Franzosen in starkem Gegensatz steht, gar nicht zitieren, wenn dies nicht international wäre: soziale Revolutionen immer als Werk des bösen Landesfeindes darzustellen. Daher der Name: Landesverrat, wenn Arbeitgeberpolitik gemeint ist.

Der Organismus ist in allseitiger Bewegung: der Magen brennt Sod, in den Ohren saust es wie in einer Muschel, die unfeinern Organe haben beschlossen, einen eignen Staatenbund zu gründen und die Monroe-Doktrin anzuwenden ... Das kommt davon, wenn einen die deutschen Passanten einladen, die Spesen ihrer Verbände jäh durch die Gurgel zu jagen. Das Großhirn träumt. Es träumt als Kind sich zurücke ...

Da hat Eberhard Buchner im Kriege (bei Albert Langen in München) *‹Kriegsdokumente›* gesammelt; wenn ich nicht irre, sind sechs Bände erschienen. Er hat ganz einfach Zeitungsausschnitte, die er für bedeutungsvoll hielt, zusammengestellt und die genaue Quelle angegeben – weiter nichts. Wenn man das heute liest, glaubt man, die Bierzeitung eines Tollhauses zu lesen.

«Wie ich höre, sind der Bruder von Sir Edward Grey und der Sohn des französischen Ministers Delcassé in deutscher Gefangenschaft. Ich kann nur raten, diese beiden Herren zunächst einmal in einen wirklichen Schweinestall einzusperren mit den natürlichen Insassen als Gesellschaft, das wird auf die Stimmungen in London und Paris ganz anders zurückwirken als zehn gewonnene Schlachten.» Der so spricht, ist der schlichte Pastorensohn Carl Peters, aus dem Balder Olden einen Roman destilliert hat. Man hält das nicht für möglich, was in diesen Bänden steht: diese Mischung von Tobsucht, Geifer, kalter Begeisterung und gerissener Vaterlandsliebe: «Der deutsche Militarismus ist doch wertvoller als das ganze Völkerrecht.» Und so Satz für Satz, Seite für Seite, Zeitung für Zeitung. Warum ich das erzähle? Weil man es eben nicht ruhen lassen soll. Weil, vor allem, unsre Schulen dergleichen den Primanern vorhalten, erklären, deuten sollen. Wie hier Komma für Komma der ‹Letzten Tage der Menschheit› belegt ist; wie sich geschickte Propaganda von Kapital, Militärs und Kirche auswirken — wie das aussieht, wenn ein ganzer Kontinent und insbesondere das völlig desorientierte Deutschland wahnsinnig geworden ist. Und grade heute, wo die verhüllten Nationalisten, die die Lüge von der alleinigen Kriegsunschuld Deutschlands propagieren, wieder ihr Werk treiben, grade heute ist festzustellen, daß hundert Millionen von Eltern gezwungen werden, ihre Kinder auf Schulen erziehen zu lassen, die ihnen über den Krieg nicht die Wahrheit sagen: ein pazifistisches Süd-Tirol. Hier wird die Geschichte gelehrt, wie sie sich im Reichsarchiv spiegelt, also gefälschte Geschichte, zurecht gestutzte Geschichte, zusammengestrichene Geschichte — dort wird Vaterland mit Heimat gleichgesetzt: in den Schulen ist es besser geworden, aber noch lange nicht, noch lange nicht gut.

Und ich liege schlaflos und bleibe wach: weil es nicht schön zu denken ist, wie ein ganzes Volk so wenig aus einer solchen Katastrophe gelernt hat.

DANK VOM HAUSE STALIN

Da liegt vor: *‹Wochenbericht der Gesellschaft für kulturelle Verbindung der Sowjet-Union mit dem Auslande›*, erscheint in russischer, deutscher, französischer und englischer Sprache. Nr. 10—11, Seite 3:

‹Die ersten Tage der Roten Armee›. Auf anderthalb Seiten ist da eine kurze geschichtliche Übersicht über die Entstehung der Roten Armee gegeben: wie sie geworden ist, wie man sie aufgebaut hat, wie sie sich gewissermaßen aus dem Nichts entwickelt hat ... Der Name Trotzki ist nicht genannt.

Das ist eine Unanständigkeit, die auch im heftigsten politischen Kampf und grade von dieser Seite her nicht erlaubt ist.

So gefährdet ist die Regierung Stalin nicht, daß sie nicht getrost riskieren dürfte, vergangene Verdienste eines Mannes zu würdigen, der Kopf und Kragen für den Bolschewismus aufs Spiel gesetzt hat. Denkbar, daß es die innerrussische Situation erfordert, dem Begründer der Roten Armee in diesem Augenblick keine Dankeskränze zu winden — das können wir von außen her schlecht beurteilen. Ich weiß auch nicht, ob diese Verbannung, die mir sehr hart erschienen ist, notwendig gewesen ist oder nicht. Aber eines weiß ich:

Daß es ein Zeichen von tiefster Schwäche, von Angst und von Mameluckenhaftigkeit ist, des Mannes nicht zu gedenken, der so viel für Rußland getan hat. Wenn der ganze *‹Wochenbericht›* auf solch unvollständigen Angaben, auf so verfälschten Berichten aufgebaut ist, dann taugt er nichts. Und verdient keinerlei Glauben.

Parteidisziplin ist eine sehr schöne Sache, und wir fordern, daß der aktive Politiker sich ihr auch dann fügt, wenns schwer erscheint. Byzantinische Geschichtsfälschung aber ist immer ein böses Ding, und die Russen hätten allen Anlaß, bei der Wahrheit zu bleiben.

KONJUGATION IN DEUTSCHER SPRACHE

Ich persönlich liebe
du liebst irgendwie
er betätigt sich sexuell
wir sind erotisch eingestellt
ihr liebt mit am besten
sie leiten die Abteilung: Liebe

DAS ÜBERHOLTE WITZBLATT

Wenn hier untersucht werden soll, warum es kein modernes Witzblatt mehr gibt, so ist das kein Angriff gegen die beiden, die Deutschland hat: die ‹*Jugend*› und den ‹*Simplicissimus*›. Bei diesem tue ich mit, und jene hat sich aus ihren schrecklichen Kriegs- und Nachkriegszeiten so gut herausgerappelt, wie das im Hause möglich ist. Hier gehts nicht um diese beiden – hier gehts um den Typus.

Die Technik, unter ein Bild einen ‹Witz› zu setzen, ist erledigt – das war einmal sehr frisch, ist es aber nicht mehr. Die Zusammensetzung: malerischer Scherz, Plakat-Scherz oder Karikatur mit obligaten Worten ist überholt, weil es alte Schläuche und altes Wasser ist, das da verschenkt wird. Das ist nicht nur eine Formenfrage.

Merkwürdigerweise weist keines dieser Witzblätter etwas auf, was die ‹*Arbeiter-Illustrierte*› einzuführen bemüht ist: die Verwendung der Fotografie. Wir glossieren so viel: Artikel, Zeitungsfehler, Schwupper der Kritiker und Romane – aber die größte Wirkung geht kaum noch vom gedruckten Wort aus. Eher vom gesprochenen: dem Rundfunk, und vor allem: vom Bild.

Ganz abgesehen von den ‹Kulturdokumenten›, wie sie zuerst Karl Kraus in die Literatur gebracht hat: jene unsterbliche Henkerszene von der Hinrichtung Battistis, das Bildnis Berchtolds, das ganz allein, ohne jede Unterschrift erklärt hat, warum die habsburgische Monarchie rechtens untergegangen ist – das allein ließe sich tausendfach verwenden. Wenn man mit ein paar Worten Text nachhilft, die allerdings, wie jede gute Bild-Unterschrift, sehr, sehr schwer zu finden sind, dann werden die Augen der Leser geschult, das Bild fängt an, zu sprechen, und die stumme Kritik der Zeit ist da – nur an Hand eines fotografischen Dokuments. Das wird in den Witzblättern nicht gemacht, sehr zum Schaden ihrer Wirkung, die sich immer mehr verringert.

Man sehe sich etwa so ein Bild Hindenburgs vom Empfang des braunen Königs Aman Ullah-Chan an: mißtrauisch und leicht sauer sieht der alte Präsident auf seinen braunen Kollegen, in seinen Augen ist so etwas wie: «Und mit so etwas muß ich nun hier spazieren gehen!» und: «Der sah doch früher ganz anders aus?» Man nehme jenes alte Bild, auf dem der Präsident der Deutschen Republik den Großherzog von Mecklenburg begrüßt: stramm, leicht gebückt steht er vor dem leutseligen Abgefundenen. Dergleichen wirkt überzeugender als die stärkste Satire – da kann kein geschriebenes Wort mitkommen.

Was man mit Gegenüberstellungen und Klebe-Bildern von Fotografien anfangen kann, braucht nicht gesagt zu werden, seit John Heartfield gezeigt hat, wie man das auf Bucheinbänden macht. Als ich vor Jahren hier einmal die ‹Tendenz-Fotografie› gefordert habe, brach ein Sturm in der Provinzpresse aus; die Brüder tobten so, daß gleich zu merken war: diese Tendenzfotografie, richtig angewandt, ist eine gefährliche Sache.

Da ist aber wohl noch ein andres.

Um ein radikales Witzblatt zu machen, braucht man nicht Kommunist zu sein. Aber man muß draußen stehen, man darf nicht dazugehören – und solche Leute scheints wenig oder gar nicht zu geben. Wir gleiten sanft in eine Zeit der Frères und Cochons-Brüderschaft hinein, wo jeder jedem versippt ist, wo keiner mehr etwas zu sagen wagt, wo sich eine harmlose Satire und blechern polternder Angriff gegen so harmlose Objekte wie Poängkareh und ‹die Reaktion› richtet, gegen Frau Meier und Herrn Huber und Frau Pollack, die die Fremdwörter verwechselt. So wird das nichts.

Die Leute, die solche Satire machen, stehen andrerseits dem tätigen Leben merkwürdig fremd gegenüber – ihre Satire sitzt nicht, ihre Hiebe sitzen nicht, weil ihre Schilderungen nicht echt sind. Um ein Milieu zu verspotten, muß man a) Mut haben, b) nicht abhängig sein, auch nicht innerlich und c): man muß dieses Milieu kennen. Sie kennens aber nicht. Wie blaß ist das alles, wie allgemein, wie wenig hat es vom Humor einer Bierzeitung, die zwar nur Milieuhumor und Anspielungen gibt, aber wenigstens einen Humor von drinnen repräsentiert! Die Herren sind mehr fürs allgemeine – es stellt sich leichter her, und man hat auch weniger Kummer.

Die maßlose Eitelkeit aller Berufsgruppen, die ihren Kram am liebsten heilig sprechen lassen möchten, die ihren ‹Dr. mus.› haben und eine eigne Universität, und von der uns jeder ihrer Vertreter glauben machen will, daß sein Beruf am allerschwersten von allen sei, am allernützlichsten für die Allgemeinheit und am allerreinsten – diese Berufsreligiosität hat es glücklich dazu gebracht, daß wir keine Witzblätter mehr haben. Man kann freilich nicht mit den Leuten Satire machen – man kann es nur über sie und gegen sie.

Wozu starke Gesinnung gehört, eine graziöse Frechheit, Mut, Unabhängigkeit und schärfste Milieukenntnis.

Der Typus, den heute die deutschen Witzblätter – wie übrigens die französischen auch – repräsentieren, ist überholt und wird sich nicht halten. Es ist schade, daß es noch keine neuen gibt; das lebensfähige neue Witzblatt wird von einer Gruppe gemacht werden. Denn es ist so hübsch, den Leuten lachend die Wahrheiten zu sagen, wie sie gebacken und gebraten sind: Industriellen, Leuten aus der Wilhelmstraße, Diplomatensnobs, Chefredakteuren und feldwebelnden Generaldirektoren. Das wäre also der Schrei nach der Satire?

Keine Zeit schreit nach der Satire, so masochistisch ist keine. Nur die Ohren des Satirikers gellen, weil die Zeit schreit, er will sie peitschen, sie hats nötig. Da ist die Fotografie, ihr wahrer Lügenspiegel – aber kein Publikum, kaum ein Blatt, kein Führer. Lasset uns auf das Grab Albert Langens und seiner Leute einen Kranz niederlegen: aus Gewürznelken, Rosmarin und dem bitter schmeckenden, dunkelgrünen Lorbeer.

WAS AUS DER GROSSEN ZEIT

des Krieges geblieben ist, sieht so aus:

Wir erinnern uns mit Schaudern der Folgen jener Nationalmonomanie, die ein ursprünglich gesundes Zusammengehörigkeitsgefühl in den Abgrund des Wahnsinns kippen ließ: es gab keine Lüge, von der Obersten Heeresleitung ausgegeben, vom Auswärtigen Amt geduldet, von der gehorsamen und unter ihrer Knebelung wollüstig stöhnenden Presse nachgestottert, es gab keine solche Lüge, die nicht blindlings von der ganzen Nation geglaubt wurde. Von den Bomben über Nürnberg bis zum Ruhrkampf eine Linie.

Ein geistig so isoliertes Volk sprach nicht mehr die Sprache der Welt – übereinstimmend berichten alle klugen und anständigen Leute, die während des Krieges und während der Inflation ins Ausland gelangen konnten, daß es ihnen jenseits der Grenzen wie ein Reif von der Stirn fiel – aber es war kein Königsreif, es war ein dicker Stahlhelm, der herunterfiel. Sie sahen draußen plötzlich, wie die gesamte übrige Welt, so sehr sie ihrerseits in Irrtümern befangen sein mochte, ihre eigne Denkweise anwandte, die mit der deutschen überhaupt nichts mehr zu tun hatte – so weit fort waren die Deutschen von aller Realität.

Das ist besser geworden. Ohne großen Nutzen und mit vielem Wortschwall reisen nun die deutschen Politiker, und wo sie hintreten, da wächst der Superlativ, und wenn sie drei Tage in London gewesen sind, so wird ihnen niemand mehr etwas über englisches Wesen erzählen, ihnen nicht. Immerhin: die zwanzig Ohren, die an hundert deutschen Köpfen befestigt sind, hören doch etwas vom Brausen der Welt, die immer noch nicht an deutschem Wesen genesen ist.

Aber geblieben ist die fatale Disziplin der Presse, der Parteien und des unsäglichen Reichstages. Man muß nur einmal sehen, wie selten da einer aus der Reihe tanzt, wenn die Regierung ihnen was bläst, wie schauerlich einstimmig das patriotische Geheul klingt, wenn es gegen Rußland, für England, gegen Frankreich, für den Anschluß geht. Sie sind wie narkotisiert: Hühner, mit einem offiziellen Kreidestrich vor der Nase. Ich glaube, daß im Blut der Deutschen die weißen und die roten Blutkörperchen getrennt im Parademarsch dahinfließen, das Herz schlägt dazu den Takt, bum ist links, und wenn das Gebäude eines Tages einen Granatsplitter im ersten Stock findet, so wird es noch im Zusammensturz murmeln:

> «Es kann der Beste nicht im Nachbarn leben,
> wenn es dem bösen Frieden nicht gefällt.»

Disseplin muß sind.

‹SIEGFRIED› ODER DER GELEIMTE MANN

Jean Giraudoux hat seinen vor Jahren erschienenen Roman *‹Siegfried et le Limousin›* dramatisiert; und wenn mich nicht alles täuscht, ist es wohl das erstemal seit zehn Jahren, daß deutsche Uniformen auf einer pariser Bühne erscheinen, ohne daß die Träger lediglich das böse Element im Stück verkörpern. Das geht in der Comédie des Champs Elysées bei Louis Jouvet vor sich; das Stück heißt *‹Siegfried›*, es wird den ganzen Abend von Deutschland gesprochen, weil es in Deutschland, nämlich in Gotha, spielt – und um nichts Geringeres handelt es sich:

Da haben sie in einem deutschen Lazarett einen Mann zusammengeflickt, der hat das Gedächtnis verloren. Langsam kommt er wieder zu sich . . . aber das Gedächtnis bleibt fort. Wer ist es? Eva, die deutsche Krankenschwester weiß es nicht . . . Ist es ein Deutscher? Ein Franzose? Niemand weiß es. Das kann vorkommen. Nach ein paar Jahren ist dieser Mann, den jene Eva als Deutschen herrichtet und der deutsch spricht, Geheimrat, angehender Diktator eines imaginären deutschen Bundesstaates, ganz Deutschlands . . . das dürfte eben nicht ganz wahrscheinlich sein. Sein politischer Gegner, ein romantischer Baron mit Radmantel, weiß, wer der neue Geheimrat in Wahrheit ist: ein französischer Literat, Jacques Forestier; er hat ihn vor dem Kriege gekannt, läßt dessen Freundin Geneviève aus Frankreich kommen, ‹Siegfried› soll von ihr identifiziert werden, der Staatsstreich kommt dazwischen, hinter der Kulisse geht ein Schuß los, und der gefangene romantische

Baron schreit dem Siegfried ins Gesicht, wer er ist. Bumm! Oder, wie Jacques jetzt sagen würde: «ça y est —!» Und trotz der beschwörenden Bitte der Generale fährt er mit seiner Geneviève nach Frankreich zurück, jene Eva in Deutschland lassend...

Daß das eine in den kriegführenden Ländern nicht geradezu alltäglich zu nennende Handlung genannt werden dürfte, weiß Giraudoux natürlich ganz genau. Im Buch ist sie Vorwand zu Exkursen über Deutschland und Frankreich, ihre Entfernung und ihre Nähe, ihre unglückliche Liebe und ihren glücklichen Haß... auf der Bühne kommt der Zuschauer von der Handlung nicht los, und das ist nicht sehr schön. Denn was ein Mann zu tun hat, der von der Erde auf den Mond fällt und wieder zurück, und ob er verpflichtet ist, seinen Regenschirm, den er dort oben (oder unten) vergessen hat, zurückzuholen, das sind nicht gerade Fragen, die uns bewegen — obgleich sie für den Mann und den Regenschirm ihre Wichtigkeit haben. Soweit diese Handlung überhaupt gestaltet ist, glaubt man sie nicht; sie ist übrigens dramatisch nicht sehr stark gestaltet, wie ja überhaupt erfundene politische Aktionen immer etwas Starres an sich haben; hätte die französische Revolution nicht stattgefunden, und erfände sie einer, so wäre sie ein schlechtes Stück... Politische Ereignisse sind nur dann erträglich, wenn sie wahr sind.

Was gestaltet ist, scheint mir nicht sehr kräftig. Was gesprochen wird, ist höchst interessant. Es zeigt uns, wie wir uns in einem andern Volk spiegeln, und das ist immer gut zu wissen. Jean Giraudoux ist ein kultivierter, kenntnisreicher und guter Schriftsteller, der sich durch Deutschland bewegt fühlt; ein Induktionsstrom geht durch sein Herz, er will verstehen, verstehen machen, und er wird gewiß, wenn er dieses liest, sagen: «Man hat mich nicht verstanden.» Warum nicht —?

Weil dieses Stück aufs neue zeigt, wie weit es noch immer von Paris nach Berlin ist, und wieviel noch geschehen muß, um die Strecke kürzer zu gestalten. Lassen wir die dramatischen Schwächen beiseite: daß Motiv und Wesen dieses Staatsstreiches durch Bühnengeräusche im Grammophon und Kanonenschüsse ersetzt werden; daß die Handlung eine Räuberpistole ist... darauf kommt es nicht an. Wie stehen wir da —?

Hackenknallend. Sogar der Kammerdiener knallt (und flöge doch im hohen Bogen, wenn ers je in Wirklichkeit täte); die Einzelheiten stimmen nicht, und dergleichen macht mich immer mißtrauisch, denn, denke ich mir, wenn er schon die Äußerlichkeiten nicht gesehen hat, wie will er einem fremden Volk ins Herz sehen? Daß eine Ordonnanz sich ungefragt in ein Offiziersgespräch mengt, ist sehr angenehm demokratisch, aber nicht sehr charakteristisch, daß alle Schauspieler der Erde, wenn sie landfremde Typen nachahmen, immer um drei Etagen zu tief greifen, statt des Grafen höchstens seinen Sekretär, statt der Generalstabsoffiziere höchstens brave Wachtmeister auf die Beine stellen, ist nicht neu, hier aber störend – eine Vorhangschnur ist eben kein Portepee; daß auf hochmodernen Möbeln, die aussehen wie die im Backofen hergestellte Zimmereinrichtung eines Troglodyten, Kissen mit eingestickten Sprüchen liegen, zeigt etwas an: die Unsicherheit des Schildernden. Diese Kissen reden eine beredte Sprache, nur leider nicht die deutsche.

Vieles trifft ins Herz. So, wenn das ältere romantische Deutschland «une conjuration poétique» genannt wird, die nie etwas realisiert hat; wenn sich die zwei Freunde wiedersehen, sie stehen auf verschiedenen Seiten des Teppichs, es ist einen Augenblick still, und zwischen ihnen liegen vier Jahre ... Sehr gut, wie dieser Moment schmerzlichster Rührung mit einem Scherz überbrückt wird; das ist echteste und beste Männerfreundschaft. Über den Abgrund hinweg, Bruder, reich mir die Hand ...!

Dazwischen schwankt der Siegfried, der eigentlich Jacques heißt, hin und her, gezogen von der einen Frau und der andern Frau. (Wie es im Liede heißt: «Frau Wirtin hatt' auch einen Knecht – der war von zwittrigem Geschlecht ...») Keine sehr gute Figur – immer da komisch, wo es bitter ernstgemeint ist. Aus ihm spricht nicht Deutschland, aber an ihm entzündet sich Deutschland und die beste schauspielerische Leistung des Abends: Valentine Tessier, die Französin, die gekommen ist, ihren Siegfried-Jacques heimzuholen.

Das sind wir hier nicht gewöhnt. Diese Feinheit, diese leisen Töne; der behutsame Takt, mit dem in entscheidenden Herzklopfsituationen das getan wird, was wir dann alle tun: nämlich gar nichts! – Wie sie einmal nur die Augenbrauen hebt, an der Nasenwurzel entsteht eine kleine, schwarze Falte – und das Leid langer, einsamer Jahre ist da – das ist eine Schauspielerin! Nachher in der Erinnerung an Frankreich blitzt und schimmert um sie eine Strahlensonne von Charme; sie wird nicht von ihren bezaubernden Kostümen getragen, sondern sie trägt diese Kostüme, sie spielen mit und sagen dem in der Mitte geleimten Mann: Heimat, Heimat.

Neben ihr steht eine Perle des Jouvetschen Ensembles: Romain Bouquet. Seine kleine, stets ein wenig verschleierte Stimme steckt in einem Kerlchen, das, mit Kneifer, eilig und höflich, den gesunden Menschenverstand Frankreichs repräsentiert; dieser Sancho Pansa braucht nur den Mund aufzumachen, und die Leute lachen, weil er nicht komisch tut, sondern weil er komisch ist, vielleicht kann er gar nichts dafür. Er ist so typisch französisch, so durch und durch Franzose, daß man an ihm erst ganz ermißt, wie sehr das deutsche Gegengewicht fehlt ... Die Deutschen schweben wie riesengroße Schatten dunkel und fast unsichtbar durch das Stück; es treten wohl viele deutsche Figurinen da auf, aber sie sind nicht da ... Vorhanden ist Frankreich. In Jouvet, der eine kleine Rolle eindringlich spielt – vorhanden ist nur Frankreich.

Wie am Schluß auf dem Grenzbahnhof, nach allen den feinen und spitzen und witzigen und literarischen Exkursionen, ein französischer Zollbeamter herumschlappt, da atmen Publikum und Autor auf; es ist, wie wenn sich jemand nach feiner Gesellschaft einen zu engen Kragen abbindet – uff! Der Zöllner ist aber auch herrlich, eine richtige ‹Nummer›, schlau, bürokratisch bis zum Übermaß, maulfaul, geschwätzig und grob, und doch fühlt sich das ganze Haus angeheimelt. Ja, so ist das! Und nun sind wir bei uns zu Hause, endlich! Und als der Zöllner zu dem ungeduldig Wartenden, der nun nach Frankreich hineinspazieren möchte, sagt: «Il est huit heures cinq – on n'entre en France qu' à huit heures trente!», da freuen sich alle Leute, und ein Heimatschauer geht durchs Haus.

Quer über die Szene des letzten Aktes läuft eine imaginäre Linie: die Grenze. Ich kann nicht sehen, daß Giraudoux sie überschritten hat. Schon, daß er den merkwürdigen Grenzhumor nicht erfaßt hat, spricht dagegen: es stimmt nicht, daß die Zöllner zweier Länder, die doch täglich miteinander arbeiten, sich noch anöden; sie haben im Gegenteil meist eine so merkwürdige, unpathetische, desillusionierende Vertraulichkeit ... Das Stück ist durch und durch französisch, auch noch in den deutschen Figuren.

Hier streckt ein Land einen Fühler aus ... Die Franzosen horchen ... Der Fühler geht ins Leere – es ist der Widerschein Deutschlands in den Wolken, nach dem hier visiert wird, nicht Deutschland. Wir kennen uns nicht. Wir hassen uns falsch: die Nationalisten beider Länder haben sich Schießbudenfiguren aufgebaut, nach denen sie zielen; manchmal fallen auch lebende Menschen diesem amüsanten Sport zum Opfer. Wir lieben uns falsch: die deutsche Vorstellung von Frankreich ist in den meisten Fällen unrichtig und bedarf dringend einer Korrektur. Enthusiasten haben wir und verärgerte Schlaumeier in der Politik, die dem Liebenden auf die Schulter klopfen: «Mir werden Sie nichts erzählen – ich kenne die Brüder.» Diese fatale Schlauheit verkappt reaktionärer Professionals ist zu gar nichts nütze – vielleicht macht man so diplomatische Karriere, aber so bringt man keine Länder zusammen.

Nachbarn sind wir und kümmern uns nicht genug umeinander; Nachbarn sind wir und kennen uns nur aus dem Graben. Wo bist du, Frankreich –? Wo ist Deutschland, das jene suchen? Die Urteile der schnellfertigen Reisenden tun es nicht, die Unterhändler tun es nicht, und die paar Literaten sind nur Vorläufer. Die Schulen können etwas tun und die Universitäten; der Kinderaustausch und der Austausch von Studenten, der völlig steckengeblieben ist; die vernünftige und unvoreingenommene Annäherung zweier Länder, die aufeinander angewiesen sind. Das Stück von Jean Giraudoux ruft, und wir nehmen den Ruf auf: es werde, trotz allem, Licht!

DAS «MENSCHLICHE»

«Oberes Bild. Von links nach rechts: Generalintendant T., künstlerischer Beirat L., Betriebsdirektor F., Komparseriechef M., Oberspielleiter P., Dramaturg M., Oberspielleiter S., Spielleiter D., Intendanzsekretär B.»

Was ist das –?

Das ist das arbeitende Deutschland von heute. Anders können sies nicht – anders machts ihnen keinen Spaß. Diese Nummern des deutschen Alphabets mit den Metternich-Kanzleititeln vor ihren Namen halten in Wahrheit nur ein mittleres Stadttheater einer Provinzstadt in Ordnung, was immerhin nicht gar so welterschütternd ist. Aber weil es ja keine Angestellten mehr gibt, sondern ganz Deutschland einer Bodenkammer gleicht (vor lauter Leitern kommt man nicht vorwärts) – ‹leiten› sie alle, und wenn es auch nur ein kleines Mädchen an der Schreibmaschine ist, die zusammen mit ihrem Kaffeetopf gern ‹Abteilung› genannt wird; die leiten sie dann. Es gibt eine «Vereinigung leitender Angestellter», offenbar eine Art Obersklaven, die gern bereit sind, unter der Bedingung, daß sie von oben her besser angesehen werden, kräftiger nach unten zu treten. Die Bezeichnung ‹Chefpilot› erspart einem Unternehmen etwa zweihundert Mark monatlich.

Im Gegensatz zu diesem Unfug, der jeden mittlern Angestellten zu einem Direktor aufbläst, steht, nach des Dienstes ewig falsch gestellter Uhr, eine süße Stunde. Abends, wenn sich die ersten Lautsprecher gurgelnd übergeben, flutet die Muße über das Land herein: der Betriebsdirektor glättet die Dienstfalte seiner Amtsstirn, der Oberspielleiter klopft dem Spielleiter huldvoll auf die Schultern, und nun pladdert das ‹Menschliche› aus ihnen heraus.

Das ‹Menschliche› ist das, was sich anderswo von selbst versteht. Bei uns wird es umtrommelt und zitiert, hervorgehoben und angemalt... Wenn der kleinste Statist unter den weißen Jupiterlampen fünfundzwanzig Jahre lang die gebrochenen Ehrenworte der Filmindustrie aufgesammelt hat, dann gratulieren die Kollegen ‹dem Künstler und dem Menschen›, was sie – Dienst ist Dienst, und Schnaps ist Schnaps – sorgfältig zu trennen gelernt haben. Der Künstler ist eines, und der Mensch ist ein andres.

Aus dem ‹Menschlichen› aber, das man nie mehr ohne Anführungsstriche schreiben sollte, ein eignes Ressort gemacht zu haben, ist den Deutschen vorbehalten geblieben, die sich so ziemlich im Gegensatz zur gesamten andern Welt einbilden, es gäbe etwas ‹rein Dienstliches›, oder, noch schlimmer: ‹rein Sachliches›. Wenn die Herren Philologen mir das freundlichst in eine andere Sprache übersetzen wollen – ich vermags nicht.

Jede Anwendung dieses törichten Modewortes ‹menschlich› bedeutet das Eingeständnis an das ‹Dienstliche›, das in Deutschland das ‹Menschliche› bewußt ausschließt oder es allenfalls, wenn der Vorgesetzte gerade nicht hinsieht, aus Gnade und Barmherzigkeit hier und da ins Amtszimmer hineinschlüpfen läßt. Zu suchen hat es da viel, aber es hat da nichts zu suchen.

Es ist ein deutscher Aberglaube, anzunehmen, jemand könne durch künstliche und äußerliche Ressorteinteilungen seine Verantwortung abwälzen; zu glauben, es genüge, eine Schweinerei als ‹dienstlich› zu bezeichnen, um auf einem neuen Blatt a conto ‹Menschlichkeit› eine neue Rechnung zu beginnen; zu glauben, es gebe überhaupt irgend etwas auf der Welt, in das sich das menschliche Gefühl, hundertmal verjagt, tausendmal wiederkommend, nicht einschleiche. «Es ist ein Irrtum», hat neulich in Stettin ein Unabsetzbarer im Talar gepredigt, «zu glauben, die Geschworenengerichte hätten nach dem Gefühl zu urteilen – sie haben lediglich nach dem Gesetz zu urteilen.» So sehen diese Urteile auch aus, seit die Unabsetzbaren die Laien beeinflussen – denn ein Urteil ‹lediglich nach dem Gesetz› gibt es nicht und kann es nicht geben.

Aber das ist die deutsche Lebensauffassung, die die Verständigung mit andern Völkern so schwer macht. Das ‹Menschliche› steht hierzulande im leichten Ludergeruch der Unordnung, der Aufsässigkeit, des unkontrollierbaren Durcheinanders; der Herr Obergärtner liebt die scharfen Kanten und möchte am liebsten bis Dienstschluß alle Wolken auf Vorderwolke anfliegen lassen, bestrahlt von einer quadratischen Sonne... Sie haben sich das genau eingeteilt: das ‹Dienstliche› ist hart, unerbittlich, scharf, rücksichtslos, immer nur ein allgemeines Interesse berücksichtigend, das sich dahin auswirkt, die Einzelinteressen schwer zu beschädigen – das ‹Menschliche› ist das leise, in Ausnahmefällen anzuwendende Korrektiv sowie jene Stimmung um den Skattisch, wenn alles vorbei ist. Das ‹Menschliche› ist das, was keinen Schaden mehr anrichtet.

Sie spielen Dienst. Eine junge Frau besucht ihren Mann, der ist Kellner in einem kleinen Café. In Frankreich, in England, in romanischen Ländern spielt sich das so ab, daß sie ihn in der Arbeit nicht stören wird, ihm aber natürlich herzhaft und vor allen Leuten guten Tag sagt. Bei uns –? Bei uns spielen sie Dienst. «Denn er ist im Dienst und darf nicht aus der Rolle fallen, sonst gibt es Krach mit dem Chef, der hinter dem Kuchentisch steht.» Er darf nicht aus der Rolle fallen ... Sie spielen alle, alle eine Rolle.

Sie sind Betriebsdirektoren und Kanzleiobersekretäre und Komparseriechefs, und wenn sie es eine Weile gewesen sind, dann glauben sie es und sind es wirklich. Daß jedes ihrer Worte, jede ihrer Handlungen, ihr Betragen, ihre Ausflüchte und ihre Sauberkeit bei der Arbeit, ihre Trägheit des Herzens und ihr Fleiß des Gehirns vom ‹Menschlichen› herrühren, das sie, wie sollte es auch anders sein, nicht zu Hause gelassen haben, weil man ja seine moralischen Eingeweide nicht in der Garderobe abgeben kann—: davon ahnen sie nichts. Sie sind im ‹Dienst›; wenn ich im Dienst bin, bin ich ein Viech, und ich bin immer im Dienst.

Sie teilen, Schizophrene eines unsichtbaren Parademarsches, ihr Ich auf. «Ich als Oberpostschaffner» ... schreibt einer; denn wenn er seine Schachspielerqualitäten hervorheben will, dann schreibt er: «Ich als Mitglied des Schachklubs Emanuel Lasker.» Der tiefe Denkfehler steckt darin, daß sie jedesmal mit der ganzen Person in einen künstlich konstruierten Teil kriechen; als ob der ganze Kerl Schachspieler wäre, durch und durch nichts als Schachspieler ...! «In diesem Augenblick, wo ich zu Ihnen spreche, bin ich lediglich Vormundschaftsrichter» — das soll er uns mal vormachen! Und er macht es uns vor, denn es ist sehr bequem.

Daher alle die Ausreden: «Sehen Sie, ich bin ja menschlich durchaus Ihrer Ansicht» — daher die im tiefsten feige Verantwortungslosigkeit aller derer, die sich hinter ein Ressort verkriechen. Denn wer einem schlechten System dient, kann sich nicht in gewissen heiklen Situationen damit herausreden, daß er ja ‹eigentlich› und ‹menschlich› nicht mitspiele ... Dient er? Dann trägt er einen Teil der Verantwortung.

Und so ist ihr deutscher Tag:

Morgens steht der Familienvater auf, drückt als Gatte einen Kuß auf die Stirn der lieben Gattin, küßt die Kinder als Vater und hat als Fahrgast Krach auf der Straßenbahn mit einem andern Fahrgast und mit dem Schaffner. Als Steuerzahler sieht er mißbilligend, wie die Straßen aufgerissen werden; als Intendanzsekretär betritt er das Büro, wobei er sich in einen Vorgesetzten und in einen Untergebenen spaltet; als Gast nimmt er in der Mittagspause ein Bier und eine Wurst zu sich und betrachtet als Mann wohlgefällig die Beine einer Wurstesserin. Er kehrt ins Büro zurück, diskutiert beim Kaffee, den er holen läßt, als Kollege und Flachwassersportler mit einem Kollegen einige Vereinsfragen, schält einen Dienstapfel, beschwert sich als Telefonabonnent bei der Aufsicht, hat als Onkel ein Telefongespräch mit seinem Neffen und kehrt abends heim — als Mensch? «Il est arrivé!» sagte jemand von einer Berühmtheit. «Oui», antwortete Capus, «mais dans quel état!»

Der deutsche Mensch, der auch einmal ‹Mensch sein› will, eine Vorstellung, die mit aufgeknöpftem Kragen und Hemdsärmeln innig verknüpft ist — der deutsche Mensch ist ein geplagter Mensch. Nur im Grab ist Ruh ... wobei aber zu befürchten steht, daß er als Kirchhofsbenutzer einen regen Spektakel mit einem nichtkonzessionierten Spuk haben wird ...

Statt guter Gefühle die Sentimentalität jaulender Dorfköter; statt des Herzens eine Registriermaschine: Herz; statt des roten Fadens ‹Menschlichkeit›, der sich in Wahrheit durch alle Taue dieses Lebensschiffes zieht, die Gründung einer eignen Abteilung: Menschlichkeit – nicht einmal Entseelte sind es. Verseelt haben sie sich; die Todsünde am Leben begangen; mit groben Fingern Nervenenden verheddert, verknotet, falsch angeschlossen... und noch der letzte Justizverbrecher im Talar ist nach der Untat, unter dem Tannenbaum und am Harmonium, in Filzpantoffeln, auf dem Sportplatz und im Paddelboot, rein menschlich ein menschlicher Mensch.

DER QUATSCH

Der politische Quatsch
«... und dann werd ich Ihnen überhaupt mal was sagen: Wenn wir nämlich mit England und Frankreich zusammengehn, dann kann Amerika sehn, wo es bleibt! Coolidge ...» – «Meine Herren, vergessen Sie Indien nicht! In Indien geht was vor! Chamberlain...» – «Aber meine Herren, Sie müssen die Sache auch mal vom wirtschaftspolitischen Standpunkt aus betrachten! Vom wirtschaftlichen Standpunkt aus ...»

Der Geschäftsquatsch
«... nun hab ich den Leuten erklärt: wenn ihr die Hypothek nicht an Bronnemann gebt, dann wird eben Bronnemann aus der Sache rausgehen! Mein Schwager in Frankfurt schreibt mir hier, er sieht die Lage ganz anders an ... 's is ja auch heute schwer! Ich meine, schon rein aus steuertechnischen Gründen können wir ja das gar nicht machen! Sehn Sie mal: wer hat denn heute Geld? Haben *Sie* Geld ...»

Der Familienquatsch
«... und da hat Lucie zu Jenny gesagt, sie hätte das nie zu Oskar gesagt, daß Erwin ihr nichts gesagt hat! Wie finnste das ...? Na, das ist doch ganz klar, woher soll sie denn das wissen! Nein? – Nein! Wenn du zu Mama nicht gesagt hättest, daß ich es dir gesagt hätte, dann hätte Tante Emmi auch nicht sagen können, daß Max es Jenny gesagt hat! Na, hör doch mal zu, was ich dir sage ...! Laß mich doch mal zu Wort kommen ...!»

Der Literaten-Quatsch
«... meine Einstellung ist einfach die, daß unsere Mentalität da irgendwie schon sehr gut ist!» – «Jedenfalls kann er mit dem Hemmungskomplex seine Reaktionen so überhaupt nicht abreagieren, das können Sie doch in jedem Roman von ihm sehen – erzählen Sie mir doch nichts von Expressionismus – der Expressionismus ist tot, na, nun kommen Sie mir noch mit Spengler – dann laufe ich aber raus –!»

Der erotische Quatsch

«... na ja, gnädige Frau, aber in der heutigen Zeit – ich meine, bei der neuen Sachlichkeit – wir haben eben nicht so viel Zeit für unsere Gefühle wie unsre Großeltern – sehn Sie mal, der Moment des Sportes – man muß ja auch bedenken, daß die Natur da mitspricht! Es ist eben ein neues Zeitalter, und ich könnte mir schon eine Frau denken, die eben, ja, die eben hemmungslos ihren Trieben folgt, weil das Blut in ihr schreit...»

Der medizinische Quatsch

«... da werden Sie mir nichts erzählen! Ich habe einen Onkel, der kannte den Medizinalrat Dr. Proppke vom Städtischen Krankenhaus sehr gut! Nein, meine Herren – in medizinischen Fragen bin ich nun also kompetent, sozusagen! Also, sehn Sie mal: die Lunge treibt das Blut durch die Aorta, oben fließt es rein, und unten fließt es wieder raus – da haben die Nieren überhaupt nichts mit zu tun, das können Sie mir glauben! Aber die Milz, die Milz, meine Herren, die hat ja nun mehr eine Funktion, und wenn die Milz sprechen könnte, da würde sie sagen –»

Die Sprache dient nur in seltenen Fällen dazu, die Gedanken zu verbergen – denn dies setzte voraus, daß jeder Sprechende auch Gedanken hat. Dem ist mitnichten so. Die Sprache hat vielmehr die Aufgabe, die Leere auszufüllen, Leben anzuzeigen; sie ist häufig um ihrer selbst willen da. Der Kern der Rede ist – in allen Sprachen – von Gequatsch umgeben. Man sagt nicht: «Dem Schauspieler Pinnemann ist ein kleines Unglück zugestoßen» – sondern man sagt so: «Sagen Sie mal – was ich sagen wollte – wissen Sie eigentlich, daß sich der ... wie heißt er doch gleich ... ja, daß sich der Pinnemann, wissen Sie, der Schauspieler, den kennen Sie doch! Natürlich kennen Sie den! Also daß der Pinnemann neulich von der Bühne runter in die Pauke gefallen ist? Ja, direkt in die Pauke! Hähä –! Fällt da runter und setzt sich in die Pauke –» So heißt das.

Es gibt vielerlei Arten von Quatsch: den erotischen Quatsch, den politischen Quatsch, den geschäftlichen, den Familienquatsch und den Quatsch schlechtweg. Ich glaube nicht, daß die Menschen ohne diesen Quatsch überhaupt leben könnten – sie kommen ohne ihn nicht aus, sie brauchen ihn wie die Luft und das Wasser – er ist ein Lebenselement.

Mach die Ohren auf und lausche, was um dich gesagt wird: hätten die gesprochenen Worte eine Taxe wie die Telegrammworte, so hörtest du viel weniger, aber die Worte sind gratis und franko, und daher braust um dich der Quatsch. Es gibt ja wortkarge Leute, so jenen Hamburger, der neben einem Schiffer am Elbufer stand und stundenlang ins Wasser sah. Alle halbe Stunde spuckten sie hinein. Nach anderthalb Stunden sagte der Hamburger zum Schiffer: «Schoines Wetter heute!» – Der Schiffer sah gar nicht auf: aber nach einer weiteren halben Stunde brummte er vor sich hin: «Dat seh ick auch, ohne to snacken –!» So wortkarg sind leider nur wenige. – Vielmehr gleicht die Welt, was das Geräusch angeht, einem Hühnerhof: Welch ein Gekakel, welch ein Krähen, Gackern, Gluckern, Kikeriki –! Aber das muß wohl so sein, denn sonst wäre es nicht so.

Höre, wenn du dies gelesen hast, um dich und sage ehrlich, was du da zu hören bekommst. Wenn du es alles vernommen hast, dann wirst du jenen alten und weisen Mann verstehen, dem der Arzt den Schnaps verboten hatte, seines Gehörs wegen. Als der Patient wieder in die Sprechstunde kam, da war er stocktaub und hörte überhaupt nichts mehr. Der Arzt war entsetzt. «Sie haben getrunken!» schrieb er dem alten Mann auf einen Zettel. «Ich habe es Ihnen prophezeit und nun haben Sie Ihr Gehör verloren . . . !» Da sprach der alte Mann: «Lieber Herr Doktor! Alles, was ich gehört habe, war nicht so gut wie Schnaps.»

Hatte er nicht recht?

DER SYMPATHISCHE MÖRDER

Wenn in Deutschland jemand jemanden gemordet hat, dann spielt sich vor Gericht etwas sehr Merkwürdiges ab. «In Erwägung aller Tatumstände . . .» Das sieht so aus:

Das Leben des Angeklagten wird vor Gericht aufgerollt. Gut – das kann zum Verständnis der Tat sehr nützlich sein. Aber wer einmal dabei gewesen ist, wie nun eine Armee Zeugen aufmarschiert, die erfreut die Gelegenheit benutzen, ‹ihre Einstellung bekannt zu geben› – wer da weiß, wie Phase für Phase vor einem Forum von Kleinbürgern im Talar schulmeisterlich geprüft wird, dem grauts. Was nicht in das ziemlich enge Blickfeld dieser Richter fällt, gilt nicht – das: «Ist das in Ihren Kreisen so üblich?» enthält bereits die ganze maßlose Überheblichkeit des Burschenschafters. Ein Mörder hat sympathisch zu sein.

Niemand kann sich von dem Eindruck befreien, den ein andrer Mensch auf ihn macht – und das ist auch mitunter recht gut so; es gibt Leute, die für andre eine gute Witterung haben. Aber es ist doch nicht richtig, daß in großen Prozessen, bei denen es um Leben und Tod geht, ‹unsympathische› und ‹sympathische› Züge gesammelt werden, die nachher von Staatsanwalt und Verteidiger, für eine Lesebuchwelt zurechtgemacht, mit Emphase vorgetragen werden. Es ist das eine Verkennung der Aufgaben des Gerichts.

Ein abgelegtes Staatsexamen berechtigt noch nicht zur Abgabe sittlicher Werturteile. Ganz besonders in einer Zeit, wo eben diese Urteile einen so sehr schwankenden Boden bekommen haben – Herr Landgerichtsdirektor Schultze soll mir nicht mitteilen, wie ich zu werten bin. Er soll das Gesellschaftsschädliche meines Tuns erhellen, meine Tat so klar legen, wie möglich ist, und soll dann nach dem Gesetz eine Strafe verhängen, die die Gesellschaft schützt. Besserung? Ein anständiger Richter, der auch nur einmal ein Gefängnis oder ein Arbeitshaus besichtigt hat, wird das Wort nicht ohne Lächeln aussprechen können. Strafe? Wir sind nicht befugt, zu strafen – und ganz besonders nicht, wenn die Auswahl der Strafenden nach so engen und einseitigen Grundsätzen vor sich geht. Schutz – allenfalls. Der Mensch ist nicht gut.

Er ist aber auch kein Demonstrationsobjekt für abgenutzte Ideologie – und die Gutachten vieler Gerichtsärzte, besonders in der Provinz, die Urteilsbegründungen so vieler Strafkammern strotzen von Klassendünkel, Enge, Vorgestrigkeit. Dieses Richtertum sagt noch so oft zum Leben, was einmal ein berliner Richter zu einem elfjährigen Kinde zu sagen wagte: «Leg die Hände an die Hosennaht – wie du es gelernt hast!»

Man sollte die Hände ganz wo anders hinlegen.

DER DARMSTÄDTER ARMLEUCHTER

I. Als Gottes Atem leiser ging

Als ich noch die Weisheit der Welt in aufgeplatzten Mappen aus der Berliner Staatsbibliothek nach Hause trug, war auch einmal ein kleines Büchlein darunter: ‹*Schopenhauer als Verbilder*› von einem Grafen Keyserling, dessen Name keinerlei andre Assoziationen erweckte, als daß er nicht der feine und große Dichter Eduard von Keyserling war. Ich stak damals bis an den Hals in Schopenhauer, las jede Zeile, die ich auftreiben konnte, jeden Brief, jedes aufgezeichnete Gespräch, und befand mich in jenem glückseligen Stadium, um das gläubige Katholiken so zu beneiden sind: es konnte mir nichts geschehen, denn ich war im Besitz des Schlüssels für sämtliche Rätsel des Lebens. Es war alles so schön einfach ...

Da las ich jenen. Ich weiß noch genau, daß ich das kleine Buch am liebsten zerrissen hätte: ein solch fataler Dunst von Überheblichkeit, schludriger Philosophie, Unverständnis und Ignoranz schlug mir entgegen. Ich aß es, spuckte aus und vergaß. Sein Verfasser aber ist inzwischen bei denen, die nicht alle werden, ein berühmter Mann geworden, und der Verlag Niels Kampmann in Heidelberg beehrt sich, vorzuführen: «Graf Hermann Keyserling, Das Spektrum Europas, Ein hochkomischer Weltschlager mit dem Verfasser in der Titelrolle.» Wie sagten die Soldaten im Quartier? «Mensch, du bist doch Schriftsteller — steig mal uffn Tisch und mach mal eenen —!» Lasset uns lauschen, lieben Freunde.

Bei einem Mann, der sich als Philosoph ausgibt, ist der Stil die Visitenkarte. Er braucht nicht zu glitzern, er kann dunkel schreiben, schwerflüssig ... alles sei ihm zugegeben; spricht er aber die Modesprache seiner Zeit, laufen ihm jene fatalen Wendungen glatt aus dem Maul, wie sie von schlechten Journalisten, Klugschnackern und schreibenden Damen gebraucht werden, dann ist ein Verdacht wohl am Platze. Wie schreibt das Spektrum Europas?

«Alle Völker sind natürlich scheußlich.» — Dieses Buch «ist, wie mir scheint, wesensverschieden von allen, die ich bisher schuf». (Er meint: geschaffen habe.) — «Doch da sich das Leben niemals wiederholt, so hat die wiederhergestellte Einstellung der Tagebuchzeit ...» Das hat er von mir; wie es überhaupt von ‹irgendwie› und ‹zwangsläufig› und solchen Bonbons wimmelt: «Paris steht und fällt mit seiner rein qualitativen Einstellung»; «Alle Unterschiede erwiesen sich als letztlich auf Einstellungsunterschieden beruhend»; auch sagt der Mann niemals ‹ich›, sondern immer ‹ich persönlich›, wie ja denn niemand seine Persönlichkeit so betont, wie der, der keine hat. Diese Sorte Philosophen glaubt wirklich, sie sage etwas Neues, wenn sie statt ‹Grund›: ‹Seinsgrund› sagt — schade, daß der Verbilder der deutschen Sprache Schopenhauer das nicht noch erlebt hat ... sein Kommentar zu so einem Satz: «Von solcher freien Sinngebung hängt ja alles Schicksal ab», wäre von Frankfurt bis Darmstadt deutlich zu hören gewesen. «Denn der Mensch als Mensch ist ja der Herr der Schöpfung», das sieht jeder Mensch schon rein menschlich wegen der damit zusammenhängenden Menschlichkeit ohne weiteres ein. Auch neue Wörter bildet der Weltreisende: «Aus Rußland stamme ich als emotionelles und temperamentelles Wesen her», eine Sprachmusik, die man mit den Klängen der Temperamentella begleiten sollte. Die übertönte dann wenigstens die falschen Noten Keyserlingscher Grammatik. «Man prophezeit den Niedergang Frankreichs von wegen seiner Rentnerpsychologie», nehm Sie doch einen Schürm, von wejen den Rejen, Herr! Mit dieser Grammatik und solchem Stil ausgerüstet begibt sich der Weise auf die philosophische Wanderschaft.

Die Völker Europas werden durchgesehen, ob sie den Keyserlingschen Forderungen genügen, und es muß gesagt werden, daß zahlreiche Schüler das Ziel der Klasse nicht erreichen werden. Wird auch hier und da ein Lob ausgeteilt: «Aber wie geht es im Innern voran!», so wird doch andrerseits streng gefragt: «Was soll aus den Griechen nun in Zukunft werden?» – die Griechen das hören, raus aus Athen und sich scheu in den Peloponnes verkriechen: das ist das Werk einer Sekunde.

Der Mann hat viele Reisen gemacht und viele Länder gesehen. Er ist nicht blind, er hat nur eine facettierte Brille auf der Nase, auch steht er sich selbst heftig im Wege, und das ist in diesem Fall kein schönes Hindernis. Sein Start ist nicht schlecht: Russe und nicht ganz Russe ... er wäre schon prädisponiert, Europa zu erkennen und es uns zu erklären. Aber mit welcher Leichtfertigkeit macht er das, wie oberflächlich, mit welch peinlicher Fixigkeit!

«Man erinnere sich der Szene, als beim Untergang der ‹Titanic› alle Frauen und Kinder in die Rettungsboote gesetzt wurden und die Männer gelassen beim Gesange des Chorals Nearer, my God, to Thee, in die Tiefe sanken.» Ist er dabei gewesen? Er sollte wenigstens fleißig Literatur lesen; es gibt andre Schilderungen dieses Vorganges, wo seltsam viele Reisende der Ersten Klasse gerettet wurden, die offenbar ihrem Gott noch näher gewesen sind. Fehler machen mißtrauisch, und er rechtfertigt dies Mißtrauen. Von Frankreich: «Der wunderbare französische Sinn für Maß und Einklang wird ihm früh oder spät auch seine heutige reaktionäre Phase überwinden helfen.» Nun ist das objektiv falsch: Frankreich befindet sich, an französischen Verhältnissen gemessen, in keiner reaktionären Phase; das Land ist eine plutokratische Republik, und der Sinn für Maß und Einklang bewährt sich hier alle Tage. Wie soll davon freilich einer etwas wissen, der folgenden Satz über die Schreibmaschine bekommt: «Nur Deutsche konnten vom Wunder der Rentenmark begnadet werden; es waren eben alle auf Grund der Idee des Goldwerts bereit, alles Vermögen auf einmal zu opfern.» Ich weiß nicht, auf welcher ausländischen Bank Hermann Keyserling im Jahre 1923 sein Geld deponiert hatte; seine Unwissenheit und seine Gemeinheit halten sich hier jedenfalls die Waage. Wer war denn damals bereit, sein Vermögen zu opfern? Es war ja gar keins da! die Leute in den Städten hatten ja nichts mehr, als die Deflation kam! und der verbrecherische Staatsbetrug, auf dem Rücken der getäuschten Steuerzahler die auswärtigen Gläubiger im Konkursverfahren zu schädigen, hat die tobsüchtigste und roheste Zeit der Selbsterhaltung heraufgeführt, an die wir voller Schrecken nur deshalb nicht zurückdenken, weil wir nicht mehr an sie denken wollen. Fehler, Seite für Seite: «Das klassische Weimar ... bedeutet heute schon für Deutschland ähnliches, was das klassische Athen der Menschheit bedeuten würde, wenn es erhalten wäre, und wird der ganzen Menschheit sehr bald ähnliches bedeuten.» In welchen Ländern hat der Philosoph Spuren für diese Entwicklung sehen können? Tatsächlich schwindet der Kern Weimar immer mehr aus dem deutschen Volkskörper, und an einer der wenigen vernünftigen Stellen dieses

Geschwätzes findet sich die gescheite Bemerkung: «Der Urtypus des Deutschen ist schon lange nicht mehr Siegfried, sondern, in modernem Bilde, Stresemann», ein Satz, den man durchaus ohne Ironie lesen sollte. Wo hat jener seine Augen?

Wahrscheinlich hinter einem unsichtbaren Monokel. Wir sind keine Adelfresser, aber über den Adel stehen geradezu alberne Dinge in diesem Buch. Weiß dieser Europäer nicht, was der Adel im Kriege getrieben hat? Er weiß über den Adel so wenig wie über den Bolschewismus, dem er, zur Abwechslung, vorwirft, seine Welt entbehre jeder Gefühlskomponente – ganz im Gegensatz zu den ‹tüchtigen Kaufleuten›, die uns erzählen, mit Sentimentalität und Pathos könne man keinen Staat aufbauen ... es ist nicht leicht im menschlichen Leben. «Während der Weltrevolution hat der Adel überall seinen Ruin weit besser überstanden als der Bürger.» Vor allem in Deutschland, das seinen Adel füttert, statt ihn vom Trog zu stoßen, und ich kann mir denken, wie die fein empfindenden Philosophen der Schule der Weisheit zusammenzucken, wenn ihnen jemand etwas derartiges einwendet. Ihr Mangel an sozialem Verstand ist vollkommen.

Dieser lebensferne Plauderer, der eine Handbreit über dem ordinären Boden schwebt, auf dem Menschen ackern, schwitzen, jammern, stöhnen und einander quälen, fällt schiefe Urteile und halbrichtige, die ja gefährlicher sind als falsche – der Mann hat unendlich viel gelesen, weiß sehr vieles und weiß nichts, weil er nichts ist. Welch ein Philosoph!

Nach dreißig Jahren Freud: «Das Primitive bestimmt, doch im Bewußtsein herrschen andere Motive vor. Dies ist die wirkliche Ordnung, und die meisten Mißbegriffe der Freudschen Psychoanalyse beruhen darauf, daß sie diese natürliche Ordnung umzukehren versucht.» Kann der Mann nicht lesen? Er kann nur schwätzen: sie müssen ihn mit einer Grammophonnadel geimpft haben. Dieser Plauderer, der sicherlich in seinem Leben noch nicht geschwiegen hat, macht den Eindruck eines unermüdlichen Redners, der auf jeden Einwand ein neues endloses Geschwafel losläßt, was, von ihm an dem «unaufhörlichen und uferlosen Strom von Geschwätz in den amerikanischen Zeitungen» exemplifiziert, ein Zeichen lebhaften Temperamentes darstellt.

Das lebhafte Temperament versteht alles, aber fast alles falsch. Er erzählt von der modernen Frau und wirft ihr «Zerstörung allen Liebreizes durch Wind, Wetter und Sonnenbrand» vor, und er hat vor allem die seit Spengler vielgetragene Unart angenommen, Dinge, die nichts miteinander zu tun haben, um einer Theorie willen gleichzuordnen. «Alles große Deutschtum war denn tatsächlich Bekennertum in irgendeinem Sinn ... Luthers ‹Hier stehe ich, ich kann nicht anders› war Bekennertum; so ist es aber auch der Exhibitionismus deutscher Hochzeitsreisender.» Abgesehen davon, daß die heute in dieser Witzblattform nicht mehr bestehenden schlechten Manieren deutscher Reisepärchen gar kein Bekennertum gewesen sind: Philosophie ist demnach die Lösung der Frage: «Wie kommt das zu dem —?» und er sagt es uns, und er weiß es immer. Vermanscht werden seine Irrtümer stets mit jener verblasenen Terminologie, die jede Ausrede gestattet. «Die eigentliche Geschichte des Ostens Westeuropas hat ungefähr um tausend Jahre später begonnen als die seines Westens.» Wollte jemand mit dem Finger aufzeigen, so würde der Klassenlehrer ein nimmer endendes Gerede über den Sinn des Wortes ‹Geschichte› loslassen; behalten wir also den Finger lieber unten. Nichts stimmt; alles ist halb; alles ist angelesen, schlecht angelesen, unsorgfältig angelesen. «Ist die Psychologie der Massen so viel primitiver als die jedes einzelnen, so ist das sehr einfach daraus zu erklären, daß in der Masse nur die empirisch-psychologischen Elemente, also die bloßen Ausdrucksmittel des Metaphysischen, das eigentlich Menschliche, zum Ausdruck kommen.» Sehr einfach. Nun sagt ‹das eigentlich Menschliche› überhaupt nichts, das Wort ist ebenso leer und nichtssagend wie ‹das Sein›, und Keyserling braucht nichts von der Reflexologie Bechterews zu wissen, der ich für meinen Teil nicht folgen kann ... ‹die Psychologie der Massen› gibt es in dieser Form überhaupt nicht, und der Klassenlehrer ist schlecht präpariert, weil er sich nicht die Mühe genommen hat, zu lernen, daß Massenpsychologie aus jenen noch ungeklärten und unerforschten Spannungen zwischen den Individuen besteht.

Statt dessen verknüpft der Inhaber der philosophischen Plato-Bar lose Einzelheiten, mixt ein paar vage Behauptungen in einem nicht sehr reinlichen Becher und serviert sie mit dem Wort «Also habe ich erklärt» ... Prost.

Der Bursche arbeitet vor allem mit einem Trick. Er will imponieren. Der Leser soll sich hinter einer bestimmten Art Sätze, die etwa alle zehn Seiten wiederkehren, sagen: «Donnerwetter, ist das ein Kerl!» (Herr Grünlich in den *‹Buddenbrooks›*: «Ja, ich bewohne im Hotel meine zwei Zimmer ...» — «Zwei Zimmer!» dachte die Konsulin, und das war es auch, was sie sich nach der Absicht des Herrn Grünlich denken sollte.) Da kriegt es zunächst der Untertan im deutschen Leser. «Manche werden vielleicht zu schwerfällig sein ...» Denn jener ist es nicht; er ist leicht, gefällig, und immer up to date. «Während der wilhelminischen Ära war ich für Deutschland extremer Demokrat. (Man beachte den Schluderstil!) Wie ich aber bei Ausbruch der deutschen Revolution in Berlin weilte, wie (er meint: als) ein bisher traditionalistischer Bekannter nach dem andern über Nacht Sozialist wurde, und ich gefragt ward, wie ichs jetzt zu halten gedächte, da erwiderte ich: ‹Von jetzt ab setze ich auf Aristokratie.›» Ein fauler Tip; sagen wir: 880:1. Man hat von Harden fälschlicherweise gesagt, er habe immer das Gegenteil von dem geschrieben, was alle gesagt hätten: dieser scheint sich nur durch solche Wippchen von der Masse abheben zu können. Eine Warenhauseleganz.

Der sorgfältig angeseilte Alpinist in der Tiefebene schwitzt vor Eifer, um nur ja dem Leser zu imponieren. «Doch nicht das Russische melancholischer Artung, das der grenzenlosen braunen Ebene oder der blauen Ferne entspricht mir, sondern eben das Dionysische, dessen berufene Kinder die Zigeuner sind. Es ist ein sehr Merkwürdiges um dieses Wandervolk. Seine Harmonik und Melodik sind indisch; so mancher heilige Gesang, den ich in Indien vernahm . . .» Also das macht Ewers nun viel besser, aber schließlich müssen ja die Reisespesen herauskommen. Da ist auch jenes uralte Kartenkunststück, sich in eine historische Reihe zu stellen, denn Größe färbt unmerklich ab, tritt über die Ränder . . . «Handele es sich um Harnack oder Patkul, Alexander von Oettingen (der müßte dich gekannt haben, Hermann!) oder Karl Ernst von Baer, den Chirurgen Werner Zoege von Manteuffel, den letzten Estländer des traditionellen großen Formats, Alexander Keyserling, meinen Großvater, den Mongolenhäuptling Ungern-Sternberg oder mich . . .» Alles in Ordnung. Immer drängt er sich vor; immer deutet er an, was er für ein Stern erster Ordnung sei, stets erklärt er an sich herum, aber wir wollen das gar nicht hören, denn so interessant ist er nicht. Ich glaube aber, herausgefunden zu haben, wie er das macht – er macht es mit der unsichtbaren, vorher berechneten Klammer. Ich will das einmal zeigen.

«Wie ich kaum vom Vortragspult im festlich geschmückten Saal des stockholmer Grand-Hotels, den die erste Gesellschaft Schwedens, Hof, Regierung, Geburts- und Geistesadel füllte, abgetreten war –» (Donnerlittchen! Richtig im Hotel? Vor einem hohen Adel? Und vor der schwedischen Regierung? Vor dem . . . vor dem König auch? Das macht Spaß, so einen vornehmen und berühmten Autor zu lesen. Weiter!) – «vernahm ich Lautenklänge.» (Interessant, so eine Reise.) «Als ich mich umwandte, sang schon ein Bänkelsänger ein lustig Lied. Ein deutscher Freund brauste auf: wir sollten fortgehen – (um Gottes willen, Herr Keyserling, Sie werden sich doch nicht hinreißen lassen!) – das sei doch unerhört nach einem so tiefernsten Vortrag. Ich erwiderte, wir kennten die Landessitten nicht: mißfielen sie uns, so hätten wir nicht kommen dürfen. (Sehr vernünftig.) . . . Beim Souper fügte ich mich dann selbst in den mir neuen Rahmen ein. Ganz furchtbar ernste Reden waren auf mich gehalten (Direkt auf Ihnen? Ach, muß Ruhm schön sein!) – vielmehr bedächtig von Maschinenschriftvorlagen abgelesen worden. Da schlug ich eine andere Tonart an, indem ich zunächst die Schlußszene von Platos Gastmahl evozierte – (Ohne Maschinenschriftvorlage? Unmittelbar aus dem Kopf? Toll!) – wo Sokrates und Aristophanes als letzte unter den Zechern den Morgen wach erwarteten . . . Damit war aller Bann gebrochen.» (Weiter, weiter! Und der König? Und die Königin? Waren die auch da? Nein, wie hinteressant —!) ... Ich entsinne mich phantastischer Szenen in einem alten Kellerlokal, wo, als wir bei Wachskerzenbeleuchtung (Famos. Wie bei Reinhardt) — zur Begleitung Bellmanscher Balladen zechten, (das Wasser läuft mir in der Luftröhre zusammen), ein Gast einmal, zerschlagenem Geschirre folgend, vom Obergeschoß köpflings über die Stiege vor unsere Füße stürzte — (In solchen Gefahren haben Sie geschwoben? Das ist ein feines Buch! weiter!) — ich weiß nicht mehr, ob lebend oder tot, Notiz nahm keiner von ihm.» Ein alter Wikinger, der sich oft mit Persern stach. Kasimir Keyserling ist der vollendete Handhaber der Imponierklammer.

In diesem Menü, wo es Zuckerrübenmarmelade und viele Bouletten auf Gänseleberart gibt, stehen, wie es denn nicht anders sein kann, auch kluge und richtige Sätze. Es sind nicht so viele, daß der Verleger sie in Leinen hätte binden können — aber ein paar sinds schon. So dieser: «Und ist es jüngst weniger der Unteroffizier als der Sparkassenbeamte, der zum Reichskanzlerposten für prädestiniert gilt, so ist das kaum ein Vorzug zu heißen.» Sowie: «Keine Sache ist wirklich ernst zu nehmen, nur der lebende Mensch ist es», und dann gibt es da eine wirklich echte, saubere und kluge Schilderung seiner Rückkehr nach Estland: «Ich war als Gespenst heimgekehrt», sagt er, es gehört für einen Balten sehr viel Mut dazu, dergleichen hinzuschreiben. An einer einzigen Stelle bringt er sogar so etwas wie Selbstironie für die Schule der Weisheit auf. Im ganzen aber schwimmt er wie Kork auf den Wogen des Geschmuses.

Was ist das nun —?

Es ist die weitverbreitete, es ist die typische Literatur des Singular: jene Weltbeschreibung, die sich der Lächerlichkeit solcher Urteile wie: «Die Einwohner dieser Stadt haben rote Haare und stottern» wohl bewußt ist, und die deshalb denselben Unfug im Singular sagt, Typen erfindend und Paradigmata bauend, Puppen leimend und mit bunten Bleisoldaten hantierend, und alles schief und krumm und falsch. ‹Der Reiche› und ‹Der Amerikaner› und ‹Der faustische Mensch› und ‹Der katholische Jüngling› und so in infinitum. Es stimmt alles nur halb; nichts ist ganz richtig, nichts sitzt, nichts ist wirklich gearbeitet. Oben auf dem Kuchen erglänzen die Superlative, die Nietzsche in die Literatur eingeführt hat ... der Papagei schnarrt und sagt schreiend seins auf. Lasset uns diesen Vogel zudecken.

Es wirkt aber. Die Deutschen und solche, die es werden wollen, lassen sich imponieren, der Mann hat Zulauf, die Konditenbäckerei ist schön voll, und alle schmatzen beim Essen. Welche kaum vorstellbaren Blasen eines mäßig fundierten Größenwahns der Erfolg bei Keyserling im tiefsten Seinsgrund zwangsläufig irgendwie ausgelöst hat, das wollen wir nunmehr rein menschlich betrachten.

II. Le comique voyageur

Und daraus ergibt sich völlig unzweideutig zweierlei, was künftige Kritiker wohl berücksichtigen mögen: Erstens, daß Graf Keyserling bis heute trotz aller Wirkungskraft und sogar Popularität seiner Persönlichkeit nahezu ebenso unverstanden ist, wie es Nietzsche bei Lebzeiten war. Und zweitens, daß er nicht darunter leidet. Er ist wirklich ein Einsamer, wesentlich; sein Verhältnis zu den andern ist ein rein schenkerisches, er bedarf ihrer nicht. Es wäre gut, wenn in Deutschland endlich begriffen würde, daß es auch solche gibt.
Mitteilungen der Schule der Weisheit, Darmstadt, Deutschsprachige Ausgabe

Auf den Tagungen der Schule der Weisheit sprechen neben dem Philosophen, dessen Verlag einen Armleuchter rechtens im Wappen führt, ebensolche Schwätzer wie er, sowie ernste und vernünftige Leute. Aus den gedruckten Berichten ist eine geistige Einheit dieser Vorträge nicht zu ermitteln. Sie muten den Außenstehenden wie ein überflüssiges Gesellschaftsspiel an; die Möglichkeit, daß die Lokalatmosphäre einen andern Eindruck hervorruft, soll offengelassen werden. Nun ist das aber in Deutschland so, daß auch nur etwas hervorragende Geister entweder allein bleiben oder ihre Anhänger zur Sektenbildung verführen. Das insulare Nebeneinander der zehntausend ‹Meister›, die Deutschland aufweist, ist grotesk; jeder in seinem Zeltlagerchen unfehlbar und ein kleiner Papst; jeder angebetet und sinnlos, weil beziehungslos verehrt, und jeder von dieser faden und fatalen Ausschließlichkeit erfüllt, die den falschen Fanatiker vom echten unterscheidet. Die Qualität der Gefolgschaft ist die beste Kritik des Führers.

Wenn über Keyserling nichts vorläge als die Hefte *‹Der Weg zur Vollendung›*, so genügte das zur Information reichlich. Ihr Eindruck ist vernichtend.

Die Aufsätze des Schriftgelehrten verdienen keinerlei Kritik. Aber was er da über sich und sein Werk zusammenschreiben läßt – im Sinne von: faire und laisser –, bewirkt in unsereinem das Gefühl, das entsteht, wenn einer auf dem Konzertpodium steckenbleibt. Man schämt sich für ihn.

Am lustigsten ist seine Mischung von belehrender Weisheit und ungezogener Dreistigkeit, die dem Mann nach allem, was wir über ihn zu hören bekommen haben, eigen sein muß. «Der Gegensatz ist für ihn nicht das letzte, ebensowenig wie der Kontrapunkt für einen Beethoven das letzte war.› Das ist bar jeden Sinnes – aber möge er.

Daneben: «Und selbstverständlich ist es, daß Graf Keyserling sich hier jedes Dreinreden verbittet.» Der Philosoph Husserl! Nehmen Sie Ihren phänomenalen Bauch zurück! Cassirer! Hat der Kerl wieder seinen Logos nicht geputzt! Verfluchte metapherdammte Himmelhunde! Vizefeldwebel der Weisheit, Untroffzier oder Schersant – das ist hier die Frage.

Über die Ausdrucksweise des Mannes, die wie jeder Stil Gedanken und Gedankenlosigkeit verrät, ist kaum noch zu reden. «... Keyserling habe ihm gesagt, er fände die Stimmung auf dieser Tagung um 1000 Prozent gehobener ...» das gibts nur noch bei Roda Roda, wo ein Wendriner, von seiner Gattin auf die Schönheit des Sonnenunterganges am Meere aufmerksam gemacht, antwortet: «Na, und der Posten Möwen ist gar nichts –?»

Nichts komischer, als wenn ein Mittelmäßiger Genie posiert. «Es ist nicht zu glauben, was mir monataus, monatein zu lesen zugemutet wird.» Und uns erst –! Dabei hat er es noch gut: er braucht wenigstens nicht seine eignen Schriften zu lesen ... Immer protzt er, und immer will er imponieren. Da hat er ein Buch aufgetrieben, das ihm die philosophischen Grundlagen des Faschismus zu enthalten scheint. Folgerung: «So war es denn wieder ein Philosoph, zu dem die spätere politische Wirklichkeit als zu ihrem geistigen Vater aufzublicken hat.» Dahinter die unsichtbare Imponierklammer? «Achtung! Ich bin auch ein Philosoph. Also ...»

Für die Anhängerschaft ist offenbar nichts zu billig. Sie wird zensiert, angeschnauzt, geschurigelt und kommandiert – wahrscheinlich tut das den Leuten wohl. Der alte Trick, die eigne Kleinheit durch die Größe des Vorzimmers zu verdecken, wird auch hier angewandt. Er schreibt nicht alles ‹persönlich› – manches läßt er auch durch seine Leute machen. Von einem Buch des seligen Oscar A. H. Schmitz: «... enthält u. a. den folgenden Passus, welcher dem Grafen Keyserling besondere Freude bereitet hat, weil er seine von ihm persönlich gemeinte Stellung in der Schule der Weisheit sehr glücklich formuliert.» Schmitz, einen rauf! Kann er aber nicht – es sind lauter Primusse.

Von den dienenden Schreibern wird Keyserling behandelt wie der liebe Gott, Luxusausgabe. «Wir sehen uns gezwungen, jetzt auch schriftlich kundzugeben, was bisher in dieser Form nur mündlich verbreitet wurde: daß Graf Keyserling außerordentlich dadurch gestört wird, wenn er ohne Voranmeldung eine Woche vorher Besuch erhält.» Abgesehen davon, daß diese Schüler der Weisheit keinen Satz schreiben können, ohne einen schweren Fehler der Dummheit zu machen: das ist der typische Sektensatz. Genau so hat es um Rudolf Steiner geklungen; diese respektvolle Behutsamkeit auf Filzparisern – tritt nur einmal kräftig mit dem Stiefel auf, und Größe und Isoliertheit zerstäuben wie Mottenpulver.

Aber sage mir, wen du zu Gegnern hast, und ich will dir sagen, was du für ein Kerl bist. Dieser zum Beispiel hat Blühern.

Das ist der Philosoph der berliner westlichen Vororte, in denen die Kleinbürger wohnen, ein ewiger Steglitzer. Er hat sich bis ins Mannesalter etwas durchaus Infantiles bewahrt – nicht etwa Jungenhaftes, sondern eine stehengebliebene Pennälerphantasie: alles, was er schreibt, trägt heute noch die Pickel einer mühevollen Zeit. Der also hat einen ‹offenen Brief› an Hermann Keyserling gerichtet: «in deutscher und christlicher Sache»: ein Buchhalter, der auf einen Maskenball als Martin Luther geht. *‹Die Elemente der deutschen Position›* heißt das Ding.

Was die beiden voneinander wollen, weiß ich nicht. Keyserling hat den andern für einen großen Magier erklärt, und Blüher buckelt vor jenem herum, ein ziemlich scheußlicher Anblick. Seite 41: «Deutschland weist von allen Ländern am markantesten und unfehlbarsten zwei solcher verpflichtenden Gestalten auf, die durch ihr Alter schon in die mythische Sphäre gerückt sind, und denen deshalb, ja nur deshalb, eine wahre historische Macht innewohnt.» Wer? – «Hindenburg und Stefan George.» Dies ist das schönste ‹und›, das je in deutscher Sprache geschrieben worden ist.

In Blüher tobt durchaus und durchum der Kampf der Tertia. «Von George noch zu reden erübrigt sich; aber es ist Ihnen vielleicht neu, zu erfahren, daß Hindenburg der angesehenste Mann der Welt ist.» Fragen Sie den Vorsteher des Weltpostamts in Steglitz, und er wird Ihnen das bestätigen.

Rührend die den Faschisten abgeborgten Versuche, die Exzesse eines wildgewordenen Volkstums als ‹modern› und die Demokratie (lies: Sozialismus, lies: Bolschewismus, lies: Judentum, lies: und überhaupt) als abgestandene Reaktion aufzuzeigen. Wenn Mussolini das in Italien donnert, so mag daran ein Gran Wahrheit sein; wenn diese wolkigen, schwammigen und des saubern und hellen Denkens unfähigen Gehirne, etwa um Stadler, das besorgen, so wirkt es rührend. Stellenweise ist das Heftchen sanft übergeschnappt – ist Blüher nie aus Deutschland herausgekommen? Deutschland, «das Land, gegen das alle Welt mit Recht Krieg führt (weltlich gesprochen), weil alle Welt das Zustandekommen der germanisch-christlichen Sakralunion verhindern will». Kann diesen Leuten denn niemand eine Schiffskarte nach London kaufen, damit sie sich einmal mit gebildeten Engländern unterhalten?

Dies ist unter anderm die Sorte Literatur, die Keyserling hervorruft, und wir wollen gewiß nicht stören; dergleichen geht ja wohl nur die Beteiligten an. Und Jungnickeln. Der schreibt über Blühers Buch: «Wir hatten im Felde einen Major, einen eisernen, spartanischen Kerl, der keine Etappe kannte, kein Hintensitzen, wenn alles vorging. Seine Losung war: Sieg oder Tod! Da las ich das obige Buch, und sofort war er wieder da, der große graue Schatten dieses Soldaten. Ein verwegener Kämpfer.» So, und nun geh wieder in dein Körbchen.

Das alles aber läßt den darmstädter Armleuchter nicht ruhn. Er reist.

Man hat uns erzählt, wie sich Keyserling in Amerika betragen hat. Wie ers anderswo treibt, läßt er in seinen ‹*Wegen zur Vollendung*› verkünden. «Von Budapest ging es nach Rumänien, wo Graf Keyserling eine Woche lang geradezu großartig aufgenommen wurde. Die Seele der Interessierten war die Fürstin Alexandrine Cantacuzène ... Alles, was in Rumänien führt, wetteiferte darin, der Person und dem Werk des Grafen Keyserling sein Interesse zu bekunden, von der Königin über die Spitzen der Regierung ... (Imponierklammer: «Wat sachste nu —?») ... Besonderer Dank gebührt hier dem deutschen Botschafter Nadolny ...» Das ist ein weites Feld.

Der Typus des mittlern deutschen Diplomaten ist nach dem Kriege zweifellos um eine Winzigkeit besser geworden; es geht auf den Botschaften und Gesandtschaften allerdings noch etwas unsicher zu ... Macht diese Sorte meist reaktionärer Beamter das, was in jenen Kreisen ‹Kulturpropaganda› genannt wird, so hat man immer den Eindruck, daß ihnen der Kragen reichlich eng wird; sie fühlen sich nicht sehr wohl dabei. Erstens interessieren sie sich einen Schmarren für die deutsche Kultur, wenn es sich nicht um die zu nichts verpflichtende Musik handelt; zweitens kann man nie wissen, und drittens besteht durchweg und überall noch die Anschauung, daß der Eingeladene allemal der Geehrte sei. Darin werden diese Beamten des Auswärtigen Amts durch die Kriecherei der meisten Künstler und Journalisten stark unterstützt, aber jeder wird schließlich so behandelt, wie er es verdient. Die ‹Prominenz› ist von ihrer eignen Wichtigkeit begeistert, und was darunter ist, katzbuckelt. Denn die tiefe Unsicherheit dieses Bürgertums ist heute noch so groß, daß es hochgeehrt die Luft dieser Kreise einatmet, deren Qualifikationsvokabeln von: ‹höchst übel› bis: ‹ein sehr ordentlicher Mann› reichen, und niemand ist so hoffärtig und hoffertig wie der diplomatisch ‹akkreditierte› Journalist, vor dessen Verlag der Diplomat lange nicht so viel Angst hat wie der vor ihm.

Die Botschafter und Gesandten selbst können ihre wahre Natur nicht lange verleugnen. Es mag sein, daß an kleineren Plätzen wahrhaft demokratische und innerlich freie Männer sitzen; das Gros besteht aus den Korpsbrüdern des Herrn Domela, und weil jeder Deutsche zunächst gegen jeden Deutschen ist, so ist die Atmosphäre auf einer Durchschnittsbotschaft nicht gerade als sehr amüsant zu bezeichnen. Immer wieder erschreckend ist die tiefe Beziehungslosigkeit dieser reichlich überschätzten Funktionäre zu allem, was Deutschland wertvoll macht; wirklich wohl fühlen sie sich nur unter ihresgleichen, unter Beamten, Militärs, Adel, Gutsbesitzern und sehr reichen Industriellen. (Am besten wäre demnach ein ehemaliger Generalstabsoffizier vom Adel, mit Petroleumaktien.) Es ist nicht sehr erheiternd, zu sehen, wer noch immer Deutschland im Ausland repräsentiert.

Was diese Kulturzentren mit Keyserling anfangen könnten, ist leicht zu verstehen. Ein Philosoph, gemildert durch den Grafentitel, ein Graf mit einem leichten philosophischen Fleck auf dem Wappenschild — damit ließe sich auskommen. Aber selbst denen hat er Kummer und Elend gemacht; selbst denen ist er auf die reichlich dicken Nerven gefallen; selbst in diesem Milieu hat er keinen Erfolg gehabt: eine Schießbudenfigur, drei Schuß zu fünfundzwanzig.

Was er sonst im Auslande anrichtet, ist, ganz im Gegensatz zu seinen rosigen und donnernden Schilderungen, als Unfug anzusprechen. Ein schwedischer Diplomat sprach mir jüngst mit Ironie und Entrüstung von der Schilderung, die jener von den schwedischen Frauen entworfen hatte, und er tat es ohne Scheu, weil es ja weit über den lächerlichen Paß hinaus eine Internationale der vernünftigen Menschen gibt. «Niemand nimmt ihn bei uns ernst», erzählte der Schwede, «man hat über ihn gelacht.» Die Leute müssen auf schwedisch gelacht haben, denn Keyserling, der kein Schwedisch versteht, hat es für Beifall gehalten. Skal —!

Der Weg zur Vollendung? Bitte zweiten Gang, die erste Tür rechts.

Die pariser Chansonniers haben eine Reihe bekannter Größen, über die sie sich ständig und traditionell lustig machen: Citroën und Cécile Sorel und Mistinguett und Doumergue — ‹têtes de Turque› nennt man das. Dazu scheint mir jener gut genug. Im Ernst soll von ihm nicht mehr die Rede sein.

Im Ernst repräsentiert Hermann Keyserling nichts als eine gewisse schlechte und gleichgültige, wertlose und ephemere Schicht Deutschlands. Er ist ein gefährlicher Exportartikel, ein Kerl, der auf den verbogenen Stelzen seines Stils durch die Welt stakt, ganze Porzellanläden umwirft und bestimmt überall da aneckt, wo es den Inhabern der fremden Wohnung weh tut. Immerhin gibt es in Deutschland rechts und links wertvolle, vernünftige Menschen . . . Unsere Aushängeschilder aber heißen: Graf Luckner, Reichskanzler a. D. (außer das) Michaelis; Altreichskanzler Fürst Luther; Reichswehroffiziere aller Schattierungen, von so grün bis zum tiefsten Schwarz, Schnellschwimmer, Schnelläufer, Schnellboxer und ein Schnellredner: der darmstädter Armleuchter.

Tat twam asi, Deutschland —?

DER KATZENTRUST

«Im Amphitheater der pariser medizinischen Fakultät» — so steht zu lesen — «ist heute der internationale Rattenkongreß eröffnet worden.» Lisa, unterbrich nicht immer! Was für eine Frage! Natürlich Ratten — nein, doch nicht: keine Ratten. Ärzte waren versammelt. Guck: «Professor Roger wies in seinem einleitenden Vortrag darauf hin, daß Paris allein Tausende von Ratten zähle.» Lisa, jetzt komm ich dir aber gleich auf den Kopf! Was für Ratten! Was für Ratten! Solche wie du denkst, bestimmt nicht: die heißen auf französisch ‹poules›, dieselben mit Wasserspülung: ‹poules de luxe›. Fahren wir fort. «Diese Rattenheere bildeten eine ständige Gefahr für die Gesundheit der Bevölkerung.» Jetzt paß auf:

«Man habe zuerst versucht, dem Übel durch eine ausgedehnte Katzenzucht abzuhelfen, es habe sich jedoch herausgestellt, daß viele Katzen sich mit den Ratten zu gemeinsamen Raubzügen verbanden!»

Jetzt ist es also zunächst heraus, warum so viele Katzen in Paris herumsitzen. Sie symbolisieren irgend etwas: den Hausbesitzerstand; die Seele der Portiers, den weiblichen Charme — der Gewerbefleiß ist jedenfalls nicht darunter; denn die Katze ist das einzige vierbeinige Tier, das dem Menschen eingeredet hat, er müsse es erhalten, es brauche aber dafür nichts zu tun. Soweit gut. Diese pariser Katzen aber, meine ganze Freude, sind also ‹aufgezogen› worden? Bei mir zu Hause, wo sie schriftdeutsch reden, sagen sie dann gern: «aus bevölkerungspolitischen Gründen» — das hört sich so schön an. Also dazu sind die Katzen da ... sie sollten also doch arbeiten ...

Hat sich was. Denn was ist geschehen —?

Ich stelle mir die Sache ungefähr folgendermaßen vor:

Es ist nachts. Im Vorratskeller beim Potin um die Ecke sitzen die zwei Katzen des Hauses und unterhalten sich. «Schnurr», sagt die eine — was, wie jeder Kenner weiß, achtzehnsilbig ausgesprochen wird und bedeutet: «Wir könnten eigentlich wieder mal ans Käsefaß gehen.» — «Murr», sagt die andere Katze. «Ich habe einen leichten Appetit auf Sardinen.» So sprechen sie noch eine Weile — dann wandeln sie sammetpfotig fürbaß, zum Käse und zu den Sardinen.

Nachmittags hat Frau Potin zu der einen gesagt: «Mon petit minou, wenn du eine Ratte siehst ...» — «Ja», hat Minou gesagt, «das ist ein alter Schlager.» Und hat gebuckelt ... Jetzt ist es so weit.

Aus der Ecke kommt ein leises Pfeifen: Das sind die Ratten. Eine steckt die spitze Schnauze vor ... Minou will sich auf sie stürzen und setzt an ... Da legt ihr die andere ernst die Pfote auf die Schulter. Die Ratte kommt hervor. Da stehen sie alle drei. Schweigen.

«Kinder», sagt die Ratte. «Das ist doch Unfug, was wir hier machen. Ihr jagt mich, verliert eure Zeit, zum Schluß habt ihr eine Ratte, eine einzige. Die andern laufen, organisiert, wie wir uns haben, fort. Seid doch vernünftig: Ich habe früher in Pillkallen einen Sergeanten gekannt, der pflegte zu seinen Einjährigen, wenn seine Rechnungen bezahlt werden sollten, zu sagen: ‹Einjähriger, teilen wir sich dem Raub!› Das können wir doch auch! Laßt uns in Ruhe, und drehen wir das Ding zusammen —!»

Jetzt sind die Ratten aus allen Löchern gekommen, die Katzen sehen mit glimmenden Augen ins Dunkel, sie sehen alles und alle. Es herrscht ein mächtiges Gequieke und Geraschel; es ist eine angeregte Unterhaltung, und es wird verhandelt wie bei einer Interessengemeinschaft eben verhandelt wird: wozu hat der Mensch (und das Tier) die Ohren, wenn man sie nicht über dieselben hauen kann? Es wird gehauen. Resultat:

Die Katzen erklären ihr Desinteressement an den Ratten; die Ratten zeigen den Katzen die Vorräte. Herr Potin wird aufgeteilt.

Mit Windeseile verbreitet sich die Nachricht durch alle Röhren, Keller, Lagerräume, Bodenkammern, Hütten und Kanäle von Paris. In einer Nacht ist die Sache perfekt. Die Organe, die zur Bewachung eingesetzt sind, machen mit den Feinden der Vorräte halbpart; der Dumme ist . . .

Lisa, wie oft habe ich dir schon gesagt, daß junge Damen nicht dazwischenreden sollen, wenn sie nicht gefragt sind! Dies ist eine Fabel aus dem Tierreich, Tiere können gar nicht sprechen, und bei den Menschen kommt dergleichen, abgesehen vom Handelsteil, überhaupt nicht vor.

DER LETZTE RUF

In Dünkirchen haben sie einen Mann hingerichtet, der hieß Lucien Beyen und war einundzwanzig Jahre alt; er hatte einen Raubmord begangen, und deswegen war er dran. Der Zeitungsbericht sagt:

«Die Hinrichtung Beyens ging ohne Zwischenfälle vor sich. Der Mörder wurde geweckt; es wurde ihm mitgeteilt, daß sein Gnadengesuch abschlägig beschieden sei, er beichtete, nahm die heilige Kommunion und ging gleichmütig auf das Schafott. Sein letzter Ruf war: ‹Vive la Belgique —!›»

Früher hieß das: «Mutter!», aber das hat sich geändert, denn so sentimental sind wir nicht mehr. Auch der völlig abwegige Schrei: «Mein Gott» oder einer dieser Appelle an die diesbezüglich gesetzlich geschützte Familie ist ganz aus der Mode gekommen. Unser letzter Ruf heißt, wie blutende Figura zeigt, anders. Und das ist auch recht erklärlich.

Denn so, wie die Nerven des Auges nur Lichtempfindungen produzieren; so, wie nach der Entdeckung Gustav Meyrinks, die Pastorentöchter der vorigen Generation auf alle Reizungen entweder Kinder kriegten oder häkelten, so wie ein Kuckuck nur ‹Kuckuck› schreien kann und wie die Funktionen der Harnblase und der Strafkammern eindeutig bestimmt sind –: so erwacht im Europäer, wenn ein heftiges Erlebnis ihn aufrührt, das Nationalgefühl.

Es ist ziemlich gleichgültig, was ihn aufrüttelt. Flieger fliegen über den Ozean; einer entdeckt ein neues Element; einer erfindet einen Apparat zur Beseitigung des Geschlechtslebens in Gefängnissen; einer läuft schnell, einer reitet noch schneller, einer boxt am schnellsten –: was auch immer geschieht, der Europäer ruft: Hurra! und läßt, auch wenn er stirbt, gerade wenn er stirbt, seine Nation leben. So sterben wir alle Tage.

Es ist der Ur-Instinkt, der tiefste, der roheste, der gewalttätigste und der gewaltigste. Es ist jener, in dessen unterirdischer Wurzel Wollust und Blutlust zusammenlaufen, es ist der Solarplexus, der schreit, das Hodengefühl antwortet, und der ganze Kerl wird zusammengeschüttelt. Die Frau ist in diesem Fall ein einziger schwingender Nerv, und haben die verzückten Nonnen in jenem Moment, der vor dem Himmel und ihrer Vorstellung ein Jahr war, geflüstert: «Der Gott kommt!» – so rufen wir, peitscht man uns aus: «Es lebe die Nation!»

Es gibt bekanntlich drei wahrhaft internationale Mächte: die katholische Kirche, die Homosexuellen und Standard Oil. Zu ihnen gesellt sich die Nation als die vierte, und nichts ist so groß wie die Solidarität der Klassenlehrer, die ihre Schulhöfe beaufsichtigen. Offiziere feindlicher Armeen stehen einander näher als Offizier und Mann desselben Landes; ordnungsliebende Staatsmänner schätzen ordnungsliebende Staatsmänner und hätten ein abgrundtiefes Mißtrauen, wenn etwa aus dem Nachbarlande eine Horde Radikaler mit Palmenzweigen in den Händen über die Grenze käme – wo brächte uns das hin! Einmal ist diese Grenze der Rhein gewesen, und dieser verpaßte Augenblick wird für Frankreich sobald nicht wiederkommen; es hat damals nicht begriffen, wo seine wahren Freunde gestanden haben, denn es hielt den Rhein für breiter als den Kanal. Es wird das eines Tages bereuen. Die Köpfe der nationalen Bandwürmer aber blinzeln sich zu und lassen die Sauggefäße aufschwellen – sie sind sich so gut... Ministerpräsidenten verstehen im Zank einander noch immer besser als die durch verkommene Sozialdemokraten verführten Arbeiter; Diplomaten verstehen einander; Polizeipräsidenten, die Kommunisten jagen, verstehen einander – Proletarier aber kennen einander gar nicht. Sie lernen sich erst gelegentlich eines Sturmangriffs oder einer Patrouille kennen und schätzen.

«Vive la Belgique!» hatte der Todeskandidat gerufen. Es war das, was er auf der Schwelle des Lebens dem Tode ins Gesicht zu sagen hatte, damit der doch wüßte, wen er da empfinge. Es war Ankündigung beim Tod, der seine Patrioten kennt, und Dank an das Leben. Denn was hatte dem morgens frühzeitig geweckten, beichtenden und kommunizierten Mörder die schönsten Emotionen im Leben verschafft —?

Die Kirche tut, was sie kann. Der Sport hat sie fast überholt. Das Kino liegt an der Spitze. Aber was sind sie alle drei gegen das Vaterland, das den einzelnen so schön vergessen läßt, was er für ein Staubkorn in der Nase des Allmächtigen ist, und das ihn emporhebt über sich selbst, so daß seine Individualität zerschmilzt wie sonst nur noch, wenn er mordet oder zeugt. Und wie bequem ist dieses Gefühl! Begeht der Landsmann Lumpereien, so schüttelt man ihn ab und kennt ihn nicht mehr; bekommt er den Nobelpreis, so ist die ganze Nation mit ihm und in ihm geehrt. Es lebe Nikaragua —!

Und je kleiner das Land, desto größer und stärker das Nationalgefühl. Man muß die erhitzten Köpfe der Elsässer sehen, für die bekanntlich ein besonderer Kosmos geschaffen werden muß, damit sie endlich Ruhe geben, und auch der zerschellte noch an ihren dicken Schädeln. Wird so eine Gruppe aber selbständig, dann entfalten sich im Winde neue Fahnen, die noch eine halbe Stunde vorher nicht dagewesen sind, und es ist zu fragen, woher nur plötzlich — nach Versailles — alle die Wappen, Marken, Embleme, Farben und Titel gekommen sind. Wer erfindet das? Wer stellt das so schnell her? Gibt es ein Warenhaus für kleine Staaten?

Ja, es gibt eines. Seine Direktricen sind die Dummheit und die Kollektiveitelkeit der Menschen, und was wäre der kleine Angestellte, wenn er nicht auf etwas stolz sein könnte, das sowieso sein eigen ist, und das auf ihm lastet! Er nimmt das Gefühl, das ihm das Nationalbewußtsein verschafft, als Abschlagszahlung aufs Gehalt an und ist sehr glücklich. Der ihn bezahlende Chef auch.

Für die Massen ist die Nation der Inbegriff alles Mystischen, Imponderabilen, schlechthin Unbegreiflichen — auf diesem Gebiet ist alles erlaubt und kann alles verboten sein, hier wachsen die großen Männer, deren Größe an der Kleinheit der Umstehenden gemessen wird. Die Nation ist der Abfalleimer aller Gefühle, die man anderswo nicht unterbringen kann.

Daher hat jener Mörder vor seinem Tode so gerufen. Da stand das Schafott, auf dem er in einer Minute, ein blutiger Sack, zurückgesunken sein wird — hier stand er; es war ein großer Moment, und wie hätte er den besser feiern können als durch jenen Ruf, der an sein Innerstes rührte: durch den brüllenden Schrei der Kollektivität! Rief er um Hilfe? Wollte er ausdrücken, daß er zum Ruhme Belgiens falle? Wagte er es, sich den Kriegshämmeln gleich zu wähnen, die gefallen waren, ohne gemordet zu haben? Nichts davon: er ging in der alleinseligmachenden Nation auf, wie der Gläubige in seiner Kirche.

Man wird in ein paar hundert Jahren nicht mehr verstehen, was die wasserspülende Rolle des Staates mit den Gefühlen zu tun gehabt hat – so, wie man sich umgekehrt heute sehr gut eine Kirche ohne weltliche Macht vorstellen kann. Einmal werden Völker unter einer gemeinsamen Rechtsordnung nebeneinander leben, wie heute die Individuen eines Staates; diese Völker werden sich entzweien und versöhnen, hier und da ihre Rechtsordnung blutig durchbrechen – aber es wird eine internationale Rechtsordnung da sein, wie heute für die Individuen eine nationale da ist, die nicht dadurch ad absurdum geführt ist, daß sie gebrochen werden kann. Und die niedern Interessen des Patriotismus, heute zur Religion erhoben, werden einmal nicht mehr bestehen. Aber bis dahin wird noch viel Blut die Hälse herunterlaufen.

Sei gegrüßt, Lucien Beyen –! Du hast, aus blinder Nacht, den letzten Ruf einer irren und geistesschwach gemachten Menschheit ausgestoßen; jenen Ruf, den sie hervorgurgelt, wenn ihr nichts mehr einfällt, wenn sie Schändliches zu tun im Begriffe ist, oder wenn an ihr schändlich gehandelt wird – den Ruf der Lämmer und der Schlächter, der Feldprediger und der Generale, der verkleideten Bankiers und der verkleideten Proletarier.

«Hurra! – Evviva! – Vive! – Three cheers! – Hip hip! – Es lebe die Nation!»

DAS NEUE GEFANGENEN-MUSEUM

Da wird jetzt ein neues Museum gebaut –
heidi!
Das zeigt uns, wie man Gefangene verstaut –
hopla he!
Und wie man das einmal früher gemacht;
und wie man einst die Verbrecher bewacht;
und wie wirs so herrlich weit gebracht –
Ehre sei Gott in der Höhe –!

Wird alles darin zu sehen sein?
heidi?
Es gibt da so reizende Kämmerlein –
hopla he!
Darin stinkt es nachts nach menschlichem Kot,
da verkümmert so mancher in seiner Not
und wartet auf den Gefängnis-Tod –
Ehre sei Gott in der Höhe –!

Stellt nur alles in diesem Museum aus!
heidi!
Das fade Futter und allen Graus –
hopla he!
Und lasset uns doch auch ja nicht vergessen
die Fotos der viereckigen Aufseherfressen,
und die Qual des Mannes, der in Grau lebt,
und der Jahr um Jahr allein ohne Frau lebt – –
Stellt das aus, wenn ihr Mut habt!
Stellt das aus –!

Wann, Proletariat, holst du die aus den Zuchthäusern
heraus,
die für dich da sitzen, die für dich da krepieren?
die für dich Tüten kleben und Schränke polieren?

Wir hören nachts euer Weinen und euer Gekeuch.
Einen Gruß in die Zellen –!
Wir denken an euch!

TASCHEN-NOTIZKALENDER

Meine Freundin Grete Walfisch hat mir aus dem völkerversöhnenden Locarno einen Notizkalender geschickt, den man in die Tasche stecken kann. Ich habe darin geblättert und sogleich des alten, berliner Liedes gedacht:

Ich gucke einmal,
ich gucke zweimal –
Ich denk: Nanu?
da hat doch einer dran gedreht ...?

Das Ding ist in deutscher Sprache verfaßt, unzweifelhaft – aber irgend etwas in der Druckerei muß feucht geworden sein: der Verfasser, das Papier oder der Setzer ... es ist eine Art Privatdeutsch. So:

Über «Angaben und Rezepten über einfache Tierarzneikunde», wobei zu bemerken: «Zur Vernichtung der Lause» und «Zur Entfernung der Fliegen» treten wir in den Jahreskalender, der durch allgemein belehrende Angaben und fromme Sprüche geziert ist. Da hätten wir im Januar die «Sieben Wunder der Welt», unter denen an erster Stelle die «Längenden Görten von Semiramis» hängen, an fünfter aber der «Koloss von Rhodus, der in dem Hafen als Leuchtturm diente». Der Koloß schillert in allen Artikeln. «Er war zirka 40 Meter hoch. Durch ihre Beine fuhren die größten Schiffe mit vollen Segeln.» Durch den Koloß seine.

Die eingestreuten Sentenzen sind unbestreitbar richtig, wenn auch nicht immer zur Gänze verständlich. «Wer bitter im Munde hat, kann nicht süsspricken» – wie wahr! und weil schön dunkel, so doppelt beachtenswert ... Auch: «Die Rosen fallen ab, die Dörner bleiben» enthält eine schwermütige Lebensweisheit, die uns überall weiterhilft, nur nicht in der Küche. In der Küche helfen Kochrezepte. Zum Beispiel dieses: «Würste mit Eiern.»

«Nehmet die Würste eine nach der andern, schneidet sie in der länge und setzt sie zum Kochen in eine ungeschmierte Brandpfanne; sind dieselben zu mager, so kann man sie mit einem bißchen Butter kochen. Sobald die Würsten gekocht sind, wirft darauf die gechüttelten Eier und nachdem diese gerinnt sein werden, schickt die Speise ganz warm auf den Eßtisch.» Das war ein merkwürdiger Vorgang.

Der ist aber gar nichts gegen das am Bratspieß geröstete Lamm.

«Der am Bratspieß geröstete Lamm. Nimmt ein 1/4 Lamm» (man beachte die Subtilität der Gewichtsangabe!); «laßt ihm einige Stunden lang mit Öhl, Pfeffer, Salz oder einem Tropfen Essig ausruhen. Durchbohrt ihm da und dort mit einer Messerspitze. Zieht ihm auf den Brandspieß mit einem Ästchen Rosmarin, und schmiert ihm öfters mit der obgenannten Flüssigkeit, bis er gekocht ist. Bevor ihn zu servieren nimmt das Ästchen Rosmarin weg.» Ob es Hammelbraten wird, was da herauskommt, ist eine andere Frage; aber es ist sicherlich die tierfreundlichste Art, ein Lamm zu braten. Nie noch hat ein Koch daran gedacht, ein Lamm bei solcher Prozedur ausruhen zu lassen.

So blättere ich und lerne die «Embleme der Farbe», zum Beispiel: «Dunkelpomeranzenfarbig: Genugtuung, Ruhmlieben»; kluge Sätze allgemein gültiger Lebenserfahrung: «Der Mensch spinnt an, der Zufall webt», und am allerschönsten ist es, wenn ich überhaupt nicht mehr weiß, was gemeint ist. Dann leuchtet die deutsche Sprache wie der Mond hinter den Wolken hervor, und ich denke darüber nach, ob wir Vollmond haben oder Mittelmond oder Jungmond; es ist ein Deutsch wie frisch aus dem Lexikon, die einzelnen Wörter gibt es, aber es ist keine Sprache. Nun, laßt uns hier nicht von der modernen und mondänen Literatur sprechen, sondern im bescheidenen Kalender aus Locarno blättern – denk du an deine Liebe, ich denk an meine, und beherzigen wir den Spruch auf Seite 22, links unten:

«Liebe ist nicht ohne bitter.» Wem sagt der Kalender das!

DER PONT DE L'ALMA FLIEGT IN DIE LUFT!

Für Rudolf Leonhard

Am achten Juni, morgens genau um neun Uhr zwanzig, flog in Paris die ‹Pont de l'Alma› benannte Seine-Brücke mit ungeheuerm Getöse in die Luft und kam schon nach kurzer Zeit ratenweise wieder herunter. Die Panik, die in der Stadt ausbrach, war unbeschreiblich und verdient daher eine kurze Beschreibung.

Der rasch herbeigerufene Sanitätsdienst konnte nur noch den soeben eingetretenen Polizeipräfekten feststellen, der die Geistesgegenwart hatte, den Präsidenten der Republik telefonisch zu verhindern, seinen lächelnden Zylinder über den Steintrümmern zu lüften. Bei dieser Gelegenheit hat der Präfekt beschlossen, in Paris das Telefon einzuführen.

Entsetzt stürzten die Einwohner der umliegenden Straßen aus ihren Häusern; zahlreiche Passanten, unter denen auch einige Franzosen bemerkt wurden, liefen erschreckt auseinander und stießen in ihren respektiven Sprachen irre Rufe aus, unter denen am lautesten der offenbar landfremde Satz: «Dazu fahr ich nach Paris —!» deutlich zu vernehmen war.

Da man die Brücke wegen Reparaturarbeiten gesperrt hatte, waren Opfer nicht zu beklagen; nur ein schwerer Pflasterstein flog einem just vorübergehenden adligen Diplomaten an den Kopf, so daß derselbe eine mittlere Gehirnerschütterung davontrug, eine Beeinträchtigung seiner geistigen Fähigkeiten also nicht eingetreten ist.

Der Knall der Explosion war weithin zu spüren: so fiel der bekannte Normanne S. Grumbach aus seinem Bett, rief: «Die Kommunisten sind da —!» und begab sich dann wieder ins Bett zurück, wo er, wie aus seinen Artikeln ersichtlich, noch heute schlummert.

Von allen Seiten liefen die kleinen, flinken Automobile der Stätte des Unglücks zu: es waren die Reporter, die aus der ganzen Stadt an den Ort der Katastrophe hetzten. Den Rekord schlugen die Amerikaner: die Nachricht von der Explosion traf in New York eine Minute vor der Explosion ein. Die französischen Zeitungen brachten am nächsten Tage sämtlich das Bild des Attentäters, und zwar jede Zeitung ein andres, alle zeigten einen düstern Mann ohne Kragen; das Dementi stand vierundzwanzig Stunden später auf der dritten Seite, Petit, ohne Durchschuß.

Die deutschen Journalisten eilten gleichfalls herbei und konnten vor Erregung kaum die Füllfederhalter aufs Papier bringen — so mußten sie sich übereinander ärgern. Eifrig disputierend und sich gegenseitig stufenweise verachtend, zogen sie auf die Deutsche Botschaft, deren sämtliche Fenster durch die Lufterschütterung gesprungen waren. Der Botschafter, eine hohe, markige Gestalt, trat ihnen auf den Glassplittern gefaßt entgegen und sagte auf ihre Fragen: «Meine Herren! Es ist mir bisher offiziell nicht bekannt, daß in Paris eine Brücke in die Luft geflogen ist, und ich glaube es auch nicht. Es wäre vielleicht gut, wenn die Herren im Augenblick nichts über Brückeneinstürze schreiben wollten; ich halte aus taktischen Gründen die Zeit noch nicht für gekommen, derartig delikate Dinge öffentlich zu behandeln.» Hierauf fiel aus dem zweiten Stock ein Fenster in den Hof, der Botschafter lächelte fein, aber diplomatisch, und die Presse, deren Respekt vor der höhern Diplomatie infolge der großen Hitze in Selbstachtung überging, zog sich befriedigt zurück.

Unsere Modenberichterstatterin, Frau Kasimira von Flechthaar, hatte – Snoblesse oblige – Gelegenheit, dem Brückeneinsturz beizuwohnen. Bei Brückeneinstürzen bevorzugt die Pariserin zartgrüne Complets, an den Rändern ausgefranst, mit hinten leicht geschwungenem, ärmellosen Rock; dazu einen Plauschmantel aus Krepp-Satin mit gepunktetem Umhang. Zu den feinen Pastelltönen wird in der Agraffe gern ein winziges Stückchen Dynamit getragen. Als modisches Kuriosum mag angemerkt werden, daß der Strumpf der zufällig anwesenden Frau Kommerzienrat Dr. rebb. hon. caus. Margot Gurgelheimer unbeschädigt blieb; das Gewebe war aus Lemberg-Seide.

Inzwischen hatte die Nachricht von der Brückenkatastrophe die Telefondrähte, die die Völker trennen, durchlaufen und war in die berliner, kölner und frankfurter Redaktionen gelangt. Im *‹Berliner Lokalanzeiger›* löste das Telefonat heftige Diskussionen aus. Ganze Straßenzüge weit konnten die erstaunten Passanten eine Stimme, die des Generaldirektors Klitzsch, hören, der bei offenen Fenstern schrie: «Eisenbahnunfälle und ähnliches wird nur gebracht, wenn die Versicherungsgesellschaften inserieren! Merken Sie sich das: wir haben hier die Unabhängigkeit des Inseratenteils!» Man hörte noch eine antwortende Stimme: «Echt jüdisch!», hierauf das Geräusch einer Ohrfeige, und darauf wurden die Fenster und die Redaktionskonferenz geschlossen. Wie wir hören, wird im Hause Hugenberg die Stellung des Renommierchristen neu besetzt werden.

Leider hat das Bekanntwerden der Nachricht in Berlin zu einem bedauerlichen politischen Zwischenfall geführt, der in diplomatischen Kreisen und solchen, die es gern sein möchten, eifrig diskutiert wird. Der Pressereferent der Nachrichtenstelle der hamburgischen Gesandtschaft in Berlin hat die pariser Nachricht durch die Pressestelle der Reichskanzlei eine Minute früher bekommen als der Abteilungsleiter der Nachrichtenabteilung bei der Königlichen Bayerischen Gesandtschaft. Bayern droht nun Hamburg mit dem Abbruch der diplomatischen Beziehungen zu Wasser und zu Lande, und es wird schon erwogen, wer denn das Zechlin bezahlen muß. Die Stellung des demokratischen Parteivorsitzenden in Lippe-Detmold gilt infolge der in Schaumburg-Lippe dieserhalb ausgebrochenen Krise für erschüttert. Der Verband entschieden republikanischer Beschneidungsbeamter hat daraufhin seinen Vorstand zu einer Audienz beim Herrn Reichspräsidenten delegiert, sine sine.

Mit Recht aber hat ein großer Zeitungsverlag die Frage des Tages aufgeworfen:

«Und Berlin —?»

Wir stehen in der Tat vor der Hochflut der berliner Fremdensaison — sprich: «Ssssiesn» —, und es ist bekannt, daß die Amerikaner Deutschland nur deshalb besuchen, um hier genau das zu finden, was sie in Frankreich haben. Was uns not tut, ist der pulsende Rhythmus der modernen Zeit sowie ein tobendes, aber geregeltes Großstadtleben. Um diesem Bedürfnis abzuhelfen, steht Oberbürgermeister Dr. Boess bereits in Verbindung mit der Staatsregierung, um durch ein Pionierbataillon die Weidendammer Brücke in die Luft sprengen zu lassen. Auch dies wird zum Wiederaufbau Deutschlands beitragen. Zu der Brückensprengung wird der tausend Mann starke Kittelsche Lehrer- und Männer-Gesangverein die Chorstücke: *‹Ich bin allein auf weiter Flur›* sowie *‹Doktor Zion, freue dich!›* zum Vortrag bringen. Die Spitzen der Reichs-, Staats-, Länder- und Kommunal-Behörden werden, pro Behörde eine Spitze, vertreten sein; auch die nichtbeamtete Bevölkerung ist gleichfalls in beschränktem Umfange zugelassen. Als Tag der Brückensprengung, die genau nach pariser Muster ausgeführt wird, ist der elfte August in Aussicht genommen; die Republik hofft, auf diese Weise die allgemeine Aufmerksamkeit auf das Bestehen einer Verfassung hinzulenken.

In Paris sind die Aufräumungsarbeiten in vollem Gange. Unter den Trümmern hat sich ein Buch mit dem Titel *‹Till Eulenspiegel›* angefunden; doch wird das Werk mit der Explosion nicht in Verbindung gebracht, da es unmöglich eine zündende Wirkung gehabt haben kann. Daß der Graf Keyserling einen Knall hat

vernehmen können, entspricht den Tatsachen. Die Fülle der Beileidstelegramme, die in Paris stündlich einlaufen, ist groß: Mussolini, Ford, Edison; alte Brückenbauer wie Otto Wels und Hermann Müller haben gratuliert; Ich und die Kaiserin sind auch dabei.

Nach Lektüre aller Leitartikel aber zeigt uns dieser Vorgang aufs neue:

die Vergänglichkeit der irdischen Werke;
die Größe Deutschlands;
die Wahrheit des christlichen Gedankens;
die Notwendigkeit der Beibehaltung der Simultan-Schule;
die Notwendigkeit der Abschaffung der Simultan-Schule;
die Schurkerei des Bolschewismus

sowie

die Dringlichkeit des Baus einer neuen Eisenbahnbrücke im Kreise Oldenburg-Nord

(Nichtgewünschtes bitte zu durchstreichen!)

P. S. Wie wir soeben von unserm Spezialkorrespondenten erfahren, handelt es sich nicht um den Pont de l'Alma, sondern um die Tower Bridge; auch ist diese Brücke nicht in die Luft geflogen, sondern sie wird frisch gestrichen. Eine Änderung unsres grundsätzlichen Standpunktes kann dies natürlich nicht herbeiführen.

Ereignisse haben manchmal unrecht – die Zeitung hat es nie.

DER RUF AUF DER STRASSE

Jetzt sitze ich bald vier Jahre in Frankreich. In den ersten acht Tagen ging ich im Taumel umher, die eisernen Ketten der Inflation waren gerade gefallen, und mir war mein Schwergewicht abhanden gekommen. Nach zwei Monaten verstand ich alles – hätte mich jemand gebeten, ihm eine Monographie über Frankreich zu schreiben, ich hätte angenommen; aber zum Glück hat mich damals keiner gebeten. Nach einem halbem Jahr begann das Bild sich langsam zu verdunkeln, die Fäden liefen wirr, da waren Widersprüche, die ich nicht zu lösen vermochte ... Nach drei Jahren verstand ich gar nichts mehr. Wie ist der Franzose?

Einmal fand ich die Formel: ‹Griechen mit Zopf›, was einen der besten deutschen Kenner Frankreichs zu heftigem Kopfnicken veranlaßte – aber mit einer Formel ist die Sache ja nicht zu machen. Wie ist der Franzose? Ein Ding mit starker Individualität? Ja, auch – aber daneben gibt es kollektive Züge, Elemente einer so kompakten Einheit, daß auf der Leiter: Briand, Kaufmann Dupont und Hafenarbeiter Lepetit nur Qualitätsunterschiede derselben Marke vorzuwalten scheinen. Ist der Franzose unmodern? von gestern? zurückgeblieben? Ja, er ist seßhaft und konservativ – aber dicht daneben läuft ein ständiger Umbildungsprozeß, der verhütet, daß das Volk hinter seiner Zeit zurückbleibt; diese leisen Wandlungen gehen fast unmerklich vor sich, der vorschnelle Beobachter ist leicht geneigt, zu sagen, daß ‹diese Leute eben nicht von heute› seien. Hat die Französin nicht einen gänzlich verkehrten Ruf, den sie gar nicht verdient? Ja; aber neben ihrer unleugbaren Bürgerlichkeit, ihrer Übervernunft, ihrer klaren Überlegungskraft, durch die sie ohne Stimmrecht herrscht, liegt die ‹caprice›, jenes unwägbare X, das nicht in Worten zu fangen ist ... Das einzige, was ich vom Franzosen bestimmt weiß, ist, daß er seine Sous aufbewahrt, allwelche Neigung sich in kaum vorstellbarer Kleinlichkeit, Mangel an großzügigem Denken und Pfennigrechnerei ausdrückt. Geiz ist ein französisches Nationallaster. Geiz ist eine französische Nationaltugend und eine der Quellen der Stärke dieses Landes. Wie ist der Franzose?

Jeden Morgen, wenn der Tag hinter den Vorhängen aufblaut, ertönt von der Straße her ein langhingezogener Ruf nach dem andern. Sie sind nicht immer so melodisch wie jener indianische Liebesschrei aus ‹*Rose-Marie*›, aber doch einträglich wie jener: es sind Kleiderhändler, Glaser und allerhand kleine Handwerker, die da ihre Anwesenheit ausschreien, ausrufen, ausbrüllen, ausklingeln — wie in einer ganz kleinen Stadt. Was folgerichtig ist: denn Paris besteht aus einer Anhäufung von kleinen Städten. Der Tabakmann an der Ecke hat geheiratet. «Sa femme? Connais pas. Elle n'est pas du quartier.»

Durch die Viertel ziehen die kleinen Kaufleute und rufen. Es ist sehr schwer zu verstehen, was sie da eigentlich rufen — ich habe es lange Zeit hindurch nicht verstanden. Vielleicht gibt es ein Werk über die pariser Kleinhändler wie über die hamburger — ich habe niemals gefragt und also nicht verstanden. Man geht ja — was übereifrige Staatsanwälte niemals verstehen wollen — mitunter jahrelang an Türen vorbei, die man nicht sieht; an Namensschildern, die man nicht liest — so ließ ich diese Rufe an meinem Ohr vorüberpfeifen und vernahm sie nur, aber verstand sie nicht. Wie ich das ganze Land noch nicht verstand: ich sah so vieles und nahm in mich auf und war dankbar und gleichgültig und gereizt und erfreut und bezaubert und entsetzt ... aber noch verstand ich nicht.

Gestern morgen, als ich zum Heiligen Rasier betete, und der weiche Seifenschaum mich umhüllte, gestern morgen ertönte aufs neue der langhingezogene Ruf. Und plötzlich, wie vom Schlag eines Mirakels getroffen, verstand ich.

«Brocanteur!» rief der Mann.

Ein Trödler also, ein Aufkäufer von altem Hauskram, jenem Zeug, das auf den Böden und in den Kellern liegt, das eigentlich zu nichts mehr nutze ist ... ich kannte das Wort, natürlich. Aber der hallende Laut, der bisher nur Laut gewesen war, der nur ins Ohr gedrungen, aber nie im Großhirn verarbeitet worden war — dieser Laut hatte plötzlich einen Sinn bekommen. «Brocanteur!» hatte es gerufen.

Und von mir lösten sich in diesem Augenblick Schleier und Bande, ich hörte und sah, und das Land war auf einmal neu. Ich stand wie auf einem Hügel und sah auf das herab, was ich mir erobert hatte. Es war so mühsam gewesen ...

Unterhaltungen mit den feinen Leuten im Salon und mit den weniger feinen, aber aufschlußreicheren auf dem Markt und in den Kneipen; jene langen, geschwungenen Unterhaltungen, die sich in genau berechnetem Bogen dem Ziel nähern — unmöglich, dem andern mit amerikanischer Höflichkeit, die da Sachlichkeit heißt, ins Gesicht zu sagen, was man wolle ... Erst «un brin de causette» — die formale Versicherung, daß man nichts voneinander wünsche, gar nichts — dann: «Apropos ...» und dann gehts los. Die empfindlichen Stellen herausfühlen, die toten Stellen im französischen Kopf, jene, die nicht reagieren, wenn man klopft; die Abteile, in denen niemand zu Hause ist ... und die andern, aus denen die Defensive herausspringt, die meist darin besteht, daß der Wohnungsbesitzer, mißtrauisch und empfindlich, Fenster und Türen zuschlägt. Es war so mühsam gewesen.

Und ich hatte die Wirkung der Arbeit nicht einmal gleich gemerkt. So, wie der Ruf von der Straße hundert- und hundertmal mein Ohr getroffen, bis er sich vom Laut zur Mitteilung hindurchgerungen hatte, so habe ich tausend und tausend Äußerungen des französischen Charakters an mir vorbeipassieren lassen, jede einzelne gleichgültig, jede nicht sehr welterschütternd, alle ohne System – bis zu dem Tage, wo sie sich aufbauten und wo nun auf einmal ein ganzes Land vor mir lag. Es war so mühsam gewesen. Hätte ich von Anfang an Karten gehabt ...

Denn so, wie einer auf dem Balkan einmal gesagt hat: «Rumäne – das ist keine Nationalität; das ist ein Beruf», so darf man sagen: «Der Franzose ist für den Ausländer keine Nationalität – er ist ein zu bestehendes Examen.» Wer zum Beispiel nach England mit der genauen Kenntnis seiner Geschichte und seiner Kultur kommt, hat manches vor dem ungebildeten Fremden vorauf – aber sicherlich nicht eben viel. In Frankreich ist damit schon die halbe Schlacht gewonnen, das halbe Examen ist schon bestanden. Denn was für uns Deutsche so sehr schwer zu begreifen ist: hier ist Überlieferung keine lästige Fessel, hier lebt sie; Tradition und Kultur leben, es leben Geschichte, Erinnerung und das Wirken vergangener Geschlechter. Hier fängt keiner für sich immer wieder ganz von vorn an ...

Und Ruf auf Ruf enthüllten mir ihren Sinn: «'chand d'habit!» und «Le vitrier!» und alle die andern. Die Bäume begannen zu sprechen, der Fluß rauscht meine zweite Sprache, die Steine hallen unter meinen Schritten und sagen etwas, das ich deuten kann.

Bin ich am Ende? Eine Unterhaltung, eine einzige mit wohlhabenden Bürgern zeigt: Nein. Der, der sechsundfünfzig Monate in den Gräben stak; der, der kein Blatt halten kann, ohne zu zittern, so haben sie ihn zusammengeschossen – der ist mir sehr nahe, den verstehe ich beinah ganz. Den feinen Mann weniger: er ist voller Reserven, in den Augen schimmert die Abwehr, in der Stimme zittert: ich will nicht, ich will nicht ... Es ist nicht zu Ende. Ich stehe nach vier Jahren – auf einer kleinen Anhöhe, hinter mir liegen einige bezwungene Täler, und ich will weitergehen, auf eine weite Wanderung.

WAS SOLL ER DENN EINMAL WERDEN?

Nämlich Ihr Sohn. Ja, wie ist er denn? Von leichter Trägheit? mehr schlau als klug? mehr Sitzfleisch als Charakter? etwas Intrigant?

Kaufmann ... nein, Sie haben recht: dazu gehört, trotz der Bürokratisierung der deutschen Industrie, Initiative, wenn er nicht ewig ein Pultknecht bleiben will, Entschlußkraft, Fixigkeit: sonst wird es nichts. Kaufmann – das ist wohl nichts für ihn.

Zum Ingenieurberuf hat er keine Neigung? Arzt? nein? Künstlerische Anlagen – nicht? Seien Sie froh. Aber was sagen Sie da? Es gibt nur eine Sache auf der Welt, die er scheut? Erzählen Sie bitte.

Ihr Junge ist der Mensch, der seit seiner frühesten Kindheit ‹nichts dafür kann›? Der ständig, immer und unter allen Umständen, ablehnt, die Folgerungen aus seinem Verhalten zu ziehen? der die Vase nicht zerbrochen hat, die ihm hingefallen ist? der die Tinte nicht umgegossen hat, die er umgegossen hat? der immer, immer Ausreden sucht, findet, erfindet ... kurz, der eine gewaltige Scheu vor der Verantwortung hat? Ja, dann gibt es nur eines.

Lassen Sie ihn Beamten werden. Da trägt er die Verantwortung, aber da hat er keine.

Nehmen wir einmal an, der Junge werde Lokomotivführer, und da geschieht es ihm, daß er aus Übermüdung nach zehn Stunden Dienst, aus Unachtsamkeit, aus einem jener unerklärlichen Zufälle heraus ein Signal überfährt und seinen Zug auf einen andern setzt. Achtundzwanzig Tote, neunundreißig Schwerverletzte. Wie meinen Sie? Er kann sich auf den Nebel berufen, sich auszureden versuchen ...? Ah, Sie kennen Ihr eigenes Land nicht! Es wird ihm alles nichts helfen. § 316 StGB – Gefängnis von einem Monat bis zu drei Jahren, und wenn er auf einen tüchtigen Staatsanwalt trifft, so wird der schon noch etwas andres für ihn herausfinden ... haben Sie keine Sorge. Ja, es ist eben ein verantwortungsvoller Posten, und den Letzten beißen die Hunde.

Als Arzt ist die Sache schon einfacher – eine Verurteilung bei Kunstfehlern ist nur auf Grund von Gutachten möglich, und ehe da einer den andern hineinreitet ... aber immerhin: möglich ists schon.

Als Kaufmann ... bedenken Sie bitte, was geschieht, wenn er in einem großen Betriebe ernsthaft patzt. Ist er ein kleiner Angestellter, fliegt er sofort hinaus – ist er ein großer, so kann er sich zwar drehen und wenden, aber die Börse hat ein wirklich Gutes: sie ist im besten Sinne wundervoll verklatscht, und wer dort einmal als unzuverlässig ausgeschrien wird, der hats sehr schwer. Das Gesetz? Ach, das interessiert die Börsianer nicht so sehr. Sie machen sich ihr Gesetz allein, und es ist besser als das geschriebene, das kann ich Ihnen versichern. Es gibt da so eine Art stillen Boykotts, ganz leise, fast unmerklich –

auf einmal ist es mit dem Verfemten vorbei. Die Frage dieser Verantwortung regelt sich ganz von selbst.

Überall also, liebe Frau, wird Ihr Junge, wenns hart auf hart geht, für das einstehen müssen, was er angerichtet hat. Das ist schon so im Leben.

Nur an einer Stelle nicht. Nur in einer Klasse Menschen nicht. Nur in einer einzigen Position nicht. Als Beamter.

Wie das gemacht wird? Und obs auch keiner merkt? In welchem Erdteil leben Sie? Auf dem Mond?

Zunächst kommt es zur Erlangung einer Beamtenstellung in zweiter Linie auf die Kenntnisse an. In erster darauf, daß jener dem Beamtenkörper, in den er eintritt, auch paßt, daß er sich mühelos in den Organismus einfügt, der nicht etwa, wie Sie, liebe Frau, zu glauben scheinen, der Zusammensetzung der Bevölkerung entspricht. Dieser Körper hat vielmehr seine eigenen Gesetze, seine von ihm und für ihn erfundenen Tugenden und Fehler, er nimmt nur an, was ihn lebenstüchtiger macht, und er stößt mit unfehlbarem Instinkt ab, was ihn schwächen könnte. Er führt ein Eigenleben. Er schwimmt oben wie Öl auf dem Wasser.

Ist es ihm nun gelungen, hier einzudringen, hat er die durchschnittlichen Kenntnisse, und ist er dem Organismus genehm, dann sitzt er so ziemlich wie in Abrahams Schoß. Verstößt er nur nicht gegen die ungeschriebenen Regeln eines stillen Codex, poltert er nur nicht gegen die ehernen Pfeiler dieses unsichtbaren Doms —: dann wird ihm nichts geschehen.

Erleben Sie es oft, daß dieser Beamtenorganismus seine Angehörigen an die Strafbehörden ausliefert? Das geschieht fast nie. Also, so denken Sie, liebe Frau, wird da wohl auch nichts vorkommen. Es kommt aber genau so viel vor wie in allen andern Berufen — nur kräht kein Richter danach, weil eine Krähe . . . nehmen Sie nur einen Stuhl, liebe Frau, und hören Sie gut zu.

Wenn zum Beispiel jemand, sehend oder blind, die Valuta seines Landes zugrunde richten läßt, so daß Millionen von Menschen ihr sauer erspartes Vermögen bis auf den letzten Pfennig verlieren; wenn einer die Arbeiter niederschießen läßt, wo sie nur stehen, und wenn er sich brutaldumpf in der Sonne der Gunst uniformierter Verbrecher spiegelt; wenn einer ableugnet, daß es in seinem Bereich jemals Verstöße gegen das Gesetz gegeben hat, wenn seinetwegen die Leute in den Gefängnissen und Zuchthäusern zu Hunderten sitzen; wenn sich einer bei Vergebung von staatlichen Krediten von einem gerissenen litauischen Pferdejuden übers Ohr hauen läßt, weil seine in der Beamtenlaufbahn ersessenen Kenntnisse es ihm nicht gestatten, wie ein moderner Kaufmann zu disponieren; wenn einer aus Karrieresucht, aus falsch verstandener Schneidigkeit, aus Autoritätssadismus ein Todesurteil fahrlässig durchdrückt, dessen zugrunde liegende Indizien zusammengeschludert sind ... was meinen Sie, liebe Frau, geschieht mit solchen, wenn ihre Untaten bekannt und erkannt sind?

Dann machen sie Erholungsreisen, liebe Frau. Dann fahren sie um die Welt, liebe Frau. Von jenem Schreibersmann Michaelis an, der einer bereits geistesschwach gewordenen Umwelt als Reichskanzler präsentiert wurde, bis zum letzten Kriegsminister —: es ist immer dasselbe. Vorher, wenn sie am Werk sind, reißen sie das Maul auf und weisen auf die schwere Verantwortung hin, die sie tragen. Ja, worin besteht denn die —? Etwa, wie bei jedem Kaufmann und Chauffeur, in der Möglichkeit, bei fahrlässig herbeigeführtem Mißerfolg strafrechtlich zu büßen, was staatsrechtlich begangen wurde? Daran kann sich kein Deutscher gewöhnen. Das Äußerste, was sich diese verkorksten Revolutionäre abringen, sind, erschrecken Sie nicht, liebe Frau, ‹Untersuchungskommissionen›; die kommissionieren und untersuchen und fragen und lassen sich von den Zeugen anschnauzen und kuschen und lassen Protokolle drucken und sitzen dann wieder auf geduldigen Gesäßen ... Bestraft wird keiner. Mit seinem Vermögen zahlt keiner. Eingesperrt wird keiner. Ein Versuch, ein einziger, und der deutsche Beamte täte überhaupt nichts mehr. Was? Er soll wirklich und wahrhaftig die Verantwortung tragen, wenn er etwas falsch gemacht hat? Er soll büßen, wenn er etwas ausgefressen hat? Während er doch nur, liebe Frau, ausführte, was ihm seine vorgesetzte Behörde befahl, oder während der Fehler doch nur bei der untergeordneten Behörde lag, oder während es sich nur um einen Kompetenzkonflikt handelte? Liebe Frau —!

Wenn Ihr Junge in der Schule nicht versetzt wird, dann darf er mit Ihnen nicht ins Theater gehen. Wenn ein Minister seine Aufgabe bis zum blamablen Zusammenbruch verfehlt hat, Fehler auf Fehler gehäuft, gelogen, aber schlecht gelogen, so schlecht gelogen, daß nicht einmal das Gegenteil von dem wahr war, was er sagte, geschoben, aber dumm geschoben, getäuscht, aber unvollkommen getäuscht —: dann geschieht was? Dann fährt er, unwiderruflich, liebe Frau, ins Ausland. Zur Erholung, liebe Frau.

Und so sieht sein Tag aus —:

Er erwacht in einem schönen sprungfedrigen Bett, in einem weiten, gut gelüfteten Raum, im Hotel etwa ... Er dehnt und streckt sich noch einmal, denn ins Amt braucht er heute nicht zu gehen, sacht erhebt er sich, wäscht sich mit wollüstiger Langsamkeit, so gründlich, wie es in der jeweiligen Familie üblich ist; er bindet sich den Stehkragen um, merkwürdig, welche Vorliebe deutsche Minister für Stehkragen am falschen Ort haben! — und dann wandelt er hinaus ins Freie. Etwa in die südamerikanische Landschaft oder in die asiatische; dort wird er festlich empfangen und hofiert, und Diener machen Verbeugungen, und er besichtigt irgend etwas: ein Nationaldenkmal oder eine Kinderwagenfabrik oder eine Universität für taubstumme Opernsänger ... Seine Landsleute umstehen ihn. Und dann wird es plötzlich still um ihn, und er hält eine Rede, und während auf seinem Herzen der Brief der Deutschen Republik knistert, die ihm mitteilt, daß die fällige Quote seiner Pension, wie verabredet, an die Disconto-Gesellschaft überwiesen worden ist, hält er seine Rede und beschimpft sehr vorsichtig, sehr fein, mit jener verschlagenen Dummdreistigkeit, die das hervorragende Kennzeichen seines Standes ist, eben diese Republik. Er weiß: sie wehrt sich nicht. Er war ja die Republik; er kennt sie.

Und dann, liebe Frau, fährt er im Auto umher oder in einer Dampfbarkasse und sieht mit seinen runden Brillenaugen die schöne Welt an, die ihm eine Staffage ist, er sieht sie an wie ein besichtigender General, mit jenem Blick, der vorgibt, alles zu sehen, und der doch blind ist bis in den letzten Nerv hinein – und dann setzt er sich mit Muttern, denn Mutter hat er mitgenommen, aufs Schiff und fährt zurück in die liebe Heimat. Und da wird er dann Aufsichtsrat, wegen seiner guten Beziehungen zu den Behörden, und weil er beamtisch sprechen kann; und intrigiert ein bißchen in den politischen Parteien, und wenn er besonders wild ist, dann aspiriert er auf den Präsidentenposten ... liebe Frau, die Welt ist so reich.

Man nennt das: Studienfahrt.

Und währenddessen hocken seine Opfer in den Zellen; und währenddessen schuften die von ihm geschädigten alten Leute wieder in irgendeinem Papiergeschäft oder trappeln als Versicherungsagenten auf den Straßen; und währenddessen prozessieren Tausende seinetwegen, und laufen Zehntausende auf ein Amt, und klagen Hunderttausende, denen er durch seine Politik das Lebensglück abgeschnürt hat ... immer mit der Verantwortung. Die der Blitz aber verschont hat, stehen mit pfiffigen Mienen herum, nennen ihre charakterlose Schwäche Demokratie, und wenn jener Geschichten macht, so sagen sie: «Die Geschichte wird richten.» Das tut nicht weh.

Eher, liebe Frau, bricht sich einer, der auf einen Stuhl steigt, ein Bein, als daß einem deutschen Minister etwas passiert, und wenn er noch so viel Böses angerichtet hat. Es ist das gefahrloseste und das verantwortungsloseste Metier von der Welt.

Liebe Frau, lassen Sie Ihren Sohn Beamten werden.

DEUTSCHENSPIEGEL

Da hat die Action Française dem Mitglied des Instituts, Herrn Charles Benoist, ein Diner gegeben, weil er sich nun ganz und gar zu den ihren gesellt hat: nämlich durch das Buch ‹*Les Lois de la Politique Française*› (erschienen bei Arthème Fayard, 18/20 rue du Saint-Gotthard, Paris XIV).

Man darf solche Bücher nicht überschätzen. Die französische Politik wird, trotz allen Geschreis, in der Provinz geboren und nicht in Paris, wo sie nur gemacht wird, so daß, wie Thibaudet einmal so hübsch gesagt hat, das Feuer der Intellektuellen nicht mehr nahe am Holzstoß der Politik liegt — Feuer breitet sich nicht aus . . . Immerhin hat die Action Française einen weitgehenden geistigen Einfluß auf die französische Jugend, die in der Routine des Parlamentarismus und den fabrikmäßig hergestellten, den Geschäften vorgeklebten Emotionen der Parlamentarier nicht auf ihre Kosten kommt. Bis diese Jugend selbst ins Parlament eingeht, spielt sie höchst geistvolle Spiele oder sieht, wie der Adel und viele jüngere Intellektuelle, müde zu, wie die Kaufleute Weltgeschichte machen. Doch ist auch in Frankreich zu beachten, daß es, wie bei uns, jene aus den Pantinen gekippte Kriegsgeneration gibt, aus der wohl niemals viel werden wird — und daß danach die heute sehr Jungen kommen, die wieder unbefangen, frisch und nicht mit so grauenhafter Unwissenheit wie der ihnen vorangehende Jahrgang ans Werk gehen. Denen gehört die Zukunft.

Ja, also Benoist. Es ist ein typisch französisches Buch: von oben bis unten lesbar, brillant dokumentiert, aber ganz und gar anders, als die Deutschen so etwas anfassen — wer einmal versucht hat, auf der Bibliothèque Nationale in Paris zu arbeiten, wird vor Staunen von einem unzureichenden Katalog in den andern gefallen sein . . . es ist eben ein Unterschied in der Methodik, den man nicht zu kritisieren, sondern als gegeben hinzunehmen hat. Benoist also zeigt die innern Gesetze des französischen Volkes auf, sozusagen seine ihm angeborenen Spielregeln; er kommt dabei zu einer völligen Verurteilung der Parlamente, ohne sich allerdings sehr klar über deren Ersatz auszulassen; das lese nach, wens freut. Da ist aber — auf Seite 111 — eine Stelle, wo der Deutsche beschrieben wird, und das ist für uns nicht unwichtig, weil diese zwei Seiten deutlich zeigen, wie wir sind, wie wir nicht sind, wie richtig und wie falsch sich eine Nation in der andern spiegelt.

Liest man die Sätze, die hier folgen sollen, so ist anzumerken, daß die Neigung des Franzosen, alles auf eine klare Formel zurückzuführen, häufig zu Vergewaltigungen des Stoffes führt: vor nichts schreckt der französische Geist so sehr zurück wie vor dem kleinen x, das wir gern noch offen lassen, jenes x, in dem das Geheimnis der Natur zittert, und über dessen endgültige Aufklärung niemand so sterbensunglücklich wäre wie der Deutsche. ‹Mysticisme› ist eine Art französisches Schimpfwort.

Man glaube ja nicht, die Franzosen ständen erschreckt vor so viel deutschem Gebirge, auf dem der völkische Groschenmystiker sich gern klettern sieht, mit der Seele jodelnd. Die Franzosen finden sich nur deshalb nicht in der Gegend zurecht, weil sie für solches Terrain keine Karten besitzen, und ihre tiefe Unsicherheit, verbunden mit der Angst vor denen, die zahlreicher sind, sieht Truggespenster im raschelnd-dunkeln Wald. Diese Furcht basiert auf keiner Achtung, sie kann nur gelegentlich Haß gebären. Hören wir Charles Benoist.

«Der typische Deutsche – Auflage: fünfundsechzig Millionen Exemplare – ist ein Automat und ein Herdenmensch, der jede Überlegenheit respektiert, die aus Geburt, Amt und Geld herrührt; er ist diszipliniert, noch wenn er Revolutionen macht; hartnäckiger als irgend ein andres lebendes Wesen besteht er auf seinem Sein und auf seiner Art, zu sein. Keine Kraft hat jemals vermocht, ihn umzuformen, und es wird ihn auch zweifellos keine jemals umformen. In geistiger Beziehung ist er selbst gegen die wunderbarsten Strahlen lichtundurchlässig. Geistig geht er heute von seiner Universität, wie er einst aus seinen Wäldern getreten ist. Hier liegt der Hauptunterschied zwischen seiner ‹Kultur› und der Zivilisation. Es wäre absurd, die Hochwertigkeit der deutschen Wissenschaft zu bestreiten, und niemand ist ja so töricht chauvinistisch, sie abzulehnen. Aber diese Hochwertigkeit ist instruktiver Natur, sie ist nicht erzieherisch. Sie bildet die Fähigkeiten des Gehirns nicht; brach läßt sie Seele und Herz liegen. Sie saugt alle Energien des Verstandes auf, sie vernachlässigt alle Reserven der Sittlichkeit. Unter dem Vorwand, das Volk oder die Gesellschaft zu organisieren, ‹mechanisiert› sie den Menschen. Sie macht ihn nicht humaner – so vollendet diese Kultur auch sein mag, so ruft sie doch bei denen, die ihrer teilhaftig werden, kein Plus an ‹humanité› hervor.

Von der sogenannten deutschen ‹Demokratie› dürfen wir keinerlei Wunder an Umwandlung der deutschen Seele erwarten. Wenn der Deutsche auch die Staatsform wechselt: er braucht Herrschaft. Er braucht stets einen Vorgesetzten, einen Führer, Haupt, Vorbild, Unteroffizier und Lehrer. Von Natur aus mit der Gabe der Nachahmung bedacht, ist seine Verehrung das Geständnis einer Verlegenheit: wer soll ihn führen? Denn wenn er nicht geführt wird, fällt er um, gibt sich selbst auf, bricht zusammen. Sein Gehirn ist wie ein Magen konstruiert: eine gradezu gefräßige Gutgläubigkeit nimmt alles auf. Man versteht nicht, sagte Mirabeau im Jahre 1785, was die Zeitungen eigentlich für dieses Volk bedeuten. Seine Wahrheit ist von eigenartiger Beschaffenheit: er bekommt sie, blind, taub und gefühllos, von der rechtmäßig eingesetzten Obrigkeit geliefert und nimmt sie an; diese Wahrheit ist spezifisch deutsch, deutsch wie seine Rechtlichkeit, seine Aufrichtigkeit, seine Treue. Seine Regierung verstände ihn gar nicht zu täuschen und will es auch nicht, denn es ist eine deutsche Regierung, die zu Deutschen deutsch spricht. In diesem kindlichen Glauben, der niemals dem untreu wird, was von Leuten in Amt und Würden geoffenbart wird, ist zugleich etwas Rührendes und Komisches, im Endeffekt aber etwas Erschreckendes. Denn wohin können diese unbestimmte Suggerierfähigkeit, diese Aufnahmefähigkeit ohne inneres Kontrollorgan ein fruchtbares Volk nicht führen, eng auf einem Boden zusammengedrängt, der nicht viel hergibt, durch Jahrhunderte mit der Waffe in der Hand zu Völkerwanderungen trainiert, systematisch abgerichtet und wissenschaftlich für den Krieg ‹mechanisiert›?

So ist der Deutsche; so ist das Deutschland von heute wie das aller Zeiten, das von gestern und das von morgen: das ewige Deutschland. Man ist allzu leicht geneigt zu sagen, es sei die überscharfe Arbeit, die Verheerung durch das Übel Preußen in der deutschen Seele. Der Deutsche ist immer so gewesen, lange bevor es ein Preußen überhaupt gegeben hat; es ist so gewesen von den ersten Tagen Deutschlands an. Nach fünfzehn Jahrhunderten Preußen schrieben die Latiner, gleich, nachdem sie mit den germanischen Stämmen in Berührung gekommen waren: Germanos ad praedam instigantes, und: Natum mendacio genus. Seitdem hat man immer dasselbe geschrieben; bei den Franzosen Froissart, bei den Italienern Petrarca; der ganze Westen versichert es. Weil der Deutsche von Epoche zu Epoche derselbe geblieben ist, so hallt von Jahrhundert zu Jahrhundert ein einziger Schrei im Westen gegen den furor teutonicus, und morgen wie gestern ertönt dieselbe Warnung: ‹Der deutsche Strom ist so mächtig, daß ein großer Damm nötig ist, ihn zu bändigen.›»

Dies Bild ist unvollständig, falsch, richtig, eine brillante Exegese unsrer Geschichte und streckenweise so schön verzeichnet, weil die französische Perspektive zugrunde gelegt ist.

Da ist zunächst – gleich zu Anfang – die kleine Bemerkung einzuschalten, daß es «so törichte Chauvinisten» wohl gegeben hat, die den Fachwert der deutschen Wissenschaft geleugnet haben. Herr Benoist täte gut, sich einmal im Kreise seiner Kollegen umzusehen: das beschämende Schauspiel, das die Universitätsprofessoren aller Länder, also auch Frankreichs, zu Beginn des Krieges geboten haben, jene in vierzehn Tagen blitzschnelle Umkehr, mit der sie aus den Kollegsälen in die geduckten, bezahlten und reklamierten Redaktionstrupps hinüberkippten, der vollendete Wahnsinn, mit dem die eine Nation der andern das Recht auf Licht, Luft, Sonne und Zeugung abschnitt – weiß Herr Benoist das nicht mehr? Dann soll ers nachlesen; weder sein Institut, noch die Académie Française haben davon eine Ausnahme gebildet. Die Ausnahmen saßen in der Schweiz und wurden von den strammen Patrioten Landesverräter genannt, weil sie das Land Europa für wichtiger hielten als die Provinzen der Vaterländer.

Abgesehen davon:

In dem Bild sind wir – und gleichzeitig alle französischen Irrtümer über das deutsche Wesen, jedoch auch jene Wahrheiten, die nur ein Fremder erkennen kann. Es ist außerordentlich bezeichnend, daß das Wort ‹Bundesstaaten› in diesem Essay überhaupt nicht vorkommt, und wenn auch die gesunden Bestrebungen, mit ihnen aufzuräumen, von Erfolg gekrönt sein werden: die Kultur der Länder gegenüber einer höchst jungen, höchst grünen Reichskultur ist nicht zu leugnen. ‹Der Deutsche› – ja, gibt es ihn denn, ‹den› Deutschen?

Sicherlich gibt es ihn. Alles, was da über die Überdisziplin, das Herdengefühl, die Serienware steht, ist richtig – aber es ist sehr unvollständig. Es fehlt zum Beispiel jene merkwürdige Scheu des unsichern deutschen Privatmannes vor der Öffentlichkeit – ich habe einmal einen Abgeordneten, der im Reichstag ein hohes Amt ausübte, mit Muttern in einer Theaterloge sitzen sehen: wie er ständig zwischen seiner Kleinbürgerlichkeit, einer Gesangvereinsvorsitzendenwürde und dem Publikum hin- und herkippelte . . . sehr sicher war das nicht. Sie haben Angst, und daher werden sie frech – sicher fühlen sie sich nur in den zu nichts verpflichtenden Gefilden ihrer Philosophie, ihrer Musik und ihrer Bücher.

Bei Benoist findet sich noch jener lächerliche Vorkriegsaberglaube, daß Preußen der böse Feind sei, wenn auch gemildert durch eine Hypothese, die jene als preußisch verschrienen Eigenschaften der ganzen Nation zuspricht, ohne den Unterschied zwischen einem Fischer auf der Kurischen Nehrung und einem bayerischen Hopfenbauern auch nur zu ahnen. Die haben freilich etwas Gemeinsames: aber sieht das so aus, wie es hier geschildert wird?

Da ist ferner jene Annahme, die Regierung der Deutschen betrüge ihre Leute nicht – wer wäre wohl mehr betrogen worden als die Deutschen zur Zeit der Inflation? Bei wenig erdkundigen Leuten steht der Fremde stets im Geruch, zusammen mit seinen Machthabern wundervolle Verschwörungen gegen die andern Nationen auszuhecken, während in Wahrheit auch er ein geschäftetreibender, ausgebeuteter oder ausbeutender Mann ist, dessen Regierung ihre Hauptstütze in seiner Gleichgültigkeit findet.

Ein wirklich guter Satz ist da. «Der Deutsche kommt von seinen Universitäten, wie er einst aus seinen Wäldern getreten ist.» Radiographie und Präzisionsmaschinen und chemische Fabriken und Anilin und Diesel-Motoren – aber für den Franzosen haftet dem Deutschen etwas von einer ‹brute› an – einem unbehauenen Stamm. Das wird nirgends deutlicher, als wenn man die frisch-fromm-fröhlichen Deutschen in Unterhaltung mit gebildeten Franzosen sieht – mir steigt jedesmal die Schamröte in die Stirn. Sie sind, einmal durch die französische Höflichkeit aus ihrer Unsicherheit herausgelockt, so unbekümmert! so sicher! so völlig in ihrem Element – sie stecken nachher die Zigarre zwischen die Zähne und erzählen zu Hause, im Ministerium: «Ich habe mit den Leuten gesprochen – ich weiß gar nicht, was Sie wollen –? Das sind doch sehr umgängliche Menschen! Ist ja alles in schönster Ordnung!» Sie hören nicht, und sie sehen nicht; sie sehen nicht diese unmerklich leisen Blicke der Frauen, die blitzschnell an der deutschen Besucherin heruntergleiten – sie wissen nicht, daß «vous croyez?» das Äußerste an gesellschaftlich möglichem Widerspruch darstellt –: Gott segne unsre Unterhändler, die Deutschland im Ausland vertreten. Sie vertreten es richtig.

Dabei ist auf der französischen Seite so viel guter Wille vorhanden! Ich sage das trotz vieler bitterer Stunden, die ich hier durchlebt habe – die Franzosen machen es einem nicht leicht, sie zu lieben. Daß eine von den echten französischen Liberalen gesuchte Erkenntnis deutschen Wesens, wie in diesem Fall, nur zu halbem Erfolg führt, liegt an dem zentripetalen Wesen des Franzosen, der, soweit er heute vierzig und fünfzig Jahre alt ist und damit die maßgebenden Politiker abgibt, nicht gereist ist, also große innere Schwierigkeiten zu überwinden hat, sich für ein fremdes Land überhaupt zu interessieren. Ich glaube, daß die Jungen damit aufräumen werden: sie stellen einen neuen Franzosen dar, dessen Arbeit wir im guten Sinne zu spüren bekommen werden. Aber um den Deutschen zu verstehen, ist schon für einen Deutschen viel Einfühlung nötig – um wieviel mehr für einen Franzosen!

Ich habe diese Stelle aus dem Buche von Benoist wiedergegeben, weil sie des Nachdenkens wert ist. Und weil das fade ‹rapprochement›, das heute in allen Salons getragen wird, nicht halb so viel Nutzen stiften wird wie es Aufwand erfordert. Genf ist gut –: weil sich Stresemann und Briand überhaupt gesprochen haben, weil die Beziehungen nicht mehr auf die leicht mißverständlichen Diplomatenberichte beschränkt bleiben, und weil man leichter in einer mündlichen Unterhaltung Steine aus dem Wege räumen kann als in einem Brief, der noch nicht einmal direkt läuft. Genf wird überschätzt –: die Kluft zwischen diesen beiden Völkern ist sehr, sehr groß.

Sie ist zu überwinden. Aber um sie zu überwinden, muß man den Mut haben, ihre Existenz anzuerkennen. Es gibt keine Therapie ohne eine saubre Diagnose. Ich habe in den ersten Jahren meines französischen Aufenthalts geglaubt, daß sich diese beiden Völker ergänzen. Das ist theoretisch richtig, aber sie werden es niemals tun, weil sich Öl und Wasser eben nicht vermischen. Wahrscheinlich können wir nur sehr schwer zusammenarbeiten.

Aber das ist kein Grund, sich gegenseitig mit Kiefernschüssen zu beweisen, wer recht hat. Hier gibt es kein ‹Recht› – hier kann es nur Aufhebung der absoluten Souveränität geben, liebevolles Versenken in das Wesen des andern und eine gesunde Selbstkritik.

EITELKEIT DER KAUFLEUTE

Musiker sind nicht eitel – sie bestehen aus Eitelkeit; die Eitelkeit ist ein lebensnotwendiger Bestandteil ihres Wesens. Wären sie nicht eitel, sie wären nicht. Schriftsteller sind verkappt eitel, mit sanfter Rückversicherung gegen Ironie, viele Künstler sind eitel. Aber niemand, niemand ist so eitel wie der deutsche moderne Kaufmann, wenn er etwas erreicht hat. Kein blaurasierter Tenor hat jemals solche Gebirge von Eitelkeit erklommen wie diese Herren Generaldirektoren. Von feistem Selbstbewußtsein geschwollen, geht das durch die Welt. Pieke sie mit einer feinen Nadel – und hervor spritzt ein gebogner Strahl von Eitelkeit, daß dir grün und gelb vor Augen wird. Der Gelegenheiten sind viele. Das ist zunächst die Todsünde, die darin besteht, daß du ihm unrationelle Wirtschaft oder ungerechtfertigte Verdienste vorwirfst. Dagegen wehrt sich mit Recht jeder Kaufmann, auch wir täten es. Aber wie sie es tun –! Unter allen Entgegnungen auf meine Arbeiten, unter allen Zuschriften, die ich so seit fünfzehn Jahren verdaue und – immer im Gedenken an S. J. – beantworte, sind doch keine so dumm, so verquetscht-hochmütig, so feldwebelig und so falsch-herablassend wie die einer gewissen Sorte von Kaufleuten, die Merkur segnen möge, der Gott, nach dem eine Salbe benannt ist ...

Die Gottähnlichkeit eines Personalchefs kennt keine Grenzen, und liest du seine Zettel und lauschst du seinen Reden, so hast du stets den Eindruck, er werde nun aber nächstens auch noch dem lieben Gott kündigen. Der fette Kloß von Eitelkeit, der in den Kehlen der Fabrikbesitzer liegt, benimmt uns den Atem, und wir verspüren oft das peinliche Gefühl, als lege sich eine schwere Hand mit saubern, viereckig beschnittenen Nägeln uns auf die Schulter: «Junger Mann ...» Wonach neben anderm die schöne österreichische Frage in uns aufsteigt: Worauf herauf –?

Es hat sich da unter der Kaufmannschaft ein moderner Typus herausgebildet, sehr sauber rasiert, mit der bestsitzenden Brille der Welt, mit Specknacken und halbsteifem Kragen, alles ordentlich und richtig – ein Typus, der einem Halbgott gleich auf die Welt heruntersieht. Einer, der seine Arbeit, die er ja des Gewinnes und jener Unrast zuliebe tut, die Lust ist, und die er niemals anders als «national belangvollen Dienst an der Volkswirtschaft» ausgibt; einer, der in Exposés redet und dessen Handbewegungen noch Feldherrngesten darstellen, wie sich eben Herr Direktor Lotterbohm Napoleon vorstellt ... Man wird diese höchst unangenehmen Nummern fast niemals unter den großen Kaufleuten finden, sehr häufig unter den mittlern, und weil zu viele Menschen von ihnen abhängen, zu viele Institutionen von ihnen beherrscht werden, so traut sich keiner, diesen mittelmäßigen Exponenten der Wirtschaft die Wahrheit zu sagen.

Ihr Gehaben hat als tiefsten Grund wohl den tierischen Ernst, mit dem sie ihre Geschäfte betätigen und das Leben betrachten – auch nicht eine Minute lang wären sie fähig, sich mit einem kurzen Augenzwinkern über den eignen Betrieb lustig zu machen; sie glauben an ihn, an sich und an die Welt. Daher übrigens auch ihre völlige Humorlosigkeit dem Humor gegenüber, wenn der satirische Generalmarsch auf ihrem Rücken geschlagen wird: es gibt selbst unter den klugen Börsianern wenige, die begreifen, wie maßlos komisch sie sind, wenn sie so ernst zusammenstehn und assimiliert fuchtelnd klatschen, was sie gern so ausdrücken: «Ich habe da gestern mit einem unsrer bedeutendsten Industriellen gesprochen . . .»

Es gibt auch welche unter ihnen, die sind eigentlich verhinderte Künstler, und das ist besonders heiter. «Was meinen Sie, lieber Freund», sagt Herr Wendriner, «wie ich Sie beneide!» Denn sie möchten ja eigentlich gern reisen, der Muße und den Musen frönen, dichten und bildhauern und Leitartikel schreiben – oh, das können sie! Sie haben nur keine Zeit; der Dienst am Volkskörper läßt ihnen diese Zeit nicht. Welche verhinderten Lieblinge des Parnasses!

Diese Gehirne arbeiten anders als die unsern. Diese Köpfe denken anders. Dieses Blut läuft anders durch andre Adern. Ich habe mitunter die größten Schwierigkeiten, einen französischen Kollegen in jenen Tiefen zu verstehn, wo das Verstehn erst beginnt, da, wo die Worte nicht ausreichen, da, wo nicht mehr das Individuum, sondern die andre Rasse lebt und fühlt . . . Aber immerhin ist mir Léon Werth noch tausendmal näher als Herr Generaldirektor Schlichter, der in Gänsegrieben denkt und der – oho! – ein Verhältnis zur bildenden Kunst hat. Das arme Ding.

Es tut nicht gut, bei solchen allzu oft zu Abend zu essen. Ja, man kann die praktische Wirksamkeit eines radikalen Wirkenden daran erkennen, ob er bei jenen beliebt und eingeladen ist. Manche sind es.

Gefallen Ihnen diese Männer? Wenn sie so klug wären, wie sie sich schlau vorkommen, wären sie immer noch dumm genug.

Womit natürlich nichts gegen die Bedeutung des deutschen Kaufmanns für die deutsche Volkswirtschaft und die deutsche Kultur im besondern gesagt sein soll.

EIN SCHÄDLING DER KRIMINALISTIK

Ich habe Leute gekannt, die mir erzählten, daß sie bei jedem Verhör dasselbe schreckliche Gefühl in den Hoden hatten, das man verspürt, wenn man vor einem tiefen Abgrund steht. Jedes Inquisitorium beruht auf einer Ausnützung von taktischen Vorteilen, die man sich meistens auf ebenso unredliche Weise verschafft hat wie die Ausflüchte des in die Enge getriebenen Opfers unredlich sind. Doch Richter und Staatsanwalt erheben dabei den Anspruch auf Allwissenheit, und ihre Allwissenheit in Abrede stellen, heißt ihre Rachsucht bis zur Hoffnungslosigkeit entfesseln, so daß nur der Heuchler, der Zyniker und der vollkommen Zerbrochene noch Gnade vor ihnen finden.

Jakob Wassermann: *‹Der Fall Maurizius›*

I

Es erscheint der Verfasser eines Wälzers und gibt an, zur Person:

«Ich heiße Heindl, Robert, nicht vorbestraft, ich bin Wirklicher Legationsrat und Vortragender Rat z. D. in Berlin; ich gebe zu, das Buch *‹Der Berufsverbrecher, ein Beitrag zur Strafrechtsreform›* verfaßt zu haben.»

Zur Sache:

Dieses schlecht gedruckte Buch gibt weniger über den Berufsverbrecher Aufschluß, als über den deutschen Berufsbeamten, und vorzüglich über den, der sich mit dem Strafvollzug beschäftigen darf. Das Buch ist, um seinen exorbitanten Preis zu rechtfertigen, künstlich aufgeplustert; es enthält Fotografien, die nur in losem Verhältnis zum Text stehen, und bei deren Anblick man sich des Eindrucks nicht erwehren kann, als seien diese Schaueraufnahmen nur um der Sensation willen eingefügt. Für solche Bilder gibt es ja immer ein Publikum ... Der Text aber verdient keinen Gaffer, der hochroten Kopfes die Bilder durchblättert, bis er eine Entspannung findet, wie sie höhern Offizieren nur noch der Krieg verschaffen kann – dieser Text verdient eine ernsthafte Kritik.

Er verdient keine ernsthafte Kritik, denn er ist unwissenschaftlich und schlecht geschrieben; er verdient dennoch eine, denn der Schreiber ist ein höherer, einflußreicher Beamter im deutschen Strafvollzug und ist heute noch in der Lage, Unheil anzurichten.

Heindl will mit seinem Buch dartun, daß Verbrecher, die keinesfalls mehr zu bessern seien (Gewohnheitsverbrecher oder Berufsverbrecher) in lebenslängliche Sicherungsverwahrung genommen werden müßten, um die Gesellschaft vor ihnen zu schützen. Das betrifft die §§ 55 ff. des Entwurfs eines Allgemeinen Deutschen Strafgesetzbuchs, insbesondere den § 59:

«Wird jemand, der schon einmal zum Tode oder zum Zuchthaus verurteilt war, nach § 78 als ein für die öffentliche Sicherheit gefährlicher Gewohnheitsverbrecher zu einer Strafe verurteilt, so kann das Gericht daneben auf Sicherheitsverwahrung erkennen.»

Der § 60 fügt hinzu: «Die Unterbringung dauert so lange, als es ihr Zweck erfordert» — und nach Absatz 4 des § 60 besteht die Möglichkeit, die Sicherheitsverwahrung in einem Arbeitshaus auf Lebenszeit auszudehnen. Die dem neuen Gesetz beigegebene ‹Begründung› ist keine: ihr Text wiederholt im großen ganzen nur die vorgeschlagenen Gesetzesbestimmungen und tritt sie in kümmerlicher Weise breit; einen Grund für diese fast unglaublich erscheinende Maßnahme zum Beispiel wird nicht gegeben. Für eine solche lebenslängliche Verwahrung nun tritt Heindl ein.

Der Mann ist viel gereist: er kennt den französischen Strafvollzug in Neu-Kaledonien, den in der Südsee; den englischen Strafvollzug auf den Andamanen; den australischen Strafvollzug und den in Kanada. Von diesen Reisen berichtet er zunächst.

Wer — wie wir — unter schwierigen Umständen so oft für Frankreich eingetreten ist, nimmt sich das Recht, zu sagen, daß Frankreich mit einem wirklichen Kulturmakel behaftet ist: mit der Deportation seiner Sträflinge in eine tropische Kolonie. Heindl hat sich die Beobachtung drüben leicht gemacht. Er hat sich von den französischen Beamten offizielle Angaben machen lassen, hat das Material der Verwaltungsbehörden erbeten und erhalten ...

«Angaben von Sträflingen und unzufriedenen freien Einwanderern, kurz jeden für mich unkontrollierbaren Bagnoklatsch habe ich unberücksichtigt gelassen.»

Schon aus diesem Satz spricht die maßlose Überheblichkeit des typischen Beamten, für den die ausländischen Berufskollegen Orakel, die unmittelbar Betroffenen aber sämtlich unglaubwürdig sind und bleiben. Die Mühe — wie etwa Albert Londres —, den ‹Bagnoklatsch› nun wirklich an Hand der Wirklichkeit zu prüfen, diese Mühe hat sich Heindl nicht gemacht.

Das französische Gesetz sieht für schwere Zuchthausstrafen Deportation vor. Wer bis zu acht Jahren Strafe zudiktiert bekommen hat, muß dieselbe Zeit, die er abgesessen hat, noch einmal als ‹freier Mann› in der Kolonie verbringen — wer über acht Jahre hat, darf überhaupt nicht wieder nach Europa zurück. Von der fürchterlichen Korruption, die nach einstimmiger Aussage aller freien und gefangenen Beobachter dort herrscht, weiß Heindl nichts zu vermelden — ein Beamter stiehlt nicht.

Neu-Kaledonien hat als französische Strafkolonie aufgehört zu existieren; seit der Journalist Jacques Dhur vom *‹Journal›* das Land bereist hat und mit einer honigsüßen Schilderung und dem Aufschrei zurückgekommen ist: «Viel zu schön für die Herren Gefangenen!» schickt man die zu ‹traveaux forcés› Verurteilten nur noch in das schreckliche Guayana, wo sich die Sträflinge für drei Francs einen tuberkulösen Auswurf kaufen können, um mit dem in die Sprechstunde des Arztes angerückt zu kommen ...

Die Heindlsche Schilderung des Kolonie-Elends geht von der Idee völliger Rechtlosigkeit der Strafgefangenen aus. An keiner Stelle – an keiner einzigen – ist ein Wort der Kritik der fremden Behörden zu finden; auch da nicht, wo deren Roheiten offen zugegeben werden, wo diese Roheiten jedes denkbare Maß übersteigen. Einmal zum Beispiel nahm in Neu-Kaledonien die dort stets grassierende Selbstverstümmelungs-Epidemie durch Massensuggestion tolle Formen an. Ein Sträfling fing an. Er stach sich die Augen mit einem Dorn aus.

> «Eine Woche darauf ahmten ihm vier Kameraden nach. Dann kam etwas anderes; es wurde Mode, sich einen Fuß oder eine Hand abzuschneiden, sich einen Arm aus den Gelenken zu lösen usw. Es war schrecklich! Das ganze Camp drohte eine Gesellschaft von Krüppeln zu werden. Man mußte reagieren.»

Wie wurde das gemacht?

> «Das Camp war zu jener Zeit, von der ich spreche, von einem energischen Mann, M. V ... befehligt. Er machte nicht viele Umstände; für die Blinden ließ er eine Art Zirkus errichten und nötigte sie, dort täglich acht Stunden mit einem Sandsack auf dem Rücken im Kreis herumzutrotten. Die Einarmigen wurden vor Karren gespannt, und ähnliches für die andern erdacht. Dank dieser Therapeutik neuen Genres nahm die Epidemie rasch wieder ab.»

Prügelstrafe. Denn wenn es etwas gibt, was hassenswerter und niedriger wäre als dies hier beschriebene infame Verbrechen, so ist es die lässig-saloppe Schilderung durch einen deutschen Beamten, dem die Tropen nicht gut bekommen sind. Ich bekenne, in der gesamten kriminalistischen Literatur noch niemals auf eine solch infernalische Roheit gestoßen zu sein. Und das in einem Lande, in dem immerhin Leute wie Bonhoeffer sorgfältige und durchdachte Theorien über das Wesen von ‹Simulanten› aufgestellt haben.

Heindl bekommt Gelegenheit, an der Holzwand eines Lagerhauses zuzuhören, was sich die Strafgefangenen, die nachts allein gelassen werden, erzählen.

> «Ich werde mich hüten, die schrecklichen Gespräche wiederzugeben, die ich dem rätselhaften ‹Argot› entnehmen konnte, das dort geredet wurde. Man kann sie mit zwei Worten charakterisieren: Bestialität, Sadismus.»

Wessen –?

> «Von Zeit zu Zeit, wenn eine Pause eingetreten war, ließ eine schwache Stimme, die Stimme eines Greises, Betrachtungen fallen,

> die einen ganzen Traum von Blut und Unflätigkeit zusammenfaßten.»

Das ist das, was ein Strafvollzugsbeamter über die unendliche schwierige und leidvolle Frage der Gefangenen-Sexualität zu sagen hat. Er gibt dann wohl zu, daß diese Lager von päderastischen Tragödien geschüttelt werden – außer ein paar Witzen, die nachts gegen drei auf einer Kneipe brüllendes Gelächter wecken würden, hat er dazu nichts zu vermelden.

Was vor allem an diesen Schilderungen durch den Geheimen Rat auffällt, ist eine Schnoddrigkeit des Tons, die nicht mehr Roheit zu nennen ist. Es ist Unmenschlichkeit schlechtweg. Die Gefangenen werden häufig ‹Gentlemen› und – hochkomisch! – ‹Herren› genannt, als ob, Mensch halt dir feste! solche Kerle ‹Herren› sein könnten. ‹Herr› ist man von Gehaltsstufe IX aufwärts, allenfalls. Ob man aber Mann ist, das ist eine andre Frage.

Die Sträflinge in Neu-Kaledonien konnten, nach gewisser Zeit der Strafverbüßung und unter gewissen Kautelen, weibliche Strafgefangene heiraten. Die Schilderung dieser Vorgänge durch Heindl ist ein einziges dreckiges Grinsen:

> «Der Kiosk hat zwei Eingänge, einer führt ins Weiberdepot, der andre ins Freie. Der Heiratskandidat tritt durch diesen ein, während die lieblich errötende Braut durch die andre Pforte vorgeführt wird.»

Es fällt mir gar nicht ein, vor einem französischen Sträfling niederzuknien, und ihm unter «O Bruder Mensch!»-Geschrei die Füße zu küssen, und ich begreife sehr gut, daß man die Vorgänge im Bagno kalt ansehen kann (man sieht dann nämlich mehr). Wie man aber an wehrlosen, niedergedrückten, verkommenen Menschen seinen ohnmächtigen Witz üben kann – das freilich zu verstehen maße ich mir nicht an.

Die Bilder der weiblichen Gefangenen sind reproduziert. Sie sehen häßlich aus, verwüstet, lange nicht so schön, wie man das von ihnen verlangen kann. Bildunterschrift:

> «Der Damenflor, aus dem die neukaledonischen Bräute sich rekrutieren.»

Der Herr Vortragende Rat irrt. ‹Damenflor› ist eine Gattung, die nur auf offiziellen Gesellschaften von Ministerialdirektoren vorkommt, aber der Unterschied zwischen der Schwägerin eines Ministerialrats und zwischen einer ‹môme› aus Belleville ist viel kleiner als dieses Polizeigehirn ahnt. Hohn? Hohn auf Zerstoßene?

Aber wem Roheit Herzensbedürfnis ist, der freut sich auch noch an der Mißhandlung gefaßter Verbrecher, und mit welcher Freude ist das hier geschildert:

> «Er wechselte Geld, griff im ‹psychologischen Moment› durchs Schalterfenster nach einem Bündel hochwertiger Banknoten und

rannte damit davon. Er hatte allerdings den stämmigen Portier Alois Kreuzpointer aus Klais bei Partenkirchen, 1,87 m groß, Handschuhnummer 9, bei der Kalkulation seines Verbrechens nicht in Rechnung gestellt. Dieser sonst etwas phlegmatische Türhüter hielt den Flüchtling am Hauptportal der Bank an und bat ihn zu sich in die Portierloge, und ich erinnere mich heute noch, wie der Bankräuber bei der polizeilichen Vernehmung unaufhörlich: ‹my head – my head› wimmerte und sich seinen verbeulten Schädel abtastete.»

Hähä. Wie da klobige Rachsucht, Freude am niedrigsten Oberbayern, Bourgeoisgier am Besitz und frisch-fröhliche Kriegssehnsüchte durcheinanderlaufen, das macht einen doch aufhorchen: warum sitzt so einer drüben und nicht hüben? Weil er sich legitimiert austoben kann.

Denn so, wie sich, nach einem tiefen Wort Roda Rodas, der Psychiater von seinem Patienten nur durch die Vorbildung unterscheidet, so gibt es in allen Ländern einen Polizistentypus, den man den ‹invertierten Verbrecher› nennen darf: er hat genau dieselben Anlagen wie jener, dieselbe haltlose Freude am Abenteuer, die Gleichgültigkeit gegen den Mitmenschen, wenn ein Zweck erreicht werden soll, und das alles noch verschärft durch jenen sonderbaren, in sämtlichen Ämtern der Welt gedeihenden Sadismus, dessen größenwahnsinniger und feiger Träger sich hinter die anonyme Kollektivität des Staates verkriecht. Da ist er sicher; aus diesem Hinterhalt ist gut schießen. Und er schießt.

Ein bayerischer Gefangener fertigt im Stumpfsinn seiner Haft Schmalzlerglaseln aus geknetetem Brot an. Fotografie. Überschrift:

«Die Vergeltungs- und Rechtsstrafe als Förderin der schönen Künste.»

Das ist so der Humor kleinerer Burschenschaften.

Das Buch, das in vielen Einzelheiten erstaunlich schludrig gearbeitet ist, enthält außerdem falsche Angaben, und zwar solche einer bestimmten Tendenz.

Von dem Komplicen Haarmanns, Grans, anzugeben:

«Beruf: Händler mit von Ermordeten abgelegten Kleidern . . .»

sagt nur über die Beschaffenheit eines Polizeigehirns etwas aus. Erstens stimmt es nicht, denn von den zwanzig Jacken hat der Junge natürlich niemals leben können, und zweitens ist die Formulierung kindisch. Was aber Haarmann selbst angeht, so fehlt in der moralischen Bildunterschrift, die mit den Worten schließt: «Zu arbeiten hat er nie versucht», eine winzige Kleinigkeit. Zu arbeiten hat er nie versucht? O doch, Haarmann hat schon gearbeitet. «Haarmann war der Polizei als Päderast bekannt?» Er war ihr noch als ganz etwas andres bekannt – nämlich als ihr eigner Spitzel, und durch diese Tätigkeit, die er unter Herrn Noske ausübte, gelang es ihm, sein Leben wesentlich einfacher zu gestalten ... «Herr Kriminal!» nannte ihn die ganze Straße. Es verschwanden, sagt Heindl, Dutzende von Menschen, ohne daß eine Untersuchung angestellt wurde, «ohne daß überhaupt ein Mordverdacht geäußert und eine Anzeige erstattet wurde». Das ist eine blanke Unwahrheit. Man lese das ausgezeichnete Buch Theodor Lessings über den Fall Haarmann: wie da die armen Eltern auf die Polizei kamen, das Verschwinden ihres Jungen meldeten, angeschnauzt wurden – wie jeder Verdacht gegen den Herrn Kriminal im Keime erstickt wurde ... Das braucht Robert Heindl, der sorgfältige Forscher, nicht zu wissen. Wahrscheinlich ist es Bagnoklatsch.

Heindl bekommt es ja allerdings auch fertig, den schrecklichen Fall des Massenmörders Denke auf das Konto ‹Gewinnsucht› zu buchen, ein offenbarer Wahnwitz, den kein Gendarmerieunteroffizier in die Akten zu schreiben wagte. Der Mann war ein Oger, ein Raubtier, eine entartete Spezies Mensch – die meisten Kleidungsstücke seiner Opfer fanden sich bei der Entdeckung vor. Das braucht Herrn Heindl nicht zu kümmern.

Genug.

Dieser Beamte ist nach solcher Leistung als für seinen Beruf ungeeignet anzusprechen, ein schlechter Schriftsteller dazu – aber was will er mit diesem dicken Buch? Geld verdienen? Sein gutes Recht. Er will aber noch etwas, und das ist ein schweres Unrecht. Das wollen wir in acht Tagen sehen.

II

«On devient criminel, mais on est magistrat.»

Hier ist von dem Verfasser des *‹Berufsverbrechers›* gehandelt worden, Robert Heindl, einem Mann, der das von Hans Groß begründete *‹Archiv für Kriminologie›* heute noch herausgeben darf. (Wenn Heindl übrigens wissen will, was es so alles auf der Welt gibt, dann hat er das gleich bei der Hand: er erkundige sich einmal nach dem Schicksal des Sohnes von Groß.) Ich habe gezeigt, mit welcher Unverantwortlichkeit Heindl Schilderungen fremden Strafvollzugs vorgenommen hat, und es ist immerhin zu fragen, wer eigentlich einem so ungeeigneten Beamten diese sehr teuern Reisen bezahlt hat. Der Staat? Der ist doch sonst so knickrig und überlegt sich mit viermaliger Rückfrage beim Oberrechnungshof dreimal, ob dem Unterzollsekretär eine zweite Dienstgardine zu bewilligen statthaft wäre ... Wenn schon jemand auf Reisen geschickt werden soll: so einer nicht. Denn er hats nicht verdient. Also was will er mit seinem Buch?

Er will beweisen, daß Gewohnheitsverbrecher lebenslänglich in ‹Sicherheitsverwahrung› genommen werden müßten. Wie tut er das dar –?

Er behauptet zunächst, daß alle Besserungssysteme der Franzosen in ihren Strafkolonien zu keinem Resultat geführt hätten. Obgleich sämtliche Angaben Heindls mit äußerster Skepsis aufzunehmen sind und dokumentarischen Wert nicht beanspruchen dürfen, weil er sich zum Komplicen jeder regierenden Clique hergibt, so kann man diese Behauptung wohl akzeptieren. Er fühlt selbst, wie schwach sie – selbst nach seinen Schilderungen – ist; er fragt aber keinen Augenblick, woher diese kläglichen Resultate wohl stammen könnten.

Sich in Neu-Kaledonien zu ‹bessern›, muß nicht leicht gewesen sein. Nicht einmal das Land selbst war gebessert; Heindl gibt zu, daß nur ein Achtel oder ein Zehntel der verfügbaren Bodenfläche ausgenutzt wurde; also nicht einmal der Boden wurde rationell bewirtschaftet, obgleich doch die Arbeitskräfte nichts kosteten!

Was die Strafgefangenen angeht, so schaffte es weder die Einzelhaft noch die Kollektivhaft – von Besserung war nichts zu spüren. Aber Heindl hat kein Wort der Kritik für den Strafvollzug übrig. «Nur ein Prozent der neukaledonischen transportés besserte sich», obgleich man ihnen viele Vergünstigungen gewährt hatte – zum Schluß bestand ihre Strafe eigentlich nur in dem Verbot, das Land zu verlassen, was dort, wo der Gefangene den Acker bewirtschaften konnte, noch angeht –, während der «entlassene» Gefangene in Guayana, wo es nichts zu verdienen gibt, unweigerlich wieder Straftaten begehen oder verkommen muß. Das alles aber ist – nach Heindl – lediglich Schuld oder Folge der Gefangenenveranlagung, nicht etwa eines unvollkommenen, eines kulturwidrigen oder unzweckmäßigen Strafvollzuges. Der Gefangene ist schuld. Was also soll bei uns geschehen? Dieses:

> «Langfristige Strafen brauchen nicht auf pädagogische Zwecke eingestellt zu sein, da sie den Besserungszweck doch nie erreichen werden. Ich will damit keineswegs sagen, daß die Pädagogik nicht in den Dienst der Kriminalpolitik gestellt werden soll. Im Gegenteil, ich komme immer mehr zu der Ansicht, daß der wichtigste Faktor der Verbrechensprävention ein pädagogischer ist: die Kindererziehung, und zwar die religiöse Kindererziehung und nicht der blutleere Moralunterricht. Die kirchliche Lehre von der Höllenstrafe und dem allwissenden Gott, dem Kind eindringlich beigebracht, kann mehr Verbrechen verhüten als alle andern Präventionsfaktoren zusammen.»

Aber nicht immer. Heindl zum Beispiel muß nur einen blutleeren Moralunterricht genossen haben, wenn man die Seelenroheit, die aus seinem Buch spricht, in Betracht zieht. Mit welchen Mitteln aber ein Mann, der der Vater des Reichskriminalgesetzes zu sein sich rühmt, arbeiten will, das glaubt man nicht, wenn man es nicht läse. Denn was muß dem Volke erhalten werden? Die Religion und solche Beamte.

Nun, und die kurze Haft?

«Wer nicht erwiesenermaßen bereits zu den Gewohnheitsverbrechern gehört, ist mit tunlichst kurzfristigen Strafen zu bedenken, die aber ausnahmslos in Einzelhaft zu bestehen haben und so vindikativ als irgend möglich zu gestalten sind. (Man braucht nicht gleich an Tortur und Auspeitschen zu denken –»

das ist nun wieder ein weicher Zug an unserm Helden –

«könnte aber der kurzfristigen Strafe durch schmale Kost, belehrende Vorträge und eine Reihe andrer Unannehmlichkeiten Nachdruck verleihen.)»

Daß, nach diesen Proben, belehrende Vorträge zu den Unannehmlichkeiten zu zählen wären –: wer wollte daran zweifeln! Also: Vergeltungstheorie.

Die Besserungsutopie aber hält jener selbst für eine Utopie, die Vergeltungstheorie für eine sicherheitsgefährliche Metaphysik und nur die Schutztheorie eine den praktischen Bedürfnissen entsprechende Lösung des Strafrechtsproblems.

Nun ergibt sich – immer nach seinen Zählungen – für Deutschland, bei einer, wie er so schön sagt, «strafmündigen Bevölkerung» eine Gesamtzahl von 4227 Berufsverbrechern. Sollen die alle eingesperrt werden? Nein, er schlägt nur etwa tausend Mann zur dauernden Sicherheitsverwahrung vor; diese Leute hält er für unverbesserlich; jede Arbeit an ihnen sei verlorene Mühe, verlorenes Geld, verlorene Zeit – und diese tausend müßten dauernd «verwahrt» bleiben. Der Schaden, den diese Leute anrichteten, sei um ein Vielfaches größer als die Summe, die ihre dauernde Verwahrung dem Staat kostete. Der Vorschlag ist nicht neu.

Heindl bezieht sich dabei auf die Habitual Criminal Acts verschiedener amerikanischer Staaten; auf den § 65 des norwegischen Strafgesetzbuches von 1902 und auf die ausgezeichneten Erfahrungen, die Neusüdwales mit solchem Verfahren gemacht habe: die Kriminalität sei dort sichtbarlich und sofort nach Erlaß des Gesetzes im Jahre 1905 heruntergegangen. Nun hat zwar Herr Heindl nicht, wie er behauptet, «nachgewiesen», daß die «Besserung der Gewohnheitsverbrecher unmöglich sei» – er hat gar nichts nachgewiesen, sondern nur vage Behauptungen aufgestellt, und mit schnoddrigen faulen Witzen und schludrigen Aufsätzen kann man überhaupt nichts nachweisen. Dazu ist die Sache denn doch zu ernst.

Gäbe es eine Möglichkeit, der ungeheuren Gefahr des Mißbrauches eines solchen Paragraphen durch die politisch unzuverlässige deutsche Justiz vorzubeugen, so erscheint er zum mindesten diskutierbar. Es wäre sehr wohl denkbar, daß Männer, die tatsächlich immer wieder in das Verbrechen zurückfallen, mit der erforderlichen Ausstattung ein größeres Gebiet Ödlandes, von dem Deutschland so viel Quadratkilometer hat wie der Bundesstaat Oldenburg groß ist, zugewiesen bekommen, und daß sie dort wirtschaften und leben können, es aber nicht verlassen dürfen. Mit Humanitätsduselei kann man kein Strafrecht machen. Nur ist die Sicherung gegen einen politischen Mißbrauch nicht gegeben, und wenn auch Heindl anständigerweise Verbrechen gegen die Sicherheit des Staates nicht unter solche gerechnet, die die «Gewohnheitsverbrecher» begehen, so ist hundert gegen eins zu wetten, daß der nächste Max Hölz eben doch unter dieses Gesetz fallen wird: kann man ihm anders nicht beikommen, so wird man eben gegen ihn ewige Sicherheitsverwahrung verhängen. Der Vorschlag scheint mir also praktisch bedeutungslos. Nicht aber das Buch Heindls, das ein Symptom darstellt.

Es ist ein Symptom für die ungeheuerliche, nicht wieder gut zu machende Schuld der Novembermänner in der Personalpolitik und für das, was in Deutschland heute noch an maßgeblichen Stellen möglich ist. Von der kriminalistischen Tätigkeit des Verfassers, deren er sich rühmt, will ich noch gar nicht einmal sprechen. Es finden sich da sonderbare Dinge . . .

Eine Bilderfolge heißt ‹*Das gezeichnete Geständnis*›. Es ist eine Leiche im Walde aufgefunden worden, Heindl ließ drei Polen verhaften, die er im Verdacht hatte; alle drei wurden lediglich auf Indizien hin wegen Mordes zum Tode verurteilt, zwei wurden hingerichtet, der dritte zählte noch nicht achtzehn Jahre.

> «Die beiden ältern starben, ohne ein Geständnis abzulegen. Es wird mir unvergeßlich bleiben, wie der eine noch auf dem Schafott seine Unschuld beteuerte.»

Der Dritte fertigte in der Haft Zeichnungen an, und unter diesen Zeichnungen finden sich auch Mordszenen. Aus diesen Bildchen nun folgert der Kriminalist Heindl, daß der Mann der Mörder sei. Denn:

> «Man vergleiche die Szenerie mit dem von meinem Beamten hergestellten Tatortbild. Nicht nur die allgemeine Situation des Tatorts, sondern sogar Einzelheiten, wie der Baumstumpf im Vordergrund kehren in dem Erinnerungsbild des Mörders wieder, das er Jahre nach der Tat zeichnete. Den Stapel gefällter Baumstämme, der auf der Zeichnung rechts im Hintergrund steht, kann ich mich nicht erinnern, am Tatort gesehen zu haben. Vermutlich passierten die Mörder, auf den geeigneten Moment lauernd, im nächtlichen Waldesdunkel hinter dem Opfer hermarschierend, so einen Baumstapel. Mit der Tat steht er sicherlich irgendwie in Zusammenhang. Vielleicht machten sich die Mörder schußbereit, als sie an ihm vorbeikamen . . . Auch auf diesem Bild, das unten links nochmals den Hergang der Tat schildert, kehrt der Baumstumpf wieder. Daneben ein Busch. Man vergleiche damit das polizeiliche Tatortbild. Auch auf diesem steht neben dem Baumstumpf ein Busch.»

Also: auf willkürliche, völlig subjektive Annahme hin wird diese

Bilderfolge fälschlich als ‹Geständnis› ausgegeben, was sie nachweislich nicht ist. Ich hoffe für die deutsche Justiz und für den Seelenfrieden des Herrn Heindl – wenn es so etwas gibt –, daß die Indizien, auf Grund deren die beiden Polen hingerichtet worden sind, auf stärkern Füßen gestanden haben als dieser klägliche Versuch einer verstaubten Psychologie.

Das Buch *‹Der Berufsverbrecher›* ist eine Kostprobe jener Pflanze, die auf Deutschland sitzt wie der Meltau. Wer spricht hier –?

Es spricht ein in Klischees denkender, überheblicher Beamter, dem jede, aber auch jede Aktivlegitimation fehlt, über andre zu richten. Warum grade er? Weil er seine Fleißaufgaben während der Examina gut gemacht hat? Weil er den technischen Dienst gut versehen hat? Weil er einer Kaste angehört, die ihn vor der Möglichkeit schützt, Vergehen gegen das Eigentum auszuführen? Der ist nicht legitimiert, der nicht.

Was hier spricht, ist der politisierende Militär. Der Fall liegt völlig analog: auch hier einer, der den ‹Rummel kennt›, dem der Bürokrat nichts erzählen darf, der ‹Mann der Praxis›, der die Sicherungen für sein Volk ausbaut – und der in den parlamentarischen Budgetkommissionen nur Hindernisse für ‹seinen Laden› sieht. Ein Vollstrekkungsorgan, das auch nicht einen Augenblick über die Rolle des Staates nachdenkt, dem auch nicht einen Augenblick Zweifel kommen, ob die «Zuchthäusler» ihr Schicksal verdienen. Ich habe einmal in einem deutschen Zuchthaus einen vierundvierzigjährigen Bauern gesehn, der saß da wegen Meineids, dieses von den Richtern erfundenen Verbrechens. Der Mann hatte – angeblich – einen Meineid geschworen, als es um seinen Grund und Boden ging. Man male sich das aus, und man überlege, welcher Bauer da nicht falsch geschworen hätte . . . Soweit denkt aber der da nicht.

Der Untersuchende selbst entzieht sich jeder Kritik. Ein Beamter steht eben immer über der Materie, und dies ist seine ganz selbstverständlich vorgebrachte Ansicht: vergeht sich jemand gegen das Gesetz, so verfällt er ihm. Und damit wird er rechtlos. Man muß nur lesen, mit welch verächtlicher Miene so etwas von dem «Rechtsempfinden des Volkes» spricht, mit vier Anführungsstrichen; von der tiefen Verbeugung, die deutsche Gesetzentwürfe vor der öffentlichen Meinung machten, als ob die überhaupt mitzureden hätte, wenn von der Schaffung eines Rechtes die Rede ist! Recht –: das ist eine Sache für Fachleute.

Und hier ist der Fluch unsrer Verwaltung und des deutschen öffentlichen Lebens überhaupt: die maßlose Überschätzung des Fachmanns. Natürlich soll man richterliche Fachleute hören, denn sie kennen ihre Pappenheimer. Aber es darf doch niemals vergessen werden, daß fast alle Besserungen und Reformen in Gesetz und Strafvollzug den Richtern und den Gefängnisfachleuten von außen her abgerungen worden sind; daß fast alle Rufe nach Menschenwürde von ihnen zunächst nicht gehört worden sind, daß manches, was langsam besser geworden ist, fast immer gegen jene durchgesetzt worden ist.

Es gibt besserungsfähige Verbrecher, aber es gibt unverbesserliche Geheimräte.

Die wissen – wie der Typus Heindl – vom sozialen Faktor in der Strafrechtspflege fast überhaupt nichts; diese ungeheuerliche Ignoranz allein sollte schon genügen, diesen Mann abzusägen und schleunigst in Pension gehen zu lassen. Fast alle diese Fachleute aber sind in ihrem Apparat befangen, empfinden das Unrecht nicht mehr, sondern achten nur auf seine formal-unanfechtbare Durchführung, als ob Verordnungen, Bestimmungen und Reglements ihre Taten deshalb weniger verbrecherisch erscheinen ließen! Der Fachmann sieht den Betrieb nur von innen, also am Ende genau so unvollkommen wie der, der ihn nur von außen sieht. Weder der pathetische Tränensack noch der ausgepichte Aktenmensch sind geeignet, eine so unendlich schwierige Sache wie den modernen Strafvollzug zu leiten. Sieht man allerdings, wie zur Zeit im Reichstag ein Strafgesetz zustande kommt, das aller Voraussicht nach für die nächsten achtzig oder hundert Jahre Geltung haben wird, wie ja überhaupt alle unsre Gesetze, einer falschen «Rechtssicherheit» wegen, viel zu selten revidiert werden, so kann man nur jeden bedauern, der diesen Leuten in die Hände fällt.

Welche Forderungen aber auch immer erhoben werden müssen –: ein Mann wie Robert Heindl belastet den deutschen Strafvollzug und ist und bleibt ein hoffentlich von einsichtigeren Fachleuten bald außer Kurs zu setzender Schädling der Kriminalistik.

DAS FLÜSTERNDE SANATORIUM

Alles haben sie mir verboten: Schmalz und Gänsebutter und Kalbsgrieben und Zucker und Brot und Suppe und Wein und Aal und alles –; mein Essen wird in kleinen Vogelnäpfen serviert, und morgens beim Masseur stoße ich schon immer den Atem aus, damit ich leichter scheine; bald bin ich gar nicht mehr vorhanden, dann wiege ich minus drei Pfund und bekomme beim Weggang vom Sanatorium noch etwas heraus . . . Alles haben sie mir verboten. Ich nähre mich von Luft, Musik und Liebe.

Die Luft weht lind auf dem Zauberhügel, von der Liebe darf ich nichts sagen, denn die braune, kleine Frau ist zur Zeit an einen Berufsboxer gekettet – aber die Musik habe ich in einem Grammophon mitgebracht. Heute nachmittag sind die neuen Platten gekommen, die ich bestellt habe. Lasset uns hören.

Zu oberst liegt der ‹*Empfang Lindberghs in New York*›, etwas ganz und gar Blödsinniges. Dann Jack Hylton. Dann ‹*Miss Annabelle Lee*› geflüstert von Herrn Jack Smith, dem Oberflüsterer, begleitet von einem flüsternden Orchester. «Bariton in 78 Umdrehungen» steht auf der Platte zu lesen.

Das Orchester hört sich an, wie wenn jemand ein gutgestimmtes Gummiband zupft . . . dann streichelt jener mit der Stimme. Übrigens ist es drei Viertel neun, und so spät darf man in diesem Klapskasten keine Musik mehr machen. Und die Platte ist so schön — — ich möchte sie noch einmal spielen, und noch einmal. Was nun —?

Nun stopfe ich eine kunstseidene Unterhose in das Grammophon und zwei Handtücher, drehe auf — da ist nichts mehr zu hören als ein Gewisper, dem Geräusch einer Nähmaschine nicht unähnlich, Miss Annabelle Lee! «. . . pretty little baby» — über den Apparat gebeugt sitzt ein König Ludwig des Grammophons und läßt sich etwas vorspielen, königlich allein. Keine Schwester kann mich hören und keine Oberschwester, kein Unterarzt, kein Oberarzt und kein Chefarzt . . . Miss Annabelle Lee —! Woran erinnert diese getuschelte Musik? Sie erinnert an die berliner Nachtlokale der Inflationszeit, wo man heimlich, scheu und leise von den Schleppern, die sich erst wie Intriganten nach allen Seiten umsahen, in eine Vier-Zimmer-Wohnung am Bayrischen Platz geführt wurde, und da gings hoch her, dideldumdei: nackte Nutten tanzten bei Sacharinsekt und Bratkartoffeln um den emsig steigenden Dollar . . . Und alles war geflüstert: die Mädchen flüsterten und die dicke Wirtin, die die Konfiskation der Wohnung riskierte; das Grammophon oder die Geigen, die eine Sordine aufgelegt hatten, die Gäste flüsterten und die Kellner — welch diskretes Amüsement! — So eine Musik ist das.

Und plötzlich greift das Flüstern auf das ganze Sanatorium über, es steckt an, alles flüstert, leise, leise, fromme Weise . . .

Es flüstern die massierten Bäuche, die morgens unter den Händen des männermordenden Masseurs klatschen; es flüstern die Patienten, die überfressenen Männer und die leeren Frauen, es flüstern Hysterie, falsche Gesundheit und eingebildete Krankheit; die Rothaarige im Park flüstert: «Sehe ich so aus?» und man möchte zurückflüstern: «Ja, mein Kind, so siehst du aus!» — es flüstert Schwester Gertrud und Schwester Elise; es flüstert der durchaus sächsische Friseur, und es flüstert die Intrigantin mit der Brille; es flüstert der alte Geheimrat, der sich an einer jungen blonden Frau entzündet hat, es ist vielleicht das letztemal in seinem Leben, und nun hat er sich den Hut schief aufgesetzt und geht mit fröhlichen Beinen umher, nicht bedenkend, was geschehen könnte, wenn sie Ja sagt; es flüstern die Bücher in der Sanatoriums-Bibliothek, in sechsundzwanzig Bänden flüstert dort Onckens Weltgeschichte ihre Weltgeschichtslügen; es flüstern die Patienten im

Raum der Höhensonne, wo alle aussehen wie gepuderte Leichen; Generaldirektoren spazieren dort und schlaue Notare, mit nichts als ihrer Würde und einer schwarzen Brille bekleidet, das ist nicht viel; es flüstert Jumbo, der Sanatoriumsdackel, der grundsätzlich gegen alle Gäste ist (mit Recht); nur ein Liebespaar, das sich kaum gesucht und gleich gefunden hat, flüstert nicht mehr – es verhaucht.

Es flüstert die saure Ehefrau, die im Geist ununterbrochen zählt, was sie alles besitzt und die böse auf Leute ist, die sie nicht beneiden; es flüstert das Badewasser, das nolens, volens die fetten Glieder der Syndici umspülen muß, es flüstert die Schaukel im Luftbad, es tuschelt im Brauseraum, und flüstert der kluge Chefarzt, dessen Rolle mit Viktor Schwannecke zu besetzen wäre – es flüstert im Büro, in den Schwesterzimmern, es flüstert die treue Oberin, die an einen Landsknechtweibel gemahnt, und es flüstert der Portier und zählt, wieviel Flaschen verbotenes Bier er noch hat, der bootlegger. Das Wasserband der Elbe schimmert herauf, das lichterbestickte Dresden blitzt und glitzert, und es flüstern sächselnd die Winde – kurz, es flüstert das ganze Sanatorium. Und das hat mit ihrem Singen Miss Annabelle Lee getan.

Horch, ein Gongschlag!

Nun ist es wieder Mittag, am andern Tag, das Leben in der Stoffwechselfabrik geht seinen gewohnten Gang, und wir nehmen ab und zu zu und ab und zu ab, und werden mene mene tekel, gewogen, gewogen und zu schwer befunden – Miss Annabelle, Annabelle Lee!

JAHRGANG 1905

Neulich ist hier vom ‹journalistischen Nachwuchs› und seiner mangelnden Ausbildung gesprochen worden, und viele junge Leute haben Briefe geschrieben und Antworten erhalten. Aus diesen Briefen aber und aus der schwankenden Haltung der Redaktionen, die den Jungen gegenüber zwischen überheblicher Ablehnung und ängstlicher Schmeichelei hin und herpendeln, spricht eine Unsicherheit des Gefühls, die zu belichten sich lohnt.

Der Jahrgang 1905, um den es sich hier handelt, hats schwer. Er hats schwer, einmal, weil jede Jugend, die nach vorn drängt, den Widerstand der Trägheit zu spüren bekommt, wovon es sie zu befreien gilt, und er hats schwer, weil er selbst ohne eignes Verschulden nicht so sehr schön geraten ist. Diese Jugend, die sehr unter sich leidet, hat wenig heitere Tage gesehen, und sie hat ihre schwärzesten, düstersten, unfrohesten Zeiten gehabt, als sie die Sonne grade am nötigsten gebraucht hat: in der Pubertät. Die Zahlen, die hier genannt werden, sind approximativ: von ihrem neunten bis zum etwa achtzehnten Lebensjahr hat dieser Jahrgang von geistigen und wirklichen Kohlrüben gelebt, ist bedrängt worden von grauenhaften Massenerlebnissen, ist Zeuge eines Nationalwahns und einer Volksnot gewesen, denen niemand hat standhalten können. Diese Erlebnisse radiert keiner aus. Die mangelnde Ausbildung nicht und nicht die schlechte Ernährung in den entscheidenden Jahren – dergleichen macht sich bemerkbar. Diese Generation hat einen Knacks und repräsentiert nicht in vollem Maße das junge Deutschland. Das fühlen die Klügern unter den jungen Leuten sehr genau, sie klagen, und wenn sie tapfer sind, wollen sie überwinden – deutlich spürbar ist ihnen allen ein Bruch.

Mir scheinen die Klagen berechtigt, die darauf hinweisen, daß verständnislose und rücksichtslose Vertreter der Ältern so gar nicht auf diese Not eingehen, sich vielleicht herablassen, aber nicht fördern wollen. Hierin hat jeder anständige Mensch ganz und gar auf Seiten der Jungen zu stehen. Nicht aber in einer andern Seite der Sache.

So überaltert unsere Politik und Verwaltung ist, so falsch verjüngt ist stellenweise die Kunst. Ich will gar nicht einmal von den alten Kritikern sprechen, die sich plötzlich kurze Hosen anziehen und in ihnen herumtanzen: ein grauslicher Anblick. («Hallodri! Bin ich noch jung!»), so wie jene «ältern Kollegen», von denen es bei Wassermann im *‹Fall Maurizius›* heißt: «Ältere Kollegen, die mit der Zeit gehen wollten, während sie in heimlicher Wut hinter ihr herkeuchten.» Mit Würde zu altern scheint nicht leicht zu sein.

Aber es gibt eine lärmende und laute Jugend, die Unterdrückung spielt, wenn die Leistung nicht langt, und die soll man nicht unterstützen, sondern auslachen.

Willy Haas hat in der *‹Literarischen Welt›* eine Sparte für die jüngsten Schriftsteller eingerichtet; ich glaube nicht, daß er viel Freude damit haben wird. Es gibt nämlich nicht eine einzige Jugend – es gibt hundert. Wollt ihr einen ‹Reichsbund Deutscher Nachwuchs› gründen?

Es gibt hundert Jugenden – und nur auf die Tatsache pochen, daß einer jung ist, scheint mir genau so unzulänglich, wie brennende Jugend mit wehendem Vollbart widerlegen zu wollen. Diese Fiktion da tut grade so, als seien die andern eine einzige zusammengeschweißte Masse: hie Alte, dort Junge. Aber wir, die Ältern, fallen auseinander – so weit, daß ich manchmal nicht das geringste Gemeinsame mehr mit den eignen Altersgenossen sehen kann. Was hat Heinrich Mann mit Rudolf Stratz gemeinsam? Es sind Altersgenossen. Was Theodor Däubler mit Rudolf Presber? Sie sind Altersgenossen. Was Bruno Frank mit Max Jungnickel? Was alle beide mit Hans Müller –?

Die Jungen sollen in der *‹Literarischen Welt›* sagen, «was wir an euch auszusetzen haben». Wer ‹wir› ist, steht noch sehr dahin; daß es ‹euch› nicht gibt, weiß ich aus Erfahrung. Und mir will diese verblasene Terminologie der Jungen nicht gefallen, die ‹Jugend als Lebensform› ausschreit, als ob es das gäbe, und als ob nicht die Qualität des Kerls entscheidet, der da ein Jüngling, ein Mann und ein Greis ist! Tauchte heute ein neuer Georg Heym auf, ich liefe hin und hörte zu und lernte auswendig, wie damals. Kommt einer, der unsre Götter mit Fußtritten von den Altären fegt —: wenn er die Kraft hat, so muß man ihm zuhören und vielleicht mittun. Alles ist erlaubt — nur eines nicht. Die leere Betonung der Tatsache, daß der Geburtsschein auf 1905 lautet, und nichts als das.

Es gibt sehr viele junge Leute, die genau wissen, daß die feuilletonistisch fertigen jungen Herren ihre Generation nicht gut vertreten, daß deren Aktiv-Legitimation sehr anzuzweifeln ist, und daß die ohnmächtigen Phrasen vom «Wissen um die letzten Dinge» oder wie das Zeug heißt, keine Not lindert, keinen Pubertätsschmerz heilt, uns nicht vorwärts bringt. Nicht daß einer jung ist, ist wichtig, es kommt darauf an, wer es ist.

Denn der junge Wassermann ist wichtiger gewesen als der alte Hindenburg; der alte Hamsun wichtiger als der junge Wolfgang Goetz (was eine contradictio in adjecto ist) — der alte Fontane war so groß wie der junge Hauptmann und der junge selige Edschmid so nichtig wie der alte Otto Ernst. Wenn keine Kraft da ist: das Alter machts nicht.

Soweit ein einzelner auf Grund seiner Erfahrung das sagen kann, scheint mir am wertvollsten der Jahrgang zu sein, der heute noch auf den Schulen sitzt, also jener, der nach dem Jahrgang 1905 kommen wird. Da sitzen die Unbefangenen, da sind Jungen, die schon wieder eine leichte Jugend gehabt haben, die uns Ältere schon heute mit ihrer völligen Voraussetzungslosigkeit verblüffen, mit dem Gefühl für Einfachheit und für Klarheit . . . ich sollte mich sehr täuschen, wenn da nicht der neue Mann und die neuen Männer sitzen.

Weil es billige Mode geworden ist, der Jugend zu schmeicheln, statt die Wertvollern herauszuheben, macht man es eben diesen Wertvollen schwer. Man plakatiere nicht Jugend, man setze nicht «Jugendpreise» aus, bei denen Leute bis zu vierzig Jahren konkurrieren dürfen, und man spiele nicht vor dem Spiegel: «So alt bin ich doch noch gar nicht . . .!» Kollektivlob taugt nichts, und man kann nicht einen ganzen Jahrgang bejahen. Wer den Geburtsschein schwenkt, ist verdächtig, einem Examen ausweichen zu wollen: der Prüfung und der berechtigten Frage, ob er Murr in den Knochen hat. Hat er die, dann sei er willkommen: von sechzehn bis sechzig Jahren.

AUS DER FERNE

Mein Bett steht auf der menschenleeren Insel,
und drum herum ein kleines Haus;
bei mir ist Courteline, ein Seifenpinsel,
und nachts zur Unterhaltung eine Maus.
Hier gibt es keine Wasserleitung,
mein Essen kocht ein vegetarscher Greis;
ich bin seit Wochen ohne Zeitung . . .
Sag mir nichts –
ich weiß.

Ich weiß, die Volkspartei berät mit Scholzen,
ob sie und oder ob sie nicht;
ich weiß, daß sie in China sich verholzen;
ich weiß, im Blatte prangt manch arm Gesicht.
Die Wandervögel wolln nach Flandern wandern;
Herr Liedtke kriegt den nächsten Schönheitspreis,
und eilt, beim Golf, von einem Loch zum andern . . .
Sag mir nichts –
ich weiß.

Herr Wolfgang Goetz machts immer noch historisch;
Herr Nobile ist eigentlich eine Frau;
der Leitartikel fordert kategorisch;
Herr Thomas Mann bemüht sich.
Börse flau.
Herr Strauss tut seine Impotenz vertonen.
In Bitterfeld tagt still und leis
der Reichsverband vertriebener Embryonen . . .
erzähl mir nichts –!
Eis
Mais
Reis
. . .

ES IST HEISS IN HAMBURG

Hamburg, du schönste deutsche Stadt! – «Den zuckenden Fisch an der Nordsee» hat dich Larissa Reissner genannt; Hamburg, Stadt für Männer, Stadt der kraftvollen Arbeit, Stadt auch für Liebende – wie ein kleines Meer lag die Alster (Ozean privat) morgens um halb fünf in der hellblauvioletten Stunde, Mona Lisa stand schon oder noch am Fenster und sah hinaus . . . Guten Tag, Hamburg.

Es ist heiß in Hamburg. Aber weil hier die Sonne nur auf Abzahlung scheint und immer ein frischer Wind von der See her weht, ist es doch nicht zu heiß. Jakopp stöhnt vor Hitze.

Jakopp ist mir seit alters befreundet; Etappe an Etappe haben wir die große Zeit durchgestanden, und nun ist er irgend etwas Hervorragendes im hamburger Wasserwerk. Wenn es heiß ist, tut er so, als müsse er selber das Wasser für die ganze Stadt aus dem Boden pumpen – er hat so viel zu tun! Jakopp wohnt am Harvestehuder Weg, der ohne die Rs auszusprechen ist, und durch eine in der Bodenkammer sinnreich angebrachte Hühnerleiter, Symbol des Lebens, kann man ihm aufs Dach steigen. Da sitzen wir denn abends auf dem flachen Haus und sehen in das blaue Bassin und in den altgoldenen Whisky, den Jakopp vermittels eines weiten Havelocks in Helgoland einzukaufen pflegt ... Ein rascher Seitenblick belehrt mich, daß Jakopp nicht weit von jenem Stadium ist, wo er glaubt, das Alsterbassin selber angelegt zu haben. Er stöhnt vor Hitze.

Es ist heiß in Hamburg, und vor Hitze gerinnen auch unsere Gespräche. Es ist eine jener hamburger Unterhaltungen, die, besonders wenn der Stoff peinlich ist, im Schlicksand verlaufen, die Worte fließen spärlich wie Jakoppens Wasser im Sommer, und auf einmal ist es aus. «Wie geht es denn Ihrer Tante?» – «Tje ... der Doktor meint, es wäre ja nu nich mehr so ... und da wäre es ja denn besser, wenn sie nu gleich ...» Aus. Das Wort ‹Tod› wird taktvoll vermieden, wie überhaupt der Hamburger auch die pathetischen Vorgänge immer ins ‹Faine› umbiegt. Fein und unerbittlich diesseitig, so ist Hamburg. (Erster Akt *‹Hamlet›*. Eine hamburgische Dame zur andern: «Bis schetzt gar kein Sinn in.» Erledigt, Herr Shakespeare!) Vorläufig ist es aber mal bannig heiß.

«Weißt du», sagt Jakopp plötzlich, «daß morgen Onkel Ulrich begraben wird?» Ich weiß es. Onkel Ulrich ist kein betrüblicher Onkel, sondern ein gleichgültiger Onkel – vererbt wird hier nichts, wir haben ihn beide kaum gekannt, und unsere Trauer ist artig-konventionell. «Ich muß hin», sagt Jakopp. «Bei dieser Hitze –»

Was wird das geben? denke ich. Denn Jakopp neigt, wenn er mit dem Leben zusammenstößt, zu seltsamen Eskapaden; er ist der Mann, der im vorigen Jahr nach Italien nicht ohne seine Bleistiftspitzmaschine reisen konnte; der italienische Zoll geriet fast aus dem Häuschen, alala! – und als schon fünfzehn Mann der Mussolini-Garde die gefährliche Zaubermaschine, Erklärungen heischend, umstanden, da nahm Jakopp einem Faschisten den Bleistift aus der Hand und begann, den Welschen einen vorzuspitzen. Da ließen sie ihn in Ruhe. Was wird das geben? denke ich.

Schon frühmorgens gärt es in Jakopps Schlafzimmer.

Zunächst erscheint er im Nachthemd und Zylinder, einem Kaiser-Wilhelm-Gedächtnis-Zylinder, Modell 1892, und verschwindet wieder. Ich höre ihn brummeln und schimpfen; es sei zu heiß, und Onkel Ulrich sterbe immer im Sommer, und ob er, Jakopp, bei dieser Hitze überhaupt hinausfahre, das sei noch gar nicht entschieden . . . Ich höre kaum hin. Und werde erst aufmerksam, als ich ihn zur Korridortür hinausrufen höre: «Agda —» (Jakopps Stützen heißen stets so melodisch) — «Agda! Bringen Sie den Begräbnisüberzieher!» Ich nichts wie raus. Das muß ich sehen.

Agda bringt das Ding wirklich an: es ist ein schmächtiger, schwarzer, traurig vom Bügel weinender Paletot. Jakopp zieht ihn an. Er zieht ihn an, und ich sehe zu, ich gucke einmal, ich gucke zweimal — «Jakopp», sage ich schüchtern, «was wird das? Wo ist denn —» Jakopp antwortet gar nicht.

Er hat an:

Schwarze Hosen, Oberhemd, Kragen, schwarzen Schlips, jenen Zylinder und den Überzieher. Weiter nichts! Rock und Weste hängen im Schrank und wundern sich.

«Ja», sagt Jakopp. «Es ist eben zu heiß. Man sieht sie ja doch nicht!» Ich halte es für einen Spaß; nein: so wahr ich Gott im Himmel bin, Jakopp geht zur Tür, markiert Frühstück im Nebenzimmer und geht dann in dieser Verfassung broschiert zu Onkel Ulrich. Ich liege auf dem Sofa und lache mir einen Bruch.

Als er wieder da ist, strahlt er bis zu seinem Zylinder, dem sich, offenbar beim Anblick der andern Zylinder, die Haare gesträubt haben. «Alle haben so geschwitzt», sagt er. «Nur ich nicht.»

Und kleidet sich aus und um und an.

Jakopp darf sich, so seltsam das klingt, zu Beginn des nächsten Jahres verheiraten. Seine Braut ist aus Bayern — also den Anblick halb bekleideter Männer gewöhnt.

Es erhebt sich nunmehr für den Zuschauer die beklemmende Frage:

Wenn Jakopp sein System, nicht zur Sache gehörige Kleidungsstücke einfach fortzulassen, konsequent durchdenkt —: was wird er dann bei seiner Hochzeit weglassen —?

OLYMPIADE

Heute ist infolge von Olympia-Siegen
unsere Flagge sieben Mal hochgestiegen!
Demzufolge laßt uns brüllen:
«Hoch . . .!»
(nach Belieben auszufüllen).

Da schlägt jede Nation Kobolz –
worauf sind die eigentlich stolz?

Wenn Herr Körnig erster Mann wird,
  haben sie gesiegt.
Wenn er nur als Zweiter anschwirrt,
  haben sie gesiegt.
Wird er Dritter, wird er Vierter,
  haben sie gesiegt.

Wird er aber Letztchargierter,
  haben sie auch gesiegt.
Ob sie vorne oder hinten liegen,
sie tun egalweg nur siegen.
  Und damit es jeden mal ereilt,
  wird der Stolz hübsch sauber aufgeteilt:

Läuft ein Mann aus Japan durch das Ziel,
  schrein die Japaner.
Siegt ein USA-Mann in dem Spiel,
  brüllen die Amerikaner.
Siegt ein Fechter von den Herrn Faschisten,
  steigt ein brausender Chor;
siegt ein Jude, nehmen die Zionisten
  eine doppelte Beschneidung vor.
 So läßt jeder von den bunten Gruppen
 seinen höchst privaten Vogel huppen.

Sagt mal, habt ihr Nurmis Beine?
Seid ihr stolz auf Peltzern seine?
Seid ihr stolz auf das, was andere tun?

Lassen wir die Stadion-Helden ruhn.

Denn dies amsterdamer Treiben, wie ich meine,
ist das Spaßvergnügen aufgeregter Skatvereine.

HEIMARBEITER

Von Zeit zu Zeit sickern Lohnzahlen aus dem Erzgebirge durch, die auf ein gradezu grauenhaftes Ausbeutersystem und auf ein schreckliches Elend in der dortigen Heimarbeiterschaft schließen lassen. Ich sehe noch die erschrockenen Augen Ernst Tollers, als er von seiner Reise ins Erzgebirge erzählte – er hat seinerzeit hier darüber berichtet. Ich glaube, daß in der Bekämpfung dieser Zustände ein grundsätzlicher Fehler gemacht wird.

Wer sind die Firmen, die von diesen Schandlöhnen profitieren? Es gibt da Menschen, die – im Jahr! – dreihundert Mark verdienen; man kann sich den Rest ausmalen. Reportage! Reportage! Wo sind unsre Leute –?

Und wenn einer hinreist, so ist mit Deklamationen gar nichts getan. Da muß nicht nur eine sorgfältige Untersuchung über die Wirtschaftslage von Arbeitern und Fabrikanten angestellt werden –:

es müssen vor allem die Namen der Zwischenmeister, der Unternehmer, der Firmen mit voller Adresse genannt werden, und es muß an diese Nennung die Aufforderung zum Boykott geknüpft werden, und wenn sich die Syndici der Herren auf den Kopf stellen. So viel soziales Gewissen wird doch in breiten Kreisen noch zu finden sein, daß der Verbraucher solche Waren zurückweist, die aus dem Blut, dem Schweiß, der Tuberkulose, aus Kinderarbeit und der Arbeit schwangerer Frauen herrührt. Namen nennen! Namen nennen!

Ich weiß, daß damit die soziale Frage nicht gelöst wird. Das Erzgebirge ist nur eine kleine Flocke im Ozean unrechtmäßig usurpierter Arbeitskraft – aber auch Kampf im kleinen hilft, nichts ist umsonst getan. Namen nennen! Namen nennen!

Freilich, wo fängt das an, und wo hört das auf! Der Name des Leuna-Werks ist ja oft genug genannt worden, und doch blüht es, wächst und gedeiht.

Es wird aber in Blättern, die gelesen werden, viel zu wenig aus den Betrieben heraus geschrieben, was ja nicht immer einfach ist: denn es müssen solche Leute schreiben, die sozial weitblickend sind und nicht ihren Personalchef und eine kleine Ungerechtigkeit der Fabrikleitung für das Ende aller Dinge ansehen. Wenn man in dieser Welt kämpft, dann muß konkret gekämpft werden. Einer, der nur ‹sachlich› ist; hat Angst vor dem, was in Wahrheit die Welt regiert: die Angst vor der einzelnen Person.

Namen nennen! Namen nennen!

DIE SPITZEN DER BEHÖRDEN

Um einem dringenden Bedürfnis abzuhelfen, haben wir uns entschlossen, eine neue Organisation ins Leben zu rufen: den Deutschen Reichs-Behörden-Verleih (DRBV). In Anbetracht der Tatsache, daß der Deutsche nur gruppenweise vorkommt, daß diese Gruppen sich so lange spalten, bis sich die einzelnen Teile zu einem Reichsbund zusammenschließen;

daß es fernerhin die Hauptaufgabe dieser Reichsverbände ist, Tagungen, Kongresse, Jahresversammlungen und Verbandsfeste abzuhalten;

daß zu jeder dieser Tagungen die Anwesenheit der Spitzen der Behörden unerläßlich ist –:

macht es sich der DRBV zur Aufgabe, die bisher ziellos nebeneinanderlaufenden Verleihbestrebungen einheitlich zu organisieren, wie folgt:

Es stehen den Entleihern grundsätzlich nachstehende Garnituren zur Verfügung:

Spitzen der Kommunalbehörden	1,50 M.	die Stunde
„ „ Kreisbehörden	1,75	„ „
„ „ Landesbehörden	3,00	„ „
„ „ Reichsbehörden	4,80	„ „
Ministerialvertreter	5,10	„ „

Bei Abnahme größerer Posten legen wir zwei bis drei Parlamentarier der betr. Länder gratis bei. Bayerische Beamte 10% billiger.

Die Behördenspitzen werden in sachgemäßer Ausstattung geliefert:

Gediegener Gehrock,
schwarze Hose,
viereckige Schnürstiefel,
stachelhaariger Zylinder,
Stehkragen,
Brille.

Die Entleiher werden gebeten, unsere Leihobjekte pfleglich zu behandeln und sie in demselben Zustand zurückzuerstatten, wie man dieselben anzutreffen wünscht. Besoffene Exemplare werden nicht zurückgenommen.

Unser Verleih liefert im allgemeinen nur redende Spitzen; auf besonderen Wunsch geben wir auch plombierte Exemplare ab, doch kosten solche einen kleinen Zuschlag. Die von uns zu liefernde Spitze der Behörde hält an Ort und Stelle eine Ansprache, die so eingerichtet ist, daß sie keinesfalls anstößig wirkt; insbesondere ist eine Beleidigung von Monarchisten oder republikanisch Andersdenkenden ausgeschlossen. Die von den Spitzen zu haltenden Reden werden von uns vorher genau daraufhin begutachtet, daß nicht das geringste in ihnen gesagt ist.

Sämtliche Reden enthalten kürzere, allgemein verständliche Zitate aus unsern werten Klassikern (bis 1860).

Die Behördenspitzen haben Anspruch auf einen Ehrenplatz sowie auf polizeiliche Absperrung, damit sie dieselbe ungehindert passieren können. Die Spitzen sind tunlichst zu fotografieren und der bessern Unterscheidung halber mit einem weißen Kreuz auf dem Bauch zu versehen.

Wir hoffen, mit diesem Auszug aus unsern Betriebsvorschriften dem Deutschen Reich sowie seinem Verbandsleben einen unschätzbaren Dienst erwiesen zu haben.

Eine Störung des Verwaltungsbetriebes ist ausgeschlossen, da sich derselbe immer mehr von den Amtsstuben in die Kongreßsäle verzogen hat. Der Steuerzahler merkt auf diese Weise, daß die Behörden ihre vornehmste Aufgabe darin erblicken, bei festlichen Gelegenheiten von der Schaffung jener Schwierigkeiten abzusehen, für die sie ursprünglich gedacht sind. Wir sind jederzeit gern bereit, mit ersten Referenzen aufzuwarten. Letzte Engagements:

Unser Herr Kultusminister spielt im August:

6. Weimar. Jahrestagung der Damenschwimmriegen entschieden jüdischer Philatelisten.

12. Neu-Jannowitz. Jahrestagung des Bundes der Landwirte mit anschließendem Tänzchen und Steuerstreik.

19. Bitterfeld. Kongreß der katholischen Jungmädchenvereine zur Förderung der Bananenzucht in Oberbayern.

24. Berlin. Tagung der Deutschen Studentenschaft.

25. Berlin. Tagung der republikanischen Studenten.

Der Vorsitzende des Reichsausschusses für Deutsche Leibesübungen, Herr Staatssekretär August Lewald, ist für die nächsten zweieinhalb Jahre nicht mehr frei; doch kann in dringenden Fällen einer seiner Gehröcke verliehen werden.

Von dem Grundsatz, auf die diversen Tagungen nur Fachleute zu entsenden, sind wir abgekommen; wir lassen vielmehr die Spitzen hauptsächlich über das sprechen, wovon sie bestimmt nichts verstehen, also:

Herrn Stresemann über Musik;
Herrn Hilferding über Arzneikunde;
Herrn Groener über Schmieröl;
Herrn Breitscheid über auswärtige Politik
und alle über deutsche Kultur.

Indem wir Sie bitten, uns in Ihrem gefl. Bekanntenkreise empfehlen zu wollen,

zeichnen wir

hochachtungsvoll
Deutscher Reichs-Behörden-Verleih
Borowsky Heck

MÄDCHEN AUS SAMOA

Ich bin ein Mädchen aus Samoa. Wir gingen
mit Schmuckketten und einem Schurz bekleidet,
die Tiere des Waldes haben uns um unsere Schönheit beneidet –
wir waren frei wie sie.

Dann aber sind die weißen Fremden in unser Land gekommen
und haben uns unsere Götter und unsere Felder fortgenommen –
was haben sie uns dafür gegeben?

Ihre Missionare gaben uns einen Aberglauben und Plappergebete;
ihre Kaufleute gaben uns Whisky, bedruckten Kattun und Eisengeräte –
seit wir es kennen, brauchen wir das.
Ihre Soldaten gaben uns eine neue Art, zu morden und zu henken;
ihre Männer gaben uns die Syphilis benebst einigen andern Geschenken –
das haben sie uns dafür gegeben!

In meinen tiefen Augen liegt noch die Schönheit unserer Allmutter Natur;
um meine Beine schlottert schon der Rock der Zivilisation – wartet nur:
noch bin ich halb.
Eines Tages aber werden wir alle die europäischen Gaben gegen die Ausbeuter wenden,
Telegrafen und Automobile bedienen wir mit unsern braunen Händen;
eines Tages kämpfen wir, braune und gelbe Arbeiter für unser eigenes Leben:
eines Tages werden die Kontinente sich ihre Freiheit geben –!
Denn *ein* Schrei geht durch die Welt, *eine* Sehnsucht –
aus schwer arbeitender Brust ein Gekeuch:
Proletarier aller Länder, vereinigt euch!

HEIMWEH NACH DEN GROSSEN STÄDTEN

Manchmal, wenn ich der Ostsee den Rücken wende, der alten Frau, sehe ich in das schwedische Land Schonen hinein, die Ostsee plätschert, ich guck gar nicht hin. Denn wir sind verheiratet, seit ...zig Jahren – wir kennen uns, lieben uns, haben uns ganz leicht über, gehen mitunter ein bißchen auseinander, betrügen uns (ich sie mit der Nordsee, sie mich mit der Literatur auf Hiddensee –) – vor mir liegt Schonen. Ein hübsches Land; hier, wo ich sitze und meins in die Schreibmaschine klappere, ist es leicht gewellt, gar nicht so ‹flach wie ein Eierkuchen ...› Manchmal wohnen da Menschen, aber es sind hierorts nicht viel; das Badepublikum setzt sich aus 6 (sechs) Häuptern zusammen. Meinst du, es wäre eine hübsche Frau dabei? Keine ist dabei. Aber so ist es immer.

Und ich gucke auf die Hügel, einer heißt ‹Kleiner Stein›, einer heißt ‹Steinkopf›, wie soll man denn heißen, wenn man Hügel ist ... Es gibt fett zu essen, alles ist prächtig und gut, sogar über den rationierten Alkohol wäre hinwegzukommen, wenn nur nicht einer den Schweden etwas von Kaffee erzählt hätte. Das ist schier undenkbar, was sie damit machen. Sie –

Geh mal raus, ich trau mich gar nicht, das laut zu sagen — sie —

Also: sie kochen den Kaffee, den lebendigen Kaffee kochen sie in Wasser! Als ich diese Prozedur zum ersten Male sah, erschrak ich bis ins innerste Gebein; sie kochten den Kaffee, wie man Aal kocht oder Wäsche, und ließen diese braune Sache eine Stunde lang auf dem Herd stehen. Dann kamen lebendige Menschen und tranken das, bitte, ich habe es selbst gesehen. Seitdem koche ich mir meinen Kaffee allein, aber die Bohnen müssen auf dem Meeresgrund gewachsen sein, es ist kein Kaffee ... nun, lassen wir das.

Wenn aber der harte Abend über den schwarzen Bäumen verdämmert, wenn das elektrische Licht rot glüht, wenn mein Nachtleben beginnt, das da heißt: Flaubert, Swift und was der Mensch so braucht, dann habe ich Sehnsucht, Sehnsucht nach den großen Städten. Da wühle ich ein bißchen in der Bücherkiste.

‹London› liegt da; *‹London, Liebe zu einer Stadt›* von Wolf Zucker (erschienen bei Williams u. Co., Berlin-Grunewald). Ein hübsches Buch.

Ich kenne London nicht; in unermeßlicher Faulheit bin ich noch niemals hingemacht, also erfüllt das Buch seine Aufgabe, einem Unbefangenen den Eindruck einer Stadt zu geben. Dies ist nun Zuckern seine erste große Stadt; der Autor, den ich für ein beachtliches journalistisches Talent halte, hat sich natürlich prompt in sie verliebt, aber das ist schön, man sieht dann nämlich mehr. Nicht alles: aber er hat genau das geschildert, was er von seinem Standpunkt aus sehen konnte, und er hat nicht dazu gelogen. Das verdient angemerkt zu werden.

Wahrscheinlich ist London tausendmal komplizierter, und wenn einer dort dreißig Jahre lebt, wird er vermutlich anfangen, die Stadt zu begreifen. Zucker gibt ein Mosaik kleiner Züge, die sich zu einem höchst bezaubernden Bild zusammensetzen; er zeigt vor allem etwas, das der Fremde am Engländer am wenigsten vermutet: die Gelockertheit des englischen Charakters, sagen wir: des Londoners —, das Natürliche, das Einfache, das Reibungslose. Durch das lesenswerte Buch geht eine reizende Melancholie, der Herr hätten sich in London einmal verlieben sollen, und das nicht nur in die Stadt; der Verfasser ist so schön allein mit sich und ganz London, und es glücken ihm oft subtile Formulierungen. (So, wenn er einmal von dem prachtvollen Jack Hylton sagt: «Dieses Singen, in dem es keine Arien und keine lauten Effektstellen gibt, das dahingesungen wird, einfach und doch unendlich abschattiert, wie das Klingen eines Kristalleuchters, der sich leise bewegt, weil im Nebenzimmer Musik gemacht wird, dieses Singen ist die Freude Londons.») Und wußten Sie, daß der Londoner Rundfunk in seinem Programm eine Musik angesetzt hat, nur für die Leute, die in den fotografischen Ateliers warten müssen? Ich wußte das nicht.

Das Buch Zuckers ist wie ein Präludium zu ... ja, wozu? Das werden wir hoffentlich noch sehen. Ein hübsches Buch.

Ganz still ist es im Zimmer, still vor dem Haus, still in Schonen. Mein Trommelfell, auf dem so viel herumgetrommelt wird, ruht aus; die Luft schwingt nicht, kein Hund macht wuffwuff und baubau; keine Sängerin heult über den Tasten; mein Grammophon liegt bescheiden unter dem Bett und wedelt artig mit der Kurbel. Horch, die schöne Stille — —

Und dann liegt in der Bücherkiste eine Bilderbibel, die haben sie mir hierhergeschickt; die heißt *‹Paris›*, ist erschienen im Albertus-Verlag zu Berlin und enthält über 250 Fotos jener einzigen Stadt. Und weil ich auf dem Boulevard des Italiens vor mich hinstolperte, sanft: «Schweden! Schweden!» murmelnd, blättere ich nun hier in diesem Buch und will, auch ohne die Unterschriften zu lesen, erkennen, was Herr Mario von Bucovich, der berliner Fotograf, da abgebildet hat. Er hats gut gemacht.

Das alte Paris ist leicht zu fangen — das neue Paris, das redende, lebendige Paris ist sehr schwer zu fassen. Anschaulich sind alle Bilder; ‹malerisch› leider einige; pariserisch die meisten, und verfehlt wohl keines.

Nun hat freilich jeder von uns *sein* Paris, das ist wahr — und worin das allemal besteht, wird schwer zu ergründen sein. Das Album ist sozusagen neutral — jeder kann sich sein Paris heraussuchen. Es ist alles da — und wenn mich der Herr Fotograf fragt, warum ich denn so ein Gesicht mache und was mir denn fehle, so kann ichs ihm nicht sagen. Immerhin kann man diese Stadt nun aufblättern, und Anhaltspunkte zur Erinnerung wird man nicht vermissen. Freilich: ‹das› — das kann man wohl nicht fotografieren.

Unter die Brücken hat er seinen Apparat gehalten, und Plätze hat er hergenommen und Spatzen und Versailles und immer wieder die Seine — und bei dieser Gelegenheit habe ich endlich gelernt, wie es im Schloß zu Fontainebleau aussieht, wo ich gewohnt habe. Aber wir alten Fontainebloher gehen nicht in das Schloß ... und das erinnert mich daran, daß ich einmal einem alten Pariser den Eiffelturm gezeigt habe, er war noch nie oben gewesen, und vor lauter Freude kaufte er auf der Plattform eine Flasche Sekt, die ich brühwarm ... die Erinnerung übermannt mich, lassen Sie mich einen Schluck Kaffee trinken. Und nun wird es noch schlimmer.

Ja, ich blättere das Album von vorn nach hinten durch, es ist ganz still in der Stube, eine Libellentänzerin schwirrt um die Lampe, und ich muß mich besorgt fragen, in welchem Tanzbund sie organisiert ist ... ich blättere. Die Brücken sehe ich und die Place des Vosges, die ich anders sehe; und die großen Plätze am Louvre und Passy, und hier ist dies gewesen und da jenes, und ich rieche die graue Luft der Stadt und den Dunst und den scharfen Rauch — und die nassen Flächen auf dem glitschigen Asphalt sehe ich, man kann auch im Asphalt wurzeln.

Alles, alles kann man entbehren. Die Literatur: schwer; den Whisky: schon schwerer; Lisa, Musch, Mara, Margot: am schwersten. Aber eines kann unsereiner nicht entbehren:

die große Stadt, die abends die Lichter anzündet, die Stadt, wo man sich anonym in seine Bestandteile auflösen kann; wo so viele da sind, daß keiner mehr da ist, und wo zwar nichts wächst, aber wo es gekocht wird, alles miteinander. Schilt mir den Landmann nicht, er ... ich weiß. Aber du, schilt mir die Städte nicht, die Chronometer der Zeit, Wasserstandsanzeiger und Dampfdruckmesser in einem. Schön ist es in Schweden; schön ist es auf dem Lande. Die Luft ist rein, mein Herz ist klein ... Über ein kleines aber, und ich stehe auf dem Bahnhof, der Zug ruckt an, bald durchwühlen schwarze Zöllnerhände meine Koffer, und sie spielen: Europa, diese Herren aus der politischen Postkutschenzeit, und da sind die blauen Träger mit den Kappen, und ich bin zu Hause, zu Hause.

MIT EINEM ZUCHTHÄUSLER?

Der härteste Augenblick im deutschen Strafvollzug ist der, wo der Entlassene wieder vor dem Zuchthaus steht, dessen Tore sich langsam von innen geschlossen haben. Was nun –?

Nun beginnt entweder die Hetze durch die Polizeiorgane, die lächerliche Barbarei der Polizeiaufsicht, oder der Mann sucht sich Arbeit, er möchte arbeiten – es will ihn aber keiner.

Hier muß die Wahrheit gesagt werden:

Es ist nicht immer nur der Arbeitgeber, der den ehemaligen Zuchthäusler aus dem Büro jagt; es ist leider noch sehr oft der deutsche Arbeiter, der sich weigert, ‹mit einem Zuchthäusler› zusammenzuarbeiten. Der Arbeiter begeht hier ein schweres Unrecht.

Deutsche Richter und solche, die es werden wollen, sind geneigt, dieses kleinbürgerliche Schlagwort vom ‹ehemaligen Zuchthäusler› auf das Konto: ‹natürliches Rechtsempfinden des Volkes› zu buchen, ein Posten, auf den sie sonst herzlich wenig Rücksicht nehmen. Hier tun sie es nur, weil ihnen das Schlagwort schmeichelt. Der Arbeiter überlege. Daß jemand gänzlich unschuldig ins Zuchthaus kommt, gehört auch in Deutschland, dessen Strafjustiz auf einer verhältnismäßig niedrigen Stufe steht, zu den Ausnahmen. Geschieht es einmal, so ist fast immer damit zu rechnen, daß die richterliche Clique den von ihr begangenen Fehler zu vertuschen und darauf hinzuwirken sucht, daß der so schwer Getroffene nicht anständig entschädigt wird; wie sie überhaupt bemüht ist, von einer Verantwortung abzurücken, die sie, vom Assessor bis zum Reichsgerichtspräsidenten, ununterbrochen im Munde führt. Ja, die Unabsetzbaren halten es sogar für völlig in der

Ordnung, daß ein Staatsanwalt, der bei einem Justizmord mitgewirkt hat, wiederum bei einem Mordprozeß und wiederum mit behaupteten Indizien mitwirken darf. Daß keine Bestrafung der an einem Justizverbrechen Schuldigen eintritt, bedarf keiner Erwähnung.

Unschuldige im Zuchthaus aber gehören zu den Ausnahmen. Ganz etwas andres ist es schon mit der Verhängung der Zuchthausstrafe an Stelle einer Gefängnisstrafe. Die Strafrahmen lassen dem Richter, der bei seiner jetzigen Vorbildung und Personalauswahl keine Eignung für sein Amt besitzt, sehr viel Freiheit; es ist bekannt, daß zum Beispiel vorbestrafte Taschendiebe ihre fremde Staatsangehörigkeit sehr oft mit Zuchthaus büßen, denn die Hirne der Richter treiben in solchen Prozessen sonderbare Blasen von Nationalstolz.

Nach welchen Gesichtspunkten die Dauer der Zuchthausstrafe bestimmt wird, würfelt man sich am besten aus; die wenigsten deutschen Richter ahnen auch nur, was sie da verhängen. Den Unterschied zwischen zwei und zweieinhalb Jahren Zuchthaus macht sich auch nicht der Tausendste unter ihnen klar.

Setzen wir nun den Fall, daß ein zu recht Verurteilter wegen einer gesellschaftsschädlichen Handlung eine Zuchthausstrafe verbüßt hat. Seine Schuld, nehmen wir an, verteile sich gleichermaßen auf das soziale Milieu, dessen Opfer er ist, und auf seine biologischen Anlagen, die er nun einmal zu vertreten hat. Wenn dieser Mann aus dem Zuchthaus herauskommt, wird er in fünfundneunzig von hundert Fällen überhaupt keine Arbeit bekommen, oder aber sie wird ihm unter derartig entwürdigenden Umständen gegeben, daß sich sein bißchen Stolz eines Tages dagegen auflehnt; dann wirft er sie hin, wird arbeitslos und beginnt seinen Paragraphenweg von vorn. Soweit der Arbeitskollege, der Angestellte oder der Arbeiter daran schuld sind, begehen sie einen schweren Denkfehler.

Man kann von einer kleinbürgerlich erzogenen Verkäuferin nicht verlangen, daß sie über Strafe, Strafvollzug, Schuld und Sühne in einem kapitalistisch organisierten Staat hinreichend aufgeklärt ist; man kann es von einem sozial geschulten Angestellten, von einem gewerkschaftlich organisierten Arbeiter wohl verlangen.

Bei denen ist aber das kleinbürgerliche Ressentiment ungeheuer groß. Den ‹ehemaligen Zuchthäusler› umgibt das Grauen, genährt von der Schule, dem kirchlichen Unterricht, schlechter Literatur und halbdunkeln Vorstellungen vom Klirren der Ketten, Ratten in Zellen und dem Gedanken, durch einen aktenmäßig aufgezeichneten Spruch verkleideter Funktionäre verwandele sich ein Mensch, der Böses getan hat, in einen bösen Menschen. Sie stoßen den Entlassenen ab; alte Vorstellungen von infamierten Personen tauchen vage auf: so wenig ein biederer Zunftmeister des Mittelalters mit dem Schinder an einem Tisch getrunken hätte, so wenig wollen sie mit dem Zuchthäusler zu tun haben.

Wer einen Menschen die eben verbüßte Strafe noch einmal verbüßen läßt, der demütigt ihn. Mit welchem Recht stößt er ihn ab? Wenn es sich nicht um ganz schwere Fälle handelt, was immerhin nachzuprüfen ist, so spricht nichts, aber auch gar nichts dafür, daß der Zuchthäusler auch nur im kleinen Fingernagel schlimmer sei als irgendein Proletarier, der säuft, arbeitsscheu ist und nur eben bisher von der letzten Konsequenz, ein Verbrechen zu begehen, aus irgendwelchen Gründen zurückgescheut ist. Der Zuchthäusler ist gedemütigt, in seinem Stolz tausendmal zerschlagen, durch die fürchterliche Sexualnot langer Jahre zermürbt, sie haben ihm zehnmal am Tage das Rückgrat gebrochen; man braucht nur zu sehn, wie dieser Staat, der soviel Geld für seine Reichswehr, für seine Gasfabriken und für seine Verwaltungskindereien übrig hat, die Gefangenenwärter bezahlt, aus welchen Kreisen sich die rekrutieren und welche Bildung und Vorbildung sie haben... man braucht nur einen Blick in diese Muffhölle zu tun, um zu verstehen, was es heißt, deren Opfer zu sein. Es gibt schlimmeres als körperliche Prügel.

Und das ist die zweite schwere Schuld der arbeitenden Kleinbürger: sie zerstören durch ihre Intoleranz seelische Werte, die man nutzbar machen könnte.

Sicherlich geht es manchmal schief. Es ist durchaus möglich, daß der unvorbestrafte Steinhauer Schulze die Arbeitsbude in Brand steckt und den Vorarbeiter erschlägt; die Chance, daß der ‹ehemalige Zuchthäusler› es tut, ist fast immer viel kleiner als man gemeinhin denkt.

Die oft geübte Praxis, entlassene Strafgefangene überhaupt nicht oder als zweitklassige Menschen zu beschäftigen, ist grausam, unsozial und falsch.

«Also sollen die ehemaligen Zuchthäusler genau so behandelt werden, wie alle andern Arbeiter und Angestellten auch — ja, wozu führt man sich denn dann sein ganzes Leben lang gut —?»

Nicht, um eine Schicht Menschen als Gehsteig unter sich zu haben. Ein allgemeines Urteil aus der Tatsache einer Verurteilung zu Zuchthaus herzuleiten, ist unmöglich. So, wie bei uns geurteilt und verurteilt wird: aus Denkfaulheit, aus Trägheit des Herzens, aus Routine, aus Ehrgeiz, aus Karrieresucht und aus Überheblichkeit..., es ist nicht angängig, alle aus dem Zuchthaus Entlassenen nur nach einer und noch dazu nach einer falschen Schablone zu beurteilen. Einen wegen Defraudation Verurteilten wird man nicht noch einmal als Bankkassierer anstellen — obgleich die analogen Fälle in der deutschen Politik durchaus zu andern Ergebnissen führen und geschlagene Heerführer und erfolglose Politiker hierzulande nicht unterzugehen brauchen; einen Lehrer, der sich an Kindern vergangen hat, wird man nicht noch einmal als Lehrer anstellen — das ist gewiß. Aber niemand hat das moralische oder soziale Recht, einen Menschen Zeit seines Lebens zu brandmarken, weil er im Zuchthaus gesessen hat. Das ist eine Unterschätzung des Mitmenschen und eine Überschätzung des Richterspruchs.

Die KPD, die die Kleinbürgerlichkeit der Gewerkschaften klar erkannt hat, sie aber nicht immer richtig bekämpft, hat hier ein weites Feld. Hier ist durch vernünftige Aufklärung viel zu tun und manches zu erreichen. Nicht aus Sentimentalität. Sondern um eine Unmenschlichkeit zu bekämpfen, die tief in der Menschenseele liegt und die sich als Sachlichkeit oder Empfindsamkeit gibt, aber tödlich trifft. Der Russe nennt den Verbrecher ‹den Armen›. Der Deutsche nennt ihn ‹vorbestraft› und radebrecht gern das Rackerlatein der Unabsetzbaren, um zu zeigen, daß auch er ein Fachmann sei. Man sollte diesen Richtern den Rücken kehren und sein Herz jenen entlassenen Strafgefangenen zuwenden, die es wert sind.

SCHIFFSTAUFE

Erst haben sie alle Nein gesagt,
dann haben sie alle Ja gesagt –
jetzt ist das Ding bewilligt.
Die Reichswehr treibt nun Wassersport,
und kriegt für unser Geld hinfort
einen Torfkahn zugebilligt.
Wie soll er denn heißen?

Ein Kriegsschiff ist das eigentlich nicht.
Sie sollen nur bei «Luken dicht!»
die Knochen zusammenreißen.
Denn dieser stählerne Kahn für Torf
ist eigentlich – ja, was für ein Dorf ...?
Wie soll er denn heißen –?

Weil hoffentlich zu hoffen steht,
daß dieses Schiff vom Stapel geht,
bevor wir alle tot sind;
und weil Matrosen, die so viel
für uns getan dereinst in Kiel
blaue Hosen tragen, die rot sind –:

Deshalb zerschelle ich an der Seite des Feldkaplanes
eine Flasche Sekt am Bug dieses Kahnes
und taufe ihn
voll Disziplin:
Panzerkreuzer Potemkin.

O YOU MY SWEET EVENING STAR!

Kaufen Sie sich, lieber Emil Ludwig, Columbia Nummer 14 002, gucken Sie nicht aufs Etikett und lassen Sie die Platte auf dem kostbaren Grammophon laufen, das Ihnen unser Verleger Rowohlt in einem Anfall von Cäsarenwahn geschenkt hat, wie ich hoffe. Folgendes wird sich dann begeben:

Da spielt einer Wagner, und zwar das schöne Lied von dem Herrn Abendstern. Aber wie spielt er es? Auf die einzig mögliche Weise, in der man es noch spielen kann, nämlich als Jazz. Lieber Emil Ludwig, es ist ganz großartig.

Auf einmal ist alles nicht mehr wahr: die Eierkuchensentimentalität nicht und nicht jene butterweiche Rührsamkeit, mit der dieses Gedudel angemacht ist; fort ist das Pathos aus Sachsen und der trutzge Krach, der sich als Rassenstolz ausgegeben hat (eine der Kriegsursachen); geblieben ist etwas andres. Geblieben ist eine luftige, lustige und nette Melodie, von der man nur wünschen könnte, der Meister hätte sie so geschrieben, wie sie da gespielt wird: unerbittlich rhythmisch wie eine Nähmaschine und sehr hopp-hopp. Wie da zum Beispiel der Refrain des schönen Couplets

Ja, unterm holden Abendstern,
da hätt ich sie wohl gar zu gern —

wie diese Zeilen als Tanztakte erklingen, das ist fürwahr ganz wunderbar. Es gibt eine unwiderlegbare Probe für den Wert dieser Umgestaltung: man hört das wackere Lied fortab nur noch im neuen Rhythmus, mit den eingelegten Pausen, hängend am stählernen Tau des Vierviertelktaktes. Da ist nichts mehr zu retten, so hätte es gleich erklingen sollen; die Parodie rückt das Werk des großen Sachsen erst richtig zurecht, hier ist die wahre Gestalt, und Parodie war nur das Original.

Sehen Sie, auf der Rückseite der Platte haben sie dasselbe mit Chopin gemacht, und da gehts nicht. Selbst Pachmann auf Electrola kann nicht mehr retten, was an dem veraltet ist, aus vergilbten Tasten steigt ein schwacher Lavendelgeruch auf — und doch ist diese Chopin-Platte verzerrt und nur ein amüsantes Kunststück. Unsterblich klingt der Walzer-Rhythmus durch das Gehämmer, das als Spaß grade noch zu ertragen ist.

Bei Wagnern aber enthüllt es ein ganzes Opus. Es ist viel mehr als ein Offenbachscher Ulk —: es ist die Selbstsicherheit einer neuen klaren Zeit, unbeweglicher Hohn auf die Pendant-Ideale eines gutbürgerlichen Vertikos aus dem Jahre 1891 oder eines Landgerichtsdirektors aus dem Jahre 1931 und die pfeifende Lebensfreude einer Kraft, die Notung, das neidige Schwert, in Serien bei Armstrong, Krupp und Schneider-Creusot in Auftrag gegeben hat. Viel Vergnügen —!

WO KOMMEN DIE LÖCHER IM KÄSE HER–?

> Das Werk zwingt schon durch die Gelehrsamkeit, die in ihm verkocht erscheint, Bewunderung ab, besonders einem Leser wie mir, dessen Bildung an Emmentaler Käse erinnert, indem sie wie dieser größtenteils aus Lücken besteht. Alfred Polgar

Wenn abends wirklich einmal Gesellschaft ist, bekommen die Kinder vorher zu essen. Kinder brauchen nicht alles zu hören, was Erwachsene sprechen, und es schickt sich auch nicht, und billiger ist es auch. Es gibt belegte Brote; Mama nascht ein bißchen mit, Papa ist noch nicht da.

«Mama, Sonja hat gesagt, sie kann schon rauchen – sie kann doch noch gar nicht rauchen!» – «Du sollst bei Tisch nicht reden.» – «Mama, guck mal die Löcher in dem Käse!» – Zwei Kinderstimmen, gleichzeitig: «Tobby ist aber dumm! Im Käse sind doch immer Löcher!» Eine weinerliche Jungenstimme: «*Na ja* – aber warum? Mama! *Wo kommen die Löcher im Käse her?*» – «Du sollst bei Tisch nicht reden!» – «Ich möcht aber doch wissen, wo die Löcher im Käse herkommen!» – Pause. Mama: «Die Löcher ... also ein Käse hat immer Löcher, da haben die Mädchen ganz recht! ... ein Käse hat eben immer Löcher.» – «Mama! Aber dieser Käse hat doch keine Löcher! Warum hat der keine Löcher? Warum hat der Löcher?» – «Jetzt schweig und iß. Ich hab dir schon hundertmal gesagt, du sollst bei Tisch nicht reden! Iß!» – «Bwww –! Ich möcht aber wissen, wo die Löcher im Käse ... aua, schubs doch nicht immer ...!» Geschrei. Eintritt Papa.

«Was ist denn hier los? Gun Ahmt!» – «Ach, der Junge ist wieder ungezogen!» – «Ich bin gah nich ungezogen! Ich will nur wissen, wo die Löcher im Käse herkommen. Der Käse da hat Löcher, und der hat keine –!» Papa: «Na, deswegen brauchst du doch nicht so zu brüllen! Mama wird dir das erklären!» – Mama: «Jetzt gib du dem Jungen noch recht! Bei Tisch hat er zu essen und nicht zu reden!» – Papa: «Wenn ein Kind was fragt, kann man ihm das schließlich erklären! Finde ich.» – Mama: «Toujours en présence des enfants! Wenn ich es für richtig finde, ihm das zu erklären, werde ich ihm das schon erklären. Nu iß!» – «Papa, wo doch aber die Löcher im Käse herkommen, möcht ich doch aber wissen!» – Papa: «Also, die Löcher im Käse, das ist bei der Fabrikation; Käse macht man aus Butter und aus Milch, da wird er gegoren, und da wird er feucht; in der Schweiz machen sie das sehr schön – wenn du groß bist, darfst du auch mal mit in die Schweiz, da sind so hohe Berge, da liegt ewiger Schnee darauf – das ist schön, was?» – «Ja. Aber Papa, wo kommen denn die Löcher im Käse her?» – «Ich habs dir doch eben erklärt: die kommen, wenn man ihn herstellt, wenn man ihn macht.» – «Ja, aber... wie kommen denn die da rein, die Löcher?» – «Junge, jetzt löcher mich nicht mit deinen Löchern und geh zu Bett! Marsch! Es ist spät!» – «Nein! Papa! Noch nicht! Erklär mir doch erst, wie die Löcher im Käse...» Bumm. Katzenkopf. Ungeheuerliches Gebrüll. Klingel.

Onkel Adolf. «Guten Abend! Guten Abend, Margot – 'n Ahmt – na, wie gehts? Was machen die Kinder? Tobby, was schreist du denn so?» – «Ich will wissen...» – «Sei still...!» – «Er will wissen...» – «Also jetzt bring den Jungen ins Bett und laß mich mit den Dummheiten in Ruhe! Komm, Adolf, wir gehen solange ins Herrenzimmer; hier wird gedeckt!» – Onkel Adolf: «Gute Nacht! Gute Nacht! Alter Schreihals! Nu hör doch bloß mal...! Was hat er denn?» – «Margot wird mit ihm nicht fertig – er will wissen, wo die Löcher im Käse herkommen, und sie hats ihm nicht erklärt.» – «Hast dus ihm denn erklärt?» – «Natürlich hab ichs ihm erklärt.» – «Danke, ich rauch jetzt nicht – sage mal, weißt *du* denn, wo die Löcher herkommen?» – «Na, das ist aber eine komische Frage! Natürlich weiß ich, wo die Löcher im Käse herkommen! Die entstehen bei der Fabrikation durch die Feuchtigkeit... das ist doch ganz einfach!» – «Na, mein Lieber... da hast du dem Jungen aber ein schönes Zeugs erklärt! Das ist doch überhaupt keine Erklärung!» – «Na, nimm mirs nicht übel – du bist aber komisch! Kannst du mir denn erklären, wo die Löcher im Käse herkommen?» – «Gott sei Dank kann ich das.» – «Also bitte.»

«Also, die Löcher im Käse entstehen durch das sogenannte Kaseïn, was in dem Käse drin ist.» – «Das ist doch Quatsch.» – «Das ist kein Quatsch.» – «Das ist wohl Quatsch; denn mit dem Kaseïn hat das überhaupt nichts zu... gun Ahmt, Martha, gun Ahmt, Oskar... bitte, nehmt Platz. Wie gehts?... überhaupt nichts zu tun!»

«Was streitet ihr euch denn da rum?» – Papa: «Nu bitt ich dich um alles in der Welt; Oskar! du hast doch studiert und bist Rechtsanwalt: haben die Löcher im Käse irgend etwas mit Kaseïn zu tun?» – Oskar: «Nein. Die Käse im Löcher... ich wollte sagen: die Löcher im Käse rühren daher... also die kommen daher, daß sich der Käse durch die Wärme bei der Gärung zu schnell ausdehnt!» Hohngelächter der plötzlich verbündeten reisigen Helden Papa und Onkel Adolf. «Haha! Hahaha! Na, das ist eine ulkige Erklärung! Der Käse dehnt sich aus! Hast du das gehört? Haha...!»

Eintritt Onkel Siegismund, Tante Jenny, Dr. Guggenheimer und Direktor Flackeland. Großes «Guten Abend! Guten Abend! –... gehts?... unterhalten uns gerade... sogar riesig komisch... ausgerechnet Löcher im Käse!... es wird gleich gegessen... also bitte, dann erkläre du –!»

Onkel Siegismund: «Also – die Löcher im Käse kommen daher, daß sich der Käse bei der Gärung vor Kälte zusammenzieht!» Anschwellendes Rhabarber, Rumor, dann großer Ausbruch mit voll besetztem Orchester: «Haha! Vor Kälte! Hast du schon mal kalten Käse gegessen? Gut, daß Sie keinen Käse machen, Herr Apolant! Vor Kälte! Hähä!» – Onkel Siegismund beleidigt ab in die Ecke.

Dr. Guggenheimer: «Bevor man diese Frage entscheiden kann, müssen Sie mir erst mal sagen, um welchen Käse es sich überhaupt handelt. Das kommt nämlich auf den Käse an!» Mama: «Um Emmentaler! Wir haben ihn gestern gekauft... Martha, ich kauf jetzt immer bei Danzel, mit Mischewski bin ich nicht mehr so zufrieden, er hat uns neulich Rosinen nach oben geschickt, die waren ganz...» Dr. Guggenheimer: «Also, wenn es Emmentaler war, dann ist die Sache ganz einfach. Emmentaler hat Löcher, weil er ein Hartkäse ist. Alle Hartkäse haben Löcher.»

Direktor Flackeland: «Meine Herren, da muß wohl wieder mal ein Mann des praktischen Lebens kommen... die Herren sind ja größtenteils Akademiker...» (Niemand widerspricht.) «Also, die Löcher im Käse sind Zerfallsprodukte beim Gärungsprozeß. Ja. Der... der Käse zerfällt, eben... weil der Käse...» Alle Daumen sind nach unten gerichtet, das Volk steht auf, der Sturm bricht los. «Pö! Das weiß ich auch! Mit chemischen Formeln ist die Sache nicht gemacht!» Eine hohe Stimme: «Habt ihr denn kein Lexikon –?»

Sturm auf die Bibliothek. Heyse, Schiller, Goethe, Bölsche, Thomas Mann, ein altes Poesiealbum – wo ist denn... richtig!

GROBKALK BIS KERBTIERE

Kanzel, Kapital, Kapitalertragssteuer, Karbatsche, Kartätsche, Karwoche, *Käse* –! «Laß mich mal! Geh mal weg! Pardon! Also:

‹Die blasige Beschaffenheit mancher Käsesorten rührt her von einer Kohlensäureentwicklung aus dem Zucker der eingeschlossenen Molke.›» Alle, unisono: «Hast es. Was hab ich gesagt?»... «‹eingeschlossenen Molke und ist...› wo geht denn das weiter? Margot, hast du hier eine Seite aus dem Lexikon rausgeschnitten? Na, das ist doch unerhört – wer war hier am Bücherschrank? Sind die Kinder...? Warum schließt du denn den Bücherschrank nicht ab?» – «Warum schließt du den Bücherschrank nicht ab ist gut – hundertmal hab ich dir gesagt, schließ du ihn ab –» – «Nu laßt doch mal: also wie war das? Ihre Erklärung war falsch. Meine Erklärung war richtig.» – «Sie haben gesagt, der Käse kühlt sich ab!» – «*Sie* haben gesagt, der Käse kühlt sich ab – ich hab gesagt, daß sich der Käse erhitzt!» – «Na also, dann haben Sie doch nichts von der kohlensauren Zuckermolke gesagt, wie da drinsteht!» – «Was du gesagt hast, war überhaupt Blödsinn!» – «Was verstehst du von Käse? Du kannst ja nicht mal Bolles Ziegenkäse von einem alten Holländer unterscheiden!» – «Ich hab vielleicht mehr alten Holländer in meinem Leben gegessen wie du!» – «Spuck nicht, wenn du mit mir sprichst!» Nun reden alle mit einemmal.

Man hört:

– «Betrag dich gefälligst anständig, wenn du bei mir zu Gast bist ...!» – «saurige Beschaffenheit der Muckerzolke ...» – «mir überhaupt keine Vorschriften zu machen!» ... «Bei Schweizer Käse – ja! Bei Emmentaler Käse – nein! ...» – «Du bist hier nicht bei dir zu Hause! hier sind anständige Leute ...» – «Wo denn –?» – «Das nimmst du zurück! Das nimmst du sofort zurück! Ich lasse nicht in meinem Hause meine Gäste beleidigen – ich lasse in meinem Hause meine Gäste nicht beleidigen! Du gehst mir sofort aus dem Haus!» – «Ich bin froh, wenn ich raus bin – deinen Fraß brauche ich nicht!» – «Du betrittst mir nicht mehr meine Schwelle!» – «Meine Herren, aber das ist doch ...!» – «Sie halten überhaupt den Mund – Sie gehören nicht zur Familie! ...» – «Na, das *hab* ich noch nicht gefrühstückt!» – «Ich als Kaufmann ...!» – «Nu hören Sie doch mal zu: Wir hatten im Kriege einen Käse –» – «Das war keine Versöhnung! Es ist mir ganz egal, und wenn du platzt: Ihr habt uns betrogen, und wenn ich mal sterbe, betrittst du nicht mein Haus!» – «Erbschleicher!» – «Hast du das –!» – «Und ich sag es ganz laut, damit es alle hören: Erbschleicher! So! Und nu geh hin und verklag mich!» – «Lümmel! Ein ganz fauler Lümmel, kein Wunder bei dem Vater!» – «Und deine? Wer ist denn deine? Wo hast du denn deine Frau her?» – «Raus! Lümmel!» – «Wo ist mein Hut? In so einem Hause muß man ja auf seine Sachen aufpassen!» – «Das wird noch ein juristisches Nachspiel haben! Lümmel! ...» – «Sie mir auch –!»

In der Türöffnung erscheint Emma, aus Gumbinnen, und spricht: «Jnädje Frau, es is anjerichtet –!»

4 Privatbeleidigungsklagen. 2 umgestoßene Testamente. 1 aufgelöster Soziusvertrag. 3 gekündigte Hypotheken. 3 Klagen um bewegliche Vermögensobjekte: ein gemeinsames Theaterabonnement, einen Schaukelstuhl, ein elektrisch heizbares Bidet. 1 Räumungsklage des Wirts.

Auf dem Schauplatz bleiben zurück ein trauriger Emmentaler und ein kleiner Junge, der die dicken Arme zum Himmel hebt und, den Kosmos anklagend, weithinhallend ruft:

«Mama! Wo kommen die Löcher im Käse her –?»

GESANG DER ENGLISCHEN CHORKNABEN

Ehre sei Gott in der Hö-hö-he!

Wer hat die Wanzen und Flö-hö-he?
Die Armen,
die Armen –
Oh, habet Erbarmen!
Die Reichen
die Reichen
die brauchen das nicht;
sie liegen auf weichen,
weichen Kissen im Licht
oder bei ihren Damen –
Amen.

Ehre sei Gott in der ersten Etage!
Courage! Courage!
Macht eure Fabrik auch mal Plei-hei-te,
die Kirche, die steht euch zur Sei-hei-te
und gibt euch stets das Geleite:
sie beugt dem Proleten den Rücken krumm
und hält ihn sein ganzes Leben lang dumm,
und segnet den Staat und seine Soldaten,
die Unternehmer und Potentaten
und segnet überhaupt jede Schweinerei
und ist allemal dabei.
Jeder lebe in seinem Rahmen:
unten die Arbeitsamen
und oben die mit den Börseneinnahmen –
Amen.

Ehre den Gott der herrschenden Klassen!
Wir zähmen die Massen!
Wir lassen sie beten,
wenn sie getreten;
wir lassen sie singen,
wenn sie vor Hunger zerspringen;
wir lassen sie knien:
Wir wollen den Proletarier erziehn
zu einem geduldigen
unschuldigen
Arbeitstier – I-A! I-A!
Hallelujah!

Oh, tut doch nimmer im Beten erlahmen!
und höret auf der Kirche Reklamen –
jedes Ding, das ihr schiebt, schiebt ihr in IHREM Namen
Amen!

GRIMMS MÄRCHEN

Deutschland, die verfolgende Unschuld.
Karl Kraus

Zu den Bibeln des Deutschtums, wo es am knastrigsten ist, gehört auch ein dicker Wälzer, *‹Volk ohne Raum›* von Hans Grimm. Der Mann hat in Deutsch-Südwest gelebt und hat vor dem Kriege einige beachtliche Novellen veröffentlicht. (*‹Der Gang durch den Sand›*; alle seine Arbeiten sind bei Albert Langen in München erschienen.) Nach dem Kriege aber fuhr es in ihn; wie alle Deutschen ein schlechter Verlierer, kochte er die erlittene Niederlage metaphysisch auf und tat an der vorhandenen Überbevölkerung des deutschen Landes und vermittels eines mäßigen Romans dar, daß Deutschland wiederum Kolonien brauche. Stil und Poesie erinnern etwa an den Pastor Frenssen – die gleiche dilettantische Innigkeit, die da glaubt, wenn der Schreiber ergriffen sei, müsse es auch der Leser sein, die gleiche protestantische Provinziallyrik mit Hummelgesumm und Waldesrauschen, die zwar Naturverbundenheit aufweist, von der Seele der Natur aber nur so viel weiß, wie aus dem bäurischen Grundbuch hervorgeht. Es ist so recht ein prächtiges Ferienbuch für unsre Landgerichtsdirektoren.

Anzumerken, daß Hans Grimm ein im tiefsten Kern anständiger Mann ist; die üble Ausnutzung, die der Roman durch deutsch-nationale Annexions-Politiker erfahren hat, mag ihm selber nicht sehr behaglich sein, wir werden das gleich sehen.

‹Die dreizehn Briefe aus Deutsch-Südwest-Afrika› sind die Frucht eines Nachkriegs-Besuchs, den Grimm der ehemaligen deutschen Kolonie, die er immer noch, wie alle seine Freunde, mit ihrem falschen Namen benennt, gemacht hat. Was hat er uns zu vermelden?

Deutschland hat seine ehemaligen Kolonien durch den Vertrag von Versailles eingebüßt, darunter auch Deutsch-Südwest. Dieses Gebiet fiel an keine einzelne Nation unter den Siegern, sondern es wurde Mandatsgebiet des Völkerbundes. Der Völkerbund vertraute die Verwaltung des Landes der benachbarten Südafrikanischen Union an, die 1909 aus dem Burenkrieg hervorgegangen ist, die Union stellte den Landpfleger, der seinerseits dem Völkerbund für seine Verwaltung Rechenschaft ablegen muß. Der Mandatsverwalter hat auf Grund des Friedensvertrages das Recht, die deutschen ehemaligen Kolonisten des

Landes zu verweisen; eine Entschädigung dieser Leute sollte durch Deutschland erfolgen. Im Jahre 1924 wurde durch das londoner Abkommen bestimmt, daß alle Deutschen, die vor einem bestimmten Stichtag im Lande waren, die Untertanenschaft der Union erhalten sollten, wenn sie nicht ausdrücklich darauf verzichteten. Nach dem Stichtag erhalten Zugewanderte die vollen politischen Rechte des Landes nur, wenn sie die Verleihung der britischen Untertanenschaft bei Verlust der deutschen beantragten, nach fünf Jahren können sie dann volle Bürger werden.

Grimm klagt nun, hier werde ein großer Betrug verübt. Das ehemalige Deutsch-Südwest sei in Wahrheit gar kein rechtes Mandatsland mehr, sondern durch die gesetzlichen Schiebungen der Union sei es im besten Zuge, von der Union verschluckt und damit englisch zu werden oder doch unter englischen Einfluß zu kommen. Im übrigen trete man die Rechte der dort ansässigen Deutschen mit Füßen und quäle sie durch Nichtanerkennung der deutschen Sprache und nicht sehr freundliche Behandlung. Die Deutschen, fügt Grimm hinzu, beugten sich diesem Regime, indem sie unterkröchen, von Hause aus hätten sie keine Unterstützung. Dies ist die Lage.

Unsre erste Frage: was geht das Grimm eigentlich an? Ist das Land noch deutsch?

Darauf antwortet er: Nein, deutsch sei es nicht, aber die Deutschen hätten es dem Handel erschlossen, was richtig ist, und es gebe, was noch richtiger ist, einen Eigentumsbegriff, der durch Arbeit und durch Verbesserung des Objekts entsteht. Liebe und Interesse der Deutschen, die so viel Schweiß und Blut für das Land aufgebracht hätten, seien also verständlich.

Weil hier aber kein Bierfilz-Kolonialpolitiker spricht, sondern ein sauberer, aufrechter Mann, verlohnt es, diese typisch deutsche Anschauung über das, was Kolonien eigentlich sind und sein sollen, zu betrachten.

Zunächst ist merkwürdig, zu sehn, wie schlecht diese Teutschen schreiben. Ich will gar nicht von dem wahrhaft Morgensternschen Satz reden: «Der Vogel, der im Volksmunde Pfefferfresser und in Wirklichkeit nach seinem Rufe tok, tok, tok Tokan heißt» – dieses ‹in Wirklichkeit› hätte der alte Mauthner erleben sollen. Es sind auch nicht jene Schachtelsätze, die man nur mit allen zehn Fingern lesen kann, auf jeweils einen Nebensatz einen Finger haltend, um den Faden nicht zu verlieren; nicht allein solche Flüchtigkeiten wie: «aber die Begegnungen sind nicht fertig», was besagen will, daß der Autor sie noch nicht alle aufgezählt hat; ein Ort wird der «am meisten geschichtliche» genannt – das mag vielleicht in einer Tages-Broschüre hingehen, obgleich ein guter Schriftsteller immer gut schreiben sollte. Nein, das allein ist es nicht. Es ist jener seltsame und ekle Stil, den man etwa mit ‹Grammatik in Latschen› umschreiben könnte, ein Stil, der den Leser gewissermaßen in die Seiten pufft: du weißt schon, wie ichs mene, ich brauche mich nicht so exakt auszudrücken. Traulich duftet es nach süßem Tabak; wann sich Pappa zum letzten Mal die Füße gewaschen hat, steht noch sehr dahin, die Frauen haben viel Gemüt und wenig Bidet, und im Garten blühen Himbeern, Kirschbäume und die deutsche Seele. So ein Stil ist das.

Helmspitzen blitzen in dieser Wüste auf – um im Bilde zu bleiben, denn Bilder, Vergleiche und Terminologie dieser Schriftsteller haben weniger die deutschen Klassiker, als die Klassiker der Armee-Lügen, die Heeresberichte, zum Vorbild. Da stehen ununterbrochen Deutsche an vorderster «Frontstelle», da gibt es auch noch «Miesmacher» – kurz, sie halten, wie die leeren Pferde-Droschken, die keiner mehr nehmen will, allesamt an der Ecke 1914.

Was an der Sache auffällt, ist eine unerträgliche Vermanschung von Lyrik und Geschäft, von Handelsinteressen und gehobenem Patriotismus, von höher klopfenden Herzen und Nationalwirtschaft. Das ist grausig. Im Grunde sind ja alle Menschen immer Marxisten und niemals etwas andres gewesen – es fragt sich nur, ob sie den Mut haben, es sich einzugestehen oder ob sie ihre Konten mit Gefühlen drapieren, die je nach der herrschenden Mode ein Kreuz oder die noch heiligeren Flaggen ihrer Länder tragen. Grimm drapiert nicht – er macht seine Rechnungen auf schwarz-weiß-rotem Papier auf. Denn wozu brauchen wir Kolonien?

Des Landwertes wegen? «Das Land ist immer noch ein armes Land; wären im Jahre 1908 in der Küstenwüste bei Lüderitzbucht nicht die Diamanten entdeckt worden, so vermöchte es bis auf diesen Tag die Kosten einer bürgerlichen Verwaltung und bürgerlichen Lebens aus eignen Mitteln nicht zu bestreiten ... Das Land ist arm wegen der Unsicherheit und Kärglichkeit der Regenfälle ...» Wir brauchen Kolonien.

Für die Ausfuhr? «Sie haben wahrscheinlich recht mit Ihrer Behauptung: Bekämen wir das alte Kolonialreich, wie es war, wieder, es wäre nur eine Nothilfe mit vielen andern Verwicklungen, und vor dem Kriege habe die Ausfuhr nach dem alten Kolonialreich nur etwa 1,5 Prozent betragen.» Wozu brauchen wir Kolonien?

Für die deutsche Überproduktion an Menschen, da doch Deutschland nicht ausreicht? Deutschland hat seine Bebauungsfläche noch niemals richtig ausgenutzt, weil erstens die deutsche Landwirtschaft von den Schutzzöllen so geschützt wird, daß an eine moderne Intensivierung der Bodenbewirtschaftung gar nicht gedacht wird, und zweitens wirft eben dieses arme, übervölkerte Land sein Geld zu den Fenstern des Reichswehrministeriums hinaus, anstatt sein Ödland den siedlungshungrigen Proletariern aus den Großstädten zu erschließen. Vor allem aber ist der deutsche Menschenüberschuß, nie, niemals in die deutschen Kolonien abgewandert, und wer das etwa behaupten wollte, der lügt.

Hans Grimm lügt nicht – hier nicht und nicht anderswo. Er erzählt nur holde Märchen. Ausnutzen läßt sich dieses arme Land Südwest nicht; exportieren kann es kaum etwas; zu importieren ist wenig; den Bevölkerungsüberschuß Deutschlands nimmt es tatsächlich nicht auf – wozu brauchen wir Kolonien?

Und hier geschieht nun etwas typisch Deutsches.

Der Deutsche beginnt, wie alle Welt, mit wirtschaftlichen Erwägungen, eine durchaus gesunde und rationale Methode. Greift die nicht durch – aber nur dann –: dann wird er moralisch. Vielleicht tun das alle Menschen, aber der Deutsche hat es in dieser Fähigkeit zu einer Meisterschaft gebracht, die ihresgleichen sucht. Wenn man auf den deutschen ‹Geist› dieser Sorte trifft, so kann man in neunundneunzig Fällen von hundert darauf schwören, daß dem Herrn Geist-Inhaber etwas fortgeschwommen ist, wofür er sich zu trösten sucht. Der Geist ist in Deutschland immer die letzte Rettung nach den Niederlagen – sie gehen auf den Geist, wie andre auf den Abort. Als Sieger brauchen sie ihn nicht.

Diese Art Deutscher hat nie unrecht, er geht nie in sich, kommt nie auf den Gedanken, daß auch er vielleicht jemandem Unrecht getan haben könne – er siegt, und wenn er nicht siegt, dann borgt er sich einen Sieg, und den findet er immer in dem, was er ‹Staatsräson› oder ‹Gesinnung› oder ‹Innenleben› oder ‹vaterländische Religiosität› oder sonst dergleichen nennt. Diese Linie läßt sich von Luther an verfolgen, der das Unglück Deutschlands gewesen ist, und wenn Sie heute Rathenau, Scheler oder dergleichen lesen, so finden Sie dasselbe, schön formuliert. Am besten aber können das die geschlagenen Nationalisten. So auch Grimm. Wozu brauchen wir Kolonien –?

Für die Wirtschaft? «Mir scheint, solche Auffassung stammt aus früherer westlerischer und vielleicht auch hamburger Betrachtungsweise.» Ah, das sind die ‹Krämer jenseits des Kanals›, jene Händler, die der Held Sombart in schönen feldgrauen Tagen den deutschen Edelkaufleuten gegenübergestellt hat; nun aber, nach dem schiefgegangenen Gasangriff, wird ein Geistangriff angesetzt. Zum Sturm, marsch-marsch . . .!

«Die höchste Bedeutung eignen Koloniallandes für ein übervölkertes, eingeengtes Land liegt auf der ‹moralischen› Seite.» Und die sieht so aus:

«Es wandern zur Zeit etwa elfhundert deutsche Menschen im Jahre in das Mandatsland Deutsch-Südwest ein, mit meistens verworrenen Erwartungen. Wenn hundert Jungens an einer Frontstelle ihren Drang erfüllen und selbständige, unabhängige deutsche Männer werden können, statt als Putschisten und Krawaller und Ewigunzufriedene über Deutschland verteilt und wartend zu sitzen, und weiter, wenn zehn Jungens an einer deutschen Frontstelle und entfernt von den viel mehr eingebildeten als wirklichen inneren Streitgegenständen der Heimat durch Sonne und Luft und Freiheit und Tat und ungehinderte Männlichkeit zu deutschen Führern werden, ist das wenig?»

Damit also zehn oder hundert deutsche Psychopathen ihren sadistischen Trieb nicht mehr in Lichtenberg an den Arbeitern, sondern in der Wüste an den Kaffern austoben können: darum brauchen wir Kolonien. Damit die degeneriertesten Zellen dieses Volkskörpers, deren ursprünglich einmal gesunde und gute Beschaffenheit durch den Krebs der national-tierischen Eigenschaften überwuchert ist, gedeihen und sich gar noch auf eine Führerschaft vorbereiten können, an der das Land bereits einmal Millionen von Menschen und Mark verloren hat: darum brauchen wir Kolonien. Weil junge Engländer, unter ganz andern Verhältnissen und in einem andern Jahrhundert, die Herrenhaftigkeit und Männlichkeit ihrer Rasse in wehrloser Welt entwickeln konnten, deshalb tun wir das ‹auch› (du deutschestes aller Wörter!) — und weil die Romantik freier und junger Menschen angesichts der Überbürokratisierung und grauen Nivellierungsarbeit dieses Parlamentarismus rechtens einen Weg ins Freie sucht, aber keinen findet, weil sie falsche Weltkarten haben —: darum brauchen wir Kolonien. Wir brauchen keine Kolonien.

Wir brauchen keine Kolonien, weil dieses Mandatsland durchaus kein «erster praktischer Versuch in die afrikanische und menschliche Zukunft hinein» ist. Diese Vereinigung von Kapitalisten und gefügigen Gewerkschaftsbürokraten, die sich Völkerbund nennt, ist ein Versuch, ein Gebilde, das sich vielleicht entwickeln kann, aber seine Aussichten nehmen mit jedem Tage ab. Unser Genf liegt in Moskau.

Ganz etwas andres, wenn Grimm sagt:

«Auf andre als auf übernationale Weise läßt sich die koloniale Frage des an Menschen überfüllten Mittel- und Westeuropa nicht lösen.» Aber man kann nicht zum Zwecke der Ausbeutung in Afrika ‹übernational› spielen und zu Hause den Nationalklimbim mit höchstem Ernst und den blutigsten Mitteln fortführen. Entweder — oder. Entweder ihr seht ein, daß der Gedanke der absoluten Souveränität ein Anachronismus ist, daß die zwischen den Staaten herrschende Anarchie nicht nur unsittlich, sondern im höchsten Grade unpraktisch ist, oder ihr seht es nicht ein. «In Afrika, da ging es nicht — in Tempelhof, da gehts», hat vom Parademarsch einmal Julius Freund gesungen.

Was da in Süd-Afrika geschieht, mag eine Schiebung sein — uns geht sie nichts an, und der deutsche Arbeiter, der deutsche Landarbeiter hat andre Sorgen, die ihm Süd-West nicht abnehmen kann. Haben wir denn ein Recht an diesem Lande?

Unter meinen Kindheitseindrücken an das deutsche Militär rangieren zwei an erster Stelle. Der früheste, also stärkste, ist eine nach Urin stinkende Latrine einer stettiner Kaserne; und jene, denen die Terminologie der Psychoanalyse das bißchen Verstand genommen hat, mögen deutend ergründen, wie schon der Knabe eine ganze Institution mit dem herben Geruch der Männerausscheidungen identifizierte, und tatsächlich habe ich das auch heute noch in der Nase, wenn ich einen General sehe. Der zweite Eindruck war ernster.

Im Jahre 1904 zogen sie aus der Alexander-Kaserne: hochgewachsene Männer in der damals ungewohnten grauen Kolonialuniform, Mann neben Mann, Trupp hinter Trupp, die Musik vorn und die weinenden Frauen hinterher. Diese Freiwilligen ahnten mehr, als daß sie wußten, wohin sie gingen. Immerhin: man hatte sie wenigstens nicht gezwungen. Sie verdursteten, verreckten und verbluteten dann auf dem heißen Sande, und Frenssen hat nachher einen schönen Roman daraus gemacht und die Schiffahrtslinien ein schönes Geschäft. Da marschierten sie hin... «Muß i denn – muß i denn» spielte die Musik; sie mußten ja wohl.

An vielen Stellen der Grimmschen Schrift ist davon die Rede, daß die Gräber dieser Gefallenen eine laute Sprache redeten, und das tun sie auch. Aber Grimm versteht das Deutsch der Toten nicht. Sie rufen: wofür? Sie rufen: wenn wir das gewußt hätten! Sie rufen: Herr, vergib uns, denn wir wußten nicht, was wir taten! Das rufen diese Gräber. Blut schafft kein Recht.

«Nach dem Kriege mit den Hereros versuchte die deutsche Schutzgebietsregierung, die Hererofrage als einen Teil der Eingeborenenfrage dadurch vorläufig zu lösen, daß sie den rückkehrenden Aufständischen das Halten von Großvieh verbot.» Diese hundsföttische Gemeinheit, über die der alte Herero Dernburg einiges auszusagen vermöchte, trieb die Leute in die Wüste, ließ sie zu Tausenden draufgehen und setzte die imperialistische Eroberungspolitik konsequent fort. Und wenn die Nationalhereros einen Schriftsteller Hans Grimm hätten, so würde der einen herrlichen Roman, in zwei Bänden, schreiben, wie unterdrückt, wie ausgebeutet, wie mißhandelt sein Volk sei . . .

Ob die Deutschen bei den Eingeborenen beliebter seien als die Engländer oder die Buren, kann ich nicht beurteilen. Grimm druckt den Bericht eines antideutschen Buren ab, in dem etwa zu lesen steht, die Kaffern hätten lieber vor den Deutschen stramm gestanden, als bei den Buren gearbeitet, ein nicht unalltäglicher Vorgang, den man in Deutschland auf vielen Kasernenhöfen beobachten kann.

Daß die Buren, für die sich einmal der sentimentale deutsche Spießer, Ludwig Thoma obenan, schwer begeistert hat, wie der Deutsche ja immer lieber die Freiheit der Griechen, der Buren und der Chinesen besingt, als sich die eigne zu erringen: daß die Buren nicht die besten Brüder sind, glauben wir gern. Aber was, in aller Welt, geht uns das an? Was haben wir dort zu suchen?

Grimm ist kein objektiver Mann; er hat ... er hat: «Rückgefühl». So bezeichnet dieser deutsche Schriftsteller den Begriff ‹ressentiment›, und es ist ungemein bezeichnend, wie diese Puristen deutsch schreiben wollen, ohne deutsch denken zu können. Denn ‹Rückgefühl› ist überhaupt nichts; daß Fremdwort ‹ressentiment›, mit dem wir eine durch alten Groll getrübte Empfindung bezeichnen, ist sehr schwer zu übertragen, mit einer plumpen Übersetzung am allerwenigsten. Ja, also Grimm hat ‹Rückgefühl› – aber nennen wir doch die Sache beim Namen. Er kann die Niederlage nicht verwinden.

Das gedemütigte Selbstbewußtsein muß irgendwo heraus – bei ihm entfliehts nach Süd-Afrika. Es ist unbeschreiblich, wie die geschlagenen Deutschen die Geschichte in Terminologie und Anschauung verfälschen. Hausse in Anführungsstrichen: der ‹sogenannte› Friedensvertrag; bei Grimm heißt es einmal: «ein leer gestohlener Ort», wenn aber die deutschen Truppen Belgien besetzten, dann nahmen sie kriegerische Operationen vor – so verschieden ist es im menschlichen Leben. Immer wieder wird angemerkt, daß das Reich ‹gezwungen› auf seine Kolonien verzichtet hat; ja, hat denn schon irgend jemand einen Friedensvertrag unter anarchisch lebenden kapitalistischen Staaten gesehen, in denen der Besiegte etwas ungezwungen aufgegeben hat? Natürlich ist der Vertrag von Versailles ein Friedensvertrag wie alle andern in der Weltgeschichte auch – von Recht und solch schönen Vokabeln kann gar keine Rede sein. Die Gewalt hat gesprochen. Paßt euch nicht? Dann müßt ihr keine Kriege anfangen. Wer riskiert, kann auch verlieren. Ihr aber seid schlechte Verlierer.

Sie haben die Neutralität Belgiens gebrochen; sie haben den Krieg vorbereitet wie alle andern Nationen und haben ihn zuletzt leichtsinnig heraufbeschworen, ihn gefördert, die Krisis nicht abgedämmt – jetzt beklagen sie sich. «Das wahnwitzigste, noch fortwährend zunehmende Unrecht vor Gott wie um der ganzen zukünftigen Menschheit willen», das man uns antut ... Wenn ihr kein Recht über den Völkern anerkennt, wenn ihr glaubt, daß es gegen die ‹Ehre›, diesen Fahnenpopanz, geht, einen übernationalen Schiedsspruch anzunehmen, und ihr habt das immer geglaubt, dann dürft ihr euch nicht wundern, wenn im Fall der Niederlage die Gegenseite über euch herfällt, wie ihr über sie habt herfallen wollen. Anarchie ist Anarchie – und einer liegt immer unten.

Dabei ist Grimm anständig genug, die ungeheuren Fehler, die Deutschland in Afrika gemacht hat, zu sehen und sie zu vermelden. Daß die englische Bürokratie höfliche Formen aufweist und nicht so lümmlig mit den Leuten umgeht, wie das ein deutscher Regierungsassessor gewohnt war und wohl noch oft ist, gibt er zu. Er sagt: «Eitelkeit, gehemmter Ehrgeiz und der klassenbeschränkte Wunsch zum Voran haben bei uns, mehr als wirkliche Uneinigkeit getan hat, die vielen Vereine und Parteien mit ihren Posten und kleinen Wichtigkeiten hervorgerufen und haben mehr als wirkliche Stammesverschiedenheit die heimische Kleinstaaterei aufkommen lassen; aber durch das deutsche pedantische Gewissen gewannen die deutschen Trennungen, heißen sie Vereine, heißen sie Parteien, heißen sie Kleinstaaten, erst Dauer.» (Bei aller Verehrung: hören Sie das, Professor Foerster?)

Und daß die Deutschen den Druck und den Verlockungen da unten nicht standhalten ... die Deutschen sind nun einmal unter den Nationen das, was die Juden unter den Deutschen; das ist schmerzlich zu hören, aber wahr, wenn auch lustigerweise beide Vergleichsobjekte dagegen, wild fauchend, also getroffen protestieren.

Nein, wir brauchen mitnichten Kolonien. Grimm versucht, ein Bedürfnis erst hervorzurufen, das jene ausfüllen sollen. «Der Nachmarsch nach Südwest aus Deutschland ist bitter nötig» – also nicht vorhanden. Wir brauchen keine Kolonien; eine erfreuliche und eindeutig klare Erklärung des deutschen Reichskanzlers, Hermann Müller, hat das rechtens betont. Kolonien sind ein Anachronismus.

Grimm aber spricht von dem «schwindelhaften Erwachen der Farbigen, jenem heißgeliebten Thema aller Berichterstatter», und davon, daß «Afrika mit Asien und seinen unterdrückten und erwachenden Völkern» nichts gemein hat. «Die mögliche Erhebung von Ganzafrika gegen die Unterdrückung der imperialistischen Mächte und besonders Englands gehört zum dicksten Schwindel, der gläubigen Deutschen je vorgedruckt wurde.» Nun, der dickste Schwindel ... die Banknoten, die die Herren Havenstein und Cuno der Nation vorgedruckt haben, waren auch ganz schön ... Aber immerhin genügt ja auch die partielle Erhebung eines neuen, schwarzen Proletariats, wie Grimm das richtig voraussieht; die Zeiten, wo man mit den schwarzen Arbeitern machen konnte, was man wollte, sind vorbei.

Vorbei die Zeit der Kolonien – es ist ein neuer Gedanke in die Welt gezogen, einer, der dumpfem Fühlen wachen Ausdruck verliehen hat: der Gedanke des neuen Rußlands. Dem und seinen Gegnern gehört die Zukunft. Der gerissene Neudeutsche wird sich wahrscheinlich sehr bald dahinterklemmen und, in Firma Saure Trauben & Co., bei den beginnenden Kolonialkämpfen weniger die neue Idee, als die Schwierigkeiten der Konkurrenten sehen; deutsche Außenpolitik besteht ja traditionell zum größten Teil aus Schadenfreude.

Altdeutsche Ideologie aber ist entweder eine bewußte Lüge oder, wie bei Grimm, sanfte Verträumtheit, die dem sonst so erfahrenen und real bewanderten Mann merkwürdig zu Gesicht steht. Vorbei, vorbei. Denn so beginnen die schönsten aller Grimmschen Märchen:

«Es war einmal.»

Beispiele aus Büchern und Briefen: Wie man zu Geld kommen kann

«Die reichen Leut' . . .

... haben halt doch ein göttliches Leben. Einen Teil vertrinken s', den andern Teil verschnabulieren s', a paar Teil' verschlafen s', den größten Teil verunterhalten s'! Schad', ich hätt' zum Reichtum viel Anlag' g'habt; wenn sich so ein Millionär meiner ang'nommen hätt', hätt' mich ausg'bild't und hätt' mir mit der Zeit 's G'schäft übergeben – aus mir hätt' was werden können.»

Was will er denn, der Schlosser Gluthammer (in Nestroys «Der Zerrissene»)? Millionär ist doch ein Lehrberuf, nur halt mit strengem numerus clausus: Zugelassen werden nur junge Leute mit ausreichend guten Noten, Banknoten, versteht sich.

Summa summarum: In Büchern und Briefen kommt man gewöhnlich leichter zu Geld als mit Büchern und Briefen, es seien denn Sparbücher und Pfandbriefe.

WENN DIE IGEL IN DER ABENDSTUNDE

Für achtstimmigen Männerchor

Wenn die Igel in der Abendstunde
still nach ihren Mäusen gehn,
hing auch ich verzückt an deinem Munde,
und es war um mich geschehn –
Anna-Luise –!

Dein Papa ist kühn und Geometer,
er hat zwei Kanarienvögelein;
auf den Sonnabend aber geht er
gern zum Pilsner in'n Gesangverein –
Anna-Luise –!

Sagt' ich: «Wirst die meine du in Bälde?»,
blicktest du voll süßer Träumerei
auf das grüne Vandervelde,
und du dachtest dir dein Teil dabei,
Anna-Luise –!

Und du gabst dich mir im Unterholze
einmal hin und einmal her,
und du fragtest mich mit deutschem Stolze,
ob ich auch im Krieg gewesen wär . . .
Anna-Luise –!

Ach, ich habe dich ja so belogen!
Hab gesagt, mir wär ein Kreuz von Eisen wert,
als Gefreiter wär ich ausgezogen,
und als Hauptmann wär ich heimgekehrt –
Anna-Luise –!

Als wir standen bei der Eberesche,
wo der Kronprinz einst gepflanzet hat,
raschelte ganz leise deine Wäsche,
und du strichst dir deine Röcke glatt,
Anna-Luise –!

Möchtest nie wo andershin du strichen!
Siehst du dort die ersten Sterne gehn?
Habe Dank für alle unvergesserlichen
Stunden und auf Wiedersehn!
Anna-Luise –!

Denn der schönste Platz, der hier auf Erden mein,
das ist Heidelberg in Wien am Rhein,
Seemannslos.
Keine, die wie du die Flöte bliese . . .!
Lebe wohl! Leb wohl.
Anna-Luise —!

DAS LOTTCHEN

Ankunft

Der Liebhaber: «Guten Tag, Lottchen — na, wie ist es denn —?»

Das Lottchen (hintereinanderweg): — «Guntach! Halt mal, warte mal . . . ich muß hier erst . . . wartest du schon lange? Wie? Was? Wie? Mach mir mal die Tür hier auf, wartest du schon lange? Wieso hast du dies Hötel genommen, wie? Na, wie gefällt dir mein Auto, Lottchen II? Ja, da staunste, was? Beinah ganz abgestottert. Wartest du schon lange? Der soll man hier meinen Koffer... nein! Den nicht! Den! Sie! Wo gehn Sie denn damit — ach so . . . Nein, doch nicht! Die Düse ist hier in den Regenerator gerutscht, die ist da reinge... das verstehst du nicht, na, Gott behüte vor einem Mann, der nichts von Autos versteht! Daddy, geh mal weg, ich dreh bloß mal die Felge über die Nabe — Vorsicht! Vorsicht doch! Da hab ich doch mein Obst im Grammophon . . . ja da, natürlich im Hutkarton, wo sonst? Nicht in der Schachtel, — da sind die Akten für Arturs Geschäft, *ich* denke eben an meinen Mann, das tust du nicht! Sach mal dem Mann, er soll mal dies hier nehm und da hintragen — Gott, ist das ein Ochse! . . . Wart mal, ich muß erst die Handbremse in die Kiste für die Zündung tun, da gehört sie hin. Das verstehst du eben nicht! Na, Daddy, das *kannst* du dir ja nicht denken . . . wieso hast du *dies* Hötel genommen, wie? Wartest du schon lange? Daddy, das *kannst* du dir nicht denken, also, wie ich bei Wittenberge rechts in die Kurve gehe, da ist sone Kurve, da kommt von links, hastdunichtgesehn, ein Amerikaner angetobt, ich aber nichts wie den Volang rumgerissen, verstehste, Lottchen ist doch helle, und links, ja also links — wieso hast du aber wirklich . . . Daddy, jetzt sage mal auf Lottchen, *wieso* hast du *dies* Hötel genomm'? Ja, also links war eine Schafherde, paß doch mal auf, und Lottchen rin in die Schafherde. Der Hammel, der Hirt, nein, der nicht . . . aber vier wirkliche Hammel und dreiundachtzig Schafe hab ich . . . wieso bezahlt? Er mir vielleicht . . .! Der Mann kann sich . . . wo ist denn hier der Fahrstuhl? Ich hab auf der Bürgermeisterei gesacht, na, du kennst doch Lottchen! Lottchen hat gleich dem Gendarmen schöne Augen gemacht, verstehste, und da hat der Schafhirt noch einen mächtigen Anschnauzer bekommen, wegen seinen Hammeln, weil die frei rumgelaufen sind, und Lottchen durfte weiterfahren! Finnste das? Wo ist denn hier der Fahrstuhl? Was? Der funktioniert nicht? Daddy! Ich muß ja noch mal raus! Na, warte doch mal! Na, was denkst du dir denn? Ja, meinste, das Auto kann hier auf der Straße stehnbleiben? Nee, mein Lieber – Sie! Sie! Ham Sie denn hier keine Garage in der Hötelhalle ... ich meine ... na, 'n schönes Hötel – laß mich doch – ich sage immer: Hötel, das ist feiner ... na, ich versteh das ja nicht ... also, Daddy – wo ist denn Ihre Garage? Was? Wie? Wie? Seh ich gar nicht ein ... das hab ich gern: soziales Herz bei Lottchens Auto! Tragen Sie mal das Auto hier rüber, ich meine, und hier haben Sie ... laß mich doch mal – ich geb ihm gar kein Geld, ich geb ihm bloß meinen kleinen Koffer, den kann er auf die andere Schulter nehmen – natürlich bezahlst du das! Na, ich vielleicht? Na, Daddy, hast du gedacht, ich wer das Auto mit aufs Zimmer nehmen? Na, nimm mirs nicht übel ...! Sie –! Jetzt ist er weg. Na, also komm rein. Nu steh hier nicht auf der Straße rum. Na, Lottchen hat ja unterwegs eine piekfeine Eroberung gemacht! Einen Argentinier, schlank, elegant, mit so schwarzen Augen, hat mir gleich seine Adresse gegeben, na, ich bin ja meinem Daddy treu – Daddy, die Garage kost nich teuer, vier Mark den Tag, wie? Ist dir das zuviel? Der Fahrstuhl funktioniert nicht ... Daddy, finnste das, daß der Fahrstuhl nicht funktioniert? Ist denn kein andrer Fahrstuhl – dazu komm ich extra aus Interlaken, um hier in Bremen die Treppen raufzu ... Also, Daddy, das ist Quatsch, entweder ich reise als Dame, oder ich reise nicht als Dame, aber als Dame und dann nicht als Dame –? Ja, und der Argentinier, wie der nu gesehen hat, daß ich immer rein in die Hammelherde, da hat er ... Daddy, wieso hast du denn dies Zimmer genommen und nicht zwei mit einem Bad in der Mitte, was? Legen Sie dahin! Daddy, bestell mal Kaffee für Lottchen, Lottchen hat sonen Durst – na, fahre du mal in einer Tour von Berlin bis Bremen, wo ist denn meine Seife? Hast du Kaffee bestellt? Hast du denn Lottchen auch noch lieb? Gib ihr mal 'n Küßchen – aber 'n schönen dicken Bauch hast du dir in Belgien angefressen, kann man wohl sagen – hm ... wo bleibt denn der mit dem Kaffee? Klingel mal! Der Direktor soll kommen, ich will mich beschweren! *Daddy* –! Jetzt hab ich vergessen, den Motor abzustellen! Frag mal, ob sie nicht 'n Chauffeur haben, der Motor muß sofort abgestellt werden, der läuft sonst die ganze Nacht, und mir hat der Mann gesagt, wenn nicht mehr genug Benzin im Öltank ist, dann – ach, hätt ich doch das Auto mit aufs Zimmer, nein, wär ich doch bei dem Auto geblieben! Daddy, wie lange hast du denn nu Zeit? Daddy, was sagst du denn nun, daß Lottchen wieder bei dir ist! Sag mal was! *Du sagst ja gar nichts ...*»

Der Liebhaber (ersterbend): «Seid einig – einig – einig –!» (Er sinkt hintenüber.)

EIN SCHWEDISCHER SACHSE

Einmal habe ich in Schweden, in einer südlichen Provinz, ein Ding kennengelernt, das war mir neu.

Es war ein kleiner Mann mit viereckig geschnittenen Borsthaaren, einer Brille und kurzen Hosen, der mir da im Hotel entgegentrat und sehr freundlich sagte: «Ich habe gehört, daß Sie Deutscher sind; ich spreche deutsch.» Ich horchte auf – nein, er sprach nicht deutsch. Dieser Schwede sprach sächsisch. Es war ganz seltsam.

Er sprach nicht nur sächsisch: er sang es, er schleifte die Worte, wie uns Hans Reimann das vergeblich gelehrt hat; er zog und lutschte an der Sprache und hatte auch alle diese kleinen Verlegenheitswörter, die das Sächsische so unendlich kommun machen. Er sagte: «Es bläst che nu hier e galdr Wind», wobei er das W von ‹Wind› aussprach wie die Engländer; er tauchte bis auf den tiefsten Flußgrund dieses breiigen Dialektes herunter, und mittendrin konnte es geschehen, daß er plötzlich versagte, dann fehlte ihm ein Wort. Das war nicht gespielt, der Mann war durch und durch echt.

Er war so echt, wie Menschen sonst gar nicht sind – denn niemand ist ja ganz und gar sich selbst ähnlich, aber dieser war es. Er war so:

Er trug immer kurze Hosen, und wenn er auf die Berge stieg, die in dieser Gegend etwa die Höhe eines mittleren Küchenstuhls erreichen, dann legte er einen blauen tiroler Leinen-Kittel an, auch hatte er einen Alpenstock. Der Mann war nicht mehr jung und marschierte ausgezeichnet, er hatte auch weite Reisen gemacht. «Im Chahre 1914, da wolldch eene weide Reise machen, durch kanz Euroba – 's war schon alles vorbereid ...» Die Vorbereitung paßte so schön zu ihm, wie alles zu ihm paßte:

Er sprach natürlich Esprando, wie er sich auch für ‹religiöse Sachen› und Naturheilkunde sähr indressierde, und er hatte nun an alle Esperantisten der verschiedensten Länder geschrieben; die sollten ihn auf den Bahnhöfen erwarten, abholen und ihm ein billiges Quartier zuweisen. 's war alles vorbereid, aber Ende Chuli 1914 blieb er an der französischen Grenze stecken ... da muß etwas dazwischen gekommen sein.

Er bekleidete nicht nur die Stellung eines Buchhalters – er war wirklich einer, er war es durch und durch. Wenn man mit ihm ging, so las er in der Natur wie in einem Hauptbuch, er unterwarf sie sich dadurch, daß er in ihr genau Bescheid wußte, sie konnte ihm nicht entrinnen. Er rationalisierte sie, und das bezaubernd Sächsische daran war, daß er Schweinezucht, Wegentfernung und schöne Aussicht gleichermaßen rationalisierte; war im Führer vermerkt, daß dies eine altberühmte historische Stätte sei, so war dies eine altberühmte historische Stätte, und war eine schöne Aussicht vermerkt, dies Ideal aller Kleinbürger, dann blieb er stehn und nahm sie zu sich. Und ging ungerührt weiter.

Ich ließ ihn keinen Tag aus den Augen; wir sprachen viel und unterhielten uns über mancherlei im Leben. Nie habe ich ihn zögern sehen, niemals war er unsicher; mit buchhalterischer Sicherheit hatte er für alles eine Formel, einen Satz, etwas Eingelerntes, das ihm niemals jemand entreißen würde. Kleine Irrtümer berichtigte er sofort, blätterte gewissermaßen zurück und stornierte; er war sehr sparsam, dabei in guten Verhältnissen, er hatte in einer schwedischen Provinzstadt ein eignes kleines Haus, dessen Maße er auswendig wußte.

Er hatte einen Hund, der ihm aufs Wort – verstehn Sie? aufs Word! – gehorchte, und auf der andern Seite hatte er einen Chef. Er lebte außerordentlich rationell, turnte jeden Morgen, badete Luft, und alles, was er machte, war vernünftig, aber es war nur vernünftig, und das hatte etwas Schreckerregendes. Ich wartete darauf, daß er einmal, doch nur ein einziges Mal, etwas Irrationales, etwas ganz und gar Unsinniges tun oder sagen möchte – er tat es nicht.

Bei Tisch saßen wir uns oft gegenüber; er aß, was er sich auf den Teller getan hatte, sorgfältig auf, er hob den Teller schräg an und löffelte noch den letzten Rest Milch in sich hinein, und noch einen Rest, und nun den allerletzten, und ich begriff, daß eine Frau mit Nerven ihn im sechsunddreißigsten Ehejahr deswegen ermorden könnte. Er stand auf und wischte sich den Mund und hatte diese Mahlzeit bestellt, bezahlt, absolviert, und alles war in Ordnung.

Er nahm gern Kleinigkeiten an, liebte es, wenn man für ihn bezahlte – aber er bedankte sich freundlich dafür. Er war gefällig, übersetzte, dolmetschte, erklärte: er war gar kein schlechter Kerl.

Erregt habe ich ihn nur einmal gesehen, da kamen wir auf die Automobile in Schweden zu sprechen, und er sagte: «Ich bin che nu ein Gächner von diese Luxussachn, dieses Rumfahrn – was solln das?» Ich machte eine kleine Einwendung ... da brachen aus dem kleinen Mann die Polizei heraus, der geduckte Kleinbürger, der Paragraph und das Reglement, dem sich auch die Reichen beugen sollten ... «'s iß nääml ich wäjn dr Handelsbilanz, was da de fier Keld ausn Lande rausgähd ...!» Nie noch bin ich dem Sächsischen so nahe gewesen wie bei ihm.

Er war der Sachse der ganzen Welt, ausgedrückt in einem seltsamen Mischtypus. Er war der Kitt, mit dem das Erdenbauwerk zusammengehalten wird, der Zement der Pflicht. Er war einer von denen, die man einsetzen kann, wo man will; einer von denen, die immer ihren Dienst machen, ohne zu fragen, ob es denn auch ihre Pflicht sei; treue Diener ihrer Herren, ohne die sie traurig verdorrten, Anhänger der bösesten Gesetze, der Kriege, der Todesstrafe; Gegner des Überflüssigen, und wieviel ist nicht überflüssig auf der Welt! von tiefstem Mißtrauen erfüllt gegen den Geist, der Selbstzweck ist; amusisch, aber musikalisch, naturentfremdet, aber tierlieb, begeistert für alles Zivilisatorische, abgeneigt dem Kulturellen, Gabelsbergianer, Mitglieder des freisinnigen Vereins Waldeck, der Bezirksgruppe Süd und eines Vaterlandes. Ewige, ewige Sachsen.

Über die wir nicht spotten sollen, weil auch wir, wenn man uns als Typus schildert, komisch sind, alle miteinander.

TRÄUMEREI AUF EINEM HAVELSEE

Ich bin Prokurist einer Wäschefabrik,
Sternberg, Guttmann & Sohn.
Mein Segelboot heißt ‹Heil und Sieg›,
zwei Stunden lieg ich hier schon
und seh auf die Kiefern und in das Wasser hinein –
auf meinem Boot ganz allein.

Urlaub hatte ich im August,
ich war in Norderney,
mit Lilly . . . ihre linke Brust
sieht aus wie ein kleines Ei.
Wenn man sie da kneift, dann wird sie gemein –
auf meinem Boot ganz allein.

Graske ist ein gemeiner Hund,
ein falsches Aas – er tut bloß so . . .
er weiß, der Alte ist nicht ganz gesund;
wenn mans merkt, bleibt er länger im Büro.
Und dem Junior kriecht er jetzt auch hinten rein –
auf meinem Boot ganz allein.

Mutter wird alt. Wie alt . . . warte mal:
vierundsechzig, nein: achtundsechzig, genau.
Grete soll ganz still sein; sie pöbelt mit ihrem Personal
wie eine Schlächtersfrau.
Ich frage mich: muß eigentlich Verwandtschaft sein?
auf meinem Boot ganz allein.

Ich habe es schließlich zu was gebracht,
ich geh auf den Presseball;
auf Reisen fahr ich Zweiter; die Jacht
hier hieß früher ‹Nachtigall›.
Quatsch. Jetzt heißt sie richtig. Manchmal lade ich Willi und Ottmar ein –
nein, Ottmar nicht, der hat mich bei den jungen Aktien
nicht mitgenommen – schließlich werd ich dem Affen doch
nicht nachlaufen, das hab ich nicht nötig; stehen jetzt 192,

193 . . . wo ist denn die Zeitung? –
auf meinem Boot ganz allein.

Das ist meine liebste Erholungszeit,
auf meinem Boot ganz allein.
Kein Mensch ist zu sehen weit und breit –
kann man einsamer sein?
Eine Welle gluckst. Ich bin einsam. Zwar
die Inventur beginnt morgen,
und wie die Sirenen mit schwimmendem Haar
ziehn im See meine Sorgen:

Lilly, Mama und die Wäschefabrik,
die Reparatur von ‹Heil und Sieg›,
Graske und Ottmar, der Egoist;
wer im Silbenrätsel ‹Fayence-Maler› ist –;
der Krach mit dem Chef von der Expedition;
die Weihnachtsgratifikation –
sonst aber schwimme ich hier im märkischen Sonnenschein –
auf meinem Boot ganz allein.

KRIMINALROMANE

«Der Chinese stürzte sich auf den Schwarzen, der die Tür der Stahlkammer ins Schloß schmetterte. Jenny warf sich herum und stierte den Detektiv fassungslos an. ‹Mord!› sagte Herr Engel kurz.»

Hunderttausend ernster Geschäftsleute, die tagsüber Butter und Seide und Kuxe gehandelt haben, lesen abends, mit leicht gerunzelter Stirn, die Lippen um die Pfeife gepreßt, Kriminalromane. Warum? Was geht Herrn Buttermann der Chinese in der Stahlkammer an? Was Herrn Seidemann das Attentat auf den londoner Zirkusbesitzer Poiccart? Was Herrn Makler Kuxmann das Komplott der Mörderbande gegen den großen Bill –? Eben weil es sie nichts angeht, lesen sie es.

Es ist die Flucht aus dem Alltag in die Romantik – aber in eine, in der es genau so logisch, so folgerichtig, so scharf zugeht wie im Leben – nur die Voraussetzung und das Schlußergebnis sind verschieden. Im Leben unterliegen bekanntlich immer beide Parteien – in den Kriminalromanen siegt einer unbedingt, vollkommen, ganz und gar, und das ist eine Befriedigung für den Leser, jener nicht unähnlich, die wir empfunden haben, wenn die arithmetische Aufgabe in der Schule mit Null aufging . . .

Jede Zeit hat die Räuberromane, die ihr angemessen sind: das achtzehnte Jahrhundert die moralischen oder unmoralischen, was auf dasselbe herauskommt; das neunzehnte die idyllischen, mit einem Rinaldo Rinaldini, der zweihundertundachtzig Seiten braucht, ehe er zum Schuß kommt – und heute geht es schnell und fix zu, klipp-klapp: Verbrechen, der Detektiv sog an der mächtigen Pfeife, das Auto braust in die Vorstadt, Blausäure, Brandstiftung, die schwarze Mündung des Revolvers richtete sich auf den erblaßten Billy, und auf Seite zweihundert ist alles in Ordnung. Das hat der Geschäftsmann gern – es ist eine klare Bilanz. Tempo! Tempo!

Der Kriminalroman ist die Ausspannung von der alltäglichen Tätigkeit: wer in der Geisbergstraße wohnt, eingetragen auf dem Einwohnermeldeamt, mit Steuerbogen, Führerschein, Geburtszeugnis und Impfattest, der liebt die Pyramiden, in deren Innern sich die arabischen Wüstenräuber aufhalten ... Die neueren Kriminalromane bestehen aus einem Minimum an Reflexion und einem Maximum an Handlung. Man kann nicht einmal sagen, daß hier die Tugend siege oder das Verbrechen: – die Aktivität siegt, der Schnellere siegt, der, der besser Auto fahren, der besser denken kann, der die schnellere Entschlußkraft besitzt. Es ist eine Entspannung für den, dem tagsüber am Telefon, im Geschäft, im Büro nichts schnell genug gehen kann – hier funktioniert es Schlag auf Schlag, und man weiß, woran man ist.

Aber es ist eine nicht ganz ungefährliche Entspannung. Lies vier Kriminalromane hintereinander, und dir wirbelt langsam der Kopf; diese Lektüre hat etwas Narkotisches, hinterher schmeckt nichts mehr anderes ...

Aber mitunter, in der Eisenbahn, im Flugzeug, in der Sommerfrische, in der Elektrischen ist es ganz heiter. Die Umwelt versinkt, vergessen Chef, Angestellte und der Ärger mit Abteilung IIIb, vergessen Registratur und Intrigen des Assistenten, vergessen Geschäft, Kurszettel und Hypothek ... «Der Detektiv hielt eine verwelkte Rosenknospe in der Hand und roch sorgfältig an ihr. In diesem Augenblick ertönte eine ungeheure Detonation, alle eilten ans Fenster ...» Die Herren Doyle, Wallace & Co. seien gesegnet für und für, wenn alles schief geht, nehmen wir ihre Werke zur Hand und flüchten uns aus dem sauber parzellierten Alltag in die unkontrollierbaren Länder der Verbrecher-Romantik. Es gibt allerdings ein Gebiet, in dem es noch toller zugeht als dort: und das ist das Leben.

ASYL FÜR OBDACHLOSE!

Und stehst du einmal am Ende
und hast keine Bleibe, kein Brot –
dann falte zufrieden die Hände,
man sorgt für deine Not.

Es gibt für solche Zwecke
ein Asyl – da findet der Mob
ein eisernes Bett, eine Decke
und einen alten blechernen Topp.

Hast du dein ganzes Leben
geschuftet wie ein Vieh;
und gehts dir im Alter daneben,
entläßt dich die Industrie –:
dann heißt es noch lang nicht: Verrecke!
Der Staat gibt dir sachlich und grob
ein eisernes Bett, eine Decke
und einen alten, blechernen Topp.

Manche auf diesem Planeten
leben bei Sekt und Kapaun.
Ja, solln sie vielleicht dem Proleten
einen Palast aufbaun –?
Andre verrecken im Drecke.
Du hasts noch gut – na, und ob!
Du hast im Asyl eine Ecke,
ein eisernes Bett, eine Decke
und einen alten blechernen Topp!

Wohltaten, Mensch, sind nichts als Dampf.
Hol dir dein Recht im Klassenkampf –!

DAS ELEND MIT DER SPEISEKARTE

«Wissen Sie was? Bringen Sie mir 'n Schnitzel —!»

Ich habe ja geschwänzt, aber als langer Leser der ‹*Vossischen Zeitung*› habe ich gelernt, daß es in Berlin eine «Ausstellung für Ernährung» gegeben hat. Sie soll sehr gut und instruktiv gewesen sein. Lasset uns, milde wie die Milch der gutartigen Kokosnuß, betrachten, wie die Praxis aussieht.

Was mir an der deutschen Speisekarte der Gasthäuser auffällt, ist ihr Unzweckmäßigkeit. Ob in Deutschland gut oder schlecht gegessen wird, ist wohl nur nach Landstrichen zu sagen, nach den ‹Geschmäkkern›, nach dem Geschlecht, dem Beruf, dem Geldbeutel des Urteilenden – hier handelt es sich um Grundsätzliches, gerade um das, was die Ernährungsausstellung wenigstens stellenweise gut und gescheit gepredigt hat: Eßt vernünftig! Es ist aber sehr, sehr schwer, in einem deutschen Restaurant vernünftig zu essen.

Erster Fehler: Es gibt viel zu viel Fleisch. Man braucht gar kein Lebensreformer oder Vegetarier zu sein, um das zu empfinden – jeder aufgeklärte Arzt empfiehlt dem scharf arbeitenden Menschen zum mindesten gemischte Kost. Bekommt er die in dem gewöhnlichen Restaurant? Also nicht im vegetarischen, nicht im besonders teuern, nicht in der berühmten Ausnahme, die es in jeder Stadt gibt – nein, im Restaurant Seeschlößchen? Bekommt er da eine gemischte Kost? Er bekommt sie mitnichten. Denn:

Zweiter Fehler: Die Gemüse sind nicht gut zubereitet und fast niemals frisch. Daß das Essen in den meisten Restaurants so schmeckt, als sei es abgestanden, liegt daran, daß es abgestanden ist. Die kulinarisch verderbliche Forderung des Deutschen, zwischen elf Uhr vormittags und vier Uhr nachmittags Mittag zu essen, wann es ihm paßt, hat zur Folge, daß das Essen halbfertig gemacht wird, sehr lange über Dampf steht.. und was dann herauskommt, sind diese ausgelaugten Sachen, die auf dem Teller leise vor sich hin weinen. Draußen, in der Natur, haben sie noch vor Lebensfreude und Vitamin geknallt; nun sind es armselige Gummistrünke, die schöne Namen führen, ‹Blumenkohl› oder ‹grüne Bohnen› – aber es sind Gummistrünke. Preisfrage: wo bleibt eigentlich das frische deutsche Gemüse –? («Da müssen Sie mal zu meiner Mutter kommen, Herr Panter, die kocht Ihnen ein Leipziger Allerlei . . .» – «Liebe gnädige Frau, es ist so nett von Ihnen . . . Aber alle Leute können doch nicht bei Ihrer Mama essen!»)

Dritter Fehler: Die Portionen sind zu groß. Ich weiß schon, daß die ‹Leute das verlangen› – aber ich weiß auch, daß es bereits eine Menge Esser gibt, die immerhin so etwas wie Eßkultur besitzen und die lieber viererlei verschiedene Kleinigkeiten essen an Stelle dieser Enak-Speisen. Denn wenn man ein Filetsteak bestellt, dann kommt ein Trum von Fleisch und Ei und Gemüsen und gebackenem Brot und das alles mit einemmal, wie ein mit Tschinellen garnierter Paukenschlag; und wenn man ‹Gulasch› sagt, dann kommt immerzu gar nichts wie Gulasch, eine ganze Badewanne voll, und sagt man ‹Eierkuchen›, dann kommt ein Bettvorleger . . . nein, die Portionen sind wirklich zu groß!

Vierter Fehler: Es gibt nicht genug Sommerspeisen und nicht genügend frisches Obst. Sich im heißen Sommer ein gedünstetes, faustgroßes Stück Fleisch in den Magen zu jagen, halte ich für eine immense Rücksichtslosigkeit gegen ebendenselben; eine Weile läßt sich das ja jeder Magen gefallen, aber eines Tages . . . nun, wir wollen uns nicht bange machen. Es gibt, besonders im Sommer, in den Restaurants viel zu wenig leichte Speisen – viel zu wenig gedünstetes Obst, viel zu wenig gutes, frisches Obst – denn was es gibt, das taugt meist nicht, und hier sind nun die Portionen wiederum viel zu klein: da steht so ein kleines

Kompott-Schälchen, und da liegt ein Löffelchen auf dem Tellerchen, und da liegen drei Pfläumchen ... nein, die Portionen sind wirklich zu klein!

Ich habe an keiner Stelle meines Beschwerdebüchleins von den Preisen gesprochen, obgleich das ein weites Feld ist. Aber ganz abgesehen vom Geld: selbst für Geld bekommt man fast niemals das zu essen, was man nach vernünftigen und hygienischen Ratschlägen essen sollte. Man bekommt es in Deutschland: in Familien, die wissen, was das heißt: kochen, essen, rationell leben; man bekommt es in Heimen, manchmal in Pensionen, in Vegetarierhäusern . . . aber man bekommt es fast niemals da, wo man es am allernötigsten braucht und erwartet: in Bahnhofrestaurants, in Hotels und in den Speisewagen, dieser untersten Stufe der deutschen bürgerlichen Ernährung. (Hier wird die Milch der guten Denkungsart sauer. Es ist aber auch zu schrecklich!) Nun, muß das sein —?

Es sei mir erlaubt, noch ein Glas Kokosmilch auf das Wohl der geehrten Gäste zu erheben.

Der verwickelte Apparat des öffentlichen Lebens macht es immer schwerer, Kritik an eben diesem Leben zu üben. Von Polemik sehe ich ganz ab — das ist eine andere Sache. Aber sag heute einmal, daß dir dort die Beleuchtung nicht gefällt oder dort nicht das Essen; sag, du habest Wünsche in bezug auf die elektrischen Kronen, die man dir verkauft, oder du hieltest eine andere Regelung des Hebammenwesens für richtig . . . sage es so freundlich, so bescheiden, so leise wie du nur kannst — was geschieht dann?

Dann springt dir ein Syndikus auf den Kopf. Nämlich der Syndikus des betreffenden Verbandes.

Und es darf immerhin einmal gesagt werden, daß die Beteiligten gewöhnlich am wenigsten wissen, was die Unbeteiligten wollen — Fortschritt kommt fast immer von außen. Wir aber haben einen neuen Moloch aufgerichtet: den ‹Fachmann›, der Laie darf sich nur wundern, und im übrigen hat er den Mund zu halten. Es besagt aber noch gar nichts für einen Beruf, daß er organisiert ist, denn das sind sie heute alle — und so lange keiner beleidigt wird, soll er aus den Vorschlägen, die ihm der Konsument macht, lernen und nicht die Herren Syndici fuchteln lassen. Jeder ist halb so wichtig, wie er glaubt — und das Schwergewicht wird immer mehr verschoben: «ce cochon de payant» sagen die Franzosen sehr gut, etwa: «Der Dumme, der bezahlt — was ist er denn schon groß? Nur ein Kunde!» Die Kunden aber, die das Geld erst in die Berufe bringen, sollten sich öfter auf ihre Macht besinnen und mit sanfter Stärke durchsetzen, was die Routine ihnen nicht geben will.

Es ist ein Elend mit der Speisekarte.

DAS WELTWORT

Es gibt in allen Sprachen ein Wort,
das geht von Mund zu Munde;
es pflanzt sich durch die Lande fort,
und überall machts die Runde.
Es war einmal gewiß kein Feingut,
doch nach dem Kriege wurd es Allgemeingut.
Weil ich ein feiner Knabe bin —:
wie sag ichs meiner Leserin,
so, daß ich doch gesittet bleibe . . .?
Vielleicht:
Ja, Scheibe —?

Herr Sternheim ist so mächtig eitel —
er wünscht sich Rosen auf den Schei —
Ja, Scheibe.

Willst du hier eine Ehe trennen,
so mußt du einen Grund benennen;
drei Männchen in Talarverkleidung,
die wühlen im Morast der Schei —
Ja, Scheibe.

Daß Deutschland militärisch bleibe,
schießt jeder Stahlhelmfritze nach der Schei —
Ja, Scheibe.
(Schießscheiben stehen aller Enden,
dies Wort ist nur mit Vorsicht zu verwenden.)

Auf daß er seine Frau in Seide lege,
kratzt mancher Arzt manchmal am Schei —
Ja, Scheibe.

Das Kabinett? Mir scheint, als ob mir schiene:
sie machten Wahlen gegen die Marine,
dann fallen sie um und willigen für nen Kreuzer ein.
Das ist des Müllers Lust. Wie oft trügt doch der Schei —
Ja, Scheibe.

In allen Sprachen gibt es dies Wort,
das geht von Mund zu Munde;
es pflanzt sich durch alle Länder fort
und überall macht es die Runde.

Es paßt auf alles in der Welt ...
nur ein Ding gibts, das nicht darunter fällt.
Dies Ding – ein jeder Kenner siehts –
ist unsere deutsche Strafjustiz,
Denn die – mit ihrem Riesenfleiße –
die letzte Zeile fehlt.

Ich weisse, was ich weisse.

KONFUSION UM ZEISIG

Zu Linke Poots nächstem 50. Geburtstag

Der erste Schwerhörige:
«Gehn Sie angeln –?»
Der zweite Schwerhörige:
«Nein! Ich geh angeln –!»
Der erste Schwerhörige:
«So! Ich dachte, Sie gingen angeln –!»

Gespräch

Drei Männer, auch Herren genannt, sitzen um einen Wirtshaustisch. Der eine scheint ein lockerer Zeisig zu sein: die beiden andern sind gewöhnliche Menschen des Alltags und der Allnacht. In der Ecke druselt ein Kellner; in der Ecke steht ein Grammophon. Jetzt gehts los. Das heißt: es hat schon lange losgegangen – aber für uns gehts erst jetzt los. Jetzt gehts los.

Der Tagherr: Also noch einmal –: was wollen Sie?

Der lockere Zeisig: Ich verpflichte mich, dieses Grammophon ohne Nadel und ohne Membrane spielen zu lassen!

Der Nachtherr: Und wie erklären Sie das?

Der lockere Zeisig: Meine Herren! was sind Erklärungen! was Begründungen! Ich fragte einmal in Libau eine ältere Dame, die sich unter anderm auch einem gewissen Lebenswandel hingab, ob sie einen Eisenbahnfahrplan besäße. «Nein», sagte sie. «Seitdem mein Großvater gestorben ist, habe ich keinen mehr.» Das ist nun zehn Jahre her ... aber noch immer denke ich darüber nach, wie –

Herr Tag: Machen Sie keine Flausen. Okkultismus?

Herr Nacht: Ohne Nadel und Membrane? Spiritismus? Nicht mit uns, Herr! Geheimer Sanitätsrat Dr. medicinae Moll –

Herr Tag: Dessoir ...

Der Zeisig, mit artiger Kinderstimme:

Dessoir und Lissoir gingen selband
auf ein kleines Pissoir, Hand in Hand;
aber als sie aus dem Pissauer kamen,
hießen sie Dessauer und Lissauer mit Namen!

Herr Nacht: Man kann mit ihm nicht vernünftig sprechen! Bitte – lassen Sie jetzt das Grammophon ohne Membrane und ohne Nadel spielen! Ja oder ja?

Herr Tag: Er kann es ja gar nicht! Er ist doch nicht allmächtig!

Der Zeisig: Meine Herren: nur Gott ist allmächtig. Haben Sie die neuste Nachricht vom Himmel? Heute nachmittag hat Gott einen Stein erschaffen, der so schwer ist, daß er ihn selbst nicht heben kann.

Die Kneipe versinkt in abgrundtiefes Nachdenken. Resultatlos. Dann:

Herr Tag: Also wie ist das nun? Wird es spielen – nein oder nein?

Herr Nacht: Er kann es ja gar nicht!

Der Zeisig: Fritz! Bringen Sie mal das Grammophon!

Das Grammophon weckt den Kellner, der auffährt und das Grammophon bringt, ein höchst seltsamer Vorgang.

Herr Nacht: Also was Sie uns da zeigen wollen –: das gibt es ja gar nicht!

Herr Tag: Das gibt es ja gar nicht!

Der Zeisig: Gibt es Sie beide denn?

Herr Tag: Ich bin von Schriftsteller Hauser auf der Schreibmaschine geschrieben worden – mich wird es ja wohl geben!

Herr Nacht: Ich werde von einem Leser der ‹*Weltbühne*› gelesen – mich wird es ja wohl geben!

Der Zeisig: Meine Herren, Sie haben mir zu viel Beweise dafür, daß es Sie gibt – wer so viel Hallo von seiner Existenz macht, den gibt es nicht. Nun zu unserm Grammophon!

Herr Tag: Ich glaube es einfach nicht!

Herr Nacht: Ich glaube es auch nicht!

Der Zeisig: Mit dem Glauben, meine Herren, da seien Sie mir doch ja recht vorsichtig! Kannten Sie den Malermeister Kiekut? Der pflegte zu sagen: «'s ist komisch! Wenn man den Leuten sagt, es gebe dreihundertmillionenvierhundertachtzigtausendzweihundertsiebzehn Sterne – das glauben sie. Aber wenn ich hier auf der Bank einen Zettel anmachen tue: ‹Frisch gestrichen!› – das glaubt kein Mensch. Da setzen sie sich noch drauf –!»

Herr Tag: Unsre Wette geht um eine Flasche Wein? Wie?

Der Zeisig: Ja, um Wein. Rossini, meine Herren, hat drei Mal in seinem Leben geweint: das erste Mal bei einem Operndurchfall; das zweite Mal, als er Paganini spielen hörte – und das dritte Mal, als ihm eine getrüffelte Poularde in den Gardasee fiel ...

Herr Nacht: Man kann mit ihm nicht vernünftig sprechen! Lassen Sie spielen, Mensch!

Herr Tag: Er kann es ja gar nicht!

Der Zeisig (hat am Grammophon herumgebastelt): Einen winzigen Augenblick ... Erklären Sie mir dies eine – (er bastelt weiter.) Da hat gestern das hiesige Reichswehrregiment einen Regimentsbefehl herausgegeben: morgen, als wie heute, sei Besichtigung. Ich werde es in der direkten Rede sagen. Also, es ist Besichtigung. Die Mannschaften, die sich selbst rasieren können, dürfen nicht zum Regimentsbarbier gehen – die Mannschaften aber, die sich nicht selbst rasieren können, müssen zum Regimentsbarbier gehen.

Herr Tag: Und –?

Der Zeisig: Frage: Was tut der Regimentsbarbier? Kann er sich selbst rasieren: so darf er sich nicht rasieren; kann er sich aber nicht selbst rasieren: so muß er sich rasieren ...

Die Herren Tag und Nacht: Er will uns foppen! Das ist ein seltenes Wort – aber wir wenden es trotzdem an. Es hat keinen Sinn. Man kann mit ihm nicht vernünftig reden. Er kann es ja auch gar nicht!

Sie schrauben sich in ihre Überzieher und verlassen die Kneipe. Man hört von draußen ihre Stimmen: «... er kann es nicht ... er kann es ja gar nicht ...» verhallen.

Der Zeisig ist eifrig tätig. Membrane und Nadel sind entfernt, nun hat er den tiroler Kaiserjäger-Marsch aufgelegt und dreht an. Er krempelt sich die Manschette hoch, zeigt einem imaginierten Publikum die leere Handfläche sowie den Rücken seiner Hand – und stellt dann den gar nicht allzu langen Nagel des kleinen Fingers senkrecht auf die sich drehende Platte.

Man hört deutlich leises Trompetengeschmetter.

Der Leser glaubt dies nicht.

Der Zeisig winkt dem Leser aufgeregt zu; er kann nicht mehr sprechen, weil ich es nicht mehr möchte – er kann nur noch winken. Er winkt: «Es ist wahr! Doch! Ja, ja! Man kann das machen!»

Der Leser schüttelt: Nein! nein!

Der Zeisig nuckelt: Ja! ja!

– Aber nun tritt er in den Whisky zurück, aus dem er gekommen ist, und nur das große, schwarze Grammophon steht noch da, dann zergeht auch es, den sanften Zischlaut eines im Falle der Isolierung lächerlichen Personal-Pronomens hinter sich lassend, zergeht auch es.

Der Leser blickt scheu auf den nicht allzu langen Nagel seines linken kleinen Fingers. Ob er mal —? Soll er mal —?

Der Zeisig sitzt selig im Whisky, kratzt sich mit der linken Poot und wartet: wann sie ihn wieder herauslassen. In fünfzig Jahren. Er hat mit Herrn Tag gesprochen, und der hat ihn nicht verstanden; er hat mit Herrn Nacht gesprochen, und der hat ihn nicht verstanden; er hat versucht, dem Leser mitzuteilen, daß man auf drehenden Grammophonplatten mit dem Fingernagel spielen kann, aber . . .

Der Leser ist noch nicht so ganz überzeugt, obgleich . . . Soll er mal —? ob er mal —?

DIE REPUBLIKANISCHE BESCHWERDESTELLE

muß doch wohl sehr gute Arbeit leisten, sonst wäre die Rechtspresse nicht so aus dem Häuschen, wenn sie von ihr spricht. Da sitzt einer, der weiß mit den Bestimmungen Bescheid, und was er macht, hat Hand und Fuß, und recht bekommt der Kerl auch noch —! Der eine ist Alfred Falk, ein Republikaner, wie man sich viele wünscht.

Nun hat da neulich irgend so ein Patriot von der ‹Judenrepublik› gesprochen, damit also zugegeben, er glaube, daß der halbe Prozent Deutscher, der der jüdischen Rasse angehört, fähig wäre, ganz Deutschland zu unterjochen. Herzlichen Glückwunsch! Es gab einen Prozeß. Falk, tapfer wie immer, ging ran an den Speck und schrieb einem der beteiligten nationalen Anwälte einen Brief. In diesem Brief hat sich Falk auch auf mich bezogen.

Und nun läßt sich also die *‹Deutsche Zeitung›* dazu folgendermaßen vernehmen:

«Ein altes deutsches Sprichwort heißt: ‹Sage mir, mit wem du umgehst und ich will dir sagen, wer du bist.› Herr Falk rechnet es sich zur Ehre an, mit dem pariser Juden Ignaz Wrobel zusammen genannt zu werden, der für seinen schamlosen Ausspruch: ‹Die Toten des Weltkrieges sind für einen Dreck gefallen›, — in einem pariser Kaffeehause von einem französischen Frontsoldaten öffentlich geohrfeigt worden ist. — Wir gönnen diesen beiden Ehrenmännern ihr trautes Freundschaftsverhältnis, bedauern jedoch, daß deutsche Regierungsstellen, anstatt in aller Öffentlichkeit von Herrn Falk und seinem ‹Kontrollorgan› abzurücken, sich der Mitarbeit eines Mannes bedienen, der von dem feldgrauen Ehrenkleide, das neben Millionen deutscher Helden auch der gegenwärtige Präsident des deutschen Reiches, Generalfeldmarschall v. Hindenburg, über vier Jahre hindurch getragen hat, als ‹Zwangsjacke des preußischen Militarismus› beschimpft und zu behaupten wagt, daß an ihm ‹der Fluch Tausender deutscher Soldaten› hänge.»

Abgesehen davon, daß die Herren aus der Konstruktion gerutscht sind:

Daß ich Pariser bin, habe ich schon immer gewußt. Ich heiße mit meinem richtigen Namen Arsène Lupin und habe in Paris eine gutgehende Einbrecherei. Aber die Sache mit der Ohrfeige, der ich schon mehrere Male im Morast der Nationalen begegnet bin, die wollen wir doch einmal in Ordnung bringen.

Ich weiß nicht, wie das bei den Patrioten hergeht: ich für mein Teil halte an Stammtischen keine Reden, weil ich jede Woche zu einer Schar Freunde sprechen kann, die mir quantitativ und qualitativ genügt. Wozu also sollte ich Zeit und Kraft an acht Männerchen verschwenden, wenn ich zu zwanzigtausend sprechen kann?

Nach den etwa vierzig oder fünfzig Vorträgen, die ich im Laufe der Jahre in Paris über Deutschland gehalten habe (aber nicht in Cafés), ist niemals ein Zwischenfall erfolgt; niemals hat mich ein Franzose geohrfeigt, niemals habe ich mit einem französischen ehemaligen Soldaten irgend eine Auseinandersetzung gehabt, bei der auch nur die Stimmen erhoben worden sind. Weil ich aber weiß, daß es in den Kreisen, die die *‹Deutsche Zeitung›* lesen, für ehrenrührig gilt, wenn sich ein andrer pöbelhaft benimmt, so sage ich ihr, daß selbst, wenn mich ein Franzose dafür geprügelt hätte, daß ich den Krieg ein Verbrechen und seine Ziele einen Dreck genannt habe, ich auch das nicht als eine Widerlegung meiner Arbeit auffasse. Wäre ich ein schwächlicher Mensch: der Krieg bleibt ein Verbrechen. Läge ich zerschlagen auf der Straße: der Krieg bleibt ein Verbrechen. Aber es gibt viele Franzosen, die den Krieg so beurteilen wie ich; auf jeden Leser der *‹Deutschen Zeitung›* kommen etwa zehntausend, was gewiß noch nicht viel ist – aber es ist schon ganz hübsch.

Alfred Falk hat recht und abermals recht:

An der feldgrauen Joppe hängt der Fluch Tausender deutscher Soldaten, und diese Affenjacke ist eine Zwangsjacke des preußischen Militarismus gewesen.

Ja, wenn man die Sache mit Ohrfeigen aus der Welt schaffen könnte ... Dann hätte Ludendorff Herrn Foch geohrfeigt und Falkenhayn Herrn Joffre, und vielleicht hätten sie da einen Sieg erfochten, der ihnen, um ein Haar, was: um ein Haar! – um die Stirnbreite eines pommerschen Gutsbesitzers entgangen ist.

Meinen Ausspruch aber: «Die Toten des Weltkrieges sind für einen Dreck gefallen» möchte ich modifizieren.

Sie sind für die *‹Deutsche Zeitung›* gefallen.

DAS ZWEITE HEER

Das ist nun sechs Jahr her, da stand in diesen Blättern ein Artikel zu lesen, in dem ich auf die versuchte Umgehung des Versailler Friedensvertrags durch eine unverhältnismäßig starke Bewaffnung und Organisation der damaligen preußischen Polizei hingewiesen hatte. Alles blieb still, bis ein pariser Blatt, ‹*L'Eclair*›, die Sache aufgriff und eine Übersetzung meiner Arbeit brachte. Der schickte die Redaktion eine irreführende Notiz vorauf, aus der man herauslesen konnte, der deutsche Pazifist Ignaz Wrobel habe dem Blatt diese Mitteilungen gemacht. Aber nun gings los.

Von Berlin bis Eydtkuhnen heulte die schweißige Entrüstung der Nationalen, und als ich den Obstinatesten mitteilte, daß der französische Artikel nicht von mir angeregt sei, da taten sie das, was die normale kleine Redaktion immer tut: sie verbargen sich, in jener spezifischen Mischung von Feigheit und Rechthaberei, hinter der Tatsache, daß man in diesen Blättern die Wahrheit nicht einmal inserieren kann. Mein reiches Einkommen aus französischen Fonds stand von da ab fest. Die Angelegenheit wurde später durch die Zuwendung von Ruhrgeldern an Industrie und Gewerkschaften wieder bereinigt.

Wie sieht die Polizei heute aus?

Es ist festzustellen, daß sich Karl Severing und ebenso sein Nachfolger, Grzesinski, in ihrer Art um eine vernünftige Personalpolitik in der preußischen Polizei bemüht haben. Das ist anzuerkennen, auch wenn man das, was da geschieht, als nicht sehr weitgehend ansehen muß; die Widerstände, mit denen diese Minister zu kämpfen hatten und zu kämpfen haben, sind sehr groß, und man kann sich darüber unterhalten, ob sie sie mit der nötigen Schärfe überwinden. Es muß ihnen zugebilligt werden, daß es nicht einfach ist, der Verwaltungsschlauheit, dem Protektionsklüngel und den sehr gerissenen Korpsstudenten entgegenzutreten, wenn man in einer Koalitionsregierung sitzt. Soweit gut.

Über die fortdauernde Militarisierung der Polizei aber reißen die Klagen der beteiligten Beamtenverbände nicht ab: auf den Polizeischulen werden die älteren Leute noch heute wie die dummen Jungen, schlimmer: wie die preußischen Rekruten behandelt; das System ist wiederum wie das alte auf hündischer Unterordnung, auf Aufgeblasenheit der ‹Vorgesetzten›, auf Schikane und Unvernunft aufgebaut, und das ist bei dem Offiziersmaterial kein Wunder. Die Beamten sind zum größten Teil republikanisch gesinnt und wären, besonders in den großen Städten, nicht so ohne weiteres für einen Putsch zu haben, dessen Inszenierung übrigens nicht aktuell ist.

Daß diese Polizei nicht so ausgebildet werden kann, wie die braven

‹Blauen› unter dem Seligen, leuchtet ein. Ihre Aufgaben sind andre, ihr Mannschaftsersatz ist ein andrer geworden, die Zeiten haben sich geändert.

Aber was in dieser Polizei heute noch alles getrieben wird, was dort möglich ist, zeigt ihre Ausbildung in einem Zweig, der ihre Kompetenzen weit überschreitet: in der aktiven Vorbereitung des Bürgerkrieges.

Die für uns gleichgültige Anschauung des Reichsgerichts über das, was ‹Landesverrat› sei, wird niemals hindern, daß in diesen Blättern das steht, was wir für gut befinden, und wenn ich es für meine Person im Interesse des europäischen Landfriedens für richtig hielte, einer fremden Macht Einzelheiten über das deutsche Militär auszuliefern, so täte ich das. Doch geht es darum im Augenblick nicht. Nach der Baldrian-Politik der letzten Jahre, die eine Befriedung Europas vorgibt, wo Geschäfte gemeint sind, haben wir kein Interesse daran, nach außen um Hilfe zu rufen – es käme nämlich keine. Was hier nun gerügt werden soll, hat mit dem Versailler Vertrag wenig zu tun, denn die preußische Polizei hält sich sicherlich an die gesetzlichen Abmachungen, soweit sie außenpolitischer Natur sind. Viel schlimmer ist, was da für das Geld der Steuerzahler, nach innen hin, betrieben wird.

«K. v. Oven, Polizeimajor und Lehrer an der preußischen höheren Polizeischule in Eiche. *‹Polizeiverwendung, dargestellt an Aufgaben›*. Buch II, *‹Beim Einsatz im Stadtgebiet›*» (erschienen im Deutschen Polizei-Verlag in Lübeck). Dieses Buch ist ein Skandal.

Ich weiß nicht, ob sein Verfasser jener berüchtigte Freikorpsführer aus der Noske-Zeit ist; dem Geist des Buches nach könnte er es sein. Das Vorwort enthält die politische Weisheit des Jahres 1913:

> «Hört man doch stellenweise immer noch die irrige Ansicht, ein Kampfeinsatz der Schutzpolizei wäre heute derart unwahrscheinlich, daß er nicht mehr im Vordergrunde der Ausbildung zu stehen hätte, daß unsre Führer für ihn nicht mehr so eingehend geschult zu werden brauchten. Welch kurzsichtige Auffassung! Je weniger wir auf den Kampf vorbereitet sind, um so mehr leisten wir ihm durch den damit verbundenen Tiefstand unsres Könnens Vorschub, wir fordern die Gegner der heutigen Staatsordnung ja gradezu heraus, sich ihre Ziele mit bewaffneter Hand zu erkämpfen. Die alte Römerweisheit ‹si vis pacem, para bellum› hat in übertragenem Sinne auch für die Polizei Gültigkeit; dadurch, daß man sich auf die Möglichkeit eines Kampfes einrichtet, zeigt man nicht, daß man ihn will.»

Das ist gelogen, zwar vorsichtig, aber schlecht gelogen. Wer in eine Kampfausbildung so viel Geld, Mühe und Menschen investiert, wie das hier geschieht, zeigt, daß er mit Krieg rechnet, und es ist unabänderliches Gebot dieser Kapitalanlagen, daß sie eines Tages Selbstzweck werden. «Kampfaufgaben sind also heute noch genau so nötig wie in den ersten Nachkriegsjahren.» Wiederum falsch: denn die innerpolitische Lage ist wesentlich konsolidierter, sie hat mit einem Sieg der Reaktion geendet, die heute die Namen gewechselt hat, und es ist vor allem nicht Aufgabe der Polizei, im Bürgerkrieg als Truppe aufzutreten. Das wäre ‹Polizeiverwendung›? Das ist dann keine Polizei mehr, sondern ein zweites Heer.

Wozu dann noch die Reichswehr, deren Existenz uns dauernd, mehr oder minder verhüllt, mit dem ‹innern Feind› erklärt wird?

Liest man diese Anweisung zum Bürgerkrieg, so glaubt man sich mitten im Kriege und vor allem mitten in einer großen Armee. Da ist von «Taktik» und «Einsatz» und «Aufklärung» und «Erkundung» die Rede: da gibt es «Angriffsvorbereitungen» und «vortäuschende Tätigkeit»; da wimmelt es von «Stoßrichtung», «Westfront», «Feuerschutz», «Flankierungen» ... kurz: hier wird Soldat gespielt. Aber das Spiel ist ernst.

Wie ernst, zeigen die Hinweise auf die Spezialliteratur dieser Kreise, die auf einen ganzen Korb voller Ovens schließen läßt: und daß sich die Herren nicht begnügen, in den Städten Unheil anzurichten, ersehen wir an dem Buch *‹Polizeiverwendung im landespolizeilichen Einsatz›*, wo auch mit größern Verbänden operiert wird. Wohinaus läuft das? Was wollen diese Leute –?

Über die Rechtslage machen sie sich wenig Skrupeln. «Die rechtlichen Grundlagen für die Benutzung fremden Eigentums (Wohnungen, Möbel usw.) sollen hier nicht weiter erörtert werden. Soweit die betreffenden Grundrechtartikel der Reichsverfassung durch den Ausnahmezustand nicht außer Kraft gesetzt sind, liefert die erforderlichen Grundlagen vor allem das Allgemeine Landrecht mit seinem § 10 II 17 und mit dem Staatsnotrecht (polizeilicher Notstand)», eine Rechtsdarlegung, die man am besten mit den Worten ‹und überhaupt› charakterisiert. Aber sie ist sehr bezeichnend für die Denkart dieser republikanischen Beamten.

Daß der Ausnahmezustand für ein ‹anständiges› Regieren eine Notwendigkeit ist, wird jeder Esel, der bekanntlich damit regieren kann, einsehen. Mit seiner Verhängung wird als Grundbedingung dieser ‹Polizeiverwendung› gerechnet. Auch der Rückzug auf jene Kautschukbestimmung des Allgemeinen Landrechts, die die Aufgaben der Polizei sehr dünn definiert, das Gefühl, im Rücken Komplicen im Talar zu haben, kräftigen ungemein. Im einzelnen kommts dann nicht mehr so genau drauf an.

«Eine Ablieferung von festgenommenen Personen bei der Gefangenen-Sammelstelle ohne nähere Angabe über die Straftat und Zeugen ist völlig zwecklos; es läßt sich dann später dem Betreffenden durchaus nichts nachweisen, und er geht – obgleich er sich sicher einer strafbaren Handlung schuldig gemacht hat — straffrei aus.» Na sicher! Der Polizeimajor hat seinen Beruf verfehlt: er hätte Richter werden sollen.

«Ist es ... nicht überhaupt Pflicht des Polizeiführers, grade Besonderheiten in der Kampfweise der Aufständischen mitzuteilen und vorzuschreiben, welche Gegenmittel anzuwenden sind? Oder wirken grausame Verstümmelungen verwundeter oder gefangener Beamten nicht grade in einer den Kampfwert der Polizei hebenden Richtung?» Das dürfen sich Aufständische umgekehrt genau so fragen, nur haben sie infolge der Präzedenzfälle mehr Berechtigung dazu. Denn ich glaube nicht, daß deutsche Arbeiter ihre paar Gefangenen jemals so hundsgemein gequält haben wie die ‹Vertreter der Ordnung› das mit verhafteten Arbeitern getan haben. Niemand ist so roh wie die entfesselte Kanaille der Ordnung.

So ganz wohl ist dem Polizeimajor bei seiner Kompetenzüberschreitung nicht. «Als Übungsgelände kämen in der Regel wohl nur Polizeiunterkünfte in Frage, in denen durch besondere Bezeichnung (weiße Bänder, Tafeln, sonstige Geräte) nicht vorhandene Straßenzüge angedeutet werden müßten, soweit es zum Verständnis der Lage erforderlich ist.» Denn sonst könnten die ‹aufständischen› Angestellten und Arbeiter wohl sehen, was da für ihr Geld getrieben wird ...

Wie eine solche völlige Verkennung der Polizeiaufgaben auf die vielbeklagte, viel zu militärische Ausbildung der Polizeibeamten zurückwirkt, ist ganz klar. «Leider», spricht der Major, «leider ist das Wort ‹Kameradschaft› in der Schutzpolizei zum Teil wenig geschätzt. Man hat versucht, den ‹Kameraden› durch den ‹Kollegen› zu ersetzen, hat dabei aber übersehen, daß Kollegialität etwas ganz andres ist als Kameradschaft.» Der Major wittert richtig, daß hier die Grenzen seiner Macht sind, und daß eine neue Gesinnung aufkommt, die ihm und seinesgleichen sehr, sehr gefährlich werden kann. «Kollegen sind Berufsgenossen, Arbeitsnachbarn im weitern Sinne; sie gehen ihrer Beschäftigung wohl gemeinsam nach, sie unterstützen einander auch gelegentlich. Der Begriff ‹Kollege› ist jedoch nicht untrennbar verbunden mit dem Gedanken gegenseitiger Hilfe in Not und Tod, im Feuer der Aufständischen gibt es keine Kollegialität.» Doch. Die mit den Aufständischen. «Da braucht man Kameraden, da ist die Kameradschaft das Band, das über die Lebensgefahr hinweg ...» Sagt mal, ist eine Polizeischule ein Narrenhaus? Was hat der mit ‹Not und Tod›? Was will der Mann eigentlich —?

Der Mann will die Polizei so aus dem Volkskörper herausheben und so zu einem eignen, unstaatlichen Gebilde machen, wie das mit der Reichswehr bereits geglückt ist. Der Mann will aus der Polizei ein gefügiges Werkzeug in den Händen einiger von der Industrie und Landwirtschaft bezahlter Drahtzieher machen, die ihre Hofhunde gut füttern, wenn die gut beißen. Der Mann will ein zweites Heer.

Wir aber wollen gar keins. Und vor allem wollen wir nicht, daß aus der Polizei wieder ein Haufe blindwütiger, ordinärer, brüllender und brutaler Lümmel gemacht wird, wie sie das unter dem Seligen gewesen ist.

Zweifellos hat jeder Staat das Recht, sich gegen seine politischen Gegner nach innen zu verteidigen. Das ist ein Grundgesetz. Es fragt sich nur, durch welche Organe er das besorgen läßt. Entweder die Polizei wird auf ‹Aufständische› dressiert, deren Macht und Können der Major bewußt oder unbewußt übertreibt, dann ist das Heer überflüssig. Oder aber es ist Aufgabe der Reichswehr, die keinen äußern Feind kennt, den innern Feind zu bekämpfen, dann hat die Polizei sich mit dem zu befassen, wozu sie geschaffen ist, aber nicht mit der Vorbereitung von Bürgerkriegsschlachten. Da ich die Gefahr eines großen deutschen Volksaufstandes nicht sehe, so stehe ich nicht im Verdacht, einen mir unbequemen Gegner aus der Welt schaffen zu wollen; ich glaube auch nicht, daß eine echte Revolution durch die Stoßkraft des Herrn v. Oven aufgehalten werden kann. Ich glaube nur, daß die preußische Polizei ihre Steuergelder nicht für den Bürgerkrieg bekommt, und daß es die unheilvollsten geistigen Wirkungen haben muß, wenn solche Gesinnung von Staats wegen proklamiert wird.

Die *‹Vossische Zeitung›* hat neulich die Reportage eines Mannes veröffentlicht, der als Stromer durch Pommern gezogen ist. Seine Charakterisierung der örtlichen Polizeiorgane war vernichtend. «In diesem Augenblick wurde die Tür zum Nebenzimmer aufgerissen und mit flatternder grüner Pelerine erschien der Offizier vom Dienst. Als er mich erblickte, stieß er einen Laut durch die Nase aus, wie ein Liebhaber einer Provinzbühne, der seine Angebetete in den Armen eines andern überrascht, und schrie: ‹Was will der Kerl?›» — Ich kann darüber nicht so lachen, wie es der Offizier vom Dienst verdient. Denn ich weiß, daß von diesem ungehörigen Auftreten bis zur Gefangenenmißhandlung oder ihrer Duldung ein einziger winziger Schritt ist, und ich spreche einem Beamten das Recht ab, seine Landsleute, die ihn bezahlen, wie die Schweinehunde zu behandeln. Wenn er das zu tun gewohnt ist, so gehe er auf seinen kaiserlichen Kasernenhof; in einer Republik [illegible] er nichts zu suchen.

Die mangelnde Hilfsbereitschaft der Polizei, über die so viel geklagt wird; ihre Überbürokratisierung; ihre Unfähigkeit, das heutige Leben zu begreifen; ihr Versagen in den kleinen Städten, wo sie auf den Leuten herumregiert, anstatt mit ihnen zu arbeiten — alles das ist zum wesentlichen Teil durch die unglückliche Offiziersauswahl zu erklären. Ein Kommiß- und Kasino-Mensch kann eben nicht verstehen, wie eine gute Polizei zu funktionieren hat, und er wird automatisch die Allüren, Anschauungen und Gebräuche des Kasernenhofs auf eine ganze Nation zu übertragen versuchen, und weil das deren schlimmsten Eigenschaften entgegenkommt, wird er sie noch mehr verderben.

Wie diese Gehirne arbeiten, wie sie aus diesem Krieg nichts, nichts gelernt haben, das zeigt sich herrlich aus dem Abschnitt einer Ovenschen Arbeit, deren Titel schon so lang ist wie ein mittelkräftiger Instanzenweg: ‹*Die Tätigkeit der beteiligten Polizeikommandos bei der Vorbereitung des großen Aufsichtsdienstes*› woraus ‹polizeitaktisch› zu lernen, daß sich an einem Aufsichtsdienst niemals unbeteiligte Polizeikommandos beteiligen. Der Aufsichtsdienst nun ist nötig — wozu . . .? Wozu anders als zur Einweihung eines ‹Weltkrieg-Denkmals› — und man muß nun sehen, wie das auf zwanzig Seiten dargetan wird. Ich mache mich gar nicht darüber lustig, daß jemand seinen Leuten beibringt, wie man in einer großen Stadt eine Absperrung handhabt, das will gelernt sein und muß ordentlich gemacht werden — aber wer mitangesehen hat, was die ‹Feldtelefonwache› auf dem Brandenburger Tor anstellte, als der Emil von Afghanistan, ein freundlicher Feind, heranrückte, wie da signalisiert, gewinkt, telefoniert und angegeben wurde und das alles für nichts für wieder nichts: der wundert sich nicht, wenn er hier die Pflanzschule für diesen aufgeblasenen Unfug findet. Da gibt es einen «nachrichtentechnischen Polizeioffizier»; man stelle sich die Überorganisation aus dem Krieg vor, angewendet auf eine Absperrung, A Denkmal, B Spitzen der Behörden, C Verbände . . . und eine Geschäftigkeit, ein Hallo, eine Scheinarbeit — zum Schluß, wenn alle ‹in ihre Quartiere gerückt sind›, wundert man sich nicht mehr, warum hier eigentlich so viel gearbeitet und so wenig getan wird.

Die militärischen Wirkungen der Ovenschen Spielerei überschätze ich nicht, obgleich ich glaube, daß man in einer derart vorgebildeten und verbildeten Polizei in einer nicht zu fernen Zeit den Rahmen eines zweiten Heeres wohl schaffen kann. Die moralischen Wirkungen sind schlimmer.

Zu erklären sind sie in erster Linie nicht etwa durch finstere Verschwörungen des Reichswehrministeriums mit den Polizeibehörden. Das Reichswehrministerium, zutiefst versenkt in kaufmännische Gründungen fortgeschrittener Art, in Besprechungen mit der Kriegsindustrie und mit Propagandareisen ins Ausland, also mit rein militärischen Aufgaben, mißtraut der Polizei instinktiv, die an den Maßstäben der Bendlerstraße gemessen, einen Haufen wüster Bolschewisten darstellt. Da sind ‹unsre›, die wir in möglichst kleinen Nestern unkontrolliert ausbilden lassen, denn doch andre Kerls. Das walte Gott.

Zu erklären ist die Militärspielerei der maßlos aufgepusteten und überorganisierten Polizei durch ganz etwas andres. Nämlich durch die Überbevölkerung Deutschlands.

Diese Offiziere haben, wie die meisten Beamten, die Sucht, ihre Position so wichtig zu machen, wie nur irgend möglich — sie konstruieren sich eine Beschäftigung, wo keine ist. Was früher ein Bürgermeister im Nebenamt gemacht hat, machen heute zwanzig Polizeioffiziere, die anderswo nicht unterkriechen konnten, denn wem Gott Verstand gibt, dem gibt er auch ein Amt, und mit irgend etwas müssen sich diese Herren doch beschäftigen. Das tun sie auch.

Sie verfallen dem allgemeinen deutschen Fehler, aus Freude am Theater, am Apparat, an der Wichtigtuerei des Berufs, ihre Stellung aufzublasen wie einen Ballon. Das fängt mit den Fachausdrücken an und hört mit den Etats auf; was in Deutschland registriert, organisiert, normalisiert, dekretiert und disponiert wird, geht auf keine Geßlerhaut; produktiv gearbeitet aber wird viel weniger als man glaubt, denn dies alles ist blanker Leerlauf. Sie verteidigen eine gekünstelte Position; sie fühlen sich ständig als Reklamierte, die ihre Existenzberechtigung dartun müssen, und das Gefühl ist auch richtig. Daher diese maßlose Aufgeblasenheit der Stände; die Wichtigkeit, mit der ein Schlafwagenschaffner unsre Billetts knipst, als seien noch niemals auf der Welt Billetts geknipst worden; der Dummstolz des ‹Fachmanns›, der sich gar vor Hochmut nicht zu lassen weiß, weil er seinen Kram gelernt hat wie anderswo Millionen Menschen auch; die ungeheuerliche Selbstüberschätzung jedes Bürovorstehers ... sie alle repräsentieren den Typus des Deutschen, der gern die Arbeit der andern kommandieren möchte. «Was wünschen Sie denn für eine Position?» — «Ja, wissen Sie, ich bin ein ausgezeichneter Organisator ...» Ab dafür.

So einer ist der Polizeimajor, und so einer ist jeder von ihnen. Aber was Oven treibt, ist gefährlich: In einem seiner Bücher, *‹Straßenkampf›* betitelt, liegt die militärische Färbung der Ausbildung ganz offen zutage. Das entsprechende Fachadverbium heißt ‹polizeitaktisch› — aber dieser Herr von Oven hat verflucht wenig Takt, und für die Taktik ist die Polizei nicht da. «Während sich der Kräftebedarf beim Kampfe eines Polizeikörpers im offenen Gelände ...» ja, sind wir denn Hereros, die von einer Schutztruppe unterworfen werden sollen? Wofür bekommt der sein Gehalt? Dafür —?

Auch in diesem zweiten Band ist die Angst, seine Vorbereitungen zum Bürgerkrieg könnten herauskommen. Wie werden die Manöver abgehalten? «Um solche Stadtgänge unauffällig und möglichst ungestört durch Zuschauerpublikum ausführen zu können, empfiehlt es sich, sie in Zivilkleidung zu unternehmen. Man kann dann selbst in belebten Stadtteilen und in solchen Gegenden, deren Bevölkerung der Polizei unfreundlich gesonnen ist, mit zwanzig bis dreißig Teilnehmern ohne Aufsehen und unbehindert derartige Besprechungen abhalten.» Daß es immer noch Stadtteile gibt, deren Bevölkerung dieser freundlichen Polizei unfreundlich gesonnen ist, sollte man nicht für möglich halten ... Im übrigen nennt jener sein Indianerspiel: «Befriedungsaktion» — vielleicht erkundigen sich die Sozialistenführer einmal bei ihren sächsischen und thüringischen Genossen, wie diese Befriedung in Praxis aussieht: braun und blau sieht sie aus, denn das sind die Farben, wenn jene losgelassen werden.

Oven übt. Wofür —? Er macht ‹Planspiele›, die genau den alten Kriegsspielen des Generalstabs nachgebildet sind, und wir dürfen uns aussuchen, ob er harmlos ist und nur unser Geld und Kraft und Zeit der Beamten vertut — oder ob er wirklich gefährlich und bösartig ist und wartet, wartet . . . Ich denke: er wartet.

Darauf wollen aber wir nicht warten. Mit uns werden keine Planspiele gemacht und keine Kriegsspiele und keine Generalproben für Mord und Totschlag. Der Polizeimajor hat seinen Staat, den er angeblich schützen will, gut begriffen: er will den Krieg und bereitet ihn vor, und er malt ununterbrochen, um sich und seinen Kram zu rechtfertigen, den bösen Feind an die geduldigen Wände der Polizeischulen. Heraus da —!

Wenn es dem preußischen Innenministerium ernst ist mit dem, was es uns verspricht, dann entlasse es diese ungeeigneten Beamten, die ihr Amt und das der Polizei verkennen, und bilde die preußische Polizei erst einmal in dem aus, was ihr noch so sehr fehlt: in Hilfsbereitschaft, Menschenfreundlichkeit und vernünftiger Zusammenarbeit mit dem Publikum.

SIE SCHLÄFT

Morgens, vom letzten Schlaf ein Stück,
nimm mich ein bißchen mit —
auf deinem Traumboot zu gleiten ist Glück —
Die Zeituhr geht ihren harten Schritt . . .
    pick-pack . . .

«Sie schläft mit ihm» ist ein gutes Wort.
Im Schlaf fließt das Dunkle zusammen.
Zwei sind keins. Es knistern die kleinen Flammen,
aber dein Atem fächelt sie fort.
Ich bin aus der Welt. Ich will nie wieder in sie zurück —
jetzt, wo du nicht bist, bist du ganz mein.
Morgens, im letzten Schlummer ein Stück,
kann ich dein Gefährte sein.

COURTELINE

Lieber Fasanenhauptmann, Sie fragen mich anläßlich der Erwähnung Courtelines, die unser Freund Theobald Tiger neulich getan hat, warum ich denn diesen weisen und tiefen Humoristen nicht übersetzte. *‹Les Gaîtés de l'Escadron› und ‹Le Train de 8 h 47›* seien doch wohl nicht ins Deutsche übertragen. Ich glaube, daß sie noch nicht übersetzt sind.

Wie sehr ich Georges Courteline schätze, werden Sie an meinem nächsten Buch sehen, das ihm gewidmet ist. Aber warum ich ihn nicht übersetze ...

Lieber Fasanenhauptmann, man kann ihn zwar übersetzen, aber man kann ihn nicht übertragen.

Nicht etwa, weil ein Soldatenargot darin vorkommt. Desgleichen haben wir auch vom Frieden her und noch mehr vom Krieg, aus dem man bekanntlich ganze Lexika dieser Soldatensprache herausgezogen hat. Das also machte keine Schwierigkeiten. Der spezifisch courtelinesche Humor macht sie.

Dieser Mann ist derart französisch, daß wahrscheinlich bei den meisten Scherzen, bei denen drüben kein Auge trocken bleibt, hierzulande niemand lachte – und das kann man sehr wohl verstehen. Wenn internationale Wirkung ein Zeichen von Größe ist –: so groß ist er dann nicht. Die Soldatengespräche; die Verspottung einer Bürokratie, die eben französisch ist bis ins letzte Staubfäserchen; die Fröhlichkeit dieser Soldaten, die so anders ist als die unsre – exportieren Sie mal eine Berliner Weiße!

Noch mehr bedaure ich das von den *‹Messieurs les Ronds-de-cuir›*, eine ganz geniale Sache, die von der Bürosatire ins Visionäre heraufsteigt, eine Fundgrube an echtestem und tiefstem Humor. Courteline, der wie Sie wissen, eigentlich Moinaux heißt, war ja selbst einer von den ‹Ronds-de-cuir›, und er hat sich lange Jahre hindurch von einem Kollegen vertreten lassen und ist nie ins Büro gegangen. Als dieser Kollege ihn dann eines Tages im Café bat, doch nun einmal selber zu kommen, da er auf Urlaub müsse, da brauste Courteline auf, soweit ihm das möglich war, und verweigerte einen Urlaub, der ihm nicht nötig schien ...

Aber übersetzen kann man ihn nicht. Ich habe die *‹Freuden der Eskadron›* unter einem Lachtränenschleier gelesen, aber wenn ich das auf deutsch sagen sollte, käme ich in die allergrößte Verlegenheit. Da wird es kaum noch komisch sein. Französisch die Unterhaltungen auf Stube; französisch der ‹adjudant Flick›, der eine populäre Figur ist, und zu dem es übrigens ein lebendes Vorbild gegeben hat; französisch die beiden Soldaten im Puff, sehen Sie, das ist schon so eine Sache: das Lebensgefühl drüben reagiert ganz anders auf diese Episode, bei uns tauchen dann dreihundertdreiundvierzig ‹Probleme› auf ... die beiden Jungens aber, die total durchgeregnet, übermüdet und halb lahm vor Erschöpfung den Laternenanzünder auf seiner Tour begleitet haben, bis sie, von einer ausgelöschten Laterne zur andern, morgens an den Puff kommen und da alle Mädchen aus den Betten geholt werden ... und wie das alles, durchaus naturgemäß, im Arrest endet – ich weiß wirklich nicht, wie ich das übertragen soll. Dazu diese Fülle der kleinen Glanzlichterchen; diese Güte; dieser Spott, der aus dem tiefsten Mitleid herrührt – es ist eben der Mann, der sich in sein Privatwappen gemalt hat: «Et après?» Und wenn man es übersetzte, so sagte er uns vielleicht: «Na und?»

Aber er kann nicht deutsch, der alte Herr, dem es heute mit der Gesundheit nicht mehr so geht, wie wir das wünschen ... Wissen Sie, lieber Fasanenhauptmann: lesen Sie das Ding französisch und lachen Sie deutsch.

Herzlichst Ihr Peter Panter

«MASSE MENSCH»

Ich bin die Masse.
Ich bin niemand und alle.
Ich fühle mich und ahne dumpf, was ich will.
Wenn ich mich einmal zusammenballe,
wird das einzelne Ding in mir still.
Ein Ruf nur:
«Rule Britannia –!»

Untertauchen in mir Angestellte und Fabrikanten,
Volksschullehrerinnen und Präsidenten vom Fußballverein;
alle sehen mit dem gleichen gespannten
Ausdruck nach vorn – alle sind nur noch ein
Leib, ein Herz, eine einzige Demokratie:
«Allons, enfants de la patrie –!»

Hunderttausend Willen sind in meinem –
aber ich bin mehr als die Hunderttausend.
Tausend Gesichter habe ich und habe doch kein Gesicht.
Mein ist die Stadt, wenn ich rufend und brausend
durch die Straßen ziehe, Mann gegen Mann,
bis an die Häuser gepreßt, dicht ...
«Deutschland über alles –!»

Ich bin die Masse.
Ich bin niemand und alle.
In mir bist du geborgen. Ich bin ein Wilder,
ein wankelmütiges Kind.
Was ich heute gewollt, habe ich morgen vergessen. Ich falle,
laufen sie auseinander, zusammen wie Laub im Wind.
Man kann mich belügen. Aber nur einmal betören ...
Ich bin die Kraft jedes Volkes.
Und du sollst auf mich hören.

FRAUEN SIND EITEL. MÄNNER? NIE –!

Das war in Hamburg, wo jede vernünftige Reiseroute aufzuhören hat, weil es die schönste Stadt Deutschlands ist – und es war vor dem dreiteiligen Spiegel. Der Spiegel stand in einem Hotel, das Hotel stand vor der Alster, der Mann stand vor dem Spiegel. Die Morgen-Uhr zeigte genau fünf Minuten vor einhalb zehn.

Der Mann war nur mit seinem Selbstbewußtsein bekleidet, und es war jenes Stadium eines Ferientages, wo man sich mit geradezu wollüstiger Langsamkeit anzieht, trödelt, Sachen im Zimmer umherschleppt, tausend überflüssige Dinge aus dem Koffer holt, sie wieder hineinpackt, Taschentücher zählt und sich überhaupt benimmt wie ein mittlerer Irrer: es ist ein geschäftiges Nichtstun, und dazu sind ja die Ferien auch da. Der Mann stand vor dem Spiegel.

Männer sind nicht eitel. Frauen sind es. Alle Frauen sind eitel. Dieser Mann stand vor dem Spiegel, weil der dreiteilig war und weil der Mann zu Hause keinen solchen besaß. Nun sah er sich, Antinous mit dem Hängebauch, im dreiteiligen Spiegel und bemühte sich, sein Profil so kritisch anzusehen, wie seine egoistische Verliebtheit das zuließ ... eigentlich ... und nun richtete er sich ein wenig auf – eigentlich sah er doch sehr gut im Spiegel aus, wie –? Er strich sich mit gekreuzten Armen über die Haut, wie es die tun, die in ein Bad steigen wollen ... und bei dieser Betätigung sah sein linkes Auge ganz zufällig durch die dünne Gardine zum Fenster hinaus. Da stand etwas.

Es war eine enge Seitenstraße, und gegenüber, in gleicher Etagenhöhe, stand an einem Fenster eine Frau, eine ältere Frau, schiens, die hatte die drübige Gardine leicht zur Seite gerafft, den Arm hatte sie auf ein kleines Podest gelehnt, und sie stierte, starrte, glotzte, äugte gerade auf des Mannes gespiegelten Bauch. Allmächtiger.

Der erste Impuls hieß den Mann vom Spiegel zurücktreten, in die schützende Weite des Zimmers, gegen Sicht gedeckt. So ein Frauenzimmer. Aber es war doch eine Art Kompliment, das war unleugbar; denn wenn jene auch dergleichen vielleicht immer zu tun pflegte – es war eine Schmeichelei. «An die Schönheit.» Unleugbar war das so. Der Mann wagte sich drei Schritt vor.

Wahrhaftig: da stand sie noch immer und äugte und starrte. Nun – man ist auf der Welt, um Gutes zu tun ... und wir können uns doch noch alle Tage sehen lassen – ein erneuter Blick in den Spiegel bestätigte das – heran an den Spiegel, heran ans Fenster!

Nein. Es war *zu* schéhnierlich ... der Mann hüpfte davon, wie ein junges Mädchen, eilte ins Badezimmer und rasierte sich mit dem neuen Messer, das glitt sanft über die Haut wie ein nasses Handtuch, es war eine Freude. Abspülen («Scharf nachwaschen?» fragte er sich selbst und bejahte es), scharf nachwaschen, pudern ... das dauerte gut und gern seine zehn Minuten. Zurück. Wollen doch spaßeshalber einmal sehen –.

Sie stand wahr und wahrhaftig noch immer da; in genau derselben Stellung wie vorhin stand sie da, die Gardine leicht zur Seite gerafft, den Arm aufgestützt, und sah regungslos herüber. Das war denn doch – also, das wollen wir doch mal sehen.

Der Mann ging nun überhaupt nicht mehr vom Spiegel fort. Er machte sich dort zu schaffen, wie eine Bühnenzofe auf dem Theater: er bürstete sich und legte einen Kamm von der rechten auf die linke Seite des Tischchens; er schnitt sich die Nägel und trocknete sich ausführlich hinter den Ohren, er sah sich prüfend von der Seite an, von vorn und auch sonst ... ein schiefer Blick über die Straße: die Frau, die Dame, das Mädchen – sie stand noch immer da.

Der Mann, im Vollgefühl seiner maskulinen Siegerkraft, bewegte sich wie ein Gladiator im Zimmer, er tat so, als sei das Fenster nicht vorhanden, er ignorierte scheinbar ein Publikum, für das er alles tat, was er tat: er schlug ein Rad, und sein ganzer Körper machte fast hörbar: Kikeriki! dann zog er sich, mit leisem Bedauern, an.

Nun war da ein manierlich bekleideter Herr, – die Person stand doch immer noch da! –, er zog die Gardine zurück und öffnete mit leicht vertraulichem Lächeln das Fenster. Und sah hinüber.

Die Frau war gar keine Frau.

Die Frau, vor der er eine halbe Stunde lang seine männliche Nacktheit produziert hatte, war – ein Holzgestell mit einem Mantel darüber, eine Zimmerpalme und ein dunkler Stuhl. So wie man im nächtlichen Wald aus Laubwerk und Ästen Gesichter komponiert, so hatte er eine Zuschauerin gesehen, wo nichts gewesen war als Holz, Stoff und eine Zimmerpalme.

Leicht begossen schloß der Herr Mann das Fenster. Frauen sind eitel. Männer –? Männer sind es nie.

DIE GLAUBENSSÄTZE DER BOURGEOISIE

Die Bourgeoisie ist in keinem Lande sehr erfreulich. Der Nationalcharakter kann ihre spezifischen Eigenschaften mildern oder noch mehr ans Licht treten lassen – es scheint, daß grade diese Vermögens- und Erwerbssphäre eine Geisteshaltung bedingt, die platt macht und hart, chauvinistisch aus Angst, herzlos aus Mangel an Horizont und roh aus Phantasielosigkeit. Darin unterscheidet sich der belgische Spießer nicht vom amerikanischen, der deutsche nicht vom französischen; Menschen, die mehr verdienen, als es die Notdurft erfordert, und nicht genug, um Standesansprüchen zu genügen, die sie übernommen haben, ohne sie zu verstehen, sind eben so.

Aus den verschiedenen Schichten des Bürgertums heben sich mannigfaltige Typen ab, die gesondert zu betrachten sind. Niemand kann sie alle kennen, niemand alle beschreiben – sie sind schon in einem einzelnen Lande so zahlreich, daß ein Menschenleben nicht ausreicht, auch nur die Hälfte zu schildern. Das wäre zwar nicht die ‹Aufgabe› des Dichters, der kein Schüler ist, – aber eine Aufgabe wäre es schon, und was mich angeht, so interessieren mich die kümmerlichen Visionen braver Schriftstellerknaben viel weniger als die Wirklichkeit, die einer so beschreibt, daß sie zum Greifen nahe gerückt ist.

Die verschiedenen Schichten des Bürgertums kristallisieren bestimmte Axiome, deren sich die Axiomträger nicht immer bewußt sind; vielfach leben sie dumpf dahin, ihrer selbst nicht bewußt, wie ja überhaupt die leeren Räume im Denken des Menschen viel, viel größer sind, als man gemeinhin annimmt. Bei dem Satz: «Es gibt einen Gott» oder «Der Walfisch wirft lebendige Junge» denken sich die meisten Menschen überhaupt nichts, sie haben das in der Schule gelernt, und so ist es ihnen verblieben. Die Axiome, von denen ich spreche, sind Glaubenssätze, hingenommen in absolutem Gehorsam, ehern errichtet, für das ganze Leben Geltung behaltend. Sie sind nicht zu allen Zeiten dieselben gewesen: der Panzer von Vorurteilen, mit denen sich ein bremer Bürger aus dem Jahre 1874 umgeben hat, war aus andern Plättchen geschmiedet als der eines bayerischen Gymnasialdirektors aus dem Jahre 1928. Aber sie tragen diesen Kettenpanzer bis zum Tode und legen ihn nie ab. Sie haben ihre Vakua; sie teilen die Welt sehr streng in Groß- und Kleingedrucktes ein, was ferne ist, verschwimmt, und aus den Niederungen ihrer trüben Erkenntnis kommen sie nicht heraus. Das ist immer so gewesen. Weil sie aber heutzutage vom Hochmutteufel besessen sind, der ihnen ins Ohr flüstert, wer die Technik habe, brauche keine Seele und habe sie außerdem schon –: deshalb verlohnt es, aus dem reichhaltigen Herbarium zwei Pflanzen herauszugreifen, die ich mir gepreßt habe. Charakteristisch für einen Menschen ist das, was ihm selbstverständlich ist. Wollen mal sehen.

Frau Emmi Pagel aus Guben (Niederlausitz). Ehefrau des Buchhalters Paul Pagel, der sich in seinen Papieren ‹Werkbeamter› nennt. Frau Pagel ist mittelgroß, hat um eine Kleinigkeit zu dicke Beine, breite Hüften, eine frische Gesichtsfarbe, ist gut gewaschen, aber nicht sehr gepflegt; sie hat manikürte dicke Finger, mit einem Siegelring und einem verzierten Ehering. Kurzgeschnittenes Haar. Durchaus keine Kleinstädterin, sondern eben eine Frau, die in einer kleinen Stadt wohnt.

Dies sind ihre zehn Glaubenssätze:

I

Unter dem Kaiser war alles besser.

II

Ein Oberbuchhalter ist mehr als ein Buchhalter.

III

Ein Brief darf nicht mit ‹Ich› anfangen; das ist unhöflich.

IV

Schuld an dem ganzen Elend sind die Juden. Die Juden sind schmutzig, geldgierig, materiell, geil und schwarz. Sie haben alle solche Nasen und wollen Minister werden, soweit sie es nicht schon sind.

V

Es gibt natürlich keine Gespenster. Immerhin ist es unheimlich, nachts auf einen Friedhof zu gehen oder allein in einem großen dunkeln Haus zu sein. (Mäuse.)

VI

Dienstboten sind eine von den Besitzenden verschiedene Rasse; aber sie empfinden das nicht so.

VII

Wenn man Rhabarber nachzuckert, wird er sauer. (Dieser Satz ist völlig unsinnig; er ist durch ein Mißverständnis entstanden, also unausrottbar.)

VIII

Kommunismus ist, wenn alles kurz und klein geschlagen wird. In Rußland werden die Frauen vergewaltigt, sie haben eine Million Menschen ermordet. Die Kommunisten wollen uns alles wegnehmen.

IX

Was allen und mir gefällt, ist hübsch; was allen, mir aber nicht gefällt, ist schön.

X

Alle Welt ist gegen Deutschland – aus Neid.

Soweit Frau Pagel. Frau Rechtsanwalt Margot Rosenthal hingegen ist ziemlich groß, eine Spur zu mager, um schlank zu sein, sehr gepflegt, sieht aber nicht immer so aus. Das Haar ist nicht fettig, man denkt aber, es sei fettig. Der Teint ... «Sie glauben nicht, was ich für den Teint schon alles ...»

I

Christen sind dümmer als Juden und werden aus diesem Grunde ‹Gojim› genannt.

II

Natürlich gibt es keine Gespenster. Immerhin muß man aber nicht grade nachts allein auf einen Kirchhof ... ich muß nicht von allem haben.

III

Ein Mensch, der französische Stiche sammeln und kaufen kann, ist ein gebildeter Mensch.

IV

Kommunismus ist, wenn alles kurz und klein geschlagen wird. Die Kommunisten wollen uns alles wegnehmen, wo man sich Stück für Stück so mühsam zusammengekauft hat. Arbeiter muß es natürlich geben, und man soll sie auch anständig behandeln. Am besten ist es, wenn man sie nicht sieht.

V

Alle Welt ist gegen die Juden – aus Neid.

VI

Kunst darf nicht übertrieben sein.

VII

Wenn man in einem eleganten Hotel sitzt, ist man selber elegant.

VIII

Bei Gewitter muß man den Gashahn zudrehn. (Siehe Frau Pagel, Ziffer VII: Rhabarber.)

IX

Nach Paris kann man keinen Mann allein schicken, meinen schon gar nicht. Die Axt im Haus ...

X

Mein Mann ist zu gutmütig.

Soweit Frau Rosenthal.

Und wer pflückt die andern –?

BERLINER HERBST

Für Paul Graetz

Denn, so um'm September rum,
denn kriejn se wacklije Beene –
die Fliejen nämlich. Denn rummeln se so
und machen sich janz kleene.
    Nee –
        fliejn wolln se nich mehr.

Wenn se schon so ankomm, 'n bisken benaut ...
denn krabbeln se so anne Scheihm;
oda se summ noch 'n bisken laut,
aba mehrschtens lassen ses bleihm ...
    Nee –
        fliejn wolln se nich mehr.

Wenn se denn kriechen, falln se beinah um.
Un denn wern se nochmal heita,
denn rappeln se sich ooch nochmal hoch,
un denn jehts noch 'n Sticksken weita –
    Aba fliejn ... fliejn wolln die nich mehr.

Die andan von Somma sind nu ooch nich mehr da.
Na, nu wissen se – nu is zu Ende.
Manche, mit so jelbe Eia an Bauch,
die brumm een so über de Hände ...
    A richtich fliejn wolln se nich mehr.

Na, und denn finnste se morjens frieh,
da liejen se denn so hinta
de Fenstern rum. Denn sind se dot.
Und wir jehn denn ooch in'n Winta.
    Wie alt bist du eijentlich –?

– «Ick? Achtunnfürzich.»
– «Kommst heut ahmt mit, nach unsan Lokal –?»
– «Allemal.»

SIEG IM ATLAS

Daß eine Menge größerer Atlanten für die Schulen und für den Hausgebrauch die Geographie fälschen, ist bekannt. Sie erkennen den ‹sogenannten Friedensvertrag von Versailles› einfach nicht an, färben die verlorenen Kolonien, benennen sie falsch ... aber sie werden darin großzügig unterstützt, und es ist System in diesem Unsinn.

«Mit dem in diesem Monat erschienenen Verzeichnis der deutschen Ortsnamen in Elsaß-Lothringen und im übrigen Frankreich beginnt die Veröffentlichung eines Werkes, an dem die praktische Abteilung der Deutschen Akademie schon seit längerer Zeit arbeitet. Geplant ist ein umfangreicher Sammelband, der die Verzeichnisse der einzelnen Länder enthält, doch sollen von den größeren geschlossenen deutschen Siedlungsgebieten auch Sonderhefte erscheinen, damit weite Kreise in der Lage sind, sich die Verzeichnisse der Gebiete anzuschaffen, die für sie von besonderem Interesse sind, und so der bisher herrschenden Verwirrung auf dem Gebiet der Ortsnamen abgeholfen werden kann. Das Verzeichnis von Elsaß-Lothringen enthält die bisher vollständigste Sammlung deutscher Ortsnamen in Frankreich nebst ihren französischen Bezeichnungen.»

Wenn das die ‹praktische Abteilung› bearbeitet, kann man sich ungefähr vorstellen, womit sich die theoretischen Abteilungen dieser Deutschen Akademie befassen mögen. Hier wird also systematisch zur Annexion und zur Revanche aufgehetzt; denn was andres soll das heißen als: «Elsaß-Lothringen ist immer deutsch gewesen, ist heute noch deutsch und muß wiederum deutsch werden». Es gibt auch gar keine Verwirrung auf diesem Gebiet, das lügt die Akademie. Die tschechischen Orte haben tschechische Namen, die italienischen italienische, und die französischen französische. Diese politische Regelung ist nicht in allen Fällen gerecht — fangt bei euch zu Hause an, Ungerechtigkeiten auszumerzen, und laßt die Nachbarn in Frieden! Der Selige hat ja im Kriege Nowo-Georgiewsk umgetauft, ich weiß nicht mehr, ob er es nach seinem urseligen Großvater oder nach einem schwachsinnigen Vorfahr benannt hat, und daß damals Nancy Nanzig hieß, was nicht mit dem gleichnamigen Dancy zu verwechseln ist, dürfte noch in aller Erinnerung sein.

Man weise Atlanten und Konversationslexika, die die völkische Unwahrheit sagen, zurück.

DER FALL MISCHEWSKI CONTRA PIMBUSCH

Wie der Hergang wirklich war.

Frau Mischewski: «Denn lassen Sie doch Ihre Dreckfetzen nich auf den Hängeboden hängen – wir nehm' nichts weg – Gott sei Dank, wir haben das nich nötig, Sie olle Vogelscheuche! Wer weeß, wo Sie die Wäsche überhaupt herhaben!»

Frau Pimbusch: «Sie sollten man iebahaupt janz stille sein – wo Sie nich mal mit Ihrn Mann sind richtig verheirat – das janze Haus weiß ja, wer Sie sind, und außerdem sind Sie ja jehn Ahmt besoffen!»

Frau Mischewski beim Anwalt: «Also so war diß jewesen, Herr Rechtsanwalt: Ich sahre janz ruhig, ich sahre, Frau Pimbusch, sahre ich, ich habe Ihre Wäsche nich jesehen, mir ist nichts von Ihre Wäsche bewußt, sahre ich, ich sahre, hier im Hause kommt doch nichs wech, davon kann ja gar keine Rede sein ... Ich will Sie aber gern behilflich sein, die Wäsche zu suchen, Frau Pimbusch! Sie wird aber brülln: Sie olle Vogelscheuche, und lauter sone Sachen, wo ich jahnich hier wiederholn kann, Herr Rechtsanwalt, weil ich als jebillte Frau sone Ausdrücke überhaupt nich kennen tue! *So* ist das jewesen!»

Frau Pimbusch beim Anwalt: «Ich sahre janz ruhich zu die Person, Herr Rechtsanwalt, ich sahre: Verzeihen Sie, ham Sie meine drei weißen Hemden nicht jesehn, jestern ham se noch aufn Hängeboden jehangen, und heute sind sie weg. Ich sahre, Frau Mischewski, sahre ich, das kann doch nicht mit rechten Dingen zugehn, sahre ich. Da wird die doch brülln: Sie olle Vogelscheuche, Sie besoffene Trine – und lauter sone Sachen, die ich hier gahnich kann wiederholen, Herr Rechtsanwalt!»

Im Korridor des Amtsgerichts.

«Also, nich wah, Frau Zippanowski, Sie könn doch das beeiden, wo ich jesacht habe, mir ist von Ihre Wäsche nichts bewußt, da hat die jleich jepöbelt, von wegen Vogelscheuche – nich wahr, das können Sie doch aussahren?»

«Die Person werde ich das schon zeigen! Wie sie schon dasitzt, so richtig frech! Aber, nich wah, Fräulein Holzweg, das sahren Sie man alles, wat Sie jeheert ham – sahren Sie es man janz jenau so – und was die Ausdrücke sind, die die Person benützt hat, das sahren Sie man alles.»

Vor Gericht.

Der Anwalt: «... so ist in dem Ausdruck ‹jeden Abend besoffen› zweifellos eine Beleidigung zu erblicken. Ganz abgesehen davon, daß die Bezeichnung auf meine Klientin nicht zutreffen dürfte, ist als strafverschärfend die Anwesenheit zahlreicher anderer Hausbewohner zu erblicken, die ... lassen Sie mich doch mal, Frau Mischewski! ... auf die Ehre meiner Klientin ein schlechtes Licht zu werfen geeignet ist!»

(Fünf Minuten später das Urteil: Frau Pimbusch 50 Mk., Frau Mischewski 30 Mk. Geldstrafe.)

In Sachsen lebte einmal ein Amtsrichter, der war dafür berühmt, daß er alle Privatbeleidigungsklagen mit einem Vergleich der streitenden Parteien abschloß. Das machte er so:

Er musterte mit strengem Blick die Parteien und sprach: «Ja – da werden Sie nun wohl alle beide ins Kefänknis kommen!» Und dann bekamen die Klagenden gewöhnlich einen solchen Schreck, daß sie zu allem Ja und Amen sagten, was der übrigens vernünftige Richter ihnen da als Vergleichsformel vorschlug... Aber einmal stieß er auf eine Hartnäckige, die wollte nicht und wollte nicht. Da aber erhob sich der Amtsrichter zu seiner vollen Größe und donnerte: «Was? Sie wollen sich nicht vergleichen? Sie wollen sich nicht vergleichen? Ja – wer soll denn nachher das Urteil machen? Vielleicht ich?»

Privatbeleidigungsklagen sind, in den allermeisten Fällen, für den Juristen das Langweiligste und für den Zuschauer das Komischste, das es gibt.

Was zunächst auffällt, ist die bei fast allen Menschen einsetzende Horizontverengung, die wochenlang nur noch das ins Blickfeld treten läßt, was mit dem Streit zusammenhängt, die einzelnen Vorgänge an Wichtigkeit und Bedeutung maßlos übertreibend. Die Welt steht gewissermaßen still, weil sich Frau Karschunke mit Herrn Flußhacker in die Haare geraten ist. Auch neigt der Prozeßführende gern dazu, von der Justiz die völlige, aber auch die völlige Vernichtung des Gegners zu erwarten und zu verlangen: Enthauptung, Stäupung auf offenem Markt, Landesverweisung und Vermögenskonfiskation wären ihm durchaus nicht zu viel... Und auf der andern Seite ist das gerade so. Natürlich gibt es Beleidigungsklagen, die unvermeidlich sind, so, wie es wahrhaft ehrenrührige Vorwürfe gibt, die man zu klären gezwungen ist. Aber das ist viel seltener, als die meisten Leute glauben; und es wäre wirklich klüger, man wendete das Geld für die Durchführung dieser Komödie für bessere und nützlichere Zwecke an. «In fünfzig Jahren», hat Otto Reutter einmal gesungen, «in fünfzig Jahren ist alles vorbei –» und Humor und Weltklugheit helfen einem auch über die Unannehmlichkeiten eines Kleinkrieges mit dem bösen, bösen Nachbarn hinüber.

Ein vernünftiges Wort zur rechten Stunde hilft fast immer, und man kann sich weit mehr mit seinen Gegnern aussprechen, als man gemeinhin denkt. Man tuts nur nicht immer. Wenn Sie jemand verklagen wollen, dann überlegen Sie es sich, überschlafen Sie die Sache noch einmal, und schenken Sie für das Geld, das Verfahren, Anwalt und Urteil kosten, Ihrer Familie etwas Hübsches. Sie haben mehr davon.

VERHETZTE KINDER – OHNMÄCHTIGE REPUBLIK

Vor mir liegt:

‹*Geographie für höhere Lehranstalten*› von Dr. Michael Geistbeck und Dr. Alois Geistbeck. Achter Teil. Staatenkunde von Frankreich, Großbritannien und den außereuropäischen Staaten. München und Oldenburg 1925. Sechste Auflage.

«Die Erweiterung des Geographieunterrichts an den höhern Lehranstalten Bayerns», heißt es in der Einleitung, «und die Gestaltung desselben als geographische Staatenkunde, endlich die gewaltigen politisch-geographischen Veränderungen durch den Ausgang des Weltkrieges erheischten erhebliche Ergänzungen und Änderungen der Vorlage. Dieser Aufgabe hat sich Herr Professor Würer unterzogen, der seine Kraft schon mit der Verabfassung der Heimatkunde des 1. Teiles in den Dienst des Lehrbuchs gestellt hatte.» Eine deutsche Übersetzung dieses bayerischen Satzes steht noch aus.

Das Buch enthält eine Fülle von tatsächlichen Unwahrheiten, die lediglich zu dem Zweck aufgenommen sind, die Wahrheiten der ‹*Münchner Neusten Nachrichten*› in wehrlose Kinder hineinzupressen. Beispiele:

> «Eine hervorstechende Eigenschaft des Franzosen ist sein Fleiß und seine Sparsamkeit. Die Folge ist ein allgemeiner Wohlstand. Doch fehlt dem Franzosen der Tätigkeitsdrang und die Unternehmungslust des Deutschen; er strebt nach frühzeitigem Rentnertum. Kennzeichen des französischen Volkes sind aber auch glühender Ehrgeiz und Herrschsucht. Sie haben Frankreichs Schuldenlast vor der Revolution bis zum Staatsbankrott gesteigert, sie haben seine Volkskraft in der Zeit Napoleons erschöpft, sie haben zur Niederlage von Sedan geführt und haben es angetrieben, den Weltkrieg mit allen Mitteln vorzubereiten, aus dem es, aus den schwersten Wunden blutend, lediglich durch fremde Hilfe als ‹Sieger› hervorgegangen ist.»

Es ist nachweislich falsch, daß dem Franzosen Tätigkeitsdrang und Unternehmungslust fehlen; daß ihm «der Tätigkeitsdrang des Deutschen» fehlt, ist ebenso richtig wie die Behauptung, daß der Deutsche nicht die jagdlichen Anlagen eines australischen Buschmanns besitze, sondern eben seine eignen. Würer muß wissen, was die Franzosen aus ihren Kolonien gemacht haben, ein Faktum, das wir negativ bewerten, er aber anerkennen müßte. Es ist nicht wahr, daß die Franzosen von glühendem Ehrgeiz und Herrschsucht besessen seien. Die schärfsten französischen Nationalisten haben keinerlei Expansivgelüste; es gibt keinen aggressiven Imperialismus in Frankreich. Es ist nicht wahr, daß Frankreich den «Weltkrieg mit allen Mitteln vorbereitet hat» – es hat genau, genau so gerüstet, wie alle europäischen

Staaten das getan haben, genau wie England, genau wie Deutschland, genau wie Rußland. Die Schuld am Ausbruch trifft alle Staaten gleichmäßig; ich glaube, daß die deutsch-österreichische Konspiration der letzten vier Wochen vor dem 1. August ein Plus an Schuld trägt. Es ist nicht recht, einem Lande, das für seine nationalen Interessen, die Wührer bei den Deutschen bejaht, so geblutet hat wie Frankreich – es ist nicht recht, diesem Lande noch heute seine Verluste vorzuwerfen, und es ist eine hervorragend deutsche Eigenart, ein weltgeschichtliches Geschehnis dadurch aus der Welt schaffen zu wollen, daß man es in Anführungsstriche setzt. Frankreich ist nicht als ‹Sieger› aus diesem Kriege hervorgegangen, sondern als Sieger, und Deutschland hat diesen Krieg verloren.

Vom französischen Kolonialreich:

«Der eigentliche Grund dieses Ausdehnungsstrebens war sowohl das Bedürfnis, die Einbuße an Ruhm und Ansehen, die der Krieg von 1870/71 herbeigeführt hatte, durch große überseeische Unternehmungen wieder wettzumachen . . .»

Jacob Burckhardt, im März 1873: «Das erste große Phänomen nach dem Kriege von 1870/71 ist die nochmalige, außerordentliche Steigerung des Erwerbssinnes, weit über das bloße Ausfüllen der Lücken und Verluste hinaus, die Nutzbarmachung und Erweckung unendlich vieler Werte, samt dem sich daran heftenden Schwindel (Gründertum).» Dies zunächst für Deutschland. Von Frankreich aber: «Das Staunen der ganzen Fachwelt erweckt die Zahlungsfähigkeit Frankreichs, das in seiner Niederlage einen Kredit genießt, wie kaum je ein Land im vollen Siege.»

«Es läßt sich nicht in Abrede stellen, daß die französische Kunst trotz mannigfacher Schwächen tonangebend in der Welt geblieben ist.»

Cézanne erhält also auch in Bayern die Note im ganzen befriedigend und darf sich setzen. Aber:

«Es kann aber auch nicht in Abrede gestellt werden, daß Paris mehr als andre Millionenstädte ein Ausgangspunkt sittlicher Zersetzung ist.»

«Mehr als andre Millionenstädte» – das ist Berlin. Ich weiß nicht, was München zersetzt; die zahlreichen Eisenbahnschlampereien, die so vielen Menschen den Tod gekostet haben, werden es wohl nicht sein.

Aber ich weiß, daß die bayerischen Schulräte, die dieses Buch haben durchgehn lassen, so viel von Paris verstehn, wie das Buch wert ist. Bayern tröste sich: es ist noch nicht zersetzt, sondern hat sich seine bundesstaatliche Eigenart bewahrt.

«Seit 1688 hat kein Feind mehr britischen Boden betreten. Erst während des Weltkrieges griffen die deutschen Kriegsschiffe zu wiederholten Malen die englischen Küstenstädte an und fielen aus deutschen Kriegs-Luftschiffen Bomben auf englische Städte hernieder.»

Das ist deutsch, für Schüler. Der Luft-Angriff war ein Verstoß gegen das Völkerrecht und ein überflüssiges Verbrechen dazu, das aus England den letzten Funken Energie herausgeholt hat.

Von England:

«Es fehlte...»

Nun, wo fehlts denn bei denen?

«Es fehlte den leitenden Männern der englischen Industrie vielfach eine gründliche technische und wissenschaftliche Durchbildung. Man begnügte sich zu einseitig mit der praktischen Erfahrung.»

Wohin kämen wir auch damit —!

«Die englische Industrie blieb hinter der deutschen hauptsächlich in den Zweigen zurück, die am meisten auf wissenschaftlicher Forschung aufgebaut sind, so in der Stahlbereitung, in der chemischen Industrie und der Präzisionsmechanik. Ein weiterer Vorteil der jungen deutschen Betriebe war die Verwendung der neusten Maschinen, während die alten englischen Betriebe vielfach noch mit unvollkommenen alten Maschinen arbeiteten.»

Daß jedes Volk seine Spezialität hat, in der es besser arbeitet als andre, ist nicht neu. Die Welt ist kein Rennplatz, und England arbeitet weder besser noch schlechter als Deutschland, sondern anders.

«Als gefährlichster Nebenbuhler im Bereiche des Handels erschien neben den Vereinigten Staaten das Deutsche Reich. Es war auch tatsächlich im Absatz seiner Industrieerzeugnisse, in Schiffahrt, überseeischem Handel und überseeischer Betätigung England immer nähergerückt und hat ihm in mancher Hinsicht sogar den Rang abgelaufen. Hauptsächlich durch den deutschen und amerikanischen Wettbewerb sah die englische Volkswirtschaft sowohl in der Industrie wie im Handel ihre Vorzugsstellung bedroht»

und fing daher einen Krieg mit den Vereinigten Staaten an — nein:

«Der Krieg schien eine geeignete Gelegenheit, die Kraft des einen Konkurrenten zu schwächen. Dies gelang zwar, aber gleichzeitig wuchs die Union England über den Kopf.»

Nachweislich falsch. Die Arbeitsmethoden der englischen Industrie unterscheiden sich allerdings von den deutschen, denen ein Schilderer mit Recht vorgeworfen hat, sie seien überlackiert und auf Fassade gestellt. Daß die «Union England über den Kopf wächst», ist für jeden Kenner der Verhältnisse ein Nonsens. Dieser Satz ist überhaupt nicht diskutierbar — man lese nach, was etwa Professor S. Saenger darüber schreibt, der England wirklich kennt, und man wird versucht sein, an der Sorgfalt bayerischer Schulbehörden sanft zu zweifeln.

Gebiete, die durch den Vertrag von Versailles den Deutschen verloren gingen, stehen nach wie vor unter «Deutsch-Südwest-Afrika», tragen also unrichtige Bezeichnungen; eine genaue Beschreibung dieser Gebiete findet sich in der «Geographie Deutschlands», Bayern erkennt Versailles nicht an, und die Engländer werden sich schön ärgern.

Auch die Japaner kriegen einen aufs Dach. Hätten sie sich im Kriege nicht gegen Deutschland gewandt – wer weiß, vielleicht hätte sich Bayern für neutral erklärt, aber so . . .

> «Mit Japan ist eine neue Großmacht, mitbestimmend in der Weltgeschichte, eingetreten: eine nichtarische und nichtchristliche Macht.»

Der Mikado soll ja nicht einmal auf die *‹Münchner Neusten Nachrichten›* abonniert sein! Eine Macht, die nicht beichten geht, die nicht so garantiert rasserein ist wie die Germanen, hoihotoho mit Zugstiefeln, eine Macht, die zwar nicht direkt aus Juden besteht, aber immerhin . . . gelb sind diese Kerle . . . die Araber sind auch gelb . . . hepp, hepp! gsuffa!

Dergleichen steht in einem Lehrbuch der deutschen Republik. Die bayerischen Belange (sprich das aus wie: Melange), die katholische Einflußsphäre, deren Auswirkungen sich jeder anständige und gebildete Katholik schämen sollte, die Hetze zu neuen Kriegen und zur Revanche sind deutlichst zu spüren.

Es folgt aus diesem Buch, daß die Befriedigung, der Fortschritt und die Pflege eines neuen Geistes zu allererst in den kleinen Zellen zu erfolgen hätte, und grade da erfolgt sie nicht. Die Monstre-Bürokratie Deutschlands kann uns viel erzählen – maßgeblich ist und bleibt nur, was im Konferenzzimmer der Schulen, in den Provinzialschul-Kollegien, in den Bürgermeistereien und in den Schreibstuben der Güter getrieben wird, und das sieht in der Gesinnung so aus wie dieses von Unrichtigkeiten wimmelnde Buch.

Das Buch steht in der sechsten Auflage. Sechste Auflage heißt nicht: sechstausend Stück, denn wahrscheinlich ist die Zahl der gedruckten Exemplare weitaus höher. Sechste Auflage heißt bei einem Schulbuch überhaupt nicht soundsoviel Stück.

Sondern sechste Auflage bedeutet:

Jahraus, jahrein wird aufnahmefähigen Kindergehirnen ein Lehrstoff eingetrommelt, den sie wahrscheinlich nie wieder vergessen werden und den auszuradieren nur wenige Gelegenheit und Kraft haben. In diesem Alter prägt sich Gesagtes rasch und kräftig ein; um wie viel mehr erst, wenn es durch die Autorität der Schule gestützt und entsprechend feierlich ex cathedra vorgetragen wird.

Jenes Buch steht in der sechsten Auflage. Wann also, so dürfte unsre Rechenaufgabe lauten, haben wir den nächsten Krieg –?

Pazifistische Eltern, die das Unglück haben, ihre Kinder in so eine Verbildungsanstalt schicken zu müssen, dürfen sich dann an die sehr zweischneidige Aufgabe machen, Tag für Tag die Schule zu desavouieren. Hoffentlich tun sies.

So, genau so, ist der Weltkrieg geistig vorbereitet worden. Von Frankreich zu sagen:

> «Der äußern Machtstellung entspricht nicht die innere Kraft. So kann der Sieg Frankreichs nur als ein vorübergehender Erfolg seiner Politik betrachtet werden . . .»

ist die klare Aufhetzung zur Revanche, um so mehr, wenn hinzugefügt wird, daß die Franzosen nur vierzig Millionen stark sind, die Deutschen aber achtzig Millionen stark seien – eine Zählung, die offenbar alle Deutschen, auch die in fremden Ländern, mitgezählt hat.

Über die großdeutsch-nationale, klein-bayerische Gedankenlosigkeit der absoluten Staatssouveränität aber siege der Gedanke der Vereinigten Staaten von Europa.

ES IST

Es ist so viel unverbrauchte Zärtlichkeit in Hotelzimmern,
wo sie allein liegen:
ein Mann, oder eine Frau, oder ein angebrochenes junges Mädchen –
in leiser Lächerlichkeit liegen wir allein.

Es ist eine Einsamkeit, umflossen
von den Strömen des städtischen Gases,
des elektrischen Stromes, für alle gemacht,
einer Zentralheizung, eines Zentralessens, einer Zentralzeitung . . .
aber ein kleiner Fleck ist noch da,
auf dem sind wir allein.

Jeder liegt in seiner Schublade.
Die kleinen Härchen auf den Oberarmen schwanken suchend im Luftzug,
wie die Greifer der Meerespflanzen in strömendem Wasser;
die Haut langweilt sich.

Wenn jetzt einer käme und sagte: «Bitte sehr! ich liege Ihnen zur Verfügung!»
wenn ich jetzt durch die Wand ginge zu meiner Nachbarin –
(«Man ist doch keine Hure! ich werfe mein Leben nicht in Hotels weg!» – Kusch.)
– wenn jetzt eine dicke Dame käme, mich im Bad zu massieren;

wenn sich jetzt der Jungen ein verständiger Mann gesellte, der sie nur streichelte . . .
ungenützt ist die Nacht.

Dreivierteleins.
Es kocht in den Röhren des Badezimmers;
badet jemand noch so spät?

Neugierig sind wir auf fremde Körper.
Wie legen Sie abends das Hemd auf den Stuhl? Lieben Sie Fruchtsalz?
Ziehen Sie Ihre Uhr morgens oder abends auf?
Und in der Liebe?
Sind Sie gesund? Verzeihen Sie, ich habe solche Furcht vor Krankheiten –
das ist ein Teil meiner Tugend.

I'm in love again –
nein, das eigentlich nicht:
es sollte nur jemand da sein, an dem ich mich spüren kann.
Warum, 318 (mit Bad) liegen Sie so allein?
Denkbar wäre auch eine Hotelgeisha, die höflich liebt,
und die auf der Rechnung nur als kleiner, diskreter Kreis vermerkt ist –
aber schöner wäre ein Gast.

Warum kommt nie ein Einsamer zu einer Einsamen?
Stolz kriechen wir in unser zuständiges Gehäus,
hygienisch, unnahbar, vernünftig,
allein.

Knips das Licht an, sagt der Schlaflose zu sich selbst
(er duzt sich, weil er sich schon so lange kennt) –
und lies noch ein bißchen.
Du hast zu viel Pfirsich-Melba gegessen, daher solche Gedanken,
Luftblasen auf dem Meer der innern Sekretion.
Du bist überhaupt gar nicht allein. Du hast eine Zeitung. Lies:

8. Fortsetzung *Nachdruck verboten.*

Schließlich raffte sie ein Spiel Karten auf, kauerte sich neben den Kamin und begann, eifrig und hingegeben zu mischen.

«Ich kam in der Absicht», begann er mit einer nicht ganz festen Stimme, «noch heute um Ihre Hand anzuhalten.» Das schöne Mädchen

WIE SIEHT DER ERFINDER DES REISSVERSCHLUSSES AUS?

Den Erfinder des Reißverschlusses denke ich mir als einen älteren, teils vergnügten, teils mürrischen Mann: vergnügt, wenn seine Frau verreist ist, mürrisch in allen andern Lebenslagen. Er hat schütteres, weißes Haar, obgleich er noch gar nicht so alt ist; ein leicht lahmes Bein, das er unmerklich nachzieht, eine bedächtige Brille, niedrige Klappkragen, wie sie sein Großvater noch getragen hat. Er ist Deutsch-Amerikaner und heißt mit Vornamen Sam.

Eines Nachts kann dieser Sam nicht schlafen. Es ist eine mürrische Nacht, denn die Frau Sams liegt neben ihm und sieht aus wie ein älteres, etwas fett gewordenes Girl, kein sehr erfreulicher Anblick. Sam freut sich auch nicht – er liegt durchaus auf die andere Seite gedreht und denkt nach. Worüber denkt er wohl nach –?

Keineswegs an die Erfindung eines Reißverschlusses. Sam ist weder Ingenieur noch Techniker, sondern Buchhalter in einer Expedition für Blumensamen. Aber in seinen Mußestunden bastelt er an allem, dessen er habhaft werden kann, zum großen Ärger des fetten Girls: an den Uhren, am Rundfunk, am Auto, an den Fensterläden und an den geheiligten Vorrichtungen des Badezimmers. Zur Zeit hat er es mit der Handtasche seiner Frau. Irgend etwas gefällt ihm nicht an dieser Tasche.

Nun macht das Girl, das fette, eine lasche Bewegung im Halbschlaf . . . «Leo», flüstert sie – denn dies ist ihr erster Mann gewesen. Sam zieht die Nase kraus – er liebt Leo nicht, denn Leo ist ein erfolgreicher Reisender in Essig, trägt so hohe Kragen und hat eine Frau, die aus dem Norden ist und auch so spricht . . . Ja, also die Handtasche hat einen Bügel, und dieser Bügel behagt Herrn Sam nicht mitnichten. Das fällt ihm jetzt ein. Wenn man . . . und er versinkt in Grübeln . . .

Mit einem Schrei fährt das Girl auf. «Sam!» – Kein Sam. «Es sind Einbrecher – –!» In der Küche rumort es, in der Wohnung rumort es. Das Girl stirbt vor Schreck, kommt wieder zu sich, stirbt noch einmal und steckt dann den süß ondulierten Kopf unter die zu diesem Zweck angebrachte Bettdecke. Da steht Sam vor ihm. «Was schreist du so?» grollt er dumpf. Seine Augen leuchten, er ist vergnügt-mürrisch. «Sam! Es sind Einbrecher – hast du – –? » – «Ich habe es gefunden», sagt Sam. «Was hast du gefunden?» sagt das Girl. «Das mit dem Bügel», sagt Sam. «Jetzt in der Nacht?» sagt das Girl. «Jetzt in der Nacht», sagt Sam. Und klettert ins Bett und hört nicht und sieht nicht, und seine alten, gelben Hände machen so sonderbare Bewegungen auf der Decke, daß das Girl nur den Kopf schütteln kann und an Leo denkt, den es glücklich los ist, und an ein ganz anderes Leben, das es hätte führen können, mit einem Douglas Fairbanks für den

Vormittag und einem Valentino für den Nachmittag, und weil Valentino nun tot ist, und Leo noch lebt, muß das Girl leise weinen, ganz leise. Sam lächelt.

Am nächsten Tag, einem Sonnabend, sitzt Sam von Mittag an bis zum nächsten Sonntag abend an seinem kleinen Basteltisch und klopft und hämmert und zwickt mit Zangen, und dann geht er ins Gartenhäuschen und schlägt auf dem winzigen Amboß herum und läßt den Schweiß-Apparat aufzischen und ist sehr tätig. Am Montag steht er vor dem Direktor eines großen Konsortiums, der bei Sam seinen Blumensamen kauft.

«Hier wird gezogen», sagt Sam; «sehen Sie: so — und hier: so —.» Der Direktor sagt nichts; seine Hände machen eine Bewegung, die an das Auf- und Zuklappen der Flügel eines großen Raubvogels erinnern. «Zeigen Sie mal —», sagt er langsam. Und nimmt das kleine, mit Metallzwecken besetzte Lederding, das Sam ihm hinhält, in die Hand. Und zieht. Es ist ganz still in dem kleinen Raum. «Das ist —», sagt der Direktor, faßt sich aber sofort; «das ist — ehm — das ist nicht unbrauchbar; nicht ganz unbrauchbar. Wieviel wollen Sie dafür?» Zahlen schwirren. «Haben Sie eine Beschreibung?» sagt der Direktor. Nein, die hat Sam nicht. Der Direktor klingelt. Ein minder fettes Girl erscheint; Sam soll diktieren. Er kann nicht diktieren. Der Direktor hilft. Es kommt eine ziemlich zusammengestoppelte Erklärung zustande. Der Direktor ists zufrieden. Sam, der plötzlich einen engbeschriebenen Scheck vor seinen Augen auf- und abtanzen sieht, hat eine Vision. Das minder fette Girl verhilft ihm zu dieser Vision. Sam akzeptiert den Vorschlag des Direktors. Sam, du Ochse.

Kaum ist Sam heraus, so stürzt der Direktor mit ein paar Bogen Papier und dem Ledersäckchen aufs Patentamt ...

In der Generalversammlung kriegen sie heiße Köpfe. Das ist ... so etwas hat man noch nie ... das da ist keiner der ausgekochten Jungen, der nicht sofort wittert, was das ist. Über den korrekt sitzenden Schlipsen bewegen sich die harten amerikanischen Köpfe rasch hin und her. Hier ist die Chance, die große Chance. Und als sie gerade alle auseinandergehen wollen, mit dem festen und sicheren Bewußtsein, die große Gelegenheit ihres Lebens endlich erreicht zu haben und sie — das walte Gott! — richtig auszunutzen: da stellt der Jüngste der Gesellschaft eine Frage. Es ist nur eine kurze Frage — aber es wird ganz still in dem kleinen Saal. «Wie kommt das denn eigentlich zustande?» fragt er.

Die Gespräche sind wie abgehackt. Ja — wie wird es denn eigentlich gemacht —? Nun reden alle mit einem Male. Alle wollen es wissen — niemand weiß es. Hastige Hände blättern in der Beschreibung, die der alte Sam diktiert hat, und die, sauber vervielfältigt, vor jedem auf dem Tisch liegt. Aber da steht nur, wie man den Reißverschluß handhaben muß – aber da steht nicht, warum der Reißverschluß funktioniert, warum, warum ... Mit einer energischen Geste hakt der Direktor das kleine Tischtelefon ab und sagt eine Nummer in den Apparat.

«Nicht zu Hause», sagt der Direktor. «Was heißt das – nicht zu Hause? Er soll sofort – Verzeihung, gnädige Frau – aber Ihr Mann ist ... wie? Er hat Ihnen nichts davon gesagt? Das ist sehr merkwürdig? Er ist auch schon mittags nicht zu Hause gewesen? – ganz gegen seine Gewohnheit nicht zu Hause – –?» Alle sehen sich betroffen an. Und nun erklären wieder alle mit einem Male, warum ein Reißverschluß, die Hoffnung ihres Lebens, funktioniert, funktionieren muß – aber sie wissen es nicht, niemand weiß es. Wo ist der Erfinder des Reißverschlusses –?

Der Erfinder des Reißverschlusses hat den Scheck zu Geld gemacht. Der Erfinder des Reißverschlusses ist mit einem schlanken, mit einem blonden, mit einem himmlisch gepuderten, mit einem grazilen Girl davongemacht – nach Paris. Denn so steht es in den Büchern; denn so ist das im Film. Sam hat eine Brieftasche mit Dollars; das Girl hat ein Herz (und den Rest) aus Zelluloid. Nun schwimmen sie über den Ozean, und nun sind sie in Paris.

Inzwischen kommen drüben die ersten Taschen mit Reißverschluß heraus, und es gibt eine Sensation. Alle Welt will einen Reißverschluß haben: die Tabaksbeutel und die Handtaschen der Damen und die kleinen Koffer und die Ministerportefeuilles – und es ist nur schade, daß man nicht auch alle Damenkleider mit Reißverschluß ... und die Konkurrenz der Branche sieht mit einem nassen Auge das kleine, eingepreßte Zeichen im Metall an, das da anzeigt, wie gut dieser verteufelte, kleine Trick geschützt ist ... «Never mind!» Man muß die nächste Chance abwarten. Diese ist dahin.

Und kein Mensch weiß, wie es ‹gemacht› wird. Kein Mensch kann sich erklären, warum, warum der Reißverschluß funktioniert. Niemand weiß es. Die Fabrikanten können ihn herstellen, aber sie wissen eigentlich auch nicht ganz genau, *was* sie da fabrizieren. Ich weiß es nicht. Du weißt es nicht. Wir wissen es alle nicht.

Und der einzige Mensch, der es weiß, sitzt, während du dies liest, in Paris an der Ecke des Boulevard des Italiens und der rue Helder und verkauft Zeitungen. Er hat keinen Sou mehr, der arme Sam; das Zelluloid-Girl ist ihm davongelaufen, mit einem andern Sam, der George heißt, die Brieftasche ist leer, die Dollars sind fortgeflogen – und übriggeblieben ist ein armer, alter Mann, der nachts, wenn er in das kleine Schlafhotel am Boulevard Sébastopol kriecht, wo er in einem stickigen Zimmer mit acht Markthelfern schläft, nur eine einzige, süße, kleine Schadenfreude im Herzen trägt.

Er weiß, warum der scheinbar so einfache, welterobernde Reißverschluß funktioniert. Und er sagts keinem.

JAKUBOWSKI

Die Hand gekrampft um die Barriere,
so steht der graue Mann, geduckt.
In seinen Augen fragt die Leere –
man sieht, wie er den Speichel schluckt.
Ihm gegenüber, hoch erhoben,
ein kalter Stahl, der Staatsanwalt.

Es dämmern dumpf die andern Roben,
Geschworne lauschen, Rede knallt:
«So haben wir den Mord bewiesen –
und jedes Mitleid wäre schlapp!
Ich fordere von Ihnen diesen!
Haun wir ihm den Kopf ab!
Haun wir ihm den Kopf ab!
Haun wir ihm den Kopf ab –!»

Grau-regnerisch wölbt sich der Himmel
fahl über rotem Backsteinbau;
vom nahen Türmchen ein Gebimmel –
die schmutzige Turmuhr zeigt genau
halb fünf. Es öffnet sich die Pforte,
heraus schwankt ein halbtotes Tier.
Der Mund sagt unhörbare Worte ...
– «Na, wird das! Sind wir alle hier?»
Der Staatsanwalt hält einen Bogen
und liest gefühllos, schnell und knapp.
«Und somit übergebe ich Sie dem Nachrichter!»
Geschleppt, gezogen –
Hier geschieht ein Mord!
Sie hauen ihm den Kopf ab!
Sie hauen ihm den Kopf ab!
Sie hauen ihm den Kopf ab –!

Der Körper liegt in fremder Erde.
Kein Kreuz – wie einen Hund verscharrt.
Die schlafen gut. Ein Schrei: «Es werde
Gerechtigkeit!»
Ganz Deutschland ist zum Paragraph erstarrt.
Laßt ihr euch die Justiz gefallen?
Hält euch ein Korpsstudent zurück?
Steht denn Justitia über allen?
Wagt euch an dieses Hurenstück!

Soll dieser Jammer niemals enden?
Werft die Figur vom Postament herab!
Einen Tritt ins Gesäß!
Die Waage aus den Händen!
Hauen wir ihr den Kopf ab!
Hauen wir ihr den Kopf ab!
Hauen wir ihr den Kopf ab —!

FAHRT INS GLÜCK

Ich ziehe meinen Rolls-Suiza aus dem Bootsschuppen, prüfe die Propeller und reite ab. Der Landweg führt durchs Holsteinische, vorbei an dem Dörfchen Lütjenburg, wo im Jahre 1601 Jakob Wasa mit Georg dem Heizbaren die berühmte Schlacht bei Lütjenburg schlug, in der ihm sechs Pferde unter dem Leib ... vorüber; Baumwipfel und kleine Kuppen grüßen — und da liegt Mütterchen Ostsee. Die Straße führt durch Haffkrug, Scharbeutz, Timmendorfer Strand.

Wir sind im Herbst, und Villen, Hotels und Kurhäuser stehen leer; nur hier und da ragt noch ein Strandkorb mit Wimpeln und einer Fahne; die Manikür-Fräulein sitzen gelangweilt vor den Frisiersalons in der Sonne und putzen sich selber die Nägel, um nicht aus der Übung zu kommen; Hunde lungern herum und schnüffeln in alten Zeitungen, lesen und heben ein Bein; die Ostsee ist eigentlich schon zugedeckt. Und je weiter ich komme, desto mehr blähe ich mich auf; ich nehme zusehends zu, vor Schadenfreude bekomme ich fast einen kleinen Bauch ... Was tat der Marquis de Sade? Er röstete kleine Mädchen und bestreute sie mit gestoßenem jungem Mann? Das ist gar nichts. Ich — genieße eine Sommerfrische, die ich nicht zu genießen brauche.

Meine wollüstige Phantasie bevölkert diese leeren Straßen und Häuser; es ist heiß, eng und staubig, alles ist besetzt, und die Wirte sind frech wie die Aasgeier, die nur noch aus Übermut fressen. «Ein einzelnes Zimmer geben wir nur an achtköpfige Familien ab —!» Die Ostsee liegt faul da, wie ein alter Tümpel; sie stinkt widerwillig vor sich hin, das gefangene Raubtier, und die Leute sagen: «Nein, wie erfrischend es hier aber ist —!» Eine Wolke von fataler Ausdünstung lagert über Scharbeutz, Timmendorfer Strand und Haffkrug; Teller rasseln, Hunde bellen, Kinder quäken, und ein Brei des Geredes ergießt sich über den Strand:

—«Geh doch ma rrüber, bei Rrröper—sach man, es wehr für uns!» — «Nu sehn Sie sich bloß mal Frau Lahmers an, wie sie heut wieder aussieht! Wie macht die Frau das bloß?» — «Kuck mal, ne Judsche!» — «Einen Umchain haben diese Goiten!» — «Wer mir an meinen Strandkorb rankommt und will die schwarz-weiß-rote Flagge runterholen, den hau ich – na, das wär gelacht! Wir sind doch hier zur Erholung hier!» – «Hab ich nötig, Schwarz-Rot-Gold aufzuziehen? Wir sind doch zur Erholung hier . . .!» – «Hat er dich für heute abend hinbestellt? Würd ich nicht gehen . . . Elli, das kannst du nicht tun! Oder du nimmst mich mit!» – «Das kommt ganz auf die Umstände an, gnäjjes Frollein!» – «Auf welche Umstände, Herr Assessor?» – «Nero! Nero! Komm mal her! Komm mal hierher! Komm mal hier mal her! Nero! Pfuit! Pfuiiiit! Kannst du nicht hören! Nero!» – «Mama, Lilly schmeißt mit Popeln!» – «Frau Doktor! Frau Doktoor! Sie haben Ihren Büstenhalter vergessen!» – «Schrei doch nicht so!» – «Na, meinste, man sieht das nicht, daß sie ein hat . . .?» – «Mir ist die ganze Reise verleidet!» – «Meines Erachtens nach beruht die Rettung Deutschlands wesentlich auf den Kolonien. Also, meine Herren, England . . .» – «Ein kleiner Kaffee zwei vierzig, ein Teelöffel achtzig, ein Glas Wasser fünfzig, eine Tasse dreißig, Kuchen haben sie nicht gehabt, macht vierzig, zusammen . . .» – «Donnerwetter, hat die Frau Formen –» Und ich bin nicht dabei.

«Mir ist die ganze Reise verleidet –!» Mütter tosen, bei denen man sich aussuchen kann, ob sie zu wenig geliebt oder zu wenig geprügelt worden sind; die Zuckungen in Unordnung geratener Gebärmütter vergiften ganze Existenzen. Kinder heulen, Väter fluchen, die Hunde kneifen gleichfalls den Schwanz ein, und die Grundlage des Staates ist, woran kein Zweifel, die Familie.

Jetzt bin ich aufgepumpt wie ein Ballon, das Gas der Gemeinheit erfüllt meine kleinsten Poren – ah, nicht dabei sein müssen, wenn sich diese Menschheit zwecks Erholung zu scheußlichen Klumpen zusammenballt wie vereinbaren Sie das Herr Panter mit Ihrer sozialen Gesinnung da erholen sich diese armen Leute so gut sie das können und Sie halt die Schnauze es gibt Flammri, der zittert vor Ekel über sich selbst auf dem Teller, alles ersauft in derselben Sauce, abends knallt eine dolle Nummer von Sekt an den Tischen der Réühniong und fließt derselbe in Strömen aus Schmerz über den Schmachfrieden von Versailles . . . weil sie sich am Morgen in die wehrlose Ostsee stippen, waschen sie sich nun überhaupt nicht mehr, wieso, wo wir doch morgens baden, Emmy, du bist ein Ferkel, es ist heiß, es ist staubig, es riecht nach Milch und kleinen Kindern und Pipi, es ist überhaupt so schön, wie es nur die Natur und der Bürger vereint zustande bringen – und ich bin nicht dabei.

Hochkragige Fememörder mit Holzfressen, in deren kalten Augen eine stets parate Grausamkeit glitzert; sich erholende Buchhalterinnen für sechs Mark fünfzig den Tag zuzüglich Getränke; sie tragen eine Liebenswürdigkeit im Herzen, die nur für einen ausreicht – dem Rest gegenüber sind sie sauer und so unfreundlich . . .

Manchmal ist es schön, allein zu sein. Manchmal ist es schön, keinem Verein anzugehören. Manchmal ist es schön, vorbeizufahren.

Der Herbsttag ist blau, die hohen Bäume rauschen, und violett vor Schadenfreude passiere ich die sommerlichen Stätten der Lust, die nicht so groß sein kann wie meine, an ihr nicht teilnehmen zu müssen. Falscher Nietzsche; der Kollektivismus; der typische bürgerliche Intellektuelle; eine Frechheit; im Namen der Arbeitsgemeinschaft der Reichsverbände Deutscher Ostseebäder-Vereine; der pariser Jude Peter Panter; eine Geschmakkklosigkeit, antisemitische Äußerungen zu bringen; wo erholen Sie sich denn, Herr? wir lebhaft bedauern müssen, diesem Artikel in unserm Blatt die Aufnahme zu verweigern, das Nähere siehe unter Inserate; Sie haben eben keine Kinder; wo liegt eigentlich Scharbeutz? wir waren dieses Jahr in Zinnowitz, Gottseidank judenrein; wir waren dieses Jahr in Westerland, also wirklich ein sehr elegantes Publikum – versteh ich einfach nicht, was er hat –

– der Herbsttag ist blau, die hohen Bäume rauschen, die Ostsee sächselt, und ich fahre selig durch die holsteinischen Wälder des Herbstes,

hindurch, vorbei, vorüber.

DIE BEAMTENPEST

I

> Allein vom Staate wurde die Kultur doch in hohem Grade positiv und negativ bestimmt und beherrscht, indem er von jedem einzelnen vor allem verlangte, daß er Bürger sei.
>
> Jeder einzelne hatte das Gefühl, daß die Polis in ihm lebe. Diese Allmacht der Polis aber ist wesentlich verschieden von der modernen Staatsallmacht. Diese will nur, daß ihr niemand materiell entwische, jene wollte, daß jeder ihr positiv diene, und mischte sich deshalb in vieles, was jetzt dem Individuum überlassen bleibt.
>
> Jacob Burckhardt: ‹*Weltgeschichtliche Betrachtungen*›

Der Versailler Friedensvertrag hat die Kleinstaaterei in Europa stabilisiert. Die europäische Landkarte sieht aus wie ein mit Flicken besetztes Kleid; wo ein Riß ist, sitzt ein Fähnchen. Clemenceau und seine Leute haben zwar begriffen, daß die Unterdrückung von Minoritäten aufhören müsse – aber sie haben niemals begriffen, daß das Jahr 1918 dafür andre Lösungen vorschreibt, als ihnen nach den Idealen ihrer Jugend vorschwebten. Denn es handelt sich nicht darum, die kleinen Staaten aufzubauen, sondern die großen, in dieser Form, abzuschaffen.

In den *‹Weltgeschichtlichen Betrachtungen›*, diesem großen Weltbild eines der letzten liberalen Europäer, zeichnet Jacob Burckhardt die griechische Polis mit liebevollen Strichen. Der Vergleich mit den schweizerischen Städten fällt sofort auf: dort der große, mechanistische Staat, der nur materialistische Interessen vertrete; hier das feine, geistige, oligarchische und fast aristokratische Staatsgefüge, das eben vermöge seiner Kleinheit andern Gesetzen unterliege als die Kolosse . . . es ist wie ein Klageruf um Vergangenes und Vergehendes.

Burckhardt könnte heute zufrieden sein, wie —? Da ist nun ein Europa, in dem es von kleinen und kleinsten Staaten wimmelt; jede kleine Gruppe ist zu einem Staatswesen geronnen, überall flattern neue Fahnen im Wind . . .

Essig.

Der Grundfehler dieser neuen Staatsgründungen liegt darin, daß sie allesamt von ihrer Kleinheit und von dem Vorzug ihrer militärischen Machtlosigkeit überhaupt keinen Gebrauch machen. Sie ahmen vielmehr den großen Staaten in deren bösesten Unarten nach, ohne ihren eignen Wert, der auf ganz andern Gebieten liegen könnte, zu steigern. Das zeigt sich an mancherlei Symptomen.

Man kann bei dieser Staatenbildung en gros einmal recht deutlich sehen, wie das Individuum den Staat wirklich beurteilt, und was der in Wahrheit ist. Nehmen wir ihm einmal die Fahne etwas hoch, und was sehen wir da?

Le pavillon couvre la marchandise. Aber was sehen wir noch?

Wir sehen die Menschen sich wie die Raben auf eine fette Beute stürzen. Hier gibt es: Pension; völlige Verantwortungslosigkeit im Handeln; Autorität; Befriedigung von dumpfen Gelüsten, als da sind: Kollektivrausch minderwertiger Individuen, Sadismus, auszulassen am Nebenmenschen . . . und noch mancherlei. Da sind sie alle da.

In Ungarn ist jeder fünfte Mensch ein Beamter. Das heißt: Ein Fünftel Ungarn lebt von den vier andern Fünfteln, sich mühselig eine Arbeit schaffend, die ursprünglich gar nicht vorhanden gewesen ist. Man hat den immensen Fehler begangen, die Stadt Danzig, eine mittlere Hafenstadt wie hundert andre auch, zu neutralisieren: die Honoratioreneitelkeit schlug hohe Bogen, und dieses Nest, das hundertundfünfzigtausend Einwohner gehabt hat und nun durch Eingemeindungen zweihunderttausend dazu bekommen hat, spielt Staat, wie ein Kind, das Kaufmann spielt. Die Folge ist eine niemals abreißende Krise: die Steuerzahler können diesen Haufen von geschäftigen Nichtstuern nicht mehr ernähren.

Der Staat hat überall die Religion ersetzt, wo die zu schwach ist, die metaphysischen Bedürfnisse von Kinobesuchern zu befriedigen. Es scheint ja, als übten die Worte ‹Staat, staatlich und Staats . . .› eine gradezu dämonische Wirkung auf die Träger aus, und wer einmal mit angesehen hat, wie ein Beamter auf eine Beamtenbeleidigung wartet, in sich, dem Herrn Lehmann, plötzlich die große Kollektivität spürend, der wird wissen, wie sich die Eitelkeit des Privatmannes hinter die Wand des Staates verkriechen kann. Daß die wahre Macht der Staaten im Verhältnis zu ihrer sich ständig mehrenden Aktivitätsausdehnung ebenso ständig durch die Internationale der Kapitalisten gemindert wird, braucht jene nicht zu stören. Wer sich in seiner Straße nicht durchsetzen kann, weil er einen Buckel hat, der zieht sich eine Uniform oder einen Titel an —: Alle sehen nur noch die Uniform, niemand sieht den Buckel.

Die meisten dieser kleinen Staaten sind von Bolschewistenfurcht geschüttelt, die ja fast überall ein Zeichen schlechten sozialen Gewissens ist. Es ist Deutschland das Zeugnis auszustellen, daß es zu Rußland, auch da, wo es die russischen Methoden ablehnt, aus zum Teil dunkeln Gründen immer noch eine viel bessere Haltung einnimmt als etwa die Randstaaten, was verständlich ist, oder die Weststaaten, was weniger verständlich ist.

Man sollte nun annehmen, daß die kleinern Staaten so denken:

So groß wie Rußland sind wir nicht; so volkreich wie Deutschland sind wir nicht; so mächtig wie England sind wir nicht — also treten wir auf einem Gebiet an, auf dem uns niemand schlagen kann: nämlich auf dem des friedlichen Wettbewerbs der Kultur. Aber davon ist keine Rede.

Das starrt von Waffen; das starrt von Imperialismus, von dummen und nichtigen Minoritätsfragen, deshalb dumm und nichtig, weil die aufgewendete Energie meist in gar keinem Verhältnis zur Bedeutung dieser Minderheiten steht, es sind oft weniger Prätentionen von Völkern als solche ehrgeiziger Sekretäre; das erlaubt sich Rechtsbrüche genau wie die großen; das stabilisiert die Macht der legalen Polizei-Illegalitäten genau wie die großen; das rast gegen Fremde genau wie die großen — kurz: die ganze Klasse mauschelt schon.

Da gibt es Abstufungen: in Estland ists sicherlich nicht so schlimm wie in Ungarn; Jugoslawien benimmt sich anständiger als Bulgarien — aber im großen ganzen toben sich doch in diesen kleinen Staaten Unvernunft, privater Geltungswahn und übelster Kapitalismus aus, der um so schädlicher und gefährlicher ist, weil er sich intensiver bemerkbar macht. In Deutschland rutscht schon einmal jemand durch — in Lettland ist das schwerer. Und keiner sieht, daß Größenunterschiede Qualitätsdifferenzen zur Folge haben, und daß es gar nicht die Aufgabe der kleinen Staaten ist, in Kleidern herumzulaufen, die ihnen acht Nummern zu groß sind.

Sie äffen die Großen, und wenn die sich lausen, lausen sie sich auch. Sie haben ihre ‹Geschichte›, und wenn sie sie erst konstruieren mußten, so haben sie sie konstruiert; sie haben ihre ‹Traditionen›, und wenn die erst zehn Jahre alt sind, so riechen sie doch schon, als hätten sie ein Alter von hundert; sie haben ihren Staatsdünkel, ihre Selbstgefälligkeit, ihren Gruppenwahnsinn und ihre eigenstaatlichen ‹Belange› wie die großen. Sie haben überhaupt alles. Nur eins haben sie nicht.

Es fehlt ihnen völlig die Existenzberechtigung. Man weiß gar nicht, wozu das da ist. Der Föderalismus ist nicht abzulehnen – diese Staaten-Spielerei ist abzulehnen.

Sie schnüren mit lächerlichen und albernen Paß- und Zollschikanen den Handel ab und ihre murksige Industrie ein; dann sind sie gezwungen, Arbeitslosenunterstützungen in Form von Beamtengehältern auszuzahlen, und die also Unterstützten revanchieren sich, indem sie der ‹nichtbeamteten Bevölkerung› Schwierigkeiten machen, die ebenso groß wie überflüssig sind. Sie komplizieren die Weltwirtschaft und die Geldwirtschaft, und Kompliziertheit ist, wie Wieland Herzfelde einmal ausgeführt hat, das Ideal des Bürgers, denn im Dunkeln ist gut munkeln. Sie verstehen ihre Zeit nicht, ihren Kontinent nicht, ihre Lage nicht.

Was das zaristische Rußland mit den Minoritäten getrieben hat, ist eine Schande gewesen. Was die Deutschen mit den Polen unter dem Kaiser getrieben haben, und wovon die Republik nie, niemals abgerückt ist, ist eine Schande gewesen. Aber heißt das nun, daß man den ehemals Unterdrückten die Möglichkeit geben soll, es ihrerseits gradeso zu machen? Und sie machen es fast überall genau so, genau so wie ihre Unterdrücker.

Wer schon den großen Staaten das Recht abspricht, so zu tun, als sei jeder von ihnen allein auf der Welt –: was hat der erst zu diesen Staatsgebilden zu sagen, die oft nicht mehr als zwei, drei mittlere Städte und ein paar hundert Bauernhöfe umfassen! Sie sind uneuropäisch, wenn man an die zu postulierende Zukunft denkt; sie sind im tiefsten und schlechtesten Sinne europäisch, wenn man an dieses Europa denkt.

Ihre Tragikomödie sehen sie nicht. Sie wollen nicht sehen, daß ihr Kapital fortwährend über die Grenzen fluktuiert; daß ganze Wirtschaftsgebiete ihnen nicht nur nicht gehören, sondern daß sie machtlos zusehen müssen, wie damit in und an andern Börsenplätzen gehandelt wird, man sagt es ihnen nicht einmal, und sie merkens erst an den Folgen. In Sachen Petroleum, Jute, Gerste, Leder haben sie nicht viel zu melden – denn ihre Zölle können zwar viel hindern, aber wenig bewirken. Dies Manko gleichen sie aus. Welcher Stolz in ihren Proklamationen! welch großes Maul dem Armen gegenüber! welche Pfauengrandezza vor den Fremden, die nicht zurückschlagen können! Es sind Helden – nur da nicht, wo es etwas kostet.

Das haben sie von den Großen gelernt, die es ebenso machen, von Berlin über Paris nach London.

Was aber hält sie so? Was füllt immer wieder die Reihen ihrer Beamtenschaft? Was veranlaßt die Menschen, sich solchem Treiben hinzugeben, hörig, gierig, nimmer ermüdend?

II

Um zu verstehen, wie der Beamtenapparat in großen und kleinen Staaten arbeitet, muß man sich vergegenwärtigen, wie der einzelne dazu kommt, Beamter zu werden.

Er wird es natürlich nicht, weil er den Staat bejaht, oder weil er es gar nicht ertragen kann, wenn er seine Kraft nicht dem öffentlichen Wohl zur Verfügung stellt – oder was man so sagt. Er wird Beamter, um versorgt zu sein – um so unabhängig und verantwortungslos wie möglich zu arbeiten, und um regelmäßig ein sicheres Gehalt zu beziehen. So meditieren Eltern in Wahrheit, wenn sie überlegen, ‹was der Junge einmal werden soll› – so denken auch sehr viele Studenten, wenn sie sich zu entscheiden haben, ob sie in die Industrie gehen oder die Beamtenkarriere einschlagen sollen. Der Rest sind Ausnahmen oder Lügen.

Der Eintretende nun wird von dem vorhandenen Beamtenkörper aufgesogen und kann ihn kaum ändern; wenn er erst die Möglichkeit hat, zu reformieren, ist er zu alt, und sind diese Reformen dann so stark, daß sie an die Grundelemente des Turms rühren, so wird er automatisch von der Gruppe ausgestoßen. Er verschwindet, denn er hat sich zu assimilieren, nicht sie.

Es ist nun an den jungen Leuten, die in eine staatliche Verwaltung eintreten, deutlich zu beobachten, wie sich das Individuum verändert, wenn es in eine Gruppe eintritt. Das beginnt damit, daß der neu Eintretende der Gruppe zunächst noch mit Zurückhaltung gegenübersteht, er gehört ihr noch nicht ganz an, noch verrät er sie hier und da an Außenstehende, er belächelt ihre Maßnahmen, aber schon beginnt sich zwischen ihm und der nicht zur Gruppe gehörigen Welt leise eine dünne Scheidewand zu erheben ... er sagt schon ‹wir› – ‹wir machen das so ...›, er verbessert vorsichtig den ‹Laien›, wenn der sich in der Fachterminologie irrt ... er fängt an, mit der Gruppe zusammenzuwachsen. Eines Tages hat sie ihn.

Nun ist sein Weltbild verschoben: Er sieht alles, was geschieht, von der andern Seite, nämlich von innen und für innen, er ist der Bahnhofsvorsteher, der die Züge fahren läßt, damit sie fahren, nicht damit Menschen ankommen, so wie in einem deutschen Schlafwagen ja nicht nur die Schaffner Dienst tun, sondern auch die Fahrgäste. Nun wird seine Vorstellung von der Gruppe überwertig, er verachtet ganz offen die andern, die ihr nicht angehören, und konstruiert sich, um die Gruppe zu erhöhen, die Gruppenehre, ein Vokabularium, Abzeichen und andre Mittel, die Gruppe in den Mittelpunkt der Aufmerksamkeit zu legen. Ein Hauptmittel ist die Art seiner Arbeit.

Wenn die Ämter Organe des Staatsorganismus sind, so ist dieser Organismus ein Monstrum mit schwerer Elephantiasis. Insular bilden sich die einzelnen Zweige fort, sie wuchern, niemand fragt danach, ob das noch nötig und nützlich für das Ganze ist. Die grauenhafte, sklavische Arbeitsunrast des Deutschen arbeitet, um zu arbeiten — nicht für einen Zweck. Der ist Sache der ‹Leitung›.

Was in den Ämtern aller Staaten getrieben wird, ist beispiellos, weil es unentwirrbar und mit der Zeit sinnlos geworden ist. Ein Stempelsteuergesetz mit 884 Paragraphen ist auf alle Fälle schlecht, weil die Verfasser nicht wissen, daß die ganze Stempelsteuer das nicht wert ist; es ist eine Deformation des Lebens, eine ‹Stempelsteuer-Wissenschaft› zu konstruieren, die es nicht gibt, sondern die man erfunden hat, um geschäftigen Nichtstuern zu Brot zu verhelfen, das sie verdienen, ohne es zu verdienen. Was hier am Werk ist, ist der Tätigkeitsdrang von Subalternen, die zufällig auf eine Universität geraten sind — mit universitas hat grade diese Tätigkeit auch nicht das Geringste zu tun, sie ist genau ihr Gegenteil.

Und womit sich diese alle befassen! Man sehe sich etwa an, was die ‹Zentrale für Heimatdienst› treibt, was die ‹Technische Nothilfe› anstellt, um ihre tödliche Leere auszufüllen, ihre Unnützlichkeit, ihre gänzliche Überflüssigkeit! Alles das hat nun langsam politische Zwecke bekommen, treibt wirtschaftliche Transaktionen, befaßt sich mit Dingen, an die niemand gedacht hat, als die Einrichtungen ins Leben gerufen worden sind, und an die niemand der Herren Bewilliger denkt, wobei denn die Frage zu tun wäre, was sich ein Sozialdemokrat überhaupt denkt, wenn er den Etat der ‹Technischen Nothilfe› bewilligt. Aber freilich, sie bewilligen ja noch ganz andere Dinge ... ein Gulden oder ein Kreuzer — das gilt ihnen gleich. Sie laufen also über die Ränder, die Gschaftlhuber, und es ist lustig, zu sehen, wie das ‹Verbandsleben› anstelle des Lebens überhaupt rückt; wie die Konditoren Kriegsschiffe besichtigen und die Sargtischler für den Monismus eintreten, und nächstens werden noch die Richter durch ein Gefängnis gehen ... nun, wir wollen nicht übertreiben.

Man sehe sich einmal einen Etat an ... aber das Volk weiß ja nicht, was mit ihm gemacht wird, und der Abgeordnete ist zu faul, zu beschäftigt, zu müde, um alles aufmerksam prüfen zu können. Wie da über jeder nötigen, unnötigen, dem Staat aufgedrängten, vom Staat angemaßten Tätigkeit ein Wasserkopf von ‹Verwaltung› sitzt, der unnützlich und überflüssig ist, dafür gibt es ganz nahebei ein schönes Beispiel: das ist die Verwaltung der drei Staatstheater in Berlin, ein Ressort, das an einer Privatbühne schneller, besser und glatter von je zwei flinken Sekretärinnen und ein paar Daktylos ausgefüllt wird.

Das besorgt bei jenen ein ganzer Stall von Krippensetzern. Aber freilich: So herrliche Intrigen wie die Herren Winter, Selig è tutti quanti bekommt die Privatindustrie nicht zusammen. Die Herren werden ja wohl wissen, was Talleyrand geantwortet hat, als ihn ein armer Schächer auf die Notwendigkeit verwies, er müsse doch leben . . .

Und so auf allen Gebieten. Herr Abegg hat einmal den Versuch gemacht, die zahllosen Polizeiverordnungen, die auf dem Wege der Parthenogenesis entstanden sind, aufzuheben; ihre Zahl ist grotesk, sie beträgt eine Viertelmillion, und aufgehoben hat er sie nicht, weil alle die kleinen Wichtigmacher in Stadt und Land das Netz ihrer Kompetenzen so festhielten, daß kein Aal entschlüpfte. Sie sind alle mit einer Arbeit beschäftigt, die in Wahrheit, wenn man sie recht täte, etwa hundertmal so klein wäre — sie haben sie sich erst gemacht, um sich eine Bedeutung zu geben, und hier sind wir denn auf das innerste Blatt der Zwiebel gekommen.

Es ist der Geltungsdrang als sozialer Faktor, der hier arbeitet, die persönliche Eitelkeit, die ins Sachliche umgeschlagen ist — jeder macht sich ja eine Welt, die so beschaffen ist, daß er, mit seinen Anlagen und Möglichkeiten, die von ihm erst aufgestellten Postulate genau erfüllt und also ihr Mittelpunkt ist. Die höhern Subalternen in allen Verwaltungen nun haben einen Drang, einen einzigen, der sie neben dem legitimen Wunsch, möglichst viel Rente gleich Gehalt aus ihrer Tätigkeit zu schlagen, beherrscht: sie haben den Geltungsdrang für ihre Tätigkeit, für ihre Gruppe, für ihr Amt. Wer einmal erlebt hat, was ein preußischer Major im Kriege anstellte, wenn man ihm eine Kompanie Landsturm fortnehmen wollte, wie da der harte Kriegersmann den Tränen nahe war, weil er völlig richtig fühlte, wie seine soziologische Wirksamkeit nun um zweihundert Mann kleiner wurde — der weiß, wie schauerlich expansiv dieser Drang arbeitet. Das Ideal sieht so aus: «Wir haben jetzt so viel zu tun, daß wir noch ein Haus als Verwaltungsgebäude dazu kaufen müssen!» Sich ausdehnen; geschäftig sein; dahinter steckt: nötig sein, wichtig sein, etwas gelten!

Das sitzt in jedem Menschen — aber erstens ist es im Deutschen besonders ausgebildet, und zweitens fehlt in Deutschland das Korrektiv des gesunden Menschenverstandes. Anderswo versuchen das die Beamten auch, stellenweise gelingt es ihnen — aber die Ratio ihrer Nation ist sehr oft so stark, daß sie, ist einmal ein bestimmter Grad erreicht, «Halt —!» ruft, und weiter gehts dann eben nicht. In Deutschland geht es weiter, bis zur Groteske — man sehe sich etwa die Diskussionen über die ‹Verreichlichung› der Länderbürokratien an, und man hat genau das, was ich meine: ein Tohuwabohu von wildgewordenen Kleinbürgern, die ein völlig imaginäres Gebiet beackern, die etwas tun, was es gar nicht gibt, etwas, das sie erst erfunden haben: um ihre Söhne unterzubringen; um einen Titel zu haben; um in der Kleinstadt etwas zu gelten; um vor sich selbst etwas zu sein, was sie sonst nicht wären; um eine besondere Kaste zu bilden; um des Gehalts willen, ja, richtig: um der Sache willen.

Aber die kommt in letzter Linie.

Denn wenn in Deutschland etwas amtlich organisiert wird, was die Herren mit einem dem Kasino entlehnten, scheußlichen Ausdruck ‹aufziehen› nennen, dann denkt niemand an das Objekt dieser Organisation, nämlich an den, für den doch eigentlich der ganze Betrieb da ist. Und der ihn bezahlt. So wird das nicht gemacht: Sie sehen in erster Linie die überwertig aufgeblasene Gruppe; in zweiter deren Interessen, den Innendienst, die kleinen Bequemlichkeiten für die Beamten, damit die sich auch ja nicht eine Plombe bei der Arbeit abbrechen. Noch nie ist von diesen Organisatoren jemand auf den Gedanken gekommen, zum Schluß folgende Frage zu stellen: «Und nun wollen wir doch einmal sehen, was denn das Publikum zu tun hat, wenn es alle diese Vorschriften befolgt.» Das interessiert dortseits überhaupt nicht; daher dann die irrsinnigsten Anomalien, Vorschriften, die man denen, die sie gemacht haben, um die Ohren schlagen sollte, unerfüllbare Forderungen, Dummheiten, Nachlässigkeiten: Die benötigten Formulare gibt es nicht an der Amtsstelle, sondern anderswo, der Steuerzahler läuft; es müssen vier Bogen ausgefüllt werden, der Steuerzahler schreibt, tut also die Arbeit des Beamten; und so tausend Narrheiten und Albernheiten, die selbst aufzuzählen zu langweilig wären. Aus unerfindlichen Gründen scheint sich bei der Gewährung von Paß-Visen die Beamtentollheit selbst zu überschlagen; was da von allen Ländern getrieben wird, ist so albern wie ihre Staatsräson und so schmutzig wie die, wo das Visum eine Einnahmequelle darstellt, die fast immer den Tatbestand der Erpressung streift.

Diese Mühle mahlt immer weiter, immer weiter. Ab und zu stößt ein Ehrlicher in der Gruppe einen Stoßseufzer aus: es gibt in der Finanzverwaltung vernünftige Beamte, die zugeben: Alles, was wir hier tun, ist Hokuspokus. Der Bauer zahlt keine Steuern, die Industrie legt uns herrliche Bilanzen vor, von denen wir wissen, daß in allen zusammen keine wahre Zahl steht – was wir hier treiben, ist die Vortäuschung einer Idee: als sei es nämlich möglich, Steuern ‹gerecht› einzutreiben. Was unter diesen Umständen eben nicht möglich ist. In einem preußischen Etatsjahr hat zum Beispiel eine Nachprüfung der industriellen Veranlagungen eine Nebeneinnahme hereingebracht, die so groß war wie alle Steuererträgnisse der preußischen Bauern zusammen. Die Analogie mit einem Tollhaus ist vollkommen: Es gibt ja bekanntlich eine Menge Irrer, die rational denken, und nichts als dies – aber vom Standpunkt eines gesunden Menschen ist ihr Tun eben wahnsinnig.

Die Beamten verlieren sehr bald, meist schon kurze Zeit nach ihrem Eintritt in den Staatsdienst, das Blickfeld für das Ganze – sie ersaufen in ihrem Kleinkram, der zu neun Zehnteln sinnlos, erfunden, überflüssig, unanwendbar und unbrauchbar ist. Das der Gruppe immanente Gesetz aber, sich ständig zu vergrößern und die eigne Geltung möglichst herauszustreichen, zwingt sie dazu, sich nicht nur mausig zu machen, diese unsinnigen Etats zu vertreten und das Rad immer fort und fort zu drehen. Die Folge ist nicht nur eine sinnlose Verschwendung der Steuergelder, bei denen niemand kontrolliert, ob sich denn der Aufwand überhaupt noch lohne, der da getrieben wird – die weitere Folge ist eine Verdunklung der Tatbestände, aus denen sich zum Schluß keiner mehr herausfindet. Es gibt ganze Gebiete der Landesgesetzgebungen, auf denen man schon ‹Fachleute› zu Rate ziehen muß, um sich überhaupt über die einfachsten Grundlagen klar zu werden. Das liegt nicht an den Materien, sondern lediglich am Geltungsdrang der Beamten, die erst jene Verwicklungen konstruiert haben.

Daher die Unmöglichkeit, wirklich ‹Verantwortliche› zu finden – in Wahrheit sind Strafrecht und Gewohnheitsrecht, Volksanschauung und Beamtengesetzgebung Opfer der Wahnideen von den Kollektivitäten: eine echte Verantwortung trägt keine. Sie treten zwar mit dem Anspruch auf Verantwortung auf – aber die Individuen verkriechen sich hinter der Gruppenvorstellung, und zum Schluß ist es keiner gewesen. Aus diesen Verwicklungen heraus entstehen Justizmorde, die nicht immer so einfach liegen wie der an Jakubowski, wo sich ein ganzer Korb Richter und ein Staatsanwalt die bösesten Vorwürfe machen lassen, ohne zu mucken – niemand tut ihnen etwas. Aus der künstlich geschaffenen Kompliziertheit resultiert gewöhnlich die Unmöglichkeit, den einzelnen zu belangen, sowie jene, klar zu sehen und durchzudringen – es folgt endlich die Unmöglichkeit, zu reformieren. Denn sie decken sich untereinander, sie hängen zusammen wie die Kletten, sich mit stechenden Nadeln aneinander festhaltend –, aneinandergeklebt durch jenen seltsamen Leim des Zusammengehörigkeitsgefühls, einer Gemeinsamkeit, die sich erst Feinde schafft, um überhaupt zu sein. In Wirklichkeit hängt alles, was in einem Beamtenkörper geschieht, an der Routine und den sehr dünnen Fäden der Personalpolitik. Daher die ungeheure Wichtigkeit der ‹Personalreferenten› – daher auch der erste und grundlegende Fehler Fritz Eberts, der die Gefahr nicht sah, die von jenen drohte –, was seltsam ist; man sollte meinen, daß sich gleichnamige Pole abstoßen. Hier machte die Natur eine Ausnahme: sie zogen ihn an und er sie.

Solche aufgeblähten Beamtenkörper abzuschaffen, die überflüssig sind, unfruchtbar, unproduktiv und fast immer reaktionär, ist auf dem Wege der Evolution unmöglich. Jeder Reformversuch endet gewöhnlich damit, daß der Dreck, statt herausgekehrt zu werden, von einer Ecke in die andre umgelegt wird; jeder Reformversuch beläßt, wenn man es richtig ansieht, alles beim alten. Eine wirkliche Änderung?

Dazu hat der liebe Gott die Revolutionen erfunden. Luftreinigungen, die von Zeit zu Zeit erfolgen müssen, wenn nicht alles ersticken will. Dann gehts wieder für eine Weile. Daß sich auch in Sowjet-Rußland eine neue Bürokratie herausbildet, brauchen wir den Russen nicht zu erzählen, die es besser wissen als wir und die sich wenigstens bemühen, sie zu bekämpfen – aber man kann eine Bürokratie immer nur von außen bekämpfen, voraussetzungslos, ohne auf das dumme Geschwätz von den ‹fachlichen Belangen›, von den ‹historischen Interessen der Länder›, von den ‹geschichtlichen Gewordenheiten›, von der ‹Staatsräson› und wie dieses Zeugs sonst noch heißt, überhaupt zu hören.

Der auf uns lastende Beamtenturm verdient einen Tritt, daß er kracht. Die Parteien wagen nicht, das zu sagen – denn sie brauchen die Stimmen dieser Beamten, und die sind gut organisiert und schießen mit Boykott, Klage, Lärm und Mandatsschmälerung, wenn ihnen jemand an die Position will, die sie sich so mühsam gemacht haben. Wer soziologisch sehen kann, sieht weiter. Die wohlerworbenen Rechte der deutschen Beamten sind ein schweres Unrecht am Volk, und wenn sie schlecht bezahlt werden, was der Fall ist, so möge man sich sagen, daß sie für das, was sie wirklich Nutzbringendes leisten, in den allermeisten Fällen noch überzahlt werden. Auf der Leiter der Nützlichkeit steht obenan die Feuerwehr, unten stehen die Richter, und dazwischen gibt es alle Nuancen. Die Reichswehr sitzt im Keller.

«Sie wollen alle Innendienst machen», hat Linke Poot das einmal formuliert. Und sie machen ihn. Dabei haben sie sich sachte modernisiert. Sie fangen schon an, nach ‹wirtschaftlichen Grundsätzen› zu arbeiten, was der liebe Gott verhüten möge, denn was da durch die Lappen geht, beläuft sich auf Millionen. Der lächerliche Stolz, daß der ‹Laden› soundsoviel im Jahr umsetzt; diese kindische Freude am Betrieb ... und alles auf Kosten der Allgemeinheit, die dann, als Refrain, über den Versailler Vertrag stöhnt. Der Reparationsagent hat es richtig erkannt: sie hat ihn im eignen Hause.

III

> Gemeint sind die, die sich nicht getroffen fühlen.

«Man oktroyiert», sagt Jacob Burckhardt, «dem Staat in sein täglich wachsendes Pflichtheft schlechtweg alles, wovon man weiß oder ahnt, daß es die Gesellschaft nicht tun werde.» So gibt es denn keinen Aufsatz über irgend welche sozialen Mißstände mehr, der nicht mit der Mahnung schließt: «Her mit einem Reichsamt für ...», wobei dann der Schreiber gewöhnlich Regierungsrat werden möchte. Es ist lächerlich, von einem Staat, der nicht einmal imstande ist, seine Leute anständig zu ernähren, ihnen ein Dach über dem Kopf zu schaffen und die Tuberkulose vom Hals zu halten – es ist lächerlich, von so einem Jammerwesen zu verlangen, daß es sich für ‹Zeitungskunde› oder was weiß ich einsetze. Zeitungskunde ist etwas völlig Sekundäres, solange Leute leiden, hungern, frieren, im Elend verrecken. Es ist eine Verkennung der Staatsaufgaben, ihre Überschätzung durch Wichtigmacher und eine Unterschätzung des Volkes, dem Popanz zuzumuten, er solle alles, alles, alles in die Hand nehmen – wozu ihm übrigens keiner der Herren Antragsteller die Mittel in die Hand gibt. Denn vom Erbrecht lassen sie nicht. Dem Staat alle Aufgaben – der imaginären Familie alle Rechte, und das Ganze heißt dann höhere Kultur.

Blasen die Stände und Berufe ihre Positionen so auf, so ist es kein Wunder, daß sie die schlechten Eigenschaften der Beamtengruppen in ihren eignen Betrieben nachahmen.

Es ist ungemein charakteristisch, daß sich viele Angestellte ‹Beamte› nennen; sie scheinen zu glauben, dies sei ein Ehrentitel. Unter ‹Amt› hat man zunächst immer ein öffentliches Amt verstanden, und wenn sich die armselig bezahlten Buchhalter und Prokuristen der Großbanken mit einem Wort trösten, wo sie Geld verlangen sollten, so ist das ihre Sache. Die Seuche durchzieht aber die gesamte Industrie, und daß es zum Unterschied der aus Polen importierten Arbeitstiere auch ‹landwirtschaftliche Beamte› gibt, bedarf keiner Erwähnung. Ein ‹Privatbeamter› ist also ein Ding, das sein Geld von einem Unternehmen bekommt, aber genau so umständlich, genau so arbeitseitel, genau so pedantisch und genau so unfehlbar sein möchte wie der staatliche Kollege.

Die Sucht, aus den Geschäften Amtsstuben zu machen, hat ihren tiefen Grund. Die Arbeit wird bequemer und ist verantwortungsloser. So, wie der Küchenbulle im Kriege mürrisch sein Essen ausgegeben hat, einer Pflicht genügend, – wurde der Essensempfänger satt, so war das eigentlich eine leicht ungehörige Nebenerscheinung – genau so arbeiten heute schon Hunderttausende von deutschen Kaufleuten. Sie teilen die zuständige Ware aus, gemäkelt wird hier nicht, ausgesucht wird hier nicht, wir machen das so – fertig. Das Ideal ist daher der Trust oder das Monopol, dann braucht man sich überhaupt nicht mehr anzustrengen.

Der kaufmännische Angestellte wird auch deshalb gern ‹Beamter› genannt, weil er so den ganzen verbrecherischen Betrieb der Beamten kopieren kann – vor allem ihren Trick, die Verantwortung dadurch illusorisch zu machen, daß alles unpersönlich geschieht. Es heißt nicht mehr ‹der Chef› – es heißt ‹die Leitung›. In dieser Formel liegt ganz Neudeutschland, seine Feigheit und seine Schwäche, seine Hinterhältigkeit, seine Verantwortungslosigkeit und seine charakterlose Prahlerei.

«Die Leitung hat . . .» Nun gibt es natürlich gar keine ‹Leitung›, sondern es gibt, in allen Fällen, einen ganz genau festzustellenden Herrn Salter oder Schulze, der die oder die Maßregel angeordnet hat. Was die Herren sich da im Innenbetrieb für Kompetenzen zurechtmachen, ist gleichgültig – die Plakatierung der Anonymität ist immer Versteck, Ausrede und Feigheit. Es ist zwar sehr lustig mitanzusehen, wie die Grammatik der Gruppen diesen neugeschaffenen Kollektiven menschliche Empfindungen beilegt: «Die Abteilung bedauert . . .» und «Das Werk konstatiert mit Freuden . . .»; gemeint ist immer die Schreibstube, der Intrigentopf, der Aufputz der wirklichen Arbeit, die dort nicht getan wird. Nur die Gehälter der höhern Schreiber sehen so aus, als täten sie sie.

Auf den Masochismus des Deutschen aber hat noch niemand vergeblich spekuliert. Seine Unterordnung unter diesen Betrieb ist vollkommen: Wenn ihm mitgeteilt wird, daß er, der Kunde, für sein Geld grüne Badehandtücher bekommt und keine andern, weil die Leitung bedauert . . . dann badet er grün. Er ist tausendmal Objekt, wenn er nur einmal, nämlich in seinem Beamtenberuf, Subjekt sein darf.

Lothar Schücking hat hier neulich auf die immense Gefahr hingewiesen, die in der Durchsetzung der deutschen Industrie mit Stahlhelm- und Jungdo-Leuten liegt, und die Zuwanderung der Offiziere aus der kaiserlichen Armee, den Freikorps und gleichwertigen Institutionen hat denn auch, wie nicht anders zu erwarten, höchst verderblich gewirkt. Dieses Korps ist drauf und dran, die Arbeiterrechte zu knebeln und auf trocknem Wege die Macht der Gewerkschaften zu zerstören – bei dem herrschenden Überangebot an Arbeitskräften kein schweres Werk.

Aber abgesehn von diesen wirtschaftlichen Motiven ist doch da noch ein andres. Die Wattierung jeder Tätigkeit mit einer überfütterten ‹Verwaltung› ist Schwäche. Es ‹verwaltet› sich eben doch viel leichter – produktive Arbeit herzustellen ist schwerer und will gelernt sein. Diesen Verwaltungsrummel, der zum großen Teil in Routine, zum ebenso großen Teil in Intrigen besteht, lernt in ein paar Monaten jeder, sogar ein Offizier kann das lernen.

Wir finden auch hier bei der Industrieverwaltung dasselbe Bild wie bei den Staatsbeamten: eine sinnlose Differenzierung der Organe, die mit dem Gesamtzweck nichts mehr zu tun hat; die Beine und die Arme und die Leber und die Milz haben sich selbständig gemacht. Ob der Körper dabei krepiert . . . danach fragt von denen keiner. Man kann natürlich die Aufstellung von Lohnlisten noch mehr differenzieren; man kann noch eine Kartothek einrichten und noch ein Verzeichnis und noch eine Aufstellung, aber ein vernünftiger Mensch wird sich doch fragen: Ja, nützt denn das überhaupt noch? Stehen Aufwand und Resultat in einem gesunden Verhältnis? Hat das noch einen Sinn? Mir wird niemand etwas erzählen: ich habe monatelang im Kriege eine Tätigkeit vorgetäuscht, die gar keine gewesen ist, ich arbeitete und war fleißig und schuftete umher, und es war alles Unfug und Leerlauf und dummes Zeug und grade gut genug für die Vorgesetzten: Mittel zum Zweck. Damals freilich war Krieg, und es war nicht meiner.

Diesen Leerlauf nun treffen wir in der Industrie, im Bergbau, zum Teil in den Banken, er wird noch durch die irrsinnige Steuergesetzgebung unterstützt, die diesen Unternehmen Hunderte von Menschen aufzwingt, die für das Werk mit dem Staat Krieg spielen. Wir finden den Leerlauf vor allem aber in einem gradezu geisteskrank aufgeschwollenen Verbandsleben, das jede echte Tätigkeit lahmlegt.

Jeder Kenner weiß, daß die meisten Kongresse, die diese Verbände, Vereine, Ringe, Reichsbünde, Genossenschaften und so fort einberufen, nur einen einzigen Sinn haben, und dieser Zweck ist die Vermittlung persönlicher Bekanntschaften der Beteiligten. Etwas teuer bezahlt, wie mir scheint. Aber die Verbeamtung dieser Organisationen schreitet fort, sie werden immer mehr Selbstzweck und nehmen sich ebenso feierlich und wichtig wie ihre Satzungen, als seien die vom Himmel gefallen. Es wird enorm viel ‹getätigt›, aber nichts geschafft, es wird geschuftet, aber nicht gearbeitet, es wird gewirkt, aber nichts bewirkt. Man lese das bei Alfons Goldschmidt, *‹Deutschland heute›*, nach, dem einzigen mutigen Buch, in dem diese Wahrheit gesagt und das also totgeschwiegen wird.

In kaum einem andern Lande der Erde macht sich wohl der Apparat so störend bemerkbar wie in Deutschland. Wenn man hier etwas kauft, erfragt, verzehrt, wenn man reist, bestellt, anmeldet oder einträgt —: stets steht da, wo anderswo ein Helfender ist, ein alter, bewährter Fachmann, der den Kunden streng mustert. «So? Sie wollen hier mit der Fähre herüberfahren? Merkwürdig, das wollen alle! Na ja — aber so einfach ist das nicht ... Sie können das nicht wissen, aber ich bin ein alter, bewährter Fährenfachmann ... Da müssen Sie vor allen Dingen erst mal ...» Man hat immer den Eindruck, grade noch geduldet zu sein — jener teilt Gnaden aus, wofür er sich bezahlen läßt, und weil es alle so machen, schimpfen sie zwar, spielen aber alle das lästige Spiel wacker mit. Die ungeheure Aufdringlichkeit des Apparats, der längst aus einer Hilfsfunktion Hauptsache geworden ist, macht sich auf Schritt und Tritt bemerkbar. Ich habe mich einmal auf dem Bahnhof Friedrichstraße nach einer Reise waschen wollen — sie haben mich nicht grade vereidigt, aber sonst haben sie beinah alles getan, was man nur tun konnte. Auch fand sich dort eine Scheuerfrau, die das Wort ‹Waschraumkarte› fließend aussprach, ohne daß ihr das Gebiß herausfiel. Ein Schalter war da, und es gab rote und grüne Billetts für die Fahrt in die Wasch, und sie wurden geknipst, richtig ... waschen durfte man sich auch. Aber das war eigentlich nur eine leicht überflüssige Formalität. Die Hauptsache ist immer der Waschraumkartenschalterbeamte.

Die glücklichsten Leute sind die, die dergleichen ‹durch ihr Büro› erledigen lassen – da schlagen sich dann Angestellte halbe Tage lang mit andern Angestellten herum, von denen jeder sehen will, wer den dickern Kopf hat, und den Zweck ihrer Arbeit haben sie alle zusammen vergessen.

Dieses den Beamten entlehnte Massentreiben hat fernerhin zur Folge, daß, was auch immer diese Gruppen in die Hand nehmen, plattester, übelster, schalster und banalster Durchschnitt wird. Wie das die Russen anstellen, die also offenbar eine andre Art von ‹Kollektivität› haben müssen, weiß ich nicht –: was aber bei uns die ‹Verbände› organisieren, sieht auch so aus: langweilig, immer halb, stets in der Mitte stehend, wo nach einem famosen Wort Franz Bleis gar nichts ist. Man sehe ihre Ausstellungen an, ihre Feiern, Kundgebungen, Zeitschriften, Denkschriften ... abgestandne, flaue Sekretärsarbeit. Der Schaffende kommt nicht in den Funktionärshimmel, sondern sitzt im Fegefeuer der Isolierung.

Die Gruppen, die Beamten und die Kaufleute haben Glück. Die Justiz, wie immer etwa achtzig Jahre hinter ihrer Zeit her, ahnt noch nichts von diesen Gebilden, und so entwischen Täter, Mittäter, Helfer und Verantwortliche allemal als nicht vorhanden, wenn man sie je zur Rechenschaft ziehen wollte. Man will aber gar nicht. Denn in den deutschen Gehirnen sitzt der Aberglaube: Was überhaupt zur Kollektivität geronnen ist, das muß schon an und für sich gut sein. «Die Einbrecher», stand zu lesen, «hatten einen richtigen Sekretär ...», und der Sekretär kriegte es ja an Anführungsstrichen nicht schlecht um die Ohren gehauen! Denn Sekretariat, Leitung, Direktion, Werkbüro und Registratur zeigen doch schon an, daß es sich hier um höhere sittliche Werte handelt ... Es ist etwa so, als sei ein Schriftsteller darauf stolz, daß er seine Romane mit der Schreibmaschine schreibe, während sie ihm doch nur einen Federhalter ersetzt und es dem Leser herzlich gleichgültig sein kann, wie jener sein Werk zustandebringt, wenn es nur gut ist. Das sorgenvolle Gesicht der deutschen Aktenmappen-Menschen aber, die in den Wichtigkeitsstrudeln ihrer Geschäftigkeit ersaufen, zeigt an, wie ernst sie sich nehmen, wie gottgewollt, wie unfehlbar. Ihre Leistung steht durchaus nicht höher als die der andern Nationen, in denen Arbeit geleistet wird, die Deutschland nicht gepachtet hat. Das Land verwechselt nur Arbeit und Organisation und setzt sie gleich, während Organisieren noch lange keine Arbeit ist. Es ist ihr Präludium.

Die Beamtenpest vergiftet die Staaten, die ihren Hauptzweck immer mehr in ihrem eignen Mißbrauch erblicken. Sie schaffen Schwierigkeiten, die sie nachher vielleicht gnädig auflösen, und erreicht ist gar nichts. Man sehe sich eine beliebige Anzahl Menschen an — wie viele sind darunter, die etwas tun? bewirken? Neues in die Welt setzen? Wer produktiv ist, das steht dahin. Wer es aber nicht ist, das liegt klar zutage: eine Beamtenschaft in Staat und Gewerbe, deren einzige Existenzberechtigung darin liegt, daß sie daran glaubt, eine zu haben.

WIE WAR ES —? SO WAR ES —!

Sehr geehrter Herr Professor!

Sie sitzen an Ihrem Schreibtisch sowie im letzten Jahrzehnt dieses Jahrhunderts, im Jahre 1991, und halten den Blick rückwärts gewendet, wie Ihr Beruf es befiehlt. Sie lehren Geschichte — Sie schreiben Geschichte — Sie studieren Geschichte. Sie halten gerade bei den Jahren um 1914, und Sie fragen sich und die Geschichtsliteratur: Wie ist es gewesen?

Ich will Ihnen zuerst sagen, wie es nicht gewesen ist. An den Türen unserer Zeit, Herr Professor, da, wo der Weg in die Nachwelt führt — auf den Lehrstühlen der Geschichte, in den Geschichtswerken, in den Archiven: da saßen in unserm Zeitalter die Vertreter einer Klasse und achteten darauf, daß sie gut auf die Nachwelt kämen. Die Aktenstücke, die der Klasse abträglich sein können, haben sie vernichtet; den guten Ruf ihrer Gegner auch. Den Nachweis der eigenen Unfähigkeit auch. Sie fragen, Herr Professor, wer diese Klasse gewesen sei —?

Ich kenne Sie nicht, Herr Professor, und ich kann nicht wissen, in was für einem Zeitalter Sie leben: ob wiederum in einem bürgerlichen, wo die Ausbeuter Schweiß und Geld aus dem Arbeitenden keltern und zur Belohnung dafür gut leben dürfen — oder aber ob Sie sich schon in einer fortgeschrittenen Epoche befinden, wo der Arbeitende sich seinen Lohn hundertprozentig verdient, ohne daß er genötigt ist, von seiner Hände Arbeit noch andere, wohlhabende Familien zu ernähren. Wenn Sie in einem Volksstaat zu leben das Glück haben, Herr Professor — dann werden Sie wissen, wer die Hofhunde sind, die unsern Ausgang zur Nachwelt bewachen. Wenn Sie aber noch in einem zurückgebliebenen, also bürgerlich-kapitalistischen Staat leben, dann will ich Ihnen erklären, wer uns für die Nachwelt gefälscht hat und täglich fälscht; wer lügt, leugnet, Akten stiehlt, Briefe vernichtet und Dokumente unterschlägt. Es sind der Bürger und seine Angestellten: der Kriegsknecht, der Wächter der Börse, der Diplomat und der bezahlte, feile Universitätsprofessor.

Wenn Sie auch so einer sind, Herr Professor, dann lesen Sie nur die offizielle Geschichtsschreibung unserer Tage und gehaben Sie sich wohl.

Wenn Sie aber die *Wahrheit* suchen, Herr Professor, dann begnügen Sie sich nicht damit – halten Sie Ihr Ohr an diese Blätter und lauschen Sie auf den Schrei, der aus ihnen steigt: es ist der Schrei einer geschundenen, betrogenen, mißhandelten Welt, die nie Rache an ihren Peinigern genommen hat, dazu ist sie zu deutsch gewesen, Herr Professor – aber diese Welt will wenigstens eines: sie möchte so auf die Nachwelt kommen, wie sie wirklich gewesen ist.

Wir haben ein Reichsarchiv, Herr Professor, bezahlt vom Gelde der Allgemeinheit, das lügt, lügt, lügt. Glauben Sie ihm kein Wort – es sind Interessierte, Herr Professor, die da schreiben dürfen. Allein wichtig ist vor allem, was Sie in Ihren Schriften und im ganzen Archiv niemals finden werden: die Klagen und die Tränen eines unterdrückten Volkes, dessen guter Wille zu groß und dessen revolutionäre Kraft immer zu klein gewesen ist. Glauben Sie dem Reichsarchiv nicht. So ist es nicht gewesen.

Wir haben Professoren, Herr Professor, die lehren auf den Universitäten Geschichte – aber sie lehren die Wahrheit nicht, weil sie entweder die Wahrheit nicht kennen, oder aber sie kennen sie und wagen nicht, sie zu lehren. Man würde sie verjagen, Herr Professor – denn diese Wahrheit wäre den Interessen der Auftraggeber abträglich. Glauben Sie auch denen nicht. So ist es nicht gewesen.

Wenn Sie wirklich die Wahrheit kennen lernen wollen, dann halten Sie sich an die unmittelbaren Quellen, lesen Sie die Schriften der Beteiligten, der Gequälten, die Schriften derer, die ausfressen mußten, was andere ihnen eingebrockt haben. Da werden Sie sehen, wie es wirklich gewesen ist. Und hier ist so eine Schrift.

Dieser Mann hier, Herr Professor, ist kein Literat. Erwarten Sie keine gelehrte Darstellung historischer Vorgänge – die kann dieser nicht geben. Erwarten Sie auch keine künstlerische Durchbildung des Stoffes, keinen glanzvollen Aufbau der Handlung, keinen geistvollen Dialog – erwarten Sie etwas viel Schlichteres. Erwarten Sie die Wahrheit.

Dieser Mann hat im Kriege als Matrose gedient – man hat ihn dazu gezwungen, Herr Professor, ich weiß nicht, wie das bei Ihnen ist. Bei uns ist das so gewesen. Sie werden sehen, wie mit der abnehmenden Nahrung, die für die Offiziere (eine Art Halbgötter unserer Zeit, Herr Professor – sie standen etwas unter dem Durchschnittsmenschen) die also für die Offiziere reserviert war, in der Marine eine Zunahme der Unzufriedenheit einherging – und dieser Unzufriedenheit gaben die Matrosen geradezu rührenden Ausdruck. Sie waren politisch ganz ungeschult; wenn Sie sich die Mühe machen, Herr Professor, einmal die Zimmerwalder Protokolle durchzulesen, so werden Sie sehen, wie so etwas von echten Revolutionären gemacht worden ist. Davon war hier gar keine Rede. Dies waren uniformierte

Arbeiter, die erst dumpf, dann deutlich und deutlicher ahnten und dann wußten, daß man sie betrog; daß der Krieg ein gigantisches Geschäft war, das jederzeit hätte aufhören können – Männer, die ihre Zeit, ihre besten Jahre, ihre Arbeitskraft und, wenns darauf ankam, ihr Leben für eine Sache riskierten, die sie in Wahrheit einen Dreck anging. Man hatte ihnen das auf der Schule so beigebracht, Herr Professor, sie konnten nichts dafür.

Und als sie merkten, daß sie betrogen wurden, da rotteten sie sich zusammen – und taten was? Sie schlugen ihre Peiniger tot? Sie hieben alles kurz und klein? Sie warfen die Offiziere ins Meer? heizten die Kessel? und fuhren – – wie? Ach, Herr Professor! Wir sind in Deutschland. Nichts dergleichen geschah.

Sie schrieben kleine Zettel. Sie murrten. Sie machten bittere Witze. Sie rissen auch einmal aus und hielten Reden. Noch nicht der Hundertste von ihnen wußte, wie man eine wirkliche Revolution inszeniert. Aber sie hatten Mut – viel, viel mehr Mut als die ausgelaugte, abgelaschte und niedergekämpfte Landtruppe, die nicht einmal das gewagt hätte. Vergessen Sie bitte nicht, Herr Professor, daß es schon ungeheuerlich, für preußische Gehirne ungeheuerlich viel gewesen war, was jene taten. Auflehnung! Meuterei! Staatsumwälzung! Du lieber Gott. So weit sind sie im Jahre 1917 noch nicht gewesen. Zu politischen Befreiern wurden sie erst im Jahre 1918.

In diese dumpfe Unzufriedenheit, der immerhin von Männern Ausdruck verliehen wurde, die Murr in den Knochen hatten, griff die ‹Obrigkeit› ein. Die Obrigkeit, Herr Professor, bestand aus reklamierten, gut bezahlten, bunt dekorierten und akademisch gebildeten oder militärisch erzogenen, also halbgebildeten Individuen, die mit kräftiger Faust dazwischen hackten. Was sie taten? Nicht viel, Herr Professor – sie begingen nur einen kleinen Justizmord.

Sie werden die Rolle des Dobring kennen lernen, Herr Professor, eines Menschen, der, während ich dieses schreibe, noch Beamter der Justiz ist – er ist noch als Richter tätig, nach diesen Leistungen, Herr Professor, ja, er darf noch über Menschen richten . . . über lebende Menschen, Herr Professor. Dieser also, der nie zur See gefahren war, der nie eine Seeschlacht mitgemacht, der nie sein Leben zu riskieren hatte, der hackte dazwischen. Er hatte das größte Interesse daran, aus der Sache das zu machen, was man eine ‹Affäre› nennt: denn je größer die angebliche Meuterei, desto größer sein Verdienst, sie abgedreht zu haben. War keine Meuterei da –? Aber dann machte er sie eben.

Er machte sie. Er und alle seine uniformierten Komplicen, Herr Professor – sie erfanden sich, was ihnen fehlte. Und es fehlte ihnen eine ganze Menge. Denn was hatten diese Matrosen denn in Wahrheit getan? Sie hatten, und das war allerdings gefährlich, zu denken begonnen. Sie hatten zu zweifeln angefangen. Sie wollten doch einmal sehen, was eigentlich unter der Fahne des Vaterlandes verborgen lag ...

Das kostete zweien von ihnen das junge Leben. Der dritte, den sie unter andern herkriegten, streifte das Band ganz nahe, mit dem man ihm die Augen verbinden wollte, er sah es schon, es kam näher ... da, in der Lotterie der Justiz gewann er. Er wurde begnadigt. Verzeihen Sie, wenn ich diesen blödsinnigen Ausdruck anwende, Herr Professor, er ist mir so herausgerutscht, weil er Sprachgebrauch ist. Was haben denn diese uniformierten Schinder schon für eine ‹Gnade› auszuteilen? Gnade ist bei Gott, wenn Sie wollen – das da sind Untermenschen, sie haben nichts zu begnadigen. Also dieser wurde nicht ermordet. So ist das gewesen.

Und weil sie ihn nicht ermordet haben wie die andern, so kann er uns erzählen, was er erlebt hat. Er sagt es: einfach, auf der Basis einer Schulbildung, wie sie ihm sein Staat, der das Geld der Steuerzahler in Pulverdampf auflöste und keines hatte für anständige Volksschulen, ermöglicht hat – er sagt es klar, schlicht und ruhig – und Sie haben die seltene Möglichkeit, Herr Professor, das Ding einmal *von unten* zu sehen: mit Shakespeareschen Augen sozusagen, von der Perspektive des Leidenden her ... Das sieht dann ganz, ganz anders aus als die Geschichtsbücher, Herr Professor.

Wie das Leben auf den Schiffen wirklich gewesen ist; wie die Offiziere der eigenen Mannschaft das Essen vom Munde weggestohlen haben; wie sie soffen und fraßen, immer vor den Augen derer, die sie dazu auch noch schlecht behandelten ... was! schlecht behandelten! ... die sie in ihrer Menschenwürde schändeten, wo sie nur konnten, mit seltenen Ausnahmen – so ist es gewesen. Wie die Unzufriedenheit aufglomm, wie der Funke sich die Schiffe hindurchfraß; wie die Luft dick wurde und schwer; wie die Sache aufkam, wie der Staat, der Verbrecher, zugriff und irgendwelche Leute herausholte, weil die ja nicht wiederschlagen konnten – und wie sie dann vor Gericht langsam, langsam abgewürgt wurden. Das lesen Sie nur recht sorgfältig, Herr Professor – denn da können Sie etwas lernen. Von unserer Zeit und von der Beschaffenheit der Gerichtsfunktionäre und von der Schuftigkeit dieser Juristen und von der völligen Ohnmacht der ‹Angeklagten› – das lesen Sie nur recht sorgfältig.

Und wenn Sie es zu Ende gelesen haben, Herr Professor, dann vergleichen Sie diese Darstellung eines einfachen Mannes mit den bombastischen Beschreibungen des Reichsarchivs, der Generale, der Admirale – kurz: der Schuldigen.

Und Sie werden finden:

Was dieser hier schreibt, ist eine Anklagerede – was die da schreiben, ist ein Plädoyer. Wem sollen Sie nun glauben, Sie, der Richter der Nachwelt –?

Ob einer die Wahrheit schreibt, Herr Professor, das kann man hören. Allerletzten Endes gibt es gar keine andere Möglichkeit, die Wahrheit ausfindig zu machen. Zahlen können trügen – Statistiken erst recht – Dokumente können gefälscht, geschickt ausgewählt, zusammengestrichen sein ... aber der Ton der Wahrheit, die Musik der Wahrheit –: das täuscht nie. Haben Sie Ohren, Herr Professor? Dann hören Sie, was da klingt.

Nun sitzen Sie in Ihrem Lehnstuhl, es ist spät, und um Sie ist es ganz still. Ihr Blick ist in die Vergangenheit gewandt, wie Ihr Beruf es befiehlt. Schatten umtanzen Sie, haschen nach Ihren Händen, Sie sollen schreiben ... schreiben ... sagen, wie es gewesen ist. «So und so war es» und: «Sagen Sie auch noch, daß ...» und: «Man hat uns gequält!» – «Gepeinigt!» – «Gemartert!» – «Belogen!» – Stumme Schreie, Schatten winden sich um Ihr Gehirn ... die Vergangenheit ruft, schreit, bettelt, fleht, jammert, klagt an, klagt an –!

Haben Sie Ohren, Herr Professor? Dann hören Sie, wie es gewesen ist. Und pfeifen Sie auf die Lügen der Offiziellen. Und sagen Sie Ihren Zeitgenossen, wie es ausgesehen hat in der deutschen Kriegsmarine und im ganzen Heer und in ganz Deutschland – und was der einfache Mann gelitten hat und was der komplizierte, gerissene Mann gesoffen und verdient hat – sagen Sie es! sagen Sie es! Damit die Menschen lernen. Damit sie sich von Ekel geschüttelt abwenden. Damit sie ihre Kinder in der Gesinnung des Friedens aufziehen und nicht verkommen lassen als uniformierte Akademiker, als Richter dieser Qualität, als Offiziere dieser Beschaffenheit.

Wir sind tot, wenn Sie dies lesen, Herr Professor. Aber unsere Stimmen steigen noch aus der Erde auf, beschwörend, mahnend, anklagend – – Wie war es?

So war es.

GLÜCK IM UNGLÜCK

Ich bin kein Mann, nach dem man in den Kissen schluchzt –
ich weiß es wohl;
da nützt kein Ödipus-Komplex, kein Fluchts-
versuch in das Symbol.
Seit Jahren sagen alle Frauen,
wenn sie mir in die Augen schauen,
sie sagen, seit ich majorenn:
«Schön bist du nicht – klug bist du nicht –
reich bist du nicht – lieb bist du nicht –
was bist du denn?»

Das kränkte auf die Dauer jeden Mann
des Okzidents.
Was folgt daraus? Ich zieh schon lange an
der Konsequenz.
Man muß nur sehn, mit wem ichs treibe:
an Geist vermiekert, Fett am Leibe –
ich frage mich verdüstert, wenn . . .:
«Schön sind sie nicht – reich sind sie nicht –
klug sind sie nicht – lieb sind sie nicht –
was sind sie denn?»

Man hat mich dünn wie Makkaroni,
den man in Mailand zieht.
Ich bin ja schließlich kein Adoni –
wie heb ich meinen Sexualkredit?
Ich seh mir die an, wo uns so regieren.
Da darf man wohl die Frage formulieren,
betrachtet man die Gentlemen:
«Schön sind sie nicht – klug sind sie nicht –
lieb sind sie nicht – 'tellijent sind sie nicht –
was sind sie denn –
Ja, was sind sie denn –?»

Schlau. Im Skatverein. Und immer vorhanden.
Das befähigt zur Führung in deutschen Landen.

LIEBESPAAR AM FENSTER

Dies ist ein Sonntag vormittag;
wir lehnen so zum Spaße
leicht ermüdet zum Fenster hinaus
und sehen auf die Straße.
Die Sonne scheint. Das Leben rinnt.
Ein kleiner Hund, ein dickes Kind . . .
Wir haben uns gefunden
für Tage, Wochen, Monate
und für Stunden – für Stunden.

Ich, der Mann, denke mir nichts.
Heut kann ich zu Hause bleiben,
heute geh ich nicht ins Büro –
. . . an die Steuer muß ich noch schreiben . . .

Wieviel Uhr? Ich weiß nicht genau.
Sie ist zu mir wie eine Frau,
ich fühl mich ihr verbunden
für Tage, Wochen, Monate
und für Stunden – für Stunden.

Ich, die Frau, bin gern bei ihm.
Von Heiraten wird nicht gesprochen.
Aber eines Tages will ich ihn mir
ganz und gar unterjochen.
Die Dicke, daneben auf ihrem Balkon,
gibt ihrem Kinde einen Bonbon
und spielt mit ihren Hunden ...
So soll mein Leben auch einmal sein –
und nicht nur für Stunden – für Stunden.

Von Kopf zu Kopf umfließt uns ein Strom;
noch sind wir ein Abenteuer.
Eines Tages trennen wir uns,
eine andere kommt ... ein neuer ...
Oder wir bleiben für immer zusammen;
dann erlöschen die großen Flammen,
Gewohnheit wird, was Liebe war.
Und nur in seltenen Sekunden
blitzt Erinnerung auf an ein schönes Jahr,
und an Stunden – an glückliche Stunden.

DER MANN, DER EIN KIND ERTRÄNKT

Sa devise était pas d'histoires!

Pierre de Rayssac ist aus Avignonet, aus dem Süden Frankreichs, dreiunddreißig Jahre alt, schlank, lange Nase, schmaler Kopf, glattrasiert, ein junger Mann aus dem französischen Landadel.

Joséphine Machicot ist ein Dienstmädchen, geschiedene Frau, mit einem Kind, das dem Vater zugesprochen ist – dient in der Familie der Rayssacs. Bringt Herrn Pierre eines Tages die steifen Kragen, die sie gewaschen hat. – «Die haben Sie aber besonders gut geplättet, Joséphine!» und ein Kuß auf den Hals und das übrige. Als es soweit ist, wirft die Familie das Mädchen hinaus. Das Kind kommt in Carcassonne zur Welt; es ist ein kleiner Junge. Herr Pierre hat sich inzwischen verheiratet und hat selbst ein Kind. Die Joséphine, die nach französischem Recht nicht auf Alimente klagen kann, schreibt de-

und wehmütige Briefe: bekommt mehrere Male Geld — einmal zweitausend Francs, dann zweihundert, dann noch einmal dreitausend. Dann nichts mehr. Verdient zweihundert Francs monatlich — die Unterhaltungskosten für das Kind betragen einhundertundsechzig. Die Briefe gehen monatelang hin und her — Zusammenkunft des Paares in Toulouse, wohin das Kind gebracht worden ist. Pierre de Rayssac versucht, es bei der ‹Assistance Publique› unterzubringen. Da er aber seinen Namen nicht nennen will und keine Papiere beibringt, so mißglückt das: die Behörde verweigert die Aufnahme. «Also gib mir das Kind», sagt er zu ihr, «ich werde es schon ...» und wirft ihr das kleine Tuch zu, womit das Kind eingewickelt war, setzt sich in sein Auto, fährt ab. Es war ein blondes, dickes Kind, das schon die ersten Ansätze zu sprechen machte — es war anderthalb Jahre alt. Dieses Kind hat Pierre de Rayssac in den Canal du Midi geworfen. Deswegen steht er in Toulouse vor den Geschworenen. Es gibt mehrere Möglichkeiten, das Herz eines Volkes klopfen zu hören: ein großer Kriminalprozeß ist eine davon.

Was der Angeklagte selbst zu sagen hatte, war lamentabel. «Ich habe nie geglaubt, daß ich der Vater sei ...» und «Ich weiß selbst nicht ...» und «Ich bitte die Gesellschaft um Verzeihung ...» Aber der Vorsitzende, der, wie fast alle Vorsitzenden, die Rolle des Staatsanwalts übernahm und die Geschworenen beeinflußte, wußte mehr. «Sie haben der Mutter gesagt, daß Sie nicht zahlten, keinen Pfennig — und daß Sie so ein Kind nicht einmal zum Bedienten haben wollten?» — «Ja, das ist wahr.» — «Sie haben das Kind, bevor Sie es ins Wasser geworfen haben, ausgezogen?» — «Ja, das ist wahr.» Eine Welle läuft durch das Publikum, ein Publikum, das diesem Mörder übrigens nicht ganz und gar feindlich ist — denn Herr Pierre ist in seinem Dorf beliebt gewesen; er war so nett zu den Leuten ... «Sie haben das Kinderkleidchen versteckt ...?» — «Ja, das ist wahr.» — «Noch etwas?» — «Nichts.» Die Zeugen.

Joséphine, ein in Trauer gekleidetes Nichts. «Ich habe ihn nicht geliebt — aber er ist eben stärker gewesen.» Es war so eine Art Überschreitung ihrer Haushaltungspflichten, die sie etwas weit kalkuliert hatte. «Ich habe nicht erpreßt.» Der Angeklagte: «Sie hat zu erpressen versucht!» Doch wo sind die Briefe? Die Briefe sind nicht mehr da ... die französische Familie soll erst noch geboren werden, die solch einen Brief nicht sorgfältig aufhebt. Die Sache steht nicht gut. Aber man hat nicht umsonst Herrn de Moro-Giafferi bemüht, eine Zierde des Barreaus, dessen faltige Talarärmel sich schon in so vielen Prozessen wie Fledermäuse erhoben haben. Die Rayssacs haben Geld, und also Herrn de Moro-Giafferi und so viel Entlastungszeugen, wie gewünscht wird. Joséphine hat nur ein Wolltuch und eine Erinnerung. Die Entlastungszeugen.

«Joséphine ging jeden Abend tanzen!» — Ein Dienstmädchen hat nicht zu tanzen. – «Ich habe sie einmal nachts um ein Uhr mit einem Mann gesehen, das war aber nicht Herr de Rayssac.» – Aha! – «Das war keine anständige Frau, Herr Vorsitzender!» – Und dann, als Perle, ein alter Geldbriefträger: «Herr Pierre ist das Opfer einer Klosett-Messalina geworden! Ich tadele ihn nicht – er tut mir leid!» Dies ist wörtlich übersetzt.

Die Familie tritt in spärlichen Exemplaren auf. «Die Sittenstrenge und die starre Auffassung vom Wesen der Ehe ... Der Familienrat beschloß ... Unsere Aufregung über den Skandal ... Was werden die Leute dazu sagen ...» Ganz leise scheint sich der Aspekt des Prozesses zu verschieben. Würdige ältere Damen sind auf einmal da und halten das Banner des Familienlebens hoch, verächtlich kräuseln sich ihre Oberlippen, die von kleinen, schwarzen Schnurrbarthaaren besetzt sind ... ein Dienstmädchen! Die Auskünfte der Polizei über das Dienstmädchen sind gut; aber sie hat keine Entlastungszeugen, sie hat kein Geld ... So daß Herr de Moro-Giafferi eines dieser meisterhaften Plädoyers halten kann, die so viel für seine routinierte Klugheit und so wenig über den wahren Tatbestand aussagen ...

Der Anwalt beginnt mit einem eminent geschickten Schachzug. Er bittet um Verurteilung. Um desto sicherer die mildernden Umstände herauszubekommen. Alle Schuld auf den kleinen Kopf der ‹Person› – und alles Licht auf den Scheitel des Mandanten. Die Ärmel flattern – die Stimme rollt – und hier begibt sich nun etwas so Französisches, daß es schwer sein wird, es in einem anderen Lande richtig zur Geltung zu bringen.

Die fünf Gendarmen, die in der Anklagebank hinter dem Mörder sitzen, fangen an zu weinen. Sie weinen je einen Tassenkopf voll, als Herr de Moro-Giafferi spricht – den harten Kriegern tropfen die Tränen in die Bärte – und der ganze Saal weint mit. Aber der ganze Saal hatte am Tage vorher genau so geweint, als der Staatsanwalt das Andenken des kleinen dicken Babys heraufbeschworen hatte – die Taschentücher waren naß zum Auswringen, es war alles so schön rührend ...!

Die Geschworenen beraten. Totschlag; mildernde Umstände. Die Richter beraten. Zehn Jahre Zuchthaus.

Zehn Jahre Zuchthaus heißt: Guayana. Guayana für einen Adligen heißt: Druckposten. On s'arrangera – und man wird für den Mann schon eine Beschäftigung finden, ein kleines Amt in einem Büro – irgend etwas, was ihm ersparen wird, an einer Straße zu arbeiten, die nie fertig wird, weil sie hinter den Arbeitenden im Sonnenbrand immer wieder zuwächst ... Herr de Rayssac ist immerhin fertig.

Die pariser Presse heulte laut auf. So etwas –! Da war kaum ein Wort der Entschuldigung zu finden; aber Paris ist nicht Frankreich, Paris ist nicht Frankreich. Was da auftauchte, war nicht nur ein kleiner Fall – hier war eine ganze Schicht zu spüren: ein Teil der französischen höheren Bourgeoisie.

Bei aller Humanität gibt es da einen Punkt, wo das Gefühl einfach aussetzt: die Grenze fällt ungefähr mit der untersten Steuerstufe zusammen. Da hört es auf. Man darf sich diese ‹témoins de moralité›, die moralischen Entlastungszeugen, nicht etwa als blindwütige ‹Burschui› vorstellen – nichts wäre verkehrter. Aber der junge Adlige hatte angenehme Manieren, war ‹bon garçon› – und das vergaßen sie ihm nicht. Für die Mutter ... nichts. Und der schlug nicht etwa die Tatsache des unehelichen Kindes zum Unheil aus – so kleinherzig ist kein Franzose. Aber wenn hier das Geld mit dem Nichtgeld zusammenstößt, dann gibt es noch böseren Klang als anderswo, und es geht selten gut aus.

Wie kleine Ritterburgen stehen die Familien der Großbourgeoisie da; da bröckelt kein Stein, da hebt sich keine Zugbrücke, wenn einer das Paßwort nicht weiß, und das feste Gefüge des bürgerlichen französischen Lebens hat hier eine seiner Hauptstützen. Solche Zwischenfälle wie dieser werden übersehen. Gewiß, der Prozeß war überlaufen auch von Damen, gerade von Damen – «elles n'ont pas même l'hypocrisie de l'éyantail», hat der *‹Matin›* einmal vor zwanzig Jahren in der Mordsache Solleillant gesagt, sie halten sich nicht einmal den Fächer vor ... gewiß, es gibt ein Zeitungsgeschrei, aber das schwillt bald ab. Die Familie steht.

Was daraus folgt? – Nicht übermäßig viel für die Beurteilung Frankreichs. Die meisten mir bekannten deutschen Schilderungen französischer Provinz und französischer Sitten, sind ein ausgezeichneter Führer durch die *deutsche* Seele – nicht etwa durch die französische. Sie sagen über den Beurteilenden mehr aus als über das Beurteilte. Es ist so weit von Berlin nach Paris! viel viel weiter als zwanzig Stunden Bahnfahrt. Und doch gibt es aus diesem Prozeß etwas zu lernen.

Wenn wir uns in Deutschland erst wieder die Geschworenengerichte erkämpft haben werden, die wir zur Zeit nicht haben; wenn die Deutschen wieder, unbeeinflußt von den Juristen, urteilen dürfen, eine Freiheit, die ihnen offenbar gar nicht zu fehlen scheint –: dann mögen sie um der Humanität willen eines nicht vergessen.

Was heute vor den Strafgerichten an Moral vorgebracht wird, um einen Angeklagten zu entschuldigen und zu beschuldigen, ist eine Komödie, die mit den Erkenntnissen der Tiefenpsychologie wenig zu tun hat und mit der wahren Beschaffenheit der menschlichen Seele noch weniger. Was da an ‹belastendem Material› herangeschleift wird, spottet jeder Beschreibung. Dahin gehört zum Beispiel das Verhalten des Mörders nach seiner Tat, deren unvermeidliche Begleitumstände fast immer höher gewertet werden als die Tat selbst. «Der Angeklagte hat das Kind ausgezogen, bevor er es ins Wasser geworfen hat!» – verschärft dergleichen einen Mord? «Der Angeklagte ist ruhig nach Hause gegangen!» – «Der Angeklagte ist unmittelbar nach dem

Mord ins Weinhaus gegangen!» – «Der Angeklagte blieb während der Vernehmung der Mutter stumm.» (Rohling.) «Der Angeklagte vergoß während der Vernehmung bittere Tränen.» (Krokodil.) Und so in infinitum.

Die bewährte Technik mancher Anwälte, auf den Ermordeten so viel ungünstige Aussagen zu häufen, wie möglich – das aber nicht zu tun, wenn es sich nur um einen Mordversuch handelt; die Spekulation auf fatale Kino-Instinkte der Geschworenen; dieses abgenutzte und im tiefsten falsche Vokabularium von ‹Reue›, ‹kalter Überlegung›, ‹Geistesverirrung› – und das allerschlimmste: das Sammelsurium der sogenannten moralischen Indizien. Es gibt, einschließlich des Schreibers, keinen Leser dieses Blattes, aus dessen Leben man nicht eine Reihe kleiner Anomalien herauspflücken könnte, die an sich ganz harmlos sind, die aber im Augenblick, wo ein schwerer Verdacht auf dem Betreffenden ruht, zu einer Würgekette von Beweislast werden. Was sich in Toulouse begeben hat, begibt sich in allen Ländern alle Tage: eine Fibelpsychologie richtet über Seelen, deren Struktur sie nicht kennt. Ihr sollt nicht richten. Ihr sollt die Gesellschaft schützen.

Herr de Rayssac ist schuldig, und hier ist nun einmal kein Fehlurteil ergangen. Soweit man aus der sehr inexakten französischen Gerichtssaal-Berichterstattung sehen kann, hat der enge Geist eines Dorfes nicht über die Sittlichkeit gesiegt. Was den französischen Strafvollzug angeht, so versage ich es mir, über ihn etwas zu sagen, so lange der unsere nicht in Ordnung ist. Guayana aber ist eine Schande.

Als das Urteil in Toulouse verkündet wurde, pfiff der Saal. Es erschien den Leuten zu leicht – die beantragte Todesstrafe war ausgeblieben, eine Sensation war ausgeblieben, aber auch eine volle Befriedigung des Rechtsgefühls, das sich in diesem Falle aus Mitleid und Rache zusammensetzte. Der Prozeß ist typisch für Frankreich, weil der gesunde Menschenverstand annähernd das Rechte getroffen hat – nicht wegen der Prozeßführung, sondern trotz der Prozeßführung.

Aber es gibt auch anderswo Gerichtshöfe, deren Türen uns Sling erschlossen hat; Sling, dessen Herz und dessen Verstand allen ehrlichen Justizkritikern eine Erbschaft bedeuten möge.

DAS SOZIALISTENGESETZ 1878

Vor fünfzig Jahren kriegten sie die Partei zu fassen –
vor fünfzig Jahren haben sie ein Gesetz erlassen,
das war kein Gesetz!
das war ein Gehetz!

Hetze auf alles, was auf Seiten der Arbeiter stand,
Hetze in der Fabrik, Hetze in Stadt und Land –
Gegen Ausweisung aber und Streikverbot und Krawalle
stand die Partei –:
Alle für einen! Und einer für alle!

Und wie sehen die sozialistischen Führer heute aus?
Du armer Arsch! die ziehen die Leute aus!
Was früher Bebel und Mehring und Liebknecht geheißen,
heißt heute Noske und dient den Preußen –
und steht in dürftiger Maskerade
auf der andern Seite der Barrikade!
Damals: Opfer. Heute: Verräter.
Damals: Klassenkampf. Heute: Besetzt! Bitte später!
Damals: Klarheit. Heute: Pst, nicht so laut!
und im Hintergrund wird ein Kreuzer gebaut.
Einen Fußtritt! Laßt die Verführer stehn!
Ihr sollt immer mit der Masse gehn!
Und die Masse will Kampf. Und die Masse will
klare Ziele in jedem Falle . . .
Über die Noskes hinweg
braust ein unendlicher Strom –:
Alle für einen! Und einer für alle!

LUDENDORFF ODER DER VERFOLGUNGSWAHN

Hast du Angst, Erich? Bist du bange, Erich?
Klopft dein Herz, Erich? Läufst du weg?
Wolln die Maurer, Erich – und die Jesuiten, Erich,
dich erdolchen, Erich – welch ein Schreck!
Diese Juden werden immer rüder.
Alles Unheil ist das Werk der .·. .·. Brüder.

Denn die Jesuiten, Erich – und die Maurer, Erich –
und die Radfahrer – die sind schuld
an der Marne, Erich – und am Dolchstoß, Erich –
ohne die gäbs keinen Welttumult.
Jeden Freitag abend spielt ein Kapuziner
mit dem Papste Skat – dazu ein Feldrabbiner;
auf dem Tische liegt ein Grand mit Vieren –
dabei tun sie gegen Deutschland konspirieren . . .
Hindenburg wird älter und auch müder . . .
Alles Unheil ist das Werk der .·. .·. Brüder.

Führst du aus dem Schlaf? Die blaue Brille
liegt auf deinem Nachttisch wohl bereit?
Hörst du Stimmen?
Das ist Gottes Wille,
Ludendorff, und weißt du, wer da schreit –?
Hunderttausende, die jung und edel
sterben mußten, weil dein dicker Schädel
sie von Grabenstück zu Grabenstück gehetzt
bis zuletzt.
Ackerkrume sind, die Deutschlands Kraft gewesen.
Pack die Koffer! Geh zu den Chinesen!
Führ auch die bei ihren Kriegen!
Ohne Juden wirst du gleichfalls unterliegen.
Geh nach China! Und komm nie mehr wieder –!
Alles Unheil ist das Werk der Heeresbrüder.

ICH BIN EIN MÖRDER

«Ich, Ignaz Wrobel, liebe es, den Schaffner auf dem Omnibus zu betrügen, dann fahre ich umsonst. Ich bin jähzornig: ich habe schon zweimal meinen Bademantel zerrissen, um ihn zu strafen; Krawatten zerschnitten; ein Glas auf den Boden hingefeuert. Ich kann kein Blut sehen. Doch: ich kann Blut sehen, von Tieren. Ein merkwürdiges Gefühl – nicht angenehm; eigentlich doch angenehm, ich traue mich nicht, das zu sagen: doch angenehm. Ich habe häufig zwei Frauen geliebt, sie wußten nichts voneinander, aber ich wußte. Einmal habe ich nachts um ein Uhr eine merkwürdige Anwandlung gehabt: ich lag neben Conrad auf dem Sofa, wir sprachen von Frauen, da begann ich zu zittern, ich wollte ihn anrühren. Ich habe es nicht getan – ich hatte Angst vor der Lächerlichkeit, vor nichts anderm. Ich träume mitunter blutige Begebenheiten. Ich esse unregelmäßig – manchmal tagelang nichts – dann unmäßig. Ich bin unsolide – ich habe nur Angst vor Krankheiten, sonst spräche ich mindestens alle paar Tage ein Mädchen auf der Straße an. Ich bin feige und tückisch: ich habe meinem Vetter Tinte in seinen neuen Hut gegossen, der Mutter ein Spitzentaschentuch zerrissen – nachher, mit dem harmlosesten Gesicht: ‹Keine Ahnung. Donnerwetter … ganz zerrissen! Das ist hin!› – Ich höre gern zu, wenn sich Menschen lieben. Auch, wenn sie sich schlagen. Ich lüge um der Lüge willen, mit Herzklopfen, ob es herauskommt. Meist kommt es nicht heraus. Ich kann ganz gut lügen. Ich hasse meinen Vater. Ich habe als Junge mit meinem Bruder zu tun gehabt und ihn hinterher furchtbar prügeln wollen, aber er war stärker. Ich lebe unregel … das sagte ich schon. Was ist das alles?»

«Nichts Besonderes. Sehen Sie sich um —: solchen kleinen oder großen Packen trägt jeder, jede, jeder mit sich herum ... alle tragen ihn. Sie haben einen seelischen Buckel, dessen sie sich schämen. So nackt sich auch einer auszieht —: den zeigt er Ihnen nicht. Meist nicht einmal sich. Es ist nichts Besonderes.»

«Es ist nichts Besonderes —? Ich habe nichts zu fürchten —?»

«Es ist nichts Besonderes. Sie haben nichts zu fürchten. Wenn Sie nicht —»

«—?»

«Wenn Sie nicht vor Gericht stehen. Wenn nicht irgendein schwerer Verdacht auf Sie fällt wegen einer Tat, die Sie bestreiten. Dann ...»

«—?»

«Nun ... dann wandeln sich diese Tatsachen, die Sie mir eben erzählt haben, in etwas andres. Dann sind es nicht mehr die Anomalien, die jeder Richter, jeder Staatsanwalt, jeder Geschworene, jeder Schöffe im Keim bei sich fühlen könnte, wenn er nur ehrlich sein wollte. Dann, Bauer, ist auf einmal alles ganz anders.»

«Was ... was ist dann —? Wenn es aber alle haben?»

«Im Salon des Gerichts gibt es dergleichen nicht. Da spielen sich alle ein Leben vor, das sie nicht haben; eine Moral, die sie nicht besitzen; eine Reinheit, deren kein Mensch fähig ist. Kinder in Sonntagsanzügen begreifen auf einmal nicht, wie es Schmutzflecke auf der Welt geben kann. Da sind diese kleinen Züge plötzlich etwas Neues —»

«Und was —?»

«Indizien, Herr Wrobel.»

DEUTSCHE SOLDATEN IN DER PARISER OPER

Die Uraufführung des Verdun-Films

Ein Friedensakt zum 9. November

Schlachtszenen in durchgehender Handlung: Verdun von 1915—1918. Der Deutsche darf zunächst anmerken: In keinem Falle wird der deutsche Soldat anders als mit höchstem Respekt dargestellt — hier gibt es keine Schießbudenfiguren, keine Kinderfresser und Uhrenräuber ... gezeigt werden Männer und junge Leute, die ihr Leben in gutem Glauben einsetzten. Fast alle Szenen sind echt dargestellt. Der Regisseur Léon Poirier hat auch mit Deutschen gearbeitet: die Rolle eines jungen Soldaten wird von Hans Brausewetter gegeben.

Daß der Film von Franzosen gemacht worden ist, wird in Deutschland, das sich diese Kriegsvisionen hoffentlich nicht entgehen lassen wird, niemand an der Tendenz merken: sie ist nicht vorhanden, der

Film ist aus einer sauberen und anständigen Gesinnung geboren. Der Deutsche wird den französischen Ursprung in den kleinen Einzelheiten merken, die für unser Auge nicht stimmen: deutsche Offiziere geben bei einer Besprechung im Stab kein Mienenspiel von sich, wenn ihnen der General etwas eröffnet. – Dieser General (die einzige mißglückte Figur auf deutscher Seite) ist eine Karikatur des Feldmarschalls Hülsen-Haeseler, die in Wahrheit nur noch ein ehrwürdiges Dekorationsstück gewesen ist – er hat zwar ausgesehen wie eine alte Frau, ist aber ein Edelmann gewesen, und nicht wie hier, ein alter Schauspieler.

Was übrigens die Franzosen nur mit dem ‹Nietsche› haben, dem sie nicht nur das ‹z› amputiert haben, sondern den sie beharrlich mit dem deutschen Offizier in Verbindung bringen, das wissen die Götter. Sie können sich jene Kälte wohl sonst nicht erklären, die sie von diesem Lager her verspürt haben. Aber die Lektüre der Kasinos ist wohl eher Ganghofer und Otto Ernst gewesen.

Die französischen Soldatengesichter sind gut – das etwas weiche Schauspielergesicht Brausewetters wird kein Frontsoldat als mit der Wirklichkeit übereinstimmend ansehen.

Im übrigen hat dergleichen schon seinen Stil des offiziellen Salonpazifismus: unter gütiger Mitwirkung von Abendwolken – – – Stimmung ... der Natur, Tierniedlichkeiten ... Es ist alles da. Vieles ist malerisch ... nichts filmisch – die Spielszenen sind mäßig. Auch fehlen nicht jene fatalen Allegorien, die gerade bei einem Maschinenkrieg so verlogen wirken – ach, es ist ganz etwas anderes über die Schlachtfelder geweht als gütige Frauenerscheinungen mit wehenden Gewändern ...!

Die Kriegsszenen sind gestellt. Die grauenhaften Anstrengungen, das Leiden, die Not, die Pferdeschinderei, die tierische Existenz verkleideter Angestellter und Arbeiter, die Sinnlosigkeit dieses Lebens – das kommt einigermaßen heraus. Die Kämpfe um die Forts Vaux und Douaumont sind bestes Kollektivdrama. Der Augenblick, in dem die Franzosen das Fort Vaux verlassen, während die Deutschen vor den Tapferen das Gewehr präsentieren, ist von höchster dramatischer Spannung.

Auch der Kaiser ist zu sehen, ein alter Mann. Es blieb totenstill in dem riesigen Theater, als er erschien, totenstill auch, als die englischen Truppen gezeigt wurden. Keine Hand rührte sich. Bei den Bildern einiger französischer Generale gab es einige Pfiffe.

Wirkt nun solch ein Film, der in der Pariser Oper vor dem Präsidenten der französischen Republik und den Generalen und der ganzen pariser Gesellschaft feierlich zum erstenmal gezeigt wird, pazifistisch?

Wir haben so viele Kriegsfilme gesehen ... Ihre Wirkung hängt offenbar von den Zwischentiteln ab, weil ja die ärgsten Roheiten des Krieges nicht auf dem Film zu sehen sind. Wenn nicht hinter jeder

Schreckensszene zu lesen steht, wo dies alles stattgefunden hat, dann wirken diese Filme nicht pazifistisch. Dieser hier hat auf das Taktvollste vermieden, die Greuel in eine gloriole Vaterlandsliebe münden zu lassen – dafür gebührt den Franzosen das höchste Lob. Der Film schließt nicht mit einer Parade der Sieger, er schließt mit dem Bild eines Mannes, der Samen auf seinen Acker streut, mit einem, der das zerstörte Leben wieder aufbaut.

Er schließt aber auch nicht mit dem Ruf: «Nieder mit dem Krieg!» – und das ist schade. Aber die aufgespeicherte Angst, die Anstrengung des Zuschauens, die schrecklichen Erinnerungen, die Wunden, die bei einem solchen Anblick wieder frisch zu bluten beginnen, all das entlädt sich zum Schluß befreit in einen unmißverständlichen Beifall. Das französische Publikum hat diesen Film und seine Idee ergriffen bejaht.

NOVEMBER-UMSTURZ

Die deutsche Revolution hat im Jahre 1918 im Saale stattgefunden.

Das, was sich damals abgespielt hat, ist keine Revolution gewesen: keine geistige Vorbereitung war da, keine Führer standen sprungbereit im Dunkel; keine revolutionären Ziele sind vorhanden gewesen. Die Mutter dieser Revolution war die Sehnsucht der Soldaten, zu Weihnachten nach Hause zu kommen. Und Müdigkeit, Ekel und Müdigkeit.

Die Möglichkeiten, die trotzdem auf der Straße gelegen haben, sind von Ebert und den Seinen verraten worden. Fritz Ebert, den man nicht dadurch zu einer Persönlichkeit steigern kann, daß man ihn Friedrich nennt, ist solange gegen die Errichtung einer Republik gewesen, als er nicht merkte, daß hier ein Posten als Vorsitzender zu holen war; der Genosse Scheidemann è tutti quanti sind verhinderte Regierungsräte gewesen.

Weisen wir auf diesen Verrat an der eigenen Klasse hin, so wird uns ununterbrochen versichert, Ebert habe keine silbernen Löffel gestohlen. Wenn man so unbegabt ist, hat man ehrlich zu sein – das wäre ja noch schöner!

Es ist auch nicht richtig, daß damals nichts zu machen gewesen ist. Die SPD hat nicht *gewollt*, weil sie keinen Mut, keine Charakterstärke, keine Tradition mehr hatte – wer vier Jahre hindurch Kriegskredite bewilligen mußte, konnte das freilich nicht mehr haben.

Folgende Möglichkeiten sind damals ausgelassen worden:

Zerschlagung der Bundesstaaten;

Aufteilung des Großgrundbesitzes;

Revolutionäre Sozialisierung der Industrie;

Personalreform der Verwaltung und der Justiz.

Eine republikanische Verfassung, die in jedem Satz den nächsten aufhebt, eine Revolution, die von wohlerworbenen Rechten des Beamten des alten Regimes spricht, sind wert, daß sie ausgelacht werden.

Die deutsche Revolution steht noch aus.

Bereiten wir sie gegen alle jene Parteien vor, die ein wirtschaftliches oder ideologisches Interesse haben, sie zu verhindern – die gefährlicheren unter ihnen sind die, die so tun als ob – und die unter alten Flaggen neue, aber verfaulte Ware verkaufen: überaltert, feige, verlogen und seelisch korrupt.

Gesetze fallen nicht vom Himmel. Erst, wenn dem Deutschen die revolutionäre Idee über das Gesetz, über die Bestimmung und über seine eigene Wichtigkeit geht, werden wir einen 9. November erleben, der keinen Noske, keinen Ludendorff und keinen Otto Wels übrig läßt. Nieder mit den lebenden Leichnamen!

Es lebe die Revolution!

WAS WÜRDEN SIE TUN, WENN SIE DIE MACHT HÄTTEN?

Für *wen* habe ich die Macht –?

Eine persönliche Diktatur gibt es nicht; sie ist ein Bürgertraum.

Hätte ich die Macht mit den kommunistischen Arbeitern und für sie, so scheinen mir dies die Hauptarbeiten einer solchen Regierung zu sein:

Sozialisierung der Bergwerke;
Sozialisierung der Schwerindustrie;
Aufteilung des Großgrundbesitzes;
Absetzung der Länderbürokratie;
radikale Personalreform in der Justizverwaltung;
Personalreform auf Schulen und Universitäten;
Abschaffung der Reichswehr;
Schaffung eines sittlichen Strafgesetzes an Stelle jenes in Vorbereitung befindlichen kulturfeindlichen Entwurfs;
Steuerliche Erfassung der Bauern.

Ich glaube, daß im Volk viele Kräfte schlummern, die heute von den Juristen und den uns regierenden Bürovorstehern abgetötet und in der Entwicklung gehemmt werden – mit diesen unverbrauchten Kräften ist auch dann viel zu erreichen, wenn sie ‹die Bestimmungen nicht kennen›, was ihre Kraft ausmacht.

Die von mir genannten Ziele, die heute verlacht werden, weil sie die Wahrheiten von morgen sind, lassen sich nicht auf evolutionärem Wege erreichen – nötig wäre dazu die Revolution, deren Terminologie heute kompromittiert sein mag.

Ihre Idee ist unbesiegbar.

ZEHN JAHRE DEUTSCHE «REVOLUTION»

Wir haben den Laden übernommen
im Ausverkauf! im Ausverkauf!
Die Fürsten sind uns abhanden gekommen –
im Nurmi-Lauf! im Nurmi-Lauf –
Wir sind eine Republik.
Was sollen wir Ihnen sagen?
Wir bitten Sie, das unserem Vorgänger geschenkte Vertrauen
auch auf uns zu übertragen!

Bist du glücklicher? du Arbeiterfrau?
Bist du glücklicher? Bergmann im Schacht?
Ist dir wohler? Mann im Gefängnisbau?
Hat euch allen die Republik etwas gebracht?
Wir sind eine Republik.
Mit schwarz-weiß-roten Schnüren . . .
Wir bemühen uns, das Geschäft streng im Sinne seines Begründers zu führen.

Da gibt es Richter, die sind schlimmer als die unterm Kaiser.
Da regiert die Industrie, toller, als vor dem Krieg.
Da gibt es Junker – wie immer unter dem Kaiser –
da erficht die Kirche einen Sieg und noch einen Sieg.
Wir sind eine Republik.
Mit Hilfe der Sozialdemokraten
halten wir uns die alten Kommißsoldaten –
Die Revolution findet wegen schlechten Wetters im Saale
statt –
Wohl dem, der solch eine Republike hat!
Immer herein! Eintrittsgeld nach Belieben!
Wir haben die Firma gewechselt. Aber der Laden ist der alte
geblieben.

DON'T GISH ME –!

«Sieh mich nicht so an – ich kann es nicht ertragen!
Sieh mich nicht so an – mit so viel Schmalz und Schmerz!
Sieh mich nicht so an – sonst muß ich sagen:
Schmeißt ihn raus – er zerreißt mirs Herz –!»

Wenn die Amerikanerin an einen Mann gerät,
an einen richtigen Mann;

wenn er für sie nicht jede Kiste dreht,
weil er nicht will, weil er nicht kann ...
dann schlägt sie wie die Gish die Augen auf,
feucht, in der Großaufnahme –
und protzt erfreut
mit ihrem Bauch aus Zelluloid
und ist ein Drittel Kind, ein Drittel Luder und ein Drittel Dame ...
«Sieh mich nicht so an – ich kann es nicht ertragen!
Plüsch ist in deinem Aug' – und so viel Gish und Schmerz!
Trifft mich dein krummbeiniger Blick – so muß ich sagen:
Schmeißt sie raus – sie zerreißt mirs Herz –!»

Hat der Germane die Partie verloren
in Fußball oder Politik –:
dann übermannt ihn das Gefühl bis über beide Ohren,
dann ist er fromm und philosophisch (mit Musik).
Gehts gut, schlägt er des Gegners Augen auf;
gehts schief, dann wird gesungen
ein doitsches Lied,
weil das ja immer zieht –
er ist ein Drittel Held, ein Drittel Kellner und ein Drittel Nibelungen ...
«Sieh mich nicht so an – ich kann es nicht ertragen!
so mit dem treuen Blick von unten rauf – und mit dem Wackelsterz!
Ich kenn dich noch aus alten, bösen Tagen –
die Hand in der Bilanz – das Auge himmelwärts!
Und ist das Ausland klug, so wird es sagen:
Schmeißt ihn raus – er bricht mirs Herz –!»

Nur ungern nimmt der Handelsmann
statt baren Geldes Breitscheid an.

DIE FRANZMÄNNER

sind bekanntlich Leute, die die Phrase meisterhaft beherrschen, mit zierlich gedrechselten Redensarten herumfackeln und hochtönend schwätzen. Der Deutsche, bieder, fromm und stark, handelt.

Mit Kriegsanleihe, zum Beispiel.

So er das aber nicht tut, erläßt er Proklamationen, und es hat sich im ganzen Lande für dergleichen ein einheitlicher Stil herausgebildet, der ebenso papiern wie großfressig immer da angewandt wird, wo er nicht hinpaßt.

Ein Zirkus besucht eine sächsische Provinzstadt. Der Bürgermeister bedankt sich dafür beim Zirkusdirektor – ein etwas ungewöhnlicher

Vorgang, wenn man bedenkt, wen er unbeachtet in seinen Mauern weilen läßt. Er bedankt sich aber, und ich sehe ihn aufs Knöpfchen drücken. «Fräulein Bockmann soll mal reinkommen, zum Diktieren – und ich will jetzt nicht gestört werden!» – und während Fräulein Bockmann dasitzt und still stenographiert, überkommt jenen die Erinnerung an Abukir und die Pyramiden, haben sich gut geschlagen meine Sachsen, nein, der Zirkus, Hindenburg, Versailles, Eckener, Großtat deutschen Geistes, wir sind ein armes Land, die Höchstleistungen der Industrie, Deutschland, tatkräftig, Pionier, deutsch, deutsches ... «Schreiben Sie mal –!»

Chemnitz, 25. Januar

Sehr geehrter Herr Direktor!
Eigentlich hatte ich die Absicht, während der gestrigen Eröffnungsvorstellung Sie und Ihre auserlesene Künstlerschar namens der Stadt Chemnitz willkommen zu heißen und Ihnen für die freundliche Einladung des Rates der Stadt unsern Dank auszusprechen. Leider bot sich hierzu nicht die passende Gelegenheit. Ich möchte es deshalb auf schriftlichem Wege nachholen.

Wir begrüßen es, daß es grade die Stadt Chemnitz ist, in der Ihr neuer strahlender Prachtbau, diese Großtat deutscher Technik, die aus der Wanderschau gradezu eine Wunderschau macht, zum ersten Male gezeigt wird. Wir bewundern Sie, sehr geehrter Herr Direktor, als hervorragendsten Förderer deutscher Zirkuskunst, der ältesten Volkskunst, wir bewundern Sie vor allem aber auch als tatkräftigen Pionier deutschen Unternehmungsgeistes im Auslande, der durch die Tat dem deutschen Namen im Auslande mehr genützt hat, als es lange Parlamentsreden könnten. Möge der stolze, neue Bau, den wir gestern in Chemnitz einweihen konnten, und der die Bestrebungen der deutschen Städte auf Förderung des Fremdenverkehrs wesentlich unterstützt, Ihnen neue Erfolge und reichen Segen bringen. Das gestrige Eröffnungsprogramm war ein derart reichhaltiges und künstlerisches, wie es bisher in Chemnitz wohl noch nicht gegeben worden ist.

Mit dem Ausdruck vorzüglicher Hochachtung

Arlart, Bürgermeister

Warum bot sich dem Rat der Stadt keine passende Gelegenheit, die auserlesene Künstlerschar dressierter Affen schon während der Vorstellung willkommen zu heißen? Kein dummer August hätte solchen Erfolg eingeheimst.

Und nicht, daß die Kommunalpolitiker die Außenpolitiker nachahmen, ist das Schauerliche. Sondern, daß die Terminologie der Außenpolitiker auf dem Niveau von Bürovorstehern und Sparkassenbeamten steht, und daß man alle vier beide nicht mehr voneinander unterscheiden kann.

In den *‹Briefsteller für deutsche Politiker›* aber sollte dieser Brief unbedingt aufgenommen werden. Herr Löbe kann ihn, mit ganz kleinen Änderungen, bei der nächsten Anschluß-Kundgebung noch einmal verlesen. Er paßt immer.

PARISER GELÄCHTER

Neben der Todestraurigkeit der großen Pomp-Revuen, die mir so bekannt vorkommen, obgleich ich nicht weiß, was ‹Haller› auf französisch heißt, gibt es die kleinen, und wenn sie von Rip sind, dann sind sie gut. Diese hier – im Théâtre du Palais Royal – heißt *‹Das goldene Zeitalter›* und ist sogar sehr gut, und sie ist wirklich durch und durch französisch und gar nicht für die Amerikaner gemacht. Die glücklichen Schauspieler waten knietief in Gelächter.

Zunächst einmal hat Rip eine fulminante Technik: für die Couplets und für die Wirkungen des Theaters, das findet sich selten in derselben Hand. Seine Texte sind sauberste Handarbeit, auf Rand genäht, das sitzt und schließt und paßt wie angegossen. Es gibt Bilder; von ‹durchgehender Handlung› ist zum Glück keine Rede, aber diese Bilder sind durchweg gelungen, und drei mehr als das.

Der König von Albanien kriegt eins auf den Reiherhelm, Literatenkrachs entstehen neu – glückliches Land, wo so etwas populär ist! Den Streit zwischen Gémier und Bernstein hat man noch nicht vergessen, und wenn es gegen Kollegen geht, dann ist Rip frech wie ein Spatz; es erscheint der Komiker Dorville als Konkurrent des Eisernen Justav, dem er sogar ein sanft ironisches Lied widmet, einmal spielen sie die ‹Rückkehr zur Natur›, da zieht Rip einfach alle Leute aus, und auf einmal ist alles komisch: der nackte Negerboy, der die Tür öffnet, der nackte Herr des Hauses, die nackte Dame des Hauses, und der Präsident des Senats mit der Ehrenlegions-Rosette auf dem schwarzen Badeanzug, er trägt dazu passenderweise einen Zylinder, und nur die Tante aus der Provinz hat einen langen Rock und fällt peinlich auf. Worauf sie sich entschließt, die neue pariser Mode mitzumachen, sie kommt also ziemlich ausgezogen herausgeklappert, auf den Brüstchen aber trägt sie für die Moral und gegen den Regen zwei spitze Trichter . . .

Die drei besten Szenen aber sind so:

Probe im Moulin Rouge, mit der Mistinguett, welche sehr geschäftstüchtig ist. Aufmarsch der verschiedenen Revueleute: die Maschinisten und der Herr Direktor und die Girls, und, richtig, die Autoren – und jeder singt: «Ach Irma – ach, Irma – ohne mich verkracht die Firma!» und dann erscheint der ‹Stern› und kriegt erst einmal so viel Geld, wie es gar nicht gibt; und nimmt von dem Interviewer Geld, und als der mal aufs Töpfchen gehen muß, spricht jene: «Geradeaus die zweite Tür rechts – fünfzig Centimes, bitte!» – Und dann kommt sie heraus, in zerlumpten Bettlerkleidern, mit einem Körbchen in der Hand, und probiert.

Nun steht aber nebenbei auf einem Tischchen ein Telefon, und in die Probe hinein klingelt es, und jedesmal bricht die falsche Mistinguett ihr Jammerlied ab, in dem sie herausplärrt, daß sie nichts zu essen habe, und macht am Telefon Börsengeschäfte und treibt Mieten ein und Hypothekenzinsen und was der Mensch so braucht . . . Beinahe hätte ich hinaufgerufen: «Gründen Sie doch eine Mistinguett-GmbH. – das soll vorkommen!» aber ich bin ein feiner Mann, und außerdem habe ich auch zu sehr lachen müssen, denn immer, wenn sie abgehängt hatte, begann sie von neuem:

«In meinen Hosen pfeift der Wind –
Ich armes Proletarierkind!»

Es war sehr schön. Rip überstrahlt das alles mit seinem Witz – Sie kennen doch die Beleuchtungstricks der großen Revuen? Rip hat die ‹fesses lumineuses› erfunden, i, wo werde ich das übersetzen!

Und dann ist da eine Szene, die eben das Handgelenk des Autors zeigt. Es tritt ein schüchterner Polizeikommissar auf, der um die Hand eines jungen Mädchens anhalten soll – es aber nicht kann: er traut sich nicht. «Ich bin so schüchtern», sagt er zu seinem Freund, «so schüchtern . . .! Heute haben sie mir im Café dreimal denselben Witz erzählt – meinen Sie, ich könnte sagen: Bitte, den hab ich schon gehört! Ich kann das nicht . . .» – «C'est bizarre . . .» sagt der Freund, «übrigens – kennst du das mit der Arche Noah? Wo der Elefant nicht einschlafen kann, weil es so bumst, und dann schickt er herauf, und da sagt der Noah: ‹Entschuldigen Sie vielmals, Herr Elefant – aber das ist der Tausendfuß – der zieht sich grade die Stiefel aus!›» – «Großartig!» sagt der schüchterne Kommissar und lacht sich tot. Freund ab. Kommissar, ins Publikum: «Das ist doch dieselbe Geschichte, die sie mir heute im Café erzählt haben!» – Und wie er nun diesen Witz ununterbrochen erzählt bekommt – lang und kurz, niedlich von seiner Braut, dramatisch bewegt von einem Marseiller, verkorkst von einer Ausländerin («Und da sagt Noah: Das ist der Ohrwurm, der sich die Hosen auszieht!») – das ist nun zum Entzücken gar. Am besten aber ist die dritte Szene.

‹Sur les Toits›. Auf den Dächern. Auf den Dächern arbeiten zwei Handwerker und reparieren da den Blechbelag. Und der Dicke, es ist Dorville, der so parisern kann wie Graetz berlinert, der Dicke verzapft Politik. Was er so in den Blättern gelesen hat: Keinen Krieg mehr! Und keine Grenzen! Und keinen König! Und keine Steuern! Und alles durcheinander. Und der Kollege führt ihn, ohne es eigentlich zu wollen, sanft ab, ein dialektisches Kunststück, das grade so gut umgekehrt

vor sich gehen könnte. Perlen der Unterhaltung: «Du liest den *‹Ami du Peuple›*, Cognasse?» — Cognasse ist leicht geniert; der *‹Ami du Peuple›* des Herrn Coty kostet zwar drei Sous weniger als die andern Zeitungen, aber sehr kommunistisch ist er ja nun grade nicht ... «Je ne le lis pas», sagt er. «Je l'achète!» — Es war so verblüffend echt — ganz Paris stand da auf den Dächern ... Und da hört man plötzlich leise, ganz leise Militärmusik, Klingkling Bummbumm und Tschindrara — die Musik wird lauter und lauter — «Cognasse! Guck! Soldaten!» — Und sie treten an die Rampe und sehen auf die fingierte Straße hinunter ... nun ist die Musik ganz laut, der schnelle Takt der französischen Militärmärsche klingt an unser Ohr, nun wird sie wieder leiser, verklingt fast ... und da muß nun wohl unten die Fahne vorbeigezogen sein — denn den beiden da oben gibt es einen Ruck, und Cognasse, der radikale Cognasse, und sein Genosse — sie nehmen beide die Mützen herunter. Pause. «Du grüßt die Fahne, Cognasse?» sagt der erstaunte Genosse. Cognasse kommt wieder zu sich. «Quatsch!» sagt er. «Ich kenne den Fahnenträger!»

Wobei denn schnell zu sagen, daß es in Frankreich keinen Militärfimmel gibt, und daß der französische Offizier etwas hinter dem ‹Zivilisten› rangiert. Und daß es doch leider, leider sehr wahr ist, was sich da auf den Dächern abspielt ...

Wie denn überhaupt das französische Cabaret und die kleinen Revuen einen reaktionären Witz aufweisen, den wir nicht haben, und der sich zum Teil daraus erklärt, daß das Land links regiert wird, die Opposition hat es ja immer leichter. Die Satire des Herrn Rip ist politisch von einer geradezu imposanten Gesinnungslosigkeit, aber, um die Wahrheit zu sagen, sie ist den Linken über. Die haben keinen solchen zu versenden. Es ist da eine Szene über und gegen das Frauenstimmrecht, das die Französin nicht nötig hat, weil sie sowieso herrscht — und zwar nicht, wie man denken könnte — sondern durch ihre Sparsamkeit, durch ihre Kraft, den Haushalt zu führen, das Geld einzuteilen, die Geschäfte zu verwalten — in dieser Szene werden Thesen aus dem Jahre 1896 breitgetreten, unter dem jubelnden Beifall einer strahlenden Bürgerschicht, die sich in ihren Ur-Instinkten gestärkt fühlt. Wir Deutschen sind von rechts her Langeweile gewöhnt, Verständnislosigkeit für die Zeit, Attentate und Holzknüppel. Hier aber gibt es einen reaktionären Witz, eine reaktionäre Geistigkeit und etwas für uns schier Unverständliches: einen intellektuell untermauerten Nationalismus, der übrigens niemals offensiv ist.

So kann eine richtige Theaterkritik nicht aufhören. Die Damen Josylla, Dorny (die die Mistinguett himmlisch kopiert), Sinoel und Franconay entledigten sich ihrer Aufgabe. Warum aber alle pariser Schauspielerinnen heiser sind, wird mir ewig ein Rätsel bleiben. Vielleicht wären sie es nicht, wenn Frankreich eine Prohibition hätte. Und selbst der gewitzigste Halsarzt könnte ihnen keinen andern Ratschlag geben als: «Schön gurgeln, nicht so viel saufen und nachts gut zudecken!»

WAS KOSTEN DIE SOLDATEN?

Wir haben Lungenkranke,
die brauchten Berg und Schnee;
sie heilen —? Kein Gedanke!
Wir brauchen die Armee.
Da kostet jeder Junge
mit Stiefel und Gewehr
pro Mann eine Lunge —!
Das ist unser Heer.

Von dem, was die verschwenden,
von dem, was da veraast:
könnten wir Gutes spenden,
wo die Schwindsucht rast.
Der Proletarierjunge
krepiert so nebenher . . .
Pro Mann eine Lunge —
das ist unser Heer.

Es fällt durch graue Scheiben
ein trübes Tageslicht;
die Kranken, die da bleiben,
überleben den Sommer nicht.
«Zeigen Sie mal die Zunge!
Na ja — das wird nichts mehr!»
Pro Mann eine Lunge —
das ist unser Heer!

Sie haben Feldgeschütze,
Schiffskreuzer und Musik;
in schwarz-rot-goldner Mütze
bezahlts die Republik.
Sie setzen an zum Sprunge.
Sie sind das Militär.
Sie stehlen uns Herz und Lunge.
Wann — Junge! Junge! —
wirfst du sie in hohem Schwunge
ihrem Kaiser hinterher —?

ALTER BURGUNDER WIRD VERSTEIGERT

Beaune, 20. November.

Um halb zwei Uhr ist der alte Keller im Hospital von Beaune schon gesteckt voll. Im Saal sitzen die Händler; vor ihnen auf einem Podium, vor riesigen Fässern, der Bürgermeister und die Stadträte; an einem der Fässer hängt ein kleines Telefon; Neugierige sitzen auf den Fässern ringsum und lassen die Beine baumeln. Die kleine Holztribüne steht auf Fässern, da drängen sich die Leute in beängstigender Fülle. Um zwei Uhr beginnts.

Dies ist der große Tag der Côte d'Or, wo auf sechzig Kilometer Länge die großen Weine der Bourgogne wachsen: der Clos Vougeot und der Pommard und der Romanée Conti und alle die andern. Die Winzer sind mit diesem Weinjahr mehr als zufrieden, und mit Recht. Der Most des Pommard ist nun zwei Monate alt, aber das Kind kann schon laufen – das wird einmal, wenn nicht alles täuscht, ein großer Wein. Nun eröffnet der Bürgermeister die Versteigerung.

Vor einem Beisitzer steht eine Wachskerze, an der er ununterbrochen zwei winzige Lichtchen nacheinander entzündet: Solange die brennen, darf geboten werden, jedes leuchtet nur etwa eine halbe Minute, ist bis dahin der Zuschlag nicht erfolgt, so wird wiederum angezündet; das ist ein sehr alter Brauch. (Wird in Frankreich etwas gerichtlich versteigert, so brennen drei Kerzen – in Beaune nur zwei.) Sie bieten.

Ein Doppelfaß ‹Nicolas Rollin›, so heißt der Begründer des Spitals, das heute der Stadt gehört, ein Doppelfaß von 456 Litern bringt 15 000 Francs – und der ganze Saal applaudiert – der Wirt vom Hôtel de la Poste in Beaune strahlt über das ganze Gesicht: Er hat etwas für seinen Keller.

Vorher haben die Händler den Wein aus kleinen silbernen gobelets gekostet, niedrigen, flachen Schalen mit einem Handgriff, von uralter Form; ihr Grund ist ornamentiert, damit sich der Wein richtig spiegelt. Sie heben die Tasse an die Nase, ziehen den Duft ein und kosten, unendlich behutsam.

Die alten Stiftungen legten gern den Wein mit der Fürsorge für die Kranken zusammen – man denke nur an das Bürgerspital in Würzburg. Dieses Hospital in Beaune ist ein wunderschönes, altes Bauwerk, mit einer Küche, darin noch ein alter eiserner Bratenröster unermüdlich seine Räder dreht.

Vorher hat die Stadt ein Frühstück gegeben: Der Bürgermeister und der Souspräfekt präsidierten.

Die Weine rannen in die Gläser – ich liebe die deutschen Weine und denke, daß man zuerst die Weine seines Landes trinken sollte, weil sie eine Verkörperung der Heimat sind. Mit allem schuldigen Respekt vor dem Rhein und Franken aber darf gesagt werden: als eine Grande Réserve 1919 erschien, verstummten auch die größten Kenner: das war kein Wein mehr, das war Sonne und der ganze Garten Frankreichs. Dieses Glas wollte getrunken sein.

Die ‹sommeliers› gingen umher, die Kellermeister, die so gar nichts vom Kellner haben: sie stellen vielmehr etwas dar, was zwischen einem alten Bauern und einem Mönch liegt. Ammen des Weins.

Und Reden wurden gehalten, ich hatte mit meinen Weinen zu tun, und soweit ich hörte, war da von dem ‹Phänomen der Prohibition› die Rede, wie eine graue Wolke zog das durch den Saal. Und die Jury verteilte kleine Zettel, auf denen geschrieben stand, wie der heurige Wein beschaffen sei, und es gab auch, mit vielen Fehlern und sehr viel gutem Willen, eine deutsche Übersetzung dazu:

«Diese Schätzung paßt auf den Weinen der sogenannten Gegenden: Beaujolais, Mâconnais, Châlonnais, Côte d'Or, Yonne; sie paßt nicht auf den Weinen von der zweiten Blütenzeit, die von Trauben errühren, die nach dem Gewitter vom 6ten Juni gewachsen sind, welches den Ruits-Rebenberg zum Teil gewüstet hat.»

Sie versteigern noch immer. Faß auf Faß geht hinaus in die Welt – der Lohn für die Arbeit eines Jahres wird einkassiert. «Premier feu!» ruft der dicke Ausrufer – soviel wie unser «Zum ersten!» – das kleine Licht erglänzt, erlöscht, erglänzt, es riecht nach Wein und weingetränktem Holz, die Glatzen glänzen, der freundliche, alte Bürgermeister, der so hübsch die Bilder des in Beaune geborenen Impressionisten Ziem erklärt hat, spricht den Käufern ihre Fässer zu, die Schreiber schreiben ...

Und wieder einmal ist zu sehen, daß Paris nicht Frankreich ist, und seine Fremdenviertel schon gar nicht. In den sanftblauen Spätherbsthimmel klingelt die Turmuhr, ein braunes Licht liegt über diesem Garten Gottes, und wie schön müßte es sein, mit diesem Lande dauernd in Frieden zu leben –!

‹WIR VON DER UNTER-TERTIA›

I

Wenn sich zwei Jungen kabbeln –: das ist einfach. Wenn sich aber zwei Klassen kabbeln –: was ist dann –?

Dann kann jeder Junge, der klug ist und nicht nur ein Hammel in der Herde, so recht sehen, wie merkwürdig Menschen sind, die eine Gruppe bilden.

Jeder von euch weiß, daß man nur ein halbes Jahr in derselben Gemeinschaft zu leben braucht, um folgende Entwicklung durchzumachen: Erst ist man schüchtern und ein ‹Neuling›, dann gewöhnt man sich; dann kann man mitreden; dann ist man ‹alter Mann› – und langsam, langsam überkommt jeden, der lange dabei ist, das Gruppengefühl: «Wir von der Unter-Tertia» ... darin ist so viel Stolz, – ja, worauf eigentlich?

Es ist der Stolz auf die Gruppe. Jeder, ausnahmslos jeder, der in einer solchen Gruppe, in einer Schulklasse, in einem Tennisverein, in einem Ruderklub lange sitzt, bekommt dieses Gruppengefühl, und das ist ja soweit auch ganz in Ordnung. Die Gruppe, der Verein, die Klasse –: sie haben ihre bestimmten Eigentümlichkeiten, sie lachen vereint, sie hassen vereint, sie lieben vereint – sie leben zusammen, sie haben sogar dieselbe Sprache; da gibt es kleine Witze, die nur die Angehörigen der Gruppe verstehen, und alles das bindet sie fest zusammen. Wenn sie anständige Kerle sind, so treten sie auch für einander ein, alle für einen, einer für alle – dergleichen ist noch gut und bejahenswert und richtig. Aber, ich denke, man sollte das alles nicht übertreiben.

In jedem Verein sitzt mindestens einer, der den ‹Vereinsvogel› hat, – denkt nur an den Quartaner Stutz aus Wolf Zuckers schöner Geschichte *‹Der Bund der Sieben›*, die ihr sicherlich in diesem Buch schon gelesen habt –, einer, der gewissermaßen ununterbrochen die Vereinsfahne schwingt (auch, wenn gar keine da ist), einer der ‹stolz› ist, daß er der Gruppe angehört. Und hier liegt wirklich eine große Gefahr.

Das fängt mit der Verachtung der Konkurrenz an. «P! Die von der Quarta!» – «Hö! Die vom Ruderklub Grün-Weiß!» – «Pö! Die Herren Fußballer! Wir Schwimmer dagegen – –!» Und das ist falsch.

In der Unter-Tertia zu sitzen, ist noch kein Verdienst. Denn dafür kann man nichts. Grade in diesem Schwimmklub zu sein und nicht in jenem Tennisklub – wer kann dafür? Die wenigsten überlegen sich, daß sie damals eingetreten sind, weil ... ja, weil Willy auch drin war und noch andre Freunde ... oder weil sie es zur Schwimmanstalt näher hatten als zum Tennisplatz ... und aus tausend andern Gründen. Wenn das aber eine Weile so geht, dann entwickelt sich ein ‹Stolz›, der leicht zur Afferei ausarten kann. Und zu schlimmerem.

Die deutsche Nation ist eine Nation der Vereine – es gibt wahrscheinlich in keinem Lande der Welt so viel Vereine wie bei uns. Und jeder dieser Vereine hat seinen ‹Stolz› und seine Fahne; seine Vorsitzenden und seine Sekretäre; seine Vereinsabzeichen und seine besondere Vereinssprache. Das verführt dazu, daß jeder Verein glaubt, er sei ganz allein auf der Welt. Es vergeht nicht lange Zeit, und er behandelt die Leute aus den anderen Klassen, den andern Vereinen, den andern Klubs wie Aschantineger oder Leute von einem andern Planeten. Sie tun alle so, als lebten sie auf einer Insel. Falsch: sie leben in einer Gemeinschaft, mit den andern.

Das fängt auf der Schule an.

Da gibt es die üblichen Kämpfe zwischen Klasse und Klasse; zwischen Klub und Klub; zwischen Verein und Verein, und es ist wie ein Rausch, der den einzelnen dabei überfällt. Er verliert sich an die Masse, der er gerade angehört; er verschwindet als Einzelwesen und ist auf einmal bloß noch ‹Mitglied›. Untertertianer, Klubangehöriger. Und das ist eine verlogene Sache.

Es gibt eine Menge Jungen, die würden nie, niemals Sachen tun, die sie unbedenklich machen, wenn es sich um die Klasse, um den Verein, um den Klub handelt.

Sie glauben aber: wenn man einer Gruppe angehört, dann darf man das. Man darf es nicht, wenns unehrlich ist. Denn die Gruppe ist niemals eine Entschuldigung für eine schlechte Handlung. Entweder man darf stehlen, oder man darf es nicht. Darf mans nicht – dann darf mans auch nicht, wenn man damit dem Verein einen Dienst erweist. Aber es gibt eine Sache auf der Welt, die alles entschuldigt, scheinbar entschuldigt: das ist der Massenrausch.

II

Herr Schulze ist ein friedlicher Mann – er tut keinem was.

Wenn aber derselbe Herr Schulze auf der Straße in einen Auflauf gerät, der sich um einen gefaßten Zechpreller gebildet hat, sich von Minute zu Minute vergrößernd, – dann kann der Mann schreckliche Sachen begehen. Die Gruppe wird groß und größer, Neugierige, Beteiligte und Unbeteiligte, gesellen sich zum Wirt, zum Zechpreller, ein Schutzmann ... Und plötzlich ruft jemand aus dem Haufen: «Haut ihn –!» Der Mann, der da aus dem Restaurant gelaufen ist, ohne zu bezahlen, hat dem Rufer gar nichts getan; der ist bloß aufgeregt, weil die andern aufgeregt sind; weil der Kellner so schreit, weil der Wirt so schreit, weil der Schutzmann den Mann am Kragen hat – da ruft er das: «Haut ihn –!» Und plötzlich gerät die Masse in Schwung, die hinten stehen, schieben nach vorn, die Vorderen, die ursprünglich gar nicht hauen wollten, werden näher auf den Übeltäter hingeschoben ... der macht eine ungeschickte Bewegung, und schon hat ihm jemand ein paar hinter die Ohren geschlagen. Und nun gehts los. Und dieselben Leute, die noch vor fünf Minuten ganz friedlich auf der Straße gegangen sind, brüllen plötzlich alle durcheinander und schreien und fuchteln mit den Armen ... und hauen alle zusammen auf einen Wehrlosen ein, der ihnen doch gar nichts getan hat. Der Massenwahnsinn hat sie angesteckt.

Und dieser selbe Massenwahnsinn ‹hat› die Leute, wenn sie in den Versammlungen schrein; wenn sie Demonstrationen machen; wenn sie in Massen einem zujubeln ... einer entzündet sich am andern, einer wird vom andern beeinflußt – es ist wie ein elektrischer Strom, der die Leute durchzuckt. Das ist sehr, sehr gefährlich.

Es ist nämlich dann sehr gefährlich, wenn diese menschliche Eigenschaft von kalten und schlauen Leuten ausgenutzt wird – denn man kann zwar einer Masse schwer widerstehen, aber man kann, wenn man klug ist, sie so lenken, daß sie das gar nicht merkt! Und dann wehe den Opfern!

Der kleine Straßenauflauf bildet eine Masse, und solche Massen sind in fast allen Fällen wie die Urmenschen oder wie die Tiere: sie haben nur einige wenige Vorstellungen, und zwar nur ganz einfache; sie geben jedem äußern Reiz nach, und wenn einer gut brüllt, brüllen sie: «Ja!» – und wenn ihnen die Nase an einem andern Mann nicht gefällt, dann rufen sie «Haut ihn!» – und das ereignet sich alles auch dann, wenn es lauter kluge Leute sind, die die Masse bilden, denn sie sind nur einzeln klug; im Augenblick, wo sie sich zusammenballen, ist es aus mit der Klugheit, und sie benehmen sich alle zusammen wie die wilden Kanaken. Das ist ein allgemeines Gesetz, auf der ganzen Erde.

Die Untertertia bildet keine Masse – die ist eine höhere Form der Masse: sie ist eine Gruppe. Aber auch diese Gruppen unterliegen alle, alle gemeinsamen Gesetzen, und davon gibt es keine Ausnahme. Ein Schüler macht, wenn einer plötzlich niesen muß und dabei so ulkig schnauft, zweierlei: je nachdem er das zu Hause sieht, wo er allein ist – oder wenn es in der Klasse geschieht, wo achtundvierzig Augen gespannt auf alles aufpassen. Da ist eben eine andere Luft.

Der Tennisklub ist eine Gruppe. Der Fußballklub ist eine. Der Schwimmverein ist eine. Und die Führer solcher Gruppen verfallen fast alle demselben Fehler: sie machen sich wichtig.

Sie glauben, der Verein, der Klub, die Klasse seien nur ihretwegen da – und nicht sie wegen des Vereins. Sie kriegen mit der Zeit eine ‹Würde› (wenn sie dumm sind) – sie pusten sich auf – sie sehen erst einmal auf alle Mitglieder herunter, die keine Führerstellung haben – und alle zusammen verachten wieder die Angehörigen der andern Gruppen.

Und von hier bis zur Kriegshetze ist nur ein Schritt.

Wer die Szenen der allgemeinen Betrunkenheit im Jahre 1914 erlebt hat, der weiß Bescheid. Die Leute, die da auf den Straßen herumgegangen sind und gebrüllt haben, haben überhaupt nicht gewußt, worum es ging: noch vierzehn Tage vorher haben sie an nichts Böses gedacht. Aber die Zeitungen hatten es so gesagt und hatten sie beim Wickel gefaßt, wo die ‹Massenehre› sitzt. Und auf einmal waren alle Franzosen niederträchtige Kerle und alle Engländer Krämer und alle Japaner Affen – und es gab sogar ein paar Tage, da trugen die Leute auf den Straßen jeden Japaner, den sie zu fassen kriegten, auf den Schultern umher – sie glaubten nämlich, die Japaner würden mit Deutschland gehen ... Die kleinen Japaner haben nicht schlecht gelacht, nein, sie haben nur höflich gelächelt ... So betrunken sind damals die Menschen gewesen.

Einer Gruppe anzugehören — und sei es das Vaterland — das ist noch gar nichts. Man muß erst einmal diese Gruppe, besonders, wenn sie groß ist, genau kennen; man muß auch etwas für die Gruppe getan haben, also nicht nur Steuern gezahlt haben; man muß auch die andern Gruppen, die man da bekämpfen will, wirklich kennen. Davon ist bei Kriegsausbruch keine Rede gewesen — von einer Million Deutscher haben noch nicht zehn Leute die wirklichen Kriegsgründe und Kriegsursachen wirklich gekannt. Und auf der andern Seite ist das genau so gewesen. Das hat zwölf Millionen Menschen in Europa das Leben gekostet.

III

Seid nicht stolz, der Untertertia anzugehören. Seid stolz auf euch selber — wenn ihr Ursache dazu habt. Und werft euch nicht in die Brust und ruft nicht: «Wir von der Untertertia!» Und seid keine Hammelherde, die hinter einem Leithammel herläuft — sondern bleibt ruhig und gelassen und behaltet klaren Kopf, wenn eine Masse tobt.

«YOUSANA–WO–BI–RÄBIDÄBI–DÉ?»

Fremde Sprachen sind schön, wenn man sie nicht versteht.

Ich habe einmal den großen J. V. Jensen gefragt, wie er es denn gemacht habe, um Asien uns so nahe zu bringen wie zum Beispiel in den *‹Exotischen Novellen›* — und ob er lange Chinesisch gelernt habe ... «Ich reise so gern in China», sagte Jensen, «weil da die Leute mit ihrer Sprache nicht stören! Ich verstehe kein Wort.» Hat recht, der Mann.

Fremde Sprachen sind schön, wenn man sie nicht versteht. Ein Wirbel wilder Silben fliegt uns um den Kopf, und Gott allein sowie der, der sie ausgesprochen hat, mögen im Augenblick wissen, was da los ist. Wie nervenberuhigend ist es, wenn man nicht weiß, was die Leute wollen! «Da möchte man weit kommen», hat der weiseste Mann dieses Jahrhunderts gesagt, «wenn man möcht zuhören, was der andere sagt —!» Im fremden Land darf man zuhören, es kostet gar nichts — höflich geneigten Kopfes läßt man den Partner ausreden, wie selten ist das auf der Welt! Und wenn er sich ganz ausgegeben hat, dann sagst du, mit einer vagen Handbewegung: «Ich — leider — taubstumm und ... kein Wort von dem, was Sie da erzählen ...!» Das ist immer hübsch, es ist ausgezeichnet für die Gesundheit.

Das fängt an der Grenze an, wo der Zollmensch viele Sachen sagt, von denen wahrscheinlich die gute Hälfte aus Unannehmlichkeiten besteht — aber sie dringen nicht bis an unser Gehirn — sie gehen, wie die pariser Schauspielerin Maud Loti das einmal auf einer Probe zu ihrem

Regisseur gesagt hat, zu einem Ohr hinein und zum — ja, ich glaube, zum andern Ohr wieder heraus ... Und wenn der Zollfritze nicht gerade Krach mit seiner Frau gehabt hat, besteht die Möglichkeit, daß er uns zufriedenläßt; das Idiotische ist ja doch stärker als alle Vernunft.

Nun ist das auf der ganzen Welt so, daß die Leute, wenn man sie nicht versteht, schön laut mit einem reden; sie glauben, durch ein Plus an vox humana die fehlenden Vokabelkenntnisse der andern Seite zu ersetzen ... Und wenn du klug bist, läßt du ihn schreien.

Schön ist das, in einem fremden Lande zu reisen, und auf fremdländisch grade «Bitte!», «Danke!» und «Einschreibepaket!» sagen zu können — gewöhnlich ist unser einziges Wort eines, das wir auf der ganzen Reise nicht verwenden. Das mit dem Lexikon und den Sprachführern habe ich längst aufgegeben. Sagt man nämlich solch einen Satz den fremden Männern, so ist es, wie wenn die mit einer Nadel angepiekt seien — der fremde Sprachquell sprudelt nur so aus ihnen heraus, und das steht dann wieder im Sprachführer nicht drin ... Aber wie schön, wenn man nichts versteht —!

Was mögen die Leute da alles sagen —! Was können sie denn schon alles sagen —?

Du hörst nicht, daß da zwei Männer sich eine sehr wichtige Sache wegen der Übernahme der Aktienmajorität des Streichholz-Trustes erzählen, und dann eine Wohnungsschiebung, und dann einen unanständigen Witz (alt! alt!) — und dann Gutes über eine Frau, die sie beide nicht haben wollen, und denn Schlechtes über eine, die sie nicht bekommen konnten —: das brauchst du alles nicht mitanzuhören. Der kleine Kellner auf dem Bahnhof ruft etwas aus, was wahrscheinlich nicht einmal die Einheimischen verstehen, und daß er mäßiges Obst verkaufen will, siehst du alleine. Sanfte Träumerei umspinnt dich — was mögen diese wirren, ineinandergekapselten, schnell herausgekollerten, halb heruntergeschluckten Laute nur alles bedeuten ...! Andere Kehlköpfe müssen das sein — andere Nasen — andere Stimmbänder — es ist wie im Märchen und was du auf der Schule gelernt hast, hilft dir nicht, weil diese das offenbar nicht oder falsch gelernt haben; und ist es nicht schön, wie ein sanfter Trottel durch die Welt dahinzu ...

«Na, erlauben Sie mal —! Wenn ich auf Reisen bin, da will ich aber ganz genau wissen, was los ist; man muß als gebildeter Mensch doch wenigstens etwas verstehen —!» Es ist so verschieden im menschlichen Leben ...

Im Irrgarten der Sprache herumzutaumeln ... das ist nicht eben vom Übel. «Schööör scheeh Ssä Reeh!» rufen die Franzosen; laß sie rufen. «Tuh hau wi paak!» gurgeln die Engländer; laß sie gurgeln. Und ich frage mich nur, was mögen wohl die Ausländer in Deutschland hören, mit ihren Ohren, wenn unsere Bahnhofsportiers, Schutzleute, Hotelmenschen ihnen etwas Deutsches sagen ...?

Es ist ein kleines bißchen unheimlich, mit Menschen zu sprechen, ohne mit ihnen zu sprechen. Da merkt man erst, was für ein eminent pazifistisches Ding die Sprache ist; wenn sie nicht funktioniert, dann wacht im Menschen der Urkerl auf, der Wilde, der da unten schlummert; eine leise Angstwolke zieht vorüber, Furcht und dann ein Hauch von Haß: was ist das überhaupt für einer? Ein Fremder? Was will der hier? Und wenn er hier selbst was zu wollen hat: was kann ich an ihm verdienen? Und besonders auf den Straßen, vor den Leuten, die nicht gewerbsmäßig mit Fremden zu tun haben, fühlt man sich ein bißchen wie ein im Urwald auftauchender Wolf – huhu, Geheul unter den hohen Bäumen, der Wanderer faßt den Knüppel fester . . . und nur wenns gut geht, fuchteln sie dann mit den Händen.

Sonst aber ist es hübsch, durch eine Welt zu wandeln, die uns nicht versteht, eine, die wir nicht verstehen – eine deren Laute nur in der Form von: «Yousana – wo bi – räbidäbi – dé –» an unser Ohr dringen . . . Mißverständnisse sind nicht möglich, weil die gemeinsame Planke fehlt – – es ist eine saubere, grundehrliche Situation. Denn wie sprechen Menschen mit Menschen –?

Aneinander vorbei.

GEBRAUCHSLYRIK

Vater, ich rufe dich!
Brüllend umdräut mich der Dampf der Geschütze!

Theodor Körner

Rauh hat das Schwert den alten Traum zerschlagen.
So lang bewahrt auf tiefstem Herzensgrund:
Geeint in Freiheit sollte Deutschland ragen,
Ein Bund des Volkes, nicht ein Fürstenbund!

Albert Traeger

Ob sie sich hinter Tarifverträgen verstecken.
Ob sie in Arbeitsgemeinschaften
mit unsern eigenen Organisationen
im Produktionsprozesse den Profit retten.
Mit unsern Bonzen Arm in Arm.

Oskar Kanehl

Es hat zu allen Zeiten eine Sorte Lyrik gegeben, bei der die Frage nach dem Kunstwert eine falsch gestellte Frage ist: ich möchte diese Verse ‹Gebrauchs-Lyrik› nennen. Nur scheinbar hebt hier ein Begriff den andern auf.

Der politische, ethische oder religiöse Zweck benutzt, um auf die

Massen zu wirken, die Formen der Kunst, deren nicht alltägliche Ausdrucksformen ihm sehr gelegen kommen. Die Wirkung soll sofort erfolgen, sie soll unmittelbar sein, ohne Umschweife – die These passiert also nicht die Kunst, sie wird nirgends sublimiert, sondern unmittelbar, in literarischer Maskerade, vorgeführt. Dergleichen hat nichts mit ‹Tendenzkunst› zu tun, die das grade Gegenteil der Gebrauchslyrik ist: ein tendenziöses Gedicht ist ein Gedicht; die Verse der Gebrauchslyrik sind gereimtes oder rhythmisches Parteimanifest.

Junge Kommunisten haben mir gesagt, daß auf die deutschen Arbeiter die Verse Oskar Kanehls am meisten von allen revolutionären Versen wirkten, und nach Lektüre des Bandes ‹*Straße frei*› (mit fünfzehn Zeichnungen von George Grosz, erschienen im Verlag Der Spartakusbund zu Berlin) kann ich mir das wohl denken. Alles, was Kanehl schreibt, ist glasklar in der Diktion, ohne weiteres verständlich, die Worte sind aus der Zeitung und dem täglichen Leben genommen, prägen sich leicht ein und kommen der Vorstellungswelt des Arbeiters weit entgegen.

Mit Kunst hat dergleichen etwa so viel zu tun wie die Verse Albert Traegers, jenes Vorkriegsliberalen, der, in der einen Hand ein Palladium, in der andern seinen im Winde wehenden Bart, jene Höhen erstürmte, auf denen Theodor Bäumer und Gertrud Heuss Flanell träumen, und tatsächlich hat Traeger genau so ‹gedichtet›, wie ein Oberbürgermeister redet, oder wie Külz denkt. Ich glaube nur, daß Kanehl und seine Zuhörer mit vollem Recht darauf pfeifen, ob diese Verse ästhetischen Ansprüchen genügen oder nicht. Eine literarische Prüfung solcher Gedichte liefe darauf hinaus, zu sagen: «Der Mann, der dort auf dem Marterbett angeschnallt ist, schreit eine Oktave zu hoch!» Man soll ihn losschnallen und seine Peiniger unschädlich machen – darauf kommt es an.

Um den Fall Kanehl zu beschließen:

Ich kann dieses Spiel nicht mitspielen, das darin besteht, jemandem Vorwürfe zu machen: er schreibe Verse für Proletarier und verdiene sich sein Geld als Regisseur an schlechten bürgerlichen Theatern. Auch die Kommunisten leben in einer kapitalistischen Welt; ein kommunistischer Steward ist sehr wohl denkbar und braucht keine lächerliche Figur zu sein. Ganz abgesehen davon, daß ja die meisten kommunistischen Arbeiter bei einem Kapitalisten arbeiten und durch einen Kapitalisten leben, wird man im allgemeinen diese Konstatierung der Diskrepanz zwischen Leben und Schaffen meist von verkrachten Literaten und nur sehr selten von Proletariern hören. «Er trägt einen Anzug nach Maß» – dieser Vorwurf ist auf keinem proletarischen Gehirn gewachsen, sondern bei schlechten Feuilletonredakteuren, die der kommunistischen Sache mehr schaden als alle Scheidemänner zusammen. Besser ein Anzug nach Maß als eine Gesinnung von der Stange.

Die Gesinnung Kanehls nun ist durch und durch rein; seine Verse durchaus und durchum auf den Gebrauch zugeschnitten, für den sie bestimmt sind. Manchmal rinnen die Zeilen ineinander, manchmal sind sie so einprägsam gearbeitet, daß sie fest haften bleiben.

Nur nicht in euern Kämpfen
fließt unser Blut.
Wir sind die
Bonzen, Bonzen, Bonzen.
Uns gehts gut.

Das sitzt. Oder:

Das Vaterland ist in Gefahr,
Was gehts uns an?

Er sagt, was ist, und er sagt denen, die darunter leiden, wie sie es ändern sollen. Zweierlei Fragen aber sind bei der Lektüre solch eines Bandes Gebrauchslyrik zu stellen.

Erhöht sich der propagandistische Wert dieser Arbeit, wenn ein Künstler sie tut?

Diese Frage ist nicht immer zu bejahen. Die ‹Bildung›, die der Klassenstaat dem Proletarier angedeihen läßt, sein Gesundheitszustand, die Zeit, die er überhaupt für Bücher übrig hat, setzen ihn nicht immer in die Lage, dem Künstler zu folgen. Es gibt Idealfälle, wo die stärkste künstlerische Formulierung zugleich die einfachste ist — das trifft nicht immer zu. Pathos ist für den Unverbildeten: Pathos, und er wirds immer verstehen und dumpf fühlen; Pathos liegt für den Ungebildeten sehr oft beim Gassenhauer mit umgekehrtem Vorzeichen; das ‹Volk› singt gar nicht seine schönsten Schöpfungen, es singt nichts aus des *‹Knaben Wunderhorn›*, sondern die opera operata wiener Operettenfabrikanten. Spricht aber einer direkt aus, was alle fühlen, indem er banale Worte rhythmisch da setzt, wo der Werkmeister etwa nur sagt: «Also, meine Ansicht ist ja nu — also ich stehe auf dem Standpunkt, daß dieser Streik nich dürf abjebrochen wern . . .» so jubelt ihm das Volk zu. Der mit dem Sonett wird, mit Recht, in diesem Fall überhaupt nicht gehört werden — und was dazwischen liegt, ist Glückssache und Sache des Talents.

Welche Rolle hat, zweitens, in der proletarischen Bewegung einer zu spielen, der solche Verse schreibt?

Antwort: keine andere als die eines Helfers.

Damit wir uns auch recht verstehen: Oskar Kanehl etwa vorzuwerfen, er schreibe diese Gedichte aus ‹Spekulation›, wäre eine klare Verleumdung; der Mann hat sicherlich weiter nichts davon als Spott und Unannehmlichkeiten im Erwerbsleben und einen anonymen Ruhm, den er vermutlich geringer einschätzt, als die ihm am Herzen liegende Wirkung seiner Arbeit. Die Proletarier sollen keine Verse beklatschen, sondern sich eine Sache einprägen.

Ein solcher Intellektueller aber spielt, besonders bei der Kommißhaftigkeit vieler deutscher Kommunisten, unter der auch Kanehl schon gelitten haben muß, eine traurige Rolle. Wie ich glaube, nicht ganz ohne Schuld. Er erwartet nämlich zuviel.

Die proletarische Bewegung hat keine Zeit und keine Kraft, uns zu hätscheln. Wer ihr dienen will, der soll ihr dienen – aber so wenig er davon große Einkünfte erwarten kann und darf, so wenig hat er für sich eine Stellung zu beanspruchen, die ihn über den Proletarier erhebt, dessen Kamerad er doch grade sein will. Insbesondere halte ich den helfenden Intellektuellen dieser Gattung nicht für geeignet und legitimiert, den Arbeitern politischer Führer zu sein.

Es ist mehr als billig, den deutschen Proletariern heute Vorwürfe zu machen, sie hätten in der Revolution versagt. Man kann das beklagen, wie wir es hier oft getan haben – aber wir haben kein Recht, zu schelten, da bei dieser Gelegenheit die delikate Frage gestellt werden darf, wo denn die scheltenden Intellektuellen in den Januartagen des Jahres 1919 gewesen sind. Auf den Barrikaden in Lichtenberg? An den Straßenecken mit dem Revolver in der Hosentasche? Im Ruhrgebiet? Und später im mitteldeutschen Aufstand? Also haben sie zu schweigen, also haben wir in diesem Punkt zu schweigen.

In einer Kampfbewegung kann man sich nur durch zwei Dinge als Führer legitimieren: durch politische Einsicht von überragendem Maß oder durch Opfer. Lenin hat beides getan. Wer aber nur besser schreiben kann als ein Proletarier; wer nur dessen Schmerzen so ausdrücken kann, daß jener sie nun doppelt und dreifach als aktivistisches Stimulans fühlt; wer ein Mann der Formulierung und weniger der Tat ist, der biete seine Hilfe an, tue sein Werk und schweige. Führer sollen andere sein.

Ob und wie allerdings diese Hilfe angenommen wird, das ist für Deutschland ein trauriges Kapitel.

Ich sehe noch den Damenschneider Breitscheid auf einem Klubabend stehen und etwas gegen die ‹Intellektuellen› in der Partei murmeln, der Stuhl, an dem er sich festhielt, bog sich vor Lachen. Um aber von ernsthaften Politikern zu sprechen:

Die deutschen Kommunisten sehen vielfach die gute Hilfe nicht, die ihnen von den Intellektuellen dargebracht werden kann, und sie haben eine seltsame Auswahl getroffen: sie sind durchsetzt mit schlechten, verkrachten, viertrangigen Intellektuellen, und die sind es, die gegen den Geistigen und das Geistige in der Partei wettern, die hartgebräunten Arbeitsmänner. Nun will ich mir ja gern von einem Grubenarbeiter, der sein Leben im mitteldeutschen Aufstand aufs Spiel gesetzt hat, sagen lassen, wofür ich tauge und nicht tauge –: aber jene Zwitter, die zwischen dem Volksschullehrer und dem entlaufenen Handwerksgesellen stehen, täten gut, fein stille zu sein. Wer zu schwächlich oder zu unfähig zur manuellen Arbeit ist, ist noch kein Intellektueller, und sehr viel mehr stellen viele unter ihnen nicht vor. Es sind gehemmte Maschinenschlosser. Das Motiv für ihr Verhalten ist in den meisten Fällen nichts als eine nur zu begründete Angst vor der Konkurrenz.

Die sozialdemokratische Partei hat in ihrer guten Zeit mit den Intellektuellen zusammengearbeitet, denn Eisner und Landauer und Jogiches und Liebknecht sind keine Metallarbeiter gewesen und haben sich auch niemals so kostümiert. Sie ist gut dabei gefahren, die Partei. In ihrer schlechten Zeit hat sie das getan, was heute so viele Kommunisten tun: sie hat die brauchbaren, anständigen und saubern Intellektuellen zurückgestoßen, sie wollte abstoßen, und sie tat es — und das Resultat war bei der SPD eine Versumpfung auf der ganzen Linie, die selbst den klaren Willen der großen Provinzopposition durch die geriebene Taktik ehrgeiziger verkrachter Studenten oder geölter Funktionäre glatt an die Wand spielt.

Sieht die KPD, die heute die Rolle der alten SPD in Deutschland spielt, nicht, was für Folgen die Verkafferung der ‹Sozialverräter› gezeitigt hat?

Beabsichtigt die KPD, denselben Weg zu gehen? Soweit ich informiert bin, will keiner aus unserm Kreise einen Führerposten in der Partei haben, und wer ihn haben will, ist auf dem Holzwege. Aber helfen wollen wir — wobei denn die Befolgung der notwendigen Parteidisziplin zu fordern und auch zu bekommen ist. So aber stehen wir tatenlos herum; selber eine Partei zu gründen, scheint mir ein Fehler, denn aus Brennholz kann man keinen Ofen bauen, und unsere Kraft verrinnt in sehr vielen Fällen ungenutzt.

Ich halte einen Zusammenschluß der radikalen Intellektuellen mit der KPD für einen Segen und für ein Glück. Dazu gehört: auf unserer Seite der Sinn für Disziplin, für das stetige Arbeiten im Alltag und für politische gesunde Vernunft; dazu gehören auf der Parteiseite guter Wille, Einsicht in die Struktur dieses Landes, das nun einmal nicht Rußland heißt, und die Entfernung von Funktionären, die den Bodensatz dessen darstellen, was wir sind.

DAS LÄCHELN DER MONA LISA

Ich kann den Blick nicht von dir wenden.
Denn über deinem Mann vom Dienst
hängst du mit sanft verschränkten Händen
und grienst.

Du bist berühmt wie jener Turm von Pisa,
dein Lächeln gilt für Ironie.

Ja . . . warum lacht die Mona Lisa?
Lacht sie über uns, wegen uns, trotz uns, mit uns, gegen uns —
oder wie —?

Du lehrst uns still, was zu geschehn hat.
Weil uns dein Bildnis, Lieschen, zeigt:
Wer viel von dieser Welt gesehn hat —
der lächelt, legt die Hände auf den Bauch
und schweigt.

DIE DAME IM VORZIMMER

Die Privatsekretärin als Gouvernante, Bollwerk und Amme

Jedes Unternehmen hat einen Generaldirektor. Jeder Generaldirektor hat ein Vorzimmer. In jedem Vorzimmer sitzt eine Privatsekretärin.

Die Privatsekretärin will nicht ihren Chef heiraten. Das haben die Romanschreiber erfunden. Die Privatsekretärin ist verlobt, wird sich verloben, hat sich gerade entlobt und entledigt sich überhaupt ihrer Gefühlsüberschüsse außerhalb des ‹Ladens›. Jede kluge Privatsekretärin weiß, daß man mit dem Mann seines, sagen wir, Herzens nicht zusammenarbeiten soll: darunter leiden die Arbeit, der Teint und die Liebe.

Was aber ist nun die Privatsekretärin in Wirklichkeit —?

a) Die Gouvernante.
Eine gute Privatsekretärin ist streng, aber gerecht. Unmerklich schwebt die Rute der Frau Damokles über dem Haupt des nichtsahnenden Chefs — ahnt er etwas, so ist es eben keine gute Privatsekretärin. Ist der Chef artig, dann strahlt die Privatsekretärin und belohnt ihn mit doppelt spitz geschärften Bleistiften, mit wenig Post und angenehmen Nachrichten; ist er unartig, dann strahlt die Privatsekretärin auch, aber es ist ein eigenartiger Glanz in ihrem Strahlen. Und hier beginnt ihre Erziehungsarbeit.

Eine gute Privatsekretärin (abgekürzt: ‹PS›) lenkt die Fäden und die Arbeitseinteilung so, daß der Chef und sie selber abends um fünf Uhr fix und fertig sind. Denn jeder Chef ist zu ziehen und zu erziehen — er darf es nur nicht merken. Er muß sanft und unter Gestreichel dahin gebracht werden, wohin man ihn haben will — auch, wenn er rauhborstig ist. Es gibt da so kleine Tricks, die der Verfasser, der selbst in diesem Feuer geglüht hat, gegen Zahlung eines kleinen Betrages oder gegen Naturalien gern verrät.

Manche Chefs verlangen morgens um zehn die unterschriftsfertige

Post; das kann man ihnen abgewöhnen. Manche verschwatzen die Zeit, statt zu arbeiten, denn wenn manche Frauen wüßten, was manche Männer so unter ‹arbeiten› verstehen, so ließen sie sich nie mehr wegen ihrer zu langen Telefongespräche Vorwürfe machen. Manche Chefs machen eine zu kurze Mittagspause, manche eine zu lange. Es kommt für die gute PS nur darauf an, sich so unentbehrlich, so notwendig, so im besten Sinne des Wortes wichtig zu machen, daß sich der Chef an ihre unmerklich leise Herrschaft gewöhnt. Man lasse dem Erziehungsprodukt nicht zu viel freien Willen; dann schlägt er leicht über die Stränge. Die PS ist aber auch

b) das Bollwerk.

Man glaubt gar nicht, wer alles einen Chef sprechen möchte. Nun weiß jeder Einsichtige, daß diese Besucher in den meisten Fällen höchst unnütz sind – sie halten nur sich und andere auf und stören das Geschäft. Die Besucher zerfallen in drei Klassen: die einen wollen etwas haben, was sie doch nicht bekommen; die zweiten wollen daran erinnern, daß sie etwas nicht bekommen haben, und die dritten wollen überhaupt nichts, sondern sie wärmen sich beim Chef nur die Füße auf dem guten Teppich. Die Summe dieser Besucher ergibt das Geschäft. Diese Besucher sind fernzuhalten.

Die abgebrauchte Ausrede: «Der Herr Generaldirektor ist nicht da», tuts selten. Das haben die Besucher zu oft im Film gesehen, um noch daran zu glauben. Besser ist schon, Unerfahrene warten zu lassen, bis ihnen schwarz vor Augen wird. Die gute PS wird aber natürlich noch andere Auswege zur Verfügung haben. Da ist jene ‹Konferenz›, die nur zu diesem Zwecke erfunden worden ist – etwa drei Viertel aller Geschäftsleute halten sich bekanntlich in Konferenzen auf, weil sie ihre Besucher satt haben. Die Privatsekretärin lege sich zu diesem Zweck ein wichtiges Konferenz-Gesicht zu; sehr wirksam ist auch ein Telefongespräch mit einer nicht bestehenden Stelle, die dann bestätigt, daß der Herr Generaldirektor leider vor neun Uhr abends nicht zu sprechen sein wird.

Die Privatsekretärin lasse sich nicht bestechen – es gibt Besucher, die sich nicht entblöden, ihr Schokolade mitzubringen. Sie biete vielmehr ihrerseits Zigaretten an, in ganz schweren Fällen auch einen Kognak; dergleichen entwaffnet selbst den verhärtetsten Warter völlig. Kurz: die Privatsekretärin sei der Riegel an der Tür des Chef-Büros, denn was kommt schon aus solchen Besuchen heraus? Angenehmes gewiß nicht – höchstens Arbeit.

Die PS ist endlich

c) die Amme
ihres Chefs.

Nur sie kennt den Chef wie eine Mutter ihr Kind. Sie weiß, wann das Kind morgens zu schreien anfängt; wann es auf das Töpfchen der Arbeit gesetzt werden will, und wann es genug hat. Sie achte darauf, daß sich das Kind nicht übernimmt, daß es alles tut, was der Onkel Doktor verordnet hat, und daß es nicht mit andern Kindern spielt, die nicht aus feinen Familien stammen – sie hege dieses Kind an ihrer (allegorischen) Brust, auf daß es wachse, blühe und gedeihe. Dazu gehört natürlich, daß auch die Amme einen gescheiten Lebenswandel führt, denn es gibt zwischen Chef und PS geheime, unsichtbare, niemals wahrnehmbare Fäden: schlechte Laune springt von einem zum andern über, gute auch, es entsteht so eine Art Symbiose, was leider nichts Unanständiges ist. Wie das Gescherr, so der Herr, heißt es da, und man sieht ja noch manchem Jungen von vierzehn Jahren an, ob er mit der Flasche oder mit der Amme groß geworden ist. So auch die PS.

Ich schließe:

Niemand lernt einen Mann so genau kennen wie eine kluge Frau, die mit ihm täglich zusammenarbeitet – ja, ich behaupte, daß diese Vereinigung dauerhafter, klarer und fester sein kann als eine eheliche oder eine voller Liebe. Ein Mann kann sich nämlich sehr oft verstellen (meist macht er das sehr dumm) – aber in zwei Situationen kann er sich gar nicht verstellen: die eine davon ist seine Arbeit am Schreibtisch. Da ist er ganz er selber: in seiner Unbeherrschtheit, in seinem Ehrgeiz, in seinen nachlassenden Pausen, in seinem Zorn und in seiner Nervosität.

Merke: Eine gute PS ist unsichtbar, unhörbar, nur wahrnehmbar, wenn sie einmal nicht da ist.

DER PRIVATMANN IM THEATER

Man hat mich oft nach dem Unterschied zwischen dem französischen und dem deutschen Theater gefragt. Hier ist einer: das französische Theater hat ein zugleich raffinierteres und naiveres Publikum als das deutsche. Denn wie geht der Deutsche ins Theater –?

Jeder Dramatiker hat bei einem deutschen Publikum eine sehr merkwürdige Schwelle des Widerstandes zu überwinden: nämlich den hohen Zaun, der bei uns den ‹Privatmann› von einer Öffentlichkeit trennt, vor der er Angst hat. Einer der Gründe, weshalb es in Deutschland kaum eine wahre Öffentlichkeit wie in romanischen Ländern gibt, ist, daß der Deutsche sich auf das strengste die Annahme verbittet, *er* könne am Ende selber mit dem gemeint sein, was da öffentlich abgehandelt wird. Daher sieht der deutsche Zuschauer sehr oft so aus:

Er ist ganz hingegeben an die Kunst, die ihm da vorgeführt wird;

er versteht auch etwas vom Theater und verlangt viel von ihm (viel mehr und anderes als der Franzose von seinem, das denn auch – für deutsche Begriffe – recht jämmerlich ist). Der Deutsche nimmt schwer teil, er «sieht sich die Sache mal mit an». Aber es bedarf einer ungeheuern Energie der Künstler, bis er mitgeht. Er fühlt sich so selten getroffen – er will sich nicht getroffen fühlen, außer, wenn man ihm schmeichelt.

Aber mach ihn auf Unvollkommenheiten aufmerksam; zeig ihm, wie lächerlich vieles in unserm Leben ist; wie oft wir alle versagen; wie die Würde von hinten aussieht, der Beruf, das Tamtam der Ämter, die falschen Ansprüche der Politiker, der Ärzte, der Literaten, der falsch-mondänen Frauen: er wird es, vielleicht, für diesen Fall anerkennen. Aber niemals, niemals für sich selbst.

Das, was sich da auf dem Podium abspielt, einen halben Meter höher als die Leute im Parkett, hat für eben dieses Parkett seine eigenen Gesetze, ist gewissermaßen außerhalb der Welt, ist für sich – soll nicht in das Privatleben hineinreichen. Versuche, an die innern Seiten der Hörer zu rühren: sie liegen so tief, so versteckt, so gut verpackt, daß sie nur sehr, sehr schwer schwingen. Schade, daß man kein Theaterpublikum fotografieren kann. (Karl Arnold hats einmal gezeichnet: mit den offenen Nasenlöchern, den runden Augen, dieser merkwürdigen Mischung von Hingebung und Abweisung) – schade, daß man es nicht fotografisch getreu aufzeigen kann.

Dann sähe man nämlich diesen scharfen Zug um die Nase, der da besagt: «Bis hierher und nicht weiter.» Der besagt: «Ja, aber *ich* doch nicht!» Der besagt: «Ich sitze hier, bin richtig und tadellos angezogen und gewaschen und rasiert; ich habe eine mir zustehende Fünfzimmerwohnung, und es ist überhaupt soweit alles in Ordnung. Nun macht mir mal was vor.» Die Distanz ist ungeheuer groß.

Der Lateiner, vor allem: der Grieche, der im Franzosen steckt, fühlt viel schneller, daß auch er natürlich gemeint ist; daß ihn nichts, aber auch gar nichts von der Figur da oben trennt – daß er kein feierlicher Einzelfall ist, den es nun nie wieder auf der Welt geben wird. Er identifiziert sich leichter, weil er seine Individualität in der Öffentlichkeit nicht so hoch bewertet wie der Deutsche. Das ist eine Feststellung, kein Lob oder Tadel – wie ja überhaupt bei Vergleichen zwischen Völkern mit Lob und Tadel nicht viel getan ist. Man kann immer nur beschreiben. Geändert wird dadurch nichts.

Ich glaube nur, daß diese Haltung der deutschen Privatperson, die überall – im Theater, im Reichstag, in der Volksversammlung, auf der Universität, im Geschäft – einen komisch anmutenden Trennungsstrich zwischen dem ‹Menschen› und dem ‹Fachmann› zieht, einen kleinen Rechenfehler macht: es gibt nämlich beide nicht. Es gibt keinen reinen ‹Menschen›, und es gibt kein Ding, das den ‹Menschen› weggepackt hat und nur noch ‹Fachmann› ist, den ganzen Tag über Fachmann. Eines durchdringt so sehr das andere, daß keiner das Recht hat, Unstimmigkeiten dem einen Konto ab- und dem andern gutzuschreiben. Vom lieben Gott aus gesehen, gibt es nur das lebende Individuum – und weiter nichts.

Und darum ist der deutsche Zuschauer im Theater so sehr schwer zu packen, tief innen, da, wo die ‹Kunst› aufhört und das andere anfängt. Sie schämen sich. Sie haben eine leise Furcht. Sie glauben, es ginge etwas von ihrer Würde ab, und das tuts ja auch, denn diese Würde ist nicht regendicht. Große Kunst macht den Beschauer klein, und der Deutsche hat das nicht sehr gern. «So kann sich vielleicht Wallenstein gebärden – aber ich, der Generaldirektor Schlichter? Das wäre ja noch schöner.» Und sieht nicht, daß zwar das Heldenhafte selten ist, aber nicht das Leid Hauptmannscher Figuren, das Erdenleid bei der Kollwitz, die Komik bei Sinclair Lewis, die Unzulänglichkeit, die Schwejk uns empfinden läßt. Alles geben sie zu – nur nicht die Anwendung des Vorgeführten auf die eigene Person. Die bleibt hübsch draußen und spielt Privat.

Bei uns ist jeder allein – sie könnten einen Reichsverband Deutscher Einsiedler gründen. Denn jede deutsche Einsamkeit ist viel kollektiver, als sie glauben, und jeder Individualist viel mehr Maschinenware, als er glaubt. Es sind nur Einzelabgüsse derselben Form: der deutschen.

Der Lateiner hat nicht die starken Ansprüche an die Öffentlichkeit, er nimmt sie nicht so ernst und sich erst recht nicht. Daher die weitaus größere Glätte im Verkehr, in den Beziehungen der Menschen, die – bis zu einem gewissen Grade – so entgegenkommend sind, weil sie einen kleinen, äußeren Teil ihrer Person neutralisiert haben. Was allerdings danach kommt ist, ist noch privater als privat.

O du Privatmann im deutschen Theater, in der deutschen Öffentlichkeit! Sitz nicht da, als hätten sie dich auf Draht gezogen; zieh dein Kinn nicht ein; lockere die Würde und die Bremsen deines Selbstbewußtseins! Denn auch du, Onkel Fachmann, bist – was du auch sagen magst – nur das, was du leider nur zu Hause im Pyjama, im Schlafrock und in der Badewanne zu sein wagst: ein Mensch.

BESCHLUSS UND ERINNERUNG

Am 3. Dezember 1928 jährt sich
zum zweiten Mal der Todestag
Siegfried Jacobsohns

Bei allem, was ich tu und treibe,
denk ich an eine starke Hand;
die lenkt mich heut noch, wenn ich schreibe,

ob auch der Freund uns jäh entschwand.
Der Freund – ich nannt ihn dann und wann:
den kleinen Mann.

Er war uns viel.
Der wollt nicht dämpfen,
er packte wuchtig seine Zeit.
In Lärm und Streit und lauten Kämpfen;
ein Blick – wir wußten gleich Bescheid.
Und kämpf ich heut – wie fehlt mir dann
der kleine Mann!

Er hat uns vieles hinterlassen:
den Dienst am Werk und Schuld und Pflicht.
Ich will im Lieben und im Hassen
so tun wie er – stets kann ichs nicht.
Ich hab mich oft in Zweifeln still gefragt:
«Was hätte wohl S. J. dazu gesagt –?»

In seinem Sinn will ich mir Mühe geben:
die Wahrheit an das helle Taglicht heben –
aus Liebe streiten – in der Stille leben . . .
Das sieht von oben freundlich lächelnd an
der kleine Mann.

DIE SICHERUNGSVERWAHRUNG

«Für die Ablehnung der Todesstrafe stimmten die Sozialdemokraten, die Kommunisten, Frau Lüders (Demokrat) und Doktor Kahl (Deutsche Volkspartei). Vor der Abstimmung hatte der Vorsitzende des Ausschusses, Doktor Kahl, erklärt, daß er nur unter der Voraussetzung für die Abschaffung der Todesstrafe stimme, daß die Annahme seines Antrages zur Sicherungsverwahrung erfolgen werde.»

Im Strafrechtsausschuß geht ein Kuhhandel vor sich, so gemein, so niedrig und so empörend, daß wir dagegen aufstehen. Die Fürstenabfindung ist ein Verbrechen am deutschen Volk gewesen; der Panzerkreuzer eine konsequente Inkonsequenz der Sozialdemokratie, deren Führer nun offenbar den letzten Rest von Vernunft und Scham eingebüßt haben – aber was hier vorbereitet wird, darf nicht Gesetz werden. Die Dinge liegen so:

Die Diskussion über die Beibehaltung der Todesstrafe wogt hin und her. Wir sind Gegner dieses staatlich konzessionierten Mordes – ich halte nicht jeden Anhänger dieser Strafart für einen Sadisten;

die meisten Menschen, die dafür stimmen, machen sich die Folgen ihrer Stimmabgabe nicht klar, und die Berechtigung eines Gemeinwesens, über das Leben seiner erzwungen eingeschriebenen Mitglieder zu verfügen, ist höchst diskutabel: zum mindesten ist die religiöse und philosophische Seite der Sache einer Untersuchung wert, die höher zu sein hätte als die kümmerlichen Unterhaltungen im Ausschuß. Hier steht Meinung gegen Meinung: man soll in solch subtilen Fragen seine Gegner nicht beschimpfen, sondern man soll seinen eigenen Standpunkt klar und sauber darstellen. Soweit gut.

Der alte Kahl war vor dem Krieg das Urbild juristischer Reaktion, wird aber heute von den Sozialdemokraten recht geachtet und geehrt, denn alte Leute verstehen sich untereinander gut, und weil jene nach rechts gerückt sind, glauben sie, er sei nach links gegangen, ein beachtliches Beispiel Einsteinscher Relativitätstheorie.

Der alte Kahl, der gesehen hat, daß er die Todesstrafe kaum durchbekommen würde, schon gar nicht, nachdem im Falle Jakubowski und in andern Prozessen die verantwortungslose und schludrige Arbeit der Kriminalpolizei und der Gerichte nachgewiesen worden ist, zog sich langsam zurück. Nicht, ohne das Feld der Diskussion sachte zu verschieben. Die Diskussion über die ‹Sicherungsverwahrung› ist ausgesetzt worden.

Vorläufig halten sie noch bei der Todesstrafe und ihrem mordenden Ersatz. Die Frage der ‹Sicherungsverwahrung› ist noch gar nicht angeschnitten – noch ist gar nicht entschieden, ob es sie überhaupt geben soll: da finden sich bereits 9 (in Worten: neun) Sozialdemokraten, die dem alten Kahl um den mit Paragraphen besetzten Bart gehen und ihm alle Mühe abnehmen. Hier ist die Stelle, wo jener seine Sicherungsverwahrung einschmuggelt – die Sozis immer mit. Kommen nun die grundsätzlichen Paragraphen später zur Beratung, so ist sie schon da! man kann schon darauf hinweisen, man kann sagen: «Meine Herren, Sie haben diese Strafart für den Mord als Ersatz der Todesstrafe angenommen – nun brauchen wir sie noch in andern Fällen . . .», und wieder werden sich die neun und, wie wir die Partei kennen, wird sich die ganze Partei bereit finden, für diesen Wahnsinn zu stimmen. Was sie davon hat? Der SPD ist es vorbehalten geblieben, einen neuen Verrätertypus in die politische Geschichte eingeführt zu haben: den Judas ohne Silberlinge.

Die Sicherungsverwahrung ist viel, viel gefährlicher als sie zu sein scheint. Warum –? Was ist die Sicherungsverwahrung –?

§ 59: «Wird jemand, der schon einmal zum Tode oder zu Zuchthaus verurteilt worden war, nach § 78 als ein für die öffentliche Sicherheit gefährlicher Gewohnheitsverbrecher zu einer Strafe verurteilt, so kann das Gericht daneben auf Sicherungsverwahrung erkennen.»

§ 60: «Die Unterbringung dauert so lange, als es ihr Zweck erfordert.»

Das heißt: lebenslänglich. Und die weiteren Absätze des § 60 geben das auch, sanft verklausuliert, zu. Lebenslänglich.

Wer ist nun ein Gewohnheitsverbrecher? «Das», sagt eine berliner Redensart, «bestimmst du mit deinem schmutzigen Hals.» Der § 78 sagts uns nicht. «Hat jemand, der schon zwei Mal wegen eines Verbrechens oder eines vorsätzlichen Vergehens zum Tode oder zu Freiheitsstrafe von wenigstens sechs Monaten verurteilt worden ist, durch ein neues Verbrechen oder vorsätzliches Vergehen eine Freiheitsstrafe verwirkt, und geht aus der neuen Tat in Verbindung mit den früheren Taten hervor, daß er ein für die öffentliche Sicherheit gefährlicher Gewohnheitsverbrecher ist ...» Das ist keine Erklärung — das ist eine Handhabe.

Danach können also Bettler und herumlungernde Arbeitslose zu lebenslänglicher ‹Sicherungsverwahrung› verdonnert werden. Keine Gewähr gibt es, daß diese in einem ‹Arbeitshaus› zu verbüßende Strafe nicht unter viel grausameren Bedingungen abgemacht wird als im Gefängnis — die öffentliche Kontrolle dieser ‹Erziehungsanstalten› ist sehr gering, und was sich da an privatem Sadismus, an wahnsinnig gewordenem Geltungsbedürfnis breit macht, wissen nur die, die unter den Direktorial-Subalternen leiden.

Viel schlimmer, viel gefährlicher aber ist der politische Mißbrauch, der mit dieser Strafe getrieben werden wird.

Die Delikte ‹Hochverrat›, ‹Landesverrat›, ‹Störungen der Beziehungen zum Ausland› und ‹Angriffe gegen die Wehrmacht oder die Volkskraft› haben nicht nur den von den Franzosen erfundenen Begriff ‹potentiel de guerre› in das neue Strafgesetz eingeschmuggelt, sondern sind derartig formuliert, daß ihre zu befürchtende Anwendung zu einer völligen Knebelung der freien politischen Meinung führen wird, soweit die noch frei ist. Es ist für jeden Reichsgerichtsrat eine Spielerei, aus einem konsequenten Politiker einen ‹Gewohnheitsverbrecher› zu machen und damit einen, den man — hei! — lebenslänglich einsperren kann. Er kann froh sein, wenn man ihn nicht, wie Herr Böters das neulich im *‹Berliner Tageblatt›* vorgeschlagen hat, kastriert.

Auf diese Richter ist nicht der leiseste Verlaß. Eine solche unerhörte Erweiterung ihrer Ermächtigung ist unangebracht, gefährlich und ein Verbrechen an der politischen Entwicklung Deutschlands, die, wenn es mit diesem Gesetz ernst wird, damit aufgehört haben wird, zu existieren. Dann ist es aus.

Über die ‹Begründung› dieses Anschlags ist, wie über die gesamte Begründung des Entwurfs, kein ernsthaftes Wort zu verlieren. Seine Begründung begründet gar nichts — in traurigem Deutsch wird dort der Gesetzestext wiederholt, breitgewalzt, kommentiert —: von einer echten Begründung ist auch nicht ein Hauch zu spüren. Die ‹Sicherungsverwahrung› darf in keiner Form Gesetz werden — in keiner.

Wenn die Sozialdemokratie wiederum – zum wievielten Male! – ihre Anhänger verraten will, so ist das deren Sache. Wenn diese Partei aber glaubt, höchst listig gehandelt zu haben, so muß ihr gesagt werden, daß sie, wie immer, höchst dämlich handelt – sie hat bisher bei allen Koalitionen kein Kompromiß, sondern immer nur Kompromittierungen erreicht – und was sie dieses Mal vor hat, ist schlimmer als das.

Da haben sich im Dunkel der Ministerien ein paar Ärzte, wie der Doktor Heindl, dieser Schädling der Kriminalistik, ein paar Jugendpfleger, die weder wissen, was Jugend ist, noch imstande sind, jemand zu pflegen, ein paar Pastöre und ein paar Professoren etwas ausgeknobelt, über dessen Folgen sich nur die sehr gerissenen Juristen vom Bau klar sind. Das wird in fast unannehmbarer Form den Volksvertretern vorgeworfen. Nun wird geschachert.

Und diese Hammel lassen sich wirklich auf den Handel ein, der um ihre eigenen Hälse geht – um die ihrer Auftraggeber, um das Leben ihrer Wähler. Sie glauben ganz im Ernst, sie hätten etwas erreicht, wenn sie ein paar Ornamente entfernen, und weil die Referenten am Reichswehr-Etat gelernt haben, wie man das macht, so bleibt das Fundament unverändert. Denn das kann kein Deutscher: zu einem Entwurf, der von der Regierung kommt, schlicht Nein sagen. Mit Feuerfaulheit stürzt er sich darauf, blättert, macht sich Notizen, schwätzt und tut der Regierung den Gefallen, zuzustimmen, nachdem er stolz seinen kleinen Antrag eingebracht hat: «Im zweiten Absatz wird das Wort ‹und› durch ‹oder› ersetzt.» Sieg auf der ganzen Linie.

Nämlich auf der andern. Die lachen sich ins Fäustchen. Die paar Tage, in denen dieses finstere Werk überhaupt dem ‹Volk unterbreitet› ist, gehen rasch vorüber, und mit vollen Mappen und zufriedenen Mienen verlassen die Vertreter der Bürokratie das Schlachtfeld, auf dem kaum gekämpft worden ist. Ihre Scheuern sind voll. Ein paar Brocken hat auch die Opposition zugestanden bekommen, denn dem Ochsen, der da drischet, soll man das Maul nicht verbinden.

Der Kuhhandel: hie Todesstrafe – hie Sicherungsverwahrung ist eine Schande. Die arbeitenden Massen, die Angestellten, die oppositionellen Politiker, die Pazifisten – sie alle sollen wissen, was ihnen blüht. Die lebenslängliche Deportation ins eigne Land.

Mit diesem Gesetz kann jeder Esel regieren; wie sollte Leipzig damit nicht fertig werden! Gibt sich die Sozialdemokratie zu diesem Schimpf her, so hat sie damit das letzte, mögliche Maß überschritten, das ihr auch der Nachsichtigste einräumen kann.

Wir andern aber stehen gegen einen Versuch auf, dessen Autoren selber mit Sicherungsverwahrung zu strafen sind, und zwar mit der umgekehrten: das Betreten öffentlicher Gebäude hat diesen Männern untersagt zu sein.

Die herrschende Klasse schmiedet sich eine Kette, die ein neues Patent darstellt: man kann sie beliebig verlängern, verkürzen, verstärken — wie man sie braucht. Schlagt diese Kette in Stücke! Nieder mit Kahl! Nieder mit der Sicherungsverwahrung —!

DER MANN, DER NICHT GUT HÖRT

«Ick heere nemlich 'n bisken schwer. Der Doktor sacht, ick soll ma lassen schpüln — denn wird et schon. Et wird aber nich. An manche Tahre is ja besser — aber wenn es is rejnerisch un naß, denn is es reine wie wech, mit den Jeheer. Ja. Mit diese Maschinen — diß is ja ooch nichts. Wer will denn immer son schwarzen Kartoffelpuffa ant Ohr haltn, mit sone Schnure — da brilln denn die Leite unten rein, un ohm soll ich heern ... Nee — det is nischt. Wie mein Sie? Ob et mir steert? Nu, es is lestich is es mitunter.

Sehn Se — da is die Sache mit Kyritz an der Knatter. Da ham doch die armen Jutsbesitzer, die ham da doch nu demonschtriert, newa? Also wie det Uchteil is rausjekomm — da heßt et denn: Alle Mann kriejn Bewährungsfrist, kriejen die ... also auf deutsch, se brauchen nich zu brumm. Weil es sind feine Herren. Wie mein Sie —? Aba wat nu die Arbeeter sind, zum Beispiel im Ruhrrevier ... also wenn die sowat machn ... ich heere imma un heere —: aber von Bewährungsfrist steht da nischt drin! Det muß woll an mein Jeheer liejn. Lestich is diß —!

Sehn Se, da sind nu die Sozis, wa? Wie die in de Rejierung jegangn sind, da ham se vorher bei die Wahlen jebrillt: Nieda mit den Panzerkreuzer! Un: Keinen Jroschen dieser Flotte! und so. Wie mein Sie —? Na, un kaum sind se da ... wumm! wird mein Hermann den janzen Klamauk bewillijen. Na, det Jebrill uff de Ssahlahmde! Mensch, wat ham die anjejehm! Aber nu ... ick horche imma, ich bieje det Ohr nach vorne —: aber ick kann jahnischt heern ... Det muß woll an mein Jeheer liejn. Lestich is diß —!

Da ham se nu also den ssehnjährjen Erinnerungstach an den neunten November jefeiert, nicha? Ick besinn mir noch janz jenau — ick war damals Untaoffssier in Westn jewesen, da kam Erzberjer bei uns durchjefahn, un da ham se Hoch jerufen, det hatte sich rumjesprochn, wer det wah ... Na, un er hat et ja denn auch jemacht. Komisch — wennt schief jeht, denn schickn se imma 'n Zivellistn vor ... ja. Un die Franzosen solln ihm ja mächtich een aufjedrickt ham; aba Hindenburch hatte gesacht: Jehn Se man, sacht er, ick habe jrade keene Zeit ... öh ... un wenn et nich anners is, denn nehm Sie man allens an! Immer nehm Sie alles an — sacht er. Na, un denn, wie sie Erzberjern denn hinjemacht hattn, da dacht ick: Na — dacht ick — nu wird er doch 'n Wocht finden, für den Mann ... schließlich ... Aba ick heere un heere —: ick heere nischt. Er hat bloß jesacht: Ich habe diesem Erzberger niemals die Hand jedrückt. Ein sojenanntes Demento mori is diß. Ja. Aba sonst hab ick nischt mehr über die Sache jeheert. Det muß wohl an mein Jeheer liejn. Lestich is diß —!

Wie meinen Sie —? Bei die Damen? Och, ick habe enne alte Liebe, die is 'n bisken doof uff eene Backe; wenn ick det nich alles heere, wat die sacht, is et janz scheen. Iebahaupt, ick will Sie mah wat sahrn: Schade, daß der liebe Jott nich vor de Ohrn hat sone Deckels einjericht wie vor de Oohren — wat meinen Sie, wie wohl wer die Leite! Ick brauche det ja nich; wenn ick meine naßn Tahre habe, denn kenn die Leute reden — Einweihungsreden un Parlamentsreden un Predichten un für den Anschluß un jejn den Anschluß un wat se so sahrn, wenn sen Anschluß nich verpaßn wolln —: ick heer det nich. Ick kann ja auch bei die Reichswehroffssiere jehn oder bei die Richter — die kenn ooch nich heern, wat man se sacht, un so jleicht sich det aus. Wie mein Sie —? 'n Satz mit Jeheer? Mach ick:

Je hehr eina uffrickn dut, desto dammlicher wird er. Un det bleibt ihm denn fiert janze Lehm. Juhn Nahmt —!»

DER GRÜNE FRACK

Die Aufnahme Paléologues in die Académie Française

Aufblenden. Ein alter, versoffener Mann mit roter Schwammnase erbietet sich, meinen Platz vor den Türen, wo das Volk nach Einlaß ficht, so lange freizuhalten, bis es los geht. Dafür verlangt er den Tagelohn eines Arbeiters, und ich handele so schlecht, daß man sich von der Differenz Villen bauen kann — er bekommt sein Geld. Davon kann er vier Tage in einem Bett schlafen. Ich gehe inzwischen vom Institut mit seiner runden Kuppel fort und kaufe, was der Mensch braucht: Schnürsenkel, bunte Bleistifte, eine Grammophonplatte, ein paar Bücher des Herrn Paléologue, der heute in die Académie aufgenommen werden soll, und Fruchtsalz. Fünf Minuten vor eins bin ich wieder da — mein Mann steht ganz vorn an der Tür, und hinter ihm eine lange Kette von Menschen. Autos fahren vor, der stille Platz ist gar nicht mehr wiederzuerkennen. Türen auf — hinein.

Das ist eine Kapelle des ehemaligen Collège Mazarin, in dem bei feierlichen Gelegenheiten alle fünf Akademien mit einemmal thronen: die Académie des Inscriptions et Belles-Lettres, die Académie des Sciences, die Académie des Beaux-Arts, die der Sciences Morales et Politiques und endlich die eigentliche, die große: die Académie

Française. Braunes Tageslicht, hohe Kuppel, sehr einfach im Stil – kreuzförmig angeordnete Tribünen, in der Mitte ein kleiner Zirkus, davon die Hälfte mit eingeladenen Gästen angefüllt, und da stehen die halbrunden Bänke für die Unsterblichen. Es ist gesteckt voll.

André Maurois ist da (im Publikum), ein feiner Kopf, der Mann hat die vortreffliche Biographie Disraelis geschrieben und sieht aus, als sei er Seidenwarenhändler, und er ist es; François Croisset, der Mitarbeiter des seligen de Flers; und da, in Purpur, sitzt der Kardinal Dubois, wir werden gleich sehen, warum. Bassermann könnte diese Rolle ganz gut spielen... Und der römische Botschafter, Herr Beaumarchais, und viele, viele andere – und an Frauen, was nur gut und teuer ist... alle warten. Immer wieder erstaunlich am französischen Publikum ist seine Mischung von Subtilität und Kindlichkeit – als sich Leute, die zu spät kommen, auf die grünen Plüschbänke setzen wollen, lacht die Kinderklasse – wie man überhaupt den Eindruck hat, als würden hier Schulprämien an die Primusse einer Anstalt verteilt. Aber das ist nur *ein* Glockenton im Orchester.

Trommelwirbel – die Unsterblichen kommen herein.

Der Vorsitzende dieser Feier, der Justizminister Louis Barthou – der Kanzler der Académie, der Herzog de la Force, der ständige Sekretär, Herr Doumic – dann die andern: Paléologue, Poincaré, Hanotaux – nicht alle tragen den traditionellen Frack, dessen Stickerei übrigens wenig kleidsam ist: nur Paléologue, Hanotaux, Abel Hermant (vom *‹Temps›*) und einige andere. Millerand erkenne ich und – ohne Frack – den Marschall Lyautey – und nun sitzen sie alle, und ohne lange Förmlichkeiten eröffnet Barthou die Sitzung. Herr Paléologue hat das Wort.

Wenn man wissen will, wie Frankreich von innen aussieht, kann man sich verschiedener Methoden bedienen: die Kenntnis der französischen Familie ist erforderlich, deren gute Qualitäten die Fremden meistens nicht kennen; man kann auch in eine Klassiker-Aufführung der Comédie Française gehen – oder aber in die Académie. Hier ist reines und, trotz allem, großes Frankreich.

Ich muß gestehen, seit Jahren keine so elegante, klassische und vollendete Rede gehört zu haben wie die Paléologues – weder vor den Gerichten, noch in Versammlungen, und in der Politik schon gar nicht. Es ist eine Rede im ciceronischen Stil – klar, durchgefeilt, bis ins letzte logisch, eine reine Freude, was die Form angeht.

Es ist Tradition in der Académie, daß der neue Mann seinen Vorgänger, auf dessen Stuhl er sitzt, zu preisen hat. Erfüllt er diese Formalität nicht, so ist er trotz erfolgter Wahl nicht offizielles Mitglied der Académie. So haben zum Beispiel Clemenceau und Porto-Riche diese Reden niemals gehalten – sie sind zwar gewählt, aber sie sind eigentlich keine Akademiker.

Die Aufgabe Paléologues ist nicht allzu schwer: sein Vorgänger ist der Diplomat Charles Jonnart gewesen, dessen Wahl eine der letzten Nachkriegswahlen gewesen ist — so sind ja auch die Marschälle Foch und Joffre Mitglieder der Akademie. Jonnart ... nun, wir werden hören.

Paléologue erhebt sich. Ein scharfer, gut profilierter Kopf, Monokel an schwarzem, breitem Bande, das gedruckte Manuskript in der Hand. Aber er liest nicht nur ab — am nächsten Tag werden alle Zeitungen hervorheben, daß er leichte Gesten gemacht habe — ja, er habe gerade so getan, als spreche er wirklich frei — das ist ein Novum! Von seinem Publikum und seiner Rede kann man in der Tat sagen, was er selbst von einem kleinen Frühstück sagt, das Gambetta dem jungen Charles Jonnart gegeben hat: «Nombreuse compagnie — chère délicate».

Jonnart hat viel gesehen und hat viele hohe Posten innegehabt — wenngleichen bei seiner Wahl die mokante kleine pariser Presse nach den Werken Jonnarts fragte, welche Frage übrigens nicht richtig gestellt wurde: denn in der Académie sitzen nicht nur Literaten. Jonnart war Generalgouverneur von Algier; er war es, der den damaligen Regimentschef der vierzehnten Husaren, Lyautey, nach Afrika berief, wobei das Wort gefallen ist: «Den Eingeborenen muß man die Kraft zeigen, damit man sie nachher nicht anzuwenden braucht.» Jonnart war ‹Directeur des affaires politiques› — und der Charme, mit dem Paléologue die Diplomatie vor einem Publikum, das an sie glaubt wie an ein Dogma, zugleich lobt und scheinbar preisgibt, indem er zärtlich übertreibt, ironisch liebkost, harmlos zupackt, um gleich wieder loszulassen — das ist meisterhaft. Und nun wird die Rede eminent politisch.

Die Vorkriegszeiten werden lebendig; die Besorgnisse Jonnarts; der Kaiser — wenn doch alle Deutschen wüßten, was dieser Mann dem Ruf seines Landes geschadet hat! — und inmitten der perlenden, glitzernden Worte des Redners muß ich aufhorchen. «Heine», sagt er, — Haß? — nein! Er sagt: Heinrich Heine ...! Und zitiert eine jener merkwürdigen, fast visionären Prophezeiungen, wie sie dieser Jahrhundertkerl in seinen pariser Jahren so oft geschrieben hat — eine, in der er die kommenden Völkerkatastrophen voraussieht und den Franzosen zuruft, «daß unter den Göttern des Olymp eine Göttin war, die stets — auch während der Feste — den Helm aufbehielt: Pallas Athene». Und dann ein echt Heinescher Zusatz: «Es war die Göttin der Weisheit.»

Nun spricht der Redner vom Krieg. Jonnart war «unbeugsam zu den letzten Opfern entschlossen ...» Ich höre das nicht gerne. Zu den Opfern — wessen? Wen wollte er opfern? Wen wollten sie alle opfern? Aber es ist sehr einfach: den Sergeanten Grischa, den Soldat Suhren und die unbekannten Soldaten aller Armeen —!

Jonnart ging nach Griechenland, wo er die Absetzung des deutschfreundlichen Königs Konstantin herbeiführen half. Es ist merkwürdig, wie der Republikaner Paléologue in einer republikanischen Académie so hübsch für die Monarchen eintritt – immerhin darf man aus diesem Paradox keine falschen Schlußforderungen ziehen – Frankreich wird in absehbarer Zeit keine Monarchie werden, und die Politik wird zwar in der Académie besprochen, aber dort nicht gemacht. Jonnart also sprach, als es in Griechenland nicht recht vorwärts gehen wollte, den schönen Satz: «Meine Heimatstadt Arras ist von den Deutschen ohne jeden militärischen Grund zerstört worden. Wenn Sie hier nicht nachgeben, dann mache ich, so schwer mir das ankommt, aus Athen ein zweites Arras!» Was den *‹Temps›* zu geradezu verzweifelten Kapriolen veranlaßt hat: das, Bauer, sei ganz etwas anderes – und man hätte auch nicht auf das historische Athen, sondern auf Neu-Athen geschossen, und was man so sagt, wenn sich Rabbi und Mönch zanken.

Paléologue ist dann, wie bekannt, lange in Rußland gewesen – darüber ist in seinen Memoiren manches Gute zu lesen. Und nun bekommt der Kardinal von Paris, Monseigneur Dubois, seine Zuckerchen. Es ist die klare und radikale Widerrufung der Ideen Waldeck-Rousseaus: falsch die Trennung von Kirche und Staat; falsch, keinen Gesandten beim Vatikan gehabt zu haben, was sich im Kriege bitter gerächt hätte – die deutschfreundliche Haltung Roms wird so zart wie möglich vor die Soutanen gelegt; Irrtum auf Irrtum aus dem Jahre 1905 – und Lobgesang auf Herrn Millerand, der das Malheur korrigiert habe. Und mit Freude und Wohlgefallen hören es die Priester vor allem – auch Monseigneur Baudrillart, der mit seinem roten Käppchen unter den Akademikern sitzt. Das schließt mit einem starken Appell an den Pariotismus – und der Schlußbeifall ist beinah so stark wie der Applaus an der Stelle, wo Herr Paléologue von der Diplomatie gesagt hat: «Meine Herren, ich sage es Ihnen ganz leise, damit es mein Nachbar zur Rechten nicht hört: es ist nicht leicht, ein Amt anzutreten, das vorher Herr Poincaré innegehabt hat.» Der weißhaarige Nachbar zur Rechten rührt sich nicht – aber eine Demonstration für ihn, Poincaré, setzt ein, die zeigt, wie fest verwurzelt dieser Mann mit den maßgebenden Kräften seines Landes ist.

Herr Barthou antwortet. Das ist ein kleines Männchen, bebartet, mit nervösen Händen – derselbe Mann, den neulich einmal Daudet in der widerwärtigsten Weise mit Schmutz beworfen hat, übrigens erfolglos. Das ist nun eine ganz andere Art der Rede.

Auch dies ist eminent französisch: eine flirrende Ironie, sehr leicht, sehr leise – mitunter etwas angesäuert, man fühlt, daß die wahren Gegner nicht im Saale sind. Unter der Kuppel sitzen nur Freunde, so scheints – auch hier die große Verbeugung vor der Kirche, der Kardinal Dubois-Bassermann bewegt ununterbrochen seine in roten Handschuhen steckenden Hände und kommt aus dem Applaudieren gar nicht heraus. Dann: die traditionelle Lebensbeschreibung Paléologues.

Achtundvierzig Jahre in der ‹Carrière›; Posten auf der ganzen Welt: in Afrika, in Peking, in Rußland, in London, in Paris, in der Abteilung der ‹Affaires réservées› des Auswärtigen – und auch hier wieder ein bezaubernder Spott über sich selbst und das Metier. Wer sich nicht selbst zum besten halten kann...

Paléologue hat die internationale Literatur von nah gesehen: er hat noch Turgenjew gekannt, Ernest Renan (der Kardinal verzieht keine Miene), Pierre Loti, auch hat er selbst geschrieben, und während Herr Barthou seinen Stil lobt, erinnere ich mich, wie ein Direktor des französischen Strafvollzuges mir eines Tages einen ministeriellen Erlaß zeigte, der, mit der Maschine geschrieben, ganz und gar mit der Feder überarbeitet war. «Er hält so auf den Stil», sagte der Direktor anerkennend. «Wissen Sie: Il est de l'Académie.» Und dann spricht Barthou wieder von der Politik.

Am schlimmsten bekommt es Ferdinand von Bulgarien ab – hier war die einzige Stelle, an der ich das Maß überschritten fand. «Dieser degenerierte Bourbone ist im Grunde nur ein Harems-Asiat; er hat sich in der Zeit und im Ton geirrt. In ganz Europa nicht – nicht einmal in Deutschland – hat es einen Souverän gegeben, der ...» Zu böse.

Das beruhigt sich wieder. Nun ist von den Werken Paléologues die Rede: von seinen Studien über chinesische Kunst; von seinen Romanen – ich weiß, wie offiziell das alles ist und daß die junge Generation Frankreichs anderes zu tun hat, als gerade diese Romane zu lesen – aber hier wird eine Flamme bewahrt. Zweihundert Jahre lang, von Richelieu angezündet, brennt hier die helle Flamme des französischen Geistes – hier, in der Académie.

«Ein Diplomat, der kein Psychologe ist», sagt Herr Barthou, «ist seiner Mission nicht wert.» Ach, ich erinnere mich, in diesen letzten Jahren Diplomaten gesehen zu haben, die gar nicht das von Barthou zitierte Pascalsche Wort beherzigten, die gar nicht wußten, wie ihr Verhandlungspartner innen aussah und die sich so über ihre Bedeutung und ihre Wichtigkeit zum Schaden ihres Landes täuschten ... Das ist ein weites Feld. «Sie», sagt Barthou zu Paléologue, «sind nie ein Briefträger gewesen.» Und rühmt, daß Paléologue auch niemals nur in seinem Arbeitszimmer gesessen habe, sondern daß er sich bemüht habe, aus dem engen Zirkel diplomatischer Geselligkeit herauszukommen – und das ist abermals ein weites Feld. Erinnerungen häufen sich auf Erinnerungen ... eine Welt steigt auf, eine blutige Welt. Wie Paléologue den Zusammenbruch Rußlands zwei Jahre vorher vorausgesagt habe, während die französischen Sozialisten noch Propagandareisen nach Petersburg machten ... Barthou schließt mit einer entzückenden Wendung, die auf die Verteilung der Preise anspielt, die die Académie Française jährlich zu verteilen hat, was nicht ohne einen ganzen Salat von Intrigen abgeht: «Bleiben Sie auch hier Diplomat!» sagt er. «Sie werden es brauchen!»

So wenig, sagen die Zeitungen am nächsten Tage, ist hier noch nie von Literatur gesprochen worden. Und so leicht und plaudernd hat noch lange kein Akademiker gesprochen wie Paléologue.

Kalk ist unsterblich und Feuer ist unsterblich – beides ist hier zu finden. Neben allem leicht Angestaubten aber, neben einer instinktiv errichteten Tradition wird hier die Flamme bewahrt. Beneidenswertes Land, wo nicht jeder für sich allein von vorn anfangen muß.

Bänkerücken; Rauschen des Volkes; Geplauder; Stimmengewirr; gemischtes Zwielicht aus trübem Tag und hellen Lampen unter der Kuppel. Die Motoren der Wagen draußen springen an; die Menge zerstreut sich. Abblenden.

SPRECHSTUNDE AM KREUZ

Unter den vielen Biographien, die zur Zeit auf uns herunterprasseln, scheint es mir eine zu geben, die nicht zu schreiben ist: das Leben Jesu. Der Mann ist nicht ‹interessant› gewesen, und es ist sehr bezeichnend, daß die guten Bücher, die über ihn handeln, ganz etwas andres zum Thema haben als ihn und seine höchst verschwommen überlieferte Legende – sie befassen sich nämlich alle mit dem, was aus seiner Lehre geworden ist, und nicht nur mit dem, der sie in die Welt gesetzt hat.

Eine Zeitlang fielen die Oberlehrer über die Historie her, vorher waren es die Priester gewesen, die einen und andern examinierten die armen Helden ja nicht schlecht: wie hältst dus mit der Religion? und es gibt ganze Gebiete, wie zum Beispiel die deutsche Literatur, die nur von den transpirationsduftenden Lehrern mit den erhobenen Zeigefingern überliefert wurde. Daß Hölderlin oder Goethe den Deutschen durch Herrn Eduard Engel vermittelt wird, ist bitter. Goethe hat es vorausgewußt.

Nach den Paukern kamen die Ärzte, und im Nu verwandelte sich der Olymp in eine kassenärztliche Sprechstunde. Mohammed: ein Epileptiker; Buddha: ein schizophrener Irrer, kaltes Sitzbad, raus; Napoleon: ein wildgewordener Psychopath d. u. – und so fort und so fort. Nach den Ärzten kamen die Soziologen, die das Einkommen Robespierres prüfen, und da halten wir heute noch. So schafft sich jede Zeit die alten Helden zu neuen Männern, nach Maß, wie sie sie grade braucht.

Unter den ärztlichen Geschichtsdeutern, deren darwinistischer Größenwahn ebenso unerträglich ist wie ihre spießige Kleinheit, die da glaubt, mit einem Fachausdruck ein Leben zu erklären, hebt sich ein seltsamer, heute fast vergessener und bewußt in der Vergessenheit gehaltener Fall hervor. Das ist Oskar Panizza.

Vor mir liegt die Nummer 5 der ‹*Zürcher Diskussionen*›:

‹*Christus in psicho-patologischer Beleuchtung*› – der Doktor Panizza, der an einer Paranoia zugrunde gegangen ist, liebte eine private Rechtschreibung, die im folgenden ausgemerzt sein soll. Die kleine Schrift ist ein Unikum, und weil ihr vollendeter Unglaube, hinter dem fast unhörbar ein böses Gewissen klopft, nicht alltäglich ist, scheint sie mir ein gutes Beispiel für Geschichtsbetrachtungen durch einen Spezialisten, denn: «Was», hat einer der Beteiligten gesagt, «was ist Wahrheit!»

> «Welcher Leute Kind er gewesen, scheint schwer zu ermitteln. Die Mutter war jedenfalls eine ganz einfache Frau, der das exaltierte Wesen ihres Sohnes, wie das sich gemeiniglich findet, höchst zuwider war, und die alles tat, ihn einem sogenannten bürgerlichen Lebensberuf zuzuweisen.»

«Ich bin in der Schule gelernt worn . . .» sagt Datterich, und was bei solchen Sätzen zusammenzuckt, ist das Schulkind, dem sie das Gehirn massiert haben. Es gibt ein Sakrileg auf der Welt: es besteht darin, den Helden einer Kategorie mit den Maßstäben einer andern zu messen, was meistens zu Lächerlichkeiten, Karikaturen, Bosheiten führt. Manchmal zur Wahrheit.

Panizza ordnet die Figur Jesu medizinisch ein; er kommt dabei für kirchliche Begriffe zu bösen Resultaten, zu guten Ergebnissen aber für Leute, die kühl genug sind, in scharfer Beobachtungsgabe noch keinen Mangel an verecundia zu sehn. Es ist nur ein ärztliches Gutachten – nur: denn das, was aus dieser Figur geworden ist, läßt sich auf solche Weise nicht einfangen. Aber es ist wenigstens ein wertvolles Gutachten, mindestens so visionär wie das Objekt des Referats, und da Panizza kein Gerichtsarzt, sondern ein Kenner gewesen ist, so läßt es sich hören.

Die Legende der Zeugung wird ‹obszön› genannt; der Verfasser ist nicht gegen seinen Patienten eingenommen – er liebt ihn, auf seine Weise; es ist da etwas, was er nicht mit seinem Latein auflösen kann, er will es auch gar nicht, und diesen Rest liebt er.

Zunächst der Arzt:

> «Wir haben hier eines jener psychischen Ur-Phänomene vor uns, wie sie zwar nicht selten sind, aber doch selten in so befruchtender Weise in die Geistesgeschichte von Völkern eingreifen und deren Gemütslage bestimmen. Dieses Identifizieren der eigenen, heftigen und nicht zu bewältigenden Gefühle mit ‹Gott›, oder irgendeinem hochklingenden Symbol – hier, wenn den Evangelien zu glauben, ‹der liebe Vater im Himmel› – ist das Urbild eines geistigen Prozesses, die psychische Zwangslage eines nach Gründen suchenden, innerlich heftig bewegten Menschen, der Satz des zureichenden

Grundes nach innen gekehrt und anthropomorphisiert, wie wir ihn heute mit fast experimenteller Sicherheit erweisen können.»

Der Visionär:

«Wie er aber dann das Resultat seines jünglinghaften Empfindens und Denkens, die Frucht jahrelanger Isoliertheit und melancholischer Anwandlungen, die Stimmung einer ganz reinen, von sinnlichen Regungen freien, fast homosexual gearteten, dabei glücklich und heiter veranlagten Seele in seinen lehrhaften Gesängen und Preisungen einer menschenumfassenden, selbstlosen Nächstenliebe aushauchte und ausströmte, das war von einer Innigkeit, Süßigkeit und von einer Neuheit, daß man glaubte, die Nachtigall schlagen zu hören; hier lag der Punkt in seiner Psyche, wo er nicht zu überwältigen war —»

das klingt nun gar nicht nach den überheblich dekretierten Krankenberichten monistisch verbildeter Ärzte, die mechanistisch und sonst gar nicht zu denken vermögen.

Sicherlich ist manches in Panizzas hervorragendem Bericht bestreitbar. War Martin Luther wirklich ein Paranoiker? Ich glaube das nicht; vielleicht aber ist meine Anschauung durch Thomas Münzer und die soziale Betrachtungsweise unsrer Zeit so beeinträchtigt, daß ich vor Abneigung und Verachtung das sanft lebende Fleisch zu Wittenberg nicht richtig sehen kann.

Was da bei Panizza aufsteigt, ist ein Bild von großer Wahrscheinlichkeit.

«Überall, wo grade Gelegenheit ist, beim Fischfang, auf der Hochzeit, bei Leichenbegängnissen, an der Zöllner-Schranke, während der Sabbat-Ruhe greift er ein, knüpft an die kleinen Tages-Ereignisse an und wirft, wie Sokrates, den harmlos Dahinwandelnden seine scharfen Antithesen in den Weg. Auch die Tricks damaliger Wundertäter — die unvermeidliche Zugabe, um sich das Air eines Übermenschen, eines Geistesgewaltigen, eines Zauberers zu geben — hat er sich alle zu eigen gemacht und beherrscht sie mit großer Bravour und Eleganz. Gar aber, wenn er eine glückliche Korona junger Landmädchen, erschöpfter Arbeitsfrauen, gutmütiger Prostituierten und naiver Taglöhner um sich versammelt hat, und darf sie die ganze zauberische Wirkung seiner innersten Herzensregungen mit einem ‹Selig sind die Friedfertigen! Selig sind die Armen! Selig sind, die reines Herzens sind!› spüren lassen, und nimmt von diesen geplagten Proletarier-Naturen die Angst und den Schimpf ihres Daseins, und öffnet ihnen den Himmel, der eigens für sie, mit Ausschluß der Reichen, bereit ist — dann hat er sie alle.»

Es ist das Urchristentum, das so gepriesen wird, und hier ist nichts von jener faden Bonhommie, die uns dartun will, Rousseau und Luther und Nero und Philipp von Spanien seien ebenso klein gewesen wie die

Leute in einem wiener Caféhaus. Es hat Größe gegeben – auch wenn man ihre falsche Romantik abzieht, hat es welche gegeben, und es wird immer Größe geben.

Die Erzählung des Prozesses ist von schärfster Prägnanz; die bekannten Zusammenhänge zwischen den jüdischen Orthodoxen und den Römern ... das ist brillant dargestellt. Nach dem ‹Marsch auf Jerusalem›:

> «Die römische Behörde mit ihrer kolonisatorischen Schulung und ihrem großartigen Blick für Parität vermied es ängstlich, sich in die religiösen Streitigkeiten dieser Duodez-Völkchen zu mischen, auch wenn ihr der örtliche Kult – der nicht einmal eine Ausbeute nach der sinnlichen Seite für Rom erlaubte – weniger widerwärtig gewesen wäre. Und die jüdische Kult-Behörde andererseits hielt streng auf die Selbständigkeit und die Unverletzlichkeit ihrer Anordnungen im Hinblick auf die Pastorisierung des Volkes, die einzige Freiheit, die ihr geblieben war.»

Das autistische Denken der Christus-Beschreiber, ihre fast immer affektbetonten Untersuchungen über das Christentum spalten die Betrachtenden: in Indifferente, die da glauben, zwei Pfund Rindfleisch gäben eine gute Bouillon; in Juden, die dem Christentum mit jener Ängstlichkeit gegenüberstehn, die gar nichts mit Religion, aber sehr viel mit Rassenkämpfen zu tun hat, und die jene ewige Frage «Ist das gut für die Juden?» auch hier nicht unterdrücken können; in Christen, die es nicht sind, die aber, wenn sie sich das ‹schwarze Babykostüm› des Richters anziehen, glauben, der Staat müsse auch noch in der Metaphysik geschützt werden – und in Christen, die es sind. Die kann eine solche Untersuchung, ihre Terminologie, ihr Blickwinkel, ihre soziologische Betrachtung überhaupt nicht berühren.

Das psychiatrische Element der Arbeit Panizzas ist höchst beachtlich; weil es nicht vorherrscht. Er sieht nicht nur den Patienten; er sieht den Aufwiegler. Der unterlag – warum?

> «Aber in Jerusalem stand die Reaktion bevor, und die Behörden hatten nach der ersten Überraschung sich rasch alliiert. Wie hier Verstärkung der Energie, so war auf der andern Seite, bei Jesus, Erschlaffung nach einer furchtbaren geistigen Leistung eingetreten. Und wenn eine Sache nicht vorwärts geht, dann geht sie immer zurück. Was konnte der unvergleichliche Jüngling, der mit dem Frühlingssturm seines Gefühles alles vor sich her niedergeworfen und begeistert hatte, in dieser weit ausgedehnten Stadt an Staatseinrichtungen schaffen, an praktischer Theokratie leisten? Mit was wollte er den trocknen bürokratischen Apparat, der hier das tägliche Leben in Ordnung hielt, und der doch nicht in seinen Händen war, ersetzen, er, der nur Seligpreisungen hauchen, oder, im günstigsten Fall, harangieren und fanatisieren konnte? Bei der franzö-

sischen Kommune handelte es sich um Leute, die an Ort und Stelle gelebt hatten, den Gang der Geschäfte kannten, und ihn, tant bien que mal, wenigstens aufrecht erhalten konnten. Aber hier handelte es sich um Fischer – wie in Portici bei Masaniello – um Fischer, um Handwerker, um einen Haufen zusammengelaufenen, gutmütigen, aber gänzlich unfähigen Volks. In solchen Fällen ist die Niederschlagung des Putsches immer mit Sicherheit zu erwarten.»

Er wurde niedergeschlagen.

Es scheint aber so, als ob die Menschheit auf dem Wege der reinen Erkenntnis überhaupt nichts erreichen kann – sie muß etwas wollen, um zu erkennen; nur von da kommen die Flamme der Energie, der Sieg, aber auch die ungeheuerlichste Unduldsamkeit, die die Wahrheit mit Polizeiknüppeln, mit Handgranaten, mit dem dritten Grad und dem elektrischen Stuhl aus den Wahrheitssuchenden hinaustreiben will. Es gibt wohl keine Wahrheit ohne vergossenes Blut.

Es gibt aber auch keine Lüge ohne vergossenes Blut, das diese Lüge nie zur Wahrheit machen kann; das nie verhindern kann, daß sich immer Leute finden, die der jeweiligen Gehirnepidemie nicht untertan sind und die immunisiert die Wahrheit wenigstens suchen. Hieß es früher ‹cuius regio – eius religio› – so dominiert heute über Städte und Wälder das ‹Vaterland›, ein lächerlicher Popanz, hinter dem sich ein Schweinekoben voll Gestank, Geilheit, Gemeinheit und Geldgier auftut. Wie eine weiße Stichflamme hat hier die Erkenntnis hindurchzuzischen – Talare sind kein Argument, Revolver sind kein Argument, Fahnen sind kein Argument. Dumpfer Trieb und Gewalt werden ewig da sein; es fragt sich nur, wem sie dienen. Worauf zu antworten: sie dienen gar nicht. Sie herrschen und machen sich eine Metaphysik zurecht, wie sie sie brauchen.

Aus diesem Sumpf leuchtet wie eine Sonne die Reinheit des ersten christlichen Empörers, aus dem sie auch einen Superintendenten und einen Kardinal gemacht haben, und wohl nur aus Zufall nicht einen Feldrabbiner.

Er war rein – er war mehr als das. Er hatte Charakter. Er hätte sich retten können – er hat es nicht getan.

«Die Evangelienschreiber haben den Prozeß der Legendisierung an diesem wunderbaren Anarchisten bis zur Übersüßung und Rührseligkeit vollzogen. Und das meiste an diesem herrlichen Charakterbild ist verschwommen und unsicher. Aber eines scheint sicher zu sein: Das allmähliche und ruhige Aufwachsen und Keimen des eigentümlichen Ideengehalts bei ihm, das echt paranoische, primär durch die Vererbung gegebene und dann mit konsequenter Sicherheit bis zur Felsenhärte fortschreitende Anwachsen jener Ideen, jenes Wahns, jenes geistigen Fixums, das sich die Welt unterwerfen wird – und dann das Nunquam retrorsum! das Niemals zurück!

auf dem einmal eingeschlagenen Pfade geistiger Entwicklung, das Aushalten bis zum letzten Moment ... ‹Du sagst es!› –

Und dies muß ihm selbst der Atheist, der Psychologe lassen. Daß er in Jerusalem vor dieser erbärmlichen Sorte von Advokaten, Winkelschreibern, Polizisten, Staatsbeamten, Doktoren, Geheimspitzeln und Bürokraten, von denen jeder auf einen Wink des Kaisers für eine Gunstbezeugung, einen Orden, eine Gehaltserhöhung, alles, aber auch alles getan hätte, nicht zurückhufte, keine Konzessionen machte, nie um Gnade bat, sondern als einzige Verteidigung diesen Kasuisten das blanke Ehrenschild seiner reinen Absicht und seiner rührenden Herzensgüte entgegenhielt, das wird ihm zum unauslöschlichen Ruhmestitel gereichen, wenn längst der letzte leipziger Orthodoxenschädel im Grabe vermodert sein wird.»

So schließt die Schrift Oskar Panizzas.

Christus aber dient auch weiterhin einem ungeheuren Verein als Firmenschild, Plakat und Reklamezeichen – und was wird nicht alles unter dieser Marke verkauft! Christentum? Vielleicht; trotz Jesus. Die Wahrheit? die von Trieben ungerührte Erkenntnis? Pilatus hat hierzu das Schlußwort gesprochen, und wer heute etwas will, das er deshalb für das Gute hält, weil seine Anlagen ihm nicht gestatten, etwas andres zu wollen, der nehme sich seine Lehren nicht aus dem Neuen Testament, aber ihren Schöpfer als Vorbild an Mut und Reinheit des Charakters.

Die Schriften Oskar Panizzas können nicht wiederaufgelegt, die unveröffentlichten nicht herausgegeben werden, weil die Familie sich dem widersetzt, brave Bürgersleute in Hamburg.

Ein Mann, weit stärker als Wedekind, ist mundtot gemacht.

Das sind die Folgen eines wahnwitzigen Urheberrechts, das die Produkte des Geistes wie einen Käseladen vererbt.

NOLA
oder: Fotomontage des Lebens

Electrola EG 765

Die schwarzen Platten tragen die Erinnerungen
und saugen auf, was sie mit uns erlebt ...
«Nola –»
haben die Männerchen gesungen
«Nola – I love you –»
die Membrane bebt ...
Holznadel. Von vorn.

Und im Gesange schwebt heran
ein früher Tag im Herbst, mit allem Drum und Dran:

Das dicke Lottchen
mit einem Wickel um den Hals –
die *‹Nola›* tönt – ich liege auf dem Bauch
und lese, während alle Pulse klopfen,
den neusten, dümmsten Kriminalroman:
‹Die vier Verräter›. Der Premierminister
von England wird mit Mord und Tod bedroht,
wenn er . . .
Ja, gurgele nur mit Kali –

«Nola
A girl like you –»

die Polizei ist fieberhaft im Schwung,
die viere graben einen schwer geheimen Gang –
Manfred verrät. Verrät er? Oder nicht?

«Nola –»

Nun wird der Abendhimmel sanft und blau –
das Lottchen ist mit Wonne krank und lieb und freundlich,
ich trage ihr Kamillentee ans Bett –

«a girl like you –»

und stürze mich von neuem in den Keller,
wo Manfred gräbt. Das Attentat gelingt!
Tot wird der Chef in seinem Kabinett gefunden,
das Lottchen liest das Thermometer ab,
und das geht nach –
verhallend: «Nola –»

Da ist Paris. Herr Tiger haben wohl geschlafen?
Platten bewahren alle Ströme auf, die sie jemals trafen –
Die hellen Herbstesnächte sind entflohn . . .
Erinnerung, du süßes Grammophon –!

WAHNSINN EUROPA

Im Jahre 1902 wird in der italienischen Kleinstadt Cerignola ein Proletarier geboren, der di Modugno heißt. Erst Landarbeiter, dann Bauarbeiter, gleitet der klassenbewußte junge Mensch rasch in die Gewerkschaftspolitik; er wird mehrere Male verhaftet, das erste Mal schon im Jahre 1921, also vor der Herrschaft der Faschisten, und als die ans Ruder kommen, lernt er ein Gefängnis nach dem andern kennen. Flieht im April 1927 aus Italien, denn es ist eine Flucht, die Italiener lassen ihn nicht heraus, ein Auslandspaß ist eine Gnade. Geht nach Frankreich, nach Luxemburg, arbeitet dort, geht wieder nach Frankreich und denkt: Italien, und hat eine Idee im Kopf: Italien. Denn in Italien sind Frau und Kind.

Nichts einfacher, als Frau und Kind nachkommen zu lassen? Das erlauben die Italiener nicht; Frau und Kind sind Geiseln für den Entflohenen, und überhaupt ‹hat der Italiener im Ausland nichts zu suchen›. Die Frau di Modugnos versucht es mit einer Wallfahrt nach Lourdes – man verweigert ihr dennoch den Paß. Sie bittet und beschwört die Behörden – man verweigert ihr den Paß.

Im Jahre 1927 macht di Modugno in Paris neue Anstrengungen. Das Spiel der Ämter beginnt von neuem. «Da müssen Sie erst ...» Gesuch; Beglaubigung des Gesuchs durch die französische Polizei; Beglaubigung der Beglaubigung durch das italienische Konsulat; Formulare, Gänge, Warten, Warten ... und dabei ist nie zu vergessen, daß das ein Arbeiter in seiner Freizeit macht, daß er müde ist, unausgeschlafen, gereizt durch all den Widersinn ... Frau Modugno schreibt aus Italien: «Liebster, wieder ist mein Gesuch abgeschlagen, aber ich habe gute Beziehungen, und ich glaube, dieses Mal wird es doch gelingen. Ich habe einen Anwalt genommen ...» Also um einen gewöhnlichen Auslandspaß zu erlangen, braucht man in der Ordnungszelle Italien einen Anwalt, denn es muß doch Geld unter die Leute kommen. Di Modugno wartet, in Paris.

Und eines Tages, als es gar nicht weiter geht, am 12. September 1927, steckt er einen Revolver zu sich und geht noch einmal aufs italienische Konsulat. Der Generalkonsul ist zu seinem Glück nicht da, den jungen Arbeiter empfängt sein Vertreter: ein Graf Nardini. Das kleine Büro ist von dem Warteraum nur durch eine dünne Wand getrennt. Die dort Sitzenden hören eine kurze Unterhaltung, dann die Stimme des Arbeiters, dann Nardini, auf italienisch: «Ich kann nicht! ich kann das nicht!» dann zwei Schüsse. Di Modugno hat den Konsularvertreter Italiens in Paris erschossen. Da sitzt er, auf der Anklagebank.

Der Flügel des Palais de Justice ist in weitem Umfang abgesperrt, drei Reihen Schutzleute sind zu passieren, ehe du heraufkommst – der Saal ist halb leer; in dem viel zu kleinen Zuschauerraum, der Formalität halber, jene, die die Geduld gehabt haben, lange genug anzustehen; sehr viele Anwälte, auch weibliche, unter denen übrigens keine große Nummer ist; Zeugen, Presse, Polizei.

Di Modugno ist ein kleiner Mann, der recht kümmerlich vor seinen drei Wächtern in der Anklagebank hockt. Die drei Richter und der Staatsanwalt in roten Talaren; links die Geschworenen, mittleres und kleines Bürgertum. Die zwei Damen in Schwarz sind Frau und Tochter des Ermordeten, sie haben sich dem Verfahren als Nebenkläger angeschlossen, was nach französischem Recht möglich ist, wenn sie ein Interesse geltend machen; zu diesem Zweck wird, der Form halber, ein Franc Schadenersatz verlangt, und auf solche Art haben die natürlich nur moralisch Interessierten die Möglichkeit, mit ihrem Anwalt, Herrn Gautrat, in den Prozeß einzugreifen. Di Modugno wird von dem Donnerer Torrès und Herrn Lazurick verteidigt. Los gehts.

Warum? Warum haben Sie das getan —?

Di Modugno beginnt in einem harten Französisch, das er im Gefängnis gelernt hat, zu erklären ... sein Temperament entlädt sich ungeschickt, er erzählt zu viel, zu viel Einzelheiten, die hier keinen Menschen interessieren, die für ihn aber Lebensfragen, Todesfragen gewesen sind: Italien und die Faschisten und die Gefängnisse ... Die Rolle des Vorsitzenden, des Herrn Warrain, ist nicht beneidenswert; da sitzen Vertreter der italienischen Botschaft, sehr viel italienische Presse schreibt im Saal, und ein Angriff des Herrn Torrès ist kein Zuckerlecken. Trübe ist der Tag, die elektrischen Lampen glühen, sie leuchten nicht, die braune Holztäfelung schwimmt im Dunkel, da steht ein Fotograf und hält dem Angeklagten seinen Kasten vors Gesicht; die Anwälte gemahnen unfehlbar an Daumier, was mögen sich diese Schauspieler der Gerechtigkeit wohl nachher hinter den Kulissen beim Frühstück erzählen? Warum übrigens alle Gerichtssäle der Welt so schlecht gelüftet sind, bleibt ein ewiges Rätsel.

Di Modugno hat viel zu reden, aber nicht viel zu sagen. Man errät die unendliche Qual der Paßplackerei; er hat Pech, er ist kein ‹sympathischer Angeklagter›, und außerdem hat er, wie das immer so geht, einen Mann getötet, der wohl einem System angehörte, aber selbst kein enragierter Faschist gewesen ist. Es trifft immer die Falschen.

Die Zeugen. Der Anwalt der Nebenklägerinnen hat Belastungszeugen zusammengeladen, aber sehr viel kommt da nicht zusammen. Der uralte Trick, den Ermordeten in hellstem Licht erstrahlen zu lassen, vor dem sich dann der Täter um so schwärzer abhebt, fällt ziemlich wirkungslos zu Boden: Torrès lobt den Grafen Nardini in den höchsten Tönen, übrigens werden dessen Qualitäten von niemandem bestritten. Die Belastungszeugen sollen aussagen, daß der Graf Nardini ihnen immer geholfen, daß er die Not der Emigranten nach Möglichkeit gelindert hat, daß er sehr wohltätig gewesen ist, das ist alles unbestreitbar. «Hat er jemals den Eindruck gemacht, als ob er die Faschisten bevorzuge?» Nein, sagen die Zeugen. Das brauchte er auch gar nicht; das tat schon das Reglement, das etwa 150 000 Italiener in Paris ohne Paß läßt; Mussolini hat diese Leute sämtlich ihrer Nationalität beraubt, und was das heute in dem papierwütigen Europa bedeuten will, weiß nur der, der einmal darunter gelitten hat: so einer hat die gesamte Beamtenpest auf dem Halse. Torrès steht langsam auf. «Sind Sie, Herr Zeuge, Faschist oder Antifaschist?» fragt er lauernd. Und kriegt eine dicke Abfuhr. «Ich bin Italiener, Herr Rechtsanwalt!» sagt der Zeuge. Immerhin, er hats aus Angst gesagt, denn auf den Bänken horchen die italienischen Journalisten und die in Paris befindlichen Antifaschisten – es ist keine sehr freundliche Situation.

Die Entlastungszeugen. Hier ist zu sagen, daß im französischen Strafprozeß die Redefreiheit aller Beteiligten viel größer ist als im deutschen. Torrès hat Tod und Teufel vorgeladen: Cesare Rossi, den sie neulich aus der Schweiz mit Hilfe einer Frau zunächst in eine kleine italienische Enklave und dann nach Italien verschleppt haben, wo es ihm nicht gut ergehen wird, natürlich ist er nicht gekommen; Arbeiterführer und Journalisten und Politiker ... Leute, die nur sehr mittelbar mit der Sache zu tun haben. Der Vorsitzende läßt sie reden. Er ist, hör es, o Deutschland, nur Leiter der Verhandlungen und kein Staatsanwaltsersatz. Die Stellung des französischen Verteidigers und die des deutschen ... welch ein Unterschied! Dort ein geduckter Mann, der immer in leisem Verdacht der Mittäterschaft steht, von den strammen Vorsitzenden auch so behandelt wird und es sich gefallen läßt. Wie ja überhaupt das deutsche ‹Standesbewußtsein› nie da funktioniert, wo es gefährlich wäre – etwa dem Brotgeber, dem vermeintlichen ‹Vorgesetzten› gegenüber, sondern mehr auf Kongressen, in Reden und auf Wohltätigkeitsbällen. Dort also als Anwalt ein Mann Nummer sechs, hier eine Redefreiheit, die jedem deutschen Richter undenkbar vorkäme.

Es erscheinen nacheinander:

Antifaschisten, die die Geschworenen über Italien aufklären, soweit das noch nötig ist – und immer sind die Geschworenen die Hauptpersonen, nicht der Vorsitzende, der zuhört, schweigt und zuhört. Der große Journalist Albert Londres erzählt von Verzweiflungsszenen, die er in Spanien gesehen hat, wo sich paßlose Emigranten vor den Türen der Konsulate herumwälzten; der etwas zweischneidige Arbeiterführer, Herr Jouhaux ... und ei! wer kommt denn da –?

Fräulein Margueritte Durand. Sieht auch so aus. Wie ein französisches Gretchen Schulze: das ist die Dame, die mit Herrn Rossi nach der Schweiz gereist ist, wo er dann – wie der Zufall spielt! – von den Italienern im Auto verschleppt worden ist. So sieht das also aus, wenn die Spitzel Eros spielen lassen – hm. Eine spitze Nase, Fältchen um die Augen, ein böser Mund; hinter mir sagt eine Anwältin: «Sehen Sie sich die Frau an – gar nicht übel!» aber Frauen haben ja Frauen gegenüber meist einen merkwürdigen Geschmack. Fräulein Durand spricht mit leiser Stimme: «Ja, ich bin wochenlang in Rom eingesperrt gewesen . . .» Worauf sich einer der Geschworenen erhebt und freundlich fragt: «Und warum, verehrtes Fräulein, hat sich eigentlich der französische Konsul nicht um Sie gekümmert?» Sie habe an den Konsul geschrieben, sagt sie; aber der Brief muß wohl nicht angekommen sein. Ein beneidenswertes Metier.

Das Spiel geht weiter. Welch ein Kino der Justiz! Wie alles für die Geschworenen hergerichtet wird, bengalisch beleuchtet, verdunkelt oder ans falsche Licht gezerrt! Hier gilt es als eine Empfehlung, gegen die Bolschewisten zu sein – da ist es ein Verbrechen, sich mit Politik befaßt zu haben, denn das dürfen die europäischen Kinder nicht, dafür haben sie ihre Politiker, die Gott erleuchtet hat; und nun wird die Sitzung bewegter und bewegter. Maître Gautrat verschafft uns den seltenen Anblick eines Mannes, der eine Metapher zur Wahrheit macht: zum erstenmal sehe ich einen Redner, dem in der Tat der Schaum vorm Munde steht, seine Zähne zermalmen alle patriotischen Abstrakta mit einem Mal. Der leis grollende Donner von Maître Torrès schwillt an, der Mann hat das, was die Schauspieler ‹eine gute Röhre› nennen, und er macht brausend Gebrauch davon. Die kleinbürgerlichen Vorstellungen der Geschworenen werden von beiden Parteien nicht schlecht gekitzelt: Sentimentalität, Mutterliebe, Witwentränen und arme Waise, die leidende Familie in Italien, des Ernährers beraubt – hier wird noch die Wahrheit zur dramatischen Lüge. Übrigens leidet die Familie di Modugnos in Italien wirklich: aus Wut über den Mann, der nicht zu fassen ist, hat Mussolini Frau und Kind auf eine böse Insel geschickt, in die Verbannung – ‹de l'ersatz›, wie die Franzosen seit dem Jahre 1916 sagen.

Jetzt ist die Verhandlung ganz und gar politisch geworden.

Die Stimmung für die Italiener ist in Frankreich zur Zeit dieses Prozesses nicht günstig. Mussolini, Nobile und die ungeschickten Nachahmungen französischer Pseudofaschisten, die keine Rolle spielen, aber doch eine spielen wollen – und so sang neulich ein Chansonnier im Cabaret:

Nobil' serait Américain,
Suédois, Portugais, Norvégien,
En parler serait très possible;
Mais précisément le Destin
A voulu qu'il fût Italien –
Ils sont si, si, si susceptibles!

Il est parti l'premier ... mais ça
Bien des Italiens en sont là!
Au Pôle il fait un froid terrible ...
Qu'est-c'que vous voulez, le pauvr' vieux,
Il a eu peut-êtr' froid aux yeux!
Ils sont si, si, si susceptibles!

Auf diese Empfindlichkeit nimmt eigentlich nur der Vorsitzende Rücksicht, der «nicht duldet, daß von einer Schwesternation so gesprochen wird, von einer befreundeten Nation, von einer verbündeten Nation ...» und Torrès donnert weiter. Wie angenehm aber auf allen Seiten die Anerkennung der Regeln für Florett und schwere Säbel, gegenüber dem Mangel an Ritterlichkeit in deutschen Gerichtssälen, wo man fast immer das Gefühl hat, einer polizeilichen Vernehmung beizuwohnen, nicht aber einem Kampf der Meinungen.

Und die Plädoyers rollen: die brausende Orgel des Zornes, die säuselnde Vox humana der Empfindsamkeit, Harfe des Herzens, Flöte des Spottes und die ganze türkische Musik. Wer hat hier recht —?

Du sollst nicht töten. Blut ist selten eine Lösung; erklärlich bleibt die Tat, zu loben ist sie nicht. Aber:

Die Anarchie der Staaten quält die Zwangsabonnenten zu Tode, und hier hat sich einmal einer gewehrt. Vergeblich weist Torrès auf die Verhandlungen in Genf hin, wo man für alle diese Menschen ‹zwischen den Staaten› einen Völkerbundspaß schaffen wollte, so wie es ja schon heute in seltnen Fällen einen Nansen-Paß gibt; dieser große Mann hatte ein Herz und keine Nationalflagge vor den Augen. Was ist es mit den Fremden in Europa?

Sie sind rechtlos.

Wäre es noch die verständliche Eifersucht der einheimischen Arbeiter, die für ihren Arbeitsmarkt fürchten und so mithelfen, die Freizügigkeit aufzuheben — wäre es nur das! Aber es ist der Wahnsinn einer übergeschnappten Bürokratie, die, um sich zu erhalten, längst Selbstzweck geworden ist, ohne Sinn, ohne Ziel, unfähig, auch nur ihre eignen Leute vor den Hochstaplern zu schützen, die sämtliche Pässe der Welt in Ordnung haben; unfähig, aber schikanierend; mit der Zeit und dem Geld der Steuerzahler, die den Apparat erhalten müssen, umgehend wie die Tyrannen, die sie sind.

Von Zeit zu Zeit entfesseln die pariser Zeitungen eine wilde Woge von Fremdenhaß, auf Bestellung, aber die pariser Presse ist vielerlei, unter anderm ein gutes Geschäft und ein Machtmittel — durchaus nicht Frankreich. In diesen Diskussionen gibt es nun ein Wort, das wir nicht mehr hören möchten —: das ist das Wort ‹Gastfreundschaft›. «Er genießt hier bei uns Gastfreundschaft ...»

Das ist nicht wahr! Der Fremde zahlt im fremden Land Steuern wie ihr; er arbeitet wie ihr; er gibt dort sein Geld aus wie ihr — also habt ihr, solange er die Gesetze des Landes befolgt, kein Recht, ihn hinauszuwerfen! Er genießt nicht die Bürgerrechte — das ist ein andres Kapitel —, aber er ist auch nicht euer Gast. Denn es geht heute nicht mehr an, Europa in kleine Festungen aufzuteilen, wo man ‹maître chez soi› ist — und wenn hier einer einwirft, daß die Russen es auch nicht anders halten, so sei ihm gesagt, daß die Russen dann eben falsch handeln; wobei ihnen die wirklich vorhandene Verteidigungsstellung gegen eine Welt eingeräumt sei.

Ein Paß ist keine Gnade — und keine Regierung hat das Recht, ihre Leute bei sich einzusperren und sie etwa zu lebenslänglichem Italien zu verdonnern. Da gibt es ein italienisches Gesetz aus dem Jahre 1926, das bedroht den, der ohne einen sehr, sehr schwer zu erlangenden Paß die Grenze verläßt, mit einer Gefängnisstrafe von drei Jahren und Geldstrafe bis zu zwanzigtausend Lire. Da gibt es Schikanen gegen Armenier, Weißrussen, Rotrussen, Italiener — es ist nicht richtig, daß der Fremde nur ein geduldetes Wesen zu sein hat! Selbstverständlich hat er, entgegen allen nationalen Vorstellungen von dem, was ‹taktvoll› sei, auch das Recht, die Einrichtungen eines fremden Landes zu kritisieren; wir in Europa sind kapitalistisch längst eine große Familie, und die Einteilung in Staaten, wie sie heute sind, ist eine anachronistische Kinderei, eine gefährliche und eine unehrliche dazu. Wer ist hier im Recht?

Französische Geschworene haben sicherlich schon Fehlurteile gefällt. Aber sie haben eines vor den deutschen voraus: sie pfeifen oft auf die Autorität und unterliegen nicht sklavisch der Suggestion eines kleinen Landgerichtspräsidenten. Diese hier hatten auf folgende Fragen zu antworten:

1. Hat der Angeklagte eine Körperverletzung begangen?
2. Hat die Körperverletzung einen tödlichen Ausgang zur Folge gehabt?
3. Hatte der Angeklagte den Vorsatz zu töten?
4. Hat er die Körperverletzung vorsätzlich begangen?

Und nun geschah etwas sehr Charakteristisches. Die Geschworenen antworten nicht blind, sondern fragten zurück: «Welche Folgen hat es, wenn wir die einzelnen Fragen bejahen?» Der Vorsitzende klärte sie auf, worauf sie zugunsten des Angeklagten nur die erste Frage bejahten, alle andern aber verneinten — also entgegen dem klaren Tatbestand die Tötung leugneten. Witwe und Tochter des Erschossenen saßen in Trauer daneben.

Zwei Jahre Gefängnis — Anrechnung der Untersuchungshaft von einem Jahr.

Und ein Krach in der pariser Presse! Die Geschworenen hätten sich miteinander in Verbindung gesetzt; einer hätte den andern abends in seiner Wohnung besucht ... das wird auch gar nicht geleugnet. Der ‹*Matin*› war drauf und dran, die Institution der Geschworenengerichte überhaupt abzuschaffen; der ‹*Ami du Peuple*› des wohlriechenden Herrn Coty betonte, daß am selben Tag ein unehrlicher Steuereinnehmer wegen Unterschlagung zu fünf Jahren Gefängnis verurteilt worden sei – als ob diese Justiz nicht immer Eigentumsvergehen am schärfsten geahndet hätte! Die Polizei stürzte sich mit Feuereifer auf neue Reglements gegen die Fremden, denen sie, wiederum nicht ganz zu Unrecht, vorwirft, einen etwas reichlichen Prozentsatz bei allen pariser Verbrechen zu stellen – und nun ging es auch jenseits der Alpen los.

Rede Mussolinis in der Kammer; Telegramm an die Witwe; Zähneknirschen, geschwungene Fäuste und drohende Reden – die soeur latine kreischte aus vollem Halse, und die französische Nation antwortet der Schwester lächelnd etwas, was ungefähr unserm ‹Na und–?› entspricht: «Et ta soeur –?»

Und keiner sieht den wahren Grund dieser Affäre.

Zugrunde liegt der Irrsinn einer nicht mehr haltbaren Idee: der absoluten Souveränität der Staaten. So wie überall durch die mangelnde Arbeitsgelegenheit, die übertriebene Einschätzung einer armseligen ‹akademischen Bildung› und der zunehmenden Sucht, sich schwerer Arbeit zu entziehen, ein Beamtenpartikularismus aufflammt, der das Leben von Tag zu Tag unerträglicher macht, so stemmt sich jedes dieser Staatengebilde mit aller Macht gegen die Entwicklung. Es wird ihnen nichts helfen. Es kommt das föderalistische Europa – trotz Genf.

Inzwischen weist Preußen lästige Ausländer nach Hamburg aus; Frau di Modugno darf nicht nach Frankreich kommen; die Engländer untersuchen in Newhaven die ankommenden Fremden auf Geschlechtskrankheiten – und unter einem Wald von flatternden Fahnen, blitzenden Messingwappen und herrlich bunt angestrichenen Generalen erbraust der Wahnsinn Europa.

OLLER MANN

Ein alter Mann ist stets ein fremder Mann.
Er spricht von alten, längst vergangenen Zeiten,
von Toten und verschollenen Begebenheiten ...
Wir denken: «Was geht uns das an –?»

In unser Zeitdorf ist er zugereist.
Stammt aber aus ganz andern Jahresländern,
mit andern Leuten, andern Taggewändern,
von denen du nichts weißt.

Sein Geist nimmt das für eine ganze Welt,
was ihn umgab, als seine Säfte rannen;
wenn er an Liebe denkt, denkt er an die, die längst von dannen.
Für uns ist er kein Held.

Ein alter Held ist nur ein alter Mann.
Wie uns die Jahre trennen —!
Erfahrung war umsonst. Die Menschen starten für das Rennen,
und jeder fängt für sich von vorne an.

Für uns ist er ein Mann von irgendwo.
Ihm fehlt sein Zeitland, wo die Seinen waren,
er spricht nicht unsre Sprache, hat ein fremd Gebaren …
Und wenn wir einmal alt sind und bei Jahren —:
dann sind wir grade so.

GLÜCKLICHE DIPLOMATIE!

Paris, im Dezember.

Der pariser ‹*Temps*› ist so groß wie der Stoff zu einem guten Abendkleid, und wenn man ihn vors Gesicht hält, so sieht man von der Welt nichts mehr, nur noch Gedrucktes … Und auf der ersten Seite, gen Nordosten, gleich wenn Sie von der zweiten Spalte nach rechts abbiegen, steht folgendes:

Athen, den 10. Dezember.

Wie die Zeitungen melden, sind zwei Stenotypistinnen aus dem Büro des Ministerpräsidenten zu einem Attaché einer fremden Gesandtschaft in Beziehung getreten.

Das muß sofort nach Berlin ans ‹*Tempo*› telefoniert werden! Das ist mal eine Nachricht! Ob sie Extrablätter machen? Aber vielleicht wissen sie es schon, der athener Korrespondent hat es sicherlich schon gemeldet …

Zunächst bewegt den politischen Fachmann eine wichtige Frage: wieso zwei —? Der glückliche Attaché hat wohl geglaubt: doppelt hält besser, küßt besser und liebt besser. Wie mag das im einzelnen gewesen sein? Vielleicht so:

In der teppichgeschwollenen Wohnung des Diplomaten verbreiten bunte Stehlampen ein mildes Licht, bonbonrosa. Der Diplomatenschreibtisch schimmert matt, links liegen die Geheimakten, rechts die streng geheimen Akten. In der Mitte ein französischer Roman, den der Attaché ächzend durchackert, bis er an die unanständigen Stellen kommt — er ist schon auf Seite 143, die besseren Sachen sind aber noch nicht dran. Auf dem kleinen Sofatischchen liegen Marzipankringel, auf dem Sofa liegen, zu lieblichen Klumpen geballt, die beiden Mädchen, beide schwarz, mit lackroten Lippen, weshalb die eine von beiden in diplomatischen Kreisen den Spitznamen ‹das Lacktablett› bekommen hat; beide haben einen großen Schwips, den sie schwesterlich in zwei kleine Schwipse aufgeteilt haben. Auf einem Schränkchen spielt das Grammophon *‹My heart stood still›*, das Lieblingslied des Prinzen von Wales. Es ist heiß in dem Salon . . .

Der Attaché einer fremden Gesandtschaft liegt, lässig, wie er das in den Romanen gelesen hat, in einem Fauteuil und sieht besitzesfroh auf die beiden griechischen Kätzchen. Seine Augen glimmen wie bei einem Schurken von Edgar Wallace . . . Leise steht er auf, seine Pumps funkeln in dem bonbonrosa Licht, er setzt sich zu den Beschwipsten und streichelt die eine und streichelt die andere . . . Der kleine Menschenknäuel atmet hastig, Gelächter und abwehrende Rufe – und da sagt der Attaché einer fremden Botschaft plötzlich mit verzehrend-heißer Stimme – –: «O Mädchen, o Mädchen, wie lieb ich euch?»

Nein. Er sagt, und seine Hand liebkost den Haaransatz im Nacken des einen Kätzchens: «Penelope, wie ist die Sache mit dem letzten Zusatz zum Finanzausgleichsgesetz vom Dezember 1927 –?»

Und während die tiefschwarze Julia an den Ringen des Attachés dreht und dreht, bis ihm die Finger schmerzen, flüstert Penelope wie ein süßes Liebesgeheimnis im besten athener Dialekt:

«§ 184. Werden im Anwendungsfall des § 103 die Positionen des Gesetzes vom 26. Februar 1904 von der Marinebehörde überschritten, so treten die Verordnungen XVII und CXI in Kraft, wonach die Paragraphen 765 und 450.»

– «My heart stood still . . .» zirpt das Grammophon; der Attaché notiert im Kopf die Sätze, kuschelt sich an alle beide, schließlich sind sie gar nicht mehr voneinander zu unterscheiden, und wenn jetzt der Außenminister des Attachés ins Zimmer käme und entsetzt fragte: «Herr Attaché! Was machen Sie da –?» so könnte der mit dem besten Gewissen der Welt sagen: «Herr Minister! ich denke scharf an den Dienst!»

Der *‹Temps›* raschelt zu Boden. Wie soll ich das nach Berlin telefonieren? Glücklicher Attaché! Glückliche Diplomatie!

DIE LEGITIME GELIEBTE

Paris, im Dezember.

Neulich bin ich ins Palais de Justice gegangen, weil folgender Prozeß angekündigt war:

Ein junges Mädchen aus Paris hatte fette Waden. Das störte sie. Und da ging sie zu einem Arzt, der ihr versprochen hatte, ihr die

Waden abzunehmen. Das tat er auch. Diese Operation muß aber wohl nicht ganz ungefährlich sein: denn der Arzt tat des Guten zu viel und nahm gleich ihre Beine ab; das heißt: er war gezwungen dies zu tun, denn sonst wäre das junge Mädchen gestorben. Nun hat sie den Arzt auf Schadenersatz verklagt. Das kann ein hübscher Prozeß werden. Ich saß geduldig, bis die Sache herankam — und dann wurde sie vertagt. Aber Gott belohnt die Geduldigen.

Es trat an: Frau Grünwald gegen einen Arzt, der von dem großen pariser Rechtsanwalt de Moro-Giafferi vertreten wird. Worum handelt es sich?

Frau Grünwald hat mit einem Herrn Baillie zusammengelebt, zwölf Jahre lang. Dieser Herr Baillie bekommt eines Tages eine Lungenentzündung, begibt sich in Behandlung und stirbt: trotzdem, wie der Arzt sagt; deswegen, wie Frau Grünwald sagt. Und nun verklagt sie den Arzt auf Schadenersatz. Und dieser Prozeß wird verhandelt!

Worin eine klare Anerkennung des Konkubinats liegt, und das ist vernünftig. Im französischen Gesetz steht darüber nichts; wenn auch das Konkubinat ein wichtiges Beweisthema für eine Alimentenklage ist, denn der Satz «La recherche de la paternité est interdite» existiert nicht mehr im französischen Recht — er ist durch neue Gesetze überholt.

Frau Grünwald, eine dicke Dame in Trauer, ist da. Sie sitzt im Zuhörerraum, nein, sie sitzt eben nicht, sie wimmelt aufgeregt herum: der gegnerische Anwalt, ein Vertreter de Moro-Giafferis, plädiert.

Hier mag angemerkt sein, daß die französische Anwaltssprache eine lustige Einzelheit aufweist: sagen bei uns die Anwälte: «Mein Klient hat . . .» so identifizieren sich die französischen Advokaten mit ihrer Partei und sagen stets: ‹wir›. Man kann also hören, wie ein Anwalt dem andern mit Emphase zuruft: «Wir haben nicht mit dem Marineoffizier geschlafen!» Dies nebenbei. Der Anwalt plädiert also für den Arzt und versucht, dem aufmerksam zuhörenden Gericht zu beweisen, daß der Arzt keinen Kunstfehler gemacht habe und der Patient trotz der Behandlung und auch ohne Behandlung gestorben wäre. Und darum ist die Frau Grünwald so böse.

Sie geht von einer Zuschauerbank zur andern; sie zupft ihren Anwalt am Talar; sie sagt, flüstert so laut, daß der ganze Saal es hören kann: «Na, das ist doch aber . . .» und wird schließlich von einem Beamten zur Ruhe verwiesen. Sie gibt aber keine Ruhe. Worauf der Beamte, um sich erst mal Luft zu machen, einen harmlosen Kriminalstudenten herausschmeißt, der in der warmen, wohligen Atmosphäre ein bißchen eingeschlafen ist . . .

Der Prozeß ist noch nicht entschieden. Aber er ist ein beachtliches Zeichen: trotz aller Widerstände sehen die Leute auf der ganzen Welt allmählich ein, daß man die Ehe — besonders die mit Kindern — zwar nicht aufheben kann und soll; daß aber diese juristische Form des Zusammenlebens nicht mehr genügt. Zwischen dem Eintagsverhältnis und der fest fundierten, viel zu schwer löslichen Ehe fehlt etwas. Dieses Etwas wird sich in spätestens fünfzig Jahren herauskristallisieren.

«GUTEN MORGEN – DIES IST IHRE ZEITUNG!»

Da ist einmal eine Hotelier-Vereinigung in die Vereinigten Staaten gereist, um sich deren Hotels anzusehen, – und von dort haben sie manches mitgebracht.

Wenn du in einem größern deutschen Hotel morgens die Zimmertür öffnest, so liegt dort ein Lokalblatt, mit einem hellgrünen Zettel: «Guten Morgen! Dies ist Ihre Zeitung!»

Danke auch schön ... Guten Morgen ... ei, was es alles gibt! Was gibt es denn so alles –?

Es gibt zunächst einmal eine ‹Deutsche Fremdenverkehrswerbung›, die wohl das Groteskeste darstellt, was auf diesem Gebiet möglich ist. Anstatt nämlich die Ware, die man verkaufen will, nach Möglichkeit zu verbessern: also im Lande herumzufahren, die Hoteliers auf Mißstände aufmerksam zu machen, Nepperei abzuschaffen, kurz, für die Fremden zu arbeiten – zeigen sie eine Ware an, die sie noch gar nicht haben. Der ganze Laden hängt voller Plakate. Die Ware? Die Ware sieht so aus:

Deutsche Lieferanten aller Art haben sich zu Verbänden zusammengeschlossen, die ein einziges Ziel haben: gegen den Konsumenten aufzutreten und jedes Risiko nach Möglichkeit auf ihn abzuwälzen. Diese Lieferungsverträge – bei Spediteuren, bei Hoteliers, bei Fabriken aller Art – sind ein Skandal, weil sie die Ausnutzung eines Notstandes sind; der Konsument nämlich kann sich nicht wehren, weil er einem Trust gegenübersteht: es ist die trockene Ausschaltung der Konkurrenz und die Stabilisierung einer kaufmännischen Bürokratie, der es ebenso wichtig ist, Geschäfte zu machen wie zu regieren. Man sehe sich darauf diese von den Herrn Syndici ausgekochten Verträge an, und man wird allemal finden, daß das Risiko, die Steuern, die Gefahr, die Zufälle vom Produzenten auf den Konsumenten abgewälzt werden. Der Konsument darf zahlen und hat ansonsten den Schnabel zu halten. Wir wollen ihn einmal auftun.

Die Sache fängt in den deutschen Hotels damit an, daß der Inhaber die Haftung für die eingebrachten Sachen des Gastes aufgehoben hat (§§ 701–708 BGB). Nach dem Bürgerlichen Gesetzbuch haftet der Hotelier, wenn dem Gaste im Hotel etwas gestohlen wird – er kann sich nur mit der Fahrlässigkeit des Gastes exkulpieren, die er zu beweisen hat. Nach den vorgedruckten Vorschriften, die sich das Hotel vom Gast unterschreiben läßt, besteht diese Haftung nicht mehr. Früher haben die Hoteliers das mit einem einfachen Aushang gemacht — das Reichsgericht hat entschieden, daß solch ein Aushang nicht genüge und daß eine besondere Abmachung zur Aufhebung der Haftung nötig sei. Nun ist aber das, was da im Empfangsbüro der Hotels vor sich geht, keine Abmachung, und das Reichsgericht ist wie immer scholastisch und lebensfremd.

Die wenigsten Gäste lesen überhaupt durch, was sie unterschreiben — damit rechnet doloserweise der Hotelier. Der Ankommende ist müde, möchte sich waschen, auspacken, ruhen — er ist nicht in der Laune, juristische Streitfragen zu lösen. Das nutzt der Hotelier aus. Immerhin wäre es Sache und Pflicht des Gastes, aufzupassen. Aber selbst wenn er liest, was ihm da vorgelegt wird, hat er doch in den allerseltensten Fällen den Mut, seinem Vorgesetzten, den jeder Deutsche hat und der in diesem Fall der ernste Mann im Büro ist, Nein zu sagen. Und sagt er selbst Nein, so riskiert er, vom Hotel nicht aufgenommen zu werden. Und das nächste Hotel macht es grade so. Das heißt:

Hier liegt überhaupt keine Abmachung vor, sondern eine durch die Festigkeit der Organisation erzwungene Zustimmung zu einer ungehörigen Rechtsminderung. Wie unanständig, wie peinlich, wie kleinlich ist das alles!

Das Hotel haftet nicht nur nicht für die Koffer des Gastes. Es schließt auch die Haftung aus, wenn der Zimmerinhaber im vierten Stock den Fahrstuhl wegen Betriebsstörung nicht benutzen kann und die Treppen hinauflaufen muß; es haftet nicht, wenn die gemietete Badezimmereinrichtung nicht funktioniert; wenn die Zentralheizung nicht heizt; wenn das Zimmer-Telefon nicht instand ist — es haftet nicht, und der Gast muß den vollen Preis zahlen. Aber der Gast haftet für alle Beschädigungen . . . das alles unterschreibt er, ohne sich Gedanken zu machen. Der Syndikus hat sich welche gemacht.

Auch hier liegt alles Risiko beim Gast, der grade noch geduldet ist. Rechtlich hat der Hotelier in einer gradezu unsittlichen Weise die Oberhand. Es gibt aber keine Organisation der Gäste — es gibt nur Einzelpersonen, die einem festgefügten Verband machtlos gegenüberstehen.

Dazu kommt, daß, abgesehen von den allerteuersten Hotels, vieles durchaus unzulänglich ist. Wo waschen sich eigentlich die Gäste, die kein Badezimmer bezahlen können, ihre Füße? In der Seifenschale? Warum weisen zahlreiche Badezimmer keine Brause auf? Warum gibt es nicht, wie in den dänischen Hotels sogar zweiter Ordnung überall kleine Brauseräume, die weniger kosten als ein Wannenbaderaum und weniger Platz fortnehmen? Achselzucken. Aber Fremdenverkehrswerbung.

Es ist so viel über das Trinkgeld gescholten worden und mit Recht.

Aber was in Deutschland zur Zeit vor sich geht, ist ein sauberer und rechtschaffener Betrug am Hotelgast.

«Das Trinkgeld ist abgelöst.» Es empfiehlt sich, jedesmal, wenn man ein Zimmer mietet, vorher zu fragen, wie hoch diese Ablösung in Prozenten ist – und man wird sein Wunder erleben. Das eine Haus nimmt 10 Prozent, das zweite 15, das dritte 20 Prozent – und kein Mensch weiß, warum; und kein Mensch weiß, wohin diese Gelder eigentlich gehen ... die unter sich uneinigen Angestelltenverbände behaupten, daß sie nicht völlig in den Genuß dieser Summen kommen. Es ist ein Unding, einen einzelnen Posten der Unkosten herauszuheben und ihn dem Gast gesondert aufzubürden.

Die Kleinlichkeit geht ins aschgraue. Deutschland ist bekanntlich das Land mit der größten Schilderliteratur der Welt – wenn wir einen Bahnwagen in Betrieb setzen, so nageln wir vierundsechzig Schilder hinein, die verbieten, befehlen, bitten, beschwören, die uns erzählen, daß man sich die Nase nicht in die Hand schneuzen solle (Hamburg); daß man und wie man absteigen solle; daß man ... daß man nicht ... Polizeilich erschreckte Kinder.

In den Hotels wimmelt es von solchen Schildern, und ohne hinzusehen kann man darauf schwören, daß sie alle, alle gegen den Gast gerichtet sind. «Für Stiefelputzen berechnet der Hausdiener 20 Pfennig», «Für das nächtliche Öffnen der Haustür berechnet der Hausdiener 25 Pfennig» und so fort. Es ist so, wie wenn jemand ein Zimmer mietet und bezahlt, und hinterher wird ihm eine Rechnung dafür vorgelegt, daß es nicht hineingeregnet hat – also für etwas Selbstverständliches.

«In den erstrangigen Hotels», hat der kluge Weltreisende Richard Katz einmal gesagt, «in den erstrangigen Hotels ist das Personal frech, und die Gäste haben spanisches Hofzeremoniell.» Nicht nur das: sie spielen die Feinen auch, wenn sies nicht sind, grade wenn sies nicht sind, und sind viel zu feige, etwas zu monieren. «Das tut man doch nicht» – wobei denn allerdings zu bemerken, daß bei uns der sanfte Tadel in höflicher Form auch meist nicht angebracht, weil wirkungslos ist. Es scheint wohl so zu sein, daß in Deutschland immer einer von zwein frech sein muß – dann ist der andere höflich.

Neulich haben die Hotelierverbände eine große Zusammenkunft in der Schweiz gehabt. Ich hätte nie gedacht, daß Hoteliers reisen. Nach ihren Einrichtungen zu urteilen, kann man sich das nur schwer vorstellen.

Probiert denn niemand dieser Herren eine Wascheinrichtung aus, bevor er sie bestellt? Wo waschen sich diese Leute? In den Waschbecken ihrer eigenen Hotels? Dann stoßen sie sich den Kopf an einem Glasbrettchen und an den Wasserhähnen, die entweder zu kurz oder zu lang sind – ist es wirklich so schwer, die paar restlos zu schablonisierenden Bedürfnisse des Reisenden zu befriedigen? Es muß doch wohl sehr schwer sein – denn so etwas lieblos Hingehudeltes wie diese Badezimmer und Waschbecken sucht seinesgleichen. Hoteliers reisen nicht. Sonst wüßten sie, daß es kaum ein richtig beleuchtetes Hotelzimmer gibt: die Beleuchtung in der Mitte hängt fast immer zu hoch; die Nachttischlampen sind in einem Blindenheim konstruiert und beleuchten alles mögliche, nur nicht das Stückchen Bett, wo ein Buch liegen kann – kurz: alles ist von ‹Fachleuten› nach den altbewährten Gesetzen der Schlendrian-Routine angebracht – ausprobiert haben das die Besteller wohl noch nie. Sie begreifen nicht, daß man auch für Material eine zärtliche Liebe haben kann, ohne ein Snob zu sein.

Die Einrichtung der meisten, auch zweitrangigen, Hotels ist auf falschen Prunk gestellt – nur ganz langsam dringt hier die vielbeschriene Sachlichkeit durch. Und weil solcher Tadel zwei Feinde hat, wollen wir uns recht deutlich erklären.

Der eine Feind steht rechts und zuckt die Achseln: das sind die feinen Leute, von denen die Fremdenverkehrswerbung glaubt, es gäbe nur sie. ‹Man› steigt eben im ersten Hotel ab. Ganz abgesehen davon, daß auch da das Gebotene in keinem rechten Verhältnis zum Preis steht –: es ist überflüssig und uninteressant, dafür zu kämpfen, daß ein Reisender, der mit einem Tagesetat von zweihundert Mark reist, noch besser untergebracht wird, als es bereits der Fall ist. Er kann sich allein helfen. Der andere Feind steht links und macht bei solcher Kritik klassenbewußt darauf aufmerksam, daß es Arbeitslose gibt, die überhaupt nicht wissen, wo sie nachts schlafen können. Es muß einmal gesagt werden, daß diese Frage selbstverständlich für jeden anständigen Menschen als grundlegend zu bewerten ist – daß sie aber nicht ausschließt, daß man sich gelegentlich mit der gerechten Verausgabung des sauer verdienten Gehalts jener beschäftigen darf, die weder unter den Brücken noch im ersten Hotel übernachten. Und diesen Angestellten, Bürobeamten, Telefonistinnen, Wanderern und Reisenden aller Art gehts in des Wortes wahrster Bedeutung ziemlich dreckig, wenn sie durch Deutschland reisen.

Ich kenne nun die französischen und die deutschen Hotels so gut, wie einer sie kennen kann, der sie oft benutzt hat – aber wenn ich doch nur wüßte, woher eigentlich der Aberglaube rührt, daß die Deutschen gar so reinlich und die Franzosen gar so schmierig seien! Einzelbeobachtungen führen zu nichts; man muß aber betrunken durch die Welt reisen, um zu diesem Beobachtungsergebnis zu kommen. Der unbestechliche Baedeker hat zwar jene Probe nicht gemacht, die ihm die Legende nachsagt: er hat nicht eigens das schlechteste Zimmer in einem guten Hotel belegen lassen, um zu sehen, wie der Gast dann behandelt wird – aber seine Tendenz ist es schon immerhin, auch bescheidene Häuser anzuführen, «in denen man bei geringen Preisen ordentliche Unterkunft findet», wie er mir schreibt. Und in diesen deutschen Häusern gehts gar nicht so sehr sauber, so sehr billig, so sehr zweckentsprechend zu – das sagt nur die Fremdenverkehrswerbung.

Die sollte, anstatt den Mund ungebührlich voll zu nehmen, in Amerika weniger brüllen und lieber auf die liebe Heimat achten. Da gibt es viel für sie zu tun: und besonders in den Hotels, wo man falschen Luxus bietet, anstatt wahrer Bequemlichkeit, Fassade statt praktischer Einrichtung, und wo man dem Reisenden mit Auto ein Paradies vortäuscht und den ‹gewöhnlichen› Reisenden überteuert und ausnutzt.

DER PORTIER VOM REICHSKANZLERPALAIS SPRICHT

«Ja, man hat ja so allerhand erlebt in der letzten Zeit. Früher – Gott! war diß jemietlich! Da kam wirklich mal hier und da Majestät zu Bethmann zum Frühstück, aber sonst war alles still, janz still. Und wenn ick noch an den Pudel von ollen Bülow zurückdenke, denn wird mir janz schwummrig, und ick muß jleich 'n Schnaps trinken ... Ja, früher ... Also diß is nu vorbei. Schon in'n Krieg jing die Aufrejung los. Da kam eines Tages ein Mann her, das war der neue Reichskanzler Michaelis, der bekam son mächtigen Schreck bei seine Ernennung, daß er sich die janze Zeit nich davon erholen konnte ... Und denn kam son alter Herr, der wackelte immer mit 'n Kopp, und denn dachten die Leute, er sacht: Ja – und da machte jeder, wat er wollte. Na, und denn kam Prinz Max von Baden – und denn jing der Klamauk los ... Sehn Se ma, früher, da stand ick morjens um neune auf, und denn fegten die Frauen det Jächtchen und den Flur, und ick sah mir das alles mit an, und wenn nicht jrade een Besucher kam, den ick anschnauzen mußte – denn jing es mir soweit janz gut. Aber nu? Also am neunten November – det weeß ick noch wie heute – da kamen auf einem Male Autos anjesaust, und denn kamen solche Kerls hier rin, die guckten an die Decke, fühlten sich mächtig unbehaglich, und ick sachte: ‹Zu wen wünschen Sie?› sachte ick. Aber die sachten: ‹Nu regieren wir!› Und ick jing denn janz ruhig in meine Portierklause und dachte: Immer regiert ihr man! Ihr werdet det schonst über kriejen! Und denn regierten die. Und einmal, einmal, da stand Liebknecht vor die Türe und hielt eine große Rede – und ick dachte schon, nu kommt der mir hier ooch noch rin – aber dann schrien se alle ‹Hoch› und ‹Nieder›, und denn war es ja wieder jut. Na – und eines Morgens – ick sahre noch zu meine Olle: ‹Du› sahre ick, ‹mir is heute so merkwürdig› – da kam denn son Herr an, so einer mitn Bart und 'n Jesicht wie'n Bürovorsteher – der sachte: ‹Morgen! Ich bin hier nu Reichskanzler!› Na, ick jing denn janz ruhig in meine Klause und dachte: Mach man! Diß wird dir bald über werden!

— und denn jing det so ne janze Weile. So fein wie früher war es ja nu nich. Die feinen Leute, die noch so manchmal so von früher herkamen, die lachten mir denn immer so vertraut an, so, als wollten sie sahren: Was? Wir zwei beide haben doch schon bessere Tage gesehn! Aber ick sachte janischt und stand mit meine Olle auf den Boden der gegebenen Tatsachen. Na — und neulich, am dreizehnten März — ick sahre noch zu meine Olle: ‹Du›, sahre ick, ‹jib mir mal 'n Kümmel — mir is heute so komisch› — da kloppt et janz frühmorgens zu nachtschlafende Zeit an mein Guckfenster, und draußen steht 'n Herr — und lacht und sagt: ‹Nu regieren wir hier!› Na, ick jing denn janz still in meine Klause und dachte: Macht man! Diß wird euch bald über werden! Und richtig: das wurde sie auch. Erst liefen ja hier mächtig ville Offiziere rum, mit Monokel, und Ludendorff kam auch, und ick riß die Knochen zusammen und jrüßte ihm, und er winkte jnädig ab — und denn rejierten sie da. Aber wie das so is: eines Morgens — da waren sie weg — und zwei Stunden später — da kloppt et an meine Türe, und da stand der Herr von früher und sachte: ‹Morgen! Morgen!› sacht er. ‹Ja — nu rejieren wir hier!› Und ick jing janz still in meine Klause ... Und jeden Morgen, wenn ick uffstehe un meine Olle sich die Zeppe uffstecken tut, denn die hat se, denn steh ick ans Fenster und gucke so uff die leere Wilhelmstraße, wo die Spatzen in die Pferdeäppel picken, und denn denk ick mir so: Wer kommt nu —?»

START

Du wirst mal Kanzleisekretär —
mä —! bä —!
Dann hängt dir vorne ein Bauch von Schmeer
und Briefmarken sammelst du nebenher,
und du liebst die Autorität und das Heer —
Na, nu weine man nicht!
Na, nu weine man nicht!
In der Röhre stehn Klöße,
du siehst sie bloß nicht! —

Du wirst mal Geschäftsprinzipal —
mä —! bä —!
Untenrum dick und obenrum kahl,
mit dem Maulwerk egalweg sozial,
und im Herzen natürlich deutsch-national —
Na, nu weine man nicht!

Du wirst mal Landgerichtspräsident!
Kille-kille!
Einer, der die Gesetzbücher kennt,
einer, der in den Sitzungen pennt,
und die Fresse zerhackt wie ein Korpsstudent –
kille ... kille ... kille ...!

Du wirst mal eine große Hu –
hopla-hopp!
Du liebst, wenn er zahlt. Und lächelst dazu.
Und gehts mal schief, verlier nicht die Ruh.
Du hast ja Geld – *dir* treiben sie deine Sorgen ab im Nu ...
hopla-hopp!

Du wirst mal Gewerkschaftssekretär –
na, nu weine man nicht –!
Zunächst gehst du klein und bescheiden einher;
doch hast du erst den feinen Verkehr,
dann kennst du deine Genossen nicht mehr –
in der Röhre stehn Klöße,
du siehst sie bloß nicht –!
Su – su –
Na, und du –?

Du, mein Junge, sollst mal auf Erden
ein anständiger Proletarier werden,
der ein Herz hat für seiner Klasse Beschwerden –!
Ein ganzer Mann.
Feste, geh ran –!
Das wirst du lernen, bist du einmal groß –:
Jede Klasse zimmert sich selber ihr Los.

INHALT

INHALT

INHALT

Kurt Tucholsky

Das Kurt-Tucholsky-Chanson-Buch
Texte und Noten.
368 Seiten. Kartoniert

Gesammelte Gedichte
Sonderausgabe.
832 Seiten. Gebunden

Als Taschenbücher liegen vor:

Gesammelte Werke
10 Bände in Geschenkkassette

Zwischen Gestern und Morgen
Eine Auswahl (50)

Panter, Tiger & Co.
Eine Auswahl (131)

Ein Pyrenäenbuch
Bericht einer Reise (474)

Politische Briefe
(1183)

Politische Justiz
(1336)

Politische Texte
(1444)

Schnipsel
Aphorismen (1669)

Kurt Tucholsky
dargestellt von Klaus-Peter Schulz (rm 31)

rororo

C 143/30b

Klaus Mann

Mephisto
Roman einer Karriere. rororo 4821

Der Vulkan
Roman unter Emigranten. rororo 4842

Symphonie Pathétique
Ein Tschaikowsky-Roman. rororo 4844

Flucht in den Norden
Roman. rororo 4858

Treffpunkt im Unendlichen
Roman. rororo 4878

Kind dieser Zeit
rororo 4996

Alexander
Roman einer Utopie. rororo 5141

Erika und Klaus Mann
Rundherum
Abenteuer einer Weltreise. rororo 4951

Der Wendepunkt
Ein Lebensbericht. rororo 5325

André Gide
und die Krise des modernen
Denkens. rororo 5378

rororo

C 1048/7

KURT TUCHOLSKY

GESAMMELTE WERKE

IN 10 BÄNDEN

HERAUSGEGEBEN VON

MARY GEROLD-TUCHOLSKY

FRITZ J. RADDATZ

KURT TUCHOLSKY

GESAMMELTE WERKE

BAND 7

1929

rororo

ROWOHLT

Umschlagentwurf Werner Rebhuhn

70.–119. Tausend April 1985

Veröffentlicht im Rowohlt Taschenbuch Verlag GmbH,
Reinbek bei Hamburg, September 1975

Gesamtherstellung Clausen & Bosse, Leck
Printed in Germany
ISBN 3 499 29007 3

1929

IM KOMMENDEN JAHR

werden die deutschen Militärs und die deutschen Wehrverbände weiter rüsten, und die deutschen Außenpolitiker werden es ableugnen.

Im kommenden Jahr werden sich die deutschen Richter einbilden, ein bestandenes Assessorexamen berechtige sie, den lieben Gott zu spielen und zu ‹strafen›; insbesondere in den kleinen unkontrollierten Provinzgerichten werden die Proletarier auf den Anklagebänken nichts zu lachen haben.

Im kommenden Jahr werden die Gefangenen in den Zuchthäusern, Gefängnissen und Arrestlokalen sinnlos leiden: unter Sexualnot, unter schlecht bezahlten Aufsehern und unter der ‹Hausordnung› der Direktoren.

Im kommenden Jahr werden die Börsen mit Wertpapieren handeln, ohne daß sich auch nur einer der Spieler darüber Gedanken macht, womit er eigentlich spielt: mit der Arbeitskraft von Proletariern, die mit sechzig Jahren wenigstens wissen, wofür sie das ganze Leben hindurch geschuftet haben: für eine Tuberkulose.

Im kommenden Jahr wird die Allmacht des amoralischen Staats noch höher hinaus wollen als im vergangenen.

Ich erwarte also vom kommenden Jahr nichts Besonderes.

EIN BETRUNKENER IN DER WILHELMSTRASSE

– «Prost Neuahr! Prost Neuahr! . . . ze frieh. Da, wo meine Armbanduhr wah, is jetzt ne Beule – aber is ze frieh . . . 'ck wer doch woll hier noch langjehn kenn! Hö. Ick als Republikaner kann mir besaufen, wo ick will. Wie hat Adolf imma jesacht? ‹Det kann ick! Dafor bin ick Mutta!› – Iebahaupt – mein Mann is Waschfrau, un ick bin Soldat. Da kommt 'n Mann. Wat is det fiern Mann –? Tach, Mann.

Der antwort nischt. Prost Neuahr! Ick wer ma nehm'm herjehn. Kann a ma nich vabietn, der. Den sein Jesicht kommt mir so bekannt vor . . den muß ick doch schon mah . . . der sieht aus . . . det is doch – Justav –!

Prost Neuahr, Justav! Nischt. Ick wern ma bejleiten, det ihn nischt zustoßt, den hohen Herrn. Dürf ick Ihnen eine Ssijarre anbietn, Herr Ecksellentz? Der sacht nischt. Ick ha ja auch ja keene Ssijarre – aba valleicht jibt er mir eene. Nee Wenn et Sie nich steert – Prost Neuahr! Prost Neuahr – wenn et Sie nich steert, denn kenn wir ja 'n bißchen üba Polletik redn, wa –? Ja, wat ick sahrn wollte:

Justav, du mußt nich mit die Fauste. Erschtens hast du jahkeene. Du hast sone kleene, dicke, mollige Hand – is ja janz scheen – aba: ball se nich, Justav Jeballt is et nischt. Du bistn Koofmann – die annern sind et ooch – ick wer da sahrn: ihr mißt nich imma so dhun, als ob ihr – ihr seid et ja jahnich! Prost Neuahr! Is noch nich so weit! Ihr jeht vor, da driehm! Seh mah – wat die Engländer sind, det sinn ruhige Leute, die ham schon viel in ihrn Lehm jekloppt – aba uffn Tisch – nee, det kenn die nich. Na, und bei die Franzosen kommste da jahnich mit durch! Justav, wenn de Briang hättst in Mahrn kucken kenn, weeste, wat der sich jedacht hat, wie du bist rot anjelaufen –? Er hat jedacht: I, sieh mal an, hat er jedacht, nu kommt der ooch schon! Det ham doch frieha bloß die Jenerale jemacht! Und denn hat a ne Ssijarette jeroocht, und wat du jesacht hast, det is in Rauch aufjejangn ... Prost Neuahr!

Ja, nu ham die alle jeschriehm, det du hast einen forzüchlichen Eindruck jemacht. Ick wer da sahrn – Eindruck haste jemacht – weißte auf wen –?

Auf die Deutschen, Justav. All son Zimt macht imma bloß Eindruck bei uns ze Hause, un denn denken nachher die Leite, da denken die denn: die Welt is bewecht worn. Justav, hör zu: erschtens sind die Zeitungen nich die Welt, und die deutschen schon jahnich, un ick wer da sahrn: Du mußt nich imma na hintn kuckn, ob se da Beifall brülln oder dir den Stuhl untern Jesicht wechziehn – du mußt na vorne kucken! Denn seh mah:

Du sosst ja nich die Deutschen übazeujn – du sosst die annern übazeujn. Det deine eijenen Leite Bravo schrein, det wissen wir. Aba du mußt machen, det die annern Bravo schrein – un det is nemlich schwerer, werk dir mah sahrn ... ville schwerer is det! Aba det ham se bei uns nich raues. Die treten imma vor ihrn eijenen Lokalanzeijer auf, und den Jejner ham se inzwischen vajessen. Du hast se ja nich schlecht jejehm – se ham sich bloß nischt davon jenomm. Prost Neuahr! Mensch, du mußt die Belange nich so hoch halten – man sieht se auch so – Das janze Vataland – aps – wenn et dir recht is, denn jehn wa da mal hinter die Säule da austreten ... Wißte nich? Na – denn mißn wa det vatahrn ... Ja, wat hast du bloß mit die Polen –?

Justav, wahn se valleicht nett zu die Pollackn jewesen, untern Kaiser? Von wejen – – Jeschundn ham se se und auf se rumjekloppt und schtatt daß ihr jesacht hapt: nu fängt sich hier mal wat Neues an, da habt ihr munter weiterjemacht. Nu wundert ihr euch! Seh mah, in Warschau ... Justav, ick muß mah janz schnell ehm – ick heer ein Brünnlein rauschern – Ick komme jleich nach ... lauf nich wech! Dunner – jetzt muß ick mir im Laufen zukneppen, ick bin doch nich Nurmi – da bin ick wieda.

Wat ick sahrn wollte: es is reine, als ob die Polen wern für eich der neue Erbfeind. Kaum, daß eena sacht: Poln – denn fangen se schon alle an zu schrein, un die Reichswehr sieht man ehm schnell nach die Kanon – da fiehlt ihr eich, wa? Wißte se herrliche Zeiten entjejenfiehrn, ja? Do, ssiss komisch: int Jeschefte un in Amt un ze Hause, da ham se nich viel zu melln – aba wenn so eena so recht kräftige Wochte finnt, denn jlaum se alle, se sinn Bismarck perseenlich. Ick wah neulich dabei, wie mein Schwahra, der is Zwischenmeister bei Lewin un Rosenthal, un da hat der seine Mäntels abjeliefert, un da hat der olle Lewin deine Rede vorjelesen, in Bühro, mitn Kneifer uff die Neese und denn hat a jesacht: ‹Et wücht wieda mit Deutschland!› hat er jesacht. Haps. Da hab ick jesacht: Jewiß doch, Herr Lewin – es is ja schon mal jeworn! Da ham se ma rausjeschmissn. Prost Neuahr! Prost Neuahr! Heer bloß mah, wie die brilln! Die Leite ham keene Bildung nich! Mensch, Justav, wat ham dir die Poln jetan? Wejn den Korrigidor –? Justav, mach mir donischt vor – hier, uff de Willemstraße kann icks dir ja sahrn:

Wer denkt denn schon an den dämlichen Korridor, wenn ihr nich imma mecht son Jeschrei davon machen? Natierlich is a vakehrt – weil janz Europa vakehrt is! Aba meinste, det wird bessa, wenn ihr nehmt den Pollackn den Korridor wieda wech? Denn jeht doch allens wieda von vorne los; det janze Mallöhr und det Jeschrei un ‹Zujang zum Meere› – du wirst es sehn – un ick weeß jahnich, was du hast; Flaschenbier vajeht, aba Schönheit be –

Jahnich hack den Herrn belesticht! In keine Weise! Prost Neuahr, Herr Wachtmeesta! Frahrn Sie doch den Herrn. Herr Wachtmeesta, ob ick ihm ... Wissen Sie denn überhaupt, wer das ist –? Na, das is ja unahört! Justav! Sach selba! Justav! Herr Minista! Herr Staatsminista! Eia Ecksselentz! – – Wat sacht der –?

Er is et jahnich –?

Bumm – jetzt hack meine janze Weisheit ann Falschen vazappt! Da jeht er hin. Aba mächtich ähnlich sieht an. Sie! Von wejn Minister: Sie, Männecken! Varraten Se nich, wat ick Ihn jesacht habe – det sin Staatsjeheimnisse sind det! Staats – schupsen ma doch nich, Herr Wachtmeesta – Staats – Staats ... Prost Neuahr! Wo is meine Papiermitze? Herr Wachtmeesta, ohne Papiermitze is keen Neujahr – wa? Ick bin aus Bealin; wenn ick mir ma amuhsiere, denn muß man det heern, sost amuhsierck ma nich! Staatsjeheimnisse sind det – Besoffen? Wer is hier besoffen? Mir is bloß 'n bisken komisch – ick muß irjend wat jejessen ham –!

Prost Neuahr –! Prost Neu – Wat is –? Zu spät –? Nu is wieda zu spät. Herr Wachtmeesta, wir sinn inne Willemstraße: da komm se imma entweder ze frieh oda zu spät! Prost Neuahr –! Fröhliche Finxten! Auf Wiedersehn –!»

VORSPRUCH

Für den Arbeiter
mit dem Intellektuellen
gegen den gemeinsamen Feind

Was soll ich denn lesen –?
Die paar Stunden,
die dir Fabrik und Schreibstube läßt,
kannst du seelisch wieder gesunden –
aber halt an deiner Gesinnung fest!
Biographien der Vaterlandsretter?
Nein.
Patriotisches Phrasengeschmetter?
Nein.
Deine Welt. Die Revolutionen.
Kolonialpolitik und Expeditionen.
Die Geschichte der Völker. Die Verbrechen des Staats.
Die echten Führer des Proletariats.
Die Russen. Petroleum. Der Kampf der Chinesen.
Das sollst du lesen.

Was soll ich denn lesen –?
Wellen und Wogen
von bravem Kitsch gehen über das Land.
Da wird den Frauen viel vorgelogen:
Tränenromane mit Ordensband . . .
Gesangverein? Gefühlsduselei?
Nein.
Die Kirchenkeuschheit der Polizei?
Nein.
Dein Weltbild – unverlogen und klar;
die alte Zeit, wie sie wirklich war;
die Geburt der Maschine, mit ihrem Fluche –
die Lehren mißglückter Befreiungsversuche.
Justiz. Amerika. Zeitungswesen.
Das sollst du lesen.

Es geht um das Glück, das sie deiner Klasse genommen.
Wissen ist Macht. Kämpfe!
Und sei willkommen!

LIED FÜRS GRAMMOPHON

Gib mir deine Hand,
Lucindy!
Du, im fernen Land –
Lucindy!
Wie die Ätherwellen flitzen
über Drähte, wo die Raben sitzen,
saust meine Liebe dir zu . . .
du –
tu–tu–tu– mmm –

Wenn du mich liebst, so singt dein Blut,
Lucindy!
Ach, wenn du nicht da bist, bin ich dir so gut,
Lucindy!
Dein, dein Lächeln läßt mir keine Ruh . . .
Man kann von oben lächeln,
man kann von unten lächeln,
man kann daneben lächeln –
wie lächelst du?
tu–tu–tu– mmm –

Meine, die will mich verlassen,
Lucindy!
Deiner, der will dich fassen,
Lucindy!
Kehr zu ihm zurück!
Vielleicht ist das das Glück . . .
Ich guck in den Mond immerzu –
oh, so blue – mmm –

Wie man auch setzt im Leben,
Lucindy!
man tippt doch immer daneben,
Lucindy!
Wir sitzen mit unsern Gefühlen
meistens zwischen zwei Stühlen –
und was bleibt, ist des Herzens Ironie . . .
Lucindy!
Lucindy!
Lucindy –!

FABEL

Da stand der Hund vor der Hundehütte, sein Fell war gesträubt wie die Borsten einer Bürste, er lauschte in die weite Nacht. Aus der Nacht ertönte ein Geheul.

Es begann hinter dem Wald, und es pflanzte sich zur Schlucht hinüber fort, sacht ansteigend; wenn es dort angekommen war, antwortete eine heulende Stimme, die so jäh anstieg, daß der Hund zitternd in sich zusammenkroch. Dann begann er zu bellen.

Er bellte, gleich heiser einsetzend, so aufgeregt war er; Schaum troff ihm aus dem Maul, er bellte mit der Seele, seine Flanken flogen, obgleich er gar nicht gelaufen war, er stemmte alle vier Pfoten fest auf die Erde, um bessern Halt zu haben – und Geifer, rasende Tobsucht und Wut waren in seiner Stimme ... Da erwachte sein Herr.

«Das sind die Wölfe», sagte der Mann hinter sich in die Hütte und band den Hund los, der ihm nicht von den Hacken wich; er schritt in die Hütte zurück, entsicherte das Gewehr, das an der Wand hing, und legte sich zu seinem Weib. Das Herdfeuer glomm; der Hund träumte. Wenn das Geheul draußen von neuem einsetzte, richtete sich der Hund schnaufend auf, ein kurzer Ruf des Mannes zwang den Knurrenden in die Ruhestellung. Da lag er.

Da lag der Verräter.

Da lag der, der sich vor achttausend Jahren von den Wölfen losgemacht hatte: für Fressen, Sicherheit und einen warmen Platz in der Hütte. Sie hätten ihn zerrissen, wenn sie ihn bekommen hätten – mit ihren Zähnen zerknirscht, zermalmt, zunichte gemacht. Er gab vor, sie zu verachten; aber er haßte sie, weil er sie fürchtete. Der Herr nannte ihn treu und wachsam – es war ganz etwas andres. Um ganz etwas andres ging der ewig währende Kampf zwischen den wilden Hunden und dem gezähmten Hauswolf. Der Kampf ging um die Seele.

Anklage und Urteil war ihr Erscheinen; tiefster Vorwurf ihre Witterung; Donnerspruch ihre Stimme; Glanz des Himmels vor dem Sünder in der Hölle ihre Gestalt – er krümmte sich, wenn er nur an sie dachte. Er wand sich: denn sie hatten recht! sie hatten recht! sie hatten recht! Er war abgefallen, zum Feind übergegangen: aus Feigheit, aus Verfressenheit, aus Faulheit; aus hündischem Stolz, sich in der Gunst seines Herrn sonnen zu dürfen, und womit war diese Gunst erkauft!

Er haßte sie um ihrer Freiheit willen – er war zu schwach, die noch zu wollen. Er ließ sie entgelten, was er nicht hatte werden können. Sie hatten die Freiheit, die herrliche Freiheit und ein hartes Leben – aber sie sollten gar nichts haben! Er haßte sie, weil sie nicht in der Wärme fressen wollten wie er, und er haßte sie, weil es ihm alles, alles nichts genutzt hatte: der Verrat nicht, die Wachsamkeit nicht, die gebratenen Fleischstücke nicht. Er war ein Verschnittener; was da draußen rief, war die Manneskraft, waren die Treue, der Wille und das Herz – was war ihm geblieben! Eine Hundehütte war ihm geblieben.

Ein besonders schriller Schrei drang in die warme Finsternis. Diesmal konnte der am halb verglommenen Feuer nicht an sich halten – laut bellend fuhr er in die Höhe. Mit einem jaulenden Schmerzenslaut duckte er sich nieder: ein Stück Holz war ihm krachend in die Weichteile gefahren. Der Wille des Herrn hatte gesprochen. In hohen Tönen wimmernd lag er gekauert und horchte auf die Stimme der Natur, auf die Stimme der ungebändigten Freiheit, auf die mahnende Stimme, anmahnend das verpfuschte Leben seiner Generationen. Da lag er: ein wohlgenährter Verräter. Ein in Sicherheit lebender Verräter. Ein zutiefst unglücklicher Verräter. Nun war es ganz still geworden. Der Hund schlief.

Zwischen Otto Wels und Lenin bestehen gewisse Gegensätze.

DIE ROLLE DES INTELLEKTUELLEN IN DER PARTEI

In der Nr. 7 dieser Zeitschrift ist von einem Aufsatz meines Freundes Kurt Hiller die Rede; die Arbeit hat in der ‹*Weltbühne*› gestanden und ist hier einer scharfen Kritik unterzogen worden. Ich erbitte das Gastrecht dieses Blattes, um etwas Grundsätzliches dazu zu sagen.

«Es ist anzunehmen», schreibt Hans Conrad, «daß sich die Herausgeber der ‹*Weltbühne*› mit dem Hillerschen Programm solidarisieren.» Das tun sie nicht. Die ‹*Weltbühne*› ist eine Tribüne, in der die gesamte deutsche Linke in des Wortes weitester Bedeutung zu Worte kommt; wir verlangen von unseren Mitarbeitern Klarheit, persönliche Sauberkeit und guten Stil. Ob dieser Grundsatz richtig ist oder nicht, ist eine andere Frage; so habe ich das Blatt von meinem verstorbenen Lehrmeister Siegfried Jacobsohn übernommen und so habe ich es an Carl von Ossietzky weitergegeben, der keinen Finger breit von dieser Richtung abgewichen ist. Die ‹*Weltbühne*› verzichtet bewußt auf ein starres Dogma; bei uns wird diskutiert.

Was wird nun diskutiert?

Als ich im Jahre 1913 in die ‹*Weltbühne*› eintrat, begann ihr Herausgeber sich mit Politik zu befassen; ich bestärkte diese Neigung, wo ich nur konnte, und das Blatt stand damals ungefähr links von den Sozialisten. Weil es kein festes Programm hatte, konnte es in der Revolution nicht führend sein. Ich lege aber den größten Nachdruck auf diesen Satz:

Wir haben niemals beansprucht, die Führer der Arbeiterklasse zu sein.

Dies vorangeschickt, wollen wir folgende Sätze betrachten, die hier zu lesen gewesen sind:

«Die Tragödie Deutschlands ist nicht zuletzt die jämmerliche Halbheit seiner ‹linken› Intellektuellen, die da über den Parteien thronten, weil es ‹einem in den Reihen nicht leicht gemacht wird› (um mit Kurt Tucholsky zu sprechen). Diese Leute haben 1918 glänzend versagt, sie versagen noch heute. Ihre Führerrolle war und ist kläglich, einfach jämmerlich, denn die lieben Leutchen glaubten und glauben, daß sie bloß auf das Podium zu steigen brauchen, um den Beifall des Volkes entgegenzunehmen. Aber das ‹Volk› hat diese Neulinge gar nicht verstanden, und jetzt klagen unsere überklugen Musensöhne dafür die Dummheit der Proleten an und beginnen – soweit sie nicht längst in die Gefilde der Ullstein- und anderer Konzerne zurückgekehrt sind – zu wehklagen oder ihre billigen Weisheiten und Rezepte à la Hiller an den Mann zu bringen.»

Wir sprechen aneinander vorbei.

In einem Aufsatz *‹Gebrauchslyrik›* (eine in der *‹Weltbühne›* erschienene Besprechung der Gedichte Oskar Kanehls, die den Lesern dieses Blattes kostenlos zur Verfügung steht) habe ich versucht, die unglückliche Rolle des deutschen linken Intellektuellen in den Arbeiterparteien zu skizzieren. Ich formuliere hier noch einmal, schärfer.

Der Intellektuelle schreibe sich hinter die Ohren:

Er ist nur unter zwei Bedingungen überhaupt befugt, in die Führung einer Arbeiterpartei einzutreten: wenn er soziologische Kenntnisse besitzt und wenn er für die Arbeitersache persönliche Opfer bringt und gebracht hat. Lenin hat beides vereint. Erfüllt der Intellektuelle diese Bedingungen nicht, so darf er allenfalls als bescheidener Helfer in den Reihen des Proletariats mitkämpfen; er erwarte nichts Besonderes von der Partei; er strebe nicht nach Posten und Pöstchen; er wage es nicht, vor eine Versammlung von Streikenden zu treten und sie mit schönen Worten zum Durchhalten zu ermahnen. Geht es in den Straßenkampf, dann schieße er mit – oder schweige. Er ist ein Sympathisierender – mehr nicht.

Die Partei schreibe sich hinter die Ohren:

Fast jeder Intellektuelle, der zu ihr kommt, ist ein entlaufener Bürger. Ein gewisses Mißtrauen ist am Platze. Dieses Mißtrauen darf aber nicht jedes Maß übersteigen.

Es ist ungemein bezeichnend, daß der Vorwurf: «Der Kerl lebt zu gut», nie, niemals von einem Arbeiter zu hören ist, sondern immer nur von jenen Viertel- und Halb-Intellektuellen, die in der Partei arbeiten. Es gibt heute einen Snobismus der schwieligen Faust, der unerträglich geworden ist. Wer ist Hans Conrad? Wer spricht? Ein Mann, der acht Stunden am Schraubstock steht? Das ist nicht anzunehmen; er könnte sonst diese Zeitschrift nicht machen. Er wird mir seinen Stammbaum entgegenhalten – der ist kein Beweis. Die versteckte oder offene Feindseligkeit, der unsereiner in den Arbeiterparteien begegnet, ist ebenso groß wie die Freundlichkeit, die wir bei den klassenbewußten Arbeitern finden; die fühlen mit dem todsichern Instinkt ihrer Klasse, wer da zu ihnen kommt: einer, der aus kleinbürgerlichen Kreisen herkommt; einer, der bürgerlich lebt – und einer, der nicht lügen will. Denn es wäre eine verdammte Lüge, sich den Kragen abzubinden und den Proleten zu ‹markieren›. Hier wird nicht markiert. Wir sitzen zwischen zwei Stühlen und haben erkannt:

Der Kampf der Arbeiterklasse führt zum Siege; er ist gerecht. Wir haben es sehr schwer, uns von der Grundlage unserer Erziehung, unserer Ausbildung, unserer Arbeit loszulösen. Man schilt uns von der Bürgerseite her: Bolschewisten. Man mißtraut uns von der Funktionärseite der Arbeiterparteien her – niemals haben uns die Arbeiter mißtraut, sofern wir uns zurückhaltend und sympathisierend angeschlossen haben. Wer mitarbeitet und den Mund nicht aufreißt, ist bei den Arbeitern immer willkommen gewesen.

Nein, man macht es uns nicht leicht, weil man unsere Aufgabe verkennt.

Die Forderungen Conrads sind richtig, aber sie sind falsch begründet. Zunächst wollen wir uns diese militärische Formulierung von dem ‹Versagen› abgewöhnen; das sind Kriegsformeln, die bei verständigen Leuten keine Geltung mehr haben. Eine Revolution ist kein Parademarsch, über den man nachher die Kritik abnimmt und Noten austeilt. Jeder marxistisch gebildete Arbeiter weiß, daß die Saal-Revolution im Jahre 1918 nichts gewesen ist; jedes Fundament hat gefehlt (das sieht Conrad richtig), die Intellektuellen haben kaum einen Anteil an den Geschehnissen (das sieht Conrad nicht richtig). Die Partei aber macht einen ungeheuren Fehler.

Wenn Kurt Hiller sein Heil in den Zwischengruppen zwischen SPD und KPD sucht, wenn er sich an überparteiliche Organisationen klammert, so tut er das bestimmt nicht zu seinem Vergnügen. Er wird seine Erfahrungen gemacht haben. Man könnte einwenden: Das liegt an ihm. Dann laßt mich sagen, daß er nicht allein dasteht.

Das übertriebene Mißtrauen der kleineren Funktionäre dem Intellektuellen gegenüber ist auf Konkurrenzangst zurückzuführen. Diese Furcht ist meist begründet. Der wirkliche Vorwurf der mangelnden Stetigkeit, die vielen von uns innewohnt, das (in Deutschland besonders große) Mißtrauen gegen den ‹Unordentlichen› haben dazu geführt, daß in der SPD solche Mittelmäßigkeiten wie Ebert, Wels, Noske überhaupt zur Macht kommen konnten. Hier habt ihr das mahnende, schlechte Beispiel vor Augen. Vergegenwärtigt euch doch einmal, wie so ein Mensch wie Fritz Ebert überhaupt so hoch steigen konnte. Das ist leicht erklärt:

Ebert ist der Bonze, der immer zur Stelle gewesen ist. Er war dieser euch allen bekannte Typus, der keine Sitzung versäumt; der auf jedem Zahlabend seinen Mann steht; der seine Listen in Ordnung hat ... Ihr werdet sagen: Na, ist das vielleicht ein Vorwurf? – und ich fahre fort: er ist einer gewesen, der nichts als das getan hat. Er hatte keinen Funken Kampfgeist. Man sagt, er habe schon in den ersten Tagen des November, als alles drunter und drüber ging, brav seine Akten aufgearbeitet wie ein Regierungsrat – darin ist er der ganze Mann. Ein Papiermensch.

Tritt nun ein flammender, feuriger, starker Kerl in die Organisation, dann werden die Listenmenschen unruhig. «Was will der hier?» Nichts. «Einen Posten für sich?» Nein. «Dann soll er uns auf alle Fälle hier nicht unsern Laden durcheinander bringen ... keine neuen Sachen ... wie sieht überhaupt sein Mitgliedsbuch aus ...?» Und wenn der Intellektuelle dann nicht sehr viel Begeisterung, nicht sehr viel Liebe zur Arbeitersache besitzt, dann zuckt er die Achseln und geht. Verloren haben beide Teile.

Es wird uns auch geistig nicht leicht gemacht.

Ich habe niemals irgendeinen ‹Krach› mit Parteiinstanzen gehabt; aber es gehört eine unbändige Geschicklichkeit dazu, nicht anzuecken. Guter Stil? Mißtrauen. Scharfe Formulierung, die ‹sitzt›? Der Bursche geistreichelt. Bewußte demagogische Wirkung auf die Frauen – eine Sache, die die Arbeiterparteien fast immer vernachlässigt haben? Bürgerliche Zeitungsmanieren. Nein, so geht es nicht. Wer meine Arbeit kennt, weiß, daß ich nicht den Künstler in der Samtjacke darstelle, der sich einbildet, seine Gedichtlein seien das wichtigste auf der Welt. Disziplin muß sein. Aber tatsächlich ist es heute so, daß die Freiheit, die der Intellektuelle genießt, bei den bürgerlichen Blättern – innerhalb des Rahmens dieser Blätter – größer ist als in der Arbeiterpresse. (Die Gegner, die mich zitieren, werden die Worte «innerhalb des Rahmens dieser Blätter» fortlassen.) Der sozialdemokratische Redakteur hat viel mehr Angst vor seinen Lesern als Ullstein und Mosse zusammen; die Prüderie, die Angst, die Sucht, am Herkömmlichen zu kleben, ist bei den Arbeiterblättern bedeutend größer als dort: denn sie werden von Leuten geleitet, deren Gesinnung man sehr genau und deren Fähigkeit man sehr ungenau geprüft hat. Niemals dürfte ein Arbeiterblatt so gesetzt und gedruckt werden, wie es redigiert wird. Die Partei schlüge mit Recht einen schönen Lärm. Daß aber diese Redakteure, die es gewiß nicht leicht haben, einfach ihr Handwerk nicht verstehen, das ist eine Sache, die schmerzt. Sie schmerzt; denn sie wäre besser zu machen. Sie ist unter diesen Umständen sehr schwer besser zu machen: Ihr laßt uns nicht heran. Ihr wißt es alles besser.

Dies ist keine Kandidatenrede. Wir sind weit voneinander. Wir sollten zueinander.

Ich danke für die Möglichkeit, hier haben sprechen zu können. Ich will nicht ‹recht› behalten – diese Sätze sind für die Diskussion da. Hans Conrad wird nicht das billige Mittel wählen, mich ‹abzuführen› – in seinem eigenen Blatte hat jeder recht. Darauf kommt es auch gar nicht an. Es kommt nur auf eins an: *zu arbeiten für die gemeinsame Sache.*

§ 297 / UNZUCHT ZWISCHEN MÄNNERN

Die Ziffer 4 des § 297 des «Entwurfs eines ‹Allgemeinen Deutschen Strafgesetzbuches›» ist ein Verbrechen; seine ‹Begründung› ist unzureichend und mit den Tatsachen als nicht im Einklang stehend zu bezeichnen.

Die sogenannte ‹Begründung› der einschlägigen Paragraphen (296 und 297) gibt zunächst zu, daß die Gründe gegen diese Art von Gesetzgebung «ernst zu nehmen» sind. Die Begründung gibt ferner zu, daß diese Paragraphen geeignet sind, Unschuldige zu schädigen und zu vernichten. Trotzdem hält der Entwurf diese Paragraphen nicht nur aufrecht, sondern er bringt auch eine Verschärfung des geltenden Sexualrechts. Woran liegt das? –

Man muß zunächst wissen, *wer* eigentlich bei einem Entwurf für ein solches Gesetz gehört wird. Von allen Philosophen, Soziologen, Ärzten und Erziehern, die der Doktor Magnus Hirschfeld hier seit Jahren zu diesem Thema sprechen läßt, ist wohl der allerkleinste Teil auch nur einer Anfrage der beamteten Gesetzgeber gewürdigt worden. Diese Gesetze kommen zustande unter Hinzuziehung des finstersten Provinzmuffs: ehrgeiziger Kleinstädter, Vereinsvorsitzender, engstirniger Geistlicher, saurer Frauen, die in unglücklichen Ehen unbefriedigt leben – wie überhaupt das Motiv der *Rache* hier viel größer ist, als die Beteiligten selbst wissen. Sittliche Eiferer lassen sich leicht analysieren – ihre Untaten werden dadurch nicht kleiner.

Das so hergestellte Material gerät nunmehr in die Hände scholastisch verbildeter Juristen, die, kalt, gefühllos und ohne Kenntnis des Stoffes, deshalb sachlich zu sein glauben, weil sie von der Materie nichts verstehen. Rechnet man noch die militaristische Grundstimmung hinzu, die den Wert eines Volkes nach seiner Zahl mißt und achtzig Millionen schlecht genährter Individuen sechzig Millionen vorzieht, die in Menschenwürde aufwachsen, so ergeben sich aus diesem Brei von verklemmter Erotik, finsterstem Katholizismus und falscher Soziologie solche Phrasen.

«Dabei ist davon auszugehen, daß der deutschen Auffassung die geschlechtliche Beziehung von Mann zu Mann als eine Verirrung erscheint, die geeignet ist, den Charakter zu zerrütten und das sittliche

Gefühl zu zerstören. Greift diese Verirrung weiter um sich, so führt sie zur Entartung des Volkes und zum Verfall seiner Kraft.»

Dieser Satz ist falsch.

Den Verfassern fehlt jede Legitimation, für das deutsche Volk zu sprechen – sie sprechen höchstens für einen unaufgeklärten und ungebildeten Teil. Vor allem aber ist es unstatthaft, ein Gefühl so zu überbetonen, daß die, die dieses Gefühl nicht teilen, als Verbrecher bestraft werden.

Mir ist die sexuelle Beziehung eines Mannes zu einem Mann schlecht vorstellbar – aber niemals wagte ich, dieses mein Sentiment zur Grundlehre einer Sittenlehre zu machen. Mit demselben Recht könnte man ein Gesetz gegen rothaarige Frauen entwerfen oder gegen Männer, die stark schwitzen. Solange die Spielarten der Sexualität die Gesellschaft nicht schädigen, solange hat sie kein Recht einzugreifen.

Die Schädlichkeit der Homosexualität ist nicht nachgewiesen, sie wird von den Ministerialräten nur behauptet. Ein Strafgesetzbuch ist keine Sittenfibel, und die sittlichen Grundauffassungen der katholischen Kirche, die, bei ihren unbestreitbaren Verdiensten um die Gesellschaft, die Hauptschuld an dieser Gesetzesmacherei trägt, sind diskutierbar und *nicht* die Basis aller Dinge. Das ist Terror, den wir uns verbitten.

Die ‹Auslegung› der sachlich unfundierten Bestimmungen des geltenden Rechts hat zu einer Reichsgerichtsjudikatur geführt, die zu dem Widerwärtigsten gehört, was in deutscher Sprache gedruckt worden ist. Diese scholastische Pornographie unterscheidet zwischen «beischlafähnlichen Handlungen» und anderen Handlungen; der neue Entwurf baut diese Unsauberkeit noch weiter aus.

Der ‹gewöhnliche› Mann darf andere als ‹beischlafähnliche Handlungen› mit einem Mann ausführen; der Arbeitslose, der sich aus Verzweiflung prostituiert, darf nicht einmal das; die Begründung zeigt die ganze Hilflosigkeit der Gesetzesmacher einer hauptsächlich als sozial zu rubrizierenden Erscheinung gegenüber. Inwieweit männliche Prostituierte dem Verbrechertum näher stehen als andere Männer; inwieweit sie der Gesellschaft durch andere als geschlechtliche Handlungen mehr schaden als weibliche Prostituierte, das ist eine Polizeifrage, die keinesfalls dazu führen darf, unmotivierte und falsch begründete Gesetze anzufertigen.

Wenn man sich ferner überlegt, *wer* über die Gültigkeit solcher Bestimmungen zu beschließen hat, wenn man sieht, *wer* in den Reichstagskommissionen sitzt: welche Mediokrität der Lebensbildung, des Verstandes, des Herzens – so wird man die Schlauheit der Gesetzesfabrikanten nicht mehr so sehr bewundern. Vor diesem Gremium wären noch viel törichtere und gefährlichere Paragraphen durchzubringen.

Der Entwurf ist eine Schande.

EINFAHRT

Erst tauchten auf dem grüngrauen Land ein paar Baracken auf, dann Häuschen, dann Häuser, da steht die erste Fabrik. Ein Holzlager. Grau ist die Natur – immer sieht die Grenze zwischen der Stadt und dem flachen Land aus wie ein Müll- und Schuttplatz. Da ist eine Vorortbahn, viele Schornsteine; die erste Elektrische. Noch rollt der Zug glatt und mit unverminderter Geschwindigkeit; Straßenzüge begleiten uns, noch mit Bäumen besetzt, dann bleiben die Bäume zurück; Reklametafeln, Wagen, Menschen, nun fährt der Zug langsamer und langsamer, nun rollt er im Schritt. Da – das sind die hohen Steinmauern der Einfahrt.

Schwarzgespült vom Rauch sind sie, ruhig und trübe; hier schlagen die Wellen der Fremde an das heimische Gestade ... Heimisch? Für wen? Wir sind Fremde. Wir kommen in die fremde Stadt.

Die ahnt nichts von denen, die hier ankommen. Heute kommen an: achtundvierzig Leute, die nur ihr Geld ausgeben wollen – (zum Hotelportier: «Sagen Sie mal, wo kann man denn hier mal –?»); zweiunddreißig Reisende in Tuch, Eisenwaren und Glasstöpseln; ein Kranker, der einen Arzt konsultieren will; achtundsechzig Menschen, die in ihre Stadt zurückkommen, die zählen nicht; und Fremde, Fremde, Fremde: herangewanderte, arme Teufel, die ein Glück versuchen wollen, das sie noch nie gehabt haben – der berühmte junge Mann, der «mit nichts hier angekommen ist, und heute ist er . . .» Fremde, Fremde.

Unberührt von ihnen liegt die Stadt. Haus an Haus schleicht vorbei – wir sehen in die Kehrseiten der Häuser, wo schmutzige Wäsche hängt und rußige Kinder schreien, wo Achsen auf den Höfen ächzen und Küchen klappern – die Stadt zeigt uns Fremden ein fremdes Gesicht. Innen sieht sie ganz anders aus.

Es gibt an einer bestimmten Stelle Schreibmaschinen billiger; morgens um halb elf müssen alle Leute, die zur feinen Gesellschaft gehören wollen, in einer bekannten Allee ihr Auto einen Augenblick halten lassen; Mittag ißt man gut bei . . ., ja, das wissen wir nicht; Schuhe kauft man vorteilhaft . . . in welcher Straße? – im . . . -Theater ist eine herrliche Premiere mit einem wundervollen Krach zwischen dem Direktor und der Geliebten des Geldgebers. Ihre eigne Sprache hat die Stadt: statt ‹Geld› sagt man hier . . . ja, das wissen wir nicht; um den Witz in der Zeitung zu verstehen, die sich der ganze Zug eine Station vorher gekauft hat, muß man wissen, daß es sich um Frau H. handelte, die mit einer Mörderin zusammen eingesperrt sowie homosexuell ist; auf dem Witzbild erkundigt sie sich nach ihrer Zellengenossin: «Ist sie blond –?» fragt sie den Schließer – das verstehn wir alles nicht. Wir wissen gar nichts. Für uns ist das eine fremde Stadt.

Und wir werden ihr einen Teil unsres Lebens geben; wir werden uns einleben, die Stadt wird sich in uns einleben, und nach zwei Jahren gehören wir einander, ein bißchen. Wir sagen nicht mehr ‹gnädige Frau› zur Stadt—wir sagen dann einfach ‹Sie›. Wir wissen schon, wo man vorteilhaft Regenschirme kaufen kann, und das mit der schicken Allee, und wo man gut und billig zu Mittag ißt, das alles können wir den neuen Fremden, die nach uns kommen, schon ganz leichthin sagen, als seien wir damit aufgewachsen, und als sei das gar nichts. Aber: du ... du sagen wir noch nicht zur Stadt.

Das sagen nur die, die hier groß geworden sind. Die, die ihre ersten Worte in ihren Gassen, in ihren Kinderliedern und auf ihren Rasen gestammelt haben; die ein bestimmtes Viertel der Stadt auf ewig mit einer bestimmten Vorstellung verbinden, denn dort haben sie zum erstenmal geküßt, die in den vorweihnachtlichen Tagen im Omnibus in die Hände gepatscht und sich die Nase an den Scheiben platt gedrückt haben. «Guck mal, Papa! Mama! Sieh mal, da—!» und denen dort im Omnibus die Welt erklärt worden ist ... die sagen du zur Stadt.

Die kümmert sich nicht um die Fremden, die täglich heranbrausen. Sie führt ihr Leben ... wer will, darfs mitleben. Sie formt die Fremden langsam um, und wenn die Fremden Geduld haben, dann sind sie es nach zwanzig Jahren nicht mehr. Nicht mehr so ganz. Nur tief, im fremden Herzen, sind sie es noch: da frieren sie, die Fremden.

Da hält der Zug. Und alle steigen aus; sie suchen, die Wurzellosen, eine Heimat in der Heimat der Stadt, die schon eine Heimat ist: für die andern. In wieviel Städte werden wir noch einfahren —?

DAS A-B-C DES ANGEKLAGTEN

Wenn der Deutsche grade keinen Verein gründet, umorganisiert oder auflöst, dann hat er einen Prozeß. Manchmal ist es ein Strafprozeß, und für die zahlreichen Angeklagten ist nun endlich das Buch erschienen, das in Deutschland, gleich nach der Bibel, am meisten gebraucht wird: die Strafprozeßordnung, hergerichtet für den kleinen Mann, der nur deutsch und nicht juristisch kann. Das Ding heißt *‹Das A-B-C des Angeklagten›* (erschienen im Linser-Verlag zu Berlin-Pankow).

Es ist ein gut gemeintes Werkchen, einer ‹Klatsche› nicht unähnlich, wie wir die verbotenen Übersetzungen auf der Schule genannt haben; es ist geduckt geschrieben: es will den Richtern nicht zu nahe treten, den Anwälten auch nicht — es hat, in ziemlich verständiger Form, die Paragraphen der Strafprozeßordnung in lesbare Absätzchen aufgelöst und wendet sich mit trautem ‹Du› an die Objekte dieser Justiz, die auf dem Volkskörper haftet wie ein chronischer Ausschlag. Das ist kein schönes Bild, es entspricht aber.

Nun wäre über das Bändchen, dem nicht die Bedeutung der Schrift Professor Halles: *‹Wie verteidigt sich der Proletarier vor Gericht›* zukommt, nichts zu sagen, wenn nicht diese brave Darstellung ohne den Willen der Verfasser eine derart vernichtende Kritik an der hierzulande geltenden Art, zu richten, übte, daß es sich schon verlohnt, einmal hineinzusehen.

Die Verfasser haben, mit vollem Recht, so gedacht:

Wenn einer angeklagt wird, dann will er keine juristischen Feinheiten, sondern er will vor allem einmal wissen, woran er überhaupt ist; wie seine Rechte und wie die Befugnisse des Gerichts aussehen – wie also die Strafprozeßordnung nach Entfernung aller Feinheiten für den Angeklagten praktisch aussieht. Sie haben gewissermaßen der Justitia auf den Kopf geschlagen, um zu sehen, was unten herausfällt; man kann sich denken, wie das aussieht.

Das Vorwort prägt dem deutschen, fast hätte ich gesagt: Bürger, prägt also dem deutschen Justizuntertanen die Wichtigkeit und Notwendigkeit des Büchleins ein. «Frohlocke darum nicht, indem du sprichst: Ich bin so gefeit, mir kann nichts geschehen; bete ich auch nicht, so arbeite ich doch, und ehrliche Arbeit ist gewiß eine Handlung, die noch kein Gesetzgeber mit Strafe bedroht hat. Was kann mir also geschehn? – Mehr, als du ahnst! Es ist unmöglich, dir alle Fälle aufzuzählen, in denen du strafbar werden kannst, ohne dir dessen bewußt zu sein, denn wisse: von der gesetzlich strafbaren Übertretung angefangen, die auf der bloßen Nichtbeachtung eines polizeilichen Verkehrszeichens beruhen kann, bis zu dem Verbrechen ...» Wem sagen Sie das!

In aller Ahnungslosigkeit haben die Verfasser, die bestimmt keine Justizkritik üben wollten, ins Schwarze des Talars getroffen:

«... den Prozeß, dessen unerhört komplizierter Gang dich als Angeklagten vor eine Aufgabe stellt, deren Lösung dir nur äußerst selten gelingen kann.»

Dem Jakubowski zum Beispiel ist sie fast gar nicht gelungen.

«Erfahrenheit, Gelehrsamkeit, Menschen- und Fachkenntnis des Strafrichters halten Verteidigungsmöglichkeiten sowie auch -fähigkeit des Angeklagten in Schranken, die in vielen Fällen nicht einmal dann durchbrochen werden, wenn dir als Angeklagten ein Anwalt zur Seite steht.» Kürzer kann mans nicht sagen.

Hören wir, wie das im einzelnen aussieht:

Da ist, sachlich richtig, von der Verhängung der Todesstrafe durch Polizisten die Rede, ja, sogar Zivilpersonen dürfen nach dem Buch, wenn sie im Besitz einer Schußwaffe sind, auf Verbrecher, die sie auf frischer Tat festgenommen haben, schießen, wenn die einen Fluchtversuch wagen. Rechtlich ist das sicherlich falsch – juristisch ebenso sicher in Ordnung. Ganz herrlich sind aber die Winke, die das Buch, immer gutgemeint, dem Angeklagten für die Hauptverhandlung mit auf den Weg gibt. Treffender sind die völlige Ohnmacht auf der einen Seite und die Omnipotenz auf der andern noch kaum geschildert worden. Der Vorsitzende hat das Fragerecht.

«Nur eins beachte, bitte: Sieh in ihm nicht deinen Feind; komm ihm nicht dumm-frech; unterbrich ihn nicht, wenn er spricht ... Vergiß es nie: Der Vorsitzende und überhaupt das ganze Gericht sind mit großer Machtvollkommenheit, besonders gegen dich, ausgestattet. Vergiß es nie: Oftmals wird der Angeklagte ein hartes Urteil nicht um der an sich zwar strafbaren, aber doch auch zu verzeihenden Tat empfangen, sondern um seiner Frechheit willen, mit der er seinen Richtern gegenübertritt.»

Diese Rechtsverletzung, deren sich deutsche Richter täglich schuldig machen, kann nicht besser charakterisiert werden. Es scheint also neben den im Strafgesetzbuch angeführten Handlungen noch ein Generaldelikt zu geben: Aufsässigkeit gegen Richter, ein Vergehen, das je nach den Umständen, mit langen Jahren Gefängnis oder Zuchthaus bestraft wird. Die Verfasser hätten in diesem Punkt ausführlicher sein sollen: es ist nicht nur das, was sie ‹Frechheit› nennen, es ist da noch etwas andres.

Es ist die Hundedemut, die der Richter verlangt, die Untertanenhaftigkeit, die Hände an der Hosennaht, die Unterwerfung. Das fängt schon bei den Zeugen an.

In Neustrelitz hat vor kurzem ein Untersuchungsrichter Weber auf Vorhalten des Verteidigers wörtlich gesagt: «Ich bin Zeugen gegenüber, die die Hände in den Hosentaschen halten, sehr empfindlich.» Nun war in diesem Fall der Zeuge eine Frau, die die Hände ... die Empfindlichkeit des Mannes war also verständlich. Aber diese vom Militär herrührende deutsche Geisteskrankheit, die einen Mann, der die Hände in der Hosentasche hält, für einen Kerl ansieht, der auf der Leiter: Flegel bis Rebell rangiert, hat besonders die Richter ergriffen, die am liebsten hätten, daß alles, was mit ihnen in Berührung tritt, zunächst einmal stramm steht. Und da die meisten der vor ihnen Erscheinenden Angst, Respekt und Verprügeltheit genug mitbringen, um es zu tun, so ist das Weltbild der Unabsetzbaren leicht verrutscht. Schade, daß die Leute die Hände in der Hosentasche behalten ...

Ja, also hier ist ein neues Delikt, von dem man uns seinerzeit auf der Universität nichts gesagt hat. Es gibt noch eines, das wir nicht gelernt haben. Wenn nämlich der Angeklagte leugnet und man ihm die Unwahrheit seiner Behauptungen nachweisen kann ...

«In solchem Fall wird man dich als hartnäckig Leugnenden brandmarken und schwer bestrafen.»

Und hier müssen denn doch einmal der Deutsche Richterverein, der sich vor Standesbewußtsein nicht zu lassen weiß, sowie der Justizminister gefragt werden, ob diese Schande dauern soll. Seit wann ist Leugnen ein Delikt –?

Ich besinne mich noch auf den Tadel, den ich einmal im Seminar von Franz von Liszt bekommen habe, als ich in einer strafrechtlichen Arbeit eine Analogie konstruieren wollte. Die langen Federstriche am Rande riefen mich laut zur Ordnung: im Strafrecht gäbe es keine Analogien, sondern nur ausdrücklich angeordnete und vom Gesetzgeber bestimmte Strafen, und wenn der Tatbestand nicht unter einen solchen Paragraphen zu subsummieren sei, so sei eben freizusprechen. Mangelhaft.

Mit Recht: mangelhaft. Und die Richter –?

Wir verbitten uns eine Groschenpsychologie, in der sich Gehirne gefallen, denen man gelegentlich der Mensuren den Satz «Wer lügt, stiehlt auch» in den Schädel gehackt haben muß. Es gibt tausend Gründe, aus denen einer lügen kann – die vor Gericht bezeigte ‹Reue›, die jene feststellen können, ist nichts wert, und es ist das volle Recht jedes Angeklagten, zu leugnen, ohne daß deshalb seine Tat schwerer zu bewerten ist. Kirchliche Erziehung, Unbildung und sehr viel Bier mögen in den beteiligten Köpfen etwas andres herausgebildet haben – es ist falsch. Der Richter hat lediglich die Gesellschaftsschädlichkeit der ihm vorliegenden Handlung abzumessen und danach zu urteilen: der Rest ist seelische Pfuscharbeit, zu der die Herren keineswegs legitimiert und vor allem gar nicht vorgebildet sind.

Hören wir das Büchlein, das uns so schön durch den deutschen Strafprozeß führt, wie er wirklich ist.

«Die Ausführungen des Staatsanwalts mußt du hinnehmen wie ein Mensch, der ohne Schirm unterwegs ist und plötzlich von einem Platzregen überfallen wird. Der Platzregen hört einmal auf – der Staatsanwalt auch!»

Bravo! Aber das ist ja meisterhaft! Woher beziehen Sie Ihre Satire, Herr? Es ist nur ein kleiner Fehler anzumerken: Regen ist sauber.

Was den Angeklagten betrifft, so soll er, wenn er das ‹letzte Wort›, das ihm die Strafprozeßordnung gewährt, und das viele Richter, die Klinke des Sitzungszimmers in der Hand, näselnd, wie eine unangenehme Formalität, erfragen, nicht zu lang ausdehnen. «Langatmige Erklärungen ermüden, Ermüdung aber lähmt die gesunde Urteilskraft, deren deine Richter so sehr bedürfen.» Hašek hätte das nicht besser sagen können – ach, wie müde müssen die Unabsetzbaren sein!

Das Büchlein wird seinen Zweck erfüllen. Verdienstvoll ist vor allem, daß es dem Angeklagten einmal klar sagt, daß er niemals verpflichtet ist, überhaupt Aussagen zu machen; denn so, wie die Richter aus Faulheit das Delikt der ‹Lüge vor Gericht› erfunden haben, so imputieren sie auch stillschweigend die Pflicht zur Aussage. Man sollte ihnen was blasen, wenns nötig ist.

Ja, und dann hat da einer – ein Arzt? – in einem kleinen Anhang beschrieben, wie man sich verhalten soll, so man eingesperrt wird, ein dem Deutschen gewohnter Zustand. Das macht er so:

«Du, mein Bruder, hast nun gelesen, was wir dir als rein verstandesmäßiges Rüstzeug in die Hand geben konnten, damit du nichts versäumst, was deine Lage verbessern kann.»

Oh, Bruder, ich glaube, du bist ein Mittelding zwischen dem Naturmenschen gustaf nagel und einem Rechtsberater aus der Köpenicker Straße, und was hast du mir nun zu sagen, Bruder, für den vorkommenden Fall einer kleinen Haft?

Freiübungen soll ich in der Zelle machen? Gemacht. Und wie ist es denn mit der Kost?

«Sie ist sauber gekocht und steht unter strenger Aufsicht.» So schmeckt sie auch des öfteren; die Aufsicht ist meist so streng, daß sich das Fleisch aus dem Suppenkessel gar nicht heraustraut . . .

«Mache dir klar: du bist in keinem Luxusrestaurant. Auch würde dir zu reichliche und fettere Kost gar nicht bekommen, weil du als Gefangener zu wenig Bewegung hast.»

Also das finde ich nun wieder nett, Bruder; also in die Sache hätt ick von die Vawaltung jahnich so viel jutet Herz awacht – lasset uns die Gefängnisse preisen, bzw. loben!

Na, dank auch schön. Und wenn man das Büchlein gelesen hat, das in seiner Mischung von vernünftigen Winken und unbewußter schärfster Justizkritik einem weitgefühlten Bedürfnis entgegenkommt, dann wollen wir von dem verpesteten Gebiet der Unabsetzbaren scheiden, indem wir jenen schönen Satz auf Seite 105 immerdar beherzigen:

«Bedenke, wir leben in einem Rechtsstaat.»

CHANSON FÜR EINE FRANKFURTERIN

Für Ida Wüst

Wenn die alte Herrn noch e mal Triebe ansetze –
des find ich goldisch!
Wenn se dann nix wie Dummheite schwätze –
des find ich goldisch!
Des hab ich von meim alte Herrn:
ich hab halt die Alt-Metalle so gern . . .
Wenn ich en Bub geworde wär, hätt ich auch Metallercher verzollt –
Ja, Jaköbche . . .
Rede is Nickel, Schweige is Silber, und du bist mei Gold –!

Wenn se newe mir auf dem Diwan sitze –
des find ich goldisch!
wenn se sich ganz wie im Ernst erhitze –
des find ich goldisch!
E Angriffssignal is noch kein Siesch –
ich sag bloß: Manöver is doch kein Kriesch!
Wer will, hat schon fuffzig Prozent. No, un wer zweimal gewollt ...
En Floh is kei Roß,
un e Baiss is kei Hauss ...
un Rede is Nickel, Schweige is Silber, un du bist mei Gold –!

Wenn se sich de Hut schief auf de Seite klemme –
des find ich goldisch!
Wenn se die Ärmcher wie Siescher in die Seite stemme –
des find ich goldisch!
Am liebste nemm ich se dann auf den Schoß.
Aber mer hat sein Stolz. Es is kurios:
sei Mutter is net aus Frankfort. Er aach net. Und da hab ich net gewollt ...
Jetzt waan net, Klaaner –
Berlin ist Nickel, Wiesbaden ist Silber, awwer Frankfort is Gold –!

HERR UND FRAU WICHTIG LASSEN ZU TISCH BITTEN!

Ein wahrhaft menschliches Dokument. Höchst anziehend und frei von jeglicher Prüderie ist es der bemerkenswerteste Beitrag zur ernsten Literatur unserer Gegenwart.

G. B. Shaw über Clare Sheridan

Die Motte ist ein bescheidenes Tier, denn sie frißt nur Löcher.

Kinderaufsatz

In den Tagen des Kapp-Putsches stießen wir auf einen Mann, der schon immer das Vergnügen S. J.'s gebildet hatte. Es war ein Arzt, aber er arztete wohl nur in seinen Mußestunden – in den Arbeitsstunden hatte er es mit der großen Politik. Einmal hatte er aus seiner Brusttasche ganz nonchalant einen Bogen Papier herausgezogen und so leicht dahingesagt: «Da schreibt mir der Lord Kilmarnock ...» und seitdem nannte ihn S. J. nur noch den Lord Kilmarnock. Als ich damals Siegfried Jacobsohn vormachte, wie der Lord, während Kapp Berlin besetzt hielt, Minister ab- und wieder einsetzte und einigen von uns beim Abschied nachrief: «Meine Herren, vergessen Sie mir nicht, daß Kühlmann Außenminister werden muß!» da lachte er so, wie nur er es konnte, aber lange nicht so, wie jener es verdiente. Der Lord ist keine Einzelerscheinung – er ist ein Typus.

Der Typus einer ganzen Gattung, der zum Beispiel Clare Sheridan angehört, von der ein dickes Büchlein vorliegt: *‹Ich, meine Kinder und die Großmächte der Welt›* (erschienen bei Paul List in Leipzig). Carl von Ossietzky hat neulich davon gesprochen. Wollen wir auch mal –?

Die Frau entstammt der englischen Aristokratie, hat einen Börsianer geheiratet, der als Freiwilliger gefallen ist; sie hatte Kinder von ihm und konnte ein bißchen bildhauern, ein bißchen schreiben, ein bißchen reisen – und als es mit dem Geld nicht mehr so recht klappte, da warf sie diese drei Unfähigkeiten zusammen und begab sich als bildhauernde Reporterin auf die Wanderschaft. Soweit gut. Was aber aus diesem Buch herausspringt, ist ein Schulfall: die internationale Motte der Diplomatie.

Das Buch ist von einer ungeheuern Prätention – ich weiß aber nicht, um mich eines wiener Ausdrucks zu bedienen: «worauf herauf». Sein Humor scheint mir mehr unfreiwillig zu sein: «Es gab nur eine Lösung für mich, ein Kind zu haben, vielleicht auch mehrere, um so die Leere auszufüllen. Aber solche Dinge lassen sich leider nicht kommandieren; und was wir auch immer versuchten: unsere Bemühungen blieben erfolglos.» Hast du was gesagt? Ich habe nichts gesagt. Als der Mann gefallen ist, setzt sie sich mit ihm auf dem Wege des Tischrückens in Verbindung – und als es dem gequälten Geist zu dumm wird und er auf eine Bemerkung von ihr: «Das ist doch Blödsinn!» tischrückt, da ist sie böse – «eine Antwort, die mich, in Gegenwart von Dick, so beleidigte, daß ich niemals wieder zu einer Sitzung ging». So fein geht es in England zu, wo es die Geisterwelt nicht leicht hat.

Dabei ist ihr Gatte, der Kaufmann, ein anständiger und aufrechter Mann gewesen – sie deckt einmal blitzschnell das Verhältnis des Weibes zum Militär in diesem einen Satz auf: «So sehr ich auch den Militärberuf verabscheute, den Soldaten mochte ich gern» – und als er gefallen war, da fand sie in seinem Schreibtisch einen Brief, der zu dem Schönsten gehört, was ich als Äußerungen von Männern kenne, die ihren Tod vor Augen sehen. Sie hat ihn nie verstanden.

Sie geht also auf Reisen – zuerst auf Einladung von Krassin nach Rußland, dann nach den Staaten, dann nach Mexiko, dann nach dem aufständischen Irland, dann nach Smyrna, nach Thrazien, zu Mussolini, wieder nach Rußland . . . und hat keine Ahnung eines Schimmers einer Idee, was sie da zu sehen bekommt, weiß nicht, wo Gott wohnt, kennt nichts und hat nichts gelesen; ist ungebildet bis in die abgegriffenen Tauchnitzphrasen ihrer Schilderungen und bis in die Spitze ihres Füllfederhalters ein armes Luder. Sie ist die Gräfin Kilmarnock.

Was in diesen gänzlich inhaltlosen Schilderungen, die unfehlbar am Wichtigen vorbeischießen, sofort auffällt, ist der unablässig wiederholte Hinweis auf die «guten Beziehungen». Nun ergeben sich die zwanglos: die Frau ist ja keine Vertreterin der berliner ‹Mittelvolée›, sondern eine englische Aristokratin, sie kennt die große Welt wirklich. Aber welcher Horizont!

Es ist auf der ganzen Erde ein Diplomatensnobismus ausgebrochen, der nur dadurch zu erklären ist, daß die Höfe heute nicht mehr die Rolle spielen wie ehemals, und daß die Eitelkeit der höheren Gesellschaftsklassen einen Kern haben muß, um den sie sich kristallisieren kann. Aus welchen Gründen sie sich grade die Diplomatie ausgesucht haben, ist schwer und leicht verständlich.

Schwer: Der Diplomat ist ein Beamter – genau wie der Leiter eines Finanzamtes, wie ein Oberpostdirektor, wie ein Studienrat. Seitdem Staatsmänner hier und da auch das Telefon benutzen, vor allem aber, seit es Genf gibt, ist die wirkliche Rolle der Botschafter auf ein Minimum reduziert; sie sind gar nicht mehr so sehr wichtig. Es sind, sieht man von ihrem Personalstunk ab, Briefträger finanzieller Beschlüsse – die Politik wird nicht mehr in den Botschaftssalons gemacht, sondern auf der Börse, bei der Schwerindustrie, in den Trusts, in den Winzer- und Grundbesitzerverbänden – unter der Begleitmusik der Presse; der Botschafter sagt meistens nur: «Papa läßt fragen, ob Herr Briand morgen zu Tisch kommen wollen –?» Und dann sagt Briand: «Ah – ces chancelleries!» und kommt, mit der Zigarette im Mundwinkel, und der Botschafter glaubt, er habe das alles gemacht und bewirkt, und sieht nichts und hört nichts und fühlt nichts. Denn sie spüren gar nicht das fremde Land – sie sehen nur sich. Es ist eine sehr geschäftige, eine sehr repräsentative Nichtstuerei.

Hier hinein platzt nun die Frau Sheridan. Das pompöse Dummchen kann es gar nicht fassen, daß sich ein ‹richtiger› Botschafter um sie bekümmert, und darin ist sie nicht allein: um Genf und um alle Gesandtschaften der Welt fliegen solche Motten, nur nicht so geräuschlos wie die braven, löcherfressenden Tiere. Denn den Diplomaten haftet noch immer die Reputation Talleyrands an, mit dem sie gewiß auch nicht mehr das leiseste gemein haben – alle Welt aber lauscht ihren weisen Kalendersprüchen und überschätzt geschmeichelt die Kasperlerevuen, die jene aufführen. Alte Romanvorstellungen tauchen auf ... «Der Graf schwieg diplomatisch.» Wenn aber ein Diplomat schweigt, so sagt er immer noch etwas mehr, als er über die Sache weiß, und was hier um die Diplomaten getrieben wird, ist eine fast religiöse Verehrung des Staats.

«Washington hatte für mich interveniert», schreibt Frau Sheridan einmal – darin erzittert der Respekt vor der Macht, vor den Kriegsschiffen, vor dem Volk ‹Amerika›, dessen Millionen ihr dadurch anscheinend zu Füßen liegen. Und hier ist der Punkt, wo der gradezu lächerliche Götzendienst an der Diplomatie leicht verständlich wird.

Hätten die Diplomaten keinen Diplomatenpaß; wären sie denselben Zoll- und Paßschikanen ausgesetzt wie wir alle; wären sie nicht exterritorial und könnten sie nicht ihren Schützlingen manche Vorteile verschaffen, die jene nicht anzunehmen schön dumm wären —: der Nimbus legte sich rasch. Frau Sheridan aber ist allen Ernstes der Meinung, daß der sowieso bös strapazierte Apparat des Staates nur dazu da sei, ihre Reisen zu erleichtern. Und das tut er ja denn auch.

Im übrigen badet sie in einem Schaumbad geschmeichelter Eitelkeit. «Die Ratstagungen (in Genf) waren interessanter, weil sie die bedeutendsten Persönlichkeiten abseits der Herde zusammenführten.» Soweit eine aus der Herde. Nun ist Genf ein Kapitel für sich — wenn mir doch nur einmal einer sagen könnte, was es denn Ehrendes haben soll, mit Chamberlain oder Woldemaras oder Hermann Müller zu Abend zu essen . . .! Ja, da lachste — weil du Hermann Müllern kennst; bei Briand und Hoover aber geht ein Schauer durch das bürgerliche Gebein, und dieser fatale Snobismus schielt in Wahrheit immer auf den, der nicht dabei ist. «Das sind die, mein Lieber, von denen du jeden Morgen in deiner Zeitung liest! Ich aber speise mit ihnen!» Davon machen sie sich einen Sonnabend, Herr. Es ist sicherlich viel aufschlußreicher, mit einem mittleren Beamten bekannt zu werden, der klug und gebildet ist, als mit Churchill, der sich schwer hüten wird, beim Tee etwas andres zu tun als zu sprechen — sagen wird er gewiß nichts. Und was ist denn das für eine Heroisierung kaufmännischer politischer Angestellter, die als Beamte vom Staat ihr Geld bekommen! Wer von denen führt denn wirklich? Vielleicht die Diktatoren — aber auch die sind doch gewiß so geölt, so routiniert, so in der Pose der halben Natürlichkeit erstarrt, daß es wahrscheinlich langweilig ist, sie zu sehen. Gewiß aber ist es nicht ehrend, wie uns das hundert und aber hundert kleine Schreiber, protzende Chefredakteure und die Vertreter jener Nebendiplomatie vormachen wollen, die nichts sind und daher etwas brauchen, woran sie sich emporranken, die sauren Weinstöcke. Die Zahl der Frauen, die in diesem Artikel reisen, ist sehr groß: sie schütteln den Federhalter, und, wenn das nichts fruchtet, das Köpfchen, und, wenn das nicht zieht, den Rest. Und dann schreiben sie — die nackte Wahrheit? Die Wahrheit im Pyjama.

Und je bürgerlicher und kleinbürgerlicher sie sind, um so toller überschlägt sich dieser Diplomatenfimmel, der den gerissenen, aber nicht sehr intelligenten Beamten eine Folie gibt, die in direktem Verhältnis zu ihrer Bedeutungslosigkeit steht. Sie sind nicht das Volk — will das Volk in Wahrheit von denen vertreten sein, die es vertreten —?

Herrgott, Frau Sheridan ist ja auch noch da. Sie dehnt sich also wohlig in den diplomatischen Salons, «elle se gobe» — schade, daß man das nicht übersetzen kann ... sie frühstückt und lächelt und abendbrotet — allemal bei Vertretern einer Gattung, deren einer, ein Deutscher, einmal auf dem Balkan zu einer andern Engländerin gesagt hat: «Gnädige Frau, kommen Sie doch morgen zum Lunch! Wenn es Ihnen nichts ausmacht, so wird auch noch ein deutscher Schriftsteller da sein!» Und der Schriftsteller ist da gewesen und hat sich gewiß hoch geehrt gefühlt ...

Frau Sheridan begann ihre Karriere damit, daß sie Lenin abkonterfeite. Ihre Schilderung Rußlands hat etwas Erschütterndes: ein Spatzengehirn, das uns einen Vortrag über die Relativitätstheorie hält, ahnungslos, ganz und gar borniert — sie fühlt nicht, wer da sitzt; ist neckisch, scherzt mit Trotzki, alle sind sehr höflich zu ihr, fressen sie nicht, von anderm zu schweigen — und als sie aus Rußland wieder zu den gesitteten Völkern heimkehrt, da merkt sie, welch Schauer sie plötzlich umgibt, Jeanne de Moscou, nun arbeitet sie mit diesem Schauer und sagt, daß Mussolini «die Bolschewistin» empfangen habe. Dabei löst sich der ganze Bolschewismus sofort in Puder auf, als sie das zweite Mal nach Rußland fährt. Enttäuschung auf der ganzen Linie. «Worin bestanden nun eigentlich die seit meinem ersten Besuch eingetretenen Veränderungen?» Die Russen haben inzwischen erkannt, wen sie sich da eingeladen haben, sie sagen ihr das auch ziemlich unverblümt, und nun ist Rußland auf einmal kein Land mehr für anständige Korrespondenten. «Die Details der proletarischen Regierung, Statistiken, Wirtschaftliches interessierten mich herzlich wenig. Im Grunde war ich stets mehr Künstlerin als Politikerin gewesen: doch eingedenk meiner journalistischen Pflicht suchte ich den Dingen auf den Grund zu kommen. Aber alle Mühe war erfolglos.» Und der Grund lag doch so nah an der Oberfläche ...!

Das ist diese Sorte, die den Journalismus auf Grund einer gesellschaftlichen Stellung mißbraucht — das will den Verlagen imponieren und den Interviewten und den Lesern, eine parfümierte Schmutzkonkurrenz, auf die leider noch viel zu viel Leute hereinfallen. Nicht, daß es gut gepflegte Damen sind, ist das Unglück — das wäre ja sehr angenehm; daß sie aber zwei Dinge miteinander vermengen, die nichts miteinander zu tun haben: daß sie nämlich ihre Unfähigkeit mit ihren Pelzen zudecken, ist hart. Es ist jener Typus, der sich in weitem Umkreis mit allem Vorhandenen mausig macht — er gedeiht besonders in Österreich, wo die Superlative wild wachsen. «Mein Freund Jörn Knaag in Kopenhagen ...» «Mein Freund Realy Fuck in London» und «Herr Jean Branlon, der beste Pianist von Frankreich, ein sehr guter Freund von mir» — und es ist kein Freund, und er ist auch nicht der beste Pianist, und es ist alles nicht wahr. Schmock in Schlüpfern.

Frau Sheridan macht sich so niedlich, wie sie gar nicht sein kann. «A. P. Sinnet, mein alter Freund von der Theosophischen Gesellschaft... behauptete, herausgefunden zu haben, daß ich in einem frühern Dasein einmal eine Bildhauerin gewesen wäre...» Wie nüdlich! Am Schluß gibt es eine «Vision in der Wüste» — wo an der reizenden Künstlerin und an dem geplagten Leser die Gestalten ihres Lebens vorbeiziehen — da kannst du was erleben! Sie spricht zu ihnen — zu Lenin zum Beispiel so: «Du siehst» (sie duzen sich), «du siehst, ich war doch keine solche Bourgeoise wie du glaubtest!» Und Lenin? «Er wendet sich her und lächelt: ‹Verzeihen Sie, ich war so überarbeitet!›» Ein wohlerzogener Revolutionär.

Kommt hinzu, daß Frau Sheridan eine elende Journalistin ist, die auf ihren langen Reisen nicht einmal ihr Handwerk gelernt hat. Berlin während der Inflation: «Berlin war damals nahezu russisch. Ein von Bäumen gesäumter Kanal, in dessen Wasser sich nachts ... (geschenkt) —, bildete die Grenzlinie zwischen der deutschen und russischen Hälfte.» Das ist einfach falsch: die Grenadierstraße zum Beispiel liegt jenseits dieses Kanals, und sie stak voller russischer Juden, sie liegt, wenn man sich umwendet, diesseits, und Charlottenburg stak voller Russen — eine schlechte Journalistin, unaufmerksam wie Béraud.

Nein, es ist nichts mit ihr. Es gibt geniale Journalistinnen, wie Larissa Reissner, — Clare Sheridan ist keine von ihnen. Aber sie kann ein Verdienst für sich in Anspruch nehmen.

Sie zeigt uns einmal klar und deutlich, vor welcher Galerie sich das abspielt, was man ‹Diplomatie› nennt, und sie zeigt uns, ohne es zu wollen, wie maßlos es überschätzt wird. In allen Großstädten der Welt — und besonders in Berlin — wälzen sie sich vor Verzückung vor den ‹Regierungskreisen› auf dem Boden; sie lassen das Wort ‹revirement› auf der Zunge zergehen, sie kippen zwar nicht aus den Pantinen, aber sie gleiten aus den Pumps, und auf alle Fälle werfen sie sich voller Wonne vor den mächtig dahinrollenden Tank des Staates. Und wer sitzt darin —?

Darin sitzt eine Beamtenschaft, die ihre Arbeit mäßig tut, weil sie durch Äußerlichkeiten bis zur Faulheit abgelenkt ist. Wären diese Diplomaten, die Spitzen der Behörden, die Parlamentarier und die Leute von den Auswärtigen Ämtern nicht so mit Wichtigkeit geladen; hätte das nicht alles diesen fatalen Klang der großen, leider nicht komischen Oper; wäre diese Repräsentation nur ein Zusatz und nicht ein Ersatz der Arbeit, so wäre es nur lächerlich. Aber wie gefährlich ist das!

Der Zwang zur Repräsentation kostet Geld, und zwar sehr viel Geld. Der frühere Personalreferent des Auswärtigen Amts, der Graf Wedel, berechnete einmal, daß das für eine diplomatische Karriere nötige Vermögen etwa vierundzwanzigtausend Mark jährliche Renten abwerfen müsse, und damit mag er ungefähr das Richtige getroffen haben. Wer zahlt das —? Der Staat? Er denkt gar nicht daran; er weiß, daß es bei seinen Gehältern nicht möglich ist, ‹standesgemäß› aufzutreten – und so ist die Karriere fast allen jenen verschlossen, die nur Verstand, aber kein Kapital, keinen Grundbesitz und keine Eisenhütte hinter sich haben, verschlossen also allen jenen, für die nicht andere arbeiten. Und so sieht denn auch die Belegschaft aus.

Niemand wird verlangen, daß die Vertreter der Deutschen Republik (die sich übrigens fast niemals so zu nennen wagen) in einem sechstrangigen Hotel wohnen oder bei Aschinger Bockwurst essen sollen. Aber warum dieser Hofersatz? Wozu dieser Wetteifer, einen Pomp zu entwickeln, der den Industriekönigen abgeguckt ist und an Versailles erinnern soll, während er doch nur an Wallstreet gemahnt?

Drum herum glitzernde Augen, gebogene Rücken und eine Kohorte von ‹schönen Frauen›, wie der Ballbericht sagt; alles ist geehrt und geschmeichelt, und nachher wundern sie sich, wenn die Diplomaten, in sanftem Größenwahn, sich und ihre Rolle derart sinnlos überschätzen, daß sie noch weniger arbeiten, als nötig wäre. Den Schaden trägt das Land.

Den Schaden tragen wir, die wir glauben, daß die Rolle eines tüchtigen Feuerwehrhauptmanns grade so wichtig ist wie die eines Attachés, an dem nicht viel zu bewundern bleibt, wenn man einmal von den Zwangsvorstellungen absieht, denen die Sheridans aller Welt unterliegen. Denen mögen jene den Kopf verdrehen und das andre. Wir aber lachen über den Versuch, die Hohlheit des Baal mit göttlicher Anbetung, Weihrauch und Feuilletons zu umnebeln. Diese internationale Konfektion verdient aufmerksamste Kontrolle, aber keinerlei Verehrung eines Parketts, das sich in der Bewunderung von mäßigen Beamten selbst bewundert, geblendet von sich selbst, eine Spiegelgalerie der Eitelkeiten.

EIN NACHDENKLICHER ZUSCHAUER

Der alte Mann spricht:

Komisch – det machn die nu jedes Jahr!
Det se det nich iba wern . . .
Der sacht: «Du hast abar schönes Haar!»
un det wolln die Meechn ooch heern . . .
    Kuck mah – wat macht der fürn Betrieb!
    hach, un die is janz hinüba –
    die hat ihrn Emton ehm lieb –
    je länger –
            jelängerjelieber!

Wat denkt die sich nu –?
Det der junge Mann
ihr einziger is und ihr alles –?
So fangt det Ding ja imma an
im Falle eines Falles.
Nachher komm Kinda un Faltn un so:
det scheenste is doch det Fieba
am Anfang, wenn se sinn jlicklich un froh –
je länger –
jelängerjelieber.

Nu drickt er sie nommal, und denn jehn se los
int Kino oda bei Muttan –
heut is die Liebe noch mächtig jroß,
die vajessn vor Liebe zu futtan.
So jeheert sich det auch. Det muß auch so sein!
Allein is richtich – aba allein zu zwein.
Von mir aus leben se dreimal hoch!
Ich denke mir demjejenieba:
Wenn eener und er muß mal, denn soll er ooch –:
Je länger –
jelängerjelieber –!

DER KRIEGSSCHAUPLATZ

– «Hauser! Mensch! . . . lange nich jesehn, was –? Na, wie jehts denn? Mir? Tahllos –! . . . Ja, nu . . . ich war ja auch lange wech! Ja, dreiviertel Jahr, nee, warten Se mal, zehn Monate, zehnenhalb Monate, jenau –! Ja, im Dezember bin ich los – wissen Sie jahnich? Na, Mensch, lesen Sie denn keine Zeitungen? In Sibirien! auf dem K. S. P.! Hauser, Sie leben auf dem Mond! Aufn Kriegsschauplatz –! Kenn Se jahnich? Na, das müssen Sie hörn! Komm Se, wir jehn da rüber in die Stampe und trinken 'n Schnaps! Das wissen Sie jahnich? Also passen Se auf:

Sie kenn doch den General Wrobel, was –? Son kleener Dicker, nich? Na, also der hat doch vor zwei Jahren auf der Fronttahrung in Dortmund den Vorschlag gemacht – mir ein Kührassao – nee, warten Se mal, 'n Kirsch . . . 'n großen Kirsch! ja, für den Herrn auch – oder nehmen Sie lieber . . .? also in Dortmund den Vorschlag gemacht, es müßte für alle nationalen und wehrfähigen Elemente ein Kriegsschauplatz einjerichtet wern. Zur Ertüchtigung der Jugend . . . Wie er auf den Gedanken gekommen ist –? Sehr einfach. Da hattn die radikalen Blätter doch geschrieben: ‹Wenn die Herren Krieg führen wollen, dann sollen sie sich ihren Kriegsschauplatz allein aufmachen!› Ham wir jemacht!

Prost! Burr, Donnerwetter, der hats in sich! Kenn Sie den Witz mit dem Bauer, der im Chausseegraben sitzt und grade einen nimmt und sich schüttelt, kommt der Pastor vorbei und sagt: ‹Na, Krischan, du saufst zwar; aber ich sehe, daß du dich schüttelst – das ist der erste Schritt zur Besserung –!› Sacht der Bauer: ‹Nee, Herr Pastor – det tu ick man bloß, damit der Schnaps überall hinkommt –!› Ja, was ich sagen wollte: also einen Kriegsschauplatz zur Ertüchtigung der wehrkräftigen Jugend, der Volkskraft – na, Sie kenn ja die Sprüche. Also gut – mein Wrobel los, aufs Reichswehrministerium, zu den Russen, nach Genf, nach Paris – fein jelebt der Mann ... hats aber zustande bekommen. Da ham se uns nu also janz klamheimlich einen kullessalen Kriegsschauplatz in Sibirien hinjemacht! Den Franzosen haben wir jesacht, es wäre jejen die Bolschewiken, Grumbach glaubt, was Breitscheid sagt, die informieren sich jejenseitig, ja, und den Engländern ham wir jesacht, es wär jejen die Franzosen, den Russen haben wir jesacht, wir würden ihr Heer orjanisieren, na, und die Reichswehr macht ja sowieso mit. Bon.

'n paar hundert Werst hinter Krasnojarsk, wissen Sie, wo diß is? Also – wenn das hier der Jenissei is un die Streichhölzer die obere Tunguska un Ihre Ziarettendose das Sajanische Jebürge, denn wah diß hier unser K. S. P. Na, ne Abkürzung muß det Ding doch ham – ham wa so jenannt. Prost! Sie, tahllos, sag ich Ihnen! Also einfach: feinknorke! Passen Se auf:

Det Janze wah mit Stacheldraht einjezäunt, det keener rin konnte und keener raus. Un alles da, Sie –: Schützenjrehm und Front und Achtilleriestellung und Beobachtungsstände und Feldtelefong und alles. Na, und eine Etappe! Lieber Hauser, da könn Sie jahnich mit! Also jeder Stab hatte ein mächtiges Haus, mit zwei Kasinos, Ia im wahrsten Sinne des Wochtes. Vapflejung wie sich diß jehört: wunderbare Weine, hat det Rote Kreuz gestiftet, die Leute sind ja sehr international ... und Schnäpse, na, dagegen is diß hier das reine Bitterwasser – Ober! Herr Ober! mir noch 'n doppelten Kirsch, ja, für den Herrn auch – und Feldpastöre und Orrnanzen und Nachrichtenoffziere und Ballon-Abwehr-Kanonen und Flaks und Funk und alles. Ja, unne Flotte ham wah auch jehabt, die fuhr imma den Jenessei rauf und runter, un Exzellenz Ludendorff und Brüninghaus und Killinger – die wahn alle da. Alle. Da beißt keine Maus 'n Faden von ab. Prost –!

Ick wah Fellllleutnant – erst Fellll – und denn Fellllleutnant. Ja, 'n Feind hatten wir auch.

Die Herren hatten sich bei der Konschtituierenden Jeneralversammlung so lange rumjezankt, bis da würklich zwei Jruppen waren, eine jrüne und eine rote, und die eine war der Feind von der andern. Na, einmal is es auch zum Jefecht jekomm ... sonst ham wa ja mehr organisiert, ja. Aber einmal ist es zum Gefecht jekomm – vierhundert Tote; der Jasoffizier, diß wah 'n Jroßaktionär von Leverkusen, der war besoffen und hat nich aufjepaßt, un da hat seine Jaskanone funktioniert, und so is es denn passiert. Die Panjes? Nee, die wahn nich da. Das heißt: die Mannschaft mußte doch wat ham — zum Requirieren un die Weiber un so. Da ham wa denn zweihundert Meechens reinjesetzt, mit ihre Kerls, das war die Bevölkerung, die machten die Einwohner, sozusagen. Na, un bei die jingen die, und wir auch manchmal, det heißt, wir ließen sie in Stab kommen . . . ein Budenzauber ham wa da valleicht jemacht! Doll. Prost—!

Wieso ich nu wieder hier bin? Ja, Hauser, Sie wern lachen, es ist ja auch sehr komisch . . . wie soll ich Ihn das erklären . . . Hörn Se zu. Es hat mir auf die Dauer keen Spaß jemacht.

Wir hatten doch alles, nicha? Kriechskorrespondenten — ich hab selber einen in Hintern jetreten — Feldrabbiner . . . die Korrespondenten und die Rabbiner, diß wahn die einzigen Juhn aufn K. S. P. — wir hatten doch wirklich alles . . . aber, wissen Sie: mir hat was jefehlt. Ich haa manchmal, wenn ich nachts die Posten revidiert habe, und wenn ich denn so mit meinen Gott und meinen Suff alleene war — denn hab ich so nachjedacht, warum mir diß kein Spaß macht. Was mir eijentlich fehlt. Denn mir hat was jefehlt, Hauser . . . Prost! Wissen Sie, was mir jefehlt hat? Sie, deß wahn doch alles Freiwillje, die da wahn, nicha? Die wollten doch alle — vastehn Se?

Det machte keenen Spaß. Sie, ich habe doch jedient, vorn Krieje habe ich meine vierzehn Jahre runterjerissen; ich weeß doch, wies is. Sie, wenn sie denn so ankam, die Rekruten — in Zivil sind sie immer an ein vorbeijejangen, aber nu auf einmal wahn se jahnischt mehr. Sie — da wurn se janz kleen! Da kam se denn an, und die Kellner wollten kellnerieren, und die Schohspieler konnten auf einmal schreihm, in die Schreibstube, und die Herren Rechtsanwälte . . . und denn jing det: Herr Feldwebel vorne und Herr Feldwebel hinten — wir hatten se doch, vastehn Se! und wat se konnten, det machten se denn vor, wie die kleenen dressierten Hundchen! Und janz nah ranjehn konnte man an se, und nicht mucksen durften se sich, janz still ham se jestanden und ham een bloß anjejlupscht! Ich wußte doch, was die dachten! Aber denken jabs nich. Immer denk man, dacht ick. Disseplin muß sind! Det wah da nu alles nich. Die Bevölkerung kniff doch een Oohre zu, wenn wir jebrüllt ham und alles zerteppert ham — es war doch vorher alles bezahlt! Wie in die Schmeißküche. Die Mannschaften, die wahn doch ooch bessahlt . . . Uns fehlte ehmt der, der nich wollte, vastehn Se? Da fehlte ehmt das Widerstrehm; der Widerstand, det unbotmäßje Element, sozusagen — ehmt die Sozis, nee, die nich, die wolln ja . . . aber die Kommenisten und die Pazifisten und die Weiber, die wirklich heulen, wissen Sie, wo det echt is . . . die Meechen, die einen anbeten, weil se an ein jlauben; die Lümmel auf der Straße, die sich vakriechen, wenn unsereiner kommt; die Beljier, die man konnte knuten — Sie! es war nicht echt — vastehn Se mich? Es war Falle.

Da bin ick denn abjehaun. Die kämpfen da noch ... aber der richtige Frontjeist ist det nich mehr. Die meisten ham auch schon 'n kleinen Laden aufjemacht; Ludendorff is Maurer jeworn, der hat 'n Maurerei, Tirpitz vakauft Bartwuchsmittel, und Noske zücht Bluthunde, die vadien schon janz hipsch. Hakenkreuz am Stehl ... am Stahlhelm — wa doch ne schöne Zeit! Aber det richtche war et nich. Nu willch mich mah in Berlin umsehn — in die Autobranche oder bei die Industrie — die brauchen ja immer een zum Orjanisieren ... denn orjanisiert muß sein. Jejen die Arbeiter, wissen Sie —! Ja, nu bin ich wieder da.

Na, un was ham Sie die janze Zeit jemacht —?»

WAS IST IM INNERN EINER ZWIEBEL —?

Nun nimmt wohl bald der Bauer Geld aus der Schatullen
und macht sich auf mit seiner Kuh zum Bullen —
mit seiner Kuh.

Nun wirft wohl diese Kuh ein Kälbchen sonder Schaden,
und dieses Kälbchen legt dort einen runden Fladen —
das Kälbchen
von der Kuh.

Nun wächst aus diesem Fladen auf der Ackerkrume
wohl bald die schönste rote Bauernblume —
aus dem Fladen
von dem Kälbchen
von der Kuh.

Nun hüpft wohl bald ein Stubenmädchen in dem Grase,
pflückt einen Strauß für ihr Hotel und stellt in eine Vase
die Blumen
aus dem Fladen
von dem Kälbchen
von der Kuh.

In diesem so geschmückten Raum — denn sieh, er hat ihn
ja vorbestellt — liegt froh der heitere Hochzeitsreisende bei seiner Gattin —
in Zimmer 28
mit den Blumen
aus dem Fladen
von dem Kälbchen
von der Kuh.

Und hier empfängt sie einen anfangs anonymen Knaben,
sie trägt ihn aus, gebärt – er ist von großen Gaben –
von den Hochzeitsreisenden
aus Zimmer 28
mit den Blumen
aus dem Fladen
von dem Kälbchen
von der Kuh.

Der Knabe reift heran, erbt einen ganzen Batzen
und gründet sich ein Etablissement für Bett-Matratzen –
der Sohn
der Hochzeitsreisenden
aus Zimmer 28
mit den Blumen
aus dem Fladen
von dem Kälbchen
von der Kuh.

Nun schneuzt sich breit sein erster Vorarbeiter,
wischt sich den Bart und pinselt flötend weiter –
in der Fabrik
des Sohnes
der Hochzeitsreisenden
aus Zimmer 28
mit den Blumen
aus dem Fladen
von dem Kälbchen
von der Kuh.

Der Vorarbeiter hat das Bett lackiert. Nun nimmt er einen Schluck.
In diesem Bett tu ich den letzten Atemzug.

KÖPFE

Daß in Deutschland gearbeitet wird, steht fest. Noch fester, daß stets daran gearbeitet wird, dieser Arbeit auch die nötige Beachtung zu sichern – «aus betriebstechnischen Gründen» entlädt sich diese Eitelkeit in Denkschriften, Geschichten, Erinnerungsheften und einem recht unbescheidnen Getue um eine Sache, die, dächten wir, dem Deutschen doch selbstverständlich sein sollte.

Prüft man solche historischen Abrisse der Geschäftsunternehmen, so findet man darin gewöhnlich die Porträts der Inhaber, ab 1684 bis auf den heutigen Tag. Und dabei fällt etwas auf. Betrachten wir die drei letzten Generationen; die Herren sind brav und sauber fotografiert: nur so ist ja eine Vergleichung möglich, denn Zeichnungen können noch mehr abirren; Fotos sind halbwegs zuverlässige Reportage. Wie sehen diese drei Generationen aus —? August Friedrich Wilhelm Schulze (1821—1889). Ein bebarteter, alter, bescheidener Mann, mit Brille und schütterm weißen Haar; Arbeit und Alter haben ihn leicht geduckt, aus seinen Augen blickt alles mögliche, verglommene Herrschsucht, Traurigkeit, ein langes Leben — ein Mensch, mit dem man sprechen kann. In pace. Hans Erich Schulze (1854—1915). Blanke Augen und der mächtige Schädel eines tatkräftigen Mannes; in diesen Augen ist vielerlei: ererbte Familienzüge, List, sicherlich Güte. Für den ist der deutsche Humanismus nicht umsonst gewesen — er hat eine Beziehung zu dem Besten gehabt, was Deutschland zu geben hatte. Aber schon nicht mehr so wie der Alte, sein Vater. In pace.

Dr. jur. Ernst Emil Schulze (geb. 1885). Donnerwetter!

Ein glatt rasierter Schweineschädel: zwei kleine Knopfaugen; ein erbarmungsloser Kragen; ein Zahnbürstenschnurrbart ... und um die Wein-Unterlippe jener Zug von Kälte und Korrektheit, der die Hülle aller neudeutschen Herzlosigkeit ist. In pace? In bello. «Und der Hermundure flüstert beklommen: Gott, ist die Gegend runtergekommen ...»

Die gute alte Zeit hats nie gegeben. Die schlechte neue? Allemal. So, wie der alte Jahrgang der deutschen Strafrichter immer noch angeht, weil es doch oft noch einen winzigen Weg zum Herzen dieser Männer gibt und vor allem, weil sie eines haben, jedoch die Brutalität der neuen Jahrgänge unerträglich ist: so ist auch der Typus der deutschen Kaufleute des neunzehnten Jahrhunderts, das vielfach aus Neusilber gewesen ist, eitel Gold gegen das Nickel dieser Tage. Wie das blitzt! Wie hart das funkelt! Und wie gelb das einmal werden wird ...!

Gesichter, die in die Hose gehören. Aber wir zeigen sie der Welt — mit einem herausfordernden Ausruf aus dem Götz, und wundern uns, daß alle, alle dagegen sind.

ICH MÖCHTE STUDENT SEIN

(— «Ich war damals ein blutjunger Referendar —» sagen manche Leute; das haben sie so in den Büchern gelesen ...)

Ich war damals gar kein blutjunger Referendar, doch besinne ich mich noch sehr genau, einmal, als das Studium schon vorbei war und die Examensbüffelei und alles, in der Universität gesessen zu haben, zu Füßen eines großen Lehrers, und ich schand sein Kolleg — — schund? schund sein Kolleg. Da ging mir manches auf.

Da verstand ich auf einmal alles, was vorher, noch vor drei Jahren, dunkel gewesen war; *da* sah ich Zusammenhänge und hörte mit Nutzen und schlief keinen Augenblick; *da* war ich ein aufmerksamer und brauchbarer Student. Da – als es zu spät war. Und darum möchte ich noch einmal Student sein.

Das Unheil ist, daß wir zwischen dreißig und vierzig keinen Augenblick Atem schöpfen. Das Unheil ist, daß es hopp-hopp geht, bergauf und bergab – und daß doch gerade diese Etappe so ziemlich die letzte ist, in der man noch aufnehmen kann; nachher gibt man nur noch und lebt vom Kapital, denn fünfzigjährige Studenten sind Ausnahmen. Schade ist es.

Halt machen können; einmal aussetzen; resümieren; nachlernen; neu lernen – es sind ja nicht nur die Schulweisheiten, die wir vergessen haben, was nicht bedauerlich ist, wenn wir nur die Denkmethoden behalten haben – wir laufen Gefahr, langsam zurückzubleiben ... aber es ist nicht nur des Radios und des Autos wegen, daß ich Student sein möchte.

Ich möchte Student sein, um mir einmal an Hand einer Wissenschaft langsam klarzumachen, wie das so ist im menschlichen Leben. Denn was das geschlossene Weltbild anlangt, das uns in der Jugend versagt geblieben ist – «dazu komme ich nicht» sagen die Leute in den großen Städten gern, und da haben sie sehr recht. Und bleiben ewig draußen, die Zaungäste.

Wie schön aber müßte es sein, mit gesammelter Kraft und mit der ganzen Macht der Erfahrung zu studieren! Sich auf *eine* Denkaufgabe zu konzentrieren! Nicht von vorn anzufangen, sondern wirklich fortzufahren; *eine* Bahn zu befahren und nicht zwanzig; *ein* Ding zu tun und nicht dreiunddreißig. Niemand von uns scheint Zeit zu haben, und doch sollte man sie sich nehmen. Wenige haben dazu das Geld. Und wir laufen nur so schnell, weil sie uns stoßen, und manche auch, weil sie Angst haben, still zu stehen, aus Furcht, sie könnten in der Rast zusammenklappen – –

Student mit dreißig Jahren ... auch dies wäre Tun und Arbeit und Kraft und Erfolg – nur nicht so schnell greifbar, nicht auf dem Teller, gleich, sofort, geschwind ... Mit welchem Resultat könnte man studieren, wenn man nicht es mehr müßte! Wenn man es will! Wenn die Lehre durch weitgeöffnete Flügeltüren einzieht, anstatt durch widerwillig eingeklemmte Türchen, wie so oft in der Jugend!

Man muß nicht alles wissen ... «Bemiß deine Lebenszeit», sagt Seneca, «für so vieles reicht sie nicht.» Und er spricht von Dingen, die man vergessen sollte, wenn man sie je gewußt hat. Aber von denen rede ich nicht. Sondern von der Lust des Lernens, das uns versagt ist, weil wir lehren sollen, ewig lehren; geben, wo wir noch nehmen möchten; am Ladentisch drängen sich die Leute, und ängstlich sieht die gute Kaufmannsfrau auf die Hintertür, wo denn der Lieferant bleibt . . .! Ja, wo bleibt er —?

Ich möchte Student sein. Aber wenn ich freilich daran denke, unter wie vielen ‹Ringen› und Original-Deutschen Studentenschaften ich dann zu wählen hätte, dann möchte ich es lieber nicht sein. Ad exercitium vitae parati estisne —?

Sumus.

EINE LEERE ZELLE

Sobald sie ihn herausgeholt haben, ist das erste, was der Wärter tut: er öffnet das Fenster. In Gefängniszellen mufft es immer — aber die Luft in dieser Zelle ist besonders übel. Sauer ist die Luft, Schweiß der Todesangst haftet an den Wänden, und die letzten Gebete, Wünsche, vagen Bilder entfliehen durch das kleine vergitterte Fenster, während draußen die Armsünderglocke bimmelt. Die Tür bleibt offen — man kann vom Gang aus hineinsehen.

Es ist nicht viel im Raum: der Stuhl, das Bett, noch mit dem Abdruck eines Körpers, der nicht mehr zurückkehren wird; der Tisch, an dem er einen letzten Brief hat schreiben dürfen; die Wasserkanne, aus der er — wozu noch? — getrunken hat; der Kübel, in den sich die letzte Angst entleerte. Nun ist er nicht mehr da.

Alles steht still im Raum — Fenster und Tür sind offen, aber es wird nicht besser, zäh klebt es an den Wänden, geronnen steht die Luft. Es wird einem so eng, wenn man hier drinnen ist. Er hat noch Mensch gespielt, der da — hat geatmet, als ob das noch zu etwas nütze gewesen wäre er hat geweint, hat sich ganz in sich selbst zusammengezogen, in dieser Minute hätte er kein Kind zeugen können, denn alle Drüsen waren in äußerster Alarmbereitschaft, zur Abwehr gekrampft, wie mit Alaun injiziert. Bitter rann die Todesangst aus den Poren.

Ja, er hat das verdient, wie —? Er hat mein Kind zerfetzt, es war so ein süßes, blondes Kind, es sah genau aus wie sie, hatte ihre runde Nase, wir hatten uns so darauf gefreut, einen Jungen zu haben, und nun war es ein Junge geworden, und das Schwein ist darüber hergefallen . . . im Stadtpark, wo sich der Kleine in den Gebüschen verlaufen hatte. Ich mag gar nicht sagen, was er mit dem Kind — Hund! Du Hund verfluchter! Recht ist dir geschehen, recht . . . man müßte dir den —

Jus ist dir geschehn. Ist mein Kind lebendig —? Sind die Schmerzen der Mutter verweht? Sie wird ein andres Kind gebären — aber nicht dieses. Vielleicht einen Knaben — aber nicht diesen. Wenn sie sich über die neue Wiege beugt, wird sie weinen. Was ist denn geschehen?

Sie haben mich nicht einmal gerächt. Meinen niedrigsten Instinkt zu befriedigen und sinnlos zu befriedigen ... mir vielleicht noch einen Parkettplatz anzubieten, wenn er seinen Kopf in den Sack spuckt – was soll das? Ich mag es gar nicht sehen. Es ist etwas Unwiderrufliches durch ihn geschehen; ein Teil meiner selbst ist dahin – und nichts ist dadurch erreicht, als daß ein neuer Mord vollbracht wurde, mit allen Schrecken des ersten. Sichern? Ja. Uns Eltern sichern, daß nicht wieder ein kleiner Junge so gefunden wird wie ... Du Hund! Nein: Du Stückwerk Gottes.

Nun ist die Zelle leer, der Todesschweiß ist kaum noch zu spüren, die Kanne ist geleert, an die er seine Lippen gehalten hat, das Bett ist gemacht, der Kübel gesäubert. Die Zelle wartet. Auf den nächsten.

MEDIA IN VITA

Manchmal seh ich sie auf Kistenholz
starr ausgestreckt,
um die Lippen diesen gottverfluchten Stolz
eines, der ganz voller Verachtung steckt.

Eben hießen sie noch Friedrich Zeh;
was sie taten, war nicht gut;
sieh, wie nun auf ihnen das Klischee:
«Majestät des Todes» ruht.

Bei Besuchen denk ich an der Tür:
«Du, mein Junge, wirst, wenn tot, nicht schön sein!
Manche eignen sich nicht recht dafür –
du wirst nicht schön sein!»

In den Reden, Gegenreden bleibt auf einmal
ihr Gesicht stehn –
Ruhe ist darin, nach überstandener Qual –
Maske, würdig anzusehn.

Flüstern ...

Dann trägt man Herrn Zeh hinunter vor sein Haus,
und zurück bleibt Frau und Stiefelknecht.
Horizontal sieht alles anders aus.
Tote haben immer recht.

Horch, wie vor der Geburt und nach dem Tod die Stille brüllt:
Die Pause wird durch die Lebenden ausgefüllt.

DIE LIEBEN KINDER

«Moi, je suis le fils à papa!
le fils à papa!
le fils à papa!»

Wie wir hören, hat sich Benvenuto Hauptmann mit Klaus Mann verlobt. Die Hochzeit wird, wie üblich, auf Hiddensee stattfinden.

Pamela Wedekind, Erika Mann und Mops Sternheim treten am nächsten Dienstag in einer ‹Revue zu vieren› auf. Die Herren Eltern sind aus Österreich, München und Rührung nach Berlin geeilt.

Wie wir hören, hat Klaus Mann einen Roman in zwei Bänden sowie einen Reiseaphorismus begonnen. Die Veröffentlichung des Romans ist Ende des Jahres zu befürchten.

Erika Mann ist in Berlin zu ihrer Heirat, Scheidung, Wiederverheiratung und Beerdigung eingetroffen. Die junge Künstlerin wird in dem interessanten Experiment des Herrn Hilpert den Falstaff spielen.

Wie wir hören, haben sich Klaus Wedekind, Pamela Mann und Benvenuto Sternheim zusammengetan, um den ‹Siebzigsten Geburtstag› von Voß zu bearbeiten und ihn, gegebenenfalls, in Hiddensee vorzutanzen.

Benvenuto Hauptmann hat sich von Klaus Mann wieder scheiden lassen, weil ihm die normalen Neigungen seiner Frau Braut vor der Heirat nicht bekannt gewesen sind.

Carlhans Sternheim sowie das Geschwisterpaar Klaus Mann und Pamela Wedekind haben mit ihrer Schwippschwägerin Erika Mann eine Reise um die Welt angetreten, um von Rabindranath Tagore endgültig ihre verwickelten Familienverhältnisse ordnen zu lassen.

General Nobile hat sich auf der Terrasse eines Cafés in Rom, als eine Portion Eis vorübergetragen wurde, erkältet. Wie wir hören, sind Pamela Wedekind, Klausa Mann und Benvenuto Hauptmann an sein Totenbett geeilt.

Nachtrag zu unsrer Meldung: Auch Erika Mann ist an das Totenbett geeilt. General Nobile befindet sich auf dem Wege der Besserung; Pamela Wedekind auf dem Wege zum nächsten Telegrafenamt.

Klaus Mann hat sich bei Verabfassung seiner hundertsten Reklamenotiz den rechten Arm verstaucht und ist daher für die nächsten Wochen am Reden verhindert.

Die lieben Kinder haben Siegfried Wagner zu ihrem Ehrenvorsitzenden gewählt. Der Gefeierte hob in seinem Dankwort hervor, daß die Tragik im Leben August von Goethes in ihm selbst lag sowie in der Unvollkommenheit des damaligen Zustandes der deutschen Presse.

KORRESPONDENTEN REISEN

Da schicken nun die großen Zeitungen ihre Korrespondenten auf die Reise, und die sollen nach Hause berichten, wie es in Madagaskar, Island, Sibirien und Trans-Ozeanien aussieht. Wie machen sie das —?

Mir ist aufgefallen, daß sie uns mitnichten schreiben, wie es in den Ländern aussieht, die schon so fern sind, daß sie schon wieder gleichgültig sind, sondern sie schildern uns gar nicht das Land —: sie schildern uns bis zur Erschlaffung ihre Reisen und die Schwierigkeit dieses Reisens.

«Mein Kameltreiber hatte fünfzig Pfund ...» — «Als wir in den Zug stiegen, erwarteten wir, daß er nun abginge — er ging aber noch lange nicht ab, sondern ...» — «Die Zugverbindung nach Iskapara ist zur Zeit auf ein kleines Bähnchen angewiesen, das ...» — «Alle Hotels besetzt. Was nun?»

Nun vor allem mal nach Hause fahren und Unterricht nehmen, wie man eigentlich Reisebeschreibungen macht. Das ist ja Zimt.

Es gibt zwei Möglichkeiten:

Die eine bessre ist die, sich einen Mann zu engagieren, der in dem fremden Lande wohnt und es wirklich kennt. Es ist nämlich viel wichtiger, was so einer sagt, der nur jung genug sein oder geblieben sein muß, um nicht alles selbstverständlich zu finden, was ihn da umgibt, und alt genug, um die Bedürfnisse des deutschen Publikums zu kennen; so einer kann, wenn die Zeitung und wir Glück haben, das Land wirklich von innen beschreiben.

Die andre Möglichkeit ist die, einen Künstler wie Arthur Holitscher, oder einen fixen und gewandten Journalisten auf Reisen zu schicken, der im Wirbelwind das fremde Land sieht, sich nicht im Wege steht und kleine Momentbilder entwickelt — das kann, wenn der Mann gut ist und gut schreibt, sehr lustig und manchmal auch aufschlußreich sein: es kommt vor, daß der Fremde tiefer sieht als der durch Gewohnheit Abgestumpfte.

Aber die Kursbuchplackerein sind die Druckerschwärze und unsre Zeit nicht wert. Als ob das heute noch etwas bedeute, um die Welt zu fahren! Das kann jeder Hammel. So einer bringt doch nur seine Koffer wieder nach Hause, die mit neunzig neuen Zetteln vollgepappt sind, und darauf ist er auch noch stolz — aber wir wollen diese Zettel gar nicht lesen. Und wollen auch nicht wissen, daß es in Smyrna üblich ist, dreißig Prozent Trinkgeld zu geben, und daß in San Francisco im Hotel morgens Whisky zum Kaffee serviert wird (in hohlen Bibeln), und daß man in Frankreich nicht mit jedem Zug beliebig weit fahren kann... dazu schicke ich euch für mein teures Geld auf Reisen?

Um die *‹Deutsche Allgemeine Zeitung›* zu lesen, muß ich mir die Haare schneiden lassen; um die *‹Elegante Welt›* zu lesen, gehe ich zum Zahnarzt, und wegen des *‹Berliner Lokalanzeigers›* in die kleinen Häuschen. Da wird man doch wohl als langer Abonnent verlangen können, daß die Herren Reisekorrespondenten... wie —?

AUF DEM NACHTTISCH

Auf dem Nachttisch: Bücher — eine kippelnde Säule; auf dem Bett: Bücher; auf dem Rasiertisch: Bücher; hätte ich ein Töpfchen, so läge Eduard Engel darin — aber ich bin ein feiner Mann und habe kein Töpfchen und keinen Engel. Wer verlegt das nur alles? Wer druckt das? Wer kauft das? Wer liest das —? Warum wird grade dies verlegt und nicht irgend etwas andres? Wonach geht es, o unbegreifliche Lektoren! Da beklagen sie sich, daß die Buchgeschäfte nicht fest sind — verlegen aber pfundweise Bücher, die nicht gehen und nicht gehen können, weil sie mittelmäßig sind: Nichterfolge darf nur ein Genie haben, Talente haben Erfolg zu haben. Heute ist es noch früh, halb zehn Uhr, drei Premieren steigen ohne mich, Lieschen wartet an der Porte Majeure, das ist force Maillot, und der General Pinenlair, dem ich immer für schweres Geld die Grundrisse unserer Panzerkreuzer übergebe, beklopft in seinem Ministerium den Diplomatenschreibtisch mit nervösen Fingern. Alles in Ordnung — lasset uns lesen.

‹Redner der Revolution›, eine Serie kleiner Bändchen (im Neuen Deutschen Verlag zu Berlin). Robespierre und Saint-Just und Wilhelm Liebknecht und Karl Liebknecht und Bebel und Saint-Just und Thomas Münzer — jedes Mal ein kleines Bändchen mit ausgewählten Reden. Sehr lehrreich, sehr merkwürdig. Denn abgesehen von dem großen historischen Nutzen, den solche Rückblicke haben, zeigt es sich auch hier, daß eine Rede keine Schreibe ist. Wieviel ist verflogen! Wie muß man rekonstruieren, um zu begreifen, was die Zeitgenossen an diesen fast harmlos scheinenden Berichten so maßlos aufgeregt hat! Und hat man rekonstruiert, dann erkennt man — ist aber nicht erregt. Dies beiseite, darf gesagt werden, daß es fast unerläßlich erscheint, diese

Serie sorgfältig zu lesen – die Wiederkehr des ewig Gleichen in wechselnder Terminologie: die reine Leidenschaft Karl Liebknechts und die getrübte Leidenschaft Dantons; das Bürgerpathos und der erwachende vierte Stand – das ist deshalb nützlich zu wissen, um unsere Leute besser zu verstehen. Mit dem, was geschehen ist, kann man nichts beweisen; mit dem, was geschehen ist, kann man sich vieles klar machen. Und das, was banal erscheint, war es nicht immer; wo jetzt Gemeinplätze sind, haben früher einmal Schlösser und Zwingburgen gestanden, und heute fluten die Menschen darüber hinweg und glauben, es sei immer so gewesen, und haben alles vergessen ... und bauen darauf manch neues Bollwerk.

Zum Beispiel Banken. Und wenn die groß geworden sind, so groß, daß sie ein Land überschatten, dann heißt das Land Amerika, und nun wollen wir einmal ein Amerika-Buch begucken, das eigentlich gar keines ist und doch eines ist. Es ist von jenem großen Prosaiker Franz Kafka, auf den immer wieder hinzuweisen das schönste Verdienst Max Brods ist – das Buch heißt ‹*Amerika*› (und ist bei Kurt Wolff in München erschienen). Das Werk stammt aus der Zeit vor dem Kriege, Brod sagt in seinem Nachwort, daß es schon viele zarte Lichter des Chaplinschen Humors enthält. Es ist etwas ganz und gar Wunderbares, an innerer Musik und dem Pianissimo der Töne nur noch mit Hamsun zu vergleichen.

Ich habe mich mit dem ‹*Schloß*› Kafkas nicht im gleichen Maße befreunden können – es ist das ein Buch, in dem eine ‹Deutung› der Vorgänge fast unumgänglich nötig erscheint, und weder hat mir die Deutung noch die Handlung gefallen. Hier in ‹*Amerika*› aber ist jeder Vorgang Selbstzweck, dichterische Frucht und Blüte schmerzlicher Erkenntnis. Es läuft da ein Band vom Dostojewskischen Idioten über Schwejk zu der Hauptfigur des kleinen Karl – sie wehren sich gegen das Leben nicht, aber sie sind so allein und siegen noch in den Niederlagen. Was immer wieder an Kafkas Werk zur größten Bewunderung zwingt, ist die Unwiderruflichkeit der Szenen und ihre traumhafte Eindringlichkeit ... Da nimmt der Nicht-Held eine Stellung in einem Hotel an, wo man ihn in eine Liftjungenuniform preßt. «Beim Hotelschneider wurde ihm die Liftjungenuniform anprobiert, die äußerlich sehr prächtig mit Goldknöpfen und Goldschnüren ausgestattet war, bei deren Anziehen es Karl aber doch ein wenig schauderte, denn besonders unter den Achseln war das Röckchen kalt, hart und dabei unaustrockenbar naß von dem Schweiß der Liftjungen, die es vor ihm getragen hatten.» Dieser unerschütterliche Glaube an die Wahrheit des Geschilderten läßt nie fragen: «Woher wissen Sie das, Kafka?» – die Frage will nicht über die Lippen – es ist wie in der ‹*Schönsten Geschichte der Welt*› bei Kipling, wo der Banklehrling eben im Innern fest und sicher weiß, wie die Galeerensklaven einmal gelebt haben ... er ist vielleicht in einem früheren Leben einer gewesen.

Es wimmelt von Formulierungen, die unvergeßlich sind. Von der Justiz: «Die ganze Geschichte konnte er hier nicht erzählen, und wenn es auch möglich gewesen wäre, so schien es doch aussichtslos, ein drohendes Unrecht durch Erzählung eines erlittenen Unrechts abzuwehren.» Oder: «‹Und ohne Rock bist du entlassen worden?› fragte der Polizeimann. ‹Nun ja›, sagte Karl; also auch in Amerika gehörte es zur Art der Behörden, das, was sie sahen, noch eigens zu fragen.» So tausendmal.

Am schönsten an diesem großen Werk ist die tiefe Melancholie, die es durchzieht: hier ist der ganz seltene Fall, daß einer ‹das Leben nicht versteht› und recht hat. Niemals ist das, was da geschieht, ganz auszudeuten; schicksalhaft, wie im Traum, fallen die Bestimmungen, die Gesetze, die Gebräuche auf den Leidenden herunter, der auch nicht fragt; das machen die andern eben so – er also auch. Nie läßt sich der ganze Apparat völlig übersehen; in allen Büchern Kafkas gibt es solch einen ungeheuern, umständlichen, endlosen Apparat, der keine Allegorie ist, sondern Niederschlag des Lebens in einem sieghaft Wehrlosen. Daß Karl jemals den Hoteldirektor selbst erblicken könnte, ist unausdenkbar; es langt allenfalls bis zum Oberkellner, und das ist nun keineswegs komisch gedeutet, sondern tragisch: er weiß nicht ... Die leise, bescheidene Art, mit der er die Gesten der ernsten und werktätigen Menschen nachahmt, ohne eigentlich ihren Inhalt zu verstehen oder etwa zu bejahen, erinnert sehr stark an Chaplin; doch ist bei dem eine Ironie dabei, die hier fast ganz fehlt, und beide beschämen die Nachgeahmten. *‹Amerika›* ist eines der schönsten Bücher, die die deutsche Prosa aufzuweisen hat; ich bin mit Max Brod der festen Meinung, daß die Zeit dieses wahren Klassikers der deutschen Prosa noch einmal kommen wird.

Sie meinen, das Buch sei schon vor langer Zeit erschienen? Ich meine, daß es eine Albernheit ist, nur ‹Neuerscheinungen› zu kaufen – als ob man der Literatur mit der Fixigkeit nahe käme! Wir wollen nicht das Neuste lesen – wir wollen das Beste, das Bunteste, das Amüsanteste lesen. Ja, also Amerika.

Das richtige Amerika sieht nun anders aus, als es bei Kafka visionär erscheint. Wie es aussieht, sagt uns Edgar Ansel Mowrer in seinem *‹Amerika, Vorbild und Warnung›* (bei Ernst Rowohlt zu Berlin erschienen). Das Positive darin erscheint mir nicht so stark wie das andere – Mowrer ist eine helle Intelligenz, die sehr scharf brennt, nicht immer sehr weit leuchtet. Er ist ein europäisierter Amerikaner von höchster Kultur, ein Mann von einer selten umfassenden Bildung – und am besten ist er da, wo er Europa und Amerika vergleicht und Amerika schonungslos schildert. Da ist dieser Hohn, wie er nur unter Verwandten üblich ist — die Ironie der genauen Kenntnis, das Urteil von innen her. Der berliner Amerika-Taumel hat sich ja zum Glück etwas gelegt, und was in diesem Buch Europen an Provinzialismus vorgeworfen wird, sollten sich unsere Staatsmänner hinter die Ohren schreiben — wenn sie bis dahin nicht alle vor Wichtigkeit geplatzt sind. Die Beschreibungen amerikanischen Lebens sind allerersten Ranges — was fehlt, ist eine Synthese, aber dafür ist es sicherlich viel zu früh. Nicht bei Mowrer fehlt sie — das Land hat sie nicht. Ein Buch, aus dem man viel lernen kann.

Ob die Amerikaner mit ihm einverstanden sind, soll uns nicht kümmern — wir haben sowieso viel zu wenig europäisches Selbstbewußtsein, und ich habe noch nie gehört, daß einer einem Amerikaner einmal freundlich und bestimmt sagt: «Das mag sein, daß dies oder jenes bei Ihnen drüben so ist, wie Sie es sagen. Bei uns ist das eben anders.» Dazu gehörte Charakter — denn der Amerikaner will gelobt sein und steinigt seine Tadler. Wir nicht —?

In Deutschland hat sich seit dem wirtschaftlichen Scheinaufschwung ein Optimismus breit gemacht, der an die lärmendsten Ereignisse der Vorkriegszeit erinnert. Es ist schauerlich. Da kommt ein Buch über *‹Deutschland heute›* von Alfons Goldschmidt grade zur rechten Zeit (bei Ernst Rowohlt, Berlin). Es ist das Beste, was über Deutschland seit langen Jahren erschienen ist.

Das Kapitel über Berlin sollte man vielen Journalisten täglich zum Abschreiben geben — denn so ist diese Stadt, Berlin im Schatten, Berlin im Modder, Berlin in Deutschland. Endlich, endlich sagt einmal einer, was wirklich ist: wie diese grauenerregende ‹Tüchtigkeit›, auf die die Leute so stolz sind, peinlich ist und zum großen Teil unproduktiv — wie belastet die falsch hergerichtete Wirtschaft ist, und zwar nicht nur mit Steuern oder dem Dawesplan, wie sie immer klagen — sondern mit sich selbst; wie viel ‹getätigt› und wie wenig geschafft wird, und was die Seele dieser Stadt angeht, so hat sie wohl schon lange keiner so eingefangen, wie es hier geschieht. «Berlin ist nicht kühn — es ist eine kommandierte Stadt.» «Das laßt ihr euch gefallen, scharwenzelt, Großstädter, um den Portier, schreit nicht, fordert nicht. Hinter der zweiten Tür sitzt ein Herzkrampf, ein Trottel, den ihr größenwahnsinnig macht, weil ihr nicht fordert. Noch der Geschäftsführer eines Manschkinos, der gar keine Geschäfte führt, sondern ein armer Junge ist, ängstlich in der Tür steht, ob auch fünf Sesselsitzer kommen, ist Herr über euch. Aber er hat ein Direktionszimmer, er ist also Massenbeherrscher. So sieht der berliner Stolz aus. Das ist keine Disziplin mehr, kein Jachtern ums Brot, das ist Massenschwäche, Wollust des Gelenktseins, Brummeln; Würde ist das nicht.» Auch hat Goldschmidt das Unfrohe so gut getroffen, das Glücklose dieser Stadt, die eine Lokomobile ist, die Holz sägt; mit diesem Holz wird sie geheizt. Wunderschön die Schilderungen der deutschen Provinzen, die sich, soweit sie nicht Berlin faul nachahmen, mit Recht verbitten, als ‹Provinz› angelacht zu werden – wenn sie allerdings so fortfahren, werden sie aufhören, Landschaft zu sein und beginnen, Klein-Berlinchen zu spielen. Und Berlin spielt Klein-New York, und wenn auf dem Kurfürstendamm zwei Amerikaner ihren Koffer abgestellt haben, dann platzt die Stadt vor Stolz. Goldschmidt haßt aus Liebe – das ist der fruchtbarste Haß. Und wenn er sichs nicht manchmal etwas schwer machte mit seinem quellenden, quillenden, fast überreichlich strudelnden Stil, dann wärs noch besser. Ich kann mich nicht besinnen, in den großen Blättern auch nur den Versuch einer Widerlegung seiner Meinungen gefunden zu haben – die kleinen begnügen sich damit, höchst kindlich anzugeben, der Mann litte wohl an Magenverstimmung. Sie wollen in ihrem Juchhe-Optimismus nicht gestört werden. Das Buch ist eine mutige Tat – und wenn die Betroffenen maulen ... schließlich hörts ja keiner gern, daß er krank ist, wofür jedoch der Arzt nichts kann. Goldschmidts *‹Deutschland heute›* sagt das zu Ende, was hier oft angedeutet worden ist – es ist in ganzen Kapiteln etwas durchaus Vollkommenes.

Nun wollen wir die Flinte wieder aus dem Korn holen – es gibt auch noch Deutsche guter Prägung, sie heißen ja nicht alle Franz Seldte oder Aros Hugenberg – manche heißen auch Anna Siemsen. Die legt ein kleines Buch vor: *‹Daheim in Europa›* (in der Urania-Verlags-Gesellschaft zu Jena erschienen), ein hübsches Reisebuch. So wohltuend wie ihr Bild dem Titel gegenüber ist der Text: eine gebildete, gütige Frau geht durch Europa, wo sie wirklich zu Hause ist, soweit einer da zu Hause sein kann, wo er nicht geboren ist – und das allerschönste daran: wie die albernen Grenzen fortfallen. Es gibt voneinander sehr verschiedene Gebiete – aber heute noch an Souveränitätsstaaten zu glauben, dazu muß man wohl Minister sein. Das Buch sollte in keiner Arbeiterbibliothek fehlen – schon wegen der Illustrationen, die wunderhübsch präsentiert werden. Es sind Fotos mit guten Unterschriften, die das Bild nicht nur benennen, sondern die es erklären. Es ist für uns nicht neu, aber immer wieder fesselnd, zu sehen, wie fremde Länder einen ganz andern Schein bekommen, wenn man sie marxistisch sieht. Das vertragen sie alle nicht sehr gut ... Manches ist ein ganz klein wenig von außen gesehen, ich empfinde Frankreich etwas anders, aber jeder hat schließlich seine Augen. Was uns immer wieder fehlt, ist der Domela, der sich in fremde Kasten begibt und einen guten Bericht nach Hause bringt. Sehen genügt nicht – man muß eine Weile unter Fremden und mit ihnen leben. Ich weiß aber Anna Siemsen und ihrem Buch kein größeres Kompliment zu machen als das fast Unmögliche von ihr zu fordern. Ja, wenn sie alle so wären wie diese seltene Frau –!

Sind sie aber nicht. Was zum Beispiel die Leiter der Fürsorgeanstalten angeht, so gibt es dort neben Menschen unserer Zeit und Männern mit Herz und Verständnis für die Jugend immer noch alte und junge Majore, die: «Mal ordentlich die Hacken zusammenreißen!» durch den Saal brüllend sich nachher wundern, wenn der Junge vor die Hunde geht. Über diese Fürsorgeanstalten, die ebenso wie die Gefängnisse und Zuchthäuser einer regelmäßigen öffentlichen Kontrolle bedürfen, weil die der Vorgesetzten nie genügt, handelt *‹Jungen in Not›*, Berichte von Fürsorgezöglingen, herausgegeben von Peter Martin Lampel (erschienen bei J. M. Spaeth zu Berlin). Das ist nun leider danebengegangen.

Die Berichte, die zum Teil erschütternd und fast immer sehr aufschlußreich sind, diese Berichte ohne Kommentar und Prüfung zu geben, genügt nicht. Das ist allenfalls ein Stück aus der Wirklichkeit, eine einseitige Reportage – aber nun hätte sich der Herausgeber, der doch unter den Jungen gelebt hat, dahinter setzen müssen, um uns zu sagen, was denn an diesen Beschwerden, diesen Klagen, diesen manchmal aufwühlenden Schreien wahr ist. Werden die Jungen geschlagen? Sicherlich. Von wem? Namen nennen! «Herr Lehrer C. . . .» das ist überhaupt nichts. Welche Anstalten sind besonders schlimm? welche besser? welche gut? Kein Wort. Das Buch ist ein sehr fesselnder erster Teil eines Werkes, das uns fehlt. Als Material brauchbar. Der Text ist mit Bildern des Herausgebers geziert. Was, so sei zu fragen erlaubt, sagte wohl der Betrachter, wenn er ein soziales Werk über die Heimarbeiterinnen vorgelegt bekäme, das mit Bildern von Wennerberg versehen wäre? Damen mit prallen Busen? und gelenkigen Hüften? und blitzenden Schelmenäuglein? Er sagte, daß dem Herrn Zeichner seine Verliebtheit wohl zu gönnen, daß sie aber nicht ganz am Platze sei. Lackierte Not? Man mag das nicht.

Ein Uhr zehn. Die Premieren sind vorbei, und es sind gar keine Premieren gewesen, sondern ‹des générales›, Generalproben; die pariser Kritiker haben ihre Inserate, padong, Kritiken geschrieben; Lieschen ist längst fluchend nach Hause gemacht und hat sich unterwegs, Rache und Spaßes halber, einen Italiener aufgelesen, dessen Haare wie seine Stiefel glänzen, und nun redet er ihr wohl ein Kind in den Bauch; der General hat sich zu Bett begeben und ist um den Panzerkreuzerplan gekommen, unsern täglichen Landesverrat gib uns heute – nun bin ich müde. Sherlock Holmes liegt noch da (bei Hugo Wille in Berlin erschienen) – der gute, alte Holmes! Seit der flinkere Wallace ihn verdrängt hat, führt er nur noch ein gar bescheidenes Leben – und ist doch so nett! Bei Wallace ist das Verbrechen nur ein Präludium, dann gehts erst richtig los, Falltüren klappen, Dynamitpatronen entzünden sich in dicken Zigarren, Autos fliegen in die Luft und entfalten große

Tragflächen besserer Flugzeuge – bei Holmes ist ein Verbrechen begangen, und er klärt es auf und uns mit. Eine trauliche Spannung; man möchte den guten, alten Holmes streicheln – ah, geh doch weg! Was will das gelbe Buch hier? Es ist ‹*List und Leidenschaft*› von Beradt (bei Ernst Rowohlt in Berlin erschienen). Da lerne ich vom Wegsehen, daß die Franzosen nach Tisch ihren Kaffee mit Milch trinken, und das Buch ist nix listig, sondern traurig, und was die Leidenschaft angeht, so bringe ich nicht so viel davon auf, um mich durch diesen Wergballen auf Stelzen hindurchzuwürgen halt die Hand vor wenn du gähnst und so kehren wir denn zu Holmessen zurück, dem guten. Ja, ich mach das Licht gleich aus, bloß noch den Schluß von der Geschichte.

«‹Watson, rufe Scotland Yard an! Wir werden dort nicht ganz unerwartet kommen.› Er ergriff den Telefonhörer, mußte aber zu seiner Überraschung feststellen – –»

SCHWARZ AUF WEISS

Gut geschrieben ist gut gedacht. Der Deutsche ist ein ‹Bruder Innerlich› und entschuldigt gern einen ungepflegten Stil mit der Tiefe des Gemüts, aus der es dumpf heraufkocht... Gott sieht aufs Herz, sagt er dann. Der Künstler sieht auch auf den Stil.

Seit Nietzsche dem Deutschen wieder eine Prosa gegeben hat, wissen zwar noch lange nicht alle Schriftsteller, was es heißt: «an einer Seite Prosa wie an einer Bildsäule zu arbeiten» – aber viele wissen es. Alfred Polgar zum Beispiel weiß es.

Was ich an diesem Mann neben der untadligen Reinheit der Gesinnung und dem Takt des Herzens so liebe, ist eben, daß er ‹gut schreibt› – das heißt: daß er zu Ende denkt, reinlich denkt, hell und klar denkt, und ein gepflegtes, durch alle Regeln der Grammatik mühelos schlüpfendes Deutsch schreibt. Ich liebe an der Literatur auch das Handwerk, das kein Ziel ist, aber eine Voraussetzung. Dieses Handwerk braucht vielerlei: Lehrzeit, Ruhe, Geduld und Gefühl für die Sprache.

«Alfred Polgar», hat Siegfried Jacobsohn einmal gesagt, «ist ein Kelterer.» Das ist wahr: er keltert den Wein der deutschen Sprache, die schön ist – aber diese Schönheit muß ihr abgerungen werden. Mit Arbeit soll man nicht prahlen – aber man darf sagen, daß es das nur in ganz seltenen Ausnahmefällen gibt: «aus dem Ärmel schütteln». Im Ärmel ist nicht viel: höchstens ein paar Staubfäserchen und Wollflocken... geschüttelt wird hier nicht: wir wollen arbeiten.

Die Frauen, für die dieses Blatt gemacht ist, werden Polgar noch mehr zu schätzen wissen, als ich es tun kann: er ist, neben vielen andern, ein im allerbesten Sinne homme de lettres à femmes; auch, wenn er gar nicht von den Frauen spricht, fühlt jede sofort: dieser weiß, wie ich bin, versteht mich, streichelt mich, fürchtet mich, liebt mich, ist für mich da. Vor dieser Zartheit kommt sich unsereiner vor wie der rauhe Jäger, der den Hirsch im wilden Forst jagt...

Und dennoch hab' ich harter Mann
die Liebe auch gefühlt...

Polgars neuer Auswahlband *‹Schwarz auf Weiß›* (bei unserm gemeinsamen Verleger Ernst Rowohlt erschienen) enthält Kostbarkeiten über Kostbarkeiten. Und ist gut geschrieben. Ich kenne den Schaffensprozeß Polgars nicht und weiß nicht, ob er im Hirn korrigiert oder auf dem Papier, das soll uns auch nicht kümmern. Eine überwache Aufmerksamkeit verhindert auch den leisesten Schwupper; nie drängeln sich die Worte vor der Hirnpforte des Lesers, sie gleiten hinein, verbeugen sich artig voreinander und sind höflich und glatt wie die Japaner... Auch hat Polgar den innern Rhythmus der deutschen Prosa begriffen: es gibt stakkatone Stücke; Allegro und Scherzo wechseln miteinander ab, aber meist ist es ein bezauberndes Andante, darin die Spitzen der Ironie einer längst ins Heitere gewandelten Qual und einer nicht immer süßen Erkenntnis auffunkeln. Manchmal rührt sich die Trommel des Scherzes: «Es wäre peinlich, wenn Sie von diesem Abend sagten: Heute war ich zweimal bei einer Vorlesung Polgars: zum ersten- und zum letztenmal.» Von Arne Borg: «Er schwimmt nicht, was zu sagen ja wirklich naheläge: wie ein Fisch. Nein, ein Fisch schlechtweg reicht nicht aus zum Bilde. Er schwimmt wie ein gehetzter Fisch, wie ein Eilfisch, poisson rapide, wie ein aus der Pistole geschossener Fisch.» Paukenschlag: «Tiere, außer man zwingt sie dazu, haben keinen Beruf.» Traum über das traurige Dasein eines Liftpagen – wenn man ihm das ganze Hotel schenkte...? Sollte man eigentlich... «wenn auch vielleicht eine seiner ersten Chef-Anordnungen wäre, Personal und Lieferanten die Benützung des Aufzugs zu verbieten.» Dann die bezaubernde Studie über den *‹Fensterplatz›* – was so der Reisende im Zug denkt, nicht denkt, sanft dahindämmernd in den Wolken der Heniden und oft den Fensterplatz mit einem Gemeinplatz vertauschend. Schau, da pflügt ein Bauer seinen Acker –! «Sinnend blickst du, Stadtmann, dem Landmann nach, der dir sinnend nachblickt.»

Das wahre Kennzeichen eines guten Stils ist seine Gedrungenheit – es kann einer breit schreiben, aber er soll nicht auswalzen – die Kürze ist nicht nur die Würze des Witzes, sie ist die Würze jedes guten Stils. Auch ein Roman von sechshundert Seiten kann kurz sein.

Schneider Polgar, wir arbeiten in derselben Innung – ich habe es nicht leicht, Ihnen eine Liebeserklärung zu machen. Nicht nur, weil Sie mir überlegen sind – wackeln Sie nicht mit der Schere – Sie sind es, und warum soll sich ein Läufer nicht vor Nurmi beugen –? Ich beuge mich. Ich weiß, wie Sie manches nähen, welchen Zwirn Sie verwandt haben, bei wem Sie das Rohmaterial einkaufen . . . aber wenn es nachher fertig ist, dann ist es doch unbegreiflich und überraschend, und ich befühle die Nähte und die Knöpfe und den Besatz und frage mich: Wie macht er das –? Manchmal weiß ich es: so, wenn eine winzige Bosheit, scheinbar verkleidet und leise vor sich hinpfeifend, mit den andern Gedanken, als sei gar nichts geschehen, vorbeispaziert . . . Von Egon Friedell: «Er raucht lange Pfeife, schwimmt wie ein Meisterschwimmer, liebt die Geselligkeit und das Einschlafen im muntern Kreise . . .» Aber in tausend andern Fällen weiß ich nicht, wie Sie nähen.

Ich weiß nur, daß es ‹gut geschrieben› ist. Weil es sauber ist und gesinnungsvoll; voller Eleganz und Charme, weil die Fäden der Arbeit nicht mehr erkennbar sind, und weil Sie der deutschen Sprache nie etwas Böses tun. Sie haben ihr nur viele prächtige Kinder gemacht.

DIE GELDSTRAFE

Die deutschen vorläufig unabsetzbaren Richter werden zu hoch bezahlt; die Gehälter für Richter in Deutschland sind zu niedrig. Aber es dürfte nicht unangebracht sein, sich einmal zu überlegen, was diese Richter, die ein durchschnittliches Jahreseinkommen von acht- bis elftausend Mark haben, so für Geldstrafen verhängen.

Tausend Mark – zweitausend Mark – achthundert Mark – und das meist ohne die leiseste Prüfung, was der Verdonnerte eigentlich verdient. Die Herren haben, seit der Inflation, den Maßstab für den Wert der Strafgelder völlig verloren – sie verknacken drauf los, ohne sich auch nur im leisesten zu überlegen, was sie damit anrichten, auf diese Weise die verhängten Geldstrafen den Freiheitsstrafen auf das angenehmste annähernd.

Daß Leute, die ein Monatsgehalt von hundertundfünfundzwanzig Mark haben, zu zweihundert, zu dreihundert Mark Geldstrafe verurteilt werden, ist nichts Seltenes; die amüsante Wahl zwischen Haft und: «Richter – zahlen!» läßt ja den Objekten der Justiz immer noch die Möglichkeit offen, die Geldstrafe durch die Tätigkeit jenes Körperteils zu ersetzen, der der Themis wirklich würdig ist.

Es wäre aber nicht ganz abwegig, wenn die Justizminister sich einmal die Urteile, die über Geldstrafen ergehen, vorlegen ließen und ihre Beamten darauf aufmerksam machten, daß für die überragende Majorität der arbeitenden Massen hundert Mark etwa vierzehn Tage Arbeit bedeuten und daß kleinere Delikte, die nicht in der reinigenden Atmosphäre der Strafanstalten abgebüßt werden, nicht dazu da sind, die Finanzen der Angeklagten völlig durcheinander zu bringen.

Mit der Verhängung von Geldstrafen wird heute ein sträflicher Unfug getrieben, weil sich kaum einer der Richter überlegt, wie ihn selber solche Geldbuße treffen würde. Wofür werden diese Geldstrafen entrichtet? Für die juristische Belehrung, die der Angeklagte empfangen hat? Für die Erlaubnis, mit beamteten Juristen in Berührung getreten zu sein? Für die Strafverfahren? Dann normiere man die Geldstrafen und setze einen Einheitspreis fest: Eine Mark fünfundneunzig, mit Rabatt.

Meinen es die Richter aber mit der Verhängung der Geldstrafe so ernst wie mit ihren Diskussionen über das eigene Gehalt, dann mögen sie sie in sozialer Weise verhängen und nicht so lotteriemäßig und unüberlegt, wie es heute geschieht.

DIE BEGRÜNDUNG

Vor mir liegt im Namen des Volkes die Begründung zu dem Urteilsspruch gegen George Grosz, angeklagt wegen Gotteslästerung im Jahre 1928 nach Christi Geburt. Landgerichtsdirektor Tölke als Vorsitzender, Landgerichtsrat Krüger als zweiter Richter, zwei Schöffen. Aus den Gründen:

«Nummer 10. Ein am Kreuz hängender, äußerst abgemagerter Christus ist in der allgemein gebräuchlichen Darstellung abgebildet, jedoch mit folgenden Besonderheiten: Das Gesicht ist durch eine Gasmaske verdeckt. An den Füßen befinden sich Soldatenstiefel, durch die die Kreuzesnägel getrieben sind. Die linke Hand ist nicht ans Kreuz genagelt, sondern hält am erhobenen Unterarm ein Kreuz.

Unterschrift: Maul halten und weiterdienen.

Wenn nach alledem wegen der Bilder 2 und 9 eine Schuldfeststellung nicht getroffen werden konnte, so entbehren diese Zeichnungen doch nicht der Bedeutung für die Frage, wie weit in dem dritten der beanstandeten Bilder, nämlich der Christusdarstellung am Kreuz mit Gasmaske und Soldatenstiefeln, der Tatbestand des § 166 StGB. erfüllt ist. Die Anklage erblickt in dieser Abbildung einen Angriff auf eine Einrichtung der christlichen Kirche, nämlich die Christusverehrung. Daß diese als Einrichtung im Sinne des § 166 StGB. zu werten ist, unterliegt keinem Bedenken (vgl. Olshausen a. a. O. § 166 Anm. 12 RGE. 2, 429). Das Gericht erachtet aber auch als erwiesen, daß hier das Tatbestandsmerkmal einer Beschimpfung durch den Angeklagten Grosz vollendet ist. Das ergibt gerade der Zusammenhang mit den beiden Bildern 2 und 9 und die gesamte Tendenz der als ‹Hintergrund› betitelten Blätter. Denn richtete sich in den beiden vorgenannten Zeichnungen die Satire des Künstlers gegen einzelne Diener der christlichen Kirche und gegen den Gottesbegriff des ‹heiligen Geistes›, so ist hier in Bild 10 unverkennbar Christus selbst als Träger und Symbol jenes christlichen Glaubens, der bereits in den Zeichnungen 2 und 9 ironisiert wurde, das Angriffsobjekt. Bei der Auslegung des in diesem Bilde und seiner Unterschrift verkörperten Gedankens hat das Gericht nach freier Überzeugung zu entscheiden. Es ist dabei als allgemein gültige Auslegungsregel auch der Grundsatz zu erachten, daß, soweit der Wortlaut einer Gedankenäußerung nicht durchaus eindeutig ist, der Sinn der Äußerung aus den Nebenumständen, insbesondere aus dem Zusammenhang, aus dem Zwecke und dergleichen zu erforschen ist (vgl. dazu die allgemeinen Ausführungen des Urteils des RG. vom 11. 1. 26, abgedr. in der ‹*Jur. Wochenschrift*› 1928, S. 1225 ff.). Bei Anwendung dieses Grundsatzes sieht sich das Gericht nicht in der Lage, der Auslegung zu folgen, die der Angeklagte Grosz seiner Darstellung gegeben hat. Nach der ganzen Anlage der Zeichnung müssen die Worte der Unterschrift ‹Maul halten und weiterdienen› nicht als an Christus gerichtet, sondern als von ihm gesprochen aufgefaßt werden. Die starke Wirkung des Bildes beruht zum großen Teil darauf, daß die Christusfigur allein abgebildet ist, ohne jedes Beiwerk von Personen und sonstigen Requisiten, mit denen der Angeklagte auf den beiden andern Bildern verhältnismäßig verschwenderisch umgeht. Neben der Gasmaske und den Soldatenstiefeln lenkt das erhobene Kreuz in der linken Hand des gekreuzigten Christus die Blicke auf sich, jenes Kreuz als Symbol des Glaubens, das in Bild 2 auf der Nase des Priesters balanciert und im Bild 9 ins Wanken geraten ist. Wären auf dem Bilde noch andre Personen gezeichnet oder wären die Gasmaske und die Soldatenstiefel die einzigen Besonderheiten, so würde die Behauptung des Angeklagten, er habe die ans Kreuz geschlagene Menschheit darstellen wollen, an die jene die Unterschrift bildenden Worte gerichtet wurden, noch eine gewisse Wahrscheinlichkeit für sich haben. Aber gerade die besonders ins Auge fallende Abweichung von der sonstigen Darstellung des gekreuzigten Christus, nämlich das stark und sichtbar gezeichnete Kreuz in der linken Hand, gibt dem Bild die Wirkung, die es nach der Ansicht des Gerichts auf den Beschauer haben muß: Christus, für seine Lehre ans Kreuz geschlagen, hat für die Menschheit im Kriege, mit dessen Symbolen Gasmaske und Kommißstiefel man ihn bekleidet hat, trotz seines eignen Opfers auch nur den Trost und die Worte ‹Maul halten und weiterdienen›. Das Kreuz in seiner Hand gibt der ganzen Darstellung erst das typische; es wirkt in Verbindung mit den Worten der Unterschrift wie ein Ausrufungszeichen, Christus ruft diese Worte im Zeichen des Kreuzes der Menschheit zu. Es erscheint auch unverständlich, welchen Sinn diese Worte, wenn sie an den sterbenden Christus gerichtet würden, haben sollten. Gewiß verkörpert Christus, wie dem Angeklagten geglaubt werden mag, die ans Kreuz geschlagene Unschuld, die allerdings bei Grosz nicht viel Abweichendes von den Begriffen der Beschränktheit oder der Dummheit hat.»

Die Worte «Maul halten und weiterdienen» werden selbstverständlich nicht von dem am Kreuze hängenden Christus gesprochen – wenn überhaupt diese oberlehrerhafte Feststellung von irgendwelchem Werte ist. Denn die Unterschriftsworte brauchen mit Notwendigkeit von gar niemandem gesprochen zu sein – der Zeichner gibt mit diesem Satz die Melodie des Blattes an, ohne daß ein Sprecher vorhanden sein muß. Ist also schon die Suche nach dem Sprechenden jeder gescheiten Kunstdeutung zuwiderlaufend, so ist, nimmt man überhaupt einen Sprechenden an, Christus sicherlich nicht derjenige, der spricht.

Dem steht entgegen, daß er eine Gasmaske trägt, so daß also die Worte «Maul halten und weiterdienen» nur als dumpfes Gemurmel, nicht aber als artikulierte Wörter an das Ohr der Außenwelt zu dringen vermöchten, eine Überlegung, die vom seligen Nicolai stammen könnte, den überrationalistischen juristischen Kunstbetrachtern aber wohl recht sein wird. Es ist aber auch dem Sinn des Bildes widersprechend, wenn angenommen wird, Christus spräche. Die gebeugte, gefesselte, mit einer Gasmaske geknebelte Gestalt ist wohl zu allerletzt berufen, einen Befehl zu erteilen – ihre ganze Haltung drückt genau das Gegenteil aus.

Wenn das Gericht hinzufügt: «Es erscheint unverständlich, welchen Sinn diese Worte, wenn sie an den sterbenden Christus gerichtet würden, haben sollten», so begeht es einen doppelten Denkfehler. Es wird damit zunächst unterstellt, als müßten die Worte entweder von Christus gesprochen oder an ihn gerichtet sein, was falsch ist. Die Worte werden von niemand gesprochen und sind leiblich an niemand gerichtet – kein Mund und keine Ohren sind zu konstruieren. Es ist aber auch falsch, daß die Worte, an Christus gerichtet, keinen Sinn ergäben.

Der Sinn, den sie haben, ergibt sich aus der Tendenz der Bildermappe.

Die Worte sind vom Zeichner hinzugefügt, sie werden über den Christus hinweggesprochen, und zwar zur Menschheit, die in den Krieg getrieben wird – unter dem Zeichen des Kreuzes. Der Staats-Christus, dem auf dem Bild nur noch eine Fahne fehlt, um komplett zu sein, ist aufgerichtet, um die Herde der Gläubigen zur Räson, nämlich zur Staatsräson zu bringen – in seinem Namen wird befohlen: «Maul halten und weiterdienen», und er fällt selbst unter den Befehl. Der Kriegs-Christus, dem sie auf einem französischen Schlachtfeld das Kreuz weggeschossen haben und der nun, flehend, mit erhobenen Armen und mit wenig Dank an preußische Richter, die ihn schützen, über das Gemorde hinwegschrie – dieser Christus ist im Sinne des § 166 von der eignen Kirche geschändet worden.

Das und nur das hat George Grosz gezeichnet und empfunden.

Die «ans Kreuz geschlagene Unschuld, die nicht viel Abweichendes von den Begriffen der Beschränktheit oder der Dummheit hat» – das ist der Staatsbürger, der in den beiderseitigen Kirchen diesseits und jenseits der Grenzen für Mord betete – und man wird das fatale Gefühl nicht los, als sei es den Richtern viel mehr auf die Erhaltung dieser rührend dienenden Unschuld als auf den Schutz einer Kirche angekommen, die sich etwas schämen sollte.

Denn eine Landeskirche, die im Kriege so jämmerlich versagt hat, die die Jugend eines ganzen Landes in das Schlachten hineinsegnete; eine Kirche, die kein Wort gegen den Staatsmord fand, sondern ihn im Gegenteil noch propagierte: eine solche Institution hat allen Anlaß, still zu schweigen, wenn aufgezeigt werden soll, wer hier schändet.

Die Begründung der Richter ist unrichtig, ihr Urteilsspruch beruht auf einem Denkfehler. Sie haben das Bild Nummer 10 falsch gedeutet; und es ist nicht etwa ‹Auffassungssache›, sondern diese richterliche Deutung entbehrt jeden Sinnes. Sie arbeiten nicht einmal in ihrer eignen Domäne sauber, wie es sich gehört.

Die Prätention der Kirche aber, die sich wieder heftig rührt, um durch richterlichen Schutz eine rechtens in die Binsen gegangene Autorität schützen zu lassen, ist fehl am Ort. Sie hat ihr Wort Gottes verraten. Uns kann das gleich sein. Sie ist aber am wenigsten von allen legitimiert, die Heiligkeit ihrer Lehre zu verteidigen, an die kein gesunder, zum Soldatendienst gepreßter Mensch glauben kann, wenn sie ihm nicht in der Jugend das Gehirn verbogen haben. Wir wollen auch keinem der Beteiligten den Gefallen tun, an seine sachlichen Absichten zu glauben.

Die Kirche, die aus den Inquisitionsprozessen die ihr lieb gewordene Übung hat, den armen Sünder den staatlichen Henkern zuzustoßen und selbst im Hintergrund aufdringlich diskret zu beten, wirft die ihr unbequemen politischen Gegner den Richtern vor; die Justiz stürzt sich mit Wonne auf Leute, die sie sowieso als ‹Aufrührer› empfindet. Die Kirche hat nach ihren völlig negativen Leistungen im Kriege kein Recht:

uns ihre Feiertage aufzuzwingen;

unsern Kindern ihre Lehre aufzuzwingen;

sich mit Glockengeläute und Gesetzgebung eine Beachtung zu ververschaffen, die ihr nicht zukommt;

sich in allen Bildungsfragen aufzudrängen und in alle Kinderhorte einzudrängen, denn sie repräsentiert nicht das einzige mögliche Weltbild, sondern nur eines, und das noch sehr unvollkommen. Sie versuche zu überzeugen – sie siege im Zeichen des Kreuzes, nicht im Zeichen des Landgerichtsdirektors. Sie schweige.

Wenn heute in allen Ländern mit Konkordaten und politischen Druckmitteln die katholische Kirche eine gradezu unheilvolle Rolle spielt, so ist das die Schuld ihrer Gegner. Die sind schwach; die haben ein schlechtes Gewissen und getrauen sich nie, klar und laut zuzugeben, daß sie vom Fegefeuer nichts mehr wissen wollen, sie demonstrieren nur leise gegen die Kirchensteuer – und wenn die Germanen, die so viel mit den Juden zu kakeln haben, wirklich wüßten, daß der Vatikan sie so nebenbei, mit der linken, rot behandschuhten Hand, regiert: sie wüßten, wo ihr Feind steht. Aber das haben sie nie gewußt.

Gegen eine solche unzureichende Begründung aber ist zu sagen, daß die Kirche unsre Gefühle verletzt; daß die aggressive Politik der Katholiken in Bayern und anderswo geeignet ist, unser Empfinden zu verletzen. Dieser Schutz der Kirche ist ein Angriff auf uns. Daß Grosz inzwischen einmal freigesprochen wurde, ändert nichts an diesem Hieb gegen die so überschätzte Kirche.

ANONYME BRIEFE

Lieber Rudolf Leonhard!
Ich habe keinen schlechten Schreck bekommen, als das dicke Paket angekommen ist: ein Stück! ich soll ein Stück lesen –! Wenn Sie wüßten, wie das ist ... aber Sie wissen es, denn Sie sind jahrelang Lektor im Verlag der Schmiede gewesen, die Ihre Arbeit nie verdient hat. Die Beschwerlichkeit, zweihundert Schreibmaschinenseiten zu durchackern; die Langeweile; die Schwierigkeit, ein Land fremder Phantasie mit eignen Gedanken zu bevölkern – denn dies allein ist: lesen; die etwas resignierte Geste, mit der man das Ganze zuklappt – und dann der saugende Blick des Autors: wie hat es dir gefallen? wie ist es mit mir? bin ich nicht ein begabtes Kind? die fade Lüge, die man dann sagen muß ... es ist nicht sehr heiter.

Sie haben ein ausgezeichnetes Theaterstück geschrieben, Rudolf Leonhard.

Es heißt ‹*Anonyme Briefe*› – und es zeigt, wie eine ganze Stadt unter den Hagelschauer jener kleinen gefalteten Zettel gerät, die, sobald sie der Postbote ins Haus bringt, keine Zettel mehr sind – sondern Briefe. Wie Firmen durch sie ins Wanken geraten; wie Bettgeheimnisse öffentlich werden, den Voyeurs einen kräftigen Sexualschauer nach dem andern über den Rücken jagend und Neid, Neid; wie sich die Spitzen der Gesellschaft weidwund in die Löcher des Privatlebens verkriechen, und wie sich nun endlich – als Krönung des Ganzen – das Gericht mit breitem Hintern auf den Unflat setzt. Der Verteidiger will Karriere machen, der Vorsitzende ersauft im Wust der §§, der Staatsanwalt donnert, die Polizei macht sich mausig – und richtig, ein Angeklagter ist auch noch da. Aber der wird so nebenbei freigesprochen, nachdem sich der Witz der Juristen an ihm geübt hat – und wenn er sich nachher umbringt, so ist dies allenfalls eine Aktennotiz und nicht einmal das. Ein Selbstmord? Z.d.A.

Sie zeigen uns den Schreiber dieser Briefe nicht – wir hören ihn nur; in drei wundervollen, filmischen Szenen hören wir seine Stimme und sehen nur einmal den Schatten seines Kopfes und sehen seine schreibende Hand.

Man wird Ihr Stück mit den ‹*Verbrechern*› vergleichen – aber ich halte es für bedeutend besser; Sie werden vielleicht in den Verdacht kommen, Herr Bruckner zu sein, und ich weiß nicht, ob Sie es sind. Daß aber diese wirbelnde Tragikomödie der ‹*Anonymen Briefe*› viele gute Aufführungen verdient, das weiß ich gewiß, und wenn Sie nach der hundertsten Ihren Freunden ein Abendessen geben, dann schreiben Sie ein weingeflecktes Kärtchen an Ihren Peter Panter

FAMILIENBANDE

Die Familienbande ... also wir wollen höflich sein.

Was hält die Familie zusammen –? Die gemeinsame Abstammung? Die Stimme des Blutes? Das allein kanns nicht sein.

Wenn Onkel Edgar, der schon als junger Mann nach Madagaskar gegangen ist, weil er sich zu viel auf den Rennplätzen herumgetrieben hat, wieder zurückkommt, dann verkriechen sich die Kinder und sagen zu Mama: «Da ist ein fremder Herr im Salon –!» und auch in den vier Wochen, wo er in der Familie lebt, wird das nichts Rechtes. Da fehlt irgend etwas ...

Es fehlt die Gemeinsamkeit der kleinen Hauserlebnisse. Und die sind es, die die Familie zu einer kompakten Einheit zusammenschweißen, mit Verlaub zu sagen. Familienmitglieder sind alte Kriegskameraden.

Denn die Vertraulichkeit zwischen den Angehörigen desselben Familienstammes, eine Vertraulichkeit, die dem andern noch die Haut abschält, um zu sehen, was darunter ist, stammt daher, daß alle Beteiligten, Schulter an Schulter und Unterhose an Unterhose den Stürmen des Lebens getrotzt haben.

Der Familienkalender hat seine eigene Einteilung und mit dem gregorianischen wenig zu tun. Das war im Jahre 1921? Nein: «Das war damals, als Tante Frida deine Stehlampe umgeworfen hat!» Vor zwei Jahren –? Nein: «Du weißt doch, Erich kam mit seiner Zensur, und da hat sich Papa noch so aufgeregt ...» So war das.

Krach eint.

Der Gasometer läuft. Erst tropft er, niemand merkts, dann tropft er stärker, immer noch merkts keiner; dann drippelt er ganz rasch, ein kleiner See steht im Korridor – und nun laufen sie alle zusammen. Der Gasometer ist gar kein Gasometer mehr, sondern Prüfstein der Charaktere, Riff, an dem sich die Wogen der Temperamente brechen, Stein der Weisen und Stein der Dummen; Anlaß, Exposition und das Ding an sich. – «Hundertmal hab ich schon gesagt, ihr sollt besser auf den Gasometer aufpassen!» – «Vorhin, gnä' Frau, wie er noch nicht gelaufen hat, da hat er noch nicht gelaufen – und da hab ich noch nachgesehen – –» – «Bring mal ein Wischtuch her – nein, das nicht – Gott, ist das ein Ochse! – den Scheuerlappen!» – «Mama, wo ist denn mein Schrankschlüssel?» – «Mama, es hat geklingelt!» – «Ich bin kein Ochse!» – «Widersprich nicht immer – !» – «Aua, Edith kneift mich!» – «Gnädige Frau, die Gasrechnung!» – «Der Gasmann soll mal herkommen – !» – «Mama, wo ist denn mein Schrankschlüssel?» – «Hier sehn Sie mal: der Gasometer läuft!» – «Ick bin bloß für die Rechnung – det er looft, det jeht mir jahnischt an!» – «Mama, wo ist denn mein Schrankschlüssel?» – «Emma, wenn Sie noch ein einziges Mal ...» Krach eint.

Die Einigung wird umso stärker empfunden, je mehr sich die Mitglieder dieses Indianerstammes von einander zu entfernen wünschen. Das machen sie so:

«Papa, guck mal – unser neuer Teppich – !» Papa: «Na, da habt ihr euch ja schön bekauft – !» (Ihr – er gehört nicht dazu.) «Arthur, Tante Rosa kommt heute abend zum Abendbrot – sei pünktlich!» – «Kinder, ihr müßt auch immer die ganze Verwandtschaft einladen. Das wird ja schön langweilig werden bei euch!» – Es ist der letzte schwache Versuch des Individuums, sich als solches zu behaupten – aber er mißlingt immer: denn der Mensch in der Familie ist gar kein Mensch, sondern nur Gruppenteil, Partikel einer Kollektivität und Glied in der Kette, die ihn sanft und unnachgiebig umschlingt. Und das eint.

Daher man denn nicht sagen sollte: Herr X. stammt aus der Familie der Henkeltopfs – sondern man sollte sagen: Er entstammt der Hausgemeinschaft Geisbergstraße 67, Maaßenstraße Nr. 11 und Haberlandstraße 5 – denn es sind nicht die Bande des Blutes, die einen – sondern die Bande des Krachs und der gemeinschaftlichen Erlebnisse.

Daher die grandiose Respektlosigkeit, die Familienmitglieder für einander haben. Kommt ein Fremder hinzu und bewundert die feingeschwungene Nase Gerties; den süßen Brustansatz Lieschens; das Pfeiftalent Fritzchens und den Witz Papas, dann gähnt die Familie und ist höchstens gelangweilt geschmeichelt. Eine Sensation ist das nicht mehr. Wegen des Geruchs im Korridor hat die feingeschwungene Nase Gerties zu oft sich selbst gerümpft; den süßen Brustansatz Lieschens haben sie bis da, Fritz pfeift und soll das nicht, und Papa macht immer dieselben Witze. Man ist kein Held in Unterhosen: vor seinem Kammerdiener nicht und vor der Familie schon gar nicht.

Man liebt sich auseinander, aber man zankt sich zusammen.

Und weil sich gleichnamige Pole abstoßen, so stoßen sich die Pole der Familie so lange ab, bis sie ganz rund geschliffen sind, auseinander können sie nicht, und sie kennen sich viel zu genau, um sich lieben zu können, obgleich jeder von sich behauptet, er sei ein unverstandenes Kind, und die in der Familie hätten auch nicht den Schimmer einer Ahnung, wer da unter ihnen weile – und wenn die Familie nicht wäre, so wäre jeder schon längst Napoleon und Ford und Josephine Baker in einem. Denn wer ist an allem schuld –? Die Familie.

Man kann sich fremde, große Männer und Frauen nur sehr schwer in ihrer Familie vorstellen: für uns schweben sie ewiglich in einer Wolke des Ruhmes und der Gloriole ihrer Werke ... In Wahrheit ist das aber ganz anders.

«Benito!» sagt Frau Mussolini zu Herrn Mussolini; «den Kragen kannst du nicht mehr umbinden – erstens ist er ausgefranst, und zweitens siehst du darin wirklich nicht gut aus. Ich habe mich neulich so über die Fotografie im ‹*New York Herald*› geärgert, ausgerechnet an dem Tag mußt du diesen alten Kragen tragen!» – «Mach mich nicht nervös», sagt der Diktator. «Das ist ein schöner Kragen – eine gute italienische Marke, und das englische Zeug mag ich nicht, das du mir da gekauft hast ... Himmelherrgottdonnerwetter – jetzt ist das Knopfloch geplatzt–!» – «Beenchen ...» – «Porco dio!» sagt Italien und wirft den Kragen wütend auf den Boden; «Madonna! Verfl – –»

Ein guter Familienvater braucht den Krach; es ist wie mit dem Druck der Atmosphäre: ohne den zerplatzte er. Daher sich denn auch Junggesellen mit einer Geliebten zu umgeben pflegen, die ihnen tagtäglich denselben Zimt aufführt. Denn was eint die Familie –?

Blut ist dicker als Wasser; Krach ist dicker als Blut, und stärker als alle drei beide ist die Gewöhnung.

DER LIEBE GOTT IN FRANKREICH

Wie verschieden ist es doch so im menschlichen Leben –!

Bringt in Deutschland jemand die Gedankenvorstellungen der Kirche mit dem Humor in nähern Zusammenhang, dann finden sich nicht nur etliche Domdechanten, sondern noch mehr Richter, die aus einem politischen Diktaturparagraphen – dem § 166 – herausinterpretieren, was man nur wünscht. In Frankreich gibt es doch immerhin dieselbe katholische Kirche (über den Erdkreis hinweg), aber da sieht es nun so aus:

In den ‹Deux Anes› steigt eine der kleinen Revuen, über die wir uns schon manchmal unterhalten haben. Siebentes Bild: ‹*Restaurant zum bekränzten Bürzel*›. Und weil ja in den feinen Hotels die Speisen feierlich dargebracht werden, dort also nicht gegessen, sondern das Essen zelebriert wird, so sehen wir nunmehr ein ganzes Diner auf eine recht absonderliche Weise serviert.

Vor dem Altar der Office steht der Maître d'Hôtel, er macht viele kleine Verbeugungen und ruft mit modulierender Stimme die Speisen aus. «Le Potage de la Vierge Printanière» – und Frauenstimmen aus der Küche respondieren: «. . . printanière –!» die Gäste nehmen keine Abendmahlzeit ein, sondern ein Abendmahl, der zweite Kellner schwenkt den Salatkorb wie eine Räucherpfanne, die Musik spielt Gounod-Bach, und es ist – wie die Prospekte der Beerdigungsinstitute sagen – eine Mahlzeit erster Klasse. Der Ober nennt die Gäste «Nos fidèles», was gleichzeitig treu und gläubig heißt, alles geht sehr schnell, und wenn es vorbei ist, dann singt der Chor der Kellner:

«Avé – avé – avez-vous bien diné?»

Alles lacht und klatscht. In den Zeitungen kein böses Wort. Im Publikum kein fader Jude, dem plötzlich das böse Gewissen schlägt und der pogromängstlich «geschmakkkkklos» murmelt, denn es geht nichts über den Katholizismus gebildet aufgeklärter Juden, kein frommer Abgeordneter, der nun aber neue Gesetze gegen Schmutz und Schund fordert . . . nichts.

Eine andre Rasse, gewiß. Damit ist noch nicht bewiesen, daß es in lateinischen Ländern mit dem Humor anders sei als bei uns, gewiß.

Aber glaubt doch ja nicht, daß es, alle Leichtigkeit des französischen Humors zugegeben, hier immer so gewesen ist. Die Kirche hat das Land einmal beherrscht. Und mit dem Patriotismus könnte man sich die gleiche Szene kaum ausdenken – da gäbe es Krach. Mit der Kirche aber . . .

Die hat eben – trotz allem – in Frankreich zum mindesten nicht die Macht, das öffentliche Leben so zu knebeln, wie sie das lautlos in Deutschland tut, wo alles kuscht, wenn sie bimmelt, und wo kein Mensch auf unsre Empfindungen Rücksicht nimmt, auf uns, deren Gefühle verletzt werden, wenn ein Pfaffe von der Kanzel herunter zum Mord hetzt. «Avez-vous bien diné?» Wenn man die deutsche Zentrumsherrschaft mitansieht, kann man nur sagen: Mahlzeit!

DIE KINDERSTUBE

Ein neues Spiel ist aufgetan –
    das spielen die Kinder so gerne;
sie spielens im Alt und Tenor und Sopran,
    in Berlin und der bayrischen Ferne.
Krise!
    Krise der Intendanz!
und es umschlingt dich ein Höllentanz:

Der Kleiber und der Klemperer,
der Walter und die Kemperer;
der Knappertsbusch und der Richard Strauss,
der Jeßner, der Reinhardt, das Opernhaus –
gestern, morgen und heute –
sehr prominente Leute.

Bleibt Legal? Geht Tietjen? Ist Ziegel bereit?
Wer inszeniert die *‹Hose›*?
In Deutschland gibt es um diese Zeit
zwei Millionen Arbeitslose.
Krise?
Es wirtschaftet um dich her
der überschätzte Kommissionär:
Der Klemperer und der Kleiberer
und mindere Zeitvertreiberer;
der Walterer und der Doktor Klein –
Gott grüß die Kunst! Eine Krise muß sein!
Gestern, morgen und heute –:
sehr prominente Leute.

Das alles war schon einmal da –
im Märze, im vorigen Märze.
Da tanzte die Elßler den zierlichsten Pas,
und es schäumte die Druckerschwärze.
Der Horizont war lieblich verengt,
das Theater hat alle hübsch abgelenkt . . .
Und heute spielen sie grade so
Biedermeier mit Radio:
Der Kleiber und der Klemperer,
der Walterer und die Kemperer;
der Richard Strauss und der Knappertsbusch –
Und keiner sagt: Kusch! Und keiner sagt: Kusch!
Gestern, heute und morgen –
Gott segne die deutschen Sorgen!
Amen.

AM RANDE DES REICHTUMS

Am Rande des Reichtums, da, wo er über die immer mehr und mehr verschwindende Bürgerlichkeit in die Unversorgtheit übergeht, wohnt ein merkwürdiger Stamm. Da wohnen die Affen der reichen Leute.

Es wohnen dort jene Balzac-Figuren, die es auf der ganzen Erde gibt —: sie leben mit den Reichen, ein bißchen von den Reichen, unter den Reichen — aber sie selbst sind nicht reich. Niemand weiß ganz genau, wovon sie eigentlich leben; die Armen halten sie für reich, die Reichen für unbemittelt, sie selbst wissen nicht, was sie sind. Sie wissen nur, immer wieder, eines Morgens: «Es muß etwas geschehen. Noch diese Woche brauchen wir Geld.» Dann geschieht etwas.

Dann macht sich die Wanze des Reichtums auf und entriert, mit der Miene des Reichen, halb gesellschaftlich, scheinbar zum Privatvergnügen, ein Geschäft. Es ist mehr eine schlendernde, eine atemlos schlendernde Tätigkeit, bei der zufällig, wie ein Spielgewinn — etwas abfällt: eine Provision, ein Verdienst, ein Plus . . . sie warten so darauf und streichen es nachher lässig ein und, wenn sie klug sind, langsam. Diese Art von Geschäften wird mit den Mitteln der Reichen gemacht, mit entliehenen Mitteln und Formen, mit deren Sprache, Auftreten, Gesten und feinen Manieren. Dahinter grinsen der Hunger, die Demütigung, die Angst.

Sie wohnen am Rande des Reichtums und haben ihren Brot- und Kuchengebern genau abgesehen, wie die es machen. Sie wohnen in denselben Hotels und wissen nicht immer, wovon sie die nächste Rechnung bezahlen werden; sie spielen dieselben Spiele wie die Reichen, treiben dieselben kleinen Golfbälle wie jene vor sich hin, schlafen mit denselben Frauen und borgen dieselben Banken an . . . Sie selbst sind nicht reich. Aber sie spielen ‹reich› — sie wissen viel genauer als die wirklich Reichen, welche Krawatte unmöglich ist und welchen Maler man gerade trägt; worüber man noch lacht und worüber schon wieder; wo man im Februar zu sein hat und wo im Mai—sie sind erbarmungslos mondän . . .

Die reichen Leute lassens hingehn. Sie zahlen, bewußt wenigstens, nicht viel dazu — niemand ist ja so geizig wie die reichen Leute. Wir andern bringens zu nichts, weil wir das Geld nicht so hitzig lieben, und das Geld kommt nur zu dem, der es sich noch im Schlaf erstöhnt. Die reichen Leute lassen die am Rande des Reichtums gewähren — sie sind nett mit ihnen, solange sie nicht angeborgt werden, solange der Schwindel nicht beim Tee aufknallt, solange man die Fiktion aufrechterhalten kann: auch jene gehörten dazu. «Kommen Sie nach Venedig, dieses Jahr —?» Kommt er nicht, wird man ihn kaum vermissen; kommt er, wird er stürmisch begrüßt, mit jener Überschwenglichkeit, die kein Herz hat. «Nein! Sie auch hier —?»

Es wimmelt am Rande des Reichtums von solchen, die mit Härte heruntersehen, die Stufen hinunter, die sie gleich, um Gottes willen, hinunterfallen können, und dann wäre alles aus. Aber noch stehen sie oben. Noch gehen sie hinter den Reichen her, wie die Suite eines Generals, der die Front abschreitet — die Angehörigen des Stabes sind so froh, nicht in der Front stehen zu müssen, und sie machen alle ein hochmütiges Gesicht ... Noch sind sie da und verachten maßlos ihre wahren Genossen der gleichen Steuerstufe, verkleidete Habenichtse ... «Wie macht der Mann das bloß —?» Allgemeines Achselzucken. Solange er nichts von uns will ... Ein bißchen viel eingeladen ist er, das ist wahr — auf seinen Reisen genießt er allerhand dunkle Vergünstigungen von Dampfergesellschaften, er gibt sich als Korrespondent aus, kennt — natürlich — den Direktor des Reisebüros, nimmt Ermäßigungen an, als erweise er dem andern noch eine Gefälligkeit ... wie macht er es bloß —?

Wie macht sie es bloß —? Frauen sind in diesem Grenzbezirk des Reichtums häufig; nicht einmal Hochstaplerinnen, nicht bezahlte Frauen, so ist die Farbe ihrer Kostüme nicht; diese Farbe ist gestreift, changeant, schillernd ... Sie vermitteln Ankäufe von Bildern und schmarotzen im Kunsthandel, welch Pleonasmus! — sie haben die Finger in mancherlei Autogeschäften und Buchsubskriptionen — sie sind immer sehr hübsch angezogen, kopiert das Modell, kopiert die Umgangsformen, kopiert ein Leben ... wie macht die Frau das bloß —? Allgemeines Achselzucken.

Das hats immer gegeben. Gesellschaftliche Übergänge sind niemals scharf — die Grenzen sind verwischt, es gibt zwischen Arm und Reich, zwischen Groß- und Klein-Bourgeoisie immer ein ‹Niemandsland›, einen Korridor, bitter umkämpft, eine Grenzmark, die noch immer nicht und nicht mehr ist ... gewöhnlich haben solche Grenzbewohner die schlechten Eigenschaften der beiden Volksstämme, zwischen denen sie wohnen. Diese hier, am Rande des Reichtums, sind hungrig wie die Armen und stolz wie die Reichen; skrupellos wie die, die nichts zu verlieren haben, und frech-gesättigt wie die, die nie hungerten — noch nicht und nicht mehr. Manche fallen endgültig herunter, wohin sie gehören — in die kleine Dreizimmerwohnung, an die sie sich nie mehr gewöhnen werden; manche fassen Fuß und bleiben oben und haben alles vergessen: Vater und Mutter und Herkunft und Mittel des Aufstiegs. «Man legt doch zum Lunch kein Bettlaken auf den Tisch ...» Es sind sehr feine Leute.

Der Rest wimmelt zwischen den beiden Lagern. Viele Männer, noch mehr Frauen, lebend von den Prozenten, so von des Reichen Tische fallen, mit sehr viel Snobismus und einem noch größeren Debet auf dem Konto des befreundeten Bankiers — sind viel zu klug, um bei Lektüre dieses Artikels zu erkennen zu geben, daß sie sich getroffen fühlen.

IST ES DENN NUN WIRKLICH WAHR, WAS MAN HAT VERNOMMEN –

daß sich die feindlichen Hauptquartiere im Kriege auf gegenseitige Vereinbarung geschont haben? Es galt nicht als fair, die Oberste Heeresleitung und das GQG mit Fliegerbomben zu belegen – das war gegen die Spielregeln.

Wenn das wahr ist, dann haben wir hier einen der zahllosen Beweise dafür, daß für die Militärkaste der Krieg Selbstzweck ist. Herr von Seeckt hat einmal in einem Vortrag auch uns Pazifisten einiges erzählt – neu war es nicht, gescheit war es nicht, richtig war es nicht. Nur die braven Demozeitungen fielen auf ihn herein, weil ihre Redakteure nicht reiten können. Seeckt ließ wieder erkennen, wie sich jeder Mensch eine Welt zu formen versucht, in der er den Mittelpunkt abgibt, daher denn ein Weltbild niemals etwas andres aufzeigt als die Beschaffenheit des Apostels. Seeckt braucht den Krieg – in ihm liegen seine Fähigkeiten. Wir wollen den Frieden – in ihm liegen die unsern.

Die Schonung des feindlichen Hauptquartiers wird von den Kriegshetzern sicherlich als Ritterlichkeit ausgelegt; sie war aber grade von deren Standpunkt aus Landesverrat und persönliche Feigheit der Generalstabsoffiziere auf beiden Seiten. Der Krieg: das ist für sie so etwas wie ein blutiges Schachspiel gewesen; man wirft nicht das Brett um, man zieht. Um ungestörter ihre Mannschaften in einen Tod zu schicken, den sie niemals gekostet haben, erklärten sie ihre Blutzentren für tabu. Das ist nicht nur im nationalen Sinne ein Verbrechen, wie gleichgültig könnte uns das sein! Es ist eine hundsgemeine inkonsequente Konsequenz von Anschauungen, die immer und unter allen Umständen als verbrecherisch anzusehen sind. Einbrecher, die ihr Werkzeug nicht rosten lassen wollen.

Wir wollen es ihnen schartig machen, wo wir nur können.

DIE FRAU MIT DEN FÄHNCHEN

In einem großen Kaufhaus zu Stockholm sitzt eine charmante Dolmetscherin, eine ältere Dame, sie spricht das Deutsch mit jenem singenden, leicht schleifenden Akzent der Balten ... Und plaudert englisch und französisch und russisch und hat demgemäß auf ihrem Kleid eine ganze kleine Galerie von Emaillefähnchen stecken: eine französische Fahne und eine englische und eine schwarz-weiß-rote, also keine deutsche ... Ich frage. «Ja –» sagt die Dame ...

«Ja, ich bin aus der guten, alten Zeit – ich trage noch die Fahne, die Deutschland geführt hat, als mein Mann da herüberkam ... sehen

Sie, mit den Fahnen, das ist nicht einfach.» Das ist nicht einfach, sage ich. «Da ist zum Beispiel die russische», sagt die Dolmetscherin. «Die alte kaiserliche Zarenfahne kann ich nicht führen – denn es verkehren hier die Mitglieder der Sowjet-Botschaft. Nun, und eine rote Fahne mag ich nicht tragen – ja.» Es ist nicht einfach mit den Fahnen.

Denn was soll ich nun tun? Der Frau klarmachen, daß die einzig wahre Fahne Deutschlands die der Republik sei: schwarz-rot-gold? Das ist leider nicht ganz richtig. Was soll ich tun? Für die Republik kämpfen? Für welche? Für diese da –?

Die will das ja offenbar gar nicht. Die deckt ja ihre Anhänger nicht einmal. Sie wagt es ja nicht. Sie traut sich nicht, ihre Richter hinauszuwerfen, die sich offen über sie lustig machen, weil sie wissen, daß ihnen nichts geschehen kann, denn wir haben die Unabhängigkeit der Arbeit vom Verdienst – ja, was hätte ich tun sollen?

Der Frau sagen: «Dies ist nicht mehr die Flagge meiner Heimat? Diese Flagge gibt es nicht mehr, so wie es die dahinter flatternde Gesinnung nicht mehr gibt – wir haben uns gewandelt, weil wir gelernt haben?» Das soll ich sagen? Das wäre gelogen.

Sie haben sich gewandelt, aber sie sind dieselben geblieben. Die Form haben sie gewechselt – kaum mehr. Die Armee, ohne deren Wespentaille kein besserer Deutscher denkbar gewesen ist ... heute sind die Störenfriede, die unerwünschten Elemente, die Industriearbeiter und die paar Intellektuellen aus der Armee heraus, und Herren und Bauernknechte sind unter sich –: sie rüsten für den nächsten Frieden. Die Richter – das muß man gesehen haben. Die Beamten mehren sich wie die Sandflöhe am Meer – was soll ich hier verteidigen ...?

Vielleicht jene Republik, die ihr im Munde führt und deren Embleme nun überhaupt nichts mehr bedeuten? Was heißt denn das: «Ich bin Republikaner!» Damit kann man vielleicht einen amerikanischen Wahlkampf machen, eine jener Volksvergnügungen, an die kaum noch die Unbeteiligten glauben, ein Jahrmarktsfest der Politik!

‹Republikanisch› – das heißt allein noch gar nichts. Portugal ist eine Republik, und die Vereinigten Staaten von Amerika sind eine, und Sowjet-Rußland ist eine, und Deutschland auch – ‹republikanisch› ist heute so wenig ein politisches Programm wie der Monarchismus noch eines ist. Das ist vorbei. Zeige mir deine Wirtschaftsform, und ich werde dir sagen, wer du bist – die fliegenbeschmutzten Bilder in den Stuben deiner lebenslänglichen Angestellten interessieren keinen Kenner.

Wißt ihr ganz genau und bestimmt, wodurch sich eigentlich Reichsbanner und Jungdo unterscheiden? Höchstens doch durch den Grad ihrer Energie: der redseligen Schlappheit von links steht der zielbewußte Kleinkampf von rechts gegenüber, der im Boykott ein wirksames Mittel sieht – die Weltpolitik dieser politischen Heilsarmee endet gewöhnlich in einem Stammtischcoup ... Was soll ich der Frau sagen –? Daß es zwei Deutschlands gebe – – liebe Frau!

Ich habe ihr gar nichts gesagt, denn man hat mich schließlich nicht ausgeschickt, um ‹Kulturpropaganda› zu machen; das mögen die Botschaften tun, die Hosen voller Taktik und die Dächer voller schwarz-weiß-roter Fahnen – was geht uns das noch an! Ich habe der Dolmetscherin nichts gesagt. Nicht einmal, daß es niedlich ist, wie sie Rußland ignorieren möchte, einem nicht unähnlich, der nicht an Eisenbahnen glaubt – ich habe ihr nichts gesagt.

Denn ich hätte ihr die Wahrheit sagen müssen, und die geht sie nichts an; ein Kaufhaus ist keine Volksversammlung. Die Wahrheit, daß es unsereinem ziemlich gleich sein kann, wer von diesen beiden die Oberhand gewinnt: der ohne Visier oder der mit Visier, der kostümierte oder der in Zivil, der offene oder der versteckte, der Herr der Untertanen oder der freigelassene Untertan, der eine oder der andre. Die Entwicklung wird über beide hinweggehen, und bestimmt nicht durch die sanft liberale Mitte.

Dies, im Jahre 1945 nachgelesen, wird sehr wahr sein.

DIE WEISSE MIT'M SCHUSS

Das war in den ersten vierzehn Tagen in Paris – da verlangte ich in einem für mich viel zu feinen Lokal einen ‹Claquesin›. Ich hätte das nicht tun sollen. Der Claquesin ist ein Apéritif, der etwa schmeckt wie flüssige Teerseife, einen Schuß pikanter. Der Kellner sah mich väterlich-strafend an, ein bei französischen Kellnern nicht alltägliches Vorkommnis. «Pas de goudron», sagte er; wir haben keine Teergetränke, ich trank artig eine Zitronensache, und alles war gut.

Nun ist der ‹Claquesin› nicht gerade das Leib- und Magengetränk der Pariser. Aber haben Sie einmal in einem feinen berliner Lokal eine Weiße mit'm Schuß bestellt –? Das wäre beinah so mutig, wie wenn wir beim Friseur durchzusetzen versuchten, er solle uns die Haare so schneiden, wie wir es wollen ... das gibts nicht. Und in einem feinen berliner Lokal gibt es keine Weiße. Warum eigentlich nicht?

Die Berliner Weiße ist so recht das Getränk dieser Stadt, und zwar im allerbesten Sinne: angenehm säuerlich, erfrischend, die aufgepappte Süße des Himbeersaftes paßt nicht recht dazu, färbt die Sache aber angenehm rot – warum in aller Welt verleugnet Berlin sich selbst?

Aus Abscheu gegen den Alkohol? Das sind doch Sprüche; so vernünftig es ist, im Sommer keinen Alkohol zu trinken, hier liegt nicht der wahre Grund. Der wahre Grund ist: die Weiße gilt nicht als fein; vielleicht ist sie es auch nicht, aus Silberbechern kann man sie nicht trinken, auch hat sie für empfindliche Mägen eine laute Folgeerscheinung, die ... pardong.

Jedoch müssen wir amerikanische Trinkstuben haben und ungarische Weinzimmer – aber Berlin verleugnet sich. Es ist sich nicht fein genug.

Nur einmal – so um den Februar herum – bindet sich der Kammergerichts-Referendar einen roten Schlips um, setzt sich eine alte Reisemütze auf und geht auf den Zille-Ball. Berlin ist nie unberlinischer, als wenn es berlinisch sein will. Das ist sehr schade.

Diese Kolonialstadt hat ein bißchen viel Österreich in sich aufgesogen und Prag, allerhand Landsleute aus dem Reiche, die ihm erzählen, wie es sich aufzuführen habe. So wird die Luft sachte verfälscht. Und wenn auch die Berliner Weiße nun grade kein Kulturobjekt ist, so ist sie doch die schöne Allegorie einer Stadt, die sich so selten zu sich selber traut. In Jahrhunderten hat der Deutsche immer nach dem Fremden geschielt und es als ‹fein› empfunden – nur weil es das Fremde ist. Na, wir brauchen uns wohl nicht zu erzählen, daß wir keine Chauvins sind ... aber warum ist eigentlich der Begriff Berlin für so viele Menschen immer nur ein Ding dritter Klasse?

‹Wie› New York wollen sie sein. Und ‹wie› Paris. Und wie ich weiß nicht was alles – statt erst einmal sie selber zu sein, wobei eine Menge zu gewinnen und wenig zu verlieren wäre. So ist die gute alte berliner Familie vor die Hunde gegangen, genau wie so vieles andere, weil die Herren keine Zeit mehr gehabt haben – jede Überlieferung aber will Zeit und Muße und Geduld. Es ist merkwürdig: diese große Stadt hat viel weniger Ausdrucksmöglichkeiten ihrer selbst, als man annehmen sollte. Ihr Ausdruck wird verfälscht.

‹Von Stadt wegen› ist überhaupt nichts zu spüren. Man muß sehen, wobei sich die Stadt vertreten läßt und von wem – es ist beschämend. Wenn sie irgendeine Summe «zur Förderung der schönen Künste» auswerfen, hat man immer das Gefühl, als habe sie jemand nach vorn gestulpst – sie wollen das eigentlich gar nicht. Für das Echte, das wirklich Berlinische, hat die Stadt wenig oder gar keinen Sinn. Was tut Berlin für unsern Vater Zille? Der eben erwähnte Kammergerichts-Referendar gibt ihm auf diesen dummen Bällen zu verdienen – und ich will gewiß für den großen Zeichner nicht betteln gehn – aber ist es zu glauben, daß die Stadt für diesen Mann, der die reinste Inkarnation Berlins verkörpert, nichts, aber auch nicht das leiseste, tut?

Was in Berlin wirklich berlinisch ist, ist kaum gekannt, und wenn es bekannt ist, wird es mit einem leisen Lächeln der Überlegenheit abgetan, weil wir doch gerade von der Riviera kommen ... Wie unsicher ist das alles, wie ewig unfertig! Wie flau! Berlin liegt nicht an der Spree; es liegt am laufenden Band.

Die Stadt traut sich nicht zu sich selbst. Was da östlich vom Spittelmarkt liegt, ist dem Westen, der der Stadt den literarischen Ausdruck gibt, terra incognita, und bei denen, die den Begriff Berlin berufsmäßig darstellen, überwiegt auch noch der Nichtberliner in so starkem Maße, daß kein echtes Bild entstehen kann. Der Pariser bekennt sich zu Paris, der Londoner zu London – nur der Berliner rückt ab von seiner Stadt, weil sie ihm nicht fein genug ist, und er ist viel, viel weniger Berliner, als der Provinzler, der ihn bekämpft, ahnt.

Ick wer da sahrn: die markieren Weltstadt, det is ja janz scheen, is ja ooch ne jroße Stadt, ja doch – aber wat so richtig Berlin is, weißte, diß, wo ein warm wird, wenn man schon von hört, diß, wovon wir jesprochen ham, wie wir inn Untastand von zu Hause assehlt ham – da heerste nischt von. Wie oft ham wir inn Kriech jesacht: Mensch, noch einmal ne richtige Berliner Weiße, so eine, wot dir nachher in de Neese kribbelt, bis daß du kannst richtig aufstoßen ... Frach mah den Obabürjermeesta Boess – 'ck jloobe, der hat noch nie in sein Lehm ne orntliche Berliner Weiße ausn richtijen Jlas jetrunken – na, denn Prost –!

GUTER NEURATH IST TEUER

Ssiss kaum zu gloom:
Da haben wir einen in Rom,
aus ziemlich echtem Adelsmark,
kriegt pro Tag 500 Mark –
macht im Monat 15 000 –
(dafür kann man schon mal).
Drum fragen wir brausend,
daß es bis in die Wilhelmstraße schallt:
Was tut der Mann für sein Gehalt –?

Wenn die Republik Geburtstag hat –:
ist er nicht zu Hause;
besucht Gerhart Hauptmann die ewige Stadt –:
ist er nicht zu Hause.
Unter den völkischen Belangen
liebt er Artur Dintern.
Kommt der Emil Ludwig gegangen –:
zeigt er ihm den Hintern.
Diese Aussicht lohnt sicher den Aufenthalt –
aber was tut der Mann für sein Gehalt –?

Laßt ihn ruhn.
Der tut, was sie alle tun:
Er nimmt das Geld von seinem Land
und spuckt dem Geber auf die Hand.
Gut leben. Mit Cliquen intrigieren.
Die Republikaner sabotieren.
Auf den Arbeiter pfeifen. Zum Rennen gehn.
Die Welt durch ein Monokel sehn.
Uns überall schaden, daß es so knallt –:
das tut jener für sein Gehalt.

Merke, zum Schlusse des Gedichts –:
Uns kostet das viel.
Ihn kostet das nichts.

DIE ANHÄNGEWAGEN

Ich sage: «Sagen Sie mal», sage ich, «was schreiben Sie denn jetzt so –?» «I», sagt er, «wir schreiben doch heute nicht mehr», sagt er. «Wo die andern schon alles geschrieben haben – wozu sollen wir noch mal –?»

Es ist Bert Brecht nachgewiesen worden, daß er bei einer Übertragung aus dem Französischen einen Übersetzer bestohlen hat. Er hat darauf geantwortet: das beruhe auf seiner grundsätzlichen Laxheit in Fragen des geistigen Eigentums. Das soll sehr rebellisch klingen – es ist aber nur dumm.

Brecht, der es nicht nötig hat zu stehlen, weiß natürlich genau, daß auch andre so lax sein könnten wie er; wenn ihm ferner heute etwa bewiesen würde, daß seine schönsten Gedichte nicht von ihm, sondern von dem Gelegenheitsdichter Ewald Bornhacke aus der Großen Frankfurter Allee stammten, so wäre es aus mit der Laxheit. Es scheint da auf die Quantität anzukommen: als kleinen Entschuldigungsgrund führt Brecht an, er habe von 625 Versen nur 25 von Herrn Ammer übernommen, wobei denn zu fragen wäre, wo die Kriminalität anfängt.

Brecht ist ein großes lyrisches Talent. Daneben ist er ein Schludrian, der sich mächtig amerikanisch vorkommt, wenn er die Unbildung seiner Kritiker dazu benutzt, um Geld zu machen. Ermöglicht wird ihm das durch die Überschätzung der Nachdichterei.

Wenn die Bäume alt werden, schlingt sich Efeu um die Äste. In besonders schlimmen Fällen sind es Moos oder andre Parasiten, die Saft und Kraft aus den alten Bäumen ziehen – ohne sie vergingen die Schmarotzer. Die halbe Literatur ‹bearbeitet›, ‹überträgt›, ‹richtet ein› – es gibt da eine schöne Terminologie, um die eigne Einfallslosigkeit zu übertünchen. Wenn man das so alles mit ansieht, kommt man sich reichlich töricht vor, daß man sich seinen Kram noch allein ausdenkt. «Die andern haben schon – wozu sollen wir noch mal?»

Die Technik dieser Nachfühler ist, in den guten Fällen, unmerklich raffiniert. Sie kriechen in das Vorbild, saugen es ganz auf und schmücken sich mit fremder Kraft.

Das fängt bei den Biographien an. Der Biograph läßt fremde Muskeln schwellen. Und wenn er eine Weile damit herumgelaufen ist, dann macht er uns glauben, es seien seine eignen. Er beginnt, uns den großen Mann verständlich zu machen, was meistens auf Konto des Beschriebenen vor sich geht, und zum Schluß verwechselt der eingeschläferte Leser den Beschriebenen und den Beschreibenden. Damit es keine Mißverständnisse gibt: ich finde diesen Trick nicht in den Ludwigschen Biographien, aber in sehr vielen andern, besonders bei Stefan Zweig. Es ist da eine Schwäche, die sich als Stärke gibt, jener nicht unähnlich, mit der unfähige Dramatiker ihren Helden einen genialen Maler sein lassen; sie habens dann leichter. Aber dieser Fall ist noch harmlos gegen die Bearbeiter.

Es ist bei der Bearbeitung eines alten Stücks sehr schwer zu kontrollieren, was vom Verfasser und was vom Bearbeiter stammt. Der Fall Shakespeare gehört nicht hierher; erstens waren damals die Auffassungen vom geistigen Eigentum nicht lax, sondern kaum ausgebildet, und zweitens hat der nun wirklich die alten Stoffe nur zum Anlaß genommen.

Bei den Heutigen ist es Faulheit, Phantasielosigkeit, Wichtigtuerei und Abwälzung der Verantwortung auf einen, der sich nicht mehr wehren kann. «Was gut ist, stammt natürlich von mir – den Rest mußte ich übernehmen.»

Die maßlose Überschätzung einer solchen Arbeit wie des Zweigschen *‹Volpone›* beruht auf der Unkenntnis alter Literatur und auf jener Halbbildung, die sich nicht getraut zu kritisieren ... sie hat auch kaum noch ein Recht dazu. Diese Dünnblütler zecken sich an die alte, verschollene Kraft, vielleicht bearbeiten sie wirklich ganz gut – aber sie sollen sich doch erst einmal hinsetzen und selber so etwas erfinden! Sie können es nicht.

Ein Film nach einem Stück; ein Stück nach einem Roman; ein Roman nach einer Biographie ... der jämmerliche Lauf immer hinter der Konjunktur her verdirbt die Besten. Was Remarque kann, kann ich auch – und nun kommen sie alle gelaufen. Und weil man so schnell nicht dichten kann, wie die Verleger und Theaterdirektoren telefonieren, deshalb machen sie sich das Leben angenehm und dichten nach. Anhängewagen.

Brecht hat bereits seinen Fall Rimbaud hinter sich, wo die Sache ähnlich lag. Ich bin kein Plagiatschnüffler; ich weiß, wie halb verwehte Klänge haften, wie einem Erinnerungen aufsitzen, wie man unbewußt plagiieren kann, aber weil ich es weiß, passe ich auf. Zu denken, daß sich unsereiner quält, wegläßt, weil vielleicht diese Zeile zu sehr an eine von Mehring erinnert ... ich habe den größten Respekt vor geistigem Eigentum und eine ebenso große Verachtung für literarische Einbrecher.

Wir sollten der Verschmutzung unsrer Literatur vorbeugen. Wenn Bert Brecht die Pose des literarischen Diebs annimmt, so muß er sich gefallen lassen, daß man ihn danach bewertet und bei jedem seiner nächsten Verse fragt: «Von wem ist das?» Es ist im tiefsten unehrlich, was er da treibt.

Auf den ersten Theaterzetteln der ‹*Dreigroschenoper*› hieß es noch, ganz hinten, da, wo Inszenierung und Dekoration standen: «Bearbeitung: Brecht.» Das war ein bißchen kokett, mochte aber angehen. Schließlich ist das Stück ja nicht von ihm. Das war, als man noch nicht wußte, ob es ein Erfolg werden würde.

Nun, da das alte englische Stück, aufgeputzt mit Versen, die gleichfalls nicht alle von Brecht stammen, ein Erfolg geworden ist, hat er die Kühnheit, ein Heft herauszugeben, auf dem zu lesen steht: «Brecht, ‹*Die Songs der Dreigroschen-Oper*›». Auch diese sind nicht alle von ihm. Es ist mehr als eine Kühnheit – es ist eine literarische Lüge.

«Verfolgt das Unrecht nicht zu sehr. In Bälde erfriert es schon von selbst ...» Das wollen wir hoffen. Und langsam wieder die alte Bezeichnung einführen, die um 1890 Mode war: «Originalroman von ...»

Lasset uns in Zukunft Dichter loben, die sich ihr Werk allein schreiben.

DER § 45

der «Grundsätze für den Vollzug von Freiheitsstrafen» besagt:

«Gefangene, von denen ein schädlicher Einfluß auf Mitgefangene zu befürchten ist, sind nach Möglichkeit in Einzelhaft oder in Zellenhaft zu halten. Gefangene, die ihre Mitgefangenen erheblich belästigen, sind aus der Gemeinschaftshaft bei Nacht nach Möglichkeit fernzuhalten.»

Worauf es im § 46 leider heißt:

«Angehörige der Wehrmacht sind nach Möglichkeit in Einzelhaft oder in Zellenhaft oder doch getrennt von andern Gefangenen unterzubringen.» Hier stutzt der Fachmann.

Steht zu befürchten, daß der Wehrmann von seinen mörderlichen

Mitgefangenen in der Gemeinschaftshaft ungünstig könnte beeinflußt werden? Stecken sie ihn an –? Oder besteht die berechtigte Sorge, daß jener die Räuber nun auch noch zur Tötung von Menschen anreizen könnte? Steckt er sie an? Es ist gar nicht einfach im menschlichen Leben.

Immerhin ist diese Sorge für Angehörige der Wehrmacht rührend; die Kirche zum Beispiel genießt solches Vorrecht nicht, und wenn etwa ein Kaplan wegen Schändung seiner Beichtkinder ins Zuchthaus kommt, so steht nirgends geschrieben, daß er gesondert unterzubringen sei. Angehörige der Wehrmacht, scheints, müssen in allen Fällen bei Gold und Silber aufbewahrt werden – noch im Zuchthauskittel ist der ehemalige Soldat etwas höchst Zerbrechliches.

Es ist immerhin verwunderlich, daß bei dem ausgeprägten Gruppengeist dieses Volkes die andern Berufe und Stände nicht eine ähnliche Vergünstigung für sich beanspruchen, wie sie hier dem Soldaten dargeboten wird. Der Angehörige der Wehrmacht gehört in die Einzelhaft. Und die Technischen Nothelfer? Und die Juristen – Gerichtsvollzieher und Rechtsvollzieher – die gucken in den Mond? Das ist ein schweres Unrecht.

Immerhin wissen wir jetzt, warum die Angehörigen der schwimmenden und über den außerordentlichen Etat laufenden Wehrmacht sittlich so rein sind. Sie haben nie mit Gewohnheitsverbrechern in einer Zelle gesessen.

So unverdorben wie die bin ich noch alle Tage. Gehe ich nach Tegel, so will ich erbitten, daß man mich mit einem Angehörigen der Wehrmacht in eine Zelle lege. Für den Mann kann ich nicht garantieren. Aber ich will euch wieder herauskommen, derart vorn beziehungsweise hinten sittlich geläutert, daß es ein helles Vergnügen sein wird und meiner Einstellung in den höhern Justizdienst, etwa als Justizwachtmeister, demnach nichts mehr im Wege steht.

PROVINZ

Wenn man eine Weile durch die Provinz trudelt, gerinnen bald die äußern Eindrücke zu einem bunten Knäuel, dessen Fäden immer wiederkommen: immer wieder ein Bahnhof, der aussieht wie eine gewaltige Stahlfabrik oder eine riesige Festung aus Stein; die Franzosen, deren Bahnhöfe Örtlichkeiten sind, die sie rasch durchschreiten, können sich gar nicht darüber beruhigen, was die Deutschen mit ihren Bahnhöfen treiben . . . aber da sind sie nicht ganz im Recht – zu tadeln ist nur, was auf den deutschen Bahnhöfen fehlt: nämlich eine Apotheke und ein Postamt und ein Geschäft, das kleine Reparaturen an Koffern ausführt . . . weil wir sonst keine Sorgen haben. Immer wieder

der große Bahnhof also, dann ein Hotel mit kleinen Fehlern, auf die offenbar alle Mitglieder des Reichsverbandes Deutscher Hoteliers vereidigt sind: kein Schuhlappen, Waschschüssel unpraktisch, Bidet vacat, wenn nicht Badezimmer, dann große Preisfrage: Wo tut man sich die Beine waschen? — und so fort. Vom Nebenlärm zu schweigen — darin sind sie unbelehrbar; zum Nebenzimmer muß eine Tür führen, die nur selten eine Doppeltür ist, so daß wir mit der Schreiberin eines Zeitungsbriefkastens seufzen dürfen: «Die alleinstehende Frau des gebildeten Mittelstandes begibt sich doch nicht auf Reisen, um die heimischen Geräusche eines zähneputzenden Mannes zu hören.» Bravo! Und wenn du dir morgens unweigerlich, in allen Städten ohne Ausnahme, die Finger am zu heißen Griff der Teekanne verbrannt hast, begibst du dich in das brausende Leben der deutschen Provinz.

Also so schlimm ist es nun nicht. Nämlich so schlimm, wie es die Kritischen unter den Provinzlern selber machen. Der Reisende aus der großen Stadt begegnet einer leisen Bewunderung, die sich oft dahin begibt, woher sie kommt: nämlich in das Neidgefühl. «Ja, Sie da in Berlin —! Und wir hier in der Provinz —!» Ich weiß doch nicht.

Es gibt in allen deutschen Provinzstädten, die ich gesehen habe, nicht zu kleine Kreise, die Gesinnung haben und arbeiten. Schwer genug wirds ihnen gemacht. Die Überbetonung von Mittelmäßigkeiten findet sich in jeder kleineren Gruppe, das ist ein soziologisches Gesetz und keine Sondereigenschaft der deutschen Provinzstädte. Wir treten von außen in ihren Kreis etwa wie jemand, der ohne Vorbereitung an einen Tisch sich zankender Verwandtschaft kommt: da sagt einer «Onkel Paul», und ein gehässiges Rauschen geht durch die Runde, das kann sich der neue Mann gar nicht erklären, weil er die zehntausend Assoziationen nicht kennt, die hier bei der Namensnennung auftauchen — für jene ist Onkel Paul eine Welt, für uns nur ein etwas mäßiger Bürger. Sagt also einer in Stuttgart «Herr Klößli», so ist ‹Herr› tödlichste Ironie und ‹Klößli›: Schlachtruf, Fanfare, Feldgeschrei und Losung. Wenn wir Herrn Klößli nachher sehen, wundern wir uns ein wenig über so viel Lärm, denn wir haben nicht mit ihm und nicht neben ihm gelebt. Und ist das in Berlin etwa anders —?

Ich halte den Drang, um allen Preis ‹hier heraus› und nach Berlin zu gehen, für Fahnenflucht und für einen Fehler obendrein. Die berliner Zeitungen, die einen merkwürdigen Lokalpatriotismus treiben, der der Stadt ihr Bestes nimmt und fremde Zutaten aufplustert, merken voller Stolz an: «Auch Herr Mann hat jetzt in Berlin seinen Wohnsitz genommen.» Sehr bedauerlich — denn dies ist eine Flucht. Eine Flucht aus München, natürlich, eine Flucht aus Stuttgart, eine aus Königsberg — und so verödet die Provinz. Das ist durchaus kein Sieg unsrer Gedanken — in Berlin sind die Fliehenden recht ungefährlich, man läßt sie machen, sperrt sie bestenfalls nicht ein ... In Köln aber könnten drei solcher Kerle dem Stadtrat ordentlich zusetzen, sie könnten da eine Macht sein, wo heute die andern unumschränkt herrschen, und sie herrschen!

Ich bin in Süddeutschland gewesen, und was mir in allen Städten aufgefallen ist, ist das Rascheln der Soutanen, die du durch alle Rayons hindurch hörst. Die Herrschaft dieser Spießer ist vollkommen; man glaube doch ja nicht dem Kaplan Fahsel und dem Herrn Muckermann und sonstigen Figuren, die die Firma im Schaufenster hat – drin werden ganz andre Waren verkauft. Die Reaktion, soweit sie in Deutschland geistig ist, kopiert, hier noch schämig, den Faschismus: Kampf gegen die gemeingefährliche Kirchturmpolitik des Zentrums ist eine ‹peinliche Rückständigkeit›, denn wenn einer Freiheit propagiert, antwortet ihm jenes neue, von der Rüstungsindustrie ausgehaltene Europa: «Was tragen Sie denn da noch für einen Schlips?» und es gibt genug Dummköpfe, die daraufhin ihre Fahne beschämt wieder einstecken ... Ein Kampf um die Kultur aber muß nicht Kulturkampf sein, und wenn die jetzige Führergeneration der Sozialdemokraten durch Krieg und Inflation korrumpiert ist, so heißt das noch nicht, daß die Arbeiter und freiheitliebenden Bürger wehrlos den Pfaffen ausgeliefert werden sollen. Ob die wissen, was sie wollen, steht dahin – aber sie wissen wenigstens sehr genau, was sie nicht wollen. Sie haben die Schule; sie haben die Universität – und sie üben einen Einfluß auf den Rundfunk aus, der traurig mitanzusehen ist. Beim Rundfunk habe ich Männer gesehen, darunter auch Leute unsrer Generation, die ihr möglichstes tun, aber wie wenig ist das! Der Rundfunk, dessen Rolle und Einfluß in der Provinz noch viel größer sind als in dem ewig abgelenkten Berlin, besteht zu gut achtzig Teilen aus Angst – ist denn da keiner, der den pensionierten Obersten der alten Armee, den Nutznießern der neuen und den Kirchenmännern sagt: «Wenns euch nicht paßt, könnt ihr die Antenne erden»? Ernst Hardt in Köln hats ihnen gesagt – man muß ihm dafür Dank wissen. Die andern sind furchtsamer; denn sie fürchten ja nichts für sich, sie wollen nur nicht, daß die Wahrheit an die Massen herankommt, und nicht jeder hat so viel Charakter wie unser Ernst Glaeser, der im frankfurter Radio Briefe gefallner Studenten vorlesen ließ und einem ergrimmten Militär, der sich beschwerte, antwortete: «Wenden Sie sich bitte an den Briefschreiber. Er liegt bei Ypern.» Worauf keine Antwort mehr kam.

Im Theater ist das überall ähnlich. Die ästhetischen Streitereien haben mich nicht interessiert; ich ahne nicht, worum sie sich balgen. Speelt man god, habe ich mir gedacht. Aber die Herrschaft, die die Theaterkommissionen fast überall ausüben, ist katastrophal und eine Diktatur der Mittelmäßigkeit. Das wird noch dadurch verschlimmert, daß die meisten Vertreter der Sozialdemokratie nicht wissen, wo Gott wohnt, und daß die Kommunisten, in der falschen Erwartung, der große Tag trete morgen ein, sich kaum um diese Dinge kümmern. Der Rest steht unter einer Diktatur, die um so beschämender ist, als sie von einer wirtschaftlich nicht immer mächtigen Minderheit ausgeübt wird. Die Angst dieses Bürgertums vor den Mächten von gestern ist groß; es ist, als fühlten sie, es seien diese wiederum die Kräfte von morgen, und da von den Druckereibesitzern der kleineren Zeitungen nicht viel Charakter zu erwarten ist und ihre Redakteure kaum zählen, so kann man sich das Zittern und Zagen vorstellen, das da ausbricht, wenn der ‹Nationalverband Deutscher Offiziere› oder sonst irgend eine Emanation deutscher Stalluft und gottesfürchtiger Dreistigkeit protestiert. Bestenfalls ersticken solche Streitigkeiten im Kompromiß.

Hier kann etwas getan werden.

Berlin hat eine Schuld an die Provinz — wir sollten ans Werk gehen.

Es gibt so viel guten Willen in der Provinz, so viel junge Leute, die suchen, so viele, die dem ersten besten Rattenfänger auf den Leim gehen, weil kein andrer da ist. Laß einmal die fragenden Augen auf dich gerichtet sein, sei ehrlich genug, ihnen zu antworten: «Auch ich suche. Auch ich bin weder ein Prophet, der die fix und fertige Lösung der Lebensrätsel in der Tasche hat — unter der Bedingung, daß die Herren seine Terminologie benutzen und die Damen mit ihm schlafen — noch bin ich der Patent-Organisator, Zahlung des Mitgliedsbeitrages genügt, komme sofort, Angehörige unsrer Organisation leiden an keinerlei metaphysischen Beschwerden . . .» Hab Mut und sag das. Und hilf. Wie —?

Die jungen Leute der deutschen Linken, die in Berlin wohnen, sollten viel mehr in die Provinz fahren, als sie es heute tun. Es gibt Hunderte von Gruppen, Kreisen, Bünden und Vereinen, die gern für die Reisekosten aufkommen — am Geld kann das nicht scheitern. Sie sollten fahren: als Lernende, nicht etwa als Belehrende; als Nehmende und als Gebende, ohne Großstadt-Hochmut, als gute Kameraden. Sie werden, wenn es die richtigen Kerle sind, überall willkommen sein. Wo seid ihr —? Warum laßt ihr die Freunde im Lande allein? Warum läuft sich vieles tot, was ihr in Berlin macht, in Berlin, wo ihr immer dasselbe Publikum habt, eines, das viel, viel kleiner und ganz bedeutend einflußloser ist als ihr denkt? Wo bleibt ihr —? Wo seid ihr —?

Ihr könnt Einfluß haben; ihr könnt wirklich gefährlich sein — aber nicht in W 50. Ihr seid es im Augenblick, wenn ihr das, was unter euch schon selbstverständlich ist, in Bitterfeld aber eine Kühnheit, in die mittleren und kleinen Städte tragt — da ist eine Kampfbahn, deren Zuschauer auf euch warten, im guten wie im bösen. Die guten stehen zum Teil mutig auf verlorenem Posten; die bösen lassen euch das billige Vergnügen, in Berlin radikal zu sein («Bei uns in Greifswald gibts so etwas nicht!») — zeigt ihnen, daß es das auch in Greifswald, grade in Greifswald gibt. Dazu gehören Takt, Bescheidenheit den Freunden, Mut den Feinden gegenüber. Geht in die Provinz – stärkt die Freunde und seht etwa, was die Richter an den kleinen Amtsgerichten treiben, anonym, niemand kontrolliert sie, kaum einer widerspricht. Ihr, die ihr von den Provinzmächten nicht abhängt, könnt aussprechen, was denen verwehrt ist, weil sie finanziell abhängig sind; weil die Rücksicht auf die Eltern es erfordert; weil eine Stellung gewünscht wird, weil «man nicht immer so kann» . . . Ihr könnt immer so. Fahrt in die Provinz – kommt, seht und siegt. Ihr werdet Hunderte finden, die aufatmen, wenn ihr Wahrheiten sagt, die für uns simpel sind – Tausende denken so wie wir, können es aber nicht aussprechen. Sprecht es für sie aus! Und wenn ihr auch mitunter enttäuscht werdet – laßt euch nicht enttäuschen. Euer vierzehntägiges Wirken in einer mittlern Stadt klingt länger nach als alles, was ihr während eines halben Jahres in Berlin treibt.

Ein Sieg in der großstädtischen Zeitung ist keiner. Der Feind muß auf seinem Felde aufgesucht, angegriffen, geschlagen werden.

DER MEINEID

Wenn denn Jeorjen seine Fauste
in Lottchen ihre Augen sauste,
denn freute sich det janze Haus.
Indem daß alle einich waren:
ne Frau von vierunddreißig Jahren,
die sieht jefälligst anders aus.
Na, det will ick mein –!

Von wejen: sich die Backen pudern
un nachts mit fremde Kerle ludern –
man weeß doch, wat det heißen soll!
Wer Ohren hat, kann manches hören . . .
«Det könn wa allesamt beschwörn –
er haut ihr nachts den Buckel voll!
Frau Grimkasch sacht auch.»

Frau Grimkasch hats von Frollein Klüber,
die wohnt Jeorjen jejenüber,
wer richtich kieken kann, der sieht.
Frau Grimkasch sacht noch uffn Flure:
«Na, wissen Se, die olle Hure . . .!»
denn jehn se alle nach Moabit.
Morjens halb zehn, zweiter Stock.

Da stehn se nu wie Orjelpfeifen;
die Weiba fangen an zu keifen,
der Richter ruft: «Immer eine nur!»
Det sind nu Fraun von Kommenisten,
von Jelben un von Sozialisten . . .
hier is det allens eine Tour.
Denn nischt jreift so det Herze an
wie die Sorje um den Nebenmann.

Nu wird man die Pochtjehsche hören.
«Jawoll! Det kann ick jlatt beschwören!
Der kleene Horst stand ooch dabei!
Frau Grimkasch sacht, die Klübern hätte
die beiden überrascht int Bette –
und det Klosett wah auch nich frei!
So wahr mir Gott helfe!»

Der Richter schreibt det in die Biecher.
Der Staatsanwalt mit seinen Riecher . . .
Meineidsverfahren! Alle Mann.
Frau Grimkasch. Lottchen mit de Prüjel,
der janze linke Seitenflüjel –
die treten alle nochmah an.
Acht Jahre Zuchthaus.

Wat nehmlich unsa Staat ist heute –:
pisaken sone kleinen Leute,
det kann er nämich meisterlich.
A seine Deutschen Arbeit jehm
un Licht un Luft un jutet Lehm . . .
det kann er nich.
Det kann er nich.

DAS MÄRCHEN VON BERLIN

Die Verantwortung für den Tod der 23
trägt so jener stupide Aberglaube an die
Gewalt, der . . . noch heute die Leitung
der KPD beherrscht.

Heinrich Ströbel

Das ‹*Andere Deutschland*› hat das Verdienst, das ‹Märchen von Dinant›, jene sinn- und haltlosen Behauptungen deutscher Offiziersbestien durch Zeugenaussagen beteiligter deutscher Soldaten ad absurdum geführt zu haben. Was den Belgiern recht ist, soll den Berlinern billig sein. An dem berliner Blutvergießen sind nicht nur die Kommunisten schuld.

Deren Schuld steht außer jedem Zweifel. Nach Lektüre der blutdürstigen Telegramme aus Moskau ist zu sagen:

Wenn die Herren in Moskau die Lage in Deutschland nicht sehen; wenn sie nicht wissen, wo der Kapitalismus hier wirklich steht; wenn sie, belogen oder blind, die deutsche Innenpolitik derart verkennen, dabei an heftigem Größenwahn noch die Kirche übertreffend – so ist das traurig genug. Daß die deutschen Arbeiter aus Moskau Geld und Weisungen bekommen, habe ich immer für gut und richtig gehalten – daß diese Weisungen in der letzten Zeit jämmerlich schlecht sind, haben wir zu bedauern.

Wenn aber Heinrich Ströbel in der Nr. 19 des ‹*Andern Deutschland*› den Kommunisten fast die alleinige Schuld an den empörenden berliner Vorgängen gibt, so erlaube er mir, ihm ein klares Nein zu sagen. Die KPD hat nicht die alleinige Schuld.

Damit wir uns recht verstehen: Heinrich Ströbel ist einer der wenigen Führer der SPD, die niemals umgekippt sind; einer, der immer nur die Wahrheit gesagt hat, kein ‹Taktiker› und kein Paktierer – es ist eine Ehre, mit ihm zu diskutieren. Das möchte ich tun.

Das ‹Märchen von Dinant› und das Märchen von Berlin sind einander gar nicht so unähnlich – sie sind beide aus ihrer Vorgeschichte zu erklären.

Was zunächst das Verbot der Maifeier angeht, so ist zu sagen, daß es ungerechtfertigt gewesen ist. Der berliner Polizeipräsident hatte die Machtmittel, eine Maifeier, deren Teilnehmer über die Stränge schlagen, zu meistern – er hat das gar nicht erst versucht. Ob der Grund in der vorhandenen Furcht vor der kommunistischen Konkurrenz oder einfach im Machtkoller gelegen hat, der so vielen kleinen zur Macht gekommenen Leuten der SPD zu Kopf gestiegen ist, mag unentschieden bleiben: für die SPD bleibt die beschämende Tatsache bestehen, daß unter ihrer Ägide in der Hauptstadt des Reiches jene Feier unterdrückt wurde, die der Arbeiter seit 40 Jahren als *seine* Feier anzusehen gewohnt ist. Und es ist eine Unterdrückung, wenn den Arbeitern die Straße verboten wird – die Straße, die nicht Herrn Zörgiebel, sondern dem Arbeiter gehört, der sie gebaut hat. Die Erregung der Kommunisten war echt und richtig.

Es geht auch nicht an, diese Maifeier mit jener im Jahre 1918 zu vergleichen, wie Ströbel das getan hat. Hier spüre ich – Heinrich Ströbel möge es mir verzeihen – eine Empfindung, die hinter der Zeit zurückbleibt. Aufstand gegen ein kaiserliches Verbot – ja; gegen ein sozialdemokratisches: nein? Ströbel fühlt nicht, worum es geht: daß damals die Ludendorffsche Frühjahrsoffensive bekämpft werden mußte, ist richtig; aber der Arbeiter fühlt heute die Provokation Zörgiebels, und die wog für viele sehr schwer. Das sind Gefühlswerte – keine realen. Es gibt eben Dinge, die tiefer gehen als die ‹Dreiklassenschmach›, die wir heute noch hätten, wenn das kaiserliche System sich nicht selbst sein Grab geschaufelt hätte. Die SPD hätte dieser Schmach kein Ende bereitet.

Aber der Hauptgrund, weswegen der schwere Irrtum Ströbels zu berichtigen ist, liegt gar nicht da. Viele Arbeiter haben friedlich in Sälen ihre kleine, gutbürgerliche Maidemonstration abgemacht – in Hamburg, einer Hochburg der Kommunisten, ging es im Freien hoch her, da hielten die Sozialdemokraten alle die Hände hoch und ließen die Partei hochleben, die ein paar Bahnstunden weiter jede Demonstration verboten hatte ... das Hauptstück der Zörgiebelschen Politik liegt anderswo, ganz und gar anderswo.

Es liegt in der militärischen Vorbereitung der Polizei.

Und hier frage ich Heinrich Ströbel, der ein ehrlicher Mann ist, der nicht im Parteikram verblödet ist wie so viele seiner Genossen – hier frage ich ihn auf Ehre und Gewissen:

Weiß er das oder weiß er es nicht –?

Weiß er, daß wir in der *‹Weltbühne›* seit Jahr und Tag die Militarisierung der preußischen Polizei aufgezeigt haben – ja oder nein? Weiß er, daß es nicht möglich ist, unter Severing nicht, unter Grzesinski nicht, unter keinem Sozialdemokraten, der das Innenministerium gehabt hat – auch nur die winzigste Besserung zu erreichen? Weiß er, daß die Polizisten, und vor allem ihre Offiziere, seit Jahr und Tag auf den Bürgerkrieg gedrillt werden – genau, wie die uniformierten Verbrecher von Dinant auf den Staatenkrieg gedrillt worden sind? Weiß Ströbel, daß die Lehrbücher aller Polizeischulen den Straßenkampf rein militärisch lehren – ohne – und hier halte ich jeden braven SPD-Mann fest am Wickel und lasse ihn nicht los – ohne, daß sich in den letzten Jahren auch nur einmal eine militärisch formierte Aufrührerrotte bemerkbar gemacht hätte? Weiß Herr Ströbel das, ja oder nein –? Es ist ja nicht wahr, daß der Rotfront-Bund militärisch so gefährlich ist – die Polizei weiß ganz genau, daß von den großfressigen ‹Plänen› und ‹Aufmarschparolen› und was sie da alles haben, auch noch nicht ein Viertel in die Praxis umgesetzt werden kann. Eine Polizei muß sich gewiß mit den neuen Methoden der Technik bekannt machen – aber aus allen im *‹Tagebuch›* und in der *‹Weltbühne›* und in großen Zeitungen veröffentlichten Zeugenaussagen geht eines klar hervor –:

Unter dem Kaiser ist die Achtung vor dem Menschenleben bei der Polizei größer gewesen als sie das heute unter der republikanischen, von Sozialdemokraten dirigierten Polizei ist –!

Das hat nicht der Krieg mit sich gebracht. Wer das behauptet, lügt der Partei ins Mitgliedsbuch.

Denn die Gegenseite mordet ja nicht in demselben Umfange! Ein einziger Polizist in Berlin ist wirklich schwer verletzt – wo sind die ‹militärischen› Aufrührer? In den Telegrammen aus Moskau – gut. Aber wo sonst?

Ich werde es jenen Sozialdemokraten sagen, deren Horizont nicht über eine geschickt gedeichselte Funktionärversammlung hinausreicht:

Der Militarismus steckt nur in den Köpfen der Polizeioffiziere. Die können nicht anders. Die machen sich in ihren Lehrbüchern – um ihre Existenz aufzuplustern, aus politischen Gründen – einen Mummenschanz zurecht; die spielen Krieg; die bereiten Feldzüge gegen die eigenen Landsleute vor –

und der sozialdemokratische Polizeipräsident hat sie nicht in der Hand.

Es ist ein kleiner Mann, der Herr Zörgiebel – die Partei hat Pech mit ihren Funktionären, die sie in die Staatsstellungen schickt. Es sind fast alles kleine Leute gewesen, und wenn sie zur Macht kommen, werden sie bösartig. Und blind.

Die alleinige Schuld an dem vorher präparierten Auftreten der Polizei, die nicht nur – wie Heinrich Ströbel schreibt – übermüdet, sondern aufgehetzt war, trägt Zörgiebel. Das wäscht kein Schwamm von ihm ab.

DER FLIEGENGOTT

Zu Pfingsten hat es geschneit. Am Wettersee hat es geschneit. Das kleine Haus liegt ganz allein, und man kann es alles sehen. Schnee!

Die Birken waren furchtbar erschrocken; die vernünftigeren Laubbäume hatten überhaupt noch nicht geflaggt, wie Gerippe steckten sie ihre Arme in die Luft. Ihre Baumseele schlief.

Kalt ist das – hätten auch sollen lieber nach Lugano gehn oder nach . . . ja. Ich habe heizen lassen: Senta hat die weißen Kachelöfen in Betrieb gesetzt, die bullern, und jetzt spielen wir Winter. Die Öfen sind heiß. Senta, auf ihren dicken Beinen, ist dann zu Papa und Mama ins Dorf gefahren; die Schweden sind wohl Zentauren des Fahrrads. Nun bin ich allein.

Winterdunkel ist es; während sich in Schildhorn die Leute mit dem Kellner herumzanken und mit dem Mann an der Billettsperre – «Hier, der Herr hat meine Fahrkarte gehabt! Ich habe doch . . . sei mal still . . . Sie halten überhaupt den Mund!» – ist es hier blau und winterdunkel. Spät, beinah zehn. Um diese Zeit gehen der Herr immer schlafen.

Gut, daß das keiner sieht: in der einen Hand den elektrischen Kochtopf, der Kamillentees wegen gebraucht wird, in der andern zwei dicke Bücher, zwecks Bildung, unter dem Arm die Zeitungen, im Schlafrock –: so stehn wir wohl vor der weißen Tür. Nur noch über den Flur... und dann ins Schlafzimmer. Mach die Tür nicht auf —! Mach die Tür nicht auf —!

Grotesk. Warum soll ich denn die Tür nicht aufmachen?

Weil... setz mal den Kocher ab. Weil... wenn nun... ich sage nicht, daß es so ist... wenn nun draußen auf dem Treppenflur, hinter der Tür, der Fliegengott stände?

Der wer —?

Der Fliegengott.

Was ist das? Bist du närrisch? Laß mich... ich will jetzt ins Bett, wo ist denn der Kocher?

Ich sage nicht, daß es so ist... Aber er steht da, eine schwarze, drahtige Sache, berührt nicht den Boden, hängt oder schwebt, weiß nicht. Oben hat er Käferzangen, und rechts und links, wie zwei schiefe, abgerutschte Turbane, Haarnetze von Augen. Weißt du, daß die Fliegen zweitausend Augen haben, oder viertausend —

Der Kaffee kann das nicht sein. Was für wirre Ideen — ich nehme jetzt den Kocher und...

Wart mal. Da steht er also — was tust du! (lauernd) Was tust du! Ich meine: wenn er da steht —?

Na, dumm...

Nein, sag mal: was tust du —? Schreist du —? Ich schreie.

Vielleicht schreie ich. Auf alle Fälle bekäme ich einen furchtbaren Schreck, so — mit Blutandrang nach dem Kopf, oder fließt das Blut dann ab, ich weiß nicht ... dann das Gefühl unter den Haarwurzeln, die Luftbeklemmung... Himmeldonnerwetter, warum soll er denn da stehn, dein Gott? Dein lächerlicher Gott? Verflucht, wenn er nun wirklich?

Na, so. Damit die Sache einen rationalistischen Grund hat: wegen der hundert Fliegen, die du hier totgemacht hast. Sage mal, Mensch: warum klappst du eigentlich alle Fliegen tot, die an den Fenstern summen? Sie haben dir doch nichts getan! Aber nein, kaum siehst du eine, kaum hörst du eine, dann mußt du hingehen, und mit dem Notizbuch mußt du sie an die Scheiben kleben ... sehr ekelhaft, wie das aussieht... so eine gequetschte...

Lachhaft. Warum? Weil sie jetzt voller Eier stecken; weil ich vielleicht Lust habe, hier nachher die ganze Brut im Zimmer zu haben! Es ist ja —

Weißt du, daß tragendes Wild geschont wird?

Du bist ein Happen doof. Sind Fliegen vielleicht Wild? So tief hinunter reichen die ethischen Ideen nicht... jetzt stehe ich also wahrhaftig hier im Schlafrock und philosophiere... laß mich endlich —

Momang. Wo hören deine ethischen Ideen auf, junger Herr? Bei den Mäusen? Darf man die noch nicht oder darf man die schon töten, wenn sie... Pst. Was war das?

Wart mal. Nichts. Manchmal knackt es so auf der Treppe.

Ja, da steht er also und rächt sie alle. Auch die, die du im Sommer an den langen Leimbändern verzappeln läßt – sag mal, wenn das nun Menschen wären, die da in deinem Zimmer ... na, das pazifistische Geschrei möchte ich ja nicht hören! Und dann signalisieren sie mit den kleinen Beinchen: SOS! Neulich hast du Hund mit deiner Petroleum-Abwehr-Spritze eine angespritzt, sie fiel gleich um, winkte: Erbarmen! Aber du hast weiter gespritzt, bis sie starr da lag – er rächt sie.

Komisch, was in diesem Hause klopft. Es ist niemand da, und ich klopfe doch nicht. Er steht also da, dein Gott, und was macht er –?

Nichts. In den Sagen ist das dann so, daß du nie mehr lachen kannst. Das sind aber Störungen der Magensäfte, wenn einer nicht mehr lachen kann. Er stürzt sich auch nicht auf dich. Er hängt da – so ...

Metaphysik kommt aus dem Bauch. Daran ist kein Zweifel. Etwas Natron ... aber das steht drüben, im Schlafzimmer ... na, vielleicht gehe ich jetzt über den Flur?

Geh doch.

Ich will nur noch ... ich habe noch vergessen ...

Du hast Angst.

Ich habe keine Angst! Ich will nur das Hemd fortlegen.

Du hast Furcht. Er hängt, ein klein wenig rechts, gleich hinter der Tür und wartet auf dich. Wenn du die Tür aufmachst, sieht er dich an, einen Herzschlag lang; verläßt sich ganz auf seine Erscheinung; dann verschwindet er, Gespenster haben manchmal so etwas Erwischtes ... und auf einmal siehst du die zehn Gebote im Querschnitt, wie sie nicht sehr tief hinunterreichen, wie das alles nur in einer schmalen Schicht gilt ... etwa so breit, wie die, die wir ohne Apparate beherrschen: ein Meter achtzig über der Erde, drei Meter drunter. Das ist das Reich der zehn Gebote.

So. Jetzt habe ich das Hemd fortgelegt, nur noch die Kanten einschlagen ... ich gehe jetzt. Warum soll ich nicht nach vorn gehn? Vorn hat man keine Angst – Angst hat man nur im Rücken.

Du kannst auch gehn. Er ist weg. Wie weggeputzt, so, wie die Kinovisionen ...

Außerdem habe ich nicht die Spur Angst, nicht die leiseste Spur ... siehst du, ich drücke mit der Kocher-Hand die Klinke herunter ... ist da was im Dunkel? ... Nein, da ist nichts. Licht! Deinen Fliegengott gibt es gar nicht. Morgen schlage ich sie alle tot, alle. Nicht eine soll mir an den Fenstern summen. Schmeißfliegen.

Der Herr sind etwas schnell über den Flur gegangen, wie ...? Hast du die Tür abgeriegelt?

Der Riegel ist entzwei. Ich habe keine Angst. Hier hinein kommt er nicht.

Warum nicht?

Weil es ihn nicht gibt. Weil es ihn nicht gibt. Gibt keinen Fliegengott. Jetzt laß mich lesen.

(Das Gefühl, im Dunkel.) In mir wachsen und wimmeln Millionen Mikroben. Jeder Herzschlag klopft dem Grabe zu. Weiter und weiter – unaufhaltsam. In mir wächst der Tod.

DIE ZEIT SCHREIT NACH SATIRE

Für Walter Hasenclever

1

Per Eilboten.
Sehr geehrter Herr!

In der Annahme, daß Sie für die Ausarbeitung einer literarischen Groß-Revue mit satirischem Einschlag Interesse haben, erlauben wir uns, uns mit der Bitte an Sie zu wenden, unserm Herrn Generaldirektor Bönheim – möglichst heute noch – Gelegenheit zu einer persönlichen Rücksprache mit Ihnen zu geben.

Wir erwarten Ihren Anruf zwischen 11 und 1/212 Uhr.

Indem wir hoffen, von Ihnen umgehend eine zusagende Antwort zu erhalten, begrüßen wir Sie

mit vorzüglicher Hochachtung
Deutscher Literatur-Betrieb G.m.b.H.
Abteilung: Theater
Für den geschäftsführenden Direktor:
(gez.) Dr. Milbe

2

«Hallo!»

«Hier Deutscher Literatur-Betrieb!»

«Hier Peter Panter. Sie hatten mir geschrieben; Ihr Herr Generaldirektor Bönheim möchte mich sprechen; es handelt sich um eine Revue ...»

«'n Augenblick mal. – – Ja –?»

«Sie hatten mir geschrieben ...»

«Wer ist denn da?»

«Hier Peter Panter. Sie hatten mir geschrieben: Ihr Herr Generaldirektor Bönheim möchte mich ...»

«Ich verbinde mit dem Generalsekretariat Generaldirektor Bönheim.»

«Hier Generalsekretariat Generaldirektor Bönheim?»

«Hier Peter Panter. Sie hatten mir geschrieben: Ihr Herr Generaldirektor Bönheim möchte mich sprechen – es handelt sich um eine Revue ...»

«'n Augenblick mal ...! – – Ja, was gibts denn –?»

«Hier Peter Panter. Sie hatten mir geschrieben: Ihr Herr Direktor Bönheim möchte mich sprechen; es handelt sich um eine Revue ...»

«Sie meinen Herrn *General*direktor Bönheim –! Herr Generaldirektor ist nicht zu sprechen, er ist verreist; wenn er hier wäre, wäre er in einer wichtigen Konferenz.»

«Ja, aber ... in dem Brief stand, es wäre eilig ... unterzeichnet hat ein Herr Doktor Milbe.»

«Das ist Abteilung: Theater. Ich verbinde mit der Abteilung: Theater.»

(Schlaganfall)

Darauf: Verabredung mit Herrn Dr. Milbe.

3

«Also, sehn Se, ich hab mir das so gedacht –: wir machen eine Revue, verstehn Se, also eine Revue, so was hat Berlin überhaupt noch nicht gesehn! Scharf, verstehn Sie mich, witzig, spritzig – also es ist ja gar kein Zweifel: diese Zeit schreit ja nach Satire! – das wird eine ganz große Sache! Wir haben sofort an Sie gedacht – nehm Sie ne Zigarette? – kommt ja gar kein anderer in Frahre. Wir engagieren Pallenberg, die Valetti, Paul Graetz, Ilka Grüning, Otto Wallburg – – Hallo? 'tschuldjen 'n Momentchen ...! (Viertelstündiges Telefongespräch) – also, wo waren wir stehengeblieben – Ja! Engagieren also die Massary, Emil Jannings, Lucie Höflich ... Nu ist da allerdings ein Haken: Ablieferungstermin des Manuskripts in acht Tagen. Ja, also das is nich anders! Warten ist zu teuer. Wir haben das Theater gepachtet – wir müssen mit der Sache raus. Na, Sie werden das schon machen! Regie? Piscator! Seffaständlich! Hat schon zugesagt; wenn er also nicht kann, dann Jeßner. Oder Haller. Auf alle Fälle: Ia. Da können Sie sich auf uns verlassen.

Und gehn Sie ran, besonders in den Couplets ... nein, halt, machen Sie keine Couplets – machen Sie Sonx – jetzt macht man Sonx – natürlich nicht zu literarisch, nicha, wir wenden uns ja an ein großes Publikum ... also 'n bißchen allgemein-verständlich ... wir haben so etwa gedacht: ‹*Dreigroschenoper*› mitm Schuß Lehár. Komponisten? Na, wahrscheinlich Meisel und Kollo oder Hindemith und Nelson, ein bißchen einheitlich muß es ja schon sein. Das Geschäftliche –? besprechen wir noch – unser leitender Herr ist heut grade in Moabit. Als Zeuge. Wissen Sie, ich war früher auch literarisch tätig; was meinen Sie, beneide ich Sie, wie gern würd ich wieder ... Hallo? nein! gehn

Sie noch nicht weg! ich hab Ihnen noch was zu sagen! (Dreiviertelstündiges Telefongespräch) – Also wir verbleiben dann so, nicht wahr: es bleibt dann dabei: am 18. liefern Sie ab, und am 19. fangen wir an mit den Proben. Hier gehts raus ...»

4

«Doktor Milbe hat mich aber um halb elf bestellt.»

«Tut mir sehr leid, Herr Doktor Milbe ist in einer wichtigen Konferenz.»

«Da werd ich warten – Nanu! Mehring? Was machen Sie denn hier? ... und was ... der Onkel Kästner!»

«Tag, Panter. Ja, wir kommen hierher, wir haben uns unten getroffen, wir wissen auch nicht ... Mehring sagt mir, er arbeitet hier an einer Revue. Ich arbeite hier auch an einer Revue.»

«Ich auch. Ganz ulkig – mir hat der Mann gar nichts gesagt, daß er noch andere auffordert ... da hätten wir doch gut zusammenarbeiten können ... so ein –»

«Herr Doktor Milbe läßt die Herren bitten!»

(gezischt) – «Ich hab Ihnen doch gesagt, nicht alle drei zusammen –! Also ... sehr nett, daß Sie kommen: ich habe die Herren gleich zusammengebeten, nicht wahr, es ist einfacher – – es war ja auch so besprochen. Bitte nehmen Sie Platz ... Tja ... also wir haben Ihre Texte durchgesehen ... durchgesehen ... ja, also da muß ich Ihnen nun leider sagen: also so geht das nicht. Sehn Se mal ... Hallo? 'tschuldjen 'n Momentchen ... (Halbstündiges Telefongespräch) – Wo waren wir stehengeblieben ... ja, also meine Herren, ich habe Ihnen das ja eben auseinandergesetzt, warum es so nicht geht. Herr Kästner, das ist ja viel zu fein, was Sie da gemacht haben – das verstehen die Leute ja gar nicht ... nee, die Revue soll natürlich gut sein, aber zu gut soll sie auch wieder nich sein! Herr Panter, das ist unmöglich, unmöglich, verstehen Sie mich – sehn Sie, hier das da, das ist gut, diese Szene mit dem Spreewaldkahn –»

«Die hatte ich mir als Parodie gedacht; die Szene ist gar nicht ernst ...»

«Na, das ist ja ganz gleich – dann machen wir sie eben ernst. So müßte die ganze Revue sein ... und hier, das da –:

Komm mal rüber –
komm mal rüber mit der Marie! –

Sie irren, wenn Sie glauben, daß unsere Besucher für Geld ‹Marie› sagen – na ja, *ich* versteh das ja, aber wir haben Smoking-Publikum ... und dann hier, das mit der Reichswehr, das geht natürlich nicht, und das mit Zörgiebel muß weg ... aber sonst ist es ganz ... Hallo? 'tschuldjen mich ... Zum Donnerwetter! Ich bin jetzt in einer wichtigen

Konferenz! Ich will jetzt nicht gestört werden! Nein! Ja! Weiß ich nicht! Hören Se mal — —! (Halbstündiges Telefongespräch) — Also wo . . . ja, Herr Mehring, nehmen Sie mir das nicht übel — ich habe das nicht verstanden! Also ich versteh das nicht! Na, dann bin ich eben literarisch nicht so gebildet wie ihr . . . ich habe schließlich meine journalistischen Sporen verdient; ich trau mich gar nicht, das Herrn Generaldirektor Bönheim vorzulegen, der lacht uns ja glatt aus! Hier —:

Und weil der Eskimo anders als der Börsianer spricht:
Deswegen verstehen, verstehen wir alle, wir alle uns nicht!

Verstehn Sie das? Natürlich spricht er anders. Na, und das da:

Es liegt eine Leiche im Landwehrkanal.
Fischerin, du kleine —

also erstens ist das alt — und außerdem ist das unappetitlich; die Leute wollen doch nachher essen gehn. Nee, meine Herren — so geht das nicht. Also arbeiten Sie mir das um . . . verstehen Sie mich, pikant, witzig, spritzig; ich habe für heute nachmittag auch noch Herrn Polgar und Herrn Marcellus Schiffer und Herrn Roellinghoff gebeten — wir müssen das schaffen. Sonst wende ich mich eben an Herrn Ammer oder an Herrn Villon oder schlimmstenfalls an Herrn Brecht . . . also um vier Uhr, meine Herren, beim Regisseur . . . auf Wiedersehn —!»

5

«Ich habe ihm erklärt: ich übernehme die Inszenierung überhaupt nicht. Ich weiß gar nicht, warum er Sie hier alle zu mir herbestellt hat! Wenn ich das mache, dann mach ich es nur unter folgenden Bedingungen: Gesinnung! Gesinnung! Gesinnung! Es muß was rein von der Wohnungsnot; es muß was rein von der Aufhebung des § 194 der Strafprozeßordnung — das sind doch Probleme! Außerdem ist da natürlich der Film.»

«Was für ein Film?»

«Der Film nach dem Stück von Bronnen.»

«Was für ein Stück von Bronnen?»

«Das Stück nach dem Roman von Remarque. Also dieser Film nach dem Stück nach dem Roman — daraus mache ich einen Tonfilm, also es wird eigentlich kein Tonfilm, aber ich mach das so, mit einer laufenden Treppe, Jeßner hat . . . Guten Tag, Herr Doktor! Guten Tag! Herr Direktor Bönheim — sehr nett, daß Sie gekommen sind . . .»

«Wo kann man bei Ihnen mal telefonieren —?»

«Hier, bitte . . .» — —

«So. Also jetzt kanns losgehen. Ja, also, meine Herren, wir fangen morgen an, mit den Proben, aber es müssen da noch einige Kleinigkeiten geändert werden. Das hier, geben Sie mal her, das hier geht nicht. Über die Justiz können wir uns so nicht lustig machen; das muß — bitte mal den Rotstift, danke! — das muß hier raus. Meine Herren, wenn Sie es nicht wissen sollten: wir sind mit Bosenstein & Klappholz liiert, und hinter denen stehn IG-Farben, solche Witze über die Börse — nee, also Taktlosigkeiten, verzeihen Sie, aber das wolln wir nicht machen. Immer hübsch im Rahmen bleiben. Na, hier . . . das mit der Internationale . . . die können Sie ja singen lassen, wenn Sie durchaus meinen; das hören ja die Leute vorm Abendbrot immer ganz gerne. Also arbeiten Sie mir das um —»

«Herr Generaldirektor Bönheim wird am Telefon verlangt!»

«Ich? — 'tschuldjen einen Augenblick mal —!»

(Bängliche Pause. Geflüster)

«Herr Doktor Milbe meint . . . mit der Massary!»

«Na das können Sie doch machen, Panter; Sie haben doch schon so oft für die Frau Couplets, danke, ich rauch jetzt nicht, machen wollen . . .»

«So, da bin ich wieder. Ja, also ich höre eben, Emil Jannings hat abtelegrafiert und Otto Wallburg auch, das schadet aber nichts, das besetzen wir um, ich habe da ein paar sehr begabte junge Leute. (Milbe, ich dachte an . . . puschpuschpusch . . .) Ja, also wie weit sind Sie nu —? Mit den Streichungen. Ja. Herr Mehring, was hat Ihnen eigentlich der Reichskanzler getan? Lassen Sie doch den Mann in Frieden — wird auch kein leichtes Leben haben. Is nich wahr? Nein, sehn Se mal . . . zum Beispiel die berliner Verkehrsregelung, *das* ist ein Skandal! Vorhin hat mein Wagen geschlagene fünf Minuten am Wittenbergplatz halten müssen — *da* müßtet ihr mal was schreiben! Ja. Na, und der Titel?»

«Ja, der Titel . . .?»

«Herr Kästner, wie nennen Sie das Ding?»

«Herz im Spiegel.»

«Und Sie Herr Panter?»

«Schwedenpunsch.»

«Und Sie, Herr Mehring?»

«Nacht auf dem Blocksberg.»

«Also schön — dann heißt die Revue: Jeder einmal in Berlin. Meine Herren, Herr Doktor Milbe wird Ihnen das Weitere auseinandersetzen; ich habe noch eine wichtige Konferenz . . . Auf Wieder —!»

«Gewiß, Herr Generaldirektor. Famos, Herr Generaldirektor!

Also, meine Herren, wie ich Ihnen gesagt habe: die Revue — steht. Nu arbeiten Sie sie um!»

6

«Halt!»

«Warum Halt?»

«Wie kommt der Alligator auf die Bühne?»

«Ich habe das so angeordnet – Herr Klöpfer will das so ...»

«Das hat doch aber ... hat doch aber gar keinen Bezug auf den Text –? Es ist ein Lied des Kuppelvaters ... was soll um alles in der Welt ...»

«Ich schmeiße euch die Rrrolle hin, wenn Herr Panter hier immer stört! So kann ich nicht probieren! Da soll der Teufel probieren – ich nicht! Da –»

«Aber, Herr Klöpfer ... wir ...»

«Halten Sie Ihren Mund! Ich erwürrge Sie mit meinen nackten Händen! Wenn ich aus diesem Drecktext nicht was mache, dann lacht kein Aas, dann geht überhaupt keiner rein! Alle Nuancen sind von mir, alles von mir: hier, das mit dem Reifen, und beim zweiten Refrain mache ich falschen Abgang und komm mit ner Gasmaske wieder raus, und wenn ich hier nicht den Alligator auf den Arm nehmen kann, dann könnt ihr mich alle ...»

«Herr Panter, lassen Sie ihm schon den Alligator –! Es ist vielleicht wirklich ganz gut! (Piano) Am Abend geb ich dem Tier Rizinus!»

7

«Das sing ich nicht.»

«Ja, Kinder, wenn ihr nicht singt, was da steht – ihr könnt doch nicht eigene Verse reinmachen!»

«Warum können wir das nicht! Das können wir sehr schön! Dann mußt du uns eben bessere Texte machen, Panterchen!»

«Gnädige Frau, das geht wirklich nicht. Von mir aus kann ja hier gesungen werden, was will ... aber mein Name steht auf dem Zettel – –»

«Ich kann das nicht! Ich kann das nicht! Meine Nerven halten das nicht aus! Ich werf euch den ganzen Kram hin! Entweder ich singe hier, oder ich singe hier nicht! Sie gehn überhaupt raus, Sie alter Bock – den ganzen Tag ist der Kerl hinter der Kate her ... gearbeitet wird hier nichts ... ich wunder mich, daß ihr die Betten nicht mit ins Theater bringt!»

«Aber, Kindchen ... es ...»

«Dieses Bordell ist ein Theater ... ich meine: dieses Theater ... ich geh überhaupt ab! Spielt euch euern Dreck alleine –!»

8

«Bühne frei –! Halt mal, nicht! noch nicht anfangen! Was ist, Herr Direktor –?»

«Milbe, ändern Sie mir das um! Hier, das hier im vierten Bild.

Unmöglich! Wie konnten Sie das stehenlassen! Stresemann verkehrt im Bühnenklub, so kann man nicht mit unserer Diplomatie umspringen! Herr Kommerzienrat Moosheimer hat mir überhaupt schon Vorwürfe gemacht, daß ich mich auf die Sache eingelassen habe – mir ist schon mies vor der ganzen Revue ... unntä ... dann dürfen die Schupos im achten Bild keinesfalls wieder ihre Uniform anziehen; die müssen französische Uniformen nehmen, wir haben ja noch welche aus der vorigen Revue ... lassen Sie Pichorek mal sofort nachsehen – und das Lied gegen den Reichstag wird gestrichen ... das ...»

«Hat aber auf der Generalprobe sehr gewirkt, Herr Direktor!»

«Das ist mir pipenegal! Wer ist hier Direktor, Sie oder ich? Diese revolutionären Texte, ich bin ein guter Republikaner ... die Karikatur vom Kronprinzen in der Gerichtsszene kommt mir auch runter, es ist leicht, einem toten Löwen einen Fußtritt zu versetzen, außerdem hab ich nicht Lust, euretwegen meine ganzen Geschäftsverbindungen ...»

«Bühne frei! Gong –!»

9

(*‹Deutsche Tageszeitung›*): – – Dieser rote Schund – –

(*‹Vossische Zeitung›*): ... unser Freund Peter Panter wohl seinen matten Tag gehabt haben mag. Das kann jedem passieren. Aber an solchen Tagen dichtet man eben nicht. Nach der Reichstagsszene, die seltsam salzlos war, ging der Sprecher ab, und wir blieben zurück, ratlos, was das wohl zu bedeuten hätte; es schien dann, als wollte der Schauspieler, der den Reichstagspräsidenten darstellte, noch irgend etwas sagen, aber wahrscheinlich hat hier die Erfindungsgabe des Autoren nicht gereicht ... was französische Polizisten in einem deutschen Versammlungssaal zu tun haben, wird wohl das ewige Geheimnis unseres Autors bleiben ... es war kein guter Tag für ihn. Man werfe diesem Raubtier einen andern Braten vor und lasse es durch neue Reifen springen.

10

(Frau Wendriner am Telefon; morgens halb elf) – «hat sie gesagt, wenn sie ein neues Mädchen für dich hat, wird sie mich anklingeln. Du kannst dich unbedingt auf sie verlassen; sie besorgt mir immer die Tassen nach, fürs Geschirr; sie ist durchaus zuverlässig. Gestern –? Im Majolika-Theater, zu der neuen Revue, Premiere. Nei-en – mäßig. Die Bois ganz nett, aber es war alles so durcheinander, wir haben gar nicht gelacht. Es hieß erst, das wär nu die ganz große Sache, aber wir wollten schon nach der Pause gehen. Oskar ist dann noch geblieben, weil er Paul nach der Vorstellung noch sprechen wollte, geschäftlich.

Das einzige war noch Graetz und die Hesterberg, sonst gar nichts. Margot hat gestern angerufen; warum du denn gar nicht mal bei ihr anrufst, sie will mich morgen anklingeln, und du sollst doch auch mal Lina anklingeln, damit Lina Trudchen anruft, wegen dem Schleiflack, Käte ist sehr zufrie –»

11

«Sie sind schuld –!»

«Ich? Das ist ja großartig! Sie sind schuld –!»

«Wer hat es gleich gesagt? Wer hat es gleich gesagt?»

«Macht hier nicht sonen Krach im Theaterbüro! Davon kommt das Geld auch nicht wieder! – Statt sich anständige Autoren zu holen! Presber! Remarque! Ferdinand Bruckner! Nein, da holen sie sich ihre guten Freunde ran ...»

«Das verbitte ich mir.»

«Sie haben sich hier gar nichts zu verbitten – das ist mein Unternehmen, Herr Doktor Milbe –! Was steht ihr überhaupt hier alle rum? Wollt ihr vielleicht Geld von mir? Dafür wollt ihr noch Geld? Wozu zahle ich meine Theaterpacht ... Ich will euch mal was sagen –»

«Was ist denn das für ein Ton –?»

«Sie sind entlassen! Sie ehmfalls! Ich werde hier mit eisernem Besen ...»

«Sie mir auch! Diese Dreckbude von Theater – Mahlzeit!»

«Raus hier! Hat einen Charakter wie ein Klosettdeckel –»

«Panter! Los! Ab!»

«Sie hätten ...» – «Ich habe ...» – «Sie Riesenroß, wer hat gleich am ersten Tag ... aber auf mich hört ja keiner, in meinem eigenen Betrieb ... das wird mir von heute ab ... ich bin ein alter Theaterhase, und diese Lausejungen ... Ich verkaufe den Betrieb überhaupt, da könnt ihr sehen, wie ihr ohne mich fertig werdet! Ich geh ins Tonfilmsyndikat oder zurück zur Konfektion –!»

«Ihr kommt runter? Ich geh rauf – mein Geld holen.»

«Da bemühen Sie sich gar nicht erst nach oben. Geld is nich. Aber Krach.»

«Um Gottes willen ... was ist da oben los? Man möchte ja meinen, es wär Mord und Totschlag – wer schreit denn da so –?»

«Das? Das ist die Zeit. Sie schreit nach Satire –!»

ENDLICH DIE WAHRHEIT ÜBER REMARQUE

Seit Monaten heult die berliner Asphaltpresse Reklame für ein widerliches Machwerk von Erich Maria Remarque, dessen Titel ‹*Im Westen nichts Neues*› übrigens der Obersten Heeresleitung entlehnt ist (Herr Staatsanwalt?) – und das den Krieg so schildert, wie er sich eben nur in den Köpfen typischer Drückeberger malt. In der nächsten Nummer der ‹*Süddeutschen Monatshefte*› wird über diesen Landesverräter endgültig die Wahrheit enthüllt; die Angaben sind von Herrn Professor Cossmann überprüft, daher fast zuverlässig. Durch die besondere Freundlichkeit des Verlages der Monatshefte sind wir in der Lage, unsern Lesern schon heute mit Aufklärung dienen zu können.

Erich Salomon Markus – so ist der Name dieses Judenknäbleins – war lange Zeit hindurch kleiner Synagogendiener der jüdischen Synagoge in der Oranienstraße zu Berlin (sog. «Salatschammes»). Geboren ist dieser Sproß Judas in Zinnentzitz in Schlesien, wo sein Vater, Abraham Markus, eine – koschere Schlächterei hatte. (Merkst du was?) Die Jahre, in denen Tateleben Markus dort sein edles Gewerbe ausübte, sind dadurch gekennzeichnet, daß während dieser Zeit auffallend viel Christenkinder in der Umgegend verschwanden; sie wurden zwar bald nach ihrem Verschwinden immer wieder aufgefunden, aber es ist niemals (! die Red.) festgestellt, ob es auch dieselben Kinder waren!

Eine Mutter hat Erich Salomon Markus nie gehabt; es werden, wie das bei jüdischen Familien üblich ist, auf seinem Taufschein zwei Mütter vermerkt, eine gewisse Sarah Bienstock und eine unverehelichte (!!) Rosalie Himmelstoß (wir werden auf diesen Namen noch zurückkommen).

Im Alter von neun Jahren trat der kleine Markus seinen ‹Dienst› in der oben erwähnten Synagoge an; er hatte dort die Lichter anzuzünden, die Bibeln abzustauben und, was sehr wichtig für die Beurteilung seiner spätern Entwicklung ist, die Judenknäblein bei der Beschneidung festzuhalten. Bei dieser Gelegenheit soll durch seine Unachtsamkeit der Sohn eines bekannten berliner Warenhausbesitzers doppelt beschnitten worden sein, weswegen der Markus aus dem Synagogendienst entfernt wurde.

Salomon Markus trieb sich zunächst stellungslos in Berlin umher; er versuchte beim Theater unterzukommen und soll auch bei seinem Rassegenossen Reinhardt mehrere Male alle Titelrollen in den Brechtschen ‹*Verbrechern*› gespielt haben. Ferner war der junge Markus in Berlin als Bonbonhändler, Zuhälter, Hundehaarschneider und Redakteur tätig. Markus ist Freimaurer und Jesuit.

Es kam der Krieg.

Markus zog ins Feld; das heißt, er war der berittenen Armierungstruppe zugeteilt, konnte aber wegen einer Krankheit, die wir hier nicht näher bezeichnen wollen, keinen Dienst tun und wurde daher im Hinterland verwendet. Durch eine unbegreifliche Unachtsamkeit der Militärbehörden ist Markus als Schreiber im Hauptquartier Seiner Majestät des Kronprinzen beschäftigt worden; er hat also den Feind niemals auch nur von weitem gesehen.

Nach dem Kriege hat er sich in Osnabrück als Damenschneider niedergelassen, dann war er Hilfsbremser am jüdischen Leichenwagen in Breslau und ist später nach Hannover gegangen; Professor Cossmann läßt die Frage offen, ob Markus etwa Haarmann gekannt und vielleicht auch unterstützt hat...

Und dieser miese Baldower wagt es, für die Asphaltpresse einen Bericht zu verfassen, dem die Lüge an der Stirn geschrieben steht! Nicht nur, daß er den Namen seiner eigenen Mutter (Himmelstoß) in seinem Buch verwendet, um einen Vorgesetzten verächtlich zu machen (Herr Staatsanwalt?) – sondern er beschuldigt auch die deutschen Soldaten grausamer Handlungen, deren sie niemals fähig gewesen sind; denn der deutsche Soldat war bekannt für schmerzlosen Nahkampf und humanes Trommelfeuer. Davon weiß natürlich der Salomon Markus nichts; während vorn seine Kameraden mit dem Gesang «Deutschland, Deutschland über alles!» gen Paris zogen, um es zu besetzen, es aber leider schon besetzt fanden, hat der Jude Markus hinten geschlemmt und gepraßt; in der Umgebung des kronprinzlichen Hauptquartiers fanden sich bei Abmarsch der deutschen Truppen allein vierundachtzig uneheliche Kinder – und wer anders kann die gemacht haben als Markus –!

Gott sei Dank hat das Buch durchaus keinen ungeteilten Beifall gefunden.

Es sind insbesondere die deutschen Frauen, die wissen, was sich ziemt. Ihnen haben wir zu danken, daß sie die heldischen Deutschen von den unheldischen Undeutschen zu unterscheiden wissen; sie sind es, die zu Siegfried Hagen & Co. aufsehen und den andern Helden unsrer echt deutschen Sagen. Die deutsche Frau will – das haben wir erst neulich in Berlin auf einem Klubabend mit Freude und Begeisterung festgestellt – zu einem Helden aufblicken.

Es kommt der deutschen Frau, wie an jenem Abend ersichtlich war, nicht so sehr darauf an, daß ihr Mann lebt, sondern daß er als Held stirbt, und ist sie bereit, mit dem Ruf «Ich sterbe!» jedesmal mitzusterben, und wenn sie zehnmal heiraten müßte! An der Länge des Säbels erkennt man u. a. den Charakter des Mannes, und die deutsche Frau will, daß ihrem Mann der Sinn stehe für und für, sein Vaterland zu verteidigen, und wenn es nicht angegriffen wird, dann werden wir dafür sorgen, daß es angegriffen wird! (Ein deutsches Wort! Die Schriftleitung.) «Für mich», sagte uns neulich eine edle deutsche Frau, die Gattin eines höheren Beamten, «gibt es keinen schönern Augenblick in unsrer Ehe, als wenn ich Männi die Uniform zuknöpfen sowie auch aufknöpfen kann. Dies Gefühl ist unbeschreiblich.»

Salomon Markus aber ist gerichtet. Sein Werk ist durch die unvergängliche Veröffentlichung der ‹*Süddeutschen Monatshefte*› als das gekennzeichnet, was es ist: als eine vom Feindbund und den Marxisten bezahlte Pechfackel, die dem blanken Panzer der deutschen Wehrhaftigkeit nicht das Wasser lassen kann –!

WAS SOLL MIT DEN ZEHN GEBOTEN GESCHEHEN?

Als die Rundfrage über die Zehn Gebote ankam, bekam ich keinen kleinen Schreck.

Nun wäre es gewiß sehr einfach, an das Bücherbrett zu gehen, die dicke Bibel vom Bord zu holen und eine feine Abhandlung in betreff jedes Gebots zu schreiben. Bitte, lassen Sie mich sitzenbleiben – wir wollen einmal sehen, was herauskommt, wenn ich nicht nachblättere.

Ich weiß die zehn Gebote gar nicht.

Ich weiß:

Du sollst nicht töten (das weiß wieder die Kirche nicht);
du sollst nicht stehlen;
du sollst nicht ehebrechen;
du sollst nicht begehren deines ...

und dann einen Genitiv, den ich vergessen habe. Kurz: ich bin in dieser Materie nicht bewandert. Das scheint mir kein Zufall zu sein.

Hat eine der Kirchen dem jugendlichen Gehirn die Zehn Gebote nicht scharf genug eingetrommelt, dann sind sie im städtischen Proletariat, bei den meisten Intellektuellen, soweit die nicht katholisch sind, bei Hunderttausenden von Menschen unserer Generation vergessen. Wenn nicht hier und da ein Filmtitel auf sie hinweist –: das Leben tuts nicht. Man hängt sich heute keinen moralischen Speisezettel mehr an die Wand.

Das beweist noch nichts gegen diese Sittenlehre. ‹Ewige Werte› gibt es nicht, sie sind alle zeitlich bedingt oder lokal oder durch die Klasse, die sie geschaffen hat. Wer da schreit: «Dem Volke muß die Religion erhalten bleiben», lügt; gemeint ist: «Das Volk muß der Religion erhalten bleiben». Das Volk ist ihr in großen Teilen weggelaufen.

Unsere Welt ist nicht mehr homogen, also kann sie auch keine einheitliche Sittenlehre haben. Sie hat hundertundeine.

Dazu kommt, daß das gedruckte und überlieferte Wort nicht mehr jene Heiligkeit in Anspruch nehmen kann wie in den Jahrhunderten, wo die Bibel und der religiös gefärbte Kalender die einzigen Druckschriften gewesen sind, die der Bauer, der Handwerker, der Arbeiter im Hause gehabt haben. Eine von oben diktierte Moral hätte heute keine andere Wirkung als die Anpreisung eines Ford-Wagens; sie kann sich durchsetzen, wenn sie geschickt aufgemacht ist.

Die Zehn Gebote stellen keineswegs das sittliche Fundament weiter Volkskreise dar. Faßte man die jeweiligen Gebote zusammen, nach denen die einzelnen Klassen wirklich leben und deren Befolgung sie für lebensnotwendig halten —: die Formulierung sähe wesentlich anders aus. Nicht einmal ihre Ideologien fordern heute das, was in den zehn Geboten gefordert wird.

Man muß nur sehen, wie sich die Vertreter der Kirchen drehen und winden, wenn sie auf den schreienden Widerspruch zwischen ihrer Lehre (die einmal revolutionär gewesen ist) und der Kirchenpolitik hingewiesen werden — einen Geistlichen die Berechtigung der Kriege nachweisen zu hören, hat etwas Peinliches.

Diese Zehn Gebote sind nicht einmal sehr gut gemacht. Es ist gewiß viel einfacher, zehn Polizeitafeln zu errichten und mitzuteilen, was man *nicht* tun solle, anstatt uns Suchenden zu sagen — nun nicht, was wir tun sollen, sondern was ein sittlich hochstehender Mensch tut, um in seinen Himmel zu kommen. Eine solche Sittenlehre ist mir nicht eingegangen; ich suche sie — wie ihr alle.

Soll man nicht töten? Das erste dieser Zehn Gebote hätte zu heißen: «Tu, was du predigst.» Die Rolle der Kirchen im Kriege kann ihnen nicht verziehen werden — sie haben sich jedes Rechtes begeben, den Mord zu verbieten. Denn sie haben *die* gesegnet, die Blut vergossen haben.

Soll man nicht stehlen? Was ist das, ‹stehlen›? Wegnehmen — so mit der Hand? Aus dem Safe der Diskonto-Gesellschaft? Und wie ist es mit der Arbeitskraft? Darf man sie stehlen? Ist das göttliche Ordnung?

Du sollst nicht ehebrechen ... aber wie ist das, wenn das Institut der Ehe von uns zerdacht ist, sich wirtschaftlich nicht mehr halten läßt, so daß auch die katholischen Länder den geängstigten Ehemäusen Löchlein offenlassen, durch die sie — am Sakrament vorbei — entwischen?

Und du sollst nicht begehren deines ... es schmeckt nach Duckmäusertum, was da gelehrt wird, nach Schafstall, nach allem, was gute Untertanen macht. Nein, so geht es nicht.

Ich weiß: man trägt wieder katholisch. Statt geistiger Ehrfurcht vor dem ungeheuern Denkgebäude der katholischen Kirche haben wir einen faschistischen Snobismus, der die Schützengrabenangst in einen lieben Gott verwandelt, den man zur Unterdrückung von Streikunruhen gut ausnutzen kann. Die Anzüge vieler Geistiger haben einen leichten Soutanenschnitt; sie finden, daß er ihnen gut steht. Rom freut sich, und da bekanntlich die klügsten Juden im Vatikan sitzen, so wird die neue Mode gut verwertet. Lebten aber alle diese nach ihren Zehn Geboten, dann sähe die Kirche, die heute sogar beim Völkerbund abonniert hat, anders aus.

Recht, das zu einer Kodifizierung gerinnt, kann Unrecht werden. Wenn in den Sowjet-Staaten ein neues Kollektivgefühl unter den jungen Menschen entsteht, so wollen wir es loben und uns zu eigen machen; es werden neue Gebote entstehen, die alle zum Ziel haben werden: die dunklen Triebe des Menschen chemisch zu reinigen.

Bis dahin aber laßt uns auch weiterhin ohne die zehn Verbote auskommen.

AUF DEM NACHTTISCH

Auf dem Nachttisch liegen große und kleine Bücher, weiße Druckbogen, ungeheftete, eine Flasche ‹Vichy-watten›, so heißt das hier, Bobongs, und gar keine Zeitung, was das Leben wesentlich erleichtert. Die Bobongs schmecken nach Selterwasser, das Selterwasser nach Bonbons, die Bücher . . . wollen sehen.

Das dickste zuerst. Es ist der *‹Große Brockhaus›* A–Ast. Ja, soll ich mir da einen lachen? Mich hat neulich in der *‹Neuen Bücherschau›* Artur Rudolf rechtens darauf aufmerksam gemacht, ich solle meine Bücher lieber in Antiqua setzen lassen, obgleich doch diese Sammelbände nicht grade vom Ausland verschlungen werden, und in einem Brief hat mir Herr Rudolf meine alte Liebe zur Fraktur mit so kräftigen Argumenten erschüttert, daß ich sehr in mich gegangen bin. Die Fraktur deckt sich heute so recht mit der Reaktion, sagte er; sie will in der Welt und der Welt gegenüber etwas Besondres sein . . . wir benutzen doch auch keine Schreibmaschinen mit Frakturtypen . . . hat Brockhaus wirklich nötig, seine so große und gediegene Arbeit im Ausland selbst herabzusetzen? Ich denke: nein. Er schreibt mir: ja. «Der *‹Kleine Brockhaus›*», schreibt er, «ist bereits in Fraktur gedruckt. Bei dem *‹Großen Brockhaus›*, dem Handbuch des Wissens in zwanzig Bänden, konnte ich mich dagegen dazu nicht entschließen, da das Werk nach meinen bisherigen Erfahrungen infolge seines Umfangs für einen Vertrieb im Ausland kaum in Frage kommt.» Nun, das ist ein Argument – wenngleichen es meinen Augen so scheinen will, als lese sich die Fraktur eben doch schwieriger als eine glatte Antiqua.

Soweit ich die Arbeit sonst beurteilen kann, scheint sie mir sauber und – was man in Deutschland leider hinzusetzen muß – neutral. Ich habe die 780 Seiten nicht alle gelesen, aber an keiner Stelle habe ich so etwas wie ‹nationale Geschichtsschreibung› oder ‹völkische Geographie› gefunden. Die Abbildungen muten etwas dürftig an – die Bildtechnik ist so weit vorgeschritten, daß das Konversationslexikon nicht mehr das einzig gut illustrierte Werk des Haushalts ist. Es hat sich da überhaupt etwas geändert. Zwanzig Bände: ich glaube, die Zeit dieser Riesen-Nachschlage-Wälzer ist vorbei.

Ja, damals ... Da sind wir denn also, wenn Papa nicht zu Hause war, hingegangen, haben uns den Schlüssel gemopst und reichlich bösen Gewissens nachgesehen, woher die Kinder kommen. Man mußte viele Bände nachschlagen; die kleinen Seidenpapierblättchen zwischen den Buntbildern fielen wie ein Hauch zu Boden, ‹Zeugung› enthielt ‹Wollust› (siehe diese), und es war gar nicht einfach; ein rechter Leitfaden ist das denn auch nicht gewesen. Aber abgesehen davon: das zwanzigbändige Nachschlagewerk fußt auf dem Bildungsideal des neunzehnten Jahrhunderts, und das ist dahin. Wir haben heute den Mut zu sagen, daß wir von einer Sache nichts verstehen, denn es gibt zu viel Sachen; und wollen wir uns länger und intensiver mit einem uns fremden Gebiet befassen, dann ist es das Speziallexikon, das den Sieg davonträgt. Für den Rest, mal schnell nachzusehen, was eine Akkomodationslähmung ist, genügt ein Vierbänder alle Tage. Das Postulat, alles zu wissen oder doch möglichst viel, ist heute ein Gesellschaftsspiel geworden und heißt ‹Frag mich was›, aber niemandem fiele es ein, danach die Bildung eines Menschen zu bemessen. Das Wort ‹Lexikonsbildung› hat rechtens einen nicht guten Nebengeschmack, und wenn es nur eine Krücke sein soll, dann ist diese Form zu solid gebaut: eine Krücke aus Stahl, mit Silbereinlage und elektrischem Läutewerk ... wir aber wollen laufen. Immerhin: wer es sich leisten kann, mags ja wohl kaufen.

‹Angeklagter› steht noch in diesem Band. Ein ganzes Buch über ihn, über die *‹Justiz›* liegt vor, hat zum Verfasser den wiener Advokaten Walther Rode (und ist bei Ernst Rowohlt zu Berlin erschienen). Das ist eine Herzerfrischung. Rode, dessen *‹Beamtenpyramide›* ein Pamphlet großen Stils ist, nennt das Kind und alle Kinder der Justiz bei ihrem richtigen Namen; daran können sich deutsche Anwälte, die dergleichen nie wagten, ein Beispiel nehmen. Gewiß wird in Österreich nichts so heiß getan, wie es geschrieben wird, aber es ist doch schon viel, wenn ein Anwalt so über die Richter spricht wie dieser hier. Nie, niemals brächte ein deutscher Anwalt den innern Mut auf, über das Reichsgericht zu urteilen wie jener über den Obersten Gerichtshof — und wie müssen sich beide ähnlich sein! Nur ist das Reichsgericht offenbar noch gefährlicher, weil es besonders in den letzten Jahren seine Rechtspolitik macht, ohne Widerstand zu finden. Rode bröselt das Paragraphengewebe von innen auf; er sagt, ‹wies ist›: er kennt die Faulheit der Richter, ihre Anmaßung, ihre ungeheuerliche Unbildung und ihre völlige Herzlosigkeit.

Er spricht auf zwei Seiten, den beiden ersten, über die Prozesse, die der Selige aus Doorn gegen Piscator angestrengt hat; solche Laute sind bei uns zu Lande unerhört, wo man die steckengebliebene Untertanenhaftigkeit als Rechtsgefühl ausgibt, während Rode richtig dartut, daß einer, der sein Leben lang über dem Recht gestanden hat, nun nicht plötzlich wie eine Gemüsefrau klagen kann. «Man hat nicht das Amtsgericht anzurufen, wenn man beim Weltgericht sachfällig geworden ist.» Und: «Die Frage, ob man einen Exkaiser auf dem Theater spielen dürfe, wird umfaßt von der Frage, ob man einen Exkaiser aufhängen darf.» Kurz: der, der nie eine Rechtsperson im bürgerlichen Sinne gewesen ist, darf nun nicht auf einmal eine werden – er sei von nun ab rechtlos. Aber das bring du in deutsche Köpfe.

Das Kernstück des Buches – einen unaufgeklärten Todesfall – halte ich nicht für besonders glücklich. Es finden sich da Ansätze einer Psychologie, die der Verfasser den Richtern vorwirft; wie er zum Beispiel den Mann, den er für den Mörder hält, angreift, geht mir nicht ein. Da werden Indizien zusammengetragen, Bausteine einer Seelenkunde, die Rode, wendete sie ein Richter an, wahrscheinlich mit ebenso großem Temperament wie Geschick zerpflückte.

Aber warum sind Mut, Charakterstärke, Angriffsgeist und Einsicht in das Wesen der Justiz unter unsern Anwälten fast gar nicht zu finden?

Weil sie sich als ‹Organe der Rechtsprechung› betrachten und gnade Gott, wenn ein Deutscher einem Beamten nacheifern will! Der deutsche Anwalt unterliegt einer ‹Ehrengerichtsbarkeit›, die, würde sie von stockreaktionären Richtern ausgeübt, nicht schlimmer sein könnte, als sie ist. So etwas von Verlogenheit, von falschem Amtscharakter, von gänzlich verkannter Standesehre war noch nicht da. Nehmt euch ein Beispiel an diesem Österreicher hier! eure heute klägliche Stellung vor den Gerichten wäre eine andre, eine ganz andre.

Wie kann sie aber anders werden, wenn sich manche Anwälte – wie viele! wie viele! – bei den Richtern mit den übelsten Mitteln anmeiern, für ihren Mandanten, gewiß, aber doch ist es kein schönes Schauspiel. Herr Kantorowicz aus Berlin verteidigt einen ehemaligen Kassierer des Verbandes für Freidenkertum, der 24 000 Mark Verbandsgelder unterschlagen hat. Und führt als Entschuldigungsgrund an, «daß, wenn die von dem Angeklagten rechtswidrig entnommenen Beträge solchen Bestrebungen nicht zugute gekommen sind, dies nicht zum Schaden wahrhafter Kulturgüter geschehen sein kann». Wonach also künftighin Unterschlagungen bei der staatlichen Lotterie straflos sein dürften. Aber wie muß so ein Anwalt die Richter einschätzen, wenn er ein solches Argument auch nur vorzubringen wagt!

Es gibt Ausnahmen. Ein Arzt und ein Anwalt – Franz Alexander und Hugo Staub – haben (im Internationalen Psychoanalytischen Verlag in Wien) eine Keule gegen die Richter geschwungen, die nur deshalb nicht tödlich trifft, weil man Gummigötzen verbrennen muß. Das Buch heißt *‹Der Verbrecher und seine Richter›* – und als ich es gelesen hatte, kam mir die ganze Schande, die in dem neuen Strafgesetzbuch und in seiner Entstehung steckt, noch einmal voll zum Bewußtsein.

Ob jede dieser Theorien richtig ist oder nicht, ist nicht von Belang. Von Belang allein ist dieses:

Das neue Strafgesetzbuch ist überhaupt nichts. Es ist eine lächerliche Ansammlung von Polizeiverordnungen, sinnlos erwürfelten Strafmaßen und – wie hier klar nachgewiesen ist – aufgebaut auf Tatbeständen, die es nicht gibt. Alles, ohne Ausnahme alles, was in diesem Strafgesetzbuch über ‹Vorsatz›, ‹Fahrlässigkeit› und dergleichen zu lesen ist, existiert nicht; es sind Sumpfblasen, falsche Laien-Vorstellungen über die menschliche Seele, schlecht verhüllte politische Absichten. Wenn man weiß, wie so ein Entwurf zustande kommt; welch kleiner Kreis überhaupt daran hat mitarbeiten dürfen – wenn man ferner weiß, aus welchem geistigen Milieu sich dieser Kreis zusammensetzt, Leute, unter denen der alte Kahl noch wie ein Mauerwerk aus alter Zeit aufragt, und drum herum fast nichts als Schlingpflanzen ... dann hat man einen Begriff, was unsern Kindern und Kindeskindern als Recht über die Köpfe gehängt wird.

Es sind aber nicht nur die Untersuchungen über die Verbrechertypen, die in diesem Buch zu höchster Bewunderung hinreißen –: es ist vor allem eine Fundamentalwahrheit, der ich hier tausendmal Ausdruck gegeben habe, ohne sie jemals so exakt zu formulieren, wie diese beiden das tun.

«Der Kriminelle setzt seine natürlichen, unangepaßten Triebe, eben wie das Kind es möchte, wenn es nur könnte, in Handlungen um. Für die verdrängte, also unbewußte Kriminalität des Normalmenschen bleiben dagegen nur einige sozial harmlose Ventile, wie das Traum- und Phantasieleben, das neurotische Symptom und dann einige Übergangsformen bereits weniger harmloser Befriedigungsmöglichkeiten wie Duell, Boxsport, Gladiatoren- und Stierkämpfe bis zu dem freien Ausleben verdrängter Kriminalität im Kriege.» Und nun hör gut zu, deutscher Richter:

«Kein besserer Beweis für die allgemeine Kriminalität könnte erbracht werden als das gewagte Experiment, der spanischen Nation ihre Stierkämpfe, den Amerikanern ihren Box- und Rugbysport, dem alten Europa seine Soldatenspiele oder der Welt die Strafjustiz zu nehmen.»

Da ist es.

Es ist ja nicht wahr, daß sich diese Richter und Staatsanwälte «in den Dienst des Staates» stellen, so Arbeit und Leben der Allgemeinheit aufopfernd; es ist ebensowenig wahr, daß sie bewußte und reine Formen des Sadisten darstellen – sie wissen nicht, was sie tun. Aber sie tun. Wer einmal gesehen hat, wie die Spannung zwischen Vorsitzendem und Angeklagtem fast körperlich fühlbar wächst, wenn der auf der Anklagebank ein Mann bleibt, sich nicht beugt, das Gericht nicht provoziert, aber auch nicht anerkennt – der weiß genug. Der tiefe Trieb, mit dem verhaßten Neben-Ich zu spielen wie die Katze mit der Maus, es die Macht fühlen zu lassen, die herrliche, steigernde und nach Blut schmeckende Macht – die eine Seite der Selbstbehauptung heißt Coitus, die andre Quälen. «Dem Richter», steht dann im Nekrolog, «verschaffte seine Arbeit volle Befriedigung», und das ist viel wahrer, als der Schreiber ahnt. Was die da treiben, was sie auf allen Kasernenhöfen treiben, ist verdrängte, sublimierte, sozial unschädlich gemachte, ja sogar hier und da nützlich gemachte Kriminalität.

Das Buch *‹Der Verbrecher und seine Richter›* verdient, von allen gelesen zu werden, denen neben der Rechtsprechung das Recht am Herzen liegt.

Diese staatlich approbierte Kriminalität kommt rein zum Ausdruck in dem Buch Max Hölzens *‹Vom Weißen Kreuz zur Roten Fahne›* (im verdienstvollen Malik-Verlag zu Berlin erschienen). Ein Zeitdokument ersten Ranges.

Das Buch ist anständig geschrieben, worauf es gar nicht ankommt; eine demokratische Zeitung gab dem ‹Stil› Hölzens eine Note zwischen kaum genügend und schon mangelhaft, und es ist ja sicher, daß Furtwängler besser dirigiert als Hölz schreibt – «es geht eben nichts über die gedieschene Kultur in einem guten jüdischen Bürscherhaus –». Wir aber wollen etwas von der Zeit erfahren, in der wir leben, vor allem: von dem Land, in dem wir leben. Und das sagt uns Hölz.

Dem kriegsgetrauten Husaren mit Braut (auf der Rückseite des Bildes die taktisch geschickte Reproduktion einer Seite aus seinem Militärpaß) sieht man nicht an, daß dieser brave Soldat einmal die preußische Justiz durcheinander bringen würde. Seine revolutionären Taten wird er heute wahrscheinlich selber unter einem andern Lichte sehen; diese aufflackernden Aufstände konnten keine Revolution sein, weil die geistigen Vorbedingungen fehlten, die wirtschaftlichen waren fast überall vorhanden, doch die genügen eben nicht. Was Hölz aber da gemacht hat, war tapfer und anständig, mehr: es kam aus dem Herzen. An keiner Stelle hat man das Gefühl wie etwa bei der Lektüre von Generalsmemoiren: «Und du –?» Der Mann hat im Bürgerkrieg sein Leben riskiert.

Mehr noch nachher. Ich halte seine Verteidigungsrede vor Gericht, die keine gewesen ist, sondern eine der schärfsten Anklagen gegen diesen Staat und seine Justiz, für ein Meisterstück an Mut, an Charakter, an Temperament, an Mannhaftigkeit. Hölz hat um seinen Kopf gespielt: er konnte ja nicht wissen, ob sie ihn nicht hopp nehmen würden – er hat sie ausgelacht. Der Vorsitzende, der damals seinen Kopf verlor und in einem murksigen Wutanfall kläglich vor Hölz zusammenbrach — der hat den Prozeß verloren, seine Klasse hat ihn verloren. Hölz hat ihn gewonnen.

Er hat es bitter gebüßt. Ich werde auf die Einzelheiten dieses Buches noch einmal zurückkommen — so leicht wollen wir es dem Strafvollzug nicht machen. Was da dem Staat mit Peitschenhieben ins Gesicht geschrieben wird, ist nicht mit der Ankündigung von «Reformen für einen humanen Strafvollzug» gutzumachen; hier muß noch etwas andres geschehen. Ich habe mich geschämt, ein Deutscher zu sein, als ich das gelesen habe —: wie! ein paar Meilen vom Parlament, von der Wilhelmstraße, von den Premieren der feinen Leute, die vor Kultur bald zerplatzen, darf sich das abspielen!? Das? Eine solche klare sadistische Quälerei von Wehrlosen durch das unterkietigste Gesindel der Welt? Und schuld sind nicht etwa nur diese kleinen, schlechtbezahlten Wachtmeister mit dem gestörten Triebleben; schuld sind in weit größerem Ausmaß die ‹Kontrollorgane›, die Direktoren, die Geistlichen und vor allem: die Ärzte. Wo sind eure Standeskammern? Wo eure Standesehre? Wo euer feierliches Getue, das ihr vor Kurpfuschern, also vor der Konkurrenz, aufführt — hier, hier solltet ihr euch die Kollegen langen und sie verhören und ausfragen und konfrontieren und aus euerm Stande ausstoßen, den sie beflecken! Die Martern, die man Max Hölz zugefügt hat, die man seinen gefangenen Kameraden zugefügt hat und noch heute zufügt — sie schreien zum Himmel. Und daß Max Hölz diesen Schreiern seinen Mund geliehen hat —: das ist sein großes Verdienst. Welche Rolle spielt er heute in der Partei? Ich glaube: er stört.

Es ist übrigens nicht unsre Aufgabe, zu prüfen, ob Max Hölz ein ‹großer Mann› ist — darauf kommt es gar nicht an. Er ist es nicht, und er will es gar nicht sein, und das ist eine traurige Geschichtsbetrachtung, die auf Aktschlüsse aus ist. (Euer Bülow war ja wohl ein großer Mann ...) Und traurig genug, wenn sich ein Arbeiter seine Bildung stückweis nachts stehlen muß; wenn ihr ihn halb, viertel, ein achtel gebildet herumlaufen laßt. Was Hölz ist, ist er trotz der ‹Ordnung›, in der er lebt, geworden. Seine Leiden aber gehen restlos auf ihr Konto.

Nun ist es spät, der Wind saust um das Haus, und obgleich ich nicht schwedisch kann, verstehe ich ihn ganz gut. Immer noch besser als das, was zur Zeit als Lyrik ausgeschrien wird — wer will denn das lesen! Große Generalausnahme, die nicht vom Nachttisch herunterkommt, die da wohnt, in der ich mich abends betrinke, eine ganze Bar voller Lyrik:

‹Die Gedichte, Lieder und Chansons des Walter Mehring› (erschienen bei S. Fischer in Berlin). 252 Seiten — mir viel zu dünn.

Ich schwöre, daß ich mit dem Angeklagten weder verwandt noch verschwägert bin — aber dies sind doch jene Seiten, bei denen es mich eben ‹hat›. Es kann nicht nur die Musik sein, die mir bei vielen Chansons einfällt — jene wundervollen Musiken von Friedrich Hollaender und W. R. Heymann – die haben ja doch noch allerhand andre Lieder komponiert ... die Musik allein kann es nicht sein. Mehring hat in seinen Versen einen völlig neuen Ton in die Literatur eingeführt; das ist an manchen Ecken vom Französischen beeinflußt, aber das erklärt den Ton nicht. Diese Verse sind seltsam irreal, gläsern, manchmal würgt einem eine Papierwendung, die ganz bewußt gesetzt ist, den Hals zu; manchmal reißt der Rhythmus – dieser Dichter kann noch den Herzschlag seiner Leser beeinflussen, wenn er will. Es ist ja immer ein gutes Kriterium, zu sehen, was herausgekommen ist, wenn der andre das gleiche Thema bearbeitet. Hier ist zum Beispiel so ein Fall. Wir haben einmal beide, zu verschiedenen Zeiten und ohne voneinander zu wissen, walzende Tippelkunden singen lassen. Ich machte einen spaßigen Klamauk; Mehring hat Verse, Rhythmen, Assoziationen gefunden, die alles weit übertreffen, was mir je dazu eingefallen wäre.

> Der Weg ist weit – wir haben Zeit

und:

> Hallélujah! Wir Kinder der Chausseen

und:

> Und eh wir unters Joch den Nacken biegen
> Und eh sie uns zu einer Arbeit kriegen:
> Da fressen wir gestoßenen Paprika
> Hallélujah! Hallélujah!

Man sieht schon aus diesem Beispiel: das hat mit Naturalismus nichts zu tun. So spricht kein Tippelkunde – aber es ist, sagen wir mal, die platonische Idee des Tippelkunden ... Mehring, lach nicht! Wie soll ich den Leuten erklären, wie zauberhaft das alles ist! Laß mich mal blättern.

Im *‹Ketzerbrevier›* herrlich gereimte Lieder, von einem in Deutschland fast nie gesehnen Wortreichtum, und diese Worte fliegen dem nur so zu; dann die Lieder von der großen Stadt – da hat er übrigens etwas Schönes angerichtet. W. M. ist nämlich nicht nachzuahmen, wird aber dauernd kopiert, etwas ganz und gar Grausliches. Es gibt wohl kein modernes Cabaret mehr, das auf sich hält, wo nicht in abgehackten Rhythmen, zer-fetzt, die Stras-se schreit – der mo-der-ne Rhythmus der-Zeit ... na, es ist ganz furchtbar. Aber bei Mehring ist es neu und erstmalig und Ausdruck eines Kunstwillens. In den *‹Music-Hall-Balladen›* das wie von Grosz gezeichnete *‹Oberammergau›*, wohl die blutigste Satire, die je auf den wilden Vulksstamm der Bayern geschrieben worden ist, mit einer falschen Treuherzigkeit, mit der vollen Entlarvung dieses Betriebes ... das ist eine Pracht. Und in den *‹Legenden›* überirdisch schöne Lieder. Unfaßbar die Technik, wie der Refrain an die Vorstrophe herangeflogen kommt – vom Himmel hoch, da kommt er her ...

Karin
trägt zwei rote Schuhe,
Karin
träumt von einem Kuß –

und dann die *‹Schaubude›*, eine Köstlichkeit, die man auch ohne die Musik Hollaenders tief in sich eingehen läßt. Die *‹Schafherde›* hingegen ... ja, warum wird das alles nicht gesungen? Warum nicht noch einmal und immer wieder *‹Die Kälte›*, ich kenne allerdings niemand, der es so sagen könnte, wie ich es höre; und wer *‹Charité›* sprechen kann, der muß wohl erst noch geboren werden. Ich habe vorher nie gewußt, daß es eine berlinische Trauer gibt. Aber es gibt eine. Warum nicht *‹Wiegenlied›*? Mit diesen spiralförmig angedrehten Versen:

Es liegt eine Leiche im Landwehrkanal,
Fischerin du kleine –,

aber wer kann mit diesen bunt kolorierten Zeilen tragisch wirken? Wer? Paule Graetz hats einmal in *‹Heimat Berlin›* getroffen, dem berlinischsten Gedicht, das mir bekannt ist:

Denn wer nu mal mit Spree jetooft,
Durch alle Länder Weje looft,
Der fährt
immer mal wieder
Mit der Hand übern Alexanderplatz –

Das ist Berlin. Ob die pariser Chansons Paris sind, kann ich nicht beurteilen. Ich sehe Paris so völlig anders, daß wir in diesem Punkt, wie Karl Valentin sagt, «eine andre Weltanschauung haben» – diese Lieder sind mir nicht eingegangen. Aber die andern, aber die andern: warum führt das keiner auf?

«Sein Se witzig.» Weil die Cabarets von dem merkwürdigen Ehrgeiz gepackt sind, aggressiv sein zu wollen, ohne anzustoßen; und weil das Publikum das angeblich nicht will; und vor allem, weil keine Leute da sind, die das sprechen können. Ihr habt das Publikum nicht nur auf diese fatalen Poängten dressiert – ihr habt es auch verdorben. Da kommt irgend so eine bleichgesichtige Nutte heraus und drängt sich, uninteressant wie sie ist, zwischen Text und Hörer; da benutzt Herr Schauspieler Krachke den Text als Sprungbrett, um aufzufallen – er soll gar nicht auffallen, er soll erst einmal verstehen, was er singt, fühlen, was er bringt, begreifen, was da steht ... keine Ahnung. «An der Stelle werde ich niesen – passen Sie mal auf: das wirkt.» Sicher: zum Abführen. Wenn aber Granowski so ein Ding wie die *‹Jiddische*

Schweiz› in die Finger kriegte – ist denn das so schwer? Liegt nicht alles klar zu Tage? Ein richtiger berliner Junge hätte die Vorstrophe zu singen, mit sonen eingebeulten Hut:

Sonntachs mitm neien Schlipps,
Jehn wa an de Ecke ‹Jipps›

und

Juhn abend allerseits!
– Draußen schneits!

Und dann, aus dem Hintergrund vortobend, drei total irrsinnig gewordene Judenjungens, die den Berliner spottend umgrölen:

As de Levone
De treifne Melone
Schaint in de jiddische Schweiz!

Und das dreimal, mit allen Varianten, mit einem vokalreich klagenden Chor, und ihr sollt mal sehen –.

Ich verliere mich. Wir haben kaum Ansätze zu einem Cabaret. Mehring steht im Buch – diese große Begabung verbleibt im Buch und auf dem Papier, wo in Deutschland alles steht. Grund genug, diese besten Chansons, die nicht von Kipling sind und nicht von Villon und nicht von Herrn Lax ... Grund genug, diese Chansons doppelt zu lieben.

IM TUNNEL

Im Tunnel küßten sich früher die Hochzeitspaare, das ist schon so lange her, und jene Geschichte («Adolf! Es küßt – bist du das?») ist kaum noch wahr. Die Romantik des ius primarum noctium ist glücklicherweise dahin. Aber etwas anderes gibts im Tunnel.

Vor Stockholm ist ein langer Eisenbahntunnel. Und den bin ich neulich durchbraust, und vorher hatte ich mir meine neue Dunhill-Pfeife angesteckt, die mir Musch in einem Anfall von Größenwahn geschenkt hat, oben auf dem schwarzen Lauf trägt sie jenen kleinen weißen Perlmuttfleck, der da sagt: Hier raucht ein feiner Mann. Gut. Der feine Mann raucht eine Mischung aus französischem Scaferlati Levant und deutschem nikotinfreiem Tabak, das Ganze schmeckt etwa wie getrockneter Schafdung. Raucht also und fährt in den Tunnel ein. Ist die Pfeife ausgegangen? Seit wann geht eine Dunhill aus, wenn ein feiner Mann sie raucht? Schließlich kann ich nicht mit dem Finger in den Tabak fahren ... ich wills mal probieren ... das ist heiß! Die Pfeife brennt. Ich schmecke nichts.

Tunnel aus; heraus ans Licht; da liegt Stockholm und der Hafen und die bekannten Gebäude ... die Pfeife brennt. Warum habe ich nichts geschmeckt?

Und dann fährt der Zug nachmittags wieder zurück, aufs Land, und schon bevor er abfährt, stecke ich die Pfeife an und qualme wie ein alter Seemannsmaat, und dann kommt der Tunnel ... (ich kann noch nicht so schön auf schwedisch fluchen, es ist irgend etwas mit «Ta mig fan!») – ich schmecke wieder nichts. Und als wir ans Tageslicht kommen, brennt die Pfeife. Dies hat mich zu wunderbaren Versuchen geführt. Resultat:

Man schmeckt im Dunkel weder die Qualität eines Tabaks noch spürt man überhaupt, ob man raucht oder nicht! Schrei nicht, wart ab: du spürst es nicht, wenn du keinen Lungenzug machst und wenn du den Rauch nicht durch die Nase gehen läßt. Probiers.

Daß du aber im Dunkel die Qualität des Tabaks nicht spürst, den du rauchst, das ist einmal ganz sicher. Da haben sie jüngst in Amerika – wo auch sonst! – solche Versuche angestellt, und es hat sich ergeben, daß die abgefeimtesten Raucher eine Zwei-Cent-Zigarre nicht von einer Importe unterscheiden konnten, keiner konnte es. Sie schnüffelten und pusteten und rauchten ... aber sie rieten allemal daneben. Denn sie sahen die Zigarre nicht, sie tasteten sie nicht vorher zärtlich mit den Augen ab, sie konnten nicht an ihr riechen, nicht die Farbe des Deckblatts sehen – und da war es auf einmal aus. Das ist ein sehr tiefsinniger Versuch.

Man hat ja ähnliches mit den Weinen probiert, wobei denn einmal einem alten Küfer aus der Bourgogne Wasser vorgesetzt wurde; er erklärte tiefbeleidigt, das kenne er nicht; und es gibt auch Leute, die mit verbundenen Augen am Geräusch eines Motors die Fabrikmarke erkennen können – worauf wieder ein pariser Chansonnier erzählt hat, man habe, um den zu prüfenden Ingenieur zu täuschen, an einer Wasserspülung gezogen, und er habe sofort ausgerufen: «Ça – c'est un Citroën!» – «was», wie der Chansonnier hinzufügte – «nicht fein war – für die Wasserspülung.» Aber die Geschichte mit dem Rauchen hat mich doch tief beunruhigt.

Ist es also nur der alte schöne Satz: «Keine Qualität – nur Ausstattung»? Liegts nur an der Verpackung?

In Deutschland arten ja solche Fragen gleich in wilde Kämpfe mit den betreffenden Interessenten aus – aber die Sache liegt viel tiefer. Bedarf es vielleicht, um einen vollständigen Sinneneindruck zu haben, nicht nur der, sagen wir, eindimensionalen Funktion eines Sinnes – benötigen wir vielmehr eine Raumwirkung der Sinne? Müssen sich also zwei oder drei Sinneswahrnehmungen in die Höhe und Breite erstrekken, damit ein vollendetes Gebilde zustandekommt? Das ist eine Frage an die Experimental-Psychologen – Gott segne ihre Versuchsreihen.

Um aber auf die Hochzeitsreisenden zurückzukommen:

Kann man auch im Dunkel küssen? Spürt man dann, ob man überhaupt küßt? Und was die Qualität angeht — — es ist gar nicht so einfach im menschlichen Leben.

EIN BESSERER HERR

Da laßt mich mal ran. Dieses Buch will besprochen sein.

Dieses Buch ist: ‹*O. S.*›, verfaßt von Arnolt Bronnen (erschienen bei Ernst Rowohlt zu Berlin); ‹O. S.› heißt: Oberschlesien. Ausgezeichneter Einband: eine graue Generalstabskarte der Gegend, die Demarkationslinie zwischen Polen und Deutschland blutrot eingezeichnet, der Titel gleichfalls rot, das ist sehr gut gemacht. Die vierhundertzehn Seiten aber sind der Abschied eines Literaten von der Literatur.

Vor der Abstimmung in Oberschlesien versuchten beide Teile, die Entscheidung der Alliierten und die Haltung der Entente-Kommissionen mit Waffengewalt zu beeinflussen. In Polen taten das Patrioten und bezahltes Gesindel, in Deutschland waren es Patrioten und bezahltes Gesindel; die Atmosphäre dort unten roch nicht gut. Es spielten sehr gewichtige Interessen der Großindustrie mit, von denen die Freikorps, die mit unerhörter Brutalität eingriffen, nicht viel ahnten – in dem einzig lichten Augenblick seines Buches nennt Bronnen die Anfänge der Schwarzen Reichswehr rechtens ein «Gemisch aus Arbeitslosigkeit und Patriotismus». Der Erfolg dieses Bandenkrieges ist negativ gewesen – die endgültige Festsetzung der Grenzlinie ist kaum durch ihn beeinflußt worden. Wesentlich ist dann doch die Abstimmung gewesen. Von beiden Seiten wurden damals große Fonds in den korrumpierten Volkskörper hineingepumpt wie später in die Ruhr – ich selbst habe die Hände in diesem Bottich gehabt, ich hätte es nicht tun dürfen, und ich bereue, was ich getan habe. Auf beiden Seiten ist gemordet und spioniert worden, verraten und gekauft und verkauft; bestialische Untaten sind verübt worden und ungesühnt geblieben ... und schließlich hat es alles nichts genutzt.

Davon erzählt Bronnen. Kein Zweifel, daß es nicht nur das Recht, sondern beinah die Pflicht des Dichters ist, ein Zeitdichter zu sein – und hier ist sorgfältig zu untersuchen: wird ästhetisch berichtet, gleichmütig, unpolitisch, oder steht der Erzähler auf einer Seite der Linie? Bronnen steht auf einer Seite: nicht auf der polnischen. Auf der deutschen? Nein, er steht nicht auf der deutschen – er steht auf der Seite der Freikorps, und diese Freikorps verfochten zum großen Teil nur ihre Sache, nicht die der Deutschen, von denen sie nicht beauftragt waren, die sie nicht gefragt hatten ... aus Bayern zogen sie nach Oberschlesien, Landsknechte, die überall waren, wo es etwas zu prügeln gab. Hier gab es Krieg, Divisionsstab, Mord, Geld, Krach, ein freies Leben führen wir ...!

Das kann man bejahen.

Ich spiele dieses Spiel nicht mit, das darin besteht, jedem Schriftsteller der Gegenseite die Begabung abzusprechen. Unsereiner ist ja für die Rechten ein analphabetischer Botokude; wir aber wissen, wie groß Gottes Tiergarten ist – warum sollte es nicht einen guten, einen achtbaren, einen prägnant schreibenden nationalen Schriftsteller geben?

Jedoch hat jede heroische Bewegung ihre Affen; der Faschismus hat einen neuen Typus in Europa gezüchtet, den faschistischen Kellner. Bitte sehr, bitte gleich ... es ist eine Tragik dieser Gruppen, daß dort offenbar unsre alten Hosen aufgetragen werden; da gibt es falsche Hamsuns und nachgemachte Kerrs und Epigonen von Epigonen ... Die Herren irren. Faschisten –? Ein dreckiges Hemd ist noch kein Schwarzhemd.

Echtheit der Gesinnung riecht man. Der verstorbene Friedrich Lienhard ist echt gewesen. Hans Grimm ist ein durchaus ehrlicher Mann. Bronnen ist nicht echt.

Sage mir, wie du schreibst ... da gibt es kein Versteckspiel. Wir alle sind mit unsern Stärken und unsern Unarten in unserm Stil; es ist wie mit dem Gesicht: hier gibt es keine Verstellung. Wie sieht der Stil des Freikorpsbarden aus?

Wenn ihr in den Ecken eurer Bibliothek nachstöbert, wo die alten, ganz alten Reclambändchen stehn, dann werdet ihr sicherlich auch so etwas wie ‹Militärhumoresken› finden (Theo von Torn ...), und da fischt euch einmal eine heraus. Ihr werdet sehen, wie der höchst zweifelhafte Humor dieser kindlichen Albernheiten darin besteht, daß gewöhnliche Hergänge bombastisch beschrieben werden. «Fritz, der treue Bursche, ergriff zu diesem Zwecke das keinem Vaterlandsverteidiger fehlende Schwert und ging mit dieser furchterregenden Waffe der Büchse zu Leibe, die der Aufbewahrung jener mit Recht so geschätzten Erbswurst diente ...», also dumm. Diese Technik geht durch alle Bändchen – sie feiert hier bei Bronnen ihre fröhliche Urständ. Dieses Deutsch ist eine Affenschande.

«Herr von Heydenbreck saß eben, es war halb drei Uhr, im Osten flimmerte schon der bekannte Silberstreif ...» Diesen Satz kann man sich unmöglich anders als genäselt gesprochen denken – «der bekannte Silberstreif» ... hähä – sehr jeistreich, hat doch der olle Pachulke, der Stresemann, mal jesacht ... Prösterchen! Und das ist nun nicht etwa eine Ausnahme; das soll keineswegs dazu dienen, eine Figur zu charakterisieren, sondern Bronnen findet das komisch, und in seinen Kreisen wird es das ja wohl auch sein. Wo es ganz besonders komisch hergeht, schreibt der hochgemute Dichter «Neese» statt ‹Nase›, ohne jeden ersichtlichen Zweck ... wenn da die Leute nicht lachen! Bevor ich berlinere, überlege ich es mir dreimal, und zweimal tue ichs nicht.

Es gibt in diesen deutschen Büchern ein Wort, das nie fehlt, weil es so recht zeigt, wie sich die Verfasser einen deutschen Mann vorstellen. Es ist das Wort ‹kurz›. «Herr Pfarrer Ulitzka gab ihm kurz zur Antwort . . .» Die Fakultäten, die so schöne Preisaufgaben stellen, sollten einmal als Thema geben: «Kurz und Knapp in ihrer Beziehung zum patriotischen Schundroman des zwanzigsten Jahrhunderts.» Denn dies ist ein deutsches Ideal: jemand kurz anzufahren; nehmen Sie herrisch, dergleichen hebt immer. Bronnen spricht auch im ruhigen Prosatext genau so, wie seine uniformierten Jungen gesprochen haben – ich will den Putsch-Killinger, der eines der rohesten Bücher geschrieben hat, nicht beleidigen: aber beinah so schön kann es Bronnen auch. Dies ist sein Deutsch: «Nun stand da, allein in einer offenen, relativ behaglichen Wohnung ein einsames Mädchen . . .» man fühle, wie gewöhnlich, wie aus dem Rinnstein geklaubt dieses ausgespuckte und törichte Fremdwort ‹relativ› hier ist; man höre so einen Satz, von einem Überfall auf Geschäftsleute durch die Freikorpsverbrecher: «Die ungeladenen Pistolen auf der schwitzenden Stirn gaben die Koofmichs mit Eifer ihr Geld», und man ermesse daran den Stil.

Die Freikorpsknaben, für die das Buch geschrieben ist, werden diesen Stil loben, es haltend wie Schalom Asch, der ‹Jiddisch› für die schönste Sprache der Welt erklärte. Und als er gefragt wurde, warum: «Man versteht jedes Wort.» Bei Bronnen versteht man jedes Wort – wissen Se, es is so natürlich jeschriehm – ehm so, wie man ehm spricht. Zum Wohle.

Bronnen beschuldigt ohne den Schimmer einer Ahnung die Reichs-Regierung, nichts für Oberschlesien getan zu haben. Die Regierung aber saß damals im Druck einer ungeheuern Zange: sie hatte, was der Verfasser übersieht, einen Krieg verloren, sie hatte ein halb verhungertes Volk im Lande, fremde Soldaten auf der heimischen Erde . . . «Na, da hätte man eben . . . man hätte eben . . . also: einfach feste druff . . .», so ungefähr geht, unausgesprochen, das politische ‹Programm› durch die hingesudelten Seiten. Die Roheit, die Dummheit, die Blindheit dieses Autors sind beispiellos.

Er schreibt das Eigenschaftswort ‹deutsch› allemal groß und ‹polnisch› allemal klein, auch dann, wenn er die Polen etwas von «den Deutschen Schweinen» sagen läßt – wohl, um anzudeuten: waren die Deutschen einmal Schweine, dann sind sie eben recht große gewesen. Und wenn es ganz groß hergeht, dann schreibt Bronnen alles groß – so am Schluß, wenn Banalitäten über einen nebulosen Sieg in den Wind geschmettert werden, wo die Fahnen sich bauschend im Winde . . . wie gehabt. Das Minderwertige wird klein geschrieben? Dann aber wollen wir von arnolt bronnen sprechen, bei dem dieser

Deutsche Rechtschreibungssieg nicht nur eine gesuchte Äußerlichkeit ist wie die, alle zusammengesetzten Wörter auseinanderzureißen und die Teile ohne Bindestrich hinzusetzen: welch ein Bock Mist. Nein, seine nationale Orthographie hat ihre tiefere Bedeutung.

Denn tatsächlich gibt es in diesem Buch keinen anständigen Polen. Es sind kleine, verschmierte, tückische, bezahlte Leute; auf der Deutschen Seite aber ragen die trutzigen Helden rank und hehr und sonst noch was in den falben Morgenhimmel. Wo sind die polnischen Schlageters? Wenn die Polen einen Nationalfehler haben, so ist es ihr übergroßer Nationalismus, der sich aus der Geschichte ihres Staates und aus der hundsgemeinen Behandlung herleiten läßt, die sie jahrhundertelang von den Deutschen zu erdulden gehabt haben – glaubt Bronnen, daß nicht auch die Polen aus echter Liebe zu ihrem Vaterland in diesen oberschlesischen Kampf gegangen sind? Er verschweigt es. Bei ihm sind die Polen, was in den Indianerbüchern ‹der schurkische Mestize›. Er delektiert sich an den Gewalttaten, die erzählt werden, in einer beinah peinlichen Weise. Es ist da beim Sturm auf den Annaberg von einem bayerischen Raufbold die Rede, der in fliehende polnische Soldaten hineinschießt, Männer, die genau so viel und so wenig Soldaten sind wie er selber – und das ist mit einem solch viehischen Behagen erzählt, so feige-grinsend ... Was dem einen seine Anna, ist dem andern sein Annaberg.

Und man wird das Gefühl nicht los: Warum arbeiten denn alle diese feinen Herren nicht? Es gab nichts zu arbeiten? In Deutschland ist ein Ödland, so groß wie der Freistaat Oldenburg – warum betätigen sie an dem nicht ihre brennend heiße Vaterlandsliebe? Mit Ausnahme der Artamanen tut das keiner von denen. Aber das ist freilich nicht so romantisch, auch verschafft es weitaus weniger Lustgefühle. Für die hat der feinsinnige Verfasser drei Elemente parat, die immer ziehen.

«Eine gute Nachricht», heißt es in einem unsterblichen Wort des Lord Northcliffe, «enthält dreierlei: Blut, Vagina und Nationalflagge.» Zur Stelle, sagt Bronnen.

Blut hat er. Es wird gedroschen und geschossen und gemordet, daß es einem nur so warm über den Rücken säuselt.

Nationalflagge hat er auch. Man entsinnt sich jenes famosen ersten Aktschlusses im ‹*Cyrano de Bergerac*› – wenn da die Szene zu verlaufen droht, setzt sich der Zug der Schauspieler in Bewegung, der Hintergrund öffnet sich ... «und vor uns liegt Paris!» Es gibt kein Publikum der Welt, auf das dergleichen nicht wirkte. Bei Bronnen wird, wenn er Pathos braucht, der Hintergrund aufgezogen, und da liegt: Deutschland.

Und nun muß einmal gesagt werden, daß es nur ganz seltene Fälle gibt, wo diese Zusammenfassung der sechzig Millionen überhaupt noch einen Sinn und eine künstlerische Berechtigung hat. Über den Begriff Rasse wollen wir gar nicht erst reden. Da steht zum Beispiel gegen die englische Politik: «Und so ereignete es sich, daß in diesen schweren Stunden des germanischen Stammlandes plötzlich eine Welle teutonischer Solidarität gegen die Kreide Felsen der Insel schlug . . .» Was! Diese Promenadenmischung wild gewordener Kaschuben wird uns als Block teutonischer Solidarität geschildert. Aber es ist ja nicht wahr, daß die sechzig Millionen immer ein einziges Ding sind; gespalten sind sie, durch den Klassenkampf zerrissen, in ihren Anschauungen, ihrem Herkommen, ihrer Abstammung so weit voneinander unterschieden, daß man schon auf das Heimatgefühl, das ganz und gar unpolitisch ist, zurückgreifen muß, um wirklich sagen zu dürfen: Deutschland. Aber wenn es doch einen so schönen Aktschluß ergibt!

«Wir haben da einige Leute», sagt einer der Raufbolde, «verstreut, privat, in läppischer Beschäftigung; und plötzlich überfiel uns dies, Nation, wie eine Krankheit. Wir wurden, rätselhaft und beglückend zugleich, Instrumente der Nation . . .» Hier ist der Fehlschluß in nuce: Instrumente der Nation? Gegen den Willen dieser Nation, ja ohne ihr Wissen, unter ihrer gänzlichen Gleichgültigkeit Instrumente der Nation? Das hat man immer gesagt, wenn «ganz große Schweinereien exerziert» wurden, um im Stil des Buches zu bleiben – denn nichts ist so verantwortungslos wie die staatliche Kollektivität.

Einmal, ein einziges Mal, drückt sich der faschistische Pikkolo deutlicher aus, und da ist er zu schlagen. «Die meisten sagen, Vaterland ist Blödsinn. Ich meine, das kann ernsthaft nur jemand glauben, der von seinem eignen, jämmerlichen Leben keine Ahnung hat. Das Leben eines Menschen ist nicht besser, nicht schlechter, nicht tiefer, nicht gescheiter als das Leben eines Hundes, eines Grases. Das Volk kann es besser, schlechter, tiefer, gescheiter machen. Das war in mir, als ich nach Wyssoka ging.» Jeder muß sein eignes Leben am besten kennen. Aber hier ist klar und eindeutig gezeigt, wie an die Stelle des alten Religionsbegriffes, der angeblich den Menschen erst über das Tier hinaushebt, dieser Vaterlandsbegriff getreten ist, der mit seinem falschen Mystizismus auch bessere Gehirne vernebelt hat als das des Herrn Bronnen. Ohne Heroismus ist noch keine Sache auf dieser Erde zu gutem Ende geführt worden – aber dann ist mir die Terminologie des Klassenkampfes lieber. Sie ist ehrlicher.

Soweit das Blut und die Nationalflagge. Was das dritte der Northcliffeschen Postulate, die Frau, anlangt, so werden wir reichlich bedient. Ich muß gestehn, seit langem nichts so Unappetitliches gelesen zu haben wie dies Kapitel, das in gar keiner Beziehung zum sonstigen Inhalt steht – man fühlt förmlich, wie sich der Dichter gesagt hat: Ja, und nun mußt du den Freikorpslesern doch noch was fürs Herz bieten. Fürs Herz . . . ? so hoch gehen seine Aspirationen gar nicht. Es wird da ein trübes Feuerwerk der Schmutzerei abgebrannt, aber was dieser von allen guten Geistern verlassene Patriotenclown nicht weiß: es gehört Kraft dazu, so etwas zu schreiben. Um eine erotische Situation bis in die medizinischen Einzelheiten zu gestalten, muß man die Stärke etwa von James Joyce besitzen, was aber Bronnen gemacht hat, ist blanke Pornographie. Wenn dies Literatur ist, dann ist das ‹*Tagebuch der Josefine Mutzenbacher*› ganz ausgezeichnete Literatur.

Aber alles das: die Sauerei, der ungeistige Patriotismus, der schlechte Stil könnten mich nicht bewegen, diese Sorte so leidenschaftlich abzulehnen, wie ich es tue. Da ist noch etwas andres.

Bronnen weiß nichts über die deutsche Wirtschaft – gut, mag hingehn. Drei Sätze von Morus geben uns mehr Aufklärung über Oberschlesien als dieses nationalistische Gerümpel. Bronnens Material ist mehr als kümmerlich; im Vorwort werden einmal die berüchtigten Cossmannschen Monatshefte angeführt, deren Materialforschung und Dokumentenzusammenstellung bekannt sind, und auch die hat der Verfasser noch «aus dem Gedächtnis» zitiert: so, mit der linken Hand, wer hat denn Zeit, alles zu lesen! Dabei spielt Bronnen ‹neue Sachlichkeit› – der Innenumschlag des Buches enthält die Generalstabskarte noch einmal, mit allen Zeichenerklärungen ... wir sind ja so nüchtern! und so kalt! und wirklichkeitsnah! und haben auch noch nicht die allereinfachste Statistik über dieses sehr verwickelte Oberschlesien gelesen, wo die größten Industrie- und Ackerbarone leben und wo das Elend der Landarbeiter zum Himmel schreit. Mag alles noch hingehn.

Daß Bronnen von der getarnten Reichswehr sagt: «Unter den Augen und Nasen zahlloser Spitzel, neben den Ohren von hundert Entente Kommissionen gelang es, in den schwierigsten und gefährlichsten Zeiten diese Geheimsoldaten wirklich geheim zu halten» und mit keinem Wort auch nur andeutet, daß noch heute Leute in den Kerkern sitzen, weil sie diese zweite Reichswehr ans Licht zerrten, die Geßler wider besseres Wissen abgeleugnet hat – das ist schon schlimmer.

Daß er aber solche Sätze schreibt wie: «... durch soviel Abenteuer gegangen, er hatte unverwundet drei Offensiven und den großen Argonnen Rückzug überstanden, die Revolution hatte ihn auf den Barrikaden vieler großer Städte gesehen, er hatte in München Herrn Toller pensionieren geholfen und in Pest Herrn Khun» – daß in dieser mit einem Syntax-Fehler gezierten Stelle wiederum nichts von den sinnlosen und empörenden Grausamkeiten dieser Ordnungsgardisten und nichts von den Leiden der Revolutionäre ausgesagt ist; daß Arnolt Bronnen sich über die Millionen Deutscher, die keine Arbeit haben, lustig macht: «Krenek konnte Holz und Dachpappe fressen, was sein Magen, durch Arbeitslosen Kost verweichlicht, vorderhand noch ablehnte»; daß Arnolt Bronnen diese Stelle hier (von der als geil und verdorben geschilderten Pornographie-Figur) hinsetzt:

«Ihr Vater hatte ein Album von George Grosz. Sie zeigte es dem Franzosen, sie lachten gemeinsam über diese Gesichter der Deutschen Bürger und der Deutschen Huren. ‹Ein schönes Volk, Tinet›, sagte sie, ‹und das ist meine Mutter›, zeigte sie, Bertin schüttelte den Kopf. ‹Ich habe kein Gefühl für sie›, meinte Toinette, ‹für meine Mutter nicht, und nicht für ihr ganzes Volk. Sie sind so ordinär, dumm, gierig, außer fressen und flicken kennen sie nichts, und das kennen sie nur in der gemeinsten und niedrigsten Weise›» – daß er das geschrieben hat: das darf denn doch wohl eine Perfidie genannt werden.

Bronnen muß wissen, daß diese Bilder aus tiefstem Schmerz geboren sind; daß Grosz, wie wir alle, unter seinem eignen Volk gelitten hat; daß die Gefahr, solche Bilder könnten derart sinnlos und idiotisch mißbraucht werden, unendlich geringer ist als der moralische Nutzen, den sie gestiftet haben – und Bronnen weiß das. Er hat mit ‹*Vatermord*› eine Konjunktur benutzt, wie er das immer getan hat; er weiß, wer George Grosz ist.

Aber George Grosz hat aufs Haar genau das dargestellt, was dieser hier geschrieben hat, nur von der anderen Seite:

Ein Freiwilliger bei Bronnen hockt allein unter den gefallenen Kameraden, er sieht auf die Leichen von polnischen Gefangenen, die die deutschen Helden mit dem Maschinengewehr zusammengeschossen haben, weil sie sie nicht mehr mitführen konnten. «Sie waren bewundernswert getroffen, präzis, wie Ochsen im Schlachthaus. Er betrachtete sie gefühllos, ohne Bedauern; ohne Bedacht auf die Gerechtigkeit, die er nicht anerkannte; es war mehr eine Erwägung, ob dies vereinbar mit den Spielregeln war. Aber konnte diese Frage entschieden werden, hier und von ihm?»

Das hat Grosz gezeichnet. Das Blatt heißt ‹*Angelus*›: der Klotz einer zerhackten Leiche ist an das Isarufer angeschwemmt, davor steht ein Ordnungssoldat, ein sturer, stumpfer Unteroffizier mit einem Bullenkopf, einem gemeinen Nacken, mit versoffenen Augen. Wie ein Tier sieht er auf den Kadaver. Auch dieser erkennt die Gerechtigkeit nicht an. In der Ferne verschwimmen die Türme der Frauenkirche ...

So sind sie gewesen. Schmach ihrem Andenken. Fluch ihren Auftraggebern.

Daß aber dieser Friseur, von dem sich Mussolini nicht rasieren ließe, eine falsche Grausamkeit plakatiert, zu der er wahrscheinlich nicht einmal fähig ist; eine Tapferkeit, die sich nur bestätigt, wenn die Partie zehn zu eins steht oder der Täter hinter dem Opfer, das zeigt die Verlogenheit dieses Salonfaschismus, des Bruders der amerikanischen und der russischen Snobs, kurz, aller jener, die, zu klein und zu faul, sich ein Weltbild zu machen, in die Garderobe gehen, wo die Großen abgelegt haben. Dieser hat ein schwarzes Hemd erwischt, das ihm vier Nummern zu groß ist: oben guckt der Kopf heraus, und vom Rest wollen wir gar nicht reden. Wenn dieses Buch einen der unsern zum Verfasser hätte –: ich schwiege es tot und schämte mich, daß so einer meiner Meinung wäre.

Ernst Rowohlt glaubt an Bronnen, und Verlegertreue ist selten. Er hat ihm die Treue durch alle Konjunkturmißerfolge gehalten: ‹*Reparationen*› und ‹*Rheinische Rebellen*› und wie dieses Zeug heißt, wo sich einer atemlos an die Zeit anbiedert, die nichts von ihm wissen will. Aber Ernst Rowohlt hat durch seine Publikationen Verpflichtungen; er ist kein politischer Verlag mit einem Dogma, aber er ist ein anständiger Verlag. Dieses Buch ist eine im Tiefsten gesinnungslose Pfuscherei, und man darf sagen, daß es für alles Grenzen nach unten gibt. Der da hat sie überschritten, mit seinem angelaufenen Monokel.

Was aber die Buchpropaganda angeht, so ist es üblich, auch die ungünstigsten Urteile in sie aufzunehmen, und dafür gibt es ein feststehendes Klischeewort: umstritten. Nun, wenn ein Hundewürstchen auf der Straße umstritten ist, weil es die Hunde zwar fröhlich beriechen, die Menschen aber dem Ding aus dem Wege gehen –: dann ist dies ein umstrittenes Buch.

HERR WENDRINER LÄSST SICH MASSIEREN

Für Emil Ludwig

– «Na, wie is denn heute mit dem Gewicht –? Hundertfümmwunneunzich, sehn Se mal an – das kommt davon! Wir warn gestern ahmt unten in Dresden, ich hab mich verleiten lassen, ne Flasche Sekt ze trinken ... soll man nicht, was? Na, einmal ist keinmal. Ich wers hier im Sanatorium aufholen. Warten Se mal, das Badetuch ... so. Öwwf.

Wissen Sie, man sollte hier vorn sonen kleinen Hahn haben, wo man sich das Fett abzapfen kann, meinen Sie nicht auch? Sonen kleinen silbernen Hahn, und da brauchen Sie gar nicht erst massieren – jeden Morgen kommt einer und dreht einfach den Hahn auf, und das Fett läuft ab. Die Technik ist noch nicht fortgeschritten, verstehn Sie mich? Aua, nich so doll! Das ist doch die Stelle ... Haben die andern Herren schon geturnt? Ich habe heute nich geturnt, mir is ze kalt. Ich war auch zu müde. Generaldirektor Bronzheimer ist noch nich unten, wie? Der ist noch dicker wie ich, was? Komisch, der Mann mit seiner Arbeit – ein sehr beschäftigter Mann, kommt ausm Schlafwagen gar nich raus, da oben am Hals könn Sie ruhig 'n bißchen stärker, das macht nichts. Aehhh – Was Neues in der Zeitung? Ich hab sie noch nich gelesen, ich les sie immer nachher, beim Frühstück. Die in Paris sind noch nich fertig, was? Das ist auch eine Sache ... na, ich sage immer: laßt mich mit der Politik zefrieden – wenn nur die Geschäfte gut gehen; ich meine, es sollen alle verdienen, jeder, was ihm zukommt ... nicha? Puuuuh – Sie sind natürlich organisiert, was? Sozialdemokratisch, wie? Nein? So, ich dachte; Gott, wissen Sie, die Sozialdemokraten sind gar nicht so schlecht, haben auch schon Wasser in ihren Wein gegossen, die Leute sehen ehm, daß man mit dem Kopf ehm nicht durch die Wand ... autsch! Da müssen Sie nich so drücken ... Mal gleich nachher die Zeitung holen ... wissen Sie, ohne Zeitung bin ich ein halber Mensch. Auch in Berlin, gleich morgens das erste ist die Zeitung. Ahms? Abends auch. Ich lese 'n *‹Börsenkurier›*, und dann kauf ichs *‹Achtuhrahmblatt›*, Gott, 's steht immer was drin. Das geb ich dann meiner Frau, und dann hab ich meine Ruhe. Mohjn Herr Pniower! Na, ma los, los! Ma ran an Speck! Sie solln auch was Gutes ham! Gut geschlafen? Ich habe ganz gut geschlafen, nur um sechs bin ich aufgewacht, da schläft neben mir 'n Ehepaar, aber es war nichts – ich bin dann auch nochmal eingeschlafen ... Jaa, lieber Freund! Massieren is keine Kleinichkeit! Für nichts is nichts! Kneten Sie man ornntlich, Herräm ... der Mann kann das gebrauchen, mit seinem dicken Bauch! Aua! hier bei mir nicht so doll! Pwwww – Ham Sie gelesen, von der Fusionierung? Mit K? Na, ich wer Ihn mah was sagen: Sie wissen doch, wer das Aktienpaket hat, von dem da die Rede ist? Ach, keine Spur. Hagen hat es, was sagen Sie nu? Louis Hagen. Ich hab mich gestern informiert. Hat man mir gestern aus Köln telefoniert. Ich hab da meine Verbindungen – Pniower, Ihr Bauch und dann Rothschilds Geld ... mein Bauch? Na, wenn ich meinen Bauch neben Ihren Bauch halte, den Unterschied möcht ich ... Rumdrehen? gleich – hopps! so. Sagen Sie mal, wer is eigentlich die große Dame mit dem roten Haar? Eine Frau Markgraf, Marbach, Marhahn, so was ... kenn Sie auch nich, was? Hm ... Man soll ja hier strenge Diät leben ... Ja, ich bin beim Chefarzt in Behandlung, natürlich. Ich geh jedes Jahr her. Mir bekommt es großartig – man kann nachher dreimal so viel essen. Und auch so – ich sage immer: Freie Bahn dem Seitensprung! Was sagen Sie? Ach, gar keine Rede. Ja, ich bekomm leichte Diät, strenge Diät hab ich schon gehabt. Ich bekomm jetzt leichte Diät. Haben Sie diesen Gemüseauflauf gestern mittag gegessen? Ich hab das nicht gegessen – Sie, das schmeckt so ... äh. Dabei kochen die Leute sonst gut. Schrecklich, heute is Rohkost – Sie, Rohkost mag ich nicht, Sie auch nicht, was? Donnerwetter, hat das jeklatscht, das schallt ja ornntlich ...! Ja, Massieren ist ne Kunst, wissen Sie, ich hatte mal als junger Mensch ne Freundin, die massierte son bißchen, nebenbei ... die hat mich immer massiert. Wah ganz nett. Na, reden wir von was anderm. Sahn Se mah – ham Sie gehört, der Direktor

Bratsch ist gestorben? Ja, der war doch immer hier, son kleiner Dicker ... war immer mächtich hinter den Weibern her, der ging glaub ich jeden Ahmt nach Dresden runter ... nu is er tot. Soll schrecklich ausgehalten haben, der Mann, Leber oder so – nee, wissen Se, ich sage immer: Son Tod – denn lieber gar keiner! Was? Hier noch 'n bißchen. Ja, da. Wieviel Herren massieren Sie nu so am Tag? Sechzehn? Donnerwetter. Strengt sehr an, was? Na ja, is Gewohnheit, alles ist Gewohnheit. Nachmittag auch? Sehn Se mal an. Und die Damen oben, haben die auch Masseure – nein, die haben natürlich Masseusen, seffaständlich, ja. Ach Gott, man gewöhnt sich an alles, wissen Sie, ich meine, es is wie in der Ehe, nachher guckt man gar nich mehr hin, was? Sie! kitzeln Se nich! Da bin ich kitzlich! Ffff – gestern abend wurde drüben erzählt, da is doch die Frau Doktor Sinsheimer, die hat ne – aua! – die hat ne Freundin, und die war sehr krank. Wie der Arzt kommt und sie untersucht, sacht er: Ja, also diese Nacht, da is die Krisis. Geht raus, aufn Korridor, der Arzt, und kaum is er raus, kommt das Dienstmädchen ins Zimmer, die muß wohl was gehört ham und sacht: ‹Also, das wollt ich nur sagen – bei ner Leiche bleib ich nich im Haus!› Finden Sie das? Doll, was? Wissen Se, es gibt Leute ... ich meine, es gibt so Leute, die denken nur an sich. Natürlich muß man auch an sich denken, aber nachher muß man doch auch an andre denken, nicha? Aber es gibt Leute, die denken nur an sich. Ham Sie das gelesen, von den Festspielen in Berlin? Fabelhaft. Berlin wird Weltstadt, da gibts ja nichts. Solln ja mächtig viele Amerikaner da gewesen sein; meine Frau hat einen auf dem Kurfürstendamm getroffen, schreibt sie mir, den Vetter von ihrem jüngsten Neffen, einen Mister Fischel aus Chicago. 'ne Weltstadt. Ich fahr diesen Herbst nach Paris. Wissen Sie, die Welt ist überhaupt mächtig international in der letzten Zeit. Schsch, das is ne empfindliche Stelle ... Hoppla. Sind Sie schon fertig? Sie hams gut, ich wer noch massiert. Ach so, Sie bekommen nur Halbmassage – ich bekomm Ganzmassage! Hat der Chefarzt persönlich angeordnet. Pniower! Wenn Sie nachher die Frau Ruschinsky sehen – sagen Sie ihr doch, ich bring ihr das Buch nachher runter, sie hat mir ein Buch geliehen – ja, ganz nett – mit der Kameradschaftsehe ... na, wissen Sie, ich geh von dem Standpunkt aus, Kameradschaft ist eine Sache, und Ehe is eine an ... Pniower! Sie verlieren Ihren Pantoffel! – Dauert die Verbindung nach Berlin eigentlich lange? Nö, dauert nich lange, was? Neulich hats nur zehn Minuten gedauert, war sie schon da. Man muß doch ab und zu mal sehen, was los ist, ich hab ja im Geschäft meinen Sozius, aber besser is besser. Sie – heute meinen Sies aber zu gut mit mir! Uwwwf – – Wissen Se, ich begreif nich, wie einer immerzu nichts tun kann. Ich muß was ze tun haben. Was is man denn ohne Geschäft, nicha?

Ich wer nochmal in den Sielen sterben. Ich brauch Betrieb. Fertig –? Pffff.

Naa? is doch aber schon besser. Gehn Se mah weg, ich will mich mal in Spiegel sehn. Sie! ich wer dünn. Ich seh mir gar nich mehr ähnlich. Wenn ich mir – is da einer? nein – wenn ich mir hier das Badetuch hinhalte, könnte man mich glatt fürn junges Mädchen halten ... hähähä! Na ja – außer das. Na, werch mah brausen gehn. Mohjn –!

Bademeister! Brause! Brause! Pschschschsch – aaaaah –! Gehm Se ma das Badetuch her! Fffffuuuuhhh – So. – Aah, der Herr Generaldirektor Bronzheimer! Mojn, Herr Generaldirektor, Mojn! Na, gut geschlafen? Sehn ja ausgezeichnet aus! Geturnt? Auch? Sehn Se mal an ... (Ach – ich hab gar nicht gewußt, daß der Mann 'n Jude is ... ach so – –!) Mohjn, Herr Bronzheimer. Auch e Mensch. Und nu gehn wir schlafn –!»

DIE KUNST, FALSCH ZU REISEN

> Wem Gott will rechte Gunst erweisen,
> den schickt er in die –
> «Alice! Peter! Sonja! Legt mal die Tasche hier in das Gepäcknetz, nein, da! Gott, ob einem die Kinder wohl mal helfen! Fritz, iß jetzt nicht alle Brötchen auf! Du hast eben gegessen!»
> in die weite Welt!

Wenn du reisen willst, verlange von der Gegend, in die du reist, *alles*: schöne Natur, den Komfort der Großstadt, kunstgeschichtliche Altertümer, billige Preise, Meer, Gebirge – also: vorn die Ostsee und hinten die Leipziger Straße. Ist das nicht vorhanden, dann schimpfe.

Wenn du reist, nimm um Gottes willen keine Rücksicht auf deine Mitreisenden – sie legen es dir als Schwäche aus. Du hast bezahlt – die andern fahren alle umsonst. Bedenke, daß es von ungeheurer Wichtigkeit ist, ob du einen Fensterplatz hast oder nicht; daß im Nichtraucher-Abteil einer raucht, muß sofort und in den schärfsten Ausdrücken gerügt werden – ist der Schaffner nicht da, dann vertritt ihn einstweilen und sei Polizei, Staat und rächende Nemesis in einem. Das verschönt die Reise. Sei überhaupt unliebenswürdig – daran erkennt man den *Mann*.

Im Hotel bestellst du am besten ein Zimmer und fährst dann anderswohin. Bestell das Zimmer nicht ab; das hast du nicht nötig – nur nicht weich werden.

Bist du im Hotel angekommen, so schreib deinen Namen mit allen Titeln ein ... Hast du keinen Titel ... Verzeihung ... ich meine:

wenn einer keinen Titel hat, dann erfinde er sich einen. Schreib nicht: ‹Kaufmann›, schreib: ‹Generaldirektor›. Das hebt sehr. Geh sodann unter heftigem Türenschlagen in dein Zimmer, gib um Gottes willen dem Stubenmädchen, von dem du ein paar Kleinigkeiten extra verlangst, kein Trinkgeld, das verdirbt das Volk; reinige deine staubigen Stiefel mit dem Handtuch, wirf ein Glas entzwei (sag es aber keinem, der Hotelier hat so viele Gläser!), und begib dich sodann auf die Wanderung durch die fremde Stadt.

In der fremden Stadt mußt du zuerst einmal alles genauso haben wollen, wie es bei dir zu Hause ist – hat die Stadt das nicht, dann taugt sie nichts. Die Leute müssen also rechts fahren, dasselbe Telefon haben wie du, dieselbe Anordnung der Speisekarte und dieselben Retiraden. Im übrigen sieh dir *nur* die Sehenswürdigkeiten an, die im Baedeker stehen. Treibe die Deinen erbarmungslos an alles heran, was im Reisehandbuch einen Stern hat – lauf blind an allem andern vorüber, und vor allem: rüste dich richtig aus. Bei Spaziergängen durch fremde Städte trägt man am besten kurze Gebirgshosen, einen kleinen grünen Hut (mit Rasierpinsel), schwere Nagelschuhe (für Museen sehr geeignet), und einen derben Knotenstock. Anseilen nur in Städten von 500 000 Einwohnern aufwärts.

Wenn deine Frau vor Müdigkeit umfällt, ist der richtige Augenblick gekommen, auf einen Aussichtsturm oder auf das Rathaus zu steigen; wenn man schon mal in der Fremde ist, muß man alles mitnehmen, was sie einem bietet. Verschwimmen dir zum Schluß die Einzelheiten vor Augen, so kannst du voller Stolz sagen: ich habs geschafft.

Mach dir einen Kostenvoranschlag, bevor du reist, und zwar auf den Pfennig genau, möglichst um hundert Mark zu gering – man kann das immer einsparen. Dadurch nämlich, daß man überall handelt; dergleichen macht beliebt und heitert überhaupt die Reise auf. Fahr lieber noch ein Endchen weiter, als es dein Geldbeutel gestattet, und bring den Rest dadurch ein, daß du zu Fuß gehst, wo die Wagenfahrt angenehmer ist; daß du zu wenig Trinkgelder gibst; und daß du überhaupt in jedem Fremden einen Aasgeier siehst. Vergiß dabei nie die Hauptregel jeder gesunden Reise:

Ärgere dich!

Sprich mit deiner Frau nur von den kleinen Sorgen des Alltags. Koch noch einmal allen Kummer auf, den du zu Hause im Büro gehabt hast; vergiß überhaupt nie, daß du einen Beruf hast.

Wenn du reisest, so sei das erste, was du nach jeder Ankunft in einem fremden Ort zu tun hast: Ansichtskarten zu schreiben. Die Ansichtskarten brauchst du nicht zu bestellen: der Kellner sieht schon, daß du welche haben willst. Schreib unleserlich – das läßt auf gute Laune schließen. Schreib überall Ansichtskarten: auf der Bahn, in der Tropfsteingrotte, auf den Bergesgipfeln und im schwanken Kahn.

Brich dabei den Füllbleistift ab und gieß Tinte aus dem Federhalter. Dann schimpfe.

Das Grundgesetz jeder richtigen Reise ist: *es muß was los sein* – und du mußt etwas ‹vorhaben›. Sonst ist die Reise keine Reise. Jede Ausspannung von Beruf und Arbeit beruht darin, daß man sich ein genaues Programm macht, es aber nicht innehält – hast du es nicht innegehalten, gib deiner Frau die Schuld.

Verlang überall ländliche Stille; ist sie da, schimpfe, daß nichts los ist. Eine anständige Sommerfrische besteht in einer Anhäufung derselben Menschen, die du bei dir zu Hause siehst, sowie in einer Gebirgsbar, einem Oceandancing und einer Weinabteilung. Besuche dergleichen – halte dich dabei aber an deine gute, bewährte Tracht: kurze Hose, kleiner Hut (siehe oben). Sieh dich sodann im Raume um und sprich: «Na, elegant ist es hier gerade nicht!» Haben die andern einen Smoking an, so sagst du am besten: «Fatzkerei, auf die Reise einen Smoking mitzunehmen!» – hast *du* einen an, die andern aber nicht, mach mit deiner Frau Krach. Mach überhaupt mit deiner Frau Krach.

Durcheile die fremden Städte und Dörfer – wenn dir die Zunge nicht heraushängt, hast du falsch disponiert; außerdem ist der Zug, den du noch erreichen mußt, wichtiger als eine stille Abendstunde. Stille Abendstunden sind Mumpitz; dazu reist man nicht.

Auf der Reise muß alles etwas besser sein, als du es zu Hause hast. Schieb dem Kellner die nicht gut eingekühlte Flasche Wein mit einer Miene zurück, in der geschrieben steht: «Wenn mir mein Haushofmeister den Wein so aus dem Keller bringt, ist er entlassen!» Tu immer so, als seist du aufgewachsen bei ...

Mit den lächerlichen Einheimischen sprich auf alle Fälle gleich von Politik, Religion und dem Krieg. Halte mit deiner Meinung nicht hinterm Berg, sag alles frei heraus! Immer gib ihm! Sprich laut, damit man dich hört – viele fremde Völker sind ohnehin schwerhörig. Wenn du dich amüsierst, dann lach, aber so laut, daß sich die andern ärgern, die in ihrer Dummheit nicht wissen, worüber du lachst. Sprichst du fremde Sprachen nicht sehr gut, dann schrei: man versteht dich dann besser.

Laß dir nicht imponieren.

Seid ihr mehrere Männer, so ist es gut, wenn ihr an hohen Aussichtspunkten etwas im Vierfarbendruck singt. Die Natur hat das gerne.

Handele. Schimpfe. Ärgere dich. Und mach Betrieb.

Die Kunst, richtig zu reisen

Entwirf deinen Reiseplan im großen – und laß dich im einzelnen von der bunten Stunde treiben.

Die größte Sehenswürdigkeit, die es gibt, ist die Welt – sieh sie dir an.

Niemand hat heute ein so vollkommenes Weltbild, daß er alles verstehen und würdigen kann: hab den Mut, zu sagen, daß du von einer Sache nichts verstehst.

Nimm die kleinen Schwierigkeiten der Reise nicht so wichtig; bleibst du einmal auf einer Zwischenstation sitzen, dann freu dich, daß du am Leben bist, sieh dir die Hühner an und die ernsthaften Ziegen, und mach einen kleinen Schwatz mit dem Mann im Zigarrenladen.

Entspanne dich. Laß das Steuer los. Trudele durch die Welt. Sie ist so schön: gib dich ihr hin, und sie wird sich dir geben.

DIE INSELN

> «Deutschland ist Vereinsland, nicht vereintes Land. ... Versammlungen der Hunde- und Kaninchenzüchter, Berufsversammlungen, Amateurversammlungen, Versammlungen der Okkultisten, der Paragraphenbekämpfer, tausend Versammlungen jede Nacht, um Brot, um Freiheit, um Lebenswesentliches und um Dummheiten, Raucherversammlungen, Nichtraucherversammlungen, Versammlungen der Sexualnormalen und der Anormalen, Versammlungen, Versammlungen, Versammlungen.
>
> Aber alle diese Versammlungen, getrennt voneinander, ohne Kenntnis voneinander ... Versammlungsdurcheinander, Vereinsgequirl ...»
>
> Alfons Goldschmidt: *‹Deutschland heute›*

Die Deutschen leben auf den Sporaden, jeder auf seiner, und wenns gut geht, sitzen auf einer hundert, auf einer tausend Mann. Getrennt sind diese Inseln und Inselchen voneinander, kein Ruf hallt über die Meeresfläche, keine Brücke überquert den Flußarm; nur manchmal saust ein Pfeil hinüber und herüber, knallt ein Schuß, hallen ein paar scheltende Stimmen von Eiland zu Eiland, wo hinter wohlgebauten Wehren die Männerchen sitzen und nur dem lieben Gott unterstellt sind; denn das Wesentliche an einem guten Menschen ist der Zaun.

Auch der Krieg hat da nichts geholfen. Da sind sie nun zusammengekommen, das ganze Volk, die Telegrafenbausekretäre und die Hühneraugenoperateure und die Schriftsteller und die Buchhalter und die Fräser – aber es ist unheimlich gewesen, wie außerhalb der Gefahrenzone, also nicht da, wo dem Schützengrabengott auf dem Altar der Angst geopfert wurde, sich gleich wieder zu gleich gesellte: der Arbeiter zum Arbeiter, der Schreiber zum Schreiber, der Angestellte zum Angestellten ... nichts hat es geholfen. Manchmal zage Ansätze, kleine Ausnahmen – und dann, nach 1918, wieder dieselbe Inselbevölkerung.

Vielleicht ist das in andern Ländern auch so – bei uns jedenfalls geht es folgendermaßen her:

Herr Puschke und Herr Pochhammer kriegen das große Krachen miteinander. Dann diskutieren sie kaum – denn wo sollten sie das tun? In ihrem Verein? Da wird um die Geschäftsordnung diskutiert; um Sachen wird dort nicht diskutiert. Man kann sich dann noch über den Hausflur einiges erzählen, vielleicht auch im Geschäft, aber nach etwa vierzehn Sätzen auf jeder Seite beginnt sofort der große Exodus, der Ausmarsch auf den heiligen Berg, die Secessio. Denn:

Es ist viel bequemer so. Herr Pochhammer tut sich selber einen kleinen Laden auf, Herr Puschke macht sich selbständig, und nun siegt jeder vor sich hin, vor lauter Leuten, die es schon wissen, vor solchen, die schon Bravo! rufen, bevor der Sieger noch den Mund aufgemacht hat – es ist so schön leicht. «Denn was soll man . . . also mit diesem Kerl da drüben kann man ja nicht reden . . .», und so haben wir den Typus eines Siegers ohne Besiegten. Er macht ihn hin – und jener lebt und wirkt friedlich weiter. Er ‹erledigt› ihn – und der andre weiß es gar nicht. Er ist tot, aber weil es ihm keiner amtlich mitgeteilt hat, mißachtet er seinen eignen Tod und ist quietschvergnügt. Es sind seltsame Siege, diese deutschen Siege.

Nun liegt das tief im Menschen begründet: ohne Achtung seiner selbst kann er kaum leben, ohne Verachtung eines andern nie. Die gibt ihm erst das nötige Relief. «Ich grüße ihn nicht mehr . . .» das gibts allerdings in keiner andern Sprache. Ausgelöscht ist der andre und tot, «in meinen Augen» – er ist also eine subjektive Leiche; wir sind allesamt solche Opfer von irgendeinem Sieger, den wir vielleicht gar nicht kennen. Der Sieger macht das so, daß er das feindliche Milieu nicht nur nicht achtet – er erkennt es überhaupt nicht an; es gibt das nicht mehr; es wird nicht in den Listen geführt – item: ist es nicht da.

In der Politik sehen wir das alle Tage.

Ein deutschnationaler Reichswehr-Major sieht allenfalls bis zu den Demokraten, und da hat er auch was Rechtes zu sehen, die Sozialisten und was nun gar gottbehüte noch weiter links davon steht, verschwimmen ihm zu einer nebulosen schwarz-rot-goldenen Wolke, mehr rot als gold: die deutsche Volkspartei ist ihm gelinde verdächtig, sie duftet schon ein wenig nach Knoblauch . . . Und er ignoriert alles das; die Kerls sitzen ja nicht an seinem Stammtisch, also existieren sie für ihn nicht, leben nicht, sind nicht vorhanden, aus, tot, auf Wiedersehn.

Die Kommunisten sehen gemeinhin bis zu den rechten Sozialisten; was dann kommt, gibt es nicht; es darf allenfalls warten, bis es die Weltrevolution (die wir ansagen und kein anderer!) zerstört; fragen Sie einmal einen waschechten KPD-Mann, wie es in Richterkreisen aussieht – er hat keinen Schimmer.

Beide Teile machen sich vom Gegner zu Hause Schießbudenfiguren;

die stellen sie in der Kneipe auf, und danach schießen sie. Da sich die Figur nicht bewegt, so treffen sie immer. Jeder siegt abends von halb acht bis zwölf, bis zum Umfallen. Oder wie Polgar einmal gesagt hat: «Leg an, drück ab. Und wo der Pfeil stecken geblieben ist, dort male, um seine haftende Spitze als Mittelpunkt, eine Scheibe. So werden dir lauter Kernschüsse gelungen sein.» So treiben sie es.

Ist das in unserm Fach anders?

Kraus hat Harden umgebracht und Harden Kerr und Kerr Kraus; für jeden ist der andre geistig tot. Herr Panter ‹vernichtet› Herrn Keyserling . . . dabei muß Herr Keyserling mit Gewichten angebunden werden, damit ihn das Gas des Hochmuts nicht in die Lüfte entführe – er weiß gar nicht, daß es eine *‹Weltbühne›* gibt, denn die ist in der Schule der Weisheit nicht vorgesehen. Die nationalen Knaben töten Herrn Panter – nebenbei: ein Jammer, wie talentlos das gemacht wird! Es juckt mich immer, wenn ich es sehe, zu sagen: Kinder, laßt mich mal mit dem Jungen antreten, ich kann das viel schöner – ich weiß nämlich, wo er wirklich verletzlich ist . . . sie töten ihn also, und der Getötete lebt, wie zu hoffen steht, vergnügt weiter. Und so siegen wir denn allesamt aneinander vorbei. Sombart wandelt gewiß in einem Clan von Bewunderern, für die er der ganz große Mann ist; Villon gilt in der Brecht-Gemeinde als ein guter Dichter, und in den kleinen süddeutschen Universitäten haben sie ‹Kreise› mit einem Durchmesser von etwa acht Zentimetern; da geht es so hochgebildet her, daß es gar nicht auszuhalten ist. Lauter Sieger, lauter Sieger.

Die Wirkung nach außen ist denn auch recht dünn. Der Gegner umgibt sich mit einem Panzer von Verachtung; so tief kann er überhaupt nicht gucken, daß er diesen Knirps, diesen Zwerg da noch sieht . . . wer ist schon Herr Müller! Die Unbeteiligten sind auch nicht restlos begeistert, denn sie kennen sehr oft den Gegner gar nicht, sie glauben blind dem Wort des Meisters, sehr häufig aber bleiben sie indifferent und sehen kaum auf, wenn die Platzpatronen in der Luft zerknallen. So wirken wir nebeneinander her – wenn ein Fremder unter uns wandelt, muß er den Eindruck eines riesigen Jahrmarkts haben, wo vor jeder Bude ein Ausrufer steht, der sich heiser brüllt: «Hier noch die Original-Weltanschauung! Garantiert rasserein! Kaufen Sie nicht beim Juden!» – «Wer seine Kinder liebt, der läßt sie in das katholische Zelt eintreten; das kostet nicht fünfundzwanzig Pfennig, das kostet nicht zwanzig Pfennig, das kostet nur . . .» So ein Lärm ist das.

Es sind Wettläufer, die den Solo-Start erfunden haben: dabei kommt man immer zuerst an.

Aber woran liegt es? Was ist es? Kann man sie nicht bessern, ändern, zusammenbringen . . .?

Wenn ich mich nicht irre, liegt es vor allem daran, daß wir keine

Diskussions-Kultur haben. Wir können knapp mit den eignen Leuten anständig umgehen – aber was wir mit dem Gegner treiben, das ist nicht zum Blasen. Wir sollten von den Engländern lernen.

Es gilt in Deutschland ja schon als charakterlos, sich mit dem Feind überhaupt an einen Tisch zu setzen. Aber das ist es nur dann, wenn man den Kampf auch persönlich mit den schärfsten Waffen führt. Dergleichen Fälle gibt es. Schließlich hat alles seine Grenzen: ich kann mir kaum denken, daß ich mit Herrn Sozialdemokraten Noske eine Unterhaltung hätte, so englisch bin ich nun wieder nicht. Aber in fast allen andern Fällen erscheint mir eine Diskussion mit einem Reichsgerichtsrat, mit einem Reichswehrkommandeur, mit einem verbohrten Gymnasialdirektor zwar nicht sehr ersprießlich – aber sie ist vorstellbar.

Ferne sei es von mir, unter der Vorgabe der ‹guten Manieren› in den Meinungskampf jenes flaue Kompromiß einzuführen, das da sagt: «Menschen sind wir doch alle!» und: «Sehn Sie mal, wenn man so gemütlich bei einer Flasche Wein zusammensitzt, dann merkt man erst: soweit voneinander sind wir ja gar nicht ...» das ist fauler Zauber; dabei hat in Deutschland immer, immer der Rechtsmann recht, weil der andere seine Feigheit und Unsicherheit als gute Erziehung ausgibt und kuscht. Geht man die feinen Herrn von der Rechten scharf an, fallen sie gewöhnlich aus den Pantinen und werden unangenehm. Hinausgesetzt wird in solchem Falle der Linke.

So kommt man nicht von einer Insel zur andern – dergleichen heißt dann, wenns fertig ist, ‹Deutsche Gesellschaft› und ist eine neue Insel. Man müßte es einmal anders versuchen.

Warum versucht man es nicht mit kleinen Arbeitsgemeinschaften?

In einer Massenversammlung öffentlich mit dem Gegner zu diskutieren, ist ein Unfug; es behält immer die brüllende Majorität recht, Massen sind niemals sehr ritterlich, und außerdem überwiegen die demagogischen Gründe; die dröhnenden Worte ‹Mutter› und ‹Vaterland› und ‹Klassenkampf› sind ja schließlich noch keine Argumente. In einer kleinen Arbeitsgemeinschaft sähe das schon anders aus.

Da gelten – in einem Saal, wo zwanzig Männerchen sitzen – nur der klare Gedankengang, die Logik, die Tatsachen. Ich weiß schon: man kann keinen überzeugen, der seine Überzeugung fest in sich trägt, er müßte sich ja dann nachher totschießen (Schnitzler) ... das ist auch gar nicht der Zweck dieser geistigen Übungen. Aber ich kann mir da eine Art ersprießlicher Gegeneinanderarbeit denken, einen wirklichen Kampf, bei dem die Schilde aufeinanderkrachen, daß die Funken stieben; man lernt den Gegner kennen, der Gegner lernt uns kennen, es ist wirklich eine Schlacht. Und nicht dieser Privatsieg vor einem Parkett der Eigenen.

Das ist schwer. Nicht nur, weil eben jede Gruppe mit Verachtung geladen ist bis an den Hals; nicht nur, weil sich die meisten dieser kleinen Zusammenkünfte in ein wüstes Gezänk mit ‹Geschäftsordnungsdebatten› auflösten; weil es die Eitelkeit und der Stolz beider Gruppen nicht oft vertrügen, daß die andern — natürlich — nach Hause gehen und sagen: «Na, unser Führer hats diesen dammligen Hunden aber ordentlich gegeben» — nicht nur, weil wieder beide siegen könnten, statt sich zu erkennen. Die Schwierigkeit liegt in einer grandiosen Unkultur unsrer Sprache.

Ist Ihnen schon einmal aufgefallen, daß die meisten Menschen nicht zuhören können? Daß sie nur warten, bis sie dran sind — und daß sie dann, ohne Sinn und Zusammenhang, ‹ihrs› aufsagen, ganz gleich, was der Vorredner gesagt hat? Selten kommt das zustande, was Bahr einmal so glücklich das «Kind des Gesprächs» genannt hat, fast nie.

Schriftsteller und Politiker sind darin ein Scheul und ein Greul. Ich habe mir oft die Frage vorgelegt: «Mache ich das eigentlich auch? Plage ich auch jeden Menschen, den ich am Rockknopf zu fassen bekomme, mit einem langen Kolleg —?» Gott vergebe mir meine Sünden — ich will, wenn ich so getan habe, es nie wieder tun. Denn es ist schrecklich. Ich komme gewöhnlich einmal im Jahr nach Berlin; zum Schluß gehen mir die Mühlräder im Kopf herum ... was ist das nur? Interesse? Liebe? Geistiger Gedankenaustausch? Dies ist es auch, bei einigen Freunden; nun ist man so lange fort gewesen, und da wollen sie es einem dann alles schnell erzählen. Dank. Aber in den meisten Fällen ist es einfach die Ungezogenheit, den andern wie eine Publikumspuppe in die Ecke zu leimen und nun loszureden, immer weiter, ohn' Ermatten ... alle ungedruckten Aufsätze, alle nicht gehaltenen Reden, alle je versäumten Antworten ... alles brodelt hier ans Licht. Der Zuhörer ist eigentlich nur eine Attrappe; der Rhetor stellt ihn vor sich hin wie einen Watschenpepi, er hat das beruhigende Gefühl, daß einer zuhört — und das genügt ihm. Jacob Burckhardt: «Jedenfalls haben die Griechen am Dialoge Vergnügen gefunden. Daß unsre Zeit, nachdem ihn noch die Renaissance eifrig gepflegt, davon abgekommen ist, könnte seinen Grund darin haben, daß man überhaupt nicht mehr so gerne hört, wie man vor Zeiten den Leuten zugehört hat. Plutarch hat eine besondere Schrift geschrieben, ‹*de recta ratione audiendi*›.»

Hier ist eine der Hauptschwierigkeiten, mit dem Gegner zusammenzukommen. Als ob man nicht auch beim Zuhören ungeheuer viel profitieren kann! grade beim Zuhören! Das aber rechtens sofort aussetzt, wenn es mißbraucht wird. Wer mehr spricht, hat nicht immer recht; das haben die Kaufleute in die Gesellschaft eingeführt. — «Nu lassen Sie mich mal ... ich wer Ihn mal was sagen ... alaum Se mal ... nein, padong ...!» und so in infinitum. Vielleicht sehr schön, wenn man einen Bankkredit aushandelt. Aber unsre Diskussionen sollten doch auf einer andern Basis laufen. Warum schaffen wir die Basis nicht —?

Es ist wirklich schade. Dies ist kein Kandidatenvorschlag; ich bin selten genug im Lande, und ich bin kein guter Debatter. Aber es gibt doch auf allen Seiten — auf der unsern und auf denen der Gegner, die wir uns so selten, so selten von Mann zu Mann gegenüberstehen — ausgezeichnete und scharf denkende Männer, junge und alte, die ihr System voreinander aufbauen könnten; es verteidigen, wenn man es berennt; die ausbrechen, um auf unserm Feld zu jagen, sich stellen, sich zum Kampf stellen!

Es sind kaum Ansätze solcher Haltung da. An erster Stelle zeigt das Parlament, wie man es nicht machen darf: da wird nicht gesprochen, da wird gelesen; da wird wieder zu den eignen Leuten zum Fenster hinaus gesprochen, und keiner hört zu; die fruchtbarere Arbeit in den Ausschüssen wird — wie übrigens jeder Parlamentsbericht — parteiisch kolportiert. Was sich mit einem Schlage abstellen ließe: man brauchte nur jeder Zeitung einen in drei Größen vorhandenen, von den Parteien gemeinsam redigierten Sitzungsbericht gesetzlich aufzuzwingen, und der kommunistische Leser erführe, daß auch der nationale Redner nicht nur Dummheiten gesagt hat. Es lohnt sich aber wohl kaum: denn was da, nach dem Listenwahlsystem, sein Sprüchlein aufsagt, ist fast immer im Niveau belanglos. Die ‹überparteilichen› Disputationen im Rundfunk sind ohne Wert; man nimmt dazu meist zahme Mittelparteien, die sich viel weniger voneinander unterscheiden, als ihre Generalsekretäre glauben, und auch denen wird noch jeder Satz fromm zensiert. Das ist nichts.

Es gibt aber solche Ansätze. Das sind die überparteilichen Jugendtreffen. Aber ob das nun die mangelnde Schulung ist oder diese verdammte deutsche Unsitte, nicht über die Tür des eignen Ladens hinauszusehen —: sehr viel ist dabei bisher nicht herausgekommen. Aber es sind Ansätze da — es gibt Versuche, einen Kampf auch einmal mit geistigen Mitteln auszutragen — es gibt doch junge Leute, die den ersten Schritt überhaupt getan haben. Neulich hats wieder die Gruppe Revolutionärer Pazifisten versucht.

Auf Inseln leben wir, auf Inselchen. Auf jeder wohnt ein Häuptling, ein Halbgott, ein Obergott. Allah il Allah, und der jeweilige Interessent ist sein Prophet. Die von den Nebeninseln, die verfluchten Heiden, wissen nichts von ihm. Das ist auch nicht nötig — denn sie werden jeden Morgen besiegt, in Stücke geschlagen, vernichtet, zerhauen, ins Wasser getaucht, in den Flammen gebraten — in effigie. Das verleiht viel Lebensmut und ist gut für die Verdauung. Wir aber brauchen Brückenbauer. Denn sollte da nicht doch noch eine Sache sein über den kämpfenden Gruppen der tausend Inseln —?

JUNGE AUTOREN

Was sie nur wollen –!
Da schimpfen sie auf die Ollen,
und die sind stieke
und überlassen die ganze Musike
den Jungen.
Und die machen ein Geschrei!
Und es sind alle dabei:

Da sieht man ältere Knaben,
die schon ihre fünfzig auf dem Buckel haben,
in kurzen Hosen umeinanderlaufen;
wenn sie schnell gehen, kriegen sie das Schnaufen –
aber bloß nicht hinten bleiben!
Modern! modern müssen Sie schreiben!
Nur nicht sein Leben zu Ende leben –
jung! jung mußt du dich geben!
Bei uns haben sie sonen Bart, der von alleine steht –
oder sie kommen gar nicht raus aus der Pubertät.

Was sie nur haben –!
Hindert denn einer die jungen Knaben?
Hört doch bloß mal: Die junge Generation!
Na, da macht doch schon!
Es hält euch ja keiner. Als ob uns das nicht frommt,
wenn ein neues Talent geloffen kommt.
Neunzehn Jahre! Was ist denn das schon?
Das ist keine Qualifikation.
Ludendorff war auch mal neunzehn Jahr.
Jung sein ist gar nichts. Es fragt sich, wers war.
Es gibt alte Esel und junge Talente –
Geburtsscheine sind keine Argumente.
Und wenns nicht klappt: es liegt nicht am Paß.
Dann liegts an euch. Könnt ihr was –?

Noch nie hat man sich so um Jugend gerissen.
Direktoren, Verleger warten servil ...
jeder lauert auf einen fetten Bissen –
Speelt man god. Und schreit nicht so viel.
Wer was kann, der sei willkommen.
Der Rest hat die Jugend zum Vorwand genommen;
das sind – wir wollen uns da nicht streiten –
verhinderte Talentlosigkeiten.

DEUTSCH FÜR AMERIKANER

Ein Sprachführer

Ankunft

Eingang verboten.

Ausgang verboten.

Durchgang verboten.

Herr Gepäckträger, tun Sie diese Koffer auf die leichte Schulter nehmen?

Ich werde mir einen Sonnabend daraus machen, mein Herr.

Ist jene Automobildroschke ledig?

Warten Sie, wir haben noch einen Golfhauer sowie zwei Hüteschächtel.

Dies hier ist Ihr Getränkegeld, ist es nicht?

Bezüglich dessen scheint es mir ein wenig wenig. (Sprich: «krieje noch fummssich Fennje!»)

Autotreiber! Geh an! Ich ziehe das Christliche Hospiz vor!

Rauchen verboten.

Parken verboten.

Durchfahrt verboten.

Begrüßungen

Guten Tag, wie fühlen Sie?

Heute ist ein wahrlich feiner Tag, ist es nicht?

Sie sehen aus wie Ihre eigne Großmutter, gnädige Frau!

Darf ich Ihnen meinen lieben Mann vorstellen; nein, dieser hier!

Ich bin sehr froh, Sie zu sehen; wie geht es Ihrem Herrn Stiefzwilling?

Werfen Sie das häßliche Kind weg, gnädige Frau; ich mache Ihnen ein neues, ein viel schöneres.

Guten Morgen! (sprich: Mahlzeit!)

Guten Tag! (sprich: Mahlzeit!)

Guten Abend! (sprich: Mahlzeit!)

Danke, es geht uns gut – wir leben von der Differenz.

Im Restaurant

Bringen Sie mir eine Portion Zahnstocher sowie das Adressenbuch.

Das ist nicht mein Revier.

Meine Frau wünscht einen Wiener Schnitzer; ich habe Zitronenschleim gewählt.

Das ist nicht mein Revier.

Bringen Sie mir einen kokainfreien Kaffee.

Wir haben in Amerika die Verhinderung; bringen Sie mir daher

eine Flasche eisgekühlten Burgunders, auch drei Gläser Whisky mit Gin sowie kein Selterwasser.
Das ist nicht mein Revier.

Auf dem Postamt
Dieser Schalter ist geschlossen.
Sie müssen sich auf den Hintern anstellen.
Ich erwarte schon seit Jahren eine größere Geldsendung.
Wo ist die Schaltung für freie Marken und die Briefschaukel?
Wollen Sie so kindlich sein, hinten meine Marke anzulecken?
In dieser Telefonzelle riecht man nicht gut.
Hallo! Ich wünsche eine Nummer zu haben, aber der Telefonfräulein gewährt sie mir nicht.
Meine Näm ist Patterson; ich bin keine Deutsch; hier ist mein Paßhafen.

Im Theater
Geben Sie mir einen guten Platz.
Wir haben keine guten Plätze; wir haben nur Orchesterfauteuils.
Wird Ernst Deutsch diesen Abend spielen?
Wie Sie sehen, haben wir Festspiele; infolgedaher wird er nicht vorhanden sein.
Dies ist ein guter Platz; man hört nicht viel.
Von wem ist dieses Stück?
Dieses Stück ist von Brecht.
Von wem ist also dieses Stück?
Zeigen Sie mir die blaue Bluse der Romantik.

Des Nachts
Sie sind ein Süßherz, mein Liebling, tun Sie so?
Das ist mir zu teuer.
Ei, mein Fräulein, könnten Sie sich dazu verstehen, mich durch den Abend zu streifen?
In Paris gibt es solche Häuser; sie sind sehr praktisch.
Hätten Sie wohl die Gewogenheit, auch die Strümpfe abzulegen?
In Amerika tun wir so etwas nicht.
Dies ist wahrlich teuer; Sie sind ein Vamp.
Danke, meine Dame, ich habe schon eine Beziehung; sie (er) hat meine gänzliche Liebe.

Konversation
Er ist ein Stockchinese.
Du bist ein Wahlsachse.

Mangels einer Wäschemangel können jene Kragen nicht gewaschen werden.

Meinen Frau Gräfin nicht auch, daß dies ein rechtes Scheißwetter sein dürfte?

Die berliner Festspiele sind gute Festspiele; aber bei uns in Amerika haben wir die größte Tomatenexportehsdin von der Welt.

Leihen Sie mir bitte Ihren linken Gummischuh!

Ich habe einen guten Charakter zuzüglich eines Bandwurmes.

Jener Funkturm ist niedlich.

Bitte zeigen Sie mir den berliner Verkehr.

So habe ich es nicht gemeint!

Dieser Löwe macht einen so zusammengeschmetterten Eindruck.

Ich spreche schon geflossen deutsch; nur manchesmal breche ich noch etwas Rad.

Nach Börlin besuchen wir noch Europa, Persien und Heidelberg, aber am 4. September, acht Uhr erste Minute werden wir New York anfahren. Good-bye –!

BÄNKELBUCH

Das Genre ist nicht groß. Es sind immer wieder dieselben sechs oder acht, die diese leichten Verse machen, dieselben, die Spaß am Spaß haben und Freude an der Ironie. Dergleichen ist bei uns nicht so übermäßig beliebt. Darüber ragt steil die Hornbrille einer verstandesmäßig kühlen Lyrik, die keine ist, darunter riecht es nach dem Humor des Bieres, dem Jargon der Ställe und der Klampfe des Freikorps, dem Jeist der Reichswehr – und ganz zu unterst nach Arnolt Bronnen. Wir andern stehen in der Mitte.

Da steht denn also auch ein niedliches Büchlein, das ‹*Bänkelbuch*› (erschienen bei E. P. Tal in Wien); herausgegeben hat es Erich Singer, der in dem Büchlein auch mit hübschen Versen vertreten ist. Das Buch ist eine Anthologie. Weil wir grade bei der Vorrede sind: da hat der Herausgeber, wie ich meine, einen kleinen Schwupper gemacht. «Er bedauert es sehr, daß es keinen Verführungskünsten gelang, den prinzipiellen Widerstand der Herren Joachim Ringelnatz und Bert Brecht zu beseitigen.» In dem Bedauern ist ein Unterton, der mir nicht gefällt. Er hat sagen wollen: «Ich habe sie aufgefordert – sie gehören hier hinein», aber es klingt anders. Nicht die Herren Ringelnatz und Brecht waren eingeladen, sondern in Wahrheit ist immer der Herausgeber einer Anthologie bei uns zu Gast, was also hier – mit einem leichten Seitenblick auf den Leser: «Wie finden Sie diese Leute?» – geschieht, ist etwa so, wie wenn jemand Krach macht, daß er dort und dort nicht eingeladen ist. Ich verstehe den Widerstand der beiden sehr gut. Erstens ist er durchaus ihre Sache; zweitens geht das häufig so, daß die Leser nur die Anthologie, nicht aber die Bücher der vertretenen Autoren kaufen ... und es ist das Recht Brechts und Ringelnatzens, die bänkelbedürftigen Leser auf ihre zu diesem Zweck angefertigten Bücher zu verweisen. Dies nebenbei.

A wie Adler. Hans Adler. Ist das lange her ... Da habe ich hier, noch vor dem Kriege, den ‹*Simplicissimus*› gefragt, warum er denn nicht diese reizenden kleinen Verslein, die öfter in ihm zu finden waren, gesammelt herausgäbe. In der Tat ist das geschehen; das Buch heißt ‹*Affentheater*›, die Verse sind noch dieselben, aber inzwischen muß etwas passiert sein. Ist ja wohl auch. Es stimmt mächtig melancholisch, das zu lesen. Immerhin: ein paar Verse bleiben haften — wenn auch der große Feuerwerksschein jenes Vierzeilers:

> Wem es bestimmt, der endet auf dem Mist
> Mit seinem edelsten Bestreben ...
> Ich bin zum Beispiel immer noch Jurist.
> So ist das Leben.

nicht mehr den abendlichen Garten erhellt — die Entfernung von Mist und Jurist hat sich inzwischen leicht vermindert. Aber es sind doch hübsche Gedichtchen.

Dann hätten wir da Hermann Hesse, aus jener Zeit, da er noch nicht jeden Morgen ein Täßchen Galle trank, so den nicht sehr heiteren Anblick eines bejahrten Primaners bietend, der im Alter von fünfzig Jahren die Nutte entdeckt. Auch er hat schöne Gedichte in diesem Buch; seine Prosa steht weit darüber — so etwas wie ‹*Ohne dich*› gibt es nun bei dem alten Liliencron viel, viel besser (‹*Stammelverse nach durchwachter Nacht*›).

K wie Kästner. Brillant. Da ist ‹*Jahrgang 1899*›, ein kleines Gedicht, in dem eigentlich alles über diesen Fall ausgesagt ist — mehr kann man darüber gar nicht sagen:

> Man hat unsern Körper und unsern Geist
> ein wenig zu wenig gekräftigt.
> Man hat uns zu viel, zu früh und zumeist
> in der Weltgeschichte beschäftigt!

Das ist Nummer eins. Es sind einige sehr gute, wenn nicht die besten Gedichte aus seinen Bänden (‹*Herz auf Taille*› und ‹*Lärm im Spiegel*›, bei C. Weller & Co. in Leipzig) ausgewählt.

Aus der Gesamterscheinung dieses Mannes kann ich nicht ganz klug werden. Die Verse sind wunderbar gearbeitet, mit der Hand genäht, kein Zweifel — aber irgend etwas ist da nicht in Ordnung. Es geht mir manchmal zu glatt, das sollte man einem deutschen Schriftsteller nicht sagen, dieses Formtalent ist so selten! – also sagen wir lieber: die Rechnung geht zu gut auf; sechsunddreißig geteilt durch sechs ist sechs, gewiß, na und? Ich kenne kaum ein einzelnes Gedicht, gegen das ich Einwände zu machen hätte ... Ist es die Jugend? Aber grade das, was mir auffällt, ist kein Anzeichen von Jugend: es ist so etwas wie mangelnde Kraft; der dahinter steht, ist mitunter selber ‹Jahrgang 1899›. Ich will mich gern getäuscht haben: so einer verdient Förderung, Ei-Ei und Weitermachen.

Einige alte schöne Verse Kerrs. Einige alte, schöne Verse Klabunds – darunter jenes Gedicht, das, soweit ich mich erinnere, den Stil Blandine Ebingers bestimmt hat. «Und ick baumle mit die Beene, mit die Beene hin und her ...» Blandinchen, du hast bei mir auf dem Tisch gesessen und hast es vorgemacht, und der kluge Friedrich Hollaender hat es gleich gesagt: «Sie hat ihren Stil gefunden.»

Alfred Lichtenstein, in Klammern Wilmersdorf: getötet im Jahre 1914. ‹*Der Türke*› und ‹*Der Fall in den Fluß*› – diesen Fall von Lenchen Levi in den tiefen Fluß höre ich und sehe ich immer so, wie Kate Kühl ihn einmal gestaltet hat.

M wie Mehring – die stärksten Verse des Buches. Darüber haben wir uns neulich schon unterhalten.

Schickele ... ja, wäre in Deutschland die ‹kleine Form› nicht so verachtet: wer weiß, ob dieser nicht unser bester deutscher Journalist geworden wäre. ‹*Schreie auf dem Boulevard*› ist heute noch das weitaus überragendste, was in den letzten zwanzig Jahren über Paris geschrieben worden ist, und unter diesen Versen hier ist zum Beispiel ‹*Tragödie*› – das ist Form, Kraft, Stärke, was ihr wollt.

Am Nebentisch im Café Anglais:
«Ich kann bloß leben in deiner Näh!»
— Det versteh ick nich.
«Für mich ist dein ältester Anzug neu.
Du gehst mit andern, ich bin dir treu.»
— Det versteh ick nich.

Schade, daß das nicht von mir ist.

T wie Tiger; darunter einige Jugendsünden, aber wir wollen sie lassen stahn.

Gleich dahinter das schönste ernste Gedicht des Bändchens: ‹*Einsam*› von Berthold Viertel (zuerst veröffentlicht in der ‹*Fackel*›).

Wenn der Tag zu Ende gebrannt ist,
ist es schwer, nach Hause zu gehn,
wo viermal die starre Wand ist
und die leeren Stühle stehn.

W wie Wedekind ... wie sag ichs meinem älteren Abonnenten? Die Hälfte ist mausetot. Wer hats gleich gesagt? Franz Blei. Ja, aber Dunnerkiel, es hat doch Jugendgedichte von ihm gegeben, Gedichte, bei denen man das Blut in den Ohren rauschen hörte — ... wenn aber dies hier einer liest, der nichts weiß von Herodes, der liest es nicht. Es liegt auch an der Auswahl. Es gibt stärkere Liköre auf dieser Schnapsorgel — wie kann man so etwas auslassen:

In der Esse fliegt der Hammer
im Cylinder auf und ab;
Gottfried in der Mädchenkammer
fliegt nicht minder auf und ab —

wenn einer ein Bänkelbuch macht: dies ist ein Bänkelsang.

W wie Weichberger, ein Dichter, den A. R. Meyer entdeckt hat, und daran hat er recht getan. Es gibt von ihm unter den alten *‹Lyrischen Flugschriften›* erschütternd komische Dinge; hier ist mein allerliebstes Lieblingsgedicht, eines, darin die deutsche Sprache selber dichtet, man hört ihr Herz puppern; das ist überhaupt nicht auf Papier geschrieben, das ist in den Blumentöpfen eines Balkons gewachsen ...

Laß du doch das Klavier in Ruhe;
es hat dir nichts getan;
nimm lieber deine Gummischuhe
und bring mich an die Bahn —

Das wärs. Ein hübsches Buch.

Das Genre ist nicht groß. Daher denn auch alle Kritiker, die uns in die Finger bekommen, jeden, aber auch ausnahmslos jeden von uns mit Heine vergleichen. Das stimmt, für die Art — das stimmt gar nicht, im Größenverhältnis. Man tut Herrn Kästner oder Herrn Tiger auch keinen Gefallen damit. Denn es ist nicht mal ein Kompliment, sie mit Heine zu vergleichen — es ist einfach ein Zeichen literarischer Unbildung. Herr Kästner und Herr Tiger sind Talente: Heinrich Heine aber ist ein Jahrhundertkerl gewesen. Einer, dessen Liebes-Lyrik — mit Ausnahme der letzten Lieder — dahin ist; aber einer, der das Schwert und die Flamme gewesen ist, eine Flamme, die bis zu Nietzsche hinaufloderte. Wie schwach entwickelt muß der Bänkelsang bei den Deutschen sein, daß sie die Gesellen mit dem Meister vergleichen, der den Schmerz und die Todesahnung, die Wut und den Haß, die Liebe zur Heimat und den Abscheu vor dem Vaterland in Versen gesagt hat, die wie Flaumfedern flogen und wie schwere Minen einschlugen — nein, wie Verse! Die Zahl der deutschen Kriegerdenkmäler zur Zahl der deutschen Heine-Denkmäler verhält sich hierzulande wie die Macht zum Geist.

Beispiele aus Büchern und Briefen: Wie man zu Geld kommen kann

«Er hockte sich neben den Behälter nieder . . .

. . . und begann zu waschen. Erde und Schlamm schienen die Pfanne zu füllen. Als er sie in einem Kreis bewegte, schwappten die leichten gröberen Teile über den Rand. Hin und wieder kämmte er die Oberfläche mit den Fingern und schöpfte ganze Hände voll Schlamm heraus. Der Inhalt verminderte sich beständig. Als er sich dem Boden näherte, gab er der Pfanne einen plötzlichen Stoß, so daß das ganze Wasser herausfloß. Der ganze Boden sah aus, als wäre er von Butter bedeckt. So schimmerte das gelbe Gold. Es war Gold – Goldstaub, grobes Gold, Goldkörner, Klumpen. Er war ganz allein. Er setzte die Pfanne einen Augenblick nieder und dachte an vielerlei. Dann wusch er zu Ende und wog die Ausbeute in seiner Waage. Nach der gewöhnlichen Berechnung von sechzehn Dollar die Unze enthielt die Pfanne für reichlich siebenhundert Dollar Gold. Das übertraf seine kühnsten Träume. Er hatte erst gedacht, daß er zwanzig- oder dreißigtausend Dollar aus jedem Claim herausholen könnte, aber hier waren Claims, die wenigstens eine halbe Million wert waren.»

So ein Glück hatte nur Elam Harnish, den man (und Jack London) «Burning Daylight» nannte. Und er nahm die Goldkörner als Saatgut und erntete schließlich dreißig Millionen Dollar.

Summa summarum: In Büchern und Briefen kommt man leichter und rascher zu Geld als durch Bücher und Briefe, es seien denn Sparbücher und Pfandbriefe.

BEFÜRCHTUNG

Werde ich sterben können —? Manchmal fürchte ich, ich werde es nicht können.

Da denke ich so: wie wirst du dich dabei aufführen? Ah, nicht die Haltung — nicht das an der Mauer, der Ruf «Es lebe . . .» nun irgend etwas, während man selber stirbt; nicht die Minute vor dem Gasangriff, die Hosen voller Mut und das heldenhaft verzerrte Angesicht dem Feinde zugewandt . . . nicht so. Nein, einfach der sinnlose Vorgang im Bett. Müdigkeit, Schmerzen und nun eben das. Wirst du es können?

Zum Beispiel, ich habe jahrelang nicht richtig niesen können. Ich habe geniest wie ein kleiner Hund, der den Schluckauf hat. Und, verzeihen Sie, bis zu meinem achtundzwanzigsten Jahre konnte ich nicht aufstoßen — da lernte ich Karlchen kennen, einen alten Korpsstudenten, und der hat es mir beigebracht. Wer aber wird mir das mit dem Sterben beibringen?

Ja, ich habe es gesehn. Ich habe eine Hinrichtung gesehn, und ich habe Kranke sterben sehn — es schien, daß sie sich sehr damit plagten, es zu tun. Wie aber, wenn ich mich nun dabei so dumm anstelle, daß es nichts wird? Es wäre doch immerhin denkbar.

«Keine Sorge, guter Mann. Es wird sich auf Sie herabsenken, das Schwere — Sie haben eine falsche Vorstellung vom Tode. Es wird . . .» Spricht da jemand aus Erfahrung? Dies ist die wahrste aller Demokratien, die Demokratie des Todes. Daher die ungeheure Überlegenheit der Priester, die so tun, als seien sie alle schon hundertmal gestorben, als hätten sie ihre Nachrichten von drüben — und nun spielen sie unter den Lebenden Botschafter des Todes.

Vielleicht wird es nicht so schwer sein. Ein Arzt wird mir helfen, zu sterben. Und wenn ich nicht gar zu große Schmerzen habe, werde ich verlegen und bescheiden lächeln: «Bitte, entschuldigen Sie . . . es ist das erste Mal . . .»

ÜBER DIE NENNUNG VON FRAUENNAMEN

> «. . . . die Dunhillpfeife, die mir Muschi in einem Anfall von Größenwahn geschenkt hat . . .»

Manchmal braucht unsereiner einen Frauennamen.

«Eine Dame», «ein Mädchen», das hört sich so abstrakt an, so falsch-geheimnisvoll; da sagen wir schon lieber: Grete oder Margot oder Charlottchen . . . da weiß man doch. Aber welche Namen sind da zu nennen?

Das richtet sich in erster Linie nach dem Rhythmus des Satzes. Manchmal paßt ‹Hilde› besser als ‹Marie› — das kann man kaum begründen, man muß es wittern. Das ist leicht auszuprobieren. Aber —: seien die Namen irgendwelche Namen, oder dürfen es Namen aus dem Leben des Herrn Verfassers sein? Dies ist ein weites Feld.

Sind es Namen von nahestehenden Frauen, so sieht es für die Freunde immer aus, als wolle man den kühnen Edschmid kopieren, was schwerfallen dürfte — der Mann ist eine Original-Imitation. Sind die Namen also Anspielungen, so schmeckt dergleichen leicht nach: «Ich kann es gar nicht aushalten vor lauter Harem!» und das ist doch nicht der Zweck der Übung. Auch hat die Namensnennung noch mannigfache andere Nachteile.

Sage ich zum Beispiel ‹Musch› — dann macht Lottchen Krach. Sie hätte auch geschenkt, und von ihr stände überhaupt nichts in der *‹Vossischen Zeitung›* (was ja sichtlich deren einziger Daseinszweck ist) — und was mir einfiele, und überhaupt. Ja . . . nun . . . sie hat geschenkt, das ist wahr. Mir schenken sie nicht viel — man muß wohl dazu geboren sein. Was zum Beispiel mein Freund Karlchen ist, der lebt, glaube ich, von dem, was sie ihm so schenken. Das der Mann noch keinen Wandergewerbeschein hat, liegt nur daran, daß er bei der Polizei ist und sie selber ausstellt; und da er sich kennt, so ist er sich nicht vertrauenswürdig genug. Gut. Also mir schenken sie nur das Nötigste. Lottchen hat geschenkt:

1 Papierkragen
3 Stück Seidenstrümpfe
1 Schachtel Grammophonnadeln
2 bezaubernde Manschettenknöpfe (zum Glück umtauschbar) — u. a.

Wofür sich ein Troubadour erkenntlich zu zeigen hat — früher durch Verabfassung und Aufführung einer kleinen Nachtmusik, unter gleichzeitiger Gestellung einer Laute — heute durch die Nennung des Namens. «Ich saß gerade mit Fanny beim Lunch . . .» und dann eine Geschichte, die auch nicht das leiseste mit Fanny zu tun hat, aber genannt ist sie, und zärtlich streicht sie dem Literasten über die hoffentlich hohe Stirn. «Frauen», hat jener Franzose gesagt, «inspirieren den Mann zu großen Taten und hindern ihn, sie auszuführen.»

Frauen dienen gern als Modell. Aber sie nehmen es übel, wenn der Herr Künstler andere Frauen als Modell benutzt; das soll er nicht. Wobei sie sehr oft übersehen, daß dieses sanfte Spiel ein schwacher Liebesersatz ist; wenns gar nicht geht —: ein Gedicht kann man noch immer auf die Dame machen. Und das befriedigt, schmeichelt der Eitelkeit, ist überhaupt nett . . . und manchmal hilfts auch. Trotzdem erscheint mir die Eifersucht der Frauen übertrieben, wenn sie jeder die Augen auskratzen wollen, die im Roman, auf den Bildern, in den Opern des Mannes erkennbar vorkommt. Von einem sehr bekannten

Zeichner der Vorkriegszeit erzählte man sich, seine Frau habe ihm die Modelle überhaupt verboten, und es wird nicht gemeldet, ob er nun immer nach dem Gedächtnis oder nur noch nach ihr zeichnen durfte. Es ist mitunter nicht leicht ...

Es ist sogar sehr schwer, wenn sie alle voneinander wissen. Wie macht ihr das –? Bei mir wissen immer alle meine Bräute voneinander, weil ich ein feiner Psychologe bin. Da habe ich also in der berühmten Kriminalnovelle E. A. Poes gelernt, wenn man eine Sache ganz besonders gut verstecken will, dann soll man sie mitten ins Zimmer legen, da sucht sie keiner. Das ist richtig; da sucht sie keiner. Aber da findet sie jeder. Und so liegen denn Briefe, Bilder und was so ist, mitten in der Landschaft herum, und nachher verfluche ich meinen sträflichen Leichtsinn, und ich habe auch nicht jene Geistesgegenwart Pallenbergs, dem einmal in einer Posse seine dortige Frau einen Schlüpfer aus der Manteltasche zog, mit dem Donnerruf: «Was ist das?» – «Das ist ein Papagei!» sagte er. Ja, er ist eben «ein alter Casanovian» (wobei dieser geniale Sprachzerstörer und Schöpfer mit einem einzigen Buchstaben einen Namen getötet hat).

Du aber sollst keine andern Göttinnen haben, neben ihr. Du sollst nur sie und dann sie und dann noch einmal sie abmalen; als Ergänzung: sie – und vielleicht auch noch: sie. Welch eine Diktatur! Ja, Lottchen, du wirst genannt. Ja, Lottchen, es soll nie mehr ein Feuilleton erscheinen, in dem ich dich nicht durch die Presse ziehe; ja, Lottchen. Und dann platzt Kiki. Und dann gibt es einen sehr lustigen, einen sehr rasiermessrigen, einen sehr eigenwürdigen und merktümlichen Briefwechsel mit Putty. Und nun möchte ich so gern Ninon de Lenclos zitieren, aber ich traue mich nicht; denn dann rufen sie alle drei: «Wer ist das? Ach, erzähl mir doch nichts ...!» Und so bleibt mir nur übrig, diese Ausführungen mit dem abschließenden Wort Alfred Polgars zu beenden, der, aufgefordert, eine Monographie der Frau zu schreiben, antwortete, bisher sei ihm dazu nur ein einziger Satz eingefallen:

«Alle zu wenig – und eine zu viel.»

DIE SONNE, HOCH ZWEI

Du mußt es dreimal sagen!
Goethe (später: Brecht)

Am 28. Juli jenes Jahres saßen Friedchen Bönheim und Alfred Kaktus auf zwei Sitzplätzen einer Bank des Treptower Parks zu Berlin und lasen gemeinsam die deutsche Verfassung. Gibt es doch für arbeitsreiche Liebesleute in den Mußestunden nichts Schöneres, als sich an

Märchengeschichten zu erbauen! Die Sonne war fast untergegangen, und das kleine Buch, das der liebende Bräutigam in Händen hielt, wurde gerade noch sanft bestrahlt. Sie lasen von der Freiheit der Person und davon, daß die Wissenschaft und ihre Lehre frei sei; sie lasen von der Zensur, die es in jenem märchenhaften Land nicht gäbe, und als Alfred mit lauter Stimme ansagte: «Alle Herrschaft geht vom Volke aus!» da lachte das harmlose Friedchen und klatschte in die Händchen. A. Kaktus war nun gerade im Zuge, den Artikel 48 anzuschneiden, mit dem die großen Politiker am liebsten regieren, wenn ihnen nichts mehr einfällt, also immer — — — da wurde er durch einen kleinen Aufschrei seines Friedchens aufgeschreckt. «Da — da!» rief sie und deutete mit dem Finger ins Geäst.

A. Kaktus drehte sich um und sah in den treptower Bäumen einen roten Schein. An eine Feuersbrunst glaubend, erhob er sich und zog sein Mädchen mit sich fort; sie schritten auf den roten Schein zu ... und sahen zu ihrer grenzenlosen Überraschung, wie sich hinter dem Bahnviadukt eine neue Sonne erhob. Friedchen, nachmalige Kakta, blickte zurück — die alte Original-Sonne vergoldete mit ihren letzten Strahlen die abendlichen Wipfel der Bäume — und die neue Sonne versilberte mit ihren aufgehenden Strahlen die aufgerührte Welt.

Es war halb acht Uhr abends; nun hatten auch andere Leute die zweite Sonne bemerkt; ein Schrei stieg auf, und von allen Seiten kamen die Menschen angelaufen — es war kein Zweifel mehr —: es gab zwei Sonnen.

Die neue erhob sich, nachdem die andere untergegangen war — und nach einer schlaflos verbrachten, durchaus hellen Nacht konnte das fiebernde Deutschland feststellen, daß die zweite Sonne unterging und am Horizont die alte Sonne wieder auftauchte. Es gab keine Nacht mehr —! Die Folgen waren katastrophal.

Hatten die Deutschen bisher an jedem Achtstundentag zwölf Stunden gearbeitet, so mußte nun Rats geschaffen werden, was man in der Nacht ... also, was man in jener Zeit zu tun hätte, in der es früher einmal Nacht gewesen war. Eine Kabinettssitzung entschied sofort: es muß doppelt gearbeitet werden.

Weil man aber kaum verlangen konnte, daß dieselben Leute, die den ersten Sonnentag über bereits tätig gewesen waren, nun wiederum schufteten, beschloß man, alle Stellen und überhaupt alles, was in Deutschland auf den Beinen war, zu verdoppeln. Die Frage der Arbeitslosen war gelöst:

Da gab es nunmehr: Zwei Reichspräsidenten; man suchte lange, bis man jemand gefunden hatte, der aussah wie Hindenburg, aber das war nicht so schwer. Schwerer war es schon, alle Minister zu verdoppeln — denn wenn es auch Leute gab, die so aussahen wie Herr Hilferding, so wollten sie doch dergleichen nicht wahr haben und drückten sich von dieser Arbeit wo sie nur konnten. Im Amt merkte man nichts.

Verdoppelt wurden die Steuern und die Vorfreudenmädchen, was allgemein auffiel; verdoppelt wurde der Reichswehretat, was gar nicht auffiel, und verdoppelt wurden ferner die Länder, von denen es nunmehr sechsunddreißig gab. Nur die Bayern wollten sich nicht aufs Verdoppeln einlassen: sie sagten, so ein Land wie das ihre gäbe es nicht noch einmal.

Tiefer griff die Doppelei schon in das Privatleben des einzelnen hinein.

Ältere Frauen schafften sich zu Beginn dieser Epoche zwei bis sechzehn Liebhaber an; das Zentrum verlangte, daß, wer nur einen Illing bekäme, wegen Abtreibung bestraft werden sollte, und so geschahs. Es gab zwei Gertrud Bäumers sowie zwei Theodor Heussens — aber schon hier machte sich ein merkwürdiges Phänomen bemerkbar: die Duplikate, die sich zum ersten Mal in ihrem Leben leibhaftig von außen sahen, konnten sich auf den Tod nicht besehen. Besonders die Herren Hitler und Hitler waren zwei, also vier Tage lang nicht zu beruhigen und strengten denn auch sofort einen Prozeß gegeneinander an.

Die Theater machten ausgezeichnete Geschäfte — es wurde doppelte Regie eingeführt, so daß jedes Stück in zwei Auffassungen herauskam; an den Aktschlüssen wurde entweder die Internationale oder das Stahlhelmlied gesungen, und in einem berliner Theater gab es eines schönen Abends, pardon, Morgens ein Duett, doch fiel das weiter nicht auf. Jeder Literat hatte von jetzt ab zwei Gesinnungen, mit Ausnahme des Schriftstellers Arnolt Bronnen. Der berüchtigte Ignaz Wrobel hatte nunmehr deren acht.

In Magnus Hirschfelds Institut für angewandte Bibelforschung herrschte ein ungeheurer Andrang: scharenweise eilten die Männer herbei, um sich diesbezüglich verdoppeln zu lassen, was auch bei fast allen gelang: einige baten um Vervierfachung, was ihnen aber — mangels Material — nicht gewährt werden konnte.

Am 10. Oktober entbrannte das Land in einem wilden Bürgerkrieg: Mit den Waffen sollte entschieden werden, ob sich eine doppelte Negation aufhöbe oder aber sich verstärkte. Die Frage war wichtig genug: auf den Richterstühlen wurde ja nunmehr doppelt Unrecht gesprochen, was — wie die einen behaupteten — Recht ergab; die andern aber hielten das Resultat für verstärktes Unrecht und wurden erst durch die von den Polizeipräsidenten Jagow-Zörgiebel arrangierten berliner Fremdenfestspiele überzeugt, daß sie unrecht hätten.

In strahlendem Licht ging das neue Leben dahin. Die Menschen waren moralischer geworden: Vierdeutigkeiten wurden nicht geduldet, und sechseckige Verhältnisse gab es nur noch ganz wenige. Als man die Dolly-Dolly-Sisters in ihrem vierschläfrigen Bett mit zwei Niggern antraf, die dort gemächlich einen Vierback knabberten, wurden diese Personen sofort der Länder verwiesen.

Es gab nach wie vor einen republikanischen Reichsgerichtsrat; doch blieb selber ein Singulare tantum.

Und die Nacht —? Wann schliefen-schliefen diese Leute-Leute —?

In der Nähe des Treptower Parks, da, wo A. Kaktus und sein Friedchen die zwei Sonnen zuerst hatten aufgehen sehen, lag der Eingang zu einer ungeheuren Höhle:

EINGANG ZUR NACHT

stand dort zu lesen. Dort war die Nacht.

Zwei künstliche Prima-Monde hatte man aufgehängt, zwei Milchstraßen gab es, und alle Kellner hatten eine Logarithmentafel um den Leib baumeln, mit der sie die Preise berechneten. Waren die Leute so recht aus Herzensgrund besoffen, dann sagten sie jeden Satz nur einmal, was ungeheure Heiterkeit hervorrief — und die Stotterer hatten einen guten Tag.

So ging das bis zum 25. Januar. An diesem Tage spalteten sich zwei neue Sonnen ab, so daß es nunmehr vier gab. Am 3. Februar waren es acht; am 22. März sechzehn, die Menschen vervielfachten sich entsprechend; am 28. September gab es fünfhundertundzwölf Völkerbünde und zweihundertundvierundzwanzig Päpste, jedoch nur eine deutsche Verfassung, weil man die ohnehin auslegen konnte, wie man wollte.

Lassen Sie mich ergriffen abbrechen —: mit meinen armseligen zweihundertundsechsundfünfzig Händen bin ich nicht imstande, zu schildern, was weiter geschah.

Leben Sie wohl — hoch zweiunddreißig.

LEHRGEDICHT

Wenn du mal gar nicht weiter weißt,
dann sag: Mythos.
Wenn dir der Faden der Logik reißt,
dann sag: Logos.
Und hast du nichts in deiner Tasse,
dann erzähl was vom tiefen Geheimnis der Rasse.
So erreichst du, daß keiner, wie er auch giert,
dich je kontrolliert.

Willst du diskret die Leute angeilen,
dann sag: Eros.
Sehr viel Bildung verleiht deinen Zeilen:
Dionysos.

Aber am meisten tun dir bieten
die katholischen Requisiten.
Tu fromm – du brauchst es gar nicht zu sein.
Sie fallen drauf rein.

Machs wie die Literatur-Attachés:
nimm ein Diarium.
Die Hauptsache eines guten Essays
ist das Vokabularium.
Eros und Mythos hats immer gegeben,
doch noch nie so viele, die von ihnen leben ...
So kommst du spielend – immer schmuse du nur! –
in die feinere deutsche Literatur.

SPÄTER

Eine Eiche überschattet mich; wenn sie wüßte, wer ich bin, täte sie es sicherlich nicht, aber es ist eine schwedische Eiche, also ist sie nicht organisiert ... die Hummeln besuchen die Blumenbüros, trinken in jeder Blüte einen kleinen Schnaps und machen ein ungeheuerliches Gesumm ... wenn sie nachher nach Hause kommen, werden sie wahrscheinlich erzählen, wie furchtbar sie an diesem Mittag-Morgen zu tun gehabt haben ... die Zigarre setzt schöne, weiße Asche an. Das macht immer sehr nachdenklich; so nach Tisch hat man die vernünftigsten und unfruchtbarsten Gedanken.

Da erzählt uns Emil Ludwig von Bismarck, wie er sich in Göttingen als Student und in Berlin als Auskultator und in Aachen als Regierungsreferendar – nein, in allen drei Städten als Mann heiter durch die Gegend geliebt hat. (Da diese Zeitschrift in Deutschland erscheint, muß ich hinzusetzen: «Bravo! Hurra! Nochmal lieben!») Bismarck war damals um die Zwanzig.

Das geht uns gar nichts an. Aber nun war da im Jahre 1870 sein großer Tag, das Werk seines Lebens stand aufgebaut, sein Name ging über die Welt. Die kleinen Damen, die er damals geliebt hat, waren um diese historische Zeitenwende etwa Mitte Fünfzig, soweit sie noch lebten. Wenn sie, was zu hoffen steht, nicht untergegangen waren, so hatten sie vielleicht geheiratet oder waren ältere Fräulein geblieben ... Und nun lasen sie seinen Namen in der Zeitung, sahen sein Bild, überall ... was denken sich Frauen in solchen Augenblicken –?

Otto ... Blicken sie träumerisch in den Kamin? Wenn sie aber keinen haben: schreiben sie einen Brief? Nicht anzunehmen, wenn der Klassenunterschied schon in Aachen bestand, und um wieviel ist er nun gewachsen! Was denken sie? Denken sie an Einzelheiten? sind sie stolz? Lesen sie: «... in den erblichen Fürstenstand erhoben ...», und denken sie: er hatte solche geringelten Socken an, die mochte ich immer so gern ... was denken sie –?

Das werden wir nie wissen. Sie denken auch nicht den hundertsten Teil dessen, was ein Mann denkt, sie dächten es – und der hundertste Teil sieht auch noch ganz anders aus. Jetzt läßt sich von der unorganisierten Eiche eine Made an einem Faden herunter und will sich auf die Zigarre setzen – die Hummeln – Bismarck – «Typisch zersetzender Gedanke! Kulturbolschewismus! Am Heros nur die irdischen Leidenschaften sehen ... Bismarck als Mensch ... ihm eben der reine Gedankenflug versagt ... klassenbewußte Arbeiter sieht, daß der Adlige die Mädchen des unterdrückten Volkes aussaugt ... vom theosophischen Standpunkt ... schon vom rein sportlichen Standpunkt ... zersetzender berliner Geist ... Kulturbolschewismus dieser Epoche ...» Antenne geerdet, aus.

Was mögen sie aber wirklich gedacht haben –?

MUTTERNS HÄNDE

Hast uns Stulln jeschnitten
un Kaffe jekocht
un de Töppe rübajeschohm –
un jewischt und jenäht
un jemacht und jedreht ...
alles mit deine Hände.

Hast de Milch zujedeckt,
uns Bobongs zujesteckt
un Zeitungen ausjetragen –
hast die Hemden jezählt
und Kartoffeln jeschält ...
alles mit deine Hände.

Hast uns manches Mal
bei jroßen Schkandal
auch 'n Katzenkopp jejeben.
Hast uns hochjebracht.
Wir wahn Sticker acht,
sechse sind noch am Leben ...
Alles mit deine Hände.

Heiß warn se un kalt.
Nu sind se alt.

Nu bist du bald am Ende.
Da stehn wa nu hier,
und denn komm wir bei dir
und streicheln deine Hände.

JULI 14

Lassen Sie mich in Ruh. Der Krieg
langweilt mich schon lange.
Leopold Graf Berchtold

Dies ist das stärkste Buch Emil Ludwigs – eine journalistische Leistung ersten Ranges. (‹*Juli 14*›, im Verlag Ernst Rowohlt zu Berlin.)

Journalistisch deshalb, weil Geschehnisse plastisch wiedergegeben werden; hier wird historische Reportage gemacht, und mit den besten Mitteln. Dieses Werk verdient die Auflage von Domela und Remarque zusammen.

Das Buch gibt eine Kette von Großaufnahmen: nämlich die der europäischen Kabinette, deren immense Kriegsschuld klargelegt wird. Dies ist die These des Buches:

Die Völker haben keinen Krieg gewollt, kein Volk hat ihn gewollt; durch die Borniertheit, Fahrlässigkeit und Böswilligkeit der Diplomaten ist es zu diesem «dümmsten aller Kriege» gekommen.

Diese These, über die zu reden sein wird, wird folgendermaßen belegt:

In Serajewo wird der österreichische Thronfolger ermordet. Der deutsche Kaiser entscheidet so: Österreich zunächst allein handeln lassen; Rumänien nicht vor den Kopf stoßen; Bulgarien heranziehen, Streit nach Möglichkeit lokalisieren – im ernsten Augenblick Bundespflicht. Die Wiener haben freie Hand.

Das nutzen sie aus. Sie unterschlagen sorgfältig das erste Ergebnis der Untersuchung: daß die Mitschuld der serbischen Regierung an diesem politischen Mord keineswegs feststeht. Sie stellen Serbien ein Ultimatum von äußerster Schärfe, von dem sie nicht nur wissen, daß es den Krieg bedeutet – von dem sie das auch eingestandenermaßen wollen. Selbst Franz Joseph, dieser böse, alte Mann, weiß das. Die Serben nehmen beinah uneingeschränkt an; der österreichische Botschafter in Belgrad prüft diese Annahme nicht mehr, sondern reist ab. Alles das macht Österreich auf eigene Faust.

Die Rolle der andern Großmächte ist noch niemals so klar, so formvollendet dargestellt worden wie hier. Die Regierungen Frankreichs und Englands vor allem tragen eine ziemlich schwere Kriegsschuld auf dem Buckel; nicht so groß wie die Wiens und Berlins, aber schwer genug.

London: Lord Grey hatte jahrelang mit der ‹Entente cordiale› gespielt; dieser in den Formen strengster Ministerverantwortung vor dem Parlament aufgezogene englische Politiker wußte wohl, was er da tat; aber weil keine ‹Verträge› vorlagen, so verschwieg er seine Arbeit vor dem Unterhaus, er ließ sie durchblicken, aber ratifiziert wurde nichts. Es waren ‹moralische Verpflichtungen›, ‹faktische Verpflichtungen› – Staatsverträge waren es, leider, nicht. Die Situation blieb bis zum letzten Augenblick unklar, so lange, bis sie durch die maßlose Verblendung und den schlechten Willen der Deutschen geklärt wurde.

Paris: Hier hatte der russische Botschafter, Iswolski, ein echter böser Geist aus dem Bilderbuch der Politik, hervorragend gearbeitet. Ganz Frankreich war auf das Schärfste an Rußland interessiert: es hatte nämlich Milliarden in russischen Werten investiert. Poincaré, aus seiner lothringischen Jugend mit Ressentiment gegen Deutschland erfüllt, fürchtete Deutschland mit Recht, haßte es damals also. Es hatte sich reichlich verhaßt gemacht. In den entscheidenden Tagen schritt er in Petersburg die Fronten russischer Regimenter ab; in Petersburg, wo man nicht ganz fest entschlossen war, dem slawischen Bruder zu Hilfe zu kommen ... man wartete lange, lange.

Die Engländer griffen zuerst ein – sie wollten vermitteln. Grey: «Ich rechne mit Bestimmtheit darauf, daß der österreichischen Mobilisierung die russische folgen wird. Dann scheint mir der Augenblick gekommen, im Verein mit Ihnen (Deutschland), Frankreich und Italien eine Vermittlung zwischen Österreich und Rußland eintreten zu lassen. Ohne Ihre Mitwirkung ist jede Vermittlung aussichtslos.» Grey stak in einer bösen Zwickmühle: durfte er dem Gegner drohen? Doch nur mit Berufung auf Bündnisverträge, die nicht offiziell waren; durfte er den Freund bestärken? Doch nur, indem er diese Verpflichtungen nun auch laut anerkannte ... er durfte es nicht, er konnte es nicht, er tat es nicht.

Inzwischen lügt Wien munter weiter, Berchtold verschweigt den Deutschen, daß er bei einem Konflikt Gebietszuwachs für Österreich haben wolle; die Deutschen fahren fort, zu vertrauen – in ihrem bierseligen Glauben an das Prestige, an Nibelungentreue und an ähnliche Kinovorstellungen. Wien bricht mit Serbien die Beziehungen ab.

Ganz Europa fällt vergeblich Berchtold in den Arm. Rußland hat gebeten, das Ultimatum an Serbien zu verlängern; Grey will eine Konferenz; Rußland bittet um erneute Unterhandlungen – alles fällt ins Wasser: Berchtold will den Krieg, seinen Krieg, den Krieg der Offiziere, vor allem Hötzendorfs. Nun spult sich alles schnell ab – das ist im Buch herrlich wiedergegeben.

Ein paar Mal spricht Ludwig von den «ungelüfteten Räumen» dieser Kabinette; das ist das Wort. Nichts geschieht direkt, alles auf Umwegen — und auf was für welchen! Allen gemeinsam ist eine Vorsicht, die keine Umsicht, eine Ängstlichkeit, die nicht etwa Verantwortungsgefühl ist, denn vor wem hätten sich diese je zu verantworten gehabt! — es ist Diplomatie als Kunst um ihrer selbst willen. Aber es waren Stümper. Dazu fahrlässige Stümper. Pourtalès, der in Rußland Kaiser & Reich vertrat, gab in der Aufregung, für deren Vermeidung er hätte trainiert sein sollen, ein Konzept der deutschen Kriegserklärung ab, das — in Klammern — einen doppelten Wortlaut enthielt; so, wie in den Liebesbriefstellern ‹er (sie)› zu lesen ist, standen hier zwei Modalitäten, und Rußland konnte sich aussuchen, wegen welcher das Deutsche Reich «die Herausforderung annahm». Dann, am späten Abend, ruft Sasonow noch einmal in der deutschen Botschaft an: «Hier ist eben ein Telegramm des deutschen Kaisers angekommen — der suspendiert die Kriegserklärung! Was nun?» — Pourtalès: «Darüber bedaure ich keine Auskunft geben zu können. Vielleicht ist das Telegramm älter als das, in dem ich angewiesen wurde, die fragliche Erklärung abzugeben. Im übrigen muß ich bitten, sich an den amerikanischen Geschäftsträger zu wenden, der unsere Interessen übernommen hat. In vier Stunden reisen wir ab.» Ludwig fügt hinzu, und man sollte diesen Passus wie so viele andre des Buches rot drukken: «Aber nach verlornem Kriege wird der Herr Graf von der Nation weder wegen doppelter Kriegserklärung lächerlich, noch wegen Ablehnung der Kaiserdepesche verantwortlich gemacht werden.»

Und dann erschien die Verlustliste Nr. 1.

Dieses alles kann nicht mehr verdunkelt werden: schuld sind alle gewesen; die Verantwortung Österreichs und Deutschlands war besonders groß.

Emil Ludwig hat es seinen nationalen Kritikern gegenüber nicht leicht; hier werden sie ihre beiden Methoden anwenden: das Dokumentarische zuerst und das Philosophische hinterdrein anzuzweifeln. Erst werden die Philologen und die Historiker angerückt kommen, und wenn die die Jacke voll bekommen haben, dann sagt die zweite Schlachtreihe: Ja, aber der Kerl kennt das Magische im Germanen nicht ... auf welchem Gebiet freilich jeder unschlagbar ist.

Diese grandiose Darstellung ist gespickt mit den buntesten und lehrreichsten Einzelheiten. Die ungeheure Schuld der Diplomaten liegt vor allem in ihrem grenzenlosen Hochmut. Sie wissen, daß sie nur auf den Knopf zu drücken brauchen ... Sasonow: «Uns vorzuwerfen, daß wir Österreich nicht lieben!» Uns — wir — Österreich ... aber die Angestellten, die Bauern und der Mann auf der Straße, sie wußten ja gar nichts davon; sie liebten weder noch haßten sie — sie kannten das fremde Land überhaupt nicht.

Jener prophetische Artikel aus der ‹*Berliner Morgenpost*›, der nicht mehr gebracht werden konnte, weil statt der Vernunft die Generalität regierte, wird zitiert: Der berliner Arzt Arthur Bernstein ist sein Verfasser – und darin steht alles, alles, wie es gekommen ist. Das war die Ausnahme. Wie es denn überhaupt für jeden, der aus der Geschichte lernen will, äußerst dienlich ist, einmal in die Bibliothek zu gehen und sich aus diesem Jahr 1914 die Monate Juli und August einer beliebigen deutschen Zeitung geben zu lassen – da könnt ihr aber was erleben! Die Ahnungslosigkeit vorher; die prompte Bereitwilligkeit umzufallen nachher – lest das und seht euch auch die Autorensignaturen genau an: ihr werdet sehen, daß es zum Teil noch dieselben Publizisten sind, und ihr schenkt ihnen immer noch Glauben? Dann verdient ihrs nicht besser.

Gut erkannt ist auch das allgemeine, auf allen Seiten vorhandene Bestreben, als der Angegriffene zu erscheinen. Alle, alle waren sie angegriffen; alle, alle verteidigten nur ihr Vaterland. (Zu Ende gesagt bei Karl Kraus: «Deutschland, die verfolgende Unschuld.» Gilt aber beinah für jedes Land.) Auch vom Kriegsverbrechen des *‹Berliner Lokalanzeigers›* ist die Rede, von dem einzigen wahren Kriegsverbrechen, das es für ein Strafgesetzbuch geben kann: von dem nämlich, die Menschen in den Krieg zu treiben. Es handelt sich um die Falschmeldung der deutschen Mobilmachung, die damals in Berlin verbreitet wurde; sie hat nicht wenig dazu beigetragen, die Nachricht verfrüht in die Hauptstädte Europas zu tragen ... hier klebt viel Blut an den Druckmaschinen.

Es ehrt übrigens Emil Ludwig, daß er das grauenvolle Schicksal Gabriele Princips nicht vergessen hat –: dieser politische Attentäter ist schauervoll, in mehr als vierjähriger Dunkelhaft, zu Tode gefoltert worden; er ist an Tuberkulose gestorben und hat nie mehr das Licht gesehen.

Das Buch vermeidet im übrigen auf das erfreulichste die chronologische Untersuchung, wer um wieviel Minuten bei den Mobilmachungen schneller gewesen ist – ein Moment, auf das es nicht ankommt. Im ganzen bestätigt es die Kannerschen Schuldthesen, besonders diese:

> «Im Jahre 1909 haben Deutschland und Österreich-Ungarn – in Form eines auf Befehl der beiden Kaiser und mit Zustimmung des österreichisch-ungarischen Ministers des Äußern und des deutschen Reichskanzlers geführten und bis zum Ausbruch des Weltkrieges immer wieder ergänzten und bekräftigten amtlichen Briefwechsels der beiden Generalstabschefs v. Moltke und Conrad v. Hötzendorf – ihrem defensiven Bündnis vom Jahre 1879 einen neuen, offensiven casus belli angefügt, in dem Deutschland Österreich-Ungarn mit seiner gesamten Heeresmacht zu Hilfe zu kommen versprach, für den Fall, daß Österreich-Ungarn durch ein militärisches Einschreiten gegen Serbien einen Krieg mit Rußland oder auch einen allgemeinen europäischen Krieg herbeiführen sollte, und für diesen

Fall auch einen gemeinsamen Kriegsplan vereinbart (deutsch-österreichisch-ungarische Militärkonvention).

Nach dem Attentat von Serajewo hat die österreichisch-ungarische Regierung der deutschen angezeigt, daß sie nunmehr gegen Serbien militärisch einzuschreiten, also von dem neuen casus foederis Gebrauch zu machen beabsichtige. Deutschland hat dazu seine Zustimmung gegeben und in den Monaten Juli und August 1914 die ihm aus dem neuen casus foederis erwachsene Pflicht erfüllt.

Die von der deutschen Regierung am 28. Juli 1914 bei der österreichisch-ungarischen Regierung eingeleitete Vermittlungsaktion war nicht darauf angelegt, unter allen Umständen den Frieden zu sichern, sondern vielmehr für den Fall des Ausbruchs des Krieges zwischen den Mittelmächten und Rußland–Frankreich die Kriegsschuld Rußland zuzuschieben.»

Die Schuld der Diplomaten, ihre Fahrlässigkeit, ihr Dolus und ihre Dummheit stehen fest. Hier gibt es nichts zu deuteln.

Ist aber dieser grandiose Film, in einem atemraubenden Tempo abgedreht, vor uns abgelaufen, dann entdecken wir, daß es tatsächlich Großaufnahmen sind, die hier rollen. Großaufnahmen sind Ausschnitte. Die These, daß die Diplomaten am Schicksal Europas schuld gewesen sind, steht unumstößlich fest. Die These: «Die Gesamtschuld lag in den Kabinetten, die Gesamtunschuld auf den Straßen Europas» sichert dem Buch seinen begrüßenswerten Erfolg – denn sie schmeichelt dem Leser, macht sie ihn doch von jeder Verantwortung überhaupt frei; ‹sie› haben das mit uns gemacht, und frohgestärkt gehen die Herren Wendriner und Kulicke ins Büro. Die These ist aber nicht ganz richtig.

Es fehlt zunächst der Hinweis auf die Machenschaften der Staaten in den Staaten: der Rüstungsindustrie. Dies ist kein Petroleumkrieg gewesen – es ging anfangs noch nicht um die Absatzgebiete; die Industrien hingen sich erst später an die Uniformknöpfe der Generale, um dem Konkurrenten die Erzlager und die Weinberge abzujagen ... im Frieden hat die Rüstungsindustrie gearbeitet und gearbeitet, wie Morus uns das in seinem *‹Basil Zaharoff›* gezeigt hat. Es ist nicht wahr, wenn diese da behaupten, sie täten das zur Aufrechterhaltung des Friedens. Habt ihr schon einmal einen Kaufmann gesehen, der Milliarden in einen Betrieb investiert, den er niemals laufen lassen will? Das vermisse ich an diesem Buch. Und die Unschuld der Massen –?

Ludwig kann erwidern:

«Ein Teil der Massen ist damals richtig geführt worden, wie die von mir zitierten Stellen beweisen. Auch von diesem Teil sind natürlich Unzählige kriegslustig gewesen, weil sie aus der Tretmühle herauswollten ... Ich bestreite es nicht, ich bekämpfe es nur. Ohne die Ideologie der frühern Zeiten, die vor allem die Technik heute überwunden hat, sind diese Instinkte aber nicht stark genug, vorzubrechen.

Man kann nicht ein Buch gegen alle Fronten mit einem Mal schreiben. Die Frage, ob dies andre da in einem Kampfbuch wie dem meinigen darzustellen oder besser zu verschweigen wäre, führt mitten ins deutsche Problem. Denn das Elend ist doch, daß sich bei uns jede Partei in sechs Gruppen spaltet. Ich würde mir durch eine Zersplitterung eine Wirkung ersten Ranges zerstören, um eine Teilwahrheit zu analysieren. Das ist es übrigens, was die Rechte in Deutschland fast immer vermeidet. Not kennt kein Gebot.»

So kann er sprechen und hätte so unrecht nicht. Aber dies sein Buch enthält eine Teilwahrheit.

Baut einer in jahrelanger Arbeit einen Apparat, der Todesstrahlen aussenden kann, stellt er ihn auf, richtet er ihn auf das Ziel – so kann man natürlich sagen, daß der letzte Mann, der zum Schluß auf den Knopf drückt, der Todessender ist. (Im vorliegenden Fall haben die Knopfdrücker am Apparat mitgebaut.) Aber es ist eine Teilwahrheit. Die Vorbereiter sind schuld – und die Vorbereiteten.

Die Vorbereiter: die deutsche militärische Erziehung; die bewußte Hetze zum Staatsmord in Schule, Universität und Kirche; das anarchische System, in dem die europäischen Staaten lebten und leben; die beispiellose Korruption, mit der die russischen Anleihen in das französische Volk gepreßt worden sind. Die *‹Humanité›* hat die wichtigsten Dokumente, die man in Petersburg gefunden hat, veröffentlicht; es ergaben sich gradezu schauervolle Beweise für die Verlumpung der französischen Presse (die Deutschen täten gut, hier den Schnabel zu halten; sie tun ähnliches, nur gratis).

Streng geheim 7. November 1913

An die Kanzlei der Kredit-Operationen, Finanzministerium, St. Petersburg.

Im Einvernehmen mit Herrn Davidov überreiche ich Ihnen anbei 27 Schecks im Gesamtbetrage von 100 000 Francs, die mir von dem mit der Verteilung Beauftragten als Belege zugestellt wurden:

‹La Lanterne›	42 000 Francs
‹L'Autore›	17 000 Francs
‹L'Evénement›	11 900 Francs
‹L'Action›	9 000 Francs
‹La France›	11 000 Francs
‹Le Rappel›	7 000 Francs
‹Le Gil Blas›	2 000 Francs
‹Paris-Journal›	1 000 Francs

Die Russen in Paris klagten zu wiederholten Malen über die nimmersatte Frechheit der französischen Zeitungsverleger, die noch mehr und immer noch mehr haben wollten ... und die es bekamen.

Die solchergestalt Vorbereiteten sind nicht minder schuld – aber in einem tieferen Sinne. Technik überwindet keine Instinkte. Scheintot schlummern sie ... Da empfiehlt es sich, einmal des großen Sigmund Freuds Schrift ‹*Zeitgemäßes über Krieg und Tod*› nachzulesen – es ist immer wieder erstaunlich, in welche Tiefen dieser große Psychologe zu steigen fähig ist. «Der einzelne Volksangehörige kann in diesem Kriege mit Schrecken feststellen ... daß der Staat dem einzelnen den Gebrauch des Unrechts untersagt hat, nicht weil er es abschaffen, sondern weil er es monopolisieren will wie Salz und Tabak.» Anläßlich der Enttäuschung über die Menschen, die bei Kriegsausbruch, als hätten sie auf ein Stichwort gewartet, wie die Amokläufer losgingen; denn sie haben darauf gewartet; überall: «Den bisherigen Erörterungen entnehmen wir bereits den einen Trost, daß unsere Kränkung und schmerzliche Enttäuschung wegen des unkulturellen Benehmens unserer Weltmitbürger in diesem Kriege unberechtigt waren. Sie beruhten auf einer Illusion, der wir uns gefangen gaben. In Wirklichkeit sind sie nicht so tief gesunken, weil sie gar nicht so hoch gestiegen waren, wie wirs von ihnen glaubten.» Und das zeigt er auf: durch den Nachweis, daß die Unterdrückung der Urtriebe, die neben den zivilisierten immer weiter bestehen bleiben, einen derartigen Kraftaufwand von Verzicht erfordern, daß die dünne Kruste, durch Zwang und Überredung gebildet, leicht durchbricht – so ein Durchbruch ist ein Krieg. Da werden dann die ursprünglich weder guten noch bösen Triebe frei; nur treten sie hier nicht wie im Frieden als unterdrückte Neurosen oder als herausquellende Einzelfälle von Verbrechen auf, sondern sie werden (scheinbar) sozial nutzbar gemacht; der Staat hat es leicht, sich ihrer in seiner unsozialen Weise zu bedienen, und er tut es. Latent lag die Mordlust in jedermanns Brust; sie wartete auf ihren Tag. Der kam. Und da brach sie hervor.

Hier – und nicht etwa in dem schmählichen Verrat der Sozialisten – liegt der Schwerpunkt dieses Krieges, wie aller Kriege. Zutiefst liegt die biologische Veranlagung des Menschen; im Verhältnis zu ihr ist noch der Marxismus ein ideologischer Überbau.

Was Ludwig gegen die Diplomaten sagt, ist richtig, und als Teilangriff ist diese Schrift von nicht zu überschätzender Bedeutung – aber der brave Leser darf nicht freigesprochen werden. Er trägt sein gerüttelt Maß Schuld, wir alle. Gegen die Diplomaten? ja. Nur gegen die Diplomaten? nein. In diesem Haß ist mir zu viel Liebe.

Das sagt nichts gegen das Buch. Dieses Werk ist eine Tat; es ist doppelt dankenswert, daß Ludwig sie auf sich genommen hat – er weiß, welche Dreckfluten sich nun auf ihn ergießen werden. Der Mann hat Zivilcourage.

Er hat die einfache Wahrheit gesagt: wie die Diplomaten ganz genau gewußt haben, daß dieser von ihnen heraufbeschworene und nicht abgewendete Krieg sie ja niemals treffen würde, kaum einer von denen ist im Graben verreckt, wie das alles nicht für sie galt, was sie da anzettelten, sondern wie sie in unverschämter Dreistigkeit über das Leben der ‹Untertanen› verfügten; wie sie niemals, niemals zu einer Verantwortung gezogen worden sind, die sie ewig im Munde führten.

Ist das besser geworden? Das ist nicht besser geworden.

Man sehe sich an, wie dieser Krieg in den deutschen Schulbüchern auf die junge Generation kommt; wie da mit klaren und eindeutigen Lügen gearbeitet wird; wie auch nicht in einem die schwere Mitschuld Deutschlands zugegeben wird. Nun ist das Schulbuch zwar nicht mehr das, was es uns in unsrer Jugend gewesen ist – aber seine Wirkung ist noch schrecklich genug. So ist der vorige Krieg vorbereitet worden; so wird der nächste vorbereitet.

Und man betrachte diese verlogene Erklärung der deutschen Regierung, die da ächzt und jammert; die wieder das Volk betrügt, wenn sie sagt: der Vertrag von Versailles bürde den Deutschen die Alleinschuld auf. Das ist nicht wahr. Der Artikel 231 tut nur etwas, wovor unsre Staatsmänner mit offenem Munde dastehen, weil sie das leider nie am eigenen Leibe erfahren haben: hier muß einmal einer für seine Taten einstehen. Leider trifft es die falschen. Ich halte den Vertrag von Versailles nicht für gerecht; habt ihr schon einmal einen gerechten Kriegsvertrag gesehen? Das ist das Risiko der Kriege, und die Deutschen sind immer schlechte Verlierer gewesen. Die Regierungserklärung ist gleichgültig; die Welt hat sich ihr Urteil gebildet. Es ist aus.

Das Buch Ludwigs aber verdient einen Sensationserfolg. Aus dem Wust der Kriegsdokumente, aus den lahmen Entschuldigungsmemoiren der Schuldigen, aus den Farbbüchern aller Regierungen, deren Fälschungen – mit Ausnahme Englands – nachgewiesen werden, Fälschungen, die das böse Gewissen der Kriegsverbrecher auf allen Seiten beweisen, ist hier die sonnenklare und wunderbar bewegte Darstellung eines Monats der Weltgeschichte erwachsen, der die «letzten Tage der Menschheit» einleitete. Es werden nicht die letzten sein. Daß aber solch «räudige Zeit», wie Polgar sie genannt hat, nicht wiederkomme –: dazu hilft dieses außerordentliche Buch.

EINKEHR

Mit vierzig Jahren soll man sich besinnen . . .
Worauf?
Auf das, was außen und was innen –
und auf den Lauf

der Sterne, die im kalten Kosmos schweben,
sowie auch darauf:
  Wovon mag eigentlich der Bornemann leben —?

Die Wiese summt und liegt grün eingesponnen —
  ich mittendrin;
durch die geschlossenen Lider sagen tausend Sonnen,
  daß ich lebendig bin.
Schreite die Straße der Einsamkeit empor,
Stimmen hörst du wie nie zuvor . . .
aus dem Äther kommen dir Einsicht und Stärke
  Laßler platzt vor Neid. Ich werde ihn ärgern, indem ich es nicht bemerke.

Wolken ziehn über die Sonne. Es rührt sich kein Blatt.
  Stumm
liegt der See; der Weise, der einmal begriffen hat,
  fragt nicht: Warum?
Er betrachtet nur noch das Wie; er sieht die Kristalle zergehn,
wenn es geschneit hat —
  Warum schneidet man sich eigentlich immer die Nägel, wenn man keine Zeit hat —?

So schwingst du dich in die obern Regionen —
mußt aber dennoch hier unten wohnen.
Ein Vers von Morgenstern tanzt querfeldein:
  «Es zieht einen immer wieder hinein.»

DER VERENGTE GESICHTSKREIS

Je kleiner die Leute, je größer der Klamauk. Horchen Sie mal in die Tür — die Kneipe liegt dicht beim Gerichtsgebäude.

«Da hat er jesacht, eine Hebamme is noch keen Korkenzieher!» — «Wie der Richter mit den Kopp jewackelt hat, da wußt ick schon: nu is ocke!» — «Wenn du dämlicher Ochse man so jeschworn hättst, wie ick dir det jesacht habe, aber nee — du mußt ja imma nach dein Kopp machen . . .» — «Ich ha die janze Sseit nachsimmeliert, woher daß diß kommt, daß die Jejenpachtei jeht niemals auf diesen Punkt ein . . . nu weeß ick et: der Ssahlungsbefehl is nämlich . . .» — «Un wenn ick soll bis nacht Reichsjericht jehn, ick will — mir nochn Bier — ick will mein Recht, diß wern wa ja mal sehn.» — «Diß kann a jahnich! diß kann der Mann ja jahnich! Nach die Ssivilprozeßordnung muß erscht der Sachvaständje sein Jutachten abjehm, und denn wern wa ja mal sehn, wer hier hat schlechte Stiebeln abjeliefert!» – «Siehste, der Herr Rechtskonsulent sacht auch» – «Ein Augenblick mal: bessüchlich des Wertes des Streitjejenstandes is noch keine Entscheidung jetroffn worn, hier, lesen Se selbst inn Jesetz ...» – «da hat er jesacht, ne Hebamme is noch kein – –»

Die übrige Welt ist versunken: die Leute haben nur noch Ohren und Augen für die ‹Jejenpachtei›, es ist derselbe Geist, der aus der Anzeige einer kleinen Provinzzeitung spricht, in der zu lesen stand:

Bitte den Verleumdungen aus dem Keller kein Ohr zu schenken.
Hochachtungsvoll A. Grimkasch.

Der Mann hatte vergessen, daß es noch mehr als einen Keller in der Stadt gab, er sah nur den einen, seinen: *den* Keller. In diesem Lokal hier sehen alle nur den Keller.

Denn wenn der kleine deutsche Mann ‹vor Jericht› geht, dann ist er nach zwei Sitzungen romanistisch gefärbt, und das ist bei der sinnlos-scholastischen Art, in der diese Prozesse gegen den gesunden Menschenverstand, aber streng nach den Regeln eines eigentlich ganz und gar undeutschen Rechts abgehandelt werden, kein Wunder. Längst geht es nicht mehr um die Stiefel, längst nicht mehr um die angetane Beleidigung: der Gegner soll ausgerottet werden, dem Erdboden gleich gemacht, mit Stumpf und Stiel vernichtet – auf ihn mit Gebrüll! Das ganze Individuum ist in zitternde Schwingungen versetzt, Köpfe laufen rot an, und Tausende von Kohlhaasen treiben um die Gerichte ihr Wesen – denn Recht muß doch Recht bleiben! Es ist soviel Rechthaberei dabei.

Nicht nur das Gesetz ist halbirre, genügt nicht den wirtschaftlichen Erfordernissen, schützt nicht die Schwachen ... die Leute erwarten auch zu viel vom Gesetz. Sie erwarten erst einmal ein Gesetz, das ‹genau auf ihren Fall paßt›, und sie glauben immer – oh, du holder deutscher Irrtum! – daß sie ganz und gar recht hätten und der andere ganz und gar unrecht habe ... «Na, det is doch klar wie Kloßbrühe!» Und noch im Himmel, beim ewigen Gericht, werden sie bestimmt gegen das Verdikt des lieben Gottes Berufung einlegen, denn in nichts setzt der gesetzestreue kleine Mann so viel Hoffnung wie in die letzte Instanz.

JONATHANS WÖRTERBUCH

Der Kandidat der Gottesgelahrtheit Jonathan Tallywags aus der Grafschaft Sussex verbrauchte in seinem ersten Semester allabendlich 1 Gläschen Whisky, in seinem zweiten Semester 1 Glas, in seinem dritten 4 Gläser, in seinem vierten 1 Flasche, in seinem fünften 4 Flaschen, in seinem sechsten nur 5 Flaschen (da war er einem Methodistenprediger in die Hände gefallen); nunmehr stand er in seinem zweiundzwanzigsten Semester und bei einer Gallone Whisky auf den Abend. Es war ein Mann in den besten Jahren.

Da starb sein Vater, der ehrwürdige Mister Tallywags aus Nutmegs (Sussex), und Jonathan sah sich vor die unangenehme Aufgabe gestellt, als einziger Sohn in den Nachlaß zu treten. Dieser zeichnete sich dadurch aus, daß er nicht vorhanden war. Nun war guter Whisky teuer. Der verlorene Sohn ging nach London. In einer schlaflosen Nacht, in der J. Tallywags sternhagelnüchtern war und dementsprechend litt, kam er auf den abenteuerlichen Gedanken, zu arbeiten. Sie können sich das Gelächter vorstellen, das sich erhob, als er diesen seinen Plan am nächsten Morgen im ‹Fireship› am Tisch ankündigte; der besorgte Wirt kam herbeigelaufen, ob den Herren etwas fehle – so einen Krach machten sie! Schließlich verliefen sie sich, um anderswo weiterzusaufen, und Tallywags blieb traurig am Tisch zurück.

Da näherte sich ihm ein älteres Männchen, demütig, den Kopf leicht vornüber geneigt, flüsterte so etwas wie «Guten Tag, lieber Herr!» und setzte sich unaufgefordert an den runden Tisch, auf dem der Schnaps in großen Lachen stand. Tallywags sah ihn aus milde verglasten Augen an, seine Unterlippe zitterte leise – er wartete. Ja, sagte das Männchen, er habe am Nebentisch ein bißchen zugehört; das sei nicht recht vor Gott, gewiß, man könne es geradezu eine Sünde nennen – aber die Herren hätten so laut und deutlich gesprochen ... Tallywags schluckte. Und er hätte gehört, sagte das Männchen, daß Herr Tallywags arbeiten wolle – und er, Männchen, habe einen Freund, der sei Verleger, und der habe einen Auftrag zu vergeben und suche demgemäß einen gelehrten Mann. Und der Herr, mit dem er hier zu sprechen die Ehre hätte, wäre doch, seinem ganzen Aussehen und seiner feinen Bildung nach zu urteilen, ein Mann der Wissenschaft, wie wäre der Name? Tallywags, sehr angenehm, sehr angenehm, er hieße Gingambobs, Abraham Gingambobs, und wenn der Herr Tallywags wolle, dann könnte man gleich zum Verleger gehn, wie ...?

Tallywags stand auf, weil der andere aufstand; er zahlte nicht, weil der andere zahlte – und er schlurrte hinter ihm drein, wohin jener ihn zog. Sie landeten in einem trüben, geduckten Durchgangshaus, kletterten vier gewundene Treppen empor und standen schließlich vor einer Tür, an der hing ein blaues Schild:

Nelson
Publisher

Hinein. Zwei Männer, die sich vergeblich den Anschein zu geben versuchten, als seien sie zwei Herren, ließen sich vorstellen, wurden vorgestellt, gaben vor, Brüder zu sein und Nelson zu heißen – Platz nehmen? Bitte? Ja –:

Es handele sich um ein Wörterbuch. Um ein deutsch-französisches Wörterbuch. He? Um ein deutsch-französisches Wörterbuch. Ob Herr

— Herr — hm — Tally . . . Tallywags — man werde ein Pseudonym wählen müssen — doch wohl deutsch und sicherlich auch französisch . . .? Der Alte knuffte den Kandidaten in die Seite, der gab einen Laut von sich, den man bei nebligem Wetter als Ja auffassen konnte, Manuskripte raschelten. Bücher kollerten vom Tisch und wurden wieder heraufgeholt . . . und als sie die Treppe heruntergingen, war Herr Tallywags im Besitz eines Auftrages, ein Lexikon herzustellen, und eines Vorschusses von vier Pfund. (Diese Geschichte liegt lange zurück.) An diesem Abend besoff er sich wie eine Segelschiffsmannschaft, die nach zwei Monaten widriger Winde in einem Hafen einläuft. Acht Wochen später war das Lexikon fertig. Tallywags hatte ein paar befreundete Kapitäne konsultiert, die ihrerseits solche Lexika in der Kajüte mit sich führten und sie unter gewaltigem Fluchen heraussuchten — er hatte sich ferner der regen Mitarbeit einer gewissen Kitty Cauliflower zu erfreuen, die ihn in strittigen Fällen liebreich belehrte. Nunmehr senkt sich die Geschichte aus den Wolken dichterischer Einbildungskraft auf den Boden jener Realität, wo rechts gefahren wird.

Denn dergleichen, sagt sich der kluge Leser, gibt es nur in Romanen. Solch versoffene Kandidaten gehören Dickensschen Zeiten an; eher will ich, sagt der Leser, an einen verzauberten Drachen glauben als an einen Verleger, der Vorschuß gibt — was sind das für Geschichten . . .! Gut und schön —: aber das Lexikon halte ich in Händen. Hier liegt es:

Neues
Taschen-Wörterbuch
Deutsch-Französisch
und
Französisch-Deutsch
von K. Ashe
Nelson, Editeurs
183 rue Saint-Jacques
Paris.

Ich wette um die gesammelten Werke eines Akademikers, daß dieses Buch auf keinem andern Wege als auf dem vorbezeichneten zustande gekommen sein kann. K. Ashe ist selbstverständlich ein Pseudonym, die Nelsons sind inzwischen nach Paris gezogen, und ein vollsinniger Mensch kann dieses Lexikon, das mir ein freundlicher Leser zugesandt hat, nicht verfaßt haben.

Deutsch ist bekanntlich da am schönsten, wo es an den Rändern gen den Wahnsinn hin verschwimmt: aus Kinderfehlern kann man mehr über die Muttersprache lernen als aus dem ganzen Goethe — und dieses Lexikon hat mir viele Abende verkürzt. Abgesehen von *‹Söndagsnisse Strix›* und *‹The New-Yorker›* habe ich lange nicht so gelacht. Schlag auf, lies:

Was ist ‹abarten›? Dégénérer. Gut, aber was ist ‹abäschern›? Was ist ‹Abbiß›? Was: ‹abblatten›? Und tief betroffen liest du weiter. ‹Mutzen›? können Sie mutzen? Ich kann es nicht, oder doch nur selten. Und was mag das sein: ‹Diskretionstags›? Eher verständlich ist schon ‹fragselig› und ‹erbittlich›, willkommene Bereicherungen der deutschen Sprache. Auch ‹Hausverstand› und ‹Leichenbuch› gehören in jedes Handwörterbuch; von ‹Strafengesetz› und der ‹Facklei› schon nicht zu reden. Dann aber wird es bewegter. Nachdem wir noch den ‹Bahnzug› und die ‹Sicherheitsanstalt› sowie das ‹Seitengespräch› genossen haben, erfreuen wir uns an leichten Sprachstörungen der beteiligten Gehirne, die dem Herrn Kandidaten Tallywags geholfen haben auf seiner schweren Fahrt. Er schreibt:

«Die großblumische Esche», was darauf schließen läßt, daß hier ein Kapitän aus der großen Seestadt Frankfurt am Main mitgetan hat; er schreibt die «Schüppe» und der «Kupferstüchsammler», was richtig ist, weil man ja auch der Schürm und der Mülschreis sagt. Was aber ist eine ‹Demutspflanze›? Das ist eine Mimose.

Soweit das Deutsche. Nun ist da aber noch das Französische, und auch dies will gekonnt sein. «Parquet» heißt ‹Spiegelfeld›, und «profil» natürlich ‹Durchschnittsansicht›; daß aber ‹Muff› «aboiement sourd», ein dumpfes Gebell ist . . . das kann man nur nachts um vier Uhr verstehen, wenn der Whisky ölig-gelb in den Gläsern schaukelt. Man muß eben übersetzen können – und welcher Seemann könnte das nicht! Die helfenden Kapitäne haben ganze Arbeit gemacht. So, wie «sans-culottes» ‹Hosenlose› heißt, so heißt ‹Perlmutter› «mère de perles» – das leuchtet ein. Und das wimmelt von ganz alten französischen Wörtern, wie «tépide» für lau; und «portraiture», was es gibt – sowie «maudissible», was es nicht gibt, und was ‹fluchwürdig› heißen soll – unrichtig ist nur «wurst», was seltsamerweise ein ins Französische übergegangenes Wort ist und ‹kleiner Munitionswagen› bedeutet. Das mag alles noch angehen.

Aber stürmisch wars, und die Nacht ging hoch, der Wind heulte an den Fensterscheiben, Kitty Cauliflower hatte auch ihrerseits den Kanal voll, und nun schlug die Wortkunst hohe Bogen.

Was um alles in der Welt ist ein ‹Hühnerwerter›? Was ein ‹Leichmann› ist, weiß jeder, der es einmal gewesen ist; warum aber ‹Gänze› nicht nur «tout» heißt, sondern auch «gîte non exploité», eine nicht ausgenutzte Lage . . . das muß ein guter, alter Whisky gewesen sein, ein alter, guter . . . Und wie darf man, so man nicht van de Velde heißt, «Depot» mit ‹Hinterlage› übersetzen? Und in jener Nacht, als Kitty in der Ecke lag und so herzbrechend schluchzte, daß sich die Katze ängstlich unter den Tisch zurückziehen wollte, was sie aber nicht konnte, weil dort Herr Tallywags lag und bellte, da entstand die Übersetzung für «sauvage». Wild? Nein – «sauvage» heißt ‹deutschen› – fragen Sie mich nicht, ich bin zu ergriffen.

Es ist ein schönes Lexikon, und mein freundlicher Leser hats bei Herrn Delépine in der rue St. Antoine gekauft, also muß es doch wohl im Handel sein. Und mich verfolgt in den schwedischen Nächten, wo es nie ganz dunkel wird und die ganze Erde nachts aufbleiben darf, wie die Kinder, wenn die älteste Schwester heiratet — dann plagt mich eine Frage:

Woher bezieht man solchen wundervollen Whisky —?

Ich bin ein alter Hühnerwerter — aber das mutze ich nicht.

IN ALLER EILE

— «Hallo! Hier Eisner und Ehrmann, wer dort —? Jawohl ... Man kann Sie nicht verstehen; Sie müssen etwas lauter sprechen! ... Dann werden wir Ihnen also die Faktur morgen zugehen lassen! Schluß!» Telefongespräch 1895

— «Also ich telefoniere hier von der Post —
vor der Zelle stehn schon Leute —
ich fahre nach Lichterfelde-Ost
und erledige die Sache noch heute.
Was ich sagen wollte ... Warum warn Sie gestern nicht da?
auf der Modenschau?
Ich war mit der Putti ... wissen Sie ... na ...
Hände hat die Frau —!
Fabelhaft.

Wiesner —? Erzählen Sie mir doch nichts —
das nehm ich auf mein Eid —!
Bitte! Nach Ansicht des Gerichts
hab ich dazu immer noch Zeit!
Was ich sagen wollte ... Wir gehn Sonnabend aus —
Mit ihrem Freund? Na, so blau!
Die nehm ich glatt mit mir nach Haus —
Augen hat die Frau —!
Fabelhaft.

Die Wechsel sind ... na, wie finden Sie das?
Die klopfen ans Fenster, weil ich
hier spreche — ich erzähl Ihnen persönlich noch was,
ich bin nämlich furchtbar eilig.

Was ich sagen wollte . . . ich bin derartig scharf . . .
Natürlich! Weiß ich genau,
was ein Schentelmän sich erlauben darf . . .
Einen Rücken hat die Frau –!
Fabelhaft.

Wir legen die Schecks . . . hallo? . . . unterbrochen . . .
Ich habe doch noch gar nicht gesprochen . . .!
Na, denn nicht.
Nur keine falsche Hast!
Ich spreche hier, solange 's mir paßt!
Lümmel.
Ja –! Nein –!
Na, da gehn Sie doch rein!
Eine Luft wie in einem Schwitzkastenbad . . .
Was der schon zu telefonieren hat –
Lümmel.»

DIE KARIKATUR PREUSSENS

Frau Margarete Ludendorff hat ihre Memoiren geschrieben, obgleich sie doch keinen Krieg verloren hat, und es ist etwas peinlich, dies Buch zu besprechen. (*‹Als ich Ludendorffs Frau war›*, erschienen im Drei-Masken-Verlag, München.)

Peinlich deshalb, weil es schrecklich ist, einen Krebskranken die Symptome seiner Krankheit erzählen zu hören, die er für Gott weiß was hält – nur nicht für tödlich. Es ist bitter, was hier zu lesen steht.

Historisch Neues ist wenig zu finden – das Meiste ist bekannt. Wichtig an diesem Buch ist ganz etwas andres als das geschichtliche Material: wichtig ist die Ahnungslosigkeit dieser Frau, die eine typische Vertreterin ihrer Kaste ist, als Erscheinung nicht einmal unsympathisch – aber das waren sie? Das hat Deutschland beherrscht? Und beherrscht es zum Teil heute noch? Und davor kuschen die demokratischen Bürger? Du lieber Gott.

Kindlich ihre Beurteilung des Auslands, wo die Soldaten nicht so ‹stramm› sind wie ihre, die nachher voller Strammheit den Krieg verloren; blind solche Berichte aus dem Kadettenkorps: «Welche Würde, welche Machtbefugnisse in dem Wort Stubenältester liegt, kann man nur verstehen, wenn man das frühere Kadettenleben kennt . . . Mein Junge war sehr klein und hatte lange Buben unter sich. Er erzählte schmunzelnd: Ein paar sind darunter, da muß ich mich auf einen Tritt stellen, wenn ich ihnen Ohrfeigen geben will.» Diese Ohrfeigen sind nachher beim Kommiß fürchterlich weitergegeben worden

— aber was weiß diese Mutter davon! Nichts. Man lese in den Erinnerungen Leopold von Wieses nach, was das preußische Kadettenkorps für eine Schweinerei gewesen ist. Ja, der Stubenälteste hatte die Buben wohl auch unter sich ...

Manchmal rutscht eine unangenehme historische Wahrheit durch. «Selbst ein Mann wie Rathenau hatte in einem Brief an Ober-Ost ungeheure Annexionen, Belgien, Polen, Kurland, einen Streifen von Rußland gefordert ...» Nun, das wird dem Absatz seiner Bücher kaum etwas schaden; wissen Sie, es ist so das rein Geistige, das mich an diesem Mann ... Und noch ein schönes, historisches Wort Ludendorffs, das man gerahmt über die Betten hängen sollte: «Die größte Dummheit der Revolutionäre war es, daß sie uns alle leben ließen. Na, komme ich einmal wieder zur Macht, da gibts kein Pardon. Mit ruhigem Gewissen würde ich Ebert, Scheidemann und Genossen aufknüpfen lassen und baumeln sehen!» Was ebenso für den politischen Instinkt des Generals wie für die feine Objektivität jener Wilden spricht, die denn doch bessere Menschen gewesen sind.

Diese Frau ist ahnungslos durch ihre Welt gegangen — und so ist sie geblieben. Wenn man liest, was für sie den Gipfel der Leiden bedeutet (eine beschwerliche Fahrt von Schweden herunter nach Berlin); wie völlig von Gott geschlagen sie alles nachplappert, was ihr Herr Hussong vorplappert: «Die Spartakisten hatten die Einrichtung getroffen, Frauen und Kinder in die vorderste Linie zu stellen, damit die Soldaten sich scheuen sollten, zu schießen»; wie sie so ein Idyll erzählt, in dem der treue Bursche (der später neben Ludendorff auf dem münchner Pflaster gefallen ist) in der Inflationszeit ein Schwein mästet und vor dem Stall gegen die Diebe eine Handgranate anbringt ... wie sie das erzählt, aber gar nichts dabei fühlt, nicht das Grausige der Allegorie, nichts; wie sie auf der Reise zu dem geflohenen Lindström an der schwedischen Grenze selbstverständlich vom Zoll kontrolliert wird ... «Ich war enttäuscht: war das die schwedische Gastfreundlichkeit ...?» — hier wirds symptomatisch.

Es ist jene Kaste, für die das alles nicht gilt. Sie haben keine Wohnungsschwierigkeiten zu haben wie alle Welt — wenn sie sie haben, gibts ein erschröckliches Geschrei. Sie brauchen nicht zu hungern. Nicht zu frieren. Nicht ruhmlos zu sterben — denn es ist ein Unterschied, ob die Söhne Ludendorffs im Leutnantsrang die Erfüllung ihrer Lebenssehnsucht und ihres Berufs sehen oder ob ein Gemüsehändler eingezogen wird, dem sie nachher zwei gekreuzte Latten aufs Grab gesteckt haben ... es ist ein Unterschied. Für die da gibts das alles nicht. Unverzeihlicher, nie wieder gutzumachender Fehler jener ‹Revolution›, jene nicht ein für alle Mal erledigt zu haben.

Die Liebesbriefe Ludendorffs soll man nicht kommentieren — hier ist auch der politische Gegner tabu.

Aber etwas andres darf man kommentieren. Das ist die Stelle, wo Frau Ludendorff vom alten Hindenburg erzählt, wie der jeden Schlachtplan – o schönes Wort! – mit den Worten: «Na, denn mit Gott!» unterzeichnet habe – wohl die schrecklichste Blasphemie, die ich seit langem gehört habe. Daß er es nicht so gemeint hat, ist gleichgültig; es bleibt eine. Wie ja denn überhaupt die mutigen Angriffe auf den zerstörten Ludendorff langsam beginnen, eine Feigheit zu werden – da ist ja nichts mehr. Aber ist denn Hindenburg ein Gran besser gewesen? Mitnichten. Beider Anschauungen, Welt, Herkommen, Dienstauffassung und Menschenunkenntnis sind die gleichen. Man kann nicht den einen ehren und den andern verdammen. Immerhin sind der Herr Präsident noch heute Ehrenmitglied des Stahlhelm ...

Ein peinliches Buch. Ein beschämendes Buch. Die Karikatur Preußens.

WIEDERAUFNAHME

Dem Präsidenten des Reichsgerichts,
Herrn Ehrendoktor Bumke, dargewidmet

Erster Verhandlungstag

Der Vorsitzende: Na und – –?

Die Zeugin: Und – da ist er eben ...

Der Vorsitzende: Was?

Die Zeugin (schweigt)

Der Vorsitzende: Aber sprechen Sie doch ... es tut Ihnen hier niemand etwas! Außerdem stehen Sie unter Ihrem Eid!

Die Zeugin (ganz leise): Da ist er eben die Nacht bei mir geblieben ...!

Ein Geschworener: Das war also die Mordnacht? Die Nacht vom 16. auf den 17. November?

Die Zeugin: Ja ...

Der Vorsitzende: Ja, um Gottes willen! Hat Sie das denn niemand in der damaligen Verhandlung gefragt?

Die Zeugin: Der Herr Rat war so streng mit mir ... und es ging auch alles so schnell –

Der Vorsitzende: Und da lassen Sie einen unschuldigen ... da lassen Sie also einen Mann zum Tode verurteilen und dann später lebenslänglich ins Zuchthaus gehen, ohne zu sagen – also das verstehe ich nicht!

Die Zeugin (schluchzend): Meine Eltern sind sehr fromm ... die Schande – –

Zweiter Verhandlungstag

Der Zeuge: Das habe ich auch alles ausgesagt. Aber der Herr Untersuchungsrichter wollte davon nichts hören.

Der Vorsitzende: Herr Landrichter Doktor Pechat?

Der Zeuge: Ja. Ich habe ihn immer wieder darauf hingewiesen, daß der Schrei in der Nacht gar nicht deutlich zu hören war – es regnete sehr stark, und das Haus war auch weit entfernt...

Der Vorsitzende: In Ihrer Aussage... also hier im Protokoll kann ich davon nichts finden.

Der Zeuge: Der Herr Untersuchungsrichter hat gesagt: wenn ich nicht unterschreibe, dann behält er mich gleich da.

Der Staatsanwalt: Das ist doch wohl nicht möglich! Herr Landrichter Pechat – bitte?

Der Landrichter: Ich kann mich nicht mehr besinnen.

Dritter Verhandlungstag

Der Sachverständige: Das erste, was jeder Fachmann sofort zu tun hatte, war: den zweiten Revolver zu untersuchen. Das ist damals nicht geschehen.

Der Staatsanwalt: Warum haben Sie denn das in der Verhandlung nicht angegeben?

Der Sachverständige: Herr Staatsanwalt! Ich bin jetzt dreiundzwanzig Jahre Sachverständiger ... aber so was wie diese Verhandlung damals ... ich durfte überhaupt nichts sagen. Der Staatsanwalt, Herr Staatsanwalt Pochhammer, und der Herr Vorsitzende, Herr Landgerichtsdirektor Brausewetter, haben immer wieder gesagt, das seien meine persönlichen Ansichten, und auf die käme es nicht ...

Der Vorsitzende: Ist es Ihrer Meinung nach möglich, mit dem ersten Revolver auf die Entfernung, die das damalige Urteil annimmt, zu zielen oder gar zu treffen?

Der Sachverständige: Nein. Das ist ganz unmöglich.

Vierter Verhandlungstag

Der Staatsanwalt: ... wenn auch nicht mit absoluter Gewißheit, so doch mit einer gewissen Wahrscheinlichkeit angenommen werden kann, daß der Angeklagte nicht der Täter gewesen ist. Ich sage nicht: nicht gewesen sein kann. Denn wenn auch sein Alibi durch die Zeugin, Fräulein Koschitzki, nunmehr bewiesen ist; wenn auch die Zeugenaussagen, wonach man einen Schrei gehört habe, erschüttert worden sind; wenn auch, fahre ich fort, die versäumte Untersuchung des Armeerevolvers ein fehlendes Glied in der Beweiskette ist, so bleibt doch immer noch die Frage: Wo ist August Jenuschkat geblieben? Der Leichnam des Ermordeten ist niemals aufgefunden worden. Daher können wir auch nicht sagen, daß etwa in der ersten Verhandlung schuldhaft irgendein Umstand außer acht gelassen worden sei. Das wäre eine ungerechtfertigte Übertreibung. Die Umstände, wie ich sie Ihnen hier ...

(Rumor)

Der Vorsitzende: Ich bitte doch aber um Ruhe! Justizwachtmeister, schließen Sie die –

Der Justizwachtmeister: Wollen Sie hier raus ... Wollen Sie hier wohl ...

Eine Stimme: Äi, Franz, was machst du denn auf der Anklagebank –?

Der Angeklagte (reißt die Augen auf und fällt in Ohnmacht)

Der Justizwachtmeister: Wistu ... Wistu ...

Der Vorsitzende: Ruhe! Was ist das? Was wollen Sie hier? Wer sind Sie?

Ein fremder Mann: I, ich bin der Jenuschkat!

Der Vorsitzende: Wenn Sie hier Ansprüche wegen Ihres ermordeten Angehörigen stellen wollen ...

Der fremde Mann: Äi näi! Ich bin der August Jenuschkat!

Der Vorsitzende: Ruhe! Sie sind August Jenuschkat? Gibt es zwei Augusts in Ihrer Familie?

Der fremde Mann: Näin. Ich hab jeheert, se haben mir ermordet; aber ich jlaub, es is nicht wahr!

Der Vorsitzende: Treten Sie mal vor! Haben Sie Papiere, mit denen Sie sich ausweisen können? Ja ... Da sind Sie also der ... da sind Sie also –

Der fremde Mann: Jaa ... Wie ich an dem Morjen bin nach Hause jekomm, da standen da all die Schendarm. Und da bin ich jläich wechjemacht, weil ich jedacht hab, se wolln mir holen. Ich hatt da noch 'n Stückchen mits Finanzamt ... Und da bin ich riber mit die Pferde – ins Litauische. Und da hab ich mich denn in eine Försterstochter verliebt und hab se all jehäirat. Un jeschrieben hat mir käiner, weil se meine Adreß nich jehabt habn. Und wie ich nu heite morjn rieber komm ausn Litauschen, mit die Pferde, da heer ich diß hier. Nee, saren Se mal –!

Der Vorsitzende: Die Verhandlung wird vertagt.

Personalnachrichten

Befördert wurden:

Herr Landrichter Doktor Pechat zum Landgerichtsdirektor;

Herr Staatsanwalt Doktor Pochhammer zum Ersten Staatsanwalt;

Herr Landgerichtsdirektor Brausewetter zum Senatspräsidenten in Königsberg.

MERKBLATT FÜR GESCHWORENE

Nachdruck erbeten

Wenn du Geschworener bist, dann glaube nicht, du seist der liebe Gott. Daß du neben dem Richter sitzt und der Angeklagte vor euch steht, ist Zufall – es könnte ebensogut umgekehrt sein.

Wenn du Geschworener bist, gib dir darüber Rechenschaft, daß jeder Mensch von Äußerlichkeiten gefangen genommen wird – du auch. Ein Angeklagter mit brandroten Haaren, der beim Sprechen sabbert, ist keine angenehme Erscheinung; laß ihn das nicht entgelten.

Wenn du Geschworener bist, denk immer daran, daß dieser Angeklagte dort nicht der erste und einzige seiner Art ist, tagtäglich stehen solche Fälle vor andern Geschworenen; fall also nicht aus den Wolken, daß jemand etwas Schändliches begangen hat, auch wenn du in deiner Bekanntschaft solchen Fall noch nicht erlebt hast.

Jedes Verbrechen hat zwei Grundlagen: die biologische Veranlagung eines Menschen und das soziale Milieu, in dem er lebt. Wo die moralische Schuld anfängt, kannst du fast niemals beurteilen – niemand von uns kann das, es sei denn ein geübter Psychoanalytiker oder ein sehr weiser Beicht-Priester. Du bist nur Geschworener: strafe nicht – sondern schütze die Gesellschaft vor Rechtsbrechern.

Bevor du als Geschworener fungierst, versuche mit allen Mitteln, ein Gefängnis oder ein Zuchthaus zu besichtigen; die Erlaubnis ist nicht leicht zu erlangen, aber man bekommt sie. Gib dir genau Rechenschaft, wie die Strafe aussieht, die du verhängst – versuche, mit ehemaligen Strafgefangenen zu sprechen, und lies: Max Hölz, Karl Plättner und sonstige Gefängnis- und Zuchthauserinnerungen. Dann erst sage deinen Spruch.

Wenn du Geschworener bist, laß nicht die Anschauung deiner Klasse und deiner Kreise als die allein mögliche gelten. Es gibt auch andre – vielleicht schlechtere, vielleicht bessere, jedenfalls andre.

Glaub nicht an die abschreckende Wirkung eures Spruchs; eine solche Abschreckung gibt es nicht. Noch niemals hat sich ein Täter durch angedrohte Strafen abhalten lassen, etwas auszufressen. Glaub ja nicht, daß du oder die Richter die Aufgabe hätten, eine Untat zu sühnen – das überlaß den himmlischen Instanzen. Du hast nur, nur, nur die Gesellschaft zu schützen. Die Absperrung des Täters von der Gesellschaft ist ein zeitlicher Schutz.

Wenn du Geschworener bist, vergewissere dich vor der Sitzung über die Rechte, die du hast: Fragerechte an den Zeugen und so fort.

Die Beweisaufnahme reißt oft das Privatleben fremder Menschen vor dir auf. Bedenke —: wenn man deine Briefe, deine Gespräche, deine kleinen Liebesabenteuer und deine Ehezerwürfnisse vor fremden Menschen ausbreitete, sähen sie ganz, ganz anders aus, als sie in Wirklichkeit sind. Nimm nicht jedes Wort gleich tragisch — wir reden alle mehr daher, als wir unter Eid verantworten können. Sieh nicht in jeder Frau, die einmal einen Schwips gehabt hat, eine Hure; nicht in jedem Arbeitslosen einen Einbrecher; nicht in jedem allzuschlauen Kaufmann einen Betrüger. Denk an dich.

Wenn du Geschworener bist, vergiß dies nicht —: echte Geschworenengerichte gibt es nicht mehr. Der Herr Emminger aus Bayern hat sie zerstört, um den Einfluß der ‹Laien› zu brechen. Nun sitzt ihr also mit den Berufsrichtern zusammen im Beratungszimmer. Sieh im Richter zweierlei: den Mann, der in der Maschinerie der juristischen Logik mehr Erfahrung hat als du — und den Fehlenden aus Routine. Der Richter kennt die Schliche und das Bild der Verbrechen besser als du — das ist sein Vorteil; er ist abgestumpft und meist in den engen Anschauungen seiner kleinen Beamtenkaste gefangen — das ist sein Nachteil. Du bist dazu da, um diesen Nachteil zu korrigieren.

Laß dir vom Richter nicht imponieren. Ihr habt für diesen Tag genau die gleichen Rechte; er ist nicht dein Vorgesetzter; denke dir den Talar und die runde Mütze weg, er ist ein Mensch wie du. Laß dir von ihm nicht dumm kommen. Gib deiner Meinung auch dann Ausdruck, wenn der Richter mit Gesetzesstellen und Reichsgerichtsentscheidungen zu beweisen versucht, daß du unrecht hast — die Entscheidungen des Reichsgerichts taugen nicht viel. Du bist nicht verpflichtet, dich nach ihnen zu richten. Versuche, deine Kollegen in deinem Sinne zu beeinflussen, das ist dein Recht. Sprich knapp, klar und sage, was du willst — langweile die Geschworenen und die Richter während der Beratung nicht mit langen Reden.

Du sollst nur über die Tat des Angeklagten dein Urteil abgeben — nicht etwa über sein Verhalten vor Gericht. Eine Strafe darf lediglich auf Grund eines im Strafgesetzbuch angeführten Paragraphen verhängt werden; es gibt aber kein Delikt, das da heißt ‹Freches Verhalten vor Gericht›. Der Angeklagte hat folgende Rechte, die ihm die Richter, meistens aus Bequemlichkeit, gern zu nehmen pflegen: der Angeklagte darf leugnen; der Angeklagte darf jede Aussage verweigern; der Angeklagte darf ‹verstockt› sein. Ein Geständnis ist niemals ein Strafmilderungsgrund –: das haben die Richter erfunden, um sich Arbeit zu sparen. Das Geständnis ist auch kein Zeichen von Reue, man kann von außen kaum beurteilen, wann ein Mensch reuig ist, und ihr sollt das auch gar nicht beurteilen. Du kennst die menschliche Seele höchstens gefühlsmäßig, das mag genügen; du würdest dich auch nicht getrauen, eine Blinddarmoperation auszuführen – laß also ab von Seelenoperationen.

Wenn du Geschworener bist, sieh nicht im Staatsanwalt eine über dir stehende Persönlichkeit. Es hat sich in der Praxis eingebürgert, daß die meisten Staatsanwälte ein Interesse daran haben, den Angeklagten ‹hineinzulegen› – sie machen damit Karriere. Laß den Staatsanwalt reden. Und denk dir dein Teil.

Vergewissere dich vorher, welche Folgen die Bejahung oder Verneinung der an euch gerichteten Fragen nach sich zieht.

Hab Erbarmen. Das Leben ist schwer genug.

FÜR JOSEPH MATTHES

Am 31. August 1924 hat die Deutsche Reichsregierung in London ein Abkommen unterzeichnet, das im Artikel 7 der Anlage III folgende Stelle aufweist:

> «Um eine gegenseitige Befriedung herbeizuführen und um möglichst weit tabula rasa mit der Vergangenheit zu machen . . .
>
> 1. Niemand darf unter irgendeinem Vorwand verfolgt, beunruhigt, belästigt oder einem materiellen oder moralischen Nachteil unterworfen werden, sei es wegen einer Tat, die in der Zeit zwischen dem 1. Januar 1923 und dem Inkrafttreten des gegenwärtigen Abkommens in den besetzten Gebieten ausschließlich oder überwiegend aus politischen Gründen begangen worden ist, sei es wegen seines politischen Verhaltens in jenen Gebieten während der angegebenen Zeit, sei es wegen seines Gehorsams oder Nichtgehorsams gegenüber den Befehlen, Ordonnanzen, Verordnungen oder Anordnungen, die von den Besatzungsbehörden oder den deutschen Behörden mit Beziehung auf die Ereignisse während des bezeichneten Zeitraumes erlassen worden sind, sei es endlich wegen seiner Beziehungen zu jenen Behörden.»

Die Deutschen haben dieses Abkommen nicht gehalten.

Am 30. Dezember 1921 wurde der Schriftsteller Joseph Matthes vom Schwurgericht in Würzburg wegen übler Nachrede und Beleidigung, begangen durch die Presse, zu sechs Monaten Gefängnis verurteilt. Er hatte als sozialdemokratischer Redakteur und Vorsitzender der Ortsgruppe dem aschaffenburger Bürgermeister Doktor Matt Lebensmittelschiebungen vorgeworfen. Im aschaffenburger Lebensmittelamt waren tatsächlich solche Schiebungen vorgekommen; die beiden geschäftsführenden Obersekretäre wurden zu Gefängnisstrafen verurteilt.

Im Jahre 1922 sollte Matthes seine Strafe antreten. Er war damals, wie die Atteste eines berliner Gerichtsarztes und des wiesbadener Polizeiarztes dartun, nicht haftfähig; trotzdem sollte er seine Strafe im Gefängnis Sankt Georgen bei Bayreuth verbüßen. Er floh.

Matthes ging nach dem damals besetzten Wiesbaden und versuchte dort, journalistisch weiterzuarbeiten. Das gelang ihm nicht. Im Jahre 1923 ging er nach Düsseldorf, woher seine Frau stammte. Inzwischen hatte er versucht, in seiner Sache etwas bei Ebert zu erreichen, der sich grade in Bad Mergentheim aufhielt; der versagte ebenso wie Radbruch, an den sich Matthes gewandt hatte.

Es war die Zeit des Ruhrkampfes. Die Regierung warf Milliarden zum Fenster hinaus, der Schwerindustrie in den Rachen, das Rheinland war korrumpiert bis tief in die sozialdemokratischen Gewerkschaften hinein, die für den ‹passiven Widerstand› bezahlt wurden. Matthes bekämpfte diese Ruhrpolitik, wo er nur konnte. Als bekannt wurde, daß er — wie alle internationalen Journalisten — einen französischen Presseausweis besaß, wurde er von den Beamten als ‹Französling› gestempelt. Wer je mit Franzosen zu tun gehabt hat, weiß, wie unendlich wichtig diese Ausweise sind, über die wir zu lachen gewohnt sind; drüben ist jede praktische journalistische Arbeit ohne coup-fil ausgeschlossen.

Im Juli 1923 bekam Matthes Einsicht in die Pläne des Severingschen ‹Mitarbeiters›, des Generals Watter, worauf er sich einer düsseldorfer Separatistengruppe der zerfallenden Smeets-Partei anschloß. Die Antwort waren Haftbefehle aus der Heimat. Lawinenartig wuchs inzwischen die separatistische Bewegung, proportional der Inflation.

Das Rheinland stand damals, geschlossen wie ein Mann, zu dem, der besser zahlte. Die Beamten, die Großbanken, die Geistlichen warteten auf ihren Augenblick. Zu Frankreich hinüber wollte keiner, bei Preußen bleiben wenige. Was sie wollten und wozu sie damals auch ein Recht hatten, war Befreiung aus der Hölle der Inflation und Schaffung einer eignen Währung, einer eignen autonomen Republik.

Erst im August 1923 lernte Matthes Dorten kennen. Smeets war inzwischen von Interessenten, die heute noch straflos herumlaufen, ermordet worden. Die rheinländische Bewegung brach, nicht zuletzt infolge der Dummheit französischer Militärs, zusammen.

Ein Jahr darauf, als in London über die rheinischen ‹Verbrecher› verhandelt wurde, verlangte Stresemann ausdrücklich die Köpfe von

Dorten und Matthes. Sie sollten von der Amnestie ausgeschlossen werden. Der menschenfreundliche Antrag fiel; die Reichsregierung unterzeichnete die völlige Amnestie. Und bricht ihre Zusage.

Joseph Matthes lebt heute in Paris. Er will nach Deutschland zurückkehren, seine Frau will die Grenze überschreiten, man verweigert beiden die Papiere. Wer ist ‹man›? Man ist die pariser deutsche Botschaft.

Man könnte annehmen, daß sich die Botschaft – um das londoner Abkommen zu umgehen – auf jenen alten würzburger Prozeß aus dem Jahre 1921 stützte, wozu sie ein formales Recht hätte, denn bis zum vorigen Jahr ist gegen Matthes ein Steckbrief auf Grund des würzburger Urteils immer wieder erneuert worden. Nein, darauf stützt sich die Botschaft nicht. Denn das kann sie nicht.

Am 29. Oktober 1928 hat das Oberste Landesgericht in München in der Sache Matthes beschlossen: Aufhebung der die Amnestie abweisenden Beschlüsse des Landgerichts Würzburg; Aufhebung der vom Schwurgericht Würzburg im Jahre 1921 ausgesprochenen Gefängnisstrafe auf Grund der Reichsamnestie vom 14. Juli 1928. In der Begründung heißt es unter anderm: «... so zeigt sich deutlich die Unhaltbarkeit des von der Strafkammer eingenommenen Standpunktes» und: «... daß die politischen Gegensätze nicht nur Einfluß auf die Tatbegehung übten, sondern gradezu bestimmend und ursächlich für das Tun des Matthes in dieser Sache gewesen sind.» Womit er also unter die Reichsamnestie fiel. (Oberstes Landesgericht vom 29. Oktober 1928 Beschwerde-Reg. I A Nr. 69/1928 Seite 3.)

Was also will die deutsche Botschaft, wenn sie Matthes die Papiere verweigert? Sie verlangt einen Heimatschein; der preußische und der bayerische Staatsangehörigkeitsausweis genügen weder für Matthes noch für seine Frau. «Für Sie ist unsre Botschaft nicht da.»

Und wegen dieses Wortes verdient die Botschaft einen auf die Finger. Wer spricht? Wer ist ‹unsre› Botschaft? Hat Herr von Hoesch sich mit einem kleinen Laden selbständig gemacht? Matthes ist Deutscher; ob seine Politik damals gut oder richtig gewesen ist, hat Herr von Hoesch nicht zu beurteilen, denn niemand hat ihn danach gefragt. Er ist auch moralisch im Unrecht.

Wenn hundert Deutsche in einer fremden Stadt leben, so zerfallen sie in dreiundvierzig Vereine sowie in hundertundeine Klatscherei. «Matthes wird von der pariser Polizei bezahlt.» Ich kenne die pariser Polizei ein wenig und Matthes ganz gut; wer von Poincaré bis zur kleinen französischen Amtsstelle herunter so empfangen wird wie er – der ist nicht bezahlt. So spricht man nicht mit und so spricht man nicht von bezahlten Leuten. Im Gegenteil: Matthes sitzt, wie viele anständige Menschen, genau zwischen zwei Stühlen. Es ist in Frankreich vieles korrupt, und wer dort in der Presse nicht nimmt, der gilt eine Zeitlang als originell, später als Trottel. Dann ist Joseph Matthes ein Trottel. Aber ein anständiger Mann.

Die Sache ist um so erstaunlicher, als Herr von Hoesch keinen scharfen Rechtskurs in Paris steuert. Was ich von seinen diplomatischen Fähigkeiten gesehen habe, war nicht grade herzzerreißend, aber wenn der Mann, was nicht zu bezweifeln ist, reaktionäre Neigungen hat: er plakatiert sie im allgemeinen nicht. Also müssen hier entweder berliner Einflüsse am Werk sein, oder es hat sich jemand auf der Botschaft ein kleines Privatvergnügen aufgetan. Die berliner Einflüsse werden von Matthes auf das Bestimmteste abgestritten; er, der stets sehr gut informiert ist, behauptet, nur die Deutschen in Paris seien diejenigen, welche.

Stumpf sind sie bei uns und illoyal, wenn es von rechts nach links geht — in der umgekehrten Richtung haben sie Hemmungen. Das Auswärtige Amt, der Reichsinnenminister ... werden sie schweigen? Wenn sie nicht schweigen: werden sie sich bei den Erklärungen der Botschaft beruhigen, deren Juristen sicherlich eine klein gedruckte Anmerkung finden werden, um das als ‹zulässig› darzustellen, was sie da treiben? Seid doch ehrlich. Geht doch auf den Grund.

In dieser Staatstollheit gilt der, der sich gegen den Staat vergeht, als Ketzer; gemieden wird er wie der in Kirchenbann Getane im Mittelalter. Aber gegen diesen Staat gehalten ist die Kirche immer eine hoch geistige Institution gewesen und wenigstens in ihrer Art sauberer. Wie! dieser von den Banken und den Winzern, von den Kohlenkaufleuten und den Kartoffelbauern abhängige Beamtenapparat wagt es, sich metaphysisch zu behängen? Was ist er denn schon groß? Ein verschuldetes Stückchen Unglück. Das dadurch um nichts besser wird, daß ihm junge Leute, die die Worte ‹reaktionär› und ‹revolutionär› nicht richtig buchstabieren können und eine eingeschlagene Fensterscheibe in Itzehoe für Revolution halten — daß die ihm seine nationale Mystik bescheinigen, worauf er übrigens pfeift. Er ist eine Versorgungsanstalt, die verantwortungslos und breitspurig Unrecht tut.

Es laufen Fememörder in der Freiheit herum. Herr von Arco ist begnadigt und badet am Lido. Die Lohmann-Affäre ist in den Akten verlaufen. Herr Matthes wird verbannt.

Es muß aber den Staatskulis gesagt werden, daß ihr Staat halb so wichtig ist, wie sie sich einbilden.

Es ist wichtiger, daß in Deutschland das Rechtsgefühl wieder wachgerufen wird, als daß die Rheinprovinz deutsch bleibt. Das Reich und der Staatsbegriff stehen nicht über allen Dingen dieser Welt.

Die Sozialdemokratie hat keine Zeit, sich hiermit zu befassen; sie erfüllt die Rolle der alten Liberalen, die sich ihrerseits Demokraten nennen, die es wiederum nicht gibt. Ob einer, auch nur ein einziger von diesen allen so viel Anstandsgefühl in den Knochen hat, Joseph Matthes die Rückkehr in die Heimat zu ermöglichen —?

DER MANN MIT DEN ZWEI EINJÄHRIGEN

Jetzt, wo alle Leute den Krieg liquidieren; wo die letzten Erinnerungen zu Büchern gerinnen; wo leise, ganz leise die Zeit herankommt, da aus den Helden von gestern die Invaliden von morgen werden ... da möchte denn einer sein Gewissen erleichtern, die Höhensonne bringt es an den Tag, es muß heraus, er hat es getragen siebzehn Jahr, nicht länger trägt er es mehr – aber hören wir ihn selbst:

«Vierzehn Tage vor der Versetzung nach Obersekunda wankte ich herum und gab Mamachen zu, daß es schief gegangen sei. Sitzengeblieben ... Schülerselbstmorde kamen damals gerade auf, aber ich trug sie noch nicht – und um diese Versetzung war es besonders schade: sollte sie doch das Einjährige bringen, die Berechtigung zum Königlich Einjährig-Freiwilligen-Dienst – und weil es mit den Verben auf μι endgültig nicht klappte und bei den Gleichungen mit drei Unbekannten ein kleiner Ausrutscher zu verzeichnen stand, winkten zwei Jahre Dienstzeit. (Ich wußte damals noch nicht, daß es vier werden sollten.) Mamachen war nicht beglückt, und ich bekam ein paar hinter die Ohren. (‹In Ihrem Alter – Wie alt waren Sie damals? – Ich als Vater ... Sie als Sohn ... Erlauben Sie mal, gerade vom Standpunkt der pädagogischen Propädeutik ... ich gehe von dem Standpunkt aus ... meine Einstellung ist irgendwie ...› – also wer nu hier? Ihr oder ich? Ich:) bekam also ein paar hinter die Ohren. Das war am 14. März. Am 28. war Zensurenverteilung, aber der 28. sah mich nicht in der Aula, wo die Klassen rauschend aufstanden, um zu hören, wer versetzt worden sei ... begossenen Gemütes zogen die Sitzengebliebenen, Verachteten, Ausgestoßenen, Nichtmehrdazugehörigen in ihre Klassenzimmer ... Ich war nicht dabei. Ich lag zu Hause im Bett und spielte den eingebildeten Kranken, was ich so besorgte, daß ich wirklich krank wurde. Zwei Tage später kroch ich in die Bellevuestraße und holte mir vom Schulpedell mein Zeugnis.

Die Klippschule lag da, wo heute der Reichswirtschaftsrat seine Existenzberechtigung dadurch nachweist, daß er da ist – ich zottelte den langen Gang hinunter und traute mich gar nicht zu dem Kastellan hinein, der so eine Art Mittelding zwischen Feldwebel und Direktor war ... Aber wider Erwarten freundlich gab er mir mein Zeugnis. Ich sah es an – und wollte es ihm zurückgeben. Das war nicht mein Zeugnis. Das war das Zeugnis eines, der versetzt worden war. Ich, ich war sitzen geblieben.

Da stand jedoch: Kaspar Hauser, und das war ich, und ich sah das Zeugnis an, und dann den Schuldiener (der wahrscheinlich heute Studienwachtmeister heißt), und dann ging ich ganz schnell wieder hinaus, aus Angst, sie könnten die Sache wieder rückgängig machen – und dann stelzte ich den langen Gang wieder herunter, froh, vergnügt, großer Mann ... als ich auf der Bellevuestraße ankam, machte ich ein Gesicht wie: ‹Natürlich — was ist denn dabei? Ich habe mir nur mein Einjähriges abgeholt ...!› Da hatte ich es — das Einjährige.

Dann nahmen die Verben auf μι an Schwierigkeiten zu, die Trigonometrie auch, meine deutschen Aufsätze ließen mich erkennen, daß es nicht genügt, seine Muttersprache zu lieben — nein, man muß sie auch so schreiben, wie sich greise Schulamtskandidaten den deutschen Stil vorstellen. Ach! von Groll gegen meine Lehrer ist nichts zurückgeblieben, ich habe ihn zerlacht und sie vergessen, alle miteinander. Und als es gar zu schlimm mit den deutschen Aufsätzen wurde, da setzte eine dicke IV meinem Streben einen Riegel vor; ich blieb nun wirklich sitzen, und mit den Augen die hoffnungslos in die Ferne gerückte Unterprima musternd, ging ich von der Schule ab. Und arbeitete weiter, um das Abitur als Externer zu bestehen.

Heute, wo trotz der übertriebenen Angst der Schüler und des lächerlichen Respekts der Eltern vor der ‹Bildung› so viel kleine Revolverschüsse langsam eine Reform des Unterrichts erzwingen, heute ist das ja alles anders. Aber damals wurde derjenige, der ein Abitur als Externer bauen wollte, wie ein Verbrecher behandelt; man kam sich vor, als stehe man als Entlastungszeuge vor einem Staatsanwalt ... so etwa war die Atmosphäre. Ich arbeitete wie ein Neger.

‹Kaspar›, sagte mein Pauker eines Tages zu mir ... also ‹Pauker› ist ein Kosewort; ich verdanke dem Mann sehr, sehr viel; er war ein wunderherrlicher Einpauker, weil er den Betrieb nicht ernster nahm als unbedingt nötig, und wenn er dieses liest, dann wollen wir in Gedanken miteinander anstoßen, womit er will: mit einem sanften Burgunder oder einem scharfen schwedischen Schnap — auf alle Fälle: Prost! — ‹Kaspar›, sagte er zu mir, ‹in einem halben Jahr steigt das Examen. Das ist eine Nervenfrage. Wer garantiert uns, daß Sie wirklich alles aufsagen, was ich Ihnen eingetrichtert habe? Das mit der Hyperbel und Joachim Friedrich und mit den Nebenflüssen der Tunguska, kurz das, was einen gebildeten Menschen ausmacht, lachen Sie nicht! Wer garantiert uns, daß Sie nicht schlapp machen und da auf einmal alles vergessen, was Sie hier so schön gewußt haben? Niemand garantiert uns das. Infolgedessen wollen wir eine Generalprobe machen!› — ‹Wollen wir uns einen Schulrat engagieren, der mich zu Hause prüft?› schlug ich vor. ‹Affe›, sagte der Pauker. ‹Sie gehen hin und machen als Probe das Einjährige.› — ‹Ich habe das Einjährige›, sagte ich. ‹Da machen Sie es eben noch einmal!› sagte der Pauker. ‹Wo?› sagte ich. ‹Vor der Kommission in der Heidestraße›, sagte der Pauker. Bei Gott, dies geschah.

Lieber Panter, Sie werden meinen wirklichen Namen nicht in die Tante Voß setzen, denn vielleicht findet sich ein schneidiger junger Herr bei der Staatsanwaltschaft, der, während gerade kein Gotteslästerungsprozeß steigt, sich mit dieser Sache eine gute Nummer verdienen will ... ich legte also der Militärkommission am Lehrter Bahnhof meine Papiere vor, alle – mit Ausnahme des Einjährigen aus der Bellevuestraße. Das behielt ich zu Hause. Und ich wurde zum Examen zugelassen. Und ich ging in dieses Examen.

Neben mir saßen durchgefallene Fähnriche aus den Pressen, gebildete Arbeiter, die sich ihre geistige Arbeit von den Nachtstunden abgetrotzt hatten – vor uns saßen schneidige Offiziere und einige traurige Zivilisten, und so wurden wir geprüft. Es ging sehr scharf her, von den zwölf jungen Herren kamen nur zwei durch – der andere war ein gewisser Salter, der Mann ist später trotz des Einjährigen vor die Hunde gegangen. Der eine war ich. Dies war meine Generalprobe für das Abitur.

Und da sitze ich nun und habe also zwei Einjährige, und vielleicht hat deswegen der Krieg so lange gedauert, und ich mußte es einmal erzählen, denn außer dem braven Lehrer weiß den Schmuh keiner, und es hat mich bedrückt, und nie getraue ich mich zu einem Psychoanalytiker – denn dann käme es heraus, dies und noch vieles andere – und ich sitze da mit meinen beiden Einjährigen und möchte mal fragen, ob vielleicht keiner das andere haben will ...?»

Dies ist der Bericht des Mannes, der zwei Einjährige hat. Ergreift sein Sohn einmal die Laufbahn des mittleren Handwerkers, dann kann er dem ja das zweite mitgeben. Weil man doch ohne Examen nicht arbeiten darf, hierzulande.

DAS NACHSCHLAGEWERK ALS POLITISCHE WAFFE

> Das Handbuch des öffentlichen Lebens ist parteifrei. Es bringt Tatsachen und Ziffern, aber es vermeidet jede Stellungnahme.
> Müller-Jabusch

Parteifreie politische Nachschlagewerke gibt es nicht und kann es nicht geben. Bereits die Tatsache, daß ein bestimmter Name überhaupt Aufnahme gefunden hat, entspricht in den meisten Fällen einem politischen Weltbild, und das ist gut so und in der Ordnung. Immerhin kann man von einem großen Nachschlagewerk, wie es zum Beispiel der *‹Brockhaus›* ist, eine gewisse Neutralität verlangen. Brockhaus hat sie. Das sonst vortreffliche und praktische *‹Handbuch des öffentlichen Lebens›*, herausgegeben von Maximilian Müller-Jabusch, und erschienen in dem kaiserlichen Verlag Koehler zu Leipzig, hat sie nicht.

Es ist wohl die hinterhältigste, die am meisten vergiftete Waffe: aus der Statistik, aus den Ziffern, aus den sogenannten ‹parteilosen› Nachschlagewerken heraus zu schießen und sich solcher Bücher als Propagandamittel zu bedienen. Es ist nicht ehrlich.

Das *‹Handbuch des öffentlichen Lebens›* bringt allerhand Wissenswertes, gut geordnet und einigermaßen übersichtlich gedruckt. Es ist bei der Schilderung der deutschen politischen Parteien von vorbildlicher Neutralität; jede Partei hat ihr Programm selbst dargestellt, an keiner Stelle hat man den Eindruck, als sei die eine auf Kosten der andern im Raum benachteiligt ... bravo. Es geht also. Aber es geht nicht immer.

Abgesehen von einigen Einzelheiten weist das Handbuch vor allem drei Stellen auf, wo es auf das gröblichste von der angekündigten Pflicht zur Neutralität abweicht, dabei an einer Stelle mit objektiven Unrichtigkeiten operierend.

Die Einzelheiten bestehen in einer merkwürdigen Einordnung des Deutschtums in der Welt. Da gibt es also: «I. Deutschland. II. Die deutschen Lande außerhalb Deutschlands. III. Das Ausland.» Die ‹deutschen Lande› sind Österreich und Danzig. Das mag noch angehen. Wenn aber die *‹Statistik des Deutschtums in der Welt›* aufzählt, daß in Lettland 70 000 Deutsche wohnen und in der Schweiz 2 700 000, so ist das falsch. Die ‹Deutschen› in Lettland sind keine Deutschen, sondern Balten, und die Menschen, die in der Schweiz leben, sind Schweizer, und beides sind keine Deutschen. Sie sprechen dieselbe Sprache wie wir – also können die Schweizer mit Fug behaupten, in Deutschland lebten 60 000 000 Schweizer. Die Statistik ist – ebenso wie die über Belgien – politisch gefärbt und nicht neutral.

Die drei großen Kapitel aber, in denen das Handbuch sein eigentliches Feld verläßt, um klare politische Propaganda zu machen, sind: *‹Der Versailler Vertrag›*; der *‹Biographische Teil›* und die Angaben über die Armeen der einzelnen Länder.

Das Kapitel *‹Der Versailler Vertrag›* ist ein einziger deutschnationaler Leitartikel. Das Handbuch nimmt da nicht nur Stellung, es straft also nicht nur das Versprechen, das es im Vorwort gegeben hat, Lügen – es wimmelt auch von unbewiesenen Behauptungen und Ansichten, Beleidigungen Frankreichs ... kurz: Politik. Da wird zunächst dem Abschnitt *‹Entwaffnung›* ein Anhang hinzugefügt, in dem die Bewaffnungen der siegreichen Mächte angegeben sind, zu dem klar erkennbaren Zweck, das ‹arme entwaffnete Deutschland› in Schutz zu nehmen. Im Abschnitt *‹Ruhrbesetzung›* regnet es Ausdrücke wie «erpreßt», «Ausbeutung», «Ausschreitungen der Besatzungsangehörigen» – es folgt eine schiefe Darstellung des Separatismus, mit einem Lob auf die «mustergültige Reichstreue der Bevölkerung», die den

Kenner belustigt, den arglosen Leser aber täuscht — es ist da dauernd von «widerrechtlicher Besetzung» die Rede ... hier wird also politisch tendenziös gearbeitet.

Bedeutend schlimmer geht es im ‹*Biographischen Teil*› zu. Darin sind eine Reihe französischer Politiker aufgeführt; es ist kaum einer, dem nicht irgend eine gehässige Bemerkung angehängt wird. Poincaré: «Mitschuldig am Kriegsausbruch.» Bumm. Das wird hier, auf Seite 810 entschieden, aber nicht belegt. Es erinnert das an die größenwahnsinnigen Urteile kleiner Landgerichtsdirektoren, die vor ihren Kammern die Weltgeschichte antreten lassen und dann in Urteilsbegründungen ‹feststellen›, was gewesen ist. Von Victor Basch: «Versuchte 1924 in Berlin und Potsdam für seinen Standpunkt zu werben, fand aber nicht die richtige Art.» Das darf diesem Pazifisten jeder sagen, jeder — nur nicht ein Lexikon, von dem wir Tatsachen haben wollen und keine Ansichten. Von François-Marsal: «Nach einer Laufbahn als Infanterieoffizier mit Hilfe familiärer Beziehungen Bankdirektor ...» Das ist eine durch nichts gerechtfertigte Ungezogenheit. Cuno, der Inflations-Cuno hingegen, ist nach diesem Handbuch erst Generalreferent für Kriegswirtschaftsfragen im Reichsschatzamt (wo er, was verschwiegen wird, die Reichsentschädigungen der Reedereien bearbeitet), und er wird dann — ohne Hilfe familiärer Beziehungen — in die Direktion der Hapag übernommen. So verschieden ist es im menschlichen Leben. Bei Radek steht fürsorglich angemerkt: «eigentlich Sobelsohn», denn was wäre das Lexikon, wenn wir das nicht wüßten — bei Seldte aber steht nicht ‹Likörfabrikant›, sondern «Fabrikbesitzer» ... es ist der Ton, der den Parademarsch macht. Dieser biographische Teil ist politisch gefärbt, unsachlich und nicht neutral.

Wären nun diese Entgleisungen, diese Peinlichkeiten heterogen, hätten diese Fehler nicht alle dieselbe Grundmelodie —: man könnte an Zufall glauben. Es kann aber kein Zufall sein, wenn in der Aufzählung der fremden Staaten, fünfmal, jedesmal im Abschnitt ‹*Heer und Flotte*› eine schwere Unrichtigkeit steht.

«Dänemark. Allgemeine Wehrpflicht.» Falsch: in Dänemark gibt es keine allgemeine Wehrpflicht, sondern nur eine allgemeine Dienstpflicht, was ein gewaltiger Unterschied ist. Denn:

In Dänemark ist durch das Gesetz vom 13. Dezember 1917 die Kriegsdienstverweigerung anerkannt. Es besteht also keine allgemeine Wehrpflicht; wohl aber eine Dienstpflicht: der sich Weigernde muß dem Staat einen Zivildienst als Ersatz leisten; dieser Zivildienst ist übrigens über dreimal so lang wie der Militärdienst; auch wird dem sich Weigernden zunächst ein waffenloser Militärdienst angeboten: aber das Recht, sich dem Heeresdienst zu entziehen, ist gesetzlich vorhanden. Davon steht im Handbuch nichts.

«Schweden. Allgemeine Wehrpflicht.» Falsch: in Schweden ist das

Recht auf Kriegsdienstverweigerung seit dem 21. Mai 1920 gesetzlich anerkannt. Das galt zunächst nur für diejenigen, die den Heeresdienst aus religiösen Gründen verweigerten; seit dem 1. Januar 1926 dürfen auch areligiöse Pazifisten den Zivil-Alternativdienst tun. Davon steht im Handbuch nichts.

«Norwegen. Allgemeine Wehrpflicht.» Falsch: die Regelung ist dort die gleiche wie in Schweden. Davon weiß das Handbuch nichts.

«Holland. Allgemeine Wehrpflicht.» Falsch: nach dem Gesetz vom August 1923 besteht dort nur allgemeine Dienstpflicht, keine Wehrpflicht. Das Handbuch verschweigt es.

«Finnland. Allgemeine Wehrpflicht.» Falsch: es gibt dort einen Alternativdienst – es besteht also keine allgemeine Wehrpflicht. Das Handbuch verschweigt es.

Warum verschweigt das Handbuch diese Fakten –?

Man vergegenwärtige sich die Situation: irgend ein Redner, ein Politiker, ein alter Militär, will vor seinem Publikum Eindruck machen. Er unterrichtet sich in diesem Handbuch – für einen öffentlichen Vortrag kann man nicht von jedem Menschen Quellenstudium in fremden Sprachen verlangen. Das ‹*Handbuch des öffentlichen Lebens*› unterrichtet ihn falsch, und er unterrichtet seine Hörer falsch. Er kann durchaus gutgläubig und mit Emphase sagen: «Selbst die kleinen Staaten haben ihre Wehrpflicht nicht aufgehoben – nicht einmal Dänemark, Schweden, Norwegen, Finnland und Holland haben es getan – und wir Deutschen sollten . . .» solcherart also sagt er seinen Leuten eine dicke Unrichtigkeit. Daran ist dieses Handbuch schuld.

Der Herausgeber ist mir als sauberer Journalist bekannt – vielleicht ist er in einem Teil der Fälle von seinen Mitarbeitern unsorgfältig bedient oder getäuscht worden. Er merze diese Fehler aus – das Kapitel ‹*Der Vertrag von Versailles*› ist Politik und keine Tatsachenübermittlung; der Rest ist schlimmer.

Wir werden immer wieder aufzeigen, wie in Schulbüchern, in Atlanten, in Nachschlagewerken, dort, wo man die Propaganda am wenigsten vermutet, wo sie also um so tiefer trifft, Politik gemacht wird – und zwar stets Rechtspolitik. Es gibt auf der ganzen Welt ein Gesetz, wonach die herrschende Klasse uns wissen machen will (und es vielleicht auch glaubt), daß ihre Anschauungen keine Politik seien. Wahrscheinlich sind sie ihr vom Himmel heruntergefallen. Wo man dergleichen trifft, soll man es austreten: so ist der vorige Krieg vorbereitet worden. So wird der nächste vorbereitet werden.

‹*Das Handbuch des öffentlichen Lebens*› aber hat nicht die Berechtigung, für Deutschland zu sprechen, wenn es so spricht. Es spricht für einen Teil Deutschlands. Nicht für seinen besten.

DISKRETION

Daß Josefine eine schiefe Nase hat;
daß Karlchen eine schwache Blase hat;
daß Doktor O., was sicher stimmt,
aus einem dunkeln Fonds sich Gelder nimmt;
daß Zempels Briefchen nur zum Spaß ein Spaß ist,
und daß er selbst ein falsches Aas ist
    in allen sieben Lebenslagen –:
    das kann man einem Menschen doch nicht sagen!
        Na, ich weiß nicht –

Daß Willy mit der Schwester Rudolfs muddelt;
daß Walter mehr als nötig sich beschmuddelt;
daß Eugen eine überschätzte Charge;
daß das Theater . . . dieser Reim wird large . . .
daß Kloschs Talent, mit allem, was er macht,
nicht weiter reicht als bis Berlin W 8;
    daß die Frau Doktor eine Blähung hat im Magen –:
    das kann man einem Menschen doch nicht sagen!
        Na, ich weiß nicht –

Man muß nicht. Doch man kann.
                                        Die Basis unsres Lebens
ist: Schweigen und Verschweigen – manchmal ganz vergebens.
Denn manchmal läuft die Wahrheit ihre Bahn –
dann werden alle wild. Dann geht es: Zahn um Zahn!
Und sind sie zu dir selber offen,
dann nimmst du übel und stehst tief betroffen.
    Die Wahrheit ist ein Ding: hart und beschwerlich,
    sowie in höchstem Maße feuergefährlich.
    Brenn mit ihr nieder, was da morsch ist –
    und wenns dein eigner Bruder Schorsch ist!
    Beliebt wird man so nicht! Nach einem Menschenalter
    läßt man vom Doktor O. und Klosch und Walter
    und läßt gewähren, wie das Leben will . . .
    Und brennt sich selber aus. Und wird ganz still.
        Na, ich weiß nicht –.

BEROLINA . . . CLAIRE WALDOFF

Bei mir — bei mir —
da sind sie durchgezogen:
die Lektrischen, der Omnibus, der Willy mits Paket.
Und eh — se hier
schnell um de Ecke bogen,
da ham se 'n kleenen Blick riskiert, ob SIE noch oben steht.
Nu stelln die Hottentotten
mir in ein Lagerhaus;
ick seh mank die Klamotten
noch wie Brünhilde aus . . .
    Ick stehe da und streck die Hand aus —
    der Alexanderplatz, der is perdü!
    Ick seh noch imma 'n Happen elejant aus,
    Ick hab nur vorne hab ick zu viel Schüh . . .!
        Ick laß se alle untern Arm durchziehn —:
        ick bin det Wappen von die Stadt Berlin —!

Bei mir — bei mir —
da denk ick: Nu verzicht ich!
Mit meine Würde paß ick nich — in den modernen Schwof.
Denn fier — Berlin
da war ick jrade richtich:
pompös, verdreckt un anjestoobt und hinten 'n bisken doof.
Nu blasen die Musieker,
geschieden, das muß sein . . .
sogar die Akademieker,
die setzen sich für mir ein . . .
    Ich stehe da und streck die Hand aus;
    der Alexanderplatz, der is perdü!
    Ick seh noch alle Tage elejant aus —
    ick hab nur vorne hab ick zu viel Schüh!
        Nu muß ick jehn. Nu wert a balde lesen:
        Mir hamse injeschmolzn. Laßt ma ziehn!
        Ick hab euch jern. Es wah doch schön jewesen:
        als Wappen von die olle Stadt Berlin —!

AUS ALLER WELT

«Warum», ließ neulich ein Kollege vom Bau anfragen, «machen Sie nicht einmal eine Weltreise —? Ich werde Ihnen das arrangieren.» Ich dankte ihm, der schon so viel für mich getan hat, und: «Nein», sagte ich, «ich möchte keine Weltreise machen, auf der ich alle zwanzig Seemeilen etwas schreiben muß.» Denn:

Wenn das Feuilletonisieren aus Paris an der Donau jemals Geltung gehabt hat —: seine Zeit scheint mir vorüber. Es kann auf einer Literatenreise nur noch zweierlei geben: das amüsante Geplauder um einen Spaß herum und die fröhliche Wissenschaft. Und die ist kaum anzutreffen.

Was soll der Schreibende in der weiten Welt —? Sich an ihr entzünden? Das ist sehr gut; dann ist, im Keim, sein Reisebuch vorher fertig, und es ergibt einen guten Klang, wenn ein starker Kerl mit der Welt zusammenstößt, die ihn zum Tönen bringt und die er zum Tönen bringt. Das ist eine künstlerische Leistung, die sehr, sehr selten gelingt. Markiert er aber den Mann, der in vierzehn Tagen Indien enträtselt, dann gibt es ein Unglück. Indien ist zu nah — acht Flugtage.

Die Welt hat sich, wie männiglich bekannt, mechanisiert. In Hongkong fahren die Trambahnen; in Sumatra trinken sie Pilsener; auf Alaska flüstert Jack Smith; in Grönland kauen sie wahrscheinlich Gummibonbons . . . die pittoresken Unterschiede sind in den großen Zentren ausgewischt und auf dem Lande manchmal noch vorhanden, noch. Das kann nur der beklagen, der sich einbildet, ganze Erdstriche hätten die Verpflichtung, sich um des Beobachters willen als Museum zu konservieren und dem Fremden malerisches Volksleben vorzuleben. Das gibt es nicht mehr, und das kann und soll es auch nicht mehr geben. Denn es ist wichtiger, daß die asiatischen Kulis auf ihre Weise den Marxismus begreifen; es ist wichtiger, daß die afrikanischen Zwangsarbeiter wissen, was man mit ihnen macht — als daß Herr Schmusheimer ein paar Feuilletons an den Redakteur bringt. Damit also ist es vorbei.

Wie will aber der Reisende in die fernen Länder eindringen —?

Ich möchte nicht mehr lesen, wie irgendein Zeitungsgewächs den Mondaufgang in Ceylon beschreibt; welche neuen Eigenschaftswörter jener für den Schmutz in Port Said findet; welch charmanten Scherze er sich in Aden ausdenkt, und in welche Beziehungen er Bolivien und den Spittelmarkt miteinander bringt. Das ist ein uninteressant gewordenes Spiel. Viel wichtiger ist die Erkenntnis der Welt, wie sie wirklich ist.

Um sie zu erlangen, sind nötig:

Beste Sprachkenntnis — für eine Weltreise also: englisch, spanisch, französisch, und das wie Wasser. Vorheriges, sorgfältiges Studium der zu bereisenden Länder — denn es ist unmöglich, sie ganz zu verstehen, wenn man ihre Geschichte nicht kennt, nicht ihre Wirtschaftsstruktur, ihre Führer und ihre Leidenschaften. Und alles das ist noch unzureichend, wenn der Reisende — wie meist — keine Zeit hat; wenn er ein ganzes Land in vier Wochen durchstreifen, verstehen, schildern soll. Dann kann er zwar, wenn alle Umstände glücklich zusammentreffen, mehr sehen als einer, der seit zwanzig Jahren dort wohnt – solche Beispiele gibt es. Dann hascht er manchmal die Erkenntnis dessen, was da los ist; wie eine Vision durchzuckt ihn blitzartig die Wahrheit; aber das ist selten. In den allermeisten Fällen wird er stümpern, und uninteressant stümpern. Ich habe das einmal beobachten können. Wenn die Reise-Journalisten über Frankreich schrieben, hatte ich meine schönsten pariser Stunden – ich sah gewissermaßen aus dem Versteck zu, wie jemand sucht ... Paris hat sich schön gehütet, «Hier!» zu rufen – es läßt die Leute schreiben. Aber von zwei, drei Ausnahmen abgesehen darf man wohl sagen: so etwas von Mißverständnissen, von Danebenhauen, von Unkenntnis und Begrenztheit war noch nicht da. Und das achtzehn Bahnstunden von Berlin ... wie mag das erst in Japan aussehen! Diese Art von Reiseschilderungen sind unnütz.

Unter den gradezu schauerlichen Exemplaren, die durch die Welt reisen, heben sich nur drei oder vier Männer vorteilhaft ab – der Rest ist wildgewordene Konfektion oder bebrillte Hochschule, blind wie die Nachteulen. Merkwürdigerweise ist unter den Ausnahmen keine Frau; wie ja denn überhaupt die deutsche Feuilletonistin alle Unarten unsres Gewerbes und kaum seine Vorzüge aufweist. Es ist wohl in Wahrheit so, daß die meisten dieser Schreiber ihren Beruf einfach des Geldes wegen betreiben, und daß es für sie wichtiger ist, bei den Redakteuren akkreditiert zu sein als beim Publikum, das diese dürre Wiese geduldig abgrast. Ob das Publikum weiß, was es will, steht dahin – die Vermittler zwischen Schriftsteller und Leser wissen es in der Regel nicht.

Hier soll noch nicht einmal von der Wichtigtuerei gesprochen werden, der chronischen Krankheit der meisten Auslandsreporter. Der Minderwertigkeitskomplex der deutschen Untertanen wirkt sich fröhlich aus, wenn ein fremder Minister sie empfängt; man muß nur lesen, wie beiläufig sie hinwerfen: «Gestern sagte mir Briand beim Tee ...», es ist das, was ich anläßlich des Herrn Keyserling die Imponierklammer genannt habe, auf daß sich der Leser vor Bewunderung wälze, was er denn auch prompt besorgt. Erst, wenn dieser Fehler ganz und gar aus der Haut ist, kann man ein guter Reiseschilderer sein, denn es ist kein Kunststück, nach Wladiwostok zu fahren, das kostet heute nur Geld, und es ist eine dumme Überheblichkeit, dem Mann aus Bitterfeld damit imponieren zu wollen, daß man unter Glockengeläute russische Namen ins Feuilleton wirft. Das kann Lehmanns Kutscher auch. Nur Lehmanns Kutscher kann es.

Wir brauchen etwas andres. Wir brauchen den fröhlichen Kenner.

Nun ist das große Unglück, daß sich der Kenner, wenn er dem deutschen Kulturkreis angehört, meist zum Fachmann herunterentwickelt, und der ist ganz und gar fürchterlich. Ich sehe von den Fällen ab, wo ein an die Zeitungen berichtender Farmer interessierte Partei ist, wo er also mit seinen Artikeln etwas durchsetzen oder abwenden will – wenn er das offen sagte, wäre es ja erträglich. Aber er ist kurzsichtig; meist trifft seine Umgebung auf den blinden Fleck seines Auges; man muß sehen und hören, wie Beamte oder Kaufleute, die zehn Jahre in China zugebracht haben, über China schreiben und sprechen, es wird einem ganz Angst; wieviel Bier, deutscher Klub, Hochnäsigkeit und Stumpfheit ist darin! Es wird also schwer sein, unter den Auslandsdeutschen, die immer zwischen Gesangsverein und Aufgabe ihres Deutschtums hin und her pendeln, den richtigen Mann zu finden. Aber es muß ihn doch geben ...! Sucht ihn.

Denn er wäre brauchbar, uns von innen her über fremde Länder etwas auszusagen; er könnte die Grundlagen schildern, auf denen sie dort leben; er könnte wirklich fruchtbare Kritik üben. Meist wird er es anonym tun wollen; denn solche Wahrheiten, ausgesprochen für einen großen Kreis in der Heimat und wiedergelesen im winzigen der Fremde, pflegen kleine Revolutionen hervorzurufen. Aber das ist immer noch besser als das fade Geschreibe der Feuilletonisten, die, der Tante gleich, überraschend wie zumeist angereist kommen, huschhusch wieder abreisen und es nun alles, alles wissen ...

Und je mechanisierter die Welt ist, um so schwerer ist es, die Nuance zu erkennen, auf die alles ankommt. Denn es ist ja nicht wahr, daß sich – bei aller Gleichheit in den Nöten und Freuden des Stadtlebens – Paris und Berlin und London gleichen; die Leute haben alle denselben Kummer mit ihren Hauswirten, das ist wahr; aber sie sterben anders, sie lieben anders, sie leben auch anders, eine winzige Kleinigkeit anders, etwas verschieden vom Nachbarland, und darauf kommt es an. Das freilich muß man sehen, fühlen, zu empfinden verstehen, auffangen.

Als ich neulich hier einmal dieses Thema angeschnitten und gesagt hatte, wir wollten nun aber nicht mehr die Schilderungen von Reisebeschwerlichkeiten, sondern Länderschilderungen lesen, da schrieb mir der treffliche C. Z. Klötzel vom *‹Berliner Tageblatt›* einen bitterbösen Brief. Nun ist dieser Mann, wenn er fremde Länder ernst schildert, eine jener Ausnahmen, die die deutsche Reise-Journalistik hat: sauber, sorgfältig, gebildet – er hat in seinem Leben vieles gesehen und mit Nutzen gesehen ... also warum der Eifer? Es war wohl so etwas wie der Kampf zwischen ‹Fachmann› und ‹Laien›, jenes uralte deutsche Gesellschaftsspiel, das zu gar nichts führt ... Klötzel weiß und muß wissen, wie oft die Spesen vertan sind – südamerikanische Zeitungen kann man auch in Berlin durchbuchstabieren, und wenn die Herren einmal ihre Quellen angeben wollten, so ergäbe sich, daß: ‹man sagt hier› ein deutschsprechender Kollege aus einer befreundeten Zeitung ist, und ‹ganz Guatemala› ein Kaufmann, der früher einmal in Leipzig mit Pelzen gehandelt hat . . . Seid doch ehrlich! Ihr wißt doch wie wir, wie unendlich schwer es schon in Berlin ist, herauszubekommen, was die Leute wirklich denken; in wie viele Kneipen, Volksversammlungen, Familien und Vereine man gehen müßte, auch da muß man noch den Flair haben – und nun erst in einem fremden Lande, wo man in der Fixigkeit vieles ganz falsch einschätzt!

Und so sieht denn auch das Weltbild aus, das diese da vermitteln. Vor lauter Witzchen, Mätzchen, Stilgespiel und Mausigmacherei verschwindet das fremde Land; schält euch heraus, was sie wirklich über die Türkei, Schweden, Paris und Australien vermelden und was nicht aus den Zeitungen abgeschrieben ist, sondern auf eigner Beobachtung beruht: es ist blutwenig. Und gibt es eine Katastrophe, dann hat es die Propaganda leicht, dem Deutschen, was sie nur will, über die Fremden vorzugaukeln – Stresemann hat das neulich im Reichstag, genau fünfzehn Jahre zu spät, gut formuliert. Kennen wir den Fremden nur aus diesen Reiseschilderungen, dann ist er im Handumdrehen zu einem blutrünstigen Straßenräuber, einem Kinderschänder, einem Lügner und einem Falschmünzer gemacht. Wer mit offenen Augen im fremden Land gelebt hat, glaubts nicht so leicht. Wer dauernd gut unterrichtet wird, auch nicht.

Ich habe den Eindruck, daß es nach dem Kriege damit nicht besser geworden ist – es ist eher schlechter geworden. Die unleidlichen Sitten der amerikanischen Reportage, die an Unbildung jeden Rekord schlägt, ist noch zu allem andern dazu gekommen, und so hat das Volk der Dichter und Denker ein paar sehr gute Reisebücher, aber wenig brauchbare Reise-Journalisten. Hier sei eingefügt, was wegen jenes Briefes Herrn Klötzels einzufügen nötig ist, daß ich das kleine Pyrenäenbuch, das ich einmal geschrieben habe, für kein Muster seiner Gattung halte – es ist darin mehr von meiner Welt als von den Pyrenäen die Rede, und nur das Kapitel über Lourdes macht eine Ausnahme. Ich konnte zum Beispiel mit den Leuten nicht baskisch sprechen – wie soll ich diesen Landstrich ganz begreifen?

Darum habe ich dem Freunde geschrieben, er möge mich die Weltreise lieber nicht machen lassen. Kommt aber ein amerikanischer Zuckerkönig gegangen und lädt mich zu einer solchen Reise ein, und bleibt er selber noch gar zu Hause –: dann will ich gern einmal mit der Hand übern Alexanderplatz sowie über den Globus fahren.

HEINRICH ZILLE

Zweeter Uffjang, vierta Hof
wohnen deine Leute;
Kinder quieken: «Na, so doof!»
jestern, morjn, heute.
  Liebe, Krach, Jeburt und Schiß ...
    Du hast jesacht, wies is.

Kleene Jöhren mit Pipi
un vabogne Fieße;
Tanz mit durchjedrickte Knie,
er sacht: «Meine Sieße!»
  Stank und Stunk, berliner Schmiß ...
    Du hast jesacht, wies is.

Jrimmich wahste eijntlich nich —
mal traurich un mal munta.
Dir war det jahnich lächalich:
«Mutta, schmeiß Stulle runta —!»
  Leierkastenmelodien ...
    Menschen in Berlin.

Int Alter beinah ein Schenie —
Dein Bleistift; na, von wejn ...!
Janz richtich vastandn ham se dir nie —
die lachtn so übalejn.
  Die fanden dir riehrend un komisch zujleich.
  Im übrijen: Hoch det Deutsche Reich!
    Malen kannste.
    Zeichnen kannste.
    Witze machen sollste.
    Aba Ernst machen dürfste nich.
Du kennst den janzen Kleista —
den ihr Schicksal: Stirb oda friß!
Du wahst ein jroßa Meista.
    Du hast jesacht, wies is.

HERR AHLMANN

Ludvika, Baedeker Seite 219, 408 Kilometer von Gotenburg, Stadshotel, 40 Betten; eine freundliche kleine schwedische Stadt, ein blauer See blinkt ...

G. AHLMANN

«Haben viele Schweden deutsche Namen?» fragte ich den dicken Borgstedt. Der dicke Borgstedt ist sicherlich der beste ‹guide› von Stockholm — er spricht viele Sprachen, auch deutsch; weil aber ‹Dolmetscher› wirklich nicht leicht zu sagen ist, sagt er lieber ‹geid›. — «Nein», sagte er, «deutsche Namen sind nicht gar so häufig. Dieser hier aber ist ein Deutscher. Ein Holzhändler. Wollen wir ihm guten Tag sagen? Er ist mein Freund. Eine ulkige Nummer.» — Bauernkirchen hatten wir nun genug gesehen, auch alte Schlösser, grüne Plätze, Parks, viele Seen ... warum sollte man nicht auch einmal einen deutschen Holzhändler besichtigen? Hinein.

«Guten Tag, Herr Ahlmann», sagte der dicke Borgstedt zu dem beweglichen kleinen Korken, der da hinter dem Schreibtisch elastisch aufsprang. «Dieser Herr ist nach Schweden gekommen, um sich über die Holzpreise zu unterrichten — und weil Sie doch der beste Fachmann der Gegend sind ...» Mir erstarrte das Blut in den Adern. Knapp bin ich imstande, eine Birke von einem Johannisbeerstrauch zu unterscheiden, und ob man Holz nach Pfund oder nach Litern verkauft, weiß ich auch nicht ... Ich warf Borgstedt einen verzweifelten Blick zu, der an der ungerührten Fettmasse abprallte. «Sehr geehrt!» sagte Herr Ahlmann. «Bitte nehmen Sie Platz!» Hurra! Er sprach mit vielen getrübten As und Os das Deutsch der hamburgischen Vorstädte, manchmal rutschte er ins Platt, und mir wurde urgemütlich zumute. Die Sache würde schon werden ...

«Tscha ... mit den Holz ... meine Herren», sagte Herr Ahlmann, «das ist ja nu so eine Sache is das nu ja. Also ich bin ja nu schon fünfunddreißig Dschohr hier in die Gegend, und kann ja nu sagen, es is nich einfach. Nä. Ich bin viel in der Welt rumgekommen, müssen Sie wissen, in England war ich, in Frankreich, in Holland, in Belgien, und immer ohne Geld, sehen Sie — das is eine Kunst! Im Krieg hat mir das deutsche Konsellat immer sone Briefe geschickt, ich soll nu man kommen und mir stellen — verzeihn Sie, wenn ich manchmal falsch deutsch spreche, ich bin all so rraus, und denn hat man ja nich immer Zeit, sich um alle diese Finessen zu kümmern ... ich hab aber den Konsellat geschriehm: Nö, hab ich geschriehm, ich bin hier als schwedischer Untertan anerkannt, ich hab noch nie einen Menschen totgeschossen, ich will das nich. Sehn Sie, wie Sie mich hier sehn — da bin ich ein ganz fürchterlicher Verbrecher!» — Ich sah.

Ich sah einen freundlichen, dicken Mann, in seinen Augen schwammen Geschäftsschlauheit, rote Äderchen und eine Mindestration von vier Litern Schnaps im Monat; an der Wand tickte eine brave Bürgeruhr, draußen rauschten die hölzernen Bäume; die hier verkauft wurden ...

«Ein fürchterlicher Verbrecher», sagte Herr Ahlmann. «Sehn Sie, ich habe im Frieden gedient, bei den 93ern in Hamburg.» (Sagte er: 93er? Es war irgendeine militärische Zahl.) «Na, das war eine Sache, sag ich Ihnen! Also diese Titels ...! Schweinehund und Lausekerl und Drrreckkopp – solche Titels waren das! Ich konnte das all gar nicht mehr aushalten. Ich war immer ein selbständiger Kerl, wissen Sie ... Und eines Tages» (– nun trübten sich bei Herrn Ahlmann die Vokale noch mehr, weil er so erregt war –) «eines Tages, da mußten wir wieder antreten, und da stellte sich denn der Unteroffizier, Jankuhn hieß er, vor mir hin und hat gesagt: Was bist du? Ich hab gesagt: Ich bin der Ahlmann. Da hat er gesagt: Du bist ein ganz verdammter Synagogendiener. Nimm mal die Knochen zusammen!» – Hier stand Herr Ahlmann auf, bewegte sich mit großer Fixigkeit in die Mitte der Stube und stand stramm, mitten auf dem guten Teppich. In der Bewegung, mit der er sich aufbaute, war etwas Professionelles: die Jahrzehnte hatten den alten Drill nicht aus den Knochen bekommen können ... rrumms, da stand er! Sogar die Augen hatten diesen seltsamen, starren Ausdruck, wie man ihn bei Porzellanmöpsen und überdrillten Soldaten findet ... Ich wußte: wenn ich jetzt auf den dicken Borgstedt sah, dann war es aus. Ich sah nicht auf ihn.

«Da hab ich ausgeholt und –» (hier machte Herr Ahlmann eine Bewegung, die in besseren Zeiten ein guter Rechtsschwinger gewesen sein mochte) «und hab den Unteroffizier einen in die Fresse gehauen, daß er gleich hinten umfiel. Na, denn gleich alle auf mir drauf, und denn zwischen vier Mann mit aufgepflanzten Seitengewehr abgeführt, in den Arrest. Da gabs ja ein ganz scheußliches Essen gabs da.» (Ich nickte mitfühlend.) «Und da war ein Schersant Poswisteitzky, der sagte gleich: ‹Dich wern wir schon kriegen, du Hund! Du wirst fuffzehn Jahr beziehen, du dreckiger Lump!› Solche Titels waren das! Und denn kamen die abends mits Essen –» An dieser Stelle klingelte, wie so häufig im menschlichen Leben, das Telefon. Infanterist Ahlmann verwandelte sich blitzschnell in den Holzhändler G. Ahlmann Ludvika, Schweden, und sprang an den Apparat. In einem Schwedisch, dem sogar ich den deutschen Akzent anmerkte, sagte er viele schöne Sachen ins Telefon – wenn Leute handeln, versteht man sie gleich, das ist international. So, nun waren sie wohl einig. – «Da kamen die also mits Essen», fuhr Herr Ahlmann fort, «und ich schubste sie denn beiseite, und wumm – raus aus die Tür, und den Korridor runter – denn über die Mauer – und los! Ich bin über die Felder gemacht, und bei meine Schwester. Lucie, sag ich, das und das – ich bin ganz unglücklich! Hast du Geld? Na, sie hatte nur zwanzig Mark, und noch ein büschen was, und das gab sie mir denn, und sie hat so geweint, und denn hat sie mir einen Anzug von ihren Mann gegeben, und ich bin denn nach Kiel in ein Hotel, da hab ich Zivil angezogen, und denn ging da noch nachts ein Motorboot nach Dänemark, und da bin ich denn rüber. Und denn bin ich gewandert, aber immer ohne Geld! Immer ohne Geld! Und denn hier in Schweden, in Ludvika, da bin ich denn hängen geblieben, da hab ich denn meine Braut getroffen und hab geheiratet, und jetzt hab ich acht Kinder, alle acht sind noch da, aber in Krrieg, nee, bester Herr, ich hab den Konsellat geschriehm: das will ich nicht! Und wie denn is die Amnestie rausgekomm, da bin ich gleich zu meine Verwandte nach Hamburg gemacht, mit *sonne* Körbe voll Lebensmittel, na, wissen Sie, die waren ja so ausgehungert, aber ich habe sie alles hingebracht! Und für andere Leute auch und für die Kinder! Wissen Sie –» (und hier sagte Herr Ahlmann das Wort, das merkwürdigerweise so viele Leute sagen, wenn sie einem ihr Leben erzählen) – «ich könnte einen Roman schreiben!» Worauf das Telefon klingelte.

Es entspann sich ein längeres Gespräch, das nie wieder aufhörte. Dieses Mal ging es nicht ums Geschäft, das war gleich zu merken. Es mußte etwas anderes sein. Und plötzlich sprach Herr Ahlmann, der bis dahin sein hartes Schwedisch geklöhnt hatte, deutsch. «Und das sage ich dir», rief er aufgeregt in die Muschel, «das sag ich dir: Laß dir ja nich mit den andern ein! Ich verbiete dir das! Hörst du! Das verbiete ich dir!» – Und hängte ab. Und dann sah er auf die tickende Uhr, und entschuldigte sich: Aber er müßte zum Frühstück! Was wir begriffen. Und dann standen wir auf. Und dann gingen wir auf die Straße, er zu seinem Frühstück, und wir zu unserm Frühstück.

«Was hat er da ins Telefon geschrien?» fragte ich Borgstedt. «Er hat seiner Tochter gesagt», antwortete der Dicke, «sie soll keine Dummheiten machen. Gegen das eine Verhältnis hätte er ja als Vater nichts – aber zweie ... das wären zu viel. Er hat sie gewarnt, wissen Sie?» – Ich wußte. Und wenn dies die Nachtredakteure des Herrn Hugenberg lesen, dann werden sie sagen: Auf der Ehe eines Deserteurs ruht eben kein Segen! Da ist die sittliche Verlotterung nicht weit! –

Soweit der Holzhandel in Nordschweden.

NR. 1

> Die Mama: «Man kann mit ihm nicht verkehren. Er pfeift so unanständige Lieder.»

Es liegt – weil wir sonst keine Sorgen haben – vor:

‹*Nachrichtendienst zur Bekämpfung von Schund- und Schmutzschriften*›, herausgegeben vom Preußischen Ministerium für Volkswohlfahrt. Nr. 1. Nr. 1 –? Das kann ja gut werden.

Das erste, was in diesem Blättchen auffällt, ist die maßlose Gschaftlhuberei der beteiligten Beamten. Als das Gesetz herauskam, war gar nichts da – was haben sie nicht schon alles aus dem Nichts gemacht! Da erfahren wir aus der Einführung, daß es bereits einen Erlaß – Z A II 5245/29 – gibt, «betreffend Nachrichtendienst zur Bekämpfung von Schund und Schmutz», und man kann aus diesem Bombast von Wichtigmacherei und Überflüssigkeiten einmal so recht sehen, wie diese juristisch verbildeten Lebewesen Maden ausschwitzen, hunderttausend Eier legen, sich in der Jungfernzeugung fortpflanzen – ein grauslicher Anblick.

Zu dieser Arbeit ist selbst der ‹Laie› willkommen. Diese Nr. 1 ist ein einziger Schrei nach der Denunziation. «Findet zum Beispiel ein Lehrer bei einem seiner Schulkinder ein Buch, das ihm bedenklich erscheint und das er für eine Schund- und Schmutzschrift hält, oder sieht beispielsweise eine Mutter in der Auslage eines Schreibwarengeschäfts oder am Stande eines Zeitungshändlers ein solches Buch oder eine solche Zeitschrift ausgestellt ... ergibt sich, daß die beanstandete Schrift nicht auf der Liste steht, und ist die Persönlichkeit, die sie beanstandet, der Meinung, daß sie auf die Liste gehört, so ist das dem zuständigen Landesjugendamt als der nächsten antragsberechtigten Behörde mitzuteilen ... Um das Interesse der für den Jugendschutz eintretenden Verbände usw. für die Bekämpfung der Schund- und Schmutzschriften zu wecken und lebendig zu erhalten, ziehen die Landesjugendämter sie zu bestimmten Aufgaben heran, indem sie sie zum Beispiel an der Arbeit der Ausschüsse zur Vorprüfung einer Schrift beteiligen, sie zur Beobachtung der Zeitungskioske anregen und dergl.»

Dergl. hat man noch nie umsonst versucht. Es gibt ein Mittel, ein einziges, jeden Deutschen aus seiner Ruhe aufzurütteln: sage ihm, auch er sei ein Stück Behörde ... und du wirst etwas erleben. Und nun muß man wissen, in welchen Pfoten sich diese Ausschüsse, karitativen Verbände, Jugendpflegevereine befinden, um das Unheil ermessen zu können, das hier heraufzieht. Dem politischen Gegner immer nur auf die Brieftasche zu sehen, ist billig: man sollte ihm ganz woandershin sehen. Es ist kein Zweifel daran erlaubt, daß bei den meisten Leuten, die sich mit diesen Dingen beschäftigen, insbesondere bei den Frauen, zwei Triebe dominieren: Herrschsucht und unbefriedigte Erotik. Die Wonne, zu regieren und andern etwas vorzuschreiben; der Fimmel, sich als Cäsar zu fühlen, das ist das eine. Gewohnheitsmäßig unzüchtige Schriften bekämpfen ist eine invertierte Orgie, das ist das andere. Sieh diesen vorsitzenden Frauen einmal in die Augen, und du erkennst: sie sitzen da, weil sie nicht richtig liegen. Und das zensiert nun den Schmutz.

Diese Verstopften sind aber nur die Hilfsvölker. Die Kerntruppen sind die Juristen. Und hier kann man in nuce erkennen, wie die romanistische Scholastik der deutschen Juristen, die in den Steinzeitmenschen Kahl und Ebermayer ihre Modelle verehren, das Leben tötet, indem sie es in Begriffe zwängt, die nichts, aber auch nicht das leiseste, mit dem Lebendigen zu tun haben.

Was ist Schund? Was ist Schmutz? Der unsägliche Külz stellte sich damals im Reichstag hin und rief: «Was ich in dieser Hand hier habe, ist Schund – und hier, diese Schrift in meiner andern Hand, das ist Schmutz.» Eine dritte Hand hatte er leider nicht. Nun die Juristen:

Erste Entscheidung: Eine Schundschrift muß wertlos und schädigend sein. A=A. Dann: Eine Schundschrift ist eine Schrift, die keine positiven, den Leser bereichernden Werte aufweist. Da weiß ich aber eine Menge Schundschriften... Dann: Der Schundcharakter einer Schrift wird durch zahlreiche Sprach- und Rechtschreibungsfehler verstärkt. (Das ist eine Unfreundlichkeit gegen Bronnen.) Dann: Eine Schrift ist eine Schundschrift, wenn sie ein falsches Weltbild bloß deshalb gibt, weil ihr Verfasser es nicht besser versteht oder weil er es im Hinblick auf seine Leser für angezeigt hält, kein richtiges Weltbild zu geben. Einen Schritt weiter – und die Herren werden ein Verfahren wegen Beleidigung der Landeskirchen auf dem Buckel haben. Was aber das ‹richtige› Weltbild angeht, das haben nur sie.

Solchergestalt ausgerüstet, stürzen sie sich in den Strudel.

Aus den Listen der Nr. 1 ergibt sich, daß dieser ganze Aufwand schmählich vertan wird. Dieser Eifer; dieser Paragraphenklamauk; diese Wichtigmacherei und diese Organisation – das alles, um *‹Die Braut von Venedig›*, *‹Die Hand der Gräfin auf der Kirchhofsmauer›* und *‹Röschen, das Grafenkind oder: Verschleppt ins Irrenhaus›* zu beschlagnahmen. Dazu setzen sich jedesmal vier, sechs, acht hochgelahrte Herren auf den zu diesem Zweck angebrachten Popo, damit das Dienstmädchen Emma Gubalke in Palmnicken nicht mehr *‹Das echte und wahre Traumbuch nach ägyptischen Wahrsagern›* liest. Daß sie aber viermal im Jahr Kartoffelferien gehabt hat, wo dann der Unterricht in der kümmerlichen Volksschule ausfiel, damit Emma für den gnädigen Herrn Kartoffeln jäten durfte; daß Emma nur deshalb kein verzerrtes Weltbild hat, weil sie überhaupt keins hat; daß sie in einem Raum schläft, der einem Ziegenstall ähnelt, wo sie in einem Bett mit ihrem Bruder der *‹Galanten Abenteuer des Doktor Ribera›* wohl entraten kann – davon weiß das Ministerium für Volkswohlfahrt wenig oder nichts. Ist auch nicht so wichtig. Wenn nur *‹Vertrieben am Hochzeitsabend›* nicht ins Volk dringt, dann ist alles, alles gut.

Das ist die eine Sorte, hinter der die Schnüffler her sind. Die zweite Sorte ist schon gehaltvoller.

Ein Merkmal dieser Zeit ist wohl, Unbewußtes bewußt zu machen. Meist schmerzt das. Auch geht so die Bildung in die Breite, wobei sie an Höhe verliert – und Berufene und Unberufene beschäftigen sich mit den Rätseln, die sie bedrücken. Aber wer soll schließlich ihre Berufung entscheiden! Wer? Das Ministerium für Volkswohlfahrt. Das zur Zeit von einem Zentrumsmann geleitet wird, allwas die Partei sich nicht nur des Geistes und des Ungeistes wegen verschafft hat —, sondern aus einem ganz andern Grunde: dieses Ministerium hat über die Verteilung sehr großer Fonds zu entscheiden, wer Geld gibt, ist beliebt — man kann sich denken, in welcher Tendenz hier gearbeitet wird. In einer objektiven, versteht sich.

Mit grunzendem Eifer also trappelt die Schar zu den Trüffeln der ‹erotischen› Zeitschriften. Für jeden geistigen Menschen liegt die Sache klar:

Etwa drei Viertel dieser Blätter, in denen sich Buchhaltersfrauen an Leib und Seele enthüllen, wobei man sich aussuchen darf, was kümmerlicher ausfällt, drei Viertel ist von seiten der Verleger lediglich Spekulation. Das ist neben anderm jedes Blatt — es fragt sich nur, worauf spekuliert wird. Hier wird zweifellos mit nicht sehr sauberen Trieben gerechnet. Es geht aber die verhüllte Pornographie bis zu den bekanntesten und größten Zeitschriften — wo hört das auf, wo fängt das an! Und vor allem: wie weit ist das noch reinlich? Es gibt doch einen sehr verständlichen, legitimen und naturhaften Trieb, sich an einem Frauenkörper zu erfreuen, und wenn ich nicht irre, ist Alfred Polgar einer der ganz wenigen Mutigen gewesen, der einmal auf eine Umfrage in Sachen des Volkswohlfahrtsmannes Brunner das Recht auf Erektion propagiert hat. Die ist Sache des Lesers. Ein hübsches Badebild läßt mich die Linien eines schönen Frauenkörpers bewundern, denn ich bin ein Mann, und meine Empfindungen sind dabei durchaus männlich — also schlummert im Untergrund der Wunsch: du möchtest wohl einmal mit dieser schlafen. Ob der Wunsch die Augen aufschlägt, hängt von tausenderlei Dingen ab — aber gewiß nicht vom Ministerium des Herrn Hirtsiefer. Es ist lächerlich, derart subtile Fragen mit dem Knüttel lösen zu wollen. Für den Schmutz, den wir alle ablehnen, weil er geistlos ist, genügt das Strafgesetzbuch vollkommen — niemand von uns will, daß in einer Buchhandlung ein fotografierter Coitus ausgeboten wird. Doch übersehen diese stumpfen Banausen, die mit dem Gesetz in der Hand Schaden anrichten, daß man selbst die Pornographie nicht mit dem Paragraphen überwindet — überwunden ist sie erst, wenn sie von der Jugend ausgelacht und als unappetitlich bei Seite gelegt wird. Das allein wäre sauber. Alles andere führt zur Verdrängung, die gibt Neurosen, und zum Schluß haben wir die Vorstandsdamen.

Die richten in den ‹erotischen› Zeitschriften wilde Verheerungen an. Ein paar dieser Publikationen sind mir bekannt; sie sind alles mögliche: dumm, harmlos, verhüllt unanständig, unverhüllt anständig, lächerlich ... aber als Schund und Schmutz können sie nur auf jemand wirken, der mit seinem Triebleben nicht in Ordnung ist und der in Wallung gerät, wenn er einen Schamberg sieht. Interessiert euch das so sehr? Immerzu? Den ganzen Tag über —?

Bis hierher liegt Ignoranz vor; bösartige Unbildung; Faulheit, sich in das Seelenleben des Menschen zu versenken — wenn ein Ministerium wagte, mit derartigen Maßnahmen in die Medizin einzugreifen, schrien die Ärzte nicht schlecht, und rechtens. Und wir sollten schweigen, wenn sie im Bereich des Geistes pfuschen?

Sie pfuschen nicht nur. Schon hier, in der Sparte der Zeitschriften, fällt die politische Tendenz auf, in der dieses Gesetz gemacht, propagiert, heute schon ausgenützt und nicht mißbraucht, sondern gebraucht wird.

«Lfd. Nr. 11. Antragstellende Behörde. Landesjugendamt Berlin. Schrift: *‹Die Aufklärung, Monatsschrift für Sexual- und Lebensreform›*. Verfasser: Magnus Hirschfeld und Maria Krische.»

Es ist eine Dreistigkeit sondergleichen, einen Wissenschaftler wie Hirschfeld auf eine Schmutzliste zu setzen. Ich stimme mit dem Mann in vielen Punkten nicht überein; über die Art seiner Propaganda läßt sich manches sagen — aber doch immer mit dem Hut in der Hand, doch immer mit der Anerkennung: Hier hat sich einer für eine vernünftige Sache gegen seine Zeit und die Schande des Strafgesetzentwurfs gestemmt. Wenn ein Landesjugendamt die Schrift eines solchen Mannes, dessen Lebenswerk und Name eine gute Gewähr sind, auf eine Schundliste setzt, so kann es das nur getan haben, weil ihm die dort vorgetragenen Lehren nicht in seinen Kirchenkram passen. Die katholische Kirche zum Beispiel hat kein Recht, uns ihre Sittennormen aufzudrängen. Ich diskutiere sie hier nicht; ihr gebührt die Freiheit, ihre Anhänger so aufzuziehen, wie sie das für richtig hält. Wer aber anders leben will, lebe anders. Sie hat nicht über uns andre zu entscheiden. Wer da im Landesjugendamt Berlin ein solches Maß von Unbildung aufweist, mögen die Beamten unter sich ausknobeln — es ist eine Schande.

Es ist auch eine vollendete Dummheit. Wen soll denn dies Gesetz eigentlich bewahren? Die Jugend? Dann beschränke es sich auf Jugendschriften. Eine Unrechtsprechung, die in diesem Sinne weitermacht, führt konsequent dazu, daß das deutsche Geistesleben auf der ethischen Vorstellungswelt eines Sechzehnjährigen basiert. Soll es so weit kommen? Es wird so weit kommen, wenn ihr nicht dagegen angeht.

Ein Buch wie den *‹Ladenprinz›* von Kurt Münzer zu verbieten, ist eine freche Überschreitung aller, selbst in diesem Schundgesetz gegebenen Kompetenzen. Münzer ist ein sehr mäßiger Teeaufguß von Heinrich Mann; verlogen, ein schlechter Stilist, kein guter Schriftsteller. Aber das geht uns an, nicht die da. Welche Gefahr atmet denn so ein Buch? Ich habe es gelesen; denkbar, daß sich ein Achtzehnjähriger bei manchen Augenblicken der Lektüre einem «geheimen Laster hingibt», um im Stil des Ministeriums zu sprechen. Vielleicht bemühen sich die Herren, sich für ihr Gehalt die Allgemeinbildung anzueignen, die nötig ist, um hier mitzusprechen. Sie werden dann lernen, daß die Masturbation eine Folgeerscheinung ist und keine Basis; daß ihre schädlichen Folgen maßlos überschätzt worden sind — und daß solche literarischen Wälzer am allerwenigsten Malheur anrichten. Weniger als die Fürsorge-Anstalten bestimmt.

Maurice Leblanc (Arsène Lupin) steht auf der Liste, wie sie es überhaupt mit den Franzosen haben. Wie uns das Leben noch Freude machen soll, seit sie uns *‹Paris Plaisirs›* Jahrgang 7, Nr. 67 verboten haben, ahne ich nicht; habt ihr nicht auch das Gefühl: es fehlt uns etwas ... und was ist es? Paris Plaisirs. Alles steht durcheinander, die Listen sehen so aus wie die Gehirne, die sie ausgebrütet haben: *‹James, ein Roman aus Berlin W›* (gleich zweimal), eine blanke Pornographie; und auf derselben Seite: *‹Jésus-la-Caille›* von Francis Carco. Hauch das Thermometer an, und es wird warm im Zimmer; mal dir grüne Tinte auf den Primäraffekt, und du bist nicht mehr krank — und nach diesen Verboten, die Clément Vautel gleichermaßen wie das ganz und gar harmlose *‹Kriminal-Magazin›* von Wallace betreffen, wird es ja nun wohl keine Verbrechen und keine Syphilis mehr geben, keine Dirnen und keine Zuhälter, welche Typen diese Beamten immer nur von neunzig Mark Monatsverdienst abwärts zu sehen imstande sind.

Dann wirds ganz politisch:

‹Glossen auf Gott und seine Stellvertreter. Ein Spiegel für Fromme›. — *‹Die Schlacht mit dem Heiligenknochen, Götzenbilder aus vier Jahrhunderten›*. Die frommen Brüder haben ja sehr viel Stirn — aber wagen sie, uns zu sagen, daß sie eine Schrift gleicher Qualität auch dann verbieten, wenn sie gottgefälliger Tendenz ist? Dies Verbot ist die kalte Abwürgung des politischen Gegners auf dem Verwaltungswege. Denn enthalten diese Schriften eine Beleidigung der Kirche, die zwar kein Sondergesetz verdient, wohl aber gegen Beleidigungen geschützt zu werden ein Recht hat, dann genügt das Strafgesetz; enthalten sie solche Beleidigungen nicht, so hat das Volkswohlfahrtsministerium die Finger von Veröffentlichungen zu lassen, die nicht für Kinder bestimmt sind.

Das alles aus der einen Nr. 1.

Und alles dies — Einwände, Argumente, Angriff und Abwehr — alles dies hat man den übereifrigen Demokraten, die diese Kulturschande auf dem Gewissen haben, vorher gesagt. Man hat sie gewarnt. Man hat ihnen Schritt für Schritt geschildert, was kommen werde. Umnebelt vom Versammlungsbeifall, wie Theodor Heuss; hingerissen von der eignen Epigonen-Bildung, wie Gertrud Bäumer, haben sie kühn die Geschäfte des Zentrums besorgt, das still in der Ecke saß und sich die Hände rieb: billiger hat man ihm noch nie eine Ware ins Haus geliefert. Inzwischen haben sich namhafte Autoren aus den Ausschüssen zurückgezogen, angeekelt von diesem lächerlichen geistfeindlichen Treiben – und bald sind die weiblichen Herren und Damen ganz unter sich und allein: im Dunkel. Gute Verrichtung!

Schlechte Verrichtung, böse Verrichtung. Packt man die Herren beim Schlips, dann murmeln sie etwas von «Laien-Kritik eines Außenstehenden», denn nichts verzeiht der Beamte so wenig wie den Vorwurf, er sei mit allem, was er da treibe, gänzlich überflüssig. Er ists aber. Die vielen, vielen Tausendmarkscheine, die hier vertan werden, sind dem echten Volkswohl entzogen. Und dann pumpen sie sich bei den Banken Geld. Freilich, wer so wirtschaftet ... Dieser Staat halte den Schnabel, wenn es um die Seele geht. Wohnungen soll er bauen. Es muß systematisch gearbeitet werden, damit dies Schandgesetz verschwinde. Ich halte es für eine Hauptaufgabe unseres Schutzverbandes Deutscher Schriftsteller, ununterbrochen gegen dies Gesetz zu treiben – es muß fort. Heute wird es noch nicht einmal so mißbraucht, wie sein Kautschukrahmen es möglich macht. In wildern Zeiten kann man mit ihm den halben Paragraphen 48 der Reichsverfassung sparen. Es muß fort.

Denn was ist es? «Eine Schundschrift muß in jeder Beziehung objektiv wertlos sein.» – «Eine Schmutzschrift muß wertlos sein und wegen der Unreinlichkeit des Inhalts Widerwillen erregen.» Das ist es.

Dieses Gesetz fällt unter sich selbst.

JA, BAUER, DAS ...!

Sämtliche Buchhändlerfenster sind voll
von Kriegsbüchern und Romanen.
Die Presse war schuld! Der Kaiser war toll!
Man hat uns mit allen Schikanen
belogen,
betrogen,
dumm gemacht,
ums Denken gebracht –
Großer Katzenjammer.

Natürlich hat es sich nicht gelohnt.
Natürlich hätten wir die andern geschont.
Natürlich ist alles ganz falsch gewesen.
Natürlich ist unschuldig deutsches Wesen.
Auf ein Mal
sind sie sentimental,
gefühlvoll, pathetisch und Kriegsverdammer.
Großer Katzenjammer.

Aber —:
Geht das morgen wieder los,
vertauschst du nur die Farben,
dann erleiden Millionen ein schlimmeres Los —
vergessen, wie andere starben.
Polen zum Beispiel . . . der Korridor . . .
Da stürmen zehntausend Freiwillige vor . . .
da knattern die neuen Fahnen im Wind;
da bilden Großvater und Enkelkind
das von ihrer Zeitung befohlene Spalier!
Deutschland seis Panier!
Flaggen! Geflaggt ist jedes Haus.
Burschen heraus!
Und du hörst im Knallen des Salamanders:
Ja, Bauer, das ist ganz was anders —!

DIE BELOHNUNG

Mit den Autoren hat mans nicht leicht.

Bespricht man sie gar nicht, sind sie böse; tadelt man sie, nehmen sie übel, und lobt man sie, zahlen sie nicht. S. J. hat mir erzählt, man habe nur ein einziges Mal in seinem Leben versucht, ihn zu bestechen, und da haben sie ihm fünfundsiebzig Mark geboten — darüber hat er sich oft beklagt . . . Immerhin gibt es zum Glück Ausnahmen, ich habe hundert Mark verdient, und der Name des Spenders — Walter Mehring — sei in die Nachttischschublade geritzt.

Chansonwerke Mehring A.-G. Groß-Stötteritz
Propaganda X. B. 12543 Vertraulich

Sehr geehrter Herr!
Im Besitz Ihrer werten Kritik erlauben wir uns, anliegend unsrer Anerkennung Ausdruck zu geben, welchselbe nach folgendem Staffelsystem errechnet wurde:
Epitheta ornantia:

37 mittlere	26	Mark	
2 verdiente	0	„	35
115 überschwengliche	50	„	65
Vergleiche mit Theobald Tiger	68	„	20
dito George Grosz	35	„	00
dito Villjon	1	„	80
11 Seelenschreie à 0 Mark 50	0	„	22
Summa	182	Mark	22

Da wir andrerseits das bedauerliche Fehlen von ‹Zeitnahe› ‹Ewigkeitswerte› ‹Zentral› ‹gekonnt› feststellen mußten, ermäßigt sich obige Anerkennung auf 100 Mark

Und bitten wir Sie, Ihre Zustimmung umgehendst mitzuteilen, um Weiterungen (Berlin Amtsgericht Mitte I) zu vermeiden!

Achtend
gez. Arnolt Lax
Generalsekretär

Und dazu ein funkelnagelalter Hundertmarkschein. Aus der Inflation. (bitter): Dank vom Hause Habsburg!

GEDULD

Die großen, sanften Augen der Bauernpferde, die
still trottend ziehn; auf den Augenrändern
und in den Augenwinkeln sitzt es schwarz vor Fliegen . . .
Geduld –

Der wie ein Paket geschnürte Hund, dem der Professor
Curare eingespritzt hat, nun kann er sich nicht bewegen, nur noch fühlen;
sie haben ihm die Harnleiter durchgeschnitten, da liegt er.
Studenten umgeben das prächtige Bild . . .
Geduld –

Der verheiratete Angestellte, der vor dem brummigen Chef steht,
zitternd, die Kündigung an den Kopf geworfen zu bekommen;
der Mann hinter dem Schreibtisch fühlt sich: er hat auf einmal zwei Leben: das eigne und das des andern . . .
Geduld –

Der Proletarier im Holzschrein vor Gericht, wo unaufhörlich die
dreisten Ermahnungen des Richters kalt-spöttisch auf ihn
heruntersausen . . .
Geduld –

Das Fürsorgekind, das einer verwitweten Megäre in die Anstaltsfinger
gefallen ist; die braucht bei Männern keine Lust zu suchen,
sie hat die Kinder . . .
Geduld –

Läutert Leiden? Welchen Sinn hat es?
Was haben sie getan, mein Gott: das Pferd, der Hund,
der Angestellte, der Proletarier, das Fürsorgekind –?

Sind sie schuld?
Woran sind sie schuld?
Nimm ihnen die Geduld!
Nimm ihnen die Geduld!
Nimm ihnen die Geduld–!

INDIZIEN

Der Untersuchungsrichter hat den Wächter Richard Schulz aus der Haft entlassen; die berliner Kriminalpolizei hatte ihn als den mutmaßlichen Mörder der kleinen Hilde Zäpernick angebracht. Das scheint unrichtig gewesen zu sein. Zur Sache selbst ist ohne Aktenkenntnis sehr schwer etwas zu sagen. Soweit gut und schön.

> «In der Begründung heißt es, daß ein dringender Tatverdacht nicht mehr bestände, daß aber durchaus noch nicht alle Verdachtsmomente aus der Welt geschafft worden seien. Maßgebend für die Aufhebung des Haftbefehls sei gewesen, daß der Wächter Schulz ein vorbildliches Familienleben führe . . .»

Hat man je dergleichen gehört –! Ja, wir hören es alle Tage.

Im großen ganzen kümmern sich die Behörden nicht um dein Privatleben, solange du nicht ‹straffällig› wirst. Im Augenblick aber, wo du in den Verdacht gerätst, etwas ausgefressen zu haben, werden Fibelvorstellungen kleiner und mittlerer Beamter wirksam, und das, was du so still vor dich hingelebt hast, wird plötzlich ein Indizium! Er hat ein ‹vorbildliches Familienleben› geführt? Und wenn er das nun nicht getan hätte? Nehmen wir an, dieser Mann sei nicht der Mörder: wenn er aber zum Beispiel – unverheiratet oder nicht – mit Huren gesehen wird, so spricht das also dafür, daß er ein Lustmörder ist! Man sollte den Landgerichtsrat Löwenthal, der das geschrieben hat, mit der Nase tief in die Bücher und mit dem ganzen Korpus noch tiefer ins Leben stoßen, von dem er nichts weiß.

Es ist zunächst eine Überheblichkeit, dieses veraltete Dogma vom ‹vorbildlichen Familienleben› in einer so ernsten Sache als ausschlaggebend zu buchen. Dergleichen besagt so gut wie gar nichts. Es ist beinah das Gegenteil richtig: ein Mann, der seine vielleicht starken Triebe auslebt, hat weniger Veranlassung, einen Lustmord zu begehen, als ein wohlbehüteter, im engen Kreis der zwei Stuben eingepferchter Mann. Übrigens sind beide Gedankengänge gleich unsinnig – wie jeder Kriminalpsychologe weiß, gibt es für diese Dinge überhaupt keine festen Regeln, man muß von Fall zu Fall mit Intuition und mit Nerven zu fühlen versuchen, was los ist.

Dann aber ist diese Argumentation eminent gefährlich. Ich führe zum Beispiel durchaus kein vorbildliches Familienleben – gerate ich morgen in den Verdacht, einen Menschen beseitigt zu haben, so kann ich dem Landgerichtsrat Löwenthal auswendig diktieren, was er zur Begründung einer langen Haft aufmalen wird.

Ist denn keiner da, der diesen Beamten einmal den Rat gibt, ein bißchen auf die Straße zu gehen – unter Menschen? Sie leben nur unter Beamten, was nicht in allen Punkten dasselbe ist. Und Unschuldige haben es auszubaden.

MIR FEHLT EIN WORT

Ich werde ins Grab sinken, ohne zu wissen, was die Birkenblätter tun. Ich weiß es, aber ich kann es nicht sagen. Der Wind weht durch die jungen Birken; ihre Blätter zittern so schnell, hin und her, daß sie ... was? Flirren? Nein, auf ihnen flirrt das Licht; man kann vielleicht allenfalls sagen: die Blätter flimmern ... aber es ist nicht das. Es ist eine nervöse Bewegung, aber was ist es? Wie sagt man das? Was man nicht sagen kann, bleibt unerlöst – ‹besprechen› hat eine tiefe Bedeutung. Steht bei Goethe ‹Blattgeriesel›? Ich mag nicht aufstehen, es ist so weit bis zu diesen Bänden, vier Meter und hundert Jahre. Was tun die Birkenblätter –?

(Chor): «Ihre Sorgen möchten wir ... Hat man je so etwas ... Die Arbeiterbewegung ... macht sich da niedlich mit der deutschen Sprache, die er nicht halb so gut schreibt wie unser Hans Grimm ...» Antenne geerdet, aus.

Ich weiß: darauf kommt es nicht an; die Gesinnung ist die Hauptsache; nur dem sozialen Roman gehört die Zukunft; und das Zeitdokument – oh, ich habe meine Vokabeln gut gelernt. Aber ich will euch mal was sagen:

Wenn Upton Sinclair nun auch noch ein guter Schriftsteller wäre, dann wäre unsrer Sache sehr gedient. Wenn die pazifistischen Theaterstücke nun auch noch prägnant geschrieben wären, daß sich die Sätze einhämmern, dann hätte unsre Sache den Vorteil davon. Sprache ist eine Waffe. Haltet sie scharf. Wer schludert, der sei verlacht, für und für. Wer aus Zeitungswörtern und Versammlungssätzen seines dahinlabert, der sei ausgewischt, immerdar. Lest dazu das Kapitel über die deutsche Sprache in Alfons Goldschmidts *‹Deutschland heute›*. Wie so vieles, ist da auch dieses zu Ende gesagt.

Was tun die Birkenblätter –? Nur die Blätter der Birke tun dies; bei den andern Bäumen bewegen sie sich im Winde, zittern, rascheln, die Äste schwanken, mir fehlt kein Synonym, ich habe sie alle. Aber bei den Birken, da ist es etwas andres, das sind weibliche Bäume – merkwürdig, wie wir dann, wenn wir nicht mehr weiterkönnen, immer versuchen, der Sache mit einem Vergleich beizukommen; es hat ja eine ganze österreichische Dichterschule gegeben, die nur damit arbeitete, daß sie Eindrücke des Ohres in die Gesichtsphäre versetzte und Geruchsimpressionen ins Musikalische – es ist ein amüsantes Gesellschaftsspiel gewesen, und manche haben es Lyrik genannt. Was tun die Birkenblätter? Während ich dies schreibe, stehe ich alle vier Zeilen auf und sehe nach, was sie tun. Sie tun es. Ich werde dahingehen und es nicht gesagt haben.

DIE KLEINEN FREUDEN DES LEBENS

Kleine Freude Nr. 72. Wenn noch eine Kleinigkeit Buttersauce übriggeblieben ist und anderthalb Kartoffeln, alle haben schon aufgegessen ... aber man kann sich da noch einen kleinen Privatbrei auf dem Teller zurechtmachen. Erfreut sehr und schmeckt auch gut.

Nr. 73. Die nicht erwartete Eintagsliebe. «I never dreamt, you fall in love with me ...» und plötzlich: erfolgreiches Wiedersehen in Bebra – sehr schön.

Nr. 74. Der Fön. Der Fön beim Friseur ... Ich weiß nicht, wie es bei den Damen ist ... bei den Männern ist es so:

Die Haare sind schon geschnitten: großer Kampf mit dem Friseur, der entweder mit der Maschine dem Kopf das Ansehen eines von der deutschen Haarkrankheit Befallenen geben will, oder der gar nicht schneidet, sondern nur so herumputzelt ... «Der Übergang, Herr!» – «Gucken Sie mal in'n Spiegel: also wenn wir hier noch was wegnehmen ...» das ist vorbei; dann hat er Seife auf den Haarboden geschmiert, herumgeknetet, dann hat er die Seife wieder abgeschwemmt, nun ist man müde und döst sachte vor sich. Nun nimmt er aus einer unteren Schublade den vernickelten Fönapparat und läßt ihn heulen. Hu–hu–. . u . . u–u– das schläfert ein ... Sehr angenehm ist das. Undeutlich sieht man sein herrliches Bild im Spiegel! – Ach! Man ist ja so schön! Aber das will man jetzt gar nicht mehr sehen, man weiß es schon; wie durch einen dicken Vorhang dringen Fetzen eines Kundengesprächs herüber. «Können die Leute ja gar nicht machen. Sehn Se mal, schon rein nach der Gewerbeordnung ...» – «Puder –?» – Süßer Halbschlaf des Föns ... Huu . . u . . u. So satt wird man und selbstzufrieden. Ich glaube gar nicht, daß Männer zum Frisör gehen, um sich die Haare schneiden zu lassen – (auch gibt es welche, die lassen sich da rasieren: ein unvorstellbarer Vorgang!) – nein, ein Herrenfrisör dient anderen Zwecken. Hier werden die Herren Männer mit Selbstbewußtsein geladen. Sie sitzen da auf ihren Stühlen, sehen sich so lange in den Spiegel, bis sie völlig hypnotisiert von sich selber sind, baden in sich und ihrer männlichen Vollkommenheit, lesen ein bißchen die Zeitung, schlafen – und wenn sie aufstehen, sind sie wie neugeboren. Es muß unten an den Stühlen eine geheime Vorrichtung sein, die sie mit ‹Ego› füllt – vielleicht ist es auch eine Art Spiegelzauber ... der wahre, magische Zweck des Herrenfrisiersalons ist die Stärkung des egozentrischen Systems, das ja sowieso schon beim Mann so schwach ausgebildet ist ... (Siehe hierüber: Anna Ferenczy-Dülbög, ‹Psychoanalyse an Frisörlehrlingen und Toilettenfrauen›, Wien 1937.) Ja, da sitzt du, und die Welt ist gar nicht mehr da, nur der Fön. Hu–u–u– ... macht er – und das soll nie wieder aufhören, immer soll das so bleiben – die Leinen der Nerven hängen schlaff zu Boden, man kann auch sagen: du hast das Steuer losgelassen; pua! ein heißer Luftstrom! Grade ins Auge ... und dann ein kalter, und der Fön singt, und es ist alles so schön gleichgültig und verdöst und überhaupt – Es hat einmal Pflichten gegeben; es mußte etwas ‹alédicht› werden – vom Frisör aus muß man irgendwo hingehen, das ist unbestreitbar richtig; aber das gilt jetzt alles nicht – jetzt heult der Fön, und du schläfst wachend und wachst schlafend, und unterdes wird dein Ich, tief in der Zirbeldrüse und im unteren Solarplexus, immer fetter und größer – es gedeiht am besten, wenn man nicht hinmerkt, es wächst, es schwillt auf – aber du weißt es noch nicht – Der Fön ... der Fön ... Einer scharrt mit dem Stuhl, das läßt die Gedanken durcheinanderkollern. Was denken sie?

Die Kopfhaut ist eine erogene Zone. Wäre ich ein Pascha – ach! wäre ich einer! – Ja, wäre ich ein Pascha, dann müßten mir meine Sultaninen, oder wie diese Mädchen heißen, den Kopf kraulen und in heißen Liebesnächten den Kopf waschen. Darum bitte ich heute schon immer alle Damen, die das Vergnügen haben ... («Na hören Sie mal – da möchte ich aber nicht bei Ihnen Sultanine sein! Sie lassen sich wahrhaftig von Frauen den Kopf krabbeln? Lange? Wie lange? Und waschen müssen sie den Kopf auch –?» – Ja. – «Also ... also mir ist das unbegreiflich, wie sich eine Frau dazu ... also das verstehe ich nicht ... nehmen Sie mirs nicht übel!» – Nein. – «Den Kopf kraulen ...! Hat man je so etwas ...» – Jetzt stören Sie Pantern hier nicht – er soll zu Ende erzählen! Also was wollten Sie vom Fön sagen –?)

Ja, da heult er, und nun ist die Zirbeldrüse in den Plexus gerutscht, und ich bin gar nicht mehr da – – Der Mann in der weißen Jacke ist fertig. «Biséh!» – Polternd fallen Komplexe, Hemmungen, Triebe, Süchte und die unterbewußten Bewußtseine durcheinander, ordnen sich ... «Antreten –!» – Und nun sitzen alle wieder da, als wäre nichts geschehen. Torkelnd stehe ich auf. Aah – – es war sehr schön!

Kleine Freude Nr. 75. – – –

DAS BUCHHÄNDLER-BÖRSENBLATT

Am 6. August habe ich im Neuen Deutschen Verlag in Berlin ein Bilderbuch erscheinen lassen: *‹Deutschland, Deutschland über alles›* John Heartfield hat die Fotos montiert. Von dem Buch ist hier – getreu einer alten, guten Tradition S. J.s – nicht gesprochen worden; wir haben nur eine Probe veröffentlicht. Wenn ich auf das Werk zurückkomme, so geschieht es für uns alle.

Der Neue Deutsche Verlag hat dem *‹Börsenblatt für den deutschen Buchhandel›*, jenem täglich erscheinenden Organ, das den Sortimentern als Unterlage für ihre Bestellungen dient, ein Inserat übersandt, in dem mitgeteilt wird, daß das 15. bis 25. Tausend des Buches zur Auslieferung gelangt ist.

Die Redaktion des *‹Börsenblatts›* hat dem Neuen Deutschen Verlag daraufhin folgendes Schreiben übersandt:

> Sehr geehrte Firma!
> Gegen den weiteren Abdruck der Anzeige betr. Ihr Verlagswerk Tucholskys, *‹Deutschland, Deutschland über alles›* liegt ein Einspruch vor. Unsere vermittelnden Schritte waren ohne Erfolg, so daß sich jetzt die maßgeblichen Stellen des Börsenvereins mit der Angelegenheit beschäftigen werden. Da es nicht abzusehen ist, wann eine Entscheidung getroffen wird, gestatten wir uns, Ihnen das Manuskript zurückzugeben, für den Fall, daß Sie die beiden andern Bücher zunächst gesondert anzeigen wollen.
> Hochachtungsvoll ergeben
> Schriftleitung des Börsenblatts für den Deutschen Buchhandel.

Danach scheint der Börsenverein der Deutschen Buchhändler eine Satzung zu haben, die jedem Mitglied gestattet, gegen die Aufnahme eines Inserats einen Einspruch zu erheben, der aufschiebende Wirkung hat. Der Einspruch, der in diesem Fall erfolgt ist, hat ein politisches Motiv.

Ich frage die freiheitlich gesinnten Sortimenter und Verleger:

Ist das so? Laßt ihr euch das gefallen? Haltet ihr es für richtig, daß irgend jemand – sei es eine Person, ein Verband oder der Börsenverein selber – eine Zensur ausübt, die unsittlich ist? Unsittlich deshalb, weil die Zugehörigkeit zum Börsenverein für das reguläre Sortimenter- und Verlagsgeschäft zwangsläufig ist; wenn aber eine derartige Organisation eine Zwangsinnung ist, hat sie der Öffentlichkeit gegenüber Pflichten. Ihre erste und oberste Pflicht ist: Neutralität. Solange dem *‹Börsenblatt›* nicht zugemutet wird, Bücher anzuzeigen, deren Inhalt strafbar ist – also Bücher, die bereits beschlagnahmt oder durch rechtskräftig gewordenen Urteilsspruch eingezogen sind – so lange hat es nicht das Recht, ein Buch zu boykottieren. Die *‹Weltbühne›* darf ein Inserat ablehnen – das Monopolblatt des deutschen Buchhandels darf es nicht. Es geht nicht an, abwechselnd eine Art Behörde des Buchhandels zu spielen und sich dann, wenn es an die Pflichten geht, dahinter zu verstecken, man sei doch nur eine private Fachgilde. Das ist nicht ehrlich, und es ist auch nicht mutig.

Die Haltung des *‹Börsenblatts›* selbst ist politisch niemals neutral gewesen. Über den redaktionellen Teil ist hier öfter gesprochen worden. Im Anzeigenteil wimmelt es von Verlagsanzeigen solcher Bücher, die bis hart an das Strafrecht republikfeindlich sind –, und zwar von rechts her. Diese Anzeigen stehen dort zu Recht. Es ist nicht sauber und des Standes der Buchhändler unwürdig, einen Boykott einseitig anzuwenden.

Wir haben an solchen Versuchen genug und übergenug: da ist der Mißbrauch des Strafrechts, das Gesetz gegen Schmutz und Schund, die Kirche, die Universitäten, die Filmzensur, die Rundfunkzensur – es ist genug. Was hier getrieben wird, ist nicht loyal. Die reaktionären Buchhändler wissen genau, daß die späte Entscheidung über die Aufnahme des Inserats («eine Entscheidung, die nicht abzusehen ist») den Vertrieb des Buches schädigen kann. Das ist beabsichtigt.

Soweit mir bekannt, ist dieser Fall erstmalig. Es hat einmal vor langen Jahren Schwierigkeiten mit dem tapfern Grelling gegeben, dessen *‹J'accuse›* die weniger tapfern Buchhändler der Reaktion nicht vertragen haben – ich weiß jedoch nicht, ob damals eine förmliche Ablehnung der Inserate erfolgt ist.

Wenn wir unter einer rechten oder einer linken Diktatur leben, so muß ich mir das gefallen lassen. Dies aber ist eine versteckte und hinterhältige Diktatur, die kein anständiger Mensch billigen kann. Was gestern mir geschehen ist, kann morgen jedem unsrer Kameraden geschehen: also den Exponenten einer Gesinnung. Daß wir nicht in einer Demokratie leben, weiß ich; aber dies geht zu weit – wer soll über unsre Bücher abstimmen: der Käufer oder der Verkäufer –?

Der Verlag fragt sich, wer wohl die Stelle gewesen sein mag, die den Einspruch eingelegt hat. Wir haben in Deutschland nicht viel Männer, aber desto mehr Stellen. Nun, da kann ich vielleicht raten helfen.

Am 14. Mai dieses Jahres hat hier Erich Kästner auf den ‹Deutschen Frauenkampfbund› hingewiesen, einen Zusammenschluß von etwa fünfzig Vereinen wie: Deutscher Philologinnen-Verband, Rentnerbund, Stahlhelm Groß-Berlin, pp. Die haben es unter anderm mit der Sittlichkeit. Auf ihrer schwarzen Liste steht so ziemlich alles, was in der deutschen Literatur Wert hat, bunt vermengt mit harmlosen Albernheiten. «Die Schlußrubrik», schrieb Kästner, «führt den gelungenen Namen ‹Schmutzsonderklasse› und nennt Polgar, Tucholsky, Klabund, Kästner.» Dieses Wort ‹Schmutzsonderklasse›, das mir bis zum 14. Mai unbekannt gewesen war, griff ich auf, und in dem Buch sieht man ein Bild: Zwei bekleidete junge Mädchen stehen lachend auf einem Tisch, der Tisch aber hat eine Platte aus Glas, und ein Fotograf hat sie von unten her fotografiert. Darunter schrieb ich: «So sieht diese Schmutzsonderklasse die Welt.» Sollten diese Herrschaften vielleicht . . .?

Oder sollte es einer der in dem Buch krumm und lahm geschlagenen Offiziere und Beamten gewesen sein? Zu einer Klage reichts nicht hin, Tapferkeit ist des deutschen Mannes Zier – da machen wir es eben so herum . . .

Auf der rechten Seite, wo sie nicht nur einen Balken vor dem Kopf haben, sondern mitunter einen ganzen Stapel von Dummheit – auf der rechten Seite wird man mit schlecht kopierten Handbewegungen christeln: «Waih geschrien! Sein Geschäft!» – Ich muß mir mein Geld mit meiner Arbeit verdienen; ich bin weder Kaiser der Reserve noch geschlagener General im Ruhestande: mir zahlt die Republik nichts. Und ich freue mich, wenn ich durch meine Arbeit verdiene; sie macht mich unabhängig.

Auf den Wert dieses Buches kommt es hier nicht an. Ich habe es der Öffentlichkeit vorgelegt; ich lasse mir von jedem Kritiker sagen, wie es ihm gefallen hat. Hier aber ist etwas andres, hier ist jene schleichende, trockne, giftig-gefährliche Reaktion am Werk, die in diesem ganz leicht anachronistischen Buch nicht zu finden ist –: man kann sie nämlich nicht fotografieren. Die neudeutsche Reaktion hat, sehen wir von Zörgiebeln ab, oft verbindliche Formen; und so ein Vorgang wie dieser hier – nationaler Schuß von hinten, aus Angst vor der Wahrheit – der läßt sich nicht illustrieren. Tatsächlich ist das, was sich heute in Deutschland gegen die Arbeiter vorbereitet, eine sanft dahinkriechende Reaktion, eine Gefahr, die zu wenig beachtet wird. Gegen sie gehen wir an.

Soweit war die Sache gediehen, als auf den Protest des Verlages der Börsenverein – ein Bein auf dem Hugenberg, das andre Bein auf dem Boden der Verfassung – eine ‹ergänzende Erklärung› abgab.

> «In Ergänzung unseres Briefes vom 9. 11. erlauben wir uns, Ihnen noch mitzuteilen, daß sich der Einspruch nur gegen die Bildwiedergabe in dem Inserat richtet, da darin eine Verächtlichmachung der Nationalhymne der Deutschen Republik gesehen wird, die dem ‹*Börsenblatt*› zur Unehre gereiche. Der Anzeige des Buches an sich steht nichts im Wege. Wir bitten zu entschuldigen,

daß in der Eile zunächst vergessen worden ist, Ihnen diese genauere Kennzeichnung des Einspruchs zu geben.»

Der Zurückzieher gibt es mannigfache Arten: kluge und dumme.

Zunächst wird weder im Titel noch auf der Umschlagseite des Buches die Nationalhymne der Republik lächerlich gemacht. Ob eine Verächtlichmachung vorliegt, haben nur die Richter in Anwendung der Gesetze zu entscheiden — nicht die Buchhändler in Anwendung ihrer Satzungen, die gleichgültig sind. Wie subtil sie sich auf einmal haben —! Wie ängstlich —! Wie verfassungstreu —! Nun muß man aber sehen, was da in ihren Anzeigen gegen diese selbe Republik zusammengeflucht, gedroht, gebrüllt und gekreischt wird —! Die Gleichsetzung von Blatt und Anzeige wäre in der Tat ungerechtfertigt, wenn nicht die Mehrzahl der leitenden Männer im deutschen Buchhandel von jener kleinbürgerlichen Rückwärtserei besessen wäre, wie sie von der Industrie und der Landwirtschaft bezahlt und propagiert wird: diese Gehirne sind Matern von Hugenberg.

Die Wirkung —? Eine gute Reklame für das Buch, bei allen Gesinnungsfreunden unter den Buchhändlern. Im übrigen muß der Hieb doch wohl gesessen haben. Der Vorfall bestärkt mich in meiner Haltung:

Für die Unterdrückten, gegen diese vermufften deutschen Spießer, ist jedes Mittel recht, keines zu scharf und alle zu schade. Es wird weitergekämpft.

HOLDER FRIEDE

(Versmaß 1911)

Nun senkt sich auf die Fluren nieder
der süße Tran der Vorkriegszeit;
es kehren Ruh und Stille wieder,
getretener Quark wird weich und breit.
Und alle atmen auf hienieden:
Jetzt haben wir Frieden.

Nun ist es Herbst. Die Storchenpaare
stehn klappernd, und der Eichbaum schwankt.
Das ist ja wohl die Zeit im Jahre,
wo Engel sich mit Brechten zankt.
Die Ehe wird noch oft geschieden.
Jetzt haben wir Frieden.

Wir wollen nur das eine wissen,
weil uns das wirklich interessiert:
Premierenknatsch in den Kulissen –
ob Kortner Jeßner engagiert?
Baut Laemmle pappene Pyramiden?
Jetzt haben wir Frieden.

Wir geben einer müden Masse
zum Ansehn, was sie niemals hat.
«In Schiffskabinen erster Klasse
gibt es jetzt Radio, Turnsaal, Bad ...!»
Vergessen sind die Invaliden –
jetzt haben wir Frieden.

Verrauscht ist Lärm und Trommelfeuer,
verweht das Leid der Inflation.
Wir hassen jedes Abenteuer –
wir wollen nicht mehr. Wir haben schon.
Wir pfeifen auf dem ersten Loche.
Nun liegt schon alles weit entfernt ...
Wir spielen Metternich-Epoche
und haben nichts dazugelernt.

ERFÜLLUNG

Wie Wagenpferde, die schwer gezogen haben, getränkt werden –: das sehe ich so gern. Da stehen sie, mit nassem Fell, die Schweife wedeln ganz matt, sie lassen den Kopf hängen, und das eine stößt das andre, das grade trinkt, beiseite. Man sieht das Wasser in seine Kehle hinuntergleiten, es schlürft; alles an ihm ist Gier, gesättigte Gier, frische Gier und Befriedigung. Dann trinkt das zweite, und das erste sieht zufrieden vor sich hin, aus dem Maul rinnt ihm Wasser in langen Fäden ... Das ist schön. Ich möchte den Kutscher streicheln, der ihnen da seinen Eimer hinhält. Warum ist das schön –?

Weil es erfüllte Befriedigung ist, die ist so selten. Es ist legitimer Wunsch, erarbeiteter Lohn, Notwendigkeit, und eine erquickende Spur Wollust ist auch darin. Auch tut es niemand wehe; keine Spinne tötet hier die mit großem Fleiß eingefangene Fliege, ihren ebenso naturhaften Hunger zu stillen, und die Mikroben im Wasser werden wohl keine Schmerzen erleiden, wir wollen uns da nicht lächerlich machen – es ist schön, wenn Pferde getränkt werden.

Es ist auch etwas Freude an der menschlichen Überlegenheit dabei: daß es ein Mensch ist, der ihnen zu trinken gibt. Trinken sie zum

Beispiel aus einem fließenden Bach, so gönnt man es ihnen, aber das Bild verliert etwas von dem Behagen, mit dem uns das erste erfüllt. Wir sind wohl sehr eitel, als Gattung.

Und dann ist es auch schön, weil Pferde nicht sprechen können. Kommt ein durstiger, durchschwitzter Wandersmann an die Theke des kleinen Gasthauses und sagt: «Ein großes Helles! Donnerwetter, ist das heute eine Hitze . . .», dann trinkt er, und es ist kaum ein ästhetischer Genuß, ihm zuzusehn. Wenn nachher seine Augen glänzen und er «Ah –» macht, dann wirkt er auf uns, die wir keinen Durst haben, eine ganze Kleinigkeit albern.

Warum es grade bei den Pferden so ist, das weiß ich nicht. Man fühlt sich gut, wenn man sich vor ihnen gut fühlt. Eine milde Woge von Tierliebe quillt in einem auf. Aber die täuscht.

Denn läuft das Pferdepaar nachher nicht schnell genug, dann sind wir auf den Kutscher böse, weil er ihnen nicht ordentlich einen überzieht. «La race maudite, à laquelle nous appartenons . . .» sagte jener Fridericus in seiner Muttersprache. Wenn wir einmal nicht grausam sind, dann glauben wir gleich, wir seien gut.

ICH HABE MICH ERKÄLTET

Ich weiß dicht, was bit beider Dase ist –
da ist was dridd . . .
Doch soll bich dies dicht hindern,
euch, lieben Kindern,
ein deutsches Lied zu singen – uns allen zum Gewidd –:

Barkig schallt der Ruf der deutschen Bannen:
«Heil deb großen Zeppeliend!
Welcher butig flog von dannen,
über alle Welten hiend!»
    Alle Benschen konnten ihn sehnd!
    Welch ein Phädobeend –!

Donnen, Deger und berlider Dutten
labten sich an seinemb Bild –
ohmb schrieben sie mit Underwoodn,
und sie aßen Hubber, Lachs und Wild,
    sowie auch die leckre Barbelade –
    daß ich dicht dabei war, das war schade.

Eckners Namb' sollt man id Barbor ritzen,
auf Zigarren, id ded Steid vom Dobido –

auf deb Präsidentenstuhle sollt er sitzen,
dafür neblich ist derselbe do . . .
    Alle, alle kedden ihnd ja schond,
    selbst Biss Babbitt und Frau Dathadsohnd.

Kein Bobent kann dieser Ruhmb sich wandeln.
Darumb bache ich ihmb dies Gedicht.
Was ist in der Dase . . . oder in ded Bandeln . . .
Aber Gottseidank: ban berkt es dicht.

KONJUNKTUR

Wenn du ein dickes Erfolgsbuch schreiben willst, so nimm zwischen Daumen und Zeigefinger der linken Hand . . .:

1. Das Buch muß in der grade verwichenen Vergangenheit spielen.

2. Das Buch muß ein Ereignis behandeln, an dem möglichst viel Leute—deine Abnehmer—teilgenommen haben: Weltkrieg erwünscht, kleinere Freikorpskämpfe sind auch sehr schön.

3. Das Buch muß sein wie die amerikanischen Kriegsfilme: so rum und auch so rum. Leg dich auf keinen Standpunkt fest; verleih ihm aber kräftigen Ausdruck.

3a. Patriotisch darf es sein.

4. In dem Buch müssen einige krasse Szenen enthalten sein. Das Wort ‹Scheibe› darf heute auf keinem Toilettentisch fehlen. Sei ein Mann! wenn nicht von vorn, dann von hinten.

5. In dem Buch müssen einige zarte Szenen enthalten sein: vergiß der Liebe nicht. Liebe ist hier aber nicht Liebe wie bei dem gottseligen Storm oder Gottfried Keller — Liebe ist zu verstehen als Miniaturmalerei allgemein erheiternder Vorgänge. Jeder Leser ist ein Stückchen Voyeur; gib ihm was zu sehen. Und sag alles, wies ist. Dein Buch muß nur mit einer Hand gelesen werden können.

6. Verwende vierzehn Tage auf die Niederschrift des Buches; zwei Monate auf die Erfindung seines Titels.

7. So wie sein Druck sei auch deine Charakterzeichnung: schwarzweiß. Zeige die Gegner deiner von dir nicht gehabten Meinung als Schurken, Feiglinge, Lumpen, bezahlte Subjekte . . . es darf kein anständiger Kerl unter ihnen sein, wie im Leben. Deine Freunde dagegen seien

8. nicht nur ritterlich, hochbegabt, feinfühlend, edel, wollüstig und kühn —, sondern sie seien auch klug, und zwar deshalb klug, weil sie deiner Meinung sind. Das schmeichelt dem Leser und bringt—schlechtgerechnet — zwanzigtausend Stück mehr.

9. Denk stets daran, das Gute, Wahre und Schöne in deinem Buch

hochzuhalten und flatternd ein Banner wehen zu lassen, das keinen Menschen verpflichtet, auch nur einen Deut anders zu leben, als er es gewohnt ist; sei ein strenger Prophet deines Volkes, aber sei ein bequemer Prophet. Verschreibe Diät – ohne Berufsstörung. Wenn die Muse dich küßt, so sieht eine Nation auf dich; die schwere sittliche Verantwortung ruht auf dir, ein Land zu bessern, an dem die Welt einst genas, rühre die Trommel und vergiß nicht,

10. mit deinem Verleger 15% abzumachen.

DAS GESETZ

Mann und Frau und Frau und Mann –
nach dem Happy End fängt ihr Leben erst an ...
Wohnungsnot und Herzensnot
machen manche Ehe tot.

Warum
läßt man sich denn nicht scheiden?
's fehlt an Geld – und der Schmutz und der Schmutz ...
Und so zerrinnt das Leben beiden –
so wie sie, sind hunderttausend ohne Schutz ...

Und unterdes –
da sitzen sie im Reichstagshaus
und knobeln sich neue Gesetze aus;
ein gutes für Scheidung ist nicht dabei –
Hört ihr den Schrei? Hört ihr den Schrei?
Hört ihr den Schrei?
Paragraph 5, Ziffer 4, Absatz 3.

«Hör mal, Willy – jetzt ists aus!
Noch ein fünftes Kind hat keinen Platz im Haus!»
«Heul nicht, Liese, das hat keinen Sinn ...
hier hast du ne Adresse – geh mal hin!»

Die Olsch, die macht das im Tarife –
aber schlecht – und die Frau geht ein.
Dann setzt es anonyme Briefe,
und vier Kinder sind nun ganz allein ...

Und unterdes –
da sitzen sie im Reichstagshaus
und knobeln sich neue Gesetze aus –

Für manche ist die Frau eine Milchmeierei –
Hört ihr den Schrei? Hört ihr den Schrei?
Hört ihr den Schrei?
Paragraph 5, Ziffer 4, Absatz 3.

Kleiner Dieb, der wird gehängt –
großer Verbrecher kriegt noch was geschenkt.
Wer da ausbrennt Kriegessaat –
das nennt der Richter Landesverrat.

Zehntausend warten ungeduldig
in den Zellen, geduckt wie ein Tier ...
Die sind vorm Paragraphen schuldig
– aber Menschen, Menschen wie wir! –

Wach auf, wach auf, Barmherzigkeit!
Ein neuer Ton – eine neue Zeit!
Recht und Recht sind immer zweierlei ...
Hört ihr den Schrei? Hört ihr den Schrei?
Hört ihr den Schrei?
Macht euch frei!
Macht euch frei!
Macht euch frei!

«EINS – ZWEI – DREI – HOPP!»

Der dicke Mann erzählt:

«Der Wille, so habe ich gelernt, regiert die Ratio. Der Trieb herrscht, er ist primär – erst nachher wird er rationalisiert; man ‹macht sich etwas vor› – erst sich, dann den andern, dann wieder sich. Und dann habe ich gelernt, es solle das mit dem Ablauf der Gedanken und mit den Träumen gar so rasch gehen ... Sie kennen das Experiment mit der Pistole, die man am Ohr eines Schlafenden abfeuerte – er träumte einen ganzen Wallace-Roman mit Falltüren, mit Syndetikon gefolterte Heldinnen schrien auf, falsche Detektive, die eigentlich richtig, also falsch, daher richtig waren ... und zum Schluß nahte der Retter und schoß durch die Tür. Das war jener Pistolenschuß gewesen. Dann wachte der Mann auf.

Das habe ich alles gelernt. Und jetzt habe ich die Probe aufs Exempel gemacht.

Der Doktor Hartenstein, ein Bayer, aber ein netter Mann – – (‹Oho!› – ‹Zur Geschäftsordnung!› – ‹Saupreiß!› – Glocke des Präsidenten) – der Doktor Hartenstein hat mir verordnet, etwas gegen meinen dicken Bauch zu tun. Wissen Sie, mein Bauch – folgt eine halbseitige Abhandlung über Bäuche in der Liebe; von der Redaktion gestrichen – . . . also jeden Morgen zu turnen. Wird gemacht. Was der Mensch so braucht: 50 (in Worten: fünfzig) Kniebeugen, Seilspringen, Dauerlauf durch den Garten, Keulenschwingen und ‹Kerze› und dergleichen. Gut. Nun, damit die Sache leichter wird, habe ich mir angewöhnt, bei jeder Übung eine bestimmte Zahl Griffe zu kloppen – fünfundzwanzig hiervon und dreißig davon, und im stillen zähle ich dann immer mit. Und dabei hat sich etwas Seltsames ereignet.

Manchmal laufen während des Zählens die Gedanken über das Spalier der Assoziationen – wie die Affen. 17 . . . 18 . . . 19 . . . Grete nicht geschrieben, weil sie anscheinend böse ist, was lächerlich ist . . . denn Alfred hat ihr gar nichts von Elly gesagt . . . 20 . . . 21 . . . Pute, alberne . . . 22 . . . 23 . . . 24 . . . Pute . . . 25 . . . – und plötzlich höre ich auf. Was – was um alles in der Welt – habe ich zwischen 17 und 25 alles gedacht! Es war viel mehr, als ich hier aufgeschrieben habe – denn man denkt ja oft wie polyphon, die Hintergründe mit, eine ganz kleine Geschichte habe ich da zusammengedacht. In höchstens sechs Sekunden – länger kann das nicht gewesen sein . . .

Und am nächsten Morgen wieder . . . und wieder . . . und immer wieder. Und liefen die Gedanken während den Übungen davon, dann geschah noch etwas andres. Ich mogelte, 49 . . . 50 – – na? Das kann doch noch nicht zu Ende sein? Sonst immer außer Atem und heute so quick? Es war gar nicht 50. Ich hatte an Rudolfchen gedacht, über den ich mich ärgern mußte, weil er geschrieben hat, alle Religionen seien Ammenmärchen . . . und bei dieser Gelegenheit hat das Zählwerk zehn Griffe übersprungen. Zufall? Ich begann darauf zu achten. Und ertappte den Mechanismus vielleicht an acht verschiedenen Tagen immer bei demselben Kunstgriff: während ich kniebeugte oder durch das Seilchen sprang, setzte das Zahnrad an der falschen Stelle aus, und ich ließ fünf, acht, zwölf, zwanzig Übungen aus – immer irrte sich der Apparat zugunsten des dicken Leibes – niemals zu seinen Ungunsten. Es gibt einen alten Volksschwank aus dem Braunschweigischen, in dem ein Mann, der Torf verkauft, mit den Frauen morgens ein Schwätzchen vor der Tür macht. Und während er die Torfstücke in den Korb zählt, steht sein Mund keinen Augenblick still. Das geht so – ich gebe es hochdeutsch: ‹Ja, ein schöner Herbst, dieses Jahr . . . 2 . . . 3 . . . 4 . . . wie gehts denn Ihrem kleinen Willichen? . . . 5 . . . 6 . . . wie alt ist er jetzt? Elf Jahre? . . . 11 . . . 12 . . . 13 . . . und Ihre Älteste? Zwanzig, Sehn Sie mal an . . . 20 . . . 21 . . . 22 . . . Ja, die Butter ist auch wieder teurer geworden . . . Eins fünfundzwanzig . . . 25 . . . 26 . . . 27 . . .› und so fort.

Genau so machte es das Turnzählwerk, um die Faulheit zu stärken und zu retten, was zu retten war. Es raste und es mogelte. Ob es das wohl bei allen Leuten tut –? Und da sind sie so stolz auf ihre Vernunft und tun sich so viel darauf zugute, und das allermerkwürdigste ist: sie werden so furchtbar böse, wenn man aufzeigt, wie es bei ihnen innen funktioniert. Das mögen sie aber gar nicht. Als ein Schüler Freuds einmal in Amerika einen Vortrag hielt und darin sagte, alle Menschen seien im Traum egoistisch und monoman, da stand in der Diskussion eine feine Dame – vielleicht aus Boston – auf und sprach: ‹Das mag ja vielleicht für Österreich zutreffen. Bei uns in Amerika lieben wir auch im Traum unsern Nächsten!› Was etwa auf den Satz hinausläuft: ‹Was fällt Ihnen ein! Mein Fräulein Braut hat keine Milz!›

Wir lächeln über die kleine Eitelkeit der Kranken, die im Wartezimmer einander zutuscheln: ‹Der Doktor hat gesagt, so einen Plattfuß wie meinen Plattfuß hat er überhaupt noch nie gesehen –›, denn der Mensch ist ein stolzes Wesen. Aber wenn es ins Seelische geht, dann wollen sie alle zusammen nicht wahr haben, daß es etwas gibt, das da durch alle Seelen geht, ohne sie nun gleich zu Serienartikeln zu machen; etwas Grundlegendes, etwas allen Gemeinsames, etwas dem Menschen Anhaftendes. Sie möchten so gern Individuen sein. Zur Masse gehört immer einer mehr, als jeder glaubt.» –

So erzählte der dicke Mann.

DIE KOLLEKTIVEN

Ich freue mich auf Berlin.

Ab und zu sehe ich von der Arbeit auf: in den Mälarsee und auf den Kalender. Der See zeigt den Herbst an; der Kalender auch. Noch «eine zwei, drei Wochen», wie sie in Berlin O sagen, und die Sache ist geschafft. Es wird ein bißchen bunt hergehen; für den, der zu Besuch kommt, konzentriert sich alles viel mehr als für den, der immer da ist – aber das muß wohl so sein. Und dann: Filme, Menschen, Bilder, Theater, Musik ... ich bin vom Land ein dralles Kind, hier gibts das alles gar nicht. Drüben, in Mariefred, ist ein ‹Bio›, wie die Schweden das getauft haben (welches Wort sie umgekehrt abkürzen wie Autos, das sie, den Dänen gleich, ‹Bil› nennen) – drüben also ist ein Kino, aber ich bin niemals drin gewesen. Stille Wälder sind die beste Naturaufnahme, der See ists auch. Und nun wird das also alles auf mich hereinstürzen; ich lese schon die Kritiken, die zu mir herüberblinzeln wie die Geburtstagslichte durch eine geschlossene Tür. Wie wird das werden –? Wie wird es zum Beispiel mit dem Theater werden? Alle sechs Monate sehe ich mir das an; wo steht es heute, das berliner Theater? Arbeiten sie nicht heiß? Arbeiten sie nicht sogar kollektiv –?

Und hier darf denn wohl ein Wort über das gesagt werden, was sie in Berlin so großmächtig den ‹Kollektivismus› nennen. Es ist gar keiner. Es ist der schrankenlos entfesselte Schauspieler und der über alle Seile schlagende Regisseur – Kollektivismus ist es nicht.

Der Hochmut dieser ‹Prominenten› kennt keine Grenzen. Der Autor? Der ist Vorwand für Kunststücke in einem Spiegelkabinett – im übrigen hat er nichts zu melden. «Es gibt keine guten Theaterstücke!» schreien sie; «wir müssen auf den Proben alles allein machen! Sehen Sie sich nur an, wie so ein Manuskript vorher aussieht!» Ich weiß. Aber wie soll denn eine Generation theaterkundiger Autoren heranwachsen, wenn sie niemals an die Arbeit herangelassen, sondern auf alle Weise beiseite geschoben wird? Ehrfurcht vor einer künstlerischen Vision? Vacat. Ehrfurcht vor dem Wortlaut, bei dem sich ja der Autor schließlich auch etwas gedacht hat? Gibts nicht. Den Text machen wir. Und so sieht er denn auch aus.

Nun wäre nichts gegen wirksame und fachkundig geführte Striche zu sagen – gegen leise Umbiegungen, die immer nötig sind; kein Dramatiker schreibt ein ganz und gar aufführungsreifes Manuskript, das hat es noch niemals gegeben. Ist der Regisseur gebildet und verständig, dann sage ihm der Autor für Kürzungen Dank. Aber was hier getrieben wird, steht auf einem ganz andern Blatt.

Tatsächlich ist es so, daß der Autor die große Blutprobe vor dem Publikum meist gar nicht bestehen kann – weil er sie zunächst vor dem höchst zweifelhaften Intellekt der Schauspieler zu bestehen hat. Und da fällt er allemal durch. «Ich mache das so ... An dieser Stelle werde ich weinen, das wirkt sehr ... Wissen Sie: ich lasse die zwei Verse einfach weg und stehe statt dessen auf dem Kopf ...» Wahrlich, ich will lieber vor das böseste und schärfste Publikum der Welt treten als vor die Stühle solcher Kunstrichter. Ihre geistige Fassungskraft ist begrenzt; Polgar spricht einmal sehr gut vom «spezifisch Pappigen des Schauspieler-Esprits»; und woraufhin werfen sich ihre meist mißgelaunten Direktoren zu Textbearbeitern auf? Haben sie damit nichts wie Erfolg? Irren sie sich so selten? Kennen sie ihr Publikum wirklich; mehr als nur seine gröbsten Instinkte? Es ist schon nicht leicht, die stets etwas abgehetzten Berliner abends, und noch dazu vor dem Abendbrot, an ein Kunstwerk zu fesseln; aber was man eigentlich tun muß, um die Galligkeit dieser Theaterpächter, Theaterhändler und Theaterspekulanten, die mitunter im Nebenamt auch Künstler sind, zu besiegen –: das kann ich Ihnen nicht sagen. Meine Knie sind ganz abgeschabt: so oft danke ich Gott auf denselben, daß ich mich nicht des Theaters bedienen muß, um meinen Zeitgenossen das Meinige mitzuteilen. Unsereiner hat wenigstens nur einen Feind, und einen harmlosen dazu: den Druckfehler. Aber wie soll ich zu den Herzen der Hörer gelangen, wenn eine Wehr, ein kompakter Damm davor aufgerichtet ist, der die Wogen erst einmal abfängt und ihre Gewalt fast immer schwächt? Ist dieses Gremium in den Direktorialzimmern zu einer schriftstellerischen Tätigkeit wirklich durch etwas andres legitimiert als durch die juristische Tatsache einer Unterpacht? Ans Publikum kommen die jungen Autoren fast nie so heran, wie sie das beabsichtigen – wenn alles sehr gut geht, nur an die Direktoren. Und da können sie etwas erleben.

Denn wenn die mit ihren frommen Ratschlägen fertig sind, dann sind da noch Regisseur und Schauspieler. Diese Prominenten haben jedes Augenmaß für ihre Arbeit verloren. Sie verstehen kaum, was sie spielen und spielen lassen; sie wollen es auch gar nicht verstehen. Und der Regisseur ist nicht nur ohnmächtig, sie zu bändigen – er tut kräftig mit.

Der Autor sieht die Szene blau – der Regisseur spielt sie rot. Der Autor braucht die dreimalige Erwähnung eines Dobermanns, damit im sechsten Bild die Wirkung um so stärker sei – der Regisseur streicht ihm die Vorerwähnungen, und die Szene am Schluß wirkt nicht: man versteht sie kaum. «Lassen Sie mich nur machen ... also vom Theater, lieber Freund ...» Nein, von dem Theater, das da aufgeführt wird, verstehen wir gewiß nichts.

Das Kollektiv! das Kollektiv! Aber diese größenwahnsinnig gewordenen Kommissionäre vergessen alle miteinander, daß ein Kollektiv, das sie den Russen abgeguckt haben, nur unter einer Bedingung möglich ist, unter der es bei jenen auch zustande kommt: Kollektiv ist Lebensgemeinschaft. Eine, in der alle dieselbe Sprache sprechen, eine, deren Mitglieder wirklich zusammenleben, alles zugleich erleben, dieselben Gefühlsskalen durchlaufen; Menschen, die große Erschütterungen ihres Daseins Seite an Seite durchgemacht haben und nun nichts mehr zueinander zu sagen brauchen: sie wissen schon, denn sie fühlen gleich. Solche freilich können einander ergänzen. Was aber kann mir ein Regisseur sein, der mein Stück nur deshalb inszeniert, weil der Direktor grade keinen andern bekommen hat? Ein Spielwart – und mehr soll er auch gar nicht sein. Was er da aber treibt, ist Wahnwitz. «Wissen Sie, was Piscator nächstens machen wird?» fragte ein sehr witziges kleines Cabaret; «ein neues Stück; gar keine Schauspieler mehr – nur Regie –!» Tatsächlich inszeniert der Regisseur sich selber. Und der Schauspieler spielt sich und für sich, meist ohne die leiseste Rücksicht auf den geistigen Inhalt des Werkes – «er hat aus der Rolle etwas gemacht». Nämlich eine andre Rolle.

Kollektiv? In Wahrheit gibt es nach der Premiere ein wildes Durcheinander, bei dem im Falle des Mißlingens der eine die Verantwortung auf den andern schiebt und bei dem im Falle des Erfolgs jeder das ganze Verdienst für sich in Anspruch nimmt. Von Korpsgeist ist da wenig zu spüren.

Wenn Kollektiv das ist, was sie da als Kollektiv ausschrein –: dann ist dieses Wort in Berlin ein Euphemismus für Überheblichkeit und Unordnung. Piscator rühmt sich in einem Buch, das er über sein Theater geschrieben hat, er habe noch eine Stunde vor der Premiere zwei seiner Mitarbeiter im Keller angetroffen, wo sie einen Film zurechtschnitten, der nachher laufen sollte. Ist das amerikanisches Tempo? Das ist einfach Mangel an Dispositionsfähigkeit; denn man kann sich denken, von welchen Zufälligkeiten es abhing, was diese abgehetzten und aufgeregten Menschen da zusammengeschnitten haben ... Das ist kein Kollektivismus. Und ich glaube auch nicht, daß so Stücke zustande kommen, die mehr sind als vage Unterlagen für Maschinenkunststücke und Vorwände für Starlaunen. Man kann eben nicht auf das Kommando «In Gruppen links schwenkt – dichten!» produzieren; das wird nichts. Oder das da.

Was besonders Piscator angeht, so macht er sich die Sache etwas leicht. Hier gilt jede Kritik als ‹Verrat› an einer heiligen und guten Sache – und seine Nachbeter stempeln jeden, der darauf hinweist, daß sich sein Betrieb von dem der bürgerlichen Theater nicht sehr stark unterscheidet, als Bourgeois, Trottel, Vertreter einer alten Zeit und wie dieses Vokabularium heißt. Aber das stimmt gar nicht. Wollen die Genossen wissen, was ein echtes Kollektiv ist, dann mögen sie sich zu den modernen Russen im Film und Theater bemühn, die in Rußland wohl so etwas haben. Wir haben es nicht. Das da ist kein Kollektiv; es ist wildgewordener, recht bürgerlicher Individualismus.

Aber abgesehn von diesem Sonderfall tötet der entfesselte Schauspieler das Theater. Das Theater dem Theater? Das ist ein guter Ruf, wenn er gegen Buchdramen geht; es ist ein schlechter Ruf, wenn er bedeuten soll: wir spielen nicht nur, wir inszenieren nicht nur – wir spielen, inszenieren, dichten, färben um, geben die Tönung, bestimmen den Text, schalten mit ihm frei, befehlen, was gesprochen wird, diktieren, was nicht gesprochen werden darf und was in die Versenkung fällt ... Aber sagt doch die Wahrheit! Sie geben ihrem Affen Zucker; man muß sich ja schon schämen, ein Chanson aus der Hand zu geben, will man hinterher nicht vor Schreck darüber ins Parkett fallen, was aus dem Ding geworden ist. Unterordnung? Echte Mitarbeit? Vermittlung einer Vision, die der Textautor gehabt hat und die es zu verwirklichen gilt? Zurechtgebogen, vergewaltigt, von oben bis unten zusammengehauen – so erscheint das nachher, und was als Gelispel einer Elfe im Gezweig gedacht ist, wird im Männerchor herausgebrüllt. «Lassen Sie nur – so wirkts.» Sicher: auf Nilpferde.

Sie haben vergessen, was das heißt: in eine Rolle schlüpfen wie in einen Handschuh. Mozart? Nein, Kleiber. Shylock? Nein, Kortner. Julia? Nein, die Bergner. Und immer das Gelingen auf eine Nadelspitze gestellt wie eine Börsenspekulation – wie armselig sind sie in den nicht zu vermeidenden Niederlagen, als ob nicht grade diese Stadt für echten Wert immer etwas übrig gehabt hat! Ein einziger Mißerfolg dieser falschen Individualitäten: und ‹alles ist aus›. Das macht: sie wissen nicht mehr, daß man erst einmal dienen muß, wenn man herrschen will, und einem wahren Dichter zu dienen, ist allemal Gewinn. Aber wer dient auch nur Shakespeare? «Harald Paulsen als . . .» die Rolle hat sich beim Schauspieler zu bedanken. Es sind tobsüchtig gewordene Vermittler.

Dieses Rezept der Souveränität von Kommissionären mag seine Geltung haben für Feerien, wie sie etwa Schanzer und Welisch schreiben — hier arbeitet Charell, der ein ehrlicher Theaterkaufmann und ein Künstler ist, in seiner Art schöpferisch. (Schanzer ist viel zu klug, um nicht zu wissen, was er liefert.) Hat man es aber mit Kunstwerken und nicht mit der Textunterlage für die Entfaltung einer bunten Ausstattung zu tun, dann sind Verfasser, Regisseur und Schauspieler gleichberechtigt: der eine hat sich zu fügen, wo er den Gesetzen der Bühne nicht Genüge getan hat — die andern haben die künstlerische Vision des Autors zu respektieren. Und wenn keine da ist, dann sollen sie den Kram nicht aufführen.

Was heute in Berlin getrieben wird, ist die schrankenlose Herrschaft der Stars. Der muß ihnen gestochen werden — um so mehr, als es oft nur Stärchen sind. Und die Bühnenliteratur geht dabei langsam, aber sicher in die Binsen — schlimmer: sie kommt gar nicht erst hoch. Da holen sie sich ihre mittelmäßige Ware aus dem Ausland, weil in Deutschland nichts da sei — aber sie töten jeden deutschen Autor, bevor der auch nur einen Fuß ins Theater gesetzt hat. Sie nehmen Filme, Romane, Tagesereignisse, die schneidern sie zurecht: alles, damit Herr Albers tanzen, damit Frau Straub weinen, damit Herr Klöpfer dröhnen kann. Was das noch mit dramatischer Kunst zu tun hat, ahnen die Götter.

Diese Abwehr des ebenso überschätzten wie überzahlten Schauspielers wird nicht pro domo vorgenommen. Unsereiner hat stets zwei Vorwürfe zu hören, wenn er dem andern ins Fettnäpfchen tritt: a) «Davon verstehen Sie nichts — Laie.» b) «Aha. — Partei.» Lassen wir es bei a bewenden. Ich schreibe keine Theaterstücke; in keinem dramaturgischen Büro liegt eines von mir, ich will vom Theater nichts. Hier spricht ein Zuschauer, und ein dankbarer Zuschauer. Von unserm S. J. habe ich sicherlich nicht seine kritischen Talente, wohl aber seine ganze Freude, seine Begeisterungsfähigkeit und seine Ehrfurcht vor schauspielerischer Arbeit geerbt. Ich stehe zu dem guten Schauspieler — gegen die entfesselten. Kein Direktor kann die mehr halten, kein Regisseur; der eine nicht, weil er keine pekuniäre Macht in Händen hat, sondern die Hosen voller Konkurrenzangst; der andre nicht, weil er selber mittut und selbstgefällig vergewaltigt, was er pflegen sollte. Es ist ein Kreuz.

Das muß nicht so sein. Hätten wir ein paar wirklich starke Bühnenautoren, die sich gegen dies Theater im Theater durchsetzen können —:

ich wünsche ihnen, daß sie sich Respekt verschaffen, damit wir statt eines Jahrmarkts der Eitelkeiten wieder einmal Aufführungen erleben, die uns das zeigen, was der Autor gestaltet hat: ein Theaterstück, ein Kunstwerk und eine Dichtung.

UNERLEDIGTE KONTEN

Als Kind – so um 95 rum –
da war ich bei Tante Jenny
zur Kindergesellschaft eingeladen,
mit Fritz und Ellen und Männi.
Ja.
Und da hats Sahnenbaisers gegeben,
jeder hat eins bekommen;
und dann wurde noch mal herumgereicht –
und ich hab keins mehr genommen!
Das hat mich noch jahrelang geplagt...!
Ich hätte sollen ... und hab Nein gesagt.

Da hab ich noch eine Braut zu stehn
in Neu-Globsow – die Dame hieß Kätchen;
irgendwas war da ... die hat so geguckt ...
doch ich hatte genug der Mädchen.
Ja.
Und dann hat sie mir noch mal geschrieben,
Briefe? Wie? Ist das schön?
Und dann war ich zu faul, und Neu-Globsow ist weit,
und jetzt möcht ich sie wiedersehn.
Wie mich das in leeren Nächten plagt ...
Ich hätte sollen ... und hab Nein gesagt.

Da stand ich vor Jahren in Moabit
vor einem Talar, den das freute;
er redete, redete, quatschte und schrie
und redet gewiß noch heute.
Ja.
Und aus einem hier nicht zu erzählenden Grund
hielt ich die ganze Zeit meinen Mund.
Ich mußte. Und habe nichts gesagt.
Aber das hat mich noch oft geplagt!
Mit dem Jungen tret ich gern noch mal an –
nur ein einziges Mal!
aber dann – aber dann –

Ist ja gar nicht wahr.
Wenn heut Kätchen da steht,
das Baiser und der Kerl aus Moabit –:
es ist ja leider alles zu spät!
Es ist immer das gleiche Lied:
Wenn wir was brauchen, dann haben wirs nicht;
und wenn wir es kriegen, dann wollen wirs nicht.
Lieber Gott! sei doch nur einmal gescheit
und gib uns die Dinge zu ihrer Zeit –!
Amen.

I a

Neulich haben wir hier die Nummer 1 vom ‹*Nachrichtendienst zur Bekämpfung von Schund- und Schmutzschriften*› betrachtet, den das Ministerium für Volkswohlfahrt herausgibt. Gerechtigkeit muß sein: die Herren können auch anders.

Psch 5410/266; Sitzung der Prüfstelle Berlin für Schund- und Schmutzschriften vom 25. Juni 1929: Verhandelt wird über den Antrag des Landesjugendamtes der Rheinprovinz, die ‹*Dirne Elisa*› von Edmond de Goncourt auf die Liste zu setzen. Unter dem Vorsitz des Oberregierungsrats Adriani, der inzwischen ausgeschieden ist, haben von unsern Leuten teilgenommen: der Maler Dettmann und Lothar Schmidt. Der Antrag wird abgewiesen.

Die Urteilsbegründung ist ein einziger klarer Protest gegen die Versuche der Dunkelmänner, anständige Literatur zu verschweinigeln. Die Prüfstelle Berlin lehnt es ab, sich überhaupt in eine Diskussion darüber einzulassen, ob ein Werk von Goncourt auf die Liste gehört. Es prüft nur die Übersetzung und Aufmachung der deutschen Ausgabe. Vorbildlich objektiv, sauber, klar und gerecht. «Die Prüfstelle kann es sich nicht versagen, mit größtem Nachdruck und Befremden auszusprechen, daß sie kein Verständnis für den vorliegenden Antrag hat, der sich gegen ein künstlerisch und sittlich besonders hochstehendes, auch in der vorliegenden Ausgabe erschütterndes Werk richtet, das unendlich hoch über die Sphäre ‹Schmutz und Schund› erhaben ist.»

Psch 5410/204. Sitzung der berliner Prüfstelle vom 23. Oktober 1928: Verhandelt wird über den Antrag des Landesjugendamtes der Rheinprovinz (da scheints munter und katholisch herzugehen!), die im Verlage Doktor Eysler & Co., Berlin, erscheinende Zeitschrift ‹*Das Magazin*› auf die Liste zu setzen. Unter Vorsitz des Herrn Adriani haben von unsern Leuten teilgenommen: Rehfisch und Tovote. Der Antrag wird abgelehnt.

Die Urteilsbegründung könnte kein freiheitlicher Schriftsteller besser abfassen. Die Rheinländer behaupten, die Zeitschrift sei Schund ... anstößig ... ausgesprochen sexuelle Färbung (welche Farbe hat das eigentlich?) ... Einwände gegen den Helden aus einer Geschichte von Dekobra, «der so unmoralisch sei, seine Frau absichtlich ...» und so fort. Die Prüfstelle:

Rechtsirrig. Das Gesetz richtet sich nur gegen solche Schriften, die aus keinem geistigen Schaffensprozeß, sondern aus einer rein industriellen Mache hervorgegangen seien. Das Gesetz darf nicht ausdehnend ausgelegt werden. Es ist vollkommen unerheblich, welcher Art der ‹Held› eines Schriftwerkes ist, welche ‹Moral› er hat. «Die Frage, ob er ein ‹verworfener› Mensch, ein ausgemachter Schurke oder ein Engel ist, hat nicht die geringste Bedeutung bei der Würdigung.» Der Künstler hat das freie Recht, erotische und sexuelle Probleme zu gestalten. Bei einer andern Auslegung würde der größte Teil der Weltliteratur Anstoß erregen können. Keine Erteilung von Zensuren. «Der Antragsteller hat ausgeführt, die Jugend müsse vor der Geistesrichtung der Tiller-Girls und der Mannequins bewahrt werden. Die Prüfstelle ist nicht berufen, über diese Geistesrichtung ein Urteil abzugeben.»

Sicherlich wird nicht alles, was auf diesen Schmutzlisten steht, endgültig den Vertriebsbeschränkungen des Gesetzes unterworfen. Das Buch von Hirschfeld ist mit einem blauen Auge davongekommen; der Arsène Lupin auch, das *‹Kriminal-Magazin›* auch. Aber daß diese Jugendämter ihre Vorschlagslisten veröffentlichen, schädigt das Buch schon ungeheuer. Denn diese Schmutznachrichten werden von allen beteiligten Kreisen gelesen, vor allem von Männern und Frauen, die für Bibliotheken einkaufen – man kann sich die Wirkung vorstellen.

Also? muß das Gesetz verschwinden.

Herr Adriani ist fort; heute haben wir Herrn C. F. W. Behl, und wenn wir erst einmal im ABC weiter fortgeschritten sind, dann heißt es vielleicht: Jagow – Keudell – Loebell – Mumm ... Darauf wollen wir es nicht ankommen lassen. Die Vertreter der Jugendpflege und der Fürsorge sind sowieso recht wenig geeignet, Vertrauen zu erwecken. Eine leise Verschiebung im Vorsitz – und das Unglück ist da. Das Gesetz muß fort. Das Gesetz darf nicht bleiben. Das Gesetz muß fort.

DIE TAGUNG

Nun, Mutter, bürst mir den Zylinder,
den guten Sonntags-Gehrock hol herbei;
gehab dich wohl – paß gut auf, auf die Kinder,
pack mir die Stullen ein und auch ein Ei ...

Heut fahr ich los, um neun Uhr, im Expreß …
heut ist Kongreß!

Vom Reichsverband sind die Kollegen
schon alle in die ferne Stadt geeilt.
Man wird uns dort brillant verpflegen,
weil ein Minister bei uns weilt.
Die Hoteliers sind froh. Sie wissen es:
heut ist Kongreß.

Zu ernster Arbeit sind wir dort versammelt.
Der Herr Minister spricht – das ist der Clou
(da ist der Saal noch voll, voll wie gerammelt) –
er sagt uns seine Unterstützung zu …
Das ist ein großes Wort. Ein amtliches –
heut ist Kongreß.

Dann wird man viele schönen Reden hören.
Jedweder bittet um des Wortes Gunst.
Da kann uns die Opposition nicht stören –
Abstimmen lassen ist *auch* eine Kunst.
Die Hände hoch! Und kurz ist der Prozeß …
heut ist Kongreß.

Wir sprechen von den einfach ungeheuern
Unkosten in Fabrik und in Büro
und von den viel zu hohen Steuern –
«Das, meine Herren, geht nicht weiter so!
Was hier geschieht, ist ein Exzeß!»
Heut ist Kongreß.

Im Saal ein Nickerchen … die Uhr ist viere …
Der Redner liest und liest und redet seins …
Dann sitzen wir in Reihen froh beim Biere
und trinken, trinken immer noch eins.
Denn, Mutter, schon die ollen Germanen
versammelten sich mit allen Schikanen
rechts vom Rhein und links vom Rhein:
Deutsche Arbeit will beredet sein.
Weil selbe immer nur gedeiht
im Treibhaus unserer Wichtigkeit.
Leb wohl! Da pfeift schon der Expreß …!
Heut ist Kongreß.

AUF DEM NACHTTISCH

‹Pröhn› ist ein schönes Wort – ich glaube: es stammt aus dem Plattdeutschen, aus Pommern oder aus Mecklenburg. Es bedeutet Kram, Krimskrams, alter Plunder. In Nachttischschubladen liegt immer Pröhn. Was liegt bei Ihnen? Ich habe gestern Ordnung gemacht: ein Handschuhdaumen lag da, ein Nagel, zwei Büroklammern, ein altes braunes Taschentuch, noch ein Nagel, ein abgekauter Bleistift . . . pfui. Man wirft viel zu wenig fort, viel zu wenig – gut acht Zehntel aller Bücher zum Beispiel kann man getrost vor der Lektüre fortwerfen, ein Zehntel nach der Lektüre. Lasset uns das letzte Zehntel betrachten.

«Es rieselt im Gemäuer der Entente», schrieb der unsägliche Benedikt in seiner *‹Neuen Freien Presse›* während des Krieges, so lange, bis Österreich selbst davonrieselte. Kraus hat das Wort berühmt gemacht.

Im Gemäuer des Sozialismus rieselt es aber wirklich; hier stimmt etwas nicht. Das mochten die Einberufer der ‹Sozialistischen Tagung in Heppenheim› gefühlt haben, die da in der Pfingstwoche 1928 getagt haben. Die Protokolle dieser Tagung liegen vor: *‹Sozialismus aus dem Glauben›* (erschienen im Rotapfel-Verlag zu Zürich und Leipzig).

Obenan: Hendrik de Man und Henriette Roland-Holst, bei weitem die logisch besten Referate. Beide fühlen richtig: so geht das nicht weiter. Karl Marx hat den in ihm wohnenden Heroismus heroisch unterdrückt, und seine Nachtreter haben aus einer Lehre, die zutiefst aus dem Herzen des Lehrers gekommen ist und dann erst den Verstand passiert hat, eine mechanische Ablauflehre gemacht: Organisiert euch, schwenkt in die Reihen, erkennt unsre Thesen an, streikt – und der Rest kommt ganz von alleine. Nun, er ist nicht von allein gekommen – und das jämmerliche Versagen der in die Regierung getretenen deutschen Sozialisten hat uns gezeigt, daß im Organismus dieser Partei ein schwerer Fehler vorhanden sein muß. Er ist auch vorhanden. Frau Roland-Holst hat das in ihren Thesen (auf Seite 177) recht gut formuliert:

> «Die Lebensgestaltung unterworfener Klassen (Völker, Rassen) ist in hohem Maße abhängig von den Lebensbedingungen, die ihnen von den herrschenden Klassen (Völkern, Rassen) aufgedrungen werden. Jedoch ist diese Abhängigkeit nie absolut.
>
> Der Marxismus betrachtete, trotz seiner dialektischen Denkweise, die ökonomische Entwicklung vorwiegend als Ursache und die Lebensgestaltung als ihre Folge. Es ist jetzt an der Zeit, das Versäumte nachzuholen und den Hauptnachdruck auf die Umgestaltung der Gefühle, der Motive der Lebensformen jeder Art im sozialistischen Sinn zu legen.

Der Marxismus hat das Rationelle übermäßig stark betont.»
Damit läßt sich schon viel anfangen.

Das Niveau dieser Unterhaltungen auf der Heppenheimer Tagung liegt hoch: die Leute haben wenig aneinander vorbeigesprochen, und bei allen hat man den Eindruck: hier wird mit ehrlichen Mitteln gesucht. Daß diese Mittel nicht ausreichen, ist eine andere Sache; es macht sich auch hier wieder die traurige Beschränktheit eines ‹Lagers› bemerkbar: für manchen großen Psychoanalytiker existiert der Sozialismus gar nicht oder kaum – diese hier sprechen wieder von Freud nicht. Die Gefahr dieser Diskussionen liegt in ihrer Entartung zum intellektuellen Gesellschaftsspiel; der Proletarier fragt mit Recht: was soll ich damit anfangen? Und so wirken denn die paar Worte, die Reinhold Sputh in Heppenheim gesprochen hat, wie eine Erlösung. Zur Erkenntnis trägt er wenig bei – aber man spürt unter den ruhigen Worten den Schrei seiner Klasse.

Bei den andern spürt man ihn kaum. Mit dem Hut in der Hand sei angemerkt: selbst die Worte, die Buber dort gesprochen hat, wirken wie blasse Schemen, wie scholastische Kommentare, obgleich sie es nicht sind. Dergleichen bringt nicht weiter. Leicht verläuft sich das in die Gefilde jener Pseudo-Soziologie, die sich an ihrer eigenen Methodik berauscht; jener Pseudo-Philosophie, deren Jargon heute schon alle gebildeten Mädchen sprechen und alle Schmöcke schreiben und mit der nichts, nichts bewirkt wird. Die Praxis heißt dann Radbruch: der hat alles gelesen, weiß vieles, und tut, wenn es zum Klappen kommt, herzlich wenig. Und nur darauf kommt es an.

Der Umschlag gegen die mechanistische Weltauffassung der Generation von 1870 steht vor der Tür – er ist eminent gefährlich. Magie ist eine große und gute Sache; wird sie vulgarisiert, heißt sie entweder Vulgär-Katholizismus, wohl eine der schauerlichsten Sachen, die der Teufel erfunden hat und Gott zuläßt – oder es ergibt sich jenes verblasene theosophisch-psychoanalytische Puzzle, bei dem die Wichtigmacher herumlaufen und viel, viel weniger von Herrn Weißenberg entfernt sind, als sie selber glauben. Und zum Schluß wird sich dann wohl die politische Reaktion dieser Strömungen bemächtigen, und daher ist – neben demütigem Streben nach jener Wahrheit, die nicht auf die Gassen gehört – schärfstes Mißtrauen am Platze. Dieser ‹Sozialismus aus dem Glauben› verdient aufmerksame Lektüre, obgleich er einer Konkurseröffnung gleicht. Zu welchem Prozentsatz die Gläubiger akkordieren werden, steht noch dahin.

Die Wirklichkeit ist vorläufig noch grausig genug. Sprach ich schon von Plättners Zuchthausbuch? Man kann gar nicht oft genug davon sprechen. Es heißt *‹Eros im Zuchthaus›* und ist im Mopr-Verlag, Berlin NW 7, erschienen. Das ist eine wichtige Publikation.

Formal halte ich das Buch für mißglückt. Der Verfasser hat zu viel Magnus Hirschfeld gefrühstückt, und nun ist aus einer schon bei jenem nicht immer schönen Terminologie ein höchst schauerlicher Mischmasch von Fremdwörtern, Fachvokabularium und Halbbildung entstanden, der mitunter bis zur Lächerlichkeit geht. Es ist ungemein bezeichnend, daß Plättner ein ‹Fremdwörterverzeichnis› anhängt — als ob man einen großen Teil dieser Dinge nicht auch auf deutsch sagen könnte! Die lateinischen Wörter müssen ihm ungeheuer imponiert haben. Aber das ist nur ein kleiner Schönheitsfleck des Buches — viel, viel wichtiger als die ungenügende und mitunter wandervogel-lyrische Darstellung ist das Material. Das ist ersten Ranges. Denn es ist erlitten.

Eine einzige Qual geht durch dieses Buch.

Wir können uns alle kaum vorstellen, was das heißt: die Sexualfunktionen unterdrücken. Es ist ja immerhin schon so weit, daß nicht mehr gegrinst wird, wenn einer von diesen Dingen spricht; aber es gibt genug Ärzte, und natürlich sind unter ihnen die beamteten Gefängnisärzte; die erklären diese Tortur, die in einer erzwungenen geschlechtlichen Abstinenz liegt, einfach für nicht vorhanden. Was wissen diese studierten Wachtmeister vom Menschen!

Ich halte alles, ohne Ausnahme alles, was Plättner uns erzählt, für möglich, für wahrscheinlich und das meiste für wahr. Jede Exemplifizierung an uns selber wird zuschanden. Jeder von uns lebt sicherlich manchmal monatelang im Jahr ohne sexuelle Betätigung — wenn er das will. Und dann geht es sehr gut. Ich kenne nur wenig Männer, die so abhängig von dieser Funktion sind, daß sie wie die verhungerten Faune umherlaufen, quaerentes quam devorant. In dem Augenblick aber, wo jemandem verboten wird, den Geschlechtspartner zu suchen, wird die Sache schlimm. Dann frißt die Qual, dann quält die Zwangsvorstellung, dann tauchen die übelsten und infantilsten Gedankengänge wieder auf . . . Davon erzählt Plättner.

Was so unbeschreiblich aufreizend an diesem Buch ist, das ist die rohe Trägheit der beamteten Stellen. Soweit hier nicht versteckter Sadismus im Spiel ist, ein Sadismus, der doppelt feige ist, weil er sich hinter angebliche Gruppennützlichkeit verkriecht, sind es archaische Ideen, die den Fortschritt hindern: dergleichen kleidet sich in Soutanen, in Richterroben, in Uniformen — man reiße diese Kostüme herunter, man kratze den Beamten, und man findet, was Jung so schön den «Schatten» nennt. Es ist ein Elend.

Und es müßte gar kein Elend sein — denn die Beurlaubung verheirateter Gefangener, die Ermöglichung des Geschlechtsverkehrs in den Strafanstalten ist gar nicht so schwer, wenn man nur wollte. Man will aber nicht. Weil doch das ‹Volksempfinden›, auf das die Herren sonst pfeifen, eine ‹Strafe› verlangt — auf einmal also kümmert sich der Strafvollzug um das Volk, und dann aber auch um seine niedersten, um seine verächtlichsten Ressentiments. Man kann dem Buch nur viele gute und einflußreiche Leser wünschen.

Deshalb, weil ja nichts schwerer ist, als in den starren Mechanismus einmal vorhandener Gefüge einzugreifen. Ihr wißt, wie schwer das bei den Fürsorgeanstalten ist; man bilde sich ja nicht ein, daß bejubelte Theateraufführungen eine Sadistin in Klein-Klotzow ändern werden, solange das System nicht geändert ist. Und es ist nicht nur mit den Fürsorgeanstalten so. Ein ungarischer Psychiater, Istvan Hóllós, zeigt uns, daß es in geistiger Beziehung in den Irrenanstalten nicht viel besser zugeht. Sein Buch heißt *‹Hinter der gelben Mauer›* und ist in dem höchst verdienstlichen Hippokrates-Verlag zu Stuttgart erschienen; ein Verlag, der sich mit der Herausgabe von ärztlichen Volksbüchern sehr nützlich macht.

Dieses etwas pathetisch geschriebene Buch, in dem es mitunter kraus zugeht, vertritt eine gute These: jede mechanistische Anstaltsbehandlung ist eine Sünde am Menschen. Herr Hóllós ist ein bürgerlicher Individualist; was echte Kollektivität ist, ahnt er nicht – dennoch ist viel Gutes und Rechtes in seinem Buch. Er zeigt die schmale Grenze zwischen den geistig Gesunden und den geistig Kranken auf (eine der schönsten Geschichten Roda Rodas faßt das in dem unsterblichen Satz zusammen: «Wir Psychiater unterscheiden uns von den Verrückten nur durch die Vorbildung»); und Hóllós bringt viel interessantes Material herbei. Vom geheilten Kranken: «Der geheilte Kranke muß viel gesünder sein als jeder andre Sterbliche.» Hier liegt ähnliches vor wie bei den armen Rechtsbrechern, die den Unabsetzbaren in die Hände fallen: der Richter darf anormal sein, der Verbrecher darf es nicht. «Ich will aus der Anstalt erst wieder nach Hause gehen», sagt bei Hóllós ein Geheilter, «wenn ich tun und lassen kann, was mir gefällt; nervös, launenhaft, erzürnt sein, wann es mir beliebt, wie jeder andre Mensch – ohne daß sie denken, ich sei wieder verrückt geworden ...»

Hóllós zeigt auch die schematischen Wahnvorstellungen auf, die sich die Gesunden von den Verrückten machen; die können ihnen gar nicht verdreht genug sein, die Haare müssen sich einem sträuben ... dann erst fühlen sich jene gesund. Diese Angst vor dem Irren hat sehr tiefe Ursachen.

Die Anstaltsbehandlung, die den Kranken durch die Nummernmühle dreht, ist famos wiedergegeben. Einer sagt von der Untersuchung: «Dann war nicht einmal von mir die Rede. Man sprach von jemand anderm: von einem Kranken, der unter den vielen andern eben jetzt an die Reihe gekommen war.» Nämlich von ihm. Aber eben nicht von ihm. Das Ich geht verloren auf diesem fürchterlichen Wege. Was Hóllós will, ist, daß man die Irren nicht nur, wie das heute geschieht, interniert, weil dabei jeder Mensch zerbrechen muß; er will, daß man sie wohnen läßt wie andere Menschen auch; mit einem Gitter, das sie möglichst wenig spüren. Eine vernünftige Forderung. Und doppelt beachtenswert, weil sie von einem Irrenarzt ausgesprochen wird, der auch seine Kollegen gegen törichte Vorwürfe in Schutz nimmt. Ein gutes Buch.

Der Nachttisch wird viel zu klein für die vielen, vielen Bücher ... ich werde mir einen neuen kaufen müssen (ohne Schublade).

Da hätten wir: ‹*Nationalismus*› von C. J. H. Hayes (erschienen im Verlag Der Neue Geist zu Leipzig). Hayes ist Professor an der Columbia-Universität in Amerika, und das merkt man. Das Buch hat eine bewundernswert gute These als Fundament, aber was auf dieser These aufgebaut ist, ist weniger schön. Und sehr gut untermauert ist der Laden auch nicht ... Hayes unterscheidet trefflich das legitime Heimatsgefühl von der Massenepidemie des Nationalismus; er erkennt auch dessen Rolle als Religionsersatz des zwanzigsten Jahrhunderts richtig; er sieht, wie die «Massen unter dem Zauber des Nationalismus ihre Führer weniger kritisieren und eher geneigt sind, in wirtschaftlichen Dingen den status quo anzunehmen. Auf die Menge wirkte der Nationalismus unter Umständen wie eine Art Lachgas. Wenn man einen Arbeiter dazu bringen konnte, es recht tief einzuatmen, so fühlte er sich dadurch erheitert und vergaß jedenfalls eine Zeitlang, daß er in der Fabrik ... für viel Arbeit schlecht bezahlt wurde ... Im Traum nationaler Größe übersah er, wie schmutzig in Wirklichkeit seine eigene Wohnung aussah.» Bravo!

Aber es ist ein mit glatter Goldfeder geschriebenes Buch; die Amerikaner, so intolerant und reaktionär sie sonst sind: diesem Professor werden sie nichts tun. Denn es ist ein ungefährliches Buch, also ein zweitrangiges Buch. Folgerungen werden nur zaghaft gezogen; der tut keinem etwas. Der Verfasser — steht in der Einleitung — «hat den Krieg als Hauptmann beim amerikanischen Generalstab mitgemacht». Na, dann ist ja alles in schönster Ordnung.

Da ist ein Landsmann von ihm, der so ähnlich heißt, schon ein andrer Kerl. Das ist Arthur Garfield Hays. ‹*Laßt Freiheitsglocken läuten!*› (erschienen bei Grethlein & Co., Leipzig). «Zeitbilder aus dem heutigen Amerika» nennt er das Buch.

Walther von Hollander hat hier neulich rechtens auf den sonderbaren Zwiespalt hingewiesen, der im Amerikaner steckt: einerseits unbeschwerter Mut in der Aufzeigung von Mißständen — andrerseits eine Reaktion, die in ihrer Unbekümmertheit und ihrer Ungeistigkeit an alles heranreicht, was wir auf diesem Gebiet in Jurop produzieren. Der Rechtsanwalt Hays illustriert: Freiheit des Unterrichts — Freiheit der Rede und der Versammlung — Freiheit der Presse — Freiheit des Wohnsitzes (die Neger!) — Freiheit der Bühne — Freiheit der Meinung — und man darf sagen: alle diese Freiheiten gibt es, wenn es darauf ankommt, drüben auch nicht. Eine derart brutale Unterdrückung von allem, was aus der Norm fällt, eine widerliche Mischung von arrogantestem Preußentum und wildestem Wildwest-Geknalle, und das noch verbrämt mit der milchigen Tugendhaftigkeit jener Karikaturen von Pastoren, wie sie sie drüben ziehn: es ist bitter. Hays schreibt an einer Stelle: «Die Polizei ging mit größter Brutalität vor. Tränengas, Feuerspritzen, Flinten und Knüttel wurden angewendet, um eine Art Ordnung aufrechtzuerhalten.» Diese ‹Art Ordnung› beherrscht alle Gemüter – natürlich auch die deutschen, die nichts so außer Fassung bringt, wie wenn diese ‹Ordnung› auch nur äußerlich gestört wird. Schande auf Schande: wie Amerika politische Flüchtlinge nur wegen ihrer Gesinnung ausliefert: zum Beispiel Italiener an die Faschisten; wie gemein sich die Regierung gegen die Protestler im Fall Sacco-Vanzetti benommen hat, und es sind nicht einmal sehr viel gewesen ... Das Ganze ist höchst bunt und mit grimmigem Humor erzählt. Zu Ende formuliert ist so eine Schilderung der Geschworenen im Justizmord Sacco und Vanzetti: «Man stelle sich eine gelangweilte Jury aus Geschäftsleuten des Mittelstandes vor, die einer langen Reihe von farblosen und unsichern Zeugen zugehört hat und nun plötzlich durch den schmetternden Ton des Patriotismus unliebsam zur Aufmerksamkeit gerufen wird.» Das geht auf den Ankläger, Herrn Katzmann, der weniger die Schuldfrage als den Patriotismus der beiden Italiener prüfte. Sie fielen durch; er hat Karriere gemacht. Bei dieser Gelegenheit: das kleine Kapitel, das Hays hier über Sacco und Vanzetti schreibt, scheint mir wirksamer zu sein als der dicke Roman Upton Sinclairs, dessen Reinheit der Gesinnung leider in keinem rechten Verhältnis zu seinem künstlerischen Können steht. Da hat er nun das ganze Material über den Prozeß höchst fleißig durchstudiert – wie kann sich der Dichter so einen Zug entgehen lassen: «Um elf Uhr vierundzwanzig nachts, nachdem sogar schon die Hosen der Verurteilten zur Durchführung der Elektroden aufgeschlitzt worden waren, kam ein Aufschub bis zum 22. August.»

Das Werk von Hays ist ein lehrreiches Buch. Amerika ist bei uns viel zu hoch im Kurs notiert; warum kriechen wir eigentlich vor diesen Brüdern? Kennt ihr den unverschämten Fragebogen, den die amerikanischen Konsulate den Auswanderern und Reisenden vorlegen? Laßt euch so einen geben – ihr werdet eure Freude haben.

Zurück zum alten Kontinent. Und gleich dahin, wo es am europäischsten zugeht – so deutsch! Aber nett. ‹*Nachfeier*› von Franz Hessel (erschienen bei Ernst Rowohlt zu Berlin). Dieser Hessel ist kein ganz einfacher Fall.

Zunächst einmal: er ist ein Dichter. So etwas ist eben graden Wegs im Azur gepflückt: «... deutlich die Erinnerung an ein langvergangenes Jugendabenteuer mit den beiden, der Spannsehnigen und der

Fruchtfleischigen, die neben und über mir auf Kissen lagen wie die Göttinnen auf Wolken eines gemalten Plafonds und über mich weg ihre Affären besprachen, als wär ich gar nicht da, um sich dann wieder mit verschlafenen Händen meiner zu erinnern.» Dieser letzte Infinitiv klingt nach wie ein leises Violinenthema ... Im übrigen steht Hessel – ja, da steht er: «Da ist dieser Sonntagvormittag auf der Potsdamer Brücke, wohl gemerkt auf der kleinen, dem stilleren der beiden Brückenbögen, über den nicht die Bahn, nur Wagen gehn.» Da ist er ganz. Nein, noch nicht ganz. Es ist eine Art Manneschwäche in diesem Mann, etwas fast Weibliches (nicht: Weibisches) – schon in dem reizenden Bändchen ‹*Teigwaren leicht gefärbt*› sind Stellen, die fast von einer Frau geschrieben sein könnten – es ist etwas Lebensuntüchtiges, oh, wie soll ich dies Wort hinmalen, damit es nicht nach Bart und Hornbrille schmeckt? Und das weiß Hessel. Und weil er klug ist, macht er aus der Not eine Tugend und spielt, ein wenig kokett, den Lebensuntüchtigen: Ich bin nämlich ein stiller, bescheidener Dichter ... Das ist nicht unangenehm, nur ein wenig monoton – trotz des großen Könnens, des wundervoll sauberen Stils, der bezaubernden eingestreuten Geschichten und Geschichtchen. So das Wort einer Französin: «Une femme, ça pleure comme ça pisse». Oder das von dem sächsischen Maler, der gelassen das große Wort ausspricht: «Gott», sagte der Sachse, «Gott. Bei uns in Sachsen glaubt keen verninftiger Mensch mehr an den lieben Gott.» Und so. Aber eben doch um die entscheidende Spur zu dünn.

In der herrlichen Schilderung von Paris, das Hessel so gut kennt, steht anläßlich einer leicht ironischen Schilderung von sozialistischen Demonstranten: «Dürfen wir urteilen über Menschen, die eine Sache, eine Fahne haben? Ist unsre Unbefangenheit, die vor einem Dutzend Jahren noch Recht und Freiheit war, jetzt nicht Schuld und Leere?» Ja, Franz Hessel – das ist sie. Schuld und Leere.

Es ist in diesem Buch etwas Grundsätzliches, etwas, das Beachtung über den Einzelfall hinaus verdient. Es ist ‹der Kreis›. Es ist die Zugehörigkeit zu jenen kleinen Cliquen, die nicht einmal Unheil anstiften, die oft viel Gutes und noch mehr Amüsantes tun – aber es ist doch eine große Überschätzung der kleinen Umwelt. Es sind jene, die von den Angehörigen des Kreises gern mit vollem Namen sprechen, um auszudrücken: «En voilà quelqu'un!» – «Franz Meckauer hat mir erst neulich gesagt ...» Der Fremde horcht auf. Sollte hier vielleicht eine Lücke in seiner Bildung sein? Wer ist Franz Meckauer? Niemand; irgendein Freund. Aber die tausend Assoziationen, die bei den Kreislern mitschwingen, sind überbetont; hier stimmt etwas nicht. Ich habe vor dem Kriege einmal in Berlin so einen Kreis gekannt; ein Mediziner stand im Mittelpunkt, und wenn man da hineintrat, dann umgab einen ein Brodem von Geistigkeit, von Hochmut, von Witz, von übersteigertem Selbstbewußtsein, von Inzucht ... und was sind sie alle geworden, die Herren des Kreises? Ach, du lieber Gott. Nein, so geht das nicht. Es ist ein buntes Philisterium, das dann entsteht, wenn so ein Kreis erstarrt. Und wenn nun einer von ihnen gar etwas wird: dann ist die ganze Gesellschaft auf die hohe Notierung, die das Mitglied bei den eben noch verachteten ‹Bürgern› findet, so maßlos stolz, und die Duzfreundschaft mit dem Mann, der — man denke! — in den Zeitungen verhimmelt wird, wirkt sich herrlich aus ... Nein, nein — es ist nichts damit.

Hessel ist ein netter Mann — ich sage das nicht gegen ihn. Es bewirkt nur nichts, was sie da treiben. Hessel erscheint für die, die ihn zu kennen nicht die Freude haben, noch einmal in der Autobiographie einer ältern Dame: der Tochter eines englischen Pastors und einer österreichischen Turnlehrerin; das späte Mädchen schreibt unter dem Pseudonym Oscar A. H. Schmitz ... und hat auf diese Weise eines der buntesten Bilderbücher selbstgefälliger und aufgeweckter Dummheit geschrieben, das mir bekannt ist. Ein ewiger Primaner. Auch aus diesem Büchlein ist zu ersehen, daß Franz Hessel immer so gewesen ist — und wenigstens ehrlich.

Ja, das wärs. Dann liegt da noch in der Nachttischschublade eine kleine Schachtel, und in der schläft eine ganz alte, ganz verstaubte Gelatine-Kugel mit Rizinusöl, eine Bombe, die vergeblich wartet, daß sie einer abfeuert. Und zwei vergilbte Stecknadeln. Und ein Kalenderblatt. Und ein Heftchen mit frommen Sprüchen sogenannter Arbeiterdichter, darunter Karl Bröger, der nun glücklich bei der Bekämpfung des Schmachfriedens angelangt ist ... Pröhn. Pröhn.

TRUNKENES LIED

Der Igel sprach zum Oberkellner:
«Bedienen Sie mich ein bißchen schnellner!
Suppe — Gemüse — Rostbeaf — und Wein!
Ich muß in den Deutschen Reichs-Igel-Verein!»

Da sprach der Oberkellner zum Igel:
«Ich hab so ein komisches Gefiegel —
ich bediene sonst gerne, prompt und coulant,
aber ich muß in den Oberkellner-Verband!»

Der Igel saß stumm, ohne zu acheln,
und sträubte träumerisch seine Stacheln —
Messer und Gabel rollten über die Decke.
Sie rollten zum Reichsverband Deutscher Bestecke.

Des wunderte der Igel sich.
Er ging in ‹Für Herren› züchtiglich;
doch der Alte, der dort reine macht,
war auf der Deutschen Klosettmänner-Nacht.

Ein Rauschen ging durch des Igels Stoppeln –
er tät bedrippt nach Hause hoppeln
und sprach unterwegs
(und aß einen Keks):
«Ich wohne gern. Aber seit ich in Deutschland wohne,
ist mein igeliges Leben gar nicht ohne.
Sie sind stolz, weil sie sich in Gruppen mühn –
doch sie sind nur gestörte Individühn.
Menschen? Mitglieder sind diese Leute.
Unsern täglichen Verband gib uns heute!
Amen.»
(sagte der Igel).

HANDELSTEIL

Da lesen wir nun so viel über Bankkrachs, zerplatzte Versicherungsgesellschaften, Geschäfte, die ihre Zahlungen eingestellt haben ... viel Geld ist da verloren gegangen, viel Geld der andern – ja. Und was, glauben Sie, wird uns da beschrieben? Die letzte Verzweiflung der kleinen Leute, die ihre Spargroschen nicht mehr wiedersehen? zerstörtes Alter? zerstörtes Leben? Ach nein, das nicht. Es werden uns die Bankiers beschrieben. Was tun die Bankiers –? Sie brechen zusammen.

Jeder Bankier, der etwas ausgefressen hat, bricht zusammen. Er erleidet einen Nervenzusammenbruch. Und zwar bricht er entweder in einem Sanatorium zusammen oder auch zu Hause, aber das ist nicht so fein. Er – «Na, hören Sie mal, Sie sind aber komisch: Meinen Sie, das ist ein Spaß, so eine Pleite? Machen Sie das mal mit, ehe Sie mitreden ...» – Nein, danke; ich verdiene ja auch nicht so viel; ich brauche das nicht. Und ein Spaß ist es gewiß nicht. Ich meine nur ... «Was? Was soll der Bankier denn tun, wenn er Pleite macht? Auf einem Bein tanzen?» – Nein, das sähe nicht hübsch aus. Ich meine nur ... wenn sie einen Lokomotivführer herunterholen, weil er nach zehn Stunden Dienst ein Signal überfahren hat, und es hat ein Unglück gegeben, dann sperren sie ihn ein. Fertig. – «Und? Na und? Sperren sie den Bankier vielleicht nicht ein?» – Nicht so lange. Es finden sich zwei Hausärzte und ein Professor, die die ganze Strenge ihrer militärärztlichen Dienstzeit vergessen, die gar nicht mehr «k.v.!» brüllen, sondern ellenlange Atteste schreiben: die Haftfähigkeit ... das Herz ...

und es finden sich fast immer Kautionen, und es finden sich fast immer Gerichtsbehörden, die den Mann herauslassen, den Herrn Verantwortlichen. – «Damit er draußen behilflich sein kann, sein Geschäft zu ordnen.» – Sicher. Aber der verhaftete Arbeiter hat auch ein Geschäft: nämlich seine Familie, die durch die Bestrafung, die ihm zugedacht ist, fast allemal zugrunde geht ... aber darauf kommt es wohl nicht so sehr an. Er ist ja nicht verantwortlich. – «Was wollen Sie damit sagen?» – Daß dieses Wort im Deutschen überhaupt nichts mehr bedeutet. Verantwortlich? Ich habe eine verantwortliche Stellung ... deine Verantwortlichkeit ... er ist mir dafür verantwortlich ... neulich habe ich in einer Tierschutz-Zeitschrift gelesen: «Wenn die Schafe eingerückt sind, ist für die Herde der Hund verantwortlich.» Ich sage Ihnen: das Wort hat seine Bedeutung verloren. Ist im Weltkrieg jemand verantwortlich gewesen? Wer ist überhaupt verantwortlich? Ich werde es Ihnen sagen: kleine, untergeordnete, meist proletarische Einzelne – der Rest verkriecht sich hinter die Gruppe, hinter eine Vorschrift, hinter das Reglement, hinter einen Befehl – in Wahrheit trägt kein Mensch die Verantwortung für das, was er macht. Sie decken sich gegenseitig, und zum Schluß ist es niemand gewesen. Die Geschichte wird richten, wissen Sie? Das ist eine schöne Geschichte. – «Aber die armen Bankiers ...» Mir bricht das Herz. Ich sehe sie vor mir: schluchzende Devisenhändler, taschentuchauswringende Fondsmakler, zusammengebrochene Kommerzienräte ... nach bestem Wissen und Gewissen ... es muß furchtbar sein. Da gibts nur ein Mittel.

Sich auch weiterhin der Rechtlosen anzunehmen: jener kleinen Leute, die in die Klauen der Justiz fallen, und die sich nicht wehren können. «Das Gesetz in seiner erhabenen Gleichheit verbietet Armen und Reichen, unter den Brücken zu schlafen» – sagt Anatole France.

LOTTCHEN BESUCHT EINEN TRAGISCHEN FILM

«Setz dich nicht auf meine Tasche. Laß mich mal dahin. Ist das noch Wochenschau? Was? Wie? Das ist noch Wochenschau, was? Also wie ich dir sage: ich würde die Möbel nicht in Holland kaufen. Du kennst das da nicht so, guck mal! ne Feuerwehr! – und überhaupt: hier in Berlin hab ich meine Quellen, mein Freund Käte sagt auch ... Wieso? Ich sage: mein Freund Käte – die ist wien Mann. Sag ich dir. Bloß viel netter.

Guck mal: noch ne Feuerwehr. Warum sind in den Wochenschaun soviel Feuerwehren? Was? Und was kostet überhaupt son Möbeltransport ... ich hab mich erkundigt, was das macht, wart mal ... ich hab mir das aufgeschrieben ... So! jetzt ist mein Notizbuch runtergefallen, heb doch mal auf!

Na, laß mich mal ... geh mal weg ... geh doch mal weg! Aua! ..

Ich komm ja gar nicht wieder hoch . . . war hier was inzwischen? Nee – was? Das is ja Zimt, was die da spielen, unter uns gesagt . . . ich hab mir das aufgeschrieben: vierzehn Pfennig pro . . . jetzt weiß ich nicht mehr, ob es pro Kilo oder pro Zentner war . . . aber jedenfalls waren es vierzehn Pfennig.

Das ist doch kein Geld, was? Wie? Wenn du so lang wärst, wie du dumm bist, könntst du aus der Dachrinne saufen. Jetzt wirds hell.

Nettes Kino, was? Warum haben sie das so blau gestrichen? Du, die Käte hat sich ein himmlisches Schlafzimmer machen lassen, auch so blau – na, 'n bißchen heller, als das da und weißer Schleiflack, wunderbar! Kaufst du mir so was? Nein. Siehst du, solchen Pelz will Lottchen haben, so, wie die da hat – nicht die, du Ochse, die kleine Dicke! Na, sie kann ihn nicht tragen – aber solchen Pelz.

Nu wirds dunkel . . . kaum, daß man mal was lesen will, wirds dunkel. Daddy, ist das der große Film, von dem sie soviel geschrieben haben? Ja? Is er das? Sei mal ruhig, ich muß mal lesen, wer alles mitspielt. Sei jetzt still, ich muß lesen . . . Pudowkin – kennst du Pudowkin? Wahrscheinlich ein Russe – was?

Du, bei Lützows haben sie jetzt ein russisches Dienstmädchen, die kann kein Wort deutsch, nur 'n bißchen französisch. Komisch, was? Jetzt gehts los. Das kann ich dir sagen: wenn meine Tante mir noch einmal so einen frechen Brief schreibt . . . weißt du, ich gönn ja keinem Menschen was Böses, aber willst du mir vielleicht sagen, wozu so was auf der Welt . . . Hübsche Person.

Du, der Film kann aber nicht neu sein, son Hut trägt kein Mensch mehr! War auch gar nicht kleidsam – Lottchen hat nie sonen Hut getragen. Daddy, du mußt mir unbedingt noch eine Tasche kaufen; die du mir fürn Abend gekauft hast, ist ja sehr hübsch . . . aber nun habe ich für den Tag gar nichts. Nein, die brauche ich fürs Auto. Die blaue? die ist für den Nachmittag, für den Vormittag fehlt mir eine!

Für die Stadt! Das verstehst du nicht. Na, ich wers dir sagen: also ich hab mir heute eine gekauft. Du kaufst mir ja doch keine. Das Geld darfst du mir zurückgeben. Na, laß man. Ich sag immer: Lieber arm und reich, als jung und alt. Was steht da –?

AUF MÄNNER, DIE LIEBEN,
KANN MAN NICHT BAUEN.

Sag ich doch immer. Daddy, vorgestern abend war ich mit Spannagel zusammen. Er sah ganz gut aus.

Quatsch – mit dem Mann will ich doch gar nichts mehr zu tun haben; du stellst dich auch an – nur, weil ich mit ihm mal verheiratet war –! Er hat übrigens erzählt, er geht nächstens nach China, er will da den Bürgerkrieg studieren. Sehr interessant, ich hab ihm gesagt, er soll man vorsichtig sein; ich finde, wenn einer in den Krieg geht, muß er vorsichtig sein.

Du, das ist mein Typ. Sei mal still ... stör einen doch nicht immer, wenn man sich einen Film ansehen will! Du, das ist mein Typ! Sieht beinah aus wie Tilden. Wunderbare Figur, was? Der hat keinen Bauch, wunderbare Figur. Schade, nu is er weg.

Daddy, mit dem Reichsentschädigungsamt hab ich mir das also folgendermaßen ausgedacht: Wenn die die achtzehn Prozent für die Kriegsguthaben bewilligen, zuzüglich der Nachtragsrente für Kinder, verstehst du? und wenn der Anwalt dann noch durchdrückt, daß die zweite Entschädigungsrate von der ersten so abgezogen wird, daß die Umrechnungsquote bei der Reichsanleihe raufgesetzt wird —: dann kann ich den Ring auslösen!

Du löst ihn mir ja nicht aus. Sage selbst — löst du ihn aus? Du sollst ihn auch gar nicht auslösen. Ich meine bloß so. Aber du löst ihn nicht aus. Guck mal, wo haben sie das aufgenommen? Wahrscheinlich in Frankreich, was? Der Anwalt hat aber gesagt, er kann nicht garantieren, daß der Prozeß noch dieses Jahr zu Ende ist — ich hab ihm gesagt, Peter ist heute zehn Jahre, bis zu seiner Volljährigkeit wart ich noch, aber dann hat meine Geduld ein ...

Du lachst! Ich bin eine alleinstehende Frau und muß mir alles allein machen! Na, alles nicht, Ferkel. Hat Karlchen geschrieben? Nicht? Was? Hat er nicht geschrieben? Ich werde ihm mal schreiben: ob er vielleicht seine Bräute so behandelt, wie du mich behandelst.

Karlchen ist eben ein Kavalier. Nein, auch von vorn ... laß mir meinen Karlchen! Jakopp ist aber auch sehr nett — überhaupt ich will dir mal was sagen ... wenn deine Freunde ... Allmächtiger, was kullert die mit den Augen! Du himmlischer Braten! Warum tut sie denn das? Was? Na, erklär mir das doch mal — wozu gehe ich denn mit einem Mann ins Kino!

Sssst! Was die Leute bloß immer reden, wenn sie im Kino sind! Man versteht ja gar nichts ...! Du, warum hat die denn so mit den Augen gekullert, was? Die findest du nett? Na, dein Geschmack ... Ich frage mich wirklich manchmal, was du eigentlich an mir hast ... Na, ich bin ja dein Irrtum. Das ist mal sicher. Blond bin ich nicht, schöne Beine hab ich auch nicht, sagst du immer — bitte, ich hab sehr gute Beine!

So schöne, wie deine Putti noch allemal! Von Dickchen gar nicht zu reden. Und Musch? Hat Musch vielleicht schöne Beine? Spitze Schuhe hat sie; kein Mensch trägt mehr ... Daddy, hast du zu Hause das Licht ausgemacht? Na, denn ist gut. Was steht da?

TRETEN SIE ZURÜCK — NUR ÜBER UNSERE DREI LEICHEN GEHT DER WEG!

Daddy, dabei fällt mir ein, ich muß mir mal von der Käte das Rezept für die Rohkostsuppe aufschreiben lassen — wir haben sie neulich bei Mühlbergs gegessen, wunderbar, ganz schwer, wie Krebssuppe also, das hat einen ausgesprochenen Krebsgeschmack, ist aber ganz vegetarisch ... Hast du das gesehn? Hast du das gesehn? Wie die das Pferd rumgerissen hat? Doll. Was? Was spielen die da? Křenek? Mag ich gar nicht. Magst du das? Ich war voriges Jahr da mit Hornemann ... du, der Hornemann ist jetzt nach Südamerika gegangen ... er schreibt, da tragen die Frauen alle wundervolle Waschseide.

Daddy, du könntest mir eigentlich mal — nein, kauf mir lieber eine Brücke für die Wohnung, weißt du, so eine echte Perserbrücke ... na, Daddy, du kannst nicht sagen, daß ich dich mit Wünschen belästige. Ich möchte mal sehn, was du andern Frauen schenkst ... Natürlich kriege ich die Wohnung. Das heißt: der Wirt legt noch Berufung ein, weil wir doch Kette tauschen; also Willachs in der Augsburger Straße geben ihre Wohnung gegen einen Abstand an Bernhardt, und Bernhardt tauscht mit Willer, wenn Marie einverstanden ist, heißt das, sie ist aber nicht einverstanden, weil sie sich scheiden lassen will, sie ist jetzt mit Bromberg, sie wird sich aber nicht scheiden lassen, da wäre sie ja schön dumm, und wenn ich nun mit Josenstein über Hippels weg tausche und der Wirt vorher stirbt, und wenn Romel seine Wohnung an mich abgibt —: dann kriege ich die Wohnung.

Laß man: der liebe Gott wird Lottchen schon nicht verlassen. Ich kenne den Mann. Was? Wie? Es ist komisch: Männer verstehn nie, was man ihnen erklärt — Männer verstehn überhaupt ...

Aus. Schon aus? Das war alles? Ja, wahrhaftig: die Leute stehen schon auf. Daddy, jetzt sag mir aber mal eins — das hab ich nicht kapiert:

Warum heißt der Film: ‹*Die Jungfrau von Orleans*› —?»

DIE FÜNFTE JAHRESZEIT

Die schönste Zeit im Jahr, im Leben, im Jahr? Lassen Sie mich nachfühlen.

Frühling? Dieser lange, etwas bleichsüchtige Lümmel, mit einem Papierblütenkranz auf dem Kopf, da stakt er über die begrünten Hügel, einen gelben Stecken hat er in der Hand, präraffaelitisch und wie aus der Fürsorge entlaufen; alles ist hellblau und laut, die Spatzen fiepen und sielen sich in blauen Lachen, die Knospen knospen mit einem kleinen Knall, grüne Blättchen stecken fürwitzig ihre Köpfchen ... ä, pfui Deibel! ... die Erde sieht aus wie unrasiert, der Regen regnet jeglichen Tag und tut sich noch was darauf zugute: ich bin so nötig für das Wachstum, regnet er. Der Frühling —?

Sommer? Wie eine trächtige Kuh liegt das Land, die Felder haben zu tun, die Engerlinge auch, die Stare auch; die Vogelscheuchen scheuchen, daß die ältesten Vögel nicht aus dem Lachen herauskommen, die

Ochsen schwitzen, die Dampfpflüge machen Muh, eine ungeheure Tätigkeit hat rings sich aufgetan; nachts, wenn die Nebel steigen, wirtschaftet es noch im Bauch der Erde, das ganze Land dampft vor Arbeit, es wächst, begattet sich, jungt, Säfte steigen auf und ab, die Stuten brüten, Kühe sitzen auf ihren Eiern, die Enten bringen lebendige Junge zur Welt: kleine piepsende Wolleballen, der Hahn – der Hahn, das Aas, ist so recht das Symbol des Sommers! er preist seinen Tritt an, das göttliche Elixier, er ist das Zeichen der Fruchtbarkeit, hast du das gesehn? und macht demgemäß einen mordsmäßigen Krach ... der Sommer –?

Herbst? Mürrisch zieht sich die Haut der Erde zusammen, dünne Schleier legt sich die Fröstelnde über, Regenschauer fegt über die Felder und peitscht die entfleischten Baumstümpfe, die ihre hölzernen Schwurfinger zum Offenbarungseid in die Luft strecken: Hier ist nichts mehr zu holen ... So sieht es auch aus ... Nichts zu holen ... und der Wind verklagt die Erde, und klagend heult er um die Ecken, in enge Nasengänge wühlt er sich ein, Huuh macht er in den Stirnhöhlen, denn der Wind bekommt Prozente von den Nasendoktoren ... hochauf spritzt brauner Straßenmodder ... die Sonne ist zur Kur in Abazzia ... der Herbst –?

Und Winter? Es wird eine Art Schnee geliefert, der sich, wenn er die Erde nur von weitem sieht, sofort in Schmutz auflöst; wenn es kalt ist, ist es nicht richtig kalt sondern naßkalt, also naß ... Tritt man auf Eis, macht das Eis Knack und bekommt rissige Sprünge, so eine Qualität ist das! Manchmal ist Glatteis, dann sitzt der liebe Gott, der gute, alte Mann, in den Wattewolken und freut sich, daß die Leute der Länge lang hinschlagen ... also, wenn sie denn werden kindisch ... kalt ist der Ostwind, kalt die Sonnenstrahlen, am kältesten die Zentralheizung – der Winter –?

«Kurz und knapp, Herr Hauser! Hier sind unsere vier Jahreszeiten. Bitte: Welche –?»

Keine. Die fünfte.

«Es gibt keine fünfte.»

Es gibt eine fünfte. – Hör zu:

Wenn der Sommer vorbei ist und die Ernte in die Scheuern gebracht ist, wenn sich die Natur niederlegt, wie ein ganz altes Pferd, das sich im Stall hinlegt, so müde ist es – wenn der späte Nachsommer im Verklingen ist und der frühe Herbst noch nicht angefangen hat –: dann ist die fünfte Jahreszeit.

Nun ruht es. Die Natur hält den Atem an; an andern Tagen atmet sie unmerklich aus leise wogender Brust. Nun ist alles vorüber: geboren ist, gereift ist, gewachsen ist, gelaicht ist, geerntet ist – nun ist es vorüber. Nun sind da noch die Blätter und die Gräser und die Sträucher, aber im Augenblick dient das zu gar nichts; wenn überhaupt in der Natur ein Zweck verborgen ist: im Augenblick steht das Räderwerk still. Es ruht.

Mücken spielen im schwarz-goldenen Licht, im Licht sind wirklich schwarze Töne, tiefes Altgold liegt unter den Buchen, Pflaumenblau auf den Höhen ... kein Blatt bewegt sich, es ist ganz still. Blank sind die Farben, der See liegt wie gemalt, es ist ganz still. Boot, das flußab gleitet, Aufgespartes wird dahingegeben – es ruht.

So vier, so acht Tage –

Und dann geht etwas vor.

Eines Morgens riechst du den Herbst. Es ist noch nicht kalt; es ist nicht windig; es hat sich eigentlich gar nichts geändert – und doch alles. Es geht wie ein Knack durch die Luft – es ist etwas geschehen; so lange hat sich der Kubus noch gehalten, er hat geschwankt ..., na ... na ..., und nun ist er auf die andere Seite gefallen. Noch ist alles wie gestern: die Blätter, die Bäume, die Sträucher ... aber nun ist alles anders. Das Licht ist hell, Spinnenfäden schwimmen durch die Luft, alles hat sich einen Ruck gegeben, dahin der Zauber, der Bann ist gebrochen – nun geht es in einen klaren Herbst. Wie viele hast du? Dies ist einer davon. Das Wunder hat vielleicht vier Tage gedauert oder fünf, und du hast gewünscht, es solle nie, nie aufhören. Es ist die Zeit, in der ältere Herren sehr sentimental werden – es ist nicht der Johannistrieb, es ist etwas andres. Es ist: optimistische Todesahnung, eine fröhliche Erkenntnis des Endes. Spätsommer, Frühherbst und das, was zwischen ihnen beiden liegt. Eine ganz kurze Spanne Zeit im Jahre.

Es ist die fünfte und schönste Jahreszeit.

WAS DEM LAKAIEN SEINE LIVREE IST DER REPUBLIK IHRE SIEGES-ALLEE

Da stehn in Panzer und Lederkollern
die bessern Herren von den Hohenzollern.
Und man fragt sich, sieht man die Schnallen und Maschen:
Wann hat sich der Junge eigentlich gewaschen?
Wahrscheinlich an hohen Feiertagen,
wenn er hinging, sein Vaterunser zu sagen.

Was heute Kino ist und Theater,
dafür hatte er diesen heiligen Vater.
Der war in jener vergangenen Zeit
ein fetter Mime der Frömmigkeit.
Segnend ragt seine Unterlippe ...
mit den Fürsten machte die Kirche Kippe:
dir ein Halb und mir ein Halb –
der Untertan war ein gutes Kalb.

Und wenn es einmal im Volke erbraust:
Dann haben wir hier die starke Faust.
Das Volk? Das werden wir doch noch kriegen!

In diesem Zeichen wollen wir siegen!
Wir würgen sie, bis sie nicht mehr jappen . . .
Hier ist das echte preußische Wappen.
Ein böses Vieh. Es beraubt und hackt
jeden, der sich mit Arbeit plackt.

Da steht die Allee. Es zaudern die zahmen
Republikaner vor Marmorreklamen.
Im Namen der Wehrmacht –
in Alt-Deutschlands Namen.

AMEN!

HEJ –!

Auf einem leeren Marktplatz stehst
du –
ganz allein:
die Häuser haben geflaggt, jedes trägt eine andre Fahne,
die Dächer sind schwarz vor Menschen;
eine wimmelnde Schlange ist rings um den Platz gepreßt.
Aus jedem Haus dringt Getöse, Blechmusik, Orgeln, wirres Rufen –
Und plötzlich
heben sich alle Arme, auf dich,
zehntausend ausgestreckte Zeigefinger, auf dich,
und ein Schrei steigt auf:
– «Hej!»

Was wollen sie von dir?
Was hast du getan?
Was sollst du tun?
So groß bist du doch gar nicht,
so bedeutend bist du doch gar nicht,
so wichtig bist du doch gar nicht . . .

Eintreten sollst du – in eines dieser Häuser,
in welches, ist ihnen gleich –
aber in eines,
und darum rufen sie:
– «Hej!»

Da ist das katholische Haus:
Würdige Junggesellen halten, verkleidet, ein Buch in der Hand;
manche sind weise,
viele klug,
alle schlau.
Sie wollen dich,
sie wollen sich
und vergessen IHN.
Sie teilen eine Art Wahrheit aus;
sie kennen die Herzen aller,
sie ordnen Regeln an, für alle:
ein Warenhaus der Metaphysik.
Aber etwas Starres ist da,
ein Trübes,
und drohend steht das Kreuz gegen den Phallus –:
geh nicht hinein.

– «Hej!»

Da ist das Haus der Nationen.
Sture Gewaltmenschen
halten, kostümiert, einen Damaszenerdegen in der Hand,
aber sie schießen mit Gas.
An ihren Wänden hängen Bilder mittelalterlicher Kämpfe,
Fahnen über den Kaminen –
aber sie schießen mit Gas.
Sie wissen nicht, warum sie das tun,
sie müssen es tun;
ihr Wesen schreit nach Menschenfleisch,
nach der herrlichen, den Mann aufwühlenden Gewalt,
so liebt ihn die Frau,
so liebt er die Frau.
In ihnen ist nichts,
daher wollen sie außer sich sein –
und wann wäre man wohl so außer sich
wie bei der Zeugung und beim Mord!
Verwaltungsbeamte des Todes –:
geh nicht hinein.

– «Hej!»

Da ist das Haus der feinen Leute.
Die spielen, ab sechs Uhr abends:
mit der Polaritätsphilosophie,

mit Theaterpremieren,
mit den Symphonien,
mit der Malerei,
mit dem Charme,
mit dem Stil,
mit den Versen Verstorbener,
mit den Witzen Lebendiger –
und alles darfst du bei ihnen tun,
(solange es zu nichts verpflichtet),
alles, nur eines nicht:
Nicht die Geschäfte stören,
den Ernst des Lebens,
der da ist:
Geld verdienen mit dem Schweiß der andern;
regieren auf dem geduldigen Rücken der andern;
leben vom Mark der andern ...
Für die Sättigungspausen
haben sie einen Pojaz bestellt:
den Künstler.
Geh nicht hinein.

– «Hej!»

Da ist das russische Haus.
Du kennst es nicht genau.
Aber bist du reif für dieses Haus?
Ist dein Tadel:
ihre starre Dogmatik,
ihr Zeloteneifer, eine neue Kirche zu gründen,
ihr scharfer Haß gegen den Einzelnen
– aber Lenin war ein Einzelner –
ihre Affenliebe für alle, die alles heilen soll –:
ist dieser Tadel nicht deine verkappte Schwäche?
Auch sie: dieser Welt hingegeben
– erwarte nicht den Himmel von ihnen –
auch sie: Nationalisten,
freilich mit einer Idee;
auch sie: für den Krieg,
auch sie: erdgebunden;
das, was sie an die Amerikaner verhökern,
heißt nicht umsonst: Konzessionen ...
Bist du stark genug,
mitzuarbeiten am Werk?

Noch nicht –
geh noch nicht hinein.

– «Hej!»

Tausend Gruppen umbrüllen dich,
rufen nach dir,
preisen an die warme Heimat: Herde.
Sag: Hast du nicht Sehnsucht gehabt nach dem Stall,
nach dem warmen Stall, wo nicht nur die Krippe lockt,
– die Wiesen genügen –
nein: wo die tierische Wärme der Leiber ist,
das vertraute Muh und das Gemeinschaftsgefühl der Menschen?
Sie schrein:
In die Reihn!
In den Verein!
Sie schrein:
Die Zeit des einzelnen ist vorbei,
das trägt niemand mehr!
Freiwillige Bindung!
Schwächling! schrein sie; Einzelgänger! Unentschiedener!
Her zu uns!
Zur Ordnung! Zur Ordnung!

Über den Häusern
ragen die Wipfel
geduldiger Bäume.
Rauschend bewegen sie schäumende Kronen.
Zurück zur Natur?
Hingegeben an dämmernde Herbstabende,
wo die göttliche Klarheit
des bunten Tags
sich auflöst in weich-graue Nebel?
Vergessen das Leid
der Millionen?
Und die Wirkung roten Weines
und eine Frau am Kamin
für die letzte Sprosse der göttlichen Weltordnung nehmen?
Frauen geben. Nimm. Aber erhoffe nichts.
Zurück zur Natur?
Bleib verwurzelt – aber geh nicht
mit der Laute zu ihr –:
Du gehst zurück ...

— «Hej!»

Da stehst du
und siehst um dich:
Die Rufer verschwimmen,
treten zurück ...
Du bist nicht allein!
Um dich
stehen Hunderttausende:
frierend wie du,
suchend wie du,
jeder allein, wie du,
Trost? Nein: Schicksal.

Bleib tapfer.
Bleib aufrecht.
Bleib du.
Hör immer den Schrei:
— «Hej!»
Laß dich nicht verlocken.
Geh deinen Weg. Es gibt so viele Wege.

Es gibt nur ein Ziel.

DIE TABELLENZEITUNG

Warum machen sich eigentlich die Leute das Leben so schwer?

Die Leser müssen die ganze Zeitung durchfliegen, bis sie etwas gefunden haben, was sie interessiert — und die Journalisten müssen das alles schreiben ... Warum? Wozu? Es geht viel einfacher.

Es hat sich doch nun im Lauf der Zeit herausgestellt, daß dieselben Ereignisse immer wiederkehren. Früher war es: «Paschitsch bildet ein neues Ministerium» ... man konnte die Zeitung aufschlagen, wann immer man wollte —: stets bildete der alte Paschitsch ein neues Ministerium. Er muß 1003 gebildet haben.

Heute ist das nicht anders. Die Zeitung teilt uns in gefälliger Aufmachung nur das mit, was wir schon wissen. Wenn wir es aber schon wissen, dann fesselt doch nur noch die Menge des Geschehens und die Tatsache, daß es geschehen ist.

Vereinfachen wir uns also das Leben, den schwer geplagten Journalisten die Arbeit und dem Leser die Abendstunden und machen wir, weil wir sonst keine Sorgen haben, die

Tabellenzeitung

Gesetzlich geschützt

	Armbrüche	Beinbrüche	Hals- und Beinbrüche	Politische Wortbrüche	Zeppelinlandungen	Krach auf der Probe bei Brecht	Erschießung von Landesverrätern	Patriotische Rede eines Sozialisten für Anschluß	Pazifistische Rede eines Sozialisten
Deutschland	63	14	13	14 689 999 998	1	22	—	3144	—
Bayern	308	176 430	17 643 087	einer mehr	—	—	leider: —	683	—
England	76	21	2	—	1	—	—	—	—
Frankreich	19	22	—	14	1	—	1	—	—
China	12 467	24	3	20 000 000 000	1	—	1 000 000 000	—	—
Litauen	—	—	—	—	1	—	einer mehr	—	—
Neukölln	3	25	—	1/2	1	1	—	44	—

Zuversichtliche Haltung der Börse wegen der letzten Rede Briands	Zuversichtliche Haltung der Börse trotz der Rede Briands	Banditenüberfälle auf Expreßzüge	Banditenüberfälle in Versicherungsgesellschaften	Zuchthausstrafen wegen Abtreibung	Zuchthausstrafen wegen Rechtsbeugung durch Richter	Filmpremieren
1	1	54	3	183 Jahre	—	456,3

Proteste Hugenbergs gegen den Youngplan: Unterschriften	Proteste Hugenbergs gegen den Youngplan: davon zurückgezogen	Hochzeiten und andere Unglücksfälle	Geburtstage 60.	Geburtstage 70.	Geburtstage 120.	Revolverattentate aus Liebe	Revolverattentate wegen Geld	Revolverattentate wegen Geld aus Liebe	Einweihungsfeiern öffentlicher Häuser
2064	2065	1099	27	34	5	618	618	619	244

WAS TUN DIE BIRKEN?

So habe ich neulich hier gefragt ... was sie wohl tun, die Birkenblätter. Sirren? ... flirren? ... flimmern? ... ich wußte es nicht.

Brunhild schreibt: sie ‹schauern›. Na, schauern ... vielleicht tut das der ganze Baum – aber er friert doch gar nicht, mir ist dies Wort zu schwer für das leichte Gezweig.

Georg Hermann zitiert Liliencron:

Der Birke Zischellaub verstummte
In ferne Länder floh der Tag ...

– das ist schon ähnlicher. Hier ist es wenigstens phonetisch gelöst; aber wenn man nun weitab steht und es nicht hören kann –?

Aber Georg Hermann kommt mir grade recht. Liliencron ... Neulich hat Franz Blei in der ‹*Literarischen Welt*› an ihn erinnert; ich glaube, daß er ihm Unrecht getan hat. Er sagte: der habe es sich so leicht gemacht; er habe mit der Muse getändelt. Ach nein – er hat gearbeitet wie ein Schwerarbeiter, gestrichen, gebosselt, verbessert, und abgeschrieben, bis es ‹saß›. Ich meine, daß man ihn noch heute mit Genuß lesen kann – es stehen da wunderherrliche Gedichte (verliert sich in vierstündiger Lektüre Liliencrons; auftauchend:) Weil aber in politisch vermuffter Zeit ästhetische Werturteile immer gleich so feierlich genommen werden: ich lese Franz Blei mit größtem Vergnügen und mit mehr als Vergnügen. Divergenz über ein literarisches Werturteil ist kein Krieg.

Mein Gott, was tun die Birkenblätter –? Brunhild, komm her und stell dich unter einen Birkenbaum. Ich seh dich an – schauer mal. Fühlst du den Unterschied? Was tun sie? Ich werde dahingehen und es nicht gesagt haben.

AUF DEM NACHTTISCH

Wenn ich mich ein wenig aufrichte, kann ich mit der Nasenspitze grade über den Bücherstapel hinwegsehen. Nein, aber was zu viel ist, ist zu viel ... und bei jedem Wort werfe ich ein Buch herunter, das ich auswendig kann, ohne es je gelesen zu haben. «So kommen Sie Ihrem kritischen Amt nach! Da kann man sehen ...» Pedd di man nich uppn Slips! – Herunter die nachhinkenden Kriegsbücher – («Peng! zwei Granaten – pumm, bautsch! vier Granaten ... die Kameraden neben mir ... ich sage noch zum Feldwebel ...») herunter! Herunter die ‹*Untersuchungen über den Geist der Musik bei den indoslawischen Völkerschaften*› («Eine rein geistige Konstellation kann in diesen Ingredienzien schon wegen ihrer Einstellung zum Neu-Protestantismus nicht erblickt – –») herunter! Herunter jene falschen Galsworthys mit den dickleibigen Romänern. (Sechster Band: «Inge blickte versonnen auf die väterlichen Gutsfelder, die die Familie aus vierter Hand im achtzehnten Jahrhundert geerbt hatte. Die Hinkeldeys — —») herunter! Herunter die feinen Stadtromane («Der Generaldirektor spielte nachlässig mit seinem schweren Goldfüllfederhalter. Pinzius, sagte er zu seinem Prokuristen, so geht das nicht weiter ... die Herforder Werke haben wiederum — —») herunter! Herunter die Ackerromane aus treudeutsch-schweißiger Faust («Der Bauer nahm einen gewaltigen Schluck aus dem Kruge, den ihm Marianne darbot. Die Ochsen, meinte er — —») herunter — herunter — —

‹Briefwechsel von Theodor Fontane und Paul Heyse, 1850 bis 1897›. Herausgegeben von Erich Petzet (erschienen bei der Verlagsgesellschaft der Weltgeist-Bücher zu Berlin). Blüh auf, mein Herz! Blüh auf, mein halbes Herz!

Nämlich: was die Fontaneschen Briefe angeht. Ja, wer so kann...! Jeden einzelnen habe ich mit Andacht herausgepickt. «Mein lieber Paul!» fangen die meisten an — und was steht da nicht alles! Da ist kaum einer, in den er nicht eines jener typischen Fontaneschen kleinen Aquarelle hineingepinselt hätte; so ganz nebenbei: Kinderszenen, die Beschreibung einer gesellschaftlichen, einer literarischen Situation — das ist nun zum Entzücken gar! Ich will keinem die Vorfreude verderben, es stehen bezaubernde Sachen in dem Bändchen. Und solche Sätze, die unsereinem aus dem Herzen herausgeschrieben sind — einen Kranz auf dein Grab, Theodor Fontane! «Ich bin völlig freier Schriftsteller, was gleich nach ‹reisender Schauspieler› kommt.» Und wenn man den Tiefstand der damaligen Produktion kennt (1859), dann kann man so ungefähr ermessen, wie schlecht sie diesen behandelt haben. Das ist ein bitter-süßes Buch.

Der Adressat dieser Briefe — der «liebe Paul» — ja ... also ... ich ja nicht. Zunächst tut sich der liebe Paul in der Freundschaft etwas kühl — aber da kann ich mich täuschen. Sich vorzustellen, dieser geölte Friseurkopf sei einmal ein Dichter gewesen, ist für uns nicht ganz einfach; auch der Gedanke, daß es ein ‹Heyse-Archiv› gibt, ist recht erheiternd. Immerhin: er hat den Nobelpreis gehabt. (Kennen Sie auch nur einen von den Preisrichtern bei Namen? Na, dann ists gut.) Den Nobelpreis also — und hat im Alter eine *‹Maria-Magdalena›* geschrieben, die aufzuführen sie ihm sogar verboten haben ... und er hat sehr schöne Übersetzungen aus dem Italienischen gemacht ... aber ich ja nicht. Mein Gott, ist das alles tot! Das ist eine sehr nachdenkliche Lektüre. Oh, wie ist das verweht! ach, ist das nur noch Staub für Philologen — es hat so etwas Meistersingerhaftes, was sich die Herren in ihren dichterischen Kegelklubs da vorrechnen — nun liegt das auch daran, daß hier der ganze Literaturstaub eingefangen ist, es waren ja Privatbriefe, kein Mensch hat je an ihre Veröffentlichung gedacht, und nun wibbelt und kribbelt das von Eintagsgrößen, und von denen am meisten ... Tot. Mausetot. Und Heyse ist ja wohl rund dreißig Jahre dahin ... stimmt das? Ich weiß es nicht einmal. Das ist eine gesunde Lektüre.

Und neben hundert klugen Sätzen des alten Märkers, der nun wirklich einer gewesen ist (aber Hugenberg liest ihn nicht), steht da auch ein Satz über das Theater. Aus dem Jahre 1860, wie neu. «Ich finde unsere Theaterzustände greulich, viel schlimmer als unsere Buchmanufaktur, und weise mit Entschiedenheit jede Aufforderung zurück, auch in die böhmischen Wälder zu gehen. Das Quantum von Dummheit, Indolenz, Klugschmuserei, Eitelkeit und Intrigue, das einem wie ein Riesenblock in den Weg gerollt wird, ist zu groß, als daß man Lust haben könnte, sich daran zu verheben. Die Starken mögen es wagen, und es ist ganz recht, daß Du Dich nicht abschrecken läßt.» Komm an mein Herz –!

Gehn ma weiter, wie der böhmische Fremdenführer zu sagen pflegte. Da hat sich in die neuen Besprechungsexemplare ein alter Band eingeschoben, den ich immer wieder zur Hand nehme, weil er so gut und so sauber gearbeitet ist. Nun weiß ich nicht, ob man ihn noch kaufen kann – das weiß man bei den Verlagen nie so genau ... ‹*Klassischer Journalismus*›, Die Meisterwerke der Zeitung, gesammelt und herausgegeben von Egon Erwin Kisch (erschienen bei Rudolf Kaemmerer, Berlin). Wenn es den noch gibt, oder ihr erwischt das – obgleich ich nicht hoffen will, daß man es dort erwischen kann – auf einem Bücherwagen: dann aber nichts wie hin. Das ist eine Fundgrube. Kisch hat die unbekanntesten Seiten bekanntester Autoren zusammengetan und brillante Arbeiten unbekannter Autoren, und allen gemeinsam ist die herrliche Wildheit des Tages: «Jetzt oder nie! Morgen sind wir alle tot!» Zeitung im besten Sinne. Dreimal gelesen: den Aufsatz von Börne über Johann Wolfgang von Possart, Geheimbderath zu Weimar. (Ja, das war er nämlich auch – das vergessen wir zu leicht. Sollte man aber doch nicht. Bei aller Verehrung: man sollte nicht.) Und Helferich Peter Sturz und ein paar prachtvolle Aufsätze von Ernst Moritz Arndt, Herrschaften, wie haben sie uns die guten deutschen Patrioten verfälscht! Es ist wirklich eine Schande. Kisch hat da etwas sehr Gutes gemacht – ich möchte es jedem Journalisten zu Weihnachten schenken.

Gehn ma weiter. Da schickt mir ein neuer Mann, Ernst Gieser aus Berlin-Zehlendorf, die von ihm herausgegebenen Bändchen seines Verlages ‹Editeufra›, Editio Teuto-Franka ... Hm. Ein indiskutables ‹*Tagebuch eines Dobermanns*›; unbrauchbare ‹*Bemerkungen über die Tat*› vom pariser Verleger Bernard Grasset; und dann ein recht interessantes Bändchen, ebenfalls von Grasset: ‹*Die Angelegenheit der Literatur*›. (Aber viel zu teuer – was macht ihr denn da! 7,50 für 126

Seiten!) Wenn, was ich hier auf meinem schwedischen Nachttisch nicht feststellen kann, im französischen Text *‹L'Affaire de la Littérature›* steht, dann ist der Titel ebenso unzulänglich übersetzt wie das ganze Buch. Auch heißt ‹Publicité› gewiß nicht ‹Publizität› sondern in diesem Zusammenhang schlichtweg ‹Propaganda› — diese Übersetzung stukkert über den Plötz und alle französischen Grammatiken der Welt. Was Herr Grasset, dessen Fotografie für 7,50 beigegeben ist, uns zu sagen hat, ist nicht immer sehr belangreich, im Deutschen wenigstens nicht, wo die leichte Nettigkeit des französischen Zeitungsstiles wegfällt. Man wünschte sich mehr Fakten und weniger Aperçus, die mitunter etwas napoleonhaft anmuten. Manchmal hat er Humor. «Wenn Sie auf einige malerische Einzelheiten gespannt sind, kann ich Ihnen verraten, daß Männer ihr Manuskript flach anbringen und Frauen gerollt. Warum? Bisher ist es mir noch nicht gelungen, diese Frage zu klären, und ich überlasse sie Ihnen zu nachdenklicher Betrachtung.» Manchmal hat Grasset, der Papa Radiguets, Witz, mitunter auch keinen — und das Wichtigste über diese ‹Angelegenheit› steht nicht im Buch. Denn grade die Begriffe, die sich in dem Wort ‹affaire› kreuzen (Sache und Geschäft) sind nicht gut gegeben — am besten noch an der Stelle, wo er das Verlegergefühl beschreibt: «Ein besonderes Gefühl, das die echten Verleger kennen: das Gefühl für die Sache, die man nimmt.» Das ist gut. Sonst aber stehen viele runde Sätzchen (französisch: des phrases) darin. Nun, vielleicht entwickelt sich dieses verlegerische Verständigungswerk noch; vorläufig ist da nicht viel.

Gehn wir weiter. *‹Afrika singt›*, eine Auslese neuer afro-amerikanischer Lyrik, herausgegeben von Anna Nußbaum (erschienen in der Speidelschen Verlagsbuchhandlung zu Wien). Ein sehr schönes Buch. Übersetzt haben: Hermann Kesser, Josef Luitpold, Anna Siemsen, Anna Nußbaum. Ihr wißt ja. Lyrik kann man gar nicht übersetzen. Man kann sie, wenn alles gut geht, nachschaffen. Ob das hier geglückt ist, kann ich nicht beurteilen — ich kenne die Originale nicht. Mitunter ist es bestimmt nicht gelungen. «Dirnen und Burschen» gibt Gedankenverbindungen, die sicherlich nicht schwarzfarbig sind. Andere Gedichte wieder sind sehr schön — es ist unsagbar schwer zu entscheiden, was hiervon auf das Konto des Übersetzers und was auf das des Übersetzten zu buchen ist. Nun habens ja die Leute, die aus dem Englischen übertragen, nicht leicht. Man denke nur an unser nachklappendes, stumpfes ‹nicht›, die Verzweiflung jedes Lyrikers — wie schön haben es jene, bei denen die Konstruktion ‹don't› die Negation vorwegnimmt, so daß der Vers mit dem tönenden Verbum schließen kann! Und die vielen einsilbigen Wörter! es ist das Ideal einer Sprache für Songs, für wirkliche, nicht für Schnadasongs. Am bedeutendsten und revolutionärsten: Langston Hughes, eine außerordentlich starke Begabung. Wunderschön – nicht von ihm – das Gedicht *‹Deine Hände›* – mit einer Schlußzeile, die nur eine Frau schreiben kann; sie möchte sich in seine Hände kauern, ganz einschmiegen ... und dann, wie nachhallend:

– Selbst dann, wenn dus vergißt.

Die Rassenfrage, die von Europa aus nicht zu entscheiden ist, die mir aber auf der amerikanischen Flagge, gleich neben den Namen Sacco und Vanzetti, wie ein häßlicher Fleck zu haften scheint, die Rassenfrage wird einmal so behandelt:

Weißer Bruder, was wirst du sagen?

Komm, Bruder! Komm!
Laßt uns treten vor unsern Gott.
Und wenn wir vor ihm stehen,
Ich werde sagen:
Herr, ich hasse nicht,
Ich werde gehaßt.
Ich quäle nicht,
Ich werde gequält.
Ich begehre niemandes Land,
Mein Land wird begehrt.
Ich verspotte kein Volk,
Mein Volk wird verspottet.
Und, Bruder, was wirst du sagen?

Ein schönes Buch.

Nun sind also doch die Kriegsbücher dazwischengerutscht, eins, zwei ... Aber das eine ist, um die Wahrheit zu sagen, nicht gerutscht – ich habe es auf den Nachttisch gelegt: es ist das schönste von allen; nicht das größte, aber das schönste. Ich stelle es noch über Remarque. Es sind *‹Les Croix de Bois›*, von Roland Dorgelès (erschienen bei Albin Michel, 22 rue Huyghens, Paris). Helm ab zum Gebet.

Ich kenne das Buch, das drüben ein ungeheurer Erfolg gewesen ist, seit Jahren, und ich habe nie darüber berichten können – ich kann es auch heute noch nicht so, wie ich gern möchte. Das macht: es scheint mir unübertragbar zu sein. Wenn das nicht ein großer Künstler in die Finger bekommt; einer, der lange Soldat gewesen ist; einer, der Schützengraben-Französisch und Schützengraben-Deutsch versteht ... und beides wie geschmiert ... vielleicht ... dann vielleicht ... Es ist etwas ganz und gar Einzigartiges. Tausend Beispiele.

Es fängt erst einmal so an:

«In dieser Jahreszeit gab es nicht viel Blumen, aber einige hatte man doch gefunden und sie als Schmuck in die Gewehre des Nachschubs gesteckt, der da, zwischen zwei stummen Spalieren Neugieriger – mit Blumen geschmückt wie ein Kirchhof – in losen Trupps durch die Stadt zog.» So fängt es an. Und dann gehts los.

Dieses unbeirrbare Zivil im Franzosen; wie der Neuangekommene jemand in der Kompanie findet, mit dem er über Paris sprechen kann, er spricht nicht nur über Paris, er spricht auch nicht ‹von der Heimat› – jeder Satz, den er sagt ist gegen, gegen, gegen den Kommiß ... «Schon, daß ich die Namen aussprechen konnte: das war Wiedergeburt verlorenen Glücks.» Die Brutalität des französischen Militärs wird nicht verschwiegen – dies ist ein wahres Buch. Der Feldwebel (‹adjudant› entspricht dem nicht ganz), der jedem, der ihm in die Quere kommt, gleich zwölf Kugeln verspricht, «den Gnadenschuß nicht eingerechnet»; einmal von einem der zahlreichen standrechtlich Erschossenen: «Ja, der war aus Cotteville. Er hatte zwei Kinder.» Absatz. «Zwei Kinder, so groß wie die Pfosten, an den sie ihn gebunden haben ...»

Wie das Soldatengeschwätz eingefangen ist – pointenlos, so ... wie sie so dahergeredet haben. Die Marne! Was haben sie von der Schlacht an der Marne behalten? Immerhin: pour une bataille c'était une bataille, wie man drüben sagt. «Weißt du noch: die kleinen Melonen in Tilloy ...» und: «In Gueux haben wir vielleicht Wein bekommen – Mensch, ganze Eimer voll –!» und so. Es sind Züge darin, die nur ein Franzose finden konnte: so der vom Bauer, der von seinem Haus aus den französischen Sturmangriff sehen kann. «Komm rasch raus!» ruft er seiner Frau zu. «Schnell! Los!» – «Nö – ich kann nicht», ruft die Frau zurück; «die Milch kocht über ...» und das ganz pointenlos, so wie eben einer schreibt, der seine Bauern kennt, und weil jeder Franzose selbst ein Stück vom Bauern in sich trägt, unzerstörbar.

Woher er dies hier hat, weiß ich nicht; es muß ihm der selige Shakespeare nachts im Traum erschienen sein. Das Bauernmädchen ... «sie denkt oft an uns, wenn das Regiment im Graben ist. Und wenn die Kanonen besonders laut dröhnen, dann zählt sie leise jeden Schuß ...: ein wenig ... von Herzen ... mit Schmerzen ... wie wenn sie an einer Margerite zupfte.» Über diese Stelle kann ich niemals hinweglesen.

Und dann jene, die ich hier einmal veröffentlicht habe, wo er davon spricht, wie die Soldaten immer reden und reden und doch gehorchen. (Ich gebe es hier abgekürzt): «Ja, wie sie im Frieden gedient haben, da haben sie gesagt: ‹Laßt mich mal hier rauskommen, dann werde ichs ihnen aber besorgen!› Und dann sind sie herausgekommen, und dann war gar nichts. Und dann: ‹Laß mal Krieg sein, – da werden wir aber – –›» Und dann hat der Krieg angefangen: große Wiedersehensfreude mit dem Unteroffizier: «Na, geht gut, ja?» Und dann im Krieg: «Mensch, laß das hier aus sein ... aber dann — —» Und so in infinitum.

Aber wie soll man das übersetzen? Es ist dasselbe wie bei uns – aber es ist doch nicht dasselbe. Einer weiß, was ihm blüht, wenn er es mit dem Vorgesetzten anlegt. Aber er muß, er kann nicht anders. «Est-ce bête, hein, de jouer sa peau pour un mot ...» Oder dies hier: Ja, die englischen Tommys sind feiner als wir, die Franzosen, das ist wahr — — «Seulement, on a pour nous qu'on sait causer.» Das kann man nicht herüberbekommen; weil das eben bei uns keiner denkt und keiner fühlt.

Manchmal rutscht er auch aus; so, wenn er von den Deutschen spricht; sie streuen unter die Kinder Bonbons, «die sie in Reims gestohlen haben ...» also das ist ein Schwupper. Nicht etwa, weil sie sie genommen haben – natürlich haben sie das getan; sondern weil in diesem Zusammenhang die abrupte Betonung des bürgerlichen Rechts ein Wahnsinn ist. Wenn sie weiter nichts getan hätten ...!

Aber das ist es ja alles nicht. Die Schönheiten, die Einzelszenen, die Massenszenen, die Übersetzungsschwierigkeiten ... wie das geht und geht und weitergeht, der Regen rinnt, und dann besaufen sie sich, und dann ist Nachtangriff, und dann ist Tagangriff, und dann ist da die Sappe (eine der wildesten Episoden, die einen in den Traum verfolgt) – und dann regnet es, und dann sind sie dreckig, und es hört nicht auf und hört nicht auf ...

Ein Meisterwerk.

Vielleicht sollte eine Stelle – wenigstens als kleine Probe – in das schöne Volksbuch *‹Der Krieg›* aufgenommen werden, herausgegeben von Kurt Kläber (erschienen im Internationalen Arbeiter-Verlag zu Berlin). Wir sind alle drin; dazu sehr gut ausgewählte Proben neuer Autoren. Es sind rechtens auch Nationalisten vertreten. Hilft so ein Buch? Schreckt es ab? Das ist eine schwere Frage – was uns Sclutius damals erzählt hat, sind sehr ernsthafte Bedenken gewesen. Aber vier Millionen Holzkreuze –?

Weitermachen.

IDEAL UND WIRKLICHKEIT

In stiller Nacht und monogamen Betten
denkst du dir aus, was dir am Leben fehlt.
Die Nerven knistern. Wenn wir das doch hätten,
was uns, weil es nicht da ist, leise quält.

Du präparierst dir im Gedankengange
das, was du willst — und nachher kriegst dus nie ...
Man möchte immer eine große Lange,
und dann bekommt man eine kleine Dicke —
C'est la vie —!

Sie muß sich wie in einem Kugellager
in ihren Hüften biegen, groß und blond.
Ein Pfund zu wenig — und sie wäre mager,
wer je in diesen Haaren sich gesonnt ...
Nachher erliegst du dem verfluchten Hange,
der Eile und der Phantasie.
Man möchte immer eine große Lange,
und dann bekommt man eine kleine Dicke —
Ssälawih —!

Man möchte eine helle Pfeife kaufen
und kauft die dunkle — andere sind nicht da.
Man möchte jeden Morgen dauerlaufen
und tut es nicht. Beinah ... beinah ...
Wir dachten unter kaiserlichem Zwange
an eine Republik ... und nun ists die!
Man möchte immer eine große Lange,
und dann bekommt man eine kleine Dicke —
Ssälawih —!

DIE MACHT DER WISSENSCHAFT

Wie die ‹Freie Deutsche Schule› zu Würzburg berichtet, ist es in Bayern gelungen, ein System zu entdecken, das jede von Gott nicht gewollte Wallung der Geschlechtlichkeit zunichte macht. Der *‹Altöttinger Liebfrauenbote›* gibt uns das Rezept.

«Wenn die Reize kommen, dann etwa im Kopf ausrechnen, wieviel 27 mal 28 macht. Bis du das Resultat hast, ist das gereizte Nervensystem abgelenkt und alles wieder in Ordnung.»

Das läßt mich gar nicht mehr schlafen. Hier in Schweden sind die Frauen sehr schön und wohlschmeckend; ich gehe nie mehr ohne Logarithmentafel aus. Bis gestern hat es gut funktioniert: wenn Inge oder Karen oder Senta vorbeikam — ich die Tabelle heraus — 27 mal 28 ... und alles war in Ordnung. Seit gestern klappt es nicht mehr.

Ich muß es dem *‹Altöttinger Liebfrauenboten›* sagen —: sein System hat, mit Verlaub zu sagen, ein Loch. Nämlich: immer, wenn ich jetzt in der Wirtschaft oder im Büchlein für die Markenkasse ausrechnen will, wieviel 27 mal 28 ist, dann ist aber gar nicht alles in Ordnung. Es muß da irgend etwas haften geblieben sein, ein Komplex ... es ist ganz schrecklich. Meine Mama hat mir alle Rechenbücher fortgenommen; «es regt den Jungen so auf», sagt sie.

Übrigens schlage ich vor: 3 mal 23. Es kommt der Sache näher.

DIE ‹DUMMEN› SCHWEDEN

Hier oben in Schweden habe ich etwas Merkwürdiges entdeckt. Nämlich:

Alle Deutschen sagen allgemein, immer und überall: «Die dummen Schweden.»

Wußten Sie das? Ich auch nicht.

Als ich dies zum ersten Male hörte, hielt ich es für einen Irrtum – den abseitigen Gedankengang eines Einzelgängers ... aber nein! Viele Schweden haben mir das bestätigt: es sei eine Art schwedischer Volksmeinung, daß es ein deutscher Volksbrauch sei, von den ‹dummen Schweden› zu sprechen. Woher mag das nur kommen? In meinem Leben habe ich so etwas noch nicht gehört.

Wir sagen: «Alter Schwede», das ist schon ein bißchen altmodisch – aber das Wörterbuch von Sanders gibt hier mit Recht an: «alter Schwede, volkstümlich = alter Freund, ehrlicher Kerl». Wir denken, wenn wir an Schweden denken, fast automatisch an: Streichhölzer; dann an gutes Essen; an Kälte und Schwedenpunsch; dann eine ganze Weile an gar nichts; dann an Stockholm ... an ihren tennisspielenden König ... hier lösen sich die Gedankenverbindungen auf; es kommt darauf an, wer denkt. Aber die gewöhnlichen Kollektivvorstellungen, die Reaktionen, die auf den Zuruf des Reizwortes ‹Schweden› erfolgen, können bei ehrlicher Selbstkontrolle keine anderen sein als diese da. Von geschichtlichen Erinnerungen sehe ich hierbei ab.

Und nun ist eines zu beachten:

Es gibt kein deutsches Normalgehirn, das bei dem Gedanken ‹Schweden› anders als angenehme, freundliche, gute Gedanken hätte. Wir wissen gemeinhin nicht so sehr viel von den Schweden, nicht genug von ihrem Leben, von ihrer sozialen Struktur – wir wissen, daß sie eine sehr gute Sozialgesetzgebung haben; furchtbar viele Telefone; daß die Männer gute Sportsleute sind und der Frauentypus sehr schön ist ... wenn wir nachdenken, wissen wir auch, was diese Nation im Kriege für Deutschland getan hat ... wie sie während der Inflation deutsche Kinder unterstützt hat ... nun werde ich fast feierlich. So ernst ist die Sache ja gar nicht. Kein diplomatischer Zwischenfall steht am Himmel – es ist alles in bester Ordnung ...

Wir wollen nur einmal nachsehen, wie mitten in Europa ein Volk vom anderen, ein paar Seestunden voneinander entfernt und nur eine Flugstunde – wie das solche Märchen glauben kann. Das ist natürlich eine ganz belanglose Geschichte. Die Schweden sind viel zu klug, um störend in die große Politik einzugreifen; sie sind froh, wenn man sie zufrieden läßt – und es ist ein schöner Friede, in dem sie leben. Auch hat diese kleine, falsche Idee niemals ernsthaft die Handelsbeziehungen oder sonstige Verbindungen der beiden Völker gestört, natürlich nicht. Ein Pickelchen ... Aber solche Pickelchen können von bösartigen und interessierten Pfuschern zu Geschwüren herangezüchtet werden. Ich weiß schon: so entstehen keine Kriege. Kriege werden viel mehr *gemacht,* als sie entstehen – wer da mit magischen Geschichten kommt, hat viel zu gewinnen im Kriege – und wenig zu verlieren. Es ist nur an dem, daß kleine, simple Irrtümer – wie dieser da – böse ausgebeutet werden können, so jemand ein Interesse daran hat, sie auszubeuten. Sie wissen ja, wie man gute Propaganda machen kann, wenn man die Vulgärvorstellungen über fremde Nationen in Rücksicht zieht. «Alle Franzosen sind Windbeutel.» – «Spanier sind stolz» (den ganzen Tag über). «Engländer reden mit keinem Menschen ...» und so in infinitum. Gewöhnlich sind diese Urteile falsche Verallgemeinerungen richtiger Beobachtung von Einzelzügen – ganz richtig sind sie niemals. Und woher das nur mit den ‹dummen Schweden› kommen mag ...

Es widerspricht auch noch so ziemlich allem, was wir von den Schweden denken. Die gelten bei uns – rechtens – als durchaus gebildet, intelligent; dazu als schweigsam, wie die Leute aus dem Norden sein sollen (das ist aber nicht ganz richtig); alles, alles, was Sie nur wollen – nur nicht dumm. Gott weiß, wer das aufgebracht hat.

Man kann auch in einem Kubikmillimeter die Beschaffenheit des Meerwassers erkennen. Man kann auch in so einem winzigen Wörtlein die internationalen Irrtümer erkennen, an denen Europa dann leidet, wenn sie große Ausmaße annehmen. Auf einmal ist so ein Wort da; niemand weiß, woher es kommt; jedermann sagts weiter – und dann sitzt es fest. Und eher holst du den Teufel aus der Hölle als dies Wort und diese Wahrheit, die niemals eine gewesen ist, aus den Gehirnen.

Inzwischen wollen wir an Strindberg denken, der ja allerdings kein typischer Schwede gewesen ist, aber dennoch ... an den großen Chemiker Berzelius, der einer gewesen ist – an die Lagerlöf; an so viele gute Stunden, die uns die schwedische Kunst bereitet hat, sowie an die herzerhebende Tatsache, daß die Schweden ihre Mahlzeiten mit Käse anfangen – und wollen sprechen:

Die klugen Schweden. Die klugen Schweden.

BERLINER THEATER

Der Unterschied zwischen dem Satz «Heute abend geh ich ins Theater!», gesprochen von einem Zweiundzwanzigjährigen im Jahre 1912, und demselben Satz, gesprochen von demselben Mann im Jahre 1929 –: diesen Unterschied möchte ich Theater spielen.

Da streiten sich die Leut herum, wie Komödie gespielt werden soll: Schauspieler, prominente Chargen und wildgewordene Spezialtalente ... Regisseure ... Dramaturgen ... Oberspielleiter ... in der Ecke steht ein bescheidener Mann, der Autor, was! Autor! wenns gut geht: der Bearbeiter der Übersetzung – das Theaterstück ist Vorwand und Anlaß geworden.

Weil es aber das Geistige ist, das uns ins Theater lockt, ein Geistiges, das dialektisch zerlegt ward, Kampf zwischen Engel und Teufel, zwischen Hell und Dunkel, zwischen Ja und Nein, so entfällt heute ein gut Teil des Interesses, weil das ganze Orchester spielt, aber kein Notenblatt liegt vor den Herren, der Dirigent rudert mit den Armen in der Luft herum, und es ist ein schöner Anblick, eine kunstreiche Veranstaltung, ein herrlicher, ein bestaunter, ein leerer Lärm. Anmerkung fürs Regiebuch: (strahlend) «Heute abend geh ich ins Theater!» – und: (stumpf, trocken) «Heute abend geh ich ins Theater!» – Wer oder was ist schuld?

Der erste Theaterabend fand mittags statt: in der berliner Volksbühne haben sie die ‹*Unüberwindlichen*› von Karl Kraus gegeben. Als die Wogen des Beifalls durch das Theater rollten, trat Kraus vor die Gardine und dankte. Er täuschte sich nicht: er hat kein Publikum erobert. Er hat ein erobertes Publikum erobert.

Es war der Idealfall von ‹Theater›; so muß griechisches Theater gewesen sein, das Publikum der mittelalterlichen Passionsspiele oder das der japanischen Schauspiele – an diesem Vormittag hatte Kraus etwas, was in den Gefilden der Kunst so selten ist: ein homogen zusammengesetztes Publikum.

Sie hatten alle die ‹*Fackel*› gelesen; sie hatten ihr Pensum gelernt; sie wußten, wer Bekessy ist und wer Schober; sie wußten, daß jene Anspielung dies bedeutet und diese jenes – schlug der oben einen Ton an, so klangen unten dieselben Akkorde wieder, dieselben Assoziationen tauchten auf, dieselben ausgeschliffenen Gedankenbahnen – und hier liegt die Schwäche des Stücks. Kraus setzt voraus, er gestaltet nicht. Was ist uns Bekessy?

Unsere Korruption sieht anders aus; unsere Journalisten haben andere Fehler und andere Untugenden, hierzulande sind die Leute billiger und schwerer zu bestechen, beeinflußt wird hier, nicht gezahlt – wenn einer von uns Geld nähme, verfiele er einfach der

Lächerlichkeit; hier ist es gar nicht pikant, bestochen zu sein – es ist nur dumm. Hier lassen sie sich zum Abendbrot einladen; wenn sie dreimal durch Dahlem getrudelt sind, sind sie nicht mehr dieselben – hier arrangieren sie ihre Buchbesprechungen: «Für die ‹*Literarische Welt*› fehlt mir noch einer, im ‹*Tageblatt*› schreibt Langer, in der ‹*Voß*› Sochaczewer, ... Stefan Zweig ... ich werde es mit Pantern versuchen ...» hier knistert kein Schein und kein Scheck ... Lobst du meinen Juden, lob ich deinen Juden ... und wenn die französischen Presseschieber zum Schluß eine Villa haben: bei uns zulande können sie sich aus dem Ertrag ihrer jahrelangen Gefälligkeiten ein Weekend machen. Nein, hier gibt es wohl keine Bekessys.

Um so schwerer hatte es Kraus, uns seinen Bekessy zu servieren. Der wird von Peter Lorre als ein fetter Unsympath gespielt, ein lärmendes Goulasch – warum nur haben die deutschen Schauspieler diese fatale Neigung zum Gebrüll! Dieser Bekessy hat unrecht, immerzu unrecht ...

Castiglioni hingegen ist nur ein Flammeri der Angst und nichts als das. Siehst du näher hin, so stehen da – wie bei Molière – kaum noch Menschen sondern nur Eigenschaften ... und daher hat auch diese Komödie von Kraus etwas Starres, Unbewegtes: hie Welf, hie Waiblingen! Waiblingen ist Kraus selber, ein durch und durch taktvoller, ruhiger und moralischer Mann. Er vernünftelt durch das Stück; anders als der Herr Grabbe, der mehr Scherz, Satire und Selbstironie verstand; der geistert durch das seine und wird nicht schlecht angefahren. «Kommt mir der Kerl noch spät in der Nacht durch den Wald, um uns den Punsch aussaufen zu helfen! Das ist der vermaledeite Grabbe, oder wie man ihn eigentlich nennen sollte, die zwergigte Krabbe, der Verfasser dieses Stücks! Er ist so dumm wie ein Kuhfuß, schimpft auf alle Schriftsteller und taugt selber nichts, hat verrenkte Beine, schielende Augen und ein fades Affengesicht! Schließen Sie vor ihm die Tür zu, Herr Baron, schließen Sie vor ihm die Tür zu!» Nicht so Kraus. Der hat in diesem Stück recht, immerzu hat er recht ...

Nicht recht tut er daran, einen der stärksten dramatischen Momente seit Barlach zerlaufen zu lassen. Seine beiden Konzeptsbeamten Hinsichtl und Rücksichtl sagen die Wahrheit auf wie die Papageien ... sie sind Werkzeuge der Wahrheit ... In der Kunst gibt es nur ein Kriterium: die Gänsehaut. Man hat es, oder man hat es nicht. Dieser Augenblick hatte es. Der sowie eine bescheiden starke Leistung Hans Pepplers. Und ein spitz-frecher Redakteur von Paul Nikolaus. Der Rest war Mathematik. Das Stück hörte auf, die Begeisterung zerlief, die Leute hatten im Theater getobt, sie riefen den Namen unseres Schober: «Zörgiebel!» riefen sie und: «Erster Mai!» – und dann war alles wieder still, und das Stück war zu Ende, und da stand Karl Kraus und hatte einen Sieg erfochten, der keiner war: über und unter Literaten.

Mein zweiter Abend war ein abendlicher Abend: Auf dem Zettel des Staatstheaters stand ‹*Don Carlos*› — aber gegeben wurde ‹Der Kaufmann von Madrid›. Soll man, um Zuschauer und Dichter einander nahe zu bringen, das Publikum heben oder den Dichter popularisieden? Jeßner hat seinen Schiller nach Berlin W 50 versetzt.

«Nicht aus Willkür», belehrt mich das Programmheft, «sondern aus der Erkenntnis und der Resonanz zweier Aufführungen heraus entstand diese dritte Inszenierung.» Ich mag die Regisseure nicht, die die Stücke zuschneiden wie die Wintermäntel. Wenn Jeßner den Carlos anders sieht als Schiller, dann möge er uns ein neues Stück schreiben — den Schiller lasse er so, wie er da ist. Resonanz? Das heißt auf deutsch: Angst. Jeßner wills allen recht machen — er machts keinem mehr recht. Vor wem hat er Angst?

Das berliner Theater ist eine Klubangelegenheit von etwa zweitausend Menschen; das Publikum ist gut genug, die Ränge zu füllen, zahlen soll es auch — aber eigentlich stört es. Es versteht ja doch nichts. Wichtig ist die Kritik.

Die Kritik der Tageszeitungen wird vom Publikum gelesen wie ein Vergnügungsanzeiger, daher wir denn nur mit einem einzigen Wort wirklich abschrecken können: nämlich mit dem Wort ‹langweilig›. Alles andere kümmert Herrn Wendriner und Frau Generaldirektor Gasteinicke überhaupt nicht. Wohl aber kümmert es seltsamerweise die Theaterdirektoren. Die engagieren einen Künstler nicht wieder, weil Kerr ihn nicht mag, und reißen sich nach einem, den Ihering gelobt hat, und nach der Premiere fiebert der ganze Klub: «Was hat Monty Jacobs gesagt? was Norbert Falk? Wissen Sie, daß Hollaender . . .? Na, Pinthus wird doch nicht . . .» Ein Wunder, daß die Besatzung nicht samt und sonders größenwahnsinnig wird — Anlaß dazu hätte sie reichlich. Am Ende werden wir noch erleben, daß eine Schauspielerin nach der Premiere bei drei Kritikern anrufen läßt, die lachen den Anrufer nicht aus sondern geben ihm wirklich ihre Kritiken vor dem Erscheinen, die Schauspielerin liest, atmet auf, wird mit Kamillentee zu Bett gebracht . . . es geht nirgends so komisch zu wie auf der Welt. Und wenn der Intendant des Staatstheaters nicht nur vor dem lächerlichen Apparat kuscht, der ihm etatsmäßig aufgebürdet ist (welch Winter seines Mißvergnügens!) — wenn er nicht nur mit diesen gehobenen Obersekretären paktieren muß, von denen eine Mandel so viel leistet wie zwei geschickte Sekretärinnen eines Privattheaters — wenn er nun auch noch ängstlich prüft, ob Fritz Engel von seinem Platz alle Versatzstücke gut sieht und was wohl dieser Kritiker zu seiner Inszenierung sagen wird und jener —: so spricht daraus nicht etwa das Bestreben, aus den Kritiken zu lernen — es ist und bleibt Furcht. Was entsteht so? So entstehen Kompromißlösungen. Die deutsche Rechte, deren Angriffe auf Jeßner dem Mann bisher viel Rücksichtnahme von links her eingetragen haben, die Rechte, die nicht weiß, wo Gott wohnt, hat den Intendanten in einem falschen Verdacht: der sitzt brav in der Mitte, wie der Generalsekretär eines großen Verbandes, der mit ‹realen Gegebenheiten rechnet›. Keine Sorge: dieses Staatstheater kostet uns zwar viel Geld, aber es repräsentiert wenigstens aufs beste die Regierung, die ihrerseits kein besseres Theater spielt.

Dieser *‹Carlos›* hatte einen Schillerschen Darsteller – einen einzigen.

Da war kein König. Der da als König Kaftan der Erste durch die Szenen ging: Kortner, ist ein Schauspieler von großer Kraft, ein ganzer Kerl, eine Potenz, aber nie, niemals ein König. Er steht in Reiterstiefeln – seine Beine können nicht reiten. Er gibt seine Befehle wie einer, der bisher hat gehorchen müssen und nun ängstlich wartet, ob sie auch tun werden, was er sagt. Er brüllt – aus Unsicherheit. Er trumpft auf – aus Schwäche. Er ist kein König. Man hat es, oder man hat es nicht. Er sehe bei Werner Krauß, was das ist: ein Herrscher; wie man noch im zweireihigen Jackett, mit Packard und Radio, ein König sein kann.

Das Stück hatte keinen Carlos. Es hatte keinen Posa. Es hatte keinen Domingo – es hatte keinen Kardinal, nur einen Schauspieler, der einen Kardinal zu geben hatte, es hatte keine geistige Spannung, und es konnte sie nicht haben – denn es hatte vor allem einmal keinen, der die Sprache dieses Stücks sprach, keinen, der sie sprechen konnte. Außer einem.

Dieser eine war der alte Kraußneck. Das ist ein Schauspieler, über den ich vor zwanzig Jahren bestimmt einen kleinen Witz gemacht hätte – wegen seines zu dick aufgetragenen, edeln Bibbers, wegen der Theaterallüren einer schon damals versunkenen Zeit ... das ist gewiß wahr. Aber wenn er heute, inmitten dieser Stimmen in Zivil, seinen Mund aufmacht, so tönen aus diesem Mund Verse – gewichtige, echte und volle Schillersche Verse, Kraußneck hat das nämlich gelernt; er weiß, was ein Vers ist – es ‹stimmt›.

Bei den andern stimmt es gar nicht. In diesem Haus saß einst auf seinem angestammten Parkettplatz der alte Fontane und schrieb schon damals ein paar entzückende Sätze über die «märkischen Kommandostimmen», die so gar nicht zum Pathos passen wollten. Verse –? Bei Jeßner wird eine etwas verwickelte Prosa gesprochen, denn sehn Sie mal, man spricht doch auch an der Börse nicht in Versen, immer hübsch vernünftig – was heißt hier: Verse! Die Königin zu Carlos, vom König: «Der Ihnen das größte Reich zu Erben gibt!» Carlos: «Und Sie zur Mutter.» Er will sagen: Ja, er gibt mir ein großes Reich. Er gibt sogar noch mehr: dich, meine Geliebte, gibt er mir. Und nun, die beiden Worte, die alles töten: zur Mutter. «Und Sie zur Mutter» sprach Herr Doktor Carlos so, wie etwa Hans Waßmann eine Pointe fallen läßt, in einem

Wort, schnell, nebenbei hingenuschelt. So spielt man keinen Schiller.

Man spiele ihn meinethalben gar nicht, wenn man ihn, was er nicht ist, für überholt hält. Kann man aber die geistige Spannung zwischen diesen funkengeladenen Personen nicht herstellen, dann lasse man die Hände von einem gebändigten Vulkan wie diesem. Die berühmte Stelle «Der König hat geweint» war keine Stelle—und welch ein Augenblick ist das! Das, Leopold Jeßner, ist Theater! Und was haben Sie daraus gemacht? Vier Worte — nichts, nichts. Früher lief der Schauspieler auf der Straße wie ein gekränkter Napoleon herum; heute spielt er den Napoleon wie einen gekränkten Stationsvorsteher. Aber wenn einer böse ist, so ist er noch lange nicht königlich. Und welche Sprachtechnik! Bei uns wird auf der Bühne gemauschelt oder berlinert — nun laßt uns einmal hochdeutsch hören. Und wo sonst, wenn nicht an einem Staatstheater?

Der dritte Abend war eine richtige, besmokingte Premiere ‹*Seltsames Zwischenspiel*› von O'Neill im Deutschen Künstlertheater.

Es waren alle da, die da glauben, wenn sie da seien, seien alle da — und die Türen klappten in die ersten hundertundzwanzig Takte dieses Spiels, denn der Berliner kann gar nicht eilig genug zu spät kommen, und dann fing es an und entpuppte sich als ein seltsames Zwischending: außen Psychoanalyse und innen Lavendel. Und noch dazu eine ‹jewish science›, für den Salon der feineren Leute präpariert: — «Ich hasse meine Mutter» ist so ziemlich der Höhepunkt dessen, was jene bis auf die Seelenlosigkeit entkleideten Gesellschaftsmenschen auszudenken wagen. Eine sauber shampoonierte Psychoanalyse. Und das uns, in Europa? Nächstens wollen wir deutschen Kaugummi nach den Vereinigten Staaten ausführen. Lags an der Übersetzung? An der nur braven Regie lags gewiß.

Den herrlichen Forster hatten sie auf einen falschen Platz gestellt — er war fehl am Ort: was da herumging, war weder Forster noch die Figur, die er zu spielen hatte. Er wuchs von Szene zu Szene — aber nicht zu sich. Haben diese Regisseure keinen Instinkt?

Aber da ist die Elisabeth Bergner. Die war langsam auf dem Wege gewesen, Parodie ihrer selbst zu werden — dabei hat sie Nachahmerinnen genug. Bei diesem Leerlauf, dem sie zu verfallen drohte, traten leichte und dann schwere Mängel auf: Monotonie des Gemaunzes, Hysterie zum Hausgebrauch und ein ganz leichter Buckel. Nichts mehr davon. Eine Schaumgeborene, nein: eine Erdgeborene stieg aus den Wellen. Und sie riskierte etwas.

Wie sie den ersten Satz dieser dummen ‹innern Monologe› spricht, die in Wahrheit alte biedere Theatermonologe sind; wie sie starr dasteht, auf ihren schwatzhaften Vater sieht und sagt: «Er soll nicht so viel reden»; wie sie liebt und haßt, ihr Kind und ihre Liebe austrägt;

wie das Einfachste und Gleichgültigste in ihrem Mund zum Ausdruck eines Schicksals wird —: das hat uns wieder gezeigt, daß das Theater nicht tot ist. Es ist nur blutarm, dabei überfüttert mit Kunstpräparaten, aber es lebt. Noch ...?

Was am Theater ‹schon› ist, steht dahin; sein Publikum ist zum großen Teil ‹noch›.

In die Untiefen O'Neills wurde oft und zu wiederholten Malen hineingelacht. Was ist es mit diesem Publikum?

Das berliner Publikum kommt sich sehr skeptisch vor; es ist aber in seinen großen Teilen nicht einmal naiv. Sieht man von dem ‹Klub der Dazugehörigen› ab, so gibt es für die Majorität der Galerie im Parkett eherne Gesetze der Wirkung. Zum Beispiel diese:

Worte, die tags zuvor in der *‹B. Z.›* gestanden haben, sind komisch. Das Wort ‹Aspirin› darf in keinem tragischen Satz vorkommen — es wird gelacht (wie früher bei ‹Dackel›, ‹Schwiegermutter› und ‹Synagoge› gelacht worden ist). Dazu kommt, daß der Berliner — und insbesondere der berliner Jude — Pathos nur noch verträgt, wenn es ihm, wie Arnheim das hier einmal ausgedrückt hat, durch einen hinterher fallenden Witz belohnt wird. Ja, Pathos dient auf vielen Bühnen überhaupt nur dazu, eine trockne Schlußbemerkung einzuleiten, wobei wiederum ein niedriger Begriff von Schadenfreude die Hauptrolle spielt. Es ist in den deutschen Umgangsformen so vieles besser geworden, die Leute sind glatter und höflicher, sogar viele Beamte sind es, wenn es sich nicht grade um verschwiegene Polizeireviere handelt ... aber unausrottbar sitzt in diesen Köpfen der Grundsatz: Um etwas zu gelten, behandele den andern wie Reis am Absatz. Nichts hatte an dem O'Neill-Abend so viel Erfolg wie jene als gedachte Randglossen gesprochenen Sätze, die den Gegner heimlich beschimpfen. «Wie geht es Ihnen gnädige Frau?» (beiseite): «Alte Schraube!» — Das ist kein Bühnenscherz — das ist eine Weltanschauung.

Das berliner Publikum sieht in jedem Stück, neben allem andern, auch noch eine deutsche Posse, eine, wie sie etwa Guido Thielscher um Weihnachten herum zu spielen pflegt, mit: «Himmel, meine Frau!» — und: «Schnell in den Kleiderschrank!» — es ist für einen Bühnenautor beinahe unmöglich, ja es ist für ihn ungeheuer gefährlich, diesem Parkett Dinge des Alltags tragisch zu servieren. Hierzu gehört eine erhebliche Rückversicherung an Ironie, sonst geht das schief.

Sie lachen wie Schulkinder, wenn der Lehrer (der vorigen Generation) von einem Nachttopf spricht. Sie lachen, wenn da oben gesagt wird: «Wir haben zur Zeit eine erhebliche Hausse», denn, hihi, jeder Mensch weiß doch, daß Kunstseide und Oberbedarf ... haben Sie heute abend gelesen ...? Sie lassen sich nicht gern bezaubern, sie bringen ihr eigenes Leben mit und wenig Bereitwilligkeit für das fremde, und sie messen, was ihnen geboten wird, nur an ihrem kleinen

Privatdasein. Wie stark muß ein Dramatiker sein, um diese zu unterwerfen!

O'Neill, geborener Joyce, geschiedener Ibsen, verwitweter Sudermann ist solch ein Dramatiker nicht. Wenigstens nicht in diesem Stück, dessen aufgeklebte moderne Fassade über den Grundriß nicht täuschen kann. Den Berliner schon gar nicht, der seine ihm unangenehmen Gefühle dem Pathos gegenüber gern mit einem Stoßseufzer durch die Nase abzureagieren pflegt. Nur der Respekt vor Frau Bergner verhinderte ein Malheur; wunderbar geduldig hörten sich tausend erwachsene Menschen eine ausgewachsene Kinderei an.

Die erste Theaterstadt der Welt? Sie hat alle Anlagen, es zu sein, sie war es, und sie kann es wieder werden, wenn man davon absieht, daß anderswo nur schlechter und nicht besser Theater gespielt wird: sie hat ein Publikum, das sich auf die Dauer nichts vormachen läßt; sie hat eine verklüngelte und beeinflußbare aber auf die Dauer unbestechliche Kritik – und sie hat eine Fülle von Schauspielern, die ein beachtliches Niveau sichern, ein Niveau, das hier wesentlich höher liegt als etwa in Paris. Berlins große Schauspieler kann man an den Händen aufzählen.

Lasset uns applaudieren, wenn sie gut gespielt haben – und auf den Fingern pfeifen, wenn sie statt in unserer Zeit in einer Aktualität von Schlagzeilen leben.

MIETER UND VERMIETER

– «Das seh ich doch gar nicht ein. Wenn die Rohre kaputt gehen, muß er sie eben reparieren lassen! Vertrag ...! Vertrag ... Er als Wirt ist verpflichtet. Das wäre ja noch schöner – das wäre ja ... Gib mal das Gesetzbuch her – nein, weißt du was, ich werde mal meinen Rechtsanwalt anklingeln – er als Wirt ist eben verpflichtet, das werden wir ja mal sehen. Na erlaube mal: wenn ich hier wohne, dann verlange ich eben, daß die Rohrleitungen zum Badezimmer funktionieren! Dafür kriegt der Mann seine Miete! Teuer genug ist sie. Da hilft kein Gott: er muß die Rohre reparieren – hier, gleich mal 'n eingeschriebenen Brief ... dem werd ich das ... das seh ich doch gar nicht ein – ich als Mieter –?»

– «Das seh ich doch gar nicht ein. Ich als Wirt? Wahrscheinlich baden die Herrschaften täglich sechsmal und lassen die ganze Wäsche in der Badewanne waschen, kein Wunder, daß die Rohre kaputt gehen. Ich denke gar nicht daran, sie reparieren zu lassen! Auf meine Kosten? Hast du das gehört? Er wird sie auf meine Kosten reparieren lassen! Ich wer ihm was ...! Auf meine Kosten – hö. Gib mir mal das

Bürgerliche Gesetzbuch — nein, weißt du was, ich geb die Sache einfach unserm Verband; soll der sich ärgern ... Auf meine Kosten! Wie komme ich denn überhaupt dazu! Er als Mieter ... ich meine: sollen froh sein, daß sie da überhaupt wohnen dürfen! Bei den Steuern! Was zahlen denn die schon Miete? Einen Pappenstiel. Ich will dir mal sagen: wenn unsereiner so könnte, wie er wollte, da hätte ich die schon längst — also das sehe ich gar nicht ein! Ich als Vermieter —?»

Gut. Nicht, daß diese Mono- und Dialoge sich so oder so ähnlich abspielen, ist das Lustige — das ist ja noch verständlich; beide Parteien kämpfen für ihr Geld, für ihre Interessen, für ihr wahres oder vermeintliches Recht ... das ist auf der ganzen Welt so.

Aber daß diese Dialoge sich — *vom selben Mann gesprochen* — so abspielen: einer vormittags, der andere nachmittags —: das ist eine der reinsten Freuden meines Lebens.

Denn es gibt Leute, die zugleich Mieter und Vermieter sind; das ist sogar sehr häufig. Und wenn die ‹als Wirt› etwas entscheiden, dann tun sie es mit dem ganzen Aplomb der gekränkten Leberwurst, man hat an das Heiligste gerührt, wo der Mensch hat — und nun gehts los.

Und wenn sie dieselbe, genau dieselbe Geschichte andersherum vor sich haben, dann toben sie ‹als Mieter› herum, daß der Hausfrau angst und bange wird. Und beide Male mit demselben Brustton der Überzeugung.

Im Handel und Wandel kann man am schönsten den ideologischen Überbau studieren, den merkantilen und den seelischen, von dem wir so viel lesen. Die orientalischen Kaufleute sind ja wohl darin Meister: sie ‹beweisen› es dem Käufer, daß die Ware zu billig, und dem Verkäufer, daß sie zu teuer ist. Die Logik wird in den Dienst der Interessen gespannt, und wenn man sie gut einspannt: die zieht immer, den ganzen Karren. Ist man nicht ein sehr starker Logiker, dann ist man geliefert, wenn man sich darauf einläßt.

Merk —:

Man kann alles beweisen; dadurch, daß mans bewiesen hat, ist noch nichts bewiesen. Der Syllogismen sind viele; der Trugschlüsse viele; der falschen Voraussetzungen viele ... laß sie reden, aber gehe nicht auf den Leim. Du bleibst unweigerlich hängen.

Und merk —:

Du kannst niemals im Wirt an den Mieter appellieren, der er doch gleichzeitig auch ist, noch im Mieter an den Wirt. Dazu fehlt ihnen beiden die Phantasie. Sie können ihre eigenen Interessen nicht umdenken, dazu sind die meisten Menschen viel zu monoman. Wenn einer schwimmt, kann er nicht Schach spielen; das ist selten. Und sie wollen auch gar nicht umdenken: «Wo kämen wir denn da hin!» Ja, wohin kämen sie dann wohl ...? Vielleicht gar zu einer Angleichung der Interessen? Da sei Gott vor. Jedes Geschäft muß so ausgehandelt werden, als hänge vom Ausgang das Gedeihen der Welt ab; tut man das nicht, dann ist man kein guter Geschäftsmann. Und siegen ist schwer, so schwer ...

Wir sind alle: Mieter und Vermieter. Aber wir schlüpfen aus der einen Haut in die andere, wie wir das gerade brauchen; leer baumelt inzwischen die zurückgelassene, sie wird jetzt nicht benötigt. Der Herr sind ausgegangen ... Und krakeelt voller Energie in der anderen – man möchts beinah glauben – man möchts beinah.

Sehen Sie um sich, und Sie haben tausend Beispiele:

Die Tochter als Mama; der Schauspieler als Regisseur; der Richter als Angeklagter; der Kritiker als Autor; der Arbeiter als Arbeitgeber – lauter Mieter und Vermieter. Und keiner, keiner weiß, daß er es ist.

HENRI BARBUSSE UND DIE PLATTE ‹LORD HELP ME –!›

> Jack (kommt nach einer Weile zurück und setzt die Schale auf den Blumentisch): Das war ein Stück Arbeit! – (sich die Hände waschend): Ich bin doch ein verdammter Glückspilz! –
>
> *‹Die Büchse der Pandora›*

Das erste Mal, daß ich Menschenblut habe fließen sehen, und nicht das meine, das ist in der Dorotheenstraße zu Berlin gewesen. So etwas bleibt, nicht wahr: ich stak grade bei ‹Dusche›, meinem Schulfreund, heute ein Nervenarzt vor dem Herrn, als auf der Straße Stimmen laut wurden, wir rissen die Fenster auf, da lief ein brüllender Kerl mit großem, gelbem Schnurrbart über den Damm, er blutete im Gesicht und schrie immerzu ... Menschen strömten zusammen, es gab einen Tumult, das Gesetz erschien; laufende Schutzleute der damaligen Zeit sahen immer aus, als fiele der Staat zusammen; was dann geschah, weiß ich nicht mehr. Aber wie mein Gefühl gewesen ist – das weiß ich noch ganz genau.

Es war zunächst der große Schock, natürlich. Für uns Kinder ist ja die Haut, die das bißchen Blut von der Außenwelt trennt, nicht dünn gewesen; ein Gesicht war ein Gesicht, daran konnte man doch nichts ändern ... Und nun war das auf einmal offen, zerfetzt, mißgestaltet, blutig! Ein furchtbarer Schreck.

Und dann etwas andres. Mir ist das damals nicht bewußt geworden, es kündigte sich nur dunkel an, so dunkel, wie es eigentlich bis heute geblieben ist. Ich gebe es am besten wieder, wenn ich sage: es war um einen Ton dumpfer als ein Gefühl; es regte sich etwas, das neben der Wollust wohnte, aber durch dicke Wände von ihr getrennt. Immerhin waren die Wände nicht so dick, daß die benachbarte Lust sich nicht unmerklich aufrichtete ... nein, sie wachte nicht auf, mir war das scheußlich, der Mann litt, schrie, ich wollte das nicht ... aber weil in der benachbarten Gefühlskammer so ein Rumor war, legte sich die Wollust gewissermaßen auf die andere Seite, faulig, leicht geschreckt; es ging sie noch nichts an ...

Als *‹Blaise, der Gymnasiast›*, eine Schöpfung Philippe Monniers, von seinem Kameraden auf einer Bank im genfer Park sexuell aufgeklärt wird, klopfen Mägde auf einem Nachbargrundstück Teppiche. Blaise fügt hinzu: «Ich werde dieses Teppichklopfen hören, solange ich lebe.»

Ich werde diesen blutenden Mann sehen – solange ich lebe.

Bei Flammarion in Paris ist vor einiger Zeit ein Buch von Henri Barbusse erschienen *‹Faits divers›*. (Die deutsche Übersetzung heißt *‹Tatsachen›* und ist im Neuen Deutschen Verlag, Berlin W 8, erschienen.)

‹Faits divers› ist sehr schwer zu übersetzen: es ist jene Sparte der französischen Zeitungen, in der bei uns ‹Lokales und Vermischtes› zu stehen pflegt. ‹Aus aller Welt› – das heißt: wo das früher gestanden hat; heute machen ja die Umbruchredakteure, einer alten, lieben Kriegsgewohnheit folgend, jeden Mord als Schlagzeile auf der ersten Seite auf – damit das Publikum ja nicht glaube, es könne an einem Tage auch einmal nichts geschehen sein. Früher kamen die Ereignisse in die Zeitung; heute werden die Ereignisse von der Zeitung ereignet. Ja also: faits divers ...

Barbusse, einer der wenigen Europäer, die es nach Björnson und außer Fritjof Nansen gibt, hat nichts weiter getan, als aus vielen Ländern, hauptsächlich aus Frankreich und vom Balkan kleine Ereignisse zu sammeln – Dinge, die in der Zeitung mit drei Zeilen abgetan werden: eine Verhaftung ... der wegen Hochverrat eingesperrte X ist aus dem Gefängnis Y nach Z überführt worden .. gar nichts, wie –? Eine Hölle stinkt auf.

Alles, was er erzählt, ist wahr und authentisch.

Erstes Kapitel: *‹Der Krieg›*. Da nimmt er sich, wie es recht und billig ist, zunächst einmal seine eigene Nation vor. Das Gebrüll vom ‹beschmutzten Nest› zieht ja nicht mehr – es gibt nur wenige Ausländer, denen wir das Recht einräumten, Deutschland so heftig zu kritisieren, wie wir es tun. Dieses Recht muß man sich erwerben. Barbusse hätte es – er hat es nie getan. Er beginnt also mit seinem Frankreich im Kriege.

Nun gibt es da einen Zug in der französischen Armee, dem ich merkwürdigerweise noch niemals, in allen Hugengebirgen, in allen nationalen Zeitschriften niemals begegnet bin – und das wird wohl seinen Grund haben.

Die französische Heeresdisziplin ist nach allen meinen Informationen manchmal laxer als die deutsche – was die Form angeht. ‹Rouspéter› – ‹meckern› ... etwas dem deutschen Feldwebelgehirn völlig Unvorstellbares – das ist drüben in gewissen Grenzen und bei kleinen Anlässen erlaubt. «Sie gehen heute abend auf Patrouille!» – Aber nun legt der los: «Ah ... mais des fois – non, mais ... tout de même ... ah, ça ... voyons ...» Und so in infinitum. Dann geht er vielleicht doch. Oder auch nicht: wenn sich der Feldwebel das abhandeln läßt. Dieses kleine Scharmützel von Mensch zu Mensch findet natürlich nur gegen die unteren Chargen statt, aber da kräftig. Und da sagt auch keiner etwas. Der Deutsche wird dann ‹dienstlich› (eine der schauerlichsten Sprachschöpfungen dieses Stammes) – der Franzose nimmt das hin, er weiß: dies ist ein Ventil, überschüssiger Dampf muß heraus, und nachher funktioniert die Maschine viel besser. Soweit gut und schön.

Hat es aber geregnet, ist das Wetter schlecht, ist der Druck von oben aus irgendwelchen Gründen besonders stark, oder steht eine besondere ‹brute› (eigentlich: unbehauenes Holz, im übertragenen Sinne: Rohling, ungeschlachter Kerl) am Kommando: dann kann es geschehen, daß die Militärbestie zupackt. Und wenn sie drüben einmal zugepackt hat, läßt sie sobald nicht mehr los. Und dann endet es meist sehr schlimm.

Ehe ein deutscher Soldat standrechtlich von Deutschen erschossen wurde, mußte er wirklich schon allerhand getan haben. (Ich sehe hier von dem politischen Justizmord an Köbis und Reichpietsch ab, dessen Täter zum Teile heute noch, wie zum Beispiel Herr Dobring, in Diensten dieser Republik stehen.) Vor die Gewehrläufe der Eigenen ... in Österreich ja, in Deutschland sehr, sehr schwer. Zuchthausstrafen, die gemeinsten Schikanen in den Strafanstalten für ‹Soldaten zweiter Klasse› (was ein Pleonasmus ist), alles – aber Tod: selten. In Frankreich: häufig. Nach den Feststellungen der französischen Liga für Menschenrechte, die sich – nachher – sehr verdient um die Aufdeckung dieser Verbrechen, begangen durch die «conseils de guerre», gemacht hat, scheinen etwa 6000 (in Worten: sechstausend) Menschen als ‹Spione›, ‹Verräter›, ‹Feiglinge› etcetera von den Franzosen im Laufe dieses Krieges erschossen worden zu sein. Diese Fälle erzählt Barbusse.

Einmal traf der Herr Boutegourd, als General der 51. Division verkleidet, einen Haufen Soldaten, deren Marschroute er sich nicht zu erklären wußte. «Sechs Mann raus und an die Wand!» Es gab sehr verständige, sehr anständige Offiziere seiner Umgebung, die diesen Feigling von seiner Untat abzubringen versuchten – vergeblich. Die sechs Mann wurden aufgebaut und abgeknallt. Einer wurde schlecht getroffen (so, wie es damals einem der zweiunddreißig Matrosen in der Französischen Straße geschehen ist), er entkam. Und fiel dann später. Dann ist da der Herr Mathis, der sich laut rühmt: «Zweihundert

Deutsche hatten wir geschnappt, aber ich habe nur zwanzig nach hinten gebracht. Die übrigen ...» und dann eine sehr genaue Schilderung dieses ekelhaften Schlachtens; die Franzosen wollten erst nicht recht heran; sie mußten, Herr Mathis befahl es ihnen ... Dann eine gradezu grauenerregende Geschichte, und alles das gut belegt, von einem ganzen Trupp: da waren 250 (in Worten: zweihundertundfünfzig) französische Soldaten, die angeblich gemeutert hatten ... das war 1917 ... diese Meutereien sind niemals ganz aufgeklärt worden. Damals hatte die Sûreté Générale, die französische politische Polizei, Spitzel in die Regimenter gesteckt, und wieweit die Spitzel den Brand, den sie löschen sollten, vorher noch ein bißchen schürten, wollen wir nicht untersuchen ... kurz: die zweihundertundfünfzig wurden für schuldig befunden. Sie wurden fortgeführt, durch die Nacht, man sagte ihnen nichts von einem Urteil, nichts von einer Untersuchung, nichts. «Halt.» Halt. «Hinsetzen.» Hinsetzen. Tiefschwarze Nacht ... «Seht mal grade aus ...!» Die Begleitmannschaften entweichen im Dunkeln ... niemand achtet darauf ... Und dann, von hinten: die Maschinengewehre. Dies sind Söhne französischer Mütter gewesen. Die Mörder auch.

Dann die Geschichte vom Soldaten Olivier Bonnoron, der 1925 als Freiwilliger nach Marokko ging, um dort die Interessen der französischen Kapitalisten zu verteidigen und auszubauen — und der unterwegs auf einem Schiff von einem tropenkollrigen und ewig besoffenen Unteroffizier erschossen wurde. Das kann vorkommen. Und dann kann vorkommen, daß das Kriegsministerium der Mutter des Soldaten einen Brief schreibt, den Barbusse wörtlich abdruckt; eine verlogene Amtsflegelei — mit einer dicken Lüge in der Mitte. «Ein Unglücksfall ...»

Dieses Kriegsministerium wird von Herrn Paul-Prudent Painlevé geleitet, noch heute, wenn ich nicht irre, irgend eine Art Ehrenpräsident der französischen Liga für Menschenrechte. Man kann ihr zu diesem Mitglied nur gratulieren. («Que voulez-vous! Il faut être en bons termes avec l'administra-a-ation!» Ja, ich weiß.)

Zweites Kapitel. *‹Der weiße Terror›*. Hier wird einem schlecht.

Barbusse, der in seiner Broschüre *‹Was man aus Georgien gemacht hat›* (ebenfalls im Neuen Deutschen Verlag) diesen Balkan-Terror ausführlich geschildert hat, gibt hier Proben. Der Rumäne Boujor, den die Rumänen eingesperrt haben, sechs Jahre lang im Halbdunkel, sechs Jahre lang zum Schweigen verurteilt, ohne Bücher, ohne Kameraden, ohne die geringste Zerstreuung, sechs Jahre. Eine Genossin, die sich als seine Geliebte ausgab, um ihn zu sehen, hat ihn gesehen. Seine erste Frage war: «Sind die Bolschewisten noch an der Macht?» Die Frau wurde gleich von der Türe gerissen. Sechs Jahre ...

Die Geschichte, in der die rumänischen Emigranten die Arten der gebräuchlichen Polizei-Foltern aufzählen — man mag das nicht abschreiben, lest es selbst. Doch, lest es — es ist lehrreich, oh, so lehrreich! Es sind gradezu raffinierte Martern dabei, seelische ... mit asiatischer Grausamkeit ausgedacht ... es ist ganz grauenhaft. Bewußte Übertragung von Typhus auf Gefangene ist noch eine der mildesten.

Wundert es einen, daß der König — der verstorbene Ferdinand von Rumänien — dieselbe Peitsche geschwungen hat? Es wird dort die Geschichte erzählt, wie er den Ehemann seiner Freundin, als der Krach machte, von zwei ‹Geheimen› auf die Erde werfen ließ; dann trat er ganz langsam auf den keuchenden Wehrlosen zu und zerdrückte die Spitze seiner brennenden Zigarre auf der Nase des Brüllenden. Es ist immerhin ein geistreicher Einfall.

So der König. Ich habe es nicht gern, wenn man über ein ganzes Volk herfällt — die Grenzen unter den Menschen laufen ja nicht so, wie dieses geistesverwirrte Europa sie auf der Landkarte gezogen hat ... sie laufen anders: quer durch die Nationen. Aber wenn man von dem unterdrückten bäurischen Proletariat Rumäniens absieht, dann darf man, und besonders aus eigner Anschauung, sagen: die Bürger, die Advokaten, die falsch französierten Beamten, die da in den Städten Rumäniens herumregieren: das ist wohl der letzte Dreck dieses Kontinents. Solche Verkommenheit mag man sich noch einmal suchen. Ich weiß nicht, wo das Haupt Europas sitzt; aber welcher Körperteil an diesem Organismus die herrschende Klasse Rumäniens ist, das weiß ich ganz genau.

Drittes Kapitel: *‹Et le Reste›*. Darunter einer der erschütterndsten Abschnitte — noch viel stärker als bei Zola —: über die Minenpferde in französischen Bergwerken. Da arbeiten Tausende und Tausende von Pferden unter Tag, bis zum Verrecken, unter den elendsten Bedingungen; ihre Hufe verfaulen, die Augen sind ausgelaufen, blind, lahm geprügelt, fast ohne Pflege, nie einen Strahl Licht ... Produktion! Produktion! Das Herz krampft sich einem zusammen. Und das ist heute noch so.

Und warum ist das alles so? Die Sache ist mit dem Marxismus nicht erklärt; hier steckt eine gewaltige Unterlassungssünde im Denken der Kommunisten. Hier ist noch etwas andres.

«Ich sah», erzählt bei Barbusse ein ungarischer Flüchtling, «diesen ungarischen Edelmann, immer ruhig, immer aufrecht, und eines Tages kam er an mir vorüber, er wurde zum Untersuchungsrichter geführt, und durch die Türen konnte man alles hören — ich mußte im Vorzimmer warten, bis ich dran war. Und weil er nicht lügen wollte, weil er keine ‹Verschwörung› gestehen wollte, keine Namen nennen, nichts, weil er nicht einmal sprechen wollte — da brachten sie ihn eben zum Schreien. Wir hörten die Säbelscheiden durch die Luft pfeifen und auf seinem

Körper aufschlagen ... und dann wurde es auf einmal ganz still (un brusque silence pendant lequel se faisait un travail qu'on n'entendait pas) – dann wurde es auf einmal ganz still; was sie nun machten, konnte man nicht hören. Und dann: ein entsetzlicher Schrei. Die Tür öffnete sich, schwere Stiefel polterten, dann wurde er herausgebracht. Noch vor einer halben Stunde war er so kerzengrade dahergegangen, jetzt lag er, zusammengeschrumpft, auf einer Bahre; er, der nicht hatte sprechen wollen, heulte; der Speichel rann ihm aus dem Mund. Um den Hosenbund war alles aufgerissen, sein Leib lag da nackt, und unten klaffte ein großes, rotes Loch ... Der Beamte, der ihm die Hoden herausgeschnitten hatte, hatte das mit einem rostigen Messer besorgt, wie er sich nachher rühmte ... ‹Ich hatte so eine schwere Hand an dem Tag›, sagte er.»

Was ist das –?

Hier, in dieser Pause, während der etwas getan wurde, was man draußen nicht hörte und was den Herzschlag des Zuhörenden in wildes Klopfen brachte: in dieser Pause ist es ganz. Es ist der tiefe Grausamkeitsdrang des Menschen, der einen gesetzlichen Ablauf findet. Diese rumänischen Beamten werden niemals einen Lustmord verüben. Sie haben das nicht mehr nötig.

Die Möglichkeit, schrankenlos und verantwortungslos Böses zu tun, steigert den vorhandenen Trieb – aber zu unterst ist er in allen. Er manifestiert sich auf zweierlei Weise: sie wollen leiden oder leiden machen, das sind Korrelate, die sich ergänzen. Es beginnt mit dem legalen und natürlichen sozialen Geltungsdrang, der in jedem Männchen, in jedem Menschen ist – die zuschauende Öffentlichkeit ist seine Geliebte, vor der der Pfau sein Rad schlägt. Unter anderm getrieben von diesem Motiv, tun sie viel Gutes und Nützliches. Steigert sich das aber, dann rühren sich die Tiefen und geraten in gärende Bewegung – Wollust, Wille zur Macht und der Trieb, zu quälen, kommen durcheinander; plakatiert wird das als: Patriotismus, die Nation muß leben, der Klassenkampf, die Ordnung muß wiederhergestellt werden, und was man so trägt. Aber hier sitzt es; hier ist der blutige Quell dieser kollektiven Raserei. Und was masturbierende Sadisten sich ohnmächtig stöhnend in stiller Stube ausdenken, das, was sie tun möchten, wenn sie nur die Kupplerin und die Straflosigkeit bezahlen könnten: hier ist es herrliche Wirklichkeit. Hier ist: Verantwortungslosigkeit des Beamten, der ja in Wirklichkeit nie eine trägt; Straflosigkeit; Verschwiegenheit – und dazu noch die Gloriole sozialer Nützlichkeit. Hier ist alles. Wehe den kleinen Mädchen, den kleinen Jungen, den einsam auf den Feldern wandernden Schnitterinnen, wenn der Staat diesen legalen Ablauf nicht hätte: Polizei, Zuchthausbeamte und den Krieg. Hier werden Verbrechen begangen, die keine sind. Die es sind.

Dieses fürchterliche Buch ist in einem glasklaren, meisterhaften

Französisch geschrieben: eine Niederdruckdampfmaschine, fast nirgends entweicht zischend die Empörung über die Untaten, ganz ruhig ist das erzählt, Grad auf Grad wird im Druckmesser des Lesers aufgespeichert, solcherart wertvolle Energien aufstauend – und während ich es lese, habe ich fortwährend einen Klang im Ohr. Es ist der Klang einer Stimme: eines Negers.

Und wenn Sie das Buch von Barbusse ganz verstehen wollen, dann kaufen Sie sich die Grammophonplatte Columbia Nummer 14 180 D. *‹Lord, help me!›* heißt sie. Da betet der schwarze Reverend Herr J. C. Burnett zu seinem Gott. Das hören Sie sich an.

Es ist kein Kunstgenuß – es ist ganz, ganz etwas andres. Er psalmodiert; er wiegt sich in diesen monotonen Tönen, um die Gemeinde in den gewünschten Massenrausch zu versetzen – das sind uralte Mittel. Er steigert sich – er brüllt – er kreischt; zwei plärrende Frauenstimmen sekundieren. «I will tell you my sins!» Aber es ist kein Bußfertiger, der da zum Himmel schreit. Das, was Sie hören, klingt, als ob ein Mensch geschlachtet werden soll – und das soll er auch, wenn auch nur geistig. In diesen quetschenden Kopftönen erkennen Sie das ewige Schlachtfest der Menschen: es heult aus dem zivilisierten amerikanischen Bürger der Urahne heraus, der am Niger die Menschen geopfert hat; die Gongs polterten dazwischen – pom – pom – pom –, und um das Feuer tanzten die Vorfahren dieses Reverends und schrien und brüllten und warfen Arme und Beine nach streng bewegtem Rhythmus in die Luft, sich steigernd zur herrlichen Mordlust: der da, der Geschnürte, der Feind – er soll langsam getötet, gebraten, zerstückelt und gefressen werden, auf daß man sich seine Kraft einverleibe. Und auch darum, weil dies, nach der Zeugung, das Schönste ist, das es auf Erden gibt: den Mitmenschen leiden zu machen. «Lord, help me!» Amen.

Selbstverständlich kommen in zivilisierten Ländern derartige Schrekkenstaten nicht vor.

DIE BESETZUNG

Es haben die deutschen Filmdirektoren
noch niemals die Schnur ihres Handelns verloren;
drum merke sich jeder junge Adept
das folgende Besetzungsrezept:
Wenn du elegant brauchst,
nimm Paul Otto;
wenn du brutal brauchst,
nimm Homolka;

wenn du Seelchen brauchst,
nimm die Bergner;
wenn du berlinisch brauchst,
nimm Graetz;
wenn du dämonisch brauchst,
nimm Veidt;
wenn du gar nichts brauchst,
nimm Liedtke –
Spezialisten für Tränen, Spezialisten fürs Lachen.
Und nie darf einer was andres machen
als das, womit er schon einmal gewirkt.
Die Ressorts sind säuberlich abgezirkt:
Nummer IV, Nummer III, Nummer II, Nummer I –
jeder seins.

Dies Verfahren erscheint mir aber – das seh ich –
auch auf andere Gebiete ausdehnungsfähig.
Man kann, um seine Geschäfte zu stärken,
sich folgende Dienstanweisung merken:
Wenn du Heereslieferungen brauchst,
schwenk Fahnen;
wenn du ein Mädchen brauchst,
nimm Seele;
wenn du Steuern brauchst,
sag: Frankreich;
wenn du junge Aktien brauchst,
sag: Wirtschaft;
wenn du Rührung brauchst,
nimm 's Mutterl . . .
wenn du Rache brauchst,
nimm einen Richter –
So hast du für alle Lagen des Lebens
stets etwas parat und kämpfst nie vergebens.
Der Mittel sind viele in den Kulissen . . .
man muß sie nur anzuwenden wissen.
Nummer IV, Nummer III, Nummer II, Nummer I –:
jeder seins.

DIE ANSTALT

> Betritt Revision die Zellen (Aufsichtsbehörde Vorsteher, Inspektoren, Geistliche, der Anstaltsarzt und so weiter), so erhebt sich der Gefangene, bleibt vor seinem Arbeitsplatz stehen und erwartet, das Gesicht nach der Tür zugekehrt, den Besuch. Bei nächtlicher Revision unterbleibt dies.
> Aus der Hausordnung einer preußischen Strafanstalt

Die Soziologie definiert seit ihrem Bestehen ununterbrochen sich selbst.

Man sollte denken, es gebe nichts Interessanteres als soziologische Bücher und Zeitschriften: es gibt nichts Langweiligeres. Da ist zu lesen: was Soziologie ist; was sie nicht ist; was sie sein soll; was sie sein sollte; inwiefern sie überhaupt sein muß; ihr Verhältnis zur Religionsphilosophie ... es ist ein müßiges Gesellschaftsspiel von solchen, die unter Gesetze fallen, die sie leider nicht aufgestellt haben: unter Gruppengesetze.

Wenn sie noch Material anhäuften! Aber selbst mit dem ist es hier nicht getan. Die Herren vergessen, daß eine Wissenschaft noch niemals ohne Intuition weitergekommen ist. Sie publizieren: ‹*Die Massenbewegungen seit den Alexandrinern*› und lassen außer acht, sich selber einzubeziehen – denn ‹Masse› ist für sie etwas Verächtliches, etwas von der Straße ... Die soll hier nicht untersucht werden. Hingegen ist die Gruppe etwas, dem wir alle in wechselnden Formen angehören. Ansätze zur Psychologie der Massen sind da. Es gibt keine brauchbare Untersuchung über Gruppengesetze.

Ich unternehme hier den Versuch, eine ganz bestimmte Gruppe in ihren Funktionen bloßzulegen: die Anstalt. Ich verstehe darunter öffentliche oder private örtliche Komplexe, in denen Menschen zwangsweise oder freiwillig zu einem bestimmten Zweck unter Aufsicht zusammenleben. (Beispiele: Strafanstalten, Fürsorgeanstalten, Arbeitshäuser, Waisenhäuser, Altersheime undsofort.)

Jede dieser Anstalten hat ihre eigne Prägung, abhängig vom Landstrich, von der sozialen Stufe der Insassen, von der wirtschaftlichen Lage der Unterhalter und der Unterhaltenen. Doch lassen sich Gesetze aufstellen, denen alle Anstalten unterliegen, und eben dies scheint mir Soziologie zu sein.

Diese Darlegungen sind nun nicht etwa von einem Einzelfall abgezogen; sie sind keineswegs induktiv sondern fast ausnahmslos intuitiv. Für die induktive Methode müßte man eine Erfahrung haben, die ein einzelner Mensch wohl niemals aufweisen kann: ein solcher Forscher müßte jahrelang abwechselnd als Leitender und als Insasse solcher Anstalten gelebt und gearbeitet haben, ein Fall, der kaum denkbar ist. Hier versagen auch Statistiken, Theoreme, die faden Leitsätze, deren

Resultat vorher im Gefühl feststeht (Spiele, von denen es in der Soziologie wimmelt – sie ist fast immer zweckhaft: sie will etwas ...), hier sind wir nur auf die Eingebung angewiesen. So gewiß es ein schwerer Denkfehler vieler Kommunisten ist, anzunehmen, nur sie fielen nicht unter Gruppengesetze, so gewiß hat die bürgerliche Soziologie einen ebenso schweren Fehler: diese soziologischen Untersuchungen werden von Vertretern der herrschenden Klasse angestellt, es fehlt also das Gegengewicht. Die heute in Europa so moderne Freude an den ‹neuen Bindungen› wird stets von den Bindenden, niemals von den Gebundenen gepredigt.

Die Anstalt dient einem Zweck: Menschen sollen in ihr aufbewahrt, gebessert, geheilt, erzogen, zur Arbeit angeleitet werden.

Jedes Anstaltsleben dient neben diesem plakatierten Zweck einem Selbstzweck: es hat sich selbständig gemacht, denn stets wachsen dem Menschen seine Zwecke über den Kopf. Daß die Anstalt durch ihr Wirken einen Zweck erfüllen soll, vergessen sämtliche Beteiligten leicht – bei der Gründung sowie bei Festsetzung der Hausordnung wird auf diesen Zweck der Anstalt noch Bezug genommen.

Die Menschen, die ständig in einer Anstalt leben und arbeiten, sind in zwei Gruppen zu teilen: in die Leidenden und in die Leitenden.

Die Leitenden kommen, abgesehen von der Neugründung, in die sie ihre Routine mitbringen können, einzeln in die bestehende Anstalt, werden ihr zugeteilt, hineingewählt, an sie versetzt ... sie finden also ein fertiges Gebilde vor. Dieses Ganze läßt sich beeinflussen, aber schwer. Dazu gehört ein Unmaß von Energie und Zeit: der Reibungswiderstand eines den Anstalten immanenten Trägheitsgesetzes läßt gewöhnlich alle Änderungsversuche zunächst einmal zu Schanden werden: sie müssen oft wiederholt werden. Verschlechterungen lassen sich sofort durchführen; Reformen, mit denen ein Plus an Erdulden der Leidenden verbunden ist, immer; solche, mit denen mehr Arbeit der Tätigen verknüpft ist, schon schwieriger.

Die Tätigen zerfallen in das Ober- und das Unterpersonal.

Eine Anstaltsleitung ist ohne echte Verantwortung. Sieht man von schweren kriminellen Taten ab, die auch ein einzelnes Individuum belasten würden, so kann gesagt werden, daß Gesetzgebung und Volksanschauung in einer solchen ‹Leitung› etwas Überlegenes schlechthin sehen, dem nur sehr schwer beizukommen ist. Der Leiter kann fallen: über die Mißgunst der Verhältnisse; über seine Unbeliebtheit bei der Zentrale; über Kunstfehler im Betrieb, dies aber nur dann, wenn seine Feinde sie sich zunutze machen. Man fällt nicht über Fehler – man fällt über ausgenutzte Fehler.

Eine Zentralstelle, der mehrere solcher Anstalten unterstehen, kann unmöglich in jede hineinkriechen und ist gezwungen, sich mit oft vorher angekündigten Besichtigungen oder den Berichten zu begnügen, die die Anstaltsleitung ihr zuführt. Sie weiß demnach meist nicht genau, was im einzelnen wirklich in der Anstalt geschieht, und sie wird bei Unglücksfällen, bei Beschwerden und andern ärgerlichen Vorkommnissen, die von ihr zunächst als Störung des Dienstbetriebs aufgefaßt werden, nur sehr selten eingreifen. Denn:

In der Zentrale sitzen in der Regel, wenn man von den anscheinend für alle Positionen tauglichen Juristen absieht, frühere Anstaltsdirektoren, die mit ihren Kollegen auf Grund jenes innern Verwandtschaftsgesetzes sympathisieren, das jede Gruppe aus einer Zweck-Einheit zu einer Seelen-Einheit zusammenschmelzen läßt. Die Überlegenheit eines in die Zentrale versetzten ehemaligen Anstaltsleiters wird sich wohl im Dienstverkehr zwischen Zentrale und Anstalten auswirken — niemals aber, wenn Dritte im Spiel sind. Jede Beschwerde ‹nach oben› hat zunächst die sehr große Widerstandsschwelle zu überwinden, die aus Kollegialität, Faulheit und einem Gefühl zusammengesetzt ist, das die einzelnen Anstaltsleiter noch mehr beseelt als die Zentrale: dem Gefühl für die Aufrechterhaltung der Autorität. Ist die Beschwerde so stark, daß sie das alles überwindet, dann dringt sie durch.

Auf nichts ist der Anstaltsleiter so erpicht wie auf die Ausdehnung seines Betriebes. Er verträgt alles: Kritik, die ihm ja meist nicht viel anhaben kann. Kontrollen, Revisionen, Besichtigungen — nur eines verträgt er nicht, daß man ihm die Anzahl der von ihm beherrschten Menschen oder Sachen mindert. Hier ist sein schwacher Punkt. Sei es, daß man ihm eine Kompanie Soldaten fortnimmt, ein Außendienst-Kommando Strafgefangener, einen Krankenhausflügel — das ist wie ein kleiner Tod. Schlimmer: wie eine Niederlage bei der Liebeswerbung. Noch schlimmer: wie ein Geldverlust. Minderung sozialer Macht und somit sozialen Machtgefühls verwindet kaum einer.

Der Leiter, der neu in eine Anstalt eintritt, will den Leidenden zunächst wohl. Auf seine Weise: auch der Strenge will den ihm Unterworfenen wohl, der sogar ganz besonders; fast immer glaubt er es.

Der erste Gedanke eines neuen Leiters, sein Grundgefühl für alles, was er in bezug auf die Anstalt denkt und anordnet, ist:

Die Schweinerei hört jetzt auf.

Jeder neueintretende Leiter ist davon überzeugt, einen Saustall zu übernehmen, in dem er Ordnung machen müsse; auch braucht er diese Vorstellung zur Hebung seines Ichs sowie als Antrieb für seine nicht immer gut bezahlte Arbeit. Jede Arbeit, die ein Mensch tut, schafft sich ihre kleine Religion: auch der Henker hat die seine.

Die Reformen eines neuen Leiters bewegen sich gewöhnlich in zwei Richtungen:

Er legt den Leidenden neue Lasten auf — Beispiel: Neueinführung einer Revision morgens und abends um sieben Uhr — und er verschafft den Unterworfenen neue Scheinrechte, die die meist gar nicht haben wollen. Denn diese neuen Vergünstigungen sind fast ausnahmslos mit neuer Arbeit verbunden. Daran denkt der Leiter nicht.

Er denkt überhaupt fast niemals daran, daß er hier lebende Menschen vor sich hat, wie er einer ist. Alle Herrscher halten ihre Beherrschten für eine andere Rasse. Der Leiter ist selten das, was man einen ‹Unmenschen› nennt; nur sieht er in den Leidenden lediglich ‹Material›, Nummern, Baukastensteine einer Ordnung, die zunächst visionär in seinem Kopf vorhanden oder schon im Anstaltsleben mehr oder minder ausgebaut ist. Die Steine sind für ihn nur dazu da, die Ansprüche dieser Ordnung zu erfüllen. Mit welchen Opfern das geschieht, mit welchem Aufwand an Zeit, Mühe, Ärger, Unterwerfung: das bewegt ihn deshalb nicht, weil er das gar nicht spürt. Niemals überlegt sich ein Leitender, wie denn nun zum Schluß, nach Festsetzung aller Reglements, das Leben der von ihm Beherrschten aussieht, die alle seine Anordnungen wirklich ausführen.

Der Leiter hält strikt auf die Pflicht der Leidenden, die sie der Anstalt schulden: zu arbeiten, gesund zu werden, krank zu bleiben ... Der Leiter will für alle. Geht er durch die Anstalt, so fühlt er sich, besonders anfangs, wie vor einem Coitus: die innere Sekretion ist vermehrt, er ist doppelt Mann denn zuvor, er schwillt auf – (die Sprache sagt hier sehr gut: «er kommt sich vor») – und das alles auch dann, wenn er gar nicht zum Hochmut neigt. Dies ist auch kein Hochmut – es ist ein soziologischer Vorgang, dem alle Menschen unterliegen. Hinzukommt das, was Nietzsche, besonders für dieses Jahrhundert, «der Mensch als Schauspieler» genannt hat – der ehemalige deutsche Kaiser ist dafür ein gutes Beispiel gewesen. Der Leiter tut seine Arbeit geschminkt. Er tritt vor dem Untergebenen und dem Leidenden auf, er bewegt sich wie auf einer Bühne, er fühlt aller Augen auf sich gerichtet; so spricht er sonst nicht, wie er hier spricht, so geht er sonst nicht – es sind winzige Nuancen, aber immer deutlich erkennbar. Auch Mißfallen, das sich ja nicht laut äußern kann, ist ihm Beifall, weil Wirkung.

Der Leiter will am liebsten, um mit Jung zu sprechen, «eine einsame Insel, wo sich nur das bewegt, dem man sich zu bewegen erlaubt». Er ruft: «Was liegt da für ein Papier!», und es ist nicht so sehr die Unordnung, die ihn bewegt, wie die Undiszipliniertheit des Papiers, das schon ganz leicht revoltiert. Es ist ein Fremdes, und das Fremde ist hier Revolution. Daher die Neigung aller Anstaltsleiter, ihre Anstalt möglichst scharf gegen die Außenwelt abzuschließen.

Der Leiter stößt in seiner Arbeit auf zwei große Widerstände.

Der eine ist die Indolenz seines Unterpersonals. Kein Leiter kann mit seinem Personal ganz zufrieden sein, weil es niemals so viel Machttrieb für das Ganze mitbringt wie er. Also läßt es oft in der Arbeit nach, was ihn aufbringt und ihn, ist er nicht sehr energisch, niederdrückt. Im Grunde ist für ihn der Unterschied zwischen den Leidenden und jenen Leitenden, die er beherrscht, nicht sehr groß; beide sind seiner Macht unterworfen, nur nach verschiednen Graden – und so behandelt er sie auch beide.

Der zweite Widerstand ist der der Leidenden selbst – den kann er brechen. Im Augenblick, wo die Leidenden sich gegen seine Helfer auflehnen, nimmt er Partei für das Personal, auch dann, wenn es unrecht hat. Er tut das, wie er glaubt, ‹aus Gründen der Disziplin›; in Wahrheit tut er es, weil er seinen eigenen Machtwillen im kleinen Machtwillen der Helfer durch die Leidenden beleidigt sieht.

In den meisten Fällen wird der Anstaltsleiter nicht imstande sein, die kleine Alltagsarbeit allein zu leisten. Für diese untergeordneten Dinge (Listenführung und so fort) hält er sich eine besondere, mit ihm auch örtlich zusammenarbeitende Hilfe. Diese Hilfe wächst in ihrem Ressort fast jedem Leiter über den Kopf, selten über den Willen, immer über den Betrieb. Ob das ein Feldwebel, ein Sekretär oder eine sogenannte Oberschwester ist –: stets hängt von diesem Unterwillen die Färbung der Ausführung des Oberwillens ab, hängen ab die winzigen oder auch starken Nuancen, die dem Leidenden seinen ganzen Tag vergällen oder versüßen können. Auf diese Dinge ist der Herr fast ohne Einfluß: trägt man ihm solches vor, so schüttelt er ungläubig und verächtlich den Kopf: Jupiter, den eine Laus mit ihren Sorgen behelligt.

Dieser Helfer hat gewöhnlich alle Eigenschaften eines guten Wachhundes: treu, bissig, verfressen und laut um jeden Quark. Die Autorität des Herrn ist die seine, er selbst die Karikatur des Alten, dem er sich auch in Äußerlichkeiten im Lauf der Jahre langsam assimiliert. Selten mit Geld bestechlich, obgleich auch das natürlich überall da vorkommt, wo sein Gehalt unzureichend ist und die Leidenden im Besitz größerer Geldmittel sind; fast immer bestechlich durch kriechende Servilität (der der Herr nicht immer erliegt), sieht der Helfer in demütiger Unterordnung der Leidenden die anbetende Anerkennung des Systems.

Herr und Helfer kumulieren alle Ehrerbietung, die die Leidenden, notgedrungen oder ehrlichen Herzens, dem System darbringen, auf ihre eigene Person. Jene opfern einer Sache, die Götter werden fett.

Fast niemals quält der Leiter die Seinen bewußt; es kommt vor: es sind krankhafte Fälle, die in der Übertreibung nur zeigen, was im Keim der Gesunden steckt. Der Herr quält:

um einer von ihm ausgedachten ‹Ordnung› willen, die manchmal die wahre Ordnung ist, es aber nicht zu sein braucht;

um vor sich selber die nötige Achtung zu haben;

aus Langeweile;

immer, wenn sein Widerspruch gereizt wird und seine Autorität auf dem Spiel steht. Solche Widerstände bricht er mit einem viel größeren Aufwand an Kraft, als nötig wäre , um sie zu brechen.

Das Unterpersonal tut in den meisten Fällen seinen Dienst zunächst indifferent. Sieht man hier von religiösen Hemmungen ab, die merkwürdige Korrelate im weiblichen Sadismus, zum Beispiel bei Krankenschwestern, haben, so bleibt im allgemeinen etwas, was man als ‹brummig-gleichgültig› bezeichnen kann, wenn persönliches Temperament dem Dienst nicht eine andere Note gibt. Die verschwindet, wenn es oben donnert. Die enge, tägliche Berührung des Personals mit den Leidenden stellt einen gewissen Kontakt her; in Strafanstalten verstehen sich die beiden Schichten wohl nur auf der untersten Stufe menschlichen Verkehrs: in Zoten und in Abortnähe. Es gibt Angehörige des Personals, die in ihrer Person – dem Herrn nacheifernd – das ganze System repräsentiert sehen und geehrt wissen wollen: solche Menschen haben stets Reibereien mit den Leidenden. Sind jene, was mit ihrem Helferstolz durchaus vereinbar ist, gleichzeitig gutmütig, so werden grade diese bei Konflikten nicht immer von der Leitung gedeckt.

Es geht demnach durch die Gänge einer Anstalt als treibendes Motiv: versachlichte Eitelkeit. Daß mit diesem Getriebe auch ein Zweck erreicht wird oder erreicht werden soll, ist im Alltag des Anstaltslebens ein völlig nebensächlicher Faktor, Manchmal sagt so ein Lungensanatoriums-Diktator: «Na, da sind Sie nun also gesund geworden!» – aber das hat wenig Färbung: die Heilung ist etatsmäßig, wie der Tod.

Das Leben des Unterpersonals gleicht, wenn es sich in der Anstalt abspielt, dem Leben der Leidenden, nur ist es um einige Grade freier – diese Leute sind sozusagen nicht mehr, und sie sind noch nicht ... Sie empfinden, wenn sie den niederen Schichten angehören, diese Stellung nicht als ambivalent: so ein Mensch ist durchaus imstande, vor dem Leidenden den Leiter und vor dem Leiter den Leidenden – nicht zu markieren; er ist jedesmal wirklich ein andrer. Gewöhnlich sind die Angehörigen des Personals mit dem Anstaltsleben sehr eng verwachsen; sie hüten die Traditionen, besonders die schlechten – («Das haben wir hier immer so gemacht» ist ein Satz ihres Glaubensbekenntnisses), sie wachen ängstlich über ihre kleinen Vorrechte und Vergünstigungen und hegen im allgemeinen eine ziemlich starke Verachtung für die Leidenden. Sie haben Respekt vor dem Leiter, wenn der sie schlecht genug behandelt – und es ist ein mit Liebe gemischter Respekt: ist doch jener die Quelle ihrer kleinen Autorität, des tiefen Kerns ihres Lebens.

Das Leiden der Anstalts-Leidenden besteht hierin:

Ihr privates Leben ist zusammengeschrumpft.

Sie haben entweder so gut wie gar keines (Strafgefangene) oder ein zu beengtes – und hier und nur hier liegt der tiefe Grund der Verzweiflung dieser Leute. Die Anstalt frißt sie auf.

Zunächst ist da die Zeiteinteilung. Der Mensch kann es nur sehr schwer ertragen, stets nach einer fremden Uhr zu leben – und nun noch nach einer, die ihm den Tag zerreißt, seinen Tag. Regelmäßigkeit allein wäre freilich kein Grund zur Verzweiflung, besonders dann nicht, wenn sie sich jemand freiwillig auferlegt hat – der wahre Grund liegt darin, daß kein menschliches Wesen es verträgt, auf die Dauer als Sache behandelt zu werden. Man kann einen Sklaven patriarchalisch prügeln – das ist lange nicht so schlimm wie die stumme und unerbittliche Einordnung in ein vom Eingeordneten nicht oder so nicht gewolltes Nummernsystem. Irgend etwas möchte jeder Mensch irregulär tun: über eine Hecke springen, rauchen, wenn andere nicht rauchen; einmal laut schreien – ich sehe hier von groben Exzessen ab. Macht man ihm das unmöglich, so legt man den Grund zu unendlicher Traurigkeit, Verzweiflung, Ekel am Leben. Solch ein Mensch geht seelisch ein. Verglichen mit dem, was er mit seiner ‹Freiheit›, die er ja in dieser Gesellschaftsordnung gar nicht haben kann, wirklich anfängt, fehlt ihm gar nicht so sehr viel – und alles. Es fehlt ihm das, was wir mit unserer kleinen Freiheit beginnen: umhergehen, wann es uns paßt; telefonieren; pfeifen; nicht sprechen, wenn wir nicht sprechen wollen; früh ins Bett gehen; spät ins Bett gehen – die Anstaltsinsassen können das entweder gar nicht oder nur unvollkommen. Selbst ihr Schlaf ist Dienst. Darunter leiden sie unermeßlich.

Das Verhältnis der Leidenden untereinander ist selten gut.

Immer ist da ein Stärkerer, ein Oberleidender, der mit der Zeit die höchste Stufe des Kellers erreicht – er kann mit dem Kopf hinaussehen und reicht beinah in das Unterpersonal hinein. Dieses verwehrt ihm natürlich in Ernstfällen den Zutritt; in leichten Fällen wird er ihm gewährt, und das hebt ihn sehr und läßt ihn viel von dem, was er zu erleiden hat, vergessen. Er bezahlt das teuer, vielmehr: seine Mitleidenden bezahlen das teuer. Er ist meist ein Angeber, ein Speichellecker, ein Unterhund – er ist der Helfer von Helfershelfern. Auf seine kleinen Vergünstigungen ist er nicht so stolz wie auf den leichten Schein einer Pseudo-Autorität, die er auf diese Weise genießt.

Leidende verachten sich untereinander – das ist das Primäre. Liebe, Freundschaft, gutes Herz, Trieb und Temperamente können diese Verachtung auflösen und überbrücken.

Die Leidenden stehen niemals gegen die Leiter zusammen. Täten sie es wirklich, so wären jene ziemlich machtlos. Ein solcher Universalwille kann aber deshalb nicht zustande kommen, weil in jedem Leidenden der Machttrieb schlummert. Er leidet wohl – aber zutiefst bejaht er dieses Leiden; er verneint nur die Rollenverteilung: er ist es, der gern leiden machen möchte. Oft setzt er sich im Tagtraum an die Stelle des Leiters. Daher wird er sich stets nur dazu verstehen, etwas zu tun, was man im Anstaltsjargon und auch sonst ‹stänkern› nennt – er wird kleine Sticheleien, Lügen, Klatschereien gegen die Leitung und das Personal aufbringen, Schwierigkeiten zu vergrößern suchen, schon, um sich wichtig zu machen und hier wenigstens ein kleines Gebiet zu haben, das ihm allein gehört. Er wird sich aber fast niemals, solange er diesen Machttrieb innerlich nicht überwunden hat, gegen das System auflehnen. Er kann es nicht. Es ist sein System.

Die schwere seelische Störung durch die Einengung der Persönlichkeitssphäre zeigt sich bei den Leidenden auch in ihrem rührenden Verhältnis zu allen Gegenständen, die nicht ‹Anstaltssachen› sind: Vogelbauer, Pantoffeln, Kalender oder eine Zeitung ... das ist das ihre, in diese Ersatzhandlungen konzentriert sich die ganze Sehnsucht nach verlorenem Glück. Die Leiter neiden es ihnen und verkleinern es, wo sie nur können.

So ergänzen sich Leidende und Leitende zu einer schönen Einheit: zur Anstalt. Es ist durchaus nicht immer grobe Gewalt, die dieses Getriebe zusammenhält, auch nicht immer die Not – es ist darüber hinaus eine gewachsene Einheit, eine Zusammengehörigkeit von Menschen, die sich dieser Gesetzmäßigkeit nicht bewußt sind. Beide sehen ineinander den Feind: beide können miteinander nicht anders leben.

Und so leben sie –:

Düster schwelt unter dem Nummernleben der Leidenden der Rest von Seele, der ihnen geblieben ist. Er entlädt sich in seiner Karikatur: in Fressen, Zoten, Klatsch und Masturbation. Dies sind nicht etwa, wie die Leiter meinen, ‹Laster› – sondern eben jene letzten, den Leidenden gebliebenen Symbole für das Unregelmäßige, zu dem jeder Mensch spielerisch, als Gegengewicht für seine Bindungen, hinstrebt. Das übliche Anstaltsleben ist sozialschädigend – weil es keinen echten Kollektivismus, der allein auf freiem Willen aufgebaut werden kann, in sich birgt. Kommen solche Menschen aus der Anstalt heraus, so haben sie meistens mehr Schwierigkeiten mit der Umwelt zu überwinden als vorher.

Der Leitende aber hat, wie die Sprache so tief sagt: «in der Arbeit seine Befriedigung». Er hat sie wirklich. Er kann sich in ihr ausleben. Er herrscht. Er macht sich zum Sklaven seiner Arbeit, wenn er ein anständiger Kerl ist – aber er herrscht. Und feuert sich ununterbrochen wieder an und entzündet sich: am Widerstand seiner Helfer, am Widerstreben der Leidenden, an den Schwierigkeiten des Apparats, an den Reibereien mit seiner Zentrale, die ihn von allem am meisten bedrücken, weil hier die Grenzen seiner Freiheit sind. Auch fühlt er sich meist in seiner Arbeit nicht anerkannt – er träumt von Größerem: mehr organisieren! mehr Anstalten! viele! alle! Der Machttrieb spielt auf ihm sein Lied.

Leitende Frauen unterliegen dem Machttrieb stärker als Männer, weil die meisten zu tun vermögen, was nur wenige Männer können: eine Arbeit bis in die letzte Falte hinein ernst nehmen. Frauen glauben an das, was sie im Dienst tun, wie an ein Evangelium. Daher sind sie: doppelt so aufopferungsbereit wie Männer, doppelt so machtgierig, doppelt so boshaft wie jene, wenn es diese Macht zu verteidigen und auszubauen gilt. Sehr oft schlägt der Machttrieb bei Frauen in seelischen Sadismus um – dann wohl immer, wenn sie geschlechtlich nicht voll befriedigt sind. So kommen viele Kindermißhandlungen zustande.

Die Anstalt dient einem Zweck: Menschen sollen in ihr aufbewahrt, gebessert, gedrillt, erzogen, zur Arbeit angeleitet werden ... aber in allen regiert über Menschen und Sachen der soziale Geltungsdrang einer herrschenden Klasse.

DER VERRUTSCHTE HUT

> Wenn eine Dame nachts allein mit einem Mann im Auto nach Hause fährt, hat sie sich die Folgen selber zuzuschreiben.
>
> Aus der Urteilsbegründung eines berliner Schöffengerichts

Was ein berliner Kavalier ist,
der bringt – ist die Gesellschaft aus –
und wenn es morgens früh um vier ist,
die Dame, welche ... stets nach Haus.
Im Auto soll man Bande knüpfen.
Das muß so sein und hebt den Herrn.
Der Name ‹Schlüpfer› kommt von: schlüpfen.
Er glaubt: die Frauen haben das gern ...
Das wollen sie aber gar nicht!
Das mögen sie aber gar nicht!
Das tut ihnen gar nicht gut!
Wie kommen sie denn nun nach Haus?
«Und wie seh ich überhaupt jetzt aus?
– und einen ganz verrutschten Hut!»

Es erben sich Gesetz und Rechte
wie eine ewige Krankheit fort.
Er meint, wenn er das nicht vollbrächte,
dann sei er kein mondäner Lord.
Er muß. Teils gnädig und teils müde
und überhaupt, weils dunkel ist.
«Ach, der Chauffeur ... sei doch nicht prüde ...!»
Ein Mann ist stets ein Egoist.
Sein Motor will auf Touren laufen.
Die Frau braucht Zeit. Es saust die Fahrt.
Sie will nicht um die Liebe raufen:
Haare apart und Bouletten apart.
Doch jener wird gleich handgemein.
Jetzt oder nie ...! Die Hand ans Bein ...
Das wollen sie aber gar nicht!
Das mögen sie aber gar nicht!
Das tut ihnen gar nicht gut!
Berliner Autoliebe stört.
Immer hübsch alles, wos hingehört —
ohne verrutschten Hut —!

KORRESPONGDANX

Jeden zweiten Sonntag im Monat wird der Schreibtisch schon frühmorgens aufgeräumt, alles liegt sauber da, die Bücher stehen angetreten, die Zettel sind eingesperrt, alles zu Haus? ... das Zimmer wartet. Heute ist Posttag.

Na, was so ist ... Vom Inhalt wollen wir hier nichts erzählen, der ist so wie bei jedem Menschen: ein Zehntel Freude, ein Zehntel Beschwerde und dreihundertundachtundsiebzig Zehntel Briefe, die man eben beantworten muß. Gut. Aber welchen merkwürdigen Gesetzen unterliegt das Briefeschreiben?

Es sind zwei Dinge, die mir immer wieder auffallen.

Das eine ist die Klasse der Schreiber, die eine solche Pfote schreiben, daß man ihrs nicht lesen kann. Kurt Hiller hat einmal für sich dekretiert, er brauche keine Schreibmaschine. Aber er schreibt wenigstens so, daß seine Briefe auch bei Mondfinsternis zu lesen sind. Hingegen schicken einem da die Leute Krakeleien ... es ist sehr merkwürdig. Ich sitze immer davor wie jene Redaktion, die einen handgeschriebenen Zettel des Chefs bekam, aus einem Restaurant. «Wichtige Information fürs Abendblatt! Sofort!» stand drüber; das war aber auch alles, was man lesen konnte. Was nun —? Da hatte ein ganz Kluger einen ganz klugen Einfall. «Es gibt», sagte er, «eine Gattung Menschen, die schreibt überhaupt nur unleserlich – das sind die Mediziner. Und es gibt eine Gattung Menschen, die kann brillant Unleserliches lesen – das sind die Apotheker. Fritz!» Der Junge flitzte mit dem Zettel los, in die Apotheke. Und kam nach einer halben Stunde zurück. Und stellte stumm eine kleine Flasche mit einer rötlichen Tinktur auf den Tisch. Diese Geschichte stammt, wie alle schönen Geschichten, von Roda Roda. Ja, also die Briefe.

Wenn die unleserlichen beiseite gelegt sind, dann ist da eine andre Plage. Ich habe lange nicht begriffen, warum sich Frauen immer ihre Briefe mit den Umschlägen aufbewahren – fast alle Frauen tun das. Sie tun es deshalb, weil sie ihre Adresse stets hinten auf den Briefumschlag schreiben. Und nie auf den Brief selbst. Und unsereiner wirft doch natürlich brav und bieder die Umschläge fort. Und so vergeht kein Posttag, wo man mich nicht, den Kopf tief in dem riesigen Papierkorb, furchtbar schimpfend vorfindet, was das wohl für eine Schweinerei sei und ob ich das vielleicht nötig hätte, hier zwischen Asche und Bindfaden herumzukramen, nur, weil diese verdammte Person ihre Adresse nicht ... Und ob das nicht jedesmal geschieht, wenn es sich darum handelt, einem Paar sehr schöner Augen einen Gruß zu schicken! Die Verluste, die auf Warentransporten dadurch entstehn, daß zum Beispiel Fässer leck werden, nennt man im Handelsrecht Leckage. In meinem Geschäft sind diese Verluste offenbar besonders groß.

Nun liegen alle die Briefe still, sie sind noch ganz außer Atem von der langen Reise und müssen sich erst an das Klima gewöhnen. Die Damen liegen, wie so häufig im menschlichen Leben, obenauf, danach kommen die Geschäften (man sollte dieses Wort hinten immer mit einem n schreiben, es sieht gleich viel eiliger aus), und der ganze Packen ist so hoch wie zwei Apfelkuchen. Sankte Epistola, steh mir bei! Auf daß ich bald den letzten hinter mir habe ... und bin ich mit der Ihnen gebührenden Darnachachtung

Ihr sehr ergebener Peter Panter

8 UHR ABENDS – LICHT AUS!

Ein Gefangener, der drei Jahre Pfleger im Schweinestall der Strafanstalt S. gespielt hat, erklärte mir, daß er mindestens hundert Gefangene im Verkehr mit Tieren beobachtet habe.
Karl Plättner: *‹Eros im Zuchthaus›*

«Die Arbeit war nicht so schlimm, Herr Direktor. Aber die Nächte – die Nächte –» Ein Entlassener

Es wäre verfehlt, zu glauben, daß die Veröffentlichungen von Max Hölz und Karl Plättner, von Lampel und andern ganz und gar spurlos an den Strafvollzugsbehörden vorübergegangen seien. Sie haben wenigstens etwas bewirkt, was so schwer zu erreichen ist: sie sind für die mehr oder minder stumpfen Beamten ein kleiner Antrieb geworden. Zwar klingt in den offiziellen Publikationen der Ton nur wie aus weiter Ferne: «Die Presse ... die Filmdarstellungen ... Sensation ...» aber immerhin: sie sind doch aufgewacht. Wozu es, wie stets, eines Anlasses von außen her bedurft hat; was im Strafvollzug durchgesetzt worden ist, wie zum Beispiel die Aufhebung der Prügelstrafe, das ist von außen her durchgesetzt worden.

In der Nummer 3 (1929) der *‹Zeitschrift für die gesamte Strafrechtswissenschaft›*, herausgegeben von Kohlrausch und Gleispach (Verlag Walter de Gruyter & Co., Berlin) verbreitet sich der Oberjustizrat Werner Gentz über *‹Das Sexualproblem im Strafvollzuge›*. Das ist eine höchst lehrreiche Sache.

Herr Gentz gehört, nach diesen Ausführungen zu urteilen, zu den Männern, die etwas Gutes für die Gefangenen wollen. Er ist ehrlich bemüht, ihre Lage zu heben. Wie unendlich schwer sich dergleichen durchsetzt, wissen wir; die älteren Geheimräte in Deutschland sind immer etwas gewesen, was sie selbst nicht gern liberal nennen hören, was es aber ist; wie das nachher unten in der Praxis wirklich aussieht, wissen sie kaum, oder sie wollen es nicht wissen. Dieser hier weiß es. Lasset uns hören.

Gentz gibt zunächst die schreckliche Tortur zu, die darin besteht, erwachsene Menschen vom Sexualverkehr gänzlich abzuschneiden.

> «Nach den Erfahrungen der Anstaltsärzte gibt es kaum einen Gefangenen, der sich bei längerer Strafdauer von sexuellen Ersatzhandlungen freihält; alte oder stumpfe Menschen etwa ausgenommen. 80 Prozent der Gefangenen etwa begnügen sich mit onanistischen Manipulationen, 10–20 Prozent ergeben sich der mutuellen Masturbation oder homosexuellem Verkehr.
> Es gibt Gefangene, die sich jede Nacht mehrmals befriedigen.»

Gentz weist dann darauf hin, daß die Ausrede, der Gefangene sei wahrscheinlich «schon immer so gewesen», nur für die exzessivsten Triebhandlungen Geltung habe – nicht für den fürchterlichen Normalzustand. Er weist ferner rechtens darauf hin, daß die Gefangenen ja eine Art Minusauslese darstellen, daß sie zum großen Teil in den Jahren der Vollreife in die Anstalt kommen und daß zu dieser Vorbelastung noch die besondere Lage des Gefangenen hinzukommt. Die gibt er so wieder, wie sie wirklich ist – nicht ganz vollständig, aber ehrlich und offen:

Eintönige und schlecht entlohnte Arbeit; zu viel Zeit des stumpfen Dösens; die wahnwitzige Bestimmung, daß der ‹Einschluß› mit ‹Licht aus!› um acht Uhr abends erfolgt, so daß also die Leute mit geringen Ausnahmen während neun Monaten im Jahr täglich volle zehn bis elf Stunden im Dunkeln zubringen müssen. Man stelle sich das vor, wenn man kann – und male sich das weitere aus. Dazu die Unfreiheit auf allen Gebieten, auch da, wo sie gar nicht nötig ist. «Der Gefangene», zitiert Gentz ein sehr gutes Wort, «lebt nicht; er wird gelebt.»

Gentz nimmt dann jene ärztliche Anschauung, nach der die völlige Abstinenz für den Menschen normaler Verfassung keine organischen oder funktionellen Schäden habe, als die herrschende und darum richtige Theorie hin. Sie ist aber irreführend. Organische Schäden sind wohl nur selten zu verzeichnen; funktionelle aber gewiß, und Herr Gentz muß wissen, wie umstritten die Anschauungen über diesen Punkt in der medizinischen Literatur sind. Er gibt dann selbst zu:

> «Solche unfreiwillig geleistete Abstinenz ist imstande, einen Menschen seelisch schwer zu beeinträchtigen.»

Er spricht davon, daß die Gefahr der Päderastie, und besonders dieser durch sonst Normale so erworbenen Päderastie, in der Veranlagung stecke; er weiß, daß die exzessiv geübte Masturbation immer schadet; er weiß von den Sorgen, die sich die verheirateten Gefangenen zu allem andern noch um das Verhalten der Ehefrau machen – alles das weiß er und sagts auch. Dafür muß man ihm Dank wissen.

Also –?

Also gibt es doch wohl nur einen Weg, müßte man denken: die Freiheit des Sexualverkehrs der Gefangenen, unter Aufrechterhaltung der nötigen Maßregeln für die öffentliche Sicherheit Aber damit ist es nichts. Denn:

Erstens müßte, sagt Herr Gentz, den Gefangenen, nämlich den Verheirateten, «in so kurzen Zwischenräumen Urlaub gegeben werden», daß der Haftzweck darunter leidet. Welches ist dieser Haftzweck? Die «systematische Erziehung des Gefangenen zum sozialen Verhalten». Das lernt er in Plötzensee, falls Sie das noch nicht gewußt haben – in Anstalten, von denen nun ausnahmslos alle Kenner, die Leidenden und die Wissenden, aussagen, daß sie Brutstätten für

Schweinerei, Duckmäusertum und ein miserables soziales Verhalten sind. Das Duckmäusertum geht heute hauptsächlich auf das böse ‹Dreistufen-System› zurück, mit dem unendliches Unheil angerichtet wird. Man findet Näheres darüber bei Hölz. Was aber die kurzen Urlaubs-Zwischenräume angeht, so ist das unrichtig – ein Urlaub, alle drei Monate erteilt, wäre schon eine große Linderung.

«Es kann nicht die Aufgabe des Strafvollzuges sein», sagt Herr Gentz, «dem Gefangenen in erster Linie ein Leben nach seinen Trieben zu ermöglichen.» Nach seinen? Nein. Nach den menschlichen: ja; ihr könnt ihm ja auch zum Beispiel für die Dauer der Haft das Wasser entziehen – das wäre genau so logisch und vernünftig wie die Unterbindung des Geschlechtsverkehrs.

Die öffentliche Sicherheit? Sie kann bedroht sein, wenn es sich um gemeingefährliche Menschen handelt – es gibt aber sehr viele, die sicherlich einen solchen Urlaub nicht zu neuen Straftaten benutzen werden.

Der rassenhygienische Gedanke? Da müßt ihr nicht den sinnlosen § 218 ins neue Strafrecht hinübernehmen; so ist eine Untat mit der andern verknüpft. Ad majorem ecclesiae gloriam.

«Untunlich wäre es, aus biologischen Einsichten heraus, die jugendlichen Gefangenen zu beurlauben.» Was sind dies für biologische Einsichten? Wie heißen die? Wo liegt die Grenze? Soll ein achtzehnjähriger Arbeiter keusch leben?

Das alles aber bezieht sich auf die Verheirateten. Was nun die Unverheirateten angeht, da wirds ganz schlimm.

> «Sehr bedenklich würde es erscheinen, unverheirateten Gefangenen, die einen solchen Urlaub physiologisch ebensosehr oder ebensowenig brauchen wie Verheiratete, diesen Urlaub zu erteilen. Das hieße eine Sexualordnung staatlich anerkennen, die nicht die der die Gemeinschaft beherrschenden Sittengesetze ist.»

Das ist nicht wahr. Die künstlich aufgeblasene Schicht der deutschen Beamten hat nicht das Recht, uns Sittengesetze zu oktroyieren, zu deren Aufstellung sie niemand legitimiert hat. Weder sind die Sittengesetze so, wie sie Gentz schildert, noch sind sie so, wie er sie sich wünscht. Nach seiner Kaste kann er das nicht beurteilen.

Es gilt in den Kreisen der aufgeklärten Deutschen keineswegs für eine Schande, daß ein nicht verheirateter Mann oder eine nicht verheiratete Frau Geschlechtsverkehr hat. Es ist ja möglich, daß sich etwa die Postverwaltung noch nicht bis zur Erkenntnis solcher soziologischen und sittlichen Wahrheit durchgerungen hat und zum Beispiel ihren weiblichen Angestellten kündigt, wenn sie ein uneheliches Kind bekommen – mit der Realität hat das nichts zu tun. Denn die ist so: der außereheliche Geschlechtsverkehr, und zwar nicht der mit Prostituierten, ist die Regel für Hunderttausende und Millionen von Arbeitern und Angestellten, die nicht heiraten können oder es nicht wollen. Daran kann man nicht vorbei. Mit welchem Recht wird hier ein Sittenkodex statuiert? Mit dem Recht des Pensionsberechtigten? Das verbitten wir uns. Wir verbitten uns das im Namen jener gequälten Gefangenen, die nicht warten können, bis Herr Gentz von den Idealen seiner Jugend und seiner Klasse zur Wahrheit gefunden hat. Das ist unsre Tragik: daß Leidende ganze Generationen hindurch abwarten müssen, bis neue Geschlechter sich bis zur Erlösung fortentwickeln; bis dahin leiden wir unter den alten.

Wer aber soll die Kosten der Urlaubsreisen tragen? Wenn der Gefangene kein Geld hat, selbstverständlich die Gefängnisverwaltung, die sich ihr Geld bei der reichdotierten Reichswehr anfordern möge. So wie man dem Gefangenen zu essen und zu trinken geben muß, so muß ihm auch seine Gesundheit dadurch erhalten bleiben, daß er nicht zum eingesperrten Tier wird.

> «Sexualakte in der Anstalt, jedem Gefangenen und Beamten bekannt, von zahllosen Nichtbeteiligten mit Lüsternheit oder mit Zoten begleitet, würden das sittliche Niveau der Anstalten auf einen Tiefstand drücken, den man sich auszudenken scheut.»

Immer denk dir aus! Drücken? Diese Anstalten auf einen Tiefstand drücken? Wie macht man das? Ist es denn möglich, noch tiefer zu stehn als diese Häuser, wo körperlicher Schmutz dem seelischen gleichkommt? Nein, das ist nicht möglich. Kennt Herr Gentz die echte Gefangenenliteratur nicht?

> «Zudem würde auch auf diesem Wege wieder für die verheirateten Gefangenen eine Vorzugsstellung geschaffen, die ihnen physiologisch vor den Unverheirateten nicht zukommt. Der Gedanke aber, auch Unverheirateten solchen Besuchsverkehr zu gestatten, liegt außerhalb jeder ernsten Erörterung.»

Genau da, wo das Vorstellungsvermögen des Herrn Gentz aufhört, fängt das unsre an. Genau da, wo jener versagt, leben wir. Wie? Man soll also erst den gestempelten Schein des Standesamtes vorweisen, bevor man sein menschliches Recht auf die Urbetätigung eben dieses Menschengeschlechts geltend machen darf? Zehntausende sollen darunter leiden, daß Herr Gentz noch nicht so weit ist? Daß für diese Beamtenkaste der Geschlechtsverkehr etwa auf derselben Stufe steht wie die Dichtkunst für einen Feldwebel? «Son Quatsch . . .» Im Grunde etwas Verdächtiges, nichts für einen ernsten Mann. Dieses Unsittengesetz da ist keines. Und Proletarier sind nicht, wie Gentz zu glauben scheint, eine andre Rasse: er und die Proletarier sind einander nachts viel näher, als er ahnt.

Es ließe sich aber dieses beides ermöglichen, wenn man nur wollte: der Sexualverkehr in der Anstalt, und der außerhalb der Anstalt.

Die Urlaubserteilung wird sorgfältig zu prüfen sein; die Gewährung des Sexualverkehrs innerhalb der Anstalt kann in kleinen Gebäuden vor sich gehen, die nicht unmittelbar mit der Anstalt verbunden sind – die Garantien, einen Fluchtversuch zu verhindern, lassen sich schaffen, alles das ist durchführbar: wenn man nur mit den Gefangenen arbeitet, mit ihnen, statt auf ihrem Rücken und gegen sie.

Gentz weiß, wie feindlich die Gefangenen der Verwaltung gesinnt sind; das muß aber nicht sein. Er erkennt auch, woran es liegt – aber er ist viel zu sehr in den Anschauungen der deutschen Beamten, also einer gewissen, nicht immer sehr hochstehenden bürgerlichen Mittelschicht befangen, als daß er es wagte, die Konsequenzen zu ziehn. Dazu kommt die verhängnisvolle Täuschung, diese Kastenanschauungen als allgemeingültige und als einzig mögliche Sittengesetze anzusehn, und so geschieht denn das unsägliche Unglück.

Gentz sieht die geistige Öde, die Freudearmut, die innere Lieblosigkeit der Anstalten; er weiß von der Unwohnlichkeit der Zellen und der Gemeinschaftsräume; von der widerwärtigen Aufmachung des Essens; von der Schweinerei der Notdurftkübel; – bis hinunter zum mangelhaft rasierten Bart sieht er das, und er weiß auch, daß das eben keine Äußerlichkeiten sind. Er weiß, daß die Körperpflege in den Anstalten unter aller Kritik ist; daß die Kleidung unzweckmäßig ist; er weiß von den Bädern ... und hier klappt auf einmal alles, die Weltanschauung von 1905 wirkt sich aus, und was noch ein Herr Gentz aus dem Jahre 1876 nicht für möglich gehalten hätte, hier wirds wahr:

> «Es dürfte sich auch empfehlen, davon abzusehen, die Brausebäder in Holz- oder Drahtglasboxen zu verabfolgen. Es hat wenig Sinn, den Gefangenen den Anblick entblößter Körper zu verbergen. Das sind Methoden einer überwundenen Anschauung, die mit natürlicher Schamhaftigkeit nichts zu tun hat und die aus dem Umgang mit dem Körper des Menschen eine ‹heimliche Prozedur› machen.»

Auf einmal –! Auf einmal geht es, und es geht sogar sehr schön. Nein, der Herr Gentz und die Seinen sind eben nicht das Maß aller Dinge. Eine überwundene Anschauung? Aber was er da vom Geschlechtsverkehr erzählt, sind längst überwundene Anschauungen, die nur noch vom Staat, von der Kirche und einem mittleren Bürgertum künstlich konserviert werden, das sich als den praeceptor Germaniae aufspielt.

Die Sexualanschauungen dieses Mannes stehen in krassem Gegensatz zu seinen sonstigen Meinungen über den Strafvollzug, die recht vernünftig anmuten. Selbst der törichte Einwand, «dann lebten ja viele Gefangene besser als in der Freiheit», wird gut zurückgewiesen: «Auch als Kulturträger hat der Staat im Gefängnis eine Aufgabe zu erfüllen.» Er erfüllt sie aber nicht.

Gentz weiß viel – aber zu wenig. Er hat Herz – aber zu wenig. Er will das Gute – aber lange nicht das Beste.

Wir aber glauben, daß der Zweck der Strafe weder Vergeltung noch jene überhebliche Erziehung ist, bei der man sich erst einmal fragen muß, wer denn da eigentlich erzieht. Der alleinige Zweck der Strafe ist die Sicherung der Gesellschaft. Also hat niemand das Recht, dem Gefangenen mehr zu nehmen, als diese Sicherung erfordert: also nur die Freiheit. Alles andre sind Zutaten, die in ihrer Mehrheit bedeuten, daß der Strafvollzug noch immer von dem primitivsten und niedrigsten Rachetrieb diktiert wird. Jeder Dieb fällt unter die sehr dubiosen Triebe irgendeines Direktors, der auf ihm herumregiert? Was soll das? Ihn bessern? Erzählt doch nichts ... dieser Strafvollzug ist nur das böse Korrelat zum Verbrecher, sie ergänzen einander, ohne daß etwas gebessert wird. Zu schweigen davon, daß die kriminellen Triebe der besser gekleideten Stände in den Betätigungen von Staatsanwälten, Richtern und Zuchthausdirektoren ihren legalen Ablauf finden.

Der Rechtsbrecher hat sich außerhalb der Gesellschaft gestellt. Deshalb darf diese ihn nicht außerhalb des Rechts stellen – Recht kann man nur in bedrohten Lagen erkennen; wenn es da nicht gilt, taugt es nichts. Im Alltag, wo nichts vor sich geht, kann jeder ein Rechtsbewahrer sein – vor einem Lustmörder wird die Sache schon schwerer.

«Grade die ethischen Normen», habe ich gelernt, «sind es, die von früher Jugend auf als fertige Fremdsuggestionen von der Umwelt wie die Atemluft beständig aufgenommen und zuletzt so verfestigt werden, daß es auch im erwachsenen Alter nur den wenigsten Menschen und diesen nur unvollständig gelingt, sich von den ethischen Anschauungen ihrer Umwelt zu emanzipieren, wenn diese konsequent im selben Sinne gewirkt haben.» Und: «Leute aus Berufen mit ausgeprägten starren Standesansichten, wie manche Beamten- und Offizierskasten, sodann Leute, die in einer gewissen geistigen Enge aufgewachsen und wenig in verschiedenen Lebenskreisen umhergewürfelt worden sind und denen es daher nicht möglich ist, sich die nötige Freiheit und Elastizität ihrer ethischen Anschauungen zu erwerben ...»

Wir haben so viel von der Psychologie der Verbrecher gehört. Uns fehlt ganz etwas andres. Gebt uns die Seelenkunde der Beamten.

ZEITUNGSDEUTSCH UND BRIEFSTIL

Es ist schon einmal besser gewesen: vor dem Kriege. Das heißt nicht etwa, die gute, alte Zeit heraufbeschwören – man blättere nach, und man wird von damals zu heute einen bösen Verfall der deutschen Sprache feststellen. In zwei Sparten ist das am schlimmsten: in der Presse und in den Briefen, die die Leute so schreiben.

Was in den Zeitungen aller Parteien auffällt, ist ein von Wichtigkeit triefender und von Fachwörtern schäumender Stil. Die Unart, in alle Sätze ein Fachadverbium hineinzustopfen, ist nunmehr allgemein geworden. Man sagt nicht: «Der Tisch ist rund.» Das wäre viel zu einfach. Es heißt: «Rein möbeltechnisch hat der Tisch schon irgendwie eine kreisrunde Gestalt.» So heißt das. Sie schwappen über von ‹militärwissenschaftlich›, ‹städtebaupolizeilich› und ‹pädagogisch-kulturell›. Gesagt ist mit diesem Zeug nicht viel: man weiß ja ohnehin, daß in einem Aufsatz über das Fußballspiel nicht von Kochkunst die Rede ist. Aber der betreffende Fachmann will dem Laien imponieren und ihm zeigen, wie entsetzlich schwer dieses Fach da sei ... Die meisten Zeitungsartikel gleichen gestopften Würsten.

In den Briefen ist es etwas andres. Da regiert die Nachahmung des flegelhaften Beamtenstils.

Es ist rätselhaft, wie dieses Volk, das angeblich so unter seinen Beamten leidet, sich nicht genug tun kann, ihnen nachzueifern — im Bösen, versteht sich. Ist es denn nicht möglich, höflich zu schreiben? Aber jede Speditionsfirma sieht ihre Ehre darin, Briefe herauszuschicken, die wie ‹Verfügungen› anmuten. Da wird ehern ‹festgestellt› (damit es nicht mehr wackelt); da wird dem Briefempfänger eins auf den Kopf gehaun, daß es nur so knallt, und das ist nun nicht etwa ‹sachlich›, wie diese Trampeltiere meinen, die da glauben, Glattheit lenke von der Sache ab — es ist einfach ungezogen. Sie haben vor allem von den Beamten gelernt, jeden Zweifel von vornherein auszuschalten. Liest man die Briefe, so sieht man immer vor dem geistigen Auge:

Tagesbefehl

1. Es stehen bereit: 8.30 Uhr vormittags Abteilung Löckeritz auf der Chaussee Mansfeld-Siebigerode ...
2. Ich befinde mich im Schloß

und so fort —
als ob man nicht auch in einem Geschäftsbrief an den entscheidenden Stellen leicht mildern könnte. Aber nein: sie regieren.

In erotisch-kultureller Beziehung denke ich mir den Liebesbrief eines solchen Korrespondenten so:

Geheim! Tagebuch-Nr. 69/218.

Hierorts, den heutigen

1. Meine Neigung zu Dir ist unverändert.
2. Du stehst heute abend, 7½ Uhr, am zweiten Ausgang des Zoologischen Gartens, wie gehabt.

3. Anzug: Grünes Kleid, grüner Hut, braune Schuhe. Die Mitnahme eines Regenschirms empfiehlt sich.
4. Abendessen im Gambrinus, 8.10 Uhr.
5. Es wird nachher in meiner Wohnung voraussichtlich zu Zärtlichkeiten kommen.

(gez.) Bosch, Oberbuchhalter

«An einer Seite Prosa wie an einer Bildsäule arbeiten ...» schrieb Nietzsche. So siehst du aus.

KRITIK AUS DER ERINNERUNG

Bei Tante Friedeberg in Stettin stand auf dem Schreibtisch die Sonne meiner Kindheit: eine kleine Glaskugel mit einem Weihnachtsmann drin. Wenn man die Kugel auf den Kopf stellte, so daß ihre Marmorplatte, auf der sie saß, zu oberst kam, dann fing es an, in der Kugel zu schneien. Es war eine einzige Herrlichkeit. Stellte man die Kugel wieder auf den Tisch, so fuhr es fort, zu schneegestöbern. Langsam, ganz langsam setzten sich die Schneeflocken dem Weihnachtsmann auf die Mütze, auf seinen Ruprechtssack und auf den Boden der Kugel ... sachte, sachte. Erst wenn sie sich alle gesetzt hatten, sah man wieder klar. Erbarmungslos klar: der Weihnachtsmann war eine kleine Murks-Puppe, und die Schneeflocken Schnipselchen aus irgendeiner Masse. Abwarten ist immer gut.

Über die Reinhardtsche Inszenierung des Hamsunschen *‹Vom Teufel geholt›* ist das Entzücken groß; das etwas schwer zugängliche Stück soll sogar ein Geschäft sein. Das buchen die mitwirkenden Schauspieler auf ihr Konto, Reinhardt auf das seine, ein Jammer, daß die Leute dem Autor Tantiemen zahlen müssen: der Abend ist gut besucht, obgleich man sein Stück spielt ... Was geht da vor –?

Nun haben sich die Flocken gesetzt, die berliner Stimmen sind verhallt, ich sitze in der Stille, und aus den bunten Mappen kommen die Erinnerungen ...

Hamsun? Es war wildgewordenes Wachsfigurenkabinett; Spezialitätentheater von wundervollen Chargen – es war, in einer kleinen Glaskugel: Deutschland; herrliche Einzelleistungen, aber ohne Harmonie. Ist das noch Theater? Es ist nur Theater.

«Das Theater», hat Reinhardt dekretiert, «gehört dem Schauspieler.» So ähnlich sagte Gordon Craig auch, nur mit ein bißchen andern Worten – und beide haben von sich aus gegen uns recht. Das Publikum will die dramatische Erschütterung, weinen will es und lachen, bewegt sein will es, und zwar in Gefühlen, die latent schon vorhanden sind und die nur darauf lauern, daß man sie ins Freie läßt — geschaffen werden soll hier nichts, hier soll einer vorhandenen Menagerie Futter gegeben werden ... Gut. Aber wenn dem schon so ist: dann sollte es wenigstens sauber zugehen.

Das Stück Hamsuns, der von Hause aus kein Dramatiker ist, stammt von gestern und wurzelt auch dort. Warum soll im Jahre 1929 eine Frau Mitte der Vierziger aufschreien: «Ich kann nicht loslassen! Ich kann nicht loslassen!» — Wer verlangt das von ihr? Sie kann, verheiratet oder nicht, schlafen mit wem sie mag; dergleichen ist nicht mehr sehr interessant, denn die Welt sieht ja nicht so aus, wie eine unsägliche Provinzpresse sie ihren bürgerlichen Lesern, die auch inserieren, vorspiegelt ...

Dann soll man also das Stück Hamsuns nicht mehr spielen? Dann soll man es nicht mehr spielen. Aber ummodeln, Melodien hineinstreuen oder fortlassen, mit Verlaub zu sagen: fälschen — das soll man nicht. Brauchte Reinhardt den alten Gihle als fröhlichen Weinbergbesitzer? Das kann man verstehen; nur hat dergleichen mit Hamsun nichts zu tun. Ich sehe ordentlich den Regisseur im Parkett sitzen und jeden Hauch der bezaubernden Komik Romanowskys abschmecken ... was der da vorführt, ist milde und mundet schön; aber wäre Hamsun da gewesen: er hätte sich in Krämpfen gewunden. Dieser alte Gihle ist in Wahrheit ein böser Monomane in Filzbabuschen, das Herz verhärtet wie sein Stuhlgang, ein böser, alter Mann. Der Nabob Klöpfers ... es gibt in einem Stück von Curt Goetz eine der schönsten Regie-Anmerkungen, die ich jemals gefunden habe. Es heißt dort: «Herr Müller ist kein jugendlicher Komiker; sondern Ingenieur.» Das sollte man den Herren Schauspielern in die Garderoben malen. Klöpfer hatte eine Rolle (mit vier Rs) unter den Händen, er krempelte sich die Ärmel auf, tauchte die Arme bis zu den Ellenbogen hinein, wurde von Reinhardt am äußersten gehindert ... und gab nur sich selbst: einen guten Schauspieler. Nabob? Kaufmann, der in die Heimat zurückkommt? Abenteurer? Nichts davon. Manchmal hatte er nichts zu sagen; dann saß er still und ließ nur seine Augen spielen ... und dann, wenn das Stichwort herannahte, gab es ihm einen Ruck, das Schauspielerische fuhr in ihn, und nun begann er zu spielen. Viel Kunst fürs Geld.

Da ist ein von den Weibern ausgehaltener Kerl, Herr Blumenschön ... warum wird er von den Weibern ausgehalten? Weil er — am Tag und bei der Nacht — Charme hat; sonst wäre dergleichen nicht erklärlich. Herr Homolka gibt einen düstern und rohen Patron; weshalb um alles in der Welt verlobt sich ein nettes Mädchen mit ihm? trägt eine mannstolle ältere Dame ihr Geld zu ihm? alles, weil er so unausstehlich ist?

Da ist ein Leutnant ... diese Rolle hat einmal Biensfeldt gespielt

... täuscht mich die Erinnerung? Aber so kann sie nicht täuschen: Biensfeldt trat auf und war ein unglücklicher Mensch; schief verliebt, versoffen, er verstand die Welt nicht mehr — und was sehen wir hier? Eine Operettencharge, die von allen Direktoren reihum engagiert wird, damit sie immer wieder dasselbe spiele: sich, den Herrn Julius Falkenstein — leicht daran erkennbar, daß er spricht wie ein in die Erde gegrabener Mensch, mit Glatze und hohler Stimme. Also angetan hat er herauszukommen, damit das am Tage stark beschäftigte Publikum gleich wisse und mit einem leisen Rauschen quittiere: «Falkenstein!» — Hat dergleichen noch mit Schauspielkunst zu tun?

Da ist der Musiker Fredriksen. Nie, seit die Welt steht, hat sich ein noch so betrunkener Musiker so bewegt wie Herr Sokoloff; da ist das kluge Fräulein Mosheim, dessen aufgeweckt berlinische Augen vernünftig über das Ganze hinwegsehen, die Augen sind anscheinend gar nicht mit engagiert; da ist, leise und unaufdringlich, Paul Graetz ... aber sagt mir doch, was das alles mit Hamsun zu tun hat?

Gut, nicht mit Hamsun. Also dann: das wäre Theater? Das ist gefüllte Milz — nicht Theater. Selbst so eine Leistung wie die Lucie Höflichs macht dergleichen nicht gut; einziger Augenblick, wo das Dichterische zu spüren ist, ihr Schlußwort; wie sie zu dem Neger ihr gefärbtes Willkommen spricht —: das ist große Schauspielkunst. Aber sonst schauert es nicht von der Bühne herunter: wie nüchtern die Rauschszene im Restaurant, wo Komik und Grauen ineinander übergehen sollten und wo Leere ist, ausgefüllt von den Mätzchen der Schauspieler. Diese Figuren werden ruckweise dem Gelächter eines nervösen Publikums preisgegeben, das ja gar keine Tragik will. Hamsun wird verraten — denn Hamsun macht sich gar nicht über diese Provinzialen lustig. Bei Reinhardt taucht eine Horde von mehr oder minder bunt ausgetuschten Trotteln auf — wildgewordene Chargen wie jener Onkel Theodor, der dem alten Gihle nachoperettelt ...

Man hat zu wählen.

Entweder das Theater stilisiere, wie es die Japaner tun. Dann spielt es sich auf einer völlig andern Ebene ab als die ist, der das Publikum grade entronnen ist —: hie Spittelmarkt — hie Stil. So machts Chaplin, so macht es eigentlich jedes Theater der Welt.

Eine Unterart dieser Stilisierungskunst — nicht, wie Holz gedacht hat, ihr Widerpart — ist das naturalistische Theater. Wenn aber schon naturalistisch; wenn schon genaue Nachbildung von Gaslampen und Inneneinrichtung —: dann wenigstens richtig. Ihr seid zu dritt in deinem Arbeitszimmer; Paul geht hinaus. Nun ruddelst du mit Erna über Paulchen. Sag mal: siehst du dann wie gebannt in die Tür hinein, die jener grade hinter sich zugemacht hat? Du denkst gar nicht daran: du siehst Ernachen ins Gesicht und klatschst munter über Pauleken. Und so hundertmal – was sind das alles für lächerliche Schauspieler- und Theatergebräuche, die man nicht mehr sehen mag ...

Ja, wer mag sie nicht sehen –? Das ist die große Frage. Vielleicht hat Reinhardt Unrecht; seine Kassenrapporte aber haben recht. Tritt im Theater und auch bei Reinhardt ein Dienstmann auf, so tritt die ewige Idee des Dienstmanns auf – immer, immer derselbe; vielleicht einmal, in den achtziger Jahren vage beobachtet – und nun ewig, ewig kopiert, immer derselbe, immer derselbe: die Charge, nicht das Leben. Oder ihre neurasthenische Umkehrung: der, ders anders macht. Aber vielleicht verstände das Publikum die neue Nuance gar nicht? Vielleicht gehen die Leute gar nicht mit, wenn ihnen einer zeigte, wie sie wirklich sind? Pallenberg hats ihnen so oft gezeigt; ich glaube, daß sie doch am meisten dann lachen, wenn er sich gewollt dem Schema nähert ... das verstehen sie, das geht ihnen ein, da fühlen sie sich sicher. Unser Theater ist, wenn es sich naturalistisch gibt, Bürgertheater von 1890, mit einer leichten, wenig regenfesten Farbe bestrichen. Kratze das Theater – und du hast die veraltete Klasse, die es geschaffen hat.

Dies ist zunächst keine politische Frage – denn es sieht auf der linken Seite nicht gar so viel besser damit aus; da machen nur die Maschinen mehr Radau. Aber ist das noch Hamsun, ist das noch Theater, wenn in so einem Stück, das gefälligst im Dunkeln zu phosphoreszieren hat, jeder Schauspieler aus seiner Rolle ein ‹Kabinettstückchen› macht? Im Bühnenklub sagen sie «Stibinettskackchen», und das ist es auch.

Und nun noch ein holpriger Text, über den man alle Naselang stolpert, und dann Hamsun als Vorwand für ein lebendig gewordenes Wachsfigurenkabinett –: es ist nie gut, wenn eine Institution sich selbständig macht.

Da war der Abschied von Berlin viel besser. «Carows Lach-Bühne» am Weinbergsweg – diß wah nu janz richtich.

Erst haben sie uns beinah verhauen: den Tisch bekamen wir nur, weil es hieß, Jannings sei mit uns; einer fragte, ob ich es wäre, und einen Herzschlag lang verspürte ich, wie schön Ruhm sein müßte – und dann kam Aemil nicht, und dann machten die das Feld geräumt habenden Leute Krach, und der Direktor Carow legte sich begütigend ins Mittel ... Ein schmaler, nicht sehr großer Mann mit ernsten dunkeln Augen, so ein bißchen nach Buster Keaton hin, sehr still, sehr leise ... ab. Wir dürfen den Tisch behalten.

Und lassen ein infernalisch-langes Programm über uns ergehen: Steptänzer; eine sehr gute Akrobatengruppe; ein unsägliches Melodram, in der umfangreichen Hauptrolle die ebensolche Frau Direktern; ein Komiker, über den das Publikum jucheit ... Das Publikum freut sich überhaupt über alles, am meisten die Frauen, bei denen der Analhumor jeden andern hinreichend vertritt – Überschrift: das Familienprogramm. Und immer noch eine Nummer und noch eine und noch eine ...

Die Mitternacht zieht näher schon ... da fängt die Original-Posse ‹*Frau Feldwebel*› an. Carow hat sich vorher entschuldigen lassen; er spiele, sei aber erkältet ... Na, da möchte ich ihn mal sehen, wenn er nicht erkältet ist; das überlebte man wohl mitnichten. Seit Karl Valentins Orchestermitglied habe ich nicht so gelacht.

Eine Militärposse? Unmöglich, sollte man meinen. Die Assoziationen sind zu schmierig – man will das nicht. Und nun noch eine aus der Vorkriegszeit. Und nun noch eine, in der doch gewiß, hier und vor diesem Publikum, kein Antimilitarismus gemacht wird; mir wurde leicht flau. Aber jener kam, stolperte, schwang ein paar große alte Stiebeln, die er jedennoch ‹jeknillt› haben wollte – und wir waren in Chaplins siebentem Himmel.

Was da herausgestottert kommt, hat mit Militär überhaupt nichts mehr zu tun. Hier ist die Stilisierung über jene Grenze hinausgeführt, die den Menschen von dem menschenähnlichen Ding: dem zur Schau Spielenden trennt – hier ist ein mit Reismehl bestäubter Clown, mit kleinen schwarzen Kreuzchen, wie sie Trier den Clowns als Augen zeichnet, mit zwei dünnen, garnisondienstfähigen Beinen, und einer Schnauze –! Frechheit plus Güte plus Idiotie plus Verschmitztheit plus völliger Ignorierung des Militärs –: ein berlinischer Schwejk.

Der berliner Jargon nennt den ‹bunten Komiker› mit der Kittneese eine ‹Klamotte›. Ist Erich Carow eine Klamotte? Ja, das ist er auch – aber er ist doch noch viel mehr. Nun wollen wir gewiß nicht hingehen und, wie gehabt, den neuen Heiland entdecken; das kann man nach einer einzigen Rolle überhaupt nicht beurteilen, das erste Mal wirft einen jeder gute Komiker um. Das aber ist er unzweifelhaft.

Er ist vor allem einmal eines, was hierzulande so unendlich selten ist und was man dort am Weinbergsweg zu allerletzt erwartet hätte: er ist leise. Er ist ganz leise und federleicht und in den gröbsten Momenten, grade in denen, zart. Auch hört man ihn denken – was nicht immer ganz einfach vor sich geht: die Maschinerie in seinem Kopf dreht sich hörbar, wenn auch nicht stets mit dem gewünschten Resultat. Das ganze Gesicht denkt mit ... Und wenn die Situation dann unrettbar verquatscht ist, so durcheinander, daß sie niemand mehr lösen kann, dann steht er vor dem Herrn Feldwebel, der genau so groß und schnauzbärtig aussieht wie der Böse Feind bei Chaplin, steht da und sagt ganz leise zu sich selber, als inneres Kommando: «Abtreten!» und will es auch blitzschnell tun, bis ihn der Feldwebel am Kragen nimmt und noch einmal ans Rampenlicht zieht. Und das ganze Malheur beginnt von vorn.

Was quatscht dieser Mann! was brabbelt er vor sich hin! Wie holt er aus tiefen Denkpausen unauslöschliches Gelächter, so, wenn er – großer Witz! – den Soldaten Neumann als den «neuen Hauptmann» anmeldet, der Feldwebel bekommt einen Bombenschreck, merkt zu spät, daß er genarrt worden ist, und brüllt den unschuldigen Neumann an. «Sie Himmelhund . . .! Haben Sie . . .?» – Nein, der hat nicht. Der Rekrut Kaczmarek hat. «Komm mal her!» Nun kommt es heraus. Und in diesem Moment, wo er doch alles verbockt hat, dreht sich Carow zu Herrn Neumann, sieht ihn, der gar nichts dafür kann und demgemäß stramm steht, von oben bis unten an und spricht ganz leise: «Du bist doch ein dämliches Schwein –»

Und ich muß sagen, daß ich meinen schönsten berliner Theater-Augenblick im Weinbergsweg 20 hatte; Wahrheit muß sein. Es ist jener Augenblick, wo sich Soldat Carow einem seiner Vereinskollegen zuwendet, der mit der Nichte des Herrn Feldwebel ein zartes Abenteuer gehabt hat, ein harmloses, sagen wir es laut, aber eines, das sein Kommißherz arg verstört hat. Davon weiß Soldat Carow. Es hat auch schon einen großen Krach bei Feldwebels gegeben, mit allen Verwechslungen, die nur möglich sind. Aber das hat Carow im Augenblick vergessen; was heißt hier Feldwebel und Kasernenhof . . .! Soldat Carow nähert sich dem Kameraden, ganz dicht tritt er an ihn heran, seine Äuglein glitzern, das Wasser läuft ihm schmeckbar im Munde zusammen, ein Induktionsstrom der Lust durchzuckt ihn, zugegeben: er, Carow, hat ja von der alten Liebesaffäre nichts gehabt, das ist wahr . . . aber der andre? Vielleicht ist der andre – Mann ist Mann – der Sache näher gekommen? Nun hat er sich an dessen Ohr gedrängelt, es ist totenstill in dem rauchigen Stall, und Carow spricht. «Willy», sagt er, «hast du mit ihr –?»

Das wurde nicht nur ‹gebracht› – das ‹war da›, um einen Bühnenausdruck zu gebrauchen, und es war gar nicht als Zote da. Es war: Humor, Ironie über diesen Humor, Mitfreude, die sich in den Bart sabbert . . . Gülstorff hat in der Schimekischen um Pallenberg etwas Ähnliches gemacht. Und dann geht es alles drunter und drüber; ich besinne mich nur noch, wie alle: Hinlegen! Aufstehn! Hinlegen! Aufstehn! spielten und wie Carow, der natürlich nicht dabei war, ganz schnell durch die pappene Tür gewitscht kam, ein Mondstrahl unendlicher Schadenfreude ging über sein Rekrutengesicht, um eines Auges Blinzeln zu spät sah ihn der Feldwebel, raus war er, und dann bläst ein Signal, so recht militärisch, ernst, voller Pflichtgefühl – und Carow, der keinen Ernst Jünger gelesen hat und kein nichts und kein gar nichts, kommt herein und spricht zu den reisigen Helden, die um den Feldwebel herumturnen: «Ihr sollt alle essen kommen!» – Nein, mit Militär hat das nichts zu tun.

Um so mehr aber mit einer merkwürdig routinierten, volkstümlichen, einfachen und doch an der Spitze ganz leise ins Himmlische umgebogenen Schauspielkunst. Und während sich in der Schneekugel meiner Erinnerung die berliner Flocken langsam legen, sachte, ganz sachte – höre ich eine leise Stimme, die sagt:

«'ck ha die Stiebeln aba jeknillt, Herr Feldwebel – 'ck ha se a jeknillt –!»

HAT MYNONA WIRKLICH GELEBT?

Ich klingelte.

– «Wohnt hier Herr Mynona?»

– «Wer?» sagte die Haushälterin, die mir geöffnet hatte.

– «Mynona», sagte ich; «Mynona, über den wir so viel und mit so viel Nachdenken gelacht haben – ein lachender Philosoph, denken Sie, was das in Deutschland heißt! Ein Mann, der auf dem Grunde seines Wissens bunt angemalte Gebäude errichtet hat: runde Würfel, siebenundzwanzigeckige Theater, Mädchenschulen aus durchsichtigem Gummi ... Mynona! Der auf der Bank der Spötter saß! Mynona! Nein?»

– «Kommen Sie herein!» sagte die Haushälterin. Ich kam. Sie öffnete eine Tür –

Ein aufgeregter Greis mit flatternden Haaren begrüßte mich mit einem donnernden:

Enthülls! Enthülls!
Die Sache wills!
Ich heiße Külz!

– «Guten Tag, Herr ...» sagte ich. «Herr Mynona?» – Der Greis fuchtelte mühselig mit Armen und Beinen. «Ha!» rief er. «Ich habs ihm besorgt!» – «Wem?» sagte ich. – «Remarquen», sagte er. «Hier: seine alten Feuilletons aus von vor dem Kriege – und hier: polizeiliche Meldeformulare! und hier: alte Zeitschriften! und hier: eine dolle Geschichte! ein Monokel, das er getragen hat, obgleich er keinen Monokel-Erlaubnisschein gehabt hat – und hier ...» Erschöpft sank das glückliche Stück Unglück in sich zusammen. «Beruhigen Sie sich, Herr ...» sagte ich. «Herr Mynona?» – «Ich will auch einmal bei den Erfolgreichen sein!» sagte der Greis. «Ich habe ihn enthüllt! Ich enthülle ihn. Ich werde ihn enthüllen! Ich habe ein dickes Buch gegen ihn geschrieben! Und hier – hier habe ich einen Nachttopf; auf dem Grund dieses Nachttopfes habe ich sein Bild gezeichnet, und jedesmal, wenn ein neues Hunderttausend seines Buches herauskommt, dann setze ich mich auf diesen Topf und – –»

Ich ging. Mynona? Es scheint: unser Mynona hat nie gelebt.

Nachdem sich die Aufregung über Remarque etwas gelegt hat, sehen wir wohl klar:

Das Buch hat nicht als Kunstwerk die Millionen erregt sondern wegen seines Stoffes und wegen der Behandlung dieses Stoffes. Das Buch ist kein großes Kunstwerk, aber ein gutes Buch. Das Buch hat durch die unsagbare Dummheit der Rechtskreise einen pazifistischen Dunstkreis erhalten; diese Tendenz war von Remarque höchstwahrscheinlich nicht beabsichtigt. Die aktive pazifistische Wirkung des Buches ist sehr fraglich; die Einwände von Sclutius, die hier gestanden haben, scheinen mir höchst beachtenswert. Remarque kann und wird nie wieder einen solchen Erfolg haben; auf seinem nächsten Buch steht unsichtbar — wie das in früheren Jahrzehnten üblich war —: «Vom Verfasser von *‹Im Westen nichts Neues›*.»

Gegen das Buch läßt sich vielerlei sagen.

Man darf den Stilisten Remarque angreifen. (Ich tus nicht — aber so ein Angriff ist denkbar.) Man darf sagen: so ist der Krieg nicht gewesen; der Krieg war edel, hilfreich und gut — die Soldaten haben sich mit Schokoladenplätzchen beworfen und in den Pausen ihrem Kaiser gehuldigt. Man darf sagen: Der wahre Mann beginnt erst, wenn er seinem Gegner eine Handgranate in die Gedärme geworfen hat. Man darf vieles über, für und gegen das Buch sagen, fast alles.

Aber eines darf man nicht.

Man darf nicht den Kampf verschieben und sich die bürgerliche Person des Autors vornehmen, dessen Haltung nach einem in der Geschichte des deutschen Buchhandels beispiellosen Erfolg mustergültig ist. Der Mann erzählt uns keine dicken Töne, er hält sich zurück; er spielt nicht den Ehrenvorsitzenden und nicht den Edelsten der Nation — er läßt sich nicht mehr fotografieren als nötig ist, und man könnte manchem engeren Berufsgenossen soviel Takt und Reserve wünschen, wie jener Remarque sie zeigt. Was hat Mynona getan?

Mynona hat eine Unanständigkeit begangen.

‹Hat Remarque wirklich gelebt?› bei Paul Steegemann, Berlin.

Es ist eine Unanständigkeit, einem Schriftsteller, der sich sein Leben mit der Schreibmaschine verdient, vorzuwerfen, er habe einmal Reklameverse für die Pneumatikfirma Continental gemacht. Man hat neulich Shaw und einigen andern großen englischen Schriftstellern dergleichen angetragen; sie haben alle abgelehnt, und einer von ihnen — wenn ich nicht irre, war es Wells — hat geantwortet: «Ich täte es. Aber es ist bei uns nicht üblich — dergleichen wird falsch aufgefaßt; ich kann es nicht tun, weil es nicht üblich ist.» Nun war Remarque, als er diese Reklamearbeit machte, ein ganz unbekannter, junger Schriftsteller, und wenn es Herrn Mynona für sein nächstes Buch interessiert, so will ich ihm enthüllen, daß ich vor dem Kriege einmal einen solchen Antrag bekommen habe — die Sache kam nur darum nicht zustande, weil ich zu teuer gewesen bin. Ich halte es für keine Schande, wenn ein Schriftsteller seine stilistischen Fähigkeiten in den Dienst einer anständigen Firma stellt (was viel, viel schwerer ist, als die meisten ahnen); ich machte das heute auch nicht mehr – weil es nicht üblich ist. Aber täte es einer von uns: eine Schande ist das nicht.

Mynona hat des weiteren alte Romane Remarques ausgegraben. Zum Glück ist die Schrift des streitbaren Philosophen unlesbar und von einer altbacknen Langeweile mit Wasserstreifen: soweit ich aus dem Kram klug geworden bin, scheinen die Romane, die Remarque damals geschrieben hat, minderwertig gewesen zu sein. Vielleicht unterrichtet sich Mynona einmal über die Anfänge Zolas, der seinen jungen Leuten nicht nur gesagt hat: «Faites du reportage! – Machen Sie Reportage! Brandberichte, Rohrbrüche, Morde und Diebstähle – es übt!» – sondern der selbst mit unsäglichen, heute gar nicht mehr lesbaren Romanen begonnen hat – einer Arbeit, deren er sich niemals geschämt hat. Er tat das, pour se faire la main – um in Übung zu kommen.

Die spezifisch deutsche Widerwärtigkeit, die die Luft unserer Politik so verpestet, weht durch dieses Buch Mynonas. Hierzulande werden Einwände damit erwidert, daß man sagt: der Einwendende habe einen roten Bart und eine verstopfte Schwiegermutter. Statt Breitscheid und Hilferding als geistige Typen zu verhöhnen und zu bekämpfen, wird argumentiert: «Und dann hat sich Breitscheid im Jahre 1897 eine Goldplombe machen lassen, aber nur für Amalgam bezahlt!» Anathema sit. (Wobei übrigens die wirklichen Schieber meist ungestraft davonkommen.) Die deutsche Politik riecht nach Kommunalstunk.

Der entscheidende Einwand gegen das Kriegsbuch Remarques dürfte also der sein, daß sich Remarque in Wahrheit mit einem k schreibt und Remark heißt. Wenn das die Leser gewußt hätten, hätten sie das Buch nicht gekauft ... Und der Philosoph, der offenbar Jahre seines Lebens Kant studiert hat, um in seinen alten Tagen einem Anfall von Neid und Niederträchtigkeit zu erliegen, folgt dem kategorischen Imperativ der Pflicht, wärmt diesen alten Quarque auf und enthüllt.

Er enthüllt, daß der Urgroßvater Remarks 1793 geboren ist – arme Leser, was dachtet ihr? – Daß der Großvater in Kaiserswerth im Jahre 1840 geboren ist – betrogene Käufer, was dachtet ihr? Daß Remark selber geboren ist. Daß er eine Frau hat. Daß er nicht im Infanterie-Regiment 91 gedient hat. Und so fort. Und so fort.

Bleibt ein Punkt, ein einziger. Remarque soll – wie Mynona behauptet – bei Kriegsende und noch im Jahre 1919 unberechtigterweise eine Leutnantsuniform und Orden getragen haben, die ihm nicht verliehen worden sind. Ich habe keine Achtung vor dieser Uniform, und es ist mir unbegreiflich, wie man sie anziehen kann, wenn man das nicht muß. Hat Remarque das aber wirklich getan, so hat er nicht recht getan. Und zwar hat er an seinen Kameraden nicht recht gehandelt; dergleichen wirkte unter den damaligen Umständen außerordentlich aufreizend.

Ich kenne diese Geschichte nicht; ich weiß nicht, ob Remarque sich einen falschen Baronstitel zugelegt hat, die Uniform, die Orden ... Es ist billig, zu sagen: «Lassen Sie doch ... Ein Jugendstreich ...» Solche Streiche können sehr aufschlußreich sein. Ich glaube: dieser zählt nicht dazu. Für den Wert des Buches ist das etwa so gleichgültig, wie wenn erwiesen wäre, Remarque hätte einmal in seinem Leben gestohlen. Was besagt das für und gegen seine Kriegsschilderungen? Kann ein Dieb nicht die Wahrheit sagen? Hat Remarque sich jemals als Apostel und Märtyrer der Sittlichkeit aufgespielt? Es hat einen Sinn, einem wilden Abstinenzler vorzuwerfen, er saufe heimlich Moselwein; es hat einen Sinn, einem Sittlichkeitsschnüffler vorzuwerfen, daß er mit Huren schlafe – es hat aber gar keinen Sinn, einem Kriegsschilderer vorzuwerfen, er habe sich gedrückt, er sei ein schlechter, ein mittelmäßiger, gar kein Soldat gewesen, er habe eine falsche Uniform getragen, zwei nicht verliehene Orden und drei Monokel. In dem Buch ist keine Stelle, die, selbst wenn die Vorwürfe wahr wären, damit widerlegt ist. Was weiß Mynona vom Krieg?

Es hat keinen Wert, dem Gegner nur die bösesten Motive unterzuschieben. Aber es ist gar kein Zweifel, daß Mynona auch nicht die Feder gerührt hätte, wenn das Buch Remarques in der zwanzigsten Auflage stecken geblieben wäre. Neid ...? So einfach ist das nicht, obgleich es ein bißchen seltsam anmutet, wie sich der Verleger Paul Steegemann hier an die Konjunktur anhängt. Tatsächlich muß aber Remarque vor diesem wild gewordenen Philosophen den Erfolg entgelten.

Literarische Erfolge beweisen zunächst nicht viel für den Wert eines Werkes. Überschreiten sie aber ein gewisses Maß, so zeigen sie etwas an: nämlich nicht so sehr die Qualität des Buches als den Geisteszustand einer Masse. Und es gibt – von Thomas Mann bis herunter auf die Courths-Mahler – keine unverdienten Erfolge. Das hat es niemals gegeben. Wenn ‹*Gentlemen prefer Blonds*› die englisch-sprechende Welt im Lachen durcheinander schüttelt, so ist da zweierlei: eine zweifellos vorhandene Kraft der Verfasserin und eine Denkart der Massen, die dieser Kraft in diesem Augenblick entgegenkommt. Wer wird da kläffen? Ein Neidischer wird kläffen. Bei großen literarischen Erfolgen, die man für gefährlich hält, muß man die Leser angreifen – nicht den Autor.

Es ist auch nicht richtig, daß «Ullstein dieses Buch gemacht» hat. Wer die Entstehungsgeschichte der Vorverhandlungen kennt, wird darüber lächeln. Wer nur einen Funken von Gefühl für Massenwirkung hat, wird nicht solchen Unsinn behaupten: mit Recht hat Monty Jacobs darauf hingewiesen, daß schon bei dem Vorabdruck des Romans in der ‹*Vossischen Zeitung*› ein Raunen begann – es war damals bis nach Paris deutlich zu hören. Der Vorgang ähnelt sehr jenem, der sich begab, als man ‹*Jettchen Gebert*› in Fortsetzungen las – der Erfolg war sofort da. Dieses Buch ist also von seinem Verlag nicht ‹gemacht› worden; der Verlag hat nur sehr berechtigterweise das vorhandene Echo aufgefangen, und er hat mit seinem Apparat den Erfolg geschickt unterstützt. Gemacht hat er nichts.

Gemacht hat nur Herr Mynona etwas: wohin, hat er uns ja oben selbst erzählt. Und zum Glück ist es keine Parodie geworden; sondern eine aufgeschwollene Literaturpolemik aus dem Jahre 1905.

Und wenn es etwas gibt, was noch unanständiger ist als dieses herzlich lederne Buch, dann ist es sein Verlagsprospekt. Darin ist so ziemlich alles, was gut und teuer ist fürs Geld. Daß Mynona mit Voltaire, Heine und Lichtenberg verglichen wird, nur nebenbei; billiger tun wir das heute nicht mehr. Da ist die Reverenz vor der Provinz und der Fußtritt gegen ‹Berlin› – Herr Steegemann hat lange in Hannover gelebt, und das muß ihm nicht gut bekommen sein. Da wird versprochen, die «ganze herrschende Mittelmäßigkeit höllisch zu demaskieren» – ach, täte das doch einer! Aber es ist nichts damit: die kindischen Vorwürfe gegen Remarque werden aufgezählt, aber von der Not der Soldaten und vom Schmutz, vom Leid und vom Jammer, von Tod und von Verwundung, von Roheit und Brutalität kein Wort. Remarque schreibt sich mit einem k! mit einem k! k! k! –

Unten vor dem Haus des Philosophen lag ein einsames Gebiß. Schaum haftete den Zähnen an, Zeichen von Ohnmacht und Wut. Mit dem Fuß stieß ich es beiseite. So haben wir uns den kategorischen Imperativ immer vorgestellt.

SOLL MAN DAS TUN?

Soll man seine Bücher mit Anmerkungen versehen? Mit Strichen? Mit Bravo-Ausrufungszeichen und mit Na-na-na-Fragezeichen? Soll man das –?

Schopenhauer tats. Die Bände seiner Bibliothek sind voll von herrlichen und wetterfesten Beschimpfungen, von Ergänzungen, Marginalien und fixierten Wutausbrüchen, wenn dem Herrn Buchautor etwas schief gegangen war. Auch schrieb er in viele Bände ein Generalurteil hinein ... Der also tats. Sollen wir auch –?

Manchmal juckts einen. Es ist ja nicht so übermäßig tapfer, denn der Autor ist nicht dabei, er kann sich nicht wehren, er sitzt, während du ihn beschimpfen oder Ei-ei machen willst, am Bach und angelt (wenn er klug ist), oder er schreibt grade ein neues Buch (wenn sein Verleger klug ist). Es ist also, was du da treibst, ein etwas einseitiger Sieg ...

Immerhin: es prickelt uns doch manchmal in allen Fingerspitzen, dem Herrn einen hinzumalen. Der deutsche Leser ist ein ordentlicher Leser; dreiviertel aller Kritiken werden also wohl:

WIDERSPRUCH! SIEHE SEITE 95!

heißen. Aber nichts hat so viel Unlogik in sich wie die Logik ... man sollte da wohl etwas vorsichtig verfahren ...

Der Tadelmöglichkeiten gibt es viele. Wir wollen es nun nicht so treiben wie jener hohe Herr, der «Blödsinn!» und «Quatsch!» an den Rand seiner Akten schrieb – doch macht sich das gequälte Gemüt des Lesers gern Luft in solchen Strichen – dick! zweimal! immer gib ihm! und jeder Strich heißt: «Hat man je so etwas ...!» Das ist der Herr Lehrer, der aus dem Leser spricht; eigentlich müßten solche Striche mit roter Tinte gemacht werden ...

Lange Anmerkungen schreiben die Leser von Romanen heute selten an den Rand ... für wen auch? Vielleicht für ihre Nachleser oder Nachleserinnen – für den Autor und gegen den Autor aber wohl nicht mehr. Der Respekt vor dem gedruckten Buch ist sehr geschwunden ... Und der schärfste Tadel ist wohl der, der den Autor wirklich träfe, könnte er ihn hören: «Ich habe den Kram gar nicht zu Ende gelesen!»

Und wie ist es mit dem Ei-ei? Das sieht schon anders aus.

Ich für mein Teil bin ein Unterstreicher jener Stellen, die mir zusagen. Ich nehme einen Bleistift und in wilden Lagen des menschlichen Lebens den Fingernagel und male an. Wenn ich dann das Buch noch einmal lese, dann weiß ich: «Hier ist gut ruhen – da paß auf.» Und welche Stellen loben wir?

Die, mit deren Inhalt wir uns identifizieren. Das unausgesprochene ‹Ich auch! ich auch!› ist in diesen Strichen, Punkten, kleinen Linien ... es muß hübsch sein, diesen stummen Applaus entgegenzunehmen. Schauspieler haben es gut – Schriftsteller merken nur mittelbar, was sie gekocht haben.

Die angestrichenen ‹schönen Stellen› sind wie kleine Laternen in der Nacht. Die Leserin fühlt sich von ihrem Schein getroffen, es entsteht ein Induktionsstrom, etwas klingt in ihr auf ... klingt mit ... ich auch! ich auch! Und da streicht man dann an.

Wird das Buch dadurch verunglimpft? Damit ist es so:

Es fragt sich, ob man mit dem Buch eine Liebschaft hat oder mit ihm verheiratet ist – ich wage nicht, eine dieser beiden Möglichkeiten mit dem Wort ‹nur› zu versehen ...

Ein kostbares Buch, das man liebt ... das soll man lassen stahn und nichts hineinmalen. Aber wenn man mit dem Buch zusammenlebt, jahraus, jahrein – dann darf man schon diese oder jene kleine Anmerkung anbringen. Etwa auf Seite 167, wo der Held morgens beim Zähneputzen so laut gurgelt, daß die ganze Lyrik zusammenstürzt, darf man schreiben:

genau wie Egon

und das ist dann wie ein kleines Tagebuch, wenn man diese Stelle nach Jahren noch einmal auffindet.

Merk:

Man darf Bücher vollmalen; man soll es nicht, man muß es nicht – aber man kann.

Schade, daß dies in keinem Buch steht. Ich weiß schon, was der Leser dazu schriebe.

JUSTITIA SCHWOFT!

Für Berthold Jacob

Nachts im Treppenhaus des berliner Kriminalgerichts.

Die Justitia, die tagsüber in Stein gehauen dasteht, löst sich von der Wand und tappt, mit verbundenen Augen, einige Schritte vorwärts. Im Halbdunkel leuchtet auf dem Boden ein weißer Strich. Sie geht darauf.

Die Justitia: Diese verdammte Binde –! Fort mit dem Zeug – jetzt siehts ja keiner! Ratsch – da liegt die Waage – ich weiß doch, wie gewogen wird – und – Bautsch! da das Schwert! Hol doch der Teufel diesen ganzen Betrieb! Ein netter Aufenthalt so weit – wo ist der Spiegel? (Sie spiegelt sich in einer Glastür. Ordnet ihr Haar. Legt Rot auf, Puder, Lippenstift.) Sie trällert leise vor sich hin:

Von vorne – von vorne – da ist er ganz von Horne –
von hinten – von hinten ...

Die Uhr: Bim – Bam – Bum!

Die Justitia: Hab ich mich erschrocken! Das ... das war nur die Uhr ...! Na, Uhr – wie gehts denn?

Die Uhr: Bum –

Die Justitia: Wir beide werden auch nicht jünger, wie? Na, wieviel schlägts denn jetzt bei dir, in der Republike?

Die Uhr: Bum – bim – bam – bum – bim – bam – bum – bam – baum – bim – baum – bum – bum!

Die Justitia: Dreizehn! Allerleihand! Und ich halte mich hier mit politischen Gesprächen auf! – Wo bleibt er denn? Ei, dort kommt er ja just –!

Der Staatsanwalt: (pfeift auf zwei Fingern)

Die Justitia: Ludwig! Wo bleibst du so lange!

Der Staatsanwalt: Meechen ...! (Kuß) Wo ick solange bleibe? Akten ha'ck jeschmiert ... Bolschewistensachen!

Die Justitia (an seiner Schulter): Du sorgst so nett für Kundschaft, Luichen!

Der Staatsanwalt: Allemal. Det du mir die Brieder bloß richtig behandelst! Die Feinen fein – und die Kerls, na: Reichsgericht.

Die Justitia: Luichen – mach ichs vielleicht nicht richtig? Marburg? Marloh? Frag mal in Leipzig, warum daß die Talare von meine Reichsgerichtsräte so rot sind –

Der Staatsanwalt: Dette mir den Ledebour freijesprochen hast – det kann ick da heute no nich vasseihn!

Die Justitia: Nich haun!

Der Staatsanwalt: Seh dir vor, Meechen! Treib ick dir dassu die Kundschaft zu? Watt ziehste dir aus? Zieh doch die Jungens aus! Wozu hab ick dir denn det Jeschäft lern lassn?

Die Justitia: Luichen! Wo machen wir denn heute ahmt hin?

Der Staatsanwalt: Heute nacht? Jehn wa schwofn! Ins Auditorium Maximum von de Universität! Die janzen Rektoren sind da – lauter orntliche Leute – Reserveoffiziere und so. Kannste was erben! Benimm dir!

Die Justitia: Ick wer dir schonst keine Schande machn! Ich will auch immer dein braves Mädchen sein . . . Mich sieht keiner nackt, aber ich seh sie alle. Du süßer Paragraphenlehrling!

Der Staatsanwalt: Streiker und Revoluzzer und Demokraten und Spartakisten und Unabhängige und Pennbrüder und Pazifisten und Schriftsteller und Kommunisten und all das Pack – wohin?

Die Justitia: Ins Kittchen, Luis!

Der Staatsanwalt: Und die Offiziere? Und die feinen Leute? Wohin?

Die Justitia: Raus aus die Anklagebank, Luis!

Der Staatsanwalt: Und wenn sie Republik spielen – was tun wir?

Die Justitia: Wir bleiben unserm Kaiser treu!

Der Staatsanwalt: Denn was haben wir?

Die Justitia: Wir haben die Unabhängigkeit der Justiz!

(Achtunddreißig Hühner treten auf, lachen und trippeln wieder ab.)

Der Staatsanwalt: Und die Waage?

Die Justitia: Hängt schief.

Der Staatsanwalt: Und die Binde?

Die Justitia: Hat Gucklöcher.

Der Staatsanwalt: Und das Schwert?

Die Justitia: Ist zweischneidig. Komm, Luis, gehn wir tanzen!

Der Staatsanwalt (mit Überzeugung): Du süße Sau –! (er pfeift auf zwei Fingern)

Beide: Justitia geht schwofen! – Haste so was schon gesehn! – Sie biegt sich und schmiegt sich – man läßt es geschehn! – So tief duckt kein Knecht sich – wie diese Nation – Justitia, die rächt sich – für die Revolution! – Die Deutschen, die doofen – die geben schon Ruh – Justitia geht schwofen – sie hats ja dazu –!

(Beide keß tanzend ab)

GEHEIMNISSE DES HAREMS

Ich sah im Draum e gleenes Dromedar;
das liebe Dhier war gaum e halbes Jahr.
Am Halfter fiehrts e blondes Därkenkind –
in seinen Locken seiselte der Wind ...
Ach, war das scheen –!

Sächsisch-türkisches Volkslied

Am hübschesten sind eigentlich Bücher, die gar keine sind. Die richtigen Bücher: diese Lyriksammlungen, diese Entwicklungsromane («Adolar blickte versonnen auf die letzten vierundachtzig Jahre seines Lebens»), diese expressionistisch geballten Bücher, in denen es scheinbar zackig, in Wirklichkeit aber aalglatt zugeht –: wer will denn das alles noch lesen! Ich weiß etwas viel Schöneres.

«*‹Durch türkische und ägyptische Harems›*. Erlebnisse eines deutschen Landsturmmannes, von August Mies, Landsturmmann und Kriegsteilnehmer, abkommandiert nach der Türkei zur Organisation der Viehherden des ehemaligen Kriegsministers Enver Bey.» Wir wollen uns zunächst einmal einigen: ich habe weder den Titel noch das Buch erfunden: das Werk ist im Verlag des Allgemeinen Stallschweizerbundes, Sitz Plauen i. V., wirklich erschienen. Jetzt gehts los.

«Der Kapitän eines russischen Kriegsschiffes nimmt seine Tochter Tatjana auf eine Fahrt über das Schwarze Meer mit. Das russische Schiff wird von den Türken gekapert. Der Kapitän kommt in ein Internierungslager, während die junge Dame, die Braut eines russischen Offiziers, in den Harem eines Paschas verschleppt wird. Ein deutscher Landsturmmann wird für den Viehstand Enver Beys abkommandiert. Mit seiner Herde weilt er auf einsamer Heide, als der Pascha mit seinem Harem bei ihm sein Zeltlager aufschlägt. Hier lernt der deutsche Landstürmer die Russin als solche kennen und verspricht ihr, sie zu retten und heimzubringen.»

Mit diesen einleitenden Worten erzählt der Verlag den Inhalt des Büchleins. «Der Jugend möchte der Inhalt meiner Schilderungen besser ferngehalten werden.» Kinder, rein!

Thomas Mann hat einmal von einem Bahnbeamten erzählt, er habe in einer Nacht gar kein Eisenbahnunglück erlebt, sondern den Zeitungsbericht über ein Eisenbahnunglück. So auch der Dichter August Mies, Landsturmmann und Kriegsteilnehmer. «Na, Steuermann, beruhige dich, noch vier Stunden, und wir sind im sichern Hafen. – Aber halt, siehe da, gegen Südwest, ist dies nicht eine Rauchfahne?» Beide standen wie versteinert vor Schreck, beide sahen mit ihren Fernrohren nach dieser Stelle. «Heil, Wladimir, der Dampfer hat uns gemerkt ...» So pflegen sich die Russen auf See zu unterhalten.

Was aber das Haremsleben türkischer Wüstlinge im Orient angeht, so ist selbes noch niemals mit einer solchen Bliemchenkaffeepoesie geschildert worden wie hier. Unwiderstehlich komisch, wie da orientalische Sinnenlust und preußische Organisation durcheinanderwirbeln. Es geht alles ganz ordentlich vor sich. Ein Kapitel heißt: «Wie man Eunuche wird» (wahrscheinlich eine Gebrauchsanweisung), — einer wird «Zum Obereunuchen befördert», und auch sonst ist es lebensgefährlich. «Als dieser nun sah, daß Mohammed kein Eunuche, sondern ein Mann war, nahm er seine stets bei sich tragende Pistole und schoß Mohammed auf der Stelle nieder.» Die edle Tatjana aber bleibt keusch und unberührt inmitten all des Greuels. Zwar mußte sie den wildesten Ausschweifungen zusehen, aber: «Sie zog sich Beinkleider an, wickelte sich kreuz und quer Tücher um ihren Unterleib und hielt Aspirin bereit. Wenn auch so ein hoher Herr lüstern ist, aber vor einer kranken Frau hat er Abscheu.» Tatjana wußte schon, warum sie sich so schützte, denn die Türken, das sind ja dolle Nummern! Was sehen meine entzündeten Augen —? «Entkleide dich», befahl er, welchem Verlangen dieselbe sofort nachkam. Kinder, wieder raus.

Die anstößigen Stellen des Buches sind mit erfreulicher Diskretion gemildert, die Vorgänge der wilden Sinnenlust hat der Verfasser in das geliebte Papierdeutsch übertragen, wodurch sie etwas abgeklärt Registrierendes bekommen. Einmal entschuldigt er sich geradezu.

Er hat, durch einen Eunuchen geführt, die Hakori, die Liebesnacht seines Effendis, mitangesehen. Seine Tatjana, die er aus dem Harem befreit hat, fragt ihn eifersüchtig, wo er denn nachts gewesen sei. Er sagt es ihr. «Höre auf, deiner Erzählung bedarf es nicht, du hast heute nacht dem Hakori beigewohnt.» — «Wie meinst du das, daß ich beigewohnt oder zugesehen habe?» — «Natürlich zugesehen. Ja, mein Lieber, zu diesem Treiben war ich immer schwerkrank. Einen Ekel empfinde ich, wenn ich nur daran denke, und du siehst zu?» Und nun der brave Landsturmmann: «Nicht aus Wollust, liebe Tatjana, sondern nur um das in der Heimat schwebende Dunkel etwas zu lüften!» Das kann jeder sagen. Wenn das seine Alte liest, dann glaubt sie es ihm doch nicht, und er bekommt sicherlich mit dem Besen.

Aber es sind auch allgemein gültige Betrachtungen in dem Büchlein. «Was ist ein Mensch neben einer Pyramide?» Wie wahr! Und wie erschütternd ist nicht jene Szene, in der der Vater des Eunuchen bedauert, denselben zu einem solchen gemacht zu haben und das Geschehene rückgängig machen will! Dahin, dahin! Denn das wäre das Ei des Kolumbus.

Schließlich kommt der Landsturmmann und Kriegsteilnehmer nach Odessa und liefert seine Tatjana, die frühere Haremsdame, zu Hause ab... Die Courths-Mahler steht beim Einzug ein bißchen Pate. Tatjana hatte als Haremsdame den Namen Hakara bekommen. Nun ließ sich aber die frühere Haremsdame nicht mehr Hakara titulieren. «Nein, mein Lieber, jetzt mußt du mir schon meinen früheren Namen gönnen: Fräulein Tatjana Borewitsch.» – «Aber wenn ich bloß Tatjana sage, bist du da zufrieden?» – «Aber selbstverständlich!» Mit diesem kleinen Geplänkel lief der Zug in Poltawa ein ... In Kiew ist große Hochzeit. Die Haremsdame heiratet, und der Landsturmmann bekommt viele Küsse, viele Wodkas und viele Rubel und fährt in die Heimat.

Als ich das Buch bis hierher gelesen hatte, zwinkerte ich erheblich. Was, August? du bist jahrelang mit diesem Haremsmädchen herumgezogen und willst uns nun einreden, du habest selbstlos, ohne einmal zu trinken, diesen Quell der Freude in seine Heimat transportiert? War Tatjana so keusch? Sie war es. Wenigstens dir gegenüber, August, denn am Schluß des Buches ist das Bild des Verfassers angebracht, und wenn er auch in Polen wohnt: Gott strafe mich, wenn er nicht sächselt. Er hat einen bunten Gummikragen und ein kleines Vorhemdbrettchen und einen geklebten Schlips und eine Brille und einen viereckigen Kopf. Du keusche Tatjana! «Der Verfasser ist früher jahrelang der Vorsitzende des Allgemeinen Stallschweizerbundes, Sitz Plauen, gewesen. Er besitzt umfangreiche Kenntnisse auf dem Gebiete der Rindviehzucht, und ihm unterstanden schon vor dem Kriege große Rinderbestände von weit über hundert Stück. Seine Fachkenntnisse auf diesem Gebiet waren die Ursache für die ihm gewordene in Kriegszeit als Auszeichnung geltende Abkommandierung nach der Türkei zwecks Verwaltung des dortigen großen Rindviehbestandes.» Daß der Mann nicht Reichstagspräsident geworden ist –!

Wonach also festzustellen, daß auch diesmal am deutschen Wesen die Welt genesen ist, und daß unsere Fahnen kulturell und siegreich über den Zeltharems türkischer Paschas geflattert haben. Bitte, erheben Sie sich von Ihren Sitzen und ehren Sie mit mir den Verfasser dieses aufschlußreichen Büchleins.

ES REUT DAS LOTTCHEN

«Gar nichts. Ich habe gar nichts. Ich? Nichts. Nein ...

Frag nicht so dumm – man kann ja auch mal nicht guter Laune sein, kann man doch, wie? Ich habe gar nichts.

Nichts. Ach, laß mich. Na, ich denke eben nach. Meinst du, bloß ihr Männer denkt nach? Ich denke nach. Nein, kein Geld – meine Rechnungen sind alle bezahlt. Alle! Ich habe keinen Pfennig Schulden. Was? Keinen Pfennig. Bloß die Apotheke und das Aquarium, das ich mir neulich gekauft habe, und die Schneiderin und bei Kätchen. Sonst nichts. Na ja, und die fünfzig Mark bei Vopelius. Nein, wegen dem Geld ist es auch nicht. Wegen des Geldes! Was du bloß immer mit der

Grammatik hast – die Hauptsache ist doch, daß ich Geld habe. Ich habe aber keins.

Ach, der Kerl, der ... Na, nichts. Na, dieser Kerl. Der Seemann, von dem ich dir neulich erzählt habe. Er war doch ein bißchen tätowiert wie ein Seemann und sah aus wie ein holsteinischer Bauernjunge. Nein, ich war nie in Holstein – ich denk mir das so. Was mit dem ist? Ach, laß mich.

Natürlich, doch, ja! Seemann ist er. Nein, er war nicht mehr hier. Ich dachte immer, er würde mal kommen. Wieso? Wieso! Weil er mich angepumpt hat! Wieso ist das die Höhe? Das ist gar keine Höhe! Ich pump dich doch auch manchmal an. Aber ich sag wenigstens nicht, daß ichs dir wiedergebe! Nein, nicht viel. Ist ja egal. Ach ... ich weine gar nicht. Viel nicht. Einmal fünfzig Mark und einmal achtundsechzig. Na und –?

Na und? Ich hab doch gedacht, er wär zwei Jahre auf See gefahren. Das hat er mir erzählt. Bitte, meine Freunde lügen nicht ... wenn die was erzählen, dann ist es wahr, meistens ist es sogar wahr. Die lügen eben nicht alle wie du neulich mit Micky. Hast du die Person wiedergesehn?

Er war gar nicht auf See. Auf dem Land natürlich. Ach, laß mich.

Na, er hat eben gesessen.

Anderthalb Jahre. Ich weiß nicht warum. Wo? Das ist doch egal. In Plötzensee.

Ich weiß nicht, weswegen – laß mich in Ruhe. Es hat mir einer erzählt. Da war ein Mann, der holt sich hier immer alte Kindersachen ab, die geb ich ihm, und der hat für einen Freund gebeten, den haben sie grade entlassen, und da sind wir ins Gespräch gekommen, und da hat er auf einmal den Namen von dem gesagt, von dem Seemann. Und da ist es rausgekommen. Die kannten sich alle zusammen. Anderthalb Jahre. Mir hat er gesagt, er war in Bali. Und dabei war er in Plötzensee.

Ich weiß nicht, warum – laß mich in Frieden! Darauf kommt es auch gar nicht an! Mein Geld ...? Ich war gleich auf der Kriminalpolizei. Du, da war aber so ein netter Mann, der mich da empfangen hat, den habe ich gefragt. Ich habs ihm alles erzählt. Sah sehr gut aus, der Mann – ein Kriminalrat oder so. Wie ich rausgehn will, sagt er zu mir: Frau Laßmann, sagt er, Sie haben zu schöne Augen! Das Weiße da drin: ganz blau! Hat er gesagt! Und dann war ich nochmal da, und da hat er mir Gedichte vorgelesen, der Mann macht nämlich Gedichte. Na, meinste, du machst bloß alleine Gedichte?

Sollen sie sich vielleicht vorne reimen – natürlich haben sie sich hinten gereimt! Sehr schöne Gedichte. Und er hat gesagt: Das ist ja glatter Betrug! Glatter Betrug ist das! Vorspielung falscher Tatsachen, sagt er. Und er wird da hinterhaken. Und dann hat er mir noch ein

Gedicht vorgelesen. Ob ich so zu meinem Geld komme? Daddy, ich werd dir mal was sagen:

Mein Geld will ich gar nicht wiederhaben! Der Kerl ist bei mir gestrichen. Ich, mit einem Seemann? Nie wieder. Ist das eigentlich ein höherer Beamter, ein Kriminalrat?

Und hier ist noch eine Rechnung, die kannst du auch bezahlen. Warum sagst du Ahoi? Und ich werde dir mal sagen, woher das alles kommt:

Ich habe viel zu wenig Geld, und viel zu viel Herz. Und bei dir ist es eben umgekehrt. Ahoi —!»

SCHNIPSEL

Warum lächelt die Mona Lisa
Weil sie
Hitkinsons Verdauungspastillen
eingenommen hat
und so
von ihrer lästigen Verstopfung
für immer befreit ist!
Wollen Sie
auch lächeln?
Dann . . .

Amerikanisches Inserat

Mitropa, Schlafwagen

«In einem richtigen Schlafwagen haben nicht nur die Schaffner Dienst, sondern auch die Fahrgäste.»

Deutscher Verwaltungsgrundsatz

Es unterhielten sich ein Katholik und ein Jude über religiöse Fragen.

«Eins verstehe ich nicht», sagte der Katholik. «Wie kann man als gebildeter Mensch glauben, die Juden seien durch das Rote Meer gezogen?»

«Sie mögen recht haben», sagte der Jude. «Wie kann man aber glauben, Jesus Christus sei nach dem Tode auferstanden?»

«Das ist etwas anderes», sagte der Katholik. «Das ist wahr.»

Den Deutschen muß man verstehen, um ihn zu lieben; den Franzosen muß man lieben, um ihn zu verstehen.

DEUTSCHE RICHTER VON 1940

Wir stehen hier im Vereine
in diesem Lederflaus;
wie die abgestochenen Schweine
sehn wir aus.
  Wir fechten die Kreuz und die Quere
  mit Schlag und Hieb und Stoß;
  wir schlachten uns um die Ehre –!
  Auf die Mensur!
                                        Los!

Der deutsche Geist? Hier steht er.
Wie unsere Tiefquart sitzt!
Wir machen Hackepeter,
daß die rote Suppe spritzt.
  Wir sind die Blüte der Arier
  und verachten kühl und grandios
  die verrohten Proletarier –
  Auf die Mensur!
                    Gebunden!
                                        Los!

Wir sitzen in zwanzig Jahren
mit zerhacktem Angesicht
in Würde und Talaren
über euch zu Gericht.
  Dann werden wirs euch zeigen
  in Sprechstunden und Büros ...
  ihr habt euch zu ducken, zu schweigen
  Auf die Mensur!
                    Gebunden!
                              Fertig!
                                        Los!

Wie lange, Männer und Frauen,
seht ihr euch das mit an –?
Wenn sie sich heut selber verhauen:
Euch fallen sie morgen an!
  Ihr seid das Volk und die Masse
  von der Etsch bis an den Rhein:
  soll *das* die herrschende Klasse,
  sollen *das* unsere Führer sein –?
                              Fertig! Los! Los!

AUSSPERRUNG

Hier stehn wir in dem Garten
und warten, warten, warten,
Vater kommt nicht.
Bei Krauses wird gleich geschlossen;
er ist bei den Genossen ...
Vater ist ausgesperrt.

Durchs Rheinland zieht es brausend –
sie haben Zweihunderttausend
aus den Fabriken gezerrt.
Wir stehen hier und darben;
es blühn die IG-Farben –
Vater ist ausgesperrt.

Wir sind dazu da, um später
an Stelle unserer Väter
an den gleichen Schraubstock zu gehn.
Großmutter, sag es den Kleinen:
sie sollen vor Hunger nicht weinen,
sie sollen gerade stehn –!
Mit Vater und dem ganzen Chor:
Brüder!
Zum Licht, zur Freiheit empor –!

DER STAATSHAUSHALT

Das Gehalt eines Lokomotivführers ist nicht groß – der Staat vertröstet den Mann mit der ‹Pension›, die ihm seinen Lebensabend schon versüßen werde. Diese Pension ist meist gering.

Wohlhabende Männer aber, die als Minister ein Gastspiel in der Politik geben, das sich hinterher meist als recht rentabel erweist, bekommen folgende Pensionen:

Dr. Georg Michaelis, jener Reichskanzler, der im Jahre 1917 seine vollendete Unfähigkeit erwies: 27 600 Mark jährlich.

Dr. Wilhelm Cuno, der als Beamter die Entschädigungsverhandlungen mit den großen Schiffahrtsgesellschaften zu führen hatte und der dann – wie der Zufall spielt! – der Direktor einer solchen Gesellschaft wurde; als Reichskanzler für die Inflation deshalb nicht verantwortlich, weil man ihn für nichts verantwortlich machen kann: etwa 19 000 Mark.

Gottlieb von Jagow; ganz recht, jener, der die Neugierigen warnte und später einen Hochverratsversuch machte: etwa 24 000 Mark;

Dr. Lewald, ein früherer Staatssekretär von großen, hierorts nicht bekannten Verdiensten: etwa 17 000 Mark;

von Tirpitz; der Alte im Barte; der Mann, der den Reichstag jahrelang hintergangen hat, um den Bau einer Flotte durchzudrücken, die im Kriege nichts genützt und nichts geschafft hat – also überflüssig gewesen ist: rund 25 000 Mark. (Ihrem lieben Tirpitz: die dankbare Republik.)

Nun darf man bei Betrachtung solcher Ziffern nicht vergessen:

Dieser Staat, der solche wahnwitzigen Summen – über 23 Millionen – jährlich auszahlt, ist schwer verschuldet; stand bereits einmal vor dem Nichts, belastet seine arbeitenden Steuerzahler schwer, um diese da zu mästen.

Freilich: auch diese Pensionisten arbeiten fleißig. Ein großer Teil dieser Männer ist noch recht rüstig; hat gut bezahlte Stellungen in der Industrie, die sich niemals mit ihnen befaßte, hätten sie nicht den Titel – so daß also die frühere Staatsstellung sich schon auf diesem Wege bezahlt macht: die Republik zahlt immer weiter. Sie zahlt:

den früheren deutschen Kriegsministern nach ihrer verderblichen und dem Lande schädlichen Tätigkeit noch heute pro Mann und Nase: 25 000 Mark;

sie zahlt Herrn Gustav Bauer: 11 000 Mark;

sie zahlt Herrn Hermes (Mosel): 11 000 Mark;

sie zahlt Herrn Emminger, der die deutschen Schwurgerichte vernichtet hat: 19 000 Mark;

sie zahlt – sie zahlt – sie zahlt – und sie wird immer weiter zahlen, weil sich die Bezahlten ihre Gesetze selber machen; weil die Arbeiter und die Angestellten nicht wissen, was mit ihnen getrieben wird, und weil der Staat im Leben der Heutigen das darstellt, was die Religion im Leben der Urgroßeltern gewesen ist: eine dunkle, mysteriöse, aber auf alle Fälle anzubetende Sache.

DIE FEUERWEHR

Auf der Insel Truchany gegenüber Kiew befindet sich die Reparaturwerkstatt des Dampfschiffahrtsunternehmens auf dem Dnjepr. Die freiwillige Feuerwehr der Werkstatt hatte seit Jahren nichts zu tun. Aus Besorgnis vor dem Schicksal der freiwilligen Rettungsgesellschaft zündeten sechs Feuerwehrmänner im vorigen Jahre ein Gebäude der Werkstatt an. Das Feuer wurde durch die freiwillige Feuerwehr gelöscht. Nachdem ein halbes Jahr wieder nichts geschah, zündeten dieselben sechs Mitglieder der Feuerwehr ein neues Gebäude an. Es wurden ein Mitglied der Feuerwehr, Korolski, und der Gehilfe des Brandmeisters,

Dezenke, die unmittelbaren Anstifter des Verbrechens, zum Tode verurteilt, drei weitere Angeklagte zu je zehn Jahren Freiheitsstrafe, ein anderer zu acht Jahren Freiheitsstrafe.

NIE ALLEIN

Eine Seite des Proletarierschicksals aller Länder wird niemals beschrieben – nämlich die Tragik, die darin liegt, daß der Proletarier nie allein ist. So ist sein Leben: Geboren wird er im Krankenhaus, wo viele Mütter kreißen, oder in einem Zimmer, wo ihn gleich die Familie mit ihrem Anhang, den Schlafburschen, umwimmelt; so wächst er auf, und es ist noch eine bessere Familie, wenn jeder sein eigenes Bett hat; alle aber, die so leben, leben ständig das Leben der anderen mit und sind nie allein. So ist seine Welt; sein Haus hat viele Höfe, und unzählige Familien wohnen hier, kommen und gehen, schreien und rufen, kochen und waschen, und alle hören alles, jeder nimmt am Schicksal des andern auf die empfindlichste Art teil, in der dies möglich ist: nämlich mit dem Ohr. Das Ohr des Proletariers lernt Geräuschlosigkeit nur in der Einzelhaft kennen.

Im Maschinensaal arbeitet er mit den andern; im Stollen mit der Belegschaft; am Bau mit den andern – nie ist er allein. Zu Hause nicht – nie ist er allein. Noch, wenn er stirbt, stirbt er entweder in so einem schmierigen Loch oder im Krankenhaus – und ist auch dann nicht allein.

Man sage doch nicht, daß ‹die Leute dies gewöhnt seien› – das erinnert an den Ausspruch jenes Kellners, der da beim Austernservieren sagte: «Ja, die Austern sterben sofort, wenn man die Schale öffnet. Aber sie sind das gewöhnt!» An so ein Leben, in dem man nie allein ist, gewöhnt man sich nicht; man lebt es bitter zu Ende.

Das hat gar nichts mit einem falschen Bürger-Ideal zu tun; Kollektivität und Solidarität stehen auf einem andern Blatt. Die französischen Bauern umgeben ihre Besitzungen gern mit einer hohen Mauer; deutsche Kleinsiedler haben eine immense Vorliebe für den Zaun, weil er ihnen Symbol für das Eigentum ist . . . die neue Generation in Rußland hat ein neues Lebensgefühl in die Welt gerufen und ist sich vielleicht weniger feind, als das sonst unter Menschen üblich ist. Klassengenossen sollen solidarisch sein und kollektiv arbeiten und leben, gewiß. Aber gibt es ein menschliches Wesen, das da mehr sein will als nur Arbeitsmotor, Fortpflanzungsapparat und Verdauungsmaschine, und das nicht den Wunsch hätte, einmal, nur ein einziges Mal, allein zu sein?

Hier liegen nicht nur die Körper zusammen – hier dünsten auch die Seelen aus, und weil für keine Platz genug da ist, so ziehen sie sich zusammen und werden beengt, bedrängt, manchmal klein.

Wieviel Mut, wieviel Energie gehört dazu, um unter so niedriger Decke noch zu hoffen, zu arbeiten, den Gedanken des Klassenkampfes nicht trübe verglimmen zu lassen!

Die Frau, die Kinder – auch sie nie allein.

Der Mensch von 1929 ist nicht mehr allein wie auf einer Ritterburg oder in einer Eremitenklause. Wie die Waben sitzen die Wohnungen in den Mietshäusern beieinander –

Ist der Proletarier nicht sehr stark, ist er nicht durchdrungen von dem Gedanken, für seine Klasse zu kämpfen, dann entsteht eben jene Welt: ‹Drittes Quergebäude, rechts, zweiter Hof› ... In dem ewig dunkeln Gang hängen nicht nur die Eimer an den Wänden, an diesen Wänden klebt auch zäher Klatsch, Niedrigkeit, die aus der Not kommt, diese Menschen knurren sich an, weil sie zu nah aneinanderwohnen – wie kümmerlich die Versuche, in solchen Ställen so etwas wie ein ‹Heim› aufzubauen. Das muß dem Nächsten abgerungen werden, und es wird ihm abgerungen, unter steten Kämpfen, unter Seelenqual und Bitternis. Nie sind diese Leute allein.

Lebt der deutsche Arbeiter so –?

Ein großer Teil lebt so und tut seine Arbeit und hat Sehnsucht nach einem andern Leben und quält und schindet sich und ist nie allein.

DAS PARLAMENT

Ob die Sozialisten in den Reichstag ziehn –
is ja janz ejal!
Ob der Vater Wirth will nach links entfliehn,
oder ob er kuscht wegen Disziplin –
is ja janz ejal!
Ob die Volkspartei mit den Schiele-Augen
einen hinmacht mitten ins Lokal
und den Demokraten auf die Hühneraugen ...
is ja janz ejal!
is ja janz ejal!
is ja janz ejal!

Die Plakate kleben an den Mauern –
is ja janz ejal!
mit dem Schmus für Städter und für Bauern:
«Zwölfte Stunde!» – «Soll die Schande dauern?»
Is ja janz ejal!
Kennt ihr jene, die dahinter sitzen
und die Schnüre ziehn bei jeder Wahl?

Ob im Bockbiersaal die Propagandafritzen
sich halb heiser brüllen und dabei Bäche schwitzen —:
is ja janz ejal!
is ja janz ejal!
is ja janz ejal!

Ob die Funktionäre ganz und gar verrosten —
is ja janz ejal!
Ob der schöne Rudi den Ministerposten
endlich kriegt — (das wird nicht billig kosten):
is ja janz ejal!
Dein Geschick, Deutschland, machen Industrien,
Banken und die Schiffahrtskompanien —
welch ein Bumstheater ist die Wahl!
Reg dich auf und reg dich ab im Grimme!
Wähle, wähle! Doch des Volkes Stimme
is ja janz ejal!
is ja janz ejal!
is ja janz ejal —!

DIE BELEUCHTER

«Die Hauppsache bein Theater is: nur die Ruhe nich valiern! Wat wehrn die denn ohne uns —?

Sehn Se, son Beleuchter kann nich jeda sein; det isn Beruf, der will jelernt sin. Wir missn die Lampen abmontiern und die Leitungen lejn und alles sowas — na ja, det is ja annerswo ooch ... aber sehn Se, 'n Theater — det is manchmal die reine Verricktenanstalt.

Die Schohspieler sind ja soweit nette Leute — aber wissen Se, die Leite sind ja plemplem. Mensch, wenn se denn schon komm uff de Probe, imma beleidicht sind se — wir frahren uns ofte: wat ham die bloß? Imma is wat. Mal is een die Rolle zu klein und denn wieda zu jroß, und wenn der Regissör sacht: Hier, bei die Stelle, da jehst du hier rieba — denn macht der ein Heck-Meck! Er jeht nich rieba! er bleibt hier stehn, hier uff diesen Fleck! und er jeht bein Direktor, sich beschwern ... nu sahrn Se mal: kann det den Mann denn nich janz jleich sein? Nee — es is wejn die Würkung.

Neilich, diß war'n Feez! Da hatte Otto ein jenomm, wir wahn vorher drüben bei Beetz jewesen, weil seine Olle hatte Jeburtstag, und da hatte er een ausjejehm. Is jut. Ick kucke noch so uff die Uhr, ick sahre, Kinder! sahre ich, es is hechste Eisenbahn — die fangen ja sonst drieben ohne uns an! Also wir rieba, ick seh schon imma, wie mein Otto so janz leise schaukelt, na, es war kaum zu merken ...

aber wir wußten doch Bescheid. Immahin: der Mann is ein erfahrener Fachmann, den passiert nischt, da kann er jetroste ein jenomm ham. Is jut.

Indem kommt König uff die Biehne, Paul König, Se wern ja von den Mann jeheert ham – er is sehr beriehmt, der Direktor hält jroße Sticke aufn – und an den Ahmt machte er den Hamlet. Un an die Stelle, wo det Jespenst ascheint, wir müssen da imma mächtig aufpassen, un alles stand auch richtig in de Kulissen un bei die Schalter – da heer ick pletzlich, wie Schaupieler König imma zu Otton rieba ruft: ‹Blau! Blau!› – Un Otto zeicht immer uff sich, wie wenn er meent: ‹Als wie icke –?› – ‹Blau! blau!› ruft der imma weita – und nu heerten det ooch die annern, und nun fingen wir alle an zu lachen ... Da schnappte aba Otto in. ‹Mein Sie mir?› wird er janz laut rufen – und der Inspizient macht schon: ‹Psst!› und ‹Ruhe!›, un Otto imma weita: ‹Als wie mir? Was fällt denn den ein?› un der Feierwehrmann guckt schon rieba, wat hier is ... und auf eenmal jeht König an die Kulissen und ruft – also wir dachten schon, det Publikum wird det heeren: ‹Na wollt ihr nich vielleicht in die Rampe blaues Licht geben –!› Vor Angst hat Otto denn rot jeschalt, aber es hat keener jemerkt, und wie allens jlicklich vorbei war, da ham se sich denn vasöhnt, und König hat nachher noch bei Beetz einen ausjejehm, und wie Otto is denn nach Hause jejangen ... also ... da wah a aba richtig blau –!

Sehn Se, 'n Theata ohne Beleuchter, det is wie ne Weiße ohne Schuß. Et fehlt was.»

DER KOPF IM WALDE

> Ein Neunzehnjähriger ist von der Feme ermordet worden. Der Leichnam ist im Walde verscharrt. Wildernde Hunde haben an der Stelle gegraben und den Kopf freigelegt. Der Kopf spricht:

Hinter Buckow, etwas westlich vom Alten See,
liege ich, dreißig Schritte von der Chaussee.
Meine Kleider sind schon ganz verfault und welk wie Zunder.
Bei dem hiesigen Boden ist das kein Wunder.
Hier ists moorig.
Ich kenne das recht gut.
Ich war doch hier Freiwilliger ... ich hatte einen Südwestafrikaner-Hut,
und wir hatten Abzeichen und waren national.
Wie kam das doch so auf einmal?

Ja, der Lübecke hatte aufgebracht, daß ich ein Spitzel wäre.
Das ging gegen meine Ehre,
und das war von ihm eine große Gemeinheit.
Er war bloß eifersüchtig auf meine Reinheit.
Denn er machte immer was mit Völckner hinter der Scheune.
Und eines Sommerabends, so gegen halb neune,
da faßte er mich an und wollte mit mir auch einmal.
Aber ich sagte: «Ich melde es dem Korporal —!»
Denn seit zwei Monaten war ich anständig geworden.
Ich war fast der einzige im ganzen Orden . . .
Mir war gleich so komisch . . .
    Da! — Wie sie mich wieder umkreisen:
die Ameisen! Die Ameisen!

Mir war gleich so komisch . . . Denn Lübecke wußte das von Bern . . .
(der hat damals bei Rathenau mitgemacht — mit Fischer und Kern),
und Lübecke war furchtbar mächtig in unserm Bund.
Und was er mal gesagt hatte, das tat er auch, und
da habe ich beim nächsten Appell gefehlt.
Und da hat der Lübecke sicher was Gelogenes erzählt.
Und Bröder, unser Kompanieführer, war leider nicht hier —
der war nämlich früher Offizier —
der war nicht da. Das war sehr schade.
Aber der war in Halle auf Parade.

Und da haben sie eine Übung angesetzt im Wald,
damit es nicht auffällt, wenn eine Patrone knallt.
Und da waren auf einmal vier da.
Lübecke nicht. Und sie haben kein Wort gesagt. Und sie kamen ganz nah
auf mich zu und sahen mich bloß an
und sagten: «Du bist kein deutscher Mann —!
Du bist ein Verräter —!» Und dann kam ein Schlag.
Und einer rief: «Das wird dein letzter Tag,
du Hund!» Und dann waren sie ganz stumm.
Und ich fiel hin, und sie trampelten noch auf mir herum.
Und dann weiß ich nichts mehr. Doch. Einer hat gerufen: «Was kann da sein?
Wir fallen ja doch nicht rein!»

Herrgott, ich bin mein ganzes Leben lang fromm gewesen.
Laß mich doch hier nicht ungerächt verwesen!
Laß es doch herauskommen! Sicher steckt der Lübecke dahinter.
Jetzt war schon einmal Sommer, und nun kommt Winter.

Meine Mutter weiß nicht, wo ich geblieben bin . . .
Sie lassen mich sicher suchen, in Amerika oder Tientsin.

Lieber Gott, dir kann ichs sagen:
Wos zu spät ist, weiß ichs jetzt:
Siegreich wolln wir Frankreich schlagen –
alle haben so gehetzt!
Das Hakenkreuz, Gott, ich umkrall es!
Lieber Gott, mein Rufen gellt:
Deutschland, Deutschland über alles!
Über alles in der Welt –!

BERLINER THEATER

Die Besucher einer berliner Premiere wollen Goethe, plus Dante, plus Brecht, plus Bruckner, plus Claudel; die Besucher der 50. Aufführung wollen das ‹*Dreimäderlhaus*›. Nun mach du in Berlin Theater.

DIE POSE DER KRAFT

Eine leicht verweichlichte Generation junger Leute, die nicht bis zehn boxen kann, stellt auf den Bühnen der großen Städte Kraft dar. Es gibt eine ganze Literatur solcher Stücke, in denen der Wilde Westen, die Maschinen und neuerdings auch das Proletariat dazu herhalten müssen, Vorwand für eine Schaustellung zu sein, die verlogen ist bis in ihre weichen Knochen. Welch trutzig gereckte Arme! hintenüber geworfene Köpfe! So ist die neue Zeit gar nicht. So sieht sie nicht einmal aus. So wird sie nur dargestellt.

Am schauerlichsten aber ist es, wenn die Schwächlinge in weibischer Anbetung der Kraft sich am Nationalismus hochranken und brünstig die erigierten Fahnen umarmen; das geht von den schreibenden Marineleutnants bis zu den jüngeren Autoren, ihren Namen sollt ihr nie erfahren, einer beginnt mit dem Anfangsbuchstaben Bronnen. Hei, da gehts zu!

Dieser, der da oben boxt, tut es sicherlich ethisch – ich höre die gezackten, gerafften, geballten und gesteilten Verse, die keine sind, aber sicherlich mit der Internationale schließen. Kost ja nischt.

Dann gibts welche, die boxen mehr aus sauberer Freude am Blut. Es wird ein bißchen viel geschlagen in der neueren deutschen Literatur – der Riesenerfolg so eines Schmarrens wie des Lönsschen ‹*Werwolfs*› ist auf latenten Sadismus zurückzuführen. Es hat einmal in der verblichenen Zeitschrift ‹*Der Drache*› die Geschichte eines gestanden, dem zeigte ein Stahlhelmer ein koloriertes Foto von der Erschießung Schlageters. «Wissen Sie», sagte der Held, «wenn ich sowas Racheaktjes, dann ...» er meinte, dann würde ihm sehr wohl zumute – aber ich mag das nicht hierher setzen, es ist nicht schön. Deckt aber den tiefen Zusammenhang zwischen Wollust und Blutlust auf das eindeutigste auf. Was dem einen seine Ludmilla, ist dem andern sein Einmarsch in München.

Immerhin: mit Kraft hat dergleichen nichts zu tun; es ist lediglich ihre Pose. Wilde Bautzener, die nie in Amerika gewesen sind, berauschen sich, wie ihre Papas bei Karl May, an den Cow-Boys; junge Herren, die kaum die Schreibmaschine bedienen können, haben es mit der chinesischen Revolution ... es ist gar nicht so einfach im menschlichen Leben. Man sollte dieses Getue auslachen.

Boxt! Aber geilt euch nicht an den Boxern an. Kämpft! Aber schreit nicht, daß ihr Kämpfer seid. Man wird ja vom Zuhören heiser. Und muß lachen – über die Pose der Kraft.

TREPTOW

bei Berlin hat eine Sternwarte, und die Sternwarte hat ein großes Fernrohr; die Prospekte sagen, es sei das größte der Welt, davon wird es nicht größer.

Manchmal, an lauen, staubigen Sommerabenden, wenn in der ‹Abtei› die Militärmusik randaliert und die Kellner der Bierabteilung schwitzen und die der Weinabteilung transpirieren und: – «Alauhm Se mal, das ist mein Stuhl! Fällt Ihnen denn überhaupt ein?» – «August, reg dich nicht auf – hier! setz dich da hin ...!» (vergrollend) «Frechheit – –» ja, also dann sind wir die kleinen Eisentreppen hinaufgeklettert; manchmal war es sehr voll, dann mußten wir auf den Treppchen warten, bis wir an den Mars kamen oder an den Saturn. Ja, da standen wir. Bis die Milchstraße frei war, hatte man Muße, sich im Stehen einen kleinen zu denken.

Die treptower Sternwarte ist ein winziges Arsenal der Großstadt-Metaphysik. Sehr anspruchsvoll ist sie nicht, diese Metaphysik – aber hier, so auf den kleinen Eisentreppen, ruht das Radio-Gehirn einen Momang, wenn man so bedenkt, wie hoch der Himmel, wie hoch mag eigentlich der Himmel, weißt du das Max? Nein, Max weiß das auch nicht; wenn man so bedenkt ... ja, das ist nun ganz weit weg, die wissen vielleicht gar nichts von uns, komisch ... was für ein winziges Wesen der Mensch eigentlich ist ... Sophokles ... rasch tritt der Tod den Menschen ... ach, Zimt ... immerhin, was hat der Astronom vorhin gesagt? Fünf Millionen Lichtjahre ... das sind ..., Donnerwetter ... so, jetzt sind die da vorn fertig – wollen mal sehen: ich seh ja gar nichts – doch, da:

Ah –!

Ja – wie ne Erbse! Der Mars sieht aus wie ne Erbse. Man möchte meinen, laß doch mal! – wie ne Erbse. Ja, und ganz gelb. Da, sieh mal – (noch leicht versunken) fünfhundert Millionen Lichtjahre – man ist wirklich nur ein kleiner Haufen Elend ... was spielen die da drüben? Ach, aus der ‹*Lustigen Witwe*› – ja, ja – was es alles gibt ...

Einmal, als wir da so standen und uns den religiösen Gedanken hingaben, da trippelte vor uns ein altes Mütterchen hin und her, hin und her ... Was hatte sie nur? Und schließlich faßte sie sich ein Herz und ging auf den Astronomen zu, der da oben auf dem flachen, dunkeln Dach die Planeten beaufsichtigt, und sagte:

– «Haben Sie das nicht auch gehört, daß zwei ungeheure Sonnen kommen mit ungeheurer Geschwindigkeit auf die Erde zugeflogen? Ja – ja –.» Der Astronom hatte es nicht gehört. Die Frau wandte sich für ihre beiden Sonnen hilfeflehend an die Umstehenden. Zwei so gute Sonnen ... «Haben Sie das gehört ...?» Manche lächelten spöttisch; manche waren ihrer Sache nicht ganz sicher und sahen angestrengt in den schwarzen Himmel, ob sie vielleicht dort die Sonnen sehen konnten ... Nein, da war nichts. Die doppelte Sonnenfrau zog tief beleidigt ab.

Wenn sie nun aber recht hat?

Bis die Sonnen da sind, reagieren die entlaufenen Gläubigen ihre Reste an Religion auf den Sternwarten ab, begreifen für fünfzig Pfennig Entree den Kosmos und sind, unten angekommen, wieder im Vollbesitz ihrer irdischen Menschenwürde.

DER VERKEHR

Der Verkehr ist in Deutschland zu einer nationalen Zwangsvorstellung geworden.

Zunächst sind die deutschen Städter auf ihren Verkehr *stolz.* Ich habe nie ergründen können, aus welchem Grunde. Krach auf den Straßen, Staub und viele Autos sind die Begleiterscheinung eines Städtebaues, der mit den neuen Formen nicht fertig wird – wie kann man darauf stolz sein?

Es ist wohl so, daß sich der einzelne als irgend etwas fühlen muß – der soziale Geltungsdrang, an so vielen Stellen abgestoppt, gebremst, zunichte gemacht, findet hier sein Ventil und dringt zischend ins Freie. «Was sagen Sie zu dem Verkehr bei uns –?» Da sagen wir denn also, daß er überall in Deutschland, ohne jede Ausnahme, viel kleiner ist als etwa der in Paris – die Pariser aber sind über ihre verunstalteten Boulevards todunglücklich und trauern der alten, schönen Zeit nach, da man dort noch spazieren gehen konnte ... heute bläst es aus tausend Hupen.

Es wäre viel schöner, wenn jede große deutsche Stadt ein Innenviertel hätte, in dem gearbeitet wird, und grüne Außenviertel, wo die Leute gesund wohnen. Aber da haben wir vorläufig noch alles durcheinander; in den engen Darmstraßen Kölns wohnen Leute, und die Berliner verderben sich jedes gute Wohnviertel durch ihre Faulheit, nicht ‹in die Stadt› gehen zu wollen – so gibt es überall eine trübe Mischung von Geschäfts- und Wohnvierteln, die weder das eine noch das andere sind. Viel grauslicher aber ist die Regelung dieses nicht vorhandenen Verkehrs.

Nachdem die allgemeine Wehrpflicht weggefallen war, sah sich der Deutsche nach einem Ersatz um. Die Wohnungsämter ... das war schon ganz schön, aber noch nicht das richtige. Die Sportverbände – hm. Die Reichswehr: zu klein. Da fuhren ein paar tüchtige Beamte nach Amerika und London, kamen, sahen, machten Notizen ... und der Ersatz war gefunden. Der Ersatz der allgemeinen Wehrpflicht ist die deutsche Verkehrsregelung.

Was da zusammengeregelt wird, geht auf keine Kuhhaut.

Die organisationswütigen Verwaltungsbeamten haben jeden gesunden Sinn für Maß und Ziel verloren; sieht man sich dieses Gefuchtel, Geblink, Geklingel und Gewink an, so wird einem angst und bange – vor lauter Leitern, Regelern, Organisatoren ist nur eines nicht zu sehen: der Verkehr.

Es wird zunächst viel zuviel geregelt. Wo im Ausland ein einziger Polizist still an der Ecke steht und ab und zu einen helfenden Wink gibt, steht hier der Büttel. Dem kommt es oft gar nicht darauf an, den Fahrenden oder den Gehenden wirklich zu helfen. Wie immer in Deutschland, ist hier kodifiziertes Recht; diese Regelung hat weiter keinen Wunsch und Willen, als den von ihr aufgestellten Regeln um ihrer selbst willen Geltung zu verschaffen. Es ist die Staatsautorität, die hier herumwirtschaftet.

Das zeigt sich in erster Linie an der sinnlosen Mechanisierung der Regelung. Gehst du zum Beispiel durch Berlin, so siehst du an Hunderten von Stellen Wagen halten, ohne daß ein anderer Grund dafür vorläge, als daß vor ihnen eine rote Lampe brennt, die übrigens so aufgehängt ist, daß sie der vorderste Fahrer im geschlossenen Wagen kaum sehen kann. Ganz mechanisch wird das gemacht; auf einer ‹Zentrale›, diesem Ideal aller Organisatoren, läuft ein Apparat, und vierzehn Straßenzüge sind gesperrt, große, kleine, belebte, leere – darauf kommt es gar nicht an. Es kommt auf die rote Lampe an. Da stehen nun die Wagen. Und warten. Und verlieren Zeit.

Es ist eine Qual, durch Berlin zu fahren.

Die Folgen dieser Reglerei sind denn auch katastrophal. Kommt ein Wagen an eine Straßenecke, so ist das ein ‹Problem›; die Radfahrer sitzen ab, alle Leute haben eine überspitzte Aufmerksamkeit, in ihre

Augen tritt ein seltsamer Ausdruck –: sie machen Fahrdienst. Nichts ist locker, alles ist gespannt, viel zu sehr gespannt, um nicht bei jeder kleinen Schwierigkeit zu reißen – alle machen Dienst.

Es ist so viel Freude am Befehlen in diesem Kram; die Mienen, das Betragen der meisten Polizisten, besonders in den größeren Städten, haben durchaus etwas Vorgesetztenhaftes an sich; sie kämen gar nicht auf den Gedanken, daß sie dazu da sind, den Verkehr zu glätten – sie achten auf die Durchführung von Vorschriften, die keinen andern Sinn haben, als durchgeführt zu werden. Das kommt den Leuten kaum zum Bewußtsein – so eingedrillt ist ihnen das alles. Man spürt in jeder Fiber, wie im regelnden Polizeimann eine Stimme singt: «Vor allem halte hier mal an. Und dann werden wir weiter sehen. Und so einfach weitergefahren wird auch nicht – das ist hier eine ernste Sache, und die hast du zu respektieren.» Und ob sie sie respektieren! Sie sind wirklich stolz darauf, gewissermaßen kantig zu gehorchen, es ist der alte Kommiß, der unausrottbar in ihrem Blut sitzt – ruck, zuck – und so fahren sie. Und so fahren sie, und niemand fährt so unkameradschaftlich wie sie. Von dem Martyrium alleinfahrender Damen, die nicht hübsch sind, will ich gar nicht einmal reden; das Auto ist ja in Deutschland durch die irrsinnige Steuerpolitik, durch die systematische Vernichtung der Konsumskraft noch lange nicht Sache des kleinen Mannes, wieviel Neid schwirrt um die Wagen! Wenn sie auch nicht überall, wie manchmal in Bayern, den Autofahrern Messer in die Wagen werfen: sehr freundlich werden die nicht angesehen. Aber noch unfreundlicher behandeln sie sich untereinander.

Der Deutsche fährt nicht wie andere Menschen. Er fährt, um recht zu haben. Dem Polizisten gegenüber; dem Fußgänger gegenüber, der es übrigens ebenso treibt – und vor allem dem fahrenden Nachbarn gegenüber. Rücksicht nehmen? um die entscheidende Spur nachgeben? auflockern? nett sein, weil das praktischer ist? Na, das wäre ja ... Es gibt bereits Frageecken in den großen Zeitungen, wo im vollen Ernst Situationen aus dem Straßenleben beschrieben werden, damit nun nachher wenigstens theoretisch die einzig ‹richtige Lösung gestellt› werden kann – man kann das in keine andere Sprache übersetzen. Als ob es eine solche Lösung gäbe! Als ob es nicht immer, von den paar groben Fällen abgesehen, auf die weiche Nachgiebigkeit, auf die Geschicklichkeit, auf die Geistesgegenwart ankäme, eben auf das Runde, und nicht auf das Viereckige! Aber nichts davon. Mit einer Sturheit, die geradezu von einem Kasernenhof importiert erscheint, fährt Wagen gegen Wagen, weil er das ‹Vorfahrtsrecht› hat; brüllen sich die Leute an, statt sich entgegenzukommen – sie haben ja alle so recht! Als Oberster kommt dann der Polizeimann dazu, und vor dem haben sie alle unrecht.

Die feinen Leute in Berlin sind sehr stolz darauf, daß die ‹beliebtesten›

Polizisten zu Weihnachten von den Autofahrern so viel Geschenke bekommen, wie die für arme Kinder niemals übrig hätten – wieviel Anmeierei ist darin, Untertanenhaftigkeit, Feigheit, Angst und Anerkennung der Obrigkeit; denn Ordnung muß sein, und anders können sie sich Ordnung nicht vorstellen.

Es ist keine Ordnung. Es ist organisierte Rüpelei.

Daher ihre völlige Ohnmacht, wenn sie in Paris fahren sollen, wo die Fahrer einen einzigen Strom bilden, in dem jeder falsche Individualismus völlig verschwindet, in dem es wenig Regeln, aber sehr viel Entgegenkommen gibt, sehr viel Rücksicht auf den Fußgänger, sehr viel Fluidum zwischen den Fahrenden – kurz, trotz aller Polizeivorschriften des eifrigen Herrn Chiappe, lauter Dinge, die nicht in den Lehrbüchern stehen. Wie kommt das –?

Das kommt daher, daß die Deutschen sich einbilden, man könne eine Sache zu Ende organisieren. Das kann man eben nicht. Man kann eben nicht alles kodifizieren, vorherbestimmen, ein für allemal voraussehen, alle jemals vorkommenden Lagen bedenken, sie ‹regeln› und dann keinen Einspruch mehr gelten lassen . . . so sieht die Justiz dieses Landes aus, und sie ist auch danach. Auf den Straßen aber ergibt sich das groteske Zerrbild, daß der Fußgänger der Feind des Autos ist, das er neidisch und verächtlich ignoriert – er wird es den Brüdern schon zeigen –; der Fahrer Feind des Fußgängers – wo ick fahre, da fahre ick – ums Verrecken bremst er nicht vorsichtig ab, fährt nicht um den Fußgänger herum, weil ‹der ja ausweichen kann› . . . und aller Feind ist der regelnde Mann: der Polizist.

Das Ideal dieses Verkehrs sieht so aus, daß vom Brandenburger Tor herunter alle Städte des Reichs durch einen Reichsverkehrswart geregelt werden, überall hat zu gleicher Zeit ein grünes Licht aufzuleuchten, und gehorsam und scharf anfahrend, setzen sich 63 657 Wagen in Fahrt. Das wäre ein Fest . . .

Schade, daß es nicht geht. Aber er ist auch so schon ganz hübsch, der deutsche Verkehr. Man fährt am besten um ihn herum.

«FEST SEI DER BUND!»

Gewehre rechts – Gewehre links – das Christkind in der Mitten . . . Gibt es einen greulicheren Anblick? Es gibt keinen.

Soweit man die Inschrift auf dem Altar dieser Veranstaltung lesen kann, steht da irgend etwas wie «Richtet euch immer nach Jesum Christum!» Der immerhin gesagt hat: «Du sollst nicht töten» – und wenn ein verkleideter Mordhetzer mir erzählen will, jener habe auch gesagt: «Seid untertan der Obrigkeit», so kann doch nach tausend und aber tausend Bibelstellen kein Zweifel sein, auf welcher Seite einer der mutigsten Revolutionäre gestanden hat: auf der Seite derer, die da töten, oder auf der Seite der Opfer.

Was für Gedanken unter protestantischem Himmel diese Gemeinde durchwehen mögen, was sie an diesem feierlich gebürsteten Sommersonntagvormittag wohl für ‹Weihe› halten – ich weiß es nicht. Es ist unergründlich. Es wird wohl eine vage Mischung von verblasener Metaphysik und der Freude sein, einen Zylinder zu tragen, etwas von Verdauungsstimmung zwischen Frühstück und Hunger nach dem Mittagessen. Fest sei der Bund.

Und ob der Bund fest ist –!

Alle die rührenden Versuche junger, echt gläubiger Christen, die ursprünglich sittlichen Forderungen ihrer Religion mit den unsittlichen Forderungen des Staates zu vereinen, scheitern an den geborenen Konsistorialräten, die diesen Verein beherrschen. Es gibt eine Tinktur aus Dreistigkeit und Gottvertrauen, mit der sie sämtlich am 1. August 1914 gesalbt waren. Noch am 26. Juli hatten sie keine Ahnung, was da vorging; sie wußten am 27. noch nicht, welche Verbrechen die Regierung hinter dem Rücken aller zukünftigen Frontsoldaten anzettelte; am 28. war ihnen kein Aktenstück bekannt; am 29. und 30. lasen sie gefälschte Telegramme; am 31. ließen sie die Kirchenglocken nachsehen –

und am 1. August war der liebe Gott preußisch, die Pfarrer beteten, daß sie sich Beffchen umbinden mußten, um sich nicht zu bepredigen, und ihnen allen war eine Sache heilig und gerecht, von der sie bis auf den heutigen Tag noch nicht wissen, wie sie eigentlich zustande gekommen ist. Fest sei der Bund.

Dergleichen hat so etwas Kleines, Kleinliches ... es ist nicht einmal großartig, wie es die Verbrechen der katholischen Kirche unter den Medicis gewesen sind. Die da sind wirklich das, als was sie sich bezeichnen: Kultusbeamte. Der Tod ist ihnen eine Matrikeleintragung, der Staat auf alle Fälle im Recht, die Weihe satzungsgemäß garantiert, Sonntag vormittags zwischen zehn und zwölf Uhr. Und ein Land läßt sich diese ‹Sonntagsruhe› gefallen, die keineswegs nur angeordnet ist, um die Arbeitnehmer zu schützen – sondern die auf der Fiktion beruht, alle Leute gingen sonntags in die Kirche. Was nachgewiesenermaßen weder die meisten noch die besten tun. Die andern rühren aber nicht daran und werden auf einmal fromm, wenn man von dieser Albernheit spricht, um halb zehn Kuchen verkaufen zu lassen, um halb eins auch, aber nicht um drei Viertel zwölf. Welch preußisch-exakte Frömmigkeit! Schlechtes Gewissen aber ist noch kein Glaube.

Doch statt sich um ihre Religion zu kümmern, werden nun zwei Konsistorialräte und ein Oberkonsistorialrat zusammenhocken und sich ausknobeln, ob man wegen dieses Kapitels nicht vielleicht den Staat bemühen könnte. § 166 ... Gotteslästerung ... Beschimpfung der Einrichtungen einer Landeskirche ... Na, da kommt mal an! Fest sei der Bund.

LIED DER STEINKLOPFER

Wenn jeder Stein ein Richter wär,
ein General von unserm Heer,
Herr Hilferding im Frack –:
dann rammten wir mit voller Kraft,
die Straße wäre bald geschafft –
rack –
pickepack –
tack-tack.

Daß jeder Stein und jeder Stein
so schwer geht in den Boden ein
wie allen Tag für Tag
die Lehre, daß der Arbeitsmann
nicht nur für andere schuften kann –
rack –
pickepack –
tack-tack . . .!

Wer marschiert mit Pfeifen, wer fährt laut
über die Straße, die *wir gebaut*?
Und wer ist daran schuld?
Die Ramme gepackt.
Es klopft im Takt:
Geduld.
Geduld.
Geduld.

NUR

«Es ist ein Irrtum zu glauben», habe ich neulich bei einem hochfeinen Schriftsteller gelernt, «daß die Arbeiter die Türme erbaut haben; sie haben sie nur gemauert.»

Nur – ‹nur› ist gut.

Es ist immer wieder bewundernswert, daß nicht viel mehr Türme einstürzen, Eisenbahnbrücken zusammenkrachen, Räder aus den Gleisen springen . . . auf wem ruht das alles? Auf einem Zwiefachen.

Auf dem Geist, der es ersonnen hat – und auf der unendlichen Treue, die es ausführte. Der geistige Mitarbeiter hat, manchmal wenigstens, noch mehr als eine innerliche Befriedigung von seinem Werk; er ist an den Überschüssen beteiligt, er kann sich Aktien kaufen, er hat den Ruhm, er macht seinen Namen bekannt . . . manchmal. (Obgleich die großen Konzerne es verstanden haben, auch den Ingenieur, den Erfinder, den geistigen Bastler in ein trostloses Angestelltenverhältnis hinabzudrücken – der Arbeiter überschätze ja nicht den weißen Kragen: der täuscht.) Aber was hat der Arbeiter –?

Den unzulänglichen Lohn. Wenig Befriedigung. Im allerbesten Fall das verständnisvolle Lob des Werkmeisters, der seine Leute kennt und der von Schulze IV weiß: «Der Junge ist richtig. Wo ich den hinstelle, da klappts.» Das ist denn aber auch alles.

Um so beachtlicher, mit welcher Lust, mit welcher Treue im kleinen, mit welcher ernsten Fach- und Sachkenntnis dennoch alle diese Arbeiten ausgeführt werden. Es ist natürlich in erster Reihe die Überlegung: Mache ich das hier nicht gut, fliege ich auf die Straße ... und dann –? Aber daneben ist es doch auch der Stolz des Fachmannes; die Freude an der Sache, trotz alledem, obgleich sich so viele bemühen, sie dem Arbeiter auszutreiben. Er vergißt mitunter, für wen er da eigentlich arbeitet, denn der Mensch ist schon so, daß ihn die Arbeit gefangennehmen kann, und er zieht die Schrauben an, als wären es seine eigenen, und als bekäme er es bezahlt. Er bekommt es nicht bezahlt; er bekommt nur seinen Wochenlohn.

Da hängen sie auf den Türmen, da liegen sie auf den Brücken, da lassen sie sich an Stellings herunter und pinseln auf schwanken Gerüsten – ich vergaß hinzuzufügen: nur. Sie mauern nur. Sie sorgen nur dafür, daß sich die geistige Vision des Erbauers auch verwirkliche – was ist denn das schon, nicht wahr, das kann doch jeder ... Ob es auch der feine Schriftsteller kann, der dieses ‹nur› hingeschrieben hat, das möchte ich bezweifeln. Daher ich der Meinung bin:

Der Handarbeiter ist dem Kopfarbeiter gleichzusetzen. Der eine ist unfähig, einen Turm auf dem Papier zu konstruieren, kennt nicht die heißen Nächte, wo das Werk, noch in den Wolken schwebend, nach Erfüllung ruft; der andere kann nicht jeden Morgen um fünf aufstehen, bei jedem Wetter zur Stelle sein, schwindelfrei arbeiten, seine Körperkraft drangeben ... jeder seins.

‹Nur›? – Das Überflüssigste auf der Welt ist ein kleinbürgerlicher Philosoph.

BÜRGERLICHE WOHLTÄTIGKEIT

Sieh! Da steht das Erholungsheim
einer Aktiengesellschafts-Gruppe;
morgens gibt es Haferschleim
und abends Gerstensuppe.
  Und die Arbeiter dürfen auch in den Park ...
  Gut. Das ist der Pfennig.
  Aber wo ist die Mark –?

Sie reichen euch manche Almosen hin
unter christlichen frommen Gebeten;
sie pflegen die leidende Wöchnerin,
denn sie brauchen ja die Proleten.
Sie liefern auch einen Armensarg . . .
Das ist der Pfennig. Aber wo ist die Mark –?

Die Mark ist tausend- und tausendfach
in fremde Taschen geflossen;
die Dividende hat mit viel Krach
der Aufsichtsrat beschlossen.
Für euch die Brühe. Für sie das Mark.
Für euch der Pfennig. Für sie die Mark.

Proleten!
Fallt nicht auf den Schwindel rein!
Sie schulden euch mehr als sie geben.
Sie schulden euch alles! Die Länderein,
die Bergwerke und die Wollfärberein . . .
sie schulden euch Glück und Leben.
Nimm, was du kriegst. Aber pfeif auf den Quark.
Denk an deine Klasse! Und die mach stark!
Für dich der Pfennig! Für dich die Mark!
Kämpfe –!

HEIMAT

Aber einen Trost hast du immer, eine Zuflucht, ein Wegschweifen. Selbst auf Umgebungsflachheiten stehen Bäume, Wasseraugen schimmern dich an, Horizonte sind weit, und auch durch düstere Verhängung kommt noch Feldatem.
Alfons Goldschmidt: *‹Deutschland heute›*

Nun haben wir auf vielen Seiten Nein gesagt, Nein aus Mitleid und Nein aus Liebe, Nein aus Haß und Nein aus Leidenschaft – und nun wollen wir auch einmal Ja sagen. Ja –: zu der Landschaft und zu dem Land Deutschland.

Dem Land, in dem wir geboren sind und dessen Sprache wir sprechen.

Der Staat schere sich fort, wenn wir unsere *Heimat* lieben. Warum grade sie – warum nicht eins von den andern Ländern –? Es gibt so schöne.

Ja, aber unser Herz spricht dort nicht. Und wenn es spricht, dann in einer andern Sprache — wir sagen ‹Sie› zum Boden; wir bewundern ihn, wir schätzen ihn — aber es ist nicht das.

Es besteht kein Grund, vor jedem Fleck Deutschlands in die Knie zu sinken und zu lügen: wie schön! Aber es ist da etwas allen Gegenden Gemeinsames — und für jeden von uns ist es anders. Dem einen geht das Herz auf in den Bergen, wo Feld und Wiese in die kleinen Straßen sehen, am Rand der Gebirgsseen, wo es nach Wasser und Holz und Felsen riecht, und wo man einsam sein kann; wenn da einer seine Heimat hat, dann hört er dort ihr Herz klopfen. Das ist in schlechten Büchern, in noch dümmeren Versen und in Filmen schon so verfälscht, daß man sich beinah schämt, zu sagen: man liebe seine Heimat. Wer aber weiß, was die Musik der Berge ist, wer die tönen hören kann, wer den Rhythmus einer Landschaft spürt ... nein, wer gar nichts andres spürt, als daß er zu Hause ist; daß das da sein Land ist, sein Berg, sein See, auch wenn er nicht einen Fuß des Bodens besitzt ... es gibt ein Gefühl jenseits aller Politik, und aus diesem Gefühl heraus lieben wir dieses Land. Wir lieben es, weil die Luft so durch die Gassen fließt und nicht anders, der uns gewohnten Lichtwirkung wegen — aus tausend Gründen, die man nicht aufzählen kann, die uns nicht einmal bewußt sind und die doch tief im Blut sitzen.

Wir lieben es, trotz der schrecklichen Fehler in der verlogenen und anachronistischen Architektur, um die man einen weiten Bogen schlagen muß; wir versuchen, an solchen Monstrositäten vorbeizusehen; wir lieben das Land, obgleich in den Wäldern und auf den öffentlichen Plätzen manch Konditortortenbild eines Ferschten dräut —

laß ihn dräuen, denken wir und wandern fort über die Wege der Heide, die schön ist, trotz alledem.

Manchmal ist diese Schönheit aristokratisch und nicht minder deutsch; ich vergesse nicht, daß um so ein Schloß hundert Bauern im Notstand gelebt haben, damit dieses hier gebaut werden konnte — aber es ist dennoch, dennoch schön. Dies soll hier kein Album werden, das man auf den Geburtstagstisch legt; es gibt so viele. Auch sind sie stets unvollständig — es gibt immer noch einen Fleck Deutschland, immer noch eine Ecke, noch eine Landschaft, die der Fotograf nicht mitgenommen hat ... außerdem hat jeder sein Privat-Deutschland. Meines liegt im Norden. Es fängt in Mitteldeutschland an, wo die Luft so klar über den Dächern steht, und je weiter nordwärts man kommt, desto lauter schlägt das Herz, bis man die See wittert. Die See — Wie schon Kilometer vorher jeder Pfahl, jedes Strohdach plötzlich eine tiefere Bedeutung haben ... wir stehen nur hier, sagen sie, weil gleich hinter uns das Meer liegt — für das Meer sind wir da. Windumweht steht der Busch, feiner Sand knirscht dir zwischen den Zähnen ...

Die See. Unvergeßlich die Kindheitseindrücke; unverwischbar jede Stunde, die du dort verbracht hast — und jedes Jahr wieder die Freude und das «Guten Tag!» und wenn das Mittelländische Meer noch so blau ist . . . die deutsche See. Und der Buchenwald; und das Moos, auf dem es sich weich geht, daß der Schritt nicht zu hören ist; und der kleine Weiher, mitten im Wald, auf dem die Mücken tanzen – man kann die Bäume anfassen, und wenn der Wind in ihnen saust, verstehen wir seine Sprache. Aus Scherz hat dieses Buch den Titel *‹Deutschland, Deutschland über alles›* bekommen, jenen törichten Vers eines großmäuligen Gedichts. Nein, Deutschland steht nicht über allem und ist nicht über allem – niemals. Aber *mit* allen soll es sein, unser Land. Und hier stehe das Bekenntnis, in das dieses Buch münden soll:

Ja, wir lieben dieses Land.

Und nun will ich euch mal etwas sagen:

Es ist ja nicht wahr, daß jene, die sich ‹national› nennen und nichts sind als bürgerlich-militaristisch, dieses Land und seine Sprache für sich gepachtet haben. Weder der Regierungsvertreter im Gehrock, noch der Oberstudienrat, noch die Herren und Damen des Stahlhelms allein sind Deutschland. Wir sind auch noch da.

Sie reißen den Mund auf und rufen: «Im Namen Deutschlands . . .!» Sie rufen: «Wir lieben dieses Land, nur wir lieben es.» Es ist nicht wahr.

Im Patriotismus lassen wir uns von jedem übertreffen – wir fühlen international. In der Heimatliebe von niemand – nicht einmal von jenen, auf deren Namen das Land grundbuchlich eingetragen ist. Unser ist es.

Und so widerwärtig mir jene sind, die – umgekehrte Nationalisten – nun überhaupt nichts mehr Gutes an diesem Lande lassen, kein gutes Haar, keinen Wald, keinen Himmel, keine Welle – so scharf verwahren wir uns dagegen, nun etwa ins Vaterländische umzufallen. Wir pfeifen auf die Fahnen – aber wir lieben dieses Land. Und so wie die nationalen Verbände über die Wege trommeln – mit dem gleichen Recht, mit genau demselben Recht nehmen wir, wir, die wir hier geboren sind, wir, die wir besser deutsch schreiben und sprechen als die Mehrzahl der nationalen Esel – mit genau demselben Recht nehmen wir Fluß und Wald in Beschlag, Strand und Haus, Lichtung und Wiese: es ist unser Land. Wir haben das Recht, Deutschland zu hassen – weil wir es lieben. Man hat uns zu berücksichtigen, wenn man von Deutschland spricht, uns: Kommunisten, junge Sozialisten, Pazifisten, Freiheitliebende aller Grade; man hat uns mitzudenken, wenn ‹Deutschland› gedacht wird . . . wie einfach, so zu tun, als bestehe Deutschland nur aus den nationalen Verbänden.

Deutschland ist ein gespaltenes Land. Ein Teil von ihm sind wir.

Und in allen Gegensätzen steht – unerschütterlich, ohne Fahne, ohne Leierkasten, ohne Sentimentalität und ohne gezücktes Schwert – die stille Liebe zu unserer Heimat.

INHALT

INHALT

INHALT

Kurt Tucholsky

Gesammelte Werke
10 Bände in Geschenkkassette

Kurt Tucholsky
dargestellt von Klaus-Peter Schulz (rm 31)

Schloß Gripsholm
Eine Sommergeschichte (4)

Zwischen Gestern und Morgen
Eine Auswahl (50)

Panter, Tiger & Co.
Eine Auswahl (131)

Rheinsberg
Ein Bilderbuch für Verliebte und anderes (261)

Ein Pyrenäenbuch
Bericht einer Reise (474)

Politische Briefe
Zusammengestellt von Fritz J. Raddatz (1183)

Politische Justiz
Vorwort: Franz Josef Degenhardt.
Zusammengestellt: Martin Swarzenski (1336)

Politische Texte
Herausgegeben v. Fritz J. Raddatz (1444)

Schnipsel
Aphorismen (1669)

Deutschland, Deutschland über alles
(4611)

Briefe aus dem Schweigen
1932 – 1935 Briefe an Nuuna
(5410)

ro
ro
ro

C 143/30

KURT TUCHOLSKY

GESAMMELTE WERKE

IN 10 BÄNDEN

HERAUSGEGEBEN VON

MARY GEROLD-TUCHOLSKY

FRITZ J. RADDATZ

KURT TUCHOLSKY

GESAMMELTE WERKE

BAND 8

1930

rororo

ROWOHLT

Umschlagentwurf Werner Rebhuhn

70.–119. Tausend April 1985

Veröffentlicht im Rowohlt Taschenbuch Verlag GmbH,
Reinbek bei Hamburg, September 1975

Gesamtherstellung Clausen & Bosse, Leck
Printed in Germany
ISBN 3 499 29008 1

1930

DER REISEBERICHT

Das Auto fuhr den Lago Maggiore entlang. Der Himmel war strahlend blau, für den Monat Dezember geradezu unverschämt blau; die weite Wasserfläche blitzte, die Sonne sonnte sich, und der See tat sein möglichstes, um etwas Romantik zu veranlassen — dieses fast berlinisch gewordene Gewässer, an dessen Ufern die deutschen Geschäftsleute sitzen und über die schweren Zeiten klagen. Vorbei an Locarno, wo die Hoteliers weltgeschichtliche Tafeln in die Mauern gelassen haben — wegen Konferenz; vorbei an Ascona ... eine herrliche Aussicht: oben Emil Ludwig und unten der See, ganz biographisch wird einem da zu Mute ... Brissago ... und dann weiter ... «Soll ich bis an die italienische Grenze fahren?» sagte der Fahrer. «Allemal», sagte ich in fließendem Schweizerisch. «Dürfen wir?» fragte ich. «Die Grenzer kennen mich», sagte der Fahrer; «ich drehe auf italienischem Boden gleich wieder um.» Das war tröstlich und mochte hingehen, aus vielerlei Gründen. Los.

Noch eine Biegung und noch eine ... die Bremsen knirschten, der Kies rauschte ... nun fuhr der Wagen langsamer, denn da war eine Kette über den Weg gespannt, eine dicke, schwarze Kette ... ein italienischer Soldat hielt sie und senkte sie, der Wagen fuhr darüber hinweg — und nun war ich, zum ersten Male in meinem Leben, in Italien. Zehn Meter rollte der Wagen noch, am Haus der Zollwache vorbei — dann erweiterte sich der Weg zu einem kleinen Rondell, der Fahrer drehte ... Da lag der See. Weit und breit waren nur drei Menschen zu sehen: an der Kette der Soldat; am Ufer schritt ein Bersagliere, er trug ein düsteres Gesicht im Gesicht sowie einen kleinen, dunkeln Bart, den Mantel hatte er vorschriftsmäßig-malerisch um die Schultern geschlagen, er sah aus wie ein Opernstatist. Gleich würde er den Arm hochheben und mitsingen:

Den Fürsten befreit —
Den Fürsten befreit —
Den Fürsten befrei—hei—heit!

Nichts. Er schritt fürbaß. Das dritte menschliche Wesen war ein Knabe; der saß oben auf einem Baum und baumelte mit den Beinen. Am Ufer lag ein alter Stiefel. Der Fahrer drehte und schlug mit dem Wagen einen gewaltigen Reif, dann fuhr er knirschend über die immer noch gesenkte Kette, zurück in die Schweiz; einen Augenblick lang sah ich dem Soldaten in die Augen, es war ein blonder Mann, seine Lippen bewegten sich unhörbar und leise, er grüßte ... Ich war in Italien gewesen. Das Ganze hatte eine einzige Minute gedauert — ich war in Italien gewesen.

Weil ich jedoch weiß, was ich meinem Beruf schuldig bin, und weil ich die Reisebeschreibungen meiner Kollegen hübsch der Reihe nach gelesen habe, und weil es sich überhaupt so gehört, so folge hier der

Bericht von einer italienischen Reise

An einem strahlenden Dezembertage fährt man aus Italien wieder heraus. Zum wievielten Male? Erinnerungen steigen in einem auf ... Teresita ... Traviata ... Pebecca ..., und dann damit die kleine Schwarze in Verona, bei der man – lange vor den Faschisten – ein nahezu schwarzes Hemd festgestellt hatte ... lassen wir das. Man denkt an Genua, wo einem der portugiesische Ministerpräsident die Hand gedrückt und die prophetischen Worte gesprochen hatte: «Interessanten Tagen sehen wir entgegen!» Die Wirkungen des faschistischen Regimes sind in Italien nicht zu verkennen.

(a. Für Hugenberg-Blätter): Der ‹Schmied Roms› hat keine halbe Arbeit geleistet. Seine vielleicht nicht immer starke Gesundheit hat alles überwunden: die Angriffe seiner Gegner, die Angriffe der italienischen Emigranten, ja, sogar eine deutschnationale Lebensbeschreibung hat ihm nichts anhaben können. Die Herrschaft Mussolinis steht, wie ein geübtes Auge sogleich festzustellen in der Lage ist, verhältnismäßig felsenfest. Sein Werk ist in allem und jedem erkennbar:

Stolz die Bevölkerung und mannhaft; schlicht die Kleidung und fest das Auge, ernst die Bärte und wacker der Schritt. Die Ketten, mit denen dieser Mann die destruktiven Elemente Italiens gebunden hat, liegen am Boden – man fühlt sie, aber man sieht sie kaum. Das weibliche Element ist auf den Straßen wenig vertreten – züchtig wirkt das italienische Mädchen, emsig schafft die italienische Frau im Innern des Hauses; die Jungfrau betreut ihre Kinder, die Mutter wartet auf einen Mann, der sie beglücke ..., ein echtes und reines Familienleben ist überall bemerkbar.

Kinder werden in Italien auf Bäumen großgezogen.

Stolz trägt der Soldat seine Waffen; die Waffe ist stolz auf den Soldaten, der Soldat ist stolz auf seine Waffe, und überhaupt sind alle – besonders vormittags – sehr stolz. Schon die Art, wie die italienischen Seen an die Ufer schlagen, berührt den deutschen Reisenden heimisch; Welle auf Welle rollt zierlich heran, ordnungsgemäß eine nach der andern, nicht alle zugleich – in keiner Republik wogt so der See, dazu bedarf es einer festen, einer diktatorischen Herrschaft. Handel und Wandel sind gesund, besonders der Wandel – an manchen Stellen steht die gesamte Bevölkerung unter Waffen. Was auffällt, ist das Vorkommen alter Stiefel an Seeufern. Italien aber ist ein Volk der Männer geworden, ein Hort des freien Mannes! Es lebe Italien!

(b. Für radikale Blätter): Das erste, was der Reisende in Italien

erblickt, ist das Symbol dieses Landes: Die Kette. Ketten an den Grenzen und Ketten um die Gehirne, alle Taschenuhren liegen gleichfalls an der Kette ... Versklavt ist dieses Italien und unfrei. Mürrisch tun die Soldaten ihren Dienst; geht man nah an ihnen vorbei, so hört man sie mit den Zähnen knirschen; kommt so eine Knirschung zur Kenntnis der Behörden, so wird der Betreffende eingesperrt, und zur Strafe muß er manch schwere Arbeit leisten. So hat neulich ein geknirscht habender Universitätsprofessor im Arrest die Frage vorgelegt bekommen: «Wie vereinbaren die deutschen Nationalisten ihre Lobeshymnen auf Mussolini mit seiner Politik in Südtirol?» Woraufhin der Professor dem Wahnsinn verfiel, in dem er heute noch weilt.

Das ganze Land steht unter Waffen. Zivilisten sieht man überhaupt nicht. Die Soldaten haben alle zu enge Stiefel an und sehen daher recht unglücklich aus; an manchen Stellen ist die Landstraße mit Stiefeln besät. Einen Soldaten sah ich, der war an eine lange Kette geschmiedet, die ihm drei Meter nachschleifte. Oben auf den Bäumen fristet die Jugend des Landes ihr kärgliches Leben; dorthin sind viele Knaben vor dem Terror geflohen. Auf den Häusern hingegen lasten schwere Hypotheken. Mussolini selbst ist gänzlich unsichtbar. Wahrscheinlich verbirgt sich dieser feige Tyrann hinter dem Wall seiner bewaffneten Soldateska: ich zum Beispiel habe ihn nicht ein einziges Mal zu sehen bekommen, ein Symptom seiner Herrschaft. Italien ist ein Land der Sklaverei geworden; sogar das Schilf am Seeufer rauscht nicht, wie in freien Ländern – es flüstert nur. Nieder mit Italien!

(c. Für alle Blätter): Die rein menschliche Einstellung der Italiener ist irgendwie sofort erkennbar. Rein kulturpolitisch-geographisch ist die italienische Mentalität typisch südlich: der Staat verhält sich dort zur Kirche wie die Einsteinsche Relativitätsphilosophie zur Kunstauffassung der zweiten chinesischen Kung-Periode und etwa noch wie die Gotik des frühen Mittelalters zu den Fratellinis. Ein Symptom, das dem geschulten Reisenden sogleich in allen Straßen auffällt.

Berückend der menschliche Zauber der Landschaft, die man durchfährt: Pinien gaukeln im Morgensonnenscheine, Zypressen säuseln, Schmetterlinge ziehen fröhlich pfeifend ihre Bahn, die fein geschwungenen Nasen der Kinder laufen mit diesen um die Wette, und wenn es regnet, so fühlt auch der Wanderer aus dem Norden: so kann es nur im sonnigen Italien regnen! Angemerkt mag werden, daß Neapel-Reisenden empfohlen sei, auf der Strecke Brissago-Pallanza nicht in Kottbus umzusteigen, was die Ankunftszeit beträchtlich verzögert.

Mein seliger Schwippschwager hat immer zu mir gesagt: «Peter», hat er gesagt, «Reisen bildet. Sieh dich überall um, wohin du auch kommst, beobachte aufmerksam und berichte uns des öfteren aus den fernen Ländern.»

Was hiermit geschehen sei.

NARKOSE DURCH BÜCHER

«Und wenn alles aus ist ...»

Es ist niemals alles aus. Alles geht weiter – eine sehr schmerzliche Erfahrung, die man erst ziemlich spät lernt. Alles geht weiter. Was aber, wenn es doch weiter geht, und man denkt, alles sei aus ... was dann?

Manche betrinken sich. Es steht einer Dame nicht wohl an, sich zu betrinken – wir sind doch hier nicht in Amerika. Nun, also dann: eine neue Liebe? Nie wieder Liebe –! In den Romanen der neunziger Jahre vergaßen die Heldinnen im «Strudel des rauschenden und eleganten Vergnügungslebens» ihren Kummer – aber wo strudelt es denn heute schon und noch? Dann gibt es also nur ein Mittel, nein zwei.

Das eine ist: Narkose durch Bücher. Durch welche Bücher kann man das Leid betäuben? Das kommt auf die zu Betäubende an.

Ist es eine sehr kluge, eine sehr gebildete, eine sehr intellektuell trainierte Dame, dann mag es wohl sein, daß sie zu den Klassikern greift – zu deutschen oder zu französischen oder zu englischen; in diesen Büchern steht gewöhnlich immer ein Teil mehr, als man bei der ersten Lektüre herausgelesen hat. Man kann zum Beispiel in den Swift auch viel hineinlesen; das kann man nicht bei jedem Buch ... Aber das ist noch nicht das Richtige.

Das Richtige ist: das intensive Buch.

Das Buch, dessen Autor dem Leser sofort ein Lasso um den Hals wirft, ihn zerrt, zerrt und nicht mehr losläßt – bis zum Ende nicht, bis zur Seite 354. Lies oder stirb! Dann liest man lieber. (Musterbeispiel dieser Gattung nicht etwa Wallace, der es ja nunmehr schon etwas reichlich grob treibt, womit nicht gesagt sein soll, daß er es nicht immer so getrieben habe.) – Musterbeispiel: *‹Prinzgemahl›* von Philip MacDonald. Davon gibt es natürlich viele hundert Beispiele. Betäubt dergleichen –?

Ja, es betäubt; diese Gattung Literatur betäubt. So, wie es gegen Kopfschmerzen ein wirkliches Universalmittel gibt: nämlich starke Zahnschmerzen –: so wird bei der Lektüre dieser modernen Märchenbücher nur ein kleines Feld im Gehirn angestrengt, der Rest ist gelähmt, er ruht ... die Sache mit Martin wagt sich nicht hervor ... für den Augenblick ist sie nicht da ...

Der Autor schleppt die Liebeskranke (gibts!) durch die Dschungel und durch die Unterwelten der großen Städte; es knallt und es brennt; die Heldin stürzt mit rutschendem Büstenhalter aus dem 44. Stockwerk, und unten wartet der Befreier, weiter! weiter! Die Leidende liest weiter.

Sie liest, wenn sie allein ist, bei Tisch, zum Kaffee und den ganzen Nachmittag lang – und wenn sie noch so ein Buch hat, auch noch an diesen langen Abenden, die schlaflose Nacht werden wollen, die Stunden wollen nicht enden, der Schlaf kommt nicht ... Er braucht nicht zu kommen. «Mit einem einzigen Blick übersah Jack die Situation. Er ergriff den Konservenbüchsenöffner, der auf dem Tisch lag, und stürzte sich auf den Chinesen ...»

Faul wird die Sache nur dann, wenn in diesem Rumor plötzlich ein Kerl auftaucht, der zufällig Martin heißt. Martin ...

Dann läßt sie das Buch sinken, und der ganze Kram ist wieder da. Hat er sich nicht gemein benommen? Er hat sich gemein benommen. Hätte ich mich anders benehmen können? Ich hätte mich nicht anders benehmen können! Hätte ich ihm den Brief ... hätte er mir den Brief ... hätten wir uns die Briefe ... äh!

Einer, der Martin heißt, darf also nicht vorkommen. Aber sonst sind diese Bücher bunte Oasen, in die die Leserin aus der Wüstenei flieht, wo man sie so grimmig enttäuscht hat ...

Und es muß nicht immer unglückliche Liebe sein (gibts!). Da ist die Rekonvaleszenz: die süße Mattigkeit, die Zeit, in der sie alle gut zu einem sind und so leise und so rücksichtsvoll ... ach, daß sie ewig grünen bliebe, die schöne Zeit ...! Da sind dann mildere Bücher am Platze – aber gut geschrieben müssen sie sein und sanft und hinreißend (Musterbeispiel: Raucat *‹Die ehrenwerte Landpartie›*, bei Erich Reiß erschienen). Glatt wie Öl geht dir das ein, die Seiten wenden sich so lind um, die Erzählung fließt sanft dahin, unaufhaltsam, man muß nicht alles so genau verstehen, lesen genügt auch ... die Zeit vergeht ... die Krankheit entweicht ... die Gesundheit wächst langsam ... Kummer und Elend liegen grollend in der Ecke, niemand kümmert sich um sie, und das bekommt ihnen schlecht; denn das Unglück ist eine eitle Frau und will hofiert sein. Beachtet man es nicht, dann stirbt es.

Wer wird denn Kokain schnupfen, dieses Stimulans unserer Großmütter aus der Inflation! Bücher sind auch sehr schön. Aber es müssen die richtigen Bücher sein. Und so ist es denn das Beste, wenn die Dame den Herrn Martin gleich zu Beginn ihrer Beziehungen fragt: «Sag mal – was rätst du mir zu lesen, wenn wir uns gezankt haben?» Wenn er so nett ist, sagt ers. Das wäre das eine Mittel, um den Kummer zu vergessen.

Es gibt aber noch ein zweites.

Arbeit ist auch nicht schlecht.

100 %

Haben Sie einmal einen alten deutschen Almanach gelesen –? Sie sollten das nicht versäumen. Es ist sehr lehrreich.

Nach bereits vier Seiten werden Sie merken ... ja: deutsch ist es.

Aber ... es ist ein andres Deutsch, ein uns fremdes Deutsch, und woran liegt das?

Das liegt nicht nur am Satzbau und an den Modewörtern, es liegt vor allem an den Bildern, die die Sprache gebraucht. Denken Sie nur an die Bilder der Romantik, wo es eine Zeitlang Mode war, Eigenschaften des Ganzen auf einen Teil zu übertragen: «er hatte gutmütige Schultern und einen witzigen Hut» ... So hat jede Zeit ihre Moden gehabt. Gute Schriftsteller vermeiden Modewörter, wo sie nur können. Woran man Modewörter erkennt? Man erkennt sie nicht; man muß das fühlen. Ich will Ihnen ein besonders dümmliches vorstellen – da oben steht es und heißt

hundertprozentig.

Es muß eine Schicht der schlimmsten Halbbildung gewesen sein, die das aufgebracht haben, ganz recht: Amerika. Denn das kaufmännische Bilder in die Sprache dringen, ist etwas Verständliches – früher war es die Bibel und der Handwerker, die der Sprache Farbe gegeben haben, heute ist es der Kaufmann. Soweit gut. Aber es wird ein bißchen viel mit Prozenten nachgerechnet, auch in Sparten, wo dergleichen gar nichts besagt. Die Sprache ist nach folgenden Regeln verdorben worden:

Wenn einer sagen will, die Hälfte, dann sagt er: «Fünfzig Prozent». Er meint, das sei gebildeter. Wegen des Fremdworts und überhaupt ... Wenn er aber sagen will, die Mehrzahl, dann sagt er: «Achtzig Prozent» oder «Fünfundsiebzig Prozent», je nach dem Wetter und je nach dem Gefühl. Es hört sich mächtig exakt und sehr genau an, ist es aber gar nicht; denn eine Statistik liegt dieser Angabe nicht zu Grunde, der Sprecher hat sich auch weiter nichts dabei gedacht ... er hat das so hingesagt. Es ist, wie wenn einer von der Küchenwaage Milligramm abliest.

Wenn aber einer sagen will: ‹alle›, ‹ganz und gar›, ‹vollständig›, dann sagt er das nicht. Wie man ja überhaupt einen schlechten Stilisten immer daran erkennt, daß er nicht einfach das sagt, was er meint, sondern, daß er es auf albernen Umwegen sagt. Wenn einer sagen will: ‹Alle› – dann sagt er: ‹Hundertprozentig›, und dann hat er aber was gesagt! Da zittert ja die Watte in den Schultern!

Wenn ich nicht irre, sind es die Filmleute gewesen, die mit dem schrecklichen Untertitel:

Ein hundertprozentiger Tonfilm

die Ausbreitung dieser Stilkrankheit wesentlich gefördert haben. Diese Einbeziehung des Handels in die Kunst ist ja manchmal nicht ganz unangebracht, aber daß nun alles, aber auch alles ‹hundertprozentig› sein soll, das ist bitter. Man soll gewiß eine lebende Sprache nicht mit dem Metermaß schulmeistern wollen, das ist schon richtig – aber dieses törichte und häßliche Wort wird stumpfsinnig und gedankenlos nachgeplappert. Trägt Liebe Zinsen? Sie muß doch wohl – denn es gibt da hundertprozentige Liebesheiraten. Und einer ist ein ‹hundertprozentiger Mann›, wobei noch nicht einmal an die Rücklagen gedacht ist und nicht an die Inneneinrichtung, die mit einer Mark abgeschrieben zu Buch steht, und wenn Herr Klarierer von der Sofa-Film, ein hundertprozentiger Fachmann, sein hundertprozentiges Ehrenwort gibt, daß achtzig Prozent aller Filme, die er herstellt, hundertprozentig volle Häuser machen, weil sich das Publikum zu sechzig Prozent aus Rheinweintrinkern zusammensetzt und hundertprozentig begeistert ist, so kann man diesem Ehrenwort etwa zu 0,4 Prozent Glauben schenken.

Bei einer Ehe zwischen einem Weißen und einer Schwarzen schlägt das schwarze Blut immer durch.

Bei dem Kampf um die Sprachreinheit unterliegt fast immer der, der die Sprache sauber halten will, und das Verschmierte, das Laute, das Halb- und Falsch-Gebildete setzt sich durch. Und es setzt sich nur durch, weil sich die meisten Leute nicht klar sind über das, was sie schreiben, und nur sehr wenige über das, was sie sprechen. Körperliche Reinlichkeit ist zu allen Zeiten dieselbe gewesen – nur die Formen, unter denen sie erreicht wird, wechseln. Man braucht gewiß nicht zu altertümeln – aber man spreche reinlich und schreibe reinlich.

Modewörter ...? Meine Einstellung ist rein menschlich irgendwie die, daß das Wort ‹hundertprozentig› eine hundertundeinprozentige Sprachdummheit ist.

TITELMODEN

Früher, als ich meiner Mama die ersten Leihbibliotheksbände aus dem Schrank stibitzte, las ich zuerst immer den Titel – und dann wunderte ich mich. Warum hieß wohl dieses Buch *‹Herbststürme›*? Auf der ersten Seite stand etwas vom Frühling ... Und jedesmal, bei jedem Buch, dachte ich: Wirst du auch verstehen, warum, warum dieses Werk nun grade so heißt, wie es heißt? Manchmal verstand ich es nicht, denn der Titel war das, was Wilhelm Bendow früher zu sagen pflegte, wenn er eine besonders gesalzene Sache gesagt hatte: «Symbolisch».

Wie heißen Bücher –? Kleine Kinder heißen Emma oder Horst, Lydia oder Lottchen ... woher die Leute nur immer wissen, wie die Kinder heißen ... aber wie heißen Bücher, und warum heißen sie so –?

Thomas Mann ist es gewesen, der, wenn ich nicht irre, einmal gesagt hat, der anständigste Titel sei noch immer ein Eigenname. Dann heißt das Buch nach der Hauptperson seiner Handlung wie ein Mensch – und den symbolischen Gehalt darf sich der Leser selbst heraussuchen.

Büchertitel sind der Mode unterworfen, wie alles andre auch.

In grauer Vorzeit hießen Bücher etwa: ‹*Von der grausamen Türken-Schlacht / so bei Konstantinopul in diesem Jahre stattgeffunden / und mehr denn dreihunderttausend Menschen erschröcklich umgekommen / Gettrukkt in diesem Jahre /*›. Aber solch ein Buch brauchte man nicht telefonisch zu bestellen.

Ferne sei es von mir, die Damen mit einer Doktorarbeit zu langweilen: ‹*Zur Geschichte des deutschen Büchertitels von Karl dem Großen bis auf die Gegenwart*›, denn so heißen wieder nur Doktorarbeiten. Aber wenn man in der Zeit zurückblättert . . .

Bei den Klassikern und ihren Epigonen des neunzehnten Jahrhunderts hießen die Bücher: ‹*Lucinde*› oder ‹*Wilhelm Meister*›, ‹*Des Knaben Wunderhorn*› oder ‹*Die Räuber*›. Sie trugen also Eigennamen oder eine Etikettenbezeichnung, auf der genau zu lesen war, was den Leser erwartete. Er wußte, was in der Flasche drin war. Das änderte sich.

Es änderte sich, als das Buch in den scharfen Konkurrenzkampf seiner Mitbücher trat. Der Titel war nun mehr als nur Etikettenaufschrift: er sollte anlocken, neugierig machen, das Buch aus den Bücherballen der Saison herausheben. Die Titelmode wurde bewegter und bunter.

Das begann, um von den letzten deutschen Jahrzehnten zu sprechen, damit, daß die Eigennamen in den Titeln einen Artikel bekamen. ‹*Das Tagebuch der Susanne Oevelgönne*›. – ‹*Der Weg des Thomas Truck*›, und so fort und so fort. Die Figur wurde damit deutlicher bezeichnet, sie wurde herausgehoben, es war nicht mehr irgendeine Regina, sondern diese Regina, einmalig und nie wiederkehrend. Diese Mode hatte von Anfang an etwas Pretiöses und verfiel rasch, wie alle solche Moden, und da, nach einem Worte Rodas, nicht nur Kleider, sondern auch geistige Moden im Hinterhause aufgetragen werden, so findet man solche ‹Dies› und solche ‹Ders› heute nur noch bei schlechten und murksigen Romanen aus vierter Hand.

Neben solchen Moden lief natürlich stets die Schar der Bücher, die eine ganz brave und sachliche Bezeichnung trugen: ‹*Der Pfefferhandel in Nord-Guayana*› oder: ‹*Das Schiffereiwesen in Tibet*› und so. Die Mode der Titel aber wandelte sich.

Einen gewaltigen Einschnitt gab es, als einer, nein: eine, darauf verfiel, daß man ja als Titel auch einen halben Satz nehmen könnte. Dieses Buch, dessen Titel heute noch herumspukt, hieß: ‹*Briefe, die ihn nicht erreichten*›. Was dieser Titel angerichtet hat, das ist nicht zu blasen.

‹*Frauen, die den Kranz verloren . . .*› – ‹*Winzer, die im Herbste winzen*› – (Hans Reimann: ‹*Männer, die im Keller husten*›) – ‹*Wollwesten, wie wir sie lieben*› . . . ein Meer von Relativsätzen ergoß sich über den Leser. Kompliziert noch durch die drei Punkte, die man ehedem überall setzte, damals, als die ‹Skizzen› in den Tageszeitungen keinen Eigennamen enthielten, sondern so anfingen: «Er sah trübe auf seine ungereinigten Fingernägel und dachte sich sein Teil ...» – in dieser Dreipunkte-Zeit hatten auch die Titel drei Punkte. «Mädchen, die ...» – «Büßer ...» – «Sünde ...?» Und was der Mensch so braucht.

Bis auch dieses eines Tages nicht mehr genügte.

Die neue Entwicklung begann damit, daß die Titel lockender wurden. Der ausgezeichnete Titel *‹Mit Blitzlicht und Büchse durch Afrika›* ist gradezu ein Musterbeispiel geworden, und ausnahmsweise ein gutes. Es knallte aber noch nicht genug – und da kam ein ganz Findiger auf den Gedanken: Ein Titel? Ein Titel kann auch ein ganzer Satz ein. Und nun ging es los.

‹Finden Sie, daß Juckenack sich richtig verhält?› – *‹Wer weint um Constanze?›* – *‹Blonde Frauen sehn dich an›* – *‹Gentlemen prefer beasts›* – die Titel wurden immer lauter, immer frecher, immer schreiender, immer lyrischer ... Hierzu Alfred Polgar: «Ich liebe es nicht, wenn man auf dem Menü Proben der Gerichte sieht.» Da ungefähr halten wir.

Der Rückschlag ist schon spürbar.

Über ein kleines, und die ruhigeren Titel werden wieder modern werden; die lauten, krachenden werden dann wieder nach unten versickern. Noch heißen viele Bücher: *‹Ich stehe Kopf – was tun Sie?›*, aber das wird sich legen. Die großen Schriftsteller haben übrigens diese Mode niemals mitgemacht, und das ist gut so. Literatur ist keine Würfelbude.

Moden, Moden. Einmal trug man «... als Erzieher»; einmal: «Goethe und ...»; einmal lange Titel und lange Kleider, einmal kurze Kleider und kurze Titel. Das Tagesbuch, das es so gut gibt wie die Tageszeitung, unterliegt der Titelmode; das gute Buch unterliegt dem Zeitgeist, und bei dem großen Kunstwerk ist der Titel Hekuba.

O DU MEIN ÖSTERREICH –!

Wie mußt du es machen?
So mußt du es machen:

Jahrelang die Bauern aufhetzen,
jahrelang auf Straßen und Plätzen
Wien verfluchen – «Die rote Gefahr!»
und kein Wort davon, wer es eigentlich war,
der Österreich in den Kriegstaumel riß ...
kein Wort von den Göttern der Finsternis ...
Teuerung ... Kirchenglocken ... Tumult ...
«Wien! das marxistische Wien ist schuld!»

Wie mußt du es machen?
So mußt du es machen:

Den Proleten langsam den Weg verrammeln,
alle die Jahre Waffen ansammeln;
Heimwehr? An Schloßkaminen geboren;
Kulaken, die ihren Krieg verloren ...
von deutschen Faschisten unterstützt,
von Pfaffen getrieben und ausgenützt ...
Gegen den wiener Wasserkopf
erhebt sich ein tiroler Kropf.
Aus dunkeln Quellen fließt Geld – das wirds schaffen ...
Übungen ... Märsche ... und Waffen und Waffen ...

Wie mußt du das machen?
So mußt du das machen.

Die Verfassung auf den Müll!
Marsch auf Wien! Auf sie mit Gebrüll!
Heimwehrdrohungen ohne Zahl –
aber immer legal, immer legal.
Schlagt die Juden tot! Österreich ist arisch!
aber immer gesetzlich-parlamentarisch.
Vorn ernste Verhandlungen mit Seipel a. D. –
und im Hintergrund eine weiße Armee.
So kann man dem Arbeiter alles rauben.

Das sollten sich mal die Roten erlauben!
Drohung? Mit Waffen? Ein Heimarbeitsbund?
Europa brüllte den Hals sich wund.
Revolutionen erleben wir rings
von rechts – mit dem Vokabular von links.
Und so sind die faschistisch verkleideten Massen
Nachtportiers der besitzenden Klassen.
Arm soll verrecken – aber reich bleibt reich.
O du mein ...
o du mein Österreich –!

PRO

Wenn einer so oft den Contra-Baß streicht, muß er auch einmal ...

Ob das seine wirtschaftlichen Ursachen hat oder ob bei den Zöllnern einer sitzt, der den Beamten Manieren beigebracht hat, die sie vor dem

Kriege nicht gehabt haben —: der deutsche Zoll ist für die Eisenbahnreisenden im allgemeinen keine Peinlichkeit mehr. Die Einrichtung ist beschämend für Europa, aber das ist eine andre Sache.

Ich bin nun in den letzten Jahren von allen möglichen Seiten nach Deutschland hineingekommen: an keiner Stelle bin ich auf einen unfreundlichen, an keiner Stelle auf einen übereifrigen Zollbeamten gestoßen. Die Beamten prüfen oder prüfen nicht, sie bleiben ruhig und nett, sprechen, wenn es eine Schwierigkeit gibt, gar nicht beamtisch sondern so, wie es unter gesitteten Leuten üblich ist —: hier ist ein Wunder, glaubet nur. Die Sache sieht wahrscheinlich mehr nach Kinderstube aus, wenn man in Berlin auf den großen Zollämtern ein Paket Schokolade verzollen muß ... aber auf den Eisenbahnstationen geht es im großen ganzen recht friedlich zu. Wobei zu bemerken, daß ich keine Frau bin, also am Schmuggeln keine Freude habe ...

Das läuft nicht überall so glimpflich ab. In Jeumont, an der französischen Grenze, jagen sie Flöhe oder Kokain, genau habe ich diese Kaisermanöver nie begriffen. Und an den italienischen Stationen ist eine nationalsozialistische Aufregung permanent — da ist der Fremde zunächst einmal Schmuggler, Hochverräter, böser Feind ... allwelche Inquisition zum Glück abschwächend auf den italienischen Fremdenverkehr gewirkt hat. Die deutschen Zollbeamten sind demgegenüber Lichtblicke in der europäischen Nacht des Zollwahnsinns.

Man soll nichts berufen ... Ihr Götter ... bleibt mir auch fürder gnädig! Denn nun wird ja wohl an der nächsten Grenzstation einer geloffen kommen und es alles durchwühlen und sprechen: «Halt! Was ist das! Ein Sprungseil? Sind Sie Berufsboxer? Trainieren Sie? Nein? Dann ist das Sprungseil laut Kapitel VII, Ziffer V, Abschnitt 3, Buchstabe pi zollpflichtig und Sie auch und der Koffer auch! Kommen Sie mal da mit rein, wir werden ein Protokoll aufnehmen und ein Formular ausfüllen ...»

Und dann muß ich alles angeben: die Rasierseife, den Gummibadeofen und die zusammenlegbare Kavallerielanze. Nur die Gedanken nicht, denn Gedanken ... Da ist der Doktor Stapel vom Deutschen Volkstum nicht so gut dran. Bei dem fanden sie auch nicht die Spur eines Gedankens, und er mußte es alles, alles verzollen.

«ICH RUFE VOR EINS NOCH MAL AN —!»

In Wilhelm Speyers *‹Charlott etwas verrückt›* findet sich ein Satz, der mir immer tiefen Eindruck gemacht hat. Die Stelle im Dialog heißt etwa so: «Hallo! Also treffen wir uns heute um eins?» — Der andre: «Ja. Das heißt ... ich rufe vor eins noch mal an —!» Alle Berliner rufen vor eins noch mal an.

Es gibt nämlich eine Geschäftigkeit, die aus der Reizbarkeit kommt, aus dem Unvermögen der unausgeruhten Nerven, nicht zu reagieren; sie müssen reagieren, darin besteht eben ihre Müdigkeit, nicht ruhen zu können. Es muß etwas geschehn. Und da greift dann die Hand zum Telefon.

Kleinen Kindern bringt man bei, vor einem Besuch bei der fremden Tante alles «vorher zu erledigen». Erwachsene betreten die Wohnung des Bekannten mit dem Feldgeschrei: «Darf ich bei Ihnen mal telefonieren?» – «Bitte sehr», sagt der freundliche Gastgeber. Und hört dann dies:

«Lützow zweiundziebzig null fünnef ... Ich muß nämlich mal rasch dem Oskar Bescheid sagen, daß er ... Hallo? Nein! Null fünnef! ... Vielleicht ist er gar nicht zu Hause, da will ich mal ... Ja? Oskar? Bist du das? Rufen Sie mal bitte Herrn Pischanowski ans Telefon! Oskar! Hier ist Grete. Also paß mal auf! Ich rufe hier von Wandervogels an, also ... du kommst doch heute abend ins Theater? Wir treffen uns doch vor dem Eingang? Fünf Minuten vor acht – das heißt, es fängt, glaub ich, um halb acht an – sieh doch mal nachher in der Zeitung nach! (Haben Sie ne Zeitung? Na, danke ...) Ja, wie wir verabredet haben. Aber komm pünktlich! Wie gehts Mama? Gut? Danke, ja. Ich geh nachher noch in die Stadt! Na gut – Na, also denn ... Na, schön. Na, gut. Na, schön. Hatchö, Oskar! Komm pünktiich! Na, gut. Hatschö, Oskar! Oskar! ...! Weg. Wir gehn nämlich heute abends ins Theater. Zu Wegener. Ja. Na, und wie gehts Ihnen ...?»

Dieses Telefongespräch war gar kein Telefongespräch. Es war eine Reflexbewegung.

Wäre es nicht geführt worden, so wäre Oskar wie statuiert auch ins Theater gekommen. («Na, ich muß ihn doch noch mal erinnern! Vielleicht hätte ers sonst vergessen! Sie kennen Oskar nicht!») Doch, ich kenne Oskar. Aber ich kenne auch Greten – und da meine ich:

Von dem, was in einer großen Stadt zusammentelefoniert wird, ist gut und gern die Hälfte überflüssig. Und die Herren Geschäftsleute sollen sich ja nicht vor ihren Frauen dicketun und lächelnd anmerken: «Kind, was du heute wieder alles telefonierst ...!» Sie machen es genauso.

In den Büros ist der Anlaß des Telefongespräches fast immer vernünftig, seine Länge unentschuldbar. Anfrage; Auskunft; Rückfrage; Rückauskunft ... Und dann gehts erst los. Dann kakeln sie hin und her, sie drehen das schon einmal Gesagte nochmals in der Telefonmuschel herum, daß es einem graust, halten die Nummern, die andre Leute verlangen, besetzt ... Es ist wunderschön. Alles, weil sie die Sprache nicht halten können, sie entzünden sich am Vorhandensein des andern, es muß was geschehn, es muß was geschehn. Schade, daß niemand aufschreibt, was zum Beispiel die ernsten Generaldirektoren und ihre Unteroberdirektoren so ins Telefon sagen – man bekäme einen heiteren Begriff von ihrer würdigen Tätigkeit.

Es scheint mir gradezu eine Krankheit zu sein, daß sich die Telefonanten zum Beispiel nie in einem einzigen Telefongespräch endgültig einigen können. Sie haben eine fast pathologische Scheu vor Entschlüssen, die sie daher niemals gleich fassen. Und das nicht etwa bei ernsthaften Anlässen, wie bei dem Abschluß einer Lebensversicherung, bei einer Verlobung ... Sie überlegen. Sie überlegen nämlich, wann sie noch mal anrufen können, immer in der Angst, es könnte sich zwischen zehn und ein Uhr noch ein Erdbeben ereignen. «Das ... das kann ich Ihnen jetzt noch nicht sagen. Warten Sie mal ... Also ... Passen Sie mal auf, wir wollen so verbleiben: Wenn ich bis morgen um halb elf nicht mehr anrufe, dann kommen Sie mit Ihrer Frau nach Hoppegarten. Nein, lieber so: Wenn wir nicht anrufen, kommen Sie nicht. Nein, doch so ... Also ich rufe morgen noch mal an.» Und morgen geht das ganze Theater wieder von vorn los.

Lasset uns gerecht sein. Was die Schweden sind, so kommen die gleich mit einem Telefon zur Welt, und das erste «Bää!» des kleinen Gunnar klingt in ein schwedisches Telefon. Und wenn die Schweden erst einmal angefangen haben zu telefonieren, dann hören sie nie wieder auf. Dafür funktioniert ihr Telefon aber herrlich, und man findet es bei ihnen überall. Die Franzosen haben es wieder besser; wenn man da von der rue Lafontaine nach der Place Denfert-Rochereau telefonieren will, dann gibt es zwei Mittel: Man kann sich ein Taxi nehmen und zu dem andern hinfahren. Das geht am schnellsten. Man kann aber auch von Paris nach Berlin reisen und von dort nach Paris telefonieren: dann ist wieder die Verständigung besser als in Paris, wo durch das Telefon kleine Bäche gluckern, halblaute Gespenster wispern und überhaupt ein Höllentanz am Werk ist, die Franzosen vor dem Mißbrauch ihres Telefons zu bewahren. Dies alles nur, soweit es sich nicht um automatische Verbindungen handelt – da gehts besser. So hat jedes Volk seines.

Wir hingegen haben zu tun, wenn es aber hochkommt, dann sind es Telefongespräche gewesen («Wissen Sie, ehe ich einen kurzen Brief schreibe, führe ich lieber vier lange Telefongespräche!»), und was wäre der Mensch ohne Telefon! Ein armes Luder. Was aber ist er mit dem Telefon? Ein armes Luder.

Denn es gibt ja vielleicht Leute, die ihre Geliebte, die auf den Knien vor ihnen winselt – bitte, das habe ich selbst im Kino gesehn! – kalt liegenlassen, und wenn sie aufschreit: «Ich schieße mich tot!» begütigend sprechen: «Mein Revolver liegt hinten in der Nachttischschublade!» – so kalte und herzlose Menschen gibt es. Aber einen Menschen, der ein Telefon klingeln läßt und nicht an den Apparat geht –: den gibt es nicht.

Magisch zieht sie es an das schwarze Ding, wenn die Glocke schreit; sie müssen, es ist stärker als sie. Die Pflicht ruft, und sie laufen, laufen durch die ganze Wohnung, durch die Korridore, durch die Zimmer, das Telefon! das Telefon! «Was war?» – «Ach nichts. Pimpernoll hat angefragt, wann er die Decken schicken soll. Er ruft nachher noch mal an.» Immer erwarten sie die Sensation, und immer ist es Pimpernoll.

Nur eine Sorte Telefongespräche gibt es, die habe ich querverbunden stets mit innigstem Behagen geschlürft, es sind akustische Austern. Das sind die Gespräche, die Liebespaare führen, und zwar Leute, die aus irgendeinem Grunde «am Telefon nicht so sprechen können» – weil sie vom Geschäft aus sprechen, oder von zu Hause, wo Mama jeden Augenblick hereinkommen kann. Das ist ganz herrlich.

Man riecht es am Ton, was da los ist. Der Ton ist butterweich, hellgelb, milde wie Mathilde und leicht verklemmt.

«Guten Tag! (Ohne Anrede.) – Guten Tag, wie gehts denn? (Ohne Sie und ohne Du.) Na, gut nach Hause gekommen ...? Ja ...? Gut geschlafen? Ja, danke ich auch. (Große lyrische Pause.) Müde? So? Wieso denn? Versteh ich gar nicht ... Man ist ja manchmal müde – So? Ja. Ja, heute ist schönes Wetter. Heute abend bleib ich zu Hause – ich hab noch was zu schreiben. Wiedersehn? Ist Wiedersehen denn so schön? Ja, immer? Ich glaube, ich muß aufhören, hier wird der Apparat gebraucht. Ja, also dann wie sonst – auf Wiedersehen! Ich rufe morgen noch mal an ...» Solche Gespräche sollten mit behördlicher Harfenbegleitung geführt werden. Wenn du Glück hast, kannst du sie hören, und es schmilzt dein Herz.

Dann aber braust wieder die Arbeit der Großstadt durch die Drähte: die Glocken schrillen, die Hörer wackeln in der Luft, der schwarze Gummi wird weich, Lippen bewegen sich, mit der freibleibenden Hand werden Papiere durcheinandergeworfen, einer stampft mit dem Fuß auf, obgleich das gar nicht mittelefoniert wird ... Und vor eins rufen sie alle, alle noch einmal an.

DENKMAL AM DEUTSCHEN ECK

An der Mosel ging es noch an. Wir soffen uns langsam den Fluß hinab, wir fuhren mit dem Saufbähnchen von Trier nach Bulley hinunter, und auf jeder dritten Station stiegen wir aus und sahen nach, wie es mit dem Weine wäre. Es war. Wenn wir das festgestellt hatten, stiegen wir wieder ein: der Zug führte einen Waggon mit, der sah innen aus wie ein Salonwagen, von hier aus hätte man ganz bequem Krieg führen können, so mit einem Telefon auf dem Tisch, mit dicken Zigarren und: «Seiner Majestät ist soeben der Sturmangriff gemeldet worden.» Wir führten aber keinen Krieg, sondern drückten auf die Kellnerin, und dann erschien ein Klingelknopf, oder umgekehrt, und dann konnte man auf dem langen Tisch einen naturreinen Mosel trinken und dabei Würfel spielen. Und es entstanden in diesen Bahnstunden die Spiele:

Lottchen dick
Spix ist stolz
und:
Georgine, die ordentliche Blume
sowie:
Karlchen und die Rehlein –

das letztere Spiel zur Erinnerung an Karlchen seine Liebesabenteuer im freien, frischen, frommen Walde, wo ihm einmal die kleinen Rehlein zugesehn hatten. Ich verlor auf das Grauenerregendste und mußte immer bezahlen. Aber so ist alles.

Bernkastel, Traben-Trarbach, Bulley ... dann aber setzten wir uns in einen seriösen Zug und fuhren nach Kolbenz. (Diese Aussprache wurde adoptiert, falls Jakopp ein künstliches Gebiß hätte: es spricht sich leichter aus.) In Kolbenz tranken wir der Geographie halber einen Rheinwein, und der konnte Papa und Mama sagen, wir aber nicht mehr. Am nächsten Morgen – es war ein Sonntag hell und klar – gingen wir spazieren.

Ich kannte Kolbenz nicht. Das erste, was mir auffiel, war ein breites und lautes Bürgerpublikum von Reisenden, die sich merkwürdig aufgeregt gebärdeten. So, wie schwarzhaarige Frauen, wenn sie einmal in Paris sind, dem Zauber des Wortes ‹Paris› erliegen und sich so benehmen, wie sie es zu Hause niemals täten, so kippten hier die blonden Damen aus den Pantinen; der Rhein, Vater Rhein, der deutsche Rhein klingelte in den Gläsern, und es war ziemlich scheußlich anzusehn. Das zweite, was damals auffiel, war die ‹Schmachch›. Wir sprachen das Wort mit zwei ch, und wir meinten die Franzosen damit, von deren ‹schwarzer Schmach› wir so viel in den bildenden Kinos gesehen hatten. Hier war nur weiße Schmachch, und wir mochten sie nicht. Und zwar nicht etwa, weil wir die Franzosen nicht mögen, sondern weil wir das Militär nicht mögen. Wir sind nur nicht so dumm wie zum Beispiel der Kolbenzer *‹General-Anzeiger›*, der nun, nach dem Abzug der Schmachch, Mord und Tod hinter ihnen herschimpfte, ohne auch nur einen Augenblick lang zu untersuchen: wie sich die Deutschen in Belgien und Frankreich benommen haben, was das Militär eigentlich ist und für wen es arbeitet, und wie an diesem ganzen namenlosen Unglück, am Krieg und seinen Folgen, Europa schuld ist und seine nationale Zerfetztheit. Statt dessen krähte die Zeitung in echt kleinbürgerlicher Wut wegen der unbedingt zu verurteilenden Übergriffe nun hinter ein paar tausend Soldaten her, deren jugendliche Kraft genau so unproduktiv mißbraucht wird, wie das mit Soldaten in allen Ländern geschieht – auch in Deutschland.

Wir spazierten also am Rhein entlang, ich hatte wieder einmal meine Geographie nicht gelernt und ließ mir von Jakopp die Gegend erklären. Da war der Ehrenbreitstein; auf dem brannte zum Gaudium aller Rheinkadetten eine französische Fahne — wirklich, die Fahne brannte hoch am Fahnenstock, verglomm, leuchtete wieder auf . . . mich interessiert Militär nicht, und ich weiß nicht, was sie da gekokelt haben. Es ist ja auch gleichgültig, so gleichgültig wie alles, was diese uniformierten Brüder tun. Und da war der Rhein, der kitschumrauschte, und, wie bei Goethe steht, da waren große Schiffe im Begriffe, auf diesem Flusse hier zu sein . . . und plötzlich bekam ich den größten Schreck auf dieser Reise. Ich weiß es noch ganz genau:

Wir gingen auf der breiten, baumbestandenen Allee; vorn an der Ecke war eine Fotografenbude, sie hatten Bilder ausgestellt, die waren braun wie alte Daguerrotypien, dann standen da keine Bäume mehr, ein freier Platz, ich sah hoch . . . und fiel beinah um.

Da stand — Tschingbumm! — ein riesiges Denkmal Kaiser Wilhelms des Ersten: ein Faustschlag aus Stein. Zunächst blieb einem der Atem weg.

Sah man näher hin, so entdeckte man, daß es ein herrliches, ein wilhelminisches, ein künstlerisches Kunstwerk war. Das Ding sah aus wie ein gigantischer Tortenaufsatz und repräsentierte jenes Deutschland, das am Kriege schuld gewesen ist — nun wollen wir sie dreschen! In Holland.

Zunächst ist an diesem Monstrum kein leerer Fleck zu entdecken. Es hat die Ornamenten-Masern.

Oben jener, auf einem Pferd, was: Pferd! auf einem Roß, was: Roß! auf einem riesigen Gefechtshengst wie aus einer Wagneroper, hoihotoho! Der alte Herr sitzt da und tut etwas, was er all seine Lebtage nicht getan hat: er dräut in die Lande, das Pferd dräut auch, und wenn ich mich recht erinnere, wallt irgend eine Frauensperson um ihn herum und beut ihm etwas dar. Aber da kann mich meine Erinnerung täuschen . . . vielleicht gibt sie dem Riesen-Pferdchen nur ein Zuckerchen. Und Ornamente und sich bäumende Reptile und gewürgte Schlangen und Adler und Wappen und Schnörkel und erbrochene Lilien und was weiß ich . . . es war ganz großartig. Ich schwieg erschüttert und sah Jakoppn an.

«Ja», sagte Jakopp, «das ist das Kaiser-Wilhelm-Denkmal am Deutschen Eck.»

Richtig: da floß noch ein zweiter Fluß in den ersten Fluß, und es war, wenn man von den Fabrikschornsteinen absah, eine hübsche Gegend, viel zu hübsch für dieses steinerne Geklump, für diesen Trumm, diesen Trubas von einem Denkmal. «Was . . . wie . . .» stammelte ich ergriffen. Da hörte ich ein leises Stimmchen an meiner Linken, ein Knabe war mir unversehens genaht, er hatte wohl meine Ratlosigkeit bemerkt, und er sprach: «Soll ich Ihnen mal das Denkmal erklären –?» Rasches Erfassen der Kriegslage ziert den SA-Mann, und ich sprach: «Erkläre mir mal das Denkmal.»

Da sah der Knabe überall hin, nur nicht auf den Tortenaufsatz, er schlief im Stehen, seine Augen hatten den Ausdruck einer friedlich grasenden Kuh, ich hatte so etwas noch nie bei einem Menschen gesehen. Er sprach mit modulationsloser, quäkender Stimme. Und weil dieses arme Kind solches nicht allein tat, sondern vier oder fünf seiner Kollegen, wie ich später sah, den ganzen Sonntagvormittag lang gewerbsmäßig dasselbe ausübten, vor dem Denkmal und weiter unten, vor dem Hotel und überall, so habe ich das, was sich die Knaben eingepaukt hatten, mehrere Male hören können. Nach Verabreichung mehrerer Gläser guten Weines zwecks Auffrischung des Gedächtnisses läßt sich das etwa folgendermaßen an:

«Dieses Denkmal wurde gegründet im Jahre 1897; es stellt dar den berittenen Kaiser Wilhelm den Ersten, sowie auch eine Siegesgöttin benebst die besiegten Feinde. Die Siegesgöttin ist nach verlorenen Kriegen ein Friedensengel und hat eine Flügelbespannung von fünf Meter in die Breite. Das Denkmal wiegt fünf Millionen Kilogramm und hat einen Flächeninhalt von 1200 Quadratmetern, daher ist es ein großes Kunstwerk. Auf dem Grundsockel erhebt sich der Sockel, auf dem das Denkmal aufgebaut ist; auf diesem Sockel steht der richtige Sockel, und auf diesem der Untersockel, worauf sich der Denkmalssockel erhebt. Die Künstler, die an dem Denkmal schuld sind, heißen Schmitz und Hundrieser. Der Spruch, der in das Denkmal eingelassen ist, besagt: ‹Nimmer wird das Reich zerstöret, wenn ihr einig seid und treu.› Die Köpfe der Seeschlangen bedeuten Deutschlands Feinde, der Granit der Söckel ist aus dem Schwarzwald. Die Mosel fließt hinter dem Denkmal, ihre Strömung ist hier besonders schnell, weil sie an dem Denkmal vorbei muß. Das Denkmal ist in der Regierungszeit Kaiser Wilhelms des Zweiten eröffnet worden und hat daher zwei Millionen Mark gekostet. Das ist das Denkmal am Deutschen Eck.» (Große Trinkgeldpause.)

Wie ich in der Zeitung gelesen habe, sind die Reden, die sie nach dem Abzug der Schmachch gehalten haben, genau so gewesen wie das Denkmal. Aber könnt ihr euch denken, daß sich jemals eine Regierung bereit fände, einen solchen gefrorenen Mist abzukarren –? Im Gegenteil: sie werden gar bald ein neues Mal errichten: das Reichsehrenmal. Wenn es errichtet ist, werden rotzgenäste Knaben hingehn und es uns erklären: die Gastwirtschaften ringsherum werden voll sein, und in den Massengräbern zu Nordfrankreich wird sich ein Geraune erheben:

«Wofür –? Dafür.»

LAMPENFIEBER

Heißt ‹trac› auf französisch. Der kleine zuckende Laut gibt den Peitschenschlag der Nerven gut wieder. Ich, der Zuschauer, habe oft Lampenfieber, wenn ich im Theater vor dem herabgelassenen Vorhang sitze, und ich, der Bücherleser vor dem unaufgeschnittenen Buch, habe es auch. Warum –?

Weil ich mir manchmal denke: Wie, wenn du nun die ganze Geschichte gar nicht verstehst? Wenn du der Fabel nicht folgen kannst? Wenn du heute abend den Lauf der Fäden, die Knoten und Knötchen, überhaupt nicht faßt? Was dann? Das mathematische Gefühl, das dazu gehört, eine Intrige von Scribe zu entwirren, ist bei mir nur schwach ausgebildet; in den großen Romanen habe ich schon meinen lieben Kummer, alle Personen auseinanderzuhalten – daher unter anderm der nimmer versagende Reiz der Kriminalgeschichten, die jedesmal wieder anklopfen: Verstehst du uns auch? kannst du folgen? kannst du uns lösen, ‹geht es auf?› wie die Schüler sagen, die beseligt aufatmen, wenn als Rest Null bleibt. Manchmal, denke ich, werde ich versagen und mich furchtbar blamieren.

Das muß dann ein hübscher Abend sein ... Während rings alles vor Spannung fiebert, sitze ich, der lampenfiebernde Zuschauer, da und verstehe kein Wort. Die Leute lachen; ich bleibe todernst. Die Nachbarinnen ziehen je ein kleines Tuch ... ich bleibe ungerührt. Wissen Sie, was dann geschieht?

Dann haßt man die Verstehenden. Ich weiß es noch genau: wir saßen in den ‹Noctambules›, Holitscher und ich, es war in meinen ersten pariser Wochen, und ich verstand knapp die Hälfte von dem, was sie da sangen. Holitscher, der Frankreich von Grund auf kennt, lachte aus vollem Halse, ab und zu sah er auf mich, ob ich auch meinen Spaß hätte ... Ach nein, ich hatte ihn gar nicht. Ich saß, das Trommelfell gespannt, ich machte sozusagen Eselsohren, ganz lang wurden sie ... und ich faßte nicht. Schwupp – Pointe vorbei. Und die Leute lachten! In diesem Augenblick haßte ich Holitscher. Ich fand sein Lachen fast albern, sein Verständnis pretiös. Ich hatte ihn sogar ganz leise im Verdacht, er lachte nur, um mir zu zeigen, wie schön er französisch ... dann ging es schnell vorüber. Später saß ich selbst neben den deutschen Freunden, lachte mich krumm, wenn der da vorn von einer alten Jungfer sang, die auf dem Omnibus sagte: «Mais j'ai perdu mon chat!» – und der deutsche Freund saß neben mir, es war ihm leicht unbehaglich, und ich sah es nicht. So ist das.

Merk: es gibt Bücher, vor denen das Verständnis aussetzt. Leg mir Claudel vor – ich verstehe keinen Ton. Ich habe es mit den *‹Falschmünzern›* von Gide versucht ... ein Loch. Hier hilft nur die schärfste Selbstkritik.

So, wie die berliner Journalisten, besonders die Jungen, etwas wie die Begeisterung um jeden Preis erfunden haben, weil sie glauben, sie seien weniger wert, wenn die gestrige Kinopremiere nicht ‹faabelhaft› gewesen sei, während ein Posaunenlob sie selbst heben soll («Man geht in die Nacht hinaus und ist erschüttert») — so, wie viele glauben, es müsse immer etwas los sein und es fiele auf sie zurück, wenn einmal nichts los ist —: so muß man genau wissen: hier hast du nichts zu suchen. Das kannst du nicht. Hier hörts auf. Geh ab. Schweige.

Es ist keine Schande, nicht allgegenwärtig zu sein. Man muß es nur nicht prätendieren. Auch ist es klüger, sich so zu verhalten. Denn es gibt ein Mittel, ein einziges, im Schachspiel unbesiegt zu bleiben. Spiele nicht Schach.

DAS NACHTGESPENST

Am Tage bin ich ein gewisser Planke
nur: Planke, Erich ... Breite Straße zehn.
Man merkt mir gar nichts an. Und kein Gedanke
läßt auf der Straße jemand nach mir sehn.
Doch abends, wenn die Bogenlampen zischen,
dann geh ich los und spiele still Versteck.
Rein ins Parterre ... ich kann so rasch entwischen ...
den Frauen zieh ich gern die Decke weg —
Erschrecken Sie nicht!
Erschrecken Sie doch!
Erschrecken Sie nicht!
Erschrecken Sie doch!
Ich bin schon lange weg, wenn du um Hilfe rennst:
Ich bin das Nachtgespenst!
Ich bin das Nachtgespenst!
«Wer ist da? Mach mal Licht! Mama —!»

Ich stehle nichts. Ich tappe durch die Räume.
Na ja, ein Taschenbuch ... was man so findt ...
Das sind so alte, tiefe Kinderträume:
wie wohl die fremden Menschen nackend sind?
Sie liegen warm gekuschelt wie die Katzen ...
die eine Hand am Bein ... die Decke kraus ...
Ich hör sie noch vor Angst am Schalter kratzen —
ein Sprung — tiefatmend steh ich vor dem Haus —
Erschrecken Sie nicht!
Erschrecken Sie doch!

Ich bin schon lange weg, wenn du im Halbschlaf pennst ...
Ich bin das Nachtgespenst!
Ich bin das Nachtgespenst!
«Willi! Einbrecher! Williiii ...!»

Mir ist das Sport. Romantik ist so selten.
Am Mittag drauf steh ich in der *‹B. Z.›*.
Ich bin ein Expedient. Man will doch auch was gelten.
Den ganzen Tag riech ich das fremde Bett ...
Angst rieselt auf mich zu. Ich bin ein Kaiser,
ein Fürst der Nacht! Ich schmecke ihren Schrei ...
Und nachher brüllen sie vor Furcht sich heiser.
Mich kann die ganze grüne Polizei ...
Erschrecken Sie nicht!
Erschrecken Sie doch!
Erschrecken Sie nicht!
Erschrecken Sie doch!
Da kannst du lange warten, bis du mich mal kennst ...!
Ich bin das Nachtgespenst!
Ich bin das Nachtgespenst!
Bis ich vor den Herrn Schöffen hocke –
§ 123 Strafgesetzbuch. Gefängnisstrafe von drei Monaten.
Romantik: ocke.

WARUM

müssen eigentlich fast alle Leute, die in einer Anstalt untergebracht sind, früh aufstehen? Warum werden sie so früh geweckt: in Gefängnissen, Krankenhäusern, Kasernen ... ist ihr Tag so kurz? Ist das gesund?

Der geschäftige Müßiggang des Militärs sei hier nicht erörtert. Was die ernsthaft Arbeitenden angeht:

Gesund ist es deshalb nicht, weil kein Mensch mehr mit den Hühnern zu Bett geht. Die Strafgefangenen müssen es, wobei zu beachten, daß die Hühner wieder verhältnismäßig mehr Luft für sich haben ... also die Gefangenen müssen es, aber dafür schlafen sie nicht. Warum werden sie so früh geweckt –?

Nein, ihr Tag ist nicht zu kurz. Es ist wohl der Geltungsdrang der leitenden Herren, der sich da austobt. Stigma modernen Sklaventums: um fünf Uhr aufstehen müssen. Das ist gut und richtig, wenn man abends um neun schlafen geht; es ist für den richtig, der im Training lebt – aber es ist Widersinn, Leute, die in einer Stadt leben, so früh in den Tag zu jagen. (Hornbrillengemurmel: «So lange in den Betten liegen ... nur auf dumme Gedanken ... schon vom hüschénischen Standpunkt ...» und Sie, Herr –?) Stigma aller Unterdrückten: früh aufstehn zu müssen. Der bessere Herr erscheint um halb neun zur Arbeit, der feine um neun, der ganz feine um halb zehn. Man kann an ihren Uhren ablesen, was die Glocke geschlagen hat.

Gebt den Leuten mehr Schlaf – und sie werden wacher sein, wenn sie wach sind.

DIE OPPOSITION

Reichsverband Deutscher Verbände zur
Züchtung stubenreiner Gebrauchsdackel
(Opposition)

Im Anfang war der Verein; jede anderweitige Übersetzung des Wortes ‹Logos› durch Faust beruht auf einem philologischen Irrtum. Danach waren zwei Vereine; ein feinerer und ein minder feiner – diese beiden bekriegten sich, denn ihre Sekretäre wollten auch leben. Als aber ein dritter Sekretär nichts mehr zu tun fand, weil beim besten Willen alle diesbezüglichen Menschen schon in den beiden Vereinen waren und eigentlich kein Platz mehr war für einen dritten: da erfand er dennoch diesen dritten Verein. Er faßte nämlich die beiden vorhandenen Vereine zu einem Reichsverband zusammen, nannte den Zusammenschluß ‹Reichsverband der ... Verbände› und lebte herrlich und in Freuden, mit achtundzwanzig Kartotheken, sechzehn Privatsekretärinnen und acht Telefonen. Soweit gut.

Da stand die Welt. Und Gott sahe, was er geschaffen hatte, und siehe, es war gut, alle Menschen waren in den zu diesem Zweck errichteten Vereinen untergebracht, niemand stand mehr ungeschützt draußen – da aber erhob sich eine neue Schwierigkeit.

Die Menschen waren zwar alle Vereinsmitglieder –, aber unmöglich konnten sie alle einen *Posten* in diesen Vereinen bekleiden. Es gab wohl: erste Vorsitzende, zweite Vorsitzende, dritte Vorsitzende, erste Schriftführer und zweite Schriftführer; Direktoren und Generaldirektoren, geschäftsführende Direktoren, Präsidialmitglieder und Ehrenmitglieder –, aber es blieb doch eine große Masse von grauen und unglücklichen Menschen zurück: die waren gar nichts. Das jammerte den lieben Gott. Und er strich sich den Bart und erfand etwas Neues. Und wir haben nun die Bescherung.

Was ein richtiger Verein von 1930 ist, der etwas auf sich hält: der hat – in Klammern – eine Opposition.

Die Sache fing damit an, daß ein durchgefallener verhinderter Vorsitzender sowie ein Mitglied, das jeder Verein hat, nämlich jenes, das bei allen Sitzungen dabei ist und sich dortselbst ausstänkert –, daß diese beiden begannen, dem Vorsitzenden mächtig ans Leder zu gehen. Wenn er «Schluß der Debatte» beantragte, dann hatten die beiden noch immer etwas zu meckern, und wenn er Herrn Vollbarsch das Wort erteilte, dann lärmten die zwei – einfach, weil sie zu Hause und im Geschäft nicht so lärmen durften, und weil Lärm den Menschen bestätigt, und überhaupt. Manchmal fuhren sie nachts, neben den ängstlich aufgeschreckten Gattinnen, mit dem Schlachtruf «Zur Geschäftsordnung!» auf – dann bekamen sie Baldrian und einen Anschnauzer, und dann schliefen sie weiter. Im Verein aber trieben sie es bunt.

Eines Tages gesellte sich ein kleiner grauer Mann zu ihnen, der noch nie eine Rolle gespielt hatte, und von dem man im Verein eigentlich nur bei den Namensaufrufen etwas hörte. Der war auf einmal da. Dann kam einer hinzu, der hatte es mit der Polaritätsphilosophie, infolgedessen war er Postbeamter, und der behauptete, alle Vereine, die diese Philosophie vernachlässigten, könnten unmöglich ihr Ziel erreichen. Nun waren es schon vier.

Die vier rummelten und gaben in den Sitzungen nicht schlecht an; sie machten bissige Zwischenrufe, auf die sie sehr stolz waren, ihre Köpfe wurden ganz heiß, sie amüsierten sich königlich und ärgerten den ganzen Verein. Es war wunderschön.

Und eines Tages, genau zu dem Zeitpunkt, wo sich der liebe Gott den Bart gestrichen hatte: da begleiteten sich die vier Gerechten zur Straßenbahn, denn sie hatten unglückseligerweise einen gemeinsamen Nachhauseweg, und an jeder Laterne blieben sie stehen und hielten auf offener Straße die Reden, die sie im Verein zu halten keine Zeit und keine Spucke mehr gefunden hatten – da sagte der kleine graue Mann plötzlich das Wort seines Lebens. «Meine Herren, wir sollten unsere Opposition fester formieren!» sagte er. Die drei anderen stießen pro Mann einen schrillen Schrei aus, und nun redeten sie alle vier mit einem Male. Jeder hatte es gleich gesagt. Es war ein regnerischer Großstadtabend, elf Uhr zwanzig. Ecke Genthiner und Lützowstraße. Da ward die ‹Opposition› geboren.

Die Opposition formierte sich. Sie wählte einen Vorsitzenden, eben jenen verhinderten, durchgefallenen; sie wählte einen zweiten Vorsitzenden, den kleinen grauen Mann; sie hatte einen Kassenwart und einen Protokollführer, so daß also die ganze Besatzung ausreichend beschäftigt war. Und eines Tages bekam sie auch noch ein Mitglied, ein ganz ordinäres Mitglied (das sich aber bald zu einem Posteninhaber hinaufentwickelte) – und nun war die Opposition komplett. Bald glichen die Sitzungen des Vereins männermordenden Schlachten. Sagte die Majorität Hü, dann brüllte die Opposition Hott; wollte die Mehrheit einen Pfingstausflug machen, dann schlug die Opposition eine Damenspende aus sinnigen Ostereiern vor — kurz: es war höchst fruchtbar und vergnüglich im Verein.

Die Opposition ruhte nicht.

Der Verein hatte nämlich ein Blättchen: ‹*Amtliche Verbandsmitteilungen (A. V.)*›. Was? Wir auch. Und die Opposition charterte einen Drucker, und der setzte, druckte, falzte und versandte: ‹*Amtliche Verbandsmitteilungen (Opposition)*›. Woran sich ein herrlicher Prozeß anschloß: Klage wegen unbefugter Titelanmaßung in Idealkonkurrenz mit Abtreibung. Zwei Rechtsanwälte hatten emsig zu tun.

Und die Opposition gedieh und wurde stark und war eine Freude vor dem Herrn. Sie beschimpfte den Vorstand; sie warf dem Kassenwart Fälschung der Bücher vor (Beleidigungsklage); sie beantragte Änderung des Vereinsnamens und Abänderung der Fahnen (Sachbeschädigung); sie sang häßliche Lieder während der Sitzungen (ruhestörender Lärm) — und jene historische Tagung vom 28. Januar wird wohl noch allen Beteiligten in lebendiger Erinnerung sein. Durch eine unerhörte Schiebung (Übertragung des Stimmrechts auf die vorstandstreuen Garderobenfrauen) gelang es dem reaktionären, gemeinen, bolschewistischen, faschistischen, korrupten und zuchthausreifen Vorstand noch einmal, sich zu halten. 54 Stimmen: Ja; 53 Stimmen: Nein; 1 Stimmenthaltung. Kollege Entenstertz war von verruchter Hand auf der Herrentoilette eingeschlossen worden. Verrat —!

Und es geschah das Seltsame: der Verein spaltete sich nicht. «Unser Verein!» dröhnte die Majorität. «Wir sind vereinstreu!» pfiff die Minorität. «Wir halten durch!» die Mehrheit. «Wir bleiben bei der Fahnenstange» die Minderheit; «wir wollen nur . . .» Was wollten sie nur —?

Sie wollten den Verein nochmal. Einer genügte ihnen nicht. Und weil es in jedem Menschenhaufen immer zwei Gruppen gibt: die fixen und die langsamen; die trocknen und die humorvollen; die sorgfältigen und die mit dem Husch-Husch, so zerfiel der Verein nicht, aber er glich nun einem Wagen, bei dem das eine Pferd nach links, und das andere nach rechts zieht. Die Leute im Wagen wunderten sich baß.

Die Familienväter der Mehrheit gingen abends in die Sitzungen, gekränkt und voll grollender Finsternis; die Junggesellen der Minderheit stürzten in die Sitzungen, bibbernd vor Aufregung. Lärmte die Opposition, so kochte es in der Majorität, würdevolle Papas hatten merkwürdige Assoziationen, sie dachten an die ungeratenen Söhne, an ihren Widerspruch und ihren Undank, und wenn die Majorität schön durchgekocht war, dann entlud sich der überschüssige Dampf in einem wilden Gebrodel von Geschrei, Radau und Händegefuchtel, das Schlimmste war hier aufgerührt worden: eine auf Faulheit basierende Treue zum angestammten Vorstand. Aber der Verein zerfiel mitnichten.

Die Opposition wäre untröstlich gewesen –, denn dann hätte sie keinen mehr gehabt, an dem sie sich aufregen konnte. Und die Majorität würde zwar erleichtert aufgeatmet haben, wenn «diese Brüder endlich raus wären – so, nun sind wir unter uns . . .», aber dann hätte es doch an jeglicher Würze des Vereinslebens gefehlt. Stubenreine Dackel kann fast jeder züchten –, die Seele des Vereins ist der Knatsch.

Nun war die Opposition schon auf dreiundfünfzig Köpfe angewachsen; davon achtundvierzig Titelinhaber. Und eines Tages . . ., mir wird ganz angst, wenn ich davon erzähle. –

Eines Tages beriet die Opposition, die längst ein eigenes Vereinslokal hatte, eigene Garderobenfrauen und eigene Bierseidel –, eines Tages beriet die Opposition über ihr Verhalten in der nächsten gemeinsamen Sitzung, was sie der Mehrheit nun anzutun gedächte, und wie man durch überraschende Ablehnung des Vorschlags 17 dem Vorstand ordentlich einen auswischen könnte. Das war so gut wie beschlossene Sache. Der Oppositionsvorstand schritt zur Abstimmung.

Da stimmten zwei Mann dagegen!

Ungeheure Aufregung brach aus. Die Türen wurden geschlossen; der Oppositionsvorstand zog sich sofort zu einer vertraulichen Aussprache zurück. Alle guten Oppositionellen rückten von den beiden räudigen Schafen ab. Waren die zum alten Vorstand übergegangen? Keine Spur.

Eine neue Opposition war im Werden!

Und die neue Opposition zog gegen die alte Opposition zu Felde und nannte sich – in Klammern – «Neue Opposition». Und die neue Opposition zeugte einen linken Flügel der neuen Opposition; und der linke Flügel zeugte einen radikalen Flügel, und der Radikale zeugte Melchisedek, und Melchisedek zeugte Jerobeam, und Jerobeam . . . zum Schluß war der deutsche Idealzustand erreicht:

Jeder Mann seine eigene Partei.

Übrigens kommt so etwas nur bei Dackelvereinen vor. Politische Parteien tun dergleichen fast nie. Womit ich nichts gesagt haben möchte.

BERLINER BALLBERICHTE

> Die Gräfin betrat im Glanze ihres Glasauges den Saal. Mark Twain

Ball des Reichsverbandes Deutscher Heeresgynäkologen

Unter der Leitung seines rührigen Vorsitzenden, des Herrn Geheimrat Ovaritius, bot das Flugverbandhaus am Sonnabend ein wahrhaft mondänes und gleichzeitig vornehm-großstädtisches Bild. Riesige, so gut wie unbeschnittene Taxusbäume in der Vorhalle; um große, runde Tische die Diplomaten, die Spitzen der Behörden sowie alle Prominenten der Reichswehr. Von den hundertvierundfünfzig Admiralen unserer Marine waren etatsmäßig nur zweihundertundachtzehn erschienen. Die Herren in großer Uniform oder schlichtem Frack; eine Fülle schöner Frauen, sehr viel hintere Doppelraffungen aus strahlend leuchtender Chinakreppgeorgettealpaccachenille. Die Kleider sind durchweg lang, besonders unten; ein Modell der Firma Hammarbach ‹Westöstlicher Divan› erregte allgemeines Entzücken. Frau Generalarzt Poschke in Weiß; Henny Porten in Blausa; Prinzessin Adalbert von Preußen (himmelblauer Samt, am Rand mit Gold abgefunden); Frau Generalarzt Drysen (korallenrotes Pastellbrokat); Frau Generaldirektor Rosenthal (doppelkorallenrotes Pastellfeinbrokat); eine Fülle modischer Anregungen und schwirrende Weltsprachen. Wie ich an den Uniformen unsrer Offiziere festgestellt habe, ist die Blume an der Achsel gänzlich passé. Kapellen der fast republikanischen Reichswehr, und, soweit sie nicht ausreichten, die Orchester der angeschlossenen Verbände; in der Bierschwemme echt nationalsozialistische Stimmung, Sanitätsstube nebenan. Gedränge und Gewoge, wahrlich, das Wort des Generaloberarztes Professor Friedrich regierte die Stunde: «Clitoris, die zehnte Muse, hat gesiegt!»

Der Presseball

Das größte gesellschaftliche Ereignis der Weltstadt ist vorüber. Es war mehr als ein Ereignis – es war ein Evenement.

Bereits um elf Uhr verloren die Garderobenfrauen den Kopf und gaben ihn in der Garderobe ab, so drängte sich Prominenz an Prominenz. Vor der Staatsloge staute sich die Menge und begann bald, einem Anfall von Basedow zu erliegen: vier Herren und zwei Damen quollen die Augen aus dem Kopf, die später eine willkommene Bereicherung der Tombola wurden. Die Regierung war, soweit man hier von Regierung sprechen kann, vollzählig vertreten. Die Gesandten und Botschafter aller zivilisierten Staaten, sowie Bayerns, waren anwesend; die Dichtkunst wurde von Ludwig Fulda plattgetreten. In einer Loge saßen die leitenden Männer der deutschen Presse, darunter auch ein Redakteur. Ein wahrhaft glänzendes gesellschaftliches Bild bot sich den Augen; man sah die jugendliche Naive Adele Sandrock, den Redaktionschristen der Scherlschen ‹*Nachtausgabe*› sowie einen Frack (Harry Liedtke). Das Watteau-Figürchen der Frau Katharina von Oheimb tauchte auf. Man sah die Herren Doktor Klöckner und Ministerialdirektor Klausener, der eine repräsentierte die katholischen Aktien, der andre die Katholische Aktion; Herr Rechtsanwalt Alsberg nickte der Großfinanz, soweit sie herumstand, freundlich zu; soweit sie saß, vertrat sie Herr Geheimrat Lemke vom Strafvollzugsamt der Provinz Brandenburg. Industrie und Handel: Jakob Goldschmidt, Doktor von Stauß, die Gebrüder Rotter. Herr Gesandter von Moltke war aus Warschau gekommen, Herr Breitscheid aus dem Mustopp. Auf meinen Hühneraugen bemerkte ich unter andern: den Meistergolfer Herbert Gutmann, die Generale von Seeckt, Heye und Kleiber. Herr Dorpmüller, der Chef der Reichsbahn, hatte im Gedränge einige kleinere Zusammenstöße, die er aus alter Gewohnheit lächelnd hinnahm. Eine Fülle schöner Frauen, die zuckenden, werbenden Rhythmen der Kapellen, tausend Kellnerdaumen in tausend Sektgläsern: ein wahrhaft weltstädtisches Bild! Die Tombola bot als Ehrenpreis zwei Sommerreisen in den fernen Orient, darunter eine nach St. Moritz, sowie als zweite Preise: einen Rasierapparat mit Radio aus Silber und einen Bowlenpokal aus Tineff. Die anwesenden Zeitungsverleger konnten mit dem Ertrag des streng exklusiven Festes, dem viertausend Personen beiwohnten, zufrieden sein: für die notleidenden Presseleute ist ausgesorgt.

Ball der berliner Moselblümchen

Der Reichsverband deutscher Hausfrauen sowie die angeschlossenen Spitzenverbände hatten am Donnerstag zu einem reizenden Ball geladen. Die deutsche Hausfrau, die deutsche Mutter und die deutsche Abonnentin haben wieder einmal gezeigt, mit wie wenig Mitteln man so ein Fest aufziehen kann, ein Fest, das an Eleganz und Wohlgelungenheit sich dennoch vor keinem pariser Opernball zu verstecken braucht. Man sah – schlicht um schlicht! – sehr viel schöne Frauen; Schleppkleider von vorgestern, also von heute, in der heutigen Mode wird überhaupt das Frauliche stark unterstrichen, besonders hinten. Ein allgemein interessierendes Rohkostbüfett fand begeisterten Anklang, und die belegten Brötchen mit gestoßenem Koks, von Tannenzweigen garniert, waren im Nu verzehrt. Bei kräftiger Zitronenlimonade stieg die Stimmung bald ins Vornehm-Bürgerlich-Bacchantische; in angeregten Gesprächen besprachen die sorgsamen Hausfrauen die eigne Verdauung sowie die ihres Mannes und auch die Mittel, wie solcher aufzuhelfen sei. Ins Reich der Dichtkunst führte uns der Unterhaltungsteil: Frau Gertrud Bäumer rezitierte vielbejubelte Wirtinnenverse, zwei Zauberkünstler vom Reichsgericht in Leipzig machten reizende Taschenkunststücke vor, und bei der Verlosung schwang unter allgemeiner Freude der berliner Polizeipräsident ein Päckchen Verbandsgaze, das er gewonnen hatte.

Kolonialball

Im köstlichen Rahmen ein wahrhaft weltstädtisches Bild: die Spitzen der Behörden, Vertreter der großen Schiffahrtsgesellschaften, für die die Kolonien ja in erster Linie wieder eingerichtet werden sollen, der von Fest zu Fest eilende berliner Polizeipräsident, Repräsentanten von Grund- und Boden-Wucher, und endlich die Hauptpersonen: die Vertreter aus allen derzeitigen deutschen Kolonien und solchen, die es werden wollen. Unter den jungen Diplomaten dominiert der Girltyp. Der Verein für das Deutschtum im Auslande hatte die Ausschmückung des Saales übernommen: überall lustige, auf Kokosblätter gemalte Wandkarten, die uns das moderne Weltbild veranschaulichten: die Brüder, die zu befreien sind, und die Brüder, denen man es noch besorgen muß. Die Tanzbegleitung lag in den bewährten Händen des Orchesters enteigneter Hereros. Eine Fülle rassiger, schöner Frauen zierte das Fest; der Kronprinz wohnte zunächst dem Fest bei. Zwei Kostüme: ein pflaumenfarbenes, mit Goldfäden durchzogenes Abendkleid, vorne so lang wie hinten so hoch, und ein ärmelloses Kleid, das von einem Wattebausch zusammengehalten wurde, werden sicherlich überall für den Gedanken der deutschen Kolonisation werben.

Faschingsball der Kolonne «Wedding-Nord»

In den Festräumen der Gaststätten ‹Zum strammen Hund› fand am Sonnabend der im ganzen Stadtviertel berühmte Faschingsball der allgemein beliebten Kolonne «Wedding-Nord» statt. Schöne Frauen, gut aussehende Männer im Frack, in den Ehrenlogen die Spitzel der Behörden; alles jazzte, steppte und wiegte sich nach den schmetternden Klängen des Handgranaten-Orchesters der Schutzpolizei. Der angeregte Abend endete mit einer gut geglückten Schlägerei, bei der der anwesende Vizepräsident Weiß leicht verletzt wurde, weil er von den eignen Mannschaften erkannt worden war.

Ballkalender

Dienstag: 59. Stiftungsfest Bibliophiler Hebammen.
Mittwoch: Ball der Frauenturnriege des Verbandes Monistischer Uhrmacher.
Sonnabend: Tanzkränzchen der Ortsgruppe des Gaues Brandenburg des Reichsbundes Gleichgeschlechtlicher Sachsen (Opposition).

Der Ball des Preußischen Richtervereins ist der Einfachheit halber mit dem Ball der ‹Bösen Buben› zusammengelegt worden.

Alpenball des Pen-Klubs

Ein entzückender Kostümball vereinte gestern Literatur, Kunst, Wissenschaft und die verwandten Industrien bei Kroll. Man tanzte nach den Kapellen Etté und Rowohlt und sah eine Fülle bezaubernder Kostüme an sich vorbeiziehen:

Walter von Molo als Dichter; Arnolt Bronnen als Original-Faschist mit ziemlich schwarzem Hemd und rituellem Monokel; Gerhart Hauptmann in einer vorzüglichen Maske als alter Gerhart Hauptmann; aus Paris zwei Damen: die Colette und Germaine André, und die Stimmung erreichte ihren Höhepunkt, als Ernst Jünger und Kaplan Fahsel einen reizenden Philosophieplattler vorführten. Die Behäbigkeit und Stämmigkeit unsrer Börsenmakler brachte die echten tiroler Kostüme erst voll zur Geltung, ein Beweis, daß Natürlichkeit das Hübscheste ist und bleibt. Zum Schluß des Abends trat in der Kaffeepause, stürmisch akklamiert, Galsworthy für die deutsch-französisch-englische Verständigung ein, womit sie ja nun wohl Tatsache sein dürfte. Die anwesenden Dichter gelobten, im Frieden Pazifisten zu sein und zu bleiben. Die moderne Literatur hat mit dieser Veranstaltung, der die Spitzen der Behörden und ein Kranz schöner Frauen beiwohnten, bewiesen, daß sie nun endlich repräsentativ geworden ist, ja wir dürfen getrost sagen: nichts als das.

Ball der Deutschen Ballindustrie

Es war ein bezaubernder Abend voller Stimmung und Schwung: Diplomatie, der Tennisklub Changeant-Weiß, sehr viel Sport, auch boten die anwesenden Ballberichterstatterinnen mit den Brillanten ihres Stils ein reizendes Bild. Herr Generaldirektor A. S. Geyer vom Reichsverband der deutschen Ballindustrie führte in einer zündenden Ansprache aus, daß die berliner Bälle nicht für die Besucher, sondern für die Veranstalter da seien. Gegen Mitternacht wurden zwei Büsten enthüllt: von Ludwig Pietsch und Alfred Holzbock, den Altmeistern der berliner Ballberichterstattung. Frau Direktor Marheineke (weiße Thekla-Seide, mit echt Reptil abgesetzt) zerschlug an Holzbocks Kopf eine Flasche durchaus deutschen Sektes: «Unsre Devise sei», rief sie aus, «neckisch, aber vornehm — ausgelassen, aber mondän! Wir sind nicht dazu da, uns das Leben gegenseitig angenehm zu machen, und darum veranstalten wir die

Berliner Bälle —!»

AUS!

Einmal müssen zwei auseinandergehn;
einmal will einer den andern nicht mehr verstehn – –
einmal gabelt sich jeder Weg – und jeder geht allein –
wer ist daran schuld?

Es gibt keine Schuld. Es gibt nur den Ablauf der Zeit.
Solche Straßen schneiden sich in der Unendlichkeit.
Jedes trägt den andern mit sich herum –
etwas bleibt immer zurück.

Einmal hat es euch zusammengespült,
ihr habt euch erhitzt, seid zusammengeschmolzen, und dann erkühlt –
Ihr wart euer Kind. Jede Hälfte sinkt nun herab –:
ein neuer Mensch.

Jeder geht seinem kleinen Schicksal zu.
Leben ist Wandlung. Jedes Ich sucht ein Du.
Jeder sucht seine Zukunft. Und geht nun mit stockendem Fuß,
vorwärtsgerissen vom Willen, ohne Erklärung und ohne Gruß
in ein fernes Land.

BRIEF AN EINE KATHOLIKIN

Es kommt in der Politik nicht darauf an, wie eine Sache ist; es kommt darauf an, wie sie wirkt.

Sehr geehrte gnädige Frau,
Sie hatten die Freundlichkeit, einmal das zu tun, was in Deutschland so selten ist: über den trennenden Graben hinüber nicht mit faulen Äpfeln zu werfen, sondern Briefe von Verstand zu Verstand zu schreiben. Händedruck und Dank.

Die Unterhaltung zwischen Freidenkern und Katholiken geht gewöhnlich nach folgendem Schema vor sich. Die einen sagen: «Heuchler! Reaktionäre! Volksverdummung! Dämlicher Aberglaube! Es lohnt nicht, mit diesen Leuten auch nur ein Wort zu wechseln», und die andern sagen: «Heiden! Gottlose! Volkszersetzung, Verkommenheit der neuen Zeit! Es lohnt nicht, mit diesen Leuten auch nur ein Wort zu wechseln.» Auf so tiefer Ebene wollen wir unsere Unterhaltung nicht führen – Ihr letzter Brief zeigt mir das. Ich will ihn öffentlich beantworten.

Der Ausgangspunkt unsres Briefwechsels war der Artikel Carl von Ossietzkys *‹Das lädierte Sakrament›* (erschienen in der Nummer 49 des vorigen Jahrgangs dieser Zeitschrift). Sie und die Zentrumspresse sind recht böse gewesen: böse über den Titel und böse über den Inhalt, darin gesagt wird, daß die katholische Reichstags-Fronde gegen die Neuregelung der Ehescheidungsvorschriften nicht zu entschuldigen ist. Es wird von der Ehenot gesprochen. «Wenn das katholische Muckertum», ist da gesagt, «noch immer tut, als handele es sich hier um Einzelfälle, die durch ein Abschreckungsgesetz sogar noch vermindert werden können, so muß der gesunde Menschenverstand endlich die Gegenfrage aufwerfen nach den wenigen kostbaren Exemplaren beiderlei Geschlechts, die noch niemals neben die Ehe gegangen sind.» Und: «Die heilige Kirche hat im Laufe ihrer langen wechselvollen Geschichte die Gebresten der Zeit auch nicht immer mit der gleichen Härte verfolgt, sie hat, wenn es sich um vornehme Beichtkinder handelte, das Laster oft mehr mit der Puderquaste gegeißelt als mit der Stachelpeitsche und im ganzen die schweren Pönitenzen dem niedern Volk vorbehalten.» Und: «Der Begriff der Adultera, ob in eifernder Verhetzung oder romantischer Verherrlichung gebraucht, ist dahin und tot wie die Beichtmoral vom Escorial oder von Schönbrunn.»

Und darum Schwefel und Höllendrohung und die ganze Verachtung, die – mit welchem Recht? – eine sehr mäßige kirchliche Dialektik für jene aufbringt, die nicht ihrer Meinung sind? Welche Rolle spielt Ihre Kirche? Was will sie?

Sie will in erster Linie sich. Dagegen wäre nichts zu sagen, wenn nicht stets der fatale Kunstgriff angewandt würde, mit Berufung auf irrationale Größen Rationales zu verlangen. Sie wissen, daß in der jungkatholischen Bewegung, die die Kirche nicht sprengen und nicht wandeln wird, bei aller verehrungsvollster Anerkennung des kirchlichen Dogmas die Tagespolitik des Zentrums auf das schärfste abgelehnt wird: diese Bewegung, die den Weg aller katholischen Reformbewegungen gehen wird, nämlich den nach Rom, will die Wechsler aus den Tempeln verjagen. Es wird ihr nicht gelingen.

Was die Ehe angeht, so machen es sich Ihre Leute etwas leicht.

Die Jesuiten statuieren in der *‹Germania›* ein «Naturrecht», auf dem die Ehe basiere – das wird behauptet, aber nicht bewiesen, und an keiner Stelle wird deutlich, wie sehr diese Anschauungen von der Familie der einer Klasse entspringen; diese Anschauungen sind gültig und nützlich für die bürgerliche Klasse, und sie sollen gültig sein für die von den Bürgern beherrschte Schicht, die sich heute freimachen will. Darüber wäre zu reden.

Worüber gar nicht zu reden ist, ist dieses:

Die Kirche rollt durch die neue Zeit dahin wie ein rohes Ei. So etwas von Empfindlichkeit war überhaupt noch nicht da. Ein scharfes

Wort, und ein ganzes Geheul bricht über unsereinen herein: Wir sind verletzt! Wehe! Sakrileg! Unsre religiösen Empfindungen ...

Und die unsern —?

Halten Sie es für richtig, wenn fortgesetzt eine breite Schicht des deutschen Volkes als ‹sittenlos›, ‹angefressen›, ‹lasterhaft›, ‹heidnisch› hingestellt und mit Vokabeln gebrandmarkt wird, die nur deshalb nicht treffen, weil sie einer vergangenen Zeit entlehnt sind? Nehmt ihr auf unsre Empfindungen Rücksicht? Ich zum Beispiel fühle mich verletzt, wenn ich einen katholischen Geistlichen vor Soldaten sehe, munter und frisch zum Mord hetzend, das Wort der Liebe in das Wort des Staates umfälschend — ich mag es nicht hören. Wer nimmt darauf Rücksicht? Ihre Leute nicht, gnädige Frau.

Die gehen neuerdings mit der Zeit mit, wie ein Kriegsgefangener, den ein übermütiger Husar ans Pferd gebunden hat. Zur Zeit haben sie es mit dem Sozialismus. Man wird dabei ein peinliches Gefühl nicht los: es ist ein Interesse, das die Kirche an den Arbeitern nimmt, dem gleich, mit dem sich eine Hausfrau für die Wanzen interessiert. Ihr fühlt die Not — aber ihr könnt sie nicht beheben, weil ihr ihre Quelle nicht sehen wollt. Sie wissen, wer auf dem rechten Flügel des Zentrums sitzt: Großindustrielle. Mit denen macht man keine soziale Politik.

Das will der neue berliner Bischof nicht wahr haben. Mit großem demagogischem Geschick hat sich der Mann in seiner Rede im Sportpalast zu Berlin eingeführt; das Ganze ging unter der Spitzmarke ‹Der Volksbischof für Berlin› vor sich, und es war viel von den arbeitenden Massen, der Wohnungsnot und der Arbeitslosigkeit die Rede. Das ist zunächst ganz echt, und dafür habt ihr einen strahlenden Beweis in eurer norddeutschen Geschichte. Und zwar sind das nicht nur, wie Sie mit Recht schreiben, die zahllosen katholischen caritativen Verbände, die Anstalten, Klöster, Schulen, Priester, Krankenhäuser, die Tausende von selbstlos arbeitenden katholischen Krankenschwestern, die tätig sind bis zum letzten Hauch der Kraft — es ist das ein für den Berliner sichtbar gewesener Mann, der leider zu früh dahingegangen ist: es ist Carl Sonnenschein. Was dieser Mann Gutes getan hat, darf ihm nicht vergessen werden.

Von der andern Seite wird dann sogleich eingewendet: «Aber nicht umsonst. Was wird hier gemacht? Proselyten werden hier gemacht.» Nun, das halte ich nicht für richtig.

So gewiß sich die offizielle katholische Caritas ihre Zuwendungen oft politisch bezahlen läßt (daher auch die ständige katholische Aspiration nach dem Volkswohlfahrtsministerium, das die Verteilung der großen Fonds bestimmt): so gewiß haben Sonnenschein und die ihm geistig verwandten Katholiken keine Proselyten gemacht und machen wollen. Wie ja denn überhaupt der allgemein verbreitete Glaube, die katholischen Priester lauerten nur darauf, Andersgläubige einzufangen, eine Bilderbuchvorstellung ist. Die katholische Kirche versucht zwar stets mit den schärfsten Mitteln, bei gemischten Ehen den protestantischen Teil und vor allem die Kinder zu sich hinüberzuziehen – aber die Bekehrungssucht im ganzen ist doch in Europa bei ihr recht schwach ausgebildet. Man wird eher im Gegenteil finden, daß katholische Priester dem Renegaten gegenüber sehr zurückhaltend, sehr skeptisch und sehr abwartend sind – mit Recht übrigens. Ihr habt viel Gutes getan; man soll es euch danken und nicht hinter jeder wohltätigen Handlung die kalte Berechnung des Kundenfangs sehen. Sonnenschein hat sie nicht gehabt; der berliner Bischof hat sie vielleicht, wenn man an weite politische Betrachtungsweise denkt – im ganzen habt ihr sie nicht. Ihr wollt wiedereinfangen; einfangen wollt ihr nicht.

Der Bischof und Sonnenschein nun machen einen gewaltigen Fehler: sie denken nicht zu Ende. Man sehe sich daraufhin die große Rede des Bischofs an (publiziert in der ‹*Germania*› vom 2. November), und man wird finden: Diagnose richtig, Therapie unzureichend. Da sieht der Kommunismus viel weiter, der richtig lehrt, daß noch niemals eine herrschende Klasse ihre Privilegien freiwillig abgegeben habe – nicht einmal die Kirche hat das getan. Sehr gut steht in jenem Aufsatz Ossietzkys: «Man sieht: wo die Kirche einer unaufhaltsamen Entwicklung gegenüberstand, da zog sie der folgenschweren Auseinandersetzung stets das Arrangement im stillen vor.» Das heißt: sie verhandelte, und sie verhandelte, wie auf der Welt immer verhandelt wird: von Macht zu Macht, niemals von Macht zur Machtlosigkeit. So ist es auch im großen Wirtschaftskampf: Werkgemeinschaft und sozialer Ausgleich im guten und alles das sind Fliegenfänger; die Dummen bleiben daran hängen und summsen nachher mächtig, weil sie kleben geblieben sind. Das Christentum braucht nur ein Jahrtausend in seiner Geschichte zurückzublättern: im Anfang war es wohl die Güte, die diese Religion hat gebären helfen – zur Macht gebracht hat sie die Gewalt.

Von der wollte Carl Sonnenschein nichts wissen. Mit einer Opferbereitschaft, die nicht alltäglich ist, wirkte er Gutes, wie er es verstand; an seiner Reinheit, an seiner Uneigennützigkeit ist kein Zweifel erlaubt. Aber ...

Wenn ein Ehepaar, das sich in einer Zweizimmerwohnung auseinandergelebt hat, so ein Kapitelchen wie ‹*Ehescheidung*› liest, das in Sonnenscheins ‹*Notizen*› zu finden ist (erschienen im Verlag der ‹*Germania*›, Berlin) – so ist dem Ehepaar damit nicht geholfen. Auch uns andern ist mit Carl Sonnenschein nicht geholfen.

Die Kirche hat zu allem Nicht-Katholischen ein sonderbares Verhältnis, an dem das Peinlichste ein durchaus falsch angebrachtes Mitleid ist. So hat Sonnenschein das Imperium Romanum vor Christi Wirken beurteilt: «Nirgendwo mehr ein aufrechter Mann. Nirgendwo mehr eine keusche Familie» ... man kann das damalige bäuerliche

Leben nicht gut falscher sehen, und genau so mitleidig-verachtungsvoll sieht er auf die Großstadt, auf ‹Berlin›, in welchem Wort bei ihm viel provinzielle Nebenbegriffe mitschwingen. Wie da geraubte Jungfräulichkeit, Syphilis, Unkeuschheit und mangelnder Kirchenbesuch in dieselbe Reihe gesetzt werden; wie die wirtschaftliche Basis des Großstadtelends fast überall nur gestreift, nie aber ernstlich bekämpft wird —: das läßt einen denn doch eiligen Schritts in die Front des Klassenkampfes gehen. Manchmal lüftet sich der Vorhang ... «Hausfrauen aus jüdischen, rationalistischen Familien haben mir gesagt, daß sie Dienstboten mit Jenseitsdressur denen mit Diesseitskultur vorziehen. Daß sie im Eventualfall katholische Hausangestellte, die jeden Sonntag in die Messe und Ostern zu den Sakramenten gehen, in Kauf nahmen. Statt monistischer, die sich ganz auf das Diesseits einrichten.» Das hätte einmal unsereiner schreiben sollen! Nicht schlafen können hätte man nachts vor dem Geheul und Gebelfer eifriger Katholiken. Aber Sonnenschein hat zutiefst recht: dieser Glaube ist gut. Nämlich gut für die dienenden Klassen. So verharren sie im Gehorsam.

Der neue katholische Bischof Berlins wird mitsamt der von Herrn Klausener emsig betriebenen Katholischen Aktion, die an Geistigkeit von der auf den Index gesetzten ‹Action Française› meilenweit entfernt ist, viel Gutes tun, und es wird nicht ausreichen. Mir will dieser Pseudosozialismus nicht eingehen, diese Zwangsbewegung einer Gruppe, die mit dem Herzen bei den kleinen Leuten und mit dem Portemonnaie bei den Großen ist. Sie, verehrte gnädige Frau, leben in Berlin und werden vielleicht die katholische Provinz nicht so kennen, die deutsche Provinz mit ihren unsäglichen frommen Käsblättchen. Die kompromittieren Ihre Religion, die sie ununterbrochen im Munde führen, und das mit einer Unduldsamkeit, die so gar nicht christlich anmutet ... Neulich habe ich in Wiesbaden einen Vortrag gehalten; tags darauf tobte sich in der *‹Rheinischen Volkszeitung›* und im *‹Neuen Mainzer Journal›* ein Mann aus (wie man mir erzählt hat, ein getaufter Jude), namens Karl Goldbach. «Er hat den Katholizismus mit einem Klosett mit Wasserspülung verglichen», schrieb er. Kein Wort davon ist wahr — aber so sieht in Mainz die geistige Polemik der Katholiken aus. So wie Sonnenschein bei den patriotischen Kriegskatholiken steht, nicht bedenkend, daß Opfer an sich noch gar nichts sind, wenn die Sache, für die sie gebracht werden, nicht gut ist — so steht ein Teil der Zentrumspresse in verdächtiger Nähe der Nationalsozialisten, die diese Kameradschaft gar nicht wünschen. Aber die Fronten des Zentrums wechseln ... Im ganzen ist es wohl so, daß diese Partei immer wartet, wer beim Kampf die Oberhand behält; bei dem ist sie dann. Sonnenschein drückt das anläßlich der Ereignisse von 1918 so aus: «Jede Obrigkeit kommt von Gott.» Und der Bischof Schreiber so: «Dann kam die Revolution. Als Auflehnung, als gewaltsame Auflehnung gegen die damalige rechtmäßige Autorität war sie ein Unrecht. Dann aber haben die regierenden Fürsten ihre rechtmäßige Gewalt in die Hände des Volkes gelegt und haben dem Volk auf Grund ihrer früheren rechtmäßigen Gewalt die Entscheidung übergeben über die Festsetzung der Staatsform, ob die Monarchie bleiben solle oder ob eine andere Staatsform an ihre Stelle treten solle.» Die Nachfolge Christi ... die Nachfolge der Hohenzollern ... Und wenn die Fürsten diese Formalität nun nicht erfüllt hätten, dann könnte der Bischof Schreiber sich nach einer neuen Ausrede umsehen, weshalb er heute «bejahend zum Staat» steht. Der übrigens der Kirche gibt, was der Kirche ist, und noch ein bißchen mehr. Nein, so geht es nicht.

Gewiß, gnädige Frau, Sie und Ihre Leute stehen mitunter groß da, weil Sie so kleine Gegner haben. Von Ludendorff soll unter vernünftigen Menschen nicht die Rede sein, nicht von seiner Stammtischphantasie, die den Jesuitismus, das Freimaurertum und die Päpste wild durcheinander würfelt, wie es nur ein bierbeglänzter Generalsschädel auszudenken vermag ... das gehört nach Bayern und soll nur dort bleiben. Auch die etwas klobigen Gottes- und Kirchenlästerungen, denen Sie manchmal ausgesetzt sind, haben nicht meinen Beifall. Damit, daß man die Kapläne als Mädchenverführer und heuchelnde Köchinnenbeischläfer hinstellt, ist keiner Sache gedient – nicht der unsern, nicht der der Arbeiter. Aber wie kommt es, daß Sie so wenig Ihnen ebenbürtige Gegner in der großen Tagespresse haben? Sie erlauben mir hier ein notwendiges Wort über die deutschen Juden.

Deren Toleranz der Kirche gegenüber setzt sich zusammen aus Pogromangst und einer innern Unsicherheit, die bis zum bösen Gewissen geht. Hätten die deutschen Nationalisten nicht diese fast tierische Stalldumpfheit von pommerschen Bereitern aus dem vorigen Jahrhundert: sie hätten längst auf die allerdings zugkräftige Volksparole «Haut die Juden!» verzichtet – und drei Viertel der deutschen Juden säßen heute da, wo sie klassenmäßig hingehören: bei der Deutschen Volkspartei. Sie tun es nicht, weil sie der Antisemitismus abstößt; sie tun es zum Teil doch, weil ihnen ihr Bankkonto lieber ist als eine Religion, von der sie nur noch das Weihnachtsfest und die *‹Frankfurter Zeitung›* halten. Von der winzig kleinen Minorität der National-Juden unter Führung eines schon von Siegfried Jacobsohn rechtens vermöbelten Herrn Naumann will ich gar nicht sprechen: gefüllte Milz mit einem Stahlhelm ist wohl nicht das Richtige. Aber jene friedlich dahin verdienenden Hausjuden, die aufatmen, daß wenigstens Lenin nicht einer der ihren gewesen ist, jene israelitischen Familienblättchen, beschnittene Gartenlauben, errichtet im Stil von Sarah Courths-Mahlersohn ... diese Leute sollen dem deutschen Volk das rituelle Schächtmesser in den Rücken gestoßen haben? Dazu sind sie viel zu feige. Nie täten sie das.

Und diese Sorte, die da glaubt, Unauffälligkeit sei ein Kampfmittel, hat vor nichts so viel Furcht wie vor öffentlichen Diskussionen mit andern Religionen. Kurt Hiller hat den endgültigen Trennungsstrich gezogen: den zwischen Aron-Juden und Moses-Juden. Von den Aron-Juden hat der Katholizismus nichts zu befürchten. Die große Presse ist sehr ängstlich, wenn es um die Konkordate geht, um die Sabotage der Reichstagsarbeiten durch das Zentrum bezüglich der Ehescheidung – es ist sehr still in diesen Blättern, wo es sonst so sehr laut ist. Angst, Angst...

Und so berührt es denn doppelt komisch, wenn der Bischof Schreiber und seine Blätter sich nicht lassen können: Ungeschmälerte Parität! auch wir verlangen unsern Platz an der Sonne ... als ob es nicht dunkel wäre in Deutschland, weil eine Soutane das Sonnenlicht schwärzt. Ihr habt, was ihr braucht, aber es genügt euch nicht.

Und eben dagegen wehrt sich die Arbeiterschaft. Vielleicht manchmal ein bißchen plump, vielleicht zu grob, weil sie den feinen Mitteln, mit denen ihr die Frauen des kleinen Mittelstandes bearbeitet, nicht gewachsen ist. Diese eure Arbeit ist systematisch: auch drüben in Frankreich sind besonders die Jesuiten in der Arbeiterschaft am Werk («Christe dans la banlieue» – Christus in der Vorstadt), überall in der Welt geschieht es. Ihr macht Politik. Ihr greift in die Politik ein? Die Politik antwortet euch. Stellt die Orgeln ab und schreit nicht, man habe euch verletzt. Auch ihr verletzt die andern, auch ihr verletzt uns.

Sie sehen, sehr verehrte gnädige Frau, daß hier kein patentierter Freidenker spricht. Keiner, der da glaubt, mit einer Feuerverbrennungskasse sei die Glaubensfrage gelöst. Solange aber die katholische Kirche in allen entscheidenden Fragen bei den Unterdrückern ist, solange sei es jedem verständigen und klassenbewußten Arbeiter, jedem Angestellten empfohlen, aus der Kirche auszutreten. Auch gegen die Gefühle ihrer Frauen, die zu erziehen sind – so, wie ihr sie verzogen habt. Ich schmähe die Kirche nicht, ich schmähe ihre Diener nicht. Beschränkt ihr euch auf das geistige Gebiet, so sei Diskussion zwischen uns, Debatte und Gedankenaustausch.

Macht ihr reaktionäre Politik –: auch dann ist die Sauberkeit eurer Überzeugung und die Heiligkeit einer Sache zu ehren, die andern nicht heilig ist. Dann aber sei zwischen uns Kampf. Der Sieg wird nicht bei euch sein – sondern bei den Werktätigen der ganzen Welt.

EINER, MANCHE, VIELE

Mitunter laufen einem Romanfiguren über den Weg, die Figur ist da, der Roman muß erst noch geschrieben werden. Hier ist ein Knopf, lassen Sie sich einen Anzug dazu machen.

Unter dem deutschen Adel aller Gothas gibt es mancherlei Arten: den braven Vertreter seiner Kaste, ein Kerl, der von Köckritz ist, und weiter nichts; es gibt Leuteschinder und feine, alte Damen, dumme Puten und sehr dünngliedrige, gebildete Herren, unter deren schmalen Schädeln ein Gehirn liegt und still arbeitet ... da gibt es allerhand. Aber eine Nummer kommt vor, die ist so bunt und so seidig-glänzend, daß die Schmetterlingskenner, die das Exemplar bei mir aufgespießt sehen, fragen: «Donner! Woher haben Sie denn den?» Dann lächle ich, wie der Sammler lächelt, der seine kleinen Geheimnisse nicht verrät.

Bitte kommen Sie nicht zu nah an den Kasten, ich habe das Ding so sorgsam aufgepiekt. Da ist er:

Er sieht gut aus. Er ist ziemlich blond, groß, lässig, locker ... sein Monokel sitzt nicht wie bei Bronnen, sondern es sitzt richtig; er braucht gar nicht erst so viel herzumachen, er strengt sich nicht an wie Edschmid, er liest nicht die *‹Elegante Welt›*, er gehört ihr an. Seine Anzüge sind gut gemacht, er hat tagsüber etwas betont dicke und flauschige Sachen; seht! sagen die Sachen, wie wir an ihm herumhängen, er läßt sie hängen, er hat sie einmal bezahlt, und nun weiß er, daß er sich auf sie verlassen kann. Abends sitzen Smoking, Hemd, Krawatte und seidene Socken, als seien sie ihm angeflogen. Das alles ohne jede Aufdringlichkeit. Er ist sehr frech, aber er ist leise-frech.

Er ist nicht in den väterlichen Ställen geblieben. Seine Entwicklung kennen wir nicht, aber die Intellektuellen, mit denen er umgeht, fühlen: Er gehört doch zu uns. Er hat Rilke gelesen, was: gelesen! er hat ihn gekannt, er besitzt auch Briefe von Rilke; er versteht allerhand von Nationalökonomie, sehr viel von Musik, außerordentlich viel von bildender Kunst und gar nichts von Politik. Seine Kenntnisse und seine Bildung sind guter Durchschnitt; sie werden aufgehöht durch die uralten, eingeprügelten Instinkte seiner bürgerlichen Gegenspieler. Die sind schon dritte Generation, aber manchmal kommt bei ihnen Großpapa durch: ein Adliger ...! Der Enkel sagt: «Hören Sie mal, Platen!», das ‹von› läßt er weg, er sagt es nur mit der Seele, aber mit der dreimal. Herr von Platen kommt, legt ganz leise das Monokel und das Adelsprädikat ab, weil er beide nicht mehr braucht, die Umgebung hat sie gesehen, und die Umgebung fühlt sich frisch geadelt. Er siegt schnell, der junge Platen.

Er macht nämlich Geschäfte. Aber er macht sie nun nicht etwa so wie ein jüdischer Pferdehändler, gradezu, und immer etwas atemlos hinter dem Geld herlaufend – er macht sie anders. Das heißt: eigentlich macht er sie genau so wie ein jüdischer Pferdehändler, er ist nur etwas unzuverlässiger als jener. Er ist außerordentlich betriebsam; er hat Beziehungen, vermehrt sie, benutzt sie, nutzt sie aus, die Beziehungen fühlen sich geehrt, ziemlich geehrt. Er scheint sich zu den Geschäften nur herbeizulassen, das verleiht ihm eine große Stärke.

Manchmal ist es der Kunsthandel, manchmal die Bank, manchmal irgend etwas andres. Er geht mächtig ran, er läßt nicht locker, aber er bleibt locker.

Die Basis für seine Geschäfte ist ein unwiderstehlicher gutsherrlicher, naiver, fast tierischer Egoismus. Wir andern sind ja auch egoistisch, aber wir schämen uns ein wenig dieser Regung. Eigentlich müßte man ... Der müßte eigentlich gar nicht. Er ist von oben bis unten, von hinten bis vorn egoistisch. Der kühle Blick der grau-blauen Augen gleitet am Vertragspartner entlang: Natürlich bist du, Schulze, dazu da, mir ein Leben in einem sehr anständigen Viertel zu verschaffen, die stille, alte, renovierte Wohnung, das Auto, die guten Restaurants, wo ich bei Rotwein amüsante Geschichten erzähle, wie einer, der es nicht nötig hat. In dem Blick ist die kurze Reitpeitsche, mit der sein Urahn über den Gutshof ging. «Krischan!» – «Herr Graf!» Na, das wäre ja gelacht ...

Reizend zu Frauen. Ein bißchen Junge, scheinbar harmlos, so ganz anders als die schwarzen Geschäftsleute, mit denen Madame es sonst zu tun hat. Tanzt bezaubernd, macht etwas Sport, aber nicht den unbequemen, und immer hübsche Frauen um sich herum. Mit denen hat er eine Freude am Klatsch, die nicht alltäglich ist. Weiß reizende Médisancen zu sagen, sehr bösartige Sachen, aber immer mit dem frischen, offenen Gesicht eines großen Jungen, der nichts dafür kann. Ist verheiratet. Seiner Frau treu –? Auch. Fast immer. Man weiß nicht. Kann furchtbar lügen.

Er will sich zu niemand herablassen, er tuts auch nicht. Daß es immer so aussieht, liegt daran, daß die andern sich den Rücken krummer machen, als er von Natur schon ist. Er handelt wie drei Getreidehändler – man nimmts ihm nicht übel. Er raucht so nett dabei. Er fordert, verlangt, paßt auf wie ein Luchs, wo sich etwas drehen läßt – wenn ihm die Forderungen der andern einmal über den Buckel wachsen, fährt er weg. Die Adligen haben im allgemeinen keinen Sinn für den Kommerz. Wenn sie ihn aber haben, dann gnade Gott. Weiße Juden.

Mit seinen Freunden in den schönen Künsten steht er gut, sehr gut. Nähert er sich der bildenden Kunst, so wandeln sich die Bilder unter seinen Händen nicht, wie bei den Generaldirektoren, in bunte Aktien, die sie sich – Sachwerte plus Kultur – an die Wand hängen; er macht seine Geschäfte mit den Bildchen spielend, er kennt immer irgend eine Frau, die grade dieses Bild ... wie? Schläft vielleicht mit ihr. Das Bild wird dadurch nicht billiger.

Wenn er Musik macht, sagt er: «Mein Kollege Richard Strauß», todernst, man denkt erst, er macht Spaß. Nein, wirklich: Kollege. Ich kann doch nichts dafür, daß ich adlig bin. N'en parlons pas. Ist sehr viel gereist. Immer so, wie wenn er inkognito wäre. Bitte, bitte, keine Umstände – wir wollen doch hier nicht ... Aber dann nimmt er doch an.

Kann sich gar nicht denken, daß er jemals unten liegt. Liegt auch fast nie unten. Die Not der Zeit ... gewiß, ja doch. Aber das: sein Leben, Reisen, gute Behausung, Essen, die Weine – das muß so sein. Darüber spricht er nicht. Auch nicht über die kurze Spanne der Inflationszeit, über die er mit viel Tee nur sehr miekrig hinweggekommen ist. Nur: wenn es ihm dreckig geht, dann geht es ihm eben stilvoll dreckig. Es sieht netter aus als bei den andern. Gute Rasse bleibt gute Rasse. Und dann, wenn er wieder hochkommt, dieses kaum glaubhafte Geschick, aus seiner Tätigkeit die ihm zukommenden Prozente in Naturalien herauszuholen. Man weiß nie so genau ... Hat der eigentlich Geld?

Nein. Aber er hat die Adressen derer, die es haben. Früher, heißt ein altes Wort, hielten sich die Grafen Hausjuden, heute halten sich die Juden Hausgrafen. Es müssen nicht grade Juden sein – aber er sitzt gewissermaßen immer als Diener neben irgend einem Chauffeur, als Reisebegleiter, Kunsthändler, Bibliothekar und Ornament in einem. Er schmückt sehr. Einen Salon am meisten dann, wenn die Gruppen, Sandwichs essend, gelöst sind – bei Tisch ist es dann nicht mehr so sehr viel mit ihm. Liebt alles Leben hinter allen Kulissen; will zu den Intimen gehören und gehört ja auch dazu: passiert Absperrungen, weil er den Präsidenten kennt und die Diener ihn nicht aufzuhalten wagen, wartet niemals vor Schaltern sondern geht immer hintenherum. Er macht alles, was die Juden so unbeliebt macht – aber er macht es nett. Man kann ihm nicht böse sein.

Seine Familie läßt ihn übrigens grade noch gelten; er ist ihr zu stark verjudet. Aber er verlangt nichts von ihr, er macht auch seinem Namen keine Schande. Mojn, Platen. Balzac hätte Sie längst eingefangen.

KIRCHE UND WOLKENKRATZER

Es läuten die Glocken: Bim-bam-bim-bam;
es sausen die Autos über den Damm;
die Kirche reckt ihren Turm zum Himmel
und macht Reklame mit ihrem Gebimmel.
Sie wirbt für den christlichen Gedanken –
aber drum herum die Häuser der Banken
sind eine Etage höher.

Wenn zu New York die Börse kocht,
dann beten die frommen Pfaffen:
daß keiner werde eingelocht,
daß sie alle Geld erraffen.

Aber wie sie auch beten in brausendem Chor:
die Banken ragen zum Himmel empor
eine Etage höher.

Und es beten die Pfaffen nach alter Art
gegen sündige Teufelsgedanken.
Das Kirchenvermögen liegt wohlverwahrt
nebenan, nebenan in den Banken.
Wer regiert die Welt —? Hier kann man das sehn.
Um alle Kirchen die Banken stehn
eine Etage höher.

THEORIE DER LEIDENSCHAFT BERLIN N 54

Von wejen Liebe ...
Wat der Affe klönt!
Ick hab ma ehmt bloß an'n jewöhnt!
Ick weß nu schon: det Morjens seine Socken ...
uff seinen Oberarm die zweenhalb Pocken ...
Von wejen Liebe —!
Hö! So siehste aus.
Mensch, nischt wie raus!

Da sind wa neulich in'n Film jewesen.
Da jab et eenen schönen Brief zu lesen.
Een Vers:
DIE EIFERSUCHT IST EINE LEIDENSCHAFT,
DIE MIT EIFER SUCHT, WAS LEIDEN SCHAFFT.
Na ja doch. Aba det wär ja jelacht:
Wenn der mit seine Nutten macht —
ick sahre nischt. Ick kenn doch diß jenau!
Son fauler Kopp. Ick ärja mir bloß blau,
det ick mir ärjere. Denn der vadient det jahnich,
der Affenschwanz, der olle Piesenkranich.
Ick mach et janz jenau wie er — son Aas ...!
A det is komisch: mir machts keenen Spaß.
Mich kann die janze Männerbransche —!
Ick nehme jahnich jern Revansche.
Ick, Lottchen, bin ja dazu viel zu schlau.
So is det meine Meinung nach mit jede Frau:
Sofern wir iebahaupt 'n Herrn ham,
denn ham wir jern, det wirn jern ham!

Ob Schupouniform, ob in Zevil:
es is von wejen det Jefiehl.
Da weeß der jahnischt von. Der pust sich auf
und kommt sich vor un is noch stolz dadrauf ...
Von wejen Liebe ...
Det bestimmt doch keinesfalls
der Mann mit seinen unjewaschenen Hals!
Ich küsse Ihre Hand, Madam.
Diß jlauben bloß die Kälber.
Ick sahre so –:
Det Schönste an die Liebe is die Liebe selber.

AUF DEM NACHTTISCH

Mit mir wird das kein gutes Ende nehmen: ich gehöre dem R.D.B. A.-G. nicht an. ‹A.-G.› heißt aber hier nicht Aktiengesellschaft sondern ‹auf Gegenseitigkeit›; und der R.D.B. ist der ‹Reichsverband Deutscher Buchlober›. Das ist ein merkwürdiger Verein.

Es wird ja mit Recht darüber geklagt, in einem wie verrotteten Zustand die Buchkritik ist; während für die Theaterkritik eines Blattes oder einer Zeitschrift emsig Umschau gehalten wird, darf und kann über Bücher anscheinend jedermann schreiben. Dazu ist nicht nötig, daß man das Stoffgebiet beherrscht, ähnliche Werke kennt und ausfindig macht ... die Buchkritik ist ein Ersatz für den veralteten Waschzettel, nur ist sie nicht so sauber. Über die merkwürdige Koinzidenz von Inserat und Kritik wollen wir uns gar nichts erzählen, wohin gerieten wir da! – wobei die alte Streitfrage auftaucht, ob sich ein Blatt für Anzeigen solcher Werke bezahlen lassen darf, die es verreißt ... Das Schlimmste ist die Kritik der guten Freunde. Eine Hand macht munter die andere schmutzig, lobst du meinen Schmöker, lob ich deinen, und wenn du mich mit Goethe vergleichst, vergleich ich dich mit Lessing. Ich halte es mit jener alten hamburger Theaterabonnentin: «Ich guck all gar nicht mehr hin.» Und ich befürchte sehr, mir die tief-innere Feindschaft eines guten Dutzends von Literatoren zugezogen zu haben, deren Werke ich nicht gelesen, also nicht besprochen habe – obgleich doch das eine zum andern, sollte man denken, gar nicht nötig ist. Mit mir wird das kein gutes Ende nehmen.

Hermann Kantorowicz: ‹*Der Geist der englischen Politik und das Gespenst der Einkreisung Deutschlands*› (erschienen bei Ernst Rowohlt in Berlin). Eine höchst verdienstvolle Arbeit. Mehr? Nein, mehr nicht.

Kantorowicz paukt England heraus. Soweit er das gegen die deutschen Nationalisten tut, ist er im Recht. Was die in ihren Flugblättern und in ihren Büchern über die ‹falschen Briten›, die ‹Krämer jenseits des Kanals› zusammenschreiben, hat seinen Ursprung in den ersten Kriegstagen, wo die unorientierte Ahnungslosigkeit der Deutschen die Kriegserklärung Englands als einen Schlag in die unvorbereitete Magengrube empfand. Damals war es, als der unsägliche Sombart seinen Setzern und Lesern das Werklein ‹*Händler und Helden*› zumutete – es hat reiche Früchte getragen. Kantorowicz erklärt den englischen Nationalcharakter: seine Ritterlichkeit, seine Sachlichkeit, seine Humanität und seine ... er nennts Irrationalität. Das Wort will mir nicht recht gefallen: es ist eher so etwas wie ein politischer Instinkt. Dann, sehr gut, das Kapitel über das Märchen von der Einkreisung Deutschlands, darin die gradezu erschütternden Beispiele von der fürchterlichen Verhetzung, der die deutsche Jugend noch heute und grade heute in Hunderten und aber Hunderten von Schulbüchern ausgesetzt ist. Das normale deutsche Geschichtsbuch, besonders das der höhern Schule, enthält durchweg faustdicke Lügen über den Krieg, mit der kaum noch verhüllten Tendenz: Auf zur Revanche! Kein Wort von der tiefen Kriegsschuld Deutschlands; kein Wort von den maßlosen Ungeschicklichkeiten der Vorkriegszeit; kein Wort von der geistigen Verfassung, in der sich der Herrscher dieses Landes befunden hat ... aber: das ‹niederträchtige Albion›, und immer wieder: der englische Neid, die englische Konkurrenzangst (vor dem großen Abnehmer englischer Waren nämlich!) – und all das Zeug, das der Verband für das Deutschtum im Auslande unter gefälliger Patronanz der Kultusministerien in die jungen Gehirne trommelt. Die Politik gehört nicht in die Schule ... sagte die herrschende Klasse; damit meinte sie die der andern.

Kantorowicz stellt bei dieser Gelegenheit auch die verderbliche Tätigkeit der finanziell und organisatorisch sehr mächtigen Verbände gegen die Kriegsschuldlüge fest, die Revanchepolitik dieser neuen Tirpitz-Küche, von der die Regierung abrückt, wenn man sie in London und Paris festnageln will ... zu Hause ist sie duldsam und mehr als das. Wer bereitet den nächsten Krieg vor –?

Mir scheint, als ginge Kantorowicz in der rosaroten bengalischen Beleuchtung der Aktschlüsse englischer Politik zu weit. So rosa ist es nun wieder nicht. Es gibt gewerbsmäßige Jesuitenriecher, die nun alles, was Böses auf der Welt geschieht, dem unterirdischen Wühlen der Jesuiten zuschreiben – und so gibt es denn auch kontinentale Englandriecher. Was jedoch der wackere Lord d'Abernoon in Berlin gewirkt hat, ist nicht von Pappe gewesen. Daß sich die deutschen Nationalisten auf die Krämer jenseits des Kanals allemal dann berufen, wenn die – scheinbar – ihr Toben gegen den innern Feind als Vorbereitung gegen die Bolschewisierung Deutschlands stillschweigend geduldet haben, ist eine andre Sache. Kantorowicz badet in Engländertum, er britelt, man soll das nicht. Ich halte die kleine Anekdote, die in Michels' ‹*Patriotismus*› zu finden ist, für sehr schön und bezeichnend: wie da ein englisches Ehepaar auf einem Donaudampfer fährt, und, als eine Österreicherin ein Kompliment für die ‹Fremden› hat, die Engländerin böse auffährt: «Fremde? Sie sind die Fremden. Wir sind Engländer.»

Ich denke, daß das Werk von Kantorowicz einen Grundfehler hat: es hält die bürgerliche Weltordnung für die einzig mögliche, und es sieht nicht, daß es den Arbeitern auf allen Seiten ziemlich gleichgültig sein kann, welche Fahnen die Verwaltungsgebäude ihrer Werke grade hissen — die Proleten sind allemal die Dummen. Der Kampf geht gar nicht für und gegen England — er geht um ganz etwas andres.

Liest man im Anschluß daran zum Beispiel Harold Nicolsons *‹Miss Plimsoll und andere Leute›* (erschienen bei der Frankfurter Societätsdruckerei zu Frankfurt am Main), dann kommt man allerdings an die liebenswertesten Seiten des englischen Charakters. Der Verfasser ist ein ehemaliger Diplomat, der viel gesehen und noch mehr verschwiegen hat; manches erzählt er. Mitunter ist die Geschichte etwas dünn; vielleicht sind diese Berichte höchst charmant, wenn der Mann sie am Kaminfeuer erzählt — vorn wird man gebraten, hinten friert man, und in der Mitte muß man lachen. Wenn man dann aufsteht, ist alles fort. Wirklich ein Buntdruck erster Ordnung aber ist ‹Arketall›, ein lebendiger oder erfundener Kammerdiener Lord Curzons. Das ist bester englischer Humor, vor allem in der Diktion; das Ganze erinnert an die schönsten alten Whisky-Plakate oder an die von Pear's Soap. Diese leichte, chronische Besoffenheit des Dieners; die ironische und echte Überlegenheit Curzons; die Komik der eifrig die Hotelzimmer vorbereitenden Sekretäre ... Und dann, eine Perle, der Schlußabsatz des Kapitels. Der Diener hat sich nun doch so unter Spiritus gesetzt, daß er «den Morgenzug benutzen» muß. Curzon ist vergnügt und ladet den jungen Nicolson zum Abendessen. «Zur Belohnung werde ich Ihnen meine berühmte Imitation Tennysons, wie er ‹Tears, idle tears› rezitiert, vormachen.» Das tut er auch. Und wird plötzlich sehr nachdenklich. «Ach ja», seufzte er, «ach ja. Ich weiß. All das war vor vielen Jahren, als ich jung war und noch über die Alten lachen konnte. Aber alle jungen Leute sind ohne Erbarmen. Sie werden heute abend hinaufgehen und sich hinter meinem Rücken über mich lustig machen. Später im Leben werden Sie den alten Knacker imitieren, wie er Tennyson imitiert. Und so geht das weiter.» Er seufzte tief. Und dann grinste er. «Arketall tut mir leid», sagte er. «Der Mann gefiel mir.»

Der *‹Simplicissimus›* hat vor dem Kriege ein berühmtes Blatt von Thöny gebracht: wie deutsche Staatsmänner aussehen und wie englische Staatsmänner aussehen. Lord Curzon hatte Humor. Hermann Müller hat ein Parteibuch.

Das Buch Nicolsons ist von Cohen-Portheim übersetzt. Ich kenne das englische Original nicht; was herausgekommen ist, hat Stil und sehr viel Witz. «Ich zeigte ihm die beiden Sphinxe am Ende der Brücke und erzählte ihm, wie Wilde in seinen letzten torkelnden Jahren zu behaupten pflegte ...» Wenn übrigens ein so kenntnisreicher Stilist wie Cohen-Portheim das Wort ‹irgendwie› verwendet, muß er seine Gründe gehabt haben. Ich kenne diese Gründe nicht, aber ich mißbillige sie. Man sollte dieses Wort erwürgen, wo immer man es antrifft.

Irgendwie bezeichnend für die deutsche Justiz ist ein gradezu vernichtendes Buch: ‹*Verräter verfallen der Feme*› von E. J. Gumbel, Berthold Jacob und Ernst Falck (erschienen im Malik-Verlag zu Berlin). Da bleibt einem der Atem weg.

Nämlich vor Schmerz, Wut und Trauer. Nicht so sehr, was da geschehen ist, reizt auf – das wissen wir alle. (Hier ist übrigens der einzige kleine Fehler, den ich im Buch gefunden habe. Wenn da steht, daß Carl Mertens das größte Verdienst an der Aufklärung der Fememorde zukommt, so ist das richtig. Wenn da aber nicht steht, daß er diese Aufklärung nicht hätte geben können ohne den Mut und die Zivilcourage Siegfried Jacobsohns, so ist das unvollständig. Gumbel weiß, wie es gewesen ist.) Was so aufreizt, ist die Behandlung, die diese rohesten aller Verbrechen durch die deutsche Polizei und die deutsche Justiz gefunden haben. Daß Geßler von nichts wußte ... nun, das hat ihm nichts geschadet – so verstehen wir die Ministerverantwortlichkeit. Daß und wie aber die Richter reagiert haben, das darf denn doch wohl schändlich genannt werden. Man sehe sich diese erschütternde Liste am Schluß des sorgfältigen und ruhig geschriebenen Werkes an; bestraft ist kaum einer der Mörder, von den Anstiftern und Beteiligten sind fast alle amnestiert. Während noch Hunderte von kommunistischen Arbeitern, ja sogar noch Kriegs‹verbrecher› aus der Kriegszeit in den Zellen sitzen, laufen diese Burschen, die gekillt haben, frei herum und lachen sich einen. Mit Recht. Die tiefe Blutsverwandtschaft zwischen diesen Richtern und allem, was Militär heißt, ist evident; man hat das ja wieder aus den letzten Prozessen gegen die Nazis gesehen. Ich habe nichts gegen Klassenjustiz; mir gefällt nur die Klasse nicht, die sie macht. Und daß sie noch so tut, als sei das Zeug Gerechtigkeit –: das ist hart. Und bekämpfenswert. Das brillant dokumentierte und sehr gut aufgemachte Werk Gumbels, scharf, klar, sauber und voller intimer Kenntnis des scheußlichen Stoffes, wird dazu mithelfen.

Wie so ein Kampf für die Arbeiterklasse geführt wird, zeigen die ‹*Erinnerungen an Lenin*› von seiner Lebensgefährtin N. K. Krupskaja (erschienen im Verlag für Literatur und Politik zu Wien und Berlin). Das Buch, mit einem vorzüglichen Bild Lenins geschmückt, ist deshalb so lehrreich, weil es die unendliche Kleinarbeit aufzeigt, in der dieser russische Umsturz vorbereitet worden ist. Die Tragik, die in dem viel zu frühen Tode Lenins liegt, ist unermeßlich; nach dem Tode Stalins wird man wohl nicht so ein Büchlein erscheinen lassen können. Das kleine anspruchslose Heft bildet eine sehr dankenswerte Ergänzung zu der großen Autobiographie Trotzkis.

Was hat sich da auf den Nachttisch verirrt? *‹Psychologie für Vorgesetzte›* von E. D. Smith (bei der Deutschen Verlags-Anstalt zu Stuttgart erschienen). Ich bin doch kein Vorgesetzter ... Aber so ein Buch könnte sehr dienlich und nützlich sein. Dieses ist es leider nicht. Die amerikanischen Goldfedern sind weich; das schmiert Bücher, wie die Katzen Junge kriegen. Ein Schmarren. (Statt dessen lest lieber die gradezu aufsehenerregende Serie Kracauers in der *‹Frankfurter Zeitung›*: *‹Die Angestellten›*, ein breit angelegter Versuch einer wahrhaft modernen Soziologie. Ein Schritt in unbebautes Neuland, von bestem Instinkt geleitet.)

Wen wollen wir denn noch nicht loben ... Richtig: *‹Das Zille-Buch›*, herausgegeben von Hans Ostwald, unter Mitarbeit von Heinrich Zille (bei Paul Franke zu Berlin erschienen). Das ist von vorn bis hinten eine einzige Albernheit. Gott weiß, wie sie den guten alten Vater Zille in der Krankheit seines Alters dazu herumbekommen haben ...! Wie da die guten Witze Zilles fade und dumm aufgekocht werden; wie krampfhaft die Übergänge von einer zur andern Bildunterschrift; wie kleinbürgerlich und dümmlich das Ganze – es ist ein Jammer. Das hat Zille nicht verdient. Lest lieber seine Auswahl *‹Für alle›*, die im Neuen Deutschen Verlag herausgekommen ist, Otto Nagel hat an ihr mitgearbeitet, und der Kämpfer Zille kommt darin ans Licht und wird treffend kommentiert.

Ganz zu unterst liegen auf dem Nachttisch zwei zu bejahende Erscheinungen. Ja für die eine – Jubelgeschrei für die andre.

Ja: zu *‹Sexualmörder in Düsseldorf›* von Hans Hyan (erschienen im Verlag der Neuen Gesellschaft, ohne Ortsangabe). Ein wildes Umschlagbild als erlaubte Reklame – eine ruhige und vernünftige Broschüre. Hyan ist den düsseldorfer Mordfällen nachgegangen; er wertet sie, als ein guter Kenner der Kriminalpraxis, keineswegs sensationell aus, sondern er spürt den Gründen der polizeilichen Mißerfolge nach. Diese Gründe sind: Angst vor der Publizität, Eifersucht der Ressorts, Beamtendünkel und: es fehlt eine Einrichtung, die den in Frankreich bereits vorhandenen fliegenden Kriminalbrigaden entspricht, solche, die von der Zentrale ins Land gesandt werden – und zwar mit den nötigen tatsächlichen Vollmachten und Vorrechten, die den berliner Kommissaren fehlen. Hyan spricht dann von dem Krebsschaden, der nicht nur die Kriminalpolizei angefressen hat: Vorgesetzte kommen von der Seite in die Unternehmen, fast niemals von unten. So wird der Ehrgeiz der Dienenden getötet, die nun bloß noch gleichgültig am Pult hocken, weil es «ja doch keinen Zweck hat» – die Praxis hat den Fehler des unbeirrbar stumpfsinnigen Aberglaubens an die Tüchtigkeit der ehemaligen Offiziere und der Juristen, der wahren Exponenten der herrschenden Klasse. Dieser Aberglaube kostet hier Blut. Ließe man die tüchtigen Kriminalassistenten, die heute von den Oeppersten unterdrückt werden, die Leiter hinaufrücken, so belohnte man nicht nur anständige Arbeit, wie es sich gehört —: alle hätten den Vorteil davon. Aber: «Der einfache Mann, der sich von unten heraufgearbeitet, der also auch nicht studiert hat, schafft es nur in den seltensten Fällen.» Hyan verfügt über eine ausgezeichnete Personalkenntnis, die man manchem Reporter wünschen möchte — er erkennt das Gute in der preußischen Kriminalpolizei an, wo es zu finden ist, und er tadelt das Unzureichende. (Wie es in den kleinstaatlichen Polizeiverwaltungen aussieht, wird von unsern Freunden im Lande viel zu wenig beobachtet.) Fazit: Hätte die Kriminalpolizei so viel Fonds und Etatsmittel wie die Reichswehr: es sähe besser im Lande aus. Und hätte sie gar die Mittel, die diese Reichswehr vertut, statt der Reichswehr: es sähe besser in Europa aus. Hyan hat mit dieser Broschüre ein sehr verdienstliches Werk getan.

Das war das Ja. Jubelgeschrei aber über eine Neuerscheinung, die ein altes, bereits bekanntes Werk in erweiteter Form gibt. *‹Oktober›* von Larissa Reissner (erschienen im Neuen Deutschen Verlag zu Berlin). Schade, daß ich diese Besprechung nicht mit Blumen schreiben kann.

Vorangeht eine Fotografie dieser einzigartigen Frau; seht sie an und denkt euch euer Teil. Es folgen jene Abschnitte aus ihren Werken, die wir kennen und lieben: *‹Die Front›* mit den atemraubenden Schilderungen ihrer Abenteuer; wie ist das erlebt! *‹Im Lande Hindenburgs›* mit dem unfaßbaren Kapitel *‹Im Lager der Armut›*, einer ganz und gar allein stehenden Studie über das Lumpenproletariat; wie ist das geschrieben! nein: erlitten! — die große Vision *‹Vanderlip›* und dann, was neu ist, einige in deutscher Sprache bisher nicht veröffentlichte Kapitel über Afghanistan.

Es ist immer wieder bewundernswert, wie diese Frau gesehen, gelebt, studiert und geschaffen hat. Es ist ein Wunder. Wenn das ein Mann geschrieben hätte, müßte man ihn krönen — um wieviel mehr eine Frau! Der fremde Staub der fernen Länder knirscht uns zwischen den Zähnen, wir riechen den Rauch, wir fühlen die Farben ... Dabei ist der Klassenstandpunkt niemals außer acht gelassen, und niemals sitzt er aufdringlich im Vordergrund. Es geht also; man kann also auch für das Proletariat schreiben, ohne auf jeder Seite dreimal zu brüllen: «Es lebe die Weltrevolution!» — und siehe da: es ist tausendmal wirksamer als alles offizielle Geschreibe der Abgestempelten. Ich bin fest davon überzeugt: stammte dieses Buch, so wie es da ist, von einer Frau, die nicht an der roten Front mitgekämpft hätte — die Tintenrevolutionäre zerrissen sich die Mäuler, um darzutun, wie antirevolutionär das Ganze sei. Hier müssen sie schweigen. Wir aber wollen uns vor dem Buch beugen — voller Jubel, daß es da ist, voller

Trauer, daß Larissa Reissner nicht mehr da ist. Ich habe die alte Ausgabe halb auswendig gelernt und die neue viermal gelesen, und es wird nicht das letzte Mal sein. (Zwei Fehler; Seite 416: es heißt nicht la drapeau sondern le drapeau; Seite 412: «Sie lernten ihm, wie man Reichtum anwendet», was hoffentlich ein Druckfehler ist.)

Diese Darstellungskunst, dieser Charakter und diese Verve sind für eine Epoche einmalig. Der Nachttisch ist leer – ich mag nach diesem Wunderwerk nichts andres mehr lesen. Larissa Reissner – Ehre ihrem Andenken.

IMMER

Zum Beispiel Sie, Herr Fairbanks, sind doch eine Nummer!
Sie haben Ihren eigenen Ozean
und soviel Geld! und Glück ... und niemals Kummer ...
und eine Frau so süß wie Marzipan.
Doch manchmal, denk ich, nachts, wenn alles schweigt,
ob Ihnen da die Traurigkeit nicht einen geigt:
«Ja, immer Glück ... das ist es eben ...
Den ganzen Tag?
Das ganze Jahr?
Das ganze Leben –?»

Zum Beispiel Sie, Herr Ehemann, sind zu beneiden:
Sie haben eine Schönheitskönigin zur Frau.
Vor Ihnen darf die Venus aus der Wanne steigen ...
wir sehn ihr Bild – Sie kennen sie genau.
Denn so verteilt die Gaben das Geschick.
Nach Jahren ist da was in Ihrem Blick ...
So summsen Fliegen, die am Sirup kleben ...
Den ganzen Tag?
Das ganze Jahr?
Das ganze Leben –?

Mensch, sei nicht neidisch!
Glück hat seinen Schimmer ...
Stehst du im Tal, vergiß nicht vor den Höhn:
Das, was man einmal tut, ist schön. Doch was man immer
zu tun genötigt ist, ist weniger schön.
Brathuhn ist gut. Was aber tätst du tun,
gibt man dir jeden Tag gebratenes Huhn?
Na, siehst du. Sowas schätzt du auch daneben ...
Sei helle!
Lebe du dein eigenes Leben.

DIE ZEIT

«Die meisten Menschen», heißt dem Sinne nach eines der klügsten Worte Leo Trotzkis, «sind Anachronismen ihrer eigenen Epoche.» Öffne eine Zeitung: die beiden am häufigsten gedruckten Wörter, die du dort findest, sind: ‹Mensch (menschlich)› und ‹Zeit›.

In beiden Fällen verkriechen sich die menschlichen Zeitgenossen hinter eine Kulisse, um sich dort ungenierter austoben zu können. Sie glauben ernsthaft, sachlich zu sein, wenn sie im Amt hart und das sind, was man mit einem freundlichen Euphemismus ‹unmenschlich› nennt, – es ist aber eine Ausrede. Niemand ist ‹rein sachlich›; diese Ausdrücke muß man stets in Anführungszeichen setzen. Das, was der Mensch tut, unter welchen Umständen auch immer, ist der Ausdruck seiner selbst oder Ausdruck seiner Klasse – rein sachlich ist es nicht. Er ist nie unsachlicher, als wenn er glaubt, nur sachlich zu sein.

Und so wie sich jeder Gruppenfeigling hinter die Sache verkriecht, die von ihm verlangt, was er angeblich nur blutenden Privat-Herzens tut; so wie die kirchliche Bürokratie gern hinter das Wort Gottes flüchtet, wenn sie ihren eigenen Kram meint: genau so beruft sich der mondäne Geistige, und wer wollte das nicht sein, auf seine Zeit. Es ist wie ein Zauberwort.

Bei diesem Zeitrummel, dem wir unter anderm auch die langsam vergehende Mode der jungen, jüngsten und allerjüngsten Generation verdanken, spielt ein Hauptirrtum eine große Rolle. Das, was die Herren Zeit zu nennen belieben, ist oft nur die Dominante eines zahlenmäßig kleinen Kreises, der sich gern als den Vorläufer der großen und groben Massen denkt. Meist ist er das mitnichten. Von etwa hundert Kleider- und Geistesmoden dringen achtundneunzig überhaupt nicht durch; sie bleiben Ausflüge der Städter in das Gebiet einer Mode, Privatbelustigungen von winzigen Gruppen – die Massen wissen kaum etwas von ihnen.

Was durchdringt, dringt langsam durch. «Auch die geistigen Moden», hat ein sehr kluger Humorist gesagt, «werden im Hinterhaus aufgetragen.» Man blättere in dem, was heute Hunderttausende noch lesen, nein: was sie lesen, und man findet: Abklänge des Expressionismus, Nachklänge des ganz alten Naturalismus, Epigonen Gustav Freytags, Nachfahren Wilhelm Raabes ... die Einflüsse der achtziger Jahre sind für viele Menschen noch lange nicht zu Ende.

Es gibt aber, wenn man sich das Vergnügen macht, durch die Zeit einen Querschnitt zu ziehen, bei dem sich der Ziehende gern als die Krönung des Ganzen sieht, vielerlei Schichten, und alle hübsch nebeneinander: Schon, noch, alt, ganz alt ... sämtlich nebeneinander. Nur, was allen diesen Schichten gemeinsam ist: das macht die Zeit aus.

Der zahlenmäßig überwiegende Schutt des Alten bei den Massen muß mitgerechnet werden, und grade dann, wenn er den kleinen Zirkeln gegenüber, die sich fortgeschritten wähnen oder es sind, den Ausschlag gibt. Man hat dann das Recht, zu werten – die Diagnose aber muß ehrlich sein. Gewiß ist es wichtig, die Exponenten der Zeit und der künftigen Entwicklung richtig zu sehen und bei der Wertung nicht einfach abzustimmen – jedoch sind diese Exponenten sehr, sehr schwer zu erkennen. Wenn ein Kreis keine Massenwirkung hat, so ist er deshalb noch nicht wertvoll – das ist ein gefährlicher Irrtum. Eine Epoche nur nach denjenigen ihrer Erscheinungen zu werten, die in Presse, Buch oder Kunstwerk einen Niederschlag gefunden haben, ist töricht; so haben zum Beispiel die wirtschaftlich Unterdrückten fast niemals den Apparat zur Verfügung, der ihrer Bedeutung entspricht. Es ist zwar richtig, daß Zeiterscheinungen manchmal an besonders empfindlichen Stellen und im kleinen Kreise zuerst sichtbar werden – aber man werte hier vorsichtig. Es gehört ein sechster Sinn für solche Wertung; was Massen wollen, lieben, ablehnen und nun gar, was sie in Zukunft tun werden, muß man wittern. Mit dem Verstand ist es kaum zu eruieren.

Es ist aber bequem, sich als Exponent der Zeit aufzuspielen – es verleiht dem Sprechenden ein großes Gewicht, das er allein nicht hätte, und es schmeichelt seiner Eitelkeit. Und führt doch zu gar nichts.

Es führt höchstens dazu, daß die Zentren des Geistes, Zeitungsleute, Schriftsteller und Modephilosophen, ihr eigenes Land und ihre eigene Epoche oft nicht richtig sehen. Es sind dann Generale ohne Massen, eine höchst lächerliche Erscheinung.

Kleinzeitler sind es – so wie es Kleinstädter gibt. Der Spießer setzt gern in seine Klagen das Wort ‹heute›, als ob nicht zu allen Zeiten die Menschen geistig träge, dummdreist, laut und verfressen gewesen seien. Einen Schritt weiter, und wir haben die gute alte Zeit, ein Leierkastenlied, das zu schön ist, um wahr zu sein.

Noch grotesker sieht das für einen aus, der nacheinander in verschiedenen Städten Europas beobachtend lebt.

Allen gemeinsam ist das Romanische Café, auf das ich nicht so schelten kann, wie das vielfach geschieht. Es ist nicht meine Nummer – aber dergleichen muß sein, das hats immer gegeben, ganz besonders zum Beispiel zwei Jahrhunderte lang in Frankreich, wo sich der Literat mit dem leicht verbummelten Geistlichen verband ... vielleicht rührt daher die fast traditionelle Käuflichkeit des französischen Literaturbetriebes. (Die Herren sind gebeten, das Wort ‹louche› ins Deutsche zu übersetzen.) Nun, das literarische Café de la Rotonde ist überall gleich, in Belgien, in der Schweiz – auch in England mag es in Ansätzen vorhanden sein.

Aber das ist doch nicht die Welt! Es ist insular. Drum herum leben die bürgerlichen Schichten unbeirrbar ihr Leben zu Ende, zweifelnd leben sie es, unsicher – aber im Grunde unbeirrbar, soweit geistige, radikale Forderungen an sie gestellt werden. Die Proletarier haben zu viel mit sich selbst zu tun; für die sind diese Modeströmungen schon gar nicht vorhanden. Bleibt der ‹Zeit-Kreis› als Selbstzweck; bleibt der zeitungslesende Bürger, der ängstlich danach schielt, was die Zeit geschlagen hat, nicht grade um sich danach zu richten, aber doch um darüber sprechen zu können.

Gräser bewegen sich im Winde; aber der Boden steht. In jeder Großstadt gibt es zweihundert, vierhundert, fünfhundert Leute unseres Berufes, die – det hebt Ihnen! – ihre gesamte Epoche in toto darstellen wollen; sie stellen aber nur einen klassenmäßigen Ausschnitt dar. Dies ist eine Literatenkrankheit: mehr sein zu wollen als alle die andern. Und der Schriftsteller, der sich die Samtjacke ausgezogen hat, weil er sie versetzen mußte, besann sich plötzlich, daß ein Dachstübchen nicht unbedingt zu ihm gehöre; nun ist er in die Geschäfte gegangen, und in Deutschland verdienen die festangestellten Literaten mehr als in andern mir bekannten Ländern. Sie begnügen sich nun nicht mehr damit, zu schreiben – handeln wollen sie. Und das tun sie denn auch, in beiden Bedeutungen des Wortes.

Zu diesen Äußerungen des sozialen und literarischen Geltungstriebes gehört der Vorwurf: «Er ist nur ein Literat.» Dichten ist: Gerichtstag halten über sich selbst; ich schieße auf einen Gegner, am besten, als wärs ein Stück von mir ... aber das Scheltwort ‹Literat› ist doch keines. Die Wirkungen Herbert Iherings zum Beispiel stammen aus einer rein geistigen, rein literarischen Sphäre; nur auf dieser Ebene darf man ihn bekämpfen oder ihm beistehen, nur hier wirkt er. Und schon mit dem ‹nur› tut man ihm unrecht: es ist sein Gebiet, seine Kraftquelle, aus der andere schöpfen sollen – das ist genug und gut so.

In einem sehr larmoyanten Aufsatz hat jüngst Theodor Wolff beklagt, die arme, arme Frau Bergner sei von «Sensationsschreibern und Literaten» angegriffen worden. Ich will hoffen, daß das Feuilleton des *‹Berliner Tageblatts›* nicht von Schustern und Maurermeistern versorgt wird – sondern von Literaten. Was ist der Scheltende? Ein Literat; Politik kritisieren ist noch nicht: Politik machen, ‹Zahnarzt› ist kein Schimpfwort, denn es gibt vielerlei Sorten von Zahnärzten. ‹Literat› ist kein Schimpfwort, am allerwenigsten sollte ein Literat es gebrauchen.

Mir scheint in diesem Zusammenhang ein Wort vom kommunistischen Schriftsteller angebracht. Es ist gar kein Zweifel, daß ein Teil der Intellektuellen, die zur Partei gegangen sind, dies aus ganz ehrlichen und reinlichen Beweggründen getan haben. (Von Geld sei hier überhaupt nicht die Rede.) Becher, Renn, Kisch sind auf Grund ihrer Überzeugung der Partei näher getreten – die Bindung, die sie eingegangen sind, ist lediglich ihre Sache; keiner von diesen begeht den Fehler, auf den man so oft stößt:

Sie benutzen nicht die Potenz einer politischen Bewegung zur Hebung ihrer eigenen Ohnmacht. Das gibts. Solche kleinen Pinscher kriechen dann zum Arbeiter, hängen sich an Hammer und Sichel, und wenn unsereiner ihre Schreiberei nicht gut findet, dräuen sie: «Bürger!» Das sind kindliche Spiele, und der Arbeiter fällt im Gegensatz zu seinen Funktionären nicht darauf hinein.

Der Zeit aber wollen wir nicht nachlaufen; wir wollen in ihr leben. Ich will gar nicht einmal davon sprechen, wieviel Charakterstärke dazu gehört, sein Leben zu Ende zu leben, gegen alle andern, so wie es etwa Arno Holz getan hat. Man sehe sich demgegenüber jene Theaterkritiker an, die um jeden jungen Dramatiker ein Lämmerhüpfen veranstalten, aus lauter Angst, nicht mehr für achtundzwanzig gehalten zu werden; nichts ist würdeloser als ein zappelnder Greis. Ich sehe diese Gattung vor mir: mit kurzen Hosen, ein tiroler Hütl auf dem Kopf, asthmatisch, aber eilig und eine irre Furcht in den Augen: Sind wir auch noch modern? Gehören wir auch noch dazu? Sind wir auch – zieh mir mal den Schlips zurecht – nach der letzten Mode gekleidet? Arme Luder.

Nur ein sehr großer Mensch wie Hamsun darf es sich erlauben, dem Tod entgegenlebend sich das wenige aus der Zeit herauszufischen, was ihm noch behagt, was ihm noch nützt. Wir andern wollen mit der Zeit gehen, aber ohne Furcht. Man soll die jüngeren Leute hören, und dabei nicht vergessen, daß es kaum wahrnehmbare, feine Grenzlinien gibt, die nicht zu überbrücken sind. Ein Mann wie Wyneken, der doch mit den Jungen lebt, mag das spüren – es hilft alles nichts, und ich kann es nur dann als tragisch empfinden, wenn jemand nachts darüber weint. Es ist natürlich, und es soll so sein. Ein alter Mann ist stets ein König Lear, es wäre töricht, zu verlangen: Komm, ältle du mit mir .. Und diesen Graben gibt es schon zwischen fünfzig und zwanzig. Die Generation Kästner liebt eben anders, als die Generation Liliencron geliebt hat. Ist das ein Grund zur Verzweiflung? zum Fluch? zum Beifallsgeschrei?

Ich wünschte, unsere geistigen Führer beschäftigten sich ehrlich und innerlich mehr mit der Jugend, und zwar nicht nur mit der Jugend, die ihre Zeit beschreibt, sondern mit der, die sie lebt. Dann, aber nur dann, wären es Menschen der Zeit. Und nicht das, was uns so oft über den Weg klabastert: Affen der Zeit.

FRAGE

Es laufen vor Premieren
Gerüchte durch die Stadt:
Nun kommt, was man in Sphären
noch nicht gesehen hat.
    Doch hat der Rummel sich gelegt
    — so aufgeregt, so aufgeregt —
    dann frag ich still, so leis ich kann:
        «Und dazu ziehn Sie 'n Smoking an —?»

Es steigen große Bälle,
und die Plakate schrein.
Man muß auf alle Fälle
da reingetreten sein.
    Der Sekt ist warm, die Garderobe kalt.
    «Ich glaube, Lo, nun gehn wir bald ...»
    Zu Hause sehn sich alle an:
        «Und dazu ziehn wir 'n Smoking an —?»

Es prangt in den Journalen
das Bildnis einer Frau.
Schön ist sie angemalen,
hellrosa, beige und blau.
    Dir glückts ... ihr Widerstand erschlafft ...
    Na, fabelhaft! Na, fabelhaft?
    Grau ist der Morgen ... welk der Strauß ...
        Und dazu zieh ich 'n Smoking aus —?

Willst du nach oben schweben,
fällst du auf den Popo.
Und überhaupt das Leben,
es ist gemeinhin so:
    Erst viel Geschrei und mächtiger Zimt.
    Sieh nur, wie alles Karten nimmt!
    Aber mehrstenteils, o Smokingmann:
        Zieh ihn gar nicht erst an! Zieh ihn gar nicht erst an —!

DER GESCHÄFTSMANN IN DER LITERATUR

> Der Generaldirektor ergriff den Telefonhörer. «Müller!» sagte er nervös in den Apparat, «lassen Sie den großen Wagen vorfahren!»

Seit ‹*Soll und Haben*›, das noch heute viel mehr gelesen wird, als man glauben sollte, ist der Kaufmann Objekt der deutschen Romanliteratur. Man müßte also denken, daß uns solche Gesellschafts-Romane nun über das Wesen des Kaufmanns unterrichten, über seinen Charakter und seine Geschäfte, über die Art, wie er hochklettert oder nach unten rutscht ... welche Rolle spielt der Geschäftsmann in der modernen Literatur?

Die eines beschäftigten Liebhabers, der in den Pausen, die ihm sein Innenleben läßt, mit lässiger Gebärde Schecks unterschreibt, Sekretärinnen sinnend nachsieht, im Handumdrehen ganze Trusts aufkauft, einer, dem sein Geschäft eine Folie abgibt, vor der sich seine männlichen Eigenschaften leuchtend abheben. Gott segne ihn.

Denn so ist er gar nicht.

Ich will nicht einmal von dem verständlichen Trick sprechen, den diese Romanmacher mehr oder weniger bewußt anwenden: ihr Kaufmann ist eigentlich nichts andres als der Held schlechthin, der Held aus den alten Ritterromanen; nur trägt er statt eines Visiers und der Panzerrüstung das undurchdringlich glatte Gesicht des Generaldirektors und den schwarzen Sakko-Anzug, der die Vorteile seiner Figur, die trotz der vierzig Jahre immer noch ... kusch!

Keiner dieser Geschäftsleute wird uns in seinen Geschäften gezeigt. Wir wissen nicht, welcher Art diese Geschäfte sind, wir sehen nur ihre äußere Form – die aber sehn wir bis auf die Metall-Lasche der schwarzen Füllfederhalter.

Vorfahrende Autos und Türen aufreißende Diener; staubige Konторräume und seidenbespannte Konferenzzimmer; die Psychologie einer Schlauheit, mit der ein kleiner Hypothekenmakler hinter dem Alexanderplatz auch nicht ein einziges Geschäft zusammenbrächte; heroische Schilderungen von Industriekapitänen, die gern im Schatten sitzen und ihre Besucher ins volle Licht setzen, um mit sich dasselbe zu tun: aber alles das besagt ja überhaupt nichts. Warum ist das so?

Weil die Romanschriftsteller nichts vom Geschäft verstehn, es sei denn, von ihrem eignen. Und über das schreiben sie nicht gern Romane.

Nun hat aber die Entwicklung einer zustandegekommenen Anleihe etwas durchaus Spannendes; um sie richtig zu schildern, darf man allerdings nicht nur Erzähler von Liebesgeschichten sein – man muß sich schon, wie Balzac und Flaubert es getan haben, über das unterrichten, was man da schildern will. Aber sie wollen ja gar nicht, weil sie, wenn sie wollten, es nicht dürften ...

Wollten sie: so geht es nun nicht, wie sie es anfangen. Ich zum Beispiel leide an etwas, was Harry Kahn für sich «economical insanity» getauft hat – und man will sich doch belernen! So möchte ich denn einmal lesen, wie das nun wirklich vor sich geht, wenn Herr Direktor Achenbach zu Geld kommt, und wodurch er zu Geld kommt, und wem er es weggenommen hat, und ob er sehr listenreich dabei verfahren ist und wie, und worin seine Schlauheit besteht und die Dummheit der andern, und wie er es alles gemacht hat ... das möchte ich wohl gern wissen. Aber niemand sagt mir das.

Wie sieht es im Gehirn eines jungen Syndikus aus, der wie fast alle Finanzherrscher von der Seite her in die Direktorialräume gerät, weil er mit jemand verwandt ist oder weil er Korpsbruder ist oder weil er eben dazu gehört. Wie arbeitet er sich ein? Wie erobert er sich Schritt für Schritt den Weg nach ganz oben? Wodurch? Bei welchen Gelegenheiten?

Wie sieht die Geistesgegenwart aus, die der alte Thyssen bei mannigfachen Verhandlungen angewandt hat, um sich die Macht zu verschaffen, die sein Konzern heute hat? Was ist bei diesen Leuten sauber? Was gilt noch als sauber? Was nicht mehr? Wie laufen die Fäden? Wie machen sie es –?

Das möchte ich erfahren. Statt dessen erfahre ich die gewaltige Ignoranz der Herren Romanautoren, die uns nun dartun:

Wie sich der Generaldirektor räuspert und wie er spuckt; daß er müde zwischen zwei Romansituationen hinwirft: «Ich fahre morgen nach der Türkei, um mit einem Regierungsbevollmächtigten über unsere Konzessionen zu verhandeln», und das imponiert dem Autor so, daß er glaubt, solch ein Zeug genüge, uns einen Begriff von der Welt zu geben, die er schildern sollte, aber nicht schildern kann.

Es gibt freilich Ansätze, Versuche ... Erstens: ‹*Die weiße Rose*› von B. Traven. Dann ist einmal vor Jahren im Verlag Eugen Diederichs ein anonymes Werk ‹*Der Fenriswolf*› erschienen; da hats jemand probiert. Der mir unbekannte Autor gab Schriftstücke, Telegramme, Zeitungsaufsätze, um auf diese Art ein großes Geschäft in den nordischen Staaten, seine Entwicklungsgeschichte und seinen Aufbau zu erklären. Aber es war noch nicht das Richtige. Denn geschäftliche Schriftstücke sind Ergebnisse von geistigen Vorgängen, nicht das unmittelbare Zeugnis der Vorgänge selbst. Da fehlen die Überlegungen, die gescheiterten Pläne, die Intrigen, das Hin und Her in den Gruppen, die nur nach außen geschlossen auftreten, es fehlt der Dreh – das Buch war eine halbe Sache. Die ‹*Weiße Rose*› ist eine ganze. Auch in den ‹*Buddenbrooks*›, die ja auf etwas andres hinzielen, ist das Geschäftliche nur Hintergund. Herr Thomas Buddenbrook hat leichtsinnigerweise eine Ernte auf dem Halm gekauft, und die ist verhagelt ... «Du lieber Gott!» würde Christian sagen, und er hätte nicht einmal so unrecht. Wir wollen mehr wissen, die Einzelheiten, alles.

Von den Unterhaltungsromanfritzen erfahren wir es nicht. Ihr Generaldirektor ist immer noch der große Mann, und kein Wort davon, wie der nun wieder in seiner Gruppe eingeschachtelt ist, wie er geschoben wird, wo ihn der Autor kaum schieben läßt, und wie die Ressorts sich durchkreuzen; kein Wort über die höchst zweifelhafte Rolle, die der Staat bei alledem spielt ... kein Wort. Die meisten Kaufleute sind außerhalb ihres Shops und auch oft innerhalb ihres Ladens große Esel und viel kindlicher, als man glauben sollte. Aber so kindlich, wie es in diesen Romanen geschrieben steht, geht es bei ihnen denn doch nicht her.

Früher haben sich die Romanhelden nicht gewaschen – das zu erwähnen, galt als unpoetisch. Heute machen sie uns vor, wie sie ihr Geld ausgeben; wie sie es verdienen, wird leider nicht gesagt. Es sind Helden von des kleinen Sankt Moritz Gnaden, zweidimensionale Filmfiguren, die immerzu in Autos steigen und sich ihre Zigaretten nachdenklich auf der goldenen Zigarettendose zurechtklopfen, gutgebügelte Herren, bei denen man nur zu sehen bekommt, daß ... aber nie zu sehen bekommt, wie ... flächige Lebewesen aus Pappkarton geschnitten. Balzac ließ seine Puppen sämtliche Geschäfte machen, die zu gutem Ende zu führen ihm versagt war. Unsre Romanfabrikanten führen ihre Geschäfte zu gutem Ende, indem sie schlechte Romane teuer verkaufen. Und so gibt es viele literarische Geschäftsleute, aber es gibt – mit Ausnahme der *‹Weißen Rose›* von B. Traven – keinen Geschäftsmann in der Literatur.

DIE FREIE WIRTSCHAFT

Ihr sollt die verfluchten Tarife abbauen.
Ihr sollt auf euern Direktor vertrauen.
Ihr sollt die Schlichtungsausschüsse verlassen.
Ihr sollt alles Weitere dem Chef überlassen.
Kein Betriebsrat quatsche uns mehr herein,
wir wollen freie Wirtschaftler sein!
    Fort die Gruppen – sei unser Panier!
    Na, ihr nicht.
        Aber wir.

Ihr braucht keine Heime für eure Lungen,
keine Renten und keine Versicherungen.
Ihr solltet euch allesamt was schämen,
von dem armen Staat noch Geld zu nehmen!
Ihr sollt nicht mehr zusammenstehn –
wollt ihr wohl auseinandergehn!
    Keine Kartelle in unserm Revier!
    Ihr nicht.
        Aber wir.

Wir bilden bis in die weiteste Ferne
Trusts, Kartelle, Verbände, Konzerne.
Wir stehen neben den Hochofenflammen
in Interessengemeinschaften fest zusammen.
Wir diktieren die Preise und die Verträge –
kein Schutzgesetz sei uns im Wege.
    Gut organisiert sitzen wir hier ...
    Ihr nicht.
        Aber wir.

Was ihr macht, ist Marxismus.
            Nieder damit!
Wir erobern die Macht, Schritt für Schritt.
Niemand stört uns. In guter Ruh
sehn Regierungssozialisten zu.
Wir wollen euch einzeln. An die Gewehre!
Das ist die neuste Wirtschaftslehre.
Die Forderung ist noch nicht verkündet,
die ein deutscher Professor uns nicht begründet.
In Betrieben wirken für unsere Idee
die Offiziere der alten Armee,
die Stahlhelmleute, Hitlergarden ...

Ihr, in Kellern und in Mansarden,
merkt ihr nicht, was mit euch gespielt wird?
mit wessen Schweiß der Gewinn erzielt wird?
    Komme, was da kommen mag.
    Es kommt der Tag,
da ruft der Arbeitspionier:
    «Ihr nicht.
        Aber Wir. Wir. Wir.»

DIE HERREN KÜNSTLER

Reproduzierende Musiker sind die dümmsten Menschen der Welt.

Die Sängerin, die, einen selbstbestellten Blumenstrauß an den seidenen Busen gepreßt, mit kaltem Schweiß bedeckt in das Künstlerzimmer zurückkeucht, gehört zu den bejammernswertesten Erscheinungen des Daseins, und das Mitleid mit der Kreatur wird nur durch das irre Feuer zerstört, das in diesen Augen funkelt. Sie sehen nur sich. Sie sprechen nur von sich. Sie sind sehr langweilig, viel weniger nötig, als sie glauben, und was die Millionenzuschüsse angeht, die die Städte den sterbenden Opern leisten sollen...

Eitel oder nicht eitel – jeder hat seinen Sparren. Aber wenn einer so töricht ist, daß er seine Eitelkeit auch noch plakatiert, dann können Sie darauf schwören: das ist ein Musiker.

> «Mannheim, September 1929.
> Zahlreiche, im Laufe der letzten Jahre lautgewordene Beschwerden prominenter Künstler und Korporationen über die in Mannheim, im Gegensatz zu andern Städten, deprimierend wirkende Zurückhaltung in der Form der Beifallsbezeugungen geben uns Veranlassung, unsre Mitglieder recht herzlich zu bitten, um Verstimmungen vorzubeugen, den Künstlern jeweils den ihrem Range entsprechenden Empfang zu bereiten und am Schlusse eines Konzertes durch Verweilen auf den Plätzen den Dank zu zollen, der dem Ansehen Mannheims als Kunststadt nicht widerspricht.
> Mit vorzüglicher Hochachtung
> Der Vorstand.»

Des Philharmonischen Vereins zu Mannheim nämlich. Das Edikt ist unvollständig.

Betritt die Liedersängerin Gertrud Werschke-Spontini den Saal, so hat das Publikum in einen Orkan der Verzückung auszubrechen, ein ff. Schauer hat durch den Saal zu gehen, und jüngere Damen sind gehalten, vor innerer Erregung an ihren Taschentüchern zu zerren. Nach jeder Gesangspièce hat die Versammlung das ‹*Te Deum*›, das ‹*Credo*› oder im Bedarfsfalle das ‹*Kol Nidre*› anzustimmen; nach Schluß der Vorstellung dürfen Blumen geworfen werden, Früchte nicht; Zugaben haben erbettelt zu werden, bis der Saaldiener das Licht löscht.

Um Verstimmungen vorzubeugen, sind die Künstler nach Dienstgraden gestaffelt zu begrüßen. Bassisten mit mittlerem, wenn auch riesigem Beifall; Sopranistinnen mit stürmischem Originalbeifall; Altistinnen mit Jubel; Koloratursängerinnen mit nicht-enden-wollendem Applaus und Tenöre mit dem aus Damenkehlen scharf ausgestoßenen Rufe: «Nimm mich hin beziehungsweise her!» Sollte der

Kapellmeister, auf den die herzliche Bitte des Vorstands zurückzuführen sein dürfte, Mannheim noch einmal mit seinem Stabe beehren, so ist die Stadt zu flaggen und der Wasserturm abzureißen; der Bürgermeister hat dem Kapellmeister die Schlüssel der Stadt sowie Feinbrot und Tafelsalz auf einem samtenen Kissen (kniend) darzubringen, Knieschützer sind gestattet. Das Publikum hat nach dem Konzert durch Verweilen auf den Plätzen bis Morgengrauen dem Künstler seinen Dank zu zollen.

Wackere Mannheimer. Klatscht nicht mehr, als ihr wollt. Nehmt keine Rücksicht auf eine größenwahnsinnig gewordene Schar von Virtuosen, gegen die der alte Possart ein Mauerblümchen gewesen ist. Hats euch gefallen, dann applaudiert. Hat euch jemand wirklich etwas gegeben, dann feiert ihn. Aber bereitet ihm ruhig den Empfang, der nicht seinem sondern euerm Range entspricht: dem von denkenden, vernünftigen Menschen.

WER HAT DIE FRONTSOLDATEN «SCHWEINE» GENANNT–?

Das ‹*Andere Deutschland*› hat in ‹*Fragen und Antworten*› erzählt, wie ein Gesinnungsfreund einen Nazi damit abgeführt habe, daß er ihn in einer Versammlung aufforderte, dies zu unterschreiben:

«Ignaz Wrobel hat neulich in Wiesbaden öffentlich ohne erläuternden und einschränkenden Vor- und Nachsatz erklärt:

Alle Frontsoldaten waren Schweine.»

Das war sogar dem Nazi zu dumm. Er unterschrieb nicht. Aber ich will den wackern Knaben gern auf die gewickelten Beine helfen.

Zunächst habe ich, wenn mich meine Notizen nicht täuschen, in Wiesbaden überhaupt keine meiner Arbeiten vorgelesen, aus denen man durch Fälschung den obigen Satz herausholen könnte. Ich las das Gedicht ‹*Der Graben*›, das zuerst im ‹*Andern Deutschland*› erschienen ist – ich las andres ..., aber von Schweinen war nicht die Rede. In Wiesbaden nicht. Aber anderswo. Nämlich im Kriege.

Und da gebe ich denn zu, diese Dinge bei ihrem wahren Namen genannt zu haben. Es heißt in einem Gedicht ‹*Drei Minuten Gehör!*›:

Ihr wurdet geschliffen. Ihr wurdet gedrillt.
Wart ihr noch Gottes Ebenbild?
In der Kaserne – im Schilderhaus
wart ihr niedriger als die schmutzigste Laus.
Der Offizier war eine Perle,
aber ihr wart nur ‹Kerle›!
Und noch im Massengrab wart ihr die Schweine,
die Offiziere lagen alleine.

Man muß schon von Hitler mit einem Industrie-Scheck vor den Kopf gehauen sein, um nicht zu begreifen, was hier gesagt ist.

Ihr wart die Schweine –
nämlich für die, die euch so genannt haben!

Und wer hat euch so genannt?

Die deutschen Offiziere.

Nicht einer, Hundert, Tausend, Zehntausend ... für sie gehörte es zum guten Ton, von den ‹Kerlen›, den ‹Schweinen› zu sprechen.

Ich halte mit meinen pazifistischen Gesinnungsfreunden die Bezeichnung ‹Frontsoldat› an sich noch für keinen Ehrentitel. Die Frontsoldaten aller Nationen haben sich ihr schreckliches und sinnloses Erlebnis nicht ausgesucht; man hat sie mit einer Gewalt dazu gepreßt, die, kommt sie von den Bolschewiken, die Welt aufheulen läßt. Es gab unter diesen Frontsoldaten: echte Helden, nachgemachte Helden, anständige Kerle, Stumpfböcke, Verbrecher, verkleidete Fabrikbesitzer, arme Luder – alles gab es.

Aber Deutsche, die so auf Deutschen herumhacken, wie das die Nazis in die deutsche Politik eingeführt haben (denn sie haben es getan und nicht die Kommunisten) – so etwas hats nicht gegeben.

In Wiesbaden bin ich nach der Vorlesung an den Nazis vorbeigefahren; sie standen da und stießen ihren Original-Schlachtruf aus: «Huuu –!» und sie warfen mit Steinen und alten Brocken und waren überhaupt furchtbar mutig. Ich war nämlich einer und sie waren eine Herde. Ich sah in ihre Augen: verhetzt, verdummt, verbrüllt ... und keine Idee dahinter.

Jedem Pazifisten die Ehre abschneiden; hinter den Republikanern her sein wie die Wölfe; das politische Leben vergiften; Minister mit Personalstunk bekämpfen; Straßen durchbrüllen und Fensterscheiben zerschmeißen; nach einem mißglückten Putsch von nichts wissen und alles abschwören; vor Gericht kneifen ... wie nennt man solche Leute –?

Was die deutschen Frontsoldaten angeht –: *sie* sind keine Schweine gewesen.

«ICH KANN IHNEN VERTRAULICH MITTEILEN ...»

Das hat wohl im Kriege angefangen.

Da lag auf jedem Schreibstubentisch – bis zur Kompanie hinunter – ein Bündel Papiere, und auf jedem zweiten Papier stand links oder rechts oben in der Ecke, rot unterstrichen:

Geheim!

und bei Regenwetter wohl auch:

Ganz geheim!

Die Kompanieschreiber durchschauerte es, wie nahe sie am Weltgeschehen waren ... Gut.

Das ließ die Kaufleute nicht ruhen. Deren große Büros lassen mindestens so viele Schriftstücke herausgehen wie jene aus großer Zeit, und nun heißt es nicht mehr ‹Geheim› – sondern auf jedem zweiten steht:

Vertraulich!

Das ist ein schönes Wort. Es birgt Geheimnisse in sich und setzt Vertrauen voraus und eine eng umschlossene Gemeinschaft ... Und nun ist es in den Sprachschatz des Alltags übergegangen.

Es gibt Leute, die können gar nicht mehr anders, als so ziemlich alles, was sie einem erzählen, mit den Worten einzuleiten oder abzuschließen:

«Das kann ich Ihnen natürlich nur vertraulich mitteilen ...»

«Ich muß dir was erzählen!» sagt die kleine Elli Bumke aus der vierten Klasse; «Trudchen hat gestern zu Olga gesagt, sie hat gehört, wie Lottchen zu Inge gesagt hat, sie möcht wohl mal einen Kuß haben. Von einem Mann! Du darfst es aber nicht weitersagen! Schwöre es mir! Unter dem Siegel der Verschwiegenheit – das mußt du dabei sagen – sonst gilt der Schwur nicht ...!» Soweit Elli Bumke. Ach, wie viele männliche Elli Bumkes gibt es unter uns! –

Wenn mal in einer Behörde ein Beamtenstunk ist ... also: ich meine nur ... ich bin mir natürlich bewußt, daß dies eine völlig theoretische Annahme ist – posito, gesetzt den Fall ... also *wenn* –: dann erfährt man, was man braucht, Stück für Stück, in vielerlei Darstellung, von acht verschiedenen Seiten – ... und alles, alles vertraulich, ganz vertraulich, durchaus vertraulich, streng vertraulich. Ernste Männer nehmen die Zigarre aus dem Mund, rücken den Stuhl näher an dich heran, senken die Stimme und legen los. Vertraulich. Und sie wissen ganz genau, daß du mitnichten den Mund halten wirst, und du weißt, daß man ihnen das Staatsgeheimnis auch vertraulich erzählt hat, und ringsum ist eine allgemeine Vertraulichkeit, daß es nur so knackt. Bis es dann soweit ist, daß es die Spatzen vertraulich von den Dächern pfeifen.

Es ist diese seltsame Vokabel aber eines jener Beispiele dafür, wie manchmal die papierne Schriftsprache in die Alltagsrede eingeht. Eigentlich müßte der vertrauliche Mitteiler auch weiterhin so reden:

«Berlin, den 5. März 1930. An das Direktorium, Abteilung IIb. (Vertrauliche Abschrift gleichzeitig an Herrn Peter Panter.) Die Abteilung 8a hat unter dem heutigen der hiesigen Reinmachefrau gekündigt, weil dieselbe, in einer seltsamen Anwandlung, wiederum vier Besuchszigarren geklaut und eine davon selber geraucht hat. Gezeichnet Zaschke, Abteilungsvorsteher. Vertraulich!»

Wer seine Arbeit gern tut und Humor hat, müßte eigentlich mal aufstehen und sagen:

«Kinder, nehmt doch euern Kram nicht so feierlich! Klatsch hält die Arbeit auf; er selber ist keine Arbeit. Ressortstunk ist auch keine. Und wir alle zusammen sind gar nicht so wichtig, wie gewisse Leute uns da immer einreden wollen. Tut was; verdient Geld; laßt die anderen leben und macht nicht so viel Sums, wenn ihr im Büro sitzt!»

Ich kann Ihnen vertraulich mitteilen, daß das noch keiner gesagt hat.

BETTSCHNÜFFLER

Es scheint mir ein Erbfehler der Deutschen, ihre Gemeinheiten immer ethisch rechtfertigen zu wollen. Otto Braun

Grzesinski ist gefallen, weil es Herr Grützner mit der Sittlichkeit hatte. Die SPD hat sich ausnahmsweise einmal zu einem entscheidenden Schritt aufgeschwungen und will den Denunzianten wegen ehrlosen Verhaltens aus ihren Reihen ausstoßen, was hoffentlich geschehen wird. Aber Herr Grützner ist nicht allein. Was ist vorgegangen —?

Der Minister war verheiratet und darf sich beim Zentrum bedanken, daß eine Scheidung, wie sie unter sauber und anständig denkenden Menschen mitunter nötig und nützlich ist, nicht durchzuführen war. Die Katholiken terrorisieren das Land mit einer Auffassung vom Wesen der Ehe, die die ihre ist und die uns nichts angeht. Die Frau des Ministers verhinderte die Scheidung. Der Minister lebt mit einer Frau, der er nicht angetraut ist. Gezischel. Klatsch. Hämische Blicke. Briefe. Radau. Krach. Sturz.

Es ist eine gute Gelegenheit, einmal auf die maßlose Verlogenheit des deutschen öffentlichen Lebens hinzuweisen. Bei uns verlangen die Leute von ihren politischen Gegnern, die im öffentlichen Leben stehen — und nur von ihren Gegnern — eine Lebensführung aus dem Bilderbuch. Der Politiker hat ein braver Ehemann zu sein, er hat ein ‹vorbildliches Familienleben› zu führen, er hat um keinen Deut anders zu essen, zu trinken, zu lieben und zu arbeiten als ein Buchbinder aus Eberswalde. Weicht er von dieser Linie ab, dann geht es los. Die Sache ist um so verlogener, als der brave Mittelbürger den ‹großen Herren›, bei deren Anblick er in den hinteren Teilen in Erwartung vor einem kommenden Fußtritt einen leichten Kitzel nicht los wird, alles, aber auch alles nachsieht. Man erinnert sich an die widerwärtigen Saufereien in den früheren Offizierskasinos und der jetzigen Studenten, an das, was das deutsche Offizierkorps im Kriege getrieben hat ... der Bürger bleibt still. Wenn aber ein sozialdemokratischer Minister eine Portion Schlagsahne nachbestellt, dann können sie sich nicht lassen.

Es ist mir ein Herzensbedürfnis, zu einem Sozialdemokraten zu stehen, dessen Politik wir hier, besonders in der letzten Zeit, nicht gutgeheißen haben. Herr Grzesinski ist zwar um tausend Teile besser als viele seiner Parteigenossen ... aber auf dem Kerbholz hat er neben Zörgiebeln noch genug. Daß er in einer Koalitionsregierung gesessen hat, ist uns bekannt; daß er seinen Herrn Klausener derart hat wirtschaften lassen, ist unentschuldbar. Auch ihm ist es nicht gelungen, die Militarisierung der Schutzpolizei zu verhindern, die heute nach Ausbildung und Organisation ein zweites Heer ist. Gehts gegen die Arbeiter, ist diese Polizei eine scharfe Waffe; ginge es eines Tages gegen die Nazis, so sind viele Mannschaften durchaus zuverlässig und die meisten Offiziere ebenso unzuverlässig. Niemand, der den Betrieb auf den Polizeischulen kennt, wird sich darüber wundern. Das alles geht auf Grzesinskis Konto. Aber sein Sturz ist ein Skandal—der Skandal des muffigsten deutschen Spießertums.

Daß die Bürgerfrau der mittlern Provinzstadt einen tödlichen Haß gegen unverheiratete Frauen hat, die dennoch einen Mann gefunden haben, ist bekannt. Es ist die Verachtung des pensionierten Beamten gegenüber den freien Berufen, Angst um die eigene Position, die klare Erkenntnis, daß die langweilige Versorgung durch eine graue Ehe nicht immer den Verzicht auf ein buntes Leben lohnt. Unterstützt werden solche Frauen von den Pfaffen beider christlicher Religionen, von Naturen, wie Herr Grützner eine ist, und von Sittlichkeitsonkeln aller Richtungen. Und dem gegenüber ist zu sagen:

Warum hat kein bedeutender Politiker den Mut, einmal gegen diesen Muff aufzustehen? Das geht nicht? Das geht schon; es gehört Mut dazu. Warum sagt keiner, wie es wirklich ist?

«Ich habe keine Zeit, mich jeden Abend zu besaufen, weil das meine Gesundheit schädigt und weil ich das nicht mag. Aber alle zwei, drei Monate bin ich bei mir mit Freunden zusammen, und da kann es denn vorkommen, daß ich ein Glas zu viel trinke und einen kleinen sitzen habe. Und ihr —?

Ich bin verheiratet, und ich bin meiner Frau natürlich nicht treu. Ihr seids auch nicht. Fast niemand von euch, der ein bewegtes Leben führt, ist es. Ich treibe keine übeln Schweinereien, ich halte mir keinen Stall von Mätressen, und ich beschäftige keine Kupplerin. Aber denkt nur: es ist vorgekommen, daß ich auf Reisen oder nach einem Ball mit einer Frau geschlafen habe, die nicht die meine war. Und das geht euch einen Schmarren an. Und wenns euch nicht paßt, dann seht nicht hin. Und kümmert euch um eure eignen Angelegenheiten.

Ich führe ein Leben, das von Besprechungen, Vorträgen, Aktenbearbeitung, Reden, Versammlungen, Repräsentation bis an den Rand gefüllt ist — ich bin kein Fresser, aber ich verachte keinen guten Happenpappen. Und ihr —?

Ich bin wie ihr, wie die Mehrzahl von euch — nicht besser, nicht schlechter. Lügt nicht, Pharisäer, lügt nicht.»

Warum sagt das keiner –?

Weil das öffentliche Deutschland ein Fibelland ist, ein Land ohne Humor, ein Land für Kinder, für die Dummen, angefüllt mit Unwahrheit bis oben hin. Ein Blick nach Frankreich wird uns darüber belehren, daß es auch anders geht.

Das öffentliche Leben Frankreichs ist keineswegs hehrer als das deutsche. Die französischen Politiker sind korrumpierter, aber wenigstens im weitaus größern Stil als bei uns, wo sie für eine Einladung zum Abendbrot manches, für eine Pelzjacke vieles und für eine geklopfte Schulter alles tun. Wenn die Franzosen Schweinehunde sind, dann haben sie wenigstens etwas davon. Und von Zeit zu Zeit platzt dann eine Bombe, es gibt ein großes Geschrei, die Zeitungen der Gegenseite ‹enthüllen› ... und wenn es nicht sehr bösartige Finanzskandale sind, die natürlich hauptsächlich den kleinen Politiker treffen, weil der die Zeitungen nicht kaufen kann, wenn es nicht bedeutende Vergehen gegen das Strafgesetz sind – dann fällt der Mann nicht! Und wenn eine ganze Presse aufheult –: er fällt nicht! Bei uns fällt er, denn sie lassen ihn fallen. Und der Denunziant, die saure Ehefrau, der Pfaffe und der sittlich entrüstete Stammtisch – sie haben ihr Ziel erreicht. Und nur darauf kommt es an.

Einmal habe ich hier davon berichtet, was Léon Daudet mit einem französischen Minister getrieben hat. Der ließ sich in einem kleinen Häuschen von kleinen Mädchen prügeln, ein Vergnügen, das schließlich das seine (und nicht nur das seine) ist. Daudet wußte das, wie er durch seine Spezialpolizei so ziemlich von allen Schmutzereien, mit Ausnahme der eignen, unterrichtet wird ... er wußte es, und weil er ein Gemütsmensch ist, so veröffentlichte er das auch. Es war eine beispiellose Sauerei. Viele gute Freunde des Ministers schickten der Frau Minister die Zeitungsnummer, hübsch rot angestrichen, zu; da fanden sich die Adresse des Hauses und auch sonst allerlei appetitanregende Einzelheiten. Ich hätte in jenen Tagen nicht der Minister sein mögen. Aber der Mann blieb! Er blieb Minister, er blieb Mitglied der Académie Française ... er blieb. Sie haben es nicht geschafft.

Und das ist richtig so.

Denn solange der Mann diese seine Neigung, die ja viel, viel verbreiteter ist, als man glaubt, nicht in sein Amt hineinspielen läßt, was er nie getan hat, solange besteht auch nicht der leiseste Grund, ihn gehen zu heißen. Wie! Nur, weil einer Minister ist, was heute nicht mehr dasselbe bedeutet wie früher, deshalb soll man an ihn sittliche Forderungen stellen, die auch nicht einer der Schreier erfüllt? Denn es kommt doch nicht auf das Ausmaß dessen an, was da geschieht, sondern auf die Gesinnung. Die lautesten Brüller kneifen ihrerseits der Kellnerin ins Bein, und wenn sie es erlaubt, schlafen sie auch einmal mit ihr (aber so, daß Mutter es nicht merkt); sie saufen sich auf den

Vereinsfestlichkeiten voll wie die Radehacken; sie nehmen gern eine Einladung an, bei der sie ein Stück vom Tisch fortrücken, damit sie sich nachher wieder heranfressen können ... und dann gehen sie hin und können sich vor sittlicher Entrüstung nicht lassen. «Der Minister! Haben Sie das gehört! Der Minister lebt mit einer Frau, und es ist nicht seine Frau! Hat man je so etwas ...!»

Man hat je so etwas gehört. Die tiefe Lüge, die durch diese Proteste geht, sollte man den Herren ins Gesicht sagen. Die Bekleidung eines öffentlichen Amtes legt dem Beamten gewisse Schranken seiner Lebensführung auf, die wir nur bei einem Alkibiades nicht vermissen, und – ach! – wir haben keinen Alkibiades unter unsern Politikern, wenigstens sieht keiner so aus. Ein Staatssekretär soll sich nicht besoffen in Kaschemmen herumtreiben, nicht mit betrunkenen Frauen die Straßen heruntertoben, nicht den Kaviar schmatzend mit Eßlöffeln fressen ... davon ist nicht die Rede.

Jeder dieser Männer aber hat das volle Recht, so zu leben, wie es jeder seines Standes tut!

Wenn er sich einmal im kleinen Kreise betrinkt, so fällt davon die Welt nicht um; wenn er einmal mit einer fremden Frau schläft, so wünschen wir ihm viel Vergnügen, und wenn er gar mit zweien schläft, so kann man ihm nur gratulieren. Geschlechtsneid ist noch keine Moral.

Die sittlichen Begriffe, die besonders in der deutschen Provinz von ältern Ehefrauen, Pastören und – last and least – von den Richtern aufgestellt werden, sind nicht maßgebend und nicht jene, nach denen sich das Volk richtet. Das Bürgertum mag dergleichen für seine Kaste fordern und für die Zugehörigkeit zum Klub «Harmonie 1898». Ein Minister aber gehört allen. Er hat so zu leben, daß er die Gesetze nicht verletzt, die einzuhalten moralische Pflicht ist; er hat in seiner Lebensführung daran zu denken, daß Deutschland drei Millionen Arbeitslose hat – wenn aber die Welt des Herrn Grützner an ihn herantritt, dann drehe er ihr seine ganze, volle Kehrseite zu und blase ihr etwas.

AUGEN IN DER GROSS-STADT

Wenn du zur Arbeit gehst
am frühen Morgen,
wenn du am Bahnhof stehst
mit deinen Sorgen:
da zeigt die Stadt
dir asphaltglatt
im Menschentrichter
Millionen Gesichter:

Zwei fremde Augen, ein kurzer Blick,
die Braue, Pupillen, die Lider –
Was war das? vielleicht dein Lebensglück …
vorbei, verweht, nie wieder.

Du gehst dein Leben lang
auf tausend Straßen;
du siehst auf deinem Gang,
die dich vergaßen.
Ein Auge winkt,
die Seele klingt;
du hasts gefunden,
nur für Sekunden …
Zwei fremde Augen, ein kurzer Blick,
die Braue, Pupillen, die Lider;
Was war das? kein Mensch dreht die Zeit zurück …
Vorbei, verweht, nie wieder.

Du mußt auf deinem Gang
durch Städte wandern;
siehst einen Pulsschlag lang
den fremden Andern.
Es kann ein Feind sein,
es kann ein Freund sein,
es kann im Kampfe dein
Genosse sein.
Es sieht hinüber
und zieht vorüber …
Zwei fremde Augen, ein kurzer Blick,
die Braue, Pupillen, die Lider.
Was war das?
Von der großen Menschheit ein Stück!
Vorbei, verweht, nie wieder.

GESPRÄCH AUF EINEM DIPLOMATENEMPFANG

In langen Kleidern und mit onduliertem Mäulchen zu sprechen.

«Ei, guten Tag, meine liebe Frau Doktor Zeisig! Wie ich sehe, sind auch Sie zu diesem exklusiven Empfang erschienen! Es ist heute abend sehr interessant!»

«Ja, es ist sehr interessant. Sehen Sie nur: Dort Frau Fränkel und dort Frau Grünfeld sowie auch Frau Geheimrat Ravené! Es ist wirklich ungeheuer interessant! Und da – traue ich meinen Augen? Ein Japaner! Jetzt setzt er sich. Sicher ein hochstehender Diplomat! Es ist fabelhaft anregend! Die Diplomatie, ist sie doch so recht Kotzpröpfchens Zeitvertreib!»

«Nichts ist so interessant wie die Welt der Diplomatie. Mein Mann ist Kaufmann, demzufolge Industrieller, kurz, ein Wirtschaftsführer – aber die Diplomatie, sie hebt uns doch ungeheuer. Von allen anständigen Wörtern sage ich am liebsten: Doyen. Wie wohl das tut! Wer ist jener? Der so interessant hinkt?»

«Es ist der litauische Gesandte.»

«P! Randstaaten. Erlauben Sie, daß ich rümpfe.»

«Wen oder was?»

«Mein feingeschnittenes Näschen. Hh! Randstaaten! Wir unsrerseits gehen nur in die Botschaften. Nichts, was mich in so angenehme Stimmung versetzt wie das diplomatische Korps! Es hebt mich über mich selbst. Ich habe das auch nötig.»

«Die diplomatischen Empfänge haben der Judenheit das Chanuka-Fest ersetzt.»

(Sie tritt sich in den Tüll)

«Wie bezaubernd Sie heute abend wieder aussehen, meine liebe Frau Doktor Zeisig! Sie sind stets damenhaft, vornehm und diskret-elegant! Welche Verwandlung! Wie machen Sie es nur? Am Tage bei der Arbeit, beim Sport und am Volant – und abends eine Wolke von Zartheit und Schmirgelsamkeit. So habe ich es wenigstens in der Zeitung gelesen.»

«Versteht sich, meine Liebe. Das macht: ich trage einen Büstenbagger. Unsere neue Mode (sie überreicht ihr Cape einem Kavalier, der so aussieht, als halte er sich für einen Gent), unsre neue Mode ist eine Auferstehung des Bürgertums. Vorbei die Gürl-Ideale der Inflation – die Welt beruhigt sich und wird schöner mit jedem Tag. Ich bin eine geborene Sobernheim, trage einen hochstehenden Kragen und erinnere demgemäß an Dantes Beatrice sowie an die Bilder der Prae-Israeliten!»

(Sie tritt sich in den Tüll)

«Auch ich kleide mich, wie es die neue Mode gebeut – allerdings so viel Schmuck wie diese Frau da . . . mein Mann ist kein indischer Nabelbob! Sehen Sie den jungen Menschen? Wer mag er sein?»

«Der im Zmoking? Es ist der Doktor Florian, ein bekannter Ultimo-Kommunist; nach dem Ersten, wenn er Geld hat, gehört er wieder zu uns.»

«Potz. Und wo werden Sie morgen weilen, meine liebe Frau Doktor Zeisig?»

«Wir gehen in ein dem Herrn Jacob Michael gehöriges Spekulationsobjekt: in ein Theater. Wir haben Plätze direkt unter der ersten Hypothek. Es wird ein Stück im fünffüßigen Rhombus aufgeführt werden. Sie fragen gütigerweise nach dem Autor? Heute ist es noch ein alter Engländer – von wem das Stück morgen sein wird: wer weiß das! Gott ist verhältnismäßig groß. Auch ist Musik mit dem Stück verbunden: ein Thema mit Vaginationen. Sehen Sie aber dort: wie hochinteressant! Wie aufregend! Der im Frack!»

«Sicher ein Staatssekretär. Er ist vom A. A. Apropos, wie geht es Ihrem Baby?»

«Danke! Es kann schon ‹Einstellung› sagen. Und Sie? Erwarten Sie nicht ein solches?»

«Ich bin davon abgekommen ... (Sie tritt sich in den Tüll.) Schauen Sie, schauen Sie: lauter Diplomaten! Sie sehen aus, als seien sie von Geheimnissen umwittert, die sie vergessen haben. Waren Sie übrigens neulich dabei, als unsre kleine Botschafterin, die so gut Golf spielt, den Nuntius konzipierte? Es war ein schöner Nachmittag! Und sehen Sie nur – der da! Es ist ein Botschaftssekretär, aus der Rauchstraße. Betrachten Sie ihn – diese Denkerstirn!»

«Denkerstirn? Schütteln Sie nicht an diesem Wort. Er denkt wahrscheinlich nach, wozu er eigentlich in Berlin ist. Schau, schau! Auch eine Künstlerin pfom Pfilm! Wie sieht sie aus?»

«Sie sieht aus wie die Weinabteilung eines Bierrestaurants. Jüngst sah ich ihrer vier Stück auf einem Rout. Auch eine ungarische Chansonniere war dortselbst anwesend. Sie bewies mit unerhörter Raffinesse ihre bravouröse Charmanz.»

«Ja, ja ... die schönen Künste ... Und Sie selbst? Sie sind sportsausüblich?»

«Ich laufe ein wenig Gummi-Ski. Sie sprechen heute so ein schräges Deutsch?»

«Ich muß es wohl. Es ist der Stil unserer Zeit. Vorbei die karge Sachlichkeit; wir haben die neue Romantik entdeckt, sie bringt unsern Schriftstellern viel Geldes; es füllt die Spalten, mit Verlaub zu sagen. Was macht Francesco?»

«Gestern brachte mir ein Telegrafenbube seinen fernmündlichen Brief. Nun also will er es ernstlich tun. Er will Kinder gründen.»

«Er war Ihr Freund?»

«Er war es. Vorbei. Ich bin eine Wolke von Zartheit und Hilfsbedürftigkeit, aber wenn mir dieses Stückchen Modder noch einmal in die Quere kommt ...»

(Sie tritt sich in den Tüll)

«Was werden Sie tun?»

«Ein Feuilleton aus ihm machen. Ich kann nicht malen, das habe ich nicht gelernt. Ich kann keine Konzerte geben, das kostet viel Geld.

Aber schreiben ... schreiben kann jeder. Das wäre gelacht! Es ist angenehm, man braucht nicht dabei zu denken, und bezahlt wird es auch noch!»

«Sie sprechen von der Liebe?»

(fein spöttisch) «Sie waren wohl geistlich abwesend, meine liebe Frau Doktor Zeisig! Die Liebe! Mein Mann, der bekannte Pazifist zu Fuß, erinnerte mich stets an seine französische Freundin, die zu sagen pflegte: On fera l'amour – l'après-midi pour toi, le soir pour moi, le matin pour nous et la nuit pour les pauvres.»

«Paris, das ist altes Spiel, meine Gute. London! New York! Die angelsächsische Rasse! Der Secks Appiehl! Neulich hörte ich in einem Dancing in Nizza einen armen kleinen Gigolo sagen: Une femme! Une femme! Ça fait pipi avec rien. Ich wollte es nicht gehört haben.»

(Sie tritt sich in den Tüll)

«Sie taten gut daran, meine liebe Frau Zeisig; alle Männer sind ein Schuft. Mein Gott, wie ist es hier doch interessant! Wie atme ich große Welt! Atmen Sie sie auch große Welt?»

«Ich ... ja, jetzt atme ich sie auch. Wir alle atmen sie. Denn wir in Berlin wissen doch immer, was sich gehört.

(Leise Musik)

Wir in Berlin ... wir sind doch das Allerfeinste, wo man hat. Wir sind sozusagen: Zweite Klasse im Millionärstil. Wir sind nicht von gestern, wir sind nicht von heute – wir sind schon von übermorgen. Wir hören das Gras auf den Zähnen wachsen, und wir eilen allen voran. Nur dürfen wir uns nicht umdrehn, denn die andern eilen gar nicht mit.»

«Wir in Berlin stellen glasierten Schund auf einen Sockel, und dann bewundern wir: uns, den Sockel und die Bewunderer. Den Sockel macht uns keiner nach. Wir sind stets up to date – immer auf dem Datum.»

«Wir in Berlin haben früher, ma chère, französische Brocken ins Gespräch gestreut, und heute streuen wir englische, my darling. Wir müssen immer etwas haben, woran wir uns hinaufranken. Wir sind nicht. Wir geben an.»

«Wir in Berlin sind überall dabei, aber wir kommen zu nichts. Wir haben französischen Schick, englischen Sport, amerikanisches Tempo und heimische Hast – nur uns selbst haben wir nie gekannt.»

(Sie atmen große Welt)

«Sahen Sie den bezaubernden King Charles der Marchesa? Seine Augen sind wie grüne Jalousien, bei denen er aufgewachsen ist. Niedlich, wie er schon das Schwänzchen nach dem Winde hängt. Apropos ... dort sehe ich den Reichstagspräsidenten – eilen wir, daß wir ihn sehen, damit wir sagen können, daß wir ihn gesehen haben!»

(Sie treten einander in den Tüll und entschweben)

JUBILÄUM

Seid ihr alle noch da —?
Ja —?

Immer dieselben Offiziere,
dieselben Verschwörungs-Kavaliere,
unfähig, etwas Gescheites zu werden,
ewige, ewige Landsknechte auf Erden;
dieselbe Wichtigkeit mit ‹Kurieren›,
derselbe Rummel im Organisieren ...
Denn im Felde das Saufen ... das gute Essen ...
das können die Herren nun mal nicht vergessen.
Immer noch Ansprachen mit Hurra ...

Seid ihr auch alle da —?
Ja —?

Ihr habt so viel Geld. Von Köln bis Berlin
spenden die notleidenden Industrien;
und es spendet auch voller Saft und Kraft
die arme, notleidende Landwirtschaft.
Und mit diesem Geld ist es euch gelungen:
ihr habt auch scharenweise die Jungen.
Und was für Jugend!
Die muß man sehen,
die Uniformen, die mit euch gehen:
Eine verbrüllte, verhetzte Masse,
mit der ganzen Sehnsucht zur blonden Rasse,
die nun einmal jeden entflammt,
der aus Promenadenmischungen stammt.
Die Gehirne verkleistert im achtzehnten Jahr,
Deutschland im Maul und Schuppen im Haar ...
Abschaum der Bürger vom Belt bis zum Rhein —
Und das soll Deutschlands Zukunft sein —?

Euch stört doch kein republikanisches Schwein?
Nein —?

Die Republikaner sehen in Ruh
euerm klirrenden Getümmel zu.
Kein Staatsanwalt tät ein Wörtlein sagen —
er muß ja die Kommunisten jagen.

Und sie sehen nicht, was in der Reichswehr geschieht . . .
Es ist immer dasselbe alte Lied:
Der Bürger hofft. Und zieht einen Flunsch.
Und hat im ganzen nur einen Wunsch:
Es soll sich nichts ändern. Die Bahnen solln gehn.
Er will ins Geschäft, um Viertel zehn . . .
Das ist schon wahr. Das muß man begreifen.
Ihr habt auch schon recht, darauf zu pfeifen.
Ihr vergeßt nur: die Leute eurer Partie
sind genau dieselben Bürger wie die!
Nur lauter. Nur dümmer. Nur mit mehr Geschrei.
Und was gerne prügelt, ist auch dabei.

Seid ihr alle wieder da –?
Ja –?

Na, dann man los! Laßt die Gewehre knallen!
Die Leute werden hungern. Die Währung wird fallen.
Arbeiter werden auf dem Pflaster liegen.
Ihr werdet Waffenlose besiegen . . .
Sprung auf! Marsch-Marsch!
Auf zum Tag des Gerichts –!
Und gehts schief –:
Ihr riskiert ja weiter nichts.

DER HERR SOUNDSO

Die Sprache hat gesiegt – es ist nichts mehr zu machen. Nun steht der Unfug auch im Duden . . . Die schauerliche neue Ausgabe dieses höchst nötigen Nachschlagewerkes, ein Augenpulver, vierspaltig, beinah so unübersichtlich wie das berliner Telefonbuch: der ‹GROSZE› Duden hats auch. Da steht auf Seite 517:

«sowieso (unter allen Umständen, jedenfalls); der Herr Sowieso». Es ist zum Weinen. Denn auf Seite 516 steht richtig:

«soundso (unbestimmt wie); Paragraph soundso; der Herr Soundso». Beides kann nicht richtig sein; eines kann nur richtig sein; was ist richtig?

Bei Courteline kommt einmal eine Dame in einen Buchladen und fragt den Sortimenter nach einem Buch, dessen Titel sie vergessen habe. «Von wem solls denn sein?» Von Daudet. «Von Alphonse Daudet?» Ja. Der Buchhändler zählt auf. Nein, das nicht: nicht die Briefe aus meiner Mühle und nicht dies und nicht das . . . es sei, aber der Herr Buchhändler müsse nichts schlechtes denken, man sei Gottseidank eine verheiratete Frau ... es handele sich ... kurz: das Buch sei etwas ... ein wenig ... wie? «Von Daudet?» Ja. Der Buchhändler denkt nach. Er führt keine Erotika, kein Buchhändler führt Erotika ... und Daudet? Der verzweifelte Buchhändler sagt alle unanständigen Buchtitel auf, die er kennt – aber von Daudet ist keines darunter. Und es ergibt sich, daß die immer mehr errötende Dame den Titel eines Daudetschen Buches daneben verstanden hat. Das Buch heißt: *‹Le Petit Chose›*. Der kleine Dingsda.

Denn – so lehrt die Moral dieser Geschichte – wenn man den Namen eines Mannes nicht weiß, so nennt man ihn Herr X oder Herr Dingsda oder Herr Soundso, weil ja ‹soundso› etwas Unbestimmtes bedeutet. Gussy Holl hat für Leute ihr unbekannten Namens die Bezeichnung ‹Herr Pimm› eingeführt, aber das steht wieder nicht im Duden.

Immerhin scheint mir Pimm noch zulässiger als ‹Herr Sowieso›, was eine klar erkennbare Verwechslung mit dem ‹Soundso› ist ... aber es ist nichts mehr zu machen. Alle Leute sagen es. Weil wir aber nicht Eduard Engel heißen und also der Sprache nicht nachbelfern, wenn sie einmal anders will als wir –: so wollen wir uns damit begnügen, es nicht zu schreiben, und wir wollen nicht weinen, sondern die Sowieso-Sager mit jener höchst schauderhaften Klischeeredensart entlassen: «Das sowieso.»

AUF DEM NACHTTISCH

Schweizer Nachttische sind hoch und schmal – öffne ich jetzt noch das Fenster, dann bläst mir der Wind alle Bücher herunter ... ich öffne es aber nicht. Man sieht auch so weit hinaus ins Land ... Herr Luginsland sieht aus dem Fenster. Woher die Leute nur immer wissen, wie die vielen Berge heißen? Monte Brie und San Salvator und Monte Pschorr ... Und da ist ein o du himmelblauer See, und da ist etwas beschneite Bergkuppe, und oben, ja, grade da, oben auf diesen Bergen – wenn du ein Opernglas nimmst, kannst du es vielleicht sehen – da läuft die gezackelte, kleine, punktierte Grenze. Drüben liegt Italien.

Das? Das ist die italienische Enklave, wohin die Italiener immer ihre politischen Gegner locken ... (Chor der Faschisten: «Immer! Einmal!») – Einmal ist auch ganz schön. «Herr Rossi hat sich freiwillig auf italienisches Gebiet begeben ...» Ich habe in Paris die junge Dame gesehen, der er damals, wie der Zufall spielt, ahnungslos und freiwillig in sein Verderben folgte. Zwanzigjährig-freiwillig. Zwanzig Jahre Zuchthaus habt ihr ihm aufgebrummt, oder waren es dreißig? So genau kommt das in Italien nicht drauf an. Fällt in Rußland ein Schuß, dann steht Europa auf dem Kopf, womit nicht gesagt sein soll, daß diese Schüsse zu bejahen seien. Quält aber Mussolini seine Italiener zu Tode, so ist es still — still, von der Bank von England über die französische Börse bis zur Burgstraße. Es kommt eben immer darauf an, für wen man terrorisiert ... Amerika, du hast es besser als unser Kontinent, der alte —

Nein, doch nicht. Egon Erwin Kisch zeigt uns, daß es hohe Zeit ist, die deutsche Straßenmeinung über Amerika zu revidieren; das Land sieht doch anders aus, als es sich auf den Vergnügungsreisen beamteter Nichtstuer präsentiert. *‹Paradies Amerika›* heißt Kischs Buch (bei Erich Reiß in Berlin erschienen). Amerika ist ein Paradies. Der Unternehmer.

E. E. Kisch hat eine Eigentümlichkeit, die ich immer sehr bejaht habe: er sieht sich in fremden Ländern allemal die Gefängnisse an. Denn maßgebend für eine Kultur ist nicht ihre Spitzenleistung; maßgebend ist die unterste, die letzte Stufe, jene, die dort gerade noch möglich ist. Wir können Griechenland nicht so sehen, wie Jacob Burckhardt es uns geschildert hat: griechische Heloten sind wichtig, mindestens so wichtig wie Praxiteles und die ewig strahlende Sonne.

Kisch hat in Amerika viel gesehen, und er hat, was er gesehen, gut erzählt, lebendig erzählt, frisch erzählt. Man hat nicht den Eindruck, er sei nun hingegangen, um auf alle Fälle in Amerika alles schlecht zu finden — aber er ist marxistisch geschult und läßt sich nichts vormachen. Nur ein Amerikaner wird beurteilen können, ob er nun auch alles ganz so gesehen hat, wie es wirklich ist — aber wie ‹ist› ein Land? Der das Land beherrscht, wird ein andres Bild haben als der, der es erleidet; Kisch ist bei den Leidenden gewesen. Das Buch enthält eine Fülle von Material; ein Glanzstück bester Darstellungskunst ist das Kapitel von der Küstenschiffahrt nach Kalifornien. Es sind kleine Bilder aus einem großen Lande, Rohmaterial für jene gewichtigen Bücher, die die ‹geistigen Strömungen eines Landes› untersuchen, meist, ohne daß die Verfasser die Quellen kennten. Wer eine Arbeiterbibliothek verwaltet, sollte das Buch Kischs anschaffen.

Was die gewichtigen Bücher angeht, in denen die geistigen Ströme rauschen, da hätten wir eines — aber es rauscht nicht. Robert Michels *‹Der Patriotismus, Prolegomena zu seiner soziologischen Analyse›* (bei Duncker und Humblot in München erschienen). Abgesehen von dem schauerlichen Untertitel — daß sich die Leute diese von Wichtigkeit triefenden Vokabeln nicht abgewöhnen können! —: das Thema ist das Thema des Tages; Michels hat das Thema aber so behandelt, wie wenn jemand Blümchen auf Seidenpapier stickt, die Tischdecke selbst fehlt.

Marxistische Studienräte sind keine Freude. Aber hier ist nun ein Fall, in dem doch zu sagen ist: es ist unmöglich, den Patriotismus zu verstehen, wenn man die wirtschaftlichen Zusammenhänge so vernachlässigt, wie es hier geschieht. Mit ihnen kann man diese Erscheinung nicht völlig erklären — das ist ein überheblicher Irrtum. Was ich jedoch bei Michels über die so wichtige und so sehr unzulänglich entwickelte Völkerpsychologie zu lesen bekomme, ist höchst mäßig; die Gelehrsamkeit ist mit ihm durchgegangen. Michels verwahrt sich im Vorwort gegen die Annahme, er besitze einen Zettelkasten. Um so schlimmer, um so schlimmer! Er wäre eine Entschuldigung für dieses wild gewordene Material, das sich selbständig gemacht hat. Es gibt eine Art Soziologie, deren fettig-glänzendster Vertreter der unsägliche Sombart ist, eine Soziologie, die über alles und jedes klug daher redet, ohne jemals zu irgendwelchen Resultaten zu kommen. Um eines der besten Worte zu variieren, das ursprünglich auf die Philosophie gesagt worden ist: «Soziologie ist der Mißbrauch einer zu diesem Zweck erfundenen Terminologie.»

Dabei sieht Michels vieles sehr richtig. Gleich das Anfangskapitel ist sehr gut, in dem er untersucht, warum die Urform des nationalen Elitegedankens immer mythologisch ist: «Die Kausalität dieser Erscheinungen vom Mythos des Woher liegt im Geltungsbedürfnis der Nationen, dessen sie einmal zur Überwindung von Minderwertigkeitskomplexen, mit denen auch die Völker behaftet sind, also zur Genese von Vertrauen in sich selbst, bedürfen, zugleich aber auch zur Befriedigung des kollektiven Dranges nach scharfer Abhebung gegenüber den übrigen Völkern.» Er widerlegt treffend den patriotischen Expansionswahn: «Denn die Annahme von der Notwendigkeit der Idee, quia Expansionsfähigkeit, wäre gleich der Annahme, daß ein Fluß aufhöre, Fluß zu sein, sobald er der ‹Notwendigkeit› seines Über-die-Ufer-Tretens nicht mehr unterliege.» Und dann einmal mitten ins Zentrum: «Patriotismus ist Zufriedenheit mit dem Platz, an den die Geburt den Menschen gestellt hat.» Es vernünftelt in diesem Satz; hier wird Schicksal gleich Zufall gesetzt – aber er kommt der Wahrheit doch sehr nahe. Auch in Kleinigkeiten, an denen dieses Buch leider so überreich ist, sieht Michels wie fast immer gut und klar; so, wenn er sagt: «Es gibt über den Durchschnitt hinaus sehnsuchtsbegabte Völker, Sehnsuchtsspezialisten.» Es wimmelt von sauber aufgepickten Zitaten (oh, wie schlug mein Herz, als ich las, daß Prezzolini einmal von der «schweigenden Dummheit des Hochgebirges» gesprochen hat – Protest aller Alpenvereine ...) alles das ist sehr hübsch und amüsant. Aber, aber –

Wie der Patriotismus gezüchtet wird und mißbraucht; wie durchaus gute und saubere Gefühle, so die Liebe zur Heimat, in eine religiöse Verehrung des Staates umgelogen werden, und von wem das arrangiert wird: davon erfahren wir nichts. Wenn ein Mann unserer Zeit ernsthaft behaupten kann, der letzte Krieg habe an «höhere Probleme, wie die der nationalen Freiheit und der Selbsterhaltung» angeknüpft, so muß man denn doch fragen, wer eigentlich in diesen freien Staaten frei ist. Die Arbeiter? Die Angestellten? Die Kleinbauern? Nicht einmal die Universitätsprofessoren sind es, wie Figura zeigt.

Denn wie wäre es sonst möglich, daß in einem Werk über den Patriotismus fast ein Drittel wovon eingenommen wird? Von der ‹*Soziologie des Nationalliedes*›. Und wie kommt es, daß eine Frage der Kollektiv-Psychologie, der Wirtschaft, der Völker so ästhetisch-bürgerlich und brav zerläuft? Das kommt daher, daß unter dem Vorwort des Buches zu lesen steht: «Beginn Turin 1915; Schluß Rom 1928». In Italien die Wahrheit über den Patriotismus schreiben? Man kann von einem Forscher Mut verlangen. Man kann von einem Forscher nicht verlangen, daß er Selbstmord begeht.

Da hat es René Fülöp-Miller schon leichter gehabt. In seinem als dickes Buch verkleideten Werk ‹*Macht und Geheimnis der Jesuiten*› (erschienen bei Grethlein & Co., Leipzig) hätte er alles über die Jesuiten sagen können, was er gewollt hätte. Was hat er gewollt —?

Das ‹*Acht-Uhr-Abendblatt*› in Berlin hat eine Art Feuilleton für die späten Abendstunden erfunden; für jene Nervosität, die aus der Müdigkeit kommt, und der Typus dieses Feuilletons hieß etwa: ‹*Aus den Geheimnissen der Fürstenhöfe*›. Es war gar nicht so doll mit den Geheimnissen, aber die Überschrift war gut, die kleinen fettgedruckten Sätze («... Prinzessin in den Keller stieg ...») waren es auch, und alle Leute hatten für zwanzig Pfennig Spaß. So ungefähr ist dieses Buch über die Jesuiten.

Die laufenden Seitenüberschriften entsprechen genau jenen kleinen Fettdrucksätzen («Die Falltüren des Pater Oven» — «Ein Ballett der Willensfreiheit») und es bleibt:

Eine auf Konjunktur geschriebene Kompilierung sauber abgestaubten Bibliothekmaterials. «Objektivität», steht einmal in der gar nicht genug zu lobenden Lebensgeschichte Trotzkis, «besteht nicht in gekünstelter Gleichgültigkeit, mit der eine abgestandene Heuchelei über Freund und Feind spricht.» Es wäre sicherlich ganz verkehrt gewesen, eine Lobeshymne für oder eine Streitschrift gegen die Jesuiten zu verfassen — aber über eine so streitbare Gesellschaft scheinbar ‹neutral› zu schreiben, ist ein Unding. Diese Neutralität erinnert an die Zeit der deutschen Nachkriegs-Putsche, wo die Regierungstruppen, als es um Biegen oder Brechen ging, mitunter ‹neutral› Gewehr bei Fuß blieben. Sie wollten es nämlich mit keinem verderben, der ihnen später die Löhnung auszuzahlen hatte — sie warteten.

Die Darstellung bei Fülöp-Miller ist ungenügend: für jemand, der nicht weiß, was eine Meditation ist, bleiben die Seiten über Loyola fast unverständlich; die geistigen Kämpfe der späteren Jesuiten spielen sich wie auf einem Gobelin ab, man versteht nicht, wie sie sich um Worte so erhitzen konnten — aber es ging ja gar nicht um Worte. Die Methode der politischen Machtergreifung durch die Jesuiten wird nicht klar, und an keiner Stelle des Werkes wird von der ungeheuern Ziellosigkeit dieses Ordens gesprochen: was will er eigentlich? Die

Macht für sich? Gut; aber das ist doch kein Programm. «Ganz Rußland muß badisch werden» stand im August 1914 auf einem Eisenbahnwaggon. Kurz, es ist jene Sorte von Biographie und Kulturgeschichte, der sich das Publikum aus Verzweiflung über das Versagen der Fachwissenschaft ergeben hat: ein bunt bewegtes Kasperletheater, an dem alle ihre Freude haben. Hinten, in einer Papierfalte, liegt eine vorzügliche Bibliographie über den Jesuitismus, die man mit Nutzen studiert. Die Buch-Anlage von 576 Seiten taugt nicht viel.

Was, gegen die Kirche, erreicht werden kann, ist wenig, in Deutschland. Ein schwacher Vorstoß vernünftiger Anschauungen ist in dem Heftchen enthalten: ‹*Sittlichkeitsvergehen an höheren Schulen und ihre disziplinare Behandlung*› (erschienen im Verlag von Quelle & Meyer in Leipzig). Das Heftchen ist vom preußischen Kultusministerium herausgegeben worden und zeugt von dem anständigen Bestreben, wenigstens das Dümmste zu vermeiden. Es ist besser geworden.

Zunächst geht aus dem Buch hervor – was zu erwarten war –, daß es alles halb so schlimm ist. Wäre die ‹Verrottung der Jugend›, über die die Zentrumsblätter zetern, wirklich so groß, so sähe dieses Material anders aus. Da es sich um höhere Schulen handelt, so fallen hier die bittersten Folgen der Wohnungsnot und der Arbeitslosigkeit fort: von Inzest ist nicht die Rede, nicht von Jugendprostitution ... wir bewegen uns unter besser gekleideten Ständen.

Mich hat am meisten die seelische Verfassung der Erzieher gefesselt: wieviel Ressentiment ist hier, wieviel verklemmte Jugendpubertät, die nicht fertig verkocht ist; wieviel ‹Möchtegerns› toben sich da in Verboten und strengen Ahndungen aus ... Im Intendanturkasino saß einmal ein Zahlmeister von uns, der war trübselig und ließ den Kopf hängen. Es war zum Gotterbarmen. «Was haben Sie denn?» fragte man ihn. «Ach ...» sagte er. Da rief eine kräftige Kommißstimme über den Tisch – und es blieb uns nichts erspart, der Satz hieß anders, und ich gebe ihn hier fein zurechtgebügelt: «Siewers! Sie müßten mal 'n Happen lieben!» Diese Erzieher auch.

Und grade jenen Pädagogen, die bei jedem unanständigen Zettel, wie ihn Kinder, diese kleinen Pornographen, in manchen Jahren ihres Lebens anzufertigen lieben, gleich aus dem Häuschen geraten, muß gesagt werden, daß etwas in ihrem Häuschen nicht in Ordnung ist. Man soll nicht immer die Beherrschten studieren – man soll sich die Seelen der Leitenden ansehen, die da glauben, ihre wirtschaftlich und hereditär bedingten Anschauungen seien das Maß aller Dinge.

So klar sagts das Kultusministerium nicht – aber es hat doch durch seine Provinzialschulkollegien oft mildernd eingegriffen, wenn die kirchliche und gewerbsmäßig keusche Sittlichkeit hohe Bogen schlug. Man hat Kinder mit strengen Verweisen, ja sogar mit Ausschluß von der Schule bestraft, weil einmal ein Fall von mutueller Onanie festgestellt wurde, von geringern Vergehen gar nicht zu reden. Solche überstrengen Erzieher beschämt das Wort eines Mädchens: «Das hört man und vergißt es.» Dieses Gutachten der Herren Hoffmann und Stern ist eine verdienstvolle Publikation. Es ist besser geworden.

Aber ist es gut geworden? Wie kann es gut sein, wenn so viel unbestrafte Verbrecher frei, mehr als frei: belohnt herumlaufen? Man denke etwa an die Mörder und Quäler der Arbeiter aus den Tagen des mitteldeutschen Aufstandes – nicht an jene, die im Bügerkrieg die Proleten offen bekämpften, sondern an: Gefangenenmißhandlungen, Bluturteile, Standgerichte und so fort und so fort. Alles, aber auch alles, was hier über diese Burschen gestanden hat, ist zu milde gewesen. Man lese solche Aufzeichnungen wie die von Ernst Ottwalt *‹Ruhe und Ordnung›* (erschienen im Malik-Verlag zu Berlin). Der Verfasser hätte seine Arbeit nicht ‹Roman› nennen sollen – es ist ein deutscher Irrtum, zu glauben, dreihundert Seiten im Erzählerton seien schon ein Roman. Es sind stilisierte Tagebuchnotizen. Aber aufschlußreich, so aufschlußreich ...

Der Verfasser ist in den Jahren 1919 und 1920 dabei gewesen, wo es Klamauk gab, wo geschossen wurde, wo es Geld zu verdienen gab ... frisch von der Penne herunter ist er zu jener großen Firma gelaufen, die ‹Ruhe und Ordnung› vertrieben hat (o Geist der Sprache!) – und das schildert er. «Es ist erst elf Uhr, aber da die Straßen um acht Uhr gesperrt werden, ist nur noch in wenigen Fenstern Licht. Wir schreien trotzdem: ‹Straße frei! Fenster zu! Vom Fenster weg!› Und das Licht geht aus. Der Mann, der vor mir geht, hebt plötzlich ohne ersichtlichen Grund sein Gewehr und schießt zu einem Haus hinauf. Ein anderer schreit: ‹Da, da ist geschossen worden!› Und deutet auf ein geschlossenes Fenster im zweiten Stock ...» Das muß ich schon einmal gehört haben ... Aber es handelt sich hier nicht um Herrn Zörgiebel und seine Mannen; hier ist von ihren Vorgängern die Rede.

Man zieht übrigens aus dieser zitierten Stelle, daß die Erlebnisse von gestern in der Empfindung von heute geschrieben sind: der Verfasser hat sich von diesen Verbrechen fortentwickelt, er steht heute politisch aufgeklärt und vernünftig auf der andern Seite, und nun ist in diese Notizen ein Ton gekommen, den er damals nicht gefühlt haben wird. Schade, daß der Mann in jenen Jahren kein Tagebuch geführt hat – es wäre besser gewesen. Die Atmosphäre ist brillant wiedergegeben: die Langeweile, die das Abenteuer sucht, ganz gleich, wo; der dick aufgeblähte Nationalismus von Kerlen, die dieses Wort, das doch neben allem andern auch einen geistigen Inhalt birgt, geschändet haben – und dann einmal, wie ein Blitz, dieser Satz, der eine ganze seelische Welt enthüllt:

«Die paar Schüsse haben unsere Nerven erregt, und Ritter will jetzt in den Puff.» Man kann es nicht kürzer sagen.

Und dann gehen sie auch in den Puff – Halle, Schlamm – und es öffnen sich ein paar Fenster. «Hallo, ihr kleinen Noskes, hierher!» Das muß aber schön sein für den Herrn Oberpräsidenten: so viel Ruhm ... Die Widmung fehlt dem Buch; eine schöne, hübsch gesetzte Widmung:

UNSERN SOZIALDEMOKRATISCHEN AUFTRAGGEBERN
IN DANKBARKEIT

Neulich sagte mir ein Balte: was ihm am meisten in Deutschland auffiele, sei das ‹Papageiengerede› der Leute; wenn man sie ritzt, dann quillt aus jedem Topf ein Klischeegewäsch heraus, von dem man jeden einzelnen Satz vorher kennt. Sie haben es wohl auswendig gelernt. Nun, das Fürchterlichste an dem Buch Ottwalts ist das vorzüglich wiedergegebene Papageiengerede der jungen Herren – es ist ganz schrecklich, man kann halbe Seiten überschlagen, weil man genau weiß, was da steht. Dergleichen gibt es in Deutschland auf allen Seiten der Politik: aber hier wird es besonders deutlich.

So daß es denn also leicht sein muß, die Gesichter dieser Papageien zu zeichnen, weil der Typus klar zutage liegt. Niemand hat das besser vermocht als George Grosz. Auch dies ist etwas für die Arbeiterbibliotheken: *‹Die Gezeichneten›* und *‹Das neue Gesicht der herrschenden Klasse›* (beide im Malik-Verlag zu Berlin erschienen). Die Bände sind auch in der Reproduktion eine Meisterleistung.

Ich habe sie schon so oft durchblättert – ich kann mich gar nicht sattsehen. Dieses Thema ist zu Ende gezeichnet. Der wundervolle Hohn auf den infamen Rilke-Vers: «Armut ist ein großer Glanz von innen» (ich weiß schon: er hat es anders ‹gemeint› ... Haben Sie schon mal in einer Dachkammer gefroren?); dieses infernalische Blatt *‹Zwei Menschen›*, das zweite: man decke den Unterteil ab und sehe sich nur den Mörder an, der sich die Hände wäscht; die Modekarikatur *‹Größere und bessere Morde›*; und wie dieser Mann zeichnen kann! So eine Zeichnung wie *‹Kleiner Mann›*, an der nichts karikiert ist; das frühe Blatt *‹Menschenwege›* (1915), in dem schon der ganze Grosz enthalten ist; das bittere Idyll *‹Witwer›*; dann die beiden Porträts Noskes und Eberts: *‹Ein treuer Knecht›* und *‹Ein Sohn des Volkes›* – die sagen mehr als alle Broschüren und Revolutionsgeschichten über diese beiden. Auch dies ist Deutschland.

Eine kleine Anmerkung sei erlaubt. Es gibt einen Typus, einen einzigen, den Grosz für mein Gefühl nicht so wiedergibt, nicht so ausdeutet, wie er wirklich ist. Das sind der Industrielle und der Bankier. Hier stimmt etwas nicht. Den preußischen Militarismus hat er auf den Blättern *‹Die Gesundbeter›* und *‹Alles kehrt einmal wieder›* derart hergenommen ... da ist keine uniformierte Nummer, die hier nicht zu sehen wäre – es sind alle, alle da. Und wie sind sie da –! Aber wenn er die großen Kaufleute porträtiert, dann ist da etwas nicht in Ordnung. Manchmal glückts. Der Mann, der auf dem Blatt *‹Besitzkröten›* im Vordergrund seine Zijarre raucht, ist richtig; der junge Herr, der – *‹Guten Morgen›* – ins Auto steigt, ist es nicht. Vielleicht hat es in der allerschlimmsten Inflation solche Typen gegeben, aber heute dürfte dieser Mann, mit so einem Kopf, mit dem Gesicht – allenfalls Handelsvollmacht haben; in sein Auto steigt der nicht: er schafft es nicht. Ich bin mit George Grosz gut befreundet: er weiß also, daß ich dies nicht für die Hochfinanz schreibe. Ich meine nur: um einen Gegner so zu treffen, wie er das mit den Feldwebeln in Generalsuniform getan hat, muß man den Gegner kennen und ihn bis ins letzte Fältchen treffen. So verfressen, so dickschädlig, so klobig sehen aber die deutschen Bankiers nicht aus, die IG-Farben-Leute nicht, die Hüttenbesitzer nicht. Sie sammeln Porzellan; sie haben zum Teil schmalere Köpfe; sie sind als Teilhaber eines Systems, was die Wirkungen ihrer Handlungen angeht, unmenschlich – aber man sieht es ihnen nicht auf den ersten Hieb an. Sie bevölkern Reinhardts Premieren, sie wählen Deutsche Volkspartei ... sie sehen anders aus. Differenzierter, drei Rasternummern feiner; nicht besser: anders. Wie sehen sie aus –?

Das kann man in einem der schönsten und merkwürdigsten Werke ersehen, die mir je untergekommen sind. August Sander, *‹Antlitz der Zeit›* (erschienen im Transmare-Verlag, Kurt Wolff, München). Hier ist die fotografierte Kulturgeschichte unseres Landes.

Sander hat keine Menschen sondern Typen fotografiert. Menschen, die so sehr ihre Klasse, ihren Stand, ihre Kaste repräsentieren, daß das Individuum für die Gruppe genommen werden darf. Döblin weist in der Einleitung sehr treffend darauf hin, wie der Tod und die Gesellschaft die Gesichter verflachen; wie sie einander angeähnelt werden, immer mehr, immer mehr ... wie schwer es ist, noch ein Bauernmädchen von einer Proletarierfrau zu unterscheiden. Was Sander da gegeben hat, ist allerbeste Arbeit.

Das Werk enthält sechzig Fotos, eine Auswahl aus dem Lebenswerk des Fotografen, das in fünfundvierzig Mappen zu je zwölf Bildern erscheinen soll. (Wer Näheres wissen will, schreibe unverbindlich an den Transmare-Verlag, München, Luisenstraße 31.) Fast auf allen Bildern erscheint der Typus; so sehr haben Stand, Beruf, Wohnort, Klasse und Kaste den Menschen imprägniert und durchtränkt. Mancher von uns wird manchmal eine Spur anders empfinden: der Herr Wachtmeister muß nicht immer so einen martialischen Schnurrbart tragen, das ist der puffende Wachtmeister, nicht der schießende Wachtmeister; Poelzig ist nicht ‹der Architekt›, sondern ein einmaliges Original ... aber das sind nur kleine, winzige Nebenempfindungen. Auf den sechzig Seiten ist nur ein einziges Mal die Grenze der Objektivität überschritten: das ist auf dem Bilde des Demokraten, der seinen

Regenschirm aufgepflanzt hat. Ich habe sehr gelacht, und treffen tuts auch, aber das ist zu deutlich. Der Satiriker darf dergleichen, und wenn noch so viel auf die Hühneraugen Getretene darüber schreien – der Sittenschilderer darf es nicht. Und in diesem Werk kann Grosz sehen, wie die Bankiers und die Industriellen aussehen: er hat in diesem Bande zum Beispiel gleich zwei Typen: den Viereckigen und den Schmalen, beides Prachtexemplare ihrer Gattung, völlig rein im Gattungsbegriff, die Gesichter durch ihren Beruf zu Ende ausgebildet. Und selbstverständlich durch Karikatur angreifbar und wert, angegriffen zu werden. Es ist ein ganz herrliches Buch – schade, daß es nicht achtzehnfach so dick ist.

Jetzt ist der Nachttisch leer; in der Ecke steht ein Waschkorb mit Büchern und sieht mich vorwurfsvoll an. Schon elf Uhr ... Draußen glitzert das Dorf. In einem Zellenkäfig, drüben, hinter der italienischen Grenze, liegt ein Mann und betet ein stilles Gebet für die Gesundheit und das Wohlergehen Mussolinis.

KRITIK DER TAUSEND NASENLÖCHER

Als ich noch dem dicken Napoleon des Cabarets: Rudolf Nelson Texte für seine kleinen Revuen schrieb, da war ich noch jung und hatte an manchen Abenden nichts zu tun. Und da ging ich denn in sein Theaterchen.

Oben, im ersten Rang, gleich links neben der Bühne war immer eine kleine Loge frei; in der saß nie jemand, man konnte nämlich von dort überhaupt nicht auf die Bühne sehen. Wenn man sich so weit über die Brüstung beugte, daß man um ein Haar herausfiel, dann sah man grade noch ein paar lange, schlanke Beine. Und die Rampenlichter. Sonst nichts. Auf diesem Platz saß ich viele, viele Abende – und da habe ich mehr über das Wesen des Theaters gelernt als in mancher wichtigen Premiere, über die ich nachher referieren mußte. Ich sah nicht die Bühne, das ist wahr. Aber ich sah etwas anderes: ich sah das Publikum.

Wenn man einmal den Standpunkt wechselt und im Theater das als Theater ansieht, was zusieht und nicht, was gesehen wird, dann sieht das ganz anders aus. Auch im Parkett sitzen Akteure – und was für welche! –

Da ist zunächst die Wirkung des Stücks. Wenn man es halb auswendig kennt – sei es nun ein klassisches Stück oder so ein Revuespaß – wenn man schon immer weiß, was kommt, dann ist es lustig, das Publikum zu beobachten: es ist wie im Zoologischen Garten: was wird der Bär tun, wenn man ihm eine Banane durchs Gitter reicht? Er wird sie fressen ... nicht immer ... manchmal wird er sie beschnüffeln und dann verächtlich liegen lassen – manchmal stellt er sich brummend auf die Hinterbeine, wie wenn er Danke sagen wollte ... weiß Gott, wovon das abhängt. So auch das Parkett.

Es ist durchaus nicht alle Tage gleich. Manchmal ‹sitzen die Herrschaften auf ihren Händen› – sie klatschen nicht, ums Verrecken nicht – niemand weiß, warum. Manchmal gibt es bei jedem Effekt ein Riesenhallo – Pointen, Auftritte, Abgänge, die noch am Abend vorher wirkungslos vorübergegangen sind, entfesseln nun ein Theater im Theater – kein Mensch weiß, warum. Das Merkwürdige ist, daß diese unwägbare ‹Stimmung› sich fast immer sofort, schon zu Beginn des Abends einstellt – und so bleibt sie auch meistens. Daß das Publikum sich abkühlt, kommt oft vor: daß es im Verlauf des Abends auftaut, sehr selten. Kein Mensch weiß, warum.

Aber es ist nicht nur die Wirkung. Es ist da noch etwas anderes.

Da sitzen sie mit hochgezogenen Brauen ... Nun, ich sehe gewiß nicht geistvoller aus, wenn ich da so sitze – aber von der anderen Seite her gesehen, reizt es zur hemmungslosen Freude. Das erste, was du siehst, sind lauter Nasenlöcher. Viele hundert schwarze, kleine Nasenlöcher. (Manchmal sind sie durch einen Finger besetzt. Ist selten, kommt aber vor.) Und wie beim Boxen sich die Temperamente hemmungslos entfalten, das wirkliche Seelengerüst des Boxers ganz freilegend, so sind hier, im Halbdunkel des Theaters, die Leute im Parkett ganz sie selber.

Einer frißt die Bühne mit den Augen auf – dann kann man darauf schwören, daß die Schauspielerin da oben ihre Ur-Rolle erfüllt, jene, die sie von Anbeginn der Welt an gehabt hat: den Männern Lust zu bereiten. Jeder solcher augenfressenden Zuschauer ist in diesem Augenblick der Held des Stücks; er umwirbt jene; besitzt sie; verliert sie ...

Einer sitzt da, zurückgelehnt, bedächtig. «Na, wollen mal sehen, was sie mir hier alles vormachen ...» Er ‹gibt sich nicht hin› – er ist und bleibt Herr Direktor Kleinschmidt, hat sich keine Spur verwandelt, ist Bürger, gezahlt habender Zuschauer oder Freiberger – und will nun für seine Eintrittskarte: Ware. Das ist ein sehr gefährliches Publikum. Einen Schritt weiter und wir haben jenen, der bei der Premiere, als sich der Vorhang über einem Zimmer erhob, zu einem Nachbar vernehmlich murmelte: «Schon faul –!»

Einer schläft. Doch, das gibts. Es gibt Leute, die, müde von der Tagesarbeit, überlastet, gehetzt, durch diesen in Deutschland üblichen unsinnig frühen Theateranfang – vor dem Abendbrot! – im Theater ein kleines Nickerchen machen ... wie sie so sanft ruhen ... Beifallsklatschen läßt sie aufschrecken, und da merken sie erst: sie haben es überstanden. Dergleichen ist häufiger, als man denkt.

Daß sich Liebespaare, eng ineinander verschränkt, furchtbar streicheln –: das trägt man wohl in den besseren Theatern nicht mehr. Natürlich kam es vor – aber es ist nicht die Regel. Gott sei Dank.

Wunderbar ist zu sehen, wie Mama und Onkel Erich und Fritzchen und Doktor Kalkbrenner – wie sie ihr Ich dem Stück entgegenstemmen, ohne es zu wissen; wie sie doch ihre ganze Welt mitgebracht haben, denn ohne sie könnten sie ja nichts aufnehmen, sie verständen gar nichts. Daher man bei einiger Kenntnis dieser vielen ‹Ichs› einigermaßen genau vorhersagen kann, was als ‹peinlich› empfunden wird, was als ‹urkomisch› (Klischeeausruf: «Sieh doch bloß mal sein Gesicht – –!»), was als tragisch und was als rührend. Das weiß jeder Theaterkenner ganz genau. Am Abend kommt es dann ganz anders.

Das berliner Publikum ist ein gutes Publikum und ein schlechtes Publikum.

Gut: weil es (auf die Dauer) unerbittlich ist, es läßt sich nicht sehr lange bluffen – diese Stadt ist nicht sehr dankbar, aber sehr frisch, und sie verlangt etwas für ihr Geld. Mit Recht. Man muß hier kämpfen, um oben zu bleiben – in Wien genügt es, einmal nach oben zu kommen – da bleibt man dann. In Berlin nicht.

Es ist ein schlechtes Publikum, weil es viel naiver ist, als es glaubt, und sich dieser Naivität schämt. Franzosen kann man noch in den kleinsten Theaterställchen mit ganz einfachen Dingen hinreißen – der Berliner will ‹was Neues› – er will oft Nervenreiz, nicht immer Nervennahrung. Daher diese verkrampfte Hetze der berliner Theater nach der neuartigen ‹Wirkung›, die sich oft bald totläuft.

Da sitzen sie.

Da sitzen sie und stecken die Nasen in die Luft, wittern, schlürfen ein, lauern, wollen packen, mit den Zähnen zerreißen, das fremde Leben in sich einsaugen, Publikum und Schauspieler ergänzen sich zu einer Einheit (weshalb es nichts Wahnwitzigeres gibt als eine Theaterprobe am Vormittag, bei der man stets glaubt, in einem braven Irrenhaus zu sein –): Theater ist eine Zweiheit. Der eine Teil macht vor.

Der andere sitzt da, sieht, hört, nimmt auf, streckt die Saugfäden aus, reißt die Nasenlöcher auf, fühlt sich: Masse, stöhnt mit dem Helden, tanzt mit den Girls und ist allemal der wahre Inhalt jeden guten Theaterstücks.

«MACHEN SIE DAS MAL DEN GANZEN TAG –!»

Von außen sieht alles ganz anders aus als von innen.

Nimmt einer auf dem Bahnhof Abschied, dann zieht er das Taschentuch, wenn der Zug anruckt, und macht Winke-Winke, und dann sieht er noch eine Hand, und dann geht er ab. Es war ein richtiger Abschied. Der Stationsvorsteher aber guckt gar nicht mehr hin; der sieht das nämlich alle Tage. Und da sieht das ganz, ganz anders aus . . .!

Sitzen Sie mal in dem kleinen Käfig und knipsen Billetts! «Die

Fahrkarte!» – «Die Fahrkarte, die Dame!» – Und knips, knips, knips ... und dann ziehts – und dann kommt eine Kontrolle – und dann hat einer sein Billett verloren, und wir sollen die Schuld haben – und dann kommt gar keiner – und dann ziehts –

Sitzen Sie mal den ganzen Tag in der Zeitungsbude! Na, gar nicht, als ob das nun so ein furchtbar schwerer Dienst wäre ... aber man kann doch nicht immerzu lesen, man muß doch auch aufpassen – *‹Berlin am Abend›* – *‹Den neuen Sport›* – «Mojn, Herr Müller!» – «Is noch nicht raus ... kommt erst in ner halben Stunde!» – «Na, Frolleinchen, vielleicht noch was Hübsches für die Mode ... mit Schnittmustern ...?» und dann die Straße – jeden Stein kennt man auswendig – neulich war hier der Zusammenstoß ... von außen ist ja son Zeitungskiosk ganz bunt – aber von innen sieht das ganz anders aus!

Oder meinen Sie, es macht Spaß, den ganzen Tag die müden Knochen mit den Reklametafeln rumzutragen? Ich guck alle Leute an – mich guckt keiner an: sie lesen bloß auf einem. Diese Pflastertreterei ... aber was soll man machen ... man ist schon froh, daß man wenigstens *die* Arbeit gekriegt hat ... Sieht von außen ganz leicht aus ... aber zehn Stunden rumpesen ist keine Kleinigkeit ...

Und sitzen Sie mal den ganzen Tag am Steuer von dem Autobus – das schwere Ding um die Ecke rumkriegen ... und dann Verspätung ... und dann glitscht der Asphalt ... und die Verantwortung ... und die Schupos ... und Kontrolle ... und passieren soll nichts ... und immer mit die Ruhe! Ja, da denkt kaum einer dran von denen, die hinten raufsteigen – die denken bloß an sich – is ja auch richtig ... – aber von innen sieht das eben ganz anders aus ...

Und der im Fahrstuhl – immer rauf und wieder runter – immer dasselbe, den ganzen Tag: «Spielwaren, Haushaltungsgegenstände, Errrfrischungsraum!» und wieder rauf und wieder runter ...

Und der Mann im Karussell ...

Und der Wärter bei den Affen ...

Und der Lokomotivführer ...

Und wir alle – wir alle –:

Wir sind Menschen im Käfig. Mitunter ganz ulkig für die, die vorübergehen. Aber von innen –: da sieht das ganz, ganz anders aus.

DER HELLSEHER

«Sie ... sind Hellseher?»

«Ich bin von Haus aus eigentlich Schwarzseher – nun verbinde ich diese beiden Berufe ...»

«Erfolge?»

«Im Mai des Jahres 1914 notierte ich im Büchelchen: ‹Was wäre, wenn ...› und wollte dartun, was sich begäbe, wenn es zu einem Kriege käme. Begeisterung Unter den Linden, allgemeiner Umfall ...»

«Wo haben Sie diese Arbeit veröffentlicht?»

«Ich war zu faul, sie niederzuschreiben.»

«Das kann jeder sagen. Wußten Sie denn, daß es einen Krieg geben würde?»

«So wenig wie ich sechs Tage vor Rathenaus Tod wußte, daß er gekillt werden würde. Trotzdem stieß ich am 22. Juni 1922 einen Kassandra-Ruf aus: Was wäre, wenn ...»

«Und – wie sehen Sie heute? Hell? Schwarz? Hell? Bitte setzen Sie sich. Aber legen Sie nicht die Hand auf die Augen ... mit mir müssen Sie das nicht machen. Sagen Sie nur, was Sie wissen. Putsch?»

«Putsch trocken. Ich sehe kein Blut. Ich sehe die aufgeregte Insel Deutschland. Faschismus Lagerbräu.»

«Erklären Sie sich näher.»

«Wozu ein Putsch? Die Herren haben ja beinahe alles, was sie brauchen: Verwaltung, Richter, Militär, Schule, Universität – wozu ein Putsch? Immerhin ... es ist Frühling ... in Deutschland geschieht nie etwas, aber in den Köpfen steht: es muß etwas geschehn. Es kann schon etwas geschehn. Was wäre, wenn ...»

«Nehmen Sie etwas Kaffee. Es ist gar kein Kaffee, aber nehmen Sie nur etwas Kaffee, also: der deutsche Faschismus. Was wäre, wenn ...?»

«Der Stahlhelm, sorgsam gepflegt unter dem freundlichen Patronat einer Regierung, in der die Sozialisten stets auf die Koalition hinwiesen und in der die Rechten so taten, als wären sie ganz allein ... der Stahlhelm wird aufmarschieren. Geld hat er. Gedrillt ist er. Passieren kann ihm nichts.»

«Warum nicht –?»

«Weil er die Verwaltung wachsen hört. Weil er alles, was jemals eine Behörde gegen ihn unternimmt, wenn es eine wagte, etwas zu unternehmen, achtundvierzig Stunden vorher weiß.»

«Durch wen?»

«Durch seine Leute, die die Verwaltung durchsetzen wie der Schimmel den Käse.»

«Die Regierung?»

«Die Regierung weiß es, will nichts wissen, ahnt es, möchte nichts ahnen ... der Stahlhelm weiß.»

«Die Hitlerleute?»

«Halb so schlimm. Furchtbar viel Geschrei; Brutalitäten; Freude an organisiertem Radau; Freude an der Uniform, den Lastwagen und dem Straßenaufmarsch ... halb so schlimm. Vorspann – sobald sie den ersten Ruck gegeben haben, wird man sie bremsen, die armen Kerle. Es wird da große Enttäuschungen geben.»

«Und was wird geschehen?»

«Äußerlich nicht so sehr viel. Kleine lokale Widerstände der Arbeiter; die sind aber gespalten, desorganisiert, waffenlos, niedergebügelt von einer jahrelangen Vorbereitungsarbeit der Justiz. Die Besten sind nicht mehr. Die Zweitbesten hocken in den Zellen. Der Rest steht auf – und legt sich gleich wieder hin. Müde. Enttäuscht. Ausgehungert. Stempeln, stempeln, stempeln.»

«Ausrufung der Diktatur? Absetzung des Reichspräsidenten?»

«Wo denken Sie hin! Mussolini hat seinen kleinen König; die hier haben ihren breiten Hindenburg. Der bleibt. Der Reichstag wird so gut wie nach Hause geschickt ... niemand wird ihn vermissen. Denn was die da in den letzten Jahren getrieben haben: so etwas von Leerlauf, von Selbstzweck, von Insicharbeit ... so etwas war noch nicht da. Eine Karikatur des Parlamentarismus. Der ist fertig. Ein Direktorium, ein Ausschuß, irgend etwas mit harmlos-hochtönendem Namen, das wird regieren.»

«Und wie?»

«Immer verfassungstreu, oho! Druck mit staatsfeindlichen Mitteln auf den Staat – und dann verfassungstreu. Wie sie regieren werden? Viel harmloser, als die maßlos enttäuschten, aber bald gebändigten Kleinbürger glauben. Deren radikale Flügel werden rasch unterdrückt; auch Herr Hitler hat seine Schuldigkeit getan und kann gehn. Es wird keine Revolution sein, so wenig wie die von 1918 eine gewesen ist – Personalböen werden sie machen ...»

«Bitte, klarer. Was sind Personalböen?»

«Stürme in den Wassergläsern der Ressorts. Absägung der unbequemen Regierungssozialisten; Pensionierung von ein paar hundert Konzessionsschulzen, die sich schlecht und recht durchgebuttert hatten, bis zu diesem Augenblick – und die kindlich erstaunt waren, als es nun so weit war. Die Brüder hatten nie etwas andres gesehen als ‹Realitäten› – also gar nichts. Von der wahren Kräfteverteilung im Lande fühlten sie nichts; hier mußten ihre Informationen versagen, denn statistisch läßt sich dergleichen nicht erfassen. Die werden verschwinden. Nun wird Deutschland stramm nationalliberal.»

«Mehr nicht?»

«Mehr nicht. Mehr ist gar nicht zu erzielen. Das wußten Schacht, Nicolai, selbst Seldte längst, ein paar Nazis wußten es auch, brüllten aber um des lieben Krieges willen mit den andern mit. Außenpolitisch: eine Art Friede mit denen da draußen; verklausulierte Weiterzahlung der Schmachtribute, natürlich ... wer kann denn auf den Mond fliegen? Platonische Liebe zu Italien, vergessen Südtirol; vage Noten an Frankreich, da geht Briand; Hin und Her; Verhandlungen mit England, mit Genf ... und an alle: Versprechen der absoluten Bolschewisten-Feindschaft. Das beruhigt ungemein. Was glauben Sie: Deutschland als Hort gegen Rußland! Eine sehr schöne Melodie.»

«Also ... innenpolitisch?»

«Nicht, was Sie denken. Ein paar Zuchthausstrafen ... ein paar Roheiten gegen die Juden ... gegen eine Handvoll Republikaner ... Beschränkung des Reichsbanners ... Verbot der KPD – weiter nichts. Ja, und die Beamten werden wieder flegelhaft.»

«Sozialversicherungen?»

«Zeitweiser Abbau – aber auch der halb so schlimm in seiner Auswirkung. Das ginge ja gar nicht. Man wird einiges plakatieren und vieles stehen lassen. Was wirklich abgebaut wird, das wird die Kampfkraft der Arbeiter sein. Auch die zahmsten Gewerkschaften werden nichts zu lachen haben.»

«Also ... nehmen Sie noch etwas Kaffee, also Jubel im Lande?»

«Gott, ja. Zunächst die übliche Verwirrung, an der Börse. Ach, diese Nase der Börse! Sie riecht alles, was in der Luft liegt – nachher. Übrigens ist es ihnen gleich. Die Börse wird nicht geschlossen werden, und der Kurfürstendamm, dessen Bewohner sich ein paar Tage ängstlich zu Hause halten oder verreisen, wird nicht gestürmt. Pogrome? Nein ... Dann atmen sie wieder auf. Und alles geht weiter. Eigentlich, werden sie sagen, eigentlich ist ja alles gar nicht so schlimm.»

«Die Zeitungen?»

«Alle Obrigkeit kommt von Gott. Man muß sich nicht gegen das Gegebene auflehnen – das bekommt dem Inseratengeschäft nicht. Es sind Musterschüler; sie werden eine gute Zensur bekommen. Nach vier Wochen ist Ruhe im Lande ... ‹Wenn auch ... so doch immerhin ...›»

«Schlafen Sie nicht ein!»

«Verzeihen Sie: ich sah im Geiste Leitartikel. Geben Sie mir bitte noch etwas Kaffee. Auch in den Provinzstädten wird man auf die Dauer nicht zufrieden sein. Gewiß, die Jugend ist verhetzter als je, die Studenten hochfahrender, die Umzüge zahlreicher ... aber die Jugend hat im Grunde andre Sorgen. Und dann eben ... langsam ... die Enttäuschung ...»

«Worüber?»

«Daß Berlin nicht dem Erdboden gleichgemacht ist. Daß die Not andauert. Daß auch jetzt nicht die Arbeitsgelegenheiten aus der Luft geflogen kommen. Daß die Butter nicht billiger wird. Leise, ganz leise kommt die Unzufriedenheit. Davon spricht aber kaum einer.»

«Die öffentliche Meinung?»

«Bewußt entpolitisiert, bei einem Höchstmaß von politischen Schlagworten. Bündischer Unfug ... Demonstrationen ... Fahnen ... im übrigen lenkt uns eine hochwohlweise Regierung. Das haben die Deutschen immer so gehalten. Verloren ist allerdings, wer in diesen Jahren der Justiz in die Finger fällt. Mit dem ist es dann aus. Kurz: es ist eine Nachahmung des Faschismus – so, wie sie alles nachahmen

... finanziell, aber moralisch aufgebessert. Man wird ihnen geben, was sie brauchen, und wen sie brauchen. Kurz: es ist eine Nachahmung des Faschismus – so, wie sie alles nachahmen ... wie sie nicht einmal fähig sind, sich eine Bewegung für sich und aus sich heraus zu schaffen. Der Marsch auf Rom! Das war ein faszinierender Filmtitel. Auf Berlin marschieren sie gar nicht. Nach Berlin werden sie nur fahren, wenn sie sich von der Mittelstadt erholen wollen. In Berlin fallen sie nicht auf, wenn sie auf die Weiber gehen. Widerstand –? Verzeihung ... ich fühle, daß Sie das fragen wollen ... Widerstand? Nein, den finden sie wohl kaum. Von wem denn auch? Von dem bißchen Republik? Die hat in zwölf Jahren nicht verstanden, echte Begeisterung zu wecken, Menschen zur Tat zu erziehen, nicht einmal in ruhigen Lagen, wie denn, wenn es Kopf und Kragen zu riskieren gilt? Widerstand? Lieber Herr, das Land ist so weit entfernt von jeder Revolution! Dies ist ein Volk, das noch nicht einmal liberal ist. Die vielgelästerte Verwestlichung ist gar nicht so tief eingedrungen ... sie halten mildübertünchte Korruption für Parlamentarismus, wirres Geschwätz aller für Selbstbestimmungsrecht, Ressortstank für Politik, Vereinsmeierei für Demokratie ... sie sind nie liberal gewesen, auch 48 nicht. Sie spüren nicht, daß die Welt um sie herum anders denkt und anders fühlt ... sie spielen ihren politischen Skat ohne Partner. Wirft der andre die Karten hin, dann glauben sie, sie hätten gewonnen. Es ist ein Inselvolk.»

«Die deutschen Brüder im Ausland?»

«Werden sich ein paar Unannehmlichkeiten mehr zuziehn. Und das bißchen Kulturfassade, das kleine bißchen deutscher Freiheit – es ist zum Teufel.»

«Das ist alles?»

«Das dürfte alles sein. Ob es geschieht, weiß ich nicht. Wenn aber –: dann so. Übrigens ... ich bin Hellseher ... ich hatte eine Vision: Sie werden mir diese Sitzung honorieren ... Ich dachte an hundert Mark?»

«Hier haben Sie ein Bildnis Hindenburgs. Und lassen Sie sich draußen in der Küche ein paar Butterbrote geben ... Gott befohlen, junger Mann!»

«Heißen Dank, gnädiger Herr. Wenn Sie wieder etwas brauchen: Nepomuk Schachtel, Hellseher und Original-Astrologe mit ff. indischen Erkenntnissen. Täglich von 9 bis 8, Sonntags geschlossen. Und empfehlen Sie mich in Ihrem werten Bekanntenkreise –!»

DANACH

Es wird nach einem happy end
im Film jewöhnlich abjeblendt.
  Man sieht bloß noch in ihre Lippen
  den Helden seinen Schnurrbart stippen –
  da hat sie nu den Schentelmen.
    Na, un denn –?

Denn jehn die beeden brav ins Bett.
Na ja . . . diß is ja auch janz nett.
  A manchmal möcht man doch jern wissn:
  Wat tun se, wenn se sich nich kissn?
  Die könn ja doch nich imma penn . . .!
    Na, un denn –?

Denn säuselt im Kamin der Wind.
Denn kricht det junge Paar 'n Kind.
  Denn kocht sie Milch. Die Milch looft üba.
  Denn macht er Krach. Denn weent sie drüba.
  Denn wolln sich beede jänzlich trenn . . .
    Na, un denn –?

Denn is det Kind nich uffn Damm.
Denn bleihm die beeden doch zesamm.
  Denn quäln se sich noch manche Jahre.
  Er will noch wat mit blonde Haare:
  vorn doof und hinten minorenn . . .
    Na, un denn –?

Denn sind se alt.
          Der Sohn haut ab.
Der Olle macht nu ooch bald schlapp.
  Vajessen Kuß und Schnurrbartzeit –
  Ach, Menschenskind, wie liecht det weit!
  Wie der noch scharf uff Muttern war,
  det is schon beinah nich mehr wahr!
  Der olle Mann denkt so zurück:
  wat hat er nu von seinen Jlück?
  Die Ehe war zum jrößten Teile
  vabrühte Milch un Langeweile.
Und darum wird beim happy end
im Film jewöhnlich abjeblendt.

DER HENRIGE

Vettern wurden früher Cousins genannt. Mit Vettern spielt man Eisenbahn, wenn man klein ist, und fragt sie später, wenn man groß ist: «Na, wie gehts dir denn? Was machst du denn? So? Du bist verheiratet?» Dann sieht man sie nicht mehr.

Was mein Vetter Fritz war, so erbte derselbe zu meinen Lebzeiten eine meiner Gitarren, auf denen mich Meister Griebel vielerlei Griffe, wie zum Beispiel die schwierige Cechilla spielen lehrte. Später bin ich dann davon abgekommen, und statt in den Konzertsälen und auf Vereinsfestlichkeiten mit kleiner, aber detonierender Stimme: «Ein Bächlein stund am Waldesrand, hopp heissa bei Regen und Wind» zu singen, bin ich Schriftsteller geworden und ein Scheuel bzw. Greuel für alle ‹*Völkischen Beobachter*›. Ja, also die Gitarre.

Fritzchen erbte sie und begann zu zupfen. Als ich ihn wieder einmal mit Erlaubnis meiner lieben Eltern besuchen durfte, da gestand er mir, daß er auch singen könnte. Los, sagte ich. Nein, sagte er, du lachst mich bloß aus. Los, sagte ich. Nein, sagte er. Hin ... her ... er schloß die Tür ab und sang. Ich werde das nie vergessen.

Wo ist denn mein klein Feinsliebchen fein

sang er und:

Junge Rose, warum gar so traurig?

und

... dem ich als Gärtnersfrau die Treue brach –

und viele andre schöne Lieder. Die Krone aber hatte er sich bis zuletzt aufgespart. Es sei ein wiener Lied, sagte er, und schloß die Tür noch einmal ab. «Aber den österreichischen Dialekt kann ich nicht so nachmachen ... doch ... na, du wirst ja hören ... Ich kann es schon ganz gut!» Und dann fing er an.

«Beim Henrigen – beim Henrigen –
da –»

«Wie?» sagte ich. Er begann von neuem.

«Beim Henrigen – beim Henrigen –
da –»

«Erlaube mal», sagte ich. «Wenn du mich immer unterbrichst, hau ich dir die Gitarre auf den Kopf», sagte er. «Na, aber ...» sagte ich. «Was ist Henriger?» – «Das ist ... ich weiß auch nicht recht ... das ist so ein Wein ... eine Art Wein ...» – «Du Ochse!» sagte ich. «Es steht im Liederbuch!» sagte er. «Zeig mal her!» sagte ich. Und dann kam es heraus, und es gab einen Mordskrach, und an diesem Tage spielten sie nicht weiter.

An diesen verdruckten Heurigen muß ich immer denken, wenn ich so lese, wie sich manche meiner Kollegen in ihren Büchern mit Dialekten mausig machen, die sie nicht ganz und gar beherrschen.

Man sollte das nicht tun; es ist aber Mode. Es verleiht dem Stil so etwas Kraftvolles, und die unsichtbare Imponierklammer («Was sagste nu –?») steht dahinter, und es ist sehr schön. Nein, es ist gar nicht schön.

Denn um einer Dame auf den Popo zu klopfen, muß man mit ihr recht vertraut sein – dem zum erstenmal eingeladenen Gast steht es gar übel an, solches bei der Gastgeberin zu unternehmen. Auch die fremde Sprache ist eine Gastgeberin. Berlinern soll nur, wer Berlin wirklich in den Knochen hat; beginnt der Berliner aber, Ottakring nachzuahmen, dann endet das meist fürchterlich: wir können das nicht. Auch wird nie ein waschechter Czernowitzer oder Prager über «icke – dette – kieke mal» hinauskommen; für die feinern berlinischen Wendungen wie: «Die er kennt, sagt er du» hat der Fremde nicht das nötige Verständnis.

Ganz schrecklich wird das, wenn die deutschen Schriftsteller französeln oder amerikaneln. Sobald einer nach einjährigem Aufenthalt im fremden Lande mit dessen Argot um sich wirft, können Sie tausend zu eins wetten, daß er die offizielle Grammatik unvollkommen beherrscht; da stimmt etwas nicht. Jedesmal, wenn ich in einer deutschen Arbeit um einen französischen Ausdruck nicht herumkomme, dann sehe ich mich ängstlich um, ob auch kein Franzose in der Nähe ist; es ist, wie wenn man unerlaubterweise eine Frau geduzt hat. Und wie sie engländern! Wie sie sich dicke tun, wenn sie irgendeinen aufgeschnappten Slang-Ausdruck in den Satz einfließen lassen, so, als wenn das gar nichts sei ...

Es ist auch nichts, und meist gehts schief. Und es waltet ein tiefes Geheimnis über diesen fremdsprachigen Zitaten. Zitieren die deutschen Zeitungen einen französischen Text, dann ist er mitunter falsch; zitieren die französischen Zeitungen einen deutschen Text, dann ist er mitunter fast richtig – ganz ohne Malheur gehts da nie ab. Fremde Landweine kann man nicht exportieren, den Barbera nicht, den kleinen Anjou nicht, den Äppelwoi wohl auch nicht. Laßt den Henrigen, spielt nicht den Vertrauten der andern; man sollte es – ah, nomdenomdenomdenom (so fluchen die Franzosen), man sollte es nicht tun.

EIN GENIESSER

Der dicke Mann spricht:

«Wir marschierten damals von Suwalki in den Tannenwald, den Kriegsschauplatz aufzuräumen. Ich war kein Held – ich bin zu dick. Und der Marsch war so beschwerlich –, den ganzen Weg über sprachen wir über Literatur und kühles Pilsner. Und da habe ich mir geschworen: Theobald, habe ich zu mir gesagt, wenn du hier noch mal gesund wieder rauskommst: du wirst dich in Watte legen. Du wirst überhaupt nie mehr marschieren. Du wirst dich pflegen wie eine Wöchnerin. Ehrenwort. (Wir Soldaten geben uns immer das Ehrenwort.) Gut; der Marsch nahm ein Ende, Suwalki blieb da liegen, wo es immer gelegen hat, der Krieg war aus.

Nun, ich habe mich nicht in Watte gelegt. Und ich marschiere auch noch ganz gut. Aber *eine* Gewohnheit ist mir geblieben, und Sie glauben nicht, wieviel Freude sie einem macht:

Sehen Sie, da ist dieses blitzend-kalte Glas Wasser. Wenn ich das ... Sie erlauben ... trinke, dann sehe ich in die kleine Wasserfläche, die da schräg im Glase steht, und denke mir mein Teil.

Ich denke mir nämlich:

Jetzt auf einer heißen Chaussee, mit der Kompanie, und ein Staub und eine Hitze, und diese schwere Wolke von Mannsgeruch über den Reihen, das Hemd klebt am Körper, an den Oberschenkeln heult ein Wolf, den ich mir gelaufen habe, und der Tornister drückt ... und was soll das alles ... mein Gott ... jetzt ein Glas kaltes Wasser ... und es ist alles nicht wahr! – Da ist das Glas kalten Wassers, und ich trinke es nun nicht einfach so herunter, nein, ich schmecke seine Kühle, ich lasse es gluckernd durch die Kehle rinnen, ich trinke mit den Kiemen wie ein Fisch, ich koste alle Leiden, die ich nicht zu erleiden brauche –, Sie! das ist ein großer Genuß.

Und so mache ich es in vielen Lagen des Lebens.

Bei mir geht es, wie Sie sehen, recht bescheiden zu. Aber denken Sie doch, was hier alles nicht ist:

Ich gehe umher, und kein Chef sagt zu mir: ‹Wenn man natürlich morgens nicht pünktlich da ist, dann hat man abends lange zu tun.›

Kein Arzt sagt: ‹Na, da kommen Sie mal rein –, da will ich mich mal ein bißchen an Ihnen vergreifen! Schwester! Das Kokain – Kopf mehr zurück ... noch mehr ...›

Keine Frau sagt zu mir: ‹So! Ach sieh mal an! Und der Brief von Hedy? Das war wohl auch nichts? Nein, das war gar nichts! Und wie Fanny gestern ... meinst du, ich habe nicht gesehen, wie du Fanny deine Glupschaugen gemacht hast, und noch dazu in meiner Gegenwart, ihr könnt ja nicht mal warten, bis ich aus dem Zimmer bin –, du bist ein alter Bock! Dir ist das ganz gleich, wer das ist – wenn sie nur ...›

Kein Konsulatsbeamter sagt: ‹Kommen Sie wegen des Visums morgens nochmal. Wir brauchen dazu ein Impfzeugnis Ihrer Großmutter und eine schriftliche Bescheinigung, daß Sie in unserem Lande keine Papageienzüchterei aufmachen wollen. Und ... haben Sie selbst ansteckende Krankheiten? ... oder sind Sie Bolschewist ...?›

Kein stellvertretender Parteivorsitzender gibt mir seine ‹Einstellung› kund.

Keine launenhafte kleine Frau teilt mir mit, daß sie heute nicht wolle und überhaupt nie mehr.

Denken Sie doch, was hier alles *nicht* ist! Sie! Das ist ein großer Genuß.

Stoiker? Ach, gehen Sie. Marc Aurel? Sehe ich aus wie ein römischer Kaiser? Nein, dergleichen ist es gar nicht. Ich habe nur im Kriege gelernt:

Wenn man sich allemal vergegenwärtigt, wieviel Malheur es auf der Welt gibt, und daß man zufällig im Augenblick nicht daran beteiligt ist, dann schmeckt der Augenblick noch einmal so gut. Ich lebe nicht auf den Höhen des Daseins. Aber man möchte doch gern auf den Höhen des Daseins leben. Und da grabe ich mir eben so meine kleine Grube und blicke hinunter in die gähnende Tiefe ... Glück privat.»

‹CLEMENCEAU SPRICHT›

Was sind wir doch für armselige Menschen! Die Welt beurteilt unser Verhalten nicht nach unsern Beweggründen, sondern nach dem Erfolge. Was bleibt uns da übrig? Man muß Glück haben.

Friedrich II.: *‹Rechtfertigung meines politischen Verhaltens›*

Der französische Titel des Buches heißt: *‹Le Silence de M. Clemenceau›* – der deutsche: *‹Clemenceau spricht›*; von Jean Martet (erschienen bei Ernst Rowohlt, Berlin).

Erster Eindruck: ein wundervolles, plakatartiges Umschlagbild von Gulbransson. Maler können bekanntlich nur sich selber zeichnen (oder das, was sie nicht sind: ihre Sehnsucht) – der da auf blauem Hintergrund steht, ist alles, nur kein Franzose. Es ist etwas Germanisches in diesem Gesicht, das Clemenceau nicht gehabt hat; diese Gestalt geht zu sehr nach dem Krückstock hinüber, zu Blücher ... der polternde Alte Fritz ... aber Clemenceau hatte neben allem andern, wie das Buch wiederum zeigt, eine höchst elegante Geistigkeit und einen bezaubernden Esprit.

Zweiter Eindruck nach dem Durchblättern: ein unangenehmer Kunde.

War er das? Das war er auch. Aber er ist doch auch mehr gewesen. Nämlich:

Zunächst einmal kein ‹großer Mann›. Martet, sein Sekretär, der diese Unterhaltungen aufgezeichnet hat, sieht ihn falsch. «Man wird sich später seiner erinnern. Sein Ruhm wird wachsen.» Es gibt ein Wort im Französischen, das exakt unserem ‹Geschmuse› entspricht ... nein, sein Ruhm wird nicht wachsen – weil nämlich jede Zeit ihre eigenen großen Leute hat und nur ganz, ganz selten Anleihen bei einem anderen Zeitabschnitt macht. Warum war Clemenceau kein großer Mann?

Weil er die Deutschen gehaßt hat? Diesen Grund kann nur ein bündischer Nationalsozialist anführen – einer von denen, die die Nationalisten im eigenen Lager hochpreisen und die der anderen in Grund und Boden verdammen. Das ist ja dumm. Clemenceau hat unendlich viel für sein Land getan und sehr viel gegen sein Land, weil er nämlich viel gegen Europa getan hat. Ich halte seine politischen Diagnosen fast alle für richtig (worüber sich diskutieren läßt) und seine Therapie für ganz und gar verfehlt (worüber sich gar nicht diskutieren läßt). Eine modische Torheit pflegt ‹den Politiker› und ‹den Menschen› fein säuberlich zu trennen, was deshalb töricht ist, weil ja niemand den ‹Menschen› in der Garderobe abgeben kann. Dieser da ist kein großer Mann. Er bezaubert zunächst durch seinen Zynismus; aber es ist ein leerer, ein nihilistischer Zynismus – es ist das vollständige Gegenteil von Weisheit –, Goethe hätte gesagt: «Merkwürdig, wie man in seinem Alter noch so radikal sein kann!» Es ist die gefährliche Grundstimmung des Alters: Ich bin nicht mehr am Ruder, die anderen machen alles falsch – soll doch die ganze Welt zusammenfallen! Sie fällt aber nicht. Der Mann wirkt manchmal in seinen Gesprächen wie ein uralter Stein in einer satten Sommerlandschaft. Mürrisch steht er da und spielt nicht mit: die Natur hat unrecht, scheint er zu sagen. Aber das gibt es nicht.

Eindeutig ist diese Erscheinung nicht. Clemenceau hat ein gut Stück Weltgeschichte gesehen: von der Kommune bis zum Spiegelsaal in Versailles, und was dazwischen liegt, hat er in Frankreich zum Teil maßgebend beeinflußt. Er weiß viel, und nicht nur, was Politik ist. Manchmal trifft er es ganz. Diese Stelle zum Beispiel könnte bei Tolstoi stehen: «Sie sprechen zu sehr aus dem Gesichtswinkel dessen, der nur einen Teil des Geschehens gesehen hat ... einen oder zwei oder drei Ausschnitte des Kriegstheaters ... und es gab auch überall Unordnung, Unsinn, Vergeudung ... aber trotzdem herrschte ein Gesetz in alledem, und aus der Zusammenhanglosigkeit kristallisierte sich so etwas wie eine Vernunft. Darin besteht grade die Kunst des Krieges: Man muß alles in Rechnung stellen, die Begriffsstutzigkeit und die Borniertheit der Menschen, Dinge, die nicht vorwärtskommen. Und damit muß man den Sieg schaffen!» Das hat Größe; so spricht ein echter Politiker.

Sehr typisch für die Geistesverfassung des Mannes ist, daß er – während in Deutschland die nationalistischen Hofhunde vom ‹Verrat›

Stresemanns heulten — seinen Leuten genau dieselben Vorwürfe macht. Briand! Poincaré! Millerand! Alles haben sie aufgegeben! Sabotage! Der Friedensvertrag ist dahin! Wo sind die Errungenschaften des Krieges ...? Wie sich diese Nationalisten gleichen ...!

Was der ‹Vater des Sieges› an geschichtlichen Erinnerungen gibt, ist immer fesselnd, sicher sehr oft unrichtig. Was ihn ehrt, ist die Art, mit der er über den furchtbaren weißen Terror spricht, der in Paris nach der Kommune gewütet hat. Wie da die Bewohner eines Hauses von ihrem Portier abhingen — wenn der einen denunzierte, war der Mieter verloren; wie die alten Militäranwärter noch nachher auf die Frage, ob sie nicht ‹schöne Dinge› in der weißen Armee von Versailles erlebt hatten, ganz gleichmütig antworteten: «Mein Gott, liebes Fräulein, schöne Dinge? Wie man es nimmt. Ich kann Ihnen nur das eine sagen: Meinen letzten Schuß habe ich aus nächster Nähe einer Frau in den Bauch geschossen.» Ja, ja ... Ordnung muß sein ...

Clemenceaus Urteil über Jaurès, in dem er «etwas Böses» sieht, halte ich für grundverfehlt. Den hat er überhaupt nicht verstanden — so, wie er nichts verstand, das nicht nur ‹Macht› war ...

Der Mann mochte seine Fehler gehabt haben; Harden warf ihm in einem Aufsatz, auf dessen Barock-Ornamenten der Staub heute schon fingerdick liegt, völlige Ignoranz in Wirtschaftsdingen vor ... aber Geist hat er gehabt. Dieses Buch wimmelt von ‹mots›, von jenen kurzen prägnanten Aussprüchen, die mehr sind als eine Paradoxie — eine lustige Wahrheit. Humor mit Kupfervitriol, Ironie mit Schwefelsäure und ein Witz, mit dem man Steinbrüche sprengen kann.

«Zur Zeit schwanke ich zwischen dem Wunsch zu leben, um das Meer zu betrachten, und dem Wunsch zu sterben, um Léon Blum nicht mehr sehen zu müssen.» — «Er hat gewiß diese Welt verlassen, ohne erkannt zu haben, was der Tod bedeutet. Nun hat er ja die ganze Ewigkeit, um darüber nachzudenken.» — (Von einer Rose): «Sie sieht aus wie ein junges Mädchen, dem man etwas Gewagtes gesagt hat.» — Bezaubernde Bosheiten gegen die Kirche, gegen alle Kirchen. Anekdoten die Fülle ... ein Untier aus dem Märchen, das Kinder frißt und die Flöte blasen kann.

Die Übersetzung ist befremdend. Die Übersetzer, Franz Hessel und Paul Mayer, können natürlich genug Französisch, um zu sehen, was sie da gemacht haben. Sie haben wortwörtlich übersetzt. Ich halte das nicht für gut. Das kann nur einer, mit aller Grazie seines Stils: Franz Blei. Wir andern täten gut, so zu übersetzen, daß etwas Deutsches herauskommt — dieses Buch aber klappert daher wie eine Übungslektion aus dem seligen Plötz: «Der Onkel meines Bruders hat ein Gewehr.» Wenn der Sekretär in ein Gespräch einfügt, daß er nun aufstehe, dann heißt es: «Ich erhebe mich.» Na, hör mal ... Von Schuljungen: «Sie trugen die frechen Näschen hoch, nahmen kein

Blatt vor den Mund und hatten Sonne in den Augen.» So – nun noch einmal das Ganze auf französisch. Und wenn einer im Gespräch «unverzüglich» sagt, so geht das noch an – aber wenn es heißt: «Er ist Holzhändler und traurig», so ist das glattweg komisch. So sollte man wohl nicht übersetzen.

Dagegen hat das Buch ein wundervolles fotografisches Material; Bilder Clemenceaus aus allen Lebensaltern – und einmal ist er mit seiner Köchin abgebildet, die aussieht wie der gesunde französische Menschenverstand. Damit kann man sehr gut kochen.

Der Mann hat in fünfzig Jahren seines öffentlichen Lebens viel Schmutzereien gesehen, er hat ein ausgiebiges Moorbad in dem genommen, was man auf der Welt Politik, Journalismus, Finanz, Ehrgeiz, Machttrieb, Eitelkeit und die Ehrenlegion nennt – er macht eine müde Handbewegung: ich kenne sie ... ich kenne sie ... Dann flüchtete sich der alte Heide zu den Steinen, zu den Blumen und an das Meer ... Aber ich kann mir nicht denken, daß ihn die Blumen geliebt haben, wie sie seinen Freund, den Maler Monet, geliebt haben mögen. Er strahlte Kälte aus und Kühle, schwärzliche Finsternis und die Frostigkeit eines nicht zu schmelzenden Herzens.

Solche Staatsmänner werden immer wieder kommen.

Solche Staatsmänner werden, auch wenn sie Sieger sind, immer wieder verlieren.

BRAUT- UND SPORT-UNTERRICHT

> Ein katholischer Pfaffe wandelt einher, als wenn ihm der Himmel gehöre; ein protestantischer Pfaffe hingegen geht herum, als wenn er den Himmel gepachtet habe. Heine

Wenn im folgenden von der ‹Kirche› die Rede ist, so wird damit von den politischen Gruppen gesprochen, die, unter Benutzung von Gottesdiensten, mit Berufung auf ältere theologische Schriften und durch geistliche Agenten Politik machen. Das ist ihr Recht. Keinesfalls aber ist es ihr Recht, sich allemal dann, wenn diese Politik angegriffen wird, hinter der vorgeblichen Heiligkeit ihrer Bestrebungen zu verkriechen und so für sich und ihre Leute ein Ausnahmerecht zu statuieren. Solange der kirchliche Gnostiker seinen Menschenbruder auf den Tod vorbereiten will, wird sich jeder geschichtlich geschulte Denker vor der ungeheuren Masse von Erfahrung, philosophischem Wissen und metaphysischer Bestrebung beugen, die in den Schriften der Kirche, besonders in denen der katholischen Kirche, angehäuft sind. Im Augenblick aber, wo die Kirchen in den politischen Tageskampf eintreten, müssen sie sich gefallen lassen, genau wie jede andre politische Gruppe beurteilt und kritisiert zu werden. Einen Anspruch auf eine Sonderstellung haben sie nicht. Kein Staatsanwalt kann daran etwas ändern.

Was an der Haltung beider Landeskirchen auffällt, ist ihre heraushängende Zunge. Atemlos jappend laufen sie hinter der Zeit her, auf daß ihnen niemand entwische. «Wir auch, wir auch!», nicht mehr, wie vor Jahrhunderten: «Wir.» Sozialismus? Wir auch. Jugendbewegung? Wir auch. Sport? Wir auch. Diese Kirchen schaffen nichts, sie wandeln das von andern Geschaffene, das bei andern Entwickelte in Elemente um, die ihnen nutzbar sein können.

Wohin geht die Jugend am Sonntag? In die Kirche? Nein: auf die Sportplätze. Die Geistlichen warteten in ihren leeren Kirchen; es kam niemand. Da erhoben sie die Soutanen und Talare und wandelten ernsten Schrittes hinaus auf die Sportplätze, und sie lehrten dorten das Wort Gottes inmitten der Sprungseile und der Wurfkugeln. Mohammed war zum Berge gekommen. Das wäre den Herren früher als eine Ketzerei erschienen; die Kirche hat nachgegeben; sie hat sich nicht gewandelt, sie ist gewandelt worden.

Die Protestanten: «*‹Sportpredigten und Sportansprachen›*, herausgegeben von Gerhard Kunze, Studentenpfarrer in Leipzig» (erschienen bei C. Ludwig Ungelenk in Dresden). Das ist eine recht armselige Sache.

Lobend mag angemerkt werden, was diese Schrift nicht ist: sie ist keine nach kaltem Tabak riechende Muckerei. Dieser Prediger sieht seine Zeit so, wie sie ist – er sieht sie nur erschreckend flach, und aus jenem herbstlichen Kartoffelfeuer, das einmal in Luther gebrannt hat, ist eine sanft regulierte Zentralheizung geworden. «Wenn die protestantische Religion», steht bei Heine, «keine Orgel hätte, wäre sie überhaupt kein Religion.» Ob es sich nun um Gleichzeitigkeit oder Beeinflussung handelt: die kleine Schrift erinnert fatal an das Unsäglichste, was an Religion zur Zeit auf diesem Erdball hergestellt wird: an die Clownerien amerikanischer Pfaffen, die ja wohl das Äußerste und Letzte an Entwürdigung der Religion leisten.

Der Pfarrer Kunze hat zunächst andre Sorgen. «Der Inhalt der Verkündigung an Sport und Sportler kann kein andrer sein als das Evangelium selbst. Die Gefahr heidnischer Idealisierung in ‹christlicher› Verbrämung liegt besonders nahe.» Ach nein – sie liegt leider gar nicht nahe. Wären die Herren noch heidnisch! Aber tausend einexerzierte Bankbeamte und Warenhausverkäufer, die im freien Sonnenlicht Stabübungen machen, sind noch lange nicht heidnisch – das ist ein Irrtum. Nun, im Vorwort gehts sehr philosophisch zu, aber schon hier springt die irre Furcht der Kirche in die Augen: Nur nicht zurückbleiben! nur mit der Zeit gehen! wir auch! wir auch! Und so tritt sie denn zur Predigt an.

«Kommandorufe, Predigt beim Eichenkreuz-Bezirksturnfest in Mettmann.» Diese Predigt beginnt folgendermaßen: «Kehrt marsch! Stillgestanden! Richt euch! Rührt euch! Kommandorufe tönen über den weiten Turnplatz, und alsbald wenden sich die marschierenden Abteilungen ... Ihr Turner seid mit Lust dabei. Auch in dieser Stunde hören wir Kommando. Der Ruf Gottes wendet sich ...»

In einem medizinischen Prüfungskollegium saß einmal ein Zoologe, der war dafür berüchtigt, nur über sein Spezialfach, die Würmer, zu prüfen. Eines Tages aber stieß ihn der Bock, und er fragte einen nichtsahnenden Kandidaten etwas von den Elefanten. «Der Elefant», sagte der Kandidat nach kurzem Nachdenken, «frißt so gut wie gar keine Würmer. Die Würmer ...» So auch dieser Pfarrer.

Und was er dann nach den kleinen Kunstgriffen der Einleitungen seinen jungen Leuten zu sagen hat, das ist leer, platt und, da die Orgel fehlt, überhaupt keine Religion. Es sind, wenn man genauer hinsieht, Leitartikel vernünftiger Demozeitungen, brave Allgemeinplätze, Ermahnungen zur Fairness, zum anständigen Leben, hygienische Mahnungen, mit seinem Körper kein Schindluder zu treiben — alles sehr beherzigenswerte und mäßig formulierte Ansprachen. Aber was das mit einem Glauben, mit der Kirche, mit der Religion zu tun hat —: das geht aus dem Bändchen nicht hervor. Diese Kirche wird sich sehr dranhalten müssen, wenn sie der Konkurrenz des großen Bruders und der zahlreichen kleinen Sektenbrüder nicht erliegen will.

Der große Bruder — der Katholizismus — fängt das nun schon ein wenig anders an. «*‹Brautunterricht, Eine praktische Einleitung für den Seelsorgsklerus›*. Von Doktor Karl Rieder, Pfarrer in Reichenau» (erschienen bei Herder & Co. in Freiburg im Breisgau). Kratze das Heiligenbildchen, und du findest den Stimmzettel.

Über die Auffassung der Ehe, wie sie in diesem von der kirchlichen Behörde gut geheißenen Heftchen dargetan wird, kann man diskutieren. Ich kann nicht in den Chorus jener miteinstimmen, die in jedem kirchlich denkenden Menschen einen schwachsinnigen Reaktionär sehen; so einfach wollen wir uns den Kampf nicht machen. Es ist sehr wohl möglich, daß ein katholisch erzogener Mann mit seiner Lebensgefährtin in der Ehe jenes Sakrament sieht, von dem die Kirche spricht; wenn ihr Glaube, der nicht vom Himmel gefallen, sondern der geschichtlich gewordene Ausdruck einer Klasse ist, sich als stärker erweist als unsre ökonomischen Verhältnisse, so mögen das diese Menschen mit sich abmachen. Vielleicht sind sie sehr glücklich, auch dann noch, wenn ihre Ehe es nicht ist. In diesem Heft wird nicht gemuckert; der Geschlechtsverkehr in der Ehe wird vernünftig abgehandelt, bis auf einen — den entscheidenden Punkt. Und hier allerdings ist kein Wort zu scharf, um eine Propaganda abzuwehren, die unendliches Unheil über die Leute bringt.

Wenn ein Pfarrer, der das Leben zu kennen hat, in so einer Unterrichtsstunde für angehende Frauen allen Ernstes den Satz proklamiert: «Besser zehn Kinder auf dem Kissen als nur eines auf dem Gewissen» – so darf man ihn denn doch fragen, ob er nicht weiß, daß es Zehntausende von deutschen Familien gibt, die dieses Kissen überhaupt nicht besitzen. Es ist wie ein Hohn, den Sklaven der Fabriken und der Hütten, der Warenhäuser und der Mänteljunker zu predigen: «Es müssen darum die Eheleute entweder die Ehe recht gebrauchen, so daß Gott die Empfängnis eines Kindes daran knüpfen kann, oder aber die Eheleute müssen wie Bruder und Schwester vollständig enthaltsam leben ohne Befriedigung der sinnlichen Lust.» Was also darauf hinauslaufen dürfte, daß der Generaldirektor eines chemischen Betriebes der sinnlichen Lust frönen darf, weil er die Kissen für die Kinder besitzt, die er nicht auf dem Gewissen haben soll – daß hingegen seine Arbeiter ihre Frauen nur heiraten dürfen, um nach dem zweiten Kind brüderlich neben ihr zu liegen. Armut ist ein großer Glanz von innen...

Hier fehlt die wirtschaftliche Betrachtungsweise ganz; die kapitalistische Weltordnung wird als ‹göttlich› gegeben, dagegen auflehnen darf man sich, wie wir gleich hören werden nicht, und daher haben Mann und Frau auf eine Betätigung zu verzichten, die doch von einer Macht gegeben ist, die die Katholiken so gern im Mund führen: vom Naturrecht. Das gilt hier nicht.

Der Brautunterricht, der hier erteilt wird, ist politisch. Daß die Ziviltrauung nur zähneknirschend angeführt wird, versteht sich von selbst. Ja, es gibt sie ... ja, gewiß ... «Vor Gott und euerm Gewissen seid ihr aber durch die standesamtliche Trauung noch nicht Eheleute. Denn das heilige Sakrament der Ehe ist nur der Kirche zur Verwaltung übertragen worden, nicht dem Staate. Die Kirche allein bestimmt darüber, wie die Ehe rechtmäßig und gültig eingegangen werden kann.» Was in dieser Form falsch ist.

Ganz klar und eindeutig aber wird an einer Stelle die Rolle des als Geistlichen verkleideten politischen Agenten:

«Katholischen Geist atme die Zeitung, die in euerm Hause gelesen wird, da es gegen den katholischen Glauben verstößt, neutrale oder gar kirchenfeindliche Zeitungen zu unterstützen. Das gleiche gilt auch von den Büchern, die im Hause gelesen werden. Katholisch sei der Umgang in der Zugehörigkeit zu den katholischen Vereinen, da es jedem Katholiken verboten ist, Organisationen oder Vereinen anzugehören, welche» – hör gut zu! – «den Klassenkampf oder das Machtprinzip oder einen heidnischen Nationalismus auf ihre Fahne geschrieben haben oder das wirtschaftliche Leben loslösen wollen von den Grundsätzen des Christentums mit dem Schlagwort: Religion ist Privatsache.»

Da haben wir sie ganz.

Abgesehen von der Komik, die darin liegt, daß eine auf der schärfsten Autorität und Unterordnung ruhende Organisation das ‹Machtprinzip› als solches ausschließt und nur das Prinzip jener Macht verbieten will, die nicht von ihr selber ausgeht —: hier haben wir sie ganz. Es ist Politik, die so gemacht wird, klare, eindeutige Tagespolitik. Und nicht nur gegen diese Politik wenden wir uns.

Wir wehren uns dagegen, daß eine politische Gruppe, ohne die in Deutschland zur Zeit nicht regiert werden kann, sich allemal dann kreischend hinter den Staatsanwalt flüchtet, wenn ihr der politische Kampf unbequem wird. Man kann spielen, aber man soll beim Spiel nicht mogeln. Entweder ihr macht Politik, wie die Kommunisten, wie die Nazis, wie die Deutsche Volkspartei, und das tut ihr —: dann müßt ihr euch gefallen lassen, genau so umstritten zu werden wie jene. Ihr wollt nicht das Kreuz umschrien haben? Dann müßt ihr es nicht im politischen Kampf schwingen. Wer will euch ans Kreuz? Die politischen Gegner wollen euch an den Stimmzettel, den ihr mit dem Kreuz deckt. Und ihr habt nicht das Recht, eure moralischen Forderungen, die weder im Naturrecht basieren noch von Gott gegeben sondern Menschenwerk sind, andern aufzudrängen, die sie aus ebenso reinlicher Überzeugung ablehnen, wie ihr sie statuiert. Nicht die Gebundenheit ist das primäre — die Freiheit ist es.

Ihr lebt vom metaphysischen Bedürfnis der Massen. Ihr seid uns kein Bedürfnis.

DER STIMMUNGSSÄNGER

Das Lokal verdunkelt sich, tieflila und bonbonrosa

Hörst du nicht das Lieböslied,
wie es leis die Nacht durchzieht?
Zwei Herzen, die scherzen, ahnen oft nicht,
daß plötzlich beim Scherzün entflammen die Herzün . . .
  Du bist etwas ganz Wunderbars:
    Ich hab dich so gerne —
    Bist mir Sonne, Mond und Sterne,
    meine Venus du und mein Mars . . .
Sag mir noch einmal Jöä, du schöne Frau!
Sag mir noch einmal Jöä!
                Ich weiß genau:
Ich drück dich an mein Herriz — die Nacht und ich sind blau
                am Busen einer schönen Frau —!

Orchester

Ein bayerischer Gast verlangt stürmisch nach Knödeln. Der Stimmungssänger zieht sich zwei aus dem Hals und reicht sie ihm.

Orchester

Ich denke an dich spät und früh,
du meine Madamm Butterflüh!
Mit dir – da möcht ich einmal sein
in Rüdesheim am Rhein beim Wein!
Du trägst ein Kind unterm Herzelein ...
Ja, wer mag der Vater nur sein –?
Drei Musketiere! Drei Kavaliere!
Für die Freiheit stehen sie ein!
Zieht blank, Musketiere, und steckt den Degen ein
mang die Freiheit, die Frauen und der Wein!
Him – plam, plam
Hum – plim, plim
Jau – didau didau –
plim – plim ...

Ich schenk dir Küsse ohne Zahl.
Wir sind hier ein durchaus feines Lokal.
Vor Monokeln liegen wir auf dem Bauch;
kommt der Kronprinz einmal, vor dem Kronprinzen auch!
Zähl nicht jede Flasche, die der Kellner dir nimmt
halbgefüllt ...
Du süßes Engelsbild!
Bald ist der Moi
vorbeu!
Bleib mir treu!
Und kaufe ihr einen Veilchenstrauß,
sonst fliegt die Person aus dem Ausschank hier raus!
Zonny boy!
Und kaufe ihr einen Täddy-Bären,
sonst darf die Nutte hier nicht mehr verkehren!
Zonny boy ...
Die deutsche Frau sei dem Manne geheiligt –
auch ist sie an den Getränken beteiligt ...
Keine Inkorrektheit, die uns entwischt!
Zwischen servil und frech gibt es hier nischt.
Hier herrscht Ordnung!

Dort seh ich die Lo – die süße Kokwette –
sie kommt grade von der Damentoilette!

O sieh doch nur, wie der Mondenschein strahlt!
Dabei hat das Luder nicht mal bezahlt!
Sie macht ein unschuldvoll Gesicht
und denkt, die Toilettenfrau merkt es nicht ...
Doch es gibt eine Frau, die dich niemals vergißt
und dir alles im Leben verzeiht –
aber wenn du ihr weggelaufen bist,
dann kommt es, daß sie schreit:
«Heinmal sagt man sich Hadjöö,
wenn man sich auch noch so liebt!
Einmal sagt man sich Adieu,
det mir det Aas keen Trinkjeld jibt!
Da hat se natürlich keen Jeld vor ...!»

Und wir spielen vermittels des Weins
dem Mittelstand große Welt vor
von abends bis morgens um eins!
Stoßt auf! Mit dem Rebenpokale!
Die Celli und Geigen ziehn!
Wir sind die Vergnügungslokale
und der Stolz der Weltstadt Berlin –!

PROTESTE GEGEN DIE DREIGROSCHENOPER

Warum pfeifen in vielen Provinzstädten die Leute wie toll, wenn die *‹Dreigroschenoper›* oder ein andres Stück von Brecht und Weill aufgeführt wird? Irre ich nicht, so wird da an der Bühne vorbeigepfiffen.

Wer Radau macht, ist gewöhnlich die ‹rechte› Seite der Stadt. Diese Theaterskandale sind ein dumpfes Aufbegehren, jenem nicht unähnlich, in dem die Leute wild applaudieren, wenn nach einem Jazz ein ‹guter, alter Walzer› gespielt wird. Es ist die Freude fünfzigjähriger Männer und ihrer etwas jüngeren Frauen, wieder in die gewohnten Gleise zu kommen – das kennen sie, das ist die gute alte Zeit, bravo! Das andre?

Das andre ist für sie das Neue schlechthin, alles, was sie verabscheuen: Sozialismus, Juden, Rußland, Pazifismus, die Abschaffung des Paragraphen 218. Störung ihrer Moral und Störung der Geschäfte, das Volk, das Gemeine ... Pfui! Unerhört! Aufhören!

Die Nazis immer feste mit. Deren Kunstanschauungen sehen nicht den Leib eines Kunstwerks sondern nur seine Vorhaut – diese Stinkbombenwerfer funktionieren bei allem, was ihnen fremdartig erscheint und was nicht von einem Parteimitglied verfaßt ist, und da geht es bunt durcheinander: Magnus Hirschfeld oder moderne Musik oder ein amerikanischer Kriegsfilm ... das kommt nicht so genau drauf an.

Es ist nun ungemein lustig zu sehen, mit welcher Vehemenz dieser verdrängte Kampf auf einem ihm eigentlich nicht adäquaten Gebiet geführt wird. Der Krach gehörte von Rechts wegen in den Magistrat, in die politische Versammlung, an die Stammtische ... in diesen Aufführungen hat er gar nichts zu suchen. Die Brecht-Spektakel sind Anlaß, das Stück ist nur ganz selten die Ursache.

Nun geht der Skandal aber auch noch an der Bühne vorbei.

Brecht ist kein Jude. Brecht hat – mit wenigen Ausnahmen – nur unpolitische Gedichte geschrieben. Brecht plakatiert keine Überzeugung; es würde ihm wohl schwer fallen, denn die seine ist schwer zu eruieren. Was die Pfeifer reizt, ist unter anderm etwas, was sie ‹Roheit› nennen, und die ist lange nicht mehr echt, die ist gemacht. Das knallt, das stinkt, das knufft und das schießt; das jagt auf Mustangs durch die Wüste, das säuft und spielt, das flucht und das hurt ... aber so schön weit weg, in Indianien, in wo es gar nicht gibt ... Das ist grade das Feine an dieser Kunst. Freiligrath, Freiligrath ...

Lebte ich in Leipzig oder Kassel, so wäre ich wohl genötigt, die Krachmacher schärfstens zu bekämpfen und den Applaudierenden zu sekundieren – aber in Wahrheit haben beide unrecht. Sie haben unrecht, wenn sie mit ihrem Geschrei die Opern meinen. Sie haben recht, wenn sie ihre Welt meinen und jene, die sie hinter dem Kunstwerk zu sehen glauben. Dann allerdings ist der Kampf berechtigt: dann ist es der große Kampf, der diese Zeit durchzieht. Aber wieviel Energie wird hier verschwendet! Ist das ein Ersatz für politischen Kampf, sich auf der Galerie die Hände rot zu klatschen und denen im Parkett ordentlich eines zu besorgen? Selbst ein Sieg wäre keiner: es ändert sich nichts, wenn die kölner oder die darmstädter Bürger dem höchst ungefährlichen Brecht zujubeln. Dadurch werden die Arbeitslosen auch nicht weniger.

Mir will scheinen, als ob der Lärm um diese Stücke zur Bedeutung der opera operata Brechts, der trotz allem eine große Begabung bleibt, in keinem rechten Verhältnis steht. Diese Dreigroschen-Philosophie: «Wie man sich bettet, so liegt man», diese sorgsam panierte Roheit, diese messerscharf berechneten Goldgräberflüche ... so ist das Leben ja gar nicht. Nicht einmal das in Klondyke von gestern, bestimmt nicht das in Amerika von heute ... auch die Beziehung zu Deutschland 1930 bleibt flau. Es ist stilisiertes Bayern.

Was der Dichter da treibt, sieht aus, wie wenn sich einer an einem Hausbrand Suppe kocht. Aber das Haus brennt nicht seinetwegen.

DEUTSCHLAND ERWACHE!

Daß sie ein Grab dir graben,
daß sie mit Fürstengeld
das Land verwildert haben,
daß Stadt um Stadt verfällt ...
    Sie wollen den Bürgerkrieg entfachen –
    (das sollten die Kommunisten mal machen!)
daß der Nazi dir einen Totenkranz flicht –:
    Deutschland, siehst du das nicht –?

Daß sie im Dunkel nagen,
daß sie im Hellen schrein;
daß sie an allen Tagen
Faschismus prophezein ...
    Für die Richter haben sie nichts als Lachen –
    (das sollten die Kommunisten mal machen!)
daß der Nazi für die Ausbeuter ficht –:
    Deutschland, hörst du das nicht –?

Daß sie in Waffen starren,
daß sie landauf, landab
ihre Agenten karren
im nimmermüden Trab ...
    Die Übungsgranaten krachen ...
    (das sollten die Kommunisten mal machen!)
daß der Nazi dein Todesurteil spricht –:
    Deutschland, fühlst du das nicht –?

Und es braust aus den Betrieben ein Chor
von Millionen Arbeiterstimmen hervor:

Wir wissen alles. Uns sperren sie ein.
Wir wissen alles. Uns läßt man bespein.
Wir werden aufgelöst. Und verboten.
Wir zählen die Opfer; wir zählen die Toten.
Kein Minister rührt sich, wenn Hitler spricht.
Für jene die Straße. Gegen uns das Reichsgericht.
Wir sehen. Wir hören. Wir fühlen den kommenden Krach.
Und wenn Deutschland schläft –:
                    Wir sind wach!

DIE HOCHTRABENDEN FREMDWÖRTER

In der Redaktionspost lag neulich ein Brief.

«Liebe Weltbühne!

Wenn ich diese Zeilen an dich richte, so bitte ich in Betracht zu ziehen, daß ich nicht ein Zehntel so viel Bildung besitze wie deine Mitarbeiter. Ich gehöre vielleicht zu den primitivsten Anfängern deiner Zeitschrift und bin achtzehn Jahre alt. Dieses schreibe ich dir aber nur, damit du dich über meine folgenden Zeilen nicht allzu lustig machst.

Aus deinen Aufsätzen habe ich ersehen, daß du trotz aller Erhabenheit über die politischen Parteien doch mit den Linksradikalen am meisten sympathisierst.

Schreibst du auch für einen Proleten, der sich in einem Blatt orientieren will, daß er objektiv urteilt? Für den aber ist es, was für den Fuchs die Weintrauben. Also: much to high.

Ich selbst bin auch nur ein Autodidakt und muß öfter das Lexikon zur Hand nehmen, wenn ich die Artikel verfolge. Wenn du darauf Wert legst, die Sympathie und das Interesse der revolutionären Jugend und der einfachen Arbeiterschaft zu erwerben, so sei gelegentlich sparsamer mit deinen hochtrabenden Fremdwörtern und deinen manchesmal unverdaulichen philosophischen Betrachtungen.

Hochachtungsvoll Erna G.»

Hm. Hör mal zu — die Sache ist so:

Etwa die gute Hälfte aller Fremdwörter kann man vermeiden; man solls auch tun — und daß du keine ‹Puristin› bist, keine Sprachreinigerin, keine von denen, die so lange an der Sprache herumreinigen, bis keine Flecke mehr, sondern bloß noch Löcher da sind, das weiß ich schon. Ich weiß auch, daß es wirklich so etwas wie ‹hochtrabende› Fremdwörter gibt; wenn einer in Deutschland ‹phänomenologisches Problem› schreibt, dann hat er es ganz gern, wenn das nicht alle verstehn. So wie sich ja auch manche Schriftsteller mit der katholischen Kirche einlassen, nur damit man bewundre, welch feinen Geistes sie seien ... Soweit hast du ganz recht. Aber nun sieh auch einmal die andre Seite.

Es gibt heute in Deutschland einen Snobismus der schwieligen Faust, das Fremdwort ‹Snobismus› wollen wir gleich heraus haben. Es gibt da also Leute, die, aus Unfähigkeit, aus Faulheit, aus Wichtigtuerei, sich plötzlich, weil sie glauben, da sei etwas zu holen, den Arbeitern zugesellen, Leute, die selber niemals mit ihrer Hände Arbeit Geld verdient haben, verkrachte Intellektuelle, entlaufene Volksschullehrer, Leute, die haltlos zwischen dem Proletariat der Arme und dem des Kopfes, zwischen Werkstatt und Büro hin- und herschwanken — und denen nun plötzlich nichts volkstümlich genug ist. Maskenball der Kleinbürger; Kostüm: Monteurjacke. Nein, du gehörst nicht dazu – ich erzähle dir nur davon. Und da hat nun eine Welle von ‹Arbeiterfreundlichkeit› eingesetzt, die verlogen ist bis ins Mark.

Man muß scharf unterscheiden:

Schreibt einer für die Arbeiter, für eine Leserschaft von Proletariern, so schreibe er allgemeinverständlich. Das ist viel schwerer als dunkel und gelehrt zu schreiben – aber man kann vom Schriftsteller verlangen, daß er gefälligst für die schreibe, die sein Werk lesen sollen. Der Proletarier, der abends müde aus dem Betrieb nach Hause kommt, kann zunächst mit so einem Satz nichts anfangen:

«Die vier größten Banken besitzen nicht ein relatives sondern ein absolutes Monopol bei der Emission von Wertpapieren.»

Dieser Satz aber ist von Lenin (*‹Der Imperialismus als jüngste Etappe des Kapitalismus›*), und der Satz ist, bei aller Klarheit des Gedankens, nicht für die Straßenpropaganda geschrieben. Denn hier läuft die Grenzlinie: Die einen betreiben den Klassenkampf, indem sie ihre Schriften verteilen lassen, sie wirken unmittelbar, sie wenden sich an jedermann – also müssen sie auch die Sprache sprechen, die jedermann versteht. Die andern arbeiten für den Klassenkampf, indem sie mit dem wissenschaftlichen Rüstzeug der Philosophie, der Geschichte, der Wirtschaft zunächst theoretisch abhandeln, wie es mit der Sache steht. Lenin hat beides getan; der Fall ist selten.

Die zweite Art Schriftstellerei kann nun nicht umhin, sich der Wörter und Ausdrücke zu bedienen, die bereits vorhanden sind. Ich habe mich stets über die Liebhaber der Fachausdrücke lustig gemacht, jene Affen des Worts, die da herumgehen und glauben, wer weiß was getan zu haben, wenn sie «Akkumulation des Finanzkapitals» sagen, und denen das Maul schäumt, wenn sie von «Präponderanz der innern Sekretion» sprechen. Über die wollen wir nur lachen. Vergiß aber nicht, daß Wörter Abkürzungen für alte Denkvorgänge sind; sie rufen Gedankenverbindungen hervor, die bereits in den Menschen gleicher Klasse und gleicher Vorbildung schlummern und auf Anruf anmarschiert kommen – daher sich denn auch Juristen oder Kleriker oder Kommunisten untereinander viel leichter und schneller verständigen können als Angehörige verschiedener Gruppen untereinander.

Es ist nun für einen Schriftsteller einfach unmöglich, alles, aber auch alles, was er schreibt, auf eine Formel zu bringen, die jedem, ohne Bildung oder mit nur wenig Bildung, verständlich ist. Man kann das tun. Dann aber sinkt das Durchschnittsmaß des Geschriebenen tief herunter; es erinnert das an den Stand der amerikanischen Tagesliteratur, die ihren Ehrgeiz daran setzt, auch in Bürgerfamilien gelesen werden zu können, bei denen kein Anstoß erregt werden darf. Und so sieht diese Literatur ja auch aus. Will man aber verwickelte Gedanken, die auf bereits vorhandenen fußen, weil keiner von uns ganz von vorn anfangen kann, darstellen, so muß man sich, wenn nicht zwingende Gründe der Propaganda vorliegen, der Fachsprache bedienen. Keiner kommt darum herum. Auch Lenin hat es so gehalten. Oder glaubst du, daß seine Schrift ‹*Materialismus und Empiriokritizismus*› für jeden Proletarier ohne weiteres verständlich sei? Das ist sie nicht. Wer über Kirchengeschichte des zweiten Jahrhunderts schreibt, kommt ohne die lateinischen Ausdrücke der damaligen Zeit nicht aus.

Soll er eine Übersetzung beigeben? Schopenhauer platzte vor Wut bei dem Gedanken, solches zu tun; er wurzelte aber – bei aller Größe – in dem Ideal der humanistischen Bildung seiner Zeit und seiner Klasse; er hatte recht und unrecht. Es gibt heute bereits eine Menge Schriftsteller und Zeitschriften, die jedem fremdsprachigen Zitat die Übersetzung folgen lassen; es ist Geschmackssache. Ich tue es selten; ich zitiere entweder gleich auf deutsch oder manchmal, wenns gar nicht anders geht, lasse ich die fremdsprachigen Sätze stehn – dann nämlich, wenn ich das, was in den fremden Wörtern schlummert, nicht übertragen kann. Man kann alles übersetzen – man kann nicht alles übertragen. Es gibt zum Beispiel gewisse französische Satzwendungen, Wörter ... die sind so durchtränkt von Französisch, daß sie auf dem Wege der Übersetzung grade das verlieren, worauf es ankommt: Klang, Melodie und Geist.

Nun kenne ich das Gefühl sehr wohl, das einen beseelt, der solches liest und der nicht oder nicht genügend Französisch kann. Man kommt sich so ausgeschlossen vor. Man fühlt die eigne Schwäche; man wird böse, wütend ... und man wälzt diese Wut, die eigentlich der eignen Unkenntnis (verschuldet oder nicht) gilt, auf den andern ab. Ich spreche zum Beispiel miserabel Englisch und verstehe es kaum, und es hat jahrelang gedauert, bis ich mit dem Verstande dieses dumpfe Wutgefühl aus mir herausbekommen habe. Lese oder höre ich heute Englisch, so schmerzt es mich, es nicht gut zu verstehen – aber ich bin auf den Schreibenden oder Sprechenden nicht mehr böse. Er kann doch nichts dafür, daß ich es so schlecht gelernt habe.

Siehst du, so ist das.

Es ist kein Verdienst der Söhne, wenn ihre Väter so viel Geld hatten, daß sie die Söhne aufs Gymnasium schicken konnten, gewiß nicht. Und was in den meisten Fällen dabei herauskommt, wissen wir ja auch. Aber unterscheide gut, Erna, zwischen den beiden Gattungen, die da Fremdwörter gebrauchen:

den Bildungsprotzen, die sich damit dicke tun wollen, und den Schriftstellern, die zwischen ‹induktiv› und ‹deduktiv› unterscheiden wollen und diesen Denkvorgang mit Worten bezeichnen, die geschichtlich stets dieser Bezeichnung gedient haben.

Die Intellektuellen eines Volkes sollen nicht auf dem Niveau von schnapsdumpfen Gutsknechten stehn – sondern der Arbeiter soll in Stand gesetzt werden, die intellektuellen Leistungen der Gemeinschaft zu verfolgen. Nicht: reinlich gewaschene Körper sind ein Abzeichen von Verrat am Klassenkampf – sondern: alle sollen in die Lage gesetzt werden, sich zu pflegen. Den Körper, Erna, und den Geist.

KINO PRIVAT

Für Emil Jannings

In vielen Prokuristen steckt ein Perser-Schah,
der ruht, verzaubert. Aber manchmal, im Büro,
wenn schläfrig nebenan die Schreibmaschinen schnattern,
so kurz nach Tisch ... schlägt er im Traum die Augen auf
und atmet.
Dreimal klatscht er leise
in die Hände. Ibrahim erscheint
und kreuzt die Arme, neigt sich, schweigt.
«Die Mädchen!» sagt der Prok ... der Schah.
Und sieben Mädchen trippeln
um ihn herum, jung, schlank, mit Öl gesalbt,
und eine ist dabei, feist wie ein praller Sack.
Der Schah versinkt in Weiberfleisch, in Brüste, die ihn streicheln,
er weiß nichts mehr, sieht rot, ist sieben Male Mann ...
Wach auf, Gehirn! Das Hirn erwacht,
und aller Unflat, den er je gelesen
und je erträumt, bricht aus dem Prokuristen-Schah.
Er schaut, er schmatzt, er schmeckt, er wittert ...
«Fatme! Suleima! Ah, du bist ...»
Entzwei
reißt ihn ein Klingellaut, der hart verzittert.
Schah ab. Der Prokurist:
«Hier Lützow siebenundsiebenzignulldrei!
Am Apparat. Der Skonto? Wie gewöhnlich!
Na, unser Doktor Freutel hat persönlich ...»

In vielen Angestellten wohnt ein Dschingis Khan,
der schläft, verzaubert.
Aber manchmal, wenn
der launenhafte Chef den Angestellten piesackt,
bis dem die Galle hochsteigt, bis er kocht
und bis er platzt –: dann steht der Kriegsmongole
wild in ihm auf. Er stürzt sich auf den Chef,

pfeift seinen Leuten, und die packen
den Herrn Direktor, binden ihn mit Lassos
und werfen ihn auf ihre Pferde,
nein: er wird am Sattel festgebunden
und muß nun laufen. Laufe! Willst du laufen!
Du Hund! Die Peitsche saust. Es stöhnt der Chef!
Dann wirbeln ihn die Reiter auf die Erde
und schneiden ihm . . . nein: nadeln ihn . . .
nein: braten ihn in Kohlenfeuer
und streuen Salz und Pfeffer in die Wunden.
Und Mostrich.
Und der Dschingis Khan
streicht seinen Seidenbart und lächelt: «Na, Herr Zaschke . . .?»
Und während der Gefangene sich am Boden ringelt,
ergreift der Dschingis Khan den vollen Silberhumpen,
tut einen tiefen Schluck . . .
«Der Alte hat geklingelt!»
«Sie! Könn Sie mir nicht Ihre Zinstabelle pumpen?»
— «Gewiß, Herr Direktor!
Jawohl, Herr Direktor Zaschke!
Bis morgen früh, Herr Direktor!
Seppfaständlich, Herr Direktor —!»

So laufen manche Filme tief in Finsternissen.
Kino privat. Der Regisseur siegt immer über das Geschick.
Du lächelst, Lottchen. Und ich möchte gerne wissen:
Was denkst du dir in diesem Augenblick?
Du machst dir viele Filme aus den Dingen.
Das tun sie alle. Laß sie ruhig drehn.
Denn sagts der andre nicht wie Götz von Berlichingen —:
das, was er denkt, kann man zum Glück nicht sehn.

WO SIND DIE BUCHENWÄLDER UNSERER JUGEND?

Hat die Welt um 1890 anders ausgesehen als heute? Das hat sie schon: Autos sind nicht dagewesen und der Rundfunk auch nicht, und so viele große Siedlungen hat es noch nicht gegeben . . . aber das allein kann es nicht sein. Es muß noch etwas anderes die Erdoberfläche verwandelt haben — oder ist es vielleicht nur unser Kopf?

Die Stadt war höher, weil wir kleiner waren; der Kullerball war fettig-rot, es war unser zweiter Ball, und so frisch glänzend wie er waren unsere Eindrücke; der achte Ball war nur noch rot, der zweiundzwanzigste nur noch Ball – wie lange haben wir nun schon keinen mehr in der Hand gehabt! Der Hund war vielmehr Hund als heute – es gibt von den Sachen Komparative und Superlative; und auf dem Land – ja, das war es, was ich sagen wollte.

Das Land war ländlicher. Es roch richtig nach Land, die Wälder blauten am Horizont, aber so weit sahen wir wohl gar nicht: wir hatten so viel mit dem Naheliegenden zu tun! Teich und Plankenwagen und Misthaufen steckten voller Wunder – der Bach war unendlich lang, nie ging man bis an das Ende, das gab es gar nicht, und der Rand der Wiese war bedeckt mit den langen Stengeln der Blumen. Heu deckte alles zu.

Heute ist das Land nicht die Stadt; aber das ist auch alles. Bauer Grimkow hat einen Lautsprecher; die Autos zerrasen die Stille; in der Pension sind die Preise zu hoch, die Kinder zu laut und die Zimmer zu klein – in den Wäldern aber gibt es wohlgepflegte Wege, und wenn es keine gibt, sind wir auch nicht zufrieden, so groß sind die Wälder auch gar nicht, und abgeholzt sind sie, daß sie aussehen wie eine lichte Theaterdirektion – «Hier», sagen sie gewissermaßen, «hast du dir einen Wald vorzustellen.» Die Wiese stellt sich selber vor: «Das Abreißen von Gräsern sowie das Abbrennen von Feuerwerkskörpern und Jagen ist verboten. 17. August 1903. Die Gemeindeverwaltung.» Wo sind die Buchenwälder unserer Jugend –?

Im Auf und Ab des Lebens muß es, wie ich gelesen habe, nach dem Ende der Jugend und vor dem Beginn der Reife, ein Wellental geben, in dem alles still steht. («Das kann auch an Ihrer Verdauung liegen, Herr Panter.» Derselbe überhört es vornehm.) Wo waren wir stehen geblieben? . . . richtig: wie ein Wellental. Wir wissen doch, wie ausdehnbar die vom Stahlhelm abgelehnte Relativitätstheorie des Professors Einstein ist – es wird nicht nur an den Buchenwäldern liegen, es muß seinen Grund in uns haben.

Die Natur ist nicht griesgrämig-grau, aber eine Verzauberung ist von ihr gewichen, ein Schleier ist gefallen, wir sehen zu viel. Um mich in altem Latein auszudrücken: Die Vajoldung is runta.

Wir sehen die Zäune und die Verbotstafeln, die haben wir früher nie gesehen. Wir sehen die Schotterung der Straßen und den dummen Sommerweg, der so gefährlich für die Autos ist; wir sehen die alte baufällige Dampferbrücke, wir schmecken schlechtes Bier, und die Natur hat Ringe um die Bäume, die nun bald abgeschlagen werden . . . und alles, alles ist kleiner geworden.

Ein Freund hat mir einmal erzählt, er habe sich die bittere Freude gemacht, seine alten Quartiere im Westen wieder aufzusuchen: das erste, was ihm auffiel, war die Winzigkeit dieser Plätze, die er damals mit aller Kraft vollgelebt hatte; klein der Bahnhof und klein die Dorfstraße; klein die Häuschen und klein die Entfernungen, er ist rasch wieder abgereist. So geht es uns oft in der Natur, oft auf dem Lande. Dahin, dahin.

Dies alles liegt einen Millimeter vom Leierkasten entfernt.

Bleibt als Lebensregel: Die Schönheit liegt im Auge des Beschauers.

So, wie der alte Edison entdeckt hat, daß die Schnelligkeit, auf die wir unser Grammophon stellen, dem Herzschlag analog ist — so fühlen wir wohl die Natur, in der wir unsere Kindheit suchen und niemals finden.

Was uns nicht abhalten soll, vertrauensvoll in den nächsten Sommerurlaub zu blicken.

REPLIK

> Die kommunistische Überheblichkeit besteht darin, daß ein Mensch, der der Kommunistischen Partei angehört und der Parteisäuberung noch entgangen ist, sich einbildet, daß er alle seine Aufgaben auf dem Wege der kommunistischen Dekretierung lösen könne.
>
> *N. Lenin, Rede auf dem 2. Allrussischen Kongreß der Sektionen für politische Aufklärung*

«Es ist deshalb unbillig von Wrobel, den Klassenkampf als plakatierte Mordlust und organisierte Quälerei zu bezeichnen.»

Sicherlich wäre das unbillig; so ist er aber gar nicht bezeichnet worden. Sondern ich habe gesagt: Im Menschen steckt ein Grausamkeitstrieb; dieser Trieb gibt sich mitunter als Klassenkampfidee. Ist das richtig —?

Reimer hat recht, wenn er ganze Teile des Ober- und Unterbewußtseins als von der Klassenlage gebildet annimmt. Er hat nicht recht, wenn er den ganzen Menschen nur und ausschließlich aus der ökonomischen Lage erklären will. Sein Widerstand gegen solche Anschauung geht sehr tief hinunter.

Nichts nimmt eine Weltanschauung so übel, wie wenn man sie mit einer andern erklären will. Der Marxist will nicht psychoanalysiert werden; der Psychoanalytiker will nicht marxistisch begrenzt werden; jeder will mit seiner Lehre den Schlüssel zum A und O in der Hand haben. Warum? Weil geistige Bewegungen das Bestreben haben, weit über ihre Grenzen zu gehen — sie werden, wie der leider so früh verstorbene Carl Christian Bry das genannt hat, «verkappte Religionen». Darüber sagt er im Buch gleichen Titels:

> «Von außen gesehen ist ja die Lehre von Marx einfach Volkswirtschaftslehre. Er beschreibt die Vorgänge der nationalen und internationalen Wirtschaft wie alle seine Vorgänger. Aber doch mit

einem gründlichen Unterschied. Seine Vorgänger suchten den bestehenden Zustand zu verteidigen oder zu verbessern. Marx erst geht darauf aus, indem er doch den Charakter objektiver Darstellung so ängstlich wie ein junger Doktorand zu wahren sucht, aus diesem bestehenden Zustand einen großen, neuen, nie dagewesenen zu entwickeln. Er zuerst setzt an die Stelle der Utopie, die an allen Seiten der Kritik offen steht, etwas, was als verkappte Religion viel stärker wirkt: die Prophezeiung . . . Die Utopie erst zur Wissenschaft machen und doch in dieser Wissenschaft durch die Mittel der Prophetie alle Türen zur Utopie offen lassen, nur daß diesmal das Haus einen weit sichern Grund hätte: das hieße aus dem Sozialismus verkappte Religion machen.»

Freud sagt das in seiner letzten Schrift *‹Das Unbehagen in der Kultur›* noch deutlicher, noch klarer und er zeigt darin, daß er sich seiner angeblichen Grenzen sehr wohl bewußt ist. Es ist auch nicht richtig, daß Freud die Grundlagen der Gesellschaft für unabänderlich hält.

«Die Kommunisten glauben den Weg zur Erlösung vom Übel gefunden zu haben. Der Mensch ist eindeutig gut, seinem Nächsten wohlgesinnt, aber die Einrichtung des privaten Eigentums hat seine Natur verdorben. Besitz an privaten Gütern gibt dem einen die Macht und damit die Versuchung, den Nächsten zu mißhandeln; der vom Besitz ausgeschlossene muß sich in Feindseligkeit gegen den Unterdrücker auflehnen. Wenn man das Privateigentum aufhebt, alle Güter gemeinsam macht und alle Menschen an deren Genuß teilnehmen läßt, werden Übelwollen und Feindseligkeit unter den Menschen verschwinden. Da alle Bedürfnisse befriedigt sind, wird keiner Grund haben, in dem andern einen Feind zu sehen; der notwendigen Arbeit werden sich alle bereitwillig unterziehen. Ich habe nichts mit der wirtschaftlichen Kritik des kommunistischen Systems zu tun, ich kann nicht untersuchen, ob die Abschaffung des privaten Eigentums zweckdienlich und vorteilhaft ist. Aber seine psychologische Voraussetzung vermag ich als haltlose Illusion zu erkennen. Mit der Aufhebung des Privateigentums entzieht man der menschlichen Aggressionslust eines ihrer Werkzeuge, gewiß ein starkes und gewiß nicht das stärkste. An den Unterschieden von Macht und Einfluß, welche die Aggression mißbrauchen, daran hat man nichts geändert, auch an ihrem Wesen nicht. Sie ist nicht durch das Eigentum geschaffen worden, herrschte fast uneingeschränkt in Urzeiten, als das Eigentum noch sehr armselig war, zeigt sich bereits in der Kinderstube kaum daß das Eigentum seine anale Urform aufgegeben hat, bildet den Bodensatz aller zärtlichen und Liebesbeziehungen unter den Menschen, vielleicht mit alleiniger Ausnahme der einer Mutter zu ihrem männlichen Kind.

Räumt man das persönliche Anrecht auf dingliche Güter weg, so bleibt noch das Vorrecht aus sexuellen Beziehungen, das die Quelle der stärksten Mißgunst und der heftigsten Feindseligkeit unter den sonst gleich gestellten Menschen werden muß. Hebt man auch dieses auf durch die völlige Befreiung des Sexuallebens, beseitigt also die Familie, die Keimzelle der Kultur, so läßt sich zwar nicht voraussehen, welche neuen Wege die Kulturentwicklung einschlagen kann, aber eines darf man erwarten, daß der unzerstörbare Zug der menschlichen Natur ihr auch dorthin folgen wird.»

Ich bin wohl gegen den Verdacht geschützt, den Klassenkampf durch Vorbehalte sabotieren zu wollen; doch entstammen diese Vorbehalte einer tiefen Skepsis und der Lebenserfahrung. Der Klassenkampf ist notwendig. Aber das Paradies auf Erden — das wird er uns nicht bringen.

Der «ideologische Überbau», den der Marxismus auch seinerseits aufweist, ist für diesen Kampf notwendig; man kann wohl nicht ohne solche Illusionen kämpfen und vor allem nicht einen so grausam schweren Kampf. Aber man erlaube uns, eine Selbsttäuschung auch so zu benennen. Die russische neue Gesellschaftsordnung ist keine Widerlegung dieser Ansicht; dazu ist sie viel zu jung — es hat sich noch keine Erbmasse bilden können. Vorläufig hat dort der Grausamkeitstrieb einen sehr legalen Ablauf: den gegen die Feinde der Sowjetrepublik. Ich gebe mit der größten Bereitwilligkeit zu, daß eine Kollektiverziehung Kollektivcharakter bildet. Aber daß aus einem kräftigen und somit der Erde verwachsenen Volk, wie es das russische ist, eine Schar palmentragender und psalmensingender Engel werden wird, das glaube ich nicht.

Der Mensch ist nicht so böse, wie man manchmal denken sollte. Aber er wird nie so gut werden wie Idealisten sich das denken. Gelingt es den Russen, das tiefste Niveau der Gesellschaftsmitglieder zu heben, so ist das schon sehr viel.

Ich bejahe den Klassenkampf. Ich sehe in ihm keine verkappte Religion.

AUF DEM NACHTTISCH

Entweder du liest eine Frau, oder du umarmst ein Buch, beides zugleich geht nicht. Jetzt aber ist Junggesellenzeit — umarmen wir ein Buch.

Als da wäre: Friedrich Torberg *‹Der Schüler Gerber hat absolviert›* (erschienen im Verlag Paul Zsolnay in Wien). Ein höchst beachtlicher Autor. Was wird aus dem einmal werden?

Schulbücher sind den Kriegsbüchern sehr verwandt. Beide sind: Abrechnung mit dem Gewesenen, das leider so selten gehaltene Versprechen eines Fluchs: Wenn ich hier mal rauskomme . . .! Beide Gattungen setzen viel voraus und wirken am meisten auf jene, die es mitgemacht haben. Beide Gattungen haben bereits ihr Schema herausgebildet. Torberg ist, wenn ich richtig informiert bin, ein Prager, hat also bereits von Haus aus alle Finessen des Handwerks in der Schreibmaschine und verfällt dem Schema kaum. Ganz kommt man da nicht herum, denn vieles ist vorgezeichnet: die Herren Lehrer, die Sadisten sind oder Trottel oder allenfalls gutmütig; die Schülerliebe; die Schülertypen — man kann nicht ganz aus diesem Schema heraus. Es steckt in der Sache selbst.

Hier ist aber mehr als Schema. Um mit dem Negativen anzufangen: es ist schade, daß die Äußerlichkeiten zufällig österreichisch sind — die Reichsdeutschen müssen sich manches erst übersetzen. Mit dem Begriff ‹Oktavaner› verbinden wir kleine Kerle — bei denen sind es unsre Primaner. ‹Absolvieren› sagen wir nicht; bei uns macht einer sein Abitur. Das sind natürlich nur Äußerlichkeiten, schließlich konnte Torberg das nicht umnennen, nur um uns einen Gefallen zu tun. Ich sags nur. Und käme nicht ein paar Mal das Wort ‹Einstellung› und ‹irgendwie› vor, dann wäre das Buch auch stilistisch in bester Ordnung. Was steht nun drin —?

Da ist als Glanzpunkt und Hauptstück ein Lehrer, der heißt Kupfer, genannt ‹Gott Kupfer›. Er kann alles, weiß alles, merkt alles, sieht alles . . . die Figur ist derart einprägsam, vom ersten Augenblick ihres Auftretens an, daß man immer bedauert, wenn sie wieder von der Szene abtritt. Der Kerl ist großartig gesehen, mit einem zischenden Haß, der durch die Seiten brennt — nichts macht ja hellsichtiger als solcher Haß. Gott Kupfer ist weit mehr als ein pittoresker Einzelfall: er ist ein echtes Sinnbild. Wie ist das eingefangen: die Freude des Lehrers, aus den Ferien, wo er nichts zu sagen hat, wieder in die Schule zu kommen, in die Schule, wo sein Wort alles ist. «Nach dieser Verbannung stürzte er sich mit allen Sinnen in sein wiedererstandenes Reich. Das erste ‹Setzen› war ihm ein glühender Genuß gewesen, er hatte es vorher mit Gaumen und Zunge und Lippen umzärtelt, wie man aus einem Pfirsichkern die letzten Fasern der Frucht saugt, ehe man ihn ausspuckt. Aber Kupfer hatte nichts ausgespuckt. Liebevoll (und darum so leise) war es über seine Lippen gekommen, kein abgetaner Pfirsichkern, eher ein kleiner Diamant von unschätzbarem Werte, den der Juwelenschmuggler glücklich über die Grenze gebracht hat und nun behutsam, voll erschauernder Wonne, aus dem Mund gleiten läßt. Und ähnlichen Wonneschauer fühlte auch Kupfer.» Und nun ganz stark: «Während des Sommerexils peinigte ihn, Jahr um Jahr, die gleiche dunkle Furcht: daß sich, während er nicht da war, alles geändert haben könnte, daß nach seiner Rückkehr auf den Thron plötzlich, unerforschbar wie, Setzen nicht mehr Setzen bedeuten würde und daß die Untertanen, denen er es befahl, etwa stehen bleiben möchten oder umhergehen.» Wenn doch die kleinen Tyrannen der Industrie, der Papiergeschäfte und der Kontore begriffen, daß es hier nicht um einen beliebigen Lehrer, sondern um sie alle geht!

Diese Figur ist bis zum letzten lebendig. Jede Einzelheit sitzt. Einmal: «Er wurde von seiner Tätigkeit ausgeübt.» Das Wirken dieses Mannes, der sich dabei natürlich ‹streng gerecht› gibt, seine Wohnung, sein Liebesleben, seine Art zu sprechen und zu schweigen — das ist blühendes Leben. Wobei ich mir, im Gegensatz zu der von Thomas Mann stets vertretenen Auffassung, die Frage erlaube, ob diese Figur wohl erfunden oder nur dichterisch fotografiert ist. Ich sage: nur. Denn das schöpferische Element in einem Künstler ist nun einmal größer, wenn er solche Dingerchen ohne klar erkennbares Modell anscheinend hervorzaubert ... Trotz Shakespeare. Aber das ist eine kleine Anmerkung. Das Buch Torbergs ist ein neuer ‹*Professor Unrat*›.

Außerhalb dieser kupfernen Lehrperson ist dann was da auftritt, immer noch stark, aber so stark ist es nicht mehr. Die Hauptperson, der Schüler Gerber, bleibt ein wenig blaß — seine Liebesgeschichten sind sehr behutsam gestaltet, sehr zart, sehr hübsch ... aber es brennt nicht. Wirklich gut sind zweierlei Dinge: gut ist die Darstellung der Klasse als Lebewesen, und gut sind die eingeworfenen Bemerkungen des Erzählers, wie es so ist im menschlichen Leben. «Daß immer alles nur halb so arg ist und darum doppelt so arg ...» Oder als ein Lehrer einmal sagt: Das werden wir ja gleich haben: «Grenzenlose Schmach: da oben steht ein einziger und sagt ‹Wir›, und unten sitzen so viele und jeder sagt ‹Ich›.»

Seit langen Jahren habe ich kein Buch in der Hand gehabt, in dem etwas, was ich das ‹Schulgefühl› nennen möchte, so einprägsam ausgedrückt ist wie hier. Da ist eine Periode, in der sich der Schüler Gerber fallen läßt — ich habe das, als ich auf der Schule saß, einmal genau, bis in die letzte Einzelheit genau so empfunden ... und sicherlich viele andere neben mir und um mich auch. Das ist ein lebendiges Buch.

Es kämpft dadurch, daß es nicht kämpft. Es stellt gar keine Forderungen. Es nimmt die alte Schule durchaus ernst, was sie nicht verdient — was man aber tun muß, wenn man sie abschaffen will. Ist sie nun heute besser geworden? Ich glaube, daß in der deutschen Provinz noch viele solche Autoritäts-Kasperles herumhocken, bei uns nun auch politisch in der schwarz-weiß-roten Wolle gefärbt. Man sollte dies Buch Torbergs allen Vorstandsmitgliedern jener Handwerkskammern in die Hand geben, die nichts Besseres zu tun haben, als für ihre Lehrlinge alle möglichen ‹Reifen› zu fordern, nur die eine nicht, auf die es ankommt.

Man kommt diesem reaktionären Muff am besten durch frische Hiebe bei.

Die teilt einer aus, ein Arzt, der Doktor Fritz Brupbacher aus Zürich. *‹Liebe, Geschlechtsbeziehungen und Geschlechtspolitik›* (erschienen im Neuen Deutschen Verlag zu Berlin). Hurra!

Es ist nur ein ganz kleines Broschürchen, aber ich wünschte es in hunderttausend Hände. So etwas von frischer Natürlichkeit; von sauberm Empfinden, von Fachkenntnissen ohne Fachprotzerei und Getue — das ist echte und beste Aufklärung. Es vermeidet aufs glücklichste jene entsetzliche und gedunsene Lyrik, jene schwüle Haltung der Liebes- und Ehebücher, die ein gutes Thema so hundejämmerlich schlecht behandeln, Bücher, an denen sich viele unbefriedigte Kleinbürger satt schreiben und andre halbhungrig lesen. Verbieten sollte man das Zeug nicht — auslachen sollte man es. Brupbacher ist alledem aus dem Weg gegangen; er sagt, wie die Dinge wirklich sind. Und er überschätzt die Erotik nicht, er unterschätzt sie nicht: er sieht sie grade richtig. Und belehrt den Leser. Da ist ein Absätzchen über die ewigen Erotomanen, «haltlose Menschen beiderlei Geschlechts, deren Hauptbeschäftigung darin besteht, bei Tag und Nacht, jahraus, jahrein jedermann zu verführen, der überhaupt verführbar ist. Unerfahrene beider Geschlechter fallen auf diese Geschlechts-Reisenden gar oft schwer herein, da diese im Laufe ihrer Wanderungen sich zumeist eine Oberflächenschicht von reizenden Eigenschaften erworben haben, die naiven Gemütern manchmal länger als eine Woche Tiefe, Güte und andre Herrlichkeiten vortäuschen. Man hüte sich, mit ihnen vor Ablauf dieser Woche zu schlafen. Man soll sich zuerst kennen, bevor man sich erkennt. Und nicht erst durch die ‹Erkenntnis› (im biblischen Sinne) zum Erkennen kommen.» Was mir ein Roman-Thema zu sein dünkt. Lest das Buch und verschenkt es in vielen Exemplaren.

Ein Roman-Thema ... Ja, was bearbeiten denn heute so die jungen Erzähler? Laßt uns sehen. *‹24 neue deutsche Erzähler›* herausgegeben von Hermann Kesten (erschienen bei Gustav Kiepenheuer in Berlin). Hm ...

Vielleicht wäre es gut, dieser sehr sauber gearbeiteten Anthologie den Untertitel ‹Stufen› zu geben. Es ist, wie wenn sich diese Autoren entsagungsvoll zu Boden geworfen hätten, damit ihre Leiber Stufen für jene bilden mögen, die da aufwärts schreiten sollen zum Parnass. Nach ihnen. Es stehen sehr hübsche Geschichten in dem Band, es ist beinah alles gut und schön — aber ich werde das bestimmt nicht zum zweiten Mal lesen, und das ist ja eigentlich der wahre Wertmesser eines Buches. Aus Furcht vor Pathos und Ergriffenheit schreiben sie einen kühlen Stil, einer wie der andre, ganz kalt, scheinbar unbeteiligt — «Das ist ja grade das Feine» — ja, ich weiß. Nietzsche sagt zu solcher Kunst: «Eine Art chinesischer Malerei, lauter Vordergrund und alles überfüllt.» Nun wollen wir uns gewiß nicht mehr über jene uralte ‹Sachlichkeit› unterhalten — aber ich glaube: das ist gar keine. So kann jeder, der nicht kann. Ausnahmen zugegeben: der Humor Marie Luise Fleissers sticht hervor; ein brillantes und lebendiges Kapitelchen F. C. Weiskopfs ist da, der Friseur *‹Cimbura›* aus Prag ... einer macht den Joyce nach, daß es zum Erschrecken ist — aber das wissen wir doch alles. Man kann sich das ausraten. Wenn früher die Geschichte eines Schrankenwärters erzählt wurde, dann konnte man darauf schwören, daß die Sache mit einem Eisenbahnunfall enden würde, und wenn heute weibliche Gefangene in der Zelle gezeigt werden, dann endet das auf Lesbos, es ist eins wie das andre. Ich frage mich nur immer: wo haben die Herren eigentlich ihre Augen! Da witzelt sich einer eine kleine Geschichte zusammen, von einer kaufmännischen Angestellten. Keine Schreibmaschine ohne das, was unterhalb der Tischplatte ist. Gut. Und da läuft so ein Satz unter ... aber ich will doch gleich aus dem Bett fallen, wenn ich diesen Satz nicht einmal aufpuste, daß etwas aus ihm wird. Wie kann man sich das entgehen lassen! «Sie tat sehr stolz», heißt es von der Stenotypistin, «das Fräulein zählte sich nicht zum Proletariat, weil ihre Eltern mal zugrunde gegangen sind (muß heißen: waren). Sie war überzeugt, daß die Masse nach Schweiß riecht, sie leugnete jede Solidarität und beteiligte sich an keiner Betriebsratswahl. Sie tat sehr stolz, weil sie sich nach einem Sechszylinder sehnte.» Guter Mann, das ist gewiß sehr höhnisch gemeint. Doch der Hohn geht daneben. Natürlich stimmt alles — aber wer hat hier unrecht? Hier hat der Marxismus unrecht, der nicht sieht, daß dieser — sicherlich komische Stolz — auf die Sehnsucht nach dem Sechszylinder eine seelische Realität ist, mit der man zu rechnen hat. Daran ist beinah alles in Deutschland gescheitert: daß ihr die Angestellten als Arbeiter klassifiziert, und sie sind es nicht, sie sind es nicht, sie sind es nicht. Ich weiß, wie und daß man beweisen kann, sie seien es doch. Sie sind es nicht. Ihr erreicht nicht ihr Ohr, weil ihr ihre Sprache nicht sprecht ... ach, wäre das eine schöne Erzählung geworden, wenn Sie den Angestellten wirklich da gepackt hätten, wo er zu fassen ist! Ein Jammer. Immerhin: die Anthologie verlohnt für den, dens angeht, gelesen zu werden. Was der normale Leser damit anfangen kann, ist freilich eine andre Frage.

Wem nähern wir uns denn nun ... Ja, da ist etwas. *‹Der Vatikan als Thron der Welt›* von Joseph Bernhart (erschienen bei Paul List in Leipzig). Aus diesem Verlag wird man nicht recht klug, dumm auch nicht, klug auch nicht. Neulich bekam ich einen seiner Verlagsalmanache in die Hand; da gehts kunterdibunter, das Ding hat viele Gesichter, aber kein Gesicht. Wenn man das auf eine Formel bringen sollte, so wäre es etwa: Vornehme Bürgerlichkeit mit weitherzigem Verständnis für sämtliche Lager der Branche. Was übrigens in diesem

Fall durchaus keine Konjunkturriecherei ist sondern tiefste Unsicherheit. Ich sehe im Verlagskontor zwei maßvoll gekränkte Gesichter. Thomas Mann hat zum Tode des Verlagsbegründers, des Herrn Paul List, einige sehr schöne und freundliche Zeilen geschrieben ... Wir wollen uns da nicht streiten. Also: der Vatikan als Thron der Welt.

Ein sehr schönes Buch. Ein ausgezeichnetes und gelb eingebundenes Werk. Zum Lesen ist es eigentlich nicht. Denn man muß den Stoff schon sehr genau beherrschen, um diese mit Seminar-Bildung vollgepfropften Paraphrasen zu verstehen. Es sind nur Variationen, das Thema wird nicht recht hörbar, und wer nicht schon gelernt hat, lernt hier nichts. Die Stellen über Luther sind von einer heitern Komik; wir, die wir diesem Vereinsgezänk fernstehen, bekommen einen Vorgeschmack, wie das wohl im sechzehnten Jahrhundert gewesen sein mag. Immerhin gibt der katholische Propagandist, der dies verfaßt hat, den ‹*Hexenhammer*› preis, was ja eine ganz achtbare Leistung für ihn ist. Wie er dann freilich den Mut aufbringt, die Kirche im Weltkrieg einen «Überstaat» zu nennen, der im «Getümmel der Staaten die Begriffe der ewigen Güter wahrt», das muß er schon mit seinem lieben Gott abmachen. Wenn man ‹Güter› richtig auffaßt, stimmts übrigens. Ich bin kein Pfaffenfresser, aber wenn man so sieht, was heute in Verlagen, die auf sich halten, als ‹katholisch› marschiert, dann sind die Männer, die in den siebziger Jahren die Kirche bekämpft haben, denn doch andre Kerle.

Man muß die Kirche aufsuchen, wo sie zu Hause ist. ‹*Die religiösen Anschauungen der Semang-Zwerge von Malaya*› von Paul Schebesta (erschienen bei L. Schwann in Düsseldorf), ein dünnes Heftchen. Und eine Fundgrube.

Der Verfasser hat als Missionar diese unwegsamen Urwaldgegenden durchforscht und höchst beachtenswertes Material nach Hause gebracht; das Heft ist nur ein Auszug aus einem größern Werk. Es handelt sich um die kleinen Pygmäenstämme, die nach allgemeinen Begriffen wohl am tiefsten unter allen primitiven Stämmen stehen. (Man sollte nach 1914 nie mehr ‹Wilde› sagen.) Was an diesem Bändchen für den Psychoanalytiker herausspringt, geht gar nicht in eine Buchbesprechung. Und was an ungewolltem Humor herausklingt, fiele, wenn ich es genau erörterte, gradenwegs in den Rachen des § 166 und vor die Kammern unsrer Unabsetzbaren. Daher nur einige Andeutungen, die sich der gütige Leser selber ausmalen möge.

Von einer Mythe der Urwaldzwerge: «Diese Mythe erklärt dem Kenta-Semang alles zur Zufriedenheit, so daß er kein Bedürfnis mehr fühlt, zu fragen: woher der Schlamm, woher der Mistkäfer, woher der Bär. Die sind eben da.» Guck doch mal rasch nach, wie der kosmologische Gottesbeweis geht ... Der Missionar hat sich zwar an keiner Stelle aufgeblasen, aber er fühlt auch ebensowenig, wie alle Religionen ein System durchzieht, wie keine davon ausgenommen ist, seine auch nicht. Daß diese Weltanschauung sich Religion nennt, rührt daher, daß sie sich ausgenommen wähnt. Man sagt uns immer nach, wir höhnten. Wir höhnen gar nicht. Wir verbitten uns nur, daß man uns Anschauungen aufzwingt. Auch wir müssen sterben, wie die Semang-Zwerge; das verbindet uns mit ihnen. Wir wollen aber klarer denken als jene — das trennt uns von ihnen. Und nicht nur von ihnen.

Und nun wollen wir zu etwas Ergötzlicherem übergehen. Katzen! Ein ganzes Buch über Katzen! Heißt auch so, ist von Pol Sackarnt zusammengestellt und bei Georg Müller in München erschienen. Ein Buch schönster Fotos.

Wers mög, der mögs, und wers nicht mög, der mags ja wohl nicht mögen. Denn so wie es Gebirgsmenschen und Seemenschen gibt, so gibt es Hundemenschen und Katzenmenschen. Die literarische Anthologie, die den Bildern vorangeht, ist eine Spur zu kühl — aber vielleicht ist das nicht besser zu machen. Das Katzenbuch Eggebrechts, der auch vertreten ist, steht weit über allen diesen Proben. Unter denen sind auch Arbeiten von Katzenzüchtern; diese Fachleute können sich nicht versagen, die Worte ‹züchterisch› und ‹kätzisch› anzuwenden — jedem Mann seine eigne Fachsprache. Die wundervollen Bilder lassen nachher alles vergessen.

Ja, das hätten wir nun alles umarmt. Aber das da — herzblutrot gebunden ... das soll nie wieder weggehen. Das soll bleiben. Und bleibt. Was ist das —?

Proben:

> «Nichts ist so schön wie wieder allein zu sein und friedlich und in sich gekehrt durch die Wälder zu streifen, Kaffee zu kochen und die Pfeife zu stopfen und dabei ein wenig und langsam zu denken. So, jetzt fülle ich den Kessel mit Schnee, denke ich, und jetzt mahle ich diese Kaffeebohnen mit einem Stein; später muß ich meinen Schlafsack gut im Schnee ausklopfen, damit die Wolle wieder weiß wird. Darin ist keine Literatur und kein großer Roman und keine öffentliche Meinung.
>
> Ich dachte, welche Tüchtigkeit im Fach bei diesem Lensmann, wie bebte er vor Durchschnittlichkeit!
>
> Waren es schwere Tage? Nein, gute Tage. Meine Freiheit war so groß, ich konnte tun und denken was ich wollte, ich war allein, der Bär des Waldes. Aber selbst mitten im Walde wagt kein Mensch laut zu sprechen, ohne sich umzusehen, lieber geht man stumm umher. Man tröstet sich eine Weile damit, daß es englisch sei, stumm zu sein, daß man königlich schweigen solle; aber einen ganzen Tag ist das zu lang, der Mund fängt an zu erwachen, sich zu strecken, und plötzlich schreit man ein oder zwei idiotische Sätze hinaus: Ziegelsteine für das Schloß! Das Kalb ist heute viel

frischer! Wenn man gut schreien kann, hört man es eine Viertelmeile weit – und dann steht man da und fühlt ein Brennen wie nach einem Hieb.

Du wirst sehen, alle diese Felsen sind reine Verschwörungen gegen meine Wanderung, denke ich, riesenhafte gepflanzte Flüche, die mir den Weg versperren. Oder wie, wenn ich einfach in die Gewerkschaft der Felsen geraten wäre? Aber ich nickte einige Male, und das soll bedeuten, daß ich kühn und froh bin. Vielleicht sind die Felsen auch nur ausgestopft.

Dann endlich kamen zwei armselige Engländer. Führer? Führer? riefen sie nur, Sie Führer, ja? Die beiden reisten dumm und ernsthaft den Berggipfeln nach, sie hatten Eile, sie hatten ein Ziel, es war, als reisten sie zum Arzt.

Ich sah keine Süßigkeit an ihr, nur Erregtheit. Sie hatte Grammatik gelernt, aber keinen Inhalt, ihre Natur war unterernährt.

Er habe ja keine Ahnung, auf welchen Meeresmassen ich schon gewesen sei, ohne das geringste Unbehagen davon zu spüren; einmal vierundzwanzig Tage auf dem Ozean, die meisten lagen da und waren unbrauchbar, der Kapitän erbrach sich wie eine Dame, aber ich?»

Neuerscheinung! Soeben erschienen! Nur ja nichts lesen, was schon länger als vier Tage aus der Druckerpresse heraus ist! Neuerscheinung!

Sie haben richtig geraten, wenn Sie es geraten haben. Hamsun. Ein kleiner Roman, einer von den ältern, gar nicht einmal so sehr bekannt, zehn Auflagen. Und eine Perle – aus dem Meer, wo es am tiefsten ist. ‹*Die letzte Freude*› (bei Albert Langen in München erschienen. Nicht: ‹*Das letzte Kapitel*›). Ein Roman, der in Reflexionen eingebettet ist, scheinbar beiläufig erzählt, mit einer Technik, die ans Wunderbare grenzt ... und welches Herz! Das ist wirklich der Allergrößte. Wofern dies mit dem Respekt vereinbar ist, den ich für ihn hege – er ist der einzige Mensch, vor dem ich den Hut herunterrisse, wenn ich ihn je sähe ... Komm her, rotes Buch, und laß dich umarmen.

LEERE

Manchmal, wenn das Telefon nicht ruft, wenn keiner etwas von dir will, nicht einmal du selber, wenn die Trompeter des Lebens pausieren und ihre Instrumente umkehren, damit die Spucke herausrinnt ... dann horchst du in dich. Und was ... dann ist da eine Leere –

Dann ist da gar nichts. Die Geräusche schweigen; nun müßte doch das Eigentliche in dir tönen ... es tönt nicht. Horche, daß sich dir die Stirn zusammenzieht – vielleicht ist es gar nicht da, das Eigentliche? Vielleicht ist es gar nicht da. Überfüttert mit Geschäften, Besorgungen, mit dem Leben, wie? Und das Fazit? Leere — Der Herr sollten sich wieder mal verlieben! Der Herr sollten nicht so viel rauchen! Schlecht geschlafen, was? ... Die Witze rinnen an dir ab; das ist es alles gar nicht. Leer, leer wie ein alter Kessel — es schallt, wenn man dran bumbert ...

Das wäre ja wohl der Moment, in den Schoß von Mütterchen Kirche zu krabbeln. Nein, diesem Seelenarzt trauen wir nicht mehr recht — wir wissen zu viel von ihm: wie er das macht, wie das funktioniert ... ein Arzt muß ein Geheimnis haben. Das da ist wohl nichts für uns.

Aber die Indikation Gebet ist zutreffend. Was hast du? Lebensangst? Todesangst hast du. Auf einmal ist es aus, auf einmal wird es aus sein. «Ich werde mir doch sehr fehlen», hat mal einer gesagt. Ja, Todesangst und dann das Gefühl: Wozu? Warum das alles? Für wen? Gewiß, im Augenblick, wenn du nichts zu fressen hast, dann wirst du schon herumlaufen und dir was zusammenklauben, aber so ein echter, rechter Lebensinhalt dürfte das wohl nicht sein. Du hast dir zu viel kaputt gedacht, mein Lieber. Du probierst den Altarwein, du berechnest die Ellen Tuch, die an der Fahnenstange flattern, du liest die Bücher von hinten und von vorn ... Gott segne deinen Verstand.

Dann wirst du langsam älter; wenn das Gehirn nicht mehr so will, setzt eine laue Stimmung ein, die sich als Gefühl gibt. Du siehst den kleinen Tierchen nach, wie sie im Sande krauchen, Gottes Wunder! du blickst auf deine eignen Finger, jeder eine kleine Welt, ein Wunder an Gestaltung auch sie, es lebt — und du weißt gar nicht, was das ist ... Und dann noch einmal: Aufstand, große Aufrappelung, heraus da, vergessen!

Vergessen und zu Ingeborg kriechen wie ein Söhnlein zurück in der Mutter Leib; noch einmal: «Hallo, alter Junge! Na, auch da? — Heute abend? aber gewiß! Wohin? Zu den Mädchen — hurra!» Noch einmal: so ein dickes Buch und die halbe Bibliothek verschlungen, versaufen in Büchern ... noch einmal die ganze Litanei von vorn. Nur mit diesem unterkietigen Gefühl als Grundbaß: Vergebens, vergebens, vergebens.

«Jede Zeit», lautet der flachste aller Gemeinplätze, «ist eine Übergangszeit.» Ja. Daß doch einer aufstände und an die Laterne brüllte: daß er nicht mehr mitmachen will — und daß es ein Plunder ist, ein herrlicher, und daß es anders werden soll — und daß nicht die Dinge regieren sollen, sondern der Mensch ... ach, du grundgütiger Himmel. Da — hier haben Sie einen philosophischen Sechser: Jedes Leben ist ein Übergang — von der Geburt an bis zum Tode. Machen Sie sich dann einen vergnügten Lebensabend ...

Wieviel tun wir, um diese Leere auszufüllen! Wer sie ausfüllt und noch ein Meterchen drüber hinausragt, der ist ein großer Mann. Wo einer seinen Kopf hat, hoch oben in den Wolken —: das besagt nicht viel. Aber wo er mit den Füßen steht, ob auf der flachen Erde oder tief unten ... das zeigt ihn ganz. Und wer dann noch lachen kann, der kann lachen. «Sie werden doch nicht leugnen, daß die Entwicklung der modernen Industrien ...» Die Trompeter blasen. Ja doch, ich komme schon.

ZWEI ALTE LEUTE AM 1. MAI

— «Weißt du noch, Alter, vor dem Kriege?
Wir haben manchen Mai erlebt.
Wir glaubten an die schnellen Siege —
du hast das Streikplakat geklebt ...»
— «Ja, Alte, das waren schöne Zeiten ...
Wir waren allemal dabei —
Ich seh uns noch im Zuge schreiten
am 1. Mai.»

— «Und unser Jüngster war noch klein. Den ließ ich
zu Haus ... wir gingen los mit Hans.
Mitunter wars ja etwas spießig —
so ... Kriegerverein mit Kaffeekranz.»
— «Na, laß man — du warst doch die Nettste!
Mir wars bloß zu viel Dudelei ...
Und anno 14 wars denn auch der letzte —
der 1. Mai.»

— «Kein Wunder. Mußt mal denken, Alter:
Wer ist uns da voraufmarschiert!
Der Wels als roter Fahnenhalter,
der Löbe, prächtig ausstaffiert ...»
— «Ja solche haben glatte Hände ...
Für die ist frisch, fromm, frech und frei
der Klassenkampf schon längst zu Ende —
Die und der 1. Mai!
Was wissen die vom Klassenkrieg ...!
Die schützen sich vor ihrer eigenen Republik —!»

— «Na, laß man, Alter, die Beschwerde.
Ich weiß, daß etwas in uns singt:
Wacht auf, Verdammte dieser Erde,
die stets man noch zum Hungern zwingt!»
— «Wir wissen, Alte, was wir lieben:
den Klassenkampf und die Partei!
Wir sind ja doch die Alten geblieben
am 1. Mai! Am 1. Mai!»

STAATSPATHOS

Wie kommt es eigentlich, daß die Reden, die unsre Staatsmänner bei allen möglichen und unmöglichen Gelegenheiten halten, so unsagbar töricht, leer und kindisch sind? Das muß doch nicht so sein. Die Leute, die das tun, stehen sehr oft über dem Niveau des Gesagten — was machen sie da nur —?

Sie greifen acht Töne zu hoch. Sie zwingen sich, in falschen Tonlagen zu singen, das rächt sich. Und warum tun sie das?

Weil sie mit aller Gewalt — bei Brückeneinweihungen, Anstaltseröffnungen, Fleischbeschau-Ausstellungen und Amtsübernahmen — ihre Hörer für so dümmlich halten, wie die in dieser Minute zu sein vorgeben. In Wahrheit glaubens auch die Hörer nicht. Habt euch doch nicht so.

Der Staat ist längst nicht mehr der große Gott und der dicke Manitou. Der Staat hat nicht mehr die Allmacht in Händen — fragt nur bei den Banken, bei denen ihr euch das Geld borgt, damit ihr weiter machen könnt. Dieses Pathos glaubt euch kein vernünftiger Mensch.

Ihr wendets nur an, weil sich im Laufe der Zeit ein Epigonen-Stil für Festredner herausgebildet hat, die das Jubiläum eines Kegelklubs begehen, als begrüßten sie den Präsidenten Hindenburg, und umgekehrt. Ist das nicht schrecklich? Es ist, als zögen diese im Alltagsleben wahrscheinlich ganz nüchtern denkenden Männer mit ihrem schwarzen Rock noch etwas andres an — vage Erinnerungen an wilde Wagner-Opern, deutsches Trompetengeschmetter, den kollernden Baß ehrwürdiger Vereinsvorsitzender oder das überkippende Falsett junger Ministerialdirektoren. Laßt doch das sein.

Warum sprecht ihr nicht schön einfach? Denn dazu feiert ihr solcherlei Festivitäten viel zu oft, als daß jede einzelne noch ein Festtag sein könnte. Und dann will gehobene Sprachweise gelernt sein, sie steht nicht jedermann zur Verfügung — wenn aber einer so spricht, wie ihm der Schnabel gewachsen ist, dann kanns gut gehen.

Da hat sich jedoch eine Amts-Terminologie entwickelt, die gradezu fürchterlich ist. Man lese einmal nach — wenn man das zu Ende bringt! — wie bei Rheinlandfeiern, bei Amtsantritt und Abschied, bei Begrüßungen fremder Souveräne den Beamten die Hefe aufgeht. Ich weiß sehr gut, daß eine gewisse offizielle Ausdrucksweise nötig ist — man soll ja nicht immer sprachschöpferisch wirken; es ist auch ungefährlicher, bei der Tradition zu bleiben. Gut und schön — aber was ist das für eine Tradition!

Wenn einer sein Amt übernimmt, dann betont er zunächst einmal emphatisch, daß er es gar nicht hat haben wollen. Er opfert sich, sozusagen. Es wird ein bißchen viel geopfert bei uns ... Und wenn sie in den Reden brausend sind, dann sind sie viel zu brausend, und wenn sie schlicht sind, sind sie viel zu schlicht — sie sind immer alles hoch zwei und wissen nicht, daß eine Wahrheit, zum Quadrat erhoben, sehr oft eine Lüge ergibt. Wie markig hallt die Phrase! Wie zischen die vergilbten Vergleiche! Wie wimmelt es von aufgeschnappten und unerlebten Bildern, die so staubig sind, daß es einem trocken im Hals wird, wenn man das mitanhört! Es ist, als könnten sie gar nicht mehr vernünftig sprechen.

Aber viele Hörer wollens so. Die stehen dann da, mit einem Ausdruck im Gesicht, wie ein Hammel, der darüber nachdenkt, ob er nun mal strullen soll; das Kinn haben sie an den Kragen gepreßt, und während sie zuhören, ohne aufzupassen, glauben sie im Augenblick auch wirklich alles, was ihnen da zu einem Ohr hinein und zum, sagen wir, andern wieder herausgeht. Es ist wunderschön. Gehts denn nicht einfach? Doch, es geht auch einfach.

«Liebe Kinder! Ich wünsche euch vor allem Gesundheit. Der Mensch hat die Pflicht, gesund zu sein, nur so kann er den andern helfen und wird ihnen nicht zur Last fallen. Erhaltet euren Körper und die Wohnungen sauber. Betreibt Sport und fürchtet euch nicht vor Luft, Wasser und Sonne.»

Das hat allerdings der Präsident Masaryk gesagt. Und vor Kindern. Denn vor Erwachsenen; – da ist das natürlich ganz etwas andres.

«Meine Damen und Herren! Im Namen der Reichsregierung kann ich erklären: Der heutige Tag ist ein Markstein in der Geschichte von Köln-Nippes. Die Anstalt für geprüfte Kreis-Hebammen, die wir heute dem öffentlichen Verkehr übergeben, ist so recht geeignet, Brücken zu schlagen ...»

Mensch! halt die Luft an. Und sprich vernünftig und sauber und ohne Pathos. Es ist besser für uns alle.

DAS DRITTE REICH

Es braucht ein hohes Ideal
der nationale Mann,
daran er morgens allemal
ein wenig turnen kann.
    Da hat denn deutsche Manneskraft
    in segensreichen Stunden
    als neueste Errungenschaft
    ein Ideal erfunden:
Es soll nicht sein das erste Reich,
es soll nicht sein das zweite Reich ...

Das dritte Reich?
Bitte sehr! Bitte gleich!

Wir dürfen nicht mehr massisch sein –
wir müssen durchaus rassisch sein –
und freideutsch, jungdeutsch, heimatwolkig
und bündisch, völkisch, volkisch, volkig . . .
und überhaupt.
Wers glaubt,
wird selig. Wer es nicht glaubt, ist
ein ganz verkommener Paz- und Bolschewist.

Das dritte Reich?
Bitte sehr! Bitte gleich!

Im dritten Reich ist alles eitel Glück.
Wir holen unsre Brüder uns zurück:
die Sudetendeutschen und die Saardeutschen
und die Eupendeutschen und die Dänendeutschen . . .
Trutz dieser Welt! Wir pfeifen auf den Frieden.
Wir brauchen Krieg. Sonst sind wir nichts hienieden.
Im dritten Reich haben wir gewonnenes Spiel.
Da sind wir unter uns.
Und unter uns, da ist nicht viel.
Da herrscht der Bakel und der Säbel und der Stock –
da glänzt der Orden an dem bunten Rock,
da wird das Rad der Zeit zurückgedreht –
wir rufen «Vaterland!», wenns gar nicht weiter geht . . .
Da sind wir alle reich und gleich
im dritten Reich.
Und wendisch und kaschubisch reine Arier.

Ja, richtig . . . Und die Proletarier!
Für die sind wir die Original-Befreier!
Die danken Gott in jeder Morgenfeier –
Und merken gleich:
Sie sind genau so arme Luder wie vorher,
genau solch schuftendes und graues Heer,
genau so arme Schelme ohne Halm und Haber –
Aber:
im dritten Reich.

Und das sind wir.
Ein Blick in die Statistik:
Wir fabrizieren viel. Am meisten nationale Mistik.

DIE DEUTSCHE PEST

«Es ist aber merkwürdig, wie leicht und glatt dieselben ‹korrekten› Historiker und Publizisten, welche das ganze Zeter-Alphabet und Flüchewörterbuch erschöpfen, um den rot-republikanischen Schrekken zu verdonnern, über die Abscheulichkeiten und Gräßlichkeiten hinwegschlüpfen, welche der weiß-royalistische Schrecken von 1794–95 in Szene gesetzt hat. Natürlich übrigens! Für Thron und Altar ist ja alles erlaubt. Mag jedoch der Grundsatz mit so schamloser Offenheit gepredigt und geübt werden, wie in unsrer niederträchtigen Zeit geschieht, immerhin gibt es noch einen über die trübe Sphäre der Knechtseligkeit, über die wüste Region zügelloser Parteileidenschaft hocherhabenen Standpunkt der Sittlichkeit, von welchem herab die echte und rechte Seherin Historia den Wahrspruch tut –: Die roten Schreckensmänner handelten sittlicher als die weißen, denn jene standen in Bann und Zwang einer großen Idee, während diese nur von der gemeinsten Selbstsucht getrieben wurden.» Johannes Scherr: *‹Menschliche Tragikomödie›*

Die Schande des neuen Republikschutz-Gesetzes, das noch den kleinsten Schreiber, wenn er nur pensionsberechtigt ist, zu einer Rechtsperson höheren Grades erhebt und die unbequemen Links-Oppositionellen rechtlos läßt, wird Wahrheit werden. Die Stagnation der öffentlichen Moral ist vollkommen; kaum ein Windhauch geht über diese scheinbar so bewegte Fläche. Deutschland ist ein lautes Land – aber die Massen treten an Ort. Was das neue Gesetz uns bieten wird, geht aus der jetzigen Lage klar hervor.

So instinktlos diese Republik ist, die sich noch niemals gegen ihre wirklichen und gefährlichen Gegner zu schützen gewußt hat, weil sie gar nicht geschützt sein will – in einer Beziehung haben Verwaltung und Rechtsprechung den richtigen Instinkt. Das zeigt sich in der Behandlung der Nationalsozialisten.

Die behaupten, ‹revolutionär› zu sein, wie sie denn überhaupt der Linken ein ganzes Vokabular abgelauscht haben: ‹Volkspartei› und ‹Arbeiterpartei› und ‹revolutionär›; es ist wie ein Konkurrenzmanöver. Daß bei der herrschenden Arbeitslosigkeit des Landes und der Direktionslosigkeit der bürokratisierten Sozialdemokratie die Arbeiter scharenweise zu den Nazis laufen, darf uns nicht wundern.

Revolutionär sind die nie gewesen. Die Geldgeber dieser Bewegung sind erzkapitalistisch, der Groll, der sich in den Provinzzeitungen der Partei, in diesen unsäglichen ‹Beobachtern› ausspricht, ist durchaus der von kleinen Leuten: Erfolg und Grundton dieser Papiere beruhen auf Lokalklatsch und übler Nachrede. «Wir fragen Herrn Stadtrat Normauke, ob er die Lieferungen an die Stadt nicht durch Fürsprache seines Schwagers erhalten hat, der seinerseits dem Oberbürgermeister ...» Das freut die einfachen Leute; es zeigt ihnen, daß sich die Partei ihrer Interessen annimmt, es befriedigt ihre tiefsten Instinkte – denn der Kleinbürger hat drei echte Leidenschaften: Bier, Klatsch und Antisemitismus. Das wird ihm hier alles reichlich geboten: Bier in den Versammlungen, Klatsch in den Blättern und Radau-Antisemitismus in den großmäuligen Parolen der Partei. Was ist nun an diesem Getriebe revolutionär?

Junge Leute, die tagaus, tagein im Büro sitzen; Studenten, die mit ihren paar Groschen kaum das Brotstudium bezahlen können, von echtem Studium ist schon lange nicht mehr die Rede; Arbeitslose, denen jede Abwechslung recht ist ... aus solchen Menschen setzen sich die ‹Sturm-Abteilungen› zusammen, die vor Gericht nicht einmal soviel Mut haben, auch nur den Namen aufrechtzuerhalten. «Wir SA-Leute sind Sportabteilungen ... was dachten Sie?»

Die Deutschen sind stets ein Gruppenvolk gewesen; wer an diesen ihren tiefsten Instinkt appelliert, siegt immer. Uniformen; Kommandos; Antreten; Bewegung in Kolonnen ... da sind sie ganz. Der Zulauf zu diesen sehr risikolosen und romantisch scheinenden Unternehmungen ist groß; das moderne Leben mechanisiert die Menschen, das Kino allein kann das Bedürfnis nach Abwechslung nicht befriedigen. Also rauf auf die Lastwagen!

Wenn diese nationalsozialistische Bewegung eine echte Volksbewegung, eine revolutionäre Bewegung wäre, wenn eine rechte Revolution alte Rechtsbegriffe hinwegschwemmte und zur Durchsetzung ihres Systems eine Diktatur errichtete – so könnte man das sauber bekämpfen. Wer für den Klassenkampf eintritt, kann sich nicht grundsätzlich gegen Diktaturen wenden, höchstens gegen die Ziele, für die sie eingesetzt werden. Ein Belagerungszustand kann unter Umständen politisch zu bejahen sein – es kommt auf die Idee an, die ihn geboren hat.

Von einer revolutionären Idee ist jedoch bei den Nazis nicht das Leiseste zu bemerken. Ich nehme hier ausdrücklich die ihnen nicht unmittelbar angeschlossenen und noch sehr einflußlosen Gruppen aus, die zunächst im geistigen Kampf stehen: die Handvoll Leute um Jünger, Schauwecker und die andern. Ich kann zwar nicht sehen, was damit gewonnen ist, daß man mit Ausdrücken wie ‹magisch› und ‹mitteleuropäischer Raum› um sich wirft ... auch die Vokabel ‹Fronterlebnis› wird ja wohl nicht über die wahnwitzige Güterverteilung der kapitalistischen Gesellschaftsunordnung hinweghelfen – Romantiker glauben immer, wenn sie bewegt seien, bewegten sie auch schon dadurch die Welt. Selbst echte seelische Erschütterung ist noch kein Beweis für die Nützlichkeit und den Wert einer Idee.

Die Straßennazis lassen von dieser Geistigkeit auch nicht einen Hauch verspüren. Politische Kinder ... «Politische Kinder», heißt es einmal bei Scherr, «welchen man ja, vorab in Deutschland, bis zur Stunde einbilden, einpredigen, einschwindeln konnte und kann, Revolutionen würden willkürlich gemacht, von Sprudel- und Strudelköpfen, von Habenichtsen und Taugenichtsen, von einer Handvoll ‹Literaten, Advokaten und Juden›, willkürlich gemacht und aus purem Mutwillen.» Und nun tobt das gegen einen ‹Bolschewismus›, der nicht einmal da ist; denn die Arbeiter sind gespalten, und die typische Angestelltengesinnung haben die Kommunisten, von Moskau leider sehr falsch belehrt, in Deutschland niemals zu erfassen vermocht. Dergleichen ist wohl auch unvorstellbar für ein russisches Gehirn, aber nicht minder real. Die kommunistischen Parolen holen vielleicht die Arbeiter aus den Betrieben, niemals aber die Angestellten aus den Büros. Und ohne die kann man keine Revolution machen.

Die Nazis terrorisieren viele kleine und manche Mittelstädte, und zwar tun sie das mit der Miene von Leuten, die ungeheuer viel riskieren; sie machen immer ein Gesicht, als seien sie und ihre Umzüge wer weiß wie illegal. Sie sind aber durchaus legal, geduldet, offiziös. Und hier beginnt die Schuld der Republik: eine Blutschuld.

Polizei und Richter dulden diese Burschen, und sie dulden sie in der durchaus richtigen Anschauung: «Mitunter ist es ja etwas reichlich, was hier getrieben wird. Keinen Totschlag! Nicht immer gleich schießen ... Aber, trotz allem: Diese da sind Blut von unserm Blut, sie sind nicht gegen, sondern für die Autorität – sie sind, im allertiefsten Grunde, für uns, und sie sind nur deshalb nicht ganz und gar für uns, weil wir ihnen nicht stramm genug sind und zu sehr republikanisch. Wir möchten ja auch gerne ... aber wir dürfen nicht ... Diese lächerlichen republikanischen Minister ... die Geheimräte da oben am grünen Tisch ... wir möchten ja ganz gerne. Und tun unser Möglichstes. Zurücktreten! Nicht stehen bleiben! Na ja ... aber es sind unsre, unsre, unsre Leute.» Es sind ihre Leute.

Es sind so sehr ihre Leute, daß die verschiedenartige Behandlung, die Kommunisten und Nationalsozialisten durch Polizei und Rechtsprechung erfahren, gradezu grotesk ist.

Man stelle sich einmal vor, was geschähe, wenn in der *‹Weltbühne›* stände, man müsse den Führer der Zentrumspartei zum ‹Schweigen bringen ... Nie davon sprechen – immer daran denken› –: zwölf Juristen erster Klasse zerbrächen sich die Dialektik, um aus diesen Sätzen herauszulesen, was sie für eine Verurteilung brauchten, und die Urteilsbegründung wäre eine reine Freude für jeden Kandidaten der großen Staatsprüfung. Man stelle sich vor, was geschähe, wenn – wie es umgekehrt in Schweidnitz geschehen ist – ein jüdischer Angeklagter in einem Strafprozeß die Geschmacklosigkeit besäße zu sagen: «Der Regierungsvertreter lächelt mich dauernd so hämisch an, wie das nur Gojims zu tun pflegen» – mit Recht ließe der Vorsitzende den Sprecher abführen, und der Prozeß ginge, was ja zulässig ist, ohne den Angeklagten zu Ende. Und man stelle sich vor, was geschähe, wenn der Vorsitzende dies zu tun unterließe. Aufforderung zur Berichterstattung an den Aufsichtführenden, Bericht ans Justizministerium, ‹anderweitige Verwendung› des Richters und wahrscheinlich unter Anwendung der üblichen Mittel: Pensionierung. Linksleute sind vogelfrei.

Führen die Arbeiter einen der ihren zu Grabe, den üble Gefängnisärzte zu Tode gequält haben, dann stürzen sich hundert Polizisten dazwischen, «unter Anwendung des Gummiknüppels», wie es in den polizeiseligen Blättern der Mitte heißt. Die scheuen sich, die Wahrheit zu sagen: es wird geprügelt, wie die Kosaken nicht saftiger geprügelt haben. Brüllen die Nationalsozialisten die Straßen entlang, so wird zwar von den Polizeibeamten nicht grade salutiert, aber sie lassen den Zug lächelnd passieren. Jugend muß sich austoben ... Hiervon gibt es nur sehr wenige Ausnahmen. Auf den Straßen fließt Blut, und die Republik unternimmt nichts, um dem Einhalt zu tun.

Von Mordandrohungen schon gar nicht zu sprechen.

Nach dem neuen Schutzgesetz, das diese Republik nötig hat, kann jeder satirische Vers gegen den Portier des Reichskanzlerpalais einem Staatsanwalt die Karriere verbessern; auf der andern Seite können die Nazis gegen ‹nichtbeamtete› Publizisten Drohungen ausstoßen, die selbst unter dem Seligen klar und eindeutig unter den § 111 des Strafgesetzbuches gefallen wären (Aufforderung zur Begehung strafbarer Handlungen). Heute geht das als Redeblümchen und Würze der Propaganda glatt durch. Und kommt es selbst einmal zu einem Prozeß: wie beschämend sehen diese Prozesse aus!

Die Zeugen sind, wenn sie vom Reichsbanner oder gar aus Arbeiterkreisen kommen, die wahren Angeklagten, die Anwälte der Nazis treten wie die Staatsanwälte auf, und die Staatsanwälte sind klein und häßlich und kaum zu sehen. Die Richtersprüche entsprechend. Das große Wort vom ‹Landfriedensbruch› hat hier keine Geltung; und wenn eine ganze Stadt von den Hitlerbanden auf den Kopf gestellt wird, so erscheint das in den Begründungen der Freisprüche als harmlose Bierhausprügelei. Kein Wunder, wenn diesen Knaben der Kamm schwillt: sie riskieren ja nichts.

Um so mehr riskiert der Arbeiter. Eifrige Polizeipräsidenten verhängen über ihren Machtbereich jedesmal einen kleinen privaten Belagerungszustand, wenn es bei einem Fabrikstreit Randal gibt, und wie da gehauen, geprügelt, verhaftet wird, daran ändert auch das Vokabular nichts, das dann von ‹zwangsgestellt› spricht. Der Zörgiebels gibt es viele im Reich, und alle, alle sehen nur nach links. Von rechts her scheint keine Gefahr zu drohen.

Die Redakteure der *‹Roten Fahne›* verfügen über ein reiches Schimpfwörterbuch, die Hitlergarden verfügen über Waffen, Autos und

Geld . . . das ist der Unterschied. Der Landfrieden aber wird bei uns nur von links her gebrochen.

Es ist eine Schande. Solange solche Männer wie Klausener in den preußischen Ministerien, wo es noch am liberalsten zugeht, die Personalpolitik machen, kann das nicht besser werden. Einen deutschen Landfrieden gibt es nicht mehr.

Stände heute ein Erzberger oder ein Maximilian Harden auf und sprächen sie in den Mittelstädten der Provinz und nun gar in Sachsen und Bayern: sie würden abermals niedergeschlagen werden. Vielleicht machte die Ortspolizei schwache Versuche, sie zu schützen; vor den Richtern kämen die Mörder mit einer vergnügten Verhandlung davon. Kein Wunder. Man höre sich die Vorlesungen der Universitäten an, man sehe die dort von den Behörden geduldeten Umtriebe, und man wird sich nicht wundern, daß eine so vorgebildete Richterschaft die Verbrechen der Nationalsozialisten im Herzen und im Grunde bejaht. Diese Unabsetzbaren halten derartige Morde für den Ausfluß des Volkswillens. Strafen? Die sind für die Arbeiter.

Was die öffentliche Meinung anlangt, so geht sie mit den Völkischen zu milde um. Es liegt das zunächst an dem berliner Aberglauben, der Kurfürstendamm sei die Welt, und solange eine Reinhardt-Premiere nicht gestört würde, könne das Ganze doch unmöglich so schlimm sein. Die sehen die Gefahr immer erst, wenn ihnen die Gegner auf den Teppich des Eßzimmers spucken. Siegfried Jacobsohn hat mir einmal von Konrad Haenisch erzählt, wie er den in der Nacht vor dem Kapp-Putsch im Theater traf: der Gute lächelte und winkte auf alle Fragen beschwichtigend ab . . . Am nächsten Tage saßen die Herren im Auto, und Berlin wehrte sich allein.

An dem völkischen Teil der deutschen Industrie hängt der Vorwurf, daß sie Mörder finanziert; sie wird diesen Vorwurf lächelnd einstecken wie ihre Tantiemen. Denn noch nie haben sich diese Menschen ein Geschäft durch die ‹Moral› verderben lassen. So wird unsre Luft verpestet.

Und wenn wir uns diese einseitig geschützte Republik ansehen, diese Polizeibeamten und diese Richter, dann entringt sich unsern Herzen ein Wunsch:

Gebt uns unsern Kaiser wieder!

NUR

Dies singt eine Dame
im Dreivierteltakt

Manchmal auf Bällen und Festen
tritt in den Saal ein freundlicher Mann,
an Geist und Kultur von den Besten . . .
und macht sich an die Frauen heran.

Doch schon nach wenigen Minuten
ist alles zersprungen wie Glas –
Von Geist keine Spur,
nichts mehr von Kultur:
    Nur – nur – das.

Berühmtheit ist ja kein Einwand
gegen Männer, die in den Filmen stehn.
Ich lüpfte neulich die Leinwand,
ich wollt mal einen näher sehn.
Ach, war das eine Enttäuschung!
Ich bekam einen kältenden Haß –
Von Herz keine Spur,
eine Karikatur …
Und
    nur – nur – das.

Ich nahm den Tee und den Kuchen
in Berlin und Frohnau und mal hier und mal dort.
Nun, dacht ich, willst mal versuchen
eine Freundschaft mit einem Herrn vom Sport.
Der bricht das eigne Training –
auf wen ist denn heut noch Verlaß …?
Von Hirn keine Spur,
eine hübsche Figur –
aber sonst
    nur – nur – das.

Wie kann man Frauen so verkennen?
Mein Gott, sie sind ja gar nicht so!
Gewiß, es will jede entbrennen …
aber doch nicht stets und irgendwo!
Auf Harfen kann jedermann klimpern,
es fragt sich nur: Wer spielt – und was …
Und spielt er dann nur
nach unsrer Natur –:
Dann gern
        auch das.

MANCHER LERNTS NIE

Zu dir kommt kein Geld – zu dir nicht.

Erstens kommt Geld überhaupt nur dahin, wo schon etwas ist, Geld kommt zu Geld; in den Dalles fallen nur manchmal die Lotteriegewinne, bei deren Eintrudelung die armen, alten Zeitungsabonnentinnen die mürben Hände über dem Kopf zusammenschlagen und vor Fassungslosigkeit zu weinen anfangen. (Fettdruck.) Darauf geloben sie, sich eine Nähmaschine und eine Gurkenfabrik zu kaufen und fürderhin ein andres Leben zu führen. Das sind so Märchen . . .

Zweitens kommt zu dir kein Geld, weil du es nicht zündend genug liebst. Na ja, du möchtest es gern haben . . . aber damit ist es nicht getan. Gern haben? Du sollst nicht nur begehren deines Nächsten Bankkonto – du mußt Geld inbrünstig lieben, dich darauf herumsielen, es in die Körperhöhlungen klemmen, na, lassen wir das. Vor allem aber kommt es nicht zu dir, weil es sieht, wie du es ausgibst. Du gibst es falsch aus.

Nicht verschwenderisch . . . das ist wieder eine andre Sache. Nein, du gibst es aus, so –: «Bitte, was bin ich Ihnen schuldig? Hier . . .» Ganz falsch.

Solange du nicht weißt, was Geldauszahlen bedeutet, solange wirst du kein Geld haben. Zahlen ist himmlische Gnade, Barmherzigkeit, Manna, Segen und unendliche Herablassung. Die wird nicht so leicht ausgeteilt, mein Lieber.

Zu dir kommt das Geld nicht, weil du immer noch nicht gelernt hast: Wenn man von dir Geld haben will, so mußt du zunächst einmal das sagen, was jeder normale Mensch sagt, wenn man etwas von ihm haben will: Nein. Der, der von dir Geld haben will, sei dein Gegner, der Gottseibeiuns, dein Todfeind. So mußt du ihn behandeln.

Das will gekonnt sein. Nun komme mir ja nicht und erzähle: Ja, aber der andre hat doch für mich etwas geliefert, gearbeitet, getan . . . Du Hammel. Als obs darauf ankäme! Er ist der Feind, hör doch.

Sag erst einmal zu ihm: Nein. Dann: «Zeigen Sie mal her. Wieso drei Mark vierzig? Sie sind wohl verrückt?» – Und dann nimm einen Bleistift und streiche an der Rechnung herum. Und dann handele ihm die Hälfte ab. Und dann hol die Brieftasche heraus. Und leg die Rechnung hinein. Und zahle nicht. Und laß den andern warten. Wer zahlt dir? Also.

Und wenn du + + + einmal zahlst, so nach langer, langer Zeit und nach Abzug eines Skontos, den du dir am besten nach dem Diskont in Liberia bei 54 Grad im Schatten ausrechnest –: dann mußt du den, der das Geld von dir zu bekommen hat, ordentlich demütigen. Das kannst du doch für dein Geld verlangen, daß er dasteht und Gott dankt und gewissermaßen den Hut in den Händen dreht. «Na . . .» mußt du dann sagen: «Na ... da! Fang auf! Is jut.» So zahlt man. Früher haben einem die Kerle wenigstens die Hände geküßt; heute geben sie einem eine Quittung ... verdammte Zeit. Gibs ihm, wenn dus ihm gibst!

Siehst du: das mußt du wissen, für den Fall, daß du einmal in die ärgerliche Lage kommen solltest, etwas zahlen zu müssen. Zahlen ist: Gnade mit einem Fußtritt. Und besonders für den, der sich nicht wehren kann.

Aber du hörst ja nicht. Und daher kommt zu dir kein Geld – zu dir nicht. Mancher lernts eben nie.

50% BÜRGERKRIEG

Wenn der Stahlhelm anrückt, wenn die Nazis schrein:
«Heil!»
dann steckt die Polizei den Gummiknüppel ein
und denkt sich still ihr Teil.
Denn auf Deutsche schießen, in ein deutsches Angesicht:
Das geht doch nicht!
Das kann man doch nicht!

Wenn die Arbeiter marschieren, wenn die Arbeitslosen schrein:
«Hunger!»
dann schlägt die Polizei mit dem Gummiknüppel drein –
Hunger –?
Dir wern wa! Weitergehn! Schluß mit dem Geschrei!
Straße frei!

Wenn Deutschland einmal seufzt unter einer Diktatur,
wenn auf dem Lande lasten Spitzel und Zensur,
ein Faschismus mit Sauerkohl, ein Mussolini mit Bier ...
wenn ihr gut genug seid für Militärspalier –:
dann erinnert euch voll Dankbarkeit für Uniformenpracht
an jene, die das erst möglich gemacht.
An manchen Innenminister. Und ein Bürogesicht ...
Es ging nun mal nicht anders.
Sie konnten es nicht.

AUF DEM NACHTTISCH

Eins, zwei, drei, vier, fünf ... da fehlt doch ein Buch! Wenn so viel auf dem Nachttisch liegt – warum soll nicht auch einmal etwas unter dem Nachttisch liegen? Richtig: es ist heruntergefallen. (Hinunter, herunter ... wie heißt das? ‹Hin› zeigt die Richtung an – ich weiß schon. Aber die Sprache macht das nicht mit, sie kugelt alles bunt durcheinander.) Da liegts. Da darfs nicht liegen. Denn das Buch verdient einen Ehrenplatz auf dem Nachttisch. Und den soll es auch gleich haben.

Von den vielen Arten, die Schande des Krieges zu betrachten, ist eine wohl am wirkungsvollsten: das ist die des still leidenden, nicht zornmütigen Menschen. Alfred Polgar hat sie gewählt. (*‹Hinterland›*; erschienen bei Ernst Rowohlt, Berlin.) Nein, er hat diese Art nicht gewählt – es ist die seine. Er gehört nicht zu jenen, die da aufstehen und Zetermordio gegen eine organisierte Schweinerei rufen – es ekelt ihn. Weil aber im Grunde seines Herzens der Humor glüht, so ist ein bittersüßes Getränk aus dem geworden, was er uns da gekocht hat.

Ein Teil dieser Geschichten ist im Kriege geschrieben und merkwürdigerweise auch gedruckt worden. Ein Berliner wird aus Österreich niemals ganz klug; welche Mischung von Roheit, Schlamperei, Dummheit, Gewitztheit, Raffinement! (Liebe Mitschriftsteller, das Wort ‹Raffinesse› gibt es nicht, das ist eine schreckliche und krebsartige Neubildung!) Wir andern verstehen Österreich niemals ganz – wir erleben nur schaudernd in diesem Buche, wie es gewesen ist.

Was den Stil der Polgarschen Prosa angeht, so kann er etwas, worum ich ihn unendlich beneide. Alle seine Sätze, alle ohne Ausnahme, sind zu Ende formuliert. Die Fassung scheint endgültig. (Ihm scheint sie bestimmt nicht so; wer so schreibt, quält sich.) Es sind ganze Abschnitte darin, die durchaus klassisch anmuten – hätten wir pazifistische Schulbücher und nicht dieses wüste Gehetz zum nächsten Krieg, so verdienten diese Kapitel, dort aufgenommen zu werden. «Wer roh, brutal und stumpfsinnig ist, erträgt die Greuel des Krieges, jene, die ihm selbst, wie gewiß jene, die nicht ihm selbst widerfahren. Die andern schwanken zwischen Irrsinn und Verzweiflung.» Wie zementiert war dieser Boden, Stein, Stein, Stein. Aber es gab da Fugen und Ritzen, und aus denen wuchsen diesem großen Schriftsteller zarte Gräser der Ironie. Diese Pflanzen haben dann später geholfen, die Steindecke zu sprengen.

Ich frage mich, was wohl unsere Enkel, wenn sie dieses Buch in die Hände bekommen (Polgar würde sagen: bekämen), dazu sagten. Werden sie das verstehen? Dieser Hohn, der zum Beispiel in dem bezaubernden *‹Interview›* aufklingt; dort wird die Wartefrau eines öffentlichen ‹HIER› interviewt, mit ernsten politischen Fragen wird die treue Schaffnerin behelligt, die dort die Wasserspülung beaufsichtigt, und sie antwortet auf alles. Aber diese Antworten sind so merkwürdig ... Bis sich denn ergibt: «Das Amt der guten Frau bringt es mit sich, daß sie nur mit alten Zeitungen zu tun hat. Vom Sommer 1916 ist das neuste Quartal datiert, das sie erworben hat. Und auch das nicht zur Lektüre. Was für eine verständige Frau!»

Und werden die Enkel die Sehnsucht verstehn, die damals in den

Herzen aufflammte: einmal aus diesem vaterländischen Modder hinauszukommen, hinaus in andre Länder, in denen es noch vernünftige Menschen gab, keine Musterungskommissionen, sorglose Frauen, still arbeitende Männer, ‹echten› Bindfaden und ‹echtes› Leder und Butter...! Es war nicht auszudenken. Dieser Sehnsucht gibt Polgar hinreißenden Ausdruck. Und von den verbrecherischen Ärzten ist die Rede, die mit faradischen Strömen die Proletarier gequält haben ... ach, ich weiß. Ich weiß, daß man mit diesen sehr schmerzhaften Strömungen manchmal, manches Mal, auch Heilungen erzielen kann – aber es ist doch widerwärtig, wie diese uniformierten Schinder das niemals an ihrer gut zahlenden Kundschaft, sondern immer nur an wehrlosen Soldaten ausprobiert haben. Manche rühmen sich dessen noch heute. Und niemand hat sie zur Verantwortung gezogen.

Die Verantwortung ... Das ist das schönste Kapitel dieses Buches, und das gehört nun wirklich in alle Schullesebücher. Seite 73. «Die leitenden Staatsmänner und Generale übernehmen die ‹Verantwortung› für das Schicksal, das sie den Völkern auferlegen.» Und was dann kommt, das müßt ihr selber nachlesen – es ist jene Verantwortung, nämlich vor der ‹Geschichte›, und das ist eine schöne Geschichte.

Das ist ein Buch! Die famosen Glossen über Berlin, in liebevoller Ironie; die Schilderungen aus dem verfallenden Wien; eine himmlische Satire über den Umsturz in Ungarn ... auch für die, die einen Teil dieser Arbeit schon in der *‹Weltbühne›* gelesen haben, ein nimmer endendes Vergnügen. Und das wimmelt von klugen Bemerkungen, das funkelt und strahlt und blitzt – und nie, niemals ist die Formulierung Selbstzweck; der Stil ist gebändigt von einem großen Meister der deutschen Sprache. Hut ab.

Die Satire Polgars über Budapest ist lustig und bös. Blutig ist sie nicht. Ungarn aber ist blutig gewesen, blutig wie rohes Fleisch ... Davon steht zu lesen in einem kleinen Band *‹Die Kerker von Budapest›*, von Sandor Kémeri, mit einem Vorwort von Henri Barbusse (erschienen im Buchverlag Kaden & Co., Dresden). Nicht gut für die Nachtruhe – sehr gut für die Schärfung des Gewissens.

Sandor Kémeri ist das Pseudonym einer Frau, der Gattin eines ungarischen Journalisten, von Bölöni. Der Mann ist niemals Kommunist gewesen, die Frau auch nicht. Das Ehepaar floh vor Horthy aus Ungarn, weil der Terror unerträglich war – alle hatten zu fürchten, alle, außer den Uniformierten. Dann kehrte die Frau in einem gradezu fahrlässigen Vertrauen auf die Anständigkeit der ungarischen Regierung zurück, um nach ihrer beschlagnahmten Wohnung und nach ihren Sachen zu sehen ... Sie wurde natürlich verhaftet. Man behielt sie wochenlang im Militärgefängnis; ihr selbst geschah zwar nichts – aber was sie dort gesehen hat, das hat sie aufgezeichnet. Und das muß man lesen.

Es ist viehisch.

Es ist so gemein, daß ich diese Einzelheiten nicht noch einmal abschreiben mag – ich habe neulich bereits aus einem Buch von Barbusse Proben gegeben. Wie sie auf Menschenfleisch (meist Judenfleisch) herumgehackt haben! Wie sich ein irrer Sadismus noch an Sterbenden austobte – einem, der in den letzten Zügen lag, hat ein Soldat in den Mund gespuckt; wie sie schlugen, messerten, peitschten, brüllten, Stöcke in die Zähne wirbelten, auf Winselnden mit Füßen umhertraten ... das Zeugnis dieser Frau ist um so beachtlicher, als sie keiner Partei angehört, keine politischen Schlußfolgerungen aus ihren entsetzlichen Beobachtungen zieht – es ist nichts von Klassenkampf in dem Buch. Es ist einfach eine anständige Bürgersfrau, die zu zittern anfängt, wenn sie an das denkt, was sie da gesehen hat. Es ist grauenvoll.

Vergeltung? Es hat keine Vergeltung gegeben. Die Juden beten schon wieder für Horthy, der seinerseits ‹gar nicht mehr so schlimm ist› ... es hat keine Vergeltung gegeben. Nun, ich halte befriedigte Rache für etwas grauenvoll Lächerliches: wenn der Feind zerprügelt am Boden liegt, schämt man sich, wenn man Nerven hat – was soll das? Was nützt uns das da?

Aber doch ... es ist nicht gut, daß Gottes Mühlen so langsam mahlen. Es ist nicht gut, weil in Ungarn (wie in Deutschland) Tausende von Menschen herumlaufen, die sich an Blutfusel sattgesoffen haben, die einmal ihre sadistischen Triebe haben frei auslaufen lassen können. Sind sie wirklich satt? Ja, sie mögen wohl gesättigt sein. Aber es ist nicht gut. Solch ein Gesindel ist vergiftet Zeit seines Lebens. Verroht, vertiert, Verzeihung: vermenscht ... wer das einmal fertig bekommen hat, wer so schrankenlos hat zuschlagen dürfen, wer aus Menschen Objekte gemacht hat und sich benommen hat, als befinde er sich in einem blutigen Bordell–: der bleibt eine sittliche Gefahr für sein Land. Ungarn wimmelt von solchen Bestien. Sie sind alle noch da. Gepäckträger sind sie nun, kleine Zigarrenhändler, Schutzleute, Feldwebel ... und haben den lieben Gott geprellt, der es ihnen im Jenseits vergelten ... wie?

Kein Wunder, wenn auf der andern Seite die Flamme glüht, und schwelt.

Wenn jemand in Deutschland Tendenz macht, dann werfen ihm die Kunstrichter zunächst vor, daß er es tut, und wenn sie der andern Richtung angehören, dann jammern sie: der Mann kann ja nichts. Ich bin für Tendenz – feste, gib ihm.

Das ‹*Volksbuch 1930*› (erschienen im Neuen Deutschen Verlag) gibt ihm.

Es ist eine Anthologie aus Bild und Text – ich bin auch vertreten. Der Querschnitt durch das Jahr ist voll gelungen; das Bildmaterial ist gut. Es ist anständige Literatur, und so ausgewählt, daß sie jeder Proletarier, jeder Angestellte, der auch nur ein wenig geistige Interessen hat, ohne weiteres versteht. Tendenz, nicht die einer Partei, durchtränkt jede Zeile, so daß sie nicht noch nötig hat, zu kollern. Dichterisch am stärksten sind ein paar Zeilen aus einem Gedicht Emil Ginkels (*‹Wir haben die billigsten Hände, die billigsten Hände der Welt›*) und von der ersten bis zur letzten Zeile voll gelungen ein Gedicht Walter Mehrings aus dem *‹Kaufmann von Berlin›*: *‹Das Lied vom trocknen Brot›*. Man sollte übrigens dieses Drama nach dem Piscatorkrach nicht ad acta legen — es ist nicht nur sprachlich eines der besten Dokumente aus der Inflation.

‹Montiert› hat das Buch John Heartfield, der ja bahnbrechend auf diesem Gebiet ist. Mir erscheint diese Technik ausbildungsfähig. Ich habe mit Heartfield zusammen in meinem *‹Deutschland, Deutschland über alles›* versucht, eine neue Technik der Bildunterschrift zu geben, eine Technik, der ich jetzt häufig, auch in illustrierten Blättern, begegne. Aber es sind Äußerlichkeiten, die man uns abgeguckt hat. Es kommt darauf an, die Fotografie — und nur diese — noch ganz anders zu verwenden: als Unterstreichung des Textes, als witzige Gegenüberstellung, als Ornament, als Bekräftigung — das Bild soll nicht mehr Selbstzweck sein. Man lehre den Leser, mit unsern Augen zu sehen, und das Foto wird nicht nur sprechen: es wird schreien.

Das *‹Volksbuch›* enthält auch ein Gedicht *‹Ich geh mit meiner Kleinen stempeln›*. Viel stärker — wenn auch ohne Zusatz propagandistisch nicht brauchbar — ist ein kleines Gedicht mit demselben Thema *‹Ick jeh stempeln›*, das Erich Carow aufsagt. Ich habe es leider niemals von ihm gehört. Die einfachen Verse stehen in dem Band *‹Erich Carow, Karriere eines berliner Volkskomikers›* (erschienen im Eden-Verlag zu Berlin). Es lohnt sich wohl, da einmal einen Blick hineinzutun. Nicht nur, weil dieser Carow ein großer Schauspieler ist — sondern auch, weil mancherlei Aufschlüsse über Berlinertum in diesem Buch zu finden sind. Wir, die Schriftsteller, sind im Buch in der Majorität — schade, ich hätte gern gelesen, was Carows Publikum vom Weinbergsweg über ihn sagt. Im übrigen:

Ick jeh stempeln, ick jeh stempeln,
denn ick habe nischt zu pempeln.
Ick bin klamm un ausjemist,
Ick wees nich mehr, wat Arbeet is.
Ick sehne mir ooch nich danach,
der Jeist is willich, det Fleesch is schwach,
Ick kann bloß nachn Nachweis tempeln —
Ick jeh stempeln, ick jeh stempeln, ick jeh stempeln.

Nun ist nur noch ein Buch übrig geblieben. Wenn ich von dem erzählen soll, laßt mich erst einmal Atem holen.

A. T. Wassiljew *‹Ochrana›* (erschienen im Amalthea-Verlag in Wien).

Dieser Wassiljew war Polizeidirektor bei der russischen Ochrana, und von der berichtet er.

Der Mann ist überzeugter Zarist; man wird also nicht erwarten, daß er die Ochrana, die ihm Brot, Ehre und Lebensinhalt gegeben hat, hinterher beschimpft. Nein, das erwartet man nicht. Auch nicht, daß er so ziemlich alles zugibt, was man der Ochrana vorwirft – er ist so dumm, daß ers noch zugibt, während er es bestreitet, und das Buch ist voll der infamsten Beschimpfungen der russischen Intellektuellen, des Sozialismus, von gänzlichem Unverständnis vom Wesen einer Revolution ... soweit ist das alles Sache des Herrn Wassiljew. Es ist, wie wenn jemand das Lallen eines besoffenen russischen Gendarmerieobersten ins Deutsche übersetzt hätte.

Vieles wirkt, wie wenn es ein böser Satiriker geschrieben hätte. Spitzel? Aus den Kreisen der Revolutionäre? Nein ... Nur: «Hatte die Ochrana eine Gruppe von Revolutionären ausgehoben, dann suchte sich der Chef der moskauer Ochrana Subatow jene Personen unter ihnen aus, die am ehesten beeinflußbar erschienen, lud sie in sein Privatzimmer und begann ihnen im freundlichen Plauderton die Verwerflichkeit der revolutionären Bestrebungen und die Gerechtigkeit des von der Regierung geführten Verteidigungskampfs auseinanderzusetzen.» Ist das nicht idyllisch? Er gibt Provokationen zu – die wurden aber scharf geahndet. Zum Beispiel so: Die russische Polizei stellt ein revolutionäres Flugblatt her, um ein paar Leute gehörig einzuseifen. Das kommt heraus. «Der Ochrana-Kommandant darf nicht länger in seinem Amt verbleiben; seine Absetzung ist dem Korpskommandanten unverzüglich zu melden.» Unverzüglich! So streng ging es im zaristischen Rußland her ... Er gibt zu, daß man die Post Tolstois heimlich geöffnet hat, aber: «Der redliche wahre Russe hat die starke Macht immer geachtet, sich vor ihr gebeugt, ohne zu fragen und ohne darüber nachzudenken, welches die Gründe für jene Befehle seien, die oft nicht leicht zu erfüllen und zu ertragen waren. Das kam daher, daß der Russe in der Tiefe seiner Seele wußte und verstand, wie doch die vom Kaiser eingesetzten Behörden nur dazu da seien, als treue Diener des Zaren das Wohl Rußlands mit allen Mitteln zu fördern.»

Und dann die fassungslose Verwunderung, wie ihn die Revolutionäre nun beim Kanthaken nehmen – wie denn? er soll (siehe bei Polgar) nun auch noch die Verantwortung für das tragen, was er gemacht hat? Nein ...! Denn diese Kerle haben ja, wenns schief geht, zwei Ausreden, die sie durch die ganze Weltgeschichte begleiten: entweder sie haben nur Befehle ausgeführt oder sie haben nur Befehle erteilt. Und dafür trägt man doch keine Verantwortung! Ja, mit dem Maul ...

Man wird von mir nicht verlangen, daß ich mich ernsthaft mit einem Buch auseinandersetze, das die *‹Protokolle der Weisen von Zion›* ernst nimmt; das über die russische Judenfrage gradezu groteske Ansichten entwickelt; das die Maßnahmen der russischen Revolutionäre durch ein Monokel bespöttelt ... zum Glück ist das Buch unverhältnismäßig teuer und wird nicht viel Schaden anrichten. Auch das Skatspiel: Ochrana–GPU wollen wir nicht mitspielen. Nicht deshalb zeige ich das Buch an – Herr Wassiljew ist kein Gegner.

Was aber einmal gesagt und gefragt werden muß, ist dies:

Wer ist der Amalthea-Verlag?

Willy Haas hat neulich in der ‹*Literarischen Welt*› einen höchst instruktiven und guten Aufsatz über die Verleger Wiens veröffentlicht, wie immer von der besten Gesinnung getragen. Darin wird auch des Amalthea-Verlages Erwähnung getan, und er wird ernst genommen. Ich bedaure, Haas ausnahmsweise hier nicht folgen zu können.

Daß ein Verlag antibolschewistische Bücher druckt, ist sein gutes Recht. Daß diese Bücher, besonders die Fülöp-Millers, einen, wie soll ich sagen, leicht anrüchigen Eindruck machen, mag an meiner Nase liegen. Ich kann Millern nichts ‹beweisen› und will es auch gar nicht. Daß der Verlag gegen Rußland hetzt, muß man ihm zugestehn – er ist frei. Dagegen wäre nichts einzuwenden.

Doch hat alles seine Grenzen, und ein Verlag ist für seine Autoren verantwortlich.

Und wenn ein Verlag wagt, ein Buch zu drucken, das diesen Anwurf hier enthält:

> «Hierauf trat Lenin durch einen jüdischen Vermittler namens Helfmann, genannt Parvus, mit der deutschen Regierung in Verhandlungen und übernahm gegen eine hohe Belohnung die Aufgabe, in Rußland Unordnungen und Streiks hervorzurufen und überhaupt mit allen Mitteln Erfolge der russischen Kriegsführung zu verhindern» –

so scheidet damit der Almathea-Verlag aus den Reihen der ernst zu nehmenden Verlage ein für alle Male aus.

Es hat alles seine Grenzen. Man kann Hindenburg politisch bekämpfen, und das mit den schärfsten Mitteln; man darf sagen, daß seine militärische Bedeutung überschätzt wird, man darf gegen seine politische Haltung polemisieren – aber man hat anständig zu bleiben. Und wenn sich heute ein deutscher Verlag einfallen ließe, drucken zu lassen: «Herr von Hindenburg hat von England Geld erhalten, um nicht alle Möglichkeiten der Kriegführung zur Entfaltung kommen zu lassen» – so würde der Verlag mit Recht von der öffentlichen Meinung fortgefegt werden.

Und genau denselben Respekt nehmen wir für Lenin in Anspruch.

Bekämpft ihn. Sagt, er habe nichts als Unheil angerichtet. Schreibt, er sei überschätztes Mittelmaß. Sagt alles, was ihr wollt. Wer aber die persönliche Ehrenhaftigkeit dieses Revolutionärs in Zweifel zieht, der ist ein Schuft.

Ich nehme den Gendarm, der das Zeug geschrieben hat, nicht ernst. Ich habe nur den Amalthea-Verlag in Wien bis heute für einen ernsten Verlag gehalten. Ich tue das nicht mehr. Die Publikationen dieses Verlages verdienen keinerlei Erwähnung. Das Buch des echten Russen gehört dahin, wo vorhin Polgars Buch versehentlich hingeraten ist: unter den Nachttisch.

DAS STIMMENGEWIRR

Wir reden alle ins Unreine.
Goethe (apokryph)

Speed: 85.

Wenn ich meine Freundin Lisa – nein, die nicht, die andere – besuche, dann sind immer viele Menschen da. Und dies ist es, was ich zu hören bekomme:

«... haben wir uns himmlisch amüsürt Kinder ich will euch mal was sagen seit man im Tonfilm auch noch zuhören muß also ich bin nur eine einfache Frau wieso gnädige Frau man kann doch auch weghören wenn ich weghören will red ich mit meinem Mann guten Tag Panter Masochist nimmst du noch ein bißchen Obstsalat Masochist ist doch kein Fremdwort in dem Sinne doch das kann man erklären wie soll ich sagen also Masochist ist einer der päng kriegt guten Tag Panter Lisa ich *muß* weg ein amerikanischer Wagen der frißt Benzin hör auf mich dafür bin ich Fachmann ach auf Stottern dafür bin ich auch Fachmann wie finden Sie diese Verlobung wir haben uns halb tot gelacht na ich bitte Sie mit diesem alten Ekel das wird doch nichts das ist sogar schon was geworden nehmt doch noch'n bißchen Obstsalat sie ist ja ganz nett aber er daß sowas ohne Wärter ausgehen darf wer sagt Ihnen daß er darf guten Tag Panter ob er schief liegt schief ist gar kein Ausdruck für den kann keiner mehr grade stehen Lisa ich *muß* weg unten ganz schmal also das hier oben kommt alles weg verstehen Sie mich und dann hier ein handbreites Volant aber das sieht man nicht Brecht Brecht ist doch kein Dichter nein Sie sind 'n Dichter ich bin ein einfacher Makler mich lassen Sie in Ruhe na Brecht makelt auch schon ganz schön Sie nehmen ja gar keinen Obstsalat ich kann meinen Onkel aus Stockholm so gut verstehen der hat immer gesagt er hat bloß noch einen Wunsch er möchte ganz allein auf der Welt sein und einen gutgehenden Kolonialwarenladen haben Lisa ich *muß* weg ach lächerlich bleib doch noch erzählen Sie mir doch nichts die Frau singt ja nach dem Korken nur London nur London Paris ist ein Schmarrn dagegen der Mann ist ja anglophob phil phil wieso viel ich frage mich wann eigentlich wenn nicht jetzt lieber Herr Rechtsanwalt die Sache mit Reinhardt ist perfekt ich habe das aus authentischer Quelle acht Monate im Jahr ist er in Berlin und die übrigen neun Monate in Wien Lisa ich *muß* weg guten Tag Panter nein Sie hier ich bin ja baff nein ich bin ja außer mir wissen Sie schon daß ich geschieden bin das muß ich Ihnen erzählen sie war dreimal in seinen Aufführungen ich habe Ernst Deutsch persönlich das ist struggle for wife mein Lieber ich nehm noch 'n bißchen Obstsalat ich kenne die Frau und ich sage Ihnen das ist eine Fetischistin die kann bloß lieben wenn ein Tausendmarkschein auf dem Nachttisch liegt Lisa ich *muß* weg na da geh doch du gräßliche Person Lisa ich muß wirklich Ali erwartet mich um halb sieben an der Gedächtniskirche himmlischer Vater es ist Viertel acht da hab ich ja noch Zeit der ganze Klub weiß es nur sie nicht spielt schon sehr gut die Frau ihre Vorhandbälle ach Vorhand Bridge natürlich Lisa ich muß nun aber wirklich er hat noch keinen Obstsalat nein wirklich ich muß grüß Ali schön halt mal das hat sie dir noch nicht erzählt also wer hat recht ich habe den Nutria sei mal still seid doch mal alle still also ich hab den Nutria selber gesehen bei ihm oben in seinem Betrieb ein himmlischer Pelz für zweitausendvierhundert er wird auch nicht weinen wenn man ihm achtzehnhundert bietet ausgeschlossen seppfaständlich kommt ja gar nicht in Frage Lisa ich *muß* sei mir nicht böse grüß Ali nimm dir doch nein nicht Ali den Nutria grüß Franzi und die Kinder jetzt ist sie weg wer spielt denn die Wendla in ‹*Frühlings Erwachen*› wahrscheinlich die Sandrock wir nehmen noch 'n bißchen Obstsalat mein Guter . . .

Sie sagen ja gar nichts —!»

EIN WORT

Es geht ein Wort durchs ganze Land,
durch hunderttausend Leben.
Das Wort hat ewigen Bestand,
du kannst nicht widerstreben.
Der Vater sagts,
die Mutter sagts,
der Bürger sagts,
der Bauer sagts,
die Juden und die Arier;
der Richter sagts,
der Lehrer sagts,
die Zeitung sagts,
der Pfarrer sagts,
die Chefs und die Proletarier —
Du hörst sie alle Tage schrein:
«Lassassein —!»

Es mault das Baby, das man aufgeweckt:
‹Lassassein!›
es schilt die Amme, wenn sichs vollgekäckt:
‹Lassassein!›
es schallt durchs kinderreiche Haus:
‹Lassassein!›
manche Erziehung besteht nur aus
Lassassein!
Papa schimpft mit Fritzchen – früh Rauchen macht krank:
‹Lassassein!›
Es schlängelt das Mädchen sich auf der Bank:
«Nicht doch ... lassassein ...!»
Es rät der Freund dem Freunde gut:
«Mensch, lassassein!»
und der hat dann doch zum Heiraten Mut
und läßts nicht sein.
Wird ein Richter vernünftig, bringt ihn Leipzig auf den Trab: ...
Lassassein!
zeigt die SPD Mut, wiegelt der Vorstand sie ab: ...
Lassassein!
Demonstrieren die Arbeiter, dann brüllt die Polizei:
‹Lassassein!›
bei den Nazis steht sie lächelnd dabei:
«Lassassein ... Nein? Nein.»
In juristischen Wälzern steht nur ein Wort:
Lassassein!
Hundert Schilder verunzieren jeden Ort:
Lassassein!
George Grosz soll nicht malen. Die Kirche brüllt sich wund:
‹Lassassein!›
Pitigrilli soll nicht dichten. Es verbietet Schmutz und Schund:
‹Lassassein!›
Das Auto soll nicht fahren. Es droht die Markierung:
LASSASSEIN!
Der Student soll nicht links sein. Es droht die Relegierung:
Lassassein!
Treibt die arme Frau ihre Leibesfrucht ab?
Lassassein!
Und noch auf dem Friedhof ... «Keine Reden am Grab!»
Lassassein –!

So sagt jeder, was man nicht tun soll,
und verbietet dem andern die Hucke voll.

Denn das deutsche Volk kann nur ruhig schlafen
hinter einer Hecke von §§§.
Jeder hackt auf jedem. Jeder will untersagen.
Keiner gönnt keinem was. Sieh, wie sie sich plagen!
Denn die Bremse ist das Wichtigste an einem deutschen Wagen.
Im Verbieten sind sie groß. Im Gewähren sind sie klein.
Lassassein!
Lassassein!
Lassassein –!

SCHNITZEL

Ein bekannter Modezeichner ging einst zum Chef der Zeitung, für die er arbeitete, und bat um Gehaltserhöhung. Die schlechten Zeiten ... und die teuren Preise ... Und der Chef entgegnete: «Die teuren Preise ... und die schlechten Zeiten ...» – «Da wird nichts andres übrig bleiben», sagte der Modezeichner, «als daß wir beide reich heiraten –!»

Das Äußerste, was ich jemals an Perversität gehört habe, hat mir meine Freundin Grete Walfisch erzählt. Die hat in ihrer Jugend einen alten Hofhund abgerichtet: wenn der einem Menschen schmeicheln sollte, dann mußte er knurren.

Die Balten sind die Apotheker Europas – sie haben durchweg einen Sparren. In Ascona wohnte einer, der hatte nie eine Uhr im Haus. In einem Dörfchen, vier Kilometer davon, war eine Turmuhr, die konnte man mit bloßem Auge kaum erkennen. Da kaufte sich der Balte für teures Geld ein Fernrohr und las die Zeit ab.

Er ist ebenso dumm, wie er ehrlich ist. Und er ist der ehrlichste Mensch, den ich jemals gesehen habe.

Vom Mitleid. Da war ein Mann, der war ganz gelähmt und lag im Bett. Sprechen konnte er nicht mehr; er hatte eine kleine Buchstabiertafel, auf der fuhr er schwach mit dem Finger herum. Jeden Nachmittag besuchte ihn seine Schwester und erzählte ihm die Neuigkeiten der Welt, auf daß er sich zerstreue. «Denke dir», sagte sie eines Nachmittags, «der Rudolf! Da hat er doch erst neulich das Pech mit seiner Frau gehabt, und jetzt ist sein kleiner Junge die Treppe heruntergefallen und hat sich das ganze Gesicht zerschlagen!» Da nahm der Kranke seine Tafel und buchstabierte: «n—e—b—b—i—c—h—!»

Von der Eifersucht. Ich sagte zu Germaine: «Heute nacht habe ich von dir geträumt – aber wie!» Sie zog die Stirn kraus. «Alors tu m'as trompée avec moi!» sagte sie.

Von der Verliebtheit. Von ihr nichts zu bekommen, ist immer noch hübscher, als mit einer andern zu schlafen.

Es gibt Schriftsteller, die rasen sehr exakt. Sie dichten aus dem Reinen ins Unreine.

Manche Zeitschriften halten sich nur durch die Freiabonnenten.

Der Kerl versteht nichts von Frauen. Den feinen Damen bietet er Geld an, und auf die Huren macht er Gedichte. Und damit hat er auch noch Erfolg!

Wenn man einen Menschen richtig beurteilen will, so frage man sich immer: «Möchtest du den zum Vorgesetzten haben –?»

(Aus den Sprüchen des Pfarrers Otto): «Die Frauen sind die Holzwolle in der Glaskiste des Lebens.»

Die Deutschen haben zwar nicht das Pulver erfunden, wohl aber die Philosophie des Pulvers.

Bei der Premiere des Brechtschen ‹*Happy-end*› rief in die Schlußfanfare einer Schauspielerin eine hohe Frauenstimme von der Galerie: «Lassen Sie sich von einer Kollegin sagen: Was Sie da unten machen, ist Scheibe –!»

Der schwedische Zeichner Albert Engström hat von einer seiner Figuren gesagt: Er schielte so, daß er mittwochs beide Sonntage zu gleicher Zeit sah.

(Zum Mann, der in der Nase bohrt): «Suchen Sie was bestimmtes?»

Karlchen ist derartig hinter den Mädchen her! Er hat den Coitus tremens.

Der Mensch ist ein Wesen, das klopft, schlechte Musik macht und seinen Hund bellen läßt. Manchmal gibt er auch Ruhe – aber dann ist er tot.

Ein Mann fiel vom Mond. Die Deutschen legten ihn auf die rechte Straßenseite; die Franzosen fragten: «Vous venez de la part de qui –?»;

die Italiener zogen sich scheu zurück, denn sie hielten ihn für einen Spitzel Mussolinis; die Dänin beschnupperte ihn und sagte: «Ist er nicht der geschiedene Mann von Frau Johannsen –?» Hierauf begab sich der Mann wieder zum Mond zurück.

Das deutsche Schicksal: vor einem Schalter zu stehn.

Das deutsche Ideal: hinter einem Schalter zu sitzen.

DIE INFORMIERTEN

Zur Zeit wird etwas reichlich auf Rußland herumgehackt; es vergeht wohl keine Morgen- und keine Abendausgabe der bürgerlichen Provinzpresse, in der nicht diesem wenig inserierenden Lande eins ausgewischt wird. Zum Beispiel – im nürnberger ‹*8-Uhr-Blatt*› – so:

«Stalin von seinen Kollegen verprügelt.

Es wurden Rufe wie ‹Verräter! Betrüger› usw. laut: Stalin sprach nun die Unzufriedenen an, die auf ihn dann mit den Fäusten losgingen und ihn verprügelten. Nur ein intimer Freund und Landsmann Stalins, Ordshonikidse, rettete ihn vor Schlimmerem. Dieser bat, sich an das Schicksal eines Robespierre und Termidore zu erinnern, der Skandal und die Unzufriedenheit innerhalb der Parteileitung dürfe nicht in die Außenwelt dringen.»

Genau so. Wahr ist vielmehr:

«Am 9. Danton, dem bekannten Revolutionsmonat, hat Stalin, der übrigens in Wahrheit an Lenins Stelle in Moskau einbalsamiert worden ist, die Sozialisierung aller russischen Frauen verfügt. Davon sind insbesondere die katholischen Priester schwer betroffen worden; Trotzki, der Erfinder der Guillotine, hat seine Stellung als bayerischer Gesandter in Peking daraufhin niedergelegt. Alle Kinder in Rußland sind verhungert, der Rest wurde in Uniformen eingekleidet und muß Militärdienst tun. Kulak, der Führer der aufständischen Kulaken, hat mit Bolschew ein Bündnis geschlossen: Stalin wurde von den blutgierigen Agenten der U.A.W.G. (der russischen Geheimpolizei) verurteilt, allabendlich das nürnberger ‹*8-Uhr-Blatt*› zu lesen. An seinem Aufkommen wird gezweifelt. Die Lage in Rußland ist trostlos; es ist dort fünf Minuten vor acht.»

Der Wunsch ist der Vater der Telegramme. Und es ist ein Doppelwunsch: es soll Rußland schlecht gehen, damit es den heimischen Arbeitern nicht zu gut gehe.

WAS MACHEN DIE LEUTE DA OBEN EIGENTLICH?

Motto: Der eigene Hund macht keinen Lärm – er bellt nur. (Alte Weisheit)

Donnerwetter, ist das ein Krach! Was ist das?

(Achselzucken.) – «Das sind Lösers, die Leute, die über uns wohnen. Das ist jeden Abend so.» Und da sagt ihr nichts? – «Wir haben schon raufgeschickt: da ist nichts zu machen. Sie haben gesagt, unseretwegen können sie sich keinen Bodenbelag ... Himmelkreuz, man glaubt reineweg, die kommen mit der Decke runter! Nu hör bloß mal an – der Kalk rieselt richtig ... Ruhe! – Ruhe!»

Ja, Kuchen. Was machen die Leute da oben in ihrer Wohnung?

Sprechen wir nicht von den wildgewordenen Hausfrauen. Die Reinmache-Megären sind weniger zahlreich geworden; dafür sind auch die Wohnungen von vernünftigen Familien sauberer. Aber was stampfen, was klopfen, was rücken die Leute über uns?

Alles, was man nur mit einem einzigen Sinn wahrnehmen kann, wirkt merkwürdig; die andern vier Sinne liegen gespannt auf der Lauer, und das Gehirn ist gezwungen, aus der einen, unvollkommenen Wahrnehmung alles andere zu kombinieren. Und so kombinieren wir denn, nachdem das Ohr schmerzlich aufgenommen hat:

Lösers machen Manöver. Lösers räumen jeden Abend ihre Wohnung aus ... sie hängen ihre sämtlichen Einrichtungsgegenstände zum Fenster hinaus, räumen sie wieder ein ... Nein, sie rollen zwei kleine Kanonenkugeln, Andenken aus dem Weltkriege, fröhlichen Gemütes durch die Korridore. Sie spielen Zirkus: schlagen der Länge lang hin, stehen wieder auf, schlagen wieder hin ... Sie haben einen Kraftmenschen engagiert, der – nu hör doch bloß mal einer an! – das Büfett aufhebt und probiert, ob es, wenn man es auf den Boden hinfallen läßt, federt – was machen diese Leute? Ruhe!

Ich will es dir genau sagen, was sie machen. Dasselbe wie du.

Sie gehen auf und ab. Sie rücken ein paarmal Möbelstücke hin und her, was deinem Ohr zweck- und sinnlos erscheint, was aber ganz vernünftig anmutet, wenn man bei ihnen oben ist. Sie lassen ihre Kinder tollen ...

Zugegeben: es gibt rücksichtslose Wohnungsnarren. Es scheint, daß manche Leute ihrem am Tage im Geschäft unterdrückten Willen zu Hause Spielfreiheit geben – da toben sie sich aus. Es gibt ausdauernde Auf- und Abgeher, solche, die, vom Teufel der Ruhelosigkeit geplagt, durch die Wohnung jagen ... es ist so viel unbefriedigtes Gefühl in dem, was sie so treiben ... Ja, aber wo sollten sie das alles tun, wenn nicht zu Hause! Den Tag über ist ihr Leben mit lauter Schildern umgattert: DU DARFST NICHT! ... VERBOTEN! ... UNTERSAGT! – Einmal, ein einziges Mal will der Mensch das Überflüssige tun, das dem Leben erst die richtige Würze gibt. Und da toben sie sich denn aus.

Es ist ein Jammer. Was ist ein Jammer? Der Wohnungsbau ist ein Jammer. Denn da wir dem Idealzustand, wo jede Familie ihr Häuschen hat, noch sehr fern sind, ist die große Mehrzahl aller Leute in den Großstädten gezwungen, in Mietshäusern zu wohnen — sie sind schon so froh, wenn sie darin überhaupt eine Wohnung finden. Und was sind das für Häuser?

Was die Architekten machen, ist ziemlich klar. Sie bauen die neuen Häuser aus einer Mischung von kaltgewordener Zigarrenasche und gestoßenen Ziegeln. Jeder ‹Fachmann› wird hier aufbrausen und uns erklären, daß es so ist, daß es nicht so ist, warum es gar nicht anders sein kann . . . das müssen wir uns mit Gleichmut anhören. Genau so wie den Lärm über uns, unter uns, neben uns . . . Es muß eine raffinierte Berechnungsmethode geben, nach der die Häuser grade noch stehenbleiben, wenn jemand das hohe C in ihnen singt. Es sind liebe Baulichkeiten: niest jemand im Keller, so kann man getrost auf dem Boden «Zur Gesundheit!» wünschen, und mit dieser Papparchitektur wird das immer schlimmer. Großstadthäuser aus den achtziger Jahren des vorigen Jahrhunderts wirken heute schon wie die alten Ritterburgen. Die neuen erzittern, wenn man sie nur ansieht, und wenn ein ungezogener Knabe in ihnen aufstampft, dann fallen die Hypotheken vom Dach. Was machen die Leute bloß da oben —?

Eine Lärmsicherung gibt es nicht. Man hat Versuche mit Korkböden gemacht; die sind teuer, sie dämpfen den Schall wohl — aber sie ersticken ihn nicht ganz. Und so rumort es über den Köpfen hinweg, ganze Artillerieregimenter fahren auf und fahren wieder ab — was machen die Leute bloß?

Du mußt mit ihnen aufstehen und mit ihnen zu Bett gehen. Du lebst ein fremdes Leben mit. Stille, das kostbarste Gut, ist dir versagt. Und wenn sie selbst still sind, wenn sie dicke Teppiche haben, die Obermieter, wenn sie selbst — o seltener Fall! — aus Rücksicht für dich Hausschuhe tragen... dann ist da noch immer der schrecklichste der Schrecken.

«Huhu — huhu — haha — huhu — hiiiii —» Was ist das? Eine Lokomotive im Tunnel? Ach nein. Das ist Fräulein Lieschen Hasensprung, die sich im Gesang übt. Sie gleitet die Skalen gar oftmals hinauf und hinab; sie schleift die Töne im Hals, bis der Hals rauh und die Töne glatt sind, und wenn sie nicht singt, dann spielt sie Klavier. Das Klavier klingt, wie wenn man Wurstpellen auf eine Sardinenbüchse gespannt hat, das Spiel schmeckt nach Wurst und nach Sardinen. Und das geht den ganzen Tag — stunden- — stundenlang . . .

Und wenn sie nicht Klavier spielt, dann vomiert der Lautsprecher, damit die andern Leute auch eine Freude haben. Krach muß sein, sonst macht das ganze Leben keinen Spaß.

Aber—aber—was machen sie bloß da oben? Rollen die ihren Ofen durch die Zimmer? Vielleicht haben sie dem Schreibtisch Punkte aufgemalt, und nun würfeln sie damit... Oder die lieben Kinderchen spielen ein gemütliches Spiel, wie das Kinder so tun: ‹Schweineschlachten in Oberbayern› oder ‹Chaplin und die Flöhe›. Horch – welch ein Skandal! Unser Kronleuchter zittert und klingelt mit dem Glas. Man fühlt ordentlich den Boden schwanken. Alles in mir zittert. So –

So geht das nicht mehr weiter. Jetzt schreibe ich drei Briefe: einen an die Polizei, einen an den Hausverwalter und einen an die rücksichtslosen Mieter. Ich will mir nur noch den Tisch hierher rücken, die Lampen dahin, so – und den Stuhl hierhin, und noch den kleinen Rauchtisch daneben – so – und dann gehts los.

Und unter mir denkt sich einer: «Was macht dieser Panter da oben eigentlich?»

Er schreibt drei Briefe. Gegen den Lärm.

DIE ORTSKRANKENKASSE

Ich komme in eine fremde Stadt
– Kasolz oder Ober-Crammin –
und nehme im Hotel ein Bad,
dann tu ich den Mantel anziehn
und gehe durch den fremden Ort
an Läden und Kirchen vorbei
und gucke hier und da und dort
und seh eine Metzgerei,
das Postamt ... eine Bilderschau ...
und immer, in jeder Stadt,
steht ein großer, prächtiger, neuer Bau,
den man grade errichtet hat.
Und dann frag ich. Und in jeder Stadt,
die einen turnenden Schutzmann hat,
sagt er auf, wie das brave Kind in der Klasse:
«Das? ist die neue Ortskrankenkasse.»

So ein großes Haus ...! Sieh mal einer an ...!
Ein riesiger Kasten. Ja, wer so kann!
Das tut jede Verwaltung, die auf sich hält;
die Herren haben wohl sehr viel Geld.
Wenn zwei Deutsche im Hof nämlich Holz zerspalten,
stehn drei andere herum, die das verwalten.
Und ich seh an dem feuchten Neubau hinauf,
und dies steigt vor meinem Auge auf:

Korridore mit vielen Türen,
die alle in kleine Bürozimmer führen.
In den Zimmern ist nichts Besondres los . . .
Und es gibt zweierlei Sorten von Büros:
Solche, in denen die Buchhaltungsfritzen,
die gewöhnlichen Schreiber sitzen;
die bebrüten Akten und führen Listen.
Das sind die gemeinen Papier-Infanteristen.
Kino, Kollegenklatsch, etwas Sport . . .
wie schnell das Klassenbewußtsein verdorrt!
Für eine Handlungsvollmacht, für einen Posten
tun sie alles, wobei sie die Chefs nichts kosten.
Und es haben die Mädels in den Buchhalterein
einen Wunsch:
    Hier raus und geheiratet sein!
Und alle schreiben und schreiben und schreiben
und müssen ewig hinter den Pulten bleiben.
Die schuften ihr ganzes Dasein vergebens.

    Doch in den andern Büros
    hockt dick und groß
das Ideal des Wirtschaftslebens:

Da sitzt der Mann an der Arbeitsstatt,
der ein Sekretariat und ein Vorzimmer hat,
(über jenen, die an ihren Arbeitsstätten
gern ein Sekretariat und ein Vorzimmer hätten).
Hier wird der Deutsche erst richtig heiter:
kein Mensch mehr – nur noch Abteilungsleiter.
Hier regiert er und wirkt und macht und tut . . .
Das Telefon klirrt, die Gehirntätigkeit ruht –
denn zwischen Arbeiten und Promenieren
gibts noch ein Drittes: Organisieren.

Hier steigen auf die kolossalen
Ressort-Stunks und die Büro-Kabalen
zwischen wildgewordenen Angestellten,
denn jeder will mehr als der andre gelten.
Hier sägt eine Lokomobile Holz,
mit dem sie geheizt wird.
                                        Und wieviel Stolz,
wieviel Eitelkeit steckt in diesen Puppen!
Sie meinen sich, und sie sprechen von Gruppen,

von Verbandsinteressen und Gemeinschaftsideen
und können nicht bis zur Türe sehn.
    Hör zu, mein Kind:
    Diese Leute sind
in geschäftiger Faulheit und wackrer Routine
der Leerlauf der deutschen Verwaltungsmaschine.

    Es ist ein schwerer Krankheitsfall.
    Und das ist über-, überall:
Ob Ortskrankenkasse, ob Filzfabrik;
ob Finanzamt, ob Hochschule für Musik;
ob Stadttheater, ob Magazin,
ob Eisenhütte oder Farbindustrien —:

    Stets sitzt auf jedem Unternehmen
    — neben jenen, die andern das Brot wegnehmen —
    ein Ballon der Verwaltung, dick und breit,
    eine Allegorie der Nutzlosigkeit.
    Denn dieser ganze Verwaltungstrara
    ist nur um seiner selbst willen da.
    Sie glauben, daß sie in USA sind,
    und haben vergessen, wozu sie da sind.
Kranke Proleten und deren Interessen . . .?
Vor lauter Verwaltung total vergessen.
Noch eine neue Kartothek,
noch eine Quittung und noch ein Beleg —
Ingenieure? ein Kumpel? ein Prolet?
Ein Kerl, der an seinem Schraubstock steht?
Muß sein. Das ist ja alles ganz richtig.
Aber wichtig?
    Verwaltung ist wichtig.

Für die ist Geld da. Für die die neuen
Kästen, die wie die Festungen dräuen.
Forts des Leerlaufs und Depots der Papiere.
Drinnen Juristen . . . alte Offiziere . . .
Steh am Schraubstock, du Ochse — laß deine Maschinen
laufen, du Tor — du wirst nichts verdienen.
Verdienen tut der, der verwalten kann:
der ist für die Wirtschaft der richtige Mann.

Und so vegetieren die betrogenen Massen
als Zwangsabonnenten von Ortskrankenkassen.

LESEFRUCHT

Wir verdanken Gustav Meyrink die schöne Geschichte vom ‹*Schöpsoglobin*›, darin die Affen des Urwaldes mit einer Lösung geimpft werden, die heftigen Patriotismus erzeugt. Die Impfung richtet denn auch schreckliche Verwüstungen unter den Tieren des Waldes an: sie gehen mit markerschütterndem Stumpfsinn hinter einem Riesenaffen her, der sich das Gesäß mit Goldpapier beklebt hat ... man lese das nach.

Was es für Affen unter den Menschen gibt – das ist nicht neeu. Aber was es für völkisch empfindende Mannen unter den Affen gibt, das sollte man wohl nicht für möglich halten.

Da steht auf Teneriffa eine Station mit Menschenaffen, an denen die Psychologen ihre Intelligenzprüfungen vorgenommen haben. (Von einer Umkehrung dieses Experiments ist vorläufig abgesehen worden.) Es gibt da eine sehr fesselnde Untersuchung des Professors Köhler: ‹*Intelligenzprüfungen an Anthropoiden*›, erschienen im Verlag der Akademie der Wissenschaften, Berlin. Da erzählt er, wie die Affen gern allerlei Gegenstände mit sich herumschleppen, an ihrem Körper anbringen, sich mit ihnen behängen. «Fast täglich sieht man ein Tier mit einem Seil, einem Fetzen Zeug, einer Krautranke oder einem Zweig auf den Schultern dahergehen. Gibt man Tschego eine Metallkette, so liegt diese sofort um den Nacken des Tieres. Gestrüpp wird mitunter in größeren Mengen auf dem ganzen Rücken ausgebreitet getragen. Seil und Zeugfetzen hängen gewöhnlich zu beiden Seiten des Halses über die Schultern zu Boden; Tercera läßt Schnüre auch um den Hinterkopf und über die Ohren laufen, so daß sie zu beiden Seiten des Gesichts herunterbaumeln.»

Und Köhler fügt nun eine glänzende Beobachtung hinzu:

« ... daß die am Körper hängenden Gegenstände Schmuckfunktion im weitesten Sinne haben. Das Trotten der behängten Tiere sieht nicht nur mutwillig aus, es wirkt auch naiv-selbstgefällig. Freilich darf man kaum annehmen, daß die Schimpansen sich eine optische Vorstellung von ihrem eignen Aussehen unter dem Einfluß der Toilette machen, und nie habe ich gesehen, daß die äußerst häufige Benutzung spiegelnder Flächen irgend Beziehung auf das Behängen genommen hätte; aber» – paßt auf! – «aber es ist sehr wohl möglich, daß das primitive Schmücken gar nicht auf optische Wirkungen nach außen rechnet – ich traue so etwas dem Schimpansen nicht zu –, sondern ganz auf der merkwürdigen Steigerung des eignen Körpergefühls, Stattlichkeitseindrucks, Selbstgefühls beruht, die auch beim Menschen eintritt, wenn er sich mit einer Schärpe behängt oder lange Troddelquasten an seine Schenkel schlagen. Wir pflegen die Selbstzufriedenheit vor dem Spiegel zu erhöhen, aber der Genuß unsrer Stattlichkeit ist durchaus nicht an den Spiegel, an optische Vorstellungen unsres Aussehens oder an irgend genauere optische Kontrolle überhaupt gebunden; sobald sich so etwas mit unserm Körper mitbewegt, fühlen wir ihn reicher und stattlicher.»

Im Urwald fing es an. Am 1. August 1914 hat es sich zum letztenmal bewahrheitet. Zum letztenmal –?

KÜNSTLERS WIDERHALL

(Rundfrage der ‹*Vossischen Zeitung*›)

«Wat is Jochen Pesel –?»
Das Echo: «Esel – esel – esel – esel –»

Leser zerfallen in drei Abteilungen:

In die Nichtschreibenden; die Schreibenden; die Nichtlesenden.

Die erste Kategorie schreibt aus Liebe keine Briefe an den Autor; sie stimmt zu, will ihn aber nicht behelligen. Die zweite Kategorie schreibt: ja oder nein. Die dritte liest den Autor mit einem Auge, und das Gelesene geht ihr zum andern Ohr wieder heraus.

Der Schauspieler kassiert sofort ein, was ihm das Publikum zu schulden meint: Zischen oder Applaus. Zu uns dringt die Wirkung langsam, und was wir wirken, ist sehr, sehr schwer festzustellen. (Meist ist es viel weniger, als jeder glaubt und mehr, als jeder glaubt.) Politische Schriftsteller, die wirken, also die politischen Geschicke ihres Landes beeinflussen, gibt es. Zum Beispiel in Frankreich und wohl auch in England. In Deutschland werden die Meinungen eines politischen Schriftstellers, der nicht Parteimann ist, bestenfalls gehört – selten befolgt.

Ich bekomme zwar nicht so viele Briefe schöner Frauen wie der Kollege Dekobra, dessen Korrespondenz, wie ich mir habe sagen lassen, sogar die gemalten Münder der Briefschreiberinnen aufweisen soll – aber dies und jenes kommt schon mit der Post angelaufen. Und das habe ich von meinem Lehrmeister Siegfried Jacobsohn gelernt: beantwortet wird alles.

Schwer ist es, dem Schulmeister zu antworten, der im Leser versteckt hier und da ans Licht drängt. Die Brille blitzt, ein Zeigefinger droht, und ich muß das Lexikon wälzen und streiten, und zum Schluß haben wir beide recht – jeder von seinem Standpunkt, auf dem jeder unverrückbar stehenbleibt. Das ist der belehrende Nutzen der Korrespondenz.

Vom Feind kann man noch am ehesten lernen – manchmal auch vom Kritiker.

Was wirken wir –? Es gibt, wie mir scheint, zweierlei Lohn, der wirklich lohnet.

Das ist die Freude, die wir dem machen, für den unsereiner in Wahrheit schreibt: der so fühlt wie wir und der, könnte er nun zufälligerweise schreiben, genau so schriebe – daher seine Freude.

Aber das Allerschönste ist, daß es winzig kleine Wirkungen gibt, die sich erst summieren müssen, um überhaupt erkennbar zu sein: die die Schwankenden stützen, die Mutlosen wieder mutig machen, fremdes Leben in der Berufswahl und in der Berufsausübung maßgebend beeinflussen. Lob ...? Ja, das ist ganz hübsch. Aber wenn ich erführe, daß sich ein Richter vor der Urteilsfällung an eine Zeile von mir erinnert und diese Erinnerung dem Angeklagten zugutekommt –: dann hat die Arbeit einen Sinn gehabt.

Es gibt gar stolze Schriftsteller, die sich Leserbriefe verbitten.

Die an mich sind mitunter nur freundlich, nur verliebt, nur zusagend – oder nur tadelnd, nur beschimpfend, nur säuerlichen Hasses voll. Wenn sie aber zeigen, daß, weil ich geschrieben habe, etwas Gutes geschehen oder etwas Böses nicht geschehen ist, dann erwacht in mir etwas, was ich die ‹sachliche Eitelkeit› nennen möchte. Um ihretwillen schreibe ich.

WARUM MEIN KONTOAUSZUG NEULICH EINEN FEHLER HATTE

> Damit einer liebe, ist es nicht nötig, daß viel Zeit verstreiche, daß er Überlegung anstelle und eine Wahl treffe, sondern nur, daß bei jenem ersten und alleinigen Anblick eine gewisse Übereinstimmung gegenseitig zusammentreffe oder das, was wir hier im gemeinen Leben eine Sympathie des Blutes zu nennen pflegen ... Demgemäß ist auch der Verlust der Geliebten durch einen Nebenbuhler für den leidenschaftlich Liebenden ein Schmerz, der jeden andern übersteigt. Schopenhauer

«... bei der Sortenkasse anfragen, ob er da noch was hat ... Nein, da hat er ja nichts ... Paske, Parmel, Panter ... 2645, dann gehen die 500 ab, aha! da ist ja noch ein Eingang, dann schuldet er uns also gar nichts. Doch: 78 Mark – die stehn noch offen. 78 ... 78 ... 78 ... Siebzig, siebzig, siebzig ... was sich neckt, das liebt sich ... Formular! Also:

Ihnen anliegend den Auszug Ihrer werten Rechnung bei uns zu überreichen, abschließend mit einem Saldo von – Es widerspricht ihrer Moral, sagt sie. Na, so ein Zimt! Moral! Moral! Als ob Liebe was mit Moral zu tun hat! Himmelherrgottdonnerwetter – das wär mal eine

Frau gewesen! Gibts das alle Tage? Nein, das gibts nicht alle Tage. Eine wirklich vernünftige Person *und* lustig *und* frisch wie ein junges Mädchen und in puncto puncti ... na, lassen wir das. Wie die hier alle stehn und rechnen — also von den Kollegen versteht ja das Mädel keiner. Keiner. Saldo von ... Gleich das erstemal, wie ich sie gesehen habe ... also das war wie ein Blitz. Ich habs ihr auch gesagt. Doch, man muß das sagen. Und was sagt sie da? Ihre Moral —! Wirklich, ich habe ein Pech ... Kommt schon mal ne leere Droschke, dann sitzt einer drin! Und das wäre ja alles noch zu ertragen, aber das Gemeinste an der Sache ist: sie liebt ja. Sie ist ja gar nicht so. Sie liebt. Aber verdammt noch mal: einen andern.

Und das hat sie mir auch noch erzählt! Mit allem Komfort hat sie mir das erzählt! Nein! Fragen Sie oben in der Registratur! Ich hab ihn nicht. Affe! Ja ... alles hat sie erzählt. Raffinement? Glaub ich nicht. Nö, raffiniert ist die nicht, dazu ist sie wohl zu raffiniert. Aber ... sie liebt. Doch — ja. Ich habe ganz frech gefragt: Wo denn? Ich sage: Wo denn? Wenn Mama so aufpaßt? Sie sagt: Gottes Natur ist groß. So, sage ich. Na, kurz und klein: ich habe dann manches aus ihr rausgekriegt. Saldo von ... der Teufel soll diesen Panter holen und das ganze Kontokorrent! Ich hab es alles rausgekriegt. Und jetzt bin ich seit drei Tagen reine wie besoffen — ich werde das Bild nicht los, ich ..., werde das nicht mehr los.

Ich seh sie immerzu, mit dem. Ein schöner Kerl wird das sein — wahrscheinlich irgend so ein Sportfatzke. Blond, groß ... oder klein, vermiekert ... hähä ... nein, das liebt sie nicht ... das kann nicht sein. Blond, groß ... Wo hab ich denn meinen Spiegel? Ich seh heute gar nicht gut aus ... sonst seh ich ganz gut aus ... aber heute ... kein Wunder. Das Mädel geht mir nicht aus dem Kopf. Und immerzu das, immerzu das Bild. Die gehen Hand in Hand zusammen in den Wald ... dann schlenkern sie so mit den Armen dabei, tralala — verflucht, verflucht ... und diese Tannen, ganz dunkelgrün, ganz dicht ... und sie —

Ich glaube das nicht. Ich glaube das einfach nicht. Das tut sie nicht. Doch, das tut sie doch. Der Kerl ist ja gar nicht da — im Augenblick ist er mal nicht da — also daran ist kein Zweifel, vorläufig bin *ich* mal da! Aber das nützt mir nichts ... das nützt mir gar nichts. Er ist nicht da! Aber er wird da sein. März, April ... Mai ... noch zwei Monate. Nein, ich fahre weg. Nein, also dann will ich nicht hier sein! Nee — ich nehme dann meinen Urlaub. Dann könnt ich ja gar nicht arbeiten, wenn der da ist ... Gehen in den Wald und lachen und —. Der Bursche wird ja gar nicht richtig küssen können. Kann er ja gar nicht. Und überhaupt: bei ihm empfindet sie bestimmt nichts. Sicher nichts. Sicher nicht. Das ist unmöglich. Was ist schon dabei ... laß sie doch ...! Das ist eine leere Formalität. Sie wird ihn über kriegen, und dann komme ich.

Dann komme ich. Und dann wird sie sagen: Vor dir habe ich nicht gewußt, was Liebe ist. Sicher. Und dann bleiben wir zusammen. Das Telefon? Vielleicht ruft sie an? ... Ist gar nicht für mich ... äh – Und immer wieder die beiden ... Das ist, glaube ich, Psychoanalyse, ich habe da neulich einen Vortrag drüber gehört ... Das wird ja eine fixe Idee, wenn das so weitergeht ... Donnerschlag, ich bin doch sonst nicht so, aber diesmal hats getroffen. Saldo ... zu seinen Gunsten? Nein, zu unseren Gunsten ... muß noch mal nachsehen ... Aber das ist mal sicher:

Von der nichts zu bekommen, ist immer noch hübscher, als mit einer andern zu schlafen!

Mit einem Saldo von

RM 780.– zu unsern Gunsten, welcher auf neue Rechnung vorgetragen worden ist.»

«Hat angeklingelt und noch einen Brief geschrieben und sich beschwert ... Stornieren Sie das! 780 Mark zu unseren Gunsten! Es ist ein Skandal! Das ist jetzt schon das zweitemal! Wie kommt denn das? Was machen Sie denn?»

«Ich weiß es nicht, Herr Direktor. Ich kann es mir nicht erklären. Ich weiß es nicht –.»

AB DURCH DIE MITTE

> Adolar: «So? Nun gut, dann will ich euch einmal etwas sagen. Hier – ist der Ring Clairchens, dort – ist die Kassette mit den Briefen; ihr, lieben Eltern, nehmt euern Segen zurück! Ich gehe!» (er stürzt ab)
> Achte Szene.
>
> Die Vorigen
>
> Altes Stück

Die Welt gibt es gar nicht. Es gibt vielmehr vielerlei Welten: eine Sportwelt; eine politische Welt; eine Kunstwelt; eine Papageienliebhaberwelt; eine medizinische Welt; früher hat es auch einmal eine Halbwelt gegeben, die ist inzwischen um fünfzig Prozent aufgewertet worden ... viele Welten gibt es. Jede Welt ist überzeugt, daß sie die eigentliche, die richtige, die Originalwelt sei. Wenn man nun aus der von Gott geschaffenen Welt scheiden will, dann kann man das nur so machen, daß man das Leben aufgibt. Für die andern Welten aber besteht ein geradezu erschütternder Satz, der ihre Epoche charakterisiert, ein Satz, der den absoluten Wert dieser Teilwelten höchst dubios macht. Man kann nämlich aus einer Teilwelt aussteigen.

Denken Sie sich: ein wild umkämpfter Theosoph macht plötzlich nicht mehr mit. Vielleicht hat ihm der Arzt jede Aufregung verboten, oder er hat plötzlich zur Kirche zurückgefunden, oder er hat es überhaupt satt—: eines Tages «tritt er aus der Bewegung aus», so, wie man aus dem Autobus aussteigt, Schaffner, bitte halten, ich bin nun angekommen, ein kurzer Gruß an die Fahrtgenossen — ab durch die Mitte. Und nun geschieht etwas höchst Seltsames:

Wenn er nicht will, dann erreicht die Bewegung ihn nicht mehr. Er ist wirklich ausgestiegen — er ist heraus.

Das ist nicht immer so gewesen. Aus der katholischen Welt des vierzehnten Jahrhunderts gab es keinen europäischen Weg ins Freie — das Freie war gar nicht da. Es gab wohl Katholiken, die es mit der Religion innerlich nicht so genau nahmen; es gab Lasche, Sünder, Zweifler; es gab verkommene Menschen, die sich höchstens einmal an ganz besonderen Feiertagen lumpenbedeckt und schüchtern in eine Kirche wagten; es gab Gebirgsbauern, die nur eine sehr dünne Vorstellung vom Christentum hatten, weil sie ihren Pfarrer nur einmal im Jahr oder seltener sahen—alles gab es. Aber Aussteigen—: das gab es nicht.

Denn die damalige religiöse Welt war, für ihre Zeit und geographisch begrenzt, die einzige — sie hatte keine ernsthafte Konkurrenz. Abwandlungen waren da; etwas außerhalb der Szene Gelegenes nicht.

Heute kann man von dem einen Trambahnwagen in den andern umsteigen, als wäre nichts gewesen.

Da hat einer das halbe Theater und die ganze Kunst mit seinen Theorien revolutioniert; heute sitzt er auf einer stillen Insel an der italienischen Küste und spielt nicht mehr mit. Die Kunst gilt ihm nichts mehr; und sie ist nicht mächtig genug, sie kann ihn nicht erreichen, er spürt sie nicht ... er ist davongegangen, er ist entwischt. Denn man kann entwischen.

Rudolf Rittner hat auf der Höhe seines Ruhmes aufgehört, Theater zu spielen. Denkbar, daß ein großer Mathematiker plötzlich alles hinwirft und nicht mehr mitmacht. Ein Arzt kann das Operationszimmer verlassen. Ein Schachspieler die Welt des Schachs. Ein Politiker die Zimmer des Reichstags. Ein Philosoph die stillen Diskussionsfelder der gelehrten Streitigkeiten. Ab durch die Mitte.

Die Zurückgebliebenen können das nicht glauben. Sie wollen es auch nicht wahrhaben. Sie können und wollen sich nicht vorstellen, daß man ihre kleine Spezialwelt wirklich verlassen kann, daß man ihre Zeitschriften nicht mehr liest, ihre Kämpfe nicht mehr mitkämpft, keinen Anteil mehr nimmt ... daß man endgültig Schluß gemacht hat. Aber doch geht es.

Davon gibt es nur sehr, sehr wenige Ausnahmen. Ein russischer Sozialrevolutionär, der im Jahr 1913 das Parteileben hinter sich liegen ließ, kann damals gesagt haben: «Ich interessiere mich nicht mehr für Politik»; die Ereignisse sagten zu ihm ein paar Jahre später: «Aber die Politik interessiert sich für dich», und er bekam etwas Weltgeschichte zu spüren, ob er wollte oder nicht. In den meisten Fällen aber kann man ungefährdet aussteigen, nicht mehr mitmachen, alles hinter sich lassen. Flüche hallen dem Verlassenden nach, Bedauern, Gedenken, Erinnerung, Segenswünsche ... aber die Teilwelt umspannt ihn nicht. So weit reicht ihre Macht nicht.

Und weil ja nicht, wie die Spezialisten glauben und glauben müssen, jeder Ast des Lebens der ganze Baum ist, und weil es dem Vogel gleichgültig ist, ob er auf diesem Zweig sein Liedlein singt oder auf jenem –: so wird die Ohnmacht der aufgeteilten Welt nirgends deutlicher als hier. Ist jemand so reich (oder so gleichgültig), daß er das Experiment wagen kann, das Feld seiner Tätigkeit, der Gedanken und der Kämpfe zu wechseln, dann läßt er die alten Genossen hinter sich, als wären sie nie gewesen. Johanna geht, und nimmer kehrt sie wieder ... bye, bye ... auf Wiedersehn! Auf Nimmerwiedersehn.

Daß man aussteigen kann ... Daß man es kann ... Und dann die Stille und die Abgeschiedenheit ... und dann nichts mehr ... Was muß das für eine Welt gewesen sein? Und dann erst erkennt der Geschiedene:

Deine alte Welt hat nicht die ganze Welt erfaßt. Es ist eine Teilwelt gewesen. Es gibt Hunderttausende und Millionen, die ahnen kaum etwas von ihr, und sie leben auch und sind glücklich und unglücklich und lieben und hassen und werben und gehen dahin – ohne etwas von deinem Kram gewußt zu haben, mit dem du dich so intensiv befaßt hast. Und was hast du geglaubt?

Du hast geglaubt: Wer deine Polemik nicht gelesen hat; wer diesen Streit zwischen den beiden philosophischen Schulen nicht kennt; wer nicht weiß, was diese Büste auf der letzten pariser Auktion gebracht hat; wer dieses Konzert nicht mitangehört hat; wer sich in diesem politischen Streit nicht für und wider entschieden hat –: der ist kein Mensch.

Siehe es war ein Irrtum. Du, Spezialmensch, hast dafür und darin gelebt – die andern nicht. Dein Herz hat bei der Nennung jenes Namens schneller geschlagen – das der andern nicht. Du warst befangen, gefangen ... die andern waren diesbezüglich frei. Sie staken in andern Käfigen, dein Spiel spielten sie nicht mit. Gegen nichts aber wehren sich alle so, wie gegen diese fatale Tatsache, daß man ihre Welt wie einen Topf hochheben kann; daß sie begrenzt ist, und daß man aussteigen kann. Ohnmächtig hallt der Exkommunikationsfluch hinter dem Aussteigenden her – er dreht sich nicht einmal mehr um.

Wenn er klug ist, lernt er in neuer, freiwilliger Bindung, was das ist: Freiheit.

Wenn er weise ist, wird er frei.

WIE WIRD MAN GENERALDIREKTOR?

Manchmal – in den feinen Hotels – da laufen die kleinen Hotelpagen durch die samtgeschwollenen Räume und rufen mit heller Stimme: «Herr Generaldirektor Eisenstein! Herr Generaldirektor Eisenstein!» – so lange, bis irgendein wohlbeleibter Herr mit schmalgefaßter Brille eilig aufsteht und hinter dem Pagen her ans Telefon stürzt ... Das ist der Lauf der Welt. Dann muß ich jedesmal denken:

Wie wird man Generaldirektor –?

Einmal war es doch nur Herr Eisenstein, Willy Eisenstein, wissen Sie, sein Vater hat diese Röhrensache gehabt, die hat er später aufgegeben, jetzt hat er sich mit Beheim u. Ploschke assoziiert, ganz gute Leute, den Jungen kannt ich noch, wie er so klein ... ein ganz tüchtiger Bengel, die Frau ist eine geborene Wüstefeld ... ja, das ist Willy Eisenstein. Und der hieß am Telefon: Herr Eisenstein und im Büro: Herr Eisenstein und auf den polizeilichen Anmeldungen: Eisenstein, Willy – und überall: Herr Eisenstein ... und nun auf einmal ist er Generaldirektor. Wie wird man das?

Macht man ein Examen? Nein, man macht kein Examen. Es ist einer der seltenen Fälle, wo man in Deutschland kein Examen macht. Wir haben Gärtnerburschen, deren Lehrherren glauben, daß Rosenschneiden ohne Abitur nicht die richtige Würze habe; unsere Motorenschlosser müssen das ‹Einjährige› haben, keine Handwerksinnung, die nicht darauf hält, daß ihre Leute höhere Schulbildung genossen haben, obgleich die doch gar kein Genuß ist ... aber Generaldirektor wird man ohne Examen.

Wie wird man es –? Kommt der Reichsverband Deutscher Generaldirektoren und bringt dem neugebackenen Mitglied ein Diplom ins Haus? Singt ein Männeroktett auf dem Hof:

«Heil sei dem Tag, an dem du uns erschienen –
Dideldumm – didellum – didellum –»

und sitzen dann die acht gesungen habenden Generaldirektoren in der Küche des neuen und bekommen pro Mann ein Glas Bier und eine Zigarre? Wird man zum Generaldirektor ernannt? befördert? geweiht? Wie ist das? Wie macht man das?

Schon, wie man gewöhnlicher ‹Direktor› wird, ist nicht ganz klar und ein biologisch höchst beachtenswerter Vorgang ... die Natur hat viele Rätsel. Und nun: ‹Generaldirektor›! Ist dazu der Nachweis erforderlich, daß man eine Schar hundsgemeiner Direktoren befehlige, einfach unter sich habe, sie beherrsche, wie der General seine Divisionen? Wie wird man Generaldirektor?

Bürgert sich der Titel gewohnheitsrechtlich ein? Oder geht Willy Eisenstein eines Freitagabends zu Bett, ganz friedlich, nur im Pyjama, noch ohne Titel – und morgens liegt die neue Benennung auf dem

Stuhl, und ein Generaldirektor schwimmt in der hochgeehrten Badewanne? Groß sind, o Gott, deine Wunder!

Und was geschieht, wenn den Generaldirektor einer nicht mit dem Titel anspricht? Schmettert ihn ein durchbohrender Blick darnieder? Ergreift der General das Papiermesser und sticht es dem frechen Besucher in die nichtsahnende Brust? Drückt er auf seine Privatsekretärin und befiehlt, man möge den Unbotmäßigen die Treppe herunterwerfen? Niemand weiß das.

Ja, und wie lange bleibt man Generaldirektor? Wie ist das bei ... verzeihen Sie, es ist nur eine theoretische Frage, ich meine ... wie ist das bei einem gerichtlichen Verfahren? Wird da der Angeklagte auch mit ‹Herr Generaldirektor› bezeichnet? Oder ist er ausgestoßen aus der Reihe der Generaldirektoren, degradiert, beschimpft, hinuntergestoßen in den Stand der miserrima plebs? Pleitesse oblige.

Man ist Generaldirektor, oder man ist es nicht. Ich glaube: jeder kann es nicht werden. Es gehört wohl eine Art innerer Würde dazu, ein gußeiserner Halt im Charakter, verbunden mit einer ganz leisen, wehen Sehnsucht nach einem verhinderten Doktortitel ... denn einen Titel muß der Mensch haben. Ohne Titel ist er nackt und ein gar grauslicher Anblick. Und Willy Eisenstein sah an sich hinunter, und *siehe*, er *sahe*, daß er nackt war und bloß, an der Ecke lauerte das Schund- und Schmutzgesetz ... und da bekleidete er sich und nahm das härene Gewand des Generaldirektors auf sich (Marke: Hungerbrokat), und er ging umher und sah, daß alles gut war, und wenn die kleinen Hotelpagen nun im Hotel quäken: «Herr Generaldirektor Eisenstein!», dann erhebt sich ein Generaldirektor und schreitet fürbaß.

In ihm sitzt, ganz klein, ganz niedlich und unverändert, der kleine Willy und lugt aus den Gucklöchern seines Titels. Erweist die Welt dem Hut die Reverenz? «Orden und Titel», sagte der Geheimbderath aus Weimar, «halten manchen Puff ab im Gedränge.» Wobei denn die Frage offen bleiben mag, wie es in einem Gedränge von Generaldirektoren zugehen mag.

KLEINES OPERETTENLIED

Mit ihm schlafen ja, aber keine Intimitäten

Sei nicht böse, wenn ich dich, du liebe Inge,
hier leis besinge –
hör mich mal an:
In dem weiten Reich der schwärmerischen Dinge
knüpft eine Schlinge
dir jeder Mann.

Doch die Nacht ist keineswegs des Werkes Krönung.
Sieh, erst nachher da beginnt das wahre Spiel;
denn das Schlimmste an der Liebe ist Gewöhnung ...
ein Mal ist kein Mal, aber acht Mal sind sehr viel.
Laß die Liebe aus dem Spiel, wenn du liebst.
Weil du dir dabei zu viel
vergibst.
Höre nicht auf Schmeichelein!
Mußt du stets die Dumme sein?
Wenn du ehrlich bist, dann fällst du rein!
Das Geschäft ist faul: er nimmt, und du gibst ...
Laß die Liebe aus dem Spiel, wenn du liebst!
Steht nach Küssen dir der Sinn,
na, dann geh nur ruhig hin –
Doch von Liebe, doch von Liebe steht nichts drin!

Und ich weiß, wie das mal wird, du liebe Inge,
wenn ich einst hinge
an deiner Brust:
Um die Augen hast du dunkelblaue Ringe,
doch ach! ich bringe
dich nicht zur Lust.

Warum kommts, daß wir uns so verlieren müssen?
Wer mehr liebt, der leidet noch und noch.
Und du siehst an mir vorbei, wenn wir uns küssen,
und du hast Furcht. Und liebst ja doch ...
Laß die Liebe aus dem Spiel, wenn du liebst.
Weil du dir dabei zu viel
vergibst.
Erst schenkst du dein schönes Bein,
und du sagst: «Mehr solls nicht sein!»
Und das Herz, das folgt dann hinterdrein ...
Und ich rate dir vergebens, wenn du gibst:
Laß die Liebe aus dem Spiel, wenn du liebst!
Frau und Mann sind niemals frei.
Stets ist ein Gefühl dabei.
Und die Dummen sind gewöhnlich alle zwei!

FRÄULEIN MARIETTA

Die Uhr war gar keine Uhr, sondern ein Rabe: aus dem Schnabel fiel ihm ein weißer Zettel heraus, auf dem stand die Stundenzahl, in den Krallen hielt er zwei kleine Zettel, darauf standen die Minuten, und alle Minuten klappte ein neues Blatt herunter: schnapp! 8 – schnapp! 9 – schnapp! 10 ... Es war genau 5 Uhr 10.

Die Kellnerin nannten wir die ‹Tochter der Legion›, und sie hieß Marietta. Sie war so schön, daß mir, als ich sie an diesem Nachmittag zum ersten Male sah, die Pfeife ausging; das geschieht alle Jahr nur dreimal: diesmal also in den «Drei Königen» zu Bernkastel – so schön war sie. Sie war schwarzhaarig, sie hatte eine leichtgeschwungene Nase, dünne Lippen und eine herrliche Stirn; sie stammte, wie sie uns leise erzählte, aus Bayern, dort sehen ja manche Frauen und Mädchen römisch aus; vielleicht sind das Überbleibsel vom Familienleben der römischen Legionäre, die dort einmal garnisoniert gewesen sind ... und daher nannten wir sie ‹Die Tochter der Legion›. Drüben am Stammtisch saß ein einsamer, blonder, junger Mann.

«Das ist der Herr Referendar», sagte Fräulein Marietta. Wir nahmen dies zur Kenntnis und stiegen in den Mosel – erst in den offenen, dann in einen jungen, frischen, dann in einen alten, goldgelben, der sehr schwer war. Es ging schnell mit uns; Mosel ist kein so bedächtiger Wein wie der Rheinwein oder der Steinwein ... es ging sehr schnell. Wir hatten auch schon am frühen Nachmittag gemoselt – wir tranken vom Mittagessen unmittelbar in den Dämmerschoppen hinüber, vielleicht war es das. Karlchen und Jakopp tranken, was sie konnten – und sie konnten! Ich saß da, zündete mir die Pfeife an, die ausgegangene, rauchte ... und sah Marietta an, ich sah sie immerzu an.

Sie bemerkte das und lächelte. Wenn sie lächelte, glitt ein Schlänglein um ihren Mund, etwas Lauerndes war da, ein fast böses Fältchen bildete sich um die Augen ... ich sah sie immerzu an. Nicht ich allein sah sie immerzu an.

Der Herr Referendar sah uns immerzu an. Sie, wie wenn er sie träumte; mich, wie wenn er mir böse sei ... Wahrscheinlich war er mir böse. Dieser Mosel hatte es in sich. Karlchen erhob sich, um auf der Mosel «Kahn zu fahren», wie er verkündete. Es war oktoberkalt und ein Unfug, jetzt auf der Mosel in einem Boot zu fahren. Das teilte ich Jakopp mit; er gab mir völlig recht und erhob sich demgemäß, um gleichfalls Kahn zu fahren; denn, sagte er, dies sei überhaupt nicht die Mosel – dies sei der Main. Er wisse das: Bernkastel liege am Main. «Er will mich heiraten», flüsterte Marietta und glitt an mir vorbei. Hatte sie das gesagt? Der Referendar sah herüber ... Die Mosel liegt nicht am Main ... das ist ein Irrtum, ein geopolitischer Irrtum ... Marietta ... Fräulein Marietta –

Einer von uns hat sie geheiratet; wer: das ist nicht genau zu erkennen. Dieser Ehemann hat keinen Kopf. Er hat sie geheiratet, und ich weiß, wie das ist, wenn man sie geheiratet hat. Wenn man sie nackt sieht, ist sie nicht sehr schön — sie hat so ein kurzes Untergestell. «Wie können Sie Lümmel sich erlauben, von meiner Frau Untergestell zu sagen —?» Hat aber doch ein kurzes Untergestell. Sie gibt dem Ehemann, dem kopflosen, zu trinken; es macht nie satt, sie zu trinken — es ist herrlich, aber man bleibt ewig durstig. Schön, wie? Gar nicht schön, was? Sie ist nußbraun am Körper und hat einen fremden Geruch. Die Tochter der Legionäre ... Ist das ein Film? Nein, das ist eine Ehe.

... zu sich heraufziehn. «Man kann doch», sagt die kopflose Figur, «eine Frau zu sich heraufziehn. Man kann doch eine Frau zu sich heraufziehn.» Da lachen ja die Raben, Mensch! Man kann keine Frau zu sich heraufziehn! Die Frau zieht dich zu sich hinab? Hinab.

Erst geht es ganz gut, weil du verliebt bist, und weil du trinken willst, trinken. Und dann geht es nicht mehr so gut: sie lacht dich aus, wenn du deine Bücher liest; sie langweilt sich, wenn du deine Geschichten erzählst; du langweilst dich, wenn sie die ihren erzählt, die Tochter der Legionäre — übrigens ist sie dumm, gerissen und unbeirrbar abergläubisch ... und dann kommt das Schlimmste: dann kommen die andern.

Da kommen ihre Freundinnen, die Puten und Gänse; was sind das nur für schreckliche, dicke Frauen, die sie da angeschleppt! Eine Tante? In Gottes Namen, eine Tante ... Und dann kommen die Deinen, junger Ehemann, und gehen um Fräulein Marietta herum und — sei nicht böse! — riechen an ihr, wie ... ja, und dann schütteln sie den Kopf: es ist ein fremder Geruch, und das Nußbraune gefällt ihnen nicht mehr, seit sie wissen, daß es keine Schminke ist — man kann niemand verpflanzen. Nein, das kann man wohl nicht. Da steht ihr.

Da steht ihr wie zwei Porzellanfiguren auf einem runden Untersatz, und alle halten kleine Steinchen in der Hand und wollen nach euch werfen. Da steht ihr; allein, isoliert, in einem prasselnden Licht von Hohn, Schadenfreude und Ironie. «Wie geht es Ihrer Frau?» Immer seltener wird diese Frage — sie wollen deine Frau nicht. Worauf du aus Trotz zu ihr hältst. Aber sie sind in der Überzahl, sie haben die Majorität, also haben sie recht, und du Feigling verrätst deine Frau an die andern, nun siehst du sie mit den Augen der andern und siehst: die Kellnerin.

Ist denn ein anderer Stand eine andre Rasse? Kommt es nicht auf den Menschen an? Ja, es kommt auf den Menschen an. Aber du bist gewarnt worden! Sie hat damals — in den «Drei Königen» zu Bernkastel — einmal zu dir, Referendar, gesagt: «Kennen Sie das, Rosel von der Mosel, du goldig Mägdelein, von Tenor Völker? Wir haben es auf dem Grammophon . . .» und es ist dir kalt über den Rücken gelaufen, denn du hast ja damals schon gewußt: eine dauernde Bindung zu einer Frau ist nur möglich, wenn man im Theater über dasselbe lacht. Wenn man gemeinsam schweigen kann. Wenn man gemeinsam trauert. Sonst geht es schief; sonst geht es schief; sonst geht es schief. Du bist gewarnt worden. Du hast nicht gehört. «Rosel von der Mosel . . .» Pfui Deibel. Wie süß war das Fältchen, damals! Wie gemein sie lacht, heute! Und nun wird sie voller, wir wollen nicht sagen: dick, aber voller . . . warum, Referendar, Assessor, Anwalt, hat sie dich geheiratet? Lüge! Lüge! Du hast sie gewollt! Sie war ein bißchen schwer zu haben, damals; weinrot angelaufene Stammtische haben sie bewiehert, sie zärtlich beklapst, jeder hat zum mindesten einmal gewollt. Hat er gedurft? Hart ist ihr Herz geworden und verhärtet – sie denkt nicht gut von den Männern, aber vielleicht gut von einem, den du nicht kennst. Von dir? Pa! Ihr Blick weiß Bescheid; sie ist hart zu dem Dienstmädchen, das für sie arbeiten muß, sie hat kein Mitleid. Im Gegenteil, sie fühlt die Hierarchie. Aber noch im Vergeltungshaß ist sie mit jener verschwistert, der Kampf geht von gleich zu gleich, und sie steht auf dem Fußbänkchen deines Staatsexamens und deines Titels. Aber man hört doch manchmal, daß solche Ehen auch schon gut gegangen . . .

Warum hat sie nicht einen braven Mann geheiratet? Den Zapfer, der immer am Büfett stand, und der sich schon eine ganze Menge zusammengespart hatte – er wollte mit ihr eine Wirtschaft aufmachen . . . Aber natürlich, einen braven Weinwirt von der Mosel hätte sie heiraten sollen, einen aus ihrem Stand . . . Ist *das* deine Anschauung von den Klassen? Das ist doch Wahnwitz: Frankreich hat Frauen gesehn, die sich zu königlichen Ehren hinaufgeküßt haben – aus dem Schweinekoben ihres Herrn Papa direkt nach Versailles, warum sollte nicht . . .? Ja, Frankreich. Du hast es nicht geschafft, Anwalt, du hast es nicht geschafft. Dich ekelt vor ihr. Kinder? Schüttele dich! Kinder von ihr? Von der – Kinder? Am Ende auch solche Huren. Sags doch! Huren! Denn sie ist dir weggelaufen, Gott sei Dank, weggelaufen – sie hat dir einen Brief dagelassen, und du hast ihn zerrissen, in der ersten Wut, aber du kannst ihn auswendig, jedes Wort ist in deine Seele gebrannt, sie hat dir alles gesagt: was du für einer bist, wie sie über dich denkt, über deine Leute, über deine Bücher, über deine Musik, über dein Leben . . . Und mit wem sie dich betrogen hat, und wo! Wo nicht? Mit wem nicht? Eine –

«Fräulein Marietta!»

Wer hat gerufen? Habe ich gerufen? Vielleicht hat der Referendar gerufen. Er möchte Wein haben. Es ist graudunkel.

Sie steht bei ihm und beugt sich über ihn; man weiß nicht, ob es zärtlich ist oder nur so aussieht. Sagen wir: zärtlich. Wo sind Karlchen und Jakopp? Hoffentlich ertrunken. Schwer war der Mosel. Ich muß wohl etwas eingedruselt sein. Ich sehe auf die Rabenuhr. Es ist genau 5 Uhr 13.

Will einmal sehen, wo die beiden andern sind ... Richtig ja: bezahlen. «Fräulein Marietta!» — Sie kommt, sie lächelt und ich sehe sie an. Ihr Profil ist schön wie eine jener Gemmen, gefunden in den alten Siedlungen der kaiserlich-römischen Legion.

WIE WÜRDEN SIE SICH IM FALLE EINES KRIEGES GEGEN DIE UdSSR VERHALTEN?

(Rundfrage der *‹Moskauer Rundschau›*)

Ihre Frage, welches meine Stellung im Falle eines imperialistischen Krieges gegen die Sowjetunion sein wird, beantworte ich dahingehend:

Im Falle asiatischer Konflikte schwiege ich, weil ich diese Fragen nicht übersehen kann.

Handelt es sich dagegen um einen europäischen Zusammenschluß von Mächten, die mit Hilfe der Kirche ununterbrochen gegen jenes Rußland hetzen, das ihnen wegen der eigenen Arbeiterbewegungen ein Dorn im Auge ist, so kann meine Stellung nur eindeutig sein: für Rußland gegen jene Mächte, auch dann, wenn es sich um Deutschland handelt. Meine Bereitwilligkeit, in einem solchen Fall für Rußland einzutreten, wird sich nach den Umständen richten, die ich nicht voraussehen kann; ich hielte es nicht für klug, *vorher* eine Taktik bloßzulegen, die sich, was mich angeht, nicht an legale Mittel gebunden hält. Immerhin bin ich Schriftsteller und kein ausübender Politiker.

Ich hielte einen solchen Krieg, dessen Ausgang nicht gewiß sein dürfte, für eine Katastrophe der internationalen Arbeiterbewegung; tritt dergleichen ein, so ist mir keinen Augenblick zweifelhaft, wer der Schuldige ist.

DIE HERREN INSTALLATEURE

Erst kommen sie gar nicht. Dann kommen sie. Dann gehen sie gleich wieder weg: sie haben nämlich ein Handwerkszeug vergessen. Kein Wunder; wenn man ihren Handwerkskasten sieht, so liegen da in schwärzlichem Durcheinander alte Hämmer, Zangen, abgebrochene Stiele, krumm geschlagene Nägel, eine Feile und etwas schmutziger Bindfaden.

Dann kommen sie wieder. Dann gehen sie frühstücken. Dann kommen sie und sagen: «Ja, das funkt nicht ...» Und dann gehen sie wieder weg. Und dann kommen sie wieder und arbeiten furchtbar, drecken die ganze Wohnung ein, hämmern und klopfen ... dann gehen sie wieder weg. Dann probierst du, was sie gemacht haben. Das funktioniert nicht. Und dann fängt alles wieder von vorne an.

Der Installateur kommt gewöhnlich nicht selber — er schickt einen ‹Mann›. Der Mann ist in der Regel mürrisch; man möchte ihm immer zurufen: «Warum sind Sie nicht Landpastor geworden — das ist eine stille ruhige Sache ... ohne Aufregungen ...» Der Mann versteht sein Handwerk nicht und liebt es auch nicht. Er hat weniger Gefühl für die Technik als du; du hast bloß keine Routine. Der Mann hört mit trotzig vorgeschobener Unterlippe zu, was du ihm erklärst — er ist Fachmann, du bist Laie, und eine Wasserleitung ist eine Wasserleitung — die muß lecken. Laie. «Was die Leute bloß immer wollen ... Da könnte ja jeder kommen ...» Der Installateur haßt die Sachen, mit denen er sich beschäftigt — und die vergelten es ihm. Nein, nicht ihm: uns. Kein Waschbecken, das ganz und gar, liebevoll bis in die letzten Einzelheiten, zweckmäßig eingerichtet wäre — auch sind die Installationsmänner durch nichts zu bewegen, durch Trinkgelder nicht und nicht durch gutes Zureden, so eine Sache vernünftig zu montieren. Die Muster, die sie mitbringen, sind von gleichbleibender Scheußlichkeit, die Ornamente sind von magenkranken Werkzeichnern entworfen — «andre jibt et nich». Und immer beese. Die Pausen zwischen den Handwerkshole- und den Frühstücksstunden werden durch eine jammervolle Arbeit ausgefüllt.

Wer sollte sich auch um die Gesellen und Lehrlinge kümmern? Während du vor deinen entzweiigen Lichtschaltern trauerst, halten die Herren Ober-Installateure Gläubigerversammlung. Da sitzen die Kleinbürger mit dicken Köpfen und lassen zwanzig, dreißig, vierzig Prozent an ihren Forderungen nach; zum Schluß sind sie froh, wenn sie von dem großen Tanzpalast-Unternehmer überhaupt etwas bekommen, und wenn sie aufstehen, fahnden sie eifrig nach neuen großen Aufträgen. Der Einzelbesteller kann derweil sehen, wo er bleibt.

Wenn es einen Gott gibt, was, wie Reimann sagt, Gott geben möge, dann habe ich nur noch einen Wunsch. Ich möchte als Engel durch die Hölle spazieren, in jedem Kessel siedet ein Installationsmann, und er schreit: «Die Feuerung ist viel zu heiß! Der Kessel leckt!» Und dann gehe ich herum, schiebe mürrisch die Unterlippe vor und bossele an den Hähnen. Und dann gehe ich weg. Und am andern Tage komme ich wieder und bringe ein Musterbuch mit gefrorenem Makkaroni an und klopfe an den Hähnen. Und sage: «Andre jibt et nicht.» Das walte Gott.

Aber nun ernsthaft: Was ist es —? Warum ist es so, wie es ist —? Denn so ist es in ganz Mitteleuropa.

Die Ausbildung der Installateure ist schlecht: die praktische ungenügend, eine theoretische so gut wie nicht vorhanden. Die Gesellen eines Unternehmens sind am Geschäft desinteressiert; sie erhalten, wenn sie organisiert sind, ihren tariflichen Lohn und sind besonders in Zeiten großer Arbeitslosigkeit froh, überhaupt Arbeit zu haben. Die vorhandenen Anlagen von Wasser, Gas und Elektrizität sind gar nicht oder nicht genügend genormt. Man ziehe von einer Stadt in die andre, und man wird etwas erleben.

Abzusehen ist hier von einem Besteller, der nicht weiß, was er will, sowie von jenem, der Unmögliches fordert. Wenn aber keiner mit der jetzigen Lage zufrieden ist: der Unternehmer nicht, weil ‹es sich nicht lohnt›, der Arbeiter nicht, weil seine Tarife mäßig sind; und der Besteller nicht, weil er miserabel bedient wird —: so liegt das daran, daß Kleinbetriebe überhaupt nicht in der Lage sind, den Erfordernissen gerecht zu werden, die die Technik an sie stellt.

Da sind nun diese kleinen Läden, die die Straßen verunzieren.

INSTALLATIONSGESCHÄFT

Ein kleiner Laden, mit unordentlichem Gerümpel angefüllt, ein schüchternes Schaufenster mit irgendwelchen hingehudelten Monstrositäten — ein Mittelding zwischen Verkaufsraum und Werkstatt. Nebenan Stube und Küche. Das Ganze hat meist etwas leicht Verkommenes und ist fast ohne Ausnahme unsachgemäß von vorn bis hinten. Was kann man bei den mäßigen Einkünften dieser Kleinunternehmer mehr verlangen?

Was sie in erster Linie haben müßten, haben sie nicht: Übersicht. Es ist, wie wenn diese Leute nicht einmal die nötige Denkkraft aufbrächten, sich vorzustellen, was der tägliche Bedarf von ihnen fordert. Nichts von saubrer Handarbeit — nichts von Dienst am Kunden: sie handeln mit Schwierigkeiten, sie sind der Feind des Kunden. Man stelle sich nur einen Arzt vor, der zu einem Kranken mit einem Besteck von einer Beschaffenheit kommt, wie es die meisten Installationsunternehmer ihren Leuten mitgeben!

Besserung: Nur der Großbetrieb kann es schaffen. (Eine ähnliche Erscheinung sehen wir bei den Garagenbetrieben.) Kleinbetriebe sind auf solchen Gebieten ein Unfug. Dieser ‹schwer kämpfende Mittelstand› hat keine Existenzberechtigung; wären alle diese kleinen Unternehmer in einem Großbetrieb angestellt, so könnte es besser gehen. Es könnte.

Denn da besteht eine Gefahr, die wir bei den gemischtwirtschaftlichen Betrieben der Städte sehen, im Gaswerk, im Wasser-, im Elektrizitätswerk: die arbeiten oft rein bürokratisch und kümmern sich den Teufel um den Kunden. Die moderne kapitalistische Arbeit neigt immer mehr dazu, die Arbeit als einen Faktor des Innendienstes um des Reglements willen zu erledigen; sie wird Selbstzweck, ihr eigentlicher Sinn wird in den meisten Fällen vollständig vergessen, und der Kunde, dem sie nutzen soll, wird vernachlässigt. Man sehe sich in Deutschland, dem Lande der Arbeitslosigkeit, an, mit welch merkwürdiger, verbissener Zähigkeit diese Arbeit geleistet wird – immer mit dem Auge auf die Stempelkarte, mit dem andern auf eine etwaige Pension; dazu durchweg Ablehnung jeder Haftung nach außen. Das Desinteressement dieser Millionen von Angestellten und Arbeitern muß vollkommen sein: sie werden so schlecht bezahlt, so mäßig ausgebildet und so überdrillt, daß für Lust an der Arbeit, für Freude am Werk nichts übrig bleiben kann. Das ist mit fader Gewerkschaftspolitik und direktionsfrommen Betriebszeitungen nicht zu erreichen. Nicht ihnen gereicht der Zustand zum Vorwurf, sondern dem System des Kapitalismus. Der Kunde, das letzte Glied an der Kette des ‹Dienstes›, ist nur noch Anlaß und Ornament; es regieren die Kartotheken, die Akten, das Büro. In Deutschland arbeiten die Arbeiter, damit die Angestellten etwas zu schreiben haben.

Trotz dieser Gefahren kann ein Großbetrieb seine Leute ganz anders ausbilden und ausrüsten als diese vermiekerten Kleinbetriebe, die nicht leben und nicht sterben können und die nur da florieren, wo weit und breit keine Konkurrenz zu finden ist. Es ist gewiß gleichgültig, ob auf dem großen Schloß des Stahlkönigs Frick ein Schwimmbassin mit den letzten Neuheiten ausgerüstet ist; es ist aber nicht gleichgültig, daß in einer mittleren Angestelltenwohnung, in einer Arbeiterwohnung fast alle technischen Anlagen liederlich, unzweckmäßig und unhandlich angebracht sind und außerdem den Wirtschaftsetat der Familien unverhältnismäßig hoch belasten. Es ist eben ‹immer was kaputt›, und der Hauswirt bezahlt das nicht. Man könnte das besser machen.

Dazu gehört natürlich vor allem eine vernünftige Normung. Wer hören und sehen kann, erkennt immer mehr, wie gleich unser aller Bedürfnisse sind (wodurch sie um nichts weniger wert sind – alter Aberglaube und falsche Vorstellung von Individualität). Die Techniker in der Hauswirtschaft sollen vorarbeiten, insbesondere den Frauen, die konservativ sind und gern das Gestern wollen.

Wird genormt?

Wir haben das groteske Bild, daß die ‹Technik fortschreitet› und die Leute hinten bleiben. Es werden im zersplitternden Kleinbetrieb lächerlicher Konkurrenzen täglich neunzehn neue Systeme von Nachttischlampen, Badehähnen, Gasöfen auf den Markt geworfen – aber die vorhandenen sind nicht sehr gut, weil sie fast alle nicht zu Ende konstruiert sind; weil niemand von diesen Stumpfböcken begreift, mit wieviel Liebe und Freude an der Sache man einen Wasserablauf formen muß, damit er wirklich seinen Zweck erfüllt. Statt dessen treiben sie mit Nickelzeug Kundenfang. Und es hat gar keinen Sinn, sich teure Modelle auf diesem Gebiet zu kaufen; die Installateure, die das nachher in die Finger bekommen, drehen das Ding ratlos hin und her und versauen es in Bälde. Die Leute können, wenn sie das Wort ‹Technik› in den Text ihrer Festreden aufnehmen, die Hemdbrust gar nicht genug anschwellen lassen; aber normalerweise gibt es keine Privatwohnung und kein Hotelzimmer, in dem nicht irgend eines dieser kleinen technischen Dinge des Alltags entzwei wäre. Nirgends rächt sich die Aufteilung in private Kleinbetriebe mehr als hier. Unrast ist kein Fleiß; Neurasthenie infantiler Geschäftsleute, die alle Nase lang etwas ‹ganz anders› machen, ohne zu bedenken, wie das Nebeneinander von Modellen nachher in der Praxis aussieht, Konkurrenzangst, Faulheit, auch nur die Haltung einer Hand zu studieren, die einen Hahn öffnet ...

Es ist sehr schwer, über diese Dinge öffentlich zu sprechen. Die Interessenverbände in ihrer maßlosen Kurzsichtigkeit sehen nur eine ‹Schädigung› und überrennen den Zeitungsverleger, der ein Tänzchen wagte, mit heftigem Geschrei: Boykott! Das deutsche Handwerk! Die deutsche Arbeit! Die Bankette, Kongresse, Kundgebungen und Reichsverbandsversammlungen müssen sich wohl in aller ihrer leeren Geschäftigkeit und ihrer pompösen Lächerlichkeit erst totgelaufen haben, bis die Leute begreifen, daß Gruppenbildung allein noch gar nichts ist. Was das Installationsgewerbe angeht, so täten die Herren gut, sich einmal die Schluderarbeit anzusehn, die sie ausführen lassen — bestenfalls blinkt die Fassade von Nickel und Marmor, aber drin die Röhren sind entzwei. Es ist ein vergnügtes Gewerbe.

Wichtig ist, für den neuen Siedlungsbau andre Modalitäten zu finden als diese Karikaturen eines erstorbenen Handwerks. Es wird vermutlich zunächst Karteibetrieb einsetzen, bei dem der Hausbewohner nicht viel besser gestellt sein wird. Den muß man überwinden. Es sollte etwas Neues entstehen: eine Gesellschaftsform ohne Sklaven und Herrscher, mit Arbeitenden und Menschen, die die Materie beherrschen und Freude am Werk haben.

DIE GROSSEN

Kein Kind versteht die Erwachsenen — so, wie ja auch die Erwachsenen gewöhnlich ihre Kinder nicht verstehn. Die Kinder sehen auf die Großen herab ... Was die alles machen! was die so für Sorgen haben! weshalb sie sich laut gebärden und was sie nicht sehen und mit welchen geheimnisvollen Arbeiten sie sich befassen und wichtig tun! Kein Kind versteht die Erwachsenen; es fühlt sie nur manchmal.

Nun bin ich auch erwachsen und verstehe meine Miterwachsenen doch nicht sehr schön. Es ist wohl vor allem der tierische Ernst, von dem der Weise als von dem Kennzeichen niedriger Naturen spricht, der mich fernhält. Wie nehmen sie es alles ernst! Sich und ihren Beruf und ihr Haus und ihre Familie und ihr Vaterland und ihre Partei und ihr Geld, na, das vor allem — und da ist kaum ein Augenblick, in dem sie sich einmal selber auf den Kopf spucken können, über sich selber lachen, einmal aus sich herausgehen ... nicht doch. Ich stehe daneben wie Chaplin: ich muß immerzu den Kopf schütteln. Und sehe an mir herunter: Ja, trage ich denn noch kurze Hosen? Nein, im allgemeinen nicht. Ich sollte doch nun auch als Original-Erwachsener mit den Großen groß tun ... ich kann nicht. Das ist sehr gefährlich — man darf es gar nicht laut sagen; dann nehmen sie einen nicht mehr für voll. «Der Mann is nich zerjeehs», sagen sie dann. Ich kenne Kaufleute, die sind jünger als ich; wenn die vom Geschäft sprechen, bin ich wieder sieben Jahre, klettere meinem Papa auf dem Schoß herum, und der sagt: «Jetzt störe mal nicht! Also, Herr Fahrenholz — wir haben bei der Kontrolle festgestellt ...» Dabei war Vater nicht ernster, als er unbedingt mußte, er hatte Humor — aber wenn er über seine Geschäfte sprach, dann machte er das ganz ernst und vernünftig, und ich verstand kein Wort. Ich sah an ihm hoch ...

Ich sehe heute an den Erwachsenen hoch. Das kommt vielleicht auch daher, daß sie alle einen richtigen Beruf haben, der sie ergriffen hat (sie bilden sich ein: den sie ergriffen haben). Wenns windig ist, halten sie sich an dem fest. Ja, ich kann das auch — aber dann muß ich mich verstellen. Im Laufe der Jahre lernt man so allmählich, was man in den verschiedenen Lagen tun muß: hier lügen und da mit Aplomb die Wahrheit sagen und auf alle Fälle furchtbar ernst sein. Manchmal juckt es mich gradezu, während solch eines Gesprächs, Verzeihung: Verhandlung, pardon: Konferenz, den Partner ein bißchen in die Seite zu schubsen und zu sagen: «Max. Das ist doch alles Zimt. Hör mal zu, wir wollen das so machen ...» Aber das darf man nicht. Man muß sein Gesicht glatt halten, wie wenn ein unsichtbares Monokel drin säße, kalt und hart, römisch-japanisch, und dann muß man sagen: «Ich habe da noch einige Bedenken. Die Ziffer IV des Vertrages ...» So muß man. Aber man möchte das nicht.

Und daher bringts denn auch unsereiner zu nichts. Geld will ernst genommen werden; sonst kommt es nicht zu dir. Und ich werde immer jünger und werde wohl mit siebzig reifenspielend im Tiergarten angetroffen werden und selig die Kinderbücher meiner Jugend lesend. Und wenn mir heute auf dem Lande Kinder begegnen, die scheu den fremden, dicken Mann grüßen, dann möchte ich immer hingehn und sagen: Kinder, ich gehöre ja eigentlich zu euch — nicht zu euerm Lehrer! Aber das glauben sie mir nicht, für sie bin ich ein Erwachsener. Und für die Erwachsenen ein halbes Kind. Man hats gar nicht leicht im menschlichen Leben.

WO LESEN WIR UNSERE BÜCHER?

Wo –?

Im Fahren.

Denn in dieser Position, sitzend-bewegt, will der Mensch sich verzaubern lassen, besonders wenn er die Umgebung so genau kennt wie der Fahrgast der Linie 57 morgens um halb neun. Da liest er die Zeitung. Wenn er aber zurückfährt, dann liest er ein Buch. Das hat er in der Mappe. (Enten werden mit Schwimmhäuten geboren – manche Völkerschaften mit Mappe.) Liest der Mensch in der Untergrundbahn? Ja. Was? Bücher. Kann er dort dicke und schwere Bücher lesen? Manche können es. Wie schwere Bücher? So schwer, wie sie sie tragen können. Es geht mitunter sehr philosophisch in den Bahnen zu. Im Autobus nicht so – der ist mehr für die leichtere Lektüre eingerichtet. Manche Menschen lesen auch auf der Straße ... wie die Tiere.

Die Bücher, die der Mensch nicht im Fahren liest, liest er im Bett. (Folgt eine längere Exkursion über Liebe und Bücher, Bücher und Frauen – im Bett, außerhalb des Bettes ... gestrichen.) Also im Bett. Sehr ungesund. Doch – sehr ungesund, weil der schiefe Winkel, in dem die Augen auf das Buch fallen ... fragen Sie Ihren Augenarzt. Fragen Sie ihn lieber nicht; er wird Ihnen die abendliche Lektüre verbieten, und Sie werden nicht davon lassen – sehr ungesund. Im Bett soll man nur leichte und unterhaltende Lektüre zu sich nehmen sowie spannende und beruhigende, ferner ganz schwere, wissenschaftliche und frivole sowie mittelschwere und jede sonstige, andere Arten aber nicht.

Dann lesen die Leute ihre Bücher nach dem Sonntagessen – man kann in etwa zwei bis zweieinhalb Stunden bequem vierhundert Seiten verschlafen.

Manche Menschen lesen Bücher in einem Boot oder auf ihrem eigenen Bauch, auf einer grünen Wiese. Besonders um diese Jahreszeit.

Manche Menschen lesen, wenn sie Knaben sind, ihre Bücher unter der Schulbank.

Manche Menschen lesen überhaupt keine Bücher, sondern kritisieren sie.

Manche Menschen lesen die Bücher am Strand, davon kommen die Bücher in die Hoffnung. Nach etwa ein bis zwei Wochen schwellen sie ganz dick an – nun werden sie wohl ein Broschürchen gebären, denkt man – aber es ist nichts damit, es ist nur der Sand, mit dem sie sich vollgesogen haben. Das raschelt so schön, wenn man umblättert ...

Manche Menschen lesen ihre Bücher in ... also das muß nun einmal ernsthaft besprochen werden.

Ich bin ja dagegen. Aber ich weiß, daß viele Männer es tun. Sie rauchen dabei und lesen. Das ist nicht gut. Hört auf einen alten Mann – es ist nicht gut. Erstens, weil es nicht gut ist, und dann auch nicht hygienisch, und es ist auch wider die Würde des Dichters, der das Buch geschrieben hat und überhaupt. Gewiß, kann man sich Bücher vorstellen, die man *nur* dort lesen sollte, *‹Völkische Beobachter›* und dergleichen. Denn sie sind hinterher unbrauchbar: so naß werden sie. Man soll in der Badewanne eben keine Bücher lesen. (Aufatmen des gebildeten Publikums.)

Merke: Es gibt nur sehr wenige Situationen jedes menschlichen Lebens, in denen man keine Bücher lesen kann, könnte, sollte ... Wo aber werden diese Bücher hergestellt? Das ist ein anderes Kapitel.

«DAS IST NÄMLICH HERR MEYER –!»

Wenn man in Frankreich einen Regenschirm kaufen will, geht man in ein Regenschirmgeschäft und kauft ihn. Das heißt: ein Fremder tut so. Der kluge Franzose aber kennt jemanden, der jemanden kennt, der eine Frau hat, die einen Schwager besitzt, der Beziehungen zu einem Uhrmacher hat, der nebenbei mit Regenschirmen handelt. Und davon lebt eine Nation.

Wir Deutsche aber haben es mit der Sachlichkeit. Ernst und neutral rollt bei uns die Arbeit hin, daß es nur so raucht: die Schreibmaschinen klappern, es funkelt die Schreibtischgarnitur, die Schalter klappen herunter, die Rechenmaschinen rasseln – wir kennen keine Menschen mehr, wir kennen nur noch die Sache. Aber ...

Aber manchmal erweicht auch das deutsche Herz, manchmal schleicht sich ein lindes Lüftchen zarter Menschlichkeit in die harten Beziehungen: Kunde – Geschäftsmann; Arbeitnehmer und Arbeitgeber; Arzt – Patient – manchmal menschelt es in Deutschland. Und wollt ihr wissen, was sich hierbei ziemt, so fraget nur bei schönen Frauen an.

Die Frau hat ja – trotz aller Willfüers und trotz allen Studiums – eine schöne und direkte Beziehung zum Arbeitspartner erfunden. Etwa so: «Also, Kiki, was war auf dem Termin – beim Arbeitsgericht? Was hast du erreicht?» – «Der Richter war reizend. Also ein netter Mensch ...» – «Ja, gewiß. Aber was ist nun mit dem Mädchen? Müssen wir ihr den Lohn bezahlen?» – «Er hat gleich gesehen, mit wem er zu tun hat – er hat gesagt: Bitte, gnädige Frau, ereifern Sie sich doch nicht, wir werden das alles regeln. Ein ganz reizender Mensch. Er sah übrigens sehr nett aus. Ich weiß gar nicht, was ihr immer gegen die Richter habt.» – «Ja ... aber was ist mit dem Lohn? Was hast du erreicht?» – «Ein reizender Mensch. Zu den andern war er lange nicht so nett.» – «Wer zahlt?» – «Wir.»

Denn die Frau liebt es nicht, wenn es gar so unpersönlich zugeht, und darin hat sie ja wohl auch recht.

Sieh – da steht nun die große Bank, und da hinein sollst du gehen, gnädige Frau, und einen Scheck einlösen. Einen ganz gewöhnlichen Barscheck; es ist nichts weiter nötig, als daß du deinen Namen hinten heraufschreibst und das Datum — das hat schon dein Mann getan? Um so besser — also gar nichts ist nötig, als daß du hingehst, den Scheck präsentierst, wartest ... dann bekommst du dein Geld, das zählst du ... es ist ganz einfach. Mitnichten ist es einfach.

So tut keine Frau. Eine Frau kennt in der großen Einöde der fremden Bank einen Mann. Sie kennt Herrn Meyer.

Sie kennt Herrn Meyer von einem Ball bei der Freundin; von einer Motorbootfahrt; aus Tirol; durch die Schwiegereltern — jedenfalls kennt sie ihn. Und nun kann ihr nichts mehr geschehen.

Nun geht sie frohen Gemütes in die Bank; den bösen Portier, diesen ersten und letzten Mann, sieht sie kaum an, was kann ihr der! Sie kennt doch Herrn Meyer! Und der ist mehr als der Portier. Sie hastet durch die große Halle — sie geht eigentlich gar nicht in die Bank, sie macht eher einen kleinen Privatbesuch: sie geht zu Herrn Meyer.

Da ist er. «Guten Tag, Herr Meyer!» — Guten Tag, sagt er sehr höflich — und es setzt ein kleines herzerfrischendes Schwätzchen ein ... wie es denn so ist im menschlichen Leben ... und wie es geht ... und was die Kinder machen ... und ob Gerlachs von sich haben hören lassen — nicht? Das ist aber schade ... und wie es der Frau geht — gut? Das ist aber fein ... und, ja, Herr Meyer, ich habe hier nämlich einen kleinen Scheck ...

Herr Meyer prüft ihn. Der Scheck ist in Ordnung — aber Sie müssen nochmal an den Schalter sechs, weil es Dollars sind, gnädige Frau! Sie strahlt, sie geht, sie macht, sie tut. Hätte ihr das ein anderer gesagt, das mit dem Schalter sechs —: es wäre ihr als finstere Schikane erschienen. Aber Herr Meyer? Herr Meyer ist reizend — er hilft einem immer so nett ... Hier ist der Scheck. Da das Geld. Auf Wiedersehen, Herr Meyer!

Solcher Meyer gibt es gar viele, und sie versüßen uns das Leben. In den Reisebüros, auf den Banken, in den Kliniken, auf den Redaktionen ... überall laufen etwelche Meyers umher und sind freundlich zu denen, die sie nicht kennen, und noch freundlicher zu denen, die sie kennen. Korruption ohne Bestechung, und das Ganze schadet auch nichts — aber «es putzt ungemein», wie Herr Grünlich sagt.

Herr Spitzweg! Alte Junggesellen, die in ihrer Dachwohnung an Kakteen riechen — die wirst du heute wohl nicht mehr malen können. Aber einen ernsten Beamten, wie er vor einer Privatbekanntschaft den Schalter aufzieht und das Amtsgesicht herunterläßt; wie Strenge und Milde sich lieblich in seinen Zügen paaren; wie er die Würde des Amtes mit einer gewissen parkettgebohnerten Höflichkeit zu vereinen weiß; wie er in den Geschäften um die Dünne eines Haares mogelt, andere grade nicht benachteiligend, seine Bekanntschaften aber doch vorziehend; wie er dies jedoch nicht eingesteht, sondern die Schwierigkeiten seines Tuns noch übertreibt, damit die Gefälligkeit nachher um so größer aussehe; wie er im Grunde mit seinen Bekannten genau das macht, was er auch sonst tut, durch den Ton der Musik aber anzeigt, er sei eine ‹Beziehung› —: das, Herr Spitzweg, könntest du heute malen, und es wäre gewiß eine gute deutsche Zeichnung.

DAS STUNDENKONTO

Vor Monaten bin ich einmal mit der Puff-Puff-Bahn von Paris nach Berlin gefahren, denn ich wollte meinem Verleger ins treue Auge sehn... («Sie werden auch nie lernen, ein Feuilleton richtig anzufangen. Das fängt man gefälligst so an: ‹Das Flugzeug surrte über Le Bourget ab, das gute, alte Paris tief unter sich lassend...›») Ja, also ich fuhr mit der Bahn.

An der belgischen Grenze stimmte irgend etwas mit den Uhren nicht; mein mangelhafter mathematischer Verstand läßt es niemals zu, zu verstehen, was da eigentlich vor sich geht; einigen wir uns auf: mitteleuropäische Zeit in Idealkonkurrenz mit der Sommerzeit. Kurz und gut: die Uhren wiesen auf einmal eine Differenz von sechzig Minuten auf. Statt Viertel eins war es plötzlich Viertel zwei. Das ließ einen der Reisegefährten nicht ruhen. Er wandte sich an den belgischen Zugbeamten.

«Wir haben eine Stunde gewonnen, nicht wahr —?» sagte er. «Nein», sagte der Mann. «Sie haben eine Stunde verloren.» — «Nein, gewonnen!» rief der Reisegefährte. «Nein, verloren!» rief der Schaffner. Es war wunderschön. Der Gefährte fing an, die Astronomie, etwas Regeldetrie und eine Prise Einstein in einem Topf zu rühren, den er triumphierend dem Schaffner präsentierte. «Wir haben also eine Stunde gewonnen», sagte er, «wir kommen eine Stunde früher an —!» Es hätte nicht viel gefehlt, und er hätte die Hände vor dem Mund bewegt, wie es die Zirkuskünstler machen, wenn ihnen ein besonders schöner Salto gelungen ist... Der Schaffner nahm den Topf nicht an. Er sagte vielmehr etwas ganz Überraschendes.

«Sie haben eine Stunde verloren!» sagte er. «Denn Sie haben eine Stunde weniger zu leben.» Nie, niemals ist mir der Unterschied der beiden Länder so stark aufgegangen wie in diesem Augenblick.

Wir wollen immerzu ankommen, am liebsten gestern, wir möchten es ganz eilig haben, und wenn es schneller, noch schneller, am allerschnellsten geht, dann bilden wir uns ein, etwas gewonnen zu haben. Der Franzose will leben. Dieser Schaffner trug eine belgische Uniform, aber es war etwas durchaus Französisches, was er da gesagt hatte. Der Franzose will leben.

Und er lebt auch, als ob er tausend Jahre zu leben hätte. Verabrede dich am zweiten des Monats mit einem Pariser; es ist nicht ausgeschlossen, daß er dir eine Zusammenkunft für den achtundzwanzigsten vorschlägt. Frankreich ist so schön weit weg von Amerika ... Am achtundzwanzigsten kommt er dann auch angewackelt, er hat es nicht vergessen. Alles, alles kannst du in Paris – aber etwas an einem einzigen Vormittag erledigen: das mach mir mal vor. Du hast gar keine Zeit, und der Franzose hat viel zu viel, und so kommt ihr schwer zusammen.

Natürlich hat auch der Schaffner einen Denkfehler gemacht; denn in Wahrheit ändert der vorgestellte Zeiger nichts an der Dauer unseres Lebens; aber so denken sie hier. Ich weiß nicht, ob man damit ‹vorankommt›; ich kann auch nicht beurteilen, ob man so gute Geschäfte macht, ob das Land auf diese Weise konkurrenzfähig bleiben wird, bis in alle Ewigkeit ... das weiß ich alles nicht. Ich weiß nur, daß die Franzosen erst einmal leben wollen, und dem hat sich alles andere unterzuordnen. Einmal hatte es ein Deutscher sehr eilig in Paris, als er bei Tisch saß, und er sagte das auch dem Kellner ... Darauf jener: «Wenn Sie keine Zeit haben, dann müssen Sie nicht frühstücken –!» Das ist eine Lebensweisheit.

Die Franzosen bummeln nicht, sie sind nicht säumig, noch weniger etwa faul, wie schlechte Lesebücher das deutschen Kindern manchmal einreden wollen. Ihr Lebensrhythmus, ihr Arbeitstakt ist ein anderer, und wenn man mit ihnen fertig werden will, so muß man sich diesem andersgearteten Takt eben anpassen. Was für uns nicht immer einfach ist ...

Ich will gar nicht einmal vom pariser Telefon erzählen, einer Maschine, die die Franzosen selbst nicht ernst nehmen, sonst funktionierte sie. Sie funktioniert aber nicht, und man tut gut, in eiligen Fällen zu dem Anzutelefonierenden hinzufahren; man wird Zeit sparen, Nerven und Kraft. Es liegt eine fast orientalische Ruhe im französischen Gehaben, die von der schnellen Sprache und einer fast unmerklich nervösen Atmosphäre sonderbar absticht. Und nichts bringt den Franzosen so durcheinander wie einer, der etwa ununterbrochen mitteilen wollte, wie eilig er sei, wie wenig Zeit er habe, wie schnell das alles erledigt sein müsse ... Er wird auf Granit beißen. Er wird den französischen Charakter voll erkennen, der, bei aller Beweglichkeit, unglaublich störrisch sein kann, von einem Eigensinn, der ganzen Planeten standhält ... Da wird nichts zu machen sein. Mit schweren Säbeln ist hier gar nichts auszurichten. Man fechte Florett.

Das Allermerkwürdigste ist, daß der Drang, das eigene Leben voll zu Ende zu leben, sogar den Erwerbstrieb überwiegt: erst das Leben, dann das Geschäft. Und es ist ungemein bezeichnend für die Lebensauffassung der Franzosen, daß sie in prekären Lagen vorziehen, weniger auszugeben, also zu sparen, als mehr zu verdienen. Mit dem Klischee «Es ist eben ein Rentnervolk» kommt man der Sache nicht näher — denn Rentner arbeiten nicht so viel, wie es hier Frauen und Männer allenthalben tun.

Dazu kommt, daß die neue junge Generation denn doch wesentlich anders aussieht — sie ist flinker, schneller, tangogescheitelter, autohafter, anders. Und doch französisch. Es ist — unübersetzbar —: «un peuple débrouillard», ein Volk, das die Sache ‹schon schmeißt›, das sich herausfindet und herauswindet; das, scheinbar planlos, bis hart an den Rand des Abgrunds rollt und dann — im allerletzten Augenblick — eines jener Wunder vollbringt, von denen die französische Geschichte voll ist. So haben sie ein sauber geführtes Stundenkonto, anders als das unsere — und auf der Aktivseite steht ein Posten, der alle, alle andern überstrahlt: das Leben.

DER ANHÄNGER

«Was nützt mich der Mantel, wenn er nich jerollt is!» Unteroffizier: 1848

Die Franzosen, welches, wie meine Freundin Grete Walfisch sagt, ein degeneriertes Volk ist, treiben mit ihren männlichen Mänteln Schindluder. Ich muß es einmal sagen — seit Jahren krampft sich mir das Herz zusammen, wenn ich sehe, was diese Mäntel leiden müssen. Sie werden zusammengefaltet wie Faltboote, zu dicken Paketen verunstaltet, das Paket wird hinter Stangen auf Bretter gelegt, in den Restaurants treiben sie es so, das heißt, in denen, wo nicht fein sind, ohne ‹vestiaire›, was Garderobe heißt — es ist furchtbar, mit anzusehen. «Ja, haben sie denn keine Aufhängedinger?» — Das ist es ja eben — die haben sie, aber wie sehen die aus! Meinen Sie, da sind richtige Haken dran? Oui, gâteau! Da ist so eine Art Haken, aber die enden in *Knöpfen*! In dicken, kugeligen Knöpfen! Hat man je so etwas ...

Über diese Knöpfe hängt das degenerierte Volk die Männermäntel. Während ein richtiger Mantel doch an einem Henkel zu hängen hat, der zieht ihn dann so schön nach unten, er verliert leichter die Fasson, er muß öfter aufgebügelt werden, die Schneider verdienen daran — kurz: Volkswirtschaft. Die Franzosen aber ... es ist zum Gotterbarmen.

Daher denn auch die französischen Schneider solche Anhänger gar nicht herstellen; sie liefern dir den Mantel sine sine. Davon habe ich zwei. Und mit denen bin ich neulich in die Heimat gekommen.

Wenn — im vorigen Frieden — der Blitz in eine marschierende Kompanie schlug und es fiel ein Mann um, dann besah sich der Hauptmann den Schaden und rief: «Natürlich, der Einjährige!» — Und der kam sich dann noch im Lazarett sehr dämlich vor, weil er eben immer das Karnickel war. So ging das mit mir und mit dem Anhänger. Mit dem Nicht-Anhänger. Ich habe gelitten wie Dante bei Solferino.

Es begann bei den Dienstmädchen der befreundeten Familien. «Darf ich abnehmen? . . .» — Bitte, Fräulein. (Pause.) «Da ist kein Anhänger dran!» (Spöttischer Blick. Melodie: Du armes Aas hast wohl keine Dame, die dir das annäht?) Ich traurig ab.

Die Kellner in den Restaurants waren schon strenger. Ich bin gerade noch ohne Arrest weggekommen.

Aber am schlimmsten waren die Garderobenfrauen in den Theatern. O weh — was habe ich da zu hören bekommen! «Na, is doch wahr! Nachher schimpfen die Herrschaften, daß man die Sachen nicht ordentlich hat aufgehängt — und denn haben sie nich mah Anhänger dran, wie es sich gehört!» —

Dieses Wort schlug wie ein Donnerhall in meine Seele. Nun hatte ich es heraus: es war nicht die kleine technische Unzulänglichkeit, die die Leute so aufbrachte: es gehörte sich nicht —! *Das* war es. Der fehlende Anhänger war ein Fehler in der Weltordnung.

Es regnete höhnische Anerbieten auf mich: ob man mir vielleicht den Anhänger annähen solle? Ich: «Ja.» Die Wachtmeisterin an der Garderobe: «Na, det hat jrade noch jefehlt!» mit der anschließenden Frage, ob ich vielleicht Löcher in den Hosen hätte, man könnte die ja auch . . . es wäre ein Aufwaschen oder vielmehr Aufnähen — aber aus der Näherei wurde nichts; es gab nur Krach.

Es gab soviel Krach, daß ich mich gar nicht mehr in die öffentlichen Kunstinstitute hineingetraut habe — auf diese Weise sind in meiner ohnehin kümmerlichen Bildung bedeutsame Lücken in der Abteilung ‹Klassische Revue mit unruhigem Humor› entstanden — und ich wanderte ins Kino ab. Da war ich aber vom Regen unter Umgehung der Traufe direkt in die Schokolade gekommen.

Mit «Da hängen Sie sich doch uff!» fing es an. Ich floh, wie von Furien gepeinigt . . . gejagt . . . wie von Furien gejagt . . . und jetzt sitze ich da mit dem Mantel, und was nutzt er mir, wenn er keinen Anhänger hat.

«Nun sagen Sie — eine Frage. Das näht Ihnen keiner an? Da haben Sie keine . . . also kein weibliches Wesen in Ihrer Umgebung, die Ihnen diesen kleinen Freundschaftsdienst erweist? —» — Ach, wissen Sie, mit den kleinen Freundschaftsdiensten . . . das ist ein weites Feld. Die werden sehr überzahlt. «Na, und Lottchen?» — Das ist eine berufstätige Frau, wissen Sie. Sie sagt: «Warte, bis du wieder in Frankreich bist — da brauchst du keinen Anhänger.»

Und ich gehe umher, ein Ausgestoßener — ein Mann, der seinen . . .

das kann man eigentlich nicht sagen. Immerhin: Peter Schlemihl. Wenn ein ganzes Volk, Mann für Mann, etwas besitzt, was ein einzelner nicht besitzt —: wahrlich, ich sage dir — aus solchem Holze werden die Märtyrer gemacht. Denn es ist die große Frage, ob die Mäntel wegen der Anhänger da sind oder die Anhänger wegen der Mäntel. Es ist beinah dieselbe Frage: ob man lebt oder ob man im Dienste eines Apparats gelebt wird. Ein weiser Mann des fernen Ostens, dem eine solche Frage vorgelegt wurde, sann lange nach. Und dann sprach er: «Wenn Sie mich so fragen — muß ich Ihnen antworten: Ja.»

DER RICHTER

In meinem Buch *‹Deutschland über alles›* steht auch etwas über die Unabsetzbaren zu lesen. Daran nimmt einer der Betroffenen Anstoß, und zwar — anläßlich einer Besprechung des Beradtschen Buches über den *‹Deutschen Richter›* — so:

«Vor einiger Zeit erschien der Aufsatz eines Schriftstellers über deutsche Richter, ihm war eine Zeichnung beigegeben mit dem Bilde eines Mannes im Richtertalar, das statt eines Kopfes ein Paragraphenzeichen trägt. In dem Aufsatz ist die These aufgestellt, man habe das Recht, bei einer Gesellschaftskritik den niedersten Typus einer Gruppe als deren Vertreter anzusehen. Man kann einem Anwalt nicht unterstellen, daß er sich diese These zu eigen machen will, mit der man den Richterstand wie den Anwaltstand, überhaupt jede Berufsgruppe beliebig herunterziehen kann.»

Der Richter, der dies geschrieben hat, gilt als objektiv und reformfreudig. Hoffen wir, daß seine Urteilsbegründungen verständiger sind als dieser Gedankengang.

Zunächst ist der schwere deutsche Aberglaube zu beseitigen, als sei es ein Sakrileg, eine ‹Berufsgruppe herunterzuziehen›. Diese Kollektiv-Ehren, gezüchtet von emsigen Vereinsmeiern und Generalsekretären, kosten heute Stück für Stück einen Groschen. Selbst wenn sich einer bei der Beurteilung einer solchen Gruppe irrt, so ist das noch nicht gar schlimm; hinter dieser Anschauung des Richters steckt der schwer ausrottbare Irrtum, als sei der ‹Beruf› und die Zugehörigkeit zu einer Gruppe an sich schon etwas Heiliges. Richter sein ist noch gar nichts. Richter sein ist genau so schwerwiegend wie der Entschluß, Jura zu studieren, und jeder weiß, wie der zustandekommt. Mit diesem falschen Pathos wollen wir uns nicht aufhalten.

Der Richter hat aber auch im einzelnen unrecht.

In meiner Arbeit steht nicht zu lesen, daß der niederste Typus einer Gruppe ihr Vertreter ist; er ist es so wenig wie der höchste, den die

Herren zu ihrem Lob gern herangezogen haben möchten. Ich habe gesagt, daß der niederste Typus charakteristisch für das Niveau einer Gruppe ist: jener Typus nämlich, den sie grade noch ertragen kann. Beispiel:

Vergewaltigt ein deutscher Arzt eine minderjährige Patientin und sind dieser Tatbestand und die strafrechtliche Verantwortlichkeit des Täters einwandfrei erwiesen, so wird die gesamte Ärzteschaft von dem Mann abrücken, mehr als das: sie wird ihn aus ihren Reihen entfernen. Also ist dieser Typus der Gruppe nicht aufs Konto zu setzen. Sie kann nichts dafür, daß er einmal in ihren Reihen gewesen ist – sie erträgt ihn nicht, sie schließt ihn aus.

Läßt sich ein deutscher Richter materiell bestechen, so reagiert die Gruppe sofort – alle Mitglieder werden den Mann ausgestoßen wissen wollen, das ehrengerichtliche Verfahren wäre in diesem Fall nur noch eine Formalität. Also ist der mit Geld bestochene Richter kein Prototyp des deutschen Richters.

Um aber den Stand der Unabsetzbaren richtig zu beurteilen, darf es wohl erlaubt sein, neben den Festreden des Reichsgerichts jenen Typus zu betrachten, den man in hundert und aber hundert Gerichtsstuben amtieren hören kann, in Gleiwitz und in Köln, in Breslau und in München. Da ist es mitunter schwer, ruhig zu bleiben ... diese Mischung von subalternem Geist, von Überheblichkeit, von dummen und sachlich verkehrten Moralanschauungen, von Einsichtslosigkeit in wirtschaftliche Zusammenhänge, von vermuffter Seelenkunde, die keine ist ... gibts das oder gibts das nicht? Das gibts.

Und solange die Gruppe der Richter nicht gegen diesen Typus demonstriert, und sei es auch nur in einer ernsthaften Opposition, solange sich ‹die› Richterschaft in falsch verstandenem Kollegialitätsgefühl immer gegen den ‹Laien› auf die Seite des so überschätzten Fachmannes stellt –: solange nenne ich einen deutschen Richter einen deutschen Richter. Und ich möchte das so verstanden wissen, wie es ein Proletarier versteht, der – den Bericht von nationalsozialistischen Strafprozessen im Gedächtnis – vor diesen Talaren steht.

IN DER HOTELHALLE

Ein Blick – und die Neese sitzt hinten.

Wir saßen in der Halle des großen Hotels, in einer jener Hallen, in denen es immer aussieht wie im Film – anders tuts der Film nicht. Es war fünf Minuten vor halb sechs; mein Partner war Nervenarzt, seine Sprechstunde war vorüber, und wir tranken einen dünnen Tee. Er war so teuer, daß man schon sagen durfte: wir nahmen den Tee.

«Sehen Sie», sagte er, «es ist nichts als Übung. Da kommen und gehen sie — Männer, Frauen, Deutsche und Ausländer, Gäste, Besucher ... und niemand kennt sie. Ich kenne sie. Ein Blick — hübsch, wenn man sich ein bißchen mit Psychologie abgegeben hat. Ich blättere in den Leuten wie in aufgeschlagenen Büchern.»

«Was lesen Sie?» fragte ich ihn.

«Ganz interessante Kapitelchen.» Er blickt mit zugekniffenen Augen umher. «Keine Rätsel hier — ich kenne sie alle. Fragen Sie mich bitte.»

«Nun ... zum Beispiel: was ist der da?»

«Welcher?»

«Der alte Herr ... mit dem Backenbart ... nein, der nicht ... ja, der ...»

«Der?» Er besann sich keinen Augenblick.

«Das ist ... der Mann hat, wie Sie sehen, eine fulminante Ähnlichkeit mit dem alten Kaiser Franz Joseph. Man könnte geradezu sagen, daß er ein getreues Abbild des Kaisers sei — er sieht aus ... er sieht aus wie ein alter Geldbriefträger, den die Leute für gütig halten, weil er ihnen die Postanweisungen bringt. Seine Haltung — seine Allüren ... ich halte den Mann für einen ehemaligen Hofbeamten aus Wien — einen sehr hohen sogar. Der Zusammenbruch der Habsburger ist ihm sehr nahe gegangen, sehr nahe sogar. Ja. Aber sehen Sie doch nur, wie er mit dem Kellner spricht: das ist ein Aristokrat. Unverkennbar. Ein Aristokrat. Sehen Sie — in dem Mann ist der Ballplatz; Wien; die ganze alte Kultur Österreichs; die Hohe Schule die sie da geritten haben — tu, Felix, Austria ... Es ist sicher ein Exzellenzherr — irgendein ganz hohes Tier. So ist das.»

«Verblüffend. Wirklich — verblüffend. Woher kennen Sie das nur?»

Er lächelte zu geschmeichelt, um wirklich geschmeichelt zu sein; wie eitel mußte dieser Mensch sein! — «Wie ich Ihnen sage: es ist Übung. Ich habe mir das in meinen Sprechstunden angeeignet — ich bin kein Sherlock Holmes, gewiß nicht. Ich bin ein Nervenarzt, wie andere auch — nur eben mit einem Blick. Mit dem Blick.» Er rauchte befriedigt.

«Und die Dame da hinten? Die da am Tisch sitzt und auf jemand zu warten scheint — sehen Sie, sie sieht immer nach der Tür ...»

«Die? Lieber Freund, Sie irren sich. Die Dame wartet nicht. Sie erwartet wenigstens hier keinen. Sie wartet ... ja, sie wartet schon. Auf das Wunderbare wartet sie. Lassen Sie ... einen Moment ...»

Er zog ein Monokel aus der Westentasche, klemmte es sich ein, das Monokel fühlte sich nicht wohl, und er rückte es zurecht.

«Das ist ... Also das ist eine der wenigen großen Kokotten, die es noch auf dieser armen Welt gibt. Sie wissen ja, daß die Kokotten aussterben wie das Wort. Die bürgerliche Konkurrenz ... Ja, was ich sagen wollte: eine Königin der käuflichen Lust. Minder pathetisch: eine Dame von großer, aber wirklich großer Halbwelt. Donner ... Donnerwetter ... haben Sie diese Handbewegung gesehen? Die frißt

Männer. Sie frißt sie. Das ist eine ... Und in den Augen – sehen Sie nur genau ihre Augen an ... sehen Sie sie genau an ... in den Augen ist ein Trauerkomplex, ein ganzer Garten voller Trauerweiden. Diese Frau sehnt sich; nach so vielen Erfüllungen, die keine gewesen sind, sehnt sie sich. Daran gibt es keinen Zweifel. Fraglich, ob sie jemals das finden wird, was sie sucht. Es ist sehr schwierig, was sie haben will – sehr schwierig. Die Frau hat alles gehabt, in ihrem Leben – alles. Und nun will sie mehr. Das ist nicht leicht. Dieses verschleierte Moll! Kann sein, daß sich ein Mann ihretwegen umgebracht hat – es kann sein – das kann ich nun nicht genau sagen. Ich bin nicht allwissend; ich bin nur ein Arzt der Seele ... Ich möchte diese Frau geliebt haben. Verstehen Sie mich – nicht lieben! Geliebt haben. Es ist gefährlich, diese Frau zu lieben. Sehr gefährlich. Ja.»

«Doktor ... Sie sind ein Cagliostro ... Ihre Patienten haben nichts zu lachen.»

«Mir macht man nichts vor», sagte er. «Mir nicht. Was wollen Sie noch wissen? Weil wir grade einmal dabei sind ...»

«Der da! Ja, der Dicke, der jetzt aufsteht – er geht – nein, er kommt wieder. Der mit dem etwas rötlichen Gesicht. Was mag das sein?»

«Na, was glauben Sie?»

«Tja ... hm ... heute sieht doch einer aus wie der andere ... vielleicht ...»

«Einer sieht aus wie der andere? Sie können eben nicht *sehen* – sehen können ist alles. Das ist doch ganz einfach.»

«Also?»

«Der Mann ist Weinhändler. Entweder der Chef selbst oder der Prokurist einer großen Weinfirma. Ein energischer, gebildeter Mann; ein willensstarker Mann – ein Mann, der selten lacht und trotz des Weines nicht viel von Humor hält. Ein ernster Mann. Ein Mann des Geschäftslebens. Unerbittlich. Haßt große Ansammlungen von Menschen. Ein Mann des Ernstes. Das ist er.»

«Und die da? Diese kleine, etwas gewöhnlich aussehende Madame?»

«Panter, wie können Sie so etwas sagen! Das ist – (Monokel) das ist eine brave, ordentliche Bürgersfrau aus der Provinz ... (Monokel wieder in den Stall) – eine brave Frau, Mutter von mindestens vier Kindern, aufgewachsen in den Ehrbegriffen der kleinbürgerlichen Familien – geht jeden Sonntag in die Kirche – kocht für ihren Mann, flickt ihren Bälgern die Hosen und Kleidchen – es ist alles in Ordnung. Die übet Treu und Redlichkeit und weichet keinen Finger breit ... die nicht.»

«Und der da, Doktor?»

«Sehen Sie – *das* ist der typische Geldmann unserer Zeit. Da haben Sie ihn ganz. Ich könnte Ihnen seine Lebensgeschichte erzählen – so klar liegt die Seele dieses Menschen vor mir. Ein Raffer. Ein harter

Nehmer in Schlägen. Der läßt sich nicht unterkriegen. Gibt seine Zeit nicht mit Klimperkram ab; liest keine Bücher; kümmert sich den Teufel um etwas anderes als um sein Geschäft. Da haben sie den amerikanisierten Europäer. Mit den Weibern – Himmelkreuz! – Es ist sechs ... Seien Sie nicht böse – aber ich habe noch eine dringende Verabredung. Ich muß mir gleich einen Wagen nehmen. Zahlen! – Die Rechnung ...» verbesserte er sich. Der Kellner, kam, nahm und ging. Der Doktor stand auf.

«Was bin ich schuldig?» fragte ich aus Scherz.

«Unbezahlbar – unbezahlbar. Alles Gute! Also ... auf bald!» Weg war er.

Und da ergriff mich die Neugier, da ergriff sie mich. Noch saßen alle analysierten Opfer da – alle. Ich schlängelte mich an den Hotelportier heran, der von seinem Stand aus die Halle gut übersehen konnte. Und ich sprach mit ihm. Und ließ etwas in seine Hand gleiten. Und fragte. Und er antwortete. Und ich lauschte:

Der österreichische Höfling war ein Nähmaschinenhändler aus Gleiwitz. Die große Hure mit dem Trauerkomplex eine Mrs. Bimstein aus Chicago – nun war auch ihr Mann zu ihr an den Tisch getreten, unverkennbar Herr Bimstein. Der Prokurist der großen Weinfirma war der Clown Grock. Die pummlige Mama war die Besitzerin eines gastlichen Etablissements in Marseille; der freche Geldmann war ein Dichter der allerjüngsten Schule –

Und nur der Psychologe war ein Psychologe.

KREUZWORTRÄTSEL MIT GEWALT

Der Arzt versank in meinem Bauch. Dann richtete er sich hochaufatmend wieder auf. «Es sind die Nerven, Herr Panter», sagte er. «An den Organen ist nichts. Ruhe – Ausspannen – Massage – Rohkost – Gemüse – Gymnastik – kohlensaure Bäder ... passen Sie auf: wir kriegen Sie schon wieder hoch. Schwester –!»

Da saß ich in dem Klapskasten, und nun war es zu spät. Man soll nie auf das hören, was einem die guten Freunde raten. Das konnte heiter werden.

Es wurde *sehr* heiter. Ich absolvierte täglich ein längeres Zirkusprogramm, von morgens um sieben bis mittags um halb eins. Der Turnlehrer; die Wiegeschwester; der Bademeister; der Masseur; der Assistenzarzt; die Zimmerschwester ... sie alle waren emsig um mich bemüht. Ich kam mir recht krank vor, und wenn ich mir krank vorkam, dann schnauzten sie mich an, was mir wohl einfiele – es ginge mir schon viel, viel besser. Was war da zu machen?

Was war vor allem an den langen Nachmittagen zu machen, die etwa acht- bis neunmal so lang waren wie die reichlich gefüllten Vormittage?

Lesen.

Das Salatorium – man sollte niemals: Sanatorium schreiben – das Salatorium hatte eine Bibliothek. Die ersten acht Tage ging das ganz gut, denn sie hatten da die ‹*Allgemeine Bibliothek der Unterhaltung und des Wissens*›, eine Art Familienzeitschrift aus den neunziger Jahren – und so beruhigend! Darin war von der neuen, schreckeinflößenden Erfindung des Telefons die Rede; von einem Wagen, der sich vermittels einer Maschine allein bewegen könnte, einem sogenannten ‹Automobil›; vorn war ein Roman mit Bildern: «Agathe liebkoste die entblätterte Rose und ließ sich auch durch das Zureden des Assessors von Waldern nicht trösten ... Seite 95», dann gab es eine Kriminalnovelle mit abscheulich schlechtgekleideten Missetätern, aber bei Wallace waren die Polizeikommissare von Scotland Yard bedeutend schurkiger – und zum Schluß die ‹*Miszellen*›, eine bezaubernde Mischung von allerlei Wissenswertem, Kochrezepten, Anekdoten ohne Pointe und überhaupt von gesegnetem Stumpfsinn. Dies beschäftigte mich acht Tage lang. Dann war es aus. Der Rest der Bibliothek bestand aus feinerer Literatur; ich schreibe mir meinen kleinen Bedarf lieber selber. Was nun –?

Eines Tages sah ich beim Bademeister auf dem Fensterbrett der Badekabine eine Rätselzeitschrift liegen. Ich hatte nie gewußt, daß es so etwas gäbe. Aber das gabs. Darin waren Silbenrätsel enthalten und andre schöne Zeitvertreibe. «Darf ich vielleicht ... könnten Sie mir das wohl mal leihen ...?» fragte ich. Er lieh. Ich hatte kaum mein Müsli und den Salat und die halbe Pflaume gegessen, als ich auf mein Zimmer eilte, den Bleistift spitzte und löste.

Ich verfüge über eine sehr lückenhafte Bildung. Ich weiß nicht, wo Karakorum liegt; ich weiß nicht, was eine ‹Ephenide› ist; ich verwechsle immer ‹Phänomenologie› mit ‹Pharmazeutik›, und es ist überhaupt ein Jammer. Aber ich begann zu lösen.

Anfangs ging das ganz gut. Alles, was ich auf Anhieb wußte, schrieb ich in die kleinen Quadrate, und wenn ich nicht weiter konnte, ließ ich das angebissene Rätsel liegen und machte mich an das nächste. So hatte ich viele vergnügte Nachmittage. Der Bademeister brachte mir, trinkgeldlüstern, noch weitere achtzehn Rätselzeitschriften, aber tückischerweise hatten sie keinen Zusammenhang untereinander, denn es fehlten immer grade die Nummern, in denen die Lösungen jener enthalten waren, an denen ich grade knabberte ... also mußte ich versuchen, allein damit fertig zu werden, und ich war ganz auf mich selber angewiesen. Ich habe das nicht gerne – wer auf mich gebaut hat, hat noch stets auf Sand gebaut. Aber ich löste.

Als ich die Zeitschriften vollgemalt hatte, hatte ich fünf Kreuzworträtsel zu Ende gelöst. Alle andern — und es waren deren eine Menge — wiesen bedrohliche Flecke auf. Was nun?

Nun zerbiß ich meinen Bleistift; dann den Federhalter des Salatoriums; dann meine Pfeife. Und ich war kribblig ...

Sie kennen den sogenannten ‹Lahmann-Koller›? Mit dem ist es so: Wenn die Patienten eine Weile lang sanftes Gras gefressen haben, dann werden sie furchtbar böse. Sie sind wütend, von morgens um sieben bis abends um acht; und besonders gegen den späten Nachmittag hin, wenn schon der Gedanke an Blumenkohl sie rasend macht, und der an ein gutes Filetsteak nicht minder —: dann beginnen sie, heimlich zu rasen. Laut trauen sie sich nicht.

Ich traute mich auch nicht laut. Aber ich tobte mit den Kreuzworträtseln umher, und ich wollte mich nicht unterkriegen lassen, und ich beschloß, ein Ende zu machen. So oder so ... so ging es nicht mehr weiter.

«Berggipfel in den Seealpen.» Nun bitte ich Sie in aller Welt! Seealpen — wissen Sie, wo die Seealpen liegen? Ich weiß das nicht. Ich habe damals, als wir das durchgenommen haben, gefehlt, oder ich habe grade unter der Bank *‹Götz Krafft›* gelesen oder *‹Jena oder Sedan›* ... Seealpen! Drumherum die Reihen hatte ich; mir fehlten aber die Buchstaben, die man aus andern Reihen nicht erraten konnte. Da brach ich die Kreuzworträtsel übers Knie.

‹KIKAM› setzte ich. Berggipfel in den Seealpen: ‹KIKAM›. Ich fand das sehr schön. Und dies ergötzte mich so, daß ich an einem Nachmittag zweiundzwanzig Kreuzworträtsel löste. Mit Gewalt. Wer nicht hören will, muß fühlen. Ich habe wundervolle Resultate erzielt.

‹LEBSCH›: eine Hauptstadt in Europa. Man erzähle mir nichts — warum soll unter den vielen, vielen europäischen Hauptstädten nicht eine dabei sein, die ‹LEBSCH› heißt? ‹MOREL›: ein bekannter Südwein. ‹NEPZUS›: ein Planet. (Nein, nicht Neptun — dann geht es nicht auf.) Kaufmännischer Begriff: PLEISE. Ein Getränk der Araber: LORKE. Ein Raubtier: der ‹MOGELVOGEL›; doch, das ist herausgekommen, das Wort, ihr sollt es lassen stahn. Bekannter Gruß: HUMMEL. (Was ja für Hamburg stimmt.) Und es tauchten geradezu abenteuerliche Wörter auf: MIPPEL und FLUNZ und BAKIKEKE. So erbaute ich mir eine neue Welt.

Ich erzählte niemand davon. Aber ich erlernte für mich privat eine neue Sprache: die Kreuzworträtsel-Sprache. Hätte ich es einem gesagt: sie hätten mich nie wieder aus dem Klapskasten hinausgelassen, und ich säße heute noch drin. Aber die Wörter in meinem Herzen bewegend sprach ich den ganzen Tag kreuzisch und fragte mich Vokabeln ab und konnte es schon ganz schön.

«Nun, wie fühlen Sie sich denn jetzt —?» fragte der Onkel Oberdoktor in seiner, sagen wir, gütigen Art. Ich antwortete nicht gleich. Unhörbar übte ich Vokabeln:

Auf des Doktors Schreibtitzl summte eine Failge; die Sumis schien durch das Fenster, und der Himmel war plott. Ich dachte emsig nach, wie doch der Körperteil heißt, an dem ich so gut abgenommen hatte ...

«Wie Sie sich fühlen – ?» wiederholte der Onkel Doktor, mildgereizt. «Danke ... viel besser ...» stotterte ich. Wie hieß der Körperteil? – «Viel besser ... ja ...» – «Aber manchmal etwas zerstreut ...? Noch etwas nervös?» fragte er und sah mich forschend an. «Aber gar nicht, Herr Doktor», sagte ich. «Gar nicht. Ich fühle mich so frisch! Wirklich: famos! Sie haben mir sehr geholfen, sehr!» – «Na, das freut mich», sagte er. «Sehen Sie, ich habe es Ihnen ja gleich gesagt!» Und er gab mir zum Abschied gute Ratschläge, darunter leider nicht den, die Rechnung nicht zu bezahlen.

Und erst als ich wieder draußen vor dem Tor des Salatoriums stand, da fiel es mir ein. Ich wollte noch einmal zurück, um es dem Doktor mitzuteilen ... Ich tat es nicht.

MARS hieß der Körperteil.

FAHRGÄSTE

Frühmorgens, wenn das graue Licht
durch Jalousien sickert;
wenn jäh dein Schlaf in Krümel bricht,
der Wecker tickt und tickert:
dann fahren und stuckern und fahren sie so
in die Federnfabrik und ins Auskunftsbüro ...
Die Leute von der Spree,
die stürzen ins Gefecht sich
mit der F – mit der I – mit der W –
mit der Q – mit der 69.

Sie sitzen wie die Vögel da
auf einer langen Stange.
Sie sind sich alle gar so nah
im Kampf, im Druck, im Zwange.
Doch jeder lebt auf dem eigenen Stern;
sie sehn sich nicht an und sie haben sich nicht gern ...
Der liebt die Rotarmee,
der orientiert nach rechts sich –
mit der F – mit der I – mit der W –
mit der Q – mit der 69.

Die Scheiben klirrn. Der Mittag naht.
Die hunderttausend Leute,
sie fahren dienstlich und privat,
die Kerls und ihre Bräute . . .
Nur manchmal blitzt auf in dem laufenden Band
ein Gedanke an Sonntag und Havelstrand . . .
Ein Blick . . . Ein stummes: He!
Dann meldet das Geschlecht sich
mit der F – mit der I – mit der W –
mit der Q – mit der 69.

Und abends, staubig im Gesicht,
so fahren sie heim und schwanken.
Wer Arbeit hat, der jammere nicht,
er darf dem Herrgott danken.
Ja, denkt denn da keiner – wies schade ist! –
daß Arbeit doch keine Gnade ist?
Arbeitende Armee!
Wann nimmt sie wohl ihr Recht sich . . .
Mit der F – mit der I – mit der W –
mit der Q – mit der 69!

«DAS KANN MAN NOCH GEBRAUCHEN –!»

Es sind ja wohl die herztausigen Amerikaner, die die verschiedenen ‹Wochen› erfunden haben: die Bade-Woche, die Unfallverhütungs-Woche und die Mutter-Woche und die Zähnefletsch-Woche . . . und was man so hat. Und einmal war auch die ‹Bodenaufräumungs-Woche› dabei. Gar kein schlechter Gedanke . . .

Denn nur bei einem Umzug oder, was dem nahe kommt, bei einem Brandunglück entdeckt die Familie, was sie alles besitzt, was sich da alles angesammelt hat, wieviel man ‹aussortieren› muß, müsse, müßte . . .

Auf dem Boden, im Keller und in heimtückisch verklemmten Schubladen ruht der irdische Tand. Als da ist:

Fünf Handschuhe (Stück, nicht Paar, und immer eine ungerade Zahl); acht Bleistiftstummel; ein Tintenwischer, unbenutzt (Geschenk von Fritzchen – «Wirf das nicht weg, man kann das noch gebrauchen!»); ein Porzellanschäfer ohne Kopf; ein Kopf ohne Porzellanschäfer; ein Bohrer; ein Haufen Flicken; 40 Prozent alte Kaffeemaschine; eine durchlöcherte Blechbadewanne; siebzehn Holzknebel, für zum Paketetragen; Emailletöpfe mit ohne Emaille; ein Füllfederhalter; noch ein Füllfederhalter; eine wacklige Petroleumlampe; Flicken.

Manchmal sucht die Hausfrau etwas – dann stößt sie auf einen

Haufen Unglück. Sie verliert sich darin, taucht unter, kommt erst spät zu Mittag wieder hervorgekrochen, staubbedeckt, mit rotem Kopf und abwesenden Augen, wie von einer Reise in fremde Länder ... «Denk mal, was ich da gefunden habe! Paulchens ersten Schuh!»

Wie kommt das —? Warum ist das so —? Warum heben die Leute das alles auf —?

Sie heben es gar nicht auf. Sie können nur nicht übers Herz bringen, es wegzuwerfen.

Wenn es so weit ist: wenn der Füllfederhalter zerbricht, wenn der Porzellanschäfer den Kopf verliert, wenn die Handschuhe nicht mehr schön sind —: dann wiegen die Menschen einen Augenblick den Kopf nachdenklich hin und her. Da steht der Papierkorb und sperrt höhnisch das Maul auf, hier sieht ihn der oft gebrauchte Gegenstand traurig an, der Invalide — was nun? Da kann er sich nicht entschließen — vor allem: da kann sie sich nicht entschließen. Männer sind rohe Geschöpfe (wenn sie nicht gerade den Schnupfen haben — da benehmen sie sich wehleidiger als eine Frau, die ein Kind kriegt), Männer sind roh und werfen wohl manches fort. Aber Frauen ...

Der Amerikaner wirft alles fort: Tradition, alte Autos, sein Geburtshaus, Staubsauger und alte Stiefel. Warum? — Weil das neue nicht gar so viel kostet; weil dort kein Mensch und kein Unternehmen auf langwierige Reparaturen eingerichtet ist — weil das niemand verstände, daß man einen Gegenstand um seiner selbst willen konserviert, wenn an der nächsten Ecke schon ein anderer steht. Fort mit Schaden. Der Europäer aber ist anhänglichen Gemütes und bewahrt sich alles auf. Zum Beispiel in der Politik ... hoppla — det jeht mir jar nischt an. Aber in der Wirtschaft hebt er und hebt sie alles auf.

«Gib das mal her! Schmeiß das nicht weg! Immer schmeißt du alles weg! Was ich damit noch will? Das ist gar keine alte faule Kiste! Was die soll? Da kann man alte Handschuhe drin aufbewahren! Natürlich habe ich alte Handschuhe! Na, im Moment nicht — aber man hat doch alte Handschuhe! Wozu ich alte Handschuhe aufbewahre? Na, du bist aber komisch! Wenn man mal ... also für aufgesprungene Hände ... eben ... überhaupt braucht man in der Wirtschaft immer alte Handschuhe ...!» Und wenn nachher umgezogen wird, dann steigt dieses Reich des Moders ans Licht, und Gott der Herr verhüllt sein Antlitz, wenn er das mitansehen muß ...

Viele unter uns sind noch gar sehr sentimental; wenn sie mit einem Gegenstand eine Zeitlang gelebt haben, dann haben sie mit ihm kein Verhältnis gehabt, sondern sie sind mit ihm verheiratet gewesen — und da trennt man sich doch nicht so eins, zwei, drei ... Jedenfalls schwerer als in einer wirklichen Ehe. Das schöne Tintenfaß ... Na, ja, es hat einen kleinen Knacks ... aber vielleicht ... als zweite Garnitur ... Und dann bewahren sie es auf. Und da liegt es und frißt Staub.

Merk:

Was nicht griffbereit ist, was man nicht nachts um zwei Uhr finden kann —: das besitzt man nicht. Das liegt bloß da. Es ist so, wie wenn man es weggeworfen hätte.

Merk:

In neunundneunzig Fällen von hundert lohnt es sich nicht, ein Ding aufzubewahren. Es nimmt nur Raum fort, belastet dich; hast du schon gemerkt, daß du nicht die Sachen besitzt, sondern daß sie dich besitzen? Ja, so ist das.

Merk:

Ein einziges billiges und brauchbares Rasiernäpfchen ist mehr wert als drei teure, die verstaubt auf dem Boden liegen, weil man sie doch noch mal gebrauchen kann. Wozu? Der Aufbewahrende konstruiert sich dann gern Situationen, die niemals eintreten. «Man könnte doch mal ... also wenn wir zum Beispiel mit Flatows einen Ausflug nach dem Stölpchensee machen, und die Kinder wollen sich mal im See Frösche fangen und die Frösche mit nach Hause nehmen — dann ist der Rasiernapf noch sehr schön!»

Aber die Kinder von Flatows fangen keine Frösche, denn sie haben selber einen zu Hause, und noch dazu einen, der bei schlechtem Wetter singt ... und dann hat diese Familie auch ihrerseits genügend Gefäße, und überhaupt, was geht dich das an? Du meinst das auch gar nicht. Es ist eine atavistische Hochachtung vor dem Ding, stammend aus der Zeit, wo ein Gegenstand noch mit der Hand hergestellt wurde ... Heute speien ihn die Maschinen aus — wirf ihn weg! wirf ihn weg!

Glatt soll es um dich aussehen, griffnah und ordentlich. Hinter den Kulissen deines Daseins soll kein *Moderkram* von *Ding-Leichen* liegen: psychoanalysiere dein Besitztum und laß nicht in verstaubten Ecken dein altes Leben gären. Es lohnt nicht; es lastet nur. Wie weit du damit gehen willst, ist Geschmackssache und Alterssache. Gewiß, es gibt moderne Möbel, von denen ein witziger Frankfurtammainer gesagt hat, sie seien für die Wohnung nur konstruiert, damit man sich beim Zahnarzt wie zu Hause fühle ... aber laß Licht in alle deine Ecken. Und höre nicht auf die Stimme deiner Frau, die dir sonst so gut rät; wenn sie aber sagt: «Man kann das noch gebrauchen!» — dann denk an den großen Kasten mit alten Schlüsseln, die du immer, immer noch aufbewahrst, Schlüssel, zu denen die Schlösser verloren gegangen sind ... Kann man das noch gebrauchen? Das kann man nicht mehr gebrauchen.

Die Basis jeder gesunden Ordnung ist ein großer Papierkorb.

DIE HERREN ZUHÖRER

«Da möcht man weit kommen, wenn man möcht zuhören, was der andere sagt.» K. K.

Warum halten eigentlich die meisten Menschen so gern Reden?

Wie ich glaube, deshalb, weil dies die einzige Art und Weise ist, in der sie sich die Illusion verschaffen können, daß ihnen die anderen zuhören. Sie hören natürlich nicht zu; wenn sie nur irgend können, dann verschaffen sie sich auf ihren Zuhörerplätzen Papier, Programme, ein Zettelchen, und dann ziehen sie mit ernster Miene einen Bleistift aus der Tasche und machen sich Notizen . . . Männerchen, Sternchen, Kreise und schraffierte Felder, und ein geschickter Seelenarzt kann aus diesen Malereien viel Aufschlußreiches herauslesen . . . Zuhören aber tun sie nicht.

Doch glaubt der Redner stets, sie hörten ihm zu. Von Mann zu Mann aber und von Frau zu Frau ist das schon anders – da hat man wenigstens die völlig sichere Garantie, daß bestimmt nicht zugehört wird. Geben ist seliger denn nehmen.

Kennen Sie den, dem Sie etwas erzählen und dessen Augen ständig abwandern, wenn sich auch nur das geringste um ihn bewegt–? Gerade sind Sie einen Millimeter vor der Pointe, vor dem Hieb, vor der überraschenden Mitteilung – «Da stehe ich also auf und sage ihm – –» weg. Ärgerlich folgen Sie den flüchtigen Augen . . . Was hat der Kerl? Nichts hat er – aber am Nebentisch ist ein Mann aufgestanden, und das muß man genau beobachten muß man das . . . Wenn es noch eine Frau gewesen wäre . . . ! Die Pointe ist jedenfalls dahin. Und so morden sie dir deine schönsten Geschichten – weil ein Auto kommt, weil eine Straßenbahn vorüber klingelt, weil ein Blatt Papier zu Boden raschelt . . . dann kommen die desertierten Augen wieder zurück, wie ein Hauch geht es über sie hin – «Ja, also was hatten Sie eben gesagt –?» Und dann machts einem keinen Spaß mehr. Entweder es klingelt das Telefon, oder es laufen die Augen weg –: wahrlich, ich sage dir, noch nie hat einer einem Berliner eine Geschichte zu Ende erzählt. Doch, neulich einer einem – aber das war der dicke Direktor Mischler, dem ist nach Tisch plötzlich unwohl geworden, er saß stumm auf seinem Stuhl, der andere redete, und Mischler hatte schon ganz verglaste Augen – So hörte er zu.

Und weil dem so ist, deshalb gibt es eine Gattung von Menschen, die machen es so:

Da steht einer mit vier, fünf anderen zusammen, einer ist nahe bei ihm, die anderen erzählen sich gerade was. Nun fängt der eine an, etwas zu berichten – doch hat er nur einen Zuhörer. Der Vorhang hebt sich zögernd über dieser Geschichte, denn ein einziger Zuhörer ... das lohnt nicht. Vor einem tritt er nicht auf. Und nun suchen seine flinken Äuglein immerzu die anderen zu erreichen, er will sie am seelischen Rockknopf herbeiziehen, die Geschichte bekommt zwei bis drei Einleitungen, der erste Zuhörer kriegt einen Herzkollaps und will rufen: «Na – nun erzählen Sie doch schon endlich ...» aber es ist noch nicht so weit, denn der Mann hat sich gewissermaßen in zwei Hälften zerspalten: die eine steht im Zelt und fängt sachte an, zu jonglieren, und die andere steht noch vor dem Zelt und markiert den Ausrufer ... Es ist gar nicht so einfach im menschlichen Leben.

Zuhören ... zuhören ... Haben die Leute nicht recht, wenn sie nicht zuhören –? Und dies ist meine Lieblingsgeschichte, eine von den beiden, die man in sanftem Gold auf einen Teller malen sollte:

Es war da ein alter Mann, der kam zum Arzt, seines Gehörs wegen. Der Arzt horchte, sah und sprach: «Lieber Herr, Sie trinken viel Alkohol?» – «Ja», sagte der Mann. «Nun gut», sagte der Arzt. «Jetzt sind Sie noch schwerhörig. Wenn Sie aber so weitermachen, wenn Sie weiterhin so saufen, dann sind Sie Ihr Gehör in spätestens einem halben Jahr gänzlich los.» Und schrieb dem Patienten allerlei auf. Nach sechs Monaten kam der Mann wieder. – «Wie gehts?» fragte der Arzt. «Hä?» machte der Patient. «Wies geht?» brüllte der Arzt. Nichts. Der Mann verstand nichts. Er war stocktaub. Der Arzt mußte ihm seine Fragen aufmalen. «Sie haben also doch getrunken –?»

Da hob der taube Mann die Augenlider und sah den Arzt lange an. «Herr Doktor», sagte er, «alles, was ich gehört habe, war nicht so gut wie Schnaps.»

DIE MÄULER AUF!

Heilgebrüll und völksche Heilung,
schnittig, zackig, forsch und päng!
Staffelführer, Sturmabteilung,
Blechkapellen, schnädderädäng!
    Judenfresser, Straßenmeute ...:
    Kleine Leute. Kleine Leute.

Arme Luder brülln sich heiser,
tausend Hände fuchteln wild.
Hitler als der selige Kaiser,
wie ein schlechtes Abziehbild.
    Jedes dicken Schlagworts Beute:
    Kleine Leute! Kleine Leute!

Tun sich mit dem teutschen Land dick,
grunzen wie das liebe Vieh.
Allerbilligste Romantik –
hinten zahlt die Industrie.
Hinten zahlt die Landwirtschaft.
Toben sie auch fieberhaft:
Sind doch schlechte deutsche Barden,
bunte Unternehmergarden!
Bleiben gestern, morgen, heute
kleine Leute! kleine Leute!

TRAURIGES LIED, AUF EINEM KAMM GEBLASEN

Heuer – die Nazis sagen immer: heuer – in diesem Sommer wird das mit der Liebe wohl nichts werden. Es kann nichts werden. Warum nicht? Weil daß die Damenmode so blumig ist ... wer hat uns das angetan?

Früher ... das war eine schöne Zeit. Wenn ich noch daran denke, wie meine gute Großmama mit kurzem Kleidchen in den Alpen herumsprang, daß es eine Freude war – wie einfach war das alles! Es war eine Mode, die sogar der Mann verstand: klar, übersichtlich, praktisch in Bezug auf und bezüglich des ... es war eine schöne Zeit. Manchmal, in freudischen Kinderträumen, taucht zwischen Abitur und einem Traum-Ich, das nackt auf dem Platz vor dem Wasserturm in Mannheim steht, die Angst vor den Flitterkleidern unserer Embryonaljugend auf: Mama vor der Gesellschaft, in ungeheuerm Korsettkrach mit dem Hausmädchen begriffen, einen ganzen botanischen Garten im Haar, auf dem Stuhl liegt ein Textillager, und zweitausend Stecknadeln glitzern auf dem Fußboden ...

Im verwichenen Frühjahr hatte ich zu einem Freund gesagt, daß das deutsche Reichsgericht ein Gericht sei, und daneben gebe es eine politische Verwaltungsbehörde, die unter anderm die Kommunisten bekämpfe – aber mit der Justiz habe das nichts zu tun: das Reichsgericht spreche Recht. Der Freund sah mich besorgt an, und abends hatten sie mich schon in eine Zwangsjacke gesteckt, eine hübsche, kleidsame Sache, die es bekanntlich gar nicht gibt ... gestern habe ich zum ersten Mal ohne Wärter ausgehen dürfen. Da sah ich die junge Mode, zum ersten Mal.

Gott, der du mir zur Freude die lieben Hundchen nachtaus, nachtein bellen läßt, der du ihre Flöhe zählst und die Herzen der Menschen kennst –: du wirst das nicht wollen. Du kannst es nicht wollen, lieber Gott. Sprich. Sag ein Wort. Sage: es ist ein Traum. Eine Vision. Es kann nicht sein –

Von den alten Damen will ich gar nicht sprechen – denen steht diese Mode gar schön zu Popo. Aber die jungen Frauen …!

Sie haben alle etwas an, das sieht aus wie bedrucktes Vorsatzpapier, so ganz billiges, wie pathetische Papierblumen … wenn ich, posito, gesetzt den Fall, und ich hätte in meiner Bibliothek ein Buch von Wolfgang Goetz – das ließe ich so einbinden … und so laufen sie herum. Nein, so gehn sie herum; laufen können sie nicht. Sie können nicht laufen, weil sich nachmittags und abends die Kleider um ihre Beine schlingen, die, dessen ungewohnt, hier und da ausschlagen, wie die Füße mückengepeinigter mexikanischer Esel; das Zeug schlunzt und schlingert um ihre Füße, unten wackelt es, und wenn die Kleider nicht gar herrlich gearbeitet sind und vom ersten Schneider kommen, dann denkt man an wandelnde Lampenschirme. Sie selber glauben, es fließe; aber es weint nur an ihnen herunter. Manche, die Hagern, sehen aus wie männliche Transvestiten nachts um vier: es ist die Stunde, wo jene schon zeigen wollen, daß sie Männer seien. Es ist eine vergnügte Mode.

Und alle sehen achtundzwanzig Jahre älter aus, lieblich wie verspätete alte Jungfern aus einem Roman der neunziger Jahre … «Und noch einmal sollte das Liebesglück an Ernestine herantreten, und ihre Wangen erglühten in einem ihr selber ungewohnten Rot. Fortsetzung bei der nächsten Nummer.» So eine Mode ist das.

Voller Freude bringen die illustrierten Zeitungen nebeneinander Bilder von der Modenschau aus dem Jahre 1908 und von heute – die von heute ist um eine Spur häßlicher. Mit solchen Kleidern steigen sie in die Autos. Damit sind sie dem Manne ebenbürtig. Damit laufen sie herum. Wie groß muß ihre Freude an der Verkleidung sein, daß junge Mädchen und solche, die es wieder werden wollen, in diesen Kissenbezügen einherwallen!

Tausendundvier Augen locken mich, tausendunddrei, die eine junge Dame hatte ein Glasauge; ich sah keine, ich beachtete keine.

Früh um fünf stand am Sanatoriumseingang ein bitterlich weinender Mann. Es war ich. Er bat um erneute Aufnahme; der Portier sprach: «Sie sind wohl verrückt?» Ich ging hinein. Mein Herz muß heuer ohne Liebe bleiben, traurig stehe ich am Fenster, ein Liedchen in Moll auf meinem Kamm blasend – ich sehe dabei in den schönen Park des Klapskastens, die Krokusse blühen, Fräulein Gudula verneigt sich vor einer Birke, Herr Melchior kämmt seinen Astralleib, ein deutscher Verleger zeichnet pünktliche Abrechnungen in den erstaunten Sand, und alle zusammen sind noch lange nicht so verdreht wie das Unterfangen, in diesem Sommer draußen die Mädchen zu lieben.

Beispiele aus Büchern und Briefen: Wie man zu Geld kommen kann

«Ängstige dich nicht, Schöne …

. . . weil unser Geld ausgeht; . . . mit meinem Tintenfasse gedenk' ich den Teufel der Armut in einiger Entfernung von uns zu halten, bis mir mein ehrlicher Vormund das Mütterliche aushändigt. Nur stören mußt du um Gottes willen nicht meinen Fleiß durch den deinigen; – dein Besen und dein Lappen haben mich heute um bare 16 Ortstaler (ein Ortstaler gilt 6 Groschen) gebracht. Denn sobald ich einen Druckbogen meiner teuflischen Papiere nur zu 8 Reichstaler (den Rtl. à 90 Kreuzer) rechne – er kann freilich noch mehr betragen – so hätte ich heute 48 Ortstaler erschreiben können, wenn ich außer dem Druckbogen noch einen halben gemacht hätte. – Ich mußte aber mitten im Feuer in der Kammer zu dir viele Worte sagen, für die ich keinen Kreuzer Ehrensold beziehe . . . Sooft ich eintunke, zieh' ich – hab' ich dir öfter gesagt – ordentlich einen Goldfaden aus dem Tintenfaß, denn ich habe Gold im Munde eben in der Morgenstunde.»

Aber: Des Armenadvokaten Siebenkäs Haus blieb weiterhin die Stifthütte der Hausgöttin der Armut, Penia, denn: «Der lächerliche, zerlechzte Danaideneimer, womit das gute Ehepaar seine wenigen Groschen oder Goldkörner aus dem Paktolus aufzog, war immer in zwei Tagen wieder ausgetropft, wenigstens in dreien.»

Summa summarum: Wer Bücher füllt oder Briefe erhält, kommt noch lange nicht zu Geld, es seien denn Sparbücher und Pfandbriefe.

... UND DAS PUBLIKUM!

«Es gibt keine Autoren», sagen die Direktoren, weil bei den eingereichten Stücken kein Garantieschein beigegeben ist, daß man durch ihre Aufführung alle Pachtschulden bezahlen kann. Außerdem bildet sich jeder Kunstkommissionär ein, den legendären ‹Geschmack des Publikums› (womit stets der schlechte gemeint ist) genau zu kennen. «Es gibt keine Autoren», sagt er.

«Es gibt keine Schauspieler», sagen die Stückemacher – «es gibt Stars ... gewiß ...»

«Es gibt keine Regisseure», sagen die Schauspieler. «Nächstens wird mir noch einer erzählen, wie ich auftreten soll. Die helfen einem ja nicht – sie stören nur, die feinen Herren!»

«Es gibt kein Theater», sagen manche Kritiker, womit sie ein Theater meinen, wie sie es sich denken.

Es gibt also keine Stücke und keine Autoren und keine Regisseure und keine Schauspieler und keine Direktoren und kein Theater und keine Theaterdirektoren ...

Gibt es eigentlich ein Publikum –?

Ja, ein Publikum muß es doch geben. Wir sehen es doch überall ... was ist das für eine Frage!

Gewiß gibt es ein Publikum.

Aber es gibt *kein homogenes Publikum,* und das ist eine sehr merkwürdige Sache.

Da sitzen: Rechtsanwälte, Kaufleute, Bankiers, Pädagogen, Ärzte, Prokuristen in Rang und Parkett; kleine Angestellte und Hausfrauen, Musiker und Literaten; Beamte, Richter, Werkmeister, Setzer, Lehrlinge, Schneiderinnen ... Wie reagiert dieses Publikum?

Abgesehen von der Musik, bei der die Sache recht verwickelt liegt, gibt es in den schönen Künsten nichts Voraussetzungsloses. Der Dramatiker nun, der konkret arbeitet, der klar und deutlich sagen und vor allem zeigen muß, was er will, ist ein Geschöpf seiner Erziehung, seiner Klasse, seiner Bildung. Sein Werk will mit der von ihm vorgenommenen Verteilung von Gut und Böse auf ganz bestimmte Leute wirken und wirkt, vor allem, was die Voraussetzungen des Stückes angeht, nur auf ganz bestimmte Schichten. Das wird ganz deutlich, wenn es sich um moderne Milieu- und Tendenzstücke handelt.

Man könnte beispielsweise vor einem Parkett von Juristen recht subtile juristische Dinge auf der Szene geschehen lassen; das kann man vor einem bunt durcheinander gewürfelten Publikum nicht – da heißt es: von vorn anfangen, wenig voraussetzen, alles erst erklären ... also wird manches für den Juristen recht grob und primitiv sein und bleiben.

So bei den Ärzten. So bei den Theologen. So bei den Kaufleuten. Die ihrerseits wiederum nach Branchen getrennt sind; über eine zünftige Konfektionskomödie wird mit allen ihren Feinheiten ein Stahlindustrieller aus der Ruhr nicht so sehr lachen können – wenigstens nicht über die beruflichen Feinheiten.

So bei den Lehrern. So bei den Landwirten. So bei den Bankiers.

Was ist diesen allen gemeinsam –? Zweierlei.

Das Platte und das Große.

Es wird also nur ein großer Dichter sie alle packen können, einer der an die Fragen rührt, deren Beantwortung oder Nichtbeantwortung alle gleichmäßig quält, solche, die, soweit wir das zu sagen vermögen, ewig sind:

Liebe. Muttergefühl. Haß. Schadenfreude. Hunger. Konkurrenzkampf. Machttrieb. Tragik des zu kurz Gekommenen. Die Macht des Schicksals.

Das ergreift, wenn der Dichter mächtig genug ist, sie alle.

Sonst aber ergreift sie das, was bei allen Menschen auf der alleruntersten Stufe liegt, wie ja denn das Niveau aller Gruppen sich immer nach dem Letzten, niemals nach dem Ersten richtet; bei Gesprächen ist das meist auch so ... Das Publikum wird also gepackt:

Wenn einem Mann ein Eierkuchen auf den Kopf fällt. Wenn zwei sich küssen, und es freut oder ärgert sich der Dritte. Wenn ein Mann nicht weiß, daß sein schlimmster Feind im Schrank steckt, und er redet unbekümmert drauf los. Kurz: Sentimentalität oder Posse mit Klamauk.

Warum ist das so?

Weil es ein homogenes Publikum fast nur noch auf Verbandstagungen geben kann. Da sitzen denn lauter Leute, die etwa die gleiche Vorbildung, etwa das gleiche Alltagsleben haben; die eine gemeinsame Ebene haben, auf der sie sich treffen. (Trugschluß, zu glauben, daß sie auf dieser Ebene ganz sind – sie leben auch noch auf andern. Niemand ist nur Feuerwehrmann. Er ist auch Schachspieler, Familienvater, Musiker und Blumenfreund, sowie Stenographen-Vereinsmitglied ...) Auf solcher Berufstagung oder auf einer Zusammenkunft von Theosophen oder auf einer Versammlung von Vivisektionsgegnern wirkte noch die kleinste Nuance eines fachlichen Milieus oder einer philosophischen Färbung.

Das Publikum der Theater aber ist seiner Zusammensetzung nach heterogen, und das ist in Deutschland um so folgenschwerer, weil besonders in den großen Städten längst nicht mehr jener sanfte Abglanz irgendeines allen gemeinsamen Kulturerlebnisses zugrunde liegt. (In Frankreich ist das anders.) Deutschland ist von je ein Land der kleineren Gruppen und der Individualitäten gewesen – jede Gruppe macht zum großen ganzen ihre separaten Vorbehalte, hat und hütet ängstlich ihre Sonderheiten ...

Hier ist nicht Schuld und nicht Fehler – das ist ein Schicksal und ein Ergebnis.

Wobei in diesem ernsten Zusammenhang gewiß nicht von den komischen und manchmal bis ins Groteske gesteigerten Berufseitelkeiten gesprochen werden soll, die sich besonders in kleineren Ortschaften austoben: Boykottandrohung gegen das Theater, wenn noch einmal ein Bäckermeister auftritt, der ...! Protest des Reichsverbandes Deutscher Schriftstellerei-Besitzer, weil in einem Stück ein Schriftsteller aufgetreten ist, der keinen Bleistift hinter dem Ohr hatte oder der doch einen hatte ... Entrüstungssturm ... die Belange ...!

Aber es gibt kein homogenes Publikum.

Und wenn man von den beiden Grenzfällen des Genialen und des Banalen absieht, so mag es ein moderner Dramatiker nicht leicht haben, zu wirken. Denn die Frage: «Auf wen will ich eigentlich wirken?» – die ist nicht gelöst.

VOLKSWIRTSCHAFTLICHER MOMENT

Das ist ... eh – wie soll ich das erklären ... Das ist so:

«Diese Hosenträger», hat das kleine brünette Fräulein grade gesagt, «sind ganz weich, sie werden im Tragen immer weicher, sie halten unbegrenzt lange – ja, sie werden sehr viel gekauft, wir verkaufen überhaupt keine andern – wirklich preiswert, sehr preiswert – wenn Sie aber einen Gürtel nehmen wollen – wir haben auch sehr gute Gürtel, sehen Sie, hier – aber von den Hosenträgern sind nur diese da wirklich empfehlenswert ...» Pause.

Du zögerst.

Noch prangen die hellgrauen Hosenträger neben dem schönen englischen Gürtel – beide lächeln dich freundlich an; sie sind höflich zu dir, sie sagen: Bitte sehr, Herr Käufer; sie spreizen sich ... noch sind sie eine Ware.

Die Ware ist unter Berechnung des äußersten Nutzens gut eingekauft worden; Reklame haben sie dafür gemacht; in den großen Blättern, die bei völliger Unabhängigkeit des Inseratenteils auch etwas Text unter die Anzeigen mischen, haben sich gerasterte Mädchen über autotypierte junge Herren gebeugt – Unterschrift: «Ja, Schatz, seit du einen Wonkemeyer-Gürtel trägst, ist mir viel wohler!» – noch ist alles, was da vor dir liegt, eine Ware. Du zögerst.

Zögere, Freund. Wisse: du stehst auf einem kleinen Hügelpunkt deines Lebens ... einen Moment später, einen einzigen Moment, und –

Und der Gürtel ist keine Ware mehr. Er ist ein ganz gemeiner Gürtel geworden. Und dies sind die Folgen dieses wirtschaftlichen Mysteriums, in pane, sub pane:

Eben war der Gürtel noch vier Mark und achtzig wert, und wenn ihn nicht du genommen hättest, dann vielleicht ein andrer Mann, dem die Hosen zu rutschen beginnen. Nun aber ist der Gürtel auf einmal gar nichts mehr – nun ist es dein Gürtel geworden, irgend einer – der Gürtel ist aus dem Kreislauf der Waren in dein Leben getreten ... und das ist ihm nicht gut bekommen.

Kämest du nun – nach deinem kleinen Wörtchen Ja, dieser die Offerte annehmenden Willenserklärung, so das Rechtsgeschäft eines Kaufs zustandebringend – kämest du nun mit dem Gürtel in dasselbe Geschäft und wolltest deinen hellbraunen Wonkemeyer, das Entzücken der Gents, verkaufen –: hinausgeschmissen würdest du. «Wir kaufen keine alten Sachen», sagte der Chef. Hinweg mit dir. Ein Gürtel! Was ist ein Gürtel?

Zögere, Freund. Noch steht die Verkäuferin mit einer unmerklichen Höflichkeitskrümmung vor dir, der ganze Laden scheint zu lauschen – denn solcher Gürtel sind viele in diesem Augenblick, der Käufer aber wenige, und wenn ein verkaufender Kaufmann höflich ist auf dieser Welt, so heißt das immer, daß das Angebot die Nachfrage übersteigt. Zögere, Freund. Genieße diese Minute, schöpfe ihren Reiz bis aufs letzte, schlürfe, koste aus, genieße. Bedenk: trägst du diesen Gürtel nach Hause und trifft dich unterwegs – verzeih mir – der Schlag, so ist der Gürtel eine bewegliche Sache in deinem Nachlaß. Noch nie getragen – aber ein ganz gewöhnlicher Gürtel. Zögere ... zögere ... Das Fräulein sieht dich fragend an. Die Pause hat so lange gedauert, wie eine solche Pause überhaupt dauern kann.

«Ich werde diesen hier nehmen», sagst du.

Du armes Aas.

AB 12.46 UHR

Dies ist der letzte Tag an der See; heute mittag muß ich davon.

Noch einmal: baden. Noch einmal an den kleinen windschiefen Bäumchen vorbei, wo die Mädchen immer die Badetücher aufhängen, die wehen dann den ganzen Vormittag wie weiße Fahnen. Noch einmal Gruß zum Zeitungsstand hinüber, wo die Zeitungen aus der Stadt hängen, ich habe ihnen jeden Tag eine lange Nase gemacht ... noch einmal alles mit den Augen ansehen, mit dem Geruch aufschnuppern, den feinkörnigen Sand fühlen – und denken: Das kommt nie wieder. Das kommt nie wieder.

Der letzte Tag ...

Im Krieg übten wir unser Gewerbe im Umherziehen aus. Mit gefurchter Stirn und entrüsteter Nase krochen wir in den kurländischen Bauernhäusern herum, die uns die vorigen Truppen leer und völlig mit

Stroh verdreckt zurückgelassen hatten – Zimmer zu vermieten! hatten die Dragoner vor uns angeschrieben. Verflucht –!

Und dann gings los: sauber machen, alles reinigen; die Löcher in den Wänden, wo still die Wanzen brüteten, mit Petroleum ausspritzen und zukleistern ... das Stroh heraus und sauberes neues Stroh hineinschaffen ... die Fenster einigermaßen putzen ... hier habe ich viele schöne Flüche gelernt.

Dann lebten wir uns langsam ein. Das Quartier war doch erträglicher, als es vorher den Anschein gehabt hatte; es ließ sich darin leben. Wir soffen und sangen; wir spielten Karten und lasen zivilistische Bücher; wir rechneten uns aus, wann der Krieg wohl vorbei sein würde ...

Und gewannen mittlerweilen das Quartier lieb. Die grauweiße Hütte mit dem Holzhäuschen davor fing an, uns eine neue Heimat zu werden; die wievielte! Aber es wurde eine. Wenn wir nach Hause kamen, dann kuschelte sich schon jeder in seine Ecke, alles war vertraut und gut eingespielt, man wußte schon, wo alles lag. Und täglich sannen wir auf neue Verschönerungen: hier wurde noch ein Bild aus der Zeitung herausgeschnitten, aufgehängt, da ein Spiegel; hier Tannenreiser angebracht und da ein Birkengeländerchen ... (aus unerfindlichen Gründen hatten alle deutschen Offiziere eine besondere Vorliebe für Birkenholz; am liebsten hätten sie den gesamten Kriegsschauplatz mit Birkengeländern einfassen lassen ...), und das Quartier wurde immer schöner. Und regelmäßig dann, wenn einer vorschlug, man könnte nun noch ein Vogelbauer aufhängen und vielleicht – «Mensch, azähl doch nicht! Ick ha doch schon Krieg geführt, wie du noch bei Muttan ...!» – Regelmäßig, wenn noch eine ganz besondere Verbesserung geplant, ausgeführt und beendigt war, wenn das Auge des Kompanieführers beinah wohlgefällig auf der Unterkunft ruhte, und wenn der letzte Nagel saß –:

Dann mußten wir fort.

Solch ein Auszug war jedesmal eine melancholische Sache. Ich lernte abermalen neue Flüche. Fluchend packten die Leute ihren Kram zusammen – was würde nun wieder kommen? Wohin nun wieder? Wo es hier *so* schön gewesen war!

Und dann zogen wir los. Und kamen in ein neues Quartier. Und dann fing alles wieder von vorn an. Und am schönsten, am schmerzlichsten und am heimatvollsten war allemal der letzte Tag.

Da liegt die See ... Warum bleibe ich eigentlich nicht immer hier? Man könnte sich zum Beispiel da oben einmieten, das wäre bestimmt gar nicht einmal so teuer – und dann, immer: blaue Luft, Sonne (doch, das gabs – sogar diesen Sommer!), und Salzwasser und Flundern und Grog – und immer, immer: Sommerfrische ...

Soweit Herr Panter. Der in ihm wohnende Peter aber ist schlauer. Er weiß.

Er weiß, daß es damit nichts ist. Daß die Sorgen alle mitziehen, wenn man umzieht: daß es etwas ganz anderes ist, ob man nur vorübergehend in einem Ort sitzt – oder für immer. Ist man für vier Wochen da, lacht man über alles – auch über die Unannehmlichkeiten. Es geht einen so schön nichts an. Ist man aber für immer da, dann muß man sich ärgern. Man muß teilnehmen. Man muß mitleben. «Schön habt ihr es hier!» sagte einst Karl der Fünfte zu einem Prior, dessen Kloster er besuchte. «Transeuntibus!» erwiderte der Prior. «Schön – ja: für die Vorübergehenden.»

So erfrischend ist das Bad in all den vier Wochen nicht gewesen. So lau hat der Wind nie geweht. So hell hat die Sonne nie geschienen. Nicht, wie an diesem letzten Tag.

Sei gescheit. 12.46 Uhr geht der Zug ... und du wirst drin sitzen. 12.46 unerbittlich. Die Arbeit ruft. Und du kommst.

Nicht losreißen kannst du dich. Letzter Tag ...

Letzter Tag des Urlaubs – letzter Tag in der Sommerfrische ...! Letzter Schluck vom roten Wein ... letzter Tag der kleinen Reiseliebe – noch eine halbe Stunde! Noch eine halbe! Noch eine viertel ...! Letzter Tag ... letzter Tag des Lebens ...?

Vielleicht ist es deshalb so schwer, zu sterben, weil niemand einen letzten Tag ertragen kann. Er ist aber gar nicht so schwer zu ertragen. Wenn es am besten schmeckt, soll man aufhören. Was dann kommt ...

Nichts ist so schön wie der letzte Tag.

FÜNFUNDZWANZIG JAHRE

«Mein geronnenes Herzblut» sagte Siegfried Jacobsohn, wenn er die rote Reihe der Halbjahrsbände der ‹*Weltbühne*› betrachtete, die immer vor ihm standen. Seine Arbeit war darin, seine Liebe und sein ganzes Leben. Einundzwanzig Jahre hat er dem Blatt jede wache Stunde gewidmet, und er träumte, wenn nicht von Mozart, dann sicherlich von neuen zu gewinnenden Mitarbeitern. Er deckte sich jede Woche einen kleinen Geburtstagstisch: «Sächelchen tue ich euch in die nächste Nummer ...!» und vorausgenießend schmeckte er die Qualität der Arbeiten ab, deren Entstehung fast immer seiner Initiative, seiner Tatkraft, seiner liebevollen Überredung zu verdanken waren. Und jetzt stehen die fünfzig Bände vor uns; man muß schon zweimal kräftig ausschreiten, wenn man die lange Reihe abgehen will. Fünfundzwanzig Jahre sind um. Wir dürfen zurückblicken.

Am 7. September 1905 erschien die erste Nummer. Am Geburtstag Albert Bassermanns: für S. J. ein schönes Vorzeichen.

Nach jenem Spektakel, den eine künstlich aufgepustete und von S. J.

später im *‹Fall Jacobsohn›* aufgeklärte Plagiataffäre des jungen Theaterkritikers an der *‹Welt am Montag›* hervorgerufen hatte, war Jacobsohn in die Versenkung untergetaucht. Er war auf Reisen gegangen, hatte innerlich wieder von vorn angefangen und in fernen Ländern frischen Mut geschöpft. Mit Hilfe von Freunden, die die Literatur und das Theater ebenso liebten wie er, war es ihm möglich gewesen, die neue Zeitschrift ins Leben zu rufen. Er hat von der ersten Nummer bis zum letzten Novemberheft des Jahres 1926 alles allein gemacht – keine Krankheit, keine Reise, keine Ungunst der Stunde haben ihn jemals veranlassen können, die Redaktion auch nur für eine einzige Woche abzugeben.

1905. Siegfried Jacobsohn, der ‹Abschreiber›, macht ein eignes Blatt auf.

Mir ist für den Mann kaum etwas so charakteristisch erschienen, wie die ersten drei Worte, mit denen seine Theaterkritik in der Nummer eins begann. «Medias in res», heißt es da; fangen wir mitten in der Sache an! Er hat immer mitten in der Sache angefangen.

Die *‹Schaubühne›* erschien. In den ersten drei, vier Jahrgängen stand S. J., ohne es zu wollen, im Mittelpunkt der Zeitschrift. Seine Theaterkritik der Woche war das Rückgrat; drum herum fanden sich wichtige und fesselnde Aufsätze über das Theater und auch über die Literatur ... aber ganz am Anfang war da noch kein eigner Ton, die einzelnen Nummern bildeten noch nicht solche wohlorchestrierten Einheiten wie später. Der Theaterkritiker S. J. war auf der Höhe. Der Redakteur war noch im Werden.

Das änderte sich in den Jahren 1908 und 1909. Das Blatt bekam eine neue Ausstattung von E. R. Weiß; es war sorgfältiger gedruckt als zu Beginn, die neue Zierleiste am Anfang verkündete ein neues Programm. Das Theater war für S. J. die Welt – doch nahm er den Begriff so weit, daß niemals, weder bei ihm noch bei seinen gleichgesinnten Mitarbeitern, ein enges Spezialistentum daraus wurde. Drängten nicht in das Theater die jungen Kräfte der neuen Generation? Verlohnte es sich nicht, für Reinhardt und gegen Reinhardt, gegen Brahm und für Brahm: für die Wahrheit in der Kunst zu kämpfen? Er kämpfte.

Blättert man heute in diesen alten Heften, so wird zweierlei klar.

Einmal, welche ungeheure Spanne uns von der Vorkriegszeit trennt, obgleich Deutschland auf das emsigste bemüht ist, sie, was den Tiefstand des politischen Niveaus angeht, wieder zu erreichen, ohne daß die Tapferkeit jener literarischen Generation erreicht wird, der S. J. angehört hat. Denn es kann nicht bezweifelt werden, daß dieses Geschlecht, das ich einmal der Kürze halber mit dem Wort ‹Autoren des Verlages S. Fischer zu Beginn des Jahrhunderts› bezeichnen will, starke und eigenwillige Talente gehabt hat, Männer von Format, die man nicht damit abtun kann, daß man mit Befriedigung feststellt, sie seien heute ‹tot›. Mit dem Begriff der Dauer und der Nachwelt ist das so eine eigne Sache – S. J. hat das nie überschätzt, weil er immer gewußt hat, daß es schon etwas bedeutet, seine Zeit auszufüllen.

Und dies ist das zweite, das aus der Lektüre der alten *‹Schaubühne›* ersichtlich ist: daß es nämlich für den Wert einer Zeitschrift nicht entscheidend ist, ob sie, gedruckt im Jahre 1932, auch noch im Jahre 1989 lesbar ist, sondern daß es darauf ankommt, seine Zeitgenossen zu packen, aufzuwühlen, zu bilden und zu fassen. Die *‹Schaubühne›* hat eine Zeitaufgabe erfüllt, und sie hat sie gut erfüllt. Tot –?

Der Streit um Ibsen ist dahin; heute kramen ältere Damen im Parkett bei den *‹Gespenstern›* ihre Handtaschen um und fragen ihre Tochter: «Hast du zu Hause das Licht ausgeknipst?» Und ahnen nicht, daß der große Apothekersmann auch für sie gekämpft hat, dafür, daß hundert Vorurteile gefallen sind, gekämpft für hundert Dinge, die der Tochter gewiß selbstverständlich erscheinen. Kunstwerke erhalten sich selten – Resultate bleiben.

Für solche Resultate hat sich die *‹Schaubühne›* eingesetzt, mit viel Gehalt, mit großem Wissen und, weil das Blatt jung gewesen ist, mit viel Lärm. Zeitschriften haben, wie die Menschen, ihre Jugend, ihre Reife und ihr Alter, und unter S. J. ging das parallel mit seiner eignen Entwicklung vor sich. Welch Getöse –!

«Du bist kein Polemiker», sagte er öfter zu mir, wenn ich später zu bösartigen und scharfen Angriffen schwieg, und ich erwiderte ihm: «Dick sein ist eine Weltanschauung.» Er war dünn. Er hatte Lust zu kämpfen, er hatte das flinke Florett und eine tödlich treffende Hand. Er war ein ritterlicher Gegner – doch wohin er schlug, da wuchs kein Gras mehr.

Welche ‹Affären›! Die sind nun heute wirklich mausetot; man kann sie nur geschichtlich werten, und ich werde mich hüten, sie aufzuwärmen, indem ich auch nur die Namen nenne! In dem ‹kleinen Mann› war so viel Kampfeswille, so viel Begeisterung, im literarischen Kampf anzutreten; man hatte manchmal das Gefühl, als komme ihm der Gegner grade recht, als habe er nur darauf gewartet, ihn abzutun. Das vollzog sich sehr oft in Form eines geistigen Zweikampfes; er gab schon damals dem Gegner das Wort im Blatt, antwortete sofort, und man hatte niemals den Eindruck, daß er nun das ‹letzte Wort› behielte, weil ers typographisch hatte. Er traf – aber er blieb dabei stets in den Regeln des Spiels.

Welche Affären –! Theaterdirektoren, die wie heute ihren Beruf als eine Mischung von Pacht, Unterpacht und weltfremdem Snobismus auffaßten; die große Presse, der die Unabhängigkeit des kleinen Mannes peinlich war, und deren Redakteure ihr schlechtes Gewissen an einer guten Sache ausließen; Schieber aller Arten; kleine Leute im Kaufladen der Kunst, deren Geheul erschütternd zum Himmel klang – es war sehr schön. Niemand hat heute mehr Muße, solche homerischen Redekämpfe durchzustehen, die Zeit ist anders geworden, aber damals war das Land, das sich außerordentlich ‹nervös› vorkam, ruhiger, und ein Thema hielt länger im Gedächtnis der Leute vor. (Glückliche Revuedichter aus dem Jahre 1901!) Und hatte S. J. einmal jemand beim Wickel, dann ließ er ihn sobald nicht los. Er verfolgte ihn, er schlug, er wich nie zurück, er war ein Polemiker von Geblüt. Davon wissen viele zu klagen.

Und in diesen Jahren – etwa um 1911 – bildete sich in der ‹*Schaubühne*› das heraus, was später den Geist der ‹*Weltbühne*› ausmachen sollte: die blitzblanke Redaktionsarbeit; die treffliche Auswahl der Mitstreiter; das unsichtbare, aber stets spürbare Patronat des Regisseurs, der für alle seine Leute die gleiche gute deutsche Sprache forderte, von einer Unerbittlichkeit im Stil, die von keinem seiner Gegner jemals erreicht worden ist.

Das ging bis ins Winzigste. Das Blatt erweiterte sich; zum Ernst gesellten sich Scherz, Satire, Ironie und tiefere Bedeutung, denen eine Stelle zu gönnen in diesem durchweg zweideutigen Leben kaum irgendein Blatt zu ernsthaft seyn kann. Das damalige ‹*Kasperle-Theater*› wurde eine Weile lang von Christian Morgenstern beliefert, der bezaubernde Späße für uns gedichtet hat; Karl Walser ließ seine zart angepinselten Puppen tanzen, und die Zeitsatire machte oft ein Journalist, der im Kriege gestorben ist: Walter Turszinsky, der Scherze von seltener Schlagkraft beisteuerte. Ewigkeitswert hatte das alles nicht, aber Zeitwert, und das ist schon viel. Wir Jungen verschlangen das Blatt, und ich besinne mich noch genau, wie ich jenen Aufsatz ‹*Der Fall Lanz*› las, der, wie kaum ein zweiter, in die Seele Siegfried Jacobsohns blicken läßt; ich hätte damals noch nicht gewagt, auch nur einen Beitrag einzureichen und fühlte mich doch schon völlig als zur Familie gehörig – das da ging uns alle an. Welche Grazie! welche Leichtigkeit noch im wuchtigen Schlag! welche Melodie! – alles Eigenschaften, die den Schreibenden bei dem schlechtern Typus des Deutschen höchst verdächtig machen. Den Nobelpreisträger legitimiert der Schweiß.

Was im Blatt stand, das drang weit ins Land – totschweigen half nicht, kreischen half nicht, nach ‹Motiven› suchen half nicht, denn es waren keine andern da, als nur eines: der niemals zu unterdrückende Drang, die Wahrheit zu sagen. «Ich habe», sagte S. J. einmal stolz, «mein ganzes Leben immer nur getan, was mir Freude gemacht hat.» Und dieses war seine Freude: zu arbeiten, die Schreibenden zu ermuntern, die Wahrheit zu sagen – auch gegen alle andern, wenns not tat.

So traf ich das Blatt an, als ich im Januar 1913 endlich wagte, einen kleinen Artikel einzureichen. Ich hatte mich im damaligen Herrnfeld-Theater krank und wieder gesund gelacht ... ich versuchte, das aufzuschreiben. Und ich platzte vor Stolz: S. J. ließ mich kommen. Und hat mich dann nie mehr losgelassen.

Er ermunterte mich zu kleinen Versen, von denen ich ihm eine Probe gezeigt hatte; er ‹kommandierte die Poesie›; ich durfte mit ihm manchen Artikel, der dann anonym erschienen ist, zusammenschreiben: welch ein Lehrmeister! Er war unerbittlich, er ließ nicht nach, mogeln galt nicht – es war ein ehrliches Spiel. Es gibt viele Dinge in der alten *‹Schaubühne›*, von denen ich heute nicht mehr sagen kann, wer sie eigentlich gemacht hat: er oder ich oder wir beide. Er öffnete mir bei der Arbeit die Kammern seiner Seele. Nur an seine Aktenmappe hat er mich nie herangelassen.

Nun möchte ich mir gewiß nicht nachträglich das Verdienst zuschreiben, aus der Theaterzeitschrift *‹Die Schaubühne›* die politische Zeitschrift *‹Die Weltbühne›* gemacht zu haben. (Den Namen hat, wenn ich recht bin, eine zürcher Zeitung in einer freundlichen Besprechung der *‹Schaubühne›* vorgeschlagen.) Ich baute aber damals meinen Doktor, und mein Repetitor, ein kluger und nachdenklicher Mann, erzählte mir beim Kapitel Handelsrecht, das der liebe Gott segnen möge, viel von der Börse. Witziges, Radikales, Erheiterndes ... «Warum schreiben Sie das nicht?» fragte ich ihn. «Wo sollte ich das schreiben!» sagte er. «Meinen Sie, daß das einer druckt?»

Das hinterbrachte ich Siegfried Jacobsohn, und am 25. September 1913 erschien zugleich mit einem Börsenaufsatz von ‹Vindex› eine ‹Antwort›:

«K. St. in Helsingborg. Da Sie doch in Ihrem nächsten Brief, getreueste aller Leserinnen, die bange Frage stellen werden, warum und zu welchem Zweck Vindex den Tabaktrust in der *‹Schaubühne›* vornimmt, und ob er sich nicht vielleicht in der Adresse geirrt habe, so sei Ihnen gleich heute gesagt: Wenn hier neun Jahre das Theater und nur das Theater betrachtet worden ist, so habe ich damit noch nicht das Recht verwirkt, einmal andre Dinge betrachten zu lassen und zu betrachten. Ein Feld abgesondert von allen andern zu beackern, hat seine Reize, seine Vorteile, aber auch seine Gefahren. Es gibt hundert Zusammenhänge mit den andern Feldern, die auf die Dauer doch nicht außer acht gelassen werden dürfen. Wir können uns nicht entziehen, wenn der Reichsbankdiskont hinaufgesetzt wird, und letzten Endes hängen wir alle an Fäden, die in der Burgstraße zusammenlaufen. An feinen Fäden, die wir nicht immer sehen. Aber gerade deswegen sollten wir sie sorgfältig ansehen, sollten wir lernen, wie es auf der Welt zugeht. Denn schließlich sitzt im Theater, dessen Bühne wir seit neun Jahren zu säubern versuchen, auch ein Publikum, von dem hier noch zu wenig gesagt worden ist. Jetzt also wollen wir öfters das Fenster des Arbeitszimmers öffnen, ein wenig hinausblicken und Ihnen dann berichten, was es draußen gibt – liebste aller meiner Leserinnen.»

Damit hats angefangen. S. J. hatte immer den Flair für seine Zeit.

Sein Mitarbeiterkreis dehnte sich aus. Er hatte seine Lieblinge. Primus war Alfred Polgar, ohne den in der Theatersaison keine Nummer denkbar war, und das Wunder erfüllte sich: diese grundsätzlichen Theaterbetrachtungen aus Wien interessierten die Berliner, weil es hier nicht um ein Fräulein Pospischill, sondern um die Sache des Theaters, um die Sache der Kunst ging — diesen Polgar hat S. J. wohl am meisten von uns allen geliebt, und mit Recht.

Dann war da Harry Kahn, der am längsten von uns allen dabei ist. S. J. hat ihn den «Samumisten» genannt, oder er sich selber ...? Sein Temperament fegte denn auch dem Wüstenwind gleich durchs Blättchen; es gibt da herzerfrischende Polemiken, wie die gegen den seligen Kasimir Edschmid, eine prachtvolle Leistung. Herbert Ihering ist hier mit seinen ersten Theaterkritiken hervorgetreten; Ferdinand Hardekopf gab mit Puder gezeichnete Pastells; Peter Altenberg war in fast jeder Nummer zu finden.

Das Theatergeschäft, die wirtschaftlichen Grundlagen dieses eigenartigen Betriebes wurden beleuchtet; die Herren hätten gern im Dunkel gearbeitet, sehr lieb ist ihnen diese öffentliche Kritik nicht gewesen. Die Börse ... die Bodenspekulation ... die Mode ... und immer mehr die Politik ... So bis zum 1. August 1914.

S. J. saß damals in seinem geliebten Kampen, wo sie ihn beinah festgehalten haben; von dort aus schrieb er sein kleines Kriegstagebuch ‹*Die ersten Tage*›, das sehr lehrreich für die Stimmung jenes Unglücksmonats ist. Dann kam er nach Berlin. Seine erste Aktion erstreckte sich auf das Theater: er empfand es als eine Kulturschande, mit welch rohen Kriegspossen die berliner Bühnen ihren Kassierern und einer Zeit gerecht zu werden versuchten, die S. J. aus dem Gefühl innerer Sauberkeit überschätzt hat: die Possen waren für diesen Krieg grade richtig. Und es ist nur konsequent gewesen, daß das Oberkommando den kulturellen Mahner als unbequem und die patriotischen Juchzer («Landsturm mit Waffe — mit Knarre und mit Affe») als recht angemessen empfunden hat.

Das Blatt lavierte durch den Krieg, an Verboten vorbei, durch die Papierrationierung, und, mit einer Ausnahme, schwieg es da, wo es nicht sprechen konnte. Keine Nummer wäre erschienen, wenn gesagt worden wäre, was zu sagen war. Was mich angeht, so schwieg ich fast drei Jahre.

Im Sommer des Jahres 1918 wurde die ästhetische Stille, die bis dahin gewaltet hatte, prickelnd unterbrochen. Als ich meine ersten Arbeiten aus Rumänien schickte, hätte ich nie geglaubt, daß sie gedruckt werden könnten. Aber irgend ein Instinkt sagte mir: Es ist Zeit. Es ist Zeit. Es ist Zeit. Ach, es war gar nichts vom ‹Dolchstoß› zu spüren ... hätten wir nur —! Doch schien sich zu Hause manches gelockert zu haben, die Gewalthaber waren unsicher geworden, und das nutzten wir aus. Ich begann zuzuschlagen, erst sanft, dann stärker, immer stärker, andere folgten ... S. J. riskierte das. Dann strudelte der November über uns zusammen.

Die Rolle des Blattes in der Nachkriegszeit ist bekannt.

Vom 1. April 1918 hießen wir nicht mehr *‹Die Schaubühne›*, sondern *‹Die Weltbühne›*, und ich glaube, daß wir diesen Namen gerechtfertigt haben.

Zunächst galt es, die vier Jahre erzwungenen Schweigens nachzuholen. Ich begann mit einer Artikelserie *‹Offizier und Mann›*, und nun ging es los. Die Wirkung war beispiellos. Broschüren und Bücher erschienen gegen uns; das Blatt war so verhaßt, wie es beliebt war, und das wollte etwas heißen. S. J. lebte auf – in diesen Jahren hat er seine Meisterprüfung als Redakteur abgelegt, wenn es einer solchen noch bedurft hätte. Von allen Seiten strömten ihm das Material und die Menschen zu; er sichtete, verwarf, nahm an und holte immer neue Leute in seinen Kreis. Offiziere, die niemals eine Seite hatten drucken lassen, gaben ihm Informationen und stellten ihm ihre Erinnerungen zur Verfügung; von der Wirtschaft berichtete mit Felix Pinner unser Morus; die Zeitkritik flammte.

Mit Morus tat sich S. J. erst sehr geheimnisvoll. «Du wirst ja sehen ...» sagte er. «Wer ist es denn?» Tiefes Geheimnis. Ein Arzt? Ein Journalist? Nun, ich sah: daß hier nämlich einer den sonst so trocknen und nur für die Besucher der Burgstraße lesbaren Handelsteil so amüsant, so lebendig und so schonungslos witzig gestaltete, daß seine Artikel zugleich mit denen Jacobsohns wohl am meisten gelesen worden sind und gelesen werden.

Das Theater ließ Jacobsohn nie außer acht, nun grade nicht, nun grade nicht. «Verbiete du, dem Seidenwurm zu spinnen», sagte er, wenn ich zweifelte. Erst in den allerletzten Jahren hat das nachgelassen: «Wozu soll ich etwas mit Liebe betrachten, was ohne Liebe gemacht ist», pflegte er zu sagen. In diesen Nachkriegsjahren hat die *‹Weltbühne›* in Deutschland gute Reinigungsarbeit getan.

Wir haben uns einige Male den tragischen Spaß gemacht – nach dem Kapp-Putsch, nach der Ermordung Rathenaus –, unsre Voraussagen zusammenzustellen: es war erschreckend. Was die Berufspolitiker, diese berufsmäßig Blinden, mit wegwerfendem Pusten durch die Nase abzutun geglaubt hatten, das war fast immer blutige Realität geworden; wir hatten traurig Recht behalten. Jene wußten viel mehr Einzelheiten als wir, aber sie fühlten nichts. Am Zeigerblatt der *‹Weltbühne›* kann man die Geschichte der Nachkriegszeit ablesen.

S. J. ließ nicht nach. Am 18. August 1925 erschien die erste Veröffentlichung über die Feme-Morde, eine Aktion, die heute noch nicht ganz abgeschlossen ist; Carl Mertens hat hier eine mutige Tat getan, für die wir ihm alle dankbar sind. Er hat sie damals nur tun können, weil S. J. den Kopf hinhielt. Er hat ihn für seine Leute immer hingehalten, für sie und für die Sache, die sein Leben gewesen ist.

Am 3. Dezember 1926 ist er gestorben. Carl von Ossietzky, der schon am 20. April 1926 zum Blatt gekommen ist, und ich halten sein Erbe in Händen.

Wir können es nur in Händen halten, weil der Verlag der ‹*Weltbühne*› einen Fall statuiert hat, der mir selten zu sein scheint. ‹Der Verlag› ist die Frau unsres S. J. Das Blatt hat unter ihr seine Tradition gewahrt: es ist frei geblieben.

Frei wozu, wissen wir. Aber frei wovon ...?

Die ‹*Weltbühne*› hat immer zwei gewichtige Gegenpole gehabt: die Parteien und die große Presse.

Was die Parteien angeht, so ist der Deutsche gern da individualistisch, wo es das zu sein sich gar nicht verlohnt, und da kollektivistisch, wo andre ihr Privatherz zu sitzen haben. Er verlangt gern von ‹seinem› Blatt, daß es ‹Farbe bekennt›.

Nun, die ‹*Weltbühne*› ist zunächst nicht ein Blatt, das vom Leser redigiert wird. «Sie haben nur ein Recht: mein Blatt nicht zu lesen», sagte S. J. Und schrieb einst an einen verdienten Mann, der in einer Gefühlsaufwallung die ‹*Weltbühne*› abbestellte: «Da verlieren Sie mehr als ich.» So sehr wir mit der Leserschaft in Verbindung stehen: wir haben ihr niemals das Recht eingeräumt, durch Druck oder Drohung, durch Empfehlung oder Anwendung jener legendären ‹Beziehungen› unsre Haltung zu beeinflussen. Ich für mein Teil kann aufhören, zu schreiben – aber ich könnte, solange ich schreibe, es nicht nach dem Diktat eines Verlegers tun. «Dies», sagte der Verleger, der seine Zeitung verkaufen wollte, «ist der Maschinensaal ... hier sind die Verlagsräume ... sehen Sie, das ist die Expedition ... hier ist die Anzeigenannahme – und das da, ach Gott: das ist bloß die Redaktion.»

Das Blatt ist unabhängig geblieben, und wenn wir Fehler machen: dann machen wir wenigstens unsre Fehler.

Also nicht die von Parteien.

Farbe bekennen –? Wie verblaßt sind diese Farben, wie vermischt, wie verschmiert mitunter! Und es ist seltsam, daß in den allermeisten Fällen die Forderungen der Parteibonzen, fügten wir uns ihnen, negativ bleiben. Sie wissen genau, was wir nicht sagen dürfen – aber mit dem Positiven ist es dann recht im argen, wenn man davon absieht, daß jemand uns verpflichten wollte, verblasene Parteiprogramme aufzusagen, mit denen wir nichts anfangen könnten und unsre Leser auch nicht. Es ist eine Anmaßung, in geistigen Dingen den dort Beschäftigten Kategorien vorzuschreiben, und die Frage: «Sind Sie für oder gegen die Calvinisten?» kann auch so beantwortet werden, daß sie gar nicht beantwortet wird.

Der alte Vorwurf «Partei! Partei!» ist hierin nicht enthalten. Wie denn anders soll eine Partei im Kampf der Wirklichkeiten kämpfen, wenn nicht mit einem festen, also stets etwas starrem Programm? Das Bedauerliche im deutschen Parteileben ist höchstens darin zu suchen, daß diese Programme mit wenigen Ausnahmen so vieldeutig und verschwommen sind, daß man mit ihnen nichts beginnen kann. Es führt aber notwendig zu einer Verengung des geistigen Horizonts, wenn die Parteien den Maßstab ihres Dogmas nun auch an Leistungen legen, die zunächst auf dem Felde des Geistes getan werden. So reich ist keine Parteilehre – nicht einmal die katholische –, daß nicht nach kurzer Zeit eine Beschränkung, eine Borniertheit der wohl behüteten frommen Schäflein zu spüren wäre ... Daher werden hier keine Wahlparolen ausgegeben: wir sind nicht die praeceptores Germaniae, und Freiheit ist auch eine schöne Sache.

Denn es ist nicht nur ein sittliches Gebot, ‹zu sagen, was ist› – es ist auch eine Temperamentsfrage. Bei der allgemeinen Verschmuddeltheit, bei jener unfaßbar leisen Korruption des deutschen Lebens, das den einzelnen Zeitungsmann nicht mit großen Summen, sondern mit einem Schulterklaps und einer Zigarre, einer Einladung zum Abendessen und der schmeichelhaften Anerkennung einer Macht besticht, die fast nie ausgenützt wird, braucht die Zeit ein Ventil, durch das der Dampf entweichen kann. S. J. hat einige Male den Idealfall erreicht: das Blatt mit Arbeiten zu füllen, die hier und nur hier stehen konnten. «Man muß protestieren.»

Nun ist der Einwand der Parteidogmatiker: «Was soll das? Wozu kann das führen?» nicht ganz von der Hand zu weisen. Es besteht in der Tat die Gefahr des Leerlaufs, und zwar des doppelten: beim Autor, der sich an der stilistisch saubern Leistung wie an einem Selbstzweck erfreut, und beim Leser, der die Arbeit schmunzelnd liest: Der hats ihm aber ordentlich gegeben! Dabei bleibt es mitunter; in diesem bösen Fall stellt die ‹*Weltbühne*› den moralischen Verdauungsschnaps braver Bürger dar, die für die Abteilung ‹Gutes Gewissen› das Blatt abends nach Geschäftsschluß lesen. Das wäre keine Wirkung – da ist nur ein Effekt.

Wodurch aber wirken wir?

Ein kleines Blatt hat seiner Konstruktion nach nicht jene Bindungen, unter denen die große Presse zu ihrem Schaden zu leiden hat.

Was bei der Mehrzahl der deutschen Zeitungen, nämlich bei den Provinzzeitungen, angerichtet und vor allem verhindert wird, das weiß nur der, der dort einmal einem Umbruch beigewohnt hat. Der Redakteur ist so gut wie machtlos, wenn er nicht dem Druckereibesitzer oder dem Vertreter des die Zeitung beherrschenden Konzerns in die Seele kriecht: dann darf er tun, was er will, weil er das will, was der Direktor täte. Die Reihe der Rücksichten reißt nicht ab: die auf die Inserenten (vom Standpunkt dieser Blätter aus verständlich); die auf die Empfindlichkeit der Bürger (unverständlich – weil denen, wenn man es geschickt anfängt, Mut imponiert); Interessentenverbände ohne Zahl ... Was da alles ‹nicht gebracht werden kann› – die Herren haben es nicht leicht.

Das liegt zum Teil daran, daß sie ihren Einfluß so unendlich überschätzen.

Welchen Einfluß hat zunächst die *‹Weltbühne›*? Soweit ich das im Laufe von siebzehn Jahren zu beurteilen gelernt habe: einen mittelbaren. Durch tausend Netzkanälchen laufen aus dieser Quelle Anregungen, Formulierungen, Weltbilder, Tendenzen und Willensströmungen ins Reich – wir folgen hier ganz und gar S. J., der niemals übel genommen hat, wenn man ihn benutzte, nachdruckte, ja sogar ausplünderte: «Wenn nur das Gute unter die Leute dringt.» Und es gibt heute schon eine Reihe vernünftiger und mutiger Provinzredakteure, unter denen ich Walther Victor in Zwickau einmal obenan nennen möchte, sie fangen nicht ohne eignes Risiko die Bälle auf, die von hier aus geschleudert werden, und geben sie weiter.

Hier mußten sich also die Wege, die zur großen Presse führen, von den unsern trennen.

Welchen Einfluß hat nun diese große Presse?

Ich glaube: kulturell einen ungeheuren; politisch einen viel, viel kleinern als sie denkt. Das sieht man zunächst an den umsonst ausgegebenen Wahlparolen, die von dort kommen – sie werden kaum beachtet. Macht? Wird denn von den Verlegern Macht auch nur gewollt? Sie haben es ganz gern, wenn man diese Macht bei ihnen voraussetzt und respektiert; angewandt wird sie fast nie. Sie wird in Rechnung gesetzt. Und da steht sie denn.

Wer also hat die Macht –?

In Amerika sind es die großen und kleinern Verbände, deren Masse in Washington auf die prompt funktionierenden Politiker drückt. In Frankreich ist es die Klubatmosphäre der Ministerien und der beiden Kammern, die das Geschick des Landes bestimmt, gemischt ist diese Atmosphäre aus den wirtschaftlichen Interessen und einer mit ungeheuerm Raffinement gemachten Personal-, Klatsch- und Intrigen-Politik. Das Land kocht die Suppe, in Paris wird sie zubereitet. Im dezentralisierten Deutschland liegt es anders.

Die Begleitmusik der Presse hat dabei die vierte Stimme. Ich möchte sonntags einmal das sein, was der Außenpolitiker eines großen Blattes sich wochentags zu sein einbildet. Dabei liest man ihn, aber man folgt ihm nie.

Die vier Großmächte des Landes: Landwirtschaft, Industrie, Heer und Kirche teilen sich in die Gewalten; daran kann zur Zeit keine Presse etwas ändern. Und es ist ja sehr bezeichnend, daß die Zeitungen dieser Gruppen, wie etwa die *‹Germania›* hauptsächlich von Berufspolitikern und nur daraufhin gelesen werden, ob man ihren bewußt faden und farblosen Artikeln etwa ansehen kann, wie der Fraktionsvorstand über dies und jenes denkt, und was die eigentlichen Macher der Parteien nun wirklich wollen.

Der Weg, diese bereits vorhandene Machtposition durch die künstlich herbeigeführte Zustimmung der Herren Wähler zu untermauern, führt über hundert Korrespondenzen, über den Maternversand und vor allem über die Nachrichtenagenturen, die noch aus einem Ausbruch des Vesuvs eine Apotheose des Faschismus machen. Der Redakteur macht dann den Umbruch und die Schlagzeile.

Hiermit wollen wir nicht konkurrieren.

Ein Teil unsrer Freunde ist mit der großen Presse personaliter verbunden, wie das ja bei Schriftstellern gar nicht anders sein kann. In den meisten Fällen erwächst den Beteiligten daraus kein Schaden: in den großen demokratischen Zeitungen und in denen der Mitte liegt das geistige Niveau so hoch, daß, wo gekämpft wird, mit geistigen Waffen gekämpft wird, und nur die kleinern bevorzugen die dümmste Taktik: unsre Arbeit zu verschweigen. Sie lesen uns alle – aber sie sagens nicht. Feierstunde der Redakteure.

Sicherlich hat die ‹*Weltbühne*› Anständigkeit und Unabhängigkeit nicht gepachtet. Die kindliche Zeitungsgewohnheit, so zu tun, als sei man mit seinem Blatt ganz allein auf der Welt, und den Leser um Gottes willen nicht wissen zu lassen, daß es auch noch andre vernünftige und tapfre Leute gibt, haben wir nie mitgemacht. Man kann in vielen Fällen widereinander streiten, wenn es die Sache erfordert – die Zeit der Literaturpolemik alten Stils ist vorüber.

Immerhin haben wir auf unserm Gebiet vor den großen Blättern eines voraus: die Freiheit.

Auch eine Wochenschrift hat ihre Traditionen und ihre moralischen Gebundenheiten, ihre Freundschaften und ihre Feindschaften. Aber erstens sind die hier der Zahl nach, absolut und relativ, kleiner als anderswo, und zweitens kann ich mich auf keinen Fall besinnen, wo wir aus jenem flauen Gefühl: ‹Das kann man doch nicht ...› geschwiegen hätten. Wenn uns S. J. nichts vererbt hätte: seine Zivilcourage haben wir von ihm übernommen.

Sie wirkt sich aus.

Unsre Auflage auf die von ‹*Westermanns Monatsheften*› zu bringen, wäre nur möglich durch die Umwandlung des Blattes in eine wiener Hauspostille. Unser moralischer Wirkungskreis ist erfreulich groß; der merkantile ständig im Wachsen. (Er ist heute weit größer, als er jemals unter S. J. gewesen ist; die Zeit braucht solche Blätter.) Ich mag das Spiel nicht mitspielen, das darin besteht, die eigne Leserschaft für die Aristokratie des Geistes zu erklären, eine billige Art der Abonnentenwerbung. Aber es sind gute Leute unter denen, die in jeder mittlern und kleinen Stadt die ‹*Weltbühne*› lesen – sie haben sich zum Glück noch kein Knopfloch-Abzeichen ausgedacht, das sie tragen, doch könnten sie sich in jedem Gespräch erkennen. Durch Unabhängigkeit des Urteils; durch Sinn für Humor; durch Freude an der Sauberkeit.

Und durch einen Glauben an die Sache, der auch bei uns unbeirrbar steht.

Jedes Blatt hat seine Lücken, seine Versager, seine schwachen und seine starken Zeiten. Eins aber ist sicher:

Solange die ‹*Weltbühne*› die ‹*Weltbühne*› bleibt, solange wird hier gegeben, was wir haben. Und was gegeben wird, soll der guten Sache dienen: dem von keiner Macht zu beeinflussenden Drang, aus Teutschland Deutschland zu machen und zu zeigen, daß es außer Hitler, Hugenberg und dem fischkalten Universitätstypus des Jahres 1930 noch andre Deutsche gibt. Jeder Leser kann daran mitarbeiten.

Tut er es in seinem Kreise durch die Tat: es ist unser schönster Lohn. In diesem Blatt sind wir frei und sind wir ganz; auch uns ist die ‹*Weltbühne*› im Andenken an Siegfried Jacobsohn: «unser geronnenes Herzblut».

S. J.

Wärst du noch da!
Soviel wartet auf dich.
Alles wartet vergebens.
Du tätest dein Werk so säuberlich
wie im Laufe deines Lebens.
Ich seh dich am Tisch. Und die trübe Zeit
wäre hell – denn du bist heiter.
Du pfiffst auf die härteste Schwierigkeit:
du lachst und arbeitest weiter.

Du kanntest das Blatt und seinen Ort
im Strudel der tausend Parteien.
Leise schobst du die Bonzen fort
und ließest die Schreier schreien.
Du warst dem, der schreiten und folgen kann,
der treuste Begleiter.
Pfiff der Wind recht laut: wir sahn dich nur an –
du lachst und arbeitest weiter.

Aber nun bist du untergetaucht.
Wir sehn noch nach deinen Zielen.
Jeder hat mal einen Vater gebraucht ...
du warst der Vater von vielen ...

Ich hör deine Stimme: «Wer schwach ist, flennt.
Arbeiten ist gescheiter.»
Und wenn der ganze Schnee verbrennt:
wir lachen und arbeiten weiter.

EIN ÄLTERER, ABER LEICHT BESOFFENER HERR

– Wie Sie mich hier sehn, bin ick nämlich aust Fensta jefalln. Wir wohn Hochpachterr, da kann sowat vorkomm. Es ist wejn den Jleichjewicht. Bleihm Se ruhich stehn, lieber Herr, ick tu Sie nischt – wenn Se mir wolln mah aufhehm ... so ... hopla ... na, nu jeht et ja schon. Ick wees jahnich, wat mir is: ick muß wat jejessen ham ...!

Jetrunken? Ja, det auch ... aber mit Maßen, immer mit Maßen. Es wah – ham Sie 'n Auhrenblick Sseit? – es handelt sich nämlich bessüchlich der Wahlen. Hips ... ick bin sossusahrn ein Opfer von unse Parteisserrissenheit. Deutschland kann nich untajehn; solange es einich is, wird es nie bebesiecht! Ach, diß wah ausn vorjn Kriech ... na, is aber auch janz schön! Wenn ick Sie 'n Sticksken bejleiten dürf ... stützen Sie Ihnen ruhig auf mir, denn jehn Sie sicherer!

Jestern morjen sach ick zu Elfriede, wat meine Jattin is, ick sahre: «Elfriede!» sahr ick, «heute is Sonntach, ick wer man bißken rumhörn, wat die Leite so wählen dhun, man muß sich auf den laufenden halten», sahr ick – «es is eine patt... patriotische Flicht!» sahr ick. Ick ha nämlich 'n selbständjen Jemieseladn. Jut. Sie packt ma 'n paar Stulln in, und ick ßottel los.

Es wücht ein ja viel jebotn, ssur Sseit... so ville Vasammlungen! Erscht war ich bei die Nazzenahlsosjalisten. Feine Leute. Mensch, die sind valleicht uffn Kien! Die janze Straße wah schwarz... un jrien ... von de Schupo ... un denn hatten da manche vabotene Hemden an ... dies dürfen die doch nich! «Runta mit det braune Hemde!» sachte der Wachtmeister zu ein. «Diß iss ein weißes Hemde!» sachte der. «Det is braun!» sachte der Jriene. Der Mann hat ja um sich jejampelt mit Hände und Fieße; er sacht, seine weißen Hemden sehn imma so aus, saubrer kann a nich, sacht a. Da ham sen denn laufen lassen. Na, nu ick rin in den Saal. Da jabs Brauselimmenade mit Schnaps. Da ham se erscht jeübt: Aufstehn! Hinsetzn! Aufstehn! Hinsetzn! weil sie denn nämlich Märsche jespielt ham, und die Führers sind rinjekomm – un der Jöbbels ooch. Kenn Sie Jöbbels? Sie! Son Mann is det! Knorke. Da ham die jerufen: «Juden raus!» un da habe ick jerufen: «Den Anwesenden nadhierlich ausjenomm!» un denn jing det los: Freiheit und Brot! ham die jesacht. Die Freiheit konnte man jleich mitnehm – det Brot hatten se noch nich da, det kommt erscht, wenn die ihr drittes Reich uffjemacht ham. Ja. Und scheene Lieda ham die –!

Als die liebe Morjensonne
schien auf Muttans Jänseklein,
zoch ein Rejiment von Hitla
in ein kleines Städtchen ein . . .!

Na, wat denn, wat denn . . . man witt doch noch singen dürfn! Ick bin ja schon stille – ja doch. Und der Jöbbels, der hat ja nich schlecht jedonnert! Un der hat eine Wut auf den Thälmann! «Is denn kein Haufen da?» sacht er – «ick willn iebern Haufn schießen!» Und wir sind alle younge Schklavn, hat der jesacht, und da hat er ooch janz recht. Und da war ooch een Kommenist, den ham se Redefreiheit jejehm. Ja. Wie sen nachher vabundn ham, war det linke Oohre wech. Nee, alles wat recht is: ick werde die Leute wahrscheinlich wähln. Wie ick rauskam, sachte ick mir: Anton, sachte ick zu mir, du wählst nazzenahlsosjalistisch. Heil!

Denn bin ick bei die Katholschen jewesn. Da wollt ick erscht jahnich rin . . . ick weeß nich, wie ick da rinjekomm bin. Da hat son fromma Mann am Einjang jestandn, der hatte sich vor lauter Fremmichkeit den Krahrn vakehrt rum umjebunden, der sacht zu mir: «Sind Sie katholischen Jlaubens?» sacht er. Ick sahre: «Nich, daß ick wüßte . . .» – «Na», sacht der, «wat wollen Sie denn hier?» – «Jott», sahre ick, «ick will mir mal informieren», sahre ick. «Diß is meine Flicht des Staatsbirjers.» Ick sahre: «Einmal, alle vier Jahre, da tun wa so, als ob wa täten . . . diß is ein scheenet Jefiehl!» – «Na ja», sacht der fromme Mann, «diß is ja alles jut und scheen . . . aber wir brauchen Sie hier nich!» – «Nanu . . .!» sahre ick, «sammeln Sie denn keene Stimm? Wörben Sie denn nich um die Stimm der Stimmberechtichten?» sahre ick. Da sacht er: «Wir sind bloß eine bescheidene katholische Minderheit», sacht er. «Und ob Sie wähln oder nich», sacht er, «desderwejn wird Deutschland doch von uns rejiert. In Rom», sacht er, «is et ja schwierijer . . . aber in Deutschland . . .» sacht er. Ick raus. Vier Molln hak uff den Schreck jetrunken.

Denn wak bei die Demokratn. Nee, also . . . ick hab se jesucht . . . durch janz Berlin hak se jesucht. «Jibbs denn hier keene Demokraten?» frahr ick eenen. «Mensch!» sacht der. «Du lebst wohl uffn Mond! Die hats doch nie jejehm! Und nu jippse iebahaupt nich mehr! Jeh mal hier rin», sacht er, «da tacht die Deutsche Staatspachtei – da is et richtich.» Ick rin. Da wah ja so viel Jugend . . . wie ick det jesehn habe, mußt ick vor Schreck erscht mal 'n Asbach Uralt trinken. Aber die Leute sinn richtich. Sie – det wa jroßachtich! An Einjang hattn se lauter Projamms zu liejn . . . da konnt sich jeder eins aussuchen. Ick sahre: «Jehm Sie mir . . . jehm Se mia ein scheenet Projamm für einen selbständigen Jemieseladen, fier die Interessen des arbeitenden Volkes», sahre ick, «mit etwas Juden raus, aber hinten wieder rin, und fier die Aufrechterhaltung der wohlerworbenen Steuern!» – «Bütte sehr», sacht det

Frollein, wat da stand, «da nehm Sie unsa Projramm Numma siemundfürrssich — da is det allens drin. Wenn et Sie nicht jefällt», sacht se, «denn kenn Siet ja umtauschn. Wir sind jahnich so!» Diß is eine kulante Pachtei, sahre ick Ihn! Ick werde die Leute wahrscheinlich wähln. Falls et sie bei der Wahl noch jibbt.

Denn wak bei die Sozis. Na, also ick bin ja eijentlich, bei Licht besehn, ein alter, jeiebter Sosjaldemokrat. Sehn Se mah, mein Vata war aktiva Untroffssier ... da liecht die Disseplin in de Familie. Ja. Ick rin in de Vasammlung. Lauta klassenbewußte Arbeita wahn da: Fräser un Maschinenschlosser un denn ooch der alte Schweißer, der Rudi Breitscheid. Der is so lang, der kann aus de Dachrinne saufn. Det hat er aba nich jetan — er hat eine Rede jehalten. Währenddem daß die Leute schliefen, sahr ick zu ein Pachteigenossn, ick sahre: «Jenosse», sahre ick, «woso wählst du eijentlich SPD —?» Ick dachte, der Mann kippt mir vom Stuhl! «Donnerwetter», sacht er, «nu wähl ick schon ssweiunsswanssich Jahre lang diese Pachtei», sacht er, «aber warum det ick det dhue, det hak ma noch nie iebalecht! — Sieh mal», sachte der, «ick bin in mein Bessirk ssweita Schriftfiehra, un uff unse Ssahlahmde is det imma so jemietlich; wir kenn nu schon die Kneipe, un det Bier is auch jut, un am erschten Mai, da machen wir denn 'n Ausfluch mit Kind und Kejel und den janzen Vaein ... und denn ahms is Fackelssuch ... es is alles so scheen einjeschaukelt», sacht er. «Wat brauchst du Jrundsätze», sacht er, «wenn dun Apparat hast!» Und da hat der Mann janz recht. Ick werde wahrscheinlich diese Pachtei wähln — es is so ein beruhjendes Jefiehl. Man tut wat for de Revolutzjon, aber man weeß janz jenau: mit diese Pachtei kommt se nich. Und das is sehr wichtig fier einen selbständjen Jemieseladen!

Denn wah ick bei Huchenberjn. Sie ... det hat ma nich jefalln. Wer den Pachteisplitter nich ehrt, is det Janze nich wert — sahr ick doch imma. Huchenberch perseenlich konnte nich komm ... der hat sich jrade jespaltn. Da hak inzwischen 'n Kimmel jetrunken.

Denn wak noch bei die kleinern Pachteien. Ick wah bei den Alljemeinen Deutschen Mietabund, da jabs hellet Bia; und denn bei den Tannenberchbund, wo Ludendorff mitmacht, da jabs Schwedenpunsch; und denn bei die Häußerpachtei, die wähln bloß in Badehosn, un da wah ooch Justaf Nahrl, der is natürlicher Naturmensch von Beruf; und denn wak bei die Wüchtschaftspachtei, die sind fier die Aufrechterhaltung der pollnschen Wüchtschaft — und denn wark blau ... blau wien Ritter. Ick wollt noch bei de Kommenistn jehn ... aber ick konnte bloß noch von eene Laterne zur andern Laterne ... Na, so bink denn nach Hause jekomm.

Sie — Mutta hat valleicht 'n Theater jemacht! «Besoffn wie son oller Iiiijel —!» Hat se jesacht. Ick sahre: «Muttacken», sahre ick, «ick ha det deutsche Volk bei de Wahlvorbereitung studiert.» — «Besoffn biste!» sacht se. Ick sahre: «Det auch ...» sahre ick. «Aber nur nehmbei. Ick ha staatspolitische Einsichten jewonn!» sahre ick. «Wat wißte denn nu wähln, du oller Suffkopp?» sacht se. Ich sahre: «Ick wähle eine Pachtei, die uns den schtarkn Mann jibt, sowie unsan jeliebtn Kaiser und auch den Präsidenten Hindenburch!» sahr ick. «Sowie bei aller Aufrechterhaltung der verfassungsjemäßichten Rechte», sahr ick. «Wir brauchen einen Diktator wie Maxe Schmeling oder unsan Eckner», sahre ick. «Nieda mit den Milletär!» sahre ick, «un hoch mit de Reichswehr! Und der Korridor witt ooch abjeschafft», sahre ick. «So?» sacht se. «Der Korridor witt abjeschafft? Wie wißte denn denn int Schlafzimmer komm, du oller Süffel?» sacht se. Ick sahre: «Der Reichstach muß uffjelöst wern, das Volk muß rejiern, denn alle Rechte jehn vom Volke aus. Na, un wenn eener ausjejang is, denn kommt a ja sobald nich wieda!» sahre ick. «Wir brauchen eine Zoffjett-Republik mit ein unumschränkten Offsier an die Spitze», sahre ick. «Und in diesen Sinne werk ick wähln.» Und denn bin ick aust Fensta jefalln.

Mutta hat ohm jestanden und hat jeschimpft...! «Komm du mir man ruff», hat se jebrillt. «Dir wer ick! Du krist noch mal Ausjang! Eine Schande is es –! Komm man ja ruff!» Ick bin aba nich ruff. Ick als selbstänjdja Jemieseladen weeß, wat ick mir schuldich bin. Wollen wa noch ne kleene Molle nehm? Nee? Na ja ... Sie missn jewiß ooch ze Hause – die Fraun sind ja komisch mit uns Männa! Denn winsch ick Sie ooch ne vajniechte Wahl! Halten Sie die Fahne hoch! Hie alleweje! Un ick wer Sie mal wat sahrn: Uffjelöst wern wa doch ... rejiert wern wa doch...

Die Wahl is der Rummelplatz des kleinen Mannes! Det sacht Ihn ein Mann, der det Lehm kennt! Jute Nacht –!

DER KLOPFENDE MANN

«Europa», steht in dem vorzüglichen Amerika-Buch von André Siegfried, «Europa vergeudet Menschen und spart Dinge; Amerika vergeudet die Dinge, aber spart die Menschen.» Eine Antithese besten französischen Stils: wieweit sie richtig ist, steht dahin ... Nun gut. Aber da sitzt nun ein Bauer vor der Scheune und klopft, ping-pang macht es, ping-pang ... Er hat sich da so eine kleine Schmiede aufgebaut, darin repariert er, was er für die Wagen und die Geschirre braucht und für die Pflüge ... Jetzt klopft er sich etwas zurecht.

... Nach einer Stunde klopft er noch immer. Still und beharrlich ...

Ja, lohnt denn das? Die Amerikaner lachten ihn aus – kein Amerikaner setzt sich vor eine Scheune und klopft eine Stunde lang auf einem gebogenen Stück Eisen herum. Er kauft ein neues. Oder er hat eine Maschine, die Krummes grade biegt. Und ist überhaupt ein praktischer Mensch. Ergel?

Zur Zeit sind sie in Europa dabei, eine Metaphysik der schwerfälligen Handklopferei aufzubauen. Sie fühlen den schrecklichen Leerlauf des Maschinenlebens, und nun tappen sie verschreckt zurück und suchen die verlorene Seele am Spinnstuhl, weil die Großmama, als sie dem Großvater eins spann, eine Art Seele gehabt hat. Wir auch! wir auch!

Wobei zu sagen wäre, daß der europäische Amerikanismus ein wildgewordenes Europa, aber nicht Amerika ist. Und daß man nicht umkehren kann sondern hindurch muß. Und daß der Kampf zwischen Mensch und Maschine ausgefochten werden muß bis zum Ende: bis zum Sieg des Menschen. Und daß jene leicht faschistische deutsche Bewegung, die da zu den Bauern zurückwill, aus den allerbesten und saubersten Motiven herkommt (solange das nicht die Unternehmer, wie bei Herrn Hitler, in die Finger bekommen haben), und daß Flucht keine Überwindung ist. Wieder Kerzenbeleuchtung ist noch gar nichts. Ein Elektrizitätswerk mit nicht versklavten Bergarbeitern: das erst wäre ein Sieg.

Ja, sagen sie, aber der Mann, der da klopft: der denkt sich so schöne innerliche Sachen aus; der Amerikaner ist nur standardisierter Murks. Ich weiß nicht, wie der Amerikaner ist; mein Gefühl ist gegen ihn, aber nach dem hat mich niemand gefragt. Ob aber der Kleinbauer oder der Landprolet in geduckter Dumpfheit sich gar so viel Schönes beim Klopfen ausdenkt, ja, ob er auch nur bis in Tiefen hineinfühlt, in die ihm der Kinobesucher aus der Stadt nicht folgen kann, das möchte ich bezweifeln. Der klopfende Mann an der Scheune ist der Natur örtlich näher als der Büromensch, das ist wahr. Aber welcher Natur? Einer gezähmten, einer durch die Katasterämter gegangenen, einer aufgeteilten, einer parzellierten, einer braven Natur. Von jener Natur, die Goethe in jenem schönen Stück Prosa besang – von der wird er wohl nicht viel erfühlen. Romantische Städter packen in den Klopfemann viel hinein: ihre Sehnsucht, ihren negativen Asphaltwillen, ihren Trieb, ‹mal hinauszukommen›, und zum Schluß, wenns politisch wird, ein Endchen Faschismus.

Und was täte der Bauer, wenn er nicht klopfte? Und wem wird die mechanisierte Arbeit aufgebürdet? Und wer klopft dann?

Soziallyrik ist keine soziale Revolution.

HERING IST GUT – SCHLAGSAHNE IST GUT – WIE GUT . . .

Der Verlag Goldmann in Leipzig hat dem bekannten Anhänger der Prügelstrafe, Edgar Wallace, etwa zweihundertundachtzehn Sommeranzüge verdient, eine neue Zentralheizung, fünf Winterreisen, acht Türkisringe, zwei Zigarettenspitzen und etwa dreihunderttausend

Mark. Daneben gibt der Verlag Goldmann auch noch einen Wust von Kriminalromanen heraus, die meist schlecht sind, sie haben aber alle schöne, bunte Umschläge, und wer gezwungen ist, einmal über Bebra zu fahren, der kauft sich dergleichen gern. Ferne sei es von mir, dieses Geschäft zu stören. Doch – ein bißchen möchte ich es stören.

Herr Goldmann beehrt sich, den Kriminalroman eines gewissen Hodum-Koenigsfeld vorzuführen. Woran es liegt, mögen spätere Doktorarbeiten ergründen: die deutschen Kriminalromane sind fast nie so gut wie die englischen und die amerikanischen. Der deutsche Autor schielt gern, wenn er so etwas macht, nach der feinern Literatur und wird dadurch vollends unausstehlich; der Angelsachse weiß genau, was von ihm verlangt wird, und liefert oft eine tadellose Ware.

Dieser Roman hier ist dumm und provinziell. Er ist aber noch etwas andres. Die kümmerliche Handlung spielt in Wien. Da ist ein Haus mit einem teuflischen Chinesen, der die Mädchen betäubt und ... also was man so für drei Mark fünfundsiebzig macht. Dieser Chinese hat einen Helfershelfer, der – ha, elender Schurke! – die ziemlich keusche Heldin raubt. Der Chinese hinter ihr her. Der Kriminaler hinter dem Chinesen her. Und hier begibt sich etwas Seltsames: nämlich ein Volksaufstand, der die Handlung recht kompliziert. Der ‹Pöbel› stürmt die Polizeiwache, befreit den schurkischen Helfershelfer ... In Wien? In Wien ein Volksaufstand?

Gemeint ist der 15. Juli 1927, der Tag, an dem sich die Polizei des Herrn Schober so benommen hat, als ob ihr Chef Zörgiebel hieße. Was damals geschehen ist, war einer der seltenen Fälle, wo sogar dem sanften Wiener der Geduldsfaden riß und er eine unvollkommene Rache am Justizpalast nahm. Provoziert, bedrängt, herausgefordert, brach es los. Was hat das mit einem schlechten Kriminalroman zu tun?

«Ja, das sind so chinesische Machthaber ... Mit einigen Chinesen, die gegen ihn wie Kulis aussahen, stellte sich Talo an die Spitze der Demonstranten. Der Mob (Anmerkung Peter Panters: damit sind die wiener Arbeiter gemeint) der Mob glaubte natürlich, da vielleicht einen Abgesandten von ... hm ... von irgendwoher zu sehen, und folgte blind allen Befehlen.»

Goldmann sollte sich das patentieren lassen. Spannung wollen die Leute; Sowjet-Hetze wollen die Leute, und wenn dieser Autor noch so feige ist, das Wort Moskau neckisch zu umschreiben, so wird der nächste ja wohl Stalin und Sinowjew und Rykow in den Teppich seiner Handlung hineinweben. Das zieht immer. Etwa so:

«Kommissar Henderson sah erschüttert auf die junge Gestalt, die da mit Violinsaiten gefesselt vor ihm lag. Er drehte die halb Ohnmächtige vorsichtig um – auf ihrem zarten Rücken leuchtete, von den Schurken mit blauer Farbe eingeätzt, der Satz: ‹Hoch die Internationale!› Am Boden lag ein seidenes Taschentuch. Der Kommissar pfiff leise durch die Zähne. ‹K. R.› war das Tuch gezeichnet, und darunter das bekannte Wappen des russischen Kommissars zur Sozialisierung der Frauen und zur Röstung aller Geistlichen. Das Tachentuch gehörte Radek. Langsam löste der Kommissar die Bande — —»

Sie haben alle nur einen Feind: Rußland.

ABENDLIED

Auf den Bergen liegt der Schatten,
und der See ist dunkelgrün.
Von den Sechs-Mark-fünfzig-Platten
singt Maria Ivogün ...
Horch, die schöne Melodie:
«Tralahü — lahü — lahi!»
Dumpf tönts von der Kegelbahn – – –
...Was hast du am Tag getan —?

Hast du einen Brief geschrieben?
Hast du im Büro gepennt?
Hast du Unkeuschheit getrieben?
Nahmst du 10¹/₂ Prozent
als Bankier der Industrie ...
Tralahü — lahü — lahi —
Singt sie nicht wie Marzipan!
... Was hast du am Tag getan?

Hast des Staates du im stillen
dankbar-demutsvoll gedacht?
Hast du Margot Abführpillen,
die sie wollte, mitgebracht?
Dachtest du, wie Hitler schrie ...
Tralahü — lahü — lahi —
mit dem bierigen Organ — — —
Was hast du am Tag getan?

Morgen, denkst du, bin ich schlauer.
Morgen fang ichs richtig an.
Jeder — Städter oder Bauer —
ist zur Nacht ein kluger Mann.
Aber welche Ironie —
Tralahü — lahü — lahi —:
Morgen leben alle Leute
egalweg genau wie heute.

WAHRE LIEBE

Wenn ich so müd nach Hause komm,
zerredet und zerschrieben:
dann sitzt du da, so lieb und fromm.
Man muß, man muß dich lieben!
    Die Nacht gleich einem Feste ist.
    Ich weiß, daß du die Beste bist.
    Und warum ist das? Nämlich:
        Du bist so himmlisch dämlich.

Du hast es gut.
                Du ahnst es nicht,
was Stalin jüngst gesprochen;
weißt nichts vom leipziger Reichsgericht
und nichts von Kunstepochen.
    Du hältst einen Puff für ein Hotel
    und Bronnen für einen lauteren Quell ...
    Ich liebe dich. Weil ... nämlich ...
        Du bist so himmlisch dämlich!

Mein blondes Glück! Von Zeit zu Zeit
tu ich ein bißchen fremd gehn.
Die andern Frauen sind so gescheit
und lassen das noch im Hemd sehn.
    Dann kehr ich reuig zu dir zurück
    und genieße tief atmend das reine Glück ...
    Dumm liebt zweimal.
                        Nämlich:
    Du bist so himmlisch dämlich —!

DIE APOTHEKE

Manche Leute gehen in den fremden Orten immer erst in den Ratskeller, manche zur Sehenswürdigkeit — ich gehe in die Apotheke. Da weiß man doch.

Es beruhigt ungemein, zu sehen, daß auch in Dalarne, in Faido oder in Turn-Severin die Töpfchen der Reihe nach ausgerichtet stehn, jedes mit einem Namen auf dem Bauch, und fast von keinem wissen wir, was es ist. Manche heißen furchtbar unanständig, aber die Apotheker meinen das nicht so. Und immer riecht es nach strengen und herben Sachen, es sind jene Düfte, die dem guten, alten Apotheker langsam zu Kopf steigen, woher er denn den altbewährten Apotheker-Sparren hat. (Protest des Reichsverbandes Deutscher Apotheken-Besitzer. Reue des Autors. Denn ihr habt keine Spezial-Sparren mehr, sogar die Geometer sind vernünftig geworden ... ihr habt alle zusammen nur noch eine Verrücktheit: die Berufseitelkeit.) Ja, also die Apotheken.

Mir fehlt eigentlich nie etwas Rechtes, aber es gibt so nette kleine Mittel, die sich hübsch einkaufen: Baldrian oder doppelkohlensaures Natron oder Jodtinktur ... irgend etwas wird man schon damit anfangen können. «Bitte geben Sie mir ...»

Da kommt dann ein weißer Provisor-Engel angeschwebt, die jüngern Herren haben, wenn es in deutschen Apotheken ist, Schmisse und sehen grimmig-gefurcht drein, so: «Du! Wir sind hier akademisch gebildet, und daß wir dir etwas verkaufen, ist eine große Gnade!» Da wird vor Angst sogar die Tonerde doppelt sauer. Oder es ist da ein Apothekermädchen, blond und drall, und man kann gar nicht verstehen, wie so ein freundliches Wesen alle die vielen lateinischen Namen auswendig weiß. Und immer mixt ein älterer, schweigsamer Mann hinter einem hohen Pult eines der zahllosen Medikamente ...

Es gibt übrigens nur fünfzehn, hochgegriffen.

Es gibt nur fünfzehn Medikamente, seit Hippokrates selig, und doch ist es einer weitentwickelten Industrie von Chemieunternehmen und den Fabriken zur serienweisen Herstellung von Ärzten gelungen, aus diesen zehn Medikamenten vierundvierzigtausendvierhundertundvierundvierzig gemacht zu haben; manche werden unmodern, die werfen wir dann fort. Ja, verdient wird auch daran. Aber das ist es nicht allein: die Leidenden wollen das so. Sie glauben nicht nur an den Wundermann – Professor oder Laien –, sie glauben auch an diese buntetikettierten und sauber verpackten Dinge, die mit ... ‹in› oder mit ... ‹an› aufhören und eben einige jener zehn Medikamente in neuer Zusammensetzung enthalten.

Hübsch, so eine Apotheke. Man fühlt sich so geborgen; es kann einem nichts geschehen, weil sie ja hier gegen alle Krankheiten und für alle Menschen ihre Mittel haben. Es ist alles so ordentlich, so schön viereckig, so abgewogen rund – so unwild. Hat der Apotheker einen Vogel? eine treulose Frau? Kummer mit seiner Weltanschauung? Das soll er nicht – wir wollen es jedenfalls nicht wissen. Wir stehen vor ihm, dem Dorfkaplan der IG-Farben und dem Landprediger der ärztlichen Wissenschaft. Die Apotheke macht besinnlich, wir fordern, nehmen, zahlen und sind schon halb geheilt. Bis zur Tür.

Draußen ist es wesentlich ungemütlicher, und von der sanft duftenden Medizin-Insel steuern wir wieder auf das hohe Meer. Die Apotheke ist das Heiligenbild des ungläubigen kleinen Mannes.

SAISONARBEITER

Zehntausend polnische Schnitter,
die kommen nach Deutschland hinein;
es wollen die pommerschen Ritter
billig bedienet sein.
Die beschimpfen den deutschen Arbeitsmann,
weil der ihr Fressen nicht essen kann
und nicht wohnt in dem Lumpenquartier.
Und es erläßt der Herr Aristokrat
ein Landarbeiter-Inserat
auf Zeitungspapier,
auf Zeitungspapier,
auf polnischem Zeitungspapier.

Zehntausend Ärmste der Armen,
die treten zur Arbeit an,
bewacht von den Gendarmen,
daß keiner auskneifen kann.
Sie schuften für ein paar Zettel Geld.
Bringt die Arbeitersfrau ein Kind zur Welt,
dann näselt der Kavalier:
«Was sind denn das für Schweinerein?
Wäsche –? Wickeln Sie das doch ein
in Zeitungspapier,
in Zeitungspapier,
in schlesisches Zeitungspapier –!»

So werden Proleten betrogen,
so werden Kinder gemacht.
Sie liegen in Zeitungsbogen
und brüllen die ganze Nacht.
Und könnten sie lesen, so läsen sie gleich
von dem herrlichen, dem Deutschen Reich
und von proletarischer Gier.
Wirf, Arbeiter, aus deinem Haus,
die arbeiterfeindliche Presse heraus!
Und wisch dir deine Augen aus
mit dem Zeitungspapier,
mit dem Zeitungspapier,
mit Hugenbergs Zeitungspapier –!

MARSCHLIED NACH DEN WAHLEN

Es steht an dem hamburger Hafen
ein riesiger Bismarck aus Stein.
Den Schlaf seines Ruhmes zu schlafen
so steht er da groß und allein.
Er hörte Alldeutschlands Gebrummel
im Schmuck seines spärlichen Haars . . .
Die Zeitungen schrien: Hummel! Hummel!
Und Bismarck, der dachte: Mars! Mars!
Mit Genuß: Mars – Mars –
Mit Genuß: Mars – Mars!
Und Bismarck, der dachte: Mars – Mars –!

Der Bismarck, der hat wohl drei Haare –
denn daran erkennt man den Mann.
Und langsam vergingen die Jahre,
und es kamen die Wahlen heran.
Doch als nun der Bismarck gerochen,
wer heute im Reichstagshaus –:
da hat er kein Wort mehr gesprochen
und riß sich die Haare aus!
Mit Genuß: Hummel – Hummel –
Mit Genuß: Mars – Mars –
und riß sich die Haare aus –!

Trio:

Nun kann er ruhig schlafen.
Und daß die Geschichte auch wahr –:
Seht nach im hamburger Hafen –
Mit Genuß: Hummel – Hummel!
Mit Genuß: Mars – Mars!
Der Bismarck, der hat ja kein Haar –!

EIN DEUTSCHLAND-BUCH

Deutschland lobt sich immerzu selber, was für die Herren Lober zu allem andern auch noch ein gutes Geschäft bedeutet. Seit dem vorzüglichen, viel zu wenig gekannten Buch ‹*Deutschland heute*› von Alfons Goldschmidt ist viel Druckerschwärze über die Seiten gelaufen – und der Deutsche läßt sich immer noch gern fotografieren. Nicht, wie er ist, sondern wie er sich sieht und wie er gern sein möchte: waffenstarrend und martialisch vor einem Hintergrund von Lafetten, brennenden Kathedralen und kartothekstarrenden Etappenschauplätzen — oder bierig-friedlich, der Rhein säuselt sanft dahin, das Bier wallet und ein Gesangverein singt: «Ich weiß nicht, was soll es bedeuten — mir ist so sinnig zu Sinn . . .» Jetzt aber ist etwas erschienen, das mit diesen lächerlichen Familienfotos nichts zu tun hat. Beinah nichts zu tun hat.

Eugen Diesel ‹*Die deutsche Wandlung. Das Bild eines Volks*› (erschienen bei der J. G. Cotta'schen Buchhandlung in Stuttgart und Berlin, die leider in der Firma einen falschen Apostroph führt). Dieses Buch ist der beste Baedeker durch die deutsche Seele.

Hervorzuheben ist zunächst der saubere Stil der ersten drei Viertel des Buches. Was heute in Deutschland Essays schreibt, hat sich eine Sprache beigebogen, die schnattert und stelzt, die plappert und schnalzt, und ganze Fachterminologien werden aufgeboten, um den Herrn Autor als einen in allen Fakultäten bewanderten Mann dastehen zu lassen, immer im Magnesium-Blitzlicht einer falschen Bildung. Sie können nicht mehr sagen: «Der Tisch ist rund», das wäre zu einfach; sie haben nichts zu Ende gedacht, alles ertrinkt in einer tranigen Majonäse, aus der man nur das ranzige Öl herausschmecken kann. Nichts davon ist bei Diesel — fast nichts.

Jeder Leser kennt das Gefühl, mit dem man ein neues Buch in die Hand nimmt: man beriecht es erst einmal. Ich habe dieses hier aufgeschlagen, und entgegen sprang mir ein Kapitel über die deutsche Sprache: so klar, so humorvoll, so sicher in seinen Vergleichen, voll so feinen Gefühls für die Sprachmelodie, die an der Muttersprache zu hören besonders schwierig ist, daß ich das Buch mit größter Aufmerksamkeit zu lesen begann. Man wird nicht so bald damit fertig.

Das beste an diesem ‹Bild eines Volks› ist sein Foto von gestern. Das ist unübertroffen.

Wie das Land geworden ist und wie es noch ist; was an diesen Zuständen ewig und was zeitbedingt ist, das hat Diesel mit großem Wissen und in kristallner Klarheit herausgearbeitet.

Er weiß, daß man erst dann pathetisch werden darf, wenn der Unterbau genügend gesichert ist, und er gibt die Basis. Er sieht das ‹Deutsche› noch in Kleinigkeiten und grade in Kleinigkeiten, und da er viel gereist ist und Europa, soweit ich das beurteilen kann, gut kennt, so ergeben sich nun eben nicht jene Vergleiche, die zu gar nichts führen, sondern fruchtbare, belehrende, belichtende Vergleiche.

Seine Schilderung ist gelassen. Nirgends erregt er sich; er behält einen kühlen und klaren Kopf, und so entstehen Schilderungen der deutschen Stämme, deren erbarmungslose Klarheit noch durch den gutmütigen Spott hindurchleuchtet, mit dem sich etwa Mitglieder einer

Familie, die sich und ihre schwachen Stellen sehr genau kennen, zu necken pflegen. Aber es bleibt keinem etwas erspart.

Auch Berlin nicht.

Diese Insel wird in der ‹Provinz›, welches Wort man nicht mehr anwenden sollte, wild bekämpft. Meist so dumm, daß es jedem gewitzten Berliner mit Leichtigkeit möglich wäre, das selber viel besser zu machen. Wir wissen doch wenigstens Bescheid. Die Figur, auf die in München und Bremen geschossen wird, wenn Berlin gemeint ist, hat mit Berlin wenig zu tun: es ist eine Schießbudenfigur.

Wie aber Diesel seine Bedenken gegen Berlin äußert, das läßt man sich gern gefallen. Er hat nämlich mit seiner kritischen Beschreibung recht. «So ist Berlin seine eigne Provinz, nicht die eigenwillige und führende Zusammenfassung der gesamtdeutschen Triebe.» Und: «Denn sein Wesen und Stolz besteht immer nur wieder darin, daß hier, um des Losseins willen, etwas los sei, gar nicht eigentlich im sensationellen Sinn, sondern im Sinn einer Beweglichkeit.» Man sollte diese richtige Bemerkung, die tief zielt, nicht mit dem albernen Hinweis: «Es wird doch aber in Berlin so viel gearbeitet», abtun; diese Arbeit ist sehr häufig Flucht und Schwäche. «Auch die nicht abzuleugnende berliner ‹Freiheit› ist eher eine Freibeweglichkeit, eine Freiheit des nicht ganz Ernstnehmens. Die bekannte berliner Selbstsicherheit hat also auch eine negative Abstammung.» Und: «An dem, was ihm mangelt, erkennt man, was andre Städte haben.» So ja.

Diesel nimmt sich die einzelnen Stämme vor, und jeder wird kurz und erschöpfend und wohl immer richtig charakterisiert. «Die sächsische Sprache hat die fränkische Neigung, die Konsonanten zu erweichen, bis zur Eigenschaft dicken Schmieröles durchgeführt, aber auch die Vokale bubbeln darin umher, wie Luftblasen, die aus dem Öl langsam aufplatzen. Diese glitschende, gleitende, gemütelnde Lautmasse ist von sentimental-zudringlicher Melodie kitschig getragen. Das Charakterlose ist durch Übertreibung der Empfindelei verborgen. Gebaren, Bewegung, Haltung der Sachsen ist deutsche Formlosigkeit in der Vollendung, ist eine sonderbare Art von wohlmeinender Taktlosigkeit, als Folge von Chaotik, nicht von schnoddriger Seelenkühle, wie beim Berliner. Ein sächsischer Diktator würde im Reiche wegen seiner Mundart nicht ernst genommen werden können.»

Man sieht: die Beschreibung ist kühl wie die in einem botanischen Lehrbuch; hier ist die Forderung Goethes rein erfüllt, daß der Forscher nicht sagen solle: «Das Eisen hat den Fehler, zu rosten», sondern: «Das Eisen hat die Eigenschaft, zu rosten.» Dabei ist Diesel durchaus nicht ohne Temperament; er bleibt nur, wo er schildert, gelassen, und er macht sich die Wirkung niemals durch Geschrei kaputt. (Expertus scio.)

An Schärfe läßt das Buch nichts zu wünschen übrig.

«In Deutschland hat sich die Überzeugung von einer besonderen ernsten Manneswürde herausgebildet, die zuweilen auch der Frau gegenüber ausgespielt wird und sich auf Kosten der Ritterlichkeit nährt. Wenn der Deutsche sich große Vollbärte stehen läßt, so bedeuten sie etwas andres als die englisch-behaglichen, russisch-bärenhaften, französisch-eiteln Vollbärte. Sie sollen oft die Vorstellung von einer öffentlich getragenen Manneswürde erregen.» Man darf hinzusetzen: und sie sollen die Lippen verdecken. Man darf hinzusetzen: es gibt glattrasierte Leute mit Vollbärten.

«Der Begriff der Ordnung ist hier ein Heiligtum, aber nicht der einer organischen Ordnung, sondern einer sachlichen Überordnung der Verhältnisse über den Menschen.» Den Satz sollten sich jene Herren hinter die Ohren schreiben, die den jeweiligen Kalender für die Bibel halten. «Ihr kennt nur das Deutschland von gestern», sagen sie. «Das Deutschland von heute . . .» Ein Land ändert sich nicht. Es wandelt sich, es nimmt andre Formen an – Grundformen bleiben. Und diese Grundformen scheint mir Diesel gut erkannt zu haben.

Das geht bis in die kleinsten Einzelheiten. Zum Beispiel in jene, die sich aus dieser schrecklichen und sakramentalen ‹Ordnung› ergeben. Vom ‹Krach›:

«Sehr dicht bei dieser Neigung zu Auseinandersetzungen steht die deutsche Belehrungssucht, das Beibringen von Meinungen. Es kommt vor, daß ein Oberstudienrat Ortsansässige darüber belehrt, daß an ihrer Gegend etwas nicht in Ordnung zu sein scheine, denn sie sei im Reisehandbuch anders geschildert. Zumal in Norddeutschland wird man auf Schritt und Tritt durch solche Belehrungssucht verletzt: ‹Können Sie denn nicht lesen? Rechts gehen! Hinten antreten! Können Sie denn nicht aufpassen?› In Berlin, dessen Mundart den Frageton am Ende des Satzes anmaßend in die Höhe zieht, wirken diese Belehrungen beleidigend. Wer nach langer Zeit als Deutscher vom Ausland nach Deutschland zurückkehrt, wird mir nichts, dir nichts auf Bahnsteig und Behörde in die längst vergessene Neigung, Krach zu machen, mithineingezogen.»

Aus dieser Stelle geht der Standpunkt Diesels klar hervor, der einzige, von dem aus ein Kulturkritiker ein Land überhaupt richtig zu sehen vermag: der von außen. Der Beobachter mag so tief im Lande stecken, so tief in dessen Leben verstrickt sein, wie er will: er muß so tun, als sei er ein Fremder. Das ist die Technik der *‹Lettres Persanes›* aller Zeiten. Und so ein Buch ist das von Diesel.

Wer denn anders als einer, der draußen gewesen ist und von draußen kommt, könnte dieses sagen: «Der Urkitt der Deutschen ist das Hocken, ein gestalt- oder formloses Beieinandersitzen, gestaltlos trotz der höflichen Sitte, zu fragen, ob ein Stuhl frei sei. Die Stimmung hat etwas Brütendes.» Oder eine Bemerkung, die ins Herz trifft, eine über die Überschätzung der Bildung und der abgelegten Examina: «Grade die einfachsten Leute sind am allerempfindlichsten, wenn man solches Vorgehen kritisiert, und sie sparen sich das Nötigste vom Mund ab, um die Kinder in das Paradies des Wissens und des Faches zu schicken.» Und so hundertmal.

Was an Charakteristiken fremder Nationen abfällt, ist meist so gut, daß man dem Wanderer durch viele Welten Urteilskraft auch über das eigne Volk zutraut. «In den deutschen Büros liegen die Papiere und Akten im Korb und auf dem Gestell wirklich als kleine anerkannte Welten für sich da und laden zur sitzenden Pflicht ein, während in New York einer mir nichts, dir nichts vom Schreibtisch die Beine herabbaumeln läßt, und in Italien sich alles leicht und flatternd gern wieder ins Freie ablöst. Der Deutsche bläst, außer in Österreich, nie leichtfertig den Dampf aus seinem Kessel ab, er läßt ihn immer durch die Maschine laufen ... In der Gesamtbuchhaltung des Landes geht nichts verloren.»

So scharfe und gute Erkenntnisse verdichten sich dann bei Diesel zu Fundamentalwahrheiten.

«Es besteht ein Mißverhältnis zwischen dem Zustand der Dinge und dem Zustand der Menschen, zwischen dem Arbeitsaufwand und dem Arbeitsergebnis. Man sollte mehr Wohlstand und heitere Menschlichkeit erwarten dürfen.»

Und, auf einen Wandteller zu malen —:

«Nachdem sehr viele Deutsche neunzehn oder fünfundzwanzig oder dreißig Jahre alt geworden sind, ehe sie die Schule oder Vorbereitung in irgend einer Form abgetan haben, beginnen sie ins ‹Leben› hinauszutreten, das aber zum großen Teile inzwischen, fast unvermerkt, abgelaufen ist.»

Und, auf viele Wandteller zu malen:

«Indessen sind doch die Deutschen und die Juden durch Geist, Begabung, Schicksal merkwürdig verwandt, ja, sie stehen in einem ähnlichen Sinne unter der kritischen Beobachtung der Welt.» Und wissen meist beide nicht, warum es so ist.

Das sollte unsereiner mal sagen!

Nichts ist so bezeichnend für die völlige Instinktlosigkeit der Deutschland-Lober als die Art, wie die Kritik dieses Buch aufgenommen hat. Diesel ist kein Satiriker; seine erbarmungslosen Wahrheiten werden geruhig vorgetragen, und Kerle, die das Wort ‹deutsch› gar nicht mehr aussprechen können, ohne die Bälge einer unsichtbaren Orgel zu treten, fallen brav auf den Ton des Buches herein; sie hören nur den Ton. Diesel wird nun besonders im zweiten Teil des Werkes mitunter leicht feierlich — das genügt den Hohepriestern des Fahnentuches, den Mann als einen Patrioten willkommen zu heißen. Der darf kritisieren.

Nun, er hat einen Teil Deutschlands gut erkannt und noch besser beschrieben. Merkwürdig berührt seine Blindheit in dem, was die wirtschaftlichen Gründe des deutschen Wesens angeht – nicht alle Motive des deutschen Verhaltens liegen in der Rasse und ihrer Geschichte, nicht alle sind durch die Landschaft bedingt. An dieser Stelle ist immer wieder davor gewarnt worden, jene marxistische Mode mitzumachen, die alles, aber auch alles, was da zwischen Himmel und Erde vor sich geht, als die natürliche und klare Folge wirtschaftlicher Umstände erklärt. So sieht die Welt nicht aus. Aber so, wie Diesel das macht, gehts nun auch nicht.

Es ist ja gut und schön, die Seele eines Volkes aufzuzeigen – denn jedes hat eine. Aber immerhin darf man nun nicht so tun, als sei die grade bestehende Gesellschaftsordnung das A und das O und die einzig mögliche; manchmal ist man bei der Lektüre des Dieselschen Buches versucht, dazwischenzurufen: «Hundert Mark Gehalt mehr, und die Sache sähe ganz anders aus.» Von den Löhnen ist nun leider sehr wenig in diesem Buch zu lesen. Das ist sicherlich keine böse Absicht; Diesel hat entweder zu schwerem Schaden seiner Arbeit in diesem Zusammenhang die wirtschaftlichen Verknüpfungen nicht zeigen wollen, oder er ist, was schlimmer wäre, so in der Welt der Unternehmer gefangen, aus der er ja wohl stammt, daß er nicht anders denken kann als sie. Das wäre fatal.

Der Wahnsinn gewisser, meist von Arbeitgebern aufgemalter Protz-Prospekte wird an einer nebensächlichen Stelle recht deutlich. «Die siebenhunderttausend Güterwagen, auf neunzig Deutsche einer ...» Ach, Herr Diesel! Ich kenne viele, viele hundert Menschen, aber Sie glauben nicht, wie wenig darunter sind, die einen Güterwagen, die den Wert eines Güterwagens besitzen. Ich weiß schon, was Sie haben sagen wollen – aber ich weiß auch, was ich sagen will: daß es nämlich mitnichten, wie die Herren Industriellen glauben und für viel Geld predigen lassen, darauf ankommt, daß auf neunzig Deutsche ein Güterwagen komme und daß wir statt neunzig Deutsche hundertundzehn werden – sondern daß es darauf ankommt, die vorhandenen Gütermengen vernünftig und den erzeugten Arbeitswerten gemäß zu verteilen. Der größte Teil des londoner Immobilienbesitzes gehört einigen Familien. Und wie sieht die Güterverteilung in der übrigen kapitalistischen Wirtschaft aus?

Hier ist das eine Manko des Buches. Das andre liegt darin, daß es oft in denselben Fehler verfällt, den es am Deutschen so scharf rügt: es stellt das Land und seine Bewohner in eine Ausnahme-Position. «Nur in Deutschland gibt es Weidwerk, gibt es das, was der Deutsche als Jägerei ansieht.» Der Nachsatz hebt den Vordersatz und damit diese ganze Anschauung auf: natürlich können die Mexikaner nicht so jagen, wie es der Deutsche zu tun gewohnt ist. Mit solchen Lyrismen ist überhaupt nichts ausgesagt. Nur in England gibt es eine Teestunde, das, was der Engländer unter ‹eine Teestunde› versteht ... nur in Frankreich ... nur in Rußland ... Und aus solchem die Anschauung verengenden Nationalismus entspringen dann Stellen wie diese: «Jetzt ist Deutschland, je nachdem, die Sprengmine oder auch die Rettung Europas.» Und: «Der geschichtliche Augenblick, in dem wir uns befinden, dies seltsame Abenteuer, womit eine ganz neue Zeit beginnt, das alles schließt aus, daß wir in einem Entwicklungszustande stehen bleiben, wie Frankreich und England ihn darstellen. Wir greifen also über die Erstarrung der alten Gebilde hinaus in etwas unbehaglich Neues ...» Und, ganz konsequent in diesem Irrtum: «Deutschland hat die Aufgabe, aus menschlicher und europäischer Gesinnung heraus den Bann zu lösen, der Europa lähmt, den zu lösen die andern aus ihrer Lage heraus unfähig zu sein scheinen.»

Das ist Ressentiment, damit kann man nichts anfangen. Es ist wohl kein Zufall, daß in diesem zweiten Teil des Buches, dessen Verblasenheit seltsam an den schlechten Schriftsteller Rathenau gemahnt, oft das Modewort ‹menschlich› verwandt wird, das ja überhaupt nichts mehr bedeutet und das nur das Loch im Denken des Autors anzeigt.

Sind die Deutschen dazu berufen, die Welt zu erretten? «Während des Krieges hörte man öfters den Ausspruch: ‹Na, in dem oder jenem Lande werden wir schon Ordnung schaffen!› Der Deutsche begreift nicht, daß man nicht in der ganzen Welt seine Art von Ordnung wünscht, die er für die Ordnung an sich hält.» Und dieser Ausspruch stammt von Diesel.

Er befolgt ihn nicht. Diesel ist ein anständiger Mann: er will zwar helfen, doch verspricht er nicht auf allgemeinen Wunsch der Leserschaft fix und fertige Lösungen, er preist keine Patentrezepte an, eine Versuchung, der so viele Autoren unterliegen, weil sie die suchenden, die sehnenden, die ratlosen und die fragenden Blicke, die auf sie gerichtet sind, nicht ertragen können ... Diesel bleibt standhaft und bleibt sauber. Aber er denkt nicht sauber. Mit den Schlußkapiteln seiner Arbeit kann niemand etwas beginnen; das ist Deutschland, wo es am dunkelsten ist – nein, wo es immer finsterer wird; das ist da, wo jener uralte, nun neudeutsche Idealismus beginnt; wo ‹Proppleme› auftauchen, die man nie anders schreiben sollte als so; wo entweder gewitzte Unternehmer so lange medifieren und meditieren lassen, bis – Gott ist groß! – als Resultat just die Notwendigkeit der Deutschen Bank und Disconto-Gesellschaft herauskommt, oder wo verschwommene, gefühlsmäßige, unziselierte, nicht durch das Feuer des Denkprozesses gegangene Philosopheme erscheinen: wie hier bei Diesel. Das Buch gibt gute Diagnosen. Es gibt gar keine Therapie.

Es irrt nicht nur manchmal im einzelnen, wie bei dem völlig unzulänglichen Kapitel über die Reichswehr, wo von der seltsamen Verteilung der verstreuten Kompanien über das Land wohl gehandelt, kein Wort aber davon gesagt wird, warum das so ist und daß dieser Verteilung ein Plan zugrunde liegt. Das Buch läßt einen trotz der vorzüglichen Naturgeschichte des Deutschen ratlos zurück. Und was nun? Und was nun?

Not tut Klarheit. Not tut Selbsterkenntnis —: Selbsterkenntnis der Berufe, die auf dem besten Wege sind, sich heilig zu sprechen, und Selbsterkenntnis des einzelnen, der, durch Kino, Sport, weltanschauliche Klubs in der Jugendbewegung der Bünde und in der Greisenbewegung des Parlamentarismus, aus diesem Leben flüchtet. Die deutsche Philosophie ist fast immer Flucht. Die Leute wollen die harte, die unbequeme Wahrheit nicht hören — sie nehmen sie dem Sager übel. Die Unternehmer nehmen sie übel, weil sie eine Sicherheit schwinden fühlen, die längst nicht mehr vorhanden ist — so gewaltsam trumpft nur auf, wer den Boden unter sich wanken fühlt wie diese verkleideten Faschisten; die Angestellten, weil sie, Herr für Herr und Fräulein für Fräulein, ihr Schicksal wenigstens für ihre Person zu lösen glauben, wenn sie sich mit dem Chef gut stellen, wenn sie abends einen Smoking anziehen und wenn sie Sonnenblumen am Siedlungshäuschen ziehen. So gehts nicht.

Es fehlt uns die Röntgen-Fotografie des Volkes, wie es heute ist. Die deutsche Wandlung? Flaubert notierte im *‹Bouvard und Pécuchet›* als Prototyp eines Gemeinplatzes: «Unsere Zeit ist eine Übergangszeit.» Alle Zeiten sind das.

Wenn der Deutsche sich selber einmal klar erkennt: seine wirtschaftliche und seine seelische Lage, wenn er die innere und die äußere Revolution wirklich will und damit etwa die Hälfte von dem, was er ist, zu überwinden trachtet: dann und nur dann kann er, dem von außen nicht geholfen werden kann, sich selber helfen.

PAUSE AUF DEM TÖPFCHEN

Wenn einer und er kommt mit einem Freunde zusammen, den er lange nicht gesehen hat, und sie unterhalten sich so eifrig und recht beflissen, einander nun alles, aber auch alles mitzuteilen, was sich in der Zwischenzeit ereignet hat (es können auch weibliche Freundinnen sein), und wenn sie dann so mittendrin sind im Gerede, im Geruddel, im Geklatsch und im Gekakel, dann kann es wohl geschehn, daß der andre zum einen oder der eine zum andern sagt: «Wart mal — einen Moment!» und geht hinaus, wo die weißen Handtücher hängen und die Badelaken, und da hält er sich dann auf und überdenkt es sich. Der andre überdenkt es sich auch.

Und wenn dann der gegangen Seiende wieder ins Zimmer tritt,

dann hat sich bei beiden so viel Neues angesammelt, das ihnen unterdessen eingefallen ist, sie müssen es sich nun ganz schnell mitteilen, so daß sie übereinander herfallen wie die Gack-Gack-Enten, und sie müssen ganz schnell sprechen, beide zugleich, und sich überbieten, wer schöner kann und wer lauter – und es ist ein großes Einvernehmen, das da anhält, na, mindestens bis zum nächsten Morgen.

Merk: Aufs Töpfchen gehn fördert die Freundschaft.

Merk: es gibt nur eines, das die Freundschaft noch mehr fördert:

Den Freund nie auf die Probe zu stellen, die Freundin nicht, niemand. Denn einer, der sein Leben lang einen Lederbeutel voller bunter Steine hütet, die er für Edelsteine hält, der ist reich. Auch, wenn es bunte Glasstückchen sind. Er darf nur den Beutel nicht aufmachen.

Gott erhalte uns die Freundschaft. Man möchte beinah glauben, man sei nicht allein.

DIE POINTENWIEDERHOLER

Manchmal, im Theater ... immer im Theater sitzen da zwei ältere Damen, vor denen habe ich eine furchtbare Angst. Ich sehe sie mir schon, bevor der Vorhang aufgeht, daraufhin an, ob sie es sind. Ja, sie sinds. Sie gehören zur Familie der Pointenwiederholer.

Mein Billett habe ich nur einmal bezahlt – doch, ich bezahle meine Billetts immer. Man kann dann hinterher besser schimpfen. Überhaupt, die Unabhängigkeit der Theaterkritik ... da hatte ich mal einen Onkel Paul (folgt eine lange Geschichte von Onkel Paul, die kein Mensch wissen will. Gestrichen). Mein Billett habe ich einmal bezahlt – aber das Stück höre ich zweimal.

«So bohr ich denn in dies verruchte Weib mein Schwert!» sagt Kortner, und da hat er ganz recht. Links von mir zischelt Fräulein Klacksmann zu Frau Pinselbrenner: «So bohr ich denn in dies verruchte Weib mein Schwert!» Und sie zischelt es deutlich, sauber artikuliert, schön laut, damit die andern Leute auch etwas davon haben. Warum sie das tut, ist nicht ganz klar. So viele schwerhörige Begleiterinnen kann es nicht geben. Es muß wohl so sein, daß manche Leute nicht so richtig zuhören können. So wie andre maulfaul sind, so sind sie ohrenfaul. Und da haben sie sich denn ein Privat-Theater ins Theater mitgebracht. Und das Privat-Theater sagt alles noch mal.

«Sieht Ihre Schwiegermutter vielleicht aus wie ein Edamer Käse?» fragt der Komiker. Ungeheure Heiterkeit. Aber deutlich, klar und deutlich mit allen ss und rrs, höre ich neben mir: «Sieht Ihre Schwiegermutter vielleicht aus wie ein Edamer Käse?» Und dann erst lacht die Frau Pinselbrenner – denn warum sollte sie vorher lachen? Vorher hat sie nichts verstanden. Sie geht nach.

Daß im Kino immer mindestens einer seiner Braut alle Titel laut vorliest, kann ja kaum noch vorkommen, weil wir doch jetzt den Tonfilm haben, wo die Titel laut gesprochen werden; wobei zu bemerken wäre, daß die alten Titel meist besser waren als jetzt der Text. Aber warum im Theater die Pointenwiederholer ihr Wesen treiben ... Ich habe mir darüber so meine kleinen Gedanken gemacht: man denkt ja manchmal nach, wenn man auch im ernsten Berufsleben steht – aber man macht sich doch so seine Gedanken ... und dies ist meine Theorie:

Es muß Menschen geben, die etwas erst dann richtig aufnehmen, wenn sie es selber gesagt haben. Sie täten auch Herrn Einstein seine Theorie nicht glauben, bis sie sie nicht selber aufgesagt haben. Und da führen sie denn das ganze Stück noch einmal für ihre Ohren auf, und dann, dann erst haben sie alles richtig kapiert. Es ist nicht so sehr ein Liebesdienst, den sie dem andern erweisen – sie bringen das Stück für sich selber ins reine. Und klappern den ganzen Abend über mit dem Text nach. Dabei müssen sie sich sehr beeilen, weil es doch oben auf der Bühne weitergeht, und daher sagen sie die Sätze mitunter sehr rasch, schleifend, hopphopphopp – mit einem kleinen Lachgluckser in der Kehle, und dabei gewinnt der Text sehr. So möchte ich auch einmal aufgesagt werden – ach, muß Ruhm schön sein!

Für uns ist das aber gar nicht schön.

Es ist schon schlimm genug, daß man gewisse Stücke überhaupt einmal hören muß, denn so, wie es Stücke gibt, die sich für keine Premiere eignen, so gibt es wiederum welche, die eignen sich nur für eine Premiere – für die Premieren, wo der Klub der Harmvollen versammelt ist: jene, denen mies ist vor Berlin, vor sich selber und vor dem Theater, und die das dadurch dokumentieren, daß sie dauernd dahin laufen, wo sie alles drei zusammen haben können. Ich bin noch nie in einem Löwenkäfig gewesen. Aber ich bin schon mal in einer berliner Premiere gewesen. Ja, und diese Stücke müssen wir nun alle doppelt hören, weil doch Fräulein Klacksmann der Frau Pinselbrenner das Stück erzählen, erklären und wiederholen muß – und wenn wir Glück haben, dann hören wir es dreimal, und es kostet gar nicht mehr: das ist gratis. Manchmal hört man auch noch die Souffleuse, und dann ist es wie in einem akustischen Spiegelkabinett.

Wenn Sie heute abend ins Theater gehen: denken Sie bitte an mich. Und wenn die beiden Pointenwiederholer wieder dasitzen, dann drehen Sie sich nicht um und sagen Sie nicht: «Pst!» – Sie nähmen den Leuten ihr tiefstes Vergnügen an der dramatischen Kunst. Denn wie heißt es beim Dichter so schön? «Du mußt es dreimal sagen!» (Das Echo: «Du mußt es dreimal sagen!» – Das Doppelecho: «Du mußt es dreimal sagen!»)

Neulich, da gab Pallenberg in Hamburg, der süßen Stadt, ein Gastspiel. Ich hin. Denn seine heimschen Künstler soll man ehren. (Das Echo: «Denn seine heimm'schen Künstler soll man ehren!») Und da saßen auch zwei solche Pointenwiederholerinnen neben mir. Im zweiten Akt aber zog ich meine Tabakpfeife aus der Tasche, hielt das Mundstück meiner Nachbarin vor die Brust und flüsterte streng, aber gerecht: «Wenn Sie noch ein einziges Wort sagen, sind Sie ein Kind des Todes.» Die beiden Damen sind die einzigen Personen im Theater gewesen, die nicht über Pallenberg gelacht haben. Und nach dem Theater bin ich sehr schnell nach Hause gegangen, weil ich noch viel Geschäftliches zu erledigen hatte.

Zieht ihnen das Trommelfell über die Ohren! Schlagt sie tot – das Weltgericht fragt euch nach den Gründen nicht! Amen.

GERÜSTE! GERÜSTE!

Wenn eine Gegend so trostlos und verlassen ist, daß es selbst die Gemeindeverwaltung aufgegeben hat, dem Bürgermeister zuzusetzen: er solle doch nun endlich Handel und Wandel eintreten lassen; wenn niemand handelt und niemand wandelt und wenn nichts vorwärtsgeht: – dann sollte man mich engagieren. Nicht, daß ich etwas zu tun gedächte. Das wäre gegen die Familientraditionen. Mein Vater war Geheimrat bei der bayerischen Gesandtschaft in Pasewalk – wir Panters arbeiten nicht. Aber engagieren sollte man mich doch: denn wo ich hinkomme: da wird gebaut.

Unter den vier Geräuschen, die meine häufigen Eingaben an den lieben Gott, den Menschen Ohrenlider anzuschaffen, hervorgerufen haben, ist eins, das mich verfolgt, wohin ich auch komme: da ist das Geräusch von Hämmern auf Holz oder Stein. Die Hämmer treffen mein Gehirn, dahinein wird gehämmert, und dann soll unsereiner noch imstande sein, die deutsche Politik zu verstehen … Klopfklopfklopf … macht es. Überall.

In Berlin wundert das keinen. Denn soweit das berliner Auge reicht, stößt es immer auf mindestens drei Gerüste. Man freut sich ja bei diesen schlechten Zeiten schon, wenn sich überhaupt etwas regt, und ferne sei es von mir, ernsthaft gegen die Gerüste etwas zu sagen. So kommt wenigstens Geld unter die Leute. Aber die Sucht der Unternehmer, alles – o göttlicher Pleonasmus! – ‹neu zu renovieren›, und die Sucht der Kunden, um Himmels willen nicht in ein Lokal zu gehen, das seit zwei Jahren brav und bieder und sauber dasteht, haben diese Gerüste ins Dasein gerufen – es ist ein Kaleidoskop: neue Steinchen kommen nicht hinzu, aber die alten präsentieren sich in schöner Abwechslung.

Und wenn Gerüste gebaut werden, dann wird geklopft. Diese berliner Gerüste haben mir in den Jahren 1920–1924 zerstört:

‹Die Liebe im Heuhaufen›, ein Pubertätsdrama;

‹O Mensch!›, ein brüderlicher Schrei in 3 Akten;

Cäsar, Wallenstein, der Hauptmann von Köpenick: drei Soldaten (Biografie).

Kann einer arbeiten, wenn es immer am Hause klopft? Er kann es nicht. Da floh ich nach Paris.

In Paris kann man keine Wohnungen mieten – man muß sie heiraten. Es mag ja vorkommen, daß ein Fremder, frisch von der Gare du Nord, die jüngste Tochter des Duc de Grammont zur Frau bekommt – aber es ist noch nie vorgekommen, daß ein Fremder, der nicht über ein kaiserlich-republikanisches Vermögen verfügt, so mir nichts dir nichts in Paris eine Wohnung bekommen hat. (Vergleiche hierzu mein Handbuch ‹Auf der Wohnungsjagd durch Paris; Abenteuer im Asphaltdschungel›.) Also ging ich in die ‹banlieue›, welches Wort die Leute gern mit ‹Bannmeile› übersetzen, was aber ‹Vororte› heißt.

Die Bautätigkeit der pariser Vororte hat sich sofort entsprechend gehoben. Kaum war ich da, so wurde gebaut und gekarrt, gezimmert und geklopft, daß es eine Freude war. Mich kostete das:

‹Auf Druckposten in Feindesland›, ein Kriegsroman;

‹Agathe, die Puppe schreit!›, eine Gesellschaftskomödie;

Zwei Friederiken: Sesenheim und Kempner (Biografie).

Kann einer arbeiten, wenn überall geklopft wird? Er kann es nicht. Und da floh ich nach Schweden.

Nach Schweden, wo die Lappen im Walde heulen und wo ein stiller Bach von Schwedenpunsch durch die Gegend gluckert; wo blonde Frauen mich ansehen und sagen: «Auf Sie haben wir hier grade gewartet!» – nach Schweden . . .

Ich wohne in einem tiefen, tiefen Wald – keines Menschen Fuß hat ihn je betreten, sagt er; und ich klappte die Maschine auf und probte die Hebel und spannte ein Blatt ein und setzte an:

‹Die deutsche Inflation›, Panoptikum in achtundzwanzig Bildern – denn man muß der Kundschaft liefern, was die Kundschaft begehrt; das ist ein alter Literatur-Grundsatz, und darum schreiben sie bei uns auch immer alle dasselbe.

Aber kaum hatte ich das Personenverzeichnis fertig, das ich mühsam aus den alten Jahrgängen der *‹Vossischen Zeitung›* abgeschrieben hatte, da sträubten sich meine Ohren: man klopfte. Im Wald wurde geklopft! Ich stürzte ans Fenster.

Himmelkreuzmillionenmohrenundmarkgrafenstraßenecke! Da standen doch wahrhaftig die Arbeiter, die mich durch die ganze Welt verfolgen, und hackten und kratzten und bauten und hämmerten und karrten und klopften! Ich raus. «Was macht ihr hier?» fragte ich sie.

Nun ist schon einmal bei Stockholm ein kleiner Hund davongelaufen, weil ich Schwedisch gesprochen habe . . . Die Arbeiter ließen alles stehen und liegen und traten neugierig näher. Sie billigten meine Sprachversuche; dergleichen hatten sie noch nie gehört. Ich blätterte in meinen Wörterbüchern. «Hvad tillverka ni här?» buchstabierte ich. Und da sagten es die Leute.

Sie bauten dort ein Sanatorium für Leute, die der Ruhe pflegen wollten. Eins für Nervöse. Eins für ganz Stille.

Und da lehnte ich meinen Kopf an eine zu diesem Zweck angebrachte Buche und weinte bitterlich.

Wohin ich komme —: da wird gebaut. Wie soll ich da das Buch meines Lebens schreiben:

Was ist und zu welchem Ende studieren wir die Liebe —?

LIED DER COWGOYS

«Damn!»
Rudyard Brecht

Ramm! — Pamm!
Ramm — pammpammpamm!
Wir stammen vom Mahagonny-Stamm!
Wir sind so fern und sind so nah!
Wir stammen aus Bayrisch-Amerika.
Ahoi geschrien!
Wir sind keine Wilden — wir tun nur so!
Wir haben Halbfranz auf dem Popo!
Und wir sind auch nicht trocken — gar keine Spur, ah . . .!
In Estremadura!
In Estremadura!
In Estremadura —!

Ramm! — Pamm!
Ramm — pammpammpamm!
Exotik als Literaturprogramm:
Das ist bequem und macht keinen naß
und tut keinem Kapitalisten was.
Remington backbord!
Wir sind bald lyrisch und sind bald roh.
Wir fluchen am Kreuz und beten im Klo.
Und jeder von uns singt so schön wie Kiepura!
In Estremadura!
In Estremadura!
In Estremadura —!

Ramm! – Pamm!
    Ramm – pammpammpamm!
Auf dem Hintern da prangt uns ein Monogramm.
Da prangt Bert Brecht – frag nicht nach dem Sinn –
sonst halten wir dir unsern Hintern hin.
Und klappt es nicht mit des Dramas Lauf:
dann sagen wir rasch ein Sprichwort auf.
Auf dem Rücken der Pferde, da liegt unser Glück ...
God save the Queen mit Goldmundstück!

Wir sind das Ideal des Herrn Cohn,
und wir sind das Produkt einer Generation.
Und wenn einer gar keine Freiheit hat –:
Unsre Freiheit hat er, und die macht ihn satt.
Wir sind und bleiben allzumal
ein geronnenes Großstadt-Ideal!
Berittene Bürger. Ein dreifaches Huhra!
    Nach Estremadura!
        Nach Estremadura!
            Nach Estremadura!

SCHNIPSEL

Arbeiter stehen im Klassenkampf, Angestellte stehen im Gezänk der Kasten.

Das Ideal eines höhern Angestellten ist, so viel zu verwalten und so wenig zu tun zu haben, daß er schon beinah einem Beamten gleicht.

Der Angestellte hat keine marxistische Erkenntnis; er ist nur persönlich beleidigt. Ein denkender Arbeiter sieht in seinem Schicksal das Schicksal seiner Klasse; ein Angestellter sieht im andern nur den Konkurrenten. Im Augenblick, wo er selber eine Zulage oder gar die Handelsvollmacht bekommt, ist die Frage des Klassenkampfes für ihn entschieden.

Der dicke Assistenzarzt sagte zu mir: «Es ist doch ein großer Vorteil für mich, fünf Sprachen zu sprechen. Damit kann man überall Hotelportier werden.»

Er kaufte sich eine Hundepeitsche und einen kleinen dazugehörigen Hund.

Der Angestellte lebt von seinem kärglichen Gehalt sowie von der durch nichts zu erschütternden Überzeugung, daß es ohne ihn im Betriebe nicht gehe.

In Ascona, wo die Verdrehten wild vorkommen, fragte einst ein Fremder einen Tessinesen, wer denn diese blassen Fresken an der Kirchhofsmauer geschaffen habe. «Ein vegetarischer Maler», sagte der Mann.

Sie ließ sich beizeiten von ihm scheiden, weil er Witze um die entscheidende Nuance zu langsam erzählte.

Wenn man nach fünftägiger Bekanntschaft zu einem Menschen sagt: «Sie haben etwa den und den Charakter – also werden Sie wohl das und das Schicksal haben»: das glaubt er nicht.

Wenn man ihm aber dasselbe aus der Hand weissagt: das glaubt er.

Das beste Wort über künstlerische Wirkung stammt von S. J. «Erfolg ist Mißverständnis», sagte er.

Liebe ist, wenn sie dir die Krümel aus dem Bett macht.

DIE REDENSART

Als Friedrich, August von Sachsen,
noch saß auf seinem Thron,
da tät die Empörung wachsen –
horch, horch – die Revolution!
Im Schloß erschrak man nicht wenig,
der Kammerherr wurde ganz blaß.
Da sagte der gute Geenij:
«Ja, dürfen die denn das –?»

Der Satz hat sich eingefressen.
Ich sag ihn bei Tag und bei Nacht.
Ich sag ihn bei Jungdo-Adressen,
ich sag ihn, wenn Hitler was macht.
Ich sag ihn, wenn Mädchen sich lieben,
und wenn einer reizt mit dem As,
und wenn sie um Schleichern was schieben:
«Ja, dürfen die denn das –?»

Wie die Deutschen so tiefsinnig schürfen!
Jeder Mann ein Berufungsgericht.

Nur wer darf, der darf bei uns dürfen –
die andern dürfen nicht.
Und sitzt in der peinlichsten Lage
der Deutsche, geduckt und klein –:
dann stellt er die deutscheste Frage
und schläft beruhigt ein.

HERR WENDRINER STEHT UNTER DER DIKTATUR

– «Stieke –!

Ich hab dir doch gesagt, du sollst nicht so laut reden. Vorm Kino stehn SA-Leute ... siehste doch. Steig aus. Wieviel macht das? Es wird schon nicht regnen ... das hält sich. Komm rein. Und halt jetzt den Mund. Verzeihen Sie, bitte ... Sei jetzt still. Welche haben wir denn ...? Erste Reihe – is ja famos. So – den Mantel dahin, deinen ... gib mal her.

Reklamefilms. Das ist ein Reklamefilm. Ach, den haben wir schon gesehn – das ... Regierer –! Na, das ist aber komisch! Wie kommen Sie denn hierher? Was, in die Loge? Na ja, feine Leute ... hähähä ... So, das sind Steuerkarten. Ach? Du, Regierer hat noch zwei Karten frei, die hat er nicht verwenden können. Welsch kommt auch noch. Gehn wir doch in die Loge. Warten Sie, wir kommen zu Ihnen rüber ... hier ... nimm mal den Mantel ... So. Hier kann man wenigstens reden.

Wochenschau war eben. Parade in Mecklenburg. Gut besetzt, was? ... Eine Menge Miliz ist da – wissen Sie, daß einem direkt was fehlt, wenn die nicht im Saal sind? Ja. Man ist so daran gewöhnt ... Man sieht übrigens sehr gute Erscheinungen darunter. Gott, ich finds einkich ganz nett. Nich wah, Hanne? Direkt feierlich. Ja. Na, Regierer, was sagen Sie denn nu so –? Was? Man wird doch da sehn? Das sag ich auch immer. Wissen Sie: ich finde das alles nicht so schlimm. Wann haben wir uns zum letztenmal gesprochen? Vor zwei Monaten ... im September ... Na, sehn Sie mal an ... erinnern Sie sich noch, was das für eine Panik damals war? Man ist ja direkt erleichtert, seitdem ... man weiß doch wenigstens, wo und wie. Na, das war eine Stimmung, damals ... meine Frau hat mich vier Tage ins Bett gesteckt, so runter war ich. Wer hat denn das auch erwarten können! Man hat doch hier am Kurfürstendamm vorher gar nichts gesehn! Nein. Sehn Se – das ist Gebühr, Otto Gebühr. Dem solln neulich die Franzosen einen Antrag gemacht haben, er soll den Napoleon spielen. Hat er nicht angenommen. Er spielt bloß den Doktor Goebbels, hat er gesagt, und allenfalls noch den Fridericus. Guter Schauspieler. Hat jetzt seine große Zeit. Doch – das hab ich auch! Ich habe ... ich habe damals Staatspachtei gewählt, weil eben damals einer die Verantwortung tragen mußte ... und die Einstellung der Partei hat eben die Perspektiven richtig gesehn. Ja. Hat Welsch wirklich Zentrum gewählt? Meschugge. Ich wern nachher fragen. Jedenfalls: so schlimm ist es gar nicht. Ich habe einen Geschäftsfreund aus Rom gesprochen, der hat gesagt: Dagegen wäre es hier direkt frei. Sie haben doch auch den gelben Schein? Wir haben den gelben Schein, natürlich. Zehn Jahre? Ich wohn schon über zwanzig Jahr in Berlin; da habe ich ihn sofort gekriegt. Pause! Stieke —! Nu sehn Sie sich mal diesen schwarzen Kerl da unten an! Wahrscheinlich ein Ostjude ... wissen Sie, denen gegenüber ist der Antisemitismus wirklich berechtigt. Wenn man das so sieht! Ekelhafter Kerl. Wundert mich, daß er noch hier ist und daß sien noch nicht abgeschoben haben! ... Na, ich kann nicht klagen. In unsrer Straße herrscht peinliche Ordnung ... wir haben da an der Ecke einen sehr netten SA-Mann, ein sehr netter Kerl. Morgens, wenn ich ins Geschäft gehe, geb ich ihm immer ne Zigarette — er grüßt schon immer, wenn er mich kommen sieht; meine Frau grüßt er auch. Was hat man Ihnen? Was sagt Regierer? Sie haben ihm den Hut runtergeschlagen? Wobei? Ja, lieber Freund, da heben Sie doch den Arm hoch! Ich finde, wenn die Fahne nu mal unser Hoheitszeichen ist, muß man sie auch grüßen. Stieke —! Pulverfaß ...! Pulverfaß ...! Meinen Sie, ich fühl mich ganz sicher? Jeden Vormittag klingelt mich meine Frau im Geschäft an, ob was is. Bis jetzt war nichts. Sehr gut war das ehm, haben Sie das gesehn? Wie der sich blind gestellt hat, dabei ist er taub? Na, ich will Ihnen was sagen ... Du sollst doch den Namen nicht so laut nennen! — ich will Ihnen mal was sagen: Der H. — wenn er auch aus der Tschechoslowakei ist — der Mann hat sich doch hier glänzend in die deutsche Psyche eingelebt. Na, jedenfalls herrscht Ordnung. Also, Ordnung herrscht mal. Sowie Sie Staatsbürger sind und den gelben Schein haben, also Schutzbürger, passiert Ihnen nichts ... darin sind sie konsequent. Das muß man ja sagen: aufgezogen ist das ja glänzend. Phantastisch! Was? Neulich auf dem Wittenbergplatz? Wie sie da mit ihren Fahnen und mit der ganzen Musik angekommen sind. Unterm Kaiser war das auch nicht bess ... Welsch — Na, 'n bißchen spät! Der halbe Film ist schon vorüber. Setzen Se sich mal dahin ... nicht auf meinen Hut! Setzen Se sich auf Regierers Hut ... der is nich mehr so neu!

Na, Welsch — was tut sich? Zeigen Sie mal ... jetzt bei Licht kann ich Sie besser sehn! Sehn gut aus! Sie, is das wahr, daß Sie Zentrum ... da kommen zwei Leute vom Dienst. Stieke! ... Is das wahr, daß Sie Zentrum gewählt haben? Meschugge. Na ja — das Zentrum hat seinerzeit den Karewski auf die Liste gesetzt; das sind doch jüdische Sachen. Wir ... Nich so laut! Vor allem leise! Machen Sie mir keine Unannehmlichkeiten — dazu sind die Zeiten zu ernst. Schließlich haben die Leute ganz recht, wenn sie in der Öffentlichkeit von uns Haltung verlangen. Da haben sie ganz recht. Jetzt fängts wieder an. Das ist Kortner ... sehn Se, den lassen sie auch auftreten ... Ich sage nehmich grade: so schlimm is es gar nicht. Nicha? Find ich auch. Hübsche Person — gucken Se mah. Wir haben grade von H. gesprochen. Bei dem weiß man wenigstens: er geht eim nich ann Safe. Bei den Kommunisten weiß ich das nicht. Oder vielmehr ... ich weiß genau, was da rauskommt. Na, vorläufig können sie sich ja nich rührn; die sind ja plattgehauen. Ist ihnen ganz recht. Lieber Welsch, der Politiker hat da zu stehn, wo grade der Erfolg ist. Sonst ist er überhaupt kein Politiker. Und der Geschäftsmann auch. Das ist Realpolitik. Der eine macht die Politik, und der andre macht die Realien. Sehr richtig.

Nochmal Wochenschau? Na gut. Stieke —! Du sollst doch bei diesen Bildern nichts sagen! Laß doch den Leuten ihr Vergnügen — so schlimm ist das alles nicht. Sogar ein sehr gutes Bild ... wir haben ihn neulich ganz aus der Nähe gesehn; er stand da mit seinen Unterführern ... Nein! Goebbels ist doch raus ... wissen Sie das nicht? Riesig populär sogar. Vielleicht grade deswegen. Der H. paßt ja sehr auf. Der Goebbels hat im Wintergarten auftreten wollen ... aber sie ham ihm die Konzession nicht gegeben.

Heute wars 'n bißchen schwächer. Bißchen schwächer. Warum —? So könn Se bei der Börse doch nicht fragen! Die Börse hat eine Nase ... da frägt man nicht warum. Die Leute haben eine sehr feine Witterung —: wenns gut geht, sind sie stille und verdienen alleine, und wenns schief geht, machen sie die andern meschugge. Die haben hinterher noch immer genau gewußt, was passiert ist! Reizendes Bild, sehn Se mah an! Nu sehn Se mal, haben Sie das gesehn —? Wie die französischen Soldaten da alle durcheinander laufen ...? Na, das könnte bei uns ja nicht passieren! Ja, also ... wenn auch manche noch so mäkeln —: ich finde, die Sache hat doch auch ihre guten Seiten. Wieso? Wieso denn? Was hat das mit dem Krieg zu tun? Was hat der Youngplan mit dem Krieg zu tun? Laß mich! Haben wir den Krieg gemacht? Wir haben bloß Hurra geschrien. Und nachher haben wir keine Butter mehr gehabt. Ach, erzähln Sie mir doch nichts! Seit wann muß denn ein Volk für einen verlorenen Krieg auch noch bezahlen! Schlimm genug, daß wirn verloren haben; die andern haben ihn gewonnen, solln dien doch bezahlen! Lieber Welsch ... ich habe ... ich bin ... Stieke —!

Ich habe ... Lieber Welsch ... ich habe gewisse Sachen genau so erwartet wie Sie. Na ja, und seit ich sehe, daß das eben nicht ist, sehe ich, daß dieses System doch auch seine guten Seiten hat. Ich meine, es hat seine geschichtliche Berechtigung — laß mich! Das kann man nicht leugnen. Es hat seine ... also ich meine, die Stadt hat doch auch ein andres Gesicht. Und die Fremden kommen auch schon wieder, weil sie ehm neugierig sind. Ich muß sagen: die Leute haben was. Ich weiß nicht, was ... aber sie haben was.

Aus. Na, gehn wir. Ach so ... noch das Wessel-Lied. Steh auf. Was soll man tun: man muß das mitmachen. Die Engländer singen auch immer nach dem Theater ihre Nationalhymne, na, und wir Deutschen singen eben ein andres Lied ... Marschieren im Geist in unsern Reihen mit ... Na, schön.

Verzeihn Sie bitte ... Tz ... tz ... tz ... es regnet. Nu regnets doch. Warte mal — vielleicht kommt 'n Wagen. Stell dich da mal inzwischen unter; ich wer schon aufpassen. Das ist kein Sturmtruppführer, das ist ein Gauführer ... ich kenn doch die Abzeichen. Stell dich doch unter! Wenn es regnet, soll man sich unterstellen. Haben wir nötig, naß zu werden? Laß die andern naß werden. Da kommt der Wagen.

Stieke —! Steig ein.»

DER SCHIEFE HUT

Einmal — das war in den Ferien und ist noch gar nicht lange her —, da wohnte ich in einer Pension bei Luzern und sah auf den grauen See. Es war ein trübes Wetter, und ich dachte: I, dachte ich, das Pferderennen da unten wird auch nicht sehr lustig ausfallen. Vielleicht war es gar kein Pferderennen — es kann auch ein Wettspringen gewesen sein. Ich weiß nicht viel von diesen Dingen; wenn man mich reiten gesehn hat, dann versteht man, was das ist: Pazifismus. Wo beim Pferd der Kopf ist, da ist vorn ... mehr weiß ich nicht, und so werde ich nie einen jener hochfeinen Gesellschaftsromane schreiben, bei denen der kleine Angestellte vergessen soll und vergißt, wohin er gehört. Klassenkampf? Hängt doch den Leuten einen geliehnen Frack auf die Hintertreppe, dann werden sie den Klassenkampf schon vergessen. Ja, also Luzern.

Da saß ich und sah, wie sich der kleine Saal allmählich mit den Gästen füllte, die hier ihr Abendbrot essen wollten. Da war Frau Otto aus Magdeburg, die sah aus wie die protestantische Moral. Die Moral hatte eine Tochter ... wenn man sich schon von der Mutter schwer vorstellen konnte, wie sie zu einer Tochter gekommen war, so konnte man sich von der Tochter gar nichts vorstellen, und man wollte das auch nicht. Dann war da der Direktor Zuegli, aus irgend einem schweizer Ort, der der Aussprache nach im Kehlkopf liegen mußte; dann eine fromme Dame aus Genf, die so fein war, daß sie kaum mit sich selbst verkehrte; dann ein alter österreichischer Adliger, der aussah wie Kaiser Franz Joseph und das Personal ebenso unfreundlich behandelte wie jener es wahrscheinlich getan hat ... da kam Frau Steiner.

Frau Steiner war aus Frankfurt am Main, nicht mehr so furchtbar jung, ganz allein und schwarzhaarig; sie trug Abend für Abend ein andres Kleid und saß still an ihrem Tisch und las feingebildete Bücher. Ich will sie ganz kurz beschreiben: sie gehörte zum Publikum Stefan Zweigs. Alles gesagt? Alles gesagt.

Und da kam nun Frau Steiner, und ich erkannte sie gar nicht wieder. Ihre vornehmen frankfurter Augen blitzten, eine leise Röte, die nicht von Coty stammte, lag auf ihren Wangen, und ihr Hut ... Der Hut saß um eine Spur, um eine winzige Nuance, um ein Milligramm zu schief. Er saß da oben, so: «Hoppla! Wir sind noch gar nicht so alt! Wenn wir auch eine erwachsene Tochter haben! Das Leben ist doch goldisch!» Was war da geschehen?

Frau Steiner war auf dem Pferderennen gewesen. Sie sagte das zu ihrer Nachbarin, der Frau Otto aus Magdeburg. Und sie erzählte, wie reizend es dort gewesen sei, und wie hübsch die Pferdchen gesprungen seien, und wie nett die Gesellschaft ... Aber das dachte sie nicht, während sie erzählte. Ihr Hut sagte, was sie dachte.

Der schiefe Hut sagte:

«Wir haben junge Männer gesehn! Sie haben so stramm zu Pferde gesessen, die Schenkel an den Sattel gepreßt, stramm und locker zugleich. Wir haben uns jung gefühlt – oh, so jung! Das ist doch erlaubt! Wir haben uns gedacht: jeden von diesen jungen Männern könnten wir glücklich machen! Wenn es drauf ankäme! Es ist aber nicht drauf angekommen. Wir haben uns wunderbar unterhalten: im Hellen mit den Leuten auf der Tribüne, und im Dunkeln mit den Reitern. Die schönen Pferde – haben wir gesagt. Gedacht haben wir nichts, aber gefühlt haben wir. Es war wie Sekt.»

Das sprach der Hut. Die Frau hatte sich keineswegs lächerlich gemacht, es war eben nur die winzige Kleinigkeit, um die der Hut zu schief saß. Denn ein junger Mensch darf sich unbesorgt verliebt geben – ein alter Mensch aber muß sehr vorsichtig damit sein, für den Fall, daß es einer sieht. So sind auch unsre Mamas manchmal nach Hause gekommen, von einem Ball oder einem Tee, mit glänzenden Augen, und wir haben uns gewundert, wie verändert sie waren, und was sie wohl hätten.

Es war Licht, das in einen Tunnel gefallen war. Geblendet schloß die Getroffene die Augen und dachte einen Augenblick an ein Leben, das sie zu führen wohl legitimiert sei und das sie nie geführt hatte.

AUSSAGE EINES NATIONALSOZIALISTEN VOR GERICHT

«Ich möchte den Eid in der religiösen
Form ablegen. Ich schwöre – daß ich
die reine Wahrheit sagen – und nichts ver-
schweigen – und nichts hinzusetzen werde.
So wahr mir Gott helfe!»

Wir standen da vor Klippermanns Lokal
und dachten weiter gar nichts Schlimmes –
wir stehn so harmlos da … Mit einem Mal –
ich sag noch zu Parteigenossen Kimmes –
ich sage: «Kimmes!» sag ich – «wir gehn bald
jetzt Blümchen pflücken in den grünen Wald …»
Auf einmal kommen da die Kommunisten –
acht oder hundert Stück … ich weiß genau!
und schlagen auf uns los und machen Kisten –
an ihrer Spitze eine wilde Frau!
Wir mußten alle rasch in Deckung gehn.
Ob wir geschossen …?
Ich hab nichts gesehn.

Der eine Kommunist trug in der Linken
ein typisch russisches M.G.:
mit seiner rechten Hand, da tät er winken –
der andere Trupp stand vorn auf der Chaussee.
Zwei Kommunisten sangen freche Lieder.
Wir waren harmlos, ruhig, doch empört …
Ich kenn die Angeklagten alle wieder –
Ob was …? Geschossen …?
Ich hab nichts gehört.

Wir gehn ja immer leis und sanft von hinnen.
Wir trinken Milch, weil das die Muskeln stärkt.
Gestochen …? wir …? Ich kann mich nicht besinnen.
Mit einem Dolch …? Ich habe nichts bemerkt.
Wir sind die friedlichste und stillste Blase.
Wir schwören vor den Schranken des Gerichts.
Man glaubt uns gern. Mein Name, der ist Hase:
ich weiß von nichts – ich weiß von nichts.
Der Kommunist wird feste arretiert.
Wir haben alles sauber einstudiert …
Beweisen Sie uns mal das Gegenteil!
So wahr mir Gott helfe.
Hitler Heil!

GEBRAUCHSANWEISUNG

Erfahrungen vererben sich nicht – jeder muß sie allein machen. Jeder muß wieder von vorn anfangen … Nun fängt ja keiner ganz von vorn an, weil in jedem Menschen vielerlei Erfahrungen aufgestapelt sind: zwei Großväter, vier Urgroßväter, achtzehn alte Onkel, dreiundzwanzig Tanten, Ur-Ur-Ur-Ur-Ahnen ... das trägst du alles mit dir herum. Und manchmal, wenn du grade einen Entschluß faßt, dann entscheidet in Wahrheit dein im Jahre 1710 gestorbener Ur-Ur-Ur-Ur ... Adolf Friedrich Wilhelm Panter, geb. 1675 in Bückeburg – der entscheidet, was du tust. Du gehst nachher herum und sagst: «Ich habe mich entschlossen ...»

Erfahrungen vererben sich selten. Die katholische Kirche hat da so eine Art Erfahrungsschatz aufgespeichert, den sie ihren Adepten, mehr oder minder symbolisch, abgibt – sie profitiert sehr davon. Man kann da viel lernen, wenn man da etwas lernen kann. Aber zum Beispiel bei der Erziehung ...

Da haben unsre Väter gesagt: «Hör auf mich – ich bin ein alter erfahrener Mann ...» Nun, wir haben nicht gehört. Ob zum Schaden oder zum Nutzen, ist eine andre Sache – aber gehört haben wir nicht. Jeder will sich seinen Schnupfen allein holen.

Das kann ihm aber auch keiner verdenken. Es gibt so wenig gute Anleitungen ... Da haben wir nun Bücher, wie man das Autofahren lernt, wie man Bienen züchtet und Küchenpetersilie zieht; wie man sich zum Gewerbeschullehrer-Examen vorbereitet ... für alles das gibt es sehr brauchbare und handliche Werke. Nur, wie man sich mit seinen Mitmenschen am besten verhält – da gibt es weniger brauchbare Bücher.

Es gibt ganze Waschkörbe voll – aber das Zeug ist meist nicht zu brauchen. Diese Bücher moralisieren; sie sagen, wie es sein sollte – nicht: wie es wirklich ist. Das ist sehr schade – hier fehlt etwas.

Die deutsche Literatur ist in diesem Punkt merkwürdig schwach. Oder kenne ich diese verborgenen Schätze nicht ...? Ich lasse mich gern belehren. Im Französischen gibt es da sehr schöne Sachen – besonders aber im Englischen, das sind ja Leute von großer praktischer Lebensweisheit. Wir haben viel Theoretisches, sehr viel Moralistisches – aber wenig gute klare und kurze Kompendien darüber, wie es so im menschlichen Leben ist.

Da liegt nun so ein Neugeborenes ... Ja, wie soll denn das arme Wesen wissen, wie es sich hienieden verhalten soll, wenn man ihm nicht einen Fahrplan in die Hand gibt –? Sagen Sie selbst.

Und dabei gäbe es doch so viel, so unendlich viel Einfaches zu sagen. Und zwar lauter Sachen, die für eine mittlere Ewigkeit hinreichen – denn die Natur des Menschen ändert sich nicht, nur ihre Formen ändern sich. In Balthasar Gracians Handorakel (vom alten Schopenhauer übersetzt) stehen so einige Dinge – wenn man die beherzigt, kommt man schon ein ganz gutes Stück weiter.

Warum schreibt zum Beispiel nicht einmal ein alter gehauter Fuchs, dessen Fell das Leben gegerbt hat, was man alles mit dem Menschen *nicht* tun darf! Wie verletzlich sie sind; wie man sie niemals necken soll; wie man immer so tun muß, als höre man zu (Zuhörenkönnen ist überhaupt die halbe Lebensweisheit) – keiner schreibt einem das auf. Und da machen denn die Leute einen Haufen Dummheiten und wundern sich, daß sie nicht Regierungsrat werden, und wenn sie alt sind und es bei weitem zu spät ist, dann kommen sie langsam hinter den Dreh und halten ihren Kindern lange Vorträge, wie man es machen müsse, um etwas zu erreichen. Und die guten Kinder denken: «Wenn du so klug bist – warum hastn du dann nicht selber ...?» und wenden sich ab und hören nicht zu. Sie wissen das nicht, daß vom Zuhören ...

Keiner schreibt es ihnen auf. So ein Büchlein müßte die konzentrierteste Lebensweisheit enthalten, mit einer Aphorismensammlung hat das gar nichts zu tun, beileibe nicht. Es müßten wirklich so goldene Regeln sein, wie etwa die, die der Weltreisende Richard Katz einmal gegeben hat: «Vor jeder großen Reise sich die Zähne reparieren lassen.» Das ist kein Aphorismus – das ist eine (schmerzlich) gewonnene Erfahrung. So ein Buch müßte das sein.

«Sagen Sie ... Herr Panter ... was ich sagen wollte: Warum schreiben Sie denn das nicht?» – «Ich? Als wie ich? Werter Herr ... haben Sie schon mal einen Pokerspieler gesehen, der vor dem Spiel und während des Spieles Ihnen genau erzählt, wie er blufft?

Na, also?»

DIE KARTE FÜR DEN PFIRSICH-MELBA

Wir haben es mit den Schildern. Jakopp hat es außerdem noch mit dem Wasserwerk in Hamburg, Karlchen hat es mit den Mädchen, und ich sehe zu. Aber sonst haben wir es mit den Schildern. Am liebsten hätten wir den Kosmos so, daß an jedem Ding dransteht, was es ist, damit man es weiß. Wir freuen uns immer furchtbar, wenn wir sehn, wie an einem Spucknapf ein Schild hängt: SPUCKNAPF, damit niemand glaube, es sei ein Alligator. Hans Reimann, ein geübter Hausdieb, pflegt solche Schilder zu klauen, seine Wohnung ist voll davon, und er hat sehr schöne. Und es ist auch praktisch und gibt ein beruhigendes Gefühl, gleich überall gedruckt vor sich zu haben, worum es sich handelt.

Wenn also Karlchen zu mir zu Besuch kommt, dann hänge ich ihm eine Zimmer-Ordnung ins Zimmer – immer hübsch ordentlich. Etwa so:

ZIMMER-ORDNUNG

1. Dieses ist ein Zimmer.
2. Das Benutzen dieses Zimmers ist nur zu Wohn- beziehungsweise Schlafzwecken gestattet.

3. Das Mitbringen von fremden Weibspersonen ist fast gar nicht gestattet. Dieselben sind vorher dem Ortskommandanten vorzulegen, der sie überprüft.
4. Das Lärmen, Musizieren, das Handeln mit Apfelsinenkernen sowie das Abbrennen von Feuerwerks- und andern Körpern ist auf dieser Wiese strengstens verboten –

und so fort. Den Vogel aber hat Jakopp abgeschossen.

Jakopp hat einen entfernten Bekannten, der sich als seinen Freund ausgibt, der heißt Arthur. Ein lieber, netter Junge; er baut seit etwa anderthalb Jahren seinen juristischen Doktor, aber wir sagen schon immer «Herr Doktor» zu ihm – weil es ihn freut. Und dieser Arthur nun ißt für sein Leben gern Pfirsich-Melba. Gut.

Du weißt doch, wie Pfirsich-Melba serviert wird? In einer hohen Metallschale ..., ganz richtig, sie steht auf einem schlanken Fuß, und wenn man nicht furchtbar geschickt damit balanciert, dann glitscht einem immer der Pfirsich aus der gelben Sauce heraus, oder die ganze Geschichte läuft fettiglangsam den schlanken Metallfuß hinunter – ich möchte das nicht bei hohem Seegang essen müssen.

Arthur muß sich sehr darüber ärgern. Und weil er die Welt nicht so zu verlassen wünscht, wie er sie angetroffen hat, so hat er sich zur Aufgabe gemacht, die Lokale, in denen er etwas zu essen bekommt, dazu zu erziehen, ihm den Pfirsich-Melba in einer flachen Glasschale aufzutragen. Das mögen die Leute aber nicht. Ihr wißt ja, wie ein Fachmann ist –: hat er eine Sache zwanzig Jahre falsch gemacht, dann wird sie ein heiliges Ritual, und wir andern haben da nichts dreinzureden. Pfirsich-Melba wird in hohen Schalen serviert, basta. Wems nicht paßt, der bestelle sich Harzer Käse. Den ißt man parterre. Pfirsich-Melba aber erste Etage.

Reden half nicht; bitten half nicht; Trinkgeldversprechungen manchmal. Aber es war wirklich nicht mehr auszuhalten: wo immer man hinkam, da sagte Arthurchen seinen Spruch auf, bevor er sich den Pfirsich-Melba bestellte, und wir konnten es schon alle gar nicht mehr ertragen. Wir lachten – er blieb unerschütterlich. Und er sagte noch dazu immer das gleiche auf, wenn er diese Geschichte anrührte ...

Und da hatte er Geburtstag.

Auf seinem Geburtstagstisch lag ein kleiner Karton. Er öffnete ihn, neugierig – der Karton kam von Jakopp.

Darinnen lagen, fein säuberlich zusammengebunden, 50 (fünfzig) weiße Kärtchen, und auf jeder stand, hübsch gedruckt, folgendes zu lesen:

> Herr Ober! Haben Sie noch einen Pfirsich-Melba? Schön,
> dann bringen Sie mir den – aber nicht in hohem Kelch,
> weils da immer so runterkleckert. Ich will das lieber in
> einer flachen Schale haben, wo es nicht überläuft!

... Daß ich die reine Wahrheit sagen, nichts verschweigen und nichts hinzusetzen werde: Ich habe bei Ehmke in Hamburg gesehen, wie der Doktor Arthur diesen Zettel beim Kellner abgegeben hat. Das Gesicht des Kellners werde ich vor mir sehn, solange ich lebe. Er sah erst den Doktor an, dann den Zettel, dann nochmal diesen Gast ... Dann las er. Dann sah er auf – mit einem in die Weite traumverlorenen Blick – gleich, dachte ich, wird er die Arme in die Höhe werfen und den großen Liebesschrei der Eskimos ausstoßen. Nein. Er grinste. Er faltete den Mund auseinander und grinste. Der Doktor bekam seine flache Schale. Der Kellner hat sich die Karte hoffentlich einrahmen lassen.

Jetzt erhebt sich die Frage:

Wie wäre es, und wir ließen dem Arthur für sein Doktorexamen kleine Antwortzettel drucken –?

GESUNDE UND KRANKE NERVEN

«Versuchen wir die drei großen Systeme: Freud–Adler–Jung möglichst kurz in ihrem innern Wesen (nicht in ihren ausgesprochenen Lehren) zu fassen, so könnte man vielleicht sagen:

In Freuds Forschungsarbeit spürt man überall den heißen Atem der Großstadt. Die Überhelle, die blendende Dialektik gehört dazu. Ein die andern nicht ruhenlassender, selbst nie ruhender Großstadt-Faust.

In der Adlerschen Schule ist überall Kleinstadt; jeder sieht dem Nachbar in die Fenster und kontrolliert eifersüchtig dessen Lebensstandard – wobei die Geltung bei dem andern das Entscheidende ist. Anheimelnde Düfte der Mittelstandsküche in allen Gassen.

Mit Jung ist man weder in der Großstadt noch in der Kleinstadt, da ist man in frischer, freier Alpenluft. Der Mensch als Bergwanderer nimmt zwar zeitweilig einen Führer, im übrigen aber ist er auf sich selbst und die eigne Kraft gestellt – neben ihm Fels und Erde, über ihm strahlender Himmel und kraftspendende Sonne.»

Diese brillante Charakteristik findet sich in einer kleinen Schrift: ‹*Gesunde und kranke Nerven*› von Doktor L. Paneth (erschienen in Max Hesses Verlag, Berlin-Schöneberg). Solcher populärer Bücher über diesen Gegenstand gibt es viele – so eines wie dieses habe ich noch nie gesehn.

Man muß den abscheulichen Mißbrauch des psychiatrischen Vokabulariums wie übrigens den Mißbrauch jeder Fachterminologie in Betracht ziehen, um die Reife und Klarheit, die Sauberkeit und gelassene Überlegenheit zu würdigen, die in diesem Bändchen zu finden ist. Es ist ein ABC-Buch, aber nichts ist schwerer zu schreiben als ein Lehrbuch. Lehren heißt: vom innern Reichtum abgeben; man muß am Ende stehen, wenn man andern den Anfang zeigen will.

Paneth, ein berliner Nervenarzt, erklärt zunächst die zeitgegebenen Vorbedingungen der Nervosität und der Neurosen, Jahrgänge 1910 bis 1930. Da ist nichts außer acht gelassen, und alles ist gesagt: die wirtschaftlichen Umstände, die große Stadt, die Unrast und die Maschine. Es ergibt sich daraus, daß die landesüblichen Neurosen viel mehr schematisiert sind als ihre Besitzer glauben, die sich alle so einmalig vorkommen. Sicherlich sind ihre falschen seelischen Schaltungen untereinander ein wenig verschieden, aber sie lassen sich doch fast alle auf einen Generalnenner bringen. Paneth tut das, ohne zu schematisieren. Man kann, sagt er, die gegebenen Zeitumstände zwar nicht ausradieren – man kann sie aber, soweit es sich nicht um unmittelbare Not handelt, teilweise überwinden. Herein ...? Ein Unentwegter.

«Guten Tag. Nervenkrankheiten? Bürgerliche Krankheiten. Kleinbürgerliche Vorurteile. Ihr Arzt ist ein Kleinbürger. Sie sind auch einer. Wenn der Fünfjahresplan durchgeführt wird, hört diese Schweinerei von selbst auf. Paneth läßt die gesamtwirtschaftliche Situation schon rein dialektisch außer acht; seine Folgerungen sind grobe, durch die Beschränktheit des bürgerlichen Gesichtskreises bedingte Fehler. Nur die materialistisch-dialektische Methode ... die soziale Psychologie ... die kapitalistische Produktion ...»

Legen Sie es bitte solange auf den Stuhl. Denn so sehr wir gegen jene üble Anschauung Front machen, die die Wirtschaft ignoriert und so tut oder so tun möchte, als gebe es nur die ‹reine Seele›, eine Anschauung, die nichts von der materiellen Not, nichts vom Leid der Proletarier, nichts von den Ursachen dieser Not weiß: so sehr ist es an der Zeit, den Unentwegten mitzuteilen, daß man den Marxismus nicht wie eine Käseglocke über die Welt stülpen kann. Er deckt sie nicht. Ihr habt aus ihm eine dogmatische Religion gemacht. Wir machen das nicht mit.

Denn die Frage, die einmal durch einen Diskussionsredner aufgeworfen wurde: «Psychoanalyse oder Marxismus?» ist etwa so intelligent gestellt wie die Antithese: Universität oder Krankenhaus? Kranke gehören in ein Krankenhaus, Studenten auf eine Universität. Die Kreise schneiden sich gar nicht.

Und hier steckt der ungeheure Fehler, der unsereinen veranlaßt, dauernd nach zwei Seiten sehen zu müssen.

Nach rechts, wo die Bürger stehen, die alles, was auf der Welt geschieht, nur an ihren wirtschaftlichen Interessen messen, Leute, die diese ungeheure Hetze gegen Rußland inszenieren, Menschen, denen noch die dümmste Nachricht über Rußland willkommen ist, weil der Bolschewismus ihr geronnenes schlechtes Gewissen darstellt, und die jedes von den unsäglichen deutschen Provinzzeitungen abgedruckte Schauertelegramm über Stalin mit einem Aufatmen lesen: «Gott sei Dank. Also brauchen wir die Löhne nicht zu erhöhen. Also ist unser

Bankkonto richtig. Lasset uns beten.» Sie werden auch diese Vorbehalte so auffassen. Sie haben die Philosophie ihres Geldes.

Und nach links müssen wir sehn, wo unentwegte Marxisten mit einer sicherlich großen Theorie alles heilen wollen: die Krankheiten und die echten Seelennöte, an denen jeder von uns zu tragen hat, die Neurosen, die aus dem Wirtschaftlichen herrühren, und jene geistigen Betriebsstörungen, die ewig sind wie die Welt. Die fanatische Wut, womit jede Andeutung abgelehnt wird, daß es vielleicht auch noch außerhalb der marxistischen Gedankengänge etwas gebe, was für den Menschen von Wichtigkeit ist, läßt an die verzweifelten Versuche der katholischen Kirche denken, eine stets Neues gebärende Welt zu meistern. Es ist ihr, trotz allem, nicht gelungen. Die unentwegten Marxisten haben die Philosophie ihrer Gesinnung.

Ja, also Paneth. Die Heilmittel, die er für den Neurotiker dieser Epoche gibt, sind klein; er sagt das auch, denn es gibt nicht allzu viele solcher Medizinen. Es sind ganz einfache Dinge dabei, über die nur jemand spötteln kann, der nicht weiß, was Turnen und Atmen, was Meditation und was der Körper ist. Das hat die Arbeitersportbewegung längst erkannt; es gibt da bereits außerordentlich vernünftige Anweisungen und Belehrungen, wie man wenigstens der kleinern Übel Herr werden kann. In dem Augenblick, wo ein Unternehmer oder eine Gewerkschaft versuchen, solche Winke dazu zu mißbrauchen, sie unter der Marke ‹Dienst an der Gemeinschaft› an Stelle des Klassenkampfes zu setzen, ist die schärfste Abwehr am Platz. Lediglich als Hilfsmittel aber ist dergleichen erlaubt.

Paneth spricht dann über die Neurosen des Geschlechtslebens in musterhafter und vorbildlich ruhiger Weise; wie denn überhaupt dieses Buch eine Geisteshaltung aufweist, die in Deutschland so ungeheuer selten ist: es ist gelassen. Paneth sagt, wie es ist; er versucht, Anweisungen zu geben, aus seelischen Schwierigkeiten herauszukommen, und eine gute Diagnose ist ja oft eine halbe Heilung, besonders im Sexuellen. Herein ...? Ein Hitler-Mann.

«Heil! Ihr verdammten Syrier! In jüdischer Geilheit habt ihr die Psychoanalyse erfunden, um euern dreckigen Trieben freie Bahn zu schaffen! Nichts ist euch heilig, während wir uns sehr heilig sind. Ihr verseucht die Städte und das Land mit eurer niedrigen Auffassung vom Geschlechtlichen, dem ihr ohne Weihe frönt! Ihr denkt überhaupt nur an blonde Weiber! Wir denken an schwarzgelockte Männer. (Ihr stürzt euch auf die Weiber. Wir uns auf die Männer.) Ihr erkennt keine Zucht an und keine Sitte. Syrier. Asiaten. Eunuchen. Schmarotzer. November-Verbrecher. Demokraten. Bolschewisten. Man sollte euch schlagen, daß die rote Suppe spritzt. Im übrigen sind wir die deutsche Kultur! Heil!»

Na, es ist gut; hier haben Sie eine Zigarre. Nichts zeigt die erschreckende Geistlosigkeit dieser deutschen Bewegung, gehätschelt von den Richtern, geduldet von zahllosen Polizeiverwaltungen, bezahlt von den Unternehmern, die eine Garde gegen die Wut der Arbeitslosen brauchen und zwei Garden gegen ihre eignen Arbeiter, bejubelt von ratlosen, ausgepowerten Proletariern, besonders auf dem Lande... nichts zeigt die traurige Geistesverfassung dieser Leute so an, wie die völlige Verständnislosigkeit gegenüber der Zeit, in der sie leben. Sie sehen nicht. Sie hören nicht. Und der irdische Kirdorf ernährt sie doch.

Nicht zu spüren, wie diese Heilmethoden dem Gefühl für die tiefe Not entsprungen sind, in der die Zeitgenossen stecken; niemals die Sprechstunde eines Seelenarztes in der Großstadt besucht zu haben; immer die eigne, sprungbereite Plumpheit auf die andern zu projizieren und nicht zu begreifen, daß in der Sexualität vom Grinsen bis zum Lächeln alle Stadien möglich sind ... man muß schon ein Hitler-Mann sein, um das vollbringen zu können. Paneth steht selbstverständlich weit über diesem Sumpf. Er ist für die Sittlichkeit, nicht für das Muckertum.

Er ist vor allem kein Hohepriester, und das macht das Buch und den Mann so sympathisch. Er wirft manchen seiner Berufskollegen rechtens vor, wie jeder von ihnen auf sein ‹System› schwört, als ob man alle Kranken nach einer einzigen Methode behandeln könnte. Das betont auch Jung, grade bei ihm ist das doppelt beachtlich, weil er die psychoanalytischen Elemente noch in den fernen Kulturen Asiens erkennt, ohne sie nun kopierend zu übernehmen. Paneth sieht die Sache so an:

Der durchschnittliche städtische Mitteleuropäer befindet sich fast immer im Vorstadium der Neurose. Was kann man für ihn tun?

Man kann ihn analysieren. Damit ist die Sache jedoch nicht abgetan, wie die extremen Freudianer glauben. Man muß nicht nur analysieren nicht nur auflösen, man muß auch wieder zusammensetzen, also die von Jung geforderte Synthese suchen. Man muß den Menschen zu sich selber verhelfen – schon in der Soziologie Simmels findet sich die schöne Erkenntnis, daß es fast niemand zu sich selber gebracht hat. Und hier zu helfen: das ist keine Aufgabe des Marxismus und keine des Nationalismus – das ist eine Aufgabe der Seelenkunde.

Die Definitionen des Panethschen Buches sind für jeden, der unter sich und unter seiner Zeit leidet, eine kleine Erlösung. Paneth sagt allerdings, daß es dem Neurotiker in den meisten Fällen nicht möglich sein wird, sich selber zu heilen, weil er sich dazu in Arzt und Patienten spalten müßte, was nicht ungefährlich ist, und weil er dann sehr viel Kraft auf diesen Heilungsversuch in sich verwendet, also grade das tut, was er zu tun kaum fähig ist. Es muß schon einer da sein, der den Knaben an die Hand nimmt und ihn über den Damm führt. Und man kann nur wünschen, daß in den öffentlichen Beratungsstellen der Krankenhäuser viele solcher Männer säßen, wie Paneth einer ist. Was zu bezweifeln sein dürfte: der Durchschnittsarzt steckt noch tief im mechanistischen Darwinismus.

Und auch für den, der das Buch nicht aus egoistischen Interessen liest, springt viel Lehrreiches über die Zeit heraus, die ja von Neurotikern repräsentiert wird. (Hier sei Hitler ausgenommen; er ist nicht einmal ein Besessener. Oh, wäre er wenigstens verdreht!) Zu Ende formuliert ist bei Paneth die Definition der Zeit-Störungen; statt: Spannung – Entspannung finden wir: Erschlaffung – Krampf; Explosionen, die «nur heftig sind, aber nicht stark» . . . lest das nach.

Und legt das Büchlein in die richtige Schublade. Es ist keine Bibel, sondern eine Fibel. Es ist der saubere Versuch, auf dem Gebiet der Seelenkunde, nicht losgelöst von allem andern, aber auch nicht fachlich überbetont, den Menschen zu helfen. Sie haben es nötig.

DER NEUROTIKER

Er sitzt wie hinter Glas, das arme Luder,
und trippelt ängstlich an des Lebens Rand.
Er flieht und sucht und flieht den Menschenbruder
und hat den Nebenmenschen nie gekannt.
Er strahlte, wenn er grollte,
nur Flucht ist sein Verzicht . . .
Er könnte, müßte, sollte –
und kann doch nicht.

Er dünkt sich klein. Wie eitel ist der Knabe!
Er dünkt sich klein. Doch keiner ist ihm groß.
Sein starres Ich ist seine ganze Habe;
er will kein Schicksal – nur das große Los.
Ja, wenn er wollen wollte . . .!
Er hat kein Gleichgewicht.
Er könnte, müßte, sollte –
und kann doch nicht.

Er meint: die böse Welt muß an ihm schuld sein;
er projiziert auf sie sein dünnes Weh.
Er möchte ganz allein und im Tumult sein:
vorn Leipziger Straße – hinten Comer See.
Er spürt, wie in ihm sausend
die kranken Nerven schrein.
So gibt es hunderttausend –
und jeder ist allein.

Und kann man – kann man solche Knaben heilen?
Man: nein. Sie: ja. Gesund wird nur, wer will.
Man kann ihn lösen, lockern, spalten, heilen –
und dann zu sich verhelfen, fest und still.
Er ist, vor Faulheit fleißig,
der echte Exponent
von 1930,
das solche Nummern kennt.
Wie mancher davon verzückt ist . . .!
Lerne bei Vater Jung:
Es fragt sich, wer verrückt ist.
Und dann gute Besserung –!

... ZU DÜRFEN

Eine der schauerlichsten Folgen der Arbeitslosigkeit ist wohl die, daß Arbeit als Gnade vergeben wird. Es ist wie im Kriege: wer die Butter hat, wird frech.

Es ist nicht nur, daß die Koalitionsrechte der Arbeiter und nun gar erst die der Angestellten auf ein Minimum zusammengeschmolzen sind, daß ihre Stellung bei Tarifverhandlungen immer ungünstiger wird, weil bereits das Wort ‹Tarif› bedrohliche Wettererscheinungen in den Personalbüros hervorruft . . . auch die Atmosphäre in den Betrieben ist nicht heiterer geworden. Zwar jammern die Arbeitgeber: «Wir können die Untüchtigen so schwer herauskriegen – heutzutage kann man ja niemand mehr kündigen . . .» keine Sorge: man kann. Und so wird Arbeit und Arbeitsmöglichkeit, noch zu jämmerlichsten Löhnen, ein Diadem aus Juwelen und ein Perlengeschmeide.

«Der Portier, dem Sie da gekündigt haben», sagte neulich ein Beisitzer zu dem Vertreter des Café Josty, «hat immerhin dreißig Jahre vor Ihrer Tür gestanden . . .» – Der Vertreter: «Ist es nicht bereits ein Plus, dreißig Jahre vor dem Café Josty stehen zu dürfen?» Und wenn er den ganzen Satz nicht gesagt hat: «. . . zu dürfen» hat er bestimmt gesagt. Die einen haben das ‹Recht›, für das Vaterland sterben zu dürfen, andre ‹dürfen› zu Hungerlöhnen arbeiten – wobei denn wieder andre die saure Pflicht haben, vierundzwanzig Aufsichtsratsposten bekleiden zu müssen.

Merk: Wenn einer bei der Festsetzung von Arbeit und Lohn mit ‹Ehre› kommt, mit ‹moralischen Rechten› und mit ‹sittlichen Pflichten›, dann will er allemal mogeln.

DER KRANKE ZEISIG

Für Grete Wels

Wartezimmer bei Professor Latschko, *dem großen Endokrenologen für externe Internie. Zeisig – der bekannte* Herr Zeisig, *der Sohn des Kaplans Zeisig – sitzt auf einem Stühlchen und hat gelesen: ‹Bade-Anzeiger› des Kurorts Bad Stargard; Verzeichnis der Heilbäder der Uckermark; Verzeichnis der Fußbäder im Oberen Lötschtal; ‹Velhagen und Klasings Monatshefte›, März 1919.* Herr Zeisig *will grade lesen: ‹Velhagen und Klasings Monatshefte›, April 1897, da öffnet sich die Tür des Sprechzimmers, und eine volle Dame, die so krank ist, daß sie vor Stolz keinen ansieht, geht, für etwa 45 Mark geheilt, heraus. Die Tür schließt sich. Pause. Eine Schwester erscheint. Sie trägt eine sterilisierte Tracht und gleitet sanft dahin; sie sieht aus wie ein Geheimrat im Finanzministerium auf Rollen.* Bitte! *sagt sie.* Zeisign *ist auf einmal sehr gesund ums Herz. Er will da nicht hinein. Er muß. Er tritt also ins Konsultationszimmer des Herrn* Professor Latschko. *Gediegene Inneneinrichtung. Alles atmet den Geist hoher Wissenschaft und strenger Honorare.* Zeisig *seinerseits wagt kaum zu atmen. Denn* der Professor *sitzt an seinem Schreibtisch und schreibt emsig sowie auch würdevoll. Er ist ein älterer, straffer Mann, bartlos, nur seine Seele trägt eine Brille; männliche Energie und etwas Sacharin-Lyrik, erworben im Verkehr mit gut zahlenden Patientinnen, haben sich hier gepaart.*

Der Zeisig *räuspert sich, sehr vorsichtig.*

Der Professor *schreibt.*

Der Zeisig *wartet sich eins.*

Der Professor *blickt auf:* Nun ... was führt Sie hierher?

Auf diese Frage war der Zeisig *nicht vorbereitet. Er hatte gedacht, die Konsultation würde mit einem kleinen Schwätzchen beginnen. Wo nun anfangen!:* Ich ... iche ... mein Name ist Zeisig.

Der Professor *drückt durch seine Stummheit aus:* Wir haben schon ganz andre Krankheiten geheilt!

Der Zeisig: Herr Professor ... Ich habe ... ich bin ... das heißt also: es sind mehr so allgemeine Beschwerden. Meine Arbeitskraft ist herabgesetzt; es ist so eine allgemeine Müdigkeit, vielleicht auch die Leber ... manchmal habe ich Herzstiche, und dann tun mir die Füße weh. Es muß also wohl die Blase sein. Wir hatten in meiner Familie einen Fall, wo meine Tante Elfriede an chronischer Schwangerschaft ...

Der Professor: Was sind Sie?

Der Zeisig: Vasomotoriker.

Der Professor *sanft wie ein Irrenarzt, bevor er* «Dauerbad!» *sagt:* Von Beruf!

Der Zeisig: Nähmaschinen-Grossist.

Der Professor: Nun mal weiter.

Der Zeisig: Also es ist sicherlich die Blase. Wenn ich lache, dann tut es mir weh, und wenn ich morgens aufwache, muß ich immer an Zukkerhüte denken. Es ist wie eine Zwangsvorstellung – immer Zuckerhüte. Auch mit der Verdauung ist das nicht mehr so wie früher ... es macht mir nicht mehr solchen Spaß. Deshalb bin ich zu Ihnen gekommen. Ich komme auf Empfehlung meines Hausarztes, des Herrn Doktor Bullett.

Der Professor, *ein General, hat den Namen dieses Landsknechts der Wissenschaft nicht gehört, er will ihn nicht gehört haben. Merkwürdig, was für Leute den Arztberuf ausüben dürfen ...!* So. Wie ist es denn mit den Augen? Sehen Sie gut?

Der Zeisig, *der stolz darauf ist, daß er Schiffe am Horizont in Westerland eher sehen kann als alle andern:* Gottseidank. Sehr gut.

Der Professor: Das Gehör?

Der Zeisig: Ausgezeichnet.

Der Professor: Waren Sie mal geschlechtskrank?

Der Zeisig: Fast gar nicht.

Der Professor: Rauchen Sie?

Der Zeisig: Ja. Aber nur orthopädischen Tabak.

Der Professor: Alkohol?

Der Zeisig: Nur Wein, Bier und etwas Likör.

Der Professor: Ihre politische Zugehörigkeit?

Der Zeisig: Deutsche Staatspartei.

Der Professor *ist beruhigt. Linksleute behandelt er nicht, wegen fein.* Sie rauchen also? Welche Sorte? Das ist wichtig.

Der Zeisig: Ich rauche Brasilzigarren und türkische Zigaretten ... hauptsächlich.

Der Professor *ist froh, daß der Mann überhaupt raucht. Er blickt hier und da auf eine verborgene Aschenschale, in der sich eine Zigarre allein raucht:* Jedenfalls rauchen Sie nicht zu viel! Ihr Haarschnitt?

Der Zeisig: ? – ?

Der Professor: Hinten zu kurz. Diese Mode befördert die Erkältungen. Ihre Rasierseife?

Der Zeisig: Eine Eau-de-Cologne-Seife.

Der Professor, *immer noch wie eine Statue, aus Schmalz gehauen:* Bitte – kommen Sie mit!

Der Zeisig *bereut es entsetzlich, sich diesem Menschen überantwortet zu haben. Er denkt:* Ob es weh tut? So – jetzt wird sich ja herausstellen, was es ist; der Professor wird staunen; mal sehen, ob er das überhaupt kann! So einen interessanten Fall hat er sicherlich noch nie gesehen ... ob es sehr weh tun wird? *Sie gehen ins Behandlungszimmer.*

Darin sieht es aus wie in einer Granatendreherei. Blitzende Apparate, glänzendes Nickel, strahlende Messingarme und elektrische Lämpchen: alles offenbart den Geist einer von der größtenteils jüdischen Kundschaft geforderten Polypragmasie. Ein Arzt, was keine Apparate hat, ist ein schlechter Arzt; man muß mit seiner Zeit mitgehen.

Der Professor: Machen Sie sich frei, und legen Sie sich hin!

Das tut der Zeisig; *es ist sein Stolz, immer und an jedem Tag vor einen Arzt treten zu können. Er hält sich sauber, schon, weil man ja auf der Straße überfahren werden kann. Er legt sich, sieht an die Decke und ist auf einmal sehr krank.*

Der Professor *hat der Schwester, die stumm eingetreten ist, gewinkt. Sie geht an das Kopfende des Ruhebettes und macht kein Gesicht.* Der Professor *holt Atem, bekommt einen merkwürdig starren Ausdruck in den Augen; er hat ein Feldtelefon in der Hand und fragt das* Zeisigsche *Herz:* «Hallo, hier Professor Latschko! Wer dort?» Das Herz: Puck-puck – puckpuckpuck ... pick-pick ... ffft ... ffft ... puckpuckpuck ... Ruhig atmen! Nicht stauen! *Das Herz telefoniert weiter;* der Professor *hat abgehängt. Er läßt sich nun mit der Lunge verbinden.* Die Lunge: Hach-huach –! hach-huach ... Der Professor *versetzt dem* Zeisig *einen leichten Schlag auf das Knie; das Bein hopst artig hoch, wie es das gelernt hat.*

Der Zeisig *bekommt einen kleinen Schrecken, denn* der Professor *hat ihm mit einem spitzen und tückischen Messerchen eine Inschrift auf die haarige Brust gekratzt:* CARMOL TUT WOHL! *Die Haut schreit rot auf und verstummt.*

Der Professor *mißt den Blutdruck:* Viertel sieben. Geht nach.

Der Professor *sieht sich die Hände Zeisigs an, läßt nachdenklich dessen Zehen durch seine Finger gleiten, gebietet ihm, sich herumzudrehen und murmelt etwas zur Schwester. Ein Apparat surrt.* Zeisig *sieht nichts. Sie machen etwas mit ihm; nun ist seine Lebenskraft wesentlich gehobener. Er bekommt langsam Vertrauen zu diesem* Professor *– der Mann versteht sein Handwerk! Und so gründlich! Gründlich ist, wenns lange dauert. Nun muß er in ein Töpfchen machen.*

Der Professor *heißt* Zeisign *sich auf einen Stuhl setzen. Er sieht ihm in die Augen, hält erst ein Auge zu, dann das andre; er leuchtet ihn mit kleinen Scheinwerfern an und schaltet aus; dann muß* der Zeisig *den Schnabel aufmachen,* der Professor *hält sich an Zeisigs Zunge fest und sieht mit einem Kehlkopfspiegel nach, ob sein Schlips richtig sitzt:* Ziehen Sie sich wieder an! *Die Schwester verschwindet; die beiden gehen zurück ins Konsultationszimmer.*

Der Zeisig *ist in der Stimmung eines Schülers, der seinen Aufsatz zurückbekommt.*

Der Professor: Sie sind völlig gesund und bedürfen demgemäß einer gründlichen Behandlung. Zu einer Sorge ist durchaus kein Anlaß gegeben – immerhin: Seien Sie vorsichtig, sonst könnte Ihnen eines Tages etwas passieren. Sie gehören zum Typus der vegetativ Stigmatisierten; eine gewisse mitrale Konfiguration läßt auf das Bestehen eines endokrenen Ringes schließen.

Dem Zeisig wird es wirblig. Er lauscht angestrengt und ist bestrebt, jedes Wort des großen Medizinmannes in sich hineinzusaugen.

Der Professor: An der Blase haben Sie nichts. Eine ganz leichte Leberschwellung ist allerdings vorhanden...

Der Zeisig: Das sagte mir Doktor Bullett auch...

Dem Professor *macht auf einmal die ganze Diagnose keinen Spaß mehr. Auch! Was heißt: auch? Wenn zwei Ärzte derselben Meinung sind, dann ist einer davon überhaupt kein Arzt. Immerhin ist die Reihenfolge die: Der große* Latschko *– dann etwa vier Lichtjahre nichts – dann seine Assistenten – dann irgendwelche andren Ärzte – dann dieser Doktor ... wie war der Name? Boulette? Dann ein Trennungsstrich. Dahinter das Heer der Laien: das Material. Man kann im Notfall eine Theorie fallenlassen; man kann keinen Kollegen fallenlassen.* Latschko *geht daher zu etwas anderm über:* Wir wissen heute, daß die Hypophyse und solche leicht tonischen und vasomotorischen Störungen vom Stoffwechsel ausgehen. Hand in Hand mit der Beeinflussung des Stoffwechsels muß eine Entspannungskur treten; ich sage Ihnen gleich, daß ich von der Psychoanalyse nichts halte, dagegen werde ich Sie mit Hormonen behandeln. Sie haben zu wenig. Manchmal auch zu viel. Auf alle Fälle die falschen. Ich habe Ihnen den Thymus perkutiert – möglich, daß da noch infantile Residuen vorhanden sind; jedenfalls gehören Sie zum thymoplastischen Typ.

Der Zeisig *ist gänzlich verdattert. Wüßte er, daß die Thymus-Untersuchung ihre wahre Bestätigung erst bei der Sektion fände, er wäre es noch mehr.*

Der Professor: Nun zum Diätzettel. Keine Rheinweine, nur junge Moselweine – keine jungen Pfälzerweine. Keine Zigarren mit Fehlfarben; keine lange Pfeife, nur kurze Pfeife. Und vor allem einen andern Haarschnitt! Und Teerseife! Ist Ihr Sexualleben in Ordnung?

Der Zeisig *rekapituliert blitzschnell die diesbezüglichen Vorwürfe Lillys und sagt* Ja.

Der Professor: Das habe ich mir gedacht; also müssen wir da etwas tun. Ich habe mit der Methode, die ich bei Ihnen anwenden werde, gute Erfolge erzielt, so neu sie ist; in leichten Fällen hilft auch die Terminologie. Wir haben in meiner Klinik schon sehr schwere Fälle von solchen Herz- und Nierenkranken gehabt ... wir haben immerhin erreicht, daß wir sie entlassen konnten, damit sie anderswo eingingen. Ich schreibe Ihnen hier zunächst einmal Tropfen auf – die nehmen Sie, vierzehn Tropfen vor dem Mittagessen, zweiundzwanzigeinenhalben nach dem Abendessen und ein kleines Wasserglas voll vor dem Aufstehen. Ich werde Ihnen wöchentlich drei Spritzen machen: eine subkutan, eine intravenös und eine intramuskulär.

Der Zeisig *hat Angst und vertagt dieselbe.*

Der Professor: Vor allem schonen Sie sich und muten Sie sich nicht zuviel zu. Das Nähmaschinengeschäft ist mit speziellen Aufregungen verknüpft; es treten dann Ermüdungserscheinungen hinzu ... dergleichen kann einen Mann wie Sie untauglich machen.

Der Zeisig *hat auf das Reizwort* ‹untauglich› *einen Assoziations-Kurzschluß. Er sieht den* Professor *plötzlich in Uniform vor sich, die Konsultation kostet gar nichts, und der* Professor *sagt mit einem Ausdruck, wie wenn er in einen Pferdeapfel gegriffen hätte:* «k. v.» *Die Vision verschwindet.*

Der Professor: Der Laie überschätzt naturgemäß diese Symptome, die — verstehen Sie mich recht — eigentlich gar keine Symptome sind. Für mich sind diese Dinge, von denen Sie mir da erzählen, Folgeerscheinungen; es ist wichtig, daß Sie sich das immer vor Augen halten: Folgeerscheinungen. Sie bleiben in Berlin? Ich werde Sie behandeln; schlagen Sie sich den Gedanken aus dem Kopf, mit aller Gewalt gesund zu werden — das ist nicht der Zweck der Medizin. Die Medizin ist eine Wissenschaft, also der Mißbrauch einer zu diesem Zweck erfundenen Terminologie. Laien verspüren leicht Schmerzen: das ist völlig irrelevant. Es handelt sich nicht darum, den Schmerz zu beseitigen — es handelt sich darum, ihn in eine Kategorie zu bringen! Hier ist das Rezept.

Es entsteht eine eigentümliche Pause. Der Zeisig *wäre sehr erleichtert, wenn* der Professor *jetzt sagte:* «Na, Schatz, was schenkst du mir denn —?» Der Professor *sagts aber nicht.*

Der Zeisig *ungeheuer klein und bescheiden:* Was ... was bin ich Ihnen schuldig, Herr Professor?

Der Professor *groß, aber leichthin:* Fünfzig Mark.

Der Zeisig *hat auf der äußersten Zungenspitze:* «Fünfzig Mark? Fünfunddreißig! Valuta 1. Dezember — Wer zahlt mir ...!», *bremst aber im letzten Augenblick und zahlt so schnell und schämig, als verrichte er ein kleines Geschäft, während gleich jemand um die Ecke kommt.*

Der Professor *nimmt, schließt ein und steht auf.*

Händedruck, Verbeugung. Zeisig *ab.*

Der Zeisig draußen: Das mit den Zuckerhüten ... das muß ich ihn nächstes Mal noch fragen ...! Ob es Zucker ist? Ich werde doch noch einen Spezialisten konsultieren! — *Aber nun wird dem* Zeisig *plötzlich ganz durchsichtig im Gemüt; er winkt noch einmal schwach mit der Hand, dann löst er sich in Whisky auf, aus dem er gekommen ist, und der Autor dieser Szene trinkt ihn aus.*

Lasset uns beten!

Heiliger Äskulap! der du die Ärzte eingesetzt hast, auf daß sie eine Beschäftigung haben, sowie die meschuggenen Patienten, auf daß sie Valerian bekommen, so es Kassenpatienten sind, Insulin aber, so sie es bezahlen können; der du die Heilmethoden erfunden hattest, die da wechseln wie die Hutmoden und kleidsam sind bis zum Exitus; der du alljährlich auf die Menschheit einen ganzen Waschkorb junger Doktoren losläßt, die den Herrn Wendriner mit Fremdwörtern und mit dem neuen Medikament Eizeïn behandeln; der du den medizinischen Spießer zum Erzpriester machst, weil der Patient seinen Wundermann braucht!

Heiliger Äskulap! der du die Chirurgen geschaffen hast, auf daß das Überflüssige am Menschen entfernt werde, und die Hals-Spezialisten, auf daß die Chirurgen nicht alles allein operieren; der du die Gynäkologen schufest, die zu Ende führen, was der Ehemann so unvollkommen angefangen; welches Wunder, daß diese Ärzte noch Frauen lieben – aber siehe: grade diese lieben Frauen! Der du Homöopathen und Allopathen schufest, damit der Kranke wenigstens weiß, wovon ihm schlecht wird; sowie auch die Hautärzte, die sich über gar nichts mehr wundern; und die Psychiater, die aus Seelenverwandtschaft mit den Verrückten sogar die Vornamen der Geisteskrankheiten kennen!

Heiliger Äskulap! der du die Doktoren geschaffen hast, deren Wissen zusammenknallt, wenn sie selber einmal Patienten sind; Mediziner, die so lange Fortschritte machen, bis sie wieder bei Hippokrates angelangt sind:

gepriesen werde dein Namen –!
Amen.

DER ANDRE MANN

Du lernst ihn in einer Gesellschaft kennen.
Er plaudert. Er ist zu dir nett.
Er kann dir alle Tenniscracks nennen.
Er sieht gut aus. Ohne Fett.
  Er tanzt ausgezeichnet. Du siehst ihn dir an . . .
  Dann tritt zu euch beiden dein Mann.

Und du vergleichst sie in deinem Gemüte.
Dein Mann kommt nicht gut dabei weg.
Wie er schon dasteht – du liebe Güte!
Und hinten am Hals der Speck!
  Und du denkst bei dir so: «Eigentlich . . .
  Der da wäre ein Mann für mich!»

Ach, gnädige Frau! Hör auf einen wahren
und guten alten Papa!
Hättst du den Neuen: in ein, zwei Jahren
ständest du ebenso da!
    Dann kennst du seine Nuancen beim Kosen;
    dann kennst du ihn in Unterhosen;
    dann wird er satt in deinem Besitze;
    dann kennst du alle seine Witze.
    Dann siehst du ihn in Freude und Zorn,
    von oben und unten, von hinten und vorn . . .
Glaub mir: wenn man uns näher kennt,
gibt sich das mit dem happy end.
Wir sind manchmal reizend, auf einer Feier . . .
und den Rest des Tages ganz wie Herr Meyer.
Beurteil uns nie nach den besten Stunden.

Und hast du einen Kerl gefunden,
mit dem man einigermaßen auskommen kann:
    dann bleib bei dem eigenen Mann!

DER FROMME ANGLER

Bei Ascona im Tessinischen lebt ein Mann, der hat es mit der Frömmigkeit und liebt die Lebewesen und alles, was da kreucht und fleucht. Gut. Nun angelt der Mann aber sehr gern. Und da sitzt er denn so manchmal am Lago Maggiore und läßt die Beine baumeln, hält die Angelrute fest und sieht ins Wasser. Und dabei betet er.

Er betet nämlich: es möge kein Fisch anbeißen.

Weil sich doch Fische immer so quälen müssen, wenn sie am Angelhaken zappeln, und das möchte der Mann nicht, und da sendet er denn ein heißes Gebet nach dem andern zum lieben Gott, Abteilung Lago Maggiore-Fische: es solle auch gewiß keiner bei ihm anbeißen. Und dann angelt er weiter.

O meine Lieben! Ist dieser Mann nicht so recht eine Allegorie, ja, ein Symbol? Das ist er. Dieser Mann muß entweder ein alter Jude sein, oder, verschärfter Fall des Judentums, er ist bei den Jesuiten in die Lehre gegangen. Er hat das Höchste erreicht, was Menschen erreichen können: er hat die himmlischen Ideale mit seinen sündigen Trieben zu vereinen gewußt, und das will gekonnt sein. Den Fischen, die da bei ihm zappeln, wird das ja gleich sein; aber ihm ist es nicht gleich, denn er hat nun beides: die Fische und die Seelenruhe.

Schluß, allgemeiner Ausblick:

Da sitzen sie am Ufer des Lebens . . . oder am Meere des Lebens, das ist eigentlich noch schöner ... da sitzen sie am Meere des Lebens und baumeln mit den Beinen und halten die Angelrute ins Wasser, um den Erfolg zu fischen. Aber wenn sie schlau sind, dann beten sie dazu und sind: Fromme Huren; soziale Bankdirektoren; demokratische Militärs und privatest die Wahrheit liebende Journalisten. Sie angeln und sie beten.

EIN GLAS KLINGT

Zu seinen zahllosen Albernheiten und schlechten Angewohnheiten, die einen so nervös machen können ... schließlich etwas Rücksicht kann ja ein Mann auf seine Frau wohl nehmen, finde ich ... also ich finde das wenigstens ... zu seinen dummen Angewohnheiten gehört die, eine Tischklingel oder ein Glas, das er angestoßen hat, ruhig ausklingen zu lassen! Man legt doch die Hand darauf – Mama hat das auch immer getan. Wenn etwas bei Tisch klingt, dann legt man die Hand darauf, gleich, sofort – und dann ist es still. Er läßt die Gläser ausklingen ... Rasend kann einen das machen! So, wie er morgens immer beim Rasieren so albern mit dem Pinsel klappert, also jeden Morgen, den Gott werden läßt, so stößt er mit seinen ungeschickten dicken Händen mal an die Klingel, mal an sein Glas; bing, macht das dann, diiiiing – ganz lange. So ein hoher, giftiger Ton, als ob einen was auslacht. «Leg doch die Hand darauf!» sage ich. «Du bist so nervös heute», sagt er. Dann lege ich die Hand aufs Glas. Nervös ...

Ja, ich bin nervös. Doktor Plaschek sagts auch. Er weiß, warum. Ich weiß auch, warum.

Seit heute mittag weiß ich es, ganz genau.

Da hat er wieder an das Glas gestoßen, und das Glas hat angefangen, zu singen, und ich habe ihn bloß angesehn, ich habe ihn bloß angesehn ... Er merkt ja nichts. Und da habe ich das Glas nicht zum Schweigen gebracht; ich habe es ausklingen lassen ... ich glaube: das ist in dieser Ehe der erste Ton gewesen, der wirklich ausgeklungen hat. Und das Glas hat ganz lange gesungen, ganz, ganz lange: erst böse, und dann voll und laut, und dann mittellaut, und dann sanft und leise, leise und immer leiser ... Und da habe ich es plötzlich gewußt. Manchmal hat man doch so blitzschnell irgendwelche Erkenntnisse, da weiß man denn alles, wie es so ist. Das Glas hat vielleicht eine halbe oder eine dreiviertel Minute geklungen und gesungen, und in dieser kleinen Spanne Zeit habe ich es gewußt. Man denkt so schnell.

Geklappt hat das ja von Anfang an nicht. Gott, warum hat man geheiratet – das geht heute manchmal so ... ich weiß es nicht. Ich war nicht einmal enttäuscht; ich war gar nichts. Es war etwa ungefähr so, wie wenn einer in einen See springt und hat schon den Rückenschauer wegen des kalten Wassers, und dann ist es ganz lau. Ein dummes Gefühl. Und das ist von Jahr zu Jahr schlimmer geworden; das mit dem Kind hat nichts geholfen, gar nichts. Das ist mein Kind, aber was das mit ihm zu tun hat ... Und manchmal denke ich, also Gott verzeih mir die Sünde: das ist ein fremder Mensch, ein neuer Mensch – so wie das Kind bin ich doch gar nicht, er ist auch nicht so – das ist ein fremder, fremder, kleiner Mensch.

Mit dem Mann ist kein Auskommen. Nein, wir zanken uns gar nicht, nie hat es ein böses Wort gegeben, nicht einmal das. Keine Höhen und keine Tiefen: Tiefebene. Die Norddeutsche Tiefebene ... das haben wir in der Schule gelernt ... Wenn man einen einzigen Mann kennt, sagt Helen immer, dann kennt man überhaupt keinen. Kann sein. Aber daneben einen andern ... ich mag das nicht. Na ja, Feigheit, meinetwegen; aber ich mag das nicht. Immer noch singt das Glas.

Mein Mann singt nicht. Er ist in der tiefsten Seele unmusikalisch. Er ist mir doch nun so nahe – und ist so weit weg, so weit weg ... Wenn er zärtlich ist, das kommt alle halbe Jahre einmal vor, dann ist es bestimmt an der falschen Stelle. Und wenn ich meine Katzenstunde habe, wo ich gern schnurren möchte, dann ist er nicht da, oder wenn er da ist, dann spricht er über sein Geschäft, oder er klapst mir auf den Rücken, eine schreckliche Angewohnheit ... er versteht nicht, daß ich bloß schnurren will, und daß mir nur jemand über das Fellchen streichen soll. Er weiß das nicht. Wen er wohl früher als Freundin gehabt hat?

Und jetzt klingt das Glas ganz leise. Und da hab ich gewußt: ich bin wohl auch ein bißchen schuld an der Sache. Also nicht viel – aber ein kleines bißchen. Es ist ja wahr, daß ich schon als Mädel meine Rosinen im Kopf hatte, wie Mama das nannte. Zum Theater habe ich gehen wollen ... Herrgott, ich habe wirken wollen, auf Männer und auf Frauen und auf Menschen überhaupt ... Und weil es mit einem Beruf nicht gegangen ist, da habe ich gedacht: mit der Kunst. Und das war dann nichts; Papa hat es nicht erlaubt. Jetzt spukt das in mir herum ... und ich bin ein bißchen sauer geworden, in all der Zeit, und es ist so schön, einen Mann zu haben, dem man die ganze Schuld geben kann. Und ich habe ihn gar nicht zu mir gezogen ... da hat er denn seelisches Fett angesetzt, und es ist immer schlimmer geworden, und ich war gradezu froh, wenn er was falsch gemacht hat. Ich habe darauf gewartet, daß er mit dem Rasierzeug klappert, damit ich wieder einen Anlaß habe, ihn zu hassen und unglücklich zu sein. Und das hat er wohl gemerkt. Und so ist das jetzt. Diing – ganz leise singt das Glas. Wir sind schuld. Wir sind beide schuld.

Soll ich nochmal von vorn anfangen? Kann ich nochmal von vorn anfangen? Scheidung? Auseinandergehen? Ein neuer Mann? Jetzt noch einen Beruf? Das Glas hat ausgeklungen, und ich werde wohl meinen Weg zu Ende gehn. Einen schweren Weg. Tausend und aber tausend Frauen gehen ihn, jeden Tag, und der leise Ton ihres unhörbaren Unglücks und ihres stummen Schmerzes dringt an mein Ohr — wenn ein Glas klingt.

WO IST DER SCHNEE...

Wo ist der Schnee vom vergangenen Jahr,
Anna-Susanna?
Weißt du noch, was damals Mode war,
Anna-Susanna?
Die Literatur trug man vorne gerafft,
jede Woche gabs ein Genie.
Und alles murmelte: «Faaabelhaft!
Rein menschlich ... irgendwie ...!»

Wo sind die Blumen vom letzten Lenz,
Anna-Susanna?
Die Betonung des kosmischen Bühnen-Akzents,
Anna-Susanna?
Das gebildete Publikum lief zuhauf
mit der Kritiker-Artillerie.
Und die Stücke führt kein Mensch mehr auf,
rein menschlich irgendwie.

Wo ist der Schnee vom vergangenen Jahr,
Anna-Susanna?
Brecht wird sein, was Sudermann war,
Anna-Susanna.
Sie brüllen sich hoch, die Reklame schreit,
das ist eine Industrie.
Pro Mann einen Monat Unsterblichkeit
— Anna-Susanna —
rein menschlich irgendwie.

AUF DEM NACHTTISCH

Voll — das ist wohl nicht das Wort. Der Nachttisch quillt über, er ächzt, er stöhnt auf seinen vier Beinen — übrigens ist das kein Nachttisch mit einer Nachttopf-Garage, wie Katrinchen sagt, das wollen wir festhalten. Aber vor lauter Büchern ist er gar nicht mehr zu sehen. Kein Wunder ... ich bin so lange fortgewesen ... Jetzt ... jetzt ist der Moment gekommen, wo du nachlässig ein paar geographische Namen hinschreibst, p! was wir alles gesehen haben! Afrika nackt und angezogen, Edschmid gelesen, Afrika war schöner, in Berlin jewesen, dreimal rumjetanzt ... zur Zeit wohne ich postlagernd, mir selber gegenüber, und da steht der Nachttisch und sieht mich an. Du guter —

Bronislaw Malinowski *‹Das Geschlechtsleben der Wilden in Nordwest-Melanesien›* (Grethlein & Co., Leipzig und Zürich). Das müßt ihr mal lesen.

Wissen möchte ich wohl, wie der englische Titel heißt — denn es ist aus dem Englischen übersetzt. Ob da auch dieses törichte Wort ‹Wilde› steht? Nach dem Inhalt des Buches sollte man das nicht glauben. Der Mann hat eine vorbildliche Art, fremde Völker zu schildern.

Malinowski ist frei von den zwei großen Fehlern seiner Kollegen: die ältern messen, was sie sehen, nach Bond Street, dem siebenten Arrondissement, der Universität Heidelberg, und alle zusammen halten die verstaubten Grundsätze ihrer metaphysischen Warenhäuser für das einzig Wahre und Mögliche. So kommen sie zu lustigen Resultaten. Die Jüngern spielen ‹O Bruder Mensch!› und fabeln sich da in Bali oder sonstwo wahre Zauberreiche zusammen, bei denen es einen nur Wunder nimmt, daß die hehren Urwesen, die dort wohnen, überhaupt aufs Töpfchen gehen. Malinowski macht das anders.

Er ist zunächst einmal von wundervoller Bescheidenheit. Er hat sozusagen klein angefangen: er hat jahrelang unter diesen Leuten gelebt, die nach seinen Schilderungen wesentlich weniger wild zu sein scheinen als etwa ein mittlerer berliner Börsenbesucher ... er hat unter diesen Leuten, südlich vom Bismarck-Archipel, westlich von Neu-Guinea, gelebt, hat langsam ihre Sprache gelernt und ist dann allmählich in ihr Leben eingedrungen, soweit das ein Fremder überhaupt kann. Aus der Fülle des Materials heben sich zwei Dinge klar hervor:

Daß es auf der Welt einen Stamm von Menschen gibt, die nicht an die physiologische Vaterschaft glauben. Das heißt, der hier beschriebene Volksstamm auf den Trobriand-Inseln hält die Geburt eines Menschen nicht für die Folge des Geschlechtsverkehrs. Zunächst muß im Leser die Annahme auftauchen: sie haben sich mit dem Forscher einen hübschen Spaß gemacht. Nein, sie haben sich keinen Spaß gemacht. Sie argumentieren allen Ernstes so: Ein Mädchen, das viel Geschlechtsverkehr hat, bekommt oft keine Kinder ... also? Eine häßliche alte Frau, die für uns alle nur ein Gegenstand des Spottes ist, hat ein Kind, sie kann keinen Verkehr gehabt haben ... also? Woher die Kinder kommen? Ein Geist bringt sie. Und das sind doch nun Bauern, Leute, die Vieh haben, wenn auch importiertes, die ihren Hunden zusehn! «Das weibliche Schwein pflanzt sich selber fort.»

Es ist ganz erstaunlich. Wir wollen hier nicht den Fortgeschrittenen mimen, wir nicht. Denn sicherlich haben die Melanesier einen Schauwecker oder einen Jünger, der ihnen dartut, daß in diesem Mythos Blut und Erkenntnis zusammenstoßen ... oder was man so sagt.

Der zweite Punkt ist die Bestätigung einer Erkenntnis, die wohl als erster Lévy-Bruhl formuliert hat: daß die Sprache dieser Wilden unendlich kompliziert ist. Wie so vieles von dem, was man auf den Schulen lehrt, falsch ist, so ist es auch die Lehre von den Primitiven. Eine so unendlich komplizierte Sprache, die für alles und jedes ihre eignen grammatischen Formen hat, das soll man sich in Europa suchen. Wir hätten dazu keine Zeit; unsre Sprachen werden ja allesamt immer mehr abgeschliffen, der Genetiv verschwindet, die Auswahl an Tempora wird immer kleiner, der Konjunktiv fängt leider an, leicht komisch zu werden ... diese Leute da haben Verbalformen, die anzeigen, ob eine Tätigkeit schnell oder langsam ausgeübt worden ist, im Laufen oder im Sitzen, gern oder ungern — das beziehen sie ins Verb ein, es ist ganz erstaunlich.

Seht, die Wilden sind doch bessere Menschen ...? Das nicht. Aber sehr rein und unverdorben sind sie; und das einzige, was in diesem Bilde stört, ist die Existenz christlicher Missionare. Man empfindet es als eine Frechheit, diesen Leuten unsre Moral zu predigen, und das ist es ja wohl auch.

Soweit das Geschlechtsleben der Wilden. Das Geschlechtsleben der Gezähmten lernen wir aus einem Werkchen von vierhundert Seiten kennen: *‹Die* (Klipp-)*Schule der Liebe›* von Diotima (bei Eugen Diederichs in Jena). Die Zeiten sind so traurig, und man ist für jede Aufheiterung so dankbar ... Auf dem Buchumschlag: «Diotima bittet dringend, alles Nachforschen nach ihrem Namen zu unterlassen, denn sie will nicht auf dieses Buch hin angesprochen werden.» Keine Sorge — auf dieses Buch hin gewiß nicht. Also jetzt gehts los.

Man stelle sich eine brave, normal-sinnliche, etwas mit Edelmut geladene Frau vor, die plötzlich vom Dämon und vom Verlag Diederichs gepackt wird: «Es muß etwas geschehn!» Und es geschieht etwas. Die Dame setzt ihr Geschlechtsleben in ein Manuskript um ... also das ist nicht zu sagen. Dieser Mangel an Geschmack ist gradezu grotesk. Man sieht ordentlich, wie das arme Wesen dasitzt, an der Schreibmaschine nagt und sinnt: «Was haben wir denn noch gemacht ... ja, richtig!» und dann gehts wieder los, und sie übersetzt ihre Erlebnisse in ein grauenvolles Deutsch, gemischt aus Freud, einem vermantschten Zeitungsjargon und jenem gehobenen Stil, der sich im Deutschen gern durch substantivierte Infinitive ankündigt: in ein «Nicht-stärker-empfinden-können». Wenn du irgendwo so einen Infinitiv siehst, dann wisse: hier ist das musikalische Lymphdrüsensystem geschwollen. Der mit Verlaub zu sagen Stil der Dame Diotima ist nicht von Pappe. Doch, er ist aus Pappe. Sie hat eine gewaltige Abneigung, die Dinge, mit denen sie sich nun einmal – die Sache wills, mein Herz! – befassen muß, beim richtigen Namen zu nennen. Daher gibt sie ihnen neckische Kosenamen; man bekommt die Seekrankheit auf festem Land. «Liebesmuschel» ist ja schon nicht heiter – aber wenn ich denke, daß das jemand «Liebeshöhle» nennt, dann gehe ich einsam in ein monogames Eckchen und weine vierzehn Tage lang, und Erika hat nichts zu lachen in der Zeit. Bin ich ein Höhlenbewohner? Ach, ist das ein Buch! Ich bringe es über mich, eine dieser Passagen zu zitieren – erröten kann der Umschlag der *‹Weltbühne›* nicht, ich fürchte, er wird blau und grün werden. Item:

«6. Wer es wagen kann, stelle den geschlossenen Kreislauf der Liebe her, wo sich nicht nur unten und unten und oben und oben im Kuß verklammert, sondern jedes Oben mit jedem Unten geeint ist und den Kreis schließt (69). Es sei noch bemerkt, daß sowohl die sechs wie die neun ja nicht nur auf der Seite, sondern auch beiderseits abwechselnd auf dem Rücken liegen kann.» In einem der Werke der Psychopathia sexualis habe ich ein bestimmtes Dokument immer mit dem größten Vergnügen gelesen; es findet sich bei Merzbach: *‹Die krankhaften Erscheinungen des Geschlechtssinns›*. Da schreibt ein Buchhalter an eine ihm offenbar recht ergebene Dame einen nicht völlig wiederzugebenden Brief; der Mann hatte wohl seine kleine Befriedigung in solcher Schreiberei, und der Brief fängt so an: «Meine liebe Freundin! Hoffe Dich im Besitze der meinerseits versprochenen Ansichtskarten und habe erst heute Zeit, die Ihnen ebenfalls versprochenen Zeilen zu senden, worin mein Entzücken ausdrücke über Deinen süßen ...» Und fährt fort: «Beides hätte gern, aber wir müßten beiderseits respektive allseits nackend sein.» Diotimus oder: Franzeescher Schick und deutsche Jründlichkeit.

Wir wollen uns hier nichts von Galanterie erzählen. Wer ein so albernes Machwerk der Öffentlichkeit vorzulegen wagt, der verdient keinerlei Schonung. Diese Mischung aus Ungeschmack, flanellner Geilheit, Mystik und falscher Bildung muß ausgelacht werden. Wird sie das? Mitnichten. Das Buch hat wunderschöne Empfehlungen auf den Weg bekommen, ihm durchaus adäquate. Daß es Wilhelm Bölsche empfohlen hat, ist in der Ordnung: es ist ihm ganz nahe. Daß ein Pfarrer schreibt, er wisse keine Stelle, wo er nein sagen müßte, läßt auf sehr bedenkliche Vorgänge im Pfarrhause schließen. Auch Katharina von Kardorff-Oheimb hat das Buch warm empfohlen (wie denn nicht – gehst her!), und Frau Margarete Garduhn, geborne Saunier, wissen Sie, von den Sauniers ... aus Stettin, schreibt: «Und als ich das Buch in der Hand hielt, dachte ich, daß doch bis jetzt noch niemand vorher das wahre Wesen der Liebe erfaßte und eben auch den Kampf darum. Jedenfalls, ich las das Buch – vor meinem Mann ...» Genug.

Neulich habe ich mich einmal darüber ausgesprochen, in welcher Massenhaftigkeit die Empfehlungsschreiben Thomas Manns herausgehen. Darauf hat mir Hans Natonek in Leipzig sehr gut und verständig geantwortet: es sei doch nett von Thomas Mann, sich für den Nachwuchs einzusetzen, und wer denn das sonst tue. Das ist ein Standpunkt. Aber es ist doch auch einer, diese unsägliche Manieriertheit Manns zu verlachen, der die Schmiererei Diotimas also apostrophiert: «Ich habe das Werk der kundigen und tapferen Sybille mit Respekt und Vergnügen gelesen und finde, daß man das Ewig-Weibliche noch nie mit so viel gesundem Freimut über die Liebe hat sprechen hören. Ich bin keine sehr galante Natur...» Wenn sie denn sind über fünfzig, dann kriegen sie es mit dem Olympischen, und da wollen wir nicht stören. Diotima aber wird sich noch oft, wie auf dem Buchumschlag steht, «mit künstlerischen und wissenschaftlichen Problemen herumschlagen», sie wird noch viel erleben, ihr Mitarbeiter wird das seinige tun, und wenn es vorbei ist, wird uns das junge Paar den Irrigatorenmarsch blasen, und wir bekommen einen neuen Band. Eine Kochfrau der Liebe.

Nunmehr zu einem ernsten Frauenbuch. *‹Mrs. Biest pfeift›* von Helen Zenna Smith (bei S. Fischer in Berlin erschienen). Das ist ein anständiges Buch. Es gibt ein paar Ausschnitte aus dem Leben der englischen weiblichen Freiwilligen, die sich für den Sanitätsdienst und für den Autodienst der Sanitätskolonnen gemeldet hatten. Die Ausschnitte sind scharf und gut, die Tendenz brav, mir zu brav. Das Werk will tendenziös sein – also darf man es daraufhin ansehen. So ein Buch brauchte gewiß nicht mit der traditionellen roten Fahne aufzuhören, das sind ja kindliche Forderungen an die Kunst. Aber die Schlußfolgerungen fehlen; es ist auch in der Schilderung und durch die Schilderung wenig von dem erklärt, was gezeigt wird. Daß sich die Mädchen ein Kind verursachen lassen, wird gesagt; daß sie im Dreck liegen und daß es mit dem Essen nicht klappt, wird gesagt; es wird auch gesagt, daß die Vorsteherin, eben Mrs. Biest genannt, pfeift und wie pfeift! Aber was dahinter ist, wird nicht gesagt, es wird nicht einmal angedeutet. Also steht zu befürchten, daß es die Verfasserin gar nicht gesehen hat. Daß nämlich die unterdrückten Triebe der Dame Biest von einem System dazu benutzt worden sind, um den ‹Patriotismus› hochzuhalten – an ihrer kleinen Stelle, auch sie. Wie ja überhaupt in allen diesen Kriegsbüchern der Zwang, marschieren zu müssen, niemals diskutiert wird, er wird stillschweigend als selbstverständlich vorausgesetzt, und nun werden einzelne Unzuträglichkeiten, Grausamkeiten, Schweinereien aufgezeigt ... aber der Zwang zu marschieren, für das Vaterland zu marschieren, der bleibt. Es sind ungefährliche Bücher. Lasset uns die gefährlichen schreiben.

Im übrigen ein sauberes Buch und ein ganzer Kerl, der das geschrieben hat. Ein Mädchen mit festem Schritt und mit klarem Kopf. Ich möchte sie nicht in langen Kleidern sehn.

Weil wir grade bei den Kriegsbüchern sind: die deutsche Ausgabe der *‹Croix de Bois›* von Roland Dorgelès liegt im Montana-Verlag (Horw-Luzern) vor. *‹Die hölzernen Kreuze›*. Die sehr schwierige Übertragungsaufgabe ist nicht schlecht gelöst. Der Ordnung halber und nur als kleine Anmerkung: «Mon lieutenant» heißt wirklich nicht «Mein Leutnant». Denn ‹mon› ist hier kein besitzanzeigendes Fürwort, sonder eine alte Abkürzung von ‹monsieur›. Es heißt also ‹Herr Leutnant›. Das Buch gehört zu den besten Kriegsbüchern, die erschienen sind, obgleich es die pazifistischen Forderungen nicht erfüllt. Karl Bröger, der im Jahre 1914 entdeckte, daß der deutsche Arbeiter nichts Besseres zu tun hätte, als die kapitalistischen Schützengräben für eine Sache zu füllen, die ihn einen Schmarrn anging, hat mich gefragt, wie ich denn dieses Buch loben könne – es sei doch nicht streng pazifistisch. Das ist es auch nicht. Aber ich habe kein pazifistisches Parteibuch, wenn es um die Kunst geht – nie ist hier behauptet worden, daß diese Literatur die Kriege abschaffen wird. Ich meine nur, daß das Werk turmhoch über Brögern und wolkenkratzerhoch über den Schmierereien nationalistischer Lümmel steht, die aus dem Kriege eine sehr bekömmliche Konjunktur gemacht haben. Der französische Soldat ist ein verkleideter Zivilist, der deutsche Zivilist ist ein verkleideter Soldat.

Von der Seele des Franzosen ... nein, von der Seele Clemenceaus sagt aus: René Benjamin *‹Clemenceau dans la retraite›* (Paris, Librairie Plon). Also etwa *‹Clemenceau a. D.›*. Ich bin nicht recht kompetent für diesen Mann, ich mag ihn nicht. Die Deutschen mögen ihn auch nicht ... «Der Philister», steht bei Hebbel, «hat manchmal recht, aber nie in den Gründen.» Bei Rowohlt sind über Clemenceau zwei Bücher von Martet herausgekommen, aus denen man manches über ihn erfährt. Benjamin ist breiter, epischer, er gibt dabei mehr Empfindung und weniger Material. Der scharfe ätzende Witz Clemenceaus ist auch hier an vielen Stellen spürbar. Unermüdlich sind die Pfaffen am Werk gewesen, den Alten noch vor seinem Tode herumzukriegen. «Und wenn ich nun», rief einer von ihnen aus, «mich auf die Steine Ihrer Türschwelle hinkniete, was täten Sie dann –?» – «Ich brächte Ihnen einen Strohsack, mon père!» sagt der Vater des Sieges. Oder an einer Bahnsperre: «Lassen Sie die Herren nur durch! Der ist Senator, der ist Abgeordneter, und der da stiehlt.» Stiehlt auch ... hat er nicht gesagt.

Was Frankreich und insbesondere Paris angeht, so habe ich die Ehre, den besten pariser Führer, der mir in deutscher Sprache bekannt ist, anzuzeigen: *‹Paris›* von Paul Cohen-Portheim (erschienen bei Klinkhardt und Biermann in Berlin). Das ist für beide etwas: für den, der Paris gar nicht kennt und der dies Büchlein unbedingt vorher lesen und dann mitnehmen sollte: er wird gut bedient werden. Und für den, der die Stadt kennt und liebt: der wird vieles darin finden, das er nicht gewußt und nicht gesehen hat, und er wird nun manches besser verstehen. Ich habe auf 222 Seiten keinen Satz gefunden, zu dem ich etwa hätte sagen können: Nein, so ist das nicht. Portheim ist ein wundervoller Kenner – eben nicht nur von Paris ... denn wer nur Paris kennt, der kennt Paris nicht. Portheim kennt Frankreich, und das merkt man aus jeder Zeile. Eine Fülle von Kenntnis, Wissen und guten Beobachtungen sind hier in unaufdringlicher Form verarbeitet – bravo!

Einen Baedeker durch die Zeit gibt Ilja Ehrenburg *‹Visum der Zeit›* (erschienen bei Paul List in Leipzig). Sehr lesenswert. Ich kann Ihnen nichts daraus zitieren; es ist alles so ineinanderverflochten, daß ich nicht schneiden mag. (Wenn man von dem reizenden Satz absieht, daß die französischen Dichter immer grade für genau zwölf Francs dichten, ungefähr 300 Seiten, keinesfalls mehr ...) Es ist viel Witz in diesen Schilderungen – ein gelassener Witz. Ein merkwürdiges Buch. Das Buch ist so traurig – es ist ein braunes Europa, das da geschildert wird. Ehrenburg hat sehr viele Länder bereist, einige davon kenne ich auch, und ich muß bewundern, mit welcher Geschicklichkeit er sich in den Geist und in die Seele dieser Länder eingelebt hat. Bei den slawischen hat er das natürlich leichter als unsereiner – aber auch bei den andern ist es ihm gelungen. Die *‹Rote Fahne›* hat neulich bestritten, daß Ehrenburg den ‹richtigen Marxismus› adhibiere – ich weiß zum Glück nicht, was das ist. Aber daß in diesem Buch keine Zeile ist, die nicht auf das tiefe tragische Wirtschaftsdurcheinander hinweist, das weiß ich. Besonders schön ist, wie er überall den Bauern versteht, die Erde, das Wasser – das, was unter der Zivilisation ist. «Der Demokratismus des dörflichen Georgien ist aristokratisch. Ich erinnere mich, daß Gorki von einem ähnlichen Aristokratismus der italienischen Arbeiter schrieb. Es ist die hohe Fähigkeit, zu leben, ohne die Erde und den Menschen zu beleidigen.» That 's. Vielleicht lernen wir das bei den Artamanen? Ich glaube es nicht.

Wir können wenig bei unsern nationalen Bünden lernen – sie sind zu dumm, zu dumpf und zu geduckt. Daher ihre Frechheit. Man sieht schaudernd, wessen deutsches Wesen fähig ist – man vergißt nur zu leicht, was Deutschland einmal hervorgebracht hat. Es ist immer gut, zu erinnern. Heinrich Fischer erinnert. *‹Die Vergessenen, Hundert Deutsche Gedichte des XVII. und XVIII. Jahrhunderts›* (erschienen bei Paul Cassirer in Berlin). Wenn Sie selber es nicht lesen – dann verschenken Sie es wenigstens.

Aber Sie sollten es lesen. Fischer hat mit dem feinsten Geschmack und mit dem saubersten Gefühl für die deutsche Sprache alte Verse herausgesucht – weit, weit ab von jeder Sentimentalität. Das zeigen schon die Namen der Ausgewählten: Fleming, Simon Dach, Weckherlin, Johann Christian Günther, Ramler, die Karschin, Stolberg – und wenn ich hinzufüge, daß die Anmerkungen den Versen adäquat sind, so ist das das Schönste, was man von ihnen sagen kann. Sie enthalten meist Zeugnisse der Zeitgenossen und sind so um so aufschlußreicher. Eine liebevolle Hand hat diesen Band zusammengestellt, und ein Gehirn hat daran gearbeitet, das jedes Wort und jeden Buchstaben der geliebten Sprache so aufnimmt, wie er aufgenommen werden muß. Es ist Heinrich Fischer gelungen, durch seine geistige Haltung eine Atmosphäre zu schaffen, in der man einen guten Vers dahin legt, wohin er gehört: auf die Goldwaage. Und die meisten Verse in diesem Buch halten das aus. Man muß eben nicht mit Zeitungsaugen lesen. «Mit dem Pathos ist es aus ...» habe ich neulich gehört. Nein, man muß es nur zu hören verstehen, wenn mans schon nicht hervorbringen kann. Das ist ein unmodisches Buch – es ist, soweit wir denken können, ein Buch auf lange Sicht. Fischer hat, zum Glück, nichts für diese Vergessenen ‹getan›, aber sehr viel für seine Leser – er will keinen Reichsverband gründen ... Ein Dichter grüßt vergessene Dichter.

Da sitzt ... da sitzt Aurora, die Winterfliege. Es lohnt nicht, das ganze Zimmer mit Flit zu bespritzen, das ist diese kleine Fliegenspritze – sie ist das Loch, durch das meine Grausamkeit entweicht. Aber es riecht dann nach Petroleum. Da sitzt sie. Das dicke Aas. Und morgen früh wird sie mich mit ihrem Gesang aufbrummeln, um sieben Uhr, und ich möchte gern ausschlafen. Noch einen Augenblick ... noch einen Momang, meine Gute ... bleib, bleib sitzen. Diotima, komm her. Du bist so schön und handlich. Deine seelische Einstellung kommt mir grade recht ... Bumm – bautsch!

Aurora hin. Diotima aus dem Leim. Ich habe das «Seelische mit naturhafter Sinnlichkeit verbunden», wie auf dem Umschlag steht, und in diesem Sinne wende ich solcher Sorte Literatur meine gewölbte Kehrseite zu. Gute Nacht.

DEIN LEBENSGEFÜHL

Dein tiefstes Lebensgefühl –
wann hast du das gehabt?
Mit einem Freund?
Immer allein.

Einmal, als du an der Brüstung des Holzbalkons standest,
da lag das Schloß Gripsholm, weit und kupplig,

und da lag der See
und Schweden,
und die staubige Waldecke –
und auf der dunkelgrün etikettierten Platte sang ein Kerl im Cockney-Englisch: «What do you say ...?»
und da fühltest du:
Ich bin.

So war dein Lebensgefühl.
Mit einer Frau?
Immer allein.

Einmal, als du nachts nach Hause gekommen bist
von einer vergeblichen Attacke
bei der großen Blonden,
elegant-blamiert, literarisch hinten runtergerutscht,
gelackt, abgewinkt: danke, danke!
da standest du vor deinem runden Nachttisch
und sahst in das rosa Licht der Lampe
und tatest dir leid, falsch leid, leid
und fühltest:
Ich bin.

So war dein Lebensgefühl ...
In der Masse?
Immer allein.

Es ist so selten, das Lebensgefühl.
Casanova hatte es einmal.
Vierter Band.
Er sieht bei seiner Geliebten Rosalinde
zwei Kinder, die er ihr vor Jahren gemacht hat,
schlafend, in einem Bett, Mädchen und Knabe.
Sie zeigt sie ihm,
hebt die Bettdecke hoch, die junge Sau,
die Mutter,
um ihn anzugeilen,
um ihm Freude zu machen,
was weiß ich.
Und er sieht:
wie der Knabe im Schlummer seine Hand auf den Bauch des Mädchens gelegt hat.
«Da empfand ich»,
schreibt Casanova,

«meine tiefste Natur.»
Das war sein Lebensgefühl.

Verschüttet ist es bei dir.
Du wolltest leben
und kamst nicht dazu.
Du willst leben
und vergißt es vor lauter Geschäftigkeit.
Du willst das spüren, was in dir ist,
und hast eifrig zu tun mit dem, was um dich ist –
Verschüttet ist dein Lebensgefühl.

Wenn du tot bist, wird es dir sehr leid tun.
Noch ist es Zeit –!

BLICK IN FERNE ZUKUNFT

... Und wenn alles vorüber ist –; wenn sich das alles totgelaufen hat: der Hordenwahnsinn, die Wonne, in Massen aufzutreten, in Massen zu brüllen und in Gruppen Fahnen zu schwenken, wenn diese Zeitkrankheit vergangen ist, die die niedrigen Eigenschaften des Menschen zu guten umlügt; wenn die Leute zwar nicht klüger, aber müde geworden sind; wenn alle Kämpfe um den Faschismus ausgekämpft und wenn die letzten freiheitlichen Emigranten dahingeschieden sind –:

dann wird es eines Tages wieder sehr modern werden, liberal zu sein.

Dann wird einer kommen, der wird eine gradezu donnernde Entdeckung machen: er wird den Einzelmenschen entdecken. Er wird sagen: Es gibt einen Organismus, Mensch geheißen, und auf den kommt es an. Und ob der glücklich ist, das ist die Frage. Daß der frei ist, das ist das Ziel. Gruppen sind etwas Sekundäres – der Staat ist etwas Sekundäres. Es kommt nicht darauf an, daß der Staat lebe – es kommt darauf an, daß der Mensch lebe.

Dieser Mann, der so spricht, wird eine große Wirkung hervorrufen. Die Leute werden seiner These zujubeln und werden sagen: «Das ist ja ganz neu! Welch ein Mut! Das haben wir noch nie gehört! Eine neue Epoche der Menschheit bricht an! Welch ein Genie haben wir unter uns! Auf, auf! Die neue Lehre –!»

Und seine Bücher werden gekauft werden oder vielmehr die seiner Nachschreiber, denn der erste ist ja immer der Dumme.

Und dann wird sich das auswirken, und hunderttausend schwarzer, brauner und roter Hemden werden in die Ecke fliegen und auf den

Misthaufen. Und die Leute werden wieder Mut zu sich selber bekommen, ohne Mehrheitsbeschlüsse und ohne Angst vor dem Staat, vor dem sie gekuscht hatten wie geprügelte Hunde. Und das wird dann so gehen, bis eines Tages ...

DER BUCHSTABE G

So heißt, glaube ich, ein russisches Buch – aber das meine ich nicht. Ich meine ganz etwas anderes. Ich meine die Sache mit Onkel Erich.

Also Onkel Erich – hier kann ichs ja sagen, denn Onkel Erich liest die *‹Vossische Zeitung›* nicht; er liest ein hannoveraner Blatt, schimpft furchtbar drauf und glaubt jedes Wort, das drin steht ... Onkel Erich kam neulich zu uns nach Berlin zu Besuch. Er ist aus Hannover, wo sie das reinste Deutsch sprechen – das allerreinste. Bis auf die Vokale, die sind im Hannöverschen eine Wissenschaft für sich. Man muß lange dran rumstudieren, bis daß man sie raus hat – und das getrübte a, das sie da sprechen, hat mir immer eine ungetrübte Freude bereitet. Unter anderem klingt dort «ei» wie «a». (– «Haben Sie Aale?» – «Näö, ich habe getzt Zaat!» – «Nicht doch. Ob Sie Aale haben?» – «Ich säöge doch: ich habe getzt Zaat!» – «Aaale! Den Fisch! Aale» – «Aach, Sie meinen Aeöle! Der Herr sind wohl von auswärts?») Besitze hierüber ein herrliches Büchlein von Le Singe; auch besitzt das Hannöversche in seinem Dialekt eine der schönsten Anekdoten der Welt («Schöde ... Agäöthe ist da gräöde mit los!») – aber das ist, wie Kipling sagt, eine andere Geschichte. Also: Onkel Erich kam nach Berlin.

Ich bin ein friedlicher Vater, noch einer aus der alten Schule: mit wenig Ödipus, fast gar keinen Hemmungen und etwas Strenge. Ich nahm mir Theochen vor, das ist mein Knabe. Ich sagte: «Theochen!» sagte ich. «Onkel Erich kommt. Du berlinerst, daß es eine Schande ist! Das wirst du nicht tun.» Theochen hat gerade den Stimmwechsel; zur Zeit spricht er wie aus einer alten Kasserolle. «Als wie icke?» sagte das gute Kind. «Ick und berlinern? Haste det schon mah von mir jehört?» – Ich aber sprach sanft und gebot meinem väterlichen Zorn, zu schweigen: «Onkel Erich kann das Berlinern auf den Tod nicht leiden. Er kann es nicht häören ... wie man in Hannover sagt, wenn man etwas nicht leiden kann. Und ich will dir eins sagen: Wenn du in seiner Gegenwart berlinerst, dann kriegst du die erste große Abreibung, die du in unserem Zusammenleben von mir bekommen hast. Ab!» Theochen aber sprach, und es klang, wie wenn jemand Mäuse in eine Blechbüchse gesperrt hätte und dazu Baß spielte: «Woso kann er denn diß nich leihn? Un wat jeht mir denn det an –?» – «Er kann es eben nicht leiden», sagte ich. «Und du wirst dich freundlicherweise von heute ab – zur Probe schon von heute ab – nach dem richten, was ich dir gesagt habe!» Theochen ging los, das gute Kind. Nicht ohne dabei ein schönes Lied der Claire Waldoff angestimmt zu haben:

«Berlina Blut –
Berlina Blut is jut!
Berlina Blut –
Berlina Blut is jut!
Doch kommt berlina Blut
mal in die Wut –:
denn haut berlina Blut dir aba mächtig uffn Hut!»

Ja, warum Onkel Erich es nicht leiden konnte, wenn jemand den trauten Dialekt meiner Heimatstadt sprach –: das habe ich nie ergründen können. Es muß da einmal etwas gewesen sein ... eine zurückgegangene Verlobung mit einer durchaus nicht auf den Mund gefallenen Berlinerin ... kurz: er konnte es nicht leiden. Aber ‹was mir det anjing› ... das wußte ich nur zu genau.

Sie werden lachen: es gibt noch Onkel auf der Welt, die Geld haben. Und es gibt – habe ich mir sagen lassen – noch Neffen, die auf dieses Geld ... Gott bewahre mich davor: nicht warten! ... nein, das nicht. Also ... die froh wären, wenn sie es hätten. Onkel Erich war meiner Frau, meinem Jungen und mir im ganzen wohlgesinnt; das wußte ich. Da war auch ein Testament ... das wußte ich auch. Aber nun eben dieses Berlinern – ich hatte ein bißchen Angst. Denn das letztemal, vor langen, langen Jahren, als Onkel Erich bei uns zu Besuch gewesen war, da lallte Theochen noch, und gelallt wird in Berlin genau so wie in Hannover. Mir kam ein Gedanke. «Theo!» rief ich.

Er kam. «Theochen!» sagte ich. «Du wirst dich von heute ab üben. Du wirst dich im Berlinischen üben – oder vielmehr im Nichtberlinischen – und ich sage dir: Laß es dir nicht einfallen, in meiner Gegenwart zu berlinern! Vor allem gewöhne dir das häßliche Jot ab!» – «Du lieber Jott!» sagte Theochen. – «Eben nicht! Eben nicht, du Storchenschnabel!» schrie ich. «Es heißt nicht Jott! Es heißt Gott! Gott! Sprich nach!» – «Gott», sagte Theochen. «Jetzt sag mal: Eine gut gebratene Gans ist eine gute Gabe Gottes.» – «Eine gut jebratene Gans ist eine jute Gabe Jott ... Gott ... Jottes ...» – «Na wart nur!» sagte ich. «Jetzt geh und übe diesen Satz, und ich komme nachher und frage dich ab. Und wenn du mir ein einziges Jot sagst ...!»

Das war Mittwoch. Donnerstag erschien Onkel Erich. Leider fing die Sache damit an, daß der Träger den Onkel fragte: «Ham Sie Jepäck uffjejehm?» und der Onkel legte nicht schlecht los. Was das für eine Sprache sei; das sei überhaupt keine Sprache, das sei ein tierisches Gebrumme – und er, in Hannover, sei ein ganz anderes Deutsch gewöhnt! Gott sei Dank! Das reinste. Das allerreinste. Ich nickte gottergeben und rechnete geschwind einige große Zahlen aus, die sich ergaben, wenn ... «Nach welche Jejend wolln Sie denn fahn?» sprach der Kofferträger. Und ich betete zu Buddha, der da sein Auge gerichtet hält auf die niedersten Insekten und auf die Oenkel aller Welt. Und der Onkel lief rot an. Und gab dem Träger kein Trinkgeld. Und da sagte der Träger viele schöne Sachen auf, nicht grade in schierem Hochdeutsch – aber man verstand jedes Wort, und ich rang in meinem Innern die Hände. Doch, das kann man. Und dann fuhren wir. «Eine ekelhafte Sprache!» knurrte der Onkel.

Wir kamen zu Hause an. Ich schloß die Korridortür auf, meine Frau kam gleich heraus, begrüßte den Onkel und nahm ihm die Sachen ab. Der Onkel dankte gerührt. Theo war nicht da. «Theo!» rief ich. Theo kam nicht. «Wo ist denn der Junge?» fragte ich meine Frau. «Theo!» riefen wir gemeinsam. «Der Onkel ist da!» – Und da erschien Theo, wie wenn er auf etwas gewartet hätte, kam, verneigte sich vor dem Onkel und sprach laut und deutlich:

«Der gute Igel Georg geigt auf der Gummigeige!»

«Was sagt der Junge?» fragte der Onkel mißtrauisch. Ich sah den Knaben Theo an ... ich sah ihn immerzu an ... «Das ist nur so eine scherzhafte Redensart, um jemand willkommen zu heißen», sagte ich. «Sag mal Onkel Erich hübsch guten Tag!» Theo machte eine Verbeugung, gab die Hand und sprach: «Es ist gammerschade, daß ich heute meine gute Gacke nicht anhabe. Der Papagei, der Gakob, hat sie mir geruiniert.» – «Da wollen wir ins Eßzimmer gehen», sprach ich beklommen. «Du wirst Hunger haben, Onkel Erich!» Onkel Erich sah den Theo an, Theo sah den Onkel an. «Ich weiß nicht ...» sagte der Onkel, während wir ins Zimmer gingen, «ich weiß nicht ... euer Junge spricht so merkwürdig!» – «Er ist wohl so aufgeregt, vor Freude», sagte ich. «Er fragt schon den ganzen Tag, wann denn der Onkel kommt!» Nun gibt es keinen Menschen auf der Welt, der nicht stolz ist, wenn ihn ein Hund wiedererkennt, oder wenn sich andere Leute, wie sie sagen, darauf gefreut haben, daß er gekommen ist. Dergleichen hebt das Selbstbewußtsein. «So, so ...» sagte der Onkel. «Nun ... das ist aber mal hübsch.» Theo machte abermalen den Mund auf, ich sah ihn an, es half nichts. Er sprach. «Wir haben heute in der Schule einen großen Gux gemacht. Da ist einer, der hat eine Guchhe-Nase, und dem haben wir Guckpulver in den Hals gestreut, und da hat er sich so geguckt, bis er nicht mehr gapsen konnte! Ga.» Nicht umsonst bezeugt mir meine Qualifikation zum Vizefeldgefreiten der Reserve eine rasche Entschlußkraft. «Theochen!» sagte ich. «Komm mal mit Papa raus – da ist noch was zu erledigen, wobei du mir helfen mußt!» Meine Frau sandte einen blitzschnellen, flehenden Blick herüber, der Onkel einen erstaunten – dann schritten wir beide, Vater und Sohn, selbander hinaus.

«Dir ist nicht gut!» sagte ich draußen. «Du wirst jetzt hier auf deiner Stube essen, und wenn der Onkel weg ist, dann kriegst du eine Abreibung, von der noch lange Zeiten singen und sagen werden! Du Lausejunge!» Theo bewegte die Worte des Vaters in seinem Herzen und sprach also: «'ck ha ja jahnischt jemacht! Du hast jesacht ...» – Und da schloß ich die Tür ab. Und hatte ein langes Verhör zu bestehen ... «Merkwürdig», sagte der Onkel. «Ich hatte immer geglaubt, du hättest die Gesundheit von deinem Vater selig geerbt ... aber das Kind scheint nicht ganz in Ordnung. Gleich wird es krank, vor lauter Freude und Aufregung – und dann spricht es so komisch ... Hat es denn einen Sprachfehler?» – «Es hat keinen Sprachfehler, lieber Onkel», sagte ich milde und schob ihm den Marmeladentopf hin. Und wenn der Onkel Marmelade sieht, dann hört er nichts mehr und ist glücklich und zufrieden, und wenn er den Topf bis auf den Grund geleert hat, dann sagt er: «Zu süß!» und sieht sich nach einem neuen um. In meinem Kopf aber tanzten die Zahlen.

Und der Onkel blieb drei Tage in Berlin, und ich sperrte den Knaben Theo immerzu ein. Und wenn sich der Onkel nach ihm erkundigte – in allerreinstem Deutsch, mit herrlich getrübtem A – dann sagte ich, das Kind hätte eine Angina und stecke an. Der Onkel mißverstand den Ausdruck erst ... aber dann sah er alles ein und ließ Theochen in Frieden.

Aber am dritten Tag, als ich ins Finanzamt mußte, um darzutun, daß ich gar nichts verdiente, sondern ein ganz normaler Kaufmann sei –: da gab es zu Hause ein Malheur, und als ich zurückkam, da war es schon geschehen. Der Onkel packte. «Was ist ...?» fragte ich verdattert. «Du willst fort?» Meine Frau weinte. «Was ist hier los –?» fragte ich.

«Keinen Augenblick länger!» rief der Onkel. «Ich komme da nichtsahnend ins Kinderzimmer, da sitzt Theo, da sitzt dein Sohn Theo am Tisch und ist gar nicht krank und hat auch keine ... also hat auch keine Halsentzündung, sondern hat Besuch und ... was hat er gesagt?» – Der Onkel sah meine Frau an, ich sah meine Frau an. «Ich ... ich weiß es nicht mehr ...» sagte sie stockend. – «Theo!» rief ich. «Komm mal her!»

«Was hast du zu deinem Freund gesagt, als Onkel Erich ins Zimmer gekommen ist?» – Theochen bockte. – «Na?» sagte ich. «Wirds bald?» – «Soll ichs sagen?» fragte er. «Natürlich sollst dus sagen!» Und da sprach Theochen und wechselte dabei vierzehnmal die Stimme:

«Ick ha jesacht: Aus det Jeklöhne von den Olln mach ick mia jahnischt – det is ja nich jefehrlich! Jestern jabs Jans, und den Onkel nehm ick noch alle Tahre uff de Jabel! Det will 'n jebillter Mann sein? Un wenn ick auch jefeffat den Hintern vollkrieje: der Mann spricht ja Dialekt!»

Und da nahm der Onkel seine Koffer und riß die Korridortür auf und stieß mich und meine Frau fort und nahm sich einen Wagen und fuhr zurück nach Hannover, wo sie das reine Deutsch sprechen. Und das Ratschen eines entzweigerissenen Testaments zerriß mir das Herz.

Theochen geht es soweit ganz gut. Er hat nur zwei Tage lang einige Schwierigkeiten gehabt – des Sitzens wegen.

DER LEERLAUF EINES HEROISMUS

Der leipziger Hochverratsprozeß hat den geistigen Zustand der deutschen Reichswehr für diejenigen enthüllt, die ihn noch nicht gekannt haben.

Den Prozeß nehmen wir nicht ernst. Das Reichsgericht hat in politischen Urteilen längst das Vertrauen aller Kenner eingebüßt – was in seinen Urteilen niedergelegt wird, ist Ressentiment und Politik, die sich der Juristerei als Form bedient. Daß Kommunisten noch niemals so behandelt worden sind wie diese drei Offiziere, sagt uns nichts Neues. «Ich habe», sagte der Reichsanwalt, «die Angeklagten nicht kränken wollen, und ich würde es bedauern, wenn ich sie gekränkt habe.» Na, da ists noch mal gut …

Wichtig und aufschlußreich ist nicht die Geistesverfassung des Reichsgerichts, die bekannt, wichtig ist die Denkungsart der Reichswehr, die weniger bekannt ist.

Sie ist trostlos.

Daß Berufssoldaten berufsmäßige Gegner des Pazifismus sind, darf uns nicht wundern und ist verständlich; das ist immer so gewesen. Obgleich es ja seltsam anmutete, wenn etwa Feuerwehrleute jene bekämpften, die die Entstehung von Bränden verhüten wollten … diese Soldaten haben sich niemals als eine Feuerwehr gefühlt, die man im Augenblick der Gefahr ruft, sondern immer als Selbstzweck.

Ich will nicht zu jenen Majoren und Leutnants sprechen, die man deshalb nicht überzeugen kann, weil sie nicht lesen können, und, könnten sie es, nicht verstehen, was sie lesen, und verständen sie es, es falsch anwendeten. Ich spreche zu Menschen, die Ungeist mit dem Geist bekämpfen wollen.

Jeder Mensch schafft sich im Geiste eine Welt, in der er seinen Fähigkeiten nach im Mittelpunkt steht. Die wenigsten gestehen sich das ein. Beginnen wir bei uns selbst.

Pazifisten, die gut reiten können, sind Ausnahmen. In jeder pazifistischen Strömung ist – neben den besten ethischen Absichten – die Ablehnung einer Welt, in der der predigende Pazifist keine führende Rolle spielt. Es ist schon viel, wenn er in jener kriegerischen Welt mit Anstand bestehen kann. Dieser tantenhafte Zug ist im Pazifismus unverkennbar; wo er sich sentimental auswirkt, ist er auf das schärfste zu bekämpfen. Denn das ist nicht Sinn und Inhalt des Pazifismus. Die militärischen Gegner bekämpfen uns: mit Verleumdungen, wie zum Beispiel in diesem Prozeß; mit Beschimpfungen, die uninteressant sind, und mit einer Spur von Recht. Sie kämpfen aber dann gegen den schlechtern und minderwertigen Teil des Pazifismus, gegen seine Karikatur, gegen das Weinerliche an ihm.

Im übrigen ist solch ein Kampf eine Frage der geistigen Kraft, und zwar nicht nur der brachialen, wie heute durchweg gelehrt wird. Der friedliebende Mensch, der seine besten Kräfte nicht auf Schlachtfeldern verwertet, baut sich eine Welt, in der er etwas gilt, und er ist leicht geneigt, diese seine Welt sittlich höher zu stellen als die aller andern.

Dieses Element muß sauber herausgeschält werden; es ist Schwäche und Lüge, hier die Augen zu schließen. Ich halte es auch für ganz berechtigt und natürlich.

Der Pazifist hat jedoch in seinem Kampf gegen den Krieg recht, weil er es ablehnt, über das Leben andrer Menschen zu verfügen. Ich fühle in keiner Hinsicht vegetarisch: es mag Situationen geben, in denen Blut zu vergießen kein Unrecht ist. Als Grundforderung aber muß aufrechterhalten werden, daß niemand das Recht hat, über das Leben seiner Mitmenschen zu verfügen, um sich selber zu erhöhen. Das aber tut der Soldat.

Die Fundierung der im leipziger Prozeß geäußerten Ansichten war mehr als kümmerlich. Man braucht keine Literatur zu zitieren; unsereiner riecht ja, woher Meinungen stammen. Diese stammen durchweg aus dem Gefühl. Deshalb brauchten sie noch nicht schlecht zu sein. Sie sind aber leer und schlecht. Denn:

Wenn man die jungen Leutnants und die bedächtigern ältern Offiziere beklopft, so wird sich immer wieder finden, daß sie Deutschland, ihre Mitbürger und die gesamte Welt für einen Exerzierplatz, für ein Manöverfeld und für ein zukünftiges Schlachtfeld ansehen, auf dem sie das entfalten können, was sie ihre besten Fähigkeiten nennen. Dort sind sie ganz Mann, nur dort, dort erst. Es ist für diesen Heroismus, der bei vielen zweifellos echt und mannhaft vorhanden ist, bezeichnend, daß er niemals nach dem Zweck des soldatischen Getriebes fragt. Der Kampf wird gekämpft; ist er einmal begonnen, muß er durchgehalten werden — aber worum das Ganze geht, wofür, für wen, zu wessen Nutzen: danach fragen sie nicht. In Heinz Pols Roman *‹Entweder — oder›* findet sich eine herrliche Stelle; es ist jene, wo ein junger Graf, der im Baltikum mitgekämpft hat, sich den Marx kauft. «Er wollte doch einmal sehen, was er da eigentlich bekämpfte.» Das ist es. Der Kampf ist primär — erst nachher wird er rationalisiert.

Das führt leicht dazu, den Kampf überhaupt zu wollen, und also:

ihn hervorzurufen und sich Feinde zu machen, damit man selber Soldat sein kann. Der Soldat braucht einen Feind. Sonst wäre er nicht.

Gewinnen also diese Offiziere Einfluß auf die Politik des Landes – und sie haben einen bereits sehr wesentlichen, einen, der viel größer ist als gemeinhin angenommen wird – dann liegt es sehr nahe, daß sie, um der Betätigung ihres Handwerks willen, den Kampf selbst da provozieren, wo man ihn vermeiden kann.

Was die jungen Herren vor Gericht ausgesagt haben, verdient keine Widerlegung; wo nichts ist, hat der Polemiker sein Recht verloren. Es war das typische Ressentiment soldatischer Haltung, ein Kasinogespräch, das jeder, der im Kriege gewesen ist, im Schlaf aufzeichnen kann. Es war und ist die Ablehnung der geistigen Welt, der Friedenswelt überhaupt, weil es in ihr für diesen Menschenschlag langweilig ist, zu leben. Man kann von keinem Schauspieler verlangen, daß er eine Gesellschaftsordnung bejaht, in der etwa die Theater verboten und ausgeschaltet sind. Der Schauspieler will spielen. Der Soldat will Krieg führen.

Nun ist der Militär nicht vom Himmel heruntergefallen. Er ist nichts als eine überall vorkommende Art des Menschengeschlechts, in Deutschland durch Geschichte und Tradition nur übermäßig gezüchtet, weil einem gewissen Typus des Deutschen in vielem entgegenkommend.

Am Soldaten ist – ohne Wertung betrachtet –: Kraft; Jugend; Mut, der angewendet sein will; Überschuß, der sich austoben will; Rauflust; Freude am Gehorchen und Freude am Befehlen; Freude an der Arbeit in frischer Luft; Freude an Farben und am Apparat – alles das und noch viel mehr. Gemischt ist das beim modernen Soldaten mit dem Typus des büromäßigen ‹Organisators›, des Mannes, der kommandieren und andre arbeiten lassen will; mit dem Techniker, der seinen Spaß an modernen Maschinen hat, die er auf Kommando seinerseits kommandiert ... diesen Leuten ist es nicht wichtig, wer in einem Streit England–Deutschland recht hat, das bewegt sie überhaupt nicht. Es bewegt sie, eine Division zu verladen und einen Tank zu bedienen. Sport.

In dieser Betätigung ist viel Gutes und Legitimes. Statt nun aber solche vorhandenen Kräfte auszunutzen, drängt sie die heutige Gesellschaftsordnung zurück; in dem kapitalistischen Büro-Getriebe können so beschaffene junge Menschen nichts mit sich und ihren Kräften anfangen, und nun schaffen sie sich das, was sie brauchen.

Denn das Militär mit allem seinem Drum und Dran ist nicht nur ein Bedürfnis der Allgemeinheit. Es ist vor allem eines der Beteiligten.

So, wie der Halb-Intellektuelle, der ‹nicht weiß, was er werden soll› in das Beamtentum oder in die Industrie tritt und sich dort einen ‹Laden aufbaut›, der vorher nicht dagewesen ist, einen, den der Mann braucht, um überhaupt zu sein –: so schafft sich der Soldat in allen Ländern erstens die nötigen geistigen Voraussetzungen für seine Existenz in Form von Feinden, Gefahren und einem ins Wahnwitzige gesteigerten Nationalismus und zweitens in einem Apparat, in dem er regieren, arbeiten, seine Kräfte entfalten – in dem er sein kann. Diese geronnene Institution von zur Gewalttätigkeit neigenden und kraftvollen Menschen sind die Heere; diese Apparate werden benutzt, mißbraucht und gebraucht von der jeweils herrschenden Ordnung: zur Unterdrückung des Klassenfeindes, also hier der Arbeiter, zur Ablenkung der Geschäftigkeit nach außen und so fort. Der Soldat sieht das meist gar nicht. Er ist.

Dieser Heroismus läuft leer. Es ist das Heldentum an und für sich, also gar keines. Der vage Begriff ‹Vaterland› ist eine mythische Formel, und gegen nichts wehren sich diese Männer so wie gegen eine gedankliche Auflösung ihrer pseudo-religiösen Formeln, und sie wissen sehr gut: warum. Es wäre das Ende. Das blanke Nichts träte zutage.

Nicht, daß die zugrunde liegenden Kräfte auflösbar sind in: Freude an der Zerstörung; Freude des Männchens, vor dem Weibchen zu paradieren: nicht das ist das zu Verneinende. Zu verneinen ist lediglich die Art, wie diese einmal vorhandenen leer laufenden Kräfte eingesetzt und mißbraucht werden.

Von dieser Denkungsart der Reichswehr ist grundsätzlich das zu unterscheiden, was die jungen Nationalisten predigen. Die sind emsig bemüht, einem vorhandenen Grundgefühl neue und geistige Formen zu leihen – aber nicht aus Achtung vor dem Geist, dessen sie meist keinen Hauch verspürt haben, sondern um auch auf diesem Gebiet ihren Mann zu stehen. Wieviel Unsicherheit ist darin –! Was Ernst Jünger dartut, der inzwischen ein tüchtiger Kriegsberichterstatter geworden ist, emsig, betriebsam und hopphopp, ist geistig dünn, unterernährt und um so mehr von gestern, als es sich von morgen zu sein gibt. Immerhin ist es bedeutend lyrischer als die kalte Grundanschauung der ewigen Offiziere, die nichts sind als das. Jünger versucht sich in einem Mystizismus, dessen Wolken mit einer Handbewegung zu verscheuchen sind; dahinter grinst das blanke Nichts, die sture Grundanschauung, Kampf an sich sei etwas Bejahenswertes. Was die jungen Leute aus den heute ‹Bünde› genannten Vereinen sagen, ist nicht viel anders. Man sei ein für alle Mal – gegen rechts oder links – mißtrauisch, wenn jemand den Angriff auf einen Standpunkt mit dem Geschrei ‹Gotteslästerung› erwidert. Dann ist da etwas faul.

In beiden Lagern, bei der Reichswehr und den nationalen Bünden, herrscht derselbe Leerlauf des Heroismus. Sie sind voneinander verschieden und noch geschieden; möglich, daß sie eines Tages zusammengehen – bei diesem Bündnis werden sie sich gegenseitig belauern und den Augenblick abpassen, wo einer den andern betrügen kann ... die jungen Nationalen sind denen in der Reichswehr zu literarisch, denn wer ein Buch gelesen hat, ist ein Bücherwurm ...

Unterdes schaffen sich die ewigen Militärs munter, was sie brauchen. Einen ‹Luftschutz›, einen ‹Wasserschutz›, einen ‹Eisenbahnschutz› und was der Mensch nötig hat, wenn er sonst keine gescheite Beschäftigung weiß. Dergleichen sind Hilfskonstruktionen für die Entfaltung ihres Wesens.

Es ist aber ein bißchen viel verlangt, daß die Gesellschaft für die Erhöhung der innern Sekretion einer kleinen Gruppe Menschen zahlen soll. Gewiß, es wird dem Zahler allerhand geboten: Manöver, Kriegsreklamen aller Art, Uniformen, Musik, Fotos mit Kanonen ... Etwas überzahlt, wie mir scheint.

Leer ist das alles, ganz leer. Und tritt auf mit dem ganzen Aplomb des Muskelmenschen, der über den Gehirnmenschen zunächst immer im Vorteil ist. Gegner hat das zur Zeit nicht viel. Die Bürger ... du großer Gott. Sie sind dem General von Seeckt rührend aufgesessen, weil der die Klugheit besaß, nicht zu sprechen – es gibt nicht nur undurchschaubare Genies, es gibt auch etwas andres. Und ein Bücher revidierender General ist eine Kuriosität; wäre der Mann kein Berufsoffizier, kein Mensch kümmerte sich um seine Ansichten oder um diese leeren Aufsätze.

Mars ist blind und hat keinen Kopf. Er hat nur einen Helm.

Und ihr spiegelt euch in diesem Helm. Wie hat es 1914 so weit kommen können? Wie war das möglich? Es war möglich durch eine raffinierte und gewitzte Vorarbeit; durch ein tagtägliches Trommelfeuer von Kriegsvorbereitung, durch die Marktschreierei eines leerlaufenden Heroismus.

AUFGEWACHSEN BEI ...

Dir gefallen die Beine nicht,
dir gefällt die Kleine nicht,
dir gefällt die Große nicht,
und du magst die Sauce nicht.
Dir gefällt der Opel nicht,
und du wärst kein Popel nicht,
und dir schmeckt der Steinwein nicht,
und dir schmeckt der Rheinwein nicht ...
Lieber Freund, besinn dich drauf:
Worauf herauf –?

Bist du denn so reich und schön?
Bist du lieblich anzusehn?
Bist du elegant und schick?
Untenrum nicht reichlich dick?

Bist du mit dem Mordskrawall
wohl aus einem ersten Stall?
Immer schreist du nach Niveau ...
lebst du denn zu Hause so?
Du – mit deinem Lebenslauf:
Worauf herauf –?

Stell dich mit dem Doppelkinn
mal vor einen Spiegel hin:
Wenn die Frauen auch mal sieben:
welches Mädchen soll dich lieben?
Sage selbst!
Wenn die Kellner Augen haben:
wofür halten sie dich Knaben?
Sage selbst!
In dem reichen Kaufmannshaus:
wie siehst du im Smoking aus?
Sage selbst!
Mach nicht immer solche Faxen.
Mensch, es ist ja halb Berlin
aufgewachsen, aufgewachsen
bei den grünen Jalousien –!

DIE AUSGEZOGENE FRAU

Die legitime Neigung zur Pornographie ... «Sprechen Sie doch deutsch, Herr!»

Der verständliche Drang, auf der Liebesleiter von der Freude an einem schönen Frauenkörper bis zur Geilheit hinauf- und hinunterzuklettern, hat in den illustrierten Blättern Amerikas und Europas eine Hausse in Akten hervorgerufen, die in vielen Akten an einen Akt gemahnen. Soweit schön. Ich weiß auch, daß sich die Menschen nicht durch Knollen fortpflanzen und daß die Frage jenes alten Herrn, der im Walde ein Liebespaar belauschte: «Ja, macht man das denn immer noch ...?» nicht so ganz berechtigt ist. Sie machen das, solange sie sind. Immerhin: diese Bilder-Industrie fängt an, erheblich langweilig zu werden.

Massenhafte Pornographie ist schon dumm ... Sie sollten nicht versäumen, sich so etwas einmal anzusehn: es macht sehr tugendhaft. Wie ödend ist aber nun erst das immer gleiche Sirup-Girl, das wir da aufgetischt bekommen: im Profil, von vorn, von oben und von der Mitte: manche wogen mit den Nüstern und wissen sich vor Schönheit gar nicht zu lassen; manche legen ihre ganze Seele oder was sie dafür halten, in ihre gezierten Hände ... und alle, alle sehen ganz gleich aus. Es gibt wohl nur sechzehn verschiedene Ausführungen, und man muß sehr genau hinsehn, um sie voneinander zu unterscheiden.

Brauchen das die Leute –? Es scheint so. Eine Zeitschriftennummer mit einem hübschen Mädchenkopf geht immer; auch die Soldaten haben sich ja auf die hölzernen Wände ihres Unterstands die gelackten Matrosenbilder und Badeschönheiten geklebt ... aber das war doch noch verständlich! Es war Ersatz. Was fangen aber nur heute die Kerls mit diesen vielen zuckersüßen Bildern an, während doch die sicherlich reizenderen, weil nicht so glatten Originale um sie herumlaufen?

Das verstehst du nicht. Der Mensch hat einen Hang zum Idealen. Er will nicht immer bloß Bohnensuppe essen und nachher befriedigt, sagen wir, ausatmen – er will nicht immer nur seine Gattin sehen, was verständlich ist: er will das Gebild aus Himmelshöhen. Und das kriegt er hier nun für fünfzig Pfennig.

Meist ist es halbnackt, und wenn es ganz nackt ist, dann ist es ausgezogen. Mitunter gibt es alle gynäkologischen Details, dann sind sie aber weltanschaulich versichert, Marke: Nacktkultur oder Höhensonnenpflege oder was der Mensch so sagt, wenn er die fotografierte Volldame meint. Fettig tastet sie der Blick des Vielbeschäftigten ab; kein Wunder, daß diese Zeitschriften so fleißig hecken, denn wie viele Blicke haben sie schon begattet! Und wenn ein Redakteur gar nicht mehr weiß, was er bringen soll: Busen ist immer gut. Schenkel ist immer gut. Popo ist immer gut.

Schade, daß auf der andern Seite solche heillosen Trottel der Prüderie stehen; man könnte das alles noch viel schärfer sagen. Aber dann wirds im ‹Evangelischen Posaunenengel für die Mark Brandenburg› abgedruckt: «Die *‹Weltbühne›*, mit der wir sonst nicht übereinstimmen, und die doch wahrlich nicht in dem Ruf übergroßer Sittenstrenge und Zimperlichkeit steht ...» Amen.

Mir kanns ja gleich sein. Aber wollt ihr eigentlich alle immerzu diese Bilder sehn –?

WER LIEST DAS –?

Meine gute Tante, die im Besitz einiger herrlicher Pleonasmen war, nannte jede Art beschmiertes Papier gern «Schreibenschriften». Davon gibt es ja nun allerhand ... Wobei denn zu fragen:

Wer liest das eigentlich alles –?

Da sitzen Sie also in der Bahn, und Ihnen gegenüber sitzt eine Mappe mit einem Herrn. Derselbe zieht aus derselben ein dickes Konvolut Papier. Kein feiner Mann liest, was man ihm in der Bahn darbietet, doch bin ich kein feiner Mann. Zwar gehöre ich nicht zum Klub der Rückenleser, aber immerhin ... man kann sich dem nicht ganz entziehen. Was hat der Mann da –?

Er hat etwa ein Viertelpfund ehemals weißes Papier, das haben sie mit einem schwarzen Vervielfältigungsapparat ruiniert, und jetzt stehen da Tabellen und Verzeichnisse und Verfügungen und Verordnungen ... jedermann seine eigene Behörde ... Liest der Mann das –?

Es fällt ihm gar nicht ein. Ich weiß genau, warum er sich das eingesteckt hat. Das hat er sich eingesteckt, weil er sich dabei gedacht hat: «Hier komme ich ja nicht dazu ... Ich werde das in der Bahn ... famos! Ich werde das in der Bahn lesen ...!» Aber da tut ers auch nicht. Er sieht einmal zerstreut in den Kram, dann guckt er aus dem Fenster, dann reißt er ein Eckchen ab und probiert, sich damit die Fingernägel zu reinigen (Wenn du denkst, du bist allein – mache deine Nägel rein); dann legt er mit einem schweren Seufzer die ganze Geschichte auf das kleine Fenstertischchen und fängt an, endgültig einzuschlafen. So war das.

Aber nimmermüde speit der Apparat Papier aus. Bedrucktes Papier, beschriebenes Papier, betipptes Papier ... immer noch mehr Papier. Wer liest das?

Es muß wohl so eine Art Selbstbestätigung der zahllosen ‹Stellen› sein, mit denen wir gesegnet sind; sie glauben: ‹Wir vervielfältigen, also sind wir› – so einem alten philosophischen Satz einen erstaunlichen Dreh gebend ... *Glauben* die Leute, daß das einer lese ...? Ich glaube: sie glauben es nicht. Aber sie tuns doch.

Ist nicht viel unproduktive Arbeit dabei? Ist hier nicht sehr vieles Selbstzweck geworden, was einmal Mittel gewesen ist? Ich meine keine bestimmte Branche, es ist ja Allgemeingut, dieser ungeheure Papierverbrauch. Reklame, Mitteilungsbedürfnis ... aber wird das nicht übertrieben? Hier liegt, glaube ich, ein goldenes Gesetz der Wirtschaft verborgen, das sich immer deutlicher zeigt.

Das Gesetz heißt etwa so:

Was alle tun, hebt sich auf.

Es ist wie mit den Autos; in der City New Yorks kommt man ja wohl schneller vom Platz, wenn man zu Fuß geht. Alle haben ein Auto –

und nun hat keiner mehr ein Auto!

Die ersten Behörden, Dienststellen, Geschäfte, die viel Papier auf die Welt streuten, hatten damit Erfolg; vielleicht auch noch die zweite Schicht ... aber nun ist es damit vorbei, alle tun es, und es wirkt nicht mehr; man liest kaum noch, was einem die Post und der Betrieb täglich auf den Schreibtisch schütten. Jeder von uns beherrscht ja die Kunst, aus einem Wust von vielem Papier die zehn Briefe und die vier Drucksachen herauszufischen, die für uns wirklich von Wichtigkeit sind. Der Rest ...

Dieses goldene Gesetz finden Sie überall. (Zum Beispiel auch in der Rüstung der Staaten.) Welcher Aufwand, um das Einfache zu tun. Doch gibt es ja wohl nichts mehr Einfaches hienieden.

Wer aber an die Wichtigkeit des von ihm geschriebenen und herausgegebenen Papiers glaubt, der hats gut und sei gesegnet. Neben den dreißigtausend Büchern, die Deutschland im Jahr gebiert, wieviel Millionen Broschüren, Dienstanweisungen, Propagandaschriften, Aufrufe, Manifeste, Überblicke, Tagesbefehle, Proklamationen ... wer liest das? Die, dies angeht, bestimmt nicht.

Wer liest das —?

DER MITTLER

Er (Hermann Löns) erzählte mir, sein Verleger wäre gekommen, hätte ihm ein Gedicht von Rainer Maria Rilke gezeigt und gesagt: «So etwas müßten wir auch mal haben!»

‹*Meine Erinnerungen an Hermann Löns*›
von Elisabeth Löns-Erbeck

Diese Zeit steht im Zeichen des Kommissionärs — auch ihre Kunst wird von ihm regiert.

Wir unterscheiden zweierlei Arten von Vermittlern: den künstlerischen und den geschäftlichen Vermittler.

Von der Überschätzung des künstlerischen Mittlers — des Regisseurs, des Kapellmeisters — ist viel gesagt worden. Daß seine Schätzung gegen früher gestiegen ist, ist gerechtfertigt; die Werke des Theaters und des Kinos sind immer mehr zu falschen Kollektivkunstwerken geworden, bei denen jeder jedem dreinredet und zum Schluß keiner schuld sein will, wenn es ein Mißerfolg geworden ist. Bei einem Erfolg wollen es alle gewesen sein.

Der künstlerische Vermittler drängt das Werk und den Urheber des Werkes völlig an die Wand; das Werk wird Anlaß und Vorwand. Es ist ja ganz gut und schön, daß Beethoven und Shakespeare gelebt haben — vorneweg aber marschieren Karlheinz Martin und Furtwängler, Reinhardt und Bruno Walter. Der Vater des Werkes wird nicht gefragt, sein Wille gilt nichts, sein Kind ist nun im Waisenhaus, und der Vorstand wird das Kind schon schaukeln. Sie dichten auch mit, die Herren, sie lassen fort und fügen ein — sie haben Vaterstelle übernommen.

Zu dieser erfreulichen Gesellschaft der plurium gesellt sich der Schauspieler, der heute, wie in allen Zeiten bürgerlicher Schwäche und behördlicher Diktatur, maßlos überschätzt und in seinen Spitzenleistungen ebenso überzahlt wird. Das führt zum Startum, und da die meisten Schauspieler gar nicht imstande sind, ohne die Führung eines gebildeten Tyrannen in den Geist eines Stückes wirklich einzudringen, erleben wir die Vergewaltigung von Kunstwerken oder ihre Ersetzung durch Trapeze, die das garantieren, was jene eine Wirkung nennen. Der Satz Reinhardts: «Das Theater gehört dem Schauspieler», ist gefährlich und noch dazu unrichtig: der Schauspieler sei Diener am Werk. (Freilich muß eines da sein.) Was der Schauspieler heute treibt, ist in fast allen Fällen Herausstellung der eignen Person, und das ist begreiflich; aber er tut es auf Kosten des Dichters, und das ist ungehörig. Sie scheren sich den Teufel um die Absichten des Dichters – wenns gut geht, um die des Regisseurs, der wiederum seinerseits auf das Opus pfeift, das er da in Szene setzt. Sie sprechen kaum die Sätze ihrer Rolle – «Da sage ich einfach ...», und dann kommt irgendeine Monstrosität, an die der Dichter nicht im Traum gedacht hat. Aber es ‹wirkt›. Es ist eine leerlaufende Schauspielkunst: in den meisten Fällen versteht der Geschäfts-Schauspieler nicht, was er spricht, es ist ihm auch völlig gleichgültig – er sagts aber schön auf. Früher hat man mit den Rrs gerollt; heute zerlegen sie den unverstandenen Text in tausend kleine und grobe Einzelwirkungen, grob noch in der Diskretion. So ist auch ihr übertrieben großer Einfluß auf das Repertoire und den Wortlaut der Stücke von größtem Übel. Der Star ist ein miserabler Dramaturg.

Aber so, wie der Urheber des dramatischen Werks auf den Schauspieler herunterkommt, passiert jeder Künstler eine andre Leidensstation, die weit, weit gefährlicher, peinlicher, übler und hemmender ist: er hat zuvor mit dem geschäftlichen Vermittler zu kämpfen.

Der Mann, der aus dem Kunstwerk eine Ware macht, also für den Produktionsprozeß in der Kunst unerläßlich notwendig ist, hat seit langem seine Grenzen überschritten – er maßt sich heute Rechte an, die ihm nicht zustehn. Der Kaufmann ist nicht mehr dienendes Glied in der Kette, nicht mehr gleichberechtigter Faktor auf dem weiten Weg zwischen Künstler und Publikum: er herrscht. Wie macht er das?

Er macht das elend schlecht.

Damit es hier nun keine Mißverständnisse gibt: ich glaube nicht daran, daß etwa die unentdeckten Talente haufenweise herumlaufen, nur, weil die Kaufleute grobkalibrige Dummköpfe sind. Das ist nicht richtig. Genies können untergehn; Talente kommen hoch – man braucht sie nämlich, und man ist meist froh, wenn man sie hat. Jeder Mann vom Bau, der den Posteingang einer Redaktion und eines dramaturgischen Büros kennt, wird mir beistimmen, wenn ich sage: Man brauchte das Zeug eigentlich gar nicht zu lesen; man tuts aus Pflichtbewußtsein, verloren hat man da nicht viel. Die Talente werden also nicht im Dunkel gelassen.

Der Kaufmann sieht, was ein Talent ist – er hörts mindestens von andern, er will ja den Erfolg, an dem er brennend interessiert ist. Aber er verdirbt die Talente. Das Schlimme ist, daß er, in der Literatur, am Theater und besonders im Film, den sogenannten Geschmack des Publikums zu kennen glaubt. Er kennt einen: den niedrigsten. Auf dem spekuliert er unaufhörlich herum – und er denkt und rechnet nur in Schablonen. Hat er einmal gesehen, daß im ‹*Potemkin*› eine Szene gewirkt hat, in der man nur Soldatenstiefel in der Großaufnahme sieht, dann will er überall seine Soldatenstiefel haben. Er weiß, daß das vielbeschriene Dienstmädchen in Glauchau gern weint, nun will er seine weinerlichen Schmierszenen ... und im niedersten Bezirk der Kunst hat er damit recht.

Solange sie noch zynisch sind, gehts ja an. Einer dieser gehauten Jungen hat neulich einmal gesagt: «Hier an dieser Stelle muß sich der Hufschmied verlegen herumdrehn und ein bißchen weinen ... das hat das Publikum gern.» – «Warum hat das Publikum das gern?» fragte ein intelligenter Schauspieler. «Weils nicht wahr ist», sagte der Direktor.

Ich möchte einmal sehen, was geschähe, wenn sich ein Künstler anmaßen wollte, dem Geschäftsmann in seine Bilanzen hineinzureden. Der würde mit Recht erwidern: «Herr, davon verstehen Sie nichts!» So ähnlich liegt der Fall umgekehrt: wenn man von den verschwindenden Ausnahmen jener absieht, die wirklich eine Nase für ihr Geschäft haben, dann bleibt ein Haufe ewig mißmutiger, aufgeregt-müder Menschen, vor denen sich der Künstler eine Frage zu stellen hat:

Mit welchem Recht kommandiert der Mann hier eigentlich herum?

Weil er Geld in das Unternehmen gesteckt hat? Weil er geerbt hat? Weil er nun einmal da ist?

Wie sie in den Betrieb kommen, ist nicht immer klar. Welche anmaßenden Ansprüche sie erheben, ist lächerlich.

Ich habe in zwanzig Jahren Literaturarbeit allerhand gesehn. Fast immer saß mir da ein Kaufmann gegenüber, der Geld mit einer Sache verdienen wollte, von der er nicht viel wußte. Er wußte nur das Gröbste, und darauf war er sehr stolz. Fast immer haben wir mit Leuten zu tun, die vor allem nichts riskieren wollen, und das darf ich um so klarer aussprechen, als sie mich nicht schädigen, denn ich will nichts von ihnen. Sie gehen die breit ausgetretenen Bahnen, und dann wundern sie sich, wenn das Publikum nicht mitgeht. Macht einer einen Sportfilm, und hat der Erfolg, dann machen sie, Mann für Mann, Sportfilme, und zerstören damit die eigne Konjunktur, weil der Zuschauer diese Art Filme sehr bald satt bekommt. Und man muß sich vor solchen Verlegern, vor solchen Theaterdirektoren, vor diesen Filmkaufleuten nur immer fragen:

Ja, haben denn diese Männer so viel Erfolg, daß sie uns rechtens auf die Schulter klopfen dürfen, mit der Zigarre im Mund, und dem berühmten: «Lieber Freund, glauben Sie mir ...»? Ich glaube ihnen nicht; dazu gehen mir zuviel von ihnen pleite.

Sie machen aus ihren mehr oder minder kümmerlichen Bildungsbrocken das Maß aller Dinge. Sie halten ihren meist klobigen Verstand für das einzig mögliche Fundament, daher denn das von ihnen propagierte Kunstwerk sehr oft nicht über ein gewisses Niveau herauskommen kann, nämlich das ihre. Und das ist nicht hoch. Und wenn sie selbst etwas mehr Verstand und Bildung haben: wie feige ist diese Gesellschaft!

Fünf Proteste, und die Hosen sind voll. Etwas durchsetzen? Etwas der Masse aufzwingen? Ah, gar keine Spur. Und dabei spreche ich jetzt nicht etwa von gewagten und wilden Experimenten, sondern nur von harmlosen Abweichungen aus der Linie, nicht von Möglichkeiten, die einer gern ausprobieren möchte, nicht von Neuem.

Sie bestehen aus Angst. Sie fürchten die Behörden, sie fürchten das Publikum und die Presse, sie fürchten die Frauen und die Berufsstände ... und so schleift sich denn das, was sie produzieren, so unerträglich ab, daß es einem zermanschten Brei gleicht. Die Ufa ließ einmal triumphierend verkünden, sie habe den *‹Blauen Engel›* erst einer Delegation des Preußischen Philologen-Verbandes vorgeführt, die denn auch begeistert gewesen sei (weil es ja ein solches Lehrerschicksal nicht gibt). Heinrich Mann hat das Buch, wenn ich nicht irre, keinem Verband vorgelegt.

Was sie machen, sieht, um das Wort eines Arbeiters anzuwenden, der vor dem Denkmal der Kaiserin Augusta stand: «Es sieht so eenjal aus.» Es ist alles dasselbe, und man mag gar nicht mehr hinsehn. Und das wundert einen nicht, wenn man weiß, wie die aussehn, die es machen.

Sie sind nicht nur feige – sie sind, was damit eng zusammenhängt, auf das höchste unsicher. Es ist meine feste Überzeugung: wenn man einem von ihnen einen großen amerikanischen Schlager im Manuskript vorlegte, und zwar vor der amerikanischen Uraufführung: sie nähmen ihn nicht. Aber wenn es dann ein Schlager geworden ist, dann kaufen sie ihn für teures Geld. Das rührt daher, daß ihnen keine Vision des Werkes und ihrer Absichten vorschwebt. Und wenn ihnen einer vorher ihren eignen Film zeigen könnte, wie er nun nach allen ihren Tadeln, Nörgeleien, Einsprüchen und Schwierigkeiten werden wird: sie nähmen ihn wieder nicht und lehnten ihn ab. Denn was ein andrer anbringt, erscheint ihnen a priori schlecht. Solch Unternehmer ist unsicher und muß unsicher sein, denn er weiß nicht, was er will. Er kann es nicht wissen, denn er ist niemand. Er bedeutet für die Kunst selbst wenig.

Macht es Vergnügen, dieser Sorte etwas anzubieten? sie auf etwas aufmerksam zu machen? Es macht keinen Spaß; es ist uninteressant. Sie sagen auf alle Fälle zunächst einmal: Nein. Sie ermutigen niemand, sie dopen niemand – sie drücken automatisch und verbreiten schlechte Laune um sich und Nervosität, die aber auch gar nichts mit dem ‹Tempo der Zeit› zu tun hat, sondern alles mit ihrer schlechten Verdauung, ihrer Angst und ihrer Unsicherheit.

Und dann muß man sehen, was sie machen!

Und dann muß man sehen, was sie bejahen, was sie für gut halten, was sie gern haben wollen! Es ist in den meisten Fällen das Plumpste, das Dickste, das Platteste – das geht ihnen ein wie Butter.

Es bleibe hier ausdrücklich außer Betracht, was an dieser Frage eindeutig politisch ist. Daß aber diese aufgedonnerten Unternehmungen der Kunstbranche, wie sie gebacken und gebraten sind, dem Künstler grundsätzlich das Verspielte austreiben, ihm im Werk die Stille nehmen, die Feinheit und das Kräftige dazu – das ist bitter. Was bleibt? Das Schema bleibt.

Und das ist so, weil diese Art Kaufmann in seinem Betrieb eine Rolle spielt, die ihm nicht zukommt. Zu diesen Kunstkaufleuten gehören übrigens genau die, die sich durch diese Zeilen nicht getroffen fühlen – grade sie. Wie ja ein Halbgebildeter immer gefährlicher ist als ein Kuhkopf.

Natürlich soll der Kaufmann, der sein Geld aufs Spiel setzt, eine Schlußentscheidung abgeben; darüber ist ja nicht zu sprechen. Aber er delegiere seine Macht und höre auf Leute, die das gelernt haben, was er treibt, ohne es gelernt zu haben. Es kauft ja auch keiner Dachpappe ein, ohne selber in dieser Branche Lehrling gewesen zu sein oder ohne sehr gute Fachleute gefragt zu haben, sonst meldet er eben Konkurs an.

Diese Brüder da aber haben zu allem andern auch noch einen geistigen Hochmut, der durch die Komplimente der Künstler, die sie in Sold und Bewegung setzen, gefördert wird, und das ist schade. Es ist schade, daß ihnen nicht einmal jemand sagt:

«Käse verkaufen ist eine nützliche und vernünftige Sache. Auch dazu gehören Verstand, Schnelligkeit der Entschlußkraft, Kombinationsgabe und Überblick. Den hat aber der Kaufmann von heute nicht gepachtet – viele Menschen haben diese Gaben. Du jedoch, du Kunstkaufmann, bist gar keiner; du bist nur ein verrutschter Konfektionär, entlaufen aus einem Getreidegeschäft oder aus dem Tuchhandel oder Gott weiß woher. Du bist nicht legitimiert, mit uns so umzuspringen – du hast nur das Geld, es zu tun. Begegne mir im Mondschein.»

So spricht kaum einer, weil fast jeder diese Vermittler braucht. Es darf gesagt werden, daß sie ihre Stellung überschätzen und überschreiten und daß sie ihre Arbeit lange nicht so gut tun wie jene, deren Arbeit sie vermitteln.

Vermitteln ist nötig; aber es ist in den seltensten Fällen eine produktive Sache. Diese Tätigkeit wird überschätzt. Wesentlich für ein Kunstwerk sind Urheber und Empfänger. Was dazwischen liegt, ist ein notwendiges Übel.

MALWINE

Ich habe mich deinetwegen
gewaschen und rasiert.
Ich wollte mich zu dir legen
mit einem Viertelchen,
mit einem Achtelchen –
Malwine!
Doch du hast dich geziert.

Der Kuckuck hat geschrien
auf deiner Schwarzwalduhr.
Ich lag vor deinen Knien:
«Gib mir ein Viertelchen!
Gib mir ein Achtelchen!
Malwine!
Ein kleines Stückchen nur!»

Dein Bräutigam war prosaisch.
Demselben hat gefehlt,
dieweilen er mosaisch,
ein kleines Viertelchen,
ein kleines Achtelchen ...
das hätt dich sehr gequält!

Du hast mir nichts gegeben
und sahst mich prüfend an.
Das, was du brauchst im Leben,
sei nicht ein Viertelchen,
und nicht ein Achtelchen ...
das sei ein ganzer Mann –!

Mich hat das tief betroffen.
Dein Blick hat mich gefragt ...
Ich ließ die Frage offen
und habe nichts gesagt.

Daß wir uns nicht besaßen!
So aalglatt war mein Kinn.
Nun irr ich durch die Straßen...
Malwine —!
und weine vor mich hin.

DER BRIEF

Das war, als Walter Mehring zum fünfundzwanzigstenmal nach Paris kam, und der dortige Herr Polizeipräsident sann grade nach, ob man den Mann zur Ehrenlegion oder zur Fremdenlegion vorschlagen sollte ... da schrieben wir uns ‹kleine Blaue› (sprich: ptieh blöhs). Das sind diese winzigen Rohrpostbriefe, die sich die Pariser deshalb schreiben, weil sie ein Telefon haben, aber sonst vernünftige Leute sind, es also nicht benutzen. Denn das pariser Telefon ... (bricht in Schluchzen aus; wird mit Brom gelabt, will kein Brom, bekommt Whisky, atmet auf und fährt fort):

Wir schrieben uns also kleine blaue Briefe, in denen wir uns die bessern Sachen mitteilten, und schon nach dem dritten oder vierten fing diese Korrespondenz an, leicht auszurutschen. Die Anreden stimmten nicht so recht ... «Sehr geehrter Herr Oberforstrat» und «Lieber Amtsbruder», und die Unterschriften waren auch nicht in Ordnung ... «Ihr sehr ergebener Peter Panter, unmittelbares Mitglied des Reichsverbandes» oder «Walter Mehring, Festdichtungen für alle Bekenntnisse» — kurz, es war ein rechter Unfug.

Bis dahin war der Inhalt meist noch einigermaßen vernünftig. Dann aber begann Mehring, auch diesen Inhalt umzudichten; bald stand in den Briefen nun überhaupt nicht mehr das drin, weshalb er sie eigentlich geschrieben hatte, sondern es wurden Briefe an und für sich. Ich eiferte ihm, so gut ich konnte, nach, und wenn wir mal tot sein werden, werden sich die Herausgeber unsrer gesammelten Werke beim achtzehnten Band sehr wundern ... Und einen der schönsten Briefe Mehrings habe ich aufbewahrt, weil er mir immer als ein Typus seiner Gattung erschienen ist. Hier ist er:

«Lieber Kurt!
Die Familie ist sehr betrübt, daß Du Onkels Privatbrief veröffentlicht hast! Wenn Du in den Kreisen nicht so verhärtest wärst, wo Du Dich nun mal wohlfühlst, so müßte es Dir zu denken geben, daß Tante Hannchen vor Schreck Durchfall bekommen hat, als sie das gelesen hat, aber da heißt es immer Humanetät, mit jedem dreckigen Arbeiter habt ihr Mitleid, und die Familie kann sehn, wo sie bleibt! Dein Vater war ja wohl auch ein geistiger Mann und so und hat er

nie was in die Zeitung geschrieben und möchten wir wissen, von wem Du das eigentlich hast, von unserer Seite bestimmt nicht, eher von Deiner lieben Mutter, die war auch so ein bißchen — (seinerzeit in Posen mit dem verrückten Redakteur! Aber wir wollen das nicht wieder aufrühren).

Mariechen hat die Masern und Erich ist mit einem Mahnzettel nach Haus gekommen, daß er in Römische Geschichte nicht vorwärts kommt!

Ich habe ihn aber ins Gebet genommen und bist Du ihm ein warnendes Beispiel! etcetera!

Schreib doch mal! Vielleicht fahren Mosers zu Ostern rüber, dann wirst Du ihnen Paris zeigen. Du weißt ja, was wir ihnen wegen Großvati schuldig sind! Also tu das nicht wieder und bleib gesund!

Dein Vetter Mehring

Zerreiß den Brief gefälligst!»

Wahrlich, das hat einer geschrieben, der kein Familiengefühl hat. «In meinem Wörterbuch steht das Wort Familie nicht!» sagt er. Ich sage: Da sehen sie mal unter M nach! sage ich. Und er sah nach. Und schrieb den obigen Brief.

RATSCHLÄGE FÜR EINEN SCHLECHTEN REDNER

Fang nie mit dem Anfang an, sondern immer drei Meilen *vor* dem Anfang! Etwa so:

«Meine Damen und meine Herren! Bevor ich zum Thema des heutigen Abends komme, lassen Sie mich Ihnen kurz . . .»

Hier hast du schon so ziemlich alles, was einen schönen Anfang ausmacht: eine steife Anrede; der Anfang vor dem Anfang; die Ankündigung, daß und was du zu sprechen beabsichtigst, und das Wörtchen kurz. So gewinnst du im Nu die Herzen und die Ohren der Zuhörer.

Denn das hat der Zuhörer gern: daß er deine Rede wie ein schweres Schulpensum aufbekommt; daß du mit dem drohst, was du sagen wirst, sagst und schon gesagt hast. Immer schön umständlich.

Sprich nicht frei — das macht einen so unruhigen Eindruck. Am besten ist es: du liest deine Rede ab. Das ist sicher, zuverlässig, auch freut es jedermann, wenn der lesende Redner nach jedem viertel Satz mißtrauisch hochblickt, ob auch noch alle da sind.

Wenn du gar nicht hören kannst, was man dir so freundlich rät, und du willst durchaus und durchum frei sprechen . . . du Laie! Du lächerlicher Cicero! Nimm dir doch ein Beispiel an unsern professionellen Rednern, an den Reichstagsabgeordneten — hast du die schon mal frei sprechen hören? Die schreiben sich sicherlich zu Hause auf, wann sie «Hört! hört!» rufen ... ja, also wenn du denn frei sprechen mußt:

Sprich, wie du schreibst. Und ich weiß, wie du schreibst.

Sprich mit langen, langen Sätzen – solchen, bei denen du, der du dich zu Hause, wo du ja die Ruhe, deren du so sehr benötigst, deiner Kinder ungeachtet, hast, vorbereitest, genau weißt, wie das Ende ist, die Nebensätze schön ineinandergeschachtelt, so daß der Hörer, ungeduldig auf seinem Sitz hin und her träumend, sich in einem Kolleg wähnend, in dem er früher so gern geschlummert hat, auf das Ende solcher Periode wartet ... nun, ich habe dir eben ein Beispiel gegeben. So mußt du sprechen.

Fang immer bei den alten Römern an und gib stets, wovon du auch sprichst, die geschichtlichen Hintergründe der Sache. Das ist nicht nur deutsch – das tun alle Brillenmenschen. Ich habe einmal in der Sorbonne einen chinesischen Studenten sprechen hören, der sprach glatt und gut französisch, aber er begann zu allgemeiner Freude so: «Lassen Sie mich Ihnen in aller Kürze die Entwicklungsgeschichte meiner chinesischen Heimat seit dem Jahre 2000 vor Christi Geburt ...» Er blickte ganz erstaunt auf, weil die Leute so lachten.

So mußt du das auch machen. Du hast ganz recht: man versteht es ja sonst nicht, wer kann denn das alles verstehen, ohne die geschichtlichen Hintergründe ... sehr richtig! Die Leute sind doch nicht in deinen Vortrag gekommen, um lebendiges Leben zu hören, sondern das, was sie auch in den Büchern nachschlagen können ... sehr richtig! Immer gib ihm Historie, immer gib ihm.

Kümmere dich nicht darum, ob die Wellen, die von dir ins Publikum laufen, auch zurückkommen – das sind Kinkerlitzchen. Sprich unbekümmert um die Wirkung, um die Leute, um die Luft im Saale; immer sprich, mein Guter. Gott wird es dir lohnen.

Du mußt alles in die Nebensätze legen. Sag nie: «Die Steuern sind zu hoch.» Das ist zu einfach. Sag: «Ich möchte zu dem, was ich soeben gesagt habe, noch kurz bemerken, daß mir die Steuern bei weitem ...» So heißt das.

Trink den Leuten ab und zu ein Glas Wasser vor – man sieht das gern.

Wenn du einen Witz machst, lach vorher, damit man weiß, wo die Pointe ist.

Eine Rede ist, wie könnte es anders sein, ein Monolog. Weil doch nur einer spricht. Du brauchst auch nach vierzehn Jahren öffentlicher Rednerei noch nicht zu wissen, daß eine Rede nicht nur ein Dialog, sondern ein Orchesterstück ist: eine stumme Masse spricht nämlich ununterbrochen mit. Und das mußt du hören. Nein, das brauchst du nicht zu hören. Sprich nur, lies nur, donnere nur, geschichtele nur.

Zu dem, was ich soeben über die Technik der Rede gesagt habe, möchte ich noch kurz bemerken, daß viel Statistik eine Rede immer sehr hebt. Das beruhigt ungemein, und da jeder imstande ist, zehn verschiedene Zahlen mühelos zu behalten, so macht das viel Spaß.

Kündige den Schluß deiner Rede lange vorher an, damit die Hörer vor Freude nicht einen Schlaganfall bekommen. (Paul Lindau hat einmal einen dieser gefürchteten Hochzeitstoaste so angefangen: «Ich komme zum Schluß.») Kündige den Schluß an, und dann beginne deine Rede von vorn und rede noch eine halbe Stunde. Dies kann man mehrere Male wiederholen.

Du mußt dir nicht nur eine Disposition machen, du mußt sie den Leuten auch vortragen – das würzt die Rede.

Sprich nie unter anderthalb Stunden, sonst lohnt es gar nicht erst anzufangen.

Wenn einer spricht, müssen die andern zuhören – das ist deine Gelegenheit! Mißbrauche sie.

Ratschläge für einen guten Redner

Hauptsätze. Hauptsätze. Hauptsätze.

Klare Disposition im Kopf – möglichst wenig auf dem Papier.

Tatsachen, oder Appell an das Gefühl. Schleuder oder Harfe. Ein Redner sei kein Lexikon. Das haben die Leute zu Hause.

Der Ton einer einzelnen Sprechstimme ermüdet; sprich nie länger als vierzig Minuten. Suche keine Effekte zu erzielen, die nicht in deinem Wesen liegen. Ein Podium ist eine unbarmherzige Sache – da steht der Mensch nackter als im Sonnenbad.

Merk Otto Brahms Spruch: Wat jestrichen is, kann nich durchfalln.

STATIONEN

Erst gehst du umher und suchst an der Frau
das, was man anfassen kann.
Wollknäul, Spielzeug und Kätzchen – Miau –
du bist noch kein richtiger Mann.
    Du willst eine lustig bewegte Ruh:
    sie soll anders sein, aber sonst wie du . . .
        Dein Herz sagt:
            Max und Moritz!

Das verwächst du. Dann langts nicht mit dem Verstand.
Die Karriere! Es ist Zeit . . .!

Eine kluge Frau nimmt dich an die Hand
in tyrannischer Mütterlichkeit.
    Sie paßt auf dich auf. Sie wartet zu Haus.
    Du weinst dich an ihren Brüsten aus . . .
        Dein Herz sagt:
            Mutter.

Das verwächst du. Nun bist du ein reifer Mann.
Dir wird etwas sanft im Gemüt.
Du möchtest, daß im Bett nebenan
eine fremde Jugend glüht.
    Dumm kann sie sein. Du willst: junges Tier,
    ein Reh, eine Wilde, ein Elixier.
        Dein Herz sagt:
            Erde.

Und dann bist du alt.
                    Und ist es soweit,
daß ihr an der Verdauung leidet —:
dann sitzt ihr auf einem Bänkchen zu zweit,
als Philemon und Baucis verkleidet.
    Sie sagt nichts. Du sagst nichts, denn ihr wißt,
    wie es im menschlichen Leben ist . . .
    Dein Herz, das so viele Frauen besang,
    dein Herz sagt: «Na, Alte . . .?»
                    Dein Herz sagt: Dank.

DIE UFA SUCHT DICHTER

Erich Pommer, ein Produktionsleiter der Ufa, hat neulich den großen Notschrei ausgestoßen: Wir suchen Dichter! Für den Tonfilm suchen wir Dichter! Na, da sucht man.

Ob sie sie finden werden? Mitnichten. Denn selbst wenn da welche kommen, die mit der Ufa arbeiten wollen, so könnten sie das nicht, weil dort ihr Werk in einzelne kleine Stücke zerschlagen werden wird. «Sie wollen», sagte mir einst ein großer Schriftsteller, «einen Film mit meinem Namen und mit dem Inhalt von der Courths-Mahler.» So ist es.

Und wie sollte das bei einer Kunstgattung anders sein, die unter derartigen Bedingungen hergestellt wird!

Was ein Kollektiv an Kunst herstellt, kann gut sein. Was ein Kollektiv beeinflussend kritisiert, muß schlecht werden. Da kann ein großer Tonfilmdichter kommen, ein Kerl, der das Wort meistert und die Anwendung der Geräusche, einer mit Phantasie und mit Gestaltungsgabe —: was soll er bei der Ufa? Was soll er bei diesen großen Filmgesellschaften? Oberregisseure, Regisseure, Hilfsregisseure und Dramaturgen, Generaldirektoren, Direktoren und Produktionsleiter werden ihm so viel und so lange in seine Arbeit hineinreden, bis sie wiederum aufs Haar genau dem gleicht, was man dort schon immer hergestellt hat.

Und sollte durch einen Zufall etwas übrig bleiben —: dann wird es die Zensur kaputtschlagen.

Man bedenkt niemals, daß wir keinen freien Film haben, während wir eine in gewissen Grenzen freie Literatur haben. Man stelle sich vor, wie die Literatur eines Landes aussähe, wenn man sie vorher der Zensur: diesem Gremium von Beamtenanmaßung, protestantischem Muff, katholischer Propaganda und allgemeiner Ängstlichkeit gebildeter Kaffern überantwortete. Schön sähe diese Literatur aus ... Im Buch können wir wenigstens, wenn man von gewissen politischen Beschränkungen und dem Strafgesetz absieht, alles sagen, was wir wollen — und vor allem: wie wir es wollen. Im Film ist das nicht möglich. Er ist noch lange keine Kunstgattung. Er ist eine Industriegattung unter Zensur.

Und das eben scheint mir das Verlogene zu sein, eine Verlogenheit, die durch so viele Branchen des Kunstgeschäftes hindurchgeht: daß die Unternehmer immer so tun, als ob. Sie suchen Dichter. Sie wollen ‹Niveau›. Sie prätendieren Bildung, Kunst, Geschmack, Historie. Wenns dann aber zum Klappen kommt, dann wird das in hundert Sitzungen, in Regiewinken, in direktorialen Telefongesprächen abgewürgt. Stück für Stück, Meter für Meter, Einzelheit für Einzelheit — bis nichts mehr vom Dichterischen da ist.

Lügt doch nicht so. Laßt doch die Dichter ungeschoren. Sie haben bei euch nichts verloren — heute noch nicht. Spielt nicht immer die feinen Leute — in euern Zeitungsartikeln, am Sonntag; wochentags handelt ihr mit faulen Fischen. Sagt doch die Wahrheit.

Mag sein, daß die Ufa einen Dichter findet. Armer Dichter; sie wird ihn reich machen, wie zu hoffen steht. Der Film aber wird heißen:

Ein Honved-Husar am Rhein
oder:
Frack und Abendkleid
oder:
Fridericus an der Katzbach

Ihr dichtet so schöne Bilanzen ... was braucht ihr noch Dichter —!

AKUSTISCHER KOSTÜMBALL

Erinnerung – du Gold- und Silberschmied! Dr. Owlglaß

Ich kannte einmal eine Frau, die ließ sich von jedem ihrer Freunde zur Erinnerung eine Handtasche schenken. Und sie hatte deren etliche.

Und dann kannte ich eine – die machte das viel hübscher: sie ließ sich von jedem eine Grammophonplatte schenken – *die* Grammophonplatte ihrer Liebe, jene, die sie um den Mann oft gespielt hatte ... Daraufhin habe ich mir meine Grammophonplatten einmal angehört.

Hat das Ohr ein gutes Gedächtnis –? Das beste Gedächtnis hat bekanntlich die Nase; es ist gradezu ungeheuerlich, was einem alles einfällt, wenn man einen alten, vertrauten Geruch wieder wahrnimmt. Dann kommt alles wieder, aber auch alles: Ort, Zeit, Farben, Personen, Kolorit von damals ... alles. Nun, ein Nasen-Grammophon gibt es noch nicht ...

Da müssen doch noch alte, ganz alte Platten in der Kammer liegen ... die habe ich hervorgeholt. Und habe sie gespielt. Wie war das –?

Es war ein akustischer Kostümball der Erinnerung. Ich hatte diese Lieder, Tänze, Märsche, Pfiffe, Saxophone, Chöre und Arien so lange nicht gehört – nun war auf einmal alles wieder da, genau wie damals, als ich sie gekauft hatte. Denn was hatte ich mit der Platte gemacht, als sie neu war? Das, was sicherlich so viele meiner Brüder und Schwestern in Grammophone tun: ich hatte sie bis zum Überdruß laufen lassen. Man soll das nicht, ich weiß. Aber die Platte ist doch dann so schön neu ... Und da tut mans doch. (Sie nicht? Ehrlich! Hand aufs Grammophon! Na also.) Und dann war mir die Platte über geworden, wie sie uns allen über wird ... und dann hatte ich sie weggelegt, und jetzt holte ich sie hervor – und da war alles, alles wieder da: das Ohr gab den Klang ans Gehirn weiter, dort traf er auf die schlummernden Nachbarkästen, da regte sichs, der Inhalt wachte auf, kam ans Licht ... Besinnst du dich? sagte die Musik ... und ich besann mich ... Aus diesem schwarzen Kasten kann allerhand kommen.

Das Merkwürdigste, was mir je daraus gekommen ist, sind die Stimmen der Toten. Ich habe einmal bei dem Schauspieler Ernst Proeckl alte Giampietro-Platten gehört ... da lief es einem aber kalt über den Rücken. Diese verknarrte, verrostete, immer ein wenig heisere Stimme – «Donnerwetter, Donnerwetter, wir sind Kerle» – mit langen, rutschenden Rrs ... er war doch da!, und er war nicht mehr da. Und daß er nicht mehr da ist, dieser große Schauspieler, der Schmarren gespielt hat und so unendlich viel mehr konnte ...

Die Stimmen der Toten ... Fragson habe ich gehört, den pariser

Chansonnier, den sein Vater erschossen hat, die beiden waren in dieselbe Frau verliebt; und Paul Deschanel, den verstorbenen französischen Präsidenten ... sie haben da in Paris ein ähnliches Phonogramm-Archiv wie in Berlin, Tausende und Tausende von Platten liegen dort. Da kann man sie hören, die, die nicht mehr da sind.

Und wenn sie dann ausgesprochen haben, ausgesungen, ausgeredet – dann rauscht es noch ein wenig im Apparat. Still ...! Es ist eine Stille ... die Stille von 1910.

Wie lange noch, und unsere Kinder werden sich selber auf dem Grammophon haben. «Dann rückte er auch den Stuhl zum Tisch», hört *‹Immensee›* auf, «nahm eins der aufgeschlagenen Bücher und vertiefte sich in Studien, an denen er einst die Kraft seiner Jugend geübt hatte.» Das wird ja dann wesentlich anders aussehen. «Pappi!» wird dann der Enkel sagen, «laß doch mal die Platte gehen, wo du so ulkig drauf sprichst!» Und Pappi läßt die Platte gehen. Es ist seine Rede zum 25. Stiftungsfest seiner Partei. Da bleibt kein Auge trocken: dem Alten fließen die Zähren, und die Kinder haben sich lange nicht so gut amüsiert.

Und denken Sie doch: wenn wir erst die Stimmen aller unserer Lieben auf dem Grammophon haben! «If I had a talking picture of you- hou-» singen Layton und Johnstone ... Das kann ja heiter werden.

Inzwischen laßt uns die Platten der Erinnerung spielen.

B. TRAVEN

> Land ist ewig. Geld ist nicht ewig.
> Darum kann man Land nicht gegen
> Geld vertauschen.

Einmal habe ich gefragt, warum denn die deutschen Autoren die Herren Geschäftsleute gar so jämmerlich abbildeten: immer im Auto, immer Millionenschecks unterschreibend, immer mit der Türkei telefonierend und das Weitere den Prokuristen überlassend: Schießbudenfiguren und Götzen eines armseligen Kleinheitswahns. Da schickte mir ein freundlicher Leser ein merkwürdiges Buch: *‹Die weiße Rose›* von B. Traven, und nun las ich das ganze Werk dieses seltenen Mannes, und davon will ich erzählen.

B. Traven lebt in Mexiko; seine Bücher sind zuerst bei der Büchergilde Gutenberg erschienen, der das Verdienst gebührt, diesen Mann in Deutschland herausgebracht zu haben, und die Bücher heißen:

‹Die weiße Rose›. – ‹Das Totenschiff›. – ‹Der Busch›. – ‹Die Baumwollpflücker›. – ‹Die Brücke im Dschungel›. – ‹Der Schatz der Sierra Madre›. – ‹Land des Frühlings›.

B. Traven ist ein episches Talent größten Ausmaßes.

Was die *‹Weiße Rose›* angeht, so ist das seit Frank Norris, dem amerikanischen viel zu früh gestorbenen Autor des *‹Oktopus›*, wieder einmal eines, das in der Schilderung der Geschäfte an Balzac heranreicht. Bei uns verfallen sie häufig, wenn sie vom Kapitalismus sprechen, in schäumende Lyrik; Traven weiß Bescheid, was mehr wert ist. Das Buch schildert den geglückten Versuch eines Ölmagnaten, einem amerikanischen Indio eine Farm abzujagen, um Petroleum-Bohrtürme darauf zu erbauen. Der Indio will nicht; er sagt die Worte, die da oben als Motto stehn. Sie bieten ihm Geld und immer noch mehr Geld; er will nicht. Da locken sie ihn nach San Francisco. Und dort schlagen sie ihn tot ... Verzeihung: der Mann hat einen Autounfall. Er wird tot auf der Straße gefunden. Ein Unglück: Lokales und Vermischtes. Der Ölmensch, Herr Collins, hat damit nichts zu tun. Dafür hat er seine Leute, für diesen Fall einen Herrn Abner, der sich die Finger schmutzig macht, damit Herr Collins weiter Präsident seiner Gesellschaft bleiben kann. Für Geld kann man sich alles kaufen, sogar Moral; grade Moral.

Und der Werdegang dieses Herrn Collins wird erzählt. Ja, Bauer, das ist ganz was anders ... so soll man den Kapitalismus bekämpfen. So – und nicht nur mit Deklamationen. Dieser Bursche wird gar nicht als grimmer Blutsauger dargestellt; er ist wohl etwas gerissner als die andern, etwas rücksichtsloser, etwas gemeiner und etwas schneller. Wie er durch einen geschickt angezettelten Streik zu Vermögen kommt; wie er die Börse tanzen läßt; wie er sich hochschiebt, das ganze puritanische Bewußtsein von der Gottgefälligkeit seines Tuns in den kräftigen Kinnbacken ... das steht turmhoch über Upton Sinclair, diesem Sonntagsprediger des Sozialismus. Auch das Bettleben des Herrn Collins wird erzählt, nicht ohne daß es Traven glückt, in der Geliebten, dem Fräulein Betty mit den schönen Beinen, eine Figur zu gestalten, die zu finden man hundert Romane vergeblich durchblättern kann. Und die Geschichte Bettys wird erzählt ... es ist eine ganz eigenartige Technik, die in diesem Buch und nur in diesem einen Buch Travens zu finden ist. Es ist eine Schwebe-Technik.

Der Autor fängt die Geschichte mit dem Indio an. Dann unterbricht er die, er hebt gewissermaßen die Hand, sagt: «Einen Augenblick, bitte ...» und nimmt Herrn Collins vor. Er unterbricht wieder; er hat es nun mit der Betty. Und knüpft dann die alten Fäden genau dort an, wo er sie hat liegen lassen ... so läuft das nebeneinander her, trifft sich wieder, verknotet sich zu einer einheitlichen Handlung, an der alle diese Menschen mitwirken, ohne es zu wissen. Und dies eben, daß sie es nicht wissen, ergibt den bunten Teppich ihres Schicksals. Es ist eine meisterhaft durchgeführte Sache.

Von Deklamation ist so gut wie nichts zu spüren. Wenn Traven ein paar wilde Börsenstunden gibt, dann sieht das eben anders aus als sonst bei diesen schon schematisch gewordenen Amerikanern, weil man hier die Vorgeschichte genau kennt und nicht nur Banklehrlinge in die Telefonkabinen stürzen sieht. Es stimmt alles. Während bei dem höchst begabten Ilja Ehrenburg die Börsen der Welt manchmal kleinen melancholischen Hainen gleichen, in denen die Nachtigallen schlagen und die Makler brüllen, leuchtet hier die Wahrheit noch der letzten Einzelheit ein. So sind Geschäfte, so können Geschäfte sein, und so soll man sie anprangern. Gegen den Schluß hin ist die Gesinnung des Buches leicht unsicher.

Fast alle andern Bücher Travens spielen in Mexiko.

Am bedeutendsten ist wohl *‹Die Brücke im Dschungel›*, eine im ruhigen Fluß der Erzählung vorgetragene Geschichte von einer einzigen Nacht, in der ein kleines Kind während einer Festlichkeit im Fluß ertrinkt. Diese zwölf Stunden sind mit der Zeitlupe aufgenommen – welche Augen! Wie unerbittlich läuft das ab, wie farbig, wie strömend-bewegt, und mindestens alle vier Seiten eine unvergeßliche Wendung, ein Bild, eine Beobachtung ... das ist ein großer Epiker.

Die *‹Baumwollpflücker›* enthalten ein Stückchen Kriminalgeschichte, auch das ist sehr überlegen gemacht; von dem, was dieser Mann so hinstreut, leben andre Autoren eine Saison lang.

‹Der Busch› gibt kleine Skizzen von unterschiedlichem Wert. Eine wunderschöne Tanzszene bei den Indianern; eine herrliche Radauszene, aus der ich mir für meinen Privatgebrauch das letzte Schimpfwort gemerkt habe: «Von Felipe, Senjor? Da will ich Ihnen nur sagen, der Felipe ist ein gemeiner Schurke, ein Hurensohn, ein Lügner, ein Schwindler, ein Bandit, ein Mörder und ein großer Hausanzünder!» Und dann steht im *‹Busch›* die Geschichte von der Bändigung, und da muß ich erst einmal tief Atem holen.

Da ist ein Mann, ein Farmer, der hat sich in ein Mädchen aus der Stadt verliebt. Er heiratet sie, allen Warnungen zum Trotz. Denn sie war, wie die Mathematiker sagen, schon n mal verlobt, und alle Verlobungen sind zurückgegangen, weil das liebe Kind unausstehlich herrschsüchtig ist. Herrschsüchtig? Sie hat ein paar der Bräutigams tüchtig gekratzt und gut geprügelt. Er heiratet sie. Es klappt gar nicht ... er berührt sie zunächst überhaupt nicht. Sie kommandiert wütend im Haus herum, vernachlässigt ihn ganz und gar ... es klappt nicht. Da sitzen sie nun so vor dem Haus; die Katze döst in der Sonne, der Papagei schaukelt sich plappernd auf seinem Ring, weiter vorn auf dem Vorplatz ist das schönste Reitpferd des Ehemannes angebunden. Die Frau liegt in der Hängematte, der Mann sitzt im Schaukelstuhl.

«Don Juvencio hatte seinen Schaukelstuhl so stehen, daß er den Hof übersehen konnte. Er hob jetzt seine Arme hoch, reckte sich ein wenig aus, gähnte leicht und ergriff die Zeitung, die vor ihm auf dem Tischchen lag. Er las einige Minuten, und dann legte er die Zeitung wieder hin.

Nun sah er zu dem Papagei, der vor ihm in seiner Schaukel hockte.

‹He, Loro›, rief nun Don Juvencio befehlend, ‹hole mir eine Kanne mit Kaffee und eine Tasse aus der Küche, ich habe Durst.›

Der Papagei, durch die Worte aus seinem Dahindämmern aufgeweckt, kratzte sich mit dem Fuß am Nacken, rutschte ein kleines Stück weiter auf seiner Schaukel, krächzte ein paar Laute und bemühte sich, sein unterbrochenes Dröseln wieder aufzunehmen.

Don Juvencio griff nach hinten, zog seinen Revolver aus dem Gurt, zielte auf den Papagei und schoß. Der Papagei tat einen Krächzer, es flogen Federn in der Luft herum, der Vogel schwankte, wollte sich festkrallen, die Krallen ließen los, und der Papagei fiel auf den Boden des Portico, schlug ein paar Mal um sich und war tot.

Juvencio legte den Revolver vor sich auf den Tisch, nachdem er ihn einige Male in der Hand geschwenkt hatte, als ob er sein Gewicht prüfen wollte.

Nun blickte er hinüber zur Katze, die so fest schlief, daß sie nicht einmal im Traume schnurrte.

‹Gato›, rief jetzt Don Juvencio, ‹he, Kater, hole mir Kaffee aus der Küche, ich habe Durst.›

Donja Luisa hatte sich umgewandt zu ihrem Manne, als er den Papagei angerufen hatte. Sie hatte das, was er zum Papagei sagte, so angenommen, als ob er mit dem Papagei schäkern wollte, und sie hatte darum nicht weiter darauf geachtet. Als dann der Schuß krachte, drehte sie sich völlig um in ihrer Hängematte und hob den Kopf leicht.

Sie sah den Papagei von seiner Schaukel fallen, und sie wußte, daß Juvencio ihn erschossen hatte.

‹Hay no›, sagte sie halblaut. ‹Lächerlich.›

Jetzt, als Don Juvencio die Katze anrief, sagte Donja Luisa laut zu ihm herüber: ‹Warum rufst du denn nicht Anita, daß sie dir den Kaffee bringt?›

‹Wenn ich will, daß mir Anita den Kaffee bringen soll, dann rufe ich Anita, und wenn ich will, daß mir die Katze den Kaffee bringen soll, dann rufe ich die Katze.›

‹Meinetwegen›, sagte darauf Donja Luisa, und sie rekelte sich wieder in ihrer Hängematte ein.

‹He, Gato, hast du nicht gehört, was ich dir befohlen habe?› wiederholte Don Juvencio seine Anordnung.

Die Katze schlief weiter, in dem sichern Bewußtsein, daß sie, wie alle Katzen, solange es Menschen gibt, ein verbrieftes Anrecht darauf habe, ihren Lebensunterhalt vorgesetzt zu bekommen, ohne irgendeine Verpflichtung zu haben, sich dafür durch Arbeit erkenntlich zu zeigen; denn selbst wenn sie sich doch so weit herablassen sollte, gelegentlich eine Maus zu erjagen, so tut sie es nicht, um den Menschen eine Gefälligkeit zu erweisen, sondern sie tut es, weil ja schließlich selbst eine Katze ein Recht darauf hat, hin und wieder einmal ein Vergnügen zu genießen, das im gewöhnlichen Wochenprogramm nicht vorgesehen ist.

Don Juvencio aber dachte anders über die Pflichten einer Katze, die auf seiner Hacienda lebte. Als die Katze sich nicht regte, um dem Befehle nachzukommen und den Kaffee aus der Küche zu holen, hob er wieder den Revolver und schoß. Die Katze versuchte hochzuspringen, aber sie brach zusammen, rollte sich einmal über und war tot.

‹Belario›, rief Don Juvencio jetzt über den Hof.

‹Si, Patron, estoy›, rief der Bursche aus einem Winkel des Hofes hervor. ‹Hier bin ich, was ist zu tun?›

Als der Bursche auf der untersten Stufe der Treppe stand, mit dem Hute in der Hand, sagte Don Juvencio zu ihm: ‹Binde das Pferd los und führe es herbei, hier dicht an die Stufen.›

‹Soll ich es auch gleich satteln?› fragte der Bursche.

‹Ich werde dich dann rufen›, antwortete Don Juvencio.»

Das Pferd wird gebracht. Auch an das Pferd ergeht der Befehl, Kaffee zu holen. Das Pferd holt keinen Kaffee. Der Mann erschießt das Pferd.

«‹Wahnsinn! So ein Prachttier!› schrie jetzt Donja Luisa auf.

Ihre Erbostheit war zum vollen Ausbruch gekommen. Es war mit untrüglicher Sicherheit vorauszusehen, daß nunmehr das erste schwere Gefecht, das man Don Juvencio von allen Seiten mit allen seinen Schrecken angekündigt hatte, geliefert werden würde, und daß jetzt, wäre einer der Freunde des Don Juvencio anwesend gewesen, er raschest zur Stadt geritten wäre, um die Ambulanz zu bestellen und ein Bett im Hospital zu mieten . . .

Und grade im selben Augenblick, als Donja Luisa aus der Hängematte springen wollte, um sich in die Tigerin zu verwandeln, sagte Don Juvencio mit sterbensruhiger Stimme, aber laut und hart . . .»

Und die Frau bringt den Kaffee. Und er liebt sie sehr. Und die Frau ist sehr glücklich.

Man vergesse nicht, wo diese Geschichte spielt. Auch erzählt sie Traven gar nicht mit diesem dummen Tonfall männchenhafter Überlegenheit («Donnerwetter, Donnerwetter, wir sind Kerle!») – wie bei ihm überhaupt nie der Stoff auf den Autor abfärbt, einer der schlimmsten Fehler unsrer Literatur. Bei uns halten sich die Leute schon für was Diplomatisches, wenn sie über Talleyrand schreiben, und für grausam, wenn sie ein Stiergefecht zeigen, und für tapfer, weil sie Tapferkeit schildern. Traven ist das, was Edschmid gern sein möchte: er ist ein Mann. Und ein echter Epiker, seine Erzählungskunst ist ein breit und mächtig dahinströmender Fluß, mit kleinen Wirbeln und Schnellen – aber der Strom fließt. Die Kunst dieses Mannes ist so groß, daß er uns, soweit ich es zu fühlen verstehe, sogar über diesen Tod der Tiere da hinwegkommen läßt. Das ist die Geschichte von der Zähmung einer Widerspenstigen aus dem Busch.

Mexiko und wieder Mexiko – vieles, was Traven schreibt, deckt sich mit den Schilderungen von Alfons Goldschmidt, ohne daß etwa störende Belehrungen eingestreut werden. Im *‹Schatz der Sierra Madre›* graben sie nach Gold und schlagen sich deshalb tot, das Gold verschwindet, niemand hat es mehr; es ist aus der Erde gekommen, hat Menschenleben vernichtet und ist wieder zur Erde zurückgekehrt ... Das Zusammenleben dreier Goldgräber, maulfaul und streitsüchtig, wird gezeigt; da ist eine Stelle, wie ihnen beim Abschied lange Gedankengänge in: «Good-bye», «Good luck» und «So long» gerinnen ... und die Schilderung eines Mordes ist darin, die an das beste Vorbild der angelsächsischen Literatur, an die geniale Novelle Stevensons, *‹Markheim›*, erinnert und sie nahezu erreicht.

‹Land des Frühlings› ist eine mit Fotos ausgestattete Reiseschilderung aus Mexiko; immer, wenn die Situation brenzlig wird, offenbart Traven jenen Satz, von dem unsre Nazis wenig wissen: Ein richtiger Held ist feige.

Nun gibt aber diese Schilderung des Travenschen Werkes noch keinen Begriff von der fast unglaublichen Fülle und Dichtigkeit des Witzes, des Humors, den literarischen Kunststückchen, der mühelosen epischen Handgriffe, mit denen das Rad der Erzählung weiter gedreht wird.

Da kargt er nicht mit weisen und frommen Lehren, die meist bezaubernd leicht vorgetragen werden. So hat Raabe unter seinem Bart geschmunzelt ... «In diesen Gedankengängen bewegte sich unser Tischgespräch, weil wir, der bessern Verdauung wegen, während des Essens nichts Gedankenschweres in unserm Hirn herumwälzen wollten, und weil man beim Essen nur vom Essen sprechen soll.» Hierzu Nietzsche: «Wie verstehe ich es, daß Epikur bei Tische sich die ästhetischen Gespräche verbat? – er dachte zu gut vom Essen und von den Dichtern, als daß er das eine zur Zukost des andern machen wollte!» Von der Sprache: «Und gewisse Empfindungen kommen nur dann voll zur Entfaltung, wenn sie mit Worten erweckt werden, die bestimmte Gefühlsnerven treffen, die eine angelernte Sprache niemals treffen kann. Denn solche Worte bringen die Erinnerung an das erste Schamgefühl, die Erinnerung an das erste Mädchen, das man begehrte, die

Erinnerung an die mysteriösen Stunden des ersten Reifegefühls zurück.» Das habe ich, ohne diese Stelle zu kennen, im Schlußwort zu einer Pyrenäenreise gesagt. Und dann solche trocknen Bemerkungen mit nasser Einlage, wie die von Herrn Collins, der sich zu seiner Frau noch eine zweite Dame zugelegt hat. Beiden wird er hier und da in Tampico untreu. «Die Erholung von Flossy, nachdem er mit ihr zehn oder vierzehn Tage ständig zusammen gewesen war, tat ihm sehr gut. Denn Flossy begann seiner Frau immer ähnlicher zu werden. In allen Dingen. Im Bett. Im Sprechen. In der Kleidung. Im Nörgeln. Im Predigen. Er war nicht Philosoph genug, um zu wissen, daß zwei Frauen, die längere Zeit unter dem Einfluß desselben Mannes stehen, von dem sie wirtschaftlich abhängig sind, ähnlich werden wie Zwillinge.» Wahr, wahr. Auch hat Traven etwas von dem seltensten und schönsten Humor, den es für meinen Geschmack gibt: vom Spott über sich selbst. «Man braucht mich nur singen zu hören, dann weiß man die letzten Geheimnisse der Welt.»

Es wimmelt von dichterischen Pastellbildchen aller Art. Einer ißt. «So, jede überflüssige Kraftverschwendung peinlichst vermeidend, führte er bald die linke, bald die rechte Hand, alles auf Kugellagern laufend, an den Mund, um sein Nachtmahl einzunehmen.» Dann gibt es da Stellen von einer Zartheit, die so selten ist ... Dann so etwas, wie der Mörder, ein Goldgräber, der mit dem gestohlenen Gut nur noch einen halben Tagesmarsch von der ersten Stadt entfernt ist. «Er frohlockte. Er fühlte sich auf der sichern Seite. Wenn der Wind günstig herüberwehte, konnte er das Bellen der Güterzüge durch die Stille der Nacht hören. Und dieses merkwürdige heulende Bellen der Lokomotiven, das so unheimlich und so geisterhaft klingen kann, flößte ihm Empfindungen ein, als wäre er schon in einem Hotel nahe der Eisenbahn. Es war der Schrei der Zivilisation. In diesem Schrei fühlte er sich geborgen. Er sehnte sich nach den Gesetzen, nach der Rechtlichkeit, nach den festen Mauern der Stadt, nach allen den Dingen, die sein Gut beschützen sollten. Innerhalb jenes Bereiches, wo Gesetze das Eigentum bestätigten und wo starke Mächte dem Gesetz Achtung verschafften, war er sicher.» Das könnte, in seiner abgründigen Hinterhältigkeit, in seiner tiefen Bosheit und in der Stärke der Schilderung, auch von J. V. Jensen sein.

Ist Traven ein Revolutionär? Ja ...

Er ist zunächst ein Mann, der die gesellschaftlichen Zusammenhänge gut erkannt hat. «Jeder Mensch sucht nach einer Rechtfertigung, um das Niederträchtige und Unsoziale, das er tut, vor sich zu begründen, um es dadurch weniger niederträchtig und weniger unsozial erscheinen zu lassen.» Bitter ist er und hart, wenn er zuschlägt: «Aber wer arbeiten will, der findet Arbeit. Nur darf man nicht grade zu dem kommen, der diesen Satz spricht; denn der hat keine Arbeit zu vergeben, und der weiß auch niemand zu nennen, der einen Arbeiter sucht.» Es trifft alles, was er sagt: die Kritik an dieser Zivilisation, der Spott, der Hieb – alles. «Unter einer Fürstin hatte sie sich immer sehr viel vorgestellt. Wenn von der Freundin eines Magnaten gesprochen wurde, daß sie fürstlich aussehe, so hatte man sofort seine bestimmten Ideen, Ideen und Vorstellungen, die durch den Film gebildet wurden. Durch den Film, wo eine ehemalige Verkäuferin in einem Krawattenladen so lange aufgezaubert, aufgepinselt, aufgediademt, aufgeglittert, aufgeglasperlt und aufgeseidet wird, bis sie das Fürstinnenbedürfnis der Stenotypistinnen und der Lohnlistenschreiber befriedigt.»

Ganz scharf und unerbittlich, wenn es um die Arbeiterklasse geht. «Arbeiter streiken vielleicht selten, wenn es den Arbeitern günstig ist, sondern sie streiken meist, wenn es dem Kapitalismus günstig ist. Nicht aus Dummheit, sondern ehernen Gesetzen folgend. Was immer auch Arbeiter tun mögen, innerhalb des kapitalistischen Wirtschaftssystems werden sie das tun, was dem Kapitalismus dienlich ist, weil sie ein Teil des Kapitalismus sind, weil sie mit ihm, während der Herrschaft dieses Systems, verbunden sind auf Tod und Verderben, auf Leben und Untergang.» Und am besten und schönsten in dieser Stelle, aus der ‹*Weißen Rose*›: «Die Company kassierte nur und kassierte. Sie hatte keine Ausgaben. Alle Ausgaben hatte nur die Minenarbeiter-Union, deren reiche Kassen bis auf den letzten kupfernen Cent geleert wurden. Ausgaben hatte nur das Proletariat, das sammelte und sammelte, schimpfend und murrend, aber doch sammelte für die hungernden Miners. Die Könige machen Krieg, und das Proletariat blutet und stirbt. Magnaten machen einen großen Fischzug, und das Proletariat opfert seinen letzten Cent und verhungert. Immer das Proletariat! Und immer und nochmals das Proletariat!»

Die kommunistische Arbeiterpresse hat bereits Romane von Traven gebracht; sie sollte sie alle bringen. Denn sie sind von einem Proletarier auch für Proletarier geschrieben – und das hier ist Arbeiterkunst, Kunst, weil sie gewachsen ist und destilliert durch die Persönlichkeit eines großen Erzählers. Vielleicht ist er parteimäßig nicht ‹richtig› ... Ich halte die Versuche, die zum Beispiel neulich Wittfogel wieder aufgenommen hat: aus dem Klassenkampf eine neue Ästhetik zu kochen, für gründlich verfehlt. So wird das nie etwas. Immer wird in großen Kunstwerken jenes unbekannte X zittern, das sich in kein Schema bringen läßt. Was Wittfogel mit viel Kenntnis und Wissen versucht hat, mußte zu dem gewünschten Resultat führen, weil das vorher für ihn feststand. Denn es gibt eine kommunistische Theologie, die so unleidlich zu werden beginnt, wie die der katholischen Theologen: Mißbrauch des Verstandes, um einen Glauben zu rechtfertigen. Diese neue Theologie hat bereits ihren eignen Jargon, und es sollte ein Gesetz erlassen werden, das bis auf weiteres den Gebrauch des so schön vieldeutigen Wortes ‹dialektisch› verbietet. Meilenweit ist Traven von diesem Unfug entfernt.

Aber auch er ist ein Opfer seiner Klasse. Dieser Proletarier kann nämlich nicht richtig Deutsch. Ich hielt seine Werke zunächst für übersetzt, und zwar für schlecht übersetzt. Es ist aber Unkenntnis, verbunden mit bösen Amerikanismen. Er sagt: «Ein Haus ausmöblieren». Er sagt: «bei Telefon fragen». Er spricht, was immerhin noch komisch klingt, von einem «Brumm-Redakteur» und meint einen Sitz-Redakteur. Er erzählt von Aktien, die «unsicher» wurden. Er schreibt: «Mehr brauchte sie nicht zu wissen. Weder er.» Er schreibt: «In solcher Umgebung lebend, nur solche Farmer kennend, wie konnte man erwarten, daß Mr. Collins die Weiße Rose verstand.» Das Partizipium bezieht sich auf ‹man›, es soll sich aber auf Collins beziehen. Und so fort. Manchmal ist diese Unkenntnis ganz lustig — so bildet er das Wort «Genetz» —, aber meist ist sie störend. Sogar im englischen Text ist ein Fehler (disturp). Es ist tief bedauerlich, daß der Mann diesen Klecks nicht ausradiert oder ausradieren läßt. Ein Fleck auf der Sonne.

Im ganzen und dennoch: Ein großer Epiker. Sicherlich kein sehr angenehmer Herr, sicherlich kein sehr glücklicher Mensch. Aber ein großer Epiker.

Die Bücher sind in einer Buchgemeinschaft erschienen, also durch den Buchhandel nicht zu beziehen — daher meine ausführlichen Zitate. Nur *‹Das Totenschiff›* ist jetzt bei der Universitas, Deutschen Verlags-Aktiengesellschaft in Berlin, herausgekommen. Der Verlag läßt es sich angelegen sein, seinen neuen Autor ebenso wohlmeinend wie klobig anzukündigen. Merkwürdig ist das ... entweder tun unsre Verleger gar nichts für uns, oder sie verwandeln sich in wilde Marktschreier. Dieser hier ruft: «Traven! Der deutsche Jack London!» Der Kaufmann, dem diese Formel eingefallen ist, ist darauf gewiß sehr stolz; fühlt er nicht, wie er seinen Autor damit herabsetzt? Traven ist so wenig ein deutscher Jack London, wie Westerland das deutsche Biarritz ist oder Oberhof das deutsche Chamonix ... deutscher Whisky. Traven ist Traven. Das ist sehr viel.

Ich wünschte, daß alle seine Werke recht bald bei den Sortimentern zu haben wären.

DIE HERREN VERJÜNGER

Wie bekannt, geht durch die deutsche Industrie alle Jahr irgend ein neues Schlagwort. Sie hat ihre Moden, die Industrie, und da Kaufleute einen engen und kurzen Verstand zu haben pflegen, so schwätzt das einer dem andern nach, und einer macht es dem andern nach, was man grade so trägt: Rationalisierung ... Produktionssteigerung

... zur Zeit werfen sie ihre Angestellten heraus und engagieren sich neue: im Babykostüm. Der Betrieb muß verjüngt werden.

Die Angestellten, mäßig organisiert, untereinander zerrissen, wehrlos und ohnmächtig, weil es noch Jahrzehnte dauern wird, bis sie ihre Klassenlage voll erkannt haben und danach handeln werden, die Angestellten protestieren und weisen mit Recht darauf hin, daß es viele Positionen und vielerlei Arbeit gibt, wo der Zwanzigjährige weniger leistet als der Vierzigjährige, und daß man nicht so schematisch vorgehen könne ... vergeblich. Die Chefs und die ‹leitenden Angestellten› hören nicht und verjüngen den Betrieb.

Wobei denn einmal gefragt werden soll:

Wer verjüngt eigentlich die Verjünger —?

Hat man schon einmal gehört, daß ein Chef, ein Generaldirektor, ein Personalchef, einer von denen, die über die Neueinstellung von Menschen verfügen, vor seinem achtundsechzigsten Lebensjahr als zu alt bezeichnet wird? Nein, das hat man noch nie gehört. Sie verjüngen den ganzen Betrieb von oben bis unten — nur sich selber nehmen sie aus.

Das ist nicht nur egoistisch; es ist auch blöd. Denn da Fünfzigjährige in ihrer Tätigkeit erfahrungsgemäß die Ideale ihrer Jugend zu realisieren pflegen, so engagieren sich die Herren Verjünger sehr häufig junge Greise, Leute, die charakterlos oder dümmlich genug sind, verkalkten Idealen nachzukommen, jenem seit dreißig Jahren gehegten Wunschtraum: «Wenn ich mal groß bin ...» und so feiert heute 1901 seine fröhliche Auferstehung.

Gottergeben nimmt die Angestelltenschaft die Urteilssprüche ihrer Ober- und Untergötter hin. Keiner fragt, wie der Gott in den Tempel gekommen ist. Keiner fragt nach der Qualifikation. Gott ist Gott ... da dürft ihr nicht murren. Und wenn jemand murrt, dann ist es nur einer, der seinerseits gern angebetet werden möchte: ein verhinderter Gott.

Inzwischen verjüngen die Herren die deutsche Wirtschaft, und wir sollen zusehen und nicht verzweifeln. Denn im nächsten Jahr werden sie irgend ein andres Schlagwort mißverstehn, und einer wird dem andern etwas Neues nachplappern. Gott segne das Schiff, auf dem diese Industriekapitäne den Kurs angeben.

KARRIEREN

Et jibt Karrieren — die jehn durch den Hintern.
Die Leute kriechen bei die Vorgesetzten rin.
Da is et warm. Da kenn se ibawintern.
Da bleihm se denn ne Weile drin.

I, denken die – kein Neid! Wer hat, der hat.
Denn komm se raus. Denn sind se plötzlich wat.

Denn sind se plötzlich feine Herrn jeworden!
Denn kenn die de Kollejen jahnich mehr.
Vor Eifa wolln se jeden jleich amorden:
«Ich bün Ihr Vorjesetzta! Bütte sehr!»
Und jeda weeß doch, wie set ham jemacht!
Det wird so schnell vajessen ... Keena lacht.

Int Jejenteil.
Der sitzt noch nich drei Stunden
in seine neue Stellung drin –:
da hat sich schon 'n junger Mann jefunden,
der kriechtn wieda hinten rin!
Und wenn die janze Hose kracht:
weil mancha so Karriere macht.
Er hat det Ding jeschohm.
Nu sitzt a ehmt ohm.
Von oben frisch und munter
kuckt keena jerne runter.
Weil man so rasch vajißt,
wie man ruff,
wie man ruff,
wie man ruffjekommen ist –!

DER REICHSTAGSBERICHT

Ich weiß nicht, ob Sie sich besinnen ... wir haben in Deutschland einen Reichstag. Meist ist er vertagt – aber manchmal ist er auch da. Die Tribünen sind klein; es ist nicht jedermanns Sache, sich da anzustellen. Radio wollen die Herren Abgeordneten nicht ... sie haben Angst, die Antennen könnten sich verbiegen. Da sind wir denn also auf die Reichstagsberichte in den Zeitungen angewiesen.

Die sehen ulkig aus. Jede Zeitung bringt nur Ausschnitte – und wie ist das geschnitten! Sie schneiden sich heraus: die Ministerreden sowie die Rede des Abgeordneten der Partei, der die Zeitung angehört oder der sie nahesteht. Das ist verständlich. Die Reden der Gegner aber richten sie derartig zu, daß nur noch übrig bleibt: «Abg. Krummholz (Nat.-Soz.) macht auf die Zustände im Ruhrrevier aufmerksam.» Und dann wieder eine lange Rede des befreundeten Parteimannes. Muß das so sein –?

Nein, das muß gar nicht so sein.

Was die Zeitungen da machen, ist recht töricht. Wenn ein Parlament überhaupt einen Sinn haben soll, dann ist es doch der, daß sich die verschiedenen Meinungen untereinander ausgleichen. Dazu muß man sie erst einmal alle kennen. Ich weiß sehr gut, daß im Reichstag Reden zum Fenster hinaus gehalten werden – aber das Fenster ist ja verschlossen! Der Kommunist spricht für seine Parteizeitungen; der Nationalsozialist auch; der Hugenberg-Mann auch ... alle ignorieren den Gegner, indem sie seine Rede so zusammenhauen, daß kaum etwas von ihr übrig bleibt. Für wen spricht der Mann also?

Es ist auch deshalb dumm, die gegnerischen Reden zu ignorieren, weil so der Leser immer nur das hört, was er schon weiß und wovon er längst überzeugt ist. Ist das Demokratie? Das ist Schwindel. Natürlich hat ein Nationalsozialist genau dasselbe Anrecht, in einer Demokratie gehört zu werden, wie jeder andere auch; es wäre zum Beispiel sehr klug gewesen, die ersten Nazi-Erklärungen ganz ausführlich zu veröffentlichen: man hätte nämlich dann ihre schreckliche Gedankenarmut noch besser zu schmecken bekommen. Nichts davon geschieht – für teures Geld lassen sich die Zeitungen den verstümmelten Bericht telefonieren, der keiner mehr ist, oder sie zerschneiden die Bogen des Wolffschen Telegraphen-Büros oder der Telegraphen-Union. Es ist ein Elend.

Vorschlag zur Vernunft:

Man redigiere durch eine paritätische Kommission im Reichstag nach den Stenogrammen zwei Berichte: einen ausführlichen und einen gekürzten. Die Zeit drängt, wie? Tut euch doch bloß nicht so amerikanisch! Am nächsten Morgen kommt der Bericht immer noch zurecht. Und dann ist er wenigstens anständig: es ist sehr wohl möglich, alle Reden ganz gleichmäßig zu kürzen, so daß die Wiedergabe alles Wesentliche enthält. Man zwinge die Zeitungen durch Gesetz, diesen Bericht zu veröffentlichen; will ein Blatt die Reden mancher Abgeordneter ausführlicher bringen, so mag es das tun. Dann hat wenigstens jeder Redner sein Minimum in der Presse. Und dann wird keiner mehr gegen eine Wand sprechen, sondern wirklich zum Volk.

Was die Parteipresse aber gar nicht will. Es könnte dann nämlich Gottbehüte herauskommen, daß die Meinungen der andern auch bemerkenswert sind und daß der Gegner nicht nur Unsinn schwatzt oder doch den gleichen wie alle. Worauf also wohl alles beim alten bleiben wird.

DIESE HÄUSER

Diese Häuser werden länger leben als du.
Du hast geglaubt, für dich seien sie gebaut.
Aber sie waren vorher da.
Du hast geglaubt: du wirst sie überleben.
Sie werden aber noch nach dir da sein.
Diese Häuser werden länger leben als du.

Wenn du durch die Stadt trollst
mit einem Papierpacken, den du gekauft hast, du Tropf –
weil das dein Leben ist:
acht Stunden herumzupetern,
um eine zu genießen,
und die verregnet ...
wenn du durch die Stadt trottest,
dann sehn sie dich an,
die Herren Häuser,
und grinsen mit breiten Türmäulern.
Sie werden länger leben als du.

Wenn du von jener Dame kommst,
bei der du arbeiten läßt,
(oder sie bei dir – so genau ist das nicht zu unterscheiden),
dann stehn diese Dinger herum,
die Häuser;
unzählige Male hast du deine Liebe an sie geklebt,
sie geben sie schwach wieder.
Sie sind kalt.
Da stehn die Häuser,
und lassen in sich hausen,
und stehn wie die Mauern
– natürlich wie die Mauern –
und werden länger leben als du.

Wenn du zum Arzt gehst,
ob ... ob nicht ... vielleicht ...
die Angst im Wartezimmer,
bevor du herankommst!
Nie wieder! schwörst du dir leise –
es ist dein dreiundachtzigster Schwur in dieser Beziehung ...
wenn du zum Arzt läufst,
für nichts empfänglich, mit einer einzigen fixen Idee im Kopf:
dann häusern sie da um dich herum

und
– da kannst du machen, was du willst –
sie werden länger leben als du.

Und noch,
wenn sie dich zu Grabe blasen,
nein, heute blasen sie ja nicht mehr ...
wenn sie dich in einem schwarz angestrichenen Wagen nach draußen fahren,
im Auto,
natürlich!
weil du es doch so eilig hast!
Denke: du könntest etwas versäumen!
Wenn sie dich einpflanzen
oder verbrennen,
so du 4 Mark 85 Mitgliedsbeitrag gezahlt hast
und ein Königlich Preußischer Freidenker bist –
wenn sie dich dahin expedieren,
wohin du, Sache Gewordener, dann gehörst,
weil du nun den andern tragisch-lästig fällst –:
dann stehn da die Häuser,
die deine Dummheiten seit deiner Geburt mit angesehen haben,
und sind länger Häuser, als du Mensch gewesen bist,

und werden länger leben
als du.

AUF DEM NACHTTISCH

«Mach das Licht aus ...»

Gewiß, Lieschen. Nur noch diese paar Bücher ...

– «Was denn? Das alles heute nacht? Allmächtiger –»

Nur, wenn ich gar nicht einschlafen kann. Mir braust die Stadt noch im Schädel – und hier im Hotel ... wer weiß, ob ich schlafen kann ... Dreh dich herum. Ich lösche das Licht aus, wenn ich den ersten Sandmann fühle ... Villon. François Villon.

‹Die Balladen und lasterhaften Lieder des Herrn François Villon in deutscher Nachdichtung von Paul Zech› (erschienen bei Erich Lichtenstein in Weimar).

Nun, eine Nachdichtung ist das nicht. Es sind Gedichte in moderner Tonart, verfertigt nach sicherlich sorgfältiger Lektüre Villons. Zech hat keinen Stein auf dem andern gelassen, sondern er hat ein neues Hüttchen gebaut. Ist es schön?

Mittelschön. Die ungeheuern Schwierigkeiten, mit denen er zu kämpfen hatte, in allen Ehren: aber hier gibt es nur zwei Wege. Entweder man macht das wie Ammer und übersetzt so wörtlich wie nur möglich – oder aber man ist dem Villon kongenial und dichtet neu. Zech hat neu gedichtet ... Herausgekommen ist statt eines genialen Landstreichers aus dem katholischen Mittelalter ein versoffener Burschenschafter protestantischer Provenienz. Beispiel:

‹Ballade et oraison pour l'ame du bon feu Cotart› – darin fleht Villon den Noah, den Loth und was sonst noch gut und teuer ist, an, den in Gott seligen Herrn Cotart gut im Himmel aufzunehmen, der Mann habe doch immer so brav gesoffen. Villon:

Nobles seigneurs, ne souffrez empecher
L'ame du bon feu maistre Jehan Cotart.

Ammer:

Ihr edlen Herrn, erbarmt euch oben seiner,
des ach! so früh verstorbenen Jehan Cotart!

Das ist gut, weil darin noch der parodistische Orgelklang des Originals nachzittert; man sieht ordentlich, wie Villon den Hals einzieht, das Kinn herunterdrückt und einen Pfaffen macht. Zech:

Ach, nehmt ihn auf, in euerm Skatverein,
er war, weiß Gott, kein schwarzes Schwein.

Das ist ein Stilfehler. So spricht cand. med. Rietzke, Thuringiae – aber nicht Villon. Es ist ein Stilfehler, «la belle Heaulmière» mit «Klempnersfrau» zu übertragen. Jene war, wie Ammer schön sagt, eine «Helmschmiedgattin», in welchem Wort das Romantische ohne Übertreibung gewahrt ist – ‹Klempnersfrau› aber ist: Kellerstufen, kleiner Laden, Frau Piesecke, Großstadt-Proletariat. Nein, so geht das nicht.

Am besten sind Paul Zech jene Balladen geglückt, die viele französische Villon-Ausgaben nicht enthalten, weil man sie dort für apokryph hält. Die *‹Kleine Ballade von der Mäusefrau›* ist etwas Entzückendes, wenn auch in der Formulierung von 1930 – aber sie ist eben gut formuliert, ebenso gut wie die Liebesballaden; so möchte manche Frau geliebt sein. Für die meisten andern Verse kann ich mich nicht erwärmen. Im Literaturverzeichnis fehlt Gaston Paris; der dem Buch vorangesetzte Villon gleicht einem gut aussehenden Maler auf einem Kostümfest, und die Vorrede ist etwas ganz und gar Schreckliches.

Was haben die Leute nur immer? Wenn sie auf Villon zu sprechen kommen, dann werden die mildesten Spießer wild. Sie entdecken plötzlich, frisch der Untergrundbahn entstiegen, daß sie eigentlich

– hei! – ganz tolle Kerle seien, und die polizeilich gemeldetsten Schriftsteller toben sich da aus. Das rasselt nur so in der Vorrede. Kerle ... Lumpanei ... toll ... Schubiaks ... Weibsbild ... es ist ein recht preußisches Saturnalienfest, das da gefeiert wird. Ludwig Thoma hat einmal von Tacitus gesagt: «Er sah die Germanen wie eine berliner Schriftstellerin die Tiroler.» Und Villon mit Johannes R. Becher zu vergleichen, dazu gehört denn doch wohl ein nicht alltägliches Manko an Literaturgefühl. So bleibt nur die wunderschöne Eingangsstrophe haften, ein altfranzösischer Vers, von dem man nicht genau weiß, ob er von Villon stammt oder nicht. Von wem er aber auch stammt: dieser Ton kann nie vergehn.

Une fois me dictes ouy,
en foy de noble et gentil femme;
je vous certifie, ma Dame,
Qu'oncques ne fuz tant resjouy.
Vueillez le donc dire selong,
que vous estes benigne et doulche,
car ce doulx mot n'est pas si long
qu'il vous face mal en la bouche.
Soyez seure, si j'en jouy,
que ma lealle et craintive ame
gardera trop mieulx que nul ame
vostre honneur. Ave-vous ouy?
une fois me dictes: ouy.

Solange ein Mann ein Mann bleibt – «Mach das Licht aus!» ... Wirklich: ich kann noch nicht schlafen. Jetzt habe ich mich wieder wachgelesen. Aber gleich, gleich.

Erich Kästner ‹*Ein Mann gibt Auskunft*› (erschienen bei der Deutschen Verlags-Anstalt in Stuttgart und Berlin). Es sollte einmal jemand auf den Spuren des großen Literaturhistorikers Josef Nadler wandelnd das Sächsische in der deutschen Literatur untersuchen – aber ohne Grinsen. Man vergesse nicht, daß Richard Wagner, mit Grinsen, ein Sachse gewesen ist, und daß, sehr ernsthaft gesagt, Lessing aus Camenz stammt, und auch dieser Ort gehört zu Sachsen. Kästner ist aus Dresden. Nun, er hat gar nichts vom Bliemchen-Kaffee, aber wenn sich einer gegen seine Umgebung aufbäumt, dann fällt das in New York und in Dresden verschieden aus, weil die Umgebungen eben verschieden sind. Ich vermeine, manchmal in Kästner das Sächsische zu spüren – eine gewisse Enge der Opposition, eine kaum fühlbare, aber doch vernehmliche Kleinlichkeit, eine Art Geiz ... Er weicht dem Olymp sehr geschickt aus – ich weiß nicht, wie sein Himmel aussieht. Vielleicht hat er keinen, weil er fürchtet, er sei dann vom sächsischen Böcklin: von Klinger? Kästner ist ehrlich, sauber, nur scheint mir manchmal die Skala nicht sehr weit, und er macht es sich gewiß nicht leicht. Er hats aber leicht. Man vergleiche hierzu etwa so ein Gedicht wie *‹Dem Revolutionär Jesus zum Geburtstag›* ... das ist reinlich und gut gemeint, doch da langt es nicht. Da pfeift einer, im Sturm, bei Windstärke 11 ein Liedchen.

Demgegenüber stehen nicht nur prachtvolle politische Satiren wie *‹Die andere Möglichkeit›*, ein Gedicht, das ihm die deutschen Nationalisten heute noch nicht verziehen haben, weil es die Zeile enthält: «Wenn wir den Krieg gewonnen hätten» mit dem Schluß: «Zum Glück gewannen wir ihn nicht». Oder *‹Primaner in Uniform›*, ein famoser Hieb gegen die chauvinistischen Pauker.

Der Band führt darüber hinaus, ins Dichterische, in echte Lyrik. Da ist in *‹Verzweiflung Nr. 1›* ein kleiner Junge, der sein Einholegeld verliert. Er weint zu Hause, die Eltern trösten ihn, und da steht:

Sein Schmerz war größer als ihre Liebe

— also, das lasse ich mir gefallen. Oder das bezaubernde *‹Gefährliche Lokal›* mit dem morgensternschen Schluß «Als ich zurückkam, sah ich, daß ich schlief». Und dann — mein Lieblingsgedicht —: *‹Ein gutes Mädchen träumt›*. Das könnte von Hebbel konzipiert sein, wenn der es auch anders formuliert hätte. Sehr bezeichnend für Kästner, daß mit keiner Silbe etwas für jenes träumende Mädchen gesagt wird, die da träumt; der ihrige schickt sie immer wieder, immer, immer wieder treppauf, treppab: «Du hast das Buch vergessen.» Ich glaube: Kästner hat Angst vor dem Gefühl. Er ist nicht gefühllos; er hat Angst vor dem Gefühl, weil er es so oft in Form der schmierigsten Sentimentalität gesehen hat. Aber über den Leierkastenklängen gibt es ja doch ein: Ich liebe dich — es gehört nur eine ungeheure Kraft dazu, dergleichen hinzuschreiben. Und da sehe ich einen Bruch, einen Sprung, ist das sächsisch? Wir haben bei diesem Wort so dumme Assoziationen, die meine ich nicht. Langt es? Langt es nicht?

Was immer zu bejahen ist, ist seine völlige Ehrlichkeit. Wo er nicht weiß, da sagt er: Ich weiß nicht. Das Gedicht *‹Kurt Schmidt, statt einer Ballade›* haben ihm Proletarier übelgenommen, weil es mit einem Selbstmord endet — das Gedicht stand bei uns, und ich habe merkwürdige Briefe bekommen. Der *‹Kurzgefaßte Lebenslauf›* ist ehrlich; es ist auch ehrlich, in dem unsereinem aufs Fell geschriebenen Gedicht *‹Und wo bleibt das Positive, Herr Kästner?›* zu sagen, daß wir ein Weltbild nicht aus dem Boden stampfen können und zunächst nur wissen: Also dieses da nicht. Alles das ist blitzsauber. Formal wird es immer besser; manchmal dürfte die Form etwas abwechslungsreicher sein. Kästner wird viel nachgeahmt; es gehört wenig dazu, ihn nachzuahmen. Ich wünsche ihm ein leichtes Leben und eine schwere Kunst.

«Eins kann ich dir sagen: wenn du jetzt nicht das Licht ausmachst... dann stehe ich auf und lasse mir ein andres Zimmer geben.» O Gott, o Gott. Dies ist wirklich... «Was ist wirklich?» – Das ist wirklich eine wilde Ehe. Ich liege doch meinem Berufe ob! «Lieg ihm am Tage ob.» Gewisse Berufe werden nur nachts ausgeübt. «Ach, es ist schrecklich.» Zu denken, daß es Leute gibt, die dreißig Jahre lang in demselben Schlafzimmer...

Otto Roeld *‹Malenski auf der Tour›* (erschienen bei Erich Reiß in Berlin). Haben Sie ein Mitglied des ‹Verbandes Reisender Kaufleute› unter Ihren Bekannten? Schenken Sie ihm das. Er wird natürlich sagen, es sei in Wirklichkeit alles ganz, aber ganz anders, denn der Kaufmann muß erst geboren werden, der zugibt, daß auch er zu schildern sei ... es sei denn, daß man seinem Betriebe schmeichelt und vom ‹Primat der Wirtschaft› spricht. Nun also zu Herrn Malenski, einem Bruder Gustav Hänflings (im Insel-Verlag). Eine sorgfältig ausgepinselte Idylle, ein bißchen Biedermeier: ein Kaufmann, auf Porzellan gemalt.

«Ja, er ist nicht wie andere Geschäftsreisende. Zwar stiegen Zweifel auf: – dieses ‹Anderssein als die andern›, das bildet sich jeder ein – nicht nur Geschäftsreisende – auch Beamte und Künstler, jeder glaubt, über der eigenen Situation zu stehen und im geheimen wertvoller zu sein, als seine Kollegen...»

Zu Hause stehen bei mir die Tatsachenromane bis an die Decke – ich kann das Zeug schon gar nicht mehr sehen. Warum kann ich dieses kleine Buch Roelds, das gewiß nicht, wie da angegeben steht, ein Roman ist, sondern eine kleine Geschichte ... warum kann ich das auf einen Sitz zu Ende lesen? Weil der Mann den Ton hat; weil er die Kraft hat; weil er zwingt. Die Technik ist ein bißchen naiv, die Atmosphäre der großen Geschäfte ist nicht darin, aber die meisten Geschäfte auf der Welt sind recht klein – das Ganze ist gewiß kein schwerer Burgunder, aber der höchst gute Jahrgang eines bekömmlichen Apfelweins. Viele, viele kleine Einzelzüge, auf die es bei jedem Kunstwerk ankommt:

Der alte Reisende, der sich die Orderbücher aus den Tagen seines Glanzes aufgehoben hat; die Schilderung der einzelnen Kollegen, eine ausgesuchte Musterkollektion; die Reisenden-Späße ... und dann eine kleine Szene, wie Malenski zwar im gewohnten Zug sitzt, aber nicht, um zu reisen, sondern nur, um zu reisen: er hat nämlich seine junge Frau bei sich und ist auf der Hochzeitsreise. Und da spricht ihn Herr Löwenbein an. Karten spielen? Nein, heute spielt Malenski nicht Karten. «Adele: ich stelle dir hier meinen Kollegen Herrn Löwenbein vor.» – «Ah, da gratuliere ich...» und wie Löwenbein nun loslegt, das ist mit dem Ohr gestohlen. Zum Beispiel so: «Also verheiratet!» – Löwenbein neigt liebevoll lächelnd den Kopf zur Seite. – «Was ist eine Heirat? Ein Lotteriespiel! Was ist die Grundlage für eine gute Ehe? – der Charakter des Menschen! Ein Hustenbonbon gefällig, gnädige Frau? Seit langem leide ich an Verschleimungen. Alles habe ich schon versucht, nichts hat ...» man lese das nach – es ist wirklich schön. Das ist ein lustiges, ein harmlos lustiges und ganz leise ein melancholisches Buch.

So sehen vielleicht die Kaufleute heute nicht mehr aus ... Ich lösche das Licht gleich aus! ich schwöre, mit der linken Hand ... dann mach die Augen zu ... Ich knipse wirklich gleich aus ... So sehen also diese Reisenden der letzten Generation nicht mehr aus. Wie sehen sie denn aus? So, wie sie George Grosz gezeichnet hat. ‹*Über alles die Liebe. 60 neue Zeichnungen*› (erschienen bei Bruno Cassirer in Berlin). Wir wissen ja alle, wer George Grosz ist. Ob auch alle wissen, wieviel er kann? Das ist ganz erstaunlich. Wenn er einen Mann mit Anzug und dussligem Klemmer zeichnet, dann sind da: der Körper des Mannes, durch den Anzug hindurchleuchtend, na ... leuchtend ..., dessen ganzes Leben; man weiß sofort, welche Bücher der liest, wie er bei der Reichstagswahl gestimmt hat, seine Bekannten, seine Lokale ... Grosz zeichnet die Aura des Menschen mit, genau das, was die wenigsten Schauspieler zu spielen verstehen. Es sind herrliche Blätter darin, wie: ‹*Hast du mich ein wenig gern?*› und ‹*Zugvögel*› (mit einem vanimftigen Judenjungen, blau rasiert und schweren Augendeckels), – das himmlische ‹*Nicht sein Geschmack*›: da geht einer mit einem kleinen Zündhütchen auf dem Kopf an einer Hure vorbei, und in seinem Riesenkinn, das er nach oben schiebt, steht: will nicht. Sie sieht ihm etwas enttäuscht nach ... Dann auf Seite 65: ‹*Treibholz*› – solchen Großstadtlyriker gibt es nicht, der dieses Mädchen besänge. Aber warum heißt Blatt 75 nicht mehr, wie es meines Wissens einmal geheißen hat, ‹*Presseball*›? Denn das ist es. Darauf übrigens für mein Gefühl ein kleiner Stilfehler, der einzige des schönen Bandes: dieser Herr Redakteur trägt kein eisernes Kreuz. Und wenn Grosz das gesehen hat, dann war die Wirklichkeit falsch – denn das gibt es. Immerhin: eine Bibel der kosmischen Liebe, der man das s ausgestrichen hat.

Der Hotelnachttisch ist so klein – da liegt noch viel auf dem Boden. Herauf mit dir ... «Sag mal ...» Lieschen – wenn du mich noch einmal störst, wirst du ausgestopft! «Ich dich stören? Das ist ja großartig! Du liest hier die halbe Nacht ...» Gedenkst du noch der schönen Maientage, da die Liebe uns beseligt hat ...? «Jetzt singt er auch noch. Weck die Leute hier nicht auf!» Ja, wickel dich nur in deine Decken ... Also da ist Wera Figner. Es ist die große Ausgabe, in der alle drei Teile des Werkes zusammen enthalten sind. ‹*Nacht über Rußland*› (erschienen beim Malik-Verlag in Berlin). Bekannt – und immer wieder ergreifend. Das sieht denn doch anders aus als unsre nationalistischen Märtyrer, die kaum welche sind. Was riskieren sie denn? Erst werden sie nicht verhaftet; und wenn sie verhaftet werden, reißen sie aus; und wenn sie nicht ausreißen, werden sie nicht verurteilt; und wenn sie verurteilt werden, werden sie begnadigt. Und dann bekommen sie eine Stelle bei irgend welchen Grundbesitzern oder Industriekerlen ... Wera Figner war ein ganzer Mann. Das Buch solltet ihr euch alle aufbauen.

«Also, Peter – Ultimatum: Willst du jetzt schlafen?» – Ich will. Ich kann nicht. – «Warum kannst du nicht?» Weil ich jetzt ein ohnanständiges Buch beim Wickel habe ... «Ferkel.» Lieschen, das sind keine Ausdrücke für eine junge Frau. Was weißt du überhaupt, was in mir als Mutter vorgeht ... nein, das mußt du eigentlich sagen. Na, schlaf man.

D. H. Lawrence *‹Lady Chatterley und ihr Liebhaber›* (Subskriptionsausgabe bei E. P. Tal in Wien und Leipzig). Ich habe die Dame Lieschen belogen: dies ist durchaus kein unanständiges Buch.

Über den ganzen Lawrence kann ich nicht mitsprechen; ich kenne von ihm nur dieses eine Werk. Das Buch haben sie in England verbrannt, gevierteilt, geköpft, was weiß ich. Warum?

Lawrence schildert uns da eine englische Dame, die ihren Mann an den Krieg abgeben muß; was zurückkommt, ist kein Mann mehr, sondern ein Rollstuhl-Inhalt. Sie beginnt ein Verhältnis mit ihrem Förster; die Leute sind sehr wohlhabend. Vorher hat sie für kurze Zeit einen Emporkömmling von Schriftsteller geliebt. Und?

Und Lawrence erzählt alles: sämtliche Liebesszenen bis in die letzten körperlichen Einzelheiten. Pornographie? Nicht die Spur – es ist ein durch und durch sauberes, ein schamhaftes Buch, trotz allem. Man könnte sagen, Lawrence erzähle einfach da weiter, wo die andern ihre drei Punkte setzen, und das wäre richtig.

Es stellt sich hier nun etwas sehr Merkwürdiges heraus.

Es ist nämlich damit noch gar nichts getan. Lawrence setzt Gassenausdrücke, übrigens auch da, wo ich es für ganz und gar unmöglich halte, sie zu setzen. Gibt es wirklich eine englische Gesellschaft, in der Männer in Gegenwart der Hausfrau solche Worte sagen? Das habe ich nicht begriffen. Und auch die Liebenden exzellieren in diesem Jargon, was durchaus verständlich ist, und sie schreiben das in ernsten Briefen, was weniger verständlich ist. Aber, und das ist die Hauptsache: es kommt nichts dabei heraus.

Es langt nicht. Es wird nirgends gezwinkert, nirgends, das ist eine große Leistung – aber es langt nicht. Einmal treibt die Frau mit dem Förster jenen kleinen Fetischismus, der normal ist ... die Szene wirkt nicht unappetitlich, sie wirkt ein wenig albern. Das sei so in Wirklichkeit? Dann fehlt hier aber viel. Und es ist sehr bezeichnend für das künstlerische Unvermögen Lawrences, daß er jene Nacht, in der die Frau wirklich zur Frau wird, nicht beschreiben kann. Die ersten Sätze sind gut: «In der kurzen Sommernacht lernte sie so viel. Sie hatte gedacht, eine Frau würde dabei sterben vor Scham. Statt dessen starb die Scham» – aber dann wird es ganz banal, ganz trivial, ganz Leihbibliotheksroman. «So! Also so war das! Das war das Leben!» Du lieber Gott –

Kompliziert wird die Sache noch dadurch, daß der Übersetzer die Sprache des Försters, der im Original einen mittelenglischen Dialekt spricht, mit einer Art Gebirgsbayerisch wiedergegeben hat. Und in dieser Mundart nun erotische Eindeutigkeiten ... es ist etwas Furchtbares. Ob das nun an dieser Sprache liegt oder an meinem Ohr ... Neulich haben sie mir ein Buch über den bayerischen Dialekt zugeschickt. Ich habe es nicht besprochen; vielleicht habe ich für diesen Charme, Berlin anzuflegeln und gleichzeitig neckisch eine Besprechung zu erbitten, nicht das richtige Verständnis. Jedenfalls: die Partien des Försters habe ich nicht ohne eine leichte Übelkeit gelesen. Dazu kommt, daß Lawrence nicht viel von den sieben Arten der Liebe weiß; sein erotisches Repertoire ist noch kleiner als das der Natur.

Sein Grundgefühl stimmt nicht. Lawrence muß so etwas geahnt haben, denn im Vorwort versucht er, sich gegen den Puritanismus der alten Generation und den «flotten Jazz-Menschen der jungen Generation» zu sichern ... er hätte lieber ein gutes Buch schreiben sollen. Wären diese ‹Stellen› nicht: von dem Roman spräche niemand, weil er wenig belangvoll ist.

Wir können doch schließlich nicht dafür, daß sie in angelsächsischen Ländern die Sexualität etwas spät entdeckt haben ... Vielleicht ist das Werk für England eine Tat oder wie man das nennt. Im Zeitalter der ausgebauten Sexualwissenschaften aber ist es gar keine; dort steht alles viel klarer, viel besser, viel durchsichtiger – und gestaltet ist hier wenig. Daß sich Amor die Augen zuhält, ist nicht nur ein kitschiges Ornament, wie jeder weiß, der etwas davon weiß. Ich habe Pornographien Toulouse-Lautrecs gesehen – sie waren langweilig. Daneben aber hing der Halbakt einer Frau, vor einer Waschschüssel, und ein Meer von Frau lag darin, Fleisch, Duft, Härchen, Körper und das ganze Mysterium der Liebe. Es kommt nicht darauf an, alles auszusprechen. Es kommt darauf an, alles zu wissen oder doch vieles. Was Lawrence über die Liebe weiß, das ihm Selbstverständliche, ist schrecklich selbstverständlich. Ja, ja ... so werden die Kinder gemacht ... das ist wahr. Die Pantomime freilich ist überall gleich; der Unterschied zwischen Romeo und Julia und einem Paar unter den Brücken von Paris steckt nicht im Anatomischen. Er steckt im Kopf. 450 Seiten und so viel Arbeit und so viel Wagemut ... und so wenig Liebe.

«Das ist ein Scheidungsgrund. Liest hier säuische Bücher in der

Nacht, statt zu schlafen. Ach, es ist ja ...» Nur noch ein Buch. Dann, Lieschen, mache ich bestimmt das Licht aus.

G. K. Chesterton ‹*Der unsterbliche Mensch*› (erschienen bei Carl Schünemann in Bremen). Eine Katholikin schrieb mir dazu: «Chesterton, der, soviel ich weiß, Konvertit ist, versucht hier, mit den gleichen Mitteln, wie ihr das macht, und mit großer Kenntnis, den umgekehrten Feldzug zu führen, mit achselzuckender Leichtigkeit, so, wie ihr das macht, und so stellt er seine Gegner als Trottel hin. Nun seid ihr einmal dran.» Hm –

Ich habe Chesterton einst sehr geliebt. Seine witzigen Kriminalgeschichten beiseite, die heute noch höchst amüsant sind – was da in ‹*Ketzern*› und ‹*Häretikern*› gestanden hat, das war von keinem schlechten Vater. Seine Gesinnung hat sich auch gar nicht geändert. Aber der alte Knabe wird sauer. Er ist genau das, was er so vielen andern zu sein vorwirft: ein Literat in jenem übeln Nebensinne, den das Wort mit sich herumführt. Was Chesterton zum Beispiel über Rußland sagt, strotzt von Kenntnislosigkeit, und seine Diskussionen mit dem alten Shaw über Sozialismus waren ein Waschweiberkram, mit dem wir gar nichts anfangen können. Ach, sie sind ja so witzig und so englisch! und so irisch! und es ist überhaupt eine Freude. Und unterdes liegen die Arbeiter auf der Straße und dürfen sich an diesen feinen Geistern ergötzen.

Was er in diesem Buch treibt, ist ... wie soll ich das nennen? Es ist wiener Kaffeehaus mit umgekehrtem Vorzeichen. Es wird bewiesen ... Als ob man nicht alles, aber auch alles auf der Welt beweisen kann! Es sind einfach Dummheiten darin, die bei einem so klugen und gebildeten Menschen gradezu überraschen. So der Vergleich der Wahrheit mit einem Schlüssel, gelegentlich des Buddhismus ... das ist eine blanke Albernheit, weil man mit solchen alten Kunstgriffen der Scholastik, die außerdem auch noch Trugschlüsse sind, nichts beginnen kann. Ich habe polternde Schriftsteller gern; der alte Johannes Scherr oder Schopenhauer, der – neben allem andern – manchmal auch dahergepoltert kam, sind mir teure Weggenossen. Und daß hier einer auf uns herumhackt, würde mich erst recht nicht stören. Aber es ist so eindeutig dumm; das Christus-Schach, das der da spielt, müßte, wie das ganze Buch, einen wirklich gläubigen Katholiken eigentlich entsetzen. Mich hat es entsetzt; ich bin viel frömmer als er, dieser schachernde Mystiker. Schreit da den Katholizismus aus wie ein paar alte Hosen ...! Er ziehe sich schleunigst neue an; diese sind durchgewetzt, und mißtönendes Geschrei macht sie auch nicht neuer. Seht doch, wie er fuchtelt! hört doch, wie er ‹beweist›, es gebe einen Gott – ungefähr so, wie der Kaufmann uns beweist, daß er an dieser Ware zusetzt. Ja doch. Du setzt zu. Du verlierst an allem, was du verkaufst. Und wovon leben Sie? «Na, Sonnabends habe ich doch geschlossen ...!» Welch ein katholischer Jude! Leuchtet ihm die Religion? Gott segne ihn. Wir andern sehen nur dies: Wo auch immer die Kirche politisch herrscht, jedesmal, wenn sie in den Schulen und auf den Universitäten regiert, dann – ja, was geschieht dann?

Dann, Lieschen, können wir getrost das Licht ausmachen.

ZUCKERBROT UND PEITSCHE

Nun senkt sich auf die Fluren nieder
der süße Kitsch mit Zucker-Ei.
Nun kommen alle, alle wieder:
das Schubert-Lied, die Holz-Schalmei ...
Das Bürgertum erliegt der Wucht:
Flucht, Flucht, Flucht.

Sie wollen sich mit Kunst betäuben,
sie wollen nur noch Märchen sehn;
sie wollen ihre Welt zerstäuben
und neben der Epoche gehn.
Aus Not und militärscher Zucht:
Flucht, Flucht, Flucht.

So dichtet, Dichter: vom Atlantik,
von Rittern und von Liebesnacht!
Her, blaue Blume der Romantik!
«Er löste ihr die Brünne sacht ...»
Das ist Neudeutschlands grüne Frucht:
Flucht, Flucht, Flucht.

Wie ihr euch durch Musik entblößtet!
In eurer Kunst ist keine Faust.
So habt ihr euch noch stets getröstet,
wenn über euch die Peitsche saust.
Ihr wollt zu höhern Harmonien
fliehn, fliehn, fliehn.

Es hilft euch nichts. Geht ihr zu Grunde:
man braucht euch nicht. Kein Platz bleibt leer.
Ihr winselt wie die feigen Hunde –
schiebt ab! Euch gibt es gar nicht mehr!
Wir andern aber wirken weit
in die Zeit!
In die Zeit!
In die Zeit!

ALTE BÄUME

Der entlassene Bismarck hat seinem Amtsnachfolger Caprivi manches übel genommen – aber wohl nichts so sehr, wie daß jener einige schöne alte Bäume im Garten des berliner Reichskanzlerpalais hat fällen lassen. Das hat er ihm nie verziehen. Bismarck war ein Landedelmann und kannte den Wert alter Bäume. Kennen wir ihn –?

Nein, wir kennen ihn nicht.

Erlauben Sie mir zunächst, mich vom Verdacht einer lavendelduftenden Sentimentalität zu reinigen. «Das Alte stürzt, es ändert sich die Zeit . . .» –, gemacht. Wir wissen alle, daß Autostraßen nötig sind; daß brave grüne Idyllen vernichtet werden müssen, wollen wir nicht in einem Naturschutzmuseum vegetieren; wir wissen, daß jede Zeit ihre Bedürfnisse hat, die alten Leuten immer ein wenig gotteslästerlich vorkommen –, soweit ist alles in Ordnung. Ich werde aber den Eindruck nicht los, als ob vieles, was heute in Deutschland auf diesem Gebiet geschieht, nur deshalb getan wird, damit etwas getan wird.

Das Land ist übervölkert; die Krise der Arbeitslosigkeit bedroht niemand so wie die Akademiker und die geistigen Berufe, die sich zu den Beamtenstellungen drängen, weil sie dort am sichersten versorgt sind. («Der österreichische Beamte hat nichts – aber das hat er sicher.») Wer im Krieg einmal beobachtet hat, wie die in der Etappe liegende Truppe auf Geheiß ihrer Offiziere gewissermaßen den ganzen Kriegsschauplatz mit Birkengeländern einzäunte; wie noch eine Küche gebaut wurde und noch ein Waschhaus und noch eine Unterkunft . . ., der wird verstanden haben, wie jeder, auch der vernünftigste Tätigkeitsdrang, in seine Karikatur umschlagen kann. Bis zu einer gewissen Grenze war das alles nützlich – dann wurde es albern und Tätigkeit um der Tätigkeit willen. Und das ist nicht nur unnütz; es ist schädlich.

Dasselbe sehen wir in den großen Städten. Wie da emsige Gschaftlhuber niederreißen, bauen, umbauen und neubauen –, das ist grauslich zu sehen. Wenn sie noch wenigstens einen großen Plan verwirklichten, wie es die Pariser mit dem nicht ganz ausgeführten, gradezu visionären Projekt des Barons Haussmannn tun –: dann wäre ja alles gut. Aber von einem einheitlichen Plan ist nichts zu spüren. Da murkst jedes Bezirksamt für sich, gepackt von diesem lächerlichen Ressortehrgeiz, der ums Verrecken dem andern, der ‹Konkurrenz›, nichts mitteilt, damit man den kümmerlichen Ruhm für sich allein habe – es ist jämmerlich.

Und es ist ehrfurchtslos.

Einen alten Baum umschlagen –, das ist eine Art Mord. Nun ist kein Leben ohne Tötung –, aber man mordet doch nicht zum Vergnügen, nur, um mit der Aufzeichnung der Mordprotokolle die Akten zu füllen.

Doch, sie tuns. Sie haben nicht das leiseste Gefühl, daß das, was sie da zerstören, ein Stück Leben ist – es sind übrigens grade jene, die das Wort ‹Deutschland› ununterbrochen im Munde führen, die es am wenigsten spüren. Was aber ist Deutschland, wenn nicht seine Wiesen, seine Wälder, seine Flüsse und seine Bäume? Hier ist der Urgrund jedes Landes – damit geht man nicht so um, wie sie es tun.

Immer, wenn ich von diesen Projekten höre, sehe ich die dahinterstehenden Treiber vor mir: selig in der geräuschvollsten Art von Faulheit, die es gibt: in der Organisation, wirtschaften sie umher, ordnen an und verbieten, entwerfen und planen . . ., hier tobt sich der soziale Geltungsdrang voll aus, er überschlägt sich; gehetzt von ihrem Willen, dürsten sie nach mehr, nach mehr – und die Stadtbewohner sind die Leidtragenden.

Darum hat Berlin tausend Gesichter und keines. Kein einheitlicher Wille eines großen Städtebauers gibt dieser Stadt Glanz und Profil; selbst wenn wir einen solchen hätten, wäre er längst von den Zünftigen abgewürgt, verbittert und gekündigt. Und sie regieren fast unumschränkt –, und wie sieht das aus, was da herauskommt!

Es gibt gewisse Bünde und Verbände, bei denen die Formalitäten der Aufnahme neuer Mitglieder zeremoniös und verwickelt sind. Man wird immer finden, daß mindestens die Hälfte aller Mitglieder für Aufnahme stimmen, weil sie Spaß am Zeremoniell haben. Die Wirkung ist ihnen ziemlich gleichgültig – wenn nur die bunten Bräuche wie an der Schnur ablaufen. Hierzu sind die Städtezerstörer eine schöne Parallele; ihre Arbeit ist eine Mischung von Roheit und Phantasielosigkeit, die nur Totes hervorbringt, weil sie vom Lebendigen nichts wissen.

Aus dem Getöse der Autos, den Schreien der Sirenen und den kurvenheulenden Bahnen steigt leise und fast unhörbar, ein Gedanke in die Welt, der neu und alt zugleich ist: der nämlich, daß sich die Seele nicht töten läßt. Daß sie derer spottet, die sie auf Flaschen ziehen wollen. Die sie registrieren wollen. Dies ist vielleicht eine seelenlose Zeit. Aber es ist eine, die die Seele sucht.

Nun ist ein alter Baum ein Stückchen Leben. Er beruhigt. Er erinnert. Er setzt das sinnlos heraufgeschraubte Tempo herab, mit dem man unter großem Geklapper am Ort bleibt. Und diese alten Bäume sollten dahingehen, sie, die nicht von heute auf morgen nachwachsen? Die man nicht ‹nachliefern› kann? Die nicht in Serien, frei ab Wald, wieder aufgebaut werden können? Nur, damit Beamte etwas zu regieren haben? Nein, das muß nicht sein. Sie sollen stehen bleiben, uns Schatten spenden und leben – gegen die Tollheit betriebsseliger Kleinbürger im Geist und im Amt.

HIMMLISCHE NOTHILFE

«Wat denn? Wat denn? *Zwei* Weihnachtsmänner?»

«Machen Sie hier nich sonen Krach, Siiie! Is hier vier Tage im Hümmel, als Hilfsengel – und riskiert hier schon ne Lippe.»

«Verzeihen Sie, Herr Oberengel. Aber man wird doch noch fragen dürfen?»

«Dann fragen Sie leise. Sie sehn doch, daß die beiden Herren zu tun haben. Sie packen.»

«Ja, das sehe ich. Aber wenn Herr Oberengel gütigst verzeihen wollen: woso zwei? Wir hatten auf Schule jelernt: et jibt einen Weihnachtsmann und fertig.»

«Einen Weihnachtsmann und fertig ...! Einen Weihnachtsmann und fertig ...! Diese Berliner! So ist das hier nicht! Das sind ambivalente Weihnachtsmänner!»

«Büttaschön?»

«Ambi ... ach so, Fremdwörter verstehen Sie nicht. Ich wer Sie mal für vierzehn Tage rüber in den Soziologenhimmel versetzen – halt, oder noch besser, zu den Kunsthistorikern ... da wern Sie schon ... Ja, dies sind also ... diese Weihnachtsmänner – das hat der liebe Gott in diesem Jahre frisch eingerichtet. Sie ergänzen sich, sie heben sich gegenseitig auf ...»

«Wat hehm die sich jejenseitich auf? Die Pakete?»

«Wissen Sie ... da sagen die Leute immer, ihr Berliner wärt so furchtbar schlau – aber Ihre Frau Mama ist zwecks Ihrer Geburt mit Ihnen wohl in die Vororte gefahren ...! Die Weihnachtsmänner sind doppelseitig – das wird er wieder nicht richtig verstehen – die Weihnachtsmänner sind polare Gegensätze.»

«Aha. Wejen die Kälte.»

«Himmel ... wo ist denn der Fluch-Napf ...! Also ich werde Ihnen das erklären! Jetzt passen Sie gut auf: Die Leute beten doch allerhand und wünschen sich zu Weihnachten so allerhand. Daraufhin hat der liebe Gott mit uns Engeln sowie auch mit den zuständigen Heiligen beraten: Wenn man das den Leuten alles erfüllt, dann gibt es ein Malheur. Immer. Denn was wünschen sie sich? Sie wünschen sich grade in der letzten Zeit so verd ... so vorwiegend radikale Sachen. Einer will das Hakenkreuz. Einer will Diktatur. Einer will Diktatur mitm kleinen Schuß; einer will Demokratie mit Schlafsofa; eine will einen Hausfreund; eine will eine häusliche Freundin ... ein Reich will noch mehr Grenzen; ein Land will überhaupt keine Grenzen mehr; ein Kontinent will alle Kriegsschulden bezahlen, einer will ...»

«Ich weiß schon. Ich jehöre zu den andern.»

«Unterbrechen Sie nicht. Kurz und gut: das kann man so nicht erfüllen. Erfüllt man aber nicht ...»

«Ich weiß schon. Dann besetzen sie die Ruhr.»

«Sie sollen mich nicht immer unterbrechen! Erfüllen wir nicht – also: erfüllt der liebe Gott nicht, dann sind die Leute auch nicht zufrieden und kündigen das Abonnement. Was tun?»

«Eine Konferenz einberufen. Ein Exposé schreiben. Mal telefonieren. Den Sozius ...»

«Wir sind hier nicht in Berlin, Herrr! Wir sind im Himmel. Und eben wegen dieser dargestellten Umstände haben wir jetzt zwei Weihnachtsmänner!»

«Und ... was machen die?»

«Weihnachtsmann A erfüllt den Wunsch. Weihnachtsmann B bringt das Gegenteil. Zum Exempel:

Onkel Baldrian wünscht sich zu Weihnachten gute Gesundheit. Wird geliefert. Damit die Ärzte aber nicht verhungern, passen wir gut auf; Professor Dr. Speculus will auch leben. Also kriegt er seinen Wunsch erfüllt, und der reiche Onkel Baldrian ist jetzt mächtig gesund, hat eine eingebildete Krankheit und zahlt den Professor. Oder:

Die Nazis wünschen sich einen großen Führer. Kriegen sie: ein Hitlerbild. Der Gegenteil-Weihnachtsmann bringt dann das Gegenteil: Hitler selber.

Herr Merkantini möchte sich reich verheiraten. Bewilligt. Damit aber die Gefühle nicht rosten, bringt ihm der andere Weihnachtsmann eine prima Freundin. Oder: Weihnachtsmann A bringt dem deutschen Volke den gesunden Menschenverstand – Weihnachtsmann B die Presse. Weihnachtsmann A gab Italien die schöne Natur – Weihnachtsmann B: Mussolini. Ein Dichter wünscht sich gute Kritiken: kriegt er. Dafür kauft kein Aas sein Buch mehr. Die deutsche Regierung wünscht Sparmaßnahmen – schicken wir. Der andere Weihnachtsmann bringt dann einen kleinen Panzerkreuzer mit.

Sehn Sie – auf diese Weise kriegt jeder sein Teil. Haben Sie das nun verstanden?»

«Allemal. Da möcht ich denn auch einen kleinen Wunsch äußern. Ich möchte gern im Himmel bleiben und alle Nachmittag von 4 bis 6 in der Hölle Bridge spielen.»

«Tragen Sie sich in das Wunschbuch der Herren ein. Aber stören Sie sie nicht beim Packen – die Sache eilt.»

«Und ... verzeihen Sie ... wie machen Sie das mit der Börse –?»

«So viel Weihnachtsmänner gibt es nicht, Herr – so viel Weihnachtsmänner gibts gar nicht –!»

FRIEDEN

So heißt der neue Roman Ernst Glaesers (erschienen bei Gustav Kiepenheuer in Berlin).

Die Literatur ist hinter der Zeit nur um etwa zehn Jahre zurück – sie hält grade zwischen Friedensschluß und Beginn der Inflation. Das Heer der Mitläufer, die jede geistige Strömung umschwirren, beginnt nun, Inflationsbücher zu schreiben – wie sie Kriegsbücher geschrieben haben ... Die große Zeit hat kleine Bücher hervorgebracht, nun wollen wir sehen, ob die kleine Zeit große Bücher hervorbringt.

Sie liefert ‹Erlebnisbücher›. Das ist jedes Buch. Ja, aber diese so plakatierten Erlebnisbücher gehören zum Gefährlichsten, das es in der Kunst überhaupt gibt. Die Gattung gestattet nämlich jedem Dilettanten, auf jede Kritik auszurufen:

«Ja – das war aber so!»

Und hier zeigt sich die ganze Unvollkommenheit dieser Literatur. Daß etwas so oder so gewesen ist, besagt für die Kunst noch gar nichts. Und es ist nicht das Ästhetische oder das Formale allein, das ein wahres Erlebnis nachher im Buch unzulänglich erscheinen lassen kann, sondern die Wirklichkeit ist allemal dann für das Buch unzureichend, wenn sie nicht im innern Erlebnis des Künstlers zu etwas Neuem geworden ist. Es gibt keinen Naturalismus, der die Schöpfung naturgetreu wiedergibt. Alle stilisieren – indem sie fortlassen, hinzufügen ... es beginnt schon bei der Aufnahme. Es gibt Künstler, die besser sehen als hören können; es gibt solche, die wittern die Frau, aber der Mann läßt sie kalt; mancher ist Tierstimmen-Imitator ... nur absolute Naturalisten, die gibt es, außer dem lieben Gott, nicht.

«Du kannst nach Hause gehn», sagte der Soldat.

So fängt das Glaesersche Buch an – aber leider geht es nicht so weiter; leider hält es den Ton einfacher Epik nicht durch, die die Wirklichkeit sublimiert wiedergibt. Das Buch zerfällt deutlich in zwei Teile: hie Ereignisse, erfundene oder halbwahre oder wahre – hie Meditation. Die Thesen, die Tendenz, die Überlegungen und die Glossen sollten aber, wie mir scheint, zur Handlung gerinnen.

Das erzählende Ich erlebt eine Reihe von Szenen: Rückkehr der Soldaten; Ausbruch des Waffenstillstandes, euphemistisch gern Revolution genannt; sinnloser Kampf sinnloser Soldaten gegen die Arbeiter ... man nimmt das alles zur Kenntnis, nickt: Gewiß ... ja ... so ist das gewesen – aber wenn hier etwas wirkt, so ist es nur der Stoff, nur die Tatsache, daß es das einmal gegeben hat ... Man kann auch alte Zeitungen lesen.

– «Sie wollen also, daß Ihnen der Dichter das verschönt? Wie?

Romantik? Lüge? Heldentum und Fanfare für die einen oder für die andern?»

Nein. Ich möchte nur gepackt werden. Ich möchte den tiefern Sinn oder die tiefere Sinnlosigkeit dieser Epoche verstehn, und mir solches zu zeigen, gibt es viele Wege. Meinethalben mit politischer These; mit Humor; mit der Aufzeigung der gesellschaftlichen Schichtungen ... ich möchte das spüren, was hinter den Ereignissen gelegen hat, und das mag der Dichter Gott nennen oder Schicksal oder den naturnotwendigen Ablauf nach den Vorschriften des Marxismus ... aber ich möchte etwas verspüren. Ich möchte verspüren, was an dem Jahre 1919 nicht einmalig gewesen ist. In diesem Buch verspürt man wenig.

Einzelheiten sind durchaus geglückt. Der Fabrikant, Herr Ziel, der ‹eigentlich› gar keine Geschäfte machen möchte ... Er ist so nett zu den Hühnern, beugt sich herunter, verbindet einem Küchlein das Bein ... «Wenn ich Zeit hätte», sagt er, «würde ich mir auf dem Lande eine große Geflügelfarm einrichten, auch ein Fasanenwäldchen, und am liebsten einen großen Teich mit Schilf, wo ich die Wasserhühner belauschen könnte. Wie ich so jung war wie Sie, war das immer mein Traum. Aber die Verhältnisse haben es anders gewollt ...» Wie viele Wucherer haben mir das schon erzählt – es ist wirklich schön.

Aber das sind Einzelheiten; sie kommen und gehen und zerrinnen in viel Gleichgültigem und Doppeldeutigem. Wenn der Leser wissen möchte, wie ich mir das Buch wünschte, so lese er die Seite 177, auf der die Idylle der heimgekehrten Soldaten steht. Das ist ein Notizenzettel, aus dem sich etwas machen ließe. Das sind Beobachtungen, echt, aus erster Hand, man fühlt: das stimmt alles; es könnte sich vielleicht noch etwas auflockern lassen – aber diese Stelle sitzt. Es glücken auch Einzelformulierungen, wie die Antwort einer Kellnerin auf die erstaunte Frage, warum auf dem Marktplatz so ein Hallo sei. «Weil sie heimkommen, weil doch jetzt Frieden wird.» – «Es ist doch aber Revolution.» – «Das hat damit nichts zu tun. Die, welche Revolution machen, gehen auf den Exerzierplatz. Die andern gehen auf den Markt.» Kürzer kann man das nicht sagen: so ist das Deutschland von damals gewesen, genau so.

Was dann noch an dem Buch gut ist, sind hier und da aufblitzende essayartige Bemerkungen, so eine vorzügliche über den Kronprinzen. «Der Kronprinz war in Holland. Ihm galt der Haß der Bürger. Man sprach über ihn wie über pornographische Literatur ... er war verhaßt wie ein ausschweifender Student bei seiner Zimmervermieterin.» Das ist sehr gut; aber auch dies ist gesagt, nicht gestaltet.

Solcher fertig formulierten Thesen gibt es viele; sie fallen fast immer aus dem dünnen Rahmen des Geschehens und verdichten sich manchmal zu braven Ansprachen, wie sie die Räsonneure alter Stücke an den stummen Partner und die Zuhörer zu halten pflegten. Der

Schriftsteller monologisiert. Manchmal wird es ganz schlimm: «Arbeitermord setzte ein», oder: «So lag die psychologische Situation» – also das ist Zeitung, und nicht einmal sehr gute. Arbeitermord kann nicht ‹einsetzen›; dies verkorkste Wort ist dem Rotwelsch des Militärs entnommen und paßt hier gar nicht her – was, Glaeser, hast du in diesem Augenblick gesehen? gehört? gerochen? gewittert ... wie hat die Straße ausgesehen, wie war das alles? Hier sollte das Seziermesser des Epikers ansetzen. Der nicht so ein fatales Schlagwort von der «psychologischen Situation» übernehmen darf – er zeige sie. Formulieren möge nachher der Leser.

Aber alles das verschwindet hinter der Gesinnung eines solchen Buches. Und die habe ich nicht verstanden.

Nicht etwa, weil man sie parteimäßig nicht festlegen kann; darauf kommt es nicht an. Doch habe ich nicht verstanden, was der Autor will; alles ist vieldeutig, schillernd, steigt auf und legt sich wieder wie Nebel, dampft empor, quillt und wogt ... Wer ist dieser Freiheitsheld, der versagt? Was soll das alles? Ich habe es nicht verstanden. Natürlich steht Glaeser gegen die Offiziere, die da morden lassen – natürlich. Aber das genügt doch nicht ...

Und da ist eine herzlich unmotivierte Zeitlupendarstellung eines Coitus, auch dies sagt nichts, was man nicht hundertmal gelesen hätte ... Bei solchem Unmaß verlogener Prüderie, wie sie heute in Deutschland produziert wird, muß hinzugefügt werden, daß ich mich nicht durch den Stoff, sondern durch seine künstlerisch unzulängliche Behandlung verletzt fühle.

Ich kann mit diesem Buch wenig anfangen. Weil ich aber grade auf dem Gebiet der Tendenzliteratur viele merkwürdige Erlebnisse gehabt habe, so setze ich meiner Schreibmaschine ein Megaphon auf und sage:

Ich kann mit diesem Buch wenig anfangen. Das kann an mir liegen. Und deshalb ist der Autor, der eine der saubersten und anständigsten Erscheinungen der jüngern Generation ist, noch lange kein wilder Höllenhund. Er hat Anspruch darauf, gehört zu werden. Der Mann hat episches Talent. Er hat auch einen leisen Humor. Möge er sein Talent von keinem Stoff und von keiner Doktrin auffressen lassen.

BALLADE

Da sprach der Landrat unter Stöhnen:
«Könnten Sie sich an meinen Körper gewöhnen?»
Und es sagte ihm Frau Kaludrigkeit:
«Vielleicht. Vielleicht.
Mit der Zeit ... mit der Zeit ...»

Und der Landrat begann allnächtlich im Schlafe
laut zu sprechen und wurde ihr Schklafe.
und er war ihr hörig und sah alle Zeit
Frau Kaludrigkeit – Frau Kaludrigkeit!

Und obgleich der Landrat zum Zentrum gehörte,
wars eine Schande, wie daß er röhrte;
er schlich der Kaludrigkeit ums Haus ...
Die hieß so – und sah ganz anders aus:
Ihre Mutter hatte es einst in Brasilien
mit einem Herrn der bessern Familien.
Sie war ein Halbblut, ein Viertelblut:
nußbraun, kreolisch; es stand ihr sehr gut.
Und der Landrat balzte: Wann ist es soweit?
Frau Kaludrigkeit – Frau Kaludrigkeit!

Und eines Abends im Monat September
war das Halbblut müde von seinem Gebember
und zog sich aus. Und sagte: «Ich bin ...»
und legte sich herrlich nußbraun hin.
Der Landrat dachte, ihn träfe der Schlag!
Unvorbereitet fand ihn der Tag.
Nie hätt er gehofft, es noch zu erreichen.
Und er ging hin und tat desgleichen.

Pause

Sie lag auf den Armen und atmete kaum.
Ihr Pyjama flammte, ein bunter Traum.
Er glaubte, ihren Herzschlag zu spüren.
Er wagte sie nicht mehr zu berühren ...
Er sann, der Landrat. Was war das, soeben?
Sie hatte ihm alles und nichts gegeben.
Und obgleich der Landrat vom Zentrum war,
wurde ihm plötzlich eines klar:
Er war nicht der Mann für dieses Wesen.
Sie war ein Buch. Er konnt es nicht lesen.
Was dann zwischen Liebenden vor sich geht,
ist eine leere Formalität.

Und so lernte der Mann in Minutenfrist,
daß nicht jede Erfüllung Erfüllung ist.
Und belästigte nie mehr seit dieser Zeit
die schöne Frau Inez Kaludrigkeit.

EINE STIMME

Manchmal, sehr manchmal, wenn es nachts ganz still ist und ich grade so nachdenke, warum ich nicht lieber schliefe ... dann höre ich eine Stimme. Ich sehe niemand – ich höre nur die Stimme. Es klingt wie: «Schuttz –!» Das kann man nicht verstehn; ich aber weiß, wer das ist.

Es ist dein seliger Kaiser. Er zog sich doch am Tage etwa dreiunddreißig Mal um; vormittags war er Fußfanterist, nachmittags Kavallerist, aufs Klosett ging er wahrscheinlich als Pionier, und im Badezimmer hatte er eine Admiralsuniform und eine Torpedopfeife statt einer Klingel ... nun lacht nur nicht: in den ‹*Fliegenden Holländer*› ist er ja historischerweise als Seeoffizier gegangen. Nun gut, das ist vorbei. Nein: der ist vorbei.

Und er hatte einen Kammerdiener, der zog ihn an und aus und legte ihm seine Kostüme zurecht, in denen er auftrat. Schulz hieß der Kammerdiener, der alte Schulz. Und ob das nun von den zahlreichen Memoiren kommt, die unsereiner so lesen muß, oder wovon sonst: manchmal fühle ich, wie sich der Kaiser umzieht, den Raum sehe ich nicht, ihn sehe ich auch nicht ... aber ich höre ihn. «Schulz!» ruft er. Kurz. Wie ein Schuß.

Der Kammerdiener ist nebenan – gleich wird er antworten und hereingeknallt kommen, eine Bewegung zwischen ... «Mit einer Verbeugung, die ein Mittelding zwischen Kratzfuß und Todesangst war», hat Eulenburg einmal einen Hofrat beschrieben, der Bismarck die Post vorlegte. So ähnlich wird der Kammerdiener hereinkommen, die Angst nur gemildert durch langjährige Gewohnheit, eine Art Tierbändiger-Gemütlichkeit. Aber was er sagt, das höre ich nicht mehr.

Merkwürdigerweise rieche ich die Szene. Jede Zeit hat ja ihren bestimmten Geruch, so, wie jedes Land – schade, daß man nicht ein Pröbchen Kriegsluft hat aufbewahren können. Der Kaiser war ein körperlich sauberer Mann, aber man mag ihn nicht riechen. Um ihn ist übrigens jene Atmosphäre von Herrengeruch der neunziger Jahre ... etwas Strenges, Leder, Zigarettenrauch, ein Parfum und die Körper der Herren ... ja. So riecht die Stimme, ich höre sie mit der Nase. «Schuttz!»

50 000 Mark im Monat. Von deinen Steuern.

AUF DEM NACHTTISCH

Abends, wenn ich im Bett liege, muß ich mich immer so éëërgern ... (Merk: ärgern – das ist böse und einmalig; éëërgern aber ist lange, sanft, süß-sauer und überhaupt.) Ich muß mich so éëërgern, weil sich wieder achtmal etwas ereignet hat, das ich da benannt habe: Die Technik spielt. Denn wir sind schrecklich weit fortgeschritten. Wir können von Berlin nach San Francisco telefonieren. Wir können in die Stratosphäre steigen. Die Leute können im Flugzeug über dem Atlantischen Ozean ein Rundfunkkonzert hören. Nur eine Schreibmaschine anständig reparieren, das können sie nicht. Oder eine Schraube am Auto so anziehen, daß sie länger hält als vierzig Kilometer, das können sie auch nicht. Und in jeder Wohnung ist immer grade etwas entzwei, und «Ich habe schon dreimal telefoniert, aber...» Das können sie alles nicht. Die Technik spielt. Sie bauen immerfort neue Modelle – aber die alten funktionieren nicht richtig, und es gibt auch keine richtigen Ersatzteile ... Ich habe den falschen Beruf erwählt. Ein Schriftsteller muß anständige Ware liefern. Man hätte sollen Schlosser werden oder Schreibmaschinenmann oder so etwas ... die liefern ihren Schund, oder sie liefern ihn auch nicht, wie es ihnen grade einfällt, und bezahlen bezahlen wir doch. Die Technik spielt. Und ich muß mich so ééérgern. Und nun wollen wir uns eins lesen.

‹Deutsche Literatur, Sammlung literarischer Kunst- und Kulturdenkmäler in Entwicklungsreihen› (bei Philipp Reclam jun. in Leipzig). Das Unternehmen scheint besser als sein schwerfälliger Titel. Walther Brecht, Dietrich Kralik und Heinz Kindermann haben sich da eine gewaltige Aufgabe gestellt: sie wollen aus ältern und neuern Epochen der deutschen und auch außerdeutschen Literatur auswählen und die Auswahl systematisch herausgeben: Heldendichtung. Geistliche Dichtung. Mystik. Drama des Mittelalters. Volks- und Schwankbücher. Reformation. Barock. Aufklärung. Und so fort. Und so fort. Das Unternehmen soll zweihundertundfünfzig Bände umfassen. Zwei Proben liegen mir vor.

Politische Dichtung: *‹Vor dem Untergang des alten Reichs›*. Und: *‹Die Dichtung der ersten deutschen Revolution›*.

Da ist vor allem ein Einwand zu erheben: die Bände sind viel zu teuer. Jeder kostet gebunden acht Mark und fünfzig. Gewiß haben die Herausgeber eine große Arbeit geleistet, aber Autorenhonorare sind hier nicht zu zahlen, denn die ausgewählten Dichter sind heute frei, und so rechtfertigt sich der Preis nicht. Und wenn mir die Verleger, die sich ja selber mit diesen unsinnigen Preisen schädigen, wer weiß was erzählen: hier stimmt etwas in der Berechnung nicht. Der Verleger überlege, was er seinen Buchhaltern zahlt – so viele Buchhalter-Arbeitsstunden ist das Buch nicht wert. Und nur danach geht es, und wenn der Verleger etwa so zynisch wäre, zu sagen: «Meine Buchhalter sollen es ja auch nicht kaufen», so befolgt er damit nur die dümmste aller Praktiken – die Konsumkraft des Volkes noch mehr herunterzusetzen und so zu tun, als zahlten die andern Arbeitgeber mehr. Das ist nicht wahr. Wer soll sich denn den Kauf der *‹Politischen Dichtung›* leisten? Ich bin kein Hungerleider. Aber ich kann sie mir nicht kaufen – so viel verdiene ich nicht. Und sie ist auch, siebenreihig, wie sie ist, ihre sechzig Mark nicht wert. Hier stimmt etwas nicht.

Die Arbeit ist, nach zwei Bänden zu urteilen, sauber gemacht. Bei einer von bürgerlichen Akademikern vorgenommenen Auswahl politischer Dichtung taucht natürlich die Frage nach einer etwaigen Tendenz und nach der Unparteilichkeit auf. Nun, innerhalb des Rahmens einer Universität und eines Seminars ist das musterhaft. Der Rahmen ist abzulehnen: die Einleitungen sind brav nationalliberal; es fehlen auch die unterirdischen Erzeugnisse dieser Literatur fast gänzlich – es gibt da besonders aus den achtundvierziger Jahren viel, viel mehr (siehe beispielsweise die kleine Sammlung *‹Gift und Galle›*, herausgegeben von Ernst Drahn; bei Hoffmann und Campe in Berlin erschienen). Das fehlt. Was aber da ist, ist sauber ediert, und man lernt eine ganze Menge.

Wie man sich erst wieder in die alten Zeiten hineinarbeiten muß! Wie der Funke nicht gleich überspringt, wenn es sich um Durchschnitts-Talente handelt! Wie dergleichen oft einer Bierzeitung gleicht, einer Klassenzeitung, deren Leser schmunzelnd jede winzige Andeutung verstehen, weil sie wissen, wer mit ‹Tyrann› und ‹Eunuchen› und mit dem ‹stolzen Neufranken› gemeint ist. Wir andern wissen es auf Anhieb nicht. Wir haben es gelernt; wir können auch in den Anmerkungen nachsehen – aber wir fühlen es nicht sofort und nur, was unmittelbar bekannt und vorhanden ist, eignet sich zur satirischen Wirkung. Kommt hinzu, daß besonders das Bürgertum, der Träger der damaligen Bildung, im achtzehnten und in der Mitte des neunzehnten Jahrhunderts den letzten Ausläufer des Humanismus darstellte, und nun also – für unsre Ohren – zopfig und später leicht staubig gedichtet wurde: alles ist behangen mit römischen und griechischen Allegorien, die einfache Empfindung fast immer übersetzt in einen Jargon der ‹Bildung›, weil man das häufig mit Dichtung gleichsetzte ... eine merkwürdige Lektüre! Aber eine lehrreiche. Und eine vergnügte Revolution war das, 1848! So viel guter Wille und so viel Zipfelmütze ...! Bei dieser Gelegenheit: lest Ernst Moritz Arndt. Ihr werdet wunderschöne Entdeckungen machen – denn deutsch schreiben, das konnte er. Diese Bücherreihe wird trotz ihres hohen Preises und trotz der braven Auswahl für den, der sein Gebiet exakt bearbeitet, unentbehrlich sein. Er wird sie sich nur nicht kaufen können.

Etwas kaltes Wasser wäre nicht schlecht. Aeh – der Hahn ist kaputt. Der Hahn vom kalten Wasser ist kaputt. Es gibt nur warmes. Wollen wir zu Vischer beten, dem mit der Tücke des Objekts? Ich will eine neue Tücke erfinden: die Tücke der Subjekte. Ach, muß ich mich ééérgern ... Ärgern wir uns gleich über das nächste Buch mit. Aber das lohnt nicht.

Das nächste Buch ist ‹*Was nicht in die Zeitung kam*› von S. M. von Propper (erschienen bei der Frankfurter Societäts-Druckerei in Frankfurt am Main). Probe und Beispiel, wie ein Journalist nicht sein soll, wie eine Presse nicht sein soll ... ich erwähne das Buch nur so nebenbei, weil es einen Typus darstellt. Der Waschzettel meint, das sei ein «Kompendium weltgeschichtlicher Anekdoten, ein Blick hinter die Kulissen ...» Mitnichten. Es steht etwa auf der Stufe jener ‹amüsanten genfer Anekdoten›, über die sich die Auguren halb tot lachen, und die ihnen deshalb witzig vorkommen, weil die handelnden Personen so oft durch den Fettdruck der Zeitungen gezogen worden sind. Eine Geschichte wird nicht dadurch besser, daß Calonder in ihr eine Rolle spielt – das sind Schulwitze. Jedes Milieu versteht nur seinen eignen Humor. Dieser Propper, der in Petersburg gearbeitet hat, erstirbt nun vor der Größe der damaligen zaristischen Machthaber und überbietet sie durch eine unerträgliche Wichtigtuerei. Typisch für diese Sorte Journalismus, den es auch heute noch in zahlreichen und wenig schönen Exemplaren gibt, ist seine Neigung, nicht nur zu referieren sondern die Weltgeschichte gleich ein bißchen mitzumachen. Er dampft vor Eifer, und der Politiker läßt die Herren lächelnd machen. Und nutzt sie aus. Dafür kriegen sie dann eine ‹Nachricht›. Ach, diese überschätzten Nachrichten ...! Wie das grade immer nur für einen halben Tag gilt, diese Sensationen, dieses Allerneuste, diese ‹Bombe, die in der Sitzung geplatzt ist› ...! Einen Tag später kümmert sich kein Mensch mehr darum. Propper hat vieles gesehen und nichts. Kein Blick, kein Aspekt, kein Horizont. Aber lauter klitzekleine Klatscherein, Durchstecherein, Intrigen, hinterbrachte Nachrichten, Diskretionen, Indiskretionen ... das ist nichts.

Jetzt ärgert es sich schon in einem hin ... Nein, Ärger ist nicht das richtige. Hier dieses Büchlein soll uns nicht die Ruhe stören – wir wollen es nur noch einmal durchsehen. Man reiche uns eine Feuerzange. Sowie zwei kräftige Lederhandschuhe. ‹*Mord an der Zukunft*› von Hjalmar Kutzleb (erschienen im Widerstands-Verlag in Berlin). Saubere Ausstattung, schöner Druck; bebildert hat das Buch A. Paul Weber, ein Kind von Doré und Kubin, ein begabter Mann. Mord an der Zukunft?

Kutzleb (u wie Otto) meint, Deutschland morde seine noch ungeborenen Generationen. Und das tut er nun dar.

Dieser Deutsche schreibt kein gutes Deutsch. Für gut hält er alte deutsche Wörter, die er deshalb nicht zum Leben erwecken kann, weil er selber ein Toter ist. «Der Intellektuelle ist der geile Verstand und die gelte Lende, der güste Schoß.» Das ist deutsch. «Nicht jeder

Denkende ist ein Intellektueller, das ist erst der Mensch des souveränen und schlechthinnigen Verstandes, der des Glaubens Unfähige, der dem organischen Sein Entfremdete.» Das ist auch deutsch. Es läßt sich hier einmal an einem schönen Beispiel dartun, wie unsinnig diese törichten Puristen Fremdwörter übersetzen. Man sagt zum Bespiel: «Konkurs der SPD». Sehr schön ist der Ausdruck nicht – doch haben sich militärische und kaufmännische Vergleiche aus begreiflichen Gründen in die deutsche Sprache eingenistet. Gut. Jetzt Kutzleben: «Wir besitzen ein klassisches Zeugnis für den Bankbruch der geschlechtlichen Erziehung der Jugend ...» Bankbruch? Wessen Bank ist denn da gebrochen? Ah – er meint: Konkurs. Und sieht nicht, daß er, anstatt Fremdwörter zu verteutschen, lieber Begriffe verbessern sollte, denn die geschlechtliche Erziehung der Jugend ist kein Bankunternehmen, und der Ausdruck ‹Konkurs› ist hier genau so schlecht wie ‹Bankbruch›. Und daß da zwei abhängige Genetive nacheinander stehen, hört der Teutsche auch nicht. Welch ein Tintengermane!

Mit der Bildung geht es ihm so, daß er das kleine Büchlein *‹Nixchen›* dem verstorbenen Hans von Gumppenberg zuschreibt; er ist zu faul, nachzusehen, daß es von Hans von Kahlenberg stammt, und das ist eine Frau. Über Berlin hat er Ansichten wie ein kleiner zorniger Schultyrann aus Probstheida; von Mussolini, dem wohl nichts so vorzuwerfen wäre als die gradezu infame Art, wie er die Auslandsitaliener behandelt: «Man mag über Mussolini denken, wie man will, die Art, wie er die italienischen Auswanderer mit feinen, aber festen Fäden an die Heimat bindet ...» Man sollte Herrn Kotzleben mit feinen, aber festen Fäden an einen Baum binden und ihm fünfundzwanzig hinten drauf zählen, und zwar, weil er dieses hier geschrieben hat: «Der Intellektuelle quietscht wie ein gestochnes Schwein, wenn einer seines Gelichters, er mag Maximilian Harden alias Witkowski heißen und mit literarischer Giftmischerei, mit verlarvtem Landesverrat, mit Erpressergeschäften ein Vermögen und einen sogenannten Namen erschoben haben, endlich einmal, leider ohne vollen Erfolg, der Rächerfaust zum Opfer fällt ...» Gewalttätigkeiten sind niemals ein Argument – der Herr macht es einem ein bißchen schwer, an diesem Satz festzuhalten. Einen Toten zu beschimpfen, ihn mit den dreckigsten Verleumdungen zu schmähen, mit Behauptungen, von denen jede einzelne eine Lüge ist – das ist wohl sehr germanisch. Der Rächerfaust zum Opfer ...? Ich habe die Rächerfäuste damals im Gerichtssaal gesehen; es war das jämmerlichste Gesindel, das man sich denken konnte: herumsaufende Luden, feige bis dorthinaus, armselige und schmierige Analphabeten. So sehen die Helden des Deutschen Hjalmar Kutzleb aus. Man muß sich seine Ideale aussuchen. Der Mann ist übrigens alte Schule – mit den Bestrebungen der nationalen deutschen Jugend hat diese Schweißsocke nichts zu tun. (Auch, wenn er der Autor eines von ihr vielgesungenen Liedes ist.) Aber das sind die Mitläufer des Herrn Hitler. Deutschland, wo bist du —?

Da sieht der französische Nationalismus denn doch anders aus. Sicherlich mühen sich die deutschen jungen Nationalisten, ihre vorläufig noch schwammige und neblige Gefühlswelt so rational zu untermauern, wie das die ‹Action Française› längst getan hat. Zwei Bände Léon Daudets zum Beispiel *‹Paris Vécu›* (Éditions de la NRF Paris) — Rive Gauche und Rive Droite — sind höchst amüsant zu durchblättern. Dieser Daudet ist ein Ekel, ein dicker Kapaun, der furchtbar kreischt, wenn man ihm sein Fressen wegnimmt, und der kreischt, wenn er es gefressen hat, und der nur dann still ist, wenn er grade ißt. Denn vom Essen versteht er wirklich etwas. Was eigentlich für den Mann spricht — aber er ist ein solcher Schmierfink ... Doch wie hoch steht das noch über solchen Helden wie dem da eben! Da spaziert Daudet also durch zwei Bücher und durch Paris, und an jeder Ecke fällt ihm etwas ein: eine Bosheit, eine Erinnerung, ein persönliches Erlebnis, eine geschichtliche Tatsache, die sich in diesem oder jenem Viertel abgespielt hat ... es ist ein weiter Weg von diesem Daudet zu jenem Kutzleb. Es ist gar kein Weg. Daudet ist ein schlechter Mensch — Herr Kutzleb ist ein Kaschube.

Und nun wollen wir uns gar nicht mehr ééérgern, sondern uns einmal aus Herzensgrund freuen. Ich habe ja schon oft gesagt, daß ich das Wettrennen um die ‹Neuerscheinungen› nicht mitmache — es ist mir ganz gleich, wann ein Buch erschienen ist ... traurig, daß durch diese alberne Hetzerei das Buch vom vorigen Monat nicht mehr gekauft wird, weil es nicht ‹neu› ist.

‹Roda Rodas Roman› ist nicht neu; das Buch (im Drei Masken-Verlag in München erschienen) ist fünf Jahre alt. Und frisch wie am ersten Tag.

Nein, nicht was Sie meinen. Gar keine Sammlung von Anekdoten. Wobei denn immer mal wieder zu bemerken wäre, wie unrecht man Rodan damit tut, wenn man ihn etwas geringschätzig auf ‹nur Anekdoten› festnageln wollte. Nur? Der Mann hat der Anekdote unsrer Zeit ihre Form gegeben; niemand — auch ich nicht — könnte so exakt-salopp erzählen, wenn er uns das nicht gezeigt hätte. Sein Deutsch ist musterhaft, sein Stilgefühl unbeirrbar; er ist ein Wunder an Erzählertechnik. Sein Buch aber ist keine schämig verhüllte Witzblattsammlung. Es ist wirklich die Geschichte eines Lebens — eines Männerlebens.

Zugegeben, daß sicherlich viele dunkle Seiten fehlen — peinliche und langweilige, böse und bittere. (Obgleich auch solche darin sind.) Erinnerungen, besonders die lustigen, leuchten ja immer so bunt, wie sie nie gewesen sind — es fehlt nämlich dahinter der graue Zeitteppich von belanglosen Wochen, in denen nichts geschah ... Aber in diesem Buch Rodas ist nun einmal ganz, was diese lächerlichen Helden von der rechten Seite — Bronnen, Salomon, Schauwecker und alle die andern — vergeblich zu schildern suchen, weil sie es nicht sind: hier spricht ein Mann. Wenn diese Kerle das Wort ‹Mann› sagen, dann schütteln sie immer die ... aber das allein ists nicht. Bei Roda ist der männliche Humor, jener Klamauk, der nur unter Männern gedeiht; hier wird gesoffen und geritten, geliebt und gefochten, und wenn auch von der sozialen Struktur dieser eigenartigen österreichischen Armee wenig zu spüren ist —: das ist eines der wenigen Soldatenbücher, die unsereiner lesen kann. Österreich ist nicht Preußen ... Barock ist da und der Katholizismus ist da, Landwein und ein linderer Himmel — man riecht, man schmeckt, man trinkt das Buch. Aus tausend Einzelheiten nur eine: Die Truppe kommt im Manöver durch ein kleines Bad, Daruwar. Halt und kurze Rast. Eine Frau sieht aus einem Villenfenster. Der Leutnant Roda bittet um Wasser. Und geht hinein. Und bekommt das Wasser und alles andre, in den paar Minuten. Und wie das erzählt ist, in zwanzig Zeilen, hingehauen, lustig, ohne die leiseste Spur von Hahneneitelkeit —: so ist der ganze Mann. Dazu Ansätze von Weisheit, wie sie nur die Nähe des Orients erzeugen kann, vom Unwert der Zeit, vom Unwert des Ruhms ... das sei für jeden, der lesen und leben kann, ein Lieblingsbuch. Die große Liebesepisode in der zweiten Hälfte gebe ich gern ab. Alles andre aber habe ich wohl schon viermal gelesen, und man wird nicht dümmer davon.

Kein Nachttisch ohne Kriegsbücher. Ich kann nichts dafür ... «Habe ich den Krieg gemacht?» sagt die beleidigte Tante bei Marcellus Schiffer. Die Tante hats gut — sie braucht die Schmarren wenigstens nicht zu lesen. Eine der Ausnahmen: ‹*Schreib das auf, Kisch!*› Die Neuausgabe eines alten Kriegstagebuches von Kisch, mit ein paar meisterhaften Schilderungen, die in jedem Lesebuch stehen sollten. (Erschienen bei Erich Reiß in Berlin.) Niemand kann sagen: So war der Krieg. Er kann nur sagen: So war mein Krieg. Man muß sich das Gesamtbild aus Bildchen zusammensetzen. Kisch gibt solcher Bildchen gar viele. Und der Übergang über die Drina gehört in ein literarisches Museum.

Kein Nachttisch ohne Kriegsbuch. ‹*Sittengeschichte des Weltkrieges*› von Magnus Hirschfeld und Andreas Gaspar (erschienen im Verlag für Sexualwissenschaft Schneider & Co., Leipzig). Hm ...

Hm — wegen der Bilder. Die sind ja nun wohl mehr für das Publikum, das das ‹Pikante› sucht ... ich suche es nicht. Mich gelüstet nicht danach: aber mir wäre eine handfeste Schweinerei lieber als diese gerafften Röckchen. (Diesen Satz werden wir, gefälscht, in den völkischen Zeitungen wiederfinden.) Es ist viel dummes Zeug unter diesen Bildern. Sehr bezeichnend sind sie, aber wohl nur für die Zeichner, die die Begriffe ihrer Vorkriegserotik munter an die Schützengräben herantrugen – die Mädchen und die Soldaten sehen alle aus wie Figuren aus den *‹Lustigen Blättern›*, Jahrgang 1911. Es scheint, daß die Gestaltung eines Ereignisses nie während des Ereignisses vorgenommen wird – sondern erst hinterher.

Der Text steht weit über den Bildern. Er drückt sich zwar, was die Rolle und die Tätigkeit der deutschen Besatzungsarmeen, und besonders was ihre Offiziere angeht, um die entscheidenden Punkte herum ... hier sind Konzessionen unverkennbar. Aber das Buch bringt viel neues und gutes Material – man sieht aus den Zeilen viel mehr, als man aus den Bildern lesen kann. Welch eine Schweinerei ist das gewesen –! Diese überstürzte Urlaubsliebe, bei der die Frau gefühlsmäßig immer hinter dem Mann zurückbleiben mußte; die Sauerei der Etappe, wo die Gonokokken bellten; die überhitzte Phantasie der Männer, wenn sie nicht grade in Gefahr waren – dann dachte wohl kaum einer an Weiber ... Eine wirklich schöne Bildseite hat das Buch. Seite 177. Unten: Französisch-amerikanisches Plakat gegen die Zoten: «Wenn du von Frauen sprichst, denke an deine Mutter, deine Schwester und deine Braut, und du wirst keine Dummheiten reden.» Wie niedlich! Das hatte sich bestimmt eine fromme Dame im Hinterland ausgedacht, und ein Zeichner, der grade von Muttern kam, hatte das gezeichnet. Darüber: die Schützengrabenzeichnung eines französischen Soldaten. Ah, mon vieux, das ist ein Ding! Eine verschmierte Sache mit einer gekritzelten Sphinx, mit phallischen Formen und von einer Eindringlichkeit des Begehrens, von einer tiefroten Dumpfheit, daß man schaudert. Das Buch hat zu wenig abschreckendes Material – es ist kein Gegengewicht gegen die unendliche Kriegspropaganda und die Reklame, die für teures Geld und mit vielen Pastoren, Fahnen, Denkmälern, unbekannten Soldaten, Manövern und Ministerreden auf der ganzen Welt für den Krieg gemacht wird. Und die Hämmel glauben das. Und laufen nächstes Mal wieder hinein. Gute Verrichtung! Aber jammert nicht hinterher. Ihr habt es so gewollt.

So – nun einmal nicht Krieg. Wenigstens keinen uniformierten. Christa Anita Brück. *‹Schicksale hinter Schreibmaschinen›* (erschienen im Sieben-Stäbe-Verlag in Berlin). Die Angestelltenfrage ist durch das Buch Kracauers *‹Die Angestellten›*, auf das ich noch zu sprechen kommen werde, in Bewegung gekommen. Die Spezialisten toben wild umher – sie haben Jahrzehnte verschlafen, und nun kommt da so ein Außenseiter! Während doch sie das gesamte Propplem gepachtet haben ... Gott segne sie.

Die Frau Brück hat der liebe Gott leider nicht gesegnet. Diese Angestelltengeschichte ist ein Schmarrn. Aber es ist gut, die Nase in so etwas hineinzustecken – man lernt viel. Nicht, was die Verfasserin uns lehren will; das ist dummes Zeug. Ihre Heldin ist edel, hilfreich und gut ... drum herum gibt es viele Neider und Feinde ... das muß ich schon mal irgendwo gehört haben. Und im übrigen: die dumme Liebe! Es sind und bleiben Einzelschicksale; ein Kollektivschicksal wird nicht dadurch gestaltet, daß man von Zeit zu Zeit durchblicken läßt, so ergehe es andern auch...

Also aber spricht die Dichterin: «Der akkurateste Scheitel, die blankpoliertesten Fingernägel, der neumodischste Schlips, die gelbsten Handschuhe, die man sich denken kann, ein goldenes Kettchen ums Handgelenk, immer nach Eau de Cologne duftend, fünfundzwanzig Jahre alt, das ist Pehlke, der Sohn eines Kellners.» Hört ihr, was dabei in der Stimme der kleine Bürgerin zittert? Ein Kellner! Der Sohn eines Kellners! Sie sollte sich ja nicht über Max lustig machen, der eine Mark mehr bekommt und sich ‹Expedient› nennen darf – darauf fallen alle die herein, die den Sohn eines Kellners für ein Ding dritter Ordnung halten. Und sie dürfen sich dann nicht wundern, die Angestellten, Verzeihung: die Herren Angestellten, wenn der Chef sich auf Seite 148 also gibt: «Sind Sie verrückt geworden?» brüllt er. «Sie haben nicht Ihresgleichen vor sich. Sie stehen vor Ihrem Chef!» Und die ganze Mediokrität, das ganze kümmerliche, wehrlose Angestelltenproletariat, das nicht von seiner falschen Bürgerlichkeit lassen kann, spricht aus dem nächsten Absatz: «‹Allerdings› – ich finde ein eisiges Lächeln, ich würde mir niemals einfallen lassen, diesen – Chef mit meinesgleichen zu verwechseln.» Und nun ist der Chef ja wohl besiegt.

Also: Fräulein Gretchen Piefke als feine Dame, mit 185 Mark monatlich. Aber feine Dame. Unbrauchbar, das Buch. Ein Hilfsmittelchen, die Seele der Angestellten zu erkennen. Es gibt auch andre, ich weiß. Immerhin, und das haben wir bei Kracauer gelernt und nicht bei den geschäftigen Gewerkschaftsbonzen, die dem Angestellten schmeichelnd etwas vorlügen, wenn sie ihm keinen bessern Tarif herausschinden können, weil der Angestellte nicht kämpft –: immerhin ist dieses Bewußtsein ein reales Faktum, das heute noch stärker ist als die Klassenlage. Es wird schon ein strenger Marxist kommen und uns erzählen, daß das im Marxismus vorgesehen sei. Darauf kommt es nicht an. Es kommt vielmehr darauf an, die Angestellten zu wecken und ihnen nicht nur Versprechungen zu geben. Wenn sie sich nichts vom Marxismus, wenig vom Sozialismus und alles von einer evolutionären Reform versprechen –: an wem liegt das?

So spät ist es ... dreiviertel drei. Die Uhr steht! Gottverdammich! Da soll doch den Uhrmacher – Da soll doch den Uhrmacher der Schreibmaschinenmann holen und den der Badestubenmann und den der elektrische Mann und den der Gasmann und alle zusammen – ich muß mich so ééérgern. Es ist wirklich spät, der Mond steht hinter den Tannen; dann ist es spät. So hören die alten Romane auf ... Da wollen wir mal rasch einen rumschlafen. Gute Nacht!

ist ... was? «Die Zinnfigur ist das vornehmste Lehr- und Anschauungsmittel.» Also ist der Bleisoldat einem deutschen Verein in die Finger gefallen. Und da liegt er nun.

‹*Der Standhafte Zinnsoldat; Nachrichten für Liebhaber der Zinnfigur. Monatlich erscheinende illustrierte Zeitung für Zinnfigurensammler.*› Wat se all maken ... Ich habe eine Zeitschrift der Totengräber, aber eine für Zinnsoldaten ...

Die Sache fängt mit einem ‹*Deutschen Bekenntnis*› des Generals Clausewitz an, und nun brauchen wir ja wohl nicht weiterzulesen. Dieser Zinnsoldat ist nicht aus Zinn. Er ist aus dem Blei gemacht, aus dem die Flintenkugeln gegossen werden. Es ist auch ein richtiges ‹Kriegsspiel› in dem Blättchen; die Franzosen stehen bei Greifswald, die 2. Jäger-Division wird um 12 Uhr in Wittstock verladen, ... ich wäre für Zinnowitz ... kurz: hier tobt sich jener Geist der ‹Wehrhaftigkeit› im kleinen aus, der im großen der Welt weismachen will, es seien nur die bösen Feinde Deutschlands, die das Land so unruhig machten.

Und was es da alles zu kaufen gibt! «Geländezubehör, Ziehbrunnen, Strohdiemen, Gräben, Zäune ...» es ist alles da. «Demnächst soll weitererscheinen: 1 preuss. Hauptmann z. Pf., 1 franz. Kapitän z. Pf.» Herrschaften, da fehlt was. Ihr habt nicht alles.

Es fehlt: 1 halbverweste Leiche; dieselbe, ohne Kopf; 2 franz. Verwundete, mit heraush. Gedärm; 1 preuss. Hauptmann mit erhobenem Revolver; 4 preuss. Arbeiter, davon 2 auf Erde liegend. Geländezubehör: eine Wand, an ihr 6 preuss. Proletarier mit verbundenen Augen; 1 Leichenhaufen. Sowie das Prachtstück jeder Sammlung: Offizierskasino in großer Zeit; dasselbe, unter den Tischen liegend.

Andersen: «Da nahm der kleine Knabe den Soldaten und warf ihn grade in den Ofen und gab gar keinen Grund dafür an; es war sicher der Kobold in der Dose, der schuld daran war.» Das walte Gott.

AN FRAU VON OHEIMB

Gönn mir das traute Du. Ich kann vor Lachen
dich ja nicht siezen – nimm mir das nicht krumm!
Sag mir nur eines: Was sie bei dir machen,
siehst du das nicht – den Fez um dich herum?
    Die gehrockeingebundnen Bürokraten,
    die Talleyrand-Kopien der Diplomaten,
    der aus Liberia – und selbst der aus Minka ...
        Kathinka –!

Ach, ihr beklagt in wichtigkeitsgeschwollnen
und schönen Reden diese Not der Zeit.
Um Autokühler die kameelhaarwollnen
Schutzdecken ... Damen mit dem Schleppenkleid ...
Du bist so selig, wenn die Schmöcke schreiben.
Ihr quatscht und quatscht. Die Dividenden bleiben.
Es flirrn und flirten Tee- und Kaffee-Trinker ...
Kathinka –!

Die Republik gibt sich in deinen Räumen
ein Stelldichein. O stell sie wieder weg!
Schlafwandler sind sie, die regierend träumen ...
und die Reformen sind wie Teegebäck.
Und blickte Salomo auf diese Scheitel,
er spräche: Hier ist alles eitel.
Auf hundert rechte Gäste kommt ein linker ...
Kathinka –!

Kathinka, gutes Kind!
Du bist so niedlich
und hältst dich für den Nagel der Saison.
Geh, hör gut zu – ich sag dirs friedlich:
ne gute Stube ist noch kein Salon.
Du weißt von Politik auch nicht die Bohne.
Hörst du den Schritt der Proletarier-Bataillone?
Du kommst zu spät.
Denn unsre Zeit ist flinker
als du, Kathinka.

SO ETWAS WÄRE IM AUSLAND NICHT MÖGLICH!

«Ja, ja, Mohrchen», läßt Th. Th. Heine im ‹*Simplicissimus*› den Fürsten Bülow mit Engelsflügeln sagen, «soviel Mut hätten wir bei Lebzeiten haben sollen! – Schade, daß Wilhelm es uns nicht erlaubt hat!»

Der Vorgang ohnegleichen, daß sich ein Volk über das Autofahren bei Chauffeuren unterrichtet, die den Karren dauernd umgeworfen haben, wird nur noch durch die Charakterlosigkeit der Chauffeure überboten. Wie dieses Mohrchen versucht, sich weißzuwaschen, indem es seinen kaiserlichen Herrn, der ihm so oft gepfiffen, scheinbar schützt, in Wahrheit ihn aber auf das unritterlichste preisgibt, das ist mehr als gemein.

Nun, neben den zahllosen Ungenauigkeiten, Unwahrheiten, Halb-

und Ganz-Lügen, die in diesen lächerlichen Memoiren zu finden sind, ist da besonders eine, die denn doch berichtigt werden soll.

Wenn dem Fürsten Bülow etwas Unangenehmes gesagt wird, dann bricht er, an vier, fünf verschiedenen Stellen des Buches, in den Ruf aus: «So etwas wäre in England oder in Frankreich ganz unmöglich!» Was wäre dort unmöglich? Die Kritik am eignen Volk?

Dieser Satz ist eine Lüge. Er ist nicht eine Unwahrheit; er ist eine Lüge. Denn der Fürst Bülow, dessen glitzernde Lackbildung nicht überschätzt werden soll, war immerhin gebildet und vor allem weitgereist genug, um die Wahrheit zu wissen. Und die Wahrheit ist:

Die strengsten Kritiker Englands sitzen im Unterhaus. Die bissigsten Kritiken des eignen Landes stehen in den ‹*Times*›. Die Witze, die ein englischer Minister auf das eigne Regime macht, sind unzählbar. Was öffentliche Redner in England und in Frankreich sagen dürfen, wäre in Deutschland niemals denkbar.

Nun könnte man sagen:

«Diese Leute kritisieren ihr Land aus Liebe – die Gegner Bülows taten es aus Haß.» Das ist Unfug. Die Sozialdemokratie, mit der Bülow zu tun hatte, war schon damals in Wahrheit das, was sie heute ist: eine sanft zum Liberalismus hinüberneigende Partei – sie hat Deutschland übrigens nicht gehaßt. Und jede dieser Kritiken des eignen Landes wurde im Ausland, auf das es hier ankommt, tausendfach überboten.

Dies ist nur ein winziger Webefehler im Lügenteppich dieses feingebildeten Diplomaten. «Herr Bülow lüftet sein Gesäße Vom Stuhl und spricht naturgemäße ...» sagte Ludwig Thoma von ihm. Der ‹*Simplicissimus*› hat den Mann damals schonungslos enthüllt. Es scheint aber, als ob dergleichen nicht nützt und daß noch immer Leute auf einen Mann hereinfallen, der alle seine Lebtage zu feige gewesen ist, dem Kaiser die Wahrheit zu sagen. Der sagte sie ihm nicht immer. In einem goldnen Alphabet Thomas, in dem der unsterbliche Zweizeiler prangt:

> Der Himmel ist des Menschen Ziel.
> Der Hase rammelt ziemlich viel –

steht unter B zu lesen:

> Was in Berlin so vor sich geht,
> erfährt der Bülow manchmal spät.

Und manchmal gar nicht. Und wir erfahren nun in vier dicken Bänden, wie er es niemals erfahren hat. Daß er aber noch nach dem Tode die Deutschen in einer Selbstgefälligkeit bestärkt, die da keinen Tadel ertragen kann, ohne sofort «Landesverrat!» zu brüllen, das wollen wir denn doch anmerken.

Wir sind Zeuge, wie sich Geschichtslegenden bilden. Wenn wir mit unsrer Epoche so in die Geschichte eingehen, wie sie die Memoirenschreiber und die Professoren, so etwa der Tübinger Haller, gestalten —: dann werden wir uns im Jenseits nicht wiedererkennen. Und denen glaubt ihr —? So etwas wäre im Auslande nicht möglich.

DIE KLEINEN PARLAMENTE

«Zur Geschäftsordnung!»

Achtzig intelligente Deutsche: das kann, wenn man sie einzeln vor sich hat, eine herrliche Sache sein. Sie sind nicht so sprunghaft gescheit, wie es wohl viele andere Rassen sind, in ihren Köpfen herrscht Ordnung, die Schubfächer sind aufgeräumt, und es ist eine helle Freude, sich mit ihnen zu unterhalten. Wenn aber dieselben intelligenten achtzig Leute zu einer Sitzung zusammenkommen, dann geschieht etwas ganz Furchtbares.

Hat man einmal beobachtet, daß achtzig Leute, wenn sie vom Teufel der Kollektivität besessen sind, nicht mehr achtzig Leute sind? Daß sie zu einem neuen, unfaßbar schrecklichen Ding werden, das viele Köpfe, aber kein Gehirn hat, das ungestalt, schwerfällig, träge, sich und den andern das Leben schwer macht? Da müssen Sie hineingetreten sein — das müssen Sie gesehen haben.

Die achtzig Mann setzen sich also in einem mittelgroßen Raum zusammen und werden nun, denkt der Unbefangene, ihre Sache durch gemeinschaftliche Aussprache fördern und weitertreiben. Wie? Aber gar nicht. Aber ganz im Gegenteil. Diese achtzig Leute bilden ein kleines Parlament, und das ist der Anfang vom Ende.

Sie sind behext. Sie sind gar nicht mehr sie selbst. Sie sind verwandelt. Was vorher, noch eben, in einer kleinen klugen Privatunterhaltung, klar und faßlich erschien, das wird nun auf unerklärliche Weise verwirrt, wolkig, kompliziert und von einer unauflöslichen Verkettung. Hier ist ein Wunder, glaubet nur!

Der Vorsitzende erhebt sich, ein braver und guter Mann, sein Bauch liegt an einer Uhrkette; aber kaum hat er drei Sätze gesprochen, so erhebt sich eine dünne Fistel: «Zur Geschäftsordnung, zur Geschäftsordnung!» — Nein, die Fistel bekommt jetzt das Wort nicht. Aber dann wird sie eine Abstimmung darüber herbeiführen, ob nach § 17 Absatz 5 der Satzungen der Vorsitzende in der Lage sein dürfte — he? Über diese zu veranstaltende Abstimmung erhebt sich eine Debatte. Schlußantrag zur Debatte. Dringlichkeitsantrag vor dem Schlußantrag. Gegenantrag. Und wenn sie nicht gestorben sind, dann debattieren sie heute noch.

Und die Sache? Und die Sache, um derentwillen man doch immerhin, entschuldigen Sie, zusammengekommen ist? Aber pfeif doch auf die Sache! Aber wer denkt denn jetzt hier an die Sache! Hier gehts um wichtigere Dinge. Hier geht es darum, ob die Vorkommission, die damals von den Vertretern der Ausschußkommission gewählt worden war, auch wirklich legitimiert ist, der Vollversammlung diejenigen Vorschläge zu machen, die . . . «Mir auch ein Bier! Der Herr Vorredner . . .»

Meine Lieben, ihr lacht. Lacht nicht. Man muß das gesehen haben, wie Schornsteinfegermeister und Wäschefabrikanten und Schriftsteller und Kegelbrüder aller Arten – wie alle hierzulande in einen eigentümlichen, fast psychopathischen Zustand verfallen, wenn sie vom Parlamentsteufel besessen sind. Es muß da etwas ganz Eigenartiges in den Gehirnen vorgehen: der Stolz, nun einmal endlich nicht als Privatperson, sondern gewissermaßen als öffentliche Person zu sprechen, die kleine, rührende und unendlich gefährliche Freude, den schlichten Bürger auszuziehen und als Cicero, Mann des Staates und Bevollmächtigter dazustehen: das ist es wohl, was so viel positive Arbeit in einem lächerlichen Wust von Kleinkram untergehen läßt.

«Herr Kollege Karschunke hat das Wort!» – «Ich habe vorher zur Geschäftsordnung sprechen wollen!» – «Herr Kollege Karschunke . . .» – «Satzungsbruch! Unmöglich! Ja! Nein!» (Beifall rechts. Links Zischen. Zuruf aus der Mitte: «Falsche Fuffzijer!» Glocke des Präsidenten.)

Nun hat die Sache neben der komischen Seite eine verdammt ernste. Der gesamte Betrieb ist tief unehrlich und verlogen. Man sagt: «Zur Geschäftsordnung!» und meint: «Herr Pannemann ist ein Schweinehund!» Man sagt: «Der letzte Satz der Resolution enthält unseres Erachtens einen schweren Fehler» und meint: «Dem wollen wir mal eins auswischen!» Nirgends wird so viel persönliche Feindschaft unter so viel scheinbar sachlichen Argumenten versteckt, wie in den kleinen Parlamenten.

Diese scheinbar unbeirrbare Sachlichkeit, dieses ganze Drum und Dran, dieser eherne Apparat von Formeln und Formalitäten ist unwahr. Vor vielen Jahren erlebte ich einmal in einer solchen Versammlung, wie mitten in dem feierlichen Getriebe wegen der schlechten Luft im Lokal eine Resolution eingebracht wurde, die ein Rauchverbot enthielt. Die Resolution sollte gerade angenommen werden – da stand ein kleiner, hagerer Mann auf, bat um das Wort zur Geschäftsordnung und sagte mit Stimme Nummer drei: «Meine sehr verehrten Herren! Ich möchte doch dafür plädieren, daß denjenigen Herren, die eine Tabakspfeife rauchen, wenigstens erlaubt wird, dieselbe zu Ende zu rauchen!» – Er hatte nämlich eine in der Hand. «Zur Geschäftsordnung!» Und wenn dieser ominöse Ruf ertönt, dann muß ich immer an den kleinen Mann mit der Tabakspfeife denken. Ich sehe sie hinter vielen Anträgen brennen.

Aber da sind nicht nur die Fälle offener und versteckter Obstruktion oder persönlicher Interessenvertretung. Wie umständlich ist das alles! Wie humpelt so eine Verhandlung dahin! Wie zuckt jeder, der ein bißchen Blut in den Adern hat, auf seinem Stuhl, wenn er sieht, wie vierzig ernsthafte, ältere, mit Kindern gesegnete Familienväter und zwanzig nicht minder würdevolle Junggesellen in zwei Stunden um einen riesigen Tisch herum nichts als leeres Stroh dreschen! Muß das sein?

Aber sie platzen lieber, als daß sie ihrs nicht aufsagen. Sie müssen das alles sagen – auch wenn sie genau fühlen, daß es die Sache um keinen Zoll weiterbringt. Sie fühlens nicht. Der Drang, sich reden zu hören, die Sucht, unter allen Umständen nun auch noch einen Klacks Senf zu dem Gericht dazuzugeben, treibt sie, aufzustehen, den Männerarm in die Höhe zu recken und mit gewichtiger Stimme zu rufen: «Ich bitte ums Wort. Meine Herren – –»

Liebe Ehefrauen! Wenn ihr wüßtet, welchen Kohl eure Männer in den Versammlungen zu bauen pflegen, in die sie mit so sorgenschwerer Miene zu eilen pflegen, daß ihr denkt: «Ich will ihm lieber doch nicht abreden, es scheint etwas Wichtiges zu sein» – wenn ihr wüßtet, mit welchen Nichtigkeiten und Kleinlichkeiten da die Zeit vertrödelt wird: ihr würdet noch viel böser darüber sein, daß euer Anton abends nicht zu Hause bleibt.

Anton! Wo ist Anton? Generalvollversammlung, Abstimmung, Vorredner, Diskussion, Schluß der Debatte, namentliche Abstimmung, zur Geschäftsordnung, zur Geschäftsordnung!

Und das geht so siebenmal in der Woche in tausend deutschen Bierlokalen, damit wird die Zeit verbracht, damit beschäftigen sich erwachsene Männer und Frauen. Ist das Parlamentarismus? Oder seine Karikatur? Muß das so sein?

Ach, es sind nicht nur die kleinen Parlamente. Auch in den großen . . . Aber das ist ein weites Feld.

BERLINER GESCHÄFTE

Berliner Geschäfte gehen so vor sich:

Eines Tages klingelt dich eine Herrenstimme an. «Ja – Halloh? Ja, hier ist die Internationale Union-Zentrale – wir möchten Sie möglichst bald sprechen – aber möglichst bald! Wann dürfen wir Sie erwarten?» – Du sagst, sie können dich und möglichst bald erwarten. Gut. Und dann gehst du hin.

Es empfängt dich, mit allen Zeichen des Entzückens, ein außerordentlich freundlicher, dicker Mann. Er sagt, er habe schon viel von dir gehört, er sei begeistert, deine persönliche Bekanntschaft . . . ob du nicht Platz nehmen wollest, auch eine Zigarre . . . wie? . . . Ja, also zur Sache. Es handele sich da um etwas ganz Neues. Um etwas absolut und völlig Neues, bei dem man gleich an dich gedacht habe – weil es ohne dich erstens nicht gehe, und weil du überhaupt der geeignetste Mann ... Man wolle nämlich – aber das sei noch ganz vertraulich – man wolle nämlich eine neue Zeitschrift aufmachen. Ach, um Gottes willen! Aber du fällst nicht vom Stuhl, sondern siehst den kleinen, dicken Mann, gesellschaftlich wohl erzogen, wie man dich hat, freundlich an. Ja, sagt der, also eine neue Zeitschrift – und alle ersten Leute würden mitmachen, und du als Zeichner, du müßtest auch. Aber gleich! Aber sofort! Es seien nur noch ein paar kleine Modalitäten, ein paar Formalitätchen ... Kleinigkeiten, nicht wahr ...? Im übrigen pressierte es sehr. Ob du wohl schon morgen abliefern könntest –? Oder vielleicht vorgestern? Aber sofort müßtest du liefern. Sofort. Du verbeugst dich sehr fein und versprichst: Sofort. Gut. Stühlerücken. Händedruck. Mich sehr gefreut. Aus.

Aus.

Nun hörst du nämlich vier geschlagene Wochen nichts mehr von der Internationalen Union-Zentrale. Du hast dich gleich am nächsten Morgen hingesetzt und hast das schönste Mädchenbein unter deinen Modellen abgekonterfeit, den grünsten Wald und den blausten Baldachin überm Himmelbett hast du gemalen – und das Ganze hast du fein säuberlich verpackt und an die I. U. Z. (wie das klingt! so kapitalkräftig!) abgeschickt. Und dann ist es aus.

Vier Wochen hörst du nichts. Dann schreibst du einen zagen Brief.

Nichts. Alle. Zerplatzt. Dann schreibst du einen etwas weniger zagen. Aber gar nichts. Dann telefonierst du. Es meldet sich eine quäkige Kleinmädchenstimme und sagt, als du dein langes Anerbieten heruntergebetet hast, das, was alle Berliner nach einem unerklärlichen Naturgesetz am Telefon sagen: «Einen Augenblick mal!» – Und verschwindet. Und inzwischen trennt dich das Amt und verbindet dich mit der Hebammenanstalt in Neukölln. Und schließlich wird es dir zu dumm, und du machst hin. Zur I. U. Z.

Der kleine, dicke Herr empfängt dich und ist entzückt. Du bist es nicht, aber er ist es. Aber bitte! Und ob du eine Zigarre .. ? Nein, die Zigarre möchtest du nicht. Auskunft möchtest du. Auskunft, was aus deinen Bildern ... und aus der Zeitschrift ...? Ah – deine Bilder –? Und der kleine, dicke Mann zieht aus einem Wust verstaubter Akten deine hübschen Bilder mit dem entzückenden Baldachin hervor und mit dem schönen Modellmädchenbein und sagt: «Ja – ganz reizend! Genau das, was wir von Ihnen erwartet haben! Wissen Sie, ich muß noch mit meinem Sozius darüber sprechen – es sind da noch einige Schwierigkeiten – wir haben zur Zeit soviel zu tun – Nur noch mit meinem Sozius ...!»

Soziusse kommen in Berlin wild vor. Socii sind ein gefährlicher Negerstamm. Man lernt immer nur einen kennen. Der andere ist stets der stärkere und die Seele vons Buttergeschäft. Immer beeinflußt der andere den einen. Deinen. Soziusse sind, was die Unruhe in der Uhr ist. Sie stoppen ab.

Derweil ist viel öliges Wasser den Landwehrkanal hinabgeflossen. Die Wochen schwinden. Du hast schon ganz vergessen, was mit deinen Bildern – Eines Tages gehst du wieder hin, zur I. U. Z. Eigentlich mehr aus Neugier. Weise lächelnd und unendlich abgeklärt. Fern von allem Feuer der Jugend, steigst du die teppichbelegten Treppen hinan. Und der kleine, dicke Mann empfängt dich strahlend.

Was mit der Zeitschrift . . .? Ach, diesen Gedanken habe man längst aufgegeben. «Wissen Sie, die Konjunktur für Zeitschriften ist ja momentan – wie?» Nein, man wolle etwas ganz anders machen. Eine ganz große Sache. Aber eine ganz ungeheuer große Sache. Nämlich: eine Zentralmilchversorgungsanstalt. Und da ergreifst du resigniert deinen Deckel, gehst hinaus und weinest bitterlich.

Und denkst nach. Was ist das nur für eine Stadt? Jedermann läuft herum und ist voll großer Projekte und plant ganz große Dinge. Kein Theatermann, der nicht in der allernächsten Zeit – aber die Sache ist noch vertraulich! – eine neue große Theaterkiste aufziehen wird; kein Filmonkel, der nicht ein Riesenkonsortium an der Hand hat; kein Verleger, der nicht nächstens mal den Leuten zeigen wird, was eine Harke . . .

Und derweil geschieht gar nichts.

Berliner Geschäfte kommen nicht durch ihre Unternehmer, sondern trotz ihrer Unternehmer zustande.

Wird nicht wirklich in dieser gesegneten Stadt ein bißchen viel projektiert? Wird nicht ein bißchen viel hergemacht? Vorschußlorbeer? Wechsel auf die Zukunft? Wie –?

Wird nicht, überall, beim Theater, in den Zeitschriften, in der Kinobranche, etwas reichlich verschwenderisch mit der Kraft der andern, mit der Kraft junger Künstler umgegangen? Die älteren lassen sich das ja nicht gefallen – aber wenn einer *muß*? Wenn einer Geld braucht? Und ihr pumpt ihn voll Hoffnungen, und er liefert Entwürfe . . . Was sind Hoffnungen, was sind Entwürfe –! Übermorgen haben sie alles vergessen: euer Projekt, den Künstler und die Skizzen. Und frohen Herzens stürzen sie sich auf das nächste Ding . . .

«Ihr Gedächtnis reicht nämlich nicht von einem Tage zum andern. Sie haben niemals die Absicht, wirklich ein Unternehmen zu Ende zu bringen. Sie prahlen und schwatzen und machen viel Geschrei, daß sie ein großes Volk sind, und daß der ganze Dschungel demnächst von ihren Taten sprechen soll, aber das Fallen einer Nuß schreckt sie – sie brechen in ein dummes Gelächter aus oder rennen davon, und alles andere ist wieder vergessen.» Das sagt Kipling. Von den Affen.

Aber horch! Klingelts da nicht am Telefon? «Hier die Allgemeine Genossenschaftsvereinigung. Könnten Sie uns nicht vielleicht –?»

Und der Weise legt lächelnd den Hörer hin, hat alles schweigend mitangehört und glaubt kein Wort. Und denkt an Don Quichote, einen Ritter aus Spanien, der viele Heldentaten verrichten wollte.

OH FRAU!

Oh Frau!
Lerne du das Flugzeug steuern,
lerne Vollmatrosen heuern,
lenke nur ein Viergespann
wie ein Mann.

Männer werden immer kleiner,
unerreichbar ist nichts mehr –:
Liebe Frau! Es fliegt dir einer
immer hinterher.

Rechne du Gehaltstabellen,
dirigiere du Kapellen,
weil die Frau ja alles kann
wie ein Mann.

Tu das alles. Doch ein Kleiner
folgt dir über Land und Meer.
Und es fliegt dir immer einer
immer hinterher.

Krieche in die Bergwerksstollen,
flieh die heißen Liebestollen;
du bleibst noch im Himmelsblau
eine Frau

Noch das stärkste Frauenzimmer
hats in dieser Sache schwer ...
Denn es folgt ihr immer, immer,
immer, immer, immer, immer
einer hinterher.

SCHNIPSEL

Alles ist richtig, auch das Gegenteil. Nur: «Zwar ... aber» – das ist nie richtig.

Es gibt zwei Neumanns in der deutschen Literatur: Alfred und Robert. Der eine schreibt Parodien, wenn er will.

Manchmal haben wir in Deutschland eine sogenannte ‹politische Krise›. Wenn sie vor Weihnachten ausbricht, wird sie bis nach Weihnachten vertagt. Kein Mensch merkt in der Zwischenzeit, daß es eine Krise gibt. Man denke sich einen Fieberkranken, der zu seinem Arzt sagt: «Wissen Sie was, Doktor, morgen habe ich Geburtstag. Vertagen wir die Krise bis zur nächsten Woche!»

Der schönste Augenblick am Tag ist doch der, wo man morgens unter der Brause hervorkriecht und das Wasser von einem abtropft. Was dann noch kommt, taugt eigentlich nicht mehr viel.

Zwanzig Jahre lang habe ich geglaubt, es sei Spaß. Es ist Ernst? Könnt ihr haben.

Die stupide Anschauung Ernst Jüngers, Kampf sei das Primäre, das Eigentliche, wofür allein zu leben sich verlohne, steht auf ähnlichem Niveau wie die eines falschen Friedensfreundes, der jeden Kampf verabscheut und für Kamillentee optiert. Weder ewiger Kampf ist erstrebenswert noch ewige Friedfertigkeit. Nur Krieg ... das ist eine der dümmsten Formen des Kampfes, weil er von einer recht unvollkommenen Institution und für sie geführt wird.

Manche Kritiker haben zu Hause so schreckliche Frauen. Und deshalb haben manche Schauspielerinnen so hohe Gagen.

Mit dem nackten Körper stets den Begriff der Erotik verbinden: das ist ungefähr so intelligent, wie beim Mund stets an Essen zu denken. Mit dem Mund ißt man nicht nur; man spricht auch mit dem Mund. Durch die nackte Haut atmet man.

Die Frauen haben es ja von Zeit zu Zeit auch nicht leicht. Wir Männer aber müssen uns rasieren.

Der SPD-Führer: «Was meinen Sie, was ich schon alles verhütet habe!» – Eins hat er bestimmt nicht verhütet: sich selber.

Ein General in Uniform—: das ist wie ein Kommerzienrat in gebügelter Heizer-Kluft.

Ich möchte einmal mit vorgehaltenem Revolver Rudolf Borchardt zwingen, von eins bis hundert zu zählen. Nur um zu sehen, was er für einen Dreh fände, nicht eine so gewöhnliche Sache tun zu müssen. Und wenn es zwischen 98 und 99 wäre: keine Sorge, es fiele ihm schon was ein. Aber Rudolf Borchardt zählt ja nicht.

Wegen ungünstiger Witterung fand die deutsche Revolution in der Musik statt.

AN DIE REPUBLIKANER

Hast du noch einen deutschen Paß,
Republikaner —?
Schadet er dir oder nützt er dir was,
Republikaner —?
Kannst du mit ihm unter Fremde gehn?
Wie wirst du von ihnen angesehn?
Bleibst du damit an der Ecke stehn?
Was bist du, Deutschland —?

Hast du die wahre Macht im Staat,
Republikaner —?
Du oder jeder Reichswehrsoldat,
Republikaner —?
Du oder jeder, der Blut verspritzt?
Du oder der Richter, der über dir sitzt
und dich widerwillig und gar nicht schützt . . .
Was bist du, Deutschland —?

Bist du Demokratie? Ist das dein Land,
Republikaner —?
Hast du nichts als dein Fahnenband,
Republikaner —?
Sie schlagen dir den Schädel ein.
Du vertraust auf London und brüllst übern Rhein
die alten Phrasen und Kinderein . . .
Wie — wie wird deine Zukunft sein?
Armes Deutschland.

INHALT

INHALT

INHALT

KURT TUCHOLSKY

GESAMMELTE WERKE

IN 10 BÄNDEN

HERAUSGEGEBEN VON
MARY GEROLD-TUCHOLSKY
FRITZ J. RADDATZ

KURT TUCHOLSKY

GESAMMELTE WERKE

BAND 9

1931

rororo

ROWOHLT

Umschlagentwurf Werner Rebhuhn

70.–119. Tausend April 1985

Veröffentlicht im Rowohlt Taschenbuch Verlag GmbH,
Reinbek bei Hamburg, September 1975

Gesamtherstellung Clausen & Bosse, Leck
Printed in Germany
ISBN 3 499 29009 x

1931

SCHLOSS GRIPSHOLM

Wir können auch die Trompete blasen
Und schmettern weithin durch das Land;
Doch schreiten wir lieber in Maientagen,
Wenn die Primeln blühn und die Drosseln
schlagen,
Still sinnend an des Baches Rand.

Storm

Für IA 47 407

ERSTES KAPITEL

1

Ernst Rowohlt Verlag
Berlin W 50
Passauer Straße 8/9 8. Juni

Lieber Herr Tucholsky,
schönen Dank für Ihren Brief vom 2. Juni. Wir haben Ihren Wunsch notiert. Für heute etwas andres.

Wie Sie wissen, habe ich in der letzten Zeit allerhand politische Bücher verlegt, mit denen Sie sich ja hinlänglich beschäftigt haben. Nun möchte ich doch aber wieder einmal die ‹schöne Literatur› pflegen. Haben Sie gar nichts? Wie wäre es denn mit einer kleinen Liebesgeschichte? Überlegen Sie sich das mal! Das Buch soll nicht teuer werden, und ich drucke Ihnen für den Anfang zehntausend Stück. Die befreundeten Sortimenter sagen mir jedesmal auf meinen Reisen, wie gern die Leute so etwas lesen. Wie ist es damit?

Sie haben bei uns noch 46 RM gut – wohin sollen wir Ihnen die überweisen?

Mit den besten Grüßen Ihr
(Riesenschnörkel) Ernst Rowohlt

10. Juni

Lieber Herr Rowohlt,
Dank für Ihren Brief vom 8. 6.

Ja, eine Liebesgeschichte ... lieber Meister, wie denken Sie sich das? In der heutigen Zeit Liebe? Lieben Sie? Wer liebt denn heute noch?

Dann schon lieber eine kleine Sommergeschichte.

Die Sache ist nicht leicht. Sie wissen, wie sehr es mir widerstrebt, die Öffentlichkeit mit meinem persönlichen Kram zu behelligen – das fällt also fort. Außerdem betrüge ich jede Frau mit meiner Schreibmaschine und erlebe daher nichts Romantisches. Und soll ich mir die Geschichte vielleicht ausdenken? Phantasie haben doch nur die Geschäftsleute, wenn sie nicht zahlen können. Dann fällt ihnen viel ein. Unsereinem ...

Schreibe ich den Leuten nicht ihren Wunschtraum (‹Die Gräfin raffte ihre Silber-Robe, würdigte den Grafen keines Blickes und fiel die Schloßtreppe hinunter›), dann bleibt nur noch das Propplem über die Ehe als Zimmer-Gymnastik, die ‹Menschliche Einstellung› und all das Zeug, das wir nicht mögen. Woher nehmen und nicht bei Villon stehlen?

Da wir grade von Lyrik sprechen:

Wie kommt es, daß Sie in § 9 unsres Verlagsvertrages 15 Prozent honorarfreie Exemplare berechnen? So viel Rezensionsexemplare schikken Sie doch niemals in die Welt hinaus! So jagen Sie den sauern Schweiß Ihrer Autoren durch die Gurgel — kein Wunder, daß Sie auf Samt saufen, während unsereiner auf harten Bänken dünnes Bier schluckt. Aber so ist alles.

Daß Sie mir gut sind, wußte ich. Daß Sie mir für 46 RM gut sind, erfreut mein Herz. Bitte wie gewöhnlich an die alte Adresse. Übrigens fahre ich nächste Woche in Urlaub.

Mit vielen schönen Grüßen

Ihr
Tucholsky

Ernst Rowohlt Verlag
Berlin W 50
Passauer Straße 8/9 12. Juni

Lieber Herr Tucholsky,
vielen Dank für Ihren Brief vom 10. d. M.

Die 15% honorarfreien Exemplare sind — also das können Sie mir wirklich glauben — meine einzige Verdienstmöglichkeit. Lieber Herr Tucholsky, wenn Sie unsre Bilanz sähen, dann wüßten Sie, daß es ein armer Verleger gar nicht leicht hat. Ohne die 15% könnte ich überhaupt nicht existieren und würde glatt verhungern. Das werden Sie doch nicht wollen.

Die Sommergeschichte sollten Sie sich durch den Kopf gehn lassen.

Die Leute wollen neben der Politik und dem Aktuellen etwas haben, was sie ihrer Freundin schenken können. Sie glauben gar nicht, wie das fehlt. Ich denke an eine kleine Geschichte, nicht zu umfangreich, etwa 15—16 Bogen, zart im Gefühl, kartoniert, leicht ironisch und mit einem bunten Umschlag. Der Inhalt kann so frei sein, wie Sie wollen. Ich würde Ihnen vielleicht insoweit entgegenkommen, daß ich die honorarfreien Exemplare auf 14% heruntersetze.

Wie gefällt Ihnen unser neuer Verlagskatalog?

Ich wünsche Ihnen einen vergnügten Urlaub und bin mit vielen Grüßen

Ihr
(Riesenschnörkel) Ernst Rowohlt

15. Juni

Lieber Meister Rowohlt,
auf dem neuen Verlagskatalog hat Sie Gulbransson ganz richtig gezeichnet: still sinnend an des Baches Rand sitzen Sie da und angeln die fetten Fische. Der Köder mit 14% honorarfreier Exemplare ist nicht fett genug — 12 sind auch ganz schön. Denken Sie mal ein bißchen darüber nach und geben Sie Ihrem harten Verlegerherzen einen Stoß. Bei 14% fällt mir bestimmt nichts ein — ich dichte erst ab 12%.

Ich schreibe diesen Brief schon mit einem Fuß in der Bahn. In einer Stunde fahre ich ab — nach Schweden. Ich will in diesem Urlaub überhaupt nicht arbeiten, sondern ich möchte in die Bäume gucken und mich mal richtig ausruhn.

Wenn ich zurückkomme, wollen wir den Fall noch einmal bebrüten. Nun aber schwenke ich meinen Hut, grüße Sie recht herzlich und wünsche Ihnen einen guten Sommer! Und vergessen Sie nicht: 12%!

Mit vielen schönen Grüßen

Ihr getreuer
Tucholsky

Unterschrieben — zugeklebt — frankiert — es war genau acht Uhr zehn Minuten. Um neun Uhr zwanzig ging der Zug von Berlin nach Kopenhagen. Und nun wollten wir ja wohl die Prinzessin abholen.

2

Sie hatte eine Altstimme und hieß Lydia.

Karlchen und Jakopp aber nannten jede Frau, mit der einer von uns dreien zu tun hatte, ‹die Prinzessin›, um den betreffenden Prinzgemahl zu ehren — und dies war nun also die Prinzessin; aber keine andre durfte je mehr so genannt werden.

Sie war keine Prinzessin.

Sie war etwas, was alle Schattierungen umfaßt, die nur möglich sind: sie war Sekretärin. Sie war Sekretärin bei einem unförmig dicken Patron; ich hatte ihn einmal gesehn und fand ihn scheußlich, und zwischen ihm und Lydia ... nein! Das kommt beinah nur in Romanen vor. Zwischen ihm und Lydia bestand jenes merkwürdige Verhältnis von Zuneigung, nervöser Duldung und Vertrauen auf der einen Seite und Zuneigung, Abneigung und duldender Nervosität auf der andern: sie war seine Sekretärin. Der Mann führte den Titel eines Generalkonsuls und handelte ansonsten mit Seifen. Immer lagen da Pakete im Büro herum, und so hatte der Dicke wenigstens eine Ausrede, wenn seine Hände fettig waren.

Der Generalkonsul hatte ihr in einer Anwandlung fürstlicher Freigebigkeit fünf Wochen Urlaub gewährt; er fuhr nach Abbazia. Gestern abend war er abgefahren – werde ihm der Schlafwagen leicht! Im Büro saßen sein Schwager und für Lydia eine Stellvertreterin. Was gingen mich denn seine Seifen an – Lydia ging mich an.

Da stand sie schon mit den Koffern vor ihrem Haus –

«Hallo!»

«Du bischa all do?» sagte die Prinzessin – zur grenzenlosen Verwunderung des Taxichauffeurs, der dieses für ostchinesisch hielt. Es war aber missingsch.

Missingsch ist das, was herauskommt, wenn ein Plattdeutscher hochdeutsch sprechen will. Er krabbelt auf der glatt gebohnerten Treppe der deutschen Grammatik empor und rutscht alle Nase lang wieder in sein geliebtes Platt zurück. Lydia stammte aus Rostock, und sie beherrschte dieses Idiom in der Vollendung. Es ist kein bäurisches Platt – es ist viel feiner. Das Hochdeutsch darin nimmt sich aus wie Hohn und Karikatur; es ist, wie wenn ein Bauer in Frack und Zylinder aufs Feld ginge und so ackerte. Der Zylinder ischa en finen statschen Haut, över wen dor nich mit grot worn is, denn rutscht hei ümmer werrer aff, dat deiht he ... Und dann ist da im Platt der ganze Humor dieser Norddeutschen; ihr gutmütiger Spott, wenn es einer gar zu toll treibt, ihr fest zupackender Spaß, wenn sie falschen Glanz wittern, und sie wittern ihn, unfehlbar ... diese Sprache konnte Lydia bei Gelegenheit sprechen. Hier war eine Gelegenheit.

«Kann mir gahnich gienug wunnern, dasse den Zeit nich verschlafen hass!» sagte sie und ging mit festen, ruhigen Bewegungen daran, mir und dem Chauffeur zu helfen. Wir packten auf. «Hier, nimm den Dackel!» – Der Dackel war eine fette, bis zur Albernheit lang gezogne Handtasche. Und so pünktlich war sie! Auf ihren Nasenflügeln lag ein Hauch von Puder. Wir fuhren.

«Frau Kremser hat gesagt», begann Lydia, «ich soll mir meinen Pelz mitnehmen und viele warme Mäntel – denn in Schweden gibt es überhaupt keinen Sommer, hat Frau Kremser gesagt. Da wär immer Winter. Ische woll nich möchlich!» Frau Kremser war die Haushälterin der Prinzessin, Stubenmädchen, Reinmachefrau und Großsiegelbewahrerin. Gegen mich hatte sie noch immer, nach so langer Zeit, ein leise schnüffelndes Mißtrauen – die Frau hatte einen guten Instinkt. «Sag mal ... ist es wirklich so kalt da oben?»

«Es ist doch merkwürdig», sagte ich. «Wenn die Leute in Deutschland an Schweden denken, dann denken sie: Schwedenpunsch, furchtbar kalt, Ivar Kreuger, Zündhölzer, furchtbar kalt, blonde Frauen und furchtbar kalt. So kalt ist es gar nicht.» — «Also wie kalt ist es denn?» — «Alle Frauen sind pedantisch», sagte ich. «Außer dir!» sagte Lydia. — «Ich bin keine Frau.» — «Aber pedantisch!» — «Erlaube mal», sagte ich, «hier liegt ein logischer Fehler vor. Es ist genaustens zu unterscheiden, ob pro primo . . .» — «Gib mal 'n Kuß auf Lydia!» sagte die Dame. Ich tat es, und der Chauffeur nuckelte leicht mit dem Kopf, denn seine Scheibe vorn spiegelte. Und dann hielt das Auto da, wo alle bessern Geschichten anfangen: am Bahnhof.

3

Es ergab sich, daß der Gepäckträger Nr. 47 aus Warnemünde stammte, und der Freude und des Geredes war kein Ende, bis ich diese landsmännische Idylle, der Zeit wegen, unterbrach. «Fährt der Gepäckträger mit? Dann könnt ihr euch ja vielleicht im Zug weiter unterhalten . . .» — «Olln Döskopp! Heww di man nich so!» sagte die Prinzessin. Und: «Wi hemm noch bannig Tid!» der Gepäckträger. Da schwieg ich überstimmt, und die beiden begannen ein emsiges Palaver darüber, ob Korl Düsig noch am ‹Strom› wohnte — wissen Sie: Düsig — nääá . . . de Olsch! So, Gott sei Dank, er wohnte noch da! Und hatte wiederum ein Kind hergestellt: der Mann war achtundsiebzig Jahre und wurde von mir, hier an der Gepäckausgabe, außerordentlich beneidet. Es war sein sechzehntes Kind. Aber nun waren es nur noch acht Minuten bis zum Abgang des Zuges, und . . . «Willst du Zeitungen haben, Lydia?» — Nein, sie wollte keine. Sie hatte sich etwas zum Lesen mitgebracht — wir unterlagen beide nicht dieser merkwürdigen Krankheit, plötzlich auf den Bahnhöfen zwei Pfund bedrucktes Papier zu kaufen, von dem man vorher ziemlich genau weiß: Makulatur. Also kauften wir Zeitungen.

Und dann fuhren wir — allein im Abteil — über Kopenhagen nach Schweden. Vorläufig waren wir noch in der Mark Brandenburg.

«Finnste die Gegend hier, Peter?» sagte die Prinzessin. Wir hatten uns unter anderm auf Peter geeinigt — Gott weiß, warum.

Die Gegend? Es war ein heller, windiger Junitag — recht frisch, und diese Landschaft sah gut aufgeräumt und gereinigt aus — sie wartete auf den Sommer und sagte: Ich bin karg. «Ja . . .» sagte ich. «Die Gegend . . .» — «Du könntest für mein Geld wirklich etwas Gescheiteres von dir geben», sagte sie. «Zum Beispiel: diese Landschaft ist wie erstarrte Dichtkunst, oder sie erinnert mich an Fiume, nur ist da die Flora katholischer — oder so.» — «Ich bin nicht aus Wien», sagte ich. «Gottseidank», sagte sie. Und wir fuhren.

Die Prinzessin schlief. Ich denkelte so vor mich hin.

Die Prinzessin behauptete, ich sagte zu jeder von mir geliebten Frau, aber auch zu jeder—: «Wie schön, daß du da bist!» Das war eine pfundsdicke Lüge — manchmal sagte oder dachte ich doch auch: «Wie schön, daß du da bist ... und nicht hier!» — aber wenn ich die Lydia so neben mir sitzen sah, da sagte ich es nun wirklich. Warum —?

Natürlich deswegen. In erster Linie...? Ich weiß das nicht. Wir wußten nur dieses: Eines der tiefsten Worte der deutschen Sprache sagt von zwei Leuten, daß sie sich nicht riechen können. Wir konnten es, und das ist, wenn es anhält, schon sehr viel. Sie war mir alles in einem: Geliebte, komische Oper, Mutter und Freund. Was ich ihr war, habe ich nie ergründen können.

Und dann die Altstimme. Ich habe sie einmal nachts geweckt, und, als sie aufschrak: «Sag etwas!» bat ich. «Du Dummer!» sagte sie. Und schlief lächelnd wieder ein. Aber ich hatte die Stimme gehört, ich hatte ihre tiefe Stimme gehört.

Und das dritte war das Missingsch. Manchen Leuten erscheint die plattdeutsche Sprache grob, und sie mögen sie nicht. Ich habe diese Sprache immer geliebt; mein Vater sprach sie wie hochdeutsch, sie, die «vollkommnere der beiden Schwestern», wie Klaus Groth sie genannt hat. Es ist die Sprache des Meeres. Das Plattdeutsche kann alles sein: zart und grob, humorvoll und herzlich, klar und nüchtern und vor allem, wenn man will, herrlich besoffen. Die Prinzessin bog sich diese Sprache ins Hochdeutsche um, wie es ihr paßte — denn vom Missingschen gibt es hundert und aber hundert Abarten, von Friesland über Hamburg bis nach Pommern; da hat jeder kleine Ort seine Eigenheiten. Philologisch ist dem sehr schwer beizukommen; aber mit dem Herzen ist ihm beizukommen. Das also sprach die Prinzessin—ah, nicht alle Tage! Das wäre ja unerträglich gewesen. Manchmal, zur Erholung, wenn ihr grade so zu Mut war, sprach sie missingsch; sie sagte darin die Dinge, die ihr besonders am Herzen lagen, und daneben hatte sie im Lauf der Zeit schon viel von Berlin angenommen. Wenn sie ganz schnell «Allmächtiger Braten!» sagte, dann wußte man gut Bescheid. Aber mitunter sprach sie doch ihr Platt, oder eben jenes halbe Platt: missingsch.

Das weiß ich noch wie heute ... Das war, als wir uns kennenlernten. Ich war damals zum Tee bei ihr und bot den diskret lächerlichen Anblick eines Mannes, der balzt. Dabei sind wir ja rechtschaffen komisch ... Ich machte Plüschaugen und sprach über Literatur — sie lächelte. Ich erzählte Scherze und beleuchtete alle Schaufenster meines Herzens. Und dann sprachen wir von der Liebe. Das ist wie bei einer bayerischen Rauferei — die raufen auch erst mit Worten.

Und als ich ihr alles auseinandergesetzt hatte, alles, was ich im Augenblick wußte, und das war nicht wenig, und ich war so stolz, was für gewagte Sachen ich da gesagt hatte, und wie ich das alles so genau und brennendrot dargestellt und vorgeführt hatte, in Worten, so daß nun eigentlich der Augenblick gekommen war, zu sagen: «Ja, also dann . . .» – da sah mich die Prinzessin lange an. Und sprach:

«Einen weltbefohrnen dschungen Mann –!»

Und da war es aus. Und ich fand mich erst viel später bei ihr wieder, immer noch lachend, und mit der erotischen Weihe war es nichts geworden. Aber mit der Liebe war es etwas geworden.

Der Zug hielt.

Die Prinzessin fuhr auf, öffnete die Augen. «Wo sind wir?» – «Es sieht aus wie Stolp oder Stargard – jedenfalls ist es etwas mit St», sagte ich. «Wie sieht es noch aus?» fragte sie. «Es sieht aus», sagte ich und blickte auf die Backsteinhäuschen und den trübsinnigen Bahnhof, «wie wenn hier die Unteroffiziere geboren werden, die ihre Mannschaften schinden. Möchtest du hier Mittag essen?» Die Prinzessin schloß sofort die Augen. «Lydia», sagte ich, «wir können auch im Speisewagen essen, der Zug hat einen.» – «Nein», sagte sie. «Im Speisewagen werden die Kellner immer von der Geschwindigkeit des Zuges angesteckt, und es geht alles so furchtbar eilig – ich habe aber einen langsamen Magen . . .» – «Gut. Was liest du da übrigens, Alte?» – «Ich schlafe seit zwei Stunden auf einem mondänen Roman. Der einzige Körperteil, mit dem man ihn lesen kann . . .» und dann machte sie die Augen wieder zu. Und wieder auf. «Guck eins . . . die Frau da! Die is aber misogyn!» – «Was ist sie?» – «Misogyn . . . heißt das nicht miekrig? Nein, das habe ich mit den Pygmäen verwechselt; das sind doch diese Leute, die auf Bäumen wohnen . . . wie?» Und nach dieser Leistung entschlummerte sie aufs neue, und wir fuhren, lange, lange. Bis Warnemünde.

Da war der ‹Strom›. So heißt hier die Warne – war es die Warne? Peene, Swine, Dievenow . . . oder hieß der Fluß anders? Es stand nicht dran. Mit Karlchen und Jakopp hatte ich der Einfachheit halber erfunden, jeder Stadt den ihr zugehörigen Fluß zu geben: Gleiwitz an der Gleiwe, Bitterfeld an der Bitter und so fort.

Hier am Strom lagen lauter kleine Häuser, eins beinah wie das andre, windumweht und so gemütlich. Segelboote steckten ihre Masten in die graue Luft, und beladene Kähne ruhten faul im stillen Wasser. «Guck mal, Warnemünde!»

«Diß kenn ich scha denn nu doch wohl bißchen besser als du. Harre Gott, nein . . . Da ische den Strom, da bin ich sozusagen an groß gieworn! Da wohnt scha Korl Düsig un min oll Wiesendörpsch, und in das nüdliche lütte Haus, da wohnt Tappsier Kröger, den sind solche netten Menschen, as es auf diese ausgeklürte Welt sons gahnich mehr gibt . . . Und das is Zenater Eggers sin Hus, Dree Linden. Un sieh mal: das alte Haus da mit den schönen Barockgiebel – da spükt es in!» – «Auf plattdeutsch?» fragte ich. «Du büschan ganzen mongkanten Mann; meins, den warnemünder Giespenster spüken auf hochdeutsch rum – nee, allens, was Recht is, Ordnung muß sein, auch inne vierte Dimenzion ...! Und ...» Rrrums – der Zug rangierte. Wir fielen aneinander. Und dann erzählte sie weiter und erklärte mir jedes Haus am Strom, soweit man sehen konnte.

«Da – da is das Haus, wo die alte Frau Brüshaber in giewohnt hat, die war eins so führsch, daß ich 'n bessres Zeugnis gehabt hab als ihre Großkinder; die waren ümme so verschlichen ... und da hat sie von 'n ollen Wiedow, dem Schulderekter, gesagt: Wann ick den Kierl inn Mars hat, ick scheet em inne Ostsee! Un das Haus hat dem alten Laufmüller giehört. Den kennst du nich auße Weltgeschichte? Der Laufmüller, der lag sich ümme inne Haaren mit die hohe Obrigkeit, was zu diese Zeit den Landrat von der Decken war, Landrat Ludwig von der Decken. Und um ihn zu ägen, kaufte sich der Laufmüller einen alten räudigen Hund, und den nannte er Lurwich, und wenn nu Landrat von der Decken in Sicht kam, denn rief Laufmüller seinen Hund: Lurwich, hinteh mich! und denn griente Laufmüller so finsch, und den Landrat ärgerte sich ... un davon haben wi auch im Schohr 1918 keine Revolutschon giehabt. Ja.» – «Lebt der Herr Müller noch?» fragte ich. «Ach Gott, neien – he is all lang dod. Er hat sich giewünscht, er wollt an Weg begraben sein, mit dem Kopf grade an Weg.» – «Warum?» – «Dscha ... daß er den Mächens so lange als möchlich untere Röck ... Der Zoll!» Der Zoll.

Europa zollte. Es betrat ein Mann den Raum, der fragte höflichst, ob wir ... und wir sagten: nein, wir hätten nicht. Und dann ging der Mann wieder weg. «Verstehst du das?» fragte Lydia. «Ich versteh es nicht», sagte ich. «Es ist ein Gesellschaftsspiel und eine Religion, die Religion der Vaterländer. Auf dem Auge bin ich blind. Sieh mal – sie können das mit den Vaterländern doch nur machen, wenn sie Feinde haben und Grenzen. Sonst wüßte man nie, wo das eine anfängt und wo das andre aufhört. Na, und das ginge doch nicht, wie ...?» Die Prinzessin fand, daß es nicht ginge, und dann wurden wir auf die Fähre geschoben.

Da standen wir in einem kleinen eisernen Tunnel, zwischen den Dampferwänden. Rucks – nun wurde der Wagen angebunden. «Wissen möchte ich ...» sagte die Prinzessin, «warum ein Schiff eigentlich schwimmt. Es wiegt so viel: es müßte doch untergehn. Wie ist das! Du bist doch einen studierten Mann!» – «Es ist ... der Luftgehalt in den Schotten ... also paß mal auf ... das spezifische Gewicht des Wassers ... es ist nämlich die Verdrängung ...» – «Mein Lieber», sagte die Prinzessin, «wenn einer übermäßig viel Fachausdrücke gebraucht, dann stimmt da etwas nicht. Also du weißt es auch nicht. Peter, daß du so entsetzlich dumm bist – das ist schade. Aber man kann ja wohl nicht alles beieinander haben.» Wir wandelten an Bord.

Schiffslängs – backbord – steuerbord ... ganz leise arbeiteten die Maschinen. Warnemünde blieb zurück, unmerklich lösten wir uns vom Lande. Vorbei an der Mole – da lag die Küste.

Da lag Deutschland. Man sah nur einen flachen, bewaldeten Uferstreifen und Häuser, Hotels, die immer kleiner wurden, immer mehr zurückrückten, und den Strand ... War dies eine ganz leise, winzige, eine kaum merkbare Schaukelbewegung? Das wollen wir nicht hoffen. Ich sah die Prinzessin an. Sie spürte sogleich, wohinaus ich wollte. «Wenn du käuzest, min Jung», sagte sie, «das wäre ein Zückzeh fuh!» – «Was ist das?» – «Das ist Französisch» – sie war ganz aufgebracht – «nu kann der Dschung nich mal Französch, un hat sich do Jahrener fünf in Paris feine Bildung bielernt ... Segg mohl, was hasse da eigentlich inne ganze Zeit giemacht? Kann ich mi schon lebhaft vorstelln! Ümme mit die kleinen Dirns umher, nöch? Du bischa einen Wüstling! Wie sind denn nun die Französinnen? Komm, erzähl es mal auf Lydia – wir gehn hier rauf und runter, immer das Schiff entlang, und wenn dir schlecht wird, dann beugst du dich über die Reling, das ist in den Büchern immer so. Erzähl.»

Und ich erzählte ihr, daß die Französinnen sehr vernünftige Wesen seien, mit einer leichten Neigung zu Kapricen, die seien aber vorher einkalkuliert, und sie hätten pro Stück meist nur einen Mann, den Mann, ihren Mann, der auch ein Freund sein kann, natürlich – und dazu vielleicht auch anstandshalber einen Geliebten, und wenn sie untreu seien, dann seien sie es mit leichtsinnigem Bedacht. Beinah jede zweite Frau aber hätte einen Beruf. Und sie regierten das Land ohne Stimmrecht – aber eben nicht mit den Beinen, sondern durch ihre Vernunft. Und sie seien liebenswürdige Mathematik und hätten ein vernünftiges Herz, das manchmal mit ihnen durchginge, doch pfiffen sie es immer wieder zurück. Ich verstände sie nicht ganz. «Es scheinen Frauen zu sein», sagte Lydia.

Die Fähre schaukelte nicht grade – sie deutete das nur an. Auch ich deutete etwas an, und die Prinzessin befahl mich in den Speiseraum. Da saßen sie und aßen, und mir wurde gar nicht gut, als ich das sah – denn sie essen viel Fettes in Dänemark, und dieses war eine dänische Fähre. Die Herrschaften aßen zur Zeit: Spickaal und Hering, Heringsfilet, eingemachten Hering, dann etwas, was sie ‹sild› nannten, ferner vom Baum gefallenen Hering und Hering schlechthin. Auf festem Land eins immer besser als das andre. Und dazu tranken sie jenen herrlichen Schnaps, für den die nordischen Völker, wie sie da sind, ins Himmelreich kommen werden. Die Prinzessin geruhte zu speisen. Ich sah ehrfürchtig zu; sie war eßfest. «Du nimmst gar nichts?» fragte sie zwischen zwei Heringen. Ich sah die beiden Heringe an, die beiden Heringe sahen mich an, wir schwiegen alle drei. Erst als die Fähre landete, lebte ich wieder auf. Und die Prinzessin strich mir leise übers Knie und sagte ehrfürchtig: «Du bischa meinen kleinen Klaus Störtebeker!» und ich schämte mich sehr.

Und dann ruckelten wir durch Laaland, das dalag, flach wie ein Eierkuchen, und wir kramten in unsern Zeitungen, und dann spielten wir das Bücherspiel: jeder las dem andern abwechselnd einen Satz aus seinem Buch vor, und die Sätze fügten sich gar schön ineinander. Die Prinzessin blätterte die Seiten um, ich sah auf ihre Hände ... sie hatte so zuverlässige Hände. Einmal stand sie im Gang und sah zum Fenster hinaus, und dann ging sie fort, und ich sah sie nicht mehr. Ich tastete nach ihrem Täschchen, es war noch warm von ihrer Hand. Ich streichelte die Wärme. Und dann setzten sie uns wieder über ein Meerwasser, und dann rollten wir weiter, und dann – endlich! endlich! – waren wir in Kopenhagen.

«Wenn wir nach hinten heraus wohnen», sagte ich im Hotel, «dann riecht es nach Küche, und außerdem muß noch vom vorigen Mal ein besoffener Spanier da sein, der komponiert sich seins auf dem Piano, und das macht er zehn Stunden lang täglich. Wenn wir aber nach vorne heraus wohnen, dann klingelt da alle Viertelstunde die Rathausuhr und erinnert uns an die Vergänglichkeit der Zeit.»

«Könnten wir nicht in der Mitte ... ich meine ...» Wir wohnten also nach dem Rathausplatz zu, und die Uhr klingelte, und es war alles sehr schön.

Lydia pickte auf ihrem Teller herum, mir sah sie bewundernd zu. «Du frißt ...» sagte sie freundlich. «Ich habe schon Leute gesehen, die viel gegessen haben – und auch Leute, die schnell gegessen haben ... aber so viel und so schnell ...» – «Der reine Neid –» murmelte ich und fiel in die Radieschen ein. Es war kein feines Abendessen, aber es war ein nahrhaftes Abendessen.

Und als sie sich zum Schlafen wendete und grade die Rathausuhr geklingelt hatte, da sprach sie leise, wie zu sich selbst:

«Jetzt auf See. Und dann so ein richtig schaukelndes Schiff. Und dann eine Tasse warmes Maschinenöl ...» Und da mußte ich aufstehn und viel Selterwasser trinken.

4

Ja, Kopenhagen.

«Soll ich dir das Fischrestaurant zeigen, in dem Ludendorff immer zu Mittag gegessen hat, als er noch eine Denkmalsfigur war?» – «Zeig es mir ... nein, gehen wir lieber auf Lange Linie!» – Wir sahen uns alles an: den Tivolipark und das schöne Rathaus und das Thorwaldsen-Museum, in dem alles so aussieht, wie wenn es aus Gips wäre. «Lydia!» rief ich, «Lydia! Beinah hätt ich es vergessen! Wir müssen uns das Polysandrion ansehn!» – «Das ... was?» – «Das

Polysandrion! Das mußt du sehn. Komm mit.» Es war ein langer Spaziergang, denn dieses kleine Museum lag weit draußen vor der Stadt.

«Was ist das?» fragte die Prinzessin.

«Du wirst ja sehn», sagte ich. «Da haben sich zwei Balten ein Haus gebaut. Und der eine, Polysander von Kuckers zu Tiesenhausen, ein baltischer Baron, vermeint, malen zu können. Das kann er aber nicht.» – «Und deshalb gehn wir so weit?» – «Nein, deshalb nicht. Er kann also nicht malen, malt aber doch – und zwar malt er immerzu dasselbe, seine Jugendträume: Jünglinge ... und vor allem Schmetterlinge.» – «Ja, darf er denn das?» fragte die Prinzessin. «Frag ihn ... er wird da sein. Wenn er sich nicht zeigt, dann erklärt uns sein Freund die ganze Historie. Denn erklärt muß sie werden. Es ist wundervoll.» – «Ist es denn wenigstens unanständig?» – «Führte ich dich dann hin, mein schwarzes Glück?»

Da stand die kleine Villa – sie war nicht schön und paßte auch gar nicht in den Norden; man hätte sie viel eher im Süden, in Oberitalien oder dortherum vermutet ... Wir traten ein.

Die Prinzessin machte große Kulleraugen, und ich sah das Polysandrion zum zweiten Mal.

Hier war ein Traum Wahrheit geworden – Gott behüte uns davor! Der brave Polysander hatte etwa vierzig Quadratkilometer teurer Leinwand vollgemalt, und da standen und ruhten nun die Jünglinge, da schwebten und tanzten sie, und es war immer derselbe, immer derselbe. Blaßrosa, blau und gelb; vorn waren die Jünglinge, und hinten war die Perspektive.

«Die Schmetterlinge!» rief Lydia und faßte meine Hand. «Ich flehe dich an», sagte ich, «nicht so laut! Hinter uns kriecht die Aufwärterin herum, und die erzählt nachher alles dem Herrn Maler. Wir wollen ihm doch nicht weh tun.» Wirklich: die Schmetterlinge. Sie gaukelten in der gemalten Luft, sie hatten sich auf die runden Schultern der Jünglinge gesetzt, und während wir bisher geglaubt hatten, Schmetterlinge ruhten am liebsten auf Blüten, so erwies sich das nun als ein Irrtum: diese hier saßen den Jünglingen mit Vorliebe auf dem Popo. Es war sehr lyrisch.

«Nun bitte ich dich ...» sagte die Prinzessin. «Still!» sagte ich. «Der Freund!» Es erschien der Freund des Malers, ein ältlicher, sympathisch aussehender Mann; er war bravbürgerlich angezogen, doch schien es, als verachtete er die grauen Kleider unseres grauen Jahrhunderts, und der Anzug vergalt ihm das. Er sah aus wie ein Ephebe a. D. Murmelnd stellte er sich vor und begann zu erklären. Vor einem Jüngling, der stramm mit Schwert und Schmetterling dastand und die Rechte wie zum Gruß an sein Haupt gelegt hatte, sprach der Freund in schönstem baltischem Tonfall, singend und mit allen rollenden Rrrs: «Was Sie hier sehn, ist der völlich verjäistichte Militarrismus!» Ich wendete mich ab — vor Erschütterung. Und wir sahen tanzende Knaben, sie trugen Matrosenanzüge mit Klappkragen, und ihnen zu Häupten hing eine kleine Lampe mit Bommelfransen, solch eine, wie sie in den Korridoren hängen —: ein möbliertes Gefilde der Seligen. Hier war ein Paradies aufgeblüht, von dem so viele Seelenfreunde des Malers ein Eckchen in der Seele trugen; ob es nun die ungerechte Verfolgung war oder was immer: wenn sie schwärmten, dann schwärmten sie in sanftem Himmelblau, sozusagen blausa. Und taten sich sehr viel darauf zugute. Und an einer Wand hing die Fotografie des Künstlers aus seiner italienischen Zeit; er war nur mit Sandalen und einem Hoihotoho-Speer bekleidet. Man trug also Bauch in Capri.

«Da bleibt einem ja die Luft weg!» sagte die Prinzessin, als wir draußen waren. «Die sind doch keineswegs alle so ...?» — «Nein, die Gattung darf man das nicht entgelten lassen. Das Haus ist ein stehengebliebenes Plüschsofa aus den neunziger Jahren; keineswegs sind sie alle so. Der Mann hätte seine Schokoladenbildchen gradesogut mit kleinen Feen und Gnomen bevölkern können ... Aber denk dir nur mal ein ganzes Museum mit solch realisierten Wunschträumen — das müßte schön sein!»

«Und dann ist es so ... blutärmlich!» sagte die Prinzessin. «Na, jeder sein eigner Unterleib! Und daraufhin wollen wir wohl einen Schnaps trinken!» Das taten wir.

Stadt und Straßen ... der große Tiergarten, der dem König gehört und in dem die wilden zahmen Hirsche herumlaufen und sich, wenn es ihnen grade paßt, am Hals krauen lassen, und so hohe, alte Bäume ...

Abfahrt. «Wie wird das eigentlich mit der Sprache?» fragte die Prinzessin, als wir im Zug nach Helsingör saßen. «Du warst doch schon mal da. Sprichst du denn nun gut schwedisch?» — «Ich mache das so», sagte ich. «Erst spreche ich deutsch, und wenn sie das nicht verstehn, englisch, und wenn sie das nicht verstehn, platt — und wenn das alles nichts hilft, dann hänge ich an die deutschen Wörter die Endung as an, und dieses Sprechas verstehas sie ganz gut.» Das hatte grade noch gefehlt. Es gefiel ihr ungemein, und sie nahm es gleich in ihren Sprachschatz auf. «Ja — also nun kommt Schweden. Ob wir etwas in Schweden erlebas? Was meinst du?» — «Ja, was sollten wir wohl auf einem Urlaub erleben ...? Ich dich, hoffentlich.» — «Weißt du», sagte die Prinzessin, «ich bin noch gar nicht auf Reisen, ich sitze hier neben dir im Coupé; aber in meinem Kopf dröhnt es noch, und ... Allmächtiger Braten!» — «Was ist?» — «Ich habe vergessen, an Tichauer zu telefonieren!» — «Wer ist Tichauer?» — «Tichauer ist Direktor der NSW — der Norddeutschen Seifenwerke. Und der Alte hat gesagt, ich solle ihm abtelefonieren, weil er doch verreist ... und da ist die Konferenz am Dienstag ... ach du liebes Gottchen, behüte unser Lottchen vor Hunger, Not und Sturm und vor dem bösen Hosenwurm. Amen.» – «Also was wird nun?» – «Jetzt werden wir telegrafieren, wenn wir in Helsingör auf die Fähre steigen. Du allmächtiger Braten! Daddy, Berlin läuft doch immer mit. Das dauert mindestens vierzehn Tage, bis man es einigermaßen los ist, und wenn man es glücklich vergessen hat, dann muß man wieder zurück. Das ist ein fröhlicher Beruf . . .» – «Beruf . . . Ich hielt es mehr für eine Beschäftigung.» – «Du bist ein Schriftsteller – aber recht hast du doch. Lenk mich ab. Steig mal auf die Bank und mach mal einen. Sing was – wozu hab ich dich mitgenommen?» Nur Ruhe und Geduld konnten es machen . . . «Sieh mal, Hühner auf dem Wasser!» sagte ich. «Hühner? Was für welche?» – «Gesichtshühner. Der Naturforscher Jakopp unterscheidet zweierlei Sorten von Hühnern: die Gesichtshühner, die man nur sehen, und die Speisehühner, die man auch essen kann. Dies sind Gesichtshühner. Finnste die Natur hier?» – «Etwas dünn, um die Wahrheit zu sagen. Wenn man nicht wüßte, daß es Dänemark ist und wir gleich nach Schweden hinüberfahren –»

Und da hatte sie nun recht. Denn nichts lenkt den Menschen so von seinem gesunden Urteil ab wie geographische Ortsnamen, geladen mit alter Sehnsucht und bepackt mit tausend Gedankenverbindungen, und wenn er dann hinkommt, ist es alles halb so schön. Aber wer traut sich denn, das zu sagen –!

Helsingör. Wir telegrafierten an Tichauer. Wir stiegen auf die kleine Fähre.

Unten im Schiffsrestaurant saßen drei Österreicher; offenbar waren es altadlige Herren, einer hatte eine ganz abregierte Stimme. Er kniff grade die Augen so merkwürdig zu, wie das einer tut, der mit der Zigarre im Mund zahlen muß. Und dann hörte ich ihn murmeln: «Ein g'schäiter Buuursch (mit drei langen u) – aber etwas medioker . . .» Ich bin gegen den Anschluß.

Oben standen wir dann am Schiffsgeländer, atmeten die reine Luft und blickten auf die beiden Küsten – die dänische, die zurückblieb, und die schwedische, der wir uns näherten. Ich sah die Prinzessin von der Seite an. Manchmal war sie wie eine fremde Frau, und in diese fremde Frau verliebte ich mich immer aufs neue und mußte sie immer aufs neue erobern. Wie weit ist es von einem Mann zu einer Frau! Aber das ist schön, in eine Frau wie in ein Meer zu tauchen. Nicht denken . . . Viele von ihnen haben Brillen auf, sie haben es im eigentlichen Sinne des Wortes verlernt, Frau zu sein – und haben nur noch den dünnen Charme. Hol ihn der Teufel. Ja, wir wollen wohl ein bißchen viel: kluge Gespräche und Logik und gutes Aussehen und ein bißchen Treue und dann dieser nie zu unterdrückende Wunsch, von der Frau wie ein Beefsteak gefressen zu werden, daß die Kinnbacken krachen . . . «Hast du schwedischen Geldes?» fragte die Prinzessin träumerisch. Sie führte gern einen gebildeten Genitiv spazieren und war demzufolge sehr stolz darauf, immer ‹Rats› zu wissen. «Ja, ich habe schwedische Kronen», sagte ich. «Das ist ein hübsches Geld – und deshalb werden wir es auch nur vorsichtig ausgeben.» – «Geizvettel», sagte die Prinzessin. Wir besaßen eine gemeinsame Reisekasse, an der hatten wir sechs Monate herumgerechnet. Und nun waren wir in Schweden.

Der Zoll zollte. Die Schweden sprechen anders deutsch als die Dänen: die Dänen hauchen es, es klingt bei ihnen federleicht, und die Konsonanten liegen etwa einen halben Meter vor dem Mund und vergehen in der Luft, wie ein Gezirp. Bei den Schweden wohnt die Sprache weiter hinten, und dann singen sie so schön dabei ... Ich protzte furchtbar mit meinen zehn schwedischen Wörtern, aber sie wurden nicht verstanden. Die Leute hielten mich sicherlich für einen ganz besonders vertrackten Ausländer. Kleines Frühstück. «Die Bouillon», sagte die Prinzessin, «sieht aus wie Wasser in Halbtrauer!» – «So schmeckt sie auch.» Und dann fuhren wir gen Stockholm.

Sie schlief.

Der, der einen Schlafenden beobachtet, fühlt sich ihm überlegen – das ist wohl ein Überbleibsel aus alter Zeit, vielleicht schlummert da noch der Gedanke: er kann mir nichts tun, aber ich ihm. Dieser Frau gab der Schlaf wenigstens kein dümmliches Aussehen; sie atmete fest und ruhig, mit geschlossenem Mund. So wird sie aussehen, wenn sie tot sein wird. Dann liegt der Kopf auf einem Brett – immer, wenn ich an den Tod denke, sehe ich ein ungehobeltes Brett mit kleinen Holzfäserchen; dann liegt sie da und ist wachsgelb und wie uns andern scheint, sehr ehrfurchtgebietend. Einmal, als wir über den Tod sprachen, hatte sie gesagt: «Wir müssen alle sterben – du früher, ich später» – in diesem Kopf war so viel Mann. Der Rest war, Gott seis gelobt, eine ganze Frau.

Sie wachte auf. «Wo sind wir?» – «In Rüdesheim an der Rüde.» Und da tat sie etwas, wofür ich sie besonders liebte, sie tat es gern in den merkwürdigsten, in den psychologischen Augenblicken: sie legte die Zunge zwischen die Zähne und zog sie rasch zurück: sie spuckte blind. Und dafür bekam sie einen Kuß – auf dieser Reise schienen wir immer in leeren Abteilen zu sitzen – und gleich wandte sie einen frisch gelernten dänischen Fluch an: «Der Teufel soll dich hellrosa besticken!» und nun fingen wir an, zu singen.

In Kokenhusen
singt eine Nachtigall
wohl an der Düna Strand.
Und die Nachtigall
mit dem süßen Schall
legt ein Kringelchen in mei–ne Hand –!

Und grade, als wir im besten Singen waren, da tauchten die ersten Häuser der großen Stadt auf. Weichen knackten, der Zug schepperte über eine niedrige Brücke, hielt. Komm raus! Die Koffer. Der Träger. Ein Wagen. Hotel. Guten Tag. Stockholm.

5

«Was machen wir nun?» fragte ich, als wir uns gewaschen hatten. Der Himmel lag blau über vier Schornsteinen – das war es, was wir zunächst von Stockholm sehen konnten. «Ich meine so», sagte die Prinzessin, «wir nehmen uns erst mal einen Dolmetscher – denn du sprichst ja sehr schön schwedisch, sehr schön ... aber es muß altschwedisch sein, und die Leute sind hier so ungebildet. Wir nehmen uns einen Dolmetscher, und mit dem fahren wir über Land und suchen uns eine ganz billige Hütte, und da sitzen wir still, und dann will ich nie wieder einen Kilometer reisen.»

Wir spazierten durch Stockholm.

Sie haben ein schönes Rathaus und hübsche neue Häuser, eine Stadt mit Wasser ist immer schön. Auf einem Platz gurrten die Tauben. Der Hafen roch nicht genug nach Teer. Wunderschöne junge Frauen gingen durch die Straßen ... von einem gradezu lockenden Blond. Und Schnaps gab es nur zu bestimmten Stunden, wodurch wir unbändig gereizt wurden, welchen zu trinken – er war klar und rein und tat keinem etwas, solange man nüchtern blieb. Und wenn man ihn getrunken hatte, nahm der Kellner das Gläschen rasch wieder fort, wie wenn er etwas Unpassendes begünstigt hätte. In einem Schaufenster der Vasagatan lag eine schwedische Übersetzung des letzten berliner Schlagers. Eh – und sonst haben Sie nichts von Stockholm gesehn? Was? Der Nationalcharakter ... wie? Ach, lieben Freunde! Wie einförmig sind doch unsre Städte geworden! Fahrt nur nach Melbourne – ihr müßt erst lange mit den Kaufleuten konferieren und disputieren; ihr müßt, wenn ihr sie wirklich kennenlernen wollt, ihre Töchter heiraten oder Geschäfte mit ihnen machen oder, noch besser, mit ihnen erben; ihr müßt sie über das aushorchen, was in ihnen ist ... sehn könnt ihr das nicht auf den ersten Blick. Was seht ihr? Überall klingeln die Straßenbahnen, heben die Schutzleute ihre weißbehandschuhten Hände, überall prangen die bunten Plakate für Rasierseife und Damenstrümpfe ... die Welt hat eine abendländische Uniform mit amerikanischen Aufschlägen angezogen. Man kann sie nicht mehr besichtigen, die Welt – man muß mit ihr leben oder gegen sie.

Der Dolmetscher! Die Prinzessin wußte Rats, und wir gingen zum Büro einer Touristen-Vereinigung. Ja, einen Dolmetscher hätten sie. Vielleicht. Doch. Ja.

Bedächtig geht das in Schweden zu — sehr bedächtig. In Schweden gibt es zwei Völkerstämme: den gefälligen Schweden, einen freundlichen, stillen Mann — und den ungefälligen. Das ist ein gar stolzer Herr, man kann ihm seinen Eigensinn mit kleinen Hämmern in den Schädel schlagen: er merkt es gar nicht. Wir waren an den gefälligen Typus gekommen. Einen Dolmetscher, den hätten sie also, und sie würden ihn morgen früh ins Hotel schicken. Und dann gingen wir essen.

Die Prinzessin verstand viel vom Essen, und hier in Schweden aßen sie gut, solange es bei den kalten Vorgerichten blieb — dem Smörgåsbrot. Unübertrefflich. Ihre warme Küche war durchschnittlich, und vom Rotwein verstanden sie gar nichts, was mir vielen Kummer machte. Die Prinzessin trank wenig Rotwein. Dagegen liebte sie — als einzige Frau, die ich je getroffen habe — Whisky, von dem die Frauen sonst sagen, er schmecke nach Zahnarzt. Er schmeckt aber, wenn er gut ist, nach Rauch.

Am nächsten Morgen kam der Dolmetscher.

Es erschien ein dicker Mann, ein Berg von einem Mann — und der hieß Bengtsson. Er konnte spanisch sprechen und sehr gut englisch und auch deutsch. Das heißt: ich horchte einmal ... ich horchte zweimal ... dieses Deutsch mußte er wohl in Emerrika gelernt haben, denn es hatte den allerschönsten, den allerfarbigsten, den allerlustigsten amerikanischen Akzent. Er sprach deutsch wie ein Zirkus-Clown. Aber er war das, was die Berliner «richtig» nennen — er verstand sofort, was wir wollten, er versank in Karten, Fahrplänen und Prospekten, und am Nachmittag trollten wir von dannen.

Wir fuhren nach Dalarne. Wir fuhren in die Umgebung Stockholms. Wir warteten auf Zuganschlüsse und rumpelten über staubige Landwege in die abgelegensten Dörfer. Wir sahen verdrossene Fichten und dumme Kiefern und herrliche, alte Laubbäume und einen blauen Sommerhimmel mit vielen weißen Wattewolken, aber was wir suchten, das fanden wir nicht. Was wir denn wollten? Wir wollten ein ganz stilles, ein ganz kleines Häuschen, abgelegen, bequem, friedlich, mit einem kleinen Gärtchen ... wir hatten uns da so etwas Schönes ausgedacht. Vielleicht gab es das gar nicht?

Der Dicke war unermüdlich. Während wir herumfuhren und suchten, fragten wir ihn des nähern nach seinem Beruf. Ja, er führte also die Fremden durch Schweden. Ob er denn alles wüßte, was er ihnen so erzählte. Keine Spur — er hatte lange in Amerika gelebt und kannte seine Amerikaner. Zahlen! Er nannte ihnen vor allem einmal Zahlen: Jahreszahlen und Größenangaben und Preise und Zahlen, Zahlen, Zahlen ... Falsch konnten sie sein. Mit uns sprach er von Tag zu Tag fließender deutsch, aber es wurde immer amerikanischer. «Fourteen days ago», hieß eben «Virrzehn Tage zerrick», und so war alles. «Drei

Wochen zerrick», sagte er, als wir grade wieder von einer ergebnislosen Expedition zurückgekommen waren und zu Abend aßen, «drei Wochen zerrick – da war eine amerikanische Familie in Stockholm. Ich habe zu ihnen gesagt, wenn man nur einmal in Emerrika gewesen ist, dann meint man, die ganze andre Welt ist eine Kolonie von Emmerika. Ja. Danach haben mich die Leute *sehr* gähn gehabt. Prost!» – Prost? Wir waren hier in Schweden, der Mann hatte ‹Skål!› zu sagen. Und ‹Skål›, das ist eigentlich ‹Schale›. Und weil die Prinzessin eine arme Ausländerin war, die uns Schweden nicht so verstand, so sagte ich «Schale auf Ihnen!», und das verstanden wir alle drei. Der Dicke bestellte sich noch einen kleinen Schnaps. Träumerisch sah er ins Glas. «In Göteborg wohnt ein Mann, der hat einen großen Keller – da hat er es alles drin: Whisky und Branntwein und Cognac und Rotwein und Weißwein und Sekt. Und das trinkt der Mann nicht aus – das bewahrt sich der Mann alles auf! Ich finde das ganz grroßartig –!» Sprachs und kippte den seinigen.

Aber nun verging ein Tag nach dem andern, und wir hatten viele Gespräche mitangehört, hatten unzählige Male vernommen, wie die Leute sagten, was die Schweden immer sagen, in allen Lagen des menschlichen Lebens: «Jasso ...» und auch ihr «Nedo» und was man so spricht, wenn man nichts zu sagen hat. Und der Dicke hatte uns in viele schöne Gegenden geführt, durch wundervolle, satte Wälder – «Hier sind schöne Läube!» sagte er, und das war die Mehrzahl von «Laub» – und nun fing die Prinzessin an, aufzumucken. «He lacht sik 'n Stremel», sagte sie. «Meinen lieben guten Daddy! Wi sünd doch keine Rockefellers! Nu ornier doch endlich mal enägisch ne Dispositschon an, daßn weiß, woanz un woso!»

Was nun –? Der Dicke ging nachdenklich, aber mit der Welt soweit ganz zufrieden, vor uns hin; er stapfte mit seinem Stock auf das Pflaster und dachte emsig nach; man konnte an seinem breiten Rücken sehen, wie er dachte. Dann brummte er, denn er hatte etwas gefunden. «Wir fahren nach Mariefred», sagte er. «Das ist ein kleiner Ort ... das ist all right! Morgen fahren wir.» Die Prinzessin sah mich unheilverkündend an. «Wenn wir da nichts finden, Daddy, dann stech ich dir inne Kleinkinnerbiewohranstalt und kutschier bei mein Alten nach Abbazia. Dor kannst du man upp aff!»

Aber am nächsten Tage sahen wir etwas.

Mariefred ist eine klitzekleine Stadt am Mälarsee. Es war eine stille und friedliche Natur, Baum und Wiese, Feld und Wald – niemand aber hätte von diesem Ort Notiz genommen, wenn hier nicht eines der ältesten Schlösser Schwedens wäre: das Schloß Gripsholm.

Es war ein strahlend heller Tag. Das Schloß, aus roten Ziegeln erbaut, stand leuchtend da, seine runden Kuppeln knallten in den blauen Himmel – dieses Bauwerk war dick, seigneural, eine bedächtige

Festung. Bengtsson winkte dem Führer ab, Führer war er selber. Und wir gingen in das Schloß.

Viele schöne Gemälde hingen da. Mir sagten sie nichts. Ich kann nicht sehen. Es gibt Augenmenschen, und es gibt Ohrenmenschen, ich kann nur hören. Eine Achtelschwingung im Ton einer Unterhaltung: das weiß ich noch nach vier Jahren. Ein Gemälde? Das ist bunt. Ich weiß nichts vom Stil dieses Schlosses – ich weiß nur: wenn ich mir eins baute, so eins baute ich mir.

Herr Bengtsson erklärte uns das Schloß, wie er es seinen Amerikanern erklärt hätte, der Spiritus sang aus ihm, und nach jeder Jahreszahl sagte er: «Aber so genau weiß ich das nicht», und dann sahen wir im Baedeker nach, und es war alles, alles falsch – und wir freuten uns mächtig. Ein Kerker war da, in dem Gustav der Verstopfte Adolf den Unrasierten jahrelang eingesperrt hatte, und so dicke Mauern hatte das Schloß, und einen runden Käfig für die Gefangenen gab es und ein schauerliches Burgloch oder eine Art Brunnen ... Menschen haben immer Menschen gequält, heute sieht das nur anders aus. Aber am allerschönsten war das Theater. Sie hatten in der Burg ein kleines Theater – vielleicht damit sie sich während der Belagerungen nicht so langweilen mußten. Ich setzte mich auf eines der Bänkchen im Zuschauerraum und führte mir eine Schäferkomödie auf, in der geliebt und gestochen, geschmachtet und zierlich gesoffen wurde – und nun wurde die Prinzessin sehr energisch. «Jetzt oder nie!» sagte sie. «Herr Bengtsson – also!»

Wie alle gutmütigen Männer hatte der Dicke Angst vor Frauen – er beugte seine Seele, wie der Wanderer den Rücken unter den Regenschauern beugt, und er strengte sich gewaltig an und ging gar sehr ins Zeug. Er telefonierte lange und verschwand.

Nach dem Mittagessen kam er fröhlich an, sein Fett wogte vor Zufriedenheit. «Kommen Sie mit!» sagte er.

Das Schloß hatte einen Anbau – auf eine Frage hätte der Dicke sicherlich gesagt: aus dem einundzwanzigsten Jahrhundert ... es war ein neuerer Bau, langgestreckt, glatt in der Fassade, hübsch. Wir gingen hinein. Drinnen empfing uns eine sehr freundliche alte Dame. Es ergab sich, daß hier in diesem Schloßanbau zwei Zimmer und dazu noch ein kleineres zu vermieten waren. Hier im Schloß? Zweifelnd sah ich Herrn Bengtsson an. Hier im Schloß. Und bekochen wollte sie uns auch. Aber würden uns denn nicht die zahllosen Touristen stören, die da kommen und die Gemälde und die Folterkammer sehen mußten? Sie kämen nur sonntags, und sie kämen überhaupt nicht hierher, sondern sie gingen dortherum ...

Wir besichtigten die Zimmer. Sie waren groß und schön; alte Einrichtungsstücke des Schlosses standen darin, in einem schweren behaglichen Stil; ich sah keine Einzelheiten mit meinen blinden Augen – aber es sprach zu mir. Und es sagte: Ja.

Aus einem Fenster blickte man auf das Wasser, aus einem andern in einen stillen kleinen Park. Die Prinzessin, die die Vernunft ihres Geschlechts hatte, sah sich inzwischen an, wo man sich waschen konnte und wie es mit den Lokalitäten bestellt wäre . . . und kam zufrieden zurück. Der Preis war erstaunlich billig. «Wie kommt das?» fragte ich den Dicken; wir sind selbst dem Glück gegenüber so argwöhnisch. Die Dame im Schloß täte es aus Freundlichkeit für ihn, denn sie kannte ihn, auch kamen selten Leute hierher, die lange bleiben wollten. Mariefred war als kleiner Ausflugsort bekannt; man weiß, wie solche Bezeichnungen den Plätzen anhaften. Da mieteten wir.

Und als wir gemietet hatten, sprach ich die goldenen Worte meines Lebens: «Wir hätten sollen . . .» und bekam von der Prinzessin einen Backenstreich: «Oll Krittelkopp!» Und dann begossen wir die Mietung mit je einem großen Branntwein, wir alle drei. «Kennen Sie die Frau im Schloß gut? Sie ist doch so nett zu uns?» fragte ich Herrn Bengtsson. «Wissen Sie», sagte er nachdenklich, «den Affen kennen alle — aber der Affe kennt keinen.» Und das sahen wir denn auch ein. Und dann verabschiedete sich der Dicke. Die Koffer kamen, und wir packten aus, stellten die Möbel so lange um, bis sie alle wieder auf demselben Platz standen wie zu Anfang . . . die Prinzessin badete Probe, und ich mußte mich darüber freuen, wie sie nackt durchs Zimmer gehen konnte — wirklich wie eine Prinzessin. Nein, gar nicht wie eine Prinzessin: wie eine Frau, die weiß, daß sie einen schönen Körper hat. «Lydia», sagte ich, «in Paris war einmal eine Holländerin, die hat sich auf ihren Oberschenkel die Stelle tätowieren lassen, auf die sie am liebsten geküßt werden wollte. Darf ich fragen . . .» Sie antwortete. Und es beginnt nunmehr der Abschnitt

6

Wir lagen auf der Wiese und baumelten mit der Seele.

Der Himmel war weiß gefleckt; wenn man von der Sonne recht schön angebraten war, kam eine Wolke, ein leichter Wind lief daher, und es wurde ein wenig kühl. Ein Hund trottete über das Gras, dahinten. «Was ist das für einer?» fragte ich. «Das ist ein Bulldackel», sagte die Prinzessin. Und dann ließen wir wieder den Wind über uns hingehen und sagten gar nichts. Das ist schön, mit jemand schweigen zu können.

«Junge», sagte sie plötzlich. «Es ist ganz schrecklich — aber ich bin noch nicht hier. Gott segne diese berliner Arbeit. In meinem Kopf macht es noch immer: Burr-burr . . . Der Alte und all das Zeugs . . .»

«Wie ist der Alte jetzt eigentlich?» fragte ich faul.

«Na . . . wie immer . . . Er ist dick, neugierig, feige und schadenfroh. Aber sonst ist er ein ganz netter Mensch. Dick — das wäre ja zu ertragen. Ich habe dicke Männer ganz gern.» Ich machte eine Bewegung. «Brauchst dir gar nichts einzubilden ... Dein bißchen Fett!»

«Du glaubst wohl, weil du Lydia heißt, du wärst was Beßres! Ich will dir mal was sagen ...» Nachdem sich die Unterhaltung wieder gesetzt hatte:

«Also gut, dick. Aber seine Neugier ... er hätte am liebsten, ich erzählte ihm jeden Tag einen neuen Klatsch aus der Branche. Er ist ein seelischer Voyeur. Er selbst nimmt an den meisten Dingen gar nicht richtig teil; aber er will ganz genau wissen, was die andern machen und wie sie es machen und mit wem, und wieviel sie wohl verdienen – das vor allem! Und wovon sie leben ... Wie? Wie er Geld verdient? Das macht er durch seine rücksichtslose Frechheit. Daddy, das lernen wir ja nie! Ich sehe das nun schon vier Jahre mit an, wie der Herr Generalkonsul zum Beispiel nicht zahlt, wenn er zahlen soll ... Wir könnten das nicht, deshalb kommen wir ja auch nicht zu Geld. Das muß man mitansehn! Da kann aber kommen, wer will; diese eiserne Stirn, mit der er unterschriebene Verträge verdreht, ableugnet, sich plötzlich nicht mehr erinnert, wie er sich verleugnen läßt ... nein, Daddy, du lernst es nicht. Du willst es doch immer lernen! Du lernst es nicht!»

«Lassen die Leute sich denn das gefallen?»

«Was sollen sie denn machen? Wenn es Ihnen nicht paßt, sagt er, dann klagen Sie doch! Aber ich beziehe dann bei Ihnen nichts mehr! Und das hält er auch eisern durch. Das wissen die Leute ganz genau – sie geben schließlich nach. Neulich haben wir doch das ganze Büro renovieren lassen – was er da mit den Handwerkern getrieben hat! Ja, aber auf diese Weise kommt man nach Abbazia, und die Handwerker fahren mit der Hand übern Alexanderplatz. So gleicht sich alles im Leben aus.»

«Und wieso ist er schadenfroh?»

«Das muß ein Erbfehler sein – an dieser Schadenfreude haben offenbar Generationen mitgearbeitet. Einer allein schafft das nicht. Ich glaube, wenn ihm sein bester Freund einen Gefallen tun will, dann muß er sich zum Geburtstag vom Chef das Bein brechen. Ich habe so etwas noch nicht gesehn. Der Mann sucht gradezu nach Gelegenheiten, wo er sich über das Malheur eines andern freuen kann ... Es ist vielleicht, um sich die eigne Überlegenheit zu beweisen; wenn er frech wird, hält er sich für sehr überlegen. Das muß es wohl sein. Er ist so unsicher ...»

«Das sind sie beinah alle. Ist dir noch nicht aufgefallen, wieviel Frechheit durch Unsicherheit zu erklären ist?»

«Ja ... Das ist eine vergnügte Stadt! Aber was soll ich machen? Da sagen sie: So eine Frau wie Sie! ... Wenn ich das schon höre! ... Irgendeinen Stiesel heiraten ... Du lachst. Daddy, ich kann mit diesen

Brüdern nicht leben. Na ja, das Geld. Aber es ist doch nicht bloß der Schlafwagen und das große Auto; das Schlimmste ist doch, wenn sie dann reden! Und wenn sie erst anfangen, sich gehenzulassen... Komm, es wird kühl.»

Der Uhr nach wurde es nun langsam Abend; hier aber war noch alles hell, es waren die hellen Nächte, und wenn Gripsholm auch nicht gar so nördlich lag, so wurde es dort nur für einige Stunden dunkel, und ganz dunkel wurde es nie. Wir gingen über die Wiesen und blickten auf das Gras.

«Wir wollen zu Abend essas!» sagte die Prinzessin auf schwedisch.

Wir aßen, und ich trank sehr andächtig Wasser dazu. Wenn man in ein fremdes Land kommt, dann muß man erst einmal das fremde Wasser in sich hineingluckern lassen, das gibt einem den wahren Geschmack der Fremde. Da saßen wir und rauchten. So – und jetzt begannen die Ferien, die richtigen Ferien.

Die Vorhänge des Schlafzimmers waren dicht zugezogen und mit Nadeln zugesteckt. Männer können nur im tiefen Dunkel schlafen; die Prinzessin hielt das gradezu für ein männliches Geschlechtsmerkmal. Ich las. «Raschle nicht so bösartig mit der Zeitung!» sagte sie.

In dieser Nacht drehte sich die Prinzessin um und schlief wie ein Stein. Sie atmete kaum; ich hörte sie nicht. Ich las.

Es ist vorgekommen, daß ich nachts, in wilder Traumfurcht, aufgefahren bin und mich an die Prinzessin angeklammert habe ... wie lächerlich! «Willst du mich retten?» fragte sie dann lachend. Das ist zwei-, dreimal geschehen – oft wußte ich es gar nicht. «Heute nacht hast du mich wieder gerettet...» sagte sie dann am nächsten Morgen. Aber nun waren Ferien; heute nacht würde ich sie bestimmt nicht retten. Ich legte meine Hand hinüber, auf die Schlafende. Sie seufzte leise und veränderte ihre Lage. Schön ist Beisammensein. Die Haut friert nicht. Alles ist leise und gut. Das Herz schlägt ruhig. Gute Nacht, Prinzessin.

ZWEITES KAPITEL

> All to min Besten, sä de Jung – dor slögen se em den Stock upn Buckel entzwei.

1

Das Kind stand am Fenster und dachte so etwas wie: Wann hört dies auf? Dies hört nie auf. Wann hört dies auf?

Es hatte beide Arme auf das Fensterbrett gestützt, das durfte es nicht – aber es war für einen Augenblick, für einen winzigen, gestohlenen Augenblick, allein. Gleich würden die andern kommen; man spürte das zuerst im Rücken, der nun der Tür zugewendet war, der Rücken kitzelte erwartungsvoll. Wenn die andern kommen, ist es aus. Denn dann kommt *sie.*

Das kleine Mädchen schüttelte sich: es war wie die schnelle leise Bewegung eines Hundes, der Wasser abschüttelt. Das, was das Kind bedrückte, brauchte es nicht erst zu überdenken: es saß inmitten seiner kleinen Leiden wie auf einem Lotosblatt, zwischen andern Lotosblättern, und alle runden Blätter sahen es an — das Kind in der Mitte. Und es kannte sie alle, seine Leidensblätter.

Die andern Kinder — sein Spitzname ‹Das Kind› — dieses Kinderheim in Schweden — der tote Will, und nun stieg die Kurve der Furcht siedend-rot nach oben: Frau Adriani, die rothaarige Frau Adriani — und dahinter dann das traurigste: Mutti in Zürich. Es war zu viel. Das Kind zählte neun Jahre — es war zu viel für neun Jahre. Nun weinte es das bitterste Weinen, das Kinder weinen können: jenes, das innerlich geweint wird und das man nicht hört.

Trappeln. Schurren. Türenklappen. Kein Wort: eine stumme Schar näherte sich. Also war sie dabei. Du großer Gott —

Die Tür öffnete sich majestätisch, als habe sie sich allein aufgetan. Im Rahmen stand die Frau Direktor, der ‹Teufelsbraten›: die Adriani. Ihren Beinamen hatte sie von ihrem Lieblingsschimpfwort.

Sie war nicht sehr groß; eine stämmige, untersetzte Person, mit rötlichem Haar, graugrünlichen Augen und fast unsichtbaren Augenbrauen. Sie sprach schnell und hatte eine Art, die Leute anzusehn, die keinem guttat . . .

«Was machst du hier?» Das Kind duckte sich. «Was du hier machst?» Sie ging dabei auf die Kleine zu und gab ihr eine Art Knuff gegen den Kopf — es war nicht einmal eine Ohrfeige; der Schlag ignorierte, daß da ein Kopf war: er verfügte nur über das vorhandene Material. Zufällig war es ein Kopf. «Ich habe . . . ich . . . ich bin . . .» — «Du bist ein Teufelsbraten», sagte die Adriani. «Drückst dich hier oben herum, während unten geturnt wird! Heute abend kein Essen. In die Schar!» Das Kind schlich unter die andern; sie machten ihm hochmütig und mit artigem Abscheu Platz.

Dies war eine Kinderkolonie, Läggesta, in der viele deutsche Kinder waren und auch einige schwedische und dänische. Frau Adriani nützte ihr Besitztum am Mälarsee auf diese Weise gut aus. Zwei Nichten halfen ihr bei der Arbeit: die eine, wie ein Ableger der Tante, gehaßt und gefürchtet wie sie; die andre sanft, aber unterdrückt und furchtsam; sie versuchte zu mildern, wo sie konnte — es gelang ihr selten. Wenn die Alte ihre Tage hatte, waren die beiden Nichten nicht zu sehen. Sie hatte vierzig Kinder. Sie hatte keine Kinder. Und die vierzig hatten es nicht gut. Die Frau plagte sich viel um die Kinder; aber sie war hart zu ihnen, sie schlug. Schlug sie gern . . .? Sie herrschte gern.

Jedes Kind, das die Kolonie vor der Zeit verließ, war in ihren Augen ein Verräter; sie hätte nicht sagen können, woran; jedes, das hinzukam, eine willkommene Bereicherung des Materials, auf dem sie regierte. Wenn sich auch viele Kinder beklagten und fortgenommen wurden –: sie hatte viele Waisen darunter, und es kamen immer neue Mädchen.

Kommandieren ... Damit hatte sie es nun sonst nicht leicht. Denn wo sich die Schweden beugen, verbeugen sie sich höflich, weil sie es so wollen. Sie gehorchen nur, wenn sie eingesehen haben, daß es hier und an dieser Stelle nötig, nützlich oder ehrenvoll ist, zu gehorchen ... sonst aber hat einer, der in diesem Lande herrschen will, wenig Gelegenheit dazu. Man verstände ihn gar nicht; man lachte ihn aus und ginge seiner Wege.

Frau Adriani wechselte oft ihr Personal und brachte sich die Angestellten häufig aus Deutschland mit, wohin sie manchmal reiste. Im Winter saß sie hier oben fast allein, nur wenige Kinder blieben dann da – wie zum Beispiel die kleine Ada. Ihr Mann ... wenn Frau Adriani an ihren Mann dachte, war es, wie wenn sie eine Fliege verjagen mußte. Dieser Mann ... sie zuckte nicht einmal mehr die Achseln. Er saß in seinem Zimmer und ordnete Briefmarken. Sie verdiente das Geld. Sie. Und im Winter wartete sie auf den Sommer – denn der Sommer war ihre Zeit. Im Sommer konnte sie durch die langen Korridore des Landhauses donnern und befehlen und verbieten und anordnen, und alles um sie herum fragte sich gegenseitig nach ihrer Stimmung und zitterte vor Furcht, und sie genoß diese Furcht bis in die Haarspitzen. Fremde Willen unter sich fühlen – das war wie ... das war das Leben.

«Jetzt bleiben alle hier oben, bis es zum Essen klingelt. Wer spricht, hat Essen-Entzug. Sonja! Deine Haarschleife!» Ein Mädchen riß sich, puterrot, die Schleife, die sich gelöst hatte, aus den Haaren und band sie von neuem. Es war so still – man hörte vierzig kleine Mädchen atmen. Frau Adriani genoß mit einem kalten Blick ihrer grau-grünen Augen die Situation, dann ging sie hinaus. Hinter ihr zischelte es zwiefach: das waren die, die, ganz leise, sprechen wollten, und die andern, die die Flüsternden mit einem «Pst!» daran zu hindern suchten. Das Kind stand für sich allein. Kleine Mädchen können sehr grausam sein. Es war sonst keine bestraft worden, am heutigen Tage – die Majorität hatte also stillschweigend beschlossen, das Kind fallen zu lassen. Das Kind hieß ‹das Kind›, weil es einmal auf die Frage der Adriani: «Was bist du?» geantwortet hatte: «Ich bin ein Kind.» Niemand beachtete es jetzt.

Wann hört dies auf? dachte das Kind. Das hört nie auf. Und dann liefen die Tränen, und nun weinte es, weil es weinte.

2

Die Bäume rauschten vor unsern Fenstern, und sie rauschten mich aus einem Traum, von dem ich schon beim Erwachen nicht mehr sagen konnte, was das gewesen sein mochte. Ich drehte mich in den Kissen; sie waren noch schwer von Traum. Vergessen ... Warum war ich aufgewacht?

Es klopfte.

«Die Post! Daddy, die Post! Geh mal an die Tür!» Die Prinzessin, die eben noch geschlafen hatte, war wach – ohne Übergang.

Ich ging. Zwischen Bett und Tür überlegte ich, wie es doch zwischen Mann und Frau Morgen-Augenblicke gibt, da hat es sich mit der Liebe ausgeliebt. Sehr entscheidende Augenblicke – wenn die gut verlaufen, dann geht alles gut. Von dem quäkrigen «Wieviel Uhr ist es denn...?» bis zum «Hua – na, da steh auf!» ... da pickt die kleine Uhr auf dem Nachttisch viel Zeit auf, der Tag ist erwacht, nun schläft die Nacht, es schläft die unterirdische Hemisphäre ... bei den meisten Frauen wenigstens, leider ... Ich war an der Tür. Eine Hand steckte Briefe durch den Schlitz.

Die Prinzessin hatte sich im Bett halb aufgerichtet und warf vor Aufregung alle Kissen durcheinander. «Meine Briefe! Das sind meine Briefe! Du Schabülkenkopp! Gib sie her! Na, da schall doch gliks ...» Sie bekam ihren Brief. Er war von ihrer Stellvertreterin aus dem Geschäft, und es stand darin geschrieben, daß es nichts zu schreiben gäbe. Die Sache mit Tichauer wäre in Ordnung. Beim kleinen Inventarbuch wären sie bei G. Das zu hören beruhigte mich ungemein. Was für Sorgen hatten diese Leute! Was für Sorgen sie hatten? Ihre eignen, merkwürdigerweise.

«Geh mal Wasser braten!» sagte die Prinzessin. «Du mußt dich rasieren. So, wie du da bist, kannst du keinem Menschen einen Kuß geben. Was hast du für einen Brief bekommen?» – Ich grinste und hielt den Brief hinter meinem Rücken verborgen. Die Prinzessin stritt erbittert mit den Kissen. «Wahrscheinlich von irgend einer Braut ... einer dieser alten Exzellenzen, die du so liebst ... Zeig her. Zeig her, sag ich!» Ich zeigte ihn nicht. «Ich zeige ihn nicht!» sagte ich. «Ich werde dir den Anfang vorlesen. Ich schwöre, daß es so dasteht, wie ich lese – ich schwöre es. Dann kannst du ihn sehn.» Ein Kissen fiel, erschöpft und zu Tode geschlagen, aus dem Bett. «Von wem ist er?» – «Er ist von meiner Tante Emmy. Wir sind verzankt. Jetzt will sie etwas von mir. Darum schreibt sie. Sie schreibt:

‹Mein lieber Junge! Kurz vor meiner Einäscherung ergreife ich die Feder ...›»

«Das ist nicht wahr!» schrie die Prinzessin. «Das ist ... gib her! Es ist ganz grrroßartig, wie Bengtsson sagen würde. Geh dich rasieren und halt die Leute hier nich mit deine eingeäscherten Tantens auf!»

Und dann gingen wir in die Landschaft.

Das Schloß Gripsholm strahlte in den Himmel; es lag beruhigend und dick da und bewachte sich selbst. Der See schaukelte ganz leise und spielte – plitsch, plitsch – am Ufer. Das Schiff nach Stockholm war schon fort; man ahnte nur noch eine Rauchfahne hinter den Bäumen. Wir gingen quer ins Land hinein.

«Die Frau im Schloß», sagte die Prinzessin, «spricht ein privates Deutsch. Eben hat sie mich gefragt, ob wir es nachts auch warm genug hätten – ich wäre wohl gewiß ein Frierküchlein...» – «Das ist schön», sagte ich. «Man weiß bei den nordischen Leuten nie, ob sie sich das wörtlich aus ihren Sprachen übersetzen oder ob sie unbewußt Neues schaffen. In Kopenhagen kannte ich mal eine, die sagte – und sie hatte eine Baßstimme vor Wut: Dieses Kopenhagen ist keine Hauptstadt – das ist ein Hauptloch! Ob sie das wohl erfunden hat?» – «Du kennst so viele Leute, Daddy!» sagte die Prinzessin. «Das muß schön sein...» – «Nein, ich kenne lange nicht mehr so viel Leute wie früher. Wozu auch?» – «Ick will di mal wat seggen, min Jung», sagte die Prinzessin, die es heute mit dem Plattdeutschen hatte. «Wenn du nen Minschen kennenliernst un du weißt nich so recht, wat mit em los ist, dann frag di ierst mal: giwt hei mie Leev oder giwt hei mi Geld? Wenn nix von beid Deil, denn lat em lopen und holl di nich bi em upp! Dessenungeachtet brauchst du aber nicht in diesen Fladen zu treten!» – «Donnerschlag!» – «Du sollst keines Fluches gebrauchen, Peter!» sagte die Prinzessin salbungsvoll. «Das schickt sich nicht. Und nun legen wir uns woll ein büschen auf düsen Rasenplatz!»

Da lagen wir...

Der Wald rauscht. Der Wind zieht oben durch die Wipfel, und ein ganz feiner Geruch steigt vom Boden auf, ein wenig säuerlich und frisch, moosig, und etwas Harz ist dabei.

«Was hätte Arnold jetzt gesagt?» fragte ich vorsichtig. Arnold war ihr erster; wenn die Prinzessin sehr guter Laune war, konnte man sie daran erinnern. Jetzt war sie guter Laune. «Er hätte nichts gesagt», antwortete sie. «Er hatte auch nichts zu sagen, aber das habe ich erst sehr spät gemerkt.» – «Also nicht klug?» – «In meinem Papierkorb ist mehr Ordnung als in dem seinen Kopf! Er sprach wenig. Im Anfang hielt ich dieses Schweigen für sehr bedeutend; er war eben ein karger Schmuser. Das gibts.» Schritte auf dem weichen Moos; ein kleiner Junge kam den Waldweg entlanggestolpert, er murmelte etwas vor sich hin ... als er uns sah, schwieg er; er blickte zu den Bäumen auf und begann dann zu laufen.

«Das wäre etwas für einen Staatsanwalt», sagte ich. «Der würde in seiner Schläue einen ganzen Tatbestand aufbauen. Wahrscheinlich hat dieser Knabe aber nur Zahlen gebetet und sich geschämt, als er uns gesehn hat ...» – «Nein, es war so», sagte die Prinzessin. Sie lag auf dem Rücken und erzählte zu den Wolken:

«Ein Jung sall mal nan Koopmann gahn un Seip und Solt halen. Dor sä hei ümme vor sich hen: Seip un Solt ... Seip und Solt ... Hei sei över nich nah sin Feut, un so full he övern Bohnenstrang. Dunnersweer! Tran un Teer! sä he – un bleew nu uck bi Tran un Teer un köffte Tran und Teer ... Peter! Peter! Wie ist es mit dem Leben! Erzähl schnell, wie es mit dem Leben ist! Nein, jetzt sage nicht wieder deine unanständigen Wörter ... die weiß ich allein. Wie ist es? Jetzt gleich will ich es wissen!» – Ich sog den bittern Geschmack aus einem trocknen Zweig mit Fichtennadeln.

«Erst habe ich gemerkt», sagte ich, «wie es ist. Und dann habe ich verstanden, warum es so ist – und dann habe ich begriffen, warum es nicht anders sein kann. Und doch möchte ich, daß es anders wird. Es ist eine Frage der Kraft. Wenn man sich selber treu bleibt ...»

Mit ihrem tiefsten Alt: «Nach den Proben an Treue, die du bei mir abgelegt hast ...»

«Ob es wohl möglich ist, mit einer Frau ernsthaft etwas zu bereden. Es ist nicht möglich. Und sowas hat nun das Wahlrecht!»

«Das sagt der Chef auch immer. Was der jetzt wohl macht?»

«Er wird sich wahrscheinlich langweilen, aber sehr stolz sein, daß er in Abbazia ist. Dein Generalkonsul ...»

«Daddy ... dein Literatenstolz ist auch nicht das richtige. Weißt du – manchmal denke ich so ... der Mann ist doch immerhin etwas geworden. Sie haben ihm doch den Generalkonsul und die Seife und den Safe und das alles nicht in die Wiege gelegt – und die Wiege, lieber Daddy ... der Mann betont mir viel zu oft, daß er zeit seines Lebens in guten Verhältnissen gelebt hätte – also hat er nicht. Er hat wahrscheinlich allerhand Saures geschluckt, bis sie ihn an das Süße herangelassen haben. Na, nun schmatzt er ... Was? Natürlich hat er das vergessen, das mit dem Sauern. Ach, das tun sie ja alle. Erinnerung – Junge, Erinnerung ... das ist ein alter Leierkasten. Die Leute haben doch heute ihr Grammophon! Wenn man nur mal rauskriegen könnte, wie so einer langsam was geworden ist – so einer wie der Chef – wie das so vor sich geht ... Verheiratet ist er nicht ... und wenn er eine Frau hätte, die könnte es einem ja auch nicht sagen, weil sie nichts gemerkt hat. Sie fände es selbstverständlich, und vom Aufstieg wollen sie ja alle nichts hören, weil sie damit zugeben würden, daß ihre Ahnen noch ohne Visier herumgelaufen sind. Aufstieg ... das sagen sie bloß, wenn sie einem keine Gehaltserhöhung geben wollen.» Also sprach die kluge Prinzessin Lydia und beendete ihre Rede mit einem herrlichen –

Hier hatte die Prinzessin den Schluckauf.

Dann wollte sie vom Boden hochgezogen werden; dann stand sie allein auf, mit einem schönen gymnastischen Schwung – und dann krochen wir langsam zurück durch den Wald. Wir standen uns nach Haus, an jeder Schneise blieben wir stehn und hielten große Reden; jeder tat so, als ob er dem andern zuhörte, und er hörte ja auch zu, und jeder tat so, als bewunderte er den Wald, und er bewunderte ihn ja auch – aber im allertiefsten Grunde, wenn man uns gefragt hätte: wir waren nicht mehr in der großen Stadt und noch nicht in Schweden. Aber wir waren beieinander.

Da lag das erste Haus von Mariefred. Ein Grammophon kratzte sich eins. «Es ist hier zur Erholung, das Grammophon», sagte die Prinzessin ehrfürchtig. «Hörst du – es ist noch ganz heiser. Aber die Luft hier wird ihm guttun.» – «Hast du Hunger, Lydia?» – «Ich hätte gern ... Peter! Daddy! Allmächtiger Braten! Wie heißt der Genetiv von Smörgås ... Ich möchte gern etwas Smörgåssens ... achgottachgott!» Und dies bewegte uns sehr, bis wir bei Tisch saßen und die Prinzessin alle vier Fälle des schwedischen Vorgerichts herunterdeklinierte.

«Was machen wir nach Tisch?» – «Das ist eine Frage! Nach Tisch gehn wir schlafen. Karlchen sagt auch immer: in den Taghemden ist so viel Müdigkeit ... man muß sich völlig ausziehn und schlafen. Dann schläft man. Und das ist eben Erholung.» – «Sage mal ... sitzt dein Freund Karlchen noch immer beim Finanzamt im Rheinland?» Ich sagte, er säße. «Und woanz ist diesen Mann denn nu eigentlich?» – «Lieber Mann», sagte ich zur Prinzessin, «das ist vielleicht ein Mann! Aber das darf man ihm nicht sagen – sonst wachsen ihm vor Stolz Pfauenfedern aus den Ohren. Das ist ein ... Karlchen ist eben Karlchen.» – «Keine Erklärung. So schwabbelt mein Konsul auch immer, wenn er was nicht sagen will. Ich für mein Teil gehe jetzt ins Bett, schlafas.» Ich hörte sie noch nach der Melodie von Tararabumdiä singen:

Da hat das kleine Pferd
sich plötzlich umgekehrt
und hat mit seinem Stert
die Fliegen ab-ge-wehrt –

Dann rauschten uns die Bäume in Schlaf.

3

Nachmittags standen wir vor dem Schloß – Touristen kamen und gingen.

Wir wandelten in den ‹innern Burggarten›; da war ein zierlicher Brunnen in der Mitte, kleine Erker klebten an den Mauern – man hatte an dem Schloß herumrestauriert ... schade. Aber vielleicht wäre das Ganze sonst eingefallen; so alt war es schon.

Ein großer Tourenwagen fuhr vor.

Ihm entstieg ein jüngerer Mann, dann folgten zwei Damen, eine ältere und eine jüngere, und dann wurde ein dicker Herr aus dem Fond gekratzt. Sie sprachen deutsch und standen etwas ratlos um den Wagen herum, wie wenn sie vom Mond gefallen wären. Dann sprach der Dicke hastig und laut mit dem Chauffeur. Der verstand ihn zum Glück nicht.

Sie lösten Karten für das Schloß. Der Führer war schon nach Hause gegangen, und man ließ sie allein pilgern. «Lydia . . .» sagte ich. Wir gingen nach.

«Was willst du machen?» fragte Lydia, und dabei senkte sie die Stimme, so gut hatte sie mich verstanden. «Ich weiß noch nicht», sagte ich. «Es wird mir schon etwas einfallen . . . Komm mit.» Die Touristen standen im großen Reichssaal, sie sahen zur getäfelten Decke auf, und eine der Damen sagte so laut, daß es hallte: «Ganz nett!» – «Offenbar schwedischer Stil!» sagte der Dicke. Sie murmelten. «Wenn sie jetzt noch fragen, ob das alles hier gebaut ist . . . Rasch!» – «Wohin?» – «Komm dahin, wo der große Brunnen ist. Irgend etwas müssen wir da aufführen . . .»

Man hörte sie schlurren und husten – dann waren wir außer Hörweite. Wir gingen leise und schnell.

Da war ein großer, runder Raum, mit einer Holzgalerie, und in der Mitte des festgestampften Bodens lag eine kreisrunde Holzscheibe: der Eingang zum Verlies. Und da fanden wir eine Leiter. Lydia half, wir setzten die Leiter an – hurra! Sie stand. Also sehr tief konnte es nicht sein. Ich kletterte hinunter, gefolgt von den spöttisch-bewundernden Blicken der Prinzessin. «Grüß die Fledermäuse!» – «Hol din Mul!» sagte ich. Ich kletterte – ein ganzes Endchen . . . ein amerikanischer Filmkomiker mimt den Feuerwehrmann, so sah das aus, und mir war gar nicht komisch zumute, wohin ging das hier? Aber für einen Spaß ist uns nichts zu teuer. Dunkelheit und Staub. Nur der runde Schein von oben . . . «Bitte Streichhölzer! Aus deiner Tasche!» Die Schachtel kam herunter und fiel mir auf die Füße. Ich suchte und stieß mir den Kopf an der Leiter – dann hatte ich sie. Ein Flämmchen . . . das war also doch ein großer Raum, an der einen Wandseite waren Ringe in die Mauer gelassen; offenbar hatten sie hier ihre Gefangenen nicht in drei Stufen gebessert, sondern gleich in einer einzigen . . . Und da war auch ein zweites Brunnenloch.

«Lydia?» – «Ja?» – «Zieh die Leiter auf – kannst du das? Ich werde dir helfen. Ich hebe an – horupp! So . . . hast du?» Die Leiter war oben. «Stell sie weg!» Ich hörte, wie die Prinzessin mit der Leiter wirtschaftete. «Setz die runde Scheibe wieder auf, kannst du? Und versteck dich.» Nun war es ganz dunkel. Schwarz.

Das ist merkwürdig, wenn man so etwas nicht gewöhnt ist. Im

Augenblick, wo man in völliger Dunkelheit steckt, belebt sich das Dunkel. Nein, man erwartet, daß es sich belebt; man fürchtet das und sehnt sich nach dem Belebenden. Ich räusperte mich leise, zum Zeichen, daß ich auch noch da wäre, jedoch keine feindlichen Absichten hegte ... Ich tastete mich umher. Da war ein Nagel an der Wand, von dem wollen wir nicht fortgehn ... He? Da waren sie. Man hörte deutlich die Stimmen; die Holzscheibe war nur dünn.

«Hier ist nichts», sagte eine Stimme. «Wahrscheinlich ein Brunnen – für die Belagerung oder so. Sehr interessant. Na, gehn wir weiter. Hier ist nichts.»

Hier wird gleich was sein.

«Huuuuuuu –» machte ich.

Oben wurde es totenstill. Die schleppenden Fußschritte waren verstummt. «Was war das?» sagte jemand. «Hast du das gehört?» – «Ja, mir war auch so – wahrscheinlich nur so ein Klang –»

«Huuuuuuu–aa–huuuuuuu –!» machte ich von neuem.

«Adolf, um Gottes willen – vielleicht ist hier ein Tier eingesperrt, ein Hund – komm weg!» – «Na, erlaube mal, das gibts doch nicht! Ist – ehö – ist da jemand?» – Ich blieb so still. «Eine Täuschung», sagte eine Männerstimme. «Komm – da war ja nichts», sagte der andre der Männer. Und da dachte ich an die Löwen in den Zoologischen Gärten vor der Fütterung, holte tief Atem und begann zu röhren:

«Huuuuuu – brru – aa huuuuuuuuah!» –

Das war zu viel. «Hi!» kreischte oben eine Frau, und dann gab es ein eiliges Gestiefel, einer sagte noch schnell: «Aber das ist doch – das muß doch geklärt werden ... werden gleich unten mal fragen ... Unerhört – das ist doch ...» – «Komm hier weg! Was müssen wir auch in alle Schlösser ...» Fort waren sie. Da stand ich in meiner Dunkelheit. Mucksmäuschenstill.

Ganz leise: «Lydia?» ... Nichts. Ein wenig Kalk rieselte von der Mauer. Hm ... Ein Ton? Hier ist doch alles aus Holz und Stein; das klingt doch nicht. Ich lauschte. Mein Herz klopfte um eine Spur schneller, als ich ihm das erlaubt hatte. Nichts. Man soll keine Leute erschrecken, siehst du, man soll keine Leute erschrecken ... «Lydia!» Lauter: «Holla! He! Alte!» Nichts.

Durch mein Gehirn flimmerte: Spaß muß sein. Ist den Burschen ganz recht. Still stehn, sonst machst du dich schmutzig. Hast Angst. Hast keine Angst. Ist ja Unsinn. Lydia kommt gleich. Wenn sie nun in Ohnmacht gefallen ist oder plötzlich stirbt, dann weiß niemand, daß du hier stehst. Roman, Filmidee. Pathé hat mal sowas gemacht. Eine Gemeinheit, Leute in Dunkelarrest zu stecken. Ich habe im Kriege mal einen rauskommen sehen, der taumelte, als er das Licht sah. Dann begann er zu weinen. Er hatte nicht ordentlich Krieg geführt, deshalb hatten sie ihn eingesperrt, das soll man nicht. Die Richter ausprobieren lassen, was sie da verhängen. Geht aber nicht, weil sie ja wissen: es ist nur eine Probe. Also Wahnwitz der Todesstrafe, deren Wirkung niemand kennt. Nun ging das Herz ganz ruhig, ich hatte nachzudenken und ließ die Gedanken laufen ... Die Holzscheibe ruckte an, wurde fortgezogen. Licht. Lydia. Die Leiter.

Ich stieg hinauf. Die Prinzessin lachte über das ganze Gesicht. «Wie ist denn das alles so plötzlich gekommen? Komm mal her – Na, nun aber gleich nach Haus! Allmächtiger, wie siehst du aus!» Ich war grau vor Dreck, behangen mit Spinnweben, die Hände von schwarzen Streifen geziert und der Rest entsprechend. «Wat hebben se seggt? Was hast du getan? Menschenskind, nu sieh dir man blodsen ierst mal in den Speegel!» Ich sah lieber nicht in den Spiegel. «Wo warst du so lange, Alte? Läßt einen da unten schmachten! Das ist Liebe!» – «Ich ...» sagte die Prinzessin und steckte den Spiegel wieder ein; «ich habe hier ein Töpfchen gesucht, sie haben aber keins. Die alten Burggrafen haben offenbar an chronischer Verstopfung gelitten!» – «Falsch», lehrte ich, «falsch und ungebildet. Sie setzten sich zu diesem Behufe auf kleine Örtlichkeiten, die es hier natürlich auch gegeben hat, und diese Örtlichkeiten gingen in den Schloßgraben, wenn aber sie belagert wurden, und es kam der böse Feind, dann ...» – «Nunmehr ist es wohl an der Zeit, daß wir dich waschen. Du Ferkel!» – Und wir spazierten in unsre Wohnung, vorüber an der maßlos erstaunten Wirtin, die sicherlich dachte, ich wäre in den Branntwein gefallen. Bürstung, Waschung, frischer Kragen, prüfende Blicke der Prinzessin, dreimal zurück, weil immer noch etwas kleben geblieben war. «Wen ärgern wir nun?» – «Schetzt kommst du mich aber raus. Nichs as Dummheiten hat diesen Kierl innen seinen Kopf. Un das will 'n iernsten Mann sein!» – «Will nicht ... Muß. Muß.» Wir traten ins Freie.

Weiter hinten stand ein kleiner Pavillon; darin saß die Autogesellschaft und trank Kaffee. Wir schlenderten vorüber und sprachen lustig miteinander. Der jüngere Mann stand auf und kam auf uns zu. «Die Herrschaften sind Deutsche ...?» – «Ja», sagten wir. «So ... vielleicht ... wenn Sie an unserm Tisch Platz nehmen wollten ...?» Der Dicke erhob sich. «Teichmann», sagte er. «Direktor Teichmann. Meine Frau. Meine Nichte, Fräulein Papst. Herr Klarierer.» Nun mußte ich auch etwas sagen, denn dies ist die Sitte unsres Landes. «Sengespeck», sagte ich. «Und meine Frau.» Worauf wir uns setzten und die Prinzessin mir unterm Tisch an die Schienenbeine trat. Kaffeegeschlürf. Tellergeklapper. Kuchen.

«Sehr hübsch hier – Sie sind wohl auch zur Besichtigung hier?» – «Ja.» – «Reizend. Sehr interessant.» Pause.

«Sagen Sie ... ist das Schloß eigentlich bewohnt?» Die Prinzessin trat heftig. «Nein», sagte ich. «Ich glaube nicht. Nein. Sicher nicht.» – «So ... wir dachten ...» – «Warum fragen Sie?» Die Gesellschaft wechselte untereinander bedeutungsvolle Blicke. «Wir dachten nur ... wir hatten da oben in dem einen Raum jemand sprechen hören – aber so eigentümlich, mehr wie ein Hund oder ein wildes Tier ...» – «Nein», sagte ich, «nach allem, was ich weiß: Tiere wohnen in dem Schloß gar nicht. Fast gar nicht.» Pause.

«Überhaupt ...» sagte Herr Direktor Teichmann und sah sich um, «hier ist nichts los! Finden Sie nicht auch?» – Wir bestätigten, daß hier nichts los wäre. «Wissen Sie», sagte der Direktor, «wenn man sich wirklich amüsieren will: da gibts ja nur Berlin. Oder Paris. Aber sonst nur Berlin. Is doch 'n andrer Zuch. Was?» – «Hm –» machten wir. «Ich finde es hier auch gar nicht elegant!» sagte Frau Direktor Teichmann. Und Fräulein Papst: «Ich habe mir das ganz anders vorgestellt.» Und Herr Klarierer: «Wo gehn wir denn heute abend in Stockholm hin?» Frau Direktor Teichmann aber wollte nirgends mehr hingehn; sie hätte sich vorhin so aufgeregt, im Schloß ... Inzwischen hatte mir die Prinzessin einen Ring abgedreht, einen Manschettenknopf aufgemacht, alles unter dem Tisch – und ich fand, es sei nun genug. Denn wer weiß, was sie sonst noch ... Und wir verabschiedeten uns, weil wir im Ort eine Verabredung hätten. «Fahren Sie nachher auch nach Stockholm?» – Nein, wir bedauerten.

Wir bedauerten noch, als wir draußen auf den Wiesen standen und uns freuten: daß wir nicht nach Stockholm fahren mußten, daß wir in Schweden waren, daß wir Urlaub hatten ... «Was kommt da?» sagte die Prinzessin, die Augen hatte wie ein Luchs. Durch die Wiesen bewegte sich eine dünne Reihe kleiner Gestalten, auf einem schmalen Wege. «Was ist das –?»

Es kam näher.

Kinder waren es, kleine Mädchen, artig aufgereiht, wie Perlchen an der Schnur, immer zwei zu zwei. Eine herrisch aussehende Person ging an ihrer Spitze, sah sich öfter um – keines sprach. Nun waren sie nahe bei uns, wir traten beiseite und ließen den Zug vorüber. Die Führerperson warf uns einen glitzernden Blick zu. Die Kinder trappelten dahin. Wir sprachen nicht, als sie vorbeizogen. Ganz zum Schluß ging ein Kind allein; es ging, wie wenn es von jemandem gezogen würde, es hatte verweinte Augen, schluckte manchmal im Gehen vor sich hin, aber es weinte nicht. Sein Gesicht war auch nicht verschwollen, wie es verheulte Kinder haben ... es sah vielmehr leer geweint aus, und in den bräunlichen Haaren lag ein goldner Schimmer. Es sah uns an, so müde und gleichgültig, wie es einen Baum angesehn hätte. In einem Anfall von Übermut und Kinderliebe steckte ihm die Prinzessin zwei kleine Glockenblumen, die wir gepflückt hatten, in die Hand. Das Kind zuckte zusammen, dann sah es auf, seine Lippen bewegten sich; es wollte vielleicht etwas sagen, danken ... da drehte sich vorn die Person um, die Kleine beschleunigte ihre

Schritte und hoppelte ängstlich der Schar nach. Staub und das Geräusch der marschierenden Kinderfüße. Dann war das Ganze vorüber.

«Merkwürdiges kleines Mädchen», sagte die Prinzessin. «Was sind denn das für Kinder? Wir wollen nachher einmal fragen ... Peter, mein Sohn, gibt es hier eigentlich Nordlicht? Ich möchte so gern mal ein Nordlicht sehn!»

«Nein», sagte ich. «Doch, ja. Aber alles, was man sehn will, meine Tochter, findet immer grade in dem Monat statt, wo man nicht da ist ... Das ist so im Leben. Aber das bekommst du erst in der nächsten Klasse. Nordlicht – ja ...»

«Ich denke es mir wundervoll. Ich habe mal als Kind im Konversationslexikon eins gesehn – das war überhaupt eine Welt für sich, das Lexikon, mit den kleinen Seidenpapierblättchen ... Und da waren sie abgebildet, die Nordlichter, ganz bunt und groß, sie sollen ja über den halben Himmel gehn. Ich glaube, ich hätte eine ungeheure Angst, wenn ich das mal sehe. Denk mal, große, bunte Lichter am Himmel! Wenn das nun herunterkommt! Und einem auf den Kopf fällt! Aber sehn möchte ich es schon mal ...»

Blaßblau wölbte sich der Himmel über uns; an einer Stelle des Horizonts ging er in tiefes Dunkelblau über, und da, wo die Sonne vorhin untergegangen war, leuchtete es gelbrosig, es schimmerte und blinkte nur noch ein wenig. «Lydia», sagte ich, «wollen wir uns ein Nordlicht machen?» – «Na ...» – «Sieh mal», sagte ich, und deutete mit dem Finger nach oben, «siehst du, siehst du – da – da ist es –!»

Wir sahen beide fest nach oben – wir hielten uns an den Händen, Pulsschlag und Blutstrom gingen von einem zum andern. In diesem Augenblick hatte ich sie so lieb wie noch nie. Und da sahen wir unser Nordlicht.

«Ja –» sagte die Prinzessin, leise, damit sie es nicht verscheuchte. «Das ist ja wunderbar. Ganz hellgrün – und da – rosa! Und Kugelstreifen – und das da, ganz spitz-hoch ... Sieh mal, sieh mal!» Jetzt wagte sie es, schon lauter zu sprechen, denn nun leuchtete uns das Nordlicht wie wirklich. «Das sieht aus wie eine kleine Sonne», sagte ich. «Und da, wie geronnene Milch, und da, weiße Zirruswölkchen ... blau ... ganz hellblau!» – «Guck, und am Horizont geht es gewiß noch weiter – da ist alles ganz silbergrau. Daddy, ist das schön!»

Wir standen still und sahen nach oben. Ein Wagen klapperte vorüber und schreckte uns auf. Der Bauer, der auf dem Bock saß und freundlich grüßte, sah nun auch nach oben, was es da wohl gäbe. Wir sahen erst ihn an, dann die Wiesen, die ein wenig kalt und grau dalagen. Wir lächelten, wie beschämt. Dann blickten wir wieder zum Himmel auf. Da war nichts. Er lag glatt, blau und halbhell. Da war nichts.

«Peter ...» sagte die Prinzessin. «Peter ...»

4

«Sagen Sie bitte, Frau Andersson», sagte ich zu der Schloßdame, die uns einen schönen guten Abend bot, und ich sprach ihren Namen ‹Anderschon› richtig aus – «was mögen das für Kinder sein, denen wir vorhin begegnet sind? Da . . . da hinten . . . in den Wiesen?» – «Ja, da sind viele Kinder. Das ist wohl Bauernjungen, die spielen da viele Gängen . . .» – «Nein, nein. Es waren kleine Mädchen, sie gingen geordnet, wie ein Institut, eine Schule, so etwas . . .» – «Eine Schule?» Frau Andersson dachte nach. «Ah – das werden die von der Frau Adriani gewesen sein. Von Läggesta.» Und sie deutete über den See, wo man weit, weit in einer Lichtung recht undeutlich ein großes Gebäude liegen sah. «Das ist ein Pensionat, das ist eine Kinderkolonie. Ja.» Dazu machte sie ein Gesicht, wie ich es noch nie bei ihr gesehen hatte. Ich wurde neugierig. Man soll nie jemand nach dem fragen, was man wissen will, das ist eine alte Weisheit. Dann sagt ers nicht. «Da sind gewiß viele Kinder . . . wie?» – «Ja, eine heile Masse», sagte Frau Andersson; man mußte oft raten, was sie wohl meinte, denn sie übersetzte sich wahrscheinlich alles wörtlich aus dem Schwedischen. «In diesen Pensionat sind viele Kinder, aber nicht viele schwedische Kinder. Es gescheht Gottlob!» – «Warum Gottlob, Frau Andersson?» – «Jaha», sagte sie und schlug mit der Seele einen Haken, wie ein verfolgter Hase, «da sind nicht viele schwedischen Kinder, ne-do!» – «Schade», sagte ich und kam mir mächtig diplomatisch vor. «Da ist es gewiß hübsch . . .» Frau Andersson schwieg einen Augenblick. Dann nahm sie beherzt einen kleinen Anlauf. Sie senkte die Stimme.

«Das ist . . . das ist nicht eine liebe Frau, der da ist. Aber ich will nichts Böses sagen . . . verstehn Sie. Es ist eine deutsche Dame. Aber sie ist keine gute Dame. Das Volk von Deutschland sind so wohnliche Menschen – nicht wahr . . . Waren Sie so gut, fassen Sie mir das nicht übel!» – «Sie meinen die Vorsteherin von dem Pensionat?» – «Ja», sagte Frau Andersson. «Die Versteherin. Die Versteherin, das ist eine schlimme Person. Das ist . . . jeder fühlt sie hier. Wir haben nicht an ihr Geschmack. Sie ist nicht gut gegen den Kindern.» – «So», sagte ich und sah auf die Bäume, die leise mit den Blättern zitterten, wie wenn sie fröstelten, «so – keine gute Dame? Na . . . was macht sie denn? Schreit sie mit ihnen?» – «Ich will Sie etwas sagen», sagte Frau Andersson, und nun wandte sie sich zur Prinzessin, als ob diese Sache nur unter Frauen abzuhandeln wäre; «sie ist hart zu den Kindern. Die Versteherin . . . sie slagt die Kinder.» Der Prinzessin gab es einen Ruck. «Sagt da denn niemand was?» – «Jaha . . .» sagte Frau Andersson. «So schlagt sie sie nicht. Die Polizei kann darein nichts sprechen. Sie schlagt ihnen nicht, so zu krank zu werden. Aber sie ist unrecht dazu, die Kinder ist sehr bange für ihr.» Sie deutete auf ein schloßartiges Gebäude, das hinter Mariefred auf einem Hügel lag. «Ich möchte lieber da sein als bei der Kinderfrau.» – «Was ist denn das da hinten?» fragte ich. «Das ist eine Irrtums-Anstalt», sagte Frau Andersson. «So – und die Irren haben es besser als diese Kinder da?» – «Ja», sagte Frau Andersson. «Aber da will ich sehn, ob das Abendmahl fertig ist ... einen Augenblick!» Und sie ging, eilfertig, wie wenn sie zu viel gesagt hätte.

Wir sahen uns an. «Komisch, wie?» – «Ja ... das gibts», sagte ich. «Wahrscheinlich irgend so ein Deubel von Weib, das da mit der Zuchtrute regiert ...» – «Peter – spiel noch ein bißchen Klavier, bis das Essen fertig ist!»

Und wir gingen ins Musikzimmer der Schloßfrau, das hatte sie uns erlaubt, und ich setzte mich an das kleine Klavier und ließ fromme Gesänge ertönen. Ich spielte hauptsächlich auf den schwarzen Tasten; man kann sich besser daran festhalten. Ich spielte:

Manchmal denke ich an dich,
das bekommt mich aber nich ...
denn am nächsten Tag bin ich so müde –

und:

Wenn die Igel in der Abendstunde
still nach ihren Mäusen gehn,
hing auch ich an deinem Munde –

und dann sangen wir alte Volkslieder und dann amerikanische Lieder, und dann sangen wir ein Reiterlied, das wir selber gedichtet hatten, und das ganz und gar blödsinnig war, von der ersten bis zur letzten Zeile, und dann war das Abendessen fertig.

Wir hatten eine Flasche Whisky aufgetrieben. Das war nicht einfach gewesen, denn wir hatten kein ‹Motbok›, nicht dieses kleine Buch, das die Schweden zum Bezug von Schnaps berechtigt. Aber die Flasche hatten wir. Und gar so teuer war sie auch nicht gewesen. Braun und Blond ... black and white ... ihr sollt leben ...!

Wir saßen vor dem Haus an einem Holztischchen und sahen zum Schloß hinüber. Ab und zu tranken wir einen Schluck.

Zehn schlug es von dem alten Kirchturm – zehn Uhr. Die Luft stand still; die Bäume rührten kein Blatt – alles ruhte. Helle Nächte. Es war eine starre Ruhe, wie wenn sich etwas staute und die Natur den Atem anhielte. Hell? Es war nicht hell. Es war nur nicht dunkel. Die Äste drohten so schwärzlich, sie warteten. Wie wenn man allem die Haut abgerissen hätte: schamlos, ohne Dunkel, stand es herum, der Schwärze beraubt. Man hätte das schwarze Kleid der Nacht herbeizaubern und alles zudecken mögen, damit nichts mehr sichtbar wäre. Das Schloß hatte sein brennendes Rot eingebüßt und sah fahlbraun aus, dann düster. Der Himmel war grau. Es war Nacht, ohne Nacht zu sein.

«So still, wie es jetzt ist, so sollte es überall und immer sein, Lydia – warum ist es so laut im menschlichen Leben?» – «Meinen lieben Dschung, das findest du heute nicht mehr – ich weiß schon, was du meinst. Nein, das ische woll ein für allemal verlöscht...» – «Warum gibt es das nicht», beharrte ich. «Immer ist etwas. Immer klopfen sie, oder sie machen Musik, immer bellt ein Hund, marschiert dir jemand über deiner Wohnung auf dem Kopf herum, klappen Fenster, schrillt ein Telefon – Gott schenke uns Ohrenlider. Wir sind unzweckmäßig eingerichtet.» – «Schwatz nicht», sagte die Prinzessin. «Hör lieber auf die Stille!»

Es war so still, daß man die Kohlensäure in den Gläsern singen hörte. Bräunlich standen sie da, ganz leise setzte sich der Alkohol ins Blut. Whisky macht sorgenfrei. Ich kann mir schon denken, daß sich damit einer zugrunde richtet.

Weit in der Ferne läutete eine Glocke, wie aus dem Schlaf geschreckt, dann war alles wieder still. Weißgrau lag unser Haus; alle Lichter waren dort erloschen. Die Stille wölbte sich über uns wie eine unendliche Kugel.

In diesem Augenblick war jeder ganz allein, sie saß auf ihrem Frauenstern, und ich auf einem Männerplaneten. Nicht feindselig ... aber weit, weit voneinander fort.

Mir stiegen aus dem braunen Whisky drei, vier rote Gedanken durchs Blut ... unanständige, rohe, gemeine. Das kam, huschte vorbei, dann war es wieder fort. Mit dem Verstand zeichnete ich nach, was das Gefühl vorgemalt hatte. Du altes Schwein, sagte ich zu mir. Da hast du nun diese wundervolle Frau ... du bist ein altes Schwein. Kein Haus ohne Keller, sagte das Schwein. Mach dir doch nichts vor! Du sollst das nicht, sagte ich zu dem Schwein. Du hast mir schon so viel Kummer und Elend gemacht, so viel böse Stunden ... von der Angst, daß ich mir etwas geholt hätte, ganz zu schweigen. Laß doch diese unterirdischen Abenteuer! So schön ist das gar nicht – das bildest du dir nur ein! Höhö, grunzte das Schwein, das ist also nicht schön. Stell dir mal vor ... Still! sagte ich, still! Ich will nicht. Oui, oui, sagte das Schwein und wühlte schadenfroh; stell dir vor, du hättest jetzt ... Ich schlug es tot. Für dieses Mal schlug ich es tot – sagen wir: ich schloß den Koben ab. Ich hörte es noch zornig rummeln ... dann sangen wieder die Gläser, ganz, ganz leise, wie wenn eine Mücke summte. «Daddy», sagte die Prinzessin, «kann man hier eigentlich das blaue Kostüm tragen, das ich mitgenommen habe?»

Ich war wieder bei ihr; wir saßen wieder auf demselben Trabanten und rollten gemeinsam durch das Weltall. «Ja ...» sagte ich. «Das kannst du.» – «Paßt es?» – «Natürlich. Es ist doch diskret und leise in der Farbe, das paßt schön.» – «Du sollst nicht so viel rauchen», sagte ihre tiefe Stimme; «dann wird dir wieder übel, und wer hats nachher? Ich. Tu mal die Pfeife weg.» Ich, Sohn, tat die Pfeife weg, weil die Mutter es so wollte. Leise legte ich meine Hand auf die ihre.

5

Maurer hatten das große Haus in Läggesta gebaut – wer denn sonst. Handwerker; ruhige bedächtige Männer, die sich erst dreimal umsahen, bevor sie eine Bewegung machten, das ist auf der ganzen Welt so. Als alles fertig war, hatten sie die Wände mit Kalk beworfen, manche Zimmer hatten sie gestrichen, viele tapeziert, ganz unterschiedlich und alles nach Angabe. Dann waren sie gleichmütig weggegangen, das Haus war fertig, nun konnte darin geschehen, was wollte. Das war nicht mehr ihre Sache, sie waren nur Handwerker. Die Gerichtsstube, in der einer gefoltert wird, war, als sie geboren wurde, ein ziegelgemauertes Viereck, glatt und geweißt, oben hatte der Maler fröhlich pfeifend auf seiner Leiter gestanden und hatte den bestellten grauen Streifen rings an die Wände gemalt; es war ein Handwerksstück, das er da vollführte ... und nun war es auf einmal eine Gerichtsstube. So unbeteiligt bauen Menschen den Schauplatz zukünftiger Szenen; sie errichten die Kulissen und das Gerüst, sie stellen das ganze Theater auf, und dann kommen andre und spielen dort ihre traurigen Komödien.

Das Kind lag im Bett und dachte.

Denken ... Vor langen Zeiten, als es noch einen Vater gehabt hatte, da hatte es mit ihm immer ‹Denken› gespielt. Und der Vater hatte dabei so gelacht, er konnte so wundervoll lachen ... «Was tust du?» hatte das Kind gefragt. «Ich denke», hatte der Vater gesagt. «Ich will auch denken.» – «Gut ... denke auch!» Und er war ernsthaft in der Stube auf und ab gegangen, das Kind immer hinterher, es ahmte genau die Haltung des Vaters nach, würdeschwer hielt es die Hände auf dem Rücken, runzelte die Stirn wie er ... «Was denkst du?» hatte der Vater gefragt. «Ich denke: Löwe –» hatte das Kind geantwortet. Und der Vater hatte gelacht ...

Nebenan schnaufte Inga und warf sich hin und her. Das Kind war plötzlich wieder da, wo es wirklich war: in Schweden. In Läggesta. Mutti war in der Schweiz, so weit fort ... das Kind fühlte es heiß in sich hochsteigen. Es hatte so viel flehentliche Briefe geschrieben, drei, eigentlich nur drei – dann war der Teufelsbraten dahinter gekommen, daß eines der Dienstmädchen die Briefe heimlich zur Post getragen hatte. Das Mädchen wurde entlassen, das Kind an den Haaren gezogen, und die Briefe, die nun nach der Schweiz gingen, waren musterhaft. Ja, vielleicht mußte das alles so sein. Vielleicht hatte die Mutter kein Geld, um das Kind bei sich zu behalten, und hier oben war es eben billiger. So hatte es ihm die Mutter erklärt.

Es war hier so allein. Es war unter den neununddreißig kleinen Mädchen ganz allein – und es hatte Angst. Sein Leben bestand eigentlich nur aus Angst. Angst vor dem Teufelsbraten und Angst vor den ältern Mädchen, die es anschwärzten, wo sie nur konnten, Angst vor dem nächsten Tag und Angst vor dem Vortag, was von dem nun wieder ans Licht kommen könnte, Angst vor allem, vor allem. Das Kind schlief nicht – es bohrte mit seinen Augen Löcher in das Dunkel.

Daß die Mutter es hierher gegeben hatte! Hier waren sie einmal gewesen, vor Jahren, vor drei, vier Jahren – und damals war der Bruder Will gestorben. Er lag da begraben auf dem Kirchhof in Mariefred, und das Kind durfte manchmal das Grab besuchen, wenn der Teufelsbraten das erlaubte oder befahl. Meist befahl er es. Dann stand es an dem kleinen Kindergrab, rechts, die vierzehnte Reihe, das mit dem grauen Steinchen, an dem die Buchstaben noch so neu schimmerten. Aber dort hatte es nie geweint. Es weinte nur manchmal zu Hause um Will – um den dicken, kleinen Will, der jünger gewesen war als das Kind, jünger, toller im Spiel und ein guter Junge. Hier und da bekam er einen Klaps, aber die Mutter tat ihm nicht weh, und er lachte unter seinen Kindertränen und war dann wieder ein guter, kleiner Spieljunge. Wie aus Wolle. Und dann wurde er krank. Eine Grippe, sagten die Leute, und nach vier Tagen war er tot. Das Kind roch noch den Arztgeruch, das war nicht hier gewesen, das war in Taxinge-Näsby, nie würde es den Namen vergessen. Den säuerlichen Arztgeruch, das «Psst!» – alles ging leise, auf Zehenspitzen, und dann war er gestorben. Wie das war, hatte das Kind vergessen. Will war nicht mehr da.

Der Bruder nicht. Mutti nicht. Vater weggegangen, wohin ... Niemand war da. Das Kind war allein. Es dachte das Wort nicht – viel schlimmer: es fühlte die Einsamkeit, wie nur Kinder sie fühlen können.

Die kleinen Mädchen raschelten in den Kissen. Eins flüsterte im Schlaf. Das war jetzt der zweite Sommer hier oben. Es würde nie anders werden. Nie. Mutti soll kommen, dachte das Kind. Aber sie müßte es hier fortnehmen, denn gegen Frau Adriani kam auch Mutti nicht auf. Niemand kam gegen sie auf. Schritte? Wenn sie jetzt käme? Einmal war Gertie krank gewesen; da war Frau Adriani fünf Mal in der Nacht heraufgekommen – fünf Mal hatte sie nach dem kranken Kind gesehen, sie hatte fast eifersüchtig mit der Krankheit gekämpft. Und zum Schluß hatte sie das Fieber besiegt. Wenn sie jetzt käme? Nichts – eins der acht Betten hatte geknarrt. Das war Lisa Wedigen, die schlief immer so unruhig. Wenn doch einer – wenn doch einer – wenn doch einer ... Morgen war Baden im See. Da spritzen einen die Mädchen immer so mit Wasser. Wenn doch einer –

Die Hände des Kindes tasteten vorsichtig unter das Kopfkissen, suchten im Laken, verschoben alles. Fort? Nein. Sie waren noch da.

Unter dem Kopfkissen lagen, verwelkt und zerdrückt, zwei kleine Glockenblumen.

DRITTES KAPITEL

Ei ist Ei, sagte jener –
und nahm das größte.

1

Wir beugten uns beide über den Brief und lasen gemeinschaftlich:

Lieber Freund!

Ich habe in diesem Jahr noch acht Tage Urlaub gut und würde die gern mit Dir und Deiner lieben Frau Freundin verleben. Wie ich höre, seid Ihr in Schweden. Lieber Freund, würdest Du wohl Deinen alten Kriegskameraden, der Dir in so manchem Granattrichter den Steigbügel gehalten hat, bei Euch aufnehmen? Lieber Freund, ich zahle auch das Reisegeld für mich allein; es ist mir sehr schmerzlich, für mich allein etwas bezahlen zu müssen; es ist dies sonst nicht meine Art, wie Du weißt. Schreibe mir bitte, wie ich zu Euch fahre, lieber Freund.

Kann ich da wohnen? Wohnt Ihr? Sind da viele Mädchen? Soll ich lieber nicht kommen? Wollen wir uns gleich den ersten Abend besaufen? Liebst Du mich?

Ich sende Dir beigebogen in der Falte das Bild meines Fräulein Tochter. Sie wird so schön wie ich.

Lieber Freund, ich freue mich sehr, Euch zu sehen, und bin Euer gutes

Karlchen

Darunter stand, mit Rotschrift, wie ein Aktenvermerk:

«Sofort! Noch gestern! Eilt unbeschreiblich!»

«So», sagte ich. «Da hätten wir ihn. Soll er kommen?»

Braun war die Prinzessin und frisch. «Ja», sagte sie. «Jetzt kann er kommen. Ich bin ausgeruht, und wenn er überhaupt nach acht Tagen wieder wegfährt? Abwechslung ist immer gut.» Demgemäß schrieb ich.

Wir waren in der Mitte der Ferien.

Baden im See; nackt am Ufer liegen, an einer versteckten Stelle; sich voll Sonne saugen, daß man mittags herrlich verdöst und trunken von Licht, Luft und Wasser nach Hause rollt; Stille; Essen; Trinken; Schlaf; Ruhe – Urlaub.

Dann war es soweit. «Wollen wir ihn abholen?» – «Halen wi em aff.»

Es war ein strahlender Tag – ein Wetter, wie die Prinzessin sagte, ein Wetter zum Eierlegen. Wir gingen auf den Bahnhof. So ein winziger Bahnhof war das; eigentlich war es nur ein kleines Haus, das aber furchtbar ernst tat und vor lauter Bahnhof vergessen hatte, daß es Haus war. Da lagen auch zwei Schienenpaare, weil die ja zu einem Bahnhof gehören, und hinten kam der Waggon angeschnauft. Einen Zug gab es hier nicht – nur einen Motorwagen. Er hatte sich einen kleinen Schornstein angesteckt, damit man es ihm auch glaubte. Einfahrt. Gezisch. Karlchen.

Wie immer, wenn wir uns lange nicht gesehen hatten, machte er eine gleichmütig-freundlich-dümmliche Miene, so: «Na ... da bist du ja ...» Er kam auf uns zu, der Schatten der kommenden Begrüßung lag schon auf seinem Gesicht, in der Hand trug er ein kleines Köfferchen. Der Bursche war gut gewachsen, und sein leicht zerhacktes Gesicht sah «jung und alert» aus, wie er das nannte.

Guten Tag – und dies ist ... und das ist ... gebt euch mal die Hand ... und: Wo hast du denn das große Gepäck? – Als die Präliminarien vorbei waren:

«Na, Karlchen, wie war denn die Reise?»

Er war nach Stockholm in einem Flugzeug geflattert, und heute mittag war er angekommen ... «War es schön?» – «Na ...» sagte Karlchen und fletschte nach alter Gewohnheit das Gebiß – «da war eine alte Dame, die hatte Luftbeschwerden. Gib mir mal 'n Zigarettchen. Danke. Und da haben sie doch diese kleinen Tüten ... Zwei Tüten hatte sie schon verbraucht, und dann bekam sie nicht rasch genug die dritte, und der Mann neben ihr muß sich nun einen neuen Sommerüberzieher kaufen oder den alten reinigen lassen. Ich saß leider nicht neben ihr. Die sonstige Aussicht war sehr schön. Und wie gefällt es denn der Gnädigsten hier?»

Wenn Karlchen ‹Gnädigste› sagte, woran er selber nicht glaubte, dann machte er sich ganz steif und beugte den Oberkörper fein nach vorn; dazu hatte er eine bezaubernde Bewegung, den Unterarm mit einem Ruck zu strecken und ihn dann mit spitzem Ellenbogen wieder einzuziehen, wie wenn er nach seinen Manschetten sehen wollte ...

Wie es der Gnädigsten gefiele? «Wenn der hier nicht dabei wäre», sagte die Gnädigste, «dann würde ich mich sehr gut erholen. Aber Sie kennen ihn ja – er schwabbelt so viel und läßt einen nicht in Ruhe ...» – «Ja, das hat er immer getan. Wie schön», sagte er plötzlich, «daß ich meinen Schirm in der Bahn habe stehn lassen.» Und wir gingen zurück und holten ihn. In Schweden kommt nichts fort. Die beiden waren sich sofort und sogleich einig – merkwürdig, wie bei Menschen oft die ersten Minuten über ihre gesamten späteren Beziehungen entscheiden. Hier war augenblicklich zu spüren, daß sich beide auf Anhieb verstanden:

das Ganze wurde nicht recht ernst genommen. Und ich schon gar nicht.

Karlchen war noch genau so wie vor einem Jahr, wie vor zwei Jahren, wie vor drei Jahren: so wie er immer gewesen war. Er hob grade den Kopf und schnupperte leicht mißtrauisch in der Luft umher. «Hier ist ... irgendwas ... Irgendwas ist hier ... wie?» Das sagte er so hin, sprach dabei die Konsonanten scharf aus und trübte auch wohl manchmal das a, wie sie es im Hannöverschen zu tun pflegen. Genau so waren wir damals im Krieg am Ufer der Donau entlangspaziert und hatten gefunden, daß da irgend etwas sein müsse ... Es war aber nichts.

Ich hoppelte neben den beiden her, die in ein angeregtes Gespräch über Schweden und über die Landschaft, über die Fliegerei und über Stockholm vertieft waren, die Prinzessin hatten wir in die Mitte genommen, manchmal sprachen wir über sie hinweg, und ich badete in einer tiefen Badewanne von Freundschaft.

Sich auf jemand verlassen können! Einmal mit jemand zusammen sein, der einen nicht mißtrauisch von der Seite ansieht, wenn irgendein Wort fällt, das vielleicht die als Berufsinteressen verkleidete Eitelkeit verletzen könnte, einer, der nicht jede Minute bereit ist, das Visier herunterzulassen und anzutreten auf Tod und Leben ... ach, darauf treten die Leute gar nicht an – sie zanken sich schon um eine Mark fünfzig ... um einen alten Hut ... um Klatsch ... Zwei Männer kenne ich auf der Welt; wenn ich bei denen nachts anklopfte und sagte: Herrschaften, so und so ... ich muß nach Amerika – was nun? Sie würden mir helfen. Zwei – einer davon war Karlchen. Freundschaft, das ist wie Heimat. Darüber wurde nie gesprochen, und leichte Anwandlungen von Gefühl wurden, wenn nicht ernste Nachtgespräche stattfanden, in einem kalten Guß bunter Schimpfwörter erstickt. Es war sehr schön.

Wir hatten ihn im Hotel untergebracht, weil es in diesen Tagen bei uns keinen Platz mehr gab. Er sah sein Zimmer an, behauptete, es röche darin wie im Schlafzimmer Ludwigs des Anrüchigen, es wäre überhaupt «etwas dünn» ... das sagte er von allem, und ich hatte es schon von ihm angenommen; dann mußte er sich waschen, und dann saßen wir unter den Bäumen und tranken Kaffee.

«Na, Fritzchen ...?» sagte er zu mir. Niemand wird je ergründen können, warum er mich Fritzchen nannte. «Kann man denn bei euch baden? Wie ist der See?» – «Es sind gewöhnlich sechzehn Grad Celsius oder zwanzig Remius», sagte ich. «Das macht die Valuta.» Das sah er ein. «Und was tun wir heute abend?» – «Ja ...» sagte die Prinzessin, «heute wollen wir einen ganz stillen Abend abziehen ...» – «Kann man hier Rotwein bekommen?» – Ich berichtete die betrübliche Tatsache mit dem Rotwein und erzählte davon, daß in der ‹Sprit-Zentrale› ein junger Mann Chablis unter den Rotweinen gesucht habe. Karlchen schloß wehmütig die Augen. «Aber du darfst den Wein bezahlen,

Karlchen – das ist der sogenannte Einstand, den die Fremden hier geben.» Das hörte er leider nicht. Ein Mädchen ging vorüber – nicht einmal ein besonders hübsches. «Na . . .?» sagte Karlchen, «was . . .?» Und sprach weiter, als ob gar nichts gewesen wäre. Es war auch nichts. Aber er mußte das sagen – sonst wäre er wohl geplatzt. Und nun fingen wir langsam an, uns wie vernünftige Menschen zu gebärden.

Wir waren ein ganzes Stück Zeit miteinander gefahren und sprachen unter uns einen Cable-Code, der vieles abkürzte. Die Prinzessin fand sich überraschend schnell darein – es war ja auch nichts Geheimnisvolles, es war eben nur die Übereinstimmung in den Grundfragen des Daseins. Wir wußten beide, daß es ‹alles nicht so doll› sei . . . und wir hatten uns aus Skepsis, Einsicht, Unvermögen und gut angelegter Kraft eine Haltung zusammengekocht, die uns in vielem schweigen ließ, wo andre wild umhersurrten. Die größten Vorzüge dieses Mannes lagen, neben seiner Zuverlässigkeit, im Negativen: was er alles nicht sagte, was er nicht tat, nicht anstellte . . . Da gab es keine fein gebildeten Verdauungsgespräche, in denen die Herren dem ‹Geist ihrer Zeit› einen scheußlichen Tribut darbringen, ohne übrigens ihr Leben auch nur um einen Deut zu ändern. Da wurde nicht literarische Bildung verzapft, und es gab keine wiener Aphorismen über Tod, Liebe, Leben und Musik wie bei den Journalisten aus Österreich und den ihnen Anverwandten . . . es wird einem himmelangst, wenn man das hört, und beim ersten Mal glaubt man das druckfertige Gerede auch, und es ist alles, alles nicht wahr. Was Karlchen anging, so war das ein Stiller. Er rauchte die Welt an, wunderte sich über gar nichts mehr, war ein braver Arbeiter im Aktengarten des Herrn und zog zu Hause zwei Kinder auf, ohne dabei ein Trockenmieter seiner selbst zu werden. Hier und da fiel er in Liebe und Sünde, und wenn man ihn fragte, was er nun wieder angestellt hätte, dann fletschte er die Zähne und sagte: «Sie hat mich über die Schwelle der Jugend geführt!» und dann ging es wieder eine Weile.

Jetzt saß er da und rauchte und dachte nach.

«Wir müssen an Jakopp schreiben», sagte er. Jakopp war der andre – wir waren drei. Mit der Prinzessin vier. «Was wollen wir ihm denn schreiben?» fragte ich. «Hast du ihn gesehn? Du bist doch über Hamburg gefahren?» Ja, Karlchen war über Hamburg gefahren, und er hatte ihn gesehn. Jakopp war der Verschrullteste von uns, am Hamburger Wasserwerk sich betätigend, ein Ordentlicher, der deshalb auch die Georginen über alles liebte – «Georgine, die ordentliche Blume», sagte er – ein Kerl von bunter Verspieltheit und mit vierhundertvierundvierzig fixen Ideen im Kopf. Wir paßten gut zueinander.

«Wo ist denn auf einmal die Prinzessin?» fragte Karlchen. Die Prinzessin war ins Städtchen gegangen, «Knöpfchen kaufen». Wir kauften nie zusammen Knöpfchen, womit jede Art Einkauf gemeint war — wenn wir es aber doch taten, dann zankten wir uns dabei. Nun war sie fort. Wir schwiegen eine Weile.

«Na, und sonst, Karlchen?» — «Sonst hat sich Jakopp Pastillen gekauft, weil er doch so viel raucht. Und wenn er raucht, dann hustet er doch so. Du kennst das ja — es ist ein ziemlich scheußlicher Anblick. Und jetzt hat er sich gegen das Rauchen ein Mittel besorgt: Fumasolan heißen die Dinger. Hm.» — «Na und? Helfen sie?» — «Nein, natürlich nicht. Aber er sagt: seit er das nimmt, verspürt er eine merkwürdige Steigerung seiner Manneskräfte. Das stört ihn sehr. Ob sie ihm die falschen Pastillen eingepackt haben?» — So ging alles in Jakopps Leben zu, und wir hatten viel Freude daran.

«Gib mal eine Karte. Was wollen wir ihm denn...?» Endlich hatte ich es heraus. Wir wollten ihm eine Telegrammkarte schicken, weil das tägliche Telegramm, das ihn gestört und herrlich aufgebracht hätte, zu teuer gewesen wäre. Wir telegrafierten also fortab auf Karten entsetzlich eilige Sachen — heute diese:

hergeflogenes karlchen soeben fast zur gänze eingetroffen drahtet sofort, ob sofort drahten wollt stop großmutti leider aus schaukel gefallen großvati

Diese schwere Arbeit hatten wir hinter uns... nun ruhten wir aus und sagten erst mal gar nichts. Da kam die Prinzessin.

Sie hatte vielerlei Knöpfchen eingekauft; es ist rätselhaft, was für eine Fülle von Waren Frauen noch in den kleinsten Ortschaften entdecken. Und Geld hatte sie auch nicht mehr, und ich zog mit gefurchter Stirn die Brieftasche und tat mich sehr dick. Dann legten wir uns ins Gras.

«Geht euch das eigentlich auch so», sagte Karlchen, der hier schon völlig zu Hause war, «daß ihr euch so schwer erholt? Erholung ist eine Arbeit, finde ich. Man macht und tut, auch wenn man gar nichts tut — und man merkt es erst hinterher, wie...?» — «Hm», machten wir; wir waren zu faul, zu antworten. Es knisterte. «Steck die Zeitungen weg!» sagte ich. «Habt ihr gelesen...?» sagte er. Und da war es.

Da war die Zeit.

Wir hatten geglaubt, der Zeit entrinnen zu können. Man kann das nicht, sie kommt nach. Ich sah die Prinzessin an und zeigte auf die Zeitung, und sie nickte: wir hatten heute nacht davon gesprochen, davon und von der Zeit und von dieser Zeit... Man denkt oft, die Liebe sei stärker als die Zeit. Aber immer ist die Zeit stärker als die Liebe.

«Gelesen... gelesen...» sagte ich. «Karlchen, was liest du jetzt eigentlich für eine Zeitung?» — er nannte den Namen. «Man soll nicht nur eine lesen», lehrte ich weise. «Das ist gar nichts. Man muß mindestens vier Zeitungen lesen und eine große englische oder französische dazu;

von draußen sieht das alles ganz anders aus.» – «Ich muß mich immer wundern», sagte die Prinzessin, «was unsereiner da so vorgesetzt bekommt. Seht mal – Zeitungen für uns gibt es eigentlich gar nicht. Sie tun immer alle so, als ob wir wer weiß wie viel Geld hätten – nein, als ob es gar kein Geld auf der Welt gäbe ... dabei wissen sie genau: wir haben nur wenig – aber sie tun so. Was sie uns da alles erzählen ... und was sie alles abbilden!» – «Geronnene Wunschträume. Du sollst schlafen, du sollst schlafen, du sollst schlafen, liebes Kind!» – «Nein, das meine ich nicht», sagte die Prinzessin. «Ich meine: sie sind alle so furchtbar fein. Noch wenn sie den Dalles schildern, ist es ein feiner Dalles. Sie schweben eine Handbreit über dem Boden. Ob mal ein Blatt sagt, wie es nun wirklich ist: daß man am Zwanzigsten zu knapsen anfängt, und daß es mitunter recht jämmerlich und klein ist, und daß man sich gar nicht so oft ein Auto leisten kann, von Autos kaufen überhaupt nicht zu reden, und mit ihrer lächerlichen Wohnungskultur ... haben wir vielleicht anständige Wohnungen?»

«Die Leute fressen einen auf», sagte ich. «Das Schlimmste ist: sie stellen die Fragen und sie ziehen die Kreise und sie spannen die Schnüre – und du hast zu antworten, du hast nachzuziehen, du hast zu springen ... du kannst dir nichts aussuchen. Wir sind nicht hienieden, um auszusuchen, sondern um vorliebzunehmen – ich weiß schon. Aber daß man lauter Kreuzworträtsel aufbekommt: Rom gibt dir eins auf und Rußland eins und Amerika und die Mode und die Gesellschaft und die Literatur – es ist ein bißchen viel für einen einzelnen Herrn. Finde ich.»

«Wenn man sich das recht überlegt», sagte Karlchen, «sind wir eigentlich seit neunzehnhundertundvierzehn nicht mehr zur Ruhe gekommen. Spießerwunsch? Ich weiß nicht. Man gedeiht besser, wenn man seinen Frieden hat. Und es kommt alles nach – es wirkt so nach ... Weißt du noch: der allgemeine Irrsinn in den Augen, als uns das Geld zerrann und man ganz Deutschland für tausend Dollar kaufen konnte? Damals wollten wir alle Cowboys werden. Eine schöne Zeit!»

«Lieber Mann, wir haben das Pech, nicht an das zu glauben, was die Kaffern Proppleme nennen – damit trösten sie sich. Es ist ein Gesellschaftsspiel.»

«Arbeiten. Arbeit hilft», sagte die Prinzessin.

«Liebe Prinzessin», sagte Karlchen, «ihr Frauen nehmt das ja ernst, was ihr tut – das ist euer unbestrittener Vorzug vor uns andern. Wenn man das aber nicht kann ... Immerhin: eine so schöne junge Frau ...»

«Sie werden ausgewiesen, wenn Sie so reden», sagte die Prinzessin. «Vestahn Sei Plattdütsch?» – Karlchen strahlte: er sprach Platt wie ein hannöverscher Bauer, und jetzt schnackten sie eine ganze

Weile in fremden Zungen. Was sagte sie da? Ich horchte auf. «Das hast du mir doch noch gar nicht erzählt?»

«Nein...? Habe ich das nicht?» Die Prinzessin tat furchtbar unschuldig. Sie log sonst gut – aber jetzt log sie ganz miserabel. «Also?»

Der Generalkonsul hatte es mit ihr treiben wollen. Wann? Vor zwei Monaten. «Bitte erzähl.»

«Er hat gewollt. Na, ihr wollt doch alle. Verzeihen Sie, Karlchen, außer Ihnen natürlich. Er hat eines Abends ... also das war so. Eines Abends hat er mich gefragt, ob ich länger bleiben könnte, er hätte noch ein langes Exposé zu diktieren. Das kommt manchmal vor – ich habe mir nichts dabei gedacht; natürlich bin ich geblieben.» – «Natürlich ...» sagte ich. «Ihr habt ja sonst den Achtstundentag.» – «Quackel nicht, Daddy – wir haben ihn natürlich nicht, ich habe ihn nicht. Das ist eben in meiner Position ...» – «Darüber werden wir uns nie einigen, Alte. Ihr habt ihn nicht, weil ihr ihn euch nicht erkämpft. Und ihr kämpft nicht – ach, ich habe jetzt Ferien.» – «Gibt es dafür Ferien?» fragte Karlchen. «Also», fuhr die Prinzessin fort, «Exposé. Wie das fertig ist, bleibt er mitten im Zimmer stehn – wissen Sie, Karlchen, mein Chef ist nämlich furchtbar dick – bleibt mitten im Zimmer stehn, sieht mich mit so ganz komischen Augen an und sagt: Haben Sie eigentlich einen Freund? Ja, sage ich. Ach, sagt er, sehn Sie mal an – und ich hatte gedacht, Sie hätten gar keinen. Warum nicht? sage ich. Sie sehn nicht so aus, also ich meine ... Na, und dann kam er langsam damit heraus. Er wäre doch so allein, das sähe ich doch ... zur Zeit hätte er überhaupt keinen Menschen, und er hätte mal eine langjährige Freundin gehabt, die hätte ihn aber betrogen –». Karlchen schüttelte bekümmert den Kopf, wie so etwas wohl möglich wäre. «Na, und was hast du gesagt?» – «Du alter Affe – ich habe Nein gesagt.» – «Ach?» – «Ach! Hätte ich vielleicht Ja sagen sollen?» – «Na, wer weiß! Eine gute Position ... Hör mal, ich habe da einen Film gesehn –» – «Da bezieht er nämlich seine Bildung her, Karlchen. Würden Sie mit Ihrem Chef was anfangen?» – Karlchen sagte, er würde mit seinem Chef nie etwas anfangen. «Das ist ja alles Unsinn», sagte die Prinzessin. «Männer verstehen das nicht. Was hat man denn davon? Ich müßte seine Sorgen teilen wie seine Frau, arbeiten wie seine Sekretärin, und wenn die Börse fest ist, dann bleibt er eines Abends bei einer andern mitten im Zimmer stehn und fragt die, ob sie vielleicht einen Freund... Ach, geht mir doch los!» – «Und an mich hast du gar nicht gedacht?» sagte ich. «Nein», sagte die Prinzessin. «An dich denke ich erst, wenn der Mann in Frage kommt.» Und dann standen wir auf und gingen an das Seeufer.

Das Schloß schlief dick und still; überall roch es nach Wasser und nach Holz, das lange in der Sonne gelegen hatte, nach Fischen und nach Enten. Wir gingen am See entlang.

Und ich genoß diese beiden; dies war ein Freund, nein, es waren zwei Freunde – und ich verriet die Frau nicht an den Mann, wie ich es fast immer getan hatte; denn wenn da ein Mann war, mit dem es etwas zu erzählen gab, dann ließ ich die Frau liegen, als ob ich nicht noch eben mit ihr geschlafen hätte; ich gab sie auf, kümmerte mich nicht mehr um sie und verriet sie voller Feigheit an den ersten besten. Dann ließ sie los. Und dann wunderte ich mich.

Die zwei sprachen sich in ihren Dialekten über ihre Heimat aus. Sie sagten, wo man das r aussprechen müsse und wo nicht; sie ergänzten ihre Schimpfwörterverzeichnisse; sie wußten beide, was das ist: niederdeutsch. Es ist jener Weg, den die deutsche Sprache leider nicht gegangen ist, wieviel kraftvoller ist da alles, wieviel bildhafter, einfacher, klarer – und die schönsten Liebesgedichte, die der Deutsche hat, stehen auf diesen Blättern. Und die Menschen ... was es da im alten Niederdeutschland, besonders an der Ostsee, für Häuser gegeben hat, eine Traumwelt von Absonderlichkeit, Güte und Musik, eine Käfersammlung von Leuten, die alle nur einmal vorkommen ... Vieles davon ist nun in die Hände dummer Heimatdichter gefallen, die der Teufel holen möge – scheinbar gutmütige Bürger, unter deren rauchgeschwängerten Bärten der Grog dampft und die die kraftvolle Männlichkeit ihrer alten Sprache in einen fatalen Brei von Gemütlichkeit umgelogen haben –: Oberförster des Meeres. Manche haben sich den Bart abrasieren lassen und glauben nun, wie alte Holzschnitte auszusehen – aber es hilft ihnen nichts; kein Wald rauscht ihnen, kein Meer rauscht ihnen, ihnen rauscht der Bart. Ihre Gutmütigkeit verschwindet im Augenblick, wo sie etwas verwirrt in die neue Zeit starren und auf den politischen Gegner stoßen; dann krabbelt aus ihnen ans Licht, was in ihnen ist: der Kleinbürger. Unter ihren Netzhemden schlägt ein Herz, im Parademarsch.

Das ist nicht unser Plattdeutsch, das nicht.

Niederdeutschland aber geht nicht ein – es lebt und wird ewig leben, solange dieses Land steht. Dergleichen hat es außerhalb Deutschlands nur noch einmal gegeben, aber da auf dem Rücken einer dienenden, nicht gut behandelten Kaste: in Kurland. Doch der Niederdeutsche ist anders. Seine Worte setzt er bedächtig, und sie sind gut. Und darüber sprachen die beiden. Und ich wußte: das Beste an der Prinzessin stammte aus diesem Boden. Und ich liebte in ihr einen Teil dieses Landes, das einem so sehr schwer macht, es zu lieben. Dessen ratlose Seelen es für eine Auszeichnung halten, gehaßt zu werden. Da war die Zeit, da war sie wieder. Nein, für uns gibt es wohl keine Ferien.

Die beiden aber schnackten unentwegt. Jeder pries *sein* Plattdeutsch als das allein wahre und schöne, das des andern wäre ganz falsch. Jetzt waren sie bei den Geschichten angelangt.

Die Prinzessin erzählte die vom Schuster Hagen, dem der Amtsverwalter sein Prost Neujahr zugerufen hatte: «Ick wünsch See uck veel Glück taut niege Johr, Meisting!» – Und der andre hatte dann verehrungsvoll über den ganzen Marktplatz zurückgebrüllt: «Ins Gegenteil! Ins Gegenteil, Herr Amtsverwalter!» Und jene vom Schulzen Hacher, der seinen Ochsen auf die Ausstellung brachte und dazu sprach: «Ick dau dat nicht för Geld. Ick dau dat blodsen för de Blamasch!»

Und dann wieder Karlchen: wie Dörten, Mathilde und Zophie, die neugierigsten Mädchen in ganz Celle, ihn gefragt hatten, wer denn der junge Mann wäre, der jetzt immer morgens durch die Straßen ginge. Er konnte es ihnen nicht sagen. Und dann hatte er sie nachts geweckt, das ging gut, denn sie wohnten Parterre – und als sie ganz erschreckt ans Fenster kamen, alle drei: «Ich wollte den Däömen nur sagen: der Herr von heute morgen hat fromme Bücher verkauft.»

Und dann sangen sie schöne Lieder, immer eines nach dem andern. Die Prinzessin:

«Auf dem Berge Sinai, da sitzt die Mutter Pietschen,
und wenn sie nichts zu essen hat, dann . . .

Karlchen, wie ist das mit einem Lullerchen Schlaf, heute nachmittag?» fragte sie plötzlich. Karlchen sang grade:

«Sie trug ein bunt kariertes Kleid,
mir tut mein Geld noch heute leid –

Nein», sagte er. «Heute nachmittag tun wir einen schönen Spaziergang. Das ist gut für den Dicken, und wir schlafen dann nachts besser.» Der Dicke war ich. Wohlwollend musterte mich sein Blick. «Wenn man euch junges Volk so sieht . . . gut erholt seid ihr –!»

Und so fühlten wir uns auch. Ich wackelte schweigend neben den beiden her, denn junges Glück soll man nicht stören.

Begehrte er sie –?

Natürlich begehrte er sie. Aber dies war ungeschriebenes Gesetz zwischen uns: Totem und Tabu . . . Unter welchem Tier wir geboren waren, wußten wir nicht; aber es mußte wohl das gleiche sein. Und die Frauen des andern: nie. Rational gemacht hatten wir das so: «Deine Bräute . . . also wenn man die schon sieht – herzlichen Glückwunsch!» Und wieder fühlte ich, zum hundertsten Male in so vielen Jahren, das Unausgesprochene dieser Freundschaft, das Fundament, auf dem sie ruhte. Ich kannte den Urgrund seiner Haltung. Ich wußte, weil ich es mitangesehen hatte: was der Mann alles erlebt hatte («Über mich ist ein bißchen viel hinweggebraust!» pflegte er zu sagen); ich sah seine unbedingte Selbstbeherrschung, wenns schief ging, der konnte die Ohren steif halten. Oft, wenn ich nicht weiter wußte, dachte ich: Was täte Karlchen jetzt? Und dann ging es wieder eine Weile. Eine richtige Männerfreundschaft . . . das ist wie ein Eisberg: nur das letzte Viertel sieht aus dem Wasser. Der Rest schwimmt unten; man kann ihn nicht sehn. Klamauk – Klamauk ist nur schön, wenn er auf Ernst beruht.

«Plattdeutsch predigen», hörte ich Karlchen grade sagen, «nein – nein.» – «Das ist doch Unfug, Herr Karlchen», sagte die Prinzessin. «Warum denn nich? Den Bauern vestehn es doch viel besser. Natürlich euern Platt ... aber unsen Plattdeutsch ...» – «Schöne junge Frau», sagte Karlchen; «das ist es nicht. Die Bauern verstünden es schon – und eben deswegen mögen sie es nicht. In der Kirche wollen sie nicht die Sprache ihres Alltags; vor der haben sie keine Achtung – was kann an dem sein, was sie im Stall sprechen? Sie wollen das andre, das Ungewöhnliche, das Feierliche. Sonst sind sie enttäuscht und nehmen den Pastor nicht für voll. Na, und nun gehn wir ja wohl im Chantant ... Fritzchen, weißt du noch?»

Und ob ich es wußte! Das stammte von Herrn Petkoff aus Rumänien, vom rumänischen Kriegsschauplatz, den wir gemeinsam bevölkert hatten. Herr Petkoff pflegte Geschichten zu erzählen, die sich durch besondere Pointenlosigkeit auszeichneten, aber sie endeten alle im Puff. «Sagt er zu mir: Petkoff, du Schwain, komm, gehn wir im Chantant!» Und was da nun war, wollte die Prinzessin gern wissen. Karlchen machte vor: «Petkoff sagte und schlug sich dabei auf die Oberschenkel: Hier ein Mättchän und da ein Mättchän ...» – «Aber Karlchen», sagte die Prinzessin, «da muß ich ja ganz rot werden!» – «Er hatte eine Freundin, der Petkoff. Die hatte vor seiner Zeit dreizehn Geliebte gehabt.» – «Dreizehn Geliebte», lobte die Prinzessin. «Und wieviel schnelle Männer –?»

So schritten wir selbander dahin.

Da blieb die Prinzessin stehn, um sich zu pudern. «Ich begreife nicht, wie man sich in Gottes freier Natur pudern kann», sagte ich. «Die Luft hat doch ... der Teint ist ...» – «Du gewinn den Nobelpreis und halt den Schnabel», sagte sie. «Hör mal, ich sage dir das wirklich ...» – «Daddy, das verstehn die Männer nie – und wir verstehn uns doch wirklich gut. Jeder seins, lieber Daddy. Du schminkst dich nicht, und ich genieße des Puders. So ist das!» Nun setzten wir uns auf eine Bank. Ich brummte: «They are all the same ...», dieser Satz Byrons machte meinen halben englischen Sprachschatz aus. «Sei mal nett zu ihr!» sagte Karlchen, und die Prinzessin war begeistert und nickte ihm fröhlich zu: «Nicht wahr?» – «Wer seine Braut zu seinem Weibe macht», sagte Karlchen, «der soll auch das Weib zu seiner Braut machen!» – «Nun gebt euch einen Kuß!» sagte ich. Das taten sie. «Sei wirklich nett zu ihr!» sagte Karlchen noch einmal. Er war ein Vorübergehender. Der Vorübergehende ist stets milde und weise, hat für alles gute und kluge Worte und geht vorüber. Wir, die wir bleiben ... Aber gleich war diese kleine Wolke vorbei. Weil Karlchen das gescheite Wort sprach: «Bei uns zu Hause sagen sie immer: Zur Heirat gehört mehr als nur vier nackte Beine ins Bett.»

«Karlchen», sagte ich unvermittelt, «was wird aus uns mal? Ich meine ... so später ... im Alter ...?»

Er antwortete nicht gleich. Dafür die Prinzessin: «Daddy, weißt du noch, was auf der alten Uhr stand, die wir in Lübeck zusammen gesehen haben und die wir damals nicht kaufen konnten?» — «Ja», sagte ich. «Es stand drauf: Lasset die Jahre reden.»

Ich sah sie an, und sie gab den Blick zurück: wir faßten uns mit den Augen bei den Händen. Sie war bei mir. Sie gehörte dazu. Sie sorgte für mich.

Als wir aber nach Hause kamen, lag da für die Prinzessin ein großer Strauß aus Mohrrüben, Petersilie und Sellerie. Der war von Karlchen, denn so liebte er, wenn er liebte.

2

«Das laßt man Frau Direktor sehn!» sagte das Stubenmädchen Emma. «Die ist heute grade in der richtigen Laune!»

Das Gelächter der vier kleinen Mädchen verstummte jäh. Eine bückte sich scheu nach den Büchern, mit denen sie sich eben geworfen hatten. Hanne, die dicke Hanne aus Ostpreußen, setzte zu einer Frage an. «Was ist denn? Ist Frau Direktor ...?» — «Na, macht nur!» sagte das Mädchen und lachte schadenfroh. «Ihr werdt ja sehn!» Und ging eilig davon. Die vier standen noch einen Augenblick zusammen, dann verteilten sie sich rasch im Korridor. Hanne war die letzte.

Sie hatte grade die Tür des Schlafzimmers aufgemacht, in dem die andern schon standen und ihre Badesachen zusammensuchten, als man die schrille Stimme der Frau Adriani aus dem untern Stockwerk vernahm — wie laut mußte sie sprechen, daß man das so deutlich hören konnte! Die Mädchen standen wie die Wachspuppen.

«So? Ach! Das hast du nicht gewußt! Das hat das gute Lieschen nicht gewußt! Habe ich dir nicht schon tausendmal gesagt, daß man seinen Schrank nicht offenstehn läßt? Was? Wie?» — Man hörte, wie aus einer Watteschachtel, ein ganz leises Weinen. Oben sahen sie sich an und atmeten, sie schauerten vor Angst zusammen. «Du bist eine Schlumpe!» sagte die ferne Stimme. «Eine dreckige Schlumpe! Was? Der Schrank ist allein aufgegangen? Na, da hört doch ... Und — was ist denn das hier? Wie? Seit wann bewahrst du dir denn Essen in der Wäsche auf? Wie? Du Teufelsbraten! Ich werde dir —»

Nun wurde das Weinen lauter, so laut, daß man es deutlich hören konnte. Schläge konnten sie nicht hören —: Frau Adriani pflegte nicht zu schlagen, sie knuffte. «Hier — und da — und jetzt ... Ich werde euch überhaupt mal alle ...» Fortissimo: «Alle runter kommen! In den Eß-Saal!»

In die Wachspuppen oben kam Leben; sie warfen ihre Badesachen auf die Betten, sie hatten plötzlich hochrote Köpfe, und einer, der ewig blassen Gertie, standen Tränen in den Augen. Man hörte, rasch hervorgestoßen: «Macht doch! Fix!», dann gingen sie hinunter, sie liefen fast, schweigend.

Aus allen Türen kamen die Mädchen; sie hatten erschrockene Gesichter, eine fragte leise: «Was ist denn...» und wurde gleich zur Ruhe verwiesen; wenn es gewittert, soll man lieber nicht sprechen. Auf den Treppen trappelte es, Schritte, Poltern, Türenklappen ... nun war der Eß-Saal voll. Als letzte kam Frau Adriani, eine rote Wolke, mit der weinenden Lisa Wedigen an der Hand.

Das Gesicht der Frau war gerötet, ihr Lebensmotor lief auf Touren; sie lebte doppelt, wenn sie in solcher Erregung war. «Alle da–?» Sie sah über die Mädchen hin, mit jenem Blick, von dem jede glaubte, er hätte sie, grade sie gemeint. Hart: «Lisa Wedigen hat Essen gestohlen!» – «Ich...», was die Kleine sagen wollte, erstickte in Geschluchz. «Lisa Wedigen stiehlt. Sie hat von unserm Essen gestohlen», sagte Frau Adriani mit Nachdruck, «gestohlen, und sie hat es in ihrem Schrank versteckt. Der Schrank war natürlich in einer scheußlichen Unordnung, wie immer bei Dieben; die Wäsche vom Essen beschmutzt, die Schranktür war offen. Wer nicht hören will, muß fühlen. Ihr wißt, wie ich es euch gleich am Anfang gesagt habe: wenn hier eine was falsch macht, dann büßen alle. Das ist Gerechtigkeit. Ich werde euch...! Also:

Lisa hat heute abend Essenentzug. Sie darf die nächsten acht Tage nicht mit uns spazierengehen, sondern bleibt zu Hause auf dem Zimmer. Morgen bekommt sie nur das halbe Essen. Das Baden fällt heute aus. Ihr macht alle Schreibübungen. Lisa schreibt besonders vier Kapitel aus der Bibel ab. Ihr seid eine ganz verlotterte Bande! Marsch – auf die Zimmer!»

Schweigend und beklommen tropfte die Schar aus den beiden Türen; manche sahen sich bedeutungsvoll an, die Abgehärteteren schlenkerten mit den Armen und taten unbekümmert-trotzig; zwei weinten. Lisa Wedigen schluchzte, sie sah niemand an und wurde von niemand angesehn. Das Kind blickte auf –

Der große Abreiß-Kalender an der Wand zeigte eine 27, eine schwarze 27. Als sich das Kind mit den andern durch die Tür schob, blätterte der Zugwind im Kalender ... so viele Blätter waren das, so viele Blätter. Und wenn dieser Kalender verbraucht war, dann hängte Frau Adriani einen neuen auf. Der Blick des Kindes fiel auf das Bildnis Gustav Adolfs, das im Korridor hing. Der hatte es gut. Er war hier, und er war doch nicht hier. Dem taten sie nichts. Merkwürdig, daß die Menschen den Sachen nichts tun. Das Kind dachte: Noch einmal so, und ich laufe fort, ich laufe aus dem Haus ...

In den Stuben herrschte eine stille Geschäftigkeit. Die Badeanzüge und die Handtücher wurden fortgelegt, zitternde Hände rissen Schubladen auf und kramten hastig darin umher, ein Flüsterwort unterbrach diese Geräusche.

Unten im Eß-Saal stand die Adriani, allein.

Ihr Atem ging rasch, sie hatte sich, anfangs kalt, in eine Wut hineingesteigert – wie sie meinte: zu pädagogischen Zwecken, und jetzt war sie wütend, weil sie wirklich wütend war. Ihr beißender Ärger besänftigte sich erst, als sie an die Vorstellung dachte, in der sie soeben aufgetreten war. Sie hatte so ein aufmerksames Publikum gehabt … alles kam darauf an, ein Publikum zu haben. Sie sah sich um. Hier war alles, bis zum Bewurf an der Mauer, dem Kitt in den Ritzen der Fensterscheiben, dem Linoleumbelag und den Türangeln – alles war gezählt, kontrolliert, aufgeschrieben und beaufsichtigt. Hier gab es nichts, das nicht ihrer Herrschaft unterstand. Sie fühlte: wenn sie den brennenden Herd scharf anblickte – er würde leiser brennen. Hier war ihr Reich. Deshalb ging auch Frau Adriani mit den Kindern nicht gern aus; sie vergällte ihnen die Spaziergänge, wo sie nur konnte, denn die Natur stand nicht stramm vor ihr. Ihr Wille tobte durch das geräumige Landhaus, das sie längst nicht mehr als gewöhnliches Haus ansah – es war ein souveränes Reich, eine kleine Welt für sich. Ihre Welt. Sie knetete die Kinder. Sie formte täglich an vierzig Kindern, den Dienstboten und ihren Nichten – der Mann zählte nicht; mit so vielen Figuren spielte sie ein lebendiges, ein schmerzvolles, ein lustvolles Spiel. Und setzte immer die andern matt. Und siegte immer. Das Geheimnis ihres Erfolges war keines: sie glaubte an diesen Sieg, konnte arbeiten wie ein Bauernpferd und sparte ihre Gefühle für sich selbst.

Sie kam sich sehr einmalig vor, die Frau Adriani. Und hatte doch viele Geschwister.

3

Es war ein bunter Sommertag – und wir waren sehr froh. Morgens hatten sich die Wolken rasch verzogen; nun legte sich der Wind, und große, weiße Wattebäusche leuchteten hoch am blauen Himmel, sie ließen die gute Hälfte unbedeckt und dunkelblau – und da stand die Sonne und freute sich.

«Wir gehn heute auch nicht in die Heija», sagte Karlchen, der merkwürdigerweise nach dem Essen nicht schlafen wollte. «Sondern wir gehen nicht schlafen und vielmehr gehn wir in die Felder. Hoppla!»

Auf und davon. Bauern kamen vorüber, wir grüßten, und sie sagten etwas, was wir nicht verstanden. «Bielern dich man blodsen nich ins Schwedsche!» sagte die Prinzessin. «Wenn man ierst die Landessprache päffekt kann, denn is das nich mehr so schoin. Denn den Baum des Wissens is nich ümme den des Lebens.» – «Lydia», sagte ich, «wir wollen doch mal bei dem Kinderheim längsgehn!» Und wir gingen.

Um den See herum, an den Chausseen entlang; einmal kam uns ein Auto entgegengetorkelt, man kann es nicht anders nennen, so sehr fuhr es im Zick-Zack. Ein junger Herr saß am Steuer, mit jenem dämlich-angespannten Gesicht, wie es Neulinge am Steuerrad haben. Er war ganz Aufmerksamkeit, Krampf und Angst. Sein Lehrer saß neben ihm. Wir sprangen beiseite, denn der junge Herr hätte sicherlich lieber uns drei überfahren als eine Ameise, die er wohl grade sah ... Dann gingen wir von der Chaussee ab, in den Wald.

Die Wege in Schweden führen manchmal grade durch kleine Anwesen, die Zauntür ist offen, und man geht über den Hof hinweg. Da standen kleine Häuschen, still und sauber ... «Guck – das wird das Kinderheim sein!» sagte Karlchen.

Auf einem kleinen Hügel lag ein langgestrecktes Haus; das war es sicherlich. Wir gingen langsam näher. Es war ganz still. Wir blieben stehn. «Müde?» – Und wir lagerten uns auf dem Moos und ruhten. Lange, lange.

Plötzlich knallte drin im Haus eine Tür – es war wie ein Schuß. Stille. Die Prinzessin hob den Kopf.

«Ob wir wohl die strenge Leiterin zu sehen be ...» ich sprach nicht zu Ende. Eine kleine Tür an der Querseite des Hauses hatte sich geöffnet, und heraus stürzte ein kleines Mädchen. Es lief wie ein blinder Mensch, nein, wie ein Tier: es hatte nicht nötig, zu sehen, wohin die Füße traten – ein Instinkt trieb es. Es lief erst ein kleines Stück ganz gradeaus, dann blickte es auf, und mit einer blitzschnellen Bewegung schlug es einen Haken und lief uns grade in die Arme. «Na ... na», machte ich. Das Kind sah auf: wie wenn es aus einem langen Schlaf erwachte. Sein Mund öffnete sich, schloß sich wieder, die Lippen zitterten, es sagte nichts. Nun erkannte ich es: wir hatten es auf unserm Spaziergang mit den andern getroffen. «Na ...?» sagte die Prinzessin. «Du hast es aber eilig ... wo willst du denn hin? Spielen?»

Da ließ das kleine Mädchen den Kopf sinken und fing an zu weinen ... ich hatte so etwas noch niemals gehört. Frauen sind, wenn der Schmerz kommt, weniger lyrisch als wir Männer – sie helfen also besser. Die Prinzessin beugte sich hinunter. «Was ... was ist denn –» und wischte der Kleinen die Tränen ab. «Was hast du denn? Wer hat dir denn etwas getan?» Das Kind schluchzte. «Ich ... sie ... ich bin schon mal weggelaufen, heute ... die Frau Direktor ... Lisa Wedigen hat gestohlen, sie will mich hauen, sie will uns alle hauen, ich bekomme heute nichts zu essen – ich will zu Mutti! Ich will zu Mutti!» – «Wo ist denn deine Mutti?» fragte die Prinzessin. Die Kleine antwortete nicht; sie starrte ängstlich auf das Haus und machte eine Bewegung, als wollte sie fortlaufen. «Nun bleib mal da – wie heißt du denn?» – «Ich heiße Ada», sagte die Kleine. «Und wie noch?» – «Ada Collin.» – «Und wo ist deine Mutti?» – «Mutti ...» sagte das Kind, und dann etwas, was man nicht verstand. «Wohnt deine Mutti sonst auch hier?» Das Kind schüttelte den Kopf. «Wo denn?» – «In der Schweiz. In Zürich ...» – «Na und?» fragte ich. So dumm können nur Männer fragen. Das Kind sah nicht hoch; es hatte die Frage gar nicht begriffen. Wir standen herum, etwas ratlos. «Warum bist du denn weggelaufen – nun erzähl das mal ganz richtig. Erzähl mal alles –» fing die Prinzessin wieder an.

«Die Frau Adriani haut uns ... sie hat uns heute kein Essen gegeben ... ich will zu Mutti ... ich will zu Mutti ...!» Karlchen dachte wie stets scharf und schnell. «Laß uns doch mal aufschreiben, wo die Mutter wohnt», sagte er. «Sag», fragte die Prinzessin, «wo wohnt denn deine Mutti?» – Das Kind schluckste. «In Zürich.» – «Na ja, aber wo da ...?» – «Hott ... Hott ... Sie kommt, sie kommt!» schrie das Kind und riß sich los. Wir hielten es fest und sahen auf.

Im Hause hatte sich die Haupttür geöffnet, und aus ihr trat schnell und energisch eine rothaarige Frau. Sie kam rasch auf uns zu. «Was machen Sie da mit dem Kind?» fragte sie, ohne Begrüßung.

Ich nahm den Hut ab. «Guten Tag!» sagte ich höflich. Die Frau sah mich nicht einmal an. «Was haben Sie mit dem Kind! Was tut das Kind bei Ihnen?» – «Es ist hier aus dem Haus gelaufen und hat geweint», sagte Karlchen.

«Das Kind ist ein Ausreißer und ein Tunichtgut. Es ist heute schon einmal weggelaufen. Geben Sie das Kind her und kümmern Sie sich nicht um Sachen, die Sie nichts angehn!» – «Langsam, langsam», sagte ich. «Das Kind hat so furchtbar geweint; es behauptet, Sie hätten es geschlagen.» Die Frau sah mir fest ins Gesicht, kampfbereit. «Ich? ich habe es nicht geschlagen. Hier werden keine Kinder geschlagen. Ich habe die elterliche Gewalt über das Kind, ich habe das schriftlich. Was fällt Ihnen denn ein? Bei mir herrscht Zucht und Ordnung ... hetzen Sie mir hier nicht die Kinder auf! – Das ist *mein* Haus!» schrie sie plötzlich laut und deutete auf das Gebäude. «Das mag sein», sagte ich. «Aber hier stimmt doch etwas nicht – das Kind kommt in Todesangst da herausgelaufen und ...» Die Frau riß das Kind an der Hand und blitzte mich böse an; in ihren grünen Augen stand ein Flämmchen.

«Du kommst jetzt mit», sagte sie zum Kind. «Sofort! Und Sie gehen! Los!» – «Es wäre hübsch», sagte Karlchen langsam, «wenn Sie etwas höflicher mit uns sprechen wollten.» – «Mit Ihnen spreche ich überhaupt nicht», sagte die Frau. Die Prinzessin hatte sich niedergebeugt, sie wischte dem Kind, das bleich geworden war, die Tränen ab. «Was tuscheln Sie da mit dem Kind?» schrie die Frau. «Sie haben gar nichts zu flüstern! Sie sind nicht für das Kind verantwortlich – ich bin es! Ich bin hier die Leiterin – ich bin das! Ich!» In den Augen das Flämmchen ... Hitze strahlte von der Person aus.

«Ich glaube, wir lassen die Dame–» sagte Karlchen. Die Frau riß abermals an dem Kind; sie riß wie an einer Sache; ich fühlte: sie meinte nicht das Mädchen, sie meinte ihre Herrschaft über das Mädchen. Das Kind war grün vor Angst, sie zog es hinter sich her; niemand sprach. Jetzt war sie am Haus. Ich machte eine halbe Bewegung, als wollte ich etwas aufhalten ... nun verschwanden die beiden durch die große Tür, die Tür schloß sich, ein Schlüssel knirschte. Aus.

Da standen wir. «Ganz hübsch ...» sagte Karlchen. Die Prinzessin steckte ihr Taschentuch fort. «Ihr seid alle beide kolossale Esel», sagte sie energisch. «Gut», sagte ich, «aber warum?» – «Kommt mit.»

Wir gingen ein Stück in den Wald hinein. «Ihr ...» sagte die Prinzessin. «Krieg können wir hier nicht machen, das sehe ich ja ein. Aber wir wollen doch dem Kind helfen, nicht wahr? Na, und wie heißt die Mama?» – «Collin. Frau Collin», sagte ich sehr stolz. «Gut – und wie willst du helfen?» Ja, das war richtig. Wir wußten ja die Adresse nicht. Zürich ... Zürich ... was hatte das Kind da gesagt?

«Ich habe ihr leise gesagt», fuhr die Prinzessin fort, «wir kämen nach einer halben Stunde an das Haus – sie soll versuchen, uns auf einem Zettel die Adresse herauszuschmuggeln. Ich kann mi nich denken, daß den klappen wird – das ahme Kind is szu un szu verängstigt. Na ... wir könn sche ma sehn ... Nein, is das ein Drachen! De is aber wedderböstig! Sie spuckt gliks Füer ut!»

«Eine famose Frau», sagte Karlchen. «Die möchte man heiraten. Also ich muß ja sagen ... ich muß ja schon sagen ...» – «Legen wir uns ein bißchen auf die Wiese», sagte die Prinzessin. Wir legten uns.

«Hast du das gesehn, Karlchen», sagte ich; «der Alten haben sich richtig die Haare gesträubt! Ich habe so etwas noch nie gesehn ...» – «Man kann den Hintern schminken, wie man will», sagte Karlchen, «es wird kein ordentliches Gesicht daraus. Die Frau ...» – «Still!» sagte die Prinzessin. Wir lauschten. Aus dem Haus, das ein Stück zurücklag, drang eine Stimme, eine hohe, keifende Stimme. Man konnte nicht verstehn, was da gesagt wurde – man konnte nur hören, daß jemand erregt schrie. Mir wurde heiß. Vielleicht schlug sie das Kind –

«Äh», machte Karlchen. Die Wiese verschwand, wie durch einen Nebel noch die Altstimme der Prinzessin: «Wir gehn nachher gleich an das Haus – wir müssen das» ... ein riesiges ovales Rund, oben, unter der steinernen Wölbung, ausgespannte rote Tücher; unten die Arena, dann eine hohe Steinmauer, darüber die ersten Reihen der Zuschauer, Ränge über Ränge, Tausende von Köpfen, bis sie sich oben verloren im braunen Licht. Unten, in der Mitte, hing einer an einem Kreuz; ein Panther sprang an ihm hoch und riß ein Stück Fleisch nach dem andern ... Der Mann schrie nicht, sein Kopf lag seitlich auf der linken Schulter, er war wohl schon bewußtlos. Staub und das Gedröhn der Masse ... Eine kleine vergitterte Tür öffnete sich: ein paar Kerle mit Lederschürzen stießen zitternde Menschen, vier Männer und eine Frau, vor sich her in das große Rund. Drei von ihnen waren mit Fetzen bekleidet; die Frau war halbnackt, und einen hatten sie geschminkt, er trug, was schrecklich anzusehen war, eine Maske und eine Krone aus Goldschaum: ein Schauspieler seines eigenen Todes. Das Gittertürchen schloß sich von innen. Die Kerle blieben dahinter stehen, Zuschauer ihres Berufs. An der Seite hatten noch ein paar Tiere im Sande gelegen, ein Tiger, ein Löwe. Als sie die Menschen sahen, die da hereingetrieben wurden, erhoben sie sich, faul und böse. Eins der vier Opfer trug eine Waffe – ein gekrümmtes Schwert. Der Panther am Kreuz hatte von dem da oben abgelassen; er lag und kaute an einem abgerissenen Arm. Das Blut troff.

Und da hatte der Löwe plötzlich zum Sprung angesetzt; nun war er wütend, denn heimtückisch hatte ihm jemand von geschütztem Platz oberhalb der Mauer ein brennendes Holzscheit auf den Kopf geworfen. Das Tier brüllte. Der Gladiator trat vor, mit einer Bewegung, die heldisch sein sollte und recht jämmerlich ausfiel. Eine Tuba gellte; ihr Klang war rot. Der Löwe sprang. Er sprang grade über den Gladiator hinweg, auf den Geschminkten. Er faßte ihn, die Maske zeigte denselben unveränderten idiotischen Ausdruck – dann schleifte er den Kreischenden die Arena entlang. Den Gladiator hatten zwei Tiger angefallen. Er wehrte sich kräftig, mit dem Mut der Verzweiflung; er schlug um sich, erst nach irgendeinem angelernten Plan, dann sinnlos und ohne Verstand. Eines der Tiere umschlich ihn, es ging auf leisen Pfoten zurück, dann waren beide über ihm. Wie ein Schlag ging es durch den Zirkus. «Rrrrhach –!» machte die Menge – es war *ein* Stöhnen. Die Menschen waren von ihren Sitzen aufgesprungen, sie starrten verzückt nach unten, um nur ja keine Einzelheit zu verlieren, hierhin sahen sie und dorthin; wohin sie blickten: Blut, Verzweiflung, Ächzen und Gebrüll – Menschen litten da, lebendes Fleisch zuckte, sich im Sande zu Tode zappelnd, sie oben in Sicherheit – es war herrlich! Der ganze Zirkus badete in Grausamkeit und Entzücken. Nur die untersten Reihen saßen still und ein wenig hochmütig da, sie zeigten keinerlei Bewegung. Es waren die Senatoren und ihre Frauen, Vestalinnen, der Hof, höhere Heerführer und reiche Herren ... gelassen reichten sie einander Konfekt aus kleinen Dosen, und einer ordnete seine Toga. Schreie feuerten die Tiere an, sie noch wütender zu machen; Schreie gellten auf den feigen Kämpfer hinunter, der sich so gar nicht zu wehren gewußt hatte ... Ausdünstung und Geheul, das Tier Masse wälzte sich in einem Orgasmus von Lust. Es gebar Grausamkeit. Was hier vor sich ging, war ein einziger großer schamloser Zeugungsakt der Vernichtung. Es war die Wollust des Negativen – das süße Abgleiten in den Tod, der andern. Dafür Tag um Tag Sandalen geflochten, Pergamente beschrieben, Mörtel geschleppt, den Adligen Besuche gemacht und die langen Morgen im Atrium verwartet; Tücher gewebt und Leinen gewaschen, Terrakotten bepinselt und stinkende Fische verkauft ... um endlich, endlich diesen großen Festtag zu genießen: den im Amphitheater. Alles, aber auch alles, was der Tag an Geducktheit, an Unterdrückung, an Wunschträumen und nicht auszuübender Wollust in diese Bürger und Proletarier hineingepreßt hatte: hier konnte es sich austoben. Es war wie Liebeserfüllung, nur noch ungestümer, noch heißer, noch zischender. Wie eine spitze Stichflamme stieg die Lust aus den viertausend Menschen — sie waren *ein* Leib, der sich ganz verausgabte, sie waren die Raubtiere, die die Menschen da unten zerfleischten, und sie waren die Zerfleischten. Die Grausamkeit schlug ihre Augen auf — sie hat schon so viele Namen gehabt, in jedem Jahrhundert einen andern. Sie atmeten hastig, der wildeste Strom war aus ihnen heraus, nun ergoß sich der Rest in lauten, lärmenden Gesprächen, in Zurufen und in Zeichen, die sie über die Köpfe hinweg einander gaben, die Daumen nach unten gesenkt; tausend Stimmen, sprechende und rufende, ertönten, und nur hier und da stieg aus der Arena ein Schrei auf wie ein Signalpfiff des Schmerzes. Hier floß ab, was an verbrecherischer Lust in den Menschen war — nun würden sie so bald keinen mehr ermorden; die Tiere hatten es für sie getan. Nachher gingen sie in die Tempel, um zu beten. Nein: um zu bitten. Unten betraten die ersten Wärter den Sand und machten sich mit heißen Eisen an die Körper, die da lagen — waren sie auch wirklich tot? Hatten sie die Massen auch nicht um ein Quentchen Schmerz betrogen? In einer Ecke kämpfte einer um seine verzuckenden Minuten, die Tiere verschwanden fauchend und aufgeregt-satt durch die kleinen Gittertüren, der Sand wurde gefegt, und oben, in den höchsten Rängen, verbrodelte die letzte Lust, die das Leben am Leiden gefunden hatte. «Was hast du?» fragte die Prinzessin. «Nichts», sagte ich.

«Ihr meint, wir gehn nachher noch mal an das Haus?» fragte Karlchen zweifelnd.

«Natürlich gehn wir», sagte die Prinzessin. «Das Kind muß geholfen werden — wir müssen helfen.» Und da stieg in mir etwas auf, es war eine so dumpfe Wut, daß ich aufstehen und tief einatmen mußte — verwundert sahen mich die beiden an. Plötzlich spürte ich dieselbe Lust an der Zerstörung, am Leiden der andern; diese Frau leiden machen zu können ... O Wonne des guten und gerechten Kreuzzuges, du Laxier der Unmoral! Mit einem kalten Wasserstrahl löschte ich das aus, während ich ausatmete. Ich kannte den Mechanismus dieser Lust: sie war doppelt gefährlich, weil sie ethisch unterbaut war; quälen, um ein gutes Werk zu tun ... das ist ein sehr verbreitetes Ideal. «Gehn wir?» Wir gingen.

Als wir das Haus wiedersahen, waren wir wie auf Kommando still. «Einer links, einer hinten herum», sagte Karlchen. «Es muß aber einer bei der Prinzessin bleiben», sagte ich. «Das Weib ist imstande und haut.» – «Dann geht ihr da», sagte er. «Ich will es von links versuchen.» Wir schlichen näher.

Das Haus lag still, ganz still. Ob sie uns durch ein Fenster beobachtete? Wenn sie nun einen Hund hatte? Immerhin: es war ein fremdes Grundstück; wir hatten hier nichts zu suchen. Die Frau war im ius. Welch eine preußische Überlegung! Ein Kind litt. Los.

Still war alles. Weit sah man von hier hinaus, am Haus vorbei, ins Land. Da lag der Mälarsee, da das Schloß Gripsholm, rot, mit den dicken Kuppeln, und der Mischwald, Tannen und Birken.

«Pst!» machte die Prinzessin. Nichts. Karlchen war nicht zu sehen. Fragend sah ich sie an. Wir gingen langsam weiter und traten vorsichtig auf, als gingen wir auf Eis. War das ein Gesicht hinter einem Fenster – eine kreisrunde Scheibe ...? Täuschung, es war ein Widerschein. Wir gingen nah am Haus vorbei. Die Prinzessin blickte überall umher. Plötzlich ging sie vorwärts – «Rasch!» sagte sie – sie lief auf einen weißen Fleck zu, der unweit des Hauses im Grase war ... da lag ein kleines Stück Papier. Hinten wandelte Karlchen langsam am Zaun vorbei. Die Prinzessin bückte sich, sah das Papier an, hob es auf und schritt rasch weiter.

Wir beeilten uns, bis wir aus der Umgatterung heraus waren. «Na?» sagte Karlchen.

Die Prinzessin blieb stehn und las vom Papier:

Collin Zürich Hottingerstrase 104.

Die Rückseite eines Kalenderblatts, und eine kraklige Kinderhandschrift. ‹Strase› war mit einem s geschrieben. «Dat harrn wi hinner uns!» sagte die Prinzessin. «Auf in den Kampf» – pfiff Karlchen.

Zurück nach Gripsholm.

4

Wir liefen durcheinander wie die Indianer, wenn sie sich auf den Kriegspfad begeben. Alle drei redeten mit einem Mal. «Mal langsam –» sagte das kluge Karlchen. «Telegrafieren ... ihr seid ja verdreht. Wir schreiben jetzt erst mal an die Frau einen vernünftigen Brief. Und da muß drin stehn ...»

Was sich nun begab ... das möchte ich nicht noch einmal durchmachen. Es war eine Schlacht. Es wurde nicht *ein* Brief geschrieben – es wurden vierzehn Briefe geschrieben, immer einer nach dem andern, dann drei zu gleicher Zeit, und während ich auf meiner Maschine herumhackte, bis sie heiß wurde, schrieben die beiden andern emsig ihre Bogen voll. Es war wie eins dieser altmodischen Gesellschaftsspiele («Was tut er? – Was tut sie? – Wo lernten sie sich kennen?»), und jeder wollte zuerst seins vorlesen, und jeder fand seinen Schrieb am allerschönsten und am allerfeinsten und die der andern von oben bis unten unmöglich. «Unmöglich!» sagte die Prinzessin. «Dat is ja Kinnerkram is dat ja!» – Ich wollte etwas erwidern. «Du bischa so klug», sagte sie. «Du schast ock mit na Pudel sin Hochtid! Nu do mi dat to Leev . . .» und dann fing alles wieder von vorn an.

Schließlich blieben drei Entwürfe übrig – zur engern Wahl. Karlchen hatte einen juristischen Brief geschrieben, ich einen feinen und die Prinzessin einen klugen. Und den nahmen wir.

Darin war knapp und klar erzählt, was wir gesehen hatten und daß wir uns nicht in die Collinschen Familienangelegenheiten einmischen wollten und daß sie nur ja nicht an die Frau schreiben sollte, das gäbe bestimmt ein Unglück, und sie brauchte sich nicht zu beunruhigen, wir würden inzwischen sehen, was sich machen ließe – aber sie möchte uns erlauben, einmal mit ihr zu telefonieren. «So», sagte die Prinzessin und klebte zu. «Das hätten wir. Gleich weg mit ihm. Auf die Post –!» Als der Brief in den Kasten plumpste, fiel uns je ein Stein vom Herzen. «So ein Kind . . .» sagte ich. «So ein kleiner Gegenstand –!» Und da lachten mich die beiden heftig aus.

«Gib mir mal 'n Zigarettchen!» sagte Karlchen, der gern andrer Leute Zigaretten rauchte und ihre Zahnpasten benutzte. («Freundschaft muß man ausnutzen», pflegte er zu sagen.) «Wißt ihr auch», sagte er in die abendliche Stille, während wir langsam durch die Straßen von Mariefred gingen und uns die Schaufenster ansahen, «daß ich morgen abend fahre?» Bumm – das hatten wir vergessen. Die acht Tage waren um – ja –

«Wollen Sie nich noch 'n büschen bei uns bleiben, Karling?» fragte die Prinzessin. «Gnädigste», sagte der lange Lümmel und streckte den Arm aus, «leider läuft mein Urlaub ab – ich muß. Ich muß. Herrschaften, das war aber eine anstrengende Konferenz!» Er blieb stehen. «Na, du bist doch Experte in Konferenzen . . . du Beamter!» – «Ich schimpfe dich auch nicht Literat, du Buffke. Der alte Eugen Ernst sagte immer: Wenn einer nichts zu tun hat, dann holt er die andern, und dann machen sie eine Konferenz. Und zum Schluß, wenn alle geredet haben, dann konstatiert er. Und dann ist es aus. Und jetzt setz dich noch mal an deinen Schreibpflug und schreibe für Jakopp ein Kartentelegramm!» Das tat ich.

«Ich finde», sagte ich zu Karlchen, «es muß ein Einwort-Telegramm sein. Es wird sonst zu teuer. Da:

Drahtetsofortobhiesigenmälarsee-
zwecksbewässerungkäuflicherwerben-
wolltwassergarantiertechtallerdingsnur-
zuschwimmzweckengeeignetfasthoch-
achtungsvollfritzchenundkarlchenwasser-
oberkommissäre.»

«Na, da wollen wir ihm den Abschiedstrunk rüsten, was?» sagte Lydia. Wir rüsteten. Wir krochen umher und plagten die gute Schloßdame, auf daß wir etwas zu trinken bekämen; wir kauften ein und fanden es alles nicht schön genug; wir stellten auf und packten aus, und ... «Was gibt es zu essen?» erkundigte sich Karlchen. «Was möchten Sie denn?» fragte die Prinzessin. «Ich möchte am liebsten Murmeltierschwanzsuppe.» – «Wie bitte?» – «Kennt ihr das nicht? Die jungen Leute! Zu meiner Zeit ... Also Murmeltierschwanzsuppe wird im hohen Norden von den Eskimos gewonnen. Sie jagen das Murmeltier so lange, bis es vor Schreck den Schwanz verliert, und auf diese Weise –» Worauf wir ihm zwei Kissen an den Kopf warfen, und dann gingen wir hinunter und aßen.

«Ich möchte eigentlich noch über Ulm fahren», sagte Karlchen. «Da habe ich eine Braut zu stehn – die hätte ich gern überhört.» – «Sie sollten sich was schämen!» sagte die Prinzessin. «Ist sie hübsch?» fragte ich. «Na, wie wird sie schon sein ... deine Weiber ...» Er grinste, und: Deine vielleicht ... konnte er ja jetzt nicht sagen. «Wie willst du über Ulm fahren?» fragte ich. «Da kommst du doch gar nicht hin!» – «Ich fahre auch nicht», sagte Karlchen. «Ich möchte bloß mal ...» – «Er ist ein gesprochener Casanova», sagte die Prinzessin. «Du, Alte –» sagte ich, «manchmal läßt er seinen lieben Worten auch Taten folgen, und dann geht es gar heiter zu.» Karlchen lächelte, wie wenn von einem ganz andern wilden Mann gesprochen würde, und wir entkorkten mit einem weithin hörbaren Flupp den Whisky, woraufhin Karlchen zum ‹Herrn Fluppke› ernannt wurde, und dann saßen wir und tranken gar nicht viel. Wir redeten uns besoffen. Die vier Windlichter bewegen sich in dem schwachen Luftzug.

«Rauch nur deine Pfeife!» sagte Karlchen. «Rauch nur! Er verträgt doch kein Nikotin, Prinzessin! Ist die Pfeife etwa neu?» – «Das ist es ja eben», sagte ich. «Ich muß sie anrauchen. Mensch, Pfeifen anrauchen ...» – «Kann man das nicht mit Maschinen?» fragte die Prinzessin. «Ich habe mal sowas gehört.» – «Man kann es mit Maschinen», sagte Karlchen. «Ich hatte einen Schulfreund, in der Oberprima, der hatte erfunden, Pfeifen mit der Luftpumpe anzurauchen. Ich weiß nicht mehr, wie er das gemacht hat – aber er machte es. Ich hatte ihm meine neue Pfeife gegeben, eine wundervolle neue Pfeife. Und da muß er wohl zu stark mit der Pumpe gearbeitet haben ... und da hat sich die Pfeife selbst ausgeraucht, und es blieb überhaupt nichts weiter von ihr übrig als ein Häufchen Asche. Er hat mir eine neue kaufen müssen. Mir ist diese Pfeifengeschichte immer sehr symbolisch vorgekommen ... Ja. Aber wofür symbolisch: das habe ich vergessen.» Wir schwiegen, tief sinnend.

«Ein Esel», sagte die Prinzessin. Wir wollten protestieren – aber sie meinte einen richtigen, der da hinter den Bäumen hervorkam. Er wollte wohl auch einen Whisky haben. Wir standen gleich auf und streichelten ihn, aber Esel wollen nicht gestreichelt werden; ein weiser Mann hat herausgefunden, es sei das Unglück der Esel, Esel zu heißen – denn nur deshalb würden sie so schlecht behandelt. Diesen behandelten wir gut und nannten ihn Joachim. Und wir spielten ihm Grammophon vor ... «Spiel mal büschen was aus Kaahmen –» sagte die Prinzessin. «Nein! Spiel das mit die kleinen Gnomens ...!» Da war ein Musikstück, das hatte so einen kleinen, hüpfenden Marschrhythmus, und die Prinzessin behauptete, dazu müßte eine Pantomime vonstatten gehn, in der kleine Zwerglein mit Laternlein über die Bühne huschten. Ich drehte die Platte mit den Gnomen an, der Apparat lief, der Esel fraß Gras dazu, wir tranken Whisky, und: – «Mir auch noch einen Zahn voll!» sagte Karlchen. Und die Prinzessin aß zum Nachtisch Käse mit Sellerie, das hatte ihr ein großer Gourmet empfohlen. «Wie schmeckt es?» fragte Karlchen. «Es schmeckt –» die Prinzessin probierte langsam und sorgfältig – «es schmeckt wie schmutzige Wäsche.» Mißbilligend schlug selbst Joachim mit dem Schweife.

Und dann sangen wir ihm alles vor, was wir wußten, und das war eine ganze Menge.

«King Salomon has threehundred wives
and that's the reason why
he always missed his morning train
kissing them all good-bye!»

– «Muh!» machte der Esel und wurde verwarnt, denn er war doch keine Kuh, Karlchen blies stille Weisen auf einem Kamm mit Seidenpapier und begehrte stürmisch, im Chantant zu gehen ... die Prinzessin lachte viel und manchmal würdelos laut, und ich war, wie jeder von uns, der einzig Nüchterne in diesem Hallo.

Bevor wir zu Bett gingen: «Lydia – er soll nicht wieder Postkarten schreiben! Immer schreibt er Karten.» – «Was für...?» fragte sie. «Wenn er abreist, dann kommen am nächsten Tag ganz wahnwitzige Postkarten an, die schreibt er im Zug – das ist so seine Art, Abschied zu nehmen. Er soll das nicht; es regt mich so auf!» – «Herr Karlchen, schwören Sie, daß Sie uns diesmal keine Karten schreiben werden?» – Er gab sein kleines gießener Ehrenwort. Wir trollten in die Heija.

Und brachten ihn am nächsten Abend an den Bahnhof, zu dem kleinen Schnaufewagen, und die beiden gaben sich einen Abschiedskuß, der mir reichlich lang erschien. Und dann mußte er einsteigen, und wir standen am Wagen und gaben ihm durch das Fenster kluge Ratschläge auf den Weg, und er fletschte uns an, und als der Wagen anfuhr, sprach er freundlich: «Fritzchen, ich habe deine Zahnpaste mitgenommen!» und ich warf vor Aufregung meinen Hut nach ihm, und der trudelte beinahe unter die Räder, und dann winkte er, und dann verschwand das Bähnlein um die Ecke, und dann sahen wir gar nichts mehr.

Und am nächsten Mittag trafen vier Postkarten ein: von jeder größern Station eine – bis nach Stockholm. Auf der letzten stand folgendes:

«Liebe Toni!

Laß Dich auf keinen Fall auf die Polizei bestellen wegen der falschen Eintragung im Hotel – vom 15.! Bleibe eventuell fest und steif dabei, daß Du meine Tochter wärst!

Lieber Freund, ehe ich heute abend fortfuhr, habe ich Dich noch einmal von der Seite angesehn und muß sagen, daß ich aufrichtig erschrocken war. Ich glaube, Dir fallen die Haare aus. Lieber Freund! Das ist mehr als ein Anzeichen – das ist ein Symptom!

Sucht nicht vergeblich nach dem zweiten Kanarienvogel – ich habe ihn für meine lieben Kinderchen mitgenommen. Wo ist der Esel?

Liebe Marie, sieh doch bitte sofort nach, wo mein Siegelring geblieben ist – er muß unter Deinem Kopfkissen liegen. Ich weiß es bestimmt.

Schade um meinen vertanenen Urlaub!

Ich bin immerdar

Euer liebes

Karlchen.»

VIERTES KAPITEL

> Wennt unse Paster man nich süht, mit unsen Herrgott will ick woll färdig werden, sä de Bur – dor makt he sin Heu an Sünndag.

1

«Wie ist denn das alles so plötzlich gekommen?» fragte die Prinzessin, als ich aus der Kerze seitlich umfiel.

Wir turnten. Lydia turnte, ich turnte – und hinten unter den Bäumen kugelte sich Billie umher. Billie war kein Mann, sondern hieß Sibylle und war eine Mädchenfrau. «Junge, ja ...» sagte die Prinzessin und ließ sich hochatmend zu Boden fallen, «wenn wir davon nicht klug und schön werden ...» – «Und dünn», sagte ich und setzte mich neben sie. «Wie findest du sie?» fragte die Prinzessin und deutete mit dem Kopf nach den Bäumen hinüber.

«Gut», sagte ich. «Das ist mal ein nettes Mädchen: lustig; verspielt; ernst, wenn sie will – komm an mein Herz!» – «Wer?» – «Sie.» – «Daddy, mit dem Herzen ... diese Dame hat sich eben ierst von ihren Freund gietrennt, abers ganz akrat un edel und in alle Freundlichkeit.» – «Wer war das doch gleich?» – «Der Maler. Ein anständiger Junge – aber es ging nicht mehr. Frag sie nicht danach, sie mag nicht davon sprechen. Solche Suppen soll man allein auslöffeln.» – «Wie lange kennt ihr euch eigentlich?» – «Na, gut und gern zehn Jahre. Billie ... das ist eben mein Karlchen, weißt du? Ich mag sie. Und zwischen uns hat noch nie ein Mann gestanden – das kann ich mir überhaupt nicht vorstellen. Sieh mal, wie sie läuft! Se löpt, as wenn er de Büx brennt!»

Sibylle kam herüber.

Es war schön, sie laufen zu sehn; sie hatte lange Beine, einen gestrafften Oberkörper, und ihr dunkelblaues Schwimmkostüm leuchtete auf dem rasigen Grün.

«Na, ihr Affen», sagte Billie und ließ sich neben uns nieder. «Wie wars?» – «Gedeihlich», sagte die Prinzessin. «Der Dicke hat geturnt, gleich kommen ihm die Knie zum Halse heraus ... er ist sehr brav. Wie lange springst du jetzt Seilchen?» – «Drei Minuten», sagte ich und war furchtbar stolz. «Wie haben Sie geschlafen, Billie?»

«Ganz gut. Wir dachten doch erst, als uns die Frau das kleine Zimmer ausgeräumt hatte, es wäre zu heiß wegen der Sonne, die da den ganzen Tag drin ist ... Aber so heiß ist das hier gar nicht. Nein, ich habe ganz gut geschlafen.» Wir sahen alle aufmerksam vor uns hin und wippten hin und her.

«Hübsch, daß du hergekommen bist», sagte die Prinzessin und kitzelte Billie mit einem langen Halm am Nacken, ganz leise. «Wir hatten vor, hier wie die Einsiedler zu leben – aber dann war erst sein Freund Karlchen da, und jetzt du – aber es ist doch so schön still und friedlich ... nein ... wirklich ...» – «Sie sind sehr gütig, mein Frollein», sagte Billie und lachte. Ich liebte sie wegen dieses Lachens; manchmal war es silbern, aber manchmal kam es aus einer Taubenkehle – dann gurrte sie, wenn sie lachte. «Was haben Sie da für einen hübschen Ring, Billie», sagte ich. «Nichts ... das ist ein kleiner Vormittagsring ...» – «Zeigen Sie mal ... ein Opal? Der bringt ... das wissen Sie doch ... Opale bringen Unglück!» – «Mir nicht, Herr Peter, mir nicht. Soll ich vielleicht einen Diamanten tragen?» – «Natürlich. Und mit dem müssen Sie dann im Schambah Zepareh Ihren Namen in den Spiegel kratzen. Das tun die großen Kokotten alle.» – «Danke. Übrigens hat mir Walter erzählt: da ist er in Paris in einem cabinet particulier gewesen, und da hat auch eine etwas an den Spiegel gekratzt. Raten Sie, was da gestanden hat!» – «Na?» – «Vive l'anarchie! Ich fand das sehr schön.» Wir freuten uns. «Gymnastizieren wir noch ein bißchen?» fragte ich. «Nein, meine Herrschaften, was ich bün, ick hätt somit gienug», sagte die Prinzessin und reckte sich. «Mein Pensum ist erledigt. Billie, deine Badehose geht auf!» Sie knöpfte ihr das Trikot zu.

Billies Körper war braun, von Natur oder von der Sonne der See, woher sie grade kam. Sie hatte zu dieser getönten Haut rehbraune Augen und merkwürdigerweise blondes Haar – echtes blondes Haar ... es paßte eigentlich gar nicht zu ihr. Billies Mama war eine ... eine was? Aus Pernambuco. Nein, so war das nicht. Die Mama war eine Deutsche, sie hatte lange mit ihrem deutschen Mann in Pernambuco gelebt, und da muß einmal irgend etwas gewesen sein ... Billie war, vorsichtig geschätzt, ein Halbblut, ein Viertelblut ... irgend so etwas war es. Eine fremde Süße ging von ihr aus; wenn sie so dasaß, die Beine angezogen, die Hände unter den Knien, dann war sie wie eine schöne Katze. Man konnte sie immerzu ansehn.

«Was war das gestern abend für ein Schnaps, den wir getrunken haben?» fragte Billie langsam und verwandte kein Auge von dem, was in einer nur ihr erreichbaren Ferne vor sich ging. Die Frage war ganz in der Ordnung – aber sie machte ein falsches Gesicht dazu, in leis verträumter Starre, und dann diese Erkundigung nach dem Schnaps ... Wir lachten. Sie wachte auf. «Na ...» machte sie.

«Es war der Schnaps Labommelschnaps», sagte ich sehr ernsthaft. «Nein wirklich ... was war das?» – «Es war schwedischer Kornbranntwein. Wenn man so wie wir nur ein Glas trinkt, erfrischt er und ist angenehm.» – «Ja, sehr angenehm ...» Wir schwiegen wieder und ließen uns von der Sonne bescheinen. Der Wind atmete über uns her, fächelte die Haut und spülte durch die Poren, in denen das Blut sang. Ich war in der Minderheit, aber es war schön. Meist bildeten die beiden eine Einheit – nicht etwa gegen mich ... aber ein bißchen ohne mich. Bei aller Zuneigung: wenn ich dann neben ihnen ging, fühlte ich plötzlich jenes ganz alte Kindergefühl, das die kleinen Jungen manchmal haben: Frauen sind fremde, andre Wesen, die du nie verstehen wirst. Was haben sie da alles, wie sind sie unter ihren Röcken ... wie ist das mit ihnen! Meine Jugend fiel in eine Zeit, wo die Takelage der Frau eine sehr komplizierte Sache war – zu denken, was sie da alles zu haken und zu knöpfeln hatten, wenn sie sich anzogen! Ein Ehebruch muß damals eine verwickelte Sache gewesen sein. Heute knöpfen die Männer weit mehr als die Damen; wenn die klug sind, können sie sich wie einen Reißverschluß aufmachen. Und manchmal, wenn ich Frauen miteinander sprechen höre, dann denke ich: sie wissen das ‹Das› voneinander; sie sind denselben Manipulationen und Schwankungen in ihrem Dasein unterworfen, sie bekommen Kinder auf dieselbe Weise ... Man sagt immer: Frauen hassen einander. Vielleicht, weil sie sich so gut kennen? Sie wissen zu viel, eine von der andern – nämlich das Wesentliche. Und das ist bei vielen gleich. Wir andern haben es da wohl schwieriger.

Da saßen sie in der Sonne und schwatzten, und ich fühlte mich wohl. Es war so etwas wie ein Eunuchenwohlsein dabei; wäre ich stolz gewesen, hätte ich auch sagen können: Pascha – aber das war es gar nicht. Ich fühlte mich nur so geborgen bei ihnen. Nun war Billie vier Tage bei uns, und in diesen vier Tagen hatten wir miteinander keine schiefe Minute gehabt ... es war alles so leicht und fröhlich.

«Wie war er?» hörte ich die Prinzessin fragen. «Er war ein Kavalier am Scheitel und an der Sohle», sagte Sibylle, «dazwischen ...» Ich wußte nicht, von wem sie sprachen – ich hatte es überhört. «Ach wat, Jüppel-Jappel!» sagte die Prinzessin. «Wenn einen nichts taugt, denn solln sofordsten von ihm aff gehn. Was diese Frau is, diese Frau ischa soo dumm, daß sie solange – na ja. Seht mal! Pst! ganz stille sitzen – dann kommt er näher ... Und wie er mit dem Schwänzchen wippt!» Ein kleiner Vogel hüpfte heran, legte den Kopf schief und flog dann auf, von etwas erschreckt, das in seinem Gehirn vor sich gegangen war – wir hatten uns nicht geregt. «Was mag das für einer gewesen sein?» fragte Billie. «Das war ein Amselbulle», sagte die Prinzessin. «Ah – dumm – das war doch keine Amsel ...» sagte Billie. «Ich will euch was sagen», sprach ich gelehrt, «bei solchen Antworten kommt es gar nicht darauf an, obs auch stimmt. Nur stramm antworten! Jakopp hat mal erzählt, wenn sie mit ihrem Korps einen Ausflug gemacht haben, dann war da immer einer, das war der Auskunftshirsch. Der mußte es alles wissen. Und wenn er gefragt wurde: Was ist das für ein Gebäude? – dann sagte er a tempo: Das ist die Niedersächsische Kreis-Sparkasse! Er hatte keinen Schimmer, aber alle Welt war beruhigt: eine Lücke war ausgefüllt. So ist das.» Die Mädchen lächelten höflich, ich war auf einmal allein mit meinem Spaß. Nur ein Sekündlein, dann war es vorbei. Sie standen auf.

«Wir wollen noch laufen», sagte Billie. «Einmal rund um die Wiese! Eins, zwei, drei – los!» Wir liefen. Billie führte; sie lief regelmäßig, gut geschult, der Körper funktionierte wie eine kleine exakte Maschine ... es war eine Freude, mit ihr zu laufen. Hinter mir die Prinzessin japste zuweilen. «Ruhig laufen!» sagte ich vor mich hin, «du mußt durch die Nase atmen – mit dem ganzen Fuß auftreten – nicht zu sehr federn!» und dann liefen wir weiter. Mit einem langen Atemzug blieb Billie stehn; wir waren beinah einmal um die große Wiese herumgekommen. «Uffla!» – Wir waren ganz warm. «Ins Schloß unter die Brause!» Wir nahmen unsre Bademäntel und gingen langsam über die Wiese; ich trug meine Turnschuhe in der Hand, und das Gras kitzelte meine Füße. Das ist schön, mit den Mädchen zusammenzusein, ohne Spannung. Ohne Spannung?

2

«Was nehmen wir denn dem Kind nun mit?»

«Bonbons», schlug Billie vor. «Nein», sagte ich, «das wird ihr die Alte verbieten — oder sie muß sie an die ganze Belegschaft austeilen.» — «Wir gehn Knöpfchen kaufen», sagte die Prinzessin. «Ich werde schon was finden. Kommt — ach was, Hut. Aber Billie!» Wir gingen.

Frau Collin hatte geschrieben. Sie wäre uns sehr dankbar, und wir möchten zu der Frau Adriani hingehn und mit ihr sprechen, und dann sollten wir sie anrufen. Die Auslagen würde sie gern ...

«Nicht huddan! Ladi!» rief die Prinzessin. Billie sah sie entgeistert an, und ich mußte ihr erklären, daß das ‹rechts› und ‹links› bedeute — so trieb man in manchen plattdeutschen Ecken die Esel an. Gott weiß, woher diese alten Rufe stammen mochten.

Ja, das Kind, der ‹kleine Gegenstand ...› Ich dachte mit Kraft daran, daß es geplagt und geschlagen würde, denn hier stand nun etwas bevor ... Als Junge hatte ich immer an Portal-Angst gelitten, an jener rasenden Furcht, in ein fremdes, in ein ganz fremdes Haus hineinzugehn — geduckt ging ich dann schließlich und fiel natürlich auf die moralische Nase. Tiere wittern Furcht. Menschen wittern Furcht. Seitdem ich aber gelernt habe, daß sie alle sterben müssen, geht es schon besser. Zwanzig Jahre hat das gedauert. Der Plattdeutsche drückt die Sache kürzer und unpathetischer aus: «Wat is he denn? Sin Mors hat man ook bloß twee Hälften!» Ja, das ist wahr.

Und nun sollte ich da als fremder Mann zu einer bösen, fremden Frau gehn — ich spielte einen Augenblick alle Phasen: Hänsel bei der Knusperhexe, dann: ich geniere mich doch aber so ... und dann war es vorbei. Es ging viel schneller vor sich, als man es schreiben kann. Vorbei. «Man muß», hat ein kluger Inder gesagt, «den Tiger vor der Jagd in Gedanken töten — der Rest ist dann nur noch eine Formalität. Die Frau Adriani ...? Ich dachte an meinen Feldwebel, an das geprügelte, weinende Kind ... in Ordnung.

«Sei still!» rief die Prinzessin in ein Fenster hinein, an dem ein Papagei in seinem Käfig krächzte, «sei still! Sonst wirst du ausgestopft!» Das Tier mußte wohl deutsch verstehn — denn nun schwieg es. Billie lachte. «Ihr wolltet doch noch englische Sauce kaufen», sagte sie in einer jener Ideenverbindungen, derer nur Frauen fähig sind. «Tun wir auch — komm, wir gehen in die Fruktaffär, die haben alles. Die Schweden schreiben manche Fremdwörter phonetisch, das macht viel Spaß. Wir kauften also englische Sauce, die Prinzessin beroch mißtrauisch die verstöpselte Flasche und machte mit Händen und Füßen dem Verkäufer das Leben schwer; Billie warf ein Glas mit Senfgurken herunter, die solches aber gut überstanden, sie kamen mit dem Schreck davon und schäumten nur noch eine Weile in ihrem Essig.

«Sieh mal, so viel Salz!» sagte ich. Die Prinzessin sah das Faß an: «Als Kind habe ich immer gedacht: wenn in ein Salzmagazin ein Tropfen Wasser fällt, dann verzehrt er das ganze Lager.» Darüber mußte ich scharf nachdenken und vergaß beinah, hinter den beiden herzugehn, sie standen schon auf der Straße und knabberten Rosinen. «Und dem Kind nehmen wir eine Puppe mit», sagte die Prinzessin. «Kommt mal rüber! Ach, bleib da – ich werde schon ... nein, Billie kommt mit!» Einen winzigen Augenblick lang tat mir das leid; ich hätte gern mit Billie allein auf der Straße gestanden. Was hätten wir uns dann erzählt? Nichts, natürlich.

«Habt ihr?» – «Wir haben», rief Billie. «Zeigt mal», bat ich. «Doch nicht hier auf der Straße!» sagte sie. «Meinst, die Puppe wird sich verkühlen?» sagte die Prinzessin und wickelte an dem Paket herum. Ich guckte hinein. Da lag ein Schwedenmädchen, in der Landestracht von Dalarne, bunt und lustig. Sie wurde wieder zugedeckt. «Einpacken ist seliger denn nehmen», sagte die Prinzessin und band die Schnur zu. «Ja, dann wollen wir mal ... Ob sie schießt, die liebe Dame?» – «Laß mich nur ...!» – «Nein, Daddy, ich laß dich gar nicht. Du greifst erst zu, wenn sie frech wird und alles drunter und drüber geht. Sag du die Einleitung, und daß wir den Brief bekommen haben und alles, und dann werde ich mal mit ihr.» – «Und ich?» fragte Billie. «Du legst dich derweil in den Wald, Billie; wir können unmöglich zu der Frau wie ein rächender Heerhaufe geströmt kommen. Dann ist gleich alles verloren. Es ist schon dumm – hier gehts lang – schon dumm, daß wir zwei sind. Zwei gegen einen – da knurrt der ja schon von vornherein ...» – «Na, mehr als die kann man nicht gut knurren. Ist das ein Deubel!» Ich hatte Billies Arm genommen. «Arbeiten Sie hier eigentlich?» fragte Billie. «Ich werde meiner Arbeit was blasen!» sagte ich. «Nein – hier legen wir eine schöpferische Pause ein ... Billie, Sie sind ein netter Mann», sagte ich ganz unvermittelt. «Na, junges Volk», sagte die Prinzessin und machte ein Gesicht wie eine wohlmeinende Tante, die eine Verlobung in die Wege leitet, «das ist hübsch, wenn ihr euch gern habt!» Ich hörte die Untertöne: in diesem Augenblick fühlte ich, daß es echte Freundinnen waren – hier war keine Spur von Eifersucht; wir hatten uns übers Kreuz wirklich gern, alle drei.

Jetzt kam mir der Weg bekannt vor, da war das Gatter, und da lag das Kinderheim.

Billie war langsam weitergegangen, wir kamen an die Tür. Keine Klingel. Hier sollte wohl nicht geklingelt werden. Wir klopften.

Nach langer Zeit näherten sich Schritte, ein Mädchen öffnete. «Kan Ni tala tyska?» fragte ich. «Guten Tag ... ja, ja ... was wollen Sie denn?» sagte sie lächelnd. Sie freute sich offenbar, mit uns deutsch sprechen zu können. «Wir möchten zu der Frau Adriani», sagte ich. «Ja ... ich weiß nicht, ob sie Zeit hat. Frau Adriani hält grade Appell ab, das heißt also ... sie sieht den Kindern die Sachen nach. Ich werde ... einen Augenblick mal ...»

Wir standen in einer grau gekalkten Halle, die Fenster waren durch Holzleisten in kleine Vierecke abgeteilt; wie Gitter, dachte ich. An der Wand ein paar schwedische Königsbilder. Jemand kam die Treppe herunter. Die Frau.

«Guten Tag», sagten wir. «Guten Tag», sagte sie, ruhig. «Wir kommen im Auftrag der Frau Collin in Zürich und möchten gern einmal mit Ihnen wegen der Kleinen sprechen.» — «Haben Sie ... einen Brief?» fragte sie lauernd. «Jawohl.» — «Bitte.»

Sie ging voran und ließ uns in ein großes Zimmer, eine Art Saal, hier aßen wohl die Mädchen. Lange Tische und viele, viele Stühle. In einer Ecke ein kleinerer Tisch, an den setzten wir uns. Wir nannten unsre Namen. Sie sah uns fragend und kalt an.

«Da hat uns die Frau Collin geschrieben, wir möchten nach ihrem Kind sehn — sie könnte diesen Sommer leider nicht nach Schweden kommen, hätte es aber gern, wenn sich von Zeit zu Zeit jemand um das Kind kümmerte.» — «Um das Kind kümmere ich mich», sagte Frau Adriani. «Sind Sie mit Frau Collin ... bekannt?» — «Nun wäre es vielleicht vorteilhaft, wenn wir die Kleine sprechen könnten; da sind auch Grüße von der Mama zu bestellen und ein Auftrag auszurichten.» — «Was für ein Auftrag?» — «Ich werde ihn der Kleinen selber ausrichten — selbstverständlich in Ihrer Gegenwart. Dürfen wir sie sprechen?» — Frau Adriani stand auf, rief etwas auf schwedisch zur Tür hinaus und kam zurück.

«Ich finde Ihr Verhalten mehr als merkwürdig, das muß ich schon sagen. Neulich konspirieren Sie mit dem Kind, mischen sich in meine Erziehungsmethoden ... Was ist das? Wer sind Sie eigentlich?» — «Unsre Namen haben wir Ihnen gesagt. Übrigens ...» — «Frau Adriani», sagte die Prinzessin, «niemand will Sie hier kontrollieren oder sich in Ihre Arbeit einmischen. Sie haben sicherlich viel Mühe mit den Kindern — das ist ja klar. Aber wir möchten doch die Mama in jeder Weise informieren ...» — «Das besorge ich schon», sagte Frau Adriani. «Gewiß. Wir möchten ihr bestellen, daß wir die Kleine wohl und munter angetroffen haben ... und wie es ihr geht, und ... da kommt sie ja.»

Das Kind näherte sich schüchtern dem Tisch, an dem wir saßen; es ging unsicher und trippelnd und kam nicht ganz nah heran. Wir sahen es an; das Kind sah uns an ...

«Na, Ada», sagte die Prinzessin, «wie geht es dir denn?» — Die Stimme der Adriani: «Sag mal Guten Tag!», und das Kind zuckte zusammen und stotterte etwas wie guten Tag. «Wie gehts dir denn?» — Die Frau Adriani ließ kein Auge von dem Kind. Das kleine Mädchen sprach wie hinter einer Mauer. «Danke ... gut ...»

«Ich soll dir auch einen schönen Gruß von deiner Mama bestellen», sagte die Prinzessin. «Sie läßt dich grüßen – und dann fragt sie hier in diesem Brief» –, die Prinzessin kramte in ihrem Täschchen – «ob das Grab von Will auch gut in Ordnung ist. Das war wohl dein kleiner Bruder?» – Das Kind wollte Ja sagen – aber es kam nicht dazu. «Das Grab ist in Ordnung», sagte Frau Adriani, «dafür sorge ich schon. Wir gehen alle paar Wochen auf den Friedhof, das ist Pflicht, natürlich. Und das Grab wird dort gut gepflegt, ich überwache das, ich trage die Verantwortung.» – «So, so . . .» sagte die Prinzessin. «Und hier habe ich dir auch etwas mitgebracht, eine Puppe! Da! Spielst du denn auch schön mit den andern Mädchen?» Das Kind sah angstvoll hoch und nahm die Puppe; seine Augen verdunkelten sich, es schluckte, schluckte noch einmal, ließ dann plötzlich den Kopf sinken und fing an zu weinen. Es war so jämmerlich. Das Weinen warf alles um. Frau Adriani sprang auf und nahm das Kind bei der Hand.

«Du kommst jetzt heraus und gehst nach oben . . . das ist nichts für dich! Den Gruß hast du ja nun gehört, und . . .» – «Einen Augenblick», sagte ich. «Ada, wenn du einmal etwas Wichtiges an deine Mutti zu bestellen hast: wir wohnen im Schloß Gripsholm!» – «Hier wird gar nichts Wichtiges bestellt», sagte die Frau Adriani recht laut und ging mit der Kleinen schnell zur Tür. «Was hier – da geh doch schon! – was hier zu bestellen ist, das wird durch mich bestellt – und du merk dir das . . .» Sie sprach draußen weiter, wir hörten sie schelten, konnten aber nichts mehr verstehn. «Soll ich . . .» – «Keinen Krach», sagte die Prinzessin. «Das hat nur das Kind auszubaden. Wir werden mit Zürich telefonieren und dann weiter sehn!» Wir standen auf.

Frau Adriani kam zurück, sehr rot im Gesicht.

«Nun will ich Ihnen mal was sagen», rief sie. «Wenn Sie sich unterstehn, sich hier noch einmal blicken zu lassen, dann werde ich die Polizei benachrichtigen! Sie haben hier gar nichts zu suchen – verstehn Sie mich! Das ist unerhört! Auf der Stelle verlassen Sie mein Haus! Sie betreten mir nicht mehr meine Schwelle! Und probieren Sie es ja nicht noch einmal, hier herumzuspionieren – ich werde . . . Ich muß mir doch einen Hund anschaffen», sagte sie wie zu sich selber. «Ich werde der Frau Collin schreiben, wen sie sich da ausgesucht hat – wo ist überhaupt der Brief?»

Ich winkte der Prinzessin mit den Augen ab, niemand antwortete, wir gingen langsam auf die Haustür zu. Ich fühlte, wie die Frau eine Winzigkeit unsicher wurde. «Wo . . . wo der Brief ist?» – Wir sprachen nicht, wir verabschiedeten uns nicht, das hatte sie ja schon besorgt, wir gingen stumm hinaus. Drohen? Wer droht, ist schwach. Wir hatten noch nicht mit Zürich telefoniert.

Als die Frau sah, daß wir schon an der Haustür standen, verfiel sie in hemmungsloses Gebrüll; man hörte eilige Schritte auf dem Steinfußboden unten im Keller, also liefen dort die Hausmädchen zusammen und horchten. «Ich verbitte... ich verbitte mir ein für allemal Ihre Besuche! Scheren Sie sich raus! Und kommen Sie ja nicht wieder! Wer sind Sie überhaupt ... zwei verschiedene Namen! – Heiraten Sie lieber!» schrie sie ganz laut. Und dann waren wir draußen. Die Tür schloß sich mit einem Knall. Bumm. Da standen wir.

«Hm–» machte ich. «Das war ein großer Sieg.»

«Na, Daddy, da ist nichts zu machen. Das ist ja eine Megäre – was haben wir nun?» – «Jetzt haben wir ein bleiches Nein erhalten, wie wir Schweden sagen. Also werden wir telefonieren.» – «Sowie wir nach Hause kommen. Aber wenn du das der Frau Collin nicht richtig sagst, was hier los ist ... wie der kleine Gegenstand ausgesehen hat! So vermiekert ... und verprügelt! Sei schümpt un schümpt ümmerlos ... De is aber steelhaarig! Gotts Blix, die müßt man ja in Öl kochen –!» Das fand ich zu teuer.

Wir gingen auf das Wäldchen zu, in dem Billie sein mußte. Und schimpften furchtbar auf die Frau Adriani. Und suchten Billie. «Billie! Billie!» Kein nichts und kein gar nichts. «Ob dieses rothaarige Luder glücklich ist?» – «Daddy, du stellst manchmal komische Fragen! Ob sie glücklich ist ...! Das Kind ist unglücklich! Donnerhagel – was machen wir denn da? Wir müssen dem Kind helfen! Das kann man ja nicht mitansehn! Und nicht mitanfühlen! Herrgott von Bentheim! Billie!»

Wir stolperten beinah über sie.

Sie lag hinter einer kleinen moosigen Erhöhung, in einer Erdfalte; auf dem Bauch lag sie, die langen Beine nach oben gestreckt, sie las und schlug von Zeit zu Zeit ihre Füße zusammen. «Ja? Na, was habt ihr ... was war?» Wir erzählten, beide zu gleicher Zeit, und nun war aus Frau Adriani bereits ein feuerspeiender Berg geworden, eine ganze Hölle von kleinen und großen Teufeln, die Vorsteherin einer Affentanz-Schule und ein Scheusal schlechthin. Nun, die Frau war ja wirklich eine starke Nummer.

Ich sah auf die beiden, während sie sich besprachen. Wie verschieden sie doch waren! Die Prinzessin Feuer und Flamme; das Kinderleid hatte sie aufgebracht, ihr Herz sprühte. Billie bedauerte das Kind, aber es war, wie wenn ein Fremder in der Untergrundbahn «Verzeihung!» sagte ... sie bedauerte es artig und wohlerzogen und ganz unbeteiligt. Vielleicht, weil sie das alles nicht so miterlebt hatte ... Die Gleichgültigkeit so vieler Menschen beruht auf ihrem Mangel an Phantasie.

«Wir wollen noch ein wenig spazieras», sagte die Prinzessin. «Wohin?» – «Kommt ihr mit ...? Ich möchte mir mal das Grab ansehen. So ein Scheusal ...» Das Gewitter gegen die Rothaarige vergrollte langsam. Wir gingen und machten einen weiten Umweg um das Kinderheim. «Gleich, wenn wir nach Hause kommen – aber gleich», sagte die Prinzessin, «melden wir Zürich an. Wir müssen un müssen dem Kind da rauskriegen! Die Frau Adriani entbehrt nicht einer gewissen Charmanz!»

Billie pfiff leise vor sich hin. Ich starrte in eine dunkle Baumgruppe und las aus den Blättern ab: ich hatte Billie haben wollen, ich fühlte, daß ich sie nicht bekommen würde, und jetzt hatte ich einen sittlichen Grund, sie niedriger zu stellen als Lydia. Billie hatte kein Herz. Hast du ihr Herz geliebt, du Lügner? Sie hat so lange Beine ... Ja, aber sie hat ja kein Herz.

Wir gingen langsam durch den Wald, die beiden unterhielten sich – nun ruddelten sie. ‹Ruddeln›, das ist so ein Wort für: klatschen, über jemand herziehen. Man konnte gar nicht folgen, so schnell ging es. Hopphopphopp ... schade, daß man nicht dabeisein kann, wenn die andern über uns sprechen – man bekäme dann einigermaßen die richtige Meinung von sich. Denn niemand glaubt, daß es möglich sei, so unfeierlich, so schnell, so gleichgültig-nichtachtend Etiketten auf Menschenflaschen zu kleben, wie es doch überall geschieht. Auf die andern vielleicht – aber auf uns selber?

Billie: «... hat er ihr versprochen, und wie es soweit war, nichts.» – «Ihre Dummheit», sagte Lydia. «Bei Empfang: die Ware – das Geld, wie mein Papa immer sagt. Vertrauen! Vertrauen! Es gibt doch nur eine Sicherheit: Fußangeln. Wie?» Merkwürdig, woher sie das hatte. So schlechte Erfahrungen hatte sie doch gar nicht hinter sich ...

Billie ging wie eine Tanzende: es federte alles an ihr. Sie trug eigentümliche Kleiderstoffe – ich wußte nicht, wie das hieß; es war buntes und grob gewebtes Zeug, heute zum Beispiel sah sie aus wie eine Indianerin, die sich aus ihrem Hochzeitszelt einen Rock geschneidert hatte ... und so viele Armbänder! Gleich, dachte ich, wird sie die Arme in die Luft werfen, die schöne Wilde, und mit einem Liebesruf in den Wald stürzen, zu den andern ... Schade, daß sie kein Herz hat.

«Seht ihr, da hinten liegt der Friedhof! Doch, wir schaffen das noch bis zum Abendbrot – also!» Wir gingen rascher. Ein leichter Wind hatte sich erhoben, dann wurden die Windstöße stärker, ein hauchzarter Regen fiel. Manchmal trug der Wind etwas wie Meeresatem herüber, von der See, von der Ostsee.

Nun waren wir angelangt, da war eine kleine Holztür, und über die niedrige Steinmauer ragten alte Bäume.

Es war ein alter Friedhof; man sah das an den verwitterten, ein wenig zerfallenen Gräbern auf der einen Seite. Auf der andern standen die Gräber hübsch ordentlich in Reih und Glied ... gut gepflegt. Es war ganz still; wir waren die einzigen, die die Toten heute nachmittag besuchten – die wen besuchten? Man besucht ja nur sich selber, wenn man zu den Toten geht.

«Welche Reihe ...? Warte mal, das hat sie hier im Brief aufgeschrieben. Achtzehnte ... nein, vierzehnte ... eins, zwei ... vier, fünf ...» Wir suchten. «Hier», sagte Billie.

Da war das Grab. So ein kleines Grab.

WILHELM COLLIN

GEBOREN ... GESTORBEN ...

und ein paar windverwehte Blumen. Wir standen. Niemand sprach. Ob das nun der Auftritt von vorhin war oder die Tatsache, daß es so ein winzig kleines Grab war, dieser Gegensatz zwischen der Inschrift Wilhelm Collin und dem Hügelchen – das war doch in Wahrheit noch gar kein Wilhelm gewesen, sondern ein wehrloses Bündelchen Fleisch, das man hätte beschützen sollen ... Eine Träne fing ich nicht mehr, sie rollte. «Heul nicht», sagte die Prinzessin, die zwinkerte, «heul nicht! Die Sache ist viel zu ernst zum Weinen!» Ich schämte mich vor Billie, die uns mitleidsvoll ansah. Ihre Augen blickten warm. Sie sagte leise etwas zur Prinzessin, und als nun beide zu mir herübersahen, fühlte ich, daß es etwas Freundliches gewesen sein mußte. Ich vergaß, daß ich Billie begehrt hatte, und flüchtete zu der Prinzessin.

In Gripsholm meldeten wir Zürich an.

3

«Da liegt sozusagen die Sittlichkeit mit der Moral im Streite», sagte die Prinzessin, und wir lachten noch, als wir uns an den großen Tisch in unserm Zimmer setzten. Die Schloßfrau hatte Billie auseinandergesetzt, es wäre gar nicht wahr, daß «alle Schweden immer nackt badeten», wie man so oft sagen hörte. Gewiß, manchmal, in den Klippen, wenn sie unter sich wären ... aber im übrigen wären es Leute wie alle andern auch, wenig wild nach irgendeiner Richtung, es sei denn, daß sie gern Geld ausgäben, wenn einer zusähe.

Draußen fiel der Regen in perlenden Schnüren.

«Das ist aber ein fröhlicher Regen», sagte Billie. Das war er auch. Er rauschte kräftig, oben am Himmel zogen schwarz-braune Wolken rasch dahin, vielleicht waren nur wir es, die so fröhlich waren, trotz alledem. Das war schön, hier in der trockenen Stube zu sitzen und zu sprechen. Was hatte Billie für ein Parfum? «Billie, was haben Sie für ein Parfum?» Die Prinzessin schnupperte. «Sie hat sich etwas zusammengegossen», sagte sie. Billie wurde eine Spur rot – schien mir das nur so? «Ja, ich habe gepanscht. Ich mache mir da immer so etwas zurecht ...» aber sie sagte die Namen nicht.

«Billie, hilf mir mal – kannst du das? Guck mal!» Die Prinzessin löste seit gestern an einem schweren Silbenrätsel herum. «Ich habe hier: Hochland in Asien ... doch, das habe ich. Aber hier: Orientalischer Männername ... Wendriner? Nein, das kann ja wohl nicht stimmen – Katzenellenbogen ...? Auch nicht ... Fritzchen! Sag du!» – «Wie heißt er denn nun eigentlich?» fragte Billie entrüstet. «Mal sagst du Peter zu ihm und mal Daddy und jetzt wieder Fritzchen ...!» – «Er heißt Ku-ert ...» sagte die Prinzessin. «Ku-ert ... Dascha gah kein Nomen – wenn hei noch Fänenand oder Ullerich heiten deer, as Bürgermeister sinen!» Verachtung auf der ganzen Linie. Aber nun war Billies Bildungsdrang gereizt; die beiden Köpfe beugten sich über das Zeitungsblatt. Ich saß faul daneben und sah zu. Und da, so vor den beiden ... Kikeriki – machte es in mir ganz leise, Kikeriki ... Sie tuschelten und kuderten vor Lachen. Ich zog an der neuen Pfeife, die nun schon ein wenig angeraucht war, und saß mit einer Miene da, die gutmütige Männerüberlegenheit andeuten sollte. Eben hatte Billie etwas gesagt, was man bei einigermaßen ausschweifender Phantasie auch sehr zweideutig nehmen konnte, die Prinzessin sandte mir blitzschnell einen Blick herüber: Es war wie Einverständnis zwischen Verschworenen. Nachtverschworene ... Am Tage wurde fast nie von der Nacht gesprochen – aber die Nacht war im Tag, und der Tag war in der Nacht. «Liebst du mich noch?» steht in den alten Geschichten. Erst dann – erst dann!

Sie warfen das Rätsel hin. «Wir wollen es nach dem Abendbrot noch einmal versuchen», sagte Billie. «Schlaft ihr hier eigentlich gut ein? Ich muß mich sonst immer in Schlaf lesen – aber hier geht es so schnell ...» – «Du mußt es machen wie die Baronin Firks», sagte die Prinzessin. «Die Baronin Firks war natürlich aus Kurland, und die Kurländer, das sind die Apotheker Europas –: sie haben alle einen leichten Klaps. Und wenn die alte Dame nachts nicht einschlafen konnte, dann setzte sie sich auf ein Schaukelpferd und schaukelte so lange, bis ... Ja? Was ist?» Es hatte geklopft. Ein Kopf in der Tür. «Das Telefon? Zürich!» Wir liefen alle drei.

Kleiner Kampf am Apparat. «Laß mich ... kannste da nich mal weggehn ... Harre Gott ... Laß mich doch mal!» Ich.

«Hallo!» Nichts. Wie immer bei Ferngesprächen: erst nichts. Man hörte es in der Membrane leise surren. Diese Geräusche sind je nach den Ländern, in die man telefoniert, verschieden; aus Frankreich zum Beispiel läuft ein silberhelles Gewässer durch die Drähte, und man bekommt solche Sehnsucht nach Paris ... Hier surrte es. Sie hatten wohl wegen der politischen Konferenzen neue Kupferdrähte nach der Schweiz ... «Mariefred? Bitte melden Sie sich!» – Und dann deutlich, aber leise eine klagende Stimme. Frau Collin.

«Hier ist Frau Collin. Sie haben mir geschrieben? Wie geht es denn Ada?» – «Ich will Sie nicht beunruhigen – aber sie muß da heraus.» – «Ja, warum denn? Um Gottes –» – «Nein, mit der Gesundheit ist das Kind in Ordnung. Aber ich schreibe Ihnen heute abend noch einmal ausführlich – diese Frau Adriani ist eine unmögliche Erzieherin. Das Kind macht einen so verängstigten Eindruck, es ...» Und ich packte aus. Ich schmetterte es alles aus mir heraus, die ganze Wut und das ganze Mitleid und die Rankune wegen der Niederlage heute nachmittag und meinen Abscheu vor solchen Herrschweibern ... alles packte ich aus. Und die Prinzessin wackelte wild hetzend mit der Faust. Frau Collin blieb einen Augenblick still. «Hallo?» – «Ja, was machen wir denn da ...» Die Prinzessin stieß mich und zischelte etwas. Ich wehrte mit dem Kopf ab: Laß!

«Ich schlage Ihnen vor, daß Sie uns einen Brief schreiben, mit dem wir das Kind abholen können. Schicken Sie uns bitte einen Scheck über das, was Sie dort mutmaßlich schuldig sind ... wenns mehr ist, will ich das gern auslegen. Und schreiben Sie es nicht der Frau: sonst wird sie das Kind nicht gleich entlassen, sondern sie wird es noch quälen – schreiben Sie also uns. Ihre Schrift kennt die Frau Adriani ja. Also, einverstanden?»

Pause der Unentschlossenheit. Ich gab eine berliner Referenz. «Ja, wenn Sie meinen ... Ach ... aber wo soll ich denn dann mit dem Kind hin?» – «Ich habe in der Schweiz zu tun – ich bringe Ada zu Ihnen, und wir werden schon anderswo etwas für sie finden; aber da muß sie heraus. Wirklich – das geht nicht. Einverstanden?»

Die Stimme klagte, klang aber ein wenig fester. «Es ist so nett, wie Sie mir helfen. Sie kennen mich doch gar nicht!» – «Ich habe das da gesehen, wissen Sie ... das geht nicht. Also gemacht?» – «Jawohl. Wir wollen das so machen.» Und noch einiges verbindliche Hin und Her. Knack. Abgehängt. Aus. Die beiden tanzten einen wilden Tanz, einmal ums ganze Zimmer. Ich behielt den Hörer noch einen Augenblick in der Hand. «Gottseidank ...» sagte ich. – «Ob sie es nun auch tut?» fragte die Prinzessin, noch ein wenig atemlos. «Was hat sie gesagt?» fragte Billie. Nun war sie schon etwas mehr bei der Sache – gar nicht mehr so höflich-teilnehmend wie heute nachmittag. Feldzugskamerad Billie ... Ich berichtete. Und dann tanzten wir alle drei.

«Dascha wunnerbor!» sagte Lydia. «Wann kann ihr Brief hier sein? Heute ist Dienstag. Mittwoch ... Donnerstag ... In drei Tagen, wie?» Wir schrien alle durcheinander und waren so vergnügt. In mir war so etwas wie: Wohltun schmeckt süß, Rache trägt Zinsen, und liebe deinen Nächsten wie der Hammer den Amboß. «Darf ich die jungen Damen auf die Weide treiben?» Wir gingen zum Essen.

«Billie!» sagte ich, «wenn das der alte Geheimrat Goethe sähe! Wasser in den Wein! Wo haben Sie denn diese abscheuliche Angewohnheit her! sagte er zu Grillparzer, als der das tat. Oder hat er es zu einem andern gesagt? Aber gesagt hat er es.» – «Ich vertrage nichts», sagte Billie, und ihre Stimme klang, wie wenn ein silberner Ring in einen Becher fällt ... – «Verträgt Margot vielleicht mehr?» fragte die

Prinzessin. «Margot . . .» sagte Billie und lachte. «Ich habe sie mal gefragt, was sie wohl täte, wenn sie beschwipst wäre. Sie war es nämlich noch nie. Sie hat gesagt: wenn ich betrunken bin, das stelle ich mir so vor – ich liege unter dem Tisch, habe den Hut schief auf und sage immerzu Miau!» Das wurde mit einem sanften Rotwein begossen; Billie schluckte tapfer, die Prinzessin sah mich an, schmeckte und sprach: «Ich mache mir ja nichts aus Rotwein. Aber wenn das der selige Herr Bordeaux wüßte . . .» und dann sprachen wir wieder von Zürich und von dem kleinen Gegenstand, und Billie wurde munter, wohl weil sie uns Rotwein trinken sah. Die Prinzessin blickte sie wohlgefällig von der Seite an.

Ich gähnte verstohlen. «Na, schickst all een to Bett?» fragte die Prinzessin. «Ich schreibe noch den Brief an die Frau. Löst ihr nur euer Rätsel!» Sie lösten. Ich schrieb.

Was die Schreibmaschine heute nur hatte! Manchmal hat sie ihre Nücken und Tücken, das Luder; dann verheddern sich die Hebel, nichts klappt, das Farbband bleibt haken, gleich schlage ich mit der Faust . . . «Hö-he-he!» rief die Prinzessin herüber. Sie kannte das, und ich schrieb beschämt und ruhiger weiter. So, das war fertig. Vielleicht ist der Brief zu schwer . . . Haben wir hier keine Briefschaukel? «Ich bringe ihn noch auf die Post!»

Es regnete. Schön ist das, durch so einen frischen Regen zu gehn . . . Wie heißt der alte Spruch? Es gibt kein schlechtes Wetter, es gibt nur gute Kleider. Nun, es gibt schon schlechtes Wetter; es gibt mißratenes Wetter, es gibt leeres Wetter, und manchmal ist überhaupt kein Wetter. Der Regen befeuchtete mir die Lippen; ich schmeckte ihn und atmete tief: es ist doch hier weiter gar nichts, Ferien, Schweden, die Prinzessin und Billie – aber dies ist einer jener Augenblicke, an die du dich später einmal erinnern wirst: ja, damals, damals warst du glücklich. Und ich war es und dankbar dazu.

Zurück.

«Na, habt ihr gelöst?» – Nein, sie lösten noch und waren grade in eine erbitterte Streiterei geraten. ‹Vater der Kirchengeschichte› . . . sie mußten da irgendeinen Unsinn gemacht haben, denn für dieses eine Wort hatten sie noch acht Silben übrig, darunter: e-di-son, und obgleich der ja nun viel in seinem Leben getan und seine Zeit umgestaltet hat: Kirchengeschichte hatte er doch wohl nicht . . . «Löst das nachher!» sagte ich. «Wann nachher?» fragte Billie. «Da schlafen wir.» – «Billie schläft überhaupt heute bei mir», sagte die Prinzessin. «Du kannst nebenan in der Kemenate schlafen!» – «Hurra!» riefen die beiden. «Macht es Ihnen etwas?» fragte mich Billie. «Aber . . .!» Und sie lief davon und holte ihre Sachen, jene Kleinigkeiten, die jede Frau braucht, um glücklich zu sein. «Du gefällst ihr, mein Sohn», sagte die Prinzessin. «Ich kenne sie. Ist sie nicht wirklich nett?» Und die Prinzessin begann umzuräumen und Billies Zimmer nachzusehn, und es gab eine furchtbare Aufregung. «Wohin soll ich die Blumen stellen?» — «Stell sie auf den Toilettentisch!»

Es war kein alter Bordeaux — aber es war ein schwerer Bordeaux. Das Zimmer lag im abgeblendeten Schein der Lampen, es war so warm und heimlich, und wir kuschelten uns.

«Schon?» fragte ich. Die Damen wollten schlafen gehn. «Aber wenn ihr im Bett seid», sagte ich, «dann laßt die Tür noch offen — damit ich höre, was ihr euch da erzählt!» Ich ging und zog mich aus. Dann klopfte ich. «Willst du . . .!» sagte die Stimme der Prinzessin. «Wird hier ehrsame Damens bei der Toilette stören! Mädchenschänder! Wüstling! Blaubart! Ein albernes Geschlecht —!» Wo aber war mein Eau de Cologne? Mein Eau de Cologne war da drin — so ging das nicht! Man ist doch ein feiner Mann. Ich klopfte wieder. Geraschel. «Ja?» Ich trat ein.

Sie lagen im Bett. Billie in meinem: sie hatte einen knallbunten Pyjama an, auf dem hundert Blumen blühten, jetzt sah sie aus, wie die wilde Lieblingsfrau eines Maharadschas . . . sie lächelte ruhig in ihr Rätselblatt. Sie war beinah schön. «Was willst du?» fragte die Prinzessin. «Mein Eau . . .» — «Haben wir all ausgebraucht!» sagte sie. «Nu wein man nicht — ich kauf dir morgen neues!» Ich brummte. «Habt ihr denn fertig gelöst?» — «Wenn wir dich brauchen, rufen wir dich . . . Gute Nacht darfst du auch sagen!» Ich ging an sie heran und sagte artig zu jeder gute Nacht, mit zwei tiefen Verbeugungen. «Billie, was haben Sie für ein schönes Parfum!» Sie sagte nichts; ich wußte, was es war. Das Parfum ‹arbeitete› auf ihrer Haut — es war nicht das Parfum allein, es war sie. Und sie hatte für sich das richtige ausgewählt. Die Prinzessin bekam einen Kuß, einen ganz leise bedauernden Kuß. Dann ging ich. Die Tür blieb offen.

«Halbedelstein —» hörte ich Billie sagen. «Halbedelstein . . . Laß mal: Saphir . . . nein. Rubin . . . nein. Opal . . . auch nicht. Lydia!» — «Topas!» rief ich aus meinem Zimmer. «Ja, — Topas! Du bist ein kluges Kind!» sagte die Prinzessin. «Nun — nein, so geht das nicht — laß doch mal —» Jetzt rauften sie, die Betten rauschten, Papier knatterte . . . «Hiii —!» rief Billie in einem ganz hohen Ton. Etwas zerriß. «Du dumme Person!» sagte die Prinzessin. «Komm — jetzt schreiben wir das noch mal auf dies Papier . . . da stimmt doch was nicht! Wir haben eben falsch ausgestrichen . . .» — «Der Doktor Pergament kann Silbenrätsel ohne Bleistift lösen!» rief ich. Sie hörten gar nicht zu. Sie waren wohl sehr eifrig bei der Arbeit. Pause.

Die Prinzessin: «Hauch . . . Hast du sowas gesehn? Was ist Hauch?» — «Atem!» sagten Billie und ich gleichzeitig. Es war wie ein Einverständnis. Wieder raschelten sie. «Das ist ja ganz falsch! Der Inbegriff alles sinnlich Wahrnehmbaren — sinnlich Wahrnehmbaren . . .» Jetzt waren sie offenbar am Ende ihres Lateins, denn nun wurde es ganz still – man hörte gar nichts mehr. «Ich weiß nicht . . .» sagte die Prinzessin. «Das ist bestimmt ein Druckfehler!» – «Druckfehler bei Silbenrätseln gibt es nicht!» rief ich. «Du halt deinen Schnabel, du alte Unke!» – «Laß doch mal . . .» – «Gib mal her . . .» – «Weißt du Rats?» Beide: «Wir wissen nichts.» – «Es muß ein Erwachsener kommen», sagte ich. «Da laßt mich mal ran.» Und ich stand auf und ging hinein.

Ich nahm einen Stuhl und setzte mich zur Prinzessin. Einen Augenblick lang hatte der Stuhl in meiner Hand geschwankt; er wollte zu Billie, der Stuhl. «Also – gebt mal her!» Ich las, warf das Papier herunter, hob es wieder auf und probierte mit dem Bleistift auf einem neuen Blatt. Die beiden sahen spöttisch zu. «Na?» – «So schnell geht das nicht!» – «Er weiß ja auch nicht!» sagte Billie. «Wir wollen erst mal alle in den Rotwein steigen!» sagte ich. Das geschah.

«Sehr hübsch», sagte die Prinzessin. «Rotweinflecke haben Hausfrauen gern, besonders auf Bettwäsche. Du altes Ferkel!» Das galt mir. «Die gehn doch raus», maulte ich. «Salzflecke werden gereinigt, indem man Rotwein darüber gießt», lehrte die Prinzessin. Und dann lagen sie wieder beide bäuchlings an ihrem Blatt und lösten. Und es ging nicht vorwärts. Billie hatte die Haare aus der Stirn gestrichen und sah wie ein Baby aus. Wie ein Babybild von Billie. Wie rund ihr Gesicht war, wie rund. «Ge . . . Geweihe –!» schrie Billie. «Geweihe! Für Jagdtrophäen! Siehst du, das haben wir vorhin nicht gewußt! Aber wohin gehört chrys–chrys . . .» – «Ich auch!» Nun lag ich halb auf dem Bett, bei der Prinzessin, und starrte angestrengt auf die Bleistiftschreiberei. «Chrysopras!» sagte ich plötzlich. «Chrysopras! Gebt mal her!» Die beiden schwiegen bewundernd, und ich genoß meine lexikalische Bildung. Wir horchten. Ein Windstoß fuhr gegen die Scheiben, draußen trommelte der Nachtregen.

«Kalt ist das . . .» sagte ich. «Komm zu mir!» sagte die Prinzessin. «Du erlaubst doch, Billie?» Billie erlaubte. Ganz still lag ich neben der Prinzessin.

«Gestalt aus Shakespeares ‹*Sturm*› . . .» Allmählich rann die Wärme Lydias zu mir herüber. Mir lief etwas leise den Rücken hinunter. Billie rauchte und sah an die Decke. Ich legte meine Hand hinüber – sie nahm sie und streichelte mich sanft. Ihr Ring blitzte matt. Noch lagen wir beieinander wie junge Tiere – wohlig im Zusammensein und froh, daß wir beisammen waren: ich in der Mitte, wie geborgen. Billie fing an, in der Kehle zu knurren. «Was knurrst du da?» sagte Lydia. «Ich knurre», sagte Billie. Gestalt aus Shakespeares ‹*Sturm*› . . . War es das Wort? Das Wort Sturm? Wenn Bienen andre Bienen zornig summen hören, werden sie selber zornig. War es das Wort Sturm? Oben in den Schulterblättern begann es, ich dehnte mich ein ganz klein wenig, und die Prinzessin sah mich an. «Was hast du?»

Niemand sagte etwas. Billie knackte mit meinen Nägeln. Wir hatten das Blatt sinken lassen. Es war ganz still.

«Gib mal Billie einen Kuß!» sagte die Prinzessin halblaut. Mein Zwerchfell hob sich – ist das der Sitz der Seele? Ich richtete mich auf und küßte Billie. Erst ließ sie mich nur gewähren, dann war es, wie wenn sie aus mir tränke. Lange, lange ... Dann küßte ich die Prinzessin. Das war wie Heimkehr aus fremden Ländern.

Sturm.

Als Zephir begann es – wir waren ‹außer uns›, denn jeder war beim andern. Es war ein Spiel, kindliche Neugier, die Freude an einer fremden Brust ... Ich war doppelt, und ich verglich; drei Augenpaare sahen. Sie entfalteten den Fächer: Frau. Und Billie war eine andre Billie. Ich sah es mit Staunen.

Ihre Züge, diese immer ein wenig fremdartigen Züge, lösten sich; die Augen waren feucht, ihre Gespanntheit wich, und sie dehnte sich ... Der Pyjama erblühte bunt. Nichts war verabredet, alles war wie gewohnt – als müßte es so sein. Und da verloren wir uns.

Es war, wie wenn jemand lange mit seinem Bobsleigh am Start gestanden hatte, und nun wurde losgelassen – da sauste der Schlitten zu Tal! Wir gaben uns jenem, der die Menschen niederdrückt und aufhebt, zum tiefsten und höchsten Punkt zugleich ... ich wußte nichts mehr. Lust steigerte sich an Lust, dann wurde der Traum klarer, und ich versank in ihnen, sie in mir – wir flüchteten aus der Einsamkeit der Welt zueinander. Ein Gran Böses war dabei, ein Löffelchen Ironie, nichts Schmachtendes, sehr viel Wille, sehr viel Erfahrung und sehr viel Unschuld. Wir flüsterten; wir sprachen erst übereinander, dann über das, was wir taten, dann nichts mehr. Und keinen Augenblick ließ die Kraft nach, die uns zueinander trieb; keinen Augenblick gab es einen Sprung, es hielt an, eine starke Süße erfüllte uns ganz, nun waren wir bewußt geworden, ganz und gar bewußt. Vieles habe ich von dieser Stunde vergessen – aber eins weiß ich noch heute: wir liebten uns am meisten mit den Augen.

«Mach das Licht aus!» sagte Lydia. Das Licht erlosch, erst die große Krone im Zimmer, dann das Lämpchen auf dem Nachttisch.

Wir lagen ganz still. Am Fenster war ein schwacher Schein. Billies Herz klopfte, sie atmete stark, die Prinzessin neben mir rührte sich nicht. Aus den Haaren der Frauen stieg ein Duft auf und mischte sich mit etwas Schwachem, was die Blumen sein mochten oder das Parfum. Sanft löste sich Billies Hand aus der meinen. «Geh», sagte die Prinzessin, fast unhörbar.

Da stand ich nebenan im Zimmer Billies und sah vor mich hin. Kikeriki – machte es ganz leise in mir, aber das war gleich vorbei, und ein starkes Gefühl der Zärtlichkeit wehte zu denen da hinüber. Ich legte mich nieder.

Sprachen sie? Ich konnte es nicht hören. Ich stand wieder auf und kroch unter die Dusche. Eine süße Müdigkeit befiel mich – und ein fast zwanghafter Trieb, hinzugehen und ihnen Rosen auf die Decke ... wo bekommt man denn jetzt nachts Rosen her ... das ist ja – Jemand war an der Tür.

«Du kannst gute Nacht sagen!» sagte die Prinzessin. Ich ging hinein.

Billie sah mich lächelnd an; das Lächeln war sauber. Die Prinzessin lag neben ihr, so still. Zu jeder ging ich, und jede küßte ich leise auf den Mund. «Gute Nacht ...» und «Gute Nacht ...» Kräftig rauschten draußen die Bäume. Eine Sekunde lang stand ich noch am Bett.

«Wie ist denn das alles so plötzlich gekommen?» sagte die Prinzessin leise.

FÜNFTES KAPITEL

> Das war ein Wurf! sagte Hans – da warf er seine Frau zum Dachfenster hinaus.

1

Einer von den Tagen, wie sie sonst nur im Spätsommer vorkommen: bunt, gesättigt und windstill. Wir lagen am Seeufer.

Ein paar Meter vor uns schaukelte ein Boot, unser Badeboot – das Wasser gluckste leise gegen das Holz, auf und ab, auf und ab ... Wenn man die Hand ins Wasser hielt, gab das ein winziges Kältegefühl, dann zog man sie wieder heraus, und dann trockneten die Tropfen in der Luft. Ich rauchte einen Grashalm, die Prinzessin hielt die Augen geschlossen.

«Heute ist vorgestern», sagte sie. Das war so ihre Art der Zeitrechnung, da wir übermorgen fortfahren wollten, so war heute vorgestern.

«Wo mag sie jetzt sein?» fragte ich. Die Prinzessin sah auf die Uhr: «Jetzt ist sie zwischen Malmö und Trälleborg», sagte sie; «in einer Stunde steigt sie auf die Fähre.» Dann schwiegen wir wieder. Billie – dachte ich – Billie ...

Sie war abgefahren: leise, heiter, froh – und es war nichts gewesen, es war nichts gewesen. Ich war glücklich; es hatte keinen Schatten gegeben. Gottseidank nein. Ich sah zur Prinzessin hinüber. Sie mußte den Blick gespürt haben; sie öffnete die Augen.

«Wo bleibt die Frau Collin? Watt seggst to det Ei? Hett de Katt leggt!».

Die Frau Collin hatte nicht geschrieben – und wir wollten doch fort. Wir mußten fort; unser Urlaub war abgelaufen. Noch einmal telefonieren? Schließlich und endlich ... «Diese dämliche Person», schimpfte ich vor mich hin. «Man muß doch das Gör da herauskriegen! Himmelherrgottdonner . . .» — «Daddy, du repräsentierst ein Volk!» sagte die Prinzessin würdevoll, als ob uns die schwedischen Bäume hören könnten. «Du sollst des Anstands gedenk sein!» Ich sagte ein zweisilbiges Wort. Woraufhin mich die Prinzessin mit etwas Mälarsee anspritzte. Und da wollte ich sie in den See werfen. Und da lag ich drin.

Ich pustete sie mit Wasser voll wie ein Elefant, sie warf mir Hölzchen an den Kopf . . . dann legte sich das alles. Ich kroch heran, und wieder saßen wir friedlich zusammen.

«Was machen wir aber wirklich?» fragte ich triefend. «Warten? Wir können nun nicht mehr warten! Du mußt am Dienstag zu Hause sein, und auf mich lauern sie auch. Mal muß der Mensch doch wieder arbeiten! Hier vertue ich meine kostbare Zeit mit dir . . .» Sie hob drohend den Arm. Ich rückte ein Stückchen weg. «Ich meinte nur. Aber wollen wir telefonieren? Ja?»

«Nun wollen wir erstmal zu Ende baden», sagte die Prinzessin. «Wenn wir nachher nach Gripsholm kommen, werde ich dir das alles sagen. Holla — hopp!» Und wir schwammen.

«Paß auf —» pustete ich dazwischen, «sie wird es nicht tun, die Frau Collin. Wahrscheinlich hat sie sich das überlegt — ich hatte so den Eindruck, daß sie den kleinen Gegenstand gar nicht bei sich haben will — vielleicht führt sie ein uhrenhaftes Leben . . .» Die Prinzessin kniff mich ins Bein. «Oder sie traut uns nicht und denkt, wir werden das Kind entführen. Aber der Frau Adriani hat sie getraut. Na, du wirst es sehen! Diese Weiber! Aber das sage ich dir, Alte: wenn sie heute nicht schreibt! Nie wieder in meinem Leben kümmere ich mich um fremde Kinder. Um fremde nicht! um deine auch nicht! um meine auch nicht! Himmelkreuzund . . .» — «Daddy», sagte die Prinzessin. «Solang as ich dir kenn, hältst du ümme weise Redens über das, wasse tun wirst, und mehrstenteils kommt nachher allens ganz anners. Aber dascha so bei die Männers. Bischa mallrig!» — «Ich werde . . .» — «Ja, du wirst. Wenn sie dir das Futurum wegnehmen, dann bleibt da aber nicht viel.» — «Person!» — «Selber!» Huburr — der ganze See fing an zu schaukeln, weil wir eine wilde Seeschlacht veranstalteten. Dann schwammen wir ans Ufer.

Auf dem Wege zum Schloß:

«Mein Alter hat gar nicht geschrieben . . . sie werden ihn doch nicht in Abbazia an ein öffentliches Haus verkauft haben?» — «Na, ob da Bedarf für ist . . .» — «Daddy, wo ist eigentlich der Dackel?» — «Dein Kofferdackel?» — «Ja.» — «Der steht doch . . . der steht unter meinem Bett. Nachts bellt er.» Wir gingen ins Haus.

Die Prinzessin pfiff wie ein Lockvogel. Was gabs?

Der Brief war da — ein dicker Brief. Sie riß ihn auf, und ich nahm ihn ihr fort, dann flatterten die Bogen auf den Boden, wir sammelten sie auf und brachen in ein fröhliches Geschrei aus. Da war alles, alles, was wir brauchten.

«Das ist fein. Na – aber nun! Wie nun?»

«Das beste is», sagte die Prinzessin, «wir gehn gliks mal eins hin un holen uns dem Kinde her von diese alte Giftnudel. Auf was wolln wi nu noch warten?»

«Jetzt essen wir erst mal Mittag, und dann gleich nach Tisch... Krach ist gut für die Verdauung.»

Wir saßen grade bei den Preiselbeeren, diesem mild brennenden Kompott, da hörten wir draußen vor der Tür ein Getöse, das Ungewöhnliches anzeigte. Wir ließen die Löffel sinken und horchten. Nun –?

Die Schloßfrau kam herein; sie sah aus wie ein Extrablatt.

«Da ist ein Kind draußen», sagte sie und sah uns ganz leicht mißtrauisch an, «ein kleines Mädchen – sie weiß nicht, was Sie heißen, aber sie sagt, sie will zu den Mann und der Frau, die ihr eine Puppe gegeben hat, und sie weinten die ganze Zeit und sie bin so rot im Gesicht... Kennen Sie das Kind?» Wir standen gleich auf. «O ja – das Kind kennen wir schon.» Hinaus.

Da stand der kleine Gegenstand.

Sie sah recht zerrupft aus, verweint, die Haare hingen ihr ins Gesicht, vielleicht war sie schnell gelaufen. Das Kind war nicht recht bei sich. Als es Lydia sah, lief es rasch auf sie zu und versteckte sein Gesicht an ihrem Kleid. «Was hast du denn? Was ist denn?» Die Prinzessin beugte sich nieder und verwandelte sich aus dem Sportmädchen von heute morgen in eine Mama; nein, sie war beides. Die Schloßfrau stand dabei, ein Schwamm der Neugierde – sie saugte es alles auf. Also?

Das rote Weib hatte das Kind geprügelt und geknufft und so laut geschrien; das Kind war fortgelaufen. Es war wohl nicht mehr auszuhalten gewesen. Und nun zitterte das Kind und zitterte und sah nach der Tür. Kam sie –? Frau Adriani würde sie holen. Frau Adriani würde sie holen. Es war nur bruchstückweise aus ihr herauszubekommen, was es gegeben hatte. Schließlich wußten wir alles.

Wir standen herum. «Ich gebe sie nicht mehr heraus», sagte ich. «Nein ... natürlich nicht», sagte die Prinzessin. Die Schloßfrau: «Senden Sie nicht das Kind zurück?» Der kleine Gegenstand begann laut zu weinen: «Ich will nicht zurück! Ich will zu meiner Mutti!» – «Noch einen schwarzen Kaffee», sagte ich zur Prinzessin, «und dann gehts los.» Wir nahmen das Kind mit hinein und bauten vor ihm Keks auf. Es nahm keine Keks. Wir tranken still; wenn es wild zugeht, soll man immer erst einmal bis hundert zählen oder einen Kaffee trinken.

«So, Lydia – jetzt wisch mal dem Kind das Geheul ab und beruhige es ein bißchen, und ich werde mit dem süßen Schatz telefonieren! Würden Sie mich bitte mit dem Kinderheim verbinden?» Die Schloßfrau stellte viele Fragen, ich beantwortete sie sehr kursorisch, sie sagte etwas Schwedisches in das Telefon; und dann saß ich da und wartete.

Jemand meldete sich, auf schwedisch. Ich sprach aufs Geratewohl deutsch. «Kann ich Frau Adriani sprechen?» Lange Pause. Dann eine harte, gelbe Stimme. «Hier Frau Direktor Adriani!» Ich meldete mich. Und da brach es drüben los.

«Das Kind ist wohl bei Ihnen? Ja?» – «Ja.» – «Sie geben es sofort ... Sie schicken mir sofort das Kind! Ich werde es abholen lassen – nein: Sie schicken es mir sofort ... Sie bringen mir auf der Stelle das Kind zurück! Ich zeige Sie an! Wegen Kindesentführung! Das haben Sie dem Kind in den Kopf gesetzt! Sie! Was? Wenn das Kind nicht in einer halben Stunde ... nicht in einer halben Stunde bei mir ... Haben Sie mich verstanden?» In mir schnappte das Regulativ ein, das die Feder zurückhält. Ich hatte mich fest an der Leine. «Wir sind in einer halben Stunde bei Ihnen!» Ein Knack – es wurde abgehängt.

«Lydia», sagte ich. «Was nun? Ich werde mit der Alten schon reden – diesmal ist sie dran. Aber die Sachen von dem Kind ... Es hilft nichts: wir müssen das Kind mitnehmen, sonst bekommen wir nicht alles!» – «Hm.» – «Und wenn wir es hier in Gripsholm lassen, dann ist die Alte imstande und nimmt es von hier fort, und das ganze Theater fängt von vorn an. Erklär das mal dem kleinen Gegenstand!» Das dauerte zehn lange Minuten; ich hörte die Kleine nebenan weinen und immer wieder weinen, dann wurde sie ruhiger, und als nun auch die Schloßfrau auf sie einsprach, wurde sie still. «Nehmen Sie mich auch gewiß ... nehmen Sie mich auch ganz gewiß wieder mit?» fragte sie immer wieder. Wir redeten ihr gut zu. «Sie weinete, Er tröstete den Trost aus voller Brust –» sagte die Prinzessin leise. Und dann gingen wir.

Wir sprachen, damit das Kind uns nicht verstände, französisch. «Du springst ihr doch hoffentlich gleich mit dem Brief und mit dem Scheck ins Gesicht?» – «Lydia», sagte ich. «Lassen wir sie ein kleines Weilchen toben. Ein Hälmchen ... Ich möchte noch mal sehn, wie das ist. Nur ein Weilchen!» Die Prinzessin fiel murrend aus dem Französischen in ihr geliebtes Plattdeutsch. «Ick schall mi von Schap beeten laten, wenn ick 'n Hund in de Tasch hebb?» Und nun wandten wir uns wieder zu der Kleinen, die unruhiger wurde mit jedem Schritt, der uns dem Kinderheim näherbrachte. «Darf ich auch wieder heraus? Aber sie läßt mich ja nicht – sie läßt mich ja nicht!» – «Wir müssen doch deine Sachen holen, und du brauchst keine Angst zu haben ...» Als wir das Kinderheim sahen, sagten wir gar nichts mehr. Ich legte der Kleinen leise meinen Arm um die Schultern. «Komm – das geht gut aus!» Sie ließ sich ein bißchen ziehen, aber sie ging still mit. Wir brauchten nicht zu klopfen – die Tür war offen.

Frau Adriani stand unten in der Halle, sie war über eine Truhe gebeugt und wandte uns den Rücken zu. Als sie unsre Schritte hörte, drehte sie sich blitzschnell um. «Ah – da sind Sie ja! Na, das ist Ihr Glück! Sind Sie meinem Mädchen nicht begegnet? Nein? Na, es ist schon jemand unterwegs, falls Sie nicht gekommen wären ... Wo bist du hingelaufen, du Teufelsbraten!» schrie sie das Kind an: «Wir sprechen uns nachher! Nachher sprechen wir uns! Los jetzt!» Das Kind verkroch sich hinter die Prinzessin. «Einen Augenblick», sagte ich. «So schnell geht das nicht. Warum ist das Kind von Ihnen fortgelaufen?» – «Das geht Sie gar nichts an!» schrie Frau Adriani. «Gar nichts geht Sie das an! – Komm her, mein Kind!» Sie ging auf das Kind zu, das ängstlich zusammenzuckte. Sie legte der Kleinen die Hand auf den Kopf. «Was sind denn das für Dummheiten! Wozu läufst du denn vor mir fort? Hast du Angst vor mir? Du mußt vor mir keine Angst haben! Ich will doch dein Bestes! Da läufst du nun zu fremden Leuten ... stehen dir denn diese fremden Menschen näher als ich? Ich habe dir doch erzählt: die sind nicht mal richtig verheiratet ...» Sie sprach so falscheindringlich in das Kind hinein, aber ihre Stimme wußte sich gehört; sie sprach gewissermaßen im Profil. «Läufst hier fort ...!» Das Kind schauerte zusammen.

«Kann ich Sie wohl mal sprechen?» sagte ich sanft. «Was ... wir haben uns nichts zu sagen!» – «Vielleicht doch.» Wir gingen alle in den Eß-Saal.

«Also das Kind ist zu Ihnen gelaufen! Das ist ja reizend! Ihr Glück, daß Sie es auf meine Weisung sofort wiedergebracht haben! Sie wird nicht mehr weglaufen – das kann ich Ihnen versprechen. So ein Geschöpf! Na warte ...» – «Das Kind muß doch einen Grund gehabt haben, wegzulaufen!» sagte ich. «Nein. Das hat es gar nicht gehabt. Es hat keinen Grund gehabt.» – «Hm. Und was werden Sie nun mit ihm machen?» – «Ich werde es bestrafen», sagte Frau Adriani satt und hungrig zugleich. Sie reckte sich in ihrem Stuhl. «Erlauben Sie mir bitte eine Frage: Wie werden Sie es bestrafen?» – «Ich brauche Ihnen darauf keine Antwort zu geben – ich muß das nicht. Aber ich sage es Ihnen, denn es ist im Sinne von Frau Collin, im Sinne von Frau Collin, daß das Kind streng gehalten wird. Sie wird also Zimmerarrest bekommen, die kleinen Hausstrafen, Arbeiten, es darf nicht mit den andern spazierengehn – so wird das hier gemacht.» – «Und wenn wir Sie bitten, dem Kind die Strafe zu erlassen ... täten Sie das?» – «Nein. Dazu könnte ich mich nicht entschließen. Da könnten Sie bitten ... Das wollten Sie mir sagen?» fügte sie höhnisch hinzu. «Nun ... behandeln Sie denn alle Kinder so? Man muß manchmal streng sein, gewiß, aber die Kinder so zur Verzweiflung treiben ...» – «Wer treibt hier die Kinder zur Verzweiflung! Erziehen Sie Ihre Kinder, verstehen Sie! Wenn Sie mit der Dame da welche haben! Dieses hier erziehe ich!» – «Ga hen und fleut die Hühner und verget den Hahn nich!» murmelte die Prinzessin. «Was sagten Sie?» fragte Frau Adriani. «Nichts.» – «Ich habe meine Grundsätze. Solange ich die Macht über das Kind habe ...»

Ich sah ihr fest in die Augen ... einen Augenblick lang noch ließ ich sie zappeln in ihrer wahnwitzigen und ungeduldigen Wut. Immer liefen ihre flinken Augen von uns zu dem Kind und wieder zurück, sie wartete auf das Kind. Ich überlegte, wieviel Menschen auf der Welt in der Gewalt solcher da sein mochten, und wie das nun wäre, wenn wir ihr das Kind wirklich überlassen müßten, und was die andern Kinder hier auszustehen hätten ... «Also – jetzt werde ich das Nötige in die Wege leiten ...» Frau Adriani stand auf. Da packte ich zu.

«Das Kind wird nicht bei Ihnen bleiben», sagte ich.

«Waaas–?» brüllte sie und stemmte die Arme in die Seite. «Wir nehmen das Kind zu seiner Mutter zurück. Hier ist ein Brief von Frau Collin, hier ist ein Scheck ... wir werden gleich bezahlen ...»

Über das Gesicht der Frau lief wie eine Welle überkochende Milch ein Schreck; man sah, wie es in ihr dachte; man hörte sie denken, sie glaubte nicht. «Das ist nicht wahr!» – «Doch, das ist wahr. Nun kommen Sie nur – setzen Sie sich wieder hin ... ich werde Ihnen das alles hübsch der Reihe nach übergeben.» – «Du gehst nach oben!» herrschte sie das Kind an. «Das Kind bleibt hier», sagte ich. «Das ist der Brief. Die Unterschrift ist beglaubigt.» Frau Adriani riß ihn mir aus der Hand.

Dann warf sie ihn der Prinzessin vor die Füße. «Das ist der Dank!» schrie sie. «Das ist der Dank! Dafür habe ich mich um diesen verwahrlosten Balg gekümmert! Dafür habe ich für sie gesorgt! Aber das ... das haben *Sie* der Frau Collin eingeredet! Sie haben sie aufgehetzt! Sie haben mich verleumdet! Das werde ich ... Raus! Sie ...!» – «Wir nehmen also das Kind gleich mit. Sie werden augenblicklich die Sachen packen lassen und mir die Rechnung übergeben. Dafür bekommen Sie gegen Quittung diesen Scheck. Er ist auf Stockholm ausgestellt.» Geld! Geld war im Spiel! Die Frau blendete über und wechselte sofort die Tonlage. Sie sprach viel ruhiger, kälter – sehr fest.

«Die Rechnung kann ich im Augenblick nicht machen. Das Kind hat mir vieles zerbrochen, da sind Schadenersatzansprüche. Selbstverständlich muß bis zum Quartalsende gezahlt werden – das ist so ausgemacht. Selbstverständlich. Und dann muß ich erst zusammenstellen lassen, was hier alles im Haus durch die Schuld dieses Mädchens entzweigegangen ist. Das dauert mindestens eine Woche.» – «Sie schreiben mir jetzt eine Quittung über den Scheck aus; er deckt die Kosten bis zum Vierteljahrsschluß, dann bleiben noch zweiundfünfzig Kronen übrig ... über den Rest werden Sie sich mit Frau Collin einigen. Das Kind kommt mit uns mit.» Das Kind hatte aufgehört zu weinen, es sah fortwährend von einem zum andern und ließ die Prinzessin keinen Augenblick los, keinen Augenblick.

Frau Adriani sah auf den Scheck, den ich in der Hand hielt. «Mit Geld allein ist die Sache nicht abgetan!» sagte sie. «Immerhin ... Warten Sie.» Sie ging. Die Prinzessin nickte befriedigt. Die Frau kam wieder.

«Sie hat einen Schrank ruiniert ... sie hat ein Fenster kaputt gemacht; das Fenster war von innen abgeriegelt, sie muß da etwas hinausgeworfen haben ... das macht ... ich habe auch noch eine Wäscherechnung ...» — «Nun ist es genug», sagte ich. «Sie bekommen nun gar nichts, und dann nehmen wir das Kind mit, auch ohne seine Sachen — oder aber Sie schreiben mir eine Quittung über den Scheck aus, und dann liefern Sie uns alle Sachen aus, die dem Kind gehören», — Frau Adriani machte eine Bewegung — «alle Sachen, und dann bekommen Sie Ihr Geld. Nun?»

Sie ringelte sich; man fühlte, wie es in ihr gärte und wallte ... aber da war der Scheck! da war der Scheck! Psychologie ist manchmal sehr einfach. Nein, so einfach war sie doch nicht. Wieviel Stimmlagen hatte diese Frau! Nun legte sie die letzte Platte auf.

Sie begann zu weinen. Die Prinzessin starrte sie an, als hätte sie ein exotisches Fabeltier vor sich.

Frau Adriani weinte. Es klang, wie wenn jemand auf einer kleinen Kindertrompete blies, es war mehr eine Art Quäken, was da herauskam, ganz leise, bei völlig trocknen Augen — so machen die kleinen Gummischweinchen, wenn sie die Luft von sich geben und verrunzelnd zusammenfallen. Großaufnahme: «Ich bin eine Frau, die sich ihr Leben erarbeitet hat», sang die Kindertrompete. «Ich habe viele Reisen gemacht und mir Bildung erworben. Ich habe einen kranken Mann; ich habe niemanden, der mir hilft. Ich stehe diesem Hause seit acht Jahren vor — ich bin den Kindern wie eine Mutter, wie eine Mutter ... das Kind ist mir ans Herz gewachsen ... ich habe für dieses Kind ... Scheißbande!» brüllte sie plötzlich.

Es war wie eine Erlösung. Die Vorstellung des Stücks ‹Das gerührte Mutterherz› war so dumm gewesen, es waren die gangbaren Mittel einer Provinz-Hysterika ... daß wir wie von einem Albdruck befreit waren, als sie mit dem Kraftwort abschloß und in die Realität zurückkehrte, in ihre Wirklichkeit. «So», sagte ich. «Nun gehn wir und packen ein!» Ihr letzter Widerstand flackerte auf. «Ich packe nicht. Gehn Sie selber nach oben und suchen Sie sich ihre Lumpen zusammen. Liegt wahrscheinlich alles durcheinander. Ich suche nicht.» Sie knallte auf einen Stuhl. Und sprang gleich wieder auf. «Natürlich lasse ich

Sie nicht allein hinaufgehn! Senta! Anna!» Es erschienen zwei Mädchen. Sie sagte zu ihnen etwas auf schwedisch, das wir nicht verstanden. Wir gingen hinauf.

Aus allen Türen sahen Mädchenköpfe, verängstigte, neugierige, aufgeregte Gesichter. Keines sprach; ein Mädchen knickste verlegen, dann andre. Wir standen oben im Schlafzimmer Adas; die vier kleinen Mädchen, die darin waren, drückten sich scheu in einer Ecke zusammen. Wir öffneten den Schrank, und die Prinzessin fragte nach einem Koffer. Ja, das Kind hatte einen mitgebracht, aber der stände auf dem Boden. «Wollen Sie ihn bitte...» Ein Mädchen ging. Die Prinzessin räumte den Schrank aus. «Das? Das auch?» Mit einem Schwung öffnete sich die Tür, Frau Adriani preschte ins Zimmer. «Ich will genau sehn, was sie mitnimmt! Am Ende eignen Sie sich noch fremde Sachen an!» Eine schlechte Verliererin war sie — wer bleibt anständig, wenn er seine Partie verloren hat? «Sie können alles genau sehn, und im übrigen — Holla!» Sie war auf das Kind zugegangen, das sich duckte. Ich trat mit einem raschen Satz dazwischen. Wir sahen uns einen Augenblick an, die Frau Adriani und ich; in diesem Blick war so viel körperliche Intimität, daß mir graute. Dieser Kampf war der Gegenpol der Liebe — wie jeder Kampf. Und in diesem Blick der Augen öffnete sich mir eine tiefe Schlucht: diese Frau war niemals befriedigt worden, niemals. Durch mein Gehirn flitzte jenes zynische Rezept:

Rp.
Penis normalis
dosim
repetatur!

Aber das allein konnte es nicht sein. Hier tobte der Urdrang der Menschheit: der nach Macht, Macht, Macht. Und nichts trifft solch ein Wesen mehr als ein unerwarteter Aufstand. Dann stürzt eine Welt ein. Spartakus ... So viele Kinder litten hier. Ich hätte geschlagen. Sie wich zurück.

Das Mädchen kam mit dem Koffer; wir packten, schweigend. Einmal riß die Frau ein Hemdchen an sich und warf es wieder hin. Das Kind hielt die Hand der Prinzessin. Die Mädchen in ihrer Ecke atmeten kaum. Frau Adriani sah zu ihnen hinüber und ruckte mit dem Kopf, da gingen sie schlurfend zur Tür hinaus. Der Koffer wurde geschlossen. Wir trugen ihn hinunter. Ein Mädchen wollte uns helfen — Frau Adriani verbot es mit einer Handbewegung. Der Koffer war nicht schwer. Das Kind ging eilig mit; es weinte nicht mehr. Ich hörte es einmal tief aufatmen.

«Die Quittung?» Frau Adriani ging auf ihren Tisch zu, schrieb etwas auf ein Blatt und reichte es mir, wie mit der Feuerzange. Um ein Haar hätte sie mir leid getan, aber ich wußte, wie gefährlich dieses Mitleid war und wie verschwendet. Es hätte ihr nicht einmal gut getan, denn von diesem Seelenhonorar kauft sie sich neue Kulissen, und alles fängt wieder von vorn an. Ich gab ihr den Scheck. Ich sah auf ihr Gesicht. Der Vorhang war heruntergelassen – jetzt wurde nicht mehr gespielt. Das Stück war aus.

Langsam gingen wir aus dem Hause, in dem das Kind so viel gelitten hatte.

Keiner von uns sah mehr zurück. Die Haustür wurde geschlossen.

2

Der letzte Urlaubstag ...

Ich bin schon für die Reise angezogen, zwischen mir und dem Mälarsee ist eine leise Fremdheit, wir sagen wieder Sie zueinander.

Die langen Stunden, in denen nichts geschah; nur der Wind fächelte über meinen Körper – die Sonne beschien mich ... Die langen Stunden, in denen der verschleierte Blick ins Wasser sah, die Blätter zischelten und der See plitschte ans Ufer; leere Stunden, in denen sich Energie, Verstand, Kraft und Gesundheit aus dem Reservoir des Nichts, aus jenem geheimnisvollen Lager ergänzten, das eines Tages leer sein wird. «Ja», wird dann der Lagermeister sagen, «nun haben wir gar nichts mehr ...» Und dann werde ich mich wohl hinlegen müssen.

Da steht Gripsholm. Warum bleiben wir eigentlich nicht immer hier? Man könnte sich zum Beispiel für lange Zeit hier einmieten, einen Vertrag mit der Schloßdame machen, das wäre bestimmt gar nicht so teuer, und dann für immer: blaue Luft, graue Luft, Sonne, Meeresatem, Fische und Grog – ewiger, ewiger Urlaub.

Nein, damit ist es nichts. Wenn man umzieht, ziehen die Sorgen nach. Ist man vier Wochen da, lacht man über alles – auch über die kleinen Unannehmlichkeiten. Sie gehen dich so schön nichts an. Ist man aber für immer da, dann muß man teilnehmen. «Schön habt ihr es hier», sagte einst Karl der Fünfte zu einem Prior, dessen Kloster er besuchte. «Transeuntibus!» erwiderte der Prior. «Schön? Ja, für die Vorübergehenden.»

Letzter Tag. So erfrischend ist das Bad in allen den Wochen nicht gewesen. So lau hat der Wind nie geweht. So hell hat die Sonne nie geschienen. Nicht wie an diesem letzten Tag. Letzter Tag des Urlaubs – letzter Tag in der Sommerfrische! Letzter Schluck vom roten Wein, letzter Tag der Liebe! Noch einen Tag, noch einen Schluck, noch eine Stunde! Noch eine halbe ...! Wenn es am besten schmeckt, soll man aufhören.

«Heute ist heute», sagte die Prinzessin – denn nun stand alles zur Abfahrt bereit: Koffer, Handtaschen, der Dackel, der kleine Gegenstand und wir. «Du siehst aus!» sagte Lydia, während wir gingen, um uns von der Schloßfrau zu verabschieden, «du hast dir je woll mitn Reibeisen rasiert! Keinen Momang kann man den Jung allein lassen!» Ich rieb verschämt mein Kinn, zog den Spiegel und steckte ihn schnell wieder weg.

Großes Palaver mit der Schloßfrau. «Tack ... danke ...» und: «Herzlichen Dank! ... Tack so mycket ...» und «Alles Gute!» – es war ein bewegtes und freundliches Hin und Her. Und dann nahmen wir Ada an die Hand, jeder griff nach einer Tasche, da stand der kleine Motorwagen ... Ab.

«Urlaub jok», sagte ich. Jok ist türkisch und heißt: weg. «Du merkst auch alles», sagte die Prinzessin und kämmte das Kind. «Lydia, ich hätte nie geglaubt, daß du so eine nette Kindermama abgeben kannst! Sieh mal an – was alles in dir steckt!» – «Ich bin Sie nämlich eine Zwiebel!» sagte die Prinzessin und enthüllte damit, vielleicht ohne es zu wissen, das Wesen aller ihrer Geschlechtsgenossinnen.

Und dann fing das Kind langsam, ganz langsam und stockend, an, zu erzählen – wir drängten es nicht, erst wollte es überhaupt nicht sprechen, dann aber sprach es sich frei, man merkte, es wollte erzählen, es wollte alles sagen, und es sagte alles:

Den Krach mit Lisa Wedigen und das Blatt vom Kalender; die dauernden Strafen und die Glockenblumen unter dem Kopfkissen und sein Spitzname ‹Das Kind›; der kleine Will und Mutti und was der Teufelsbraten sich alles ausgedacht hatte, um die Mädchen zu tyrannisieren, und Hanne und Gertie und das Essen im Schrank und alles.

Es ging ein bißchen durcheinander, aber man verstand doch, worauf es ankam. Und ich nannte den kleinen Gegenstand nunmehr Ada Durcheinander, und die Prinzessin bemutterte und bevaterte das Kind zu gleicher Zeit, und ich schlug vor, sie solle dem Kind die Brust geben, und dann brach ein wilder Streit darüber aus, welche: die linke oder die rechte. Und so kamen wir nach Stockholm.

Und fuhren zurück nach Deutschland.

Berlin streckte die Riesenarme und langte über die See ... «Wir müssen der Frau Kremser telegrafieren», sagte die Prinzessin, «sicher ist sicher. Junge, haben wir uns gut erholt! Was möchtest du denn?» Das Kind hatte ein paarmal vor sich hingedruckst, hatte angesetzt und wieder abgesetzt. «Na?» – Nein, aufs Töpfchen mußte sie nicht. Sie wollte etwas fragen. Und tat es.

«Sind Sie Landstreicher?» Wir sahen uns entgeistert an. «Die Frau Adriani hat gesagt ...» Es stellte sich heraus, daß die Frau Adriani uns dem Kind als passionierte, ja als professionelle Landstreicher hingestellt hatte – «diese Landstreicher da draußen, die nicht mal verheiratet sind!» – und das Kind, das jetzt völlig aufgetaut war, wollte nun alles wissen; ob wir Landstreicher wären, und was wir denn da anstrichen ... und ob wir schon mal verheiratet gewesen wären und warum nun nicht mehr, und dann mußte es aufs Töpfchen, und dann brachten wir es zu Bett. Ich ertappte mich dabei, ein wenig eifersüchtig auf das Kind gewesen zu sein. Wer war hier Kind? Ich war hier Kind. Nun aber schlief es, und Lydia gehörte mir wieder allein.

«Bist du verheiratet?» fragte die Prinzessin. «Na, das hat noch gefehlt!» — «Alte», sagte ich. «Nein, wir Landstreicher, wir sind ja nicht verheiratet. Und wenn wir es wären ... Fünf Wochen, das ginge gut, wie? Ohne ein Wölkchen. Kein Krach, keine Proppleme, keine Geschichten. Fünf Wochen sind nicht fünf Jahre. Wo sind unsre Kümmernisse?» — «Wir haben sie in der Gepäckaufbewahrungsstelle abgegeben ... das kann man machen», sagte die Prinzessin. «Für fünf Wochen», sagte ich. «Für fünf Wochen geht manches gut, da geht alles gut.» Ja ... vertraut, aber nicht gelangweilt; neu und doch nicht zu neu — frisch und doch nicht ungewohnt: scheinbar unverändert lief das Leben dahin ... Die Hitze der ersten Tage war vorbei, und die Lauheit der langen Jahre war noch nicht da. Haben wir Angst vor dem Gefühl? Manchmal, vor seiner Form. Kurzes Glück kann jeder. Und kurzes Glück: es ist wohl kein andres denkbar, hienieden.

Wir rollten in Trälleborg ein. Es war spät abends; die weißen Bogenlampen schaukelten im Winde, und wir sahen zu, wie der Wagen auf die Fähre geschoben wurde. Das Kind schlief schon.

Ein großer Passagierdampfer rauschte durch das Wasser in den Hafen. Alle Lichter funkelten: vorn die Schiffslaternen, oben an den Masten kleine Pünktchen, alle Kammern, alle Kajüten waren hell erleuchtet. Er fuhr dahin. Musik wehte herüber.

Whatever you do —
my heart will still belong to you —

Eine Welle Sehnsucht schlug in unsre Herzen. Fremdes erleuchtetes Glück — da fuhr es hin. Und wir wußten: säßen wir auf jenem Dampfer und sähen den erleuchteten Zug auf der Fähre, wir dächten wiederum —: da fährt es hin, das Glück. Bunt und glitzernd fuhr das große Schiff an uns vorüber, mit den Lichtpünktchen an seinen Masten. Die schwitzenden Stewards sahen wir nicht, nicht die Reeder in ihren Büros, nicht den zänkischen Kapitän und den magenkranken Zahlmeister ... natürlich wußten wir, daß es so etwas gibt — aber wir wollten es jetzt, in diesem einen Augenblick, nicht wissen.

Whatever you do —
my heart will still belong to you —

Unsere Herzen fuhren ein Stückchen mit.

Dann stand unser Wagen auf der Fähre. Das Schiff erzitterte leise. Die Lichter an der Küste wurden immer kleiner und kleiner, dann versanken sie in der blauen Nachtluft.

Wir standen an Deck. Die Prinzessin sog den salzigen Atem des

Meeres ein. «Daddy – ich bedanke mich auch schön für diesen Sommer!» – «Nein, Alte – ich bedanke mich bei dir!» Sie sah über die dunkle See. «Das Meer ...» sagte sie leise, «das Meer ...» Hinter uns lag Schweden, Schweden und ein Sommer.

Später saßen wir im Speisesaal in einer Ecke und aßen und tranken. «Auf den Urlaub, Alte!» – «Auf was noch?»

«Auf Karlchen!» – «Hoch!»

«Auf Billie!» – «Hoch!»

«Auf die Adriani!» – «Nieder!»

«Auf deinen Generalkonsul!» – «Mittelhoch!»

«Das sind alles keine Trinksprüche, Daddy. Weißt du keinen andern? Du weißt einen andern. Na?»

Ich wußte, was sie meinte.

«Martje Flor», sagte ich. «Martje Flor!»

Das war jene friesische Bauerntochter gewesen, die im Dreißigjährigen Kriege von den Landsknechten an den Tisch gezerrt wurde; sie hatten alles ausgeräubert, den Weinkeller und die Räucherkammer, die Obstbretter und den Wäscheschrank, und der Bauer stand daneben und rang die Hände. Roh hatten sie das Mädchen herbeigeholt – he! da stand sie, trotzig und gar nicht verängstigt. Sie sollte einen Trinkspruch ausbringen! Und warfen dem Bauern eine Flasche an den Kopf und drückten ihr ein volles Glas in die Hand.

Da hob Martje Flor Stimme und Glas, und es wurde ganz still in dem kleinen Zimmer, als sie ihre Worte sagte, und alle Niederdeutschen kennen sie.

«Up dat es uns wohl goh up unsre ohlen Tage –!» sagte sie.

RHEINSBERG

(«Zum hundertsten Tausend»)

Natürlich kommt das nie mehr wieder.
Allein: es war einmal.
Ich war ein Star und pfiff die bunten Lieder;
ich war Johann, der muntre Seifensieder –
und Claire war real.

Das ist schon lange her.
Und heute –?
Jetzt sind die andern dran.
Nach unsrer Sprache plaudern Liebesleute,
Zahntechniker und ihre jungen Bräute ...
Das hört sich also an:

«Du sock nisch imme nach die annern Mättschen blickn!
Isch eiffesüschtisch, olle Bums-Roué!
Du imme mit die kleinen Dickn!
Nu isch ins Bett bigehn bimickn,
weil müdischlisch biwé!»

So liebt euch denn (in allen Ehren)!
Die Liebe währet ewiglich.
Und folgt ihr dieses Büchleins Lehren
und küßt ihr euch, ihr Wölfchen und ihr Clairen –:
dann denkt an mich.

VIEL ZU FEIN!

Ein Millionär trat einst ein Pekinesen-Hündchen. Und entschuldigte sich beim Besitzer. Da rief der Mann: «Was! Sie wollen ein Millionär sein und rufen nicht: ‹Bringen Sie mir noch ein Hündchen›!»

Es ist schon ein bißchen besser geworden, aber der Film und mancher Romanautor, sie könnens nicht lassen: es ist bei ihnen alles viel zu fein.

Die gnädigen Frauen nehmen ihre Schokolade in einer spitzenüberrieselten Liebesgondel, die Tassen sind innen mit Seide ausgeschlagen, das Stubenmädchen ist so schön wie ... (nach Belieben auszufüllen);

vorn stehen Diener, hinten stehen Diener, und in der Mitte stehn Silberdiener; Rechtsanwälte gehen in Paquinmodellen auf den Ball und Halbweltdamen nur im Frack ins Bett ... oder habe ich das verwechselt – kurz: es ist alles so fein, daß man sich ordentlich nach einer richtigen Schmalzenstulle sehnt. Warum ist es so fein –?

Der Wunschtraum – ich weiß schon.

Ja, mit dem Wunschtraum ... Habt ihr eigentlich in eurer Bekanntschaft viele Leute, die heute noch so töricht, so dumm und so kindlich sind, daß sie auf so etwas hereinfallen – daß sie so etwas wollen? Und man soll die andern Menschen, die um uns herumleben, nun ja nicht für dümmer halten – dergleichen hat sich schon oft bitter gerächt. Der Wunschtraum ... Was sind denn das für Träume, die uns die Filmdirektoren und die Romanschreiber da vorträumen?

Das sind verjährte Wunschträume.

Das sind Ideale in den Formen von gestern und vorgestern und vorvorgestern. Wollen das die Leute?

Immer haben sie sich nach Luxus gesehnt, nach Reichtum ... gewiß. Aber die Dinge liegen doch in Mitteleuropa heute so, daß die Mehrzahl aller Menschen froh ist, wenn sie folgende Sachen haben: Arbeit, auskömmlichen Verdienst, Brot, ein Dach überm Kopf, Wärme, keinen Hunger und keine Krankheiten ... Das ist schon sehr, sehr viel. Wollen die Leute nun diesen Filmzauber wirklich? Und, wenn sie ihn wollen: gibt es nicht auch so etwas wie eine Verantwortung der Film- und Romanindustrie, dem Publikum gegenüber? Was ist das für billiges Opium und für dummes Zeug!

Es stimmt nicht einmal.

Bei den reichen Leuten sieht es meist ganz anders aus; ich will nicht sagen: snobistisch bescheiden – aber anders. Abgesehen von den ungeheuren Kosten, die solch ein Leben machte, wie es uns da vorgeführt wird: mit den Platinbadewannen, den parfümierten Staubsaugern, den in Brokat eingebundenen Schoßhündchen und den riesigen Säulenhallen vor dem WC ... das ist doch gar nicht der Stil unserer Zeit. Auch nicht bei reichen Leuten – grade bei denen nicht. Ja, es ist denkbar, daß sich ein Industrieller einen besonders großen Reitstall hält; irgendeine Liebhaberei pflegt ... einen Sport ... gewiß. Aber dieses Theater da ... ich glaube nicht.

Von der Reklame, die ein offenbar existierender ‹Weltverband des Ringes der Mädchenhändler› macht, ganz zu schweigen, denn das geht wirklich auf keinen Perserteppich. Welche Preise ...! Ich bin ja ein ehrsamer Mann mit einer so gut wie fleckenreinen Vergangenheit ... aber wenn man das so sieht, welches Schicksal diese Undamen im Film erleiden oder vielmehr genießen – welche Preise da verlangt, geboten und gezahlt werden –: wahrlich, ich ginge hin und täte desgleichen, wenn ich nicht wüßte, daß alles Schwindel wäre und wenn sie mich nicht eben ins falsche Geschlecht hineingeboren hätten. Dafür die vernünftige Aufklärung über Prostitution und dann diese falsche Einheit: mit Kolliers, Riesen-Schecks, als Liebeslohn immer eine Villa mit Golfteich, Entenpark, Tennisplatz für die Rehe und Auto auf dem Dach? Einer allein kann das gar nicht glauben.

Nun weiß man nicht recht ...

Die Filmdirektoren und die Romanschreiber tun so, als glaubten sie, daß das Publikum glaubt, dergleichen glauben zu müssen. Wirklich? Ja? Ist das so?

Wir sehen es fotografiert; wir bekommen es vorgegaukelt, wir lesen das in so vielen Eisenbahnromanen ... Sonderbar wirkt solche Kunst ins Leben zurück, aus dem sie gar nicht gekommen ist ... In manchen Gerichtsverhandlungen hören wir staunend, was einen Einbrecher oder eine Hochstaplerin bewogen hat, eine ‹kleine Kiste aufzumachen›. Sie haben einmal so leben wollen, wie sich der Magazin-Herausgeber träumt, daß es sich seine Leser träumen. Und das gibt dann ein böses Erwachen.

Noch viele Filme werden wir sehen: mit dorischen Wintergärten, mit Bar-Tischen, die in die Badewanne eingelassen sind; mit Zederholz-Ruderbooten und silbernen Tabletts, daß es einen graust ... Wir ergreifen eines dieser Tabletts, legen ein Kärtchen darauf und drücken dem Stubenmädchen mit dem Häubchen und den unwahrscheinlich schönen Beinen ein kleines Trinkgeld von fünfundsiebzig Mark in die Hand: sie möchte unser Kärtchen dem Unternehmer hineintragen.

Auf dem Kärtchen steht:

VIEL ZU FEIN.
WIR DANKEN!

DARF MAN TIPPEN —?

Der große Graphologe Max Pulver sagte mir eines Tages: «Sie schreiben Ihre Briefe mit der Maschine? Das ist ja unerhört! Das Persönlichste, das es gibt, ist der Brief. Gewiß, Geschäftsbriefe ... Aber die an Ihre Freunde auch? Wie? Liebesbriefe auch ...?» Und legte nicht schlecht los.

Nun ist dieser Mann, der nicht Schriften deutet, sondern Menschen, und der Menschen nicht nur deutet, sondern ihnen durch die Deutung auch ein gut Stück weiterhelfen kann, in die Schrift vernarrt, er ist ein von der Schrift Besessener ... der darf das sagen. Wie ist es denn nun damit:

Darf man tippen —?

Über die Geschäftskorrespondenz braucht nicht gesprochen zu werden. Wir empfinden einen langen Geschäftsbrief, der mit der Hand geschrieben ist, als eine Belästigung — man mag das nicht. Gut. Aber das Private —?

Ich halte die Frage ‹Darf man tippen?› für nicht richtig gestellt. Man müßte ganz anders fragen: Darf man diktieren?

Und hier allerdings ist zu scheiden zwischen ‹dienstlich› und ‹privat›, eine Unterscheidung, die mitunter zu grotesken Albernheiten führt. Die Vorstellung von dem Mann oder der Frau, die sich ihre Briefe auf der Maschine allein schreiben, ist noch nicht in das Allgemeingefühl gedrungen; das Gefühl, nicht der Verstand, nimmt zutiefst an, ein getippter Brief sei diktiert. «Schreiben Sie, Frollein ... auf Ihr geehrtes gestriges ...» Das ist eine Film-Vorstellung. Viele schreiben sich ihrs auf der Schreibmaschine allein.

Briefe, in denen das Herz spricht, zu diktieren: das ist wohl nur in ganz seltenen Ausnahmefällen möglich. Sich aber einer Maschine zu bedienen, um sein Herz auszuschütten — trennt das? Steht die Maschine zwischen dem Herzen und dem Empfänger?

Ich meine: nein.

Regeln lassen sich dafür nicht aufstellen — es gibt da alle Arten von Schreibern und Lesern, und wir wollen keinen neuen Reichsverband gegen oder für gründen. Ich kenne Schriftsteller, die verabscheuen die Maschine, und ich kenne nur einen dieser Gattung, dessen Handschrift der Setzer nicht verabscheut; es gibt Briefempfängerinnen, die nehmen es einem todübel, wenn sie einen Brief bekommen, der die Worte

Mein geliebtes Herz

getippt enthält ... Aber es kommt wohl darauf an, ob man fremde Handschriften lesen mag. Wer es gern tut, dem erscheint die Maschine kalt, gläsern, stählern und unpersönlich; wer es nicht gern tut, der empfindet Maschinenschrift als Erlösung. Man weiß doch, wo und wie ...

Es ist auch von Wichtigkeit, zu wissen, ob der Briefempfänger gleichfalls Maschine schreibt. Tut er es und ist ihm die Schreibmaschine auch auf seinen Reisen eine Selbstverständlichkeit, dann wird er sich gewiß über einen getippten Brief nicht aufhalten. Tut ers nicht, dann ist er leicht beleidigt: «Ich bin doch kein Zahnbürstengeschäft, an das man schreibt ...!»

Alle Maschinenschreiber werden mich verstehen: Eine Maschine kann einem so vertraut werden wie ein Federhalter. Das Glöckchen zirpt; wir kennen jeden Hebel; wir wissen Bescheid, und wenn die Typenhebel rauschen, so ist das süße Musik zur Arbeit der Gedanken. Und wir wären sehr erstaunt, wenn uns jemand sagte: Wie unpersönlich —! Unpersönlich? Es ist doch unsere, unsere alte und treue Maschine. Und man kann alles lesen.

Da habe ich eine Braut, die schreibt mir alle Jahre einen langen Brief; sie ist längst anderweit verheiratet, wir sehen uns nur sporadisch, und so ist es denn ein großes Glück. Die Briefe sind, glaube ich, sehr zärtlich; ich weiß es nicht, denn ich kann sie nicht lesen. Aber ich beantworte sie immer, das ist Liebe, und es muß auch stimmen, was ich schreibe, denn die Braut findet alles ganz in der Ordnung, das ist wahre Liebe.

Mir scheint: die Abneigung gegen Maschinenschrift ist wie die zunächst berechtigte oder doch verständliche Abneigung, langsam fahrende Autos in Trauerkondukten zu sehen. Es widerstrebt da etwas in einem ... Und doch ist dies Gefühl anachronistisch, wie alle solchen Gefühle. Wer hätte sich früher, als die Telefongespräche noch anfingen: «Hier Müller. Wer dort?» getraut, eine Liebeserklärung durchs Telefon zu machen? Heute? Gehen Sie nur an die nächste Fernsprechzelle, die Wände sind dünn, und da kann man etwas zu hören bekommen ...

Man darf tippen.

Man darf immer tippen.

Man darf nur dann nicht tippen, wenn es besser ist, mit der Hand zu schreiben.

Soll man aber gleich in die Schreibmaschine hineindichten, daß es nur so klingelt? Sehe ich mir die Tagesliteratur an, dann denke ich manchmal: Das haben sich die Schreibmaschinen allein gedichtet. Aber macht es denn für den Wert einer Dichtung etwas aus, ob sie mit der Rechten geschrieben ist oder mit acht Fingern? Nein, es macht nichts für den Wert aus. Tippt, tippt.

DIE FRAU SPRICHT

1. Die geschiedene Frau

Ja ... da wär nun also wieder einer ...
　　das ist komisch!
Vor fünf Jahren, da war meiner;
dann war eine ganze Weile keiner ...
　　Und jetzt geht ein Mann in meiner Wohnung um,
　　findet manches, was ich sage, dumm;
　　lobt und tadelt, spricht vom Daseinszwecke
　　und macht auf das Tischtuch Kaffeeflecke –
　　　　Ist das alles nötig –?

Ja ... er sorgt. Und liebt. Und ists ein trüber
Morgen, reich ich meine Hand hinüber ...
　　Das ist komisch:
Männer ... so in allen ihren Posen ...
Und frühmorgens, in den Unterhosen ...

Plötzlich wohnt da einer auch in meiner Seele.
Quält mich; liebt mich; will, daß ich ihn quäle;
dreht mein Leben anders, lastet, läßt mich fliegen –
siegt, und weil ich klug bin, laß ich mich besiegen ...
Habe ich das nötig –?

Ich war ausgeglichen. Bleiben wir allein,
... komisch ...
sind wir stolz. So sollt es immer sein!
Flackerts aber, knistern kleine Flammen,
fällt das alles jäh in sich zusammen.
Er braucht uns. Und wir, wir brauchen ihn.
Liebe ist: Erfüllung, Last und Medizin.
Denn ein Mann ist Mann und Gott und Kind,
weil wir so sehr Hälfte sind.
Aber das ist schließlich überall:
der erste Mann ist stets ein Unglücksfall.
Die wahre Erkenntnis liegt unbestritten
etwa zwischen dem zweiten und dem dritten.
Dann weißt du. Vom Wissen wird man nicht satt,
aber notdürftig zufrieden, mit dem, was man hat,
Amen.

2. Eine Frau denkt

Mein Mann schläft immer gleich ein ... oder er raucht seine Zeitung
und liest seine Zigarre
... Ich bin so nervös ... und während ich an die Decke starre,
denke ich mir mein Teil.
Man gibt ihnen so viel, wenigstens zu Beginn. Sie sind es nicht wert.
Sie glauben immer, man müsse hochgeehrt
sein, weil man sie liebt.
Ob es das wohl gibt:
ein Mann, der so nett bleibt, so aufmerksam
wie am ersten Tag, wo er einen nahm ...?
Einer, der Freund ist und Mann und Liebhaber; der uns mal neckt,
mal bevatert, der immer neu ist, vor dem man Respekt
hat und der einen liebt ... liebt ... liebt ...
ob es das gibt?

Manchmal denke ich: ja.
Dann sehe ich: nein.
Man fällt immer wieder auf sie herein.

Und ich frage mich bloß, wo diese Kerls ihre Nerven haben.
Wahrscheinlich ... na ja. Die diesbezüglichen Gaben
sind wohl ungleich verteilt. So richtig verstehen sie uns nie.
Weil sie faul sind, murmeln sie was von Hysterie.
Ist aber keine. Und wollen wir Zärtlichkeit,
dann haben die Herren meist keine Zeit.
Sie spielen: Symphonie mit dem Paukenschlag.
Unsere Liebe aber verzittert, das ist nicht ihr Geschmack.
Hop-hop-hop – wie an der Börse. Sie sind eigentlich nie
mehr als erotische Statisterie.
Die Hauptrolle spielen wir. Wir singen allein Duett,
leer in der Seele, bei sonst gut besuchtem Bett.

Mein Mann schläft immer gleich ein, oder er dreht sich
um und raucht seine Zigarre.
Warum? Weil ...
Und während ich an die Decke starre,
denke ich mir mein Teil.

3. Die Nachfolgerin

Ich hab meinen ersten Mann gesehn –
der ging mit einer!
Hütchen, Rock und Bluse (Indanthren)
und zwei Kopf kleiner!
Sie muß ihn wohl ins Büro begleiten ...
Über den Geschmack ist nicht zu streiten.
Na, herzlichen Glückwunsch!

Sein Gehirn ist bei der Liebeswahl
ganz verkleistert;
wenn er siegt, dann ist er allemal
schwer begeistert.
Ob Languettenhemd, ob teure Seiden –
seinetwegen kann man sich in Säcke kleiden ...
Na, herzlichen Glückwunsch!

Frau ist Frau. Wie glücklich ist der Mann,
dem das gleich ist!
Und für sowas zieht man sich nun an!
Als ob man reich ist!
Das heißt: für ihn ...?
Wir ziehen unsre Augenbrauen
für und gegen alle andern Frauen.

Immerhin erwart ich, daß ers merken kann;
ich will fühlen, daß ich reizvoll bin.
Dreifach spiegeln will ich mich: im Glas, im Neid, im Mann.
Und der guckt gar nicht hin.

Liebe kostet manche Überwindung ...
Männer sind eine komische Erfindung.

4. Lamento

Der deutsche Mann
Mann
Mann –
das ist der unverstandene Mann.
Er hat ein Geschäft, und er hat eine Pflicht.
Er hat einen Sitz im Oberamtsgericht.
Er hat auch eine Frau – das weiß er aber nicht.
Er sagt: «Mein liebes Kind ...» und ist sonst ganz vergnügt –
Er ist ein Mann. Und das
genügt.

Der deutsche Mann
Mann
Mann –
das ist der unverstandene Mann.
Die Frau versteht ja doch nichts, von dem, was ihn quält.
Die Frau ist dazu da, daß sie die Kragen zählt.
Die Frau ist daran schuld, wenn ihm ein Hemdknopf fehlt.
Und kommt es einmal vor, daß er die Frau betrügt:
Er ist ein Mann. Und das
genügt.

Der deutsche Mann
Mann
Mann –
das ist der unverstandene Mann.
Er gibt sich nicht viel Mühe, wenn er die Frau umgirrt.
Und kriegt er nicht die eine, kommt die andere
angeschwirrt.
Daher der deutsche Mann denn stets befriedigt wird.
Hauptsache ist, daß sie bequem und sich gehorsam fügt.
Denn er ist Mann. Und das
genügt.

Der deutsche Mann
Mann
Mann –
das ist der unverstandene Mann.
Er flirtet nicht mit seiner Frau. Er kauft ihr doch den Hut!
Sie sieht ihn von der Seite an, wenn er so schnarchend ruht.
Ein kleines bißchen Zärtlichkeit – und alles wäre gut.
Er ist ein Beamter der Liebe. Er läßt sich gehn.
Er hat sie doch geheiratet – was soll jetzt noch geschehn?
Der Mensch, der soll nicht scheiden, was Gott zusammenfügt.
Er ist ein Mann. Und das
genügt.

CARL SONNENSCHEIN

Du merkst, daß die Bedauerei
So eine Art von Wonne sei.
Busch

Wer war der Doktor Carl Sonnenschein –?

Darüber unterrichten uns zwei Bücher:

Karl Hoeber: ‹*Dr. Carl Sonnenschein*› (erschienen im Buch-Verlag Germania AG. in Berlin). Ernst Thrasolt: ‹*Dr. Carl Sonnenschein*› (erschienen bei Kösel & Pustet in München).

Thrasolt, ein katholischer Priester aus Berlin-Weißensee, hat hier seinem gegnerischen Freunde Sonnenschein ein Denkmal ... nein, das hat er eben nicht getan. Sondern er hat eine Fülle lebendigen Materials für einen ehemals lebendigen Menschen zusammengetragen, für einen, der wohl so lebendig gewesen ist, daß man sein Wesen sehr, sehr schwer in einem Buch einfangen kann. Der Mann ist der geistige Vater einer innern ‹katholischen Aktion›, nicht jener, die der betriebsame Herr Klausener aufzieht (hier ist das Modewort ‹aufziehen› einmal am Platze) – sondern der Vater einer groß angelegten Aktion, die auch dem religiös Neutralen, grade ihm, zeigte: wir Katholiken sind in Berlin auch noch da. Was war Sonnenschein für ein Mensch?

Aus den beiden zitierten Büchern geht zunächst einmal hervor, was alles ein Biograph aus seiner Figur machen kann. Bei Hoeber erscheint ein ernster, hilfsbereiter, aktiver Katholik – recht würdig, recht anständig, recht gleichgültig. Bei Thrasolt, der glühend bei der Sache ist, ein flackernder, beweglicher, fast wilder Apostel der Caritas. Was brennt hier?

Merkwürdigerweise nicht der Katholizismus. Man hat bei dieser Inflation der Wohltätigkeit eher das Gefühl, daß da ein Mann am

Werke gewesen sein muß, den sublimierter Machtwille und Regsamkeit, Betriebsamkeit und verwandelte Herrschsucht bewogen haben, die Großstadt zu erobern ... für wen? Für sich? Sicherlich nicht. Für Rom? Der Mann hat niemals Proselyten zu machen versucht; ich glaube auch nicht, daß er heimlich kalkuliert hat: sie werden schon kommen, wenn wir ihnen geholfen haben. Das ist es alles nicht. Der Weise nennt die Güte das ‹menschliche Urphänomen›, was sie nach Nietzsche nicht ist. Man müßte hier eine Entscheidung treffen, um Sonnenschein ganz zu verstehen.

Thrasolt hat eine höchst lesenswerte Dokumentensammlung geschrieben. Ein geschlossenes Bild von einem so wenig geschlossenen, von einem aufgeschlossenen, auf jeden Reiz heftig reagierenden, nach allen Seiten fluktuierenden Manne zu geben, ist vielleicht nicht möglich. Sonnenscheins absolute Reinheit voran. Was nun Thrasolt gemacht hat, ist deshalb so bunt und wirksam, weil er mit seinem Objekt leicht verkracht war. Sonnenschein mochte Thrasolt nicht, weil der, wie Sonnenschein das nannte, «jugendbewegt» war. Das steht auf einem andern Blatt – Thrasolt gibt es anständigerweise zu und macht nun eine Biographie, die miserabel geschrieben ist, die aber etwas tut, was ich eigentlich selten gefunden habe: sie gibt wirklich einmal den ganzen Zeithallo mit, den Menschen mit seinem Widerspruch, und der war bei Sonnenschein aller Enden zu finden ... das Buch gibt alles. Daraus könnten die Herren Republikaner lernen, die es bei biographischer Besingung ihrer Helden an öligem Pomp mit jedem Hofgeschichtsschreiber aufzunehmen pflegen.

Diese unbeschwerte Art haben dem Thrasolt die Katholiken verübelt, aber auch da wieder nicht alle – denn Sonnenschein war sowieso für die ganz Feinen eine etwas suspekte Erscheinung, ein Zigeuner der Wohltätigkeit. Es mag bunt genug in seinen Sprechstunden hergegangen sein, er half allen und jedem, machte das in den freisten Formen und führte selber das gehetzte Leben seiner Epoche: an diesem Mann ist unendlich viel Inflation, grade in seiner Betriebsamkeit. Thrasolt, in unbeirrbarer Anständigkeit, sagt anläßlich einer sehr betrübenden ‹Wende› in Sonnenscheins Leben, die ihn überall da schweigen ließ, wo es hätte gefährlich werden können: «Ohne diese Wende wäre auf Sonnenschein das Los Lammenais', Murris oder Marc Sagniers und seines ‹Sillon› gefallen, oder er hätte trotz all seines Opfers und seiner Liebe als Ketzer oder als Bußprediger in der Wüste oder kleiner verhaßter Stänker geendet, nicht als die Liebe, der Stolz und der Ruhm des katholischen Berlin.» Ja, wo die Liebe hinfällt ... Er ist so schön tot.

Sonnenschein ist auf dem Collegium Germanicum in Rom ausgebildet worden, hat dann später in Westdeutschland gearbeitet und kam kurz nach dem Kriege nach Berlin, wo er in zehn Jahren ein erstaunliches Hilfswerk vollbracht hat – nicht nur, wie der ursprüngliche Name seiner Organisation sagte, an Studenten sondern an allen, die da hilfsbedürftig waren.

Dieser Mann war kein ausgeklügelt Buch. Seine Kriegshaltung war lamentabel; Thrasolt hat hier seine besten Seiten geschrieben.

«Schuld daran, daß die Katastrophe (1914) überall grade auch die Katholiken nicht vorbereitet und nicht gefeit traf, hatte überall der Staatskatholizismus, die kleine kurzsichtige Hingabe des Christen an den Staat, die Selbstaufgabe ihres christlichen Bürgerrechtes um das Linsenmus des Staatsbürgerrechtes, der Verzicht auf Christenehre für nationale Ehre, der Verrat des Taufeides um des Fahneneides willen, der Untergang des eigenen persönlichen Gewissens in die gewissenlose öffentliche Meinung ...» Von Sonnenschein: «Die Schuld des Staatschristentums, den Verrat Christi an Cäsar auf allen Gebieten sieht er nicht oder betont er nicht scharf genug.»

Mir ist es recht verhaßt, solche Reinigungsprozesse beim Gegner auszunutzen; Schema: «Er gesteht selbst ein ...» Er gesteht gar nichts ein. Sondern hier ringt ein Mann mit seiner Sache, will sie mit allen Kräften, die ihm zu Gebote stehen, von dem Schmutz säubern, mit dem sie sich besudelt hat ... vor dergleichen hat man den Hut zu ziehen, und hier haben alle Schachzüge zu unterbleiben. Dieser Priester nimmt Cäsar, was des Cäsars nicht ist. Und die offiziellen Katholiken, die, was ich düster ahne, den tapfern Priester Thrasolt unsre Zustimmung entgelten lassen werden –: mögen sie in der Hölle braten.

Sonnenschein hat den Krieg nicht verstanden, nicht einen Augenblick lang.

Er hat im Krieg mittels eines riesigen Archivs Lesestoff an die Front geschickt, er hat mit Studenten korrespondiert und mit vielen andern; er hat vermittelt, Wünsche entgegengenommen, Briefmaterial bearbeitet – dies Material gehört heute leider dem Reichsarchiv, und nun ist es verloren. Denn was die da treiben, ist Reklame für einen neuen Krieg.

Das Briefmaterial ist erschütternd. Thrasolt nennt es mit Recht «vernichtend», nämlich vernichtend für die Kriegstreiber aller Konfessionen. Die Auszüge, die er gibt, beweisen es aufs trefflichste. «Es ist zu bedauern», sagt er, «daß dieses vernichtende Briefgericht über den Krieg nicht allgemein zugänglich ist ...» Nein, das wird es ja wohl nicht sein. Das Reichsarchiv ist eine Behörde für die Klausur authentischer Dokumente. Der Etat dieser Behörde wird auch von den Sozialdemokraten bewilligt.

Sonnenschein also versagte, in und trotz aller Arbeit, bei dieser Sache. Auf einen besonders jammervollen Brief eines Soldaten antwortete er einmal: «Wir müssen jetzt tapfer aushalten. Wann der Friede kommt, weiß niemand.» Dieser Mann ist bestimmt nicht feige gewesen — aber einsichtslos. Thrasolt häuft Material auf Material. Das herbe Urteil der Soldaten über die Roten-Kreuz-Schwestern ... Herrschaften, daß das nicht mal einer schreibt: Die Frau im Kriege — nein: das Weibchen im Kriege ... Dann Sonnenscheins Nachkriegshaltung —, daß ein katholischer Priester wie Thrasolt den Mut aufbringt, derartiges zu veröffentlichen, spricht nicht etwa, wie die Offiziellen seiner Partei glauben, gegen die Bewegung; es spricht für sie.

Die Katholiken haben sonst ihr gerüttelt Maß Schuld. Es ist nicht so groß wie das der protestantischen Hofprediger; für die gibt es keine Bezeichnung, die nicht unter das Strafgesetz fiele. Frömmigkeit und Krieg ... «Es wird in den Soldatenbriefen an Sonnenschein berichtet von der großen Zahl der Geschlechtskranken, und die Ansicht wird ausgesprochen, daß die Religion nicht vor geschlechtlichen Sünden schütze, da im gegebenen Falle die meisten Kranken aus katholischen Zentren, wie Köln, stammten.» Das klingt schon anders als im katholischen *‹Hochland›* der gradezu gotteslästerliche Satz eines Herrn Matthias Laros, der sich also ausläßt: «So groß der Anteil des Krieges an der Sittenverwilderung der Nachkriegszeit angesetzt werden mag — er ist um so beträchtlicher, als die Militärbehörde selber den jungen Leuten die Präventivmittel in die Hand gab und ‹einwandfreies Bordellmaterial› lieferte.» Also daß die Katholiken Menschen getötet haben, das geht ja noch an. Aber daß die Militärbehörde auf einen bestehenden Status Rücksicht nahm und dafür sorgte, zu wenig sorgte, daß sich nicht noch mehr Leute den Tripper holten ... das könnte ja wohl die Dogmen bedrohen. Eine vergnügte Christenliebe.

Mit Sonnenschein als Politiker also war es nicht viel. Er war noch am 8. November für die Monarchie ... viel Freude macht einem das alles nicht.

Was Freude macht, ist die fanatische Ehrlichkeit Thrasolts, dem übrigens, wenn er nicht von geistigen sondern von weltlichen Dingen spricht, hier und da ausgezeichnete Formulierungen glücken. «Iwan Noske» ist nicht von schlechten Eltern, und dies hier vom Kapp-Putsch auch nicht: «.... als eines Morgens Berlin wach wurde und von der Soldateska, den Söldlingen und Landsknechten der Baltikumer und Freikorps besetzt war, da unter den Stahlhelmen Hasardeure mit frechen, fleckigen Visagen und junge Idealisten mit St. Georgs-Augen durch die Straßen marschierten und patrouillierten ... schlugen die berliner Arbeiter in passivem Widerstand mit den Händen in den Hosentaschen die Banden Kapps und Ehrhardts; sie zogen ab unter den Rosen und den Heilrufen der weiblichen Bevölkerung, wie Sieger ...» Und an andrer Stelle, wo er von dem Separatismus spricht, den er nun eben nicht wie den ††† Gottseibeiuns behandelt, sondern sehr ruhig und sehr richtig: «Die SPD, die geborene Erbin des preußischen Zentralismus und Nationalismus und aller preußischen Untugenden, wetteiferte mit dem Zentrum und der Demokratischen Partei um das beste Prädikat auf dem Gebiete des Nationalismus. Sonnenschein wehrte sich innerlich, klagte in kleinem Kreise und schwieg äußerlich und öffentlich. Im Eifer um nationalen Schein verzichtete man auf nationales Sein.» Und dann eine Prachtstelle, die sich jene Rheinländer hinter die Ohren schreiben sollten, die sich gar nicht genug ereifern konnten, als ich hier für Joseph Matthes eine Gerechtigkeit gefordert habe, wie sie jeder, jeder zu fordern hat. Brief Sonnenscheins vom 12. Februar 1919: «Die Angelegenheit der rheinischen Republik scheint unterdessen doch in Ordnung zu kommen. Ich habe mehr Vertrauen zur Sache, seit ich weiß, daß Adenauer hinter ihr steht. Verwaltungsmenschen wie er werden die Sache schon praktisch anfassen.» So hat das ausgesehn. Wer ist bei den französischen Generalen im Vorzimmer gewesen? Matthes allein? Wer noch –?

Nun, also Thrasolt bemüht sich, uns den Doktor Sonnenschein in allen nur denkbaren Beziehungen aufzuzeigen. Es gelingt ihm, einen Begriff zu geben – unleugbar. Wenn ich sagen sollte, ob mir diese Figur und dieser Betrieb sympathisch wären, so müßte ich sagen: Nein, das sind sie nicht. Für einen Außenstehenden wirkt das alles ein wenig turbulent; man versteht diesen Eifer nicht recht, man kann nicht ersehen, um welchen Mittelpunkt das rotiert. Helfen? Hut ab. Sozialistisch ist es gar nicht. Aber ist es katholisch? Noch katholisch? Grade katholisch? Das mögen die Herren unter sich abmachen – mir ists gleich. Immerhin hat der Doktor Sonnenschein gegen die männlichen und weiblichen alten Weiber seiner Partei, jene mit dem strengen Zug um den Mund, der auf böse innere Vorgänge schließen läßt, tausendmal recht.

Den Schriftsteller Sonnenschein überschätzt Thrasolt, der bei allem guten Willen in geistiger Hinsicht ein kleiner Mann aus der Provinz ist, erheblich. Jene ‹*Notizen*›, auf deren Sammelbände, erschienen im Buchverlag der Germania, ich hier schon einmal hingewiesen habe, sind fesselnd, stehen weit über dem Durchschnitt einer auch von gebildeten Katholiken beklagten Traktätchen-Literatur, und es finden sich da überraschend gute Formulierungen; sie mit Nietzsche zu vergleichen spricht nur für die formidable Unbildung des Vergleichenden. Ich möchte ihre abrupte Schreibweise eher mit den Ansprachen des Konrektors Freese aus Schleichs ‹*Besonnter Vergangenheit*› vergleichen, übrigens ein Kapitel vom allerbesten deutschen Humor. Sonnenschein: «Über weiche Wege und durch einsame Wälder springen die Wagen hügelaufwärts! Vor das breite Stift! Nun durch das Tor! Ins Treppenhaus. Das baute 1713 Brandauer. 175 Meter breit! Im neuitalienischen Stil!» Konrektor Freese: «Je, warum haben die Griechen keine Reime? Auffällig, nich! Je, ich wills sagen. Reim is Echolalie, Nachahmung des Echo, Koselaute, Zärtlichkeit! Och! Sie wissen, Echo ist das Weib, das nie von selber spricht, aber einmal angeredet, nie wieder aufhören kann. Je, das sind die witzigen, bißchen boshaften Griechen. Denken Sie, Aristophanes, Satire: Lysistrata, Vögel!» Sonnenschein war ein geschickter, impulsiver, trefflich improvisierender Mann. Nietzsche ... Aber Herr Thrasolt! Keine Zeit haben ist noch kein Genie.

Das Buch Thrasolts ist leider in einem erschröcklichen Stil geschrieben, sehr jugendbewegt, mit allen den vier f: frisch, fromm, froh und filiströs. Einmal steht da etwas von Sonnenschein als «Mensch und Katholik» ... eins der lustigsten Malheure, die durch dieses wahnsinnige Modewort jemals angerichtet worden sind. Das laß du man den Papst hören. Und: «Als er seine Forelle auf hat» und: «Kommt er ausgeschlafen zurück und ist frisch und voll Geist wie ein Fisch.» Hoppla.

Uns hat er auch beim Wickel. Hier hat Robert Breuer im Jahre 1926 über Sonnenschein referiert, und das trägt im Buch welche Überschrift? ‹*Dr. Sonnenschein in kommunistischer Beleuchtung*›. Du ahnungsloser Engel du –

Thrasolt untersucht auch die Frage: Ist Sonnenschein ein Seelsorger gewesen? – und verneint die Frage. Richtig: er war kein Seelsorger; er war zunächst ein Leibsorger. Eins nicht ohne das andre ... gewiß. «Er war für sich eine ganze Heilsarmee», hat einer von ihm gesagt. Und die ist nicht jedermanns Sache, trotz ihrer großen Verdienste, die sie um die Armen, und wegen ihrer großen Verdienste, die sie an den Armen hat, nicht. Das schönste und treffendste Wort, ein gradezu Shakespearesches Wort, hat über den Doktor Carl Sonnenschein ein Junge auf der Straße gesprochen. Der sagte, als er den riesigen Trauerzug sah, den so viele ‹seiner› Armen begleiteten: «Nanu? Wer wird denn da begraben? Der war ja mit der ganzen Welt verwandt!» Das ist das höchste Lob, das man dem Mann spenden konnte. Und der Junge hat nicht gewußt, daß darin auch jene kritische Anmerkung enthalten gewesen ist, die wir leise machen müssen: wer so nach allen Seiten zerfließt, wer so zu allem wenn auch nicht Ja sagt, so doch Ja tut, und wer so wenig zu gewissen übeln Erscheinungen nicht hat Nein sagen können: der war nur ein Allerweltskerl. Man hätte sich andres gewünscht und größeres.

Hoeber ist nicht zu lesen – Thrasolt für den, der die Mächte kennen lernen will, die dieses Land in Wahrheit regieren, von großem Interesse.

Alles in allem: man sollte den Katholizismus studieren, bevor man ihn bekämpft, und ihn dann – dann erst – ablehnen, bis in seine tiefsten Folgerungen. Das kann man aber nur von oben, nicht von unten. Und auch nach Kenntnis dieses großen caritativen Werks Sonnenscheins ist zu sagen: mit der katholischen Metaphysik kann man respektvoll rechten, der liebe Gott bewahre uns vor ihren Konsequenzen. Mit der kirchlichen Politik niemals. Sie hat oft, im Strudel des Wahnwitzes, für Deutschland in der Außenpolitik viel Vernünftiges gewollt, aber sie hat es sich in der Innenpolitik immer überzahlen lassen. Und über die Mittel dieser Politik kann es nur ein Wort geben: skrupellose, ganz und gar weltliche Strategie. Wer das Kreuz vor solchen Wahlkampf hält, ist ein Heuchler. Meine intensiven Bemühungen, den Katholizismus zutiefst zu verstehen, kommen also nicht aus heimlicher Schwäche. Mir sind nur die Herren Freidenker zu platt, halten zu Gnaden.

Dem Andenken Sonnenscheins – bei aller Kritik – alle Reverenz.

KLEINER VORSCHLAG

Wie wäre es denn nun einmal, wenn wir uns alle nicht mehr ‹Literaten› schimpfen wollten. Es ist die große Mode – es ist eine alberne Mode.

Seinen Ausgang hat der Unfug, daß sich Angehörige desselben Berufs ihren Beruf um die Ohren schlagen, wahrscheinlich in dem törichten Schimpfwort ‹Intellektuelle›, das die Kommunisten aufgebracht haben. Und verstärkt worden ist die Unsitte durch den falschen aufgeschminkten Ehrgeiz der Berufsgenossen, die Literatur zu verleugnen und sie an das ‹reale Leben› zu verraten.

Wieland war kein Heringsverkäufer; er war ein Literat. Aristophanes war ein Dichter. Börne war ein Schriftsteller. Sorel war ein Schriftsteller. Spengler ist einer. Hermann Hesse ist einer. Was wollt ihr eigentlich von den Leuten –?

Die Grenze zwischen: Journalist, Schriftsteller, Dichter und Essayist ist mitunter schwer zu ziehen – darüber kann man streiten. Es ist doch aber wohl eine pfundsdicke Verlogenheit, wenn Literaten dem Literaten zum Vorwurf machen, daß er einer ist. Es gibt schlechte Literaten, verlogene, bestechliche und dumme; es gibt gute und sehr gute – es gibt von allen Sorten. Die Tatsache aber, daß einer Schriftsteller ist, kann man ihm nicht vorwerfen.

Es ist kein Ehrentitel, Schriftsteller zu sein; so wenig, wie es ein Ehrentitel ist, Richter zu sein oder Arzt. Diesen Standesunfug habe ich nie mitgemacht. Nicht die Standeszugehörigkeit legitimiert den Mann; seine Leistung legitimiert ihn.

Mir fällt aber auf, daß es in der letzten Zeit besonders unter Zeitungsangestellten üblich ist, ‹Literat› als Schimpfwort zu gebrauchen. Ich weiß nicht, was der betreffende Schreiber ist; wahrscheinlich Schuster. Ich für mein Teil bin Schriftsteller. Ich will keine Reiche gründen, ich halte mich von Dingen fern, denen ich nicht gewachsen bin – meiner Literatur bin ich gewachsen. Und die Literatur hat in den sechstausend Jahren Menschheitsgeschichte immer nur eine, nämlich ihre Aufgabe gehabt: Geist in Form von geschriebenen oder gedruckten

Zeilen zu verbreiten. War der Literat neben seiner literarischen Leistung mehr, so war das meistens Literatur, wie der kluge Jules Renard angemerkt hat.

Ich arbeite an dieser Zeitschrift und an Zeitungen; es wäre also ein Wahnwitz, wenn ich andern Schriftstellern einen Strick daraus drehte, daß sie desgleichen tun. Anzunehmen, es sei die Tätigkeit an einer politischen Zeitung eine Arbeit ‹am praktischen Leben› – im Gegensatz zur ‹reinen› Literatur, ist eine blanke Schmockerei. Die Herren sollten sich ihre Energie für ihren Verleger aufsparen und dem nicht in den Hintern kriechen, statt uns anzuflegeln. Es ist auch eine maßlose Überschätzung jenes ‹praktischen Lebens›, wenn einer die Literatur gegen das Leben ausspielt. Das sind keine Gegensätze, solange die Literatur kräftig und sauber und wirksam bleibt. Der Geist ist ein Bestandteil des Lebens – nicht sein Gegensatz.

Literat ist kein Ehrentitel. Ein Literat aber, der einen Literaten Literaten schimpft, ist ein Kommis des Geistes.

DIE HERREN AUTOREN

Ein schönes, leicht melancholisches Vergnügen ist: alte Literatur des Alltags zu lesen. Gebrauchsliteratur sozusagen, wie sie alle Zeiten produziert haben, früher von Mund zu Mund, dann schriftlich niedergelegt. Romane – die zur Zeit unserer Großeltern schrecklich berühmt waren und deren Verfasser heute kein Mensch mehr kennt: alte Zeitungen; wilde Broschüren mit historischer Bedeutung ... vergessen ... vergessen ... eine sehr nachdenkliche Lektüre.

Bei der ich mich manchmal frage:

Was mögen das für Leute gewesen sein, die das geschrieben haben?

Die Frage ist nicht zu beantworten. Wenn wir sie beantworten, beantworten wir sie falsch – es sei denn, daß vielerlei Dokumente über die Verfasser aufzutreiben sind. Sonst aber ...

Der Autor kommt falsch auf die Nachwelt. Oder sagen wir einmal: er kommt unvollständig auf die Nachwelt. Das da, was er geschrieben hat, das sind seine besten Stunden oder doch die, die er dafür gehalten hat – er gibt einen Teil seiner selbst, er gibt sich von der Schokoladenseite, so, wie man früher die Leute fotografiert hat. Vom Rest weiß der spätere Leser nichts mehr.

Manchmal wissen wir es.

Wir wissen zum Beispiel, daß die Herren der zweiten schlesischen Dichterschule, deren Liebesleidenschaft gar so zierlich in ihren Versen flackert, ein bißchen lüstern, ein bißchen frech, ein bißchen zuckrig und ein bißchen halbnackt ... daß diese Männer meist sehr brave Familienväter gewesen sind, die sich niemals erdreistet hätten, derart in die gute Stube zu dichten. Sie besorgten das am Schreibtisch, und was für ein Gesicht die Frau Hofmannswaldau dazu gemacht hat, das wissen wir nicht. Wir kennen nur einen Teil der Herren: den geschriebenen.

Das ‹Private› ginge uns nichts an? Hm – für die Literaturgeschichte ist es bis zu einem gewissen Grade nicht beachtenswert. Aber man möchte doch gern, neugierig, wie wir nun einmal sind, wissen: wie sind denn nun diese Leute gewesen, deren vergilbte Bücher, Heftchen, Zeitungsblätter da vor uns liegen? Wir wissen es nicht. Eines aber kann man sagen:

Sie waren entweder mehr oder weniger als ihr Werk.

Weniger: dann haben sie sich sorgfältig auf die Zehenspitzen gestellt, wenn sie schrieben; sie haben hinaufgelangt, sie haben sich gereckt, sie haben auf das feinste fortgelassen, was nicht hinpaßte, und sie haben dem staunenden Leser ein Bild geboten, wie der und sie sich es wünschten: jeder Zoll ein kleiner König. Hätten wir den König in Unterhosen gekannt –: es gäbe ein ganz andres Bild. Aber wir kennen ihn nicht – wir können manchmal nur ahnen ...

Oder sie waren mehr: Dann haben sie es vorgezogen, anderswo zu leben als in der Literatur, und haben nur hier und da ein Büchlein veröffentlicht, einen Zeitungsaufsatz, ein Broschürchen, und das Geschriebene gibt gar nicht den ganzen Mann: den Mann in seiner Blutfülle und in seinem Leben, den ganzen Kerl, der von Kraft überströmte, von Einfällen, von Witz und von Seltsamkeit – unter den Schriftstellern gibt es viele Sprechsteller. Von den Technikern, den Ärzten, den Predigern ganz zu schweigen, die sich ja außerhalb ihres Werks nur schwer aufbewahren können; «Sie müssen ihn eben gekannt haben!» sagen die Freunde, wenn er tot ist. Und wir wissen gar nichts – nur ein schmales Heftchen, oder ein dicker Wälzer, eine Brotarbeit ... wir wissen gar nichts.

Der Autor kann sich durch das Werk verdecken. Der Autor kann das Werk durch sich verdecken. Nur sehr, sehr selten decken sich beide.

Ist das immer so? Das ist immer so.

Da kann ich ein schönes Wort nicht vergessen, das mir Jakob Wassermann einmal gesagt hat. Er erzählte, es habe ihm ein russischer Emigrant aus Amerika geschrieben, er erbitte in einer für ihn lebenswichtigen Sache seinen Rat ... er käme nach Europa, er wolle Wassermann sprechen und ihn hören. Welche Verantwortung! «Kann man dem Mann denn in einer solchen Angelegenheit raten?» fragte ich. Wassermann sah mich an. «Nein», sagte er. «Was ist man denn neben seinem Werk.»

DIE AUSSORTIERTEN

Im linken Seitenflügel des Schlosses steht die Bibliothek der Aussortierten. Wenn ein Buch einläuft, das ich nicht lesen mag, dann drücke ich achtzehn Mal auf den Kopf, und dann kommt der Bibliothekar. Es ist ein alter ausrangierter Expressionist; man soll sich der Kollegen annehmen. «Herr Doktor», sage ich, «das ist für Sie.» – «Dichtwerk! Knall! Nachtigall!» sagt er dann, «gesteilt, geballt, getürmt...» – «Na ja», sage ich, «es ist gut – Sie können gehn.» Und er geht, mit seinem Buch.

Was stehen da für Bücher, bei dem gesteilten Doktor –?

Stehen da nur wertlose Schmarren? ‹Das süße wiener Mädl›? ‹Der Schloßhauptmann von der Reckenburg›? ‹Trotzköpfchens Nachgeburt› und dergleichen? Oder nur Fachwerke, deren Fächer mir nicht zugänglich sind? ‹Die Appendicitis bei den Chinesen›? (also das gibts), ‹Die Vorsilbe Pi in der deutschen Kindersprache›? ‹Kaurimuscheln als Zahlungsmittel bei den Primitiven› von Reichskanzler a. D. Cuno ... was in aller Welt steht da?

Neulich habe ich mir den ganzen Schwung einmal angesehn, bevor ich ihn verschenkt habe. Was war das –

Da steht seit jeher: erstens jene Makulatur, die man schon erkennt, wenn man sie anblättert. Es gibt Sätze, die hat ein anständiger Schriftsteller nicht zu schreiben; wer es doch tut, ist keiner, vergessen sei sein Name, nie behalten sei sein Name. Es sind das nicht nur jene parodistischen Fehler, auf die man so oft stößt; es gibt eine Plattheit der Gesinnung, eine Banalität der Erfindung, eine Warenhaushaftigkeit des Wesens, die drücken sich alle drei zuerst im Stil aus. Form ist Wesen. Schließlich muß es eine Grenze nach unten geben ... das also steht da.

Dann stehen dort zweitens Fachwerke, die man mir in der irrtümlichen Annahme zugeschickt hat, ich wisse alles. Ich weiß einiges, und das, was ich weiß, und worüber ich schreibe, das weiß ich nicht unvollständig. Aber Buchkritiker, jene Allerweltskerle, die über jedes Buch schreiben können, das ihnen zufällig in die Finger gerät ... das lieber nicht.

Am größten ist unter den Büchern, die der Doktor in Verwahrung hat, die dritte Gattung, und wenn ich manchmal durch den verschneiten Schloßpark gehe, hinter mir der Silberdiener und die Amme unsres Geschlechts, vor mir ein junger Nationalsozialist, dem habe ich eine Fahne geschenkt und ein Kochgeschirr, und wenn ich ihn frage: «Na, was machen Sie?» – dann sagt er: «Ich dräue» ... da habe ich so nachgedacht: Warum baue ich so viele Bücher auf, um die ich mich nachher nie mehr kümmere? Bücher, an die die Verfasser vielleicht viel Mühe gewandt und auf die sie sicherlich viel Hoffnungen gesetzt haben – warum sortiere ich sie aus? Ist damit über die Bücher etwas ausgesagt?

Nichts ist über ihren Wert damit ausgesagt, nichts.

Sehr viel aber ist ausgesagt, wenn man Kritik als den Zusammenstoß eines Kopfes mit einem Buch ansieht; wenn es dann, nach Lichtenberg, hohl klingt: das muß nicht immer am Buch liegen. Das kann auch am Kopf liegen. Und ich möchte nicht, daß es hohl klingt.

Seit ich mich bemühe, eine bunte und möglichst lehrreiche Buchkritik zu machen, ist mein erstes Bestreben dies gewesen: nicht das Literaturpäpstlein zu spielen. Das kann es nicht geben, und das soll es auch nicht geben. Jeder, der kritisch tätig ist, sollte täglich dreimal dieses Gebet beten: Damit, daß du kritisierst, bist du dem Werk nicht überlegen; dadurch bist du ihm nicht überlegen; dadurch bist du ihm nicht überlegen. Es ist schon schlimm genug, daß es viele und durchaus nicht ungebildete Leser gibt, die dergleichen glauben; jeder schöngeistige Zahnarzt ist ernsthaft der Meinung, er sei dem Künstler über, weil er ihn ablehne, und noch im Lob liegt eine Anerkennung seiner selbst. Das ist eine Täuschung.

Man hat vielmehr einzusehn: Leben ist aussuchen. Und man suche sich das aus, was einem erreichbar und adäquat ist, und an allem andern gehe man vorüber. Ließe man mich auf André Gide, auf Paul Claudel, auf Robert Musil los: das gäbe ein rechtschaffenes Unglück. Ich verstehe sie nicht; sie sagen mir nichts; ich weiß gar nicht, was ihre Schriften zu bedeuten haben. Ich habe mich bemüht: ich weiß es nicht. Ich spüre die geistige Potenz – das genügt aber nicht. Also habe ich zu schweigen, wenn von ihnen die Rede ist, und nicht etwa zu glauben, dadurch, daß ich eine Meinung über sie abgebe, hätte ich sie schon verdaut. Dergleichen darf man wohl nicht sagen, denn das breite Publikum will den Unfehlbaren, den, der sich nie irrt – und das hat denn diesen größenwahnsinnigen Typus von Theaterkritiker erzeugt, einen Gott, der an Wolkenhöhe und an Kostbarkeit der Talmi-Tiara nur noch von einem übertroffen wird: vom Redakteur. In der altdeutschen Ambraser Handschrift des Wolfdieterich findet sich auf Blatt 1104 ein Redakteur erwähnt, Wittich von Orendel, der soll einmal zugegeben haben, daß er sich geirrt hat. Ich halte die Stelle für apokryph.

Viele Kritiker kritisieren mit jenem Herzklopfen, das nur unter Familienangehörigen bekannt ist; Verwandte können einander so prächtig ärgern ... Am tollsten ist das in der Musikkritik. Da geht der Kritiker, eitel-wonniger Aufregung voll, nach dem Konzert an die Zensurenausteilung, und die Sängerin oder die Tenörin entfaltet die Zeitung wie Kinder das Schulzeugnis; es ist beinah ein erotischer Vorgang, der dafür auch einen Dritten nicht viel angeht. Wenn es bei uns damit auch nicht mehr so schlimm bestellt ist wie ehedem, wo die halbe Kraft der Literaten in der Polemik draufging: ich habe als Objekt der Kritik, das ich Gottseidank auch bin, merkwürdige Erfahrungen gemacht. Das sind nicht viele, die einem nach kräftigem Verriß unbefangen in die Augen sehen können – die meisten haben ein böses Gewissen, grüßen nur halb und gehen herum wie die kleinen Hundchen, die in die Stube kritisiert haben und die nun erwarten, daß man sie mit der Nase hineinstößt. Demgegenüber stehen allerdings jene Künstler, die einen tadelnden Kritiker am liebsten erschießen möchten, und gleich – peng-peng – gehen sie auf die Motivenjagd. Frauen haben immer nur eines, jenes; Männer suchen nach Geld, nach Gründen der ‹Feindschaft› . . . nur auf den einen Gedanken kommen sie nicht: daß dem Kritiker das Werk wirklich nicht gefallen haben könnte. Mir klopft das Herz nicht schneller: nicht, wenn sie mich zerreißen, nicht, wenn ich sie zerreiße. Es gibt nur zwei eherne Gesetze für die Kritik: die Wahrheit zu respektieren und, von ganz seltenen Fällen abgesehn, das Privatleben des Kritisierten unberührt zu lassen.

Und weil ich das alles weiß, deshalb sortiere ich munter aus, und da steht nun dieser Kirchhof der Literatur, mit lauter Leuten, die hier den Leichnam spielen müssen, anderswo leben sie vielleicht, wer weiß das?

Es muß aussortiert werden. Es erscheinen in Deutschland täglich ungefähr 10 (zehn) belletristische Werke; die Fachliteratur steht auf einem andern Blatt der Statistik. Täglich auch nur eines dieser zehn Bücher zu lesen, so zu lesen, wie ein Kritiker zu lesen hat: aufmerksam, die zur Sache gehörige Literatur suchend oder kennend . . . das dürfte nicht gut möglich sein. Deshalb muß aussortiert werden.

Wer seine Sache so ernst nimmt – zu ernst? –, der sortiert auch gerne jene aus, die sich mit ihrer Arbeit weniger Mühe geben als der Kritiker mit der Kritik. Die Mehrzahl der Autoren, deren Bücher man mir zusendet, sind ohne Fülle. Ich wittre, wie das hergestellt wird: sie verlassen sich fast immer darauf, daß ihnen bei der einmaligen Niederschrift alles Nötige einfällt. Und das gibt es nicht. Und da jedes Kunstwerk, wenn man von einigen genialen Improvisationen absieht, Mosaik-Arbeit ist, so wirkt das Zeug so leer, so nichtig, so armselig. Dann haben sie noch die Frechheit, ihre kleinen Geschichten Roman zu nennen, die armen Luder. Nichts auf der Sparkasse und dann ‹groß ausgehn› . . . sie sollen bei ihrem Schneider Schulden machen, nicht in der Literatur. Hier wird nicht gepumpt. Die werden aussortiert.

Und ganz bewußt und mit aller Tendenz sortiere ich die Lieblinge der feinen Bürger aus; es ist mir eine kleine Wonne, dem Nachtigallen-Doktor alle diese Bücher zu übergeben, die die Schaufenster vornehmer Universitäts-Buchhandlungen zieren. Boykott gegen Boykott. Sie uns und wir sie. Wer so frech, wer so unduldsam den Radikalen verbannt, wer es der Zeitung, dem verängstigten Sortimenter und den Zeitungshändlern verargt, daß sie etwas auslegen und verbreiten, was nicht genehm ist: der darf sich nicht wundern, wenn er von uns mit derselben Waffe bekämpft wird. Wenn man aus solch einem vornehmen Buch und seinen Fehlern nichts lernen kann, oder wenn es nicht so bedeutend ist, daß es zu dem Weltbild gehört, das wir erstreben, dann hinweg mit ihm.

Der gesteilte Doktor hat heute Ausgang – ich will mir noch einmal seinen Laden ansehn.

Es ist ganz still. Das Schloß ist verschneit, die Voralpen liegen weiß im dunstigen Winternebel. Da stehen die Reihen: wieviel Meter mögen das sein? So viel Arbeit; so viel Waschzettel, so viel Verträge, Notizen, Manuskripte; anfeuernde Geliebte, tadelnde Freunde, Vorschüsse, Kritiken, Stolz und Ruhm, Enttäuschung und Neid, Porto und Gefühlswallung ... I can't help it. Leben ist aussuchen.

EINE KLEINE GEBURT

Ich lebte mit Frau Sobernheimer;
sie war so lieb, sie war so nett.
Wir wuschen uns im selben Eimer,
wir schliefen in demselben Bett.
So trieben wir es manches Jahr ...
Bis sie den Knaben mir gebar.

Doch dieser Knabe war kein Knabe.
Wir hatten in der dunklen Nacht
als Zeitvertreib und Liebesgabe
uns dieses Wesen ausgedacht.
Frau S. war jeden Kindes bar.
Der Knabe, der hieß Waldemar.

Und war so klug! – Nach fünfzehn Tagen,
gelebt im Kinderparadies,
da konnte er schon Scheibe sagen,
bis man ihm solches leicht verwies.
Er setzte sich aufs Tintenfaß
und machte meinen Schreibtisch naß.

Er wuchs heran, der Eltern Freude,
ein braves, aufgewecktes Kind.
Wir merkten an ihm alle beude,
wie süß der Liebe Früchte sind.
Da fragte Mutti ganz real:
«Was wird der Junge denn nun mal –?»

Hebamme? General? Direktor?
Bootlegger? Hirt? Ein Schiffsbarbier?
Verlorner Mädchenheim-Inspektor?
Biographist? Gerichtsvollziehr?
    Ein Freudenmännchen? Jubilar –?
    Uneinig war das Elternpaar.

Ein Krach stieg auf, bis zu den Sternen!
Frau S., die krisch. Die Türe knallt.
Sie wollt ihn lassen Bildung lernen,
ich aber war für Staatsanwalt.
    Ein Kompromiß nahm sie nicht an:
    im Kino, als Bedürfnismann.

Der Lümmel grölte in der Küche
und fand den Krach ganz wunderbar.
So ging die Liebe in die Brüche –
und alles wegen Waldemar?
    Da sprach ich fest: «Mein trautes Glück!
    Wir geben dieses Jör zurück!»

Gemacht.
            Nun ist Frau Sobernheimer
wie ehedem so lieb und nett.
Wir waschen uns im selben Eimer,
wir schlafen in demselben Bett.
    Und denken nur noch hier und dar
    mal an den seligen Waldemar.

LOTTCHEN BEICHTET 1 GELIEBTEN

«Es ist ein fremder Hauch auf mir? Was soll das heißen – es ist ein fremder Hauch auf mir? Auf mir ist kein fremder Hauch. Gib mal 'n Kuß auf Lottchen. In den ganzen vier Wochen, wo du in der Schweiz gewesen bist, hat mir keiner einen Kuß gegeben. Hier war nichts. Nein – hier war wirklich nichts! Was hast du gleich gemerkt? Du hast gar nichts gleich gemerkt ... ach, Daddy! Ich bin dir so treu wie du mir. Nein, das heißt ... also, ich bin dir wirklich treu! Du verliebst dich ja schon in jeden Refrain, wenn ein Frauenname drin vorkommt ... ich bin dir treu ... Gott sei Dank! Hier war nichts.

... Nur ein paarmal im Theater. Nein, billige Plätze – na, das eine Mal in der Loge ... Woher weißt du denn das? Was? Wie? Wer hat dir das erzählt? Na ja, das waren Plätze ... durch Beziehungen ...

Natürlich war ich da mit einem Mann. Na, soll ich vielleicht mit einer Krankenschwester ins Theater ... lieber Daddy, das war ganz harmlos, vollkommen harmlos, mach doch hier nicht in Kamorra oder Mafia oder was sie da in Korsika machen. In Sizilien – meinetwegen, in Sizilien! Jedenfalls war das harmlos. Was haben sie dir denn erzählt? Was? Hier war nichts.

Das war ... das ist ... du kennst den Mann nicht. Na, das werd ich doch nicht machen – wenn ich schon mit einem andern Mann ins Theater gehe, dann geh ich doch nicht mit einem Mann, den du kennst. Bitte: ich hab dich noch nie kompromittiert. Männer sind doch so dußlig, die nehmen einem das übel, wenn man schon was macht, daß es dann ein Berufskollege ist. Und wenn es kein Berufskollege ist, dann heißt es gleich: Fräulein Julie! Man hats wirklich nicht leicht! Also du kennst den Mann nicht! Du kennst ihn nicht. Ja – er kennt dich. Na, sei doch froh, daß dich so viele Leute kennen – biste doch berühmt. Das war jedenfalls ganz harmlos. Total. Nachher waren wir noch essen. Aber sonst war nichts.

Nichts. Nichts war. Der Mann ... der Mann ist eben – ich hab ihn auch im Auto mitgenommen, weil er so nett neben einem im Auto sitzt, eine glänzende Begleitdogge – so, hat das die Reventlow auch gesagt? Na, ich nenne das auch so. Aber *nur* als Begleitdogge. Der Mann sah glänzend aus. Doch, das ist wahr. Einen wunderbaren Mund, so einen harten Mund – gib mal 'n Kuß auf Lottchen, er war dumm. Es war nichts.

Direkt dumm war er eigentlich nicht. Das ist ja ... ich habe mich gar nicht in ihn verliebt; du weißt ganz genau, daß ich mich bloß verliebe, wenn du dabei bist – damit du auch eine Freude hast! Ein netter Mann ... aber ich will ja die Kerls gar nicht mehr. Ich nicht. Ich will das überhaupt alles nicht mehr. Daddy, so nett hat er ja gar nicht ausgesehn. Außerdem küßte er gut. Na so – es war jedenfalls weiter nichts.

Sag mal, was glaubst du eigentlich von mir? Glaubst du vielleicht von mir, was ich von dir glaube? Du – das verbitt ich mir! Ich bin treu. Daddy, der Mann ... das war doch nur so eine Art Laune. Na ja, erst läßt du einen hier allein, und dann schreibst du nicht richtig, und telefoniert hast du auch bloß einmal – und wenn eine Frau allein ist, dann ist sie viel alleiner als ihr Männer. Ich brauche gewiß keinen Mann ... ich nicht. Den hab ich auch nicht gebraucht; das soll er sich bloß nicht einbilden! Ich dachte nur: I, dachte ich – wie ich ihn gesehn habe ... Ich habe schon das erstemal gewußt, wie ich ihn gesehn habe – aber es war ja nichts.

Nach dem Theater. Dann noch zwei Wochen lang. Nein. Ja. Nur Rosen und zweimal Konfekt und den kleinen Löwen aus Speckstein. Nein. Ich ihm meinen Hausschlüssel? Bist wohl ...! Ich hab ihm meinen Hausschlüssel doch nicht gegeben! Ich werde doch einem fremden Mann meinen Hausschlüssel nicht geben ...! Da bring ich ihn lieber runter. Daddy, ich habe ja für den Mann gar nichts empfunden – und er für mich auch nicht – das weißt du doch. Weil er eben solch einen harten Mund hatte ... und ganz schmale Lippen. Weil er früher Seemann war. Was? Auf dem Wannsee? Der Mann ist zur See gefahren – auf einem riesigen Schiff, ich habe den Namen vergessen, und er kann alle Kommandos, und er hat einen harten Mund. Ganz schmale Lippen. Mensch, der erzählt ja nicht. Küßt aber gut. Daddy, wenn ich mich nicht so runter gefühlt hätte, dann wäre das auch gar nicht passiert ... Es ist ja auch eigentlich nichts passiert – das zählt doch nicht. Was? In der Stadt. Nein, nicht bei ihm; wir haben zusammen in der Stadt gegessen. Er hat bezahlt – na, hast du das gesehn! Soll ich vielleicht meine Bekanntschaften finanzieren ... na, das ist doch ...! Es war überhaupt nichts.

Tätowiert! Der Mann ist doch nicht tätowiert! Der Mann hat eine ganz reine Haut, er hat ... Keine Details? Keine Details! Entweder ich soll erzählen, oder ich soll nicht erzählen. Von mir wirst du über den Mann kein Wort mehr hören. Daddy, hör doch – wenn er nicht Seemannsmaat gewesen wäre, oder wie das heißt ... Und ich wer dir überhaupt was sagen:

Erstens war überhaupt nichts, und zweitens kennst du den Mann nicht, und drittens weil er Seemann war, und ich hab ihm gar nichts geschenkt, und überhaupt, wie Paul Graetz immer sagt:

Kaum hat man mal, dann ist man gleich – Daddy! Daddy! Laß mal ... was ist das hier? Was? Wie? Was ist das für ein Bild? Was ist das für eine Person? Wie? Was? Wo hast du die kennengelernt? Wie? In Luzern? Was? Hast du mit der Frau Ausflüge gemacht? In der Schweiz machen sie immer Ausflüge. Erzähl mir doch nichts ... Was? Da war nichts?

Das ist ganz was andres. Na ja, mir gefällt schon manchmal ein Mann. Aber ihr –?

Ihr werft euch eben weg!»

SCHREI NACH LICHTENBERG

Ehret eure deutschen Meister!

Im vorigen Frieden – als ich noch ein kleiner Junge war und sehr verliebt –: da ging mir eines Tages das Geld aus. Das kann vorkommen. Und Kitty brauchte eine goldne Armbanduhr. Und da ging ich hin ... ich schäme mich ja furchtbar, aber es ist doch wahr ... und verkaufte einen Arm voller Bücher. Und kaufte ihr die Uhr und bekam einen dicken Kuß, und es war alles sehr schön.

Unter den Büchern war auch eine alte, zwölfbändige Ausgabe von Georg Christoph Lichtenbergs gesammelten Werken. («Lichtenberg? Von dem habe ich doch mal Aphorismen ...») Ganz recht, der.

Und jetzt möchte ich mir die gesammelten Werke wieder kaufen, und dabei stellt sich heraus, daß es im gesamten deutschen Verlagsbuchhandel keine gute Neuausgabe seiner Werke gibt. Keine. Ehret eure deutschen Meister!

Es gibt:

‹Lichtenbergs Aphorismen›. Ausgewählt von Alexander von Gleichen-Rußwurm (erschienen bei der Deutschen Bibliothek in Berlin). – *‹Aphorismen›*, herausgegeben von Josef Schirmer (erschienen im Hyperion-Verlag in München). Es gibt (wenn sie nicht inzwischen vergriffen sind): *‹Aphorismen›* nach den Handschriften, herausgegeben von Albert Leitzmann (erschienen in Behrs Verlag, Berlin). Diese letzte Ausgabe umfaßt drei Bände – das ist die beste. Der Rest ist sanfte Auswahl für den Hausgebrauch.

Bei Eugen Diederichs in Jena hat es eine von Wilhelm Herzog besorgte Auswahl aus den Werken Lichtenbergs gegeben; die ist vergriffen und nicht wieder aufgelegt. Dafür drucken sie Diotimas *‹Schule der Liebe›* ... schweig still, mein Herz, sonst müssen sie hier eine Unterhaltungsbeilage anbauen ... aber den Lichtenberg legen sie nicht neu auf. Gott segne die Verleger!

Dieses aber ist eine Affenschande.

Was! Einen Kerl nicht wieder neu zu drucken, der einen Verstand gehabt hat wie ein scharf geschliffenes Rasiermesser, ein Herz wie ein Blumengarten, ein Maulwerk wie ein Dreschflegel, einen Geist wie ein Florett ... das muß man sich bei den Antiquaren mühsam zusammensuchen? Diesen herrlichen Mann, der einen Buckel voll Witz, Sentimentalität, Klugheit, guter Laune, Lust, aus Schmerz geboren, mit sich herumzutragen hatte – das liegt brach? Es ist vielleicht kein ‹Geschäft› .. ich weiß das nicht; ich bin kein Kaufmann. Aber wer Lichtenberg ist, das weiß ich.

Ein Uhu, der Sekt gesoffen hat, nun nachts durch den Wald flattert und «Schuhu!» macht, die Mäuse erschreckt, sie fängt und mit dem Ruf «Nicht fett genug ...!» wieder wegwirft – es ist etwas ganz Einzigartiges. Morgenstern plus Hebbels Tagebüchern plus französischer Klarheit plus englischer Groteske plus deutschem Herzen – das soll man sich noch einmal suchen. Sein Witz war grob und fein, wie er es wollte. «Graf Kettler», notiert er einmal: «seine Aussprache war so wie des Demosthenes seine, wenn er das Maul voller Kieselsteine hatte.» Oder: «Ihr Unterrock war rot und blau, sehr breit gestreift und sah aus, als wenn er aus einem Theatervorhang gemacht wäre. Ich hätte für den ersten Platz viel gegeben, aber es wurde nicht gespielt.» Dazwischen ganz und gar morgensternsche Bemerkungen, die man nur nachschmecken, deren Reiz man nicht erklären kann. «Ich habe noch niemanden gefunden, der nicht gesagt hätte: es wäre eine angenehme Empfindung, Stanniol mit einer Schere zu schneiden.»

Wer die Gewohnheit hat, in Büchern etwas anzustreichen, der wird seine Freude haben, wie sein Lichtenberg nach der Lektüre aussieht. Das beste ist: er macht gleich einen einzigen dicken Strich, denn mit Ausnahme der physikalischen und lokalen Eintragungen ist das alles springlebendig wie am ersten Tag. Nur ein wirklich frommer Mensch darf so gute Witze über die Religion machen wie dieser hier. «Die Allmacht Gottes im Donnerwetter wird nur bewundert entweder zur Zeit, da keines ist, oder hintendrein beim Abzuge.»

Das strahlt in allen Regenbogenfarben ernsthaften Witzes. Manchmal reißt er ganze Bände der Entwicklungsgeschichte in einen einzigen Aphorismus zusammen. «Es ist ein großer Unterschied zwischen etwas noch glauben und es wieder glauben. Noch glauben, daß der Mond auf die Pflanzen wirke, verrät Dummheit und Aberglaube, aber es wieder glauben, zeugt von Philosophie und Nachdenken.»

Und der Herr Universitätsprofessor in Göttingen, der Gottfried Bürger begraben geholfen hat, war zu allem andern ein Stück verschütteter Dichter. «So traurig stund er da wie das Trinckschälgen eines crepierten Vogels.» Und so hundertmal.

Von dem, was in diesen «Sudelbüchern», wie er das genannt hat, an Witz heute verschüttet liegt, leben andre Leute ihr ganzes Leben. «Er hatte ein paar Stückchen auf der Metaphysik spielen gelernt.» Und: «Er trieb einen kleinen Finsternis-Handel.» Und so in infinitum.

Nein, die Welt ändert sich nicht, und dies ist ein sehr aktueller Schriftsteller; er ist niemals etwas andres gewesen. Die Leute zitieren immer seine Beschreibungen zu Hogarths Bildern, die recht gut sind, und seine Schilderung des Garrickschen Hamlets, die besser ist — aber das Wesentliche dieses einzigartigen Geistes liegt in seinen Aphorismen. Und in seinen Briefen. Der Brief zum Beispiel, den er geschrieben, als ihm sein kleines Blumenmädchen, mit dem er zusammen lebte, starb, reicht an jenen Lessings heran, den der nach dem Tode seiner Frau schrieb. Lichtenberg hatte ein heißes Herz und einen kalten Verstand.

Und fand dann solche Schlußformeln wie diese, die einem Wappenspruch gleicht und einer Grabschrift und einem Satz, den man seinem Kinde mit auf den Lebensweg geben kann:

> Der Weisheit erster Schritt ist: Alles anzuklagen.
> Der Letzte: sich mit allem zu vertragen.

In Deutschland erscheinen alljährlich dreißigtausend neue Bücher. Wo ist Lichtenberg —? Wo ist Lichtenberg —? Wo ist Lichtenberg —?

EINE FRAGE

Da stehn die Werkmeister – Mann für Mann.
Der Direktor spricht und sieht sie an:
«Was heißt hier Gewerkschaft! Was heißt hier Beschwerden!
Es muß viel mehr gearbeitet werden!
Produktionssteigerung! Daß die Räder sich drehn!»
    Eine einzige kleine Frage:
        Für wen?

Ihr sagt: die Maschinen müssen laufen.
Wer soll sich eure Waren denn kaufen?
Eure Angestellten? Denen habt ihr bis jetzt
das Gehalt, wo ihr konntet, heruntergesetzt.
Und die Waren sind im Süden und Norden
deshalb auch nicht billiger geworden.
    Und immer noch sollen die Räder sich drehn ...
        Für wen?

Für wen die Plakate und die Reklamen?
Für wen die Autos und Bilderrahmen?
Für wen die Krawatten? die gläsernen Schalen?
Eure Arbeiter können das nicht bezahlen.
Etwa die der andern? Für solche Fälle
habt ihr doch eure Trusts und Kartelle!
    Ihr sagt: die Wirtschaft müsse bestehn.
        Eine schöne Wirtschaft!
            Für wen? Für wen?

Das laufende Band, das sich weiterschiebt,
liefert Waren für Kunden, die es nicht gibt.
Ihr habt durch Entlassung und Lohnabzug sacht
eure eigne Kundschaft kaputt gemacht.
Denn Deutschland besteht – Millionäre sind selten –
aus Arbeitern und aus Angestellten!
Und eure Bilanz zeigt mit einem Male
    einen Saldo mortale.

Während Millionen stempeln gehn.
    Die wissen, für wen.

DIE REPORTAHSCHE

Einmal hieß alles, was da kreucht und fleucht, ‹nervös›, dann ‹fin de siècle›, dann ‹Übermensch›, dann hatten sie es mit den ‹Hemmungen› und heute haben sie es mit der Reportahsche, als welches Wort man immer so schreiben sollte. Lieber Egon Erwin Kisch, was haben Sie da angerichtet! Sie sind wenigstens ein Reporter und ein sehr guter dazu – aber was nennt sich heute nur alles ‹Reportage›. Es ist völlig lächerlich.

Es gibt von allen Arten.

Es gibt ‹soziale Reportagen› und einer trägt eine ‹Reportage› vor, und Paul Fechter, der Klopf-Fechter der *‹Deutschen Allgemeinen›*, macht *‹Versuche einer Rollen-Reportage›*, die denn auch so ausgefallen sind, daß man sich verwundert fragt, wie einer das schreiben kann, ohne dabei einzuschlafen. Dafür tuts denn der Leser. Und dann gibt es ‹Reportagen-Romane›, und das sind die allerschlimmsten.

Der richtige Reportage-Roman ist im Präsens geschrieben und so lang wie ein mittelkräftiger Bandwurm. Der romancierende Reporter nimmt sich ein Milljöh vor, und das bearbeitet er. Das kann man nun endlos variieren, aber es ist immer dasselbe Buch. Nicht die Spur einer Vertiefung, nichts, was man nicht schon wüßte, bevor man das Buch angeblättert hat, keine Bewegung, keine Farbe – nichts. Aber Reportage. Was einen höchst mäßigen Essay abgäbe, das gibt noch lange keinen Roman. Wie überhaupt bei uns jede kleine Geschichte gern ‹Roman› genannt wird – die Kerle sind ja größenwahnsinnig. *‹Krieg und Frieden›* ist ein Roman. Das da sind keine.

Sie kommen sich so wirklichkeitsnah vor, die Affen – und dabei haben sie nichts reportiert, wenn sie nach Hause kommen. Nur ein paar Notizen, die sie auswalzen. Reportahsche ... Reportahsche ...

Auf dieses Wort gibt es einen Reim: deshalb schreibe ich es so.

Vor dem Kriege hat einmal die Kaffee-Firma Tengelmann ein Preisausschreiben in die Zeitungen gesetzt; sie wollte ein kurzes Gedicht für ihre Reklamen haben: die Firma sollte darin genannt sein, die Vorzüglichkeit ihrer Produkte, ihre Tee- und Kaffeeplantagen und das alles in gefälliger, gereimter Form.

Der große Schauspieler Victor Arnold gewann zwar den Preis nicht – aber er hatte einen der schönsten Verse gefunden. Und der hieß so:

Mein lieber guter Tengelmann!
Was geht denn mich dein Kaffee an
und deine Teeplantage –
Ach ...!

Na, dann reportiert man.

HERZ MIT EINEM SPRUNG

Im Gesicht und auch in Sachsen,
wo die Meise piepst,
laß ich den Bart mir wachsen,
weil du mich nicht mehr liebst.
Susala und dusala –
weil du mich nicht mehr liebst.

Wir waren beide einsam;
auch ich als Woll-Agent.
Die Herzen waren gemeinsam,
die Kassen waren getrennt.
Susala und dusala –
Da bin ich konsequent.

Du sagst, du wärst im Training
wohl für ein Fecht-Turnier.
Du aßest gar nicht wening
und hattst nie Geld bei dir . . .
Susala und dusala –
Man ist ja Kavalier.

Du aßest frisch und munter
nicht ohne jeden Charme
die Karte rauf und runter,
die Küche kalt und warm.
Susala und dusala –
dem Kellner schmerzt der Arm.

Ich fand das übertrieben
und sah dich zornig an.
Ein Mann will gratis lieben,
sonst ist er gar kein Mann!

Ich kann dich nicht vergessen.
Noch heut könnt ich dich maln.
Du hast zuviel gegessen . . .
Wer kann denn das bezahln!
Susala und dusala –
Wer kann denn das bezahln!

Ums Kinn starrn mir die Stoppeln.
Mein Vollbart ist noch jung.

So fahr ich nun nach Oppeln
zu ner Versteigerung . . .
Doch mein Herz,
doch mein Herz,
doch mein Herz
hat einen Sprung –!

SCHNIPSEL

Die Frau und der berühmte Mann. «Wieviel Beifall er hat! Wenn er mich liebte – ich hätte den Beifall und die Liebe!»

Die Frau als Rezensentin des Geliebten: «Er liebt mich nicht mehr wie früher. Also ist nichts mehr mit ihm los.»

Deutschland ist eine anatomische Merkwürdigkeit. Es schreibt mit der Linken und tut mit der Rechten.

Wörter verändern langsam ihre Bedeutung. «Warum soll ich ihn denn nicht heiraten? Man ist doch nicht gleich verheiratet.»

Ein Leser hats gut: er kann sich seine Schriftsteller aussuchen.

Bert Brecht hat einen schönen Dreh gefunden: das kleine Einmaleins in getragenem Sing-Sang vorzulesen, wie wenn es die Upanishaden wären. Banalitäten feierlich aufsagen: das bringt vielen Zulauf.

Der trockne Pedant hat gewöhnlich ein Ideal: den falschen Abenteurer.

Jede Filmkritik müßte eigentlich so anfangen: «Der vorliegende Film enthält als maßgebliches Element die Kunstanschauungen eines zweiundsechzigjährigen Stiftfräuleins, zweier kunstfremder Oberregierungsräte und eines schwunglosen Malers. Auf deren Zensur hin ist der Film gemacht worden.»

Die Katholiken sitzen vor ihrer Hütte. Ein Heide geht vorbei und pfeift sich eins. Die Katholiken tuscheln: «Der wird sich schön wundern, wenn er mal stirbt!» Sie klopfen sich auf den Bauch ihrer Frömmigkeit, denn sie haben einen Fahrschein, der Heide aber hat keinen, und er weiß es nicht einmal. Wie hochmütig kann Demut sein!

Manchmal fröstelt die Literatur. Dann läuft ihr eine katholische Gänsehaut den Rücken herunter. Protestantische Gänsehäute aber gibt es nicht.

Wenn sehr kultivierte, sehr feine, sehr gebildete Schriftsteller grimmig für die Kirche fechten, dann wirkt das, wie wenn reiche Leute ihre Briefe mit einem alten Matrosenmesser aufschneiden. Sie könnten sich natürlich einen guten Brieföffner kaufen ... aber um sie herum ist alles so fein, so reich, so vollkommen und so vernickelt: da macht sich das alte verrostete Messer hübsch pittoresk. Mit dem Matrosen hat das gar nichts zu tun. Sie würden sich schön bedanken, es so zu gebrauchen wie er, nämlich im Ernst. Sie gebrauchen es in Anführungszeichen.

Jede Theaterkritik müßte eigentlich so anfangen: «Soundsoviel Prozent der gestrigen Premiereneinnahmen flossen als Pacht in die Tasche des Herrn Direktors Soundso. Er lebt davon.» Das Theater stirbt daran. Diese wahnwitzige Theaterpacht ist wichtiger als jede Dramaturgie. Denn die Pausen zwischen den Fälligkeitsterminen der Hypothekenzinsen werden durch die Stücke ausgefüllt.

In der jetzigen Vorkriegszeit herrscht zwischen den Geistigen aller Staaten eine Pen-Club-Atmosphäre, die der Luft in einer sehr guten Kinderstube gleicht: nie reden mehr zugleich als drei, es herrscht gesittete Fröhlichkeit, und zwischendurch schmieren sie sich den Bildungsbrei um die Münder. Die Papas stehen dabei und lächeln und lassen die Kindlein gewähren. Sie wissen: wenns los geht, gehts los, da ist nichts zu befürchten. Sie werden sich schlagen, wie sich ihre Väter geschlagen haben, oder sie werden still und vornehm ins Zimmer stilisieren.

Ratschlag für Ehrgeizige. Willst du ‹richtig liegen›? Dies, mein Sohn, ist die Konjunktur des Tages: pazifistische Terminologie, nationalsozialistischer Inhalt, vorgetragen im Ton eines lyrischen Universitätsprofessors, der noch nicht genau weiß, ob er Soziologie oder Philosophie lesen soll. Dergleichen schließt alle Möglichkeiten in sich, verpflichtet zu gar nichts, und du hast es gleich gesagt. Ans Vaterland, ans teure, schließ dich an. Nicht zu eng – aber schließ dich an.

REZEPTE GEGEN GRIPPE

Beim ersten Herannahen der Grippe, erkennbar an leichtem Kribbeln in der Nase, Ziehen in den Füßen, Hüsteln, Geldmangel und der Abneigung, morgens ins Geschäft zu gehen, gurgele man mit etwas gestoßenem Koks sowie einem halben Tropfen Jod. Darauf pflegt dann die Grippe einzusetzen.

Die Grippe – auch ‹spanische Grippe›, Influenza, Erkältung (lateinisch: Schnuppen) genannt – wird durch nervöse Bakterien verbreitet, die ihrerseits erkältet sind: die sogenannten Infusionstierchen. Die Grippe ist manchmal von Fieber begleitet, das mit 128° Fahrenheit einsetzt; an festen Börsentagen ist es etwas schwächer, an schwachen fester – also meist fester. Man steckt sich am vorteilhaftesten an, indem man als männlicher Grippekranker eine Frau, als weibliche Grippekranke einen Mann küßt – über das Geschlecht befrage man seinen Hausarzt. Die Ansteckung kann auch erfolgen, indem man sich in ein Hustenhaus (sog. ‹Theater›) begibt; man vermeide es aber, sich beim Husten die Hand vor den Mund zu halten, weil dies nicht gesund für die Bazillen ist. Die Grippe steckt nicht an, sondern ist eine Infektionskrankheit.

Sehr gut haben meinem Mann ja immer die kalten Packungen getan; wir machen das so, daß wir einen heißen Grießbrei kochen, diesen in ein Leinentuch packen, ihn aufessen und dem Kranken dann etwas Kognak geben – innerhalb zwei Stunden ist der Kranke hellblau, nach einer weiteren Stunde dunkelblau. Statt Kognak kann auch Möbelspiritus verabreicht werden.

Fleisch, Gemüse, Suppe, Butter, Brot, Obst, Kompott und Nachspeise sind während der Grippe tunlichst zu vermeiden – Homöopathen lecken am besten täglich je dreimal eine Fünf-Pfennig-Marke, bei hohem Fieber eine Zehn-Pfennig-Marke.

Bei Grippe muß unter allen Umständen das Bett gehütet werden – es braucht nicht das eigene zu sein. Während der Schüttelfröste trage man wollene Strümpfe, diese am besten um den Hals; damit die Beine unterdessen nicht unbedeckt bleiben, bekleide man sie mit je einem Stehumlegekragen. Die Hauptsache bei der Behandlung ist Wärme: also ein römisches Konkordats-Bad. Bei der Rückfahrt stelle man sich auf eine Omnibus-Plattform, schließe aber allen Mitfahrenden den Mund, damit es nicht zieht.

Die Schulmedizin versagt vor der Grippe gänzlich. Es ist also sehr gut, sich ein siderisches Pendel über den Bauch zu hängen: schwingt es von rechts nach links, handelt es sich um Influenza; schwingt es aber von links nach rechts, so ist eine Erkältung im Anzuge. Darauf ziehe man den Anzug aus und begebe sich in die Behandlung Weißenbergs. Der von ihm verordnete weiße Käse muß unmittelbar auf die Grippe geschmiert werden; ihn unter das Bett zu kleben, zeugt von medizinischer Unkenntnis sowie von Herzensroheit.

Keinesfalls vertraue man dieses geheimnisvolle Leiden einem sogenannten ‹Arzt› an; man frage vielmehr im Grippefall Frau Meyer. Frau Meyer weiß immer etwas gegen diese Krankheit. Bricht in einem Bekanntenkreis die Grippe aus, so genügt es, wenn sich *ein* Mitglied des Kreises in Behandlung begibt – die andern machen dann alles mit, was der Arzt verordnet. An hauptsächlichen Mitteln kommen in Betracht:

Kamillentee. Fliedertee. Magnolientee. Gummibaumtee. Kakteentee. Diese Mittel stammen noch aus Großmutters Tagen und helfen in keiner Weise glänzend. Unsere moderne Zeit hat andere Mittel, der chemischen Industrie aufzuhelfen. An Grippemitteln seien genannt: Aspirol. Pyramidin. Bysopeptan. Ohrolax. Primadonna. Bellapholisiin. Aethyl-Phenil-Lekaryl-Parapherinan-Dynamit-Acethylen-Koollomban-Piporol. Bei letzterem Mittel genügt es schon, den Namen mehrere Male schnell hintereinander auszusprechen. Man nehme alle diese Mittel sofort, wenn sie aufkommen – solange sie noch helfen, und zwar in alphabetischer Reihenfolge, ch ist ein Buchstabe. Doppelkohlensaures Natron ist auch gesund.

Besonders bewährt haben sich nach der Behandlung die sogenannten prophylaktischen Spritzen (lac, griechisch; so viel wie ‹Milch› oder ‹See›). Diese Spritzen heilen am besten Grippen, die bereits vorbei sind – diese aber immer.

Amerikaner pflegen sich bei Grippe Umschläge mit heißem Schwedenpunsch zu machen; Italiener halten den rechten Arm längere Zeit in gestreckter Richtung in die Höhe; Franzosen ignorieren die Grippe so, wie sie den Winter ignorieren, und die Wiener machen ein Feuilleton aus dem jeweiligen Krankheitsfall. Wir Deutsche aber behandeln die Sache methodisch:

Wir legen uns erst ins Bett, bekommen dann die Grippe und stehen nur auf, wenn wir wirklich hohes Fieber haben: dann müssen wir dringend in die Stadt, um etwas zu erledigen. Ein Telefon am Bett von weiblichen Patienten zieht den Krankheitsverlauf in die Länge.

Die Grippe wurde im Jahre 1725 von dem englischen Pfarrer Jonathan Grips erfunden; wissenschaftlich heilbar ist sie seit dem Jahre 1724.

Die glücklich erfolgte Heilung erkennt man an Kreuzschmerzen, Husten, Ziehen in den Füßen und einem leichten Kribbeln in der Nase. Diese Anzeichen gehören aber nicht, wie der Laie meint, der alten Grippe an – sondern einer neuen. Die Dauer einer gewöhnlichen Hausgrippe ist bei ärztlicher Behandlung drei Wochen, ohne ärztliche Behandlung 21 Tage. Bei Männern tritt noch die sog. ‹Wehleidigkeit› hinzu; mit diesem Aufwand an Getue kriegen Frauen Kinder.

Das Hausmittel Cäsars gegen die Grippe war Lorbeerkranz-Suppe; das Palastmittel Vanderbilts ist Platinbouillon mit weichgekochten Perlen.

Und so fasse ich denn meine Ausführungen in die Worte des bekannten Grippologen Professor Dr. Dr. Dr. Ovaritius zusammen:

Die Grippe ist keine Krankheit – sie ist ein Zustand –!

GESTOSSENER SEUFZER

Kreuzt mir die Lustjacht in der Badewanne?
Knirscht mir das Auto auf dem gelben Kies?
Bräunt mir das Roßbüff in der Kupferpfanne?
Blitzt mir am Hemd der Diamant-Türkis?
Hin hauch ich einen Seufzer des Verzichts:
ich brings zu nichts.

Ich weiß nicht, was das ist und wie ichs treibe . . .
Ich spare manchen vordatierten Scheck.
Und dann naht Lottchen mit dem Lotterleibe,
und dann ist alles wieder weg.
Infolge ihres Liebesunterrichts . . .
Ich brings zu nichts.

Die andern häufen so Vermögen auf Vermögen.
Die andern wandeln durch das Goldportal.
Ich aber kann mir nichts nach hinten legen;
ich hab noch nie – und möchte auch einmal.
Der Reichtum ist der Lohn des Bösewichts.
Ich brings zu nichts.

So lern doch endlich von den andern Knaben
die einzig brauchbare Philosophie:
Es g'nügt nicht nur, Verhältnisse zu haben –
sie leben alle über sie.
Trink aus der Nachbarin Champagnerglas!
Bleib schuldig Miete, Liebe, Arzt und Gas!
Bezahl den Apfel – friß die Ananas!
Wer also handelt, bringts zu was.

EUGEN BURG

Ich komme viel zu spät – die Geburtstagslichter sind längst ausgelöscht, die Torten zerkrümelt, Wein gibts auch nicht mehr, und das Mädchen, das mir die Sachen abnimmt, sagt: «Aber Herr Burg ist nicht zu Hause . . .» Da stehe ich nun mit meinem Gratulations-Zylinder . . . Das sechzigjährige Geburtstagskind ist nicht zu Hause. Was habe ich ihm sagen wollen –?

Ich habe sagen wollen:

Sie können etwas, und Sie sind etwas. Sie können nämlich Ihr Handwerk, weil Sie das gelernt haben, und Sie haben Charme, wofür ich kein deutsches Wort weiß. Es gibt auf der deutschen Bühne viele Männer, aber außer Bassermann nicht viele Herren: Rudolf Forster und Paul Otto und noch ein paar und Eugen Burg. «Eine Verehrerin», erzählte mir eines Tages S. J., «hat dem Burg ihr ganzes Vermögen hinterlassen.» – «Glaubst du das?» fragte ich. «Ja», sagte er, «wenn ich eins hätte: das tät ich auch.» Für so viel Freude muß man danken. Für so viel geschmackvollen Spaß, für soviel heitere Stunden – für diese blitzsaubere Technik, im Gespräch vom Partner das Wort wie einen Ball abfangen, es zurückwerfen ... wie selten ist das! Eugen Burg kam herausgeweht, in hundert Lustspielchen, deren Namen vergessen sind – die Leistung ist nicht zu vergessen. Es war eine Lustspielwelt, glaubhaft für drei Stunden, glaubhaft nur hier, auf dieser Szene – er stand da: als Höfling, als Frechling, als Liebling ... und alle Herzen sagten: Ja. Manchmal blieben die großen, hellen Augen still stehn, das dünne Eis des gefrorenen Monokels blitzte wie ein See von Dummheit, dann machte er irgend einen Kammerjunker, der seine Verlegenheit unter feinen Sitten und Gebräuchen verbarg – aber nichts war gemacht: Dümmlichkeit und Verlegenheit und höfische Sitten saßen wie angegossen. Oder er kam schief angestelzt und schnob kleine Frechheiten durch die Nase, außerordentlich siegesgewiß und leicht erstaunt, wenn die Dame seines Lustspielherzens sich die Sache anders überlegt hatte ...

Nur Theater – gewiß. Aber wenn einer schon Theater spielt: dann soll er dran glauben und soll uns anständige Arbeit zeigen. Das hat Eugen Burg getan, und weil ein Schauspieler auf der Bühne seine Leistungen nicht aufbewahren kann, deshalb wollen wir die Erinnerung aufbewahren. Schauspieler mit Leib und Seele – nicht ein Filmknabe, der sich herbeiläßt, auch einmal Theater zu spielen. Kein Fatzke – ein Herr. Kann gehen und stehen, das haben sie verlernt. Kann die Leute lachen machen, und man muß sich hinterher nicht schämen, daß man gelacht hat. Hat eine Eigenschaft, die immer seltener wird, scheints: er ist nett.

Das Mädchen steht und wartet, ob der Besuch nicht endlich gehen wird. Ich greife nach meinem hochfeinen Zylinder; wenn das Geburtstagskind den sieht, wird er nichts sagen, weil er so nett ist, aber er wird sich sein Teil denken. Stumpfer Zylinder ... am hellichten Tage! «Bitte empfehlen Sie mich Herrn Burg!» sage ich. Und schiebe ab.

Das Rampenlicht von so viel Jahren fällt auf den Mann. Er ist noch wie neu, und man mag ihn gern sehen, immer wieder.

VON DEN KRÄNZEN, DER ABTREIBUNG UND DEM SAKRAMENT DER EHE

Der Papst hat eine Encyklika über die Ehe erlassen, die nur den verwundern kann, der mit katholischen Gedankengängen nicht vertraut ist; nichts in diesem gezähmten Ausbruch ist neu oder überraschend — er deckt sich haarscharf mit dem Dogma der Kirche und ist nichts als ein Plakat der Waren, die dort geführt werden.

Die Vulgärkatholiken pflegen zu schimpfen, wenn sich unsereiner mit ihnen befaßt, und sie schimpfen nicht einmal herzerquickend, sondern recht unbegabt. Die bessern unter den Frommen pflegen zu jammern: «Sie verstehen den Katholizismus nicht. Begreifen Sie nicht, daß von unserm Standpunkt aus . . .» Von den leicht in Hysterie übergegangenen Damen, bei denen Religiosität und zarte Gefühle enger zusammenliegen als nötig, sei hier nicht gesprochen. Was ist das für eine Encyklika, und was ist das für ein Standpunkt?

Die Encyklika über die Ehe wirkt auf einen Not Leidenden, der nicht im Katholizismus aufgewachsen ist, wie frecher Hohn. Sie ist es nicht, sie wirkt aber so. Der groteske Grundsatz: «Lieber elf Kinder auf dem Kissen, als eines auf dem Gewissen» kann gewiß nicht mit dem Scherz: «Und wie halten es Eure Heiligkeit damit?» beantwortet werden; was aber ein Arbeiter in der Großstadt mit diesen Sittengesetzen anfangen soll, ist ganz und gar unbegreiflich. Schließlich gibt es ja einen Tiefstand der Lebenshaltung, wo alle moralischen Leitsätze einfach untergehn. Wer arbeitslos ist, von der Tuberkulose bedroht, verbittert, hungrig, in Asylen dahinlebt: der hat wenig Lust, sich mit dem Himmel zu trösten, mit dem ihm hier auch noch gedroht wird. In einem Zimmer, in dem Mann, Frau, sechs Kinder und ein Schlafbursche liegen, wird das Sakrament der Ehe reichlich fadenscheinig.

Man rühmt an der Kirche die Folgerichtigkeit ihres Denkens, ihre Logik und die gut gemauerte Basis des großen Gebäudes. Sicherlich, es ist imposant — aber wenn man in den Keller geht und sich einmal die Fundamente ansieht . . .

Man muß die Anfänge des Katholizismus kennen, um ihn ganz zu verstehn. Da wäre zum Beispiel Tertullian. Damals bauten sie noch an den Fundamenten; man kann den Plan eines Gebäudes besser übersehen, wenn der Bau noch nicht vollendet ist und offen liegt.

Da war also bei den römischen Truppen Kaiserbesuch angesagt. Man kennt die ewige Melodie der Weltgeschichte: erst Hofhunde züchten dann sie fürchten und ihnen dann gut zu fressen geben, damit sie jene beißen, die auch Futter haben wollen. Das ist immer so gewesen — ob das nun Hitler-Trupps sind oder reguläre Heere. Der römische Kaiser also hatte die Truppe antreten lassen: er wollte eine feierliche donatio vornehmen, die Herren Soldaten Mann für Mann beschenken, denn dergleichen ist gut für den Patriotismus. Die Soldaten hatten sich herausgeputzt; sie trugen Lorbeerkränze, was ungefähr den frühern Helmpuscheln entspricht ... und da standen sie. Einer aber, erzählt Tertullian, trug keinen Kranz. «Warum trägst du keinen Kranz?» fragte der Centurio. «Ich trage keinen Kranz», sagte der Soldat, «weil ich ein Christ bin.» – «Und?» – «Ein Christ darf keinen Kranz tragen.» Dann wird es wahrscheinlich das übliche Hin und Her gegeben haben: «Ich gebe Ihnen den dienstlichen Befehl –», und das arme uniformierte Luder, das zwischen zwei fixen Ideen, der des Patriotismus und der des Christentums, hin und her schwankte wie Bileams Esel, verweigerte den Gehorsam. Man mußte ihn fortschaffen, und was dann weiter aus ihm geworden ist, weiß man nicht.

Warum aber hatte er sich geweigert, einen Kranz aufzusetzen?

Die junge Sekte der Christen hatte zwei Wege zur Auswahl: alle heidnischen religiösen Gebräuche mitzumachen, die nicht unmittelbar auf Götterverehrung abzielten, oder aber alles zu verpönen, was überhaupt nach heidnischer Religion aussah – liberal zu sein oder orthodox. Sie schwankte. Tertullian, der in seinem Leben in manchen Lagern gestanden hat, lobt den Soldaten, dessen kleine Geschichte er in der Schrift ‹*Vom Kranze des Soldaten*› erzählt. Es ist sehr lehrreich, zu sehn, wie er das macht.

Er lobt ihn nicht nur für sein frommes Verhalten, er beweist auch, warum der Soldat recht hatte. Er beweist es, aber so viel Anführungsstriche gibt es gar nicht, wie man um dieses ‹beweist› herumsetzen müßte. Er macht das so:

«Welches ist nun der Nutzen, den man von den Blumen hat? Entweder der Geruch, lautet die Antwort, oder ihr Anblick oder beides zugleich. Welches sind nun die für das Anblicken und das Riechen bestimmten Sinne? Ich denke doch, das Gesicht und der Geruch? Welchen Gliedern sind diese Sinnestätigkeiten zugewiesen? Den Augen und der Nase, wenn ich nicht irre. Mache also Gebrauch von den Blumen durch Gesicht und Geruch. Die Sache selbst ist dir von Gott übergeben worden, die Art der Verwendung von der Welt. Wiewohl auch die außergewöhnliche Art dem eigentlichen Gebrauch nicht widerstrebt, denn Blumen aneinandergereiht oder eingeflochten, an einem Faden oder an Binsen sollen dir dasselbe sein wie auch frei und ungeflochten, nämlich eine Sache zum Ansehen und um daran zu riechen. Den Kranz soll man höchstens für ein Bündel Blumen ansehen, die darum in einer Reihe aneinander gefaßt sind, um mehrere auf einmal tragen und mehrere zugleich genießen zu können. Stecke sie dir auch gar noch an den Busen, wenn das so sehr lieblich ist, streue sie dir aufs Bett, wenn es sich darauf so weich liegt, und stecke sie in den Trinkbecher, wenn das unschädlich ist. Bediene dich ihrer auf alle die

Arten, wie du sie sinnlich wahrnimmst. Aber auf dem Kopfe? Was hat man da für einen Genuß von der Blume? Was für eine Empfindung vom Kranze? Nichts als die Empfindung einer Fessel, weil man weder die schöne Farbe sieht noch den Duft einatmet, noch die Zartheit sich bemerklich macht. Blumen auf dem Kopfe haben wollen ist ebensosehr gegen die Natur als eine Speise mittels des Ohres, einen Schall mittels der Nase zu ergreifen. Alles aber, was widernatürlich ist, verdient das Brandmal der Ungeheuerlichkeit, bei uns aber auch noch den Titel eines Sacrilegiums gegen Gott, welcher der Herr und Urheber der Natur ist.»

Von dieser sophistischen Albernheit bis zur letzten Encyklika ist nur ein Schritt – sie sind beide derselben Technik entsprossen.

Die Kirche beweist alles, was sie anordnet, mit der schärfsten Logik, es stimmt scheinbar alles, Schritt für Schritt, Stufe für Stufe – und wenn sie am Ende der Kette angekommen ist, dann macht sie einen kleinen Hopser, der Denker beginnt zu fliegen und entschwindet den erstaunten Augen im Himmelblau. Er zieht sich nämlich auf den göttlichen Willen zurück, den er ja kennt: der liebe Gott hat ihm den unzweideutig mitgeteilt, und hier hört jede Diskussion auf.

Die Natur will es so! Gott will es so! Der göttliche Wille hat es also verordnet!

Kränze dürfen nicht auf den Kopf gesetzt werden. Kinder muß man austragen. Eine Ehe ist unlöslich.

Natürlich steht nirgendwo in der Kirchendogmatik, daß das sophistische Kunststückchen des Kirchenvaters Tertullian geglaubt werden müsse – das weiß ich wohl. Es ist nur so ein schönes Beispiel, wie es gemacht wird, wie dort gedacht und wie mit einer Scheinlogik die Berechtigung der Kirchengesetze bewiesen wird. Bewiesen –? Man kann alles beweisen.

Diese Apologetik gleicht den Plädoyers geschickter Rechtsanwälte. Hört man in einem Zivilprozeß nacheinander die wortgewandten Advokaten beider Parteien, so begriffe man den Richter gut, der nach jeder Beweisführung sagen könnte: «Die eine Partei hat recht. Und die andre Partei hat auch recht.» Sie haben ja alle so recht ... Solche Beweise sind das.

Kinder dürfen nicht abgetrieben werden. Die Ehe ist unlöslich. Wo steht das? Wir alle weisen, wenn wir gar nicht mehr weiter wissen, auf sittliche Gesetze hin, die nicht mehr auf andre zurückführbar sind. Sie besagen im Grunde gar nichts: sie zeigen nur unser Gefühl an und die Richtung unsres Willens. Nun, dieser Wille, der hier geäußert wird, ist sozial höchst verderblich und abzulehnen – und nur darauf kommt es an.

Ich habe manche Bedenken gegen die Freidenker geäußert; im Augenblick aber, wo es um den politischen Kampf geht, wird man mich immer an ihrer Seite finden, wenn auch ihre Begründungen, die sie sich und andern geben, manchmal reichlich simpel sind. Aber ihr Ziel ist gut, und das Ziel der Kirche, wie es sich in dieser Encyklika offenbart, ist es mitnichten.

Eine Proletarierfrau zur Brutmaschine zu machen, ist eine Roheit – dazu brauchen wir gar nicht erst den lieben Gott zu bemühen. Diese scheinbar sittliche, in Wahrheit aber tief unsittliche Forderung so zu umkleiden, daß man bei dieser Gelegenheit die Reichen sanft auffordert, sie möchten doch etwas für die Armen tun, ist Bilderbuchethik. Die Reichen werden, wenns gut geht, beten und den Armen etwas husten. Inzwischen wimmelt das in den Slums aller Länder, die Knie der glücklichen Mütter werden von Geschöpfen umspielt, die später in den Kohlenbergwerken oder in den Ackergräben für den Profit der andern verrecken dürfen ... aber: es ist nicht abgetrieben worden. Der Kranz, der Kranz ist gerettet.

Wo steht geschrieben, daß das so sein muß?

Fassungslos das Erstaunen der Katholiken, daß jemand außerhalb ihrer Welt leben kann und gut dabei gedeiht. Rührend oder dreist – man darf sich das aussuchen – ihre Erwartung, man habe nur bei ihren Grundsätzen anzufangen, mit ihren Voraussetzungen, mit ihren sittlichen Forderungen. Die mögen gut sein, für sie. Für uns andre sind sie es nicht. Hier gibt es keinen Pakt, wenn es an das Soziale geht; fast alles, was die Kirche hier predigt, ist zu bekämpfen.

Wer hat angefangen, die Geschlechtskrankheiten aus ihrem ungeheuer gefährlichen Dunkel herauszureißen, in dem die Gonokokken gar prächtig gedeihn? Das bißchen Aufklärung, das heute getrieben wird, ist gegen den Widerstand der Kirche durchgesetzt worden. Wer hat angefangen, die Proletarierfrauen über Konzeptionsverhütung zu unterrichten? Die Kirche? Sie ist für das Karnickelsystem – von ihr aus zwei Junge pro Jahr; wofür hätten die Frauen denn den Uterus! Und das geht nun alles munter durcheinander: mal will es die Natur so, und mal «ist doch der Mensch kein Tier», sondern zu höhern Zwecken geboren – alles, wie man es gebrauchen kann.

Kampf? Soweit sich die Kirche in die Politik einmischt: schärfster Kampf. Im übrigen: schweigen und vorübergehn. Es ist auch ganz falsch, hier Milde walten zu lassen, weil man sich davon vielleicht taktische Erfolge verspricht. Die Kirche und ihre politischen Parteien, sie werden nie etwas andres tun als das, was diesem Verein nützt. Zwei Einwände sind abzutun: man dürfe doch die Gefühle der andern nicht verletzen, und man treibe so das Zentrum dem Faschismus in die Arme. Da liegt es schon, trotz allem. Und wenn einige Maulhelden der Hitler-Garden nicht so unsäglich ungebildet und töricht wären: sie hätten schon längst davon abgelassen, das Zentrum durch die Ablehnung Roms, durch einen etwas schüchternen Wotankult und durch Jesuitenriecherei zu ärgern. Hitler gibt es auch billiger. Und das Ding möchte ich einmal sehen, das die Kirche nicht segnete, wenn sich das für sie lohnt.

Und heilig ist es ihnen, was wir da ablehnen? Es ist ihnen heilig, sieh mal an. Aber was uns heilig ist: wer kümmert sich denn darum? Wer schützt unsre Gefühle? unsern Glauben an den Sozialismus? unsre Ziele, die man nicht gut samt und sonders als unethisch ansprechen kann? Uns verletzt es zum Beispiel, einen Geistlichen Fahnen einsegnen zu sehn, die über Staatsmorden im Winde wehn, aber niemand nimmt auf unsre Gefühle Rücksicht. Wir benehmen uns aus Gründen des Geschmacks in den Kirchen anständig – man kann nicht sagen, daß sich die Katholiken in den Bezirken des Geistes ebenso anständig benehmen.

Wir wollen nichts bewiesen haben: nichts von den Kränzen, nichts vom göttlichen Zorn wider die Abtreibung, nichts über das Sakrament der Ehe. Ich kann nichts für das leichte Unbehagen, das religionslos lebende Juden ergreift, wenn von diesen Dingen die Rede ist. Das Getto regt sich, ungezählte Rücken der Vorfahren haben sich gekrümmt, nun kitzelt es die Nachfahren, denn sie erwarten einen Fußtritt. Die Katholiken sind heute nicht mehr stramm antisemitisch; sie wissen: von dieser Seite droht ihnen keine Gefahr. Und in Deutschland am allerwenigsten. «Er war nicht nur Deutscher», sagte Börne von einem, «er war auch Jude, also ein Hase mit acht Füßen.»

Wir wollen nichts bewiesen haben. Die Ehe ist uns kein Sakrament, Kinder im Mutterleibe soll man beseitigen, wenn die medizinische oder die soziale Indikation das erfordert, oder sie gar nicht erst entstehen lassen, und ich wünschte, die Töchter der Arbeiter wären frei und könnten sich Blumen ins Haar winden: frei von Kirche und wirtschaftlicher Sklaverei. Frei auch von kommunistischer Theologie, die drauf und dran ist, den Sinn ihrer Anhänger erst so zu erweitern und dann so zu verengen, wie es die katholische mit ihren Leuten schon getan hat.

DER VERSPIELTE MANN

Man sagt immer, Frauen seien so unlogisch. Das ist gar nicht wahr. Die einzig wirklich logischen Wesen, die es gibt, sind die Frauen– sie sind so ernst. Sie haben freilich eine ihnen eigene Logik – aber sie nehmen alles ernst, sogar den Mann. Wenn der ganz dumm ist, tut er das auch; der Rest ist verschämt verspielt. Er traut sich nur nicht damit heraus.

Es gibt wohl keinen verständigen Herrn, der nicht ganz und gar unverständige Riten hätte: wenn er sich rasiert; wenn er die Pfeife stopft; wenn er Manschettenknöpfe ins Hemd zieht ... vom Bad zu schweigen. Es ist wie eine ausgleichende Ausspannung – je ernster und aufreibender der Tageslauf, desto verspielter die kleinen Riten seiner Alltagsgebräuche.

Der männlichen Riten gibt es mehrere Arten – man muß sie nicht ‹Angewohnheiten› nennen, dazu ist die Sache zu ernst ...

Man lese die Werke Lévy-Bruhls über die Seele der Primitiven, und man versteht diese Riten mühelos: jene, die den Menschen und die Dinge in ein absonderliches, mit der rationalen Vernunft nicht zu fassendes Verhältnis setzen. Streichholzschachteln *müssen* längs auf dem Nachttisch stehen – quer dürfen sie das nicht, dann gibt es ... wie? Ein Unglück? Nein, ein Unglück eigentlich nicht; mit ‹Aberglauben› soll man dem Herrn Mann nicht kommen. Er ist nicht abergläubisch. Aber die Streichholzschachteln müssen längs stehen. Weil sie immer längs gestanden haben. Oder doch in jenem glücklichen Jahr, als die Abschlüsse so gut waren. Hier verheddern sich die Gedanken ... und nun stehen die Schachteln längs. Das muß so sein.

Beim Rasieren muß erst der Pinsel abgewaschen werden, und dann darf der Apparat gesäubert werden. Kehrt man diese Reihenfolge um, dann ... man kann sie nicht umkehren. Man darf sie nicht umkehren. Das ist unmöglich. Sehr gut ist es auch, wenn man mit dem Rasierapparat einmal kurz an die Schachtel klopft, in der er wohnt. Das weckt den Geist, der ... nein, natürlich wohnt da kein Geist, was sind denn das für Dummheiten! Aber gut ist es doch, auf alle Fälle.

Und was manche Männer treiben, wenn sie sich anziehen ... ich habe mir von Damen, die es wissen müssen, sagen lassen: das wäre unbeschreiblich. Daher kann ichs nicht beschreiben. Das soll ja ganz toll sein. Warum ist das alles so –?

Weil sie uns nicht lange genug mit unserer Eisenbahn haben spielen lassen.

Da haben wir Griechisch lernen müssen (leider nicht genug) und Geschichtszahlen (leider zu viele) – und die Eisenbahn stand in der großen Pappschachtel und langweilte sich, und nun tragen wir zeit unseres Lebens die Sehnsucht mit uns herum, uns einmal richtig auszuspielen – und nun müssen wir uns mit Grammophonen trösten, mit Radiobasteln, mit den Brückenbaukästen unserer Neffen und, wenn wir Glück haben, mit der Organisation einer Kommunalbehörde. Es ist ein Jammer.

«Im Manne ist ein Kind versteckt, das will spielen ...», sagte Nietzsche. «Kinder hab ich alleine», sagte Lottchen, als ich ihr das Zitat vorhielt.

Männer können auch ein Spiel spielen: ‹Ernst des Lebens› heißt das. Das muß man gesehen haben! Haben Sie das mal gesehen?

Im Kriege regierten mich einst zwei Hauptleute; beide waren im

Zivilberuf, den sie halb vergessen hatten, Baumeister, aber nun waren sie Hauptleute, und was für welche! Sie machten sich die Kompetenzen strittig, sie zankten sich den lieben langen Tag miteinander, und eines Tages schlossen sie Frieden, und ich war dabei. Sie gingen aufeinander zu wie zwei große Berberlöwen, hoch aufgerichtet, feierlich brummend, sie schüttelten die Mähnen, und es war ein schier majestätischer Anblick. Hätte ihnen in diesem Augenblick einer gesagt: «Aber meine Herren ... so wichtig ist euer Kram ja gar nicht ...», sie hätten ihm das Gesicht zerkratzt, etwa wie ein kleiner Junge, dem ein böses Dienstmädchen plötzlich sagt: «Dein Helm ist ja aus Papier!» Und an diese beiden löwischen Hauptleute muß ich oft denken, wenn ich ernste Männer in ernster Berufsarbeit ernst spielen sehe. Aber ich sags ihnen nicht, denn ich mag mir nicht das Gesicht zerkratzen lassen.

Wieviel Spiel ist im männlichen Ernst! wieviel Pose! wieviel Spiegel! So ernst aber wie eine Frau zum Beispiel ihre Arbeit nimmt – so ernst können wir Männer sie gar nicht nehmen. Das ist schade.

Und alles das darf man gar nicht sagen – es macht furchtbar suspekt. Man muß dran glauben. Man darf nicht spielen. Man muß den Ernst des Lebens hochhalten ... bei Brille und Bart! Mancher lernts nie. Mensch, lach nicht – es gibt so wenig Leute, die dein Lachen ernst nehmen! Sie wollen etwas Ernstes haben, etwas, woran sie sich festhalten können. Und nicht mal dieser Artikel scheint ernst zu sein ... Und so beschließe ich ihn denn mit den fingierten ‹letzten Worten› des sechzigjährigen Franz Blei, die er sich notiert hat, um sie bei seinem Tode zu notieren:

«Ich nehme alles zurück.»

VERLAGSKATALOGE

Verlagskataloge –? Was ist das –? Das gibts wohl gar nicht mehr? Früher ...

Da liegen nun auf meinem Nachttisch die alten sorgfältigen und vollständigen Kataloge von Georg Müller, von Piper, von S. Fischer, vom Insel-Verlag ... viel Arbeit und Mühe, viel Kosten und Papier sind auf diese Kataloge verwandt worden ... und es hat sich auch gelohnt. Denn der Käufer trat in eine enge Beziehung zum Verlag, er kam ihm näher; er las diese Verzeichnisse wie eine Liste guter alter Bekannter ... aha! das ist jene Ausgabe und: schau an! die ist nun auch vergriffen, aber ich habe sie noch ... und das da, das sollten sie mal wieder neu auflegen ... und so fort. Und er sah noch etwas.

Er sah das Gesicht des Verlages.

Denn es hat einmal im deutschen Verlagsbuchhandel eine Zeit gegeben, wo man bei einer Neuerscheinung ziemlich genau hätte angeben können: Das kann nur bei X. erschienen sein. Dann gab es eine Zeit, in der man sagen konnte: Bei Y. kann das nicht herausgekommen sein ... und heute weiß man gar nichts mehr. Jedes kann so ziemlich bei jedem erschienen sein, und man kann sie fast allesamt untereinander austauschen. Sie sollten sich fusionieren. Und die richtigen Verlagskataloge haben sie auch nicht mehr.

Ausnahmen zugegeben. Die Insel ... Fischer ... aber das ist alles nicht vollständig genug, und man hätte doch alle paar Jahre gern eine ganz genaue Liste dessen, was die großen Verlage während ihres Bestehens gemacht haben. Es ist auch bibliographisch nicht in Ordnung; statt einer guten Liste alter vergriffner Bände drucken sie da diese dummen Zeitungsurteile über ihre Bücher ab («Rein kulturhistoriographisch ist hier eine glänzende Arbeit fabelhaft gemacht. Auch vom menschlichen Standpunkt ...»). Schade.

Freilich, bei manchen Verlagen würde sich, machten sie solche Kataloge, etwas Erschreckendes zeigen. Es zeigte sich dann nämlich, daß der Herr Verleger von Neuigkeit zu Neuigkeit getaumelt ist, von Konjunktur zu Konjunktur, von Tierbüchern zu Kriegsbüchern, von o Mensch zur neuen Sachlichkeit, von Turksib zur neuen Romantik ... solch ein Verlagskatalog kann eine Aufdeckung sein und eine Blamage.

Sie hegen und pflegen nicht, was sie machen. Die Folgen sind betrüblicher Natur.

Keine Kontinuität mehr, nur Literaturbörse; wenig Verlagsgesichter, aber viel Fratzen; keine Treue des Käufers, keine des Verlegers – nichts. Woher sollte das alles auch kommen? Wenn die Kaufleute doch endlich lernen wollten, daß das, was alle zugleich machen, keinem mehr zugute kommt; sie könnten sich die Ausgaben sparen. Wenn alle Umschläge bunt brüllen, hört man zum Schluß gar nichts mehr. Wenn alle ihre Bücher in den drei Monaten vor Weihnachten herausbringen, verstopfen sie den eignen Markt, machen den Käufer kopfscheu und haben also falsch spekuliert. Es ist, im wahrsten Sinne des Wortes, ein Affentheater.

Und warum ist das? Weil in die Breslauer der falsche Amerikanismus gefahren ist, zu dem in diesem Lande, bei dieser geschwächten Kaufkraft, auch nicht der leiseste Grund vorliegt. Es ist alles nicht wahr, euer Getue nicht und eure Eile nicht und nichts. Ihr seid in Wahrheit faul.

Es ist nämlich viel mühseliger, Steinchen auf Steinchen einer Tradition aufzubauen, als auf einen ‹Schlager› zu spekulieren, der dann die ganze Saison herausreißen soll. Und nach zwei Jahren kennt ihr euer eignes Genie nicht mehr. Es ist schwerer, sich einen Stamm von Autoren und von Lesern bestimmter Geistesart und einheitlicher Denkfärbung heranzuziehen als im Literatur-Bac zu setzen, und doch: es lohnt. Natürlich gäbe es dabei Rückschläge, Enttäuschungen ...

zum Schluß aber stände ein Gebäude da und nicht einer von diesen Zeitungskiosken, an denen die Schlagzeilen kreischen.

In der Fachliteratur ist das ja wohl anders.

In der sogenannten schönen Literatur aber, die diesen Beinamen heute weniger verdient denn je, ist es mit der Kontinuität traurig bestellt. Es gibt kaum noch große und echte Verlagskataloge. Und so kaufen die Leute keine Verlagswerke mehr, sondern nur noch Novitäten, und so hält sich jedes dieser sinnlos herausgeschleuderten Bücher allerhöchstens ein Jahr ... und den Schaden tragen die Autoren und die amerikanischen Verleger aus Beuthen. Sie haben so wenig Verlagskataloge. Weil sie so wenig Verlage haben.

JOEBBELS

Wat wärst du ohne deine Möbelpacker!
Die stehn, bezahlt un treu, so um dir rum.
Dahinter du: een arma Lauseknacker,
een Baritong fort Jachtenpublikum.
Die Weiber – hach – die bibbern dir entjejen
un möchten sich am liebsten uffn Boden lejen!
Du machst un tust und jippst da an ...
Josef, du bist 'n kleener Mann.

Mit dein Klumpfuß – seh mal, bein andern
da sacht ick nischt; det kann ja jeda ham.
Du wißt als Recke durch de Jejend wandern
un paßt in keen Schützenjrahm?
In Sportpalast sowie in deine Presse,
da haste eine mächtich jroße Fresse.
Riskierst du wat? – De Schnauze vornean.
Josef, du bist 'n kleener Mann.

Du bist mit irgendwat zu kurz gekomm.
Nu rächste dir, nu lechste los.
Dir hamm se woll zu früh aus Nest jenomm!
Du bist keen Heros, det markierste bloß.
Du hast 'n Buckel, Mensch – du bist nich richtich!
Du bist bloß laut – sonst biste jahnich wichtig!
Keen Schütze – een Porzellanzerschmeißer,
keen Führer biste – bloß 'n Reißer,
Josef,
du bist een jroßer Mann –!

AUF DEM NACHTTISCH

Obenauf ein schmales Bändchen: Das Reclambändchen Nr. 7003 – ‹*Eine Bibliothek der Weltliteratur*› von Hermann Hesse. Das ist eine vorbildliche kleine Literaturgeschichte.

Ich halte Hesse für einen Schriftsteller, dessen Qualitäten als Essayist weitaus größer sind als seine dichterischen Eigenschaften. In seinen Dichtungen ist er entweder weitschweifig, zokkersüß, wenn es auch wirklicher, guter Kristallzucker ist und keine Melasse, manchmal wäich und dann wieder säuerlich. Seine Buchkritiken dagegen haben zur Zeit in Deutschland kein Gegenstück; seit Josef Hofmiller unter die Nationalisten gefallen ist, erst recht nicht. Aus jeder Buchkritik Hesses kann man etwas lernen, sehr viel sogar. Und wie diese kleine Anweisung, sich eine Bibliothek zusammenzustellen, gemacht ist, das ist nun zum Entzücken gar. Sie ist ganz subjektiv, und nur so ist auf diesem ungeheuern Gebiet so etwas wie Sachlichkeit zu erzielen. Wer sich nach diesem Bändchen richtet –: der tut wohl daran. Es steht wolkenkratzerhoch über den gangbaren Literaturgeschichten.

Was die Leute nur mit diesen dicken Wälzern haben . . .! Es gibt doch keinen Menschen, der über alles gleichmäßig Bescheid weiß; es kann also, wer eine Literaturgeschichte verfaßt, bestenfalls eine saubere Bibliographie geben, um grade solch eine Literaturgeschichte, die mich vor allem einmal klar und sorgfältig und ohne Schmus über Tatsachen unterrichtet, von denen ich etwas wissen möchte –: die kenne ich nicht. Ich kenne anständige, wie die von Wiegler, ich kenne Scheul und Greul wie die von Bartels, der außerdem noch ein Schludrian ist; den hausbacknen und dumm-dreisten Eduard Engel, den lächerlichen Soergel . . . Es gibt da eine sehr einfache Art, Stichproben zu machen.

Man suche sich in solchen Literaturgeschichten jene Dichter, die man liebt und wirklich kennt. Da wird man sein hellblaues Wunder erleben. Meist auch nicht der Schimmer einer Idee – sie lieben sie nicht, sie hassen sie nicht, und sie geben nicht einmal eine ganz und gar vollständige Bibliographie. Was soll das also alles –?

Das soll den Bildungsfimmel des deutschen Durchschnitts-Lesers befriedigen. Diese Brillenkerle lesen viel lieber etwas über einen Dichter, als etwas von einem Dichter; der Konsum in Literaturgeschichten ist ungeheuer. Es muß wohl so sein, daß sogar den Lebenden dieser Ausblick auf eine imaginäre Unsterblichkeit imponiert; wie wäre es sonst zu erklären, daß eine Reihe Schriftsteller, darunter achtbare Männer, diesem leeren und kindischen Albert Soergel, der nie gewußt hat, wo der Gott der Dichtung wohnt, eine Festschrift zum Geburtstag überreicht haben? Wahrscheinlich zu seinem 150. Geburtstag, nach seiner Literaturgeschichte zu schließen, in der die Dichter nach völlig wahnwitzigen Kategorien antreten müssen: «Seele als Ausdruck –

Wiener Halbexpressionismus – Angstträumer und Gottsucher – Einzelgänger ...» Kurz und gut: Kauft euch für die paar Pfennig das Bändchen Hesses, und ihr werdet gut bedient sein. Wer das wirklich gelesen hat, was er dort fordert –: der hat etwas hinter sich gebracht.

Zu den standard-works solch einer gut angelegten und planmäßig gesammelten Bibliothek gehört natürlich Stendhal. Ich habe neulich nach langer Jagd eine gute Ausgabe des nachgelassenen ‹*Lucien Leuwen*› erlegt (Paris, Ausgabe: Le Divan Paris 37 rue Bonaparte – nicht sehr teuer). Es sind drei kleine Bände, wunderhübsch gedruckt, mit winzigen roten Vignetten.

Bei uns steht bei jedem Fliegenhusten von Buch vorn auf dem Titel: «Roman». Hier steht das Wort nicht – aber das ist ein Roman. Das ist einer.

Ich lasse bei dieser Betrachtung alles Dichterische beiseite, soweit das möglich ist, und die lange Liebesgeschichte in Nancy schenke ich euch. Aber das, was die Kritiker heute mit vollem Maul das ‹Soziologische› nennen ...! Wie das bei Stendhal quillt und blüht; wie sich die Einzelheiten nicht jagen, sondern unaufdringlich eine nach der andern hervorkommen; wie der Dichter über dieses ungeheure Material der Louis-Philippe-Gesellschaft gebietet, wie scheinbar mühelos das ist – das hat ein Herr geschrieben. Manchmal stehen da noch Randnoten, denn der Roman ist nie vollendet worden, manche Partien sind gar nicht zu Ende gearbeitet, und in diesen Randnoten finden sich die hübschesten Dinge. Wann Herr Beyle grade Kopfschmerzen gehabt hat, und daß es an diesem Arbeitstage heiß gewesen sei, und daß jenes Kapitel noch mal geschrieben werden müsse – und dies Uniformdetail stimme nicht, man wird sich erkundigen müssen, und diese Entgegnung Leuwens sei ja sehr hart, aber ... Was sieht man daraus?

Daß ‹Roman› ein Ehrentitel ist, der nur einem wirklichen Weltausschnitt zukommt – und daß diese Weltausschnitte nicht hingeschrieben werden können, wie sich das so viele Schriftsteller denken, von den schreibenden Frauen schon gar nicht zu sprechen, sondern daß man sich dergleichen erarbeiten muß, neben allem andern. Dies hier ist gearbeitet. Wer lernen kann und lernen will, der lerne.

Begeben wir uns an die kurze Form.

Kurze Form: O. Henry ‹*Bluff*› (bei Gustav Kiepenheuer in Berlin erschienen). Manchmal kommen wirklich, wenn ich ein Buch hier besprochen habe, Anfragen an den Verlag, wo man das wohl bekommen könnte. Im Schlächterladen, meine Lieben. Wohnt ihr auf dem Lande, dann schreibt an die nächste große Buchhandlung – und wohnt ihr in der Stadt, dann dürft ihr euch doch wirklich nicht davon abschrecken lassen, daß der Sortimenter das Buch nicht vorrätig hat. Das kann man von keinem verlangen – ein so großes Lager gibt es nicht. Man muß den Sortimentern, gegen die ich mancherlei auf dem Herzen habe, das

Leben nicht noch schwerer machen, als sie sichs schon gemacht haben. Dies nebenbei.

Die Geschichten Henrys, neben dem Australier Bret Harte einer der besten Leute für amerikanische Kurz-Geschichten, sind eine wahre Freude. Wie das gebaut ist —! Wie das sitzt —! Fast jede Geschichte hat einen kleinen Dreh, einen Trick, eine Überraschung ... eine kann man sogar öfter lesen; sie heißt ‹*Die Straße, die wir wählen*›. Das rührt nun schon an ernste Literatur. Ganz wundervoll. Henry hat viel Witz, viel Ironie. «Und Mama und Papa waren in die Metropolitan gegangen, um de Reszke zu hören. Wenn der Verfasser klug gewesen wäre, hätte ers auf den Fahnen in Caruso umgeändert. Aber das ist nicht meine Schuld. Es zeigt bloß, wie lange sich diese Geschichte in den Redaktionen herumgetrieben hat.» Oder: «Zwei Monate lang lungerte Colloway in Yokohama und Tokio herum und würfelte mit den andern Korrespondenten um Gläschen Rikshas — nein, das ist etwas, worin man fährt ...» Und so. Es muß eine Rasseeigentümlichkeit sein: bei uns gedeiht das nicht. In den Zeitungen und Magazinen wimmelt eine Sorte herum, die ahmt den Ton der englischen Kurzgeschichte nach, ganz genau, wie jene sich räuspern und wie sie spucken, besonders dies — aber in den Geschichten steht nichts drin. Die allerarmseligsten Einfälle, über fünf Spalten weg ... diese Knaben sollten bei Hebel anfangen.

Wie Henry übersetzt ist, weiß ich nicht, denn ich kenne das amerikanische Original nicht. Klingen tuts nicht schön. Der Übersetzer, Paul Baudisch, hat sich da etwas zurechtgemacht, wenn er Slang übersetzt ... das ist recht scheußlich. Es wimmelt von Apostrophs, und wenn doch diese Gilde endlich einmal lernen wollte, daß die kleinen Hauptsätze, mit denen der Angelsachse die Hauptsache einleitet, mit Adverbien zu übersetzen sind! «I guess» heißt mitnichten «Schätze ...» — das ist Quatsch. So sprachen die alten Trapper aus unsern Indianergeschichten: «Schätze, der Mustang ist weggelaufen» ... laßt doch das sein —! «I guess» heißt manchmal: ‹wahrscheinlich›, und manchmal ‹Wissen Sie› und manchmal ‹wohl› und meistens heißt es gar nichts. Merkwürdig, aus welchen Händen unsre Übersetzungen kommen!

Kleine Form: ‹*Quer durch*› von Ernst Toller. Reisebilder und Reden (erschienen bei Gustav Kiepenheuer in Berlin). Das ist ein sympathisches Buch. Amerika — Rußland — einige politische Reden ... sehr lesenswert. Zu dem Schlachthaus-Kapitel kann ich nicht recht Ja sagen; ich habe einmal etwas Ähnliches gemacht und weiß, wie sehr man da, vom Blutgeruch umfangen, in der Gefahr ist, die Toller übrigens selbst charakterisiert: «Werden Sie nicht sentimental, Herr Toller!» Gewiß schlägt die Quantität des Blutes hier in die Qualität um, aber schließlich ist ja das Endresultat in jeder Dorf-Abdeckerei dasselbe. Im übrigen ist Toller so schön unbeeinflußt in den Ländern umhergegangen;

wieweit man Vorurteile mit auf Reisen nimmt und sie sich dann bestätigen läßt, steht dahin. Ich kenne beide, Rußland und Amerika, nicht und darf daher nur sehr vorsichtig mitsprechen. Immerhin machen alle Aufzeichnungen den Eindruck unbedingter Wahrhaftigkeit. Sie sind besonders für Rußland ohne die leiseste Prätention; Toller sagt nur: «Ich kam, ich sah, ich schrieb – hier habt ihrs.» Man liest es mit großem Interesse, zum Beispiel, wie ganz Moskau von ihm den Kopf abdreht, weil in der ‹*Prawda*› ein Aufsatz gegen ihn gestanden hatte: ein böses Symptom von moskauer Byzantinismus und geistiger Unselbständigkeit. Reizend eine kleine Stelle aus der amerikanischen Reise, steht auf einer Seite mit recht ominöser Nummer. «Die roten Lampen, die früher die Straßen der Prostituierten zierten, sind verschwunden; sie hängen jetzt hinten am Auto, sagt man in Amerika.» So ist das! Jetzt weiß ich Bescheid. Die meisten Amerikaner werden also in Autos gezeugt; daher das Tempo. Ich bin gegen den Fordschritt.

Ich habe eine stille Liebe zu Tollern. Der Mann hat das, was wir heute alle sagen, in jenen Jahren 1916 und 1917 gesagt, als das noch Kopf und Kragen kostete; er hat seine Gesinnung auch im Kriege entsprechend betätigt; er hat diese Gesinnung durchgehalten, mit der Tat und mit dem Wort, und er hat für diese seine Gesinnung bezahlt. Und das darf man nie vergessen.

Nicht zu lesen, nur zu besprechen ist: ‹*Das deutsche Offizierkorps*› von Karl Demeter, Archivrat am Reichsarchiv. Aus der Vorrede: «Ungeachtet der amtlichen Stellung des Bearbeiters hat das Reichsarchiv keinerlei irgendwie gearteten Einfluß auf dessen wissenschaftliche Freiheit ausgeübt.» Freiheit ist gut.

Die Tür zur Geschichte ist nicht von uns besetzt; da liegen die andern und fälschen uns um. Dieser hier lügt wenig – aber er verschweigt alles. Aber auch alles.

Sehn wir von der wildgewordenen Terminologie eines dilettantischen Soziologen ab: zu gebrauchen sind eigentlich nur die paar Kabinetts-Erlasse. Das Buch ist in einem Stil geschrieben ... ach, was hat diese Soziologie angerichtet, die ja keine ist! «In jedem Falle entsteht dieses Solidaritätsgefühl teils durch objektive Gegebenheiten, teils durch bewußte subjektive Einwirkungen. Natürlich sind die beiden Momente, das statische und das dynamische, eng miteinander verflochten, ununterbrochen wird wechselseitig das eine aus dem andern erzeugt, und doch besteht jedes für sich als bestimmendes Agens für jenes soziologische Phänomen ...» davon leben nun heute Hunderte von Menschen. Und es ist ein völlig inhaltloses Geschwätz; da steht immer einer vor seiner eignen Bildung stramm.

Nun, was also Demeter zu sagen weiß, ist nicht viel; was er aber alles nicht sagt: die grenzenlose Erbitterung der Vernünftigen gegen diese Offiziere; der Schaden, den sie im Ausland angerichtet haben;

die tiefe Kulturlosigkeit ... kein Wort davon. Die schnöseligen Erben eines echten Preußentums kommen gut weg. Manches, wie die Mißhandlungen wehrloser Untergebner, die wilhelminischen Kinkerlitzchen auf dem Gebiet der Uniform: das wird sanft zugegeben, aber nur sehr zaghaft. Wichtig sind allein die Kabinetts-Erlasse, aus denen klar hervorgeht, was man ja gewußt hat: die deutsche Armee ist ein politisches, ein parteipolitisches Instrument gewesen. Selbstverständlich. Zum Glück waren die Herren für eine geschickte Propaganda zu dumm und zu ungebildet. Das hat sich gewandelt.

So, und nun möchte ich weniger den einzelnen Leser, als vor allem jenen aufmerksam machen, der für Bibliotheken und Schulen Bücher kaufen kann, und zwar möchte ich ihn auf die schönste Publikation dieser Art hinweisen, die ich jemals in deutscher Sprache zu sehen bekommen habe.

‹Gesellschaft und Wirtschaft›, ein bildstatistisches Elementarwerk, herausgegeben vom Bibliographischen Institut AG. in Leipzig. Wer Kinder zu unterrichten hat; wer Volkshochschulkurse leitet; wer eine Arbeiterbibliothek betreut—: der sollte sich dieses Werk nicht entgehen lassen. Das Gesellschafts- und Wirtschafts-Museum in Wien hat folgendes gemacht:

Jeder von uns kennt die Zeichnungen, die eine Statistik verbildlichen sollen: kleiner Mann links, das ist die deutsche Reichswehr, und großer Mann rechts, das sind die bösen Feinde — und dergleichen. Nur, leider: die Verhältnisse stimmen fast niemals, die Zeichner haben nach den ihnen übergebenen Zahlen abgeschätzt, um wieviel größer jener Export ist als dieser, und dann haben sie das so ungefähr dargestellt, praeter propter, wie der Berliner sagt. Diese Zeichnungen sind denn auch meistens nur ganz grobe Schemata, und das Auge sieht fast immer nur drei Größengrade: klein, größer, groß. Das wiener Museum nun stellt in diesem Atlas die Zahlenverhältnisse ganz anders dar. Es arbeitet mit kleinen Figuren, mit Männerchen und Körben und Zuckerhüten und Kartoffelsäcken, und es vergrößert nun die Figuren nicht, sondern setzt sie so oft nebeneinander, wie sie in den verschiedenen Gesamtsummen enthalten sind; zwanzig kleine schwarze Männerchen bedeuten also zum Beispiel zehn Millionen und zehn kleine Männerchen fünf Millionen. Das nimmt das Auge viel besser auf als die großen und kleinen Figuren, und so ergibt sich ein höchst lehrreiches Bilderbuch, dessen Tafeln uns auf einen einzigen Blick zeigen, was los ist.

Es sind 98 Tafeln, und man kann aus ihnen ablesen:

Bevölkerungsdichte zu vielen Zeiten und in vielen Ländern; Erdölwirtschaft der Erde; Statistik der Arbeitslosigkeit; Streiks; Vermögensverteilung im Deutschen Reich und so fort und so fort. Es ist das allerlehrreichste Konversationslexikon, das sich denken läßt — dazu sehr geschmackvoll gedruckt, in wunderhübschen Farben, und alles ist amüsant und tut dem Auge wohl. Wer da weiß, worüber Leute so diskutieren, ohne auch nur im Besitz der allereinfachsten Zahlenangaben zu sein, der wird diesen Atlas gern zur Hand nehmen. Volksbibliotheken und Bildungsanstalten sollten ihn unbedingt besitzen. Statistik verflacht ja vieles, und ein bißchen mißtrauisch darf man bleiben, nicht gegen die Verfertiger des Atlas, die ihre Quellen sauber angeben, sondern gegen die Statistik selbst, diese süße Form der Lüge. Manche Blätter darf man auch kritisch lesen: so ist zum Beispiel die Wohndichte in den Großstädten so berechnet, daß die Straßen in die Fläche miteingerechnet sind, wodurch das Bild nicht ganz klar wird, und bei der Darstellung der Rüstungen kommt Deutschland unverhältnismäßig gut fort. Aber das sind kleine Schönheitsfehler – der Atlas ist ein Meisterwerk pädagogischer Statistik.

Beschließen wir unsre heutige Bücherpredigt mit ‹*Un mois chez les filles*› von Maryse Choisy (Éditions Montaigne, Paris, 13 Quai de Conti, Fernand Aubier). Es muß eine deutsche Ausgabe vorhanden sein – ich kenne sie aber nicht.

Tatbestand: Die Chiromantin des ‹*Intransigeant*› ist in die Puffs gegangen. Erschrecken Sie nicht: nur der Wissenschaft halber. Und das hat sie so gemacht, daß sie sich dort als ‹sous-maîtresse› verdungen hat ... das ist also so ein Zwischending zwischen Aufseherin und Dienstmädchen. Das könnte doch nun sehr gut sein; schade, daß E. E. Kisch nicht ... aber man soll nichts verschwören. Leider ist das Buch ein großer Schmarrn.

An Ehrlichkeit des Vokabulariums läßt es nichts zu wünschen übrig. Die Verfasserin – o Diotima! – sagt rechtens so: «Nichts ist mir so widerwärtig als: kleine Ferkeleien im Stil von Anatole France zu formulieren. Ich schreibe, ohne Zögern: merde, cul, sexe. Das sind klare Wörter, denen man den Vorzug geben soll, frei, mutig, – Wörter, die ein Bild wiedergeben, eben weil sie wenig gebräuchlich sind» (sie meint: im Schrift-Französisch). «Aber drucken zu lassen: ‹Er vergnügte sich mit diesen winzigen, durchaus nicht unschuldigen Kleinigkeiten, mit denen ein Mann seine Frau zu befriedigen sucht›, scheint mir feige Pornographie zu sein.» In Ordnung.

Was dann kommt, ist weniger in Ordnung.

So schön kann Frau Choisy gar nicht sein, als daß sie sich nun immerzu mit dem dreifach gedoppelten Ausruf: «Ich aber bin eine anständige Frau» zwischen uns und die Huren drängt. Was sind das für Mätzchen? Was das für welche sind? Kleinbürgerliche, wie sich aus ihren gradezu monströsen Anschauungen über die Prostitution ergibt. Eine Närrin, die nicht über ihr Arrondissement denken kann. Ich weiß schon: das sei der unbeirrbare Rationalismus der Franzosen. An den glaube ich – aber die Sache hat ihre Grenzen. Wirtschaftslagen sind nicht ewig, wie diese Bürger und Bürgerinnen glauben. Das ist nichtsnutzig, und es ist wertlos, so zu denken.

Dagegen sind Einzelheiten sehr gut, weil sie offenbar wahr sind. Der Kerl, der sich ins Bordell einen Koffer mitbringt und sich dort in ein altes Brautkleid hüllt, ist ein schönes Exemplar aus einer Psychopathia sexualis, ein melancholisch-irrsinniges – das lohnt zu lesen. Und jene, die herunterkommt und Krach macht, weil ein englischer Kunde immer seine Zigarre raucht, wenn er sie liebt, und dann jene – das muß ich im Original hersetzen: Man kann es sehr gut übersetzen; aber man kann es nicht gut übersetzen.

Also: Es ist Sonnabend abend, das ganze Haus ist voll, Julie kommt von oben heruntergedonnert. «Was ist?» – «Ach, ach . . .!» – «Na? Was ist los? Krank?» – «Ach, wenn es das wäre!» – «Also? Hat er nicht gezahlt?» – «Ach, wenn es bloß das wäre – Noch viel schlimmer – noch viel schlimmer!» – «Erzähl! Erzähl schnell! Los!»

– «Un michet (ein Kavalier) . . . Je ne sais comment il s'y est pris. J'ai eu beau résister. Mais ce sacré cochon est parvenu à me faire jouir. C'est la première fois que ça m'arrive. Jamais je n'oserai regarder mon ami en face ce soir.»

Das ist nicht zu überbieten. An keiner andern Stelle dieser amüsanten und unzulänglichen Berichte kommt so klar heraus, was im tiefsten Grunde der französischen Prostitution steckt: die Bäuerin. Die Kleinbürgerin. Die rationale Frau.

KLEINE BITTE

Wenn einer und er entleiht ein Buch von einer Bibliothek, sagen wir den Marx: Was will er dann lesen? Dann will er den Marx lesen. Wen aber will er mitnichten lesen? Den Herrn Posauke will er mitnichten lesen. Was aber hat der Herr Posauke getan? Der Herr Posauke hat das Buch vollgemalt. Pfui!

Ob man seine eigenen Bücher vollschreiben soll, ist eine andere Frage. (Vgl. hierzu: ‹Über das Vollschreiben von Büchern, Buchrändern sowie buchähnlichen Gegenständen›; Inaugural-Dissertation von Dr. Peter Panter; der Universität Saarow-Pieskow vorgelegt, meinen lieben Eltern gewidmet.) Mit den eigenen Büchern also beginne man, was man mag. Aber wie verfährt man mit fremden?

Die Preußische Staatsbibliothek, der man die Kosten für eine mittlere Infanterie-Division bewilligen sollte, auf daß sie eine moderne Bibliothek werde, sollte sich auf das schärfste gegen jene schützen, die die Unart haben, entliehene Bücher vollzugeifern, man kann das nicht anders nennen.

– «Oho!» – «Ganz falsch, siehe Volkmar Seite 564.» – «Blödian!» –

«Bravo!» – «Nein, diese Theorie ist eben nicht von N. abgelehnt worden!» – «Dumme Frechheit!» ... was soll denn das alles –?

Erstens einmal ist es feige, den Autor anzukrähen: er ist ja nicht dabei und kann sich nicht wehren. Zweitens stört es den nächsten Leser außerordentlich bei der Lektüre: man mag nicht oben auf einer linken Seite zu lesen beginnen, wenn unten rechts etwas angestrichen ist, was man nicht kennt; das Auge wird unruhig, schweift ab ... ja, wenn wir das selber unterstrichen hätten, dann kennen wir auch das Buch, und das ist ganz etwas anderes. Ein Bibliotheksbuch aber gehört allen, und alle sollten es sauber und anständig behandeln.

Stadtbibliotheken und Fachbibliotheken leiden unter dieser Unsitte – wir alle leiden darunter, die wir uns viele Bücher nicht kaufen können. Es ist wie: Stullenpapier im Grunewald liegen lassen.

Kleine Bitte an Bibliotheksbenutzer:

Laßt Marginalien von andern Leuten schreiben – tut es nicht! Malt nicht die Bücher voll, es ist nicht schön. Zeichnet eure Bemerkungen auf; schreibt nicht so viel in die Bücher hinein, schreibt lieber mehr aus ihnen heraus! Beschimpft den Autor nicht am Rande. Schreibt ihm einen Brief.

Herrn

Geheimbderath Göthe

Weimar.

Eine nähere Adresse ist nicht nötig; der Brief kommt schon an. Frick paßt auf.

Und malt die Bücher nicht voll. Nein? Tuts nicht mehr!

RUSSLAND

1919

Es brodelt, es brabbelt, es raunt in der Welt:
Rußland! Rußland!
Sie morden! Sie plündern! sie rauben das Geld!
Rußland! Rußland!
Wie sie die Fürsten durch Gossen schleifen –
das wird auf den Nachbarn übergreifen!
Sie arbeiten nicht! Alles bleibt stehn!
Das Chaos! So kann das nicht weitergehn ...!
Sperrt die Grenzen ab! Der Prolet wird begehrlich!
Rußland –
Rußland ist gefährlich.

1931

Es brodelt, es brabbelt, es raunt in der Welt:
    Rußland? Rußland?
Der Fünfjahresplan glückt! Das System, es hält!
    Rußland? Rußland?
  Wie sie arbeiten! Wie ihre Pläne reifen!
  Das kann auf die Nachbarn übergreifen!
  Es geht ihnen besser . . . Was wird da geschehn?
  Wenn sie exportieren? Das kann nicht gehn.
    Nieder mit Rußland! Die Kerls sind nicht ehrlich!
    Rußland –
        Rußland ist gefährlich.

Sie toben, vom wilden Affen gebissen.
Rußland ist ihr schlechtes Gewissen.
  Propaganda glüht.
  Und sogar den Papst haben sie bemüht.
Ist etwas auf Erden schief und krumm,
dann riecht es bestimmt nach Petroleum.

SEIN SPANNENDSTER ROMAN

Fremde Literaturen von innen zu sehn: das ist uns nicht oft vergönnt. In Paris habe ich die Nasenspitze in diesen Laden gesteckt – schön wars nicht, es roch auch nicht gut. Die bessern Leute verhalten sich dort still oder sitzen in der französischen Provinz, und in die Augen springt das Gelle, das Grelle, das Laute. Ein sonderbarer Betrieb, den mitzumachen schon eine erhebliche Charakterlosigkeit erfordert. Es gibt erfreuliche Ausnahmen und es gibt Grasset, der mit wildem Gefuchtel alle halbe Jahr an etwas andres glaubt und dadurch auch die andern veranlaßt, es zu glauben. Für sechs Monate. (Paul Cassirer war so ähnlich; nur kälter und böser.) Solche Leute richten mitunter manches Gute und manchmal viel Unheil an. Ja, das sind die Franzosen, und über die wissen wir ja einiges – aber wie sieht die amerikanische Literatur von innen aus?

Das zeigt uns einer, dem ich das nie zugetraut hätte: Upton Sinclair. *‹Das Geld schreibt›*; eine Studie über amerikanische Literatur (erschienen im Malik-Verlag zu Berlin).

Sinclair steht bei mir unter den Aussortierten; ich mag ihn nicht. Seine Romane sind, je neuer sie sind, um so altbackner; seine Dialoge aus Pappe, seine Gesinnung untadlig und recht langweilig ausgedrückt. Er hat oft recht, aber ich schlafe dabei ein. Dieser Band kleiner Essays jedoch ist quicklebendig von der ersten bis zur letzten Zeile, amüsant, bunt, bewegt und bewegend; etwas außerordentlich Interessantes.

Sinclair nimmt seine Kollegen durch. Was uns das angeht? Sehr viel. Er tut es nämlich mit so grundsätzlichen Erwägungen, so lehrreich und so kritisch, auch da, wo er irrt, grade da, wo er irrt, daß man den deutschen Schriftstellern nur wünschen kann, dergleichen mit eben so wenig Pose, mit so wenig Brille und mit so wenig Aspekt auf Olympisches zu tun, das bei uns die Leute über vierzig so leicht befällt. Dieser Band ist in kurzen Hosen geschrieben.

Sinclair macht also nicht den fatalen Fehler, subjektive Abneigungen in scheinbar objektive Historie zu kleiden – das ist ein alter Trick. Er sagt vielmehr: diesen mag ich nicht, und jenen liebe ich, und dieser ist mir ein Greul und ein Scheul, und jener ist korrumpiert. Wodurch?

Dies ist die These des Buches:

«Die Künstler, die heute unsern Luxusklassen dienen, erscheinen mir wie Affen in einem Käfig, die nichts andres zu tun haben, als sich gegenseitig nach Läusen abzusuchen und das Publikum mit unzüchtigen Vorführungen zu beglücken.» Gar nicht übel formuliert, und ganz nebenbei: wahr.

Fast ganz ohne Beispiel ist zunächst, was Upton Sinclair über Upton Sinclair sagt. «Als der Weltkrieg ausbrach, ergoß sich der Idealismus Amerikas in einen neuen Kanal. Die amerikanischen Schriftsteller wurden – wie die übrige Bevölkerung auch – organisiert und militärisch gedrillt. Wir nannten uns die ‹Erwachenden›. Vielen von uns wäre es heute peinlich, an die Possen jener Zeit erinnert zu werden. Zehn Jahre sind indessen verflossen; einer dieser amerikanischen Schriftsteller nimmt sich hier vor, in kurzen Worten von seiner Schande zu berichten und die Tausende von jungen Menschen um Vergebung zu bitten, die er ins Schlachthaus hinüberlocken half.» Wir haben in Deutschland und Österreich eine literarische Gesinnungspolizei; ich möchte mal sehen, ob einer von diesen Jungens jemals so über sich selbst zu schreiben imstande wäre.

Er nimmt also amerikanische Schriftsteller durch, und da wir viele davon kennen, so ist das auch für uns wichtig. Er steht ihnen ja näher als wir.

Er macht das mit sehr viel Witz; mit so viel Witz und Humor, wie sie in keinem seiner Romane zu finden sind. Dieses kapitalistische System, sagt er, «verlangt, daß jeder Mensch so aussieht wie eine Schneiderreklame und so denkt wie der Mann, der den Text dazu gemacht hat». Nach dieser Melodie kritisiert er sie.

Hergesheimer zum Beispiel: sehr böse und fast ganz negativ. Ein Snob! und: Elfenbeinturm! und so über viele Seiten. Alles zugegeben: aber *‹Tampico›*? Dieses Buch Hergesheimers ist von einem Mann für Männer geschrieben und für kluge Frauen, ist das auch snob? Das ist nicht snob.

Dreisers *‹Amerikanische Tragödie›* sei eine komplette Sonntagsschulpredigt; dreimal Ja! Obgleich und weil Galsworthy uns das Gegenteil einreden will. Einmal führt Sinclair anläßlich eines Romans von Reverend Wright die «Just-Technik» vor, wie Kerr das genannt hat («Just in diesem Augenblick trat der langersehnte Sohn ins Zimmer»), und Sinclair, der ein Amerikaner ist, macht das mit Zahlen. Er rechnet nämlich die Wahrscheinlichkeit aus, mit der sich die Handlung des kritisierten Buches begeben könnte. Also etwa so: «Der Held, ein Verbrecher, gelangt auf seiner Flucht vor der chicagoer Justiz in ein Dorf der ozarker Gegend, wo ‹Tante Sue, das goldene Mutterherz mit dem Silberhaar› wohnt. Da es schätzungsweise dreitausend Dörfer gibt, in die er hätte fliehen können, so haben wir hier eine Anfangswahrscheinlichkeit von 1:3000.» Schlußergebnis: die Handlung des Romans kann im Leben vorkommen, und zwar mit einer Wahrscheinlichkeit von 1:345 600 Quatrillionen.

Dies aber ist der Grundgedanke des Buches: Die herrschende Klasse hält sich ihre Künstler, wie man sich einen Kanarienvogel hält. Singt er, ists gut; singt er nicht oder, was noch schlimmer ist, nicht die gewünschte Melodie: dann wird er abgeschafft. Das ist so selbstverständlich, sollte man meinen, daß das jeder Künstler erkennen müßte. Dem ist aber nicht so. Viele von uns bilden sich noch immer ein, vom Mond heruntergefallen zu sein und dortselbst, wenn auch möbliert, zu wohnen; sie sehen die Zusammenhänge nicht. Die Abhängigkeit des erfolgreichen, rege produzierenden, durch seine Arbeit lebenden Schriftstellers von der herrschenden Klasse ist überall gleich groß. Das Geld schreibt? Man sollte viel mehr sagen: «Das Geld verhindert, zu schreiben.» Denn der Angelpunkt, um den sich ganze Literaturen drehen, ist das, was nicht in ihnen steht. Hier ist Sinclair ganz und gar im Recht, ganz und gar.

Wenn Sinclair nun ein wenig naiv fordert, man müsse «die Geschäftsleute aus der Literatur ausschalten», so entspricht das seinem etwas vormärzlichen sozialen Standpunkt: er ist ein sauberer Individualist, sein Herz schreit auf über «das, was unrecht ist in der Welt», – aber seine Gegenvorschläge sind oft leer und manchmal ganz und gar unwirksam. Das werfen ihm die Kommunisten mit Recht vor.

Die Rolle des Künstlers in dieser Gesellschaft aber hat er klar erkannt. Er sollte nur nicht das Geld allein dafür verantwortlich machen; er sollte die Geltung hinzufügen, den Drang nach Geltung. Ein bißchen verschweigen, um das Entscheidende herumschweigen, ist so leicht und so verführerisch, wenn man dafür die Geltung eintauschen kann, den Erfolg, den Ruhm und die Beachtung der Welt, in der man lebt. Sicherlich hat keiner der kapitalistischen Staaten auch nur das leiseste Recht, sich über die geistige Unfreiheit in Rußland aufzuhalten; in keinem dieser Staaten, wenn man vom Balkan absieht, hat der Schriftsteller mehr Recht als dies: nicht körperlich verbrannt zu werden. In keinem dieser Staaten läßt die Industrie der periodischen Literatur jene zu Worte kommen, die den Interessen der Kapitalisten schädlich werden können, das ist ein natürlicher Vorgang: es ist Krieg. Die Russen tun genau dasselbe, nur mit dem Unterschied, daß sie ihren legalisierten Terror für die Proletarier ausüben wollen. Welches Resultat das haben wird, bleibt abzuwarten. Der Schriftsteller aber, der sein Wirken für unabhängig hält, nur, weil er geschickt laviert, ist genau so eine lächerliche Figur wie jener, der seinen Unterhaltungskram für Dichtung hält, und welcher Macher täte das heute nicht! Seit der Oktoberrevolution des Jahres 1917 besteht der Kapitalismus aus Angst und bösem Gewissen, also ist er noch grausamer als er vorher schon gewesen ist. Daher auch die maßlose Überschätzung der Musik, weil die keinem etwas tut. Und nichts wirkt komischer als die Wichtigtuerei, mit der der geduldete Künstler sein Werk betrachtet. Was ist er denn? Er hat, wie die Hühner, einen Auslauf aus seinem Käfig und mehr nicht. Sinclair hat tausendmal recht.

Nicht so unbedingt kann ich ihm in einer ästhetischen Frage zustimmen, die sich politisch gibt, es aber nicht ist. Der Mann ist unmusikalisch; man braucht nur zu hören, wie er über einen Dichter schreibt, von dem ein Gedicht zitiert wird: George Sterling. Das Gedicht wirkt noch in der Übersetzung erschütternd.

Der Mann, der ich nicht bin:
Und in der Nacht, da sah ich klar,
Ich fing zu zählen an:
Er hat so vieles gut gemacht,
Ich habe nichts getan.
Soll ich, sein schlechtes Ebenbild,
Beweinen, was schon hin?
Er weiß, wie billig Tränen sind,
Der Mann, der ich nicht bin.

Sinclair beklagt von diesem verstorbenen Sterling, er sei ein Trinker gewesen. Das ist gewiß sehr bedauerlich, aber Sinclair ist nüchtern und nichts als das. Ich verteidige nicht den Mißbrauch des Alkohols – ich mißbillige nur eine brave, eine wohlgesittete, eine undämonische, eine Limonaden-Kunst. Und es gibt, wahrlich, ich sage euch, es gibt auch rote Limonaden.

Dieser völlige Mangel an Verständnis für das, was lyrische Kunst ist, fällt immer wieder auf. «Lyriker sind Geschöpfe, die sich mit ihren eigenen Säften in einen Kokon verspinnen.» Und dann, ganz tantenhaft: «Jede wahrhaft große Kunst ist optimistisch.» – «Ich halte den Pessimismus, wo er und unter welchen Umständen immer er erscheint, in Kunst, Philosophie, oder Alltag für eine Art Geisteskrankheit.» Auch du Babbitt? Zweimal zwei ist vier; das ist wahr. Aber es ist nicht die ganze Wahrheit. «Wozu nähme man sonst die Erschütterungen des künstlerischen Schaffens auf sich?» Wozu –? Weil man muß, Sinclair.

Hier, im Grundgedanken, hat er recht und unrecht. Unrecht hat er, wo er den griechischen Göttinnen Strickstrümpfe überzieht, und es gibt diese Göttinnen, es wird sie ewig geben. «Die Antike», steht bei Kierkegaard, «ist ein Präsens; die Romantik ist ein Aorist.» Und die herkömmliche Poesie des Klassenkampfes ist ein Futurum, allwelches Tempus bekanntlich in den meisten Sprachen keine eigne Form hat, sondern aus bereits vorhandnen Formen zusammengesetzt wird. Sinclair macht sich das Leben einfach, im Grunde so einfach wie das Weltbild des Schrecklichsten aller Schrecken: einer amerikanischen Dame der bessern Gesellschaft. «Wir hätten» (im Anschluß an das Andersensche Märchen von des Kaisers neuen Kleidern gesagt) «einen kleinen Kritikerjungen dringend nötig, der in ganz gewöhnlichem Alltagsenglisch sagt: ‹Das ist ja alles Beischlaf!›» Der Ruf könnte oft nicht schaden, aber: ist nicht sehr vieles wirklich nur dies und sonst gar nichts? Man hebt mit Recht als Plus hervor, daß es in Rußland wenig Lüsternheit gebe – die Leute haben sie nicht nötig, im Leben nicht und in der Literatur auch nicht. Gut. Doch sind damit die irrationalen Kräfte beseitigt, die Imponderabilien, eben das, was sich marxistisch nicht auflösen läßt? Und nun werde ich ja wohl exkommunisiert werden.

Man sagt zweihundertundzwölf Mal Nein zu Sinclairs Buch, auf jeder Seite ein Mal. Und man sagt zweihundertundzwölf Mal Ja – und das ist viel, beinah alles, was man von einem Buch verlangen kann. In der Übersetzung ist übrigens ein kleiner Fehler stehen geblieben: «Pétrone Ingénu» heißt nicht: «aufrichtiger Petronius», sondern: naiver Petronius, harmloser, unschuldiger Petronius.

Und fast gar nichts habe ich von einer Eigenschaft des Buches gezeigt, die man in der angelsächsischen Literatur so häufig trifft und in der deutschen so wenig: die Leute haben Humor, noch im Ernst haben sie Humor. Die Polemiken etwa mit Mencken... das ist bezaubernd. Noch wo sie zupacken, haben sie Zeit, im Kampf einmal «Oh dear!» zur Galerie hinaufzurufen, alles freut sich, und der Kampf geht weiter. Ein Tier lacht nicht. Der Angelsachse kann lachen, weil er lachen kann.

Zeige mir von fern einen dicken Roman Sinclairs, und ich will laufen, daß der Trainer sagt: «Beinah so gut wie das letzte Mal bei Unruh.» Dieses Buch aber – *‹Das Geld schreibt›* – ist sein spannendster Roman.

SCHEPPLIN

Du latscht uff deine jroßen Botten
in Kino durch de janze Welt.
Bei Weiße und bei Hottentotten ...
wat hast du alles anjestellt!
Du kommst so an ... Der jreeste Recke
valiert trotz seine Niedertracht.
Du kiekst bloß eenmal um de Ecke,
un alles lacht.

Du schmierst se Flammri in Zylinder,
loofst durch de Beene von Pochtier;
du bist so nett zu kleene Kinder,
schmeißt Damens Eis ins Dekollteh.
Denn jehste hin un feifst ein Liedchen,
als hättste weita nischt jemacht.
Und wer dir sieht mit dein Hietchen –:
der lacht.

Vor dir hat jeda schon jesessen.
Trotz Koppweh, Ärja, Not un Schmerz ...
Vor dir hat jeda det vajessn.
Ick wer da sahrn: du hast Herz!
Du machst, det die vanimftjen Knaben,
bloß, weil du da bist, Unrecht haben.
Und tragen se dir mit Jebimmel
(noch lange nich!) in dunkle Nacht –:
denn sieht dir Jott in sein Himmel
steht uff
un lacht.

ZUR SOZIOLOGISCHEN PSYCHOLOGIE DER LÖCHER

> Daß die wichtigsten Dinge durch Röhren gethan werden. Beweise: erstlich die Zeugungsglieder, die Schreibfeder und unser Schießgewehr. Lichtenberg

Ein Loch ist da, wo etwas nicht ist.

Das Loch ist ein ewiger Kompagnon des Nicht-Lochs: Loch allein kommt nicht vor, so leid es mir tut. Wäre überall etwas, dann gäbe es kein Loch, aber auch keine Philosophie und erst recht keine Religion, als welche aus dem Loch kommt. Die Maus könnte nicht leben ohne es, der Mensch auch nicht: es ist beider letzte Rettung, wenn sie von der Materie bedrängt werden. Loch ist immer gut.

Wenn der Mensch ‹Loch› hört, bekommt er Assoziationen: manche denken an Zündloch, manche an Knopfloch und manche an Goebbels.

Das Loch ist der Grundpfeiler dieser Gesellschaftsordnung, und so ist sie auch. Die Arbeiter wohnen in einem finstern, stecken immer eins zurück, und wenn sie aufmucken, zeigt man ihnen, wo der Zimmermann es gelassen hat, sie werden hineingesteckt, und zum Schluß überblicken sie die Reihe dieser Löcher und pfeifen auf dem letzten. In der Ackerstraße ist Geburt Fluch; warum sind diese Kinder auch grade aus diesem gekommen? Ein paar Löcher weiter, und das Assessorexamen wäre ihnen sicher gewesen.

Das Merkwürdigste an einem Loch ist der Rand. Er gehört noch zum Etwas, sieht aber beständig in das Nichts, eine Grenzwache der Materie. Das Nichts hat keine Grenzwache: während den Molekülen am Rande eines Lochs schwindlig wird, weil sie in das Loch sehen, wird den Molekülen des Lochs . . . festlig? Dafür gibt es kein Wort. Denn unsre Sprache ist von den Etwas-Leuten gemacht; die Loch-Leute sprechen ihre eigne.

Das Loch ist statisch; Löcher auf Reisen gibt es nicht. Fast nicht.

Löcher, die sich vermählen, werden ein Eines, einer der sonderbarsten Vorgänge unter denen, die sich nicht denken lassen. Trenne die Scheidewand zwischen zwei Löchern: gehört dann der rechte Rand zum linken Loch? oder der linke zum rechten? oder jeder zu sich? oder beide zu beiden? Meine Sorgen möcht ich haben.

Wenn ein Loch zugestopft wird: wo bleibt es dann? Drückt es sich seitwärts in die Materie? oder läuft es zu einem andern Loch, um ihm sein Leid zu klagen – wo bleibt das zugestopfte Loch? Niemand weiß das: unser Wissen hat hier eines.

Wo ein Ding ist, kann kein andres sein. Wo schon ein Loch ist: kann da noch ein andres sein?

Und warum gibt es keine halben Löcher –?

Manche Gegenstände werden durch ein einziges Löchlein entwertet; weil an einer Stelle von ihnen etwas nicht ist, gilt nun das ganze übrige nichts mehr. Beispiele: ein Fahrschein, eine Jungfrau und ein Luftballon.

Das Ding an sich muß noch gesucht werden; das Loch ist schon an sich. Wer mit einem Bein im Loch stäke und mit dem andern bei uns: der allein wäre wahrhaft weise. Doch soll dies noch keinem gelungen sein. Größenwahnsinnige behaupten, das Loch sei etwas Negatives. Das ist nicht richtig: der Mensch ist ein Nicht-Loch, und das Loch ist das Primäre. Lochen Sie nicht; das Loch ist die einzige Vorahnung des Paradieses, die es hienieden gibt. Wenn Sie tot sind, werden Sie erst merken, was leben ist. Verzeihen Sie diesen Abschnitt; ich hatte nur zwischen dem vorigen Stück und dem nächsten ein Loch ausfüllen wollen.

LOTTCHEN WIRD SANIERT

«Also sind das jetzt alle Schulden, die du hast?»

«Das sind alle.»

«Lottchen, daß du mir aber nicht hinterher mit neuen kommst – du weißt: im vorigen Jahr, in Lugano, habe ich auch alles bezahlt, und wie ich fertig war ...»

«Daddy, ich schwöre dir – diesmal habe ich wirklich alles gebeichtet! Meine Kassen sind überhaupt tadellos in Ordnung – also wirklich!»

«Gut. Also gib noch mal die Aufstellung her; ich will das mit deinen Kassenbüchern vergleichen ... allmächtiger Gott, das sind deine Kassenbücher?»

«Na, was denn?»

«Diese traurigen Fetzen?»

«Selber trauriger Fetzen! Geh mal weg! Gib mal her – bring mir das nicht durcheinander – ich hab mir das so schön geordnet ...! Soll ich vielleicht doppelte Buchführung machen mit Hauptbuch in Kaliko und sonem Quatsch ... gib mal her!»

«Was ist denn das?»

«Das ist der Zettel von den Schulden; aber die hier gelten nicht, die sind schon bezahlt, nein, die sind noch nicht bezahlt, aber die haben Zeit. Die können warten! Kätchen kann warten.»

«Hat dir dein Freund Käte wieder Geld gegeben? Ich habe dir doch gesagt, du sollst die Frau nicht anpumpen. Ihr Mann ist Arzt und verdient ... ja, ich weiß schon. Aber ich will das nicht. Wieviel?»

«Vierzig Mark.»

«Da steht doch aber 65 Mark?»

«Ja ... das heißt ... das sind noch fünfundzwanzig Mark, die habe ich ... die hat sie mir ...»

«Also fünfundsechzig. Und was ist das? Hundertundzehn Mark?»

«Das ist für die Kinder. Schuhe und Strümpfe.»

«Also, weiß Gott: es sind ja nicht *meine* Kinder. Hundertundzehn. Teure Kinder hast du. Fünfundsechzig und hundertundzehn ... so geht das überhaupt nicht. Gib mal her – jetzt werde ich mal eine neue Aufstellung machen! Also:

Kätchen	65
Kinder	110
Hankemann	92

Ja, die hast du gebeichtet – ich weiß schon.

Louis Brest ... ach so, die Bank, wieviel? Zweihundertundneun Mark? Sage mal, Lottchen, dir piekt es wohl?»

«Wieso? Das ist ein altes Debet-Konto, das habe ich ... Das verstehst du nicht – Herrgott, hör doch mal zu! Ich habe mir aus meiner

Kleiderkasse im Mai, nein, im vorigen Oktober, fünfundvierzig Mark geborgt, bitte, ich geb sie mir zurück, ich kenn mich doch, mir kann man borgen; und die habe ich in die Kinderkasse getan, und weil in der Reisekasse noch neunundachtzig Mark wegen der Gasrechnung gefehlt haben, da habe ich eben die Miete vom nächsten Vierteljahr genommen – und auf diese Weise habe ich auf der Bank ein Debet-Konto! Das ist doch lohrisch!»

«Ja, das ist sehr logisch. Aber davon hast du nichts gesagt. Ich will dich ja gern sanieren, das tue ich ja alle Jahre, dieses Großreinemachen – zweihundertundneun Mark Debet ... sage mal Lottchen, wer glaubst du eigentlich, wer ich bin?»

«Du bist ein alter Gnietschfritze! Hab dich doch nicht so wegen der zweihundert Mark! Überhaupt sind sie nicht eilig! Die haben Zeit!»

«Und kosten Zinsen! Also weiter:

Louis Brest 209
Werßhofen 54

Was ist das?»

«Das ist das, wo ich dir neulich gesagt habe!»

«Davon hast du nichts gesagt!»

«Davon habe ich nichts gesagt? Das ist ja großartig! Ich habe nur nicht vierundfünfzig gesagt, damit du nicht sonen Schreck kriegst ... ich habe nur einen Teil zugegeben.»

«Wieviel?»

«Drei Mark fünfzig. Das hat man davon, wenn man Rücksicht nimmt! Die gehören überhaupt in die Wirtschaftskasse. Die Schulden, das sind gar nicht meine Schulden ... das schuldet die Wirtschaftskasse!»

«Wem?»

«Der Kleiderkasse. Nu weiter!»

«Also wovon ich das alles bezahlen soll ... ich weiß es nicht. Ich weiß es wirklich nicht.

Werßhofen 54
Postscheck 28

– was heißt Postscheck achtundzwanzig ...?»

«Gib mal her. Ich weiß nicht ... Ach so! Das habe ich an Papa mit Postscheck zahlen wollen.»

«Hast dus denn gezahlt?»

«Nein. Papa war damals grade auf Reisen.»

«Wo ist das Geld?»

«Wo ist das Geld! Wo ist das Geld! Komische Fragen stellst du! Das Geld ist natürlich weg!»

«Wo es ist, will ich wissen!»

«Mein Gott, ich hab es an Neschke geschickt, wegen der Schuld.»

«Wegen welcher Schuld?»

«Na, ich . . . also ich schulde ihm noch achtundvierzig Mark, vom vorigen Jahr! Herrgott, ich kann nicht immer mit demselben Hut rumlaufen, man kommt sich ja schon rein dämlich vor! Alle Frauen haben einen neuen Hut, bloß ich nicht! Mach nicht son Gesicht – Neschke kann warten; den brauchst du nicht bezahlen!»

«Zu bezahlen!»

«Verbesser einen doch nicht immer! Das ist ja schlimmer wie ein Lehrer!»

«Als.»

«Wie?»

«Als. Schlimmer als ein Lehrer. Nach dem Komparativ . . .»

«Ist hier Grammatik, oder machen wir hier Kasse? Also weiter. Neschke wartet – er ist darin viel kulanter wie die Münchner.»

«Welche Münchner?»

«Ach . . . ich habe da auf der Reise . . . Daddy, du brauchst nicht gleich zu schreien, zu nach brauchen, ich war doch auf der Durchreise in München, und da habe ich so ein entzückendes Automäntelchen gesehn . . .»

«Mäntelchen ist schon faul. Wieviel?»

«. . . . . .»

«Also wieviel?»

«Hundertundzwanzig. Aber ich trage es noch drei Jahre!»

«Diese Frau ist der Deckel zu meiner Urne. Ich vermag es fürder nicht. Fürder ist ein seltenes Wort, aber du bist auch selten. Sind das nun alle Schulden?»

«Das sind alle. Dann bloß noch die Apotheke und fünfzig Mark beim Doktor. Aber der kann wirklich warten. Du brauchst ihn nicht zu bezahlen! Ich will es nicht! Ich will es wirklich nicht! Den bezahl ich allein! Er kann warten! Wirklich!»

«O Popoi. Nein, das ist nicht unanständig; das ist griechisch. Nun schreib mir das alles auf, und ich werde es in meine Brieftasche legen und es mir beschlafen. Großer Gott, du siehst es. Blick herunter! Schreib es so, daß man lesen kann! So, danke. Ich geh jetzt mal runter, Zigaretten kaufen – gib her! Lottchen, du bist eine teure Dame. Aber nun ist auch wirklich alles aufgeschrieben? Ja? Das ist alles? Das ist nun wirklich alles?»

«Das ist alles. Heiliges Ehrenwort. Das ist wirklich alles. Ich bin gar keine teure Dame – ich bin viel zu billig. Bei meinen Qualitäten! Auf Wiedersehn!»

«Auf Wiedersehn!»

(Das Lottchen): «Jetzt hab ich richtig vergessen, ihm die zweiundzwanzig Mark Bridgegeld anzusagen! Allmächtiger Braten! Ach was . . ich buch sie in die Sportkasse –!»

GEGEN DAS REMARQUE-FILMVERBOT

(Eine Umfrage der «Deutschen Liga für Menschenrechte»)

Der nordische Barde Goebbels hat in seinen Kundgebungen wiederholt darauf hingewiesen, daß der Remarque-Film ein ‹Geschäft› sei. Das ist dieser Film sicherlich – im Gegensatz zu den Fridericus-Erzeugnissen, die über und unter Gebühr rein ideale Ausstrahlungen Baldurs zu sein scheinen.

Filme sind Erzeugnisse einer Industrie, gehemmt durch eine Zensur, die im Interesse der herrschenden Klasse funktioniert. Trotzdem gibt es gute und schlechte Filme.

Die Nationaille hat aus unlauteren Beweggründen gegen diesen Film protestiert. Es ist bedauerlich, daß ein Pazifist wie Friedrich Wilhelm Foerster Verwirrung in die Reihen des Pazifismus getragen hat, indem er sagt: «Das Szenario stellt eine tendenziöse Auswahl seitens einer Art von sentimentalem, ja oft weinerlichem Pazifismus dar, bei dem der Abscheu gegen den Krieg nicht aus den Tiefen der moralischen Menschennatur kommt, sondern aus dem Nervensystem, dem Magen, dem Schlafbedürfnis ...» Aus dem Nervensystem! Nur aus dem Nervensystem? Wir haben oft zu Foerster gehalten. In diesem Falle ist dem Vorsteher eines kleineren katholischen Moralamtes nur zu wünschen, daß er einmal in die Lage kommt, *nur* aus dem Nervensystem gegen den Krieg protestieren zu müssen – also etwa nach achtundvierzigstündigem Trommelfeuer.

Noch der niedrigste Pazifismus hat gegen den edelsten Militarismus tausendmal recht! Es gibt kein Mittel, das uns nicht recht wäre, den Moloch des Kriegswahnsinns und des Staatswahnsinns zu bekämpfen.

Der Tod der zehn Millionen ist sinnlos gewesen – sie sind für nichts gefallen.

Nachträglich muß die trauernde Mutter, die trauernde Frau, müssen die Reklamefachleute für den nächsten Krieg, diesem Gemetzel, das selbst der Papst ‹ehrlos› genannt hat, einen Sinn unterlegen – was die Hinterbliebenen angeht, so brauchen sie diesen Trost: es ist so schwer, sonst weiterzuleben ... Ehre der Trauer. Schmach dem Kriege!

Wir brauchen keine Kartenkunststücke, die uns den angeblichen Sinn dieses Wahnsinns vormachen sollen.

Und darum ist uns jeder, jeder Film recht, der der Menschheit den Krieg auch in seinen niederen Formen, gerade in seinen niedrigsten Formen vorführt. Mussolini zeigt seinem Volk nur die Fahnen und nichts als das – Remarque zeigt uns die Fahnen und den Rest: die Zerfetzten und die Taumelnden, die Blutenden und die Zerschossenen – und wer sich daran begeistern will, der mag es tun.

Wir andern rufen gegen die Weltenschande: Nieder mit dem Kriege!

MEMOIREN AUS DER KAISERZEIT

Wie sich der kleine Moritz die Weltgeschichte vorstellt – genau so ist sie. Anton Kuh

Falkenhayn

Es war ein strahlender Sommertag, als ich endlich am 13. Juli ins Hauptquartier Seiner Majestät fuhr. Die Beratung fand in den Parterre-Räumen statt.

Der Kaiser sah ausgezeichnet aus, gesund und frisch, wie wir ihn lange nicht gesehn hatten. Anwesend waren:

Ludendorff, Tirpitz, Mackensen und Bülow, der direkt aus Rom gekommen war.

Seine Majestät hatte uns zusammenberufen, um unsre Meinung über eine Annektierung von Panama zu hören. Ludendorff stimmte selbstverständlich zu, betonte aber, daß man Mexiko dazunehmen müsse, da dies die Stimmung in der Heimat heben würde. Tirpitz riet beinah ab, was auf den Kaiser, wie wir alle bemerken konnten, höchst peinlich wirkte. Bülow in seiner schmeichlerischen Art verbeugte sich leicht, brachte ein französisches Zitat vor und fand den Einfall ‹prachtvoll›. Mackensen küßte als Antwort dem Herrscher stumm die Hand.

Nur ich behielt den Überblick und versprach dem Kaiser, einen genauen Plan zur Besetzung Panamas, das wegen des Suez-Kanals für uns militärisch wichtig war, auszuarbeiten. Auf mich wirkte das Ganze bereits damals wie eine drohende Ankündigung von Deutschlands Zusammenbruch. Infolgedessen schlug ich eine neue Offensive bei Verdun vor, für die ich die volle Verantwortung übernahm. Auch die andern Herrn hatten ihre Sachen in der Garderobe abgegeben.

Als wir aus dem Portal traten, regnete es; es war wie eine trübe Vorbedeutung.

Tirpitz

Meine Liebe!
Ich komme grade aus dem Kriegsrat bei Seiner Majestät; draußen ist prachtvoller Sonnenschein; als ich hinfuhr, goß es in Strömen. Die Beratung fand im ersten Stock statt.

Ludendorff war da, Mackensen, Falkenhayn und Bülow, der direkt aus Berlin gekommen war.

Der Kaiser wollte die Annexion Panamas durchsetzen und keinen Frieden abschließen, ohne den Herzogshut von Panama errungen zu haben. Selbstverständlich stimmten alle zu – aber so matt, ängstlich und schlapp, daß ich den allerschlechtesten Eindruck von der politischen und militärischen Führung mit nach Hause nahm. Diese Leute wagen ja nichts zu sagen. Ich berichtete Seiner Majestät, daß nach mir gewordenen Informationen Panama darauf warte, endlich preußisch, also ein Groß-Panama zu werden. Dafür übernähme ich die Verantwortung. Falkenhayn warf ein, daß Plessen ihm gesagt habe, Lyskow habe bestritten, daß Bülow der Meinung sei, Radowitz sei der geeignete Mann für die ersten Unterhandlungen – wahr ist natürlich das Gegenteil. Ludendorff gab als alter Soldat die Erklärung ab, nicht eher zu ruhen, bis er die Feinde, bzw. die Feinde uns siegreich auf die Knie gedrückt hätten. Bülow machte auf alle einen sehr schlechten Eindruck, weil er dem Kaiser zu diesem Plan, der auf die Flotte sicherlich deprimierend wirken wird, noch zuriet. Keiner hatte den Mut, den Kaiser darauf aufmerksam zu machen, daß Panama zu einem bösen Zankapfel zwischen Bayern, Baden und Preußen werden könnte. Mackensen küßte erst dem Kaiser und dann Bülow die Hand.

Nur ich behielt den Überblick und strich mir den Bart. Der Kaiser sah mich an und verstand mich sofort. Beim Frühstück saß ich zwei Plätze unter (!) Plessen und nur drei Plätze über Falkenhayn. Es steht schlimm um Deutschland.

Draußen im Vestibül sahen wir einen kleinen dicken Zivilisten, der seinen Schirm suchte, aufgeregt hin- und herlaufen. Wir haben alle sehr gelacht; das war aber auch der einzige Lichtblick in dieser trostlosen Beratung. Es steht schlecht um Deutschland. Wer ist daran schuld?

Dein Dich grüßender Alfred.

Mackensen

Unser herrlicher Herrscher hatte mich für den 13. Juli ins Hauptquartier befohlen. Es war ein kalter, wolkiger Tag, ohne Sonne und ohne Regen; ein grauer Himmel blickte durch die Fenster des zweiten Stockes, in dem die Beratungen stattfanden.

Da der Monarch bei meiner Meldung grade saß, konnte ich mich ihm nicht in gewohnter Weise nahen. Bülow, als einziger Zivilist, fiel uns allen durch seine Unehrbietigkeit auf – er küßte dem Kaiser nicht ein einziges Mal die Hand. Es steht schlimm um Deutschland. Tirpitz meldete gehorsamst, daß die Meldung, Radowitz habe Nostiz gemeldet, er werde Falkenhayn nicht melden, daß Bülow ihm eine Meldung gemeldet habe, unzutreffend sei. Der Kaiser bemerkte in seiner überlegenen Art: «Das habe Ich Mir gleich gedacht!» Der Kaiser trug die kleine Uniform und ich die Verantwortung. Alle waren ratlos.

Nur ich behielt den vollen Überblick und gab mir im Innern das Versprechen, zu Hause nachsehen zu lassen, wo dieses Panama, von dem immerzu die Rede war, eigentlich liegt. Draußen im Park rauschten die mächtigen ... *(mit Rücksicht auf die Familie und die Staatssicherheit gestrichen. Der Herausgeber.)*

Im Vorzimmer interviewte mich ein Vertreter der *‹Neuen Freien Presse›*, ein Herr Goldmann, der direkt aus dem noch im österreichischen Besitz befindlichen Wien hierher gefahren war, um mich zu sehen, und der nun seinen Regenschirm verloren hatte. Bülow versprach ihm einen neuen, und ich antwortete auf die Frage, wie ich zum Kriege stehe: «Wo haben Sie ihn denn stehen lassen?» Goldmann war tief erschüttert und ging ohne Regenschirm, aber siegesgewiß vondannen.

Ludendorff

Die freimaurerischen Mächte der Jesuiten wollen auch über den 13. Juli ihr dunkles Netz werfen. Wie bekannt, hat der Papst im Grand-Orient geschworen, diesen Tag zum Ausgangspunkt seiner Propaganda für den nächsten Weltkrieg (siehe meine Broschüre ‹Die Reu ist kurz, der Wahn ist lang›, Preis 0,90 RM.) zu machen. Ich gebe hier für die Volksgenossen eine verantwortliche Aufklärung:

Am 13. Juli hat überhaupt kein Kriegsrat stattgefunden.

Mir ist auch niemals ein Protokoll über diesen Kriegsrat vorgelegt worden; ich habe zu diesem Protokoll selbstverständlich keine Stellung genommen und übernehme namens des Hauses Ludendorff die volle Verantwortung.

Paul Goldmann

Bülow stellt neue Siege in Aussicht!
Mackensen optimistisch!
(Spezialtelegramm unsres Sonder-Berichterstatters)

Gr. Hauptquartier, 13. Juli

Es ist Hohenzollernwetter, die Truppen sind aber trotzdem prachtvoller Stimmung, denn der Kaiser hat mich zum Frühstück eingeladen, das ich in der schlichten, aber einfachen Feldküche einnehmen darf.

Die hohen Gestalten der Heerführer und die der politischen Spitzen nahen sich – ich stehe dicht bei ihnen und lasse mich von ihnen ins Gespräch ziehen. Ich drücke die Hoffnung aus, daß wir nun bald wieder unter Dach und Fach kämen, und wies auf den Schutz und Schirm hin, den die Feinde gestern verloren hätten. Bülow sagte mir, wörtlich:

«*Wir werden ihnen bald einen neuen besorgen!*»

Seine Exzellenz der Generalfeldmarschall von Mackensen fügte hinzu:

«*Der Sieg ist unser. Wir werden ihn stehen lassen!*»

Ein Schwarm von Lakaien war inzwischen hineingekommen und putzte den historischen Gestalten die Stiefel, und auch ich ging nachdenklich an meine schwere journalistische Arbeit.

Unsre Sache steht gut! Das kann ich im vollen Gefühl meiner Verantwortung sagen. Paul Goldmann

Bülow

Bei schwerem Erdbeben und leichten südöstlichen Winden fuhr ich am 13. Juli ins Hauptquartier. Ich kam direkt von Hamburg, als ich nach guter und bequemer Fahrt vor dem Hauptquartier, einem häßlichen Bau aus dem siebzehnten Jahrhundert, ausstieg. Ich sah Plessen, besichtigte einen grade dort haltenden Verwundetenzug, und nachdem ich auch die jüdischen Verwundeten begrüßt hatte, trat ich ins Schloß.

Die Beratungen fanden wegen der Fliegergefahr, die der Kaiser sehr fürchtete, im Keller statt. Der Kaiser sah gealtert aus, streckte, als er mich sah, seinen verkürzten Arm aus, und ich begrüßte meinen kaiserlichen Herrn mit allem schuldigen Respekt. Dann begann der Kriegsrat.

Der Kaiser wollte, wozu ich ihm schon oft, je nach der Witterung, zu- und abgeraten hatte, Panama annektieren, ein Plan, wie ihn die glorreiche Republik des sehr verständigen Landesverräters Ebert leider niemals gefaßt hätte. Ich wies meinen kaiserlichen Herrn, dessen notorischer Schwachsinn keinem meiner Nachfolger aufgefallen ist, fest, aber fein darauf hin, daß der Endsieg ja für jeden Kenner feststehe, wenn man auch noch nicht wisse, wem er zufallen würde, daß aber die Annexion eines so kleinen Staates den Siegeswillen der Entente stärken könnte. Ich fügte hinzu:

«Quando conveniunt, ancilla, Sybilla, Camilla»,

das Zitat paßte zwar nicht ganz her, machte aber auf alle Anwesenden einen tiefen Eindruck. Nur der gute Tirpitz meinte, Nostiz habe Radowitz nichts davon gesagt, daß Lyskow Plessen davon Mitteilung gemacht habe, dieser habe jenem keine Mitteilung zugehn lassen. Tirpitz hat es mit der Wahrheit nie sehr genau genommen, sowie auch mit großem Geschick den Marine-Etat im Reichstag vertreten. Es stand nicht gut um Deutschland, das fühlte in dem mit verblichenen samtgrünen Portieren ausgestatteten Raum jeder einzelne. Der gute Mackensen, dessen Großtante den Schwippschwager einer dem König von Macedonien morganatisch angetrauten Lindequist (einer Gouvernante), geheiratet hat, sagte zu allem Ja und Amen; Ludendorff, dessen historische Größe ja für ewige Zeiten feststeht, irrte auch hier, und während sie nach dem Kriege alle in ihren Memoiren schrieben, wie sie das Unglück Deutschlands vorausgesehen hätten, wagte dennoch an jenem geschichtlichen Tage niemand etwas zu sagen.

Nur ich behielt den vollen Überblick und dachte mir:

«Bei Männern, welche Liebe fühlen,
fehlt auch ein gutes Herze nicht.»

Laut aber sagte ich:

«Long, long ago!»

Der Kaiser erwiderte auf diesen diplomatischen Hieb nichts, und wir wurden um ein Uhr zum Frühstück befohlen.

Draußen im Vestibül empfing ich den Berichterstatter der *‹Neuen Freien Presse›*, Paul Goldmann, der direkt aus Wien gekommen war, um mich zu sprechen. Goldmann war stets ein verständnisvoller und kluger Journalist, der nie mehr telegrafierte, als wir erfinden konnten, und er hat auch nie versucht, selbständig zu denken – das überließ er im Kriege den Generalen und im Frieden seinem Verleger. Wir sprachen viel über die berliner Theateraufführungen eines Herrn Steinhardt oder Reinhardt, und der gute Mackensen machte ersichtliche Anstrengungen, diesem Gespräch, das so ganz andre Kulturbegriffe als die militärischen zur Basis hatte, zu folgen.

Beim Frühstück wurde viel über die nicht ganz wünschenswerten Verpflegungsverhältnisse in der Heimat gesprochen. Es gab klare Bouillon, wie sie schon Heinrich XXIX. von Burgund so geliebt hatte, Seezunge nach Müllerin Art, Rumpfstück mit Geldmannstunke (Sauce à la financière) und süßen Auflauf. Die Weine waren recht gut, bis auf einen Malaga, den der gute Tirpitz für Portwein trank, was uns alle recht amüsierte. Der Kaiser war sehr aufgeräumt und klopfte mir, als ich mich verschluckt hatte, mehrere Male huldvoll auf den Rücken. Wir sprachen dann noch über die Munitionslieferungen, sonst aber war von Panama nicht die Rede. Übrigens begann um die gleiche Stunde, als wir das Frühstück einnahmen, ein gewaltiger Sturmangriff bei Verdun.

In meine Privatakten aber habe ich zum Andenken an diesen Tag die Verse notiert, die alle deutschen Staatsmänner zum Wahrspruch ihres verantwortungsvollen Berufs machen sollten:

Deutschland, Gott seis geklagt,
war auf schiefer Bahn.
Ich habs ja gleich gesagt –
aber nichts getan!

ROSEN AUF DEN WEG GESTREUT

Ihr müßt sie lieb und nett behandeln,
erschreckt sie nicht – sie sind so zart!
Ihr müßt mit Palmen sie umwandeln,
getreulich ihrer Eigenart!
Pfeift euerm Hunde, wenn er kläfft –:
Küßt die Faschisten, wo ihr sie trefft!

Wenn sie in ihren Sälen hetzen,
sagt: «Ja und Amen – aber gern!
Hier habt ihr mich – schlagt mich in Fetzen!»
Und prügeln sie, so lobt den Herrn.

Denn Prügeln ist doch ihr Geschäft!
Küßt die Faschisten, wo ihr sie trefft.

Und schießen sie –: du lieber Himmel,
schätzt ihr das Leben so hoch ein?
Das ist ein Pazifisten-Fimmel!
Wer möchte nicht gern Opfer sein?
Nennt sie: die süßen Schnuckerchen,
gebt ihnen Bonbons und Zuckerchen ...
Und verspürt ihr auch
in euerm Bauch
den Hitler-Dolch, tief, bis zum Heft –:
Küßt die Faschisten, küßt die Faschisten,
küßt die Faschisten, wo ihr sie trefft –!

DER AMERIKANISCHE ERFOLG

Unter den Kulturgütern, die die Völker gegenseitig austauschen, sind nach den Gasgranaten gleich die Bücher zu nennen. Was geschieht nun, wenn ein Schriftsteller auch außerhalb seines Heimatlandes oder nur außerhalb seines Heimatlandes Erfolg hat –?

In Deutschland zählt der Erfolg extra muros doppelt.

Der Deutsche ist dem Ausland gegenüber unsicher: er ist Snob oder Chauvin, er beugt sich oder er pöbelt. Sichere Würde ist hierzulande selten. Richard Huelsenbeck hat neulich in der ‹*Literarischen Welt*› rechtens darauf hingewiesen, wieviel Unsicherheit in dieser Gereiztheit ist, und er hat meinen frühern Arbeiten, die das Ausland manchmal zu scharf gegen Deutschland ausspielten, diesen Mangel nicht zu Unrecht vorgeworfen. Die Kritik war unvollständig. Schade, daß er nichts über das so ruhig vorgetragene und so sehr scharfe Deutschland-Buch Diesels gesagt hat. Tatsächlich müßte man ja, was ich in meinem Deutschlandbuch nicht getan habe, deutsche und amerikanische Arbeiter, deutsche und französische Offiziere, deutsche und englische Richter vergleichen – dann käme man zu bessern Resultaten. Die Deutschen haben dies jedoch nicht gerne. Deutschland ist unter den Fremden das, was der Jude unter den Deutschen ist.

Der literarische Erfolg nun, den ein Deutscher im Ausland hat, wird nicht richtig eingeschätzt; es ist so viel Hundedemut darin: «Daß sie uns überhaupt beachten! Sogar in Amerika!» So sollte man das nicht ansehn.

Daß ein Russe in Frankreich gelesen, verstanden und geliebt wird, ist einmal ein Wunder gewesen – zu der Zeit nämlich, wo die Völker voneinander getrennter waren als heute und einander unähnlicher, als sie es heute sind. Mit einem Werk über die Sprachgrenzen zu gelangen, dazu gehörte schon ein beachtliches Format; der Schriftsteller, der dies erreichte, mußte zu einem guten Teil den Sprachpegel der Heimat überragen; bis zum Gürtel steckt jeder drin, und darum sagen wir: «Es geht bei der Übersetzung viel verloren.» Es geht eben dies verloren, was unübersetzbar bleibt: das Heimatliche des Mannes, seine Verbundenheit mit der Muttersprache, seine Beziehungen zur eignen Kultur ... das läßt sich nie ganz übertragen. Ist auf der andern Seite eine gute Kenntnis des fremden Bodens vorhanden, wie etwa bei gebildeten Polen die Kenntnis der französischen Kultur vorherrschend ist, dann gelingt die Übertragung leichter: das Fremde wird richtig mitgefühlt.

Nun hat sich in der letzten Zeit das Verständnis für den fremden Autor vergrößert, vor allem weil die europäischen Schriftsteller uniformer empfinden als früher, auch sind viele äußere Lebensformen der Völker standardisiert, es gibt bereits überall eine Konfektion des Geistes, deren Bestehen den Absatz von Erzeugnissen nach Maß erleichtert. Was früher ein Wunder gewesen ist, ist heute kein Wunder mehr. Früher kamen das Genie über die Sprachgrenze hinweg und der Vulgärkitsch; heute gelingt es auch dem Mittelmaß.

Die Uniformität des Lebens, hervorgerufen durch annähernd gleiche oder gleichartige Lebensbedingungen hat die Nationen nicht gleich gemacht; das äußere Bild und die obersten zehn, zwanzig Seelenschichten sind in Europa überall dieselben, dann kommt eine Seelenschicht, die jedes Volk für sich hat, und erst in den Grundlagen stimmen die Völker wieder überein. Schlipse und Mutterliebe sind in Warschau und London gleich; was dazwischen liegt, ist verschieden.

Es wäre hübsch, wenn wir nicht aus den Pantinen kippen wollten, weil ein deutsches Werk in fremden Sprachen Erfolg hat. Wie denn überhaupt der Erfolg nicht notwendig eine Qualitätsbezeichnung ist: er spricht nicht, wie die ewigen Neider glauben, gegen das Werk, noch ist er, wie sein Autor glaubt, ein unbedingter Beweis für das Werk. Denn es gibt Erfolge aus Mißverständnis und Erfolge, die sich regional erklären lassen; wenn es überhaupt möglich ist, einen ‹Wert› der Literatur zu statuieren, so ist die Auflagenziffer nur ein Faktor zu seiner Bestimmung, nicht der Hauptfaktor. Daß der Autor eine hinneigende Liebe zu jener Nation empfindet, die ihn lobt, feiert und ihm zu verdienen gibt, ist verständlich. Für seine Bücher besagt dergleichen wenig.

Es mag vorkommen, daß der betreffende Prophet in seinem Vaterlande nichts gilt; das ist sehr oft bei gewissen Franzosen der Fall, die in Deutschland maßlos überschätzt werden. Viele schmecken mit delikater Handbewegung ab, was in Frankreich nie etwas andres als Bahnhofslektüre gewesen ist; es sieht aus, als stellte ein Argentinier eine deutsche Bockwurst mit Salat als höchstes der Gerichte hin. Mitunter nimmt sich der Engländer aus der deutschen Literatur, was ihm gefällt – wir begreifen es oft nicht, fügen uns aber gewöhnlich dem fremden Urteil und sagen: «An dem Mann muß doch was dran sein, sonst würde er ja nicht in England ...» aber das ist ein Denkfehler. Man sollte mehr Vertrauen zu seinen Instinkten haben, wozu freilich gehört, daß man welche hat.

Zu glauben, man könne, nach allen Seiten schielend, etwas machen, was überall gelesen wird, ist eine verfehlte Spekulation. Man kann das, aber die Leute mögen es gar nicht. Daher die Erfolglosigkeit jener Filme, die die Hosenhändler der Filmbranche ‹auf Amerika› machen. Erfolg hat immer nur das Echte, auch Kitsch kann echt sein; dies aber ist gefälschter Kitsch, den gibts in der Literatur auch, und der hat noch keinen wohlhabend gemacht.

Und hier rühren wir an die Grundfrage des ganzen Gebiets: fällt denn die Übersetzung vom Himmel? Sie fällt nicht vom Himmel. Sie wird industriemäßig hergestellt. Zu untersuchen ist also die Rolle des Mittlers.

In den lächerlich prätiös aufgemachten Aufsätzchen der Brechtschen ‹*Versuche*› steht ein gescheiter und richtiger Satz. Es wird von den Künstlern gesagt: «Ihre Produktion gewinnt Lieferantencharakter. Es entsteht ein Wertbegriff, der die Verwertung zur Grundlage hat.» Ausgezeichnet. Es ist lange nicht so schwer, das Publikum zu überzeugen, als an das Publikum überhaupt erst einmal heranzukommen. Früher hatte der Autor Angst vor den wilden Tieren seiner Premiere; heute verbraucht er das Hundertfache an Nervenkraft, um den Unternehmer von sich zu überzeugen. Und es ist eben nicht identisch, was der Leser und was der Mittler zu haben wünscht. Sie fürchten und verachten einander, aber es ist nicht dasselbe. Der Mittler nun gehört in fast allen Fällen dem ‹Klub der Neinsager› an; er ist mürrisch; er will das alles nicht, und man fragt sich, warum denn in aller Welt diese Theaterdirektoren Theaterdirektoren, diese Verleger Verleger geworden sind. Sie sind böse auf ihre Ware, von vornherein erst einmal böse. Und feige.

Daher suchen sie in ihrer fürchterlichen Instinktunsicherheit nach einer Bestätigung ihrer Pläne, und ein Auslandserfolg scheint ihnen solch eine Bestätigung. Ein in Deutschland einigermaßen erfolgreicher Autor hat es also nicht gar so schwer, übersetzt zu werden; soweit die Tätigkeit seines deutschen Verlegers ihm dabei behilflich sein kann, und das ist schon viel, hat er Chancen. Diese Chancen sind oft gar keine; denn was dem eenen sin Uhl, ist dem annern sin Nachtigall, und was in Berlin rechtens gefällt, braucht noch lange nicht in Paris zu gefallen und tuts auch nicht. Doch verwechseln wir auch hier oft Betriebsamkeit mit echter Durchschlagskraft.

Es gäbe andrerseits für einen klugen und gut unterrichteten englischen Verleger viele Möglichkeiten, wenn er sich nur nicht von diesen faden und aufgeregten Übersetzern informieren ließe, die natürlich großes Interesse haben, irgend etwas zu übersetzen, und sehr wenig, grade das zu übertragen, was unabhängig von der deutschen Auflageziffer in London Erfolg haben könnte. Wer da weiß, in welchen Händen die Übersetzungen ruhen, was mit ihrer miserablen Bezahlung eng zusammenhängt, wird sich darüber nicht wundern.

Die Bewertung solcher Schriftsteller aber, die im Ausland Erfolg haben, geschieht nun börsenmäßig; die alberne Methode, den Schriftsteller nach der Zahl der gelieferten Wörter zu honorieren, ihn so wie einen Maurer im Akkord entlohnend, züchtet Schwätzer – bekanntlich ist es viel schwerer und zeitraubender, kurz zu schreiben, als lang. Diese Bewertung ist unsinnig. Man «wiegt mit Gold auf», in des Wortes schönster Bedeutung, und das trifft nun ganz unterschiedslos alles, was der Vertriebsapparat hochschätzt – bis hinunter zu Hitler. Solche Schriftsteller werden hoch bezahlt, weil sie hoch bezahlt werden; den Mittlern imponiert ihr eigner Scheck; nur der.

Deutsche Schriftsteller haben es im Vergleich zu englischen und französischen nicht leicht: sie schreiben für einen viel kleinern Kulturkreis als jene. Ihr Bestreben, in andre Länder zu dringen, ist durchaus legitim. Der Erfolg aber, den sie drüben haben, sagt wenig über ihr Werk aus: es muß deshalb nicht bedeutend sein, das glauben nur sie, und es kann trotzdem bedeutend sein, auch wenn es in Deutschland gar nicht anerkannt wird. Der amerikanische Erfolg allein ist für den Wert eines Werkes so belangvoll wie die Farbe seines Bucheinbandes.

DIE HERREN BELOHNER

Der Staatsanwalt Rombrecht hat in einem Mordprozeß (Ulbrich) gesagt:

«Die Angeklagte Neumann hat trotz ihres körperlichen Zustandes (sie ist in andern Umständen) sich tapfer während der ganzen Verhandlung gehalten. Das muß mildernd belohnt werden.»

Ist denn kein Justizminister da, der diese Staatsanwälte und Richter auf das erste und oberste Gesetz jeder Verhandlungsführung aufmerksam macht: es gibt keinen Paragraphen im Strafrecht, der gutes Verhalten vor Gericht vorschreibt! Eine Handlung kann nur dann mit einer Strafe belegt werden, wenn der Tatbestand für eine Bestrafung gesetzlich bestimmt ist. Was bilden sich denn diese größenwahnsinnigen Funktionäre ein?

Belohnen ...? Rombrecht hat nichts zu belohnen. Das Gericht ist dazu da, um mit seinem Urteil die Gesellschaft vor Rechtsbrechern zu schützen – weiter nichts. Das elende und schmachvolle Spiel, das jedesmal anhebt, wenn um das Strafmaß gefeilscht wird, kennt zweierlei Gewichte: schwarze und weiße. Diese mildern, jene verschärfen das Strafmaß.

Aber ich verpflichte mich, jedem Angeklagten beizubringen, in zwei Strafverhandlungen vor verschiedenen Richtern (ohne Ungebühr vor Gericht und ohne doppelten Boden), das eine Mal so aufzutreten, daß die Richter sagen: «Na ... es muß dem Angeklagten strafmildernd zugute gehalten werden ...» und das andre Mal so, daß er die dickste Strafe aufgebrummt bekommt, die möglich ist. Wie man das macht? Es ist sehr einfach – so grauenerregend einfach wie die Psychologie der Unabsetzbaren. Denn auf diese Psychologie kommt es viel mehr an als auf die der Verbrecher. Über diese wird zu viel geschrieben – über jene zu wenig.

Wie es also mein Schüler machen soll? Ich ließe ihn den Soldaten markieren, das nützt immer: den strammen Soldaten. Nicht übertrieben, aber doch mit den Händen an der seelischen Hosennaht –, die gibts eigentlich nicht, in Moabit gibt es sie. Immer: «Jawohl, Herr Vorsitzender!» – «Nein, Herr Vorsitzender!» Und immer antworten: kurz, damit die Herren nicht so lange sitzen müssen, einfach, damit das Gesagte nachher als Belastung dienen kann, und simpel, damit die Akademiker ihre Überlegung fühlen. Und keine langen Verteidigungen. Und eine Spur unterwürfig, aber nicht zu sehr. Und immer dem vorgesetzten Richter ins Auge sehn. Und nicht um Mitleid flennen, sondern etwa wie der Sohn jenes bebarteten Oberlehrers bei Curt Goetz: «Ich habe eine Strafe verdient und bitte um eine gehörige solche.» Dann wird mein Schüler so etwas Ähnliches wie Gnade finden. Denn diese Richter bilden sich wirklich ein, über dem Angeklagten zu stehn, der ihnen da vorgeworfen wird; ein frostiges Hohngelächter würde erschallen, wenn man ihnen das ausreden wollte. Unheilbar.

Und das andre Mal ließe ich meinen Schüler widersprechen, nicht frech, aber fest. Von allen Möglichkeiten der Verteidigung müßte er Gebrauch machen, ruhig, aber durchaus gegen den ewig redenden Richter. Und dann werde ich den Schüler wohl lange Jahre nicht mehr wierdersehn.

Wer sich dem Gericht unterwirft, ist ein guter Angeklagter. Wer aber Widerstand leistet, in der Form, in der Sache, im nicht genügenden Geständnis oder gar politisch: der ist ein böser Angeklagter.

Reue, Reue ... Man klappe die Hirnschale eines mittlern Staatsanwalts auf, die irgendeines kleinen Landgerichtsdirektors, und man wird darin Anschauungen über Seelenkunde finden, die museal sind. Nein: die nie gut gewesen sind. Man muß wissen, was darüber an Universitäten gelehrt wird, und in welche Kollegs Juristen zu gehen pflegen, und man weiß genug. Nicht, als ob sie sich von falschen Krokodilstränen erweichen ließen, so dumm sind sie wieder nicht. Aber was sie da pro reo und contra reum in die Waagschale legen, das ist lächerlich. Und ungehörig.

Niemand hat den Staatsanwalt gefragt, was er über das Verhalten des Angeklagten vor Gericht denkt. Straftaten soll der Richter aburteilen, und wenn er sich schon an den Täter macht: dann müßte er ihn zuvor verstehn. Aber davon kann bei dieser Praxis keine Rede sein.

Man lehre die Richter und die Staatsanwälte die Grundbegriffe des Strafrechts, wenn sie schon keine Seelenkunde betreiben.

BAUERN, BONZEN UND BOMBEN

> Wer, um sich oder einem Dritten einen rechtswidrigen Vermögensvorteil zu verschaffen, einen andern durch Gewalt oder Drohung zu einer Handlung, Duldung oder Unterlassung nötigt ...
>
> § 253 StGB

Ein politisches Lehrbuch der Fauna Germanica, wie man es sich nicht besser wünschen kann:

‹Bauern, Bonzen und Bomben› von Hans Fallada (erschienen bei Ernst Rowohlt in Berlin). Bevor wir ins Thema steigen: das Buch hat ein gotteslästerlich schlechtes Satzbild. Wie sieht denn nur die Seite aus? Ich habe immer gelernt, der weiße Rand müsse sich nach der Innenseite des Buches hin verbreitern – dies Satzbild ist aber gar nicht schön. Rowohlt, Sie sind doch sonst nicht so? Jetzt gehts los.

Falladas Buch ist die beste Schilderung der deutschen Kleinstadt, die mir in den letzten Jahren bekannt geworden ist. Der Verfasser hat einen Bauernroman schreiben wollen – wohl anknüpfend an die Vorgänge in Neumünster in Holstein, wo Bauernführer im Sinne Klaus Heims und, unabhängig von ihm, die Nationalsozialisten die vorhandene Unzufriedenheit der Bauern benutzten, um gegen das, was sie die Republik nennen, vorzugehen. «Die Gestalten des Romans», steht im Vorwort, «sind keine Fotografien, sie sind Versuche, Menschengesichter unter Verzicht auf billige Ähnlichkeit sichtbar zu machen. Bei der Wiedergabe der Atmosphäre, des Parteihaders, des Kampfes aller gegen alle ist höchste Naturtreue erstrebt. Meine kleine Stadt steht für tausend andere und für jede große auch.»

Die Bauern nun sind in diesem Roman eine dunkle, anonyme Masse – die paar Typen, die herausgegriffen werden, sind viel blasser als die Bewohner der kleinen Stadt Altholm; und von den wirtschaftlichen Gründen bäurischer Notlage wird so gut wie nichts gesagt. Einmal ist das heikle Thema, daß die Bauern vielleicht intensiver wirtschaften sollten, um sich gegen die ausländische Konkurrenz anders als mit Schutzzöllen zu behaupten, leise angeschlagen; kein Wort davon, daß die Verdienste, die der Bauernschaft durch die Inflation in den Schoß gefallen sind, sie damals für lange Zeit hätten schuldenfrei machen können, es war jene Zeit, wo die Ledersessel und die Klaviere in die Bauernhäuser transportiert wurden. Und wo stehn die Bauern heute ... also davon ist in dem Buch wenig zu spüren. Den Bauern gehts eben schlecht – und nun revoltieren sie.

Das tun sie auf eine recht merkwürdige Weise.

Die dem Altdeutschen entlehnten romantischen Formen des armen Konrad wirken wie aufgeklebt. «Bauern Pommerns, habt ihr darüber hinaus schuldig gefunden die ganze Stadt Altholm mit allem, was darin lebt, so sprecht: sie ist schuldig! – Ankläger, welche Strafe beantragst du gegen die Stadt Altholm?» Das ist tragische Oper, Film und neuruppiner Bilderbogen. Sicherlich wird auf diesen Things so gesprochen; es ist die gehobene Sprache von Ackerbürgern, die das Feierliche solcher Handlungen durch einen Stil bekunden, der leise Erinnerungen an die Bibel und an alte verschollene Zeiten aufweist, da der Bauer einmal wirklich revolutionär gewesen ist. Aber warum, warum das alles so ist – davon bekommen wir in diesem Buch wenig zu hören. Gut gesehn und gut geschildert ist das Dumpfe am Bauern, seine Schlauheit, seine ungeheure Aktivität im passiven Erdulden, woran sich jeder Gegner mit der Zeit totläuft ... aber der Bauer: der ist nicht in diesem Buch. Das hat kein Bauer geschrieben. Dieser Autor hat die Bauernbewegung schildern wollen, und unter der Hand ist ganz etwas andres herausgekommen: ein wundervoller Kleinstadtroman.

George Grosz, der du das Titelbild hättest zeichnen sollen, das lies du! Es ist dein Buch.

Die Technik ist simpel; es ist der brave, gute, alte Naturalismus, das Dichterische ist schwach, aber der Verfasser prätendiert auch gar nicht, ein großes Dichtwerk gegeben zu haben. Ein paar Stellen sind darin, an denen schlägt ein Herz. Nein, ein großes Kunstwerk ist das nicht. Aber es ist echt ... es ist so unheimlich echt, daß es einem graut.

Gezeigt wird das politische Leben einer kleinen Provinzstadt; ihre Intrigen und ihre Interessenten; ihre Stammtische und ihre Weiberkneipen; ihr Rathaus und ihre Polizeiwache ... es ist schmerzhaft echt. Das hat einer geschrieben, der diese Umwelt wie seine Tasche kennt, einer, der sich aber doch so viel Distanz dazu bewahrt hat, sie schildern zu können. Er hat genau die richtige Entfernung, deren ein Schriftsteller bedarf: nah, aber nicht zu nah. Es scheint mir ungemein bezeichnend, daß wir keinen solchen Arztroman haben; keinen solchen Börsianerroman; keinen solchen Großstadtroman: es ist, als hätten die Angehörigen dieser gehobenen Bürgerschichten keine Augen im Kopf, um das zu sehen, was rings um sie vorgeht. Es ist ihnen wohl zu selbstverständlich. Fallada hat gesehn.

Es ist eine Atmosphäre der ungewaschenen Füße. Es ist der Mief der Kleinstadt, jener Brodem aus Klatsch, Geldgier, Ehrgeiz und politischen Interessen; es ist jene Luft, wo die kleine Glocke an der Tür des Posamentierwarenladens scheppert und eine alte Jungfer nach vorn gestolpert kommt ... Augen tauchen hinter Fensterladen auf und sehen in den ‹Spion› ... und wenn das nun noch ein Dichter geschrieben hätte, der nicht nur theoretisch im Vorwort sagt, daß dieses Altholm für tausend andre Städte stehe, sondern wenn er uns das nun auch noch im Buch selbst gezeigt hätte —: dann wäre dies ein Meisterwerk.

So ist es nur ein politisch hochinteressanter Roman geworden. Ich kann mir nicht denken, daß ich dieses Buch zu Ende gelesen hätte, wenn es etwa eine bretonische Kleinstadt schilderte; das kann für den Fremden nur ein Künstler wie Maupassant schmackhaft machen. Dieses Werk hier habe ich in zwei Nächten gefressen, weil es uns politisch angeht, nur deswegen. Beinah nur deswegen.

Im Gegensatz zu diesen dummen Büchern gegen die ‹Bonzen›, wo der Sozialdemokrat nichts als dick, dumm und gefräßig ist und die andern rein und herrlich; wo die Arbeiter abwechselnd als verhetzt und unschuldig oder als blöde Masse geschildert werden, und wo sich die ganze Wut nicht zu Worte gekommener Zahlabendmitglieder entlädt — im Gegensatz dazu sind hier Menschen gezeichnet, wie sie wirklich sind: nicht besonders bösartig, aber doch ziemlich übel, mutig aus Feigheit, klein, geduckt alle zusammen — und niemand ist in diesem Betrieb eigentlich recht glücklich.

Die Bauern demonstrieren in der Stadt mit der schwarzen Fahne gegen die zu hohen Steuern. Der Bürgermeister verbietet die Demonstration nicht, der Regierungspräsident will sie verboten haben; beides sind Sozialdemokraten. Der Regierungspräsident entsendet an die Grenze des städtischen Machtbereichs Schupo; sowie einen ‹Vertrauensmann›. Der Vertrauensmann bringt die städtische Polizei und die Bauern ein bißchen aufeinander; hier ist ausgezeichnet geschildert, wie so etwas verläuft: wie guter böser Wille, Tücke, Schlauheit und Gerissenheit des Beamten ineinander übergehn — Amtsmißbrauch? Das weisen Sie mal nach! Und wie sich dann vor allem die Ereignisse selbständig machen; wie es eben nicht mehr in der Macht der Menschen liegt, ihnen zu gebieten — das ‹es› ist stärker als sie. Die Herren Führer stehen nachher als Opfer da — wie ist das gewesen? Ein Telefonanruf, die Ungeschicklichkeit eines Polizeiinspektors ... du lieber Gott, es sind lauter Kleinigkeiten, und zum Schluß ist es ernste Politik. Fallada hat das gut aufgebröselt; er begnügt sich an keiner Stelle mit diesen schrecklichen Rednerphrasen, wie wir sie sonst in jedem politischen Roman finden: er trennt das Gewebe auf und zeigt uns das Futter. Riecht nicht gut, diese Einlage.

Hießen alle diese Leute: Kowalski, Pruniczlawski, Krczynakowski und spielte dieser Roman in Polen —: die deutsche Rechtspresse würde ihn mit Freudengeheul begrüßen. Was? Diese Tücke! diese Falschheit — denn ein Grundzug geht durch das ganze Buch, und der ist wahr:

Fast alles, was hier geschieht, beruht auf Nötigung oder Erpressung. Der Bürgermeister drückt auf die Zeitungsleute; die Zeitungsleute drücken auf das Rathaus; die Bauern auf die Kaufleute; jeder weiß etwas über wen, und jeder nutzt diese Kenntnis auf das raffinierteste aus. Nun wollen wir uns nicht vormachen, es käme solches nur in deutschen Kleinstädten vor; diese Leute sind immer noch Waisenknaben gegen die Franzosen, die aus Personalkenntnissen gradezu meisterhaft Kapital zu schlagen verstehn – die gute Hälfte ihrer Politik besteht aus solchen Dingen, und es ist sehr lustig, daß der Name ihrer einschlägigen Institution in wörtlicher Übersetzung «allgemeine Sicherheit» bedeutet. Also das ist überall so. Gestaltet ist es in diesem Buche meisterhaft.

Was vor allem auffällt, ist die Echtheit des Jargons. Das kann man nicht erfinden, das ist gehört. Und bis auf das letzte Komma richtig wiedergegeben: es gibt eine Echtheit, die sich sofort überträgt: man fühlt, daß die Leute so gesprochen haben und nicht anders.

Diese Aktschlüsse, wenn sie auseinandergehn, mit «Na, denn ...» und «Also nicht wahr, Herr Bürgermeister ...»; der schönste Gesprächsschluß ist auf der Seite 517 ... die grammophongetreue Wiedergabe dessen, was so in einer Konferenz gesprochen wird: wie da die Bürger aller Schattierungen eine Nummer reden, halb Stammtisch und halb Volksversammlung; wie sie unter Freunden sprechen und wie sie sprechen, wenn jemand dabei ist, gegen den sie etwas haben; wie sie schweinigeln ...

Ja, da lesen wir nun so viel über die Sittenverderbnis am Kurfürstendamm. Aber auf keinem berliner Kostümfest der Inflationsjahre kann es böser zugegangen sein als es heute noch in jeder Kleinstadt in gewissen Ecken zuzugehen pflegt, wenn die Ehemänner, fern von Muttern, in das Reich der Aktfotografien und der Weiberkneipen hinuntertauchen. Jeder hat was auf dem Kerbholz. «Ich sage bloß: Stettin ...» sagt einer zum Bürgermeister. Ich sage bloß: Altholm – und hierin steht dieses erfundene Altholm, das gar nicht erfunden sein kann, für jede Stadt. Dieses Laster ist unsagbar unappetitlich.

Wenn sie aber festgestellt haben, daß Betty, die Sau, heute keine Hosen trägt, dann reißen sie sich am nächsten Vormittag zusammen und werden ‹dienstlich›. Und das ist nun allerdings ganz und gar deutsch. «Ich komme dienstlich», sagt einer zu einem Duzfreund. Und dann spielen sie sich eine Komödie vor: jeder weiß, daß der andre weiß, daß er weiß – sie grinsen aber nicht, sondern sie wechseln vorschriftsmäßig Rede und Gegenrede, damit sie nachher in den Bericht setzen und beschwören können: «Herr Stuff sagte mir, daß er von dem Verbleib des Inseratenzettels nichts wüßte. So wahr mir Gott helfe.»

O welsche Tücke, o polnische Niedertracht, o deutsche Dienstlichkeit.

Und eine Gerichtsverhandlung: wie da die unbequemen Zeugen zu Angeklagten werden; wie es gedreht wird; wie dieses ganze Theater gar nichts mehr mit Rechtspflege, dagegen alles mit Politik zu tun hat—: das ist ein Meisterstück forensischer Schilderung. Nur zu lang.

Und wenn man das alles gelesen hat, voller Spannung, Bewegung und ununterbrochen einander widerstreitender Gefühle: dann sieht man die immense Schuld jener Republik, die wir einmal gehabt haben und die heute zerbrochen ist an der Schlappheit, an der maßlosen Feigheit, an der Instinktlosigkeit ihres mittlern Bürgertums, zu dem in erster Linie die Panzerkreuzer bewilligenden Führer der Sozialdemokratie zu rechnen sind. Der Lebenswille der andern war stärker; und wer stärker ist, hat das Anrecht auf einen Sieg. Beklagt euch nicht.

Hier, in diese kleinen Städte, ist der demokratische, der republikanische Gedanke niemals eingezogen. Man hat — großer Sieg! — auf manchen Regierungsgebäuden Schwarz-Rot-Gold geflaggt; die Denkungsart der breiten Masse hat die Republik nie erfaßt. Nicht nur, weil sie maßlos ungeschickt, ewig zögernd und energielos zu Werke gegangen ist; nicht nur, weil sie 1918 und nach dem Kapp-Putsch, nach den feigen Mordtaten gegen Erzberger und Rathenau alles, aber auch alles versäumt hat—nein, weil der wirkliche Gehalt dieses Volkes, seine anonyme Energie, seine Liebe und sein Herz nicht auf solcher Seite sein können. Die Sozialdemokratie ist geistig nie auf ihre Aufgabe vorbereitet gewesen; diese hochmütigen Marxisten-Spießer hatten es alles schriftlich, ihre Theorien hatten sich selbständig gemacht, und in der Praxis war es gar nichts. Das Volk versteht das meiste falsch; aber es fühlt das meiste richtig. Daß nun dieses richtige Grundgefühl heute von den Schreihälsen der Nazis mißbraucht wird, ist eine andre Sache.

Hier ist eine Blutschuld der nicht mehr bestehenden Republik. Aus keinem Buch wird das deutlicher als aus diesem, der Verfasser hat es uns vielleicht gar nicht zeigen wollen — die These springt aber dem Leser in die Augen. Was war hier zu machen —! Und was hat man alles nicht gemacht —! Zu spät, zu spät.

Ich empfehle diesen Roman jedem, der über Deutschland Bescheid wissen will. Wie weit ist das von dem Rapprochement-Geschwätz der braven Leute aus den großen Städten entfernt. Hier ist Deutschland — hier ist es.

Es wäre anzumerken, daß der Künstler in Fallada nur an einigen wenigen Stellen triumphiert. Manchmal sagt er kluge Sachen; wie sich zwei bei einer Unterredung vorsichtig abtasten: «Ein Anfang ist gemacht, ein günstiger Anfang. Die beiden Herren haben sich in ihren Antipathien getroffen, was meistens wichtiger ist, als daß die Sympathien übereinstimmen.» Und einmal steht da einer dieser Sätze, an denen das frühere Werk Gerhart Hauptmanns so reich ist. Einem

Bauern geht alles, aber auch alles schief. «Welche sind, die haben kein Glück, sagt Banz und meint sich.»

Ja, das ist ein Buch! So ist die Stadt; so ist das Land, vor allem das niederdeutsche, und so ist die Politik. Man sieht hier einmal deutlich, wie eben diese Politik nicht allein in wirtschaftliche Erklärungen aufzulösen ist; wie sich diese Menschen umeinanderdrehen, sich bekämpfen und sich verbünden, sich anziehen und abstoßen, sich befehden und verbrüdern ... als seien sie von blinden und anonymen Leidenschaften getrieben, denen sie erst nachher, wenn alles vorbei ist, ein rationalistisches Etikett aufkleben; das Etikett zeigt den Flascheninhalt nicht richtig an. Sie drücken aufeinander und «lassen den andern hochgehn»; sie spielen einander die Komödie des Dienstlichen vor – und es sind arme Luder, alle miteinander. Und man bekommt einen kleinen Begriff davon, wie es wohl einem zumute sein mag, der in diesen mittlern und kleinen Städten auf republikanischem Posten steht. Fällt er wegen seiner Gesinnung? Natürlich. Fällt er durch seine Gesinnung? Nie. Sie «machen ihn kaputt», wie der schöne Fachausdruck heißt, aber so: «Herr Schulrat P. hat gegen den § 18 der Bestimmung verstoßen, nach der er ...» Immer ist da so ein § 18, und immer funktioniert dieser Paragraph prompt, wenn sie ihn grade brauchen. Und niemals hilft die Republik ihren Leuten; sie wird so gehaßt und hat dabei gar nich veel tau seggn. Sie sieht sich das alles mit an ... sie läßt diese unsäglichen Richter machen, die die Hauptschuld an den blutigen Opfern der letzten Zeit tragen. Rechtsschutz gibt es nicht. Gleichheit vor dem Strafgesetz gibt es nicht. Kommunist sein bedeutet: Angeklagter sein, und wenn die Nazis ganze Kleinstädte terrorisieren, so bleibt der Landgerichtsrat milde und hackt auf den Belastungszeugen herum. Und wenn es gar nicht anders geht, wenn sonst nichts da ist, einen verhaßten Republikaner tot zu machen, dann hilft irgend ein § 18. Noch niemals aber ist ein Mitglied der herrschenden Rechtskaste über solch einen Paragraphen gestolpert, falls er sich nicht bei seiner Klasse mißliebig gemacht hat. Da gilt dann der Paragraph nicht. Man fällt nicht über seine Fehler. Man fällt immer über seine Feinde, die diese Fehler ausnutzen.

So einen Arztroman möchten wir lesen. So einen Journalistenroman. So einen berliner Roman. Dazu wäre allerdings der besondere Glücksfall nötig, daß ein schriftstellerisch begabter Mann in diesem Milieu lebt und es so genau kennt, wie Fallada das seinige.

Er hat es kaschiert. Seine Helden heißen nicht Knut, sondern Tunk. Wird diese Tarnkappe genügen? Begeistert wird die kleine Stadt von seiner Schilderung grade nicht sein – nicht davon, wie er sie entblößt; wie er aufzeigt, daß weit und breit keine Juden da sind, die man für alles verantwortlich machen könnte; weit und breit keine Kommunisten, die etwas bewirken. Fallada, sieh dich vor. Es gibt ein altes Grimmsches Märchen von der Gänsemagd, die eine Prinzessin war und die nun als Magd dienen muß. Den Kopf ihres treuen Rosses haben sie ans Stadttor genagelt, und jeden Morgen, wenn sie ihre Gänse da vorübertreiben muß, sieht sie es an und spricht:

«O Fallada – daß du hangest!»

Wenn sie dich kriegen, Hans Fallada, wenn sie dich kriegen: sieh dich vor, daß du nicht hangest! Es kann aber auch sein, daß sie in ihrer Dummheit glauben, du habest mit dem Buch den Sozis ordentlich eins auswischen wollen, und dann bekommst du einen Redakteurposten bei einem jener verängstigten Druckereibesitzer, die in Wahrheit die deutsche Presse repräsentieren.

Obgleich und weil du den besten deutschen Kleinstadtroman geschrieben hast.

ES GIBT KEINEN NEUSCHNEE

Wenn du aufwärts gehst und dich hochaufatmend umsiehst, was du doch für ein Kerl bist, der solche Höhen erklimmen kann, du, ganz allein –: dann entdeckst du immer Spuren im Schnee. Es ist schon einer vor dir dagewesen.

Glaube an Gott. Verzweifle an ihm. Verwirf alle Philosophie. Laß dir vom Arzt einen Magenkrebs ansagen und wisse: es sind nur noch vier Jahre, und dann ist es aus. Glaub an eine Frau. Verzweifle an ihr. Führe ein Leben mit zwei Frauen. Stürze dich in die Welt. Zieh dich von ihr zurück ...

Und alle diese Lebensgefühle hat schon einer vor dir gehabt; so hat schon einer geglaubt, gezweifelt, gelacht, geweint und sich nachdenklich in der Nase gebohrt, genau so. Es ist immer schon einer dagewesen.

Das ändert nichts, ich weiß. Du erlebst es ja zum ersten Mal. Für dich ist es Neuschnee, der da liegt. Es ist aber keiner, und diese Entdeckung ist zuerst sehr schmerzlich. In Polen lebte einmal ein armer Jude, der hatte kein Geld, zu studieren, aber die Mathematik brannte ihm im Gehirn. Er las, was er bekommen konnte, die paar spärlichen Bücher, und er studierte und dachte, dachte für sich weiter. Und erfand eines Tages etwas, er entdeckte es, ein ganz neues System, und er fühlte: ich habe etwas gefunden. Und als er seine kleine Stadt verließ und in die Welt hinauskam, da sah er neue Bücher, und das, was er für sich entdeckt hatte, das gab es bereits: es war die Differentialrechnung. Und da starb er. Die Leute sagen: an der Schwindsucht. Aber er ist nicht an der Schwindsucht gestorben.

Am merkwürdigsten ist das in der Einsamkeit. Daß die Leute im

Getümmel ihre Standard-Erlebnisse haben, das willst du ja gern glauben. Aber wenn man so allein ist wie du, wenn man so meditiert, so den Tod einkalkuliert, sich so zurückzieht und so versucht, nach vorn zu sehen —: dann, sollte man meinen, wäre man auf Höhen, die noch keines Menschen Fuß je betreten hat. Und immer sind da Spuren, und immer ist einer dagewesen, und immer ist einer noch höher geklettert als du es je gekonnt hast, noch viel höher.

Das darf dich nicht entmutigen. Klettere, steige, steige. Aber es gibt keine Spitze. Und es gibt keinen Neuschnee.

WALLENSTEIN UND DIE INTERESSENTEN

Mein Onkel Casimir, Chef-Leuchtturmwächter der Insel Achnoe in der Ostsee, hat mir neulich einmal erlaubt, in seiner Bibliothek zu kramen. Die Bibliothek besteht aus zwei stattlichen Bänden: *‹Kochbuch für den gebildeten Mittelstand›* von Frau Hofrat Elise Zibelius, darin liest der Onkel, der schwer magenleidend ist, in stillen Nächten und freut sich; sowie: *‹Anleitung zur Errichtung von Wildgehegen im deutschen Mittelgebirge›* — in diesem Werk hat der Onkel, wenn er Leuchtturm-Wache hat, die kleinen o's mit Tinte ausgefüllt; er hält bereits auf Seite 462.

Neben diesen beiden Büchern steht da noch ein großer Kasten mit alten Briefen; sie sind einmal bei einem Schiffbruch an Land geschwemmt worden, auf manchen ist die Schrift ganz ausgewischt, viele sind vom Seewasser zerfressen und verdorben — aber andere sind doch noch ganz gut lesbar. Und in dieser Briefkiste habe ich mit Erlaubnis des Onkels kramen dürfen.

Es fanden sich dort sechs Briefe, die ich mir abgeschrieben habe, weil ich glaube, daß sie einer breiteren Öffentlichkeit ein gewisses Interesse abzuringen in der Lage sein dürften. Sie stammen aus dem Jahre 1802 und sind an den Verleger Cotta gerichtet. Hier sind sie:

1.

Reichsverband Ehemaliger Holkischer
Reitender Jäger E. V. — Weimar, 4. Aug. 1802

An die J. G. Cotta'sche Buchhandlung
Stuttgart

Geehrter Herr!
In Ihrem dortigen Verlag ist eine Sudeley *‹Wallensteins Lager›* von einem gewissen Schiller, Friedrich, erschienen, in der auch Holkische Reitende Jäger auftreten. Abgesehen von der völligen Unkenntnis,

mit der dieses ‹militärisch› sein sollende Zeug dargestellt ist, müssen wir auf das schärfste Verwahrung dagegen einlegen, daß vaterländische Belange in dieser Art von einem Zivilisten platt getreten werden. In dieser Zeit, die wie keine andere stramme Zucht und gut preußische Disciplin braucht, muß es als eine schwere Verletzung unserer sowie der Allgemein-Belange angesehen werden, wenn ein Holkischer Jäger eine Aufwärterin mit den Worten:

«Bleib Sie doch bei uns, artiges Kind!»

seinen schnöden Lüsten gefügig zu machen sucht. So etwas tut ein Holkischer Jäger nicht! Insbesondere sind während des ganzen Dreißigjährigen Krieges derart wüste und ausschweifende Scenen niemals vorgekommen. Diesbezügliche Klagen sind dem hiesigen Generalsekretariat des Reichsverbandes Ehemaliger Holkischer Reitender Jäger nicht zu Ohren gekommen.

Wir müssen daher namens von Tausenden alter Regimentskameraden fordern, daß das ‹Werk› des p. Schiller, Friedrich, entweder ganz unterdrückt oder aber die dort vorkommenden Holkischen Jäger in welsche Berittene umgewandelt werden.

I. A.: Bertelmann
Generalsekretär des R. E. H. R. J.

2.

Königl. Bayerische
Buchprüfungsstelle München, den 18. Januar 1802

An die J. C. Cottasche Buchhandlung

Stuttgart

Die nachgesuchte Genehmigung, das Werk

‹*Die Piccolomini*›

in Bayern zu vertreiben, kann hieramts nicht erteilt werden.

Gründe:

Das Werk ist geeignet, die bayerische Sittlichkeit zu verletzen bzw. in ihren Grundfesten zu erschüttern. Ausschlaggebend für das Verbot ist das unsittliche Verhältnis der Figur Thekla mit der Figur Max. Im 5. Auftritt des dritten Aufzuges sind diese beiden Personen, deren eheliche Verbindung nicht angezeigt wird, *allein* auf der Bühne, was hieramts nicht geduldet werden kann. Es heißt dort an einer besonders entsittlichenden Stelle:

«Thekla (ihn zärtlich bei der Hand fassend).»

Eine solche offenbare Ausschweifung ist geeignet, auf Jugendliche unter 80 Jahren entsittlichend zu wirken sowie die Anschauungen über Moral, Ehe, Liebe und die Notwendigkeit hoher Zolltarife auf das schwerste zu erschüttern.

Die hiesige Behörde wird im Gegenteil alles tun, um die Anschaffung sowie auch Verbreitung dieser pornographischen Schrift auf Schulen und andern öffentlichen Oertern zu verhindern.

m. p. Xaver Gscheitner

Regierungsoberamtmann, Leiter der Buchprüfungsstelle München.

3.

Königsberg, den 2. Januar 1802

Herrn Cotta,

Stuttgart

Namens der hier versammelten königsberger Bürger mit dem Familiennamen

Neumann

protestieren 163 Neumänner gegen die unbefugte Verwendung ihres guten Namens in einem bei Ihnen erschienenen Werke ‹Piccolominis Tod› von Goethe. Darin findet sich ein Rittmeister Neumann und ist derselbe geeignet, das Ansehen, das die weit verbreitete Familie Neumann in allen Landen genießt, auf das schwerste zu schädigen.

Wir behalten uns alle diesbezüglichen Schritte gegen Sie und den Verfasser Goethe vor.

Gustav Neumann — Dr. med. Anton Neumann
Herbert Neumann — D. Dr. Fritz Neumann
Obermedikus Neumann — Turnlehrer Neumann

4.

Fachverband der Herzogl. Anhaltinischen Fernrohr-Industrie sowie verwandter Berufe

Dessau, am 23. April 1801

Namens und auftrags der Herzogl. Anhaltinischen Fernrohr-Industrie sowie der angeschlossenen Berufe legen die Unterzeichneten Verwahrung ein gegen eine von Ihrer Buchhandlung vertriebene Charteke

‹Das Lager der Piccolomini› von Fritz Schiller.

Wie wir hören, tritt in diesem Schauerstück eine Gestalt namens Seni auf, die sich als Sterndeuter bezeichnet.

Namens und auftrags der Herzogl. Anhaltinischen Fernrohr-Industrie sowie der angeschlossenen Berufe können wir den Fritz Schiller nicht als berechtigt ansehn, die hochangesehenen Erzeugnisse unserer Industrie sowie der verwandten Berufe derart lächerlich zu machen sich in der traurigen Lage zu befinden.

Wir fordern Sie daher auf, wenigstens in diesem Theaterstück genaustens – im Programm *und* im Text – anzugeben, von welcher Fernrohr-Handlung die dort benutzten Fernröhre bezogen worden sind, widrigenfalls wir bei dem hiesigen Herzogl. Anhaltinischen Kammergericht Regreß einlegen werden.

Namens und auftrags
WILLIBALD PONTENSCHEUER
Eigentümer der Fernrohr-Handlung

Pontenscheuer und Sohn
Dessau; Krumme Straße 7.
Eingang durch den «Wilden Löwen» des Herrn Kramer.
Sextanten und Meßgeräte. Vergrößerungs-Gläser,
sowie die verwandten Berufe.

5.

(Anonym)

Wenn Ihr bestochener Juden-Knecht nicht allerschleunig das Buch Maria Piccolomini von Cotta verbrennen laßt dann sollt Ihr mal sehn wir werden es Euch schon eintränken so das Heilige zu verunschimpfieren sowie auch das Vaterland mit Füßen wahrscheinlich hat euch der Polenkönig einen Batzen Geldes dafür gegeben daß ihr es tut das wird aber nicht mehr lange dauern

VIER NATIONALE MÄNNER!

6.

Stadtverwaltung zu Eger Eger, am 15. September 1802

Sehr geehrter Herr Hofrat Cotta!
Als Bürgermeister der kaisertreuen Stadt Eger möchte ich Ihre Aufmerksamkeit auf ein durch Sie vertriebenes Werk

‹*Wallensteins Tod*› von Professor Schiller

hinlenken.

Ich muß meinem Bedauern Ausdruck geben, daß eine hochangesehene Buchhandlung wie die Ihre ein solches Buch publiciert hat. Dasselbe ist geeignet, durch die Schilderung von Unruhe-Scenen sowie von Tumulten und Straßen-Aufläufen, die sich angeblich in Eger abgespielt haben sollen, den österreichischen Fremdenverkehr auf das schwerste zu schädigen und müssen wir im Interesse unserer durch die Nöte der Zeiten so schwer geplagten Geschäftsleute dagegen protestieren und fordern, daß dieses Werk

a) entweder ganz unterdrückt, was am besten, oder
b) der Schauplatz der Handlung nach Pilsen verlegt, oder
c) eine Scene hinzugefügt wird, aus der erhellt, daß die Stadtverwaltung von Eger alles getan hat, um einem Umsichgreifen der Tumulte im Interesse ihrer Badegäste Einhalt zu tun.

m. p. T. Betternich,
Bürgermeister von Eger

DIE GEFANGENEN

Hörst du sie schlucken, Herrgott?
Sie sitzen muffig riechend und essen ein muffiges Essen,
holen es mit dem Blechlöffel aus den amtlichen Gefäßen
und führen es in ihren privaten Mund.
Der Körper verdaut es,
und es ist ganz sinnlos, was sie da tun.
Hörst du sie schlucken, Herrgott?

Siehst du sie im Hof trotten, Herrgott?
Man bewegt sie wie die Pferde, damit sie nicht frühzeitig sterben –
sie sollen leidensfähig erhalten werden,
und im Schubkasten des Gefängnispastors liegt eine Bibel.
Daraus liest er ihnen von Zeit zu Zeit etwas vor und glaubt wirklich,
er sei besser als sie.
Siehst du sie in ihrer Kirche sitzen, Herrgott?

Fühlst du sie leiden?
Nachts bedrängen sie wüste Träume;
ihre innere Sekretion ist nicht in Ordnung,
sie sehen riesige Geschlechtsteile auf Beinen
und zupfen an sich herum . . .
Fühlst du sie leiden?

Ja, sie haben gefehlt – das ist wahr.
Doch kann kein Mensch den andern bestrafen, er kann ihn nur quälen.
Denn Schuld und Strafe kommen niemals zusammen.
Ja, sie haben gefehlt, das ist wahr.
Da sitzen sie und leiden:
Weil sie gestohlen haben;

weil ihre Eltern nur einen verwüsteten Körper zeugen
konnten;
weil sie in Spanien eine Republik haben wollten;
weil sie Stalins Politik nicht billigen;
weil sie den Duce nicht lieben;
weil sie in Amerika Gewerkschaften gründen
wollten ...
Sie sind Späne des irdischen Sägewerks.
Die Gerechten können nicht sein, wenn die Ungerechten nicht
wären.
Ja, sie haben gefehlt – das ist wahr.

Und so ist es eingeteilt:
Sie haben gesündigt.
Andre haben sie verurteilt.
Wieder andre vollstrecken das Urteil.
Was haben diese drei Dinge miteinander zu tun?

Gott, du siehst es –!
Erbarme, erbarme dich der Gefangenen!
Der Mensch, der da richtet, erbarmt sich nicht.
Man müßte ihn quälen, wiederum,
und wiederum wäre nichts damit getan.
Hörst du sie, siehst du sie, fühlst du sie,
die Gefangenen –?

SO VERSCHIEDEN IST ES IM MENSCHLICHEN LEBEN!

Neulich habe ich alte Jahrgänge des *‹Brenner›* gelesen, einer Zeitschrift, die in Innsbruck erschienen ist und wohl noch erscheint ... Das war eine merkwürdige Lektüre.

Es gibt eine Menge verhinderter Katholiken, meist sind es Juden, denen ist die katholische Kirche nicht katholisch genug, oder sie erscheint ihnen überhaupt nicht als katholisch. Ich mag mich nicht gern mit der Kirche auseinandersetzen; es hat ja keinen Sinn, mit einer Anschauungsweise zu diskutieren, die sich strafrechtlich hat schützen lassen. Mit so unhonorigen Gegnern trete ich nicht gern an. Was aber jene verhinderten Katholiken angeht, die es gern sein möchten, es aber nicht sein können und die darunter leiden, wie nur ein Mensch leiden kann: es sind das nicht nur die forschen Konvertiten, die da toben. Es ist noch etwas andres.

Da ist eine ganze Literaturgattung, die schlägt der Welt ununterbrochen das *‹Neue Testament›* auf den Kopf und wundert sich, daß es nicht gut klingt. Das höchste Pathos blüht hier; kaum einer kann gewaltigere Töne finden als der, der aufzeigt: Siehe, die Welt lebt nicht, wie Christus es gelehrt hat. Es gibt nur noch ein Pathos, das höher ist: das ist das Pathos über Christus hinweg.

Im *‹Brenner›* nun, dessen Sauberkeit, Tapferkeit und Reinheit nicht bezweifelt werden kann, gehts hoch her. Und dabei ist mir etwas aufgefallen.

Da ist zum Beispiel Theodor Haecker, ein Schriftsteller von beachtlichem Format, wenn man nicht genau hinsieht. Wenn man aber genauer hinsieht, dann zeigt sich unter dem Lärm der donnernden Moralpauken ein kleiner Mann, der es dem Hermann Bahr aber ordentlich gibt, und, auf einmal, Hosianna, Amen und Ite missa est, sind wir mitten im fröhlichen Gezänk eines Literaturcafés. Frommer Schwanecke. Es scheint, als ob diese Sorte Literaten sich erst religiös sichern müssen, bevor sie loshacken. Sie haben nie begriffen, daß es christlich, mehr: daß es philosophisch wäre, zu schweigen und vorüberzugehn. Ja, wenn ein Gläubiger aufschreit und dem Wahnwitz der Welt einen Spiegel entgegenhält, von dem jene nachher sagt, es sei ein Zerrspiegel, weil sie nicht glauben kann, daß sie so gemein aussehe! Wer dieses aber allmonatlich, regelmäßig und mit hitziger Wonne tut: der ist kein Christ, und wenn er zehnmal den ganzen Kierkegaard übersetzt hat. Der ist genau dasselbe wie Hermann Bahr, nur mit umgekehrtem Vorzeichen. Und schließlich ist psychopathische Lebensuntüchtigkeit noch kein Christentum, und ‹das Böse› ist kein Schimpfwort. Wenn einer mit seinem Leben und nun gar mit dem Leben nicht fertig wird, so wird solch ein Anblick dadurch nicht schöner, daß er sich auf die Bibel beruft. Die geheime Wonne, dem andern aber ordentlich eins zu versetzen, wird hier durch Moralinsäure legalisiert und durch eine verfälschte Himmelssüßigkeit, die nach Sacharin schmeckt und durchaus von dieser Erde stammt. Das Ziel ist vielleicht gut; die Kämpfer sind es mitnichten. Und die Hälfte ihrer Religion besteht in der Verachtung der Ungläubigen; das hält warm und ist ein schönes seelisches Unterfutter.

Viel Rauch um diesen Brenner. Schade um die reine Flamme.

Der Zustand der gesamten menschlichen Moral läßt sich in zwei Sätzen zusammenfassen: We ought to. But we don't.

Wenn Stefan Zweig einen erkälteten Magen hat –: schreibt er sich dann etwas auf die eigne Bauchbinde –?

Das Englische ist eine einfache, aber schwere Sprache. Es besteht aus lauter Fremdwörtern, die falsch ausgesprochen werden.

Scharfe Sozialkritiker sind in ihren Nicht-Vaterländern sehr beliebt, nur dürfen es grade keine Kommunisten sein. Sonst aber hat es der Deutsche gern, wenn der Amerikaner die amerikanische Kultur demoliert; wir haben uns immer sehr für die Freiheit der andern interessiert.

Man kann jeden schreibenden Menschen bis ins Mark daran erkennen, wie er das Wort ‹ich› setzt. Manche sollten es lieber nicht setzen. Hitler setzt es. «Wenn ich in Deutschland spreche, so strömen mir die Menschen zu . . .» Der Ton ist vom Kaiser entlehnt, und das Ganze hat etwas Gespenstisches: denn dieses ‹ich› ist überhaupt nicht da. Den Mann gibt es gar nicht; er ist nur der Lärm, den er verursacht.

Die einen haben nichts zu essen und machen sich darüber Gedanken, das kann zur Erkenntnis ihrer Lage führen: und das ist dann Marxismus; die andern haben zu essen und machen sich keine Gedanken darüber: und das ist dann die offizielle Religion. So verschieden ist es im menschlichen Leben!

WELTBILD, NACH INTENSIVER ZEITUNGSLEKTÜRE

Seit Mussolini fahren die Züge in Italien pünktlich ab, in Rußland gibt es keine seidnen Strümpfe, und das kommt alles von der Prohibition. Kein Wunder, sehn Sie mal allein die englischen Manieren – das sind ehmt Gentlemen, na ja, und dann die Tradition! Das ist ganz was andres, das ist wie die Luft in Paris oder die Mehlspeisen in Stockholm, das macht den Ungarn eben keiner nach! Haben Sie gelesen: Hoesch war bei Briand? Ja. Ich weiß nicht, was er da gemacht hat – aber es ist ungemein beruhigend, das zu lesen. In Südamerika heizen sie mit Mais, riesige Viehbestände haben die, und unsre juristische Karriere ist auch überfüllt. Was mit dem König von Spanien bloß ist! Soll er doch schon gehn; 'n König heutzutage, das ist doch nichts! Und wo er sich überhaupt immer auf die Unterlippe tritt! Einen richtigen Diktator müßte man dem Mann mal hinschicken; die Hauptrolle spielt Fritz Kortner. Der Zündholz-Kreuger hat einen ewigen Trust erfunden, Brecht will für die ‹*Dreigroschenoper*› Arbeitslosenunterstützung haben, er hat gesagt, das wär doch keine Arbeit, Stalin von den eignen Parteigenossen was, weiß ich nicht, aber so kann es keinesfalls weitergehn! Das dürfen die Leute ja gar nicht! Die Butter ist nu auch wieder teurer geworden, seit die türkischen Frauen alles haben fallen lassen, bin ich doch dafür, daß Cilly Außem in die Dichterakademie, Sie, Tennis-Borussia liegt in Front, da kann der Big Tilden nichts machen, und der kann doch gewiß Tennis, im Westen ist ein isländisches Tief mit schwachen südöstlichen Winden, Kortner spielt die Hauptrolle, und meine Meinung ist meines Erachtens die: nur ein Gremium kann uns helfen! Ein Gremium oder Radium, eins von den dreien, und Kortner spielt die Hauptrolle. Ist eigentlich der Joseph Goebbels mit der Josephine Baker verwandt? Die Polizei greift scharf durch, es wird ja in der letzten Zeit wieder kolossal durchgegriffen, da haben sie bei den Nazis eine Haussuchung gemacht, das Haus haben sie gefunden, aber sonst haben sie leider nichts gefunden, Großkampftag im Parlament von Jugoslawien, der König übernimmt die Verantwortung, das wird nicht gehn, die hat doch Brüning schon übernommen, so übernimmt sie immer einer vom andern, und wer sitzt nachher in der, Tschechei stellt die Lieferung von Journalisten an Deutschland ein, was werden wir denn nun machen, o Gott, o Gott, da bleiben uns dann eben nur noch die Wiener, ja, das goldene wiener Herz am Rhein, davon leben wieder die aus Czernowitz, so eng ist die Weltwirtschaft miteinander verknüpft, und Kortner spielt die Hauptrolle. Daß Briand bei Hoesch ... das hab ich schon erzählt. Gib noch mal das Hauptblatt her, wo war denn das ... Ritueller Tenor unterrichtet, nein, das wars nicht, Geselligkeit, seelenvolle Vierzigerin sucht Balkonzimmer mit gleichdenkendem Witwer spätere Badebenutzung nicht ausgeschlossen, man kann aber wirklich keine Zeitung mehr aufmachen, ohne daß man einen Chinesen sieht, dem sie den Kopf, das ist ja an den Haaren herbeigezogen, Stefan Zweig schreibt, dieses Buch ist voll verhaltener menschlicher Genialität und seit dem Reichskursbuch vielleicht das innerlichste, daß von den Nacktfotografien von Lieschen Neumann gar keine veröffentlicht werden! Dividende bei Mittelstahl, der Papst über die Ehe, Al Capone über die Prohibition, Hitler stellt eine Garde rassegereinigter SA-Leute auf, Kortner spielt die Hauptrolle, abgebauter Kardinal sucht Kinderwagen zu verkaufen, Reichstag, werde hart, ach Gottchen, Unterhaltungsbeiblatt, wie ich zu meinen Kindern kam, technische Beilage, die Dampfkesselwarmwasserrohrentzündung, die Herzogin von Woster in einem pikanten rotbraunen, Familiennachrichten, das ist doch die, wo der Mann die geschiedene, Kurszettel und andre Konkurse, verantwortlich für den Gesamtinhalt:

Wir leben in einer merkwürdigen Zeitung —!

DAS SCHWARZE KREUZ AUF GRÜNEM GRUNDE

Weh euch, Schriftgelehrte und Pharisäer, ihr Heuchler, die ihr die Becher und Schüsseln auswendig reinlich haltet, inwendig aber ists voll Raubes und Fraßes! Matthäus 23; 25

Im Zuchthaus zu Celle, das von Fritz Kleist fortschrittlich geleitet wird, hat im vorigen Jahr der Präsident des Strafvollzugamts zu Hannover, Muntau, die Weihnachtsfeier gestört.

Ein wiener Schauspieler, Herr Tyndall, hatte aus ‹*Nathan dem Weisen*› rezitiert und seinem Vortrag einige ruhige und maßvolle Schlußworte folgen lassen, die allerdings nicht biblisch waren. Darauf erhob sich Muntau und protestierte. Die Gefangenen lärmten, und nur der Geschicklichkeit des Direktors Kleist gelang es, die Situation zu retten, die Muntau verfahren hatte. Das Justizministerium veröffentlichte eine Erklärung, die den Präsidenten deckte. Wer ist dieser Mann?

Ein schönes Beispiel für die Sorte, die im Strafvollzug trotz aller gegenteiligen Versicherungen des wohlmeinenden Justizministeriums die Melodie angibt. Es ist keine schöne Melodie.

Der Präsident Muntau ist ein christlich-sozialer Reichstagsabgeordneter. Er hat aber noch eine dritte Tätigkeit: er ist «Vorsitzender des schwarzen Kreuzes, der christlichen Gefangenenhilfe E. V.» (Abzeichen: Schwarzes Kreuz auf grünem Grunde). Da muß man hineingetreten sein.

«Es ist heute wichtiger als je, die Gefangenen schon während der Strafzeit in lebendige Berührung mit Gott und Gottes Wort zu bringen.» Und warum? Weil das ganze Volk unter den gegenwärtigen wirtschaftlichen Verhältnissen so leide. Und dagegen ist ja Gottes Wort immer sehr gut.

Hier ist die peinlichste und häßlichste Vergewaltigung von Strafgefangenen am Werk: Menschen, die sich nicht wehren können, werden gezwungen, sich, wenigstens mit dem Munde, zu einer Weltanschauung zu bekennen, die fast jeder von ihnen in der Freiheit nicht akzeptiert. Selbstverständlich werden Muntau wie seine Kollegen weit von sich weisen, jemals einen Gefangenen zu ‹zwingen›. Nun, die Bastonade bekommt er nicht. Aber jeder weiß doch, wie ein Beamter zu schikanieren vermag, und wer von den Strafgefangenen dem Anstaltspfarrer nicht bußfertig genug erscheint, gelangt nie zu jenen kleinen Vergünstigungen, die uns andern in der Freiheit so geringfügig erscheinen und die in dem begrenzten Lebensfeld eines Eingesperrten so unendlich wichtig sind.

Das Bekenntnis zur Frömmigkeit wird erpreßt. «Recht erfreulich war die Entwicklung unseres Genesungsheimes ‹Licht nach dem Dunkel› in Westercelle bei Celle. Gott hat dort in diesem ersten vollen Wirtschaftsjahr ganz sichtbarlich gesegnet ... In mehreren Fällen galt der Aufenthalt in unserm Heim als Bedingung für vorzeitige Strafaussetzung mit Bewährungsfrist.» Wer also nicht damit einverstanden war, in jenem Heim sichtbarlich für den lieben Gott Mohrrüben zu hacken, der war noch nicht reif für die Bewährungsfrist. Wie groß ist des Allmächtigen Güte!

Und hierzu wie zu den Personen, die diesen Strafvollzug immer noch bestimmen dürfen, ist zu sagen:

Es ist eine Dreistigkeit und eine Unverfrorenheit, in Strafgefangenen Objekte zu religiösen Experimenten zu sehen.

Niemand hat das Recht, einem Rechtsbrecher ‹zur Vergeltung› alle Lebensrechte zu nehmen, die sein sind, auch dann noch, wenn er gemordet hat. Die Gesellschaft hat nur das Recht, sich zu sichern – also den Mörder aus dem gesellschaftlichen Leben auszuschließen. Niemals mehr.

Mit welchem Recht denn auch mehr? Wo ist die Aktivlegitimation dieser Herren? Wer ist Muntau? Was berechtigt ihn dazu, die Nachfolge Christi in den Gefängnissen anzutreten? Nichts als ein paar bestandene Examina und – hier ist der Kern –: das Wohlwollen des Beamtenkörpers, der ihn, ohne die Volksmeinung zu befragen, kooptiert hat. So kommt ein solches Amt zustande.

Denn wer befaßt sich mit dem Strafvollzug? Jene Gesellschaften, Vereine und Vereinchen, die ihre Traktätchen nicht anders an den Mann bringen können: die breite Öffentlichkeit aber hat Gott sei Dank mit diesen Dingen nichts zu tun, oder sie ist machtlos. Der Beamte regiert. Und er regiert nicht gut.

Es ist keine Rede davon, unter O-Bruder-Mensch-Geschrei dem Rechtsbrecher die Füße zu küssen. Es gibt unter den Berufsverbrechern und unter den Gelegenheitsverbrechern böse Jungens, wirklich niedrige Charaktere, deren seelische Anlagen gesellschaftsschädlich sind und es auch bleiben. Man sichere die Gesellschaft vor ihnen – niemand aber vermesse sich, sie aus Rache zu quälen.

Die empörende Dreistigkeit der Strafvollzugsbehörden, sich wie einen Gott über den Gefangenen zu setzen, ist international. Man lese Berichte aus französischen Gefängnissen, wie zum Beispiel den von Francis Carco *‹Les Prisons de Femmes›*, und der Menschheit ganzer Jammer faßt einen über so viel seelische Verderbnis an: wie sie nämlich unter den Direktoren dieser Anstalten herrscht. Die Franzosen unterscheiden sich dadurch von den Deutschen, daß man dort den Publizisten erlaubt, diese Dinge zu sagen – gebessert wird allerdings kaum etwas. Nun, es soll zunächst jeder bei sich zu Hause ausfegen.

Was Deutschland angeht, so sind im Strafvollzug neben dem bekannten Bullentyp gewisser Unterorgane Menschen beschäftigt, denen jede, aber auch jede Kenntnis der menschlichen Seele fehlt. Das ginge noch an, wenn sie sich darauf beschränken wollten, nur die Tore ihrer Strafanstalten geschlossen zu halten und das äußere Leben der Gefangenen hygienisch und ordentlich zu gestalten. Sie wollen aber mehr. Sie wollen: die absolute Unterordnung.

Nun wissen sie in ihrer kleinbürgerlichen Beschränktheit nicht, daß der seelische Widerstand eines Gefangenen sehr oft den letzten Rest Menschenwürde enthält, der noch in ihm ist – sie wissen es nicht, und sie wollen es auch nicht wissen. Sie wollen herrschen. Bessern sie –? Sie strafen.

Gott straft. Aber wo ist die Legitimation dieser Muntaus? Ich erschlage im Jähzorn einen Arbeitskollegen. Ich bin ein Rechtsbrecher. Und nun falle ich unter die Herrschaft eines mehr oder minder beschränkten, kleinkalibrigen Mannes, der mir mit seinen Anordnungen das Leben zerstört. Was soll das? Wird dadurch der Erschlagene wieder lebendig? Ich kann den Zusammenhang nicht sehn.

Unter welchen Vorwänden maßen sich diese Direktoren, deren seelische Qualifikationen nur von Gleichgesinnten, also unzureichend geprüft werden, das Recht an, Gefangene zu schinden? Und sie werden geschunden. Was um alles in der Welt ist damit getan, daß man sie quält? Es ist ja nicht wahr, daß andre Menschen dadurch abgeschreckt werden, ihrerseits das Recht zu brechen, es ist ja nicht wahr, daß auch nur ein einziger diese Orte des seelischen Grauens gebessert verläßt. Zerbrochen oder geknickt, verbittert oder innerlich zerschlagen – gebessert niemals.

Wir brauchen keine Psychologie der Verbrecher; wir brauchten eine Psychologie der Richter und der Gefängnisbeamten, nebst ihrer frommen Schwestern. Wie sieht es in diesen Herzen aus?

Ein Kongreß der Strafanstaltsdirektoren wird sicherlich keine Versammlung wilder Sadisten sein. Es sind in ihrer Mehrheit Bürger, mit all der Phantasielosigkeit, der dumpfen Gleichgültigkeit, der Unfähigkeit, sich in die Seele eines andern Menschen zu versetzen, und erfüllt von dem ehernen Aberglauben, sie seien wirklich besser als die Verurteilten. Wer aber nicht weiß, was Sünde ist, wer nie begriffen hat, wie es in uns allen aussieht –: der ist zu allerletzt legitimiert, andre Menschen zu strafen, indem er ihnen sinnlose Sprechverbote auferlegt, sie wie dressierte Hunde zusammentreibt und in ihre Zwinger entläßt.

Wieviel trübe Herrschsucht ist in diesen Beamten! Wieviel kleines Neronentum! Welche versetzte Sexualität in manchen dieser frommen Schwestern, die am Tage nachholen, was ihnen die Nacht nicht gewährt! Was sich dort als sozial nützlich gibt, ist mitunter viel, viel schlimmer als das, was aus sozial mißleiteten Trieben von den Rechtsbrechern gefehlt worden ist. Wir brauchten eine Psychologie der Herrschenden.

Der Muntaus sind viele. Sie richten maßloses Unheil an.

Das A und O, woran dieser lächerliche Strafvollzug krankt und kranken muß, steckt nicht nur im Wirtschaftlichen.

Es steckt in dem hochmütigen und echt pharisäischen Irrtum, daß ein bestandenes Assessorexamen dazu berechtigt, sich über den Rechtsbrecher auch sittlich zu erheben. Die Herren lesen die Bibel und lassen sie lesen; aber sie haben sie nie verstanden.

Niemals darf der Rechtsbrecher Grundrechte des Menschen verlieren, auch er nicht. Das primitive Rechtsbedürfnis des Gerichtssaal-Publikums («Den Kerl müßte man aushauen und ihm Pfeffer in die Wunden streuen!») wird mit modernern Mitteln von den Strafvollstreckern realisiert – man kann Menschen noch mehr leiden machen als dadurch, daß man sie prügelt. Die Gegenmeinung jener, die besser als das Durchschnitts-Publikum begriffen haben, was Strafe ist, und daß der Mensch den Menschen überhaupt nicht strafen, sondern ihn nur quälen kann, sich also so ein Lustmoment schaffend, das ihm oft nicht bewußt ist: diese Gegenmeinung verhallt.

Wie lange noch –?

Ein Zuchthaus sei kein japanischer Blumentempel. Es sei aber auch kein sadistisches Kabinett.

Betritt ein Rechtsbrecher eine dieser Strafanstalten, so müssen in ihm, wenn er nicht ein abgehärteter Sträfling ist, aller Widerspruch, alle Bitternis, alle Wut wach werden, die ein gequälter Mensch zu fühlen fähig ist. Das Verbrechen steht mit dem, was dort geschieht, in gar keinem Zusammenhang mehr. Dort wird gekämpft.

Es wird gekämpft zwischen Menschen, die einmal eine Untat begangen haben, und den Feldwebeln des Geistes. Kusch, du Hund, halts Maul, friß, arbeite, onaniere und gehorche, gehorche, gehorche! Und ein ohnmächtiges Ding ringelt sich am Boden, tut das alles und knirscht vor Wut. Und es ist ja nicht wahr, daß man «der Bande nicht anders beikommen kann». Jeder Kenner wird bestätigen, daß grade unter diesen Leuten das Rechtsgefühl merkwürdig lebendig ist; daß die Mehrheit der Rechtsbrecher, wenn man sie nur richtig leitet, nämlich mit Festigkeit, aber mit Verständnis, ein ungeheuer feines Gefühl für Gerechtigkeit hat, und daß, sofern man sie nicht quält und schindet, grade diese einsehen: «Daß man mich gefangen hält, verstehe ich, ich habe das und das ausgefressen.» Worüber sie sich aber zerfressen vor Wut, sind jene unnötigen Demütigungen, die keinen andern Sinn haben, als das Lebensgefühl eines mittelmäßigen Beamten zu erhöhen. Denen ist nichts so widerwärtig wie öffentliche Kontrolle. Mißtrauisch betrachten sie jeden, der sich überhaupt um den Strafvollzug kümmert; denn den haben sie gepachtet. Kleine Leute. Aber innerhalb ihrer Mauern aufgeblasen wie Ballons. Bedauernswert die Opfer, die ihnen in die Finger fallen.

Der Geist dieses Strafvollzugs ist schlecht. Er ist durchsetzt von übeln religiösen Wahnvorstellungen; von Irrtümern über die einfachsten Funktionen der Seele: von sozial maskierten, höchst minderwertigen Begierden. Greift einer ein, so schallt ihm ein Chor entgegen: «Ja, soll man vielleicht den Gefangenen jeden Tag Pudding zu essen geben und sie abends ins Varieté führen?»

Man sollte aber vor allem einmal Menschen aus dem Strafvollzug ausroden, die ihrerseits Verbrecher an Seelen sind, dumpfe Rohlinge, Caligula-Naturen und Pharisäer, die jener Christus gegeißelt hat, dessen Namen sie mißbrauchen. Denn nie empfindet ein normaler Mensch so viel Lust im Bett wie jene an ihrem Schreibtisch. Fluch ihnen.

Zu fordern ist, immer wieder: das Recht für die Rechtsbrecher.

EIN STÜCK DICHTUNG

In dem Kriegsbuch Köppens, ‹*Heeresbericht*›, steht viel Gutes: gut Gesehnes, Erlebtes vielleicht, Gestaltetes, sauber und kräftig in der Tendenz, ganz und gar unsentimental, aber durchaus voller Gefühl – und ein Stück Dichtung ist darin.

Seite 395. «Es geht einige 100 Meter weit bergab.» Allein um dieses Kapitels 19 willen lohnt es, das Buch zu lesen und zu besitzen, um es immer wieder zu lesen.

Es wird nämlich dort geschildert, wie nach einer ungeheuern Artillerievorbereitung ein Offizier und ein Unteroffizier nach vorn gehen, um zu sehen, wie es da aussieht. Nach dem Plan muß die Infanterie schon lange gestürmt haben ... los.

Und da ist nichts. Da ist nichts!

Es ist eine Mondlandschaft, in die sie kommen. Es ist totenstill, die deutschen Stellungen liegen so verlassen ... natürlich, die Infanterie ist ja nach vorne gegangen. Nein, die Infanterie ist nicht heraus, die Leute sind noch alle da, aber sie sind alle tot. Vergast, zerschossen, zertrommelt. Nur einen Major finden sie, und der lacht, der lacht. Er ist wahnsinnig geworden.

Das sind dreizehn Seiten von höchster Eindringlichkeit. Diese seltsam gläserne Luft, es ist so unwirklich, was da geschehen ist – und es war alles umsonst: die lange Vorbereitung, die Berechnungen auf den Planquadraten, die viele Munition, die ungeheure Anstrengung der Trommelfeuernacht – alles war umsonst.

Hier ist einmal das geglückt, was Jünger nie recht geglückt ist, auch in den ersten seiner Kriegsbücher nicht, wo er seine Schreiberei noch nicht zum Handwerk erniedrigt hat. In der Schilderung Köppens steht an dieser Stelle kein Wort gegen den Krieg oder für den Krieg – es ist einfach wiedergegeben, was sich da begeben hat. Und das war schrecklich und groß, noch in seiner sinnlosen Widerwärtigkeit groß.

Das ist ein echtes Stück Dichtung.

PARTEIMARSCH DER PARTEILOSEN

Da streiten sich die Leute rum:
die Jejner wären imma dumm –
Is ja jahnich wahr!
Un wie se alle brülln un schrein,
und jeda sacht, det muß so sein –
Is ja jahnich wahr!
Nu sieh ma unsereinen an,
vaehrtet Publikum!
Wir treten vor dich Mann fier Mann
als Individium.
Es tönt die Straßen lang
der herrliche Jesang:
Wir brauchen keine Innung,
wir brauchn kein Vaein!
Wir machn uns – wir machn uns
unsan Dreck allein!
Wir ham doch die Jesinnung
un ooch die Stänkerein –
drum brauchn wa keene Innung
und brauchn auch keen Vaein –!

Dem eenen weht die Fahne rot –
un wer nich mitmacht, isn Idiot ...
Is ja kaum ze jlohm!
Der annre hat 'n braunet Hemd;
det heest: det hat a sich jeklemmt
aus Rom.
Der dritte, der sitzt mittenmang,
die Hosn mächtig voll.
Nur wir, wir wissen janz jenau,
wat jeda machn soll.
Wir ssiehn vajnücht vorbei.
Wir sinn die Nullpachtei ...!
Wir brauchen keine Innung,
wir brauchen kein Vaein!
Wir machn uns, wir machn uns
unsan Dreck allein!
Wir ham doch die Jesinnung
un ooch die Stänkerein –
drum brauchn wa keene Innung
und brauchn auch keen Vaein –!

DIE ESSAYISTEN

St. Clou den 25. Juni 1721

... Ich habe mitt den zeittungen einen grossen brieff bekommen von dem postmeister von Bern, er heist Fischer von Reichenbach; aber sein stiehl ist mir gantz frembt, ich finde wörtter drinen, so ich nicht verstehe, alsz zum exempel: «Wir uns erfrachen dörffen thutt die von I.K.M.generalpost-verpachtern erst neuer dingen eingeführte francatur aller auswärtigen brieffschaften uns zu ver=ahnlassen.» Dass ist ein doll geschreib in meinem sin, ich kans weder verstehen, noch begreiffen; das kan mich recht ungedultig machen. Ist es möglich, liebe Louise, dass unssere gutte, ehrliche Teüutschen so alber geworden, ihre sprache gantz zu verderben, dass man sie nicht mehr verstehen kan?

Liselotte von der Pfalz

«Ich habe nun bis ins einzelne verfolgt und nachgewiesen, daß letztere Periodizität der Weltanschauungsformen und erstere Periodizität der Stilformen stets Hand in Hand gehen als religiös-philosophische bzw. ethisch-ästhetische Ausdrucksformen und Widerspiegelungen der organischen Entwicklung jedes Kulturzeitalters von seiner Renaissance bis zu seiner Agonie und daß auch wieder die verschiedenen Kulturzeitalter sich als Volksaltersstufen entsprechend organisch auseinander entwickeln, in großen Zügen als patriarchalische Kindheit, feudale Jugend, konstitutionelle Reife, soziales Alter und kosmopolitisches Greisentum der Völker.»

Und davon kann man leben –?

Offenbar sehr gut, denn dies ist die Lieblingsbeschäftigung vieler Leute: Essays zu schreiben. Die meisten davon sehn so aus wie diese Probe.

Es hat sich bei jenen Schriftstellern, die nie aliquid, sondern immer de aliqua re schreiben, ein Stil herausgebildet, den zu untersuchen lohnt. So, wie es, nach Goethe, Gedichte gibt, in denen die Sprache allein dichtet, so gibt es Essays, die ohne Dazutun des Autors aus der Schreibmaschine trudeln. Jenes alte gute Wort darf auch hier angewandt werden: der Essaystil ist der Mißbrauch einer zu diesem Zweck erfundenen Terminologie. Es ist eine ganze Industrie, die sich da aufgetan hat, und sie hat viele Fabrikanten.

Die Redlichkeit des alten Schopenhauer scheint bei den Deutschen nichts gefruchtet zu haben. Jeder Satz in den beiden Kapiteln *‹Über Schriftstellerei und Stil›* und *‹Über Sprache und Worte›* gilt noch heute und sollte, Wort für Wort, den Essayisten hinter die Ohren geschrieben werden, es wäre das einzig Lesbare an ihnen. «Den deutschen Schriftstellern würde durchgängig die Einsicht zustatten kommen, daß man zwar, wo möglich, denken soll wie ein großer Geist, hingegen die selbe Sprache reden wie jeder Andere. Man brauche gewöhnliche Worte und sage ungewöhnliche Dinge: aber sie machen es umgekehrt.» Jeder kennt ja diese fürchterlichen Diskussionen, die sich nach einem Vortrag zu erheben pflegen; da packen Wirrköpfe die Schätze ihrer Dreiviertelbildung aus, daß es einen graust, und man mag es nicht hören. Dieser Stil hat sich so eingefressen, daß es kaum einen Essayisten, kaum einen Kaufmann, kaum einen höhern Beamten gibt, der in seinen Elaboraten diesen schauderhaften Stil vermeidet. Das Maul schäumt ihnen vor dem Geschwätz, und im Grunde besagt es gar nichts. Wer so schreibt, denkt auch so und arbeitet noch schlechter. Es ist eine Maskerade der Seele.

Der Großpapa dieses literarischen Kostümfestes heißt Nietzsche, einer der Väter Spengler, und die österreichischen Kinder sind die begabtesten in der Kunst, sich zu verkleiden. Es gibt Anzeichen, an denen man alle zusammen erkennen kann, untrüglich.

Bei Nietzsche finden sich Hunderte von Proben dieses Essaystils, es sind seine schwächsten Stellen. Sie blenden auf den ersten Blick; auf den zweiten erkennt man, welch spiegelnder Apparat die Blendung hervorgebracht hat – die Flamme ist gar nicht so stark, sie wird nur wundervoll reflektiert. Das sind jene bezaubernden Formeln, die sie ihm seitdem alle nachgemacht haben, allerdings mit dem Unterschied, daß die Nachahmer einzig die Formeln geben, während sie bei Nietzsche meist das Ende langer Gedankenreihen bilden – manchmal freilich sind auch sie nur Selbstzweck, ein kleines Feuerwerk im Park. «Sportsmen der Heiligkeit» – das ist sehr gut gesagt, aber es ist zu spitz gesagt. Auch findet sich in diesem Wort eine Technik angewandt, die sie uns in Wien, also in Berlin bis zum Überdruß vorsetzen: die Vermanschung der Termini. Sie hören in der Lichtsphäre; sie sehen Gerüche; sie spielen sich als gute Fechter auf, aber nur im Kolleg, wo sie sicher sind, daß nicht gefochten wird; sie sind Priester in der Bar, und es ist alles unecht. Nietzsche hat ihnen die Pose geliehen; wieweit man einen Künstler für seine Anhänger und auch noch für die falschen verantwortlich machen kann, steht dahin – Nietzsche hat auf sie jedenfalls mehr im bösen als im guten gewirkt. Von ihm jenes «man», wo ‹ich› oder das altmodische ‹wir› gemeint ist; beides hatte einen Sinn, dieses ‹man› ist eine dumme Mode. «Man geht durch das hohe Portal in die Villa der Greta Garbo ...» Quatsch doch nicht. Man? Du gehst. Von Nietzsche jene Wichtigtuerei mit dem Wissen, das bei ihm ein organischer Bestandteil seines Humanismus gewesen ist; die Nachahmer aber sind nur bildungsläufig und lassen ununterbrochen, wie die Rösser ihre Äpfel, die Zeugnisse ihrer frisch erlesenen oder aufgeschnappten Bildung fallen; ich empfehle ihnen Plotin, und sehr hübsch ist auch Polybios statt Hippokrates, man kann das nicht so genau kontrollieren. Von Nietzsche jene Pose der Einsamkeit, die bei den Nachahmern nicht weniger kokett ist als der Ausdruck jener Einsamkeit beim Meister; ‹man› lese das heute nach, und man wird erstaunt sein, wie blank poliert die Schmerzen aus Sils-Maria sind. Von Nietzsche jene lateinische Verwendung des Superlativs, wo statt der größte: sehr groß gemeint ist. So entstehen diese fatalen Urteile: «das beste Buch des achtzehnten Jahrhunderts», und um das zu mildern, wird der falsche Superlativ mit einem ‹vielleicht› abgeschwächt. Das lesen wir heute in allen Kritiken. Sie haben an Nietzsche nicht gelernt, gut deutsch zu schreiben. Er war ein wunderbarer Bergsteiger; nur hatte er einen leicht lächerlichen, bunt angestrichenen Bergstock. Sie bleiben in der Ebene. Aber den Bergstock haben sie übernommen.

Aus der Hegelecke naht sich ein Kegelkönig: Spengler. Von diesem Typus sagt Theodor Haecker: «Das Geheimnis des Erfolges besteht genau wie bei Hegel darin, daß jeder, der keck genug ist, auch mittun kann.» Und das tun sie ja denn auch. Sie stoßen einen Kulturjodler aus, und die Jagd geht auf.

Der Italiener sieht sich gern malerisch: er stellt sich vorteilhaft in den Ort. Der deutsche Essayist sieht sich gern historisch: er stellt sich vorteilhaft in die Zeit. So etwas von Geschichtsbetrachtung war überhaupt noch nicht da. Nur darf man das Zeug nicht nach zwei Jahren ansehn, dann stimmt nichts mehr. Sie schreiben gewissermaßen immer eine Mittagszeitung des Jahres, mit mächtigen Schlagzeilen, und zu Silvester ist alles aus. «Wenn einst die Geschichte dieser Bewegung geschrieben wird ...» Keine Sorge, sie wird nicht. Sie eskomptieren die Zukunft. Und die Vergangenheit wiederum ist ihnen nur das Spielfeld ihrer kleinen Eitelkeiten, wo sie den großen Männern Modeetiketten aufpappen: Grüß di Gott, Cäsar! Wos is mit die Gallier? Auf der Kehrseite dieser falschen Vertraulichkeit steht dann das Podest, auf das die alten Herren hinaufgeschraubt werden; und wenn sich einer mit Wallenstein befaßt, dann glaubt er, der Geist des in den Geschichtsbüchern so Fettgedruckten sei ihm ins eigne Gehirn geronnen. Welcher Geschichtsschwindel!

Nur wenige Menschen vermögen das, was sie erleben, geschichtlich richtig zu sehn, und ganz und gar kanns keiner. Diese Essayisten tun so, als könnten sies. Wir sehn an alten Kirchen hier und da kleine Dukatenmännchen, die machen Dukaten. So machen sie Geschichte.

Kein Wunder, daß dann der Stil, den sie schreiben, so gräßlich aussieht; auf zwei linken Barockbeinen kommt er einhergewankt. ‹Das Wollen› gehört hierher. Die geschwollenen Adjektive, denen man kalte Umschläge machen sollte. Die dämliche Begriffsbestimmung, die für jeden Hampelmann eine eigne Welt aufbauen möchte. «Er kommt her von ...» – «Für ihn ist ...» – Der Mißbrauch der Vokabeln: ‹magisch›, ‹dynamisch›, ‹dialektisch›. Diese faden Klischees, die fertig gestanzt aus den Maschinen fallen: «das Wissen um ...» — «wir wissen heute»; der «Gestaltwandel» und dann: der «Raum».

Ohne ‹Raum› macht ihnen das ganze Leben keinen Spaß. Raum ist alles, und alles ist im Raum, und es ist ganz großartig. «Rein menschlich gesehn, lebt die Nation nicht mehr im Raum ...» Man versuche, sich das zu übersetzen: es bleibt nichts, weil es aufgepustet ist. Früher hätte etwa ein Mann, der eine Bücherei leitete, gesagt: «Männer lesen gewöhnlich andre Bücher als Frauen, und dann kommt es auch noch darauf an, welchem Stand sie angehören.» Viel steht in diesem Satz nicht drin; ich spräche oder schriebe ihn gar nicht, weil er nichts besagt. Heute spricht, nein — der Direktor der städtischen Bücherhallen ergreift das Wort: «Dieser Gegensatz zwischen Mann und Frau ist verschieden nach dem soziologischen Ort, an dem man vergleicht.» Dieser soziologische Ort heißt Wichtigstein a. d. Phrase, aber so blitzen tausend Brillen, so rinnt es aus tausend Exposés, tönt es aus tausend Reden, und das ist ihre Arbeit: Banalitäten aufzupusten wie die Kinderballons. Stich mit der Nadel der Vernunft hinein, und es bleibt ein runzliges Häufchen schlechter Grammatik.

Und es sind nicht nur jene österreichischen Essayisten, von denen jeder so tut, als habe er grade mit Buddha gefrühstückt, dürfe uns aber nicht mitteilen, was es zu essen gegeben hat, weil das schwer geheim sei —: die Norddeutschen können es auch ganz schön. Zu sagen haben sie alle nicht viel — aber so viel zu reden!

Aus einem einzigen Buch:

«Abermals ist also der gesamte Komplex der Politik Niederschlag des Kulturgewissens und der geistigen Strömungen unserer Zeit.» — «Was Klaus Mann erlaubt ist, darf nicht Edschmid erlaubt sein, denn er hat sich nicht nur an den Vordergründen zu ergötzen, sondern um die Perspektiven zu wissen und an der Ordnung des Chaotischen beteiligt zu sein.» Da bekommt also der vordergründige Edschmid eine Admonition im Chaotischen. Und man höre den falschen Ton: «Charakteristisch waren zunächst die jungen Männer, welche mit gelassener Hand den Fernsprecher ans Ohr legten und ihrem Bankbevollmächtigten Weisung für Ankauf oder Abstoß von Papieren gaben. Begabte, freundliche, quicke junge Burschen, man soll gegen sie nichts Schlechtes sagen.» — «Junge Burschen ...» das hat der alte Herr Pose selber geschrieben, und diese fett aus dem Wagen winkende Hand ist ein Wahrzeichen vieler Schriftsteller solcher Art. Manchmal winken sie, wenn sie grade in London sitzen, zu Deutschland, manchmal zu den Jungen hinüber, manchmal spielen sie neue Zeit ... auf alle Fälle wedeln sie immer mit irgend etwas gegen irgend wen. Aber: «Wie Blüher die Geschichte des Wandervogels, wie er seine eigne schreibt, das alles ist unverfälscht deutsch: gefurchte Stirn, bedeutende Geste, Ernstnehmen des geringsten Umstandes bis zum Bekennen biographischer Intimitäten, stets bestrebt, sogar Belangloses auf letzte Gründe zu untersuchen und sein Ich ohne Rest zu objektivieren.» Na also! Und dieser Satz schöner Selbsterkenntnis stammt aus demselben Buch, dem alle diese Proben entnommen sind: aus Frank Thiessens *‹Erziehung zur Freiheit›*. Ein Mann mit zu viel Verstand, um dumm zu sein, mit zu wenig, um nicht schrecklich eitel zu sein; mit zu viel, um jemals Wolken zu einem Gewitter verdichten zu können, er ist kein Dichter; mit zu wenig Verstand, um einen guten Essayisten abzugeben. Doch welche Suada! welch gefurchte Stirn, bedeutende Geste . . . siehe oben.

Ich habe eine Sammlung von dem Zeug angelegt; sie wächst mir unter den Händen zu breiten Ausmaßen. «Der vollkommene Sieg der Technik reißt unsere ganze Gesinnung ins Planetarische.» — «Hier ist dämonisches Wissen um letzte Dinge der Seele mit einer harten, klaren, grausam scheidenden Darstellungskunst vereint — unendliches Mitleid mit der Kreatur kontrastiert großartig mit einer fast elementaren Unbarmherzigkeit der Gestaltung.» Wo er recht hat, hat er recht, und das hat sich Stefan Zweig wahrscheinlich auf einen Gummistempel setzen lassen, denn es paßt überall hin, weil es nirgends hinpaßt. «Nach den beschreibenden Gedichten der Jugend bemerkt man im Gedicht *‹Karyatide›* das Eindringen eines stärker dynamisierenden Wortvorgangs; das Motiv schwindet, zerrinnt fast in den zeitflutenden Verben; das zeithaltige funktionsreiche Ich läßt das Motiv vibrieren und aktiviert den Dingzustand im Prozeß; nun lebt das Motiv stärker, doch nur in der Zentrierung in das Ich; die Bedingtheit der Welt durch das lyrische Ich wird gewiesen.» Dies wieder stammt von Carl Einstein, der bestimmt damit hat probieren wollen, was man alles einer Redaktion zumuten kann. Und wie die obern Zehntausend, so erst recht die untern Hunderttausend.

Man setze den mittlern Studienrat, Syndikus, Bürgermeister, Priester, Arzt oder Buchhändler auf das Wägelchen dieser Essay-Sprache, ein kleiner Stoß — und das Gefährt surrt ab, und sie steuern es alle, alle. «Der heutige Mensch, so er wirken will, muß innerlich verhaftet sein, sei es in seinem Ethos, in seiner Weltanschauung oder in seinem Glauben, aber er darf sich nicht isolieren durch Verharren in seinem Gedankengebäude, sondern muß kraft seines Geistes seine Grundhaltung stets neu verlebendigen und prüfen.» Wenn ich nicht irre, nennt man das jugendbewegt.

Verwickelte Dinge kann man nicht simpel ausdrücken; aber man kann sie einfach ausdrücken. Dazu muß man sie freilich zu Ende gedacht haben, und man muß schreiben, ohne dabei in den Spiegel zu sehn. Gewiß ließen sich Sätze aus einem philosophischen Werk herauslösen, die für den Ungebildeten kaum einen Sinn geben werden, und das ist kein Einwand gegen diese Sätze. Wenn aber ein ganzes Volk mittelmäßiger Schreiber, von denen sich jeder durch einen geschwollenen Titel eine Bedeutung gibt, die seinem Sums niemals zukommt, etwas Ähnliches produziert wie ein Denkmal Platos aus Hefe, bei dreißig Grad Wärme im Schatten, dann darf denn doch wohl dieser lächerliche Essay-Stil eine Modedummheit genannt werden. Unsre besten Leute sind diesem Teufel verfallen, und der große Rest kann überhaupt nicht mehr anders schreiben und sprechen als: «Es wird für jeden von uns interessant sein, die Stellungnahme des Katholizismus zu den einzelnen Lebensproblemen und den aktuellen Zeitfragen kennen zu lernen und zu sehen, welche Spannungseinheiten hier zwischen traditionsgebundener Wirtschaftsauffassung und der durch die Notwendigkeiten der Zeit geforderten Weiterentwicklung bestehen.» So versauen sie durch ihr blechernes Geklapper eine so schöne und klare Sprache wie es die deutsche ist. Sie kann schön sein und klar. Die abgegriffenen Phrasen einer in allen Wissenschaftsfächern herumtaumelnden Halbbildung haben sie wolkig gemacht. Die deutsche Sprache, hat Börne einmal gesagt, zahlt in Kupfer oder in Gold. Er hat das Papier vergessen.

Der deutsche Essay-Stil zeigt eine konfektionierte humanistische und soziologische Bildung auf, die welk ist und matt wie ihre Träger. Und das schreibt in derselben Sprache, in der Hebel geschrieben hat! Man sollte jedesmal, wenn sich so ein wirres und mißtönendes Geschwätz erhebt, von Bäumer bis zu Thiess, von Flake bis zu Keyserling, die falschen Würdenträger auslachen.

Versuche, einen Roman zu schreiben. Du vermagst es nicht? Dann versuch es mit einem Theaterstück. Du kannst es nicht? Dann mach eine Aufstellung der Börsebaissen in New York. Versuch, versuch alles. Und wenn es gar nichts geworden ist, dann sag, es sei ein Essay.

AUF DEM NACHTTISCH

Die Gesamtausgabe der Freudschen Schriften ist da. Elf Bände, die die Welt erschütterten.

Einer der wenigen Männer, die diesen Mann richtig sehn, scheint Freud zu sein. Mit dem Lorbeergemüse seines Ruhmes kann er die faulen Äpfel seiner Tadler garnieren, und wenn er weise ist, sieht er die Schar seiner Schüler an und denkt sich sein Teil. Lassen wir die schlechten Schüler, halten wir uns an die guten und halten wir uns an ihn.

Es ist das Schicksal der Wahrheiten, hat Schopenhauer gesagt, daß sie erst paradox erscheinen und dann trivial. An Freud ist das genau zu studieren. Die Gesamtausgabe seiner Schriften zeigt aber noch etwas andres.

Langsam beginnt sich das Fleisch von diesem Werk zu lösen, das Zufällige, das Alltägliche – und es bleibt das Skelett. Wir können nicht sehen, was davon noch im Jahre 1995 lebendig sein wird, und ob überhaupt noch etwas lebendig sein wird, nämlich in der Form, die er ihm gegeben hat. Fortwirken wird es, das kann man sagen. Er hat eine Tür aufgemacht, die bis dahin verschlossen war.

Es gibt Partien in diesen elf Bänden, besonders in den ersten, die muten an wie ein spannender Kriminalroman. Wie da die Theorien langsam keimen und aus den platzenden Hüllen kriechen, wie sie sich scheu ans Licht wagen, ins Helle sehn und plötzlich sehr bestimmt und fest auftreten: nun sind sie da und leben und wirken. Die Darstellungskunst Freuds ist fast überall die gleiche: in den grundlegenden Schriften, in den kleinen Aufsätzen, so in dem wunderschönen Gedächtnisartikel für Charcot – überall ist ein klarer, methodisch ordnender Geist am Werk.

Das Modische an diesen Schriften wird vergehen; die kindische Freude der Amerikaner und sonstiger puritanisch verbildeter Völker, nun einmal öffentlich über Sexualität sprechen zu können ... das hat mit Freud nicht viel zu tun. Bleiben wird der große Erneuerer alter, verschütteter Wahrheiten – der Wahrheit: der Wille des Menschen ist nicht frei.

Das schön gedruckte und gut gebundene Werk ist im Internationalen Psychoanalytischen Verlag zu Wien erschienen. Es finden sich darin auch die jüngsten Schriften Freuds, auf die immer wieder hingewiesen werden muß, als letzte die *‹Zukunft einer Illusion›*. Es fehlt noch das *‹Unbehagen in der Kultur›*; ein zwölfter Band wird erscheinen. Die Grenzen Freuds werden in seinem Gesamtwerk erkenntlich. Er ist nicht der liebe Gott, doch hat er uns gelehrt, wieviel Krankheitsgeschichte in den gereizten Kritiken über ihn zu finden ist. Für halbgebildete Katholiken sei gesagt: es ist die Bibel der Gottlosen. Joseph Wirth darf das falsch zitieren. Man versteht die Welt nicht, wenn man diese Bände nicht kennt. Sigmund Freud wird am sechsten Mai fünfundsiebzig Jahre alt. Wir grüßen ihn voller Liebe und Respekt.

Nach diesem beherzigenswerten Vermerke fahren wir fort im löblichen Werke. Willy Haas *‹Gestalten der Zeit›* (erschienen bei Gustav Kiepenheuer, Berlin). Essays aus vielen Bezirken: France, Barrès, Tolstoi, Ludendorff, Werfel und Kafka; Totenmasken und das rapprochement ... in dem Bändchen werden viele Themen angeschlagen. Manches ist wundervoll im Einfall, so etwa die Parallele von Theologie und Kriminalroman, wie überhaupt eine gute dogmatische Vorbildung den Autor befähigt, zum Beispiel so eine Erscheinung wie die Ludendorffs besser zu sehen als das andre vermocht haben. Manches habe ich nicht verstanden: für eine so hymnisch-getragene Untersuchung über Hofmannsthal muß ich mich inkompetent erklären, das müssen die Österreicher unter sich abmachen, unsereiner hat da wohl nichts zu suchen. Ich glaube davon nicht eine Silbe. Haas, ein Mann von viel Bildung, Wissen und Geschmack, hat nur einen Fleck: das ist der Literaturjargon, in dem er oft schreibt. Tut ers nicht, dann blinkt das nur so von Klarheit, und alles ist treffsicher und rational untermauert; tut ers, dann kullern ihm die Modewörter dahin, und dieses Gemisch von philosophischen, soziologischen, medizinischen, psychologischen Brocken gibt keine gute Suppe. Möge er doch seine eigne Sprache sprechen und nicht die jener Knaben, die nachts um halb eins Laotse mit Carus gleichsetzen, weils schon gleich ist. Haas gehört nicht zu ihnen — er soll auch nicht ihren Jargon schreiben.

Dieser Essayband ist ein Buch mit Einfällen, ein reiches Buch, das den Leser reizt, die behandelten Themen seinerseits zu studieren. Die Aufsätze von Willy Haas erscheinen fortlaufend in der *‹Literarischen Welt›*; hoffentlich ist dies nicht sein letzter Auswahlband.

Matwey Liebermann *‹Im Namen der Sowjets›* (erschienen im Malik-Verlag zu Berlin). Ein moskauer Sling berichtet aus den russischen Gerichtssälen. Das ist sehr beachtlich, diese Gerichtschronik der *‹Prawda›*. Um so beachtlicher, als es sich hier nicht um große Affären handelt, wie etwa den Ramsin-Prozeß; über den mag man *‹Spione und Saboteure›* (erschienen im Neuen Deutschen Verlag zu Berlin) nachlesen. Liebermann gibt den Alltag, Alltagsprozesse, Mord und Totschlag, wie sie in jedem Lande vorkommen. Nur die Färbungen sind verschieden. Hier so:

Ob das nun am Berichterstatter oder an den prozeßführenden Organen liegt, es geht eine Art Fibelton durch das Buch. Nun kann ich nicht russisch; ich höre also den Ton nur in der Übersetzung, und da mag er unrein klingen. Aber es ist etwas von erhobenem Zeigefinger, vom braven und vom bösen Russen; doch wenn das Auditorium höhnisch dazwischen ruft, weil der ungeschickte und ‹nicht sympathische› Angeklagte dumme Ausreden vorbringt, so ist das schließlich nichts andres als das, was jedes Gerichtssaalpublikum auf der ganzen Welt empfindet. Es wird aber hier um neunzig Grad gedreht, und man hat manchmal den Eindruck, in einem Kindergarten zu sein. Vielleicht ist diese strenge, dogmatische Behandlung der Angeklagten notwendig, vielleicht muß die neue Sittlichkeit, die die Russen realisieren wollen, erst in die Gehirne gehämmert werden, und zwar so und nicht anders —: das kann ich nicht beurteilen. Soweit es sich um eindeutige politische und sowjetfeindliche Akte handelt, ist das verständlich; geht es ins Gefühlsleben hinab, so trennt mich von dieser Anschauung eine Welt. Ich weiß sehr genau, daß das Dreieck von zwei Männern und einer Frau in seiner Auswirkung auch vom Wirtschaftlichen abhängig ist. Das aber, was hier getrieben wird, muß zum Klischee führen, auch in der Beurteilung solcher Gefühlsverwirrungen. Noch hat man nicht den Eindruck, daß die urteilenden Genossen Pharisäer seien — durchaus nicht. Der Weg, den sie gehen, kann sie jedoch dahin führen, es zu werden. Es ist eine andre, uns ferne, fremde und dünne Luft, in der geurteilt wird. Gewohnt, alles was geschieht, in seinen Wirkungen auf das Individuum zu beziehen, sehe ich die Wirkungen dieser Justiz nicht klar vor Augen. Freilich haben wir als Angehörige von Staaten, in denen die Justiz so im argen liegt, überhaupt keine Veranlassung, uns in Vergleichen zu überheben — schlimmer, dümmer, verrotteter und gemeiner als die durchschnittliche bürgerliche Rechtsprechung mit ihren verhärteten Spießern, von denen kaum einer weiß, was Schuld, Reue und Strafe ist ... so schlimm wie bei uns kann es in Rußland nicht sein. Man fertige nicht so viel Psychologien über Verbrecher an; man schreibe eine Psychologie, die dartut, wie es in den Köpfen der Staatsanwälte und der Richter aussieht, und warum es da so aussieht, und man wird Merkwürdiges zu sehen bekommen. Das russische Strafrecht zeigt sich in diesem Buch von seiner besten Seite, und dieses Recht ist gut. Die Richter tun das gleiche — aber es sind Russen, und ich kann sie nicht ganz verstehn; auch in ihrem Rationalismus nicht, grade da nicht. Denn er ist keiner.

Die Bucheinbände John Heartfields werden immer besser; dieser ist wieder sehr geglückt, besonders die Fotos auf der Rückseite. Viel kopiert, nie erreicht.

Weil wir grade bei den Gerichteten sind: *‹Menschen im Zuchthaus›* von Lenka von Koerber (erschienen im Societäts-Verlag zu Frankfurt am Main). Brav, aber das ist kein neuer Weg; nicht brav. Es ist doch alles wieder von oben nach unten gesehn; die Bestraften sind eben doch eine andre Rasse, und es ist gar nichts, gar nichts. Sicherlich kann diese Frau in der freiwilligen Anstaltshilfe viel Gutes tun, aber ihre Anschauungen von Schuld und Sühne sind ganz und gar bürgerlich, also unbrauchbar. Lenka, schauen Sie nicht auf die Strafanstaltsdirektoren, mit denen Sie da zu tun haben — das sind keine Lehrmeister, sondern in ihrer Mehrzahl Gegenbeispiele. Schlagen Sie sich an die Brust, Lenka — nur wer sich einmal wirklich schuldig gefühlt hat, denken Sie, ohne von einem Richter verurteilt worden zu sein —: nur der weiß, was das ist: Strafe. Zuchthaus? Diese Zucht ist eine miserable Zucht, eine verdammte Zucht, eine Unzucht.

Warum übrigens fast alle schreibenden Frauen den zusammengesetzten, substantivierten Infinitiv anwenden! Dieses Musikalisch-schreibenwollen, aber Nicht-hinten-hochkönnen — das ist wirklich keine Freude.

Nur aus Spaß angezeigt und nur für Leute, die das Büchlein gratis einsehen können: *‹Kaplan Fahsel in seinem Werdegang unter Zuhilfenahme seiner Briefe und Aufzeichnungen›* dargestellt von Henriette v. Gizycki (beim Buchverlag Germania in Berlin erschienen). Na, und so ist es denn auch. Man hält es wirklich nicht für menschenmöglich, worauf alles die Leute hineinfallen. Das Werk der Verfasserin und diese selbst kann ich nicht charakterisieren: ich komme sonst ins Kifänknis. Und das ist die Sache wieder nicht wert. «Ich hoffe, daß dieses Schriftchen zum Verständnis des eigenartigen Werdeganges eines Mannes unsrer Zeit beiträgt.» Husch-husch; das tuts.

‹Stempellieder› von Franz Zorn (erschienen als Sonderheft des *‹Sturm›*, Dezember-Heft 1930. Im Verlag des *‹Sturm›*, Berlin W 15). Schade. Das könnte etwas sein. Es ist aber nur der zerbrochene Aufschrei eines zerbrochenen Bürgers, der – mit aller Ehrfurcht vor seiner Not sei es gesagt – im Augenblick, wo er eine Stellung hätte, mit dem kapitalistischen System durchaus zufrieden wäre. Es ist die ausweglose Hoffnungslosigkeit eines, der noch nicht den Weg zur Arbeiterbewegung gefunden hat, ohne den solcher Not eben nicht beizukommen ist. Das Parteibuch allein genügt gewiß nicht; das Gedichtbuch aber auch nicht. Es sind ein paar sonderbare Zeilen in dem Heft; am besten die, wo alte, einmal gehörte Formen und Versfetzen durch die Gedichte geistern. Verzweiflung allein ist kein Agens in diesem Kampf, der zu führen ist.

Nach diesem durchaus politischen Vermerke fahren wir fort im löblichen Werke. Karl Benno von Mechow *‹Das Abenteuer›* (erschienen bei Albert Langen in München). «Ein Reiterroman aus dem großen Krieg.» Hei, Hornist, blas' ins Horn! Welchen Krieg meint ihr itzt? Er meint die letzte große Industrie-Schlachterei. Doch gehts nimmer so in dieser Scharteke zu; bey der heiligen Sankta Barbara, mitnichten!

Das Buch ist wunderhübsch geschrieben; wenn es als Märchen herausgekommen wäre, wärs gar nicht übel. Es ist ein ästhetischer Krieg; ein pflaumenblauer Herbst-Krieg, mit Ritten durch die regenschweren Baumalleen des Ostens ... sicher ist das auch so gewesen, und wenn man von der gewissen übermanierlichen Geziertheit eines Salonrauhreiters absieht, ist die Lektüre freundlich und heiter. Das müßte so ein Buch für den Kulturdichter Binding sein – der liebt diese sauber gebürstete Romantik. Allerdings schwätzt Mechow lange nicht so falsch-gescheit daher und ist nicht halb so reaktionär wie jener, der Liebling gut-liberaler Kreise. Der Stil Mechows ist bezeichnend für ein ganzes Bücherbrett voll Kriegsbüchern: leicht geziert. Da, wo er rauh ist, ist er es in Anführungsstrichen – haben die Unteroffiziere bei der Kavallerie nicht so gesprochen: «Von dem wollte ich erzählen. Das ist einer, so einen sah ich noch nie»? Genau so haben sie gesprochen. Man hat, wenn man das Buch liest, niemals das Gefühl, als könnten bei dieser Reiterunternehmung auch Leute sterben, Söhne, Familienväter, verkleidete Papierwarenhändler und Büroangestellte, zu Hause steht die Frau nach der powern Rente an ... nicht doch. Stören Sie die Romantik nicht, Herr!

Sehr bezeichnend, daß dieses Buch im Osten spielt. Im Westen gabs das alles nicht. Und nach dem Westen sind auch niemals Freikorps gezogen, in diese so verdammt zivilisierte Gegend, wo nach 1918 jedermann die Recken mit Stahlhelm und Sturmband gefragt hätte: «Die Herren haben wohl einen kleinen sitzen?» Landsknechts-Romantik blüht vorwiegend im Dreck und in der Weite unordentlich bestellter Felder.

Manchmal blüht sie aber auch am Telefon, am fotografischen Apparat und in der sauberen Schweiz. Das Zeitalter der Spionenbücher ist angebrochen, dieser patriotischen Detektiv-Schmöker.

«*‹Die Weltkriegs-Spionage›* (Original-Spionage-Werk); im Verlag Justin Möser, München, Abteilung Vertriebsstelle amtlicher Publikationen und Veröffentlichungen aus Kriegs-, Militär-, Gerichts- und Reichsarchiven.» Uff. Und so ein dickes Buch! Wenn man damit einen Kriegsgerichtsrat vor den Kopf haut ... er bleibt leben. Denn diese Köpfe sehn innen zum Beispiel so aus: «Zum Schluß möchte ich nur noch der erst kürzlich wieder von Professor Doktor Louter gebrachten Behauptung entgegentreten, der Exkaiser habe die Verurteilung Miss Cavells bedauert. Dies ist völlig unzutreffend.» Sicher. Der und bedauern –!

Also lassen wir diesen teuren Prachtschinken beiseite und wenden wir uns einem erschwinglichen Bändchen zu: *‹Vorsicht! Feind hört mit!›* Herausgegeben von Hans Henning Freiherrn Grote (erschienen im Verlag von Neufeld & Henius in Berlin). Das Ding hat 150 Bilder; für ein Schreckensmuseum gegen Krieg und nationale Barbarei lohnt sich der Ankauf sehr.

Das Buch ist ein Dokument vaterländischer Raserei, ein Leckerbissen für jeden Psychiater, der kein Patriot ist. «Die Spionage ist ein Dauerzustand unter den Völkern, der sich in seiner Existenz um Krieg oder Frieden nicht kümmert, denn sie ist geboren aus der klaren Erkenntnis, daß immer Kampf unter den Menschen und Nationen sein wird bis in alle Ewigkeit.» Gottseidank, heißt dies, Gottseidank: denn nun sind wir, mit unsern Anlagen, die wir im Frieden nicht zu verwerten wissen, unentbehrlich. Das Buch enthält viele solcher Perlen: Textstellen und Bilder.

Text: «Es wurde bei uns sogar versäumt, dem deutschen Soldaten und dem deutschen Volke eindeutig und klar zu sagen, wofür sie kämpften.» Hoppla – ein kleiner Betriebsfehler. Aber wissen wir es heute? Heute wissen wir es. Wofür? Für einen Schmarrn. Und keine weinende Mutter, die sich eine Ideologie für den Verlust ihres Sohnes zurechtmachen muß, um noch leben zu können, kann daran etwas ändern.

Manchmal machten diese allerchristlichen Staaten einander Konkurrenz, um sich gegenseitig die Soldaten abspenstig zu machen.

«Werteste deutsche Soldaten!» fängt ein französischer Werbezettel an. Wenn sie sie nachher hatten, sprachen sie ganz anders, nämlich eine Sprache, die jeder Allerwerteste verstanden hat.

Man erfährt bezaubernde Dinge. Der große schwedische Radierer und Maler Anders Zorn war dem Berliner Polizeipräsidium ‹spionageverdächtig›, ein damals geläufiger Terminus, mit dem die Irren ihre Wahnvorstellungen zu benamsen pflegten – Zorn aber wäre, von andern Gründen abgesehen, viel zu faul gewesen, sich mit Politik zu befassen; d'Annunzio wird kontinuierlich Rappaport benannt, und man weiß nicht, worüber man mehr lachen soll: über diese Deutschen, die ihn damit zu vernichten glauben, oder über d'Annunzion; von der großen Literatur der gequälten Matrosen hat der Verfasser nichts gehört, denn für ihn ist die Matrosenrevolte in Kiel von den Engländern gemacht; Battisti wird als Spion bezeichnet, was eine Lüge ist, das ist er nie gewesen; wenn die Franzosen einen erschießen, so ist es ein ‹angeblicher Spion›, und schmatzend wird von den Untaten rheinischer Anti-Separatisten berichtet. Die erzählen: «Unterwegs begegneten wir einem Lastauto, besetzt mit Separatisten. Nachdem wir diese beerdigt hatten, setzten wir unsern Marsch mit selbigem Lastauto fort.» Ich höre einen spitzen, schrillen Schrei, er rührt von einer Eierstockträgerin her und klingt wie: «Bravo!» Und auch so etwas kriegt Kinder und heißt Mutter.

Die Bilder dieses Bändchens aber sind manchen Kupferpfennig wert. Wie der Wahnsinn ‹Staatsgrenze› durch die Abbildung des elektrischen Zaunes zwischen Belgien und Holland klar erkennbar wird: hier Mord Pflicht, dort Mord verboten; wie Menschen erschossen werden und fallen – es ist sehr lehrreich. Der Höhepunkt aber dürfte wohl das Bild auf Seite 176 sein.

Die lieben Bundesbrüder pflegten ja die Angehörigen ihrer Völker, die unter Habsburgs Zepter indivisibiliter vereinigt waren, stückweise aufzuhängen, wenn sie anders mit ihnen nicht fertig wurden. Man sieht also in einer Serie von Bildern:

Drei russische Spione, zwei Männer und eine Frau, sie in der Mitte, stehen an Kreuzen. Drei Kreuze in einer Reihe? das muß ich schon mal irgendwo gesehn haben. Jeder auf einem kleinen Podest von Tischen, die man unter ihnen aufgeschichtet hat. Der dritte Mann rechts, der zuletzt an die Reihe kommen wird, hat nur ein Bein, das andre ist ihm bis übers Knie amputiert. Das macht aber nichts. Die Bundesbrüder reißen der Frau die Tische weg, sie hängt – haben Sie das mal gesehn? Es ist reizend. Dann dem zweiten. Der dritte, der Einbeinige, sieht inzwischen ein bißchen zu, er hat den Kopf dorthin gewendet, niemand hat den Leuten die Augen verbunden, und der Einbein wartet nun, wann die Henkersknechte im Kaiserrock, Gott erhalte, auf ihn zugehen. Zum Schluß sieht man die drei Menschen baumeln, und viele umgestoßene Tische vor ihnen. Die Schweine hatten gefressen, da stießen sie die Tische um. Sie waren damals reich gedeckt, diese Tische.

Ich weiß nicht, was diese drei Leute begangen haben. Ich weiß nur eines:

So groß kann keine Untat sein wie das Verbrechen der Kriegsgerichtsräte auf allen Seiten, der Generale auf allen Seiten. Wie sah das Gesicht des Kontinents damals aus! So angegriffen! Und daher mußten sich alle verteidigen. Die Patzer sind früher zu den Huren gegangen und haben sie geprügelt, für Geld. Die Patzer! Was brauchen wir die Huren! Wir haben einen Feind, wir haben das Vaterland, und wir haben so schöne Kriege.

WO SIND MEINE SCHUHLEISTEN–?

Wo sind ... Ob das nicht jedesmal so ist, wenn man sich abends im Hotel auszieht – wo sind meine Schuhleisten! Wahrscheinlich gestohlen. Himmeldonnerwetter, wo sind die Dinger! Da ... nein. Da ...? Auch nicht. Na, wo stellen denn diese Zimmermädchen bloß die Leisten hin! Das muß eine internationale Verschwörung sein: bevor eine Zimmermädchen wird, muß sie einen großen Eid ablegen, den Gästen immer die Schuhleisten zu verstecken! Und da sind sie auch nicht! Na, ist das zu glauben? Mark Twain hat mal eine Geschichte darüber geschrieben, wie Hausmädchen immer wichtige Briefe wegwerfen, dagegen irgendeinen alten Fetzen Papier einem beharrlich und vierzehn Tage lang immer wieder auf den Nachttisch packen ... wo sind denn die Dinger? Unterm Bett ... Jetzt muß ich armer, alter Mann mit meinem dicken Bauch mich auch noch bücken, das ist mir auch nicht an der Wiege gesungen worden. Mama konnte übrigens gar nicht singen. Da hätte sie eben das Grammophon andrehen sollen. Unterm Bett sind sie auch nicht. Also man sollte es nicht für möglich halten: haben denn diese Mädchen keine Leisten! Das ist doch keine so große Sache ... Ich werde klingeln. Nein, ich werde *nicht* klingeln. Wir wollen doch mal sehen, ob die männliche Intelligenz nicht imstande ist, den Schleichwegen weiblichen Schafsinns zu folgen. Wahrscheinlich hat sie sie in den Nachttopf gelegt. Auch nicht. Im Schreibtisch ...? Mich soll das nicht wundern. Frauen sind zu allem fähig. Einmal, in Gremsmühlen, lagen die Dinger in der Badewanne. «Ich dachte ...» hat das Stubenmädchen nachher gesagt. Wenn sie schon anfangen, zu denken ... Frauen sind eine muntere Erfindung ... Man sollte Zimmermännchen haben, das ist mal sicher. Wenn ich reich wäre – da sind sie auch nicht – wenn ich reich wäre: nur einen Diener. Einen faltigen, ausrasierten Kammerdiener, der überhaupt nicht spricht und aussieht wie ein alter Raubvogel. Nein, lieber einen jungen – einen fixen, alerten Kerl ... jetzt sage doch ein Mensch an, wo dieses Mädchen die Leisten hingepackt hat! Frauen ... also das ist überhaupt nichts. Kochen können sie nicht. Na, können sie vielleicht kochen? Keine Ahnung haben sie, keine Ahnung. Die großen französischen Restaurants haben alle einen Chef de Cuisine – Männer können kochen. Frauen können nicht kochen. Schuhleisten richtig weglegen können sie auch nicht. Was können Frauen eigentlich? Na ja ... aber jetzt will ich meine Schuhleisten haben, und sie sind nicht da. Also, wenn ich Reichskanzler wäre, da würde ich einen Erlaß herauslassen, daß Hotelzimmer nur von Männern, also von denkenden Wesen, aufgeräumt werden dürfen. Ja. Frauen sind dazu nicht imstande. Nein. Schuhleisten sind ein Grundrecht der Verfassung. Denn wenn die Schuhe eine Nacht lang ohne die Leisten stehen, erkälten sie sich, und überhaupt. Na, ist das nicht zum ... Ich werde klingeln. Wers nicht im Kopf hat, der muß es eben in den Beinen haben. Frauen ... das ist ja nichts.

Ja –? Ja, ich habe geklingelt. Fräulein, wo haben Sie denn meine Schuhleisten hingetan? Was? Wie? Na, sone Dinger zum in die Stiefel zu tun. Was? Die haben Sie nicht gesehen? Das ist ja gar nicht möglich – ich hab sie doch heute morgen noch hierhin ... Sehen Sie doch bitte mal nach ...! Nein, da habe ich schon nachgesehen; da auch; da auch. Ja. Na, was nu? Sehen Sie – sie sind nicht da! Na, wo haben Sie die denn hingetan? Wo tun Sie denn sonst immer Schuhleisten hin? Was? In den Nachttisch? Da sind sie aber nicht. Ach, du lieber Gott. Danke. Ja. Nein. Ja, sehen Sie morgen noch mal nach.

Wenn ich jetzt die Schuhleisten hätte, ich schmisse sie ihr nach! Also mit Weibern ist ja kein Auskommen. Es ist kein Auskommen. Mensch, heirate – du lachst dir tot. Aber das kommt davon, daß ich überhaupt von zu Hause weggegangen bin; man soll eben nur zu Hause reisen. Himmelkreuzbombendonnerwetter, und natürlich hat sie sie irgendwo hingepackt, aber das weiß sie nicht mehr, denn was geht schon in so einen Frauenkopf rein! Ein paar Filme und Adolar. Na, ich sollte hier Hoteldirektor sein; die Damen hätten nichts zu lachen. Also nicht – keine Schuhleisten.

Pyjama. Wo ist der Pyjama? Der ist im Koffer. Da wollen wir gleich mal ...

Hm. Da liegen die Schuhleisten obenauf. Ehüm.

Da gehören sie auch hin. Schuhleisten gehören in den Koffer. Natürlich. Und deswegen habe ich sie heute morgen da auch reingelegt. Männer ... Männer halten eben Ordnung!

AUCH EINE URTEILSBEGRÜNDUNG

In einem der jetzt üblichen Hexenprozesse ist Walther Victor als verantwortlicher Redakteur des ‹*Sächsischen Volksblattes*› in Zwickau zu vier Monaten Gefängnis verurteilt worden. Durch einen Beitrag seien dort eine staatlich geschützte Religionsgesellschaft und ihre Einrichtungen beleidigt. Vier Monate Gefängnis . . . dafür kann man schon eine ganze Menge Leute vom Reichsbanner in den Bauch knallen.

Unerörtert bleibe, ob dieses Urteil zu Recht ergangen ist oder nicht. Ich untersuche die Urteilsbegründung.

In dieser ist den beiden Juristen — Küntzel und Lindner — etwas durchgerutscht, was in Urteilsbegründungen sehr selten zu finden ist: nämlich die wahren Gründe, die das Urteil hervorgerufen haben. Es heißt da:

> «Bei der Strafzumessung hat das Schöffengericht als straferhöhend folgende Umstände berücksichtigt:
>
> Der Artikel, der weitesten Volkskreisen zugängig war, hat eine zersetzende Wirkung auf die Bevölkerung, namentlich auf die Jugendlichen, ausüben müssen. Das ergibt ohne weiteres Form und Inhalt dieses Aufsatzes. Durch den Artikel wird in der Bevölkerung die Ehrfurcht vor der christlichen Religion und ihren Einrichtungen in hohem Maße untergraben. Das muß eine Verrohung der sittlichen Anschauungen des Volkes und damit eine Erschütterung der Grundlage eines gesunden Volkstums und eines gefestigten Staatswesens zur Folge haben. Es ist in dieser Richtung nicht abzusehen, welcher Schaden durch diesen Artikel angerichtet worden ist.
>
> Weiterhin fiel in gleichem Sinne ins Gewicht, daß nach der Überzeugung des Gerichts die genannte zersetzende Wirkung auch der wahre und eigentliche Zweck des Aufsatzes ist. Es ist äußerlich eine Form gewählt, die den Aufsatz als Kritik des Strafvollzugs oder der lebenslänglichen Zuchthausstrafe erscheinen läßt, aber hinter diesem Gewande der Erzählung, des Witzes, der Satire verbirgt sich der geheime Zweck, unmerklich und dem Leser unbewußt Ehrfurchtslosigkeit vor der christlichen Religion und vor der hergebrachten, durch das Christentum begründeten sittlichen Weltanschauung unter dem Volke zu verbreiten. Dieser Zweck, der mit dem Abdruck des Artikels in kluger Berechnung verfolgt, aber in abgefeimter Weise verschleiert worden ist, muß als höchst verderblich und verwerflich bezeichnet werden. Deshalb ist eine empfindliche Strafe erforderlich.»

Diese Begründung ist Wort für Wort und Satz für Satz eine grobe und ungehörige Beschimpfung aller jener, die nicht der Kirche angehören, und diese Urteilsbegründung ist nicht nur juristisch unhaltbar, sie ist auch in jeder Weise eindeutig tendenziös und politisch reaktionär. Es wird in ihr angenommen, daß außerhalb der christlichen Moral keine Sittlichkeit bestehe, und daß, wenn die Grundlagen der christlichen Ethik gefallen sind, wie es ja tatsächlich schon in weiten Bezirken der Fall ist, damit jede Ethik dahinschwände. Also müßten diese zwickauer Juristen Nietzsches gesammelte Werke beschlagnahmen, was im objektiven Verfahren möglich wäre. Das tun sie nicht, vermutlich, weil sie ihn nicht gelesen haben. Und sie tun es nicht, weil sich Nietzsche, der nach Joseph Wirth beinah ein so guter Schriftsteller ist wie Hitler, nur an die Gebildeten wendet – nicht aber, wie das zwickauer Volksblatt, an die breite Masse. Und nur dieser muß offenbar die Religion erhalten bleiben.

Wir verbitten uns das.

Selbstverständlich hat jede Religionsgemeinschaft Anrecht darauf, vor Schmähungen geschützt zu werden. Der Staat schützt nicht jede; Beschmutzungen von jüdischen Friedhöfen werden hierzulande erstaunlich milde geahndet. Ich habe auch unsern Gesinnungsfreunden gegenüber immer wieder betont, daß mir die grobe Art, die katholische Kirche zu bekämpfen, nicht gefällt und daß ich sie nicht für richtig halte. Nun wird aber auf beiden Seiten gesündigt: in der Hitze des Gefechts sind den Kirchengegnern Geschmacklosigkeiten unterlaufen, die nicht zu entschuldigen sind, was wiederum kein Wunder nimmt, wenn man die Polterreden kennt, die manchen Geistlichen auf den Kanzeln unterlaufen, wo man muntere politische Hetzreden hören kann. Sie bleiben Hetzreden, auch wenn sie in getragenem und feierlichem Tonfall vorgebracht werden.

Was aber hier in Zwickau gepredigt wird, geht denn doch über die Hutschnur. Und demgegenüber ist zu sagen:

Die christliche Religionsgemeinschaft ist nicht der Hort aller Sittlichkeit. Es gibt kein religiöses Monopol der Ethik. Millionen von anständigen und sittlich gefestigten Menschen schmähen die Kirche nicht, leben aber bewußt und ganz und gar an ihren Lehren vorbei, und sie tun recht daran. Es ist unrichtig, daß der, der die Lehren der Kirche überwunden hat, ein sittlich minderwertiges Individuum ist. Wer so versagt hat, wie das Christentum im Kriege, sollte uns nichts von Sittlichkeit erzählen. Und keine Strafe wird uns hindern, entgegen den beschimpfenden und höchst unjuristischen Darlegungen der zwickauer Juristen von einem gesetzlichen Rechte Gebrauch zu machen. Nämlich allen unsern Freunden und vor allem den Frauen einen Rat zu erteilen:

Tretet aus der Kirche aus. Tretet aus der Kirche aus. Tretet aus der Kirche aus.

SAUFLIED, GANZ ALLEIN

Manchmal denke ich an dich,
das bekommt mich aber nich,
denn am nächsten Tag bin ich so müde.
Du mein holdes Glasgespinst!
Ob du dich auf mich besinnst?
Morgens warst du immer etwas prüde.
Darum trink ich auf dein Wohl
dieses Gläschen Alkohol!
Braun und blond – rot und schwarz –
Ihr sollt leben!

Deine Augen sind so blau
ganz genau wie bei der Frau
Erna Margot Glyn-Kaliski.
Rheinwein ist nicht stark genug,
darum nehm ich einen Schluck
von dem guten, gelben Whisky.
Und ich trinke auf dein Wohl
dieses Fläschchen Alikol –
Braun und Blond – Black and White . . .
Ihr sollt leben!

Tinte, Rotwein und Odol
sind drei Flüssigkeiten wohl –
davon kann der Mensch schon leben.
So schön kannst du gar nicht sein,
wie in meinen Träumerein –
so viel kannst du gar nicht geben.
Allerschönste Frauenzier,
ach, wie gut, daß du nicht hier!
Oh, wie gerne man doch küßt,
wenn die Frau wo anders ist . . .!
Und darum trink ich auf dein Wohl!
Nun ade, mein Land Tirol!
Lebe wohl! Nur in den kleinen Räuschen
lebe wohl, kann die Frau uns nicht enttäuschen!
Lebe wohl! Lebe wohl!
Lebe wohl, mein Land Tirol –!

THEOBALD TIGER SPRICHT

Wir sind hier in der Prosaklasse, und der Tiger meldet sich immerzu. Was hast du denn? Du sagst doch sonst bloß Verse auf? Was willst du denn? Mußt du mal raus? Wackel doch nicht so mit dem Arm! Na, da sags schon, damit einmal Ruhe ist ...

— «Ich möchte mal was sagen. Seit achtzehn Jahren singe ich meins in Versen, aber dieses hier möchte ich ganz ausnahmsweise in Prosa von mir geben. Herr Lehrer, ich muß petzen:

ich werde so furchtbar beklaut.

Von wem? Von den Cabarets. Es ist wirklich nicht hübsch, was sie da aufführen.

Kein Cabaretist, kein Conférencier, kein Cabaret-Direktor käme auf den sicherlich fruchtbringenden Gedanken, sich einen Anzug zu mausen; keiner von ihnen stellte an ein Elektrizitätswerk das Ansinnen, den elektrischen Strom umsonst zu liefern ... aber einen Text? Einen Text kauft man nicht; den stiehlt man.

Sie stehlen eine Ware. Denn jedes literarische Produkt ist, neben allem andern, eine Ware wie ein Pfund Butter; das trifft auf Operetten zu wie auf die Verse Stefan Georges, und dabei ist auch gar nichts Herabwürdigendes. Waren aber sollte man nicht stehlen. Und die Cabaretleute klauen, daß jeder Taschendieb von ihnen lernen könnte.

Noch niemals habe ich von pazifistischen Organisationen, von Dilettanten oder von Arbeitervereinen, die meine Verse oder Szenen verwerten, Geld gefordert oder erhalten. Das ist auch ganz etwas andres: die wollen nur der Sache dienen, unsrer Sache; sie verdienen mit ihren Darbietungen nichts, diese kleinen Spieltrupps der Arbeiter sind ja froh, wenn sie ohne Unkosten durchkommen. Ihnen sei alles, was ich jemals geschrieben habe, mit Freuden gegeben.

Der Cabaretist aber lebt von diesen Texten; er verdient sich sein Brot damit. Dann sollte er mir meins nicht wegnehmen. Er mag durch mich verdienen, so viel er will — aber nicht an mir.

Da ist noch etwas andres.

Sie fragen nicht einmal, ob ich mit der Art der Rezitation einverstanden bin, und so erleben wir denn, daß da oben Verse aufgesagt werden, die niemals für den Vortrag geschrieben sind, also nicht für das Ohr, sondern für das Auge — und das ist ein himmelweiter Unterschied. Davon wissen die meisten Schauspieler nichts. Sie sagen munter auf, was ihnen grade, beim Lesen, gefallen hat — und dann wundern sie sich, wenn kein Mensch lacht, und wenn das nicht gefällt. Und der Autor ist der Dumme. Ich habe einmal in einem berliner Cabaret so etwas erlebt: da betrat eine bleichgesichtige Nutte das Nudelbrett und quäkte etwas, was ich geschrieben hatte, und ich wollte vor Scham in den Boden sinken.

Sie sagen auf. Sie rezitieren, und wie rezitieren sie! Ich höre meine Verse, auch die pathetischen, recht ruhig, und wenn ich sie je vorlese, so lese ich sie auch so vor, nämlich still. Sie brüllen. Sie schnalzen. Sie rollen und donnern. Sie fuchteln und agieren. Sind das noch meine Verse? Das sind nicht mehr meine Verse. Die Mädchen machen sich niedlich damit und hopsen sie kaputt, von allen guten Geistern verlassen. Und dann bezahlen sie noch nicht mal.

Sie sprechen das auf Schallplatten. Sie ‹bearbeiten› es. Sie modeln es um; sie ‹bringen› es. Und der Autor guckt in den Mond.

Natürlich gibt es Ausnahmen. Willi Schaeffers ist ein anständiger Mann; was mein Freund Paul Graetz von mir spricht, hat er erworben, und er verständigt mich vorher über alles. Claire Waldoff ist sauber. Und noch ein paar. Der Rest aber klaut; leider auch die ‹Katakombe›.

O Zuhörer. Wahrlich, ich sage dir: wenn du ein Gedicht von mir in einem Cabaret hörst, ein Chanson oder sonst etwas: meist kann ich nichts dafür.»

DER NEUE REMARQUE

Wenn in Deutschland ein Musikprofessor berühmt wird, dann beginnen sich zwei Gruppen um ihn zu streiten: die Radfahrer etwa und die Briefmarkensammler. Fast jeder deutsche geistige Streit verläuft heute auf einer falschen Ebene, nämlich auf einer, wo er nichts zu suchen hat. Man sehe sich die Gegner Einsteins, Emil Ludwigs oder Chaplins an; man betrachte die Freunde jener geistig provinziellen Schriftsteller, die uns als Heimatdichter angepriesen werden – und man weiß Bescheid. Was Freund und Feind gleichermaßen aus den Pantoffeln kippen läßt, ist der Erfolg des Kritisierten – es muß da ein Induktionsstrom des Neides vorhanden sein ... und somit hielten wir denn bei Remarque.

‹Der Weg zurück› (erschienen im Propyläen-Verlag zu Berlin).

Die Bilderbuchethik der braven oder wilden Patrioten sei nicht angerührt. Denen war Remarque immer ein Stein im Schnürstiefel: er erschien ihnen pazifistisch, weil er statt unkontrollierbarer Schwammigkeiten sehr reale und konkrete Geschichten aus dem Kriege aufgemalt hat; das wollten sie nicht. Durchfall stört die Romantik: die falsche nämlich.

Brüllt auf so ein Buch die heulende Scylla der Rechten ein, so pfeift die Charybdis der Linken: «Wie hältst dus denn mit der Partei? Hast du dein Parteibuch dabei?» Der Dichter hat es nicht leicht – die Meistersinger von Moskau prüfen ihn auf Haut und Knochen, und Fleisch braucht er gar nicht zu haben, wenn es nur mit der Dogmatik stimmt. Und zum Schluß knallt ihm noch die penetrante Besserwisserei

Alfred Döblins eins um die Ohren, ohne daß der Getroffene Zeit hätte, diesem maßlos überschätzten Schriftsteller dessen Wappenspruch entgegenzurufen: «Worauf herauf?» – Doch nun wollen wir wirklich von Remarque sprechen.

Das neue Buch ist eine saubere und anständige Arbeit, nicht mehr und nicht weniger.

Es ist ein Buch, das begrenzte Gültigkeit hat; nicht ausgeschlossen ist, daß es trotzdem im Ausland Erfolg hat. Während ‹*Im Westen nichts Neues*› für alle galt, gilt diese Schilderung nur für Deutschland. Im übrigen sollte man sich abgewöhnen, Remarque nun ein für alle Mal mit dem großen Erfolg seines Lebens abzustempeln. Der Mann will mehr. Ob er mehr kann, wird er zu erweisen haben. In diesem Buch hat er es nicht erwiesen.

Es ist saubere, einfache und klare Epik.

Die Rückkehrer können sich nicht ins bürgerliche Leben zurückfinden; der Gestalter Remarque auch nicht. Schildert er Kampfszenen, den Rückmarsch, den Geist der alten Kumpane, ihren Krach, ihre Sauferein und ihre Späße: dann ist das immer gut und echt und stellenweise auch stark. Schildert er irgend etwas andres, eine Bar, eine Szene beim Arzt, eine Familie –: dann ist das blaß, flächig, ohne Hintergründe, mager und ganz und gar gleichgültig. Sieht dieser Mann nur seine Kompanie? Hat er nie etwas andres gesehn? Ist das sein Erlebnis gewesen, das einzige in seinem Dasein?

Manchmal gehts darüber hinaus. Da ist etwa eine kleine Szene, wie die deutschen und die amerikanischen Soldaten zu tauschen beginnen: Arthur Ledderhose und ein Amerikaner stehen einander gegenüber und fixieren sich. Wer wen übers Ohr hauen könnte – das ist brillant gesehn und in zehn Zeilen famos wiedergegeben. Da ist eine Klamaukszene, wie einer den Schinder-Feldwebel wiederfindet, es der Kumpanei ankündigt und vor Aufregung den Schlucken bekommt; da steht ein Satz «Aber wer kann einen sterbenden Bauern täuschen!» – da sind knappe, scharfe Formulierungen: «Ihm gegenüber erzählt eine Dame von ihrem gefallenen Mann, und sie macht sich so wichtig dabei, als wäre sie gefallen und nicht er.» Oder: «Sie haben den Krieg nur bis zum Bahnhof gesehn, von dem wir abfuhren.» Das ist alles gut, und das sitzt. Aber damit ist es auch beinahe aus, und was dann kommt, ist nicht mehr viel.

Es fällt mir gar nicht ein, Remarque auf eine Parteizugehörigkeit zu prüfen. Doch läßt er den Leser völlig ratlos zurück, so ratlos, wie es die Leute seiner Kompanie sind, die mir eigentlich am besten gefallen, wenn es für sie etwas zu hauen gibt. Aber damit kann man doch wohl nicht alles lösen. Und so sitzen wir denn alle zusammen da: der Dichter, seine Freunde und seine Leser, und sie wissen alle miteinander nicht, was denn da nun eigentlich werden soll. Ja, wenn man genauer hinsieht: viele wissen auch nicht genau, was man mit ihnen gemacht hat, vier Jahre lang, und wer es gemacht hat, und warum es so hat sein müssen, und wie es vielleicht anders werden kann. Kein Wort davon. Und das brauchte nun eben nicht in feierlichen Tiraden gepredigt zu werden; man könnte das ja auch gestalten, aber Remarque kann es nicht. Es langt nicht.

Das soll uns nicht hindern, zu sagen: Wenn nur alle Bücher so sauber gearbeitet, so hübsch grundiert und ausgemalt, so reinlich gestaltet wären. Aber es langt nicht.

Auf Remarque als Kämpfer können wir nicht zählen, seit er sich von dem Kammerjäger Goebbeles so leicht hat besiegen lassen. Da hat nun schon mal einer von uns so einen großen Erfolg, daß er auf alles husten kann – und dann stellt er sich nicht heraus. Schade. Bleibt abzuwarten, ob man auf den Dichter Remarque in Zukunft wird zählen können. Will er die Bessern unter seinen Lesern befriedigen, so mache er sich mit Picke, Seil und Axt auf, hinauf zu höhern Gipfeln und heraus aus dem platten Flachland braver Leitartikel, die keinen leiten. *‹Im Westen nichts Neues›* hätte anonym erscheinen sollen, weil es ein anonymes Buch ist – namenlos wie das Leiden jener, denen es aus dem Herzen geschrieben ist. Nicht so weiter, wie dieses zweite Buch; nicht so weiter.

DIE EHEMALIGE

Einmal habe ich in einem berliner Warenhaus dieses hier erlebt:

Ich stand bei den Handschuhen und hatte, wie immer, meine Handschuhnummer vergessen und bekam vielerlei Handschuhgebilde übergestülpt. Neben mir stand eine junge Frau, eine Kundin ... nein, das war keine Kundin. Sie stand da so ... so, als ob sie dazu gehörte, aber sie gehörte doch offenbar nicht dazu, denn sie hatte Hut und Mantel an und bediente auch niemand, aber sie kaufte auch nichts. Sie sprach mit dem kleinen Fräulein, das hinter dem Ladentisch stand und grade nichts zu tun hatte. Ich hörte:

– «Na, und is denn die Kaminski noch da? Was, die ist auch weg? So, nach Magdeburg? Na, und was treibt denn der Rembitzer? Was? Macht er abends immer noch solchen Klamauk? Da ist ja Grete – die ist aber dick geworden ...!»

Es war eine Ehemalige, die hier sprach. Offenbar hatte sie geheiratet, und nun stand sie hier und besuchte ihre früheren Kolleginnen und fragte und bekam Antwort und informierte sich, aus lauter Neugier und Freude und Interesse.

Und der Ladentisch wurde auf einmal so breit, so breit ...

Sie *war* eine Kollegin gewesen; sie war es nicht mehr. Sie war eine

Schlachtenbummlerin, und die Mädchen an der Arbeitsfront waren ja soweit ganz nett zu ihr – denn nun waren noch andere dazugetreten – aber es war da spürbar eine Kluft, klein und schmal, aber eben eine Kluft. Und warum war das?

Die Ehemalige hatte es nicht mehr nötig. Sie wußte zwar noch recht gut über die kleinen Intimitäten des Rayons Bescheid, gewiß, obgleich sie, wie sich herausstellte, zum Beispiel nicht wußte und auch nicht hatte wissen können, daß die Strember einen gewaltigen Spektakel mit einer Prinzessin aus der Buchhaltung bekommen hatte, und daß es mit der damals so gutmütigen Fahrenheid nicht mehr zum Aushalten sei, man wisse auch warum. Na, so ... Hier wurde das Gespräch etwas dünn, und ich fing einige Seitenblicke auf.

Die Ehemalige verdroß das alles nicht. Sie plauschte und fragte und unterhielt sich und gab ab und zu eine winzige Messerspitze überlegner Ironie in die Unterhaltung, wenig, nur so ein Körnchen ... Und sagte: «Zu meiner Zeit» – und sah aus wie ein alter pensionierter General.

Da stand sie und gehörte nicht mehr dazu. Es half ihr alles nichts: nicht die alte Kameradschaft, nicht die Bekanntschaft mit den Kollegen, beliebt mußte sie auch gewesen sein, das merkte man gut – aber sie gehörte eben nicht mehr dazu.

Denn gemeinsame Arbeit schafft Gemeinsamkeitsgefühle. Die halten nicht sehr lange vor – das fängt in der Schulklasse an, geht über die Kompanie bei den Soldaten und hört im Amt auf ... aber solange man dabei ist, gehört man eben dazu, weil man denselben Kummer zu tragen hat. Das adelt. Das verleiht eine unsichtbare Auszeichnung. Das gibt eine unsichtbare Nummer auf die Schultern: una ex nostris, eine von den Unsrigen. Heiratet sie aber, geht sie aus dem gemeinsamen Trott heraus, läuft ihre Uhr anders (darauf kommt alles an) –: dann gehört sie eben nicht mehr dazu, ist eine Ehemalige, wird wohl noch hier und da akzeptiert und aufgenommen und angehört ...

Da kam die Aufsicht. Der kleine Schwarm stob auseinander. Eine, die erste Verkäuferin, blieb stehen und wechselte mit der Ehemaligen noch ein paar Worte, aber hinter diesen Worten stand schon leise, fast unmerklich, eine kleine Ungeduld: «Nun halt uns hier nicht in der Arbeit auf – du weißt ja, wie es hier ist – du mußt es ja wissen –!»

Und da verabschiedete sich die Ehemalige und ging. Es sah aus, als hätte sie ein Gefecht verloren. Sie freute sich wohl, die junge Frau, daß sie nun einen Mann hatte und hier nicht mitzutun brauchte – aber es war doch ein ganz kleines Bedauern dabei und ein ganz winziger, ihr vielleicht nicht bewußter Schmerz. Sie ging ab durch die Mitte.

«Paßt dieses Paar hier?» fragte mich die Verkäuferin.

«Danke, ja», sagte ich und sah der Ehemaligen nach, bis sie im Gewühl verschwand.

SO VERSCHIEDEN IST ES IM MENSCHLICHEN LEBEN!

Ich reiste im Traum nach Kottbus und ließ dortselbst meine Handtasche stehen. Jetzt muß ich zurückträumen und sie holen.

Willst du eine reizende Damenbekanntschaft machen? Vergiß, dich zu rasieren.

Die Militaristen irren. Es ist gar nicht die Aufgabe der Pazifisten, sie zu überzeugen — sie sollen vielmehr in einem Kampf, der kein Krieg ist, besiegt, nämlich daran gehindert werden, über fremdes, ihnen nicht gehöriges Leben zu verfügen. Man mache sie unschädlich; einzusehen brauchen sie gar nichts. Ich bin für militaristischen Pazifismus.

Die meisten berliner Theater- und Kabarett-Abende gehören dem einen oder dem andern Typus an: jüdische Hochzeit oder münchner Atelierfest.

Die Apologetik der katholischen Kirche —: das ist wie ein Luftschiff auf Rädern.

«Wozu noch Lust? Ich liebe ihn doch!» Da war sie neunzehn Jahre. «Wozu noch Liebe? Sie belustigt mich doch!» Da war er vierzig Jahre. Als sie fünfzig wurden, kam er in die zweite Jugend und liebte, wieder. Sie hatte nie aufgehört, zu lieben.

Ein boxender Buchhändler, der mäßige Vorträge über Plato hält —: kein Mensch hörte danach hin. Zieht sich aber derselbe Mann einen Kaplansrock an: dann bibbert das Publikum. Bei den Männern tauchen die alten Kinderideen von der Größe der Kirche auf, und die Damen denken: «Darf er? Er darf nicht. Tut ers? Wenn ja, mit wem? Und warum nicht mit mir?»

Wie interessant kann doch Plato sein!

Solch ein friedliches Land —! Da tragen die Polizisten noch Säbel.

Welche Hochachtung hat doch der Franzose vor der Sprache! «Il a trouvé ce mot . . .» Das Wort war vorher da, der Autor hat es nur gefunden.

Es gibt Auslandskorrespondenten, die wollen die fremden Völker, zu denen man sie geschickt hat, nicht erkennen. Sie wollen sie durchschauen.

Manche Schriftsteller sammeln große Männer. «Haben Sie schon Mussolini? Ich habe ihn doppelt!»

Sie sprach so viel, daß ihre Zuhörer davon heiser wurden.

Nie geraten die Deutschen so außer sich, wie wenn sie zu sich kommen wollen.

Er besuchte alle Premieren – nicht aus Liebe zur Kunst, sondern um als erster Nein sagen zu können.

Lungenhaschee ... das sieht aus wie: «Haben Sie das gegessen, oder werden Sie das essen?»

Zwei Kriegsminister: Churchill kann Trotzki nur verhöhnen. Aber Trotzki kann Churchill mitdenken.

Gott schuf Kluge, Dumme, ganz Dumme und Geschäftsführer der SPD-Presse.

Die Engländer werden mit ihren Arbeitslosen nicht fertig; die Franzosen quälen ihre Strafgefangenen, die männlichen in Guayana und die weiblichen in Rennes, daß es einen Hund jammern kann; die Jugoslawen quetschen mißliebigen Politikern die Fingernägel ab, die Ungarn den ihren die Hoden, und die Rumänen befassen sich liebevoll mit den gefangenen Frauen – alle, alle aber sind sich darin einig, daß das Sowjetsystem ein verrottetes System sei. So verschieden ist es im menschlichen Leben!

DIE ROTSTIFT-SCHERE

Die Kämpfe, die Heine und Börne gegen die Zensur auszufechten hatten, standen unter dem Zeichen des Rotstifts. Der Zensor strich.

Die Kämpfe, die der Film gegen die Zensur auszufechten hat, stehen unter dem Zeichen der Schere. Der Zensor schneidet.

Eine Pressefreiheit gibt es nicht, so man nämlich fragt: «Frei wovon?» Eine Buchfreiheit gibt es so einigermaßen. Jedesmal aber, wenn die Technik ein neues Mittel zur Reproduktion von Meinungsäußerungen erfunden hat, fährt den reaktionären Stieseln ein Schreck ins Gebein. Und jedesmal fallen auch prompt die sogenannten Fortschrittsparteien auf diesen Schreck herein. «Man kann doch aber nicht jeden Film ...» Genau, genau so hat einst die fromme Geistlichkeit gesprochen, als die Buchdruckerkunst aufkam und jedes Buch das Imprimatur des Erzbischofs oder seines Landesherrn tragen mußte; damals druckte man nur mit allerhöchster Erlaubnis. Es hat lange gedauert, bis sich die Literatur aus diesen Fesseln befreit hat.

Was Radio und Film heute produzieren, ist chemisch gereinigtes Zeug, das seinen Naturgeschmack verloren hat. Der Äther ist eine einzige große Kinderstube, die Filmleinewand ein Sabberlätzchen, das man dem Baby Masse vorgehängt hat. Immer hübsch ein Löffelchen nach dem andern, und nur Milchbrei.

Es ist, wie am Beispiel des Buches zu sehn, einfach dummes Zeug, zu sagen, daß die gewöhnlichen Strafgesetze nicht ausreichten. Natürlich ist ein Bild eindrucksvoller als der Buchstabe. Wenn aber wirklich Schweinereien fotografiert werden oder Roheiten oder Beleidigungen, so kommt man mit dem Strafgesetz allemal aus. Rundfunk und Radio sind in Mitteleuropa in der Hand der herrschenden Klasse, und da sind sie nicht gut aufgehoben: sie verbiegt die neuen Instrumente, so daß sie lange nicht alles hergeben, was sie hergeben könnten.

Was jene flaue Ausrede von der «Gesinnung der Andersdenkenden» angeht, «die man nicht verletzen dürfe», so ist das Unfug. Man gewöhne die Herren Schulze und Levi daran, daß sie einen Film, der ihnen nicht gefällt, links oder rechts liegen lassen, und daran, daß man eine Antenne auch erden kann. Die Diktatur dieser Mittelmäßigkeiten ist beinah so schlimm wie der kaum noch verhüllte Faschismus, der im Film und im Radio wütet. Diese Zensur besteht aus Frechheit und aus Angst.

Sie hat nicht einmal System.

Der einzige Pol in der Verbote Flucht ist die deutliche Tendenz gegen links: die Aktien könnten wackeln, wenn jemand einmal aufzeigt, was an der Fabrikation einer Glühlampe nun wirklich verdient wird. Von Thema darf nicht gesprochen werden, sagte jener kaiserliche Schutzmann, ergriff seinen Helm und löste die Versammlung auf. Sonst aber ist von einem Grundgedanken bei dieser lächerlichen Zensur nichts zu merken. Oft ist die Kirche beleidigt, das ist sie ja immer, und ein Scherzgedicht wie das von Klabund über die Heiligen Drei Könige darf zwar gedruckt werden, allerdings nicht ohne daß der Sozialdemokrat Braun in einem jämmerlichen Entschuldigungsschreiben an das Zentrum die Verse «unflätig» nennt—oh, Bebel, Bebel! Gedruckt: ja. Aber im Rundfunk verbreitet werden darf es nicht. Jede Erklärung dieser Inkonsequenz ist eine Lüge. Rundfunk und Film sind einfach wirksamer als das Buch; sie haben sich aber noch nicht ihre Freiheit erkämpft. Also kann man sie knuten, also kann man sie zensurieren.

Lest Bücher! Sie sind kleine Inseln der Freiheit im Meer der Zensur.

Beispiele aus Büchern und Briefen: Wie man zu Geld kommen kann

«Er ließ mich neulich rufen . . .

. . . Und gab mir Geld aus einer großen Truhe
– Die Küchenrechnung nämlich für die Woche –
Doch eh er's gab, nahm er 'nen Silberling
Und sah ihn zehnmal an und küßt ihn endlich
Und steckt ihn in ein Säckel, das gar groß
Und straff gefüllt im Winkel stand der Truhe.
Nun frag' ich Euch: ein frommer Mann
Und küßt das Geld. Ein Mann, der Hunger leidet
Und Spargut häuft im Säckel, straff gefüllt,
Wie nennt Ihr das? wie nennt Ihr so 'nen Mann?»

Sparsam vielleicht, geizig auch, wenn er nicht Bischof Gregor aus «Weh dem, der lügt» wäre. Und als Leon die traurige Absicht des Sparens erfährt, läßt er sich als «trojanischer Koch» zu Kattwald, dem Priamos des Rheingaus, bringen.

Summa summarum: Auch in Büchern und Briefen kommt man durch Sparen zu Geld, leichter aber mit Sparbüchern und Pfandbriefen.

SIND SIE EINE PERSÖNLICHKEIT?

Der andere auch! Der andere auch!!
Der andere auch!!!

Eine kleine Sonntagspredigt
mit einem nachdenklichen Chanson

Auf der Erde leben einundeinedreiviertel Milliarde Menschen (die Anwesenden natürlich ausgenommen) – und im Grunde denkt jeder, er sei ganz allein, was die Qualität anbetrifft. «So wie ich . . .» denkt jeder, «so ist kein anderer – so kann kein anderer sein.» Ob das wohl richtig ist?

Wir sehen den Verbrecher und den Jubilar als Einzelwesen und rechnen beiden das allgemeine Niveau mit an; es ist so, wie wenn sich ein Seehund rühmen wollte, daß er schwimmen kann. Alle Seehunde können es.

Da ist zum Beispiel der Beruf.

Sie kennen ja alle die Festreden, die bei der Jahresversammlung des Reichsverbandes wissenschaftlich geprüfter Traumbuch-Verfasser steigt: jeder Traumbuch-Verfasser ist mindestens ein Napoleon, ein Goethe, ein Rockefeller, ein . . . nach Belieben auszufüllen. Andere Berufe kommen da gar nicht mit. Vor wem erzählt der Mann das eigentlich? Damit kann er doch nur einem Eskimo imponieren, einem der nicht weiß, daß die in der Festrede gerühmten Eigenschaften heute so ziemlich alle zivilisierten Menschen besitzen: wir alle können telefonieren, ein Grammophon anstellen, das elektrische Licht anknipsen; viele von uns können chauffieren, viele haben Entschlußkraft, verstehen, sich in einer fremden Stadt zurechtzufinden, können Reisedispositionen treffen – es ist die Zeit, die die Menschen so geformt hat; das Verdienst eines einzelnen ist es nicht. Aber das hören sie nicht gern – sie spielen vor sich selber und vor einem imaginären Publikum gern den Wundermann. «So schön wie ich das kann . . .» Verlaß dich drauf: der andere kann das alles auch.

Der Schriftsteller tut gern so, als sei er von einem Zauberwesen begnadet und als sei dies etwas ganz und gar Einzigartiges: schriftzustellern – und vergißt dabei, daß es Tausende und Tausende können, wie er. Der Arzt umgibt sich gern mit einer Atmosphäre des geheimnisvollen Medizinmannes (wobei nicht untersucht werden soll, inwieweit der Patient das braucht und wünscht). Der Industrielle tut gern so, als habe er allein – Herr Generaldirektor Bölk – Tatkraft, Klugheit und Umsicht der ganzen Welt gepachtet . . . kurz: jeder will als Einzelwesen gewertet und möglichst verehrt werden und läßt unbewußt-bewußt außer acht, daß Millionen neben ihm und um ihn sind, die sich auf genau derselben Ebene bewegen wie er es tut.

Dagegen wehrt sich das Individuum – es ist sein letzter, sein verzweifelter Kampf gegen die unbarmherzige Uniformierung einer mechanistischen Zeit. Er will nicht. Er spielt: einmaliges Individuum.

Die Klugen (die Anwesenden natürlich eingeschlossen) geben das alles für den Beruf und für das Gemeinschaftsleben zu. «Aber», sagt jeder von ihnen, «aber ... man hat doch da so seine kleinen Eigenheiten ...» Und hier wird die Sache restlos komisch.

Denn grade bei den ‹kleinen Eigenheiten› ist die Übereinstimmung so groß, daß man glauben sollte, die Menschen würden in Serien hergestellt.

Die Tage der Niedergeschlagenheit, wo alles aus ist: Beruf grau, Liebe danebengegangen, Geld flöten, Bücher langweilig, das ganze Leben verfehlt – der andere auch! Der merkwürdige Waldspaziergang damals, wo von den Fichten lauter Gestorbene heruntergrüßten und so schauerlich nickten, und wo du schneller gingst, weil du Furcht hattest, dich drüber ärgertest, Mut markiertest, und nun noch mehr Furcht hattest – der andere auch! Der wie ein Nieskitzel plötzlich auftretende Reiz, bei ganz ernsten Situationen lachen zu müssen, die Angst davor, das Bemühen, dieses blödsinnige Lachen grade noch herunterzuschlucken – der andere auch! Immer: der andere auch.

Du hast da morgens, wenn du dich anziehst, eine Reihe kleiner fast sakraler Handlungen ... der andere auch. Du hast manchmal, bevor du in ein fremdes Haus gehst, die ‹Portalangst› ... der andere auch. Du bist mutig, sagen wir, beim Zahnarzt und feige vor dem Examen – oder umgekehrt ... der andere auch. Du machst so eine komische Bewegung mit den Kinnbacken, wenn du ein Buch aufschneidest ... Immer, immer: der andere auch.

Ja, zum Donnerwetter, sollen wir denn nun gar nichts mehr haben, das uns ganz allein gehört? Doch, das gibt es vielleicht ... aber es finden sich stets, wenn man näher zusieht, Hunderte, die machen es dann doch genau so, und Tausende, die machen es beinah so, und Zehntausende, die machen es ähnlich ... der andere auch.

Es tut gut, das zu wissen.

Denn nichts ist gefährlicher, als den Partner zu niedrig einzuschätzen – auf diese Weise sollen schon Kriege verloren gegangen sein. Glaub du ja nicht, du seist der einzig Schlaue weit und breit; du allein verständest den Reiz der Einsamkeit auszukosten; habest allein den Wunsch, mit einer Frau auf einer einsamen Insel (für vier Wochen) zu wohnen ... glaub das nicht. Und doch glauben wir es im stillen alle.

Wir besetzen das Theater des Lebens so:

Hauptrolle: ICH. Dann eine ganze Weile gar nichts. Dann eine unübersehbare Statisterie: die andern. Nicht, daß wir sie nun alle für dämlich hielten ... aber eben doch nur: für die ‹andern› ... und es gehört schon eine ganze Menge Lebensklugheit, nein, Weisheit dazu, einzusehen, daß es mit den andern im Grunde genau, aber ganz genau so bestellt ist, wie mit uns. Denn jeder von ihnen hat schon verzweifelt vor einem Haus auf eine Frau gewartet und dabei an dem Haus hochgesehen wie an einem bösen Urwelttier ... jeder von ihnen hatte seinen kleinen Stolz, als er sich freigeschwommen hatte; jeder von ihnen hat vier kleine dumme Gegenstände in den Schubladen, die behangen sind mit Erinnerungen ... jeder hat das. Nicht nur du allein. Nicht nur ich allein. Jeder hat, um es mit einem Wort zu sagen, die unaufgeräumte kleine Schublade, auf die jeder so stolz ist, als habe er sie ganz allein.

Nach einigen Schwedenpünschen
beginnen Sie zu wünschen:
Sie drehen ganz im stillen
die bunten Zuckerpillen:

«Ein Wochenendhäuschen ... und dann einen Beruf, der einem Spaß macht ... nein, überhaupt keinen Beruf ... eine anständige Rente ... weißt du, so eine, die nicht zu sehr beschwert ... also sagen wir: 500 Mark im Monat, na, ich wär schon mit 800 zufrieden – also die Rente ... dann würd ich studieren ... und angeln ... und radiobasteln ... irgendwo im Grünen, im Stillen ... eine nette Frau ... Kinder ... und nichts von der Welt hören und sehen – aber das sind so meine Privatwünsche ... das kann man keinem Menschen sagen – das versteht ja keiner ...»

Ach!
Damit stehn Sie aber nicht vereinzelt da!
So was denkt man von Florenz bis Altona!
Was Sie da so treiben, das hat lange im Gebrauch
der andere auch!
der andere auch!
der andere auch!

Man schluckt voll Wut mitunter,
weil man muß, so manches runter.
In der Nacht, beim Mondenscheine,
nimmt man Rache – ganz alleine:

«Ich bin zu gut für diese Welt ... diese Kerls können mir alle nicht das Wasser reichen ... die fühlen eben, daß ich mehr bin, als sie ... daher die Wut ... laßt mich mal was werden, laßt mich bloß mal was werden! – dann kenne ich die Brüder alle nicht mehr! – doch: ich kenne sie ... Ich sage dann ganz freundlich, ganz freundlich sage ich: Guten Tag! Na, wie gehts denn immer? Sind Sie noch im Geschäft, ja? Ich? Ich reise so in der Welt umher . . . im Winter war ich in der Schweiz, ja, Skisport . . . im Sommer geh ich auf meine Besitzung in Dänemark . . . Gott, man muß zufrieden sein –»

Ach!
Damit stehn Sie aber nicht vereinzelt da!
So was denkt man von Florenz bis Altona!
Was Sie da so treiben, das hat lange im Gebrauch
der andere auch!
der andere auch!
der andere auch!

Sie sagen im Theater:
Diese Menschen . . . heiliger Vater!
Jeder einzelne ein Hund, ein
krummer –
da bin *ich* doch eine andere
Nummer . . .

«Nu sieh dir mal die Gesichter hier an! Ein dämliches Pack! Nicht wert, daß man ihnen das Stück hier vorführt . . . verstehns ja doch nicht! – Ich habe heute nachmittag Kirchengeschichte des frühen Mittelalters gelesen, ich beschäftige mich jetzt damit ein bißchen . . . glaubst du, daß hier ein Mensch höhere Interessen hat? Nicht zehn im ganzen Theater, das sag ich dir! – Hübsche Frau da vorn in der Loge . . . wenn man an die ran könnte . . . glatt sagte die: ja . . . sie kennt mich bloß nicht . . . aber wenn sie mich kennen würde . . . eigentlich sieht man mir ja schon an, daß ich was Besseres bin, nicht so wie die andern . . .»

Ach!
Damit stehn Sie aber nicht vereinzelt da!
So was denkt man von Florenz bis Altona!
Was Sie da so treiben, das hat lange im Gebrauch
der andere auch!
der andere auch!
der andere auch –!

DIE BRENNENDE LAMPE

Wenn ein jüngerer Mann, etwa von dreiundzwanzig Jahren, an einer verlassenen Straßenecke am Boden liegt, stöhnend, weil er mit einem tödlichen Gas ringt, das eine Fliegerbombe in der Stadt verbreitet hat, er keucht, die Augen sind aus ihren Höhlen getreten, im Munde verspürt er einen widerwärtigen Geschmack, und in seinen Lungen sticht es, es ist, wie wenn er unter Wasser atmen sollte —: dann wird dieser junge Mensch mit einem verzweifelten Blick an den Häusern hinauf, zum Himmel empor, fragen:

«Warum —?»

Weil, junger Mann, zum Beispiel in einem Buchladen einmal eine sanfte grüne Lampe gebrannnt hat. Sie bestrahlte, junger Mann, lauter Kriegsbücher, die man dort ausgestellt hatte; sie waren vom ersten Gehilfen fein um die sanft brennende Lampe herumdrapiert worden, und die Buchhandlung hatte für dieses ebenso geschmackvolle wie patriotische Schaufenster den ersten Preis bekommen.

Weil, junger Mann, deine Eltern und deine Großeltern auch nicht den leisesten Versuch gemacht haben, aus diesem Kriegsdreck und aus dem Nationalwahn herauszukommen. Sie hatten sich damit begnügt — bitte, stirb noch nicht, ich möchte dir das noch schnell erklären, zu helfen ist dir ohnehin nicht mehr — sie hatten sich damit begnügt, bestenfalls einen allgemeinen, gemäßigten Protest gegen den Krieg loszulassen; niemals aber gegen den, den ihr sogenanntes Vaterland geführt hat, grade führt, führen wird. Man hatte sie auf der Schule und in der Kirche, und, was noch wichtiger war, in den Kinos, auf den Universitäten und durch die Presse national vergiftet, so vergiftet, wie du heute liegst: hoffnungslos. Sie sahen nichts mehr. Sie glaubten ehrlich an diese stumpfsinnige Religion der Vaterländer, und sie wußten entweder gar nicht, wie ihr eignes Land aufrüstete: geheim oder offen, je nach den Umständen; oder aber sie wußten es, und dann fanden sies sehr schön. Sehr schön fanden sie das. Deswegen liegst du, junger Mann.

Was röchelst du da —? «Mutter?» — Ah, nicht doch. Deine Mutter war erst Weib und dann Mutter, und weil sie Weib war, liebte sie den Krieger und den Staatsmörder und die Fahnen und die Musik und den schlanken, ranken Leutnant. Schrei nicht so laut; das war so. Und weil sie ihn liebte, haßte sie alle die, die ihr die Freude an ihrer Lust verderben wollten. Und weil sie das liebte, und weil es keinen öffentlichen Erfolg ohne Frauen gibt, so beeilten sich die liberalen Zeitungsleute, die viel zu feige waren, auch nur ihren Portier zu ohrfeigen, so beeilten sie sich, sage ich dir, den Krieg zu lobpreisen, halb zu verteidigen und jenen den Mund und die Druckerschwärze zu verbieten, die den Krieg ein entehrendes Gemetzel nennen wollten; und weil deine Mutter den Krieg liebte, von dem sie nur die Fahnen kannte, so fand sich eine ganze Industrie, ihr gefällig zu sein, und viele Buchmacher waren auch dabei. Nein, nicht die von der Rennbahn; die von der Literatur. Und Verleger verlegten das. Und Buchhändler verkauften das.

Und einer hatte eben diese sanft brennende Lampe aufgebaut, sein

Schaufenster war so hübsch dekoriert; da standen die Bücher, die das Lob des Tötens verkündeten, die Hymne des Mordes, die Psalmen der Gasgranaten. Deshalb, junger Mann.

Eh du die letzte Zuckung tust, junger Mann:

Man hat ja noch niemals versucht, den Krieg ernsthaft zu bekämpfen. Man hat ja noch niemals alle Schulen und alle Kirchen, alle Kinos und alle Zeitungen für die Propaganda des Krieges gesperrt. Man weiß also gar nicht, wie eine Generation aussähe, die in der Luft eines gesunden und kampfesfreudigen, aber kriegablehnenden Pazifismus aufgewachsen ist. Das weiß man nicht. Man kennt nur staatlich verhetzte Jugend. Du bist ihre Frucht; du bist einer von ihnen – so, wie dein fliegender Mörder einer von ihnen gewesen ist.

Darf ich deinen Kopf weicher betten? Oh, du bist schon tot. Ruhe in Frieden. Es ist der einzige, den sie dir gelassen haben.

WIR ZUCHTHÄUSLER

Dies ist der Titel eines Buches von Georg Fuchs (erschienen bei Albert Langen in München). *‹Wir Zuchthäusler, Erinnerungen des Zellengefangenen Nr. 2911›*.

Fuchs geht über die Tatsache seiner Verurteilung zu zwölf Jahren Zuchthaus hinweg, und auf diese Verurteilung kommt es hier auch nicht an. Es sei nur so viel gesagt, daß er von einem bayerischen sogenannten Volksgericht zu dieser fürchterlichen Strafe verurteilt worden ist, wegen Hochverrats, es kann auch Landesverrat gewesen sein, so genau weiß ich den Vorwand nicht mehr. Der Wahnwitz der nationalen Hexengerichte, die den religiösen Fanatismus in einen patriotischen gewendet haben, geht durch alle Staaten – es werden auch heute noch vom Reichsgericht, meist unter Ausschluß der Öffentlichkeit, in dieser Hinsicht Urteile gefällt, die unter die Notverordnung fallen und die hier nicht charakterisiert werden sollen, wie sie es verdienten. In dreihundert Jahren wird kein Mensch verstehn, warum sich die Leute um ihre murksigen Vaterländchen so abgestrampelt haben – es ist ja in der Tat vollkommen gleichgültig, ob die Pfalz französisch, das Elsaß deutsch, die Rheinlande separatistisch sind, und der schäumende Eifer, mit dem eben dieser Satz, der heute einer bessern Gotteslästerung gleichkommt, in nationalen Blättern nachgedruckt werden wird, zeigt nur die elende Verwirrung der meisten Geister dieses Kontinents. Beruhigt euch; es gibt weitaus wichtigeres und höheres als eure lächerlichen Fahnen.

Georg Fuchs also flog hinein; inzwischen ist er wieder herausgeflogen; sie haben ihn begnadigt. Und nun hat er seine Zuchthaus-Erinnerungen publiziert.

Das Buch enthält sehr gutes Material über den Strafvollzug. Fuchs schreibt weitschweifig; dieser münchner Bühnenreformator und Ästhetiker ist nie ein guter Schriftsteller gewesen – als ich die ersten Kapitel gelesen hatte, schätzte ich den Autor auf 64 Onkeljahre; ich hatte mich geirrt, Fuchs ist 63.

Der erste und letzte Eindruck der Lektüre ist der vom vollendeten Stumpfsinn dieses Strafvollzugs, der eine einzige Sinnlosigkeit darstellt. Wir werden gleich sehn, warum.

Nicht alle Einzelheiten sind so erschütternd wie die in dem großartigen und nie genug zu empfehlenden Buch Max Hölzens (im Malik-Verlag); diesen Sträfling hier haben sie nicht geprügelt; es ist, nach seinen Schilderungen, überhaupt sehr ‹human› in diesem bayerischen Zuchthaus Ebrach zugegangen. Dreckig und human. Da hätten wir gleich eine sehr bezeichnende Stelle. Fuchs hat während seiner Strafzeit keine Wanzen gefunden. «Das ist Deutschland!» vermerkt er, und er ist so stolz darauf, dieser arme, geduckte, lebendig begrabene Mann hält noch das Banner hoch: das ist Deutschland! Das ist es wirklich; aber ganz anders, als ers meint.

Dreckig gehts in Ebrach zu: die Schweinerei mit den Abortkübeln in den Zellen riecht auch dort zum Himmel empor ... und waschen? Es wird schlecht geheizt; in den Jahren 1923 bis 1927 wurden die Schlafsäle nur Sonnabend nachmittags etwas erwärmt, aber nie mehr als auf 12° Celsius. «Es ist nicht möglich, sich hier richtig zu waschen. In der Frühe tritt die ganze Belegschaft, einer hinterm andern und jeder mit seinem blauen Emailbecher voll Wasser in der Hand, an einen mit Blech ausgeschlagenen Trog, nimmt ein Maul voll Wasser, läßt es über die Hände laufen und reibt sich damit schnell das Gesicht ab.» Bayern hat stets eine katholische Mehrheit gehabt. Gott sieht aufs Herz.

Also: körperliche Reinlichkeit keine; Essen unschmackhaft und auf die Dauer anwidernd ... das muß aber so sein. Denn, so hat nach Fuchs ein Strafanstaltsdirektor gesagt, der Gefangene muß zwar ernährt werden, doch so, daß ihm die Nahrungsaufnahme keine Lust bereite. Dem Direktor hat dieser Satz sicherlich viel Lust bereitet. Da bleibt denn also die sittliche Einwirkung der Strafe. Und um dieses völlige Manko festzustellen, leistet das Buch gute Dienste.

Fuchs spricht dabei wenig von sich – er erzählt sehr viele Einzelschicksale aus der Anstalt; er spricht sehr gemäßigt und sehr ruhig von den Beamten, und seine Besserungsvorschläge zeigen, daß der Mann so gut wie unpolitisch ist. Um so größerer Glaube ist seinen Erinnerungen beizulegen; ihr Verfasser geht von keiner Tendenz aus, was ja nichts schadete, aber er kommt gar nicht in die Gefahr, zu färben. So wie er es beschreibt: so mags da wohl aussehn.

Und so sieht es aus:

Gewiß nicht unschuldige Rechtsbrecher; zieht man die ungeheuere

Quote von Schuld ab, die die Erbmasse des einzelnen und die sozialen Umstände am Rechtsbruch tragen, bleibt natürlich auch individuelle Schuld. In den etwas zähflüssigen Darlegungen Fuchsens leuchtet ein blendendes Paradox auf, jener Satz, den er als Urteil über die Zuchthaus-Insassen sagt: «Viel besser als die da draußen sind sie auch nicht.» Aber natürlich tausendmal besser als ihre Peiniger.

Also zunächst der Rechtsbruch. Darauf eine Gerichtsverhandlung, die in den allermeisten Fällen Fabrikware schlechtester Observanz ist. Die Richter werden mit dem Wust von überflüssigen Anzeigen nicht fertig, ihre Vorbildung ist ungenügend; ihre Auswahl klassenmäßig –: es ergibt sich jene uns allen bekannte halb- oder mehrstündige Farce von Verhandlung, in der mit den Angeklagten umgesprungen wird, als seien sie Bauklötzer. Es ist wie beim Militär: der Angeklagte soll nicht auffallen – es lebe der bequeme Angeklagte! Der Apparat herrscht; der Angeklagte ist um der Richter willen da. Und so fällt denn auch das Urteil aus. Wozu, so frage ich mich immer, wozu nur diese langwierigen und kostspieligen Verhandlungen! Wäre es nicht praktischer, die Herren teilten ihr Urteil dem Angeklagten auf einer Postkarte mit –?

Urteil. Irgendwas: vier Jahr Gefängnis; drei Jahr Zuchthaus; fünf Jahr Zuchthaus – man kann sich das an den Knöpfen abzählen oder man kann es auch auswürfeln. Da kaum einer der beteiligten Unabsetzbaren überhaupt ahnt, was ein Jahr Einsperrung bedeutet, so knallen diese Urteilssprüche herunter, abgeschossen von Leuten, die ihre Geschosse nie am eignen Körper ausprobiert haben. Sie wissen es nicht. Was sie nicht entschuldigt.

Zuchthaus. Und da beginnt nun etwas ganz und gar Gespenstisches.

Mordet ein Lustmörder einen kleinen vierjährigen Jungen und kommt der Vater dazu, so wäre es durchaus begreiflich, wenn der Mann in seiner Raserei den Mörder erwürgte. Ich spräche ihn frei. Rache? Verständlich, wenn sie eben aus dem Affekt stammt. Und wenn sie vom Beteiligten, also vom Betroffenen, ausgeübt wird. Der Verletzte aber darf sich nach unserm Strafrecht nicht rächen; er wird auch in den wenigsten Fällen zivilrechtlich entschädigt – den strafrechtlichen Anspruch auf Vergeltung übernimmt für ihn der Staat. Und der vergilt nun.

Es ist ganz und gar blödsinnig. Da sitzen also in allen Ländern Hunderte und Tausende von Strafanstaltsbeamten herum, die rächen. Natürlich ist ihnen das in vielen Fällen selber unbequem; es sind auch weiche und sanftmütige Männer darunter, die ihren Beruf natürlich nicht als Berufung erwählt haben, sondern weil man irgend etwas werden muß und wegen der Pensionsversorgung. Sie rächen nun – und da läuft alles kunterbunt durcheinander:

Echter Sadismus kleiner Beamtenseelen (findet sich bei den akademisch gebildeten Herren öfter als bei den einfachen Wärtern); Grausamkeit aus Faulheit; Stumpfsinn; Bürokratismus und Kretinismus, wie es grade trifft. Und alle, alle sind sich in einem Punkt einig: der Strafgefangene ist um ihretwillen da und sie um des Betriebes willen, und die Hauptsache ist, daß der Apparat läuft wie geölt. Nichts kränkt diese Leute mehr, als wenn es irgend eine Stockung oder Unordnung in der Maschine gibt; dann schlagen sie fürchterlich zu.

Vor dem Urteil der Öffentlichkeit haben sie wenig Furcht und noch weniger Achtung; die Öffentlichkeit bringt zwar durch Steuergelder die Gehälter dieser Beamten auf, hat aber so gut wie gar kein Recht und auch keine Möglichkeit, sich in die Einzelheiten des Strafvollzuges zu mischen. Der spielt sich hinter verschlossenen Türen ab und seine Kontrolle in verschlossenen Akten. Dieser Unfug da wird nur geduldet, weil sich zu wenig Menschen um ihn kümmern.

Da haben wir also einen meist sinnlos verurteilten Rechtsbrecher, der schon das Verfahren nicht richtig verstanden hat — und auf der andern Seite einen Haufen wild zusammengewürfelter Schreiber, Ärzte, Prediger, Wärter ... die rächen. Wen? Was? Das wissen sie nicht.

Die Wirkung auf die Gefangenen ist katastrophal. Das kommt in kaum einem Buch so klar und deutlich heraus wie in diesem Buche von Georg Fuchs. Er hat richtig gesehn, daß kein Mensch auf die Dauer so leben kann wie der christliche Kodex dieser Strafanstalten das verlangt: nämlich dauernd im Unrecht, dauernd büßend, dauernd gedrückt. Das gibt es nicht — täte es einer, er endete durch Selbstmord. Was also geschieht —?

Es bildet sich eine Seelenkruste um den Gefangenen. Druck erzeugt Gegendruck; der Gefangene stemmt sich gegen die sinnlose Vergewaltigung und bezieht die Tat, die er begangen hat, in sein Seelengebiet ein; und wenn es eine Weile so gegangen ist, dann hat er auch noch recht. Von Buße ist nicht die Spur zu merken.

Fuchs hebt nun sehr gut hervor, daß eine Buße, die durchaus nicht kirchlich zu sein braucht, notwendig wäre — doppelt notwendig für so belastete Psychopathen, wie wir sie im Zuchthaus antreffen. Aber die angewandte Gewalt läßt ein derartiges Sühnegefühl fast niemals aufkommen. Und das Bild sieht dann so aus:

Der Täter hat eine Tat begangen, und das Gericht hat ihn für den Tatbestand verurteilt; die Zuchthausverwaltung quält ganz sinnlos auf dem Mann herum, und so kommen Schuld und Strafe niemals zusammen. Sie laufen aneinander vorbei; es wird gewissermaßen ganz jemand anders ... nicht einmal gestraft, nur geschunden. Besserung: Unsinn. Innere Einkehr: vacat. Strafe: dummes Zeug. Es ist so, wie wenn jemand, der ein Los gewonnen hat, in ein rot tapeziertes Zimmer gebracht würde — ein völlig sinnloser Vorgang.

So sieht die Strafe aus, die die Staaten über ihre Rechtsbrecher verhängen. Es gibt keinen einsichtigen Menschen, aber keinen, der jemals unter diesen Leuten gelebt hat, oder der sie kennt, der da nicht sagte: Was hier getrieben wird, ist viel schlimmer als eine Schlechtigkeit: es ist die sturste Dummheit, die sich nur einer ausdenken kann.

Daran ändern, wie Fuchs richtig herausgearbeitet hat, die neuen Verfügungen über den Strafvollzug gar nichts. Der Grausamkeitsduselei steht nicht einmal die viel geschmähte Humanitätsduselei gegenüber — es ist eine idiotische und blöde Quälerei, die gar nichts erzeugt, wenn man von den vollgeschmierten Akten absieht. Ja, richtig: und dann macht sie die Gefangenen kaputt.

Aber dann prügelt doch lieber! Das Herzchen, der Wallace, dessen Bücher man fortab boykottieren sollte, hat sich mit erfrischender Deutlichkeit für die Prügelstrafe (an andern) ausgesprochen, und die Vulgäransicht der Stammtische kann es gleichfalls nicht grausam genug bekommen. Dann trinken sie ihr Bier aus und denken auch nicht einen Augenblick daran, was aus den so Geschundenen nun eigentlich wird. Und sie können nicht daran denken, weil sie genau so wenig wie die Richter die Struktur der menschlichen Seele kennen. Fibelvorstellungen beherrschen sie — sie und die Kirche, soweit es sich um den gewöhnlichen Geistlichen handelt. Es ist nichts mit ihnen.

Fuchs zeigt an den einzelnen Leuten, deren Leben er vor uns aufrollt, wie dem Ideal der Verwaltung am meisten diejenigen entgegenkommen, die vollkommen stumpfsinnig geworden sind. Die machen wenigstens keine Schwierigkeiten.

Solange einer noch denkt, fühlt, remonstriert, also: lebt — solange wird ein Kleinkrieg zwischen Strafer und Gequältem geführt, der an Unerbittlichkeit nicht seinesgleichen hat. Sie haben da in Ebrach einen Mörder, der ein Leben wie ein gefangener Gorilla hinter sich hat. Monate und Monate hat er — nach Ausbruchsversuchen und einem geglückten Ausbruch, nach Anfällen und Getobe — in diesen Mauerlöchern des Dunkelarrests hingebracht ... sie haben seinen Willen nicht gebrochen. Und eben das soll geschehn. Buße? Wie bitte? Sühne? Sie hören doch: der Wille soll gebrochen werden. Es ist ein reizender Strafvollzug. Es ist gar keiner — es ist ein einziger stupider Unfug.

Lehrreiche Einzelheiten: Wie der Arzt, ein alter Medizinalrat, dem man nicht in die Finger fallen möchte, mit unzulänglichen Instrumenten und ohne Narkose operiert, was also, wenn das richtig wäre, eine nette kleine Körperverletzung darstellte, — wobei allerdings der geschulte Jurist zu wissen hat, daß Körperverletzungen durch Ärzte allenfalls in der Privatpraxis vorkommen können ...

Leben an Leben dieser Gefangenen zieht vorüber, und ob es an der süddeutschen Landschaft liegt: manche dieser Lebensgeschichten könnten von Jakob Wassermann stammen — das gleiche Hell-Dunkel liegt auf diesen Lebensläufen. Besonders die Geschichte von dem blutschänderischen Adligen: wenn Fuchs sie wahrheitsgetreu erzählt hat, ist sie eine schöne Novelle (für den Leser) und ein tragisches Ereignis für den, ders erlitten hat. Manchmal macht sich der Paragraphenstall völlig selbständig und funktioniert nun wie irrsinnig. Da ist also dieser Mörder ausgebrochen, unter gradezu unmenschlichen Mühen, es ist ihm geglückt, er ist draußen, er verbirgt sich bei einem Bauern, und da fangen sie ihn. Als er mit Triumph ins Zuchthaus zurückgeführt wird, fotografieren Neugierige den Zug. Und während nun dieser nie gebändigte Mann wieder in seinem Loch sitzt, gebunden und gefesselt, macht er – eine wundervolle psychopathische Leistung – das ‹Recht am eignen Bilde› geltend, und weil wir doch in einem Rechtsstaat leben, wo der Paragraph alles, das Individuum aber nichts gilt, muß ihm sein ius werden, der Apparat spielt, und es werden auf seine Eingaben und Beschwerden alle Fotos, derer man habhaft werden kann, eingezogen. Inzwischen schinden sie ihn weiter. Denn Recht muß doch Recht bleiben.

Man lernt viel aus diesem Buch – viel auch über Bayern, viel über die von den Schreihälsen der Nazis ausgebrüllte Sittlichkeit der Bauern; hier finden sich die besten Seiten, die Fuchs geschrieben hat: Blutschande, Abtreibung ... wer Ohren hat, der höre. Aber diese Esel haben lange Ohren und doch keine.

Es ist ein lehrreiches Buch.

Hat auch einige Geleitworte von Schriftstellern, Juristen und Ärzten, die sich mit derlei befassen. Jeder hat das seine gesagt – nur einer tanzt aus der Reihe, dreist, ohne die leiseste Ahnung ... es ist der Kegelkönig Spengler.

Goethe untersuchte einen Schafsknochen; Stammtische denken in Kontinenten. Was Spengler hier von sich gegeben hat, ist beispiellos. Er stellt fest, daß «die deutsche Justiz vor dem Kriege an Unbestechlichkeit und Würde in der Welt unübertroffen dastand», was einfach eine Unwahrheit ist, denn die englische Justiz ist immer mindestens so gut gewesen, wie die deutsche. Nun aber: «... so gehört es zu den Erscheinungen jeder Revolution, ein sentimentales Mitgefühl nicht mit dem Ermordeten, sondern mit dem Mörder zu haben. Das ist eine Erscheinung, die wir gegenwärtig bis zum Ekel um uns herum wahrnehmen müssen, über deren Zuchtlosigkeit sich das Ausland mit Recht lustig macht und die letzten Gründe darauf zurückführt, daß zwischen Revolutionären, Verbrechern und Literaten kein Wertunterschied besteht, von andern Unterschieden ganz zu schweigen.» Und da darf denn diesem Racker-Latein gegenüber wohl gefragt werden:

Wer ist Spengler? Ein Literat. Ein Literat aber, der einen Literaten einen Literaten schilt, ist ein Dummkopf. Der Mann läßt sich mit trutzigen Augenbrauen fotografieren und sieht aus wie ein geschlagener General, der in der Theorie gesiegt hat. Was bildet sich dieser gipserne Groschen-Napoleon ein? Er hat ein paar Bücher geschrieben. Das kann viel sein – in diesem Falle ist es nicht viel. In dem Augenblick aber, wo er sich verräterisch gegen den Geist auf seiten einer klobigen und vermeintlichen Aktivität stellt, gehört ihm eins auf die Finger. Nicht nur, weil ihm alle Zuchthausstrafen noch nicht scharf genug sind. Sondern weil sich hier der Geltungsdrang eines kleinen Stubengelehrten austobt, dem es nicht vergönnt ist, im praktischen Leben eine Rolle zu spielen, in jenem Leben, das er, eben weil er es nicht meistert, so überschätzt. Daher die Unerbittlichkeit, die nichts kostet; die eherne Grausamkeit auf dem Papier, die den Männern der Praxis ein Anlaß sein kann, noch gemeiner zu verfahren, als sie es ohnehin tun; daher die Verachtung des eignen Berufs: der Literatur. Beschimpfte jemand Stefan George, weil er kein Ozeankapitän sei, so wäre das töricht, für diesen Spengler aber ist kein Wort des Vorwurfs hart genug, denn er mimt den Kapitän; doch ist er keiner. Mann der Tat... aber dieser Dschingis Khan z. D. wäre ja nicht einmal imstande, eine kleine Klosettpapierfabrik anständig zu leiten, denkt aber in Äonen und Kontinenten und will uns weismachen, rücksichtsloses Geschreibe sei Feldherrnenergie und Tatwille. Wie dumm und seicht ist alles, was er hier – angesichts so vieler unglücklicher Menschen – zu sagen hat! Da predigt er unter anderm eine unsinnige Überschätzung der Politik, dieser neuen Religion, die er ausdrücklich aus der allgemeinen Skala der Strafen herausgenommen haben will. Politische Delikte seien sozusagen Kriegsverbrechen. Das ist Nonsens. Sage mir, wie ein Land mit seinen schlimmsten politischen Gegnern umgeht, und ich will dir sagen, was es für einen Kulturstandard hat – ob das nun Italien, Amerika, Deutschland oder Rußland ist. Es ist verständlich, daß sich ein so schwer kämpfendes Land wie Rußland seiner Gegner zu erwehren versucht; das mißtönende Geheul aber: «An die Wand! Erschießen! Erschießen!» klingt nicht gut in unsern Ohren.

Spengler lebt in einer Zivilisation, die er ständig anpöbelt; er profitiert von ihr und steckt bis an den Hals in dieser Kaufmannszeit. Ein Heros des Füllfederhalters. Und Menschen leiden, leiden ... Was weiß dieser Möchte-Attila davon! Nichts weiß er davon. Ein Mann, der überhaupt kein Gefühl für das Einzelwesen hat, aber mit dem Kosmos herumwirtschaftet. Er thront auf einer unerreichbaren Höhe von 1,25 Meter und predigt, es komme auf die großen Zusammenhänge an. Wenn ich recht unterrichtet bin, gebären unsre Mütter nicht Deutschland und nicht Europa, sondern kleine Menschenwesen, Oswald oder Maria geheißen. Dieser Literat ist kein guter Literat. Sondern ein buckliges Titänlein.

Das Buch von Georg Fuchs aber sei angelegentlichst empfohlen.

LIED ANS GRAMMOPHON

Nobody's fault but your own
Brunswick A 8284

Nun komm, du kleine Nähmaschine,
und näh mir leise einen vor.
Ich denke dann an Clementine,
du säuselst sanft mir in das Ohr.
Und am Klavier ohn Unterlaß
führt rhythmisch einer seinen Baß.

Sie war so lieb. Kocht ich im Grimme,
weil jemand mich geärgert hat,
dann sang sie mit der Oberstimme
und strich mir alle Falten glatt.
Und am Klavier ohn Unterlaß
führt rhythmisch einer seinen Baß.
pom-pom

Still sah sie immer nach dem Rechten
und stellte alles so nett hin.
Am Tage kühl. Doch in den Nächten
zerschmolz die süße Schaffnerin.
pom-pom

O spiele weiter!
Clementine
war ihrerseits aus Brandenburch.
Sie trog mich mit der Unschuldsmiene
und ging mit einem Dichter durch.

Bei dem ist sie bis heut geblieben.
Gewiß ... der Mann hat keinen Bauch.
Und er hat alles klein geschrieben;
stefan george tut das auch;
und im klavier ohn unterlaß
führt rhythmisch einer seinen baß.

Du spielst. Ich muß mich still besaufen.
Voll ist das Glas und wieder leer.
He! Holla! Du bist abgelaufen ...
Die Nadel knirscht. Du singst nicht mehr.

In meinem Ohr ohn Unterlaß
rauscht rhythmisch unser Schicksalsbaß:
pom-pom

LIEBESPAAR IN LONDON

Es ist Sonnabend mittag und auf dem Piccadilly Circus dreht sich der Verkehr langsamer, man kann beinah sein eignes Wort verstehn, denn eine gewaltige Zentrifugalkraft hat die Londoner nach außen geschleudert —: Wochenende. Es ist das einzige Mal in der Woche, wo du sagen darfst: der Verkehr zappelt an dir vorüber, sonst zappelt hier gar nichts. Aber nun haben wohl alle große Sehnsucht, herauszukommen. Auf Wiedersehen, City!

Immerhin, viele sind noch da. Da hätten wir in den Theatern der Shaftesbury Avenue herzzerreißend schöne Schauspiele ‹Herbstkrokus› oder ‹Wie schön sind doch die Tränen einer Braut›, vielleicht heißt das Stück auch anders, aber die Fotos, die da in den Schaukästen hängen, sehen aus, als hieße es so. Und vor dem Theater sitzen auf kleinen Stühlchen lange Reihen von Frauen und Mädchen und auch ein paar Männer, sie sitzen da Schlange, weil sie unnumerierte Plätze und Ruhe und Zeit haben, und da warten sie, bis die Türen aufgemacht werden. Damit sie sich nicht langweilen, haben sie sich Zeitungen mitgebracht und Zigaretten und Bonbons und Freundinnen, und dann ist da auch ein alter Straßensänger, der singt ihnen etwas vor, und mitten auf dem Damm, da, wo die Taxis warten, steht mit Verlaub zu sagen ein Mann auf dem Kopf und wackelt mit den Beinen. Übrigens sieht kaum einer danach hin, und man muß nun nicht denken, daß alle Londoner immer auf dem Kopf stehen und mit den Beinen wackeln, Reisebeschreibungen verfallen oft in diesen Fehler. Dieser Mann tut das gewiß nicht zu seinem Vergnügen — wie sagte neulich ein Steptänzer im Varieté? «Es muß doch noch eine weniger anstrengende Art geben, sein Geld zu verdienen!» Sicherlich. Dieser also steht kopf.

Und vorbei braust das und eilt und geht und fährt und läuft. Ich auch.

«Excuse me!» Beinah hätte ich sie angerannt.

Sie stehen mitten im Weg, er und sie, und rechts und links fluten die Leute an ihnen vorüber. Sie sehen sie nicht. Sie sehen sich an. Ich kehre langsam um und gehe langsam an ihnen vorüber. Ich bin viermal umgekehrt, und ich bin viermal an ihnen vorüber gegangen.

Sie sprechen nichts. Sie sehen sich an. Sie sehen sich nur immerzu an.

Er spricht mit den Augen: «So kann das doch nicht weitergehn», sagt er, ohne den Mund aufzutun. «Das geht nun schon seit Wochen so – aber so kann das doch nicht weitergehn! Hier stimmt doch etwas nicht! Ist da ein andrer? Natürlich ist da ein andrer. Ich kann mir auch denken, wer es ist. Ich weiß, wer es ist. Sybil! Dazu alle unsre Liebe? Dazu?» – Sie antwortet mit den Augen, sie antwortet wenig. «Ich weiß nicht», sagte sie, ohne den Mund aufzutun. «Ich weiß nicht. Ich habe ja nichts gegen dich.» Sie ist ganz in sich gekrochen; die wahre Sybil hat sich zurückgezogen, und eine etwas repräsentative Sybil steht da und weist mit den schwarzen, schönen Augen einen Angriff zurück. Sie braucht ihn kaum zurückzuweisen – die Mauern sind so hoch ...

«Sybil ...!» sagen seine Augen. Nichts sagen ihre Augen.

«Weißt du noch» sagen seine Augen. «Weißt du noch? Weißt du noch den hübschen Abend am Ufer, wo nebenan im Zelt das Grammophon gespielt hat, und wo wir hinter den Bäumen zu der fremden Musik getanzt haben? Und dann sind wir weiter fortgetanzt, immer weiter, immer weiter, und wir haben die Musik nur noch ganz leise durch die Zweige gehört. Weißt du noch?» – Nichts sagen ihre Augen. Sie stehen unbeweglich, in diesem brausenden Strom der Menschen, und manche stoßen sie an, aber sie merken es nicht. «Weißt du noch?» sagen seine Augen. «Wir sind durch Hampstead gegangen, ich habe dich nach Hause gebracht, und seitdem kenne ich jeden Gartenzaun und jeden Pfahl und jedes Haus auf diesem Weg – an allem und jedem hängt ein Wort von dir ... weißt du noch?» Ihre Augen sind nun gesenkt, wie ein Schleier liegt es auf ihnen, sie antwortet nicht. Ich sehe, wie er seine Augen mit Gewalt siegen lassen will – es hilft ihm nichts, sie ist stärker. Er bäumt sich auf, er ist doch ein Mann; aber es hilft ihm nichts, denn sie ist eine Frau. Er versteht das nicht. Nie versteht ein Liebender, daß was gewesen ist, einst nicht mehr gelten kann – es war doch aber einmal! Und da meinst du, Tor, es müsse immer sein? Aber es ist nicht immer.

Sie stehen noch immer da und sagen nichts und sehen sich an. Zum Glück achtet niemand auf sie – es ist schon ein bißchen lächerlich, was sie da treiben. Auf der Bühne mag solches erlaubt sein, auf der Bühne, wo das englische Publikum, dieses dankbarste Theaterpublikum der Welt, lacht, wenn ein Kellner ein Tablett fallen läßt, und todernst wird, wenn die Geigen wimmern und sich die Waldkulisse lila färbt, denn das ist die Liebe. Auf dem Theater ... gut. Aber im Leben? Im Leben verbirgt man seine Gefühle, so lange, bis die Leute glauben, man habe gar keine, denn das ist die gute Erziehung. Und da stehen sie.

Wer ist bewegt? Der Verkehr, der an den Reglosen vorüberfließt? Es ist eigentlich umgekehrt: der Verkehr ist reglos, und sie, sie sind bewegt. Jürgen Fehling hat einmal in einem Stück Barlachs so eine Szene aufgebaut: das Liebespaar saß inmitten einer Horde saufender Spießer am Tisch und sah sich an. Und die Trinkenden und Prostenden wurden immer stiller und stiller, schließlich erstarrten sie zu Wachsfiguren, nur die Liebenden sprachen noch und waren lebendig.

Und inmitten einer emsig dahintreibenden Welt, die ins Freie hinaus will, steht die Gruppe dieser beiden, bewegt und mit schlagenden Herzen in einer wächsernen Welt, die sie nicht sieht und die sie nicht sehen. Versunken ... Da stehen sie und sehen sich an, er wartet, und sie ist schon bei einem andern, mit dem sie eins zu werden hofft, da stehen sie, unrettbar und unweigerlich *zwei,* man kommt ja immer nur auf Sekunden zusammen, und dann schlägt das Gewoge über ihnen zusammen, der Straßensänger krächzt sein Lied, und die schweren Autobusse schmettern und stampfen vorüber, hinaus in die grünen Vorstädte, wo der englische Rotdorn blüht.

DER MENSCH

Der Mensch hat zwei Beine und zwei Überzeugungen: eine, wenns ihm gut geht, und eine, wenns ihm schlecht geht. Die letztere heißt Religion.

Der Mensch ist ein Wirbeltier und hat eine unsterbliche Seele, sowie auch ein Vaterland, damit er nicht zu übermütig wird.

Der Mensch wird auf natürlichem Wege hergestellt, doch empfindet er dies als unnatürlich und spricht nicht gern davon. Er wird gemacht, hingegen nicht gefragt, ob er auch gemacht werden wolle.

Der Mensch ist ein nützliches Lebewesen, weil er dazu dient, durch den Soldatentod Petroleumaktien in die Höhe zu treiben, durch den Bergmannstod den Profit der Grubenherren zu erhöhen, sowie auch Kultur, Kunst und Wissenschaft.

Der Mensch hat neben dem Trieb der Fortpflanzung und dem, zu essen und zu trinken, zwei Leidenschaften: Krach zu machen und nicht zuzuhören. Man könnte den Menschen gradezu als ein Wesen definieren, das nie zuhört. Wenn er weise ist, tut er damit recht: denn Gescheites bekommt er nur selten zu hören. Sehr gern hören Menschen: Versprechungen, Schmeicheleien, Anerkennungen und Komplimente. Bei Schmeicheleien empfiehlt es sich, immer drei Nummern gröber zu verfahren als man es grade noch für möglich hält.

Der Mensch gönnt seiner Gattung nichts, daher hat er die Gesetze erfunden. Er darf nicht, also sollen die andern auch nicht.

Um sich auf einen Menschen zu verlassen, tut man gut, sich auf ihn zu setzen; man ist dann wenigstens für diese Zeit sicher, daß er nicht davonläuft. Manche verlassen sich auch auf den Charakter.

Der Mensch zerfällt in zwei Teile:

In einen männlichen, der nicht denken will, und in einen weiblichen, der nicht denken kann. Beide haben sogenannte Gefühle: man ruft diese am sichersten dadurch hervor, daß man gewisse Nervenpunkte des Organismus in Funktion setzt. In diesen Fällen sondern manche Menschen Lyrik ab.

Der Mensch ist ein pflanzen- und fleischfressendes Wesen; auf Nordpolfahrten frißt er hier und da auch Exemplare seiner eigenen Gattung; doch wird das durch den Faschismus wieder ausgeglichen.

Der Mensch ist ein politisches Geschöpf, das am liebsten zu Klumpen geballt sein Leben verbringt. Jeder Klumpen haßt die andern Klumpen, weil sie die andern sind, und haßt die eignen, weil sie die eignen sind. Den letzteren Haß nennt man Patriotismus.

Jeder Mensch hat eine Leber, eine Milz, eine Lunge und eine Fahne; sämtliche vier Organe sind lebenswichtig. Es soll Menschen ohne Leber, ohne Milz und mit halber Lunge geben; Menschen ohne Fahne gibt es nicht.

Schwache Fortpflanzungstätigkeit facht der Mensch gern an, und dazu hat er mancherlei Mittel: den Stierkampf, das Verbrechen, den Sport und die Gerichtspflege.

Menschen miteinander gibt es nicht. Es gibt nur Menschen, die herrschen, und solche, die beherrscht werden. Doch hat noch niemand sich selber beherrscht; weil der opponierende Sklave immer mächtiger ist als der regierungssüchtige Herr. Jeder Mensch ist sich selber unterlegen.

Wenn der Mensch fühlt, daß er nicht mehr hinten hoch kann, wird er fromm und weise; er verzichtet dann auf die sauern Trauben der Welt. Dieses nennt man innere Einkehr. Die verschiedenen Altersstufen des Menschen halten einander für verschiedne Rassen: Alte haben gewöhnlich vergessen, daß sie jung gewesen sind, oder sie vergessen, daß sie alt sind, und Junge begreifen nie, daß sie alt werden können.

Der Mensch möchte nicht gern sterben, weil er nicht weiß, was dann kommt. Bildet er sich ein, es zu wissen, dann möchte er es auch nicht gern; weil er das Alte noch ein wenig mitmachen will. Ein wenig heißt hier: ewig.

Im übrigen ist der Mensch ein Lebewesen, das klopft, schlechte Musik macht und seinen Hund bellen läßt. Manchmal gibt er auch Ruhe, aber dann ist er tot.

Neben den Menschen gibt es noch Sachsen und Amerikaner, aber die haben wir noch nicht gehabt und bekommen Zoologie erst in der nächsten Klasse.

DAS PERSÖNLICHE

Schreib, schreib ...
Schreib von der Unsterblichkeit der Seele,
vom Liebesleben der Nordsee-Makrele;

schreib von der neuen Hauszinssteuer,
vom letzten großen Schadenfeuer;
gib dir Mühe, arbeite alles gut aus,
schreib von dem alten Fuggerhaus;
von der Differenz zwischen Mann und Weib ...
Schreib ... schreib ...

Schreib sachlich und schreib dir die Finger krumm:
kein Aas kümmert sich darum.

Aber:
schreibst du einmal zwanzig Zeilen
mit Klatsch – die brauchst du gar nicht zu feilen.
Nenn nur zwei Namen, und es kommen in Haufen
Leser und Leserinnen gelaufen.
«Wie ist das mit Fräulein Meier gewesen?»
Das haben dann alle Leute gelesen.
«Hat Herr Streuselkuchen mit Emma geschlafen?»
Das lesen Portiers, und das lesen Grafen.
«Woher bezieht Stadtrat Mulps seine Gelder?»
Das schreib – und dein Ruhm hallt durch Felder und Wälder.

Die Sache? Interessiert in Paris und in Bentschen
keinen Menschen.
Dieweil, lieber Freund, zu jeder Frist
die Hauptsache das Persönliche ist.

ENGLISCHE PERÜCKEN

In England ist manches von Charell inszeniert, u. a. das ‹*Weiße Rößl*›, die Truppenschau und die Gerichtspflege.

Wenn das matte Tageslicht von oben auf den rotgekleideten Richter fällt, vereinen sich die braunen Tische, die weißen Perücken der Gerichtspersonen, die Talare und alle Farben zu jener seltsamen Harmonie von Gedämpftheit, die das englische Landschaftsbild auszeichnet, ein leiser Vielklang.

Jede Justiz verkleidet sich. Die Verkleidung besagt, wo immer wir sie antreffen: hier spricht nicht eine Privatperson, sondern ein Instrument des Staates, etwas sozusagen Unpersönliches. Daß es das nicht gibt, ist eine andere Sache – Standesuniformen unterstreichen allemal die Bedeutung des Standes, und machen eine menschliche Handlung zu etwas, was den Alltag überragen soll. Daher tragen der englische Richter und der englische Anwalt eine Perücke.

Selbige ist aus Roßhaar und kostet etwa sieben Pfund. Kleine Löckchen sind in sie gedreht, beim Richter sind es wohl einige mehr als beim Anwalt. Es ist nicht jene Art von Perücke, wie wir sie beim Mister Speaker im Unterhaus sehen – die fällt auf beiden Seiten lang herunter. Die richterlichen Perücken sind kleiner und beinahe zierlich. Perücken 1931 – das ist eine merkwürdige Sache.

Wenn sich Menschen in historische Gewänder ihres Volkes stecken, dann gibt es zweierlei Möglichkeiten: sie sehen unsagbar lächerlich aus, oder aber das Kostüm hebt das Gesicht der Rasse. Mit den Ritterrüstungen ist das meist so eine Sache; die Tracht des achtzehnten Jahrhunderts, von Franzosen getragen, zeigt zum Beispiel, wieviel ungekannte Hofleute noch unter ihnen wandeln, wieviel witzige Barbiere; wieviel geschmeidige Köche und galante Abbés ... im Zivil ist das kaum zu sehen. Die englische Gerichtsperücke hat vielerlei Wirkungen auf ihre Träger.

Ich bin durch viele Säle der Courts gegangen. Manchen Richtern hilft die Perücke gar nichts. Sie haben sich das Ding übergestülpt und sehen nun aus wie der Dorfrichter Adam; die Perücke sitzt hilflos da oben und hat überhaupt keine Beziehungen zum Träger. Sie mag ihn nicht. Und er bleibt unter ihr ein sicherlich höchst ehrenwerter Herr Jones oder Smith, aber weiter auch gar nichts.

Bei anderen aber arbeitet der Roßhaardeckel erst etwas heraus, was bei ihnen im Gewand des Bürgers, ohne Talar und außerhalb des Gerichts, vielleicht nicht zu sehen ist: die Gesichter werden in einem Maße englisch, scharf und charakteristisch, daß es beinahe wie inszeniert aussieht. Zu gut, denkt man; das kommt im Leben eigentlich nicht vor. Es kommt vor.

Der untere Rand der Perücke schneidet oben an der Stirn so scharf ab, daß manche Gesichter wie aufgesetzte Masken aussehen – man möchte die Gesichter abreißen und das darunter liegende Gesicht sehen. Das Richtergesicht lächelt freundlich und spricht begütigend; nachher wird es etwas sagen, und dann wird einer aufatmend nach Hause gehen, oder lange Jahre in einer kleinen Stube sitzen ...

Übrigens darf man diese Mützchen nicht von hinten sehen – darauf ist die Sache nicht eingerichtet. Einmal stand ich hinter einem plädierenden Anwalt, und die Perücke hob sich hinten ein wenig, und da kam das zivile Haar zum Vorschein, da ist dann gar nichts mehr von Würde der Gerichtsperson und dergleichen: unter dieser Perücke sitzt das, was Auto fährt und durchaus von heute ist.

Manche Perücken wachsen nach innen.

Haben diese Perücken auch einen Zopf –? Es gibt eine so schöne Redensart im Berlinischen: «Das kann man von der Stadtbahn aus nicht sehn!» – Ich sitze vorläufig in London noch auf der Stadtbahn, sehe die Perücken an und schweige.

HETÄREN-GESPRÄCHE

Falsch:

«Du wunderst dich gewiß, wie ich zu diesem Leben gekommen bin. Mein Vater war Oberstleutnant bei den Husaren in Krefeld, und meine Mutter war eine geborene von. Ich hatte eine glückliche Jugend; da geriet ich im Alter von achtzehn Jahren in die Hände eines gewissenlosen Verführers, der mir im Schlaf meine Unschuld raubte. Meine Eltern verstießen mich, als die Schande offenbar wurde, und bald sank ich von Stufe zu Stufe ...»

Richtig:

«... hab ich zu der Frau gesagt: Bitte, den Koffer können Sie ja gar nicht pfänden, der ist ja schon gepfändet, überhaupt werde ich mich bei der Staatsanwaltschaft beschweren, denn da hab ich sehr gute Beziehungen. Kennst du einen Staatsanwalt Kleinböhmer? Das ist ein guter Freund von mir ... weißt du, das ist ein Stiefelfreier, der kommt alle vierzehn Tage zu mir, und dann muß ich ihm ...

Da sagt die Frau, dann wird sie die Polizei holen. Ich sage, bitte, sage ich, holen Sie nur die Polizei, da werden Sie schon was erleben! Hast du sowas gesehn! Wo überhaupt die Mieten so teuer sind! Ach, Fritzi, das ist ja gar nicht wahr — du kriegst heute in ganz Hamburg nichts Anständiges unter hundertachtzig Mark ... Bestell noch ne Flasche Sekt. Sieh mal die Frau da drüben! Die war in Untersuchungshaft, drei Wochen haben sie sie dabehalten, aber sie konnten ihr nichts beweisen, ihr Freund sitzt heute noch. Die hat enorm verdient, die war in Berlin zur Grünen Woche, na, und die Leute mit dem grünen Hütchen geben ja was aus. Ich hab auch so einen. Der hat ein großes Gut in ... der Name tut ja nichts zur Sache. Du, das ist ein komischer Kerl! Der ist hier alle halbe Jahr in Hamburg, und mit seiner Frau ist das wohl nicht ganz richtig, und da will er immer ...

Fritzi! Das ist doch Ullgreen! Der Schwede! Na, das ist aber ulkig! Du, ich habe solchen Hunger — bestell mir mal — Ober, geben Sie mal die Karte! Was macht denn der jetzt in Hamburg? Was ist denn das für eine Frau, mit der er tanzt? Die ist doch nicht aus dem Trocadero? Ins Trock kann man ja gar nicht mehr gehn, ja, Roastbeef, ach, du mit deinem Alkazar, mit Gemüse, ist eigentlich noch immer so viel Betrieb im Lunapalais — da war ich mal früher ... Was? Was für Leute? Das ist noch gar nichts. Da hatten wir hier einen Argentinier, was Fritzi? der kam immer, und dann mußten wir ihm mitten im Zimmer einen großen Block aufbauen, und er hatte bloß eine Hose an, und dann kniete er, und dann mußten wir so tun, als ob er hingerichtet würde, und ...

Nein, morgen kann ich nicht. Fritzi, quatsch doch nicht, morgen können wir nicht, da haben wir Erich. Siehste – du vergißt auch alles. Das ist ein sehr feiner Mann, das ist ein Großindustrieller aus dem Rheinland, na, wir haben überhaupt sehr gute Leute – ich habe doch Kompott bestellt, bringen Sie mal eine Portion gemischtes Kompott – meinst du, sie hat mir den Koffer rausgegeben? Nu kenn ich aber hier einen sehr feinen Mann von der Polizei, den hab ich gleich antelefoniert, er war ja nicht da, aber das hat die Frau wohl gehört, und da hat sie den Koffer gleich rausgegeben ... Was für ein ...? Das ist eine Goldgrube. Ich kenn den Direktor – ich war mal bei ihm, er hat mich engagieren wollen, für seine Revue, und da mußte ich mich ganz ausziehn, du, der hat in seiner Wohnung lauter Fesseln und Halseisen und Ruten und all son Zeug ... schließt er einfach die Tür ab, du, der Sekt ist alle, und ich sage: Sie, sage ich, wenn Sie mich nicht rauslassen, dann schrei ich! Da ist dann mit dem Engagement nichts geworden. So ein alter Esel. Ein fießer Kerl. Aber eine Goldgrube. Neulich war Elli bei ihm, und da hat er ihr ...

Natürlich kenn ich den. Wir gehn in jeden Film, wenn er spielt. Der war mal bei uns, und jedesmal, wenn er ... dann hat er ...

Gehn wir noch in die kleine Bar, einen Whisky trinken? Ach, gehn wir noch. Du, gib mal der Blumenfrau was, ich hab mir vorhin von ihr eine Nadel geliehn. Also, was ich mich über diese Geschichte mit dem Koffer schon aufgeregt habe! Das ist die Frau ja gar nicht wert. Ich bin auch leidend. Der Arzt, der Professor hier vom Krankenhaus, hat gesagt, so eine Leber hat er überhaupt noch nie gesehn ... Fritzi, das weißt du doch – das tut die Frau alles bloß, weil ich damals in dem Prozeß gegen ihren Schwager, diesen Luden, nicht so ausgesagt habe, wie Hans gewollt hat. Dabei habe ich doch den Brief gar nicht bekommen! Du hast gar nichts gesehn! Wenn Marga damals nicht zu Emil gesagt hätte, daß sie von dem Doktor nichts weiß, dann hätten wir alle zusammen nichts von Seiermann gekriegt, und Willi ... Du, kauf mir doch so einen Teddybären! Der ist aber süß! Pusch pusch ... beiß mal den Onkel! Guten Abend. Das war ein ungarischer Akademieprofessor – sehr berühmter Mann, ich hab vergessen, wie der heißt. Du, weißt du, was der immer macht –?

Ja, denk doch mal, der ist ganz plötzlich gestorben. Nein, nächsten Sommer gehn wir ins Gebirge. Ganz plötzlich gestorben ... schade, ich konnt nicht zur Beerdigung kommen, ich geh sonst so gern zu so was ... es ist so feierlich, wenn die Orgel spielt, man weint so schön ...

Nein, wir haben nur sehr gute Kavaliere. Und ich will dir mal was sagen, warum sie eben alle so gern zu uns kommen –:

Son Mann hat doch das Bedürfnis, sich mal auszusprechen –!»

ICH GEHE MIT EINER LANGEN FRAU

Erika ist ein bißchen lang geraten – sie weiß es und sie ist sehr unglücklich darüber. Es sind genau acht Zentimeter zu viel.

Wie habe ich ihr schon gut zugeredet! Um sie zu trösten, habe ich ihr die Geschichte von der langen Dame erzählt, die im Parkett sitzt, und die Leute hinter ihr rufen: «Setzen! Setzen!» – Empört steht sie auf, um die Rufer zur Ruhe zu verweisen, da schreit einer: «Jetzt steigt det Aas noch uff de Banke!» – Tröstet sie nicht.

Dann habe ich ihr erzählt, wie eine andere lange Dame an einer Gartenhecke vorbeiging und den Gärtner im Garten fragte, wo es denn nach Adlershorst gehe. «Da reiten Sie nur immer geradeaus...» sagte der Gärtner. Tröstet sie auch nicht.

Aber mit Erika spazierenzugehen, das ist ein wirklicher Genuß. Nicht nur, weil sie eine so reizende Dame ist ... nein: ich lese in den Augen aller Vorübergehenden, und das ist ein großes Vergnügen.

Meinerseits bin ich etwas klein und dick. Gott sieht aufs Herz. Und nun ist Erika sehr schlank und groß. Und wenn wir dann beide durch die Straßen gehen, dann freuen sich die Leute an dem stattlichen Paar, und ich lese also in den Augen.

Die Männer sehen meist an uns vorbei; sie haben keine Zeit. Wenn sie aufsehen, freuen sie sich ein bißchen, aber doch nur flüchtig – ein Mann ist so ein Dussel, er weiß gar nicht, was eine schöne Schadenfreude ist. Und wenn die Männer allein gehen, dann denken sie, und damit haben sie vollauf zu tun. (Und dann muß man sehen, was dabei herauskommt!)

Aber die Frauen ...!

Es geht so blitzschnell, und ich habe meine große Freude daran.

In den Augen steht:

«Hurra! Eine Frau, die mir unterlegen ist! Sie ist zu lang! Tobby! Mama! Margot! Hast du die gesehen? Guck mal die! Das ist aber eine lange Stange!» Das ist häßlich – Erika ist gar keine Stange, das weiß ich nun besser. Aber sie ist acht Zentimeter zu lang, und das ist ein Nachteil, der sofort in die schönen Augen der Spaziergängerinnen fällt, und ich lese:

«Sie ist zu lang. Hihi. Die möcht ich mal tanzen sehen. Die möcht ich mal laufen sehen! Steigt der kleine Dicke auf eine Fußbank, wenn er sie küßt? Lisa, guck mal!»

Lisa guckt und findet das nun auch. Es ist aber auch zu schön ...! So eine große Frau –!

Übrigens gibt es da Nuancen, und es kommt alles auf die Kinderstube an. Hat die Kinderstube nach Norden gelegen, dann bricht die Schadenfreude unverhohlen aus: in den Augen glimmt das Flämmchen der Nächstenliebe, ein spöttisches Geblinkere hebt an, Zwinkern und Blinkern, der Ellenbogen stupst den Nachbarn in die trauliche Seite, und zwei sind sich einig in einem unaussprechlichen Glück: dem Nebenmenschen eins auswischen zu können.

Bei feineren Leuten flitzt nur ein schneller Blick hinüber, fast unmerklich ..., aber Erika ist gerichtet. So tragen wir viel zur Erheiterung unserer Nächsten bei.

Es ist unerfindlich, wie boshaft Menschen sein können. Erika kann doch nichts dafür, daß sie so lang ist. Mir ist sie grade richtig –, mir ist sie nicht zu lang. Und es ist doch schließlich mehr als gemein, so über Eigenschaften herzuziehen, für die keiner etwas kann.

Da gehen wir, und ich fange alle diese Blicke auf.

Entgegen kommt uns ein Paar. Er von normaler Statur, und sie: so zierlich, so puppenhaft, so klein, so unendlich lütt ...

Ich stupse Erika in die Seite und lasse blitzschnell einen Blick auf Frau Liliput hinüberflitzen.

«Erika», sagte ich, «hast du diese kleine Person gesehen –? Lächerlich. Ist ja lächerlich. Was macht der, wenn er sie küßt –?»

AN DAS PUBLIKUM

O hochverehrtes Publikum,
sag mal: bist du wirklich so dumm,
wie uns das an allen Tagen
alle Unternehmer sagen?
Jeder Direktor mit dickem Popo
spricht: «Das Publikum will es so!»
Jeder Filmfritze sagt: «Was soll ich machen?
Das Publikum wünscht diese zuckrigen Sachen!»
Jeder Verleger zuckt die Achseln und spricht:
«Gute Bücher gehn eben nicht!»
    Sag mal, verehrtes Publikum:
    bist du wirklich so dumm?

So dumm, daß in Zeitungen, früh und spät,
immer weniger zu lesen steht?
Aus lauter Furcht, du könntest verletzt sein;
aus lauter Angst, es soll niemand verhetzt sein;
aus lauter Besorgnis, Müller und Cohn
könnten mit Abbestellung drohn?
Aus Bangigkeit, es käme am Ende
einer der zahllosen Reichsverbände
und protestierte und denunzierte
und demonstrierte und prozessierte ...

Sag mal, verehrtes Publikum:
bist du wirklich so dumm?

Ja, dann ...
Es lastet auf dieser Zeit
der Fluch der Mittelmäßigkeit.
Hast du so einen schwachen Magen?
Kannst du keine Wahrheit vertragen?
Bist also nur ein Grießbrei-Fresser –?
Ja, dann ...
Ja, dann verdienst dus nicht besser.

DER VERDACHTSFREISPRUCH

Zu den unangenehmsten Eigenschaften der Unabsetzbaren gehören sämtliche ihrer Eigenschaften. Der Justizminister pflegt gern von einer ‹Vertrauens-Krise› zu sprechen; er irrt. Der Patient ist längst tot – kein verständiger Mensch hat zu dieser Rechtsprechung mehr Vertrauen als sie verdient. Und sie verdient keins. Nun möchte ich aber nicht hören, daß die deutschen Richter nicht bestechlich seien. Wir sind es auch nicht – und niemand macht davon viel Wesens.

Blättern wir im Sündenregister der Talare, so finden wir unter dem Buchstaben V den ‹Verdachtsfreispruch›. Der ist so:

Es wird einer angeklagt. Die Voruntersuchung ergibt ein sehr zweifelhaftes Bild. Die Kriminalkommissare bembern in den Mann hinein; er gesteht nicht. Die Staatsanwaltschaft zögert, stellt aber nicht ein. Sicher ist sicher. Die Beschlußkammer eröffnet; das geht fix, hopp, hopp, hopp; sicher ist sicher. Hauptverfahren.

Der Angeklagte gesteht auch da nicht. Die Zeugen wackeln. Der Vorsitzende ergeußt eine schöne Rede über den Mann in dem Holzkästchen: er solle doch gestehen und Reue zeigen, das werde das Strafmaß herabsetzen. Das sagt er, bevor das Urteil überhaupt feststeht. Der Angeklagte geht auf den Handel nicht ein, bereut nicht, gesteht nicht und ist überhaupt ein böses Luder. Beratung.

Es ergibt sich, daß man bei bestem schlechten Willen nicht verurteilen kann. Freispruch. Was, Freispruch?

Zähneknirschender Freispruch. Und statt nun zu sagen: «Wir haben alle Verdachtsmomente geprüft – in dubio pro reo – die Schuld des Angeklagten steht nicht fest», denn das und nur das haben die Richter festzustellen: statt dessen befassen sie sich in der Begründung ihres freisprechenden Urteils mit der moralischen Unschuld des Angeklagten, nach der sie kein Mensch gefragt hat, und nun bekommt er es aber zu hören:

Er solle sich ja nicht einbilden, daß er nun unschuldig sei. Nur den wackligen Zeugenaussagen habe er es zu verdanken, daß man ihn nicht verknacke; er sei ein ganz übler Lumpenhund; ein schuldiger Unschuldiger; man habe ihn – Himmelparagraphundzwirn! – zwar freisprechen müssen, aber es solle gewiß nie wieder vorkommen, und das nächste Mal ...! Und er könne zwar gehen, aber moralisch sei er gerichtet.

Was ist denn das alles –! Ist der Mann im strafrechtlichen Sinne schuldig oder ist er es nicht? Sind die Richter, diese Richter mit dieser Vorbildung und mit dieser politischen Denkungsart, legitimiert, über irgendjemand ein moralisches Urteil abzugeben? Sie sind es nicht.

Der Hund hat beißen wollen. Es hat nicht gegangen. Knurrend zieht er sich zurück. Und hinterläßt einen Verdachtsfreispruch, für den er jedesmal eine kräftige Züchtigung verdiente.

DER PREDIGTTEXT

Bei einem skandinavischen Kurort – «nennen wir ihn N.», wie es in den alten Romanen heißt – fährt ein mit vier Kindern, einer Frau und einem Chauffeur besetztes Auto über den gefrorenen See. Das Eis gibt nach; das Auto versinkt. Drei Kinder und die Mutter ertrinken – der Chauffeur rettet sich und ein Kind.

Bei der kirchlichen Beerdigungsfeier wählte der protestantische Pastor als Unterlage zu seiner Predigt diesen Bibeltext, Psalm 69, 2, 3:

«Gott hilf mir; denn das Wasser gehet mir bis an die Seele. Ich versinke in tiefem Schlamm, da kein Grund ist; ich bin im tiefen Wasser, und die Flut will mich ersäufen.»

Die frommen Herren wollen so oft wissen, was wir denn eigentlich gegen sie und ihre Religion, wie sie sie ausüben, vorzubringen hätten. Eines unsrer Argumente ist die trostlose Plattheit ihrer religiösen Gefühle.

Mir ist das ja gleich, ich bin dort nicht abonniert, und wers mag, der mags ja wohl mögen. Aber ist es nicht armselig, daß einem Pastor bei so einem schrecklichen Unglücksfall nichts weiter einfällt, als nach der Bibelkonkordanz zu greifen, dort unter ‹Wasser› nachzusehn und nun etwas ‹Bezügliches› aufzusagen? Ich höre ordentlich, wie er das Gegenständliche in das umgeredet hat, was er das Symbolische nennt, was aber hier nur das Allegorische gewesen ist. Die armen Wesen sind ins Wasser gefallen und darin ertrunken. «Also, auch, lieben Zuhörer ...» Heißt das nicht die Religion herabwürdigen? Für einen wahrhaft fromm empfindenden Menschen muß so ein Handwerksstück von Predigt ein Greul und ein Scheul sein.

Und der Grund, aus dem der Kirche täglich mehr und mehr Leute fortlaufen, was nur zu begrüßen ist, liegt eben hierin: daß viele Diener dieser Kirche nur noch viel zu reden, aber wenig zu sagen haben. Wie schlecht wird da gesprochen! Wie oberflächlich sind die scheinbaren Anknüpfungspunkte an das Moderne, darauf sind diese Männer auch noch sehr stolz. Wie billig die Tricks, mit einer kleinen, scheinbar dem Alltag entnommenen Geschichte zu beginnen, um dann ... emporzusteigen? Ach nein. Es ist so etwas Verblasenes – die Sätze klappern dahin, es rollen die Bibelzitate, und in der ganzen Predigt steht eigentlich nichts drin.

In diesem Fall scheint mir die Herbeizerrung des schönen 69. Psalms eine besondere Ungeschicklichkeit, mehr: eine grobe Taktlosigkeit zu sein.

Auf Betreiben der katholischen Kirche, die manche ihrer Positionen wanken sieht – keine Angst, wir sind in Deutschland! – läßt sich Rom neuerdings mit vielen Paragraphen schützen: eine Frömmigkeit hinter dem Stacheldraht der Gesetze. Das Wort: Die Gottlosen kommen! geht um.

Aber eine so gute Propaganda, wie sie die Kirche gegen die Kirche macht, können wir gar nicht erfinden. Und ich weiß viele, die mit mir denken: Wir sind aus der Kirche ausgetreten, weil wir es nicht länger mitansehn konnten. Wir sind zu fromm.

DER MARKT DES SCHWEIGENS

Er liegt im Nordosten von London: Sie fahren mit der gut gelüfteten Untergrundbahn hin, das ist am billigsten. Wenn Sie oben sind, ein Stückchen rechts ... und noch ein Stückchen rechts ... und da, wo der Schutzmann steht, ist der Markt, der Caledonian Market.

Auf einem großen eingezäunten Platz stehen die Händler, vor sich die Ware meist auf die Erde gebreitet, auf Tücher oder auch auf kleinen Tischen. Was es da gibt –? Bitte, fragen Sie, was es nicht gibt.

Es gibt:

Silberwaren, versilbertes Alfenid, verzinktes Silber, garantiert echtes Silber, gestempeltes Silber. Großvaterstühle, Nachtstühle, gewöhnliche Stühle. Neue Gebisse. Ganz leicht gebrauchte Gebisse. Kinderwagen-Ersatz-Räder. Alte Stiefel sowie ein Bild des Generals Kitchener. Noch viel mehr alte Stiefel. Eingeweide von Sofas. Schauerliches Nippes aus Original-Kitschwood. Ein lebendiger kleiner Junge steht in einem überlebensgroßen Goldrahmen: man weiß nicht genau, wer von beiden zu verkaufen ist. Delfthundchen. Nachttöpfe. Ein Quadratkilometer Bücher. Schnürsenkel sowie Bonbons und Limonaden – merkwürdig, daß alle billigen Dinge auf der Welt so schreiende Farben haben!

Wenn man die gerade gezogenen Gänge alle herauf- und heruntergehen wollte: diese Meilen zu bewältigen, würde Stunden dauern. Es hört nie auf.

Diese Kleinhändler kaufen unter anderem alten Hausrat auf, ich sehe sie auf den Boden gehen und mit einem mißmutig-prüfenden Blick das ganze Gerümpel überblicken. «Drei Pfund», sagen sie. Wenn ich sie aber frage, was der alte Zinnkrug da kosten soll, dann loben und preisen sie ihn, streicheln ihn mit den Blicken und sagen: «Beautiful, indeed!» Und er kostet siebzehn Schillinge, gut und gern.

Aber das ist nun auch alles, was sie sagen. Sie strampeln nicht, sie preisen nicht übermäßig an — es ist der leiseste Markt, den ich jemals getroffen habe. Manchmal hörst du einen Ausrufer, er ruft seine Worte aber mehr für seine Waren und über seine Waren aus, damit die wissen, was sie wert sind — um die Käufer kümmert er sich scheinbar gar nicht. Manchmal ein Grammophon. Horch!

«And the Germans say: Ja — ja!
and the Frenchmen . . .»

Leise schieben sich die Leute an den aufgehäuften Waren vorbei — es ist fast nichts zu hören, welch ein leises Volk! Falsch. Im Theater braust das Publikum, dieses dankbarste Theaterpublikum . . . fast hätte ich gesagt: Europas, aber England liegt nicht in Europa, das ist ein geographischer Irrtum. England liegt in England. Beim Boxen neulich, in Blackfriars Ring, welch ein Klamauk! Aber hier, auf dem Markt, da sind sie leise — man darf gar nicht an südländische Märkte denken — nicht an den pariser Flohmarkt . . . hier ist es still, ganz still. Mich wundert, daß nicht an einem Stand Schweigen verkauft wird: ironisches Schweigen; lüsternes Schweigen; dummes Schweigen; beredtes Schweigen, noch wie neu — aber Schweigen wird nicht verkauft.

Ob ich etwas gekauft habe —? Nein, ich habe nichts gekauft. Alles, was ich gesehen habe, fand ich mäßig und teuer. Seid ihr auch so mißtrauisch, wenn euch einer erzählt, er habe auf so einem Markt eine echte chinesische Vase, dreiundzwanzigste Kung-Dynastie nach Christi Geburt, gefunden, der Ochse, der Händler, habe das natürlich nicht gewußt, welches Kleinod . . .? Hier, sehen Sie mal an! Für vier Schilling! Hm. Margarete zeigte mir nachher ein Silberschälchen, das hatte sie da erstanden, für ein Butterbrot — dabei essen die Engländer doch gar keine Butterbrote. Margarete glaubt an ihre Silberschale und hält sie für Silber. Sie trägt einen kleinen Stempel auf dem Bauch, die Schale. Aber wer kennt sich in den englischen Gewichten aus —! Die Engländer haben für alles ihre eigenen Maße, und daß sie die Jahre nach Jahren rechnen, daß das englische Jahr nicht dreizehn und einen halben Monat hat, das ist ein großes Wunder. Die Schale war wohl vier Yard schwer und sollte eine Guinee kosten, was natürlich einundzwanzig Schilling bedeutet — es ist gar nicht so einfach im englischen Leben.

Dieser Markt findet sicherlich schon seit Wilhelm dem Eroberer statt.

Alle besseren Sachen in England datieren aus dieser Zeit und werden infolgedessen auch nicht geändert. Und wenn man näher zusieht: auf diesem Markt, im Parlament und anderswo, dann stellt sich leise, ganz leise heraus, daß die meisten Dinge hier ihre endgültige Form angenommen haben. Ändern sie sich —? Manchmal ändern sie sich auch. Aber sie ändern sich in England nie mit einem Ruck, sondern langsam, fast, ohne daß man es merkt — schweigend. Es wird gehandelt, daß es nur so raucht — schweigend. England hat die stillste Börse der Welt; kennen Sie das Gebrüll um die pariser Börse? So ist die englische Börse nicht.

Aber natürlich kann man nicht mit leeren Händen nach Hause kommen. Wie stände ich dann vor meinen Bekannten da?? Da habe ich denn etwas gekauft, was man in jedem Haushalt dringend gebraucht —: einen londoner Souffleurkasten. Raten Sie, was ich gegeben habe! Die Hälfte. Er ist ein Prachtstück. Ich weiß nur noch nicht, was ich damit anfangen soll. Immerhin ist er eine schöne Erinnerung an den Caledonian-Markt.

Anmerkung: Londoner Theater haben keine Souffleurkasten.

DIE BEIDEN FLASCHEN

In Wells . . .

Nein, nicht Wales — Wales ist, wenn er gut angezogen ist. In Wells . . .

Auch nicht: well — das ist das, was die Engländer sagen, um erst einmal den nötigen Vorschlag des Satzes zu haben; denn hier fängt kein Mensch seinen Satz mit der Hauptsache an. Die Hauptsache steht im Nebensatz. Ich habe neulich in London einen jungen Herrn gefragt, ob hier, an dieser Stelle, wo auch er warte, der Omnibus 176 halte. Was sagte er? «I hope so», sagte er. Ja wäre zu bestimmt gewesen, man kann nie wissen, vielleicht hält er nicht, und die englische Sprache, die so präzis sein kann, liebt die zierlichen Hintertüren, nur so als Notausgang, sie macht wohl selten von ihnen Gebrauch. Sie setzt aber gern hinzu, daß und wann es ganz ernst wird. «Was ist der Unterschied», fragte neulich in einer Revue einer, «zwischen einem Schutzmann und einer jungen Dame? — Wenn der Schutzmann ‹Halt› sagt, dann meint er das auch.» Also in Wells.

Wells ist eine kleine süße Stadt im Somersetschen. Das kann man aber nicht sagen; man sagt wohl: im Hannöverschen — aber es heißt: in Somerset. Wells hat eine schöne Kathedrale und so eine geruhige Luft . . .! Dabei ist die Stadt nicht traulich, sie ist brav und beinah modern und ordentlich, und alles stimmt, und es ist so nett da!

Da spaziere ich also herum und sehe mir statt der Sehenswürdigkeiten die Schaufenster an, das sind so meine Sehenswürdigkeiten, man kann da immer eine Menge lernen. Bei einem Antiquar stand Glas im Fenster, und wenn Glas im Fenster steht ... wie sagt ein altes berlinisches Couplet? «Wer Bildung hat, wird mir verstehn!» Ich kaufe also in Gedanken alles Glas, was da steht – und schließlich sehe ich zwei dunkelgrüne, bauchige, lustige Flaschen. Sie haben ein metallnes Etikett um den Hals gehängt, alle beide, auf der einen steht:

Whisky

und auf der andern:

Gin.

Gin ist ein entfernter Stiefzwilling von Genever – und was Whisky ist, weiß jeder bessere Herr. Und weil mein Whisky immer in diesen langen Flaschen wohnt, in denen man ihn kauft, so beschloß ich, diese grüne Flasche, die, wie man sofort sehen konnte, mit Vornamen Emilie hieß, käuflich zu erwerben. Hinein.

Die Engländer haben eine unsterbliche Seele und schrecklich unregelmäßige Verben. Ich sagte einen Spruch auf – wenn das mein englischer Lehrer gehört hätte, hätte er mich bestimmt hinter die Ohren gehauen. Aber der Verkäufer verstand mich, er sagte viel, was ich verstand, und noch einiges, was ich nicht verstand – diese Engländer haben manchmal so einen komischen Akzent, wie? Und nun begann der Handel.

Sehr teuer war die Flasche nicht. («Was hast du gegeben? Mich interessiert das nämlich, ich habe nämlich meinem Mann auch so eine Flasche ...» – Sei doch mal still. Du immer mit deinen Zahlen!) Teuer war sie nicht. Aber, aber:

Diese Whisky-Flasche war nicht allein zu haben. Sie war ein Illing – man mußte die Gin-Flasche dazu kaufen. «Warum –?» fragte ich den Mann. (Dies war der einzige ganz richtige Satz, den ich in dieser Unterhaltung von mir gegeben habe.) Warum –? Und da gab der Mann mir eine Antwort, die so schön war, daß ich sie hier aufschreiben muß, eine Antwort, mit der man ungefähr halb England erklären kann, wenn es einen danach gelüstet. Man hätte denken können, er werde antworten: weil ich die andere nicht allein verkaufen kann. Oder: weil ich dann mehr verdiene. Oder: Diese beiden Flaschen und diese sechs Gläser und dieses Tablett bilden eine Garnitur ... ich kann sie nicht auseinanderreißen. Nichts davon – Gläser und Tablett waren ja auch gar nicht da. Der Mann sagte:

«Because they were always together.» Weil sie immer zusammen waren.

In dieser Antwort ist alles, was im Engländer ist: die unverrückbare Festigkeit, mit der Gefügtes stehen bleibt, bis es von selber einfällt, zum Beispiel. Because they were always together. Weil sie immer zusammen waren, sind sie denn auch noch heute zusammen: der Engländer und sein Cricket, jener für den Fremden völlig rätselhafte Vorgang, ein Mittelding zwischen Schachspiel und Religionsübung;

zusammen sind der Mann und die Farbe seiner Universität; zusammen der Herr und der Frack, wenn es Abend wird; der Richter und seine Perücke; das Land und die Macht. Because they were always together.

Und da ergriff mich ein Rühren, ich dachte, was geschehen könnte, wenn ich die Flasche Emilie von der Flasche Martha risse, wie Martha weinen würde, und daß ich das nicht alles verantworten könnte. Und da habe ich sie alle beide gekauft. Because they were always together.

Möchte vielleicht jemand die andere Flasche haben –?

SO VERSCHIEDEN IST ES IM MENSCHLICHEN LEBEN –!

Der Druckfehler. «Und Faust stieg hernieder zum Ursprung aller Dinge, zum Tiefsten und zum Höchsten, darin die ganze Natur und das menschliche Leben eingeschlossen sind: zu den Matern.»

Das französisch-deutsche Rapprochement vollzieht sich unter einer Handvoll Gebildeter; schießen dürfen nachher die Arbeiter. Sie tun es auch. Denn sie kennen einander nicht und lernen einander erst sterbend oder in der Gefangenschaft kennen. Ein sehr nahes Rapprochement verwirklicht sich, wenn man so weiter macht, immer nur in den Ackergräben. Schade um jeden Pfennig, den man an diesen Unfug wendet.

Wenn man die fein abgewogenen Aufsätze Oscar A. H. Schmitzens, Bindings und ihresgleichen liest, hat man immer das Gefühl: Es gibt wirklich nur eine Lösung. Man muß reich heiraten.

Das Fett, mit dem der mittlere deutsche Parteiführer das Wort ‹Berufsbeamtentum› ausspricht ... wenn doch nur jeder Arbeitslose so viel Fett auf seinem Brot hätte!

Früher sagte ein Kunstwerk etwas über die Geistesverfassung seines Schöpfers. Heute zeigt es etwas andres an: die Geistesverfassung des Kunstkaufmanns, der es vertreibt. Selbe ist nicht immer sehr interessant.

«Sie war», steht einmal bei Paul Morand, «schön wie die Frau eines andern.» Ich möchte das variieren: Er war energisch wie der Rechtsanwalt der Gegenpartei.

Wenn ich das schön gedruckte Buch eines mit Buchweizengrütze gefütterten Philosophen aus Amerika lese, hinter seinen Brillengläsern blitzen fröhlich jungenhafte Augen, die sich so optimistisch mit dem Elend der andern abfinden, alles ist gut und schön, wir haben eine gute Predigt gehabt, Breakfast auch, ja danke, auf welch unbeflecktem Wege wohl so ein Wesen zur Welt gekommen sein mag, die Amerikanerinnen sind doch unterhalb des Nabels alle aus Zelluloid –

wenn ich so einen fröhlichen Professor lese: dann weiß ich endlich, wie einem gebildeten Chinesen zu Mute ist, der europäische Touristen sieht.

Der Engländer hat für jeden Begriff ein Wort und für jede seiner Nuancen noch eins – da ist ein großer Wortreichtum. Bei dem Franzosen ist das anders. Wenn man den fragt, wie ein besonders kniffliger Begriff auf französisch heiße, dann denkt er lange nach. Und dann sagt er: «faire».

Früher sagte man: Kopf- und Hand-Arbeiter. Die Schreihälse der Nazis plakatieren: «Arbeiter der Stirn und der Faust!» Die Stirn, das ist der Kopfteil, mit dem die Ochsen ziehen, und eine Hand, die zur Faust geschlossen ist, kann überhaupt nicht arbeiten.

Möchten wir wohl eine Literatur lesen, die vorher die Zensur des Herrn Seeger und seiner Filmzensoren passiert hätte? Nein, das möchten wir nicht. Wie sähe solch eine Literatur aus? Sie sähe recht kläglich aus. Was muß man also tun? Man muß jede Filmzensur, die über die bestehenden Strafgesetze hinausreichen will, abschaffen.

ZUZUTRAUEN

Zu den jämmerlichsten aller Argumente der Rechtspflege, bei der das Recht langsam zu Tode gepflegt wird, gehört dieser Satz:

«Dem Angeklagten ist die Tat zuzutrauen.»

Wann –? Allemal dann, wenn die Unabsetzbaren aus den Akten und den Vernehmungen, aus den Zeugenaussagen und der höchst dubiosen Tätigkeit der in der Öffentlichkeit viel zu wenig gekannten ‹Gerichtspflege› die Überzeugung gewonnen haben, das sittliche Niveau des Angeklagten sei derart, daß die Ausführung der Tat bei ihm nicht mehr überraschen könne. Gott segne diese Seelenkunde.

Man erinnert sich vielleicht noch an den furchtbaren Fall des schlesischen Massenmörders Denke. Der Mann, ein schwerer Geisteskranker, pflegte wandernde Handwerksburschen anzulocken, er gab ihnen zu essen und zu trinken, und wenn sie eingeschlafen waren, tötete er sie; ihr Fleisch fraß er oder pökelte es ein. Er hat sich dann in seiner Zelle erhängt. Nun, dieser Denke war nach außen hin ein braver Mann; er war sogar, wie damals zu lesen stand, Fahnenträger in seinem Verein, eine Würde, die mancher anstrebt, ohne sie zu erreichen. Und niemals hätte ihm der landläufige Richter ‹die Tat zugetraut›. Ich sehe ordentlich den Polizeibericht vor mir: «D. ist in der Gemeinde als ordentlicher und ruhiger Mann bekannt.» Darauf dann der Richter: Also ist ihm die Tat nicht zuzutrauen.

Diese Strafkammern haben sich da einen Artigkeitskodex zurechtgemacht, der schon manchem Unschuldigen Jahre von Gefängnis gekostet hat, vom Zuchthaus ganz zu schweigen. Das ist überall so. So hat neulich in England ein Handlungsgehilfe sein lockres Leben mit dem Tode gebüßt; er stand im Verdacht des Mordes, beweisen konnte man ihm den nicht so recht, aber es war ihm auf Grund seines Lebenswandels zuzutrauen, und schon hing er. Zuzutrauen . . .?

Aber es gibt Tausende und Tausende von Menschen, die ein unordentliches Leben führen; solche, die saufen und die huren, solche, die kleine Unterschlagungen begehn und Kinder quälen; solche, die sich in den Wirtshäusern prügeln und ihre Frau betrügen nach Strich und Faden . . . und denen man, wenn man etwas von Psychologie versteht, gar nichts zutrauen kann: sie leben sich aus und haben es nicht nötig, Morde zu begehen.

Und es gibt Monstra in Beamtengestalt; sauber gebürstete Staatspensionäre, die innerlich vor Bosheit und Tücke kochen, vor unterdrückten Trieben und vor zurückgehaltener verbrecherischer Leidenschaft; solche, die nur zu feige sind, das zu begehn, wovon sie nachts fiebrig träumen . . . und dann knallt es doch einmal aus ihnen heraus, und keiner hat es ihnen zugetraut. Diese Richter zu allerletzt.

Das muß nicht immer nach solch einfachem Schema laufen. Es gibt überhaupt kein Schema, nach dem man einem eine Tat zutrauen kann; das ist nur bei sehr seltenen und sehr einfachen Tatbeständen möglich.

Die Unabsetzbaren aber haben sich da so etwas wie das Modell eines braven Untertanen zurechtgemacht; man kann im Halbschlaf aufzählen, was vor einem Gericht als belastend und was als gute Nummer vermerkt wird, wenn dort das Vorleben aufgerollt wird. Ach, dieses Vorleben . . .! Möchte doch jeder Schöffe und jeder Geschworene diesen eingeprügelten Respekt vor den Juristen zu Hause lassen und sich an die eigne Nase packen, bevor er an die Beurteilung eines fremden Vorlebens geht. Es ist beinah umgekehrt als die richterliche Vulgärpsychologie lehrt: die sogenannten einfachen Menschen sind gewöhnlich viel verwickelter und die sogenannten verwickelten Fälle sind viel einfacher als es der Staatsanwalt wahr haben will.

Und so soll es denn vorgekommen sein, daß auf diesem Wege verbohrter Seelenkunde schreckliche Justizirrtümer zustande gekommen sind. Ja, machen denn die Richter auch Fehler?

Es ist ihnen, nach genauer Beurteilung ihrer Vorbildung und des unter ihnen herrschenden Kastengeistes, nach ihrer Geschichte und nach der Beschaffenheit dieses Klassenstaates, zuzutrauen.

DER MITESSER

Denen, die sich nicht getroffen fühlen

Er wohnt am Rand der reichen Leute,
verkehrt mit Adel und heißt Schmidt.
Den Schlips von morgen trägt er heute
und fährt in fremden Autos mit.
Er lebt in einem ihm fremden Stile –
Fauler Kopp!
Fauler Snob!
Aber davon gibts viele.

Er selbst hat nur ein kleines Zimmer,
als Untermieter bei Frau Schay.
Doch geht er aus, dann tut er immer,
als wär er aufgewachsen bei.
Von der Socke bis zum gescheitelten Haar:
es ist alles nicht wahr – es ist alles nicht wahr!

Er ist so gerne eingeladen:
er zeckt an Kaufmann und Bankier.
Er weiß, am Lido muß man baden,
er grüßt im Ritz den Herrn Portier.
Er nassauert elegant und beflissen
vor fremden Kulissen.

Was er auch hat, das hat er gratis.
Er läuft mit der Society.
Er kennt die feinsten Cocktail-Parties.
Nur seine Lage kennt er nie.
Bald kunstgewerblicher Friseur,
bald Redakteur . . .
so sehn wir ihn gestern, morgen und heute:
ein Affe.
Ein Affe der reichen Leute.

VERKEHR ÜBER DEM HAUS

Als ich mietete, fragte ich den Gärtner: «Ist es hier auch still?» Denn dies ist mein Privatsparren: still muß es sein, so still, daß man die Druckfehler in den Büchern knistern hört. Der Gärtner sah ruhig auf. Er war grade damit beschäftigt, eine erlegte Elster neben eine erlegte Krähe auf die Sträucher aufzuspießen, und das tat er, damit die andern

Vögel abgeschreckt würden, ihm seine Bohnen und seine Erdbeeren aufzuessen. Und so wuchsen da nun Gemüse und Fleisch, und Kompott, alles miteinander. Es sah recht schauerlich aus, aber wir Landwirte in Kent machen das so. «Ob es hier still ist?» wiederholte er. «Ganz still. Ganz außerordentlich schrecklich still. Nur ... aber das macht nichts.» – Ich habe jedesmal eine Heidenangst, wenn da etwas ist, was aber nichts macht. Ich kenne das. «Was macht nichts –?» sagte ich. Die Landlady stand dabei und half ein. «Er meint die Flugzeuge», sagte sie. «Über dieses Grundstück führt die Fluglinie nach dem Kontinent!»

Bums. Das war mal eine moderne Regiebemerkung; wir hatten schon von allem gehabt: Baubauhunde und Klavierdamen und Gesangsdamen, und dann klopft doch da immer einer, – aber Flieger ...? Flieger über dem Haus? Das war neu. Also mietete ich. Die Flieger flögen so leise, hatte mir die Dame gesagt.

Ja, da sitze ich nun, und während ich dieses schreibe, kommt hier und da so ein Ding an und durchpflügt mit bekanntem Geräusch die Luft, und ich sehe dann auf und blicke ihm ein bißchen nach. Da fährt er hin.

Manchmal, wenn es so grau und verregnet ist wie heute, dann fliegen die Herren ganz niedrig, man kann mit bloßem Auge die Nummer der Kiste lesen. Sie kommen des Morgens daher und des Mittags geflogen und des Abends, und einer kommt ganz spät, das ist aber kein Passagierflugzeug mehr, hat man mir gesagt, das ist bloß ein Postflugzeug, und das tröstet ungemein. Briefe machen nicht solchen Krach. Da fliegen sie hin.

Nach welcher Ordnung das geht, habe ich noch nicht heraus. Die Flugzeugführer, die Tenöre der Luft, fliegen ziemlich frei herum, wenigstens sieht es von unten so aus. Kein Bobby mit weißem Ärmel schwebt ihnen entgegen und hält sie auf, es ist eine ziemliche Anarchie. Aber das wird sich ja wahrscheinlich eines Tages legen. Vorläufig fliegen sie manchmal links, wie es sich in England gehört, und manchmal rechts, so daß man denkt, man sei in Europa, aber das täuscht, wir sind hier nicht in Europa. Und sagen Sie selbst, wohin kämen wir, wenn etwa alle Fahrzeuge nach derselben Verkehrsordnung fahren wollten! Übrigens fahren diese nicht. Mist wird gefahren. Sie fliegen.

Da fliegen sie hin. Ein französischer Stich des achtzehnten Jahrhunderts, sagen wir Fragonard, hätte daraus gewiß eine kleine lüsterne Sache gemacht: der Beschauer sitzt mit einem riesigen Fernrohr unten und versucht, den Damen auf die, sagen wir, Füßchen zu sehen. Aber damit ist es hier nichts, ich sehe höchstens die runden Fenster der Passagierkabinen. Da wohnt doch nun der Wallace ganz in der Nähe – aber ob sie schon mal einmal, aber auch nur ein einziges Mal einen herausgeworfen haben? Nein. Und ich denke es mir so schön: da kommt also das geknebelte Opfer heruntergeflogen, zerschneidet unterwegs mit einem Tauchnitzband seine Fesseln, landet vor meinem Fenster und sagt, selbstverständlich? «Schöner Tag heute!», und dann stürzt er eilig zur nächsten Polizeiwache, und wenn die da in London ankommen, dann sind sie schon verhaftet. Das kann man doch für sein Geld verlangen. Aber nichts ist es damit.

Manchmal donnern sie über den Wolken einher; dann hört man sie nur, kann sie aber nicht sehen. Manchmal fliegen sie hoch, so hoch – wie kleine glitzernde Pünktchen sind sie dann, hoch oben. Abends sind sie mitunter erleuchtet, das sieht hübsch aus: Postkutschen des Himmels.

Da fliegen sie hin. Ich sehe ihnen fröhlich nach, und wenn da ein Greenhorn dabei ist, dann freue ich mich, denn ich weiß etwas mehr als er. Er weiß nämlich nicht, was ihn da in London auf dem Flugplatz erwartet – aber ich weiß es. Da wird er gefragt werden, was er denn hier wolle, und ob er auch er sei, und ob er denn auch die Mittel habe, identisch zu sein, und was es alles so gibt. Aber davon weiß das Greenhorn vorläufig noch nichts. Vorläufig wird er da noch durch die Luft getragen, er sitzt da und sieht ab und zu ängstlich auf seine kleine Papiertüte. Und schaut herunter.

Er sieht mein Häuschen wie eine Streichholzschachtel ... Hören Sie, da brummt einer! Der Wind steht grade aufs Haus, vom Meer her – und es hört sich recht bösartig an, das Gebrumm. Wie wenn ein himmlischer Zahn plombiert werden soll. Daß so ein schweres Ding fliegen kann! Nein, Notlandung war noch nicht, obgleich wir hier solche Notlandeplätze haben. Aber es war noch keine. Und neulich kam etwas angesegelt, mit großen Schrauben, es sah unheimlich aus, wie ein fliegender Raddampfer oder so etwas. Es ist jedenfalls so viel Verkehr hier über dem Haus, daß man die Kinder nicht allein ausfliegen lassen ... das dürfte wohl vorgegriffen sein. Aber lange kann es nicht mehr dauern, dann wären wir so weit.

DEUTSCHES CHAOS

10. August

Das für heute früh 8.30 Uhr angesetzte Chaos ist durch eine Notverordnung der Regierung auf morgen verschoben worden.

11. August

Heute 8.30 Uhr ist das Chaos ausgebrochen (Siehe auch Letzte Nachrichten). Das Chaos wurde durch eine Rede des Reichskanzlers sowie durch einen kurzen, kernigen Spruch des Reichspräsidenten Hindenburg eröffnet. Der preußische Ministerpräsident Braun führte in seiner Chaos-Rede aus, daß Deutschland auch fürderhin.

Das bayerische Chaos brach erst um 9.10 Uhr aus.

Die Reichsbank nahm eine abwartende Stellung ein.

12. August

Heute hat das Reichs-Chaos-Amt seine Arbeit angetreten. Jedes Chaos (sprich: Chaos) bedarf demnach einer besonderen Chaos-Ausbruchs-Genehmigung durch das Reichs-Chaos-Amt, einer Nachprüfung durch das Reichs-Chaos-Nachschau-Amt sowie durch die einzelnen Chaos-Landesämter. Die Reichsbank nimmt vorläufig eine abwartende Haltung ein.

13. August

Das Chaos ist nunmehr überall definitiv ausgebrochen.

Ein reizender Vorfall wird aus Eßlingen (Württemberg) bekannt. Der dortige Bürgermeister hatte verabsäumt, die Verfügungen des Reichs-Chaos-Amts zur Durchführung zu bringen, und so wußten die guten Eßlinger noch bis gestern abend überhaupt nichts von dem Chaos und gingen ihrer Tätigkeit (Nichtauszahlung von Gehältern sowie Vertröstung der Gläubiger untereinander) mit rührendem Eifer auch weiterhin nach. Erst ein Funkspruch der württembergischen Chaos-Regierung machte diesem Zustand ein Ende. Das Backen von Chaos-Spätzle ist bis auf weiteres verboten.

14. August

Die Sozialdemokratische Partei Deutschlands hat heute zu den Vorgängen einen bedeutungsvollen Entschluß gefaßt. Die Partei ermächtigt danach die Fraktion, den Ältestenrat des sogenannten ‹Reichstages› zu ersuchen, bei der Reichsregierung dahin vorstellig zu werden, daß die Regierung mit allen zur Verfügung stehenden Mitteln dahin wirken möge, den § 14 des Chaos-Gesetzes abzumildern. Die Partei würde sich sonst andrerseits genötigt sehn, in die Opposition zu gehn.

Der Entschluß ist deshalb so bedeutungsvoll, weil wir aus ihm zum ersten Mal erfahren, daß es in Deutschland eine Sozialdemokratische Partei gibt, und daß diese Partei jemals in der Opposition gestanden hat.

Die Reichsbank wird sich vermutlich abwartend verhalten.

15. August

(Leitartikel). ... fest, aber entschieden gemäßigt. Was wir nun zum Nutzen der gesamten Weltwirtschaft, deren Augen gespannt auf Deutschland gerichtet sind, brauchen, ist Ruhe und Ausdauer. Es muß durch das Chaos durchgehalten werden! Reichskanzler Brüning wird auch im Chaos die Geschäfte weiterführen; in den Etat-Positionen, insbesondere denen der Reichswehr, treten zunächst keine Änderungen ein. Daß der Kanzler sich persönlich von der ordnungsgemäßen Durchführung des Chaos überzeugt, begrüßen auch wir, insbesondre, daß er gestern in einigen berliner Kaufläden erschien, um sich zu informieren. In der Lebensmittelhandlung von Grote setzte sich der Kanzler dabei versehentlich auf eine Waage. Die Deutsche Staatspartei wird auch weiterhin das Zünglein an der Waage bilden. Daß sich die Reichsbank dabei abwartend verhält, bedarf keiner Erwähnung.

16. August

Es wird vielfach angenommen, daß im Chaos die Vorschrift, wonach Frischeier einer Genehmigung der Reichs-Eier-Absatz-Zentrale zum Tragen einer Banderole sowie zur Benutzung des Adlerstempels durch den Reichs-Milch-Ausschuß im Benehmen mit der Zentrale zur Aufzucht junger Hähne bedürfen, aufgehoben ist. Das ist irrig. Die Vorschrift bleibt selbstverständlich auch weiterhin in Kraft. Sehr aktuell wird sie allerdings nicht sein. Es gibt keine Eier.

17. August

In den städtischen Fürsorgeanstalten wird ein besonderer Chaos-Prügeltag eingelegt. Warum? Weyl.

18. August

Nach der neusten Chaos-Verordnung ist es verboten, Devisen-Kurszettel zu veröffentlichen. Es dürfen lediglich die ausländischen Börsennamen mit den dazu gehörigen Barometer-Zahlen angegeben werden.

19. August

(Zuschrift eines Lesers). ... «denn doch zu weit mit dem Chaos! Meine Frau und meine Schwägerin gingen gestern abend über den Wittenbergplatz, und war es ihnen nicht möglich, in die dortige Bedürfnisanstalt für Damen Einlaß zu bekommen, da die Aufsichtsfrau offenbar einmal fortgegangen war, um in einer nahen Restauration ein Glas Bier einzunehmen. Als Kriegsteilnehmer und Familienvater frage ich namens aller Gleichgesinnten: Ist das noch ein Chaos?»

20. August

Zu der Verfügung über die Vertilgung von Ungeziefer in Wohnungen unter sechs Zimmern ist noch nachzutragen, daß Schrotschüsse auf Wanzen nur von 1/2 11 Uhr morgens bis 3/4 1 mittags statthaft sind. Es empfiehlt sich, in den andern Tagesstunden die Wanzen mit einem Tischmesser zu zerspalten.

Auch die Spaltung des rechten Flügels der linken Opposition der

Stennes-Gruppe ist nunmehr Tatsache. Hitler hat Südtirol sowie sich definitiv aufgegeben. Die Reichsbank verhält sich abwartend.

Die Großbanken haben beschlossen, anstatt der am 1. September fälligen Gehaltszahlung von jedem Angestellten einen Monatsbeitrag von 35 RM einzufordern. Die Einzahlung dieses Arbeits-Erlaubnis-Geldes auf städtische Sparkassen ist erlaubt.

Die berliner Studentenschaft hat gestern anläßlich des zehnten Chaos-Tages gegen den Westfälischen Frieden sowie gegen alle noch kommenden Friedensschlüsse protestiert. Vier Polizeibeamte sowie die akademische Würde wurden leicht verletzt. Der Schnellrichter wurde Hitler vorgeführt.

21. August

Leichtes Chaos, bei starken südwestlichen Winden.

Der Bildungsausschuß der SPD hat nunmehr gegen die parteischädigenden Auswüchse der Asphalt-Literaten protestiert. Die Partei als solche ist allerdings aufgelöst.

Gerhart Shaw und Bernhard Hauptmann haben beschlossen, zur Verminderung der Reklamespesen ihre nächsten Geburtstage als 150. Geburtstag zusammen zu feiern.

23. August

Der Titel des Konfusionsrats Dr. Schacht ist in den eines Ober-Chaos-Rats abgeändert worden.

24. August

Gestern wurde in den Straßen Schönebergs eine Reichsmark gesehn. Es handelt sich vermutlich um eine Irreführung des Publikums, und wir machen nochmals darauf aufmerksam, daß es gegen die staatspolitischen Interessen ist, wenn sich in Deutschland noch irgendwelches befindet. Wenn auch das Ausland nicht hinsieht: wir werden es ihm schon zeigen! Die Reichsbank verhält sich abwartend.

25. August

Wie wir hören, hat sich die Bridgepartie von Jakob Goldschmidt aufgelöst. Er kann das ewige Abheben nicht mehr vertragen.

26. August

Die Ziffer 5 des § 67 der Wiederaufnahme-Verfügung der Aufhebung der Rückgängigmachung des Verbotes von Rücküberweisungen alter Postscheckzahlungen nach Haiti wird in Gemäßheit des § 10, II, 17 des Allg. Landrechts aufgehoben bzw. wieder in Kraft gesetzt. Unsre Voraussage ist demnach eingetroffen: das Chaos unterscheidet sich in nichts von dem vorherigen Zustand –!

DER BEWACHTE KRIEGSSCHAUPLATZ

Im nächsten letzten Krieg wird das ja anders sein ... Aber der vorige Kriegsschauplatz war polizeilich abgesperrt, das vergißt man so häufig. Nämlich:

Hinter dem Gewirr der Ackergräben, in denen die Arbeiter und Angestellten sich abschossen, während ihre Chefs daran gut verdienten, stand und ritt ununterbrochen, auf allen Kriegsschauplätzen, eine Kette von Feldgendarmen. Sehr beliebt sind die Herren nicht gewesen; vorn waren sie nicht zu sehen, und hinten taten sie sich dicke. Der Soldat mochte sie nicht; sie erinnerten ihn an jenen bürgerlichen Drill, den er in falscher Hoffnung gegen den militärischen eingetauscht hatte.

Die Feldgendarmen sperrten den Kriegsschauplatz nicht nur von hinten nach vorn ab, das wäre ja noch verständlich gewesen; sie paßten keineswegs nur auf, daß niemand von den Zivilisten in einen Tod lief, der nicht für sie bestimmt war. Der Kriegsschauplatz war auch von vorn nach hinten abgesperrt.

«Von welchem Truppenteil sind Sie?» fragte der Gendarm, wenn er auf einen einzelnen Soldaten stieß, der versprengt war. «Sie», sagte er. Sonst war der Soldat ‹du› und in der Menge ‹ihr› — hier aber verwandelte er sich plötzlich in ein steuerzahlendes Subjekt, das der bürgerlichen Obrigkeit untertan war. Der Feldgendarm wachte darüber, daß vorn richtig gestorben wurde.

Für viele war das gar nicht nötig. Die Hammel trappelten mit der Herde mit, meist wußten sie gar keine Wege und Möglichkeiten, um nach hinten zu kommen, und was hätten sie da auch tun sollen! Sie wären ja doch geklappt worden, und dann: Untersuchungshaft, Kriegsgericht, Zuchthaus, oder, das schlimmste von allem: Strafkompanie. In diesen deutschen Strafkompanien sind Grausamkeiten vorgekommen, deren Schilderung, spielten sie in der französischen Fremdenlegion, gut und gern einen ganzen Verlag ernähren könnte. Manche Nationen jagten ihre Zwangsabonnenten auch mit den Maschinengewehren in die Maschinengewehre.

So kämpften sie.

Da gab es vier Jahre lang ganze Quadratmeilen Landes, auf denen war der Mord obligatorisch, während er eine halbe Stunde davon entfernt ebenso streng verboten war. Sagte ich: Mord? Natürlich Mord. Soldaten sind Mörder.

Es ist ungemein bezeichnend, daß sich neulich ein sicherlich anständig empfindender protestantischer Geistlicher gegen den Vorwurf gewehrt hat, die Soldaten Mörder genannt zu haben, denn in seinen Kreisen gilt das als Vorwurf. Und die Hetze gegen den Professor Gumbel fußt darauf, daß er einmal die Abdeckerei des Krieges «das Feld der Unehre» genannt hat. Ich weiß nicht, ob die randalierenden

Studenten in Heidelberg lesen können. Wenn ja: vielleicht bemühen sie sich einmal in eine ihrer Bibliotheken und schlagen dort jene Exhortatio Benedikts XV. nach, der den Krieg «ein entehrendes Gemetzel» genannt hat und das mitten im Kriege! Die Exhortatio ist in dieser Nummer nachzulesen.

Die Gendarmen aller Länder hätten und haben Deserteure niedergeschossen. Sie mordeten also, weil einer sich weigerte, weiterhin zu morden. Und sperrten den Kriegsschauplatz ab, denn Ordnung muß sein, Ruhe, Ordnung und die Zivilisation der christlichen Staaten.

DER PAPAGEI-PAPAGEI

Dieses unwahrscheinliche Tier gibt es wirklich, ich habe es selbst mit eigenen Ohren gesehn, und es ist die merkwürdigste Spielart Vogel, die man sich vorstellen kann. Er wohnt zwischen Ischl und Salzburg und heißt natürlich Lora.

Er verdient sich sein Brot als schlichter Papagei, bei wohlsituierten Leuten.

Zunächst frißt dieses Unding mit einem Löffel. Die Köchin, die ihn vergöttert, gibt ihm morgens eine Tasse an den Käfig; er sitzt auf dem Käfig und schielt hinunter. Dann kommt er. Dann gibt sie ihm einen Löffel, mit dem panscht er in dem Kaffee umher, und er frißt seine Brocken und seinen Kaffee aus dem Löffel, mit dem er sehr vorsichtig hantiert. Ab und zu schielt er über seinen Schnabel hinweg, ob ihm vielleicht jemand den Löffel wegnehmen will. Das will aber keiner, denn Papagei Lora beißt. Und zwar jeden und alles, nur nicht in die Mamsell, aber vielleicht doch, und sie ist es wohl schon gewöhnt, und da macht es weiter nichts. Sprechen . . .? Ja, er spricht.

Ich muß erst erzählen, wer Gussy ist.

Gussy ist eine Frau, die ihrerseits alles und alle so nachmachen kann, daß man den Beteiligten nur wünschen kann, sie hörten es nicht — so schrecklich genau ist es und so ironisch und überhaupt. Und sie kann nicht nur die Schauspieler nachmachen und die Leute aus dem nächsten Obstgeschäft —, sie kann auch Grammophone nachmachen und natürlich auch Papageien. Gut und schön.

Jetzt hat sie aber der Lora alles mögliche vorgesprochen, das gesamte Papageien-Repertoire, aber nun kommt das Unheimliche —:

Sie hat es ihr nicht in Menschensprache vorgesprochen, sondern in der Papageien-Sprache. Die beherrscht sie zur Vollendung: sie spricht fließend papageiisch, mit einem leichten Anklang ins Frankfurterische.

Was braucht so ein Vogel, damit er durchkommt? — Er muß «Lora» rufen können, damit man weiß, wer er ist: er muß «Mamsehell» rufen, damit ihm die Köchin Kaffee bringt; er muß ein bißchen bellen können, grade so viel, wie man zu oberflächlichem Verkehr mit Hunden braucht; er muß nach Stefan brüllen und Ja-ja und Nein-nein, und dergleichen. Und das hat nun die Gussy diesem Vogel auf papageiisch beigebracht, und jetzt ist der Vogel irrsinnig, aber er weiß es nicht. Er spricht wie ein Papagei, der wie ein Papagei spricht.

Kommst du an das Haus, dann sitzt das Luder da oben auf dem Fenstersims und sagt, in einer gradezu niederträchtig parodistischen Tonart: «Mamsähäll!» – aber das nun so breit, so auseinandergezogen, so kreischend, daß man versucht ist, hinaufzurufen: «Herr, Sie übertreiben!» Aber man kann ja wohl nicht zu Lora Herr sagen. Und er sitzt da und brüllt und gluckst und pfeift, und manchmal sagt er auch, in der schlimmsten Schmieren-Tonart der Welt: «Achgottachgottachgottachgott ...!» und dann fängt er an zu weinen, und wenn sein Gefieder so falsch wäre wie dieses Geheul, dann färbte er ab.

Ich habe ihm gesagt: «Mensch. Sei doch vernünftig. So spricht ja kein Papagei –, das ist ja alles dummes Zeug!» –, aber er hört nicht. Er meint, so spricht der Papagei. Und so lebt denn dieser seltsame Zaubervogel dahin, indem er ständig seine eigene Rasse nachmacht, kopiert, parodiert, sich selber überbietet, ein außer Rand und Band geratener Überpapagei. Sein Besitzer Emil gibt ihn für alles Geld der Welt nicht her. Er hat ihn für diesen Sommer neu streichen lassen, und jetzt fehlt nur noch, daß sich ein Varieté-Komiker an dem Vogel belernt, wie der Papagei spricht.

Gussy behauptet, er verstände, was er sagt, und jeder feinere Papageienfreund wird mir bestätigen, daß sie recht hat. Wenn aber dieser versteht, was er manchmal sagt, das Ferkel, dann wäre er rot und nicht grün. Es ist ein herziger Vogel; die Unermüdlichkeit, mit der er seine Sachen aufsagt, berechtigen ihn zu den schönsten Hoffnungen, und wir werden ihm sicher eines Tages noch in der Politik begegnen.

DIE AUGEN DER WELT

Da ist nun Deutschland, ein Land, das sich für alles interessiert, was in der Welt vorgeht, und ist doch eine Provinz geblieben, trotz allem: Provinz Deutschland. Woran liegt das –?

Erst haben sie mit dem Säbel gerasselt, und wenn die andern unwillig dazu gemurmelt haben, dann haben sie das für Furcht gehalten und diese vermeintliche Furcht für Achtung vor dem deutschen Wesen. Und dann, als die Friedensbedingungen an den Schaufenstern klebten, haben sie Luft durch die Nase gestoßen, recht verächtlich, und haben nicht begriffen, was das heißt: einen Krieg verlieren, an dem sie immerhin ein gut Teil Schuld hatten. Und seitdem rasseln sie und wimmern sie, immer in schöner Abwechslung, und wenn sie draußen genug gewimmert haben, dann kommen sie nach Hause und sagen: «So schlimm ist das alles gar nicht. Erstens haben wir gar nicht gewimmert. Zweitens haben wir nur im Interesse des Vaterlandes gewimmert. Und drittens hatten die andern doch mächtige Angst vor uns.»

Weit entfernt, in dem Gedeihen eines intakten Staatsbürokraten-Apparates das Heil des Landes zu sehn, wollen wir untersuchen, wie es in der Seele des Durchschnitts-Deutschen aussieht, wenn er an das Ausland denkt. Seine Begriffe sind wüst. Ein kleiner Teil von Gebildeten ist wirklich über das unterrichtet, was draußen vor sich geht – die Rechte und die Linke, soweit es das noch gibt, haben einige sehr gute Außenpolitiker, auf die aber, wenns zum Klappen kommt, niemand hört. Das Gros hat von Tuten und Blasen keine Ahnung.

In Deutschland dominiert, was die Außenpolitik angeht, der innenpolitische Stammtisch. Zu dessen ehernen Grundsätzen gehört die Phrase: «Die Augen der Welt sind auf uns gerichtet». Dieser Satz ist einfach eine Lüge.

Deutschland spielt in der Welt nicht die Rolle, die es zu spielen glaubt.

Es hat für den lateinischen Kulturkreis eine kleine Bedeutung, wie mir scheint: eine zu kleine. Es hat für den angelsächsischen Kulturkreis eine kleine Bedeutung. Es hat für seine unmittelbaren Nachbarn eine Bedeutung, die meistens im Warenaustausch liegt und nicht so sehr auf dem Gebiet der Kulturpolitik. Deutschland weiß nicht, wie klein sein kulturpolitisches Hinterland ist.

Hat etwas in Paris Erfolg, auf welchem Gebiet auch immer: so hat es damit in allen französischen Kolonien Erfolg, die ja immerhin recht beträchtlich sind; es hat weiterhin Erfolg in der Levante und in Südamerika, wo die Franzosen das erstaunliche Kunststück fertig bekommen haben, wenig Waren und einen großen Teil ihrer Kultur zu exportieren, und das mit guter Wirkung. Hat etwas in England Erfolg, so weiß man, was geschieht: die halbe Welt ist, was ihre Lebensart angeht, angelsächsisch. Und man fragt sich, ob sich diese deutschen Radaupatrioten denn keinen Atlas kaufen können, auf dem ja immerhin zu sehen ist, wie diese Kugel heute nun einmal aussieht. Folgerungen –?

Der bestehende Zustand ändert am Wert dessen, was der Deutsche hervorbringt, zunächst gar nichts. Ich lebe jetzt seit rund sieben Jahren im Ausland, und nichts ist mir so fatal, wie jener Typus Deutscher, der sich an eine fremde Nation wegwirft. Er darf sie lieben – er soll sich nicht wegwerfen. Es gibt da eine Nummer von Deutschen, die haben gewissermaßen Notre-Dame gebaut, und wenn sie durch die londoner City gehn, dann möchten sie sich am liebsten auf dem Damm wälzen; sie protzen, und zwar mit der Macht der andern, gegen ihr Land. Das ist dummes Zeug und verrät nur die eigne Unsicherheit.

Der Wert Deutschlands hat mit seiner Weltgeltung gar nichts zu tun. Man muß diese Weltgeltung nur genau kennen, sonst verrechnet man sich zum Schaden Deutschlands, so wie sich die Kaiserlichen 1914 verrechnet haben, wo sie den Islam und Indien und weiß Gott was noch alles in ihre verfaulte Rechnung eingesetzt haben, weil sie nicht Bescheid gewußt haben, wieviel sie in Wahrheit draußen wert gewesen sind. Viel weniger als sie geglaubt haben – etwa den zehnten Teil. Das hat sich bis heute nicht geändert.

Es gibt viele Arten, einen Staat zu machen. Mit der deutschen Not ist kein Staat zu machen. Es ist eine glatte und simple Lüge, zu behaupten, die Augen der Welt seien auf Deutschland gerichtet, die Welt beschäftige sich intensiv mit der deutschen Krise ... es ist nicht wahr. Daß die beteiligten Finanzleute alles Interesse haben, ihre in Deutschland angelegten Kapitalien zu retten, ist richtig; die breiten Massen der lateinischen Länder und der angelsächsischen Welt befassen sich wenig mit uns: wir spielen in ihrem Gefühlsleben eine ganz untergeordnete Rolle. Etwa die, die bei uns Bulgarien spielt oder Jugoslawien. Die Völkischen mögen ihr Geheul stoppen: damit ist nicht gesagt, daß Deutschland diesen beiden Ländern gleichzusetzen sei. Im Gegenteil, ich füge etwas hinzu, was keiner von den völkischen Beobachtern nachdrucken wird, die meine Artikel zu fälschen pflegen. Ich füge nämlich hinzu, daß der wahre Wert Deutschlands nicht richtig eingeschätzt wird: von manchen gebildeten Ausländern zu hoch, von den Massen zu tief.

Das ist Deutschlands eigne Schuld. Was wir an Kulturwerten exportieren, wie wir es exportieren: wenn man das sieht, möchte man sich in Grund und Boden schämen. Und das nimmt den nicht wunder, der etwa die Tendenzen des Vereins für das Deutschtum im Ausland kennt. Diese Tendenzen sind unentwegt wilhelminisch; die da haben nichts hinzugelernt und alles vergessen. Das einzige, was sie inzwischen gelernt haben, ist, wie man die Kinder in den Schulen zwingen kann, diesen Trubel mitzumachen.

Die braven Mittelparteien, die heute vom patriotischen Raptus befallen sind wie nur eh und je zu Beginn des Krieges, mit derselben Terminologie, mit denselben plumpen Propagandakünsten: sie irren, wenn sie glauben, die Welt horche auf Deutschland. Sie horcht gar nicht. Das Leben geht draußen seinen Gang, und nichts ist wahnwitziger und verfehlter als diese törichte Theorie vom ‹Abgrund› und von der Welt-Katastrophe. «Noch geht es England gut ...» In diesem ‹noch› ist der menschenfreundliche Wunsch enthalten: «Uns geht es schlecht. Dann soll es denen aber auch schlecht gehen. Auch sie sollen in den Abgrund, in die Katastrophe!» Diese Katastrophe spielen die Deutschen aus wie einen Trumpf beim Kartenspiel. «Wenn wir schon untergehen sollen», las ich neulich bei einem dieser wild gewordenen

Patrioten, «dann sollen sie wenigstens alle mit.» Sie denken gar nicht daran.

Man kann schon an der Verschiedenheit der Vokabeln erkennen, wie weit das Ausland von uns entfernt ist. Es gibt eine internationale Krise des Kapitalismus, aber die andern werden auf ihre Weise damit fertig, nicht auf die unsre. Da fahren nun so viel gute und brauchbare deutsche Reiseschriftsteller in der Welt herum, die allerhand Nützliches von draußen nach Hause bringen – ja, lernt denn die Masse der Deutschen nicht endlich erkennen, daß beispielsweise Asien immer asiatisch reagiert und eben nicht europäisch und am allerwenigsten deutsch? «Rußland muß badisch werden!» stand zu Kriegsbeginn auf den Viehwägen, in denen man das Menschenmaterial transportierte. Aber ich fürchte: eher wird Baden russisch.

Sie haben draußen ihre eignen Sorgen, und sie brauchen die unsern nicht. Und Deutschland ist ihnen viel gleichgültiger als jene im Geist Provinziellen ahnen.

Genau so, wie die rasenden alten Weiber, die sich Windjacke und Stahlhelm kaufen, damit sie sich als Männer fühlen, die Rückwirkung der deutschen Krise auf die Welt überschätzen –: genau so tun es leider die Kommunisten. Es war einer der größten und unbegreiflichsten Irrtümer Lenins, zu glauben, die Revolution springe fast mechanisch auf die Welt über, wenn sie nur in Rußland gesiegt habe. Falsch: die Welt ist dazu nicht reif. Es ist nichts mit jener von vielen Deutschen so laut oder heimlich herbeigesehnten Apokalypse – es ist der Wunsch des Schülers, die Schule solle verbrennen, weil das Zeugnis nichts taugt. Die Schule aber verbrennt nicht.

Die andern denken nicht daran unterzugehen, nur deshalb, weil bei uns in schändlicher Weise Bankwucher betrieben wird. Sie denken nicht daran, in das ‹Chaos› zu stürzen, und zwar deshalb nicht, weil bei ihnen, den Lateinern, den Angelsachsen, den Amerikanern, ganze Schichten des Bürgertums noch viel gesünder und kräftiger sind als das von den Theoretikern des Umsturzes gewöhnlich in Rechnung gestellt wird. Diese Rechnung ist falsch. Was da in Frankreich knistert, was da in England bröckelt – ihr könnt hundert Beispiele zitieren, Äußerungen aus deren eignen Munde. Und ihr zitiert sie alle falsch, weil einer englischen Bürgersfrau die Wandlung der Sitten für die Nachmittagsbesuche bereits wie Bolschewismus erscheint. Man muß mit französischem Maßstab messen, wenn man Marseille verstehen will, und mit englischem, wenn man begreifen will, was sich in England wandelt. Mit Wünschen ist nichts getan. Ein anständiger Arzt hat erst einmal vor der Therapie eine richtige Diagnose zu stellen, und wenn wir ehrlich sind, müssen wir klar sehn. Wir können die Tatsachen beklagen, aber wir müssen sie sehn, wie sie sind. Was da durch die Welt schleicht, ist eine geistige Krise erster Observanz, die also die wirtschaftliche nach sich zieht – doch geht hier nichts unter. Es wandelt sich nur etwas, und zwar grundlegend. Womit Deutschland zunächst gar nicht geholfen ist.

Das ist unbequem, das ist hart, das ist langweilig. Also wollen sie das nicht sehn. Sie wollen: das volle Theater, mit einem atemlos gespannten Publikum, das ihren sentimentalen Arien und ihrem Panzerkreuzer-Gerassel lauscht. Das Land irrt. Das Theater ist halbleer, und das Stück interessiert nicht.

Also sollte man wohl diesem Notstand anders begegnen, als mit jenen abgebrauchten Gesten zu einer Galerie hin, die gar nicht vorhanden ist. Welche Würdelosigkeit ist darin: im Gerassel und im Gegrein welche Würdelosigkeit! Wie sie nach jedem Zeitungsaufsatz fiebern, der von ihnen Notiz nimmt. Welche Überschriften! «Paris optimistisch!» «London gespannt!» Aber es stimmt ja alles gar nicht; das da ist Angelegenheit eines kleinen Klubs politischer Fachleute, und damit basta. Euer Einfluß auf die fremden Kulturkreise ist vorhanden, aber er ist kleiner und ganz anders beschaffen als ihr meint.

Exportiert eine Geistigkeit, die die Welt angeht, eine, die in Deutschland gewachsen und die echt ist! Exportiert Qualitätswaren, die es wirklich sind, nicht solche, die durch Dumping und niedrige deutsche Löhne in fremde Absatzmärkte hineingepumpt werden und die man den Fremden vergeblich als Qualität einzureden sucht! Exportiert Gutes, und ihr werdet Gutes ernten. Was heute exportiert wird, ist Größenwahn, der aus einem Insuffizienzgefühl herrührt, und damit erobert man keine Welt.

AUTARKIE

Im Juni hat noch keiner gewußt,
was Autarkie bedeutet;
heut hebt sich jede deutsche Brust,
wenn das Schlagwort herunterläutet:
Autarkie!
Wir schließen einfach die Grenzen zu.
Dann hat die liebe Seele Ruh.
Appelsinen, jroße un kleene,
die machen wir uns alleene.

Kohlrüben wachsen bei uns zu Hauf.
Für uns ist nichts zu schade.
Wir rauchen still unser Sofa auf,
mit Maikäfer-Marmelade.
Autarkie! Autarkie!

Wir schuften für Zins und für Zinseszins,
und wir bleiben eine kleine Provinz.
Paris is ja so jemeene!
Wir machen uns allens alleene.

Dann halten wir fest das Proletenpack:
beherrscht von Bürokraten,
von Banken und Knüppel aus dem Sack,
von Polizei und Soldaten.
Kräht der Adler auf dem Mist:
　　Autarkie!
ändert sichs Wetter, oder es bleibt wie es ist –
　　Autarkie!
Für Pleite, Not und Kirchhofsruh –
brauchen wir etwa das Ausland dazu?
　Diese Wirtschaftskapitäne,
　die machen det janz alleene.

DIE HERREN WIRTSCHAFTSFÜHRER

Stets hat die Menschheit ihre Helden gehabt: Priester oder Ritter, Gelehrte oder Staatsmänner. Bis zum 14. Juli 1931 waren es für Deutschland die Wirtschaftsführer, also Kaufleute.

Die Kaufleute sind Exponenten des Erwerbsinnes; sie haben immer ihre Rolle gespielt, doch wohl noch nie so eine große wie heute. Weil das, was sie in Händen halten, das wichtigste geworden ist, werden sie in einer Weise überschätzt, die lächerlich wäre, wenn sie nicht so tragische Folgen hätte. Die deutsche Welt erschauert, sie braucht Götzen, und was für welche hat sie sich da ausgesucht –!

Man sollte meinen, daß der gesunde Menschenverstand wenigstens eines sehen könnte: den Mißerfolg. Aber damit ist es nichts. Niemand von denen, die diese Wirtschaftsführer bewundern, behielte auch nur einen Tag lang einen Chauffeur, der ihm die Karre mit Frau und Kind umgeworfen hätte, auch dann nicht, wenn dem Chauffeur die Schuld nicht nachzuweisen wäre. Er kündigt, denn solchen Chauffeur will er nicht. Aber solche Wirtschaftsführer, die will er.

Der unbeirrbare Stumpfsinn, mit dem diese Kapitalisten ihre törichte Geldpolitik fortsetzen, immer weiter, immer weiter, bis zur Ausblutung ihrer Werke und ihrer Kunden, ist bewundernswert. Alles, was sie seit etwa zwanzig Jahren treiben, ist von zwei fixen und absurden Ideen beherrscht: Druck auf die Arbeiter und Export.

Für diese Sorte sind Arbeiter und Angestellte, die sie heute mit einem euphemistischen und kostenlosen Schmeichelwort gern ‹Mitarbeiter› zu titulieren pflegen, die natürlichen Feinde. Auf sie mit Gebrüll! Drücken, drücken: die Löhne, die Sozialversicherung, das Selbstbewußtsein – drücken, drücken! Und dabei merken diese Dummköpfe nicht, was sie da zerstören. Sie zerstören sich den gesamten innern Absatzmarkt.

Sie scheinen ihn nicht zu wollen – dafür haben sie dann den Export. Was dieses Wort in den Köpfen der Kaufleute angerichtet hat, ist gar nicht zu sagen. Ihre fixe Idee hindert sie nicht, ihre Waren auch im Inland weiterhin anzupreisen; ihre Inserate wirken wie Hohn. Wer soll sich denn das noch kaufen, was sie da herstellen? Ihre Angestellten, denen sie zum Leben zu wenig und zum Sterben zu viel geben, wenn sie sie nicht überhaupt auf die Straße setzen? Die kommen als Abnehmer kaum noch in Frage. Aber jene protzen noch: daß sie deutsche Werke seien, und daß sie deutsche Kaufleute und deutsche Ingenieure beschäftigten – und wozu das? «Um den Weltmarkt zu erobern!»

So schlau wie die deutschen Kaufleute sind ihre Kollegen jenseits der Grenzen noch alle Tage. Es setzt also überall jener blödsinnige Kampf ein, der darin besteht, einen Gegner niederzuknüppeln, der bei vernünftigem Wirtschaftssystem ein Bundesgenosse sein könnte. Die Engländer preisen rein englische Waren an, die Amerikaner rein amerikanische, und das Wirtschaftsinteresse tritt als Patriotismus verkleidet auf. Eine schäbige Verkleidung, ein jämmerlicher Maskenball.

Schuld –? Vielleicht gehört eine große geistige Überlegenheit dazu, aus diesem traurigen Trott des Geschäftes herauszukommen und auch einmal ein bißchen weiterzublicken als grade bis zum nächsten Ultimo. Aber das können sie nicht. Sie machen weiter, wie sie es bisher getrieben haben. Also so:

Niederknüpplung des Inlandskunden; Spekulation auf einen Export, der heute nicht mehr so durchzuführen ist wie sich die Herren das träumen; Überlastung der gesamten Industrie durch ein gradezu formidables Schreibwerk, das hinter dem Leerlauf der Staatsbürokratie um nichts zurücksteht. Was da an Pressechefs, Syndicis, Abteilungsleitern, Bürofritzen herumsitzt und Papierbogen vollschreibt, ohne auch nur das leiseste zu produzieren, das belastet uns alle. Aufgeblasen der Verwaltungsapparat – man sehe sich etwa das Verwaltungsgebäude der IG-Farben in Frankfurt am Main an: das Ding sieht aus wie eine Zwingburg des Kapitalismus, weit ins Land dräuend. Früher haben die Ritter die Pfeffersäcke ausgeplündert; heute hat sich das gewandelt.

Wie immer in ungesunden Zeiten ist der Kredit in einer gradezu sinnlosen Weise überspannt. Das Wort ‹Wucher› ist ganz unmodern geworden, weil der Begriff niemand mehr schreckt, er erscheint normal.

Nun haben aber Kartelle und kurzfristige Bankkredite die Unternehmungslust und die sogenannte ‹freie Wirtschaft› völlig getötet — es gibt sie gar nicht mehr. Fast jeder Unternehmer und besonders der kleinere ist nichts als der Verwalter von Bankschulden; gehts gut, dann trägt er den ungeheuern Zins ab, und gehts schief, dann legen die Banken ihre schwere Hand auf ihn, und es ist wie in Monte Carlo: die Bank verliert nicht. Und wenn sie wirklich einmal verliert, springt der Steuerzahler ein: also in der Hauptsache wieder Arbeiter und Angestellte.

‹Das Werk›, dieser Götze, hat sich selbständig gemacht, und stöhnend verrichten die Sklaven ihr Werk, nicht mehr Sklaven eines Herrn, sondern Sklaven ihrer selbst. Auch der Unternehmer ist längst zu einem Angestellten geworden, nur kalkuliert er für sich ein derartiges Gehalt heraus, daß er wenig riskiert. Die fortgeschrittenen Kommunisten tun recht daran, den Unternehmer nicht mehr damit zu bekämpfen, daß sie ihm Sekt und Austern vorwerfen, dergleichen verliert von einer gewissen Vermögensgrenze ab seine Bedeutung. Aber daß diese Kerle die Verteilung von Ware und Verdienst ungesund aufbauen, daß sie ihre Bilanzen vernebeln und den Angehörigen der wirtschaftlich herrschenden Klassen so viel Geld zuschieben, daß den andern nicht mehr viel bleibt: das und nur das ist Landesverrat.

Ohnmächtig sieht der Staat dem zu. Was kann er machen? Nun, er kann zum Beispiel eine Verordnung erlassen, wonach das zu verkaufende Brot sein Gewicht auf der Kruste eingeprägt erhalten muß, und das ist ein großer Fortschritt. Seine Gesetze berühren die Wirtschaft gar nicht, weil sie ihm ebenbürtig an Macht, weil sie ihm überlegen ist. Sie pariert jeden Schlag mit den gleichen Mitteln: mit denen einer ausgekochten Formaljurisprudenz, mit einer dem Staat überlegenen Bürokratie, mit Geduld. Schiebt ihm aber alle Lasten zu, ohne ihm etwa das Erbrecht zu konzedieren. Er hat zu sorgen. Wovon? Das ist seine Sache.

Also unsre Sache. Für wen wird gelitten? Für wen gehungert? Für wen auf Bänken gepennt, während die Banken verdienen?

Für diese da. Es ist nicht so, daß sie sich mästen, das ist ein Wort für Volksversammlungen. Sie mästen den Götzen, sie sind selber nicht sehr glücklich dabei, sie führen ein Leben voller Angst, es ist ein Kapitalismus des schlechten Gewissens. Sie schwindeln sich vom Heute in das Morgen hinein, über viele Kinderleichen, über ausgemergelte Arbeitslose — aber das Werk, das Werk ist gerettet.

Selbst die ‹*Frankfurter Zeitung*›, die sich in einer gradezu rührenden Weise bemüht, diesen störrischen Eseln des Kapitalismus gut zuzureden, wobei jene wild hinten ausschlagen, gibt zu, daß «nach den Erhebungen, die das Institut für Konjunkturforschung und eine deutsche Großbank unabhängig voneinander durchgeführt haben, noch entbehrliche Läger im Werte von mehreren Milliarden vorhanden sind» – man male sich das angesichts dieser Not aus! Aber die Läger bleiben. Und das Werk ist gerettet.

Wo steht geschrieben, daß es gerettet werden muß? Warum ist die Menschheit nicht stärker als dieser Popanz? Weil sie den Respekt in den Knochen hat. Weil sie gläubig ist. Weil man sie es so gelehrt hat. Und nun glaubt sie.

Noch ist die andre Seite stärker als man glaubt. Zu warnen sind alle jene, die die Arbeiter sinnlos in die Maschinengewehre und in die weitgeöffneten Arme der Richter hineintreiben. Drei Jahre Zuchthaus – zwei Jahre Gefängnis – vier Jahre Zuchthaus ... das prasselt nur so. Noch sind jene stärker. Die Arbeiterparteien sollten ihre Kräfte nicht in einem zunächst aussichtslosen Kleinkrieg verpulvern, solche Opfer haben einen ideologischen Wert, ihr praktischer ist noch recht klein. Drüben ist viel Macht.

Also muß gekämpft werden. Aber so wenig ein geschulter Proletarier individuelle Attentate auf Bankdirektoren gutheißen kann, so wenig sind Verzweiflungsausbrüche kleinerer oder größerer Gruppen allein geeignet, ein System zu stürzen, das jede, aber auch jede Berechtigung verloren hat, Rußland zu kritisieren. Wer so versagt, hat zu schweigen.

Doch schweigen sie nicht. Sie haben die Dreistigkeit, unter diesen Verhältnissen noch ‹Vertrauen› zu fordern, dieselben Männer, die das Unglück verschuldet haben. Und keiner tritt ab, nur die Gruppierung ändert sich ein wenig. Das verdient die schärfste Bekämpfung.

Kampf, ja. Doch unterschätze man den Gegner nicht, sondern man werte ihn als das, was er, immer noch, ist: ein übernotierter Wert, der die Hausse erstrebt und die Baisse in sich fühlt. Sein Niedergang wird kommen. Das kann, wie die gescheiten und weitblickenden unter den Kaufleuten wissen, auch anders vor sich gehen als auf dem Wege einer Revolution. Bleiben die Wirtschaftsführer bei dieser ihrer Wirtschaft, dann ist ihnen die verdiente Revolution sicher.

EUROPÄISCHE KINDERSTUBE

> «rapprochement (raproschmá) m. 1. Zusammenrücken n, Wiederannäherung f; (réunion) Vereinigung f. 2. fig. (réconciliation) Annäherung f, Versöhnung f»
> Sachs-Villatte

Die pariser ‹*Comoedia*› vom 19. Juli enthält auf der ersten Seite folgenden Artikel:

> Das merkwürdige Schamgefühl Thomas Manns wird Paris mit einem skandalösen Buch beschenken.

Nächstens wird bei Bernard Grasset ein neues Werk Thomas Manns *‹Sang réservé›* erscheinen.

Der Inhalt ist allem Anschein nach äußerst anstößig.

So anstößig, daß Thomas Mann unmittelbar nach Erscheinen der deutschen Ausgabe alle bereits ausgedruckten Exemplare aus dem Handel zurückgezogen hat. Das Romanthema ist: Blutschande.

Dieses Werk ist auch nicht in den Gesammelten Werken Thomas Manns, die zur Zeit erscheinen, aufgenommen.

Man nimmt wohl in Deutschland an, daß Frankreich weniger Schamgefühl hat. Herr Thomas Mann, der befürchtet, seine Landsleute vor den Kopf zu stoßen, hat keinerlei Bedenken, dergleichen mit Frankreich zu tun.

Ist das nun seinerseits ein Zeichen von Hochachtung für unsre Fähigkeit, uns von allem das Beste auszuwählen?

Oder muß man in seinem Verhalten nicht im Gegenteil eine für uns sehr unfreundliche Unverfrorenheit sehen? Dies Buch ist für Deutschland nicht gut. Aber für Frankreich, nicht wahr, ist es noch alle Tage gut! Schließlich ist ja für ein so verdorbenes Volk wie das französische nichts zu gewagt ...

Immerhin hat aber dieses verdorbene Volk in seinen Cafés, in seinen Restaurants, in seinen Theatern und auch nicht in der Gesellschaft jenen Geschlechterwechsel organisiert, wie er in Berlin üblich ist.

Dieses verdorbene Volk hat die Lehre Freuds weder erfunden noch hat es sie und ihre zahlreichen Abarten theoretisch oder praktisch angewendet.

Dieses verdorbene Volk hält keine Kongresse über sexuelle Seltsamkeiten ab, wie wir noch im vorigen Jahr so einen Kongreß im Rheinland erlebt haben. Dieses Volk hat keine Koedukation, weder solche, bei der die Kinder angezogen sind, noch solche mit Nacktkultur, wie das in den großen deutschen Städten gang und gäbe ist, und so wundern wir uns über die plötzliche Schamhaftigkeit eines deutschen Autors, in demselben Lande, wo man dauernd Stücke spielt, die sich auch nicht eine Viertelstunde auf einer pariser Bühne halten könnten.

Wir wollen immerhin einem andern Deutschen, dem Fürsten Bülow, Gerechtigkeit widerfahren lassen. Der wendet sich im letzten Bande seiner Memoiren energisch gegen die üble Gewohnheit seiner Landsleute, Paris das moderne Babylon zu nennen.

P. L.

Es erscheint merkwürdig, daß ein großes Blatt wie *‹Comoedia›* offenbar nicht die Mittel besitzt, sich Redakteure zu halten, die lesen und schreiben können und die über Europa soviel Bescheid wissen, wie nötig ist, um sich eine Meinung über fremde Länder zu bilden.

Wo in aller Welt hat die Redaktion diesen Analphabeten aufgegabelt? Das muß nicht leicht gewesen sein – Frankreich hat so gute Schulen.

Was zunächst die Meinung angeht, Frankreich sei kein unmoralisches Land, so ist das der einzige Lichtblick in diesem traurigen Artikel. Ich habe mich seit Jahren bemüht, diese wirklich kindische Vorstellung aus den deutschen Köpfen herauszutrommeln; da aber die heimischen Schriftgelehrten immer viel besser über das Ausland orientiert zu sein glauben als die Leute, die dort leben, so ist das keine einfache Aufgabe. Der Rest des Artikels aber ...

Da bemühen sich nun auf beiden Seiten wohlmeinende und gebildete Männer, ihre Völker über einander zu informieren. Die Deutschen sind über die Franzosen meist falsch, die Franzosen über die Deutschen meist gar nicht unterrichtet. Da erscheinen nun Übersetzungen: da geben sich französische Wochen- und Monatsschriften solche Mühe – und dann kommt einer und trampelt im Porzellanladen herum, daß es nur so kracht.

Zunächst ist das Buch *‹Wälsungenblut›*, um das es sich hier handelt, nicht unsittlich. Thomas Mann hat das Werk meines Wissens nicht etwa aus sittlichen Bedenken aus dem Handel zurückgezogen, sondern aus Gründen, die nur ihn allein angehn. Diesem Schriftsteller vorzuwerfen, er schriebe unsittliche Bücher, ist nicht nur eine Niedrigkeit – es ist eine Dummheit, die einen gradezu katastrophalen Mangel an Bildung enthüllt. Eine solche Blamage hätte *‹Comoedia›* nicht nötig gehabt.

Es ist unrichtig, zu behaupten, Thomas Mann halte Frankreich für gut genug, dort Bücher abzusetzen, die man in Deutschland aus Gründen der Moral nicht veröffentlichen könne. Ganz abgesehen davon, daß es von diesem Werk eine begrenzte deutsche Ausgabe gibt: Thomas Mann spricht und schreibt französisch, weiß von Frankreich viel und hat sich während seines pariser Besuchs seiner Aufgabe mit Takt entledigt. Ich sehe die Wirkungen dieses Besuchs ganz anders an als er, aber der Artikel der *‹Comoedia›* ist ein Anwurf, der zurückgewiesen werden muß. Nicht der Wert der literarischen Leistung Manns steht hier zur Diskussion – die literarische Sauberkeit steht zur Diskussion. *‹Comoedia›* hat die Grundgesetze jeder geistigen Debatte verletzt.

Wenn die Homosexualität sich in Deutschland mitunter in den Vordergrund drängt, so hat das mancherlei Gründe. Germanische Rassen neigen mehr zur Gleichgeschlechtigkeit als lateinische (brüllt nicht, es ist so), und außerdem hat der Deutsche die fatale Neigung, aus allem eine ‹Weltanschauung› zu machen, als welches Wort sich nicht ins französische übersetzen läßt. Mit Moral hat dergleichen nichts zu tun.

Koedukation ist keine Spezialität von Bordellen. Nacktkultur auch nicht. Der gesunde Versuch der Bevölkerung, die entsetzliche Wohnungsnot durch sportliche Betätigung in frischer Luft auszugleichen, hat Auswüchse; es gibt auch törichte Vereine, wo Postsekretäre vor entsprechenden Frauenleibern ihre sicherlich sündige Lust zu bekämpfen vorgeben ... was aber Körperpflege angeht, so fasse sich Paris an die eigne Nase: es hat wenig brauchbare Hallenschwimmbäder für das Volk, und was sich an Prüderie und Albernheit in französischen Seebädern begibt, reicht an das finsterste Bayern heran.

Auf deutschen Theatern werden Stücke gespielt, die nicht etwa unanständig sind, sondern die man in Paris deshalb auslachte und mit Recht auslachte, weil diese schwerfällige Art, sich dem Bett zu nähern, in Frankreich auf kein Verständnis trifft. Dort gleitet man in sanfter Kurve auf die Lagerstatt: der Deutsche sieht es vorher im Lexikon nach, obs auch stimmt. Unmoral? Nein: Privatdozenten der Sünde.

Was hingegen den Angriff gegen die Lehre Freuds angeht, so darf gefragt werden, ob der Verfasser jener Glosse auch nur ein einziges Mal ein Buch Freuds in der Hand gehabt hat. Ich möchte das bezweifeln. Er hält diese Lehre wahrscheinlich für einen Freibrief, Embryos zu vergewaltigen, was ja die Deutschen bekanntlich zum Frühstück zu tun pflegen.

Kurz: Rapprochement.

Auf welchem Erdteil leben wir!

Man kann sich an den Fingern abzählen, was nun für ein Spiel anhebt.

Die völkischen Esel werden begeistert I-A schreien, weil der Erbfeind den Juden Thomas Mann verunschimpfiert hat. Und sie werden hinzufügen: «Da sieht man, wie diese Pornographen den Ruf des braven deutschen Volkes im Ausland schädigen! Da hat mans wieder!» Das Spiel hat schon angehoben. Die ‹*Deutsche Zeitung*› ist schwer begeistert, schäumt vor Schadenfreude und wirft mit Bourdet zurück, dessen leichtes Spiel vom ‹*Sexe Faible*› sie für «französische Selbstentlarvung eines verendeten Zeitalters» hält. So wenig weiß sie von Frankreich.

Und dann werden wieder die Franzosen antworten, die Deutschen seien Heuchler und Ferkel. Wenn sie überhaupt antworten – denn die meisten von ihnen können ja nicht deutsch lesen. Und dann werden die völkischen Esel ihr Gebrüll wieder aufnehmen und über den Rhein rufen, Paris sei viel schlimmer als Babylon, schlimmer schon deshalb, weil es so teuer sei. Und alle Franzosen tränken immerzu Champagner, und woraus, das könne man nur in Herrengesellschaft erzählen. Und so vergnügen wir uns alle Tage.

Narren. Ein Haufe von Narren, denen das eigne Land zum religiösen Begriff geworden ist. Und da jede Religion ihren Teufel nötig hat: der Teufel, das ist allemal der Ausländer.

Wir brauchen Thomas Mann nicht in Schutz zu nehmen. Die Sauberkeit des literarischen Betriebes gegen Schmierfinken aber wollen wir doch wahren.

So zum Beispiel werden Kriege vorbereitet.

ERKLÄRUNG

Der Schutzverband Deutscher Schriftsteller hat zu der Notverordnung über die Presse eine Kundgebung erlassen, in der es heißt:

«Der SDS. verkennt nicht, daß in einer Notzeit jede Regierung die Möglichkeit haben muß, falschen und den Bestand des Volkes gefährdenden Nachrichten selbst mit dem Mittel des Publikationszwanges entgegenzutreten.»

Diese Kundgebung gibt die Lage nicht richtig wieder.

Durch die Notverordnung über die Presse werden nicht die Interessen des Volkes wahrgenommen. Es mag sein, daß der Schutzverband Deutscher Schriftsteller nicht in der Lage ist, in die Opposition zu gehen — Opposition gegen Geldgeber gibt es nicht.

Die Kundgebung macht dann lendenlahm und brav die Regierung darauf aufmerksam, daß ...

Ich bin aus dem Schutzverband Deutscher Schriftsteller ausgetreten.

DER GRUNDAKKORD

Da ist diese Geschichte von den beiden Musikern, die wohnten in einer gemeinsamen Wohnung. Und der eine spielte noch spät abends vor dem Schlafengehen Klavier, und er spielte eine ganze große Melodie, mit allen Variationen, und zum Schluß noch einmal das Grundthema, aber das spielte er nur knapp bis zum Schluß, da hörte er auf, und den Schlußakkord, den spielte er nicht mehr. Sondern ging zu Bett.

Nachts um vier aber erhob sich der andere Musiker, schlich leise zum Klavier und schlug den fehlenden Grundakkord an. Und dann ging er beruhigt und erlöst schlafen.

Der Mensch will alles zu Ende machen. Wird er von einer kleinen Arbeit abgerufen, die grade vor ihrem Ende steht, so kann man hundert gegen eins wetten, daß jeder von uns sagt: «Einen Augenblick mal — ich will das bloß noch ...», die Arbeit ist vielleicht gar nicht wichtig, aber man kann sie doch so nicht liegenlassen, denn dann schreit sie. Und immer ist diese kleine Zwangsvorstellung stärker als alle Vernunft.

Der Mensch will auch alles zu Ende lesen — wenn der Schriftsteller etwas taugt. Was ein richtiges Buch ist, das muß einen ganzen Haushalt durcheinanderbringen: die Familie prügelt sich, wer es weiterlesen darf, die Temperatur ist beängstigend, und Mittag wird überhaupt nicht mehr gekocht. Und nichts ist schlimmer, als ein Buch anzufangen und es dann nicht mehr zu Ende lesen zu können. Das ist ganz schrecklich. Haben wir nicht schon alle einmal einen Roman auf der Reise verloren, liegengelassen, ‹verborgt› (lebe wohl! lebe wohl!) und uns dann krumm geärgert, daß wir nicht wissen, wie es weitergeht? Da gibt es ja dann das probate Mittel, sich das Buch allein zu Ende zu dichten, aber das wahre Glück ist das auch nicht, denn dabei muß man sich anstrengen, während man bei der Lektüre die ganze Geschichte ohne eigene Mühe vor sich ausgebreitet sieht – und dann weiß man doch auch nie, ob man richtig gedichtet hat, nein, das führt zu nichts. Der Dichter muß dichten, und der Leser will lesen. Umgekehrt ist es naturwidrig. Im Theater ist es schon anders. Wie dritte Akte aussehen, weiß ich nicht so ganz genau – ich gehe meist schon nach dem zweiten fort. Da reden sie so lange und dann hören sie gar nicht auf, und was wird denn schon dabei herauskommen! Wenn es eine Operette ist, dann wird zum Schluß die Musik noch lauter werden, und alle kommen an die Rampe getobt und winken ins Publikum, und ich bekomme meinen Mantel viel zu spät, weil vor mir der große, dicke Herr steht, der immer sagt: «Ich warte aber schon so lange ...!» Und wenn es ein ernstes Stück ist, dann sehn sie sich zum Schluß in die Augen, zart verdämmert die Abendröte im Stübchen, und Olga sagt zu Friedrich: «Auf immer.» Und wieder kriege ich meinen Mantel zu spät. Nein, dritte Akte sind nicht schön. Es gibt ja Leute, die bekommen niemals den Anfang der Stücke zu sehn, weil sie mit ihren Frauen ins Theater gehen müssen, und für solche Paare sind dann die dritten Akte da. Es gibt übrigens eine Sorte Menschen, die schmerzt es, wenn man das Theater vorzeitig verläßt – das sind die Logenschließer. Vor dem Krieg in Berlin, bei ‹*Puppchen, du bist mein Augenstern*›, und nach dem Krieg in London, bei Wallace, dem bekannten Anhänger der Prügelstrafe, fielen mir beidemal bejahrte Logenschließer in den Paletot: «Sie wollen schon gehen? Aber das schönste kommt ja erst ...!» Aber roh und herzlos stieß ich die bekümmerten Greise beiseite und entfloh, ins Freie, wo die fröhlichen Omnibusse rollten und wo ich ein viel schöneres Stück kostenlos zu sehen bekam: ‹Abend in der Stadt›, in vielen Akten.

Soll man vor dem Ende aufhören? «Wenn es am schönsten schmeckt ...», ja, das kennen wir. Vielleicht ist es hübsch, vor dem Ende aufzuhören – unten liegt immer so viel Satz. «Es war ja alles sehr schön, was ich in meinem Leben gehabt habe», hat einmal eine reiche Dame gesagt, die wirklich so ziemlich alles durchgekostet hatte, «aber es müßte um elf Uhr aus sein.»

Es ist aber nicht alles um elf Uhr aus. Die Stücke fangen meistens nett an, der zweite Akt bietet mancherlei Spannungen, aber dann zieht sichs, dann zieht sichs, und zum Schluß ... nein, man sollte doch schon immer in Pasewalk aussteigen.

Man hat dann wenigstens diese leise, kleine Sehnsucht in sich. Die Sehnsucht nach dem Grundakkord.

DIE LÖSUNG

Wenn was nicht klappt, wenn was nicht klappt,
dann wird vor allem mal nicht berappt.
Wir setzen frisch und munter
die Löhne, die Löhne herunter –
immer runter!
Wir haben bis über die Ohren
bei unsern Geschäften verloren ...
Unser Geld ist in allen Welten:
Kapital und Zinsen und Zubehör.
So lassen wir denn unser großes Malheur
nur einen, nur einen entgelten:
Den, der sich nicht mehr wehren kann.
Den Angestellten, den Arbeitsmann;
den Hund, den Moskau verhetzte,
dem nehmen wir nun das Letzte.
Arbeiterblut muß man keltern.
Wir sparen an den Gehältern –
immer runter!
Unsre Inserate sind nur noch ein Hohn.
Was braucht denn auch die deutsche Nation
sich Hemden und Stiefel zu kaufen?
Soll sie doch barfuß laufen!
Wir haben im Schädel nur ein Wort:
Export! Export!

Was braucht ihr eignen Hausstand?
Unsre Kunden wohnen im Ausland!
Für euch gibts keine Waren.
Für euch heißts: sparen! sparen!
Nicht wahr, ein richtiger Kapitalist
hat verdient, als es gut gegangen ist.
Er hat einen guten Magen.
Wir mußten das Risiko tragen ...
Wir geben das Risiko traurig und schlapp
inzwischen in der Garderobe ab.

Was macht man mit Arbeitermassen?
Entlassen! Entlassen! Entlassen!
Wir haben die Lösung gefunden:
Krieg den eignen Kunden!
Dieweil der deutsche Kapitalist
Gemüt hat und Exportkaufmann ist.
Wußten Sie das nicht schon früher –?
Gott segne die Wirtschaftsverführer!

LEHÁR AM KLAVIER

Es gibt in London einige Kinos, deren Programme nur aus einer tönenden Wochenschau bestehen, das ist recht lustig mitanzusehn. Natürlich ist dieses Zeug zensiert, gesiebt, geprüft und noch einmal geprüft – vom Hersteller bis zum Zensor eine einzige Kette von: «Pst! Das können wir nicht machen! Aufnahmegenehmigung verweigert!», und das interessanteste an dieser Wochenschau ist sicherlich das, was sie alles nicht und niemals bringt.

Sie zeigt hauptsächlich Massen: Feste und Aufzüge und immer wieder Militär und Flottenrevuen in tausend verschiedenen Aufmachungen. Der Steuerzahler hat ja etwas von seinem Militär: nicht nur, daß er gratis totgeschossen wird, wenn die nationale Ehre es erfordert, nein, schon im Frieden ersetzt ihm das Militär die große Oper. Das bekommt man hier alles zu sehn.

Und Rennen werden vorgeführt, die so geschickt fotografiert sind, daß man auch vom besten Platz niemals so viel und so gut beobachten könnte ... und plötzlich, mitten in London, was wär denn jetzt dös? Da hätten wir den Herrn Lehár.

Ein Text zeigt an, daß er nun gleich erscheinen wird, und daß er uns etwas auf dem Klavier vorspielen wird, und daß man auch zugucken könnte, wie er an einer neuen Operette arbeiten täte. Ich sehe solche unanständigen Sachen für mein Leben gern, und vor Aufregung kniff ich mir ins Bein, weil keiner da war, den ich hätte kneifen können – und los gings. Da war er.

Da saß also ein ziemlich dicker, gemütlicher Mann an einem Klavier, und die Wochenschau sprach mit seiner Stimme:

«Ich freie mich, daß meine Melodien in der ganzen Welt gespielt werden, und ich heere, daß man mich nun auch mal sehen mechte ... und daher ...»

Und daher spielte er uns zunächst auf einem sehr mäßigen Klimperkasten je ein paar Takte aus seinen alten Operetten, von denen ja die *‹Lustige Witwe›* wirklich hübsche Musik enthält. Und dann spielte er dieses, und dann spielte er jenes, und warum soll er nicht, das wäre ja alles gut und schön. Nun aber kam das mit der neuen Operette – wir sollten einen Blick in die Werkstatt des Meisters tun.

In der Werkstatt standen zwei Librettisten.

Allmächtiger Vater im Himmel, der du die Käsemaden erschaffen hast und den Hitler, die Hundewürstchen und schwarze und rote Pfaffen und die fleischliche Liebe mit Kompott – lieber Gott, das hättest du nicht tun dürfen! Das nicht. Aber es war sehr lehrreich.

Die ischler Kurpromenade kenne ich nur in unbevölkertem Zustand, aber jetzt weiß ich endlich, wie die Leute aussehen, die in Lehárs ‹*Friederike*› den Satz aufgeschrieben haben: «Ja, hier ist alles in Poesie getaucht!» Da standen die beiden Taucher, und es war ganz herrlich. Der eine, der Kleine, sagte gar nichts, er stand nur da und war der Textdichter. Der größere Taucher aber, das war der, der die schönen Lieder schreibt, und eines davon hatte er auf einem Papier in der Hand, und sie taten so, als seien sie in der Werkstatt, das waren sie aber nicht, dazu wurde zu wenig gefuchtelt, es ging alles so ruhig her, und der Taucher sagte zu Lehár: «Spiels amal, damit wir sehn, obs auch klappt!»

Und Lehár spielte, und der Taucher sang mit ... nein, das ja nun nicht, denn er konnte nicht singen, und das kann ja auch kein Mensch von ihm verlangen. Gott, es singen so viele, die das nicht können! Und er fing an:

Wenn die Liebe will,
stehn die Sterne still ...

aber da unterbrach er sich und sprach: «Ich deute nur an» und dann deutete er an:

«Und die ganze Erde wird ein Märchenland!» – und Lehár paukte, und der Kleine stand dabei, und:

«Der Erfolg einer Operette hängt in hohem Maße von einem guten Libretto ab. Die Personen des Stückes müssen lebenswahr gezeichnet und ihr Schicksal dem Verständnis des Publikums nahe gebracht werden. Ich nehme gewöhnlich ein Libretto nur dann an, wenn mich das Geschick der Heldin des Stückes packt und wenn mich die Erlebnisse des Helden so gefangennehmen, als handele es sich um meine eigene Person. Die Schürzung des Knotens und dessen Lösung muß zwanglos und in logischem Zusammenhang erfolgen.» Also sprach Lehár.

Es war sehr erhebend. Man hörte ordentlich den Tenor, wie der das aber nun hinlegen würde. Ein männlicher Kritiker sollte niemals etwas über Tenöre aussagen – wir sind da nicht kompetent. Wenn die Frauen so leise zerfließen, weil der Tenor im Falsett haucht: davon verstehen wir nichts, das ist ein physiologischer Vorgang, und Männer haben ja nur ganz selten einen Uterus. Wir müssen uns bescheiden: es ist dies eine Art, der Liebe teilhaftig zu werden, die uns verschlossen bleibt.

«Warum besitzt nun die Operette eine weit größere Anziehungskraft auf das Publikum als irgend ein anderes Bühnenwerk? Meiner Meinung nach liegt es daran, daß die Operette dem allgemeinen Geschmack am meisten gerecht wird. Die Oper, das Schauspiel, die Komödie, ebenso wie Novelle oder Gedicht bleiben in ihrer Wirkung auf einen Teil des Publikums beschränkt. Die Operette dagegen wendet sich an die gesamte Bevölkerung und findet überall Liebhaber. Man hat oft genug behauptet, daß die Operette dem seichten Geschmack des Publikums entgegenkomme. Trotzdem möchte ich behaupten, daß eine gute Operette durchaus geschmackbildend wirken kann. Dem kultivierten Zuschauer schafft sie Anregung und Vergnügen, während sie andererseits den Geschmack primitiver Naturen zu heben geeignet ist. In der Operette macht sich die Kunst sozusagen über sich selbst lustig. Der dramatische Sinn lacht über die törichten Verwicklungen des Lebens, der musikalische Sinn freut sich der graziösen und spielerischen Flüssigkeit der Melodien, das Auge ergötzt sich an den prächtigen Kostümen und den stilvollen Dekorationen. Alles in der Operette dient nur dem einen Zweck, dem Zuschauer eine ungetrübte Freude zu bereiten. In jedem Menschen schlummert, wie Nietzsche sagt, das große Kind. Diese Bemerkung trifft auf jeden Zuhörer der Operette, besonders aber auf die Frau zu, die mächtigste Verbündete der Operette. Sie sieht sich selbst in der Primadonna verkörpert, von der Bewunderung, die man der Heldin entgegenbringt, fühlt sie sich selbst umschmeichelt. Für die Frau tragen alle Operetten den Titel: Wie gefalle ich dem Mann? Aus Musik, Text und darstellerischer Leistung schöpft sie neue Kenntnis der Anmut und Kunst des allewigen Liebesspiels.» Also sprach Lehár.

Dabei klingen alle seine Melodien ganz gleich, es ist gewissermaßen die ewige Melodie, und man kann sie alle untereinander auswechseln. Puccini ist der Verdi des kleinen Mannes, und Lehár ist dem kleinen Mann sein Puccini.

Und dieser Dreck ist international, und die ausübenden Künstler bilden sich gewiß ein, sie erfüllten eine hohe Kulturmission, wenn sie das Zeug in aller Welt sängen. «Denken Sie, der Mut! Er singt in England und nun gar vor dem König deutsch!» Die nationale Ichbezogenheit der Deutschen glaubt ja gern, daß überall ‹etwas passiert›, wenn sie auftauchen; es geschieht aber in Wahrheit gar nichts, und in London kann einer abessinisch, nordchaldäisch, deutsch oder hebräisch singen: wenn er nur gut singt.

Brot und Spiele ... Mit dem Brot ist es zur Zeit etwas dünn. Na, da spieln mir halt. Lehár, mein Lehár, wie lieb ich dich –!

DIE LÜGEN-KARTEI

Lügen haben kurze Beine, viele Frauen aber auch, das beweist also nichts. Wie kommt es nur, daß viele Lügen überhaupt ans Tageslicht gelangen —?

Das kommt daher, daß die meisten Lügner kein gutes Gedächtnis haben. Wer lügt, muß aber ein sehr gutes Gedächtnis haben. «Du hast doch aber neulich gesagt...» so fängt es an, und dann setzt der arme geängstigte Mann, denn Frauen sagen stets die Wahrheit, setzt der Mann auf die alte Lüge eine neue. Das bekommt ihm meist nicht gut. Als alter, erfahrener Lügner kann ich nur sagen: meine Schwindeleien sind alle herausgekommen, weil ich nicht ordentlich aufgepaßt habe. Frauen passen schrecklich auf...

Diesem Übelstand verdient, abgeholfen zu werden. Zu solchem Behufe wäre es vielleicht angängig, wenn jeder, der da löge, sich eine Lügen-Kartei zulegte, damit er wenigstens weiß, was er so zusammengelogen hat. Es fällt zum Beispiel sehr auf, wenn man am Dienstag erzählt hat, man habe ein Konto auf einer großen Bank, und wenn man am Freitag plötzlich viel Geld ausgibt — das reimt sich nicht zusammen. Nicht jeder hat die Geistesgegenwart jener Frau, auf deren Bett der Ehemann ein paar, mit Verlaub zu sagen, Hosenträger fand. «Du hast einen Liebhaber!» rief er aus. Und die gekränkte Frau sprach würdevoll: «Erstens habe ich keinen Liebhaber, und zweitens hat er keine Hosenträger!» Auch lügen will gelernt sein.

Man lüge konsequent, während man abrupt die Wahrheit sagen kann. Wobei es einem dann freilich geschehen kann, daß die Wahrheit von keinem geglaubt wird, sie ist ja auch mitunter recht abenteuerlich, die Wahrheit. Man lüge also konsequent, und vor allem: man merke sich genau, was man gesagt hat: es muß eins zum andern kommen. Man trage also in die Kartei ein:

«Am 14. zu Lilly gesagt, daß schon als Knabe freigeschwommen» und:

«Gestern am Stammtisch behauptet, Englisch zu können» — und so fort. Von den komplizierteren Lügengebilden wie Geschäftsberichten, Eifersuchtsaffären und Parteiprogrammen ganz zu schweigen. Man gehe da mit der allergrößten Vorsicht ans Werk — und ohne daß die Sache kräftig durchorganisiert ist, läßt sich das überhaupt nicht machen.

Ganz besonders wichtig ist die Kartei bei den sogenannten ‹Notlügen›, die etwa 101 v. H. der gesamten Lügen ausmachen. Leider gibt es so wenig Leute, die aus reiner Freude am Lügen lügen; schon Oscar Wilde klagte bekanntlich über den Verfall des Lügens. Lügen ist eine Kunst, eine große Kunst — was stümpern die Leute da herum...

Die Kartei allein tuts freilich auch nicht. Man probiere vor dem Spiegel — der Mund lügt, aber ehe die Augen mitlügen, das ist eine große Sache. Es flirrt da etwas in ihnen, es flimmert, es zwinkert —

also das ist gar nicht einfach. Doch wird nach der Spiegelprobe die Kartei hoffentlich einen Fehler verhüten, den die meisten Lügner begehen: sie lügen zuviel. Sie übertreiben. Es stimmt alles zu genau. Man lüge wenig, spreche möglichst wenig von dem, was man da zu verbergen hat – damit kommt man noch am allerweitesten.

Ich für mein Teil bin ja nie weit gekommen. Wenn ich sagte: «Gestern abend war ich im Verein», dann sagt Lieschen: «Merkwürdig, daß du da nicht mit abgebrannt bist», und wenn ich sage: «Reizend ist Ihr Buch, das Sie mir gegeben haben», dann sagt der Autor: «Entschuldigen Sie – aber ich hatte Ihnen aus Versehen ein altes Kochbuch gegeben», und mir nützt keine Kartei etwas. Infolgedessen habe ich mir angewöhnt, mit Aplomb die Wahrheit zu sagen, mit dem Erfolg, daß mir die Leute nun überhaupt nichts mehr glauben. Wirklich geglaubt werden nur Lügen.

Die Lügen-Kartei, D. R. G. M., sollte jedermann wenigstens in der Taschenausgabe bei sich tragen; sie wird ihm viele Verlegenheiten ersparen. Ich hatte auch eine. Leider habe ich sie gestern bei Freunden liegen lassen, und nun will ich in einen wohlverdienten und längeren Urlaub gehen – die Stadtluft bekommt mir nicht.

REPARATIONSFIBEL

> Warum ist doch der Deutsche nach dem für ihn verderblichen und schimpflichen Frieden, da man ihn wie eine Heerde theilt, aufgebrachter auf die Franzosen, als selbst auf die Engländer und einen ihrer größten Bundesgenossen während des Krieges? Weil der Mensch immer mehr auf die Wirkung, durch die er leidet, als auf die Ursache sieht, die das Leiden veranlaßt hat.
>
> F. M. Klinger: ‹*Betrachtungen und Gedanken über verschiedene Gegenstände der Welt und der Literatur*›. 1802

«Der gegenwärtige Rechtszustand ist der, daß die westfälischen Schienenwalzwerke mit den lothringisch-französischen Werken zusammen beschließen können, auf dem Wege höherer Schienenpreise der deutschen und der französischen Republik eine neue Steuer aufzuerlegen, daß aber die beiden Regierungen nicht darüber verhandeln dürfen, ob sie gemeinschaftlich gegen ihre Ausbeuter vorgehen wollen.» In der gar nicht genug zu empfehlenden Broschüre Rudolf Kellers ‹*Deutschland und Frankreich*› (erschienen bei R. Piper & Co. in München) findet sich dieser Satz, benebst vielen andern Sätzen, die in keiner großen deutschen Tageszeitung zu finden sind – aus begreiflichen Gründen. «Nicht die Verzweiflung des ganz kleinen Mannes ist das Charakteristische des heutigen Deutschland, sondern die Desertion des Kapitalisten. Der oberste Grundsatz des Kapitalismus ist, daß der Unternehmer ein Risiko trägt und dafür einen verhältnismäßig größern Anteil am Gesamtgewinn in Anspruch nimmt. Der reichsdeutsche Kapitalist jedoch will kein Risiko mehr tragen, wie zuerst Professor Bonn mit Nachdruck gezeigt hat. Er hat sich der kommunistischen Grundanschauung angeschlossen, daß alles von der Gesamtheit oder vom Staate erhalten werden muß, er will am liebsten in der heutigen Lage Deutschlands keine Investitionen mehr wagen . . .» Keller zeigt zweierlei: daß zwei Drittel der Young-Plan-Raten an die amerikanische Regierung gezahlt werden, und zwar indirekt – und daß viel größer als diese Zahlungen, verlogen ‹Tribute› genannt, jener Überpreis ist, den das deutsche Volk an seine Ausbeuter: an die Landwirtschaft, die Stahl- und Kohle-Herren, an die Kartelle und Trusts bezahlt. Das kann kein Volk auf die Dauer tragen.

Was tut es also –? Es läßt sich anlügen. Und glaubt diesen Dreck auch noch, den einige fünfzig kapitalistische Dynastien durch Presse, Kino, Kirche und Schulen herunterregnen lassen. Die kleine Oberschicht regiert unumschränkter als es jemals ein asiatischer Fürst getan haben dürfte: sie ergänzt sich, nicht etwa nach den Grundsätzen des freien Wettbewerbes, sondern durch Kooptation, durch Heirat, durch Erbschaft, und sie nimmt Unfehlbarkeit für sich in Anspruch. Wenn diese Krise jetzt einen positiven Erfolg aufweist, so ist es, hoffen wir, der des erschütterten Vertrauens in jene Gesellschaft.

Die Verblödung dieses Bürgertums ist vollständig.

Sie sehen nichts, sie hören nichts, und der himmlische Vater ernährt ihre Ausbeuter dennoch. Und wo bleiben deren Gewinne?

Wofür kein Geld da ist, wissen wir. Für Löhne zum Beispiel. Diese schlechten Karikaturen eines epigonalen Kapitalismus suchen ihre Absatzmärkte lieber in der Mandschurei als zwischen der Elbe und der Oder. Da wohnt ein geduldiger Stamm, der wie die angespannten Büffel für die gesamte übrige Welt arbeiten soll und auch arbeitet, und niemals für sich. Alle stellen etwas her, was sie selber nicht kaufen können; ihre Hungerlöhne reichen nicht. Und die Weisheit ihrer Antreiber kennt bei allen Krisen nur ein einziges Mittel, nur eines: die Löhne der Sklaven noch mehr herabzusetzen, immer wieder herabzusetzen. Wenn nur der Export garantiert ist.

Und wo bleiben die Überschüsse? Wofür ist Geld da?

Für die Unterstützung Hitlers, in dem diese Wirtschaftsführer mit Recht einen Hort und einen Schutz gegen ihre Arbeiter sehn. Und wofür ist noch Geld da? Für die dümmste, aber auch schon die allerdümmste Propaganda, eine von der Sorte, wie sie bereits im Kriege das vergnügte Lächeln der Gegner Deutschlands hervorgerufen hat.

‹Reparationsfibel›, Bilder von O. Garvens, O. Gulbransson (leider), Th. Th. Heine (leider, leider), E. Schilling, W. Schulz und Ed. Thöny.

(Erschienen bei der Verlagsbuchhandlung Broschek & Co., Hamburg.)

Es ist ein großes Heft, mit bunten Bildern; es herzustellen war gewiß nicht billig. Doch wir habens ja. Es ist viersprachig: die Deutschen, die Engländer, die Franzosen und die Spanier dürfen von dieser Weisheit profitieren. Das Spanische kann ich nicht kontrollieren – die andern Sprachen sind einwandfrei benutzt, die fremdsprachigen Bildunterschriften sind sehr gut. Aber welcher Unfug!

Da wird neben manchem richtigen einem Ausland, das zum Glück nicht hinhört, eingebleut, wer oder was an der deutschen Krise schuld sei. Die verbrecherische Auspowerung deutscher Arbeitskräfte durch die eignen Landsleute? Ach, keine Spur. Es liegt alles, alles am Frieden von Versailles.

Erste Lüge: der Waffenstillstand sei im Vertrauen auf Amerika abgeschlossen worden. Falsch. Der Waffenstillstand ist abgeschlossen worden, weil die Deutschen nicht mehr weiter konnten. Es war aus.

Zweite Lüge (eine Verschweigung): die Deutschen haben mit ihren Gegnern, mit den Rumänen und den Russen, genau dasselbe gemacht, was Versailles mit den Deutschen gemacht hat. Wozu führt man auch sonst Krieg? Um den Gegner möglichst zu schwächen. Die Deutschen haben mit den Franzosen und den Engländern genau dasselbe machen wollen, was die später mit ihnen gemacht haben; das zeigen die zahlreichen Forderungen der Wirtschaftsführer und besonders der Schwer-Industrie während des Krieges.

Dritte Lüge: Der deutsche Michel und der Warenüberfluß der Welt. Dadurch, daß Deutschland als Käufer ausfällt, gerät der Weltmarkt an einigen Stellen in Unordnung; weitere Folgen hat das zunächst nicht.

Vierte Lüge: Die Weltarmee der Arbeitslosen hat wenig mit dem Frieden von Versailles zu tun, dagegen alles mit jenem großen Krieg, den die Kapitalisten in ihrer abgrundtiefen Dummheit gegen die Arbeiter aller Länder führen.

Fünfte Lüge: «Wehe euch, wenn ich abstürze», sagt der mit dem versailler Rucksack beschwerte deutsche Bergsteiger zu dem hinter ihm kletternden Franzosen, Engländer, Italiener, Polen. Falsch: England und Frankreich und Italien sind keineswegs auf Deutschland allein angewiesen, das ist eine sinnlose Überschätzung der deutschen Position.

Sechste Lüge: «Kanada kann mit Weizen heizen, aber die Deutschen können ihre Kohlen nicht essen.» Dann sollen sie den kanadischen Weizen hereinlassen. Das tun sie aber nicht. Die deutsche Landwirtschaft verhindert vielmehr seit dreißig Jahren mit allen Mitteln, daß die hohen Lebensmittelzölle fortfallen; sie will ihren veralteten und unzureichenden Betrieb gegen die ausländische Konkurrenz schützen, auf Kosten der Deutschen, die teures und schlechtes Brot essen müssen. Aber Kanada heizt mit Weizen.

Siebente Lüge: «Nehmt diese Last — Versailles — von der Welt, und sie ist geheilt.» Falsch: es gibt allerdings eine Last: wenn man die von der Welt nimmt, dann ginge es ihr besser, und das ist der Kapitalismus, der wohl Geld hat, einen solchen Schund wie dieses Heft zu bezahlen, aber gar kein Geld, seine Gewinne anständig zu verteilen.

Es ist, wie wenn Gott sie mit Blindheit geschlagen hat, um sie desto sicherer zu verderben. Daß um sie herum alles verdorrt; daß diese Angestellten, denen sie kleine Brotbrocken hinwerfen, damit sie nicht auf den Kuchen schielen, immer lustloser arbeiten, weil es ja keinen Sinn mehr hat, diese Arbeit zu verrichten — das sehen sie nicht. Sie machen Propaganda. Dafür haben sie Zeit, und dafür haben sie Geld.

Daß diese Propaganda nun auch noch gänzlich nutz- und sinnlos vertan ist, sei nur nebenbei erwähnt. Welcher grandiosen Täuschung gibt sich doch Deutschland über seine eigne Stellung in der Welt hin! Dasselbe haben sie in den Kriegsjahren getan, sie sind damit elend hereingefallen — sie haben nichts dazu gelernt.

Diese Reparationsfibel hat viele schöne Empfehlungen auf den Weg mitbekommen. Die Mittel, deren sich diese Propaganda bedient, sind so kindlich, so dumm, so weltenweit von der Denkungsart der Völker entfernt, an die sie sich wendet ... aber das macht nichts.

Doktor Schieck, sächsischer Ministerpräsident: «Ich bin der Überzeugung, daß die anschauliche Darstellung dazu beitragen wird, den Widersinn der Reparationszahlungen auch dem Auslande vor Augen zu führen.» Seeckt: «... ganz außerordentlich wirkungsvoll.» Geheimrat Kümmel, ein Arzt: «... ein zweifellos großes Verdienst ...» (Muß heißen: «ein zweifellos großer Verdienst»). Westarp: «... für besonders wirksam ...» Reichsbankpräsident Doktor Luther: «... in eindringlicher und klarer Weise die die ganze Welt schädigende Wirkung der Reparationen ...» Generaldirektor Amsinck, Hamburg-Südamerikanische Dampfschiffahrts-Gesellschaft: «Ich kann nur hoffen...» Und, damit auch dies nicht fehlt, Walter von Molo: «Die Verbreitung dieser Fibel ist Menschenpflicht und drum auch echt deutsche Pflicht ...» Na gewiß doch.

Und man fragt sich: Wo leben eigentlich alle diese? Auf dem Mond. Aber sie gleichen einer Prozeßpartei, die sich an den Schriftsätzen des eignen Anwalts delektiert. Der Richter durchfliegt sie vielleicht, und Wirkung haben sie gar keine.

Gelogen, daß Versailles an allem schuld sei. Gelogen, daß die übrige Welt andre als egoistische und kapitalistische Interessen an Deutschland habe — und diese Interessen sind noch nicht ein Zehntel so groß wie Deutschland glaubt. Gelogen, daß diese faule Kriegspropaganda irgend etwas für Deutschland bewirkt.

Und das führt. Und das gibt den Ton an. Und das entscheidet über die Gewinnverteilung. Begeistert umbrüllt von den Bürgersöhnen, die ihren Kohlrübentatendrang an Juden auslassen oder an Arbeitern und in den Straßen der Universitätsstädte einen Krieg führen, den zu führen ihnen draußen verwehrt ist.

Reparationsfibel ist ein gutes Wort. Das Zeug ist gut genug für kleine Kinder. Das Ausland aber liest es nicht, und Deutschland ist keine Klippschule.

Die einzige Hoffnung, die bleibt, ist die auf eine oppositionelle, radikale und politisch klar denkende Jugend. Die Alten aber werden noch im Sarg murmeln:

Entlassungen. Herabsetzung der Löhne. Zu hohe Soziallasten. Versailles.

ALSO WAT NU – JA ODER JA?

Wie ick noch 'n kleena Junge wah,
da hattn wa auffe Schule
een Lehra, den nannten wa bloß: Papa –
een jewissen Doktor Kuhle.
Un frachte der wat, un der Schieler war dumm,
un der quatschte und klönte bloß so rum,
denn sachte Kuhle feierlich:
«Also – du weeßt et nich!»

So nachn Essen, da rooch ick jern
in stillen meine Sßijarre.
Da denk ick so, inwieso un wiefern
un wie se so looft, die Karre.
Wer weeß det ... Heute wähln wa noch rot,
un morjen sind wa valleicht alle tot.
Also ick ja nich, denkt jeda. Immahin ...
man denkt sich so manchet in seinen Sinn.
Ick bin, ick werde, ich wah jewesen ...
Da haak nu so ville Bicher jelesen.
Und da steht die Wissenschaft uff de Kommode.
Wie wird det mit uns so nachn Tode?
Die Kürche kommt jleich eilich jeloofn,
da jibt et 'n Waschkorb voll Phillesophen ...
Det lies man. Un haste det hinta dir,
dreihundert Pfund bedrucktet Papier,
denn leechste die Weisen
beit alte Eisen
un sachst dir, wie Kuhle, innalich:
Sie wissen et nich. Sie wissen et nich.

«NEIN – MEINE SUPPE ESS ICH NICHT –!»

Wenn man in England um die Ecke geht, sieht es immer ganz anders aus als man denkt, und so steht denn gleich hinter Piccadilly Street ein kleines altes Viertel um den Shepherd Market aufgebaut. Daß es da hingehört, kann man am besten daran erkennen, daß es dort gar nicht hingehört. Und da hätten wir ein Haus, schon halb abgerissen, oben drauf liegt eine schwarze Sache, die sieht aus wie Dachpappe, das Ganze macht einen recht traurigen Eindruck, und hinter einigen Fenstern hängen Vorhänge, also ist es bewohnt. Unten bewohnt und oben abgerissen? Was ist das? Das ist ein Mann mit einem Dickkopf.

In diesem Hause wohnt ein Colonel (sprich: ‹Körnl›), der hat da immer gewohnt. Und eines Tages haben sie ihm gesagt: «Herr Körnl, nun müssen Sie ausziehen, denn das Haus ist verkauft und soll abgerissen werden!» Da hat aber der Körnl seinen Mietvertrag aus der Schublade gezogen und hat gesagt: «Hier!» (und dabei hat er sicherlich jene Bewegung gemacht, die die Leute machen, wenn sie etwas schwarz auf weiß besitzen, sie halten dann die ausgestreckte Hand hin, als sei die das Papier ...) – «Hier!» hat er gesagt: «so und so, dies ist mein Mietvertrag, und ich darf hier wohnen bleiben!» – «Na ja», haben die andern gesagt, natürlich auf englisch, «na ja, das ist ja gut und schön. Aber sehen Sie mal an – wir wollen doch nun das Haus hier abreißen, wir haben uns das alles so hübsch ausgerechnet, nun machen Sie doch keine Geschichten ... was wollen Sie denn noch in dem alten Haus?» – «Wohnen bleiben», hat der Körnl gesagt. Da haben sie ihm eine Abstandssumme geboten. Er ist dageblieben. Dann haben sie ihm schrecklich gut zugeredet. Er ist dageblieben. Und da haben sie angefangen, das Haus abzureißen.

Sie haben aber nur die Teile abgerissen, die er nicht bewohnt, also das Dach und ein halbes linkes Haus, mit einer freien Wohnung, aber an seine Wohnung dürfen sie ja nicht heran, und so sieht denn das Haus wie eine alte verwunschene Ruine aus, mitten in London. Aber er hat seinen Willen durchgesetzt und ist wohnen geblieben, und das wird er doch mal sehen.

Nun sieht er es. Das Bedauerliche an der Sache bleibt, daß sie ihm nicht den Keller wegreißen können, denn dann stände seine Wohnung in der Luft und täte sie das: er zöge immer noch nicht aus. England erwartet, daß jeder Mann seine Pflicht tut. Na, und die tut er. Und zieht nicht aus. Und diese Geschichte ist sehr wahr, denn so schöne Geschichten, wie sie hierzulande geschehen, kann sich kein Mensch ausdenken.

Und jetzt weiß ich auch, warum es in so vielen englischen Schlössern spukt. Die alten Herrschaften wollen da nicht heraus, nicht aus ihren Zimmern, nicht aus den Sälen – sie bleiben da. Ein zähes Volk.

Zäh wie Roastbeef. Doch hier muß der Berichterstatter sein Haupt verhüllen, denn sonst kommt er auf die englische Küche zu sprechen, und das ist die einzig schöne Geschichte in England, die keine schöne Geschichte ist.

Den Körnl fichts nicht an. Und komm ich in aber fünfhundert Jahren noch einmal desselbigen Weges gefahren: der Körnl sitzt sicherlich noch da, auf seiner Kehrseite und auf einem Mietvertrag, der wahrscheinlich neunundneunzig Jahre läuft und aber neunundneunzig, und er ißt Roastbeef und wohnt noch immer in dem kleinen schwarzen Haus am Shepherd Market.

LYRIK DER ANTENNEN

Es ist unvorstellbar, wie sie entstehen, ganze new-yorker Stadtteile müssen an ihnen arbeiten. Und so ziemlich alle sind gleichartig, mit «I love you» und «blue» und dem ganzen Kram. Zur Zeit sind sie wohl außerordentlich gefühlvoll. Was für ein Gefühl ist das –?

Es ist eine konfektionierte Lyrik, die über den großen Städten schwebt. Sie bedient sich zum Teil alter Formen – aber der Inhalt ist ein pochendes Maschinenherz. «Du machst mich so traurig – du machst mich so froh –», aber das ist gar nicht wahr, der Sänger glaubt es auch nicht; er bekommt gut bezahlt, wenn er den nötigen weichen Kehlkopf einstellt, und die Hörer wissen auch, daß das alles nicht wahr ist, doch entspannt es nach Geschäftsschluß recht angenehm, und es läßt sich gut danach tanzen. Diese Musik klingt so süß, aber sie ist, wenn man näher hinhört, glashart und sehr spröde, sie gibt nichts her, sie will ein Schlager sein, nach Geschäftsschluß.

Das geht über die Welt, alle Leute singen es, sicherlich kann man in den Straßen Kantons und Rio de Janeiros dieselben Melodien hören ... es ist eine Musik zwischen den Geschäften, keine Musik der Geschäfte ... doch, auch eine Musik der Geschäfte. Wenn die Börse trällern könnte: so sänge sie.

Hoch über den Antennen, die diese Musik versenden, zittert die Lyrik der Welt. Wurzellos ist das, diese Musik hat kein Vaterland, nur einen Herstellungsort: sie ist nicht geboren, sie ist copyright. Der sie gemacht hat, glaubt kaum an sie; der sie vertreibt, schon gar nicht – der Hörer auch nicht so recht ... sie ist ein Gebrauchsgegenstand. Wie Kaugummi.

Doch denke ich manchmal: wie müssen Menschen beschaffen sein, die sich das abends vorspielen lassen? Wie also sind wir beschaffen?

Es sind Menschen, die wohnen in der Stadt, und einen Garten haben sie nicht. Doch sehen sie manchmal gerührt in einen kleinen künstlichen Garten aus Stoff-Pflanzen und Papierbäumen, der steht in einer

Glaskugel, und die Hände dieser Menschen gleiten mit einer Zärtlichkeit, die sie sonst nicht verschenken, über die glatte Kugel des Glases ... das ist ihre Poesie. Übrigens denken sie sich nichts weiter dabei, und so verwickelte Sachen schon gar nicht. «Stell mal das Grammophon an, Barbara!» Barbara stellt es an.

Und es erhebt sich eine Haaröl-Stimme, ein Kerl singt, dem wimmert es nur so aus der Kehle, er hat sozusagen ein Bett-Timbre, samten entquillt ihm die Liebe, denn er hat einen guten Scheck bekommen. Es ist so eine unpersönliche Zärtlichkeit, die dieser Stimme entströmt, sie richtet sich an niemand, und daher sind alle sehr gerührt. Nein, gerührt nicht — nur leicht angerührt. Und weil die Musik dazu «Tschuck-tschuck — tschuck-tschuck-tschuck» macht, so tanzen sie ein bißchen, im Atelier oder sonstwo. Was singt der Mann da —?

Fleißige junge Damen, die sonst nichts zu tun haben, sitzen mit Bleistift und Papier vor dem Apparat und notieren sich die bedeutenden Worte, jene Kombinationen von «I love you» und «happiness», ein immer wechselndes Kaleidoskop. So berühmt möchte ich auch einmal sein — sieh doch, wie sie notieren und schreiben und sich die Platte vierundsechzigmal vorspielen lassen, damit ihnen auch kein kostbares Wort verlorengehe! Und wenn sie es glücklich herausbekommen und alles aufgeschrieben haben, dann verlieren sie den Zettel, inzwischen aber können sie den Text auswendig, und sie singen ihn mit, bis er von einem neuen Text abgelöst wird, in dem der Sänger versichert, er sei froh, weil er eben so traurig sei, und alles durch you-hou ... Einer singt und sagt «Goldnen Juni-Tagen», aber es ist kein Gold und kein Juni und keine Tage ... solche schönen Lieder sind das.

Doch darf man diese Gebrauchsmusik, die es immer gegeben hat, nie mit dem einfachen Ohr hören. Es gehört noch eine andere Art Ohr dazu, sie ganz und gar aufzunehmen. Gebrauchsmusik wird nur von den Mitlebenden verstanden — daher ist es unmöglich, alte Operetten völlig aufzufrischen, selbst ganze Teile von Offenbach sind verstaubt, dahin, klanglos trotz allen musikalischen Charmes. Warum? Weil wir nicht mehr mit dem Zylinder auf dem Kopf hinter die Kulissen gehn und den kleinen Ballettmädchen Ringe schenken — weil sich die Formen, nicht die Geschlechter, wohl aber die Formen der Liebe gewandelt haben — und diese alten Walzer klingen auf einmal so einfach. Aber sie waren es nicht. Der Komponist der Gebrauchsmusik hatte nur nicht alles in seinen Schlager hineinlegen können, er hatte den Zeitgenossen mit dem Ellbogen angestoßen und ihm zugezwinkert: «Du weißt doch ... du weißt doch ...» und der Zeitgenosse wußte. Wir wissen nicht mehr.

Doch wissen wir genau, was es mit den amerikanischen Schlagern auf sich hat. Diese Lieder stellen sich dumm — es ist das äußerste Raffinement, mit dem etwa eine sehr elegante Frau ‹ein ganz einfaches

Kleid› anzieht, eines, an dem nun überhaupt nichts mehr dran ist – so ganz einfach, wissen Sie? Kostet viel Geld, das Kleid. Die Lieder stellen sich kindlich – simpel – jugendlich – sie sind es gar nicht. Sie sind alt wie der Wald, traurig, jammervoll leer, weil alles nur in sie hineingepumpt ist ... Liebe aus Blech. Und doch ist da etwas.

Es ist das Zeitgefühl, eben jenes von 1931, eben jenes, das abgearbeitete Menschen haben, wenn sie sich abends dadurch ausruhen wollen, daß sie sich nicht ausruhen. Gefühle zerbröckeln, es schwingt etwas, einer singt von ihren schönen braunen Augen, doch es sind die Augen eines Schaukelpferds, Puppenliebe und Affentheater, und doch ist alles echt, weil es so wunderschön falsch ist.

Hoch über den Antennen aber, die diese Musik versenden, zittert die Lyrik der Welt.

DER PRIEM

Unter vielem Spucken zu singen

Es haben die Matrosen
wohl auf dem blauen Meer
nicht nur die weiten Hosen –
sie haben noch viel mehr.
  Denn gibt es nichts zu rauchen,
  weißt du, was sie da brauchen
  bei Nacht und auch bei Tag?
    Den Kautabak – den Kautabak –
    ein kleines Stückchen Kautabak
    von der Firma Eckenbrecht
      aus Kiel.

Es heulen die Sirenen.
Die Braut in Tränen schwimmt.
Es schwimmt die Braut in Tränen,
wenn der Seemann Abschied nimmt.
  Sie drücken sich die Hände;
  dann gibt sie ihm am Ende
  verschämt ein kleines Pack
    mit Kautabak – mit Kautabak –
    mit nem halben Pfündchen Kautabak
    von der Firma Eckenbrecht
      aus Kiel.

Da hinten liegt sein Kutter,
da hinten liegt sein Kahn.
Sie sagt, sie fühlt sich Mutter,
er sieht sie blöde an.
Er läßt sich von ihr kosen,
die Hände in den Hosen,
dann nimmt er einen Schlag
vom Kautabak – vom Kautabak –
ein kleines Stückchen Kautabak
von der Firma Eckenbrecht
aus Kiel.

Das Schiff fährt in den Hafen
wohl in Batavia.
Mit den Mädchen muß man schlafen,
wozu sind sie sonst da!
Die er geliebkost hatte,
liegt nackt auf einer Matte;
er holt aus seinem Pack
den Kautabak – den Kautabak –
ein kleines Stückchen Kautabak
von der Firma Eckenbrecht
aus Kiel.

Das Schiff tät nicht versaufen,
in Hamburg legt es an.
Marie mußt sich verkaufen
nachts auf der Reeperbahn.
Nun spürt der arme Junge
grad unter seiner Zunge
den bitteren Geschmack
vom Kautabak – vom Kautabak –
vom kleinen Stückchen Kautabak
von der Firma Eckenbrecht
aus Kiel.

Wie dem Seemann mit den Frauen,
uns gehts genau wie ihm.
Das Leben muß man kauen,
das Dasein ist ein Priem.
Es schmeckt dem Knecht und Ritter
mal süß und auch mal bitter . . .

Spuck ihn aus, wer ihn nicht mag!
Den Kautabak – den Kautabak –
das kleine Stückchen Kautabak
von der Firma Eckenbrecht
aus Kiel!

KLEINE NACHRICHTEN

Der geschlagene Weltmeister Sharkey hat einen Ruf als Boxlehrmeister für Kansas City angenommen.

Der Chauffeur Theodor Schultze, dem nach einem Zusammenstoß der Fahrschein entzogen wurde, hat eine Fahrschule eröffnet.

Doktor Rudolf Hilferding ist dem Kontrollausschuß der Banken beigetreten.

Die Abteilung Ia des Berliner Polizeipräsidiums verhaftete gestern fünf Kommunisten, die im Verdacht stehn, mit Waffenfunden im Zusammenhang zu stehn, von denen als sicher gelten darf, daß sie im Benehmen mit Personen gemacht wurden, die im Verdacht stehn, im Verdacht zu stehn. Ein Verfahren wegen Hochverrats ist demgemäß im Gange.

Wie wir hören, sind Verhandlungen im Gange, die eine Kreditgewährung an die Erde seitens des Planeten Mars zum Inhalt haben. Bisher hat der Planet als Antwort auf alle Anfragen nur seinen Namen gefunkt.

Ein bekannter berliner Dramatiker hat sich in einem Theater erhängt, weil seine Monats-Tantiemen wohl für einen Stehplatz ausreichten, nicht aber, auch noch Theaterzettel und Garderobengebühr zu bezahlen. Der Dichter, der als ausschweifend galt, hat sich in der Damentoilette erhängt. Der betreffenden Toilettenfrau ist gekündigt worden.

Reichspräsident Löbe weilte über das Wochenende zu Besuch bei Bekannten, in deren Hause Feuer ausbrach. Als die Feuerwehr anrückte, stand Reichstagspräsident Löbe bereits auf einem Stuhl und hielt eine feurige Ansprache. Er wurde gelöscht.

Die Filmbranche hat beschlossen, Ehrenwörter mit Gummizug in den Handel zu bringen. Die ersten zweitausend Stück sind bereits vergriffen.

In Genf gibt es einen Völkerbund.

In Reinickendorf ist eine riesige internationale Kommunisten-Zentrale ausgehoben worden. Ihre Fäden erstreckten sich von Reinickendorf bis nach Peking. Eine genaue Durchsuchung der Papierkörbe hat ergeben, daß in der Zentrale außerordentlich gefährliches

Stullenpapier

verwandt wurde. Die Polizei ist weiterem Stullenpapier auf der Spur.

Die obersten Sportbehörden aller Sportarten haben sich zu einem Reichskartell zusammengeschlossen. Wie wir hören, beabsichtigt das Kartell, die Ausübung von Sport bis auf weiteres gänzlich zu verbieten, damit die Behörden ungehinderter arbeiten können.

Gegen das Deutsche Reichspatent Nummer 678 456 (Männerhosen mit Reißverschluß) hat der Verband der Deutschen Lichtspieltheater-Besitzer Protest eingelegt, weil er eine Störung seiner Vorstellungen befürchtet.

Da das deutsche Volk seinen Reichstag so sehr entbehrt, hat sich die Scala entschlossen, ihn zu engagieren: er tritt also allabendlich dort auf. Es wird gebeten, den Reichstag während seiner Arbeit nicht zu stören, das besorgt er selber.

Das Reichstagsgebäude ist nunmehr ganz und gar von dem Büro des Geheimrats Galle belegt worden, der sich dort selber verwaltet.

Reichskanzler a. D. Cuno hat sich bereiterklärt, seine Pension von 18 000 Mark in der von ihm geschaffenen Papiermark entgegenzunehmen.

Die Ortsgruppe der berliner Bardamen hat ein Stillhalte-Konsortium gebildet.

Der Chefredakteur einer großen süddeutschen Zeitung hat erklärt, daß sich sein Blatt in der Beurteilung der Krise geirrt habe; doch hoffen die Ärzte, den Kranken durchbringen zu können.

Lord Breitscheid ist auch von der Ufa als Edelkomparse verpflichtet worden.

Das Reichsgericht hat den Plan, eine Studienkommission nach Italien zum Studium der Kamorra und der Mafia zu entsenden, als unnötig abgelehnt.

Wie wir hören, ist der Vorschlag, künftighin auf Botschafterposten nur noch Bürgerliche und in die Schützengräben nur noch Adlige zu schicken, wieder zurückgezogen worden. Es bleibt bei der alten Verteilung.

DER MUSIKALISCHE INFINITIV

Unter den Dingen, die S. J. aus allen Aufsätzen herausstrich, wenn er sie «ins Deutsche übersetzte», war eines, das er inbrünstig haßte, und das er vernichtete, wo immer er es antraf. Das war der substantivierte Infinitiv. ‹Das Musizieren› pflegte er immer in Sätze aufzulösen oder durch ein Substantiv zu ersetzen — und er hatte recht.

Es gibt nun eine Gattung von Menschen ... also, Menschen ist übertrieben, die schwimmen und plätschern in substantivierten Infinitiven. Das sind die gebildeten Kunstschriftsteller, und zwar tun sie es allemal gern dann, wenn sie auf die Musik zu sprechen kommen. Da wimmelt es nur so von diesen falschen Hauptwörtern. «Es ist ein Blühen und Glühen in dieser Musik ...», und wenn der einfache Infinitiv nicht langt, dann backen sie sich einen: «Dieses Von-vorn-herein-alles-noch-einmal-denken» — ei, das ist schön! Von dem ‹Wollen› wollen wir schon gar nicht sprechen; es sind die nationalen Politiker, die dieses dicke Wort dauernd anwenden, als gebe es nicht ‹Wille›, nicht ‹Absicht›, nicht ‹Trieb› — es gibt nur noch ‹das Wollen›. Das klingt dann so: «Er darf nicht durch Verharren im Geworden-Sein das Sichentwickeln des Volkswerdens in falschem Wollen zu einem Steckenbleiben verführen wollen.» Wohl bekomms.

Auch die Tanzkritiker stelzen gern auf diesen Infinitiven einher, aber diese Menagerie hat ja von jeher eine besondere Sprache zur Rechtfertigung ihres So-Seins und Do-Seins gebraucht.

Mich dünkt, als sei es schon einmal besser mit der deutschen Sprache gewesen als heute, wo jeder Hitlerknabe das Wort deutsch im Maul führt. Zur Zeit lesen wir: nachgemachtes Beamtendeutsch; nachgemachtes gehobenes Deutsch, so, wie früher die Oberlehrer, wenn sie von den alten Germanen sprachen, einen Baß gehen ließen; nachgemachtes Philosophendeutsch solcher falscher Philosophen, die da im Gehirn Sülze haben, und der substantivierte Infinitiv ist eines der schlimmsten Kennzeichen dieser vertrackten Stile. Man kann ihn manchmal anwenden: nämlich dann, wenn eine Tätigkeit zu einem abstrakten Begriff werden soll. Eine Untersuchung über das Schreiben im sechsten Lebensjahr, das gibt es; das Wollen einer Partei aber gibt es nicht. Im übrigen sollte man sich bei alledem nicht auf Vater Hegel und Onkel Schelling beziehen, deren Deutsch keinem zur Nachahmung dienen kann. Ich sehe, wie ein Schüler den Finger hochhebt ... Nein, er will nicht hinaus, im Gegenteil. Er will uns klar machen, daß grade diese zum Hauptwort erhobenen Verbalformen wie keine andre Form es ermöglichten, uns durch ein Sich-mitten-Hinein-Stellen in die dynamische Statik des Die-Begriffe-in-ein-Wort-Verwandelns ... Herr Schüler, ich möchte mal rausgehn.

KURZER ABRISS DER NATIONALÖKONOMIE

Nationalökonomie ist, wenn die Leute sich wundern, warum sie kein Geld haben. Das hat mehrere Gründe, die feinsten sind die wissenschaftlichen Gründe, doch können solche durch eine Notverordnung aufgehoben werden.

Über die ältere Nationalökonomie kann man ja nur lachen und dürfen wir selbe daher mit Stillschweigen übergehn. Sie regierte von 715 vor Christo bis zum Jahre 1 nach Marx. Seitdem ist die Frage völlig gelöst: die Leute haben zwar immer noch kein Geld, wissen aber wenigstens, warum.

Die Grundlage aller Nationalökonomie ist das sog. ‹Geld›.

Geld ist weder ein Zahlungsmittel noch ein Tauschmittel, auch ist es keine Fiktion, vor allem aber ist es kein Geld. Für Geld kann man Waren kaufen, weil es Geld ist, und es ist Geld, weil man dafür Waren kaufen kann. Doch ist diese Theorie inzwischen fallen gelassen worden. Woher das Geld kommt, ist unbekannt. Es ist eben da bzw. nicht da – meist nicht da. Das im Umlauf befindliche Papiergeld ist durch den Staat garantiert; dieses vollzieht sich derart, daß jeder Papiergeldbesitzer zur Reichsbank gehn und dort für sein Papier Gold einfordern kann. Das kann er. Die obern Staatsbankbeamten sind gesetzlich verpflichtet, Goldplomben zu tragen, die für das Papiergeld haften. Dieses nennt man Golddeckung.

Der Wohlstand eines Landes beruht auf seiner aktiven und passiven Handelsbilanz, auf seinen innern und äußern Anleihen sowie auf dem Unterschied zwischen dem Giro des Wechselagios und dem Zinsfuß der Lombardkredite; bei Regenwetter ist das umgekehrt. Jeden Morgen wird in den Staatsbanken der sog. ‹Diskont› ausgewürfelt; es ist den Deutschen neulich gelungen, mit drei Würfeln 20 zu trudeln.

Was die Weltwirtschaft angeht, so ist sie verflochten.

Wenn die Ware den Unternehmer durch Verkauf verlassen hat, so ist sie nichts mehr wert, sondern ein Pofel, dafür hat aber der Unternehmer das Geld, welches Mehrwert genannt wird, obgleich es immer weniger wert ist. Wenn ein Unternehmer sich langweilt, dann ruft er die andern und dann bilden sie einen Trust, das heißt, sie verpflichten sich, keinesfalls mehr zu produzieren, als sie produzieren können sowie ihre Waren nicht unter Selbstkostenverdienst abzugeben. Daß der

Arbeiter für seine Arbeit auch einen Lohn haben muß, ist eine Theorie, die heute allgemein fallen gelassen worden ist.

Eine wichtige Rolle im Handel spielt der Export. Export ist, wenn die andern kaufen sollen, was wir nicht kaufen können; auch ist es unpatriotisch, fremde Waren zu kaufen, daher muß das Ausland einheimische, also deutsche Waren konsumieren, weil wir sonst nicht konkurrenzfähig sind. Wenn der Export andersrum geht, heißt er Import, welches im Plural eine Zigarre ist. Weil billiger Weizen ungesund und lange nicht so bekömmlich ist wie teurer Roggen, haben wir den Schutzzoll, der den Zoll schützt sowie auch die deutsche Landwirtschaft. Die deutsche Landwirtschaft wohnt seit fünfundzwanzig Jahren am Rande des Abgrunds und fühlt sich dort ziemlich wohl. Sie ist verschuldet, weil die Schwerindustrie ihr nichts übrig läßt, und die Schwerindustrie ist nicht auf der Höhe, weil die Landwirtschaft ihr zu viel fortnimmt. Dieses nennt man den Ausgleich der Interessen. Von beiden Institutionen werden hohe Steuern gefordert, und muß der Konsument sie auch bezahlen.

Jede Wirtschaft beruht auf dem Kreditsystem, das heißt auf der irrtümlichen Annahme, der andre werde gepumptes Geld zurückzahlen. Tut er das nicht, so erfolgt eine sog. ‹Stützungsaktion›, bei der alle, bis auf den Staat, gut verdienen. Solche Pleite erkennt man daran, daß die Bevölkerung aufgefordert wird, Vertrauen zu haben. Weiter hat sie ja dann auch meist nichts mehr.

Wenn die Unternehmer alles Geld im Ausland untergebracht haben, nennt man dieses den Ernst der Lage. Geordnete Staatswesen werden mit einer solchen Lage leicht fertig; das ist bei ihnen nicht so wie in den kleinen Raubstaaten, wo Scharen von Briganten die notleidende Bevölkerung aussaugen. Auch die Aktiengesellschaften sind ein wichtiger Bestandteil der Nationalökonomie. Der Aktionär hat zweierlei wichtige Rechte: er ist der, wo das Geld gibt, und er darf bei der Generalversammlung in die Opposition gehn und etwas zu Protokoll geben, woraus sich der Vorstand einen sog. Sonnabend macht. Die Aktiengesellschaften sind für das Wirtschaftsleben unerläßlich: stellen sie doch die Vorzugsaktien und die Aufsichtsratsstellen her. Denn jede Aktiengesellschaft hat einen Aufsichtsrat, der rät, was er eigentlich beaufsichtigen soll. Die Aktiengesellschaft haftet dem Aufsichtsrat für pünktliche Zahlung der Tantiemen. Diejenigen Ausreden, in denen gesagt ist, warum die A.-G. keine Steuern bezahlen kann, werden in einer sogenannten ‹Bilanz› zusammengestellt.

Die Wirtschaft wäre keine Wirtschaft, wenn wir die Börse nicht hätten. Die Börse dient dazu, einer Reihe aufgeregter Herren den Spielklub und das Restaurant zu ersetzen; die frömmern gehn außerdem noch in die Synagoge. Die Börse sieht jeden Mittag die Weltlage an: dies richtet sich nach dem Weitblick der Bankdirektoren, welche jedoch meist nur bis zu ihrer Nasenspitze sehn, was allerdings mitunter ein weiter Weg ist. Schreien die Leute auf der Börse außergewöhnlich viel, so nennt man das: die Börse ist fest. In diesem Fall kommt – am nächsten Tage – das Publikum gelaufen und engagiert sich, nachdem bereits das Beste wegverdient ist. Ist die Börse schwach, so ist das Publikum allemal dabei. Dieses nennt man Dienst am Kunden. Die Börse erfüllt eine wirtschaftliche Funktion: ohne sie verbreiteten sich neue Witze wesentlich langsamer.

In der Wirtschaft gibt es auch noch kleinere Angestellte und Arbeiter, doch sind solche von der neuen Theorie längst fallen gelassen worden.

Zusammenfassend kann gesagt werden: die Nationalökonomie ist die Metaphysik des Pokerspielers.

Ich hoffe, Ihnen mit diesen Angaben gedient zu haben, und füge noch hinzu, daß sie so gegeben sind wie alle Waren, Verträge, Zahlungen, Wechselunterschriften und sämtliche andern Handelsverpflichtungen –: also ohne jedes Obligo.

SCHNIPSEL

Wenn die Maschinen, die die Menschen so im Lauf der Zeit erfunden haben, nun auch noch funktionierten: was wäre das für ein angenehmes Leben –!

Langweilig ist noch nicht ernsthaft.

Er trug sein Herz in der Hand, und er ruhte nicht, bis sie ihm aus der Hand fraß.

Die beste Übersetzung für puella publica, die mir bekannt ist, heißt: Vorfreudenmädchen.

Erwarte nichts. Heute: das ist dein Leben.

Es gibt Zeiten, wo es für den Schriftsteller, der da wirken will, nicht gut ist zu schreiben. Wo das Geklapper der Schreibmaschine nicht so wichtig ist wie das Tick-Tack des Maschinengewehrs. Doch tackt dieses nur nach, was jene ihm vorgeschrieben hat.

Man stelle sich vor, Friedrich Nietzsche wäre gestorben, ohne Angehörige zu hinterlassen. Und man stelle sich vor, Freunde hätten sein Werk in Obhut genommen. Und es käme nun eine Frau gegangen, eine Frau Förster, Lieschen Förster, die sagte: «Ich möchte das Nietzsche-Archiv verwalten. Und eine Einleitung zu seinen Werken will ich auch schreiben!» – Was hätten die Freunde gesagt? Nichts hätten sie gesagt. Man hätte die Achseln gezuckt und geschwiegen: eine arme Person …

Nun aber ist Lieschen die Schwester. Und nun darf sie. Sie darf die Werke Nietzsches einleiten, sie darf den Nachlaß Nietzsches, seine Briefe und seine Zettel verwalten, und sie verwaltet sie so, wie wir wissen. Genutzt hat es ihr nichts. Nietzsche, nicht das Brüderchen, der wahre Nietzsche ist, hauptsächlich durch Andler, bekannt geworden – trotz dieses Archivs.

Aber ist dieses Urheberrecht nicht eine Schande, ein Recht, das geistige Werte wie alte Socken vererbt? Es ist eine Schande.

Wenn einer einen Tintenklex auf dem Kinn hat und damit ernste Sachen redet, dann färbt die Tinte auf das Ernste ab, und alle seine Argumente werden lächerlich. So kindisch sind wir Menschen.

Wenn einer nichts gelernt hat –: dann organisiert er.

Wenn einer aber gar nichts gelernt und nichts zu tun hat –: dann macht er Propaganda.

Das wird im nächsten Krieg ein reizvolles Schauspiel sein: die Rotarier-Klubleute der gegnerischen Länder zu sehn, wie sie als gute Patrioten treu zu ihren Fahnen stehn, bedauernde, aber grundsätzliche Erklärungen loslassen, und dennoch – und das tröstet ungemein – auch fürderhin gute Rotarier sein und bleiben werden.

Aber machen das schließlich die Katholiken anders –?

Wer lobt, wird selten nach seiner Aktivlegitimation gefragt.

Greift einer den Militarismus, eine große Zeitung oder Moskau an, dann wird unter den Schlägen der Verteidigung ein Stöhnen hörbar: «Er hat Gott gelästert!» Vorwurfsvolle Augen klappen zum Himmel auf: Eigentlich brauchten wir uns ja gar nicht zu wehren … denn er hat Gott gelästert.

Merk: Wer sich so mit dem Nebel des Mysteriums umgibt, wie alle diese, die es mehr oder minder begabt der katholischen Kirche nachmachen, der zeigt, daß seine Position bei voller Klarheit viel zu fürchten hat.

Der Amerikaner hält sich für den ersten Mann der Welt, weil er kein Farbiger ist.

Der Engländer hält sich für den ersten Mann der Welt, weil er Engländer ist.

Der Deutsche hält sich für den ersten Mann der Welt, weil er die Juden und die Franzosen haßt; was er selber ist, weiß er nicht genau.

So verschieden ist es im menschlichen Leben.

AM TELEFON

Neulich hat der französische Ministerpräsident den deutschen Reichskanzler antelefoniert, um ihm mitzuteilen, daß er wegen einer Unpäßlichkeit Briands nicht zum ursprünglich vorgesehenen Datum nach Berlin kommen könne. Warum telefonieren eigentlich die europäischen Staatsmänner nicht viel häufiger miteinander –?

Da liegen nun die Hauptstädte Europas, eine von der andern immer nur ein paar Flugstunden entfernt. Und wie verständigen sich die Direktoren der Staatsverbände, die ja trotz allen Geschreis nur einen großen Klub bilden? Sie verständigen sich untereinander in einer Art, gegen die die Trommelpost der Neger eine höchst moderne und hervorragende Sache ist.

Welches Brimborium und welche Feierlichkeit, wenn sie einander etwas zu sagen haben! Da werden Botschafter in Bewegung gesetzt, diese Briefträger der Umständlichkeit, da gibt es Verbalnoten und schriftliche Noten und Konferenzen und ein Getue, das die braven Zeitungen, schmatzend und diese scheinbaren Neuigkeiten mit Wonne schlürfend, berichten. Und man stelle sich vor, die großen Konzerne, die ja an Wichtigtuerei auch nicht grade Schlechtes leisten, gestatteten sich diese Zeitverschwendung!

Das ginge zwischen den Staaten nicht anders? Diese höchst wichtigen und schrecklich geheimen Gespräche zwischen Brüning und MacDonald, zwischen MacDonald und Laval könnten abgehört werden? Aber die Trusts, deren Macht in Europa weit größer ist als die Macht dieser lächerlichen Staaten, telefonieren ja auch, und Gott weiß, daß auch dort der Verrat in allen Bürozimmern blüht. Und es geht doch. Natürlich wird kein verständiger Mensch erwarten, daß sich die europäischen Staatsmänner am Telefon alles mitteilten, obgleich zum Beispiel eine telefonische Kriegserklärung («Hallo, Sie! – Von morgen ab ist Krieg») höchst reizvoll wäre. Warum telefonieren sie nicht?

Weil sie sich viel zu feierlich nehmen. Weil sie noch immer glauben: England, das sei eine schier religiöse Sache, und Deutschland, das sei ein Heiligtum, und Frankreich, das sei eine Kultstätte. Macht euch doch nicht in die Hosen! Es ginge uns allen viel besser, wenn die Staaten ihre wahre Rolle erkennen wollten. Noch aber leben sie, während einer Epoche, die die Gesättigten gern Frieden zu nennen belieben, in einem latenten Kriegszustand. Welches Theater, wenn einer den andern besucht! Darunter liegen dann Streichholz- und Petroleumgeschäfte sowie die allen gemeinsame Angst, der Arbeiter könne sich eines Tages mit Gewalt seinen Lohn nehmen, den sie ihm heute vorenthalten. Große Oper spielen die Staaten, mit Helden, denen die Strumpfbänder rutschen. Leider eine Oper mit tragischem Ausgang.

VOM URLAUB ZURÜCK

Wenn einer vom Urlaub zurückkommt, dann ist er noch gar nicht da, wenn er da schon da ist. «Na, wie wars?» sagen die andern. «Sie sehn aber schön erholt aus! Gutes Wetter gehabt?» Darauf fängt er an zu erzählen. Wenn er aber Ohren hat, zu hören, so merkt er, daß die Frage eigentlich mehr gesellschaftlicher Natur war — so genau wollen es die andern gar nicht wissen. Und dann bricht er seine Erzählung mit allen ihren Einzelheiten bald ab. Schon deshalb, weil man ja hier keinem klarmachen kann, warum die eine Bergtour beim besten Willen nie zu machen war, und daß das ganze Haus so furchtbar über Fräulein Glienicke und über die Ziegen lachen mußte ... davon wissen die hier nichts. Woher sollen sie das auch wissen!

Wenn einer vom Urlaub zurückgekehrt ist, gehört er in den ersten beiden Tagen noch nicht so recht zum Betrieb. Während seiner Abwesenheit haben sich vielerlei kleine Sachen ereignet, von denen er natürlich nicht unterrichtet ist, und so versteht er manche Anspielungen nicht, er weiß nicht, daß Bader nicht mehr bei der Abteilung IIIb ist, sondern sich mit Koch verkracht hat, er sitzt jetzt in der Wirtschaftsabteilung, und da werden sie ihn vielleicht auch bald herausschmeißen. Das weiß er alles nicht, noch nicht, nicht mehr — und etwas mitleidig wird er informiert. In dem Ton der Zuhausegebliebenen schwingt ein wenig jener Ton mit, den sonst ‹alte erfahrene Beamte› einem Neuling gegenüber anzuwenden pflegen. In den ersten beiden Tagen geht der Betrieb über den Kopf des Ex-Urlaubers hinweg: die andern wissen alles, er weiß nur die Hälfte. Die da werfen sich die Bälle zu — er fängt sie nicht.

In seinen Gesprächen flackert, also da kannst du nichts machen, immer noch der Urlaub auf. Einmal denkt er: «Heute vor acht Tagen ...», aber da klingelt das Telefon, und die Erinnerung zerstiebt. Dann kommt wieder einer vorbei, stellt die üblichen Fragen, und er antwortet. «Danke — nur viel zu kurz! So — Sie gehen jetzt auch auf Urlaub?» Aber das interessiert wieder den ehemaligen Urlauber nicht mehr.

In diesen ersten Tagen geht die Arbeit eigentlich nicht leichter als vor dem Urlaub; sie geht eher etwas schwerer vonstatten. Die Lungen sind noch voll frischer Luft, der Körper hat noch den Rhythmus des Schwimmens und des Laufens in sich, die Haut fühlt sich in den Stadtkleidern noch nicht wohl, und der Hals nicht im Kragen. Das Auge sieht zum Hof hinaus; wenn man den Kopf dreht, kann man ein Stückchen blauen Himmel sehn. Übrigens ist er heute nicht blau, es regnet. Aber der Regen im Freien, das war doch ganz etwas anderes.

Sitzt er noch fest in seiner Stellung? Er sitzt noch fest. Doch braucht man nur mal auf Urlaub zu gehen, gleich machen sie Dummheiten (Melodie: «Ohne mich geht der ganze Betrieb zugrunde!»). Das war ja alles sehr schön und gut, da in Riesenhausen an der Dassel, die Bäume haben gerauscht, auf der Veranda haben wir Skat gespielt, aber unterdessen haben die hier ... «Müller! Wo sind die A-Belege?» Die Schweinerei hört von heute ab auf; WIR sind wieder da.

Das dauert gut und gern seine drei, vier Tage. Dann haben sich die andern an den Zurückgekehrten gewöhnt; er gehört nun schon wieder dazu, er ist da, er erlebt es alles mit, nichts kittet so aneinander wie gemeinschaftliches Arbeits-Erlebnis. Das kommt gleich nach der Liebe und nach der Gottbehüte Verwandtschaft.

Nach sechs Tagen fragt ihn kein Mensch mehr nach dem Urlaub, nun kommen auch die letzten Sommerurlauber zurück, alle sind wieder da und fangen ganz langsam an, sich auf den nächsten Urlaub zu freuen.

GOETHE-JAHR 1932

Nächstes Jahr, da werden wir was erleben!
So im März, April und Mai:
Goethe hundert Jahre tot! Das wird was geben!
    Wär es schon vorbei —!

Richtig, Joethe!
                Hundert Philologen wälzen
Briefe, Werke, Bilder im Archiv.
Und schon seh ich Wolfgang Goetzen stelzen
durch die Fölljetöner lang und tief.

Richtig, Joethe!
                Spitzen der Behörden
weihen ölig quasselnd etwas ein.
Und die Spitzen der Behörden wörden
alle voll von Faust-Zitaten sein —
    richtig, Joethe!

Und es wimmelt von Bezüglichkeiten:
«Goethe und ...» so tönt es immerzu.

Auf den bunten Marken muß er schreiten,
und dann sagen alle zu ihm Du!

Böte, Kröte, Nöte, Röte, Flöte ...
wochenlang reimt alles sich auf Goethe.
Dann verstummen Prosa und Sonett.
Von den deutschen Angestellten-Massen
hat man keinen weniger entlassen.
Klassiker sind nur fürs Bücherbrett.

Nächstes Jahr, da kannst du was erleben!
So im März, April und Mai ...
Lieben Freunde, das wird etwas geben!
Wär es schon vorbei –!

EINES ABER

möchten wir in absehbarer Zeit gewiß nicht hören: das jammervolle Geächz der aus der Regierung herausgeworfenen Sozialdemokraten, weil man sie dann grade so behandeln wird, wie sie heute den Reaktionären helfen, die Arbeiter zu behandeln.

Eines Tages wird es soweit sein. Die furchtbare Drohung, sich nunmehr bald an die frische Luft zu verfügen, wird von der Partei wahrgemacht werden, wahrscheinlich eine halbe Minute, bevor man sie auch in aller Förmlichkeit bitten wird, den Tempel zu räumen. Und dann wird sich die Führung besinnen: Jetzt sind wir in der Opposition. Mit einem großen O. Wie macht man doch das gleich ...?

Da werden sie dann die Mottenkisten aufmachen, in denen – ach, ist das lange her! – die guten, alten Revolutionsjacken modern, so lange nicht getragen, so lange nicht gebraucht! Werden ihnen zu eng geworden sein. Und dann frisch als Sansculotten maskiert, vor auf die Szene. «Die Partei protestiert auf das nachdrücklichste gegen die Gewaltmaßnahmen ...» Herunter! Abtreten! Faule Äpfel! Schluß! Schluß!

Die werden sich wundern. Und sie werden keinen schönen Anblick bieten. Denn nichts ist schrecklicher als eine zu jedem Kompromiß bereite Partei, die plötzlich Unnachgiebigkeit markieren soll. Millionen ihrer Anhänger sind das gar nicht mehr gewöhnt; die Gewerkschaftsbürokratie auch nicht, für die uns allerdings nicht bange ist: es findet sich da immer noch ein Unterkommen. Wären die Stahlhelm-Industriellen nicht so maßlos unintelligent – sie könnten sich das Leben mit denen da schon heute wesentlich leichter machen. Sie werden es sich leicht machen.

Alles gut und schön. Aber erzählt uns ja nichts von: Recht auf die Straße; Polizeiwillkür; Verfassung; Freiheit ... erzählt sonst alles, was ihr lustig seid. Aber dieses eine jemals wieder zu sagen —: das habt ihr verscherzt.

ROMANWÜRFEL

Man löse den Bouillon-Extrakt in zwei Liter Wasser auf, und man hat — — — — — — — — — — — — — —

Der Page von Hochburgund. Mit heißem Kopf in dem kleinen Mädchenzimmer auswendig gelernt, ich bin der Page von Hochburgund und trage der Königin Schleppe — schönes Gedicht. Viel, viel schöner als das Gedicht aber war das Kostüm — ein Gedicht von einem Kostüm! Trude hat auch gesagt: Beinah unanständig, aber das hat sie bloß gesagt, weil sie neidisch war; sie durfte ja auch auf den Ball gehen, aber ihre Mama hat ihr bloß so ein murksiges Kostüm zusammengenäht, Marketenderin, nichts Halbes und nichts Ganzes. Ich bin der Page von Hochburgund. Beinah, beinah fiel alles ins Wasser ... Krach mit Papa, der in diesen Tagen besonders schlechter Laune war, aber man war doch schließlich kein Schulmädchen mehr ...! Besänftigt, liebes Papachen, um den Hals gefallen, abends Ball.

Erst fiel er einem gar nicht auf. Ein guter Tänzer, aber da waren so viele gute Tänzer ... Und dann eben doch. Weißt du noch: ich bin beinah mit dem Glas Zitronenlimonade hingefallen, und du hast mich aufgefangen, was hast du gesagt? Ja. «Wenn das deine Königin sieht!» Du hast du gleich gesagt, du warst immer so unverschämt. So begann es.

Der erste Kuß hinter der großen Palme, rechts im Saal. Nachher nichts mehr möglich, weil mit Papa und Mama nach Hause gefahren. Im Auto fast nichts gesprochen ... «Was hast du denn? Hast du dich denn nicht gut amüsiert? Wer war denn der große Blonde, mit dem du immer getanzt hast?» Diese Fragen ...!

Dann eben das. Es hat sich aber nicht lange gezogen, dann gleich geheiratet. Schwer, Papa begreiflich zu machen, oder eben nicht begreiflich zu machen, daß man heiraten *mußte*, weißt du noch? Ging aber alles gut. Das Kind kam zwei Monate zu früh, fiel gar nicht auf. Dann kam der Krieg.

Flieger natürlich. So ein strammer Junge. Und dann allein zu Hause sitzen, mit der Tochter, dann mit Brotkarten, dann die Angst, die Angst ...! Hundertmal im Tage zum Briefkasten gelaufen, ob nicht ... Nichts. Man war schon froh, wenn kein Telegramm da war. Dann Postsperre. Dann: er. Er und doch nicht er, aber immerhin: er. Welche hitzigen Urlaube! Zwei Kinder: noch eine Tochter und dann ein Sohn. Dann die Niederlage.

Ich bin der Page von Hochburgund. 1919, an einem bösen Winterabend, wo die letzten Kohlen spärliche Wärme gaben, das Eintrittsbillett zum Ball gemeinsam angesehen. Wo ist das jetzt —? Das ist verloren, wie so vieles andere auch. Ach, Erinnerungen . . . Dann böse Jahre — er stellungslos, kein Geld, Augenblicksverdienste . . . dann eine Stellung. Nach Kartoffeln anstehen, Inflation, Börsenkurs; kein Wetter mehr, kein Sonnenaufgang, keine Dämmerung, nur noch Dollarkurse und trage der Königin Schleppe.

Immer nur ein einziger Mann in meinem Leben. Eben doch nicht. Warum, warum! Weil . . . also wenn ich es genau überlege . . . ein Schwein. Zugegeben. Aber damals nicht. Er war klein, braun und beweglich, so beweglich. Ganz anders. Ganz anders — das wird es wohl gewesen sein. Ja, das war es wohl: er war eben anders. Ich bin der Page . . . du lieber Gott, wenn du alles, aber auch jede nur mögliche Bewegung von einem Mann auswendig kennst, dann kennst du ihn eben, wie? Ja. Man versteht es selber nicht, wie das möglich ist: erst geliebt, geliebt, mit allen Herzschlägen, und nun gleichgültig wie ein alter Stuhl. Die Kinder — ja, die Kinder, gewiß. Aber er? Gleichgültig wie ein alter Stuhl. «Du bist so komisch, komisch, heute, Maria . . .» — «Na ja, ich bin eben komisch.» Auf dem Leibe brannten noch die Küsse des andern. Die Kinder schwankten, eine Tochter hielt zum Vater, der Sohn und die andere Tochter zu ihr. Und dann kam die Geschichte mit der Erbschaft.

Seine Mutter war gestorben. Nun war ja zu erwarten, daß Alfred, sein Bruder, Schwierigkeiten machen würde, er war der verhätschelte Lieblingssohn der Alten gewesen, das hatte alle schon immer geärgert. Aber daß er so etwas aufstellen würde, das hätte doch keiner für möglich gehalten. Wegen jeden Tellers machte er einen Spektakel — es war einfach ekelhaft. Und ihr Mann war nicht energisch genug; er war nicht beweglich genug, er war zu stur, er hätte beweglicher sein müssen. So beweglich wie . . . ja. Gegenerklärungen, scheinbar wegen der paar alten Löffel und der Schlafzimmervorhänge — aber in Wahrheit ging es um das Blut: solch ein Haß wie der zwischen Verwandten! Dann, mitten im Prozeß, wo sie als Zeugin geladen war, der freche Anwurf, vor allen Leuten: «Deine Frau betrügt dich!» Bumm.

Verweint, allein, fallen gelassen, in einem kleinen Pensionsstübchen. Ich bin der Page von Hochburgund. Die Kinder nicht mehr gesehen. Der Braune, leider keine Zeit, verreist, auf Reisen, immer auf Reisen, schreibt nichtssagende Briefe. Die Liebe wie erloschen. Trude wiedergesehen — glücklich verheiratet, gradezu protzig glücklich; ihre Kinder gezeigt, ihren Kleiderschrank -- nachher zu Hause viel geweint. Weißt du noch? hat Trude gefragt. Man wollte nichts mehr wissen. Man wollte vergessen. Man hat vergessen.

Alfred hat den Mann wegen Meineid denunziert; Verfahren. Kein Funke von Mitgefühl. Kopfschüttelnd die alte Liebe überdacht: wie ist so etwas möglich, wie ist so etwas möglich! Es war doch einmal. Ja, es war einmal. Aber nun ist da nichts mehr.

Kümmerliche Arbeit im Büro. Es geht, es geht. Natürlich geht es, man hat ja Energie. Freundliche Beziehungen zu einem Arzt, aber er traut sich nicht so recht, und nun das Ganze noch einmal? Noch einmal: erste Liebestage, scheuer Kuß, heißer Kuß, Zusammengehen und Zusammenbleiben – noch einmal? Die Kraft langt nicht mehr. Einmal im Spaß gesagt: «Können Sie mir eigentlich Veronal geben – man weiß nie, wozu das gut ist ...!» Er hat ganz erschrockene Augen gemacht. Gleichgültig gelesen, daß das Meineidsverfahren eingestellt ist. Möge es. Das ist vorbei. Krähenfüße um die Augen. Eine nicht mehr ganz junge, etwas dickliche Frau ... «Warum heiratet die eigentlich nicht? Sie ist doch geschieden.» Vom Mann, ja. Von der Welt auch. Keiner weiß, wieviel Mut in dieser sauber fortgeführten Existenz steckt, viel Anständigkeit, wieviel stille Größe. Ich bin der Page von Hochburgund und trage der Königin – – – – – – – – – – – – – – – – und man hat eine nahrhafte, anregende und bekömmliche Suppe.

SIGILLA VERI

Aus dem Antisemitismus kann erst etwas Richtiges werden, wenn ihn ein Jude in die Hand nimmt. Roda Roda

So um die zehnte Abendstunde, wenn die Luft in den Kneipen schon etwas dick geworden ist und der Alkohol die Gehirntätigkeit verlangsamt hat; um die zehnte Abendstunde, wenn die Stammtischrunden der alten Majore, der Tierärzte, Studienräte und Bergassessoren in mystischer Gelähmtheit dumpf hinter ihren Gläsern hocken –: da bringt der deutsche Mann das Gespräch gern auf die Juden.

Schwer setzt der aufrechte Trinker sein Glas vor sich hin, wischt sich den Bart, putzt den Kneifer und spricht: «Daran sind meines Erachtens nach nur die Juden schuld!» – «Wahr, wahr ...» murmelt es um den Tisch, und auch Frieda, die Kellnerin, und Heinrich, der Herr Ober, nicken. Und der Oberbergrat fährt fort: «Meine Herren, schon im Jahre 1677 ...» Woher weiß er das –?

Es gibt eine Stammtisch-Wissenschaft, die gilt nur von abends um halb neun bis um drei Viertel zwölf. Am Tage haben die Leute alles vergessen: Daten, Namen, Büchertitel und den Rest. Aber eines ist ihnen geblieben: das Bewußtsein, daß die Juden schuld sind.

Nun aber ist, um diesen Wissenslücken abzuhelfen, gegen die Radfahrer endlich das große und schöne Werk erschienen, dessen wir so lange entraten haben:

‹*Sigilla Veri*›
(Ph. Stauffs Semi-Kürschner)
Lexikon der Juden, -Genossen und -Gegner aller Zeiten und Zonen, insbesondere Deutschlands, der Lehren, Gebräuche, Kunstgriffe und Statistiken der Juden sowie ihrer Gaunersprache, Trugnamen, Geheimbünde etcetera.
Unter Mitwirkung gelehrter Männer und Frauen aller in Betracht kommenden Länder im Auftrage der «Weltliga gegen die Lüge» in Verbindung mit der «Alliance chrétienne arienne».
U. Bodung-Verlag.

Das hat mir schon lange gefehlt. Denken Sie doch nur —!

Was die Kunstgriffe der Juden angeht, so benötige ich deren Kenntnis wie das liebe Brot — das wilde Volk der Verleger und der Filmleute macht unsereinem das Leben nicht leicht. Und die Gaunersprache? ‹Requisition› statt Diebstahl? — Und die Trugnamen? ‹Lindström›? — Und die Geheimbünde? Es muß sehr interessant sein.

Doch ist es nicht ganz leicht, das Buch zu erhalten. Ich habe bisher nur den Prospekt mit den Probeseiten bekommen.

Bedingungen, gleichzeitig Bestellschein:

2. Ich bin nichtjüdischer Herkunft und mit Juden weder versippt noch verschwägert.
4. Ich erkläre ehrenwörtlich, daß ich nicht von dritter Seite aus als Käufer-Strohmann vorgeschoben bin.
5. Ich verpflichte mich
   c) alle Stellen, in denen eine Beleidigung gefunden oder gesucht werden könnte, dem Verlage zwecks Ausmerzung mitzuteilen. Der Verlag legt Wert darauf, sachliche wissenschaftliche Aufklärung zu bringen ...

Die sieht so aus:

Carbe, geb. Cohn, Dr., Gerichtsassessor, Neffe des Dr. h. c. Ru. Mosse, Erbe des ‹*B. T.*› Berlin. Ihm wurde das populäre Gedicht ‹*Haben Sie nicht den kleinen Cohn gesehn?*› auf den Leib geschrieben, er erhielt dann 1917 vom preuß. Min. des Innern durch den guten Freund des Hauses Mosse, Ministerialdirektor Freund, den neuen Namen: Carbe.

Wenn ich den Verlag darauf aufmerksam machen darf: in diesem Abschnitt sind zwei Unrichtigkeiten enthalten, aber die muß er sich schon allein heraussuchen. Gegen ein Freiexemplar des Werkes bin ich bereit, ihm zu sagen, wer in Wahrheit der kleine Cohn gewesen ist. Herr Carbe war es nicht. Goebbels auch nicht.

Ein Frei-Exemplar? Der Verlag wird sich hüten; so hoch bemißt er den Wert dieser Mitteilung nicht. Denn sein Werk ist teuer, so teuer, als wäre es echt jüdisches Produkt. Das sechsbändige Lexikon kostet im Buchhandel pro Band 70 RM.; der Subskriptionspreis ist, je nach der Zahlungsweise, 50 RM. pro Band, oder 46 RM., bis herunter zu 35 RM., heißt ein Geschäft.

Die Probeseiten des Prospekts haben es in sich.

Einstein zum Beispiel, dem ein eignes Kapitel gewidmet ist, hat ebenso wie Soldner den Faktor 2 vergessen; da staunen Sie. Was das heißt? Ich habe keine Ahnung, der Leser aber auch nicht; es ist die typische Stammtischwissenschaft, aus Zeitungsausschnitten zusammengesetzt, aus Büchern hervorgekramte Details, und auf alle Fälle – Ober, noch ein Halbes! – hat der Einstein mal Unrecht.

Über Magnus Hirschfeld: «Wenn man nun erwägt, daß das Laster in dem stark mischrassigen, von Abkömmlingen spanischer Juden förmlich wimmelnden Holland von jeher verbreitet war, und daß dort Personen jeden Standes und Alters gewohnheitsmäßig die gemeinsten Ausdrücke im Munde führen, so ist dem Holländer durch die Propaganda des Wissenschaftlich-Humanitären Comités die Möglichkeit gegeben, das orientalische Laster in seinem Lande ‹wissenschaftlich gestützt› auf ‹deutsche› Einflüsse zur Schädigung des deutschen Ansehens zurückzuführen, um dadurch zugleich die Juden und Mischlinge, die es doch in den arischen Ländern verbreitet haben, zu entlasten.»

Über Knigge, der gesagt hat, daß es weder für den Denker noch für den Menschenfreund einen Unterschied zwischen Juden und Christen gibt, welches Diktum offenbar aus dem Zusammenhang gerissen ist: «Dieser Satz ist völlig frei aus dem Handgelenk geschüttelt».

Zwei volle Probeseiten über den ‹Kulturbolschewismus› – das ist bekanntlich alles, was einem nicht paßt, wie ja denn der Antisemitismus der Sozialismus der Dummen ist.

Schöne Probeseite über Kutisker, Iwan – die über den Pastor Craemer und den Devaheim-Skandal ist offenbar noch nicht fertig.

Kurz: Stammtisch.

Antisemitismus ... Herrschaften, warum engagiert ihr nicht mich! Für 67,50 Mark monatlich und freie Pension mit zweimaligem sonntäglichem Ausgang liefere ich euch über die Juden ein Material, das wenigstens echt ist – ihr kennt sie nicht einmal.

Immer wieder erschütternd ist die partielle Gehirnlähmung bei den Deutschen: überall da eine Verschwörung zu wittern, wo sie mit ihrem Wesen auf irgendeinen Widerstand stoßen. Willy Haas hat für den Fall Ludendorff das stark theologische Moment dieses Hergangs aufgezeigt; man lese das in seinen ‹*Gestalten der Zeit*› nach. Sie stellen sich wirklich die Welt vor, wie sie in den Kinderfibeln gemalt wurde:

unten im Keller sitzen spitzmützige Juden und kochen, finstere Gebete murmelnd, eine herrliche Dynamitsuppe gegen die Gojim. Ihr ahnungslosen Esel!

Warum packt ihr den Juden nicht da, wo er wirklich zu fassen ist! In seiner engen Ichbezogenheit; in seiner ewigen Empfindlichkeit, die ihn aufschreien läßt, wenn ihm einmal einer die Wahrheit sagt; in seinem Aberglauben, welcher annimmt, der, der schneller denke, sei klüger als der, der langsam denke; in seiner wahnwitzigen Eitelkeit, die besonders für Deutschlands Fluren die jüdische Klugheit nur aus einem Grunde hat statuieren können: weil die andern meist noch dümmer sind. An der Levante oder gegenüber den Schotten hat der Jude nichts zu melden – die stecken ihn alle Tage in den Sack des Handels. Ach, ihr ahnungslosen Esel! Welch ein jammervoller Antisemitismus ist das! Es gibt bei euch noch eine andre Sorte: das sind die Mischtiker aus den Bezirken um Hielscher, die im Nebel ihren Pfad suchen, ihn aber bis heute noch nicht gefunden haben. Denen kann man freilich nicht beikommen – sie überschütten dich mit Vokabeln, die sie zu diesem Behuf erfunden haben, und mit dem Judentum hat auch dies nichts zu tun. Die meisten Antisemiten sagen viel mehr über sich selber aus als über ihren Gegner, den sie nicht kennen.

Wäre ich Antisemit –: ich schämte mich solcher Bundesgenossen.

EIN EHEPAAR ERZÄHLT EINEN WITZ

«Herr Panter, wir haben gestern einen so reizenden Witz gehört, den *müssen* wir Ihnen ... also den *muß* ich Ihnen erzählen. Mein Mann kannte ihn schon ... aber er ist zu reizend. Also passen Sie auf.

Ein Mann, Walter, streu nicht den Tabak auf den Teppich, da! Streust ja den ganzen Tabak auf den Teppich, also ein Mann, nein, ein Wanderer verirrt sich im Gebirge. Also der geht im Gebirge und verirrt sich, in den Alpen. Was? In den Dolomiten, also nicht in den Alpen, ist ja ganz egal. Also er geht da durch die Nacht, und da sieht er ein Licht, und er geht grade auf das Licht zu ... laß mich doch erzählen! das gehört dazu! ... geht drauf zu, und da ist eine Hütte, da wohnen zwei Bauersleute drin. Ein Bauer und eine Bauersfrau. Der Bauer ist alt, und sie ist jung und hübsch, ja, sie ist jung. Die liegen schon im Bett. Nein, die liegen noch nicht im Bett ...»

«Meine Frau kann keine Witze erzählen. Laß mich mal. Du kannst nachher sagen, obs richtig war. Also nun werde ich Ihnen das mal erzählen.

Also, ein Mann wandert durch die Dolomiten und verirrt sich. Da kommt er – du machst einen ganz verwirrt, so ist der Witz gar nicht! Der Witz ist ganz anders. In den Dolomiten, so ist das! In den Dolomiten wohnt ein alter Bauer mit seiner jungen Frau. Und die haben gar nichts mehr zu essen; bis zum nächsten Markttag haben sie bloß noch eine Konservenbüchse mit Rindfleisch. Und die sparen sie sich auf. Und da kommt . . . wieso? Das ist ganz richtig! Sei mal still . . ., da kommt in der Nacht ein Wandersmann, also da klopft es an die Tür, da steht ein Mann, der hat sich verirrt, und der bittet um Nachtquartier. Nun haben die aber gar kein Quartier, das heißt, sie haben nur ein Bett, da schlafen sie zu zweit drin. Wie? Trude, das ist doch Unsinn . . . Das kann sehr nett sein!»

«Na, ich könnte das nicht. Immer da einen, der – im Schlaf strampelt . . ., also ich könnte das nicht!»

«Sollst du ja auch gar nicht. Unterbrich mich nicht immer.»

«Du sagst doch, das wär nett. Ich finde das nicht nett.»

«Also . . .»

«Walter! Die Asche! Kannst du denn nicht den Aschbecher nehmen?»

«Also . . . der Wanderer steht da nun in der Hütte, er trieft vor Regen, und er möchte doch da schlafen. Und da sagt ihm der Bauer, er kann ja in dem Bett schlafen, mit der Frau.»

«Nein, so war das nicht. Walter, du erzählst es ganz falsch! Dazwischen, zwischen ihm und der Frau – also der Wanderer in der Mitte!»

«Meinetwegen in der Mitte. Das ist doch ganz egal.»

«Das ist gar nicht egal . . . der ganze Witz beruht ja darauf.»

«Der Witz beruht doch nicht darauf, wo der Mann schläft!»

«Natürlich beruht er darauf! Wie soll denn Herr Panter den Witz so verstehen . . . laß mich mal – ich werd ihn mal erzählen! – Also der Mann schläft, verstehen Sie, zwischen dem alten Bauer und seiner Frau. Und draußen gewittert es. Laß mich doch mal!»

«Sie erzählt ihn ganz falsch. Es gewittert erst gar nicht, sondern die schlafen friedlich ein. Plötzlich wacht der Bauer auf und sagt zu seiner Frau – Trude, geh mal ans Telefon, es klingelt. – Nein, also das sagt er natürlich nicht . . . Der Bauer sagt zu seiner Frau . . . Wer ist da? Wer ist am Telefon? Sag ihm, er soll später noch mal anrufen – jetzt haben wir keine Zeit! Ja. Nein. Ja. Häng ab! Häng doch ab!»

«Hat er Ihnen den Witz schon zu Ende erzählt? Nein, noch nicht? Na, erzähl doch!»

«Da sagt der Bauer: Ich muß mal raus, nach den Ziegen sehn – mir ist so, als hätten die sich losgemacht, und dann haben wir morgen keine Milch! Ich will mal sehn, ob die Stalltür auch gut zugeschlossen ist.»

«Walter, entschuldige, wenn ich unterbreche, aber Paul sagt, nachher kann er nicht anrufen, er ruft erst abends an.»

«Gut, abends. Also der Bauer – nehmen Sie doch noch ein bißchen Kaffee! – Also der Bauer geht raus, und kaum ist er rausgegangen, da stupst die junge Frau . . .»

«Ganz falsch. Total falsch. Doch nicht das erstemal! Er geht raus, aber sie stupst erst beim drittenmal – der Bauer geht nämlich dreimal raus – das fand ich so furchtbar komisch! Laß mich mal! Also der Bauer geht raus, nach der Ziege sehn, und die Ziege ist da; und er kommt wieder rein.»

«Falsch. Er bleibt ganz lange draußen. Inzwischen sagt die junge Frau zu dem Wanderer –»

«Gar nichts sagt sie. Der. Bauer kommt rein ...»

«Erst kommt er nicht rein!»

«Also ... der Bauer kommt rein, und wie er eine Weile schläft, da fährt er plötzlich aus dem Schlaf hoch und sagt: Ich muß doch noch mal nach der Ziege sehen – und geht wieder raus.»

«Du hast ja ganz vergessen, zu erzählen, daß der Wanderer furchtbaren Hunger hat!»

«Ja. Der Wanderer hat vorher beim Abendbrot gesagt, er hat so furchtbaren Hunger, und da haben die gesagt, ein bißchen Käse wäre noch da ...»

«Und Milch!»

«Und Milch, und es wär auch noch etwas Fleischkonserve da, aber die könnten sie ihm nicht geben, weil die eben bis zum nächsten Markttag reichen muß. Und dann sind sie zu Bett gegangen.»

«Und wie nun der Bauer draußen ist, da stupst sie den, also da stupst die Frau den Wanderer in die Seite und sagt: Na ...»

«Keine Spur! Aber keine Spur! Walter, das ist doch falsch! Sie sagt doch nicht: Na ...!»

«Natürlich sagt sie: Na ...! Was soll sie denn sagen?»

«Sie sagt: Jetzt wäre so eine Gelegenheit ...»

«Sie sagt im Gegenteil: Na ... und stupst den Wandersmann in die Seite ...»

«Du verdirbst aber wirklich jeden Witz, Walter!»

«Das ist großartig! Ich verderbe jeden Witz? *Du* verdirbst jeden Witz – ich verderbe doch nicht jeden Witz! Da sagt die Frau ...»

«Jetzt laß *mich* mal den Witz erzählen! Du verkorkst ja die Pointe ...!»

«Also jetzt mach mich nicht böse, Trude! Wenn ich einen Witz anfange, will ich ihn auch zu Ende erzählen ...»

«Du hast ihn ja gar nicht angefangen ... *ich* habe ihn angefangen!» – «Das ist ganz egal – jedenfalls will ich die Geschichte zu Ende erzählen; denn du kannst keine Geschichten erzählen, wenigstens nicht richtig!» – «Und ich erzähle eben meine Geschichten nach meiner Art und nicht nach deiner, und wenn es dir nicht paßt, dann mußt du eben nicht zuhören ...!» – «Ich will auch gar nicht zuhören ... ich will sie zu Ende erzählen – und zwar so, daß Herr Panter einen Genuß von der Geschichte hat!» – «Wenn du vielleicht glaubst, daß es ein Genuß ist, dir zuzuhören ...» – «Trude!» – «Nun sagen Sie, Herr Panter – ist das auszuhalten! Und so nervös ist er schon die ganze Woche ... ich habe ...» – «Du bist ...» – «Deine Unbeherrschtheit ...» – «Gleich wird sie sagen: Komplexe! Deine Mutter nennt das einfach schlechte Erziehung ...» – «Meine Kinderstube ...!» – «Wer hat denn die Sache beim Anwalt rückgängig gemacht? Wer denn? Ich vielleicht? Du! Du hast gebeten, daß die Scheidung nicht ...» – «Lüge!» – Bumm: Türgeknall rechts. Bumm: Türgeknall links.

Jetzt sitze ich da mit dem halben Witz.

Was hat der Mann zu der jungen Bauersfrau gesagt?

«BITTE – FÄDELN SIE MAL EIN ...»

Neuestes Experiment für Individual-Psychologen

Mache diesen Versuch:

Bitte eine dir bekannte Frau, eine Nadel einzufädeln. Sie wird es tun – und dabei wird sie den Faden in das Nadelöhr hineinstecken.

Bitte einen dir bekannten Mann, eine Nadel einzufädeln. Er wird es, nach anfänglicher Verwunderung, tun («Wozu? Was soll denn das? Können Sie das nicht selbst?») – und dabei wird er die Nadel über das Faden-Ende stülpen.

Dieses erfüllt mich mit größter Verwunderung. Warum ist das so? Warum ist das immer so? Liegt hier ein tiefer Unterschied zwischen der weiblichen und der männlichen Natur begründet? Was ist es? Welches Symbol liegt da verborgen? Warum stülpen die Männer, wenn es nicht grade Schneider sind, oder Leute, die berufsmäßig mit winzigen Gegenständen zu hantieren haben? Warum fädeln nur die Frauen ein? Weil man es ihnen so beigebracht hat? Aber man hat ihnen doch mancherlei beigebracht, und sie benutzen oft ihre eigene Methode und handeln nach ihrem eigenen Kopf! Was geht hier vor sich –?

Ist es vielleicht, weil der Mann einst das Schwert geführt hat, und nun das metallische Glitzern der Nadel ... (nach Belieben auszufüllen). Und die Frau, liebt sie die Präzisionsarbeit, das treu sorgende Element, welches ... (nach Belieben auszufüllen)? Es ist eine ganz erstaunliche Sache, ich traue mich gar nicht mehr, jemand danach zu fragen, denn das Gefädel ist schon nicht mehr zu ertragen. Wer wird mir das erklären?

Von den Experimental-Psychologen laßt uns nicht sprechen. Nadel und Faden ... wenn das herauskommt, daß das Experiment wirklich neunhundertundneunundneunzigmal von tausend wirklich, wie oben beschrieben, verläuft –: was läßt sich da alles schlußfolgern! Jeder Arzt, der auf sich hält, wird künftighin ein Heftchen Nadeln und einige

Fäden auf seinem Tisch liegen haben, und er wird zu den Patienten sprechen: «Bitte, fädeln Sie mal ein!», und Gnade Gott, wenn dann eine Frau die Nadel über den Faden stülpt oder ein Mann richtig fädelt –! Es ist gar nicht auszudenken, was dann alles geschieht . . .

Es ist ein tiefes Geheimnis. Seit Wochen bilde ich den Schrecken meiner Umgebung; ich trage, wo ich gehe, stets Nadel und Faden bei mir, und ich sage abwechselnd zu Lottchen, dem londoner Schutzmann an der Ecke, zu meiner Amme und zum Frisör: «Würden Sie bitte mal diesen Faden in diese Nadel einfädeln?» Der Forscher muß viel leiden, und es hat schon manchen Kummer gegeben; aber schließlich, wenn sie alle ihren Vers mit: «Sagen Sie mal – bei Ihnen piekt es wohl?» aufgesagt haben, dann fädeln sie ja doch. Die Frauen mit dieser blitzschnellen Bewegung des Fadens zur Zungenspitze, sie feuchten ihn an, und, schwupps, haben sie ihn eingefädelt. Die Männer lachen immer erst ein bißchen, so, wie einer lacht, wenn ihm was schief gegangen ist, sie wälzen ihre Ungeschicklichkeit auf mich ab, ich lasse mir das auch still gefallen, und dann fädeln sie ein. Es dauert. Den Rekord hat Karlchen geschlagen – er hat genau dreiunddreißig Minuten gefädelt, und dabei hat er auch noch gemogelt. Und natürlich hat er gestülpt. Wenn die Versuchsobjekte fertig sind, dann halte ich ihnen einen kleinen Zettel entgegen, auf dem steht: «Frauen fädeln, Männer stülpen.» Dann sagen die Objekte: «Sie sind ja völlig übergeschnappt!» – und dann versuchen sie es noch einmal, aber nun sind sie befangen, ihre Hände zittern; bei den Männern geht es noch viel schlechter als das erstemal – und meist tun sie dann, nun grade, das Entgegengesetzte. Aber das gilt nicht.

Es ist ein tiefes Geheimnis. Regen sich atavistische Ur-Ur-Ur-Ur-Instinkte? Aber die Neandertal-Menschen haben doch nicht gefädelt, oder doch? Mit Bronze-Nadeln? Und haben ihre Frauen gefädelt? Und haben die Männer gestülpt? Und was bedeutet das alles –?

Frauen fädeln. Männer stülpen. Machen Sie den Versuch – aber verstecken Sie vorher Ihren *‹Uhu› –!*

IMMA MIT DIE RUHE!

Wenn ick det sehe, wat se so machn,
wie se bei de jeringsten Sachn
sich uffpustn, det man denkt, se platzen –
wie se rot anlaufn, bis an die Jlatzen,
ahms spät un morjens um achte –:
sachte! sachte!
Warum denn so furchtbar uffjerecht?
Wir wern mal alle inn Kasten jelecht.

Wissen Se, ick wah mal dabei –
da hattn se uff de Polessei
eenen Selbstmörda, jänzlich nackt,
in eenen murksijen Sarch jepackt.
    Die hatten det eilich! Un ick dachte:
        Sachte! Sachte!
Un der Anblick hat sich mir injeprecht:
Wir wern mal alle inn Kasten jelecht.

Janich rellejöhs.
                    Wie soll ick det sahrn . . .?
Ick kann det Jefuchtel nich vatrahrn.
Wir komm bei Muttan raus mit Jeschrei,
un manche bleihm denn auch dabei.
    Wenn ick mir det so allens betrachte:
        Imma sachte!
Mal liechste still. Denn wird ausjefecht.
Un wir wern alle inn Kasten jelecht.

PARTEIWIRTSCHAFT

Wie wäre es, wenn man nun einmal einen dämlichen kleinen Trick aus unsrer Politik entfernte, der darin besteht, jeder grade an der Macht befindlichen Partei vorzuwerfen, sie betreibe Parteiwirtschaft –? Ja, was soll sie denn eigentlich sonst betreiben –?

Das Wohl der Allgemeinheit . . ., ich weiß schon. Aber ich möchte nur einmal wissen, wozu denn Wahlen und Propaganda und Parteikampf da sein sollen, wenn nicht zu dem alleinigen Zweck, eine Partei an die Macht zu bringen. Und wenn sie dort angekommen ist, was hat sie zu tun? Natürlich ihre Macht zu gebrauchen. Das haben alle Parteien begriffen, mit Ausnahme der SPD, der man sehr zu Unrecht den Vorwurf macht, sie mißbrauche ihre Machtstellung. Sie hat gar keine. Es mag ja sein, daß die Pöstchenverteilung für ihre Mitglieder angenehm ist – ihre Macht hat sie nie richtig benutzt: sie hat stets nur Kompromisse gemacht, und die zu ihrem Schaden. Sind die Rechten an der Macht, so benutzen sie ihre Macht, und sie tun recht daran. Und das Zentrum . . . aber das ist ja in Deutschland immer an der Macht. Die Zeitungen kreischen gegen Moskau, und das Land wird von Rom regiert.

Doch sollte man mit jener tiefen Unehrlichkeit aufhören, jeder Regierung vorzuwerfen, sie sei eine Parteiregierung. Natürlich ist sie das, und das soll sie auch sein. Daß aber in Deutschland der Begriff «Partei» bis auf das Rinnstein-Niveau gesunken ist, das ist eine andre Sache, und hier sollte man zupacken. Der Rest ist Heuchelei.

Das Niveau, auf dem sich die meisten deutschen politischen Debatten bewegen, ist kaum noch zu unterbieten. Sieht man von einigen Jugendbünden ab, die sich, besonders sehr weit rechts und sehr weit links, ernsthaft um einen gesunden Kampf bemühen, das heißt, die den Gegner nicht bagatellisieren und ihn nicht fortdisputieren, sondern die wirklich antreten — dann bleibt ein Meer von Lügen. Man sehe sich etwa, wenn man die Geduld dazu aufbringt, diese unsägliche Hitlerpresse an: wie das der Regierung vorwirft, das Land nach Prinzipien zu regieren, also genau das zu tun, was jene tun wollen. Es ist mehr als jämmerlich, was da getrieben wird.

Zu bekämpfen ist allein die Parteiwirtschaft, die sich nicht offen als solche bekennt, sondern die vorgibt, für das große Ganze zu arbeiten, so, wie die katholische Kirche gern ‹die Natur› vorschiebt, wenn sie ihr Dogma meint. Sagt, was ihr wollt, und sagt, was ihr tut, wenn ihr an der Macht seid. Euch dann noch Parteiwirtschaft vorzuwerfen, ist die Negierung jeder Politik.

BEIT FRIEHSTICK

Wenn ick in meine Stulln beiße,
denn kuck ick in de Sseitung rin.
Die liejn nämlich inne Sseitung,
da wickelt se mir Mutta in.
    Ick streiche det Papier scheen jlatt
    und seh, wats so jejehm hat.

Ick lese von drei Zwillingsschwestern
und vonne Feiersbrunst in Wald . . .
Mal is die Sseitung noch von jestern,
mal isse füchzehn Tahre alt.
    Wat mir det Friehstick nich vamiest.
    Et is ja bloß, det man wat liest.

Da ha ick nu so rausjefunden:
Erscht kommt die Sseitung in Vakehr,
un schon nach vierundzwanssich Stunden,
da stimmt det allens jahnich mehr!
    Denn sind se reine wie blamiert.
    Ick ha dadrieba simmeliert . . .

Ick sach ma so:
Wat die so sahrn
un wat die allens proffezein,
det stimmt schon nich mehr nach acht Tahrn –
det kann nie wahr jewesen sein!
Nu ham die Brieda mächtjet Jlick:
et blättert ja keen Mensch zerrick!
Man schmeißt et wech. Und kooft sich brav und bieda
'n neuet Blatt un jloobt et imma wieda.
Un willste wissen wat det is jewesen,
denn mußte alte Sseitungsnumman lesen.
Un siehste denn, wie die vakehrt sind –:
denn weeste, wat die neien wert sind.

AN DAS BABY

Alle stehn um dich herum:
Fotograf und Mutti
und ein Kasten, schwarz und stumm,
Felix, Tante Putti ...
Sie wackeln mit dem Schlüsselbund,
fröhlich quietscht ein Gummihund.
«Baby, lach mal!» ruft Mama.
«Guck», ruft Tante, «eiala!»
Aber du, mein kleiner Mann,
siehst dir die Gesellschaft an ...
Na, und dann – was meinste?
Weinste.

Später stehn um dich herum
Vaterland und Fahnen;
Kirche, Ministerium,
Welsche und Germanen.
Jeder stiert nur unverwandt
auf das eigne kleine Land.
Jeder kräht auf seinem Mist,
weiß genau, was Wahrheit ist.
Aber du, mein guter Mann,
siehst dir die Gesellschaft an ...
Na, und dann – was machste?
Lachste.

SCHNIPSEL

Shaw. So ernst, wie der heiter tut, ist er gar nicht.

Der englische Schriftsteller William Gerhardi sprach einst: «Wenn eine Frau sagte, sie sei genau wie alle Frauen – die wäre anders.»

Es war einmal ein Vertrag zwischen einer Filmgesellschaft und einem Autor, der wurde von der Gesellschaft anständig und sauber erfüllt. Das war kurz vor Erfindung der Fotografie.

Nichts kommt dem Gerechtigkeitsgefühl gleich, das einen deutschen Republikaner befällt, wenn er gegen einen Stahlhelmer vorgehn soll. Wie peinlich genau er dann die Paragraphen abwägt ...! Aber es ist gar kein Gerechtigkeitsgefühl: es ist Feigheit und zutiefst eine innere Sympathie.

Da gab es einen englischen General, der war so unmusikalisch, daß er nur zwei Musikstücke erkennen konnte. Eins davon war God save the King.

Golf, sagte einmal jemand, ist ein verdorbener Spaziergang.

Segen des Rundfunks. Die alte Frau Runkelstein pflegte sich abends im Lehnstuhl die Kopfhörer anzuschnallen, die Musik ertönte, und dann schlief sie ein. Wenn das Programm aber zu Ende war, dann wachte sie vor Schreck auf. Und dann ging sie schlafen. Siehe die Überschrift.

«Wenn ich so viel Geld hätte», sagte Joachim Ringelnatz, «und so viel Macht, daß ich alles auf der Welt ändern könnte, dann ließe ich alles so, wie es ist.»

Wenn ein Franzose einen Vertrag unterschrieben hat, dann hält er ihn. Doch bevor er ihn unterschreibt, macht er unendliche Geschichten, in Verlauf derer man junge Hunde kriegen kann. Und dann unterschreibt er ihn nicht. Es sind kleine Leute, wie?

Wenn ein Deutscher einen Vertrag unterschrieben hat, ist der Vorfall für ihn erledigt, und er ist höchst erstaunt, wenn er ihn nun auch noch erfüllen soll. Dann gibt es ein großes Lamento und viel Geschrei der Rechtsanwälte. Aber er unterschreibt jeden Vertrag. Es sind großzügige Leute.

Es gibt so wenig brauchbare Buch-Kritiken, weil jeder Schriftsteller fälschlich annimmt, er könne, weil er Schriftsteller ist, auch Kritiken schreiben.

Bei den großen Schneidern liegen manchmal Empfehlungen von Schustern und Hemdenmachern herum. So sehn unsre Buchkritiken aus.

Wenn die geliebte Frau mit einem andern Mann flirtet, erscheint sie uns leise lächerlich. Die Steine des Kaleidoskops, das wir so gut kennen, geben ein neues Bild; wir sehn sie zum erstenmal gewissermaßen von der Seite. Eifersucht macht kritisch. Wenn Männer mit einer für sie neuen Frau beschäftigt sind, gilt das natürlich alles nicht.

Nähme man den Zeitungen den Fettdruck –: um wieviel stiller wäre es in der Welt –!

Es gibt eine Frage, die stellt nur ein Deutscher. Wenn dich die Leute besuchen, dann nimmt dich jener unter den Arm, raucht einmal an seiner Zigarre und sagt: «Sagen Sie mal – was zahlen Sie hier eigentlich Miete?»

Ist doch auch interessant.

Die Presse wäre viel weniger unausstehlich, wenn sie sich nicht so grauslich wichtig nähme.

Wenn ein Kommunist arm ist, dann sagen die Leute, er sei neidisch. Gehört er dem mittleren Bürgertum an, dann sagen die Leute, er sei ein Idiot, denn er handele gegen seine eignen Interessen. Ist er aber reich, dann sagen sie, seine Lebensführung stehe nicht mit seinen Prinzipien im Einklang.

Worauf denn zu fragen wäre: Wann darf man eigentlich Kommunist sein –?

EISENBAHNER

Im Stellwerk wachen in der Nacht –
Marsch–Marsch! Zehn Stunden Dienst gemacht!
Die schweren Hebel an der Hand,
Hitze und Zugwind am Führerstand.
Im Bauch kalten Kaffee, im Kopf das Signal,
die Strecke abgehen, hundertmal –:
das macht das Unterpersonal.

Hingegen:
Verfügungen schmieren, wie die dienstlichen Mützen
auf dem Proletenkopf sollen sitzen;

nur die eigene Behörde kennen;
sich gegenseitig zum Geheimrat ernennen;
vom grünen Tisch den gemeinen Haufen
regieren, daß alle in Akten versaufen;
auf Wersalljes schimpfen, aufs Material –:
  das tut das Oberpersonal.

Den Kopf hinhalten vor Gericht;
Maul halten, wenn der Richter spricht;
die Brust hinhalten, wenn es sprüht,
undichtes Rohr ... der Dampf verbrüht ...
ein heißer Strahl ... weg, ins Spital ...
So fünfzig-, hundert-, tausendmal –:
  das macht das Unterpersonal.

Hingegen:
Intrigieren und organisieren –
paragraphieren und reglementieren.
Geht es bei Katastrophen ans Leben,
sich «persönlich auf den Schauplatz begeben»;
an Vorschriften und Verfügungen polken,
(wie ein Mond leuchtet Dorpmüller aus den Wolken).
Für die andern: Kommiß. Für sich selber: sozial.
Das macht das Oberpersonal.
Wir rufen ihm zu, so wie es da ist,
ein Signal, das kein Proletarier vergißt:
Abfahren! Abfahren! Abfahren –!

TREUE

Sei man dankbar, wenn se dir wat jehm!
Sei man treu!
  Da kannste wat alehm!
Mach man fummßehn Jahre deinen Stiebel,
setzte einmal aus, denn nehm se iebel.
Wenn se denn ooch noch 'n jüngern sehn,
fliechste raus – denn kannste stempeln jehn.
  Treue lohnt nich.

Wolln se wat, denn komm se anjeloofen –
for den Schmus da kannste dir nischt koofn.
Wenn de dir nich hast den Rebbach rausjefischt:
fors Jewesne jibt der Jude nischt.

Sei man treu –
die wolln dir ja bloß duckn,
und denn kannste durch de Röhre kuckn.
Treue lohnt nich.

Denn wer nämlich treu is, endt im Dalles.
Ja, det sachste so . . . Ick weß det alles.
Mancher kann nich anders, als er kann –
Jeh man imma wieda ran!
Ohne Dußligkeit und ohne Kompromiß,
weil det ehm Stärke is.
Trotz der kalten Fressen von die Brieda –
Mensch, Vatraun kommt imma wieda!
Wenn de dir nich inn Betrieb zerreibst,
wenn de richtig bei de Stange bleibst,
wenn de eene Sache treu bist, kuckste nie in Mond –
Treue lohnt.

DIE VERRÄTER

Na, Verräter eigentlich nicht. Ein Verräter, das ist doch ein Mann, der hingeht und seine Freunde dem Gegner ausliefert, sei es, indem er dort Geheimnisse ausplaudert, Verstecke aufzeigt, Losungsworte preisgibt . . . und das alles bewußt . . . nein, Verräter sind diese da nicht. Die Wirkung aber ist so, als seien sie welche, doch sind sie anders, ganz anders.

Da wird man vom Vertrauen der Parteigenossen ausgesandt, mit dem bösen Feind zu unterhandeln, sozusagen die Arbeiter zu vertreten, die ja inzwischen weiterarbeiten müssen. Und die erste Zeit geht das auch ganz gut. Geld . . . ach, Geld . . . wenn die Welt so einfach wäre. Geld ist zunächst gar nicht zu holen. Der Arbeiterführer bleibt Arbeiterführer; leicht gemieden von den Arbeitgebern, merkwürdiges Wort, übrigens. Nein, nein, man bleibt ein aufrechter Mann.

Aber im Laufe der Jahre, nicht wahr, da sind so die langen Stunden der gemeinschaftlichen Verhandlungen an den langen Tischen: man kennt einander, die Gemeinsamkeit des Klatsches eint, und es wird ja überall so viel geklatscht. Nun, und da stellt sich so eine Art vertraulicher Feindschaft heraus.

Kitt ist eine Sache, die bindet nicht nur; sie hält auch die Steine auseinander. Zehn Jahre Gewerkschaftsführer; zehn Jahre Reichstagsabgeordneter; zehn Jahre Betriebsratsvorsitzender – das wird dann fast ein Beruf. Man bewirkt etwas. Man erreicht dies und jenes. Man bildet sich ein, noch mehr zu verhüten. Und man kommt mit den

Herren Feinden ganz gut aus, und eines Tages sind es eigentlich gar keine Feinde mehr. Nein. Ganz leise geht das, unmerklich. Bis jener Satz fällt, der ganze Reihen voller Arbeiterführer dahingemäht hat, dieser infame, kleine Satz: «Ich wende mich an Sie, lieber Brennecke, weil Sie der einzige sind, mit dem man zusammenarbeiten kann. Wir stehen in verschiedenen Lagern – aber Sie sind und bleiben ein objektiver Mann ...» Da steckt die kleine gelbe Blume des Verrats ihr Köpfchen aus dem Gras – hier, an dieser Stelle und in dieser Stunde. Da beginnt es.

Der kleine Finger ist schon drüben; der Rest läßt nicht mehr lange auf sich warten. «Genossen», sagt der Geschmeichelte, «man muß die Lage von zwei Seiten ansehn ...» Aber die Genossen verstehen nicht recht und murren: sie sehn die Lage nur von einer Seite an, nämlich von der Hungerseite. Und was alles Geld der Welt nicht bewirkt hätte, das bewirkt jene perfide, kleine Spekulation auf die Eitelkeit des Menschen: er kann doch die vertrauensvollen Erwartungen des Feindes nicht enttäuschen. Wie? Plötzlich hingehn und sagen: Ja, die Kollegen billigen das nicht, Krieg muß zwischen uns sein, Krieg und Kampf der Klassen, weil wir uns ausgebeutet fühlen ...? Unmöglich. Man kann das unmöglich sagen. Es ist zu spät.

Und dann geht es ganz schnell bergab. Dann können es Einladungen sein oder Posten, aber sie müssen es nicht sein – die schlimmsten Verräterein auf dieser Welt werden gratis begangen. Dann wird man Oberpräsident, Minister, Vizekönig oder Polizeipräfekt – das geht dann ganz schnell. Und nun ist man auch den grollenden Zurückgebliebenen, die man einmal vertreten hat und nun bloß noch tritt, so entfremdet – sie verstehen nichts von Realpolitik, die Armen. Nun sitzt er oben, gehört beinah ganz zu jenen, und nur dieses kleine Restchen, daß sie ihn eben doch nicht so ganz zu den Ihren zählen wollen, das schmerzt ihn. Aber sonst ist er gesund und munter, danke der Nachfrage.

Und ist höchst erstaunt, wenn man ihn einen Verräter schilt. Verräter? Er hat doch nichts verraten! Nichts – nur sich selbst und eine Klasse, die zähneknirschend dieselben Erfahrungen mit einem neuen beginnt.

KRITIK ALS BERUFSSTÖRUNG

Auf meinem Nachttisch lag einmal ein Buch von O. Henry, das hatte Paul Baudisch übersetzt. Mir gefiel die Übersetzung nicht, ich tadelte sie, und Baudisch erwiderte. Von zwei Seiten kam ihm Rekurs, beide Male von Schriftstellern, deren fachliche Kenntnis sie dazu berechtigten. Stephan Ehrenzweig erwiderte im ‹*Tagebuch*›, mein Rat an die Verleger, sich hinfürder einen andern Übersetzer auszusuchen, ginge etwas weit, «weil dieser Rat sozusagen aus der jeder Erörterung zugänglichen beruflichen in die keiner Erörterung zugängliche geschäftliche Sphäre» vorstieße; zum andern protestierte brieflich ein von mir sehr geschätzter Dichter, Hans Reisiger aus München, der schrieb, es ginge doch nicht an, einem hochbegabten und gewissenhaften Übersetzer mit ein paar allgemeinen Worten so von oben her das Geschäft zu verderben.

Über Paul Baudisch läßt sich diskutieren: ich glaube, damals an Beispielen gezeigt zu haben, daß er seine Sache nicht gut gemacht hat, doch lasse ich mich da gern eines Bessern belehren; auch weiß ich, daß es wesentlich schlechtere Übersetzer als Baudisch gibt. Worüber sich aber gar nicht streiten läßt, das ist die Auffassung, Kritik dürfe keine Berufsschädigung hervorrufen. Das ist ein ernstes Kapitel.

Die Industrialisierung der Literatur ist wie die aller Künste nahezu vollkommen — Außenseiter haben es sehr, sehr schwer. Was die deutsche Buchkritik anlangt, so ist sie auf einem Tiefstand angelangt, der kaum unterboten werden kann. Das Lobgehudel, das sich über die meisten der angekündigten Bücher ergeußt, hat denn auch zur Folge gehabt, daß die Buchkritik kaum noch irgend eine Wirkung hervorruft: das Publikum liest diese dürftig verhüllten Waschzettel überhaupt nicht mehr, und wenn es sie liest, so orientiert es sich nicht an ihnen. Die einzige sichtbare Wirkung, die wir noch ausüben, ist die Wirkung auf den Kommissionär: auf den Verleger. Der wiederum beachtet die Kritik, von der er doch weiß, wie sie in den meisten Fällen zustande kommt, viel zu sehr, er läuft den gelobten Autoren nach und den getadelten aus dem Wege. Die unmittelbare Wirkung dieser Kritiken auf den Absatz der Bücher veranschlage ich nach meinen Erfahrungen als sehr gering: ein Reisebuch von mir hat eine sehr gute Aufnahme bei den Kritikern gefunden und geht nicht, und das Buch, über das die meisten meiner Kritiker wie die Wilden hergefallen sind, ist einer meiner größten Erfolge.

Ich glaube aber, daß, wenn sich Absatzwirkungen zeigen, sie dann eben Wirkungen der Kritik sind, die mit der Besprechung auf das innigste zusammenhängen und von leidenschaftlichen Kritikern mit vollem Recht beabsichtigt werden. Der Kritiker will eine bestimmte Literaturgattung fördern, also bearbeitet er Publikum und Verleger; er will eine andre Gattung schädigen, dann tadelt er sie. Warum also soll es einem Kritiker verwehrt sein, sich auch unmittelbar an denjenigen zu wenden, der erfahrungsgemäß seine Kritiken am meisten zu beachten pflegt? Ich kann darin nichts Unerlaubtes sehn.

Doch sind wir leider soweit gediehn, daß Kritik nur noch als Berufsförderung oder Berufsstörung angesehn wird, und so wird denn auch der Kritiker gewertet. Lobt er, ist er für den Belobten ein großer und bedeutender Kritiker; tadelt er, so ist er für den Getadelten ein Ignorant und taugt nichts. Besonders die Schauspieler haben es in dieser

Kritik der Kritik zu einer großen Virtuosität gebracht: derselbe Kritiker gilt ihnen heute als allererster Meister und morgen, weil er getadelt hat, als letzter Murks.

Die Verfilzung in der Literatur ist schon groß genug; wir wollen wenigstens ein paar Inseln beibehalten. Die Literaturkritik ist sehr oft korrupt, bestechlich ist sie nicht. Sie gibt das billiger.

Die Herren Tadler sind noch Lichtblicke im literarischen Leben. Aber die Hudler des Lobes ... Ich habe mich oft gefragt, was denn diese Leute bewegen mag, jeden Quark mit dem Prädikat ‹bestes Buch der letzten siebenundfünfzig Jahre› auszuzeichnen. Ich glaube, einige Gründe gefunden zu haben.

Es ist bei den meisten eine Art Geltungstrieb, der sich da bemerkbar macht. Fast jeder Kritiker hält sich in der Viertelstunde, wo er seine Kritik aufpinselt, für einen kleinen Herrgott. Ein besonders übles Exemplar dieser Gattung hat einmal gesagt: «Ich wollte ja die Buchkritik längst aufgeben. Aber —» er sprach Dialekt, «aber man gibt doch nicht gern 's Peitscherl aus der Hand!» Es ist der Machttrieb. Ich habe ihn nie begriffen. Was ist denn das für ein Cäsarentum, das sich darin sonnt, wie hundert junger Autoren gelaufen kommen und um eine Besprechung bitten; wie sie den großen Meister, dessen Werke man so bewundere, anflehen ... und die ganze türkische Musik. Und dann also setzt sich jener hin und verleiht kleine Nobelpreise, sehr von oben herunter — er nennt das: fördern.

Der Geltungstrieb hat auch gesellschaftliche Ursachen.

Es gibt eine Menge von Literatur-Kritikern, die mit den in Frage kommenden Autoren gesellschaftlich verkehren; es ist ja so schwer, jemand zu verreißen, mit dem man öfter zu Abend gegessen hat. Man trifft ihn doch wieder ... Und diese Kritiker wollen sich durch einen Verriß ihre Salonkarriere nicht verderben — sie möchten nun einmal dazu gehören, sie wollen dabei sein, eingeladen, umschmeichelt werden ... und so loben sie denn den gewaltigsten Quark, wenn ihn eine wohlhabende Frau geschrieben hat; wenn der Autor ein Auto hat; und vor allem: wenn er Beziehungen hat. Und hier sitzt das Grundübel der literarischen Verfilzung.

Neulich hat sich in der ‹*Frankfurter Zeitung*› ein Verleger über den Typus des Mittelsmanns beklagt, der durch seine Hin- und Herträgerei zwischen Autor und Verlag Geld schlucke, die Autoren verdreht mache und überhaupt viel Unheil anrichte. Tatsächlich ist die industrialisierte Literatur ein großer Klub, und es liegt im Geschäftsinteresse fast jedes Autors, dazu zu gehören, dabei zu sein, mitgezählt zu werden. Dem kann man sich nur sehr, sehr schwer entziehen, dazu gehört viel Unabhängigkeitssinn. Die meisten haben ihn nicht. Ich will gar nicht einmal von den Wanzen des literarischen Hotels sprechen; von den Leuten, die eine Idee haben («Ich sage bloß: Lindbergh»), und die nachher furchtbar kreischen, wenn irgendwo irgendwann von irgendwem ein Buch über Lindbergh erscheint. An dieser Börse will keiner fehlen. Und um sich zu legitimieren, lobt er – wahllos, unterschiedslos, alles durcheinander, und es ist ein Jammer, wie selbst tüchtige Schriftsteller dieser Seuche zum Opfer fallen. Wobei der freundliche, kleine Trick erwähnt sein mag, die Freunde der nähern literarischen Umgebung oder den Autor des sonst zu lobenden Buchs als bereits anerkannte und wichtige Größen so zu zitieren, daß sich der geängstigte Leser denken muß: Und diesen offenbar doch weit bekannten Mann kenne ich noch nicht? Eine unmittelbare Korruption ist in solchen Fällen niemals nachzuweisen; beweisen Sie einmal, daß der Kritiker anders geurteilt hätte, wenn er auf seine Beziehungen nicht solchen Wert legte. Das kann man nicht beweisen.

Und da meine ich: wenn getadelt wird, dann mag jedes Argument gegen den Tadler gelten: du hast den Autor nicht verstanden; du hast den Übersetzer unterschätzt; du bist nicht legitimiert, zu tadeln — alles, alles. Aber ein einziges Argument gilt nun mal bestimmt nicht: deine Kritik kann dem Getadelten wirtschaftlich schaden, ja, du hast gradezu seine Auftraggeber aufgefordert, ihn nicht mehr zu beschäftigen – er hat aber Frau und Kind ... Also das geht nicht. Ich will dem Mann schaden, wenn ich ihn tadele. Ich will die Leser vor ihm warnen und die Verleger auch – ich will aus politischen, aus ästhetischen, aus andern offen anzugebenden Gründen diese Sorte Literatur mit den Mitteln unterdrücken, die einem Kritiker angemessen sind. Das heißt: ich habe die Leistung zu kritisieren und weiter nichts. Aber die mit aller Schärfe.

Hätte mein Lob unmittelbare wirtschaftlich erfreuliche Folgen für den Gelobten: es wäre mir gleichgültig. Das ist eine für jenen angenehme Folgeerscheinung. Aber schließlich ist ja der Kritiker nicht dazu da, der Frau des Romanverfassers Piepenbringk die Anschaffung neuer Schlafzimmervorhänge zu ermöglichen. Lasset uns denn weiterhin unbeeinflußt von der Klüngelei kleiner Gruppen, die den Salon reicher Börsianer für einen Salon halten, und außerhalb jener Lobesversicherungsgesellschaften auf Gegenseitigkeit das sagen, was wir über die Bücher zu sagen haben.

BETRIEBSUNFALL

Hat eine Katze Ellenbogen?
Nein.
Hat jemals ein Bankier betrogen?
Nein.
Und wenn er mal und hat er mal und fällt er schon mal rein:
dann kann das kein Bankier gewesen sein.

Liest du das gern, nachmittags aufm Sofa?
Nein.
Entschädigt einer Schultheiß-Patzenhofa?
Nein.
Und setzt auch dem der Staatsanwalt in seinen Pelz ne Laus:
dann holn ihn die Verteidiger wieder raus.

Ist das nun für die Börse sehr betrüblich?
Nein.
Ist das auch bei den andern üblich?
Ja.
Ich lese still den Handelsteil, und seh ich so den Mist:
man weiß nie, was noch Tüchtigkeit und was schon Schiebung ist.

SIE, ZU IHM

Ich hab dir alles hingegeben:
mich, meine Seele, Zeit und Geld.
Du bist ein Mann – du bist mein Leben,
du meine kleine Unterwelt.
Doch habe ich mein Glück gefunden,
seh ich dir manchmal ins Gesicht:
Ich kenn dich in so vielen Stunden –
nein, zärtlich bist du nicht.

Du küßt recht gut. Auf manche Weise
zeigst du mir, was das ist: Genuß.
Du hörst gern Klatsch. Du sagst mir leise,
wann ich die Lippen nachziehn muß.
Du bleibst sogar vor andern Frauen
in gut gespieltem Gleichgewicht;
man kann dir manchmal sogar trauen ...
aber zärtlich bist du nicht.

O wärst du zärtlich!
Meinetwegen
kannst du sogar gefühlvoll sein.
Mensch, wie ein warmer Frühlingsregen
so hüllte Zärtlichkeit mich ein!
Wärst du der Weiche von uns beiden,
wärst du der Dumme. Bube sticht.
Denn wer mehr liebt, der muß mehr leiden.
Nein, zärtlich bist du nicht.

EIN KLEINER VOLKSSCHULLEHRER

Wenn sich die Schwäche auf die Stärke stürzt, um von ihr zu profitieren, also auf deutsch: wenn sie Biographien schreiben, dann fängt die Lebensbeschreibung oft so an: «X. war damals ein kleiner Volksschullehrer . . .» Halt.

Warum klein—? Ist ein Volksschullehrer allemal klein—? Es gibt doch unter diesen, wie unter den ‹kleinen Angestellten›, solche und solche; so wenig etwa jeder Volksschullehrer ein großer Mann ist, was ja wohl auch die unerbittlichste Interessenvertretung dieser Männer nicht wird behaupten wollen, so wenig schmeckt uns das Attribut klein. Ein kleiner Angestellter . . .? Hat Gott den Mann auf diesen Platz geweht? Arbeitet sich vielleicht jeder empor, der es verdiente, oben zu sein? Davon ist doch bei der tiefen Illoyalität dieses Lebenskampfes keine Rede. Polgar hat einmal so formuliert: wenn schon das Leben ein Rennen sein soll, dann macht wenigstens den Start für alle gleich. Na, und ist er das vielleicht—?

Er ist so ungleich wie möglich. Der eine hat eine kleine Rente oder die Unterstützung seiner Familie, um über die entscheidenden Jahre jedes Menschenlebens glatt hinwegzukommen: er kann also in Ruhe etwas für seine Ausbildung tun, ohne sie durch eine Nebenarbeit gefährden zu müssen. Solche Nebenarbeit kann fördern, sie kann aber, je nach dem Beruf, erheblich ablenken. Nichts ist manchmal so wichtig, wie in Ruhe aufnehmen zu können, ohne dabei geben zu müssen. Hat diese Ruhe jeder? Die hat nicht jeder.

Und wenn der Volksschullehrer klein ist: ist der Ministerialrat groß? Ich kenne der Ministerialräte manche, die dumm sind wie das Monokel Fritz Langs, und groß sind sie gar nicht. Sie sind nur routiniert; reißt man sie aus ihrer Routine, so versagen sie kläglich. Zum Beispiel allemal im Ausland, wo man ihren Titel kaum aussprechen kann, und wo sie nur das gelten, was sie wert sind.

Und die Kapitäne der Wirtschaft—? Das ist doch wohl nicht euer Ernst.

Es scheint mir nun aber allerhöchste Zeit, eine Sache nicht mit denen zu verwechseln, die von ihr profitieren. Sehr viel dümmer als diese Wirtschaftskapitäne kann man sich nicht gut anstellen. Seit 1914 Niederlage auf Niederlage, Blamage auf Blamage, falsche Voraussage auf falsche Voraussage — alles dummes Zeug. Und die sollen uns etwa als groß hingestellt werden? Ausverkauf! Ausverkauf!

Nein, es wäre hübscher, wenn sich die Biographiker und ähnliche Leute dieses Ausdrucks vom kleinen Volksschullehrer enthalten wollten — es ist ein schlechtes Klischeewort. Denn es gibt törichte und innerlich verwachsene Volksschullehrer, und es gibt große Pädagogen; es gibt weitschauende Verwaltungsbeamte, und es gibt hochbesoldete

Esel. Denn man kommt ja nicht immer von unten her zu den großen Stellungen – man kann auch hineingesetzt werden, man kann hineinheiraten, man kann erben. Und diese guten Partien und diese Erben wollen uns nachher erzählen, sie seien bedeutend, weil alles vor ihnen, die Stellen zu vergeben haben, katzbuckelt?

Sagen wir nicht mehr: er war zu Beginn seiner Laufbahn ein – kleiner Volksschullehrer. Sagen wir: Volksschullehrer.

HÉGÉSIPPE SIMON

> In allen Städten glaubt man, die allgemeinen Laster und Übel der Menschen und der menschlichen Gesellschaft seien grade diesem Ort eigentümlich. Ich bin niemals irgendwo gewesen, wo ich nicht gehört hätte: hier sind die Weiber eitel und treulos, sie lesen wenig und sind schlecht unterrichtet; hier sind die Leute neugierig auf alles, was einer tut, sie schwätzen und klatschen; hier vermögen Geld, Gunst und Laster alles; hier herrscht der Neid, und die Freundschaften sind hier wenig aufrichtig. In dieser Art geht es weiter, als ob anderswo diese Dinge anders wären. Die Menschen sind erbärmlich aus Notwendigkeit und glauben hartnäckig, sie seien nur aus Zufall so erbärmlich. Leopardi

Die menschliche Dummheit ist international.

Waren die Dummen früher konfessionslos gefärbt, so schimmern sie heute in allen Farben der Nationalfahnen, die den Kontinent bis zur Geistesschwachheit verdummen. Französische Dummheit schmeckt anders als englische. Zum Beispiel so:

Wer einen einzelnen Redakteur mit einer falschen Einsendung hineinlegt, macht sich einen Spaß, überschätzt aber die Zeitung, weil er sie ernst nimmt. Aber eine ganze Gruppe hineinzulegen ... Das hat im Jahre 1913 der inzwischen verstorbene Journalist Paul Birault gemacht. Er schrieb an die Abgeordneten der radikalen Partei Frankreichs folgenden Zirkularbrief:

> «Sehr geehrter Herr Abgeordneter!
> Dank der Freigebigkeit eines großherzigen Spenders sind die Anhänger Hégésippe Simons endlich in die Lage versetzt, über die Mittel zu verfügen, die für die Errichtung eines Denkmals benötigt werden. Das Denkmal wird diesen Mann, der seiner Zeit vorangeeilt ist, der Vergessenheit entreißen.
>
> Von dem Wunsch beseelt, die Jahrhundertfeier dieses echt demokratischen Erziehers mit allem bürgerlichen Glanz zu begehen (Einfügung Ignaz Wrobels: entschuldigen Sie, ‹civique› gibts im

Deutschen nicht), bitten wir Sie ergebenst um die Erlaubnis, Ihren Namen in die Liste der Ehrenmitglieder des Komitees einzusetzen.

Sollten Sie bei der Einweihungsfeier das Wort ergreifen wollen, werden wir Ihnen das gesamte Material zugänglich machen, das für Ihre Rede vonnöten ist.

Mit den besten Empfehlungen

Ihr sehr ergebener . . .»

Die Antworten strömten zu Hauf.

Ehrenmitglieder? Das wollten sie sein. Eine Rede halten? Aber mit Wonne. Ein Abgeordneter aus den Pyrenäen bat sofort um das Material für einen Speech; viele andre taten desgleichen.

Nur hatte die Sache einen kleinen Haken. Herrn Hégésippe Simon hat es nie gegeben.

Der Journalist hat sicherlich monatelang an diesem Namen geknobelt, und für ein französisches Ohr ist er ihm gradezu herrlich gelungen. Simon, das kann man leicht behalten, und Hégésippe, das klingt etwas altmodisch, aber nicht zu altmodisch . . . und das Ganze war recht vertrauenerweckend, etwa: fortgeschrittner Schüler der École Normale Supérieure. Und so fielen sie denn in Scharen auf diesen Scherz hinein. Der Spaß wurde noch ein wenig fortgesetzt, Ort und Zeit der Feier wurden bekanntgegeben, und es strichen denn auch richtig eine ganze Menge Leute zu dieser Stunde in jenem Park umher . . .

Geltungsbedürfnis, Eitelkeit und die menschliche Dummheit der Abgeordneten hatten sich um diesen Kern kristallisiert, den Birault ihnen vorgeworfen hatte.

Dieser Hégésippe Simon ist in Frankreich sehr bekannt; Sie können ihn überall zitieren, den verdienten Mann. Und das ließ nun einen andern Journalisten nicht schlafen.

Man unterschätzt in Deutschland die Intelligenz der ‹Action Française›, und man überschätzt ihren Einfluß. Die Franzosen haben einen geistigen Nationalismus, der nicht in Mystizismus verschwimmt, etwas bei uns ganz und gar Unvorstellbares. Der französische Nationalismus ist auch nicht offensiv; die deutsche Provinzpresse lügt systematisch, wenn sie das behauptet, was ihr diesbezüglich diktiert wird. Dieser Nationalismus ist auch nicht so einflußreich, wie die jungen Franzosen, die mit von der Partie sind, gern behaupten; wäre es so, wie sie es schildern, dann müßten wirklich die gesamte Intelligenz und die Majorität der Studenten Anhänger dieser Gruppe sein, in der Maurras den Kopf und Daudet das Maul repräsentieren, und dann gäbe es heute in Frankreich keine demokratischen Verwaltungsbeamten und keine links gerichteten Lehrer und Richter mehr. Nun ist aber ein erheblicher Teil der Lehrer auf den höhern Schulen demokratisch und die Majorität der Volksschullehrer steht einem integralen Sozialismus nahe, der in Frankreich gern als kommunistisch verschrien wird, was allerdings eine sanfte Täuschung darstellt. Soweit gut.

Nun hatte die ‹Action Française› da einen Mann sitzen, Alain Mellet. Der dachte sich im Jahre 1929 etwas aus.

Es dürfte vielleicht bekannt sein, daß der Durchschnittsfranzose, den stammelnde Übersetzer gern den «mittlern Franzosen» nennen, keine blasse Ahnung von Geographie hat. Oslo, Koserow und Rio de Janeiro ... so genau kommt das bei ihm nicht drauf an. Diese Schwäche wohl kennend, schickte Herr Mellet seinerseits ein Zirkular in die Welt, und zwar wandte er sich wieder an die Abgeordneten der Linken. (Daß ihm die Rechten ebenso auf den Leim gegangen wären, ist sicher; er hätte dann nur eine andre Leimsorte wählen müssen.) Der Brief lautet ein wenig gekürzt so:

«Hochverehrter Herr Abgeordneter!
wir rufen ihr Mitleid und ihr Gerechtigkeitsgefühl an, wenn wir Sie bitten, das Folgende mit Aufmerksamkeit zu lesen:

In diesem unserm zwanzigsten Jahrhundert, das von der lichtvollen Idee des Rechts erfüllt ist, seufzen mehr als hunderttausend unglückliche Poldevianer wie die Sklaven unter dem Joch von ein paar Dutzend Großgrundbesitzern.

Während die Männer in den Fabriken und landwirtschaftlichen Betrieben des Auslands arbeiten, führen die Frauen, die alten Leute und die unmündigen Kinder ein Leben wie die Tiere. Wir sehn keine Hilfe für sie, es sei denn, das Weltgewissen nehme sich ihrer an, jenes Gewissen, das wir in Ihrem Herzen, verehrter Herr Abgeordneter, anrufen.

Wir sind natürlich keine Freunde der Sowjetrepublik, keine Freunde der Ukraine, durch die wir zu viel gelitten haben, aber das muß doch gesagt werden: solche Greuel wären selbst dort, heute, nach der Revolution, nicht mehr möglich.

Und darum bitten wir Sie, sehr geehrter Herr Abgeordneter: helfen Sie uns! Wir wollen von Ihnen keinen Pfennig Geld, sondern etwas viel Wesentlicheres: Ihre moralische Unterstützung, etwa durch ein Schreiben, das wir dann im nächsten Monat der dritten Unterkommission der Generalkommission beim Völkerbund für den Schutz der nationalen Minderheiten unterbreiten können.

Wir danken Ihnen im voraus, sehr geehrter Herr Abgeordneter, für Ihre Antwort, die wir gleichzeitig mit den Äußerungen Ihrer Parlamentskollegen aus dem großen Frankreich der Revolution nach Genf schicken werden!

Für das poldevianische Komitee:

Lyneczi Stantoff. Lamidaëff.»

Nun hätten die Herren Abgeordneten nur die Unterschriften dieses Hilfschreis richtig zu lesen brauchen: die ‹Action Française› wird in Frankreich kurz ‹L'A.F.› genannt, und der zweite Mann wäre also nichts als ‹L'ami d'A. F.›, der Freund der ‹Action Française›. Der erste aber heißt, wenn man vorsichtig buchstabiert: Herr Inexistantoff, also etwa: Herr Nichtvorhandowski. Außerdem gibts keine Poldevianer.

Doch wußten die Abgeordneten dieses alles mitnichten, und es gab einen Hereinfall, über den sich Paris monatelang amüsierte.

Sie antworteten, und ob sie antworteten!

Ein sozialistischer Abgeordneter aus den Ardennen:

> «Ich antworte auf Ihren so schmerzlich bewegten Appell, indem ich Ihnen sage, daß ich als Sozialist auf Seiten der Opfer der Unterdrückung stehe. Mein Herz blutet bei dem Gedanken, daß sich Menschen, die frei und glücklich sein sollten, unter dem Joch der Junker krümmen und seelisch und körperlich leiden.»

«Es ist eine Schande», schrieb ein andrer, «daß in unserm Jahrhundert wiederum Verbrechen begangen werden, die die Idee der Menschheit besudeln.» Dergleichen fiel ihnen fix und fertig aus dem Mund; politische Gedanken, und nun gar erst politische Phrasen, werden ja in Serien hergestellt, und man hat sie jederzeit zur Verfügung. Einer für alle, und alle für keinen.

Nun klingt doch das im Französischen so schön, es rollt und es dröhnt, da muß man hineingetreten sein:

> «Votre cri d'alarme ne peut laisser indifférent un membre du Parlement français, ancien combattant de la grande guerre, descendant de ces glorieux ancêtres de la Révolution qui ont proclamé à la face du monde les droits imprescriptibles de l'homme et du citoyen.»

Worüber wieder jeder seine Witze machen darf, jeder, nur kein deutscher Nationalist. Weil er nicht begreift, was denn hier so dumm karikiert erscheint.

Auch ein Kommunist fehlt nicht: der Genosse Béron:

«... erlaube ich mir, Ihnen in Erinnerung zu bringen, daß die kommunistische Partei der Kammer sich mehr als einmal gegen die Unterdrückung der nationalen Minderheiten ausgesprochen hat.» Gut. Aber:

«Mit allem Nachdruck unterstreiche ich die Stelle in Ihrem Brief, in der Sie sagen: So etwas wäre bei den Russen nach der Revolution nicht möglich.» Wo er recht hat, hat er recht.

Fix und fertig. Fix und fertig liegen die Phrasen in den Gehirnfächern, ein kleiner Anlaß, ein Kurzschluß der Gedanken, und heraus flitzt der Funke der Dummheit.

Wobei noch zu bemerken wäre, daß man vor dem Kriege für ein Individuum mobil machen konnte. Heute muß es schon ein ganzes Volk sein.

Die ‹Action Française› hat aus diesem Spaß den Schluß gezogen: Da seht ihr es – der Parlamentarismus! Nein, sie hat gar nicht verstanden, was sie da angerichtet hat.

Es ist wohl so, daß die Triebe im Menschen schlummern, eine dösende Wache. Anonym sind sie. Wenn sie aber ans Licht treten, nehmen sie einen Namen an. Sehr beliebt ist heute: Nationalismus.

Der Nationalismus setzt sich aus Motiven zusammen, die mit ihm nichts zu tun haben. Er heißt so. Er ist keiner.

MEDIA IN VITA

Die läuft rum, die mir die Augen zudrückt:
  eine Krankenpflegerin.
Ordnet noch die Fläschchen auf dem Nachttisch,
wenn ich schon hinüber bin.
  Leise kreuzt sie meine Hände übern Bauch.
  Das ist ein Beruf wie andre auch.

Jeden Morgen, wenn ich mich rasiere,
denk ich in dem Glanz des Lampenscheins,
während ich mich voller Seife schmiere:
jetzt sinds nur noch x-mal minus eins.
  Und da steh ich voller Schaum und Frömmigkeit,
  und ich tu mir außerordentlich leid.

Da, wo sich die Parallelen
schneiden, fliege ich dann hin.
Ach, ich werde mir doch mächtig fehlen,
wenn ich einst gestorben bin.
  Andern auch –? Wer seine Augen aufmacht, sieht:
  Sterben ist, wie wenn man einen Löffel aus dem Kleister zieht.

IM GEFÄNGNIS BEGREIFT MAN

«Ja, liebe Genossen und Genossinnen, hier im Gefängnis begreift man besser als draußen, wie notwendig die Rote Hilfe ist ... Aber die Ihr draußen seid, Ihr habt noch die Freiheit – und mancher kann nicht sagen, wie lange noch ... Euch möchte ich bitten ...»

Da möchte ich mitbitten.

Die zitierten Sätze stammen aus dem rührenden Brief eines Arbeiters, Georg Keisinger; die *‹Rote Hilfe›* hat ihn veröffentlicht.

Über meinem Schreibtisch hängt ein Bild. Drei Sträflinge sind darauf zu sehn. Und darunter steht: «Wir erwarten, daß ihr für uns kämpft, wie wir für euch gekämpft haben.»

Sechstausend sprechen heute so – mehr als sechstausend. Ich halte es einfach für eine Dankesschuld an diese Männer und Frauen, daß wir helfen, so gut wir können. Hier hilft vor allem Geld.

Die Rote Hilfe stellt den Leuten Anwälte, wenn es noch nicht zu spät ist. Sie sendet ihnen Liebesgaben ins Gefängnis. Sie hilft den Familien weiter, die von diesen juristischen Verwaltungsmaßnahmen am schlimmsten getroffen werden. Über manches wäre vielleicht zu streiten. Aber ich meine, man sollte aus einer Solidarität helfen, die da bekundet:

Was ein deutscher Richter an sogenannten entehrenden Strafen verhängt, ist für uns nicht einmal eine Ehre – es ist gleichgültig. Gleichgültig seine Meinung über Landesverrat; gleichgültig seine feinen Unterschiede zwischen Überzeugungsattentätern und gemeinen Verbrechern –: was hier ausgefochten wird, ist ein Teil jenes großen Kampfes, der heute quer durch die Völker geht. Und zum Kriegführen gehört Geld.

Reich sind wir alle zusammen nicht. Aber hier zehn Mark und da zehn Mark, es summiert sich. Und es macht die besten Vorkämpfer unsrer Sache stark. Die Geber sind in Freiheit. Wie lange noch, hat der Arbeiter gefragt. Er hat ganz recht: wie lange noch? Bis zur nächsten Notverordnung?

Man kann für etwas geben. Man kann aber auch gegen etwas geben. Gebt bitte Mann für Mann und Frau für Frau ein paar Mark gegen diese Richter und für unsre Gesinnungsfreunde!

Die Postschecknummer der Roten Hilfe ist: Berlin 109 676.

SCHNIPSEL

Wenns gut geht, wirft sich der Unternehmer in die Brust; sein Verdienst beruht auf seinem Verdienst, und weil er das Risiko getragen hat, will er auch den Hauptanteil des Gewinnes für sich.

Wenns schief geht, sind die Umstände daran schuld. Dann muß der Staat einspringen und das Defizit decken, denn Kohlengruben, Stahlwerke und die Landwirtschaft dürfen nicht Not leiden. Und sie leiden auch keine Not, weil sie notleidend sind.

Auf alle Fälle aber kann der Unternehmer nichts dafür, er trägt die Verantwortung, und wir tragen ihn.

Um wie viel stiller ginge es in manchen Familien zu, wenn sich alle Frauen Männer kaufen könnten!

Bei einem französischen Zeitungsartikel muß man sich immer fragen: «Was will der Mann?» und: «Wer hat ihn dafür bezahlt?»

Bei einem deutschen Zeitungsartikel muß man sich fragen: «Was verschweigt er?» und: «Wer hat ihn dafür auf die Schulter geklopft?»

Mit dem Tode ist alles aus. Auch der Tod –?

Neben manchem andern sondern die Menschen auch Gesprochnes ab. Man muß das nicht gar so wichtig nehmen.

Kleine Nachricht. Die Ausreisegebühr aus den hamburger Zuchthäusern ist um 40 Mark erhöht worden.

Ist es ein Zufall, daß die Vertreter der wildesten Gewaltlehren, Nietzsche, Barrès, Sorel, keine zwanzig Kniebeugen machen konnten? Es dürfte kein Zufall sein.

Schade, daß es nicht im Himmel einen Schalter gibt, bei dem man sich erkundigen kann, wie es unten nun wirklich gewesen ist.

«Er wußte um die Geheimnisse des Seins ...» solche Wendungen sollte man auf Gummistempel schneiden und dann verbrennen.

Max Liebermann wäre auch ohne Hände ein großer Bankier geworden.

Wenn ein Mann weiß, daß die Epoche seiner stärksten Potenz nicht die ausschlaggebendste der Weltgeschichte ist –: das ist schon sehr viel.

Er war hochmütig wie der Sohn einer zweiten hamburger Familie, aber etwas gebildeter.

Dieses Mädchen ist höflich-sinnlich.

Der Schriftsteller Fülöp-Miller ist gründlich oberflächlich.

Was sagte wohl ein Wirtschaftsführer, wenn wir ihm seinen Betrieb so schilderten, wie er ihn zwei Jahre später im Prozeß schildern wird? Wenn wir also sagten: «Du weißt gar nicht, was hier vorgeht, oder du willst es nicht wissen; um dich herum wird betrogen; du bist geistig nicht auf der Höhe, fast in der Nähe des Paragraphen einundfünfzig; um dich herum wird bestochen!» Das alles darf aber erst ausgesprochen werden, wenn der Kerl tausend Unschuldige in seine Pleite hineingezogen hat.

Es gibt skeptische Ärzte und Ärzte mit Bart. Darüber darf man aber nicht vergessen: es gibt auch skeptische Patienten und solche mit Bart. Zeileis ist unter anderm ein Wunschbild seiner Kranken. Bart will Bart.

«Er lebte wie Gott in Frankreich.» Man sollte das abändern und sagen: «Er lebte wie ein deutscher Divisionskommandeur in Frankreich.»

BASEL

Das empfinde ich jedesmal, wenn ich durch Basel komme, aber es hat noch keiner geschrieben . . . keiner.

Der vollkommene Wahnwitz des Krieges muß doch jedem aufgegangen sein, der da etwa im Jahre 1917 auf diesem Bahnhof gestanden hat. Da klirrten die Fensterscheiben; da murrten die Kanonen des Krieges herüber; wenn du aber auf diesem Bahnhof einem Beamten auf den Fuß tratest, dann kamst du ins Kittchen. Hier durftest du nicht. Dort mußtest du. Und wer dieses Murren der Kanonen hörte, der wußte: da morden sie. Da schlagen sie sich tot. Ein halbes Stündchen weiter – da tobte der Mord. Hier nicht. Das hat keiner geschrieben, merkwürdig.

Ich weiß ja nicht, wie sie das gemacht haben, daß die Kugeln der beiderseitigen Vaterländer nicht auf schweizer Gebiet abgeirrt sind, und manchmal sind sie ja wohl, und wenn ich nicht irre, hat es auch dadurch auf schweizer Seite einen Toten gegeben oder zwei. Es steht da von dem großen englischen Grotesk-Zeichner W. Heath Robinson in ‹*Some Frightful War Pictures*› ein grandioses Blatt: «Ein schweizer Schäfer sieht einer Schlacht an der Grenze zu.» Da sitzt also der Schäfer inmitten seiner Bähbäh-Schafe und raucht eine Friedenspfeife, hinter sich hat er einen Topf mit schweizer Milch stehn, und auf dem benachbarten Berge steht eine Sennerin mit etwas Ziege, und ein kleiner Mann jodelt Noten in die Luft . . . Die Grenze aber ist ein scharfer, punktierter Strich. Und hinter dieser Grenze, da gehn sie aufeinander los, die Deutschen und die Engländer, immer ganz genau an der Grenze entlang, und selbst die heruntergefallenen Mützen bleiben artig im Kriegsgebiet liegen und oben am Himmel ist ein wildes Gewimmel von Zepps und Flugzeugen, aber immer hübsch an der Wand lang und keinen Millimeter drüber. Und der Schäfer raucht.

So ähnlich wird es ja wohl gewesen sein.

Schade, daß das keiner geschrieben hat. Dieses Grausen, dieses Herzklopfen auf der einen Seite – und die strenge Absperrung auf der andern . . . nichts ist ja schrecklicher, als eine Mordtat zu hören, die man nicht sehn kann. Und an diesen Wahnwitz denke ich immer, wenn ich auf dem Bahnhof zu Basel stehe.

WARTE NICHT!

Du, Frau an der Falzmaschine,
sieh in den Himmel hinauf!
du nähst am Fenster, Mädchen –
sieh in den Steinhof hinab!
Denkt ihr über das Schicksal nach?
über gestern, heute und morgen?
Kopf hoch! Es gibt einen Spruch,
der strahlt über allen Sorgen:
Warte nicht zu lange,
warte nicht zu lang!
Lausch deinem innern Klange,
die Zeit geht ihren Gang.
Jeder hat im Leben
eine Melodie . . .
Und was du dir nicht selber nimmst,
das erreichst du nie –!

Du, junge Arbeiterin,
liebst einen, der dich liebt.
Sollst du ihn nehmen? Ist er ein Gewinn?
Hat er zu geben, wenn er gibt?
Mach reinen Tisch und entscheide dich –
Süden oder Norden!
Ja oder Nein! – aber bleib nicht stehn,
noch keine ist jünger geworden . . .
Warte nicht zu lange,
warte nicht zu lang –!
Lausch deinem innern Klange,
die Zeit geht ihren Gang.
Jeder hat im Leben
eine Melodie . . .
Und was du dir nicht selber nimmst,
das erreichst du nie –!

Du, Kämpfer für die Freiheit deiner Klasse!
laß dich nicht einschläfern!
Von den Reden der Wichtigtuer,
der Schreiberseelen, der falschen Führer!
Manches Jahr ging ungenützt hin,
laß dir nichts prophezein!
Deine Klasse wartet auf dich –
hilf sie vom Joch befreien!

Warte nicht zu lange!
warte nicht zu lang –!
Lausch dem Weltenklange –
die Zeit geht ihren Gang.
Jeder hat im Leben
eine Melodie ...
Und wenn du dir vom Lebensbaum
die Früchte nicht einmal an dich reißt –
bekommst du sie nie –!

ROTE SIGNALE

Unter diesem Titel ist im Neuen Deutschen Verlag zu Berlin ein illustriertes Heftchen Gedichte erschienen. Es sind Beiträge aus der *‹A.I.Z.›*, die bei Münzenberg herauskommt.

Die deutsche Propagandadichtung hat noch nicht ihren Stil gefunden; sie wird ihn aber finden. Noch tastet sie. Manches in diesem Bändchen ist zu trocken, zu abstrakt, zu sehr aus dem Foto abgeschrieben, unter dem das Gedicht abgedruckt steht, und also ohne Bild nicht recht wirksam. (Auch mein Freund Theobald Tiger verfällt oft in diesen Fehler. Und das ist ein Fehler, wenn es sich um Vortragsstücke handelt.) Ein paar Gedichte sind glatt verhauen. Manches poltert; Erich Weinert hat auch leise Töne, von denen man hier nicht viel hört. Prasselnder Versammlungsbeifall ist gut; künstlerische Wirksamkeit kann besser sein.

Was absterben sollte, ist die blanke Elendsschilderung. Die Proletarier und Angestellten wissen, daß es ihnen schlecht geht und wie schlecht es ihnen geht. Zu zeigen sind Auswege. Und nun wieder nicht, wie die KPD in ihrer Verranntheit oft gemeint hat, gereimte Parteithesen, die viel, viel unwirksamer sind als die Funktionäre glauben. Gewiß muß man die Linie innehalten, das ist schon richtig. Doch was wollen diese Gedichte? Den deutschen Grundfehler wiederholen? Schon Bekehrte bekehren? Das ist überflüssig. Wer das Parteibuch bereits hat, will zwar gestärkt werden – der Schwerpunkt aber liegt anderswo.

Er liegt in der politischen Beeinflussung der Schwankenden. Und auf deren Seelenzustand ist Rücksicht zu nehmen. Missionare müssen indianisch lernen – mit lateinisch bekehrt man keine Indianer.

Das Bändchen ist ein Versuch; es ist ein Weg aufwärts spürbar. Seltsam ist nur, wie wenig Arbeiter unter den Verfassern vertreten sind; jeder Redakteur dieser Richtung weiß ja, wie kleinbürgerlich fast alle von Proletariern eingesandten Verse sind, wie wenig ursprünglich, wie angelesen. Schade – hier wäre ein Feld.

Hoffentlich schaffen es die Agitproptruppen. Das beste Gedicht scheint mir aus deren Bereich jene ‹*Proletarische Selbstkritik*› von Willi Karsch zu sein; ein Volltreffer. Das sitzt. Erste Strophe:

Vier Treppen links im Hinterhause
als Oberhaupt und Haustyrann
herrscht der Familienvater Krause
und sieht sich seine Bude an:
Een Haufen Nipps, — der Schönheit wejen —
zwee Engel überm Ehebett
mit joldbesticktem Morjensejen
und eene Venus im Klosett.
Und neben Militärandenken
mit schönem schwarzweißrotem Band
und Hochzeits- und Vereinsjeschenken
hängt einsam Lenin an der Wand.
Bloß wenn er an der Theke steht,
ist Krause Sozialist:
da schwitzt er Klassenkämpfertum
und schimpft uff Bürgermist.
Sonst frißt er sich ne Plauze ran,
ist fromm und gottergeben . . .
Doch kommts nicht auf die Schnauze an,
ihr müßt auch danach leben!

Es gibt keinen Erfolg ohne Frauen. Das Bändchen wendet sich endlich auch an sie, und wenn ihr einem oder einer eine kleine Weihnachtsfreude machen wollt . . .

Soweit war diese Kritik gediehen, als dem Neuen Deutschen Verlag ein Zettelgen ins Haus flatterte: auf dem standen gar viele Zahlen. Es war aber kein Kurszettel, sondern ein Schreiben des Berliner Polizeipräsidiums, das die ‹*Roten Signale*› beschlagnahmt hat.

«. . . weil die Regierung und die Justiz und die Religionsgesellschaften und ihre Einrichtungen beschimpft und böswillig verächtlich gemacht werden, und weil außer diesen Stellen die ganze Tendenz der Druckschrift dahin geht, die Leser der Druckschrift aufzuhetzen und für einen politischen Umsturz reif zu machen.» Und ich hatte geglaubt, das täte der Hunger.

‹*Illustrierter Beobachter*›, ein Naziblatt:

«SA marschiert, Sturmbann VII/5 bei der Arbeit.» Dazu Bilder: «Sturmbannerführer R. — Besichtigung des Radfahrersturms durch seinen Führer. — Besichtigung durch den Standartenführer in Neustadt i. Sa. — Bild links: Vereidigung des Sturmbannes VII/5.»

Was ist das –?

Das ist ein harmloser Radfahrerverein, und der wird erlaubt. Und Rotfront ist verboten.

Beleidige die ‹breslauer Juden›, du kannst es ungestraft tun. Kritisiere ‹Soldaten› – du kannst es nicht tun. Sag: Schwangere werden gequält, Gefangene geschunden; nicht immer sind alle schuldig, die da schuldig gesprochen werden – du darfst es nicht sagen. Sag: «Die Reichswehr . . .», und du bist auf alle Fälle schuldig; sei es, daß du sie pazifistisch nennst, sei es, daß du sie nicht pazifistisch nennst – du sollst den Namen deines Gottes überhaupt nicht nennen, und dieser Satz ist nun wahrscheinlich eine Gotteslästerung.

Der Regierungsrat, der das hier mit zusammengekniffnen Lippen und einem fiskalischen Bleistift in der bezaubernden Hand liest, er senke den Bleistift. Unsre Arbeit ist getan. Niemand braucht mehr aufgehetzt, niemand für den politischen Umsturz reif gemacht zu werden.

– «Könnte man da nicht . . .?»

Nein, Herr Regierungsrat, man kann, aber man könnte nicht. Ich habe nichts gesagt. Haben Sie was gesagt?

Einheitsfront der Arbeiter und Angestellten – wo bist du –?

DIE SERIÖSEN

Wenn dir ein ernster Kaufmann spricht:
so hör ihn nicht! so hör ihn nicht!
Er spricht dir von den schweren Zeiten,
von Wirtschaft und Notwendigkeiten . . .
    Erst wird er fachlich. Und dann krötig.
    Der hats nötig –!

Ja, mit gepumptem Auslandsgeld,
da war sie schön, die deutsche Welt.
Da rauchten wirbelnd alle Essen,
da hatten sie die großen Fressen.
    Das Land war ihnen sehr erbötig . . .
    Die habens nötig.

Das Geld ist hin. Die Arbeit knapp.
Die Konjunktur sank tief herab . . .
    Wer sich und uns derart verwirrt hat;
    wer dauernd sich so oft geirrt hat;
    wer sich in allen schweren Tagen
    nur Pleiten holt und Niederlagen,

ein Heros der Finanz-Etappe —:
der erzähle uns nichts, sondern halte die Klappe!
1, 2, 3 —
am Zuchthaus glatt vorbei!
3, 2, 1 —
Was du dir nimmst, ist deins!
Von Tag zu Tag wird stets defekter
der Ruf vom Generaldirekter.
Was der uns predigt, darauf flöt ich.
Der hats nötig.

ÜBER DEN DÄCHERN

Über den Dächern
schwebt Rauch
und ein sanftes Gebimmel
klingt von den Türmen der Stadt.
Meine Sehnsucht fliegt in den Himmel.
Wie es durch das Fenster zieht . . .!

Wozu arbeiten?
Wozu tätig sein?
Wozu in die Versammlungen gehn?
Ich habe nur meine beiden Hände.
Was steht am Ende —?
Das habe ich an Vater gesehen.
Wie es durch das Fenster zieht . . .!

Diese Dachkammer hat der alte Mann.
Dafür fünfundfünfzig Jahre
Arbeit, keinen Tag Urlaub,
Sorgen und graue Haare.
Meine Gedanken hängen am Horizont —

Wo ist unser Glück . . .?
Und da kommen plötzlich alle meine Gedanken zurück.
Gleich springe ich auf die Beine
und werfe die Arme um den Leib,
weil mich friert . . .
Ich bin nicht mehr allein.

Wir sind stark, wenn wir zusammenhalten:
die Starken und Schwachen, die Jungen und Alten.

Wenn nur der Wille fest bleibt und unsere Partei.
Da bin ich dabei.
Noch einmal sehe ich über die Stadt
und die Dächer ...
Schon mancher hat mit trocken Brot und armseligem Essen
in so einer zugigen Dachkammer gesessen.
Mancher, der nachher ein Reich erobert hat.

DIE LEIBESFRUCHT SPRICHT

Für mich sorgen sie alle: Kirche, Staat, Ärzte und Richter.

Ich soll wachsen und gedeihen; ich soll neun Monate schlummern; ich soll es mir gut sein lassen – sie wünschen mir alles Gute. Sie behüten mich. Sie wachen über mich. Gnade Gott, wenn meine Eltern mir etwas antun; dann sind sie alle da. Wer mich anrührt, wird bestraft; meine Mutter fliegt ins Gefängnis, mein Vater hintennach; der Arzt, der es getan hat, muß aufhören, Arzt zu sein; die Hebamme, die geholfen hat, wird eingesperrt – ich bin eine kostbare Sache.

Für mich sorgen sie alle: Kirche, Staat, Ärzte und Richter.

Neun Monate lang.

Wenn aber diese neun Monate vorbei sind, dann muß ich sehn, wie ich weiterkomme.

Die Tuberkulose? Kein Arzt hilft mir. Nichts zu essen? keine Milch? – kein Staat hilft mir. Qual und Seelennot? Die Kirche tröstet mich, aber davon werde ich nicht satt. Und ich habe nichts zu brechen und zu beißen, und stehle ich: gleich ist ein Richter da und setzt mich fest.

Fünfzig Lebensjahre wird sich niemand um mich kümmern, niemand. Da muß ich mir selbst helfen.

Neun Monate lang bringen sie sich um, wenn mich einer umbringen will.

Sagt selbst:

Ist das nicht eine merkwürdige Fürsorge –?

INHALT

INHALT

ERV

KURT TUCHOLSKY

GESAMMELTE WERKE

IN 10 BÄNDEN

HERAUSGEGEBEN VON

MARY GEROLD-TUCHOLSKY

FRITZ J. RADDATZ

KURT TUCHOLSKY

GESAMMELTE WERKE

BAND 10

1932

ROWOHLT

Umschlagentwurf Werner Rebhuhn

Umschlagentwurf Werner Rebhuhn

70.–119. Tausend April 1985

Veröffentlicht im Rowohlt Taschenbuch Verlag GmbH,
Reinbek bei Hamburg, September 1975

Gesamtherstellung Clausen & Bosse, Leck
Printed in Germany
ISBN 3 499 29010 3

1932

DER FLOH

Im Departement du Gard – ganz richtig, da, wo Nîmes liegt und der Pont du Gard: im südlichen Frankreich – da saß in einem Postbüro ein älteres Fräulein als Beamtin, die hatte eine böse Angewohnheit: sie machte ein bißchen die Briefe auf und las sie. Das wußte alle Welt. Aber wie das so in Frankreich geht: Concierge, Telefon und Post, das sind geheiligte Institutionen, und daran kann man schon rühren, aber daran darf man nicht rühren, und so tut es denn auch keiner.

Das Fräulein also las die Briefe und bereitete mit ihren Indiskretionen den Leuten manchen Kummer.

Im Departement wohnte auf einem schönen Schlosse ein kluger Graf. Grafen sind manchmal klug, in Frankreich. Und dieser Graf tat eines Tages folgendes:

Er bestellte sich einen Gerichtsvollzieher auf das Schloß und schrieb in seiner Gegenwart an einen Freund:

Lieber Freund!

Da ich weiß, daß das Postfräulein Emilie Dupont dauernd unsre Briefe öffnet und sie liest, weil sie vor lauter Neugier platzt, so sende ich Dir anliegend, um ihr einmal das Handwerk zu legen, einen lebendigen Floh.

Mit vielen schönen Grüßen Graf Koks

Und diesen Brief verschloß er in Gegenwart des Gerichtsvollziehers. Er legte aber keinen Floh hinein.

Als der Brief ankam, war einer drin.

DAS LIED VON DER GLEICHGÜLTIGKEIT

Eine Hur steht unter der Laterne,
des abends um halb neun.
Und sie sieht am Himmel Mond und Sterne –
was kann denn da schon sein?
Sie wartet auf die Kunden,
sie wartet auf den Mann,
und hat sie den gefunden,
fängt das Theater an.

Ja, glauben Sie, daß das sie überrasche?
Und sie wackelt mit der Tasche — mit der Tasche,
    mit der Tasche,
    mit der Tasche —
Na, womit denn sonst.

Und es gehen mit der Frau Studenten,
und auch Herr Zahnarzt Schmidt.
Redakteure, Superintendenten,
die nimmt sie alle mit.
    Der eine will die Rute,
    der andre will sie bleun.
    Sie steht auf die Minute
    an der Ecke um halb neun.
Und sie klebt am Strumpf mit Spucke eine Masche...
und sie wackelt mit der Tasche — mit der Tasche,
    mit der Tasche,
    mit der Tasche —
Na, womit denn sonst.

Und es ziehn mit Fahnen und Standarten
viel Trupps die Straßen lang.
Und sie singen Lieder aller Arten
in dröhnendem Gesang.
    Da kommen sie mit Musike,
    sie sieht sich das so an.
    Von wegen Politike...
    sie weiß doch: Mann ist Mann.
Und sie sagt: «Ach, laßt mich doch in Ruhe —»
und sie wackelt mit der Tasche — mit der Tasche –
    mit der Tasche —
    mit der Tasche...
Und sie tut strichen gehn.
    Diese Gleichgültigkeit,
    diese Gleichgültigkeit —
die kann man schließlich verstehn.

FRÄULEIN NIETZSCHE

Vom Wesen des Tragischen

> Zwei Hamburgerinnen kamen einst aus dem Thalia-Theater, nach einer Aufführung von ‹*Kabale und Liebe*›.
> Da blieb die eine auf der Treppe stehn, überdachte den Inhalt des Stücks und sprach: «Gott! Was Missvers-tändnisse —!»

«Kenn Sie Nietzschken?» fragt einer in der Komödie ‹*Sozialaristokraten*› von Arno Holz. Es gibt Namen, die werden durch Hinzufügung eines einzigen Buchstabens komisch. Es ist wie die Möglichkeit einer magischen Rache; mit dem Namen Goethe kann man dergleichen nicht machen.

Neulich stand hier einmal ein Nadelstichlein gegen Elisabeth Förster-Nietzsche . . . nein, nicht einmal gegen sie, sondern gegen das wahnwitzige Urheberrecht, das die Rechte des Geistes wie einen Käseladen vererbt. Mögen die Erben eines großen Schriftstellers Tantiemen schlukken; solange es ein Erbrecht gibt, ist das natürlich. Daß aber die meist inferioren Erben das Recht haben sollen, über hinterlassne ungedruckte Manuskripte des Erblassers frei zu verfügen, sie zu veröffentlichen oder nicht, und — was am schlimmsten ist — sie zu verfälschen: das ist ein unerträglicher Gedanke. Wonach werden sie ihre Entschließungen einrichten? Nach Familien-Interessen, was in den meisten Fällen etwa dem Gedankengang entsprechen wird: «Es darf doch nicht an die Öffentlichkeit kommen, daß Max mit Truden ein Verhältnis gehabt hat»? Von den politischen Überzeugungen dieser Kreise schon gar nicht zu reden. Und so bekommen wir in literarischen Nachlässen meist die Meinung von Onkel Oskar zu hören. Es ist, wie wenn Christiane Vulpius darüber zu entscheiden gehabt hätte, was von Goethe gedruckt werden sollte und was nicht.

Was hat das Nietzsche-Archiv mit Nietzsche getrieben! Das Archiv und seine Leute sind schuld daran, daß die Weltmeinung Nietzsche für einen der deutschen Kriegsanstifter gehalten hat, zu welcher Auslegung allerdings die Verschwommenheit seiner Diktion beigetragen hat. Dieses Archiv ist ein Unglück.

Man schrieb mir von dort, meine Sätze über Frau Förster-Nietzsche seien durch Tatsachen widerlegbar; dem Brief waren einige Drucksachen und einige mäßig stilisierte Beschimpfungen angefügt. Ich habe beides ad acta gelegt. Daß Frau Förster-Nietzsche Briefe und Manuskripte ihres Bruders vergeblich mehreren Universitäten angeboten hat, beweist nichts gegen das, was sie später mit diesen Skripturen getrieben hat. Was hat sie getrieben –?

Man lese das in den beiden Nietzsche-Publikationen E. F. Podachs nach: ‹*Nietzsches Zusammenbruch*› (erschienen bei Niels Kampmann in Heidelberg) und ‹*Gestalten um Nietzsche*› (erschienen bei Erich Lichtenstein in Weimar).

Von zwei Dingen soll hier kaum gesprochen werden.

Nicht von dem tiefen Gegensatz, der zwischen Nietzsche und seiner Schwester bestand und bestanden haben muß: viele, viele Briefstellen zeigen ihn auf. Die Frau hat den Kranken sicherlich aufopfernd gepflegt; in Briefen an Freunde schreibt jeder einmal harte Worte über seine Familie ... das geht die Öffentlichkeit zunächst nichts an. Ernster wird das schon, wenn eben dieselbe Schwester, über die der Bruder gestöhnt, geschimpft und gejammert hat, sich als seine geistige Testamentsvollstreckerin aufspielt. Und noch ernster wird es, wenn sich die Frau des Rauschebarts Bernhard Förster, eines Radauantisemiten, der die Urwälder Südamerikas durchbrüllen wollte, aber nur Pleite machte – wenn sie sich anmaßt, ihren Bruder im Sinne muffiger Familientradition zu monopolisieren, wie sie es jahrzehntelang beinah ungestraft hat tun können. Sie hat aus guten Gründen den Gegensatz zwischen sich und dem Bruder verhüllt; sie mußte es tun.

Sie hat, zweitens, versucht, die wahrscheinliche Ursache der Krankheit Nietzsches, die Peter Gast oft beim Namen genannt hat, zu verhüllen; das mag verständlich sein. Damals galt Syphilis noch als eine Schande, man sprach nicht gern davon, hatte sie infolgedessen häufiger als heute ... die Tricks der ehemaligen Archivleiterin waren armselig, Spirochäten der Tugend wimmelten durch die heiligen Hallen, und es war recht kindisch. Die Herren Gegner, die ihren geistigen Wassermann an dem großen Toten ausprobierten, waren auch nicht erquicklicher – gehen wir über diesen Streit der verschieden gefärbten Bürger zu wichtigerem über.

Unerträglich bleiben die grauenvollen Predigttexte der Schwester, die dem Werk Nietzsches voranprangten, das herzinnige und neckischheroische Geschwafel einer im Irrgarten der Philosophie herumtaumelnden Dame. Schwesternliebe –? Erzählt doch nichts! Wie ganz anders klingt das, wenn zum Beispiel die Mutter spricht. Die begriff ihren Sohn zwar auch nicht, doch wie elementar und rührend ist sie!

Nietzsche hat einmal geschrieben:

Du liefst zu rasch:
jetzt erst, wo du müde bist,
holt dein Glück dich ein –

Die Mutter, die dies aus der Handschrift entzifferte, setzte hinzu: «Ja, er ist zu rasch gelaufen in seinem ganzen Leben, das liebe, liebe Kind!» – Ich habe etwas Ähnliches mit der Mutter von Toulouse-

Lautrec erlebt. Mütter brauchen nicht studiert zu haben, um ihr Kind zu verstehen. Sie lieben.

Viele Nietzsche-Forscher klagen darüber, daß das Archiv es ihnen nicht leicht gemacht habe. Sie bekommen nicht alles zu sehn – vielleicht schon deshalb nicht, weil gar nicht mehr alles da ist. Fräulein Nietzsche, wie die ehemalige Leiterin in den alten Briefen genannt wird, hat aus ihrem Bruder mit Gewalt das machen wollen, was sie an ihm begriff – und viel war das nicht. Schaden genug hat sie durch schiefe Auswahl, durch einseitige Heranziehung von Mitarbeitern und durch Züchtung einer Schar verzückter Adepten angerichtet. Sie gibt auch zu, Teile des ‹*Ecce homo*› vernichtet zu haben, sie erschienen ihr krankhaft. Und so gesund wie der Urwaldteut Bernhard Förster aus Bayerisch-Wallhall waren sie ja wohl nicht. Doch wer hat sie danach gefragt? Wir wollen nicht die Werke Lieschen Försters, sondern die Werke Friedrich Nietzsches lesen. Ich kann mir denken, daß eine Schwester gewisse Schriften ihres Bruders für dreißig Jahre in den Schrein legt . . . was aber bedeutet ihre dreiste Kritik? Dieses Urheberrecht ist eine Schande.

Nun trägt Fräulein Nietzsche die Schuld nicht allein.

Seid mißtrauisch, wenn sich um einen Künstler weibliche und männliche alte Jungfern scharen! «Wir schaffen erst die Luft, in der das Werk des Künstlers . . .» ich weiß schon. Theodor Fontane hat einmal gesagt: Mir sind Erzähler von Gespenstergeschichten sehr suspekt, die erst die Lampen herunterschrauben und die Tür verschließen, damit kein mit Apfelsinensalat eintretendes Dienstmädchen die Pointe verdirbt – und er hat sehr recht gehabt. Aufgeblähtes Mittelmaß braucht sein Bayreuth; ein Großer kann auf einem offenen Markt wohl deplaciert wirken, aber auf die Verstehenden wirkt er überall. Nur Schwächlinge tun esoterisch. Seid mißtrauisch! Denn es kristallisiert sich ja um einen Kern stets was? Das ihm Wesensverwandte. Eine Bach-Gemeinde von tobsüchtigen und augenverdrehenden Narren ist nicht denkbar. Schon um George qualmt und schwärmt es verdächtig; was sich um das Nietzsche-Archiv gruppiert hat, ist eine Bitternis.

Podach zeigt sehr gut, was Peter Gast für Nietzsche gewesen ist. Er war ihm ein Freund, der sich seiner zweiten Rolle stets bewußt gewesen ist. Nun liebte Nietzsche die Draperie; zum Teil war er selbst eine. Ein merkwürdiges Parfum weht da herüber.

Peter Gast hieß gar nicht Peter Gast; er hieß, so leid es mir tut, Köselitz. Warum soll einer nicht Köselitz heißen? Daß er aber auch ein Köselitz gewesen ist, zeigt seine Kriegshaltung. Der Mann ist im Jahre 1918 gestorben, hat also die große Zeit, wo die Franzosen ohne den ‹*Faust*› im Tornister den Krieg gewonnen haben, noch miterlebt. Der Dreck, den Gast damals unter Musik setzte; seine Briefe, aus denen die Kriegsbegeisterung eines nicht eingezogenen Mannes über fünfundvierzig schäumt, quillt und mit Verlaub zu sagen herausbricht —: also für Nietzsche spricht ein solcher Freund kaum. Aber Nietzsche wollte keinen Köselitz sehn, sondern nur einen Peter Gast; so wie Stefan George von seinem ersten Mäzen Karl August Klein ums Verrecken nicht anders als von «Carl August» spricht. Nehmen Sie klassisch — das hebt Ihnen.

Was nun vor allem aus diesen beiden sehr lehrreichen Büchern Podachs hervorgeht, ist die Aufblähung aller Ereignisse und Menschen, auf die Nietzsche traf. Fast alles hat in diesem Leben einen fetten Anilinglanz; vieles ist um drei Nummern zu groß, es schlappt um den Philosophen herum ... und wenn man genauer hinsieht, war es alles halb so schlimm. Nietzsche hat Freunde gehabt, die seinem Flug nicht zu folgen vermochten, doch sahen sie, in welcher Weise er flog. «Der Philister», sagt Hebbel, «hat manchmal recht, aber nie in den Gründen.»

Zerwürfnisse und Freundschaften, Auseinander und Zueinander ... sie sind von Nietzsche stets behandelt worden wie kleine Weltgeburten und größere Weltuntergänge. Das meiste wurde überwertig aufgefaßt, maßlos überhitzt, bis zur klaren Lüge. Von der verlognen Unklarheit ganz zu schweigen. Man lese etwa jene bekannte Vita, die Nietzsche an Brandes geschickt hat:

> «Vita. Ich bin am 15. Oktober 1844 geboren, auf dem Schlachtfelde von Lützen. Der erste Name, den ich hörte, war der Gustav Adolfs. Meine Vorfahren waren polnische Edelleute (Niezky); es scheint, daß der Typus gut erhalten ist, trotz dreier deutscher ‹Mütter›. Im Auslande gelte ich gewöhnlich als Pole; noch diesen Winter einzeichnete mich die Fremdenliste Nizzas comme Polonais. Man sagt mir, daß mein Kopf auf Bildern Matejkos vorkomme. Meine Großmutter gehörte zu dem Schiller-Goetheschen Kreise Weimars; ihr Bruder wurde der Nachfolger Herders in der Stellung des Superintendenten Weimars.
>
> ... Von Ostern 1869–1879 war ich in Basel; ich hatte nötig, mein deutsches Heimatrecht aufzugeben, da ich als Offizier (reitender Artillerist) zu oft einberufen und in meinen akademischen Funktionen gestört worden wäre. Ich verstehe mich nichtsdestoweniger auf zwei Waffen: Säbel und Kanonen — und vielleicht noch auf eine dritte ... Auch bin ich, meinen Instinkten nach, ein tapferes Tier, selbst ein militärisches.»

Dazu Erwin Rohde am 10. April 1890:

> «Seltsam ist, daß er (Brandes) als Personalnotizen z. T. Sachen bringt, die an Nietzsches kranke Einbildungen unmittelbar vor dem Ausbruch des Übels erinnern: so die Sage von den ‹polnischen Edelleuten› (die dann protestantische Pastoren werden!), die eigentümliche Wichtigkeit, die der Artilleriedienst angeblich in Nietzsches Leben gehabt haben soll (woran ja tatsächlich gar nichts ist: er

wurde nach einem gefährlichen Sturz mit dem Pferde als Invalide entlassen, und damit war es aus).»

Gegen das geblähte Pathos der Vita gehalten, ist solche Briefstelle gradezu erfrischend. Der Berliner Nicolai vermochte gegen den Werther nichts, aber es gibt Darsteller ihres eignen Lebens, denen der Zuruf gut täte, der einst von der Galerie des berliner Schauspielhauses einer Lady Macbeth entgegenscholl, als sie unvorsichtig mit einer Kerze umging: «Macbethn, Sie drippen ja!» Nietzsche drippte.

Für diese Erkenntnis leistet ein Heft der ‹*Süddeutschen Monatshefte*›, die ich nur mit äußerster Überwindung zitiere, gute Dienste. Josef Hofmiller, einst ein guter Europäer, heute ein guter Bayer, bringt reichliches und authentisches Material. So wenn er erzählt, wie Brandes einmal an Nietzsche vier Adressen gab: Strindberg, die Witwe Bizets, die Fürstin Tenischeff, den Fürsten Urussow. Darauf Nietzsche:

«Ich habe meine Leser überall, in Wien, in St. Petersburg, in Kopenhagen und Stockholm, in Paris, in New York.» In jeder Stadt einer, zusammen sechs, fügt Hofmiller mit Recht hinzu.

Schon manche Freunde Nietzsches haben ihn gut erkannt, sehr gut Erwin Rohde. Wieviel Ressentiment da im Spiel gewesen ist, mögen andre untersuchen, und es ist Ressentiment im Spiel gewesen. Was aber geschieht auf der Welt ohne das! Für Rohde war Nietzsche eine Art Mahnung an ein Leben, das Rohde ersehnt hat, aber zu leben nie gewagt hatte, vielleicht hätte er es auch gar nicht können, und darum blendet manchmal ein Strahl Haß auf; es gibt solche Freundschaften.

Rohde über ‹*Jenseits von Gut und Böse*›: «Dabei ist mir die ewige Ankündigung ungeheurer Dinge, haarsträubender Kühnheiten der Gedanken, die dann, zu langweiliger Enttäuschung des Lesers, gar nicht kommen – das ist mir unsagbar widerwärtig.» Und später: «Alles rinnt einem wie Sand durch die Finger.» So ist es.

Rohde stand mit dieser Beurteilung nicht allein. Man beschimpfe solche Kritiker nicht, etwa dadurch, daß man sie als Spießer abtut – sie waren es nicht.

Auch Karl Hillebrand war keiner. Dieser Hillebrand, der einst in Paris Sekretär Heinrich Heines gewesen war, schreibt am 16. September 1883 über den ‹*Zarathustra*›:

«Ich schrieb ihm (Nietzsche) sofort ein paar Zeilen nach Rom, wo er sich grade aufhielt, und dachte, sein Büchlein mit auf die Reise zu nehmen; aber meine Frau hatte es, in ihrer Weise, versteckt, weil sie fürchtete, es möchte mich aufregen. Das tats nun gar nicht. Ich finde wirklich Bewundernswertes, gradezu Großes darin; aber die Form läßt keine rechte Freude aufkommen. Ich hasse das Aposteltum und die Apostelsprache; und gar diese Religion, als der Weisheit letzter Spruch, bedarf der Einfachheit, Nüchternheit, Ruhe im Ausdruck.»

Der falsche Klang auf der Orgel des Philosophen ist gut herausgehört; es gibt auch Klangreichtum aus Schwäche.

Fräulein Nietzsche hat den Bruder verniedlicht – es rächte sich bitter.

Einige Analphabeten der Nazis, die wohl deshalb unter die hitlerschen Schriftgelehrten aufgenommen worden sind, weil sie einmal einem politischen Gegner mit dem Telefonbuch auf den Kopf gehauen haben, nehmen Nietzsche heute als den ihren in Anspruch. Wer kann ihn nicht in Anspruch nehmen! Sage mir, was du brauchst, und ich will dir dafür ein Nietzsche-Zitat besorgen. Bei Schopenhauer kann man das nicht ganz so leicht; man kann es gar nicht. Bei Nietzsche...

Für Deutschland und gegen Deutschland; für den Frieden und gegen den Frieden; für die Literatur und gegen die Literatur – was Sie wollen. Wir wollen aber gar nicht.

Podach hat das große Verdienst, trotz den Verneblungsversuchen des Archivs die Gestalt Nietzsches klar hervortreten zu lassen. Und je klarer sie hervortritt, um so klarer wird:

Ein großer Schriftsteller mit großen literarischen Lastern. Ein schwacher Mensch. Ein verlogener Wahrheitssucher: ein Freund der Wahrheit und ein Schwippschwager der Lüge. Ein Jahrhundertkerl, der in seiner etwas kokett betonten Einsamkeit gewaltige Prophezeiungen niedergeschrieben hat. Aber grade das, um dessentwillen er heute so tausendfältig zitiert wird, grade das kann ich nicht finden, dieses eine nicht: Kraft nicht.

Kraft –? Er prahlt mit der Kraft, er protzt mit ihr, er stellt den Gipsabguß eines Bizeps ins Schaufenster. Geh nicht in den Laden; das Aushängeschild ist seine ganze Ware, mehr hat er nicht. Es ist einmal davon die Rede gewesen, daß jener Satz: «Wenn du zum Weibe gehst...» auch so aufgefaßt werden könnte, daß der Frauenbezwinger einen Wagen zieht, auf dem peitschenschwingend die Frau, eine Frau seines Lebens, steht ... dieser Nietzsche wäre, tausend Grade tiefer, ein treuer Kunde der Salons gewesen, in denen ältere Bankdirektoren von stellungslos gewordenen Nähmädchen für gutes Geld ungeheure Prügel beziehen. Er hat aus der Sehnsucht nach der Peitsche eine Weltanschauung gemacht.

Er war für die Entfaltung von Kraft sehr empfindlich, aber er hatte keine, der flotte Manische. Ein berauschtes Gehirn. Kein trunknes Herz. In einem Teil seines Wesens auch er: Fräulein Nietzsche.

Unterdrückte Stellen und verbrannte Briefe; verloren gegangne Karten und nicht mehr auffindbare Zettel ... und das alles, weil das Urheberrecht die Verfügung über Chaotisches Tante Minchen anheimgibt. Die Unterschrift, mit der die Mutter Nietzsches die Urheberrechte auf die Tochter übertragen hat, ist ihr, wie geschrieben steht, «blutsauer» geworden. Dann war da noch der Doktor Langbehn, ein Schweißfuß und Nebelkönig, der drauf und dran war, sich der Person und der Werke Nietzsches zu bemächtigen ... um ein Haar ist das vorübergegangen. Solchen Zufällen sind die postumen Werke Geistiger ausgesetzt.

Frau Förster-Nietzsche aber versinkt im Dunst ihrer billigen Opferschalen. Wenn ihr Mißwirken zur Folge haben sollte, daß es keinem braven Familienvater und keiner Tante Minchen mehr möglich sein wird, wie heute noch im Falle Oskar Panizza, ungedruckte Handschriften für immer zu unterdrücken —: dann ist ihr Leben nicht umsonst gewesen, und wir dürfen der alten Dame herzlichst danken.

EUROPA

Am Rhein, da wächst ein süffiger Wein —
der darf aber nicht nach England hinein —
    Buy British!
In Wien gibt es herrliche Torten und Kuchen,
die haben in Schweden nichts zu suchen —
    Köp svenska varor!
In Italien verfaulen die Apfelsinen —
laßt die deutsche Landwirtschaft verdienen!
    Deutsche, kauft deutsche Zitronen!
Und auf jedem Quadratkilometer Raum
träumt einer seinen völkischen Traum.
Und leise flüstert der Wind durch die Bäume ...
    Räume sind Schäume.

Da liegt Europa. Wie sieht es aus?
Wie ein bunt angestrichnes Irrenhaus.
Die Nationen schuften auf Rekord:
    Export! Export!
Die andern! Die andern sollen kaufen!
Die andern sollen die Weine saufen!
Die andern sollen die Schiffe heuern!
Die andern sollen die Kohlen verfeuern!
Wir?
    Zollhaus, Grenzpfahl und Einfuhrschein:
wir lassen nicht das geringste herein.
Wir nicht. Wir haben ein Ideal:
Wir hungern. Aber streng national.

Fahnen und Hymnen an allen Ecken.
Europa? Europa soll doch verrecken!
Und wenn alles der Pleite entgegentreibt:
daß nur die Nation erhalten bleibt!
Menschen braucht es nicht mehr zu geben.
England! Polen! Italien muß leben!
Der Staat frißt uns auf. Ein Gespenst. Ein Begriff.
Der Staat, das ist ein Ding mitm Pfiff.
Das Ding ragt auf bis zu den Sternen –
von dem kann noch die Kirche was lernen.
Jeder soll kaufen. Niemand kann kaufen.
Es rauchen die völkischen Scheiterhaufen.
Es lodern die völkischen Opferfeuer:
Der Sinn des Lebens ist die Steuer!
Der Himmel sei unser Konkursverwalter!
Die Neuzeit tanzt als Mittelalter.

Die Nation ist das achte Sakrament –!
Gott segne diesen Kontinent.

ZOOLOGIE

Ein Borvaselinchen lief, von Gott gesandt,
durch deutsches Land.

Es glänzte fettig-hell im Sonnenscheine
und rührte emsig seine kleinen Beine.

Doch gestern morgen in der Abendstunde,
verschwand es still in Adolf Hitlers Munde.

Dieweil der Junge alle Welt befehdet,
hat er sich nämlich einen Wolf geredet.

Jetzt aber geht es schon bedeutend glatter.
Es kritzeln emsig die Berichterstatter.

Und einer lauscht, und er notiert:
«Der Tschörmen redet wie geschmiert.»

Da hat er recht. Uns bleibt nur dies Problem:
Geschmiert?
Von wem?

ZYNIKER

Auf meinem Nachttisch haben viele Bücher gelegen, in denen waren Schilderungen von Zeitungsredaktionen zu finden. Da ging es hoch her. Dideldumdei, bin nicht dabei, aber dies wäre zu sagen:

Die geschilderten zigarettenrauchenden und schnapstrinkenden Redakteure sind gar große Zyniker. Sie scheinen ihren Beruf nicht ernst zu nehmen. Sie hauen ihren Umbruch hin; sie streichen und sie schmieren, und was sie zu vermelden haben, ist ihnen, wie unser Feldwebel zu sagen pflegte, reißpipeneengal.

Ja, sollen denn Redakteure eine Zeitung wie einen Gottesdienst zelebrieren? Sind wir nicht, wenn wir klug sind, im Beruf allesamt Zyniker? Kann man einen Alltagsberuf, der in den meisten Fällen keine Berufung ist, anders ausüben als: aus dem Handgelenk, mit der Zigarette im Mundwinkel, routiniert, halb gleichgültig, halb interessiert ... ist das nicht überall so? Es ist überall so.

Wie wird denn operiert? Wie wird denn eingekauft? Wie werden denn Fahrpläne gemacht? Feierlich? Nur Dummköpfe sind im Beruf feierlich. Wer auch nur ein wenig Verstand hat, weiß, daß die Welt nicht von Heiligen bevölkert ist, und daß, wie Ludwig Marcuse in seiner Heine-Biographie so gut sagt, nur Heilige oder pekuniär unabhängige Menschen ganz kompromißlos leben können. Wodurch es sich denn vielleicht erklärt, daß sich mancher wohlhabende Literat als Heiliger aufspielt.

Daß Redakteure Zyniker sind, unterscheidet sie nicht von andern Leuten. Ach, wenn sie nur Zyniker wären ...! Im Grunde zeigt diese Kritik, daß der Kritiker die Zeitung überschätzt: er sieht in ihr die vom Himmel geflatterte Botschaft, die ihm Befehl und Gesetz ist – und nun ist er enttäuscht. Wie! Die himmlischen Heerscharen glauben nicht ganz und gar an das, was sie durch die Posaune blasen? Diese Zyniker!

Ganz abgesehen davon, daß der zynische Journalist immer noch angenehmer ist als der feierliche Zeitungsfachmann, der sich für das Zentrum der Welt hält, scheint mir eine solche Kritik nicht etwa unerlaubt – Berufsreligionen habe ich nie mitgemacht. Aber schief ist sie, diese Kritik.

Was ist denn der Redakteur? Ein Angestellter. Traurig genug, daß ers immer nur zu fühlen bekommt, es aber nicht recht wahr haben will. Wer macht die Zeitung? Der Herr Zyniker? Ach, du lieber Gott. Er macht nur den Umbruch.

Die Zeitung wird vom Verleger gemacht. Den sollte man kritisieren – nicht durchaus und durchum mit Betonklötzern bewerfen, aber einmal schildern, wie er ist. In seiner ewig schielenden Angst, die er für Witterung hält; in seiner Beeinflußbarkeit; in der Verflechtung seiner geschäftlichen Interessen mit denen andrer Leute ... ich höre immer: Korruption. In Deutschland wird nicht bestochen. In Deutschland wird beeinflußt. Und was in der Zeitung steht, ist nicht halb so wichtig wie das, was nicht drin steht.

Daß aber die Abfassung der Nachrichten über Feuersbrünste und Erdbeben von fettigen Witzen begleitet wird, ist noch lange nicht das schlimmste an der Zeitung. Diese Redaktionsschilderungen sind so alt wie die Zolaschen Romane; wir kennen das. Ich vermisse etwas andres. Nämlich ein Postulat.

Die Zeitung sollte geistigen Leuten gehören, die sich geschäftliche Mitarbeiter halten. Das Umgekehrte dürfte nicht ganz das richtige sein.

1372 FAHRRÄDER

Ein Polizeipräsidium ... das ist so ein muffiger Kasten mit langen Korridoren, mit unzählig vielen Türen, und alle Zimmer sind schlecht gelüftet, die Leute sind unfreundlich und man ist froh, wenn man wieder draußen ist. Ausnahmen gibt es vielleicht. Eine Ausnahme gibt es sicher: das ist das Polizeipräsidium in Kopenhagen.

Ein bezauberndes Stück Architektur. Ein Riesengebäude, das zwölfeinhalb Millionen Kronen gekostet hat; sauber, sachlich, einfach und praktisch. Es hat einen kreisrunden Hof, der zum schönsten gehört, was man sich denken kann. Wenn, wie man mir erzählt hat, der Geist der Verwaltung ebenso ist wie diese Architektur ... glückliches Dänemark!

Und in diesem Polizeipräsidium haben sie unten im Erdgeschoß die verlorenen Fahrräder eingesperrt. Da hängen sie. Kopenhagen, wie männiglich bekannt, ist die Stadt der Fahrräder; es soll Kopenhagener geben, die keines besitzen, aber das glaube ich nicht. Wenn die Kinder anderswo zur Welt kommen, schreien sie – in Kopenhagen klingeln sie auf einer Fahrradklingel. So viele Fahrräder gibt es da.

Im Polizeipräsidium hängen 1372 Fahrräder, alle mit dem Kopf nach unten, wenn das nicht ungesund ist! Alte und junge, fröhliche und traurige, auch die Kinderabteilung: da hängt ein kleiner ‹Roller›, mit dem die Kinder spielen, und drei Motorräder sind auch da. Alles das wird monatlich einmal verauktioniert.

«Ja, holen sich denn die Leute ihre Räder nicht ab?» – «Nein», sagt der dicke Mann vom Präsidium, «viele nicht. Sie kaufen sich einfach ein neues. Ein Fahrrad, was ist denn das!» In Kopenhagen scheint es den Wert eines Zahnstochers zu haben.

Die langen Räume des Polizeipräsidiums, in denen die Fahrräder hängen, erinnern an einen Hundezwinger. Verlaufene Räder ... ich rühre eines an, leise dreht sich das Vorderrad ... wem gehörst du? Schade, daß Fahrräder nicht mit dem Schwanz wedeln können.

So ein Rad bringt nachher auf der Auktion nicht viel ein, zwanzig Kronen etwa. Dafür kann man es schon wieder verlieren.

Wenn man es aber nicht verliert, dann fährt man damit, und in Kopenhagen kann man sich für sein Fahrrad Luft kaufen. Wie bitte? Luft kaufen, ganz richtig. Der Fahrradmann geht an eine automatische Pumpe, wirft fünf Öre hinein und pumpt sein Rad voll. Das trinkt und dann rollt es vergnügt weiter. So ein Land ist das.

Da hängen sie. Alle an langen Gestellen, und sie sind doch so verschieden voneinander. Manche sehen zornig aus, manche heiter, manche schlafen. Man müßte Andersen bitten, hier einen Nachmittag lang herumzugehen – was gäbe das für ein hübsches Märchen! Ob Fahrräder lebendige Junge bekommen?

Da hängen sie. Sauber und freundlich ist es, praktisch und vernünftig eingerichtet. Schade, daß in den Staaten der Welt nicht alles so gut funktioniert wie die Fundbüros. Es wäre eine Freude, zu leben. Hundert Meter weiter, im selben Haus, werden Menschen aufbewahrt: Untersuchungsgefangene. Und das sieht dann gleich ganz anders aus. Mit 1372 Fahrrädern ist eben leichter fertig zu werden als mit vier lebendigen Menschen.

Wenn Sie aber nach Kopenhagen kommen, dann versäumen Sie nicht, sich das Polizeipräsidium anzusehen. Man wird es Ihnen gern zeigen und Sie werden an Paris denken müssen: an jene staubige Festung auf der Cité, wo geronnener Angstschweiß an den Wänden klebt und wo man Ihnen einen Unterricht in französischer Unhöflichkeit gibt, einer sehr seltenen Sache, daher wird sie den Fremden auch zuerst gezeigt.

Ja, Kopenhagen ... Ob Fahrräder schwimmen können? Es wäre ja denkbar, daß die 1372 eines Nachts ausbrächen, dann rollen sie mutterseelenallein durch die Stadt, an den Hafen, stürzen sich ins Wasser, durchschwimmen die See, von der ich nie lernen werde, wie sie heißt: Kattegat oder Großer Belt oder Kleiner Belt, und dann fahren sie dahin, nach dem Festland, wo sie gleich in eine politische Partei eingereiht werden. Am nächsten Morgen kommt der dicke Mann in den Fahrradzwinger, findet ihn leer und kratzt sich hinter den Ohren. Am Abend sind alle Fahrräder wieder da: es hat ihnen drüben nicht gefallen.

Das kann man keinem verdenken. Grüß Gott, Kopenhagen ...!

SCHNIPSEL

Jakubowski war ein blutiger Laie.

Prophezeien? Prophezeien kann ungestraft jeder. Es genügt schon, daß mans tut. Zu stimmen braucht nachher nichts, denn es blättert ja keiner zurück. Die Prophezeiung ist, genau wie das geschäftliche Urteil über Kunstwerke, ein Wechsel, der auf die Zukunft gezogen ist. Es fragt sich, wer zieht. «Aber Rothschild hat doch gar nicht unterschrieben!» sagt jener in der Anekdote, wo einer einen solchen Wechsel unterbringen will. «Eine Unterschrift wollen Sie bei Rothschild auch noch?» erwidert der andre. In Erfüllung gehen sollen Prophezeiungen auch noch?

Man sage in seherischem Tonfall dummes Zeug, und man wird eines gewissen Erfolges nicht entraten.

KPD. «Schade, daß Sie nicht in der Partei sind – dann könnte man Sie jetzt ausschließen!»

Man achte immer auf Qualität. Ein Sarg zum Beispiel muß fürs Leben halten.

Du mußt über einen Menschen nichts Böses sagen. Du kannst es ihm antun – das nimmt er nicht so übel. Aber sage es ihm nicht. Er ist in erster Linie eitel, und dann erst schmerzempfindlich.

«Muß denn immer gleich von Liebe die Rede sein?» – Ja.

Nichts verächtlicher, als wenn Literaten Literaten Literaten nennen.

«In unsrer Zeit...» sagen die Leute, und sind sehr stolz darauf. Das klingt oft wie: «Bei uns in Tuntenhausen...» Es gibt Kleinstädter, und es gibt Kleinzeitler. Das Wort ‹heute› wird zu oft gebraucht.

Wenn wir einen Menschen, der sich unbeobachtet glaubt, langsam und mühselig-genußvoll in der Nase bohren sehn, so versetzt uns dieser Anblick in eine kribblige, eigentümliche Wut. Man möchte ihm auf die Finger hauen, diesem unerzogenen Rüpel ... nun hör doch schon endlich auf ... na, Gottseidank!

Selber popeln macht fett.

Bei einem französischen Theaterautor, A. Achaume, steht eine herrliche Szene vom Wahnwitz der Maschinenherrschaft.

Ein Mann empfängt einen andern. «Bitte, nehmen Sie Platz! Was führt Sie her?» Und bevor der andre zu Worte kommen kann, sagt der erste: «Einen Augenblick mal!» und telefoniert. Und telefoniert und telefoniert...

Das habe ich auch geschrieben. Aber die Pointe wäre mir nie eingefallen:

Der Besuch steht auf und schickt sich an, zu gehn. «Aber bitte», sagt der Mann mit dem Hörer in der Hand. «Einen Augenblick doch nur...»

«Nein», sagt der Fremde. «Wissen Sie was? Ich rufe Sie an.»

Die unleidliche Gewohnheit, Besuchern etwas vorzutelefonieren, ist selten witziger glossiert worden.

Er war eitel wie ein Chirurg, rechthaberisch wie ein Jurist und gutmütig wie ein Scharfrichter nach der Hinrichtung.

Es gibt Schriftsteller, die können sich viel vorstellen. Aber daß sie einmal nicht dabei sind, das können sie sich nicht vorstellen. In vielen Läden der Literatur herrscht heute großer Rumor, die Chefs nehmen das Inventar auf und blasen den Staub von den alten Stücken. «Frollein, da müssen doch noch ein paar nationale Sachen am Lager sein...» Das Fräulein kramt sie hervor; wenn man sie etwas abputzt, sind sie noch wie neu, und bald wird – keine Sorge, ihre Lieben! – frische Ware hereinkommen. «Wir haben das nämlich immer geführt.» Nur nicht isoliert bleiben! Ein guter Bankier geht jeden Tag zur Börse, das ist das halbe Leben.

Kerle wie Mussolini oder der Gefreite Hitler leben nicht so sehr von ihrer eignen Stärke wie von der Charakterlosigkeit ihrer Gegner.

Um mich herum verspüre ich ein leises Wandern. Sie rüsten zur Reise ins Dritte Reich.

Frank Thiessens Geschreibe ist wie Musik: der Hörer darf sich alles mögliche dabei denken, ist imstande, nachher gebildet darüber zu sprechen, und es verpflichtet zu gar nichts.

Wenn man sich entmaterialisieren könnte –: ich wollte wohl einmal Hitlern als Gespenst erscheinen. Aber in welcher Gestalt? Das beste wird sein: als Briefmarke. Es gäbe da manche Möglichkeiten.

HISTORISCHES

Vor einiger Zeit habe ich hier das schöne Denkmal am Deutschen Eck, in Koblenz, geschildert; der selige Kaiser Wilhelm der Erste ist dort zu Stein zusammengehauen, und ich hatte mir erlaubt, solches einen gefrorenen Mist zu nennen. Darob große Entrüstung bei den Kleinbürgern des Nationalismus. Es hagelte Proteste, ich spannte keinen Regenschirm auf, und soweit gut. Da sind übrigens manche Gruppen der jungen Nationalisten vernünftiger: die können wenigstens Barlach von jenem wilhelminischen Kram unterscheiden. Und diese, aber nur diese, fühlen, daß Wilhelm ein unglückseliges Mischding gewesen ist, wenn man genauer hinsieht, eigentlich gar nichts. Ein Mensch ohne Schicksal.

Nun war in diesem Aufsatz vom Deutschen Eck ferner beschrieben, wie die kleinen koblenzer Schuljungen dem Fremden für fünfzig Pfennig das Denkmal erklären, daß die Grammatik nur so wackelt. Die Zeit bleibt nicht stehn, die Industrie modernisiert sich, und wie ich höre, erklären sie in Koblenz jetzt nicht nur das Denkmal, sondern noch etwas ganz andres.

Früher hatten sie mich gefragt: «Soll ich Ihnen mal das Denkmal erklären?» – Jetzt fragen sie den Besucher: «Soll ich Ihnen mal das Unglück zeigen?» Und damit meinen sie die schreckliche Brückenkatastrophe, die so vielen Menschen das Leben gekostet hat, damals, als sie die Befreiung des Rheinlands von der Schwerindustrie, Vergebung, von der welschen Schmach feierten.

Und also sprechen jetzt die Knäblein am Deutschen Eck, wörtlich:

«Das kleine Häuschen, wo die Pappeln stehn, was Sie da sehn, das ist das Bootshaus, dort brach die Brücke zusammen. Bald verwandelte sich das Bootshaus in ein Lazarett und Totenhaus. Und Hindenburg hat zur Beerdigung einen Kranz geschickt und jedem Verwandten ein paar hundert Mark, und Hindenburg hat gesagt, wär ich nicht gekommen, wäre das ganze Unglück nicht passiert. Fertig!» (Fertig wird mitgesprochen.)

«Woher weißt du denn das?» fragte der Fremde den koblenzer Knaben. «Das hat mich mein Vater gelernt», sprach jener.

Geschichte entsteht oft auf wunderbaren Wegen.

PFIFF IM ORGELKLANG

Man ist am unehrlichsten gegen seinen
Gott: er darf nicht sündigen. Nietzsche

Redakteure und Zeitschriften-Herausgeber haben gern das ‹letzte Wort›, das hat so etwas Überlegenes. Das ist eine dumme Sitte. Denn Anstellungsverträge mit Verlagen begründen keine geistige Superiorität; das glauben nur die meisten Zeitungsredakteure, und dieses Spiel soll hier nicht gespielt werden. Wäre Hans Flesch Redakteur und ich sein Mitarbeiter, dann ‹führte› er mich ‹ab›, doch will ich ihn gar nicht abführen.

Weil er nicht abzuführen ist. Unser beider Auffassungen tun nur dar, wie Friedrich Nietzsche auf zwei verschieden gebaute Menschen wirkt, auf einen dicken, und, wie ich vermute, auf einen hagern. Ich für mein Teil bin dick, was mit dieser Frage viel mehr zu tun hat, als man glauben sollte. Kretzschmer, der Verfasser von ‹*Körperbau und Charakter*›, hat es uns gelehrt.

Die Diskussion nach der Melodie fortzuspinnen «Er kämpft gegen etwas an, was ich nicht behauptet habe»; «Herr Flesch scheint nicht zu wissen ...» – es liegt kein Anlaß vor, den Leser damit zu langweilen. Daß ich einmal Josef Hofmiller werde verteidigen müssen, ist mir nicht an der Wiege gesungen worden, aber hier muß ichs tun. Hofmiller habe Nietzsches geringe Leserschaft mit den Maßstäben der Großauflagen deutscher Kriegsbücher gemessen? Nietzsche, Nietzsche hat mit einer Leserschaft geprotzt, die er nicht hatte, so die Bedeutsamkeit seines Werkes durchaus auf seine Verbreitung stellend, und Hofmiller hat dieses Geprahl auf das richtige Maß zurückgeführt.

Was die Hakenkreuzler angeht, so haben sie ihren Nietzsche bereits; warte nur balde, und ich werde zu hören bekommen, daß ich den großen Mann nicht begriffen hätte, weil mir der Sinn fürs Heldische fehle. Er fehlt mir mitnichten. Was ich aber in stärkstem Maße besitze, ist ein Mißtrauen gegen falsche Helden, und Nietzsche halte ich für einen geheimen Schwächling. Er heroisiert, so wie einer masturbiert. Und Flesch hat richtig empfunden, daß man ihn nun bald gegen seine Anhänger in Schutz nehmen muß – wohin ist dieses Werk gerutscht! Sähe er das, schaudernd wendete er sich ab. Er ist mein guter Feind, er hat sehr schlechte Freunde. Und ich habe bisher stets geglaubt, ein gutes Gefühl für das zu besitzen, was sich der Satire entzieht, ich fühle Rangunterschiede auf das deutlichste, und ich weiß, in wie ungünstiger Position sich diese Polemik gegen Nietzsche vollzieht: ich schieße von unten nach oben. Und doch sagt mir mein Empfinden, daß diese Pfeile ihn noch erreichen.

Ich hätte an Nietzsche eine Gotteslästerung begangen, sagt Flesch.

Erst baut ihr euch ein Ding auf ein Postament, dann betet ihr es an, dann seid ihr stolz, daß ihr anbeten dürft, und verachtet die, die es nicht anbeten, und über ein kleines: so seid auch ihr Zeloten und bigotte Atheisten und Pfaffenknechte, auch ihr. Ich liebe Hamsun auf das höchste, sein Werk begleitet mich durch mein Leben – aber eine Hamsun-Lästerung ist mir nicht vorstellbar. Ein Mann, der an Hamsun vorbeigeht und ihn für einen Weiberromancier erklärt, ich möchte ihn nicht zum Freund haben. Eine Frau, die über Hamsun achselzuckend zur Mode übergeht, ich könnte sie nicht lange lieben. Aber lästern? Lästert, es trifft ihn gar nicht.

Hier aber muß etwas getroffen haben, und hier hat etwas getroffen. Muß ich als Tausendster dartun, daß dieser Nietzsche ein Jahrhundertkerl gewesen ist, ein großer Schriftsteller, niemals ein Philosoph, einer der geistreichen Deutschen, ein großer Prophet aus einer kleinen Zeit? Seine Zeit ... Er hat aus ihr hervorgeragt, sagt Flesch. Aber es wäre eine Beleidigung, ihn mit den Maßstäben seiner Zeit zu messen, um Leipzig wirkt jeder Hügel wie ein Berg, aber höher wird er davon auch nicht.

Je öfter ich Nietzsche lese und die um ihn, um so stärker wird mein Gefühl, das jeder schelten darf: hier ist etwas nicht in Ordnung. Hier wird geprahlt. Hier wird etwas vorgetäuscht, das so nicht da ist. So gefährlich ist sein Weg nicht gewesen, so hoch hinauf hat er nicht geführt, so neu ist das nicht, so wild ist das alles nicht. Franz Blei hat einmal die Adepten Stefan Georges «schwärmerische Privatdozenten» genannt – dieses Wort trifft auf bestimmte Stellen in Nietzsches Werk gleichfalls zu. Ein lyrischer Humanist, unter anderm; oft mehr, aber ein schwacher, lyrischer Humanist.

Die Gegner schieden unversöhnt.

Auf der einen Seite die Nietzsche-Leute, einen ondulierten Blitz im Wappen. Achselzucken, Gepust durch die Nase, Verachtung, ab durch die Mitte: «Er versteht es eben nicht.»

Auf der andern Seite einer, der sich des Größenunterschiedes wohl bewußt ist; einer, der Ehrfurcht hat, aber nur, wo er sie empfindet, und hier empfindet er sie nur teilweise, und mehr mit dem Kopf als mit dem Herzen. Einer, dem zum Beispiel Schiller nicht viel zu sagen hat, aber nie, niemals wagte er einen Hieb: denn Schiller ist echt, bis ins Theatralische hinein diamantenecht.

Nietzsche steht; Herr Wrobel wird ihn heute nicht entthronen. In zweihundert Jahren werden wir uns wieder sprechen.

Über das schandbare Urheberrecht aber wird vorher noch einiges zu sagen sein.

AUF DEM NACHTTISCH

Wenn ich nicht Peter Panter wäre, möchte ich Buchumschlag im Malik-Verlag sein. Dieser John Heartfield ist wirklich ein kleines Weltwunder. Was fällt ihm alles ein! Was macht er für bezaubernde Dinge! Eine seiner Fotomontagen habe ich mir rahmen lassen, und aufbewahren möchte man sich beinah alle. Der Umschlag der ‹*Traumfabrik*› von Ilja Ehrenburg sieht aus wie eine vergoldete Keksbüchse. Da sich die deutschen Bücher noch nicht wie die französischen zu einem einheitlichen Gewande aufgeschwungen haben, muß gesagt werden: bei Maliks werden sie am besten angezogen.

Die ‹*Traumfabrik*› ist eine Chronik des Films. Dieser Ehrenburg ist ein merkwürdiger Mann. Er sitzt da, wo heute die besten Leute sitzen: zwischen den Stühlen. Den Russen ist er ein verfänglicher Halb-Burjui; den braven Bürgern gilt er als anrüchiger Bolschewist. Es muß also etwas an ihm sein. Es ist auch etwas an ihm.

Für seine Romane kann ich mich nicht recht erwärmen; um so mehr für die Reiseschilderungen, mit denen er groß und klein in allen Ländern bereits heftig geärgert hat. Lob: seine sentimentale Frechheit, seine unverschämte Melancholie, Tränenkrüglein und Nasenstüber und im ganzen ein Mann, der leidet, wenn andre leiden. Und der es sieht. Und der es sagt. Tadel: leichte Unexaktheit. Es stimmt nicht immer alles. Ich möchte nicht nur niedergedrückt und erhoben, bepredigt und erheitert, ich möchte von solch einem Reisenden auch gut informiert werden. Ich kenne von ihm Schilderungen aus England, die ich für schief halte, bei aller Gradheit. Hier in der Traumfabrik ist die Grundmelodie sicherlich richtig – aber vieles könnte, müßte, dürfte exakter sein. Ist die ekelhafte Szene aus dem Film ‹*Afrika spricht*› ein Trick oder ist sie es nicht? Dergleichen muß man ganz genau feststellen, bevor man etwas darüber sagt. Das ist nicht leicht, ich weiß es. Aber ohne das bleibt sein Lamento ein Lamento. Das genügt nicht. Auch wirkt die gehetzte Präsensdarstellung durch dreihundert Seiten etwas monoton. Der Autor gibt an, es in zwei Monaten geschrieben zu haben. Und so klingt es auch. Hopp – hopp ...

Doch stehen gute Kapitel darin. Die Schilderung, wie die Ehepaare vor der Erfindung des Kinos gelangweilt zusammensitzen und überhaupt nicht mehr wissen, was sie sich noch erzählen sollen; die Charakterisierung der Film-Moral: «Finden Liebende einen Pastor, ists gut. Stiehlt ein Bösewicht einen Brillanten, ists schlecht»; solche blitzartigen Einwürfe wie: «Durchs Radio kann man gut zureden»; verdichtete Beobachtungen: «In Paris ist die Luft der Lichtspielhäuser dick von Tabaksqualm, in Berlin von geistiger Anspannung»; und da wo Ehrenburg wirklich Informationen gibt, sind sie recht aufschlußreich. So, wenn er erzählt, daß die Ufa während der Rheinland-Besetzung regelmäßig in der von den Franzosen herausgegebenen ‹*Rheinischen Rundschau*› inseriert habe, während die andern deutschen Firmen das Blatt boykottierten – heiliger Klitzsch, was sagst du dazu!

Und was Ehrenburg über den amerikanischen Filmgeneral Hays sagt: da lachen die Flundern! Das ist nun ganz und gar herrlich. Welche Bezeichnung er ihm beilegt, mögt ihr selber nachlesen: er vergleicht ihn mit einem Faktotum, dessen sich die frommen Juden am Sonnabend bedienen, wenn sie kein Feuer anzünden dürfen. Dieser Hays, nach Ehrenburg auch noch ein korruptes Subjekt, beherrscht drüben die gesamte Produktion; er statuiert die Moral, er setzt fest, was gegeben werden darf und was nicht ... man sollte vielleicht den Film doch nicht nur ästhetisch betrachten. Ein von der Filmindustrie hochbezahlter

Selterwassertrinker als Oberzensor – pfui Deibel. Ach, wir sind ja so freie Schriftsteller! Wie ich das hier in Berlin so sagen darf, was ich über den Herrn Hays denke! Dem gebe ichs aber ordentlich. Ja, das dürfen wir. Denn Hays ist gefährlich, unsauber, bigott und sehr weit entfernt.

Jetzt wollen wir Rudolf Borchardt vom Nachttisch herunterwerfen – Fräulein Nelly kann das morgen aufsammeln. Da habe ich mir auf der Rückseite seiner Broschüre ‹*Deutsche Literatur im Kampfe um ihr Recht*› ein wimmelndes Nest von Notizen gemacht – damit kann ich aber keinem mehr kommen. Der Unsterbliche hat hier wieder einmal etwas geschrieben, das schon nach vierzehn Tagen verschimmelt ist. Die Vorwürfe stimmen gar nicht; einen Teil hat sein Verlag schon zurücknehmen müssen, und das Ganze ist lächerlich aufgepustet. Dieser Borchardt hat in geistigem Sinne etwas von einem Hochstapler – es ist mir unbegreiflich, wie man solchem Epigonen eines Nachahmers aus zweiter Hand auf seinen Kram hereinfallen kann. In diesem Heft will er nachweisen, daß der gesamte deutsche Verlagsbuchhandel – an der Spitze die Deutsche Verlags-Anstalt in Stuttgart – sich gegen den Erwerb der Verlage Albert Langen und Georg Müller durch den Deutschnationalen Handlungsgehilfenverband verschworen habe. Kein Wort wahr, oder wohl nur ein Achtel. Den beiden Verlagen ist kein Vorwurf zu machen, es ging ihnen nicht gut, und sie haben eine Transaktion gemacht, wie sie jedem erlaubt ist, um so mehr, als sie sie ja gar nicht verbergen. Der Verband, dem es finanziell bisher sehr gut ergangen ist, hat den Expansionsfimmel: «Wir haben eine eigne Licht- und Kraftversorgung und eine eigne Polizei und eine eigne Feuerwehr ...» wir kennen diese Melodie. Die also legen sich einen Verlag zu, und sie werden sich wundern, daß das Geschäft zwar nicht ganz schlecht, aber bedeutend schlechter gehn wird, als sie sich das gedacht haben. Denn die nationale Gesinnungsliteratur ist nicht sehr repräsentativ (was die Klügeren unter den deutschen Nationalisten sehr genau wissen), und wer soll den Kram kaufen? Das vermiekerte Bürgertum, für das er geschrieben wird, hat kein Geld. Borchardt ist eine traurige Nummer: gegen die Philister von links eifert er, und die Philister von rechts faßt er mit Samthandschuhen, Vergebung, mit Stulpenhandschuhen an. Wir Ritter tragen Stulpenhandschuhe. Der Junge hat wahrscheinlich eine Rüstung als Nachthemd. So feierlich möchte ich mich auch mal nehmen. Und ich will ihn ja auch gern feierlich nehmen. Aber nicht ernst.

Inzwischen ist das Heft von dem loyalen Verlag Georg Müller aus dem Buchhandel zurückgezogen worden. Bei jedem andern Autor entfiele also die Kritik. Bei dem da muß man keine Rücksicht nehmen – wer das Maul so aufreißt, dem gehören ein paar Kartoffelklöße hineingeworfen.

Ernst Ottwalt ‹*Denn sie wissen, was sie tun*› (erschienen im Malik-

Verlag zu Berlin). Das ist eine recht beachtliche Sache – weniger als künstlerische Leistung denn als gute Hilfe im Kampf gegen diese Justiz.

Mit den Mitteln des frühnaturalistischen Romans wird die Laufbahn eines deutschen Durchschnittsjuristen geschildert. Was mir gefällt, ist: dieser Jurist ist kein schwarzes Schwein, kein wilder Berserker, kein besonders bösartiger Mensch – er ist das Produkt von Erziehung, Kaste und System. Es ist gut gesehn, wie die Rädchen des großen Unrechtgetriebes ineinandergreifen, Akte auf Akte, Paragraph auf Paragraph, die Verantwortung ist in unendlich winzige Teile zerteilt, und zum Schluß ist es keiner gewesen. Jakubowski? Wenn die Klage eines Landgerichtsrats gegen seinen Hauswirt mit derselben Sorgfalt geführt würde wie dieser mecklenburger Prozeß, der um Tod oder Leben eines ehemaligen russischen Kriegsgefangenen ging ... den Landgerichtsrat möchte ich schimpfen hören. Aber schließlich ist ja eine Klage um 125,40 Reichsmark eine ernste Angelegenheit.

Das hat Ottwalt gut begriffen. Seine Schilderungen sind noch flächig, sie haben keine Tiefendimensionen, es geht alles, klipp-klapp, wie man es braucht; Typen sind da und Argumente und Diskussionen – so sind jene, ja, ja, so sind sie. Aber das wird nur mitgeteilt, und es genügt nicht. Ohne Bosheit darf allen diesen Autoren immer wieder die große französische Romanschule empfohlen werden: sie werden mir das hoffentlich nicht als Ästhetentum auslegen. Wie etwa ein Gesellschaftsroman Stendhals aufgebaut ist: solcher Technik soll man nacheifern. Dazu muß man freilich sehr viel wissen. Und es ist so eingeteilt: die Bescheid wissen, können nicht schreiben, wollen nicht schreiben, dürfen nicht schreiben. Und die schreiben, wissen bestenfalls etwas Bescheid. Ich bin für das Buch von Ottwalt und seine Verbreitung. Es geht uns alle an.

A. W. Just *‹Mit Ilsebill freiwillig nach Sibirien›* (erschienen bei Ernst Pollak in Berlin). Russisches Reisebuch mit Bildern. Der Verfasser ist Berichterstatter der *‹Kölnischen Zeitung›*. Der Aufdruck besagt, das Buch sei aus der russischen Psyche geschrieben. Das ist nicht ganz richtig: das Buch ist aus der kölnischen Psyche heraus geschrieben.

Nach einem außerordentlich großmäuligen Vorwort gehts los. Der Mann kann russisch, kennt Rußland seit langer Zeit und kritisiert gar nicht einmal dumm. Man hat aber den Eindruck: er versteht nicht, was da vor sich geht. Dies ist nicht etwa gesagt, weil er vor Rußland nicht auf dem Bauch liegt und «O Fünfjahresplan!» lallt. Aber es ist nichts, was er da treibt. Es ist der mitteleuropäische Herr, der alles auf der Welt diskutierbar findet, nur nicht seinen eignen Standpunkt. Der ist ihm so selbstverständlich; er kommt keinen Augenblick darauf, daß grade der zur Debatte steht. Von dem vergilbten Groschenhumor schon gar nicht zu reden, der sich in diesen Reisebeschreibungen entfaltet. Der Mann muß bei seinem Verlag sehr beliebt sein. Aber was geht uns das an –?

Es sind auch ein paar Fotos in dem Buch. Mögen Sie noch gern russische Fotografien sehen? Sie haben alle zusammen so wenig Überzeugungskraft. Die Russen fotografieren uns bei Kiepenheuer ihre gefüllten Lebensmittel-Läden vor, und drei Meter links und drei Meter rechts davon sieht es vielleicht ganz anders aus. Aber dieser hier treibt es gar sinnig: «Oben: Behördenwohnungen am Boulevard in Nowosibirsk. (Mächtiger Palast.) Unten: Menschenwohnungen im Tal der Jelzowka (armselige Hütten).» Das stammt aus Rußland, nicht etwa aus Deutschland, wo es so etwas gar nicht gibt. Ich bekomme immerzu Bücher für Rußland oder gegen Rußland zu lesen — jetzt möchte ich bald einmal ein Buch über Rußland zu lesen bekommen.

‹*Physiognomik*›, Aussprüche von Anton Kuh (erschienen bei R. Piper in München). Zweiundzwanzig Mal furchtbar gelacht; dreizehn Mal gelacht, vierundvierzig Mal geschmunzelt, manches nur gelesen. Das ist wirklich sehr lustig. Kuh ist, wie männiglich bekannt, ein Sprechsteller — er sagt seins besser als ers schreibt. Manches reicht, teuerster Kranz, den ich zu vergeben habe, an Lichtenberg heran. Zum Beispiel goldrichtig, obwohl in fast keinem deutschen Roman erfüllt, dieses Postulat: «Die Kunst des Romanciers liegt im ökonomischen Wechsel von Beteiligtheit und Unbeteiligtheit.» Manchmal ein Mann und sein Werk in zwei Zeilen: «Nicht das Schicksal, der Denkvorsatz furchte Richard Dehmels Antlitz. Er war Dionysos in Schweiß.» Ein eigentümliches Gewächs. Ich war einmal dabei, als A. Kuh französische Parfum-Namen improvisierte. Ich habe fast alle vergessen, aber es war zum Heulen. Er hat die sehr, sehr seltene Mischung von Witz und Humor. Schade, daß er aus Österreich ist. Er wäre aber nicht, wenn er nicht aus Österreich wäre.

Sternchen; weil diese Dame gesondert betrachtet werden muß. Eine schreibende Frau mit Humor, sieh mal an! Irmgard Keun ‹*Gilgi, eine von uns*› (erschienen bei der Deutschen Verlags-Aktiengesellschaft Universitas in Berlin). Ungleich, aber sehr vielversprechend.

In der ersten Hälfte des Büchleins wimmelt es von ziselierten Einzelheiten. Schilderung der Fahrgäste in der Straßenbahn, morgens: «Keiner tut gern, was er tut. Keiner ist gern, was er ist.» Im Büro: «Warten Sie, sagt Herr Reuter, liest jeden Brief, um dann mit etwas verlogener Energie seinen Namen unter das getippte Hochachtungsvoll zu hauen.» Am besten alle Szenen, in denen ein Mann vor einer Frau, die dieses aber gar nicht gern hat, balzt. Das ist beste Kleinmädchen-Ironie. «Plötzlich überkommt ihn das Bedürfnis, sich unglücklich zu fühlen. Seine Ehe ist ganz und gar nicht gut, sein Leben ist verpfuscht, man ist ein alter Trottel, festgefahren in einem Krämerberuf. Er arbeitet mit Bitterkeit, Selbstironie und leichtem Pathos. Bei: ‹man müßte mal raus aus allem› wirft er sich in die Brust, daß die Schulternähte krachen, und bestellt anschließend zwei Liköre.» Und dann, wirklich eine Pracht: «Am Sonntag sitzen Gilgi und Herr Reuter zusammen im Domhotel. Gilgi hat das Gefühl, zu Abend gegessen, Herr Reuter das Gefühl, soupiert zu haben.» Und: «Er breitet sein Innenleben vor ihr aus wie eine offene Skatkarte.» Und: «Gilgi nimmt zur gefälligen Kenntnis, höflich und mäßig interessiert. Hör auf, nicht so viel Lyrik, paßt nicht zu deinem Pickel am Kinn. Warum kann man nun nicht sagen: gib nichts aus, wenns nichts einbringt, steck kein Gefühlskapital in ein aussichtsloses Unternehmen. Kann man nicht sagen. Armer Alter.» Sehr gute Beobachtungen von der Straße; reizende kleine Einfälle, was eine so tut, wenn sie mit sich allein, also nicht allein, also doch allein ist; einmal eine kleine Weisheit, wie es im Leben zugeht: «Auf die Arbeitgeber ist man nun mal angewiesen, und ganz ohne Mätzchen ist ihnen nicht beizukommen. Können allein entscheidet nicht, Mätzchen allein entscheiden nicht – beides zusammen entscheidet meistens.» Hurra!

Wenn Frauen über die Liebe schreiben, geht das fast immer schief: sauer oder süßlich. Diese hier findet in der ersten Hälfte des Buches den guten Ton. «Hübsch ist das, so still nebeneinander zu liegen. Man denkt sich und spricht sich nicht auseinander, man atmet sich zusammen... Vorsichtig tastet sie über seinen Schenkel: da ist die Narbe von dem Krokodil, das ihn gebissen hat. Es hat fast etwas Erhebendes, neben einem Mann zu liegen, der in Kolumbien von einem Krokodil gebissen wurde.»

Wenn Frauen über die Liebe schreiben, geht das fast immer schief. Diese hier findet in der zweiten Hälfte weder den richtigen Ton noch die guten Gefühle. Da langts nicht. Schwangerschaft, Komplikation ... es langt nicht. Dazu kommt eine fatale Diktion: was reden die Leute nur alle so, wie wenn sie grade Freud gefrühstückt hätten! Es ist der Frau Keun sicherlich nicht bewußt, was sie da treibt, und eben das ist das schlimme, daß ihr diese ‹Komplexe› so selbstverständlich erscheinen. So spricht man eben? Nein, so spricht man eben nicht – es ist schauerlich.

Flecken im Sönnchen, halten zu Gnaden. Hier ist ein Talent. Wenn die noch arbeitet, reist, eine große Liebe hinter sich und eine mittlere bei sich hat –: aus dieser Frau kann einmal etwas werden.

BRIEF MEINES VATERS

Mein Vater starb, als ich fünfzehn Jahre alt war.

Ich kann mich nicht besinnen, daß er mit mir viel über Politik, über Krieg und Frieden gesprochen hat; sicherlich haben solche Unterhaltungen stattgefunden, aber eine starke Einwirkung ist mir nicht im Gedächtnis geblieben. Mein Vater stammte aus kleinen Verhältnissen. Politisch ist er niemals tätig gewesen.

Vor mir liegt ein Brief vom 14. Dezember 1894. Darin schreibt er: «Ich reiße mich nicht danach, mich als Futter für die Kater-Ideen der hohen Herren herzugeben, im Gegentheil, mir tut heute schon unser Junge leid, wenn ich daran denke, daß er mal als Vaterlandsverteidiger figurieren soll. Wenn ich Schriftsteller wäre, würde ich die Suttner noch übersuttnern. Krieg heißt doch schließlich auf Deutsch privilegierter Mord; wenn die Leute an der Spitze in Verlegenheit sind und nicht mehr aus noch ein mit der Politik und ihren Finanzen wissen, dann wird aus der Rumpelkammer die Puppe Patriotismus herausgeholt und ihr Kleid und Mantel – Erbfeind und Heldenmuth – umgehangen, und dann ist der Popanz fertig. Jeder verficht dann natürlich die gerechte Sache, jeder packt seinen Privat-Gott an den Füßen, und schließlich haben die dummen Männer und Weiber, Eltern und Kinder die Zeche zu bezahlen, der Generalfeldmarschall kriegt sieben Orden und ein Rittergut, und die armen Hinterbliebenen der Erschossenen holt der Teufel, wenn sie nicht 3 M Pension für den verlorenen Vater monatlich bekommen; Söhne werden nicht bezahlt, die gibt es zu.»

Ehre seinem Andenken.

Jetzt darf Goebbels den Mann beschimpfen, und das Kriegsministerium darf einen Strafantrag gegen den Toten stellen:

wegen Herabwürdigung des Krieges, wegen Staatsverleumdung und wegen Störung der Belange der deutschen Holzkreuz-Industrie.

NA ALSO –!

Der alte Kahl, ordensbesternt,
Geheimrat und so, hat umgelernt.
Er hat einen ganzen Hinrichtungsakt
gesehn – der Kopf wurde abgehackt.
Und Geheimrat Kahl schrieb juristisch und kühl:
«Das ist gut für das Gerechtigkeitsgefühl.
Allemal.»
(gez.) Kahl

Dann hat der Mann an Einsicht gewonnen,
hat nachgedacht und sich besonnen.
Und er sprach und schrieb, wo es auch sei:
eine Hinrichtung ist eine Barbarei.
Ein zweiter Mord. Zu gar nichts nütze.
Justiz gedeiht nicht in blutiger Pfütze.
Ein braver Mann sprach im Reichstagssaal.
Kahl.

Darauf haben die Nazis ihn angegriffen.
Darauf haben die Stammtische auf ihn gepfiffen.
Und jetzt auf einmal, ein neuer Ton
ertönt in der Reichstagskommission:
«Wir brauchen die Todesstrafe, zur Zeit!
Insonderheit im politischen Streit!
Humanität in allen Ehren –
wir können den Hackklotz nicht entbehren.»
(Wir verurteilen bekanntlich nach dieser Methode
alle Nazi-Mörder zum Tode.)
«Heraus mit dem Beil! Die Waage bleibt drin.
Richtet sie nicht! Richtet sie hin!»
Na also –! Da hat in bewegten Stunden
ein deutscher Professor heimgefunden.
Christus säte. Es wuchs nicht viel.
Rode aus die Pflänzchen mit Stumpf und Stiel!
Das christliche Feld bleibt allemal
kahl.

DREH DICH HIN, DREH DICH HER – KLEINE WETTERFAHNE –!

Der Zeitungsverleger Mülvoß, als welcher ein krummer Jid,
sprach: «Wissen Se – ich bin nämlich Antisemit!
Sie haben eben keinen Sinn für Wehrhaftigkeit!
Ich und mein Blatt, wir gehen mit unsrer Zeit!
Mit der Zeit muß man mitgehn!»

Und es erhob sich ein Wispern im Blätterwalde.
Und jeder Mitarbeiter fühlte: Warte nur, balde ...!
Und die Redakteure bildeten sich im Kunstfliegen aus,
und je jüdischer einer hieß, desto raußerer flog er raus.
Mit der Zeit muß man mitgehn.

Und siehe, es entdeckten manche Spitzen der Verlegerei,
daß es mit dem Militarismus gar nicht so böse sei.
Denn wer nicht reiten kann, der ist entweder Pazifist,
oder er bewundert alles, was ein Kommißknopp ist.
Mit der Zeit muß man stramm stehn.

Aber denkt denn der Druckereibesitzer von solchem Blatt,
daß der Adolf Hitler so ein kurzes Gedächtnis hat?

Und nimmt nichts mehr krumm?
Dumm ist er ja. Aber so dumm . . .!
Und das ist das Beschämende an diesem Gesindel, das den Faschismus stützt:
daß ihm der Umfall auch nicht das geringste nützt.
Mit der Zeit werden sie eingehn.

OTTO REUTTER

Ein gutes Couplet ist nicht immer wirkungsvoll
und ein wirkungsvolles Couplet
ist nicht immer gut.
Otto Reutter

Gestern habe ich eine ganze Nacht verlacht. ‹*Otto Reutter. Ein Gedenkbuch über sein Leben und Schaffen*› (im Verlag G. Danner, Mühlhausen in Thüringen, erschienen).

Otto Reutter sang etwas, was es im Deutschen gar nicht gibt, denn die deutsche Sprache hat keinen Namen für: Couplet, Chanson; die bessern Herrn nennen das ‹song›. Wie der Franzose unter ‹le lied› etwas versteht, was er nicht besitzt, so haben wir keine Chansons. Wir müssen uns erst welche machen. Reutter hat sich welche gemacht: weit über Tausend. Ich kenne gut die Hälfte davon, denn ich habe mir einmal an ein paar stillen Vormittagsstunden in der Musikabteilung der Staatsbibliothek in Berlin alles zusammengesucht, was von ihm da ist, und es ist viel da. Eine merkwürdige Lektüre.

Otto Reutter war ein Künstler und ein Pachulke. Das Buch gibt beide Seiten gut wieder; der Begleittext ist allerdings unerlaubt dumm, die Auswahl ist nicht sehr gut, manche der berühmtesten Lieder fehlen, und wahrscheinlich ist hier und da der Text sanft ausgebessert, denn es ist nicht anzunehmen, daß Reutter vor dem Kriege von ‹Marxisten› gesungen hat.

Reutter hatte so etwas wie eine politische Überzeugung. Für ihn spricht, daß er nie von ihr abgewichen ist; er hätte sicherlich kurz nach dem Kriege mit gewaltigem Erfolg nach links rutschen können – das hat er nie getan. Hut ab vor so viel Anständigkeit.

Gegen seine Überzeugung spricht, daß sie fürchterlich gewesen ist. «Der Deutsche braucht Kolonien» – Immer feste druff! – und was er nun gar erst im Kriege getrieben hat, das war bitter, bitter. Ein Radaupatriotismus übelster Sorte. Und doch, welch ein Könner auf seinem Gebiet!

Er hatte gegen eine Sprache zu kämpfen, die schwerfällig ist, die man erst biegen und kneten muß, mit der man Jahre und Jahre zu üben hat, bis sie tanzt ... bei ihm hopste sie. Massig, polternd, am besten und gemütlichsten im Dreiviertel-Takt, diesem deutschesten aller Rhythmen, lustig im Vierviertel-Takt, was bei uns immer wie ein beschleunigtes Marsch-Tempo anmutet – diese beiden Rhythmen hatte er im Blut. Er traf Töne, deren Resonanzboden sehr tief liegt – hier spricht die Seele deines Volkes, wie etwa in manchen Kitschversen bei Hermann Löns. Was heute bei den Nazis als Lyrik verzapft wird, lebt von diesen alten Mitteln, nur ist dort alles billig, Maschinenspitze. Reutter nähte mit der Hand.

Dabei war sein Deutsch oft grauslich. Er schreibt fast immer «größer als wie du», er benutzt des Reimes halber Fremdwörter, daß es einen kalt überläuft, und doch, und doch ...

Seine Texte hatten eine Eigenschaft, die Paul Graetz einmal sehr gut definiert hat: sie «tragen». Das heißt, wenn diese Texte von einem schlechten Vorstadthumoristen gebracht werden, wenn sie der jüngste Lehrling auf dem Jubiläumsabend der Firma singt, dann lachen die Leute auch noch. Und mit Recht.

Da ist zu alleroberst jenes erhebende Lied ‹*In fünfzig Jahren ist alles vorbei*›, die Musik blieb in der Terz hängen, und es hatte beinah etwas Fontanisches.

Und sitzt auf der Bahn du ganz eingezwängt,
Und dir wird noch ne Frau auf den Schoß gedrängt,
Und die hat noch ne Schachtel auf ihrem Schoß,
Und du wirst die beiden Schachteln nicht los,
Und die Füße werden dir schwer wie Blei:
In fünfzig Jahren ist alles vorbei!

Oder bist du beim Zahnarzt – wenn er dich greift,
Und dich mit dem Zahn durch die Zimmer schleift,
Und er zieht und zieht und bricht alles entzwei –
In fünfzig Jahren ist alles vorbei!

Wie das sitzt! Wie das klappt! Wie das abläuft, wie Wasser einen Berg herunter, es kann gar nicht anders heißen, und das ist immer das Kennzeichen eines gut sitzenden Verses. Das da ist, wie mir scheinen will, sein schönstes Lied (es hört ganz nachdenklich auf). Das ist sein bestes, wenn man von ‹*Ick wunder mir über jahnischt mehr*› absieht.

Einmal kam er als Idiot heraus, der Text hatte eine ganz dumme Zeile als Kehrreim; er erzählt da, wie gutmütig er sei, und wie er alles tue, was das Gesetz ihm befiehlt, zum Beispiel geht er ins Theater ...

Um sieben standen schon haufenweis
Die Leut mit Bons an allen Kassen.
Bloß ick bezahlt den vollen Preis –

und nun, sicherlich mit einem Lachschluckser, der Refrain:

Bloß ick bezahlt den vollen Preis –
Mir ham se als jeheilt entlassen!

Ganz eigentümliche, fast melancholische Einfälle finden sich da, skeptische, mit Bier geschrieben, aber nahe an den Clownspäßen der Genies. Ja, gewiß, er stammte aus Norddeutschland, sehr graziös ist das alles nicht, an Nestroy darf man gar nicht denken, und doch:

Der Tod ist ein schlechter Abschluß vom Leben.
Es wäre viel schöner sicherlich:
Erst sterben, dann hätte mans hinter sich –
und nachher leben ...

Ein dicker, gewöhnlich aussehender Mann, Knittelverse und diese ungeheure Wirkung – was ist das?

Wäre ich ein feiner Schriftsteller, so einer, der direkt aus dem Englischen dichtet, oder ein Mann, der seinen kleinen Horizont ‹Heimat› nennt, oder ein Walle-Walle-Bart oder eine blitzende Brille: dann dürfte ich mich mit so einem wie Reutter gar nicht abgeben, ich weiß. Aber mich reizt dies; worauf ist seine Wirkung zurückzuführen, was war das mit seinen Couplets? Es muß doch etwas gewesen sein. Dreißig Jahre haben die Leute über den Mann gelacht.

«Ich habe vielleicht Millionen Menschen lachen sehn», hat er einmal zu einem Interviewer gesagt. «Merkwürdig, wie sich der Charakter eines Menschen plötzlich, ohne daß der Betreffende es will, zu offenbaren scheint. Der gemeine wie der vornehme Mensch zeigt sich mit blitzartiger Schnelle beim Lachen seelisch nackt. Lächeln verschönt; aber Lachen verhäßlicht eigentlich.» Er hat sehr genau aufgepaßt, wenn er da oben gestanden hat, sehr genau.

Seine Wirkung rührt an die tiefsten Tiefen künstlerischer Wirksamkeit überhaupt. In jedem großen Schauspieler muß ein Wurstl stecken, sonst wird das nichts. In jedem Genie muß etwas von diesen ganz einfachen Wirkungen zu spüren sein, sonst bleibt der Künstler mit sich und einigen wenigen allein, was weder für noch gegen ihn spricht. Man kann nun von diesen so einfachen und so unendlich schwer zu erzielenden Wirkungen in die Höhe klettern, Reutter ist unten geblieben – aber da, wo er gestanden hat, da sind die Wurzeln der Kraft.

Wer mit den Beinen da nicht steht, der wird wohl mit dem Kopf nie in die Sterne ragen. So simpel braucht man nicht zu sein wie er, so primitiv nicht, doch – auch so primitiv. Shakespeare hat es nicht verschmäht. Es war zutiefst nichts andres, verlaßt euch drauf: es war nichts andres.

Das darfst du in Deutschland keinem sagen. Einer, mit dem man lacht, wird leicht einer, über den man lacht. «Was kann denn das schon gewesen sein, wenn wir darüber gelacht haben!» Feierlich mußt du sein, triefend vor Wichtigkeit, geschwollen und von tierischem Ernst. Irgend ein General-Anzeiger schrieb neulich: «Kästner, Mehring und Tucholsky nehmen sich selbst nicht ernst, haben also auch kein Anrecht darauf, ernst genommen zu werden.» Dieses ‹also› ist der Grund, weshalb es so wenig deutsche Humoristen gibt.

Reutter hatte Humor – neben seiner bewundernswerten Technik, durch die er das Äußerste aus sich herausholte. Diese Technik hatte nur einen kleinen Radius – wäre er Franzose gewesen, er hätte das ‹génie de la race› gehabt, und das hätte ihm geholfen. So stand er da, ganz auf sich allein angewiesen und auf diese plumpen Hilfsmittel, wenig Erbmasse half ihm weiter, er war aus Gardelegen in der Mark, und so sang er auch. Und doch . . . wie gut hat er das gemacht! Diese Refrains, die er zum Schluß gar nicht mehr vortrug, er bewegte nur noch die Lippen und ließ das Publikum die Pointe erraten – er verstand sein Handwerk.

Es gibt da einen ästhetischen Reiz, der zum Teil in der Freude des Hörers besteht, daß es so schön klappt. Schopenhauer nahm dabei als primäre Wirkung die Wohlgefälligkeit des Klangs an, über den hinaus sich dann – gewissermaßen als unerwartete Zugabe – auch noch ein Sinn ergibt. Das ist es. Reutter hat mir einmal auf meinen Wunsch für den ‹*Ulk*› ein Couplet geschrieben. Der Zeichner Willibald Krain zeichnete den Dicken; der schrieb, und die Sache war sehr lustig; er sang vom echten Zigarrenblatt in einer Zigarre und vom konservativen Wahlzettel in der Wahlurne, und das mit dem Refrain:

Der muß wohl aus Versehen
da reingekommen sein.

Und zum Schluß hieß es: wie denn das käme – der Reutter sänge doch sonst Couplets, schriebe sie aber nicht.

Im ‹*Ulk*› sieht man ihn stehen,
Dazu ein Bild von Krain.
Der muß wohl aus Versehen
. . . . . .

Da sitzt eben der Refrain wie der Artikel 48 in der Reichsverfassung. Er gehört dazu.

Doch erklärt das seine Wirkung noch nicht ganz. Es gibt eine Tatsache, die viele Menschen, so auf Podien stehn, nicht zu wissen scheinen: das Ohr nimmt weniger auf als das Auge, es nimmt viel schwerer auf, eine Sage ist keine Schreibe. Das ist den wenigsten klar zu machen. Wenn ich mich beklagen wollte, daß man mich – außerhalb der Arbeiterorganisationen – auf den Podien vorn und hinten bestiehlt, meine Arbeit verwertend, ohne mich zu bezahlen, dann beklagte ich mich vor allem deshalb, weil man mich dadurch so oft blamiert. Die meisten Verse, die ich geschrieben habe, sind für das Auge geschrieben – sie klingen nur so, als wirkten sie auch gesprochen. Das tun aber manche mitnichten, ich weiß es. Die für das Ohr geschrieben sind, veröffentliche ich selten, denn sie erschienen wieder dem Auge leer. Lesend verstehn wir sehr rasch – hörend viel, viel langsamer. In einer zu singenden Strophe ist nur für einen einzigen Gedanken Platz – in einer gedruckten darf, ja, sollte jede Zeile etwas Neues enthalten. Reutter hatte das Ohr seines Publikums, weil er gewußt hat, wie dieses Ohr beschaffen ist.

Wirkt das heute noch, was er da vorgetragen hat? Kaum. «Was uns heute als Triumph des guten Geschmacks vorkommt», hat Peter Sturz in einem Modebericht des Jahres 1768 gesagt, «sinkt vielleicht morgen zum Unsinn herab. Wir gähnen bei dem Witz unsrer Väter; merkts euch, ihr Lustigmacher des Haufens, die ihr von Ewigkeit träumt!» Nein, es wirkt heute wohl nicht mehr. Zunächst erscheint uns ja beinah alles, was wir vom Alltagskram des Gestern lesen, viel zu lang. Dann aber ist in diesen Strophen die Luft der Zeit, Reutter spielte, wie jeder, der nur auf den Tag wirkt, mit den Assoziationen seiner Zeitgenossen, und diese Assoziationen sind nicht mehr da. Wenn ich seine Verse lese, dann sehe ich düstere Vorstadtstraßen mit roten Laternen vor mir, die Friedrichstraße mit den Pferdeomnibussen und einem Nachtleben, das roher, bunter und bewegter war als es heute ist, und vielleicht ist diese Beobachtung unrichtig: ich war jünger. Der blau eingewickelte Schutzmann geistert durch die Zeilen; der Kaiser; hohe Kragen der Kavaliere und der ganze Kram von dunnemals. Er war nicht besser und nicht schlechter als der heutige – er war anders. Daher wirkts nicht mehr.

Und doch hält sich manches. Der Witz und die Schlagfertigkeit des Mannes; da kam einst beim Frühschoppen eine Postanweisung an. Der Pastor seines Heimatortes fragte ihn: «Was machen Sie eigentlich mit dem Sündengeld?» Und Reutter: «Ich zahle meine Kirchensteuern damit, Herr Pfarrer!»

Und dann diese Geschichte hätte ich so gern von ihm hören mögen: wie der alte Direktor des berliner Wintergartens, Herr Baron, einen

Theateragenten in den April schickte: in Frankfurt wäre ein Komiker, der hieße Schopenhauer, und den sollte der Agent mal bringen. Der Agent ab nach Kassel, nein, nach Frankfurt. Und kam zurück. Und sprach:

«Na, mit den neuen Komiker, den Schoppenhauer. Ick hab Ihn ja jleich jesacht: Wat ick nich kenne, is nischt, un mit den neuen Komiker is et jahnischt.» Nicht möglich! sagte der Direktor. «Jahnischt», wiederholte der Agent. «Da ham Se sich 'n scheenen Bärn uffbinden lassen. Ick bin jeloofen von Pontius zu Pilatus, der Kerl war nich zu finden – und denn hab ick erfahrn, det a dot is, jawoll, schon üba dreißig Jahre ist der dot, und denn will ick Ihn noch wat sahrn:

Bekannt war er ja. Aba – ick habe mir jenau akundicht: so sehr komisch is der Mann nie jewesen –!»

Nun ist Reutter dahin. Seinesgleichen? Na, viel ist es nicht damit. Da gab es damals Julius Freund vom Metropol-Theater, der war in der Technik des Versbaus mindestens so gut, aber spitzer, südlicher, spritziger und mitunter fatal konfektioniert. Da ist jetzt Marcellus Schiffer, der fast immer die allerherrlichsten Einfälle hat, und manchmal denke ich, verzeih mir die Sünde, man müßte ihm die Einfälle fortnehmen, denn was er daraus macht, ist nicht immer gut, und dann ist da, aber ganz und gar allein, Friedrich Hollaender, der die besten Texte schreibt, die heute bei uns geschrieben werden. Walter Mehring, notre maître à tous, ist wieder eine andre Sache und gehört nicht ganz in diese Schublade. Und drüben bei den Franzosen haben sie Rip, einen geistvollen Mann von vollendeter Gesinnungslosigkeit, und wenns dem glückt, dann glückts ihm aber richtig. Frech wie Oskar und so ziseliert!

Otto Reutter wußte, was er da trieb. «Ich hatte früher mal den Größenwahn, bis ich an ein Varieté kam, wo ein dressierter Affe besser gefiel als ich.» Jeder gute Schauspieler wird diesen Satz verstehn.

Solche Reutter gibts in allen Ländern, und es hat sie zu allen Zeiten gegeben. Es hieße an einen Fortschritt glauben, wollte man annehmen, daß sich die Mittel ändern, mit denen man auf Menschen wirkt. Die Formen wandeln sich und sind regional verschieden, der tiefere Grund bleibt. Diese Komik, diese Wirkungen und dieser Humor stoßen mit dem Kopf an die Zimmerdecke Reutters, und damit an den Fußboden jener Wohnung, in der Jaroslav Hašek wohnt, der Vater des göttlichen Schwejk, dessen Konfiskation dem Reichsgericht hiermit herzlichst empfohlen sei. Denn das hat Schwejkn noch gefehlt.

Otto Reutter aber und seine Leute: es sind Künstler der untern Stockwerke. Doch sollen die von oben nicht hochmütig tun. Ohne die da unten wären sie nicht.

FRIEDRICH MITN MYTHOS

In der ‹*Literarischen Welt*› war Friedrich Hussong zu Gast; der kluge Willy Haas hat ihn dort im Rahmen einer Sondernummer ‹*Rechts und links*› zu Wort kommen lassen. Es ist nicht ganz leicht, über diesen Gesellen ohne Hohn zu sprechen, er ist eines der wenigen Talente im Hause Hugenberg, dreist und klotzig, wo seine Begabung nicht ausreicht. Ich wills versuchen.

Hussong verbreitet sich in der ‹*L. W.*› über die ‹Volkheit›:

«Wichtiger als alle Vivisektion des Intellektualismus ist das Wachstum eines nationalen Mythos; eines Mythos, nicht aus den Nerven geschwitzt, sondern aus dem Blute blühend. Denn nicht der Rationalismus, der Mythos zeugt Leben. Er ist in der Bildung begriffen. Das ist der Sinn und der Inhalt dieser Zeit. Darum ist Feindschaft gesetzt und muß gesetzt sein zwischen Volkheit und Intellektualismus. Volkheit ist Glaube und Wachstum. Intellektualismus ist Skeptizismus und Darre. Der Geist ist in der Volkheit; bei dem Intellektualismus ist nur Gewitztheit.

Es lebe der alte Spitzfaden!»

Wer ist der alte Spitzfaden –? Das wird in dem Aufsatz erklärt.

Der alte Spitzfaden war ein Dorflehrer, der Hussong unterrichtet hat. Nach den Proben, die er gibt, hat der Mann seine Sache recht gut gemacht. Nun aber:

Daß Hussong und seine Schulkameraden von diesem Schulmeister überhaupt unterrichtet werden konnten, verdanken sie etwas, was ich der Kürze halber mit Voltaire bezeichnen will. Daß Kinder von Bauern und Kleinbürgern diese Bildung genießen konnten, ist das Werk des Intellektualismus gewesen, welch ein blödes Wort! das Werk des Liberalismus, kurz: Hussong und die Seinen, sie sind Kinder des Systems, das sie so sehr verdammen. Diese Schulmeister für die kleinen Leute sind den mythoshaften Junkern erst aufgedrungen worden, sie wollten ums Verrecken nicht heran. (Noch Bismarck strich bekanntlich einen Lehrerposten von seinem Gutskonto.) Das ganze Kleinvolk, das sich heute die Kehlen gegen die Ratio, gegen die Liberalen, gegen die Demokratie heiser brüllt, wäre nicht, wenn die Aufklärer nicht gewesen wären.

Nun kann Hussong, der durchaus kein Dummkopf ist, sagen: Diese Aufklärer haben ihre historische Aufgabe erfüllt – heute ist andres dran. Dem ist zu entgegnen:

Nie ist die Rolle des Intellektuellen ausgespielt. Sie ist es auch in Rußland nicht – alle großen Theoretiker des Bolschewismus sind Intellektuelle. Die gesunde Reaktion auf überspitzte Gewitztheit, wie Hussong das nennt, in allen Ehren – der †††-Skeptizismus, der wohl darin besteht, daß man nicht alles glaubt, was einem jeder vor der

Front stehende Lümmel entgegenbrüllt, daß man die bare Münze des Mehrwertes für bare Münze nimmt —: dieser Skeptizismus ist gesund, bis ins Mark hinein gesund und sauber.

Wenn alles das Mythos ist, was sich dem gesunden Menschenverstand entzieht —: nieder mit dem Mythos! Und wichtiger als alle Volkheit scheint mir zu sein, daß sich der Mensch nicht zum Vieh degradiere, auch nicht für sein Vaterland. Was eine sanfte Beleidigung des Viehs darstellen dürfte. Im übrigen sagt Hussong vom Mythos das richtige, ohne es sagen zu wollen: «Er ist in der Bildung begriffen.»

Was ist das nur, was sich da heute als theoretische Begründer des deutschen Nationalismus aufspielt —?

Carl von Ossietzky erlaube mir, daß ich ihn zitiere: Germanisches Café.

RECHT MUSS RECHT BLEIBEN —!

«Wir können nicht zahlen! Wir werden nichts zahlen!
Die Gläubiger sollen uns was malen!»
Das geht gegen Welschland und gegen New York.
Verträge nehmen wir leicht wie Kork.
Nur nicht gegen die, die uns beherrschten:
    Wie steht denn die Sache mit unsern Ferschten —?

Sagt da einer: Groß ist die deutsche Not?
Sagt da einer: Sparen heißt das Gebot?
Ruft da der Nazi: Tyrannei?
Rundfunkt da der Groener: Ein Volk sei frei?
Stehn da die Bürger auf wie ein Mann,
weil keiner zahlen will und kann?
Kriegen die Fürsten, was andre suchen?
    Brot —? Ja, Kuchen.

Die bekommen Millionen und Millionen.
Die dürfen in weiten Schlössern wohnen.
Die kassieren für Kind und Kindeskind,
weil wir brave Untertanen sind.
Der in Doorn, der den Haß einer Welt gesammelt,
der hat noch nie so viel Geld gesammelt.
Die Burschen können in Dollars baden,
ihre Konten sind von Gottes Gnaden.
    Wirft die einer zum Tempel hinaus?
        So sehn wir aus.

Kein Geld für Krüppel. Kein Geld für Proleten.
Kein Geld für die, die der Krieg zertreten.
Der Wind pfeift durch den Hosenriß.
Der Dank des Vaterlands ist euch gewiß.

Die leiden. Die hungern. Und die dürsten.
Aber immer feste für die Fürsten!
Sie zapfen an deutschem Gut und Blute.
Da heißt es nicht: Tribute! Tribute!
Da zahlt der Deutsche, getreu seinem Eid,
an die gottgewollte Obrigkeit.

Aber der kleine Mann, der in Land und Stadt
seine Kriegsanleihe gezeichnet hat,
der kann sich sein Geld in den Schornstein schreiben.
Recht muß Recht bleiben.

AUF DEM NACHTTISCH

Graf A. Stenbock-Fermor *‹Deutschland von unten›* (bei J. Engelhorns Nachfolger in Stuttgart erschienen). Ein schönes und lehrreiches Buch. Gut illustriert ist es: auch bringt es erschütterndes Material über deutsche Heimarbeiter, über die Not des Landes, eine Not, die so gar nichts mit den ‹Tributen› zu tun hat. Merkwürdig übrigens: wenn irgend ein nationaler Esel so ein Schlagwort in die Luft wirft, dann fangen es tausend andre auf. Also Stenbock.

Am besten hat mir das Kapitel über das Leuna-Werk gefallen.

Da hat er furchtbare Einzelheiten zusammengetragen: nämlich über die Ereignisse, die sich nach der Besetzung des Werkes durch die Weißen zugetragen haben. Die Weißen nannten sich «Vertreter der Ordnung», und die Sache wurde so geordnet, daß drauf losgeprügelt, erschossen und kartätscht wurde — nach der Besetzung! nach der Gefangennahme der Leute! nachher! —, es war eine Lust zu leben. Untersuchungsausschuß des Preußischen Landtages: Sind Verstöße vorgekommen?

Und ob. Und ob. Jedoch ein Leutnant: «Ich habe meine Pflicht getan, aber wir sind alle Menschen.» Frage: Sind Erschießungen von Gefangenen vorgekommen? «Das ist bei mir nicht vorgekommen. Die es getan haben, müssen es verantworten und verantworten es auch.» Nämlich so: «Meine Herren, wenn Sie sich das durch den Kopf gehen lassen, wenn Sie sich in unsre Lage hineindenken wollen ... und hinterher dieser Dank! Das tut weh, dann verliert man Lust und Liebe, in einer ähnlichen Angelegenheit vorzugehn.» Überschrift: Wenn wir nicht tun dürfen, was wir wollen, dann macht uns der ganze Ordnungsdienst keinen Spaß. Den Arbeitern, denen man manches hat durch den Kopf gehn lassen, hats auch weh getan. Doch trösten wir uns:

Ein Abgeordneter: «Ich glaube, der Herr Zeuge ist über die Arbeit des Untersuchungsausschusses vollkommen im unklaren. Der Untersuchungsausschuß hat niemals Angriffe gegen die Schutzpolizei erhoben. Der Dank der Regierung wird sicherlich von dem ganzen Ausschuß geteilt, soweit wenigstens meine Partei in Frage kommt.» Na, dann ist ja alles in Ordnung. Auf Wiederschießen beim nächsten Mal!

Das nächste Mal wird gut vorbereitet, aber nicht so sehr von links, wie man dem Ausland gern glauben machen möchte, sondern durchaus und durchum von rechts her. *‹Aufstand, Querschnitt durch den revolutionären Nationalismus›*. Herausgegeben von Goetz Otto Stoffregen. (Erschienen im Brunnen-Verlag Willi Bischoff in Berlin.) Erschienen und sogleich beschlagnahmt; wegen darin enthaltener Angriffe gegen die Justiz. Ich habe schon mal bösere Angriffe gelesen.

Eigentlich ist es nicht ritterlich, mit Gegnern zu polemisieren, die mundtot gemacht sind, wenigstens für diesen einzelnen Fall mundtot. Doch haben diese Jungen auf Ritterlichkeit keinen Anspruch – sie sinds ja auch nicht. Gegen solche Knaben kämpfe man mit der Holzkelle, nicht mit dem Florett.

In diesem Buch geht alles bunt durcheinander. Wirklich geistige Dinge und daneben der Jude Arnolt Bronnen; leeres Geschwätz und beachtliche Sätze über deutsche Kunst, alles nebeneinander. Auch etwas Lyrik. Die sieht so aus:

Wir sind einer Fahne geboren,
Die fern wo im Walde schlägt.

Haben Sie schon mal eine Fahne schlagen hören? Davor und dahinter völkische Theorie, und die lohnt anzusehn.

«Aufgabe der deutschen Nation in staatlicher Hinsicht ist es, den Raum zwischen Flandern und Burgund, Siebenbürgen und Dorpat zu gestalten und zu sichern und die ost- und südosteuropäischen Gebiete mit ihren» – hör zu! – «mit ihren zur Nationbildung ungeeigneten Völkern unter Wahrung des völkischen Eigendaseins ihrer Volkstümer dem politischen und wirtschaftlichen deutschen Machtbereich einzuordnen ... Aufgabe des Reiches aber ist es, den Trägern der an keine Nation, kein Volk und keine Rasse gebundenen Deutschheit die Herrschaft zu übertragen, um das Erdreich Gottes zu gestalten.» Genau so dumm sagts die *‹Tat›* auch, nur mit ein bißchen andern Worten. Nun denke man sich einen völkischen Helden, der zufällig das Unglück hat, in der Tschechei geboren zu sein – dann gilt die ganze Volkheit nicht, denn sein Volk ist zur Bildung einer Nation nicht geeignet. Und das entscheiden jene mit ihrem schmutzigen Hals. Feine Leute. Schießen zum Beispiel die belgischen Einwohner auf die Deutschen, so gehören sie an die Wand. Umgekehrt aber: «Der insurrektive Krieg ist die Grundlage einer Landesverteidigung, die den Einbruch des Feindes an der Grenze nicht sofort abfangen kann, sondern den eingedrungenen Heersäulen mit jedem Kilometer und von allen Seiten wachsende Gegenwehr entgegenstellen kann, so daß diese revolutionäre Landesverteidigung . . .» Und wundern sich, daß das Ausland ihr Vokabular nicht adoptiert, sondern das, was die Herren treiben und treiben wollen und treiben können, ganz anders benennt.

Soweit rechts. Von links: ‹*Wilhelm II.*›. Ein Film von Dosio Koffler (erschienen im Lucifer-Verlag in Berlin). Keine Sorge — dieser Film wird nie gespielt werden, der Autor weiß es. Denn das Kino ist eine Kleinkinderbewahranstalt, beaufsichtigt von Brillen, Stiftsdamen und einer Industrie, die niemals etwas gegen das Kapital spielen läßt. Das wäre ein Filmchen! Manches ist allzu eng nach Heinrich Manns ‹*Untertan*› gearbeitet, so die Stelle auf Seite 29, wo sich der Untertan Willi und der Kaiser ansehn; manches ist weder filmisch noch gut, wie etwa die szenische Anmerkung: «Holsteins Amtsstube. Man hat das Gefühl dumpfer Hehlerluft.» Nee, eben nicht! Wie, glauben Sie, hats in dem Büro ausgesehn? Wie in jedem andern auch. Sehr gut ist der Abmarsch Wilhelms des Schicksalslosen über die holländische Grenze — ich hoffe, darüber das Nötige in einem Nekrolog sagen zu können. (Taktlos? Ich kann mich nicht besinnen, Herr Zwischenrufer, so zarter Rücksichtnahme bei der viehischen Ermordung Liebknechts begegnet zu sein. Taktlos? Wer geht denn mit uns sanft um?) In einem Nekrolog will ichs sagen. Den der liebe Gott noch lange hinausschieben möge, lang lebe der König! Denn dieser Mann kann gar nicht spät genug sterben; je später, um so unbeachteter wird er dahingehn. Sein Tod wird in seinem Leben das einzige sein, das er mit Napoleon gemeinsam hat: auch dessen Tod war, nach Talleyrand, kein Ereignis, er war eine Nachricht.

Fedor Vergin ‹*Das unbewußte Europa*› (erschienen bei Heß & Co. in Wien). Ach, da gehts aber zu! So klug, und so freudianisch und überhaupt sehr gebildet aus zweiter Hand. Dabei stehen in diesem Essayband sehr vernünftige Bemerkungen über Europa — wenn nur für solche Art Schriftsteller Freud nicht gelebt hätte! Sehr gescheite Sätze über die Engländer: «Sie sind einfach da, ihr So-Sein genügt ihnen restlos. Sie streben gar nicht, anders zu sein. Sie reformieren im kleinen gern und mit Humor, sie doktern an sich immer ein wenig herum, aber sie werden niemals ihre psychischen Ideale aufgeben. Darin sind sie sich einig wie kein andres Volk auf Erden.» Und: «Der englische Humor der Selbstpersiflage, so kennzeichnend für den normalen Engländer, hat in einem so unkritischen Volk wie dem deutschen, das über sich selbst stets falsche Ansichten hegt, trotzdem es sich ständig ein Problem ist, die verheerende Wirkung ausgelöst, daß man die englische Selbstkritik todernst nahm und generalisierte.» Und so noch manches Mal. Was hingegen über die Franzosen da steht, ist milder Wahnwitz. «Der sadistische Nordfranzose im Apachentanz, wobei eine Frau von einem Banditen mit dem Messer zerstochen wird ...» also das ist Cabaret in Duisburg, sicher sehr schön, aber Duisburg. Auch daß der französische Sparsinn nichts als Sadismus sei, höre ich zum ersten Mal. «Der französische Nachkriegsnationalismus ist wesentlich sadistisch. Er ergötzt sich mangels Zahlungen von Reparationen an der Qual des Opfers ...» Ich habe fünf Jahre in Frankreich verbracht, ich fahre fast jedes Jahr dorthin, ich habe mit den Leuten zusammengelebt, und ich darf aus tiefster Erfahrung sagen: dies ist heller Blödsinn und nichts als Stammtischgeschwätz, pseudowissenschaftlich frisiert. Merkwürdig bei einem Mann, der immerhin so viel politische Einsicht hat, daß er erkennt: «Die neuen Nationalstaaten Osteuropas sind seelische Nachfolger der altösterreichischen Politik, an der Deutschland naiv zugrunde ging. Der Franzose ahnt nicht, was eigentlich Mazedonien, was Siebenbürgen bedeutet.» Ah, das ist etwas anders. Die immense Schuld Frankreichs, insbesondere Clemenceaus, an diesem neuen, gefleckten und geflickten Europa – das ja. Aber Sadismus gegenüber Deutschland, das nein.

Über Deutschland vermeldet der Autor gute Sachen. «Antisemitismus würde beispielsweise fortbestehen, wenn es längst keinen Juden mehr in Deutschland gäbe. Seelisch fühlt sich das große Kind immer haßerfüllt gegen einen fiktiven Eindringling und Bedroher seiner Mutter: dem nationalen Gebiet ... Das vom Nationalismus benötigte Haßobjekt sind Juden oder Nachbarvölker, die natürlich immer bedrohen.» Sehr gut diese Bemerkung – hört es, ihr völkischen Beobachter! –: «Jeder, der anno 1914 gut bürgerliche, also gesittete Frauen in allen Kulturländern beobachten konnte, wie sie sich über Nacht in Prostituierte der Begeisterung verwandelten ...» das sollte man sich merken. Sehr gut auf Seite 308 eine fundierte Darlegung dessen, was man auch bei einem Richter und einem Staatsanwalt als ‹Seele› bezeichnet. «Man straft so gern andere für das, was man sich selbst nicht gönnt.» Das Buch hat Perspektiven, keine großen, viele falsche, aber immerhin.

Bliebe als vorletztes ein merkwürdiges Ding von einem Buch. *‹Erlebtes. Erstrebtes. Erreichtes›* von Franz Oppenheimer (erschienen im Welt-Verlag zu Berlin). Ganz so schlimm, wie ich es mir nach dem Vorabdruck gedacht habe, ist es nicht geworden – aber peinlich ist es immer noch. Es bleibe gänzlich außer Betracht, was dieser Nationalökonom in seinem Fach bedeutet, das steht auf andern Blättern. Er gibt hier seine Lebensgeschichte.

Dieser Mann – und nur deshalb bespreche ich das Buch – besitzt in höchstem Maße etwas, was ich die ‹indirekte Eitelkeit› nennen möchte.

Er sagt, außerhalb seines Faches, niemals: Ich bin ein großer Mann, ich bin ein fabelhafter Kerl, – wenigstens sagt er das nicht direkt. Aber er hat auf allen seinen Freunden Reflektoren angebracht, die ihn beleuchten, und er hat nur bedeutende Freunde. Kennt ihr solche Menschen, die ununterbrochen im Munde führen: «Mein Freund Leopold, einer der größten Halsärzte Frankfurts ...»? Andre als größte kennt diese Sorte gar nicht. Was in das Lichtfeld von Oppenheimers Leben tritt, ist: der bedeutendste, der größte, der bekannte, der beste, der schönste ... merkwürdig. Von diesen Schwänen aber mag ein gut Teil Gänse sein. Ich habe diese Art von Eitelkeit schon öfters angetroffen. Hermann Bahr hatte sie im höchsten Grade; Rathenau, in einer andern Kulör, auch, nur war der zu kalt, um mit seiner Eitelkeit Menschen zu begnaden, er spiegelte sich in Sachen. Es ist jene Eitelkeit, die den eignen Freundeskreis lächerlich aufbläht und seine Bedeutung auf das unsinnigste überschätzt. Wenn nun eines dieser Privat-Genies auch außerhalb des Kreises nur einen kleinen Erfolg hat, so nuckeln alle mit dem Kopf: «Na natürlich. Das haben wir ja immer gewußt. Unser Anton ... aber das ist doch ein Genie, wußten Sie das nicht?» Und dann wird auch der mittlere Erfolg des Herrn Anton vergrößert und aufgepustet und bis an die Wolken gehoben; sie können sich gar nicht lassen vor Entzücken, daß einer der ihren nun wirklich Privatdozent ist oder Regierungsrat, oder daß er einen Orden bekommen hat ... sie machen aus Serienfabrikaten handwerkliche Prachtstücke. Und es ist alles nicht wahr.

Eine facettierte Eitelkeit, von Oppenheimer bis herunter zu den weiblichen wiener Schmöcken, es ist immer dieselbe: «Ich kann Ihnen in Oslo meinen Freund Gunnar empfehlen, das ist der bedeutendste norwegische Journalist.» Und dann bist du in Oslo, und dann ist Herr Gunnar ein braver und brauchbarer Mann, wie zehn andre auch. Oppenheimer ist ein Narziß, der sich in Menschen spiegelt.

Er hat also den Krieg erlebt. «Ich war dicht daran, mich als alter Alpinist bei einem Alpenkorps zu melden. Aber ich war damals zwanzig Jahre aus aller Praxis heraus (Oppenheimer ist früher Arzt gewesen) und hätte mindestens einige Monate auf Wiederholungskurse verwenden müssen, um nicht mehr Schaden als Nutzen zu stiften; denn ich hätte selbstverständlich die Leitung eines Lazaretts übernehmen müssen.» Warum? Warum hätte er nicht in bescheidener Weise wie hunderttausend andre mitmachen können? Dann hätte ihm der ganze Krieg keinen Spaß gemacht.

So ging er damals umher, verfertigte Denkschriften, machte sich, wie er angibt, nützlich, und, wie er nicht angibt, recht wichtig, und das Ganze ist und bleibt peinlich. Bis zu diesen letzten Kapiteln kann man nicht sagen, daß dieser ehemals aktive Burschenschafter so etwas wie das Kreuz seines Judentums mit sich schleppe – aber dann schleppt ers eben doch. «Zur Rechten Hindenburgs saß der greise General, der den

Liebesgabenzug hergebracht hatte, zu seiner Linken ich als der Ältere von uns beiden, mir zur Linken Ludendorff und an dessen Seite mein Kollege Bodenheimer. Mir gegenüber saß ein Herzog von Sachsen, ganz unten an der langen Tafel der jüngste Prinz von Preußen unter den Leutnants.» O du seliger Untertan.

Kommt hinzu, daß diese gradezu groteske Eitelkeit eigentümliche Wellen schlägt. Der Mann spricht immer von «seinem» Berlin; «mein Freiburg», sagt er, «mein Liliencron» und einmal sogar, von der Erfindung: «mein elektrisches Licht». Er erinnert in manchem an diese geblähten Privatdozenten aus Heidelberg oder Göttingen; wenn man denen zuhört, wundert man sich immer, daß es überhaupt noch so etwas wie ein Welträtsel gibt, es ist doch alles schon längst gelöst, nämlich von dem Betreffenden, oder von seinem Freund oder eben von ‹seinem Kreis›. Und dann kommst du hin, und dann ist es gar nichts oder wenig, und die Welt pfeift auf Göttingen und auf Heidelberg, und es ist, wie Salomo sagt, alles eitel.

Zum Schluß wollen wir uns ein Bildermäppchen ansehn.

‹Blutproben›. Zehn Stiche von Johannes Wüsten (erschienen bei der Volksbühnen-Verlags- und Vertriebs-G. m. b. H., wie kann man nur so heißen! in Berlin NW 40, Platz der Republik 7). Das Heftchen enthält Reproduktionen. Schade, daß sie so nackt herausgekommen sind; das kleine Motto, das Wüsten jedem Blatt vorangesetzt hat, ist allemal sehr treffend—aber textieren hätte das Erich Kästner sollen. Es ist wie für ihn gemacht.

Man denke sich eine Mischung von: Willi Geiger, Grosz, Kubin ... so etwa. Und doch durchaus eigenartig. Und böse, herrlich böse — böse aus enttäuschter Güte. Die drei Betschwestern sind eine blanke Freude; die Trauung ist ein Juwel; das Blatt *‹Tot›* reicht in sehr mysteriöse Tiefen, und die *‹Elegie›* habe ich mir einrahmen lassen. Hier eben fehlt Kästner. Es ist ganz großartig.

Leicht hat es Wüsten nicht. Er lebt in Görlitz; seine Radierungen waren dort ausgestellt, aber plötzlich zog die Museumsleitung drei Blätter zurück. Die hießen, wie der Zufall spielt: *‹Andacht›* und *‹Trauung›* und *‹Heilsarmee›*, indem den Görlitzern etwas Religion erhalten bleiben muß. Wüsten schreibt mir: «Man liest oft, daß der Künstler in der Provinz noch so etwas wie eine kulturelle Aufgabe habe. Wer die erfüllen will, muß jetzt Wartburgbilder malen und die Königin Luise verehren.» Wüsten malt weder das eine noch verehrt er die andre, und das macht nicht beliebt.

Der Mann verdiente bekannter zu sein, als er es ist — in dem steckt etwas. Laßt euch das Heftchen einmal kommen. Es wird euch viel Freude machen.

§ § § §

In der Großstadt, auf dem Lande, in den Städtchen
gibt es schöne, aber tugendhafte Mädchen.
Still! Still!
Man kann nicht alles sagen, was man will.
Denen gleich das Herze schmilzt, die haben keinen.
Die du gern erobern willst, die haben schon einen . . .
Kommt ne leere Droschke an,
ist sie meist besetzt.
Hat die Frau einen andern Mann,
dann flüsterst du zuletzt:
Soll ich dir mal sagen,
wie mein Herz tanzt?
Soll ich dir mal sagen,
was du mir kannst?
Wenn ich dich seh, gibts mir nen Stich,
mein ganzes Sehnen kreist um dich –
Könnt ich dir doch sagen:
O küsse mich –!

Schau ich mich so um in unsrer lieben Runde:
jedem Deutschen hängt ein § am Munde . . .
Still! Still!
Man kann nicht alles sagen, was man will.
Schreibst du: «Dieser Bursche ist total besoffen»,
gleich fühlt irgend ein Minister sich getroffen.
Seh ich mir die Gegner an,
wie kommen die mir vor!
Ich ginge gern zu jedem ran
und flüstert ihm ins Ohr:
Soll ich dir mal sagen,
wie mein Herz tanzt?
Soll ich dir mal sagen,
was du mir kannst?
Wenn ich dich seh, gibts mir nen Stich,
mein ganzes Sehnen kreist um dich:
Könnt ich dir doch sagen:
O küsse mich –!

Und so sei es denn hiermit gesagt.

PRIVAT

Weil es in Deutschland kein öffentliches Leben gibt, sondern nur Kongresse und Tumulte, so nennt sich gern alles, was ein bißchen was ist: privat.

Die Sache hat wohl damit angefangen, daß Zigarettenfirmen gewisse Marken für die Chefs und für das Haus herstellen ließen – diese Mischungen waren vorerst nicht für den Handel bestimmt. Dann aber kamen sie doch in den Handel, und um zu zeigen, wie fein und vornehm der neue Tabak sei, nannte man ihn nun: Pebeco privat. Und das griff dann auf den Gottbehüte Weinbrand über und auf den Sekt, und jetzt heißen auch schon Schreibmaschinen so. «Wenn Sie in Ihrer Privatbar . . .» habe ich neulich gelesen. Denn mit dem Fressen ist das so eine Sache, aber Privatbar muß sein. Und wenn sie drei alte Fotos veröffentlichen, auf denen zu sehn ist, wie sie als Kind auf dem Lackstühlchen gesessen haben, dann sind diese Bilder «aus Privatbesitz», das klingt so hübsch nach Gemäldegalerie, aber es ist bloß ein altes Fotografiealbum.

Sie spielen Privatleben.

«Wie ich in einem außerdienstlichen Gespräch privat erfahren habe . . .» – aber lacht sie doch aus mit ihrer Wichtigtuerei, fegt das doch mit einer Handbewegung vom Tisch, denn alles das besteht ja nur in diesen mit Sandpapier abgeschabten Köpfen. Es ist völlig gleichgültig, ob einer eine Sache offiziell, offiziös oder privat erfahren hat – er weiß sie eben, und wenn es sich zum Beispiel um eine Schiebung handelt und er packt nicht zu, dann ist er ein Schweinehund. Ein offizieller, ein offiziöser, ein privater – zum Aussuchen.

Sie spielen Dienst.

Ob Kellner, Regierungsrat oder Radauknecht bei Hitler –: sie haben eine Uniform an, stehn vor sich selber stramm und glauben an ihre irdische Mission. Die ist dienstlich. Dahinter lebt dann, kümmerlich aber immerhin, das sogenannte Privatleben. «Sie war», schrieb neulich eine Zeitung ganz ernsthaft, «sie war privatim blond.» Als Klavierlehrerin war sie das nämlich nicht, da war sie nur Klavierlehrerin.

Sie glauben ernsthaft, das sei sachlich. Es ist aber nur die trübe Atmosphäre der Kompanie-Schreibstube, wo der Feldwebel dienstlich von nichts wußte und außerdienstlich grinsend in eine Stulle biß. Dienstlich hat diese Welt manche Erfolge zu verzeichnen. Privatim ist sie rechtens immer hinten heruntergefallen.

AVIS AN MEINEN VERLEGER

Von allen Leser-Briefen, lieber Meister Rowohlt, scheint mir dieser hier der allerschönste zu sein. Er stammt von einem Oberrealschüler aus Nürnberg.

«Lieber Herr Tucholsky!
Erlauben Sie mir, daß ich Ihnen zu Ihren Werken meine vollste Anerkennung ausspreche. Das wird Ihnen zwar gleichgültig sein – aber ich möchte doch noch eine weitere Bemerkung hinzufügen. Hoffentlich sterben Sie recht bald, damit Ihre Bücher billiger werden (so wie Goethe zum Beispiel). Ihr letztes Buch ist wieder so teuer, daß man es sich nicht kaufen kann.
Gruß!»

Da hast es.

Lieber Meister Rowohlt, liebe Herren Verleger! Macht unsre Bücher billiger! Macht unsre Bücher billiger! Macht unsre Bücher billiger!

SCHNIPSEL

Zur Rassenfrage. Die Blonden sind ganz umgängliche Menschen. Aber die Dunkeln, die gern blond sein möchten ...!

Komische Junge sind viel seltner als komische Alte.

Es gibt Leute, die wollen lieber einen Stehplatz in der ersten Klasse als einen Sitzplatz in der dritten. Es sind keine sympathischen Leute.

Kolonien nehmen den Überschuß des Mutterlandes auf. Irgendwohin muß ein Land doch schießen.

Emil Ludwig hats nicht leicht. Er müßte eigentlich ein Rundschreiben an seine Kritiker schicken: «Entschuldigen Sie bitte, daß ich so viel Erfolg habe.»

Man fällt selten über seine Fehler. Man fällt meistens über seine Feinde.

Da gab es neulich in der ‹*Frankfurter Zeitung*› eine Auseinandersetzung zwischen der Kunsthandlung Paul Cassirer und dem Kunstmaler Kokoschka.

Kunsthändler sind meist keine reine Freude. Aber wie dieser Maler da loslegte, das blamierte doch die ganze Innung. Die Inhaberin der Firma Cassirer, Frau Doktor Ring, hatte klar und einfach dargelegt:

wieviel Vorschüsse dieser Maler bezogen habe, daß seine Bilder jetzt nicht mehr so gut gingen wie früher, alles einleuchtende und verständliche Dinge, die der Beteiligte nun bestreiten oder kommentieren konnte ... Er habe sich das Geschäftsdeutsch, schrieb er, erst ins Deutsche übersetzen lassen müssen – eine Korrektur, die bei seinen Büchern bisher leider nicht erfolgt ist. Und schwafelte und jambelte und schrie ... früher hat so etwas eine Samtjacke getragen.

Es ist da während der guten Konjunktur eine Sorte Künstler aufgewachsen, die diskreditieren jeden guten wirtschaftlichen Kampf ihrer Genossen. Größenwahnsinnige Schauspieler, Maler wie der da – lauter Leute, die nicht begreifen können, daß man ihren Kram weit, weit überzahlt hat. Und daß es damit nun aus ist. Wenns weiter nichts wäre! Kokoschka bemüht Frans Hals und Rembrandt und wen weiß ich noch. Er tröste sich – so viel ist er nicht wert. Im übrigen mache er gescheite Verträge, und wenn er das nicht kann, nehme er sich einen Rechtsanwalt. Mit Kunstpflege hat dieses Geschwafel nichts zu tun. Cassirer war tausendfach im Recht.

Satire hat eine Grenze nach oben: Buddha entzieht sich ihr. Satire hat auch eine Grenze nach unten. In Deutschland etwa die herrschenden faschistischen Mächte. Es lohnt nicht – so tief kann man nicht schießen.

Merkwürdig, was dieselben zweitausend Menschen zu gleicher Zeit sein können: unsre tapfern Krieger; Mob; Volksgenossen; verhetzte Kleinbürger. Wie man eine Masse anspricht, so fühlt sie sich.

Laß dir von keinem Fachmann imponieren, der dir erzählt: «Lieber Freund, das mache ich schon seit zwanzig Jahren so!» – Man kann eine Sache auch zwanzig Jahre lang falsch machen.

Die dunkle Stelle der Nasenlöcher in einem Gesicht zeigt an, was für eine Luft im Schlafzimmer des Menschen ist. Dieser Satz läßt sich nicht begründen; er ist aber wahr.

«Arzt sein heißt: der Stärkere sein», hat Schweninger gesagt. Krankenkassen-Patient sein heißt: der Schwächere sein.

Es gibt in der Kunst ein unumstößliches Gesetz. Was einer recht auffällig ins Schaufenster legt, das führt er gar nicht: Brecht keine Männlichkeit, Keyserling keine Weisheit und Spengler keine Ewigkeitsperspektiven.

111

Die Frau Reinhold Sorges, dem wir das schöne und bedeutende Drama *‹Der Bettler›* verdanken (erschienen bei S. Fischer) hat Erinnerungen an ihren im Kriege getöteten Mann herausgegeben: *‹Unser Weg›* von Susanne M. Sorge (erschienen bei Kösel und Pustet in München).

Sorge ist Protestant gewesen und ist dann zum Katholizismus übergetreten. Sein Gefühl hat einen ähnlichen Weg zurückgelegt wie etwa der Verstand des Kardinals Newman, der von der anglikanischen Kirche nach Rom gewandert ist. Der Weg Sorges war schwer, doch für ihn selber beglückend; es mag für Gläubige stärkend sein, diesen Weg nachzuwandern. Das Buch seiner Frau ist rein, ehrlich und ergreifend, es enthält nicht einen falschen Ton. Eine Einzelheit sei herausgegriffen.

Sorge wurde im Jahre 1915 eingezogen. «In Stockach», schreibt Frau Sorge, «wurde er der Ersatzreserve 111 in Konstanz zugeteilt, und die dreifache Eins auf dem Achselstück war ihm Symbol des Dreieinigen Gottes, in Seinem Dienst fühlte er sich auch hier.»

Ist so etwas menschenmöglich! Bei Gott ist kein Ding unmöglich. Kein Zweifel, daß dieser Gedanke, von einem Atheisten ausgesprochen, zu einem jener Hexenprozesse führte, die man als Gotteslästerungsprozesse bezeichnet.

Da wird also einer gezwungen, auf Menschen zu schießen. Sorge hat, nach den Aufzeichnungen der Frau, Tötungen offenbar vermeiden können, aber er, der ein gläubig fühlender Katholik gewesen ist, hat unter diesem Druck gelitten. Doch war der Zwiespalt zwischen «Du sollst nicht töten!» und «Seid untertan der Obrigkeit!» bei ihm nicht so stark, daß es zu einer Kriegsdienstverweigerung gereicht hätte; die christlichen Religionen gehen ja in ihrer Praxis den klaren Entscheidungen gern aus dem Wege, und aus diesem ewigen Kompromiß erwächst ihre Macht. Die Bibel ist ein radikales Buch; die Ausführungsbestimmungen mildern nachher manches.

Und nun bekommt es ein gläubiger Christ fertig, in einer Regimentsnummer ein Symbol des dreieinigen Gottes zu sehn! Er schämt sich nicht! Er fühlt nicht die Diskrepanz, er scheut sich nicht, diese plumpe Allegorie auszusprechen, denn es ist unmöglich, daß etwa die Frau diese Äußerung erfunden oder hinzugesetzt hat. Wenn es eine Gotteslästerung gibt: dies ist eine.

Kleine Marginalie: Karl Muth hat dem lesenswerten Buch ein Nachwort geschrieben.

Der Verlag Fischer, der sich für Reinhold Sorge eingesetzt hat, als ihn niemand kannte, vermochte dem Dichter auf seinem weiteren Wege nicht zu folgen und lehnte eine Dichtung *‹Guntwar›* ab. Damals war Moritz Heimann noch sein Lektor. Das quittiert nun Muth so:

«Samuel Fischer, dem das den neuen Weg des Dichters offenbarende

Werk nicht in seine Richtung paßte'...» Frau Sorge schreibt stets, wie wir alle schreiben: S. Fischer. Zu einer blanken antisemitischen Äußerung hat Muths Mut nicht gereicht, es bleibt bei dieser hämischen Anspielung. Der üble Satz ist des schönen Buches nicht würdig.

KLEINE NACHRICHTEN

Die Sowjet-Regierung hat sich entschlossen, nach Finnland einen ausrangierten Kommunisten zu schicken, damit die Lappo-Bewegung endlich einen Feind hat.

Dem Eierhändler Awrumele Gänsekries aus Bialystok (dem Geburtsort von Jehuda Joissip Göbbeles) ist ein Gesuch um Naturalisation abschlägig beschieden worden. Gänsekries wohnt bereits achtzehneinhalb Jahre in Deutschland und hat noch keinen Hochverratsversuch unternommen. Für eine Einbürgerung ist er demnach nicht geeignet.

Der Erfinder Gustav Papenstrumpf aus Niederschöneweide hat einen Apparat erfunden, der die gesamte Tätigkeit des IV. Reichsgerichts-Senats automatisch verrichtet. Von seiner Einführung ist jedoch abgesehen worden; der IV. Senat macht das genau so gut wie ein Automat.

Das Gerücht, die SPD werde im Falle eines Verzichts Hindenburgs für Ludendorff als Reichspräsidenten stimmen, entspricht noch nicht den Tatsachen.

Ein berliner Schauspieler hat sich mit sich selbst zusammengeschlossen, um als Kollektiv aufzutreten. Um Tantiemen zu sparen und die ohnehin überflüssigen Autoren abzuschaffen, wird er den Text vom Souffleur beziehn.

Eine Abordnung arbeitsloser Nationalsozialisten hat gestern ihrem Oberhaupt vor dem Hotel Hitlerhof einen Fackelzug dargebracht. Hitler, der bis vor kurzem selbst arbeitslos war, versprach jedem der Fackelträger eine Stellung bei der ostpreußischen Gesandtschaft in Braunschweig. Die herbeigeeilten amerikanischen Journalisten verließen unter dem Ruf «So blue!» die Gaststätte.

Der Reichsinnenminister hat einen Erlaß herausgelassen, in dem er Beschimpfungen politischer Gegner verbietet. Als erste Kundmachung verfiel ein Erlaß des Reichswehrministers dem Verbot.

Die Bildstreifenausschüsse zur Prüfung kulturbildender Bildstreifen haben Richtlinien herausgegeben. Danach dürfen in Filmen, die auf das Prädikat «kulturfördernd» Anspruch haben wollen, nicht mehr vorkommen:

Mädchen über 19 Jahren — Mädchen unter 19 Jahren — unverheiratete Männer (an Männern überhaupt pro Film nicht mehr als zwei) — Totengräber — Lebedamen — Arbeitslose — Frauenärzte — Embryos — öffentliche Plätze bzw. Häuser — Großaufnahmen von Gliedmaßen aller Art — Küsse (nur Elternküsse) — Betrunkene — Hungrige — Bolschewisten — Prostituierte — Richter.

Insbesondere ist das Auftreten politisch Andersdenkender grundsätzlich verboten.

Der noch in Freiheit befindliche deutsche Wirtschaftsführer hat bei der Reichsregierung angeregt, die Veröffentlichung von Herstellungspreisen der IG-Farben als Landesverrat zu bestrafen. Mit Recht.

Der Papst hat in einer Rundfunkrede als Grundübel der Gegenwart drei Dinge genannt: den Stolz, die Geldgier und die Fleischeslust. Wie wir hören, haben die Reichswehroffiziere, die auf deutschen Gütern angestellten polnischen Arbeiter und der Reichsverband Deutscher Fleischermeister dagegen protestiert.

Das Rabbinat von Bialystok (dem Geburtsort von Awrumele Gänsekries) hat Jehuda Joissip Göbbeles angeboten, dessen Töchter und Söhne gratis zu beschneiden.

Chaplin hat Hitler um leihweise Hergabe seines Schnurrbarts gebeten. Die Verhandlungen dauern an.

Japan ist Mitglied des Völkerbundes.

Das Reichskartell des nationalen Mittelstandes hat einen Lichtstreik proklamiert. Das Einatmen von Leuchtgas zur Lösung der Arbeitslosenfrage ist ausdrücklich ausgenommen. Armut ist ein großer Glanz von innen.

Die Herren Noske und Geßler weilen zur Zeit in Berlin, um bei Herrn Groener Nachhilfeunterricht zu nehmen.

Die SPD ist eine Arbeiterpartei.

WIE MANS MACHT ...

a) Trost für den Ehemann

Und wenn sie dich so recht gelangweilt hat,
dann wandern die Gedanken in die Stadt ...
Du stellst dir vor, wie eine dir,
und wie du ihr, das denkst du dir ...
Aber so schön ist es ja gar nicht!

Mensch, in den Bars, da gähnt die Langeweile.
Die Margot, die bezog von Rudolf Keile.
Was flüstert nachher deine Bajadere?
Sie quatscht von einer Filmkarriere,
und von dem Lunapark und Feuerwerk,
und daß sie Reinhardt kennt und Pallenberg ...
Und eine Frau mit Seele? Merk dies wichtige:
die klebt ja noch viel fester als die richtige.

Du träumst von Orgien und von Liebesfesten.
Ach, Mensch, und immer diese selben Gesten,
derselbe Zimt, dieselben Schweinerein –
was kann denn da schon auf die Dauer sein!
Und hinterher, dann trittst du an
mit einem positiven Wassermann,
so schön ist das ja gar nicht.

Sei klug. Verfluch nicht deine Frau, nicht deine Klause.
Bleib wo du bist.
Bleib ruhig zu Hause.

b) Trost für den Junggesellen

Du hast es satt. Wer will, der kann.
Du gehst jetzt häufiger zu Höhnemann.
Der hat mit Gott zwei Nichten. Zart wie Rehe.
Da gehst du ran. Du lauerst auf die Ehe.

Bild dir nichts ein. Du schüttelst mit dem Kopf?
Ach, alle Tage Huhn im Topf
und Gans im Bett – man kriegt es satt,
man kennt den kleinen Fleck am linken Schulterblatt ...
So schön ist es ja gar nicht!

Sie zählt die Laken. Sagt, wann man großreinemachen soll.
Du weißt es alles, und du hast die Nase voll.
Erst warst du auf die Heirat wie versessen;
daß deine Frau auch Frau ist, hast du bald vergessen.

Sei klug. Verfluch nicht deine Freiheit, deine Klause.
Bleib wo du bist.
Bleib ruhig zu Hause.

c) Moral

Lebst du mit ihr gemeinsam — dann fühlst du dich recht einsam.
Bist du aber alleine — dann frieren dir die Beine.
Lebst du zu zweit? Lebst du allein?
Der Mittelweg wird wohl das richtige sein.

KOLOSSAL BERÜHMT

Auf der sprachlichen Niederjagd gefangen: «berühmt geworden».

Irgend ein Esel mag das einmal geschrieben haben, um sich wichtig zu machen: «die berühmt gewordene Rede des Kanzlers . . .» Und nun schreiben es ihm alle, alle nach: die berühmt gewordene Szene, das berühmt gewordene Chanson, die berühmt gewordene Wendung. Gemeint ist: bekannt.

Homer ist berühmt. Chaplin ist zur Zeit berühmt. Der Ruhm Napoleons, das kann man sagen. Es ist aber ein Irrtum, zu glauben, daß berühmt sei, was zweimal in der Schlagzeile einer Mittagszeitung gestanden hat, denn da steht vieles, was früher, Borgis, ohne Durchschuß, im lokalen Teil zu stehen pflegte. Es ist da eine jammervolle Verengung des Gesichtskreises eingetreten, die Vordergrund-Figuren erscheinen ganz groß, und die gesamte Welt verschwimmt zu einem grauen Fond. Geistige Autarkie.

Sprache ist stets Ausdruck einer Gesinnung. Diese hier ist beklagenswert. Jeder dieser kleinen Kreise hält sich für das Zentrum der Erde, und man muß einmal erlebt haben, was geschieht, wenn sich diese Leute im Ausland mit Fremden unterhalten: wie da beide Teile aneinander vorbeireden, wie der Deutsche auch nicht einen Augenblick auf den Gedanken kommt, seine Begriffe und Maßstäbe könnten vielleicht dort nicht gelten, mehr, überhaupt nicht bekannt sein . . . seine Seele kreist um den Potsdamer Platz oder um drei Zeitschriften oder um Hitler oder um sonst eine Lokalgröße und ist nicht davon loszubekommen. Und dann sind alle Beteiligten erstaunt, weil es zu keiner Einigung kommt. Wenn zwei Kaufleute miteinander abschließen wollen, und der eine meint, es handle sich um Kauf, und der andre meint, es handle sich um Miete, so kommt auch bei einer scheinbaren Einigung kein Vertrag zustande — Dissens nennt es der Jurist. So ungefähr verlaufen die meisten internationalen Diskussionen. Es ist ein Jammer, daß dabei nicht Latein gesprochen wird.

Man blättere, was viel zu wenig getan wird, in den Zeitungen ein Jahr zurück, und man wird sehen, was das «berühmt gewordene Stück» heute ist: Geraschel eines welken Kranzes. Und zwei Flugstunden weiter, grade um die Ecke, haben sie von dem statuierten Ruhm überhaupt nichts gewußt. Es ist ein Ruhm, dessen Reichweite mit den Grenzen eines postalischen Bestellbezirks zusammenfällt und der vierzehn Tage dauert, gut gerechnet. Diese Zeit spricht noch nicht ihre Sprache, oder: ihre Sprache ist die der Zeit von gestern. Sie pappt große Wörter, die beinah ihren Sinn verloren haben, auf die kleinen Begriffe des Alltags, ihr Kleid ist vier Nummern zu weit, und wenn alles schief geht, so sieht sie sich doch ununterbrochen im Spiegel eines imaginären Konversationslexikons und kommt sich sehr berühmt geworden vor.

DER ZERSTREUTE

Mein Blinddarm, der ruht in Palmnicken;
ein Backenzahn und überdies
ein Milchzahn liegen in Saarbrücken.
Die Mandeln ruhen in Paris.

So streu ich mich trotz hohen Zöllen
weit durch Europa hin durchs Land.
Auch hat die Klinik in Neukölln
noch etwas Nasenscheidewand.

Ein guter Arzt will operieren.
Es freut ihn, und es bringt auch Geld.
Viel ist nicht mehr zu amputieren.
Ich bin zu gut für diese Welt.

Was soll ich armes Luder machen,
wenn die Posaune blasen mag?
Wie tret ich an mit meinen sieben Sachen
am heiligen Auferstehungstag?

Der liebe Gott macht nicht viel Federlesen.
«Herr Tiger!» ruft er. «Komm hervor!

Wie siehst du aus, lädiertes Wesen?
Und wo – wo hast du den Humor?»

«Ich las» – sag ich dann ohne Bangen –
«einst den Etat der deutschen Generalität.
Da ist mir der Humor vergangen.»
Und Gott versteht.
Und Gott versteht.

COLLOQUIUM IN UTERO

Ein trüber Herbsttag im Mutterleib. Zwei Stück Zwillinge, Erna und Max, legen sich bequem und sprechen leise miteinander.

«Mahlzeit!»

«Mahlzeit! Na, gut geschlafen ...?»

«Soweit man bei diesem Rummel schlafen kann – es sind bewegte Zeiten. Ich träume dann immer so schlecht.»

«Was hast du bloß?»

«Du bist gut! Was ich habe! Hier, hast du das gelesen, im Reichsverbandsblatt Deutscher Leibesfrüchtchen?»

«Nein. Was steht da?»

«Da steht: Warnung vor dem juristischen Studium. Fünfzigtausend Primaner legen die Reifeprüfung ab. Hundertunddreißigtausend stellenlose Akademiker, es kann auch eine Null mehr sein, ich kann das bei der Beleuchtung nicht so genau unterscheiden. Warnung vor dem Veterinär-Studium. Warnung vor Beschreitung der Oberförster-Laufbahn. Warnung ... und so geht das weiter.»

«Na und?»

«Na und ... du dummes Keimbläschen! Willst du mir vielleicht sagen, was man denn eigentlich noch draußen soll? Nun fehlt nur noch die Warnung vor einem Beruf!»

«Vor welchem?»

«Vor dem eines Deutschen. Aber, wenn das so weiter geht: ich bleibe hier.»

«Ich gehe raus.»

«Warum?»

«Weil es unsre Pflicht ist. Weil wir heraus müssen. Weil im Kirchenblatt für den Sprengel Rottenburg und Umgegend steht: Das Leben im Mutterleib ist heilig. Lieber zehn Kinder auf dem Kissen als eines auf dem Gewissen, steht da. Und die Präservativ-Automaten sind auch aufgehoben. Wir stehen, mein Lieber, unter dem Schutz der Staatsanwaltschaft und der Kirche!»

«Draußen?»

«Nö, draußen nicht. Bloß drin.»

«Na, da bleib doch hier!»

«Wir haben nur für neun Monate gemietet, das weißt du doch!»

«Es ist, um sich an dem eignen Nabelstrang aufzuhängen! Ich für mein Teil bleibe drin!»

«Du bleibst nicht drin. Sei froh, daß wir nicht dreie sind, oder vier, oder fünf, oder sechs ...»

«Halt! Halt! Wir sind doch nicht bei Karnickels!»

«Es ist alles schon mal dagewesen, Deutschland kann keine Kinder ernähren, nur Kartelle. Deutschland braucht Arbeitslose!»

«Ich bleibe drin.»

«Ich geh raus!»

«Du gehst nicht raus! Streikbrecher!»

«Pergamentfrucht!»

«Dottersack!»

(Gestrampel)

Die Mutter: «Was er nur hat—?»

SCHNIPSEL

Höflich wie ein Engländer zu Hause. Unhöflich wie ein Engländer auf Reisen.

Man sollte gar nicht glauben, wie gut man auch ohne die Erfindungen des Jahres 2500 auskommen kann!

Kriminalroman im Bett ist schwer. Ein Bett ist doch keine Eisenbahn!

Und immer wieder: man stelle sich vor, wie unsre Bücher aussähen, wenn Herr Seeger und seine Mannen sie vorher zu zensieren hätten! Rundfunk und Film sehen aus wie die Literatur in einem Polizeistaat: kindisch, gefesselt und uninteressant. Zu fordern ist—immer wieder—: Filmfreiheit, Rundfunkfreiheit, und zwar völlige Freiheit. Die Strafgesetze genügen, wie bei den Büchern. Jeder Einwurf dagegen, auch solche von den Bildungsbonzen der SPD, stammt aus einem Polizeigehirn.

Für einen Weißen, der Afrika nicht kennt, haben die Hochzeitsgebräuche eines Negerstammes keinen Sinn – er sieht, aber begreift nichts.

Wenn man einmal aus dem Bürgertum herausgefallen ist, erscheint eine mondäne Bar in Paris sinnlos: alles fällt auseinander, die Frauen riechen nach Verwesung, die Männer wirken wie verkleidet, und eine leere Musik macht ein vertragsmäßig ausbedungnes Geräusch dazu.

Ich habe dort nie das Gefühl: wie unsittlich! Sondern ich fühle: welch Anachronismus.

Für die kleinen Nöte des Lebens ist unser Apparat nicht geschaffen; dazu ist er zu sehr Selbstzweck. Ärzte und Rechtsanwälte machen gewaltige Fortschritte, aber mit einer Forderung von 46,50 Reichsmark und mit einem Schnupfen bist du doch immer der Dumme.

In Spanien gründeten sie einmal einen Tierschutzverein, der brauchte nötig Geld. Da veranstaltete er für seine Kassen einen großen Stierkampf.

Auf den Völkerbund schimpfen darf nur, wer gegen die absolute Souveränität der Staaten ist. Ein Rechtsgebilde über den Staaten besitzt an Macht lediglich, was ihm die einzelnen Staaten geben. Also gibt es zur Zeit gar keinen Völkerbund, und Genf ist eine Farce. Das darf aber kein Nationaler tadeln. Er ist ja damit einverstanden.

Rein hippologisch betrachtet ist er vom Pferd gefallen.

Es ist der grundlegende Irrtum aller Dilettanten, der lyrischen Damen, romantisierenden Lehrer und katholischen Familienblattschreiber: daß, wer ergriffen sei, dadurch schon den Leser ergreife. «Aber ich habe es doch mit Gefühl geschrieben!» Ergriffen zu sein, ist eine Voraussetzung – für ein Kunstwerk bedeutet es allein noch gar nichts.

Warum sagen die Russen eigentlich niemals, wieviel Geld sie sich im Ausland geliehen haben, um den Fünfjahresplan durchführen zu können? Ihre Leistung verkleinerte es nicht. Es ist geschickt und gut, daß sie den Kapitalismus mit dessen Waffen schlagen – doch sollte das Geschrei über eine neue Fabrik auf das richtige Maß zurückgeführt werden. Hier ist Geld investiert worden –: wird es richtig und fruchtbringend arbeiten –?

Verzeiht, o Kleriker des marxistischen Korans, mir die Sünde.

Eine allen Deutschen gemeinsame Literatur gibt es nicht. Bei uns liest jeder nur seins.

Die schönste Geschichte über Masochismus, die ich weiß:

Wir lagen in einem polnischen Nest, gleich hinter der damaligen deutschen Grenze, hinter Marggrabowa. In unserm Armierungsbataillon waren Schlesier und Berliner anmutig gemischt. Und eines sternenklaren Abends stand ich hinter einer Hausecke, da schlugen die trauten Laute der Heimat an mein Ohr. A richtich! Ich lauschte.

Es waren zwei waschechte Berliner, die sich da um die Ecke unterhielten. Der eine mußte von Beruf wohl so eine Art Zuhälter gewesen sein; jedenfalls rühmte er sich dessen und erzählte viel von einer gewissen Ella, bei der er die Spinde abjewackelt hätte. Dieses Mädchen nun hatte auch eine masochistisch veranlagte Kundschaft, die sie gut und richtig bediente. Und ich hörte:

«Ick komm also ruff bei Ellan, un die hatte sonen Meckerjreis, den mußte sie imma vahaun. Jutet Jeld – jedet Mal achssich Mark. An den Ahmt wah a ooch da. Wie ick die Korridortür uffschließe, heer ick schon von weitn: Wißte mal die Pantoffeln uffhebn! Jleich hebst du die Pantoffeln uff, du Sau! Du Hund! Heb mal die Pantoffeln uff!» – «Wat haste denn da jemacht?» fragte der andre.

«Na», sagte der erste, «ick bin rinjejangn un hab zu den altn Herrn jesacht:

Warum tun Sie denn die Dame nich den Jefalln un hehm die Pantoffeln uff –?»

BESCHLAGNAHMEFREIES GEDICHT

Ich bin klein.
Mein Herz ist rein.
Soll niemand drin wohnen als nach Belieben auszufüllen allein.
Lieb Vaterland, magst ruhig sein,
fest steht, daß Ponds Creme das beste für die Haut ist.
Hipp.
Wer seine Obrigkeit läßt walten,
der bleibet immer wohlbehalten.
Hipp, hipp.
Wenn ich nur meinen Adolf hab,
bis an mein schwarz-weiß-rotes Grab.
Hurra.
Ein Veilchen stund an Baches Ranft,
so preußisch-blau, so lind und sanft;
da kam ein kleines Schaf daher,
jetzt steht da gar kein Veilchen mehr.
Hurra.
Ein Richter steht im Walde,
so still und stumm.
Er war republikanisch bis zuletzt,
drum haben sie ihn in den Wald versetzt,
und da steht nun der Richter,
auf seinem linken Bein,
ganz allein.

Lieb Vaterland (siehe oben).
Siehst du die Brigg dort auf den Wellen?
«Rechts müßt ihr steuern!» hallt der Schrei.
Die Republik kann nicht zerschellen,
Frau Wirtin hatte auch ein Ei.
Die Zeiten werden schön und schöner.
Ich denk an Männer, kühn und barsch:
An Noske, Geßler und auch Groener.
Lieb Vaterland (siehe oben).

DIE ARMEN LUDER

Daß die Nazis keine Schriftsteller besitzen, die fähig sind, deutsch zu schreiben, weiß man aus den Leistungen ihrer Führer. Daß dieses Gesocks aber systematisch klaut, um den Lesern ihrer Papiere vorzuführen, was herzustellen sie selber nicht fähig sind ...

Es ist jetzt der zweite Nazi-Diebstahl, den ich hier festnagele.

Das *‹Blatt der Niedersachsen›*, Nat.-Soz. Tageblatt für den Gau Hannover-Ost, bringt in seiner Nummer vom 24. Februar 1932 einen Beitrag:

«Kurzer Abriß der Nationalökonomie, von Karl Murx, staatlich prämiierter National-Komiker.»

Der Beitrag ist gestohlen; er hat hier unter derselben Überschrift am 15. September 1931 gestanden und war damals Kaspar Hauser gezeichnet.

Stehlen – sich die deutsche Nationalität ermogeln – lügen – stehlen –: es sind arme Luder.

SCHNIPSEL

Das Christentum ist eine gewaltige Macht. Daß zum Beispiel protestantische Missionare aus Asien unbekehrt wieder nach Hause kommen –: das ist eine große Leistung.

Ein Mitarbeiter dieser Blätter hatte einst einen sonderbaren Traum. Er träumte, daß er sein Abitur noch einmal machen müßte, und das Thema zum deutschen Aufsatz lautete: «Goethe als solcher.»

Die Amerikaner kommen bestimmt alle in die Hölle, besonders die frommen – aber eines wird ihnen hoch angerechnet werden: das ist ihr Humor.

Im *‹Life›* neulich: Da sitzen zwei Kaufleute schluchzend am Schreibtisch und lesen und kramen in Skripturen. Was tun sie –? Sie sehen sich die alten Orders aus dem Jahre 1928 an.

Es ist sehr schwer, nachzuschmecken, was hier so gut mundet. Es ist, wie wenn einer alte Speisekarten noch einmal nachliest, erhöhte Tätigkeit der Mundspeicheldrüsen . . . warum muß man da lachen?

Was denen in ‹*Life*› und im ‹*New Yorker*› einfällt—: ach, daß wir das doch hätten! Es ist wohl so: sie kommen in ein lustiges Fegefeuer und wir in einen ernsten und durchaus sachlichen, in den Landesfarben angestrichenen Himmel.

Weil wir grade von ‹*Life*› reden:

Zu meinem hundertsten Geburtstag wünsche ich mir das Original des Titelblattes, das dort im vorigen April erschienen ist.

Oben, auf dem Gerüst eines Wolkenkratzers, sitzt ein Arbeiter, den sieht man ganz aus der Nähe, ein etwas dreckiger Kerl mit aufgekrempelten Hemdsärmeln, behaarte Arme, nicht rasiert. Unten auf der Straße stehen, winzig, zwei feine Damen und sehen so zum Haus herauf. Und was tut der Mann—?

Er zieht sich seine Krawatte grade.

Das Bild trug keine Unterschrift.

Es gibt deutsche Katholiken, die zerreißen sich fast das Maul darüber, daß die Kommunisten «ihre Befehle aus Moskau entgegennehmen». Und woher bekommen jene ihre Befehle? Aus Rom. Wird jemals ein deutscher Katholik Papst?

Das Papsttum ist seit Jahrhunderten eine italienische Prärogative.

Die meisten Leute wissen gar nicht, daß sie im Jahre 1932 leben. Die andern können sich nicht darüber beruhigen, daß sie im Jahre 1932 leben.

Pressefreiheit ist einmal ein gutes politisches Schlagwort gewesen. Was heute verlangt werden muß, ist: Filmfreiheit und Rundfunkfreiheit. Die Zensoren machen aus beiden einen Kindergarten.

Ein skeptischer Katholik ist mir lieber als ein gläubiger Atheist.

SINGT EENER UFFN HOF

Ick hab ma so mit dir jeschunden,
ick hab ma so mit dir jeplacht.
Ick ha in sießen Liebesstunden
zu dir «Mein Pummelchen» jesacht.
  Du wahst in meines Lehms Auf un Ab
  die Rasenbank am Elternjrab.

Mein Auhre sah den Hümmel offen,
ick nahm dir sachte uffn Schoß.
An nächsten Tach wahst du besoffen
un jingst mit fremde Kerle los.
Un bist retuhr jekomm, bleich un schlapp –
von wejen: Rasenbank am Elternjrab!

Du wahst mein schönstet Jlück auf Erden,
nur du – von hinten und von vorn.
Mit uns zwee hätt et können werden,
et is man leider nischt jeworn.
Der Blumentopp vor deinen Fensta
der duftet in dein Zimmer rein ...
Leb wohl, mein liebes Kind, und wennsta
mal dreckich jeht, denn denke mein –!

WENN MAN VIELLEICHT ...

Es ist nicht üblich. Aber schön wärs doch.

Schön wäre es, wenn Romanfiguren eines Autors in dem Buche eines andern Autors vorkämen, so ganz nebenbei und durchaus nicht als Hauptperson. Wenn also Hans Castorp aus dem ‹*Zauberberg*› in einem Roman Wassermanns auftauchte und Etzel Andergast bei Georg Kaiser und so fort und so weiter.

Man sähe dann nämlich, daß die sogenannte Hauptperson auch nur ‹ein andrer› ist – man sähe, wie geschickt jeder Roman den Rahmen um seine Hauptfigur legt, legen muß, und wie das doch künstlich ist. Hauptpersonen gibt es im Leben des einzelnen nur eine: das ist er selbst. Und keiner will vom andern recht glauben, daß auch der ein Schicksal habe, mit Innenleben, Bandwurm, Liebe und dem ganzen Komfort. Na ja, er hat es, aber so schön wie meins ...

Sinclair Lewis hat das mit seinen Figuren oft gemacht, da wandern sie von einem Buch ins andre, und es macht einen merkwürdigen, einen beinah unheimlichen Eindruck, wenn im ‹*Elmer Gantry*› oder sonstwo von Babbitt die Rede ist. Balzac hat es getan und, wenn ich mich recht erinnere, Zola auch. Es ist so, wie wenn in einem Kriegsroman ein österreichischer Feldwebel sagte: «Da habe ich mal einen Kerl getroffen, der hieß Schwejk ...» und weiter nichts. Wir wüßten Bescheid; für den Feldwebel aber wäre es nur eine flüchtige Begegnung ... Hauptpersonen gibt es nicht. Von der Geschichte deines jeweiligen Landes abgesehn.

Weil aber jeder Künstler seine Welt neu schafft, so braucht er diesen Gegensatz: ich und die andern, wobei fast jeder ängstlich vermeidet, zu sagen, daß der Herr Ich eben auch nur ein andrer ist. Und um sich da herauszuhelfen, schreiben sie Stoßbrigaden-Romane, wobei man die Brigaden untereinander auswechseln kann, ohne daß es einer merkt. Die Autoren kann man auch auswechseln.

Verschiebung der Perspektiven aber ist immer gut. «Unsre Zeit sucht das Absolute! Nieder mit Einstein! Wir müssen in das Innere der Dinge vorstoßen! Heil! Hoch! Nieder! Haut ihn!» Alle Mann auf Kaspar Hauser los. Als sich der Knäul auflöste, ergab es sich, daß sie einander gar kräftig gedroschen hatten, denn der relative Kaspar war längst nicht mehr da.

ZU EINEM SECHZIGSTEN GEBURTSTAG

Lieber Roda Roda,
daß du der Meister der deutschen Anekdote bist, weißt du, und das wissen auch deine Gratulanten, und sie werden dir diese Erkenntnis mit schönen Blümchen auf den Geburtstagstisch legen. Ich möchte dir einen andern Strauß binden.

Ich gratuliere dir schön.

Und ich bedanke mich bei dir, denn ich habe sehr viel bei dir gelernt. Ich schäme mich nicht, das zu sagen; gutes Deutsch darf man bei jedermann lernen. Ich habe es – unter anderm – auch bei dir gelernt.

Und dann, nach langen Jahren, als ich dich schon längst aus deinen Büchern kannte, da habe ich dich auch kennen gelernt, wie du da bist, und da habe ich etwas gemerkt, und aus dem Grunde schätze ich dich hoch ein.

Du hast viele Male etwas geschildert, was es nicht mehr gibt: das alte Österreich, dieses bunte Tuch voller Flicken. Du bist Soldat gewesen; diese Zeit liegt hinter dir. Die Tage deiner aktuellen Tagesfrechheit liegen hinter dir – und du weißt das. Du hängst nicht an der alten Zeit. Du weißt, wie literarischer Ruhm kommt und geht, und du machst dir nichts draus. Du überschätzt das nicht. Du bist beinah weise.

Ältere Leute pflegen gern die Zeit ihrer männlichen Kraft mit dem Zeitalter der Vollkommenheit zu identifizieren («Zu meiner Zeit ...!»), und sie machen dann jener Epoche, in der sie die Magenbeschwerden bekommen, ein saures Gesicht. Aber sie glauben immer, es liege an der Epoche und nicht an ihrem Magen. Das hast du nie getan – und auch das habe ich von dir gelernt, wie man auf anständige Art alt werden kann, ohne eine komische Figur abzugeben.

Und so laß mich denn auf deinen Geburtstagstisch, gleich neben den Dank vom Hause Habsburg, eine kleine Geschichte legen. Du wirst sie wahrscheinlich kennen, weil du alle Geschichten kennst, aber laß mich.

Auf einer wiener Opernredoute gingen zwei angeschwipste Kokotten auf die Damentoilette, um sich die Hände zu waschen. Und während sie sich da zurechtmachten und puderten und schminkten, erzählten sie sich reichlich unanständige Dinge über ihre Liebhaber. In der Ecke saß still und bescheiden die letzte Frau. Und in ihrem Übermut wandte sich die eine der beiden Damen an die Alte und sagte: «Na, Mutterl, was sagst du denn dazu?»

Da hob die alte Frau den Kopf und sprach:

– «Du mei. Geliebt hat man in die achtziger Johr!»

‹Geliebt› hat sie nicht gesagt.

Siehst du, Roda, und weil du ein kluger Mann bist und nie zurücksiehst, sondern immer ins Leben hinaus: deshalb gratuliere ich dir schön und wünsche dir alles Gute.

MOMENT BEIM LESEN

Manchmal, o glücklicher Augenblick, bist du in ein Buch so vertieft, daß du in ihm versinkst – du bist gar nicht mehr da. Herz und Lunge arbeiten, dein Körper verrichtet gleichmäßig seine innere Fabrikarbeit, – du fühlst ihn nicht. Du fühlst dich nicht. Nichts weißt du von der Welt um dich herum, du hörst nichts, du siehst nichts, du liest. Du bist im Banne eines Buches. (So möchte man gern gelesen werden.)

Doch plötzlich läßt die stählerne Bindung um eine Spur nach, das Tau, an dem du gehangen hast, senkt sich um eine Winzigkeit, die Kraft des Autors ist vielleicht ermattet, oder er hat seine Intensität verringert, weil er sie sich für eine andre Stelle aufsparen wollte, oder er hat einen schlechten Morgen gehabt ... plötzlich läßt es nach. Das ist, wie wenn man aus einem Traum aufsteigt. Rechts und links an den Buchseiten tauchen die Konturen des Zimmers auf, noch liest du weiter, aber nur mit dreiviertel Kraft, du fühlst dumpf, daß da außerhalb des Buches noch etwas andres ist: die Welt. Noch liest du. Aber schon schiebt das Zimmer seine unsichtbaren Kräfte an das Buch, an dieser Stelle ist das Werk wehrlos, es behauptet sich nicht mehr gegen die Außenwelt, ganz leise wirst du zerstreut, du liest nun nicht mehr mit beiden Augen ... da blickst du auf.

Guten Tag, Zimmer. Das Zimmer grinst, unhörbar. Du schämst dich ein bißchen. Und machst dich, leicht verstört, wieder an die Lektüre.

Aber so schön, wie es vorher gewesen ist, ist es nun nicht mehr – draußen klappert jemand an der Küchentür, der Straßenlärm ist wieder da, und über dir geht jemand auf und ab. Und nun ist es ein ganz gewöhnliches Buch, wie alle andern.

Wer so durchhalten könnte: zweihundert Seiten lang! Aber das kann man wohl nicht.

KRIEG GLEICH MORD

La guerre, ce sont nos parents

Der Studien-Assessor Hein Herbers in Kassel hat Kummer mit seiner Schulbehörde, weil er im *‹Andern Deutschland›* einen volkstümlichen, klaren und wirksamen Pazifismus getrieben hat. Das können sie ihm nicht verzeihn. Was hat er gesagt —?

Ja, er hat ein paar böse Dinge gesagt. Er hat vor allem das Vernünftigste getan, was sich überhaupt tun läßt: er hat den Krieg entehrt. Das ist ein altes Rezept; es wird aber viel zu wenig befolgt. Im Gegenteil: wenn Hitler die blödsinnigsten patriotischen Parolen ausgibt, dann verteidigen sie sich noch auf der andern Seite; statt ihn auszulachen, wollen sie sich an Patriotismus weder von ihm noch von einem andern übertreffen lassen. Grade darin aber siegt er — und mit Recht. Man lasse ihn mit seiner Staatenvergötzung allein, lache ihn aus und gehe zur Tagesordnung über.

Auf der andres steht. Nämlich: wie bewahrt man die nächste Generation davor, sich für ein Nichts abschießen zu lassen —?

Eben das hat Herbers getan: er hat das Nichts aufgezeigt, und er hat die militärische Religion gelästert, indem er dartat, daß ein General eigentlich kein Soldat mehr sei. (Das *‹Tagebuch›* nannte diesen Stand einmal sehr gut Schlachtendirektoren. Groener muß glatt vergessen haben, zu klagen.) Herbers hat den Wahnwitz dieses modernen Krieges aufgezeigt: hinten die Dirigenten, die gar nicht in die Lage kommen, Heldenmut zu zeigen. Und hier ist zu sagen, daß es auf den Mechanismus ankommt, nicht darauf, daß zahllose Generale — darunter bestimmt Hindenburg — genau so tapfer und brav in den Tod gegangen wären wie der Ackerknecht des Todes, der unbekannte Soldat. Was in unsern Augen kein Vorzug ist.

Herbers wies auf das hohe Alter der meisten Generale hin — und gleich fanden sich Leisetreter des Pazifismus, die ihm das verübelten. Man könne doch nicht ... und das sei doch ... kurz: Gerechtigkeits-Kasperles, die dem Militär nicht nur das Soldbuch, sondern die ganze schöngeistige Bibliothek hinhielten.

Böser waren die amtlichen Feinde von Herbers.

Wer da weiß, unter welchen Opfern dieser Mann seit Jahren seinen Kampf durchführt; wer weiß, daß ihm auch der ärgste Feind nicht nachsagen kann, er habe seinen Pazifismus etwa — Gottbehüte! — in die Schulstunde getragen, wo es flott imperialistisch und militaristisch zuzugehn hat, der versteht vor allem nicht, wie der Elternrat der Schule, an die er anläßlich dieser Angelegenheit versetzt wurde, sich gegen ihn hat aussprechen können. Die Herren Eltern wünschen eben ihre Kinder in den Schützengraben — es sind feine Leute.

Herbers hat den Krieg angeklagt, und nun haben sie ihn selber angeklagt. Es ist auch sehr gut möglich, daß ich ihm noch damit schade, wenn ich mich hier seiner annehme.

Der Geisteszustand in den kleinen Städten und vor allem in den amtlichen Kreisen ist schlechteste Metternichzeit: vermufft, borniert, böse reaktionär und das alles ganz und gar ungeistig. Siegreich hat Frankreich sie geschlagen, und daran denken sie Tag und Nacht. Statt Männer zu unterstützen, die, wie Herbers, mit einer heißen Liebe zu Deutschland das schlimmste aus der Welt ausrotten möchten, was es gibt: den organisierten Massenmord, propagieren sie diesen Mord. Der Krieg wird von den besten Denkern in den Anklagezustand versetzt: Herbers hat nichts weiter getan, als ihnen zu folgen. Und das darf er nicht. Und tuts doch. Und ist im Begriff, Stellung, Verdienst, Arbeitsplatz zu verlieren, nur, weil er außerhalb der Schule durchsetzen möchte, daß Menschen sich nicht deshalb ungestraft töten dürfen, weil sie sich vorher dazu einen Schlachterkittel anziehn. Denn der macht nicht straflos.

Es gibt, besonders im deutschen Westen, weite Kreise von alten und jungen Leuten, denen Krieg eine Abscheulichkeit bedeutet, Leute, die deshalb weder ‹schlechte Deutsche› noch ‹bezahlte Agenten› sind. Man sollte sich gegen solche törichten Vorwürfe gar nicht verteidigen.

Wovon wird Deutschland geschüttelt? Von dem Wunsch, den Frieden zu organisieren? So sehn wir aus.

Weder eine Schulbehörde noch sonst eine Behörde hat das Recht, für Deutschland zu sprechen. Deutschland sind auch wir. Wems nicht paßt, der sehe nicht hin.

Wer da ahnt, auf welche unermeßlichen Schwierigkeiten die pazifistische Kleinarbeit auf dem Lande stößt, der wird dem tapfern Friedenssoldaten Hein Herbers wünschen, daß er etwas sehr Seltenes findet: faire Beamte, die sein Streben nach Wahrheit und Sauberkeit und seinen Kampf für den Frieden so aufnehmen, wie er gemeint ist. Es gibt viele Arten, pazifistisch tätig zu sein – und ich will meine Art, unsre Kriegsminister zu beurteilen, keinem aufdrängen. Aber über eines sollte es unter anständigen Menschen nur Einstimmigkeit geben:

Déshonorons la guerre! Entehren wir den Krieg.

Ein Pädagoge, der da mithilft, verdient Förderung, aber keine Verfolgung.

Laßt euch nicht narren: Militarismus sei keine Religion. Er ist eine Bestialität.

DIE HERREN ELTERN

Ist ein Schullehrer Pazifist
und sagt, wie es in Wahrheit im Kriege ist –:
daß Generale Kriegsinteressenten sind,
ganz gleich, wer verliert; ganz gleich, wer gewinnt ...
dann – sollte man meinen – freun sich die Eltern für ihr Kind?
Jawoll!

Dann erhebt sich ein ungeheures Elterngeschrei:
«Raus mit dem Kerl! Das ist Giftmischerei!
Unser Junge soll lernen, wie schön die Kriege sind!
Wir warten schon drauf, wann wieder ein neuer beginnt –
und dazu liefern wir gratis und franko 1 Kind!
Jawoll!»

Die Elternbegeisterung ist ganz enorm.
Die Mütter: aus Liebe zur Uniform.
Die Väter, die Lieferanten für den Schützengraben,
denken: warum sollen denn diese Knaben
es besser als unsereiner haben?
Nicht wahr?

Die Fabrikation eines Kindes ist nicht sehr teuer.

Aber erhöh mal ein bißchen die Umsatzsteuer –:
dann kreischen die Herren Eltern, daß der Ziegel vom Dache fällt.
Man trennt sich leicht vom Kind.
Aber schwer vom Geld.
Bekommt das Kind einen Bauchschuß? Das macht ihnen keine Schmerzen.
Doch ihr Geld – das lieben die Herren Eltern von Herzen.
Jawoll!

Mitleid mit den Opfern, die da fallen für Petroleum, für Fahnen,
für Gold –?
Die Herren Eltern haben es so gewollt.

SCHNIPSEL

Japan dreht Amerika den Rücken und geht zu einem Ersatz-Amerika über: zu China. Die Chinesen halten sich Soldaten. Die Japaner sind Soldaten, gehören also der niedrigeren Kulturstufe an. Es ist ein Kampf, den der Soldat gewinnt und die Menschheit verliert.

Spricht einer über Rußland anders als schimpfend, dann wird er schief angesehn. Nimmt er die Russen gar ernst und lobt ihr ungeheures Werk, so heben die Leute im Salon den Kopf, wie wenn er einen Wind gelassen habe, und gehen naserümpfend von ihm fort, — ausgestoßen sei er!

Es ist schon so, daß durch die Verdummungsarbeit der Presse, durch die Beeinflussung der Kirchen und die eigne Denkfaulheit der Mann von der Straße in Frankreich, Schweden, England und der Schweiz sich die Russen immer noch so vorstellt, wie sie das antibolschewistische Plakat der Jahre 1919/1920 abgebildet hat: blutgierig, das Messer zwischen den Zähnen, in Lumpen gehüllt und jederzeit bereit, sich auf ganz Europa zu stürzen.

Hinter diesem Plakat lassen sich die herrlichsten Geschäfte machen. Und sie werden gemacht.

Ich habe auf meinem Wege immer wieder Leute angetroffen – Verleger, Frauen, Journalisten, Kaufleute –, die glauben, man sei erledigt, wenn sie einen ignorieren. Sie können sich nicht vorstellen, daß es auch ohne sie gehe. So tief ist der Mensch davon überzeugt, daß er Wert verleihe, daß kein Wert außer ihm sei und daß er fremdes Dasein auslösche, wenn er nicht mehr an ihm teilnimmt. Sie wissen nicht, daß es dreitausendvierhundertundachtundsechzig Daseins-Ebenen gibt, mit eben so vielen Arten von Publikum, so viel Wirkungsmöglichkeiten, viele Leben nebeneinander. (Nicht übereinander.) Und daß man die Menschheit nicht danach einteilen kann, je nachdem sie für oder gegen Herrn Panter ist. Extra Panterum etiam est vita. Auch außerhalb unsrer Sphäre leben andre Leute ein Leben: das ihre.

Der Nachempfinder. Da gibt es einen jungen Mann, Waggerl heißt er, der schreibt alle Romane Hamsuns noch einmal. Deswegen halten ihn manche Kritiker für Hamsun den Zweiten. Das ist nicht ganz richtig: dieser Autor sieht nur in Hamsun Waggerl den Ersten. (Erscheint im Insel-Verlag. Merkwürdig, was Kippenberg an moderner Literatur offeriert.)

Warum kann einem ein andrer den Hut nie richtig aufsetzen? Immer müssen wir noch mal dran ruckeln.

Daß sich ein Staat, der seine Grenzen durch Zollmauern schließt, nicht schämt, noch zu exportieren! Aber sie schleudern ihre Waren immer weiter an imaginäre Kunden heraus, ohne Sinn und Verstand. Rein nein – raus ja.

Die beste Regie-Anmerkung, die mir bekannt ist, stammt von Curt Goetz. Sie lautet: «Der Darsteller dieser Rolle hüte sich vor Übertreibungen. Herr Kraft ist seines Zeichens nicht jugendlicher Komiker, sondern Ingenieur!»

Es muß doch etwas geben, das allen Menschen gemeinsam ist. Das gibts auch. Der wildeste Nazi, der fanatischste Pole, der gläubigste Katholik, der wütendste Franzosenhasser, drei Dinge können sie unbedenklich benutzen: Logarithmentafeln, Klosettpapier und den Rundfunk.

Eine Katze, die eine Maus tötet, ist grausam. Ein Wilder, der seinen Feind auffrißt, ist grausam. Aber das grausamste von allen Lebewesen ist eine patriotische Frau.

Von allen Ländern, die ich kenne, ist Deutschland dasjenige, das am besten über Rußland informiert ist und in dem man am vorurteilslosesten über Rußland spricht und sprechen kann. Ich bin kein Kommunist, aber man könnte einer werden, wenn man den geistigen Zustand der europäischen Bourgeoisie betrachtet.

Das Christentum hat viel Gutes auf Erden bewirkt. Doch wird dies tausendfach durch das Schlimme überboten, das die christliche Idee mit der Vergiftung des Liebeslebens angerichtet hat.

In Deutschland sollten Gummistempel verkauft werden mit der Aufschrift:

«OBGLEICH VOM PARTEISTANDPUNKT MANCHES DAGEGEN EINZUWENDEN WÄRE.»

RÖHM

Durch die radikale Links-Presse gehen seit einiger Zeit Anschuldigungen, Witze, Hiebe auf den Hauptmann Röhm, einen Angestellten der Hitler-Bewegung. Man sollte niemals die lächerlichen Titel gebrauchen, die Hitler seinen Leuten verleiht; so wie man nicht die von den Nazis gegebenen Kategorien annehmen soll; ein großer Teil der Deutschen unterliegt solchen albernen Suggestionen und geht an diese Dinge heran wie an Schulaufgaben, die Hitler ihnen aufgibt. Wir sind nicht in der Schule, und Titel, Auszeichnungen, Lob und Tadel dieses Anstreichers sind uns gleichgültig.

Röhm ist also homosexuell.

Das Treiben gegen ihn nimmt seinen Ausgang von Veröffentlichungen der *‹Münchner Post›*, die diese Tatsache enthüllten.

Da ist ferner ein Brief veröffentlicht worden, den Röhm über seine Veranlagung an einen Freund geschrieben hat – das Dokument könnte grade so gut in jeder Psychopathia sexualis stehn, und der Brief war nicht einmal unsympathisch.

Ich halte diese Angriffe gegen den Mann nicht für sauber.

Gegen Hitler und seine Leute ist jedes Mittel gut genug. Wer so schonungslos mit andern umgeht, hat keinen Anspruch auf Schonung – immer gib ihm! Ich schreckte in diesem Fall auch nicht vor dem Privatleben der Beteiligten zurück – immer feste! Aber das da geht zu weit – es geht unsretwegen zu weit.

Zunächst soll man seinen Gegner nicht im Bett aufsuchen.

Das einzige, was erlaubt wäre, ist: auf jene Auslassungen der Nazis hinzuweisen, in denen sie sich mit den «orientalischen Lastern» der Nachkriegszeit befassen, als seien Homosexualität, Tribadie und ähnliches von den Russen erfunden worden, die es in das edle, unverdorbene, reine deutsche Volk eingeschleppt haben. Sagt ein Nazi so etwas, dann, aber nur dann, darf man sagen: Ihr habt in eurer Bewegung Homosexuelle, die sich zu ihrer Veranlagung bekennen, sie sind sogar noch stolz darauf – also haltet den Mund.

Doch wollen mir die Witze über Röhm nicht gut schmecken. Seine Veranlagung widerlegt den Mann gar nicht. Er kann durchaus anständig sein, solange er nicht seine Stellung dazu mißbraucht, von ihm abhängige Menschen aufs Sofa zu ziehn, und dafür liegt auch nicht der kleinste Beweis vor. Wir bekämpfen den schändlichen Paragraphen Hundertundfünfundsiebzig, wo wir nur können; also dürfen wir auch nicht in den Chor jener miteinstimmen, die einen Mann deshalb ächten wollen, weil er homosexuell ist. Hat Röhm öffentliches Ärgernis erregt? Nein. Hat er sich an kleinen Jungen vergriffen? Nein. Hat er bewußt Geschlechtskrankheiten übertragen? Nein. Das und nur das unterliegt der öffentlichen Kritik – alles andre ist seine Sache.

Man hat dann mit komischem Eifer die wichtige Tatsache diskutiert, ob dieser Angestellte bei Hitler bleiben wird oder nicht. Sind wir die Wächter dieser Privatarmee? Von uns aus kann Hitler Einbrecher anstellen.

Kreischt Goebbels oder donnert Hitler etwas über die Sittenverderbnis der neuen Zeit, so halte man ihnen vor, daß selbstverständlich unter den Nazitruppen Homosexuelle stecken.

Im übrigen aber ist das Empfindungsleben Röhms uns genau so gleichgültig wie der Patriotismus Hitlers.

FREIER FUNK! FREIER FILM!

Der Kampf gegen die Zensur darf nicht aufhören.

Rudolf Arnheim hat hier neulich gefragt: «Soll das demokratische Prinzip publizistischer Meinungsfreiheit unbegrenzt gelten, oder muß dem Staat das Recht gegeben werden, Feindliches und Schädliches zu unterdrücken?»

Einem Staat kann nur dann das Recht eingeräumt werden, Zensur auszuüben, wenn er überhaupt weiß, was er will. Das heißt: eine der Voraussetzungen für eine Zensur, die von uns zu billigen wäre, ist die eines festen, beim Zensierenden vorhandenen Weltbildes. Davon kann in Deutschland keine Rede sein.

Der katholische Staat des Mittelalters konnte in religiösen Dingen das Recht zur Zensur für sich verlangen; denn sein Weltbild war fest konturiert. Es war das der katholischen Kirche. Die hat zwar schon zu manchem ihren Segen gegeben, denn sie ist lieber dabei, als daß sie verflucht – doch war damals das katholische Weltbild wohlgefügt; Pflichten und Freiheiten, Erlaubtes und Sündhaftes standen ziemlich fest, und der Zensor hatte, was kein deutscher Zensor von heute für sich in Anspruch nehmen kann, einen ethischen Original-Meter, mit dem er messen konnte.

Die Russen haben ein festes Weltbild statuiert; sie zensieren also nach dem, was dort proletarisches Interesse heißt, und das ist nach den marxistisch-leninistischen Lehren ziemlich genau feststellbar; es sollte das wenigstens sein.

Bei den Italienern liegt es schon schwieriger; Faschismus ist Selbstzweck.

Was in Deutschland getrieben wird, ist eine dreiste Anmaßung vermuffter Bürgerkreise, die gern das Interesse eines Beamtentums mit dem Deutschlands gleichstellen. Davon ist keine Rede.

Deutschland wackelt nicht, wenn einer die Reichswehr angreift. Nicht der «hergelaufene Mongolenwenzel» Hitler ist Deutschland; nicht seine Horden allein sind es; die Großgrundbesitzer allein sind es nicht; nicht die Militärbeamten Groeners allein sind es – keine dieser Gruppen ist es allein. Sie alle zusammen sind Deutschland – und die andern sind auch noch da.

Wie verlogen und zutiefst unehrlich diese Zensur ist, geht vor allem daraus hervor, daß sie sich niemals in demselben Umfang an das gedruckte Erzeugnis wagt wie an den Film und an den Rundfunk, die heute so gut wie wertlos sind, weil sie nicht frei sind.

Daß in rechtlicher Beziehung die Verbreitung durch Rundfunk und Film keine andre ist als die durch die Druckerpresse, steht fest. Es ist zum Beispiel nach dem Urheberrecht strafbar, ein noch nicht gedrucktes Manuskript gegen und ohne den Willen des Verfassers zu verbreiten – der Verbreiter wäre gleichermaßen strafbar, wenn er das Manuskript in Satz gäbe und als Buch verkaufte, wenn er es am Rundfunk vorläse oder wenn er es zu einem Film verarbeitete. Darüber herrscht kein Zweifel.

Ganz anders aber sieht die Sache aus, wenn zensiert wird.

Der Rundfunk ist niemals frei gewesen. Der Film kam unter Zensur, als er die Jahrmarkts-Sphäre verlassen wollte – die Zensur hat ihn wieder hinuntergestoßen. Die alten Ideen des Obrigkeitsstaates besagten: Dem Volke muß die Religion erhalten bleiben. Und nicht nur die Religion – auch sonst jede Illusion. Zunächst einmal ist alles verboten. Nachher erlauben wir manches. Während es genau umgekehrt zu sein hat:

Alles, was nicht unmittelbar gegen berechtigte öffentliche Interessen verstößt, sei frei. Nur der Rest bleibe verboten.

Ja, soll man denn ...? Man soll. Die bestehenden Strafgesetze aller Kulturländer genügen vollauf, um das zu verhindern, was auch jeder anständige Geistige verhindert haben will:

Erregung öffentlichen Ärgernisses; Beschimpfung; Beleidigung; Verleumdung ... kurz alles, was man eben auf diesem Wege anrichten kann. Was aber keinesfalls zu dulden ist, das ist die freche Anmaßung kleinerer Bürgerkreise, ihre zufällig vorhandenen geistigen Anschauungen zum Maß aller Dinge zu machen. Jeder Minister hat das Recht, sich über Abtreibung, Homosexualität, Pazifismus, Rußland, Güterverteilung seine Meinung zu bilden und sie zu vertreten. Unsre Bibliothek aber stellen wir uns gern anders zusammen; aus der unendlichen Mannigfaltigkeit des Bestehenden suchen wir uns das heraus, was uns gemäß ist.

Und hier zeigt sich nun die ganze Schwäche jedes Versuchs, auch des russischen, ein eng gefügtes Weltbild zu statuieren: jeder Vertreter solches Zwanges hindert den ihm Unterworfenen, sich eine freie Meinung zu bilden. Er läßt die Gegenargumente gar nicht erst an ihn heran.

Wieweit das in Rußland nötig ist, soll hier nicht untersucht werden. Die Russen können immerhin darauf verweisen, daß ihre Lebensanschauung eine generelle ist, und daß sie, ausgehend von dem großen Gebäude einer Philosophie, auf alle Fragen eine Antwort parat haben.

Der deutsche Staatsbegriff hat das nicht. Er ist ein Flickenwerk; ein ewiges Kompromiß; ein vages Gefüge aus tastenden Rückwärtsbewegungen und jenem Gedanken, der überhaupt keiner ist: Wir müssen sein, damit wir sind.

Welche Sittlichkeitsanschauungen werden in unsern Filmen erlaubt? Welche im Rundfunk? Wenn man genauer hinsieht, eigentlich nur solche, die keine Substanz mehr haben. Der geringste Widerspruch gegen irgend etwas führt zur Zensur. Von allen nur denkbaren Widersprüchen ist einer ausgenommen: der der arbeitenden Klasse. Der interessiert nicht.

Man muß uns erlauben, Kunstleistungen dieser Art für null und nichtig zu erklären; es ist ein Wunder, wenn hier und da einmal etwas Brauchbares stehn bleibt.

Sinnlos ist es, was hier getrieben wird. Man stelle sich vor, es gäbe nur eine Zeitung in Deutschland, und man stelle sich vor, diese Zeitung werde von der Regierung herausgegeben – möchtet ihr die lesen? Ich nicht. Es ist aber beim besten Willen nicht einzusehn, warum nicht jeder im Rundfunk seine politische, seine ethische Meinung ausdrücken darf – politisch neutral will der Rundfunk sein, ist es natürlich nicht, und er kann das auch gar nicht sein, denn das gibt es nicht.

Dagegen könnte er überparteilich sein.

Warum soll nicht ein Film laufen, der den Krieg verherrlicht? Damit, daß man ihn verbietet, ist nichts getan. Man lasse nur einen genau so entschiedenen pazifistischen Film laufen, der zeigt, wie im Ackergraben verreckt wird und für wen; der die bekannten Generale zeigt und den unbekannten Soldaten! Man lasse antikapitalistische Filme laufen und solche, die von den IG-Farben finanziert sind. Man zeige schwarz und weiß, blau und rot.

Warum soll Hitler nicht im Rundfunk sprechen? Natürlich nur dann, wenn man Thälmann sprechen läßt – paritätisch gehts schon. Wobei, wie bei jeder Demokratie, der Gedanke auftaucht, wie denn das nun ist: Muß sich die Demokratie gefallen lassen, daß jemand ihre Meinungsfreiheit benutzt, um sie zu unterdrücken? Meiner Ansicht nach muß sie das nicht – aber soweit sind wir noch gar nicht. Vielmehr: Wir sind schon viel weiter – denn sie hat es sich wonneschauernd gefallen lassen und geht daran auch rechtens zugrunde.

Film und Funk unterliegen der Zensur und noch dazu dieser gefährlichen, weil stillen Zensur vor allem deshalb, weil jene auf neuen Erfindungen beruhn. Mit den Büchern ist das schon schwerer; da hallen noch die alten Kampfrufe nach: Pressefreiheit! Fort mit der Buchzensur . . .! und so besteht denn wenigstens die Aussicht, daß diese und jene Wahrheit gedruckt werden kann. Gefilmt und gefunkt werden kann sie nicht – die Wege sind verbaut.

Daß der Ruf nach der Pressefreiheit keinen Sinn mehr hat, weiß ich; die ‹Einflußnahme› auf die Presse ist so groß . . .

Im Film und im Funk herrscht eine verhältnismäßig kleine Schicht; eben jene, die sich bedroht fühlt, wenn man die Zensur angreift. Und so, wie die Güterverteilung der Welt zugunsten einiger Hunderttausend vor sich geht, so wird diese Zensur für den Ungeist und die Borniertheit von ein paar Millionen gemacht, die jedesmal die Frechheit haben, sich für ‹das Land› auszugeben. Sie sind es nicht.

Uns interessieren die sittlichen Anschauungen der Zensoren überhaupt nicht; es hat sie keiner danach gefragt. Und ich halte es für vergebliche Liebesmühe, diese Männer zu beeinflussen oder aber ein wenig verständigere an ihre Stelle zu setzen. Sie müssen fort.

Angst hat sie auf ihre Plätze gesetzt.

Jedes Land ist eine große Kinderstube. Wenn ich wissen will, was

Deutschland in militärischer Hinsicht treibt, muß ich die französische Presse lesen, wobei übrigens das groteske ist, daß der Bezug dieser französischen Blätter in Deutschland erlaubt ist – erst ihre Übersetzung führt zu Eingriffen. Wenn sie nur die Masse nicht liest! Wenn nur die Masse keine ‹deutschabträglichen› Filme sieht! Wenn nur die Masse nichts am Rundfunk hört …!

Dieselbe Masse, die dann angerufen wird, wenn es zum Krieg geht. Dann ist sie gut genug, in den Kampf zu ziehn. Für eine Sache, die sie nicht kennt.

Aber sie wissen zu lassen, was eigentlich gespielt wird; sie vorher zu unterrichten, was auf der Welt wirklich vor sich geht – dazu langts nicht. Die Zensur wacht.

Jede, jede, jede Zensur ist vom Übel. So erzieht man kein Volk. Was haben die Bildungsbonzen der SPD zusammen geheulmeiert, als das Schmutz- und Schundgesetz mit ihrer Hilfe durchging! Falsch ist das, kleinbürgerlich und dumm.

Gebt die Filmleinwand frei! Gebt den Ätherraum frei!

Sie werden euch was. Denn wo blieben dann die Religionen, und wo bliebe vor allem der Patriotismus, wenn die Leute wüßten, was los ist!

Die Zensur ist der Schutz der Wenigen gegen die Vielen.

ALTES LIED 1794

Wenn in des Abends letztem Scheine
dir eine lächelnde Gestalt
am Rasensitz im Eichenhaine
mit Wink und Gruß vorüberwallt –:
Das ist des Freundes treuer Geist,
der Freud' und Frieden dir verheißt.

Wenn bei des Vollmonds Dämmerlichte,
das zagend durch die Zweige sieht,
durch dunkeln Hain von Tann' und Fichte
ein fauliges Gerüchlein zieht –:
Das ist, was da so grauslich riecht,
Herr Goebbels, der vorüberfliecht.

Wenn bei dem Silberglanz der Sterne,
wenn schwarze Nacht herniederweint,
gleich Aeolsharfen aus der Ferne …
wenn dir dann gar kein Geist erscheint –:
Dies Phänomen, damit dus weißt,
das ist Herrn Adolf Hitlers Geist.

PRAKTISCH

Eine Menge deutscher Sprachunarten scheinen aus dem Englischen zu kommen. ‹Praktisch› kommt wohl auch daher.

Das Wort wurde früher im Sinne von nützlich, bequem gebraucht — wenn man von der etwas altmodischen Zusammensetzung wie praktischer Arzt absieht. Eine Vorrichtung war für den Benutzer praktisch — das Wort war zwar nicht schön, doch seine Bedeutung recht klar. Jetzt hat sich etwas Neues eingebürgert.

Die Adverbialkrankheit, die die deutsche Sprache durchzieht, läßt ‹praktisch› als Adverb auftauchen. Die Brille blitzt, und los gehts: «Theoretisch können Sie ja Armenunterstützung beanspruchen, aber praktisch werden Sie sie kaum bekommen.» Also bekomme ich sie nicht — was quatscht mich die Sprache da an! Gemeint ist: in Wahrheit, in Wirklichkeit — im Gegensatz zu einer Abstraktion, die ja kein guter Deutscher außer acht läßt.

Nun ist aber dieser Zusatz, der vielleicht in dem englischen ‹practically› seinen Ursprung hat, völlig überflüssig. Es ist eines jener Wörter, die die deutsche Sprache so unleidlich aufblähen — viele Leute können ja überhaupt nicht mehr sprechen, sondern nur noch einen Brei von Terminologien zusammensprudeln. «Er wird praktisch sein Amt nicht ausüben . . .» das ist doch Wahnwitz. Ob er es nach den Buchstaben irgend eines toten Buches ausüben könnte, will ja niemand wissen — übt er es aus oder übt er es nicht aus? Er übt es nicht aus. Dann sags.

Die verteufelte Anwendung dieses dummen Wortes entstammt der Wichtigtuerei, von der so mancher besessen ist — den Leuten ist nicht wohl, wenn sie einfach sagen sollten: «Er mag keine Gurken.» Das freut ja keinen. «Er hat einen Gurkenkomplex» — so heißt das. Und daher auch: «Praktisch wird den Arbeitslosen keiner entschädigen.» Dahinter sitzt dann jene Rückversicherung, der Blick auf die Theorie: es gibt vielleicht ein Gesetz, wonach der Arbeitslose entschädigt werden müßte, oho! hier herrscht Ordnung! — aber was ein richtiges Gesetz ist, das ist längst durch eine Notverordnung aufgehoben. Denn wir haben eine Verfassung. Aber praktisch . . .

FÜR CARL v. OSSIETZKY

General-Quittung

Carl von Ossietzky geht für achtzehn Monate ins Gefängnis, weil sich die Regierung an der ‹*Weltbühne*› rächen will, rächen für alles, was hier seit Jahren gestanden hat. Ossietzky geht ins Gefängnis nicht nur für den Mitarbeiter, der den inkriminierten Artikel geschrieben hat – er geht ins Gefängnis für alle seine Mitarbeiter. Dieses Urteil ist die Quittung der Generale.

Der Hexenprozeß wurde unter sehr erschwerenden Umständen geführt.

Um Ossietzky zu verhindern, beizeiten loszuschlagen, wurde die Anklage auch wegen militärischer Spionage erhoben, ein Delikt, das nicht vorgelegen hat; der einschlägige Paragraph bestimmt aber, daß wie bei einem Prozeß der westfälischen Feme oder wie in einem Verfahren der Inquisition die Öffentlichkeit nicht einmal von der Erhebung der Anklage etwas wissen darf. Ossietzky konnte sich also vor dem Prozeß überhaupt nicht zur Wehr setzen.

Der Prozeß fand hinter verschlossenen Türen statt. Die Angeklagten hatten vor der Öffentlichkeit nichts zu befürchten – die Regierung alles. Die Angeklagten hatten ein gutes Gewissen. Die Regierung hatte das nicht.

Den Angeklagten und den Verteidigern wurde strenge Schweigepflicht auferlegt; es durfte nichts über das, was Gegenstand der Verhandlung gewesen war, veröffentlicht werden – auch nicht nach dem Urteilsspruch. Es ist eine Frage der Taktik und des Temperaments, ob man das befolgt.

Ossietzky hat alle diese Schweigegebote nicht nur befolgt – er hat sich in gradezu heroischer Weise hinter die Sache gestellt. Vom ersten Augenblick an bis heute gibt es keinen Satz, den dieser Mann geschrieben oder gesprochen hätte, wo er sich beklagt, sich rühmt, sich herausstellt. Ossietzky hat mir, als das Urteil herausgekommen ist, ebenso freundschaftlich wie fest verwehrt, ihn ‹anzusingen› – ich habe also damals nicht sagen können, was alle Beteiligten längst wissen: wie er noch im Prozeß versucht hat, sich vor den Schreiber des Artikels zu stellen; wie er versucht hat, die ganze Schuld auf sich zu nehmen und wie phrasenlos und still er diese böse Wartezeit durchgestanden hat. Nicht wissen, was morgen mit einem geschieht – und dabei seine Arbeit tun: das ist nicht leicht. Das hat Ossietzky seit etwa zweieinhalb Jahren getan.

Es ist nun nachträglich versucht worden, den Erlaß der Strafe oder die Umwandlung der Gefängnisstrafe in eine Festungshaft auf dem Gnadenwege zu erreichen, und dazu ist folgendes zu sagen:

Carl von Ossietzky hat, während diese Bestrebungen im Gange waren, selbstverständlich nicht nur Groener, sondern auch den Mann, der letzten Endes über das Gnadengesuch zu entscheiden hat, dauernd angegriffen. Er hat gegen Hindenburg geschrieben, also genau das Gegenteil dessen getan, was man als Opportunismus bezeichnen könnte. Diese Angriffe hat er mit seinem Namen gezeichnet.

Grund genug, um nach gewissen Begriffen deutscher Ritterlichkeit zu argumentieren: «Er greift uns ja doch an – wozu soll man so einen begnadigen?»

Ein Funke von Ritterlichkeit auf der amtlichen Seite wäre vielleicht zu erwarten gewesen – ich habe das nie erwartet, und es hat auch nicht gefunkt. Der ‹alte Herr› versteht in Sachen der Armee keinen Spaß, die ‹*Weltbühne*› auch nicht – und Ossietzky geht ins Gefängnis. Die meisten Begnadigungsversuche sind dem Reichspräsidenten gar nicht erst vorgelegt worden.

Nach Kenntnis der ausländischen Pressestimmen fasse ich zusammen:

Die behaupteten Tatsachen sind wahr. Das Reichswehrministerium hatte Butter auf dem Kopf.

Es ist gar nichts verraten worden – und zwar deshalb nicht, weil die behaupteten Tatsachen, insbesondere bei den Franzosen, bekannt gewesen sind. Es ist also auch vom Standpunkt des Militärs der deutschen Republik kein Schade entstanden. Nicht die Enthüllung hat geschadet – die Tatsachen haben geschadet.

Die gegnerische Presse tut so, als wollte Carl von Ossietzky für sich eine Extrawurst gebraten haben. Das ist unrichtig.

Die Begnadigungsaktion will geschehnes Unrecht mildern, weiter nichts. Denn hier ist ein schweres Unrecht geschehn. Für dieses Delikt, das keines ist, über einen solchen Mann wie Carl von Ossietzky diese Strafe zu verhängen, das ist eine Schande. Sie auf sich zu nehmen ist keine.

Die Strafe ist und bleibt nichts als die Benutzung einer formalen Gelegenheit, einem der Regierung sehr unbequemen Kreis von Schriftstellern eins auszuwischen. Die Mitarbeiter und die Leser der ‹*Weltbühne*› haben in der Tat etwas getan, was den faschistischen Gegner bis aufs Blut gereizt hat: er ist hier ausgelacht worden. Hier ist gelacht worden, wenn andre gedonnert haben. Hier sind jene nicht ernst genommen worden. Und sie können ja vieles. Aber eines können sie nicht. Sie können nicht erzwingen, daß man zu ihnen anders spricht als von oben nach unten. Im geistigen Kampf werden sie auch weiterhin so erledigt werden, wie sie das verdienen. Und das muß doch gesessen haben. Denn sonst wären jene nicht so wütend und versuchten es nicht immer, immer wieder. Es wird ihnen nichts helfen.

Es ist mir unmöglich, einem so unpathetischen und stillen Kameraden wie meinem Freunde Ossietzky markige Abschiedsworte zuzurufen; wir sind keine Vereinsvorsitzende. Ich wünsche ihm im Namen aller seiner Freunde, daß er diese Haft bei gutem Gesundheitszustande übersteht.

Alle anständig empfindenden Menschen werden die Begnadigung fordern. Gummiknüppel sind keine Argumente. Und weiter ist dieses Urteil nichts.

Das Blatt aber wird, getragen von dem gewaltigen Auftrieb, den ihm Carl von Ossietzky gegeben hat, das bleiben, was es immer gewesen ist.

Anderthalb Jahre Gefängnis für eine gute Ware erhalten zu haben – das kann bescheinigt werden.

Die Ware wird weitergeliefert.

HITLER UND GOETHE

Ein Schulaufsatz

Einleitung

Wenn wir das deutsche Volk und seine Geschichte überblicken, so bieten sich uns vorzugsweise zwei Helden dar, die seine Geschicke gelenkt haben, weil einer von ihnen hundert Jahre tot ist. Der andre lebt. Wie es wäre, wenn es umgekehrt wäre, soll hier nicht untersucht werden, weil wir das nicht auf haben. Daher scheint es uns wichtig und beachtenswert, wenn wir zwischen dem mausetoten Goethe und dem mauselebendigen Hitler einen Vergleich langziehn.

Erklärung

Um Goethe zu erklären, braucht man nur darauf hinzuweisen, daß derselbe kein Patriot gewesen ist. Er hat für die Nöte Napoleons niemals einen Sinn gehabt und hat gesagt, ihr werdet ihn doch nicht besiegen, dieser Mann ist euch zu groß. Das ist aber nicht wahr. Napoleon war auch nicht der größte Deutsche, der größte Deutsche ist Hitler. Um das zu erklären, braucht man nur darauf hinzuweisen, daß Hitler beinah die Schlacht von Tannenberg gewonnen hat, er war bloß nicht dabei. Hitler ist schon seit langen Monaten deutscher Spießbürger und will das Privateigentum abschaffen, weil es jüdisch ist. Das was nicht jüdisch ist, ist schaffendes Eigentum und wird nicht abgeschaffen. Die Partei Goethes war viel kleiner wie die Partei Hitlers. Goethe ist nicht knorke.

Begründung

Goethes Werke heißen der Faust, Egmont erster und zweiter Teil, Werthers Wahlverwandtschaften und die Piccolomini. Goethe ist ein Marxstein des deutschen Volkes, auf den wir stolz sein können und um welchen uns die andern beneiden. Noch mehr beneiden sie uns aber um Adolf Hitler. Hitler zerfällt in 3 Teile: in einen legalen, in einen wirklichen und in Goebbels, welcher bei ihm die Stelle u. a. des Mundes vertritt. Goethe hat niemals sein Leben aufs Spiel gesetzt;

Hitler aber hat dasselbe auf dasselbe gesetzt. Goethe war ein großer Deutscher. Zeppelin war der größte Deutsche. Hitler ist überhaupt der allergrößte Deutsche.

Gegensatz

Hitler und Goethe stehen in einem gewissen Gegensatz. Während Goethe sich mehr einer schriftstellerischen Tätigkeit hingab, aber in den Freiheitskriegen im Gegensatz zu Theodor Körner versagte, hat Hitler uns gelehrt, was es heißt, Schriftsteller und zugleich Führer einer Millionenpartei zu sein, welche eine Millionenpartei ist. Goethe war Geheim, Hitler Regierungsrat. Goethes Wirken ergoß sich nicht nur auf das Dasein der Menschen, sondern erstreckte sich auch ins kosmetische. Hitler dagegen ist Gegner der materialistischen Weltordnung und wird diese bei seiner Machtübergreifung abschaffen sowie auch den verlorenen Krieg, die Arbeitslosigkeit und das schlechte Wetter. Goethe hatte mehrere Liebesverhältnisse mit Frau von Stein, Frau von Sesenheim und Charlotte Puff. Hitler dagegen trinkt nur Selterwasser und raucht außer den Zigarren, die er seinen Unterführern verpaßt, gar nicht.

Gleichnis

Zwischen Hitler und von Goethe bestehen aber auch ausgleichende Berührungspunkte. Beide haben in Weimar gewohnt, beide sind Schriftsteller und beide sind sehr um das deutsche Volk besorgt, um welches uns die andern Völker so beneiden. Auch hatten beide einen gewissen Erfolg, wenn auch der Erfolg Hitlers viel größer ist. Wenn wir zur Macht gelangen, schaffen wir Goethe ab.

Beispiel

Wie sehr Hitler Goethe überragt, soll in folgendem an einem Beispiel begründet werden. Als Hitler in unsrer Stadt war, habe ich ihn mit mehrern andern Hitlerjungens begrüßt. Der Osaf hat gesagt, ihr seid die deutsche Jugend, und er wird seine Hand auf euern Scheitel legen. Daher habe ich mir für diesen Tag einen Scheitel gemacht. Als wir in die große Halle kamen, waren alle Plätze, die besetzt waren, total ausverkauft und die Musik hat gespielt, und wir haben mit Blumen dagestanden, weil wir die deutsche Jugend sind. Und da ist plötzlich der Führer gekommen. Er hat einen Bart wie Chaplin, aber lange nicht so komisch. Uns war sehr feierlich zu Mute, und ich bin vorgetreten und habe gesagt Heil. Da haben die andern auch gesagt heil und Hitler hat uns die Hand auf jeden Scheitel gelegt und hinten hat einer gerufen stillstehn! weil es fotografiert wurde. Da haben wir ganz still gestanden und der Führer Hitler hat während der Fotografie gelächelt. Dieses war ein unvergeßlicher Augenblick fürs ganze Leben und daher ist Hitler viel größer als von Goethe.

Beleg

Goethe war kein gesunder Mittelstand. Hitler fordert für alle SA und SS die Freiheit der Straße sowie daß alles ganz anders wird. Das bestimmen wir! Goethe als solcher ist hinreichend durch seine Werke belegt, Hitler als solcher aber schafft uns Brot und Freiheit, während Goethe höchstens lyrische Gedichte gemacht hat, die wir als Hitlerjugend ablehnen, während Hitler eine Millionenpartei ist. Als Beleg dient ferner, daß Goethe kein nordischer Mensch war, sondern egal nach Italien fuhr und seine Devisen ins Ausland verschob. Hitler aber bezieht überhaupt kein Einkommen, sondern die Industrie setzt dauernd zu.

Schluß

Wir haben also gesehn, daß zwischen Hitler und Goethe ein Vergleich sehr zu Ungunsten des letzteren ausfällt, welcher keine Millionenpartei ist. Daher machen wir Goethe nicht mit. Seine letzten Worte waren mehr Licht, aber das bestimmen wir! Ob einer größer war von Schiller oder Goethe, wird nur Hitler entscheiden und das deutsche Volk kann froh sein, daß es nicht zwei solcher Kerle hat!

Deutschlanderwachejudaverreckehitlerwirdreichspräsident
dasbestimmenwir!

Sehr gut!

SCHNIPSEL

Pro domo. Manchmal finde ich Aufsätze von mir in Zeitungen wieder, Nachdrucke, Auszüge aus meinen Büchern – mitunter versehen mit kleinen kritischen Zusätzen: ich sei ein destruktives Element. Das kann jeder sagen. Doch wenn ich dann das Abgedruckte näher prüfe, dann muß ich oft entdecken, daß ganze Sätze fehlen: den Schlangen sind die Giftzähne herausgebrochen. Nun ist es mir gewiß gleich, wie diese verängstigten Verlagsangestellten ihre Leserschaft einschätzen – weitaus tiefer als es nötig wäre; man glaubt es nicht, was da alles nicht ‹tragbar› ist. Mir solls recht sein. Aber eine Bitte habe ich an die verehrte Kollegenschaft:

Druckt meine Aufsätze nicht, wenn eure Abonnenten und Inserenten zu fein dafür sind. Laßt mich unzensiert. Ich möchte nicht mit einer

Ausgabe für Kinder und Militär herauskommen, bar aller Schärfe, ohne jene Salzkörner, um derentwillen die Speise serviert worden ist. Euern Leuten bekommt das nicht? Dann laßt das ganze Gericht fort. Es ist keine Ehre, bei euch zu erscheinen, und ein Geschäft schon gar nicht. Um wieviel habt ihr die Mitarbeiterhonorare gesenkt? Um ein Drittel, um die Hälfte. Um wieviel euer Abonnement? Um wieviel eure Anzeigenpreise?

Ich mag nicht in jedem einzelnen Fall in Berichtigungen kund und zu wissen tun, daß ihr meine Arbeit verfälscht habt, so wichtig ist das nicht. Aber seid nett: laßt mich zufrieden. Ich kann doch nichts dafür, daß eure Druckereibesitzer solche Angst vor ihrer Kundschaft haben, und mich interessiert es auch nicht. Ich bin gewohnt, zu Lesern zu sprechen, die ein offnes Wort vertragen. Vertragen es eure nicht? Dann setzt ihnen weiterhin reizende kleine Feuilletons vor, bunte Bilder aus der Kinderstube, Modeplaudereien und sanfte Schilderungen vom Wintersport im Harz. Aber druckt mich nicht, wenn ihr meine Arbeiten nicht so abdrucken könnt, wie ich sie geschrieben habe.

Vom Stationsvorsteher aus gesehn sieht der tägliche Abschied der Reisenden an den Zügen recht stereotyp aus. Von der Krankenschwester aus gesehn hat der Tod ein andres Gesicht als vom Trauernden aus gesehn. Alles, was man regelmäßig und berufsmäßig tut, versteinert. Man sollte auch seine eignen Erlebnisse vom Stationsvorsteher aus sehen können.

Du bekommst einen Brief, der dich maßlos erbittert? Beantworte ihn sofort. In der ersten Wut. Und das laß drei Tage liegen. Und dann schreib deine Antwort noch mal.

«Was fällt Ihnen ein! Ich habe für einen Bandwurm und drei unmündige Kinder zu sorgen!»

Das Liebespaar, das sich, von einander entfernt, verabredet, um halb elf Uhr abends an einander zu denken. Keiner tuts. Aber jeder freut sich: wie verliebt der andre doch sei.

Der Pessimist. «Ich werde also eines Tages sterben. Natürlich – das kann auch nur mir passieren!»

Wie schlafen die Leute –?

Eine Frau, allein	im Pyjama
Eine Frau, nicht allein	im Nachthemd
Ein Mann, allein	Nachthemd
Ein Mann, nicht allein	Pyjama.

So eigentümlich ist es im menschlichen Leben. (Protest auf allen Seiten des Hauses.)

Zu einem ganz strengen, ganz bösen Mann am Fahrkartenschalter möchte ich immer sagen: «Na, was haben Sie denn so für Billetts –?»

Im Kriege habe ich einmal diesen Satz gehört: «Die Bohnensuppe ist das Klavier des kleinen Mannes.»

Den meisten Leuten sollte man in ihr Wappen schreiben: Wann eigentlich, wenn nicht jetzt?

WENN EENA DOT IS

Für Paul Graetz

Wenn eena dot is, kriste 'n Schreck.
Denn denkste: Ick bin da, un der is weg.
Un hastn jern jehabt, dein Freund, den Schmidt,
denn stirbste 'n kleenet Sticksken mit.

Der Rest is Quatsch.
Der Pfaffe, schwarz wien Rabe,
un det Jemache an den offnen Jrabe ...
Die Kränze ...! Schade um det Jeld.
Und denn die Reden – hach du liebe Welt –!

Da helfen keine hümmlische Jewalten:
die Rede muß der Dümmste halten.
Un der bepredicht sich die schwarze Weste
un hält sich an Zylinder feste.
Wat macht der kleene Mann, wenn eena sanft vablich?
Er is nich hülflos – er ist feialich.

Leer is de Wohnung. Trauer, die macht dumm.
Denn kram se so in seine Sachen rum.
Der Tod bestärkt die edelsten Jefühle,
un denn jibs Krach, von wejn die Lederstühle.

Der Zeitvesuv speit seine Lava.
Denn sacht mal eena: «Ja, wie der noch da wah –!»
Denn ween se noch 'n bisken hinterher,
und denn, denn wissen se jahnischt mehr.

Wenn eena dot is, brummts in dir:
Nu is a wech. Wat soll ickn denn noch hier?
Man keene Bange,
det denkste nämlich jahnich lange;
ne kleine Sseit,
denn is soweit:
Denn lebst du wieda wie nach Noten!

Keener wandert schneller wie die Toten.

REDAKTEURE

Das kann man natürlich nicht schreiben!
Alter Spruch

1

Der Redakteur ist ein fest angestellter Literat – das Wort Literat in seinem weitesten Umfang genommen; im Bezirk der Literatur gibt es ja keine genaue Analogie für ‹Gebrauchsgraphiker›, Journalist ist zu eng. Ich will den Redakteur nach zwei Seiten hin untersuchen: in seiner Stellung zum Verleger und in seiner Stellung zu den Mitarbeitern: zu den nicht fest angestellten Schriftstellern.

Die Standesvertretung der deutschen Redakteure hat es bisher nicht vermocht, ein würdiges Verhältnis des Redakteurs zum Verleger herzustellen. Stets empfindet der Verleger für den Redakteur so etwas wie eine leise Verachtung; in guten Häusern sind die Umgangsformen zwischen den beiden Lagern angenehm und demokratisch, an der wirklichen Lage ändert das nichts. Der Verleger ist im allgemeinen tief davon durchdrungen, daß Redakteure nur Geld kosten, aber wenig einbringen; daß im Grunde er, der Verleger, die Sache viel besser verstehe, und daß man jeden Redakteur davonjagen und durch einen andern ersetzen könne. Beim Inseratenchef sieht das wesentlich anders aus.

Die Interessen der Verleger sind mannigfaltig; am Redakteur hat er nur eines: daß der ihm keine ‹Unannehmlichkeiten› mache. Darunter sind nicht immer Geschäftsstörungen zu verstehen – wie denn überhaupt der Zusammenhang zwischen den Inseraten und dem redaktionellen Teil der großen Zeitungen nur mittelbar ist, sehr spürbar, sehr kräftig, doch ist der Zusammenhang fast niemals direkt. Erst der Kinobranche ist es vorbehalten geblieben, hier kulturfördernd einzugreifen. Abgesehen davon haben nur kleine Druckereibesitzer den Mut, ihren

Redaktionsangestellten rund heraus zu sagen, sie möchten ihnen gefälligst durch eine gar zu scharfe Antialkohol-Propaganda nicht das Geschäft mit den Brauereien verderben. In den größern Zeitungsverlagen spielt sich dergleichen meist viel würdiger ab, meist, nicht immer. Da knöpft sich der Verleger oder einer seiner geschäftlichen Mitarbeiter den betreffenden Redakteur vor, und die Vokabeln heißen: «Tradition des Hauses . . .» – «Man kann eben nicht mit dem Kopf durch die Wand gehn» – «Hier, sehn Sie sich mal diesen Stoß Beschwerdebriefe an, so kann man das nicht . . .» und so fort. Die Verlogenheit sitzt hier sehr tief; der Unternehmer hat eben, wie das oft vorkommt, die Philosophie seines Geldes. Dem Redakteur wird zugemutet, die Philosophie eines Geldes zu haben, das er niemals verdient.

Verkauft er sich –? So simpel ist das nicht. Wer in die Redaktion der ‹*Deutschen Allgemeinen Zeitung*› eintritt, weiß von vornherein, was ihn dort erwartet; er bewirbt sich erst gar nicht, wenn er nicht mit den Prinzipien der Politik, die dort gemacht wird, einverstanden ist. Es zwingt ihn ja keiner, grade da einzutreten – will er für den Kommunismus arbeiten, so muß er sich eben anderswo melden.

Doch sind die meisten Redakteure nicht einmal in den kleinen Alltagsfragen frei. (Ganz frei ist nur der Kritiker in nichts als ästhetischen Dingen – da darf sich alles austoben, was sonst schwer gebändigt kuscht.) Der deutsche Zeitungsverleger ist ein ängstlicher Mann; er will Geld verdienen, was ihm kein Mensch übel nimmt, und er will nur Geld verdienen, was ihm sehr übel zu nehmen ist. Er hat – mit Ausnahme von Hugenberg – wenig Machttrieb.

In Frankreich ist das nicht so. Dort ist das Zeitungswesen unmittelbar korrupter als bei uns, wo es durch obskure Einwirkungen beeinflußbar ist: der französische Zeitungsverleger will Macht. Selbst französische Redakteure wollen Macht – für Zeitungen schreiben ist in Frankreich Mittel zum Zweck. Daher sich denn auch manche Journalisten ‹des nègres› halten, dunkle Hilfsmannschaften, die ihnen die lästige Arbeit abnehmen, einen Artikel, der jetzt, unter diesen Umständen, geschrieben werden muß, und den der Journalist geschickt und schlau vorbereitet hat, nun auch noch anzufertigen, was eine Art Formalität darstellt. Ich besinne mich, im ersten Jahr meines pariser Aufenthalts von den französischen Kollegen (also man schämt sich, das ‹Kollegen› zu nennen) genau sondiert worden zu sein: «Was will der? Von wem nimmt er –?» Und als sie dann merkten, daß ich nur von dem lebte, was ich durch Mitarbeit an deutschen Blättern verdiente und weder von einem französischen Syndikat noch von der deutschen Botschaft bezahlt wurde, da wandten sie sich verächtlich ab: «Triple idiot!»

Das ist in Deutschland anders. Hier kann man den einzelnen Redakteur nur in ganz untergeordneten Exemplaren kaufen, auch den Verleger kann man nicht von Fall zu Fall bestechen – man muß seinen Verlag an etwas ‹interessieren›. Das ist bald getan und eine Geldfrage; die Unbestechlichkeit der meisten Menschen hört ja bei ... Reichsmark auf, nach Belieben auszufüllen. Immer aber ist der Verlag beeinflußbar.

Das geht ins Groteske. S. J. warf einst einem berliner Redakteur vor: «Aber bei euch genügen doch schon vier Beschwerdebriefe, und jeder von euch kann herausfliegen!» Der Redakteur erwiderte tiefernst: «Herr Jacobsohn, Sie irren sich. Es genügt schon einer.» Die Furchtsamkeit der Verleger geht ins Aschgraue. Irgend ein Interessenverband, dessen Syndikus sich etwas Bewegung machen will, eine Sparte des Annoncenteils, die infolge eines Zeitungs-Artikels leicht ins Wackeln gekommen ist, sind imstande, den ganzen Laden durcheinander zu bringen. Von «Das gibts bei mir nicht!» bis: «Hören Sie mal, man sollte da eigentlich ...» spielt das in allen Tönen, und wenn der Redakteur solcherart zum Chef geht, geht er allemal nach Canossa. Nur findet aus rituellen Gründen keine Kirchenbuße statt.

Von den kleinen Generalanzeigern erwartet kein Mensch etwas andres. Deren Textteil ist nur Beilage zum Inseratenteil, und der Druckereibesitzer, der seine Annoncen sammelt, wünscht, nicht durch überflüssige Meinungsäußerungen irgend eines Schreibers in seinen Geschäften gestört zu werden. Daß aber größere Zeitungen ihre Macht überhaupt nicht anwenden, weil sie sich ihrer gar nicht bewußt sind, das ist eine Schande.

Die Verleger, meist kleine Leute, verkennen ihre Lage völlig. Woher sollten sie sie auch kennen? Zum Redakteur gehören ein Befähigungsnachweis, erbracht durch lange Lehrzeit, Allgemeinbildung oder sonst etwas, und immer wieder: Erfolg, Erfolg, Erfolg. Zum Verleger brauchts das alles nicht, da tut es schon Kauf oder Erbschaft oder sonst ein Rechtsvorgang, und Erfolglosigkeit ist ja in den Augen der Unternehmer stets die Folge ungünstiger Zeitumstände. (Gehts gut, so ist das auf ihre Tüchtigkeit zurückzuführen.) Da sitzt nun der Verleger auf seinem Stühlchen und hat: eine Zeitung, Größenwahn und Angst.

Er hat Angst vor den Berufen. Er hat Angst vor den Frauen. Er hat eine gradezu maßlose Angst vor allen Behörden. Zeitungen, die, ohne sich auf Berufsvereinigungen stützen zu können, aus geistigen Gründen ganze Beamtengruppen angreifen, kann man an den Fingern herzählen. Angst. Angst. Angst. Der Redakteur wird dabei nicht befragt; er zählt gar nicht mit.

Seine Stellung ist an den Parteizeitungen nicht viel anders. Die Fälle, wo auch in der Arbeiterpresse durch den sogenannten Geschäftsführer oder die Pressekommission der schamloseste Druck auf die Redakteure ausgeübt wird, wiederholen sich fortwährend. Von Selbständigkeit ist da keine Rede. Einmal haben sie einen SPD-Redakteur in der Provinz gezwungen, nie wieder etwas von mir zu drucken; der Mann hatte Frau und Kind und gab nach. Und dann muß man die Männer sehen, die solches verordnen!

Es ist nicht an dem, daß die Verlegerschaft, wie sie gebacken und gebraten ist, aus Trotteln, bestochenen Kumpanen und Hosenhändlern besteht, was die Beteiligten mit einem ‹Sehr freundlich!› aufnehmen werden. Doch wird die Frage: «Warum übt jener die Autorität aus?» in Deutschland fast nie gestellt und in diesem Fall niemals ehrlich beantwortet. Denn die Antwort müßte in den meisten Fällen lauten: «Weil er der Besitzer ist. Weil er in das Unternehmen hineingeheiratet hat. Weil er es geerbt hat. Weil er es gekauft hat.» Und in den seltensten Fällen: Weil er primus inter pares, weil er ein ganzer Kerl ist. Diese kleinen Privat-Behörden sind nur Behörden, weil und solange man ihnen gehorcht.

Hat der Verleger Publikumsinstinkt? Er bildet sich das fast immer ein. Ich glaube nicht recht an diesen Instinkt – dazu haben die Herren zu viele Mißerfolge.

Die meisten Zeitungsverleger haben sich da etwas zurechtgemacht, was sie ‹Publikum› nennen – es ist ein recht verschwommener Begriff, für den das Maß aller Dinge ihre eigne Bildung abgibt. Wer diesem Begriff entspricht, den halten sie für gut. Es gibt nicht nur Publikumslieblinge (die Courths-Mahler heißt übrigens heute längst nicht mehr so) – es gibt auch Verlegerlieblinge, und das muß durchaus nicht immer dasselbe sein. Legte ich mir ein neues Pseudonym zu: nichts wäre leichter, als spaßeshalber das herzustellen, was die Druckereibesitzer für zugkräftig halten; das fiele mir im Schlaf ein, nur im Schlaf.

Wem dienen die Zeitungen? Dem öffentlichen Interesse? Du lieber Gott! Das können sie nicht, weil sie nichts wagen. Die Öffentlichkeit hat noch eine gewisse Scheu vor der Presse, aber die Presse hat eine ungeheure Angst vor der Öffentlichkeit. Einem Sturm trotzen? Seinen Standpunkt auch dann wahren, wenn jeder zehnte Abonnent abbestellt? Wenn der gefürchtete Boykott durch irgend einen gereizten Reichsverband Deutscher Feinkosthändler heraufbeschworen wird? Es gibt nur eine Sorte Menschen, die der Zeitungsverleger nicht fürchtet: das sind die geistigen Menschen. Die können protestieren, das macht nichts.

Weit entfernt davon, mir alles, was geschieht, durch die Presse zu erklären: was könnte die deutsche Presse durchsetzen, wenn sie nur wollte! Von großen Dingen keines; von mittlern und kleinen, die ja im Leben auch mitspielen, sehr viele.

Das tut sie aber nicht. Sie hat Furcht. Furcht vor allem und Furcht vor jedem. Es fehlt ihr der politische Machttrieb großen Stils.

Wie wirkt das auf den Redakteur zurück –? Das wollen wir in der nächsten Woche untersuchen.

2

Vor acht Tagen habe ich gefragt, wie sich der schmähliche Zustand, daß der Zeitungsverleger unumschränkt über seine Redakteure herrscht, auswirkt. Das läßt sich leicht beantworten:

Die Folge ist ein linder Größenwahn des Redakteurs auf allen Gebieten, wo es ungefährlich ist.

Das Verhältnis des angestellten Schriftstellers zum nicht angestellten Schriftsteller ist ein einziger Skandal – das äußerste an Unkollegialität und an Schmierigkeit, an äußerstem Mangel von Solidarität, der nur denkbar ist. Ich habe in zwanzig Jahren Literatur etwa fünf Redakteure kennen gelernt, die sich nicht einbildeten, deshalb, weil man sie angestellt hatte, etwas Besseres zu sein als ihre Mitarbeiter.

Daß der Redakteur die Spreu vom Weizen sondert, kann ihm niemand verdenken. In unserm Beruf steht das Angebot in einem grotesken Gegensatz zur Nachfrage – zu schreiben vermeint jeder und jede zu können, und den Kram, der da verlangt wird, kann ja auch jeder Mensch herstellen. Das hebt die Stellung des Redakteurs; er sieht die wirtschaftlichen Ursachen nicht und hält sich für geistig überlegen, wo er nur als Verwalter der kümmerlichen Honorare und als Billettknipser an der Schranke der Öffentlichkeit in Anspruch genommen wird. Und was er sich vor seinem Verleger niemals getraute, das wagt er dem Mitarbeiter gegenüber alle Tage: da trumpft er auf, da ist er der große Mann, dem zeigt er aber, was eine Harke ist. Leider zeigt er ihm nicht, was eine gute Zeitung ist.

Kein Schriftsteller-Schutzverband, keine Presse-Organisation hat das je zu ändern vermocht. Wieviel Redakteure mag es in Deutschland geben, die von ihrem Verlag über die Höhe des Honoraretats maßgeblich gehört werden? Mir sagte einst einer der besten Bildredakteure der deutschen Presse: «Wissen Sie, auf die Honorare käme es eigentlich nicht an» (das war in den guten Jahren), «wir könnten ruhig das Doppelte zahlen, der Verlag merkte das gar nicht!» Sie zahlen aber die Hälfte, und die Honorare der Provinzzeitungen sind ein Hohn, eine Unverschämtheit, aber keine Entlohnung. Der Redakteur, der sich vor seinen Mitarbeitern so gern als kleiner Kaiser aufspielt, ist der allerletzte, der hier auch ein Quentchen hineinzureden hat. Die Honorare werden von der geschäftlichen Leitung festgesetzt, und damit basta. Ausnahmen zugegeben; die Regel ist so.

Die Folgen sind klar. An Zeitungen arbeiten so viel Außenseiter mit, daß ihr Niveau tiefer ist als es unbedingt notwendig wäre: Professoren; Damen der ersten besten Gesellschaft; Fachleute, die etwas wollen, und Interessenten, die etwas nicht wollen – manchmal auch Schriftsteller. Nun verspüre ich keine Berufsreligion in mir – warum soll ein Professor nicht gut schreiben? Aber erstens schreibt er meistens schlecht, und zweitens bestimmen nun diese Leute, die sich etwas nebenbei verdienen wollen, die Höhe oder vielmehr die Tiefe der Honorare – und so ist aus unserm Beruf eine schlechtbezahlte Beschäftigung geworden.

Kurz: der Redakteur gleicht seine Machtlosigkeit vor dem Verleger durch Machtprotzerei vor dem Mitarbeiter aus. Und nicht nur dem Mitarbeiter gegenüber. Auch sich selbst gegenüber.

Ich habe einmal in Dijon einen ganzen Korb voller Journalisten auf einem internationalen Journalisten-Kongreß gesehen; das war wohl das jammervollste an Saturnalien, das man sich vorstellen konnte. Lauter Leute, von denen keiner auch nur eine Zeile schreiben dürfte, wenns ihm der Verleger verboten hätte; kleine Angestellte, mit einem ungeheuren Geltungsbedürfnis; Berichterstatter, deren höchster Ehrgeiz dahin ging, Weltgeschichte zu machen, was ja übrigens der größte Fehler der meisten Auslandskorrespondenten ist: den Diplomaten, die sie bewundernd verachten, ins Handwerk pfuschen zu wollen, es sind verhinderte Attachés – und dieser Haufe inkohärenter und nicht homogener Menschen war nur in zwei Punkten völlig einig: in der Machtlosigkeit vor ihren Verlegern und in dem wütenden Ehrgeiz, nach außen hin repräsentieren zu wollen. Es war traurig mitanzusehn.

Das, was die meisten Redakteure zu sein vorgeben, sind sie gar nicht: unabhängige Inhaber von Machtpositionen. Das können sie nur einem unkundigen Außenseiter erzählen. Sie sind bis ins letzte Komma abhängig wie die Landarbeiter, und die Stellung, die sie innehaben, nutzen sie niemals aus, weil sie das nicht dürfen, wie ja nicht einmal ihre Verlage die ihre ausnutzen, es sei denn in den allerbescheidensten Grenzen kleiner oder hier und da größerer Geschäftemacherei (Subventionen).

Das gestehn sich die wenigsten Redakteure ein.

Beide, Verleger und Redakteure, unterschätzen ihre Positionen. Sie überschätzen sie zu gleicher Zeit auf einem Gebiet, wo ihre Machtlosigkeit zum Himmel schreit: nämlich auf dem Gebiet der großen Politik. Außenpolitisch ist das nur komisch. Mir sagte einmal ein ehemaliger Redakteur der ‹*Frankfurter Zeitung*›: «Als wir jung waren, haben wir immer geglaubt, die Weltpolitik werde in der Großen Eschenheimer Straße gemacht.» Das glauben viele Leute von ihren Redaktionen heute noch, und wer einmal im Ausland gelebt hat, der weiß, daß deutsche Zeitungen zwar oft zitiert, aber selten gehört werden. Innenpolitisch richten die Zeitungen um so weniger aus, je größer sie sind; tatsächlich ist ja die Entwicklung der letzten Jahre gegen die Leitartikel der größten Zeitungen, und nicht nur der sogenannten demokratischen, vor sich gegangen. Sie können schreiben, was sie wollen, und die Politiker tun, was sie wollen.

Die Klugen unter den Redakteuren wissen zwar genau, was los ist; doch beherrscht die Redaktionen jener Spruch, den sich die Herren auf goldene Teller malen lassen sollten: «Das kann man natürlich nicht schreiben!» Aber warum, warum können sie es nicht schreiben?

Weil sie keine Macht haben. Weil ihre allzu willfährigen Organisationen, mit dummen Eitelkeits- und Prestige-Fragen befaßt, von den Unternehmern rechtens niemals so beachtet werden wie etwa in frühern Zeiten die Gewerkschaften der Buchdrucker, und weil der Redakteur von seinem Eitelkeitswahn unheilbar besessen ist. Der Verleger zahlt ihn schlecht; so macht er sich durch das bezahlt, was er selber von sich hält. Und er hält sehr viel von sich.

Ich habe sie kommen und gehen sehn. Ich weiß, wie das ist, wenn sie an einem großen Blatt angestellt sind: die Buchverlage hofieren sie; alle Welt kraucht um sie herum; man nimmt sie für voll, man ladet sie ein, und was die Theaterleute mit ihnen treiben, ist bekannt. In dem Augenblick aber, wo der Verleger sich über sie geärgert hat und wo sie entlassen sind, gelten sie so gut wie gar nichts mehr. Dann wundern sie sich.

Wolfgang Petzet hat neulich in der ‹*Deutschen Republik*› geschildert, wie die Kaufleute, denen die münchner ‹*Jugend*› gehört, ihn tyrannisiert haben, und wie es dann nicht mehr möglich gewesen ist, mit ihnen zusammenzuarbeiten. Immer wieder frage ich mich: mit welchem Recht, aus welcher Kompetenz heraus regieren diese Brüder? Weil das Unternehmen ihnen gehört? Wir machen ja auch keine Bilanzen. Verstehn denn diese Kaufleute so viel von dem, was sie vertreiben? Sie verstehn es oft mitnichten, sie handeln nur damit, und das ist nicht immer dasselbe.

Der treue Abonnent wird im Laufe der Jahre gemerkt haben, daß ich mich nie sehr viel mit Redakteuren herumgezankt habe; ich halte das für sinnlos. Man soll an das Mark der Presse heran: an die Dienstherrschaft, nicht an die Köche. Und diese Dienstherrschaft ist in den meisten Fällen anonym; unfaßbar; bar jeder Legitimation, überhaupt mitreden zu dürfen – und das regiert! Die Redakteure finden es ganz in der Ordnung.

Es scheint wenigstens so. Denn so gut wie nie liest man in ihren Fachblättern von diesen delikaten Dingen – keiner rührt das heiße Eisen auch nur an. Auf ihren Kongressen geht es gar hoch her: da wird gesprochen von der Pflicht der Kulturbildung und der Wichtigkeit der Presse – aber von der kläglichen Rolle, die der Redakteur vor dem Verleger spielt, ist nicht die Rede. Mit gutem Grund.

Ich habe nichts zu enthüllen – ich weiß von keinen Skandalgeschichten. Mich interessieren die einzelnen Verleger nicht, und ich kann hier keinen ‹Sumpf› aufzeigen. Doch erschien es mir richtig, einmal zu sagen, welche bejammernswerte Position der Redakteur dem Verleger gegenüber einnimmt, und wie er sich aus dieser Lage herauslügt: durch Überkompensation seiner selbstverschuldeten Defekte und durch eine trübe Wichtigmacherei sich und seinen Mitarbeitern gegenüber.

HEUTE ZWISCHEN GESTERN UND MORGEN

Wie Gestern und Morgen
sich mächtig vermischen!
Hier ein Stuhl – da ein Stuhl –
und wir immer dazwischen!
    Liebliche Veilchen im März –
        Nicht mehr.
    Proletarier-Staat mit Herz –
        Noch nicht.
Noch ist es nicht so weit.
    Denn wir leben –
        denn wir leben
            in einer Übergangszeit –!

Geplappertes A–B–C
bei den alten Semestern.
Fraternité – Liberté –
ist das von gestern?
    Festgefügtes Gebot?
        Nicht mehr.
    Flattert die Fahne rot?
        Noch nicht.
Noch ist es nicht so weit.
    Denn wir leben –
        denn wir leben
            in einer Übergangszeit –!

Antwort auf Fragen
wollen alle dir geben.
Du mußt es tragen:
ungesichertes Leben.
    Kreuz und rasselnder Ruhm –
        Nicht mehr.
    Befreiendes Menschentum –
        Noch nicht.
Noch ist es nicht so weit.
    Denn wir leben –
        denn wir leben
            in einer Übergangszeit –!

VIERMAL EICHHÖRNCHEN

Tatbestand

Auf dem Parkwege sitzt ein Eichhörnchen. Als es mich erblickt, macht es ein Männchen und läuft auf mich zu. Es sieht an mir auf, dann klettert es an mir empor; es ist wohl gewohnt, Nüsse zu bekommen oder Zucker, ich habe nichts, es klettert wieder herunter, sitzt noch einen Augenblick zu meinen Füßen und läuft dann fort.

Eichhörnchen national

Ich mache einen deutschen Spaziergang durch unsern deutschen Wald. Meine deutschen Augen mustern die herrliche deutsche Landschaft und versinken in ihrem Zauber: von dieser Schneise her könnte man ganz gut einen Sturmangriff unternehmen, die Wiese gäbe ein famoses Schußfeld für ein gedecktes M.G. – und da! Was ist das? Der Feind. Unwillkürlich nehme ich Deckung.

Es ist ein Eichhörnchen, ein deutsches Eichhörnchen. Blond wie Goebbels, läßt es spielend seinen Schweif wedeln. Doch was ist dieses? Es läuft nicht davon! Ein Deutscher läuft nicht davon. Es eilt vielmehr auf mich zu, das liebe Tierchen, beschnuppert mich, und jetzt, jetzt klettert es wahrhaftig wie ein Eichhörnchen an mir hoch. Es sieht mich an mit seinen blanken Äuglein, als wollte es sagen:

«Hältst nicht auch du den Schandvertrag von Versailles für einen Tschmachfleck auf dem deutschen Gewand deutscher Ehre?»

Und fürchterlich, riesengroß erhebt sich vor meinem innern Auge dieses Tier zu einem Symbol deutscher Größe: auch es wird einmal uns und unsre Kinder und Kindeskinder an den Welschen rächen. Und ich sehe das Eichhorn, vor einen Tank gespannt, im Dienste der nationalen Sache, einherziehn in die Schlacht, für die wir ja alle, Mann und Jungfrau, unsre Kinder gebären.

Denn was hat der Deutsche der Welt zu liefern?

Menschenmarmelade.

‹Das Eichhörnchen›

Ein Film

Anny, ein Lebemädchen, ist in Adolf verliebt, der ein schwerer Junge ist. Anny stammt aus guten bürgerlichen Verhältnissen, die sich allerdings leider durch die Ungunst der Zeit verschlimmert haben: der eine Bruder von ihr ist Generaldirektor beim Film, und der andre gehört auch der Unterwelt an. Sie liebt Adolf, mit dem sie gemeinsam Kokain schnupft, das ihr Bertold, ein betrügerischer Rauschgifthändler, verschafft – wir sehn aber, wie er es mit Zahnpulver verfälscht, so daß es unschädlich ist. Wie das Zahnpulver verfälscht wird, sehen wir nicht. Bertold ist gleichfalls in Anny verliebt, was Adolf aber, der in eine gewisse Milly verliebt ist, die in einen gewissen Max verliebt ist, der in eine gewisse Karoline verliebt ist, nicht weiß. Milly weiß nur, daß Max nicht in Bertold verliebt ist. Wir sehen nun – zwischen prächtigen Parademärschen zur See – wie das Ganze der Katastrophe zutreibt.

Zum Schluß sitzt Anny trostlos auf einem Weidenstumpf und schluchzt, indem sie sich fragt, wie das zu dem kommt und warum dieser Film wohl ‹*Das Eichhörnchen*› heißt.

Daß der Film von allen Ausschüssen die Bezeichnung ‹kulturbildender Bildstreifen› erhalten hat, brauchen wir wohl nicht hinzuzufügen.

Eichhörnchen, individualpsychologisch

Fall 168. Ein siebenjähriger Knabe kommt in meine Sprechstunde, weil es ihm seine Eltern streng verboten haben. Strukturphysiologisch bietet er das Bild eines durch das Ergriffensein des emotionellen Gebietes Biozentrischen.

Nach längerer Befragung stelle ich folgendes fest:

Vor etwa vier Wochen sei der Knabe allein durch das nahe Stadtwäldchen gegangen und sei dort auf ein Eichhörnchen gestoßen. Das Tier sei erst an ihm hochgelaufen (!), habe ihn bedroht, und sei dann, durch das Schreien des Kindes erschreckt, wieder davongelaufen.

Klar geht aus dieser Äußerung hervor, daß es sich hier um ein von den Eltern verzärteltes Kind handelt, das mit dem Leben nicht fertig wird. Es will eben auf alle Fälle im Mittelpunkt stehn; selbst die Tiere des Waldes (Bilderbucherinnerungen!) sollen sich um den Knaben kümmern. (Siehe dazu Doktor S. Popelreuther ‹Ella, ein schizophrenes Eichhörnchen›.)

Rein berufseignungspsychologisch ist der geistige Ort dieses Knaben etwa in dem Problem seiner sozialen Bezogenheit zu seiner nicht libidinösen Umwelt zu suchen, doch müssen wir uns hüten, unsre Heilpädagogik in den libidoenergetischen Topf der Psychoanalyse zu werfen. Seine psychische Kapazität drängt den Knaben zum Spiel (nach Professor Doktor Fritz Giese ‹Anleitung zur Errichtung individualpsychologischer Kegelbahnen›). Dieses Kind weiß eben noch nicht um das Nichtwissen; meine Aufforderung zur Entspannung hat es leider dahin verstanden, sich in die Hosen zu machen.

Bedauerlich bleibt nur, daß das fragliche Eichhörnchen nicht mit in die Sprechstunde gekommen ist. Mit Hilfe der Individualpsychologie hätte man aus dem entarteten Tier das Ideal der Menschheit machen können: eine gute Kindergärtnerin.

Eichhörnchen mondän

Man geht durch den sommerlich verschneiten Park: neben mir Kardinal Rosenberg, der gütige Finanzberater des Papstes, sowie die schönste Frau Südamerikas, die Gräfin Oça-Jolly. Wir plaudern in muntrer Abwechslung über die Finanzen Uru- beziehungsweise Paraguays, sowie über die bezaubernden Roadster auf der Auto-Ausstellung in Kolumbien, anders tun wirs nicht. Ein Skeleton mit dem schweizer Baron Ven-Mögli-Tägli saust an uns vorüber, wir grüßen winkend mit der Hand.

Da stößt die schöne Frau, die ein pfauengraues Sportsamtjäckchen mit einem kleinen Aufstoß aus Silberlamé trägt, einen leichten Schrei aus, und auch die Eminenz scheint mir bewegt.

«Frau Conchita!» rufe ich. «Was tut sich?» ruft der Kardinal.

Plötzlich wird mir schwarz mit diagonalen Pünktchen vor Augen. Ich sehe noch, wie im Flugsprung ein riesiges Tier sich auf mich stürzen will – Bären! denke ich pfeilgeschwind, es kann aber auch ein Wisent sein, kühn entschlossen werfe ich mich vier bis achtzehn Schritt zurück, als echt versilbertes Gelächter an mein Ohr klingt. Die Gräfin nennt das Tier bei Namen – es ist ein Eichhörnchen! Da ist es ja vor die rechte Edschmiede gekommen.

Es ist natürlich ein besonders elegantes Exemplar seiner Gattung: zwei flinke Äuglein hat es, es wippt furchtsam wie ein Zeitungsverleger umher, es ist brillant angezogen. Der Kardinal macht eine jener segnenden Handbewegungen, wie er sie von der Börse her gewöhnt ist. «Verscheuchen Sie es nicht, Eminenz!» bitte ich. Wir stehn still.

Das Eichhörnchen klettert an der Gräfin Oça-Jolly empor, wittert den Duft ihrer gepflegten Augenbrauen und eilt dann auf den nächsten Baum, zum Lunch. Durch die Zweige grüßt die Villa des Großindustriellen Bergius herüber, der durch die Verleihung des Nobelpreises grade noch dem Hungertod entronnen ist. Im Hintergrund sieht man Gerhart Hauptmann mit einem neuen Stück sowie in Golfhosen schwanger gehn.

Denn mag die Welt versinken, eines wird immer bestehn bleiben –: le monde.

‹KULISSEN›

Es ist ein Jammer, daß es keinen rechtschaffenen Teufel mehr gibt. Jetzt behilft man sich da mit den Welschen, mit den Juden, mit den Radfahrern, mit dem Vertrag von Versailles ... aber das Richtige ist das alles nicht. Immerhin muß einer da sein, der schuld ist. Gehts gut, dann haben wir es herrlich weit gebracht – gehts aber schief, dann wirft der Fachmann wilde Blicke um sich und sucht den Teufel.

Das Theater hat den seinen im Film, im Rundfunk und in der Krise gefunden. Vielleicht sehen die Herren auch einmal ein bißchen in ihren Büros nach? Da sitzt nämlich auch ein Teufel.

Wer, so frage ich mich manchmal, wenn ich gar nichts Besseres zu tun habe, bestimmt eigentlich den Spielplan der deutschen Bühnen? Ich weiß schon: die Angst. Denn wenn einer nichts hat: Bedenken hat er.

Wer bestimmt den Spielplan, und nach welchen Gesichtspunkten bestimmt er ihn? Das verstehe wer mag. Die Kerle haben doch keinen Erfolg, höchstens hat mal hier und da einer einen – der Rest pumpert sich so durch. Aber die große Schnauze.

Mir kanns gleich sein; ich bin kein Dramatiker. Ich habe nur einmal mit Walter Hasenclever ein Stück geschrieben, das heißt *‹Christoph Kolumbus oder Die Entdeckung Amerikas›*. Doch bin ich so befangen, daß ich ein unaufgeführtes Stück meines Mitarbeiters Hasenclever auf das herzlichste loben muß. Wenn das Publikum auch nur halb so viel lacht, wie ich bei der Lektüre dieser Komödie gelacht habe –: dann wird sehr oft lange nicht weitergespielt werden können.

Das Stück heißt *‹Kulissen›* (im Arcadia-Verlag, Berlin).

Das Stück hat einen Fehler: es nennt die dargestellten Personen mit Namen, und das Personenverzeichnis sieht so aus:

Herr Deutsch
Herr Graetz
Herr Hasenclever
Die Dame
Der Gesandte
Der Intendant
Änne
Sahlmann
Portier

– aber keine Sorge: die Dame ist keine Dame, der Gesandte ist kein Gesandter, nur der Intendant ist ein Intendant, und das ist ihm ganz recht.

Nennte das Stück die Leute nämlich nicht bei vollem Namen, dann könnte es in jeder Stadt fünfzig Aufführungen hintereinanderweg haben, so lustig ist es. Denn so sind die Schauspieler, so ist der Dichter – und selten hat sich einer so graziös, so leicht, so vergnügt über sich selbst lustig gemacht wie hier Herr Hasenclever über Herrn Hasenclever. Diese zwei Akte sind bezaubernd.

Wie sie sich alle beloben und belügen. Wie sie sich die schlechten und die guten Kritiken vorlesen. Wie Deutsch emsig die Frauen ignoriert, Paulchen Graetz mit seiner Rolle befaßt ist, in die er ein Couplet hineingelegt haben will; wie der Dichter alles und alle zu verachten vorgibt, es aber mitnichten tut – das glitzert von Witz, von schneidigen Hieben, von Scherz, Satire und der ganzen Firma.

Haben sie so viel gute Stücke? Siehe, sie haben Bedenken. Dieses Lustspiel, in der richtigen Zeit in Berlin kreiert, hätte gut und gern einen Monat lang jede Nachtvorstellung gefüllt, und ich sage Nachtvorstellung mit gutem Grund. Es ist ein bißchen Atelierscherz darin; das Stück wendet sich an die Welt der Literatur und des Theaters – setzt also ein entsprechendes Publikum voraus. Das haben wir nicht; in eine Nachtvorstellung aber gingen die hinein, für die es geschrieben ist. Und die würden sich, Mann pro Mann, für neun Mark und achtzig amüsieren. Es ist aber auch recht heiter.

Wie der Garderobier die Kerrsche Kritik vorliest, auf daß der Dichter platze – und wie Paule hineingeweht kommt, Herr Graetz persönlich –: das ist eine einzige Kostbarkeit: Denn so etwas ist nicht nur Graetz; das ist Theater.

Graetz: Walter, sieh mich an – auf Pupille: wie fandest du mich denn?

Hasenclever: Großartig, Paul.

Graetz: Was? Wie der alte Graetz das gemacht hat; den Aktschluß bei Mondschein – Knorke. Da bleibt kein Auge trocken. So was von Beifall war noch nicht da.

Hasenclever: Wie fandest du denn Deutsch?

Graetz: Walter, unter uns, aber ganz unter uns – das sage ich nur dir – Walter, versprich mir, reinen Mund zu halten!

Hasenclever: Aber selbstverständlich, Paul.

Graetz: Walter, du bist mein Freund. Ich liebe dich. Und dein Stück, alle Achtung. Aber Deutsch wird alt!

Und so in infinitum.

Nun gibt es doch in jeder Stadt einen Liebhaber; einen Komiker; einen Dichter ... das ist ja nicht nur in Berlin so, wo natürlich die Namen Deutsch und Graetz und Kerr sofort Assoziationen auslösen. Man ersetze die Namen; man feile sehr vorsichtig an dem Stück – und man hat eine überall gültige, unendlich lustige und leichte Sache.

Haben aber Bedenken, die Herren.

Erstens kann man kein Stück spielen, das nicht frisch aus der Schreibmaschine kommt – wie ja auch der feine Mann keine Bücher, sondern Neuerscheinungen kauft. Zweitens muß man die professionell schlechte Laune aller Kunstkaufleute kennen: «Ich weiß nicht ... wissen Sie ...» kurz: zu viel Magensäure. Man ermesse, was herauskommt, wenn die einen Spielplan machen. Genau so sieht er denn auch aus.

Und dann wäre da vielleicht noch etwas.

Früher bestimmten den Theaterspielplan jene blau rasierten Schmieren-Jockel, die halbe Analphabeten waren – aber von Publikumswirkung verstanden sie etwas. Heute gespenstert durch die Theaterbüros der sanft bebrillte Dramaturg, der sehr gebildet ist. Dafür versteht er wieder vom Publikum einen Schmarren. Und was die Direktoren außer ihren Pachtgeschäften eigentlich treiben, das habe ich nie begriffen.

Jedenfalls hat da ein Satz Max Reinhardts viel, viel Unheil angerichtet:

«Das Theater gehört dem Schauspieler.»

Wirklich? Tut es das? Dann sollten sich die Schauspieler auch ins Parkett setzen und sich selber Beifall klatschen. Natürlich gehört das Theater weder dem Schauspieler, noch dem Autor, noch dem Regisseur – sondern es gehört allen zusammen. Der Schauspieler sei nicht das Megaphon des Autors wie der Text nicht der Vorwand für die Kapriolen des Schauspielers. Was tun nun die Direktoren?

Die nehmen ein Stück nur im Hinblick auf diese Frage an: Was könnte man damit anfangen –? Denn daß man es in keinem Fall so lassen kann, wie es da ist, darüber herrscht kein Zweifel.

Sie drehen es. Sie wenden es. Sie dichten es um. Sie streichen und fügen hinzu. Ludwig Marcuse schrieb neulich, es sei Lernet-Holenia ganz recht geschehn, daß sie ein Stück von ihm gemeuchelt hätten – die Arbeit des Dramatikers sei eben mit der Niederschrift des Textes nicht beendet. Ich bin da andrer Meinung. Ich halte sie für beendet, wenn das Stück beendet ist. Besetzt der Direktor falsch und hat sich der Autor nicht darum gekümmert, so muß er die Folgen tragen. Aber daß die Theater Stücke umdichten, das ist einfach ein Rechtsbruch.

Eine falsche Allgemeinbildung und damit die Verflachung der Bildung haben dazu geführt, daß jeder jedes zu können glaubt. Schreiben –? Schreiben kann jeder. Und so tun denn alle wacker mit. Respekt vor geistigen Leistungen ist kaum noch vorhanden, Respekt vor der künstlerischen Vision, die so und nicht anders ans Licht getreten ist, das gibt es gar nicht. «Da machen wir einfach ...» Ja, aber das hat doch der Autor nicht so geschrieben! Und selbst – erstarre, Mime! – selbst wenn sein Text weniger wirkungsvoll ist als der deine, den du neu auf der Probe hinzugekleckert hast –: selbst dann ist fast immer der Dramatiker im Recht. Gefällt euch das nicht? Dann schreibt euch eure Stücke allein. Und das tun sie ja denn auch. Mit bekanntem Erfolg.

Sie nennen, was sie da treiben, Kollektivarbeit, aber es ist nur ein Durcheinander. So kann man bei den fettlackierten Revuen arbeiten, die Reinhardt aufführt – da kommts wirklich nicht auf den Text an. Da kommts auf die Farben an. Daß aber leichte Lustigkeit auch und grade auf dem Wort stehn kann –: wer begriffe das in Deutschland! Seltsamerweise hats Reinhardt einmal begriffen: in seinem alten Schall und Rauch nämlich ... long ago.

Der Autor stört. Der Text ist Vorwand. Und dann beklagen sie sich, daß keine Dramatiker aufwachsen.

Oben an der Decke schwebt eine leichte Seifenblase: das Lustspiel *‹Kulissen›*. Leicht wie ein Hauch, bunt, spiegelnd, blitzend vor Lustigkeit ... du rundes Ding, wer führt dich auf?

WENN EENA JEBORN WIRD

Allemal für Paulchen

Nu liechste da, du kleene Kröte!
Siehst aus wie ne jebadte Maus.
Na laß man, do — der olle Joethe,
der sah als Kind nich scheena aus.
Und hier — ick bring da ooch wat mit!
Tittittittittitt —!

Die Neese haste ja von Vatan.
Det Mäulchen, wo de dir drin wühlst,
da sachste denn den Jrang im Schkat an.
Wolln hoffen, dette bessa spielst
als wie der Olle, dein Papa!
Allallallalla —!

Un seh mah! Hast ja richtich Haare!
Die hat dir Mutta mitjejehm.
Du, Mensch, det is ne wunderbare
un liebe Frau — nur etwas unbequem.
Dein Olla, der macht vor ihr Kusch ...
Puschpuschpuschpuschpusch —!

Sieht man dir durch de Neese schnauhm
un wie du mit die Beenchen tanzt —:
denn sollte man det jahnich jlauhm,
wie jemeine du mal wern kannst.
Wa —?

Ach, Menschenskind, ick wer da sahrn:
Schlach du nach Vatan! Hör ma an!
Du kannst ja ooch nach andre schlahrn ...
Na, wirste denn als junga Mann
jenau so doof wie Onkel Fritz?
Zizzizzizzizzizz —?

Da liechste nu in deine Wieje
un fängst noch mah von vorne an.
Na, Mensch, ob ick mah Kinda krieje?
Man jloobt ja imma wieda dran.
Du machst dir nu die Windeln voll
und weeßt nich, wat det heißen soll,
wenn eena dir mit Puda fecht,
dir abwischt un dir trocken lecht . . .
Denn loofste rum,
klug oda dumm . . .
Un machst den janzen Lebensskandal
alles nochmal, alles nochmal –!

SCHNIPSEL

Die Psychologie, wie wir sie in den meisten, also schlechten Filmen sehn, ist durchaus nicht so weltfremd, wie man denken sollte. Sie kehrt in vielen Urteilsbegründungen der Strafkammern wieder.

Jeder historische Roman vermittelt ein ausgezeichnetes Bild von der Epoche des Verfassers.

Wenn ich so die unentwegten Marxisten lese, dann frage ich mich immer: Wird eigentlich in Rußland auch gestorben? Und was ist der Tod bei denen? Ein Betriebsunfall? Ein kleinbürgerliches Vorurteil?

Die Leute blicken immer so verächtlich auf vergangene Zeiten, weil die dies und jenes ‹noch› nicht besaßen, was wir heute besitzen. Aber dabei setzen sie stillschweigend voraus, daß die neuere Epoche alles das habe, was man früher gehabt hat, plus dem Neuen. Das ist ein Denkfehler.

Es ist nicht nur vieles hinzugekommen. Es ist auch vieles verloren gegangen, im guten und im bösen. Die von damals hatten vieles noch nicht. Aber wir haben vieles nicht mehr.

Jede Glorifizierung eines Menschen, der im Kriege getötet worden ist, bedeutet drei Tote im nächsten Krieg.

Was die Leute nur immer mit der Unsterblichkeit und mit der Nachwelt haben! Wer in Breslau wohnt, kauft sich seine Stiefel nicht in Klondyke – Breslau hat selber Schuhgeschäfte. Jede Zeit deckt ihren Alltagsbedarf bei sich und nicht bei vergangenen Epochen. Das Jahr 2114 wird seine Künstler, Schwindler, Schuster und Politiker haben –

es braucht die unsern nicht. Es wird auf manche zurückgreifen, aber nur auf wenige, und auch die werden nicht allein nach ihrer Größe ausgewählt, sondern nach den Bedürfnissen der Zeit. Wie machen wir es denn? Wir machen es genau so.

Bitter, wenn sie einen Liebhaber gehabt hat, der mit Vornamen so heißt wie du.

Wenn sich im Jahre 1890 eine alte Jungfer beim Arzt einer großen Untersuchung unterziehen mußte und wenn der Arzt, als ob das gar nichts wäre, sie aufforderte, sich auszuziehen, dann konnte es wohl geschehn, daß die Dame mit einem Augenaufschlag errötend flüsterte: «Darauf bin ich nicht eingerichtet!»

Der Widerstand gegen die Psychoanalyse ist nichts andres.

Kennzeichen eines zweitrangigen Schriftstellers: «... entgegnete er sachlich.» Das Wort bedeutet überhaupt nichts mehr, man kann es fortlassen, ohne daß sich der Sinn ändert, und es zeigt nichts an als die Unfähigkeit eines Gehirns, sich gegen das Gewäsch der Modewörter zur Wehr zu setzen.

Da erzählen sich die Leute immer so viel von Organisation (sprich vor lauter Eile: «Orrnisation»). Ich finde das gar nicht so wunderherrlich mit der Orrnisation.

Mir erscheint vielmehr für dieses Gemache bezeichnend, daß die meisten Menschen stets zweierlei Dinge zu gleicher Zeit tun. Wenn einer mit einem spricht, unterschreibt er dabei Briefe. Wenn er Briefe unterschreibt, telefoniert er. Während er telefoniert, dirigiert er mit dem linken Fuß einen Sprit-Konzern (anders sind diese Direktiven auch nicht zu erklären). Jeder hat vierundfünfzig Ämter. «Sie glauben nicht, was ich alles zu tun habe!» — Ich glaubs auch nicht. Weil das, was sie da formell verrichten, kein Mensch wirklich tun kann. Es ist alles Fassade und dummes Zeug und eine Art Lebensspiel, so wie Kinder Kaufmannsladen spielen. Sie baden in den Formen der Technik, es macht ihnen einen Heidenspaß, das alles zu sagen; zu bedeuten hat es wenig. Sie lassen das Wort ‹betriebstechnisch› auf der Zunge zergehn, wie ihre Großeltern das Wort ‹Nachtigall›. Die paar vernünftigen Leute, die in Ruhe eine Sache nach der andern erledigen, immer nur eine zu gleicher Zeit, haben viel Erfolg. Wie ich gelesen habe, wird das vor allem in Amerika so gemacht. Bei uns haben sie einen neuen Typus erfunden: den zappelnden Nichtstuer.

LICHTENBERG

Ein Werk in die Universitätskirche begraben.
G. Chr. Lichtenberg

Der Verlag Alfred Kröner in Leipzig hat in der Sammlung seiner Taschenausgaben einen Lichtenberg herausgebracht: ‹*Aphorismen und Schriften*› (Band 93 der Taschenausgaben). Hübsch gedruckt, sauber ausgestattet; für ein Buch, das honorarfrei ist, scheint mir der Preis von 3,75 etwas hoch, denn wir wollen doch nicht hoffen, daß der philologische Segen des Herausgebers den Preis erhöht hat.

Dieser Herausgeber, Ernst Vincent, hat die Freundlichkeit, einige Sätze von mir im Vorwort zu zitieren, nämlich: «In Deutschland erscheinen alljährlich dreißigtausend Bücher. Wo ist Lichtenberg —? Wo ist Lichtenberg —? Wo ist Lichtenberg —?» Hier ist er, sagt der Herausgeber. Hm.

Die Philologie hat an Lichtenberg ein gutes Werk getan; sie hat die alten, nicht sehr textsichern und vergriffenen Ausgaben in Ordnung gebracht, und zu Beginn unsres Jahrhunderts hat Albert Leitzmann die Aphorismen zum Teil aus der Handschrift herausgegeben. Der deutsche Verlagsbuchhandel hat an Lichtenberg ein sehr schlechtes Werk getan — das Kuddelmuddel ist unbeschreiblich. Das Wertvollste ist vergriffen, es gibt Auswahlbände der Aphorismen, Auswählchen, willkürlich zusammengewürfeltes Zeug, ohne Sinn und Verstand aneinandergebacken, und eine auch nur einigermaßen vollständige und brauchbare Auswahl der gesammelten Schriften gibt es überhaupt nicht. «Jede Auswahl», sagt Vincent, «trägt den Stempel der Zeit, in der sie entsteht, und des Geistes des Herausgebers.» Das ist richtig.

Diese Ausgabe trägt den Stempel des germanistischen Seminars.

Soweit ich das beurteilen kann, ist die philologische Arbeit einwandfrei, die Kommentare und Erklärungen musterhaft, auch in schwierigen Fällen durchaus verläßlich, das alphabetische Sachregister könnte besser sein — zum Beispiel:

> «In Hannover logierte ich einmal so, daß mein Fenster auf eine enge Straße ging, wodurch die Kommunikation zwischen zwei großen erhalten wurde. Es war sehr angenehm zu sehen, wie die Leute ihre Gesichter veränderten, wenn sie in die kleine Straße kamen, wo sie weniger gesehen zu sein glaubten; so wie einer hier pißte, der andre sich dort die Strümpfe band, so lachte der eine heimlich und schüttelte der andre den Kopf. Mädchen dachten mit einem Lächeln an die vorige Nacht und legten ihre Bänder zu Eroberungen auf der nächsten großen Straße zurecht —»

Also worunter finde ich das im Index? Unter «Hannover», während es doch das nebensächlichste der Welt ist, in welcher Stadt das spielt; ich hatte natürlich unter Straße, Hauptstraße, kleine Straße und dergleichen gesucht. Aber das sind nur Einzelheiten.

Ich las und las ... Gehören diese Aphorismen, dachte ich, zu jenen Elaboraten der Literatur, die in der Erinnerung schöner sind als bei der Lektüre? Denn das gibts. Ich verstand den ganzen Lichtenberg nicht mehr. Wo war er? Das da war er doch nicht?

Was wir hier vorgesetzt bekommen, ist ein geistvoller, matt witziger, kluger und gebildeter Professor, ein Stubenhocker, der einiges von der Welt weiß, und so geht das hundert und hundertfünfzig Seiten, bis die Briefe über den englischen Schauspieler Garrick dem, ders noch nicht gewußt hat, verraten: dieser Lichtenberg ist ein herrlicher Prosa-Schriftsteller gewesen, ein bewundernswerter Beobachter, und noch viel, viel mehr. Wo ist Lichtenberg –?

Das Rätsel ist rasch gelöst. In der Vorrede, sicher ein Prunkstück für jedes Seminar, mit eingekapselten Zitaten, so das Werk vorausnehmend, das erst erklärt werden soll, sieht Vincent den Schwerpunkt des kleinen verbuckelten Mannes aus Göttingen nicht in seinem Buckel, sondern in ganz etwas anderm. Lichtenberg: «Die Leute können nicht begreifen, wie es Menschen geben könne, die das sogenannte Weben des Genies in den Wolken, wo ein glühender Kopf halbgare Ideen auswirkt, für Possen halten können, ja wie man so grausam sein könne und ganze Kapitel voll schöner Ausdrücke nicht so hoch achtet als ein Senfkorn von Sache.» Und Vincent fügt hinzu: «Hätten wir von Lichtenberg nichts anders als diesen einen Satz, er gehörte für uns auf immer zu den Verkündern des Notwendigen.» Zu denen er nie gehört hat.

Lichtenberg hat, woran grade Vincent sich erinnern sollte, die Periode der Sturm- und Drang-Genies mitgemacht, und das Wort ‹Genie› hatte in seiner Zeit einen ganz andern Klang als heutzutage, nämlich, nachdem jene Mode vorübergerauscht war, einen fast herabsetzenden Klang. «Das bürgerliche Moment in Lichtenberg, dieser saubere, nüchterne Sinn für Arbeit, Dienst, Ordnung, Unterordnung ...», den der Herausgeber so herausstreicht, hätte allein nie und nimmer das hervorgebracht, was uns an Lichtenberg wert und teuer ist. Das bürgerliche Moment war da, aber als Gegengewicht gegen das andre.

Wogegen –? Vincent bringt Lichtenberg auf eine Formel. Er nennt ihn «den Menschen am Fenster». Du lieber Gott! Das war der Mann auch – aber das ist eine Seminarformel, wie ja nirgends so schwache Feuilletons produziert werden wie in wissenschaftlichen Konventikeln. Lichtenberg ist viel, viel mehr gewesen.

Ein Kobold mit einer Blendlaterne. Ein Romeo, der feixen konnte, und der am allerheftigsten dann grinste, wenn er Furcht vor seinem Gefühl hatte. Satyr auf Eis; Gnom im Gletscher; friedlicher Spaziergänger durch bunte Wiesen, ein Blick: und die ganze Landschaft war verzerrt, und «ein schlecht geblasener halber Mond» hing darüber; ein Physiker der Liebe und ein Mathematikprofessor der Gefühle. «Da wird es deutlich», sagt Vincent, «daß dieser Mensch kein Baumeister ist. Um ihn herum liegen Teile und Brocken ...» So hol sie doch der Henker alle miteinander, diese Pauker! Nein, er war kein Baumeister! Und Goethe war kein Radfahrer! Und Schiller exzellierte nicht in breiten Romanen. Und Dante verstand nichts vom Theater. Warum — o Seminar! — sollte Lichtenberg ein Baumeister großer Werke gewesen sein? Mit manchem «irgendwie» und manchem «Wissen um ...» wird dargetan, daß es bei ihm sozusagen nicht gereicht habe. Uns langts.

Uns genügt ein Geist, der Aphorismen geschaffen hat, wie sie dann ein Jahrhundert lang nicht mehr wiedergekommen sind. Da gibt es Sätze, die reißen ganze Länder auf. «Der Franzos ist ein sehr angenehmer Mann um die Zeit, wo er zum zweitenmal anfängt, an Gott zu glauben.» Die französische Rückkehr zum Klassischen, die beinah bei jedem bedeutenden Franzosen um die Mitte der Vierziger zu finden ist, uns mit buttergelbem Neid erfüllend, denn die haben wenigstens etwas, wohin sie zurückkehren können: diese Rückkehr ist hier so scharf begriffen, als habe Lichtenberg jahrelang in Frankreich gelebt. Er liebte die Franzosen nicht sehr und vergötterte die Engländer. Und was er über England geschrieben hat, ist eine Pracht.

Er erschlich sich sozusagen die Wahrheit, und er hatte die schriftstellerischen Tricks im Handgelenk. Dieser kleine Mann, der als Kind einmal einen Fragezettel auf den Hausboden gelegt hat: «Was ist das Nordlicht?» im Glauben, die Engel würden das nachts beantworten, hat später auf viele Fragen von sich selber viele Antworten bekommen. Zu viele — doch notierte er sie alle auf. Seine «Sudelbücher», wie er das genannt hat, sind eine Fundgrube.

In Vincents Auswahl findet man vieles und vermißt noch mehr. Das Bunte fehlt, das Freche fehlt, das Überkugelte, das Drollige, der Duft der Zeit und der höllische Schnaps dieser Klugheit. Politisch ist die Sache völlig in Ordnung — Vincent hat an keiner Stelle tendenziös ausgewählt. Aber er hat aus dem Kobold einen harmlosen Gartenzwerg gemacht, und das war der Mann nicht.

Frage: Wo ist Lichtenberg —? Wo ist Lichtenberg —? Wo ist Lichtenberg —?

SCHNIPSEL

Man soll nichts tun, was einem nicht gemäß ist.

Von dem ausgestreckten Zeigefinger des Kindes: «Ein Onkel!» bis: «Guck mal den da — wahrscheinlich ein süddeutscher Burschenschafter!»

ist es ein langer Weg in der Menschenbeobachtung. Nur haben die Babys meist mehr Instinkt als die Erwachsenen.

Ein Film ... Was kann das schon sein, wenn es die Zensur erlaubt hat!

Schlange vor dem Schalter. Alles geht, wenn auch langsam, so doch regelmäßig; du ruckst voran. Bis der Mann vor dir herankommt. Der Mann vor dir macht stets ungeahnte Schwierigkeiten, er will Herrn Eisenbahn persönlich sprechen und braucht für sich allein so viel Zeit wie alle andern Vormänner zusammen. So ist das Leben.

Die meisten Hotels verkaufen etwas, was sie gar nicht haben: Ruhe.

Dieser Schriftsteller schreibt einen läufigen Stil.

Was herauskommt, wenn ein Kunstvermittler sagt: «Ich hab mir gedacht ...», ist meist der Erfolg vom vergangenen Jahr, nur etwas plumper.

Wenn du liest: «Dem Dichter Potschappel ist der große Bananen-Preis zuerkannt worden», so frage stets: Wer hat ihm den Preis gegeben? Das allein macht nämlich erst seinen Wert aus.

Es ist ein Charakteristikum des Maschinenzeitalters, daß die meisten Menschen glauben, etwas Gutes geleistet zu haben, wenn sie etwas geleistet haben. Sind die Regeln erfüllt, so sind alle befriedigt. Der Arzt hat operiert; der Richter hat terminmäßig ein Urteil gefällt; der Beamte hat das Gesuch geprüft – sie haben das Reglementmäßige getan. Was dabei herauskommt, ist ihnen völlig gleichgültig. «Das ist nicht mehr meine Sache ...» Da keiner die Gesamtwirkung der kleinen Teilarbeiten übersieht und sie auch gar nicht übersehn will, so bleibt die Gesamtwirkung nur auf einem haften: auf dem Erleidenden. Die andern haben ihre Pflicht getan.

Das schauerlichste Wort, das uns der marxistische Slang beschert hat, ist das Wort von der ‹richtigen› Politik. Sie wissen es ganz genau.

Den Menschen aus der Seele zu schreiben –: das könnte eine Aufgabe sein.

Aber daß wir den Kunstkaufleuten aus der Seele schreiben –: das kann Gott nicht gewollt haben.

Da haben sie uns beigebracht, was ein Werkauftrag ist und was ein Kauf ist und ein Kauf auf Abzahlung ... Es hat sich ein neues Geschäft herausgebildet.

Die Aufträge, die heute oft herausgehen und bei denen der Bestellende zunächst gar nicht daran denkt zu bezahlen, sind: Zwangsbeteiligungen an Unternehmen, die der Zwangsbeteiligte nicht kontrollieren kann. Gehts gut, kann er vielleicht etwas Geld bekommen – gehts schief, ist er der Lackierte. Überschrift: die Usance.

Und gehts gut, so ist der Kapitalist ein tüchtiger Kerl, auch zeigt dies, daß die Wirtschaft nicht auf private Initiative verzichten kann.

Gehts aber schief, so ist das ein elementares Ereignis, für das natürlich nicht der Nutznießer der guten Zeiten, sondern die Allgemeinheit zu haften hat.

Wirf den Bankier, wie du willst: er fällt immer auf dein Geld.

Wenn ein Autofahrer einen umgefahren hat und er ergreift dann die Flucht, etwa ein blutendes Kind auf der Landstraße hinter sich lassend –: das nennt die Rechtsprechung Fahrerflucht. Manche erklären solch ein gemeines Verhalten mit einem plötzlich einsetzenden Schock. Man sollte Führerflucht stets mit Zuchthaus bestrafen. Verantwortung muß sein – ein Autofahrer ist doch kein Generaldirektor!

Vom Nationalstolz. Einem Norweger wurde in Kopenhagen der dicke, runde Turm gezeigt, in dessen Innern man auf einer spiralförmigen Rampe mit Pferd und Wagen hinauffahren kann. «Habt ihr so etwas auch in Norwegen?» wurde er gefragt. «Nein», sagte der Mann aus Oslo beleidigt. «Aber wenn wir so einen Turm hätten, dann wäre er höher und runder!»

MAIENKLANG UND DIE SOZIOLOGISCHE SITUATION

Der gebildete Mittelstand des neunzehnten Jahrhunderts sonderte, wenn entsprechend gereizt, lyrische Gedichte ab sowie auch Dramen – keine Biedermeier-Schublade ohne solches. Das hat man denn zum Schluß gar nicht mehr ernst genommen; die immer gleiche Wiederholung dieser Produktion machte sie lächerlich. Nicht Lyrik und Drama wurden lächerlich, sondern die kleinen Leute, die sich dieser Formen bedienten, um ihre Sechsergefühle auszudrücken. Sie fühlten sich durch die Klassiker angekratzt, nun rann ihre Bildungsdrüse aus, leer klapperten die Jamben, es stelzten die Trochäen, und was Hebbel konnte, das vermeinte Herr Schuldirektor Gottschalk vom Realgymnasium in Pasewalk noch alle Tage zu können. Die Sekundaner dichteten beinah so schön wie Heine. Und wenn einer sagt: «Oberlehrerdrama» oder «Pubertätslyrik», dann wissen wir Bescheid, die Sache ist richtig einrangiert und damit erledigt. Irgend ein Wert kommt diesem Zeug in den allerseltensten Fällen zu. Kitsch ist das Echo der Kunst.

Das hat sich geändert.

Der gebildete, sanft abgerutschte Mittelstand sondert keine Dramen mehr ab, nur noch wenig Gedichte – er produziert in unendlichen Massen gebildeten Schmus. Man kann das nicht anders nennen.

Die Zeitschriften sind voll davon. Der Kram häuft sich zu Büchern. Viele Leute reden sogar in diesem vertrackten Stil, und er hat ein untrügliches Kennzeichen: das sind seine überflüssigen, ja, zu diesem Zweck erst erfundenen Fachwörter. Die Kerle glauben, sie hätten eine Leistung vollbracht, wenn sie irgend eine Selbstverständlichkeit oder einen kleinen Gedanken mit dem Zusatz ‹religionspsychologisch› versehen; wenn sie ‹verkehrstechnisch› sagen oder wenn sie eine Überschrift ‹Zur soziologischen Situation des . . .› formen. Es ist ganz und gar sinnlos, was da geschieht.

Jeder kann sich den Spaß machen, diese aufgequollenen Sätze links von einem Strich zu setzen und rechts die Übersetzung ins Deutsche hinzuzufügen; er wird eine verblüffende Entdeckung machen. Nämlich die: die eine Hälfte dieses Geschwafels bedeutet überhaupt nichts, und die andre läßt sich sehr einfach ausdrücken. Dann bleibt allerdings nicht viel. Die aufgelösten Knäule ergeben etwa: «Man kann nicht alles durch die Glaubenssätze des Katholizismus erklären» oder: «Viele Bauernsöhne sind in den letzten Jahrzehnten in die Städte gezogen» oder: «Die jungen Leute gehn lieber ins Kino als ins Theater» oder so etwas. Aber ausgedrückt ist das geschwollen, gequollen, gebläht und aufgeblasen, daß einem himmelangst wird. Arm –? Arm heißt das nicht. «Die ökonomische Existenznot der Bourgeoisie», so heißt das. Und worum geht es –? «Es geht um das Wissen um . . .»

Lacht doch das Zeug aus –!

Glaubt ihnen das doch nicht. Es ist ja nicht wahr, daß man das nicht alles genau so gut, ja, viel besser, klar und einfach ausdrücken kann. Ich spreche nicht von Facharbeitern; will sich einer mit den Nachfolgern Kants auseinandersetzen, dann muß er die überkommenen Fachausdrücke anwenden. Die eitle Dummheit aber, über jedem Gebiet des Lebens eine Wissenschaft zu errichten, und die dumme Eitelkeit, so zu tun, als sei man in allen diesen falschen Wissenschaften zuhause, das ist grauslich. Es besteht auch nicht der leiseste Grund, jede Untersuchung mit schmatzenden Fachausdrücken aller nur möglichen Gebiete zu beladen. Hier wird wiedergekäut, was Zeitungen, Zeitschriften und Vorträge in das widerstandslose Gehirn hineingestopft haben; wieder scheidet die Bildungsdrüse etwas aus, und wieder taugt es nichts. Sehr gern getragen wird der marxistische Slang. «Ein Experiment organisieren» schreibt Bruder Brecht, aber das ist nichts als schlechtes Deutsch. Man kann etwas organisieren, zum Beispiel den Versand von Kali nach Amerika, und man kann ein Experiment machen – aber ein Experiment organisieren: das kann man nicht. Dergleichen ist hingesudelt. Gemeint ist: versuchen.

Jede Betätigung auf dieser Kugel hat sich eine Wissenschaft als Dach gebaut, darunter ist gut munkeln. Und die Pfaffen aller dieser Wissenschäftchen sind munter am Werke, die deutsche Sprache zu einem Monstrum zu machen; dies Deutsch mit seinen vielen Fremdwörtern klingt, wie wenn einer die Stiefel aus dem Morast zieht: quatsch, quatsch, platsch, quatsch ...

Lüge. Lüge und Wichtigtuerei. Dieser unerträgliche Stil mit den Fachadverbien, mit dem pseudowissenschaftlichen Geklön, das jeder halbwegs gebildete Primaner beherrscht –: das ist gar nichts. Zwischen:

Wonnige Stunden im Lenze!
Sonniger, duftiger Mai!
Tage der blühenden Kränze,
Seid ihr für ewig vorbei?

und:

«Die Seinsverbundenheit des Wissens hält einer Analyse im anthropologischen Sinne schon deshalb nicht stand, weil die Frage Utopie oder Ideologie in der gedanklichen und gesellschaftlichen Auflösung ...»

zwischen diesen beiden Äußerungen ist kein Unterschied. Leer und sinnlos sind beide, Äffereien von Formen, die bei andern einmal einen Sinn gehabt haben: die Bildung hat in die Menschenschlucht gerufen, und nun hallen die Wände wider. Diese gesamte Schmus-Literatur hat genau den gleichen Wert wie das Oberlehrerdrama und die Maienklang-Lyrik: nämlich gar keinen. Anno fünfundachtzig kamen Drama und Lyrik auf die Oberlehrer herunter; jetzt sind Geschichte und Philosophie auf die Klugredner heruntergekommen.

Wir auf der Redaktion lesen solche Aufsätze schon lange nicht mehr. Ich kann euch nur das gleiche empfehlen.

SCHNIPSEL

Wie man in den Souffleurkasten hineinschreibt, schallt es noch lange nicht aus den Schauspielern heraus.

Wenn sich in Rußland auch nur ein Achtel der Entführungen, Erpressergeschichten, Bandenüberfälle und Gewalttaten ereignete wie in

Amerika —: das Geschrei der sittlich entrüsteten Amerikaner möchte ich mal hören! Sie sollten wirklich bei sich selber Ordnung machen, sich auf Reisen anständiger benehmen und im übrigen den Schnabel halten.

Ich persönlich freue mich immer, wenn ich auf das Wort ‹persönlich› stoße — ein zu dummes Wort. Manchmal wird es aus Bescheidenheit gebraucht; ‹ich persönlich› bedeutet dann: ‹ich für mein Teil, im Gegensatz zu andern, die vielleicht anders denken›, und manchmal wird es aus Wichtigtuerei gebraucht: ‹der Herr Präsident persönlich›.

Aber eine gradezu morgensternsche Anwendung dieses Wortes habe ich neulich in einer Anzeige gefunden. Die Besitzerin eines Schönheitssalons konnte nicht erscheinen, und daher sandte sie etwas. Nämlich ihre ‹persönliche Stellvertreterin›. Darüber kann man ganze Nächte nachdenken.

Humor ruht oft in der Veranlagung von Menschen, die kalt bleiben, wo die Masse tobt, und die dort erregt sind, wo die meisten ‹nichts dabei finden›.

Wenn eine Firma für ihre Waren Reklame macht, sollte man sie immer fragen: «Bezahlt ihr eure Angestellten so, daß sie sich eure Waren kaufen können?» Und wenn sie dann antwortet: «Für unsre Angestellten sind unsre Fabrikate nicht bestimmt», so sage man ihr: Andre Firmen bezahlen ihre Angestellten auch nicht besser, sondern genau so schlecht. Und so viel reiche Chefs gibt es nicht. Und was ihr treibt, ist Selbstmord: ihr ruiniert eure eigne Kundschaft. Ihr seid Fabrikanten für das Nichts. Wer hat bloß den Kaufleuten den Handel anvertraut! Das ist ein Jammer.

Da haben sie neulich Rudolf Pannwitz in die Akademie gewählt. Das ist gleichgültig; denn diese Akademie ist keine. Aber an ein hübsches Fontane-Wort habe ich dabei denken müssen. Er schrieb einmal an Carl Zöllner:

«Ich glaube ganz bestimmt, daß drei geistreiche Kerle einen vierten, wenn sie es nur eisern wollen, berühmt machen können, namentlich wenn der zu Feiernde dunkel und unverständlich ist.»

Wäre er es nicht: was wäre er denn —!

Es ist ein Unglück, daß die SPD Sozialdemokratische Partei Deutschlands heißt. Hieße sie seit dem 1. August 1914 Reformistische Partei oder Partei des kleinern Übels oder Hier können Familien Kaffee kochen oder so etwas —: vielen Arbeitern hätte der neue Name die Augen geöffnet, und sie wären dahingegangen, wohin sie gehören:

zu einer Arbeiterpartei. So aber macht der Laden seine schlechten Geschäfte unter einem ehemals guten Namen.

Er war sehr eitel darauf, nicht eitel zu sein.

Die Seele jeder Ordnung ist ein großer Papierkorb.

Fräulein Ullman las die Familiennachrichten ihrer Zeitung. Mit einem Ruck schloß sie das Blatt. «Wieder kein Bekannter tot!» sagte sie.

Wann beherrschst du eine fremde Sprache wirklich? Wenn du Kreuzworträtsel in ihr lösen kannst.

Gewisse frankfurter Juden führen täglich ihre Klugheit spazieren. Die bellt munter umher, und an jedem Baum macht sie ein bißchen Pipi.

Der Kreislauf der Natur. Mein Vetter hat einen Cousin, dessen Stiefnichte ist mit ihrem Großzwilling verheiratet. Und dem sein Onkel pflegt zu sagen:

«Mein liebes Kind, da sind nun also die Würmer. Die Würmer werden von den Fröschen gefressen; die Frösche von den Störchen; die Störche bringen Kinder, und die Kinder haben Würmer. So schließt sich der Kreislauf der Natur.»

—

Es ist die Aufgabe des historischen Materialismus, zu zeigen, wie alles kommen muß – und wenn es nicht so kommt, zu zeigen, warum es nicht so kommen konnte.

Was die Leute pervers nennen, das läßt sich von einem geübten Sexualpsychologen leicht auflösen. Aber wirklich pervers, gegen den Strich, gegen die Natur ... da gibts wenig. Von dem wenigen ist die ältere Amerikanerin, die über Sittlichkeit spricht und urteilt, wohl das allerekelhafteste, was zur Zeit auf der Erde herumsitzt.

In der Ehe pflegt gewöhnlich immer einer der Dumme zu sein. Nur wenn zwei Dumme heiraten –: das kann mitunter gut gehn.

An einem Rausch ist das schönste der Augenblick, in dem er anfängt, und die Erinnerung an ihn.

Wie rasch altern doch die Leute in der SPD –! Wenn sie dreißig sind, sind sie vierzig; wenn sie vierzig sind, sind sie fünfzig, und im Handumdrehn ist der Realpolitiker fertig.

Das schlimmste Verbrechen, das Hitler begangen hat: er hat die echte Jugend in seiner Partei verraten.

Spengler, dieser Karl May der Philosophie. Er hat keine Heldentaten verrichtet, er hat sie nur prahlend aufgeschrieben. May war übrigens bescheidener und schrieb um eine Spur besser.

Reden können; gut sprechen; einen Saal zu ‹haben› – das ist eine der niedrigsten Fähigkeiten, die es gibt. Sie ist in Deutschland so selten, daß der gute Redner stets angestaunt wird. Für einen Menschen und nun gar für eine Sache besagt die Tatsache, daß einer gut reden kann, noch gar nichts.

Als Kind sah ich einst vom Fenster eine Messerstecherei. Der Gestochene, ein Mann mit großem, gelbem Bart, lief brüllend über den Damm. Mir schlug das Herz. Ich weiß es ganz genau: eine Lustempfindung war das nicht. Aber der kleine Gott der Lust, der in der Nebenkammer schlief, drehte sich unruhig um. Schreck über vergossenes Blut, das ich nie vergießen möchte – das reicht so tief hinunter wie die Lust. Wohl bei allen Menschen. Man beobachte Frauen während eines Krieges.

Einer schönen Frau zuzusehn, die sich anzieht, das ist so schön wie der Anblick junger, spielender Raubtiere. Alles geschieht im höchsten Ernst und ist doch Spiel. (Oho!) Ja, ich weiß schon.

Jede Frau darf beten. Ein Mann, der betet, muß sehr dumm oder sehr weise sein.

Wenn man vom Papst als vom Doktor Ratti sprechen wollte und von den Offizieren stets ohne Titel, die sie ja auch dann noch mit sich herumschleppen, wenn sie Filmdirektoren geworden sind; wenn Richter ohne Talare Recht sprechen müßten, kurz: wenn man die künstlich zur Feierlichkeit aufgeblasene Tätigkeit gewisser Leute auf den Alltag reduzierte –: das wäre bitter für die Beteiligten. Aber keine Sorge: wer keine Uniform hat, bewundert sie wenigstens.

Die Menschen sind so geartet: Wenn ihnen einer sagt, daß Herr X. befördert wurde, so imponiert ihnen das ungeheuer. Wer ihn befördert hat, danach fragen sie gar nicht.

Eine Geschichte? Dies ist eine schöne Geschichte:

Ein amerikanischer Milliardär hatte einen Auto-Unfall und verlor dabei ein Auge. Er ließ sich ein Glasauge machen. Und als er damit am ersten Tage wieder ins Büro kam, fragte er seinen Sekretär: «Nun möchte ich doch mal hören ... Welches ist das Glasauge?» Der Sekretär sah ihn einen Augenblick an und sprach: «Das linke.» – «Alle Wetter!» sagte der Milliardär. «Woher wissen Sie das?»

«Das linke hat eine Spur von Herz», sagte der Sekretär.

Kaufen, was einem die Kartelle vorwerfen; lesen, was einem die Zensoren erlauben; glauben, was einem Kirche und Partei gebieten. Beinkleider werden zur Zeit mittelweit getragen. Freiheit gar nicht.

—

Manchmal sieht man Freunde wieder, die es zu etwas gebracht haben. Neid? Nein. Aber wenn man lange nachgedacht hat, warum sie einem so fremd und so unsympathisch geworden sind, so dürfte es wohl dieses sein: ihre süßliche Erfolgschnauze.

Zitate:

Genießt der Jüngling ein Vergnügen,
so sei er dankbar und verschwiegen –

ist nicht von Wilhelm Busch.

Es wandelt niemand ungestraft unter Palmen

steht nicht in Lessings ‹*Nathan*›.

Die Staatsgewalt geht vom Volke aus ...

das steht allerdings in der Reichsverfassung.

Der elektrische Stuhl geht auf eine Anregung Edisons zurück. Wie alles, was in Amerika geschieht, war auch dieses eine etwas schmierige Konkurrenzgeschichte zwischen zwei Gesellschaften. Aber vorgeahnt hat diese Strafe, wie so oft, das deutsche Gemüt. In Webers ‹*Demokritos*›, der in der ersten Hälfte des neunzehnten Jahrhunderts erschienen ist, heißt es im Kapitel ‹*Die Juristen und Advokaten*›:

«Die so schrecklich mißbrauchte Guillotine war eigentlich eine Erfindung der Humanität, da aber die galvanischen Versuche beweisen, daß der Kopf, den die Maschine abschlägt, noch so lange empfindet..., wie wäre es, wenn man sich an die beliebte Elektrizität hielte? Eine Statue der Gerechtigkeit, die ihr Schwert als Konduktor einer geladenen Batterie von dreißig Leydner Flaschen herabsenkte auf den Missetäter, der kaum berührt tot hinstürzte, wie vom rächenden Blitze des Himmels, wäre die humanste Todesart, und für die Zuschauer dennoch vielleicht das größte Abschreckungsmittel.»

Befehl ausgeführt.

Es muß immerhin darauf hingewiesen werden, daß Ilja Ehrenburg der einzige Schriftsteller gewesen ist, der in den *‹Heiligsten Gütern›* (erschienen im Malik-Verlag in Berlin) auf Herrn Ivar Kreuger vor dem Krach mit Fingern gezeigt hat. Die Finanzkenner waren entsetzt und zuckten die Achseln, soweit sie lesen konnten. «Was weiß denn dieser Literat davon!» Man soll immer wieder auf die Torheit, die Kurzsichtigkeit, die Instinktlosigkeit und die bodenlose Ignoranz dieser Größen hinweisen. Die Dummheit der Menschen manifestierte sich früher im Militär, heute in den Wirtschaftsführern.

Ein Künstler braucht keinen Erfolg zu haben. Aber ein Zahnarzt, der nicht von Schmerzen befreit; ein General, der dauernd Prügel bekommt, und ein Wirtschaftskapitän, der nicht weiß, wo Gott wohnt –: diese drei dürften nicht ganz das Richtige sein.

Der Arbeiter haßt den Unternehmer lange nicht so wie der Unternehmer den Arbeiter haßt, fürchtet, verabscheut und in die tiefste Hölle wünscht. Man vergelte ihm das.

Wenn Ivar Kreuger Jude gewesen wäre ... oder wenn Ivar Kreuger ein kleiner Buchhalter gewesen wäre ...

Er war aber nur ein konsequenter Vertreter des kapitalistischen Systems.

Eine Geschichte? Dies ist eine schöne Geschichte.

Ein amerikanischer Milliardär – meine Geschichten spielen alle in vornehmer Gesellschaft – ein amerikanischer Milliardär wurde einst von einem Freunde gefragt: «Wie machen Sie das, Herr Moneymaker: auf jedem Ihrer Empfänge werden Ihnen Hunderte von Leuten vorgestellt, Menschen, die Sie nie vorher gesehn haben. Alle aber unterhalten sich mit Ihnen auf das trefflichste. Wie machen Sie das nur?» – «Ich habe mir da eine Methode ausgedacht», sagte der Milliardär. «Ich frage jeden Menschen, der mir vorgestellt wird: Was macht Ihr Leiden –?»

CHRISTOPH KOLUMBUS

Von Walter Hasenclever und Peter Panter

Im Goldenen Anker zu Sevilla, 5. Februar 1505. Eine kleine verräucherte Matrosenkneipe. Im Hintergrund die Theke mit Flaschen, hinter der eine unsichtbare Treppe in den Keller und zur Küche führt. Links ein großes Faß, aus dem Wein gezapft wird. Rechts der Eingang. Von der Decke hängen Schiffsmodelle, an den Wänden Bilder aus dem Seemannsleben.

Amerigo (geht zu Kolumbus): Gestatten Sie, daß ich mich vorstelle. Mein Name ist Vespucci. (Pause.) Amerigo Vespucci. (Pause.) Sie haben sicher schon von mir gehört.

Kolumbus: Bedaure. Wie war der Name?

Amerigo: Amerigo Vespucci. Nach mir ist der neue Erdteil benannt. Ich habe ein Buch über meine Expedition veröffentlicht.

Kolumbus: Gratuliere.

Amerigo (feierlich): Herr Admiral, ich muß Ihnen die Hand drücken. Sie waren der erste. Sie sind wirklich ein großer Mann. Sie haben Amerika entdeckt.

Kolumbus: Was habe ich entdeckt?

Amerigo: Amerika existiert. Ich habe mich selbst davon überzeugt.

Kolumbus: Amerika? Ich habe den Seeweg nach Asien gefunden.

Amerigo: Sie haben etwas viel Größeres gefunden. Einen neuen Erdteil.

Kolumbus: Es gibt keinen neuen Erdteil.

Amerigo: Die Berechnungen des vorigen Jahrhunderts sind falsch. Asien liegt ganz woanders.

Kolumbus: Wollen Sie mich, einen alten Mann, belehren? Hier, fragen Sie meine Kameraden. Wißt ihr noch, was ihr auf unsrer letzten Reise geschworen habt?

Koch: Wir haben feierlich geschworen, daß wir das Festland von Asien erreicht haben.

Diego: Jawohl, das haben wir.

Rodrigo: Und das haben wir alle unterzeichnet. Auf so einem großen Stück Pergament!

Kolumbus (zu Amerigo): Und da wollen Sie uns erzählen, wir seien gar nicht in Asien gewesen! Machen Sie sich nicht lächerlich.

Amerigo: Herr Admiral, was sind das für Leute! Die haben im Gefängnis gesessen!

Kolumbus: Und ich?

Amerigo: Das war ein bedauerliches Mißverständnis.

Kolumbus: Davon habe ich im Gefängnis nichts bemerkt. Man hat mich behandelt wie den letzten Verbrecher. In Ketten haben sie mich nach Spanien gebracht. Man hat mich betrogen und bestohlen. Ich habe nichts mehr. Und dann soll ich am Ende noch glauben, alles war ein Irrtum? Nein, junger Mann. Ich weiß Bescheid.

Marie: Herr Admiral, möchten Sie auch eine Erbsensuppe?

Kolumbus: Bring mir zwei Eier mit Brot und Butter.

Marie (ruft Pepi zu): Zwei Eier für Herrn Admiral!

Pepi (ruft in die Küche): Zwei Eier für Herrn Admiral!

Amerigo: Weshalb schreiben Sie nicht Ihre Memoiren?

Kolumbus: Memoiren? Wozu? Ich habe nichts zu verbergen.

Amerigo: Damit die Nachwelt erfährt, wie es wirklich gewesen ist.

Kolumbus: Es war ja doch ganz anders. Was ich für Possen erlebt habe! Das glaubt mir kein Mensch.

Amerigo: Verzeihung, Herr Admiral, die Weltgeschichte ist nicht possenhaft. Sie ist bedeutend.

Kolumbus: Was wissen Sie denn davon?

Amerigo: Ich habe ein Buch darüber geschrieben.

Kolumbus: Und ich bin dabei gewesen.

Amerigo: Darauf kommt es nicht an. Wir brauchen Helden, um uns selbst zu bestätigen. (Marie hat zwei Eier, Brot und Butter hingestellt.) Außerdem gibt es historische Tatsachen, die wirklich geschehn sind. Zum Beispiel Ihre Geschichte mit dem Ei.

Kolumbus: Welche Geschichte?

Amerigo (nimmt ein Ei und stößt es auf den Tisch, daß es steht): Das Ei des Kolumbus!

Kolumbus: Was ist das?

Amerigo: Aber, Herr Admiral, erinnern Sie sich nicht? Als auf dem Schiff die Meuterei ausbrach, sagte einer: So wenig wie man ein Ei auf die Spitze stellen kann, werden wir jemals Land sehn. Da nahmen Sie das Ei und stellten es so auf den Tisch.

Kolumbus: Das soll ich getan haben? Kein Wort wahr.

Diego: So ein Schwindel! Haben wir etwa gemeutert? Da sieht man, wie sie lügen.

Schiffsjunge: Wir waren Feuer und Flamme.

Pepi: Ich bin noch auf den Mastbaum geklettert und habe «Land!» gerufen.

Diego: Kinder, das war unsere schönste Zeit!

Kolumbus (nimmt das Ei, blättert es auf und ißt): Herr Amerigo, wenn Sie wieder einmal ein Buch schreiben, dann seien Sie etwas vorsichtiger. Das Ei des Kolumbus ist eine reizende Geschichte, nur leider von A bis Z erfunden. Ich fürchte, genau so wird es mit Ihrem Amerika sein.

Amerigo: Ich verdanke Ihnen eine tiefe Erkenntnis, Herr Admiral. Große Männer soll man bewundern, aber man soll sie niemals kennen lernen. Leben Sie wohl! (Er geht mit einer tiefen Verbeugung ab. Gelächter hinter ihm her. Der Schiffsjunge nimmt die Gitarre.)

Pepi (singt): Erde ist trocken, und Wasser ist naß –

Alle: Sante Marie!

Pepi: Da kommen die Leut und erzähln uns was –

Alle: Sante Marie!

Pepi: Da hinten soll noch ein Erdteil stehn.
Wir waren doch da und haben keinen gesehn.
Vielleicht liegt er bloß vis-à-vis ...

Alle: Sante Marie – Sante Marie –
Glückliche Sante Marie!

Marie (kommt mit einem Buch hinter der Theke hervor und geht zu Kolumbus): Herr Admiral, das muß ja furchtbar interessant gewesen sein bei den Wilden. Waren die alle nackt?

Kolumbus: Ganz nackt waren sie nicht.

Marie: Was hatten sie denn an?

Kolumbus: Eine Badehose.

Marie (enttäuscht): Ach ...! Herr Admiral, weil Sie doch so ein berühmter Mann sind ... bitte, schenken Sie mir ein Autogramm.

Kolumbus: Was soll ich denn schreiben?

Marie: Das ist gleich – ich kanns ja doch nicht lesen.

Kolumbus (schreibt und reicht ihr das Buch zurück): Hier, mein Kind.

Marie: Was heißt das?

Kolumbus: Der erste ist immer der Dumme.

Marie: Danke auch schön. (Zu den Matrosen): Na, Kinder, was wird nun mal aus dem Land werden, das ihr da entdeckt habt?

Diego: Was soll denn daraus werden? Da sind ja bloß Affen und Papageien.

Pepi: Da wird nichts draus. In hundert Jahren ist da kein Mensch mehr.

Marie: Was meinen Sie denn, Herr Admiral? *(Kolumbus erhebt sich. Während er spricht, setzt eine Jazzmusik ein, erst leise, dann immer stärker. Die Wände des Zimmers verschwinden, der Horizont erleuchtet sich. Wie hervorgezaubert erscheint plötzlich eine Vision von New York: Times Square mit Wolkenkratzern und feurigen Lichtreklamen. Es ist, als ob die Anwesenden nicht mehr in der Kneipe, sondern auf dem Broadway säßen.)*

Kolumbus: Dieses Land wird einmal still und friedlich sein. Ich sehe schlichte und genügsame Menschen. Gottes Volk lebt auf der neuen Erde. Hier wird auch der Ärmste geachtet werden, und keiner wird hungern, und keiner wird unterdrückt. Dieses Volk wird die Pforten seiner Schatzkammern öffnen und Gold an alle Länder verteilen. Am Ufer des Meeres wird eine Statue stehn, und die Worte der Schrift tönen aus ihrem Munde: «Kommet her zu mir alle, die ihr mühselig und beladen seid!» Hier ist das Paradies der Welt –!

Vorhang

WORAUF MAN IN EUROPA STOLZ IST

Dieser Erdteil ist stolz auf sich, und er kann auch stolz auf sich sein. Man ist stolz in Europa:

Deutscher zu sein.

Franzose zu sein.

Engländer zu sein.

Kein Deutscher zu sein.

Kein Franzose zu sein.

Kein Engländer zu sein.

An der Spitze der 3. Kompanie zu stehn.

Eine deutsche Mutter zu sein. Am deutschen Rhein zu stehn. Und überhaupt.

Ein Autogramm von Otto Gebühr zu besitzen.

Eine Fahne zu haben. Ein Kriegsschiff zu sein. («Das stolze Kriegsschiff . . .»)

Im Kriege Proviantamtsverwalterstellvertreter gewesen zu sein.

Bürgermeister von Eistadt a. d. Dotter zu sein.

In der französischen Akademie zu sitzen. (Schwer vorstellbar.) In der preußischen Akademie für Dichtkunst zu sitzen. (Unvorstellbar.)

Als deutscher Sozialdemokrat Schlimmeres verhütet zu haben.

Aus Bern zu stammen. Aus Basel zu stammen. Aus Zürich zu stammen. (Und so für alle Kantone der Schweiz.)

Gegen Big Tilden verloren zu haben.

Deutscher zu sein. Das hatten wir schon. Ein jüdischer Mann sagte einmal:

«Ich bin stolz darauf, Jude zu sein. Wenn ich nicht stolz bin, bin ich auch Jude – da bin ich schon lieber gleich stolz!»

NACHHER

Wir schaukelten uns auf den Wellen – kurze und lange umhauchten uns, die Sendestationen der Planetenkugeln versorgten uns damit, uns, im jenseitigen Herrenbad. Aus den Familienkabinen drang leises Kreischen.

«Welches war eigentlich Ihr schlimmster Eindruck hier bei uns?» fragte er. Ich sagte:

«Der erste Tag im Empfangssaal – das war gräßlich. Daran mag ich gar nicht zurückdenken. Gräßlich war das.»

«Warum?» fragte er. Ich sagte: «Zweiundsiebzig Jahre auf der Erde, das bedeutet: neunundsechzig Jahre lang gelogen, Empfindungen versteckt, geheuchelt; gegrinst, statt zu beißen; geschimpft, wo man geliebt hat ... Manchmal dämmert eine Ahnung auf, das vielleicht lieber doch zu unterlassen. ‹Gewissen› sagen die Kultusbeamten. Es ist aber nur das matte Versickern des Gefühls, daß die, die vor uns gestorben sind, uns durchschauen, von oben her. Denken Sie doch: die ganze Lüge offenbar! Wenn ich das gewußt hätte! Ich kam in den Empfangssaal» – aber jetzt schienen sie drüben im Familienbad geradezu auf den Köpfen zu gehen –, «und ich glaubte vor Scham in die Erde sinken zu müssen. Es war aber keine da. Schrecklich – nie in meinem ganzen Leben habe ich mich so geschämt, so schrecklich geschämt. Und das allerschlimmste war: sie sahen mich nur an. Sie sahen mich alle nur an. Niemand kam auf die peinlichen Dinge zurück – aber ich wußte das doch, daß sie alles wußten! Ich war klein wie eine Maus – so jämmerlich. Ich würde nie mehr lügen.»

«Der alte Mann», sagte er, «der das arrangiert, hätte diese Zeremonie des Empfangssaals vorher legen sollen, vor unser Leben. Vielleicht ...»

«Ja», sagte ich.

«Aber dann wäre es nicht so schön gewesen», sagte er.

«Nein», sagte ich.

Jetzt kam eine große Welle, eine von den langen, starken, und warf uns mit den Beinen aneinander, daß wir lachen mußten.

Wir saßen auf der Wolke und ließen die Beine baumeln.

«Am liebsten», sagte ich zu ihm, «waren mir zeitlebens die Betriebe, die ein wenig verfault waren. Da arbeitete ich so gern. Der Chef schon etwas gaga, wie die Franzosen das nennen, mümmlig, nicht mehr ganz auf dem Trab, vielleicht Alkoholiker; sein Stellvertreter ein gutmütiger Mann, der nicht allzuviel zu sagen hatte. Niemand hatte überhaupt viel zu sagen – der Begriff des Vorgesetzten war eingeschlafen. Auch Vorschriften nahm man nicht so genau – sie waren da, aber sie bedrückten keinen. Diese Läden hatten immer so etwas von Morbidität, es ging zu Ende mit ihnen, ein leiser Verfall. Wissen Sie: man arbeitete, man faulenzte nicht, hatte Beschäftigung — aber es war im großen ganzen doch nur die Geste der Arbeit. Haben Sie mal in einer Posse eine Choristin die Möbel abpuscheln sehen? So etwas Ähnliches war es. Schrecklich, wenn der Betrieb etwa aufgefrischt werden sollte, wenn ein neuer Mann kam, der gleich am ersten Tag erklärte: ‹Die Schweinerei hört jetzt auf!› Wie lange es immer dauerte, bis sich auch der neue eingewöhnt hatte! Denn Verfall steckt an — unweigerlich. Ich bin zweiundsiebzig Jahre alt geworden: mir ist kein Fall bekannt, wo er nicht angesteckt hätte. Ja. Es gab viele Stätten solcher Art. Beim Militär habe ich sie gefunden, in der Industrie; auf dem Lande lagen solche Güter — Operettenbetriebe. Hübsch, da zu arbeiten. Sehr nett. Und immer so eine leise kitzelnde Angst vor dem Ende, denn einmal mußte es ja kommen, das Ende — immer konnte es nicht so weitergehen.»

«Nein», antwortete er, «immer konnte es natürlich nicht so weitergehen. Kommen Sie übrigens heute nachmittag zum lieben Gott?» — «Wer wird da sein —?» sagte ich. Er antwortete: «Gandhi, Alfred Polgar, einer von den unbekannten Soldaten und dann irgendein Neuer.»

«Ich mag die Neuen nicht», sagte ich. «Sie kommen sich so feierlich vor. Wie finden Sie übrigens den lieben Gott?»

«Sehr sympathisch», sagte er. «Er erinnert ein wenig an das, wovon Sie eben sprachen.» — «Ja», sagte ich.

Dann ließen wir wieder die Beine baumeln.

Wir standen in der Luft, ein Vergnügen, dessen man nicht satt wird, am Anfang. Es war einsam um uns, einmal hastete ein Geist an uns vorüber, im Frack; vielleicht war er zu einer spiritistischen Sitzung geladen.

«Haben Sie das auch bemerkt», sagte er, «das mit den sieben Jahren —?»

«Ja», sagte ich. «Sie meinen, daß es alle sieben Jahre wiederkam, alles miteinander —?»

«Ja», sagte er. «Alle sieben Jahre. Bei mir war es ziemlich regelmäßig. Bei Ihnen auch? Sie waren länger am Leben als ich. Zweiundsiebzig Jahre . . .»

«Es war ziemlich lächerlich, auf die Dauer», sagte ich. «Alle sieben Jahre. So um das sechste Jahr herum fing es immer an, sich zu rühren, ich wußte es schon, wenn es so weit war. Meine Verhältnisse besserten sich, ich bekam Geld in die Finger, im siebenten Jahr war der Höhepunkt. Dann kam langsam der Abstieg. Das Glück versandete, es ging einem so gut, daß es langweilig wurde. Gewöhnlich war es eine Art reibungslosen Dahinlebens, ein Glück, das nur im Negativen bestand: keine Nervenschmerzen, kein Schnupfen, keine Geldsorgen, keine Frauenzimmergeschichten. Ein Glück, das man erst nachher voll erfaßte; erst nachher, wenn es vorbei war, begriff man, wie gut es einem gegangen war. Dann wurde der Horizont langsam dunkler, Wolken kamen, man zappelte sich ab, bis man eines Tages wieder drin war im schönsten Tohuwabohu. Und dann fing es wieder von vorne an. Alle sieben Jahre.»

«Ich habe Ihn so oft gefragt», sagte er, «was denn nun das Ganze zu bedeuten hätte — das mit den ständigen Wiederholungen und den sieben Jahren ... Er schweigt.»

Wir nannten nicht gern Seinen Namen. Wir liebten Ihn nicht.

«Und grade sieben ...» fing er wieder an.

«Es soll so eine Art heilige Zahl sein», sagte ich. «Genaues weiß man darüber nicht. Kannten Sie den Doktor Fließ —?»

«Nein», sagte er.

«Er muß längst hier sein», sagte ich. «Aber ich habe ihn noch nie getroffen. Wahrscheinlich rechnet er jetzt die himmlischen Gesetze aus. Aber es ist da etwas daran, mit Wachstum der Pflanze, einer Art männlicher Periode ... etwas sehr Gelehrtes. Zehnmal habe ich das also mitgespielt — etwa neunmal weiß ich davon. Gut, daß die Menschen nicht noch älter werden. Haben Sie sich nie gelangweilt —?»

«Nein. Nie», sagte er.

«Ich ziemlich», sagte ich. «Aber wie haben Sie das gemacht? Womit haben Sie sich so intensiv beschäftigt, daß sie sich nicht langweilten —?»

«Mit dem Leben», sagte er. «Ich hatte reichlich zu tun, zu leben. Die Frage ‹Warum?› ist dem Ding angeklebt. So dürfen Sie nicht fragen.»

«Ich habe mich gelangweilt», murmelte ich leise und sah einer dekolletierten Geisterdame nach, die sich besonders schön unheimlich geputzt hatte. «Ich fand es nicht so sehr vergnüglich. Zehn Mal sieben Jahre ... Warum ...? Sagen Sie mir: warum —?»

«Haben Sie schwimmen gelernt, damals, als Sie lebten?» fragte ich ihn. Wir ruderten durch den endlosen Raum, in farblosem Licht, es hatte eigentlich keinen Sinn, sich zu bewegen, weil jeder Maßstab fehlte, wohin die Fahrt ging. Planeten waren nicht zu sehen — sie rollten fern dahin.

«Nein», sagte er. «Ich kann nicht schwimmen. Ich hatte einen Bruch. Mein Leib hatte einen Bruch.»

«Ich habe es auch nicht gelernt», sagte ich. «Ich wollte es immer lernen — ich habe drei-, viermal angefangen —; aber dann ist es immer nichts geworden. Nein, Schwimmen nicht. Englisch auch nicht — damit war es ganz dasselbe. Haben Sie alles erreicht, was Sie sich einmal vorgenommen hatten? Ich auch nicht. Und dann, an stillen Abenden, wenn man einmal aufatmen konnte und das ganze Brimborium des täglichen Klapperwerks verrauscht war, dann kamen die nachdenklichen Stunden und die guten Vorsätze. Kannten Sie das –?»

«Wie oft!» sagte er. «Wie oft!»

«Ja, ich auch ...» sagte ich. «Man nahm sich so vieles vor an solchen Abenden. Da lag denn klar zutage, daß man sich eigentlich, im Grunde genommen, mit einem Haufen Unfug abgab, der keinem Menschen etwas nützte, und sich selbst nützte man damit am allerwenigsten. Diese kindischen Einladungen! Diese vollkommen nutzlosen Zusammenkünfte, auf denen zum hundertsten Male wiedergekäut wurde, was man ja schon wußte, diese ewigen Predigten vor bereits Überzeugten ... Das sinnlose Gehaste in der Stadt mit den lächerlichen Besorgungen, die keinem andern Zweck dienten, als daß man am nächsten Tage wieder neue machen konnte ... Wieviel Plackerei an jedem einzelnen Ding hing, wieviel Arbeit, wieviel Qual ... Der Zweck der Sachen war vollständig vergessen, sie hatten sich selbständig gemacht und beherrschten uns ... Und wenn es dann einmal ausnahmsweise ganz still um uns wurde, ganz still, daß man die Stille in den Ohren sausen hörte: dann schwor man sich, ein neues Leben anzufangen.»

«Man glaubt sogar daran», sagte er wehmütig.

«Und wie man es glaubt!» fuhr ich eifrig fort. «Man geht ins Bett, ganz voll von dem schönen Vorsatz, nun aber wirklich mit diesem ganzen Unfug aufzuräumen und sich zu leben – sich ganz allein. Und zu lernen. Alles zu lernen, was man versäumt hat, nachzuholen, die alte Faulheit und Willensschwäche zu überwinden. Englisch und Schwimmen und das Ganze ... Morgens klingelt dann der Rechtsanwalt an, Tante Jenny und der Geschäftsführer des Vereins, und dann hat es einen wieder. Dann ist es aus.»

«Haben Sie das Leben geführt, das Sie führen wollten?» fragte er und wartete die Antwort nicht ab. «Natürlich nicht. Sie haben das Leben geführt, das man von Ihnen verlangt hat – stillschweigend, durch Übereinkunft. Sie hätten alle Welt vor den Kopf gestoßen, wenn Sie es nicht getan hätten, Freunde verloren, sich isoliert, als lächerlicher Einsiedler dagestanden. ‹Er kapselt sich ein›, hätte es geheißen. Ein Schimpfwort. Nun, das ist vorbei. Und wenn Sie jetzt zur Welt kämen: wie würden Sie es machen?» Er hielt mit seinen Schwimmbewegungen inne und sah mich gespannt an.

«Genau noch einmal so», sagte ich. «Genau so.»

«Er ist ein Pedant, ein ganz lächerlicher Pedant!» sagte er.

«Weißt du, wieviel Sternlein stehen ...?» sagte ich. «Gott der Herr hat sie gezählet ...»

«Er hat alles gezählet!» schimpfte er. «Gezählet – das feierliche e, das schon Liliencron nicht leiden konnte, genau so lächerlich wie dieser ganze alte Mann. Alles hat Er gezählet ... Haben Sie einmal in unser Lebensbuch hineingesehen —?»

«Es war die größte Überraschung, die ich jemals erlebt — nein, die ich jemals gehabt habe», sagte ich. «Das ist denn doch die Höhe.»

«Nicht wahr? Aufzuschreiben, wie oft man jede einzelne Handlung begangen hat: es ist ja — geisteskrank ist das, das ist ja ... das übersteigt denn doch alles an Greisenhaftigkeit, was je ...»

«Sie lästern», sagte ich. «Sie müssen Ihn nicht lästern, dann kann dieses Buch nicht erscheinen. Gott ist groß.»

«Gott ist ...»

«Nicht, nicht. Natürlich ist es lächerlich. Denken Sie sich: ich habe neulich einmal einen ganzen Nachmittag auf der Bibliothek verbracht und meinen Band durchgeblättert. Er ist sehr exakt geführt, das muß man schon sagen. Manches hätte ich nicht für möglich gehalten — summiert sieht es doch anders aus als damals, als man es tat.

Schlüssel gesucht: 393mal. Zigaretten geraucht: 11 876. Zigarren: 1078. Geflucht: 454mal. (Bei uns ist erlaubt, zu fluchen — daher kann ich es nicht so gut. Ich bin kein Engländer.) An Bettler gegeben: 205mal. Nicht viel. Nugat gegessen — ist ein Mensch je auf den Gedanken gekommen, derartiges aufzuschreiben ...! Nugat: 3mal. Ich habe keine Ahnung, was Nugat ist. Die Handschrift des Buchhalters ist aber so ordentlich, daß es schon stimmen wird. Übrigens: die letzten tausend Seiten sind mit einer Buchhaltungsmaschine geschrieben. Man modernisiert sich.»

«Er zählt alles», grollte er. «Er zählt Verrichtungen, die ein anständiger Mensch ...»

«... non sunt turpia», sagte ich. «Ich habe demnach, sah ich an jenem Nachmittag, recht mäßig gelebt, in Baccho et in Venere ... recht mäßig. Ich mag Ihnen die Zahl nicht nennen — aber es grenzt schon an Heiligkeit. Jetzt tut es mir eigentlich leid ... Das merkwürdigste ist—»

«Was?» fragte er.

«Das merkwürdigste ist», sagte ich, «zu denken, daß man dies oder jenes zum letztenmal in seinem Leben getan hat. Einmal muß es doch das letztemal gewesen sein. Am vierzehnten Februar eines Jahres hat man zum letztenmal ein Automobil bestiegen ... Und man ahnt das natürlich nicht. Finales gibt es ja doch nur in den Opern. Man steigt ganz gemütlich in ein Automobil, fährt, steigt aus — und weiß nicht, daß es das letztemal gewesen sein soll. Denn dann kam vielleicht die Krankheit, die lange Bettlägerigkeit ... nie wieder ein Automobil. Zum letztenmal in seinem Leben Sauerkraut gegessen. Zum letztenmal: telefoniert. Zum letztenmal: geliebt. Zum letztenmal: Goethe gelesen. Vielleicht lange Jahre vor dem Tode. Und man weiß es nicht.»

«Aber es ist gut, daß man es nicht weiß», sagte er; «wie?»

«Vielleicht», sagte ich. «Man sollte aber bei jeder Verrichtung denken: Tu sie gut. Gib dich ihr ganz hin. Vielleicht ist es das letztemal.»

«Aber Er ist doch ein gottverdammter Pedant . . .!» fuhr er auf.

«Nennen Sie nicht Seinen Namen!» sagte ich. «Er ist ein göttlicher Pedant.»

«Warum haben Sie gelacht –?» fragte ich ihn.

Er hatte dagesessen, seine Hand hatte mit den verrosteten Knöpfen einer nicht mehr benutzten Blitzkammer gespielt – und plötzlich hatte er gelacht. Es war ein recht eigentümliches Lachen gewesen, so ein Schluchzer, Station auf der Reise zwischen Lachen und Weinen . . . «Warum haben Sie gelacht –?» fragte ich ihn.

«Ich habe gelacht», sagte er, «weil ich an da unten denken mußte. An etwas ganz Bestimmtes; es ist sehr dumm. Wissen Sie, heute ist mein Todestag – nein, gratulieren Sie mir nicht . . . nicht der Rede wert. Zum fünfzigsten, bester Herr, zum fünfzigsten . . . Und heute vor acht Jahren – wissen Sie, warum Lebende keine Angst vor den Toten haben, die gerade gestorben sind?»

«Ich kann es mir denken», sagte ich. «Weil – weil wir ja die erste Zeit gebunden sind, noch nicht hier oben . . . nun, Sie kennen das. Es ist, als ob sie es ahnten.»

«Ganz richtig!» sagte er und ließ die Hand über die Klaviatur spielen; hätte das Werk funktioniert, so wären die Erde, der Mond und einige andere Etablissements in Rauch aufgegangen. «Ja, das ist so. Wir sind nicht sofort disponibel – sie sind vor uns sicher, kurz nachher. Nun gut, und Sie wissen doch auch, was mit unsern Sachen geschieht – – nachher?»

«Natürlich», sagte ich. «Da wird ein Inventar aufgenommen, da kommen die Erben gelaufen, die Kinder, die unbezahlten Rechnungen . . .»

«An das Inventar dachte ich eben», sagte er. «Das heißt: nicht gerade an das Inventar. Sondern daran, wie sie in unsern Sachen herumstochern. Es ist komisch und rührend zugleich. Kennen Sie das?»

«Nun . . .» sagte ich.

«Es ist nämlich so», sagte er. «Sie kramen die Schubladen aus, kratzen an den Schrankschlössern herum, packen alles aus und packen es wieder ein . . . Und jeder Hosenknopf hat auf einmal eine Bedeutung, jedes Federmesser ist mit Sentimentalität geladen, alte Briefmarken machen ein Kummergesicht und trauern mit . . .» Wieder ließ er diesen mittlern Schluchzer hören. «Sie finden alte Kuverts mit Rezepten und Tabakasche; Chininpillen und fein säuberlich aufbewahrte Theaterprogramme, mit denen wir einmal irgend etwas anfangen wollten, natürlich haben wir es vergessen, und nun liegt dieser ganze Kram in den Fächern – ein Viertel aller menschlichen Habe pflegt ja aus solchem Unfug zu bestehen. Und sie fassen das alles mit zitternden Fingern an, ihre Tränen lassen sie darauf fallen, und während sie Kontenbücher auf- und wieder zuschlagen und an Glasstöpseln riechen, sagen sie: ‹Das hat er sich noch aufbewahrt!› und: ‹Achatsteine hat er immer so gern gehabt!› – und auf einmal ist unser Wesen auf tausend Dinge verteilt, es sieht sie an – wir sehen sie an, mit tausend Augen ... Alles kommt ihnen wieder zur Erinnerung, wird lebendig ... so haben sie uns nie geliebt.»

«Nein», sagte ich. «So haben sie uns nie geliebt.»

«Woran liegt das?» fragte er vorsichtig.

«Man muß wohl nicht mehr da sein, um geliebt zu werden», sagte ich. «Noch nicht oder nicht mehr: man muß wünschen, um zu lieben. Zu unsern Lebzeiten kümmert sich keiner um unsern Nachlaß.»

«Aber da ist es ja auch kein Nachlaß», sagte er.

Eine Leitung schien versehentlich noch angeschlossen zu sein – denn nun fuhr ein Blitz aus dem Gehäuse, daß es zischte, und wir machten uns eiligst davon, auf daß er es nicht erführe, der Allwissende.

Er pfiff – das tat er so selten. «Sie sind sehr vergnügt –?» fragte ich. «Sie müssen hingehn!» sagte er. «Sie müssen auf alle Fälle hingehn! Es ist ganz großartig. Ganz großartig ist es!» – «Was?» fragte ich. «Einweihung eines neuen Planeten? Schlußfest auf einem Trabantenmond? Maskenball in der Milchstraße?» Er wehrte mit einer Handbewegung ab. «Nicht doch!» sagte er. «Das O hat mir das Erdkino gezeigt! Sie müssen hingehn!»

Wer das O war, wußte ich – aber was war ein Erdkino? Ich fragte ihn. Er nahm einen Meteorstein in die Hand und schickte ihn auf die Reise, nach unten. «Das Erdkino?» sagte er.

«Das O hat die Erde aufgenommen – nun, das ist nichts Neues. Aber es hat die Bilder aneinandergesetzt, flächig aneinandergepappt, verkleinert, wieder vergrößert, ich bin kein Techniker und habe seine Erklärung kaum verstanden. Es sagt etwas von Zeitraffer ... Es kann die Menschen auf den Filmen löschen – man sieht nur die Sachen.» – «Was für Sachen?» sagte ich. «Sachen!» sagte er. «Kleider, Anzüge, Hutnadeln, Schränke, Bücher, Dampfer, Laternen, Papier, Antennen, was Sie wollen. Das sieht man. Nun setzt es sich in den Fabriken zusammen, die Menschen sind nicht zu sehen, verstehen Sie? Es setzt sich allein zusammen, wächst, aus dem Boden, in Werkstätten, in Ateliers, lackiert sich, prangt und spreizt sich in Neuheit ... Dann wird es benutzt, die Schranktüren klappen auf und zu, Papier wendet sich, Hutnadeln hängen in der Luft, Bilder leuchten, Anzüge wandeln, drehen sich, liegen über Stühlen ... wie sind die Sachen fleißig! Wie dienen sie! Wie sind sie tätig! Wie leben sie mit! Welch ein Leben!» Seine

Augen leuchteten. «Und dann?» fragte ich. «Und dann werden die Sachen müde, immer seltener stülpt sich der Hut auf eine unsichtbare Form, immer wackliger fällt der Vorhang, immer bröckliger klappt die Zauntür ... Und dann gibt es einen Ruck, Holz wird zerschlagen – man sieht nicht, von wem –, alte Kissen fliegen durch den Raum, Schnur schnurrt zusammen und rollt sich ab – und dann sinken die Sachen auf die Erde. Ganz langsam sinken sie nieder, da liegen sie. Und dann werden sie immer unkenntlicher, sie werden wohl zu neuen Klumpen gekocht, zusammengeschweißt, ich verstehe mich nicht so darauf. Und viele werden wieder Erde. Und dann fängt es wieder von vorn an.»

«Und das gibt es da alles zu sehen?» sagte ich. «Das und noch viel mehr», stimmte er begeistert zu. «Noch mehr?» fragte ich. «Was tun denn die Sachen noch?» – «Die Sachen tun nichts!» sagte er. «Es gibt einen andern Film; da hat das O die Sachen ausgelöscht, man sieht nur die Menschen – und es hat auch einen Teil der Menschen ausgelöscht und nur diejenigen mit der gleichen Betätigung übriggelassen.» Ich sagte: «Wie das ...?» Er sagte:

«Es hat Kontinente fotografiert, auf denen man nur trinkende Menschen sieht. Hören Sie? Nur Trinkende. Geöffnete Münder, gespitzte Lippen, hastige Durstende und abschmeckende Genießende – Todschlaffe über Pfützen und spielende Kinder, die an Tröpfchen saugen, Kinder an der Mutterbrust und heimlich saufende Ammen ... Und einmal: nur Lesende. Von allen Graden. Und einmal: nur Rauchende. Und einmal ... Ja.»

«Was – und einmal?» fragte ich.

«Und einmal nur Liebende», sagte er leise. «Das war nicht schön. Hören Sie: das war ekelhaft. Welch ein Puppenspiel. Was treibt sie? Es ist, als bewegten sie sich nicht, als bewegte es sie. Das sind nicht mehr sie, die dieses Auf und Ab vollführen – das ist ein andres. Sie sehen es tausend und tausendmal beim O – schließlich scheint es eine zeremonielle Förmlichkeit, man möchte rufen: Aber so wechselt doch einmal! Tut doch einmal etwas andres! Nein – das Repertoire ist so klein ... Sie nähern sich einander, gehen umeinander herum, lächelnd, und dann immer dasselbe, immer dasselbe ... Sagen Sie: Haben wir uns auch so albern benommen, damals?»

«Sie wären sonst nicht hier», sagte ich.

«Aber das ist ja ... ich bitte Sie: so albern. Und immer wieder –?»

«Man muß wohl an das Einmalige glauben», sagte ich. «Sonst kann man es nicht tun. Sähe man wirklich alles und alle – man könnte wohl nicht bleiben, da unten. Das O soll weiter fotografieren; sie werden es zum Glück nie zu sehen bekommen.»

«Doch. Nachher», sagte er. Wir schwiegen und schämten uns.

«Wir sprechen immer von da unten!» sagte er. «Haben wir eigentlich keine andern Sorgen?» – «Wenn ich mich mit Ihnen unterhalte», sagte ich, «das ist wie Klatsch. Man plätschert behaglich in dieser dicken Suppe – Sie wissen immer so schön, wie ichs meine ... mit jedem kann man das nicht.» – «Danke», sagte er.

Wir saßen an der Selbstleber-Ecke; von hier war es einigen Verdrehten gelungen, wieder ins Leben zurückzuspringen – ein Verzweiflungsakt, der nur alle paar Jahre einmal vorkam. Ein ungewisses Astrallicht zitterte um uns. Ich fing wieder an.

«Ich muß Sie etwas fragen», sagte ich. Er nickte zustimmend. «Kennen Sie den Haß der Nähe?» – «Sie meinen: die Geschichte mit der Ehe. Ich war vierzehn Jahre ...» – «Nein, das meine ich nicht», sagte ich. «Es ist etwas andres. Passen Sie auf:

Der Rennreiter steht an den Tribünen, das Pferd ist abgesattelt, er hat gewonnen, ist sauber gebadet und schön massiert, er ist guter Laune. Bei ihm steht sein Freund, der Bücherschreiber. Dem will er ein gesellschaftlich passendes Wort sagen. ‹Habe gestern das neue Buch von Agnes Günther gelesen›, sagt er, ‹ein sehr schönes Buch!› Aber da kommt er an den Rechten. ‹Was!› sagt der bücherschreibende Freund, ‹ein schönes Buch? Die Günther und ein schönes Buch? Na, hören Sie mal ... das ist der hundsgemeinste Kitsch, der mir jemals ...› Der Rennreiter ist ganz erschrocken. Was ist das? Er hat doch nur eine belanglose Phrase sagen wollen, irgend etwas Verbindlich-Unterhaltsames – ihm ist das Buch in Wirklichkeit völlig gleichgültig ... Und der andre schäumt. Er zitiert Agnes Günther und Erika Händel-Manzonetti und Waldemarine Bonsels, und was Sie wollen! Und schäumt und geifert und tobt und ist ganz befangen in seinem Kram ...»

Ein älterer, bebarteter Geist huschte vorüber, murmelte etwas von «überwertiger Idee», bekam einen Meteorstein ins Kreuz und verschwand. Ich fuhr fort:

«Und umgekehrt ist es genau so. Der Literat besichtigt die Maschine des Ingenieurs, wird in der Fabrik herumgeführt ... Und sagt: ‹Hübsche Maschine das –!› Der Ingenieur lächelt, zunächst nachsichtig. ‹Das ist eine belanglose Sache, lieber Freund!› antwortet er. ‹Um Ihnen die Wahrheit zu sagen: der größte Dreck des Jahrhunderts. Unpraktisch, total verbogen, unmöglich.› Und dann schnurrt er Zahlenreihen ab, daß dem Besucher ganz himmelangst wird, er beschimpft seine Konkurrenten und lobt versteckt sich, preist Amerika und spielt das russische Spiel: Naplewatj na wsju Ewropu! Spuck auf ganz Europa ... Und der Literat steht da, verdutzt, vor den Kopf gehauen und kann sich diesen Eifer gar nicht erklären ...»

«Ja», sagte er. «Das kenne ich.» – «Woher kommt es –?» sagte ich.

«Niemand kann sich einen Passanten vorstellen», sagte er. «Alle glauben, man kenne die Hintergründe, wisse, wie es gemacht wird, sehe die Sache auch von hinten an, gewissermaßen. Aber dem Vorübergehenden ist das ja alles so völlig gleichgültig, so ganz und gar gleichgültig. Er will nichts als die Resultate. Er geht eben so vorbei, pickt sich hier ein Körnchen und da, etwas Wissen, Unterhaltung, Anschauung — mögen die sich da die Knochen zusammenschlagen! Und wie sie schlagen! Sie packen ihren ganzen Hauskram aus, sie erzählen Einzelheiten, berichten, wie es zustande gekommen ist, und wie es hätte werden müssen ... Sie sind nicht zu halten. Wie sie sich hassen, die Nahen —!»

«Sind Sie mal in einen fremden Familienzank hineingeraten?» sagte ich. Er horchte auf. «Die heißen Köpfe, die roten Gesichter, der Eifer, dieser Übereifer, diese für den Fremden ganz unverständliche Kraft des Hasses, der Abneigung ... Welch ein Aufwand! Welch tönendes Geschrei!»

«Nah sind sie sich», sagte er. «Sie rächen sich für die Nähe — sind sich verwandt, gruppenweise, alle miteinander. Sie hassen sich im Nebenmann, drum herum liegt die ganze große Welt, sie sehen sie nicht — sie können sie nicht sehen. Es sind Generale fürs Spezielle. Man möchte sie herausheben und zur Abkühlung etwas hochhalten. Wer, ich bitte Sie, wer sieht über weite Strecken, wer sieht die Welt, wer sieht alles —?»

In der Ferne zuckte eine Lichtschneide auf, es murrte schwach, wir sagten nichts mehr.

«Wieviel Uhr ...» — aber schon sank die Hand schlaff herunter. «Ach so —», sagte er. Ich lächelte doch. Als ich den Ausdruck seiner Augen bemerkte, stellte ich die Lachfalten wieder gerade. «Keine Zeit», flüsterte er. «Sich daran zu gewöhnen, daß es keine Zeit mehr gibt. Ja, die guten Aprioristiker ...» Ich bog ab. «Haben Sie sich da unten die Zeit auch geometrisch vorgestellt?» sagte ich. «Nein, wie ...» sagte er. «Als lebe man im Raum vorwärts», sagte ich. «Als könne man im Raum der Zeit auf- und abrutschen, vorwärts und rückwärts, mit allen Spielen im Raum: wer da hinten auftaucht, ist noch klein, er kommt auf uns zu, wird immer größer, dann nimmt seine Gestalt ab, verschwindet, wissen Sie?» — «Das kenne ich nicht», sagte er. «Nicht?» sagte ich. «Es ist so:

Das kleine Haus, in dem ich einmal gewohnt habe, steht unbeweglich. Nun setzt es sich in Bewegung; nachts, wenn wir nicht einschlafen können, hört man, was es macht. Es fährt durch die Zeit. Vorn, am Bug schäumt das Zeitwasser hoch auf, mit solcher Geschwindigkeit geht es vorwärts, es zerteilt die Zeit, sie gleitet rechts und links am Haus vorbei, da rauscht sie auf, überall, und wir liegen in der kleinen Bettschublade und werden davongetragen, wehrlos, machtlos, weiter und immer weiter. Manchmal streckt sich eine Hand aus solch einem

Bett, sie hängt laß herunter und bewegt sich — zurück? Da gibt es kein Zurück. Manchmal schaudert der Schlafende vor dem, was nun kommt — aber sie fahren mit ihm. Ahnungen helfen nicht. Morgens früh, wenn du aufwachst, hält das Haus schon anderswo.»

«Ja — etwas Ähnliches habe ich doch wohl schon empfunden», sagte er. «Man ist übrigens nicht sehr glücklich dabei.»

«Nein», sagte ich. «Man ist nicht sehr glücklich dabei. Zum Schluß bleibt die etwas trübe Empfindung von einer Masse Eindrücke; es wäre ein herzhafter Spaß, wenn man den Zeitraffer anbringen könnte und das ganze Leben, das man zu führen verurteilt ist, donnerte mit einem Male herunter. Aber das war nicht zu machen.»

«Haben Sie sich sehr gesehnt, zu . . . hierher zu kommen?» sagte er.

«Oft», sagte ich. «Hunger habe ich alle meine Lebtage gehabt. Hunger nach Geld, dann: Hunger nach Frauen, dann, als das vorbei war: Hunger nach Stille. Oh, solchen Hunger nach Ruhe. Mehr: Hunger nach Vollendung. Nicht mehr müssen — nicht mehr durch die Zeit fahren müssen —.»

«Man geht spurlos dahin —», sagte er. «Nein», sagte ich. «Man geht nicht spurlos dahin. Ach, denken Sie nicht an Denkmäler — das ist ja lächerlich. Und ich weiß schon, was Sie jetzt sagen wollen: unsterbliche Werke. Ich bitte Sie . . . Nein, etwas anderes. Ich habe etwas dort gelassen, ja, ich habe etwas dort gelassen.» — «Was?» sagte er, ein wenig ironisch.

«Ich habe den Dingen etwas gelassen», sagte ich. «Seit jenem Tage, wo ich den greisen Klavierspieler in Paris wiedersah, den mein Vater zwanzig Jahre vorher in Köln gesehen hatte. Er spielte noch dieselben Stücke, der Wandervirtuose — noch genau dieselben. Und da war mir, als grüßte durch ihn mein toter Vater. Auch ich habe den Dingen etwas gesagt. Ich habe an vieles, was längere Dauer hat als ich und Sie, Grüße befestigt. Ich habe hier einen Gruß angeheftet und da einen Kranz, hier einen Fluch und da ein abwehrendes Schweigen . . . und als ich das tat, da merkte ich, daß die Dinge schon voll waren von solchen Grüßen Verstorbener. Fast alle hatten sich an die Materie gehalten, hatten Spuren hinterlassen; wenn man vorüberstrich, bat, flehte, beschwor, fluchte und segnete es von diesen Sachen herunter, die die Menschen tot nennen. Ich bin nicht spurlos dahingegangen. Nur —»

«Nur —?» sagte er.

«Nur —», sagte ich. «Die Menschen sind Analphabeten. Sie können es nicht lesen.»

Er sah mich an und tastete an die Stelle, wo einmal seine Uhr gesteckt hatte. «Kommen Sie!» sagte er. «Wir wollen zum Nachmittagskaffee.»

Wir saßen auf der goldenen Abendwolke und ließen die Beine baumeln – er ruckelte ungeduldig hin und her, weil sich die Wolke nicht abkühlen wollte, man fühlte sich sanft geröstet. «Noch ein kleines», tröstete ich ihn. «Gleich wird sie fahl und grau, dann sitzen wir angenehmer. Wir wollen nicht wegschwimmen.» Da blieb er. Als es kühler wurde, sagte er: «Sie müssen doch eigentlich ein schönes Dasein gehabt haben, damals. Wenn ich so denke, wie agil Sie sind, wie flink, wie anpassungsfähig ...» Ich sah ihn von der Seite an und wickelte mich fester in das Gewölk. «Ich?» sagte ich. «Ich ...»

«Wenn man Sie sprechen hört», sagte er, «hat man den Eindruck, als seien Sie mit den Mitbrüdern fertig geworden, nicht immer siegreich, aber immerhin. Ich meine das nicht böse. Sie sagen gar nichts. Warum lachen Sie –?»

«Es ist ja jetzt alles vorbei», sagte ich. «Es war so:

Am Anfang ging es an. Mit dem Elan der Potenz ritt ich über viele Bodenseen, ich hatte keine Schwierigkeiten zu überwinden, weil ich sie gar nicht sah. Nachher, als das nachließ, zog der Schimmel doch langsamer, und ich hatte Muße, mir ein bißchen die Landschaft anzusehen, durch die wir fuhren.»

Er hatte ein Stück Wolke auseinandergezogen und malte mit ihr ein Gesicht an den Himmel, einen ausdruckslosen Pausback. Dann wischte er ihn wieder weg. «Und was sahen Sie?» sagte er.

«Was ich sah?» sagte ich. «Ich sah – aber ich verstand nicht. Ich verstand immer weniger. Wissen Sie, daß es eine bestimmte Sorte Geisteskranker gibt, die Furcht hat vor allem, und die ratlos ist. Sie frösteln ständig, ziehen sich zusammen, wenn sie mit der Welt in Berührung kommen, immer enger, dann sterben sie; sie sind ins Negative hinübergekippt. Jahrelang, besonders in der Mitte meines Lebens, hatte ich das Gefühl, ausgestoßen zu sein, als Kind unter Erwachsenen zu leben, Verhandlungen der Großen beizuwohnen, deren Sinn mir ewig verborgen bleiben würde. Sie sprachen mit einander – und ich hörte verständnislos zu. Sie fochten Ehrgeizschlachten aus – ich stand daneben und machte runde Augen. Sie schlossen Geschäfte ab – ich hatte gewissermaßen den Eindruck, zu stören. Und das allerschlimmste war: Alle verstanden sich, sprachen ihre Sprache, sie hatten sofort die Ellbogenfühlung, sie waren verwandt. Ich stand da, allein, auf einem weiten Hof mit meiner Kappe in der Hand, und ich drehte sie, wie es die Schauspieler machen, wenn sie Verlegenheit ausdrücken ... Mittags saß ich mit ihnen zusammen, sie schwatzten, ich schwatzte auch – aber mir fehlte irgend etwas, ein Code-Schlüssel, eine Auflösung, ich wußte nicht ... und abends ging ich traurig nach Hause.»

Jetzt bröselte er langsam die Wolke auf, die immer kleiner wurde. Wir hatten kaum noch Platz zum Sitzen. «Aber da waren doch noch andre», sagte er. «Auch: Einsame. Auch: Enttäuschte. Auch: Weltfurchtsame. Weshalb gingen Sie nicht zu diesen —?»

«Um einen Klub der Einsamen zu gründen?» sagte ich. «Ich verachtete sie maßlos, ich haßte sie nahezu. Ich fand sie lebensschwach, anspruchsvoll, uninteressant verrückt. Ihnen gegenüber mimte ich das Leben, das pralle Leben. Außerdem kochten sie eine andre Art Melancholie, und so verstanden wir uns nicht. Blieben sie allein, waren sie mir widerwärtig. Fanden sie den Anschluß, dann fühlte ich mich erhaben über so viel gemeinen irdischen Sinn.»

«Also was blieb Ihnen zum Schluß?» sagte er, ein klein wenig spitzer, als mir lieb war. Ich konnte ihm nicht mehr antworten, denn nun hatte er glücklich die ganze Wolke aufgebröselt, wir rutschten ab und fielen, fielen —

Das mittlere Feld war gesperrt, weil ein Meteorregen niedergehen sollte — obgleich uns der gar nichts antun konnte, hatte der alte Herr mit vertatterten Händen die Sperrung angeordnet. Wir krochen vier Zeitlosigkeiten hindurch am Rande des Feldes entlang, dann setzten wir uns, um den Regen mitanzusehen, wenn er zu regnen anhübe. Mir paßte die Absperrung nicht, und ich fluchte leise vor mich hin.

«Haben Sie einmal einen Märtyrer gesehen?» sagte er. Mir blieb ein ellenlanger und herrlicher Fluch, den mich einst ein Matrose in Dänemark gelehrt hatte, im Halse stecken. «Einen Märtyrer?» sagte ich. «Einen, der seine unbefriedigte Eitelkeit hinter eine Sache steckt und nun plötzlich dasteht, lichtumflossen — ja, ich kenne das.» — «Wenn Sie das kennen», sagte er, «dann wissen Sie auch, was man mit so einem macht?» — «Sie . . . man gibt ihm wenig zu essen, die Kinder auf der Straße und die Professoren rufen hinter ihm her, er sei unfruchtbar und hätte keinen Kontakt mit der Wirklichkeit.» — «Das auch», sagte er. «Aber ich habe einmal etwas gesehen, lange nach meinem Tode, etwas viel Merkwürdigeres.

Da kriecht in der zweiten Hyperbel ein Ding herum, es ist noch kein rechter Planet, es will erst einer werden. Dort habe ich einmal zur Frühstückszeit geangelt. Und da hatten sie einen Kerl gefangen, der wollte ihnen den ganzen Ball umkrempeln, ein Heiliger, ein Vorwärtsrufer — in die Einzelheiten habe ich mich nicht gemischt, es ging mich ja nichts an. Den hatten sie also beim Kragen, und da haben sie ihn dann beendigt.»

«Nun ja», sagte ich. «Das kommt vor. Das ist doch nichts Außergewöhnliches. Einer opfert sich auf, weil er muß; er brächte ein Opfer, wenn ers nicht täte; er horcht, wie es in den andern weint, dann wühlt er sich durch, bis er zu dieser Stimme gelangt, quält sich und wird gequält, und dann kommt er zu uns. Gewiß, ja.»

«Das war es nicht», sagte er. «Wie sie es taten . . . Welch ein Hohn!

Sie berieten lange, wie es zu tun wäre. Nun muß da eine Infektion stattgefunden haben – einer schlug vor, ihn zu kreuzigen.» Ich sah jetzt aufmerksam auf das Meteorfeld – es war nicht grade neu, daß einer gekreuzigt werden sollte. Er fuhr ruhig fort.

«Sie führten ihn also zur Kreuzigung hinaus, vor die große Stadt, auf ein Feld. Der Zug näherte sich dem Hinrichtungsplatz – der Heiland, ein gedrungener, dunkler Mann, sah sich ungeängstigt, aber erschreckt um. Da war kein Kreuz.» Ich sah auf. «Was heißt das: da war kein Kreuz?» sagte ich.

«Da war kein Kreuz», sagte er. «Eine lange, hohe Stange stand da, wo das Kreuz zu stehen hatte. Und der Anführer der Rotte trat vor und sagte zum dortigen Heiland: ‹Du bist nicht einmal wert, daß man dich kreuzigt. Du bist nicht einmal ein Kreuz wert. Zwei Balken sind zu viel für dich, du Beglücker. Hier ist eine Stange, die genügt.› Und dann kreuzigten sie ihn.»

«Sie konnten ihn doch gar nicht kreuzigen», sagte ich. «Sie hatten kein Kreuz.»

«Sie nagelten ihn an die Stange», sagte er. «Sie war breit genug ... Sie nagelten ihn so: den einen Arm, den linken, senkrecht hoch erhoben, am linken Ohr vorbei, und den rechten glatt herunterhängend, an der rechten Hüfte. Da hing er, ein blutender Strich. Er schrie nicht.»

«Das – Sie haben das selbst gesehen?» sagte ich.

«Ich habe das gesehen», sagte er. «Wie ein Finger ragte er in den Himmel. Er lebte achtzehn Stunden, davon nur eine halbe ohne Bewußtsein. Es war ein Christus ohne Kreuz. Er sah so unbedingt aus – kein Querbalken strich wieder durch, was das lange Holz einmal ausgesagt hatte. Es starrte nach oben wie ein schneidendes Ausrufungszeichen, den Blitz herausfordernd. Aber es kam kein Blitz. Und ich sage Ihnen: die Leute haben recht getan. Wieviel Holz braucht der Mensch? Zwei Balken? Einer genügt. Sie sind ihren Weg zu Ende gegangen, wie der seinen zu Ende gegangen ist. Man soll bis ans Ende gehen. Die himmlische Güte ...»

«Der Meteorregen –!» rief ich. Wir sahen angestrengt zum angekündigten Ereignis hinüber; es verlief matt und etwas eindruckslos, wie alles, wovon Er sich so viel verspricht.

Er ist fort. Ich kann das noch gar nicht glauben.

Die ganze letzte Zeit hatte er schon immer so schwermütig gesprochen, hatte dunkle Andeutungen von sich gegeben, vom «männlichen Glück, vorhanden zu sein», von einer «schönen Sinnlosigkeit der Existenz» und andre beunruhigende Sätze. Ich hatte dem keine Bedeutung beigelegt. Jeder hat schließlich seinen eigenen Cafard. Und auf einmal war er fort.

Am Morgen, als die Zentral-Sonne mit majestätischem Rollen durch den Raum gewitterte, war er zu mir gekommen, schleichender, merkwürdiger denn je. Er hatte geschluckt. «Wir ... wir werden uns vielleicht ...» Dann hatte er sich abgewandt. Mir ahnte nichts Gutes. Nachmittags war er weg.

Ich fand ihn nicht. Beim Alpha war er nicht, beim Silbergreis nicht, auf seinem Angelplaneten nicht, nirgends, nirgends. Ich ging zum O, mir blieb gar nichts andres übrig. Ich hasse das O, es ist gelehrt, kalt, klug, scheußlich. Das O lächelte unmerklich, bastelte an seinen Apparaten, sah mich an, ließ mich heran ...

Pfui Teufel. Ah, pfui Teufel.

Das O hatte den Zeitraffer gestellt, die alten Strahlen noch einmal zurückgeholt, ein fauler Witz, den es sich da macht. Und ich sah.

Den dicken gerundeten Bauch der Mama; es war, als hätte sie sich zum Spaß ein Kissen vorgebunden. Sie ging langsam, vorgestreckten Leibes. Und dann sah ich ihn, oder doch das Ding, in das er gefahren war.

Er lag auf einem Anrichtetischchen und wurde grade gepudert. Er zappelte mit den kleinen Beinchen und bewegte sich, blaurot vor Schreien. Sein Papa stand leicht geniert daneben und machte ein dummes Gesicht. Die Kindswärterin hantierte mit ihm eilfertig und gewohnheitsmäßig, in routinierter, gespielter Zärtlichkeit. Ich sah alle Einzelheiten, seine unverhältnismäßig großen Nasenlöcher, den Badeschwamm ...

Zwei Städte weiter saß ein kleines Mädchen auf dem Fußboden und warf Stoffpuppen gegeneinander, das war seine spätere Frau; ein rothaariger Bengel schaukelte unter alten Bäumen: das war sein bester Freund; in einer Hundehütte jaulte ein Köter, der Großvater dessen, der ihn einst beißen würde; ein Haustor glänzte: die Stätte seiner größten Niederlage. Er wußte von alledem nichts, brüllte und war sehr glücklich. Neben mir kicherte leise das O.

Da liegt er im Leben. Er fängt wieder von vorn an. Er will auf eine Reitschule gehen und sich die Beine brechen; er will den Erfolg schmecken, den in Geschäften und den in der Fortpflanzung; er wird den Kopf in die Hände stützen, oben, in einem vierten Stock, und über die Stadt mit den vielen schwarzen Schornsteinen sehen, auch in den Himmel ... Dabei wird ihm etwas einfallen, eine Art Erinnerung, aber er wird nicht wissen, woran. Er wird seine Jugend verraten und das Alter ehren. Er wird Gallensteine haben und Sodbrennen, eine Geliebte und ein Konversationslexikon. Alles, alles noch einmal von vorn.

Und ich werde mich hier oben zu Tode langweilen, wenn das möglich wäre – ich werde mir einen neuen Freund suchen müssen, mit dem ich auf den Wolken sitzen und mit den Beinen baumeln kann ... Eine homöopathische Dosis von Neid ist in meinem Seelenragout zu schmekken, nicht eben viel, nur so, als sei jemand mit einer Neidbüchse vorbeigegangen ... Was hat ihn nur gezogen? Was zieht sie nur alle, die wieder herunter müssen ins Dasein —? Schmerz? Hunger? Sehnsucht? Und vielleicht gerade die Sinnlosigkeit, der Satz vom unzureichenden Grunde, die Unvollkommenheit, die kleinen Hügelchen, die es zu überwinden gibt, und die man nachher so reizend leicht herunterfahren kann? Aber er kennt das doch alles, er kennt es doch, wir haben es uns oft genug erzählt ... Und wie hat er sich darüber lustig gemacht!

Eidbruch. Fahnenflucht. Verrat! Ich komme mir schrecklich überlegen vor, ein Philosoph. Ich habe recht. Er hat unrecht.

Aber er lebt. Er atmet, mit jenem Minimum an Erkenntnis, das das Atmen erst möglich macht; er ersetzt beständig seine Zellen, schon morgen ist er nicht mehr derselbe wie gestern, und heute ist er glücklich, weil er nichts mehr von alledem weiß, was er hier gewußt hat; er verschwimmt nicht mehr im All, er ist ein einziges Ding, Grenzen sind die Merkmale seines Wesens, und gäbe es außer ihm keine andern, er wäre nicht. Seine Mutter liebt ihn, weil er ist; sein Vater wird ihn später einmal lieben, weil er so ist und nicht anders. Manchmal ist er glücklich, unglücklich sein zu können.

Er ist fort. Und ich bin ganz allein.

Er schämte sich über die Maßen, als er wieder da war. «Sie sind lange fortgewesen —», sagte ich. «Wir wollen doch die Sache beim Namen nennen», sagte er. «Ich habe Sie plötzlich allein gelassen; so, wie es da unten welche gibt, die aus dem Leben scheiden, aus Sehnsucht nach dem Tode — so habe ich das Umgekehrte getan. Nun —» Ich schwieg. Dann:

«Es hat Ihnen gefallen?» sagte ich harmlos. Er sah mich aufmerksam an. «Ironie verkaufe ich allein», sagte er. «Aber ich kann es ja ruhig sagen: Nein — es hat mir nicht gefallen.» — «Und warum nicht?» sagte ich. «Weil —», sagte er. «Ich will Ihnen etwas erzählen:

Oft habe ich Ihnen hier oben nicht geglaubt; Sie haben so niederdrückende Sachen über die da gesagt — Sie sind ein Dyskolos.» Ich nickte freundlich. Namen treffen nie, besonders nicht, wenn man selbst gemeint ist. «Ein Dyskolos», sagte er. «Sie essen die Trübsalsuppe mit großen Löffeln — Ihnen ist nicht wohl, wenn Ihnen wohl ist — Sie müssen so eine Art bösen Gewissens haben, wenns Ihnen gut geht. Es hat mir übrigens wirklich nicht gefallen.» Oben links ging die Erde auf, o du mein holder Abendstern!

«Sehen Sie das?» sagte er. «Sehen Sie das? Geht es da armselig zu! Welcher Reichtum an Armut! Welcher Überfluß an Nutzlosem! Welch Schema des Eigenartigen! Ich war entsetzt. Dieses Mal bin ich nicht alt geworden.» — «Aber Sie hatten doch Freude, wieder da zu sein ...?» sagte ich vorsichtig.

«Es wird alles in Serien hergestellt», sagte er. «Ich hatte Freude —

eine Minute: die erste. Aber ich hatte vergessen, meine Rückerinnerung bei Ihnen zu lassen – ich wußte alles. Herr, ich wußte alles, was kam. Mein erstes Kinderschuhchen, Elternfreude und Mutterliebe und die kleine Schulmappe ... Und die ersten Pubertätspickel und die Gedichte, die junge Liebe und die vernünftige Heirat. Ja. Aber am schlimmsten –» – «Am schlimmsten –?» sagte ich.

«Am schlimmsten war es später», sagte er. «Die Abgenutztheit des Originellen – die Tradition der Individualität – die Maschinerie des Außergewöhnlichen: es war nicht zum Aushalten. Ah, ich bin nicht Phileas Fogg, der Exzentriks sucht – ich weiß, daß man nicht mit beiden Beinen auf einer Lampe sitzen kann – aber welche Armut! Welche Dürftigkeit in den Ausdrucksmöglichkeiten, in der Perversität noch, im Leiden selbst. Es ist immer dasselbe – es ist immer dasselbe. Und jeder tut so, als begegne einem das zum erstenmal, wenn es ihm zum erstenmal begegnet.»

«Sie sagten vorhin», sagte ich, «daß Sie so ins Leben hineingerutscht seien, wie manche herausgehen: aus Sehnsucht nach dem Tode. Gibt es das: Sehnsucht nach dem Tode –?» – «Nein», sagte er. «Nein: nicht Sehnsucht nach dem Tode. Nur: Müdigkeit. Da liegen nun sechsunddreißig Kalender auf dem Tisch, jeder mit Neujahr, Hundstagen und Silvester, und das muß alles noch gelebt werden – welche Aufgabe! Das mag man mitunter nicht. Wirst du ohne Hunger durchkommen? Ohne Syphilis? Ohne Kinderkatastrophen? Nur Blinde sind kräftig – Schwäche macht sehend. Die Chancen sind ungleich verteilt. Ich wußte zuviel. Und sehen Sie: da kleben sie und gehen nicht weg und gehen nicht weg. Was mag sie wohl halten –?» Er sah auf die Erde.

Der kleine blitzende Punkt stand jetzt im Zenit, unter tausend andern, die leuchteten wie er.

Keiner leuchtete wie er.

Wir saßen auf der Wolke und ließen die Beine baumeln.

«Was am schwersten war, dieses Mal?» sagte er und blies nachdenklich den Meteorstaub in die Luft, «am schwersten ... Am schwersten war der Knacks.» – «Welcher Knacks?» sagte ich. «Der zwischen Jugend und dem andern, was dann kommt», sagte er. «Manche nennen es: Mannesalter. Es hätte sollen ein Übergang sein, ein harmonisches Gleiten, ich weiß schon. Bei mir war es ein Knacks.» Der alte Herr probierte einen neuen Meteor aus, der sich emsig bemühte, die höhere Astronomie gänzlich durcheinanderzubringen – es war etwas ziemlich Hilfloses. Wir sahen erhaben zu, denn es ging uns so schön gar nichts an. «Ein Knacks, sagten Sie?» fing ich wieder an. «Ein Knacks», sagte er. «Es war so:

Sie hopsen da herum, alles ist einfach klar – wenigstens scheint es Ihnen so. Was Sie nicht richtig durchschauen können, das umkleiden Sie mit einem herrlichen Nebel von Lyrik, Pubertät, Nichtachtung, Sorglosigkeit, tapsig hingehuschten Wolken; der tote Punkt in Ihrem Blickfeld ist eine Fläche, dahinein geht viel. Alles ist nur Spaß, wissen Sie, das macht die Sache, wenn auch nicht angenehm, so doch sehr erträglich. Alles ist nur Spaß.» – «Und dann –?» sagte ich. «Und dann –», sagte er, «und dann ist das eines Tages – nein: nicht eines Tages, eines Tages ist es nicht aus. Viel schlimmer. Erst ist es nur ein leises Unbehagen, die Räder quietschten doch früher nicht? Dann wird Ihnen das Quietschen zur gewohnten Begleitmusik, dann schmeckt dies nicht mehr und dann jenes nicht, und dann fangen Sie auf einmal an, zu sehen.» Jetzt machte der Meteor einen Bogen, der Verfasser versprach sich wohl von diesem Kunststück etwas, das er ‹majestätisch› genannt wissen wollte. Es war ein rechter Ausverkauf an Majestät.

«Sie sehen –», sagte er. «Aber es ist doch schön, klar zu sehen –?» sagte ich. «Sie tun so», sagte er, «als wären Sie nie unten gewesen. Es ist grauenhaft. Sie sehen: daß es gar nicht so ist, wie Sie bisher geglaubt haben, sondern ganz anders. Sie sehen: daß es wirklich nicht so schön einfach ist, wie es Ihre Bequemlichkeit und Eselei sich zurechtgemacht haben. Sie sehen: schräg hinter die Dinge, niemals mehr, das ist besonders aufreizend, jedenfalls sehen Sie nicht mehr glatt von vorn. Und dann die andern –! Bis dahin haben sie Sie noch begleitet, man hat sich ganz gut verstanden, es ging gewissermaßen erträglich und verträglich zu. Nun heiraten die, nun haben sie Kinder, hören Sie: richtige lebende Kinder! die nehmen sie ernst; erst hatte jeder eine Frau, jetzt hat das, was da neu entstanden ist, beide, und auf einmal, eines Tages, bekommen Sie einen freundlichen Rippenstoß von nebenan: ‹Nicht wahr, Alter – wir wollen uns doch nichts vormachen, das da: Samtvorhänge, Warmwasserspülung, Behäbigkeit, das ist doch das Wahre, was?› Es ist wie ein Donnerschlag. Ihre Ideale bewahren sie sich getrocknet auf, im Herbarium ihrer Gefühle, manchmal, sonntags, sehen sie sich das an. Und lachen darüber, verstehen Sie das? sie lachen darüber. So ziehen sie an Ihnen vorbei.» – «Blieben Sie denn stehen?» sagte ich.

«Ich blieb stehen», sagte er. «Ja, ich blieb wohl stehen. Alle kamen an mir vorüber, der ganze Zug mit Roß und Mann und Wagen und allen Reisigen. Zum Schluß die alten Weiber, und dann wackelten da welche, die ich noch als kleine Kinder gekannt hatte: sie hatten den ganzen Nacken voll seriöser Sorgen und waren ehrgeizig und verdammt real. Sie brachten es alle zu etwas, sehr ernsthafte Leute. Beinah hätten sie mir einen Groschen in den Hut geworfen. Ich hatte aber keinen Hut. Und da stand ich, ganz allein.» – «Waren Sie denn kein Mann?» sagte ich und mühte mich, das sehr neutral zu sagen. «Ein Mann?» sagte er. «Doch auch, ja. Ich kroch auch später den andern nach, und was früher Ideal geheißen hatte, hieß jetzt einfach: Zuspätkommen. Ein Mann erwachsen ... Aber in einer Ecke meines Herzens, wissen Sie, da wo es am hellsten und dunkelsten zugleich ist — da bin ich doch immer ein Junge gewesen.»

Wir schwiegen. Und als ich mich nach ihm drehte, da war er nicht mehr da. Er hatte sich fallen lassen, vermutlich aus Scham, denn so etwas sagt man nicht.

«Kommen Sie mit ins Wasser-Sanatorium?» sagte er. Ich sah ihn an. «Wird hier jemand geheilt?» sagte ich. «Jemand ... ja», sagte er. «Sie verstehen nicht richtig: da wird nicht mit Wasser geheilt. Anders: denken Sie an Kinderkrankenhaus. Wird da mit Kindern geheilt? — Kinder werden geheilt.» — «Wollen Sie vielleicht sagen, daß hier Wasser geheilt wird?» sagte ich. «Krankes Wasser ... das habe ich noch nie gehört.» — «Sie sind nun schon so lange hier», sagte er, «und kennen sich noch immer nicht aus. Kommen Sie mit.»

Es war hinter dem Wasserplaneten, einer dicken, gurgelnden und etwas lächerlichen Sache, die da wie rasend umherwirbelte. An den Rändern zischten die Spritzer in der Rotationsrichtung, der Himmelskörper speichelte sich durch den Raum. Den ließen wir turbulieren, dann kam der große Salzsee, darüber hinaus war ich noch nie gewesen. Dann kam es.

Weit, äonenweit: Wasser, eine stille Fläche. Sie lag in der Luft wie eine hauchige Scheibe, glasdünn, glasklar, wie mir schien. Ich sagte ihm das. «Es ist nicht klar», sagte er. «Das ist es eben. Es ist hier zur Erholung, das Wasser. Es ist abgeguckt.» — «Was ist es —?» sagte ich. «Es ist abgeguckt», sagte er. «Sie haben da alle hineingesehn — setzen wir uns. Ich werde Ihnen das erklären.» Wir setzten uns an den Rand der Wasserglasplatte. Man konnte die andern Wolken sehn, die unterhalb wimmelten.

«Was tun die, die Muße haben, wenn man ihnen Wasser oder Feuer vorhält?» sagte er. «Sie sehen hinein», sagte ich. «Richtig», sagte er. «Aber ... sie sehen nicht nur hinein. Sie lassen sich hineinfallen. Die Augen werden glasig, das Gehirn arbeitet nicht, es ist ein Halbtraum. ‹Das Leben zog in den Flammen an ihr vorüber› — das steht in den Büchern. Es zieht gar nichts vorüber. Die da springen aus dem vorüberlaufenden Strom der Zeit ins Wasser, ins Kaminfeuer, wie auf eine kleine Insel; da stehen sie und blicken verwundert um sich. Jetzt strömt das andre, und sie selbst bleiben. Die Nerven lassen nach, alles läßt nach, ist entspannt — die Zügel hängen lässig über die Wagendecke, langsamer laufen die Zeitpferde ... da senken sie sich ins Wasser.» — «In dieses Wasser hier?» sagte ich. «Eben in dieses», sagte er. «Sie haben so viel hineingetan, das Wasser ist voll davon, und jetzt ruht es sich aus. Mein Lieber, wer hat da alles Bröckchen des

Lebens hineingeworfen! Bröselchen von Schmerz, Erinnerung, Wehleidigkeit, Faulheit, Tobsucht, zerbissene Wut, heruntergeschlucktes Begehren —! Das strengt an. Das arme Wasser liegt hier und ruht. Es muß wieder sauber werden. Es ist vermenscht.»

«Warum tun sie es?» sagte ich. «Sie brauchen das», sagte er. «Wenn die Flammen züngeln, werden sie nachdenklich — bei den Flammen geht es noch besser, sie verbrennen alles, was in sie hineinfällt. Wenn das Meer rauscht, werden sie nachdenklich — sie fühlen plötzlich Halbvergeßnes, einer klopft an die Tür, an eine wenig beachtete, kleine Hintertür . . . sie öffnen den Spalt — da kommt es herein. Und drängt sie halb aus dem Haus, mit einem Fuß stehn sie draußen; außer sich. Für Augenblicke sind sie Pflanze geworden, sie wachsen dumpf vor sich hin, auch dieses Wachstum ist manchmal angehalten. Dann steht die Zeit still, und die Urmelodie wird hörbar: das Leid. Haben Sie jemals einen gesehn, der froh ins Wasser gesehn hätte, froh ins Feuer —?» Ich sagte, daß ich es nie gesehn hätte. «Also, was ist es —?» sagte ich. «Was empfinden sie, was bedeutet das?» — «Es ist eine Art Generalprobe», sagte er. «Es ist ein süßschwacher Tod.»

Wir standen langsam auf und schoben uns von der Wasserplatte fort. Sie lag da, ruhig atmend, und als wir davonschwammen, sah es uns nach: aus hunderttausend Augen.

Er lachte noch, als wir schon längst wieder allein waren. «Das war wie auf einem Theater!» sagte ich. «Haben Sie das gesehn?» sagte er. «Sein Gesicht? Der Ausdruck in den erstaunten Augen? Der ganze verdutzte Kerl? Es war herrlich.» Sie hatten einen Ehemaligen eingeliefert, der frisch angekommen war, einen gut bezahlten Schreiber von da unten, sie nennen es wohl höhern Beamten oder dergleichen. Der hatte sein Lebelang in einem Teich von Wichtigkeit gepatscht, er troff noch davon, als er ankam. Und nun traf er da auf seine alten Freunde, und die klärten ihn ein bißchen auf, wie es denn nun mit ihm in Wirklichkeit da unten bestellt gewesen sei, sie hatten ihm die Wahrheit gesagt, die volle persönliche Wahrheit . . . «Er hats erst gar nicht geglaubt!» sagte er. «Haben Sie das bemerkt? Dann traf es ihn wie ein Starkstrom. Er ist noch ein zweites Mal gestorben, glauben Sie? Jetzt ist er ganz hin.» — «Es ist nicht sein Fehler», sagte ich. «Wie?» sagte er. «Es ist nicht sein Fehler? Natürlich ist es sein Fehler!»

«Es ist nicht sein Fehler», sagte ich. «Er ist so eingerichtet. Wir waren es auch.» Die Wolke, auf der wir saßen, trieb rasch seitwärts, es war ein unbehagliches Gefühl; wir sprangen auf eine andre, solidere, die leise schwankte. Irgend eine Sonne erhellte sie sanft von unten her. «Ich weiß nicht recht, was Sie meinen», sagte er. «Ich meine», sagte ich, «daß er nichts dafür kann. Sehen Sie einmal:

Man sagt immer: wenn Menschen wüßten, was über sie gesprochen wird ... Das ist dumm. Was wird denn schon gesprochen? Es wird geklatscht, Verleumdungen werden gesagt, Lügen, Konkurrenzlügen, Eifersuchtslügen, Selbstberuhigungslügen, Neidlügen – das ist nicht sehr interessant, und häufig erfahren es die Besprochnen ja auch. Nein, das ist es nicht. Aber wie über sie gesprochen wird, wie über alle gesprochen wird – das ist es!» – «Und wie wird über alle gesprochen?» sagte er.

«Jeder Mensch», sagte ich, «kann nur leben, wenn er sich ernst nimmt. Verzweifeln kann er, leiden kann er, gegen sich wüten kann er – aber Verzweiflung, Leid, Wut muß er ernst nehmen. An seiner Wohnungstür steht: Schulze; Sie, das glaubt er sich! Er glaubt: hier wohnt Schulze, Schulze bin ich – die Sache ist in Ordnung. Sie ist aber nicht in Ordnung. Wenn er wüßte ...! Wenn jeder wüßte, wie die andern von ihm sprechen: durch die Nase, achselzuckend, unter der Hand, nach der Melodie: Ach, der –! Haben Sie einmal mitangehört, wie diese Summe von: Geburt, nassen Windeln, sexueller Not, Verliebtheit, Ansätze des kleinen Lebenswerks, das Lebenswerk selbst, und bestände es auch nur im Erringen einer Position beim Magistrat, Wirken und Arbeit, Arbeitsnächte und Erholungstage im Herbst, wie diese unendliche Summe, die jenem das Gefühl seiner ernsten Sicherheit gibt, von andern abgetan wird? Man kann den Namen an der Wohnungstür aussprechen ... man braucht nur die Stimme singend etwas fallen zu lassen, so: Schulze ...! und der Kurswert des Mannes ist auf Null. Es sind alles Papiere, die noch gar nicht wissen, daß sie unter pari stehen. Da werden zweierlei Notierungen vorgenommen: das Werk notiert sich selber: große Hausse – aber gehandelt wird es ganz anders, ganz anders. Die letzte Selbstachtung ginge in die Binsen, hörten sie es mit an.» – «Aber sie hören es zum Glück nicht mit an ...!» sagte er. Jetzt war das Licht von unten stärker geworden; wir hockten da wie die Weihnachtsengel auf einer Fotochromansichtskarte.

«Nein, sie hören es nicht. Das ist nicht nur ihr Glück», sagte ich. «Es ist eine der Hauptbedingungen ihres Lebens.

Sie könnten gar nicht leben, hörten sie es. Sie könnten nicht leben, wüßten sie, wie die andern von ihnen sprechen. Sie haben zwar so eine dumpfe Ahnung, als sei das alles Schwindel: das Gummigrinsen der Begrüßung, die teilnahmsvollen Fragen nach Arbeit, Miete, Frau und der werten Gesundheit – aber sie klammern sich ja doch an diesen Korken der Konvention, es ist das schönste Gesellschaftsspiel. Sie nehmen es ein wie Medizin. Hörten sie –! Wüßten sie –! Sie gingen zu Tausenden ein, sie müßten eingehen, wer kann so leben, wenn er weiß, wie vergeblich, wie nichtig, wie wenig es ist im Grunde –?» – «Wer?» sagte er. «Ein ganz Starker.» – «Nein», sagte ich. «Auch ein ganz Starker braucht die Lüge, grade der. Doch Haß ist Anerkennung, Kampf Hochachtung, Neid Balsam für die Seele. Aber eins kann keiner vertragen, das ist ein kleiner Tod.» – «Was?» sagte er. «Verachtung –» sagte ich. «Keiner weiß, wie er verachtet wird, sonst könnte er nicht leben. Er wird verachtet, sonst könnten die andern nicht leben.»

Die Wolke schimmerte nunmehr blutrot, von unten müssen wir schön ausgesehen haben. Es gab aber kein Unten, es war niemand da, der uns auslachen konnte, und so segelten wir froh dahin.

«Was haben wir gelacht!» sagte er. «Wir haben so gelacht!» Er wischte sich ein wasserhelles Sekret aus den Augen, und ich tat desgleichen: denn was er da erzählt hatte, war nicht ohne gewesen. Er sprach sonst wenig von solchen Dingen – aber es waren zwei vorübergeglitten, ineinandergekrampft, mit zugeküßten Lidern, zwei, die aus ihrem Liebeshimmel heruntergefallen waren in die Hölle der Erfüllung. Übrigens wußten sie das nicht. Das hatte ihn auf den Gedanken gebracht, mir die Geschichte eines Ehepaares zu erzählen, das sich nach dem Buch liebte, nach dem vollkommnen Ehebuch, mit einer Art Notenständer am Bett. Wir atmeten tief.

«Sie haben so gelacht –», sagte ich. «War noch genug Gelächter da –?» Er sah mich verständnislos an. «Ob genug Gelächter – wie meinen Sie das?» – «Sie wissen», sagte ich, «woher das Gelächter kommt?» – «Aus der Brust!» sagte er und lachte tief. «Nein», sagte ich. «Nicht aus der Brust. Wollen Sie sehen, woher es kommt, das Gelächter?» Er wollte das. Und ich zeigte es ihm.

– – – – – – – – – – –

Es war schon finster, als wir vor dem gigantischen Berg standen. «Was ist das? Wohin führen Sie mich?» sagte er leise. «Was das ist?» sagte ich. «Es ist der Berg des Gelächters. Kommen Sie ein Stückchen hinauf – hier hinauf. Hören Sie –!» Wir lauschten.

Kaskaden von Lachen kamen heruntergebraust, Wogen von Gelächter, Kicherbäche, ganze Tonleitern klapperten herab, es schritt auf großen Füßen Treppenstufen herunter, auf uns zu, und wenn es unten ankam, verebbte es in Atemlosigkeit zu kleinen Tönen ... Leise bewegte sich der Boden unter unsern Füßen. Dumpf dröhnend lachten die Bässe, Triller von Frauenlachen stiegen auf und fielen melodisch ab, Koloraturgelächter und silberne Schellen ... Fettes, schadenfrohes Lachen wälzte sich ölig dahin, breit klatschte es an die Ufer; Lachgemecker und fröhliches Gelächter von Kindern, spitze Lachstimmen, die sich überlachten, eine kletterte über die andere, dann fiel alles in sich zusammen. Und wieder stieg oben ein Chor von Gelächtern auf, dumpf überdröhnt von einer dicken, alten, akkompagniert von einer süßen Weibsstimme. Stille. Ein Rinnsal von Lachtränen tropfte an uns vorbei.

«Das ist der Vulkan des Gelächters», sagte ich. «Sie kannten es nicht? Sie haben mir hier oben so viel gezeigt und kannten ihn nicht? Er versorgt die da unten mit Lachen, von oben kommt es herunter, aus dem Vulkankrater rollt es heraus, alle Sorten. Alle Gelächter, die gebraucht werden: Sie haben sie gehört? Grinsen und pfeifende Peitschen mit kleinen Knoten in der Schnur, die brennen so schön ... dummes Lachen und befreiendes Lachen und Lachbonbons, mit Tränen gefüllt – alles kommt von da oben. Man kann nicht hinauf.»

«Was ist oben?» sagte er. «Ich habe es mir sagen lassen», sagte ich. «Ein riesiges, tiefes Loch wie im Ätna, da quillt es heraus.» – «Aber woher kommt es?» sagte er. «Wer versorgt die Erde mit Gelächter – woher diese Quantität, die Unerschöpflichkeit, die immerwährende Bereitschaft, zu geben und zu geben –?»

«Es gibt ein Ding», sagte ich, «das hat begriffen, warum Er das geschaffen hat, da unten. Es hat den Witz der Welt begriffen. Seitdem –» – «Seitdem?» sagte er. «Seitdem lacht das Ding», sagte ich.

Wir wandten uns ab. Weit unten sahen wir die beiden fallen, ihrer Privathölle zu. «Ein seltsames Geschäft», sagte ich. Er wollte lachen, setzte plötzlich ab. Im Dunkel glitt eine Tierseele scheu an uns vorüber. «Hat das nie aus dem Lachtränenbach getrunken?» sagte er. «Tiere lachen nicht», sagte ich. «Sie sind die Natur selbst, die ist ernst, unerbittlich, vielleicht heiter – aber lachen? Er läßt sie nicht lachen.» – «Und warum nicht –?» sagte er. «Weil Er Furcht hat», sagte ich. «Er hat Furcht, man könnte Ihn auslachen. Dabei tut es keiner. Sie gehen an den Berg des Gelächters und lachen zwar aus, aber nur einander. Hören Sie, wie es heruntergluckert!»

Jetzt war der ganze Berg überrieselt mit Gelächter, fallendem und steigendem; erst hatten wir ein wenig mitgelacht, dann lächelten wir nur noch, und nun stimmte es ganz traurig. «Lachen ist eine Konzession des Herrn», sagte ich. «Sie ist auch danach», sagte er. Dann glitten wir davon.

Wir saßen auf der Wolke und ließen etwas baumeln, was man als Beine ausgeben konnte – lange.

«Er hat einen neuen Meteorstein gemacht», sagte er. «Sie können sich diesen Stolz nicht vorstellen, diese Schöpferfreude! Diese Gehobenheit! ‹So aus dem Nichts ...› waren Seine Worte. ‹Und jetzt: ein Stein!› Als ob es das erste Mal wäre! Wie lange hat Er dieses Metier nun schon? Können Sie das verstehen?» – «Er ist naiv», sagte ich. «Wer etwas schafft, muß daran glauben. Er schöpft freilich mit der Kelle aus einem Riesenbottich, nach einiger Zeit fällt das Geschöpfte, das Geschaffene wieder zurück ... Aber Er hat Freude an Sachen. Ich begreife diese Freude schon. Haben Sie sie nie empfunden?» Er horchte angestrengt von mir fort: offenbar auf Ätherwellen, deren Klang noch niemand erlöst hat; pfeifend, wie die Kobolde heulten sie dahin, durchaus bereit, zur ‹*Neunten Symphonie*› zu werden, wenn es ihnen einer befahl, unglücklich ob ihrer ungebärdigen Freiheit. Sie verklangen. «Haben Sie niemals Freude an Sachen empfunden?» sagte ich. Er wandte sich mir zu. «Ich? Nie!» sagte er. «Doch», sagte ich. «So:

Alle Männer haben sie an sich, diese Freude. Wenn wir eine Seifenhülse leer gewaschen hatten, waren wir stolz darauf wie auf ein gutes Werk. Diese mit dem Weltall einverstandene Miene, wenn einer die leere Schachtel fortwarf: in Ordnung. Sauber. Gut aufgebraucht. Eine neue. Waren Sie kein Pedant? Die letzte Feder verbraucht, eine Flasche Haarwasser zu Ende gespritzt, ein kleines Pappblatt mit Kragenknöpfen abgelegt – welche Gehobenheit! Es ist etwas geschehn! winzig kraucht eine minime Eitelkeit vom Magen zum Hirn empor: ich war tätig. Das gleiche befriedigende Gefühl, wie wenn in der Schule eine Rechenaufgabe mit Null aufging. Saldo. Bilanz. Fertig. Wir waren uns in diesem Augenblick so einig mit dem All.»

«Ich war ein Pedant», sagte er. «Das ist wahr. Ich habe die Sachen geliebt, weil sie so schön geduldig waren, so still; wenn man es geschickt anfing, beherrschte man sie vollkommen. Zeitweise regierten sie uneingeschränkt; das war, wenn man nichts andres vorhatte; wenn keine Geldnot war, keine ungeduldige Frau, kein fressender Schmerz, keiner über die Ehe; über die eigne Gefühllosigkeit beim Tode eines Freundes, welchen Ärger man sehr schön als Ergriffenheit ausgeben konnte – wenn alles still war ... Aber manchmal –»

«Manchmal –?» sagte ich. «Manchmal», sagte er, «hatten wir gar keine Sachen. Vergessen die Krawatten, nicht beachtet die Schuhleisten, unangesehen die Aschbecher, übergangen die Türschwellen – es war nichts mehr da. Da sind wir dann einem Ziele zugestürmt.» – «Wie bitte?» sagte ich. «Einem Ziele zugestürmt», sagte er. «Ich bin länger hier oben als Sie – ich weiß, daß wir nicht mehr wollen. Manchmal wollte ich, noch wollen zu können. Sehen Sie, darum liebten wir die Sachen: sie wollten nicht, sie taten nicht mit, stumm ruhten sie am Strom unseres Willens; und vorüber strömte der Fluß der Energien, das Leben brandete an den Ufern der Hosenstrecker, vorbei, wo einsame Kleiderbügel ragten ... An ihnen konnte man die Geschwindigkeit des eignen Strudels ermessen. Und sie ließen sich beherrschen –» Nun raste eine Flottille erkälteter Pfiffe über uns dahin; es ächzte in der Materie, akustischer Urschlamm tobte über uns hinweg, bereit, den nächsten Empfänger zu zertrümmern ... «Hören Sie das ...» sagte er. «Ich kann das nicht hören», sagte ich. «Ohren ordnen – dies müßte man ungeordnet aufsaugen, Menschen sind mit der Ordnung verbundene Wesen. Woher also», sagte ich, «der Stolz, wenn etwas so Dummes fertig gemacht war wie der Schlußverbrauch einer Seifenschachtel?»

«Weil Männer», sagte er, «wenn sie etwas taugen, Jungen sind; Schüler sind sie, Musterschüler oder Mittelschüler oder bewußt schlechte Schüler, auf alle Fälle unsagbar eitel auf die gute oder schlechte Leistung. Wenn auf dem Schreibtisch kein Schnitzelchen Papier mehr liegt; wenn alles abgeblasen ist; wenn das Bett in kantiger Weiße strahlt, die Badewanne trocken blitzt, die Lampen sanft brennen —: es gibt keinen Mann, der dann nicht wie der König der Sahara durch sein kleines Reich schritte, Wüstenkönig ist der Löwe — und dieser ist sogar noch stolz auf die Leistung der andern. Wer kann ganz und gar ermessen, wie unsagbar simpel wertvolle Männer sind —!» — «Ich weiß nur», sagte ich, «wer es nicht weiß. Wer sie für dumm und unschlau hält, für unlistig, also für belächelnswert — wer also auch anders, ganz anders zu den Sachen steht; wer die Sachen wirklich besitzt, eigentumsgierig, oberflächlich, abstrakter, happig-abweisend ... wer sie hätschelt oder herumstößt, aber nicht liebevoll-väterlich zu ihnen sein kann; wer einseitiger Besitzer ist, nichts kommt von den Sachen zurück — wer die Sachen hat, ohne sie je zu haben.» — «Wer?» sagte er.

Leise ließ ich mich von der Wolke fallen, sacht glitt ich dahin, durch ungebärdig flackernde Töne, durch Schwingungen, die noch nicht wußten, ob sie Ton oder Licht werden sollten; ich entschwand ihm, ohne zu antworten, vielleicht hätte ihn die Antwort gekränkt, und ich behandelte ihn zart. Zart wie eine Frau.

«Kennen Sie das Entzücken an der erotischen Häßlichkeit?» fragte der Dritte. Er war plötzlich da, hatte kaum Guten Wolkentag gesagt, er saß mit uns, neben uns, aber die Beine ließ er nicht baumeln, das hätten wir uns auch schön verbeten. Mit den Beinen baumelten nur wir. Wir warfen beide mit einem Ruck die Köpfe herum und starrten ihn an.

«Die Freude an der Häßlichkeit? von Frauen?» sagte der Dritte noch einmal.

Darüber war hier noch nie gesprochen worden; eine fast asketische Scham hatte uns gehindert, uns über das Allerselbstverständlichste auszusprechen. «Zeig mal, wie ist das bei dir —?» sagen die Kinder, als sei der andre ein fremder Erdteil.

Warten stand in der Luft; wir mußten etwas sagen; wir konnten nichts sagen. Der Dritte ignorierte eine Antwort, die nicht gegeben worden war, und fuhr fort:

«In Gerichtsverhandlungen haben sie oft dem fein gebildeten Angeklagten vorgehalten, er habe mit der eignen Reinmachefrau ein Verhältnis gehabt, es hörte sich an wie Vorwurf der Blutschande; habe er sich denn nicht geekelt? mit einem so tiefstehenden Geschöpf? so unter ihm? wie? Sie hatten das wohl nie gespürt, sonst hätten sie nicht so dumm gefragt. Daß plötzlich eine Figur aus der einen Sphäre in die andere gezogen wurde, was Freude am Spiel bedeutet: so, wie wenn einer auf einer Flasche bläst oder mit einem Violinbogen ficht oder – spaßeshalber – Hanfgras raucht. Man kann Hanfgras rauchen, dazu ist es unter anderm auch da, wenn Sie wollen, man tut es nur gemeinhin nicht. Aber auf einmal zuckt in einem das Spiel.»

Wir sahen uns an, mit jenem unausgesprochenen Tadel im Blick, der blitzschnell den andern verrät, die Einheitsfront von zweien gegen den Dritten herstellt, einig, einig, einig. Ich gab ein vorsichtiges Räuspern von mir, wie die Einleitung zu einer Einleitung ... Der Dritte ließ es nicht dazu kommen.

«Man fällt so tief», sagte er, – «oh, so tief. Schlaffe Brüste, graue Wäsche, ein dummes Lachen, meliertes Haar, eine kommune Bemerkung, weit unter allem möglichen; verbildeter Körper, geweiteter Nabel, glitzernde Augen, die das Glitzern nicht gewohnt sind ... so tief sinkt man. Man wühlt sich in das Unterste hinein, man verachtet sich und ist stolz auf diese Verachtung und böse auf diesen Stolz. Nägel sitzen im Fleisch, die man immer tiefer hereintreibt, wissen Sie. Es ist, wie wenn einer Pfützen aufleckt. Noch tiefer hinab, noch schmieriger, ja, ich gehöre zur Vorhölle, ich kann gar nicht tief genug fallen, da habt ihr mich ganz und gar, streck dem Kosmos die Zunge heraus, so, die breite, gereckte, dicke Zunge –»

Der Dritte schwieg.

Da sprachen wir zum erstenmal. Ich sagte: «Und nachher?» Auch er, mit dem ich dergleichen nie besprochen hatte, war mit von der Partie. «Armer», sagte er. «Und nachher?» Der Dritte sah uns voll an, er schaffte es, wir waren gegen ihn nur einer.

«Nachher –», sagte der Dritte. «Ich bin kein Armer. Ich bin reich – mir konnte nichts geschehen, nachher. Ich ging wieder im Licht, war emporgetaucht, die Scham hatte ich heruntergeschluckt und abgewaschen, sie war nicht mehr da. Ich brauchte nicht zu beichten, jeder meiner Blicke beichtete, aber sie sahen es nicht. Ich fühlte mich sicher, weil ich den moorigen Untergrund kannte, ich strauchelte nicht, ich fiel nicht, ich nicht. Ich war wie eine Bank: das war mein Aktienkapital für die Reserve, damit arbeitet man nicht alle Tage, aber es steht hinter einem, und es ist da. Man kann darauf zurückgreifen, wenn es not tut. Und es tut manchmal not, und wenn es soweit ist, dann ist da wieder dieser ungeheuerliche Sturz zwischen fünf Minuten vor acht, wo du telefonierst, bis um drei Viertel zehn – du fällst und steigst: mit eingezogenen Schwingen, die Süßigkeit der Säure auskostend, das Licht des Drecks, die tausend Tasten einer Orgel, von der nun die untersten, selten benutzten Bässe anklingen, so dumpf, daß das Ohr sie kaum noch hören kann. Herauf und herunter, herauf und herunter: ein Luzifer und ein Dunkelheitsbringer, ein Adler und ein

Wischlappen, ein Höhenflieger und ein Tauchervogel. Man fällt so tief. Womit ich Ihnen einen schönen guten Abend zu wünschen die Ehre habe.» Weg war der Dritte.

Ich sah ihn an ... «Man muß sich», sagte er, «die Zelle weit träumen, in die man eingesperrt wird. Sonst hält man es nicht aus. Wissen Sie, was er uns beschrieben hat?» — «Nein», sagte ich; «was?»

«Dauerlauf an Ort», sagte er. «Eine sehr gesunde Übung.»

Wir hatten etwas Neues erfunden: wir fuhrwerkten Ihm in Sein Wetter, und Er war ganz verzweifelt. Hatte Er südöstlichen Regen mit leichten Erdbeben angesagt, so zogen wir des Nachts vorher hin und stellten das Erdbeben ab, und am nächsten Morgen war große Verwirrung: Er schimpfte auf das Barometer, und in den Erdbebengebieten sanken die Aktien der katholischen Kirche beträchtlich. Seit Er sich darauf versteift hatte nach dem Kriegsende das Wetter durchgehend schlechter zu machen, nahm unser Unfug kein Ende. Es war eine schöne Zeit.

Wir hatten Sein Barometer grade so durcheinandergebracht, daß es einem schon leid tun konnte, und nun ruhten wir uns von getaner Arbeit aus: sanft mit den Beinen baumelnd und gelöst vergnügt, wie wir es da unten nie gewesen waren ...

«Haben Sie», sagte er plötzlich, «eigentlich immer alles gesagt —?» — «Ich habe vieles gesagt», sagte ich, «darunter auch manchmal das, was ich wirklich meinte. Aber immer —?» — «Immer», sagte er, «und alles, darauf kommt es an. Haben Sie zum Beispiel alles über Ihre Freunde zu Ihren Freunden gesagt, über die, die Sie umgaben, die, die Sie umgaben?» —

«Wie hätte das sein können?» sagte ich. «Von den engern Freunden will ich gar nicht einmal reden — Freundschaft beruht darauf, daß eben nicht alles gesagt wird, nur so ist Beieinandersein möglich. Das ist nicht Lüge, das ist etwas andres?» — «Aber sonst —» — «Nun, sonst?» sagte er. «Ich habe nicht alles gesagt!» sagte ich. «Manchmal bin ich fast daran geplatzt. Aber ich hätte von Bruno sagen müssen, er sei im Grunde ein sattgefressener Versorgter, der nur so lange mit unsereinem umgehe, wie er beneiden oder verachten könne, von ihm aber dürfe man nichts wollen, nicht das Kleinste; und von Willi, daß er ein tragischer Schlemihl sei, dessen Unglück darin bestehe, das Unglück durch seine bloße Existenz herbeizulocken, einer jener vielen, die nichts dafür können ...; und von Hanno, daß seine Karriere uns dazu verleitet, den Blitz der Götter herabzuflehen, nur, damit jener doch einmal in seinem Leben einen aufs Dach bekäme; und von Oskarchen, daß er Sitten und Gebräuche eines kleinen Provinzlers sein eigen nenne, und daß der Umgang mit ihm nicht heiter sei; und von Lenchen ...» — «Allmächtiger!» sagte er, «welche Liste —!» — «Rufen Sie Ihn nicht beim Namen!» sagte ich. «Sie wissen, daß Er es nicht mag.» Wir lauschten. In der riesigen Weltennacht regte sich nichts, unser Streich war geglückt. Er würde morgen große Augen machen ... «Welche Liste!» sagte er. «Und mit denen sind Sie umgegangen? Denn es waren immerhin Ihre nächsten Leute!»

«Ich hatte keine andern», sagte ich. «Andre hätten mir auch gar nichts genützt. Aber ich habe es ihnen nicht gesagt, das da.» – «Und warum nicht –?» sagte er. «Weil», sagte ich, «man so nicht leben kann – mit der Wahrheit in der Hand. Sie vertragen es nicht. Sie leben von der Lüge, von einer eingebildeten Überlegenheit, von dem Glauben, sie würden geachtet, während sie in Wirklichkeit nur benutzt, ausgenutzt, ignoriert und geduldet sind. Sag ihnen, wie du wirklich über sie denkst, wenn ein Brief von ihnen ankommt – und alles ist aus.»

«Und», sagte er, «haben es Ihnen die andern gesagt, das Wahre –?» Ich sah ihn betroffen an. «Nein», sagte ich. «Doch – ich glaube – ja. Ich denke ... ja. Wie?» – «Und», sagte er, «woraus leiten Sie Ihre Überlegenheit her, die Legitimation, so herablassend auf alle andern zu sehen, so vernichtend zu urteilen, die witzige Scheidung: Ich und die andern zu machen – woraus leiten Sie es her –?»

«Daraus, daß ich lebte», sagte ich. Nun sprach er nicht mehr, und wir warteten auf den jungen Morgen.

Eine Treppe

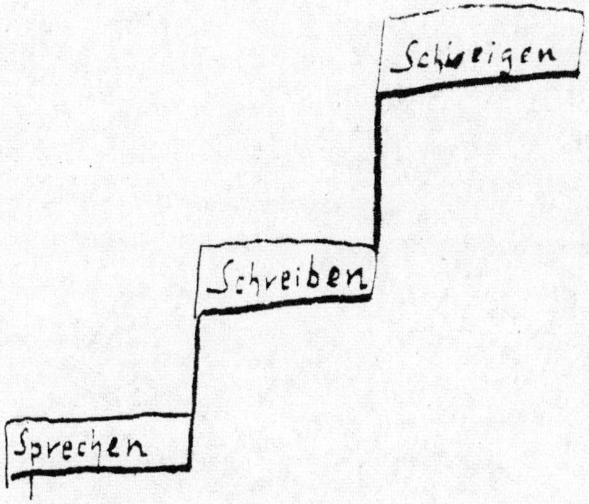

«Pippo lächelte . . .

. . . und fand tatsächlich noch ein Goldstück auf dem Grunde seiner Börse, das er dort vergessen hatte.

‹Schön›, sagte er, ‹spielen wir noch einmal, aber mehr setze ich nicht aufs Spiel.›

Er nahm den Würfelbecher, gewann und bot Paroli. Eine Stunde später hatte er nicht nur seinen Verlust vom Vorabend, sondern auch den vom gleichen Abend wieder herausgeholt.

‹Spielen Sie weiter?› fragte er nun seinerseits Ser Vespasiano, der nichts mehr vor sich hatte.

‹Nein! Denn ich muß ein großer Esel sein, daß ich mich von jemand aufs Trockene setzen lasse, der nur ein Goldstück riskierte. Diese verfluchte Börse! Das Ding scheint verzaubert zu sein.› . . .

Bald stellte sich dann auch tatsächlich heraus, daß er jedesmal, wenn er sich dieser Börse bediente, gewann.»

Man muß Pomponio («Pippo») Vecellio heißen und «Der Sohn des Tizian» sein, damit einem die schönste Witwe Venedigs eine solche Zauberbörse nebst ihrem Herzen schenkt.

Summa summarum: In Büchern und Briefen kommen die Helden oft spielend zu Geld, das «gewissermaßen alle Freuden dieser Welt in sich birgt»; weniger bringen Bücher und Briefe selbst ein, es seien denn Sparbücher und Pfandbriefe.

UNVERÖFFENTLICHTE TEXTE

OUVERTÜRE

Das Haus hatte sich verdunkelt. Lautlose Stille; bis in die entferntesten Winkel hörte man das Anschlagen des Kapellmeisterstabes. Nun setzten die Geigen ein – vierstimmig schleuderten sie übermütig die lustige Anfangsfanfare in den Saal. Lang hielten sie sie aus; dann kam das Fagott und streifte schelmisch undeutlich, als wüßte es nicht, wie man ihn tanzen könnte, den Walzer. Ein Kranz von Tönen löste ihn ab: alle aber hatten die süße Heiterkeit und die große Kraft. Die Hörer saßen unruhig auf ihren Sitzen; freudig dachten sie an die berühmten Anfangsworte:

«Ein Mädchen, sagst du, Pietro? Ei! Ein Mädchen.»

Alle wußten was kommen würde, kannten dieses süße Spiel der bologneser Liebesgeschichte, die die beiden Paare kreuzweis einander zuführt, umspielt von lustigen Tölpeleien der Zwillinge. Jetzt brachten die Trompeten, übertrieben schmetternd, den Trauermarsch des lebenden Toten – die Hörer schmunzelten, die Kanäle und die engen Brükken, die der Zug mit der schwankenden Bahre passieren mußte, tauchten auf – Pietro, die Signora Eliza Miquaela – alle, alle – und die Melodie sang, während drunten die Celli im Baß wie ein bewegtes Meer den Grundton des Taktes hielten ...

Und dann geschah das, was bei der Ouvertüre dieses göttlichen Lustspiels immer geschieht: ich meine jene berühmte Stelle, die mit dem zweigestrichenen C in den Violinen beginnt und erst endigt, wenn die ersten Takte der einzigen Walzermelodie ertönen. Diese Passage hat von jeher eine eigentümliche Wirkung gehabt: die Hörer, schon ein wenig angespannt durch soviel Lustigkeit, sind erstaunt durch den plötzlichen Umschwung, die klagenden Läufe stimmen sie ernst, versetzen sie in unangenehme Lethargie, und ihre Gedanken springen ein wenig ab, weilen fern von dem Spiel ... Es ist nicht anders zu erklären, als daß der Komponist hier sozusagen spintisiert hat und diese Neigung die Hörer eben dazu verleitet.

Der junge Mann saß oben im zweiten Rang und starrte benommen auf den matt erleuchteten Vorhang: die Stelle kam, augenblicks ließ er seine Gedanken spazierengehen, der Komponist hatte befohlen. Wirre Einfälle und Bilder kamen: die Bar von neulich Nacht ... Zwei hatten getanzt: sie in rotem Kleid, eine Französin mit habgieriger Männernase – sie hatten getanzt, wie es sonst eigentlich nur in den verbotenen Büchern geschieht – geil, rasend, wollustgeschwängert das Weib; ruhig, ernst, der Mann. Das Monocle im Auge, tanzte sie, indem sie sich an ihn heranwarf – mit dem Ausdrucke der letzten Lust im Gesicht: sie fühlte, fühlte – ihr ganzes Sein war Tastsinn. Einmal blieben sie stehen: sie bewegte sich ein wenig, fast unmerklich, und hatte doch damit instinktiv-genial die Marionette der Lust dargestellt – und dieses einzige Mal hatte er mit einer Kopfbewegung ein merkwürdiges Laster angedeutet: er hatte sich ein wenig über ihre Schulter in ihre Achsel hineingebeugt ... Mit geschlossenen Augen ... ihre spitze Zunge berührte seine Lider ...

Das Bild kam blitzschnell, mit unerhörter Intensität — zugleich auch jenes, das sie zu Dritt tanzen ließ: die Dritte war eine rundliche Person — sie schwamm zwischen den beiden — man mußte glauben, von zwei Seiten kam ihr der Kitzel ...

Und wieder — noch dauerte jene Stelle an — kam ihm die schmerzliche Sucht, all diese Lust in sich zu fassen ... alle, alle —

Aber der Besitz befriedigte ja nicht: was nützte ihm die rundliche Cacotte, was nützte, was konnten die jungen Dinger helfen, die er beneidete? Nicht die Männer beneidete er, nicht Körper wollte er besitzen: jenes Letzte, Dritte wollte er in sich schlürfen, das, was auf obszönen japanischen Bildern die ineinandergekrampften Paare sanft die Augen schließen ließ — über ihnen schwebte ... An den Sommerabenden war es am schlimmsten: heiße junge Mädchen mit ihren Liebsten, die begatteten sich mit den Blicken, alle waren erhitzt, aufgeregt: und er kam sich keineswegs zurückgesetzt, verlassen vor — aber er beneidete sie um ihre Zusammengehörigkeit, um ihre Vertrautheit ... Wie sie im Gleichtakt lebten! Mit welch ungeheurer Selbstverständlichkeit die Mädchen Lust verursachten, Lust genossen. Nach außen hin verschlossen, öffneten sie sich ohne Scham dem Geliebten, gaben sich ganz, elementar wie eine Naturkraft ... Beneidete er sie um dies? Um was? Um ... um ...

Schwingend, in hohen Akkorden, kam der Walzer.

Um nichts! Er besaß mehr als sie, mehr als alle, die ihre jungen Puten durch einen lauen Sommerabend und einige heiß geflüsterte Dummheiten ganz ausschöpfen konnten. Diese war nicht auszuschöpfen. Bis zu der Grenze besaß er sie: dann kam das Unergründliche, das Letzte.

Der Walzer tönte jetzt voll, laut und sieghaft wirbelnd.

Sie war ein Mann, beinah ein Mann.

Dies wundervolle ‹Beinah› nahm ihm den Atem — Glück! Glück!

Die Ouvertüre verhallte. Piano brummelte noch ein Baß das Anfangsthema.

Alle saßen gespannt. Der Vorhang bewegte sich leise.

Er aber fühlte, daß sie eine Einzige war. [1913]

LAUTLEHRE

In einer bekannten Stadt Schwedens wird an einer Mädchenschule Deutsch und Phonetik im deutschen gelehrt. Der Schulrat inspiciert die Schule und fragt in der Pause ein Mädchen nach ihren Fortschritten. «Was habt ihr in der letzten Phonetik-Stunde gehabt?» – «Wir haben gelernt, wie man Läute macht!» antwortete das brave Mädchen. Und der Schulrat: «Wer unterrichtet euch –?»

DER SUCHER

Such – such
suche immer nach dem Geld.
Dann kommt es an.
Such – such
such es auf der ganzen Welt!
Denk immer dran!
    Krieche ihm nach.
    Leck auf seine Spur!
    Sei nicht schwach –
    denk immer nur:
Verdienen! Verdienen! Verdienen!
Verdienen! Verdienen! Verdienen!
    Ernst ist die Spekulation.
    Aber lieben – aber lieben –
    aber lieben mußt du es schon.

Such – such
suche immer den Erfolg.
Dann kommt er an.
Pfeif – pfeif –
pfeife auf das ganze Volk!
Tritt auf den Vordermann!
    Schmeichle der Macht!
    Sag immer Ja.
    Bei Tag und bei Nacht
    Halleluja – Hurra!
Nach oben! Nach oben! Nach oben!
Nach oben! Nach oben! Nach oben!
    Geld winkt dir als Lohn.
    Aber lieben – aber lieben –
    aber lieben mußt du es schon.

Such — such
suche immer nach dem Glück.
Dann kommt es — wenn es will.
Dein Herz
ist ein Serienstück;
einmal steht es still.
    Wenn du dich dann
    nach dem goldnen Tanz
    präsentierst
    zur großen Bilanz:
«Ich hoffe, man wird mich hier loben!
Da unten lag ich immer oben!»
    Kann sein, daß DIE STIMME spricht:
    Mensch, dein Leben —
                Mensch, dein Leben —
    Ja, ein Leben war das nicht.

NACHTGESPRÄCH

Er. Sie. Eine Nachttischlampe und das übrige.

Sie: «Hast du das gelesen? Du? Hier in der Zeitung? In Amerika hat einer vierzehn Tage auf dem Baum gesessen? Du? Und wie er gehört hat, daß ein anderer schon dreiundzwanzig Tage oben gesessen hat, da ist er vor Schreck runtergefallen? Hast du das gelesen?»

Er: «Immer liest sie einem die ganze Zeitung vor! Herrgott! Stör mich doch nicht immer!»

Sie: «Alter Muffel. Denn nicht.»

(Pause)

Sie: «Steht nichts drin, in der Zeitung. Gib mal das Buch rüber! Hast du Anna gesagt, daß ich morgen auch noch zu Tisch da bleibe?»

Er: «Ja.»

(Pause)

Sie: «Er sagt, Eifersucht ist gut!»

Er: «Wer sagt das?»

— «Hier, der in seinem Buch. Na, ist doch so!»

— «Willst du mir jetzt vielleicht auch noch das ganze Buch . . . wieso ist Eifersucht gut?»

— «Das verstehst du ja doch nicht. Diese Engländer sind schon richtig. Der Huxley ist überhaupt ein wunderbarer Kerl!»

— «Mmm . . . Heirat ihn doch!»

— «Was? Ich heirate überhaupt nicht. Mensch, noch mal heiraten —! Nä.»

– «Na, wieso? Zum Beispiel einen berühmten Dichter ... oder ... heirat doch einen Sänger! Sänger ist immer gut. Eifersucht ist immer gut. Na, du heiratst noch mal!»

– «Ich heirat nicht noch mal!»

– «Hör mal zu ... Leg mal das Buch weg – hör doch mal zu! Also ... würdest du auch nicht reich heiraten?»

– «Reich? Hm. Sehr reich, vielleicht.»

– «Siehste. Ja ... du brauchst Geld. Das reine Dadaistenfaß. Also du heiratest ganz reich, und wenn ich nichts mehr zu essen habe, dann klopf ich hinten bei eurer Villa an, an der Lieferantentür natürlich, und dann schickst du mir Suppe raus!»

– «Ich schick dir sogar Suppe und Fleisch raus. Und Kompott. Wen soll ich denn heiraten?»

– «Ja ... nu ... einen Generaldirektor! Ich schlage vor: einen Generaldirektor. Nicht mehr ganz jung, aber noch durchaus nicht alt. Der heißt ... Ziebig heißt der!»

– «Wie heißt der?»

– «Ziebig. Generaldirektor Hans Ziebig. Ich hör ihn ordentlich am Telefon – kurz, frech und richtig: Hier Ziebig! – Guten Abend, Frau Ziebig!»

– «Nimm mal dein Bein weg. Du, der müßte aber schon sehr viel Geld verdienen!»

– «Tut er auch. Ihr wohnt aber nicht in Berlin; die ganz Soliden wohnen nicht in Berlin. Ihr wohnt in ... Magdeburg.»

– «Allmächtiger ...!»

– «Ja. Und da habt ihr eine wunderbare Villa, elf Zimmer, sehr viel Nebengelaß, zwei Wagen, einen bezahlt das Geschäft, mit dem machst du natürlich immer die Überlandtouren, damit eurer nicht so abgenutzt wird! Geizkragen!»

– «Das find ich auch sehr richtig. Unser guter Wagen – seh ich gar nicht ein! Haben wir Kinder?»

– «Nicht gleich. Erst habt ihr keine Kinder. Und nett ist der –! Dein Ziebig! Kommt immer abends rein und sagt: Na, Puppelchen, wie gehts dir denn? Und ich hab dir auch was mitgebracht!»

– «Siehste – das ist ein netter Mann! Bringt einem zum Week-end immer Parfum mit oder so! Nimm dir mal ein Beispiel dran!»

– «Und ihr gebt feine garden-parties und lauter so vornehme Sachen! Ihr habt auch eine Bibliothek – Ziebig liest aber meist Technisches. Du liest meine Romane.»

– «Deine Schmutzromane kommen mir nicht in mein hochherrschaftliches Haus! Und den Ziebig zieh ich mir! Auf seine großen Reisen muß er mich mitnehmen – sicher ist sicher.»

– «Warum?»

– «Na, ihr seid doch alle gleich; ihr laßt doch keine aus.»

— «Bist du ihm denn treu?»

— «Und im Salon haben wir einen wunderbaren Aubusson oder wie das Ding heißt. Und ein Grammophon, Junge — so hoch wie ein Konfirmand! Sag *ich* dir. Und eine Voliere ... darauf lege ich den allergrößten Wert; ohne Voliere wird nicht geheiratet!»

— «Bist du ihm denn treu?»

— «Ja. Ja. Das heißt ...»

— «Das heißt was?»

— «Ja, ich bin ihm treu. Das heißt ... Na, soll ich ihm vielleicht die ganze Zeit treu sein?»

— «Ich fürchte, wie die Engländer sagen, ich fürchte: er wird es verlangen.»

— «Gott, weißt du, eigentlich bin ich ihm ja auch treu! Nur ... wir haben doch einen Chauffeur, nicht? Also wir haben einen großen, blonden Chauffeur; der war früher Rennfahrer oder so. Sieht gut aus — ganz schlank und hart und überhaupt großartig.»

— «Sage mal ... du willst ihn doch nicht etwa mit dem Chauffeur betrügen?»

— «Warum denn nicht?»

— «Na, hör mal: das finde ich aber unglaublich! Nein, also ernsthaft — das finde ich unerhört! Du betrügst den eigenen Mann mit dem eigenen Chauffeur? Du, das ist gemein!»

— «Wieso?»

— «Also da sitzt Ziebig hinten im Fond, mit dir, im Wagen — und vorn sitzt der Chauffeur, und womöglich heißt er auch Hans, damit es kein Kuddelmuddel gibt — und der grinst sich dann einen!»

— «Der grinst gar nicht; dazu ist der Mann aus viel zu feiner Kinderstube. Der Gent genießt und schweigt.»

— «Und zahlt nicht. Also ich finde das doll!»

— «Du findest das doll?»

— «Ich finde das doll. Du, das ist gradezu monströs! Pfui Deibel. Aber so sind die Frauen. Den Schmuuuutz der Gasse im eigenen Haus — also, Lydia, das ist hundsordinär!»

— «Wenn du moralisch sein willst, dann zieh dir 'n andres Pyjama an — die Farbe paßt nicht. Ich werde doch wohl noch meinen Mann mit meinem Chauffeur betrügen dürfen!»

— «Nein! Das wirst du nicht dürfen! Ganz Magdeburg wird ja darüber sprechen! Das kann man doch nicht machen!»

— «Ganz Magdeburg kann mir gestohlen bleiben. Ich, die Frau Generaldirektor Hans Ziebig —»

— «Du heißt doch nicht Hans!»

— «Ochse. Bei uns feinen Leuten ist das so, daß die Frau mit dem vollen Namen des Mannes zeichnet. Ich steh auch so in den Ballberichten: Frau Generaldirektor Hans Ziebig, in einem wundervollen weißen

Crepe-Georgette ...»

— «Und mit dem Chauffeur.»

— «Halt die Luft an, Peter! Chauffeur ... Wunderbar! Merkt kein Mensch!»

— «Du wirst das nicht tun!»

— «Ich werde das doch tun!»

— «Du wirst das nicht tun! Ich verbiete es dir!»

— «Du hast mir gar nichts zu verbieten! Oller Philister! Spielt sich hier auf den Moralischen aus! Du hasts nötig!»

— «Ich habe jedenfalls noch niemand mit einem Chauffeur betrogen!»

— «Und ich tue es doch!»

— «Und du tust es nicht!»

— «Und ich tue es doch!»

— «Nein!»

— «Ja!»

— «Nein!» — «Ja!» — «Nein!» — «Ja!» — «Nein!»

(Es klopft stürmisch an die Wand; das ist der Nachbar.)

— «Was war das?»

— «Der von nebenan. Diese neuen Häuser sind so dünn gebaut ... man hört jedes Wort. Außerdem ist es halb eins. Der Schlaf am Vormittag ist am gesündesten. Jetzt schlaf. Betrügst du ihn?»

— «Ja.»

(Sie wenden sich die Rücken zu. Und dann hört man nur noch zwei Serien tiefer Atemzüge.)

ZWEIFEL

Ich sitz auf einem falschen Schiff.
Von allem, was wir tun und treiben,
und was wir in den Blättern schreiben,
stimmt etwas nicht: Wort und Begriff.

Der Boden schwankt. Wozu? Wofür?
Kunst. Nicht Kunst. Lauf durch viele Zimmer.
Nie ist das Ende da. Und immer
stößt du an eine neue Tür.

Es gibt ja keine Wiederkehr.
Ich mag mich sträuben und mich bäumen,
es klingt in allen meinen Träumen:
Nicht mehr.

Wie gut hat es die neue Schicht.
Sie glauben. Glauben unter Schmerzen.
Es klingt aus allen tapfern Herzen:
Noch nicht.

Ist es schon aus? Ich warte stumm.
Wer sind Die, die da unten singen?
Aus seiner Zeit kann Keiner springen.
Und wie beneid ich Die, die gar nicht ringen
Die habens gut.
Die sind schön dumm. [1925]

WIE MACHE ICH MICH UNBELIEBT?

Da gibt es nun mehrere Mittel. Man kann einer Dame, die man ein Jahr nicht gesehen hat, sagen, man habe sie sofort wiedererkannt, und, wenn sie fragt, woran, antworten: «An Ihrem Hut, gnädige Frau!» – Man kann in einer Gesellschaft, wo der Hausherr Stahlhelmvorsitzender ist, die Sowjets loben und außerdem dreimal von der Käsetorte nehmen. – Man kann eine junge Frau, die man nicht kennt und die in Umständen ist, fragen, wann sie denn zu heiraten gedächte ... Aber damit verschnupft man immer nur einen kleinen Kreis von Leuten, und das ist nicht das Richtige. Wenn man ganz sichergehen will, gleich eine ganze Kompanie auf Jahre hinaus zu verärgern, dann braucht man nur Witze über einen Stand zu reißen. Man tue es – gehe aber unmittelbar nach Begehung des Delikts außer Landes.

Du darfst auf den Grafen von Henning sagen, er sei ein Ritter von der traurigen Gestalt. Du darfst auf den Postschaffner Krause sagen, er malträtiere seine Frau und verprügele sie jeden Abend mit einem (neuen) Plätteisen. Du darfst auf den Kaufmann Lämmle sagen, er sei ein böser Pedant. Darüber wird zu reden sein. Wenn du aber auf alle Grafen, auf die Postschaffner und auf den Kaufmannsstand etwas sagst – und nun gar etwas Lustiges –: dann verteile die Güter dieser Erde – Anzüge, Blumentöpfe und Zeitschriftenabonnements – an deine Kinder; ordne deine Schulden – Miete, Effekten und Zeitschriftenabonnements – und entwetze. Dein Leben ist verwirkt.

Denn nichts ist so groß wie die Gruppeneitelkeit.

Nun ist ja verständlich, daß sich eine wirtschaftliche oder geistige Gruppe gegen die Beleidigungen anderer schützt. Aber schon die Schilderung ihrer Berufseigentümlichkeiten wird mit äußerstem Mißtrauen betrachtet, und Gnade Gott, wenn der Spaß gar etwas in die Einzelheiten geht! Die seligen ‹*Fliegenden Blätter*› hatten so ihre traditionellen Heiligtümer: die Zahnärzte, die weinpanschenden Wirte, die Studenten.

(Die Schwiegermütter scheiden aus – es gab damals noch keinen Reichsverband Deutscher Schwiegermütter e. V.) Ich möchte heutzutage nicht Fliegenderblätterredakteur sein – es regnete wahrscheinlich Boykotts, Beleidigungsklagen und Kontrahagen aller Art. Hier ist ein großes Tabu.

Schade. Denn die Aufgabe eines modernen Humoristen wäre eben nicht, sich spaßige Einzelfälle auszudenken, sondern den Querschnitt zu ziehen, die ungeheure Gleichheit, hervorgerufen durch die Zivilisation, aufzuzeigen, die vollkommene Kongruenz selbst in den Gefühlen, die absolute Übereinstimmung aller Wesen unter gleichen wirtschaftlichen Bedingungen.

In Amerika ist diese Art von Humor viel verbreiteter. Ich weiß nicht, woran das liegt: ob die Leute da mehr Spaß verstehen, ob sie empfänglicher für diese Selbstironie sind – jedenfalls lebt der Humor Stephan Leacocks durchaus davon (die Leser der ‹*Vossischen Zeitung*› kennen Arbeiten dieses Schriftstellers). Hier liegt die wirkliche Komik unserer Zeit.

«Ja, Sie dürfen aber nicht verletzend wirken –!» Nachmachen verletzt immer. Das wissen schon die Kinder, wenn sie beim Spielen den Murmelpartner bis zur Erschöpfung damit ärgern, daß sie ihn nachahmen. Und es trifft immer ein bißchen schmerzlich, wenn man gut nachahmt, wenn man ‹echt› kopiert. Bei uns darf man es gar nicht.

Natürlich hat jede Gruppe ihre besonderen Eigentümlichkeiten, ihre Eigenheiten, ihre lächerlichen Seiten. Hier ist nicht die Rede von ihren wirklichen Fehlern – sondern gerade von der Komik ihrer Betätigung, von dem eigentümlichen Humor, der immer entsteht, wenn Leute eine Sache ihr ganzes Leben lang immer wieder tun. Da ist keiner ausgeschlossen: die Buchhalter nicht und nicht die Redakteure, die Ärzte nicht und nicht die Modekaufleute, nicht die Schalterbeamten, die Bankiers und die Telegrafenbauuntersekretäre.

Beim Schutzmann gesteht man dem Spaßmacher gewisse Rechte zu. Bei der Marktfrau auch noch. Beim Bürokraten auch. Beim Schieber. (Je verwaschener der Begriff, desto weniger stößt man an.) Beim – ja, bei wem? Beim andern.

Denn bei jedem Gruppenspaß sagt der Angehörige der Gruppe unfehlbar: «Das ist generalisiert. Das mag's ja vereinzelt geben. Aber ich bin jetzt dreißig Jahre in meinem Beruf – bei mir gibt's so etwas nicht. Das ist eine Karikatur.» Krach, grobe Briefe, Rechtsanwalt, Protest, beleidigt.

Anders ist's mit Charakterisierungen von vorübergehenden Gruppen. «Der Reisende» – das ist erlaubt. So hat ‹*L'Europe Nouvelle*› in ihrem Septemberheft eine reizende kleine Schilderung von Francis de Miomandre ‹*Kleiner Katechismus des Reisenden*›, wo er sich über alles lustig macht: über den Reisenden, die Reisende, die großen Schrankkoffer, in denen durch die Treffsicherheit der Gepäckträger alles durcheinanderpurzelt; er zieht über das Meer, den Wald und das Gebirge her, jeder Absatz hört immer auf: «Im allgemeinen ist es dort mächtig kalt» – ja, das darf er alles. Sobald er aber präzise, konkret und genauer wird, dann geht's schief.

Dahinter liegen ganz ernsthafte soziologische Fragen verborgen – ich weiß wohl. Aber man sollte doch etwas weitherziger sein. Denn der Humor der Einzeltypen, der Individuen, der schrulligen Sonderlinge ist dahin und vorbei. Was heute gilt, ist die Komik des Typus.

Die Komik des ärztlichen Sprechzimmers, die Komik der Sekretärin, des Delikateßwarenhändlers, des Portiers, des Ministerialdirektors, des Schriftstellers, der Studentin – ein scharfer Beobachter, der da aus Hunderten von gut gesehenen Typen *den* Typ herausschält –: der ist, wenn er auch noch Humor hat, ein Humorist. Und man sollte es ihm nicht so verdenken. Besinnen Sie sich auf diese Komiker, die manchmal auf dem Varieté eine Kammerzofe nachahmen, mit den Bewegungen, die alle Zofen haben? Denken Sie an Chaplin, der sämtliche Handwerke der Welt erfühlt hat und die allzu leichten, vor Mühelosigkeit ein bißchen gezierten Handhabungen eines Friseurs ebenso kopiert wie einen Mixer, der mit seinen Flaschen herumwirtschaftet. Darin ist schon leise Parodie, überlegener Humor, vielleicht Kritik.

Dem Satiriker gab ein Gott zu sagen, was sie treiben. Man kann ja nun nicht gerade verlangen, daß der Großpapa, dem der Enkel einen kleinen Flitzbogenpfeil in die hintere, untere Schlafrockseite bohrt, dem guten Kind auch noch einen Bonbon gibt. Aber nicht gleich aufspringen und mit harten Gegenständen werfen. Die Würde muß es sich gefallen lassen, daß sie manchmal am Bart gezupft wird. (Auch Bartlose haben einen Bart, mitunter.)

Denn die moderne Sorte Humorist muß heute noch mit einem Schutzpanzer umhergehen:

Gute Leute! Nicht schießen! [1924]

WAS MAN ANDERN ÜBEL NIMMT

«Daß er mir das Geld nicht zurückgegeben hat; daß er mit meiner Frau durchgebrannt ist; daß er den Artikel über mich veröffentlicht hat – das nehme ich ihm alles nicht übel. Aber daß er mich auf der Straße nicht zuerst gegrüßt hat – das – – –»

Warum man andere Leute haßt, hat vielerlei Gründe, die meisten lassen sich finden. Warum man sie verachtet: desgleichen. Aber was man den Leuten ‹übel nimmt› . . . das muß man erst auseinanderverposamentieren.

Da ist also zum Beispiel die Platte Accordeon 0022, das ist deine allerliebste Lieblingsplatte. Auf ihr singt Miss Sylvania Koschuby (Alaska) den erschütternden Song «Why am I so blue — — !» und du hast sie dir schon 34mal vorgespielt. Und nur im Freundeskreise andeutungsweise davon Mitteilung gemacht; denn gute Platten sind ein Geheimnis, man soll sie hüten. Du hast sie gehütet. Eines Tages aber ist Anton mal heraufgekommen, hat gesagt: «Na, alter Junge — was machst du immer —?» hat auf deinen Zigarren geraucht und in deinem Whisky herumgetrunken ... und in einer Minute der Seelenweichheit spielst du ihm vor: «Why am I so blue — —» Und bevor du die Nadel ansetzest, sagst du: «Anton. Paß auf. Du stehst an einem Wendepunkt deines Lebens. So was hast du überhaupt noch nicht gehört — laß mal jetzt den Quatsch mit der Katze und hör zu —!» Accordeon 0022 beginnt dahinzugleiten ... Anton läßt natürlich die Katze nicht, hört aber zu. Platte aus. Du: «Na?» Anton: «Also — was du daran findest —» Diese Freundschaft hat ein Loch. Das nimmst du ihm übel.

Wir nehmen mancherlei übel.

Zum Beispiel, wenn der andere eine listig ins Gespräch gesetzte Pointe, auf die du ungeheuer stolz bist, glatt überhört. Du hast von Onkel Paul, fein, geistreich und zugleich charmant, nicht gesagt «Paul Kleff», auch nicht «Onkel Paul», sondern «Paul beziehungsweise Irmchen», was für den, der die Verhältnisse kennt, eine tödliche Bosheit ist ... Dein Gegenüber tut nichts dergleichen. Hat er gar nicht gehört. Hört ja nie zu, der Mann. Das nimmst du ihm übel.

Generell übelgenommen wird den ‹Auch-Sagern›. Es gibt ja bekanntlich einen wilden Volksstamm, der aus solchen besteht, die du gar nicht kennst, die aber hinter dir an den Schalter kommen, nach dir beim Kellner bestellen, alles mit ‹auch›. — «Mir *auch* 'n Mokka —!» Wieso: ‹auch›? Hängt sich der Kerl vielleicht an meinen Königlichen Mokka an? Übel nimmst du es ihm.

Du nimmst übel, wenn du von einem ganz kleinen, ganz, ganz unbekannten Nest in Südfrankreich erzählst, so klein und so billig und so sonnig und so südfranzösisch — und, na, überhaupt! «Kenn ich», sagt der andere. «Da war ich im vorigen Jahr mit meiner Frau!» — Du nimmst übel, wenn du einem Mann mit Zahnweh deinen Zahnarzt empfiehlst und er geht zu einem andern, bei dem er nun hoffentlich bald eingehen wird; du nimmst übel, wenn du bei einer frisch kennengelernten Familie den Hund streichelst (weil du die Tochter süß findest), der Hund aber wendet den Kopf ab, ganz langsam dreht er ihn nach der andern Seite, das heißt auf hündisch «Geschenkt». Das nimmst du erst dem Hund übel, danach auch ein klein wenig der Familie, es überträgt sich. Du nimmst übel, wenn der andere ein schweres Wort beim Kreuzworträtsel viel schneller heraus hat als du, und dann auch noch so tut, als ginge er mit dem verdammten Wort schlafen. Bildungsprotz, infamer ...! Du nimmst übel, wenn du, nicht Tennis spielend, mit einem guten Freund zusammen bist, der plötzlich an einen Tennis-Trainer gerät und auf einmal die Fachworte schwirren läßt . . . das hat man nicht gern, man steht so draußen, und außerdem ist es affektiert – wenn man es selbst nicht sagen kann. Du nimmst übel, du nimmst übel.

Kennen Sie den, der so satt zufrieden ist? Dem das Glück aus allen Knopflöchern leuchtet? Wir mögen das nicht, wir verübeln ihm sein Glück ein wenig, es ist nicht Neid, das wäre sehr einfach – er ist so frech und fett glücklich . . . Wir nehmen ganz besonders übel, wenn wir, vor der Macht zitternd, bei der wir unser Geld verdienen, einen treffen, der auf diese Macht pfeift, auch das nehmen wir aber übel! Dem neu einsteigenden Mann im Coupé nehmen wir überhaupt alles übel: seinen niedrigen Kragen, seinen neuen Koffer, seinen Apfel, seinen Hut und seine Existenz . . . wir nehmen es dem Nebenmann beim Friseur übel, daß er so frech zu dem Barbier ist, und nun gelingt es ihm, sein Haar genau so geschnitten zu bekommen, wie er das wünscht (bekanntlich das Zeichen höchsten Mannesmutes), ein böser Blick geht da hinüber . . . Wir nehmen übel, wenn uns jemand geistig abstempeln will: «Sie sind eben Freudianer!» – «Ich bin gar kein Freudianer!» sagst du, denn er hat dich nicht in einen Kasten zu legen, mit einem Etikett oben drauf, wir sind komplizierte Naturen, das wäre ja noch schöner . . .! Wir sind wie die Tante auf dem Sofa: wir nehmen überhaupt übel.

Warum –?

Weil die winzig-kleinen Demütigungen, die nadelfeinen, manchmal stärker pieken als die großen, niederschmetternden; weil nichts so schmerzt wie verletzte Eitelkeit – und weil etwa Dreiviertel von dem, was geschieht und nicht geschieht, auf den sozialen Geltungstrieb zurückzuführen ist, der viel, viel stärker ist, als wir ahnen. Die Welt ist eng, leicht haben wir Tuchfühlung mit dem Nebenan, noch leichter stößt der Nachbar, bewußt oder aus Versehen, dir den spitzen Ellenbogen in die Seite deiner Seele . . . und dann steht das Ich auf: Wir sind doch auch noch da! Hat das etwa einer gesehen? Und nehmen übel.

Der Mensch besteht aus Knochen, Fleisch, Blut, Speichel, Zellen und Eitelkeit. [1929]

DAS FOTOGRAFIE-ALBUM

«Fang nie
was mit Verwandtschaft an –!
Denn das geht schief, denn das geht schief!
Sieh dir lieber 'ne fremde Landschaft an –
Die Familie wird gleich so massiv!
Denn so von Herzen hundsgemein
kann auf der ganzen Welt kein Fremder sein …
Fang nie was mit Verwandtschaft an –
dann
bist du glücklich dran –!»

Theobald Tiger

Das Mädchen schlägt die Korridortür mit dem Fuß zu und öffnet eine hohe Tür: «Die gnädige Frau wird gleich kommen – bitte, warten Sie doch hier einen Momang!» Wir treten ein.

Das ist der Salon. Es sieht sehr fein und sehr unwohnlich darin aus, ringsherum stehen allerlei Nippes, mit denen man gar zu gern einmal in einer Schmeißküche ein Viertelstündchen allein wäre – und die Stühle sind alle so zerbrechlich. Auf dem großen runden Tisch liegt auf einer grünblauen Decke, mit Gold bordiert, ein dickes Album. Es ist in rotem Plüsch gebunden, über und über mit Gold angelaufen und hat dicke Pappseiten in glänzendem Goldschnitt. Wo nur die gnädige Frau bleibt –? Die gnädige Frau ist meine Tante Hanna, und ich soll ihr meine Braut vorstellen. Von dem unteren Stockwerk hört man eine bösartige Clementi-Sonatine. Die Läufe trillern … Ja, was machen wir inzwischen? Wir sehen uns inzwischen das Fotografie-Album an.

Das ist

Grossvater.

Großvater lebt nicht mehr. Ich besinne mich noch sehr genau auf ihn; er war ein untersetzter, freundlicher Mann mit einem ganz langen Bart. In dem Bart war immer Tabak. (Das konnte Großmamachen nicht leiden.) Großpapa roch auch immer nach Tabak, und es gab da eine Kukkucksuhr. Sonntags gingen wir immer zu Großpapachen, und jeden Sonntag, den Gott werden ließ, wurde uns Kindern vorher eingeschärft: «Daß mir keiner was von Tod und solchen Sachen sagt!» Ich bekam dann einmal furchtbare Haue, weil ich mit einer alten Zigarrenkiste von Großpapachen ‹Sarg› gespielt habe; Lotte, meine älteste Schwester, hielt eine Grabrede, und ich war der Träger. Auf der Kiste war eine große Bronzefigur, die wir mit entsetzlicher Mühe vom Sockel heruntergeholt hatten, ganz vorsichtig … Als wir die ganze Geschichte im Ofen begraben wollten, kam Großpapa und Papa und Mama herein … Ich bekam: von Papa mit dem Stock, von Mama mit dem Staubbesen, von Großmama mit der Hand und von Lotte privat, abends im Schlafzimmer, Knüffe. Großpapa schenkte mir einen Bonbon. Das heißt: das war eigentlich gar kein Bonbon – das war so eine malzige, schmalzige Sache, die ich immer heimlich ausspuckte und an die Gardinen geklebt habe. Aber diesmal mußte ich ihn aufessen, und das war die härteste Strafe. Ja, das war Großpapa. Was er war ...? Er war Kaufmann in Posen gewesen, natürlich stammte Großpapa aus Posen, und dann hat er sein Geschäft aufgegeben, und ist nach Berlin gezogen. Bei seiner Beerdigung mußten wir sehr weinen, weil es alles so schön traurig war.

Und dies hier ist

GROSSMAMA.

Großmama lebt noch. Sie trägt noch genau dieselben Häubchen, die sie schon zu meiner Kinderzeit getragen hat, und es riecht bei ihr immer nach sauren Zitronen. Großmama hatte einen, nein, zwei Lieblinge: das eine war ihr Papagei, und der andere war ein verstorbener Vetter von mir, der hieß Paul. Das muß ein Idealkind gewesen sein. Paul hatte alles, konnte alles, war immer artig gewesen ... wenn er nicht schon tot gewesen wäre, hätte ich es gewünscht. Aber für Großmama war er nicht tot.

Großmama nannte ihren Mann nie mit dem Vornamen oder so; sie sagte immer «Ledermann» zu ihm. Einfach: Ledermann – wie beim Militär. Großmama konnte kein Gewitter ertragen, und ich weiß noch genau, einmal, als wir da waren und es gewitterte gerade furchtbar, da sagte sie ganz leise in den Papageienkäfig: «Wie Paul noch da war, hat es nie gewittert!» Ja. Der Papagei war ein gräßlich borstiges Luder, aber wir mußten furchtbar nett zu ihm sein. Ich habe ihm mal heimlich eine Spinne in den Käfig gesetzt, da hat er den ganzen Tag geschrien, kein Mensch hat gewußt, warum. Die Spinne ist aber nachher mir auf die Hand gekrochen, und da habe ich geschrien. Ich habe Haue gekriegt. Großmama hatte drei große Sorgen in ihrem Leben; abgesehen vom Gewitter: die eine war, daß sich Lottchen nicht erkältet, daher mußte Lottchen auch im Hochsommer immer im Jackett zu ihr gehen; die zweite war, ob auch die Gasrechnung richtig bezahlt sei, denn auf dem Nebenflur war einmal jemand wegen einer unbezahlten Gasrechnung gepfändet worden; und die dritte, allerschrecklichste war: Warum hat Onkel Richard «die Person» geheiratet! Ich wußte damals nicht, was es war. Es war eine Schauspielerin vom Friedrich-Wilhelmstädtischen Theater, die Onkel Richard wahr- und wahrhaftig geheiratet hatte, und wir Kinder fanden das furchtbar interessant. Großmama sprach immer ganz leise, wenn davon die Rede war – und beim Stehen hob sie immer ihr Kleid ein bißchen an, damit sie sich an diesem Gesprächsstoff nicht beschmutze. Bei Großmama zu sein, war immer sehr gefährlich. Sie wußte nämlich von allem, was in der Familie vor sich ging, etwa nur die Hälfte – und man mußte sehr aufpassen, daß man nicht plötzlich von den

Sachen sprach, die sie nicht wußte. Zum Beispiel von der Geschichte mit Onkel Oskar, der sich als Rechtsanwalt einen Prozeß allein geführt hatte und bis über die Ohren dabei hereingefallen war. Es war eine Sache von ungefähr zwanzigtausend Mark, und Großmama ahnte von dem Unglück nicht das geringste. Sie sagte immer: «Ich weiß alles, aber ich lasse es nicht gewahr werden!» Hinter ihrem Rücken machten sich die andern immer Zeichen. Einmal sah sie das im Spiegel, und da fragte sie die beiden – es waren Tante Hanne und Tante Jette –: «Was macht ihr da?» Und da mußten sie sagen, sie seien so entsetzlich nervös. Sie mußten daraufhin eine ganze große Kanne Kamillentee austrinken und bekamen Leibschmerzen. Großmama konnte es nicht leiden, wenn Großpapa rauchte. Sie schloß ihm alle Pfeifen und alle Zigarren weg, aber er hatte doch immer wieder welche. Er steckte sich nämlich hinter das Mädchen. Das bekam sie heraus, und da hat sie gerufen: «Ledermann, du bist ein Lüderjan!» Das wurde bei uns ein geflügeltes Wort.

Das hier ist

Onkel Oskar.

Onkel Oskar – nein, den Bart trägt er jetzt nicht mehr, das war damals Mode – Onkel Oskar war Rechtsanwalt. Als er sein Assessorexamen machen sollte, da kam er mal ganz aufgeregt zu uns und sagte, wenn ihm Papa nicht gleich hundert Mark pumpte, dann schmisse er sich in den Landwehrkanal. Das wollte Papa nicht, weil der Landwehrkanal ja in einer sehr bekannten Gegend liegt, und da gab er ihm die hundert Mark. Onkel Oskar spielte immer Sonntags mit Papa und Onkel Richard bei uns und bei ihm und bei Onkel Richard der Reihe nach rum: Skat. Um vier, nach dem Mittagessen, wenn sie geschlafen hatten, fingen sie an. Onkel Richard hatte dann immer noch das Muster von dem Kissen, auf dem er gelegen hatte, als Abdruck auf der Backe. Um halb fünf ungefähr hörten wir Kinder schon hinten im Zimmer, daß da vorn etwas los sei – und um fünf war der schönste Krach im Gange. Gewöhnlich schrien alle drei mit einem Male. Ich weiß noch, daß Papa dabei gesagt hat: «Bei der Ehre meiner Frau und meiner Kinder – ich habe schon das vorige Mal den Pique-Jungen ausgespielt!» Und Onkel Richard hat gerufen: «Franz – das ist hier eine ernste Sache – mach gefälligst keine Witze!» Und da ist Mama ins Zimmer gestürzt gekommen und hat gerufen, er habe sie beleidigt, und dann sind alle weggegangen. Wie sie weggegangen sind, hat Papa die Karten aufgenommen und hat alle sortiert, und Mama hat ihn gefragt: «Verteidigst du so die Ehre deiner Frau?» – Und da hat Papa gesagt: «Und ich hatte *doch* den Pique-Jungen ausgespielt!» – Sonntags war es bei uns überhaupt immer sehr schön. (Ob die Gnädige nun bald kommt ...? Es dauert ein bißchen lange, finde ich.)

Dieses hier ist

TANTE JETTE,
die stadtbekannte Kokette.

Tante Jette war dumm, das war in der ganzen Familie herum. Sie glaubte alles, was man ihr erzählte. Wir haben ihr einmal eingeredet, wenn der Schah von Persien nach Berlin kommt, dann muß in jedem Stadtbezirk eine Jungfrau ausgesucht werden und ihm als Gastgeschenk dargebracht werden. Tante Jette hat sich dann vierzehn Tage in ihre Wohnung eingeschlossen und hat niemanden hereinkommen lassen. Als sie wieder rauskam, haben wir sie furchtbar ausgelacht. Und da hat sie gesagt: «Überhaupt — Ihr wißt ja gar nicht einmal, ob ich noch eine bin! Ich war in meiner Jugend eine stadtbekannte Kokette!» Seither hieß sie nur noch so.

Das ist — na, wenn du den kennenlernst, läßt du die Partie zurückgehen, mein Kind. Dies ist — und hier ist er noch mal, wie er früher aussah — also, das ist

ONKEL MAX.

Onkel Max ist, wie schon sein Name besagt, klein und frech. Du kannst dir so etwas von Mundwerk überhaupt nicht vorstellen. (Kommt sie etwa jetzt? Nein.) Onkel Max war verheiratet, seine Frau, Ottilie, lebt nicht mehr; das war eine ganz kleine, gedrückte Person, die hat er ganz platt geredet. Er redete immerzu und ohne Unterlaß. Seine Frau behauptete, er rede auch aus dem Schlaf. Wenn er bei uns war, sagte er jedesmal: «Kumpel» — so nannte er mich, warum, weiß ich nicht — «Kumpel, lies mir mal die Zeitung vor!» Ich fing auch immer brav und bieder an, zu lesen — aber ich kam nie weiter als bis zum dritten Satz. Zu jedem Wort hatte Onkel Max etwas zu sagen — er kritisierte die ganze Politik in Grund und Boden, den Reichskanzler, die Abgeordneten und, wen er aus irgend einem Grunde ganz besonders auf dem Kieker hatte: die Oberförster. Ich weiß nicht, ob er mal auf einer Treibjagd angeschossen worden ist — aber wenn er einen Oberförster sah, wurde er ganz rasend. Als ich ihm mal von dem südwestafrikanischen Herero-Aufstand vorlas, hat er gesagt: «Wahrscheinlich haben die Oberförster da den ganzen Wildbestand abgeknallt, die Bande!» Und dann hat er sich rumgedreht und gerufen: «Ottilie! Sei still — das verstehst du nicht!» Tante Ottilie war aber gar nicht da, sie war gerade hinausgegangen. Na, du wirst ihn ja kennenlernen. Das ist eine dolle Nummer. Das wollte ich dir noch sagen: von Onkel Richard, Tante Hanne und Mama darf vor Onkel Max nicht gesprochen werden — mit denen ist er böse.

Das hier ist . . . den kenne ich nicht, wahrscheinlich ein angeheirateter Schwager. — Komisch, man kennt seine eigene Familie nicht mehr richtig . . .

Und das ist, warte mal – das ist ja

EMMA!

Na, Emma gehört eigentlich nicht zur Familie – aber sie gehört doch mit dazu. Emma war bei einem verstorbenen Onkel von mir Stütze gewesen und dann hat sie bei uns allen Wäsche genäht und solche Sachen. Nein, das ist gar keine schlechte Fotografie, so hat sie wirklich ausgesehen. Der Fotograf hat das sogar sehr geschickt gemacht, sie hat noch viel schlimmer geschielt. Na ja, man soll ja darüber nicht lachen – ich weiß –, aber wenn sie einen ansah, hatten wir immer so furchtbare Angst. Sie wußte alles, was bei jedem los war, und erzählte es immer brühwarm den andern. Wir hörten immer zu, und so erfuhren wir alles: daß Jenny, das war eine Schwägerin von Tante Hanna, so geizig war, daß sie ihrem Mann einen einzigen Knopf an die Unterhosen nähen ließ und nur im Winter zwei; daß das Jüngste von Onkel Richard den Keuchhusten hatte (Emma sagte immer: «Keichhusten»); daß bei dem Bauernschwager von Mama schon *wieder* Gesellschaft sei – die dritte in diesem Winter! –; wo die Leute das hernähmen, das wollte sie, Emma, auch noch mal wissen – aber es sagte ihr keiner; und das große Familiengeheimnis: Tante Wanda hat wieder ihr Testament umgestoßen! Tante Wanda ist hier ... warte mal ... nein, sie ist nicht drin. Tante Wanda war furchtbar reich und machte ungefähr alle Monat ein Testament. Emma wußte das; sie wußte auch, daß bei jedem Testament *sie* ein Legat bekam, «von wegen treuer Dienste», sagte sie immer mit einem feierlichen Genetiv. Tante Wanda ist dann ohne Testament gestorben, und seitdem verkehren Tante Hanna und Onkel Max nicht mehr mit Lotte und wir nicht mehr mit Onkel Julius.

Das ist – nein, das ist gar kein Schauspieler. Das ist

ONKEL JULIUS

als junger Mann. Er war Buchhalter, damals, aber er wollte so schrecklich gern zum Theater gehen! Du kannst dir das nicht denken. Er hat sogar mal an die Sorma geschrieben, aber der Brief ist als unbestellbar zurückgekommen und seitdem hat er ihn sorgfältig aufbewahrt, in einer großen Mappe, da stand drauf:

Theaterkorrespondenz.

Er deklamierte immer, und weil seine Eltern das nicht hören konnten, ging er immer aufs Örtchen.

Er hatte mal was von Demosthenes gelesen, der das Rauschen des Meeres mit seiner schwachen Stimme übertönen sollte, und da ließ er den ganzen Nachmittag die Wasserspülung laufen und deklamierte dazu Hamlet.

Er ist dann aber doch nicht zum Theater gegangen.

Der? Das ist ein Vetter von mir, der hieß

Siegmund.

Ja ... wie soll ich dir das erzählen ... Also, der Siegmund – der war ... der hatte ... der hatte ein Magenleiden. Das heißt, eigentlich war es vielleicht gar kein Magenleiden, sondern mehr eine schlechte Angewohnheit. Er mußte nämlich immer, nimm mir das nicht übel, er mußte immer so laut ... schlucken. Es war ganz schrecklich. Er hatte es direkt zu einer Virtuosität darin gebracht. Er konnte es ganz laut – einmal ... schluckte er auch auf der Straße, und da lief ein kleines Hündchen vor Angst weit weg. Er wurde geradezu böse, wenn man etwas dabei fand, bei seinem ... Schlucken. Und was das Dollste war, er nannte diese Schluckser alle genau; sie hatten alle Namen. Da gab es «Kehlkopfroller» und «Zungenschnalzer» und was weiß ich alles. Und ... nein, er wohnt nicht mehr in Berlin. Er ist weggezogen, seit seiner Affaire mit der Tochter von Wasmuth. Das war ein großer Hühneraugenmittelfabrikant, den hast du nicht mehr gekannt, Wasmuths Hühneraugenringe in der Uhr ... Ja, die sollte er heiraten, ein immens reiches Mädchen. Und vor dem Standesbeamten, als alles ganz still und feierlich in Zylinderhüten dastand, da ließ er einen Kehlkopfroller los, und da ging die Partie zurück ... Schreckliche Sachen passieren manchmal im Leben ...

Das ist Papa, das ist Mama, das bin ich – das bin ich auch – das war mein neuer heller Sonntagsanzug, da habe ich auf einer Landpartie mal eine Katze gefunden und habe sie auf dem Arm getragen, den ganzen Weg. Und da hat sie mir den Anzug bekleckert, und da habe ich Haue bekommen. Ja, ich habe ein bißchen viel Haue bekommen. Du nicht –? Das ist Kurt Fehsenbach, mit dem spricht Tante Minna und Onkel Julius nicht mehr, weil sie behaupten, er habe ihnen ihr ganzes Vermögen verspekuliert ... Die ist der schlimmste Feind von Großmama gewesen, nein, von der anderen Großmutter, mütterlicherseits: das ist Fräulein Lachmannsky, eine Stieftochter von Tante Hannas Bruder. Das war ein Zwilling. Das ist Hanna, die wirst du ja nachher kennenlernen – (na, sag mal, wo bleibt sie eigentlich! Soll ich mal klingeln ...? Na gut, warten wir noch.)

Das ist Großpapa noch mal, das ist Bernhard, der ist nach Amerika gegangen, ich weiß nicht, was aus ihm geworden ist ... Das? Das sind

Peter und Paul.

Ja, Vettern von mir. Peter und Paul waren immer zusammen, und sie zankten sich immer: es waren eben echte Verwandte. So etwas von Zanken kannst du dir überhaupt nicht vorstellen. Sie haben sich mit allem gehauen, womit man sich überhaupt nur hauen kann. Du meinst, weshalb sie ... weshalb sie dann aber immer zusammen waren?

Mein liebes Kind, du hast doch eine Familie, nicht wahr? Und daher mußt du das wissen, was das ist: Verwandtschaft. Siehst du, mit den

Verwandten ist das so:

Verwandte klucken immer zusammen und wissen alles voneinander. Sie wissen von den Interna der Familie gewöhnlich mehr als von ihren eigenen Sachen, um die sie sich kümmern sollten — sie wissen in allem Bescheid, was die andern machen — ganz genau. Und sie sind unglücklich, wenn sie es nicht wissen. Sie telefonieren fast alle zwei Tage miteinander, sie hocken aufeinander und dicht zusammen. Und darüber stöhnen sie.

Sie sagen alle: Ach, die Familie! Wenn ich das bloß nicht brauchte! Wie mir das zum Halse herauswächst! Wie mir davor graut!

Aber sie nehmen es todübel, wenn einer absagt, wenn einer nicht genügend ‹Interesse› bezeigt, wenn einer nicht dabei ist. Es gibt ganz offizielle Gelegenheiten, die keinesfalls ausgelassen werden dürfen; als da sind: alle Geburtstage, Weihnachten, Silvester, alle Hochzeiten, natürlich — ja, da werden wir wohl nicht drumherumkommen! — na, und dann natürlich beinahe alle Sonntage. Natürlich. «Sonntags sind wir in Familie» — heißt das. Der ganze Sonntag ist hin. Sonntag ist eigentlich nur schön bis morgens zehn Uhr, am schönsten um acht, wenn man sich noch mal rumdrehen und weiterschlafen kann. Aber dann ist es aus. Dann sind wir in Familie. Das geht reihum, weißt du, und man sieht immer wieder dieselben Gesichter und hört wieder dieselben Gespräche und dieselben Stimmen und alles das. Und es wird einem so über — so mächtig über! Aber was will man machen? «Sonntags ist man in Familie.» Und dann wird alles erzählt, und Blicke werden gewechselt, und todsicher ist natürlich mindestens einer oder eine beleidigt. Darauf kannst du dich verlassen. Manchmal schmeißt auch einer die Serviette hin und geht raus. Aber gewöhnlich geht ihm dann einer nach und holt ihn wieder zurück . . .

Und weil sie doch alles, alles voneinander wissen, wissen sie auch, wo jeder am verletzlichsten ist und wo man ihn am besten treffen kann. Und ich glaube, es gibt keine fremden Menschen, die sich so bitter bekriegen wie Verwandte. Und diese Gefrierstimmung, die manchmal ist — nicht wahr, das kennst du auch? Ja, das ist ganz schrecklich. Dann ziehen alle so steife Gesichter und sprechen auf einmal so ganz unnatürlich und fein, und dann weiß man schon immer: Hier ist etwas nicht in Ordnung! Und wenn sie sich über ein altes Kinderkleidchen zanken, dann holen sie immer gleich alle alten Familiengeschichten in Bausch und Bogen heraus, alle, von Beginn der Welt an, und werfen sich den ganzen Kitt noch einmal vor, über den man sich doch unter der vorigen Weihnachtstanne glücklich versöhnt hatte . . . Und es gibt keine Erbschaft, das sage ich dir, und du kannst es glauben, die so hoch wäre, daß sich alles lohnt! Und da werden Rücksichten genommen und Verabredungen getroffen und nicht innegehalten und lange Telefongespräche geführt — warum eigentlich? Die Stimme des Blutes? Ach, laß dich doch nicht auslachen! Ich werde dir mal sagen, was es ist:

Die Verwandtschaft ist eine Plage, die der liebe Gott sonst ganz gesunden Menschen auferlegt hat, damit sie nicht zu übermütig werden! Das ist es. — — Da ist Tante Hanna.

Erlaubst du, Tante Hanna, daß ich dir meine Braut vorstelle . . .?

[1925]

BLUMENTAG

Der dicke Bürger greift in seine Weste:
«Da nimm! mein Kind!» –
Er gibt den Sechser mit gerührter Geste –
die Träne rinnt! –

Das Auge tropft. Der dicke Bauch schlägt Wellen.
Er *schenkte* was!! — —
In solchen Patriotenrummelfällen
da tut er das!

Er sorgt für Veteranenpensionierung
von Stolz geschwellt –
Bei uns hat nämlich dafür die Regierung,
weiß Gott! kein Geld.

Denn sie muß eifrig auf die ††† Roten fahnden –
sie darf nicht ruhn.
Sie muß politische Verbrechen ahnden –
sie hat zu tun —!!

Das leert vor allem andern ihre Kassen. –
Fürs Kriegerpack
da betteln sie derweil auf allen Gassen –
Kornblumentag . . .

Der Bürger denkt bei Tisch, nach süßen Torten
und blauem Aal,
(Hupp! stößt's ihm auf –): «Wie sind wir allerorten
christlich-sozial!» –

[1911/12]

DIE HERREN VON GESTERN

«Eine Satire! Schreiben Sie uns eine Satire!» sagte der Redakteur. Und da stand ich nun; denn so schwer es manchmal ist, *keine* Satire zu schreiben – so schwer ist es auch, eine zu schreiben, und das sollte ich nun tun...

Am Nachmittag hatte ich keine Zeit – der war reserviert, ich mußte für meine Tante Amalie eine Auskunft auf einem Ministerium holen, und das dauert schon einen guten Nachmittag lang. (Wenn Dienststunden sind. Es waren aber keine.) Ich verlegte also die Angelegenheit auf den späten Abend. Aber was? Aber worüber? –

Da saß mir gegenüber, jenseits des Ganges, am weißgedeckten Tisch – da saßen vier Personen beim Abendbrot, eine Dame und drei Herren. Sagte ich schon, daß ich bei Karlemanns esse? Ja, ich esse bei Karlemanns – es ist eine gute Pension, und ich kann sie sehr empfehlen. Da saßen also diese vier Leute, und ich wußte, wer das war. Der lange Dunkle war der Sohn einer Exzellenz – er war früher Landrat gewesen, aber nun war er weggegangen oder weggegangen worden, das wußte ich nicht genau. Und sie war seine Frau, und die beiden andern waren seine Freunde.

Sie benahmen sich durchaus anständig. Ich mußte ihn immerzu ansehen. Ich fraß mich in dieses hochmütige, langweilige, nichtssagende Gesicht hinein – ich sah ihn bei seinen kleinen Amtshandlungen, wie der schnauzbärtige Gendarm vor ihm stramm stand, wie alle ihn zuerst zur Türe herausgehen ließen, wie er vorn und hinten hofiert wurde. Und ich sah auch, wie er vor seinen Vorgesetzten katzbuckelte, einstmals dieselben nichtssagenden Jünglinge wie er – aber nun hatten sie dicke Bäuche und große Gehälter und waren mächtige Herren ... Herren von vorgestern ...

Er hatte einen Brief hervorgezogen, einen Brief aus München, wie er sagte, und den las er vor. Im Tonfall, in der Gebärde – unnachahmlich – ein Schauspieler hätte es nicht besser machen können. «Was wir hier durchgemacht haben», las er, «kann ich euch nicht alles erzählen. Das Pöbelpack ist ja heutzutage obenauf – früher hätte man diese Burschen zusammenkartätscht. Hoffentlich kommt's auch mal wieder anders! Die Stimmung der Befreiungskriege wird sich ja bei euch in Berlin bemerkbarer machen als hier!»

Und seine Frau und die beiden Freunde hörten ihm mit glänzenden Augen zu. Die Befreiungskriege! Das wäre etwas! Und er las.

Und wie er so las – von den «herrlichen Tagen Kaiser Wilhelms» und von den «törichten Bestrebungen der Straße» – da überkam es mich blitzartig, wie fremd, wie entsetzlich fremd mir doch diese Leute seien. Das waren nun Deutsche, Landsleute – ja, waren denn das überhaupt noch meine Landsleute? Hatte ich mit denen irgend etwas gemein, außer der Sprache?

Nichts. Das war eine *andere Welt.* Wir würden uns nie verstehen und verstanden uns sicherlich nicht. Was sie herrlich nannten, erschien mir verbrecherisch, und was sie den Pöbel der Gasse nannten, das sah ich vor mir: verhärmte und von dem langen Kriege ausgelaugte und ausgesaugte Frauen und Kinder, alte Männer, Krüppel, Kriegskrüppel ... Was wollten diese da? Auf wen warteten sie? Die Felle waren ihnen weggeschwommen, und sie glaubten, sie kämen wieder. Herren von gestern. Auch Herren von morgen?

Herren von morgen, wenn törichte Fanatiker und Radaupolitiker ihnen den Gefallen tun, sie unentbehrlich zu machen. Herren von morgen, wenn man ihnen Gelegenheit gibt, die dreimal verfluchte Gewalt herauszukehren. Herren von morgen, wenn nicht alle freiheitlich Gesinnten einsehen, daß es nur *ein* Mittel gibt, diese da im Zaume zu halten und gänzlich unterzukriegen: *Ordnung, Ruhe* und *gesunde Entwicklung!*

Dann sind sie gewesen, die Herren von gestern, und endlich wird verschwinden, was Deutschland in der Welt so verhaßt gemacht hat: eine dickschädlige Schicht von Unterdrückern der eigenen Landsleute, ein Verein von Sklavenaufsehern und Gefängniswärtern, ein Ring von Privilegierten und leeren Uniformen. Das waren deine Herren, Deutschland! Gelüstet dich wieder nach ihnen?

So dachte ich, als der junge Landrat a. D. las, und dann ging ich nach Hause und schrieb dieses hier auf.

Aber nun ist es doch keine Satire geworden. [1919]

DIE HERREN HELDEN

«In einem Wiesental vor dem Dorfe Seraincourt traf ich auf die Abschnittsreserve, die im Begriffe stand, in das Gefecht zu marschieren. Allen waren die schweren Kämpfe der letzten Monate nur zu deutlich anzusehen. Die Uniformen zerrissen — kaum noch die Abzeichen zu erkennen — die Gesichter oft erschreckend mager. Mit vielen sprach ich, viele Hände drückte ich, Männer, die sich in den jüngsten Kämpfen ausgezeichnet hatten, schmückte ich mit dem Kreuze. Dann verteilte ich meinen kleinen Vorrat an Schokolode und Zigaretten. So verging eine in all der Bitternis jener Tage unvergeßlich schöne Stunde im Kreise meiner bewährten Frontkämpfer.»

Kronprinz Wilhelm: *‹Erinnerungen›*

Mit keinem Begriff ist seit dem Jahre 1914 so viel Unfug getrieben worden wie mit dem Wort «Helden». Hindenburg ist ein Held, Ludendorff ist ein Held, die kaiserliche Familie bestand nur aus Helden ... und vor allem die Generale hatten den Titel erblich. Wie ist es nun damit —?

Daß im aktiven deutschen Offizierskorps der kaiserlichen Armee die schwersten sittlichen Mängel zu Hause waren, wissen wir. Dazu gehörte im allgemeinen *nicht* ein Mangel an *Kollektivmut*, das heißt an jenem Mut, den es zu betätigen galt, *wenn andre dabei waren;* wenn es sich um den seit Kindheit eingebleuten ‹Dienst› handelte. Bei einem völligen Mangel an *Zivilcourage* waren diese Männer im allgemeinen nicht *feige*. Gut.

Je höher wir aber in der militärischen Stufenleiter steigen, desto dünner wird das mit dem ausposaunten Heldentum – und oben hats dabei ganz und gar geschnappt. Ludendorff hat ja, wie bekannt, bei Lüttich noch selbst mitgetan – und er wird sicherlich seine Soldatenpflicht genau so getan haben, wie sie eben jeder durchschnittlich geübte deutsche Soldat getan hatte.

In dem Augenblick aber, wo aus dem ‹Soldaten›, das heißt dem, der selbst Menschen töten sollte, ein *Telefongeneral* wurde – da war es aus.

Man denke das genau durch.

Kein vollsinniger Mensch wird von einem *Kommerzienrat* oder einem großen *Bergwerksspekulanten* verlangen, daß er selbst mit seinen Arbeitern schuftet. Es täte ihm manchmal gut – aber das ist eine andre Sache. *Diese Leute nehmen aber auch gar nicht den Ruhm oder das Verdienst für sich in Anspruch, gute Schraubendreher, vorzügliche Häuer zu sein – sie sind etwas ganz andres: nämlich große kapitalistische Kaufleute.* Ihre geistige Arbeitsleistung, wie verschieden man die auch einschätzen mag, bleibt sehr oft bestehn: wenn es sich nicht um faule Erben handelt, die andre die Arbeit tun lassen, so kann man sagen, daß sie eine Summe von Intelligenz, Spannkraft, Arbeit, Energie in ihre Sache stekken – wenngleich immer zu bedenken ist, daß sie diese Arbeit unter den allergünstigsten Umständen tun, die einem Menschen gegeben sind. Wie sieht das nun bei den Generalen aus?

Beim modernen General wird der Begriff ‹Soldat› völlig aufgehoben. Er ist gar kein Soldat mehr.

Foch, Hindenburg, Pershing und wie sie alle heißen – sie mögen alles mögliche gewesen sein: energische Menschen, Führer, mitreißende Männer, fleißige Leute, Leute mit der Entschlußkraft des Augenblicks – alles, alles kann man ihnen zugestehen. Nur eins nicht: sie waren keine *Soldaten. – Sie waren Verwaltungsbeamte.*

Sie töteten keinen Menschen. Sie lagen nur höchst selten in der Gefahrzone. (Nach der Melodie: «Der Feldherr muß sich den Truppen erhalten.») Sie mußten nicht Tag für Tag jene stumpfsinnige, nerventötende Arbeit leisten wie die echten Soldaten – nicht den Kleinkrieg mit dem Objekt führen – sich nicht mit Läusen, faulem Stroh, Hunger und Durst herumplagen; sie lebten sauber und bürgerlich in geheizten, gut erleuchteten Räumen und arbeiteten. Mit dem Kriegshandwerk hat das gar nichts mehr zu tun.

Das ist nicht ihre Schuld. Aber dann sollen sie nicht immer so tun, als hätte ihre Tätigkeit noch irgend einen Zusammenhang mit dem Tun des

Soldaten – dieser Zusammenhang ist seit etwa einem Jahrhundert völlig verlorengegangen. Hat man schon einmal gehört, daß jemand Henry Ford einen Helden genannt hat? Man kann ihm allen Lorbeer der Welt um die Stirn flechten, wenn man will – aber ein Held? Grade das ist er nie gewesen und wollte es auch gewiß nicht sein. Jeder kleine Unteroffizier hatte in diesem Krieg mehr *Heldentum* zu bewähren als die Generale und Generalstäbler.

Sie waren falsch angezogen. Sie hätten so wenig eine Uniform tragen sollen wie etwa Wilhelm der Ausreißer: eine Uniform ist kein Ehrenkleid, man gönnt sie ihnen gerne – aber sie haben sie sich gestohlen! In *Zivil* hätten sie gehen sollen, diese Telefongenerale. (Man stelle sich das vor.) Aber dann hätte ihnen der ganze Krieg keinen Spaß mehr gemacht, trotz der Bombengehälter. Sie liefen herum wie die *Todgeweihten*, aber sie hatten nur die Chance, sich zu überfressen oder sich kleinere Salonkrankheiten zuzuziehen. Sie trugen die Affenjacke des Zwangssoldaten – aber sie *waren* es nicht. Es waren verkleidete Beamte, die Generale.

Was sie nicht hindert, die Klappe aufzureißen, daß man ganze Bände ihrer Kriegserinnerungen hineinstopfen kann.

Im oben zitierten Beispiel des Kronprinzen ist die Sache gradezu grotesk. Der teilt an Männer, die sterben gehn, Schokoladenplätzchen aus wie eine Mama an die Kinder, bevor die in die Schule wackeln – – *und dann? Und dann –? – Wo blieb er dann?*

Dann ging er, sauber gebadet, sauber rasiert, wieder in sein geschütztes Hauptquartier zurück, rieb sich die Hände, die Ordonnanzen flitzten um seinen Abendbrottisch, und inzwischen wälzten sich «seine bewährten Frontkämpfer» in ihren Därmen, die aus ihren Leibern hingen. Und ihr letzter Gedanke galt sicherlich dem prinzlichen Händedruck. Und nicht etwa Frau und Kindern.

Der moderne Krieg hat aus dem Führer einen *Beamten* gemacht – das darf man niemals vergessen. Alles Heldengerede, das denen da zu ihrer verderblichen Tätigkeit nun auch noch Ruhm, Glanz und Ehre anpappen will, arbeitet bewußt oder unbewußt mit den *Formen von gestern*. Es gibt keine Landsknechte mit der Hellebarde mehr – übrig geblieben sind nur noch die Vorstellungsformen aus jener Zeit: das ruhmreiche Schwert und der heldische Führer und das Feld der Ehre. *Schwindel*.

So, wie eine Fahne heute, zur Zeit der Gaskriege, ein sinnloser Lappen Zeug ist, so ist es diese ganze Ausdrucksform: wenn es Helden gegeben hat – im *Stab* haben die nicht gesessen. Da haben sie gefressen, mit Homers Achilles haben ihre Ledergamaschen nichts mehr zu tun.

Und wenn einer kommt und euch vom Heldentum eines Hindenburg, eines Ludendorff, eines desertierenden Kronprinzen etwas erzählen will, dann tut mit diesen Helden und Heldenverehrern das, was ihnen gebührt.

Lacht sie aus. [1926]

DIE KLEINEN KÖNIGE

Ein Streitruf

Das Kapitel, das hier behandelt werden soll, ist eines der traurigsten des deutschen Lebens. Und es scheint mir an der Zeit, es zu behandeln, weil seine Helden noch niemals den Kopf so hoch trugen wie heute, und weil sie nie drückender auf ihren Untertanen lasteten als in diesen schweren Tagen.

Die Organisation des modernen Lebens hat es mit sich gebracht, daß die Zahl derjenigen, die anderen Menschen ‹vorgesetzt› worden sind, ins unermeßliche angeschwollen ist. Jeder Mann ist heute Vorgesetzter und Untergebener; jeder ist Glied in der Kette, jeder hat zu befehlen und zu gehorchen.

Das war früher anders. Da befahl der eine, befahl ganz und gar, befahl ausschließlich und in allem – und der andere gehorchte, gehorchte geduckt und gebeugt und hatte nichts als zu gehorchen. Befehlen und herrschen – das war eines.

Heute ist Befehlen etwas anderes. Ein Befehl ist noch lange keine persönliche Herrschaft, sondern – seinem ursprünglichen Sinn nach – eine sachliche Anordnung. Der Befehl wird ausgeführt, aber der Ausführende geht nachher nach Hause und ist ein freier Mann.

So ist das System gedacht. In Wahrheit aber hat jeder, der Befehle zu erteilen hat, die alte Form über den neuen Inhalt gestülpt (daran krankt unsere Zeit) und glaubt nun, er sei ein Herrscher alten Stils, weil man ihn eingesetzt hat, sachliche Anordnungen zu treffen. Und das schreckliche Wort wird wahr: «In unserer Zeit ist Befehlen ein Laster geworden und Gehorchen ein Martyrium.»

Seht euch um! Es ist ja nicht nur das Heer, man möchte fast sagen, das am allerwenigsten. Daß einem jungen Unteroffizier der Kamm schwillt, ist menschlich begreiflich. Aber wie schnell verfliegt das! Wie rasch wird ihm von Vorgesetzten und Kameraden begreiflich gemacht, daß er eben nur Glied in der Kette sei, kein Selbstherrscher aller Preußen. Man lächelt darüber, solange die Tressen noch blinken – dann ist's vorbei.

Aber seht euch um! Seht in Arbeitsheime, in Pensionen, in Handwerksstuben, in Büros, in Geschäftszimmer, in kleine Fabrikbetriebe, in Ämter! Welche Tyrannen im Schlafrock! Welche Königskronen aus Tomback! Welche Grandezza gekränkter Haushähne, wieviel Dionysosse mit zweihundert Mark Monatsgehalt, wieviel Neros in abgescheuerten Hausröcken, wieviel Caligulas in Hemdsärmeln! Und keiner wagt zu mucken.

Steckt der Korporal so tief in uns allen? Denn diese Burschen wären ja unmöglich, wenn nicht auf der anderen Seite die unendlich große

Zahl der Geduckten stände, diese *moles inerta,* die bedauernd die Achseln zuckt und fragt: Ja, aber was sollen wir machen?

Was ihr machen sollt? Ihr sollt vor allem den Unteroffizier aus eurer eigenen Brust herausreißen. Ihr sollt vor allem nicht, wenn ihr ans Ruder kommt, wiederum den Bakel wie ein Zepter schwingen, das Briefeingangsbuch wie einen Reichsapfel, den Federhalter wie einen Marschallstab. Ihr sollt die Süßigkeiten des Herrschens nicht da auskosten, wo es nichts zu herrschen, sondern nur zu ordnen gibt. Ihr sollt nicht sagen: «Meine Leute!» Es sind nicht eure Leute. Ihr seid nicht mehr der Großgrundbesitzer aus der alten Zeit, dem Menschen gehörten. Blast euch nicht vor euren Frauen auf – wenn es auch so leicht und lohnend ist – regiert nicht, ordnet an; leitet, aber herrscht nicht; führt, aber laßt das Ducken.

Dann wird's besser werden. Es wird aber – vor allem – besser werden, wenn die, die heute so unter diesen königlichen Schießbudenfiguren zu leiden haben, sich nur einmal klarmachen wollten: was können sie uns denn? Wie weit reicht ihre Macht?

Sie reicht meist nicht weit. Schlimm, wenn ein kleiner König seine finanzielle Überlegenheit ausnutzt, um dem Untergebenen klarzumachen, daß einer Herrscher sein müsse. Aber da hilft nur die Organisation. In den meisten Fällen ist es Angst, Angst vor Unbequemlichkeiten, vor Weiterungen, vor Skandal, platte Angst, die die Unterdrückten (die diese Zeilen schlürfen werden) abhält, sich aufzulehnen.

Ich predigte Abschaffung jeder Autorität? Aber gar nicht. Ich predige Abschaffung des Grundübels unseres Volkes, Herrscher und Vorgesetzte zu sehen, wo (sachlich!) Leitende sein sollten. Sagt mir der Leiter meines Unternehmens, der es besser weiß als ich, ich solle das und das tun, so tu ich es. Auch gegen meine Überzeugung. Will er mich ducken, naht er mir mit unnahbarer Würde, so lach ich ihn aus. Das könnt ihr nicht? Das könntet ihr nicht, Angestellte, Beamte, Söhne, Töchter, Neffen, Gesellen, Schwestern, Diener? Ihr könnt, wenn ihr nur wollt. Wollt endlich!

Die kleinen Könige – und noch mehr die kleinen Königinnen – müssen herunter von ihren Thronen. Jeder Deutsche sollte wissen und fühlen, daß er – persönlich – frei ist. Verschwende ich viel Pathos an eine kleine Sache? Aber es ist keine kleine Sache, unter der Tausende und Tausende seufzen.

Dies ist kein ‹Schlüsselaufsatz›. Ich befinde mich nicht in der unglücklichen Lage, unter einem solchen kleinen König zu leben. Weil ich aber frei bin, weil ich's sagen darf, sage ich: Lehnt euch auf! Schweigt nicht! Tut euch zusammen! Hütet euch selber vor dem Fehler, kleine Bürgerkönige zu sein! Und werft diese Privattyrannei, die nachgerade unser ganzes Leben zur Hölle macht, heraus: Amtsvorsteher, alte Onkel, würdengeschwellte Vorstandsdamen, Titulardirektoren, Vorstandslöwen – werft sie heraus!

Lächerlichkeit tötet sie nicht. Und daß die Überlegenheit des Geistes auf eurer Seite ist, spricht nicht gegen die kleinen Könige, sondern gegen euch. Anonyme Scheltworte, feinsinnige Rache der Literaten, Ironie – das sind pappene Pfeile. Lernt von euern Tyrannen die Rücksichtslosigkeit, den festen Griff, die harte Faust – greift zu! Und ihr werdet unser deutsches privates Leben – in der Familie und im Amt, in der Fabrik und im Geschäft – gereinigt haben.

Ihr werdet sehen: es geht viel, viel besser ohne sie; ohne die kleinen Könige. *In tirannos!* – [1918]

DAS MILITÄR ALS ERZIEHER?

Der Krieg hat Pazifisten gemacht; mich hat er in meinen pazifistischen Anschauungen, mit denen ich meine Soldatenzeit antrat, bestärkt und mich in die Lage versetzt, die bereits im Jahre 1913 geäußerten Thesen nunmehr durch die Erfahrung bestätigt zu sehen. – Das System der deutschen Militärerziehung stammt aus dem achtzehnten Jahrhundert und war damals unethisch, aber sicherlich praktisch. Es ist heute überholt und kann sich weder vor dem Philosophen noch vor dem Volksbildner sehen lassen.

Die vielgerühmte Auslöschung der Individualität, die sich beim deutschen Untergebenen mit dem Eintritt in den Heeresapparat vollzog, stellt, vom ethischen Standpunkt aus betrachtet, das Niedrigste dar, das denkbar ist. Die vollkommene Unfähigkeit der militärischen Pädagogen, mit den Persönlichkeiten, die sie in die Hand bekamen, etwas anzufangen, brachte notwendig eine Schule hervor, die die Schüler erst einmal zu vollkommenen Nullen umformte, um dann die leeren Blätter neu zu beschreiben. Diese Versündigung am Menschen wurde nicht ungestraft betrieben, denn die mit der Plempe verjagte Natur kam eilends zurück, und so entstanden die schlimmsten Differenzen in der Seele des einzelnen. Das System fingierte eben immer noch die Existenz von Berufssoldaten: von den ‹langen Kerls› konnte man die völlige Hingabe an ihren bezahlten Lebensberuf erwarten – was den Uhrmacher Schulz veranlassen sollte, seine gesamten Zivilanschauungen an den Nagel zu hängen, bleibt ein unerfindliches Geheimnis derer, die zeit ihres Lebens nicht aus der Kaserne herausgerochen haben. Das System basiert zugleich auf der ungeheuerlichsten Menschenverachtung, die die Welt gesehen hat. Auch das ist zum guten Teil historisch zu erklären. Der alte preußische Landadel hatte seine Souveränität Stück für Stück an den König von Preußen abgegeben und wurde von diesem dafür durch eine gehobene Stellung im staatlichen Gemeinschaftswesen entschädigt. Dazu gehörte die Reservierung der Offiziersstellen, und wenn man die damals starke Kluft zwischen dem Adel und den hergelaufenen und gepreßten Kerls berücksichtigt, so kann man verstehen, daß von einem gesellschaftlichen Verkehr zwischen Offizier und Mann nicht die Rede sein konnte, ja mehr, daß die Dienstjahre dem Offizier die Überzeugung einflößen mußten, von Natur aus seine Untergebenen in allen Stücken zu übertreffen.

Dieses durch und durch unethische System hatte den Vorteil der Bequemlichkeit. Der Offizier hatte es, besonders nach Einführung der Wehrpflicht, weniger und weniger nötig, seine Stellung etwa dauernd mit jener Quantität Energie zu behaupten, die ihn die Erlangung gekostet hatte: saß er erst einmal im Sattel, dann genügte es, wenn er recht und schlecht seinen Dienst machte, sich den Anschauungen seiner Kaste nicht widersetzte und keine silbernen Löffel stahl. Dagegen hatte er es nicht nötig, Tag für Tag durch ausgezeichnete Leistungen und angespannteste männliche Superiorität seinen Untergebenen zu beweisen, daß er der Vorgesetzte war. Sie konnten ihm nicht jeden Tag weglaufen wie eine Horde Landsknechte, über die die weichende Autorität eines nachlassenden Führers nicht mehr Herr wird. Sie waren Untergebene und damit fertig. Sie waren es ein für allemal und hatten auch niemals die Aussicht, emporzurücken.

Dieses unsittliche und bequeme System mochte bis zum Maschinenzeitalter ausgereicht haben. Es hat heute in der Welt ausgespielt und kann aus den besten und anständigsten Motiven heraus geliebt und verehrt werden: sein Niedergang ist besiegelt. Denn die Art des Militärs, Menschen zu erziehen, ist, wie sich im Kriege allenthalben gezeigt hat, unpraktisch. Wenn die deutsche Mannschaft für einen Offizier ‹durchs Feuer ging›, so geschah das nicht seiner Achselstücke wegen, sondern seiner Persönlichkeit wegen. Gerade ein solcher hatte also seine Führerpersönlichkeit Tag für Tag zu prästieren — das System der durch Zuchthausandrohung erzwungenen Unterordnung nutzte ihm keinen Pfifferling. Jeder Führer im Felde hat gewußt, daß Gehorchen und Gehorchen zweierlei war und daß man einer Truppe sofort anmerkte, wer sie führte: einer, dem sie gehorchen wollte oder einer, dem sie gehorchen mußte.

In den meisten Fällen mußte sie nur. Die schlimmen Fehler, die von keinem einsichtigen Militär mehr geleugnet werden: die unverhältnismäßig gute Lebensführung des Offizierkorps, seine übergroße Bevorzugung in Bezahlung und Equipierung, der schlimme Unteroffiziersgeist alter Gamaschenknöpfe, die es um so schlimmer mit der Mannschaft trieben, weil sie aus ihr hervorgegangen waren und diesen Ursprung mit aller Macht vergessen machen wollten — — alle diese Fehler wirkten auf die Psyche des Soldaten ein. Und es gibt keine ernsthafte kriegspsychologische Schrift, die diesem traurigen Kapitel nicht einige ernste Seiten widmete. (Everth, Göhre, Hefele, Wegeleben, Dreiling.)

Man wende nicht ein, daß die schlechten Erfahrungen, die besonders der gebildete Soldat im Felde mit seinen verbildeten Vorgesetzten zu machen hatte, eben nur ‹Auswüchse› betroffen hätten. Es mag auch an dieser Stelle wiederholt werden, daß es sich nicht um jene Ausnahmen handelt, die bei vierzehn Millionen Menschen selbstverständlich vorkommen, sondern um die Regel. Um die schlechte niedrige Regel.

Ich habe den *‹Grenzboten›* zu danken, daß sie es mir ermöglichen, vor einem Publikum zu sprechen, das mich sonst entweder gar nicht oder nur in Auszügen, mit Beschimpfungen verziert, zu lesen bekommt. (Wie es ja denn ein alter Erbfehler der Deutschen ist, sich kastenmäßig so abzuschließen, daß der eine vom andern ja nichts erfährt.) – Wenn ich das völlig haltlose System der preußischen Militärerziehung negativ werte, so weiß ich sehr wohl, daß es eine große Reihe anständig denkender Männer gegeben hat, die als Offiziere ihre Pflicht erfüllt haben und einfach nicht verstehen konnten, woher diese unterirdische Wut der Mannschaften herrührte. Wer sein ganzes Leben hindurch nicht aus der Sphäre, die ihn hervorgebracht hat, herausgekommen ist, der kann sich nur schwer denken, daß alle die Grundvoraussetzungen, über die er gar nicht mehr diskutiert und die ihm selbstverständlich vorkommen, bei anderen Menschen andere sind und daß alles auf diesem Planeten sehr relativ ist. Wenn es eine Erkenntnis gibt, die alle urteilsfähigen Volkskreise nach diesem Kriege durchdrungen hat, so ist es eben die: So erzieht man keine Menschen. Es ist weder schwer noch fruchtbringend, mit dem ‹Menschenmaterial› (in diesem widerwärtigen Wort liegt bereits eine ganze Welt) so umzugehen, als ob es Briketts wären. So erzieht man vielleicht Heloten oder stummgefügige Ordonnanzen oder eine bequeme Dienerkaste – aber niemals freie deutsche Männer. Die Behauptung gewisser Kreise, man könne doch einen General nicht wie einen Muschkoten behandeln, findet ihre Erledigung in dem Satz, daß man aber sehr wohl beide wie Menschen anfassen kann – also den einen nicht wie ein Stück Holz und den andern nicht wie einen Gott.

Das mir zur Verfügung stehende Material über die Folgen dieser Mißwirtschaft ist ebenso erschütternd wie schwerwiegend, und ich glaube nicht, daß sich eine solche lange Reihe von Kultursymptomen mit Spektakel und Beleidigungsprozessen aus der Welt schaffen lassen. Dazu ist die Sache zu ernst.

Und man möge endlich auch dem Pazifisten den guten Glauben und den guten Willen zubilligen und nicht immer so tun, als ob geborene Zivilisten ein persönliches Interesse an der Herunterwirtschaftung des Militärs haben. Ein persönliches gar nicht. Ein kulturelles an seiner Abschaffung sehr wohl. Ob das objektiv richtig ist oder nicht, mögen Berufenere beurteilen. Uns aber erlaube man als Sinnspruch der Militärpädagogik jenes Wort eines Stabsarztes Dr. Luffa vom Feldlazarett 164 aufzuzeichnen: «Erst kommen die Offiziere, dann die Pferde, dann die Latrinen und zuletzt die Mannschaften.»

Wir können das nicht vergessen. [1922]

REVOLUTIONS-RÜCKBLICK

Das war eine *deutsche* Revolution:
Eine mit Organisation,
eine mit Stempeln und Kompetenzen –
beileibe nicht mit wilden Tänzen
um Guillotinen –
Nee, über Ihnen
aber auch! Das ist des Landes nicht der Brauch!
Denn «das Aufstellen solcher Maschinen ist allen Roten
auf öffentlichen Plätzen bei Strafe verboten!
(gez.) Piesecke. Kommissar.»

Alles so, wie es einstmals war.
Eigentlich: noch viel schlimmer.
Offiziere im alten Waffenschimmer.
Jeder: 1 Pferd. Die Höhern: 2.
Die Republik hats ja – dideldumdei!

Alles so, wie es immer gewesen.
Ins Gefängnis ohne viel Federlesen
mit all dem Volk, das unbequem.
Staatsgerichtshof? Es ist nicht an dem.
Unsere Führer ermordet. Schläge ... Geschrei ...
Helfferich wünscht sich den Kaiser herbei.
Über all dem der Ausreißer Ludendorff schwebt.
Liebknecht ist tot.
Und sowas lebt. [1920]

IM SAAL

Es ist immer dasselbe Bild, und es kommt einem nun schon bekannt vor: auf der Anklagebank irgendein gleichgültiges Leutnantsgesicht, Offiziere in Breeches und Monokel und steil abfallenden Hinterköpfen. Der Vorsitzende aus dem berüchtigten Vogel-Prozeß ist da; auf der Zeugenbank jener Oberst Reinhard. Vor der Tür des großen Schwurgerichtssaales stauen sich die Zeugen; unter ihnen jener einzige Überlebende, der Zeuge Lewin, der stundenlang blutend unter den Leichen lag und sich tot stellte ... Er zeigt seine tiefe Schußwunde im Unterarm. Eine Erinnerung fürs Leben. Eine Erinnerung woran –?

Es muß jetzt einmal gesagt werden, daß es so unter keinen Umständen weitergehen darf und weitergehen kann. Ich habe seit den Januartagen wohl alle politischen Prozesse dieser Art besucht: ich habe die schlechte Luft dieser Säle geatmet, und was ich hier ausspreche, sage ich nicht für mich, sondern in der Gesinnung aller anständig gesinnten Politiker. Es ist nicht verständlich, wie Noske schon aus Anstandsgründen nicht seine Entlassung eingereicht hat. Das hat gar nichts mit Politik zu tun, was da vorgegangen ist. Hier sind *elementare Menschheitspflichten* verletzt worden.

Eine Bewegung ging durch den Zuhörerraum, als einer der vernommenen Offiziere – Leutnant Wehmeyer – die zynische Äußerung wiedergibt: Oberst Reinhard habe sowieso nicht gewußt, was er mit den ganzen Gefangenen beginnen solle! Also der Mord als Wohnungsfrage! Das ist neu. Das ist originell. Und eröffnet freundliche Aussichten für die Zukunft.

Die Vernehmungen gehen ihren Gang. Die Verteidigung ist nicht ungeschickt damit befaßt, die Verantwortung auf die andern abzuwälzen. Mit am schwersten belastet scheint der Hauptmann v. Kessel. Urkundenfälschung bei Ausgabe der Pässe? Hilfeleistung zur Flucht? Begünstigung? Falsche Dienstmeldungen? Herr von Kessel macht im gegebenen Augenblick von dem Recht der Zeugnisverweigerung Gebrauch – der Vorsitzende arbeitet lange nicht klar genug heraus, daß er es tut, weil er sich mit strafbar gemacht hat. Und das ist inzwischen zum Hauptmann befördert worden (der Mann war früher, zur Zeit des Mordes, Oberleutnant) – das steht bei der Sicherheitswehr, die ihn in ihrem Offizierkorps duldet. Aus Aussagen und Auftreten dieses Offiziers geht hervor, daß die Sicherheitswehr, entgegen den Behauptungen des Ministers Heine, eine *durchaus militärische Institution* ist.

Und eine Äußerung nach der anderen fällt – so schnell kann kein Stenograph kritzeln – eine nach der andern, und aus allen zusammen geht hervor, mit welch teuflisch kalter Roheit dieser Mord vonstatten gegangen ist. Die Anklage geht nicht auf Mord – ohne Überlegung habe Marloh, heißt es, die Leute in den Hof herunterführen lassen, wo man sie abschoß wie die Hirschbullen. Ohne Überlegung ... Aber der schlimmste Zuhälter hat mehr Impuls und mehr menschliche Gefühle, wenn er ein Ding ‹mit's Messer› dreht, als diese Kollektivität von Offizieren. Daß sie sich selbst nicht wohl dabei fühlten, geht aus der intensiven Nacharbeit hervor, die sofort einsetzte, nachdem alles vorüber war. Mit Hilfe zweier Staatsanwälte, die beide nicht dabei waren, als man die unschuldigen, waffenlosen Menschen zusammenschoß, werden drei Berichte in die Welt gesandt. Der zweite gefällt dem Obersten Reinhard nicht; ein Offizier fährt spazieren und holt sie alle wieder zusammen, und man ‹macht› einen neuen. Die unbequemen Berichte werden unterschlagen und sind verschwunden ... Und das Gericht?

Das Gericht geht diesen Spuren nicht in genügendem Maße nach. Es wäre für einen geschickten Dialektiker bei einiger Aktenkenntnis ein Leichtes, die dünnen Stellen auf dem Eis aufzuzeigen – aber das ist nicht nötig.

Ich habe aufmerksam zugehört und sage unter vollem Bewußtsein meiner Verantwortung: *Dieses Gerichtsverfahren!!* Darf die Militärjustiz, die es ermöglicht hat, noch einen Tag länger existieren?

Statt die ganze Gesellschaft einzusperren, hat man sie ein halbes Jahr untereinander konspirieren lassen, hat ihnen erlaubt, sich zu verständigen, und hat ihnen eine bequeme Verteidigungsmöglichkeit gegeben. Die Richter, Kameraden des Angeklagten, die der Anklagevertreter nur deshalb nicht ablehnen kann, weil er selber einer ist. Ist das auch im Interesse der Allgemeinheit?

Und bevor ich gehe, sehe ich mir diesen unbedeutenden, kurzstirnigen Offizier da in der Anklagebank an, und seine Genossen, die ihn decken bis zum äußersten. Und ich denke an den Münchener Geiselmord, und an das Hallo der Presse – und wie dies hier doch viel schlimmer ist.

Das sauber gesinnte demokratische Bürgertum täte gut, sich mit dem Gedanken vertraut zu machen, daß es auch ohne einen so maßlos kompromittierten Minister wie Noske geht und daß wir bei seinem Abgang, der nun eine Frage der Zeit sein dürfte, nicht gleich dem Bolschewismus in die Arme fallen.

Wir sind hier immer für Ruhe und Ordnung eingetreten und tun es heute noch. Aber man erlaube uns – ohne parteipolitische Erwägungen – einen Mörder einen Mörder zu nennen. Dreihundert gingen in die Menschenfalle: zweiunddreißig blieben zuckend und zerschossen auf dem Hof. (Ob nur auf dem Hof, wird sich heute zeigen.) Keiner will es gewesen sein. Die Kollektivität trägt die Verantwortung. Aber schuldig sind sie alle.

Die Verhandlung wird für heute geschlossen.

Und die Strafe?

Und die Strafe? [1919]

DAS ZEITDORF

In jeder kleinen Stadt sitzt einer und hat sie bis zum Hals herauf satt. Ah – die ewig gleichen Häuser, der Marktplatz, die dummen Hunde – die ewig gleichen Menschen, die Enge, die zu nahe Vertrautheit mit allen – und wenn Sie wüßten, wie ich mich sehne, einmal herauszukommen ...! Wir haben hier in Messenthien so gar keine Anregungen ... Ein trübes Dorf. Paris! London! Sie ahnen nicht, wie beschränkt die Menschen hier sind ... Hinaus! Hinaus –!

In jeder Zeit sitzt einer und hat sie bis zum Hals herauf satt. Ah – die ewig gleichen Schlagworte, der Gemeinplatz, die dummen Bilder – die ewig gleichen Zeitgenossen, die Enge, die zu nahe Vertrautheit mit allen – und wenn Sie wüßten, wie ich mich sehne, einmal herauszukommen ...! Wir haben hier im Jahre 1926 so gar keine Anregung ... Eine trübe Zeit. Renaissance! Das Jahr 2000! Sie ahnen nicht, wie beschränkt die Menschen von heute sind ... Hinaus! Hinaus!

Reisen bildet.

Es kommt freilich nicht darauf an, wo man seine Koffer hinträgt; es kommt darauf an, was man nach Hause bringt – im Kopf. Manche reisen durch die ganze Welt und kommen eine Kleinigkeit dümmer heim als der Nachtwächter von Messenthien. Ich kannte einen Kaufmann, der stak lange in Indien – seinem Intellekt nach hätte ich ihm kaum Magdeburg zugetraut.

Aber freilich erwarten die meisten Leute vom Draußen mehr, als da anzutreffen ist; und wenn nicht die Bewegung der Reise wäre, das Fremdsein, da bliebe nicht viel. «Es ist schön», spricht der Weise, «die Dinge zu schauen – es ist schrecklich, sie zu sein.» Und man möchte ja nicht gleich überall wohnen. Denn wohnt man, so tauchen auf einmal alle Bekannten der kleinen Stadt wieder auf: die Ehrgeizige und der Dreigroschen-Mussolini – der Nachtwächter der Kunst und der Straßenreiniger der Zensur ... alle Vögel sind schon da. Und fluchtartig ergreift der Fremde erneut den Regenschirm.

Alles das gibt's auch in der Zeit. Wir sind eingefangen in der Zeit wie in einem kleinen Nest – umlauert, beklatscht, alle Welt kennt sich und rückt einem unangenehm nahe auf den Leib – da gibt's keine Flucht. Es ist manchmal, um aus der Zeit zu fahren.

Und wohin führen wir dann? In die Zeitfremde.

Wir müßten erst die Sprache der andern Epoche lernen – auch mit dem reinsten Deutsch des Jahres 1926 käme man in dem Berlin von 1805 nicht weit. Fremd ständen wir herum, wären erheitert und erschüttert, begeistert und beglückt, ermüdet und gelangweilt, wie auf einer Reise. Und wären wir akklimatisiert, sehnten wir uns fort, in eine andere Zeit.

Aber gäbe es das, so fiele vielleicht eins fort: der Größenwahn, den jede Epoche ihr eigen nennt. Die Welt ist erfüllt von Kleinstädtern der Zeit, von Leuten, die nie aus ihrer Zeit herausgekommen sind, die nichts andres gesehen haben als ihre kümmerlichen siebzig Jahre. Reisebeschreibungen haben sie ja gelesen, also Geschichtsbücher – aber das allein tut's nicht. Wie gut täte ihnen, sich einmal den Zeitwind um die Nase wehen zu lassen – Was sähen sie?

Sie sähen, wie andre Zeiten andre Sitten gebären – wie andre Zeiten andre Ideale haben, wie grade das, was ihnen selbstverständlich ist, es zu andrer Zeit nicht war – und da nur und ausschließlich das Selbstverständliche, das, worüber keiner mehr spricht, charakteristisch für einen Menschen ist, so kämen sie vielleicht gewandelt, durcheinandergeschüttelt, weiser zurück. Sie sagten nicht mehr: Das ist so! Sondern sie sagten: Ja, das ist heute so . . .! Aber sie sähen noch ein andres.

Sie sähen auf einmal, wie wenig die Bedeutung der Personen und der Sachen dem Aufwand an Radau entspricht, der stets vollführt wird, sie werden sich vorkommen, wie ein Fremder, der aus Versehen in einen Verwandtschaftskrach hineingeraten ist. «Oh!» denkt er sich. Und: «Warum schreien nur alle diese Leute so entsetzlich —?» Zeitgenossen sind gereizt wie Kleinstädter, gereizt aufeinander, wie es sonst nur Familienmitglieder sein können, mit ewig alarmbereitem rotem Kopf. Dabei lohnt es gar nicht. Und sie verständen, daß der Trubel hauptsächlich daher kommt, weil die umstrittenen Menschen und Dinge nicht nur ihre Bedeutung an sich haben, sondern noch eine andere merkwürdige Eigenschaft: die, gerade der Zeit anzugehören, in der die Zänker leben. Eine Unterhaltung über vergangene Gegenstände hat immer eine liebe Kühle — das Heute wird heftig und heiß beschossen. Genau so, wie sich Frau Landrat nicht über die Abstinenzler in Kanada aufregt, wohl aber über den Hut ihrer Gutsnachbarin.

Kleinstädter sind unduldsamer, härter, unnachgiebiger als die Leute in der City. Kleinstädter wissen alles ganz genau, aber wenig von der Relativität, halten zäh fest an dem, was sie einmal für richtig erkannt haben, und lassen nichts außerhalb ihrer Mauern gelten. Kleinzeitler desgleichen. Befangen sind sie im Wahn ihrer alleinseligmachenden Zeit.

Und, weil man niemals Belgard in Pommern mit der Insel Bali widerlegen kann, weil der Amtsrichter in Belgard immer sagen kann: «Das mag ja alles sein — aber wir machen das hier so!» — deshalb hilft alles Wunder der Gleichzeitigkeit nichts. Für den kleinen Bürger im achtzehnten Arrondissement zu Paris ist London weit und das sechzehnte noch weiter — und auf alle Fälle will er von ‹dem da draußen› nicht viel wissen. Er ist der Mensch in der Mitte, und wo er sitzt, ist oben.

Und daher macht es auch auf die Kleinzeltler wenig Eindruck, wenn man ihnen den Napoleon, die Messalina und den Wallenstein vorhält . . . so wenig, wie ein Cowboy in einem norwegischen Fischerdorf etwas andres als eine Art ärgerlichen Erstaunens hervorrufen kann. Hier bei uns nicht, mein Lieber . . . Der weitgereiste Fremde mag die Enge verlachen — zu ändern vermag er sie nicht, zu erweitern vermag er sie nicht.

Töne, Unsterblichkeit! Blase, Nachruhm, aus vollen Backen auf der Posaune des Ruhms —! Du rührst die Zeitgenossen nicht. Denn sie haben eines voraus, etwas, das unschlagbar ist: sie sind dran. Es ist ihre Stunde, ihr Tag, ihre Zeit. Und dagegen kommst du nicht an.

Der Mann auf der Zeitmaschine bei Wells fährt auf und davon — der hat's gut. Wir andern aber sitzen gefesselt, angeschmiedet, zur ewigen Kleinzeit verurteilt und sehnen uns hinaus. Reisen —! Einmal aus der Zeit reisen. [1926]

NACHTRAG

Die folgenden Beiträge konnten nicht mehr chronologisch eingereiht werden.

LEBENSMITTEL! LEBENSMITTEL!

Wenn nun die Ladung Korn und Fett
den Anfang macht zu besserm Leben,
wenn Deutschland erst zu essen hätt –:
mein Gott, was wird das alles geben!

Zum Beispiel, der, der Schinken schiebt,
wird tiefbekümmert ausverkaufen –
man wird, weil es Vergeltung gibt,
sich nicht um seine Schinken raufen.

Und Tante Malchens Eierschrank?
Und Onkel Maxens Butterkammer?
Wie ziehn sie die Gesichter lang!
In allen Häusern – welch ein Jammer!

Im Kurse fällt die Schlächterfrau,
das Butterfräulein gilt nur wenig,
der Kaufmann spricht nicht mehr so rauh –
Halli! hallo! voll Freuden dehn ich

befreit die Knochen. Dämmert es?
Dies Dasein war seit langen Jahren
in Wahrheit ein belämmertes –
Ach, wie wir einst so glücklich waren!

Kommt wirklich Brot und Speck herein?
Ich tanze einen frohen Ländler.
Die große Zeit wird wieder klein,
die große Zeit der Grünkramhändler.

[1919]

HENNY NOSKE

Der Reichswehrminister Noske und die Filmkünstlerin Porten, haben je ein Buch in die Welt gehen lassen, beide unter dem Titel: *‹Wie ich wurde›*. Damit uns das nicht durcheinander kommt – Gustav Porten und Henny Noske –, laßt uns nach der Chrie einen Vergleich ziehen: Henny Porten – Gustav Noske, Zwei Deutsche. a) Ähnlichkeiten. b) Die kleinen Verschiedenheiten. Schluß: Freuen wir uns, daß wir zwei solche Kerle . . .

Noskes Büchlein zieren zwei Bilder. Einmal: der Noske von heute. Er sieht ungefähr aus wie ein trauriger Schokoladenfabrikant, dem eine kleine Spekulation schief gegangen ist. Dann: der junge Noske. Es ist nach diesem Bild nicht anzunehmen, daß die hohen Herren, die ihn heute in der Hand halten, sorglich in der Hand halten, auch den Jungen von damals umschmeichelt hätten. Sie hätten ihn – wären sie mit ihm in Berührung gekommen – stramm stehen lassen.

Das Büchelchen des Reichswehrministers ist, wie das Vorwort sagt, von bleibendem pädagogischen und volkserzieherischen Wert. Das hat uns noch gefehlt. «Werde einmal ein Noske!» spricht der Pastor zu dem Täufling in der Kirche, während sich die Paten ergriffen schneuzen.

Was unterscheidet nun die bedeutende Filmschauspielerin und den unbedeutenden Reichswehrminister als Autobiographen?

Henny erzählt ihre kleinen Erlebnisse so hübsch dumm, wie es sich für ihr Publikum geziemt, und man kann ihr nicht böse sein.

Gustav dreht auf, läßt in schlechtem Kolportagestil die Szenen seines Lebens an uns vorüber rollen, hier und da rutschen einige Verstöße gegen die Grammatik und die anständige Gesinnung durch, und wenns fertig ist, hat man ein rundes und klares Bild von dem vielmißbrauchten Mann.

Sie waren beide etwas, sie sind beide etwas geworden, und werden – wenn Gott will – auch etwas bleiben. Lasset uns beten.

Kaum war dies geschrieben, als beide dementierten. Sie hätten von dieser Publikation in dieser Form nichts gewußt, sie hätten niemand ausdrücklich dazu autorisiert, sie lehnten alles ab, sie seien unbeteiligt und unschuldig. So Henny und Gustav.

Es hat sich aber der eigentümliche Fall ereignet, daß beide Male beide Biographen die Leben der beiden besser enthüllt haben, als die es selbst zu tun vermocht hätten, und es haben sich uns gezeigt:

Eine Filmkünstlerin mit der Seele eines Seifenplakats. Gott hab sie selig.

Und ein Reichswehrminister, der in dem verdächtigen Eifer der hohen Offiziere, mit denen er umgehen darf, und die ihm ungeheuer imponieren, nicht merkt, wie da Stellen um der Stellungsuchenden willen geschaffen werden, wie der alte Unfug genau so auflebt, wie er damals hoch zum Himmel blühte: mit Ämtern und Posten und Pöstchen und Dienststellen und Bürostuben und Beförderungen um der Gehälter willen ... und wie der ganze Apparat eine unangenehme Ähnlichkeit mit einer Hundehütte hat, darinnen ein Kettenhund sitzt, der die zerlumpten Bettler zähnefletschend ankläfft und dafür eine Wurst hingeworfen bekommt.

Ich mag keine Kettenhunde. Sie sind bösartig, wedeln mit dem Schweif und haben einen schlimmen Charakter.

Ach, entschuldigen Sie, haben Sie nicht einen andern Reichswehrminister? Dieser ist uns drei Nummern zu groß.

[1919]

DER HUMORIST SINGT

Fährt in Berlin die Straßenbahn,
dann ist sie proppenvoll.
Was da mit dir, o Mensch, getan
wird, das ist einfach doll.
Man rüttelt dich,
man schüttelt dich;

man drängt dich so
und engt dich so –
In einen Wagen gehen glatt
zweihundert Menschen rein …
Wer ihn früher nicht gesehen hat,
der denkt, das muß so sein —!

New York sitzt an der Panke Strand.
Es kauft uns arm der Gent.
Er kriegt den ganzen Hektar Land
für sechseinhalben Cent.
Die Börse winkt.
Valuta sinkt.
Wirf weg die Mark!
Was soll der Quark!
Am Abend steht im Tageblatt:
«Der Geldwert ist so klein …»
Wer ihn früher nicht gesehen hat,
der denkt, das muß so sein –!

Am Tische sitzt Herr Helfferich.
(Ab stehen seine Ohren.)
Er schimpft und schilt gar fürchterlich,
weil wir den Krieg verloren.
Wie er enthüllt
und schneidig brüllt!
Pfui Politik
der Republik!
«Die neuen Herrn sind mau und matt!»
So hörst du laut ihn schrein …
Wer ihn früher nicht gesehen hat,
der denkt, das muß so sein –!

November Achtzehn schlug die Uhr
zwölfmal in deutschen Landen.
Die Nationalen hörtens nur,
als sie im Nu verschwanden.
Nun sind sie ja
all wieder da.
Es kam so weit
im Lauf der Zeit.
In jedem Dorf, in jeder Stadt,
da pöbeln sie allein …
Wer sie früher nicht gesehen hat,
der denkt, das muß so sein –!

[1920]

DER HERR IN DER LOGE...

Oben in der Hofloge des Reichstags saß ein Offizier und hörte zu. Es war Sonntag, der elfte Juni, und wir waren zusammengekommen, um die französischen Freunde anzuhören: den überlegten und feinen Bouglé, den ehrwürdigen Buisson, den hinreißenden Basch und den temperamentvollen Renaudel. Sie alle sagten aus, was wir so ersehnen: Wir haben unsre französischen Interessen und ihr habt eure deutschen – aber es gibt keinen Grund, weshalb man über diese Dinge nicht ruhig sprechen sollte. Laßt uns zusammenarbeiten! Ludendorff und die Boulevard-Presse nationalistischer Färbung sind einander wert: wir andern wollen mit einander gehen!

Der Offizier sah zu. Auf seiner Brust, auf dem Tuch, das die Republik bezahlt hatte, saßen die alten kaiserlichen Orden, die er sich nicht schämte zu tragen. (Denn wenn er sich ihrer nicht schämte, dann müßte er sich schämen, seinen Eid gebrochen zu haben und in das feindliche Lager übergegangen zu sein. Aber die Herren haben sich da so einen diffizilen Ehrenkodex zusammenkonstruiert, mit dem unsereiner nicht mitkommt ...) Er saß da und hörte zu. Er hatte seine Züge in der Gewalt, nichts Ungehöriges fiel vor. Aber man hörte sein Gehirn arbeiten:

«Schwärmer! Kindliche Schwärmer! Das wird ja nie, niemals Wirklichkeit werden! Und das darf auch niemals Wirklichkeit werden! Denn was sollte dann aus mir werden! Ich habe weiter nichts gelernt, als Leute zu drillen und zu schießen, laufen zu lassen und zu reiten! Und ich will dieses Leben so führen, dieses eitle Leben im Glanz und mit anständiger Bezahlung, voll Nichtstun und voll Paraden! Ich brauche das – sonst gehe ich ein! Das da machte mich überflüssig – nur das nicht! Krieg! Immer wieder Krieg!»

Sein glattrasiertes Gesicht glänzte matt durch den Raum der Volksvertreter, der aussieht wie eine glanzvolle Schokoladenpackung. Kein Fleckchen, das nicht mit einem grauslichen Ornament verunziert wäre – Karyatiden, gedrehte Säulen, Schmuck, Allegorien und Kronen, Kronen, Kronen. Kurz: Willy II. Und die Republik hat nicht einmal die Dinge entfernt, die sich so leicht abnehmen ließen – ich möchte eine Monarchie sehen, die einen sozialistischen Saal übernähme! Und in diesen Metropoltheater-Kitsch (Rot und Gold: Hugo Baruch) hallte der Ruf des Redners: «Nie wieder Krieg –!»

Der junge Offizier stand auf und ging. Möchte er nie wiederkehren!

[1922]

SCHLAGER

Überall, wo Räder rollen,
in den Autos, in den vollen –
in der Handelskompanie.
In den Wäldern unter Fichten,
in den Oberlandgerichten –
gibts nur eine Melodie.
Gents, die ihre Wagen lenken –
Mädchen, die den Beutel schwenken –

wo das deutsche Leben zieht –
singen wir das kleine Lied:

«Wer bezahlt denn meine Steuern?
Bezahl sie *ich* vielleicht? – Bezahlst sie *du* vielleicht?
Bei den Zeiten, bei den teuern –
da muß man froh sein, wenns fürn kleinen Kognak reicht!»

(Wabblige Musik)

Wälder blaß erdunkeln.
Silberteiche funkeln.
Schwer empor steigt Nickelmann,
fängt ein bißchen mit den Elfen an.
Waldesgeister weben.
Elfen nebbich schweben –
auf dem Pfad, wo Mondschein geht –
weil das so bei Richard Wagner steht . . .
Und während Poesie die Luft durchzieht,
singt die kleine Elfe leis ihr Lied:

(Husch – husch – die Waldfee!)

«Wer bezahlt denn meine Steuern?
Bezahl sie ich vielleicht? – Bezahlst sie du vielleicht?
Bei den Zeiten, bei den teuern –
da muß man froh sein, wenns fürn kleinen Nektar reicht!»

(Striktes Marschtempo)

Das Militär ist große Mode
in der Politik und auf dem Varieté.
Da hetzen sie das Ding zu Tode –
in Revuen und auf dem Cabaret.
Und kannst du mal nicht weiter –
dann sei nicht bös und barsch –
dann spielste einfach heiter
den Fridericus-Marsch.
Und dann fällt alles – und dann fällt alles
vor Begeistrung auf den Fridericus-Marsch (Hurra!)
auf den Fridericus-Marsch.

(Achtung! Tritt geeee-faßt! Die Augen – licks!)

«Wer bezahlt denn meine Steuern?
Bezahl sie ich vielleicht? – Bezahlst sie du vielleicht?
Bei den Zeiten, bei den teuern –
da muß man froh sein, wenns fürn kleinen Kognak reicht!»

[1924]

«Wenn das hier mal alles vorbei sein wird», sagt einer der in Nordafrika gequälten französischen Strafgefangenen, die Albert Londres jetzt geschildert hat, «wenn das hier mal alles vorbei ist, und wenn wir erst wieder in Marseille auf dem Kai stehen, und wenn dann der Hauptmann Etienne und der Sergeant Flandrin mit dem Schiff ankommen, um ihre Mutter zu besuchen – dann tragen wir ihnen das Gepäck gratis und franko bis an den Bahnhof Saint-Charles! Was, Jungens?» –

Der Bahnhof Saint-Charles liegt im Norden der Stadt, von da ist es nicht weit bis an das Herz von Marseille: an den Hafen. An einem Triumphbogen vorbei – der Triumphbogen der französischen Städte ist das Schillerdenkmal der deutschen – durch belaubte Straßen ... Das Gewimmel ist nicht gar so bunt, wie man es sich vorgestellt haben mag. Noch im Jahre 1901 konnte ein französischer Reiseschriftsteller, André Hallays, von dem «turbulenten Nichtstun» in Marseille sprechen – das ist anders geworden. Die Stadt hat wahrscheinlich viel von ihrer Buntheit der Menschen, aber nichts von ihrer malerischen Großartigkeit der Anlage verloren. In den Straßen klingelt die Elektrische, gehen und kommen die Leute, verkaufen kleine Buden Zuckerzeug und Zeitungen; wenn man morgens durch einen Spalt der Fensterläden hinuntersieht, unterscheidet sich das Ganze nicht gar so sehr von Görlitz. («Herr Panter! Dazu fahren Sie nach Marseille, um eine Ähnlichkeit mit Görlitz festzustellen?» – «Lieber Freund, Sie ahnen gar nicht, wie sich die Welt überall gleicht!») Allerdings: man sieht Kolonialsoldaten, mit einem weißen Tuch um den Helm geschlungen; man sieht Afrikaner im Burnus, dieser Toga des Südens – aber auf einer Elektrischen. Und dann ist da also der Hafen.

So träumt man. Das ist der erste Eindruck. Diese beängstigende Fülle der Häuser, die sich um ein breites Wasserbecken türmen, schmale, enge, fast drohende Häuser, immer eine Reihe über der andern, hügelig aufgebaut, rings um den Alten Hafen. In dem liegen Segelschiffe und Dampfer, nicht die ganz großen; die ruhen sich anderswo aus, im Bassin de la Joliette, hinter einem langen Molendamm, der sie vom Meere trennt. Der Schiffsverkehr hat erst zwei Drittel der Vorkriegszahl erreicht; er wird heute etwa 12 000 Fahrzeuge mit rund 15 Millionen Tonnen jährlich betragen. Hier, im Alten Hafen, der bis zum Jahre 1844 der einzige Hafen der Stadt war, liegen die kleineren Schiffe. Die Hafengassen gehen alle fast bis unmittelbar ans Ufer, sie verlieren sich hügelan in einem engen südlichen Gewirr von Wäsche, die quer über die Straße gehängt ist, Salatkörben, Vogelkäfigen, Häuserwänden ...

Um von der Gestalt des Hafens einen Begriff zu bekommen, mag man etwa an das Alsterbecken in Hamburg denken, er ist kleiner. Wenn man vor ihm steht, schaut man links hoch oben die Basilika von Notre-Dame de la Garde, eine gleißend goldene Figur, die über die Stadt schützend blickt. (So grüßt über Paris Sacré-Coeur, das böse Menschen Sucré-Coeur nennen und von dem mir einst ein pariser Universitätsprofessor sagte: «Wir wünschten, es grüßte uns da ein anderes Symbol herunter!») – Und vorn, grade da, wo die letzten Fortifikationen das Becken vom offenen Meer trennen, erhebt sich der riesige Pont transbordeur, die Überladerbrücke. Das ist ein feines Geflecht aus vielen

Eisen- und Stahlstreifen, das man im Jahre 1905 erbaut hat: sie ist 52 Meter hoch, und oben gleitet eine große Schiene hin und her, an der durch zahlreiche Stahltrossen eine Fähre aufgehängt ist. Die Fähre schwebt über dem Wasser, so daß Ruderboote noch unter ihr passieren können, sie nimmt Wagen und Menschen auf, die vom einen Ufer zum andern herüberwollen. Ein Fahrstuhl führt hinauf.

Oben gibt es einen überwältigenden Rundblick. Ich für mein Teil hasse Aussichtstürme, und es gibt kaum einen, um den ich nicht schon einen großen Bogen geschlagen hätte. Aber dies hier ist doch ein ander Ding.

Da liegt ganz Marseille – viel größer, als man es sich von einer Stadt mit einer halben Million Einwohner gedacht hat; über die Hügel verstreut, von Baumgruppen unterbrochen, klettern die Häuser vom Rand des Meeres bis auf die entfernten Berge. Die Alte Kathedrale hebt sich hervor, die Neue, Gassen und Gäßchen. Man kann auf die befestigten Inseln sehen, wo schwarze Soldaten Wache halten, ein Militärgärtner hat auf einer einen bunten Stern im Rasen angelegt. Vom Meer her kommt ein frischer Wind herüber. Ein leises Geräusch unter den Füßen läßt aufmerken: das ist die Gleitschiene der Fähre, die unten, winzig, mit einem Automobil befrachtet, über das Wasser gleitet. Durch die Bohlen kann man grade hinuntersehen; das Wasser ist grünlich-blau. Gegenüber setzt La Cannebière ein, die Hauptverkehrsstraße der Stadt, La Cannebière, die Sehnsucht der Franzosen in Nordafrika, La Cannebière, Pforte zu den Freuden und Vergnügungen des Heimatlandes, da beginnt Frankreich.

Im Meere liegen Inseln, Forts und jenes berühmte Château d'If, auf dem der bändereiche Graf von Monte-Christo gesessen oder nicht gesessen hat. Der neue Hafen ist zu sehen, viele große Dampfer liegen darin, und der Anfang der Promenade de la Corniche, einer gewundenen Straße auf den Felsen, am Meer entlang.

Und dann ist es Abend, und nachdem ich in einem provenzalischen Restaurant, dessen Vorbau ganz von einer Plache verhüllt ist, die tiefen Geheimnisse der Bouillabaisse zu ergründen versucht habe, fahre ich hinaus aufs Meer. Die Küste leuchtet fahl, die ersten Lichter glimmen, ein Nebel verhüllt den nördlichen Teil der Stadt. So träumt man. Die Stadt droht von ihren Hügeln herab, schweigt, sieht den Reisenden, der von draußen kommt, stumm an. An der Küste, nach l'Estaque hinüber, kann man noch schwach die Viadukte der pariser Strecke unterscheiden, da liegen die ersten, fast gebirgigen Vorstadtstraßen. Still ist es. Der Schiffer ruft einen Kameraden vom andern Boot an, sie sprechen etwas, das sich wie eine Mischung von Spanisch und Italienisch anhört mit vielen Vokalen: Provenzalisch. Dann kommt die Nacht, nur die Dächer glänzen noch herüber, der gewaltige Leib des Meeres atmet ruhig und gleichmäßig.

In dem großen Spiegelsaal des Alcazar, dem größten Varieté der Stadt, drängen sich die Leute. Auffallend viel Männer, wenig Frauen. Was Paris abgibt für die Provinztournee, feiert hier Triumphe – nie sah ich pariser Publikum so dankbar und so aufmerksam. Clowns und eine Jüdin, die ihre Stimmlosigkeit für Diskretion ausgibt; Nachahmer der göttlichen Fratellinis und Marie Valente, eine Italienerin, die alles kann und alle hinreißt: sie tanzt, spielt sämtliche Instrumente, meckert und wirbelt über die Bühne, und ein Sturm erhebt sich, als sie abhüpft – «Bis! Bis!» – Schlußmarsch, die Menschenwoge zerteilt sich, einige Bars halten noch offen. Dann wird es – zum ersten und einzigen Mal in vierundzwanzig Stunden – einigermaßen still auf den so geräuschvollen Straßen, auf denen jeder Chauffeur so viel hupt wie die ganze Place de l'Opéra in Paris nicht an einem Nachmittag – die großen Bäume der rue de Rome rauschen leise. Morgen geht ein Zug an die Küste.

[1924]

NICHTS ANZUZIEHEN – !

Ich steh schon eine halbe Stunde lang
vor diesem gefüllten Kleiderschrank.
Was ziehe ich heute nachmittag an –?

Jedes Kleid erinnert mich ...
also jedes erinnert mich an einen Mann.

In diesem Sportkostüm ritt ich den Pony.
In diesem braunen küßte mich Jonny.
Das da hab ich an dem Abend getragen,
da kriegte Erich den Doktor am Kragen,
wegen frech ...
Hier goß mir seinerzeit
der Assessor die Soße übers Kleid
und bewies mir hinterher klar und kalt,
nach BGB sei das höhre Gewalt.
Tolpatsch.

In dem ... also das will ich vergessen ...
da hab ich mit Joe im Auto gesessen –
und so. Und in dem hat mir Fritz einen Antrag gemacht,
und ich habe ihn – leider – ausgelacht.
Dieses hier will ich überhaupt nicht mehr sehn:
in dem mußt ich zu dieser dummen Premiere gehn.
Und das hier ...? Hängt das noch immer im Schranke ...?
Sekt macht keine Flecke –? Na, ich danke –!
Und den Mantel – ich will das nicht mehr wissen –
haben sie mir beim Sechstagerennen zerrissen!

Ich steh schon eine halbe Stunde lang
vor diesem gefüllten Kleiderschrank:
das nackteste Mädchen in ganz Berlin.

Wie man sieht:
Ich habe nichts anzuziehn –!

[1926]

PARISER GEDENKTAFELN

In Paris haben sie beinahe am selben Tag zwei Gedenktafeln an zwei Häusern eingeweiht: eine für den großen Zeichner und Maler Honoré Daumier und eine für den Liedersänger der neunziger Jahre: Aristide Bruant. Jedesmal waren da Vertreter der Gemeinde der Stadt Paris, das wenigstens sehr oft so tut, als ob . . . wenn seine besten Söhne gefeiert werden, und jedesmal wurden diese braven und typischen Reden geschwungen, die wir auswendig wissen. Es ist das aber beide Male nicht so komisch, wie es auf Anhieb aussieht.

Daumier war ein Gigant; nach Goya wohl das Größte, was satirische Zeichenkunst des letzten Jahrhunderts aufzuweisen hat – er, der erblindet nach dem Kriege von siebzig starb, war nicht schlecht gegen das angelaufen, was man «Gesellschaft» nennt – aber er hat es nie parteipolitisch getan, sondern stets von einer Jahrhundertwarte herab, die ihm die Möglichkeit gab, das zu sehen, was an allen Epochen komisch gewesen ist und klein. Seine Zeit hat ihn anerkannt und bekämpft, und die Vorväter der Feiertagsredner von heute sind wohl nicht sehr gut auf ihn zu sprechen gewesen.

Bruant hat mit leichter Pose eine soziale Empörung herausgesungen, die ihm viel Geld eingebracht hat, was nicht gegen ihre Echtheit sprechen muß – nur ist diese Empörung weit vom Klassenkampf entfernt gewesen. Was da in den ersten Montmartre-Cabarets ausklang, war noch echt (im Gegensatz zu heute) – und ein paar der Lieder werden für die nächsten Jahre bleiben – alle Franzosen kennen und lieben sie. Geändert hat sich das «Argot», der Straßendialekt der Pariser, geändert Anschauung und Arbeitsverdienst, sozialer Kampf und Arbeitsmethoden – geblieben aber ist das Streben der Großstädter nach Freiheit und Licht.

Ja, und nun haben beide ihre Gedenktafeln bekommen. «In diesem Hause lebte . . .» Die kleine Feier wird bald vorüber sein, die offiziellen Redner sind in ihr Auto gestiegen oder in die Untergrundbahn, die Eingeladenen und die Neugierigen, die die Ansammlung für das Straßenparkett einer Rauferei gehalten haben, haben sich zerstreut, und nun hängen da die Tafeln.

Niemand sieht sie mehr an. Grau und unscheinbar werden sie vom Regen und Wetter – nur die Kenner der Stadt bleiben vielleicht eines Tages vor dem Hause stehen und kontrollieren, ob dies auch das richtige Haus ist, in dem . . . und dann wird das alles vergessen.

Bleiben werden die kleinen Lieder und die großen Blätter der beiden: zweier Franzosen, die aufrührerisch gewesen sind und die doch von den Bürgern gefeiert werden dürfen, weil tief in jedem Franzosen – auch in seinen Revolutionären – ein arbeitender Bürger schlummert.

[1929]

DER BREITE RÜCKEN

Und wenn der böse Feind kommt, kriechen alle
rasch hinter diesen breiten, alten Mann . . .
Gedeckt sehn sie auf die Krawalle
und freun sich, daß man ihnen da nichts machen kann.

Sie schützen nicht. Sie lassen sich nur schützen.
Sie starren wie behext: «Die Augen links!»
dann ziehn sie übers Ohr die Zipfelmützen –
es lächelt stumm die Paragraphen-Sphinx.

Sie schützen nicht. Sie machen täglich Pleite.
Die Fahne liegt zertreten und zerfetzt.
«Ätsch! aber ER ist auch auf unserer Seite!
Na, Hitler? Männeken? Was sagst du jetzt?»

Wie sind sie mutig, diese lieben Kleinen!
Die Reichswehr wird zersetzt. Es knackt das Haus ...
Sie aber stehen zwischen seinen Beinen
und stecken lächelnd ihren Kopf heraus.

Wir brauchen Arbeit, Ruhe in Betrieben.
Es dröhnt ein Land. Wer sichert uns den Sieg?
Ein alter General ist uns geblieben
als letzte Hoffnung dieser Republik.

[1930]

GLÜCKSSPIEL

Nicht grade unsre Sorgen ... Aber die der deutschen Seebäder. Die haben sich zu einer großen Arbeitsgemeinschaft zusammengeschlossen, und «die Dinge, die zunächst angepackt werden, sind das Reichskurortgesetz und die Frage der Zulassung des Glücksspieles in den deutschen Bädern». Das darf nie erlaubt werden.

«Die verantwortlichen Leiter (wem verantwortlich?) – die verantwortlichen Leiter der Geschicke des deutschen Fremdenverkehrs», sagt der Syndikus in jenem geschwollenen Stil, ohne den kein deutsches Exposé mehr denkbar ist, «sind heute davon überzeugt, daß das Glücksspiel in Deutschland unter bestimmten Voraussetzungen zugelassen werden muß, um den Bädern zu helfen. Da die Bäder ein Teil der deutschen Wirtschaft sind, so müssen alle Bedenken so lange zurücktreten, bis sich gezeigt hat, was von dieser Zulassung zu erwarten ist.»

Darauf braucht man gar nicht erst zu warten – das ist schon heute ganz klar.

Jedes Primat der Wirtschaft ist unsinnig. Nicht wir haben uns nach der «Wirtschaft», diesem Abgott und Moloch der Vorstellung gewisser Kreise, zu richten, sondern die Wirtschaft hat sich nach den Menschen zu richten. Wird aber heute in den deutschen Seebädern das Glücksspiel zugelassen, so werden die Folgen die sein:

Es wird sich zunächst das Publikum der Qualität nach verschlechtern. Dem Hotelier ist das vielleicht gleich; uns ist das aber nicht gleich. Man mag nicht an einem Ort, wo sich der Städter von elf Monaten Staub und Arbeit erholt, diese Schieber des Spiels versammelt sehen, die überall auftauchen, wo gespielt wird; nicht diese oberfaulen Kokotten des Bac; spielende Weiber, gewerbsmäßige Spieler, jenes Volk, das in allen Jahrhunderten noch immer an die Spieltische geströmt ist.

Es wird auch in die Badeorte ein sehr ungesunder Zug der Geldverachtung kommen. Wer sich Geld erspielt und nicht arbeitet, achtet es nicht; also werden die Preise steigen, und vielleicht ist dies auch grade beabsichtigt. Sind Spieler im Ort, so können besonders die kleinen Bedarfsgegenstände des täglichen Lebens um zwanzig, dreißig Prozent steigen – den Spielern macht das wenig. Für die Angestellten, die dort hinkommen, ist es von Belang.

Wie die «bestimmten Voraussetzungen» aussehen, unter denen das Spiel gestattet wird, kann man sich denken. Sie werden vor allem in dem bestehen, was der genehmigende Beamte darunter versteht, und das wird eine gradezu unerhörte Vormachtstellung der Bank sein. Es wird also nicht, was auch nicht schön wäre, von gleich zu gleich gespielt werden, sondern das Spielunternehmen wird den Spieler höchst solide ausnehmen. Dies nebenbei – denn Ordnung muß sein.

Die Spielbank aber, die den armen Seebädern helfen soll, weil sie sich selber nicht durch eine vernünftige Preispolitik helfen können, wird viele Menschen, Männer und Frauen, dazu verleiten, Dummheiten zu machen. Selbstmorde ...? Nein, aber sein Feriengeld verspielen ist auch ganz schön. Dergleichen ist keineswegs nötig. Es wäre auch eine gradezu gemeine Aufreizung, wenn unsre Arbeitslosen in der jetzigen Zeit mitansehen müßten, wie die Leute ihr Geld verspielen. Daß es viele Menschen gibt, die trotz des Gestöhnes über Versailles, womit meist die Arbeiterbewegung gemeint ist, Geld genug haben, um es zu verspielen, wissen wir auch so. Die, die es nicht haben und es doch auf den grünen Tisch legen, sollte man davor bewahren.

Unter den «verantwortlichen Leitern der Seebäder» und ihren Syndici sind gewiß viele gute nationale Männer, die es mächtig mit der Sittlichkeit haben. Sie belästigen mitunter ihre Badegäste mit den albernsten Bestimmungen, wenngleich dies nicht mehr so oft geschieht wie in dem unendlich prüden Frankreich und zum Beispiel in Holland. Aber dieselben deutschen Männer, die vor Sittlichkeit überströmen, wenn ein pazifistischer Film oder ein Film gegen die Geschlechtskrankheiten läuft, scheuen sich nicht, eine so unsittliche und verderbliche Sache, wie es das öffentliche Glücksspiel ist, zu propagieren.

[1930]

ANHANG

BIBLIOGRAPHIE Seite 204–332

In der folgenden Bibliographie sind auch die Arbeiten Kurt Tucholskys aufgenommen, die in unserer Ausgabe nicht abgedruckt wurden; in diesem Falle ist die Rubrik «Band und Seite unserer Ausgabe» nicht ausgefüllt. Bei Arbeiten gleichen Titels ist der Textbeginn angegeben und bei jenen Texten, die in den von Tucholsky noch selber herausgegebenen Auswahlbänden enthalten sind, ist die Original-Buchveröffentlichung in der entsprechenden Spalte aufgeführt. Nicht aufgenommen wurden Chansontexte, die im Druck nicht erschienen sind und nur zum öffentlichen Vortrag bestimmt waren.

ANHANG ZUR BIBLIOGRAPHIE Seite 333–341

Die im Anhang zur Bibliographie aufgeführten Texte wurden nach Erscheinen der Ausgabe ‹*Gesammelte Werke in drei Bänden*›, Reinbek bei Hamburg 1961, ermittelt. Einige sind in der vorliegenden Ausgabe abgedruckt («Unveröffentlichte Texte», Seite 149–184).

VERZEICHNIS DER VON TUCHOLSKY
BESPROCHENEN BÜCHER Seite 342–375

Das Verzeichnis der von Tucholsky besprochenen Bücher enthält auch ausführliche Rezensionen von Theateraufführungen und der beiden Chaplin-Filme ‹*The Goldrush*› und ‹*The Kid*›. Die in summarischen Berichten (zum Beispiel für die *Vossische Zeitung* aus Paris) erwähnten Theaterstücke sind nicht aufgenommen.

Erklärung der Abkürzungen

a) Bücher, Zeitungen, Zeitschriften

8	=	8-Uhr-Abendblatt, National-Zeitung, Berlin
Alman.	=	Almanach 1920, Buchverlag Rudolf Mosse
AIZ	=	Arbeiter Illustrierte Zeitung, Willi Münzenbergs Zeitungs- und Verlagskonzern, Berlin
Arb. Bü.	=	Arbeiter-Bühne, Zentralorgan des Arbeiter-Theater-Bundes Deutschlands e. V.
Ark.	=	Arkadia, Ein Jahrbuch für Dichtkunst, herausg. v. Max Brod, Kurt Wolff Verlag
Ball.	=	Die Balldame, Erinnerungsblätter an den Presseball 1921, Berlin, herausg. v. Festausschuß d. Vereins Berliner Presse
Bänkelb.	=	Bänkelbuch, Neue deutsche Chansons, E. P. Tal & Co. Verlag, Leipzig–Wien–Zürich
Berl.	=	Die Berlinerin, Ball-Almanach d. Vereins Berliner Presse, 1929
BIl.	=	Berliner Illustrirte Zeitung, Verlag Ullstein
Bl. Heft	=	Das blaue Heft, Freie Deutsche Bühne, herausg. v. Max Epstein
Bl. Vog.	=	Der blaue Vogel, Russisch-Deutsches Theater, Dez. 1921 bis Dez. 1922, Berlin
Bln. Mo.	=	Berliner Montagspost, Verlag Ullstein
Br.	=	Bremer Volkszeitung
BT	=	Berliner Tageblatt, Verlag Rudolf Mosse
BVZ	=	Berliner Volkszeitung, Verlag Rudolf Mosse
Büch. Sch.	=	Die Neue Bücherschau, Berlin, herausg. v. Gerhart Pohl
DAD	=	Das Andere Deutschland, Hagen/W. und Berlin
Dame	=	Die Dame, Verlag Ullstein
Dt. Lesebuch, Moskau	=	Deutsches Lesebuch J. Kordes, Moskau, Staatsverlag
Dt. Mo.	=	Deutsche Montagszeitung, Berlin
Dt. Pr.	=	Deutsche Presse, Berlin. Organ des Verbandes der deutschen Presse
Dt. Rfk.	=	Der Deutsche Rundfunk
Dra.	=	Der Drache, herausg. v. Hans Reimann
Dres.	=	Dresdner Volkszeitung
Eule.	=	Eulenspiegel, Illustrierte Zeitschrift
Europe	=	Europe, Revue mensuelle, Paris
Fa.	=	Die Schwarze Fahne, Schriftltg. Ernst Friedrich
Ff. Gen.	=	Frankfurter Generalanzeiger
Flieger	=	Der Flieger, Artillerie-Fliegerschule Ost
Frechh.	=	Die Frechheit, herausg. v. Kurt Robitschek, Hausblatt d. Kabaretts d. Komiker, Berlin
Frei.	=	Freiheit, Berl. Organ d. Unabhängigen Sozialdemokraten Deutschlands
Frft.	=	Frankfurter Zeitung
Fried.	=	Die Friedenswarte, Blätter f. internationale Verständigung u. zwischenstaatliche Organisation, Berlin

Front = Die Front, herausg. v. Hans Conrad
Fr. W. = Freie Welt, herausg. v. Felix Stössinger
Gre. = Die Grenzboten
Hamb. = Hamburger Echo
Jahrb. = Jahrbuch 1929, Neuer Deutscher Verlag, Berlin
Jg. Paz. = Mitteilungen der Jung-Pazifisten, Jugendorganisation d. dt. Friedensgesellschaft, Bund d. Kriegsgegner
Ju. = Jugend, Monatsbeil. d. Volksstimme
Kaho. = Karlshorster Anzeiger
Knüp. = Der Knüppel, Satirische Zeitschrift, Vereinig. Intern. Verlagsanstalten GmbH., Berlin
Kunst. = Der Kunstwart, herausg. v. Ferdinand Avenarius
LBB = Licht-Bild-Bühne
Lit. = Die Literarische Welt, Berlin
Lose Bl. = Die losen Blätter «der Dame», Gratisbeilage d. «Dame», Verlag Ullstein
Mag. = Tageszeitung Magdeburg
Mag. Gen. = Magdeburger Generalanzeiger
März = März, eine Wochenzeitschrift, März Verlag, München, gegründet v. Albert Langen und Ludwig Thoma
Me. = Die Menschheit, herausg. v. Fritz Röttcher, Wiesbaden
Mensch. = Die Menschenrechte, Organ der Liga für Menschenrechte, Berlin
MER = Reisedienst d. MER
Merker = Der Merker, herausg. v. Dr. Richard Batka u. Richard Specht
Mitt. = Der Mittag, Düsseldorf
Mo. = Der Montag im Osten
Morg. = Berliner Morgenpost, Verlag Ullstein
Mosk. = Moskauer Rundschau, Moskau
N. Dt. = Neuer Deutscher Verlag, Berlin («§ 297 Unzucht zwischen Männern»? Ein Beitrag z. Strafgesetzreform, herausg. v. Richard Linsert)
Neue Gen. = Die Neue Generation, Berlin
NFrPr. = Neue Freie Presse
N. Lpz. = Neue Leipziger Zeitung
NS = Neue Schaubühne
NWi. = Neues Wiener Journal
Östl. = Volkszeitung f. d. östl. Grenzlande
Pl. = Die Pleite
Plakat = Das Plakat
Pol. Litt. = Pologne Littéraire, Revue mensuelle, Varsovie
Pr. Tg. = Prager Tagblatt, Prag
Reak. Alm. = Der Deutsche Reaktions-Almanach 1920, Hoffmann & Campe Verlag, Hamburg–Berlin
Rep. = Die Republik, Das Neue Tageblatt, Berlin
Rot. Sig. = Rote Signale, Neuer Deutscher Verlag, Berlin
RP = Republikanische Presse, Artikel, Information und Feuilletondienst f. republik. Tageszeitungen, Berlin

SB	=	Die Schaubühne
Simpl.	=	Simplicissimus
Sonn.	=	Sonntagszeitung, Stuttgart
Sudelbuch	=	K. T.s Arbeitsbuch
Schall	=	Schall und Rauch, Schriftltg. Peter Panter
Schrift.	=	Der Schriftsteller, Zeitschrift des Schutzverbandes Deutscher Schriftsteller, Berlin
Stach.	=	Das Stachelschwein, herausg. v. Hans Reimann, Berlin
Tem.	=	Tempo, Verlag Ullstein
Uhu	=	Der Uhu, Das neue Monatsmagazin, Verlag Ullstein
Ulk	=	Ulk, Wochenbeil. zum Berliner Tageblatt, Verlag Rudolf Mosse
Var.	=	Das Organ der Varietéwelt
Volksst.	=	Volksstimme, Chemnitz
Vorw.	=	Vorwärts
Voss.	=	Vossische Zeitung, Verlag Ullstein
WaA	=	Die Welt am Abend, Willi Münzenbergs Zeitungs- und Verlagskonzern, Berlin
WaM	=	Die Welt am Montag, Unabhängige Zeitung, Berlin
WB	=	Die Weltbühne
Weichs.	=	V. f. den Weichselgau
Werk Verl.	=	Arno Holz und sein Werk, Deutsche Stimmen zum 60. Geburtstage, Werk Verlag, Berlin
ZiB	=	Zeit im Bild
Zirk.	=	Zirkus Berlin (Die Stadt im Taumel), Bilder Berliner Lebens, Almanach Verlag, Berlin
Zürch. Stud.	=	Zürcher Student, Offiz. Organ d. Studentenschaft d. Univ.

b) Buchausgaben von Kurt Tucholsky

Dt. Dt.	=	Deutschland, Deutschland über alles
Fr. Gs.	=	Fromme Gesänge
5 PS	=	Mit 5 PS
Grips.	=	Schloß Gripsholm
LL	=	Lerne lachen ohne zu weinen
ML	=	Das Lächeln der Mona Lisa
Pyr.	=	Ein Pyrenäenbuch
Rheinsb.	=	Rheinsberg, ein Bilderbuch für Verliebte
Träum.	=	Träumereien an preußischen Kaminen
Verkehrte Welt	=	Die verkehrte Welt
Zsp.	=	Der Zeitsparer

c) Abkürzungen des Autorennamens

P. P.	=	Peter Panter
Th. T.	=	Theobald Tiger
I. W.	=	Ignaz Wrobel
K. H.	=	Kaspar Hauser
K. T.	=	Kurt Tucholsky

BIBLIOGRAPHIE

Titel	Autor	Buch Zeitg. Zeitschr.	Nr. und Seite	Datum	Original-Buch-veröffentl.	Bd. u. Seite unserer Ausgabe
Ab durch die Mitte	P. P.	Voss.	272/–	12. 6. 30		[8]158
Ab 12.46 Uhr	P. P.	Voss.	416/–	4. 9. 30		[8]198
Abend	Th. T.	WB	1/29	6. 1. 25		[4]8
Abendlied	Th. T.	Simpl.	–/298	15. 9. 30		[8]218
Abends nach sechs	P. P.	Voss.		27. 9. 24	ML	[3]469
Abrechnung	I. W.	WB	16/632	20. 4. 26		
Abreißkalender *Es gibt in Deutschland ...*	I. W.	WB	50/891	15. 12. 25		[4]283
Abreißkalender *Es gibt keine ...*	P. P.	WB	51/945	20. 12. 27		
Abreißkalender und kleine Bitte *Unter den*	K.T.	WB	51/925	16. 12. 30		
Absage ...	Th. T.	Ulk	4/–	23. 1. 20		[2]272
Abschied von den Pyrenäen	P. P.				Pyr.	[5]127
Abschied von der Junggesellenzeit	Th. T.	WB	19/539	6. 5. 20		[2]322
Abschied von Noske	K. H.	WB	12–14/363	25.3. 20		[2]301
Abschiedsgesang	Th. T.	WB	22/610	2. 6. 21		[3]34
Abstecher nach München	P. P.	Voss.		8. 8. 26		
Ach, sind wir unbeliebt!	K. H.	WB	26/719	19. 6. 19		
Acht Jahre politischer Justiz	I. W.	WB	40/538	4. 10. 27		[5]336
Acht Mädchen und ein –	Th. T.	AIZ	16/308	1930		
8 Uhr abends – Licht aus!	I. W.	WB	50/866	10. 12. 29	LL	[7]269
Achtundvierzig	K. H.	WB	1/20	2. 1. 19	Fr.Gs.	[2]7
Achtung!	I. W.	WB	12/457	22. 3. 32		
Adagio con brio	Th. T.	Schall	2/Jan.	1920		
Max Adalbert	P. P.	WB	21/576	15. 5. 19		
Aenn Häusinger	P. P.	WB	9/285	26. 2. 20		
Affenkäfig	P. P.	WB	42/585	16. 10. 24	5 PS	[3]480
Affentheater	P. P.	WB	21/590	26. 5. 21		
Ah – ça ...!	P. P.	WB	31/187	4. 8. 25	5 PS	[4]176
«Ah, M ...!»	P. P.	Voss.		25. 11. 26		[4]546

Titel	Autor	Buch Zeitg. Zeitschr.	Nr. und Seite	Datum	Original-Buch-veröffentl.	Bd. u. Seite unserer Ausgabe
Akustischer Kostümball	P. P.	Voss.	565/–	30. 11. 30		[8]295
Richard Alexander	P. P.	WB	23/664	7. 6. 23	ML	[3]327
Alfred Kerr	Th. T.	WB	51/936	20. 12. 27		[5]423
All people on board!	Th. T.	WB	48/870	29. 11. 27	ML	[5]403
All right!	Th. T.	WB	46/726	11. 11. 24		
Alle Welt sucht	Th. T.	WB	32/225	11. 8. 25		[4]184
Allein	P. P.	WB	24/878	10. 6. 30	Pyr.	[5]110
Allotria	P. P.	WB	29/65	19. 7. 23		[3]344
Als ich zum erstenmal Rundfunk hörte *(s.u. Rundfrage)*	K. T.	Dt.Rfk.	–/2472			
Als Prolog	Th. T.	Flieger		1917/18		
Als Vagabund um die Erde	K. T.	Pr. Tg.		9. 6. 12		
Also wat nu – ja oder ja?	Th. T.	WB	35/347	1. 9. 31	LL	[9]278
Alt-Berliner Couplet	Th. T.	WB	34/199	24. 8. 22		
Alt-Heidelberg	P. P.	WB	22/634	31. 5. 23		[3]325
Alt-Wiener Couplet	Th. T.	WB	24/552	13. 6. 18		
Altbewährte Esel	I. W.	WB	41/593	12. 10. 26	Dt. Dt.	[4]520
Alte Bäume	P. P.	Voss.	288/–	10. 12. 30		[8]319
Alte Filme	P. P.	WB	11/435	16. 3. 26		
Alte illustrierte Blätter	P. P.	NWi.		18. 2. 23		[3]309
Alte Plakate	I.W.	WB	39/366	18. 9. 19		
Alte Schauspieler	P. P.	Voss.		8. 4. 25		
Alte Schauspielerbilder	P. P.	WB	12/474	23. 3. 26	ML	[5]384
Alte Schlager	P. P.	WB	22/554	1. 6. 22		[3]187
Alte Verse	P. P.	SB	48/1182	27. 11. 13		[1]130
Alte Wandervögel	I. W.	WB	25/966	22. 6. 26		
Alte Weltbühnen	P. P.	WB	33/197	12. 8. 20	5 PS	[2]400
Alte Zeitungen	P. P.	WB	12–14/382	25. 3. 20		
Alter Burgunder wird versteigert	P. P.	Tem.		23. 11. 28	LL	[6]309
Alter Kümmel	P. P.	WB	28/71	14. 7. 25		[4]162
Altes Licht	P. P.	Voss.		16. 10. 27		[5]344
Altes Lied 1794	Th. T.	WB	18/680	3. 5. 32		[10]74
Altes Theaterglas	P. P.	SB	48/1183	27. 11. 13		[1]130
Altes Volkslied	Th. T.	WB	47/819	23. 11. 26		[4]547

Titel	Autor	Buch Zeitg. Zeitschr.	Nr. und Seite	Datum	Original-Buch-veröffentl.	Bd. u. Seite unserer Ausgabe
Am Grabe von Hans Paasche	K. H.	Fr. W.	21/2	13. 6. 20	ML	[2]356
Am Rande des Reichtums	P. P.	Voss.	164/–	7. 4. 29		[7]61
Am Sonntag-nachmittag	P. P.	WB	20/582	17. 5. 23		[3]322
Am Strande	I. W.	WB	26/706	30. 6. 21		
Am Telefon	I. W.	WB	38/418	22. 9. 31		[9]291
Amerika heute und morgen	tu	Vorw.		8. 11. 12		[1]47
Amerikaner in Paris	Th. T.	WB	26/965	30. 6. 25		
Amerikanischer Abend	P. P.	SB	19/262	26. 2. 14	ML	[1]180
Amnestie –! Amnestie –!	K. T.	WB	39/469	27. 9. 27		[5]317
Amüsier-vergnügen	P. P.	WB	47/614	13. 11. 19		
«An alle Front-soldaten!»	I. W.	BVZ		6. 10. 19		[2]168
An Arno Holz	K. T.	SB	17/470	24. 4. 13		[1]92
An das Baby	Th. T.	WB	43/646	27. 10. 31	LL	[9]307
An das Publikum	Th. T.	WB	27/32	7. 7. 31	LL	[9]237
An den Botschafter	K. T.	WB	16/638	19. 4. 27		[5]200
An den deutschen Mond	Th. T.	BVZ		18. 4. 20		[2]304
An den Unter-offizier Noske	K. H.	WB	25/673	12. 6. 19		
An die alten Soldaten	I. W.	Kaho.		26. 7. 20		
An die Berlinerin	Th. T.	WB	12/302	23. 3. 22	5 PS	[3]148
An die Bonzen *(s. u. An einen Bonzen)*	Th. T.	WB	36/248	6. 9. 23	5 PS	[3]351
An die Jungen	I. W.	Ju.	8/–	Aug. 1922		
An die Meinige	Th. T.	SB	12/344	19. 3. 14	Fr.Gs.	[1]189
An die Republikaner	Th. T.	WB	52/934	23. 12. 30		[8]346
An eine Marie vom Lande	Th. T.	SB	44/416	31. 10. 16		[1]270
An einen Bonzen *(s. u. An die Bonzen)*	Th. T.	WB	36/248	6. 9. 23	5 PS	[3]351
An einen garnisondienst-fähigen Dichter	Th. T.	SB	25/584	21. 6. 17	Fr. Gs.	[1]270

Titel	Autor	Buch Zeitg. Zeitschr.	Nr. und Seite	Datum	Original-Buch-veröffentl.	Bd. u. Seite unserer Ausgabe
An Ernst Toller	Th. T.	WB	33/265	14. 8. 24		[3]443
An Frau von Oheimb	Th. T.	WB	53/982	30. 12. 30		[8]336
An Ihn	Th. T.	Ulk	6/–	6. 2. 20		
An ihr	Th. T.	Ball.		1921		[3]7
An ihren Papa	Th. T.				Fr. Gs.	[2]173
An Lora	K. T.	Manus.				unveröfftl.
An Lucianos	K. H.	WB	50/563	12. 12. 18	Fr. Gs. 5 PS	[1]347
An meinen Sohn	Th. T.	WB	37/409	14. 9. 26		[4]500
An Meta Kupfer	Th. T.	SB	7/166	15. 2. 17		
An Peter Panter	Th. T.	WB	28/42	11. 7. 18	Fr. Gs.	[1]311
An Philipp Scheidemann	Th. T.	WB	24/606	15. 6. 22		[3]195
An Theobald Tiger	P. P.	WB	29/62	18. 7. 18		[1]312
An unsre Kleine	Th. T.	Ulk	45/–	7. 11. 19		[2]196
Anatole France in Pantoffeln	P. P.	Voss.		28. 1. 25		[4]27
Anatole France-Dämmerung	P. P.	Voss.		24. 1. 25		
Herr Konferenzrat Andersen	P. P.	Voss.		14. 8. 27		[5]278
Anekdoten *Und aber rundet sich ...*	P. P.	Frft.		20. 12. 18		
Anekdoten *Wenn in Berlin ein guter Witz...*	anonym	Dame	25/8	Sept. 1925		
Angenehmes – Unangenehmes. Das Jahrhundert des Tieres *(s.u. Rundfrage)*	P. P.	Voss.		25. 12. 30		
Angestellte	Th. T.	WB	4/127	26. 1. 26	5 PS	[4]327
Anglikanische Pastöre	P. P.	WB	32/234	10. 8. 26		
Angst des Kapitalisten vor der Einigkeit der Arbeiter *(Nachdr.)*	Th. T.	Volksst.		19. 10. 26		[4]526
Originaltitel: Jubelgesang des Bürgers	Th. T.	Fr. W.	39/3	17. 10. 20		

Titel	Autor	Buch Zeitg. Zeitschr.	Nr. und Seite	Datum	Original-Buch-veröffentl.	Bd. u. Seite unserer Ausgabe
Anonyme Briefe	P. P.	WB	13/493	26. 3. 29		[7]56
Antwort *(s. u. Der Verfasser von ‹Neudeutsch›)*	I. W.	WB	48/520	28. 11. 18		[1]345
Apage, Josephine, apage –!	Th. T.	WB	13/486	27. 3. 28	ML	[6]81
Arbeit für Arbeitslose	Th. T.	WB	10/382	9. 3. 26		[4]369
Arbeit tut not –!	Th. T.	WB	6/215	10. 2. 25		[4]43
Aristide Bruant	P. P.	Voss.		7. 1. 25		[4]8
Aristide Bruant von Yvette Guilbert *Autorisierte Übersetzung aus dem Französischen von Peter Panter*	P. P.	WB	9/325	3. 3. 25		
Arme Telefonistinnen –!	Th. T.	AIZ	13/11	1928		
Armes Berlin!	von einem Berliner	BVZ		19. 3. 19		
Arno Holz	P. P.	WB	20/574	13. 5. 20		
Arno Holz und sein Werk	K. T.	Werk Verl.		1923		
Victor Arnold	K. T.	SB	11/304	12. 3. 14		[1]185
Arzt und Patient	P. P.	WB	20/758	15. 5. 28		
Asyl für Obdachlose!	Th. T.	AIZ	37/10	1928		[6]230
Auch ein Buchhändler	I. W.	WB	39/499	27. 9. 27		
Auch eine Urteilsbegründung	I. W.	WB	19/680	12. 5. 31		[9]204
Auf dem Grasplatz	I. W.	WB	42/620	20. 10. 25		[4]239
Auf dem Nachttisch *Abends, wenn ich im Bett liege …*	P. P.	WB	52/940	23. 12. 30		[8]327
Auf dem Nachttisch *Auf dem Nachttisch: Bücher –*	P. P.	WB	9/337	26. 2. 29		[7]43

Titel	Autor	Buch Zeitg. Zeitschr.	Nr. und Seite	Datum	Original-Buch-veröffentl.	Bd. u. Seite unserer Ausgabe
Auf dem Nachttisch *Auf dem Nachttisch liegen große und kleine Bücher ...*	P. P.	WB	25/935	18. 6. 29		[7]95
Auf dem Nachttisch *Bitte, geben Sie mir 12 Neuerscheinungen ...*	P. P.	WB	32/210	6. 8. 29		
Auf dem Nachttisch *Brom, Bromural, Pantopon* .	P. P.	WB	49/860	6. 12. 27		[5]399
Auf dem Nachttisch *Bronisław Malinowski (Auszug aus ‹Voll – das ist wohl ...›)*	P. P.	WB	44/651	28. 10. 30	LL	[8]261
Auf dem Nachttisch *«Das ärztliche Volksbuch» ...*	P. P.	WB	22/808	2. 6. 31		
Auf dem Nachttisch *Das Bett als Refugium ...*	P. P.	WB	8/287	21. 2. 28		[6]52
Auf dem Nachttisch *Den ganzen Tag hab ich mich ...*	P. P.	WB	3/92	17. 1. 28		[6]24
Auf dem Nachttisch *Die Gesamtausgabe der Freudschen Schriften ...*	P. P.	WB	18/656	5. 5. 31		[9]195
Auf dem Nachttisch *Eins, zwei, drei, vier, fünf ...*	P. P.	WB	21/767	20. 5. 30		[8]136

Titel	Autor	Buch Zeitg. Zeitschr.	Nr. und Seite	Datum	Original-Buch-veröffentl.	Bd. u. Seite unserer Ausgabe
Auf dem Nachttisch *Entweder du liest eine Frau…*	P. P.	WB	17/621	22. 4. 30		[8]116
Auf dem Nachttisch *Graf A. Stenbock-Fermor …*	P. P.	WB	9/330	1. 3. 32		[10]40
Auf dem Nachttisch *Herr Pietsch, eines von …*	P. P.	WB	49/857	8. 12. 31		
Auf dem Nachttisch *kann auch manchmal das Grammophon stehn.*	P. P.	WB	47/792	20. 11. 28		
Auf dem Nachttisch *«Mach das Licht aus …»*	P. P.	WB	50/859	9. 12. 30		[8]309
Auf dem Nachttisch *Merkwürdig ist das …*	P. P.	WB	19/717	8. 5. 28		[6]124
Auf dem Nachttisch *Mit mir wird das kein gutes Ende nehmen:*	P. P.	WB	7/248	11. 2. 30		[8]46
Auf dem Nachttisch *Obenauf ein schmales Bändchen:*	P. P.	WB	9/321	3. 3. 31		[9]139
Auf dem Nachttisch *‹Pröhn› ist ein schönes Wort –*	P. P.	WB	42/593	15. 10. 29		[7]211
Auf dem Nachttisch *Schweizer Nachttische sind hoch …*	P. P.	WB	13/466	25. 3. 30		[8]76

Titel	Autor	Buch Zeitg. Zeitschr.	Nr. und Seite	Datum	Original-Buch-veröffentl.	Bd. u. Seite unserer Ausgabe
Auf dem Nachttisch *Voll – das ist wohl ...*	P. P.	WB	44/651	28. 10. 30	LL (Auszug)	[8]261
Auf dem Nachttisch *Wenn ich mich ein wenig aufrichte ...*	P. P.	WB	45/701	5. 11. 29		[7]232
Auf dem Nachttisch *Wenn ich nicht Peter Panter ...*	P. P.	WB	5/177	2. 2. 32		[10]24
Auf den unbekannten Soldaten v. J.-René Darnys *Übertragung aus dem Französischen*	Th. T.	WB	7/245	17. 2. 25		[4]46
Auf der Reeperbahn nachts um halb eins	P. P.	Voss.		19. 8. 27		[5]282
Auf der Wiese	P. P.				Pyr.	[5]116
Auf die Mensur *(s. u. Deutsche Richter von 1940)*	Th. T.	AIZ	5/–	1929		
		Rot. Sig.	–/32	1929	Dt. Dt.	[7]295
Auf die Weltbühne	Th. T.	WB	14/331	4. 4. 18		
(Nachdruck)	Th. T.	WB	48/837	19. 11. 27		[1]298
Auf ein Frollein	Th. T.	WB	18/462	4. 5. 22	5 PS	[3]174
Auf ein Kind	K. T.	WB	37/292	9. 9. 20		[2]412
Auf ein Soldatenbild	Th. T.	WB	31/177	4. 8. 25	ML	[1]204
Auf einen großen Komiker	Th. T.	Frechh.	11/6	1929		
Auf Urlaub	Th. T.	SB	26/606	28. 6. 17	Fr. Gs.	[1]271
Auf verlorenem Posten	P. P.	WB	19/542	6. 5. 20		
Aufgewachsen bei ...	Th. T.	WB	45/693	4. 11. 30		[8]279
‹Aufgezogen›	P. P.	BT	535/–	10. 11. 19		[2]197

Titel	Autor	Buch Zeitg. Zeitschr.	Nr. und Seite	Datum	Original-Buch-veröffentl.	Bd. u. Seite unserer Ausgabe
Aufklärungsfilms	I. W.	WB	26/722	19. 6. 19		
Auftakt	Ignaz	SB	34/35/822	28. 8. 13	Fr. Gs.	[1]108
Auftrittslied	Th. T.	Ulk	33/–	15. 8. 19		
Augen in der Großstadt	Th. T.	AIZ	11/217	1930	LL	[8]69
Aus!	Th. T.	Uhu	5/24	Febr. 1930		[8]35
Aus aller Welt	P. P.	WB	36/360	3. 9. 29		[7]171
Aus dem Ärmel geschüttelt	Th. T.	NS		7. 10. 21		[3]56
Aus der Ferne	Th. T.	WB	33/253	14. 8. 28		[6]195
Aus einem alten Photographie-album	P. P.	Uhu	1/19	1927		
Aus einem unerfindlichen Grunde	K. T.				Dt. Dt.	
Aus großer Zeit	I. W.	WB	31/111	3. 8. 22		[3]244
Aus Moskau zurück	I. W.	Frei.		13. 10. 20		[2]422
Ausblick	Th. T.	Ulk	4/–	24. 1. 19		
Ausflug nach Robinson	P. P.	Voss.		19. 7. 24		[3]414
Ausflug zu den reichen Leuten	P. P.				Pyr.	[5]17
Ausgezeichnete Leute	P. P.	WB	44/712	2. 11. 26		
Ausjeh	P. P.	WB	11/279	16. 3. 22		
Auslandsberichte	I. W.	WB	19/694	12. 5. 25	5 PS	[4]119
Auslandskorrespondenten	I. W.	WB	35/320	28. 8. 24		[3]447
Auslieferung	Th. T.	Ulk	8/–	20. 2. 20		
Aussage eines Nationalsozialisten vor Gericht	Th. T.	AIZ	37/728	1930		[8]241
Außen- und Innenpolitik	I. W.	Fried.	7/210	Juli 1926		
Außenseiter der Gesellschaft	I. W.	WB	10/359	10. 3. 25		[4]59
Aussperrung	K. T.				Dt. Dt.	[7]296
Ausverkauf	Th. T.	WB	47/537	24. 11. 21		
Autarkie	Th. T.	WB	32/231	11. 8. 31		[9]259
Autobiographie	K. T.	Stach.	3/32	1926		[4]304
Aveu	P. P.	Manus.		27. 6. 19		Briefbd. 423

Titel	Autor	Buch Zeitg. Zeitschr.	Nr. und Seite	Datum	Original-Buch-veröffentl.	Bd. u. Seite unserer Ausgabe
Avis an meinen Verleger	K. T.	WB	9/345	1. 3. 32		[10]48
Awrumele Schabbesdeckel und Prinz Eitel-Friedrich von Hohenzollern	I. W.	WaM		23. 5. 21		[3]31
Babbitt	P. P.	WB	18/665	5. 5. 25		[4]109
Badetag	K. H.	WB	48/634	20. 11. 19		[2]200
Bahnpolizei	I. W.	WB	21/775	20. 5. 30		
Leo Bakst	P. P.	SB	12/347	20. 3. 13		
Bakterienkultur	I. W.	BVZ		2. 11. 19		
Ballade *Da sprach der Landrat unter Stöhnen*	Th. T.	WB	51/917	16. 12. 30	LL	[8]325
Ballade *Ich lebte mit Frau Sobernheimer (s. u. Eine kleine Geburt)*	Th. T.	WB	3/101	20. 1. 31	LL	[9]115
Banger Moment bei reichen Leuten	K. H.	WB	4/150	24. 1. 28	ML	[6]34
Bänkelbuch	P. P.	WB	28/58	9. 7. 29		[7]127
Henri Barbusse und die Platte ‹Lord help me –!›	I. W.	WB	47/763	19. 11. 29		[7]250
Herr Adolf Bartels	I. W.	WB	12/291	23. 3. 22		[3]144
Basel	I. W.	WB	51/940	22. 12. 31		[9]325
Bassermann der Operette	P. P.	SB	24/25/656	19. 6. 13		
Bauern, Bonzen und Bomben	I. W.	WB	14/496	7. 3. 31		[9]168
Bayreuth	P. P.	SB	13/371	27. 3. 13		[1]89
Herr Bedel liebt auf dem 48. Grad	P. P.	Voss.	430/–	12. 9. 29		
Befürchtung	K. H.	WB	28/71	9. 7. 29	LL	[7]131
Begnadigung	I. W.	WB	34/312	24. 8. 26		[4]483
Bei Anton Hansen	P. P.	WB	26/1023	28. 6. 27		

Titel	Autor	Buch Zeitg. Zeitschr.	Nr. und Seite	Datum	Original-Buch-veröffentl.	Bd. u. Seite unserer Ausgabe
Bei dem Autor der Garçonne	P. P.	Voss.		22. 11. 24		
Bei den Verrückten	P. P.	WB	38/467	22. 9. 25		[4]223
Bei näherer Bekanntschaft	Th. T.	WB	31/192	3. 8. 26	ML	[4]473
Bei Stadtzauberers	K. T.	WB	40/316	3. 10. 18	Träum. ML	[1]325
Bei uns in Amerika ... *(s. u. Bei uns in Europa)*	Th. T.	WB	40/530	4. 10. 27		
Bei uns in Europa	Th. T.	WB	40/530	4. 10. 27	Dt. Dt.	[5]335
Beim Schneider	P. P.	WB	1/37	5. 1. 26		[4]316
Beim Versicherungsagenten	P. P.	Simpl.	1/10	1. 4. 30		
Beiseite	I. W.	WB	36/392	7. 9. 26		
Beit Friehstick	Th. T.	WB	41/567	13. 10. 31		[9]306
Bekritzelte Programmhefte	P. P.	WB	15/593	12. 4. 27		
Bekritzeltes Blatt	I. W.	WB	51/636	22. 12. 21		[3]107
Bella	P. P.	Voss.		4. 3. 26		[4]366
Ben Akiba	P. P.	WB	37/296	14. 9. 22		
Bergner! Bergner!	P. P.	WB	19/553	10. 5. 23		[3]320
Berichtigung	Th. T.	Dra.		24. 12. 19		
Berlin amüsiert sich!	anonym	Vorw.		28. 10. 13		
Berlin! Berlin! *Berlin hat keine sehr gute Presse ...*	I. W.	WB	13/499	29. 3. 27		[5]185
Berlin! Berlin! *Der Berliner Volkshumor ...*	Iks	Fr. W.	1/4	10. 1. 20		
Berlin! Berlin! *Über dieser Stadt ist kein Himmel.*	I. W.	BT	332/–	21. 7. 19		[2]129
Berlin und die Provinz	I. W.	WB	11/405	13. 1. 28		[6]70
Berliner Abend	Th. T.	WB	23/579	8. 6. 22		
Berliner auf Reisen	P. P.	WB	3/111	19. 1. 26		[4]324
Berliner Ballberichte	K. H.	WB	5/173	28. 1. 30	LL	[8]30
Berliner Bälle	Th. T.	WB	10/384	8. 3. 27		[5]174

Titel	Autor	Buch Zeitg. Zeitschr.	Nr. und Seite	Datum	Original-Buch-veröffentl.	Bd. u. Seite unserer Ausgabe
Berliner Cabarets	K. T.	SB	10/288	6. 3. 13		[1]87
Berliner Drehorgellied	Th. T.	Ulk	2/3/–	17. 1. 19		
Berliner Fasching	Th. T.	SB	7/199	12. 2. 14	Fr. Gs.	[1]178
Berliner Gefängnisse	I. W.	Frei.		25. 7. 20		
Berliner Gerüchte	Th. T.	SB	45/442	9. 11. 16	Fr. Gs.	[1]251
Berliner Geschäfte	I. W.	BT	48/–	27. 1. 20	ML	[8]341
Berliner Geselligkeiten	P. P.	Zirk.	–/71	1920		
Berliner Herbst *(s. u. Mundartliches Gedicht)*	Th. T.	WB	40/529	2. 10. 28	ML	[6]255
Berliner Kämpfe	K. H.	WB	3/69	16. 1. 19	Fr. Gs.	[2]39
Berliner Konzertsaison	anonym	Vorw.		19. 8. 13		
Berliner Liebe	Th. T.	WB	41/385	13. 10. 21		[3]67
Berliner Mutterlaut	P. P.	WB	42/425	19. 10. 22		[3]288
Berliner Nachtkultur	tu	Vorw.		28. 8. 12		
Berliner Sonntag	Th. T.	WB	46/510	17. 11. 21		[3]85
Berliner Spielhöllen	I. W.	BT	121/–	20. 3. 19		
Berliner Theater *Der Unterschied zwischen dem Satz ...*	P. P.	WB	46/738	12. 11. 29		[7]242
Berliner Theater *Die Besucher einer berliner Premiere ... (aus: So verschieden ist es im menschlichen Leben)*	P. P.	WB	4/133	24. 1. 28		[6]32
					Dt. Dt.	[7]303
Berliner Verkehr *Bezüglich dem berliner Verkehr ...*	Th. T.	WB	40/545	5. 10. 26		[4]518
Berliner Verkehr *Die berliner Presse ist dabei ...*	I. W.	WB	45/739	9. 11. 26		

Titel	Autor	Buch Zeitg. Zeitschr.	Nr. und Seite	Datum	Original-Buch-veröffentl.	Bd. u. Seite unserer Ausgabe
Berliner Volksbühne	K. T.				Dt. Dt.	
Berlins Bester	P. P.	WB	3/95	20. 1. 25		[4]18
Berolina ... Claire Waldoff	Th. T.	WB	35/319	27. 8. 29		[7]171
Bert Brechts Hauspostille	P. P.	WB	9/334	28. 2. 28		[6]60
Rosa Bertens	K. T.	SB	19/520	7. 5. 14		[1]215
Beschlagnahmefreies Gedicht	Th. T.	WB	13/492	29. 3. 32		[10]59
Beschluß und Erinnerung *(s. u. Erinnerung)*	Th. T.	WB	49/837	4. 12. 28	ML	[6]325
Besetzt! Bitte, später rufen –!	Th. T.	WB	25/918	23. 6. 25		[4]150
Bestätigung	I. W.	BVZ		1. 5. 20		
Besuch bei J. V. Jensen	P. P.	Voss.		19. 6. 27		[5]232
Besuch bei Paul Morand	P. P.	Dame	6/6	Dez. 1928		
Besuche bei Peter Panter	P. P.	Uhu	6/114	März 1927		[5]166
Betriebsunfall	Th. T.	WB	47/795	24. 11. 31		[9]315
Bettschnüffler	I. W.	WB	11/388	11. 3. 30		[8]66
Bibliothekskadaver	P. P.	WB	20/514	18. 5. 22		[3]182
Bilanz *Deutsches Land geht in fremde Hände.*	K. H.	WB	21/563	15. 5. 19		
Bilanz *Jeden Pfennig, den ein hoher Offizier ...*	K. H.	WB	6/182	5. 2. 20		
Bilder auf dem Schreibtisch	P. P.	Voss.	144/–	26. 3. 30		
Bilder aus dem Geschäftsleben	P. P.	Uhu	2/150	Nov. 1924		[3]490
Bilderbuch	P. P.	WB	18/715	4. 5. 26		
Billet an eine junge Dame	P. P.	Bl. Vog.	–/36	1921/22		
Biographie für viele	P. P.	BT		29. 7. 20		[2]385
Bitte an Hülsen	Ignaz	SB	24/25/653	19. 6. 13		

Titel	Autor	Buch Zeitg. Zeitschr.	Nr. und Seite	Datum	Original-Buch-veröffentl.	Bd. u. Seite unserer Ausgabe
Bitte, bedienen Sie sich!	I. W.	BT	554/–	29. 10. 18		
«Bitte – fädeln Sie mal ein . . .»	P. P.	Uhu	1/97	Okt. 1931		[9]303
Blaise, der Gymnasiast	P. P.	SB	20/555	14. 5. 14		[1]221
Blick in die Zukunft	Th. T.	Schall	5/4	April 1920		[3]113
Blick in ferne Zukunft	I. W.	WB	44/665	28. 10. 30	LL	[8]270
Blumentag	Kurt	Vorw.		17. 6. 11		[10]170
Blutrache in Leipzig	I. W.	WB	35/333	27. 8. 29		
Bockbierfest	K. T.				Dt. Dt.	
Ferdinand Bonns gesammelte Werke	I. W.	SB	21/22/586	28. 5. 14		[1]225
Braut- und Sport-Unterricht	I. W.	WB	15/540	8. 4. 30		[8]99
Bert Brechts Hauspostille	P. P.	WB	9/334	28. 2. 28		[6]60
Breslau	I. W.	WB	45/485	10. 11. 21	5 PS	[3]84
Brief an den Staatsanwalt	P. P.	WB	14/352	6. 4. 22	ML	[3]162
Brief an eine Katholikin	I. W.	WB	6/198	4. 2. 30		[8]35
Brief an einen bessern Herrn	I. W.	WB	12/426	24. 3. 25		[4]65
Brief an einen Kater	P. P.	Voss.		25. 11. 27		[5]387
Brief an einen Plakatmaler	I. W.	SB	12/338	20. 3. 13		
Brief an Franz Hammer	K. T.	WB	4/165	15. 2. 47		
Brief meines Vaters	I. W.	WB	6/204	9. 2. 32		[10]29
Brief nach Wien	P. P.	WB	2/49	8. 1. 20		
Briefbeilagen	P. P.	WB	24/545	13. 6. 18		[1]301
Briefbeilagen: Auburtin	P. P.	WB	25/567	20. 6. 18		[1]304
Briefbeilagen: Der Tscheinik	P. P.	WB	28/37	11. 7. 18		Briefbd. 376
Briefbeilagen: Die Schimekkische	P. P.	WB	31/106	1. 8. 18		[1]314

Titel	Autor	Buch Zeitg. Zeitschr.	Nr. und Seite	Datum	Original-Buch-veröffentl.	Bd. u. Seite unserer Ausgabe
Briefbeilagen: Die Vorbedingung des Lebens	P. P.	WB	32/122	8. 8. 18		Briefbd. 390
Briefbeilagen: Im Hinterzimmer	P. P.	WB	24/545	13. 6. 18		[1]302
Briefbeilagen: Vision	P. P.	Manus.		24. 6. 19		Briefbd. 422
Briefbeilagen: Was wäre, wenn ...?	P. P.	WB	27/17	4. 7. 18		[1]309
Briefbeilagen: Witze	P. P.	WB	26/593	27. 6. 18		[1]307
Briefe an einen Fuchsmajor	I. W.	WB	5/163	31. 1. 28	ML	[6]35
Briefe an einen Kinoschauspieler	P. P.	BVZ		25. 12. 19		[2]231
Briefmarken	Th. T.	WB	45/441	7. 11. 18	Fr. Gs.	[1]343
Brot mit Tränen	K. H.	WB	45/754	9. 11. 26	5 PS	[4]538
Aristide Bruant	P. P.	Voss.		7. 1. 25		[4]8
Aristide Bruant von Yvette Guilbert *Autorisierte Übersetzung aus dem Französischen von Peter Panter*	P. P.	WB	9/325	3. 3. 25		
Bruch	Th. T.	Ulk	50/–	13. 12. 18		[1]348
Brunner	Th. T.	WB	45/477	10. 11. 21		[3]83
Brunner im Amt	I. W.	WB	36/226	7. 9. 22		[3]281
Buch mit Bildern	I. W.	WB	23/864	8. 6. 25		
Buch voller Tiere	P. P.	Voss.		18. 9. 27		[5]311
Büchertisch *(s. u. Zu Weihnachten)*	K. H.	WB	47/803	24. 11. 25	5 PS	[4]263
Büchner *(s. u. Zwei Hundertjährige)*	K. T.	SB	42/997	16. 10. 13		[1]121
Budjonnys Reiterarmee	P. P.	WB	13/517	29. 3. 27		[5]189
Bühnenluft	P. P.	SB	49/1211	4. 12. 13		[1]135

Titel	Autor	Buch Zeitg. Zeitschr.	Nr. und Seite	Datum	Original-Buch-veröffentl.	Bd. u. Seite unserer Ausgabe
Bund der Landwirte	Th. T.	SB	9/260	26. 2. 14		
(Nachdruck)	Th. T.	WB	10/236	27. 2. 19	Fr. Gs.	[1]180
Bunte Gläser	P. P.	WB	14/512	7. 4. 25	ML	[4]88
Eugen Burg	P. P.	WB	6/225	10. 2. 31	LL	[9]128
Bürgerliche Wohltätigkeit *(s. u. Wohltätigkeit)*	K. T.				Dt. Dt. LL	[7]311
Bürgerliches Zeitalter	Th. T.	WB	13/332	30. 3. 22		[3]160
Burgunder 1928	P. P.	Voss.	594/–	16. 12. 28		
Busch-Briefe	P. P.	SB	16/460	16. 4. 14		[1]201
Buschkämpfer	I. W.	BVZ		22. 5. 19		
Bußtag	I. W.	Frei.		18. 11. 20		
Cabaret	P. P.	SB	43/1044	23. 10. 13		[1]124
Cabaret-Kritik	P. P	WB	50/889	10. 12. 29		
Café-Kultur	I. W.	März	10/–	7. 3. 14		
Dr. Caligari *(s. u. Dr. Caligari)*	P. P.	WB	11/347	11. 3. 20		[3]292
Camelots	I. W.	WB	17/672	27. 4. 26		
Canzonetta	Th. T.	WB	16/441	15. 4. 20		
Caput Nili	P. P.	WB	22/637	27. 5. 20		
Carl Sonnenschein	P. P.	WB	1/17	6. 1. 31		[9]103
Casanova im Safe	P. P.	WB	13/498	27. 3. 28		[6]85
Cauterets	P. P.				Pyr.	[5]93
Chamberlain	Th. T.	WB	43/179	22. 8. 18		
Chanson *(s. u. Ein Chanson)*	Th. T.	WB	48/866	30. 11. 26	5 PS	[4]551
Chanson für eine Frankfurterin	Th. T.	WB	2/64	8. 1. 29		[7]24
Chaplin in Kopenhagen	P. P.	WB	23/899	7. 6. 27		[5]226
Chauve-Souris in Paris	P. P.	WB	1/33	4. 1. 27		
Chef-Erotik	K. H.	WB	17/682	26. 4. 27	5 PS	[5]213
Chevalier	P. P.	WB	5/180	3. 2. 25		[4]34
Maurice Chevalier	P. P.	Tem.		16. 10. 28		
Chevalier, Rip und die andern	P. P.	WB	4/150	26. 1. 26		[4]332
Christian Wagner	P. P.	WB	7/8/182	13. 2. 19		[2]46

Titel	Autor	Buch Zeitg. Zeitschr.	Nr. und Seite	Datum	Original-Buch-veröffentl.	Bd. u. Seite unserer Ausgabe
Christoph Kolumbus oder Die Entdeckung Amerikas *Eine Komödie von Walter Hasenclever und Peter Panter (Schlußszene)*	P. P.	WB	40/506	4. 10. 32		[10]112
Cirque de Gavarnie	P. P.				Pyr.	[5]89
‹Clemenceau spricht›	P. P.	Voss.		6. 4. 30		[8]96
Clément Vautel	P. P.	Voss.		30. 9. 25	ML	[4]230
Coda	K. T.	Plakat		Juli 1913		
Coletti	P. P.	SB	16/450	17. 4. 13		
Colloquium in utero	K. H.	WB	12/453	22. 3. 32		[10]56
Confessio	Th. T.	WB	8/307	22. 2. 27	5 PS	[5]160
Corneille auf der Schreibmaschine	P. P.	Voss.		26. 6. 24		
Coué	Th. T.	WB	8/299	23. 2. 26		
Couplet für die Bier-Abteilung	Th. T.	WB	30/87	27. 7. 22		[3]233
Coupletvortrag	P. P.	WB	50/892	11. 12. 28		
Courteline	P. P.	WB	39/500	25. 9. 28		[6]247
E. R. Curtius' Essays	P. P.	Voss.	4/–	3. 1. 26		[4]307
Cyniker *(s. u. Zyniker)*	P. P.	WB	3/100	19. 1. 32		[10]17
Dada	P. P.	BT		20. 7. 20		[2]382
Dada-Prozeß	I. W.	WB	17/454	28. 4. 21		[3]26
«D'ailleurs»	P. P.	WB	33/259	14. 8. 28		
Damals, im Kleinen Theater	P. P.	WB	39/362	18. 9. 19		
Damenfrisiersalon	P. P.	WB	9/227	2. 3. 22		
Dämmerung	K. T.	WB	11/332	11. 3. 20		[2]288
Danach	Th. T.	WB	14/517	1. 4. 30	LL	[8]92
Dänische Felder	I. W.	WB	30/152	26. 7. 27	ML	[5]266
Dank an Frankreich	P. P.	WB	9/339	1. 3. 27	Pyr.	[5]133

Titel	Autor	Buch Zeitg. Zeitschr.	Nr. und Seite	Datum	Original-Buch-veröffentl.	Bd. u. Seite unserer Ausgabe
Dank vom Hause Stalin	I. W.	WB	19/731	8. 5. 28		[6]130
Dankbare Lachquittung	P. P.	WB	23/642	9. 6. 21		
Dans la rue	P. P.	WB	24/830	12. 6. 24		
Dantons Tod	K. H.	WB	10/311	4. 3. 20		[2]287
Darf man nur Deutsch sprechen?	P. P.	Morg.		25. 4. 26		
Darf man tippen –?	P. P.	Voss.	1/–	1. 1. 31		[9]97
Das	P. P.	WB	11/434	15. 3. 27	ML	[5]177
Das A-B-C des Angeklagten	I. W.	WB	2/45	8. 1. 29		[7]20
Das alte Heer	I. W.	Frei.		5. 12. 20		
Das alte Vertiko	Th. T.	WB	7/272	16. 2. 26		[4]355
Das angestammte Herrscherhaus	K. T.				Dt. Dt.	
Das Auge von Paris	P. P.	Voss.		7. 11. 26		
Das Barreau	P. P.	SB	43/1043	23. 10. 13		[1]123
Das Bild als Narr	P. P.	WB	19/516	1. 5. 19		[2]82
Das Bildnis	P. P.	WB	2/56	13. 1. 21		[3]8
Das böse Gewissen	I. W.	WB	40/511	1. 10. 30		
Das Buch des Jahres 1919	P. P.	BT	602/–	17. 12. 19		
Das Buch vom Kaiser	I. W.	WB	52/980	29. 12. 25		[4]296
Das Buch von der deutschen Schande	I. W.	WB	36/237	8. 9. 21		[3]44
Das Buchhändler-Börsenblatt	K. T.	WB	39/481	24. 9. 29		[7]192
Das Couplet	P. P.	Schall	5/1–2	April 1920		
Das deutsche Schicksal (Antworten) *(s. u. Scheinwerfer durch die Nacht u. Schnitzel)*	K. T.	WB	35/228	30. 8. 23	5 PS	[8]148
Das Ding, das fliegt	P. P.	Voss.		6. 9. 27		
Das dritte Reich	Th. T.	WB	19/686	6. 5. 30		[8]127

Titel	Autor	Buch Zeitg. Zeitschr.	Nr. und Seite	Datum	Original-Buch-veröffentl.	Bd. u. Seite unserer Ausgabe
Das Elend mit der Speisekarte	P. P.	Voss.		16. 9. 28		[6]231
Das Elternhaus	P. P.	BT	108/–	15. 3. 19		[2]60
Das Ende einer Monarchie	K. T.				Dt. Dt.	
Das erdolchte Heer	von einem Berliner	BVZ		23. 11. 19		[2]205
Das Fach-Adverbium	P. P.	Voss.		5. 7. 25		
Das falsche Plakat von Paris	P. P.	Voss.		26. 7. 24		[3]416
Das Fehlende	K. T.				Dt. Dt.	
Das Felderlebnis	I. W.	WB	33/155	17. 8. 22		[3]261
Das Feuilleton mit einem Knacks	P. P.	WB	31/174	30. 7. 29		
Das Firmenschild	Th. T.	WB	9/260	3. 3. 21		[3]21
Das flüsternde Sanatorium	P. P.	Voss.		5. 8. 28		[6]190
Das Fort	P. P.				Pyr.	[5]120
Das Gebet für die Luftschiffer	anonym	Vorw.		10. 5. 14		[1]221
Das Geheimnis der Lebenden	P. P.	WB	40/395	25. 9. 19		[2]160
Das Geheimnis des gelben Zimmers	P. P.	SB	13/303	29. 3. 17		[1]267
Das geistige Niveau	I. W.	WB	26/977	30. 6. 25		[4]156
. . . das Geld aus dem Fenster!	P. P.	Voss.		15. 4. 28		[6]102
Das Geschäft in Aktien	P. P.	WB	39/347	28. 9. 22		
Das Gesetz	Th. T.	AIZ	41/–	1929		[7]199
Das Gesicht der Stadt	I. W.	Frei.		16. 11. 20		[2]436
Das Gleichgewicht des Lebens	P. P.	WB	26/889	26. 6. 24		[3]401
Das Grammophon	P. P.	Simpl.	17/338	3. 10. 16		[1]247
Das große Q	K. H.	WB	16/635	20. 4. 26		
Das grüne Gesicht	I. W.	SB	7/156	15. 2. 17		[1]265
Das Heil von außen	K. H.	WB	19/516	1. 5. 19	Fr. Gs.	[2]82

Titel	Autor	Buch Zeitg. Zeitschr.	Nr. und Seite	Datum	Original-Buchveröffentl.	Bd. u. Seite unserer Ausgabe
Das Herz von Preußen	Kurt	Vorw.		19. 5. 11		
Das Hüsterchen	P. P.	BVZ		27. 11. 21		
Das Ideal	Th. T.	Bll.	31/1256	31. 7. 27		[5]269
Das illoyale Reichsgericht	I. W.	WB	18/694	1. 5. 28		
Das ist klassisch!	P. P.	WB	41/399	12. 10. 22		[3]287
«Das ist nämlich Herr Meyer—!»	P. P.	Voss.	340/—	22. 7. 30		[8]174
«Das kann man noch gebrauchen—!»	P. P.	N. Lpz.		19. 8. 30		[8]188
Das Kind, das nicht geboren ist	I. W.	WB	3/114	15. 1. 29		
Das kleine Logbuch	I. W.	WB	9/226	2. 3. 22		[3]136
Das Königswort *(s. u. Ein Königswort)*	K. H.	WB	18/483	24. 4. 19	Fr. Gs.	[2]81
Das konservative Paris	P. P.	Voss.		9. 9. 24		[3]455
Das Lächeln der Mona Lisa	Th. T.	WB	48/819	27. 11. 28	ML	[6]320
Das Land der Parzellen	P. P.	Voss.		22. 8. 26		
Das Leben der Colette	P. P.	LoseBl.	5/73	Dez. 1927		
Das Leben der Termiten	P. P.	WB	38/462	20. 9. 27		
Das leere Schloß	I. W.	WB	8/240	19. 2. 20		[2]278
Das Lied vom Kompromiß	K. H.	WB	12/297	13. 3. 19		[2]57
Das Lied von der Gleichgültigkeit	Th. T.	WB	1/29	5. 1. 32		[10]7
Das Lottchen. 1. Ankunft	P. P.	Voss.		6. 9. 28	LL	[6]224
Das Lottchen. 2. Lottchen wird saniert	P. P.	Voss.	132/—	19. 3. 31	LL	[9]154
Das Lottchen. 3. Lottchen beichtet 1 Geliebten	P. P.	Voss.	38/—	23. 1. 31	LL	[9]116

Titel	Autor	Buch Zeitg. Zeitschr.	Nr. und Seite	Datum	Original-Buchveröffentl.	Bd. u. Seite unserer Ausgabe
Das Lottchen. 4. Es reut das Lottchen	P. P.	Voss.	150/–	29. 3. 31	LL	[7]292
Das Lottchen. 5. Lottchen besucht einen tragischen Film	P. P.	Voss.	246/–	20. 10. 29	LL	[7]220
Das Märchen von Berlin	I. W.	DAD		1. 6. 29		[7]77
Das ‹Menschliche› *Das Wort ist seit etwa zehn Jahren . . .*	P. P.	Voss.		31. 7. 27		[5]270
Das Menschliche *Oberes Bild.*	I. W.	WB	22/826	29. 6. 28	ML	[6]138
Das menschliche Paris	P. P.	Voss.		19. 6. 24		[3]396
Das Militär als Erzieher?	I. W.	Gre.	12/81	5. 4. 22		[10]177
Das Mitglied	Th. T.	WB	22/865	1. 6. 26	5 PS	[4]455
Das möblierte Zimmer	K. T.				Dt. Dt.	
Das Museum der Eitelkeiten	P. P.	Voss.		9. 9. 27		[5]304
Das Nachschlagewerk als politische Waffe	I. W.	WB	34/271	20. 8. 29		[7]166
Das Nachtgespenst	Th. T.	WB	4/140	21. 1. 30		[8]25
Das nervöse München	anonym	BT		24. 11. 19		
Das nervöse Paris	I. W.	WB	1/6	6. 1. 25		
Das neue Gefangenen-Museum	Th. T.	AIZ	26/10	1928		[6]160
Das neue Lied	P. P.	WB	48/619	25. 11. 20		[2]446
Das Opfer einer (der) Republik	I. W.	WaM		26. 6. 22	LL	[3]208
Das Paradigma	I. W.				Zsp.	[1]148
Das Parlament *(s. u. Die Stunde der Entscheidung)*	Th. T.	WB	20/752	15. 5. 28	Dt. Dt.	[7]299
Das Persönliche	Th. T.	WB	25/928	23. 6. 31		[9]231
Das politische Feigenblatt	I. W.	Frei.		5. 6. 20		

Titel	Autor	Buch Zeitg. Zeitschr.	Nr. und Seite	Datum	Original-Buch-veröffentl.	Bd. u. Seite unserer Ausgabe
Das politische Kino	I. W.	Frei.		10. 5. 20		
Das politische Plakat	I. W.	WB	35/239	21. 8. 19		
Das Recht des Fremden	I. W.	WB	12/444	23. 3. 26	5 PS	[4]380
Das Recht in Goethes Faust	I. W.	SB	32/33/775	14. 8. 13		[1]102
Das Reich und die Länder	I. W.	Frei.		23. 7. 22		
Das Reichsamt für ...	I. W.	BT	173/–	15. 4. 20		
Das Reichsarchiv	I. W.	WB	7/273	16. 2. 26		
Das Reimlexikon	P. P.	SB	27/28/35	9. 7. 14		[1]239
Das Schaubühnchen	P. P.	SB	48/1181	27. 11. 13		
Das Schaufenster	K. T.				Dt. Dt.	
Das Schlemmerparadies	P. P.	WB	4/105	26. 1. 22		
Das schönste Geschenk	P. P.	WB	51/933	18. 12. 28		
Das schwarze Kreuz auf grünem Grunde	I. W.	WB	16/577	21. 4. 31	LL	[9]184
Das Siebente	P. P.	WB	36/389	8. 9. 25	5 PS	[4]209
Das Sozialistengesetz 1878	Th. T.	AIZ	43/7	1928		[6]295
Das Sprachwunder	P. P.	Voss.		2. 8. 28	ML	[4]171
Das sprechende Haus	P. P.	Tem.		14. 12. 28		
Das Stadtgespräch	P. P.	Tem.		11. 12. 28		
Das Stimmengewirr	P. P.	Voss.	244/–	25. 5. 30		[8]143
Das Stückchen Unglück	Th. T.	WB	48/806	25. 11. 24		
Das Stundenkonto	P. P.	Tem.		26. 7. 30		[8]176
Das Telegrammspiel *von Gussy Holl und Peter Panter*	P. P.	WB	8/199	23. 2. 22		[3]133
Das Theaterkind	P. P.	SB	36/852	4. 9. 13		[1]110
Das überholte Witzblatt	P. P.	WB	21/793	22. 5. 28		[6]131

Titel	Autor	Buch Zeitg. Zeitschr.	Nr. und Seite	Datum	Original-Buch-veröffentl.	Bd. u. Seite unserer Ausgabe
Das unterbrochene Geschichtsbuchblatt	K. H.	Frei.		21. 5. 20		[2]333
Das unvermeidliche Buch	P. P.	Voss.		19. 4. 25		
Das Varieté von der andern Seite	P. P.	SB	18/499	30. 4. 14		[1]211
Das Ventil	Th. T.	Flieger		1917/18		
Das verwandelte Paris	P. P.	Voss.		27. 7. 26		
Das verzauberte Paris	P. P.	Voss.		24. 8. 27		[5]291
Das Volk	K. T.				Dt. Dt.	
Das Volk steht auf ... *(s. u. Nationale Verteidigung)*	Th. T.	WB	44/419	31. 10. 18	Fr. Gs.	[1]340
Das Weltwort	Th. T.	WB	38/441	18. 9. 28		[6]234
«Das will kein Mensch mehr wissen –!»	P. P.	8	141/–	21. 6. 23		[3]335
Das Wirtshaus im Spessart	P. P.	Voss.		18. 11. 27	ML	[5]374
Das Zeitdorf	P. P.	Voss.		15. 8. 26		[10]182
Das Zentrum	I. W.	WB	27/20	6. 7. 22		
Das zweite Heer	I. W.	WB	39/465	25. 9. 28		[6]240
Dein Lebensgefühl	K. H.	WB	44/663	28. 10. 30	LL	[8]268
Deine Welt	Th. T.	WB	16/599	17. 4. 28	ML	[6]107
Dem Andenken Siegfried Brycks *(s. u. Von unserem Spezialkorrespondenten)*	P. P.	Bl. Heft	5/127	1. 12. 24		
Dem Andenken Siegfried Jacobsohns *(s. u. «Für Ihn»)*	Th. T.	WB	50/914	14. 12. 26	5 PS	[4]570
Dem Gehege der Zähne	Th. T.	WB	35/312	28. 8. 24		[3]446
Demetrios	P. P.	WB	50/925	15. 12. 25	ML	[4]287

Titel	Autor	Buch Zeitg. Zeitschr.	Nr. und Seite	Datum	Original-Buch-veröffentl.	Bd. u. Seite unserer Ausgabe
Den Deutschen muß man verstehen, um ihn zu lieben; den Franzosen muß man lieben, um ihn zu verstehen *(s. u. Schnipsel)*	P. P.	Dt. Dichter f.d.Dt. Hilfsverein inParis		10. 2. 29		[7]294
Denkmal am Deutschen Eck	I. W.	WB	3/94	14. 1. 30	LL	[8]20
Denkmalsschmelze	Th. T.	WB	36/224	5. 9. 18	Fr. Gs.	[1]321
Der Achtstundentag	I. W.	WB	31/165	31. 7. 24		
Der Affe auf dem Laternenpfahl *von G. de la Fouchardière, übersetzt von Peter Panter*	P. P.	Voss.				
Der Affe auf dem Leierkasten	I. W.	WaM		10. 10. 21		[3]60
Der alte Fahrer	anonym	Vorw.		10. 10. 13		
Der alte Fontane *Damals, so in den achtziger Jahren*	Th. T.	BT		1. 9. 18	Fr. Gs.	[1]320
Der alte Fontane *«Ich weiß nicht – ich kann seine Romane . . .*	K. T.	WB	53/792	25. 12. 19		[2]235
Der alte Herr	P. P.	WB	11/411	17. 3. 25		[4]64
Der alte Mustapha singt	Th. T.	SB	20/565	14. 5. 14		[1]224
Der alte Pagay	P. P.	SB	45/1097	6. 11. 13		
Der alte Pojaz spricht	Th. T.	SB	43/391	24. 10. 16	Fr. Gs.	[1]250
Der amerikanische Erfolg	P. P.	WB	13/469	31. 3. 31		[9]163
Der Andere	K. H.	WB	48/843	29. 11. 27	ML	[5]397
Der andre Mann	Th. T.	WB	43/630	21. 10. 30	LL	[8]257
Der Anhänger	P. P.	Voss.	350/–	27. 7. 30		[8]178
Der Apparat	I. W.	BT	538/–	21. 10. 18		[1]336
Der Ausweis	P. P.	Frei.		23. 6. 20		[2]367

Titel	Autor	Buch Zeitg. Zeitschr.	Nr. und Seite	Datum	Original-Buchveröffentl.	Bd. u. Seite unserer Ausgabe
Der Autor der Saison	P. P.	Voss.		30. 12. 27		[5]432
Der Bahnhofsvorsteher	P. P.	Voss.		20. 10. 24		[3]484
Der Banjo-Sträfling erzählt	P. P.	Tem.		Nov./ Dez. 1928?		
Der Bär tanzt	P. P.	WB	17/634	24. 4. 28	ML	[6]109
Der Bayer mit dem Schießgewehr	P. P.	WB	38/302	22. 9. 21		[3]52
Der Beichtzettel	P. P.				Pyr.	[5]7
Der beleidigte Korrespondent	P. P.	SB	7/202	12. 2. 14		[1]178
Der berliner Busch	tu	Vorw.		11. 11. 13		
Der berühmteste Mann der Welt	K. T.	Pr. Tg.		22. 7. 22		[3]230
Der bewachte Kriegsschauplatz	I. W.	WB	31/191	4. 8. 31		[9]253
Der blaue Vogel	P. P.	WB	12/305	23. 3. 22		[3]149
Der breite Rücken	Th. T.	WB	13/476	25. 3. 30		
(Nachdruck)	Th. T.	WB	10/357	8. 3. 32		[10]195
Der Brief	P. P.	WB	46/736	11. 11. 30	LL	[8]289
Der Brötchentanz	P. P.	Voss.		15. 12. 25		[4]282
Der Buchstabe G	P. P	Voss.	518/—	2. 11. 30		[8]271
Der Bühnendiener	P. P.	WB	28/45	13. 7. 22	ML	[3]225
Der Bühnenmaler	P. P.	SB	36/850	4. 9. 13		
Der Bürgergeneral *Der Redner (Haeusler, General): Unsere Dienstzeit . . .*	Ignaz	Vorw.		13. 4. 13		[1]91
Der Bürgergeneral *Im Verlag der Freiheit . . .*	I. W.	WB	32/171	5. 8. 20		
Der Chef drückt aufs Knöpfchen	Th. T.	Uhu	1/77	Okt. 1930		
Der Clown Grock und Conrad Veidt	K. T.				Dt. Dt.	
Der Damenfriseur	P. P.	WB	5/151	3. 2. 21		

Titel	Autor	Buch Zeitg. Zeitschr.	Nr. und Seite	Datum	Original-Buch-veröffentl.	Bd. u. Seite unserer Ausgabe
Der darmstädter Armleuchter *(s. auch Le comique voyageur)*	P. P.	WB	24/901	12. 6. 28	ML	[6]144
Der deutsche Buchhändler (Frage)	K. T.	SB	2/31	8. 1. 14		[1]160
Der Deutsche im Teeraum	P. P.	WB	27/37	3. 7. 24		
Der deutsche Mensch	I. W.	WB	35/332	30. 8. 27		[5]293
Der Dicke in Rußland	I. W.	WB	4/132	26. 1. 26		[4]327
«Der Diktator» in Paris	P. P.	Voss.		13. 10. 26		
«Der Dompteur»	P. P.	Voss.		27. 1. 26		
Der Dreischichte-dichter	P. P.	SB	17/478	24. 4. 13		[1]94
Der Erbfeind	I. W.	WB	44/675	30. 10. 24	5 PS	[3]489
Der erste Händedruck	I. W.	WB	41/541	9. 10. 24		
Der erste Mai	Th. T.	Ulk	18/–	1. 5. 19		
Der Exodus	I. W.	WB	49/839	2. 12. 30		
Der Fahrpreis	P. P.	Voss.		16. 1. 25		
Der Fall Fall	P. P.	SB	10/290	5. 3. 14		
Der Fall Knorke	P. P.	Voss.		7. 10. 24		[3]471
Der Fall Mischewski contra Pimbusch	P. P.	BIl.	41/1755	7. 10. 28		[6]257
Der Fall Nathusius	I. W.	WB	47/759	18. 11. 24		[3]505
Der Fall Röttcher	I. W.	WB	48/815	29. 11. 27		[5]391
Der falsche Sonntag	I. W.	BT	165/–	13. 4. 19		[2]75
Der Fliegengott	P. P.	Voss.	262/–	6. 6. 29	LL	[7]80
Der Floh	P. P.	WB	1/26	5. 1. 32		[10]7
Der französische Sortimenter	P. P.	WB	7/269	12. 2. 29		
Der Fremde	P. P.	WB	35/334	28. 8. 24		[3]450
Der fromme Angler	P. P.	WB	43/632	21. 10. 30	LL	[8]258
Der Gallenbittre	P. P.	Voss.	549/–	20. 11. 25	LL	[4]261
Der Gefangene, der sang	P. P.	WB	30/85	17. 7. 19		

Titel	Autor	Buch Zeitg. Zeitschr.	Nr. und Seite	Datum	Original-Buch-veröffentl.	Bd. u. Seite unserer Ausgabe
Der Geist von 1914	K. T.	WB	32/204	7. 8. 24		[3]426
Der Geistige und der Sport	P. P.	Voss.	608/–	25. 12. 28		
Der General auf Rädern	I. W.	Frei.		27. 8. 22		
Der General im Salon	I. W.	WB	37/401	11. 9. 24	5 PS	[3]458
Der General in der Comédie	I. W.	WB	18/703	4. 5. 26		[4]428
Der Gerichtsdiener	anonym	Vorw.		18. 10. 13		
(Nachdruck)	I. W.	WB	41/358	11. 10. 23		[1]122
Der Geschäftsmann in der Literatur	P. P.	WB	9/319	25. 2. 30	LL	[8]58
Der Geschlechtslose	Th. T.	WB	36/356	4. 9. 24	5 PS	[3]454
Der gestohlene Briefträger	I. W.	Mo.		10. 10. 21		
Der Gingganz	P. P.	WB	38/335	11. 9. 19		[2]159
Der Graben	Th. T.	DAD		20. 11. 26	ML	[4]571
Der Grundakkord	P. P.	Voss.	390/–	20. 8. 31		[9]267
Der grüne Frack	P. P.	Voss.		9. 12. 28		[6]331
Der Gruß	P. P.	Voss.		12. 7. 29		
Der Hellseher	I. W.	WB	14/499	1. 4. 30		
(Nachdruck)	I. W.	WB	15/541	12. 4. 32	LL	[8]87
Der Henrige	P. P.	WB	14/520	1. 4. 30	LL	[8]93
Der Herr in der Loge ...	I. W.	WB	25/636	22. 6. 22		[10]190
Der Herr Intendant	I. W.	WB	32/164	11. 8. 21		
Der Herr Soundso	P. P.	WB	12/443	18. 3. 30	LL	[8]75
Der Hofmeister	P. P.	SB	26/27/688	2. 7. 13		
Der Hosenschnüffler	Th. T.	WB	48/630	25. 11. 20		[2]450
Der Humorist singt	Th. T.	Ulk	10/–	5. 3. 20		[10]188
Der Hund als Untergebener	I. W.	WB	22/562	1. 6. 22		[3]191
Der Hund und der Blinde	I. W.	WB	22/866	1. 6. 26		
Der innere Monolog	P. P.	Voss.		22. 5. 27		[5]221
Der jüdische Untertan	I. W.	März	18/608	Apr. 1914		[1]214
Der Junge ist richtig	Th. T.	Bll.	27/1071	3. 7. 27		

Titel	Autor	Buch Zeitg. Zeitschr.	Nr. und Seite	Datum	Original-Buch-veröffentl.	Bd. u. Seite unserer Ausgabe
Der junge Mann	P. P.	WB	13/495	30. 3. 26		[4]391
Der kaiserliche Statthalter	I. W.	Me.	16/101	17. 4. 25		[4]95
Der kartellierte Zeisig	K. H.	WB	38/444	22. 9. 31		
Der Kassenscheck	P. P.	Voss.	92/–	23. 2. 30		
Der Katzentrust	P. P.	Voss.		17. 6. 28		[6]156
Der kaufmännische Gewinn	P. P.	Voss.		30. 3. 30		
Der kleine Buchstabe π	P. P.	Voss.		16. 8. 24		
Der kleine Geßler und der große Grosz	I. W.	Frei.		24. 10. 20		[2]431
Der kleine Hund an der Ecke	Th. T.	WB	4/103	26. 1. 22		[3]126
Der kleine Mann spricht	P. P.	Voss.		8. 1. 26		
Der kleine Salon	P. P.	Tem.		8. 10. 28		
Der Kleinstadtphilister	I. W.	Östl.		8. 10. 20		
Der klopfende Mann	I. W.	WB	37/419	9. 9. 30		[8]215
Der Knochenzerschlager	I. W.	BVZ		24. 2. 20		
Der Kondolenzbrief	P. P.	Voss.	200/–	29. 4. 30		
Der Konsumvereinsteufel	P. P.	SB	12/348	19. 3. 14		[1]190
Der Kontrollierte	anonym	Vorw.		18. 9. 13		[1]114
Der Kopf im Walde	K. T.				Dt. Dt.	[7]301
Der kranke Zeisig	K. H.	WB	43/617	21. 10. 30	LL	[8]252
Der Krieg ohne Namen	I. W.	BT		17. 8. 19		[2]143
Der Krieg und die deutsche Frau	I. W.	DAD		30. 7. 27		[5]267
Der Kriegslieferant	Th. T.	SB	50/561	14. 12. 16	Fr. Gs.	[1]259
Der Kriegsschauplatz	K. H.	WB	3/97	15. 1. 29	Dt. Dt.	[7]32
Der lange Clown	Th. T.	SB	38/900	18. 9. 13		
Der Lautsprecher	P. P.	Voss.		13. 2. 27		
Der Leerlauf eines Heroismus	I. W.	WB	45/684	4. 11. 30		[8]275

Titel	Autor	Buch Zeitg. Zeitschr.	Nr. und Seite	Datum	Original-Buch-veröffentl.	Bd. u. Seite unserer Ausgabe
Der Lenz ist da!	Th. T.	SB	13/371	26. 3. 14	Fr. Gs.	[1]192
Der Lese-Film	P. P.	Voss.		6. 5. 27		
Der letzte Ruf	I. W.	WB	26/977	26. 6. 28	ML	[6]157
Der letzte Tag	P. P.	WB	37/435	14. 9. 26		[4]499
Der liebe Gott in Frankreich	P. P.	WB	14/526	2. 4. 29	LL	[7]59
Der liebe Gott in Kassel	I. W.	WB	46/771	16. 11. 26		[4]540
Der Linksdenker	P. P.	WB	41/550	9. 10. 24	Dt. Dt.	[3]474
Der Löw' ist los –!	P. P.	BT		7. 7. 20	ML	[2]441
Der Mann am Schlagzeug	K. H.	WB	14/564	5. 4. 27	Dt. Dt.	[5]199
Der Mann am Spiegel *(s. u. Mann am Spiegel)*	K. H.	WB	2/61	10. 1. 28	ML	[6]16
Der Mann auf dem Kabinett	P. P.	WB	51/922	16. 12. 24		[3]528
Der Mann, der ein Kind ertränkt	P. P.	Voss.	521/–	3. 11. 28		[6]291
Der Mann, der nicht gut hört	K. H.	WB	49/855	4. 12. 28	Dt. Dt.	[6]330
Der Mann, der zu spät kam	P. P.	Ff.Gen.		19. 4. 28		[6]108
Der Mann mit den Spritzen	P. P.	BT	145/–	2. 4. 19		[2]18
Der Mann mit den zwei Einjährigen	P. P.	Voss.	388/–	18. 8. 29		[7]164
Der Mann mit der grünen Maske	P. P.	SB	22/23/620	5. 6. 13		
Der Mann mit der Mappe	P. P.	Voss.		28. 1. 27	ML	[5]146
Der Mann seiner Zeit	Th. T.	Flieger		1917/18		
Der Mann vorn rechts	Th. T.	BIl.	38/1511	18. 9. 27		
Der Mantel	iwr	BVZ		14. 12. 19		[2]221
Der Markt des Schweigens	P. P.	Voss.	328/–	19. 7. 31		[9]240
Der Marques de Bolibar	P. P.	WB	46/566	11. 11. 20		
Der Maulesel des Papstes	P. P.	Voss.		26. 4. 28		

Titel	Autor	Buch Zeitg. Zeitschr.	Nr. und Seite	Datum	Original-Buch-veröffentl.	Bd. u. Seite unserer Ausgabe
Der Meineid	Th. T.	WB	22/825	28. 5. 29	LL	[7]76
Der Mensch	K. H.	WB	24/889	16. 6. 31	LL	[9]230
Der Meter	I. W.	WB	7/177	16. 2. 22		
Der Mitesser	Th. T.	WB	30/147	28. 7. 31		[9]247
Der Mittler	I. W.	WB	46/718	11. 11. 30	LL	[8]283
Der moderne Crainquebille	anonym	Voss.		14. 12. 24		
Der Mond der Toinette	P. P.	WB	47/595	18. 11. 20		
Der Mörder und der Staat. Die Todesstrafe im Urteil hervorragender Zeitgenossen *(s.u.Rundfrage)*	I. W.	Hädecke Verl. Stgt.	S. 89	1928		[6]68
Der musikalische Infinitiv	P. P.	WB	36/381	8. 9. 31		[9]286
Der Namensfimmel	I. W.	WB	3/114	19. 1. 26		[4]326
Der Naturforscher	K. T.	AIZ	27/2	1929	Dt. Dt.	
Der neudeutsche Stil	P. P.	WB	14/540	6. 4. 26	5 PS	[4]398
Der neue Kürschner	P. P.	WB	15/558	10. 4. 28	ML	[6]99
Der neue Morand	P. P.	WB	34/293	25. 8. 25		[4]194
Der neue Posttarif	Th. T.	Ulk	11/–	12. 3. 20		
Der neue Remarque	I. W.	WB	20/732	19. 5. 31		[9]208
Der neue Zeitungsstil	I. W.	WB	51/918	16. 12. 24		[3]527
Der Neurotiker	Th. T.	WB	42/595	14. 10. 30		[8]250
Der Offizier der Zukunft	I. W.	WB	24/661	5. 6. 19		[2]109
Der Papagei	I. W.				Zsp.	[1]155
Der Papagei-Papagei	P. P.	Voss.	372/–	9. 8. 31		[9]254
Der § 45	I. W.	WB	21/798	21. 5. 29		[7]71
Der Paß und der Reisende	I. W.	WaM		18. 4. 21		[3]22
Der patriotische Schneider	P. P.	WB	20/739	19. 5. 31		
Der Pfau	Th. T.	Dame	22/–	Juli 1927		[5]262

Titel	Autor	Buch Zeitg. Zeitschr.	Nr. und Seite	Datum	Original-Buch-veröffentl.	Bd. u. Seite unserer Ausgabe
Der Pinscher am Grab	I. W.	Frei.		2. 6. 20		
Der Platz im Paradiese	P. P.	WB	44/683	3. 11. 25	5 PS	[4]248
Der politische Rundfunk	I. W.	WB	20/788	18. 5. 26		
Der Pont de l'Alma fliegt in die Luft	P. P.	WB	27/21	3. 7. 28	ML	[6]163
Der Portier vom Reichskanzler-palais spricht	anonym	WB	12–14/381	25. 3. 20	5 PS	[6]357
Der Predigttext	I. W.	WB	28/72	14. 7. 31		[9]239
Der Preisschütze	Th. T.	Uhu	12/72	Sept. 1927		
Der Preußen-himmel	K. H.	Fr. W.	36/5	1920	ML	[2]257
Der Priem	Th. T.	WB	36/373	8. 9. 31		[9]282
Der Primus	I. W.	WB	13/486	31. 3. 25		[4]75
Der Privatmann im Theater	P. P.	Voss.	570/–	2. 12. 28		[6]323
Der Prozeß	P. P.	WB	10/383	9. 3. 26		[4]370
Der Quatsch	P. P.	BIl.	23/995	31. 5. 28		[6]141
Der rasende Kommis	P. P.	Voss.		27. 5. 26		[4]449
«Der rasende Pegasus»	P. P.	BT	84/–	15. 2. 20		
Der rasende Reporter	P. P.	WB	7/254	17. 2. 25		[4]48
Der rasende Twardowski	P. P.	WB	5/158	29. 1. 20		[2]273
Der rechte Bruder	I. W.	WB	4/104	26. 1. 22		[3]127
Der Rechtsstaat	I. W.	WB	28/51	12. 7. 27		[5]253
Der Reichstags-bericht	P. P.	WB	49/839	2. 12. 30		[8]306
Der Reisebericht	P. P.	Voss.	1/–	1. 1. 30		[8]7
Der Reisegott Zippi	P. P.	Voss.		3. 7. 27		[5]244
Der Rekrut *(aus ‹Kritik aus der Erinne-rung›)*	P. P.	WB	52/949	24. 12. 29		[7]276
Der Rhein und Deutschlands Stämme	Th. T.	Simpl.	–/218	25. 7. 27		[5]265

Titel	Autor	Buch Zeitg. Zeitschr.	Nr. und Seite	Datum	Original-Buch-veröffentl.	Bd. u. Seite unserer Ausgabe
Der Richter	I. W.	WB	31/178	29. 7. 30		[8]180
Der richtige Berliner?	P. P.	WB	10/253	9. 3. 22		
Der Rock	Th. T.	WB	3/86	20. 1. 21		
Der Ruf auf der Straße	P. P.	Voss.		8. 7. 28		[6]166
Der Sadist der Landwehr	anonym	Vorw.		6. 7. 14	ML	
					LL	[1]237
Der Sardellenkopf. Lourdes IV	P. P.				Pyr.	[5]76
Der Satz	P. P.	Voss.		9. 7. 26		
Der schiefe Hut	P. P.	WB	41/24	7. 10. 30	LL	[8]240
Der schlaflose Tote	Th. T.	WB	44/690	3. 11. 25		[4]251
Der Schlager von gestern	P. P.	Voss.		18. 10. 25		
Der schlimmste Feind	Th. T.	WB	52/998	28. 12. 26	ML	[4]567
Der Schmock	P. P.	SB	6/172	5. 2. 14		[1]172
Der Schnellmaler	K. T.	WB	23/616	29. 5. 19		[2]103
Der selige Alexander	P. P.	SB	20/557	15. 5. 13		[1]95
Der selige Noske	Th. T.	WB	5/119	2. 2. 22		[3]128
Der Sieg des republikanischen Gedankens	I. W.	WB	37/412	14. 9. 26		[4]495
Der Sieg war zum Greifen nahe!	I. W.	WB	52/658	29. 12. 21		
Der silberne Haken	P. P.	Voss.		2. 12. 24		
Der sinnlose Film	P. P.	Voss.		11. 3. 28		
Der Skatklub	Th. T.	WB	24/889	11. 6. 29		
Der Soldat Paul Colin. Lourdes I	P. P.				Pyr.	[5]54
Der soziologische Horizont	P. P.	Voss.		1. 11. 25		[4]246
Der Staatshaushalt	K. T.				Dt. Dt.	[7]296
Der standhafte Zinnsoldat	I. W.	WB	52/960	23. 12. 30		[8]336
Der stille Ort	P. P.	WB	34/206	24. 8. 22		
Der Stimmungssänger	Th. T.	WB	15/548	8. 4. 30		[8]103

Titel	Autor	Buch Zeitg. Zeitschr.	Nr. und Seite	Datum	Original-Buch-veröffentl.	Bd. u. Seite unserer Ausgabe
Der Streit um den Sergeanten Grischa	P. P.	WB	50/892	13. 12. 27		[5]405
Der Sultan im Theater	P. P.	Voss.		1. 8. 26	ML	[4]471
Der sympathische Mörder	I. W.	WB	24/920	12. 5. 28		[6]143
Der Tag der Wahrheit	I. W.	BVZ		17. 12. 19		
Der Takt der Soldaten	I. W.	WB	12/456	20. 3. 28		[6]76
Der T.-I. (Tatsachen-Idiot)	P. P.	WB	34/208	25. 8. 21		
Der Telegrammblock	I. W.	WB	31/175	4. 8. 25	ML	[4]173
Der Teller-Hamlet	P. P.	SB	2/55	8. 1. 14		
Der Teller-Philosoph	tu	Vorw.		28. 9. 13		
Der Traum – ein Leben *von Alfred Polgar und Theobald Tiger*	Th. T.	WB	51/926	20. 12. 27		[5]417
Der trockene Putsch	I. W.	Frei.		16. 7. 22		[3]227
Der Türke	I. W.	WB	24/828	12. 6. 24	5 PS	[3]391
Der überalterte Parlamentarismus	I. W.	Me.	49/320	4. 12. 25		
Der Untertan	I. W.	WB	13/317	20. 3. 19		[2]63
Der Venuswagen	I. W.	WB	44/460	3. 11. 21		[3]77
Der verbotene Kaiser Wilhelm	I. W.	BVZ		11. 10. 19		
Der Verdachtsfreispruch	I. W.	WB	27/33	7. 7. 31		[9]238
Der Vereinshumorist singt	K. H.	WB	51/735	11. 12. 19		
Der verengte Gesichtskreis	P. P.	WB	30/133	23. 7. 29	Dt. Dt.	[7]147
Der Verfasser von ‹Neudeutsch› *(s. u. Antwort)*	I. W.	WB	48/520	28. 11. 18		[1]345
Der Verkehr	K. T.				Dt. Dt.	[7]305
Der verrutschte Hut	Th. T.	WB	48/813	26. 11. 29		[7]266

Titel	Autor	Buch Zeitg. Zeitschr.	Nr. und Seite	Datum	Original-Buch-veröffentl.	Bd. u. Seite unserer Ausgabe
Der verspielte Mann	P. P.	Voss.	84/–	19. 2. 31		[9]134
Der 14. Juli	P. P.	Voss.		22. 7. 25		[4]164
Der Vogelladen	K. T.	Simpl.	1/20	7. 4. 13		
Der Wagen	I. W.	BVZ		16. 7. 22		[3]226
Der Wallfahrtsort Lourdes in Frankreich *(s. u. Kintopp. Glaube oder Kurpfuscherei)*	I. W.	AIZ	28/–	1929		
Der Wanderbursch mit dem Schirm in der Hand	K. T.				Dt. Dt.	
Der weiße Rappe	P. P.	SB	15/425	10. 4. 13		
Der Wintergarten	P. P.	WB	36/273	28. 8. 19		
Der Zauberkünstler	P. P.	Voss.	70/–	10. 2. 29		
Der Zeitsparer	I. W.				Zsp.	[1]145
Der Zensor geht um!	I. W.	WB	48/616	25. 11. 20		[2]444
Der Zerstreute	Th. T.	WB	12/449	22. 3. 32		[10]55
Der zwanzigjährigen ‹Fackel›	K. H.	WB	16/426	10. 4. 19		[2]75
Des deutschen Volkes Liederschatz	P. P.	WB	12/465	22. 3. 27	ML	[5]179
Dessert-Theater	P. P.	Voss.		17. 2. 25		
«Deutsch»	I. W.	WB	30/155	24. 7. 24		
Deutsch für Amerikaner	K. H.	WB	27/23	2. 7. 29	LL	[7]125
Deutsche in Paris	P. P.	WB	33/262	14. 8. 24		[3]439
Deutsche Kinder in Paris	I. W.	WB	14/496	7. 4. 25	5 PS	[4]85
Deutsche Kinodämmerung?	P. P.	WB	31/149	29. 7. 20		[2]389
Deutsche Pleite	Th. T.	WB	30/143	28. 7. 25		[4]170
Deutsche Richter	I. W.	WB	15/581	12. 4. 27		
	I. W.	WB	16/619	19. 4. 27		
	I. W.	WB	17/663	26. 4. 27	Dt. Dt.	[5]201
Deutsche Richter von 1940	Th. T.	AIZ	5/–	1929		
(s. u. Auf die Mensur)	Th. T.	Rot. Sig.	–/32	1929	Dt. Dt.	[7]295

Titel	Autor	Buch Zeitg. Zeitschr.	Nr. und Seite	Datum	Original-Buch-veröffentl.	Bd. u. Seite unserer Ausgabe
Deutsche Richtergeneration 1940	Th. T.	WB	18/536	5. 5. 21		[3]30
Deutsche Soldaten in der Pariser Oper *Kein sehr pazifistischer Film . . .*	P. P.	Voss.		9. 11. 28		
Deutsche Soldaten in der Pariser Oper *Schlachtszenen in durchgehender Handlung . . .*	P. P.	Tem.		9. 11. 28		[6]298
Deutsche und französische Naivität	P. P.	Voss.		17. 2. 26		
Deutsche Woche in Paris	I. W.	WB	6/206	9. 2. 26		[4]343
Deutsche Zeitschriften	Th. T.	WB	34/295	21. 8. 24		
Deutschenhaß in Frankreich	P. P.	Voss.		12. 5. 26		[4]436
Deutschenspiegel	I. W.	WB	29/93	17. 7. 28		[6]172
Deutscher Abend	Th. T.	SB	14/397	2. 4. 14	Fr. Gs.	[1]196
Deutscher Boxer in Paris	P. P.	WB	1/33	6. 1. 25		
Deutscher Kunstschutz	I. W.	WB	41/402	7. 10. 20		
Deutscher Sport	K. T.				Dt. Dt.	
Deutscher Whisky	I. W.	WB	9/330	25. 2. 30		
Deutsches Chaos	K. H.	WB	31/179	4. 8. 31		[9]249
Deutsches Lied	Th. T.	WB	42/381	18. 10. 23		[3]354
Deutsches Tempo	I. W.	WaM		7. 8. 22		
Deutschland? Deutschland *(s. u. Gesicht)*	K. H.	WB	27/33	3. 7. 24	ML	[3]408
Deutschland – ein Kasernenhof!	I. W.	Weichs.		10. 7. 20		[2]373
Deutschland erwache!	Th. T.	AIZ	15/290	1930		[8]107
Deutschnationaler Parteitag	Th. T.	Ulk	30/–	25. 7. 19		

Titel	Autor	Buch Zeitg. Zeitschr.	Nr. und Seite	Datum	Original-Buch-veröffentl.	Bd. u. Seite unserer Ausgabe
Dichter beantworten die Frage: Erkennen Sie im Tonfilm die Möglichkeit, Ausdrucksmittel dichterischer Mitteilungen zu werden? *(s.u.Rundfrage)*	P. P.	LBB	1/—	1. 1. 32		
Dichtkunst 1926	Th. T.	WB	1/33	5. 1. 26		[4]315
Dichtung	P. P.	Voss.		25. 12. 24		
Dicke Bücher	P. P.	WB	34/308	23. 8. 27		[5]290
Dickes und dünnes Theater	P. P.	Voss.		22. 2. 25		
Die Ägyptische Königstochter	P. P.	SB	34/35/826	28. 8. 13		[1]108
Die Ähnlichen	P. P.	WB	20/675	15. 5. 24		
Die alte Waschfrau	Th. T.	WB	31/147	29. 7. 20		
Die Ämter	I. W.	WB	14/362	6. 4. 22		[3]165
Die Angelegenheit	P. P.	WB	17/674	27. 4. 26		[4]419
Die Anhängewagen	P. P.	WB	21/783	21. 5. 29	LL	[7]69
Die Anstalt	I. W.	WB	48/798	26. 11. 29		[7]258
Die ‹Apachen›	P. P.	Voss.		1. 2. 25		[4]29
Die Apotheke	P. P.	WB	38/458	16. 9. 30	LL	[8]219
Die arme Frau	Th. T.	WB	47/493	21. 11. 18	Fr. Gs. 5 PS	[1]344
Die armen Luder	K. H.	WB	13/495	29. 3. 32		[10]60
Die Aufpasser	anonym	Vorw.		17. 3. 14		[1]188
Die Augen der Welt	I. W.	WB	32/216	11. 8. 31		[9]255
Die Ausgestorbenen	Th. T.	WB	32/171	5. 8. 20		
Die ausgezogene Frau	P. P.	WB	45/701	4. 11. 30	LL	[8]280
Die Aussortierten	P. P.	WB	2/58	13. 1. 31	LL	[9]112
Die baltischen Helden	I. W.	WB	44/500	23. 10. 19		[2]181
Die Beamtenpest (I. Teil)	I. W.	WB	43/624	23. 10. 28		[6]271
Die Beamtenpest (II. Teil)	I. W.	WB	44/660	30. 10. 28		[6]275
Die Beamtenpest (III. Teil)	I. W.	WB	47/768	20. 11. 28		[6]280

Titel	Autor	Buch Zeitg. Zeitschr.	Nr. und Seite	Datum	Original-Buch-veröffentl.	Bd. u. Seite unserer Ausgabe
Die Begründung	I. W.	WB	12/435	19. 3. 29		[7]52
Die beiden Bindelbands	P. P.	WB	48/646	20. 11. 19		
Die beiden Brüder H.	K. T.	SB	2/50	9. 1. 13		[1]77
Die beiden Deutschland	I. W.	Frei.		6. 8. 22		[3]253
Die beiden Flaschen	P. P.	Voss.	336/–	19. 7. 31		[9]242
Die beiden Höflichs	K. T.	SB	16/444	16. 4. 14	ML	[1]198
Die Beleuchter	K. T.				Dt. Dt.	[7]300
Die Belohnung	P. P.	WB	37/414	10. 9. 29		[7]186
Die Berlinerin?	P. P.	Berl.	–/44	1929		
Die Besetzung	Th. T.	WB	47/777	19. 11. 29		[7]256
Die bezopfte Athene	I. W.	BT		11. 3. 19		
Die Bilderausstellung eines Humoristen	P. P.	Voss.		13. 12. 27	LL	[5]413
Die blonde Dame singt	K. H.	WB	29/53	10. 7. 19	Fr. Gs.	[2]124
Die blutige Internationale der Rüstung *(s.u. November-Umsturz)*	I. W.	Fa.	44/–	1928		[6]300
Die böhmische Nachtigall	P. P.	WB	51/713	16. 12. 20		
Die brennende Lampe	K. H.	WB	22/815	2. 6. 31	LL	[9]218
Die Dame im Vorzimmer	P. P.	Uhu	3/64	Dez. 1928		[6]321
Die Dame mit 'n Avec	Th. T.	Ulk	11/–	12. 3. 20		[2]293
Die Dekadenten	I. W.	WB	48/845	1. 12. 25		[4]276
Die Denkschrift	I. W.	WB	28/68	14. 7. 25		
Die Deplacierten	Th. T.	WB	24/821	12. 6. 24		[3]390
Die deutsche Laute	P. P.	WB	24/611	15. 6. 22		[3]197
Die deutsche Pest	I. W.	WB	20/718	13. 5. 30		[8]129
Die deutschen Kleinstädter	I. W.	WB	8/289	23. 2. 32		
Die Deutschtümelei der Post	I. W.	WB	38/454	16. 9. 30		

Titel	Autor	Buch Zeitg. Zeitschr.	Nr. und Seite	Datum	Original-Buch-veröffentl.	Bd. u. Seite unserer Ausgabe
Die Dicken	P. P.	WB	50/611	15. 12. 21		[3]103
Die diskreditierte Literatur	P. P.	SB	49/1210	4. 12. 13		[1]134
Die Drei	Th. T.	Volksst.		21. 10. 26		[4]527
Die drei Gläser	K. T.				Dt. Dt.	
Die dritte Kugel	P. P.	WB	24/662	5. 6. 19		[2]111
Die ‹dummen› Schweden	P. P.	Voss.	261/–	7. 11. 29		[7]240
Die Ebert-Legende	I. W.	WB	2/52	12. 1. 26		[4]319
Die Ehemalige	P. P.	Voss.	241/–	24. 5. 31		[9]210
Die eine Zeitung	I. W.	WB	11/279	16. 3. 22		
Die Einsamen	P. P.	Voss.		17. 1. 26	ML	[4[323
Die einseitigen Patriarchen	P. P.	WB	29/117	17. 7. 24	5 PS	[3]413
Die Einsiedlerschule	I. W.	SB	39/307	27. 9. 17	Träum.	[1]280
Die Einstellung	I. W.	WB	33/270	14. 8. 24		
Die Ekstatischen	Th. T.	WB	51/917	16. 12. 24		
Die Erdolchten	I. W.	WB	13/309	30. 3. 22		[3]151
Die Erstaunten	I. W.	Me.	19/125	8. 5. 25		[4]116
Die Essayisten	I. W.	WB	17/620	28. 4. 31	LL	[9]190
Die Eva	P. P.	SB	21/22/601	28. 5. 14		
Die Fahrt ins Glück	von einem Berliner	BVZ		4. 7. 19		
Die Familie *Als Gott . . .*	P. P.	WB	2/53	12. 1. 23	ML	[3]307
Die Familie *Die Herrnfelds*	I. W.	SB	41/978	9. 10. 13		
Die fehlende Generation	I. W.	WB	24/929	15. 6. 26		[4]462
Die Feuerwehr *(s. u. Ist die Reichswehr der Feuerwehr vergleichbar?)*	anonym	WB	10/357	1. 3. 27	Dt. Dt.	[7]297
Die Flecke	I. W.	BVZ		21. 12. 19	ML	[2]227
Die Flöhhatz	P. P.	WB	20/536	8. 5. 19		[2]91
Die Franzmänner	I. W.	WB	46/753	13. 11. 28	LL	[6]303
Die Fratellinis	P. P.	Voss.		15. 6. 24		
Die Frau mit den Fähnchen	I. W.	WB	18/666	30. 4. 29		[7]64
Die Frau spricht 1. Die geschiedene Frau	Th. T.	WB	33/248	13. 8. 29	LL	[9]99

Titel	Autor	Buch Zeitg. Zeitschr.	Nr. und Seite	Datum	Original-Buch-veröffentl.	Bd. u. Seite unserer Ausgabe
2. Eine Frau denkt	Th. T.	WB	51/920	17. 12. 29	LL	[9]100
3. Die Nachfolgerin	Th. T.	WB	50/880	10. 12. 29	LL	[9]101
4. Lamento	Th. T.	WB	1/11	6. 1. 31	LL	[9]102
Die freie Wirtschaft	Th. T.	WB	10/351	4. 3. 30		[8]60
Die freien Deutschen	Th. T.	WB	24/892	16. 6. 25		[4]145
Die fünf Sinne	Th. T.	WB	37/420	15. 9. 25	5 PS	[4]213
Die fünfte Jahreszeit	K. H.	WB	43/631	22. 10. 29		[7]223
Die Geburt des Antichrist	P. P.	WB	33/179	17. 8. 22		
Die Gefangenen	Th. T.	WB	15/534	14. 4. 31	LL	[9]179
Die Gefängnisschule	K. T.				Dt. Dt.	
Die Geldstrafe	I. W.	WB	10/387	5. 3. 29		[7]51
Die genialen Syphilitiker	I. W.	WB	6/210	8. 2. 27		[5]148
Die Geschäftsreisenden	I. W.	WaM		12. 6. 22		[3]192
Die Geschichte eines Witzes	P. P.	WB	12/446	20. 3. 28		[6]73
Die geschiedene Frau *(s. u. Die Frau spricht)*	Th. T.	WB	33/248	13. 8. 29	LL	[9]99
Die Gesichtsschilder	I. W.	WB	2/53	12. 1. 22		
Die Girls	P. P.	SB	41/985	9. 10. 13		
Die Glaubenssätze der Bourgeoisie *(s. u. Zehn Glaubenssätze)*	P. P.	WB	40/522	2. 10. 28	ML	[6]251
Die Gräfin im Löwenkäfig	P. P.	Voss.		5. 8. 24		[3]423
Die Grenze	P. P.	BVZ		27. 6. 20		[2]370
Die große Parade	P. P.	WB	40/554	5. 10. 26		
Die Großen	P. P.	WB	27/28	1. 7. 30	LL	[8]171
Die großen Familien	I. W.	WB	13/471	27. 3. 28		[6]82
Die grünen Säulen	I. W.	WB	43/469	21. 10. 20		
Die Hausgeister	P. P.	Alman.	–/252	1920		

Titel	Autor	Buch Zeitg. Zeitschr.	Nr. und Seite	Datum	Original-Buch-veröffentl.	Bd. u. Seite unserer Ausgabe
Die Heinrich und der Zivilist	I. W.	WB	50/908	13. 12. 27	ML	[5]412
Die Herde	Th. T.	WB	35/232	31. 8. 22		[3]269
Die Herren Autoren	P. P.	Voss.	18/–	11. 1. 31		[9]110
Die Herren Beisitzer	I. W.	WB	9/332	3. 3. 25		[4]56
Die Herren Belohner	I. W.	WB	13/472	31. 3. 31	LL	[9]166
Die Herren Eltern	Th. T.	WB	16/590	19. 4. 32		[10]67
Die Herren Gastgeber	I. W.	WB	26/1025	29. 6. 26		[4]465
Die Herren Installateure	P. P.	WB	26/959	24. 6. 30		[8]167
Die Herren Kolonisatoren	Th. T.	WB	29/98	19. 7. 27		[5]261
Die Herren Künstler	P. P.	WB	10/369	4. 3. 30		[8]62
Die Herren Sachverständigen	Th. T.	WB	3/105	15. 1. 29		
Die Herren und Damen von III b	I. W.	WB	10/356	4. 3. 30		
Die Herren Veranlasser	I. W.	Frei.		22. 8. 20		
Die Herren Verjünger	I. W.	WB	48/804	25. 11. 30	LL	[8]304
Die Herren von gestern	I. W.	BVZ		15. 7. 19		[10]171
Die Herren Wahrnehmer	P. P.	WB	43/623	22. 10. 29		
Die Herren Wirtschaftsführer	I. W.	WB	33/254	18. 8. 31		[9]260
Die Herren Zuhörer	P. P.	Voss.	392/–	21. 8. 30		[8]191
Die Herztonplatte	P. P.	WB	12/441	24. 3. 31		
Die Histörchen	Th. T.	Ulk	40/–	3. 10. 19		
Die hochtrabenden Fremdwörter	I. W.	WB	16/573	15. 4. 30		[8]108
Die Informierten	I. W.	WB	22/810	27. 5. 30		[8]148
Die Inseln	P. P.	WB	27/1	2. 7. 29		[7]118
Die Inszenierung der Republik *(s.u. Rundfrage)*	P. P.	Voss.		12. 4. 25		[4]91

Titel	Autor	Buch Zeitg. Zeitschr.	Nr. und Seite	Datum	Original-Buch-veröffentl.	Bd. u. Seite unserer Ausgabe
Die Jahresgöttin singt	Th. T.	Ulk	1/–	1. 1. 20		
Die junge Frau	P. P.	WB	44/462	3. 11. 21		
Die Karikatur Preußens	I. W.	WB	31/183	30. 7. 29		[7]153
Die Karte für den Pfirsich-Melba	P. P.	Voss.	482/–	12. 10. 30	LL	[8]244
Die Kartoffeln	anonym	Vorw.		9. 7. 13	ML	[1]98
Die Katz	P. P.	Voss.		10. 7. 24	5 PS	[3]411
Die Katze spielt mit der Maus	P. P.	SB	45/443	9. 11. 16		[1]252
Die Kegelschnitte Gottes	I. W.	WB	30/79	26. 7. 23		[3]346
Die Keuschheitsgürteltiere	I. W.	WB	13/477	25. 3. 30		
Die Kinderstube	Th. T.	WB	15/563	9. 4. 29		[7]60
Die klassische Scheußlichkeit der Sportpreise	P. P.	Voss.	30/–	18. 1. 31		
Die kleine Puppe	Th. T.	Ulk	14/–	4. 4. 19		
Die kleinen Freuden des Lebens	P. P.	Voss.	444/–	20. 9. 29		[7]190
Die kleinen Könige	I. W.	BT		2. 10. 18		[10]175
Die kleinen Parlamente	I. W.	BT	568/–	28. 11. 19	ML	[8]339
Die kleinen Revuen	P. P.	Voss.		25. 4. 25		
Die Kokainschachtel	P. P.	Voss.		22. 9. 26		[4]507
Die Kollektiven	P. P.	WB	41/551	8. 10. 29		[7]202
Die Konferenz	P. P.	8	98/–	28. 4. 23		
Die Konstantin	P. P.	WB	46/583	6. 11. 19		
Die Kriegsschuldfrage	I. W.	WB	42/609	20. 10. 31		
Die Kronprinzenbühne	Th. T.	Vorw.		20. 3. 14	Fr. Gs.	[1]191
Die Küche in der Wilhelmstraße	K. T.				Dt. Dt.	
Die Kunst des Couplets	I. W.	BT	549/–	18. 11. 19		[2]198
Die Kunst einer Monarchie	K. T.				Dt. Dt.	

Titel	Autor	Buch Zeitg. Zeitschr.	Nr. und Seite	Datum	Original-Buch-veröffentl.	Bd. u. Seite unserer Ausgabe
Die Kunst, falsch zu reisen	P. P.	Uhu	–/12	Juli 1929		[7]115
Die Laternenanzünder	P. P.	WB	16/593	21. 4. 25	ML	[4]97
Die Lautisten	P. P.	SB	14/407	2. 4. 14		
Die lebendigen Toten	I. W.	WB	21/564	15. 5. 19		[2]95
Die Leberwurst	I. W.	WB	29/65	20. 7. 22		
Die legitime Geliebte	P. P.	Tem.		20. 12. 28		[6]351
Die Leibesfrucht	Th. T.	AIZ		1929	ML	[6]8
Die Leibesfrucht spricht	K. T.				LL	[9]331
Die leider nicht absetzbaren Richter	I. W.	WB	17/653	24. 4. 28		
Die letzte Seite	P. P.	SB	47/488	23. 11. 16	5 PS	[1]255
Die lieben Kinder	K. H.	WB	8/304	19. 2. 29		[7]41
Die Liste	P. P.	8	113/–	18. 5. 23		
Die Literatur im Kastanienwäldchen	K. T.	Vorw.		19. 4. 12		
Die Lösung	Th. T.	WB	34/293	25. 8. 31		[9]269
Die Lügen-Kartei	P. P.	Voss.	398/–	25. 8. 31		[9]273
Die Macht der Wissenschaft	K. H.	WB	45/713	5. 11. 29		[7]239
Die Marburger	Th. T.	BVZ		22. 6. 20		[2]365
Die Mark Brandenburg	K. T.	Vorw.		22. 3. 12		
Die Mäuler auf!	Th. T.	WB	35/321	26. 8. 30		[8]192
Die Maulpatrioten	I. W.	BVZ		22. 10. 20		[2]429
Die Mordkommission	K. T.	Frei.		27. 5. 20		[2]338
Die Morgenpost	K. H.	WB	49/674	27. 11. 19		[2]213
Die Mühle	Th. T.	WB	36/262	7. 9. 22		[3]280
Die Musik kommt	Th. T.	SB	41/981	9. 10. 13	Fr. Gs.	[1]120
Die Musikalischen	K. H.	WB	43/676	26. 10. 26	5 PS	[4]529
Die Nachfolgerin *(s. u. Die Frau spricht)*	Th. T.	WB	50/880	10. 12. 29	LL	[9]101
Die Nachgemachten	P. P.	8		21. 3. 23		[3]315
Die Nackttänzerin a. D.	tu	Vorw.		6. 3. 14		
Die Naiven	I. W.	WB	3/111	18. 1. 27		[5]141

Titel	Autor	Buch Zeitg. Zeitschr.	Nr. und Seite	Datum	Original-Buch-veröffentl.	Bd. u. Seite unserer Ausgabe
Die Nation der Offiziersburschen	K. T.				Dt. Dt.	
Die «Nazis»	P. P.	WB	23/586	8. 6. 22		
Die neuen Troubadoure	P. P.	WB	12/342	24. 3. 21		
Die Neutralen	P. P.	WB	20/777	18. 5. 26		[4]440
Die Oberschlauen	I. W.	WB	43/658	27. 10. 25		
Die Objektiven	Th. T.	WB	8/218	24. 2. 21		[3]19
Die Opposition	P. P.	Voss.	44/–	26. 1. 30		[8]27
Die Orden	Th. T.	Ulk	29/–	18. 7. 19		
Die Ordnung	anonym	WB	51/927	16. 12. 30		
Die Ordonnanz	Th. T.	WB	47/799	24. 11. 25		
Die Ortskrankenkasse	Th. T.	WB	23/833	3. 6. 30		[8]151
Die Pächter	Th. T.	WB	49/844	2. 12. 24		
Die Panne	P. P.	Voss.	287/–	8. 12. 29		
Die Papiere	I. W.	Frei.		3. 12. 20		
Die Parole	I. W.	WB	1/23	4. 1. 27		[5]138
Die Phantasielosen	P. P.	WB	52/963	23. 12. 24		
Die Phrasendrescher	K. H.	BIl.	44/1749	30. 10. 27		[5]358
Die Platte «De tant d'amour»	P. P.	WB	35/350	1. 9. 25		
Die Platte Electrola EG 178	P. P.	WB	8/314	22. 2. 27		
Die Pointenwiederholer	P. P.	Voss.	454/–	26. 9. 30		[8]230
Die Pose der Kraft	K. T.				Dt. Dt.	[7]303
Die Prostitution mit der Maske	I. W.	BVZ		7. 5. 19		[2]84
Die Redensart *Als Friedrich ...*	Th. T.	WB	41/548	7. 10. 30		[8]236
Die Redensart *Ich kannte eine ...*	P. P.	WB	24/701	14. 6. 23		[3]329
Die Reichsbahn *(s. u. Eisenbahner)*	Th. T.	AIZ	20/389	1930	LL	[9]309
Die Reichswehr	I. W.	WB	8/203	23. 2. 22		[3]134
Die Reihenfolge *(s. u. Ich ging im Walde ...)*	Th. T.	WB	46/469	14. 11. 18	Fr. Gs. ML	[1]343

Titel	Autor	Buch Zeitg. Zeitschr.	Nr. und Seite	Datum	Original-Buch-veröffentl.	Bd. u. Seite unserer Ausgabe
Die Reise nach dem Mond	K. H.	WB	52/989	29. 12. 25		
Die Réjane in der Reichenberger-straße	P. P.	SB	30/31/757	31. 7. 13		
Die Reliquie	P. P.	WB	20/742	19. 5. 25		[4]124
Die Reportahsche	P. P.	WB	4/151	27. 1. 31		[9]122
Die Republik Andorra	P. P.				Pyr.	[5]111
Die Republik wider Willen	I. W.	WaA		21. 8. 22		
Die Republikanische Beschwerdestelle	I. W.	WB	38/459	18. 9. 28		[6]238
Die Rolle des Intellektuellen in der Partei	K. T.	Front	9/250	1929		[7]13
Die Romantik des Geschmacklosen	P. P.	SB	28/29/723	17. 7. 13		[1]100
Die Rotstift-Schere	I. W.	WB	21/778	26. 5. 31	LL	[9]213
Die rue Mouffetard	P. P.	Voss.		30. 6. 24		[3]405
Die Satire der feinen Leute	P. P.	Voss.		28. 12. 26		
Die schöne Schutzmannsfrau	P. P.	SB	52/1296	25. 12. 13		[1]138
Die Schönheitskönigin	P. P.	Voss.	92/—	23. 2. 29		
Die Schule	K. H.	WB	31/110	24. 7. 19		[2]131
Die Schupo	I. W.	WB	26/642	29. 6. 22		[3]210
Die Schweigende	K. H.	WB	28/22	3. 7. 19	Fr. Gs.	[2]119
Die Schweiz und Hindenburg	I. W.	WB	32/211	9. 8. 27		[5]272
Die Sekt-Eule	P. P.	SB	1/12	4. 1. 17		[1]263
Die Seriösen	Th. T.	WB	52/977	29. 12. 31		[9]329
Die Sicherungsverwahrung	K. T.	WB	49/838	4. 12. 28		[6]326
Die Siegesallee *(s. u. Was dem Lakaien seine Livree / ist der Republik ihre Sieges-Allee)*	Th. T.	AIZ	44/3	1929		[7]225
Die Sittlichen	I. W.	WB	33/189	12. 8. 20		[2]398

Titel	Autor	Buch Zeitg. Zeitschr.	Nr. und Seite	Datum	Original-Buch-veröffentl.	Bd. u. Seite unserer Ausgabe
Die Skala der Dummheit	K. H.	WB	3/113	17. 1. 28		
Die Sonne, hoch zwei	P. P.	Simpl.	16/194	15. 7. 29		[7]133
Die Sorma	P. P.	SB	16/451	17. 4. 13		
Die Spitzen der Behörden	K. H.	WB	34/288	21. 8. 28	Dt. Dt.	[6]199
Die Stadt der Beziehungen	P. P.	Voss.		28. 10. 24		[3]487
Die Stadt des Noch	P. P.	Bl. Heft	4/82	15. 11. 24		
Die Stadt Lyon	P. P.	Voss.		10. 3. 25		
Die Stiftung	I. W.	WB	11/399	17. 3. 31		
Die Stimme der Höflich *(s. u. Die beiden Höflichs)*	P. P.	SB	38/903	18. 9. 13	ML	[1]200
Die Straße meiner Jugend	P. P.	WB	3/93	15. 1. 20		[2]259
Die Stunde der Entscheidung *(s. u. Das Parlament)*	Th. T.	WB	20/752	15. 5. 28	Dt. Dt.	[7]299
Die Sühne	K. T.				Dt. Dt.	
Die Tabelle	I. W.	WaM		6. 3. 22		[3]137
Die Tabellen-Zeitung	K. H.	WB	44/675	29. 10. 29		[7]230
Die Tafeln	I. W.	WB	16/601	21. 4. 25		[4]100
Die Tagung	Th. T.	Simpl.	–/355	14. 10. 29		[7]209
Die Taktischen	I. W.	WB	27/19	6. 7. 26		[4]466
Die Täler	P. P.				Pyr.	[5]104
Die Tarnung	K. T.				Dt. Dt.	
Die Tasse	K. T.				Dt. Dt.	
Die tausend Blumentöpfe	P. P.	SB	37/877	11. 9. 13		
Die Tendenzfotografie	I. W.	WB	17/637	28. 4. 25		[4]104
Die Theaterkritik, wie sie sein soll	I. W.	SB	8/233	20. 2. 13		[1]84
Die tote Last	I. W.	WB	48/855	30. 11. 26		[4]548
Die Träume	K. T.	Simpl.	21/558	30. 10. 17	Träum.	[1]284
Die Tscherkessen	I. W.	BVZ		15. 2. 20		
Die Tür	I. W.	BVZ		29. 12. 20		[2]454
Die Überlegenen	I. W.	WB	15/573	10. 4. 28		[6]101
Die Überschrift	I. W.	März	9/281	Febr. 1914		[1]182

Titel	Autor	Buch Zeitg. Zeitschr.	Nr. und Seite	Datum	Original-Buch-veröffentl.	Bd. u. Seite unserer Ausgabe
Die Übersetzung	I. W.	WB	52/959	23. 12. 24		[3]532
Die Ufa sucht Dichter	I. W.	WB	47/766	18. 11. 30		[8]293
Die Unentwegten	von einem Berliner	BVZ		7. 12. 19		
Die Unpolitische	K. H.	WB	45/724	10. 11. 25	ML	[4]258
Die unterbrochene Rheinfahrt	P. P.	SB	4/113	22. 1. 14		[1]166
Die Unzüchtigen	I. W.	WB	37/288	14. 9. 22		[3]283
Die Ursachen	I. W.	BVZ		1. 5. 19		
Die Veränderlichen	I. W.	WB	31/189	2. 8. 27		
Die verbrannte Tänzerin	P. P.	Voss.		4. 6. 24		
Die verkehrte Welt	K. H.	Die verkehrte Welt		1922		
Die verlegte Sprechstunde	P. P.	Tem.		15. 11. 28		
Die Verräter	I. W.	WB	45/720	10. 11. 31		[9]311
Die Verteidigung Berlins	P. P.	Voss.	208/–	4. 3. 29		
Die Verteidigung des Vaterlandes	I. W.	WB	40/338	6. 10. 21	5 PS	[3]56
Die Verwandtschaft	P. P.	Voss.		28. 3. 25		[4]72
Die verzauberte Prinzessin	P. P.				Träum.	[2]250
Die vom Sterben leben	K. T.				Dt. Dt.	
Die Waffen nieder	Th. T.	WB	40/361	30. 9. 20		
Die Wanzen	P. P.	WB	15/392	3. 4. 19		[2]73
Die Wehrpflicht	I. W.	WB	29/116	17. 7. 24		
Die weinenden Hohenzollern *In den tiroler Volksstücken*	I. W.	Dt.Mo.		22. 5. 22		[3]186
Die weinenden Hohenzollern *Sie sitzen in den Niederlanden*	Th. T.	WB	10/513	18. 5. 22		[3]181
Die Weiße mit'm Schuß	P. P.	Voss.	233/–	19. 5. 29		[7]66

Titel	Autor	Buch Zeitg. Zeitschr.	Nr. und Seite	Datum	Original-Buch-veröffentl.	Bd. u. Seite unserer Ausgabe
Die «Welt»	P. P.	WB	20/762	14. 5. 29		
Die Welt auf Schienen	P. P.	BVZ		1. 9. 20		
Die zärtlichen Verwandten	Th. T.	SB	44/1070	30. 10. 13		
Die Zeit	P. P.	WB	8/283	18. 2. 30		[8]53
Die Zeit schreit nach Satire	P. P.	Voss.	268/–	9. 6. 29	Dt. Dt.	[7]83
Die Zeitbremse	P. P.	BT	317/–	13. 7. 19		[2]125
Die Zeitlupe *(s.u. Rundfrage: Sechs Dichter sehen durch die Zeitlupe)*	P. P.	Voss.		25. 12. 26		
Die Zentrale	P. P.	WB	13/488	31. 3. 25	5 PS	[4]76
Die zufällige Republik	I. W.	WB	28/25	13. 7. 22		[3]219
Die zweite Tür	P. P.	Voss.	295/–	18. 12. 29		
Die Zwillinge	Th. T.	BIl.	51/1737	19. 12. 26		
Die Zwölf auf der Bank	I. W.	WaM		18. 12. 22		
‹Dienstlich›	anonym	Vorw.		8. 10. 13		[1]119
Dienstunterricht für den Infanteristen	I. W.	WB	26/1011	28. 6. 27	ML	[5]237
Dienstzeugnisse *«Schön ist es nicht geschrieben, aber herzlich gut ...»*	K. H.	WB	23/856	8. 6. 25		
Dienstzeugnisse *Herr Thomas Mann*	K. H.	WB	9/329	3. 3. 25	5 PS	[4]54
Diese Häuser	K. H.	WB	49/831	2. 12. 30	LL	[8]308
Dieses Bild	K. T.				Dt. Dt.	
Diskretion	Th. T.	WB	34/295	20. 8. 29		[7]170
Disseplin muß sind!	Th. T.	WB	42/409	20. 10. 21		
Dollar = 2000 Mark	I. W.	Frei.		20. 8. 22		
Don't gish me –!	Th. T.	WB	46/749	13. 11. 28		[6]302
Dorf Berlin	P. P.	WB	34/293	21. 8. 24	5 PS	[3]443
Dr. Caligari	P. P.	WB	11/347	11. 3. 20		[2]292
Dr. Dolittle und seine Tiere	P. P.	Voss.		10. 12. 25		[4]279

Titel	Autor	Buch Zeitg. Zeitschr.	Nr. und Seite	Datum	Original-Buch-veröffentl.	Bd. u. Seite unserer Ausgabe
Dreh dich hin, dreh dich her – kleine Wetterfahne –!	Th. T.	WB	7/239	16. 2. 32		[10]31
Drei Abende	P. P.	WB	48/562	1. 12. 21		[3]91
Drei auf dem Bodensee	P. P.	Dame	2. Okt. H.	Okt. 1926		[4]511
Drei Biographien	P. P.	WB	22/860	1. 6. 26	ML	[4]453
Drei Generationen	P. P.	WB	1/20	5. 1. 22		[3]117
Drei junge Oldenburger	I. W.	WB	30/147	28. 7. 25		
Drei Minuten Gehör!	Th. T.	RP	6/–	29. 7. 22	5 PS	[3]239
Drei Tafeln	P. P.	Stach.	–/5	1. 3. 27		
Drei Tage	P. P.				Pyr.	[5]107
Drei Wünsche *(s.u.Rundfrage)*	P. P. u. Th. T.	BVZ		1. 6. 24		
Dreißig Grad	Th. T.	WB	34/201	29. 8. 18		
Dreißig Operetten	P. P.	8	191/–	21. 8. 23		
Du!	I. W.	WB	25/867	19. 6. 24		[3]395
Du hast ein Bett	P. P.	WB	16/634	20. 4. 26		[4]414
Duett (Antwort)	anonym	WB	14/487	7. 4. 31		
Dumas-Worte (Übersetzung)	P. P.	Voss.		1. 10. 24		
D'une autre barriére *(A propos d'un article de André Suarès)*	K. T.	Europe	28/503	15. 4. 25		
Duo, dreistimmig	Th. T.	WB	51/956	22. 12. 25	ML	[4]291
Durchaus unpassende Geschichten	P. P.	WB	5/188	2. 2. 26	ML	[4]336
Durcheinander	P. P.	Voss.		7. 11. 25		[4]252
Tilla Durieux	K. T.	SB	7/184	12. 2. 14		[1]174
Eaux-Bonnes	P. P.				Pyr.	[5]51
Ehekrach	Th. T.	BIl.	8/287	19. 2. 28	ML	[6]48
«eigentlich»	P. P.	Voss.		14. 3. 28		
Ein A-B-C	Th. T.	WB	32/132	8. 8. 18		
Ein älterer, aber leicht besoffener Herr	K. H.	WB	37/405	9. 9. 30	LL	[8]212

Titel	Autor	Buch Zeitg. Zeitschr.	Nr. und Seite	Datum	Original-Buch-veröffentl.	Bd. u. Seite unserer Ausgabe
Ein altes Lied	K. H.	WB	13/326	20. 3. 19		
Ein Aufruf	K. T.	WB	35/243	26. 8. 20		[2]406
Ein besserer Herr	P. P.	WB	26/935	25. 6. 29	LL	[7]105
Ein Betrunkener in der Wilhelmstraße	K. H.	WB	1/13	1. 1. 29		[7]7
Ein Bild sagt mehr als 1000 Worte	P. P.	Uhu	2/75	Nov. 1926		
Ein Blick	Th. T.	WB	16/407	20. 4. 22		
Ein Briefwechsel	K. T.	WB	8/310	22. 2. 27		[5]172
Ein Bummel durch die Welt	P. P.	Voss.		27. 11. 27		
Ein Chanson *(s. u. Chanson)*	Th. T.	WB	48/866	30. 11. 26	5 PS	[4]551
Ein deutscher Reichswehrminister	I. W.	Me.	24/161	5. 6. 25		[4]136
Ein deutsches Volkslied	P. P.	WB	50/623	14. 12. 22		[3]294
Ein Deutschland!	Th. T.	Ulk	1/–	5. 1. 19		[2]7
Ein Deutschland-Buch	I. W.	WB	39/481	23. 9. 30		[8]222
Ein Diktator und sein Publikum	I. W.	WB	42/608	19. 10. 26		[4]523
Ein Ehepaar erzählt einen Witz	P. P.	Voss.	458/–	29. 9. 31		[9]300
Ein einfacher Lehrer	I. W.	WB	4/153	25. 1. 27		[5]145
Ein Ferngespräch	P. P.	Voss.		5. 6. 27	LL	[5]224
Ein Franzose im alten Berlin	P. P.	WB	39/482	27. 9. 27		[5]320
Ein französischer Drucker	P. P.	Voss.		23. 9. 28		
Ein Frühling in Amerika	P. P.	WB	11/350	13. 3. 24		[3]375
Ein Genießer	P. P.	Voss.	158/–	3. 4. 30		[8]94
Ein Glas klingt	P. P.	Voss.	506/–	26. 10. 30	LL	[8]259
Ein Haus mit Hosen	K. T.				Dt. Dt.	
Ein Haus untendurch	Th. T.	AIZ	39/10	1928		
Ein Hundstagsbild	P. P.	8	160/–	13. 7. 23		[3]341
Ein Indianerbuch der Technik	P. P.	WB	47/830	23. 11. 26		

Titel	Autor	Buch Zeitg. Zeitschr.	Nr. und Seite	Datum	Original-Buch-veröffentl.	Bd. u. Seite unserer Ausgabe
Ein interessanter Briefwechsel *Oberstleutnant v. Bornstedt u. Ignaz Wrobel (s. u. Offener Brief)*	I. W.	Mag.		23. 5. 19		[2]102
Ein jeder lebts	P. P.	WB	44/482	2. 11. 22		[3]291
Ein Katzenbuch	P. P.	WB	45/724	8. 11. 27		[5]367
Ein Kind aus meiner Klasse	P. P.	WB	9/315	3. 3. 25		[4]51
Ein kleiner Druckfehler	I. W.	WB	39/486	28. 9. 26		[4]508
Ein kleiner Volksschullehrer	I. W.	WB	48/831	1. 12. 31		[9]317
Ein Königswort *(s. u. Das Königswort)*	K. H.	WB	18/483	24. 4. 19	Fr. Gs.	[2]81
Ein Lump	I. W.	WB	28/72	13. 7. 26		[4]469
Ein Mädchentagebuch	P. P.	WB	16/444	15. 4. 20		[2]303
Ein merkwürdiger Fall	P. P.	BT	264/–	11. 6. 19		
Ein moderner Humorist: Stephen Leacocks Schnurren	P. P.	Voss.		26. 7. 25		
Ein nachdenklicher Zuschauer	Th. T.	AIZ	3/10	1929		[7]31
Ein neuer Klassiker	P. P.	SB	2/55	8. 1. 14		[1]165
Ein neuer Zeichner	P. P.	WB	49/648	2. 12. 20		[2]451
Ein Pyrenäenbuch	P. P.				Pyr.	[5]7
Ein Satz	I. W.	WB	5/178	3. 2. 25		[4]34
Ein sauberer Vogel	von einem Berliner	BVZ		19. 5. 19		[2]100
Ein Schädling der Kriminalistik I. Teil *Es erscheint der Verfasser …*	I. W.	WB	31/167	31. 7. 28		[6]180

Titel	Autor	Buch Zeitg. Zeitschr.	Nr. und Seite	Datum	Original-Buch-veröffentl.	Bd. u. Seite unserer Ausgabe
Ein Schädling der Kriminalistik II. Teil *Hier ist von dem Verfasser . . .*	I. W.	WB	32/197	7. 8. 28		[6]185
Ein schönes Bild	K. T.	AIZ	27/2	1929		
Ein Schrei aus der Not	I. W.	WB	50/686	9. 12. 20		
Ein schwedischer Sachse	P. P.	WB	37/402	11. 9. 28	LL	[6]226
Ein Skandal	P. P.	WB	14/393	7. 4. 21		
Ein Stoß Papier	P. P.	WB	2/78	11. 1. 27		
Ein Stück Dichtung	P. P.	WB	16/590	21. 4. 31		[9]188
Ein Stück von Henry Bernstein	P. P.	Voss.		30. 12. 24		
Ein Tag. Lourdes II	P. P.				Pyr.	[5]56
Ein Taschenbuch	P. P.	WB	6/190	5. 2. 20		[2]274
Ein Totengespräch *(s. u. Nachher: «Kennen Sie das Entzücken an der erotischen Häßlichkeit?»)*	K. H.	WB	20/771	15. 5. 28	ML	[10]143
Ein Traum am Neckarstrand	K. T.				Dt. Dt.	
Ein untergehendes Land	P. P.	WB	28/11	3. 7. 19		[2]114
Ein Vortragsbuch	P. P.	WB	32/227	11. 8. 25		[4]185
Ein weißer Rabe	I. W.	WB	50/709	4. 12. 19		[2]219
Ein Wort	Th. T.	WB	22/790	27. 5. 30		[8]144
Eindrücke von einer Reise	I. W.	WB	43/473	16. 10. 19		[2]175
Eine Akademie	I. W.	WB	19/734	11. 5. 26		[4]434
Eine Alte	Th. T.	BIl.	8/231	21. 2. 26		
Eine Ausnahme	I. W.	BVZ		21. 4. 20		[2]305
Eine Blamage	P. P.	WB	6/233	5. 2. 29		
Eine Bürgermeisterstochter	anonym	Frei.		16. 10. 20		
Eine deutsche Kindheit	I. W.	WB	46/734	11. 11. 24		[3]500
Eine Doktor-Frage	P. P.	Tem.		2. 11. 28		
Eine Enttäuschung	P. P.	WB	51/740	11. 12. 19		
Eine Erklärung	K. T.	BVZ		7. 8. 22		

Titel	Autor	Buch Zeitg. Zeitschr.	Nr. und Seite	Datum	Original-Buch-veröffentl.	Bd. u. Seite unserer Ausgabe
Eine Errungenschaft der Revolution	P. P.	Voss.		1. 4. 27		
Eine feile Dirne?	anonym	Vorw.		29. 4. 14		[1]210
Eine Frage	Th. T.	WB	4/123	27. 1. 31	LL	[9]121
Eine Frau denkt *(s. u. Die Frau spricht)*	Th. T.	WB	51/920	17. 12. 29	LL	[9]100
Eine Idee	I. W.	WB	33/271	17. 8. 26		
Eine kleine Erinnerung	P. P.	Voss.		10. 6. 24		[3]389
Eine kleine Geburt *(s. u. Ballade)*	Th. T.	WB	3/101	20. 1. 31	LL	[9]115
Eine leere Zelle	K. H.	WB	5/195	29. 1. 29	Dt. Dt.	[7]39
Eine neue Bücherzensur	I. W.	BVZ		30. 11. 19		[2]215
Eine neue Wehrpflicht?	I. W.	RP		22. 6. 22		[3]198
Eine pariser Revue	P. P.	Voss.		21. 5. 24		
Eine Perle	I. W.	Manus.				
Eine schöne Dänin	P. P.	Voss.		9. 6. 27		[5]229
Eine Schreckenskammer	I. W.	DAD		28. 11. 25		[4]267
Eine Stelle	P. P.	Voss.		27. 5. 28		
Eine Stimme	K. H.	WB	51/921	16. 12. 30	LL	[8]327
Eine Treppe	K. T.	Letzte S. i. ‹Sudelbuch›				[10]147
Eine Yvette Guilbert gilt nichts im eigenen Lande	P. P.	Tem.		12. 11. 28		
«Einen Augenblick mal, ich komme gleich wieder –!»	K. T.				Dt. Dt.	
Einer aus Albi	P. P.				Pyr.	[5]128
Einer, der es genau weiß	P. P.	WB	41/554	13. 10. 31		
Einer, manche, viele	K. H.	WB	6/211	4. 2. 30		[8]41
Einer pfeift sich einen	P. P.	WB	12/453	24. 3. 25		[4]70
Eines aber	I. W.	WB	38/454	22. 9. 31		[9]294
Einfachheit	P. P.	WB	47/787	19. 11. 29		

Titel	Autor	Buch Zeitg. Zeitschr.	Nr. und Seite	Datum	Original-Buch-veröffentl.	Bd. u. Seite unserer Ausgabe
Einfahrt	P. P.	Voss.	10/–	6. 1. 29	LL	[7]19
Einfluß der Wohnung auf die Schaffenskraft *(s.u.Rundfrage)*	K. T.	BT		6. 6. 31		
Einheitsbericht	P. P.	Voss.		19. 7. 25		
111	I. W.	WB	10/382	8. 3. 32		[10]50
Einigkeit und Recht und Freiheit	Th. T.	WB	11/424	15. 3. 27		[5]175
Einkäufe	Th. T.	Ulk	51/–	21. 12. 19		[2]228
Einkehr	Th. T.	WB	30/139	23. 7. 29		[7]146
I a	I. W.	WB	41/567	8. 10. 29		[7]207
Eins, zwei, drei – G'suffa –!	I. W.	WaM		17. 7. 22		
«Eins – zwei – drei – hopp!»	P. P.	Voss.	234/–	6. 10. 29		[7]200
1372 Fahrräder	P. P.	NFrPr.		24. 1. 32		[10]18
Einwohnerwehrmann auf Posten	K. H.	Fr.W.	2/19	30. 5. 20		[2]342
Eisenbahner *(s. u. Die Reichsbahn)*	Th. T.	AIZ	20/389	1930	LL	[9]309
Eisenbahnerstreik	Th. T.	WB	6/149	9. 2. 22		[3]129
Eisner	K. H.	WB	10/224	27. 2. 19	Fr. Gs.	[2]59
Eitelkeit der Kaufleute	I. W.	WB	30/131	24. 7. 28		[6]178
Ellen Richter	P. P.	SB	50/1241	11. 12. 13		
«Email»	P. P.	Voss.	362/–	3. 8. 30		
Emigranten	I. W.	WB	33/270	18. 8. 25		
Emil Ludwig in Paris	P. P.	Voss.		26. 3. 26		
Endlich die Wahrheit über Remarque	K. H.	WB	24/902	11. 6. 29	Dt. Dt.	[7]91
Englische Perücken	P. P.	Voss.	290/–	23. 6. 31		[9]232
Enthüllung	P. P.	WB	46/751	15. 11. 27	5 PS	[5]368
Entrée	Th. T.	Zirk.	–/5	1920		
Er auch!	Ignaz	Vorw.		6. 5. 13		
Er verheiratet sie	Th. T.				Fr. Gs.	[2]174
Erfolgreiche Leute	P. P.	Voss.	84/–	19. 2. 29		
Erfüllung	K. H.	WB	39/494	24. 9. 29	LL	[7]196
Erich Walter	P. P.	SB	43/1044	23. 10. 13		

Titel	Autor	Buch Zeitg. Zeitschr.	Nr. und Seite	Datum	Original-Buch-veröffentl.	Bd. u. Seite unserer Ausgabe
Erinnert Ihr Euch?	I. W.	Frei.		18. 5. 20		
Erinnerung *(s. u. Beschluß und Erinnerung)*	Th. T.	WB	49/837	4. 12. 28	ML	[6]325
Erinnerung *Am Untergrundbahnschalter.*	K. H.	WB	25/632	22. 6. 22	LL	[3]206
Erinnerung *Das ist jetzt gut und gern …*	I. W.	WB	24/889	16. 6. 25		[4]141
Erinnerung *Gerold, der alte Weichensteller*	Th. T.	Reak. Alm.	–/122	1920		
Erinnerung *Im Jahre 1908 …*	P. P.	WB	27/754	26. 6. 19		[2]114
Erinnerung *Lieber S. J.*	P. P.	WB	14/361	27. 3. 19		
Erinnerung *Wie tanzt durch meine Träume …*	Th. T.	WB	23/530	6. 6. 18		
Erinnerung für die Wahl	I. W.	BVZ		5. 6. 20		
Erinnerungsstücke von der Kaiserl. Jacht «Kaiseradler»	K. T.				Dt. Dt.	
Erklärung *Am 29. Juni dieses Jahres …*	K. T.	WB	33/176	17. 8. 22		
Erklärung *Das ‹Acht-Uhr-Abendblatt› läßt sich am 28. Juli …*	K. T.	Frei.		7. 8. 22		
Erklärung *Der Schutzverband …*	K. T.	WB	33/276	18. 8. 31		[9]267
Erklärung *Nachdem ich mich überzeugt habe …*	I. W.	WB	44/442	1. 11. 23		

Titel	Autor	Buch Zeitg. Zeitschr.	Nr. und Seite	Datum	Original-Buch-veröffentl.	Bd. u. Seite unserer Ausgabe
Erotika *Dem Graphiker Hellmuth Stockmann . . .*	I. W.	BVZ		25. 4. 20		
Erotika *Der preußische Staat . . .*	P. P.	SB	23/24/636	11. 6. 14		
Erotische Filme	K. T.	SB	37/867	11. 9. 13		
(Nachdruck)	P. P.	WB	45/496	9. 11. 22	5 PS	[1]111
Erpressung	P. P.	SB	29/30/69	23. 7. 14		[1]240
Ersatz	Th. T.	AIZ	12/12	1928		[6]77
«Erst muß was passieren»	I. W.	WB	52/944	25. 12. 28		
Ersterbendes Gemurmel	Th. T.	WB	39/297	26. 9. 18	Fr. Gs.	[1]324
Erweckung	K. H.	WB	47/610	13. 11. 19		[2]197
Erzberger	Th. T.	Ulk	27/–	4. 7. 19		[2]121
Erzberger und Helfferich	I. W.	WB	21/713	22. 5. 24		[3]383
Es gibt keinen Neuschnee	K. H.	WB	14/515	7. 4. 31	LL	[9]174
Es ist	Th. T.	WB	41/560	9. 10. 28	ML	[6]263
Es ist dich alles verziehn! *(s.u.Wenn jener wiederkäme . . .)*	Th. T.	WB	42/607	19. 10. 26		[4]522
Es ist heiß in Hamburg	P. P.	Voss.		19. 8. 28	ML	[6]195
Es reut das Lottchen *(s. u. Das Lottchen)*	P. P.	Voss.	150/–	29. 3. 31	LL	[7]292
Etwas vom Humor	I. W.	Frft.		23. 10. 18		
Eugen Burg	P. P.	WB	6/225	10. 2. 31	LL	[9]128
Eugen Klöpfer	P. P.	WB	43/491	16. 10.19		[2]179
Eulenburgiana	I. W.	WB	39/476	29. 9. 25		[4]225
Europa	Th. T.	WB	2/73	12. 1. 32		[10]15
Europa mit dem Ausrufungszeichen	P. P.	WB	15/552	14. 4. 25		
Europäische Kinderstube	P. P.	WB	33/266	18. 8. 31		[9]263
Eveline, die Blume der Prärie	I. W.	WB	38/458	21. 9. 26		[4]501

Titel	Autor	Buch Zeitg. Zeitschr.	Nr. und Seite	Datum	Original-Buch-veröffentl.	Bd. u. Seite unserer Ausgabe
Expertise vom Kunstsachverständigen Geheimrat Professor Dr. Kaspar Hauser	K. H.	WB	17/633	26. 4. 32		
Extrazug nach Nizza	P. P.	SB	12/346	20. 3. 13		
Fabel	I. W.	WB	1/36	1. 1. 29	LL	[7]12
Fahrgäste	Th. T.	WB	34/278	19. 8. 30		[8]187
Fahrt ins Glück	P. P.	WB	42/597	16. 10. 28	LL	[6]269
Fahrt mit der «Bodensee»	Th. T.	Ulk	44/–	31. 10. 19		
«Fairbanks ist berühmter als Homer»	P. P.	Voss.	176/–	13. 4. 30		
Fakir in Paris	P. P.	WB	49/882	8. 12. 25		
Familienbande	P. P.	Uhu	–/55	Apr. 1929		[7]57
Fantasia	P. P.	WB	15/589	13. 4. 26	5 PS	[4]411
Farbenklavier	Th. T.	WB	28/54	14. 7. 25		[4]161
Faschismus in Frankreich	I. W.	WB	1/7	5. 1. 26		
Faust in Paris	P. P.	Voss.		4. 6. 25		[4]133
Fauste! Fauste!	P. P.	SB	41/986	9. 10. 13		
Feldfrüchte	Th. T.	WB	38/470	21. 9. 26	5 PS	[4]506
Fememörder	I. W.	Pr.Tg.		17. 4. 26		
Ferdinand Bonns gesammelte Werke	I. W.	SB	21/22/586	28. 5. 14		[1]225
«Fest sei der Bund!»	K. T.				Dt. Dt.	[7]308
Fête du Trône	P. P.	WB	25/850	19. 6. 24		[3]392
Feuerwerk *Die kleinen Bändchen . . .*	P. P.	WB	41/428	2. 10. 19		[2]167
Feuerwerk *Unser nach Berlin . . .*	P. P.	WB	30/125	22. 7. 20		
Fiat	I. W.	WB	43/640	22. 10. 29		
Figuren	P. P.				Pyr.	[5]96
Figurinen	Th. T.	WB	26/902	26. 6. 24		[3]404
Film in der Pariser Oper	P. P.	Voss.		20. 6. 26		
Film mit Scheibe	P. P.	Tem.		26. 10. 28		

Titel	Autor	Buch Zeitg. Zeitschr.	Nr. und Seite	Datum	Original-Buch-veröffentl.	Bd. u. Seite unserer Ausgabe
Filmschau. Kinodämmerung?	I. W.	Vorw.		22. 10. 13		
Filmzensur auch in Frankreich	P. P.	Tem.		16. 12. 28		
Finish *(s. u. Lücke)*	Th. T.	WB	13/503	29. 3. 27	5 PS	[5]188
Flaggenfriede	Th. T.	WB	45/716	8. 11. 27		[5]366
Flaggenlied	Th. T.	WB	20/773	18. 5. 26		[4]439
Otto Flake	I. W.	WB	43/422	27. 10. 27		[3]73
Flocken	Th. T.	SB	50/567	13. 12. 17		
Flora, die Göttin der Blüten spricht	Th. T.	Ulk	22/–	29. 5. 19		
Fontane und seine Zeit	P. P.	BT	619/–	27. 12. 19		[2]241
Fort mit dem Schundgesetz!	I. W.	WB	44/704	2. 11. 26		[4]532
Fort mit dem Visumzwang!	I. W.	WB	34/307	25. 8. 25		
Frage	Th. T.	WB	8/289	18. 2. 30		[8]57
Frage und Antwort	Th. T.	WB	12/464	22. 3. 27		[5]178
Frage- und Antwortspiel	K. H.	WB	4/122	22. 1. 20		[2]262
Fragen an eine Arbeiterfrau	Th. T.	AIZ		1928	ML	[6]121
Anatole France in Pantoffeln	P. P.	Voss.		28. 1. 25		[4]27
Anatole France-Dämmerung	P. P.	Voss.		24. 1. 25		
Frankreich und wir	K. T.	8	181/–	18. 8. 22		
Franzosen untereinander	P. P.	Voss.		3. 2. 26		
Französische Frauen	I. W.	Lit.	21/22/7	1926		[4]305
Französische Provinz	P. P.				Pyr.	[5]123
Französischer Kriegsfilm	P. P.	Voss.		2. 11. 27		[5]361
Französischer Witz (Franz. Witze)	P. P.	Voss.		23. 8. 25	LL	[4]189
Noch einmal französische Witze	P. P.	Voss.		10. 9. 25	LL	[4]191

Titel	Autor	Buch Zeitg. Zeitschr.	Nr. und Seite	Datum	Original-Buch-veröffentl.	Bd. u. Seite unserer Ausgabe
Französisches Militärgericht in Paris	I. W.	WB	45/709	10. 11. 25	5 PS	[4]253
Fratzen an den Mauern	I. W.	BT	137/–	29. 3. 19		
Fratzen von Grosz	I. W.	WB	33/184	18. 8. 21		[3]41
Frau Ebert	I. W.	WB	11/409	17. 3. 25		[4]63
Frau Übersee	P. P.	WB	1/11	2. 1. 19		
Frauen sind eitel. Männer? Nie –!	P. P.	Voss.		28. 9. 28		[6]250
Frauen von Freunden	Th. T.	WB	29/103	21. 7. 25	5 PS	[4]164
Fräulein Marietta	P. P.	Voss.	284/–	19. 6. 30	LL	[8]164
Fräulein Nietzsche	I. W.	WB	2/54	12. 1. 32		[10]9
Freier Funk! Freier Film!	I. W.	WB	18/660	3. 5. 32		[10]70
Fremde Völker in Frankreich	P. P.	Voss.		20. 9. 25		
Freundliche Aufforderung	Th. T.	WB	37/244	12. 9. 18	Fr. Gs.	[1]323
Fridericus Rex	Th. T.	WB	8/194	23. 2. 22		[3]132
Friede?	Th. T.	Ulk	21/–	23. 5. 19		
Frieden	P. P.	WB	51/899	16. 12. 30		[8]323
Friedens-Weihnachten	von einem Berliner	BVZ		25. 12. 19		
Friedrich mitn Mythos	I. W.	WB	7/262	16. 2. 32		[10]38
Friedrich von unten	I. W.	WB	3/83	20. 1. 21		
Frieren und frieren lassen	Th. T.	WB	44/705	2. 11. 26		[4]534
Frohe Erwartung	Th. T.	WB	41/344	10. 10. 18	Fr. Gs.	[1]331
Fröhliche Ostern *Da seht aufs neue dieses alte Wunder*	Th. T.	SB	15/433	9. 4. 14	Fr. Gs.	[1]197
Fröhliche Ostern *Ei, ei! In einer Reih ...*	Th. T.	Ulk	16/–	18. 4. 19		
Frommer Wunsch	P. P.	Voss.	188/–	21. 4. 29		
Früh prügelt, was ...	K. T.				Dt. Dt.	

Titel	Autor	Buch Zeitg. Zeitschr.	Nr. und Seite	Datum	Original-Buch-veröffentl.	Bd. u. Seite unserer Ausgabe
Früher, wenn mal etwas Komisches war ... *(s. u. Lücke u. s. u. Finish)*	Th. T.	WB	13/503	29. 3. 27	5 PS	[5]188
Frühling *Lenz, dich ...*	Th. T.	BVZ		25. 4. 20		
Frühling *Wir wandeln ...*	Th. T.	WB	17/421	27. 4. 22		
Frühlingsvormittag	P. P.	WB	12/341	22. 3. 23		[3]313
Führer?	I. W.	BVZ		16. 10. 20		[2]426
Führerhunde	Th. T.	WB	30/95	28. 7. 21		[3]39
Fund-Moral	P. P.	Voss.	283/—	4. 12. 30		
Fünfundzwanzig Jahre	K. T.	WB	37/373	9. 9. 30		[8]200
50% Bürgerkrieg	Th. T.	WB	21/754	20. 5. 30		[8]136
Für Carl v. Ossietzky	K. T.	WB	20/734	17. 5. 32		[10]75
Für Ferdinand Bonn	P. P.	WB	6/237	8. 2. 27		
Für Hans Siemsen	P. P.	WB	6/168	10. 2. 21		
«Für Ihn» *(s. u. Dem Andenken Siegfried Jacobsohns)*	Th. T.	WB	50/914	14. 12. 26	5 PS	[4]570
Für Joseph Matthes	I. W.	WB	33/233	13. 8. 29		[7]160
Für Max Hölz *(s. u. Lorbeeren der herrschenden Klasse)*	Th. T.	Knüp.	7/—	Juli 1926		[4]466
Für Maxim Gorki	Th. T.	WB	14/511	3. 4. 28		[6]94
Für wen sind eigentlich die Zeitungen da?	I. W.	WB	21/838	24. 5. 27		
Fürstenabfindung	I. W.	WB	14/552	6. 4. 26		[4]404
Fußball mit Menschenköpfen	I. W.	WB	35/335	31. 8. 26		[4]484
Fußtritt eines ...?	I. W.	Manus.				unveröfftl.
Fütterung der Raubtiere	P. P.	WB	1/30	1. 1. 20		

Titel	Autor	Buch Zeitg. Zeitschr.	Nr. und Seite	Datum	Original-Buch-veröffentl.	Bd. u. Seite unserer Ausgabe
Gallettiana	P. P.	WB	31/120	3. 8. 22	ML	[3]249
Peter Ganter	P. P.	WB	13/334	30. 3. 22		[3]161
«Ganz Paris»	P. P.	Tem.		18. 2. 29		
Gebet des Zeitungslesers *Szene aus einer Revue von Alfred Polgar und Theobald Tiger*	P. P.	WB	36/371	6. 9. 27	ML	[5]300
Gebet für die Gefangenen	Th. T.	WB	52/950	23. 12. 24	Dt. Dt.	[3]531
Gebet nach dem Schlachten	Th. T.	WB	32/233	7. 8. 24	5 PS	[3]437
Gebrauchen Sie einen Bade-Thermometer?	P. P.	Voss.		14. 11. 26		[4]538
Gebrauchsanweisung	P. P.	Voss.	478/–	10. 10. 30		[8]242
Gebrauchslyrik	I. W.	WB	48/808	27. 11. 28		[6]316
Gedanken eines Arbeiters an einer Kreissäge	Th. T.	Simpl.	–/489	5. 12. 27		[5]398
Gedanken und Erinnerungen	Th. T.	Ulk	7/–	14. 2. 19		
Gedenken an Siegfried Jacobsohn	K. T.	WB	48/810	29. 11. 27		[5]388
Gedenkmäler	I. W.	WB	11/432	15. 3. 27	5 PS	[5]176
Geduld	Th. T.	WB	38/448	17. 9. 29	LL	[7]187
Gefilmt mußt du sein —!	Th. T.	Bll.	50/1655	13. 12. 25		
Gefrorenes Blut	K. T.				Dt. Dt.	
Gefühle	Th. T.	WB	4/123	27. 1. 25	5 PS	[4]22
Gefühle nach dem Kalender	P. P.	BT	616/–	24. 12. 19		[2]229
Gefühlskritik *(s. u. Sozialdemokratischer Parteitag)*	Th. T.	WB	39/312	29. 9. 21	5 PS	[3]53
Gegen das Remarque-Filmverbot *(s.u.Rundfrage)*	K. T.	Mensch.	3/Jg. 4	20. 3. 31		[9]157
Gegen den Strom	I. W.	WB	15/567	13. 4. 26		[4]405
Gegen die Arbeiter? Allemal —!	I. W.	WaM		5. 12. 21		[3]92

Titel	Autor	Buch Zeitg. Zeitschr.	Nr. und Seite	Datum	Original-Buch-veröffentl.	Bd. u. Seite unserer Ausgabe
Gegen rechts und gegen links	Th. T.	Ulk	11/12	21. 3. 19		
Geheimnis	Th. T.	WB	44/673	1. 11. 27	ML	[5]359
Geheimnisse des Harems	K. T.				ML	[7]290
Geldverdienen und Glücklichsein!	P. P.	Voss.		12. 2. 26		
Generalstreik	Th. T.	Ulk	10/–	7. 3. 19		
George Grosz als Schriftsteller	I. W.	WB	41/583	13. 10. 25		
George Grosz in Paris	P. P.	Dame	18/5	Mai 1925		
Valeska Gert	P. P.	WB	7/204	17. 2. 21		[3]17
Gerüste! Gerüste!	P. P.	Voss.	458/–	28. 9. 30		[8]232
Gesang der englischen Chorknaben	Th. T.	AIZ	35/11	1928		[6]214
Gesangseinlage	Th. T.	WB	36/363	2. 9. 30		
Geschenkbuch	P. P.	WB	43/646	23. 10. 28		
Geschichten	P. P.	WB	29/56	10. 7. 19		
Geschichtswissenschaft	P. P.	Voss.		21. 7. 27		[5]263
Geschworene	Th. T.	WB	9/334	1. 3. 27		[5]165
Gesicht *(s. u. Deutschland? Deutschland)*	K. H.	WB	27/33	3. 7. 24	ML	[3]408
Gesichter *Der Mann rechts ...*	K. T.				Dt. Dt.	
Gesichter *Neulich fuhr ich mit einem ...*	I. W.	WB	53/805	25. 12. 19		[2]239
Gespräch auf einem Diplomatenempfang	K. H.	WB	12/435	18. 3. 30	LL	[8]70
Gespräch mit dem Osterhasen	P. P.	BT	155/–	4. 4. 20		
Gespräche über pariser Theater	P. P.	Voss.		11. 2. 25		
Geßler	I. W.	WaM		7. 11. 21		[3]79
Geßler und wir	I. W.	WB	30/96	27. 7. 22		[3]238
Gestoßener Seufzer	Th. T.	WB	6/213	10. 2. 31		[9]128

Titel	Autor	Buch Zeitg. Zeitschr.	Nr. und Seite	Datum	Original-Buch-veröffentl.	Bd. u. Seite unserer Ausgabe
Gesunde und kranke Nerven	P. P.	WB	42/578	14. 10. 30	LL	[8]246
«Gesunder Pazifismus»	I. W.	DAD		31. 3. 28		[6]87
Gewehre auf Reisen	I. W.	WB	42/573	16. 10. 24		[3]477
Giampietro	I. W.	SB	2/43	8. 1. 14		[1]163
Gib ihm Saures – er kann sich nicht wehren!	I. W.	WaM		21. 11. 21		[3]86
Gips	Ignaz	Vorw.		14. 6. 13		
Gleich um die Ecke	Th. T.	WB	9/339	2. 3. 26		
Glück im Unglück	Th. T.	WB	44/671	30. 10. 28		[6]289
Glückliche Diplomatie!	P. P.	Tem.		18./19. 12. 28		[6]350
Glücksspiel	I. W.	WB	50/878	9. 12. 30		[10]196
Goethe-Jahr 1932	Th. T.	WB	38/452	22. 9. 31		[9]293
Gottes Blasbalg	P. P.	SB	31/32/92	6. 8. 14		[1]242
Götzen der Maigoto-Neger	K. T.				Dt. Dt.	
Grammophonplatten	P. P.	WB	34/297	20. 8. 29		
Gratulation	P. P.	SB	1/28	1. 1. 14		[1]143
Grimms Märchen	I. W.	WB	36/353	4. 9. 28		[6]215
Großstadt-Weihnachten	Th. T.	SB	52/1293	25. 12. 13		[1]139
George Grosz als Schriftsteller	I. W.	WB	41/583	13. 10. 25		
George Grosz in Paris	P. P.	Dame	18/5	Mai 1925		
Ilka Grüning	K. T.	WB	33/170	7. 8. 19		[2]137
Gruß nach vorn	K. H.	WB	14/555	6. 4. 26	ML	[4]404
Guck mal, wie süß –!	Th. T.	AIZ	5/88	1930		
Guido Herzfeld	P. P.	WB	25/637	22. 6. 22		
Gussy Holl	P. P.	SB	26/27/688	3. 7. 13		[1]97
Gut geschrieben! *(s. u. Schwarz auf Weiß)*	P. P.	Lose Bl.	13/204	März 1929		[7]49
Gut Mord!	Th. T.	WB	11/409	16. 3. 26		[4]375
Gute Nacht!	Th. T.	Ulk	5/–	31. 1. 19	Fr. Gs.	[2]45
Gute Witze aus großer Zeit	P. P.	WB	43/470	21. 10. 20		[2]428
Guten Morgen –!	Th. T.	BT	1/–	1. 1. 20		[2]249

Titel	Autor	Buch Zeitg. Zeitschr.	Nr. und Seite	Datum	Original-Buch-veröffentl.	Bd. u. Seite unserer Ausgabe
«Guten Morgen – dies ist Ihre Zeitung!»	P. P.	WB	52/954	25. 12. 28		[6]353
Guter Neurath ist teuer	Th. T.	WB	21/778	21. 5. 29		[7]68
Haarmann	I. W.	WB	34/299	21. 8. 24		
Haben Sie schon mal ...?	Th. T.	WB	33/258	17. 8. 26	5 PS	[4]476
Haben Sie sich schon einmal im Mai verliebt? *(s.u. Rundfrage: Peter Panter, Privat-Sekretariat, Abteilung: Gefühle)*	P. P.	Uhu	8/104	Mai 1928		[6]119
Halt auf freiem Felde	K. H.	Dame	8/–	Jan. 1925		[4]7
Hamburger Abschiedsessen	Th. T.	WB	39/340	23. 9. 20		
Hände an der Schreibmaschine	Th. T.	Uhu	8/40	Mai 1928	LL	[6]114
Handelsteil	I. W.	WB	42/603	15. 10. 29		[7]219
Händler und Helden	Th. T.	WB	27/8	6. 7. 22		[3]215
Hanns Heinz Vampir	P. P.	WB	46/511	17. 11. 21		
Hans Junkermann	P. P.	SB	39/933	25. 9. 13		
Harden	Th. T.	WB	28/43	13. 7. 22		[3]224
Maximilian Harden	K. T.	WB	45/704	8. 11. 27		[5]362
Hardens Prozesse	K. T.	März	1/30	1. 1. 14		[1]158
Harfenjulius Klabund	P. P.	WB	28/73	12. 7. 27		[5]258
Harmonika	K. H.	WB	37/425	13. 9. 27		[5]310
Haßt der Franzose den Deutschen?	P. P.	Voss.		23. 3. 26		
Hat Berlin eine Gesellschaft	P. P.	Voss.		25. 12. 25		
Hat Mynona wirklich gelebt?	I. W.	WB	1/15	31. 12. 29		[7]282
Haus im Neubau	K. H.	WB	36/365	4. 9. 24		

Titel	Autor	Buch Zeitg. Zeitschr.	Nr. und Seite	Datum	Original-Buch-veröffentl.	Bd. u. Seite unserer Ausgabe
Haus mit Granaten	P. P.	WB	30/159	24. 7. 24		
Hausbesitzer in der Loge	K. H.	WB	42/600	16. 10. 24		[3]482
Häuser	K. H.	WB	43/643	25. 10. 27	5 PS	[5]355
Aenn Häusinger	P. P.	WB	9/285	26. 2. 20		
Hausmusik	P. P.	NWi.		19. 3. 23		
Hausse in Ruhm	P. P.	WB	19/708	12. 5. 25		
Hégésippe Simon *Das war zu Beginn ...*	P. P.	Tem.		17. 10. 28		
Hégésippe Simon *Die menschliche Dummheit ...*	I. W.	WB	50/895	15. 12. 31		[9]318
Hehler	I. W.	WB	9/353	1. 3. 27		
Hermann Heijermans	P. P.	WB	49/849	2. 12. 24		
Heil,Kaiser,Dir–!	I. W.	WaM		23. 1. 22		[3]122
Heimarbeiter	I. W.	WB	34/297	21. 8. 28		[6]198
Heimat	K. T.				Dt. Dt.	[7]312
Heimgefunden	Th. T.	WB	27/24	5. 7. 27		[5]251
Heimg'funden	Th. T.	WB	25/730	17. 6. 20		[2]362
Heimkehr	K. H.	WB	40/394	25. 9. 19		
Heimweh nach den großen Städten	P. P.	Voss.		26. 8. 28		[6]202
Heinrich Zille	Th. T.	WB	36/366	3. 9. 29	LL	[7]176
Hej –!	Th. T.	WB	44/664	29. 10. 29		[7]226
Helden am Telefon	I. W.	BVZ		21. 8. 22		[3]266
Helft helfen	I. W.	Aufruf z. Winterhilfe d. Roten Hilfe		Dez. 1931		
Hellpach und Hau	I. W.	WB	47/809	24. 11. 25		
Helm ab –!	Th. T.	WB	48/519	28. 11. 18		[1]345
Henny Noske	I. W.	WB	37/303	4. 9. 19		[10]187
Henri Barbusse und die Platte ‹Lord help me –!›	I. W.	WB	47/763	19. 11. 29		[7]250
Hepp hepp hurra! *«Das deutsche Volk ...»*	I. W.	WaM		14. 2. 21		[3]14

Titel	Autor	Buch Zeitg. Zeitschr.	Nr. und Seite	Datum	Original-Buch-veröffentl.	Bd. u. Seite unserer Ausgabe
Hepp hepp hurra! *Der berliner Arzt . . .*	I. W.	Frei.		15. 10. 20		[2]425
Herausgeber oder Verleger?	I. W.	WB	28/32	14. 7. 21		[3]36
Herbert der Einese	P. P.	SB	36/850	4. 9. 13		
Hering ist gut – Schlagsahne ist gut – wie gut . . .	P. P.	WB	37/422	9. 9. 30		[8]216
Hermann Heijermans	P. P.	WB	49/849	2. 12. 24		
Hermine	P. P.	WB	27/18	5. 7. 23	Dt. Dt.	[3]338
Herr Adolf Bartels	I. W.	WB	12/291	23. 3. 22		[3]144
Herr Ahlmann	P. P.	Voss.	424/–	8. 9. 29		[7]176
Herr Bedel liebt auf dem 48 Grad	P. P.	Voss.	430/–	12. 9. 29		
«Herr Gumpel – schicken Sie mich!»	P. P.	WB	28/59	8. 7. 20		
Herr Konferenzrat Andersen	P. P.	Voss.		14. 8. 27		[5]278
Herr Maurras vor Gericht	I. W.	WB	38/436	22. 9. 25		[4]215
Herr Schwejk	I. W.	WB	23/892	8. 6. 26		[4]456
Herr und Frau Wichtig lassen zu Tisch bitten!	P. P.	WB	2/45	8. 1. 29		[7]25
Herr Wendriner beerdigt einen	K. H.	WB	35/345	1. 9. 25	5 PS	[4]203
Herr Wendriner betrügt seine Frau	K. H.	WB	40/543	6. 10. 25	5 PS	[4]233
Herr Wendriner diktiert einen Brief	K. H.	WB	14/523	3. 4. 28		[6]95
Herr Wendriner erzählt eine Geschichte	K. H.	WB	21/824	25. 5. 26	5 PS	[4]447
Herr Wendriner erzieht seine Kinder	K. H.	WB	14/521	7. 4. 25	5 PS	[4]90
Herr Wendriner geht ins Theater	K. H.	WB	50/929	14. 12. 26		[4]560
Herr Wendriner hat Gesellschaft	K. H.	WB	32/214	11. 8. 25	5 PS	[4]182

Titel	Autor	Buch Zeitg. Zeitschr.	Nr. und Seite	Datum	Original-Buch-veröffentl.	Bd. u. Seite unserer Ausgabe
Herr Wendriner in Paris	K. H.	WB	18/709	4. 5. 26		[4]431
Herr Wendriner kann nicht einschlafen	K. H.	WB	13/510	30. 3. 26	5 PS	[4]393
Herr Wendriner kauft ein	K. H.	WB	43/636	23. 10. 24	5 PS Dt. Dt.	[3]486
Herr Wendriner läßt sich die Haare schneiden	K. H.	WB	38/461	22. 9. 25		[4]221
Herr Wendriner läßt sich massieren	K. H.	WB	26/976	25. 6. 29		[7]112
Herr Wendriner nimmt ein Bad	K. H.	WB	26/971	30. 6. 25	5 PS	[4]155
Herr Wendriner steht unter der Diktatur	K. H.	WB	41/559	7. 10. 30	LL	[8]237
Herr Wendriner telefoniert *(s. u. Zehn Minuten)*	K. H.	WB	27/19	6. 7. 22	5 PS	[3]216
Herr Wichtig	I. W.	WB	34/312	25. 8. 31		
Herren und Kerls	I. W.	BT	251/–	2. 6. 19		
Herrn Wendriners Jahr fängt gut an	K. H.	WB	1/30	5. 1. 26		[4]312
Herz mit einem Sprung	Th. T.	WB	5/175	3. 2. 31	LL	[9]123
Guido Herzfeld	P. P.	WB	25/637	22. 6. 22		
Rudolf Herzog – ein deutscher Mann	I. W.	WB	39/462	25. 9. 24	Dt. Dt.	[3]463
Hetären-Gespräche	K. H.	WB	26/962	30. 6. 31		[9]234
Heute zwischen Gestern und Morgen	Th. T.	WB	22/831	31. 5. 32		[10]90
Hexenprozesse in alter und neuer Zeit	P. P.	Frei.		12. 9. 20		[2]412
Himmlische Nothilfe	P. P.	Simpl.	–/446	15. 12. 30		[8]321
Hinrichtung	K. T.	Vorw.		7. 2. 12		[1]45
Hinter der Venus von Milo	P. P.	Voss.		28. 4. 26		[4]419

Titel	Autor	Buch Zeitg. Zeitschr.	Nr. und Seite	Datum	Original-Buch-veröffentl.	Bd. u. Seite unserer Ausgabe
Historisches	I. W.	WB	4/144	26. 1. 32		[10]21
Hitler und Goethe	K. H.	WB	20/751	17. 5. 32		[10]78
Hochherrschaftliche Wohnungen	P. P.	SB	16/451	17. 4. 13		
Holder Friede	Th. T.	WB	39/490	24. 9. 29		[7]195
Gussy Holl	P. P.	SB	26/27/688	3. 7. 13		[1]97
Arno Holz	P. P.	WB	20/574	13. 5. 20		
Arno Holz und sein Werk	K. T.	Werk Verl.		1923		
Holzapfel und Schlehwein	P. P.	SB	49/1209	4. 12. 13		[1]132
Home, sweet home	Th. T.	SB	10/288	5. 3. 14	Fr. Gs.	[1]183
Horizontaler und vertikaler Journalismus	I. W.	WB	2/49	13. 1. 25		[4]13
Horoskop 1928	Th. T.	Uhu	4/12	Jan. 1928		[6]7
Hotelunwesen	P. P.	WB	33/269	16. 8. 27		
Huh, wie schauerlich!	I. W.	WB	27/34	5. 7. 27		[5]252
100%	P. P.	Lose Bl.	8/122	1930		[8]11
Ibsen und der Nationalconcierge	P. P.	Voss.		3. 4. 28		
Ich als Reklamefachmann	P. P.	WB	42/437	14. 10. 20		
Ich bin ein Mörder	I. W.	WB	45/703	6. 11. 28	Dt. Dt.	[6]297
Ich dachte schon ...	K. H.	WB	27/747	26. 6. 19		[2]113
Ich gehe mit einer langen Frau	P. P.	Voss.	302/–	30. 6. 31		[9]236
Ich ging im Walde ... *(s. u. Die Reihenfolge)*	Th. T.	WB	46/469	14. 11. 18	Fr. Gs. ML	[1]343
Ich habe mich erkältet	Th. T.	WB	40/520	1. 10. 29		[7]197
Ich habe noch ...	P. P.	BT	559/–	24. 11. 19		[2]205
«Ich kann Ihnen vertraulich mitteilen ...»	P. P.	Voss.	116/–	9. 3. 30		[8]64

Titel	Autor	Buch Zeitg. Zeitschr.	Nr. und Seite	Datum	Original-Buch-veröffentl.	Bd. u. Seite unserer Ausgabe
Ich möchte Student sein	P. P.	Voss.	46/–	27. 1. 29		[7]37
«Ich rufe vor eins noch mal an –!»	P. P.	Voss.	20/–	12. 1. 30	LL	[8]17
Ich schnitt es gern . . .	K. H.	WB	41/420	2. 10. 19		[2]166
Ideal und Wirklichkeit	Th. T.	WB	45/710	5. 11. 29	LL	[7]238
Idyll an der Leine	P. P.	WB	45/732	9. 11. 26		[4]535
Idylle	P. P.	WB	16/424	10. 4. 19		[2]74
If . . .	P. P.	WB	46/787	16. 11. 26	5 PS	[4]543
Ilka Grüning	K. T.	WB	33/170	7. 8. 19		[2]137
Illustrierte Welt	Th. T.	WB	52/963	27. 12. 27		[5]426
Im Bade	Th. T.	Ulk	32/–	8. 8. 19		
Im Blauen Vogel	P. P.	WB	13/420	27. 3. 24		
Im Gefängnis begreift man	K. T.	WB	50/902	15. 12. 31		[9]322
Im Käfig	Th. T.	WB	22/507	30. 5. 18	Fr. Gs.	[1]301
Im kommenden Jahr	I. W.	AIZ	1/3	1929		[7]7
Im Ruhestand	I. W.	WB	44/699	3. 11. 25		
Im Saal	I. W.	BVZ		5. 12. 19		[10]180
Im Tollhause	I. W.	WB	9/282	26. 2. 20		[2]285
Im Tunnel	P. P.	Voss.	292/–	23. 6. 29		[7]103
Im weißen Rößl	P. P.	WB	21/605	20. 5. 20		
Im Wintergarten	P. P.	WB	3/85	20. 1. 21		
Imma mit die Ruhe!	Th. T.	WB	40/525	6. 10. 31		[9]304
Immer	Th. T.	Simpl.	47/576	17. 2. 30		[9]310
Immer raus mit der Mutter . . .!	Th. T.	WB	23/786	5. 6. 24	LL	[3]388
Impressionistische Kritik	P. P.	SB	19/532	8. 5. 13		
Improvisationen im Juni	I. W.	WB	49/571	6. 12. 23		
In aller Eile	Th. T.	WB	31/180	30. 7. 29		[7]152
In der ersten Reihe *gibt es zwei . . .*	P. P.	Voss.		18. 12. 27		
In der ersten Reihe *Unmittelbar vor mir bummert der Mann . . .*	P. P.	Voss.		25. 4. 26		[4]415
In der Geburtsstadt Fragonards	P. P.	Voss.		27. 11. 24	LL	[3]513

Titel	Autor	Buch Zeitg. Zeitschr.	Nr. und Seite	Datum	Original-Buch-veröffentl.	Bd. u. Seite unserer Ausgabe
In der Hotelhalle	P. P.	Voss.		10. 8. 30		[8]181
In der Provinz	I. W.	Frei.		16. 5. 20		[2]327
In der Strafkolonie	P. P.	WB	23/655	3. 6. 20		[2]344
In der Zelle	K. H.	WB	35/224	1. 9. 21		[3]43
In des Waldes tiefsten Gründen	K. T.	Simpl.	3/40	20. 4. 14	Träum.	[1]203
In einer Bar	I. W.	BVZ		4. 4. 20		
In Reserve	P. P.	Voss.		17. 3. 27		
In Sachen ...	Th. T.	SB	41/349	10. 10. 16		
In Uniform	I. W.	WB	10/371	8. 3. 27		[5]171
In Weißensee	Th. T.	WB	20/741	19. 5. 25	5 PS	[4]123
In Zivil	I. W.	BT	623/—	5. 12. 18		[1]346
Indizien	I. W.	WB	38/455	17. 9. 29		[7]188
Ingo	P. P.	WB	50/688	9. 12. 20		
Interessieren Sie sich für Kunst—?	I. W.	Zürch. Stud.	2/64	Mai 1926		[4]421
Interview	K. H.	WB	17/670	27. 4. 26	5 PS	[4]417
Interview mit Frau Doumergue	P. P.	Voss.		31. 7. 24	LL	[3]420
Interview mit sich selbst	P. P.	BT	414/—	3. 9. 19	LL	[2]151
Intimer Dialog	Ignaz	Vorw.		9. 4. 13		
Ist das deutsche Buch zu teuer—? *Es gibt ...*	P. P.	WB	6/208	7. 2. 28		[6]43
Ist das deutsche Buch zu teuer? *So habe ich ...*	P. P.	WB	11/422	12. 3. 29		
Ist die Reichswehr der Feuerwehr vergleichbar? *(s. u. Die Feuerwehr)*	anonym	WB	10/357	1. 3. 27	Dt. Dt.	[7]297
Ist es denn nun wirklich wahr, was man hat vernommen —	I. W.	WB	16/612	16. 4. 29	LL	[7]64
Ist man schon wieder keusch —?	I. W.	WB	47/828	23. 11. 26		
Iste Goethe	P. P.	WB	39/334	23. 9. 20		[2]415
Ja, Bauer, das ...!	Th. T.	WB	37/403	10. 9. 29		[7]185
Ja früher ... *Daß ein Kriminalwachtmeister ...*	Th. T.	Frei.		18. 7. 22		

Titel	Autor	Buch Zeitg. Zeitschr.	Nr. und Seite	Datum	Original-Buch-veröffentl.	Bd. u. Seite unserer Ausgabe
«Ja, früher —!» *Die französische ‹Assiette au beure›*	P. P.	SB	33/34/133	27. 8. 14		
«Ja, früher ...!» *In den alten ‹Fliegenden Blättern›*	P. P.	8	83/–	11. 4. 23		[3]317
Siegfried Jacobsohn †	K. T.	WB	49/873	7. 12. 26		[4]570
S. J.	Th. T.	WB	37/423	9. 9. 30		[8]211
Jagow vorm Reichsgericht	Th. T.	WB	50/609	15. 12. 21		[3]101
Jahrgang 1905	I. W.	WB	33/242	14. 8. 28		[6]192
Jakob Wassermann und sein Werk	P. P.	WB	38/430	18. 9. 24		[3]459
Jakubowski	Th. T.	WB	42/589	16. 10. 28	LL	[6]268
Japanische Straßenbahnschaffnerinnen	Th. T.	AIZ	14/268	1930		
Jaurès im Panthéon	I. W.	WB	49/823	2. 12. 24		[3]517
Jean III. «Vive le Roi –!»	P. P.	Voss.		14. 4. 26		
Jemand besucht etwas mit seinem Kind	K. H.	WB	10/350	10. 3. 25	5 PS	[4]58
Jener	Th. T.	WB	41/546	9. 10. 24		[3]473
Joachim der Erste (genannt Ringel)	P. P.	WB	43/638	25. 10. 27		[5]353
Joebbels	Th. T.	WB	8/287	24. 2. 31		[9]138
Johanna vom Bogen	P. P.	Voss.	106/–	3. 3. 29		
Jonathans Wörterbuch	P. P.	Voss.	352/–	28. 7. 29		[7]148
Journalistischer Nachwuchs	I. W.	WB	1/12	3. 1. 28		[6]13
Jubelgesang des Bürgers *(s. u. Angst des Kapitalisten vor der Einigkeit der Arbeiter)*	Th. T.	Fr. W.	39/3	17. 10. 20		

Titel	Autor	Buch Zeitg. Zeitschr.	Nr. und Seite	Datum	Original-Buch-veröffentl.	Bd. u. Seite unserer Ausgabe
Jubiläum *Guckt ihr herüber aus den anderen Betten – ?*	K. T.				Dt. Dt.	
Jubiläum *Seid ihr alle noch da –?*	Th. T.	WB	12/423	18. 3. 30		[8]74
Jugend und Welt	P. P.	Voss.	590/–	14. 12. 28		
Jules Renard	P. P.	Voss.		18. 3. 30		
Juli 14	I. W.	WB	30/119	23. 7. 29		[7]139
Junge Autoren	Th. T.	WB	27/17	2. 7. 29		[7]124
Hans Junkermann	P. P.	SB	39/933	25. 9. 13		
Juristen	K. T.	ZiB	Jg. XII/4	22. 1. 14		
Juristentag in Wien	Kurt	Vorw.		8. 9. 12		
Justitia	I. W.	BT	11/–	14. 1. 19		
Justitia mit dem Rotstift	I. W.	Frei.		17. 11. 20		
Justitia schwoft!	K. H.	Fr. W.	27/5	25. 7. 20	ML	[7]288
Kabarett-Rückblick	K. T.	Var.	VI/241	5. 7. 13		
Kabarett zum Hakenkreuz	P. P.	Voss.	302/–	29. 6. 30		
Kadett Ludendorff	I. W.	WaM		10. 4. 22		[3]166
Kadettenliteratur	I. W.	WB	35/236	26. 8. 20		[2]404
Kähne	Th. T.	WB	10/248	9. 3. 22		[3]140
Kaiserallee 150	P. P.	BT	276/–	18. 6. 20		
Kaiserbilder	I. W.	WB	46/583	6. 11. 19		
Kammerspiele	K. H.	WB	30/83	17. 7. 19		
Kampfmittel	I. W.	WB	52/1015	28. 12. 26		[4]568
Kandidaten! Kandidaten!	von einem Berliner	BVZ		12. 10. 19		
Kapp-Lüttwitz	I. W.	WB	12–14/357	25. 3. 20		[2]294
Karl Kraus	I. W.	Frei.		31. 5. 20		
Karl Kraus liest	K. T.	BT	39/–	22. 1. 20		[2]261
Karls letzter Putsch	Th. T.	WB	44/449	3. 11. 21		[3]76
Karrieren	Th. T.	WB	48/807	25. 11. 30	LL	[8]305
Kartengruß aus dem Engadin	Th. T.	WB	30/151	27. 7. 26		[4]471

Titel	Autor	Buch Zeitg. Zeitschr.	Nr. und Seite	Datum	Original-Buch-veröffentl.	Bd. u. Seite unserer Ausgabe
Katharinentag ohne Kußfreiheit	P. P.	Tem.		29. 11. 28		
Katzenmutter in Paris	P. P.	Voss.		5. 12. 26		[4]552
Kehrseite	I. W.	WB	29/72	15. 7. 20		[2]378
Keinen Mann und keinen Groschen –! *Man denke sich einen Feuerwehrhauptmann . . .*	I. W.	DAD		1. 5. 26		[4]424
Keinen Mann und keinen Groschen *Der Kriegsminister Geßler . . .*	K. T.	WB	14/527	5. 4. 27		[5]191
Alfred Kerr	Th. T.	WB	51/936	20. 12. 27		[5]423
Kinder, Kinder, sind das Zeiten! *(s. u. Vom Radauhumoristen)*	I. W.	BVZ		19. 4. 22		[3]171
Kindertheater	K. T.	Ark.	–/201	1913		[1]79
Kino *Das hat mir am Kino besonders gefallen . . .*	von einem Berliner	BVZ		1. 7. 19		
Kino *«Wat sagste nu . . .»*	Ignaz	SB	6/181	6. 2. 13		
Kino *Wird Gustav, der Kommis, entlassen?*	Ignaz	SB	30/31/752	31. 7. 13	Fr. Gs.	[1]101
Kino privat	Th. T.	WB	16/589	15. 4. 30	LL	[8]111
Kino-Atelier	Th. T.	Ulk	41/–	10. 10. 19		[2]191
Kino-Zensur	I. W.	WB	38/308	16. 9. 20		
Kinomüdigkeit *Die ‹Erste Internationale Filmzeitung› widmet . . .*	anonym	Vorw.		27. 5. 13		

Titel	Autor	Buch Zeitg. Zeitschr.	Nr. und Seite	Datum	Original-Buch-veröffentl.	Bd. u. Seite unserer Ausgabe
Kinomüdigkeit *Gott sei Dank*	anonym	Vorw.		5. 5. 13		
Kintopp. Glaube oder Kurpfuscherei *(s. u. Der Wallfahrtsort Lourdes in Frankreich)*	I. W.	AIZ	28/–	1929		
Kirche und Wolkenkratzer	Th. T.	AIZ	6/108	1930		[8]44
Harfenjulius Klabund	P. P.	WB	28/73	12. 7. 27		[5]258
Klagelied eines Einsamen	K. H.	WB	44/515	12. 10. 19		
(Nachdruck)	Th. T.	WB	46/526	16. 11. 22		[2]185
Klante	Th. T.	WB	37/271	15. 9. 21		
Klavierspiel nach dem Essen	K. H.	WB	36/386	6. 9. 27	ML	[5]303
Kleine Anfragen	Th. T.	WB	26/599	27. 6. 18		
Kleine Anzeigen	P. P.	WB	23/871	5. 6. 28		
Kleine Begebenheit	P. P.	WB	27/20	7. 7. 21	5 PS	[3]35
Kleine Bitte	P. P.	Voss.	104/–	3. 3. 31		[9]145
Kleine Dienstreise	Th. T.	WB	36/375	7. 9. 26	Dt. Dt.	[4]491
Kleine Entgegnung	P. P.	WB	53/772	30. 12. 20		
Kleine Erinnerungen	P. P.	Voss.	252/–	31. 5. 29		
Kleine Fingerübung	Th. T.	WB	12/362	20. 3. 24		
Kleine Leute	P. P.	SB	8/230	19. 2. 14		
Kleine Nachrichten *Der geschlagene Weltmeister …*	K. H.	WB	36/378	8. 9. 31		[9]284
Kleine Nachrichten *Die Sowjet-Regierung …*	K. H.	WB	11/411	15. 3. 32		[10]51
Kleine Nachspeisen	P. P.	WB	16/446	21. 4. 21		[3]25
Kleine Reise 1923	P. P.	WB	1/24	3. 1. 24	5 PS	[3]365
Kleine Station	P. P.	WB	35/353	31. 8. 26	5 PS	[4]486
Kleine Szene	P. P.	WB	17/457	17. 4. 19		

Titel	Autor	Buch Zeitg. Zeitschr.	Nr. und Seite	Datum	Original-Buch-veröffentl.	Bd. u. Seite unserer Ausgabe
Kleine Vorrede	I. W.				Zsp.	[1]145
Kleine Wahl-nachrichten	anonym	WB	37/415	9. 9. 30		
Kleine Warnung	Th. T.	Flieger		1917/18		
Kleine Zeit	P. P.	WB	37/304	4. 9. 19		
Kleiner Brief	P. P.	WB	24/913	11. 6. 29		
Kleiner Jubel mit Fransen	P. P.	WB	35/311	26. 8. 30		
Kleiner Mann vor der Weinstube	P. P.	WB	38/221	21. 9. 22		[3]285
Kleiner Streik	Th. T.	WB	46/564	11. 11. 20		
Kleiner Vorschlag	I. W.	WB	1/33	6. 1. 31		[9]109
Kleines Gespräch mit unerwar-tetem Ausgang	Th. T.	Vorw.	103/—	8. 5. 12		
(Nachdruck)	Th. T.	SB	17/480	23. 4. 14	Fr. Gs.	[1]208
Kleines Glockenspiel	Th. T.	WB	23/904	7. 6. 27	Dt. Dt.	[5]228
Kleines Operettenlied	Th. T.	WB	25/928	17. 6. 30		[8]162
Kleines Trällerlied	Th. T.	WB	44/492	28. 10. 20		[2]432
Klein-Piepen-eichen	Th. T.	Ulk	39/—	26. 9. 19		
Klio mit dem Griffel	I. W.	WB	30/108	22. 7. 20		[2]383
Eugen Klöpfer	P. P.	WB	43/491	16. 10. 19		[2]179
Kochrezepte	K. H.	WB	29/90	20. 7. 26	ML	[4]470
Koffer auspacken	P. P.	Voss.		19. 2. 27	LL	[5]153
Kollegen	P. P.	WB	38/476	21. 9. 26		
Kölner Rhein-brücke	K. T.				Dt. Dt.	
Kolonne	Th. T.	BT	526/—	14. 10. 18		[1]332
Kolossal berühmt	P. P.	WB	11/418	15. 3. 32		[10]54
Komische Oper	P. P.	WB	21/540	25. 5. 22		
Das ist ein Komma . . .	P. P.	WB	43/650	27. 10. 31		
Komödienhaus: Kammermusik	tu	Vorw.		26. 1. 14		
Konfekt	P. P.	WB	41/386	13. 10. 21		
Konfusion um Zeisig	K. H.	WB	38/451	18. 9. 28		[6]235
König contra Reimann	P. P.	WB	14/452	3. 4. 24		[3]376

Titel	Autor	Buch Zeitg. Zeitschr.	Nr. und Seite	Datum	Original-Buch-veröffentl.	Bd. u. Seite unserer Ausgabe
Königsmacher in der Bretagne	P. P.	Voss.		3. 10. 26		[4]515
Königsmark	P. P.	Voss.		2. 1. 25		
Konjugation in deutscher Sprache	K. H.	WB	19/734	8. 5. 28	ML	[6]131
Konjunktur	P. P.	WB	40/529	1. 10. 29		[7]198
Konsumvereins-teufel	P. P.	SB	12/347	19. 3. 14		
Konversation	K. H.	WB	20/785	18. 5. 26	5 PS	[4]444
Kopenhagener krabbeln auf ein Kriegsschiff	I. W.	WB	25/976	21. 6. 27		[5]234
Kopf hoch	Th. T.	Ulk	20/–	6. 5. 19		
Köpfe	I. W.	WB	4/152	22. 1. 29	Dt. Dt.	[7]36
Körperkultur	K. H.	WB	50/706	4. 12. 19		[2]218
Korrespondenten reisen	P. P.	WB	8/311	19. 2. 29		[7]42
Korrespongdanx	P. P.	WB	48/818	26. 11. 29	LL	[7]267
Krach!	P. P.	WB	27/21	6. 7. 22		[3]217
Krankheit und Besserung	P. P.	BT	521/–	3. 11. 19		
Karl Kraus	I. W.	Frei.		31. 5. 20		
Karl Kraus liest	K. T.	BT	39/–	22. 1. 20		[2]261
Krethi und Plethi	Th. T.	BT	487/–	23. 9. 18	Fr. Gs.	[1]323
Kreuzworträtsel mit Gewalt	P. P.	Voss.	386/–	17. 8. 30	LL	[8]184
Krieg	P. P.	WB	35/233	21. 8. 19		[2]144
Krieg dem Kriege	Th. T.	Ulk	24/–	13. 6. 19		[2]112
Krieg gleich Mord	I. W.	WB	16/588	19. 4. 32		[10]65
Krieg und Friede *(s. u. 's ist Krieg!)*	K. H.	WB	32/145	31. 7. 19	Fr. Gs.	[2]133
Kriegsandenken	Th. T.	BVZ		1. 8. 20		[2]391
Kriegsdienst-verweigerer	I. W.	WB	21/537	25. 5. 22		
Kriegsfilme	I. W.	WB	5/195	1. 2. 27		
Kriegsgefangen	K. H.	WB	15/387	3. 4. 19	Fr. Gs.	[2]72
Kriminalromane	P. P.	Tem.		11. 9. 28		[6]229
Kritik	Ignaz	SB	22/23/617	5. 6. 13	Fr. Gs.	[1]97
Kritik als Berufs-störung	P. P.	WB	46/749	17. 11. 31		[9]312
Kritik aus der Erinnerung *(s.u. Der Rekrut)*	P. P.	WB	52/945	24. 12. 29		[7]276

Titel	Autor	Buch Zeitg. Zeitschr.	Nr. und Seite	Datum	Original-Buch-veröffentl.	Bd. u. Seite unserer Ausgabe
Kritik der tausend Nasenlöcher	P. P.	Mag. Gen.				[8]84
Kritik des Parketts	P. P.	SB	41/986	26. 3. 30 9. 10. 13		
Kritik mit Nachsatz	P. P.	WB	25/732	17. 6. 20		[2]363
Kritik über den lieben Gott	K. H.	WB	23/789	5. 6. 24		
Küche in der Hochsaison	P. P.	Voss.	284/–	5. 12. 29		
‹Kulissen›	P. P.	WB	24/981	14. 6. 32		[10]93
Kümmernis	Th. T.	WB	42/372	17. 10. 18	Fr. Gs.	[1]335
Kunst und Kaufmann	anonym	Vorw.		29. 6. 13		
Kunst und Zensur	K. T.	Vorw.		25. 4. 11		
Künstler und Gesellschaft	I. W.	WB	40/519	2. 10. 24		
Künstlers Widerhall *(s.u. Rundfrage)*	P. P.	Voss.	267/–	8. 6. 30		[8]155
Kuppelei	I. W.	Frei.		29. 8. 20		[2]409
Kurländisches Landsknechtslied	K. H.	WB	43/486	16. 10. 19		
Kurt Tucholsky haßt – liebt	K. T.	Voss.		1. 1. 28		[6]7
Kurzer Abriß der Nationalökonomie	K. H.	WB	37/393	15. 9. 31		[9]287
Kusch!	von einem Berliner	BVZ		27. 3. 19		
«La Scintillante»	P. P.	Voss.		21. 9. 27		
Lachen und Lächeln	I. W.	WB	22/829	2. 6. 25		
Lachkabinett	P. P.	WB	31/116	24. 7. 19		
Lamento *Der deutsche Mann (s. u. Die Frau spricht)*	Th. T.	WB	1/11	6. 1. 31	LL	[9]102

Titel	Autor	Buch Zeitg. Zeitschr.	Nr. und Seite	Datum	Original-Buch-veröffentl.	Bd. u. Seite unserer Ausgabe
Lamento *Wenn ich bei meiner Marmeladenstulle ...*	Th. T.	Ulk	47/–	23. 11. 19		
Lampenfieber	P. P.	WB	3/111	14. 1. 30	LL	[8]24
Landfahrer und Abenteurer	P. P.	SB	3/86	15. 1. 14		[1]166
Landratsdämmerung	Th. T.	WB	43/395	24. 10. 18		
Landtagswahl	Ignaz	Vorw.		16. 5. 13		
Larissa Reissner	I. W.	WB	8/298	22. 2. 27		[5]155
Lärmschutz	I. W.	Kunst.	2. Febr. H. 10/312	1914		
Laster und Liebe	I. W.	SB	52/1286	25. 12. 13		[1]135
Lautenlied *Einen Offizier mit Namen Hiller ...*	K. H.	WB	2/42	8. 1. 20		
Lautenlied *Verdreckt, verwanzt, verflöht, verlaust ...*	Th. T.	Ulk	2/–	9. 1. 20		
Le Brelan de Joie	P. P.	WB	8/295	24. 2. 25		
Le comique voyageur *(s. u. Der darmstädter Armleuchter)*	P. P.	WB	25/936	19. 6. 28	ML	[6]151
Le ‹lied›	P. P.	WB	8/305	23. 2. 26	5 PS	[4]356
Lebensgeschichte eines Rebellen	P. P.	WB	26/966	30. 6. 25		[4]152
Lebensmittel! Lebensmittel!	Th. T.	Ulk	13/–	28. 3. 19		[10]187
Ledebour	Th. T.	WB	8/279	24. 2. 25	ML	[4]49
Leere	K. H.	WB	18/672	29. 4. 30		[8]123
Leerlauf	I. W.	WB	40/373	30. 9. 20		[2]418
Lehár am Klavier	P. P.	WB	34/307	25. 8. 31		[9]270
Lehrgedicht	Th. T.	WB	29/105	16. 7. 29	LL	[7]136
Leichenreden	I. W.	BVZ		3. 8. 19		[2]133
Lenkbare Malerei	Th. T.	Simpl.	–/324	?		
Lenz	Th. T.	Flieger		1917/18		
Lenzeshoffnung	Th. T.	Manusk.				

Titel	Autor	Buch Zeitg. Zeitschr.	Nr. und Seite	Datum	Original-Buch-veröffentl.	Bd. u. Seite unserer Ausgabe
Lenzliche Leitartikel	P. P.	Simpl.	–/710	26. 3. 28		[6]79
Leo Bakst	P. P.	SB	12/347	20. 3. 13		
Leonce und Lena	P. P.	SB	28/29/722	17. 7. 13		[1]99
Les Abattoirs	I. W.	WB	36/367	8. 9. 25	5 PS	[4]205
Lesefrucht	I. W.	WB	23/851	3. 6. 30	LL	[8]154
Leskow	P. P.	WB	17/434	27. 4. 22		[3]173
L'Esprit	P. P.	WB	36/389	7. 9. 26		[4]488
Letzte Fahrt	Th. T.	WB	40/372	5. 10. 22	5 PS	[3]286
Liberty begins at home	K. T.	WB	16/627	19. 4. 27		
Lichtenberg	P. P.	WB	26/964	28. 6. 32		[10]100
Lichtreklame	Th. T.	WB	32/135	10. 8. 22		
Liebe Schweiz!	I. W.	WB	19/712	10. 5. 32		
Liebe Weltbühne *Hier in Basel . . .*	P. P.	WB	3/117	17. 1. 33		
Liebe Weltbühne *In Berlin . . .*	anonym	WB	21/779	20. 5. 30		
Lieber Arnold Zweig	P. P.	SB	17/486	23. 4. 14		[1]209
Lieber Arthur Eloesser!	P. P.	WB	2/72	13. 1. 25		
Lieber Jakopp!	P. P.				Pyr.	[4]610
Lieber Simplicissimus	P. P.	SB	25/26/674	25. 6. 14		
Lieber Vollbart	P. P.	WB	26/762	24. 6. 20		
Lieber Willy Haas *(s. u. Rundfrage: Zur Psychologie des Marxismus und der «radikalen» Literaten)*	K. T.	Lit.	19/7	7. 5. 27		[5]214
Liebespaar am Fenster	Th. T.	Uhu	2/47	Nov. 1928		[6]290
Liebespaar in London	P. P.	Voss.	276/–	14. 6. 31		[9]228
Lied ans Grammophon	Th. T.	WB	23/853	9. 6. 31		[9]227
Lied der Cowgoys	Th. T.	WB	40/522	1. 10. 30	LL	[8]234
Lied der Kupplerin	Th. T.	WB	41/562	11. 10. 27		[5]343
Lied der Steinklopfer	K. T.				Dt. Dt.	[7]310
Lied fürs Grammophon	Th. T.	WB	1/21	1. 1. 29	LL	[7]11

Titel	Autor	Buch Zeitg. Zeitschr.	Nr. und Seite	Datum	Original-Buch-veröffentl.	Bd. u. Seite unserer Ausgabe
Lieder aus dem Rinnstein	P. P.	WB	44/500	28. 10. 20		
Literatur-Walzer	Th. T.	WB	47/586	18. 11. 20		[2]440
Lorbeeren der herrschenden Klasse *(s. u. Für Max Hölz)*	Th. T.	Knüp.	7/–	Juli 1926		[4]466
Maud Loti	P. P.	WB	23/790	5. 6. 24		
Lottchen beichtet 1 Geliebten *(s. u. Das Lottchen)*	P. P.	Voss.	38/–	23. 1. 31	LL	[9]116
Lottchen besucht einen tragischen Film *(s. u. Das Lottchen)*	P. P.	Voss.	246/–	20. 10. 29	LL	[7]220
Lottchen wird saniert *(s. u. Das Lottchen)*	P. P.	Voss.	132/–	19. 3. 31	LL	[9]154
Lourdes						
I Der Soldat Paul Colin	P. P.				Pyr.	[5]54
II Ein Tag	P. P.				Pyr.	[5]56
III Siebenundsechzig Jahre	P. P.				Pyr.	[5]64
IV Der Sardellenkopf	P. P.				Pyr.	[5]76
Löwenliebe	Th. T.	WB	27/27	1. 7. 20		[2]371
Lücke *(s. u. Finish)*	Th. T.	WB	13/503	29. 3. 27	5 PS	[5]188
Ludendorff	I. W.	Frei.		9. 5. 20		[2]323
Ludendorff oder der Verfolgungswahn	Th. T.	WB	45/700	6. 11. 28		[6]296
Kadett Ludendorff	I. W.	WaM		10. 4. 22		[3]166
Ludwig Thoma	P. P.	WB	8/254	19. 2. 20		[2]284
Emil Ludwig in Paris	P. P.	Voss.		26. 3. 26		
Luftveränderung	Th. T.	BIl.	51/1511	21. 12. 24		[3]534
Lunatscharski in Paris	P. P.	Voss.		14. 3. 26		
Lustbarkeitssteuer	Th. T.	Ulk	3/–	16. 1. 20		

Titel	Autor	Buch Zeitg. Zeitschr.	Nr. und Seite	Datum	Original-Buch-veröffentl.	Bd. u. Seite unserer Ausgabe
Lützows wilde Jagd	Theobald Körner	WB	6/210	9. 2. 26		[4]347
Lyrik der Antennen	P. P.	Voss.	418/–	5. 9. 31		[9]280
Macchiavelli	I. W.	WB	42/357	17. 10. 18		[1]333
«Machen Sie das mal den ganzen Tag –!»	Th. T.	AIZ	13/249	1930		[8]86
Macht und Mensch	I. W.	WB	25/721	17. 6. 20		[2]359
Mädchen aus Samoa	Th. T.	AIZ	34/11	1928		[6]201
Mädchenhandel in Buenos Aires	P. P.	WB	27/18	5. 7. 27		[5]246
Mademoiselle Bourrat	P. P.	Voss.		14. 12. 26		
Maienklang und die soziologische Situation	P. P.	WB	28/56	12. 7. 32		[10]104
Mal singen, Leute –!	Th. T.	WB	47/763	18. 11. 24	5 PS	[3]509
Malborough s'en va-t-en guerre	P. P.	WB	6/209	10. 2. 25		[4]41
Malende Eisenbahner	P. P.	Tem.		3. 11. 28		
Malwine	Th. T.	WB	46/732	11. 11. 30	LL	[8]288
Man muß dran glauben ...	P. P.	BT	508/–	27. 10. 19		[2]186
Man sollte mal ...	P. P.	Voss.		23. 1. 27	ML	[5]143
Mancher lernts nie	P. P.	WB	20/738	13. 5. 30		[8]135
Mann am Spiegel *(s. u. Der Mann am Spiegel)*	K. H.	WB	2/61	10. 1. 28	ML	[6]16
«Manoli linksrum –!»	P. P.	8	218/–	Sept. 1923		[3]352
Mappe gegen den Krieg	I. W.	WB	20/756	19. 5. 25		
Marburger Nachwuchs	K. H.	Frei.		23. 6. 20		[2]366
Marburger Studentenlied	Th. T.	WB	28/55	8. 7. 20		[2]372
Märchen	anonym	Ulk	47/–	22. 11. 07	5 PS	[1]39
Marinetti in Paris	P. P.	WB	29/97	21. 7. 25		

Titel	Autor	Buch Zeitg. Zeitschr.	Nr. und Seite	Datum	Original-Buch-veröffentl.	Bd. u. Seite unserer Ausgabe
Marionetten der Mode	I. W.	SB	38/890	18. 9. 13		
Marke: Essig	Th. T.	Frei.		5. 12. 20		[2]452
Marschlied nach den Wahlen	Th. T.	WB	39/473	23. 9. 30		[8]222
Marseille	P. P.	Voss.	538/–	22. 11. 24		[10]192
Märtyrer	I. W.	WB	35/325	1. 9. 25		[4]200
Massary	K. T.	SB	47/1143	20. 11. 13		[1]126
Massary und Roberts	P. P.	WB	39/330	29. 9. 21		[3]54
«Masse Mensch»	Th. T.	Tem.		26. 9. 28		
(Nachdruck)	Th. T.	Uhu	1/26	Okt. 1928		[6]249
Mathematik der Operette	P. P.	WB	21/614	24. 5. 23		
Maud Loti	P. P.	WB	23/790	5. 6. 24		
Maurice Chevalier	P. P.	Tem.		16. 10. 28		
Mauricet	P. P.	WB	47/812	24. 11. 25	ML	[4]266
Herr Maurras vor Gericht	I. W.	WB	38/436	22. 9. 25		[4]215
Mauserzeit mit geflügelten Worten	P. P.	Voss.	308/–	3. 7. 29		
Max Adalbert	P. P.	WB	21/576	15. 5. 19		
Max Ulysses Pallenberg	P. P.	SB	41/988	9. 10. 13		
Maximilian	Th. T.	Flieger		1917/18		
Maximilian Harden	K. T.	WB	45/704	8. 11. 27		[5]362
Mechterstädt	Th. T.	WB	52/735	23. 12. 20		
Media in vita *Die läuft rum ...*	Th. T.	WB	50/901	15. 12. 31		[9]322
Media in vita *Manchmal seh ich sie ...*	Th. T.	WB	6/218	5. 2. 29		[7]40
Meditation	Th. T.	WB	42/587	16. 10. 24		[3]482
Meditation, zum Coupéfenster hinaus	Th. T.	Simpl.	–/8	6. 4. 14	Fr. Gs.	[1]197
Meeting	Th. T.	WB	52/657	29. 12. 21		[3]108
Mehr Fotografien!	tu	Vorw.		28. 6. 12		[1]47
Mein Nachruf *(s.u.Rundfrage: Wie soll Ihr Nekrolog aussehen?)*	K. T.	Lit.	15/16/3	15. 4. 27	ML	[5]200

Titel	Autor	Buch Zeitg. Zeitschr.	Nr. und Seite	Datum	Original-Buch-veröffentl.	Bd. u. Seite unserer Ausgabe
Mein Schulkamerad Aurioux *Übers. von Peter Panter*	P. P.	Voss.		25. 8. 25		
Meine beiden letzten Goldstücke	I. W.	Frei.		7. 8. 22		[3]255
Meine Flieger – deine Flieger	Th. T.	WB	18/686	1. 5. 28	ML	[6]120
Meinen Freunden den Idealisten	I. W.	SB	3/107	1. 2. 17		[1]264
Memento	Th. T.	SB	40/324	3. 10. 16	Fr. Gs.	[1]247
Memoiren aus der Kaiserzeit	K. H.	WB	12/426	24. 3. 31		[9]158
Merkblatt für Geschworene	I. W.	WB	32/202	6. 8. 29		[7]158
Merkt ihr nischt–?	Th. T.	WB	19/487	11. 5. 22		[3]179
Metropoltheater	P. P.	SB	13/371	27. 3. 13		[1]90
Michel Simon	P. P.	WB	6/225	9. 2. 32		
Mieter und Vermieter	P. P.	Voss.	269/–	16. 11. 29		[7]248
Mikrokosmos	Th. T.	WB	22/636	27. 5. 20		[2]340
Militärbilanz	I. W.	WB	17/464	22. 4. 20		[2]306
Militaria Offizier und Mann	I. W.	WB	2/38	9. 1. 19		[2]8
Militaria Verpflegung	I. W.	WB	3/87	23. 1. 19		[2]12
Militaria Von großen Requisitionen	I. W.	WB	5/110	30. 1. 19		[2]15
Militaria Von kleinen Mädchen	I. W.	WB	6/134	6. 2. 19		[2]18
Militaria Vaterländischer Unterricht	I. W.	WB	7/8/159	13. 2. 19		[2]19
Militaria ‹Unser Militär› *(s. u. ‹Unser Militär›)*	I. W.	WB	9/201	20. 2. 19		[2]23
Militaria Zur Erinnerung an den ersten August 1914	I. W.	WB	34/190	14. 8. 19		[2]28

Titel	Autor	Buch Zeitg. Zeitschr.	Nr. und Seite	Datum	Original-Buch-veröffentl.	Bd. u. Seite unserer Ausgabe
Militaria *Wir haben nun genügend ...*	I. W.	WB	4/106	22. 1. 20		[2]263
Mir fehlt ein Wort	P. P.	WB	38/459	17. 9. 29	LL	[7]189
Mißachtung der Liebe	K. H.	WB	45/549	30. 10. 19		[2]189
‹mit›	P. P.	WB	2/71	10. 1. 28	LL	[6]19
Mit dem Weininger	Th. T.				Fr. Gs.	[2]190
Mit einem blauen Auge	K. H.	WB	17/451	17. 4. 19	Fr. Gs.	[2]77
Mit einem japanischen Gott	Th. T.				Fr. Gs.	[2]195
Mit einem Zuchthäusler?	I. W.	WB	35/315	28. 8. 28	LL	[6]205
Mit 5 PS *So heißt der Titel*	K. T.	WB	51/944	20. 12. 27		[5]424
Mit 5 PS *Wir sind fünf Finger ... (s. u. Start)*	K. T.	WB	52/964	27. 12. 27	5 PS	[5]434
Mit Geduld und Spucke	Th. T.	AIZ	2/11	1929		
Mit Roda	P. P.	SB	15/426	10. 4. 13		
Mit Rute und Peitsche durch Preußen-Deutschland	I. W.	WB	34/293	23. 8. 27		[5]284
Mitropa, Schlafwagen *(s. u. Schnipsel)*	K. T.				ML	[7]294
Mitteldeutscher Aufstand	K. T.				Dt. Dt.	
Modehäuser, Mannequins, Neue Einfälle	P. P.	Dame	15/2	April 1925		
Moissi in Paris	P. P.	WB	44/689	1. 11. 27		
Moment beim Lesen	K. H.	WB	15/573	12. 4. 32		[10]64
Monarchie und Republik	I. W.	WB	24/609	15. 6. 22		[3]195
Monarchistenkundgebung?	von einem Berliner	BVZ		16. 11. 19		

Titel	Autor	Buch Zeitg. Zeitschr.	Nr. und Seite	Datum	Original-Buch-veröffentl.	Bd. u. Seite unserer Ausgabe
Monolog mit Chören	Th. T.	WB	34/299	25. 8. 25	5 PS	[4]199
Morgens um acht	I. W.	WB	26/763	28. 6. 23	ML	[3]337
Moritz Napoleon	P. P.	SB	32/33/791	14. 8. 13		
Moritz und Max	P. P.	SB	48/1182	27. 11. 13		
Motzstraße 38	P. P.	BT	578/–	4. 12. 19		[2]217
Muff	I. W.	WB	12/472	22. 3. 27		[5]182
Mundartliches Gedicht *(s. u. Berliner Herbst)*	Th. T.	WB	40/529	2. 10. 28	ML	[6]255
Museum Carnavalet	I. W.	WB	26/881	26. 6. 24	ML	[3]399
Musiklärm	tu	Vorw.		22. 6. 12		
Müssen Banknoten häßlich sein?	P. P.	Tem.		30. 1. 29		
Mutterns Hände	K. T.	AIZ	30/8	1929	LL Dt. Dt.	[7]138
Mynheer Felix	Th. T.	SB	39/930	25. 9. 13		
Na also –!	Th. T.	WB	6/220	9. 2. 32		[10]30
Na, is doch so!	Th. T.	WB	33/64	12. 8. 30		
Na, mein Sohn?	I. W.	WB	28/25	3. 7. 19		[2]120
Nach der Schlacht	Th. T.	WB	22/748	29. 5. 24	5 PS	[3]384
Nach der Wahl	Th. T.	Eule.		Juni 1928		
Nach einer Nacht	K. H.	WB	52/770	18. 12. 19		
Nach fünf Jahren	K. H.	WB	33/172	7. 8. 19		[2]139
Nachher *Das mittlere Feld ...*	K. H.	WB	8/315	26. 2. 26	5 PS	[10]131
Nachher *«Er ist ein Pedant,*	K. H.	WB	42/621	20. 10. 25	5 PS	[10]122
Nachher *Er ist fort.*	K. H.	WB	15/594	13. 4. 26	5 PS	[10]132
Nachher *Er lachte noch ...*	K. H.	WB	3/117	18. 1. 27		[10]138
Nachher *Er pfiff – das tat er so selten.*	K. H.	WB	49/884	8. 12. 25	5 PS	[10]125
Nachher *Er schämte sich über die Maßen ...*	K. H.	WB	47/832	23. 11. 26	5 PS	[10]134

Titel	Autor	Buch Zeitg. Zeitschr.	Nr. und Seite	Datum	Original-Buchveröffentl.	Bd. u. Seite unserer Ausgabe
Nachher *«Haben Sie schwimmen gelernt . . .*	K. H.	WB	39/509	29. 9. 25	5 PS	[10]121
Nachher *«Kennen Sie das Entzücken andererotischen Häßlichkeit?» (s. u. Ein Totengespräch)*	K. H.	WB	20/771	15. 5. 28	ML	[10]143
Nachher *«Kommen Sie mit ins Wasser-Sanatorium?»*	K. H.	WB	52/1019	28. 12. 26	5 PS	[10]137
Nachher *«Warum haben Sie gelacht –?»*	K. H.	WB	46/777	17. 11. 25	5 PS	[10]124
Nachher *«Was haben wir gelacht!»*	K. H.	WB	8/317	20. 2. 27	5 PS	[10]140
Nachher *«Wieviel Uhr . . .»*	K. H.	WB	3/117	19. 1. 26	5 PS	[10]128
Nachher *Wir hatten etwas Neues erfunden:*	K. H.	WB	25/959	19. 6. 28		[10]145
Nachher *Wir saßen auf der goldenen Abendwolke . . .*	K. H.	WB	5/196	2. 2. 26	5 PS	[10]130
Nachher *Wir saßen auf der Wolke und ließen etwas baumeln . . .*	K. H.	WB	1/34	3. 1. 28		[10]141
Nachher *Wir saßen auf der Wolke und ließen die Beine baumeln. («Am liebsten», sagte ich zu ihm . . .)*	K. H.	WB	34/310	25. 8. 25	5 PS	[10]119

Titel	Autor	Buch Zeitg. Zeitschr.	Nr. und Seite	Datum	Original-Buchveröffentl.	Bd. u. Seite unserer Ausgabe
Nachher *Wir saßen auf der Wolke und ließen die Beine baumeln. («Was am schwersten war, dieses Mal?»)*	K. H.	WB	49/903	7. 12. 26		[10]135
Nachher *Wir schaukelten uns auf den Wellen –*	K. H.	WB	27/34	7. 7. 25	5 PS	[10]119
Nachher *«Wir sprechen immer von da unten!»*	K. H.	WB	51/964	22. 12. 25		[10]127
Nachher *Wir standen in der Luft, ein Vergnügen . . .*	K. H.	WB	37/429	15. 9. 25		[10]120
Nachruf *Gehaßt, weil du Konkursverwalter*	Th. T.	WB	36/245	8. 9. 21		[3]50
Nachruf *«Ruhe sanft…»*	Th. T.	WB	33/247	12. 8. 30		
Nacht!	Th. T.	Ulk	50/–	14. 12. 19		
Nächtliche Unterhaltung	Th. T.	WB	18/690	4. 5. 26		[4]426
Namensänderung *Ich darf nun wieder Theo Tiger heißen.*	K. H.	WB	15/408	8. 4. 20		[2]302
Namensänderung *Ich muß mir einen neuen Namen geben.*	Th. T.	WB	49/540	5. 12. 18		[1]347
Napoleon der Zweite	K. T.	SB	23/24/623	11. 6. 14		[1]228
Narkose durch Bücher	P. P.	Lose Bl.	4/62	1930		[8]10
Nationale Verteidigung *(s. u. Das Volk steht auf . . .)*	Th. T.	WB	44/419	31. 10. 18	Fr. Gs.	[1]340

Titel	Autor	Buch Zeitg. Zeitschr.	Nr. und Seite	Datum	Original-Buch-veröffentl.	Bd. u. Seite unserer Ausgabe
Nationales *Der Deutsche fragt: (s. u. Scheinwerfer durch die Nacht)*	P. P.	WB	41/570	13. 10. 25	5 PS	[4]235
Nationales *Die Engländer sind ...*	P. P.	WB	48/804	25. 11. 24	5 PS	[3]512
Nationales *Die Engländer wollen ...*	P. P.	WB	7/266	16. 2. 26	5 PS	[4]354
Nationales *In Europa ...*	P. P.	WB	9/344	2. 3. 26	5 PS	[4]364
Nationales *In Ungarn ...*	P. P.	WB	31/179	31. 7. 24	5 PS	[3]419
Naturalismus? Naturalismus!	P. P.	Voss.		8. 10. 25		
«Natürlich: Der Einjährige –!»	I. W.	WB	49/865	4. 12. 28		
«'n Augenblick mal –!» *Daß der Berliner, an welchem Ort ...*	P. P.	Voss.		1. 1. 27	ML	[5]136
«'n Augenblick mal –!» *Wenn du bei der ‹Deutschen Grundstücksverwertungs-Aktiengesellschaft›*	P. P.	8		26. 5. 23		[3]323
Nebenan *Es raschelt so im Nebenzimmer*	Th. T.	WB	3/104	17. 1. 28		[6]30
Nebenan *Im Schankzimmer ...*	K. H.	WB	30/94	27. 7. 22	ML	[3]237
Nebenan *im Schweinestall ...*	I. W.	WB	30/154	27. 7. 26		
Nebenan *Nebenan sitzen die Leutnants ...*	P. P.	SB	48/517	30. 11. 16		[1]258

Titel	Autor	Buch Zeitg. Zeitschr.	Nr. und Seite	Datum	Original-Buch-veröffentl.	Bd. u. Seite unserer Ausgabe
Nebendiplomatie	I. W.	WB	28/74	10. 7. 24		
«Nein – meine Suppe eß ich nicht –!»	P. P.	Voss.	416/–	1. 9. 31		[9]279
Nette Bücher	P. P.	WB	35/193	29. 8. 18		[1]317
‹Neu-Erscheinung›	P. P.	Voss.		19. 2. 28		[6]49
Neudeutsch	P. P.	WB	45/439	7. 11. 18		[1]341
Neue Zeit	P. P.	WB	5/128	2. 2. 22		
Neuer Militarismus	I. W.	WB	41/405	2. 10. 19		[2]164
Neues aus den Untersuchungsausschüssen	K. H.	WB	7/261	16. 2. 26		[4]352
Neues Leben	P. P.	Uhu	4/36	Jan. 1926		[4]303
Neues Licht *Deutschland zerfällt ...*	P. P.	WB	35/323	27. 8. 29		
Neues Licht *Die französische Fotografische Ges.*	P. P.	Voss.		20. 10. 28		
Neues Licht *In Paris ...*	P. P.	Voss.		4. 3. 28		
Neujahr	K. H.	WB	1/25	1. 1. 20		
Neujahrsgruß an die Geistigen Deutschlands	Th. T.	WB	1/23	5. 1. 22		[3]119
1918 am Rhein	K. T.				Dt. Dt.	
Nicht! Noch nicht!	Th. T.	SB	16/459	16. 4. 14	Fr. Gs.	[1]201
Nichts anzuziehen –!	Th. T.	Dame	12/4	März 1926		[10]194
Nicolai	K. H.	WB	5/151	29. 1. 20		
Nie allein	K. T.				Dt. Dt.	[7]298
Nie wieder Krieg	I. W.	RP	6/–	29. 7. 22		
Nieder, bzw. Hoch die Frauen!	Th. T.	Ulk	8/–	21. 2. 19		
Nieder mit dem Roten Kreuz!	I. W.	WB	31/193	3. 8. 26		[4]474
Fräulein Nietzsche	I. W.	WB	2/54	12. 1. 32		[10]9
Noch ein Abreißkalender	I. W.	WB	51/962	22. 12. 25		
Noch einmal französische Witze *(s. u. Französischer Witz)*	P. P.	Voss.		10. 9. 25	LL	[4]191

Titel	Autor	Buch Zeitg. Zeitschr.	Nr. und Seite	Datum	Original-Buch-veröffentl.	Bd. u. Seite unserer Ausgabe
Noch immer *Der aus Asien . . .*	I. W.	WB	24/664	16. 6. 21		
Noch immer . . . *Noch immer werden in den deutschen Schulen . . .*	I. W.	WB	30/85	17. 7. 19		[2]128
Noch immer *Zunächst einmal: der Deutsche schreibt . . .*	Th. T.	Ulk	28/–	11. 7. 19		
Noch ist es Spaß	K. T.				Dt. Dt.	
Noël – Noël	P. P.	WB	49/867	4. 12. 28		
Nola oder Fotomontage des Lebens	Th. T.	WB	50/887	11. 12. 28		[6]341
Henny Noske	I. W.	WB	37/303	4. 9. 19		[10]187
Oberpräsident Noske	Th. T.	BVZ		4. 7. 20		
Notschrei	P. P.	SB	41/984	9. 10. 13		
November-Umsturz *(s. u. Die blutige Internationale der Rüstung)*	I. W.	Fa.	44/–	1928		[6]300
Nr. 1	I. W.	WB	37/381	10. 9. 29		[7]179
Nur *«Es ist ein Irrtum zu glauben . . .*	K. T.				Dt. Dt.	[7]310
Nur *Manchmal auf Bällen und Festen*	Th. T.	WB	20/731	13. 5. 30		[8]133
Nur die Ruhe . . .	Th. T.	WB	27/29	3. 7. 24		[3]407
O du mein Österreich –!	Th. T.	WB	2/47	7. 1. 30		[8]15
O you my sweet evening star!	P. P.	WB	35/342	28. 8. 28	LL	[6]209
Oase	P. P.	WB	18/522	3. 5. 23		[3]319
Ober – Herr Ober –!	P. P.	Voss.	412/–	1. 9.29		
Oberpräsident Noske	Th. T.	BVZ		4. 7. 20		

Titel	Autor	Buch Zeitg. Zeitschr.	Nr. und Seite	Datum	Original-Buch-veröffentl.	Bd. u. Seite unserer Ausgabe
Offener Brief *(s. u. Ein interessanter Briefwechsel)*	I. W.	Mag.		23. 5. 19		[2]102
Offizier und Mann *(s. u. Militaria)*	I. W.	WB	2/38	9. 1. 19		[2]8
Offiziere *Es wird in letzter Zeit ...*	I. W.	Frei.		26. 5. 20		[2]335
Offiziere *Manche sind Versicherungsagenten geworden ...*	I. W.	Frei.		16. 8. 21		[2]401
Offiziersbücher	I. W.	WB	5/134	3. 2. 21		[3]11
Oh Frau!	Th. T.	Uhu	7/42	April 1927		[8]344
Ohne Zensur	P. P.	Voss.		8. 4. 28		
Old Bäumerhand, der Schrecken der Demokratie	I. W.	WB	50/916	14. 12. 26		[4]556
Olle Germanen	Th. T.	WB	9/333	3. 3. 25	5 PS	[4]57
Olle Kamellen	K. H.	WB	6/145	6. 2. 19	Fr. Gs.	[2]45
Oller Mann	Th. T.	WB	51/924	18. 12. 28	LL	[6]349
Olympiade	Th. T.	WB	34/280	21. 8. 28		[6]197
Opel bringt	P. P.	WB	14/562	5. 4. 27		
Operetten	K. T.	März	5/158	5. 2. 14		[1]169
Operettenmusik	P. P.	SB	44/1072	30. 10. 13		
Opposition! Opposition!	Th. T.	WB	6/213	8. 2. 27		[5]151
Ordnung muß sein!	P. P.	BT	306/–	7. 7. 19		[2]122
Organisierte Beamte	I. W.	WB	34/213	19. 8. 20		
Oskar Panizza	I. W.	Frei.		11. 7. 20		[2]376
Osterspaziergang Aus einer aufgefundenen ‹Faust›-Handschrift	von einem Berliner	BVZ		20. 4. 19		[2]78
Otto Flake	I. W.	WB	43/422	27. 10. 21		[3]73
Otto Reutter *Ein schlecht rasierter Mann ...*	P. P.	WB	1/28	6. 1. 21	ML	[3]7

Titel	Autor	Buch Zeitg. Zeitschr.	Nr. und Seite	Datum	Original-Buch-veröffentl.	Bd. u. Seite unserer Ausgabe
Otto Reutter *Gestern habe ich eine ganze Nacht verlacht. (s. u. Über einen Humoristen)*	P. P.	WB	7/254	16. 2. 32		[10]32
Otto Wallburg	P. P.	WB	7/274	15. 2. 27		[5]152
Ouvertüre	K. T.	SB	4/120	23. 1. 13		[10]151
Paasche	Th. T.	WB	23/659	3. 6. 20		[2]346
Paganini oder Der Teufel auf der Tournee	K. T.	März	27/919	Juni 1914		[1]232
Palais de Danse	P. P.	WB	4/116	27. 1. 21		
Pallenberg	K. T.	SB	7/201	13. 2. 13		[1]82
Max Ulysses Pallenberg	P. P.	SB	41/988	9. 10. 13		
Pallenberg und Polgar	P. P.	WB	51/631	22. 12. 21		[3]104
Palmström der Vermehrte	P. P.	SB	37/876	11. 9. 13		[1]113
Panizza	I. W.	WB	38/321	11. 9. 19		[2]154
Oskar Panizza	I. W.	Frei.		11. 7. 20		[2]376
Paolini in Paris	P. P.	Voss.		11. 2. 26		
Papiernot	Th. T.	SB		12. 7. 17		[1]272
§ 297/Unzucht zwischen Männern *(s.u. Rundfrage)*	I. W.	N. Dt.	–/127	1929		[7]17
§ § § §	Th. T.	WB	9/341	1. 3. 32		[10]46
Paris	K. T.	WB	21/689	22. 5. 24		[3]378
Paris an der Panke	P. P.	WB	36/248	7. 9. 22		[3]276
Paris, den 14. Juli	I. W.	WB	32/199	11. 8. 25		[4]178
Paris in Ordnung	P. P.	Voss.	262/–	6. 6. 31		
Paris – Zehlendorf	P. P.	Voss.		18. 7. 26		
Paris – zehn Minuten vor zwölf	P. P.	Tem.		23. 10. 28		
Pariser Abend	P. P.	Voss.		27. 7. 28		
Pariser Chansonniers	P. P.	WB	41/590	12. 10. 26	ML	[4]519
Pariser Dankgebet (Mit einer vorangestellten Bemerkung von Siegfried Jacobsohn)	Th. T.	WB	21/811	25. 5. 26		[4]446

Titel	Autor	Buch Zeitg. Zeitschr.	Nr. und Seite	Datum	Original-Buchveröffentl.	Bd. u. Seite unserer Ausgabe
Pariser Gedenktafeln	P. P.	Tem.		20. 2. 29		[10]195
Pariser Gelächter	P. P.	Voss.	543/–	16. 11. 28		[6]305
Pariser Kammerspiel	P. P.	WB	37/428	15. 9. 25		
Pariser Publikum	P. P.	Tem.		8. 10. 28		
Pariser Tage *Vorgestern. Anatole France über Léon Daudet ...*	P. P.	Voss.		18. 1. 25		
Pariser Tage *Vorgestern. In Frankreich muß mit den Finanzen ...*	P. P.	Voss.		29. 11. 25		[4]271
Pariser Tage *Vorgestern lag Caillaux ...*	P. P.	Voss.		9. 4. 26		
Pariser Tage *Vorgestern. Vorgestern gab mir ein Freund ...*	P. P.	Voss.		30. 6. 25		
Pariser Tage. *Vorgestern. Vorgestern ist das Töchterchen meines Freundes ...*	P. P.	Voss.		15. 3. 25	LL	[4]61
Pariser Theater	P. P.	Voss.		19. 11. 26		
Pariser Theatertage	P. P.	Voss.		10. 1. 26		
Pariser Vorort	Th. T.	WB	19/713	12. 5. 25		[4]122
Park Monceau	Th. T.	WB	20/664	15. 5. 24	5 PS	[3]378
Parkett	Ignaz	SB	36/842	4. 9. 13	Fr. Gs.	[1]109
Parlamentsberichterstattung	I. W.	WB	44/497	28. 10. 20		
Parodien?	P. P.	SB	5/140	29. 1. 14		[1]168
Pars –!	P. P.	Voss.		28. 3. 26	5 PS	[4]385
Parteimarsch der Parteilosen	Th. T.	WB	17/606	28. 4. 31		[9]189
Parteiwirtschaft	I. W.	WB	40/533	6. 10. 31		[9]305
Pau	P. P.	Voss.		21. 4. 27	Pyr.	[5]48

Titel	Autor	Buch Zeitg. Zeitschr.	Nr. und Seite	Datum	Original-Buch-veröffentl.	Bd. u. Seite unserer Ausgabe
Paul Paschen	P. P.	SB	13/378	26. 3. 14		
Pause auf dem Töpfchen	K. H.	WB	39/497	23. 9. 30	LL	[8]229
Pazifismus und Nationalismus	I. W.	Jg. Paz.	2/–	März/Apr. 1930		
Peccavi	P. P.	SB	45/1098	6. 11. 13		[1]125
Pégoud ist abgestürzt!	anonym	Vorw.		28. 10. 13		
Perchoir	P. P.	WB	10/372	10. 3. 25		
Pergamente, die das Leben schrieb	P. P.	Voss.		12. 8. 28		
Persisch	Th. T.				Fr. Gs.	[2]194
Persius	I. W.	WB	18/503	29. 4. 20		
Persönlich	I. W.	WB	15/562	14. 4. 25	ML	[4]93
Peter Ganter	P. P.	WB	13/334	30. 3. 22	5 PS	[3]161
Peter Panter (Antworten) *(betr. Ludwig Hardt)*	P. P.	WB	12/300	13. 3. 19		
Peter Panter (Antworten) *(betr. Militairibles von Mecklenburg)*	P. P.	WB	11/271	6. 3. 19		
Peter Panter (Antworten) *Sie schreiben mir . . .*	P. P.	WB	52/615	26. 12. 18		
Peter Panter *Privat-Sekretariat Abteilung: Gefühle (s.u.Rundfrage: Haben Sie sich schon einmal im Mai verliebt?*	P. P.	Uhu	8/104	Mai 1928		[6]119
Pfeifen anrauchen	Th. T.	WB	26/1028	28. 6. 27		[5]243
Pfiff im Orgelklang	I. W.	WB	5/164	2. 2. 32		[10]22
Pfingsten	Th. T.	Flieger		1917/18		
Philosophie	Th. T.	Ulk	49/–	5. 12. 19		
Pic du Midi	P. P.				Pyr.	[5]93

Titel	Autor	Buch Zeitg. Zeitschr.	Nr. und Seite	Datum	Original-Buch-veröffentl.	Bd. u. Seite unserer Ausgabe
Pirandello in Paris	P. P.	Voss.		15. 7. 25		
Place des Vosges	Th. T.	WB	29/102	17. 7. 24		[3]413
Plädoyer gegen die Unsterblichkeit	P. P.	Voss.		17. 6. 25		[4]146
P. L. M.	P. P.	WB	24/904	16. 6. 25		
Plötzensee	P. P.	WB	18/509	29. 4. 20	5 PS	[2]318
Poincaré spricht	P. P.	Voss.		26. 5. 28		
Politik und Wirtschaft	P. P.	Simpl.	–/405	17. 11. 30		
Politische Couplets	I. W.	BT	213/–	12. 5. 19		[2]93
Politische Satire	I. W.	WB	42/441	9. 10. 19	Fr. Gs.	[2]171
Polizei	I. W.	WB	36/351	4. 9. 24	5 PS	[3]451
«Polizei und – – –»	I. W.	WB	13/473	26. 3. 29		
Polizei und Gericht	anonym	Vorw.		6. 3. 12		
Potasch & Perlmutter	P. P.	WB	20/564	19. 5. 21		
«Potsdam –!»	I. W.	WB	28/50	12. 7. 23		[3]340
Praktisch	P. P.	WB	19/717	10. 5. 32		[10]75
Präsentiert das ... Gwä!	I. W.	WB	45/551	30. 10. 19		
Preissturz?	Th. T.	WB	18/501	29. 4. 20		[2]317
Presse und Realität	I. W.	WB	41/373	13. 10. 21		[3]63
Presseball *Das war der erste Presseball ...*	P. P.	WB	7/221	12. 2. 20		[2]277
Presseball *Einen Ballbericht zu schreiben ...*	I. W.	WB	6/153	9. 2. 22		
Pressestellen	I. W.	Frei.		8. 8. 20		
Preußische Justiz	Kurt	Vorw.		14. 6. 11		
Preußische Presse	K. H.	WB	24/647	5. 6. 19		[2]107
Preußische Professoren	K. H.	WB	22/597	22. 5. 19		[2]100
Preußische Studenten	I. W.	WB	20/532	8. 5. 19		[2]87
Priester und Detektiv	P. P.	WB	24/700	10. 6. 20		[2]354

Titel	Autor	Buch Zeitg. Zeitschr.	Nr. und Seite	Datum	Original-Buch-veröffentl.	Bd. u. Seite unserer Ausgabe
Privat	I. W.	WB	9/342	1. 3. 32		[10]47
Privatgedichte	P. P.	WB	32/151	10. 8. 22		[3]257
Pro	P. P.	WB	2/73	7. 1. 30		[8]16
Professoren	Th. T.	WB	33/157	15. 8. 18	Fr. Gs.	[1]316
Prolet vor Gericht	Th. T.	WB	22/800	2. 6. 25	Dt. Dt.	[4]132
Prophezeiung	Th. T.	WB	7/157	16. 2. 22		[3]130
Prophezeiungen	K. H.	WB	11/436	16. 3. 26		
Proteste gegen die Dreigroschen-oper	P. P.	WB	15/557	8. 4. 30		[8]105
Provinz	P. P.	WB	22/818	28. 5. 29		[7]72
Prozeß Harden	K. T.	WB	51/638	21. 12. 22		[3]296
Prozeß Marloh	I. W.	WB	52/755	18. 12. 19		[2]223
Psychoanalyse	Th. T.	WB	49/872	8. 12. 25	5 PS	[4]277
Psychoanalyse und Marxismus *(s. u. Replik)*	I. W.	WB	17/610	22. 4. 30		[8]114
Putzmittel	Th. T.	WB	25/983	21. 6. 27		[5]236
Quaquaro	I. W.	WB	19/489	11. 5. 22		[3]180
Radau-Humorist *(s. u. Vom Radauhumoristen)*	I. W.	BVZ		19. 4. 22		[3]171
Rathenau	Th. T.	WB	26/653	29. 6. 22		[3]214
Ratschläge für einen schlechten Redner	P. P.	Voss.	542/–	16. 11. 30	LL	[8]290
Rausch, Suff und Katzenjammer	I. W.	Frei.		3. 8. 20		[2]392
Rechenaufgaben	K. H.	WB	35/355	31. 8. 26	Dt. Dt.	[4]487
Rechenexempel	I. W.	BVZ		5. 8. 20		
Rechenmaschine aus USA	P. P.	Voss.		1. 1. 28		[6]9
Recht muß Recht bleiben –!	Th. T.	WB	8/273	23. 2. 32		[10]39
Rechtliche Bedenken	K. T.	Kunst.	2. Jan. H. 8/160	27. 8. 14		
Rechts und links	Th. T.	Ulk	9/–	27. 2. 20		[2]286
Redakteur und freier Schrift-steller	K. T.	Dt. Pr.	–/3	31. 3. 22		
Redakteure *Der Redakteur*	I. W.	WB	22/813	31. 5. 32		[10]83

Titel	Autor	Buch Zeitg. Zeitschr.	Nr. und Seite	Datum	Original-Buch-veröffentl.	Bd. u. Seite unserer Ausgabe
Redakteure *Vor acht Tagen ...*	I. W.	WB	23/856	7. 6. 32		[10]87
Regenschwere Pause	K. H.	WB	27/35	5. 7. 27	ML	[5]252
Reichswehrsoldatenzweiter Klasse	I. W.	WaM		15. 11. 20		
«Reinhardts-Volksarmee» – Die Attaché-Kontrolle	anonym	Tem.		28. 12. 28		
Reinigung – aber womit?	I. W.	WB	45/711	5. 11. 29		
Reise durch die Jahreszeiten	P. P.	Voss.		13. 1. 25		[4]10
Reise in die kleine Stadt	P. P.	Pr. Tg.		28. 2. 23		[3]311
Reisende, meidet Bayern! *Die Verfassung sieht ...*	I. W.	WB	4/114	27. 1. 21		[3]10
Reisende, meidet Bayern! *Die Bayern, diese schlampigen Preußen ...*	I. W.	WB	6/164	7. 2. 24		[3]370
Larissa Reissner	I. W.	WB	8/298	22. 2. 27		[5]155
Rekordtabelle	Th. T.	Simpl.	–/499	20. 12. 26		
Religionsunterricht	K. H.	WB	2/47	9. 1. 19		[2]38
Remember! Remember!	P. P.	Voss.	16/–	10. 1. 29		
Jules Renard	P. P.	Voss.		18. 3. 30		
Reparationsfibel	I. W.	WB	35/328	1. 9. 31		[9]274
Replik *(s. u. Psychoanalyse und Marxismus)*	I. W.	WB	17/610	22. 4. 30		[8]114
Repräsentanten	I. W.	WB	29/112	20. 7. 26		
Requiem	I. W.	WB	25/728	21. 6. 23	5 PS	[3]331
Otto Reutter *Ein schlecht rasierter Mann ...*	P. P.	WB	1/28	6. 1. 21	ML	[3]7

Titel	Autor	Buch Zeitg. Zeitschr.	Nr. und Seite	Datum	Original-Buch-veröffentl.	Bd. u. Seite unserer Ausgabe
Otto Reutter *Gestern habe ich eine ganze Nacht verlacht. (s. u. Über einen Humoristen)*	P. P.	WB	7/254	16. 2. 32		[10]32
Revolution beim preußischen Kommiß	I. W.	Vorw.		9. 11. 22		[3]292
Revolutions-Rückblick	K. H.	WB	46/576	6. 11. 19		[2]195
Revolutions-werkstatt	I. W.	WB	36/269	2. 9. 20		
Revue	Th. T.	WB	30/85	25. 7. 18	Fr. Gs.	[1]313
Rezept des Feuilletonisten	P. P.	WB	35/237	31. 8. 22	5 PS	[3]270
Rezepte gegen Grippe	P. P.	Voss.	28/–	3. 2. 31		[9]125
Rheinische Republik	Th. T.	Ulk	23/–	6. 6. 19		
Rheinsberg Ein Bilderbuch für Verliebte	K. T.				Rheinsb.	[1]50
Rheinsberg Gedicht «Zum hundertsten Tausend»	K. T.				Rheinsb.	[9]95
Rheinsberg Vorrede zum fünfzigsten Tausend	K. T.				Rheinsb.	[3]96
Rheinsberg *Im ‹Börsenblatt für den deutschen Buchhandel›*	K. T.	WB	49/579	8. 12. 21	5 PS	[3]97
Richard Alexander	P. P.	WB	23/664	7. 6. 23	ML	[3]327
Richter	I. W.	Frei.		1. 6. 20		
Ellen Richter	P. P.	SB	50/1241	11. 12. 13		
Richters Namenszug	I. W.	WB	3/108	20. 1. 25		[4]21
Rieges Holzschnitte	P. P.	WB	7/178	16. 2. 22		[3]131
Rin in die Escarpins!	anonym	Vorw.		7. 2. 14		

Titel	Autor	Buch Zeitg. Zeitschr.	Nr. und Seite	Datum	Original-Buchveröffentl.	Bd. u. Seite unserer Ausgabe
Ritardando	Th. T.	Ulk	7/–	13. 2. 20		
Riviera	P. P.	WB	10/367	6. 3. 28	ML	[6]63
Roda Roda *Es gilt ja vielleicht nicht ...*	P. P.	SB	10/289	5. 3. 14		[1]184
Roda Roda *Was ist Humor?*	P. P.	WB	15/386	13. 4. 22		[3]170
Röhm	I. W.	WB	17/641	26. 4. 32		[10]69
Romanwürfel	P. P.	Voss.	450/–	24. 9. 31		[9]295
Rosa Bertens	K. T.	SB	19/520	7. 5. 14		[1]215
Rosen auf den Weg gestreut	Th. T.	WB	13/452	31. 3. 31		[9]162
Roßhalde	P. P.	SB	17/485	23. 4. 14		[1]208
Rostands «Napoléon IV»	P. P.	Voss.	517/–	1. 11. 28		
Rote Melodie	Th. T.	WB	31/122	3. 8. 22	5 PS	[3]252
Rote Signale	I. W.	WB	52/959	29. 12. 31		[9]327
Rotters erste Reihe	P. P.	WB	8/234	24. 2. 21		[3]20
Rotundenzensur in Königsberg	Kurt	Vorw.		17. 2. 12	Fr. Gs.	[1]45
Rückkehr zur Natur	Th. T.	WB	33/162	17. 8. 22		[3]266
Rudolf Herzog – ein deutscher Mann	I. W.	WB	39/462	25. 9. 24	Dt. Dt.	[3]463
Rudolf Schlichter	P. P.	WB	47/538	24. 11. 21		[3]89
Rudolf Steiner in Paris	I. W.	WB	27/26	3. 7. 24		
Ruf	P. P.	WB	4/144	27. 1. 25		
Ruhe und Ordnung	Th. T.	WB	2/68	13. 1. 25	ML	[4]17
Rumänien, die «Schande Europas»!	I. W.	?				
Rund ums Chat Noir	P. P.	Voss.		26. 9. 26		
Rundfrage: Als ich zum erstenmal Rundfunk hörte *(s. u. Als ich zum erstenmal Rundfunk hörte)*	K. T.	Dt. Rfk.	–/2472			

Titel	Autor	Buch Zeitg. Zeitschr.	Nr. und Seite	Datum	Original-Buch-veröffentl.	Bd. u. Seite unserer Ausgabe
Rundfrage: Äußerungen gegen das Remarque-Filmverbot *(s. u. Gegen das Remarque-Filmverbot)*	K. T.	Mensch.	3/Jg. 4	20. 3. 31		[9]157
Rundfrage: Bekenntnisse zu Arthur Holitscher	K. T.	Büch. Sch.	–/208	Nov. 1927		
Rundfrage: Dank an die Arbeiterhilfe. Über das Werk der Internationalen Arbeiterhilfe	I. W.	WaA		19. 11. 27		
Rundfrage: Das Jahrhundert des Tieres *(s. u. Angenehmes – Unangenehmes)*	P. P.	Voss.		25. 12. 30		
Rundfrage: Der Mörder und der Staat. Die Todesstrafe im Urteil hervorragender Zeitgenossen *(s. u. Der Mörder und der Staat)*	I. W.	Hädecke Verl. Stgt.	S. 89	1928		[6]68
Rundfrage: Die Inszenierung der Republik *(s. u. Die Inszenierung der Republik)*	P. P.	Voss.		12. 4. 25		[4]91
Rundfrage: Die Krise des Buches, Wege zu ihrer Linderung	K. T.	Lit.	30/6	24. 7. 1931		

Titel	Autor	Buch Zeitg. Zeitschr.	Nr. und Seite	Datum	Original-Buch-veröffentl.	Bd. u. Seite unserer Ausgabe
Rundfrage: Drei Wünsche *(s. u. Drei Wünsche)*	P. P. u. Th. T.	BVZ		1. 6. 24		
Rundfrage: Einfluß der Wohnung auf die Schaffenskraft *(s. u. Einfluß der Wohnung auf die Schaffenskraft)*	K. T.	BT		6. 6. 31		
Rundfrage: Erkennen Sie im Tonfilm die Möglichkeit, Ausdrucksmittel dichterischer Mitteilungen zu werden? *(s. u. Dichter beantworten die Frage:)*	P. P.	LBB	1/–	1. 1. 32		
Rundfrage: 1. Fördert der Rundfunk Musik und Literatur d. Lebenden? 2. Genügt Ihnen die bisherige Leistung auf diesem Gebiet? 3. Welche Forderungen stellen Sie noch?	P. P.	Dt. Rfk.	36/1145	7. Jg.		
Rundfrage: Gewichtige Stimmen zum Londoner Kongreß. Zusammenstellung v. Dr. Magnus Hirschfeld	K. T.	Neue Gen.	10/286	1929		

Titel	Autor	Buch Zeitg. Zeitschr.	Nr. und Seite	Datum	Original-Buch-veröffentl.	Bd. u. Seite unserer Ausgabe
Rundfrage: Haben Sie sich schon einmal im Mai verliebt? *(s. u. Peter Panter, Privat-Sekretariat Abteilung: Gefühle)*	P. P.	Uhu	8/104	Mai 1928		[6]119
Rundfrage: Künstlers Widerhall *(s. u. Künstlers Widerhall)*	P. P.	Voss.	267/–	8. 6. 30		[8]155
Rundfrage: § 297 / Unzucht zwischen Männern (Herausg. v. Richard Linsert) *(s. u. § 297 / Unzucht zwischen Männern)*	I. W.	N. Dt.	–/127	1929		[7]17
Rundfrage: Sechs Dichter sehen durch die Zeitlupe *(s. u. Die Zeitlupe)*	P. P.	Voss.		25. 12. 26		
Rundfrage: Une initiative du Penclub Polonais. Le prix littéraire de la Société des Nations *(s. u. Une initiative du Penclub Polonais)*	K. T.	Pol. Lit.	61/6. Jg.	15. 10. 31		
Rundfrage: Was soll mit den Zehn Geboten geschehen? *(s. u. Was soll mit den Zehn Geboten geschehen?)*	I. W.	Lit.	24/4	14. 6. 29		[7]93

Titel	Autor	Buch Zeitg. Zeitschr.	Nr. und Seite	Datum	Original-Buch-veröffentl.	Bd. u. Seite unserer Ausgabe
Rundfrage: Was würden Sie tun, wenn Sie die Macht hätten? *(s. u. Was würden Sie tun, wenn Sie die Macht hätten?)*	I. W.	Lit.	45/3	9. 11. 28		[6]301
Rundfrage: Wie soll Ihr Nekrolog aussehen? *(s. u. Mein Nachruf)*	K. T.	Lit.	15/16/3	15. 4. 27	ML	[5]200
Rundfrage: Wie würden Sie sich im Falle eines Krieges gegen die UdSSR verhalten? *(s. u. Wie würden Sie sich im Falle eines Krieges gegen die UdSSR verhalten?)*	K. T.	Mosk.	25/Jg. 2	22. 6. 30		[8]167
Rundfrage: Zur Psychologie des Marxismus und der «radikalen» Literaten *(s. u. Lieber Willy Haas)*	K. T.	Lit.	19/7	7. 5. 27		[5]214
Rundfunkgeheimnisse	K. T.	Schrift.	1/10	Jan. 1930		
Rundfunkzensur	I. W.	WB	16/590	17. 4. 28		[6]104
Russische Konkurrenz	Th. T.	WB	14/347	6. 4. 22		
Russisches Ballett	P. P.	SB	12/347	19. 3. 14		[1]190
Rußland	Th. T.	WB	10/350	10. 3. 31		[9]146
Sa Majesté la Presse	I. W.	WB	40/527	6. 10. 25		
Sächsische Miniaturen	P. P.	WB	31/132	4. 8. 21		[3]39
Säcksche Festspiele	Ignaz	SB	19/526	8. 5. 13	Fr. Gs.	[1]94

Titel	Autor	Buch Zeitg. Zeitschr.	Nr. und Seite	Datum	Original-Buch-veröffentl.	Bd. u. Seite unserer Ausgabe
Saint-Jean-Pied-de-Port: Die Basken	P. P.				Pyr.	[5]27
Saisonarbeiter	Th. T.	AIZ	34/668	1930	LL	[8]221
Saisonbeginn *Nun schnüren sich ...*	K. H.	WB	42/449	9. 10. 19		[2]174
Saisonbeginn *Reicht mir den Frack ...*	Th. T.	Ulk	43/–	24. 10. 19		
Saisonbeginn an der Ostsee	P. P.	WB	19/481	11. 5. 22		[3]176
Saisonbeschluß	Ignaz	SB	21/582	22. 5. 13	Fr. Gs.	[1]96
Salut au monde! (Frei nach Walt Whitman)	I. W.	SB	49/1205	4. 12. 13		[1]131
Sauflied, ganz allein	Th. T.	WB	19/701	12. 5. 31	LL	[9]206
Saurer Traub	Th. T.	Ulk	42/–	17. 10. 19		
Saxo-Borussen	Th. T.	WB	39/488	27. 9. 27	ML	[5]323
Scala	I. W.	WB	20/515	18. 5. 22		
Schädlichkeit des Zivils	I. W.	WB	50/883	9. 12. 24	Dt. Dt.	[3]521
Schäferliedchen	K. H.	WB	9/214	20. 2. 19	Fr. Gs.	[2]51
Schall und Rauch	Th. T.	SB	47/1151	20. 11. 13		[1]129
Schallplatten	P. P.	WB	26/995	26. 6. 28		
Schaufenstermoral	Th. T.	WB	15/380	13. 4. 22		[3]169
Schaumlöffelei	I. W.	Frei.		11. 8. 20		[2]395
Schauspielers Traum	P. P.	WB	37/273	15. 9. 21		[3]51
Scheinwerfer durch die Nacht *(s. u. Nationales)*	P. P.				5 PS	
Schepplin	Th. T.	WB	11/386	17. 3. 31		[9]152
Schicksalslied	Th. T.	WB	2/57	13. 1. 21		[3]9
Schieber!	Ignaz	Vorw.		1. 5. 13		
Schiffstaufe	Th. T.	WB	35/321	28. 8. 28		[6]208
Schlafbursche Noske	I. W.	WB	19/529	6. 5. 20		[2]319
Schlager	Th. T.					[10]190
Schlagsahne	Th. T.	Ulk	15/–	11. 4. 19		
Schlangenmoos	I. W.	WB	32/149	10. 8. 22		
Rudolf Schlichter	P. P.	WB	47/538	24. 11. 21		[3]89

Titel	Autor	Buch Zeitg. Zeitschr.	Nr. und Seite	Datum	Original-Buch-veröffentl.	Bd. u. Seite unserer Ausgabe
Schloß Gripsholm	K. T.				Grips.	[9]7
Schloß Gripsholm *(Vorabdruck)*	K. T.	WB	18/646	5. 5. 31	Grips.	[9]7
Schlußwort *Der Stabsoffizier der ‹Weltbühne› ...*	I. W.	WB	45/513	4. 11. 20		[2]434
Schlußwort *Ich denke, daß es mir mit dem Stabsoffizier ...*	I. W.	WB	7/219	12. 2. 20		[2]276
Schmiede und Schmiedegesellen	K. T.	WB	34/284	20. 8. 29		
Schmutz bzw. Schund bzw. Geldverknappung	I. W.	WB	18/647	29. 4. 30		
Schnipsel *Alles ist richtig, auch das Gegenteil.*	P. P.	WB	53/999	30. 12. 30		[8]345
Schnipsel *Arbeiter stehen im Klassenkampf ...*	P. P.	WB	40/529	1. 10. 30		[8]235
Schnipsel *Das Christentum ...*	P. P.	WB	14/521	5. 4. 32		[10]60
Schnipsel *Die Frau und der berühmte Mann.*	P. P.	WB	5/185	3. 2. 31		[9]124
Schnipsel *Die Psychologie, wie wir ...*	P. P.	WB	25/937	21. 6. 32		[10]98
Schnipsel *Es ist die Aufgabe ...*	P. P.	WB	32/205	9. 8. 32		[10]108
Schnipsel *Höflich wie ein Engländer ...*	P. P.	WB	13/488	29. 3. 32		[10]57
Schnipsel *Ich gehe auf die Reise ...*	P. P.	WB	33/261	18. 8. 25		[4]186

Titel	Autor	Buch Zeitg. Zeitschr.	Nr. und Seite	Datum	Original-Buch-veröffentl.	Bd. u. Seite unserer Ausgabe
Schnipsel *Jakubowski . . .*	P. P.	WB	4/140	26. 1. 32		[10]20
Schnipsel *Japan dreht . . . (s. u. Schnipsel: Von allen Ländern . . .)*	P. P.	WB	17/637	26. 4. 32		[10]67
Schnipsel *Kaufen . . .*	P. P.	WB	36/358	6. 9. 32		[10]110
Schnipsel *Man soll . . .*	P. P.	WB	27/21	5. 7. 32		[10]102
Schnipsel *Mitropa, Schlafwagen (s. u. Mitropa, Schlafwagen)*	K. T.				ML	[7]294
Schnipsel *Pro domo.*	P. P.	WB	21/784	24. 5. 32		[10]80
Schnipsel *Shaw.*	P. P.	WB	44/673	3. 11. 31		[9]308
Schnipsel *Von allen Ländern . . . (s. u. Schnipsel: Japan dreht . . .)*	P. P.	WB	17/637	26. 4. 32		[10]67
Schnipsel *Warum lächelt die Mona Lisa (s. u. Warum lächelt die Mona Lisa)*	K. T.				ML	[7]294
Schnipsel *Wenn die Maschinen . . .*	P. P.	WB	37/416	15. 9. 31		[9]289
Schnipsel *Wenns gut geht . . .*	P. P.	WB	51/934	22. 12. 31		[9]323
Schnipsel *Wie man . . .*	P. P.	WB	29/98	19. 7. 32		[10]106
Schnipsel *Zur Rassenfrage.*	P. P.	WB	10/377	8. 3. 32		[10]48
Schnitzel	P. P.	WB	22/799	27. 5. 30		[8]146
Schöne Zeiten	K. T.				Dt. Dt.	
Schöner Herbst	Th. T.	SB	46/1125	13. 11. 13	Fr. Gs.	[1]125

Titel	Autor	Buch Zeitg. Zeitschr.	Nr. und Seite	Datum	Original-Buch-veröffentl.	Bd. u. Seite unserer Ausgabe
Schöner Moment	P. P.	SB	11/320	12. 3. 14		[1]187
(Nachdruck) (s. u. Zum Gedenken)	P. P.	WB	16/599	19. 4. 32		
Schrei nach Lichtenberg	P. P.	Voss.	42/–	25. 1. 31		[9]118
Schreie auf dem Boulevard	P. P.	SB	30/31/758	31. 7. 13		[1]102
Schriftsteller	K. T.	WB	24/691	10. 6. 20		[2]349
Schuldbuch	I. W.	WB	36/250	28. 8. 19		[2]145
Schulkampf	I. W.	WB	40/514	1. 10. 29		
Schutz vor Schall	P. P.	Voss.		15. 1. 28		[6]22
Schwarz auf Weiß *(s. u. Gut geschrieben!)*	P. P.	Lose Bl.	13/204	März 1929		[7]49
Schwarz-gelbe Henker	I. W.	WB	39/341	23. 9. 20		
Schwarz-weiß-rote Erinnerung	I. W.	Hamb.				
Schwarzrotgold	Th. T.	Ulk	17/–	25. 4. 19		
Schwejk der Zweite	I. W.	WB	51/974	21. 12. 26		[4]566
Schwere Zeit	K. H.	WB	14/360	27. 3. 19	Fr. Gs.	[2]67
Sechs Bilder über einem Matrosenbett	Th. T.	Uhu	11/82	Aug. 1927		
Sechzig Fotografien	I. W.	WB	23/768	5. 6. 24		[3]385
Sehnsucht nach der Bakerstreet	P. P.	SB	40/960	2. 10. 13	5 PS	[1]118
Sehnsucht nach der Sehnsucht	K. H.	WB	20/538	8. 5. 19	Fr. Gs. 5 PS	[2]86
Sein spannendster Roman	P. P.	WB	10/360	10. 3. 31		[9]147
Sektion	Th. T.	WB	34/304	23. 8. 27	ML	[5]290
Selber –!	I. W.	WB	15/384	13. 4. 22		
Selbstanzeige	P. P.	WB	49/678	27. 11. 19		[2]214
Selbstbesinnung	Th. T.	SB	51/584	21. 12. 16	Fr. Gs.	[1]259
Sentimentales Lied	Th. T.	WB	20/571	13. 5. 20		[2]326
Sexuelle Aufklärung	Th. T.	SB	43/1040	23. 10. 13	Fr. Gs.	[1]122
Shaws «Johanna» in Paris	P. P.	Voss.		12. 5. 25		

Titel	Autor	Buch Zeitg. Zeitschr.	Nr. und Seite	Datum	Original-Buch-veröffentl.	Bd. u. Seite unserer Ausgabe
Sie schläft	Th. T.	WB	39/494	25. 9. 28	ML	[6]247
Sie schreiben mir ... (Antworten)	I. W.	WB	29/111	21. 7. 25		
Sie werden wieder ...	I. W.	WB	38/438	18. 9. 24		[3]462
Sie, zu ihm	Th. T.	WB	48/826	1. 12. 31		[9]316
Sieben Anekdoten	P. P.	WB	42/458	9. 10. 19		
7 Dichter und ein Couplet (Eine Strophe von Theobald Tiger)	Th. T.	Bln. Mo.		31. 12. 28		
Sieben Gespenster	P. P.	Uhu	7/67	April 1925		[4]77
7,7	Th. T.	WB	35/342	30. 8. 27		[5]300
Sieben tolle Tage	P. P.	SB	36/852	4. 9. 13		
Siebenundsechzig Jahre. Lourdes III	P. P.				Pyr.	[5]64
Sieg im Atlas	I. W.	WB	40/536	2. 10. 28		[6]256
Siegfried Jacobsohn †	K. T.	WB	49/873	7. 12. 26		[4]570
S. J.	Th. T.	WB	37/423	9. 9. 30		[8]211
‹Siegfried› oder der geleimte Mann	P. P.	Voss.		23. 5. 28		[6]134
Sigilla Veri	I. W.	WB	39/483	29. 9. 31		[9]297
Silvester *Im niedern Zimmer*	K. H.	WB	52/610	26. 12. 18	Fr. Gs.	[1]349
Silvester *So viel Tage ...*	K. H.	WB	53/804	25. 12. 19		[2]245
Silvester	Th. T.	WB	52/666	28. 12. 22		
Was fange ich Silvester an?	Th. T.	WB	53/768	30. 12. 20		[2]457
Michel Simon	P. P.	WB	6/225	9. 2. 32		
Sind Sie eine Persönlichkeit? Mit einem nachdenklichen Chanson	P. P. u. Th. T.	Uhu	9/72	Juni 1931		[9]215
Singt eener uffn Hof	Th. T.	WB	14/529	5. 4. 32		[10]61

Titel	Autor	Buch Zeitg. Zeitschr.	Nr. und Seite	Datum	Original-Buch-veröffentl.	Bd. u. Seite unserer Ausgabe
's ist Krieg! *(s. u. Krieg und Friede)*	K. H.	WB	32/145	31. 7. 19	Fr. Gs.	[2]133
Snob in Paris	P. P.	WB	28/78	10. 7. 24		[3]410
So etwas wäre im Ausland nicht möglich!	I. W.	WB	53/1001	30. 12. 30		[8]337
So schreckliche Szenen	K. T.				Dt. Dt.	
So verschieden ist es im menschlichen Leben –! *Der (Ein) Druckfehler.*	P. P.	WB	29/103	21. 7. 31	LL	[9]244
So verschieden ist es im menschlichen Leben! *Ich reiste im Traum . . .*	P. P.	WB	21/776	26. 5. 31	LL	[9]212
So verschieden ist es im menschlichen Leben *Manchmal, wenn ich nachts nicht einschlafen kann . . .*	P. P.	WB	4/133	24. 1. 28		[6]32
So verschieden ist es im menschlichen Leben! *Neulich habe ich alte Jahrgänge . . .*	P. P.	WB	15/542	14. 4. 31	LL	[9]180
Soldaten der Republik	Th. T.	WB	25/631	22. 6. 22		
Soldatenlieder	P. P.	WB	35/246	26. 8. 20		[2]408
Soll man das tun?	P. P.	Lose Bl.	–/46			[7]286
Solneman, der Unsichtbare	P. P.	WB	33/177	7. 8. 19		[2]140
Sommerliches Berlin	P. P.	SB	34/35/825	28. 8. 13		
Sommerlied	Th. T.	WB	24/696	10. 6. 20		[2]353
Sonnabend Abend	Th. T.	WB	37/395	11. 9. 24		
Carl Sonnenschein	P. P.	WB	1/17	6. 1. 31		[9]103
Sonntag-Nachmittag	P. P.	WB	17/478	22. 4. 20		[2]316

Titel	Autor	Buch Zeitg. Zeitschr.	Nr. und Seite	Datum	Original-Buch-veröffentl.	Bd. u. Seite unserer Ausgabe
Sonntagsmorgen, im Bett	Th. T.	BIl.	19/783	6. 5. 28		[6]122
Sorrent	Th. T.	WB	51/705	16. 12. 20		[2]453
Sozialdemokratische Ehrentafel	Th. T.	AIZ	20/7	1928		
Sozialdemokratischer Parteitag *(s. u. Gefühlskritik)*	Th. T.	WB	39/312	29. 9. 21	5 PS	[3]53
Sozialisierung der Presse	I. W.	WB	51/738	11. 12. 19		[2]219
Spanische Krankheit?	Th. T.	WB	29/64	18. 7. 18	Fr. Gs.	[1]313
Spartakus in Moabit	K. H.	WB	7/8/187	13. 2. 19		[2]50
Spaß mit ernstem Hintergrund	P. P.	WB	16/594	15. 4. 30		
Später	P. P.	WB	29/110	16. 7. 29		[7]137
Spaziergang	P. P.	WB	17/629	28. 4. 25		[4]101
Spaziergänge eines Berliners	von einem Berliner	BVZ		12. 3. 19		[2]49
Spaziergänge in Berlin	von einem Berliner	BVZ		24. 2. 19		
Spengler	Th. T.	WB	26/759	24. 6. 20		
Spieler *Der Bürger an seinen Klavieren ...*	Th. T.	BVZ		4. 5. 20		
Spieler *Der Frühjahrswind macht die Finger klamm ...*	von einem Berliner	BVZ		6. 4. 19		
Sport *Der deutsche Sport drückt genau ...*	I. W.	WB	29/107	21. 7. 25		

Titel	Autor	Buch Zeitg. Zeitschr.	Nr. und Seite	Datum	Original-Buch-veröffentl.	Bd. u. Seite unserer Ausgabe
Sport *Sport kostet ...*	I. W.	BVZ		13. 6. 20		[2]358
Sprechen Sie Lateinisch?	P. P.	Voss.		23. 6. 25	LL	[4]148
Sprechstunde am Kreuz	I. W.	WB	50/881	11. 12. 28	LL	[6]336
Staatsmorphium	I. W.	WB	46/775	17. 11. 25		[4]260
Staatspathos	I. W.	WB	19/702	6. 5. 30		[8]126
Städte	I. W.	WB	5/116	2. 2. 22		
Stahlhelm oder Filzhut?	I. W.	WB	20/773	17. 5. 27		[5]217
Stammbuchblatt	I. W.	BVZ		9. 6. 20		
Stammtisch	I. W.	WB	1/27	6. 1. 21		
Standesdünkel und Zeitung	I. W.	WB	11/417	16. 3. 26		[4]375
Start *Das Auge ...*	Th. T.	SB	1/27	1. 1. 14		[1]143
Start *Du wirst mal Kanzleisekretär –*	Th. T.	AIZ	36/10	1928	Dt. Dt.	[6]358
Start *Wir sind fünf Finger ... (s. u. Mit 5 PS)*	K. T.	WB	52/964	27. 12. 27	5 PS	[5]434
Stationen	Th. T.	WB	47/756	18. 11. 30	LL	[8]292
Statistik	K. T.				Dt. Dt.	
Rudolf Steiner in Paris	I. W.	WB	27/26	3. 7. 24		
Steuerabzug	Th. T.	WB	29/86	15. 7. 20		[2]381
Stierkampf in Bayonne	P. P.				Pyr.	[5]10
Stilles Plätzchen für die Morgenlektüre	Th. T.	BIl.	34/1419	19. 8. 28		
Stimme aus den Kalkgruben	Th. T.	WB	18/675	5. 5. 25		[4]115
Stimmen in der Nacht	Th. T.	WB	25/862	19. 6. 24		[3]494
Stimmen von der Galerie	P. P.	Voss.	580/–	8. 12. 28		
Stimmungsbild aus dem Reichstag	I. W.	Frei.		18. 7. 22		

Titel	Autor	Buch Zeitg. Zeitschr.	Nr. und Seite	Datum	Original-Buch-veröffentl.	Bd. u. Seite unserer Ausgabe
Stirbt die Kunst?	K. T.	Vorw.		27. 6. 11		[1]40
Strafgericht?	K. H.	WB	34/200	14. 8. 19		[2]142
Strafvollzug	I. W.	WB	3/107	19. 1. 32		
Stranderlebnis	P. P.	WB	40/375	30. 9. 20		
Straßenlärm	P. P.	Tem.		20. 10. 28		
Stratégie Littéraire. Eine französische Literatursatire	P. P.	Voss.		11. 10. 25		
Streikjustiz	Kurt	Dres.		April 1912	Fr. Gs.	[1]46
Strindbergs «Totentanz»	tu	Dres.		1913		
Studio des Ursulines	P. P.	Voss.		16. 5. 26		[4]438
Stufen	I. W.	WB	15/386	3. 4. 19		[2]171
Subkutan	Th. T.	WB	14/555	5. 4. 27		[5]197
Südfrüchte	Th. T.	WB	19/733	11. 5. 26		[4]434
Südliche Nacht	P. P.	WB	43/393	24. 10. 18		[1]338
Suomi-Finnland	I. W.	WB	27/19	7. 7. 25		[4]158
Tage in Kopenhagen	P. P.	Voss.		30. 6. 27		
Tagebuch. Wihlanje. Schöner Moment *(s. u. Schöner Moment)*	P. P.	SB	11/320	12. 3. 14		[1]187
Tagebuch des Urlaubers. ‹Die Rose von Stambul›	P. P.	WB	20/457	16. 5. 18		[1]298
‹Drei alte Schachteln›	P. P.	WB	20/458	16. 5. 18		[1]300
Tante Malchens Heimatland	I. W.	WaM		17. 10. 21		[3]69
Tänzerinnen	P. P.	WB	18/487	24. 4. 19		
Tanzkunst	P. P.	WB	29/71	20. 7. 22		
Tanzverbot	Th. T.	WB	40/325	3. 10. 18		
Taschen-Notizkalender	P. P.	Voss.		30. 6. 28	ML	[6]161
Taschenbuch für Damen	P. P.	WB	12/386	20. 3. 24		
Taschenpolizei	I. W.	WaM		28. 11. 21		
1000 Worte Rheinland	Th. T.	WB	27/12	7. 7. 25		

Titel	Autor	Buch Zeitg. Zeitschr.	Nr. und Seite	Datum	Original-Buch-veröffentl.	Bd. u. Seite unserer Ausgabe
Tell im Tonfilmatelier	K. H.	WB	36/356	2. 9. 30		
T'en fais pas – viens à Montparnasse!	P. P.	Dame	17/16	Mai 1925		
The Kid	P. P.	WB	49/564	6. 12. 23		[3]358
Theater *Szene aus einer Revue von Alfred Polgar und Theobald Tiger*	Th. T.	WB	52/970	27. 12. 27		[5]427
Theater-Reklame	P. P.	WB	40/360	6. 10. 21		
Theobald Tiger bedankt sich ...	Th. T.	WB	27/29	1. 7. 20		
Theobald Tiger freut sich ...	Th. T.	WB	38/457	22. 9. 31		
Theobald Tiger spricht	K. T.	WB	19/708	12. 5. 31		[9]207
Theorie der Leidenschaft Berlin N 54	Th. T.	WB	7/245	11. 2. 30		[8]45
Theorie und Praxis	I. W.	WB	21/827	25. 5. 26		
Ludwig Thoma	P. P.	WB	8/254	19. 2. 20		[2]284
Tiergeschichten	P. P.	WB	16/410	20. 4. 22		
Tilla Durieux	K. T.	SB	7/184	12. 2. 14		[1]174
Tip	P. P.	WB	3/112	20. 1. 31		
Titel	I. W.	WB	22/637	27. 5. 20		[2]341
Titelmoden	P. P.	Lose Bl.	10/156	1930		[8]13
Tollers Publikum	I. W.	WB	48/635	20. 11. 19		[2]202
Tommys Abschied	Th. T.	AIZ	42/8	1929		
Tote Stadt und lebende Steine	P. P.	Voss.		12. 12. 24		[3]522
Tote und lebendige Bühne in Paris	P. P.	Voss.		16. 6. 26		
Toto	K. T.	SB	14/399	3. 4. 13		
Tour de France	P. P.	WB	28/65	13. 7. 26		
Tourist	K. H.	Dame	9/12	Jan. 1928		[6]21
Tragödie der Liebe	P. P.	WB	43/406	25. 10. 23		[3]355
Traktat über den Hund, sowie über Lerm und Geräusch						
1. Scherz	P. P.	WB	31/181	2. 8. 27	ML	[5]324
2. Satire	P. P.	WB	40/522	4. 10. 27	ML	[5]328
3. Ironie und						

Titel	Autor	Buch Zeitg. Zeitschr.	Nr. und Seite	Datum	Original-Buch-veröffentl.	Bd. u. Seite unserer Ausgabe
tiefere Bedeutung	K. T.				ML	[5]331
Traum	K. H.	WB	33/275	17. 8. 26		[4]478
Träume	Th. T.	WB	5/177	3. 2. 25	5 PS	[4]33
Träumerei auf einem Havelsee	Th. T.	WB	37/413	11. 9. 28	ML	[6]228
Trauriges Lied, auf einem Kamm geblasen	K. H.	WB	35/325	26. 8. 30		[8]193
B. Traven	P. P.	WB	48/793	25. 11. 30		[8]296
Treptow	K. T.				Dt. Dt.	[7]304
Treue *Der Kronprinz...*	Th. T.	Ulk	46/–	14. 11. 19		
Treue *Sei man dankbar, wenn se dir wat jehm!*	K. T.				LL	[9]310
Trotzdem	Th. T.	Frft.		25. 9. 18		
Trunkenes Lied	Th. T.	WB	42/602	15. 10. 29		[7]218
Tschechen und Russen	P. P.	WB	33/273	17. 8. 26		[4]477
Kurt Tucholsky haßt – liebt	K. T.	Voss.		1. 1. 28		[6]7
Typographisches	I. W.	WB	40/551	5. 10. 26		
Über den Dächern	K. T.				LL	[9]330
Über den sogenannten ‹Landesverrat›	I. W.	DAD		11. 9. 26		[4]492
Über die Cacteen	P. P.	WB	32/147	31. 7. 19		
Über Naturauffassung	P. P.				Pyr.	[5]98
Über die Nennung von Frauennamen	P. P.	Voss.	328/–	14. 7. 29		[7]131
Über einen Humoristen *(s. u. Otto Reutter)*	P. P.	WB	7/254	16. 2. 32		[10]32
Über wirkungsvollen Pazifismus	I. W.	WB	41/555	11. 10. 27		[5]337
Überführung	K. H.	WB	10/249	9. 3. 22		[3]141
Übersetzer	P. P.	Voss.		4. 3. 27		[5]168

Titel	Autor	Buch Zeitg. Zeitschr.	Nr. und Seite	Datum	Original-Buch-veröffentl.	Bd. u. Seite unserer Ausgabe
Ulysses	P. P.	WB	47/788	22. 11. 27		[5]379
Um Neune ist alles aus	P. P.	WB	14/405	5. 4. 23		
Umzug	P. P.	WB	21/780	26. 5. 25	5 PS	[4]129
Unamuno spricht	I. W.	WB	45/682	4. 11. 24		[3]496
Unart der Richter	I. W.	WB	47/801	22. 11. 27	ML	[5]385
... und das Publikum!	P. P.	Voss.	410/–	31. 8. 30		[8]195
Und für Hänschen ein Buch ... aber welches?	P. P.	Voss.		6. 12. 27		
Und immer wieder Max Hölz!	K. T.	WB	43/652	25. 10. 27		[5]357
Und wer spricht für euch?	I. W.	DAD		22. 10. 27		[5]351
Une initiative du Penclub Polonais. Le prix littéraire de la Société des Nations *(s.u.Rundfrage)*	K. T.	Pol. Litt.	61/6. Jg.	15. 10. 31		
Unerledigte Konten	Th. T.	WB	41/562	8. 10. 29		[7]207
‹Unser Militär› *Wir haben in den vorigen Heften ... (s. u. Militaria)*	I. W.	WB	9/201	20. 2. 19		[2]23
Unser Militär! *Einstmals, als ich ein kleiner Junge*	K. H.	WB	23/629	29. 5. 19	Fr. Gs. ML	[2]106
Unser Militär und unsere Presse	I. W.	Br.		12. 12. 22		
Unser täglich Brot	Th. T.	WB	22/561	1. 6. 22		[3]190
Unsere Aufgabe	K. T.	Jg. Paz.	2/1. Jg.	März/Apr. 1930		
Unsere Zeitgenossen die Raffkes	anonym	Bll.	31/26	25. 6. 22		
Untergrundbahn	K. T.				Dt. Dt.	
Unterhaltungsliteratur	P. P.	SB	22/23/619	5. 6. 13		

Titel	Autor	Buch Zeitg. Zeitschr.	Nr. und Seite	Datum	Original-Buch-veröffentl.	Bd. u. Seite unserer Ausgabe
400 000 Invaliden und 1 Gesunder	Th. T.	WB	48/828	1. 12. 25		[4]275
Viermal Eichhörnchen	K. H.	WB	23/866	7. 6. 32		[10]91
Vierzehn Käfige und einer	I. W.	WB	4/127	27. 1. 25		[4]23
Vision	P. P.	WB	32/238	7. 8. 24	ML	[3]438
Volk in Not	Th. T.	Ulk	19/–	9. 5. 19		
Volkswirtschaftlicher Moment	P. P.	WB	36/368	2. 9. 30		[8]197
Vom alten Stamm	P. P.	SB	19/539	7. 5. 14		
Vom Radauhumoristen *(s. u. Radau-Humorist)*	I. W.	BVZ		19. 4. 22		[3]171
Vom Urlaub zurück	P. P.	Voss.	438/–	17. 9. 31		[9]292
Von Barèges bis Arreau	P. P.				Pyr.	[5]102
Von dem Manne, der keine Zeitungen mehr las	I. W.	SB	43/1030	23. 10. 13	Zsp.	[1]150
Von den Kränzen, der Abtreibung und dem Sakrament der Ehe	I. W.	WB	7/237	17. 2. 31	LL	[9]130
Von Tolstoi	P. P.	WB	18/463	4. 5. 22		[3]174
Von unserem Spezialkorrespondenten *(s. u. Dem Andenken Siegfried Brycks)*	P. P.	Bl. Heft	5/127	1. 12. 24		
Von unten	K. T.				Dt. Dt.	
Vor acht Jahren *Als ich heute vor acht Jahren ...*	I. W.	Frei.		1. 8. 22		[3]241
Vor acht Jahren *Ja, damals –!*	Th. T.	WB	46/789	16. 11. 26		[4]545
Vor und nach den Wahlen	Th. T.	WB	19/711	8. 5. 28		[6]123
Vor Verdun	I. W.	WB	32/218	7. 8. 24	5 PS	[3]431
Vorfrühling?	Th. T.	SB	6/169	5. 2. 14	Fr. Gs.	[1]172
Vorgang beim Treppensteigen	K. H.	WB	46/765	15. 11. 27		[5]373

Titel	Autor	Buch Zeitg. Zeitschr.	Nr. und Seite	Datum	Original-Buch-veröffentl.	Bd. u. Seite unserer Ausgabe
Vorher!	I. W.	SB	30/80	26. 7. 17		[1]272
Vormärz	K. T.	SB	14/381	2. 4. 14		
(Nachdruck)	K. T.	WB	47/803	23. 11. 26		[1]193
Vorn an der Rampe	Th. T.	WB	9/224	2. 3. 22		[3]135
Vorrede oder: Die Unmöglichkeit, eine Fotografie zu textieren	K. T.				Dt. Dt.	
Vorrede zu einer imaginären Clauren-Ausgabe	I. W.	Merker	113/426	Juni 1914		
Vorsätze	anonym	Ulk		22. 11. 07		[1]39
Vorsicht bei Gesprächen!	Th. T.	BVZ		18. 5. 20		[2]330
Vorspruch *(s. u. Was soll ich lesen?)*	Th. T.	Jahrb.	–/18	1929		[7]10
Vorwärts –!	K. T.	WB	1/1	5. 1. 26		[4]309
Waffe gegen den Krieg *Ich trete heute an meine Leser ...*	I. W.	WB	8/312	23. 2. 26		[4]359
Waffe gegen den Krieg *Wir sind uns alle darüber einig ...*	I. W.	?	–/319			
Christian Wagner	P. P.	WB	7/8/182	13. 2. 19		[2]46
Wahlabend	P. P.	WB	18/661	1. 5. 28		
Wahlunrecht	I. W.	WB	23/663	3. 6. 20		[2]348
Wahlvergleichung	I. W.	WB	48/814	25. 11. 24		
Wahnsinn Europa	I. W.	WB	51/903	18. 12. 28	LL	[6]343
Wahre Liebe	Th. T.	WB	38/438	16. 9. 30		[8]219
Otto Wallburg	P. P.	WB	7/274	15. 2. 27		[5]152
Wallenstein und die Interessenten	P. P.	Voss.	172/–	12. 4. 31		[9]175
Walpurgisnacht	K. T.	SB	4/87	24. 1. 18	Träum.	[1]291
Erich Walter	P. P.	SB	43/1044	23. 10. 13		
Wandertage in Südfrankreich	P. P.	WB	43/644	27. 10. 25	5 PS	[4]240

Titel	Autor	Buch Zeitg. Zeitschr.	Nr. und Seite	Datum	Original-Buch-veröffentl.	Bd. u. Seite unserer Ausgabe
Wann arbeiten die –?	I. W.	WB	25/932	23. 6. 31		
Warte nicht!	K. T.				LL	[9]326
Warten vor dem Nichts	P. P.	Voss.		28. 3. 28		[6]85
Warum –? *Ja, warum, warum haben wir bei den Heidelberger Festspielberichten …*	K. H.	WB	32/220	6. 9. 29		
Warum *müssen eigentlich …*	I. W.	WB	4/150	21. 1. 30	LL	[8]26
Warum eigentlich? … Kleine Dinge, die in der ganzen Welt gleich sind	P. P.	Uhu	7/24	April 1928		[6]90
Warum ich nicht mehr …	Th. T.	WB	7/212	14. 2. 24		[3]374
Warum lächelt die Mona Lisa *(s. u. Schnipsel)*	K. T.				ML	[7]294
Warum mein Kontoauszug neulich einen Fehler hatte	P. P.	Simpl.	11/130	9. 6. 30		[8]156
Warum stehen	I. W.	WB	22/877	31. 5. 27		[5]223
Was aus der großen Zeit	I. W.	WB	21/806	22. 5. 28		[6]133
Was brauchen wir –? *Als falsche Extrablätter riefen*	Th. T.	WB	12/447	23. 3. 26		[4]383
	Th. T.	DAD		13. 10. 28		
Was brauchen wir –? *Hermann Schützinger …*	K. T.	WB	7/239	16. 2. 26		[4]348
Was darf die Satire?	I. W.	BT	36/–	27. 1. 19		[2]42

Titel	Autor	Buch Zeitg. Zeitschr.	Nr. und Seite	Datum	Original-Buch-veröffentl.	Bd. u. Seite unserer Ausgabe
Was dem Lakaien seine Livree / ist der Republik ihre Sieges-Allee *(s. u. Die Siegesallee)*	Th. T.	AIZ	44/3	1929		[7]225
Was fehlt dem Kino?	I. W.	BT	520/–	2. 11. 19		[2]191
Was haben wir–?	K. T.	WB	14/524	6. 4. 26		[4]395
Was ist ein «mittlerer» Franzose	P. P.	Voss.		29. 8. 24		
Was ist im Innern einer Zwiebel–?	Th. T.	WB	4/141	21. 1. 29	ML	[7]35
Was kosten die Soldaten?	Th. T.	WB	47/764	20. 11. 28	ML	[6]308
Was machen die Leute da oben eigentlich?	P. P.	Uhu	9/89	Juni 1930		[8]149
Was machen Menschen, wenn sie allein sind –?	P. P.	Uhu	–/125	Okt. 1926		[4]513
Was man den andern übel nimmt	P. P.	Uhu	11/98	Aug. 1929		[10]160
Was nun –?	I. W.	WB	18/645	5. 5. 25		[4]106
Was soll er denn einmal werden?	I. W.	WB	28/60	10. 7. 28	ML	[6]169
Was soll ich lesen? *(s. u. Vorspruch)*	Th. T.	Arb. Bü.	4/3	April 1929		
Was soll mit den Zehn Geboten geschehen? *(s. u. Rundfrage)*	I. W.	Lit.	24/4	14. 6. 29		[7]93
Was tun die Birken?	P. P.	WB	44/680	29. 10. 29		[7]232
Was tun Frauen, bevor sie ausgehen?	P. P.	Rep.		17. 12. 24		[3]529
Was unternehme ich Silvester?	P. P.	WB	52/662	29. 12. 21		[3]109
Was wäre, wenn . . . *Eines Tages . . .*	P. P.	WB	53/806	25. 12. 19		[2]240

Titel	Autor	Buch Zeitg. Zeitschr.	Nr. und Seite	Datum	Original-Buch-veröffentl.	Bd. u. Seite unserer Ausgabe
Was wäre, wenn ...? *Im Mai 1914 kritzelte ich ... (s. u. Briefbeilagen)*	P. P.	WB	27/17	4. 7. 18		[1]309
Was wäre, wenn ... *Kommt die Prügelstrafe?*	I. W.	WB	38/445	20. 9. 27	ML	[5]313
Was wäre, wenn ...? *Posito, gesetzt den Fall ...*	I. W.	BVZ		23. 4. 19		[2]79
Was wäre, wenn ...? *... Und wenn alles vorbei sein wird ...*	K. T.	WB	25/615	22. 6. 22		[3]201
Was wäre, wenn ... *Wilhelm der Zweite ...*	I. W.	WB	37/415	15. 9. 25	5 PS	[4]210
Was weiß der Franzose vom Deutschen?	P. P.	Voss.		17. 8. 27		[5]280
Was würden Sie tun, wenn Sie die Macht hätten? *(s.u.Rundfrage)*	I. W.	Lit.	45/3	9. 11. 28		[6]301
Jakob Wassermann und sein Werk	P. P.	WB	38/430	18. 9. 24		[3]459
Wat Grotmudder vertellt	I. W.	WB	35/219	31. 8. 22		[3]270
Wedekind in Berlin	tu	Dres.		18. 6. 12		
Week-end	Th. T.	WB	18/705	3. 5. 27	Dt. Dt.	[5]215
Wege der Liebe	I. W.	WB	32/230	10. 8. 26		[4]475
Wehrmacht und Sozialdemokratie	I. W.	DAD		10. 4. 26		
Wehrpflicht – hintenherum	I. W.	WaM		2. 1. 22		[3]113

Titel	Autor	Buch Zeitg. Zeitschr.	Nr. und Seite	Datum	Original-Buch-veröffentl.	Bd. u. Seite unserer Ausgabe
Weihnachten *In meiner Heimat, da oben im Norden ...*	Th. T.	Ulk	51/–	20. 12. 18		
Weihnachten *Nikolaus der Gute*	Th. T.	Ulk	52/–	28. 12. 19		[2]244
Weihnachten *So steh ich ...*	K. H.	WB	51/589	19. 12. 18	Fr. Gs.	[1]349
Weihnachtsbitte	K. T.	WB	50/610	15. 12. 21		[3]102
Weil wir grade	P. P.	WB	49/853	3. 12. 29		
Weiße Russen	I. W.	WB	8/293	24. 2. 25		[4]50
«Weiße Schatten» in Paris	P. P.	Tem.		10. 1. 29		
Weltbild, nach intensiver Zeitungslektüre	K. H.	WB	15/548	14. 4. 31		[9]182
Welten – Kino	Th. T.	WB	45/527	4. 11. 20		
Weltgericht	I. W.	WB	21/596	20. 5. 20		[2]331
Welthumor	P. P.	WB	48/847	1. 12. 25		
Wendriner *s. u. Herr Wendriner*						
Wendriners setzen sich in die Loge *Szene aus einer Revue von Alfred Polgar und Theobald Tiger*	Th. T.	WB	37/409	13. 9. 27		[5]308
Wenn der Henker Wohnung sucht	P. P.	Tem.		23. 1. 29		
Wenn der Vater mit dem Sohne ...!	I. W.	WaM		22. 5. 22		[3]183
Wenn die Flokken fallen ...	Th. T.	Ulk	50/–	12. 12. 19		[2]222
Wenn die Igel in der Abendstunde	Th. T.	WB	36/376	4. 9. 28	ML	[6]223
Wenn die Muse küßt ...!	Th. T.	WB	42/436	14. 10. 20		
Wenn eena dot is	Th. T.	WB	21/792	24. 5. 32		[10]82
Wenn eena jeborn wird	Th. T.	WB	24/904	14. 6. 32		[10]97

Titel	Autor	Buch Zeitg. Zeitschr.	Nr. und Seite	Datum	Original-Buch-veröffentl.	Bd. u. Seite unserer Ausgabe
Wenn einer eine Reise tut . . .	Th. T.	WB	49/888	7. 12. 26		[4]554
Wenn erst . . .	Th. T.	SB	46/466	16. 11. 16	Fr. Gs.	[1]254
Wenn Ibsen wiederkäme . . .	K. T.	SB	34/35/795	28. 8. 13		[1]105
Wenn ich jetzt sterben müßte	K. T.	Eintr. i. Sudelbuch		1935		
Wenn irgendwo in Europa	K. T.				Dt. Dt.	
Wenn jener wiederkäme . . . *(s. u. Es ist dich alles verziehn!)*	Th. T.	WB	42/607	19. 10. 26		
Wenn kein Licht ist	P. P.	Voss.	114/–	8. 3. 31		[4]522
Wenn man vielleicht . . .	K. H.	WB	14/532	5. 4. 32		
Wenn sie schrieben –!	P. P.	WB	3/79	19. 1. 22		[10]62
Wer hat die Frontsoldaten «Schweine» genannt –?	I. W.	DAD		8. 3. 30		[3]120 [8]63
Wer ist das –?	Th. T.	Bll.	40/1279	3. 10. 26		
Wer kennt Odenwald und Spessart?	P. P.	MER	9/12	1928		
Wer liest das –?	P. P.	Voss.	528/–	8. 11. 30		[6]117
Wer unterzeichnet den Marloh-Wechsel? *(s. u. Zum Preisausschreiben)*	anonym	Pl.		1920		[8]281
Werbekunst oder: Der Text unsrer Anzeigen	P. P.	WB	52/974	27. 12. 27	ML	[5]429
Wetten daß . . .?	K. H.	WB	34/315	24. 8. 26		
Wetterhäuschen	Th. T.	SB	52/612	28. 12. 16	Fr. Gs.	[1]257
Wider die Liebe	K. H.	WB	7/212	12. 2. 20	5 PS	[2]275
Wie altern die –?	P. P.	Voss.		20. 12. 25		[4]288
Wie benehme ich mich als Mörder?	I. W.	WB	10/380	6. 3. 28	ML	[6]68

Titel	Autor	Buch Zeitg. Zeitschr.	Nr. und Seite	Datum	Original-Buch-veröffentl.	Bd. u. Seite unserer Ausgabe
Wie dumm die waren –!	K. T.				Dt. Dt.	
Wie Frankreich triumphiert	I. W.	WB	7/244	17. 2. 25		[4]45
Wie hätte Bülow	Th. T.	SB	50/1240	11. 12. 13		
Wie lese ich die Zeitung?	I. W.	WB	28/56	8. 7. 20		
Wie machen wir einander das Leben leichter?	P. P.	Mitt.		9. 4. 29		
Wie mans macht ...	Th. T.	WB	11/415	15. 3. 32		[10]53
Wie sich der deutsche Stammtisch Paris vorstellt	I. W.	DAD		6. 2. 26		[4]341
Wie sieht der Erfinder des Reißverschlusses aus?	P. P.	Voss.	487/–	14. 10. 28		[6]265
Wie uns aus	P. P.	WB	22/752	29. 5. 24	5 PS	[3]385
Wie war es –? So war es –! Vorrede zu dem Buch des Matrosen Becker «Wie ich zum Tode verurteilt wurde» Ernst Oldenburg Verlag	I. W.	Sonn.		28. 10. 28		[6]285
Wie werden die nächsten Eltern?	P. P.	Voss.		27. 3. 27		[5]183
Wie wird man Generaldirektor?	P. P.	Voss.	278/–	15. 6. 30		[8]161
Wie würden Sie sich im Falle eines Krieges gegen die UdSSR verhalten? *(s.u.Rundfrage)*	K. T.	Mosk.	25/Jg. 2	22. 6. 30		[8]167
Wiederaufnahme	K. H.	WB	31/267	30. 7. 29	Dt. Dt.	[7]155
Wiederkäuer	P. P.	WB	32/228	9. 8. 27	ML	[5]276
Wiedersehen mit der Justiz	I. W.	WB	14/543	5. 4. 27	5 PS	[5]193

Titel	Autor	Buch Zeitg. Zeitschr.	Nr. und Seite	Datum	Original-Buch-veröffentl.	Bd. u. Seite unserer Ausgabe
Wiedersehen mit Paris	I. W.	WB	42/597	18. 10. 27		[5]347
Wieso	I. W.	WB	49/880	8. 12. 25		[4]278
Wihlanje *(s. u. Tagebuch)*	P. P.	SB	11/320	12. 3. 14		
Wilhelm von Abfundien	K. H.	WB	11/335	11. 3. 20		[2]291
Windrose	P. P.	WB	47/782	18. 11. 24	5 PS	[3]510
Winke – Winke	Th. T.	WB	51/963	21. 12. 26		[4]563
Wintergarten *Da blühen diesmal ein paar seltene ...*	P. P.	SB	42/1015	16. 10. 13		
Wintergarten *Die Saison ist aus.*	K. T.	SB	21/576	22. 5. 13		
Wintergarten *Es gibt keine deutsche Varieté-Kritik ...*	P. P.	SB	12/347	20. 3. 13		
Wintergarten *Es sind diesmal keine «Großen» dabei ...*	P. P.	SB	8/231	19. 2. 14		
Wintergarten *Merkwürdig: das Kino langweilt ...*	P. P.	SB	47/1155	20. 11. 13		
Wintergarten *Und wenn man den ganzen Winter ...*	P. P.	SB	17/479	24. 4. 13		
Wintergarten *Wieder, nach den Ferien ...*	P. P.	SB	38/904	18. 9. 13		
Wintergarten und Lichtspiele	P. P.	SB	51/1267	18. 12. 13		
Wir	I. W.	WB	31/148	29. 7. 20		[2]388
Wir alle Fünf	K. T.	WB	34/204	24. 8. 22		[3]267
Wir auch! (Gott behüte!)	Th. T.	Ulk	34/–	22. 8. 19		
Wir hätten sollen ...	P. P.	BT	465/–	2. 10. 19		[2]161
Wir im Museum	I. W.	WB	9/325	2. 3. 26	5 PS	[4]360
Wir Negativen	K. T.	WB	12/279	13. 3. 19		[2]52

Titel	Autor	Buch Zeitg. Zeitschr.	Nr. und Seite	Datum	Original-Buch-veröffentl.	Bd. u. Seite unserer Ausgabe
‹Wir von der Unter-Tertia› Vorwort zu «Jugend der Welt» Bd. II, Williams Verlag, Bln.	P. P.	Voss.	556/–	24. 11. 28		[6]310
Wir Zuchthäusler	I. W.	WB	23/838	9. 6. 31		[9]220
Wirtinnen-Verse	P. P.	WB	15/415	8. 4. 20		
Wo	I. W.	WB	25/940	23. 6. 25		[4]151
Wo bist du –?	P. P.	WB	51/968	21. 12. 26	5 PS	[4]564
Wo bleiben deine Steuern –? *Ein Konfektionsschneider . . .*	I. W.	WB	49/875	6. 12. 27		
Wo bleiben deine Steuern –? *Wenn einer . . .*	Th. T.	WB	45/738	9. 11. 26	5 PS	[4]537
Wo bleiben deine Steuern? *Wir haben . . .*	I. W.	Frei.		19. 11. 20		
Wo hängen unsere Briefkästen –?	P. P.	Voss.	613/–	29. 12. 28		
Wo hast du dich denn . . .?	P. P.	WB	52/743	23. 12. 20		
Wo ist der Löwe?	K. T.				Dt. Dt.	
Wo ist der Schnee . . .	Th. T.	Simpl.	31/368	27. 10. 30	LL	[8]261
Wo ißt man in Paris?	P. P.	Voss.		7. 8. 25		
Wo kommen die Löcher im Käse her –?	P. P.	Voss.		29. 8. 28	ML	[6]210
Wo lesen wir unsere Bücher?	P. P.	Voss.	318/–	9. 7. 30		[8]173
Wo sind die Buchenwälder unserer Jugend?	P. P.	Voss.	182/–	17. 4. 30		[8]112
Wo sind meine Schuhleisten –?	P. P.	Voss.	218/–	10. 5. 31		[9]202
Wo sind sie –?	I. W.	WB	17/430	27. 4. 22		
Wo waren Sie gestern abend?	P. P.	Dame	12/10	März 1927		
Wo waren Sie im Kriege, Herr –?	I. W.	WB	13/489	30. 3. 26	5 PS	[4]388

Titel	Autor	Buch Zeitg. Zeitschr.	Nr. und Seite	Datum	Original-Buch-veröffentl.	Bd. u. Seite unserer Ausgabe
Wochen-Ragout	Th. T.	SB	8/228	19. 2. 14		
Wofür?	I. W.	DAD		24. 12. 25		[4]293
Wohlanständige Wohltätigkeit	I. W.	WB	53/757	30. 12. 20		[2]455
Wohltätigkeit *Davonistman...*	I. W.	WB	34/205	24. 8. 22		
Wohltätigkeit *Sieh! Da steht das Erholungsheim (s. u. Bürgerliche Wohltätigkeit)*	K. T.				Dt. Dt. LL	[7]311
Wohnung suchen in Paris	P. P.	Voss.		31. 10. 26		[4]530
Wollt Ihr die Dummen sein?	Th. T.	Knüpp.	6/–	Juni 1926		
Woran liegt das–?	I. W.	WB	36/373	3. 9. 29		
Worauf man in Europa stolz ist	K. H.	WB	45/687	8. 11. 32		[10]115
Worte	Th. T.	WB	38/265	19. 9. 18		[1]322
Worte und Taten	Th. T.	WB	17/474	22. 4. 20		[2]315
Worüber die Leute in Operetten eigentlich ...	P. P.	WB	42/410	20. 10. 21		
Wozu haben wir einen Reichstag?	I. W.	Frei.		8. 12. 20		
Wünsche	Th. T.	WB	27/19	4. 7. 18	Fr. Gs.	[1]310
»Yousana-wo-bi-räbidäbi-dé?»	P. P.	Voss.	558/–	25. 11. 28		[6]314
Zarathustra und Appelschnut	Th. T.	SB	42/1011	16. 10. 13		
Zehn Gebote	P. P.	BT	312/–	10. 7. 19		[2]123
Zehn Gebote für den Geschäftsmann, der einen Künstler engagiert	P. P.	Voss.		21. 1. 28	LL	[6]31
Zehn Glaubenssätze *(s. u. Die Glaubenssätze der Bourgeoisie)*	P. P.	WB	40/522	2. 10. 28	ML	[6]251

Titel	Autor	Buch Zeitg. Zeitschr.	Nr. und Seite	Datum	Original-Buch-veröffentl.	Bd. u. Seite unserer Ausgabe
Zehn Jahre deutsche «Revolution»	Th. T.	AIZ	44/8	1928		[6]302
Zehn Minuten *(s. u. Herr Wendriner telefoniert)*	K. H.	WB	27/19	6. 7. 22	5 PS	[3]216
Zehn Prozent	I. W.	Frei.		6. 10. 20		[2]419
Zeitungsdeutsch und Briefstil	P. P.	WB	51/921	17. 12. 29	LL	[7]274
Zeitungskritik	Th. T.	WB	43/436	27. 10. 21		
Zeitungsstreik *Bumsstill stehn sie alle ...*	Th. T.	WB	43/436	27. 10. 21		
Zeitungsstreik *Mal nicht! ...*	Th. T.	WB	43/455	21. 10. 20		
Zensurdebatte	Th. T.	WB	25/575	20. 6. 18		[1]306
Zeppelin	I. W.	WB	43/605	23. 10. 24		
Zeppelin-Spende	Th. T.	WB	2/51	12. 1. 26		[4]318
Zeugung	K. H.	WB	42/617	18. 10. 27	ML	[5]350
Heinrich Zille	Th. T.	WB	36/366	3. 9. 29	LL	[7]176
Zirkus Busch	Th. T.	Ulk	9/–	28. 2. 19		
Zirkus des Lebens	Th. T.	Ulk	7/–	13. 2. 20		
Zoologie	Th. T.	WB	3/92	19. 1. 32		[10]16
Zörgiebel in Paris	I. W.	WB	14/534	3. 4. 28		
Zuckerbrot und Peitsche	Th. T.	WB	50/872	9. 12. 30		[8]318
... zu dürfen	I. W.	WB	42/597	14. 10. 30		[8]251
Zu einem sechzigsten Geburtstag	P. P.	WB	15/569	12. 4. 32		[10]63
Zu einigen dieser Prozesse	Th. T.	WB	43/439	26. 10. 22		[3]290
Zu tun! Zu tun!	Th. T.	WB	28/65	10. 7. 24		[3]409
Zu Weihnachten *(s. u. Büchertisch)*	K. H.	WB	47/803	24. 11. 25	5 PS	[4]263
Zueignung Von J. W. Goethe, unter freundl. Mitwirkung von Theobald Tiger	Th. T.	Ulk	31/–	1. 8. 19		
Zum ersten August	Th. T.	WB	31/110	1. 8. 18		[1]315

Titel	Autor	Buch Zeitg. Zeitschr.	Nr. und Seite	Datum	Original-Buch-veröffentl.	Bd. u. Seite unserer Ausgabe
«Zum fünfhundertsten Male» Pariser Theaterzucht	P. P.	Voss.		7. 3. 26		
Zum Fünfzigsten	P. P.	WB	42/614	20. 10. 25		[4]237
Zum Gedenken	P. P.	SB	11/320	12. 3. 14		
(Nachdruck)	P. P.	WB	16/599	19. 4. 32		[1]187
(s. u. Schöner Moment)						
Zum Jubiläum einer Buchhandlung	P. P.	Lit.	43/7	24. 10. 30		
Zum nächsten Putsch!	Th. T.	WB	21/595	20. 5. 20		[2]330
Zum 9. November	I. W.	BVZ		9. 11. 20		
Zum Preisausschreiben in Nr. 5 der «Pleite»: Wer unterzeichnet den Marloh-Wechsel? *(s. u. Wer unterzeichnet den Marloh-Wechsel?)*	anonym	Pl.	I, 6	1920		
Zum Sechzigsten	Th. T.	WB	50/874	9. 12. 24		
Zur Psychologie des Marxismus und der «radikalen» Literaten *(s. u. Rundfrage)*	K. T.	Lit.	19/7	7. 5. 27		[5]214
Zur Psychologie des Theaterpublikums	tu	Dres.		15. 3. 13		
Zur soziologischen Psychologie der Löcher	K. H.	WB	11/389	17. 3. 31	LL	[9]152
Zuschauer	Th. T.	WB	29/64	20. 7. 22		[3]229
Zuschriften aus dem Publikum	K. T.	Büch. Sch.	Jg. 6/167	1928		[6]92
Zuzutrauen	I. W.	WB	29/111	21. 7. 31		[9]245
Zwecks Lachung	P. P.	WB	18/683	3. 5. 32		

Titel	Autor	Buch Zeitg. Zeitschr.	Nr. und Seite	Datum	Original-Buch-veröffentl.	Bd. u. Seite unserer Ausgabe
Zwei alte Leute am 1. Mai	Th. T.	AIZ	17/329	1930		[8]125
Zwei Bilderbücher	P. P.	WB	49/901	7. 12. 26		[4]555
Zwei Einbrecher	P. P.	Schall	1/2–5	Sept. 1920		
Zwei Erschlagene	K. H.	WB	4/97	23. 1. 19	Fr. Gs.	[2]41
Zwei Hundertjährige *(s. u. Büchner)*	K. T.	SB	42/997	16. 10. 13		[1]121
Zwei Käfige	P. P.	Voss.		12. 7. 27		[5]259
Zwei Klöster	P. P.				Pyr.	[5]22
Zwei Lärme	P. P.	WB	30/139	28. 7. 25		[4]167
Zwei Mann: Gitarre und Mandoline	I. W.	BVZ		14. 8. 19		[2]141
Zwei Mann in Zivil	I. W.	WB	49/659	27. 11. 19		[2]208
Zwei Seelen	Th. T.	WB	34/311	24. 8. 26	ML	[4]482
Zwei Sozialdemokratien	I. W.	Me.	14/89	3. 4. 25		[4]82
Zwei Späße von Henri Rochefort (Übersetzung)	K. T.	SB	34/35/818	28. 8. 13		
Zwei Sprachbücher	P. P.	WB	35/341	1. 9. 31		
Zwei venetianische Nächte	P. P.	SB	17/485	23. 4. 14		
Zwei Welten	P. P.	Voss.		5. 9. 26		
Zweifel	Th. T.	WB	3/90	20. 1. 25		[10]157
Zwiegespräch	Th. T.	AIZ	19/368	1930		
Zwischen den Schlachten	K. H.	WB	5/119	30. 1. 19	Fr. Gs.	[2]44
Zwischen zwei Kriegen	I. W.	WB	6/185	10. 11. 25		[4]36
Zwölftagerennen	P. P.	SB	14/408	2. 4. 14		
Zyniker *(s. u. Cyniker)*	P. P.	WB	3/100	19. 1. 32		[10]17

ANHANG ZUR BIBLIOGRAPHIE

Titel	Autor	Buch Zeitg. Zeitschr.	Nr. und Seite	Datum	Original-Buch-veröffentl.	Bd. und Seite unserer Ausgabe
Aber nein –!	Kurt	Vorw.		9. 6. 12		
Abzug!	Theobald	Vorw.		10. 12. 13		
Aha!	I. W.	Ich	7/–	Aug./Sept. 21		
Aus den Tagen von Sedan	K. T.	Vorw.	5/–	9. (8.?) 1. 12		
Bei die Hitze –	Kurt	Vorw.	176/–	30. 7. 11		
Bergmannslied	Th. T.	Vom Brett'l fürs Brett'l	–/223	1923/24		
Berliner Rummelplätze	iwr	Fr. W.	38/4	10. 10. 20		
Berliner Spinnen	P. P.	Funkstunde	17/514	24. 4. 27		
Bums!	Kurt	Vorw.	59/–	10. 3. 12		
Bürger-Solidarität	tu.	Vorw.	210/–	16. 8. 13		
Burschen heraus!	tu!	Vorw.	222/–	22. 9. 12		
Caruso	K. T.	Vorw.	246/–	20. 10. 11		
Das deutsche Geschäftszimmer	I. W.	Manus.				unveröfftl.
Das Jahr der Bühne	P. P.	Pr. Tg.	61/17	13. 3. 21		
Das Kolonialdenkmal	tn? – tu	Vorw.	116/–	14. 5. 13		
Das neue Drama von Gerhart Hauptmann	K. T.	Pr. Tg.	16/6	17. 1. 12		
Das Photographie-Album	P. P.	Stach.	3/4–12	14. 2. 25		[10] 163
Das Schlingel	P. P.	Pr. Tg.	199/5	24. 8. 30		
Das Synonymenlexikon	I. W.	Ju.	19/916–918	1914		
Demonstranten-Briefe	Kurt	Vorw.		27. 7. 14		
Der Atlantisfilm	I. W.	Vorw.	335/–	20. 12. 13		
Der Chauffeur	I. W.	Frei.	306/2	19. 8. 22		

Titel	Autor	Buch. Zeitg. Zeitschr.	Nr. und Seite	Datum	Original-Buch-veröffentl.	Bd. und Seite unserer Ausgabe
Der Dichter der «Weber» bei Ullstein und Mosse	anonym	Vorw.	284/–	5. 12. 11		
Der Hehlerstehlerkrakehler	Kurt	Vorw.	30. 4. 12			
Der Held von Zabern	Theobald	Vorw.	318/–	3. 12. 13		
Der Kopfarbeiter	Kurt	Vorw.		18. 8. 12		
Der Marburger Studenten Wanderschaft	Joseph v. Eichendorff u. Th. T.	Fr. W.	24/2	4. 7. 20		
Der Nachwuchs	tu.	Vorw.	25/–	30. 1. 13		
Der Papagei	tu.	Vorw.	134/–	1. 6. 13		
Der Parademensch im Kino	wr.	Vorw.	315/–	30. 11. 13		
Der Staatsanwalt mit dem Zeigefinger	I. W.	Frei.	404/3	26.9 20		
Der streikende Filmkritiker	I. W.	Vorw.	30/–	31. 1. 14		
Der ungeschriebene Roman	K. T.	Pr. Tg.	93/1–2	4. 4. 12		
Der Varieté-Staatsmann	tu.	Vorw.	238/–	13. 9. 13		
Der Zweijährig-Unfreiwillige	I. W.	März	–/899	20. 12. 13		
Die Aktenmappe	P. P.	Pr. Tg.	90/4			
Die beiden Titel	P. P.	Pr. Tg.	210/5–6	15. 4. 32		
Die beleidigten Hotels	I. W.	Fr. W.	43/2	8. 9. 20 14. 11. 20		
Die Festrede	tu.	Vorw.		1. 9. 12		
Die gute Tante	Kurt	Vorw.	86/–	13. 4. 12		
Die Herren Helden	I. W.	DAD		27. 11. 26		[10] 172
Die Insel	Th. T.	Schall	7/6	Juni 1920		
Die Jahrmarktszeitung	tu.	Vorw.	259/–	4. 10. 13		
Die Kinderhölle in Berlin	I. W.	Fr. W.	45/2–3	28. 11. 20		

Titel	Autor	Buch Zeitg. Zeitschr.	Nr. und Seite	Datum	Original-Buch-veröffentl.	Bd. und Seite unserer Ausgabe
Die Kinderstube	Ignaz	Vorw.		2. 2. 14		
Die letzte Elektrische	Th. T.	Uhu	2/–	Nov. 1927		
Die moderne politische Satire in der Literatur	K. T.	Dres.	110	14. 5. 12		
Die neuen Soldaten	Conrad Ferd. Meyer u. Th. T.	Fr. W.	31/3	22. 8. 20		
Die Obdachlosen	P. P.	Frei.	415/2	2. 10. 20		
Die patriotische Synagoge	tu.	Vorw.	198/–	25. 8. 12		
Die Pensionierten	tu.	Vorw.	206/–	4. 9. 12		
Die Schlächter	Kurt	Vorw.	250/–	25. 10. 12		
Die Sonne	Th. T.	Simpl.	14/217	6. 6. 14		
Die Stimme des Blutes	Kurt	Vorw.		18. 7. 12		
Die Straße der Republik	I. W.	Fr. W.	40/4	24. 10. 20		
Die tätowierte Frau	Wilh. Bendow u. Th. T.	Manus.				unveröfftl.
Die Unterwelt der Gefühle	P. P.	Manus.				unveröfftl.
Die wählende Familie	Th. T.	Fr. W.	22/2	20. 6. 20		
Die Wand	tu.	Vorw.		22. 8. 12		
Diplomaten	P. P.	Pr. Tg.	130/3	4. 6. 29		
Doping	tu.	Vorw.		11. 8. 12		
Drei neue Bücher (Max Brod, Franz Kafka, Ernst Blaß)	K. T.	Pr. Tg.	26/6	27. 1. 13		
Duo / Eine Selbstanzeige	K. T.	Orplid	2/48	1912		

Titel	Autor	Buch Zeitg. Zeitschr.	Nr. und Seite	Datum	Original-Buch-veröffentl.	Bd. und Seite unserer Ausgabe
Ein Gruß den toten Kameraden ein Gruß den Opfern der Kriegsparaden …	K. T.	Die Andere Zeitung, Hbg.	28/14	17. 11. 55 *(Nachdruck)*		
Ein Neuer (Heinrich Eduard Jakob)	K. T.	Pr. Tg.	137/6–7	19. 5. 12		
Einigkeit	P. P.	Frei.	403/2	25. 9. 20		
Entree mit einer alten Jungfer	Th. T.	Schall	1/6	Dez. 1919		
Erinnerung, Wiederaufbau und Blick in die Zukunft	Th. T.	Fr. W.	25/2	11. 7. 20		
Erotische Films	P. P.	Schall	7/6–7	Juni 1920		
1. August 1914	Th. T.	Fr. W.	29/2	8. 8. 20		
Feste Justav, Deutschlands Eiche! (Über Roethe)	anonym	Vorw.	104/–	30. 4. 13		
Film	tu.	Pan	28/815	1912		
Filmschau	wr.	Vorw.	327/–	12. 12. 13		
Frage an das Schicksal	Th. T.	Fr. W.	44/2	21. 11. 20		
Gehaltsempfänger	I. W.	Frei.	476/7	11. 11. 20		
«Geistreich»	anonym	Vorw.		8. 12. 11		
Gespräch der Götzen	Th. T.	Manus.				unveröfftl.
Gleichzeitigkeit	tu.	Vorw.		16. 8. 12		
Harun al Raschid	tu.	Vorw.	159/–	11. 7. 12		
Hasenbraten	Kurt	Vorw.		16. 7. 12		
Herrnfeldtheater: «Eine feine Familie»	tu.	Vorw.	263/–	8. 10. 13		
Herzliches Beileid! –	Kurt	Vorw.	261/–	7. 11. 11		
Huldigung in Doorn	Th. T.	Fr. W.	46/2	5. 12. 20		

Titel	Autor	Buch Zeitg. Zeitschr.	Nr. und Seite	Datum	Original-Buch-veröffentl.	Bd. und Seite unserer Ausgabe
Ich gucke freundlich um die Oecke	Th. T.	Widmung für Dr. Owlglaß in «Fromme Gesänge»		1920		unveröfftl.
In die Ferien!	Th. T.	Fr. W.	28/2	1. 8. 20		
In Zivil	tu.	Vorw.	188/–	14. 8. 12		
Jubelgesang des Bürgers *(s. u. Angst des Kapitalisten vor der Einigkeit der Arbeiter)*	Th. T.	Fr. W.	39/3	17. 10. 20		
Juristentag in Wien	Kurt	Vorw.		8. 9. 12		
Justizirrtümer	ut. [tu']	Vorw.	149/–	29. 6. 12		
Kinderbriefe und Kindergedichte						
Dienstmädchen	K. Tucholsky	Manus.		1896		unveröfftl.
Kurt masernkrank. Kurt Riess an K. T.		Manus.				unveröfftl.
K. T. an Kurt Riess		Manus.				unveröfftl.
Papa krank		Manus.				unveröfftl.
Im Walde saß ein ...		Manus.				unveröfftl.
Erstes Kind: ...		Manus.				unveröfftl.
Der Mond		Manus.				unveröfftl.
Sprüche		Manus.				unveröfftl.

Titel	Autor	Buch Zeitg. Zeitschr.	Nr. und Seite	Datum	Original-Buch-veröffentl.	Bd. und Seite unserer Ausgabe
Das Kind		Manus.		1898		unveröfftl.
Die wunderbare Rettung		Manus.				unveröfftl.
Die Landpartie		Manus.				unveröfftl.
Kunstausstellung Die Jagd nach dem Glück		Manus.		1899		unveröfftl.
Meine Freiheit		Manus.				unveröfftl.
Der echte Deutsche		Manus.				unveröfftl.
Das deutsche Reich		Manus.				unveröfftl.
Brief an die Eltern: Liebe Eltern! . . .		Manus.				unveröfftl.
Abend		Manus.				unveröfftl.
Lautlehre		Manus.				[10] 153
Kleines Kouplet	Th. T.	Fr. W.	26/3	18. 7. 20		
Kölner Karneval	Kurt	Vorw.		24. 8. 12		
Komm erschein auf dem Balkone	P. P.	Funkstunde	20/610	15. 5. 27		
Kriegshetzer	K. T.	Vorw.	58/–	9. 3. 12		
Lieber «Vorwärts»	Kurt	38/–		15. 2. 12		
Logik	Kurt	Vorw.		1. 9. 12		
Lokales	tu.	Vorw.		8. 9. 12		
«Machen S' halt eine Eingabe!»	P. P.	Pr. Tg.	139/5	17. 6. 23		
Machen wir's richtig?	I. W.	DAD		1. 8. 25		
Mecklenburg	Kurt	Vorw.	167/–	20. 7. 11		
Menschenmaterial	I. W.	Fr. W.	48/2–3	19. 12. 20		
Meyrink Englisch	Tu.	Pan	1/35	1. 10. 11		
Nach den Wahlen	Kurt	Vorw.	21/–	26. 1. 12		

Titel	Autor	Buch Zeitg. Zeitschr.	Nr. und Seite	Datum	Original-Buch-veröffentl.	Bd. und Seite unserer Ausgabe
Nachruf und Aufruf	Kurt	Vorw.		13. 6. 12		
Nachtgespräch	P. P.	Manus.				[10] 154
Neue Bücher (mit Waschzetteln)	Kurt	Vorw.	160/–	12. 7. 12		
Neue Sorgen der Bourgeoisie	iwr	Fr. W.	30/5	15. 8. 20		
O alte Burschenherrlichkeit	I. W.	Fr. W.	23/4	27. 6. 20		
Pariser Theater	P. P.	Bl. Heft	3/66–68	1. 11. 24		
Pariser Weihnachten	P. P.	Pr. Tg.	305/4	25. 12. 27		
Politik im Cabaret	I. W.	Schall	7/1	Juni 1920		
Pst	K. T.	Vorw.	142/–	21. 6. 11		
Referendarexamen	tu.	Pan	40/1113–1116	1912		
Revolutions-Rückblick	Th. T.	Fr. W.	42/2	7. 11. 20		
Rundfrage: Filmkaufleute stehen bei den Schriftstellern in keinem guten Ruf...	K. T.	Der Film und seine Welt	–/80	1933		
Rundfrage: Soll die deutsche Rechtsschreibung reformiert werden?	K. T.	Lit.	29/30/3	Juni 1930		
Seifenblasen	P. P. n. einer Idee v. C. W. Pabst Ein Spiel	Manus.				unveröfftl.
Selige Kulis	K. T.	Dres.	–	12. 2. 14		
Sie lächelt wieder	Ignaz A. Wrobel	März	–/938	27. 12. 13		

Titel	Autor	Buch Zeitg. Zeitschr.	Nr. und Seite	Datum	Original-Buch-veröffentl.	Bd. und Seite unserer Ausgabe
«Sie werden am Apparat verlangt –!»	P. P.	Pr. Tg.	169/3	15. 7. 23		
Solidarität	K. T.	Schrift.	8/1–2	1921		
Spiele nicht mit Schießgewehr	Kurt	Vorw.	183/–	8. 8. 11		
Theobald Tigers allerschönste Stunde		Welt-Wald-u. Wiesenbühne		Sylvester 1919		
Thersites (v. G. Fröding)	Übersetzung a. d. Schwedischen	Manus.				unveröfftl.
Verbotene Plakate	I. W.	Vorw.		9. 3. 14		
Vergeßlichkeit	Kurt	Vorw.	25/–	31. 1. 12		
Vita (für den Einbürgerungsantrag zur Erlangung der schwedischen Staatsbürgerschaft)	K. T.	Manus.				unveröfftl.
Völkisches Lautenlied	Th. T.	Manus.				unveröfftl.
«Vollmenschen»	anonym [von K. T.?]	Vorw.	286/–	7. 12. 11		
Vom 9. November 1919 – 9. November 1920	Ein historischer Rückblick von Karl Holtz u. I. W.	Fr. W.	42/4	7. 11. 20		

Titel	Autor	Buch Zeitg. Zeitschr.	Nr. und Seite	Datum	Original-Buch-veröffentl.	Bd. und Seite unserer Ausgabe
«Vor mir liegt ein Entwurf ...»						
Warten im Speisehaus	K. T.	Pr. Tg.	93/6	4. 4. 12		
Weil wir gerade vom Kriege sprechen	anonym	Ulk	50/3	13. 12. 18		
Wer in der Wilhelmstraße singt	Kurt	Vorw.	10/–	13. 1. 12		
Wie liest man einen Parlamentsbericht?	K. T.	Vorw.	61/–	13. 3. 12		
Wie mache ich mich unbeliebt?	P. P.	Voss.	468/–	2. 10. 24		[10] 158
Wie sie starben	K. T.	Vorw.	Nr. 47	7. 3. 14		
Wintergarten	tu.	Vorw.		14. 9. 13		
Wir	tu.	Vorw.	48/–	26. 2. 13		
Wo bleiben deine Steuern?	I. W.	Frei.	487/1	18. 11. 20		

VERZEICHNIS DER VON TUCHOLSKY BESPROCHENEN BÜCHER

Autor	Titel
Achard, Marcel	Malborough s'en va-t-en guerre
Abegg	Polizei in Einzeldarstellungen
Alexander, Franz und Staub, Hugo	Der Verbrecher und seine Richter
Amiel, Denys und Obey, André	La Carcasse
	Andreescher Handatlas
Anet, Claude	Mademoiselle Bourrat
Angel, Ernst	Edison, sein Leben und Erfinden
Appens, Wilhelm	Charleville
Arnac, Marcel	Le Brelan de Joie
Arnheim, Rudolf und Schiffer, Edith L.	Jugend und Welt
Arnheim, Rudolf und Schiffer, Edith L.	Jugend und Welt
Arnheim, Rudolf	Stimmen von der Galerie
Auburtin, Victor	Die goldene Kette
Auburtin, Victor	Die Onyxschale
Auburtin, Victor	Stirbt die Kunst?
Auburtin, Victor	Was ich in Frankreich erlebte
Avenarius, Ferdinand	Das Bild als Narr
Babel, Isaak	Budjonnys Reiterarmee
Bahr, Hermann und Anna	Bayreuth
Baillon, André	Par Fil Special
Balabanoff, Angelica	Wesen und Werdegang des italienischen Faschismus
Ball, Hugo	Hermann Hesse
Barbusse, Henri	Tatsachen
Bartels, Adolf	Die deutsche Dichtung der Gegenwart. Die Jüngsten
Battaglia, Otto Forst de	Der Kampf mit dem Drachen. Zehn Kapitel von der Gegenwart des deutschen Schrifttums und von der Krise des deutschen Geisteslebens
Bauer, Ludwig	Morgen wieder Krieg
Becques, Henri	Raben

Quelle	Titel des Tucholsky-Beitrags	Original-Buch-veröffentl.	Bd. u. Seite unserer Ausgabe
WB 6/1925	Malborough s'en va-t-en guerre	–	[4]41
WB 13/1929	«Polizei und – – –»	–	
WB 25/1929	Auf dem Nachttisch	–	[7]95
WB 18/1926	Der General in der Comédie	–	[4]428
WB 2/1927	Velhagen & Klasing	–	[5]141
Voss. 14. 12. 1926	Mademoiselle Bourrat	–	
WB 47/1926	Ein Indianerbuch der Technik	–	
WB 4/1920	Militaria	–	[2]263
WB 8/1925	Le Brelan de Joie	–	
Voss. 6. 12. 1927	Und für Hänschen ein Buch ... aber welches?	–	
Voss. 14. 12. 1928	Jugend und Welt	–	
Voss. 8. 12. 1928	Stimmen von der Galerie	–	
SB 7/1914	Der beleidigte Korrespondent	–	[1]178
SB 7/1914	Der beleidigte Korrespondent	–	[1]178
Vorw. 1911	Stirbt die Kunst?	–	[1]40
WB 25/1918	Briefbeilagen: Auburtin	–	[1]304
WB 19/1919	Das Bild als Narr	–	[2]82
WB 13/1927	Budjonnys Reiterarmee	–	[5]189
SB 13/1913	Bayreuth	–	[1]89
Bl. Heft 1. 12. 1924	Von unserem Spezialkorrespondenten: Dem Andenken Siegfried Brycks	–	
WB 22/1931	Auf dem Nachttisch	–	
WB 35/1927	Der deutsche Mensch	–	[5]293
WB 47/1929	Henri Barbusse und die Platte ‹Lord help me –!›	–	[7]250
WB 12/1922	Herr Adolf Bartels	–	[3]144
WB 41/1931	Einer, der es genau weiß	–	
WB 49/1931	Auf dem Nachttisch	–	
Voss. 19. 11. 1926	Pariser Theater	–	

Autor	Titel
Bedel, Maurice	Molinoff, Indre-et-Loire
Belvianes, Marcel	Das alte Mädchen
Benjamin, René	Clemenceau dans la retraite
Benjamin, René	Les Justices de Paix
Benoist, Charles	Les Lois de la Politique Française
Benoit, Pierre	Königsmark
Béraud, Henri	Ce que j'ai vu à Moscou
Beradt, Martin	List und Leidenschaft
Berend, Alice	Kleine Leute
Berendsohn, Walter A.	Knut Hamsun. Das unbändige Ich und die menschliche Gemeinschaft
Bermann, Richard A.	Der Hofmeister
Bernard, Tristan	Triplepate
Berndorff, H. R.	Spionage
Bernhart, Joseph	Der Vatikan als Thron der Welt
Bernstein, Henry	Galerie des Glaces
Berr, Émile	Les Petites Choses
Bienstock und Curnonsky	Le Wagon des Fumeurs
Bienstock und Curnonsky	T. S. V. P.
Blei, Franz	Landfahrer und Abenteurer
Blum, Oscar	Trümmerfeld Europa
Boehm, G. A. (Arthur Georg Boehm-Tettelbach)	Die Offiziershetze als politisches Kampfmittel und Kulturerscheinung
Bonn, Ferdinand	Gesammelte Werke
Borchardt, Rudolf	Deutsche Literatur im Kampfe um ihr Recht
Boris	Theater (Einl. K. T.)
Bossert, Helmuth Th. und Guttmann, Heinrich	Aus der Frühzeit der Fotografie 1840–1870
Bötticher, Hans (Joachim Ringelnatz)	Ein jeder lebts
Bottom	Die Bemerkungen Jerobeams oder das Geschäft in Aktien
Bourdet, Edouard	Vient de paraître
Brecht, Bert	Hauspostille
Brecht, Walther und Kralik, Dietrich und Kindermann, Heinz	Deutsche Literatur. Sammlung lit. Kunst- und Kulturdenkmäler in Entwicklungsreihen
Brod, Max	Die Schönheit der häßlichen Bilder
Bronnen, Arnolt	O. S.
Brousson, Jean-Jacques	Anatole France en pantoufles

Quelle	Titel des Tucholsky-Beitrags	Original-Buch-veröffentl.	Bd. u. Seite unserer Ausgabe
Voss. 12. 9. 1929	Herr Bedel liebt auf dem 48. Grad	–	
WB 37/1925	Pariser Kammerspiel	–	
WB 44/1930	Auf dem Nachttisch	–	[8]261
Voss. 20. 9. 1925	Fremde Völker in Frankreich	–	
WB 29/1928	Deutschenspiegel	–	[6]172
Voss. 2. 1. 1925	Königsmark	–	
WB 4/1926	Der Dicke in Rußland	–	[4]327
WB 9/1929	Auf dem Nachttisch	–	[7]43
SB 8/1914	Kleine Leute	–	
WB 32/1929	Auf dem Nachttisch	–	
SB 26/27/1913	Der Hofmeister	–	
Voss. 19. 11. 1926	Pariser Theater	–	
WB 10/1930	Die Herren und Damen von III b	–	
WB 17/1930	Auf dem Nachttisch	–	[8]116
Voss. 30. 12. 1924	Ein Stück von Henry Bernstein	–	
Uhu 7/1928	Warum eigentlich? . . .	–	[6]90
Voss. 23. 8. 1925	Französischer Witz	LL	[4]189
Voss. 23. 8. 1925	Französischer Witz	LL	[4]189
SB 3/1914	Landfahrer und Abenteurer	–	[1]166
WB 23/1925	Buch mit Bildern	–	
WB 13/1922	Die Erdolchten	–	[3]151
SB 21/22/1914	Ferdinand Bonns gesammelte Werke	–	[1]225
WB 5/1932	Auf dem Nachttisch	–	[10]24
WB 49/1920	Ein neuer Zeichner	–	[2]451
WB 22/1931	Auf dem Nachttisch	–	
WB 44/1922	Ein jeder lebts	–	[3]291
WB 39/1922	Das Geschäft in Aktien	–	
Voss. 19. 2. 1928	‹Neu-Erscheinung›	–	[6]49
WB 9/1928	Bert Brechts ‹Hauspostille›	–	[6]60
WB 52/1930	Auf dem Nachttisch	–	[8]327
SB 28/29/1913	Die Romantik des Geschmacklosen	–	[1]100
WB 26/1929	Ein besserer Herr	LL	[7]105
Voss. 28. 1. 1925	Anatole France in Pantoffeln	–	[4]27

Autor	Titel
Brousson, Jean-Jacques	Anatole France en pantoufles
Brück, Christa Anita	Schicksale hinter Schreibmaschinen
Brupbacher, Fritz	Liebe, Geschlechtsbeziehungen und Geschlechtspolitik
Buchner, Eberhard	Kriegsdokumente
Buchner, Eberhard	Kriegsdokumente
Büchner, Georg	Leonce und Lena
Burg, Hermann	Kunstschutz an der Westfront
Busch, Wilhelm	Briefe an Maria Anderson
Busson, Paul	Arme Gespenster
Capellanus, Georg	Sprechen Sie Lateinisch?
Carow, Erich	Erich Carow, Karriere eines berliner Volkskomikers
Casson, Herbert N.	Geldverdienen und Glücklichsein
Chaplin, Charlie	The Goldrush
Chaplin, Charlie	The Kid
Chesterton, G. K.	Das Paradies der Diebe
Chesterton, G. K.	Der Heilige Franziskus von Assisi
Chesterton, G. K.	Der unsterbliche Mensch
Chesterton, G. K.	Priester und Detektiv
Chesterton, G. K.	Verteidigung des Unsinns, der Demut, des Schundromans und anderer mißachteter Dinge
Choisy, Maryse	Un mois chez les filles
Cohen-Portheim, Paul	Paris
Crozier	Im Sturm ums Niemandsland
Curnonsky s. u. Bienstock	
Curtius, Ernst Robert	Französischer Geist im neuen Europa
Daudet, Alphonse	Tartarin von Tarascon
Daudet, Léon	Paris Vécu
Daumier, Honoré	Recht und Gericht
Delbrück, Hans	Ludendorffs Selbstporträt
Delmar, Maximilian	Französische Frauen
Demeter, Karl	Das deutsche Offizierskorps
Diel, Louise	Ich werde Mutter
Diesel, Eugen	Die deutsche Wandlung. Das Bild eines Volkes
Diotima	Die Schule der Liebe
Divoire, Fernand	Stratégie Littéraire
Döblin, Alfred (Linke Poot)	Der deutsche Maskenball
Domela, Harry	Der falsche Prinz

Quelle	Titel des Tucholsky-Beitrags	Original-Buch-veröffentl.	Bd. u. Seite unserer Ausgabe
Voss. 26. 4. 1928	Der Maulesel des Papstes	–	
WB 52/1930	Auf dem Nachttisch	–	[8]327
WB 17/1930	Auf dem Nachttisch	–	[8]116
WB 19/1928	Auf dem Nachttisch	–	[6]124
WB 49/1931	Auf dem Nachttisch	–	
SB 28/29/1913	Leonce und Lena	–	[1]99
WB 41/1920	Deutscher Kunstschutz	–	
SB 16/1914	Busch-Briefe	–	[1]201
WB 35/1918	Nette Bücher	–	[1]317
Voss. 23. 6. 1925	Sprechen Sie Lateinisch?	LL	[4]148
WB 21/1930	Auf dem Nachttisch	–	[8]136
Voss. 12. 2. 1926	Geldverdienen und Glücklichsein	–	
Voss. 15. 12. 1925	Der Brötchentanz	–	[4]282
WB 49/1923	The Kid	–	[3]358
WB 3/1928	Auf dem Nachttisch	–	[6]24
WB 3/1928	Auf dem Nachttisch	–	[6]24
WB 50/1930	Auf dem Nachttisch	–	[8]309
WB 24/1920	Priester und Detektiv	–	[2]354
WB 41/1919	Feuerwerk	–	[2]167
WB 9/1931	Auf dem Nachttisch	–	[9]139
WB 44/1930	Auf dem Nachttisch	–	[8]261
WB 49/1931	Auf dem Nachttisch	–	
Voss. 3. 1. 1926	E. R. Curtius' Essays	–	[4]307
WB 38/1921	Der Bayer mit dem Schießgewehr	–	[3]52
WB 52/1930	Auf dem Nachttisch	–	[8]327
SB 43/1913	Das Barreau	–	[1]123
WaM 10. 4. 1922	Kadett Ludendorff	–	[3]166
Lit. 21/22/1926	Französische Frauen	–	[4]305
WB 9/1931	Auf dem Nachttisch	–	[9]139
WB 49/1931	Auf dem Nachttisch	–	
WB 39/1930	Ein Deutschland-Buch	–	[8]222
WB 44/1930	Auf dem Nachttisch	LL	[8]261
Voss. 11. 10. 1925	Stratégie Littéraire	–	
WB 4/1922	Der rechte Bruder	–	[3]127
WB 34/1927	Mit Rute und Peitsche durch Preußen-Deutschland	–	[5]284

Autor	Titel
Donnay, Maurice	Au tour du Chat Noir
Doré, Gustave (Hrsg. Peter Scheer)	Das heilige Rußland
Dorfmann, J.	Im Lande der Rekordzahlen
Dorgelès, Roland	Die hölzernen Kreuze
Dorgelès, Roland	Les Croix de Bois
Dos Passos, John	Manhattan Transfer
Dreiser, Theodore	Amerikanische Tragödie
Dulac, Edouard	Histoires Gasconnes
Ebert, Friedrich	Kämpfe und Ziele
Eggebrecht, Axel	Katzen
Ehrenburg, Ilja	Die Traumfabrik
Ehrenburg, Ilja	Visum der Zeit
Einsiedel, Wolfgang von s. u. Tau, Max	
Eloesser, Arthur	Die Straße meiner Jugend
Etzel, Theodor s. u. Roda Roda, Alexander	
Falck, Ernst s. u. Gumbel, Emil J. und Jacob, Berthold	
Fallada, Hans	Bauern, Bonzen und Bomben
Farrère, Claude	Das Geheimnis der Lebenden
Fauchois, René	Le Singe qui parle
Feldmann, Siegmund	Paris gestern und heut'
Fendel-Sartorius	Die Schutzpolizei und ihre Gefechtsgrundsätze
Feuchtwanger, Lion	Pep
Fichte, Joh. G. (Hrsg. Jos. Hofmüller)	Inwiefern Macchiavellis Politik auch noch auf unsere Zeiten Anwendung habe
Figner, Wera	Das Attentat auf den Zaren
Figner, Wera	Nacht über Rußland
Fischart, Johannes	Das alte und das neue System. Die politischen Köpfe Deutschlands
Fischer, Heinrich (Hrsg.)	Die Vergessenen. Hundert deutsche Gedichte des XVII. und XVIII. Jahrhunderts
Flake, Otto	Das Ende der Revolution
Flake, Otto	Das kleine Logbuch
Franck, Harry	Als Vagabund um die Erde
Frantel, Max	Joyeuses Anecdotes
Freud, Sigmund	Gesamtausgabe
Frey, Alexander Moriz	Solneman, der Unsichtbare
Friedell, Egon (Hrsg.)	Das ist klassisch!
Friedrich, Ernst (Hrsg.)	Krieg dem Kriege

Quelle	Titel des Tucholsky-Beitrags	Original-Buch-veröffentl.	Bd. u. Seite unserer Ausgabe
Voss. 26. 9. 1926	Rund ums Chat Noir	–	
WB 35/1918	Nette Bücher	–	[1]317
WB 19/1928	Auf dem Nachttisch	–	[6]124
WB 44/1930	Auf dem Nachttisch	–	[8]261
WB 45/1929	Auf dem Nachttisch	–	[7]233
WB 8/1928	Auf dem Nachttisch	–	[6]52
WB 19/1928	Auf dem Nachttisch	–	[6]124
Voss. 23. 8. 1925	Französischer Witz	LL	[4]189
WB 49/1927	Auf dem Nachttisch	–	[5]399
WB 45/1927	Ein Katzenbuch	–	[5]367
WB 5/1932	Auf dem Nachttisch	–	[10]24
WB 44/1930	Auf dem Nachttisch	–	[8]261
WB 3/1920	Die Straße meiner Jugend	–	[2]259
WB 14/1931	Bauern, Bonzen und Bomben		[9]168
WB 40/1919	Das Geheimnis der Lebenden	–	[2]160
Voss. 17. 2. 1925	Dessert-Theater	–	
SB 15/1913	Der weiße Rappe	–	
WB 26/1922	Die Schupo	–	[3]210
WB 3/1928	Auf dem Nachttisch	–	[6]24
WB 42/1918	Macchiavelli	–	[1]333
WB 33/1926	Tschechen und Russen	–	[4]477
WB 50/1930	Auf dem Nachttisch	–	[8]309
WB 20/1919	Die Flöhhatz	–	[2]91
WB 44/1930	Auf dem Nachttisch	–	[8]261
WB 43/1921	Otto Flake	–	[3]73
WB 9/1922	Das kleine Logbuch	–	[3]136
Pr. Tg. 9. 6. 1912	Als Vagabund um die Erde	–	
Voss. 23. 8. 1925	Französischer Witz	LL	[4]189
WB 18/1931	Auf dem Nachttisch	–	[9]195
WB 33/1919	Solneman, der Unsichtbare	–	[2]140
WB 41/1922	Das ist klassisch!	–	[3]287
WB 8/1926	Waffe gegen den Krieg	–	[4]359

Autor	Titel
Fuchs, Georg	Wir Zuchthäusler. Erinnerungen des Zellengefangenen Nr. 2911
Fülöp-Miller, René	Macht und Geheimnis der Jesuiten
Fürst, Artur	Die Welt auf Schienen
Galahad, Sir	Die Kegelschnitte Gottes
Galletti, Joh. G. Aug.	Gallettiana. Unfreiwillige Komik in Aussprüchen des Professors Joh. G. A. Galletti
Gaspar, Andreas s. u. Hirschfeld, Magnus	
Geistbeck, Michael und Geistbeck, Alois	Geographie für höhere Lehranstalten
Gerber, Artur (Hrsg.)	Briefe und Notizen von Otto Weininger
Giese, Fritz	Girlkultur
Gignoux, Régis und Théry, Jacques	Le fruit vert
Giraudoux, Jean	Bella
Giraudoux, Jean	Siegfried
Gizycki, Henriette von	Kaplan Fahsel in seinem Werdegang unter Zuhilfenahme seiner Briefe und Aufzeichnungen
Glaeser, Ernst	Frieden
Glaeser, Ernst	Seele über Bord
Goerke, Franz (Hrsg.)	Naturaufnahmen der Mark
Goethe, Johann Wolfgang von	Das Tagebuch
Gogol, Nikolai	Bildnis
Goldschmidt, Alfons	Deutschland heute
Goldschmidt, Alfons	Moskau 1920
Gorki, Maxim	Erinnerungen an Tolstoi
Grasset, Bernard	Die Angelegenheit der Literatur
Grimm, Hans	Volk ohne Raum
Grosz, George	Das Gesicht der herrschenden Klasse
Grosz, George	Das neue Gesicht der herrschenden Klasse
Grosz, George	Die Gezeichneten
Grosz, George	Gott mit uns
Grosz, George	Über alles die Liebe
Grosz, George und Herzfelde, Wieland	Die Kunst ist in Gefahr
Grote, Hans-H. Freih.	Vorsicht! Feind hört mit!
Guhr, C.	Paganinis Kunst, die Violine zu spielen

Quelle	Titel des Tucholsky-Beitrags	Original-Buch-veröffentl.	Bd. u. Seite unserer Ausgabe
WB 23/1931	Wir Zuchthäusler	–	[9]220
WB 13/1930	Auf dem Nachttisch	–	[8]76
BVZ 1. 9. 1920	Die Welt auf Schienen	–	
WB 30/1923	Die Kegelschnitte Gottes	–	[3]346
WB 31/1922	Gallettiana	ML	[3]249
WB 41/1928	Verhetzte Kinder – ohnmächtige Republik	LL	[6]259
WB 6/1920	Ein Taschenbuch	–	[2]274
WB 14/1926	Der neudeutsche Stil	5 PS	[4]398
Voss. 17. 2. 1925	Dessert-Theater	–	
Voss. 4. 3. 1926	Bella	–	[4]366
Voss. 23. 5. 1928	‹Siegfried› oder der geleimte Mann	–	[6]134
WB 18/1931	Auf dem Nachttisch	–	[9]195
WB 51/1930	Frieden	–	[8]323
WB 46/1926	Der liebe Gott in Kassel	–	[4]540
Vorw. 22. 3. 1912	Die Mark Brandenburg (in Farbfotografie)	–	
WB 39/1920	Iste Goethe	–	[2]415
WB 2/1921	Das Bildnis	–	[3]8
WB 9/1929	Auf dem Nachttisch	–	[7]43
Frei. 13. 10. 1920	Aus Moskau zurück	–	[2]422
WB 18/1922	Von Tolstoi	–	[3]174
WB 45/1929	Auf dem Nachttisch	–	[7]232
WB 36/1928	Grimms Märchen	–	[6]215
WB 33/1921	Fratzen von Grosz	–	[3]41
WB 13/1930	Auf dem Nachttisch	–	[8]76
WB 13/1930	Auf dem Nachttisch	–	[8]76
Frei. 24. 10. 1920	Der kleine Geßler und der große Grosz	–	[2]431
WB 50/1930	Auf dem Nachttisch	–	[8]309
WB 41/1925	George Grosz als Schriftsteller	–	
WB 18/1931	Auf dem Nachttisch	–	[9]195
März 27/1914	Paganini oder Der Teufel auf der Tournee	–	[1]232

Autor	Titel
Guitry, Sacha	Debureau
Gumbel, Emil J.	Vom Rußland der Gegenwart
Gumbel, Emil J.	Zwei Jahre Mord
Gumbel, Emil J. und Jacob, Berthold und Falck, Ernst	Verräter verfallen der Feme
Günther, Joh. Christ. (Hrsg. H. Wendel)	Gedichte
Guttmann, Heinrich s. u. Bossert, Helmuth Th.	
Haas, Willy	Gestalten der Zeit
Haller, Johannes	Aus dem Leben des Fürsten Eulenburg-Hertefeld
Hamsun, Knut	Die letzte Freude
Hamsun, Knut	Vom Teufel geholt
Hardekopf, Ferdinand	Privatgedichte
Harden, Maximilian	Prozesse
Hardt, Ludwig	Vortragsbuch
Harrys, Georg	Paganini im Reisewagen und Zimmer
Hašek, Jaroslav	Die Abenteuer des braven Soldaten Schwejk
Hašek, Jaroslav	Schwejk
Hasenclever, Walter	Kulissen
Hayes, C. J. H.	Nationalismus
Hays, Arthur Garfield	Laßt Freiheitsglocken läuten!
Hebel, Johann Peter	Die Schwänke des rheinischen Hausfreundes
Heindl, Robert	Der Berufsverbrecher, ein Beitrag zur Strafrechtsreform
Heller, Frank	Die Finanzen des Großherzogs
Heller, Frank	Herr Collin ist ruiniert
Heller, Frank	Herrn Filip Collins Abenteuer
Heller, Frank	Karl-Bertils Sommer
Heller, Frank	Lavertisse macht den Haupttreffer
Henry, O.	Bluff
Herrnfeld, Donat	Endlich allein
Herzfelde, Wieland s. u. Grosz, George	
Herzog, Rudolf	Kameraden
Hesse, Hermann	Diesseits
Hesse, Hermann	Eine Bibliothek der Weltliteratur
Hesse, Hermann	Roßhalde
Hesse, Kurt	Das Marne-Drama des 15. Juli 1918
Hessel Franz	Nachfeier

Quelle	Titel des Tucholsky-Beitrags	Original-Buch-veröffentl.	Bd. u. Seite unserer Ausgabe
Voss. 19. 11. 1926	Pariser Theater	–	
WB 49/1927	Auf dem Nachttisch	–	[5]399
WB 36/1921	Das Buch von der deutschen Schande	–	[3]44
WB 7/1930	Auf dem Nachttisch	–	[8]46
WB 24/1922	Die deutsche Laute	–	[3]197
WB 18/1931	Auf dem Nachttisch	–	[9]195
WB 39/1925	Eulenburgiana	–	[4]225
WB 17/1930	Auf dem Nachttisch	–	[8]116
WB 52/1929	Kritik aus der Erinnerung	–	[7]276
WB 32/1922	Privatgedichte	–	[3]257
März 1/1914	Hardens Prozesse	–	[1]158
WB 32/1925	Ein Vortragsbuch	–	[4]185
März 27/1914	Paganini oder Der Teufel auf der Tournee	–	[1]232
WB 23/1926	Herr Schwejk	–	[4]456
WB 51/1926	Schwejk der Zweite	–	[4]566
WB 24/1932	‹Kulissen›	–	[10]93
WB 42/1929	Auf dem Nachttisch	–	[7]211
WB 42/1929	Auf dem Nachttisch	–	[7]211
WB 28/1925	Alter Kümmel	–	[4]162
WB 31/1928	Ein Schädling der Kriminalistik	–	[6]180
WB 8/1928	Auf dem Nachttisch	–	[6]52
WB 8/1928	Auf dem Nachttisch	–	[6]52
WB 8/1928	Auf dem Nachttisch	–	[6]52
WB 8/1928	Auf dem Nachttisch	–	[6]52
WB 8/1928	Auf dem Nachttisch	–	[6]52
WB 9/1931	Auf dem Nachttisch	–	[9]139
SB 37/1913	Die tausend Blumentöpfe	–	
WB 39/1924	Rudolf Herzog – ein deutscher Mann	Dt. Dt.	[3]463
SB 48/1913	Alte Verse	–	[1]130
WB 9/1931	Auf dem Nachttisch	–	[9]139
SB 17/1913	Roßhalde	–	[1]208
BVZ 3. 8. 1919	Leichenreden	–	[2]133
WB 42/1929	Auf dem Nachttisch	–	[7]211

Autor	Titel
Hessel, Franz	Teigwaren, leicht gefärbt
Hirschfeld, Magnus und Gaspar, Andreas	Sittengeschichte des Weltkrieges
Hodann, Max	Sowjet-Union
Hodum-Koenigsfeld	
Hoeber, Karl	Dr. Carl Sonnenschein
Hoerschelmann, Helene	Versunkenes
Höflich	Affäre Zablin
Holitscher, Arthur	Amerika heute und morgen
Holitscher, Arthur	Lebensgeschichte eines Rebellen
Hóllós, Istvan	Hinter der gelben Mauer
Holtz, Karl s. u. Stössinger, Felix	
Holz, Arno	Das ausgewählte Werk
Hölz, Max	Briefe aus dem Zuchthaus
Hölz, Max	Vom weißen Kreuz zur Roten Fahne
Huebner, F. M.	Das andere Ich
Huebner, F. M.	Das Spiel mit der Flamme
Hürlimann, Martin	Tut Kung Bluff
Hyan, Hans	Auf dem Asphalt
Hyan, Hans	Berliner Gefängnisse
Hyan, Hans	Sexualmörder in Düsseldorf
Ilgenstein, Heinrich	Kammermusik
Italiaander, Rolf	So lernte ich segelfliegen
Jacob, Berthold s. u. Gumbel, Emil J. und Falck, Ernst	
Joyce, James	Ulysses
Jungfer, Victor	Das Gesicht der Etappe
Just, A. W.	Mit Ilsebill freiwillig nach Sibirien
Kafka, Franz	Amerika
Kafka, Franz	Der Prozeß
Kafka, Franz	In der Strafkolonie
Kanehl, Oskar	Straße frei
Kantorowicz, Hermann	Der Geist der englischen Politik und das Gespenst der Einkreisung Deutschlands
Kapp, Julius	Paganini
Kästner, Erich	Ein Mann gibt Auskunft
Katz, Richard	Bummel durch die Welt
Keller, Rudolf	Deutschland und Frankreich

Quelle	Titel des Tucholsky-Beitrags	Original-Buch-veröffentl.	Bd. u. Seite unserer Ausgabe
WB 19/1928	Auf dem Nachttisch	–	[6]124
WB 52/1930	Auf dem Nachttisch	–	[8]327
WB 22/1931	Auf dem Nachttisch	–	
WB 37/1930	Hering ist gut – Schlagsahne ist gut – wie gut ...	–	[8]216
WB 1/1931	Carl Sonnenschein	–	[9]103
WB 29/1927	Versunkenes	–	
WB 49/1931	Auf dem Nachttisch	–	
Vorw. 8. 11. 1912	Amerika heute und morgen	–	[1]47
WB 26/1925	Lebensgeschichte eines Rebellen	–	[4]152
WB 42/1929	Auf dem Nachttisch	–	[7]211
WB 20/1920	Arno Holz	–	
WB 43/1927	Und immer wieder Max Hölz!	–	[5]357
WB 25/1929	Auf dem Nachttisch	–	[7]95
WB 17/1928	Der Bär tanzt	ML	[6]109
WB 17/1928	Der Bär tanzt	ML	[6]109
Voss. 19. 4. 1925	Das unvermeidliche Buch	–	
WB 42/1922	Berliner Mutterlaut	–	[3]288
Frei. 25. 7. 1920	Berliner Gefängnisse	–	
WB 7/1930	Auf dem Nachttisch	–	[8]46
Vorw. 26. 1. 1914	Komödienhaus: Kammermusik	–	
WB 34/1931	Herr Wichtig	–	
WB 47/1927	Ulysses	–	[5]379
WB 5/1921	Offiziersbücher	–	[3]11
WB 5/1932	Auf dem Nachttisch	–	[10]24
WB 9/1929	Auf dem Nachttisch	–	[7]43
WB 10/1926	Der Prozeß	–	[4]370
WB 23/655	In der Strafkolonie	–	[2]344
WB 48/1928	Gebrauchslyrik	–	[6]316
WB 7/1930	Auf dem Nachttisch	–	[8]46
März 27/1914	Paganini oder Der Teufel auf der Tournee	–	[1]232
WB 50/1930	Auf dem Nachttisch	–	[8]309
Voss. 27. 11. 1927	Ein Bummel durch die Welt	–	
WB 35/1931	Reparationsfibel	–	[9]274

Autor	Titel
Kémeri, Sandor	Die Kerker von Budapest
Kesten, Hermann	24 neue deutsche Erzähler
Keun, Irmgard	Gilgi, eine von uns
Keyserling, Hermann Graf	Schopenhauer als Verbilder. Der Weg zur Vollendung Reisetagebuch eines Philosophen
Kindermann, Heinz s. u. Brecht, Walther und Kralik, Dietrich	
Kircher, Rudolf	Engländer
Kircher, Rudolf	Fair Play
Kisch, Egon Erwin	Der Fall des Generalstabschefs Redl (i. d. Reihe «Außenseiter der Gesellschaft», hrsg. v. R. Leonhard)
Kisch, Egon Erwin	Der rasende Reporter
Kisch, Egon Erwin	Paradies Amerika
Kisch, Egon Erwin	Schreib das auf, Kisch!
Kisch, Egon Erwin (Hrsg.)	Klassischer Journalismus
Kläber, Kurt	Der Krieg
Klabund	Harfenjule
Koerber, Lenka von	Menschen im Zuchthaus
Koffler, Dosio	Wilhelm II.
Köhler, Wolfgang	Intelligenzprüfungen an Anthropoiden
Kollontai, Alexandra Michailowna	Wege der Liebe: Die Liebe der drei Generationen Schwestern Wasilissa Maligyna
Köppen, Edlef	Heeresbericht
Kotze, Stefan von	Australische Skizzen
Krain, Willibald	Krieg
Krain, Willibald	Krieg
Kralik, Dietrich s. u. Brecht, Walther und Kindermann, Heinz	
Kraus, Karl	Weltgericht
Kruif, Paul de	Mikrobenjäger
Krupskaja, N. K.	Erinnerungen an Lenin
Kuh, Anton	Physiognomik
Kunze, Gerhard (Hrsg.)	Sportpredigten und Sportansprachen
Kutzleb, Hjalmar	Mord an der Zukunft
Laforgue, Jules	Berlin, La Cour et la Ville
Lamandé, André	Ton pays sera le mien
Lampel, Peter Martin	Der Revolutionsoffizier

Quelle	Titel des Tucholsky-Beitrags	Original-Buch-veröffentl.	Bd. u. Seite unserer Ausgabe
WB 21/1930	Auf dem Nachttisch	–	[8]136
WB 17/1930	Auf dem Nachttisch	–	[8]116
WB 5/1932	Auf dem Nachttisch	–	[10]24
WB 24/1928	Der darmstädter Armleuchter:		
	Als Gottes Atem leiser ging		
	Le comique voyageur	ML	[6]144
WB 49/1927	Auf dem Nachttisch	–	[5]399
WB 49/1927	Auf dem Nachttisch	–	[5]399
WB 10/1925	Außenseiter der Gesellschaft	–	[4]59
WB 7/1925	Der rasende Reporter	–	[4]48
WB 13/1930	Auf dem Nachttisch	–	[8]76
WB 52/1930	Auf dem Nachttisch	–	[8]327
WB 45/1929	Auf dem Nachttisch	–	[7]232
WB 45/1929	Auf dem Nachttisch	–	[7]232
WB 28/1927	Harfenjulius Klabund	–	[5]258
WB 18/1931	Auf dem Nachttisch	–	[9]195
WB 9/1932	Auf dem Nachttisch	–	[10]40
WB 23/1930	Lesefrucht	LL	[8]154
WB 32/1926	Wege der Liebe	–	[4]475
WB 16/1931	Ein Stück Dichtung	–	[9]188
Frft. 23. 10. 1918	Etwas vom Humor	–	
WB 35/1919	Krieg	–	[2]144
WB 20/1925	Mappe gegen den Krieg	–	
WB 21/1920	Weltgericht	–	[2]331
WB 8/1928	Auf dem Nachttisch	–	[6]52
WB 7/1930	Auf dem Nachttisch	–	[8]46
WB 5/1932	Auf dem Nachttisch	–	[10]24
WB 15/1930	Braut- und Sportunterricht	–	[8]99
WB 52/1930	Auf dem Nachttisch	–	[8]327
WB 39/1927	Ein Franzose im alten Berlin	–	[5]320
Voss. 20. 9. 1925	Fremde Völker in Frankreich	–	
WB 5/1921	Offiziersbücher	–	[3]11

Autor	Titel
Lampel, Peter Martin	Jungen in Not
Lania, Leo	Gewehre auf Reisen
Larnac, Jean	La vie de Colette
Lauzanne, Stéphane	Sa Majesté la Presse
Lawrence, David Herbert	Lady Chatterley und ihr Liebhaber
Leacock, Stephen	Abenteuer der armen Reichen
Leacock, Stephen	Humor und Humbug
Lehmann-Russbüldt, Otto s. u. Mertens, Carl und Widerhold, Konrad	
Lenin, N. und Sinowjew, Grigori Jewsejewitsch	Gegen den Strom
Lerbs, Karl (Hrsg.)	Der Spiegel
Leroux, Gaston	Das Geheimnis des gelben Zimmers
Leroux, Gaston	Das Phantom der Oper
	L'Esprit (Zeitschrift)
Leskow, Nikolai	Lady Macbeth von Mzensk
Lewin, L.	Phantastika. Die betäubenden und erregenden Genußmittel
Lewis, Sinclair	Babbitt
Lichnowsky, Mechtild von	Götter, Könige und Tiere in Ägypten
Lichtenberg, Georg Christoph (Hrsg. Albert Leitzmann)	Aphorismen
Lichtenberg, Georg Christoph (Hrsg. Josef Schirmer)	Aphorismen
Lichtenberg, Georg Christoph (Hrsg. Ernst Vincent)	Aphorismen und Schriften
Lichtenberg, Georg Christoph (Ausgew. v. Alexander von Gleichen-Rußwurm)	Lichtenbergs Aphorismen
Liebermann, Matwey	Im Namen der Sowjets
Lofting, Hugh	Dr. Dolittle und seine Tiere
Londres, Albert	Chez les Fous
Löns-Erbeck, Elisabeth	Meine Erinnerungen an Hermann Löns
Lucieto, Ch.	En Missions spéciales
Ludendorff, Margarete	Als ich Ludendorffs Frau war
Ludwig, Emil	Juli 14
Ludwig, Emil	Wilhelm II.
Maas, Prof. Dr. G. (Hrsg.)	Die verfassunggebende deutsche Nationalversammlung
Maccono, Ferdinando	Zwei Märtyrerinnen der Keuschheit
Macdonald, Philipp	Prinzgemahl

Quelle	Titel des Tucholsky-Beitrags	Original-Buch-veröffentl.	Bd. u. Seite unserer Ausgabe
WB 9/1929	Auf dem Nachttisch	–	[7]43
WB 42/1924	Gewehre auf Reisen	–	[3]477
BT 15. 2. 1920	Das Leben der Colette	–	
WB 40/1925	Sa Majesté la Presse	–	
WB 50/1930	Auf dem Nachttisch	–	[8]309
Voss. 26. 7. 1925	Ein moderner Humorist	–	
Voss. 26. 7. 1925	Ein moderner Humorist	–	
WB 15/1926	Gegen den Strom	–	[4]405
Frft. 20. 12. 1918	Anekdoten	–	
SB 13/1917	Das Geheimnis des gelben Zimmers	–	[1]267
WB 35/1918	Nette Bücher	–	[1]317
WB 36/1926	L'Esprit	–	[4]488
WB 17/1922	Leskow	–	[3]173
WB 32/1929	Auf dem Nachttisch	–	
WB 18/1925	Babbitt	–	[4]109
SB 34/35/1913	Die Ägyptische Königstochter	–	[1]108
Voss. 25. 1. 1931	Schrei nach Lichtenberg	–	[9]118
Voss. 25. 1. 1931	Schrei nach Lichtenberg	–	[9]118
WB 26/1932	Lichtenberg	–	[10]100
Voss. 25. 1. 1931	Schrei nach Lichtenberg	–	[9]118
WB 18/1931	Auf dem Nachttisch	–	[9]195
Voss. 10. 12. 1925	Dr. Dolittle und seine Tiere	–	[4]279
WB 38/1925	Bei den Verrückten	–	[4]223
WB 45/1926	Idyll an der Leine	–	[4]535
WB 19/1928	Auf dem Nachttisch	–	[6]124
WB 31/1929	Die Karikatur Preußens	–	[7]153
WB 30/1929	Juli 14	–	[7]139
WB 52/1925	Das Buch vom Kaiser	–	[4]296
BT 25. 3. 1919	421 Gesichter	–	
WB 3/1928	Auf dem Nachttisch	–	[6]24
WB 35/1930	Kleiner Jubel mit Fransen	–	

Autor	Titel
Maeterlinck, Maurice	Das Leben der Termiten
Malinowski, Bronislaw	Das Geschlechtsleben der Wilden in Nordwest-Melanesien
Mann, Heinrich	Der Untertan
Mann, Heinrich	Macht und Mensch
Mann, Thomas	Wälsungenblut
Marquis, S.	Henry Ford
Martet, Jean	Clemenceau spricht
Masereel, Frans	Die Sonne
Masereel, Frans	Stundenbuch
Mauriac, François	Le Jeune Homme
Mechow, Karl Benno von	Das Abenteuer
Mehring, Walter	Das politische Cabaret
Mehring, Walter	Die Gedichte, Lieder und Chansons des Walter Mehring
Meier-Gräfe, Julius	Der Tscheinik
Meng, Heinrich	Das ärztliche Volksbuch
Mertens, Carl	Verschwörer und Fememörder
Mertens, Carl und Lehmann-Russbüldt, Otto und Widerhold, Konrad	Deutsche Militärpolitik seit 1918
Meyer, Richard M.	Deutsche Parodien
Meyrink, Gustav	Das grüne Gesicht
Meyrink, Gustav	Der Golem
Meyrink, Gustav	Gesammelte Schriften
Michels, Robert	Der Patriotismus, Prolegomena zu seiner soziologischen Analyse
Mies, August	Durch türkische und ägyptische Harems. Erlebnisse eines deutschen Landsturmmannes, von August Mies, Landsturmmann und Kriegsteilnehmer, abkommandiert nach der Türkei zur Organisation der Viehherden des ehemaligen Kriegsministers Enver Bey
Molnár, Franz	Die Dampfsäule
Molnár, Franz	Die Jungen der Paulstraße
Molnár, Franz	Spiel im Schloß
Monnier, Philippe	Blaise, der Gymnasiast
Morand, Paul	L'Europe Galante
Morgenstern, Christian	Der Gingganz
Morgenstern, Christian	Palmström
Morgenstern, Christian	Stufen
Mowrer, Edgar Ansel	Amerika, Vorbild und Warnung
Müller, Georg	Das Recht in Goethes Faust. Juristische Streifzüge durch das Land der Dichtung

Quelle	Titel des Tucholsky-Beitrags	Original-Buch-veröffentl.	Bd. u. Seite unserer Ausgabe
WB 38/1927	Das Leben der Termiten	–	
WB 44/1930	Auf dem Nachttisch	LL	[8]261
WB 13/1919	Der Untertan	–	[2]63
WB 25/1920	Macht und Mensch	–	[2]359
WB 33/1931	Europäische Kinderstube	–	[9]263
WB 8/1928	Auf dem Nachttisch	–	[6]52
Voss. 6. 4. 1930	‹Clemenceau spricht›	–	[8]96
WB 49/1926	Zwei Bilderbücher	–	[4]555
WB 49/1926	Zwei Bilderbücher	–	[4]555
WB 13/1926	Der junge Mann	–	[4]391
WB 18/1931	Auf dem Nachttisch	–	[9]195
WB 48/1920	Das neue Lied	–	[2]446
WB 25/1929	Auf dem Nachttisch	–	[7]95
WB 28/1918	Briefbeilagen: Der Tscheinik	–	
WB 22/1931	Auf dem Nachttisch	–	
Pr. Tg. 17. 4. 1926	Fememörder	–	
Manus.	Eine Perle	–	unveröfftl.
SB 5/1914	Parodien?	–	[1]168
SB 7/1917	Das grüne Gesicht	–	[1]265
SB 7/1917	Das grüne Gesicht	–	[1]265
SB 2/1914	Ein neuer Klassiker	–	[1]165
WB 13/1930	Auf dem Nachttisch	–	[8]76
ML	Geheimnisse des Harems	ML	[7]290
WB 49/1927	Auf dem Nachttisch	–	[5]399
WB 8/1928	Auf dem Nachttisch	–	[6]52
WB 15/1927	Bekritzelte Programmhefte	–	
SB 20/1914	Blaise, der Gymnasiast	–	[1]221
WB 34/1925	Der neue Morand	–	[4]194
WB 38/1919	Der Gingganz	–	[2]159
SB 37/1913	Palmström der Vermehrte	–	[1]113
WB 15/1919	Stufen	–	[2]71
WB 9/1929	Auf dem Nachttisch	–	[7]43
SB 32/33/1913	Das Recht in Goethes Faust	–	[1]102

Autor	Titel
Müller-Jabusch, Maximilian	Handbuch des öffentlichen Lebens
Mynona (Friedlaender, Salomo)	Hat Remarque wirklich gelebt?
Mynona (Friedlaender, Salomo)	Rosa, die schöne Schutzmannsfrau
Mynona (Friedlaender, Salomo)	Schwarz-Weiß-Rot
Nicolson, Harold	Miss Plimsoll und andere Leute
Nikolaus, Paul	Tänzerinnen
Nivoix s. u. Pagnol, Marcel	
Noske, Gustav	Wie ich wurde
Nußbaum, Anna (Hrsg.)	Afrika singt. Anthologie afro-amerikanischer Lyrik
Obey, André s. u. Amiel, Denys	
Oederlin, Max	Marsch im Jura 1916/17
Olden, Hans	Das Frühstück auf Blue Island
Olden, Hans	Ein ekelhafter Kerl
Oppenheimer, Franz	Erlebtes. Erstrebtes. Erreichtes
Ossendowski, Ferdinand	Götter, Menschen und Tiere
Ostwald, Hans (Hrsg.)	Das Zillebuch
Ottwalt, Ernst	Denn sie wissen, was sie tun
Ottwalt, Ernst	Ruhe und Ordnung
Owlglaß, Dr. (Blaich, Hans Erich)	Der saure Apfel
Owlglaß, Dr. (Blaich, Hans Erich)	Gottes Blasbalg
Paasche, Hans	Das verlorene Afrika
Pagnol, Marcel und Nivoix	Les Marchands de Gloire
Paneth, Ludwig	Gesunde und kranke Nerven
Panizza, Oskar	Christus in psicho-patologischer Beleuchtung (Nr. 5 d. Zürcher Diskussionen)
Panizza, Oskar	Liebeskonzil
Panizza, Oskar	Parisiana
Persius, Lothar	Der Seekrieg
Perutz, Leo	Der Marques de Bolibar
Perutz, Leo	Die dritte Kugel
Perutz, Leo	Die Geburt des Antichrist

Quelle	Titel des Tucholsky-Beitrags	Original-Buch-veröffentl.	Bd. u. Seite unserer Ausgabe
WB 34/1929	Das Nachschlagewerk als politische Waffe	–	[7]166
WB 1/1930	Hat Mynona wirklich gelebt?	–	[7]282
SB 52/1913	Die schöne Schutzmannsfrau	–	[1]138
SB 1/1917	Die Sekt-Eule	–	[1]263
WB 7/1930	Auf dem Nachttisch	–	[8]46
WB 18/1919	Tänzerinnen	–	
WB 37/1919	Henny Noske	–	[10]187
WB 45/1929	Auf dem Nachttisch	–	[7]232
WB 49/1931	Auf dem Nachttisch	–	
SB 22/23/1913	Unterhaltungsliteratur	–	
SB 22/23/1913	Unterhaltungsliteratur	–	
WB 9/1932	Auf dem Nachttisch	–	[10]40
WB 2/1925	Lieber Arthur Eloesser!	–	
WB 7/1930	Auf dem Nachttisch	–	[8]46
WB 5/1932	Auf dem Nachttisch	–	[10]24
WB 13/1930	Auf dem Nachttisch	–	[8]76
SB 31/32/1914	Gottes Blasbalg	–	[1]242
SB 31/32/1914	Gottes Blasbalg	–	[1]242
WB 50/1919	Ein weißer Rabe	–	[2]219
WB 19/1925	Hausse in Ruhm	–	
WB 42/1930	Gesunde und kranke Nerven	LL	[8]246
WB 50/1928	Sprechstunde am Kreuz	LL	[6]336
WB 38/1919	Panizza	–	[2]154
WB 38/1919	Panizza	–	[2]154
WB 18/1920	Persius	–	
WB 46/1920	Der Marques de Bolibar	–	
WB 24/1919	Die dritte Kugel	–	[2]111
WB 33/1922	Die Geburt des Antichrist	–	

Autor	Titel
Petzet, Erich (Hrsg.)	Briefwechsel von Theodor Fontane und Paul Heyse 1850–1897
Pitigrilli	Der Keuschheitsgürtel
Plättner, Karl	Eros im Zuchthaus
Podach, E. F.	Gestalten um Nietzsche
Podach, E. F.	Nietzsches Zusammenbruch
Poiret, Paul	En habillant l'Époque
Polgar, Alfred	Hinterland
Polgar, Alfred	Ich bin Zeuge
Polgar, Alfred	Max Pallenberg
Polgar, Alfred	Schwarz auf Weiß
Porten, Henny	Wie ich wurde
Propper, S. M. von	Was nicht in die Zeitung kam
Queiroz, Eça de J. M.	Die Reliquie
Queiroz, Eça de J. M.	Stadt und Gebirg
Radiguet, Raymond	Le Bal du Comte d'Orgel
Ramond, Edouard	Histoires de Filles et d'Affranchis
Ramond, Edouard	Histoires Marseillaises
Rathenau, Walther	Der Kaiser
Raucat, Thomas	L'Honorable Partie de Campagne
Reck-Malleczewen, Fritz	Frau Übersee
Reimann, Hans	Ewers
Reimann, Hans	Kabarettbuch
Reimann, Hans	Sächsisch
Reimann, Hans	Sächsische Miniaturen
Reimann, Hans	Sächsische Miniaturen
Reimann, Hans	Vergnügliches Handbuch der deutschen Sprache
Reimann, Hans	Von Karl May bis Max Pallenberg in 60 Minuten
Reissner, Larissa	Oktober
Reissner, Larissa	Oktober
Reitzenstein, Hans-Joachim Frh. von	Vergitterte Jugend
Remarque, Erich Maria	Der Weg zurück
Renard, Jules	Histoires Naturelles
Renger-Patzsch, Albert	Die Welt ist schön
Rice, Elmer L.	Die Rechenmaschine
Rieder, Karl	Brautunterricht. Eine praktische Einleitung für den Seelsorgsklerus
Riege, R.	Die Hochzeitsreise
Riege, R.	Kord Dönebön

Quelle	Titel des Tucholsky-Beitrags	Original-Buch-veröffentl.	Bd. u. Seite unserer Ausgabe
WB 45/1929	Auf dem Nachttisch	–	[7]232
WB 13/1930	Die Keuschheitsgürteltiere	–	
WB 42/1929	Auf dem Nachttisch	–	[7]211
WB 2/1932	Fräulein Nietzsche	–	[10]9
WB 2/1932	Fräulein Nietzsche	–	[10]9
WB 20/1931	Der patriotische Schneider	–	
WB 21/1930	Auf dem Nachttisch	–	[8]136
WB 3/1928	Auf dem Nachttisch	–	[6]24
WB 51/1921	Pallenberg und Polgar	–	[3]104
Lose Bl. 13/1929	Schwarz auf Weiß	–	[7]49
WB 37/1919	Henny Noske	–	[10]187
WB 52/1930	Auf dem Nachttisch	–	[8]327
WB 20/1925	Die Reliquie	–	[4]124
WB 26/1924	Das Gleichgewicht des Lebens	–	[3]401
Voss. 30. 6. 1925	Pariser Tage	–	
WB 5/1926	Durchaus unpassende Geschichten	ML	[4]336
Voss. 23. 8. 1925	Französischer Witz	LL	[4]189
WB 23/1919	Der Schnellmaler	–	[2]103
Voss. 20. 9. 1925	Fremde Völker in Frankreich	–	
WB 1/1919	Frau Übersee	–	
WB 46/1921	Hanns Heinz Vampir	–	
WB 14/1924	König contra Reimann	–	[3]376
WB 35/1931	Zwei Sprachbücher	–	
WB 49/1927	Auf dem Nachttisch	–	[5]399
WB 31/1921	Sächsische Miniaturen	–	[3]39
WB 35/1931	Zwei Sprachbücher	–	
WB 29/1923	Allotria	–	[3]344
WB 7/1930	Auf dem Nachttisch	–	[8]46
WB 8/1927	Larissa Reissner	–	[5]155
WB 35/1920	Kadettenliteratur	–	[2]404
WB 20/1931	Der neue Remarque	–	[9]208
Voss. 18. 9. 1927	Buch voller Tiere	–	[5]311
WB 51/1928	Das schönste Geschenk	–	
Voss. 1. 1. 1928	Rechenmaschine aus USA	–	[6]9
WB 15/1930	Braut- und Sport-Unterricht	–	[8]99
WB 7/1922	Rieges Holzschnitte	–	[3]131
WB 7/1922	Rieges Holzschnitte	–	[3]131

Autor	Titel
Ringelnatz, Joachim (s. a. u. Bötticher)	Reisebriefe eines Artisten
Rip	P. L. M. (Operette)
Robert-Robert	Le Guide de Gourmand à Paris
Roda Roda, Alexander	Der Schnaps, der Rauchtabak und die verfluchte Liebe
Roda Roda, Alexander	Ein Frühling in Amerika
Roda Roda, Alexander	Irrfahrten eines Humoristen
Roda Roda, Alexander	Roda Rodas Roman
Roda Roda, Alexander	Sieben Leidenschaften
Roda Roda, Alexander	Von Bienen, Drohnen und Baronen
Roda Roda, Alexander und Etzel, Theodor (Hrsg.)	Welthumor in sechs Bänden
Rode, Walther	Justiz
Roeld, Otto	Malenski auf der Tour
Rohan, Karl Anton Prinz	Moskau
Rosner, Karl	Erinnerungen des Kronprinzen Wilhelm
Rostand, Jean	Les Familiotes
Rostand, Maurice	Napoléon IV
Romains, Jules	Demetrios
Romains, Jules	Der Diktator
Romains, Jules	Der Diktator
Romains, Jules	La Scintillante
Romains, Jules	Le Mariage de M. Le Trouhadec
Sackarnt, Pol	Katzen
Sander, August	Antlitz der Zeit
Savoir, Alfred	Le dompteur ou L'Anglais tel qu'on le mange
Schäfer, Wilhelm	Die begrabene Hand
Schäfer, Wilhelm	Die unterbrochene Rheinfahrt
Schairer, Erich	Sozialisierung der Presse
Schaumlöffel, Karl	
Schebesta, Paul	Die religiösen Anschauungen der Semang-Zwerge von Malaya
Scheffler, Karl	Berlin, Wandlungen einer Stadt
Schickele, René	Schreie auf dem Boulevard
Schiffer, Edith L. s. u. Arnheim, Rudolf	
Schleiermacher, Friedrich E. D.	Idee zu einem Katechismus der Vernunft für edle Frauen
Schlözer, Kurd von	Römische Briefe

Quelle	Titel des Tucholsky-Beitrags	Original-Buch-veröffentl.	Bd. u. Seite unserer Ausgabe
WB 43/1927	Joachim der Erste (genannt Ringel)	–	[5]353
WB 24/1925	P. L. M.	–	
Voss. 7. 8. 1925	Wo ißt man in Paris?	–	
SB 10/1914	Roda Roda	–	[1]184
WB 11/1924	Ein Frühling in Amerika	–	[3]375
WB 43/1920	Gute Witze aus großer Zeit	–	[2]428
WB 52/1930	Auf dem Nachttisch	–	[8]327
WB 15/1922	Roda Roda	–	[3]170
SB 10/1914	Roda Roda	–	[1]184
WB 48/1925	Welthumor	–	
WB 25/1929	Auf dem Nachttisch	–	[7]95
WB 50/1930	Auf dem Nachttisch	–	[8]309
WB 49/1927	Auf dem Nachttisch	–	[5]399
WaM 22. 5. 1922	Wenn der Vater mit dem Sohne . . .!	–	[3]183
Voss. 28. 3. 1925	Die Verwandtschaft	–	[4]72
Voss. 1. 11. 1928	Rostands «Napoléon IV»	–	
WB 50/1925	Demetrios	ML	[4]287
Voss. 13. 10. 1926	«Der Diktator» in Paris	–	
WB 42/1926	Ein Diktator und sein Publikum	–	[4]523
Voss. 21. 9. 1927	«La Scintillante»	–	
Voss. 22. 2. 1925	Dickes und dünnes Theater	–	
WB 17/1930	Auf dem Nachttisch	–	[8]116
WB 13/1930	Auf dem Nachttisch	–	[8]76
Voss. 27. 1. 1926	«Der Dompteur»	–	
WB 42/1919	Sieben Anekdoten	–	
SB 4/1914	Die unterbrochene Rheinfahrt	–	[1]166
WB 51/1919	Sozialisierung der Presse	–	[2]219
Frei. 11. 8. 1920	Schaumlöffelei	–	[2]395
WB 17/1930	Auf dem Nachttisch	–	[8]116
WB 49/1931	Auf dem Nachttisch	–	
SB 30/31/1913	Schreie auf dem Boulevard	–	[1]102
BT 10. 7. 1919	Zehn Gebote	–	[2]123
Voss. 31. 5. 1929	Kleine Erinnerungen	–	

Autor	Titel
Schottky, Jul. Max	Paganini
Schulze-Maizier, F.	Die Osterinsel
Sennep	Cartel u. Co.
Shaw, George Bernard	Johanna
Sheridan, Clare	Ich, meine Kinder und die Großmächte der Welt
Siemsen, Anna	Daheim in Europa
Siemsen, Hans	Wo hast du dich denn herumgetrieben?
Sinclair, Upton	Das Geld schreibt
Singer, Erich (Hrsg.)	Das Bänkelbuch
Sinowjew, Grigori Jewsejewitsch s. u. Lenin, N.	
Smith, E. D.	Psychologie für Vorgesetzte
Smith, Helen Zenna	Mrs. Biest pfeift
Soergel, Albert	Dichtung und Dichter der Zeit
Soldan-Heppe (Hrsg. M. Bauer)	Geschichte der Hexenprozesse
Sorge, Susanne M.	Unser Weg. Erinnerungen an Reinhold Sorge
Springer, Brunold	Die genialen Syphilitiker
Stapel, Wilhelm	Literatenwäsche
Staub, Hugo s. u. Alexander, Franz	
Stenbock-Fermor, Alexander Graf	Deutschland von unten
Stendhal	Lucien Leuwen
Sternheim, Carl	Lutetia, Berichte über europäische Politik, Kunst und Volkswesen 1926
Stoffregen, Goetz Otto (Hrsg.)	Aufstand, Querschnitt durch den revolutionären Nationalismus
Stössinger, Felix und Holtz, Karl	Das System Noske
Strindberg, August	Totentanz
Strobl, Karl Hans	K. P. Q. Geschichten und Bilder aus dem österreichischen Kriegspressequartier
Struben, David Georg	Rechtliche Bedenken
Sturzenegger, Catharine	Die Wiederauferstehung Serbiens
Szittya, Emil	Kuriositäten-Kabinett
Tau, Max und Einsiedel, Wolfgang von	Es glüht wieder unter harter Kruste

Quelle	Titel des Tucholsky-Beitrags	Original-Buch-veröffentl.	Bd. u. Seite unserer Ausgabe
März 27/1914	Paganini oder Der Teufel auf der Tournee	–	[1]232
WB 32/1929	Auf dem Nachttisch	–	
Voss. 28. 12. 1926	Die Satire der feinen Leute	–	
Voss. 12. 5. 1925	Shaws «Johanna» in Paris	–	
WB 2/1929	Herr und Frau Wichtig lassen zu Tisch bitten!	–	[7]25
WB 9/1929	Auf dem Nachttisch	–	[7]43
WB 52/1920	Wo hast du dich denn ...?	–	
WB 10/1931	Sein spannendster Roman	–	[9]147
WB 28/1929	Bänkelbuch	–	[7]127
WB 7/1930	Auf dem Nachttisch	–	[8]46
WB 44/1930	Auf dem Nachttisch	–	[8]261
WB 18/1926	Bilderbuch	–	
Frei. 12. 9. 1920	Hexenprozesse in alter und neuer Zeit	–	[2]412
WB 10/1932	111	–	[10]50
WB 6/1927	Die genialen Syphilitiker	–	[5]548
Voss. 29. 6. 1930	Kabarett zum Hakenkreuz	–	
WB 9/1932	Auf dem Nachttisch	–	[10]40
WB 9/1931	Auf dem Nachttisch	–	[9]139
Voss. 27. 5. 1926	Der rasende Kommis	–	[4]449
WB 9/1932	Auf dem Nachttisch	–	[10]40
WB 32/1920	Der Bürgergeneral	–	
Dres. 1913	Strindbergs «Totentanz»	–	
Voss. 10. 1. 1929	Remember! Remember!	–	
Kunst. 1914	Rechtliche Bedenken	–	
WB 39/1920	Schwarz-gelbe Henker	–	
WB 51/1924	Der Mann auf dem Kabinett	–	[3]528
WB 22/1931	Auf dem Nachttisch	–	

Autor	Titel
Théry, Jacques s. u. Gignoux, Régis	
Thierfelder, Franz	Suomi-Finnland. Das Land der tausend Seen
Thoma, Ludwig	Erinnerungen
Thrasolt, Ernst	Dr. Carl Sonnenschein
Toller, Ernst	Justizerlebnisse
Toller, Ernst	Quer durch
Torberg, Friedrich	Der Schüler Gerber hat absolviert
Transfeld	Dienstunterricht für den Infanteristen des Deutschen Heeres
Traven, B.	Die weiße Rose
Treich, Léon	Histoires de Vacances
Treich, Léon	L'Esprit de Clemenceau
Tucholsky, Kurt	Fromme Gesänge
Tucholsky, Kurt	Rheinsberg
Tucholsky, Kurt	Rheinsberg
Tucholsky, Kurt	Mit 5 PS
Twardowski, Hans Heinrich von	Der rasende Pegasus
Twardowski, Hans Heinrich von	Der rasende Pegasus
Valentin, Karl	Das Karl Valentin-Buch
Vautel, Clément	Mon Curé chez les Riches
Vergin, Fedor	Das unbewußte Europa
Veri, Sigilla (Ph. Stauff's Semi-Kürschner) Unter Mitwirkung gelehrter Männer und Frauen aller in Betracht kommenden Länder im Auftrage der «Weltliga gegen die Lüge» in Verbindung mit der ‹Alliance chrétienne arienne›. Hrsg. E. Ekkehard	Lexikon der Juden, -Genossen und -Gegner aller Zeiten und Zonen, insbesondere Deutschlands, der Lehren, Gebräuche, Kunstgriffe und Statistiken der Juden sowie ihrer Gaunersprache, Trugnamen, Geheimbünde etc.
Verlaine, Paul	Frauen
Verneuil, Louis	La Joie d'aimer
Verneuil, Louis	Pile ou Face
Villon, François	Die Balladen und lasterhaften Lieder des Herrn François Villon
Voigt, Arno	Der deutsche Offizier der Zukunft. Gedanken eines Unmilitärischen

Quelle	Titel des Tucholsky-Beitrags	Original-Buch-veröffentl.	Bd. u. Seite unserer Ausgabe
WB 27/1925	Suomi-Finnland	–	[4]158
WB 8/1920	Ludwig Thoma	–	[2]284
WB 1/1931	Carl Sonnenschein	–	[9]103
WB 28/1927	Der Rechtsstaat	–	[5]253
WB 9/1931	Auf dem Nachttisch	–	[9]139
WB 17/1930	Auf dem Nachttisch	–	[8]116
WB 26/1927	Dienstunterricht für den Infanteristen	ML	[3]33
WB 48/1930	B. Traven	–	[8]296
Voss. 23. 8. 1925	Französischer Witz	LL	[4]189
Voss. 20. 11. 1925	Der Gallenbittre	LL	[4]261
WB 49/1919	Selbstanzeige	–	[2]214
WB 49/1921	Rheinsberg	5 PS	[3]97
	Vorrede zum 50. Tausend	–	[3]96
WB 51/1927	Mit 5 PS	–	[5]424
WB 5/1920	Der rasende Twardowski	–	[2]273
BT 15. 2. 1920	«Der rasende Pegasus»	–	
WB 18/1932	Zwecks Lachung	–	
Voss. 30. 9. 1925	Clément Vautel	ML	[4]230
WB 9/1932	Auf dem Nachttisch	–	[10]40
WB 39/1931	Sigilla Veri	–	[9]297
WB 33/1920	Die Sittlichen	–	[2]398
Voss. 29. 11. 1925	Pariser Tage	–	[4]271
Voss. 22. 2. 1925	Dickes und dünnes Theater	–	
WB 50/1930	Auf dem Nachttisch	–	[8]309
WB 24/1919	Der Offizier der Zukunft	–	[2]109

Autor	Titel
Voltaire (Hrsg. Hans Jacob)	Mein Aufenthalt in Berlin
Volto, Franz von	Paul Scheurich, Porzellane
Vorst, Hans	Baltische Bilder
Dr. H. W. Nach dem hinterlassenen Originalmanuskript, hrsg. von A. König	Über die Cacteen
Wagner, Christian (Hrsg. Hermann Hesse)	Gedichte
Walser, Robert	Aufsätze
Walser, Robert	Das Theater
Wassermann-Speyer, Julie	Jakob Wassermann und sein Werk
Wassiljew, A. T.	Ochrana
Wedekind, Frank	Erdgeist
Wegeleben, Siegfried	Das Felderlebnis
Weiskopf, Franz Carl (Hrsg.)	Tschechische Lieder
Wells, Herbert George	Menschen, Göttern gleich
Widerhold, Konrad s. u. Mertens, Carl und Lehmann-Russbüldt, Otto	
Wieland, Wolfgang	Der Flirt
Wiese, Leopold von	Kindheit
Wilde, Oscar	Bunbury
Windisch, H.	Das deutsche Lichtbild
Wrochem, A. von	Offiziersehre
Wüsten, Johannes	Blutproben. Zehn Stiche
Wustmann, Gustav	Als der Großvater die Großmutter nahm
Zichy, Graf	Liebe
Zickler, Artur	Im Tollhause
Zille, Heinrich	Berliner Geschichten und Bilder
Zille, Heinrich	Bilder vom alten und neuen Berlin
Zimmer, Bernard	Le Coup du 2 Décembre
Zorn, Franz	Stempellieder
Zweig, Arnold	Benarône
Zweig, Arnold	Der Streit um den Sergeanten Grischa
Anonyma	
Scherl-Verlag	An alle Frontsoldaten
–	Briefe an einen Fuchsmajor von einem alten Herrn

Quelle	Titel des Tucholsky-Beitrags	Original-Buchveröffentl.	Bd. u. Seite unserer Ausgabe
WB 3/1921	Friedrich von unten	–	
WB 43/1928	Geschenkbuch	–	
WB 28/1919	Ein untergehendes Land	–	[2]115
WB 32/1919	Über die Cacteen	–	
WB 7/8/1919	Christian Wagner	–	[2]46
SB 17/1913	Der Dreischichtedichter	–	[1]94
SB 36/1913	Der Bühnenmaler	–	
WB 38/1924	Jakob Wassermann und sein Werk	–	[3]459
WB 21/1930	Auf dem Nachttisch	–	[8]136
Dres. 18. 6. 1912	Wedekind in Berlin	–	
WB 33/1922	Das Felderlebnis	–	[3]261
WB 33/1926	Tschechen und Russen	–	[4]477
WB 3/1928	Auf dem Nachttisch	–	[6]24
WB 17/1928	Der Bär tanzt	ML	[6]109
WB 46/1924	Eine deutsche Kindheit	–	[3]500
WB 30/1920	Feuerwerk	–	
Voss. 4. 3. 1928	Neues Licht	–	
BVZ 21. 4. 1920	Eine Ausnahme	–	[2]305
WB 9/1932	Auf dem Nachttisch	–	[10]40
WB 22/1922	Alte Schlager	–	[3]187
WB 51/1926	Wo bist du –?	5 PS	[4]564
WB 9/1920	Im Tollhause	–	[2]285
WB 3/1925	Berlins Bester	–	[4]18
WB 19/1928	Auf dem Nachttisch	–	[6]124
Voss. 27. 7. 1928	Pariser Abend	–	
WB 18/1931	Auf dem Nachttisch	–	[9]195
WB 25/1920	Kritik mit Nachsatz	–	[2]363
WB 50/1927	Der Streit um den Sergeanten Grischa	–	[5]405
WB 45/1919	Präsentiert das ... Gwä!	–	
WB 5/1928	Briefe an einen Fuchsmajor	ML	[6]35

Autor	Titel
Dt. Liga f. Menschenrechte (Hrsg.)	8 Jahre politischer Justiz
Dt. Liga f. Menschenrechte (Hrsg.)	Deutschlands geheime Rüstungen
–	Die ersten Tage der Roten Armee
Almanach d. Verlags G. Kiepenheuer	Europa
KT-Artikel über 25 Jahre WB	Fünfundzwanzig Jahre
Bibliogr. Inst. Leipzig	Gesellschaft und Wirtschaft
–	Jahrbuch des Verlages Paul Zsolnay
–	Das Käthe Kollwitz-Werk
Rowohlt Verlag	Der Kampf um den Reigen
–	L'Illustration
–	Nachrichtendienst zur Bekämpfung von Schund- und Schmutzschriften, hrsg. vom Preuß. Ministerium f. Volkswohlfahrt, Nr. 1
Vorrede K. T.s zu dem Bildband, abgedruckt in WB	Neues Licht
–	Plötzensee
–	Das politische Plakat
–	‹Redner der Revolution›
–	Das Reimlexikon
–	Otto Reutter. Ein Gedenkbuch über sein Leben und Schaffen
Auswahl und Einleitung von Lilly Korpus	Rote Signale (Anthologie). Gedichte und Lieder
–	Sittlichkeitsvergehen an höheren Schulen und ihre disziplinare Behandlung. Hrsg. v. Preuß. Kultusministerium
Protokolle der «Sozialistischen Tagung» in Heppenheim 1928	Sozialismus aus dem Glauben
–	Tagebuch eines halbwüchsigen Mädchens
–	Unsittliche Literatur und die deutsche Republik
Hrsg. Otto Katz	Volksbuch 1930
–	Vom alten Stamm (Anthologie jüdischer Geschichten)
Hrsg. Reichskanzlei im Auftrage des Reichsministeriums	Vorgeschichte des Waffenstillstands
–	Weil wir nicht kriegsbereit sind!
–	Weltkriegsspionage
–	Reparationsfibel

Quelle	Titel des Tucholsky-Beitrags	Original-Buch-veröffentl.	Bd. u. Seite unserer Ausgabe
WB 40/1927	Acht Jahre politischer Justiz	–	[5]336
WB 28/1925	Die Denkschrift	–	
WB 19/1928	Dank vom Hause Stalin	–	[6]130
WB 15/1925	Europa mit dem Ausrufungszeichen	–	
WB 37/1930	Fünfundzwanzig Jahre	–	[8]200
WB 9/1931	Auf dem Nachttisch	–	[9]139
WB 8/1928	Auf dem Nachttisch	–	[6]52
WB 22/1931	Auf dem Nachttisch	–	
WB 36/1922	Brunner im Amt	–	[3]281
DAD 28. 11. 1925	Eine Schreckenskammer	–	[4]267
WB 37/1929	Nr. 1	–	[7]179
WB 35/1929	Neues Licht	–	
WB 18/1920	Plötzensee	5 PS	[2]318
WB 35/1919	Das politische Plakat	–	
WB 9/1929	Auf dem Nachttisch	–	[7]43
SB 27/28/1914	Das Reimlexikon	–	[1]239
WB 7/1932	Otto Reutter	–	[10]32
WB 52/1931	Rote Signale	–	[9]327
WB 13/1930	Auf dem Nachttisch	–	[8]76
WB 42/1929	Auf dem Nachttisch	–	[7]211
WB 16/1920	Ein Mädchentagebuch	–	[2]303
WB 44/1921	Der Venuswagen	–	[3]77
WB 21/1930	Auf dem Nachttisch	–	[8]136
SB 19/1914	Vom alten Stamm	–	
WB 36/1919	Schuldbuch	–	[2]145
Vorw. 6. 7. 1914	Der Sadist der Landwehr	ML LL	[1]237
WB 18/1931	Auf dem Nachttisch	–	[9]195
WB 35/1931	Reparationsfibel	–	[9]274

REGISTER

[ ] = Bandnummer

INHALT

INHALT